注译本

蘇東坡全集

第六册

〔宋〕苏轼 著
毛德富等 主编

團結出版社

目　录

卷五十二　制敕

卷五十三 制敕

卷五十六 内制口宣

卷五十七 口宣

卷五十八 内制批答 表本 国书

卷五十九　启

卷六十 启

卷六十一 书

卷五十二 制敕

给事中兼侍讲傅尧俞可吏部侍郎

敕：士以德望进，则风俗厚而朝廷尊；以经术用，则议论正而名器重。此君子所以难合，而朕亦难其人焉。具官傅尧俞，博学笃行，久闻于时。历事四世，挺然一节；怀道不试，十年于兹。朕欲闻仁人之言，置之讲席，非尧舜之道，盖未尝言。给事黄门，未究其用；往贰太宰，益修厥官。董正治典，以称先帝复古之意。可。

【译文】皇帝敕令：士大夫以树立仁德威望进身仕途，那就可使民风民俗淳厚，朝廷具有尊严。以通晓经术为朝廷取用，那就可使议论中正而仪制端肃。这就是君子所以很难与此相和，而朕也很难得到这样的人才。现任命官傅尧俞，学识渊博行为笃实，很久以来闻名于时。任官至今已历四朝，志节高迈始终如一。胸有正道不得伸展，身为侍讲已经十年。朕想倾听古贤人的言论，把他安置在讲席之前。不合于唐尧虞舜廓然大道的话，他一句也未曾出口。供职于黄门之中，未能尽其才智，今使其担任宰相之副，望更加尽力，任好此职。以正心理事，修订法典，以符合先帝遵循古人治国的心意。皇帝批阅：照此执行。

太常少卿赵瞻可户部侍郎

敕：理财正辞，禁民为非曰义。先王之论理财也，必继之以正辞。名正而言顺，则财可得而理，民可得而正。自顷功利之臣，言政而不及化，言利而不及义。中外纷然，朕益厌之。具官赵瞻，明于吏事，辅以儒术，忠义之节，白首不衰。爰自秩宗，擢贰邦计。将使四方之人，知予以耆老旧德居此官者，盖有盍彻之意焉。可。

【译文】皇帝敕令：理财之人笃实公正，禁止民众违反法度，称之为义。前代君主论说经理财赋，一定要随之强调笃实公正。名义正当，言之成理，那么财赋才能得到经理，百姓才能有所依准而行为端正。此前急功近利的大臣，只讲政令而不讲教化，只讲财利而不讲仁义。致使朝廷内外一片哗然，朕深感憎厌。现任命官赵瞻，于为政之事精明练达，加之通晓儒学，忠诚仁义的节操，到老都不衰退。故自礼部之官，擢升户部之副。此将能使四方官民，知道朕任用耆年宿德之臣居任此官，乃是出于符合先帝治国之意。皇帝批阅：照此执行。

王克臣可工部侍郎依前龙图阁直学士

敕：朕承先帝之丕业，居其宫室，而服其器用，常惧不称，而何敢有加焉？惟是军国之备，凡仰于百工者，乃以诿于冬官。有事于斯，当识朕意。具官王克臣，奋自儒术，蔚为闻人。历帅诸藩，尝佐事典。才有余裕，所在见称。比由宛丘，入奉朝谒。而司空长贰，艰于其人。爰命尔以旧官，仍兼内阁之重。勉率厥职，外以成尔缮治之劳，内以全予恭俭之志。可。

【译文】皇帝敕令：朕继承先帝治国洪业，身居于宫廷之中，仍以旧时器物为用，时常担心与天子身份不能相称，但怎敢有丝毫增加？只是军队和国家备用的器物，凡是仰仗百工生产制造者，均委托给冬官工部管理。凡在此职之臣，应当深明朕的心意。现任命官王克臣，以精通儒学起家为官，温雅有德而声名显扬，屡屡担任大州守帅，参与议定朝廷法典。才干有余，任职之处一片称扬。前此以陈州守臣入朝复命，而工部尚书侍郎，难选胜任之臣。故命你以现任官阶，仍兼管朝廷重要部门。望你勤勉不懈，任好此职，对外可成全你勤苦于修建的劳绩，对内可成全我恭谨节俭的素志。皇帝批阅：照此执行。

祥符知县李之纪可广西提刑

具官李之纪：近自畿甸，远至海隅。朕视其地如户庭，视其民如一家。尔赋政赤县，而廉平之称，达于朕听，是用命尔。按刑岭表，其一乃心。毋或鄙夷其民，如在朕侧。往惟钦哉。

【译文】现任命官李之纪：近在朝廷之旁，远到天崖海隅。朕把远近之都看成门户庭院，把远近之民都看成自家之人。你在京城赤县祥符治理财赋民政，对你廉洁公允的称赞，已传到朕的耳中，因而命你升任该职。在任广西提刑期间，望你始终用心如一治理。不准丝毫鄙视边远生民，就像在朕身边一样。牢记朕命，可前去赴职。

知楚州田待问可淮南转运判官

敕具官田待问：朝廷取材，必始于治民。异时吏或不更郡县而任刺举，刚柔失中，民以告病。以尔端静敏恪，悃愊无华，试于剧郡，吏民宜之。其即本道以究尔才，往悉乃心，毋使厥声减于治郡。可。

【译文】皇帝敕令现任命官田待问：朝廷奖拔人才必先考察他治理民政的优劣。往时有些官吏未经州县之职而担任转运判官，以致治民之道失去中和平允，致使百姓困顿贫苦而生怨愤。凭着你端正肃静，勤勉有信，诚实无华，已任大郡守臣，属吏郡民颇有称扬。现以本路转运之官考察你的才干，赴职之后，应尽力而为，不要使声名比治理州郡时有所降低。皇帝批阅：照此执行。

两浙转运副使孙昌龄可秘阁校理知福州

敕具官孙昌龄：尔奉使吴越，而廉平之称，达于朕听。七闽之会，其民智巧，易以理服，难以力胜。今命尔为守，惟宽而明，民乃宜之。朕方复文馆之职，以广育才之路。遂以命尔，往惟钦哉。可。

【译文】皇帝敕令现任命官孙昌龄：你奉命出使吴越之地，清廉平允的美名，已经传到朕的耳中。七闽都会福州，此地民众聪颖灵秀，易于以理劝服，难以强力制服。今命你为福州知州，切记为政应宽和清明，百姓便会对你敬服。朕刚刚恢复馆阁之职，用以开扩培养人才之路。兹以校理之职授与你。牢记朕命，前去赴职。皇帝批阅：照此执行。

知徐州马默可司农少卿

敕具官马默：尔以博学强记，宏毅有守，刚而不犯，明而不苛。历试中外，蔼然有闻。朕方选择循吏，入为卿佐。凡尔所能已试于外者，其以告我而力行之。往佐大农，毋忽朕命。

【译文】皇帝敕令现任命官马默：你以学问广博强于记忆，志度宏远志节刚毅而恪守一德，刚毅而不害民，清明而不苛酷。朝廷内外屡屡试职，平允公正为人所称。朕正在选拔良善之官，入朝担任卿寺副职。凡你已经在州郡试行，以为有利于国家百姓诸事，可向我奏告，我将极力推行。兹命你前去佐助司农卿，不要忽视朕的信任。

两浙转运副使许懋可令再任

敕具官许懋：吴越之人，凋敝久矣。朕方蠲理烦碎，以安养其众。非得循吏察视郡县，均通有无，则民何赖焉？以尔儒术精通，吏事详敏，历年于兹，民便其政。既信之俗，必易为功。庶无新故更代之劳，而有上下相安之美。勉修前业，无怠日新。可。

【译文】皇帝敕令现任命官许懋：吴越之地的民众，困苦凋敝已经许久。朕正在减免该地繁苛的税赋，以便使该地百姓得以养息。若没有良善之官巡察监督州县官吏，权衡州县收支，那么百姓将靠什么存活下去？凭着你精通儒学，在官精细敏锐，在该职已有多年，一路百姓对你的政令深感便利。得到百姓普遍认可的，必会易于取得成功。这样既可免除新旧官吏的替代，也可以使一方官民长期和洽。望你保持以前的业绩，勤勉努力，以求更大收效。皇帝批阅：照此执行。

新淮南转运判官蔡朦可两浙运判

敕具官蔡朦：吴越之人，凋敝久矣。朕方蠲理烦碎，以安养其众，非得循吏察视郡县，均通有无，则民何赖焉？以尔名臣之子，进以儒术，历佐漕府，治办有成。东南富庶，比于西蜀，而机巧过之。惟宽且静，则民不媮。可。

【译文】皇帝敕令现任命官蔡朦：吴越之地的民众，困苦凋敝已经许久。朕正在减免该地繁苛的税赋，以便使该地百姓得以养息。若没有良善之官巡察监督州县官吏，均衡州县收支，那么百姓将靠什么存活下去？你是名臣的儿子，以通晓儒术进身仕途，多年担任转运副职，治政理事颇有成就。东南地区物产富饶，可以与蜀中天府相媲美，只是比蜀人更为刁猾。只有施以宽缓之政，使民众得以静养，民众才能去除刁猾之习。皇帝批阅：照此执行。

司农少卿范子渊可知兖州

敕具官范子渊：朕于士大夫，未尝求备也。将历试以事，而收其所长。有司言汝治河无状，耗国劳民，积岁而功不成。朕惟水土之政，与郡县异，其观汝于牧民。尚勉求效，以盖往愆。可。

【译文】皇帝敕令现任命官范子渊：朕对于士大夫，并没有求全责备。从来以为要多让士人试官做事，由此观其擅长而量才致用。有关部门说你治理河道没有建树，耗费国用烦扰民众，累年而不获成功。朕以为治理河道与治理州县并非一途，故命你治理州郡，以观能否，望你自我激励，以求有所成就，弥补此前治水的过失。皇帝批阅：照此执行。

故枢密副使包拯男太常寺太祝繶之妻寿安县君崔氏可特封永嘉郡君仍封表门闾

敕崔氏：汝甲族之遗孤，大臣之冢妇。夫亡子夭，惸然无归，而能誓死不嫁，抚养孤弱。使我嘉祐名臣之后，有立于世，惟汝之功。昔卫世子早死，共姜自誓，诗人歌之；韩愈幼孤，养于嫂郑，愈丧之期。若崔氏者，可谓兼之矣。其改赐汤沐，表异其所居。以风晓郡国，使薄于孝悌者有所愧焉。可。

【译文】皇帝敕命崔氏：你是望族的遗孤，名臣的嫡长媳妇。丈夫已死，儿子幼小，孤苦无依，又能誓不改嫁，抚养幼小的儿子。使我嘉祐间名臣的后代，能够立于今世，这都是你的功绩。当年卫世子早年逝世，共姜立誓守节，诗人作歌赞美她；韩愈三岁时丧失父母，得到其嫂郑氏的抚养，郑氏死后韩愈为她守丧三年。崔氏，可以说兼有这两种美德。故而改其封赠，彰新她的居里，用来劝励地方民俗，使缺少孝悌之心的人听说她的行为便感到愧疚。皇帝批阅：照此执行。

皇叔某赠婺州观察使追封东阳侯
皇兄某赠蔡州观察使追封汝南侯

敕：生分竹符，所以广恩于宗室；没享茅社，所以宠绥其子孙。眷予盘石之宗，夙被麟趾之化。国有常典，我其敢忘？某等生于高明，克自抑畏。恭俭寡过，绰有士人之风；忠孝著闻，盖服祖宗之训。属既尊于中外，礼当极于哀荣。命以廉车，即封其地。爰疏五等之贵，以慰九原之思。庶其有知，服我休命。

【译文】皇帝敕令：皇叔在世之时，得到节度使的封赏，乃是推恩给宗室之举；皇叔去世之后，享受封邑自立宗支，乃是宠爱安抚他的子孙。爱我心如磐石般牢固的宗族子弟，他们早已化于善道。国家有固定的法典，我怎敢一刻忘记？你等生长于尊贵之家，恭谨克己，俭朴无过，绰然有士大夫的标格。忠孝之心早已闻于朝野，是服从我皇祖宗的训导。你等既已显贵于朝廷内外，依礼也该更为荣耀。我命使臣，即刻赶赴封地册封，使你等居于五等列侯，以表达对已故之人的思念之情。如若你们地下有知，请受我美好的封赏。

士龠可西头供奉官

敕具官士龠：汝宗室子，生于安逸，而能诵习文法，以求自试，盖亦有志于士者。朕何爱一官，不以成其志乎？可。

【译文】皇帝敕令现任命宫士龠：你是我宗族之子，生长于富贵安乐之中，却能够勤于学习文章法典，以求以自己的才能得到任用，是有志于仕途的人。朕怎能吝惜一官，而不成全你的大志呢？皇帝批阅：照此执行。

童湜可特叙内殿崇班

敕具官童湜：汝奉法不谨，坐废历年，而能祇畏，以盖前失。既更大眚，稍复汝旧。往服厥官，益敬无怠。可。

【译文】皇帝敕令现任命官童湜：你奉行法令不能谨慎，因此被贬废已过一年，念你尚能畏服神明，以改前过。既然你已经痛改前非，理当恢复旧日之官。可前往赴职，应更加敬天畏神，不可懈怠。皇帝批阅：照此执行。

谢卿材可直秘阁福建转运使

敕具官谢卿材：先王设官制禄，非特以劝功兴事也，将以观士之所守而进退之。惟爱身者为能爱民，惟知义者为能知利。以尔临事有守，信道不回，治郡有方，奉使不扰。力行古人之事，庶几循吏之风。释此大邦，付之一路。仍进直于书府，俾增重于使权。无轻远人，谨视贪吏。政成民悦，朕不汝忘。可。

【译文】皇帝敕令现任命官谢卿材：前代君王设立百官，制定俸禄，并不仅仅为努力获得成效做好职事，更可以考察士子是否合于大道而提升贬降他们。只有爱惜自身的人才能够爱惜民众，只有知晓道义的人才能知晓利益。你为官能保持操守，坚持正道而不屈不挠，治理州郡颇有方略，奉命出使能安抚百姓。尽力以古代的良吏为楷模，堪称有古代良吏的遗风。如今离开大郡，把一路转运之权交付与你。并进阶为秘阁之职，使你转运一官的权威更加隆崇。你不要轻视边远之民，严谨地肃查贪官污吏。为政有成，百姓欢悦，那时朕不会忘记你的劳苦。皇帝批阅：照此执行。

赵偁可淮南转运副使

敕具官赵偁：汝昔为文登守，而海隅之民，至今称之。推文登之政，达之齐鲁，刑平赋简，所部以安。今淮南之人，困于征役，而重以饥馑。汝往按视，如京东之政，以宽吾忧。可。

【译文】皇帝敕令现任命官赵偁：你昔日为登州知州，而海角民众至今称诵你的仁爱。你又把治理登州时的美政带到齐鲁，刑罚宽平，减轻赋税，一路民众得以安静祥和。如今淮南之民，为征调夫役所困扰，又加上灾荒连年。你前往此路按部视察，要如同在京东路一样，来解除朕的忧虑。皇帝批阅：照此执行。

吕温卿知饶州李元辅知绛州

敕吕温卿等：监司郡县，其职不同，其为养民一也。夫安静之吏，悃愊无华，日计不足，岁计有余。今自部使者，移治一郡，其深念之。服于朕训，以永终誉。可。

【译文】皇帝敕令吕温卿等人：提刑、知州、知县，职位虽各不相同，都要以养护民众为己任，这一点是全然相同的。安民不扰的官吏，真诚朴实，无华众取宠之心，虽然一天的收获不足，到了年终，其收获却超出常数。如今你等从路使者改治一州之政，望你等深深告诫自己。听从朕的训导，保持住往日的荣誉。皇帝批阅：照此执行。

王诲知河中府

敕具官王诲：汝以名臣子，老于治郡，所至安静，吏民宜之。河东，吾股肱郡。方唐之盛，世有贤守。风流未远，图像具存。勉思古人，以绍前烈。可。

【译文】皇帝敕令现任命官王诲：你为名臣之子，治理州郡颇有方略，所至之处宁静无事，官吏民众乐于听命。河东，是我国的重藩大镇。从唐朝最强盛的时候起，世世都有贤能太守。前贤的业绩并不久远，名臣的画像尚在府中。望你勤勉职守，追想古人遗风，以接续前贤美德。皇帝批阅：照此执行。

邵刚通判泗州

敕具官邵刚:《诗》云:“淑问如皋陶,在泮献囚。”狱讼之事,固儒者之所学也。汝官于上庠,既习其说矣,其往试之。可。

【译文】皇帝敕令现任命官邵刚:《诗经》说:“像皋陶一样根据事实平和地审讯,在泮宫献上囚犯。”刑狱诉讼方面的事,原本也是儒者学习的内容,你曾在学校任职,已经熟知有关论说,可前往泗州试任通判。皇帝批阅:照此执行。

荆王扬王所乞推恩八人

具官某等:或以方伎世其学,或以岁月积其劳。给事王宫,既勤且久。增秩改授,以旌其能。往服休恩,益敬无怠。可。

【译文】朝廷命官某人等:你等有的以机巧数术传其家学,有的勤恳数年资历已高。俱在内廷任职,勤苦无怨,积日累劳。今为你等加官升职,以表彰你们的贤能。可前来接受朕的洪恩,望你们更加勤勉,不准懈怠。皇帝批阅:照此执行。

西头供奉官张禧得三级转三官

敕具官张禧:疆埸之政,以首虏计功,所从来尚矣。尔既应格,则赏随之。可。

【译文】皇帝敕令现任命官张禧：武官的优劣，以他斩杀敌人首级的多少来衡量，这种制度由来已久。你既然已经符合升迁的规定，那么迁赏自然随后就会给与你。皇帝批阅：照此执行。

鲜于侁可太常少卿

敕具官鲜于侁：奉常之职，非特以治郊庙之度、服器之数而已。国有大政事、大议论，必稽焉。昔鲁秉周礼，齐不敢谋。而晏子、太师折冲于樽俎之间。国之典常，君臣之名分，上下守之，有死不易，则国安而民服。朕选建卿士，付之礼乐，意在于此。非我老成之人，学足以通古，才足以御今，智足以应变，强足以守官。深于经术，达于人情，其孰宜之？《诗》不云乎：“彼己之子，邦之司直。”往修厥官，无斁朕命。可。

【译文】皇帝敕令现任命官鲜于侁：太常一职，并非仅仅负责掌管郊祀宗庙的仪轨以及祭器、祭服而已。国家有重要政务、重大决策，也要向此官咨询。往昔鲁国秉持周朝礼仪，齐国不敢轻易夺取。而晏婴、太师侃侃论辩于群臣之前。国家的典制礼仪，国君与臣下的名分，上下各自恪守，至死也不能改变，这样国家才能安定，人民才能悦服。朕选拔九卿之官，将朝廷礼乐交付给他，本意就在于此。若不是老成持重、学问深通之人，才能足以用于当今，智慧能够应付变更，刚正足以守直不屈。深深通晓经典，人情练达不拘，谁能担任此官？《诗经》中不是这样说吗：“你啊你这个人，才是国家主持公道的人。”今命你前往担任太常之官，不要轻忽了朕的命令。皇帝批阅：照此执行。

范祖禹可著作郎

敕具官范祖禹：左右起居，东观著作，皆史事也。今左右史独书已行之政，有司之常事。至于廊庙大议，君臣相与之际，所以兴坏治忽之由，一归于东观。则著作之任，顾不重欤？非得直亮多闻，古之所谓益友者，奋笔于其间，则善恶贸乱，后世无所考信。汝既任其事矣，益进而专之。朕苟有过，犹当直书，而况其余乎？往祇厥官，无旷乃职。可。

【译文】皇帝敕令现任命官范祖禹：左右起居郎、东观著作郎，都是史官之位。今左史、右史只记载已经推行的政令以及有关部门的日常事务。至于国家重大决策，天子与大臣的交谈议论，国家法度健全残坏的根源等等，统一归于东观。如此看来，著作郎的责任，难道还算不重吗？如果得不到正直淳美、博学多闻，即古代所说的三益三友之人，在馆中奋笔直书，那么善美邪恶、变迁祸乱，后代就无从查考了。你既然已经担任此官，应更加努力攻读，精益求精。朕如果有了过失，也应当大胆记录，何况其他的臣子？今命你前往赴职，不准荒废而失职。皇帝批阅：照此执行。

孙觉可给事中

敕：朕闻明主在上，凡侍从皆得言。若其不明，虽台谏亦失职。朕以冲眇，丕承祖宗。未堪多难之忧，常恐不闻其过。下至执艺，犹当尽规，岂必谏臣，而后论事？矧兹封驳之重，任参黄散之间？知无不言，职固当尔。具官孙觉，行不违道，言不违仁；处以孝闻，出以忠显。先帝所以遗朕，天下谓之正人。屡告嘉猷，固非小补。间自西省，迁之东台。而觉方进阳城之直词，固怀萧生之雅意。重违其请，阅月于兹。卒采群言，以遂前命。以尔抗章伏阁之志，施于还诏批敕之间。其一乃心，以称朕意。

【译文】皇帝敕令：朕听说圣明的君主在朝，凡是侍从之官都可以进言。如果天子昏庸无道，即使是御史谏官也要失职。朕凭着幼弱无知之姿，继承了祖宗的大业，未能承受多难的忧烦，时常担心听不到别人的讽谏。下至仅有一技的小官，也应当尽心规谏，难道一定是谏官，才能提出劝谏？况且给事中掌管着传达与驳回诏旨的重任，其职堪与黄门、散骑相比？有话即讲，既然担任这样的职务，就必须要这样做。现任命官孙觉，行为合于道义，言语合于仁善；居家以孝顺为人称道，任官以忠直显名于朝。所以先帝把你留给朕，天下士民称你为正直之人。你多次提出好的建议，对朕很有补益，此前调离中书省，迁到门下省任职，而孙觉正进奏像汉阳城侯田延年那样的直言，内心怀着萧望之忠于本朝的雅意。朕深知辜负了你的奏请，至今已有一个月。最终听从群臣的建议，仍以原任命命你赴官。把你抗颜上奏，伏殿苦谏的忠直之心，写在这诏书之内。望你始终如一，使朕感到满意。

皇伯祖克愉可赠忠正军节度使开府仪同三司

敕：国家蒙累圣之余泽，眷宗室之多贤。虽设官以董其私，置傅以导其学，而重以吏事，责之懿亲。青衿而服簪缨，白首以奉朝请。虽有间、平之圣德，歆、向之异材，皆湮没而无传，故叹息之何及。尚赖本支之茂，蔚为邦国之华。不幸云亡，恻然永悼。具官克愉，忠厚以为质，礼敬以自文。持满矜高，盖得诸侯之孝；履信思顺，合于大有之贤。小心自将，没齿无过。方朕不言之际，遽兹永逝之悲。日月有时，窀穸告具。贲以旌旄之宠，仍兼将相之荣。岂独慰九泉之思，亦将劝庶邦之义。可。

【译文】皇帝敕令：国家继承着前代圣王的余恩，宗室之中多有贤能之人，虽然设置官位来安置宗亲，安排师傅来教导学术，却不能安排繁剧的官事，仅仅督责这些宗族至亲恭谨自律。年轻时富贵荣华，年老后朝拜请安。其中纵然具有汉朝河间献王、东平王那样宏才的栋梁，像刘歆、刘向那样高才的学士，也都湮没无闻，所以深深慨叹，悔之不及。幸而赵姓枝繁叶茂，蔚然而有国家精华。不幸逝世，凄然哀悼，思念无尽。命官克愉，有忠诚笃厚的资质，具有礼让恭敬的美德，保守成业老成庄重，符合侯王的孝义，诚信驯顺，合于易卦大有所说的贤德。谨慎从事，终生没有过失。朕不知以何言表达哀思之际，正是无限悲伤之时。岁月自有规律，墓穴已经备好。加以节度之职以示隆宠，并兼授将相开府的荣耀。岂只是寄托对亡人的思念，更在于劝勉宗亲尽心为国。皇帝批阅：照此执行。

蕃官兀逞常等十二人覃恩转官

敕具官某等：错居吾圉，世济其忠。矧兹临御之初，岂有中外之异？各从迁秩，以广异恩。祇服宠灵，益坚守御。可。

【译文】皇帝敕令现任命官某人等：你们杂居在我国境内，世代表现出耿耿忠心。何况朕刚刚君临天下，怎敢有重视本国轻视外邦之心？你等各自迁官，以光大对异族的恩德。望你等敬服天命，尽心守边。皇帝批阅：照此执行。

高密郡王宗晟建安郡王宗绰所生母孙氏封康国太夫人

敕：母以子贵，《春秋》之义也。朕方因亲以教爱，广爱以及民。封节妇之闾，以劝能贤；赐高年之爵，以助养老。而况属籍至近，贤王笃生。欲大慰于慈心，宜特推于异数。孙氏四德纯备，五福荐臻。岂惟擢秀于闺门，固已流芳于宫阃。举觞坐上，有伯仁仲智之贤；持节洛滨，皆汝南琅琊之贵。爰改封于乐土，俾正位于小君。服我休恩，介尔眉寿。可。

【译文】皇帝敕令：母亲因为儿子而尊贵，这是《春秋》中言明的大义。朕正在施恩于亲族来彰扬仁爱，广施仁爱以达于万民。封赏节妇烈女的闾里，用于劝导贤淑；赏赐老人以爵位，用以帮助抚养老年人。何况血缘亲近，贤能的侯王生而不凡。我想要给你母亲的慈爱之心以深深的慰籍，所以给予她超出常规的宠光。孙氏德、言、容、功四德纯美毕备，富、寿、康宁等等五福同来。岂止是为了奖赏妇女，她的美名原本已经流播于京都宫廷。举酒于宴席之上，你等具有仁义睿智的贤良之声；持节旄到洛水之滨，你们都像是汝南王、琅邪王一样的贵人。今改封到更富庶的地方，合于侯王之妻的身份。可领受我皇美好的恩义，望你高寿。皇帝批阅：照此执行。

客省副使刘琯知恩州

敕：军国异容，兵民异道。治戎振旅，以鸷勇为上；承流宣化，以忠孝为先。尔久练武经，本由才选；屡更烦使，克有成劳。试于一州，祗服朕训。可。

【译文】皇帝敕令：军队和民众装束不同，治军和治民也不可用同样的方式。管束军队振奋士卒：以教导他们凶猛为优良；上承皇恩教化民众，以使他们忠孝为最重要。你长期习武治军，本是凭着才干得到选拔，多次变更烦苦的差使，都能完成职使，甚有劳绩。今命你到一州中试治民政，你要谨记朕的训导。皇帝批阅：照此执行。

皇叔叔曹赠洺州防御使封广平侯

敕：官至持节，爵为通侯。非我勋劳之臣，则必亲贤之属。岂云虚受，维以饰终。具官叔曹，生于高明，力自修饬，克有常德，以没元身。乃眷衡漳，夙为重地。爰假一麾之宠，就分五等之封。庶其有知，服我休命。可。

【译文】皇帝敕令：官至防御使，爵位为通侯。能达到这个地位的，不是建功立业的大臣，就必然是宗室至亲。谁说这是空授？自始至终朕也不会改变你的显荣。命官叔曹，生长在显贵之家，极力地修养自我，具有美好的品德，直至离开人世。朕爱衡水漳河之滨，一向为富饶之地。即授以防御使以示荣宠，以列侯之爵封赏于你。倘若尚有所知，接受我这番美意。皇帝批阅：照此执行。

左侍禁李司可供奉官

敕：蠢尔裔夷，凭险窃发。不时讨击，何以惩艾？尔能奋命，破走犬羊。何爱一官，以劝吏士。可。

【译文】皇帝敕令：愚蠢的境外夷狄，凭借着山川险要觊觎我朝。若不时时反击，怎能给予严惩？你能奋不顾身，杀败这些犬羊之辈。朕怎会吝惜一官？今授与你，用来劝勉官吏将士。皇帝批阅：照此执行。

张汝贤可直龙图阁发运副使

敕具官张汝贤：朝廷于南方复置都漕者，所以均节诸路之有无，使岁课时入而已，非以求赢也。至俗吏为之，则多收羡财以幸恩宠，而民受其病。以尔昔为御史，号称敢言。奉使江表，罪人斯得，庶几知义利之分者。是以命尔，宠之新职。往惟钦哉。

【译文】皇帝敕令现任命官张汝贤：朝廷在江南之地重新署置发运使一职，是用来均衡各路粮谷的多少，督促各路按时调度而已，并不是为朝廷求取赢利。那些庸俗官吏担任此官，只会多多收取粮谷钱财，以求得到奖拔迁升，而百姓却为此困苦不堪。你往年担任御史，人称敢于直言。你到江南担任此副职，有罪之人会得到惩治，让他们懂得仁义和财利如何区分。因此把此官委付给你，并加以新的官阶以示荣宠。望你牢记朕的嘱托，前往赴职。

狄谘刘定各降一官

敕具官某等：奉使一路，以恤民奉法为先。今乃不然。烦酷之声，溢于朕听。公肆其下，曲法受赇，收聚毫末，与农圃争利。使民无所致其忿，至欲贼杀官吏。朕以更赦，置之闲局，而公议未厌。其削一官，往思厥愆，服我宽政。可。

【译文】皇帝敕令现任命官狄谘等：奉命为一路宫观差遣，本应当体恤民众奉行法令为原则。如今却不是如此。有人告发你们搅扰民众，苛酷搜刮的声音，不断响在朕的耳边。你们公然纵容属下枉法受贿，聚敛民财不遗余力，与农夫争夺利益。使民众无法发泄心中的忿恨，以至杀死官吏。朕本想宽赦你等，将你们安置在闲散之处，而百官认为不公，故削去一任官阶，去反省所犯过失，不可辜负朝廷的宽大。皇帝批阅：照此执行。

范子渊知峡州

敕具官范子渊：汝以有限之财，兴必不可成之役，驱无辜之民，置之必死之地。横费之财，犹可以力补；而既死之民，不可以复生。此议者所以不汝置，而朕亦不得以赦原也。夷陵虽小，尚有民社。朕有愧于民，而于汝则厚矣。可。

【译文】皇帝敕令现任命官范子渊：你以有限的财力，兴建不可能成功的工程，驱赶无辜的民众，把他们置于死地。肆意耗费的资财还可以补救，而已经死去的民夫，绝对不能复活。这就是百官之所以不愿听任你的所为，也是朕不能原谅你的原因。峡州虽然偏僻狭小，也有众多生灵。朕对百姓有所愧疚，而对你已经十分宽厚了。皇帝批阅：照此执行。

宣德郎刘锡永父元年一百四岁可承事郎

敕刘元年：尚齿教民，三代之义。咨尔百年之故老，乃吾六世之遗民。自非吉人，莫享上寿。张苍仕秦柱下，而至汉孝景；思邈生隋开皇，而及唐永淳。古有其人，乃今亲见。何爱一命，慰其子孙。

可。

【译文】皇帝敕命刘元年：尊崇老年以教导民众，这是三代所行的道义。你这位百多岁的老人，乃是经历我朝六代的遗民。如果不是积善之人，不可能享受如此高寿。张苍在秦朝为柱下史，直活到汉景帝一朝。孙思邈生于隋文帝开皇年中，直活到唐高宗永淳年间。古代已有百岁老翁，如今朕得亲自看见。我怎能吝惜一命之官，授与你以慰藉子孙。皇帝批阅：照此执行。

叔颇男旼之可三班借职

敕欧旼：汝父无禄早世，缘母之请，以获一官。其思所以克家事母者，惟敬毋怠。可。

【译文】皇帝敕命旼之：你父亲没有爵禄早年过世，根据你母亲的请求，你才获得朝廷一官。你要好生考虑如何成家立业孝敬母亲，只能恭敬不可懈怠。皇帝批阅：照此执行。

鲍耆年京东运判张峋京西运判

敕具官某等：朕惟百姓之命，寄于郡县。而守令之贤，不能人知其实，独赖部使者为朕耳目而已。尔长一郡，以才良闻。进之漕属，以究其用。其使上无惰吏，下无冤民，以称朕意。可。

【译文】皇帝敕令现任命官鲍耆年等：朕把万民百姓的性命，交给州县守令。而知州、县令贤能与否，朕不可能一一知晓，只能依赖路使者做为朕的耳目。你等曾为一州之长，以干练贤良受到称扬。现升为转运判官，考察你等是否称职。要使一路之内上没有怠惰的官吏，下没有冤屈的黎民，以此使朕满意。皇帝批阅：照此执行。

李周可太仆少卿

敕具官李周："仆臣正，厥后克正。"见于《周书》。"思无邪，思马斯臧。"形于《鲁颂》。朕命此职，亦难其人。以尔秉心不回，临事有守，通练世故，灼知民情。所以望尔者，岂特车工马政而已哉？可。

【译文】皇帝敕令现任命官李周："仆臣行为端正，此后百官行为都会端正。"此话早已见于《周书》。"思想清正无邪，养马者一心只想把马养好。"此诗早已见于《诗经·鲁颂》。朕选官担任太仆之职，也很难选到合适的人。你处事始终如一，忠诚老实，遇事坚持操守，对人情世故也谙熟练达，明了民情。朕寄希望于你的，岂止是管好造车养马吗？皇帝批阅：照此执行。

范纯礼可吏部郎中

敕具官范纯礼：呜呼，维乃显考，克明德秉哲，以左右我仁宗，俾配德于尧舜。天亦维相之，使世有人以任我枢机将帅之事。今汝独在外计，朕惟瑚琏不可以亵用，骥騄不可以小试。命以天官之属。其小进之，益观其能。往钦哉。可。

【译文】皇帝敕令现任命官范纯礼：啊！你负有盛名的父亲（范

仲淹)，以德行高迈胸怀大义，辅佐我仁宗圣王，我仁宗皇帝的仁德与尧舜相齐。上天把这个辅相送到我朝，使我朝得以有人专掌兵权将帅的大事。如今你屡任外官，朕以为瑚琏之器不能随处使用，千里骏马不能以短途相试。今命你为天官(吏部尚书)属下。这仅仅是使你稍稍升迁，待朕再考察你的才能。望你牢记朕的嘱咐，前去赴职。皇帝批阅：照此执行。

余希旦可知潍州

敕具官余希旦：尔本以才选，坐累失职，亦云久矣。肆余大眚，罔不更新。北海名邦，民朴而富。往务忠厚，以安其生。可。

【译文】皇帝敕令现任命官余希旦：你本来是凭着才干得以任用，因事牵连失去官职，时间也已不短。朕原谅你的严重过失，你没有理由不悔过自新。古称北海的潍州乃是名州大郡，百姓朴实而地产富饶。你前往此州定要忠厚为本，使生民安居乐业。皇帝批阅：照此执行。

王晳可知卫州

敕具官王晳：凡我四朝之旧，经德秉哲，笃老不衰者，今几人哉？以尔好学守节，名在循吏，而久不治民，朕甚惜之。太行之麓，民朴讼简。守以安静，莫如汝宜。可。

【译文】皇帝敕令现任命官王晳：我朝四代君王的旧臣，胸怀仁义，德行高迈至老而筋力不衰的，如今还有几个人？你勤奋学习谨守节操，名字列在循良官吏之中，而很久以来没有能够治理民政，朕为此十分惋惜。卫州位于太行山麓，民风朴厚狱讼不繁。以镇静不扰之政治理此州，没有比你更合适的人。皇帝批阅：照此执行。

郭祥正覃恩转承议郎

敕具官郭祥正：朕丕承六朝，陈锡四国，覃及方外，浃于有生。矧余通籍之臣，可无增秩之宠。祗服休命，永肩一心。可。

【译文】皇帝敕令现任命官郭祥正：朕继承六朝皇祖的基业，绥抚赐与四方邻国，恩德达于域外，雨露滋润天下生民。何况你乃是及第的进士，怎能没有增官的宠爱。望你谨领这美好的任命，诚心为国。皇帝批阅：照此执行。

王崇拯可遥郡刺史

敕具官王崇拯：刺史汉官，秩六百石，魏晋以来，皆牧守之任。今虽以为勇爵，然非亲贤勋旧，不在此选。尔入直禁省，出分虎符。兵民所宜，选寄滋重。有司言尔，累劳当迁。益修厥官，以应名实。可。

【译文】皇帝敕令现任命官王崇拯：刺史是汉代之官，秩禄为六百石。魏晋以来，都是实授的太守之职。我朝虽改为奖励勇武的爵位，然而若不是宗亲和元老都不可得受此职的封赏。你在朝中为禁兵首领，在外得到刺史之号，治理兵事和民政都无障阻，朕对你的寄托十分深厚。有关部门说你劳苦日久，理当迁升。望你更加勤于职事，使实绩与官职两相符合。皇帝批阅：照此执行。

潮州澄海第六指挥使谢皋可三班借职

敕谢皋：汝自什伍，长积劳累，迁至一旅，极矣。今乃以去恶之功，获补武吏。惟廉与慎，乃克有终。可。

【译文】皇帝敕命谢皋：你出身军队士卒，多年劳累辛苦，迁至掌管一旅之职，堪称所获甚厚了。如今根据你铲除奸恶的功绩，得以补为武官。望你谨慎行事，廉洁守身，直至永远。皇帝批阅：照此执行。

皇伯仲郃赠使相

敕：亲亲以藩王室，贤贤以尊朝廷，古之道也。况于死生之际，恩礼之重，国有常典，我其敢忘？皇伯具官仲郃，生于高明，克自祗畏。出就外傅，闻好礼之称；退省其私，有为善之乐。云何不淑，罹此闵凶？慰我永怀，岂无异数？衮衣赤舄，宠均三事之臣；玉节牙璋，坐享专征之器。岂云虚授，维以饰终。庶几有知，服我休命。可。

【译文】皇帝敕令：与宗族相亲使王室更加繁盛，任用贤能的官吏使朝廷更有尊严，这是古代的大道。况你在弥留之时，仍以朝廷礼数为重。国家有固定的法典，我怎敢忘怀？皇伯命官仲郃，生长在富贵之家，恭自谨慎。迈出家门就学于师，老师称他喜好礼法；退出朝廷回到家里，把行善当做愉快的事。为什么如此不幸而遭厄运？为表达我无尽的怀念，怎能没有越常的恩数？绣龙的礼服赤红的鞋，荣宠与三朝老臣相同；玉制的符节牙雕的圭璋，享受大将军的待遇。怎能说是空授？完全是用来使葬礼更加显赫。皇伯地下有灵，接受我这番美意。皇帝批阅：照此执行。

士暇右班殿直

汝宗室子，始名而禄。得之非艰，守之惟艰。祗服朕训，乃克终誉。可。

【译文】你是宗室子弟，刚一出生就得到俸禄。得到俸禄并不难，而守住俸禄却不容易。你要谨记朕的训导，始终保持美好的声誉。皇帝批阅：照此执行。

克巩遥郡防御使

朕于宗室，无所爱也。然犹不欲虚授，以速人言。得之惟艰，乃罔后悔。凡有进秩，必付有司，考其岁月，察其行义。则朕与汝皆无愧，岂不休哉！

【译文】朕对于宗室的子弟并没有偏爱，但也不愿意无功而授，以招来他人议论。名爵利禄，得到越艰，才越没有后日的悔恨。凡是我宗室之人需升迁官秩，必须交付有关部门，检算任职的年月，考察他的行为言论。这样朕和你都无悔于心，岂不更美！

刘奭阁门祇侯

惟我神考，笃于将帅。生则厚其宠，死则恤其孤。将使识朝廷之仪，习军旅之事。无忝厥祖，以世其家。成汝之志，可谓至矣。将何以报之？可。

【译文】我神宗皇帝对将帅十分宠爱，活着则为他们增加秩禄，死了则抚恤他们的遗孤。使他们懂得朝廷的礼仪，又让他们学习兵书军事。以使他们无愧于他的祖先，继续传家的美好名声。朕成全你的志向，也可谓无以复加了。你将用什么来回报朕？皇帝批阅：照此执行。

王安石赠太傅

敕：朕式观古初，灼见天意；将有非常之大事，必生希世之异人。使其名高一时，学贯千载。智足以达其道，辩足以行其言。瑰玮之文，足以藻饰万物；卓绝之行，足以风动四方。用能于期岁之间，靡然变天下之俗。具官王安石，少学孔、孟，晚师瞿、聃。罔罗六艺之遗文，断以己意；糠秕百家之陈迹，作新斯人。属熙宁之有为，冠群贤而首用。信任之笃，古今所无。方需功业之成，遽起山林之兴。浮云何有，脱屣如遗。屡争席子渔樵，不乱群于麋鹿。进退之美，雍容可观。朕方临御之初，哀疚罔极。乃眷三朝之老，邈在大江之南。究观规模，想见风采。岂谓告终之问，在予谅暗之中。胡不百年，为之一涕？於戏！死生用舍之际，孰能违天？赠赙哀荣之文，岂不在我！宠以师臣之位，蔚为儒者之光。庶几有知，服我休命。可。

【译文】皇帝敕令：朕详察太古之时，上天之意可以明昭于世。天下发生异乎寻常的大变革前，必会降生旷古绝世的奇才。使他的名声为一时之首，使他的学术流传千年。智慧足以载其治国之道，机辩足以贯彻其言论。璀璨夺目的文辞，足以润泽天下万物；高迈绝世的行为，足以风行于四方异国。任用他便能在一年间，迅速地改变天下旧的习俗。命官王安石，年轻时读孔、孟之书，成年后又学习佛祖、老聃的议论。广泛搜寻礼、乐六艺的遗篇，得出自己的见解；批评诸子百家的论说，成为全新的一人。正当熙宁年中天子立志变更法令，超越百官贤士而被任命为首相。天子信任之深，古今未见。当他的功业即将成功之时，突然萌发寄居乡野之意。视富贵如浮云，视官位如脱鞋。多次与渔人樵夫交相往还，与麋鹿为友而不扰乱鹿群。进身退处的雍容大度和佳美品德，很值得人赞叹。朕刚刚君临天下时，哀痛愧怍萦绕于心，眷恋那三朝老臣，远远埋葬在大江之南。追寻他的业绩，回想他的风采。难道没有祭奠他的哀悼？只是朕那时也正在服丧期间。为什么良臣离世，不能为他洒泪一别？啊！人的死生、用于世和不用于世，谁能违拗了天命呢？而追赠高官，隆宠荣耀之事，难道不是掌握在我的手中吗！今加赠给他以太傅的显位，使儒者增大光辉。老臣九泉之下若有所知，请接受我这番美意。皇帝批阅：照此执行。

杨绘知徐州

敕杨绘：士有拙于谋身而巧于治民，疏于防患而密于虑国。其自为计则过矣，而朕何疾焉？先帝龙兴，首擢用尔。置之台谏，以直谅闻。言虽无功，效于今日。简易轻信，失之匪人。坐废十年，陶然自得。《诗》人所谓“岂弟君子”者，绘庶几焉。彭城大邦，吾股肱郡。政成民悦，朕不汝忘。可。

【译文】皇帝敕命杨绘：士大夫有不善于为自己谋划而治理民政

有方的，不防范自身受到伤害而对国事考虑缜密周全的。人总为自己考虑就太过分了，而朕何曾斥责他们呢？先帝即位之后，最先提拔重用了你。把你安置在谏官的职位上，你以耿直无私闻名于时。当时的言论虽然没有见到功效，而今天却见到了。你那时轻信别人，做事率意，所以被人中伤。为此停官十年，而你却能陶然自乐。《诗经》中所说的“岂弟君子”，你杨绘就是这样的人。彭城是名城大郡，是我国的中原重镇。为政有方，百姓欢悦，那时朕不会忘记你的功劳。皇帝批阅：照此执行。

陈荐赠光禄大夫

敕：昔我英祖博求天下之士，以辅翼我神考于东宫。二十余年之间，山陵既成，人物改谢。顾瞻在廷一二臣外，罔有存者。朕恻然伤之，永怀其人。具官陈荐，刚毅木讷，器远任重。密勿左右，以责难为爱君；周旋藩辅，以恤民为报国。沦丧未几，风烈如在。虽死者不可复作，而追荣之典，犹足以宠绥其子孙。且使朴忠守道之士，知朕意之所予者。可。

【译文】皇帝敕令：当年我英宗皇帝广泛搜求天下人才，来辅佐我神宗皇帝于太子东宫。二十多年之间，两代皇帝都以化做山陵，朝中人物也更替变化。放眼看去，除尚在朝中的一两位大臣之外，没有在世之人了。朕黯然伤心，深深地怀念这些故臣。命官陈荐，刚强坚毅耿直不阿，器量深远肩负重任。在朝堂时勤勉不懈，把进谏看作爱护君王；外任于名藩大镇，把体恤百姓看做是报效国家。逝世时日未久，遗风如同尚在。虽然死者不能复生，而追赠隆宠的礼仪，尚足以安抚宽慰他的子孙。并且使朴厚忠诚恪守道义的士大夫了解朕的好恶。皇帝批阅：照此执行。

吕穆仲京东提刑唐义问河北西路提刑

敕：先帝立法更制，所以约束监司守令，使不得营私而害民者，可谓至矣。朕始罢赋泉之令，复征徭之法。凡先帝之约束，当益申而严之。使出力从政之民，无所复病。以尔穆仲等，或端静有守，敏于为政；或直亮多闻，志于仕道。而京东、河朔，皆天下重地也。往修厥官，称朕意焉。可。

【译文】皇帝敕令：先帝建立法令变更旧制，是用来约束路中长官、知州县令，使他们不能谋取私利而残害百姓的，可以说是用心良苦了。朕刚刚废止了钱赋的法令，恢复了征调夫役的法令。凡是先帝约束地方官吏的诸项，应当更加严格地执行。使得服从政令勤苦耕作的农民，不再受到侵害。穆仲等人，或是端正而宥操守，勤于民政；或是忠直磊落见识广远，有志于仕途。而京东、河北，都是我朝至关重要之地。你等谨慎前往赴职，务要使朕满意。皇帝批阅：照此执行。

沈叔通知海州

敕：朕嗣位以来，通商惠农，施舍已责。有不顺成，荒政毕举。而海滨之民，群聚剽掠，此吏不称职，备灾无素之过也。今选命汝，惟往安之，非胜之也。民苟有以生矣，其肯自弃于恶？可。

【译文】皇帝敕令：朕继承皇位以来，开市贸易，以利便农，责成官吏施惠于民。不敢丝毫不顺应民意，救荒的举措也都实施了。而海滨的民众，成群为盗，劫略钱粮。这是地方官吏不称职，救灾工作完成得不好的过错。如今选派你前往海州安抚民众，不是你胜任这个官职。百姓如果能够活下去，怎么会把自己置于作恶犯罪的处境呢中？皇帝批阅：照此执行。

孙向保州通判

敕孙向：一郡之寄，在汝守贰。察奸举能，既复其旧矣。则达政之吏，可以有为。尔通练民事，既试有劳。其从所请，以观来效。可。

【译文】皇帝敕命孙向：一个州郡的治理，就在于你们知州和通判。督察奸邪荐举贤能，就会恢复到原来的清静。所以精于治民的官吏，就可以有所作为。你通晓民事，练达人情，试官之日，已见劳苦。今听从你的请求，以观察来日的治绩。皇帝批阅：照此执行。

邓辟朝散郎 监邕州填乃金坑

瘴雾之乡。上币所出。累年于此，勤亦至矣。法当迁秩，以答久劳。可。

【译文】瘴毒浓雾之处，正是朝廷铜币的产地。你多年在该地辛劳，可谓勤勉之极了。依照法令应当迁官，以答谢你多年的劳苦。皇帝批阅：照此执行。

荆王新妇王氏潭国夫人

敕：《易》称中馈，为《家人》之正吉；《诗》美羔羊，盖《鹊巢》之功致。妇德有常，含章不曜。能使君子，乐且有仪。则内助之贤，从可知矣。王氏早服师傅，习闻《诗》《礼》。富贵而能恭俭，俯仰极于孝慈。令问蔼然，刑于宗族。其改封大国，象服是宜。以称我叔父之德，为内命妇之法，岂不休哉！可。

【译文】皇帝敕令：《周易》中称美妇人主持家事，是做为《家人》中的贞吉而言；《诗经》中赞美羔羊，是《鹊巢》讽喻的功效。妇人的美德自有定论，她内心蕴藏着华美却不闪耀于外。她能使君子欢乐而又珍视仪态。如此，她成为贤淑的内助，就可想而知了。王氏少年时就学于老师，诵习《诗经》和三《礼》。生于富贵之家却能恭谨俭朴，勤于家务而格外慈孝。名声佳美，成为宗族的模范。她，改封为大国夫人，使她的尊贵达到可以穿戴象服的等级。以此来称颂我叔父的仁德，且将它做为内廷命妇的法式，岂不美哉！皇帝批阅：照此执行。

刘庠赠大中大夫

敕：国以求贤为事，士以得时为急。士既难进而易退，时亦难得而易失。日月逝矣，岁不我与。古人之叹，复见于今。具官刘庠，才备德博，器远任重。逮事三朝，出入二纪。英祖神考，实知其人。而刚毅朴忠，学不少贬。肆朕嗣位，畴咨故老。如庠等辈，不过数人。方当召用，命不少假。使九原而可作，虽百身其何赎？式章异数，贲于其柩。虽知无益，以塞余哀。可。

【译文】皇帝敕令：国家把搜求贤德的人才当做大事，士子以抓住机遇为当务之急。士子既难于进用而易于斥退，时机也难于把握而易于失去。日月轮替，光阴不可能倒流。古人的感慨，又在今天看到了。命官刘庠，才干优异德行深厚，器局高远能当重任。在三朝中事奉先帝，出将入相二十年。英宗、神宗，深深了解他的为人。刚强坚毅朴实忠贞，学术也没有丝毫逊色。朕继承皇位，意欲向故臣元老咨询。像刘庠等人，不过数人而已。正当要召用他的时候，而年命却不能稍有延误。假使能使他从九原之下死而复活，即使用百人之身又怎能将他赎回？对他的赠典异乎常格，用珍宝装饰他的灵柩。虽然知道这也是徒劳，但还是可以用来表达无尽的哀思。皇帝批阅：照此执行。

李琮知吉州

敕李琮：汝以久远无根之赋，使畏威怀赏之吏，均之于无辜之民。民以病告，闻之惕然。使吏覆视，皆如所闻。既正其事矣，而汝犹自言，若无罪然。朕惟更赦，不汝深咎。迁于一州，往深念之。庐陵之富，甲于江外。使民安汝，朕则汝安。可。

【译文】皇帝敕命李琮：你把今后应缴的并无根据的赋税，让那些惧怕威刑贪功求赏的官吏，摊派给无辜的百姓。民众受到残害，申诉其冤，朕听了之后十分惊疑。派遣官吏重新验察，一切都与听到的相同。事情已经明明白白，而你还自我辩解，好像你并无罪过。朕想宽赦于你，并不深究你的过失。调你去担任一州的知州，你去后定要牢牢记住朕的宽容。吉州物产丰富，在江南诸州堪称第一。要让百姓从你那里得到安养，朕才会保住你的平安。皇帝批阅：照此执行。

高士良可文思副使

敕高士良：汝阅习民兵，技艺超等。课以岁月，于法当迁。往服宠灵，益思来效。

【译文】皇帝敕命高士良：你教阅训练民兵，技艺为特优之等。再经过审查你的资历，依照法令应当升迁。如今你接受朕的宠爱，还要更加尽力为国。

皇叔叔遂可赠怀州防御使追封河内侯

敕：生于富贵而无骄逸之患，终于禄位而有归全之美。始终之义，有足贤者。具官叔遂，性于忠孝，文以礼乐。盖蒙祖宗之泽，而服师保之训。克有令闻，以没元身。是用爵之通侯，官以持节。上以惇劝于宗室，下以宠绥其子孙。可。

【译文】皇帝敕令：你生长在富贵之家，却没有骄奢淫逸的毛病；你食禄而亡，善始善终。这有始有终的道义，足以为人称道。命官皇叔叔遂，以忠孝养性，以礼乐修身。蒙受祖宗的德泽，服从师傅的教诲。美好的名声已经传扬，不幸亡故于今。因此朕封以通侯之爵，授以防御使之官。对上用来劝勉宗族子弟，对下用来隆宠他的子孙。皇帝批阅：照此执行。

扬王子孝骞等二人荆王子孝治等七人并远州团练使

敕某等：先皇帝笃兄弟之好，以恩胜义，不许二叔出居于外，盖武王待周召之意。太皇太后严朝廷之礼，以义制恩，始从其请，出就外宅，得孔子远其子之意。二圣不同，同归于道，可以为万世法。朕奉侍两宫，按行新第，顾瞻怀思，潸然出涕。昔汉明帝问东平王："在家何等为乐？"王言："为善最乐。"帝大其言，因送列侯印十九枚，诸子年五岁以上悉带之。著之简策，天下不以为私。今王诸子，性于忠孝，渐于礼义，自胜衣以上，颀然皆有成人之风，朕甚嘉之。其各进一官，以助其为善之乐。尚勉之哉，毋忝乃父祖，以为邦家光。可。

【译文】皇帝敕命孝骞等：先帝最看重兄弟间的友情，把恩情看得胜过道义。不许朕的两位皇叔出居外地，这是周武王对待周公、召公的遗意。太皇太后端肃朝廷礼法，用道义来克制感情，才同意了两位皇叔住到宫廷之外的请求，这是深得孔子所主张的把儿子放到远地的遗意。两位圣人主张各有不同，然而都合于大道，都可以做为流传万世的法则。朕陪着太皇太后和皇太后到皇叔新居去看望慰问，想起往日的深情，不觉潸然落泪。往昔汉明帝问东平王说："在家里做什么事最为快乐？"东平王回答说："做善事最快乐。"明帝十分赞赏他的话，于是送给他十九枚封侯的金印，使东平王五岁以上的儿子都佩戴封侯之印。此事记录在史书之中，天下士民并不把明帝的做法看做谋私。如今二王的各位儿子，仍旧是忠孝养性，礼义修身，从少年以上诸人，都卓然有成人的风度。朕十分欣喜。今为你等每人进官一阶，用来助你们做善事的快乐。望你们时时自勉，不要愧对你们的父祖前辈，为家族争光。皇帝批阅：照此执行。

吕公著妻鲁氏赠国夫人

敕：妇人之德，如玉在渊，虽不可见，必形诸外。视其夫有羔羊之直，相其子有麟趾之仁，则内德之茂，从可知矣。具官吕公著故妻鲁氏，名臣之子，元老之妇。所资者深，故志存乎仁；所见者大，故动协于礼。环佩穆然，闺门化之。而降年不永，禄不配德。其改封大国，正位小君。庶几为女史之光，非独慰其夫子而已。可。

【译文】皇帝敕令：妇女的美德，就像是美玉在深渊之中，虽然不能得见玉的本身，但一定会有光辉显露出来。观察她的丈夫具有《诗经·羔羊》所赞美的正直，观察她的儿子具有《诗经·麟之趾》所赞美的仁爱，那么女主人深厚的品德，就可以了解了。命官吕公著已故的妻子鲁氏，是名门之女，功臣的夫人。得到的教育很完美，因此具有深厚的仁爱之心；她的见识广博，所以举止合于礼法。服饰端庄，是妇女的榜样。但享年不长，所获封赠不能与她的美德相配。故改封她为赠国夫人，能符合于王侯之妻的身份。这将使她成为妇女的荣耀，并非仅仅慰藉她的丈夫儿子而已。皇帝批阅：照此执行。

仲暹可遥郡防御使

敕仲暹：居贫贱而有闻易，处富贵而无过难。凡我宗室，皆有位著。虽不任以事，无所施其才；而刑于厥家，有以考其行。日月其迈，爵秩当迁。朕不尔私，服之无愧。可。

【译文】皇帝敕命仲暹：处在贫贱之中为人称道容易做到，处在富贵之位而没有过失却很难。凡我赵姓宗亲，都有很高的名位。虽然没有任命具体的职事，无处施展各自的才能；但观察他在家中的行事，也可以了解他的品德。岁月已久，官爵应当升迁。朕并不以私心待你，你接受奖赏无愧于心。皇帝批阅：照此执行。

司马光三代妻

曾祖政太子太保

敕：《书》曰："皋陶迈种德。"种之远，故其发也难。发之难，故其报也大。古之君子，有种德于百年之前，而待报于数世之后者。昔闻其语，今见其人。某官某故曾祖某官某，笃行有闻，信于乡国。怀道不试，遗其子孙。天不吾欺，再世而显。至于曾孙，其德日跻。衮衣绣裳，进位于朝，退有事于家庙。其致朕命，诏于有神。尚食其报，以康乃后。可。

【译文】皇帝敕令：《尚书》说："皋陶为绵远的后代栽种了仁德。"栽种是为了绵远的后代，所以它的萌发也就难，萌发困难，他得到的回报也就硕大。古代的君子，有的在百年之前树立仁德，而等待几世之后有所回报的。往昔听到他的言语，如今看到了回报的人。某官司马光已故的曾祖某官司马政，行义深厚俱有美名，在乡里之间深受信赖。心怀正道没有入仕，而把美好的德行留给他的后世子孙。上天不会欺蒙下民，两代之后果然显赫。到了曾孙这一代德行更加高迈。穿着衮龙的朝服锦绣的衣裳，得以进身为朝廷宰相。退处之后，也不负祖宗家庙。请把朕的封赠，诏告于神明的祖先。让他得到这丰硕的回报，保佑他的后代永远康宁。皇帝批阅：照此执行。

曾祖母薛氏温国太夫人

敕：朕自通籍之臣，皆有以宠绥其父母。而自祖以上，非予丞弼之家，莫获褒显。君子之孝，至于尊祖，以及其妣，用邦君之礼，以隆其家，可谓至矣。某官某故曾祖母某氏，专静有守，柔嘉维则。经之以孝慈，纬之以恭俭。使清白之训，不坠于子孙；而隐德之报，可质于天地。我有异数，诏于幽穸。翟茀副笄，尚服享之。可。

【译文】皇帝敕令：朕对于受命的官吏，都会有用以隆宠安慰他父母的封赏。而从他的祖父之上，如果不是丞相辅弼大臣，就不能得到褒奖和显扬。君子的孝顺，可以到尊奉他的祖父，由此连带于他的祖母，用封国的礼仪来隆宠他的家族，可以说是光耀之极了。某官司马光已故的曾祖母薛氏，沉静而有礼，以慈善为处事原则。孝顺慈爱为主，恭谨节俭随之。使清白为人的遗训，不在后世子孙中消失。美好品德的回报，可与天地为证。我以超越常格的封赠，诏告于九泉之下的亡灵。饰以翠羽的车辆，加以美饰的簪笄，请你享用它们。皇帝批阅：照此执行。

祖炫太子太傅

敕：朕有元臣，以德媚于上下。民见其羽旄，闻其车马之音，则稽首而聚观之。况其父祖坟墓之所在，望其草木，盖有流涕而拜者。锡命之宠，岂特以慰其家而已哉？某官某故祖父某官某，笃学力行，追配前人。仕道难进，止于一命。无疆之庆，在其子孙。风流未远，英烈如在。歆予宠章，以慰民望。可。

【译文】皇帝敕令：朕有元老大臣，君王和臣民都喜爱他的清德。百姓见到了他的旗帜，听到了他的车马之声，就会聚拢在一起稽首作揖而围观他。连他祖父和父亲所葬的墓前，人们望见坟上的草木，也有流着眼泪而叩拜的。朕给予隆宠的封赏，岂只是用来抚慰他一家而已？某官司马光已故的祖父某官司马炫，好学不倦，努力为善，可以与前人媲美。仕途难以得进，在世只有一命之爵。而他无休止的祥庆，留给了他的子孙。美好的风范并未远逝，英烈之气如同尚存。朕赐予美好的赞词，用以告慰万民之仰。皇帝批阅：照此执行。

祖母皇甫氏温国太夫人

敕：夫天人之际，若不可知，而善恶之报，各以其类。凡今富贵寿考，光显于世，朕察其父母、大父母，未有不仁而得之者也。某官某故祖母某氏，令德孝恭，著于闺门。好礼慈俭，刑于姻族。始生贤子，以大其家。而余泽方茂，福禄未究。再世之后，莫之与京。愍册追荣，国有常典。庶几幽壤，服我宠灵。可。

【译文】皇帝敕令：上天与下民之间的规律，并不容易知晓，而行善作恶的报应，却是各自分明。凡是当今富贵长寿，显赫于世的人，朕考察他的父母、祖父母，没有不仁不义而后代获福的。某官司马光已故的祖母皇甫氏，孝顺恭谨的美德，名显于妇女之中。喜好礼义慈祥俭朴，在亲族中树立了典范。生下贤德的儿子，光大了自己的门庭。而今恩泽正盛，后代的富贵利禄不可限量。再过一代，就没有人能与之向比了。朕哀愍册封，追赠荣耀，这是国家固定的法典。你可在幽暗的地下，接受我隆重的封赠。皇帝批阅：照此执行。

父池赠太师追封温国公

敕：朕闻盛德之士，必与天合。考之古人而无疑，质诸鬼神而不惭。虽不当世，必有达者。某官某故父某官某，德为世范，言为士则。躬蹈险夷之节，庶几颜、闵之行。事我仁祖，为时名臣。而儒术之用，止于侍从；德泽之施，极于方镇。天厚其世，笃生异人。不求而名自章，不言而人自信。皆曰君子之子，宜为天下之用。朕既采民言，俾秉国成；而渊源之深，推本所自。命以师臣，祚之大国。使人知有道之士，虽没有无疆之休。可。

【译文】皇帝敕令：朕听说德行高迈的士子，必然与天道相吻合。考察古人信而无疑。面对鬼神，面无惭色。虽然不一定当世有所作为，而后代必有显达之人。某官司马光已故的父亲某官司马池，德行为天下人的表率，言论为士子们的准则。有不畏艰难的志节，有颜回、闵子骞的品行。仕于我仁宗一朝，是当时的名臣。广纳儒者的治国方略，直至侍从之官；恩德雨露的施与，直至方镇将帅。上天厚待这个世界，降生了一代奇伟之人。无所追求而声名自然淳美，不必说话而人人感到信服。都称道说这是君子之子，应当得到辅佐天下的重用。朕采纳众人的议论，任他为国家的宰辅。而道德渊源之深厚，还要推求根本所在。朕以太师之官授与他，把大国封给他。使人人都知道有道之士虽已死去，仍会享受无尽的荣耀。皇帝批阅：照此执行。

母聂氏温国太夫人

敕：古之烈妇，著在史册，非有忧患，不见名节。若夫令德懿行，秀于闺门，而湮灭无传，何可胜数？独赖子孙之贤，或以表见于世。君子之欲得位行道，岂非以显亲扬名之故欤？某官某故母聂氏，早以淑女，嫔于德人。恭俭信顺，以相其夫；慈和严翼，以成其子。使朕得名世之士，以济于艰难。其遗风余泽，盖有存者。改封大国，正位小君。非独以报其德，庶几令名与子俱传于天下。可。

【译文】皇帝敕令：古代的烈女，都记载于史书之中，如果不遇到忧患，很难显现出她的名节。那些有美好德行，在妇女中秀拔出众而湮灭无闻的妇女，哪里能数得清？只能靠子孙的贤德，才有可能留名于世。君子们都想得到高位推行大道，难道不是为了光宗耀祖、名扬后世的缘故吗？某官司马光已故的母亲聂氏，早年以贤淑女子嫁给有德之人。恭谨俭朴，诚信孝顺，来辅助她的丈夫；慈祥温和严肃尽力，来教导她的儿子。使朕得到了盖世英才，得以度过艰难之时。她那美好的遗风遗德，至今还传留在人间。今特为她改封大国，使她合于王侯之妻的高位，这不仅是为回报她的美德，或许可以让她的美名，和她的儿子共同流传到天下后世。皇帝批阅：照此执行。

故妻张氏温国夫人

敕：夫妇之好，义同宾友。勤瘁相成于艰难之中，而死生契阔于安乐之后。朕闻其事，恻然伤之。具官某故妻某氏，少以女工，不勤姆师。归于德门，克有令问。从我元老，辞宠居约。游神清净之庭，守德寂寞之宅。始终之际，无愧古人。我有宠章，慰其永逝。其正名于大国，以从姑于九原。可。

【译文】皇帝敕令：夫妻之间的交好，恩义如同宾客朋友。艰辛劳苦彼此相助于艰难之中，在得到安享欢乐之后，你却与世长辞。朕听说你的行事，黯然伤心。命官司马光已故的妻子张氏，少年时精习女工，不烦劳保姆师傅。嫁到有德之家，就有美好的名声。跟从着我元老大臣，抛却了荣华而甘于俭约。精神超脱于空寂之中，恪守德操于寂寞的地下。自始至终，无愧于古代的烈妇。我有美好的赞词，安慰你永远逝去的灵魂。改封你为大国夫人以正名分，使你在九泉之下仍事奉你的婆母。皇帝批阅：照此执行。

张恕将作监丞

敕：朕惟人材之难，长育之无素，事至而求，有不可得。是以访之元臣大老之家，推择其子弟，庶几似之。以尔名臣之子，笃学好礼，敏于从政。试之匠事，以观其能。尔克远猷，无忝乃父，以称朕意。可。

【译文】皇帝敕令：朕以为人才很难得到，培养他们却不常注意，临到有事才去求取，恐怕难以得到。因此在元老大臣家访求他们的子弟，大多与其父祖相似。你乃是名臣之子，孜孜苦学，喜好礼义，办理政事机敏干练。今命你赴将作监试职，以考察你的才能。你要继承传家的美名，不要愧对你的父亲，使朕感到满意。皇帝批阅：照此执行。

赵济知解州

敕赵济：古者官有常人，士有定论。雍也可使南面，求也可使为百乘宰。论定而官不浮，则民服。汝长西师，历年于此矣。考之清议，不曰汝宜，尚畀一城，以观来效。敬之戒之，毋失朕命。

【译文】皇帝敕命赵济：古代各种官职都有能者担任，士大夫也有一定之论。冉雍可以命他担任部门或地方的长官，冉求则可以担任小国的辅相。有了定论，官吏就会尽其所能，百姓才能敬服他们。你在西北担任地方官吏，已经好几年了。若凭着人们的议论，人们都没有赞扬你，如今朕再交给你一个州郡，以考察你的治绩。望你谨慎从事，时时警醒自己，不要辜负了朕的任命。

李承之知青州

敕：朕东望齐鲁之国，河岱之间，沃野千里，生齿亿万。商农阜通，儒侠杂居。可以大度长者胜，难以细谨法吏治也。具官李承之，生于甲族，世为名臣。屡试有劳，所见者大。肆予命汝，尹兹东土。昔曹参为齐，问治于其师盖公。公曰：“治道贵清净而民自定。”汝师其言，则予汝嘉。可。

【译文】皇帝敕令：朕向东眺望古齐鲁之国，处在黄河泰山之间，良田千里，民众亿万。商贾农业通达富庶，儒者侠士杂居其间。此地可以凭长者的豁然大度得到治理，难以用苛细的执法之吏得到治理。命官李承之，生长于望族，代代为我朝名臣。多次试官劳绩可嘉，识见卓远胸襟开阔。今朕命你到东方为一州之长。当年曹参治理齐地，向他的老师盖公问为政之道。盖公说：“治民的根本是谨守清静，这样百姓自然就会安定。”如果你也能遵从盖公之言，朕定会嘉奖于你。皇帝批阅：照此执行。

韩维三代妻

曾祖处均燕国公

敕：汉诸袁之父子，四世继出五公；唐诸温之兄弟，同时并列三省。著在图史，古无拟伦。眷予世臣，有若韩氏。亿事仁祖，始参大政。笃生三子，咸秉国成。岂惟嗣世之贤，实赖积善之报。具官某曾祖某，潜德不耀，久而自彰。天祚厥家，世济其美。盛矣曾孙之贵，蔚为三寿之朋。逮予缵嗣之初，继受艰难之托。允文而靖，既直且温。旋观纯德之全，尚识遗风之自。是用因上公之旧秩，开北国之新封。仰以增庙室之光华，俯以慰烝尝之怵惕。可。

【译文】皇帝敕令：汉代袁氏父子，四代当中出了五位三公。唐朝温氏兄弟，同时担任三省的长官。这些都已写在史书之中，古往今来无与伦比。我朝的命世大臣，也有韩氏一族。韩亿事奉仁宗皇帝，开始担任宰相参与朝政。生下三子，都成为国家重臣。这难道仅仅是有继世的贤才？实在是祖上积善的回报。命官韩维的曾祖韩处均，内存美德而不外露，天长地久必然昭彰。上天赐福给韩氏一家，世世代代都有卓越的人才。曾孙一代更为盛大，郁郁葱葱年高德劭。到了朕即位初年，接受了先帝度过艰危的嘱托。韩维以文治国，天下安定，他刚直而又温雅。纵观他完美纯一的道德，可想见他父祖的美好风范。因此朕采用封赏三公的旧制，给他的曾祖封以北方的大国，上可为我祖庙增添光彩，下可使我虔诚的祭祀得以告慰。皇帝批阅：照此执行。

曾祖母李氏燕国太夫人

敕：朕惟公卿之家，有能父子，躬履一德，弼亮三世，非其渊源深长，外有《羔羊》谅直之贤，内有《鸤鸠》均一之助，亦安能奕世秉义久而不忘者乎？具官韩维曾祖母李氏，育德名家，作嫔良士。珩璜之节，动必以礼，苹藻之荐，敬而有仪。用能使其后昆，丞弼我国家，以无罣于世。今其莅政，责任兹始。余亦何爱大国，不以易汤沐之旧？可。

【译文】皇帝敕令：朕认为三公九卿之家，有能够父子两代道德一贯、父祖三代显扬于世的，如果没有深厚长远的渊源，外有《诗经·羔羊》所赞美的宽厚正直的贤能，内有《诗经·鸤鸠》所说的用心专一的扶助，又怎能累代秉持道义历久而不忘呢？命官韩维的曾祖母李氏，出生在名门有德之家，嫁给贤良端正的士子。尊上爱下的礼节，一举一动都不失其道；事奉丈夫的事体，恭敬而合于仪范。因此才能使他的后代辅佐我的国家，不留遗患给后世。如今他正主持国政，治国的大业刚刚开始。我怎能吝惜一个大国之封，何不用它来改变祭祀的旧礼？皇帝批阅：照此执行。

祖保枢鲁国公

敕：朕方图任股肱之臣，以光大祖宗之业。用广斯志，以及尔私。人之念祖，谁不如我？是以推沛恩命，褒显前人。具官某祖某，躬履仁义，著迹乡党。积累深厚，见于子孙。或佐我仁祖之盛明，或相我神考之休烈。遗风未远，故吏尚存。逮兹缵承，继用耆哲。朕既恭默思道，垂拱责成。与其宠禄厥躬，不若尊大其祖。上以报贻谋之德，下以励移孝之诚。肇新曲阜之封，增宠师臣之赠。服我休命，益大尔家。可。

【译文】皇帝敕令：朕正在搜求治国的重臣，来光大祖宗的基业。为要振起他的大志，也必要恩及他的一家。人们怀念自己的祖先，谁不是和我同样的心思？因此我要把恩惠推行广大，使他的祖先得到褒扬和显荣。命官韩维的祖父韩保枢，一生仁爱忠义，名声事迹流传于乡里。道德的深厚积累，遗留在子孙后世身上。有的助成了我仁宗皇帝的圣明，有的助成了我神宗皇帝的美德。那美好的遗风并未远去，旧时的官吏还有在世之人。当此继承皇位之时，朕继续重用睿哲的老臣。朕恭敬缄默遵守大道，清净无为以督责臣下治国有成。与其把荣宠都加于大臣一人，不如把恩惠广施给他的祖先。对上可以报答他为国谋划的大德，对下可以激励将孝心加给父祖的真诚。把鲁国旧地封赠给你，并加以太师的美称。请接受我这美好的封赠，更加光大你的家族。皇帝批阅：照此执行。

祖母郭氏周氏赠鲁国太夫人

敕：古者妇人爵因其夫，贵以其子。虽有过人之才，绝俗之行，不得所托，不表于世。今余辅臣父子兄弟，先后相望，以师长我百辟。愿推鸿恩，光显先烈。维考维妣，咸追锡休命，肆予宠嘉之。具官祖母某氏，德称闺闱，化及宗党。允蹈《家人》之正，居有《鹊巢》之福。翟衣之盛，由子而获。国封之贵，及孙而大。兹用锡尔周公之封，以炽韩氏之胄。庶其有知，服我新命。

【译文】皇帝敕令：古代妇女的爵位要根据他的丈夫而定，妇女的富贵要凭着他的儿子才能得到。即使是有超人的才能，绝世的美德，如果没有依托，就无法显扬于世。如今我辅佐大臣的父子兄弟，前后相继，身为百官之长。我愿推广皇恩，彰扬前朝遗烈。不论是他们的父亲祖父，还是母亲祖母，一概追赐美好的名爵，来表达朕对他们的宠爱。命官韩维的祖母郭氏、周氏，贤慧受到闺门的赞颂，使宗族乡里都得到感化。处事平允深得《易》卦《家人》之道，居处于家而获得《诗经·鹊巢》所说之爵。羽饰的车服，由其子而获得；国夫人的贵封，到其孙更加光大。此赐与你周公曾封的大国，使韩氏的后裔更加荣耀。你等如果九泉之下尚有灵应，请接受我这新的封赠。

父亿赠冀国公

敕：朕闻仁宗在位之久，有同成、康，得士之盛，不减武、宣。如储药石，以待疾疢；如种梓漆，以备器用。凡今中外文武之选，率多庆历、嘉祐之人。而况一时之老成，与闻当年之大政。德业传于父老，仪刑见于子孙。名在国史，像在原庙。朕用慨然，想见其人。具官某故父某，少禀异材，进由直道。出为循吏，入为名卿。福禄终身，而人不疵；富贵奕世，而天不厌。笃生三子，翼辅两朝。旌旄交驰，棨戟互设。朕欲贲其家庙，而贵已穷于人爵。改封大国，益著隆名。庶使昭陵之老臣，永为北土之藩辅。可。

【译文】皇帝敕令：朕听说仁宗皇帝在位年代长久，如同周成王、周康王；获取人才之多，不亚于汉武帝、汉宣帝。就像是储备了药品针石，防备一朝生病；又如同种植下梓木漆木，防备建造屋室之用。如今朝廷内外主要的文臣武将，大都是庆历、嘉祐时拣选出来的人才，更何况当时老成持重的大臣，那时就已经参与朝廷大政的谋划。他们的德行功业流传在父老口中，他们的表率典范重现在子孙身上。英名记录在国家的史册，塑像安放在朝廷的宗庙。因此朕感慨万千，时时回想着这些名臣。命官韩维已故的父亲韩亿，年轻时已具有超人的才干，经朝廷简选而为官入仕，治民为循良之吏，入朝为凛然公卿。一生享有荣华，而不见一点瑕疵；富贵传流几代，而上天不辜负他的仁义，生下了三个儿子，辅佐我两朝帝君。旌旗交驰于兄弟之间，仪仗并列在各府之前。朕想使韩氏家庙更加壮伟，而韩氏的尊贵已无以复加。朕现改封一个大国，使亡者的名声更加隆宠。愿那陪伴昭陵的老臣，永远拥有北方大国之封。皇帝批阅：照此执行。

母蒲氏王氏赠秦国太夫人

敕：慎终追远，仁也；显亲扬名，孝也。得志行道，泽可以及天下，而富贵不能及其亲，天也。虽不能及，而追荣之典，可以贯幽明，褒大之训，可以表后世，礼也。呜呼！此亦仁之至，义之尽矣。具官某故母某氏，族为士望，德为女师。恭俭以相其夫，严敬以成其子。使朕获老成之佐，以济艰难之功。宜推异恩，以报旧德。可。

【译文】皇帝敕令：对待臣下有所善终，追怀他祖先的忠诚，这是天子之仁；使自己的双亲地位显贵美名流传，这是人子之孝。仕途得志而推行仁义之道，可以把恩惠施于天下万民。而富贵荣华没有来得及加给他的母亲，这是上天之意。虽然你母亲在世未能尽享荣贵，然而朝廷的追封，仍旧可以下通黄泉，称扬崇大的训戒，也可以光表后世，这是朝廷之礼。啊，这是最大的仁，也是最大的义了。命官韩维已故的母亲蒲氏，出生于世家望族，贤良为妇女的表率。谦恭节俭地辅助丈夫，严格教育使他的儿子成为栋梁之材。使朕得到了老成持重的辅臣，共同度过了艰难岁月。应加以异乎寻常的恩典，来回报她往日的贤德。皇帝批阅：照此执行。

故妻张氏同安郡夫人

敕：朕登进元臣，专以德选。退食委蛇，省察其私，有《召南》之风焉。抑抑威仪，惟德之隅。非内有相贰，何以及此？具官韩维妻张氏，生于冠族，作配君子。言有物则，行应图史。宜疏汤沐之封，以称山河之象。祗服明命，佑我老臣。俾无内顾之忧，专任仰成之寄。可。

【译文】皇帝敕令：朕选用宰辅大臣，只看重他的品德。为官恭谨，能反省自身的不足，有《诗经·召南》所赞美的风范。仪容美好，德行深厚。如果家中没有贤妻，怎能达到如此完美？命官韩维已故的妻子张氏，出生于茂盛大族，嫁给君子为侣。言语合于仪轨，行为与古代列女相同。理应给予食邑的封赠，才合于国家的体统。望你接受这美好的封赠，保佑我在朝的老臣。使他没有对你的遗憾，全心全意地辅我王朝。皇帝批阅：照此执行。

故妻苏氏永嘉郡夫人

敕：妇人有德行才智之能，而不得施于事；有言语文章之美，而不得闻于人。而况仁而不寿，贤而不禄者乎？此诗人所以赋彤管，而史氏所以传列女也。具官某故妻某氏，少以女士，秀于闺门；来嫔德人，动以礼法。而不得与君子偕老，翟茀以朝，哀哉若人，命之不淑。其改赐汤沐，宠以训词。庶几采蘩之遗芳，不与宿草而共尽。可。

【译文】皇帝敕令：许多有美好德行和聪明才智的人，还不能为世所用，许多有美好议论和文章辞赋的人，还不能为人所知。何况虽然仁惠而寿命不长，虽然贤能而难享福禄的人呢？这正是诗人之所以写下“彤管有炜”的诗句，而史官之所以作《列女传》的原因。命官韩维已故的妻子苏氏，少年时以女德出众，受到闺门的称赞；嫁给有德的君子，举动无不合礼。然而未能与君子白头偕老，坐着翠羽装饰的宝车朝见天子。这样的人令人深感悲哀，哀叹她天命短促。朕改赐一座城邑，并把这封诰词一同赐给你。这才能留下你的美名，不至于随野草一同消亡。皇帝批阅：照此执行。

赵济落直龙图阁管勾中岳庙

敕赵济：有司言汝罪恶有状，小人有不忍为而汝为之。朕惟羞污搢绅，重置汝于理。其退处散地，以励风俗。可。

【译文】皇帝敕命赵济：有关部门讲述你的罪恶，桩桩件件，事实俱在，连无知小民都不忍做的，你却能够做出来。朕惟恐重重治你的罪，会使贤士大夫感到羞耻。故而命你退居闲职，以端肃为吏之风。皇帝批阅：照此执行。

王彭知婺州孙昌龄知苏州岑象求知果州

敕具官某：为吏莫不欲威而明。威不可立也，惟公则威；明不可作也，惟虚则明。郡无大小，民无刚柔，事无繁简，政无难易。惟公而虚，无适而不治。以尔用法之久，不失仁恕；折狱之多，滋识情伪。孙昌龄、岑象求改云："端静有守，悃愊无华，奉使历年，吏民宜之。"其悉乃心，施于有政。不侮鳏寡，毋扰狱市，称朕意焉。可。

【译文】皇帝敕令现任命官王彭、孙昌龄、岑象求：为官者没有一个不想具有威严和清明，威严是不能自己树立的，只有秉公执法，才能具有威严；清明是不能依照条款的，只有内心无私，才能真正清明。不论大小州郡，不论百姓刚猛柔弱，不论政事繁杂简易，只要秉公而无私，走到哪里都能把兵民治好。你执法已经很久，没有失去仁爱宽恕之心；处理的狱讼已经很多，能深深究察情理的真伪。（在给孙昌龄、岑象求的制词中，这两句话改作"端庄肃静坚守原则，处事实在而不华众取宠；多年在诸路为使臣，官吏和民众都深感合宜"。）你可将既往的仁爱，施与一州之民。不轻侮鳏寡，不滥兴冤狱，以此使朕满意。皇帝批阅：照此执行。

王子韶主客郎中周尹考功郎中

敕王子韶等：事有繁简，才有所宜。要之郎官，天下之清选也。朕有所择于其人，而无所轻重于其间。以尔子韶博闻强记，老而能学；以尔尹果艺而达，知无不为。各率其职，而用其长，朕将观焉。可。

【译文】皇帝敕命王子韶等：政事有繁有简，才干有相应有不相应。总而言之，郎中之官，是天下清要的官职。朕对此官的选择十分严格，而并不把繁杂的事务加给他们。以你王子韶的博闻强记，孜孜而学，至老不倦的精神；以你周尹的果断练达，有所知必然有所为的能力来担任此职。望你们各自做好自己的职事，发挥自己的长处，朕要观察你们的优劣。皇帝批阅：照此执行。

蒋之奇天章阁待制知潭州

敕：三后在上，遗文在下。炳若云汉，昭回于天。乃眷藏书之府，因为育材之地。爰登秀杰，以备顾问。虽持节出使，剖符分忧。一挂名于其间，遂增重于所莅。且使民见侍从之出守，知朝廷之念远也。具官蒋之奇，少以奇才，辅之博学，艺于从政，敏而有功。使之治剧于一方，固当坐啸以终日。勿谓湖湘之远，在余庭户之间。务安斯民，以称朕意。可。

【译文】皇帝敕令：夏商周三代开国天子光耀前朝，他们的遗训至今还在。这些文字如同天汉银河，永远照亮高高的天空。朕因此看重藏书之处，并把它做为培养人才的重地。选拔秀颖杰出之士，充当朕的左右顾问。这样的人即使是手持旌节出使外路，也能够为朝廷分担忧愁。一旦能冠以学士之号，就会使所任之职更加荣耀。况且一方百姓见到天子的侍从大王出守州郡，就会知道朝廷没有忘记远方的人民。命官蒋之奇，年轻时即有异才，又考中博学宏词之科，悉心研究从政之道，聪敏练达有所建树。使你治理一个繁剧的大郡，你也不会感到有沉重的压力，仍会有闲暇歌咏赋诗。不要认为湖南路途遥远，它不过就在朕的门前。望你安抚那里的人民，使朕放宽心怀。皇帝批阅：照此执行。

皇伯祖宗胜赠太尉北海郡王

敕：夫以三公之位，冠诸侯王之爵。元勋盛德，有不能兼。非我父兄亲贤之隆，加之死生哀荣之极，则朕岂以此授非其人哉？具官宗胜，生于高明，克自抑畏。忠厚以为质，礼敬以自文。贵穷人爵，而无骄佚之讥；考终天命，而有归全之美。始终之际，中外所贤；日月有时，窀穸告具。备物典册，以将余哀。岂独慰九原之思，盖将劝庶邦之义。可。

【译文】皇帝敕令：授以三公的高位，冠以侯王的名爵。即使是元老大德之人，也未必能兼而得之。若不因为你是我父亲的兄长这样亲近的隆宠地位，和我对先帝极尽哀悼的心愿，朕岂能把这二者授予别人！命官宗胜，出生门第高贵，能够克制自身敬畏天神，以忠诚敦厚为本，修养自身，深知礼教。贵显已到了极点，却从不骄奢淫逸；得终天年，一生再无遗憾。自始至终，受到朝廷内外的称道。可惜人生有尽，阴宅已经修筑完好。朕为你准备了丧葬的仪仗册命，以表达我无尽的哀思。岂只仅仅为安慰九泉之下的亡灵，更要以此来劝勉宗亲。皇帝批阅：照此执行。

刘有方可昭宣使依旧嘉州刺史内侍省内侍押班

敕：朕为天下父母，推一心以驭百官。内外虽异，爱无差等。皆欲其处无过之地，受有名之赏。则上下相安，人无间言。具官刘有方，少知忠恪，晚益详练。砥砺廉隅，有搢绅之风；祗畏简书，无戏怠之色。历岁滋久，积劳当迁。考之有司，皆曰应法。往服新宠，朕不汝私。可。

【译文】皇帝敕令：朕做为天下的父母之君，以一颗诚心来对待百官。朝官和外任虽然不同，但朕对你们的爱惜并没有差异。都希望你们能保持名节，不犯过失，受到当之无愧的奖赏。这样才能君臣得体，不受人们的议论指责。命官刘有方，自幼懂得忠诚勤勉，到了晚年更为精细干练。处处严谨，时时自省，具有士大夫的风范；以敬畏之心处置简牍书册，从无敷衍懒惰的表现。居官的时日已经长久，劳苦已多，应当升迁。朕已经向有关部门询问，官吏都认为你的升迁合于制度。你放心前去接受新的荣升，朕并不是出于对你的偏私。皇帝批阅：照此执行。

宋滋可右侍禁

敕宋滋：疆埸之臣，所以奋不顾身、义不旋踵者，以朕为能恤其孤也。何爱一官，不以慰死者之意，且以为吏士之劝乎？可。

【译文】皇帝敕命宋滋：驰骋于疆场的将帅，所以能奋不顾身，见义勇为，就是因为朕能够抚恤他们的遗孤。朕哪能吝惜一个官阶，而不用它来安慰死者的遗愿，并以此来劝励所有为官之士呢？皇帝批阅：照此执行。

鞠承之可秦州通判

敕鞠承之：自恢复西鄙，秦为内郡。宿兵之众，有损于前。而远输之劳，至相倍蓰。军政虽简，民事为重。监郡之职，专在养民。有司择材，曰汝可使。往办乃事，无忝所知。可。

【译文】皇帝敕命鞠承之：自从西边诸州收复之后，秦州已经成为内地州郡。此地的驻军人数，较前大大减少，然而长途运输粮米的劳苦，使得此地粮价高出他处几倍。军政虽然已不繁重，而治民之事仍未减轻。通判的职责，主要是安养民众。有关部门选择可用之材，都称赞你能胜任。你前去就职办事，不可辜负众人的推举。皇帝批阅：照此执行。

文及可卫尉少卿

敕文及：汝三公子，以才行闻。擢置要剧，众以为宜。而师臣执谦，重违其请。周庐宿卫，职亲而务简。虽未足以究观汝能，而退食休沐，下车里门，浣衣子舍。岂非缙绅之美谈，而当世之荣观乎？可。

【译文】皇帝敕命文及：你是三公的儿子，才能道德已传闻四方。今拔擢你担任重要之职，众人都认为你适宜此官。只有朕的师傅、你的父亲文彦博出于谦虚，执意请求不要重用你。担任宫廷的守卫，能与朕时时相见，事务单一而不杂乱。虽然这个职务不足以考察你的才能，但进退饮食有时，出入车服有序。这不也是可以在士大夫中传为美谈，在世人中获得荣耀吗？皇帝批阅：照此执行。

李杲卿可京西转运副使张公庠可广东转运副使楚潜可广西转运副使吴革可广东转运判官

敕某官某：朕即位以来，发号施令，务求厥中。而宽者喜纵，忘先帝之约束；急者乐刻，袭文吏之故态。汝以才能治状，达于朕听，其往视之。夫治民如牧羊然，视其后者而鞭之。可。

【译文】皇帝敕命某官李杲卿等人：朕继承君位以来，发布的法令，力求中允公正。但性情宽厚的官吏喜欢放纵，忘记了先帝的教诲；性情褊急的官吏又喜欢苛求，沿袭了汉朝文深守职之吏的恶习。你们的才干和治民的实绩，朕已经有所耳闻，可前往各路赴职理事。治理民众和放牧羊群道理相同，只用鞭子抽打落在后边的就行。皇帝批阅：照此执行。

童珪父参年一百二岁可承务郎致仕

敕童珪父参：古者天子巡守方岳之下，问百年者就见之。而绛县役老，赵武谪其舆尉。今汝黄发鲐背，以上寿闻，其可使与编户齿乎？往以忠孝，教而子孙。可。

【译文】皇帝敕命童珪之父童参：古代天子巡视到五岳之下，询问百岁以上的老人，都要亲自接见他们。春秋时绛县强迫老人服徭役，赵武罢免了该县主管赋役的官。如今这位满头黄发的老人，以百岁的高寿为我所知，怎么能再让你与平民毫无分别呢？你可接受此官，用忠孝之义来教导你的子孙。皇帝批阅：照此执行。

单可度可三班借职出职

敕单可度：在官滋久，更事亦多。而无大过，有足嘉者。往祇宠命，益务廉平。可。

【译文】皇帝敕命单可度：你居官的日时很久，更换的职务也多。并没有出现大的过失，却有很值得称道的劳绩。你可接受这荣耀的任命，望你更加廉正公允。皇帝批阅：照此执行。

智诚知宜州

敕智诚：蠢尔裔夷，譬之蜂蚁。胜之不武，不胜为患。惟尔守臣，威信两立。胜之以不战，消患于未萌。则民受其赐，予惟汝嘉。可。

【译文】皇帝敕命智诚：那些粗蠢的蛮夷，就像是黄蜂蚂蚁。制服他们，也不足以显示我朝的威武；不制服他们，他们就时常劫掠我国。只有靠你这样的边疆守臣，威严和信义同时并用。不用战争的手段就使他们服从，把祸患消灭于萌生之前。这样，百姓得到你的保护，我会重重地嘉奖你。皇帝批阅：照此执行。

张仲可左班殿直

敕张仲：岁之不易，盗贼屡作。爰设勇爵，以劝追胥。尔能奋身，以除民害。必信之赏，其可忘乎？可。

【译文】皇帝敕命张仲：一年之间，盗贼多次作乱。朝廷特设奖励勇武的爵位，就是用来劝勉侦捕盗贼之官。你能奋不顾身，为民除害，朝廷岂能忘记一定要授与的奖赏？皇帝批阅：照此执行。

张诚一责授左武卫将军分司南京

敕张诚一：孝治之极，天下顺之。不子之罚，民不轻犯。而贵近之间，尚有诚一，朕甚伤之。乃者奸言诐行，蠹国残民之状，论者纷然。方议其罪，而悖德隐恶，达于朕听。考实其状，至不忍言。《诗》不云乎："行有死人，尚或墐之。"《礼》曰："父没而不能读父之书，以为手泽存焉。"今汝之所为者，何为至此极也？纵朕不问，汝亦何颜以处搢绅之列乎？可。

【译文】皇帝敕命张诚一：以孝治理万民，天下人就会驯顺。若不对你严加惩处，不就等于侵犯了百姓吗？贵族外戚之中，竟出现了张诚一这样的人，朕感到十分心情沉痛。此前对你的奸诈言论和险恶行径，以及败坏国家残害民众的罪行，大臣们早就议论纷纷。他们正要论定你的罪行，而你背叛朝廷、勾结大盗的逆行，已经传到朕的耳中。查清了你的犯罪事实，竟有难以数说的罪恶。《诗经》不是说了吗："路上遇见死去的人，还要把他埋葬。"《礼记》说："父亲死了而不能诵读他的遗著，也要把它做为遗物珍藏起来。"如今你的所作所为怎么会到了如此地步？即使是朕不加过问，你还有什么脸面跻身于士大夫之列？皇帝批阅：照此执行。

陈侗知陕州

敕陈侗：士临利害之际而不失故常者，鲜矣。以尔出入册府几二十年，安于分义，不妄附丽，以干进取。死丧之威，兄弟孔怀，愿为一郡，以恤幼孤。朕甚嘉之。夫入为九卿贰，出为二千石，此亦搢绅之高选也，汝益勉之。可。

【译文】皇帝敕命陈侗：士大夫面对利益和危害而能不失去往日冷静的人并不多。你在藏书之阁供职二十多年，安守本职，勤勉尽力，不阿附权要，以求进取。由于家遭死丧，你出于兄弟之间的友爱之情，希望能够担任一州守臣，来抚养兄弟的遗孤。朕为你的孝悌之心深为满意。你在朝中担任九卿的副职，出外担任州郡的太守，对于士大夫来说这也是很高的待遇了，望你更加勤勉。皇帝批阅：照此执行。

傅燮知郑州

敕傅燮：郑废为邑，复为右辅。经营缮完之劳，民既告病，而吏亦勤矣。以尔乐易之政，屡试有闻。往任其事，宽信以御民，强敏以御吏，称朕意焉。可。

【译文】皇帝敕命傅燮：郑州曾废为县，又恢复为京师的辅郡。规划修建新城十分劳苦，民众已经耗尽精力，官吏们也十分疲惫了。朕因你素来以平和宽缓治理民众。多次委任州郡之职，都有良好的声誉。今命你赴郑州为知州。望你能以宽厚忠信对待州民，以精明敏锐来管理官吏，使朕感到满意。皇帝批阅：照此执行。

除吕公著特授守司空同平章军国事加食邑实封余如故制

（元祐三年四月四日）

门下：仁莫大于求旧，智莫良于用众。既得天下之大老，彼将安归？以至国人皆曰贤，夫然后用。今朕一举，仁智在焉。宜告治朝，以孚大号。金紫光禄大夫、守尚书右仆射兼中书侍郎、上柱国、东平郡开国公、食邑七千一百户、食实封二千三百户吕公著，訏谟经远，精识造微。非尧、舜不谈，昔闻其语；以社稷为悦，今见其心。三年有成，百揆时叙。维乃烈考，相予昭陵。盖清净以宁民，亦劳谦而得士。凡我仪刑之老，多其宾客之余。在武丁时，虽莫望于前烈；作召公考，固无易于象贤。而乃屡贡封章，力求退避。朕重失此三益之友，而闵劳以万机之烦。是用迁平土之司，释文昌之任。毋废议论，时游庙堂。於戏！大事虽咨于房乔，非如晦莫能果断；重德无逾于郭令，而裴度亦寄安危。罔俾斯人，专美唐世。可特授司空、同平章军国事，加食邑七百户、食实封三百户，余如故。乃一月三赴经筵，二日一入朝，因至都堂议军国事。

【译文】门下省：仁德没有比求取旧臣更大的了，智虑没有比任用众臣更高明的了。得到了治理天下的老臣，怎么能让他退休？直到国中之人都称赞其贤能，然后才重用他。如今朕的一个举措，仁和智都包括在内了。应当让他居于宰辅之位统理朝纲，应当加给他最高的名号崇扬他。金紫光禄大夫、守尚书右仆射兼中书侍郎、上柱国、东平郡开国公、食邑七千一百户、食实封二千三百户吕公著，谋略宏远，学术精微。不是唐尧虞舜之道闭口不谈，朕早年已听过他的议论；以天下之乐为乐，朕如今更见他一片忠心。治国三年，成效大著；朝廷上下一片肃然。你的父亲，曾在仁宗朝为相，以清静的王道使人民得到休养，为国忧劳，谦虚下士，也举荐了不少人才。朕当今所用的名臣老相，大多数是经他举荐的宾客。就是在商王武丁的时代，贤人也不过如此；把你比做周召公，也称得上父子相继，助成王业。然而你多次上奏，极力请求离任退休。朕生怕失去德才兼备的挚友，也担心你职任过于繁重。因此迁你为司空之职，解除你尚书仆射的重负。望你继续议论国政，时时上朝辅佐于朕。啊！唐太宗每临大事虽然都事先向房玄龄咨询，但没有杜如晦的首肯就不做最后的决断；中唐时德业最高的没有超过郭子仪的，而裴度也是身系国家安危的重臣。朕提出他们，不是为了专门称赞唐朝。朕特授与你司空、同平章军国事，加食邑七百户、食实封三百户，其余爵位秩禄保持不变。你每隔三个月来为朕讲解一次经典，两天一入朝堂，到尚书省大堂议论军国大事。

除吕大防特授太中大夫守尚书左仆射兼门下侍郎加上柱国食邑实封余如故制

（元祐三年四月四日）

门下：朕闻天子有道，其德不可得而名；辅相有德，其才不可得而见。故汉之文、景《纪》无可书之事，唐之房、杜《传》无可载之勋。当时安荣，后世称颂。予欲清心而省事，不求智名与勇功。天维显思，将启承平之运。民亦劳止，愿闻休息之期。眷予元臣，咸有一德；咨尔百辟，明听朕言。中大夫、守中书侍郎、上柱国、汲郡开国公、食邑二千二百户、食实封三百户、赐紫金鱼袋吕大防，造道纯深，受才宏毅。果艺以达，有孔门三子之风；直大而方，得坤爻六二之动。久践右闼，蔚为名臣。宜升左辅之崇，兼综东台之务。加赋进秩，宠数益隆。得位与时，忧责弥重。於戏！若古有训，无竞维人。崔公建中之风，以除吏八百而致；裴垍元和之政，以荐士三十而能。惟公乃心，何远之有？可特授太中大夫、守尚书左仆射兼门下侍郎，加上柱国、食邑七百户、食实封三百户，余如故。

【译文】门下省：朕听说天子有道，他的圣德就不是能用文辞来赞扬的；宰辅有德，他的才能就不是能用具体的事迹来衡量的。所以汉代文帝、孝帝的《本纪》里就没有什么重大的事情可写，唐代房玄龄、杜如晦的《列传》里就没有什么功勋可记。但那时的安定繁荣，直到后代一直受到称颂。我想清静内心，减省杂事，不求有大智之名和勇武之功。上天显示出文采，将要开启清明和平的瑞兆。百姓也已感到劳累，希望得到休生养息的时间。我所宠爱的功勋大臣，仁德之心始终如一；我告诉千百诸侯，听好朕的旨意。中大夫、守中书侍郎、上柱国、汲郡开国公、食邑二千二百户、食实封三百户、赐紫金鱼袋吕大防，深得儒道，修养深湛，饱有才学，宏伟刚毅。遇事果断，行事练达，有孔子三位弟子的风范；正直大度，行为方正，深得坤卦“直而且方”的六二爻意。长久地担任中书省长官，被人誉为知名大臣。应当升为左相，以示荣宠，并兼管门下省事务。加官进阶，使我大臣更显荣耀。你得到此位又正当国家危难之时，你的的责任和忧虑就更为重大。啊！古人留下遗训，不必与他人计较高低。唐朝的崔佑甫在建中年间所造就的风气，是由于他一年之内除授良吏八百人而形成的；而唐代的裴垍在元和三年间改革政风，是由于他举荐才士三十人而被人称为贤能。以你所具有的德行，古人的美德并非远不可接。可特授与你太中大夫、守尚书左仆射兼门下侍郎、加上柱国、食邑七百户、食实封三百户，其余封爵依旧。

除范纯仁特授太中大夫守尚书右仆射兼中书侍郎进封高平郡开国侯加食邑实封余如故制

（元祐三年四月四日）

门下：朕惟朝廷之盛衰，常以辅相为轻重。若根本强固，则精神折冲。故蔫吕臣奉己而不在民，则晋文无复忧色；汲长孺直谏而守死节，则淮南为之寝谋。朕思得其人，付之以政。使天下闻风而心服，则人主无为而日尊。咨尔在廷，咸听朕命。中大夫、同知枢密院事、上柱国、高平郡开国伯、食邑九百户、食实封二百户、赐紫金鱼袋范纯仁，器远任重，才周识明。进如孟子之敬王，退若萧生之忧国。朕览观仁祖之遗迹，永怀庆历之元臣。强谏不忘，喜臧孙之有后；戎公是似，命召虎以来宣。虽兵政之与闻，疑远猷之未究。坐论西省，进贰文昌；增秩益封，兼隆异数。於戏！时难得而易失，民难安而易危。予欲守在四夷，以汝为偃兵之姚、宋；予欲藏于百姓，以汝为惜民之萧、曹。勉思古人，以称朕意。可特授太中大夫、守尚书右仆射兼中书侍郎、进封高平郡开国侯、加食邑七百户、实封三百户，余如故。

【译文】门下省：朕以为朝廷的强盛疲弱，都是看宰辅丞相选人如何。如果根基强壮稳固，那么他的精神就可以而无往而不入。因此蔫吕臣善于律己而意不在民，晋文公不再有忧虑之色；汲黯直言强谏至死不改，淮南王因此放弃了谋乱的念头。朕日夜想得到这样的人，把朝廷大政交付给他。让天下之民听到他的名字就敬佩感服，那么君王就可以不再忧劳，却一天比一天尊贵。朝廷百官，都来敬听朕的圣命，中大夫、同知枢密院事、上柱国、高平郡开国伯、食邑九百户、食实封二百户、赐紫金鱼袋范纯仁，器局宏远肩负重任，才能博大见识高明。进身为相，就像孟子敬重梁惠王；退身在野，就像萧生一样不忘国事。朕总观仁宗时的治国业绩，常常怀念庆历时的大臣。你能时时进献直言，朕认为你继承了父风，如同臧孙氏的后代；处置军事像你父范仲淹一样果决明断，如同召虎效命于周宣王。虽然参与了军事的议论，朕还怕你宏远的谋略没有施展出来。你曾在中书省筹划议论，又升为尚书仆射；增加秩禄和封爵，可谓兼得朝廷特殊的恩遇。啊！时光流逝而难再得，百姓难以安定却易于危殆。我想把你安置在边陲，让你成为守卫疆土击败异族的姚崇、宋王景；我又想让你统理民政，让你成为爱惜民众的萧何、曹参。望你能以古人为楷模，以此使朕满意。今特授与你大中大夫、守尚书右仆射兼中书侍郎，进封为高平郡开国侯，加食邑七百户、实封三百户，其余官秩爵禄依旧。

除苗授特授武泰军节度使殿前副都指挥使勋封食实如故制

（元祐三年七月十二日）

门下：出总元戎，作先声于士气；入为环尹，寓军政于国容。将伸阃外之威，以迪师中之吉。咨于尔众，朕得其人。侍卫亲军步军副都指挥使、威武军节度观察留后、持节福州诸军事、福州刺史、上柱国、济南郡开国公、食邑二千八百户、食实封三百户苗授，早以异材，见称武略。被服忠义，有烈丈夫之风；砥砺廉隅，得士君子之概。荐扬边圉，益著劳能。拔自众人，既蒙先帝之遇；遂拜大将，无复一军之惊。祇扈殿岩，肃将斋钺。予欲少长有礼，而兵可用；汝其夙夜在公，而令必行。於戏！爱克厥威罔功，兹为深戒；师众以顺为武，古有成言。惟懋乃衷，毋忘朕训。

【译文】门下省：出京为三军将帅，能首先振奋士卒的勇气；入朝为殿前统领，把对军队的管束看成是维护国家的脸面。向蛮夷之国显示了我朝的雄威，取得《周易》师卦所说的吉祥。朕向众人征询，都说我得到了真正的英才。侍卫亲军步军副都指挥使、威武军节度观察留后、持节福州诸军事、福州刺史、上柱国、济南郡开国公、食邑二千八百户、食实封三百户苗授，早年以超众之才入仕为官，谋划武备尤其受人称道。心怀忠诚信义，有大丈夫的风骨；处事谨慎严密，又颇有士人君子的美德。受命镇守边关重镇，更加勤勉不懈，业绩辉煌。拔于众人之中，以得到先帝的眷爱；接着拜为大将，却没有引起全军的惊谔。守护皇宫殿廷，朝廷内外仪卫端肃。我倡导年少年长各遵其礼，那么士族就能为将帅所用；你夙兴夜寐一心为公，那必然有禁即止有令即行。啊！以威罚而统领士卒不会成功，这一点你要深以为戒；以温厚仁爱带兵才是真正的威武，古人早有这样的格言。望你继续倾心为国，不要忘记朕的训戒。

除皇伯祖宗晟特起复制

（元祐三年十一月一日）

门下：曾、闵之哀，丧不贰事；汉、唐之旧，礼有夺情。矧予藩屏之亲，实兼臣子之重。虽闺门以恩掩义，而公侯以国为家。伯臣司宗，职不可旷；要绖服事，古有成言。非予尔私，其听朕命。皇伯祖彰化军节度、泾州管内观察处置等使、检校司空、开府仪同三司、持节泾州诸军事、泾州刺史、判大宗正事、上柱国、高密郡王、食邑七千八百户、食实封二千四百户宗晟，天资纯茂，德履方严。袭余庆于祖宗，蹈格言于师保。典司属籍，克有令名。郢客卒业于浮丘，辟强受知于先帝。允厘厥位，无愧昔人。属此闵凶，累然毁瘠。嗟日月之逾迈，重职业之久虚。宜复宠名。式从权制。於戏！出居官次，非王事不谈；退适倚庐，读丧祭之礼。则忠孝两得，人无间言；功名益隆，亲有显誉。勉服朕训，光昭前闻。

【译文】门下省：曾参、闵子骞临丧致哀，专一不二；汉、唐二代的旧制，于古礼有夺情起复。何况是我宗族的至亲，又兼有大臣的重名。虽然家属感谢皇恩不计得失，而王公侯伯应当把国事当做家事。宗族的老者管理本族，此职不能不设；腰束麻带的服丧，古代也有十日的限制。并不是朕对你有所偏私，请你恭听朕的命令。皇伯祖彰化军节度、泾州管内观察处置等使、检校司空、开府仪同三司、持节泾州诸军事、泾州刺史、判大宗正事、上柱国、高密郡王、食邑七千八百户、食实封二千四百户宗晟，天资淳美，道德行为方正严谨。上承祖宗的美德，下遵师傅的教诲。掌管宗族事务，早有美名传扬。如同郢客受业于浮丘公，如同辟强得到先帝的信赖。你担任这个职务，没有愧对前人。你不幸遭到家丧之凶，哀痛欲绝，身体瘠瘦。可叹丧期早已过去，要知道你的原职长期空缺。应该恢复你守丧之前的名位，以符合朝廷的制度。啊！身在官位时，你除了国家大事之外并无闲言；离职守丧时，你只阅读丧礼祭礼的旧典，可谓忠孝两全，人们没有任何话可以指责你；如今你的功业名位更加隆盛，宗亲对你自有美誉。望你听从朕的旨令，以光大已有的美好名声。

卷五十三　制敕

姚居简押木筏上京酬奖转三班借职

敕姚居简：不烦民力，而办官事。会其所运，罕所失亡。可。

【译文】皇帝敕命姚居简：不动用民夫工役，而能办好押运之事。统计你所押运之物，损失微乎其微。皇帝批阅：照此执行。

贾种民知汉阳军吕升卿通判海州

敕贾种民等：天下有道，士知分义。流品清浊，各有攸处。如种民、升卿，亦不汝弃。往服宠命，益祗厥官。可。

【译文】皇帝敕贾种民等人：天下自有大道，士大夫应各守本分，通达义理。官品的高低、考核的优劣，朕会谅情考虑，像贾种民、吕升卿这样的人，朕也不会遗弃你们。可前往接受光宠的任命，尽力为官。皇帝批阅：照此执行。

张世矩再任镇戎军

敕具官张世矩：高平故地，夷汉杂处。启以夏政，疆以戎索。惟威与信并行，德与法相济。则种落内附，民安其生。以尔习知边情，克有武略。赋政之美，历年于兹。夫已信之民易治，已练之兵易使。无改乃旧，益观厥成。可。

【译文】皇帝敕令现任命官张世矩：镇戎军乃是高平故郡，是羌人、汉人杂居的地方。用皇朝的政令来诱导他们，用军队的纪律来管束他们。威罚和信义并行，仁德和法令交互使用。这样才能使羌人部落真正归服，百姓才能安居乐业。你熟悉边地风俗民情，兼有用兵的谋略。治理民众的美政，已经实行了几年。已经信任你的民众易于治理，已经训练过的士兵易于驱使。望你不要轻易改变已有的善政，朕要看到你再获成功。皇帝批阅：照此执行。

刘谊知韶州

敕具官刘谊：汝昔为使者，亲见民病。尽言而不讳，厄穷而不悔，夫岂知有今日之报乎？孔子曰："巧言令色，鲜矣仁。"夫能为朕牧养远民惠鲜鳏寡者，必刚毅不回之士也。往服厥官，益信汝言。可。

【译文】皇帝敕令现任命官刘谊：你往年担任路使臣，曾亲眼见到了百姓的困苦。能做到直言不讳，受到贬谪也无怨无悔，哪里能想到有今天的善报？孔子说："花言巧语，伪装善良的人，哪里有什么仁德？"能够替朕管理远方之民，施惠给那些鳏寡之人的，一定是刚毅不折的士子。可前往赴职，朕会更加相信你的言论。皇帝批阅：照此执行。

吕惠卿责授建宁军节度副使本州安置不得签书公事

敕：元凶在位，民不奠居；司寇失刑，士有异论。稍正滔天之罪，永为垂世之规。具官吕惠卿，以斗筲之才，挟穿窬之智。谄事宰辅，同升庙堂。乐祸而贪功，好兵而喜杀。以聚敛为仁义，以法律为诗书。首建青苗，次行助役，均输之政，自同商贾。手实之祸，下及鸡豚。苟可蠹国以害民，率皆攘臂而称首。先皇帝求贤若不及，从善如转圜。始以帝尧之心，姑试伯鲧；终然孔子之圣，不信宰予。发其宿奸，謫之辅郡；尚疑改过，稍畀重权。复陈罔上之言，继有砀山之贬。反覆教戒，恶心不悛；躁轻矫诬，德音犹在。始与知己，共为欺君。喜则摩足以相欢，怒则反目以相噬。连起大狱，发其私书。党与交攻，几半天下。奸脏狼藉，横被江东。至其复用之年，始倡西戎之隙。妄出新意，变乱旧章。力引狂生之谋，驯至永乐之祸。兴言及此，流涕何追？迨予践祚之初，首发安边之诏。假我号令，成汝诈谋。不图涣汗之文，止为款贼之具。迷国不道，从古罕闻。尚宽两观之诛，薄示三危之窜。国有常典，朕不敢私。可。

【译文】皇帝敕令：元凶占据着重要的官位，万民都无法安居；刑狱官不予纠察治罪，士大夫都会不满。把犯有滔天大罪的首恶绳之以法，把这做为垂留后代的示范。命官吕惠卿，凭着升斗小才，以盗贼穿墙的伎俩，对宰相阿谀奉承，以至被擢拔为朝廷重臣。乐于制造灾难，贪天之功据为已有；喜好谈论战事，嗜杀成性。把聚敛民财当做仁义把玩弄法令看得如同诵读诗书。首先倡立青苗之法，继而推行助役之令，制定均输的政流，把自己当作商贾。亲手酿成的灾祸，几乎连鸡猪六畜都不能幸免。只要是败坏国家残害人民的事，你都摩拳捋臂走在前面。先帝求取贤人就像总也不够，跟从善行如同用圆规画圆。最初以唐尧般的仁心，试用鲧一样的吕氏；终于像孔子一样的圣明，不再信任宰予一样的奸臣。揭露你一贯的奸行，贬谪到京城以外的州郡；感到你已经洗心革面，于是渐渐恢复你重要的权力。你再次陈奏欺蒙天子的谎言，随后又被贬到砀山。反复教诲告诫，你却始终不能弃恶从善；训戒你的躁动，矫正你的诬罔，当年的圣命历历俱在。你刚刚得志，便与臭味向投者结为朋党，沆瀣一气欺蒙君王。高兴时就跳着双脚互相庆贺，恼怒时就反目成仇互相倾轧。接连制造冤狱，窃取他人的书信。派系之间互相攻击，几乎布满了半个天下。贪污受贿，江东一路受害最深。到了重新启用你的时候，你又妄言收复西北，开启了与夏国的祸端。随意提出各种新法，扰乱旧的法度。极力举荐任用狂妄之辈，终于导致永乐城的惨败。说到这里。即使是涕泪横流，也无法弥补国家遭受的祸害。朕即位之后，首先发出安定边疆的诏令。吕氏又利用朕的号令，断章取义进行新的阴谋活动。你不是想如何悔过自新，而把它当成助长盗贼气焰的依据。搅乱国家，大逆不道，自古以来，实属罕见。如今且免除把你的罪恶悬挂于宫门两观的处罚，仅以流放远地对你再示宽容。国家有固定的法典，朕也不敢对你有所偏私。皇帝批阅：照此执行。

许懋秘阁校理知福州

敕许懋：七闽之会，其民智巧。吏得其人，则靡然心服，不劳而治；不得其人，则纷然力争，虽劳不服。以尔赋政东南，民用不扰。既久而信，厥声蔼然。肆余命尔，长兹剧郡。夫身在江海之上，而职在魏阙之下。民之瞻望，顾不美欤？可。

【译文】皇帝敕命许懋：七闽都会福州，那里的人民聪颖机巧。如果选官得其平和公允，那里的百姓会乐于听命，长官不必烦劳就可使民众得到治理；如果选官不当，百姓就会群起而与你争辩对抗，长官即使终日劳累，百姓也不会服从你。朕见你在东南一路董理财政，百姓安宁没有受到骚扰。时间长久，他们信赖于你，使你为官的名声也日渐茂美。朕命你前往福州，担任这个大郡的长官。你虽然身在远方江海，而你的秘阁之职却仍属朝官之列。你带着朝官之命去外地任职，让那里的百姓看起来，不是更显得有威望吗？

乔执中两浙运副张安上提刑

敕乔执中等：夫以恤刑之道，达之于主计，则非聚敛之臣；以牧民之意，推之于恤刑，则非文法之吏。以尔执中奉使东南，吏服其明，民怀其惠。以尔安上赋政毗陵，宽而有制，严而不残。是以命尔，各祇厥服。夫民新脱赋泉之弊，以从力役之征。其谨视贪吏，以无害我成法。可。

【译文】皇帝敕命乔执中等：谨慎使用刑法的原则，仅求达到国家财政规定的赋税额度，就不能算是聚敛民财的臣子；把治理民众的仁爱之心推及到用刑用法上，就不能算是苛暴的官吏。你乔执中曾经奉使于东南，官吏们佩服你的清明，百姓感戴你的宽和。你张安上曾在常州治民，为政宽缓而有章法，治郡严厉但不凶残。因此命你二人，各自赴任新职。百姓刚刚从变法的苦海中脱离出来，改为以劳役抵偿租赋，你等一定要严办贪官污吏，务使他们不能败坏朝廷的法令。皇帝批阅：照此执行。

宇文昌龄吏部郎祝庶刑部郎

敕昌龄等：古以人物掌选，而士不滥进；以经术断狱，而民无怨言。呜呼！何修何饰而至此？今吾一之以格律，而不免于异议，何哉？昌龄以儒学进，有闻于人。庶以世家用，能宿其业。勉思古人，以称朕意。可。

【译文】皇帝敕命昌龄等：古代以贤能的官吏掌管简选人才，因此士子们的登进就不会冒滥；用经籍所载的仁术来审理狱讼，因此百姓就没有怨言。啊！那要有多深的修养才能达到这样的地步？如今我朝制定统一的法令，却不能保证没有非议，这是为什么呢？宇文昌龄以精通儒学入仕，学行受到人们的称颂。有可以传世的学术，能保持美好的名声。望你能时时以古代贤良为楷模，使朕感到满意。皇帝批阅：照此执行。

江东提刑侯利建可江东转运副使
福建运判孙奕可福建路转运副使
新差权发遣郑州傅燮可江东提刑
知常州张安上可两浙提刑
朝请郎刘士彦可福建转运判官

敕具官某等：朕姑罢赋泉之令，复徭役之法。使民出力以事其上，不责其所无有，几以富之，闵闵焉如农夫之望岁也。而差发之际，吏或缘而为奸，农民在官，贪者动心焉。若郡县御胥史不严，而监司察郡县不谨，则南亩之民，不困于县官，而困于吏。其与几何？尔以治行，达于朕听。或已试之效，或近臣之荐。必能明识朕意，以保民察吏为本，谨视其廉贪仁暴，勤惰明闇，以诏赏罚。朕亦将观汝所为而进退焉。可。

【译文】皇帝敕令现任命官侯利建等：朕暂且废除所变的新法，恢复旧日徭役之制。让民众付出劳力以获取衣食，而不逼迫他们交出所欠缺的银钱。这样可以使他们逐渐富足起来，就像农夫们热切地盼望能有好的收成。然而派夫用民之时，官吏们还会做些手脚，农夫归官府调拨，贪婪者总想在他们身上打点主意。如果州郡长官管束属吏不严，监察官员考察州郡长官疏忽，那么天下的百姓并不是被天子的政策所危害，而是为这些官吏所危害。这怎么可以呢？你等往日治民的仁爱，朕早有所耳闻。你们中有的是凭着自身出色的表现，有的是出于近侍大臣的举荐。你们一定能够明白朕的心意，以保护民众、督察官吏为根本，严格地审查官吏们是贪婪还是廉洁，是仁恕还是暴虐，是勤谨还是怠惰，是光明正大还是阴险狡猾，而后公正地给以奖赏和处罚。朕也将根据你们的所作所为而决定奖拔和斥黜。皇帝批阅：照此执行。

奉议王续知太康县

敕王续：朕以天下为一家。然畿甸之民，号为根本。若近者不悦，四方何观焉？尔以才选，往服厥事。驭吏以明，保民以宽，无失朕命。可。

【译文】皇帝敕命王续：朕把天下万民当成一家人。然而近在都城的民众，是一家中的根本。如果近在朕身边的百姓都不能欢畅，天下四方又能以何处为楷模呢？你是凭借自己的才干得以选用的，可以前往赴职。管束属官要严明，爱养民众要宽和，万不可违背了朕的训戒。皇帝批阅：照此执行。

新差通判齐州张琬可卫尉寺丞韩敦立可通判齐州

敕具官某等：朕于士大夫苟便其私而无害于公者，盖未尝不听。矧以养亲为词而求易地，固朕之所乐闻也。往服厥职，各祗乃事。可。

【译文】皇帝敕令现任命官张琬等：朕对于士大夫提出照顾家庭困难而对公家并无损害的请求，没有不同意的。更何况是出于孝养双亲而请求改换任官之地，这原本是朕所乐意于听闻的。你们可以前去赴职，各自做好自己的职事。皇帝批阅：照此执行。

两浙运副乔执中可吏部郎

敕具官乔执中：士知爱身则知爱君，知驭民则知驭吏。故端静惠和之士，施之内外，无适不宜。朕察汝久矣。今自部使者入为天官属，无易其守，以称朕命。可。

【译文】皇帝敕令现任命官乔执中：士大夫懂得珍爱自己，就会懂得忠于国君；知道如何治理民众，就会知道如何管理官吏。因此端庄守静，仁惠平和之士，不论是把他们安排在朝廷之中还是放在外任，都没有什么不合适。朕考察你已经很长时期。现命你从转运副使入朝担任天官宰臣的副职，望你不要改变素有的操守，以此使朕满意。皇帝批阅：照此执行。

供备库使苏子元可权知新州

敕具官苏子元：呜呼！交趾之变，苏氏之祸，十年于此矣。朕念之不衰，哀亡而愍存。不忍以常法待汝，畀之一郡，以劝事君。敬之哉。思所以致此者，可不敬欤？可。

【译文】皇帝敕令现任命官苏子元：啊！南方交趾的背叛，苏缄不幸遇难，事至今日已经整整十年了。而朕并没有遗忘此事，故而向死者致哀而抚恤他的遗属。朕不忍心以常规法令来对待你，今交给你一个州郡，来劝勉那些忠君的人。你应当谨慎为官。要时常想到你是如何得到此官的，能不时时警醒自己吗？皇帝批阅：照此执行。

杨伋落待制知黄州崔台符王孝先各降一官台符知相州孝先知濮州

敕：国家临御百年，哀矜庶狱。好生恶杀，视民如伤。六圣一心，简在上帝。而市井无赖，谮诉公行。若廷尉治狱不苛，秋官议法有守，则仁圣在上，奸宄自消。岂有数年之间，坐致万人之祸？死者不复，谁任其辜？具官杨伋等，以患失鄙夫之心，而窃乘君子之器。欲与群小共分告织之功，专务巧诋以成疑似之罪。试加覆视，冤状了然。公议不容，弹章交上。聊从附下之罚，少谢无辜之民。服我宽恩，益务循省。台符改"服我"下云："往莅安阳，兼修马政。勉思来效，毋重往愆。"可。

【译文】皇帝敕令：大宋王朝建国已经百年，历朝天子以仁义为本，谨慎地对待刑狱之事，热爱放生厌恶杀戮，对待天下的民众，都像对待受伤的人。六代帝王一脉相承，这仁爱是本于上天之意。然而市井奸吏却肆意作恶，明目张胆地利用政令残害百姓。如果廷尉治理狱讼不苛暴，司寇制定法令不失爱民的根本，那么仁爱的圣君居于朝堂，奸猾的凶类就会自然消亡。哪有几年之间，竟然使上万的民众犯法受刑？已经死去的人无法复活，谁来担当罪魁之名？命官杨伋等，以你们患得患失的小人之心，窃取了应由君子掌握的权柄。只想与邪佞的小人共同领受罗织的功绩，极尽玩弄法典以定他人莫须有的罪名。你们所兴的狱讼一经重新审核，其中的冤屈就真相大白。群臣认为你们所犯的罪恶与法不容，弹劾你们的奏疏纷至而来。今姑且从轻处罚，以对无辜的民众稍做交待。你等理应领受朕的宽大恩典，痛彻地反省自身的罪愆。（给崔台符的制词中"服我"两字后改为"你可前往相州，兼管养马之政。要争取多出成就，不要重蹈往昔的罪恶。”）皇帝批阅：照此执行。

赵禼摩勘转朝议大夫

敕：赵充国、冯奉世，名臣也，而老于为将；娄师德、郭元振，儒者也，而乐于守边。盖疆埸未宁，则以外为重。而忠义所激，不择地而安。具官赵禼，少以宏材，辅之博学。虚心大对，方观晁、董之文；推毂西陲，遂膺羊、陆之寄。恩威并著，戎夏乂安。论岁月以稍迁，姑从旧典；收功名于不世，勉及前人。可。

【译文】皇帝敕令：赵充国、冯奉世，是汉朝的名臣，却以将帅终其一生；娄师德、郭元振，是唐朝的大儒，却都乐于捍守边关。如今我朝边境未得安宁，因而朝廷十分重视边关的守臣。士大夫受到忠诚大义的激励，就会不选择所居之地，随处都能安心。命官赵禼，年轻时应宏才之试，又中博学制科。以无私的心对策于朝廷，可以与晁错、董仲舒相比美；身赴西北边陲守卫疆土，担负着羊祜、陆机的重任。恩信和威罚同时施用，夏人与军队就各自相安。按任职的年资逐渐升迁，仍遵从朝廷的旧制，望你能立下传世的功勋，使自己与前朝将帅等量齐观。皇帝批阅：照此执行。

赵思明知永静军

敕具官赵思明：武吏之进，以守土扞城为高选。而戎垒之政，以平傜决狱为余事。汝以财用，往分使符。知高选之未易得，而余事之不可忽，则寡过矣。可。

【译文】皇帝敕令现任命官赵思明：武官的进用，是以能捍卫疆土守住城池为依据。以军防为主的区域，均平徭役审理狱讼是次要的事；你具有超人的才干，朕命你担任知军。你要知道高升来之不易，治民的政事也不能不问，就会少犯过失。皇帝批阅：照此执行。

鲜于侁大理卿

敕具官鲜于侁：儒者耻为文吏，而廷尉不用仁人，久矣。流弊之末，至于诵法而不知义，附势而不知法。罔罗纷张，延及无辜。朕益厌之。尔德惟一，信道不回，虽古于张，何以远过？是以命尔，庶几天下复无冤民。不然者，朕岂以刑狱之事累老成哉？可。

【译文】皇帝敕令现任命官鲜于优：儒者把担任拘执峻法的官吏当做耻辱，而廷尉又不选用仁爱之士，这种情况由来已久了。它所造成的弊端是使熟知条法的人不懂仁义，趋炎附势的人不懂得法令。官吏们任意妄为，灾祸延及到无辜之人。对于这种情况，朕越来越厌恶。你把道德看得最重，恪守正道毫不动摇。当今之官，即使古代的于定国、张释之两人，又怎能逃避过失呢？因此命你为大理卿，期待着天下不再有蒙冤之民。如若不然，朕怎么肯以审理刑狱的繁重来牵累老臣呢？皇帝批阅：照此执行。

吴处厚知汉阳军贾种民知通利军

敕具官某等：汉口、黎阳，控引江河。久废为邑，吏民不悦。比诏有司，修复故垒，因旧而新。务适厥中，平徭均赋。使民宜之。明致朕意，以慰父老。可。

【译文】皇帝敕令现任命官吴处厚等：汉阳军、通利军，分别处在大江、黄河之滨。两地长期废于县邑，官吏和民众心中不悦。前此已下令有关部门，修整恢复原有城池，在以往的基础上增高创新。你二人务必施以中和之政，平均徭役，减轻赋税，使当地民众感到满意。你等可将朕的本意告知民众，以宽慰当地父老之心。皇帝批阅：照此执行。

顾临直龙图阁河东转运使唐义问河北转运副使

敕具官某：朕修赋役之法，黜聚敛之吏。去薄从忠，务以养民。而宽厚之弊，或至于媮。夫外台按事，以不失有罪为称职。若下有幸免之吏，则必有不幸之民。民困于吏，则归咎吾法，朕甚忧之。太原之民，困于边备。使者之任，不轻付予。以尔儒林之选，号称秀杰。有能吏之才而不薄，有长者之风而不媮。其服新职，以莅一道。敕唐义问云：赵魏之地，被边带河。使者之任，匪人可乎？以尔直谅之节，世其家声。岂弟之心，不忽民事。必能深识朕意，以肃吏靖民为本。往任其责，以宽吾忧。可。

【译文】皇帝敕令现任命官顾临等：朕重新采用以役代赋的法令，罢黜聚敛民财的的暴吏。革除旧弊，施以仁厚，本意在于使民众得以休养。然而政令宽缓的弊病，在于会使官吏们因此不勤于职。外路长官按察民事，以不放过有罪的属官为称职。如果地方上存在着侥幸逃脱罪责的奸吏，那就一定会有蒙受冤屈的民众。百姓被官吏们所逼迫，就会把责任推到朝廷法令上，朕为此十分忧虑。太原的民众，长期被边境守备的支付所困扰，因此河东转运使的职任，从不轻易交付难以信任的人。你以精通儒术得到选拔，被人称为颖秀杰出之士。有干练的治民之才而不急功近利，有长者的风范而不懒散怠惰。今命你担任这一新的职务，管理一路官吏和赋役。(给唐义问的制词中说：赵魏一带，面临边境包容黄河，转运使的重任，如果不得其人怎么能行？你以正直磊落的志节，继承了传家的美好名声。以推诚谦敬的爱心，不会轻忽百姓的疾苦。定能够深深体察朕的本意，以肃清贪残官吏，安定一路百姓为根本。)可前往担负新任，以减轻我内心的忧虑。皇帝批阅：照此执行。

张问秘书监

敕具官张问：汝策名三朝，宣力四方，既有闻矣。而笃老之年，克己复礼，称道不乱。朕闻而嘉之，起之乡间，列之朝会。问国故事与民疾苦，足矣，不必劳以事也。优游吾东观，以为士大夫之表。可。

【译文】皇帝敕令现任命官张问：你的名声已传扬三朝，屡屡任职于各路州军，获得了人们的赞扬。步入老迈之年，仍能从严律己，恪守礼义，口称王道，从不妄言。朕听到你的品德如此，十分赞赏，重新启用你于退休的乡间，让你参加国事的讨论。能够向你咨询前朝有关的治国条法和民间大众的疾苦，就足够了，不必再用繁剧的事务来烦劳你。你可以在东观册府保养天年，做为士大夫的榜样。皇帝批阅：照此执行。

范子奇将作监

敕具官范子奇：夫以百工之事，较之一路之民为轻，而自部刺史入居九卿为重。尔久在外，服奔走之劳，按视之勤，亦少休乎？今宫室器用，皆有常法。守之勿失，可以寡过。往若予工，毋废厥职。可。

【译文】皇帝敕令现任命官范子奇：管理百工制造的事务，比治理一路的百姓责任要轻，但是从一路转运使入朝为九卿，荣宠却增加了许多。你长期担任外职，身任奔波的劳顿，巡察州县十分勤苦，也该稍稍歇息。如今宫室建造和器具的制作，国家都有固定的法令。你只要谨守法令不要苟且，就能够少犯过失。你可前去担任此职，不准荒废旷弛。皇帝批阅：照此执行。

钱长卿比部郎邓义叔水部郎

敕具官某等：昔汉郎官出宰百里，今自监郡以上，乃与其选，任益重矣。非独为官求人，以济无穷之务；亦将为国储士，以须不次之举。虽会计沟洫，有司之一事；而驭吏捍灾，朕将有取焉。可。

【译文】皇帝敕令现任命官钱长卿等：当年汉朝的郎官出外才担任百里的县令，如今从通判以上，才可以选为郎官，因此我朝的郎官地位更为荣显。这并不仅仅是为郎官之职求取胜任之人，加给他们繁重的事务；同时也是为国家储备栋梁之才以备随时可以重用。虽然计算财务和治理河流，是比部、水部的主要事务；然而约束官吏、抗御灾害，也是朕责成你们的职任。皇帝批阅：照此执行。

林邵太仆丞何琬鸿胪丞

敕具官某等：尔向以才选，出按常平之政。官省而归，复使治民，盖将因能而任焉。九寺之属，近在辇毂，才之所宜，易以闻达。毋旷厥官，朕不汝遗。可。

【译文】皇帝敕令现任命官林邵等：你等过去凭着才干出众得到选拔，出任提举常平之职。常平官废止之后入朝复命，朕再次让你等治理民政，这是根据你们的长处而任用你们。九卿官署，在皇宫附近，才能的优劣，容易传扬。望你们不要废弛自己的职事，朕不会把你们的功劳遗忘。皇帝批阅：照此执行。

文保雍将作监丞

敕具官文保雍：朕仰成元老，如涉得舟，待以求济。苟有以燕安之，使乐从吾游，而忘其老，朕无爱焉。大匠之属，未足以尽汝才也。而从政之余，遂及尔私，并事君亲，岂不休哉？

【译文】皇帝敕令现任命官文保雍：朕仰戴元老大臣，就如同过水时需要舟船，等着乘船才能渡过。如果能有清闲安逸的职位，使他们乐于跟着我在优游自得中就能完成职任，而忘记自己年事已高，朕不会吝惜这样的宠眷。将作监丞这样的官，并不足以展示你的才能，然而政事之余，你可以顾及私事，同时可以敬事高堂，结交亲友，不也很好吗？

李南公知沧州穆珣知庐州王子韶知寿州赵扬知润州

敕具官某等：刺史秩六百石，以按列郡而治行卓然，乃以二千石为郡守。昔以责人者，今以自责。则物被其惠，民无间言。尔等皆尝奉使，督察官吏。公明之称，达于朕听。董制江淮，控临河海，任亦重矣。其益勉之。无使风采减于平昔。可。

【译文】皇帝敕令现任命官李南公等：汉朝的刺史秩禄仅有六百石，让他们按察各郡，督促郡太守把民政搞好。然而所派的郡太守秩禄都是二千石。当年用来督责他人的，如今要用来督责自己。这样，万物就会得到恩惠，万民也就不再发出不满的议论。你等都曾奉命做为朝廷使臣，到各州军督察官吏。公正清明的声誉，早已传到朕的耳中。治理江淮大郡，控扼河海名城，责任可谓重大，望你能更加勤勉，不要使自己的声誉比以前有所减弱。皇帝批阅：照此执行。

高公绘公纪并防御使

敕：邓训之德，盖活千人；叔向之功，尚宥十世。矧先王却狄之勋，而圣母负扆之托。子孙贤者，休戚同之。具官某，性于忠孝，文以礼乐。袭故家仁厚之风，蹈布衣恭俭之节。以尔父士林，早缘肺附，逮事厚陵。没于中年，爵不配德。故推余泽，以及后昆。抱能未施，当俟可为之会；临宠而惧，庶保无疆之休。可。

【译文】皇帝敕令：邓训凭着仁德，救活了上千人；叔向护国的功劳，得到十代的酬答。何况先帝阻遏夷狄的勋业，太皇太后代为听政的嘱托。后世子孙中的贤德之人，本应该有福同享，有难同当。命官高公绘、高公纪，本性忠厚仁孝，又有礼乐的熏陶的儒雅。承袭了宗亲仁厚的传家名声，以平民般的恭顺节俭要求自己。你们的父亲士林，早年即以宗族之亲，事奉先帝。中年去世，所得封爵不足以彰扬他的美德。故而把朝廷的恩泽推及到他的后代。胸中的抱负没有得以施展，可以等候合适的机会。面对荣宠应警惕荒堕，才能保持住无穷的荣华。皇帝批阅：照此执行。

李之纯户部侍郎

敕：保国犹保身，药石不如养气；御民如御马，鞭箠不如轻车。故兴利以富民，不如省事而民自富；广求以丰国，不如节用而国自丰。朕嘉与庶工，共行此志。以尔具官李之纯，屡试以事，号称循良。虽为有司，不吝出纳。宜膺躐等之用，庶无虚授之讥。服我训词，以厌公议。可。

【译文】皇帝敕令：保卫国家就如同养护自身，凭借药物不如善养浩气；管束民众如同驾驭马匹，鞭抽棍打不如套上轻车。因此为了使人民富足而调集徭役，不如少兴工役，百姓自然会富起来；广泛地搜求财货使国库充盈，不如节约用度，国库自然就会丰足起来。朕希望与天下万民，共同奉行这样的准则。因为你命官李之纯，经过多种职事的考察，众人都称你为守道善良之臣。有关部门严格审查，也不能不把这重要的官位授给你。如今虽然是破格重用，也不会受到无端的指责。望你牢记朕的训戒，以堵住众人的非议。皇帝批阅：照此执行。

穆衍金部员外郎

敕具官穆衍：士能用其长，以自表见者，朕未尝不试也。要之必观其始终，然后能决其进退。在此选者，可不勉欤！货币之入，所以权轻重，通有无，而非以求富也。往服朕训，以永终誉。可。

【译文】皇帝敕令现任命官穆衍：士大夫能以自己的所长，来表现自己的才干，朕没有一个不授官试职。最重要的是要考察他任官的始终，才能决定是提拔还是斥退。凡列在选拔之中的官员，能不因此而更加自励吗？钱财的收支，是用来调节物价，均通有无的，并不是积聚钱财求取富足的。你要牢记朕的训戒，保持住你的美好名声。皇帝批阅：照此执行。

孙路陕西运判

敕具官孙路：关右之民，困役伤财。譬之七年之病，而求三年之艾。朕日夜以思，庶几其民勇而知方。以尔出入秦、雍，悉其利病。往行所知，以称朕意。可。

【译文】皇帝敕令现任命官孙路：函谷关以西的民众，长期为劳役所困扰，财力十分匮乏。好比是七年的重病，而希望三年就能治好。朕日日夜夜思虑此事，希望这里的民众不但勇武而且能够深知礼法。你长年往来于秦、雍旧地，对此处的利害得失深深了解。你可前往任职，尽你所知兴利除害，使朕感到满意。皇帝批阅：照此执行。

苏颂刑部尚书

朕闻帝尧之世，伯夷以《三礼》折民；西汉之隆，仲舒以《春秋》决狱。是知有道之士，必以无讼为功。乃者法病于烦，官失其守。盗贼多有，狱市纷然，敷求迪哲之人，以清流弊之末。具官苏颂，温文而毅，直亮不回。仲由、冉求，果艺有从政之美；子产、叔向，爱直得古人之遗。遭罹闵凶，亦既祥禫。特诏虚位，以待老成。与其遂曾、闵之私哀，顾怀坟墓；曷若蹈威、绰之前轨，显扬君亲？伫闻嘉猷，以对休命。可。

【译文】朕听说唐尧的时代，伯夷用《三礼》来折证民事；西汉兴盛时期，董仲舒用《春秋》来办理狱讼。因此朕知道有正道的士子，一定要以没有争讼为功绩。前此法令的弊端在于过于苛细，官吏们不知应该奉行什么。以至盗贼之事层出不穷，狱讼之事纷纷扰扰。朕广求公允明达的人，以肃清刑狱繁多的弊端。命官苏颂，温文尔雅而又刚毅不挠，处事正直，光明磊落。如同子路和冉求，果断坚韧，有从政的优点；如同子产和叔向，仁爱忠直，深得古贤的遗风。家遭死丧的凶事，丧期也已服满。朕特地下令空出刑部之职，以等待老成练达的大臣前来就职。朕以为与其像曾参、闵子骞那样哀毁不绝，长期地守护在亡者的坟墓，何不以苏威、苏绰为楷模，以勤恳为国来显扬自己的父祖？望你以美好的品德，来接受这美好的任命。皇帝批阅：照此执行。

王公仪夔州路转运使程高夔州路转运判官

敕具官某等：役法既复，民知息肩矣。然在官者，皆农末也。三峡之民，刀耕火耘，与鹿豕杂居。正赖良使者，察其侵冤。使政烦而吏贪者，此等岂能远诉乎？朕以大臣荐，故擢用汝。若远民无告，非独汝咎，荐者可不勉哉？可。

【译文】皇帝敕令现任命官王公仪等：徭役之法现已恢复，百姓多少得到了休养。然而现任属吏的，都是不肯务农的人。三峡地区的民众，至今刀耕火种，与野猪麋鹿杂居一处。正依赖有明达的使臣，察实他们所受的侵害和冤屈。若遇执政烦苛贪酷的官吏，在这种情况下，还能远道入京申诉吗？朕听从了大臣的举荐，故而擢拔任用你们二人。如果远方之民有苦无处申诉，那就不仅仅你们要承担责任，就是举荐的大臣不也要牵连问罪？皇帝批阅：照此执行。

吕由庚太常寺太祝

敕吕由庚：先皇帝有贤执法，朕不及见也。思其人，行其言，用其平生所予者，犹以为未足也，而录其子。呜呼！亦可以识朕意也。夫《诗》云："惟其有之，是以似之。"汝勉之矣，朕不汝忘。可。

【译文】皇帝敕命吕由庚：先帝在位时，有贤明的执法大臣，朕没有来得及见到他。想象他的为人，推行他的议论，任用他一生所留给我的人才，还感到不能满足于心。于是朕要录用他的儿子。啊！这也就可以看出朕的心意了。《诗经》说："正因为前人具有美德，所以后人才继承下来。"你应当勤勉尽职，朕不会将你遗忘。皇帝批阅：照此执行。

杜訢卫尉少卿钟离景伯少府少监

敕具官某等：朕登进耆老，崇德以靖民；敷求隽良，养材以待用。非更练有素，不轻用其人。以尔訢久服官箴，善守家法。以尔景伯既敏而艺，有闻于时。皆吾四世之良，往服九卿之贰。益固尔守，将观厥成。可。

【译文】皇帝敕令现任命官杜訢等：朕擢拔有德行的老臣，是为了崇尚他们的美德，用他们来安定人民；广泛地求取隽美贤良之士，是蓄养英才以备取用。若不是精明练达，道德深厚，不会轻易地任用他。你杜訢长期担任议论之官，能够恪守祖宗法度。你钟离景伯敏捷果断，受到时人的称道。你们都是我大宋四朝的忠良之臣，今命你们担任九卿的副职。望你们更加守住节操，朕将观察你们创立的业绩。皇帝批阅：照此执行。

辛押陀罗归德将军

敕具官辛押陀罗：天日之光，下被草木。虽在幽远，靡不照临。以尔尝诣阙庭，躬陈珍币。开导种落，岁致梯航。愿自比于内臣，得均被于霈泽。祇服新宠，益思尽忠。可。

【译文】皇帝敕令现任命官辛押陀罗：天空太阳的光芒，洒在大地上照耀着草木。即使是幽深偏远，没有一处不享受它的光辉。你曾经来到京城，诚心地献纳奇珍异宝。劝导异族部落，每年长途跋涉来到中原。你希望能成为我朝的大臣，得到我朝的恩惠。你可接受这新的任命，望你时时想到要更加忠于朝廷。皇帝批阅：照此执行。

高子寿三班借职

敕高子寿：程力较绩，国有旧章。命以一官，勉思自效。可。

【译文】皇帝敕命高子寿：你的贡献和业绩应受何官，国家自有固定的章法。今授你一个官职，望你好自为之，报效朝廷。皇帝批阅：照此执行。

李肩可殿中省尚药奉御直翰林医官

敕具官李肩：医虽一技，盖通妙物之神；法有众科，以助好生之德。故縻好爵，用劝良能。无忘三世之传，庶保十全之效。可。

【译文】皇帝敕令现任命官李肩：医道虽然只是一种技能，然而其效力却能上通神明；国家用人有众多的途径，都是用来光大爱护生灵的美德。因此我用显赫的官爵，来劝奖淳良贤能的官吏。望你不可忘记三代传家的技艺，保全治疗百病的医效。皇帝批阅：照此执行。

耿政可东头供奉官致仕

敕具官耿政：肇新霈泽，覃及庶工。虽请老以家居，亦先朝之逮事。各从迁秩，以宠归休。可。

【译文】皇帝敕令现任命官耿政：整新朝廷的恩泽，使它下及庶人百工。虽然你现在告老住在家中，但毕竟是前朝有所贡献的人。各自依照法典升迁官秩，以荣宠你归家养老。皇帝批阅：照此执行。

乔执中可朝请郎尚书吏部郎中

敕乔执中：汉以郎官出宰百里，今以郡守选属列曹。任人之隆，于古为重。有司言尔资格当选，其即正员以茂远业。可。

【译文】皇帝敕命乔执中：汉朝是以郎官的身份，出任百里的县令；如今是从郡守中选拔精英充任列曹郎官。任用人才的隆重，已经超过了古代。有关部门说按你的资历应当迁转官秩，今就迁你为正职郎中，使你能做出更大的业绩。皇帝批阅：照此执行。

李之纯可集贤殿修撰河北都转运使

敕：乃者役钱贷息之弊，民兵马政之劳，萃于北方。而天不靖民，河溢为灾，老幼奔走，流离道路，十年于此矣。呜呼！其孰为朕劳来安集，使复其旧乎？以尔具官李之纯，治办之能，尝见于用。忠厚之质，不移于势。是用进登书殿，增重使指。其往抚疲瘵之俗，察贪暴之吏。无纵诡随，以谨无良。朕将酌民言以观汝政，可不勉欤？可。

【译文】皇帝敕令：往日以助役抵偿利息的弊病和民兵之法、马政之法对民众的侵害，主要是集中在北方。而上天也不体恤百姓，又使黄河泛滥成灾，老少相牵，流离在逃荒路上，至今已经十年了。啊！谁能为朕安顿流亡之民，使他们能安居乐业？命官李之纯，治理民众的才干已经在往日的试用中显露出来。具有忠诚信厚的品质，能够不辞辛劳。因此朕进用你为修撰之官，用以表示朕对任命你转运使的看重。你可前往河北，抚慰疲惫贫病的民众，督察贪婪残暴的官吏。不要放纵贪婪奸诈的恶行，要防止奸吏继续害民。朕将根据百姓的议论来考察你的政绩，你能不勤勉为政吗？皇帝批阅：照此执行。

吕大临太学博士

敕具官吕大临：太学，礼义之所从出也。不择人以为法，而恃法以为治，可乎？汉之郭太、符融，唐之阳城、韩愈，士皆靡然化之。其贤于法远矣！朕方诏有司，疏理学政，而近侍之臣，言汝可用。必能于法禁之外，使士有所愧而不为，乃称朕意。可。

【译文】皇帝敕令现任命官吕大临：太学，是讲述礼和义的地方，不选择人而制定法令，想凭着法令来治理太学，这能行得通吗？汉朝的郭太、符融，唐朝的阳城、韩愈，都能使士子们追随他们，很快地受到教化。他们贤德的力量要比法令强大得多。朕正在命令有关部门整顿太学，而身边的大臣们都举荐你，认为你堪当此职。想你一定能在条法之外，训导士子不再做于心有愧的事，这才能使朕感到满意。皇帝批阅：照此执行。

罗适知开封县程之邵知祥符县

敕罗适等：赤县之众，甚于剧郡。五方豪杰之林，百贾盗贼之渊。盖自平时，号为难治。而况市易始去，逋负尚繁；役法初复，农民未信。以尔适，学行纯固，有恤民之心。以尔之邵，才力强敏，无婾安之意。各服乃事，以观其能。不患不己知，求为可知者。可。

【译文】皇帝敕命罗适等：京畿大县的人众，要比大郡还多。是四方豪杰聚集之处，也是商贾盗贼栖身的地方。平日无事之时，人们都认为难于治理，何况如今刚刚废除市易之法，人民的负担还十分沉重；徭役法刚刚恢复，还没有真正取得人民的信任。因为你罗适的学问道德淳美深厚，有体恤民众的仁爱之心。因为你程之邵才干练达能力超群，没有苟且偷安之心。今命你二人各自去处理民政之事，朕以此来考察你们的才能。不要担心自己有所不知，要努力使自己成为通达干练的人。皇帝批阅：照此执行。

杜纯刑部员外郎

敕杜纯：用法如权衡，权可以轻重移，而衡不可以毫发欺。故司寇之职，必有守道之长贰，而辅之以守官之僚属。汝昔为士师，秉节不回，独持正义，以直群枉。往服厥官，无易汝守。以不忍之心，行无心之法，则予汝嘉。可。

【译文】皇帝敕命杜纯：使用刑法，就像是使用衡器，秤锤可以有轻有重，但秤杆却丝毫不能做假。因此刑部这个部门，一定要选择坚持正道的人做为正副职，再配上有操守的属吏。你以往担任士子的师傅，能够坚守志节，不屈不挠，胸怀正义，辨清众人的冤枉。你可去担任此职，不要改变你以往的操守。要以善良的爱心，执行无心的法律。这样朕就会嘉奖你。皇帝批阅：照此执行。

刘霆知陈留县

敕具官刘霆：县剧而难治，故有司难于用人；地近而易知，故才者乐于自用。临政以简，决狱以明，御吏以严，去盗以武。能此四者，孰不汝知？可。

【译文】皇帝敕令现任命官刘霆：陈留是大县，事务繁剧而难以治理，因此有关部门很难选到合适的人才；但陈留县地处京城附近，治绩容易上达朝廷，因此真有才能的人就乐于到那里去施展才干。处理政事要简便，审理狱讼要清明，管束官吏要严格，驱除盗贼要坚决。能够做到这四点，谁还能不了解你的治绩？皇帝批阅：照此执行。

皇伯仲晔赠保宁军节度使东阳郡王

敕：祖宗之德，天地并隆。施及子孙，皆享民社。胜衣有朝请之奉，阖棺有茅土之封。始终之间，哀荣斯极。具官仲晔，宽厚寡过，雍容有常。生不勤于父师，没见思于姻族。既得考终之道，可无追远之恩？豹尾神旗，守臣之威命；金玺盭绶，诸侯之宠章。服我龙光，以贲窀穸。可。

【译文】皇帝敕令：祖宗的圣德，像天地一样隆盛。施给他们的子孙，让他们都能得到封地。刚刚出生就可以向朝廷申请俸禄，盖棺后又享有列土之封。自始至终，极尽荣显。命官仲晔，为人宽和敦厚，很少过失，雍容大度常守志节。生前不劳父亲师长的费心教诲，亡后得到亲族的追念。既然已经高寿而终，怎能没有追赠的恩典？豹尾装饰的灵旗，这是宠褒太守的仪仗；黄金印绿绶带，这是褒宠诸侯的器物。你要接受皇帝的恩泽，使墓宅更加荣耀。皇帝批阅：照此执行。

杜纮右司郎中

敕具官杜纮：士一历都司，即践清要。非一时名胜，不在此选。尔以文无害，而宿其业。往服乃事，益茂厥德，以称朕命。可。

【译文】皇帝敕令现任命官杜纮：士大夫一旦担任了尚书左右司之职，就等于是进入了清高显要的部门。如果不是当时知名的士子，就不可能选入尚书省任职。你的文辞佳美毫无做作，又以此为一向的职业。可前往担任此职，使你的德业更加丰茂，不要辜负了朕的任命。皇帝批阅：照此执行。

皇城使裴景知慈州庄宅副使郭逢知阶州西京左藏库副使王克询知顺安军

敕具官某等：朕铨择将吏，视其才力。强敏可任以事者，必试之治民。苟不知爱民奉法，驭吏而戢士，虽智勇有闻，朕无取焉。尔等皆以考绩察廉，号称明练。荐者交章，故在此选。往服厥官，无失朕命。可依前件。

【译文】皇帝敕令现任命官裴景等：朕选择武臣将帅，要看他的才干和勇力。刚强敏达值得委以重任的，一定要让他治理民政来考察他的贤与不贤。如果他不懂得爱护民众遵守法令，不能管束属官安抚士子，即使是智勇超人，朕也不会重用他。你们都经过考课审察，被众人称为明达干练。举荐你们的奏章接二连三，因此能够得到选用。可前往担任新职，不要辜负了朕对你们的期望。皇帝批阅：可依照上面的文书执行。

借职杨晟该差使吴奉云等各转一官

敕某等：向敕边臣，增葺城堡。所以护安民夷，各全其生。尔能相率献田出力，有足嘉者。服我爵秩，永保忠顺。可。

【译文】皇帝敕命杨晟等：此前曾敕令边境守臣，要他们增修加固城池工事。这是用来保护国民和异族，使他们都能保全生命。你等能够先后献出田地，贡献力量，这很值得称赞。接受朕的爵位官阶，永远保持忠诚和顺服。皇帝批阅：照此执行。

吕大忠发运副使

敕具官吕大忠：发运使按治六路，所部几万里。持节出使，未有若此其重者也。以尔更练世故，果于从政。屡试剧部，厥声蔼然。是以命尔均南北之有无，权货币之轻重。使农末俱利，公私宜之，以称朕意。可。

【译文】皇帝敕令现任命官吕大忠：发运使要按察六路财赋，管辖的境域有几万里之广。受命出使，没有比这个职位责任更重的了。你熟悉法令，人情练达，处理政务果断中正。多次委任你担任繁剧的部使者，美名传扬于朝廷内外。因此朕命你均衡江南江北的有无，权衡财赋的多寡。使农业和百业都得到益处，公家和私人两相得宜，使朕感到满意。皇帝批阅：照此执行。

蒋之奇集贤殿修撰知广州

敕具官蒋之奇：按治岭海，统制南极。声教所暨，耸闻风采。自唐以来，不轻付予。朕既择其人，复宠以秘殿之职。使民夷纵观，知其辍自禁严，以见朝廷重远之意。其于服从畏信，岂不有助也哉？可。

【译文】皇帝敕令现任命官蒋之奇：按察治理岭南海滨之地，总管国家最南的重镇。所到之处，不论声威和教化都使人感到朝廷的盛德。从唐朝以来，此官就不轻易授予某人。朕既已选到了合宜的人材，再为他加上集英殿修撰之职。让百姓和蛮夷深深知道，你是从禁庭中派出的大员，从而显示朝廷重视边远黎民的诚意。这对于使南方民众对你敬畏信赖，难道不是有所帮助吗？皇帝批阅：照此执行。

吴安持知苏州刘建知滑州

敕具官某等：两河之俗朴，其弊也悍，而轻犯法；三吴之俗巧，其弊也流，而不知止。惟君子为能，去其已甚，济其所不及，故所居而民安之。朕求二郡守，访之左右，咸曰汝宜。往服朕训，因俗而治。可依前件。

【译文】皇帝敕令现任命官吴安持等：两河地区民风朴厚，弊病在于此地之民强悍易怒，不把违反法律视为畏途；三吴一带民风机巧，弊病在于此地之民运用心术，而不懂得适可而止。只有君子才能治理这两类民众，革除他们的弊病，帮助他们培养尚不具备的良好风气，这样，所到之处百姓就能安静顺从。朕搜求这两个州的守臣，向左右近臣咨询，都说你等堪当此任。你等前去赴职，牢记朕的训戒，根据民情因势利导。皇帝批阅：可依据以上文书执行。

谢卿材陕西转运使

敕具官谢卿材：治边者不计财，惟边之所用；治财者不恤民，惟财之为富。此古今之通患也。朕知汝才知可倚，忠厚可信。故以西方之政，责成于汝。往与帅守者谋之，惟适厥中，以民为本。可。

【译文】皇帝敕令现任命官谢卿材：治理边关的官吏不考虑所费钱财的多少，一心只考虑边备的需要；经营财赋的官吏不体恤民众的疾苦，一心只想积聚财富。这是古往今来的通病。朕深知你的聪明才智足以倚重，忠诚厚朴可以信赖。因此把西北一路的民政财权交付给你，望你功业有成。你可前往赴职，与当地将帅守臣共同谋画，但求遵循宽严适中之道，时刻不忘民众是根本。皇帝批阅：照此执行。

李曼知果州

敕具官李曼：蜀之人治蜀，知其好恶，察其情伪，宜若易然。又况于宽而明，和而毅，如汝曼者乎？乃者无实之诉，朕既察之矣。乘传西归，平赋役，省条教，以慰父老之望。可。

【译文】皇帝敕令现任命官李曼：蜀地人治理蜀地的州郡，对于了解当地民俗的好恶，明察当地民情的真伪，应该说是比较容易的。又何况是宽和清明、平易果断的李曼呢？以往对你没有事实根据的诬蔑，朕已经查明了。现在命你乘坐高车回到西蜀，减轻那里的赋税徭役，简化条法律令，以告慰当地的父老乡亲。皇帝批阅：照此执行。

黎珣知南雄州

敕黎珣：岭海之远，吏轻为奸。非良守令，民无所赴告。往祗厥官，如在近甸，则予汝嘉。可。

【译文】皇帝敕命黎珣：岭南滨海地处偏远，官府属吏可以轻易地作奸犯科。如果没有循良的州守县令，百姓有冤就无处申诉。你可前往赴职，就如同在朝廷近畿任职，朕会对你有所嘉奖。皇帝批阅：照此执行。

张赴再任乾宁军

敕具官张赴：使者言汝为政有方，民甚宜之。当解而留，以慰民望，可不勉哉？可。

【译文】皇帝敕令现任命官张赴：部使者说你治理军政颇有方略，那里的百姓对你十分拥戴。如今你本当解职罢任，现命你继续留任原职，以满足军民的期盼，你能为此不更加勤勉吗？皇帝批阅：照此执行.

皇伯仲婴赠奉国军节度使追封中国公

敕：祖宗之意，仁孝为先。孝故专笃于亲，仁故闵劳以事。虽丰功盛烈，不见于宗室；而令名美实，克全于始终。死丧之威，哀叹何及？具官仲婴，少而简素，辅以温文。既克己以归仁，亦乐善而忘势。信顺多助，盖《大有》上吉之祥；高明令终，真《既醉》太平之福。建元戎之六纛，锡上公之九章。维以劝忠，岂云虚授？庶几幽壤，服我宠灵。可。

【译文】皇帝敕令：祖宗的心愿，是以仁爱孝敬为最重。孝顺专用来敬奉双亲，仁爱专用于表彰勤劳。虽然你并不以丰功伟绩传扬于宗室，而美好的声名和行为却能保持终生。死丧对人的威胁是无可奈何的，深深的哀痛也无法改变。命官仲婴，从年轻时起就作风俭朴，性格温良儒雅。能够约束自己以求仁德，乐于从善而不以贵自居。诚信恭顺就能够多得帮助，具有《易》卦《大有》中所说的上上之吉；高远磊落得以善终，真是《诗经·既醉》所说的万年之福。今为你备置节帅的大旗，赐以王公的章服。这些都是用来劝勉忠诚的，谁能说只是授予虚衔呢？望你能在九泉之下，接受我这隆重的封赠。皇帝批阅：照此执行。

林邵开封推官

敕具官林邵：天府之剧，古称难治。非兼人之资，有不能济。今自逋负逃亡，悉归之四厢，宜若易办。然夫办之易，则责之详。尔材敏素闻，而以举用。往助乃长，使治众如治寡，以称所举。可。

【译文】皇帝敕令现任命官林邵：京城天府事务繁剧，自古以来号称难以治理。如果没有超乎常人的资质，就不能把事情办好。如今负债逃亡的人户，都已回到京城附近，事情应当容易一些。但正因为易于办理，就更应当审视详明。你才干敏捷，久有声闻，因而得到大臣的举荐任用。你前往赴职，协助府尹，使治理众人如同一人，不要辜负大臣的举荐。皇帝批阅：照此执行。

邓义叔主客郎中王谔水部郎中

敕具官某等：吏恶数易，而事有不得已者。通商惠农，水政为急。而招携柔远，宾客之事亦重矣。各祗乃事，为安官乐职之计。可依前件。

【译文】皇帝敕令现任命官邓义叔等：官吏最厌恶频繁调动，然而事情有时迫于不得已。开市贸易、施惠农业，水路的治理是当务之急。而召抚远方的异族、迎送外国使节的事务也非常繁重。你二人各自做好本职之事，要为此多多用心考虑，不可敷衍塞责。皇帝批阅：可依照以上文书执行。

王荀龙知棣州

敕具官王荀龙：平原厌次，沃野千里。桑麻之富，衣被天下。宜得老成循吏，以辅安良民，式遏奸慝。访之左右，咸曰汝宜。往悉乃心，朕将观焉。可。

【译文】皇帝敕令现任命官王荀龙：古平原郡的厌次，有千里肥沃的土地。盛产桑蚕麻绩，足以使天下人都得到御寒的衣被。应选择老成持重的循良之官，到那里安定善良的民众，制裁奸贪的官吏。朕向左右大臣咨询访求，众人都说你堪当此任。你可尽心赴职，朕将考察你的治绩。皇帝批阅：照此执行。

黄宪章获贼可承事郎

敕具官黄宪章：劳能之赏，不计日月。爵禄之报，必视首功。宜从迁秩之劳，以劝追胥之勇。可。

【译文】皇帝敕令现任命官黄宪章：酬劳贤能之吏的奖赏，不能单凭日月的积累。官爵禄位的报偿，一定要看他的功劳。应当根据迁升官制的规定给以升迁，以酬答你的辛劳，以此劝勉捕贼官吏们勇敢地擒获寇盗。皇帝批阅：照此执行。

御史中丞刘挚兼侍读

敕：孟子有言："君仁莫不仁，君义莫不义，一正君而天下定矣。"朕惟台谏言责之臣，虽知无不言，常救之于已失；而劝讲进读之士，盖朝夕纳诲，故日化而不知。合于孟子"正君"之义。非独有司之事也。具官刘挚，以道事君，非法不言。使朕日闻所不闻，天下称焉。宜因古今册书之成文，取其兴坏治忽之要论。言之于无事，救之于未失。使朕立于无过之地，岂非汝争臣之大愿乎？可。

【译文】皇帝敕令：孟子曾说："君主仁爱就没有人不仁爱，君主信义就没有人不信义。君主端正，天下就可以安定。"朕深知御史谏官之臣，虽然能做到知无不言，但常常是已经造成失误后才得以补救；而侍读侍讲的大臣，可以随时教诲于朕，所以潜移默化之功，自己却并没有意识。符合孟子"正君"的大道，并不仅仅是御史谏官的职任。命官刘挚，以忠诚仁义事奉君主，不合法典者从无一言。使朕每天都能听到闻所未闻的道理，天下人都称赞他的美德。你更应该根据古今典籍中的记载，选取有关国家兴亡成败的精辟议论。在朕无事的时候就对朕宣讲，在朕没有造成损失之前就告知于朕。从而使朕能立于没有失误的境地，这岂不也是你等谏争之臣最大的心愿吗？皇帝批阅：照此执行。

处士王临试太学录

敕具官王临：观近臣以其所为主，观远臣以其所主。朕初不汝知也，而光论汝可用。其试之太学，汝勉之矣。朕既因光以知汝，亦将考汝所为而观光焉。可。

【译文】皇帝敕令现任命官王临：考察近侍大臣要看他所跟从的长官，考察远方大臣要看他自己的所作所为。朕当初不知道你，而司马光认为你可以任用。现命你到太学试职，望你勤勉于职事。朕既然是因为司马光才知道了你，也要考察你的所作所为来看司马光的举荐是否得宜。皇帝批阅：照此执行。

皇叔克眷赠曹州观察使追封济阴侯

敕：先王建邦启土，必先宗盟。上自鲁、卫，下至应、韩。宗室之子，莫不南面。国家自仁率亲，专于教爱。故生无吏责，而富以禄没，享隆名而告诸幽。忠恕之道，可谓备矣。具官克眷，以茂美之质，服信厚之化。虽功名才业不见于用，而恭俭孝悌刑于厥官。命以廉车，即侯其地。皆国之旧，非朕敢私。庶几有知，服我休命。可。

【译文】皇帝敕令：前代天子建国分封，一定要首先施与自己的宗族。上自鲁国和卫国，下至应国和韩国。凡是周朝宗室的后裔，没有一个不是南面称尊。国家以仁爱教导亲族，尤其看重自尊自爱。所以生前并不以治民之事来责成他们，却为他们设置了丰厚的俸禄，又使他们享有尊显的名位，以此来告慰地下的列祖列宗。表达敬爱仁恕的一切都可以说是齐备无缺了。命官克眷，以茂盛淳美的资质受到诚信敦厚的教化。虽然才干能力没有表现在治国安民之中，而他恭谨节俭孝悌敬爱的美德可以成为官吏们的表率。今朕命素白之车，前往他的墓地。这都是国家旧典的规定，朕不敢对他有所偏私。皇叔九泉之下有知，请接受我这美好的册命。皇帝批阅：照此执行。

寇彦卿彦明左班殿直

（以兄殿直寇彦古永乐成死事）

敕具官寇彦卿：士不难以身徇国，朕独何爱一官，不以收恤其家乎？祇服朕命，毋忘死者。可。

【译文】皇帝敕令现任命官寇彦卿：士大夫不把以身殉国看做难事，朕岂能吝惜一个官职，不用它抚爱恤养他的一家呢？你等恭听朕的授命，不要忘记已故的兄长。皇帝批阅：照此执行。

驸马都尉张敦礼节度观察留后

敕：轩冕之来，德量为称。外无充诎之容，可以观德；内若固有之安，可以言量。具官张敦礼，少以经术，秀于士林。虽缘姻戚之选，不失儒素之行。日奉朝请，既抱才而未试；坐阅岁月，亦久次而当迁。进居两使之间，增重诸倩之遇。益砺士节，以为国华。可。

【译文】皇帝敕令：官位爵禄的获取，要凭着相称的品德和气度。外表没有得意忘形之色，才可以看出他的品德；内心保持沉静而不躁动，才可以说他有气度。命官张敦礼，年轻时以精通儒学受到士子们的推许。虽然是因为外戚而得到选用，但仍旧不失其儒雅淡泊的品行。每天奉安朝请，拥有才能不得一展宏图；已经积年累月，凭资历也该迁官加职。朕进升你为节度和观察二使之间，来增大美戚的宠遇。望你更加砥砺自己的名节，成为国家的精华之才。

内人张氏可特封典赞

敕张氏：朕幼学之初，未就外傅。命尔执业，以侍左右。勤劳有年，恭谨寡过。进掌仪范，以旌徽柔。可。

【译文】皇帝敕命张氏：朕少年开始学习的时候，没有出外跟从师傅。朝廷命你担当讲读之人，在朕的身边侍奉。你长年辛勤劳苦，谦恭谨慎，很少过失。现进封掌管后宫的训导，以此表彰你佳美的女德。皇帝批阅：照此执行。

故尚宫赵氏可特赠郡君

敕赵氏：先朝差择女士，以辅阴教。侍御左右，罔匪淑人。矧兹六尚之选，必备四教之法。奄焉沦丧，宜极哀荣。以尔名族之英，掖廷之旧。行应图史，言中物则。"彤管有炜"，既传好德之芳；"象服是宜"，无愧饰终之典。庶几幽壤，服我宠章。可。

【译文】皇帝敕命赵氏：前朝选择委派女官，用以辅导妇人的教育。在天子身边服侍的，没有一个不是贤淑之人。况且内侍女官的选举，必须具备孔子所言文、行、忠、信四教之法。岁月流逝，你已经成为古人，朕应该使你得到荣宠。你是望族的秀女，你是后宫的旧人。行为合于古代列女的规范，言论十分中肯公允。《诗经·静女》中所说的"彤管有炜"，像是替你传扬了喜好仁德的芳名；《诗经·君子偕老》中所说的"象服是宜"，也是说你无愧于身后这隆重的赠典。望你在幽暗的九泉，接受我这美好的封赠。皇帝批阅：照此执行。

冯宗道右骐骥使内侍省内侍押班
梁惟简文思副使内侍省内侍押班

敕具官某等：爵禄，天下之公器也。朕不敢以私昵之爱，而轻用其赏；亦不敢以近习之嫌，而不录其功。以尔等小心忠孝，逮事列圣，出入中外，劬劳百为。而宗道以藩邸攀附之勤，惟简以东朝奉事之久，各还所寄，加重其任。益励素守，以称异恩。可依前件。

【译文】皇帝敕令现任命官冯宗道等：爵位官禄，是以天下公论为衡量标准的。朕不敢凭着偏私的宠爱，轻易地使用封赏；也不敢由于他侍奉在身边，就对他的功绩视而不见。你等用心谨慎，忠诚孝顺，事奉了几代圣君，出入于京城外地，历尽了种种辛劳。冯宗道以朕在东宫时勤恳尽心，梁惟简以朕在东宫时服事长久。现各自交还你们原任的职事，升迁你们的官阶。望你们更加勤勉，保持操守，不辜负朕加给你们这特殊的恩典。皇帝批阅：可依照上面文书执行。

梁从吉遥郡团练使入内内侍省副都知

敕：祖宗之化，自家刑国。故虽左右近习之臣，莫不好善而知义，彬彬然有士君子之风焉。具官梁从吉，庄重有守，温良寡过，给事宫省，知无不为。服勤边徼，克有成绩。改锡戎团之命，进助内宰之政。益励素守，以称异恩。可。

【译文】皇帝敕令：祖宗教化的原则，是以家庭的亲和为国家做出表率。因此连朕身边侍奉的宦官侍从，也没有一个不是好行善德，深知信义，文质彬彬，有君子的风度。命官梁从吉，庄重而有操守，温顺善良，很少过失，供职于内庭后宫，尽职尽责。出使于边关前线，成绩可嘉。现改赐武职团练，提升你为掌管宦者的副职。望你更加勤勉，保持操守，不辜负朕加给你这特殊的恩典。皇帝批阅：照此执行。

刘有方内侍省右班副都知

敕：祖宗之化，自家刑国。故虽左右近习之臣，莫不好善而知义，彬彬然有士君子之风焉。具官刘有方，温恭和毅，勤强练密。进从王事，以法令为师；退安私室，以图史为乐。进领右珰之贰，益亲中禁之严。惟忠与敬，乃称朕命。可。

【译文】皇帝敕令：祖宗教化的原则，是以家庭的亲和为国家做出表率。因此连朕身边侍奉的宦官侍从，也没有一个不是好行善德，深知信义，文质彬彬，有君子的风度。命官刘有方，温良恭俭，宽和刚毅，精明强干，练达慎密。进宫事奉君王，一切遵照朝廷的法令；休息回家安居，以阅读图书为乐。朕擢升你为内侍右班的副职，望你更加严格管束中官宦者。只有时刻保持忠诚敬爱之心，才不辜负朕的美意。皇帝批阅：照此执行。

翟思知泉州周之纯知秀州沈季长知南康军

敕具官某等：朕惟四海之广，一夫不获，足以害教化之成，伤阴阳之和。故选建守长，必以学士大夫为先。孔子曰：“君子学道则爱人，小人学道则易使也。”尔等皆以儒术进，有闻于时矣。其深识朕意，往行所闻。钦哉！可。

【译文】皇帝敕令现任命官翟思等：朕虽然拥有四海广袤之地，倘若有一人失于体恤，足以损坏教化的成功，伤害阴阳的和合。所以选用郡守县令，定要首先考虑学士大夫。孔子说："君子学习了大道就懂得爱人，小人学习了大道就易于驱使。"你等都是以精通儒学得到进用，并且受到时人的赞扬。望你们深深体察朕的心意，前往赴职，用你等以往所学的仁爱训导人民。钦此。皇帝批阅：照此执行。

马传正大理寺主簿

敕具官马传正：哀敬折狱，明启刑书，理官之任也。主簿虽卑，亦有事于其间矣。尔以选用，其勉服此言。可。

【译文】皇帝敕令现任命官马传正：怀有怵惕之心来审理狱讼，严格按照刑法律令处理生杀，这是刑狱官的职事。主簿官虽然职位低微，也要参与到狱讼之中。你得到选拔任用，应当牢记朕这番话。皇帝批阅：照此执行。

张之谏权知泾州康识权发遣鄜州

敕具官某等：边郡之政，兵食为先。郡守之责，文武兼综。以尔等才力之选，卓然有闻。治办之效，见于已试。朕虽招携来远，不求边功；尔当积谷训兵，常若寇至。祇率厥服，往惟钦哉。可。

【译文】皇帝敕令现任命官张之谏等：边关城邑的治理，以军需粮食为最重要。而州太守的职责，应当兼管文治和武备。你等都是凭着文才和勇武得到选用，治绩卓越，享有美名。治理民众办理政事的能力，已经经过了考察。朕虽然要招徕远方异族，并不责求边臣建立武功；但你等还是要积蓄粮草，时时警惕就像敌人将至。望你等敬心于事，牢记朕的训戒，前往赴职。皇帝批阅：照此执行。

梁谓供备库副使转出

敕具官梁谓：奉事之久，累劳当升。求从外迁，亦各其志。进贰诸使，往齿外朝。益务廉平，以答休宠。可。

【译文】皇帝敕令现任命官梁谓：你供职的岁月已经长久，劳绩已多理当升迁。你请求改迁为武官之阶，朕准许你的请求。现升任你为供备库副使，列于外朝之班。望你处事更加廉洁公允，以报答朕的恩宠。皇帝批阅：照此执行。

燕若古知渝州

敕具官燕若古：汝向以才选，奉使东方。官省而归，因以得郡，盖可谓异恩矣。巴峡之睑，邑居褊陋。负山临谷，以争寻常。独渝为大州，水土和易。商农会通，赋役争讼，甲于旁近。毋以僻远，鄙夷其民。钦哉。可。

【译文】皇帝敕令现任命官燕若古：你以前凭着才干出众得到选用，奉命出使到东方。如今常平官已经罢废，因此你得到知州的任命，这可以说是异乎寻常的恩典。巴蜀川峡地势险要，州县城池处于偏远之乡。往往是背靠大山面临深谷，来利用一尺一寸的平地。只有渝州是蜀中大州，水土平和，商业四通八达，农业物产丰饶。因而财赋徭役的的争端诉讼，也就比其他州郡都要繁剧。你不要因为此地偏僻遥远而鄙视当地的民众。钦此。皇帝批阅：照此执行。

删定官孙谔鲍朝宾并宣议郎

敕具官某等：廷见改官，法之所严也。岁月之课，保任之数，差若铢黍，辄不得迁。今汝独略之者，岂非以制法定令，汝与其议故欤？祇服朕命，以法自律，无徒知之。可。

【译文】皇帝敕令现任命官孙谔等：回到朝廷复命而改迁官职，是法规中的严格要求。月考、岁考，保举人数等项，只要稍有欠缺，就得不到迁转。如今朕对你等不计较这些，难道不是由于你们参与法令的制定增删，并提出出色的建议吗？你等可恭敬地接受朕的命令，以法令来管束自己，不要做仅仅知法而不奉法的人。皇帝批阅：照此执行。

王振大理少卿

敕具官王振：任法而不任人，则法有不通，无以尽万变之情；任人而不任法，则人各有意，无以定一成之论。朕虚心以听，人法兼用。以尔出入中外，敏于从政。详平奏谳，审于用律。廷尉之事，尔惟副之。夫法出于礼，本于仁，成于义。勉思古人，以称朕命。可。

【译文】皇帝敕令现任命官王振：只依据法令而不倚重执法的人，那么法令就难以畅通无误，也就无法囊括千变万化的人情；只倚重人而忽视法令，那么每个人的想法各不相同，也就不会有统一的定论了。朕虚怀倾听，人法并用。因为你在朝廷内外多年任职，办事精明干练。对于上呈的狱讼案卷能出以公正之心，使用刑律格外谨慎。你可到大理寺担任副职。法令是出自礼，根本在于仁，最终而成其义。你要时时以古代的良臣为楷模，不辜负朕的任命。皇帝批阅：照此执行。

李吁宣德郎

敕具官李吁：朕有大政令，使近臣总领其议。民之休戚，国之治乱，成其手，可谓重矣。尔以儒术，进以邑政，选而为之官属，亦岂轻哉？二三臣者，言尔当迁。其服朕命，益祗乃事。可。

【译文】皇帝敕令现任命官李吁：每当国家要做出重大决策时，朕都是交给近侍大臣掌管汇总众官的议论。百姓的喜乐和忧虑，国家的昌盛和衰乱，都成于近侍宰臣之手，可以说是责任重大了。你以精通儒术，入仕掌管县邑民政，经选拔而担任宰相的属官，这样的官职难道还不值得看重吗？朕左右的几位大臣，都说你应当迁官。你可接受朕的命令，把职事做得更为出色。皇帝批阅：照此执行。

赵思明西上阁门副使

敕具官赵思明：国之宗臣，义同休戚。故文终之后，配汉并隆；而梁公之孙，与唐无极。国家佐命，元老独高。韩王铭勋太常，侑食清庙。爰自近岁，叹其中微。乃眷裔孙，尚有遗烈。宜因近侍之请，进升上阁之贰。勉蹈祖武，副朕怀人追远之心。可。

【译文】皇帝敕令现任命官赵思明：国家的佐命功臣，就应该与朝廷同忧同乐的。所以文终侯萧何的后代，与汉朝一同光耀隆盛；梁国公狄仁杰的裔孙，和唐朝同其始终。国家的辅政大臣，为首者享有最高的恩遇。韩王赵普的勋业已经镌刻于史册，配食我大宋的宗庙。只是到了近代，家道开始衰微。幸而还有后世子孙，继续享受着前辈的余荫。朕听取近臣的请求，升你为阁门副使。望你勉励自己继承前辈的勋德，才符合朕怀念旧臣的心意。皇帝批阅：照此执行。

李承祐内殿崇班 内臣转官

敕具官李承祐：奉事滋久，累劳当迁。遂齿外朝搢绅之列，益思忠尽，毋忝恩荣。可。

【译文】皇帝敕令现任命官李承祐：你供职的岁月已经长久，劳绩已多理当升迁。现迁你与外朝的士大夫同班同列，望你日夜牢记竭忠尽力，不要有辱于朕赐与你的恩典荣宠。皇帝批阅：照此执行。

萧士元知隰州赵永宁知永静军

敕具官某等：文武异用而其道同，军国异容而其情一。尔以才选，往莅厥服。惟少私寡欲，则民自靖；惟奉法循理，则吏自畏。祗率朕训。钦哉。可。

【译文】皇帝敕令现任命官萧士元等：文臣武将所用之处虽然不同，但用人之道却没有不同；军队和政府虽然表现形式不同，但情理却没有什么不同。你等以才干出众得到选用，可接受朕命，前往赴职。

只有自身无私无欲，百姓才能相安无事；只有自身谨守法令，处理事务合情合理，属官们才会对你畏服。你等要恭听朕的训戒，钦此。皇帝批阅：照此执行。

黄光瑞可内殿崇班

敕黄光瑞：朕覆养华夷，义均臣子。爱重爵赏，必加有功。以尔昔助王师，远获逋寇。历年滋久，宜示异恩。服我宠休，永思忠尽。可。

【译文】皇帝敕命黄光瑞：朕普遍养育华夏子民和四方蛮夷，把他们与爱臣和儿子同样对待。朕珍视爵禄和奖赏，一定要把这些加给有功之人。你以往曾帮助国家军队，跋涉千里捕获强寇。至今已经岁月久远，应当赐以异乎寻常的恩典。你可接受我的恩宠，永远牢记竭忠尽力。皇帝批阅：照此执行。

文贻庆可都官员外郎居中可宗正寺主簿

敕具官某等：昔江左二老，王导、谢安；唐之元勋，汾阳、西平。皆以积德流庆，子孙多贤。布列台省，为邦之光。今吾太师氏，亦庶几焉。尔等才行之美，所资者深。闻见之广，不扶自直。宜近而远，未称朕意。其归服乃事，同寅协恭，以究事君亲之义。可。

【译文】皇帝敕令现任命官文贻庆等：晋朝江南的两位老臣王导和谢安，唐朝的两位功臣汾阳王郭子仪和西平王李晟，都由于积累功业，留传美德，所以后代子孙大都贤能有为。他们分布排列在台阁省府，成为国家的表率。今我太师文彦博，也与他们相差无几。你等才能行为淳美可嘉，多来自前辈的教育训导。见识广博，不用扶助自然挺直。应当把你们安置在身边，而你们却远在外地，这不能使朕感到满意。你们可归朝接受新的任命，同心协力，兢兢业业地侍奉君主和你们的父亲。皇帝批阅：照此执行。

皇兄令夬赠博州防御使博平侯

敕：爵齿之贵，并隆于朝廷；死丧之威，莫先于兄弟。礼有哀恤，义兼哀荣。故具官令夬，端厚有常，靖恭寡过。生不勤于保傅，没见思于族姻。宜分竹符，就赐茅社。服予惇叙之宠，慰而永归之魂。可。

【译文】皇帝敕令：爵禄名位的尊贵，都是朝廷封赏的隆恩；死丧的哀戚，没有能超过兄弟之情。依礼应当对你有所旌扬抚恤，依义更该对你表示哀伤和荣宠。已故的命官令夬，端庄温厚恪守节操，恭谨平和很少过失。生前没有烦劳师长的教诲，亡故受到亲族的怀念。朕应当赠你符节，并赐予你侯王的封地。请接受我这兄弟的宠爱，安慰你永埋泉下的灵魂。皇帝批阅：照此执行。

高士永知文州

敕具官高士永：自将为守，非艺而果，不在此选。治兵欲严，御吏欲明，抚民欲宽，守边欲信。汝勉之矣，毋废朕命。可。

【译文】皇帝敕令现任命官高士永：从武将改任知州，如果不是精明而果断，不可能选为此职。管束军队要严格，驾驭属官要清明，安抚民众要宽和，保守边土要讲信义。你要勉励自己，不要轻忽朕的任命。皇帝批阅：照此执行。

太皇太后再从弟高士缵高士涺可并左班殿直文思副使梁惟简可皇城副使

敕具官某等：朕惟坤元成物之恩，虽以天下养，无足称其德者。故推余泽，以及葭莩之亲、左右奉事之臣。虽天地之施，无所报塞。尚勉忠孝，以答万一。可。

【译文】皇帝敕令现任命官高士缵等：朕认为太皇太后以母德治理天下的恩义，即使用天下财物来供养她，也不足以配上她的仁德；所以朕要继续施以皇帝的恩泽，加到她疏远的亲属身上和朕身边的大臣。即使是施以高天厚地的恩赏，也无法回报太皇太后的遗爱。望你们还要尽忠尽孝，回报她仁德的万分之一。皇帝批阅：照此执行。

范百禄刑部侍郎

敕：朕哀敬五刑，期协中道。论者志于杀，惟杀之务，则深而失情；谳者志于生，惟生之知，则玩而废法。朕欲情法两得，生杀必中。非俗吏之所能，思古人而永叹。爰试以事，乃得其人。具官范百禄，少以异材，辅之笃学。昔奉大对，有守礼忧国之言；旋为争臣，有责难爱君之意。必能参用经术，折中人情。民自以为不冤，汝当务致此者。吾必也使无讼，朕亦将庶几焉。可。

【译文】皇帝敕令：朕对于刑罚之事既感到无奈又感到敬畏，期望能有中允的办法，合于人道。持威猛之论的人认为只有杀人才能使人畏服，于是只想多杀，这样用刑过重而丧失了人情；持审慎态度的人认为能不杀人就不杀人，于是只想少杀，这样用刑过轻而丧失了法令的威严。朕希望人情和法令都要照顾到，杀人不杀人都要合情合理。这样的职位绝非一般庸俗官吏所能胜任，朕时常想着古代的贤才而长长叹息。此前以官事试用，终于获得了这样的人才。命官范百禄，年轻时就有超人的才干，又有酷爱学习的好作风。当年对策于朝堂，曾发表遵守礼义为国分忧的言论；随后任职为谏官，具有刚正敢言热爱君主的心意。朕想你必然能够参考儒家的训导，使刑狱的处理合于人情。百姓不感到自己冤屈，这是你努力的目标，要尽力使人民没有诉讼，朕以为这样就能将刑狱治好了。皇帝批阅：照此执行。

朱光庭左司谏王觌右司谏

敕具官某等：惟善人能受尽言。故昔之谏者，常有不容之忧。然有志之士，犹且不顾。忠义所激，忧患可忘。今朕恭己无为，虚心以听。汝等所论，盖无虚日。朕亦有拒而不听，听而不用者乎？各服新命，尽所欲言。言而不从，朕则有愧。知而不言，汝亦负朕。可不勉哉？可。

【译文】皇帝敕令现任命官朱光庭等：只有与人为善的人，才会听完别人的批评。所以往昔的谏官，时常心存不容于人的忧虑。然而有志节的士大夫，不会顾及个人的安危。忠诚和义理激励着他们，使他们忘记可能带来的祸患。如今朕礼贤下士，以清静无为之心广泛听取群臣的谏议。你等的议论，几乎没有一天不传进朕的耳中，朕有拒绝不听、听而不用的情况吗？你们可各自领受新的任命，畅所欲言。如果你们提出建议朕不采纳，这是朕愧对你们。如果你们明知朕的失误而不能言明，这是你们辜负朕的信任。你等能不尽心为国吗？皇帝批阅：照此执行。

鲜于侁左谏议大夫梁焘右谏议大夫

敕：仲虺言汤之德曰：“改过不吝。”孔子论一言而丧邦曰：“惟予言而莫余违。”呜呼！天下之治乱安危，有不出于此者乎？朕夙兴夜寐，思闻其过。厥愆曰朕之愆，不啻不敢含怒，而况于左右辅弼之臣欤？具官鲜于侁，邦之老成，久试于外。金石之节，皓首不衰。具官梁焘，出入馆殿，盖二十年。守道笃志，无所阿附，皆吾争臣之选也。朕之于事，无必无我。可则行之，否则更之。使天下晓然，知朕乐闻其过。书之史册，足为美谈。若乃进则诡词，退则焚草。衰世之事，朕无取焉。可。

【译文】皇帝敕令：仲虺谈到商汤的仁德时说：“他从没有固执己见而不改正自己的过错。”孔子论一句话可以亡国时说：“只是我说什么话都没有人违抗我。”啊！天下的治理和动乱、安定和危亡，没有超出这两句话含义的。朕夙兴夜寐，时时刻刻想听到别人指出我的过失。有了过错都可以直接指斥是朕的过错，朕也不敢恼怒。更何况对朕左右的辅佐大臣呢？命官鲜于侁，你是国家的老臣，在外路任职多年。金石般的志节，至老而不衰退。命官梁焘，在馆阁中出入，已有二十年之久。恪守道义胸有正气，从无阿谀攀附之举，你等都是朕最满意的谏争大臣。朕对于朝廷之事，绝不会固执己见、惟我独尊，可行的就要施行，不可行的就要变更。要使天下士民深深知道朕乐意闻听他人指责失误。这些举措记录在史册，也足以称为盛美之事。如果为官进献诡谲之词，退居就焚毁奏章，那是末世的气象，朕不取以为榜样。皇帝批阅：照此执行。

王岩叟侍御史

敕具官某：尔以御史，论事称职。擢居谏垣，而能秉心不回，忠言屡闻。考其所争之义，皆有可行之实。予维宠嘉之。兹复命尔往贰执法，乐于从善，朕志亦可见矣。《易》曰："大君有命，开国承家，小人勿用，必乱邦也。"尔谨视中外，毋纵诡随，以成我纯一之政。可。

【译文】皇帝敕令现任命官王岩叟：你担任御史之官，议论政事能够称职，提拔为谏议之官，仍能坚持正道，刚直不屈，忠诚的议论多次传到朕的耳中。考察你所争论的事理，大都切实可行。朕对你的行为十分赞赏。今再命你担任御史台副职，朕称扬良善之人，这种心意也可以表达出来。《周易》说："天子上承天命，开国创业，不能任用奸邪小人，这些人必定会扰乱国家。"你要审慎地督察中外百官，不可使奸邪之辈逍遥法外，辅成朕淳美的大政。皇帝批阅：照此执行。

钱勰给事中

敕：朝廷之政，根本于中书，而枢机于门下。出入考慎，然后布之天下。一成而不反，后世有述焉。虽用人惟均，而至于封驳之任，其选尤重。具官钱勰，文学议论，世其先人；典章宪度，博通前世。词命之富，多而愈工；风力之优，烦而不乱。其服新命，益修厥官。使为政者难于造令，而承流者无所议法，则惟汝贤。可。

【译文】皇帝敕令：朝廷的大政，草拟决策于中书省，发挥关键于门下省。广泛议论集中决策，而后才发布到天下四方。一旦形成就不再改变，后人对此都有所记述。虽然选用人才力求公允，然而对于封发驳回朝廷政令这样重要的职位，选拔起来更要格外慎重。命官钱勰，文采出众，议论精当，深得你父祖的遗风；对于前朝的典章制度，都能够洞悉无疑。所作的制词诰命十分丰富，而且字句工稳；风骨笔力十分佳美，不因为写作繁忙而乱其章法。你且接受新的任命，进一步做好本职事务。使执政者不敢随意制定法令，使执行法令的人对既定的法令提不出异议，这就是你的功劳。皇帝批阅：照此执行。

明堂执政加恩

韩维

敕：朕于访落之初，躬总章之祀，追严烈考，以侑上帝。七政轨道，四海来格。礼乐具举，天人并应。非余一二大臣，同德比义，燮和神民，何以致此哉？具官韩维，令德雅望，外为师表；忠言嘉谋，入告帷幄。望其容貌，足以知朝廷之尊；闻其风烈，足以立贪懦之志。艰难之际，垂拱仰成。宜修旧典之常，均被庆成之泽。同底于道，朕有望焉。可。

【译文】皇帝敕令：朕在即位之初，亲自参加乐舞祭祀，安放列祖列宗的圣像，使天帝能赐福于朕。朝廷的大政走上正轨，四海之神纷纷降临。礼乐之教已经具备，上天下民和合融洽。如果不是我左右的大臣，与朕同心同德，敬神爱民，哪里能达到这样的地步？命官韩维，具有淳美的品德和儒雅的威望，为外臣的师表；忠直的言论美好的谋策，都能议论于朝廷。看到他的容颜，足以知道我朝廷的尊严；听到他的风操，足以阻遏贪婪懒惰的心意。朕在受命艰难之时，正是依赖着他的谋划才坐收成功。应当按朝廷旧制常规，使大臣都得到祭享明堂的恩泽。望你辅佐朕行于圣道，朕对你寄予深切的期望。皇帝批阅：照此执行。

张璪

敕：亲祠合宫，昭事上帝。明发不寐，惕然有怀。永惟神考之烈，高出百王之表。选建群辟，遗我后人。济于艰难，克有成绩。具官张璪，硕材不器，俊德自明。卫上之忠，悃款四世。应务之敏，勤劳百为。迨兹配飨之成，宜均慈嘏之福。服我明命，永肩一心。可。

【译文】皇帝敕令：朕亲自祭祀祖宗明堂，以此昭告于上天大帝。向上天表白内心的虔诚难以成寐，心中怵惕怅然有怀。我神宗皇帝的圣烈，高出历代君王之上。简拔人才，济济一堂，留给他的后代。大臣们在艰难之中与朕同舟共济，终于度过难关取得成功。命官张璪，硕壮的才干无法以容器来衡量，俊美的品德烨烨生辉。拥戴君王的一片赤诚，前后已经四代。处理政务敏捷干练，忧心劳苦鞠躬尽瘁。当此祭享明堂之礼已经举行，理应使我的辅臣得到洪大之福。你可接受朕这美好的授命，永远保持忠诚不贰之心。皇帝批阅：照此执行。

李清臣

敕：祇奉严禋，肆行大赉。诚通幽显，泽被中外。六成之乐，上格于穹壤；四簋之黍，下浃于燀庖。矧余元臣，相成厘事。神人所保，霈泽宜先。具官李清臣，德配先民，才高当世。早以天人之学，发为经纬之文。左右先朝，克有成绩。属余访落之始，共济艰难之中。迨兹庆成，均被慈告。宜疏井邑之赐，以示臣工之荣。永孚于休，以称朕意。可。

【译文】皇帝敕令：敬奉这庄严的祭礼，遍行盛大的赠赐。诚心通达人间地下，恩泽普施于朝廷内外。钧天的大乐，上达于昊天无极；四簋的黍稷稻粱，下透于明亮的祭器。何况我辅国的名臣，与朕共成大业。天神下民都愿意保佑你，盛大的恩泽理应先加给你。命官李清臣，品德堪与前贤比美，才能高过当世之人。早年精通天人感应之学，从内心发泄出经天纬地的雄文。辅佐先帝，业绩有成。正赶上朕刚刚即位，与朕齐心协力度过艰难。当此祭享明堂之际，同来聆听神灵的告诫。应当以城邑之封做为赏赐，以示我大臣的荣耀。望你永远保持美好的品德，以此使朕满意。皇帝批阅：照此执行。

安焘

敕：于皇烈考，属余大器。夙夜祗惧，若涉冰渊。乃者飨帝合宫，风雨时若。肆眚象魏，讴歌聿归。惟天人之应，萃于眇躬；盖左右之助，实赖将相。具官安焘，奋自儒术，为时名臣。燮和兵戎，无伤财害民之警；持守法度，有送往事居之忠。迨兹庆成，均被慈告。井邑之赐，国有旧章。与民同休，居宠无愧。可。

【译文】皇帝敕令：英烈圣明的先帝，把国家重器交付与我。朕时时刻刻怵惕惊惧，如同走在冰上和深渊。前此祭祀天地祖宗，果然风雨应时，大赦于帝阙，使遇赦的民众唱着赞歌回到家中。这是天人间的灵应，都会聚在朕的身上；而朕左右大臣极力辅助，使朕有文武将相可以依赖。命官安焘，以精通儒术超过众人，成为当世的名臣。调理军队和民众，没有劳民伤财的失误；持正守法，有尽职尽责的忠心。值此大享明堂之际，同来聆听神灵的告诫。封赠城邑的赏赐，是依据国家的制度。你与万民休戚与共，得到这样的荣宠可以无愧于心。皇帝批阅：照此执行。

范纯仁

敕：朕出款真室，还祀合宫。祇见昊天，陟配文考。礼乐具举，华夷骏奔。方恭默无言之中，繄辟公显相之赖。率礼弗越，肆予汝嘉。具官范纯仁，庆历名臣之家，熙宁正谏之士。著绩西鄙，授任中枢。谟猷靖深，兵革消伏。领使奉祠之日，助成大享之勤。降福孔多，推恩宜广。矧予宥密之地，可无勋邑之加？往服宠章，益敬毋怠。可。

【译文】皇帝敕令：朕走出供奉真容的庙堂，又来到南郊合祭天地。朕敬仰昊天上帝，升配文皇帝。礼乐都已经具备，华夏蛮夷竞相奔走。朕身处恭静缄默之中，都是靠名公贤相的辅助。遵照法典而不越轨，朕实在赞美你的忠直。命官范纯仁，出身于庆历时期名臣之家，自身为熙宁年间正言谏议之臣。建功立业在西部边陲，授与重任到枢密院任职。凭着你的深谋远虑，使边境战事化险为夷。虽然领授祠禄归养于家，但还要勤于这次盛大的祭祀。神灵降福甚多，朕推恩封赏也应当广泛。况且在为这宽仁宁静之国，怎能没有城邑之封？你可前往接受朕的恩宠，望你更加自警不可懈怠。皇帝批阅：照此执行。

吕大防

敕：朕有事总章，升侑神考。四辅在位，百工在廷。䅟假无言，各率其职。迨此厘事之毕，匪我冲人之能。思与群公，均受帝祉。具官吕大防，擢自英祖，休有直声。被遇裕陵，愈彰忠力。入总文昌之辖，手疏磐错之烦。六事所瞻，倚以为重；三府之议，于焉取平。宜加勋伐之隆，益增井赋之衍。服我休命，思勉厥终。可。

【译文】皇帝敕令：朕今日亲来祭享明堂，使神宗皇帝升配天地。辅佐大臣各在相位，百事之官列在朝堂，缄默无言，各司其职。当此治国有成，绝不是我这个少年的才能。我愿与众位大臣，一同受到天帝的赐福。命官吕大防，受到英宗皇帝的擢拔，颇有谅直的美誉。得到神宗皇帝的恩遇，更显出忠诚和才力。入朝为尚书省长官，亲自疏理交错繁复的政令。六卿之事都靠他的运筹，朝廷倚重这位名臣。三省的议论，都在尚书省得到公正无偏的执行。应该把旧日勋臣的荣宠加给你，再赐以城邑之封。你可接受我的恩宠，勤勉努力保持终生。皇帝批阅：照此执行。

韩忠彦黄履并特转朝请郎

敕：考绩之法，三代共由。虽余左右之信臣，犹以岁日而叙进。率循其旧，示不尔私。具官韩忠彦，颀然异材，奋以儒术。典朕三礼，识古人之大全；历事四朝，有宗臣之余烈。黄履：受材宏深，秉德纯固。入践台省，休有老成之风；出更藩垣，遂无东顾之念。祗服新命，益修厥官。尚励有为之心，以需不次之举。可。

【译文】皇帝敕令：考察官吏治绩的方法，三代以来历朝遵守。即使是朕身边的重臣，也要凭岁月的积累步步升迁。对你等仍按照旧的法典，以示朕对你等并没有偏私。命官韩忠彦，有茂美的才干，自儒学起家为官。曾总管朝廷的礼法，能把握古礼的全部。任职历经四朝君主，具有重臣的风范。（在给黄覆的制词中，这几句改为：才干超群，根基深厚，德行淳美，守节不移。入朝历任台省之职，有老成持重的风度；出外担任大郡守臣，也没有眷恋京城的念头。）恭听朕对你们的加官任命，把职事做得更加善美。要勉励自己大有作为的雄心，以备朕随时另加选用。皇帝批阅：照此执行。

皇叔祖克爱皇叔仲虢并遥郡团练使

敕：朕不以亲废法，亦不以义掩恩。故宗室之英，虽不任事，而岁月之考，必付有司。以尔具官克爱，笃行有常，率履如一。以尔具官仲虢，居宠而戒，好德不回。既累日以当迁，非无名而虚授。益务忠敬，以保厥家。可。

【译文】皇帝敕令：朕并不因为是宗亲就更改法令，也不因为秉持信义就忽略对宗亲的推恩。因此我宗室中的英贤，虽然不担任具体的职事，然而官阶迁转是否合乎时间规定，一律要交付有关部门核查。命官克爱，有终始如一的品行。命官仲虢，位居尊贵而时时自警，喜好仁德而不变初衷。既已到了该当迁转的时限，这就不是没有依据的授与。望你们更加忠诚爱敬，以保持你们各家的尊荣。皇帝批阅：照此执行。

王献可洛苑使

敕具官王献可：《传》不云乎："《诗》《书》义之府，礼乐德之则。"御侮扞城，亦儒者之事也。汝以词学进，而以武干闻。肆予虎臣，谓汝可用。往服新命，以成汝志。可。

【译文】皇帝敕令现任命宫王献可：经传不是这样说吗："《诗经》《尚书》是义的府库，礼和乐是道德的准则。"抵御外侮捍卫城池，这也是儒者份内的事。你以擅长词章得到进用，而以勇武干略闻名于朝。我左右的武官将帅，都称说你可以委任。你可接受这新的任命，以成全你的志向。皇帝批阅：照此执行。

陈次升淮南提刑

敕具官陈次升:《春秋》书无麦禾,盖病之也。今吾淮甸之民,夏旱秋水,望熟于来岁。譬如负重涉远,未知所舍,朕甚忧之。汝自百里长,以才能选为朕耳目。其往按视,省刑狱,均力役,督盗贼,去奸吏。使民忘其灾,以称朕意。可。

【译文】皇帝敕令现任命官陈次升:《春秋》记载的麦禾不收,是把它当做国家的灾病。如今我淮河一带的民众,夏遭干旱秋遭雨涝,希望来年得到收成,就如同背着沉重的包袱跋涉于长途,不知何处是歇息之处。朕为此十分忧虑。你以一县之长,凭着出众的才干选拔为朕的耳目之官。今命你前往淮南按察巡视,务必要减少刑狱,平均徭役,督捕盗贼,去除贪官。使人民忘记处于灾荒之中,以此使朕满意。皇帝批阅:照此执行。

杜纯大理少卿

敕杜纯:治狱得其道,仁及幽显,泽流子孙。苟非其人,灾及草木,身任其祸。朕敬而畏之,久难其人。以尔用法平直,守道纯固,不以进退荣辱抑扬其心,故在此选。靡不有初,终之实难。可不勉哉?可。

【译文】皇帝敕命杜纯:治理狱讼之事要得其公正平允,仁爱及于生民和亡灵,德泽才能遗留给子孙。如果用人不当,灾祸便会殃及到草木,你自身也要承担祸患。朕对此既谨慎又畏惮,很久得不到可用之臣。你执行法令平允公正,恪守仁信之道,德行淳美厚重,不把进身退处和荣辱毁誉放在心上，所以列在此官的人选之中。人开始时做好职事并不困难，始终如一就很难了。你能不时时自勉吗？皇帝批阅：照此执行。

郭畯开封府司录参军

敕具官郭畯：汝昔为狱官，不挠于职事，以陷无辜之人。坐失厥职，秉义不回，有足嘉者。往隶天府，总摄群掾。毋易汝守，朕将观焉。可。

【译文】皇帝敕命郭畯：你以往担任审理刑狱之官，能够尽心秉公，没有任情用法，使无辜之民受到残害。为此受人诬告而失去了官职，但仍能坚持正义，不屈不挠，颇有值得称扬之处。今命你到京城开封，总管狱吏。望你不要改变往日的操守，朕将考察你的业绩。皇帝批阅：照此执行。

林希中书舍人

敕：文章之变，与时盛衰。譬如八音，可以观政。而况诰命之出，学者所师。号令以之重轻，风俗因而厚薄。本朝革五代积衰之气，继两汉尔雅之文。而大道中微，异端所汩。欲复祖宗之旧，必以训词为先。故难其人，不以轻授。具官林希，博闻强识，笃学力行。绰有建安之风流，逮闻正始之议论。往践外制，为朝廷常润色其精微；期配昔人，使天下识典刑之仿佛。务究所学，朕将观焉。可。

【译文】皇帝敕令：文章风气的变化，是与时代的盛衰紧紧相关的。这也如同音乐的和谐与否可以看出政治的明暗。更何况诰词圣命都是文章的典范，学者作文都以此为师。它标志着朝廷政令的轻重，它影响着民风民俗的仆厚和轻薄。我朝革除了五代时长期衰颓的文风，继承了两汉朴实文雅的传统。然而正道又面临衰微，这是因为异端之论又有所回潮。想要恢复祖宗时的旧制，必须要以制诰之文为先导。因此官很难选到适宜的人，也不会轻易地授给不能胜任的人。命官林希，见闻广博学识精微，勤奋学习而致其用。朕听说你的文章有建安七子的风骨，又有正始文人强辩的议论。你可前往担任中书舍人，草写朕的制词，替朝廷把政令加以精美的润色；望你能赶上前人的高度，使天下士民都能从中得知什么样的人是学习的楷模。你一定要把往日的积累发挥出来，朕要观察你的业绩。皇帝批阅：照此执行。

司马光左仆射追封温国公

敕：执德不回，用安社稷为悦；以死勤事，坐致股肱或亏。方予访落之初，遽兴殄瘁之感。其于恤典，岂限彝章？具官司马光，超轶绝尘，应期降命。蹈履九德，湛涵六经。逮事仁宗，以论思献纳任言责；翊我英祖，以安危治乱鉴古今。粤惟先朝，延登近弼。方事献可而替否，不肯枉尺而直寻。紬绎新书，优游卒岁。乃心无不在王室，不起何以慰苍生？顾惟眇躬，肇称毖祀。虽未能求诸野而得傅说，亦庶几选于众而举皋陶。激浊扬清，方甄明于流品；制法成治，永振德于黎元。而憖遗之悲，天不得于一老；惴栗之叹，人皆轻于百身。兹大享于合寝，仍不预于小敛。师垣一品，降之九原。开国于温，用旌直德；纳棺以襚，式劝具僚。念涕泗以无从，想话言之犹在。俯惟英爽，歆此宠灵。可特赠温国公。

【译文】皇帝敕令：有一贯的美德而不改变，把安定国家当作最大的快乐；不计生死地勤于政事，竟使朕失去了股肱重臣。朕刚刚即位之初，已感觉到你心力交瘁。朕对于你的哀恤之礼，岂只是美好的词章所能表达？命官司马光，才干超出了你的职任，可谓前无古人，为助我皇朝而降生于世。行动于忠、信九德之途，究心于诗、书六经之文。事奉我仁宗皇帝，你勤于思考勇于进言担任谏官；开导我英宗皇帝，引古今天下的安危治乱为治国的借鉴。到了先帝一朝，被召入朝堂担任宰相。进献可行的议论反驳害民的政令，坚持自己的见解而不屈从于他人。编写新书《资治通鉴》，退朝还乡终年优游。而一颗忠心无时不记挂着朝廷大事，如不起用，怎么能告慰天下黎民？朕以渺小的一身，继承祖宗的遗业，虽然没有能求于乡野而获得傅说之类的贤人，也在众贤中选出了类乎皋陶的大臣。你斥退恶人奖拔良善，甄别重用贤能的官吏；定立法度严肃政令，在万民之中振兴朝廷的盛德。朕深深哀叹，上天为什么不能使这位老人长寿；朕心中惶恐，真怕我辅弼之臣都如此轻易地辞世而去。当此明堂大享之时，朕不能亲自参加你的葬礼，谨以一品仆射之官，告慰你九泉之下的英灵。又以温国开国公的封赠，来旌表你刚直的美德；赠给你华美的衣服和上好的棺木，来劝勉在位的臣僚。朕怀念老臣涕泗横流，回想你的话语如在耳边。愿我英伟爽直的名臣，接受朕的隆宠。可特赠与温国公之爵。

张缋除宣德郎

敕太学博士张缋：祖宗设贤良文学之科，以网罗天下之豪俊。间得伟人，尔繇是选。而沉默恬淡，安于冗散。学士邓温伯，与东西省从官列上奏状。朕嘉乃冲静，特俾迁秩。益务敦毖，将有试焉。可特授宣德郎，依旧太学博士。

【译文】皇帝敕命太学博士张缋：祖宗设置贤良文学的考试科目，用来搜求天下豪杰俊逸之士。从中得到不少英伟之才，你就是由此而登科入选。你沉默恬淡，不慕荣利，安心于闲散无权的官职。学士邓温伯与尚书、中书两省的官吏联名呈上荐举你的奏状。朕赞赏你淡泊宁静，特地升迁你的官阶。望你务必敦促自身，朕不久就会委任你更重要的职务。今特授与你宣德郎，依旧担任太学博士。

孙觉除吏部侍郎

敕：自国家还政文昌，将以致治。而天官四铨，总覈人物。澄清流品，未见其人。除拟之间，贤愚同滞。以尔朝请郎、试给事中孙觉，文学论议，烛知本原。谏省东台，久从践历。选抡之慎，委寄益隆。噫！法之窒阂者更，吏之不虔者逐。赇文弗作，甄序有伦。服我训词，尚有大用。可特授依前官试吏部侍郎。

【译文】皇帝敕令：自从国家把主要政务交还尚书省，就想以此达到天下大治。而吏部负责铨选人才，统管百官。真正清明俊朗的朝官，适合担任此职者，朕长期没有寻到。倘若以寻常官吏任此重职，那么贤者和愚者就无法区分。朝请郎、试给事中孙觉，对于文章议论，能够深究其源。担任谏官和门下省官，时间已经很长。简选提拔越是慎重，给予的恩典就越是隆崇。啊！破坏法令的就要更换，不尽心于职的就要斥逐。行贿而求的文章不写，要使官吏的甄别奖惩有章可循。你要牢记朕的训戒，朕将会任命你更高的官职。可特授予你依照原官、试任吏部侍郎。

曹旦知南平军

敕供备库副使曹旦：西南泸夷，诸种部族，散处丛篁溪谷之阻，与鱼鸟群。卉服而居，畬田而食。乐生恶死，情无甚异。军麾边戍，备预不虞。静而缓之，彼自驯扰。往服吾训，以称人知。可特授依前官权知南平军事。

【译文】 皇帝敕命供备库副使曹旦：西南泸州一带的蛮夷，以及其他的部落种族，杂居在重山密林之中，受到大河深谷的阻隔，和游鱼飞鸟生活在一起。穿着草编的衣服，刀耕火种而自求生计。然而他们害怕死亡祈求生存，此情与内地之人并没有区别。朝廷在那里驻有军队，只是防止突然的事变。你为政要清静，要以宽和之心对待他们，他们自然会驯顺服从。你可听取朕的训戒，要以出色的政绩来回报他人的举荐。今特授予依照原官代知南平军事。

吕和卿知台州

敕承议郎、尚书金部员外郎吕和卿：临海虽小邦，而有民社之重，朕岂轻之？尔以仕优而学诚，知戒夫墙面之烦，制锦之未易乎？往钦用励，毋忽吾训。可依前官差权知台州。

【译文】 皇帝敕命承议郎、尚书金部员外郎吕和卿：台州虽然是个临海小州，那里的人民同样是朕的子民，朕怎能忽视了他们？你为官成绩优等，学风朴实，要以《尚书·周官》所说的面墙而立、目无所见为戒，不要把处置繁杂政事当做烦苦，蚕丝纺织成锦绣，是轻易能做到的吗？你可接受任命，勉励自己，不要忘记朕的训戒。可依旧保留原官差权知台州军州事。

陆佃礼部侍郎充修实录院修撰官制

敕：文昌二卿，位次八座。各有典司，咸用专达。天官之选，目色实繁。以而朝奉郎、试吏部侍郎陆佃，方颁以先朝一代大典，缵修笔削，势难兼综。春官宗伯，事虽稀简，目力可周。而典章文物，动关国体，益思明练，以称恩休。可特授依前官试礼部侍郎、依旧充修实录院修撰官。

【译文】皇帝敕令：尚书省的副官，职位仅在八座之次。诸部长官各司其职，故而尚书省官吏的选用，职位实在多而且杂。朝奉郎、试吏部侍郎陆佃听命：朕刚刚颁布我先帝的仪典轨制，如果要摘章寻句，恐怕很难把大典的精髓认识清楚。古代春官宗伯之职，公务虽然不算繁杂，而目光却要敏锐开阔。典章制度、祭礼祭物，动辄就关系到国家的体统。望你更加精明干练，不辜负朕对你异常的礼遇。今特授你依照原官不变，试官礼部侍郎、依旧充任实录院修撰官。

龙图阁直学士朝请大夫知定州蔡延庆朝请大夫试户部尚书李常并磨勘转朝议大夫

三考而议黜陟，古今所同；积日而叙勤劳，贵贱无间。矧夫内与六官之长，外总连帅之权。均大计之盈虚，司邻邦之动静。历年应格，稽法当迁。有司以言，朕何敢后？具官李常，奋由疏远，深自刻修。财赋所存，纲目具举。具官蔡延庆，名臣之后，吏治有余。干城四方，安静不扰。咸以侍从之选，而应股肱之良。虽尺寸以迁，未彰于异数；而命秩之宠，差慰于久劳。

【译文】经三次考核再决定罢黜或升迁，这是古今相同的制度。积累岁月而奖励勤恳，这也不论尊贵和低微。何况你等在朝廷为六部中的首长，在京外握有安抚帅臣的重权。均衡国家财赋的多寡，监视邻国的举动。年限已满，符合条令，依据法典应当迁官。有关部门既已言明，朕哪敢稍有延迟？命官李常，由边远之任奋发有为，谦恭谨慎磨砺修养。国家财政的帐目，一一记得明了清晰。命官蔡延庆，你是名臣的后代，处理政事不足以用尽你的才能。边城内外，一片宁静没有骚动。你等都是身为侍从，而具有宰辅大器的人。如今虽然给予微不足道的升迁，并不足以表彰你们突出的业绩；然而秩禄的荣宠，或许能对你们长期的劳苦给以一些宽慰。

朝奉郎孙览除右司员外郎

奉使北方，治河而备边，任亦重矣。以为未足以尽其才也，而置之都司。吾之所以责任尔者可见也。夫分治六官，事无巨细，毕陈于前，若网在纲。振之则举，弛之则尽废。尔昔既称治办矣，勉既厥心，以待来效。

【译文】奉命出使北方，治理水患防守边关，责任已经相当重大了。然而朕仍认为这样并不能尽用你的才干，于是把你安置在都转运使司。朕所以如此重用你，心意也就十分明显了。分别统领六路转运，大事小事都要摆在你的面前，就像是鱼网统辖于总纲。纲拉紧，网就收，纲放松，网就散，那么万事都会荒废了。你此前已被人称为善于治事，望你继续以既往之心勉励自己，等候收到更大的功效。

朝奉大夫田待问淮南提刑制

扬、楚春旱秋水，民艰于食，渐起为盗。遂使州县犴狱充满。朕忧之，未始一日忘也。间起尔于山阳守，参领漕事。今又命尔按视刑辟。徒以尔习其风俗，知吏民所疾苦。夫察贪暴，谨追扰，均有无，督盗贼，此荒政之急也。勉勤其职，以称朕意。

【译文】扬州、楚州春遭干旱秋遭水涝，百姓难以得到食物，于是渐渐沦为盗贼，使州、县的监狱人满为患。朕为此十分忧虑，没有一天不记挂此事。此前曾起用你担任楚州知州，兼管转运之事。现再命你前往淮南按察刑狱。这都是由于你熟悉当地风俗民情，了解官吏百姓的患苦。督察贪婪残暴的官吏，不准逼迫百姓的租税，均通有粮和无粮，铲除强盗贼寇，这是救荒的当务之急。望你能勤于职事，以此使朕满意。

朝散郎殿中侍御史林旦淮南运副使制

淮甸之民，荐罹饥馑。乃者诏发仓廪，发吴、楚之漕以拯其急。犹以乏食流徙，达于朕听。朕惟救荒之政，行之略尽。惟得良使者，因事施宜，为若可赖。尔由郎官，以才任御史，习于扬、楚之俗，其为朕往视之。均徭薄敛，禁暴戢奸，无使斯人，重被其困。

【译文】淮河一带的民众，屡次遭受饥饿的威胁。前此朕已经下令打开官府的粮仓，调拨吴、楚之地上供的粮食来救济饥民。尽管如此，当地民众仍由于缺粮而流亡迁徙，此事已传到朕的耳中。朕已经把救荒的办法考虑周到。然而必须要有循良的使臣，据其实际，酌情处理，才能够使朕信赖。你从郎官的职位，凭着才干出众升为御史，熟悉扬、州之地的民风民俗，今命你替朕前往视察百姓。你要均衡徭役，减轻赋税，铲除奸恶的官吏，不要使当地的民众，再受到新的困扰。

卷五十四　内制文诏

明堂赦文

（元祐元年九月六日）

门下：圣人之德，无以加孝；帝王之典，莫大承天。朕以眇眇之身，茕茕在疚。永惟置器之重，惕若临渊之深。承明继成，思有以迪先王之烈；绍志述事，未足以慰天下之心。仰系母慈，总揽政体。缉熙百度，和乐四方。赖帝贶临，海宇宁乂。三垂之兵靡警，万邦之年屡丰。庶几大同，光嗣成美。深惟六圣之制，必躬三岁之祠。惟兹肇禋，属予访落。丧有以权而从变，祭无以卑而废尊。顾言总章，古重宗祀。以教诸侯之孝，以得万国之心。我享维天，下武式文王之典；大孝严父，孔子谓周公其人。追惟先猷，尝讲兹礼。包举儒术，咨诹缙绅。刺六经放逸之文，斥众言淆乱之蔽。嘉与四海，灵承一天。革显庆之兼尊，隆永徽之专配。成于独断，畀予冲人。遵遗教于前，著成法于后。涓选吉日，裒辑上仪。奉罍琳宫，奠玉路寝。神之吊矣，燕及皇天；谁其配之，既右烈考。于时夙斋辂之驾，被衮冕之章。备庶物之微，追三牲之养。灵游而风马下，孝奏而日月光。惕然履霜，讵胜凄怆之意；僾然出户，如闻叹息之声。秩祐赉我思成，侍臣助予恻楚。既迄成于熙事，敢专飨于闳休。宜布洪恩，以暨诸夏。云云。於戏！汉庭祀帝，著于即阼之逾年；唐室施仁，固以御门之吉日。盖礼盛者文缛，泽大者流长。尚赖文武之英，屏翰之隽，协恭致治，以辅邦家。

【译文】门下省：圣人的仁德，没有比把孝加在他的身上更加重要的；帝王的礼典，没有比上承天命更神圣的。朕以微眇的一身，孤孤单单，愧疚满怀。常思虑治理天下之责是何等重大，内心怵惕就像是面临深渊。上承开明的先帝，继续他已经取得的成功，日夜考虑，不敢有负于先帝的威烈；依照先帝的嘱托处理国事，尚不足以宽慰天下万民的心愿。上托母后的慈爱，替朕总揽国政。上下大事都已就绪，天下四方政通人和。依赖神灵的降临，四海之内安宁无事。三方边陲的军队没有报警，南北州县的粮谷连年丰收。国家接近于大同，政治清明得来于祖宗的治理。朕深深懂得六代圣君的制度，三年一定要亲自祭享明堂。这一次的祭享，正当朕刚刚即位之初。对待丧事还可以根据情况而权宜处置，而对待祭祀则不能因后卑而不敬前尊。回首前朝历代，自古以来最重祭祀。它可以教导诸侯懂得孝道，以此收取诸侯的忠心。我享有天下是上天的意志，后世的君王都遵照文王的旧典；大孝莫如严父，这是孔子评论周公为人的言论。追想前代贤人，都曾讲述过这番道理。朕应当全部依照儒经之说，并向朝廷大臣广泛咨询。博采儒学六经遗失的文字，排除众人纷纭议论的蒙蔽。愿美好幸福遍及四海，承受赐福就在一日之间。革除唐朝显庆年间兼尊数祖的制度，采用唐朝永徽年间专尊一人的规定。此事议成于礼部，交付到朕的面前。它上遵前朝的教诲，后代形成规制不容改变。谨慎地选择吉祥之日，置备好齐整的仪礼祭器。捧酒于仙人所居的琳宫，置玉在帝王的正室。神灵到来啊，燕享已经及于高天；谁来与天相配呢？是我英烈的父王。当此之时，整顿好祭享的车马，穿戴好龙袍冕旒。准备好人间精美的器具，贡献出三牲太牢的食物。神灵乘着快马风驰电掣，孝心彰显出来，日月都放出光辉。小心谨慎脚踏白霜，哪里能听到我叹息的声音。礼官们陪同我完成祭享，侍从们增加我的悲痛。这样的盛典得以完成，朕怎敢独自领受天，神的美赐。应当广布隆恩，施及天下四方。（云云。）啊！汉朝祭祀先帝。定在新皇帝登基的第二年；唐朝祭祀的大赦，定在回朝的这一天。礼节隆盛的程序繁多，恩泽广大的福禄绵长。还要依赖精明强勇的文臣武将，以及身边众多的学士，与朕协同一心，治理天下，辅助我赵氏江山永保万年。

西京奉安神宗皇帝御容礼毕西京德音赦文

（元祐二年十月十四日）

门下：朕以寡昧，仰继圣神。顾瞻山陵，未忘弓剑之慕；益广宗庙，以奉衣冠之游。祗遣辅臣，往严像设。敞凤台之仙宇，粲龟洛之仁祠。睟表一临，陪京增重。山川改色，方贡祥而效珍；父老纵观，或太息而流涕。宜施雷雨之泽，以答神人之休。云云。於戏！好生育物，既推文母之慈；崇德措刑，终成神考之志。资尔有众，宜体朕怀。

【译文】门下省：朕以寡德无知之资，上继前代祖宗的盛业。望见父皇的坟墓，没有忘记绍续武功的遗教；增广宗庙，使学士君子得以瞻望遗容。朕恭敬地派遣大臣，前往西京洛阳安放神宗皇帝的遗像。敞开仙人曾居的凤台，光显神龟出书的祠堂。那纯美的仪表一旦君临，西京会为此更显庄重。高山大河为此而改变颜色，贡献祥瑞效纳珍异；陪都父老纵情瞻仰，会有人长叹而流泪。应施以震雷霖雨的德泽，来报答天神下民的吉祥。（云云。）啊！护爱生民养育万物，朕遵守着太皇太后的慈祥告诫；崇尚仁德减轻刑罚，朕最终会恪守神宗皇帝的遗志。你等众官百僚，应该深深了解朕的心意。

德音赦文

（元祐三年六月）

门下：朕以眇躬，获御大器。仰圣后之慈训，荷先烈之永图。四载于兹，涉道尚浅。凛然祗惕，若履渊冰。思所以慰安人心，奉若天道。常虑一夫之失所，以伤万物之太和。蠲苛去烦，夙夜愿治。乃自去冬连月，降雪异常。今春已来，久阴不霁。农夫失职，商旅不通。比屋之间，冻馁弥甚。常寒之罚，咎在朕躬。惟日兢兢，以图消复。洁精致祷，神眷未孚。克己自持，协气无应。切虑四方狱犴，冤滞尚多。工役烦兴，人咨胥怨。郁成缪盭之变，以干阴阳之和。宜均涣恩，以召善气。云云。於戏！遇灾祗戒，聿修信顺之诚；正事布和，庶获天人之助。咨尔中外，咸体朕怀。

【译文】门下省：朕以眇然一身，得以君临天下，仰仗太皇太后的慈祥训戒，担负着列祖列宗未尽的王业。至今已经四年，对于治国还所知甚少。心中警醒怵惕，就像走上山巅和薄冰。朕把凡有利于百姓之举都奉为敬天的大道。时常忧虑有一人失去衣食，就会伤害万物的和合。去除苛政减省烦扰，是朕日夜希望达到的目标。自从去年冬季，一连几个月，连降大雪，今年春天以来，又连阴而不晴。农夫失去了耕种的时机，商人客旅无法出行。民居之处，饥寒交迫，十分凄惨。上天示以长期严寒的惩罚，罪过只在朕一人身上。朕日夜希望能消除灾害。到清室中祈祷上天，天神没有信服。可知自己节衣减食，协和之气仍不感应。朕生怕是四方刑狱之中，冤枉受屈的人还很多。工程徭役频频兴起，吏民心中愁苦怨愤。积聚成不能散去的灾殃，破坏了阴阳天地的协和。应当普施浓厚的恩义，来召唤善美之气（云云。）啊！遇到灾害要警醒自戒，推广诚信仁顺之心；端正事理，广布恩德，或许会得到上天下民的帮助。你等中朝和外任群僚，都应当体谅朕的心意。

集官详议亲祠北郊诏

敕门下：国家郊庙时祀祖宗以来，命官摄事，惟三岁一亲郊，则先飨清庙，冬至合祭天地于圆丘。元丰间，有司援周制，以合祭不古义。先帝乃诏定亲祠北郊之礼，未及施行。是岁，郊不设皇地祇以而家庙之飨率如旧制，朕以寡昧，嗣承六圣休德鸿绪。今兹禋礼，奠币上帝，祼鬯庙室，而地祇天神久未亲祀，矧朕方修郊见天地之始。其冬至日南郊，宜依熙宁十年故事，设皇地祇位，以答并贶之报，仍令有司择日遣官奏告施行。厥后躬行方泽之祀，则修元丰六年五月之制。俟郊祀毕，依前降指挥，集官详议亲祠北郊事及郊祀之岁庙飨典礼闻奏。故兹诏示，想宜知悉。

【译文】皇帝敕命门下省：国家郊祭宗庙依时祀享祖宗的制度定下以来，任命专门官吏来主持此事，只是三年一次皇帝亲自祭享明堂，则需要先祭宗庙，到冬至那一天再与天神地祇共同祭祀于大圆祭坛。元丰年间，有关部门根据周朝的制度，认为合祭天地不合于古礼，先帝下诏制定亲至北郊祭奠天地的礼法，却未来得及实施。这一生，郊祭时没有供设地祇的灵位，而宗庙的祭奠之礼仍依旧的制度。朕凭着寡德无知之身，继承了六代圣王的美德。今年的祭天之礼，已经为昊天上帝的灵位供献了礼品，也已为宗庙神位供奉了美酒，而地祇和天神很久没有亲自祭祀，何况朕刚刚修建郊祭神坛要使天地之神得以享受祭奠。今年冬至那一天在南郊神坛祭祀，应该依照熙宁十年的旧制，安设地祇的灵位，用以答谢天、地降福的报应，仍需命有关部门限择日期派遣官吏奏告天地之神，向它们宣布祭祀的实行。此后朕亲自去行夏至祭礼时，就重新依照元丰六年五月所立的制度。待郊祭完毕，依照旧例降下圣旨，召集百官详细议定亲自到北郊神坛应守的礼制，以及每年大祭宗庙祭享的仪礼上奏于朕。因此现发下圣旨，百官应当对朕的心意有所了解。

太皇太后赐门下手诏二首

（元祐三年七月八日）

敕门下：皇帝嗣位，于兹四年。华夷来同，天地并应。而皇太妃以恭俭之德，鞠育之恩，虽典册以时奉行，而情文疑有未称。皇帝以祖考之奉，尊无二上。而吾惟《春秋》之义，母以子贵。其推天下之养，以慰人子之心。宜下礼部大常寺讨寻。如于典故有褒崇未尽事件，令子细开具闻奏。

【译文】 敕令门下省：皇帝即位，至今已经四年。华夏蛮夷都来朝拜，上天下地应瑞呈祥。而皇太妃以恭谨俭约的品德，抚育皇帝的恩义，虽然典制册命都按时行下，但由于情理于文辞还有未能与她的德行恩义相称之处。皇帝因敬奉祖父、父皇，除此之外不能同尊。而我认为《春秋》的大义，是主张母亲要靠儿子才能尊贵。推广她养育天子的恩义，以此告慰于人子的内心。应当将此事下到礼部和太常寺研究探寻。倘若依照旧典还有恩赏隆崇没有做到的方面，命官员仔细逐项写明呈奏于朕。

二

（元祐三年闰十二月十四日）

敕门下：官冗之患，所从来尚矣。流弊之极，实萃于今。以阙计员，至相倍蓰。上有久闲失职之吏，则下有受害无告之民。故命大臣，考求其本。苟非裁损入流之数，无以澄清取士之源。吾今自以眇身，率先天下。永惟临御之始，尝敕有司。荫补私亲，旧无定限。自惟德薄。敢配前人？已诏家庭之恩，止从母后之比。今当又损，以示必行。夫以先帝顾托之深，天下责望之重。苟有利于社稷，吾无爱于发肤。矧此恩私，实同毫末。忠义之士，当识此诚。各忘内顾之心，共成节约之制。今后每遇圣节、大礼、生辰，合得亲属恩泽，并四分减一。皇太后、皇太妃准此。

【译文】 敕令门下省：官吏人员众多无事可做的弊病，由来已久了。这种弊病渐渐积蓄，在今天可谓无以复加。以官职的空缺来计算实有的官员，竟多出数倍。上面有长期闲居没有实职的官吏，下面就有受到冤屈无处申诉的人民。因此朕命令大臣们，考察此弊的源流始末。如果不裁减正式吏员的录用人数，就无法澄清求取人才的源头。如今朕以眇然一身，君临天下。故而登基之初，就曾敕命有关部门。以祖德的余荫为宗亲补官，此前没有固定的人数限制。朕深知自己仁德浅薄，岂敢与先帝并驾齐驱？朕已经下诏凡亲族受恩补官，只能按太皇太后临朝时的规定。如今应当再减名额，以示朕决心奉行。先帝信任托付朕的心意是那样深切，养育天下万民的责任是如此重大。只要是有利于朝廷国家之事，哪怕是割取朕的头发、皮肤也在所不吝。像这种亲族的私恩，实在是微不足道。忠诚信义的士大夫，都应当了解朕这一片诚恳之心。每个人都要排除为亲属谋私利的想法，与朕共同遵守节俭约束的新制度。从今以后，每当遇上先帝诞辰之节、朝廷的重大典礼、今皇帝的诞辰之节，旧制规定亲属所应得到的恩赏，一概减除四分之一。皇太后、皇太妃也依此执行。

赵州赐大辽贺兴龙节大使茶药诏

敕：卿肃将庆币，远涉川途，风埃浩然，徒驭勤止。宜加宠锡，以示眷怀。

【译文】皇帝敕令：爱卿恭敬地带来庆祝朕诞辰的礼物，跋山涉水，饱受风霜，催马驾车，也十分勤苦。理当给予丰厚的赏赐，以表示朕的关怀之意。

赵州赐大辽贺兴龙节副使茶药诏

（元祐元年十月六日）

敕：卿将命夙兴，犯寒远涉。驾言未息，轸念殊深。特致恩颁，以嘉勤瘁。

【译文】皇帝敕令：爱卿受你国皇帝之命不敢怠慢，冒着寒冷长途跋涉。一路不敢稍有停歇，朕深深感谢惦念。今特赐茶药等物，以表彰你勤苦尽责。

赐皇叔祖建雄军节度观察留后同知大宗正事宗景上表辞恩命不允诏

（元祐元年十月九日）

敕宗景：省所上表辞免恩命事，具悉。朕初执珪币，祗见上帝。嘉与百辟，徼福文考。大赉四海，始于亲贤。皆神之休，义不当避。国有常典，尔无固辞。

【译文】皇帝敕命宗景：朕看了你所上请求辞免加恩的奏章，一切明白。朕刚刚君临天下，一心敬畏昊天上帝。奖励优遇诸位侯王，向文皇帝求福。普遍地恩赏四海官民，应当从亲族贤人开始。这都是神灵的美好赐与，不应辞免回避。国家有既定的法典，你不要执意推辞。

赐皇叔祖宗景上表辞恩命不许诏

（元祐元年十月九日）

敕宗景：览所上表辞免恩命事，具悉。国家有大祭祀，必均庆赏。邦甸侯卫，煇炮翟阍，无有远迩，毕蒙惠泽。矧我懿亲，实维显相。祗率旧典，毋须固辞。

【译文】皇帝敕命宗景：朕看了你所上请求辞免加恩的奏章，一切明白。国家有大的郊庙活动，一定要普遍赏赐群臣万民。国家的文臣武将，下至制鼓割肉奏乐看门的贱吏，不论是远方之人，还是京城之民，都会蒙受恩惠德泽。更何况我佳美的亲族，原本就是朝廷的名相。你可敬尊朝廷既定的法典，没有必要坚执推辞。

赐新除检校太保依前河西军节度使阿里骨加恩制告诏

（元祐元年十月十五日）

敕阿里骨：朕涓选灵辰，奉承宗祀。肆均介福，遍暨多方。卿世抚侯封，夙虔朝命。特加宠渥，用奖忠嘉。

【译文】皇帝敕命阿里骨：朕挑选美好的时辰，敬祀列祖列宗。要把洪福普施于天下四方。爱卿世世受到侯爵之封，一向尊奉皇朝的政令。今特地赐与新的恩宠，以此来劝奖忠诚嘉善。

太皇太后赐故夏国主嗣子乾顺诏

（元祐元年十一月十六日）

念尔守邦，藐然在疚。日月逾迈，祖葬有时。缅怀孝爱之深，想极攀号之戚。往助襄事，式昭异恩。

【译文】念你保守你的邦国，神思恍然面临前王的大丧。岁月流逝，你父王的葬礼就近在此时。知道你孝顺恭敬十分深厚，也能想见你哀号欲绝的悲戚。今命官吏前往你国赞助葬礼，以表示我朝异常的恩泽。

二

（元祐年十一月十六日）

惟我列圣，眷尔有邦。非徒极其宠荣，盖亦同其忧患。念尔哀疚，恻然顾怀。临遣行人，往喻至意。且致奠赙之礼，以为存没之光。

【译文】我朝历代圣君，都深爱邻邦的人民。不仅要使你国的葬礼增添荣宠，同时也想与你国士民同担忧患。朕知你面临大丧哀痛凄惨，朕也神情凄恻，对你深表同情。今派遣典客之官，前往你国致以哀悼，并奉上帮助葬礼的礼品，为祭奠亡灵增添荣光。

赵州赐大辽贺正旦副使茶药诏

（元祐元年十月十九日）

敕：卿抗旌出境，夙驾在途。眷言跋涉之劳，宜适兴居之节。式颁良剂，以辅至和。

【译文】皇帝敕令：爱卿擎着旌旗走出国门，连日驾车行走在路途之上。朕念你跋涉劳苦，理当致以有助起居的礼品。故而赐以良药，以恢复身体的安和。

赵州赐大使茶药诏

（元祐元年十月十九日）

敕：卿远饬使轺，讲修邻好。蒙犯风雾，跋履山川。宜颁锡于珍芳，庶辅安于寝食。

【译文】皇帝敕令：爱卿受你国皇帝之命驾车远来，议定邻国的盟好。冒着风雨雾露，跋涉高山大河。理当赐与你珍奇的茶药，或许对你的饮食起居有些帮助。

赵州赐大辽国贺太皇太后正旦大使茶药诏

（元祐元年十月十九日）

敕：卿恭讲邻欢，远勤轺驭。言念驱驰之久，适丁寒沍之辰。宜锡珍良，式昭眷宠。

【译文】皇帝敕令：爱卿谦恭地议定邻国的盟好，不远万里驾车而来。真感念你在路上驱驰已经多日，正逢天气寒冷的冬天。理当赐与你珍奇佳美的茶药，以表明我朝皇帝的宠爱和关切。

赵州赐副使茶药诏

（元祐元年十月十九日）

敕：卿远持使节，来庆春朝。方此沍寒，良勤启处。宜示眷怀之异，式颁剂和之良。

【译文】皇帝敕令：爱卿手持使节自远而来，庆贺我朝新春之节。当此严寒之际，你为了勤于王事离开了家乡。理当表示我朝皇帝对你的关怀，故赐给你调剂心神的良药。

赐镇江军节度使检校太傅开府仪同三司上柱国康国公判大名府韩绛上表乞致仕不许诏二首

（元祐元年月二十日）

敕韩绛：览所上表陈乞致仕事，具悉。卿四世元老，国之长城。端笏垂绅，不动声气。风采所及，自然折冲。轩冕丘园，其实何异？矧今艰难之际，日有冰渊之虞。黄发在廷，未敢言病。岂宜独善，遽欲即安？尚分北顾之忧，勿起退归之念。强食自辅，体我至怀。

【译文】皇帝敕命韩绛：朕看过你所上请求离官退休的奏章，一切明白。爱卿是四朝元老之臣，是国家的万里长城。手持笏版腰悬绅带，从不轻发议论，然而风采所及之处，畅然贯通无所阻遏。在朝为官与退居田园，实质上有什么不同呢？况且如今正当国家艰难之时，时时都会遇到危机。老臣们都在朝廷任职，没有人敢于称病。你怎能只考虑安养自己，现在就想离开朕呢？望你继续为朕分担忧虑，不要有退休的念头。勉强进食好生调养，要体谅朕信任倚重你的心情。

二

（元祐元年十月二十日）

敕韩绛：省所上表陈乞致仕事，具悉。功成身退，人臣之常。寿考康强，有不得谢。卿出入将相，垂三十年。岂以小郡，尚勤元老？徒得君重，卧护一方。使吏民瞻师尹之仪刑，蛮夷识汉相之风采。丘园之请，朕未欲闻。其省思虑，时寝食，亲近药饵，以副中外之望。

【译文】皇帝敕命韩绛：朕看过你所上请求离官退休的奏章，一切明白。功业成就，以求退处，这也是人之常情。身体健康精力尚旺，那就不应该请求归休。爱卿为将为相，已近三十年。朕难道会以一个小小州郡，烦劳你这位元老大臣？只需你深深理解朕对你的爱重，高卧而看护一方民众，让官吏百姓瞻仰元老大臣的仪表形象，让蛮夷之国得知我大宋丞相的风采。归老家园的请求，朕不想再听到。望你减少思虑，按时起居，有病要及时吃药调养，不辜负朝廷内外对你的敬仰。

赐金紫光禄大夫守尚书右仆射兼中书侍郎吕公著生日诏

（元祐元年十月二十七日）

敕公著：卿将相三世，辅翼两朝。方《斯干》献梦之辰，有《既醉》太平之福。宜膺庆赉，永锡寿康。今赐卿生日羊酒米面等，具如别录，至可领也。

【译文】皇帝敕命吕公著：爱卿三代为相为将，辅佐了我两朝皇帝。你正当《诗经·斯干》所说的竹苞松茂之年，已享有《诗经·大雅·既醉》所说的太平之福。当此喜庆之日，理当受到赏赐，愿你长寿健康。现赐给你生日的羊酒米面等物，已开列清楚，你可前来领取。

赐新除依前中大夫守中书侍郎吕大防辞恩命不允诏

（元祐元年十一月四日）

敕大防：卿敦大直方，任重道远。擢贰西省，蔽自朕心。虽与闻政事，为日未久，而历试中外，勤劳百为，盖有年矣。德位惟允，人无间言。亟服新命，毋烦朕训。

【译文】皇帝敕命吕大防：爱卿敦厚大度，刚直方正，责任重大前途漫远。提拔你担任中书省的副职，是出于朕的内心。虽然你参与政事的讨论，时日还不算久，然而多次在朝中朝外任职，百般勤苦，却已多年了。你的德行和职位十分相称，别人并没有什么闲言。望你尽快接受新的任命，不要再劳朕的敦促和训示。

赐新除御史中丞傅尧俞辞免恩命不允诏

（元祐元年十一月六日）

敕尧俞：《诗》云："刚亦不吐，柔亦不茹。"朕以卿有樊仲之风，是以擢卿为中执法。才难之叹，古今共之。岂以小嫌，而废大任？与其拘文以自疑，不若直己而行义。亟服乃事，无烦固辞。

【译文】皇帝敕命傅尧俞：《诗经》说："吃到坚硬的东西不吐出，吃到柔软的东西不咽下。"朕认为爱卿有樊仲的风度，因此提拔你担任御史中丞。人才难得的感叹，古往今来都是一样的。岂能由于小小的不快，而废弃你身担的重任。与其拘守条法而使自己不安，不如端正自己而推行仁义。你可尽快上任理事，不要固执地推辞。

赐正议大夫同知枢密院事安焘乞退不允诏

（元祐元年七月十三日）

敕安焘：卿才当其位，义不辞劳。内之枢机之谋，外之疆埸之议。既当身任其责，难以家事为辞。而况并奉君亲，两全忠孝。进无不得，退以何名？卿之所求，固非矫激。朕之不许，亦岂空文？亟还厥官，无烦再命。

【译文】皇帝敕命安焘：爱卿的才干足以担任此职，以君臣之义，不该推辞烦劳。在朝内要议论军机重事，在朝外要号令边关将士，既然已经负起如此重大的责任，就不能再以私家的难处为借口辞去官职。何况在京可以事奉君主，孝养双亲，忠孝得以两全。你仕进之途并没有受到阻遏，请求退处有什么理由？爱卿的请求，固然不能说是偏激乖违，然而朕不应允，也绝不是空说。你尽快回到原职，不要劳朕再次申命。

赐韩绛上第二表乞致仕不允诏

（元祐元年十一月十四日）

敕韩绛：朕以眇躬，求助诸老。皆以艰难之际，不辞中外之劳。胡为累章，确守归意？岂朕不善西伯之养，而无人子思之侧乎？三复喟然，未喻厥指。朕意不易，卿其少安。

【译文】皇帝敕命韩绛：朕以眇然一身，向各位老臣求得辅助。在艰难困苦的岁月里，众人不论在朝堂还是在外任，都不辞辛劳。你为什么多次上奏，坚持要归老还乡？难道是朕不能像周文王那样优礼老臣，没有爱重子思的真情吗？朕几次喟然长叹，你却没有深知朕的心意。朕不会改变自己的意见，爱卿还是安心于职任吧。

赐韩绛上第三表乞致仕不许断来章诏

（元祐元年十一月十四日）

敕韩绛：君臣之义，忧乐同之。苟皆怀归，谁任其事？卿之高识雅度，轻轩冕而乐丘园，天下所共知也。独不念先帝托付之重乎？勉徇大义，勿复以言。

【译文】皇帝敕命韩绛：国君与大臣的恩义，是有福同享，有难同当。如果人人都怀有归老之心，谁来处置朝廷大事？爱卿以高远的见识和儒雅的气度，淡泊功名而寄情田园，这是天下人都知道的。然而爱卿就不想一想先帝把你托付给朕的重大责任吗？望你勉励自己遵守大义，不要再次上奏。

二

敕韩绛：功成身退，人臣之常礼。至于非常之遇，则必有无穷之报。朕待卿于形器之表，而卿自处于绳墨之内，未为得也，朕意不易，卿无复辞。

【译文】皇帝敕命韩绛：功业已成以求退处，这也是人之常情。而对于那些得到君王异常倚重的大臣，就必然会得到无尽的回报。朕把你放置在总管朝政的大位上，而你却把自己束缚在律条之中，这是没有深知朕的本意。朕不会改变自己的想法，爱卿不要再次推辞。

赐新除依前光禄大夫刑部尚书苏颂辞恩命不允诏

（元祐元年十月十七日）

敕苏颂：卿笃于仁心，深于经术。用心司寇，期于无刑。朕惟孝处之深，三年不夺其志。又推才难之故，千里以待其来。卿而不能，谁当能者？亟服乃事，毋烦力辞。苏颂表云：自循朽迈，敢冒优除。伏望收还成命，听服常僚。所有诰命，未敢祗受。

【译文】皇帝敕命苏颂：爱卿以一颗仁爱之心，深通于儒家学术，谨慎地担任刑部尚书之职，希望天下不再用刑。朕由于你有深深的仁孝，故而三年不改变你的职任。又由于人才难得的原因，不远千里等待你的到来。如果你认为不能胜任，那么谁能胜任？你要尽快赴职任事，不要再极力推辞。（苏颂的上表中说：自认为老朽年迈，岂敢领受这样荣耀的任命？臣希望皇帝陛下收回任命，听任臣担任一般的官吏。一应除授的任命，臣实在不敢敬从。）

赐新除落致仕依前光禄大夫范镇赴阙诏

（元祐元年十月二十日）

敕范镇：夫有德君子，以精神折冲。譬之麟凤，能服猛鸷。朕虚怀前席，以致诸老，非敢必以事诿也。苟得黄发之叟，皤然在位，则朝廷尊严，奸宄消伏。卿虽笃老，乃心王室。毋惮数舍之劳，以副中外之望。

【译文】皇帝敕命范镇：有德行的君子，精神所贯，无所不达。如同麒麟凤凰，能制服凶猛的鸷鸟。朕虚心而前席，以这样的诚心召来各位老臣，并不敢一定要加给他们繁重的职事。只要是元老们居于将相重臣的职位上，那么朝廷就显得尊严，奸邪就自然消除。爱卿虽然年事已高，仍旧一心想着朝廷大事。望你不要以咫尺的路途为劳苦，不要辜负朝官和万民的厚望。

皇帝赐故夏国主嗣子乾顺进奉贺正马驼回诏

（元祐元年十二月二十四日）

诏故夏国主嗣子乾顺：远奉王正，来归时事。惟此充庭之实，率皆任土之宜。乃眷忠勤，良深嘉叹。

【译文】朝廷下诏已故夏国主继子乾顺：你不远万里来贺我朝的春节。这充满殿廷的贡物，都是你国土地的特产。朕知道你忠诚勤恪，为你的诚心深表赞叹。

太皇太后赐故夏国主嗣子乾顺进奉贺正马驼回诏

（元祐元年十二月二十四日）

诏故夏国主嗣子乾顺：述职春朝，归诚宰旅。修此效牵之礼，致其乘服之良。再阅来章，式嘉忠节。

【译文】朝廷下诏已故夏国主继子乾顺：接受我大宋王朝的册封，带领本国兵民诚心归服。如今又尽牵来牲畜的大礼，将乘坐的良马和骆驼送到我朝。反复阅读你的奏章，赞叹你一片忠诚之心。

赐观文殿大学士知颍昌府
韩缜上表辞免恩命不允诏

（元祐元年十二月二十五日）

敕韩缜：朕躬祀总章，始行严配。推广帝亲之泽，覃及中外之臣。惟我老成，逮受顾命。均此介福，非朕敢私。国之故常，毋烦谦避。

【译文】皇帝敕命韩缜：朕亲自参加祭享的大礼，开始实行严格的配飨制度。把恩泽加给先帝的亲属，同时也要使中外命官都得到恩赏。我敬重的老臣，曾得到先帝的重用。故而得以分享这祭享之福，并不是朕敢于私自予夺的。国家有既定的法典，你不要反复辞谢推让。

赐镇江军节度使判大名府韩绛上第二表乞致仕不许诏

（元祐元年十二月二十九日）

敕韩绛：为国无强于得人，用人莫先于求旧。虽已挂冠而谢事，尚俾安车而造朝。岂有体力未衰，蕃宣所寄，亟图自便，遂欲言归？矧卿德望并隆，神人所相。焉有满盈之惧，夫何倚伏之虞？尚体至怀，少安厥位。

【译文】皇帝敕命韩绛：统理国家没有比得到忠臣更重要的了，任用人才没有比任用老臣更可靠的了。虽然你已经挂起官帽退出仕途，还可以乘坐轿车来到朝堂。哪有体力还没有衰退，朝廷委派治理着名藩重镇，就要求保养自己，请求归老于家的道理呢？何况爱卿品德威望都高出众人，天神和万民托以重任。哪里用得着担心月满而亏、水盈则溢，有什么祸福需要你顾虑？你要体谅朕的心意，姑且安心于本职。

赐观文殿学士正议大夫知河南府孙固乞致仕不允诏四首

（元祐二年正月一日）

敕孙固：视国如家，忠臣可以忘老；视民如子，君子可以忘劳。卿被遇三朝，出入二府。德望并隆，中外所服。故起之词馆，付以留钥。使士有矜式，民有依怙。属任之意，岂轻也哉！释位谋安，引年求避。此疏远小臣之事，非所望于卿也。尚体至意，勿亟怀归。

【译文】皇帝敕命孙固：把国事当做家事，忠直的大臣就会忘记自己的衰老；把百姓当做自己的儿子，君子就会忘记劳苦。爱卿在三朝中都得到宠遇，在中书和枢密两府任职。品德和威望都高出众人，朝官和外任人人钦敬。朕因此命你离开翰林院，把治理陪都的大权交付给你。要让士子有学习的楷模，百姓有依靠的清官。朕对你的托付和期望，难道还轻吗？离开职任谋求安养，以年事高迈请求退位，这是朕用来斥退小人的手段，绝不是对爱卿能使用的方法。你要体谅朕对你的一片信任，不要急于回家休养。

二

（元祐元年正月一日）

敕孙固：卿英祖所擢，以遗神考。乃眷旧学，用之西枢。朕即位二年，未见君子。每惟图任旧人之意，常有越在外服之叹。矧欲辞位而去，遂安丘园哉？三川重镇，务举大体。簿书期会，则有司存。优游卒岁，可以忘老。

【译文】皇帝敕命孙固：爱卿是英宗皇帝提拔的重臣，英宗把你留给了神宗。神宗雅爱你淳厚的学识，任命你在枢密院为官。朕即位已经二年，没有见到你这位贤君子。每当想到要重用旧日大臣，常常为你在外郡任职而深深感叹。何况你还想辞去官位离开仕途，安养于乡间家园呢？洛阳是河、洛、伊三水交汇的重镇，你还要以大局为重。簿书的往来，可以交付给属官处理，你只管在那里悠闲地度日，这样就会忘记你已经年老。

三

（元祐二年正月二十五日）

敕孙固：廊庙之旧，历事三朝。名德并隆，如卿者有几？无故释位，其谓朝廷何？卿既自为谋，亦为乃后谋之。勉遵前诏，以慰中外之望。

【译文】皇帝敕命孙固：你是朝廷的老臣，已事奉三代君王。声名和品德都高出众人，像爱卿这样的贤君子能有几个？无端地要求离职归养，你把朝廷放在什么位置呢？爱卿现在是为自己考虑，还要为子孙后代想一想。望你勉励自己遵守前日的诏书，来告慰中外士民的厚望。

四

元祐二年正月二十五日）

敕孙固：朕永怀三宗，追用其人。所以尊礼慰藉其意者，自以为无失矣。而卿浩然怀归，若不可复留，何哉？勉徇大义，毋违朕志。

【译文】皇帝敕命孙固：朕长久地怀念三代祖宗，重用他们所简拔的人才。朕用来尊奉告慰祖宗遗志的作法，自认为没有多少失误。然而爱卿执意要求回归乡里，像是无可挽留，这究竟是为什么呢？请爱卿以大义为重，不要违拗朕的心意。

赐新除枢密直学士知定州韩忠彦乞改一偏州不允诏

（元祐二年二月）

敕忠彦：朕尝览阅古之图，观宗臣之文。俯仰今昔，有概于心。会中山阙守，差择循良。卿庶几焉，勉副朕意，何以辞为？

【译文】皇帝敕命韩忠彦：朕曾经观看了我大臣韩琦的画像，阅读了我大臣韩琦所著的文章。抚今追昔，心中无限感慨。如今中山府缺少守臣，朕要选择循良之官前往任职。爱卿正堪当此重任。望你勤勉职事，不辜负朕对你的信任，为什么要推辞呢？

赐枢密直学士守兵部尚书王存乞知陈州不允诏

敕王存：卿出入四朝，更涉夷崄。金石之节，始终惟一。六卿之长，所以倡九牧而厚风俗也，岂以职事烦简为轻重哉！君子出处，朝廷之大事。而风雨寒暑，肤理之微疾也。姑安厥位，以称朕意。

【译文】皇帝敕命王存：爱卿已经历事四朝君王，经历了无数艰难险阻。金石般的志节，能保持始终如一。六军的主将，就是保护九州之民，使民风变得淳厚，难道能因为治事有繁有简而认为朝廷有所重用有所轻视吗？君子的出任和退处，这是由朝廷来做决定的大事。中暑风寒，只是一些轻微的疾患。你暂且安心于职事，以此来使朕满意。

赐尚书左丞李清臣生日诏

（元祐二年二月二十四日）

敕清臣：春之方中，月复几望。笃生王国之彦，蔚为廊庙之华。神既听于靖恭，民亦宜于恺悌。膺我庆锡，永绥寿祺。

【译文】皇帝敕命李清臣：时当仲春之月，将近月中。上天降生了我皇朝的俊美之士，成为朝臣中的佼佼者。天神对你的端庄恭谨放心听任，万民也对你的敬爱之心感到惬意。请接受朕的节日赏赐，愿你永保长寿安康。

赐朝散大夫试御史中丞傅尧俞乞外郡不允诏

（元祐二年三月十三日）

敕尧俞：负中外之望，居得言之地。朕方虚己，乐闻嘉猷。乃者水旱连岁，民流未止。贼盗将炽，财力靡敝。卿既欲图实效以酬恩，朕亦将考所言以责实。偃息藩郡，岂所望哉！

【译文】皇帝敕命傅尧俞：肩负着朝廷和万民的厚望，位居于使朕常能听到你高明议论的官位。朕正在虚心律己，乐意听到大臣们美好的谏议。前此水旱灾害连年不断，民众不断流亡迁徙。盗贼的势力将要兴起，国家的财力将近匮竭。爱卿想以实在的治绩酬谢皇恩，朕却要考察你的议论是否能产生实效。安居于一个大州，难道是朕对你的期望吗？

赐镇江军节度使充集禧观使韩绛茶药诏

（元祐二年三月）

敕韩绛：春夏之交，寒燠相沴。起居之节，调适为难。眷予元臣，久劳于外。宜加存问，且锡珍良。勉蹈至和，以符眷倚。

【译文】皇帝敕命韩绛：春夏两季交替之时，寒气暑气交替无常。饮食起居的节度，调理适当十分困难。朕吝惜国家的元老大臣，长期忧劳于京城之外。理当加以存恤慰问，并赐给珍异精良的茶药。望你尽量调养中和之气，以此使朕得到倚重。

赐保宁军节度使冯京告敕茶药诏

（元祐二年三月二十一日）

敕冯京：卿以笃老，久勤外服。留籥之重，拥髦而东。蒙犯氛埃，徒御良苦。宜省思虑，近药物。勉遵时令，以副眷怀。

【译文】皇帝敕命冯京：爱卿年事已高，又长期处在外地州郡。坐镇一方的重任，又带着节度使命奔坐东方。一路上必然是顶风冒雨，鞍马劳顿。应该减少思虑，多用药物。谨慎地遵守时令，不要辜负朕真诚的关怀。

赐镇江军节度使充集禧观使韩绛赴阙诏二首

（元祐二年三月二十七日）

敕韩绛：卿擢自祖宗，辅翼先帝。德望之重，天下耸闻。与其置之一方，劳以民事，不若归安阙下，式瞻仪刑。请老闲居，固非所望；嘉猷入告，夫岂不能？迟卿言还，及此初夏。

【译文】皇帝敕命韩绛：爱卿是祖宗提拔的老臣，辅佐了先朝皇帝。品德威望之高，天下士民十分敬服。与其将你安置在一个州郡，让繁杂的民政事务劳累你，不如让你回到京师，做为百官的表率。你要求告老还乡，这全然不是朕的愿望；向朕奏献些可行的谏议，这难道还做不到吗？因为朕不想立即答复你归乡的奏请，故而直到初夏才做答复。

二

（元祐二年三月二十七日）

敕韩绛：为天下计，则贤者常劳；为人臣谋，则老者当逸。今朝廷待卿之意，酌处其中。奉朝请于琳宫，所以系民望；释负荷于留籥，所以慰雅怀。勉及清和，亟还朝著。

【译文】皇帝敕命韩绛：如果是为了治理天下考虑，那么贤能之臣就应该十分劳苦；如果为大臣们考虑，那么年老的大臣就应该得到休养。如今朝廷对你的处理，是尽量使你处在二者之间。你可在京城的宫观充任祠禄之官，这是对士民厚望于你的交待；把坐镇一方的重担从你肩上卸去，这是对你淡雅情怀的慰藉。望你到四月之时，即可急速回到京城。

赐尚书刑部侍郎范百禄乞外任不允诏

（元祐二年三月二十九日）

敕百禄：成王命君陈："商民在辟，予曰辟，尔惟勿辟；予曰宥，尔惟勿宥，惟厥中。"古之有司，与天子相可否盖如此，而况公卿之间，议有异同，而不尽其说哉！例在中书，与在有司。固宜审处，归于至当。而卿遽欲以此去位，非古之道也。其益修厥官，以称朕意。

【译文】皇帝敕命范百禄：周成王命令君陈说："商朝的百姓深陷刑罚之中的，我让你用刑，你不要轻易地对他用刑；我让你赦免，你也不要轻易地赦免他，应当以中正公允的审理来对待他。"古代掌管刑狱的人，和天子之间的认识尚且有如此的不同，何况是公卿之间，议论有所不同，能不让他讲完吗？条例存在于中书省，具体的定夺则在刑部。故刑狱的审理，应尽量趋于公正无偏。而爱卿如今急于离开这样重要的职位，这不是古人所说所正道。你要更加努力做好职事，以此使朕满意。

赐龙图阁直学士新差知秦州吕公孺乞改授宫观小郡差遣不允诏

（元祐二年四月三日）

敕公孺：朕顾怀四方，思得贤守，使边有备而民无扰。以卿耆老练达，德宇渊静。秦又旧治，吏士服习。卧护诸将，无以易卿。

【译文】皇帝敕命吕公孺：朕爱护四方万民，日夜想得到贤良的郡守，使边境有军需储备而同时又不困扰民众。凭着爱卿老臣的资历、办事练达的能力，内心不急不躁，沉着宁静。秦州又是爱卿曾经任官之地，官吏士卒对你熟悉而敬服。你可高卧在州中保护各位将领，没有人能代替得了你。

赐彰化军节度使开府仪同三司判大宗正事宗晟上表乞还职事不允诏

（元祐二年四月十五日）

敕宗晟：《书》云："孝乎惟孝，友于兄弟，施于有政，是亦为政。"卿以膝下之养，为宗人之法。古之为政，孰大于此，而欲以亲辞职耶？其益修厥官，以称吾意。

【译文】皇帝敕命宗晟：《尚书》说："孝啊，只有孝顺父母，友爱兄弟，并把这种风气影响到政治上去，这也就等于参与了政治。"爱卿得到父母的爱养，而成为宗族的族长。古代治理政事，没有比这更重要的，难道你想以亲老而辞去此官吗？望你要更加努力地做好职事，以此使朕满意。

二

（宗晟表云：所生之母，已逾耄年，宜还职以投闲，庶尽色难以终养。伏望特降睿旨，俾从素愿。）

敕宗晟：古者庶子之官设，而邦国有伦。所治虽简，而所寄甚重。卿为宗室祭酒，德度之美，刑于中外。朕方庆瓜瓞之茂，而欲观麟趾之应。益励厥职，无弃尔成。

【译文】皇帝敕命宗晟：古代设立管理亲族的长官，国家就会有序。治理的事务虽然简单，但寄予的责任却十分重大。爱卿为宗族的总管，品德器度的盛美，为中朝外官都做出了表率。朕正要庆贺我亲族的繁茂，要等待亲族合睦的瑞应。望你更加努力做好职事，不要轻易放弃已有的功绩。

赐故夏国主嗣子乾顺进奉谢恩马驼回诏二首

诏故夏国主嗣子乾顺：临吊之重，以宠世臣。思报之深，复承来价。载阅充庭之实，备形述职之心。乃眷忠勤，不忘嘉叹。

【译文】皇帝下诏已故夏国主嫡长子乾顺：朕为你父王的葬礼赐予重礼，用以褒宠几世以来的功臣。你思图回报，又前来我朝回以宾臣之礼。带来了摆满殿廷的礼品，充分体现臣服的诚心。朕深深体谅你的忠直勤苦，不会忘记对你的赞美。

二

（元祐二年四月十七日）

诏故夏国主嗣子乾顺：向遣行人，往赙襄事。继陈方物，来奉谢章。惟忠可以附民，惟礼可以定国。勉终诚节，以副眷怀。

【译文】皇帝下诏已故夏国主嫡长子乾顺：前此朕已命典客之臣，前往你国助行国丧。如今你又带着本国的特产，前来呈奏报谢的表章。只有保持忠心才能使民众归附，只有尊照礼法才可以安定国家。你要勉励自己始终保持忠于我皇的节义，不辜负朕对你真诚的关怀。

赐新除尚书左丞刘挚辞免恩命不允诏

敕刘挚：朕昔闻卿言，今任以政。已试之效，见于事功。廊庙阙人，以次迁用。宜其右不宜其左，能于昔不能于今，岂有是哉？

【译文】皇帝敕命刘挚：朕以前听到过爱卿的言论，如今委任以国家大政。经过试验而取得成效，已经从具体政令的实行中体现出来。朝廷辅臣的位置已经空缺，依照资历而任用你。你担任右丞时处事敏锐，如今任为左丞你却推托不敢，此前能够胜任而今天却不能胜任，哪有这种道理？

赐新除中大夫守尚书右丞王存辞免恩命不允诏

（元祐二年五月二十六日）

敕王存：朕历选百辟，试之以事。惇厚而文，刚毅而和，更涉变故，守德不移，无逾卿者。夫享天下之利者，任天下之患；居天下之乐者，同天下之忧。朕非以是富贵卿也，其何以辞？

【译文】皇帝敕命王存：朕历来选择百官，都要委以政事来试他的才能。道德淳厚斯文，性情刚毅平和，遇有大的是非，能够恪守仁德，毫不动摇，这些方面，没有能超过你的。享有天下利益的人，也要承担天下的祸患；得到天下奉养这种快乐的人，也要分担天下的忧患。朕并不只是使你得到富贵，你又何必推辞呢？

赐集禧观使镇江军节度使开府仪同三司韩绛乞致仕不允诏二首

（元祐二年六月四日）

敕韩绛：向以宏才，卧护北道。凡斯民之利病，盖一方之安危。朕方虚怀，以待元老。冀疾病之有间，得雍容而造朝。时闻嘉言，以辅不逮。告老之请，殊非朕心。

【译文】皇帝敕命韩绛：你此前凭着雄才大略，为朝廷护守北方一路。此处的民众有所患苦，就会造成一方的骚乱。朕正虚心律己，以待元老大臣。希望你的病情一旦好转，就能高车驷马回到朝中。使朕时时能够听到你精辟的议论，以此来纠正朕的失误。告老还乡的请求，实在不符合朕的心意。

二

（元祐二年六月四日）

敕韩绛：元老在位，邦之荣华。徒以精神折冲，非以筋力为礼。游神道馆，拥节家庭。于卿同告老之安，而国有贪贤之美。勉自辅养，期于少留。

【译文】皇帝敕命韩绛：元老大臣在其位，是国家的荣光。只需要他精神的影响，并不要求他以强壮来尽人臣之礼。你可以优游于道教仙宫，也可以持着节旄居于家中。这对于爱卿来说也达到了归老安养的目的，同时国家也有了贪求人才的美名。你好自保养自己，做好暂留于京师的准备。

赐新除试吏部侍郎范百禄辞免恩命不允诏

（元祐二年六月十二日）

敕百禄：夫以天官之贰，治夏卿之选。簿书繁重，条格纷委。苟非其人，则士之失职而无告者多矣。朕难其材，不以轻授。卿有应务之敏，而行之以勤；有守官之亮，而济之以通。往行其志，何以辞为？

【译文】皇帝敕命范百禄：你以吏部的副职统理官吏的选举。文书往来十分繁重，条法格式复杂纷纭。如果用人不当，那么士大夫失去官职而委屈无处诉的就会很多。朕认为堪当此任的人才十分难得，所以不肯轻易授与。你具有应付繁剧事务的敏捷，又能够勤于职事；具有忠于职守的亮节，又能够灵活变通。你可以前去施展自己的雄才，为什么还要推辞？

赐新除吏部侍郎傅尧俞辞免恩命乞知陈州不允诏

（元祐二年六月十三日）

敕尧俞：连蹇三黜，栖迟十年。士无贤愚，为国太息。如珠玉之在泥土，麟凤之在网罗。朕所以拔卿于久废之中，用卿于期年之内。天下拭目，欲观所为。而乃引微疾以自言，指便郡而求去。岂独于卿有报国未遂之叹，亦将使朕获用贤不终之讥。勉复旧曹，以全大节。

【译文】皇帝敕命傅尧俞：你接连三次遭到贬黜，困顿不进已经十年。不论是贤能士子还是平庸之吏，都为国家对你不公正的处理深深哀叹。你就如同珍珠美玉埋在泥土，麒麟凤凰进入罗网。因此朕在你废黜已久之时提拔你，在一年之内重用你。天下人拭目以待，想看到你有大的作为。然而你竟以轻微的疾病上奏朝廷，请求一任知州而离开朝堂，难道爱卿还有大志难酬的哀叹，这必将使朕受到任用贤人不能有始有终的讥嘲。望你依旧担任前职，以保全你忠君的大节。

赐同知枢密院事范纯仁生日诏

（元祐二年六月十八日）

敕范纯仁：卿天资文武，世济勋劳。载嘉诞日之临，岂独私门之喜。宜膺庆赐，以介寿祺。

【译文】皇帝敕命范纯仁：爱卿天生具有文臣兼武将的资质，世世代代为朝廷立下功勋。朕庆贺你生日的降临，岂止是你私家的喜庆？理当接受朕的庆贺和赏赐，祝愿你健康长寿。

赐新除知枢密院安焘辞免恩命不允诏

（元祐二年六月二十四日）

敕安焘：人才之难，从古所叹。图任以旧，为国之常。卿以瑰异之资，荷艰难之寄。勤劳靡懈，望实愈隆。虽云超升，不改畴昔。徒以任之既久，则责之宜专，知无不为，乃所望于卿者。卑以自牧，亦何补于国哉？

【译文】皇帝敕命安焘：得到人才是何等之难，这是自古以来君王的浩叹。希望任用旧日的大臣，这是治国的常理。爱卿凭着瑰奇超人的资质，担负了度过艰危的重任。勤苦劳顿，从不懈怠。朕对你寄予的期望更加深厚。虽然称为破格升迁，也并没有改变往昔的旧制。只是由于你任职已经许久，对你的奖赏也应该更重。有所知就要有所为，这是我对你的期望。如今你请求归安自养，这能对国家有什么补益呢?

赐朝议大夫试户部尚书李常乞除沿边一州不允诏

（元祐二年八月二十二日）

敕李常：在泮献馘，亦儒者之常。挺剑疾斗，盖孔门之事。虽然，义有轻重，理有后先。与其自请捍边，已癣疥之疾；曷若尽瘁事国，干心膂之忧？苟推是心，何往非报？虽愿受长缨而往者，卿之本怀；然自以尺箠而鞭之，吾有余力。尚体此意，姑安厥官。

【译文】皇帝敕命李常：在泮宫献上敌人的首级，这也是儒者常做的事。拔剑格斗，也是孔子弟子要学的本领。虽然如此，但义有轻有重，理有后有先。与其自己请求去捍守边疆，治愈皮癣疥疮之类的小病，还不如鞠躬尽瘁为国事操劳，分担朕心中的忧虑？如果有这样的忠心，在哪里不是报效国家呢？虽然自愿请求赴难守边，是你自己的心愿；然而用短棍来鞭打督促你，我还是有这个能力的。你如果能够体谅朕的本心，那就暂且安于现任官职。

赐太师平章军国重事文彦博宰相吕公著自今后入朝凡有拜礼宜并特与免拜诏

（元祐二年八月二十五日）

敕彦博：朕闻几杖以优贤，著之典礼；耋老无下拜，书于《春秋》。魏太傅钟繇，以足疾乘车就坐。自尔三公有疾，以为故事。而唐司徒马燧，亦以老病自力，对于延英，诏使毋拜。今吾耆老大臣，四朝之旧。德隆而望重，任大而忧深者，惟卿与公著而已。吕公著诏即改云：惟彦博与卿而已。方资其蓍龟之告，岂责以筋力之礼。今后入朝，凡有拜礼，宜并特免。卿其专有为之报，略无益之仪。毋或固辞，以称朕意。

【译文】皇帝敕命文彦博：朕听说赐以几案和手杖，用来优礼老臣，是写在旧日法典之中的；勋臣元老不必跪拜，是记在《春秋》之中的。曹魏的太傅钟繇，由于脚有病，于是乘坐着车子上朝入见。从此以后，三公如有疾病，就以此为典故。而唐朝的司徒马燧，由于年老多病而坚持上朝，在延英殿回答天子的询问，天子也下令免去跪拜之礼。如今我朝的元勋功臣，乃是事奉四朝的旧臣。品德高尚威望隆重，责任重大而思虑宏远的，只有爱卿和吕公著而已。（在给吕公著的诏书中又改为：只以文彦博和爱卿二人而已。）朕正要向你询问治国的大道，难道还要求你尽跪拜之礼吗？从今往后入朝面见，凡是应该跪拜之礼，一并免除。爱卿尽管在治国谋策上多多用心，不必拘泥毫无意义的仪式。你不要再推辞，以此使朕满意。

赐新除兼侍读依前光禄大夫吏部尚书苏颂辞免恩命不允诏

（元祐二年八月二十七日）

敕苏颂：朕惟左右正人之求，甚难其选。以为直亮多闻之益，宜莫如卿。方虚怀于至言，岂曲从于逊避？亟服乃事，毋烦固辞。

【译文】皇帝敕命苏颂：朕认为身边的正人君子选择起来十分

困难。友直、友谅、友多闻这样的三益之友，没有比爱卿更适合的了。朕要虚心听取你精辟的议论，岂能答应你要求退避的请求呢？你尽快去赴所任之职，不要再坚执地推辞。

赐守司空开府仪同三司致仕韩绛乞受册礼毕随班称贺免赴诏

（元祐二年八月二十七日）

敕韩绛：卿脱屣轩冕，颐神丘园。不为绝俗之高，愈笃爱君之意。喜闻册号，请觐内廷。在臣子之诚心，卿为尽节；顾筋骸之末礼，吾所未安。

【译文】皇帝敕命韩绛：爱卿已经辞去了官位，安养于家乡。不但没有超脱于尘俗之外，反而有更深的爱君之心。欣闻册封名号的消息，便请求入朝觐见。做为大臣的一片诚意，爱卿可谓是尽了节义；看到老迈之身再行跪拜之礼，朕心中深感不安。

赐宰相吕公著乞罢免相位不允诏

（元祐二年八月二十八日）

敕公著：宰相之责，绥靖四方。羌人既俘，士气益振。长辔远驭，方资老谋。卿不强起，孰卒吾事？近以二老之故，削亟拜之礼。而彦博执谦不回，朕既从其请矣。卿起就位，复何疑哉？

【译文】皇帝敕命吕公著：宰相的职责，就是要安抚四方。西夏士卒为我军俘获，军心更加振奋。长久地制服他们，还要靠元老的筹谋。爱卿如不勉强居此相位，谁来完成这件事？近来因你们两位老臣身体衰病，朕已经取消了跪拜的礼节。而文彦博执意请求归老家乡，不肯听从朕的挽留，朕已经同意了他的请求。爱卿继任他的职位，还有什么可疑虑的呢？

赐前两府并待制已上知州初冬衣袄诏

（元祐二年九月七日）

敕元发：岁将墐户，工告始裘。宜颁在笥之珍，以示维藩之宠。服之安燠，体我眷怀。

【译文】皇帝敕命滕元发：时令已将近入冬，百工也要请求穿上棉衣。朕应当颁赐府库中的棉衣，以表示对国家臣僚的宠信。穿上它会周身暖和，你等要深深体谅朕的关怀。

赐太师文彦博乞致仕不允诏

（元祐二年九月十日）

敕彦博：卿求退之意，著于士民；执谦之心，信于天地。勉当委重之托，初无怀禄之嫌。大义苟安，细故可略。朕命不再，卿其少安。

【译文】皇帝敕命文彦博：爱卿请求退位还乡的心意，士民都深深理解；你执意谦逊的心意，天地可以做证。你勤勉于重大的托付，并没有贪图利禄的嫌疑。只要是大节上心安理得，小的方面就不必计较。朕不再下发圣命，爱卿姑且安心理政。

二

敕彦博：论道则忘年，卿不可以年既高而为请；称德则鄙力，卿不可以力不足而为辞。断之于中，义有不易。岂以屡请之故，而废将成之功。体君至怀，以慰公议。

【译文】皇帝敕命文彦博：议论道义就会记自己的年龄，因此爱卿不能因年事稍高为理由请求归家；称颂仁德就不在乎体力是否强健，因此爱卿也不能由身力衰惫为借口请求退位。要取其中庸，这才是万古不变的忠义。怎能因为多次请求告老的缘故，而荒废了即将有成的功业。你要体谅朕的一片诚心，以此来告慰百官群僚对你的赞颂。

赐龙图阁直学士尚书工部侍郎蔡延庆乞知应天府不允诏

（元祐二年九月十六日）

敕延庆：入侍禁近，出殿藩服。已试之效，蔼然有声。今若予工，宜有余力。夫游刃肯綮，尚不辞难；退食委蛇，岂当告病？肤理微疾，行当自痊。勉安厥官，以称朕意。

【译文】皇帝敕命蔡延庆：你入朝担任禁庭的侍卫，出外担任大郡的帅臣。你通过任职表现出来的能力，已经获得美好的声誉。如今再授以工部之职，理当用不尽你的才力。当年如同庖丁的刀刃游于筋骨之间，尚且不畏繁难；如今有公余退食的便利，怎能以疾病为由请求离任？受风受寒的小病，不久就会痊愈。望你劝勉自己，安心于职，以此使朕满意。

赐尚书左丞刘挚生日诏

（元祐二年九月二十二日）

敕刘挚：律协应钟，辰集析木。实生俊辅，休有令名。膺我宠章，以介眉寿。

【译文】皇帝敕命刘挚：十二律与应钟相协和的十月，太岁行于析木之次的六十年前，上天降生了俊逸辅相，你的美德人人称颂。接受我隆宠的赐予，以此祝愿你百年长寿。

赵州赐大辽皇帝贺兴龙节大使茶药诏

（元祐二年九月二十七日）

敕：卿邻欢载讲，使节甚华。永言邮传之勤，适此风霜之候。宜加宠赉，以示眷存。

【译文】皇帝敕令：爱卿前来我朝申述交好的情谊，这是最美好的使命。朕长叹你跋涉的勤苦，正当风冷霜冻的季节。理应加以荣宠的赏赐，以表示朕对你的爱怜存问。

赵州赐大辽皇帝贺兴龙节副使茶药诏

（元祐二年九月二十七日）

敕：卿载驰远道，良苦祈寒。岂无药物之嘉，以辅寝兴之节？宜膺宠锡，尚体至怀。

【译文】皇帝敕令：爱卿奔波万里古道，冒着寒冷十分辛苦。朕岂能没有药品的赏赐，以调和你坐卧起居之节？你可以接受朕荣宠的赏赐，望你能体谅我由衷的关怀。

赐太师文彦博生日诏

（元祐二年九月二十九日）

敕彦博：阳月载临，刚辰协吉。笃生元老，弼亮四朝。允为廊庙之华，岂独闺门之庆？往膺宠数，永锡寿祺。

【译文】皇帝敕命文彦博：十月即将来临，刚阳和于吉辰。上天降生了我元老大臣，辅佐了四代君王。你的寿辰堪称是我朝廷的大典，岂只是家庭中的喜庆？你可来接受朕的宠赐，愿你增年增寿。

赐资政殿学士太中大夫新知成都府王安礼乞知陈颍等一郡不允诏

（元祐二年十月一日）

敕安礼：朕惟西蜀地狭而赋重，人懦而吏肆。徭役新定，农民在官。驭之无方，将不胜弊。惟朕左右信臣，明而不苛，宽而有断。必能肃遏慢吏，扶养小弱。卿虽微疾，强为朕行。时近药石，勉事道路，称朕意焉。

【译文】皇帝敕命王安礼：朕认为西方蜀地地势偏狭而赋税苛

重，民众懦弱而官吏横行。徭役法刚刚制定，对农民的驱使掌握在官吏手中。如果抚绥民众没有方略，将会带来无穷的遗患。只有朕身边的值得信赖的大臣，明察而不苛酷，宽和而有决断。必然能够肃清懒惰的属吏，扶助软弱的民众。爱卿虽然身体微恙，还是要勉强勉励自己替朕巡行一方。望你不要忘记时时服药，一路上好自保养，使朕对你感到满意。

沿路赐奉安神宗御容礼仪使吕大防银合茶药诏

（元祐二年十月七日）

敕大防：于赫神考，如日在天。虽光明无所不临，而躔次必有所舍。肆予命尔，祗奉此行。礼既告成，勤亦良至。感慕之外，嘉叹不忘。

【译文】皇帝敕命吕大防：圣大光明的神宗皇帝，如同太阳悬在天空。虽然它的光辉无处不到，然而运行之中依其节令。朕委派你，怀着崇敬之心领命安放神宗真容。大礼告成之后，你的勤苦也可想而知。朕除了感谢你之外，也不会忘记对你的叹赏。

赐资政殿学士太中大夫新差知成都府王安礼银合茶药诏

（元祐二年十月八日）

敕安礼：朕求治如不及，用人惟恐失之。矧余良臣，擢自神考。出入中外，厥声蔼然。朕岂欲其远去哉？特以全蜀之寄，甚难其选。知卿笃于忠义，当不以远近为意也。勉事道路，慎疾自爱。往安吾民，以称朕意。

【译文】皇帝敕命王安礼：朕寻求大治惟恐有不到之处，任用人才惟恐有遗漏之贤。况且朕的忠良老臣，是神宗皇帝提拔起来的。在朝廷内外任职，声誉十分佳美。朕岂能忍心让你远离朝堂？只因为治理蜀地的职责重大，很难寻到称职的官员。朕知道爱卿忠诚仁义，不会把离朝廷远近放在心上。望你一路上多加珍重，养护身体不要患病，前往安抚我的子民，以此使朕满意。

赵州赐大辽贺太皇太后正旦大使茶药诏

（元祐二年十月十七日）

敕：卿久勤轺传，远犯风埃。眷言行迈之劳，良极轸怀之意。往颁珍剂，以辅至和。

【译文】皇帝敕令：爱卿乘马驾车长途跋涉，一路风尘远道而来。朕体念你的颠簸之苦，心中颇为关切。现命人前往你处赐以珍良的药品，以调养你的中和之气。

赵州赐大辽贺太皇太后正旦副使茶药诏

（元祐二年十月十七日）

敕：卿远乘使传，来讲邻欢。属此冱寒，尚勤行役。往加问劳，式示眷怀。

【译文】皇帝敕令：爱卿自远方乘车出使，来到我朝叙讲邻邦的和睦。当此严寒之际，你还要跋涉很远的路途。今命人前往慰劳你，以表示朕对你的爱护和关怀。

赵州赐大辽贺皇帝正旦大使茶药诏

（元祐二年十月十七日）

敕：卿远庆春朝，笃修邻好。永惟使事之重，遂忘行役之劳。既极叹嘉，宜申问劳。

【译文】皇帝敕令：爱卿从远方之国前来庆贺我朝元旦，叙讲邻邦的和睦友好。因为使命事关重大，你等已忘记了旅途的辛苦。朕对你这种精神十分赞赏叹服，理当向你表示存问慰劳。

赵州赐大辽贺皇帝正旦副使茶药诏

（元祐二年十月十七日）

敕：徂岁向晚，修途苦寒。方趋造于会朝，未即安于舍馆。往加恩锡，增重使华。

【译文】皇帝敕令：已经临近一年之末，长途的奔波又遭受严寒。正赶路前来参加我朝的盛典，还没来得及在馆舍安歇。今命人前往给予赏赐，以增加你等使命的隆宠。

赐宰相吕公著生日诏

（元祐二年十月十八日）

敕公著：卿三世将相，四朝耆老。赉我良弼，实惟兹辰。茂膺维岳之灵，永锡如陵之寿。宜颁宠数，以示眷怀。

【译文】皇帝敕命吕公著：爱卿一门三代为将为相，是我大宋四朝的元老。朕要对贤臣有所赐予，今天正是最合适的日子。你的德望如《诗经·崧高》所说的天降之神，上天赐给你南山之寿。理当对你荣宠的赏赐，以表示朕对你的关怀。

赐新除宝文阁直学士李之纯辞恩命不允诏

（元祐二年十二月四日）

敕之纯：祖宗之文章与典谟训诰，并宝于世。典领其事，非有德君子，虽积劳久次，不以轻授。蜀远而人懦，穷困抑塞，至无所诉。朕专欲以德安之，故内阁之命，非独以宠卿，抑将使蜀人知朕用卿，盖以德选也。其深识此意，勿复固辞。

【译文】皇帝敕命李之纯：祖宗历代的文献和典章制度训戒诏命，都是传世之宝。掌管这样的部门，如果不是德望甚高的君子，即使是资历长久，也不能轻易授予。蜀地偏远而民众怯懦，与外界的交往十分不便，乃至于有冤无处倾诉。朕只想以仁德来安抚此地民众，因此内阁学士的的官阶，并不仅仅是使爱卿一人增加荣宠，也是想让全蜀的民众知道朕重用你，是由于品德高尚才得此荣耀。望你深深体察朕的心意，不要再执意推辞。

赐太师文彦博乞致仕不允诏二首

（元祐二年十二月二十五日）

敕彦博：卿自去岁以来，数苦小疾，尚能勉留，以辅不逮。近者神明所相，体力自康，视听不衰，步趋加健，乃欲求去耶？今御戎之策，未有定议，京东西、河朔荐饥，公私枵然。方与二三臣图之，卿未可以即安也。

【译文】皇帝敕命文彦博：爱卿从去年以来，长期为一些小病所困扰，但你还能坚持留在朝中，辅佐朕的不敏。近来神灵降福，身体康复，爱卿眼不花，耳不聋，步履比以前更加强健，怎么还要求离开朝廷呢？如今抵御外侮的大计还没有最后议定，京东、京西及河北几路又闹饥荒，官府和民众都缺乏粮食。朕正要和几位大臣共商大事，爱卿不能在此时请求安身退处。

二

（元祐二年十二月二十五日）

敕彦博：卿历相三宗，名闻四夷。位极一品，书考四十。自载籍以来，未之闻也。固当以国为家，以天下为身，以安社稷为悦，而不当以居丘园为乐也。朕方待卿而为政，请老之言，所未欲闻。

【译文】皇帝敕命文彦博：爱卿在三代皇朝中担任宰相，名声已传到蛮夷之国。官职已经到最高的一品，考课四十次均为优等。自从有文献记载以来，从没有听说过这样的事。你本该把国事当做家事，把治理天下当做自身的职责，以稳固皇朝当成喜悦，而不应把徜徉于田园作为乐趣。朕正等待爱卿主持朝政，请求归老的言论，不是朕想听到的。

赐外任臣寮进贺太皇太后受册马诏敕

（元祐二年十二月二十六日）

敕曾布：礼以正名，国之旧典。载阅充庭之实，式将戴后之心。朕眷忠勤，良深嘉叹。

【译文】皇帝敕命曾布：遵守礼法端正名分，这是国家既定的法典。你献上摆满朝堂的礼物，表现出你拥戴太皇太后的一片诚心。朕感念你的忠实勤谨，不会忘记对此事的赞赏。

赐外任臣寮进奉贺皇太后皇太妃受册马诏敕

（元祐二年十二月二十六日）

敕曾布：典册告成，宫闱之庆。事君尽礼，因物见诚。乃眷忠勤，不忘嘉叹。

【译文】皇帝敕命曾布：册礼已经告成，这是后宫的喜庆。你事奉君主能尽依礼义，这些礼物就足以表现一片诚心。朕感念你的忠实勤谨，不会忘记对此事的赞赏。

赐保宁军节度使知大名府冯京进奉贺端午节马诏

（元祐二年十二月二十六日）

敕冯京：受钺将坛，剖符畿甸。效充庭之骏足，庆中火之良辰。乃眷勤诚，不忘嘉叹。

【译文】皇帝敕命冯京：接受武将的节旄，镇守京畿的重镇。献上站满朝堂的骏马，来庆贺端午佳节。朕实在感念你的殷勤诚挚，不会忘记对此事的赞赏。

赐资政殿学士知邓州韩维进奉谢恩马诏

（元祐二年十二月二十六日）

敕韩维：庙堂均逸，远不忘君。駔骏在庭，仪多于物；载惟忠悫，良极叹咨。

【译文】皇帝敕命韩维：你从朝廷出镇外邦，身在远地不忘君王。献上骏良的宝马，这纯美的忠义要比实物更多更重。朕认为你忠诚无比，对此表示深深的赞赏。

赐检校司空左武卫上将军郭逵进奉谢恩马诏

（元祐二年十二月二十六日）

敕郭逵：惟卿耆老，渐就退闲。不忘戴主之诚，远效充庭之骏。载嘉忠荩，良极叹咨。

【译文】皇帝敕命郭逵：爱卿是元老大臣，刚刚退居于清闲之位。你仍怀着拥戴君主的至诚，从远方贡献了站满朝堂的骏马。朕对你这份诚意，表示深深赞赏。

赐中大夫守尚书右丞王存生日诏

（元祐三年正月四日）

敕王存：卿以宏才，与闻大政。诞日之庆，岂惟闺庭？宠锡之隆，庶延寿嘏。

【译文】皇帝敕命王存：爱卿以卓越的才干，参与议论朝廷政事。今逢你诞辰之日，这岂只是你一家的喜庆？朕赐予你丰厚的礼物，或可使你福寿绵长。

赐试户部侍郎赵瞻陈乞便郡不允诏

（元祐三年正月十三日）

敕赵瞻：朕褒显耆旧，取其宿望；养育俊乂，待其成材。庶前后相继，朝不乏人。则堂陛自隆，国有所恃。方今在廷之士，孰非华发之良？而卿以康强之年，为远引之计，于义未可，盖难曲从。

【译文】皇帝敕命赵瞻：朕褒扬元老大臣，是看重他们素有的威望；培育贤良俊逸之人，是要使他们成为栋梁之才。这样前后相接，朝廷就不致缺乏人才。朝堂之上人才济济，国家才能有所倚仗。当今在朝的官员哪一个不是花白头发的贤良之臣？爱卿正当健康强壮的年纪，就提出这种为自己打算而退休的请求，于君臣之大义不合，朕难以批准你的要求。

赐皇伯祖宗晟辞免起复恩命不许诏四首

（元祐三年二月十五日）

敕宗晟：卿哀迫之至，言不及文。览之恻然，欲从所请，而宗子之众，才性各殊。位不期骄，禄不期侈。非卿允蹈忠信，力行礼义，以身先之，盖未易齐也。少屈尔私，以成吾志，不亦可乎？

【译文】皇帝敕命宗晟：爱卿哀戚之心十分真切，请求辞免重新任职的章表都显得无所润色。朕看过之后也深感凄恻，本想批准你的请求，然而宗族子弟人数甚多，才能性情各不相同。要使人人有爵位却不能骄妄，有秩禄却不能奢侈。没有爱卿这样平允忠信，遵守礼义，以自身做出表率，恐怕很难使他们都长成人才。望你能克制自己的私哀，以助我管束好宗亲，这不也很好吗？

二

（元祐三年二月十五日）

敕宗晟：卿以强起就位，为未便安。而朕以徇私忘公，为未尽美。《书》云："孝乎惟孝，友于兄弟，施于有政，是亦为政。"夫圣人以孝弟为从政，而卿以从政为非孝，非所闻也。勉从朕命，勿复固辞。

【译文】皇帝敕命宗晟：爱卿如果勉强重新就职，固然有些为难。然而朕只照顾你个人的感情而忘掉公家的需要，这样做也未必就很妥当。《尚书》说："孝呀，只有孝顺父母，与兄弟友爱，把这种风气影响到政治上，这也就是参与了政事。"古代的圣人都把孝顺父母和友爱兄弟当做参与政事，而爱卿把参与政事看成是不孝，朕没听到过这样的说法。希望你还是服从朕的诏命，不要再执意推辞。

三

（元祐三年二月十五日）

敕宗晟：卿致孝罔极，守礼不回。以鲁、卫之亲，而行曾、闵之事。吾深欲成人之美，遂卿之私。顾以宗臣治亲，有国先务。教以道艺，时其冠昏。奖察其贤能，而训謫其骄惰。非吾宗室之老，孰当父兄之任？其深明吾意，往服厥官。

【译文】皇帝敕命宗晟：爱卿尽孝道可谓到了极点，恪守礼节不改变态度。以鲁与卫间的亲情，而行曾参、闵子骞的守孝之道。我很想成全你的美意，批准你继续服孝的请求。只是任用宗亲大臣来管束亲族，这也是国家首要的大事。以道德技艺教导他们，主持他们的冠礼婚礼。考察奖拔其中贤能之人，训戒批评他们的骄妄之心。如果不是我宗室的老臣，谁能提起这做为父兄长辈的重任？希望你能深深体察朕的心意，前去任职。

四

（元祐三年二月二十二日）

敕宗晟：君子之于礼，虽先王未之有，可以义起。而况汉、唐之旧，故事具存。如翟方进、房乔之流，皆以儒术致身，不免于释衰而谋国。近岁夏竦、晁宗悫，亦以近臣夺丧，君子不以为过。今宗正之事，止于治亲。譬犹父兄，训敕子弟。岂以衰麻之故，而废闺门之政乎？卿其勿疑，亟服乃事。

【译文】皇帝敕命宗晟：君子稍稍逾越礼的规定，虽然前朝帝王执政时没有过，但仍可以凭着君臣大义起复他重新任职。何况在汉朝、唐朝，早有这样的先例。比如翟方进、房玄龄等人，都是以精通儒学进身仕途，还难免要抛开为父母守孝而为国谋画。近年来夏竦、晁宗悫，也是由于他们是近侍大臣，而缩减了他们守孝的时日，那些儒学君子们并不认为这样有什么过错。如今宗正寺的职责，仅仅限于管束亲族。这就像是父亲兄长教导训戒儿子或兄弟。岂能以守孝未满的原因，废弃对宗族的教导吗？爱卿不要心存疑虑，迅速赴任治事。

赐保宁军节度使知大名府冯京进奉兴龙节并冬至正旦马诏

（元祐三年二月二十五日）

敕冯京：震夙之祥，旅庭称庆。岁时之会，因物效诚。乃眷元臣，实勤典礼。多仪克举，屡叹不忘。

【译文】皇帝敕命冯京：朕的诞辰之节，朝廷内外一同庆贺。再加上元旦也在此前后，你等都进献礼物以表忠诚。朕感念元老大臣，真心实意地尽人臣之礼。两节的仪典都已具备，朕对此多次赞叹，不能忘怀。

赐外任臣寮进奉谢恩马诏敕

（元祐三年二月二十六日）

敕：衔恩思报，因物致诚。效兹乘服之良，示有驱驰之志。永言忠荩，良极叹咨。

【译文】皇帝敕令：沐浴皇恩而思报效，以进献的礼物表达忠诚。奉上这骏良的马匹，表示你等有为国驱驰的大志。对你等的报国赤诚，朕表示深深的赞叹。

赐外任臣寮进奉兴龙节功德疏诏敕

（元祐三年二月二十六日）

敕：诞弥之庆，中外所同。毕轮卫上之诚，来献后天之祝。永言忠荩，良极叹嘉。

【译文】皇帝敕令，朕的诞辰之节，中朝外官一齐庆贺。你等倾尽保卫君王的诚心，从各地献上祝福之礼。对你等的报国赤诚，朕表示深深的赞赏。

赐新除守司空同平章军国事吕公著辞免恩命不允诏

（元祐三年四月六日）

敕公著：委重元老，朕之本心；归安丘园，卿之素志。今于二者，酌处其中。使卿获居劳逸之间，而朕不失仰成之托。于义两得，夫复何辞？

【译文】皇帝敕命吕公著：委任重用元老大臣，是朕的本意；退处家园安度晚年，是爱卿素来的志向。如今在二者之间，考虑一个折中之法。既能使爱卿能够处在繁劳与安逸之间，而朕又不至于失去依赖。对君臣之义两全齐美，爱卿还有什么可推辞的呢？

赐新除太中大夫守尚书左仆射兼门下侍郎吕大防辞免恩命不允诏

（元祐三年四月六日）

敕大防：端揆黄门之任，虚之久矣。以卿德望兼重，才术有余，故授之不疑。涣号已行，佥言惟允。务称朕命，何以辞为？

【译文】皇帝敕命吕大防：总辖门下省的重要职位，已经空缺了许久。凭着爱卿德高望重，才干智虑绰绰有余，所以授予你此官而信任不疑。华美的称号已经施行，众官都称道这个任命十分公允。你务必接受朕的任命，有什么可推辞的？

赐新除太中大夫守尚书右仆射兼中书侍郎范纯仁辞免恩命不允诏

（元祐三年四月六日）

敕纯仁：国之安危，寄于宰辅，朕岂苟然而轻授也哉？试之以事而不移，断之于心而不贰。成命已出，岂容复回？往修厥官，以称朕意。

【译文】皇帝敕命范纯仁：国家的安危都寄托在宰相身上，朕难道会不加思索轻易授人吗？用宰相的职事来测试你的才能，这是朕自己决定的，不能更改。如今任命诏书已经发出，岂能重新收回？你可前去赴职，以此使朕满意。

赐观文殿大学士光禄大夫知永兴军韩缜三上表乞致仕不许断来章诏

（元祐三年四月七日）

敕韩缜：夫任天下之责者，无自营之私；蒙国士之知者，有非常之报。矧卿德望兼重，体力犹强。方资御侮之壮猷，焉用引年之常礼？宜安厥位，毋复言归。

【译文】皇帝敕命韩缜：肩负着治理天下重任的大臣，就不该有营私的念头；受到国家栋梁待遇的人，必会有异乎常人的回报。何况爱卿德高望重，身体健康。朕正要向你咨询抵御外侮的大计，哪能采用一般官吏年老退休的常规礼法？你应当安心于现职，不要再请求告老归乡。

赐观文殿大学士光禄大夫知永兴军韩缜三上表陈乞致仕不允断来章诏

（元祐三年四月七日）

敕韩缜：朕体貌诸老，仪刑四方。假以方面之安，略其筋力之礼。如卿屡请，固无怀禄之嫌；而朕固留，宜有志归之意。今中外无事，民物小康。顾恐安车之荣，未逾坐啸之乐。朕命不易，卿其少安。

【译文】皇帝敕命韩缜：朕使各位老臣官位荣宠，让你们为四方官吏做出表率。掌管一方土地的安危，而可以免去体力的礼节。像爱卿这样多次请求归乡养老，固然没有贪图禄位的嫌疑；而朕坚持挽留，本来也有体谅你的心意。如今中外没有大事，民众生活安泰康宁。你还怕乘坐安稳轿车的荣耀，比不上安居啸傲的欢乐吗？朕的诏命不会改变，爱卿还是暂且安于职守。

赐新除太中大夫守尚书右仆射兼中书侍郎范纯仁再上札子辞免恩命不允诏

（元祐三年四月七日）

敕纯仁：卿奉事先帝，义深爱君。与政西枢，论不阿世。昔闻汲黯之不夺，今见徐公之有常。参以众言，蔽自朕志。右宰之任，非卿而谁？屡执谦词，殊非所望。

【译文】皇帝敕命范纯仁：爱卿事奉先帝，深深地爱念君王。在中书省主持大政，议论从不逢迎世俗。早年听说汉朝汲黯志不可夺，后来又见唐朝徐晦守节如一。参考众官的意见，决定于朕的本心。右宰相的重任，除了爱卿还有谁能担当？爱卿多次表示谦逊，这实在不符合朕对你的期望。

赐新除依前中大夫守中书侍郎刘挚辞免恩命不允诏

（元祐三年四月七日）

敕刘挚：朝廷设三省，建丞弼，虽所治不同，至于因时立政，昭德塞违，其实一也。卿既任其事矣，今以次迁，无足辞者。

【译文】皇帝敕命刘挚：朝廷设置三省，又署命辅佐大臣，虽然所管的职事不同，而根据实际情况制定政令，弘扬仁德堵绝奸恶，这个总纲是一致的。爱卿已经担任了中书侍郎，如今按资历迁官，没有什么值得辞谢的。

赐新除依前中大夫守尚书左丞王存辞免恩命不允诏

（元祐年四月七日）

敕王存：卿学足以经邦，才足以应务。更练愈久，开益居多。以积日而稍迁，顾佥言之咸允。国之常典，何以辞为？

【译文】皇帝敕命王存：爱卿的学识足够用来经管邦国，才干足够用来应付政务。任职的时间十分长久，出色的谋画堪称众多。如今因资历已足够迁升官阶，众人都说理当如此。这也是国家既定的法典，为什么还要推辞？

赐新除中大夫守尚书右丞胡宗愈辞免恩命不允诏

（元祐三年四月七日）

敕宗愈：卿昔在谏垣，首开正论。出入滋久，操守不回。雅望在人，既非一日之积；历试而用，亦自群言之公。往祇厥官，毋替朕命。

【译文】皇帝敕命胡宗愈：爱卿当年担任谏官，最先倡导了正直之论。出入朝廷岁月已久，恪守节操矢志不渝。威望为众人所服，这绝不是一朝一夕所能做到的；多次试官而得到重用，也是来自百官公正的舆论。你可前往任职，不要违拗朕的诏命。

赐新除依前中散大夫充枢密直学士签书枢密院事赵瞻辞免恩命不允诏

（元祐三年四月七日）

敕赵瞻：朕惟本兵之地，司命吾民。矧羌戎叛服之无常，实边鄙安危之未决。岂以此柄，轻授其人？以卿望重缙绅，学兼文武。历试而用，众言允谐。往践厥官，勿违朕命。

【译文】皇帝敕命赵瞻：朕认为主观军事的机要部门，关乎我万民百姓的生死存亡。何况契丹和西夏反复无常，足以见边疆远地民众的安危并没有解决。朕岂能把如此重大的权力，轻易交给不能胜任的人？只因爱卿在百官中德望最高，学术兼通文治武功。多次试官而得到重用，百官都说这样的安排十分合适。你可前往担任此职，不要违拗了朕的诏命。

赐新除门下侍郎孙固辞恩命不允诏

（元祐三年四月八日）

敕孙固：朕惟三朝老臣，义同休戚。先帝旧学，存者几人？意其风采之耸闻，可使朝廷之增重。矧卿德望素著，寄任已隆。昔冠西枢，今贰东省。众以为允，义无足辞。

【译文】皇帝敕命孙固：朕认为三朝元老大臣，在道义上就应与朝廷同忧同乐。先帝留下的旧儒，如今还有几个在世？朕想到你卓越的风采，足以使朝廷增加威严。何况爱卿的品德威望历来甚高，朕对你的倚重也不同寻常。此前你在中书省主持政事，如今入门下省担任副职。百官都认为这个委任十分公允，并不值得你推辞。

赐新除试御史中丞孙觉辞免恩命不允诏

（元祐三年四月八日）

敕孙觉：卿三居谏省，皆以直闻，盖尝遇事以建言，志在行义以达道。擢为执法，实允佥言。以卿直谅多闻，而朕开纳不讳。固无观望难言之病，岂有丧失名节之忧哉？载阅来章，甚非所望。

【译文】皇帝敕命孙觉：爱卿三次担任谏官，都以亮直闻名朝野，你凡遇大事就提出自己的议论。志在实行仁义，彰扬大道。提拔为御史中丞，这符合百官的意愿。爱卿坦直磊落，见识广博，朕虚心纳谏，从不阻塞言路。这本来就没有令人难说出口的毛病，你难道还存在丧失名节的忧虑吗？你请求辞免的奏章朕已看过，这实在不符合朕对你的期望。

赐新除右光禄大夫依前知枢密院事安焘辞恩命不允诏

（元祐三年四月八日）

敕安焘：卿谋国之重，历年于兹。纪纲修明，中外宁辑。夫图任共政，所忧者大；则久劳迁秩，亦理之常。虽固执于㧑谦，恐难回于成命。往服休宠，以彰眷怀。

【译文】皇帝敕命安焘：爱卿为国事谋划方略，已经数年。朝廷纲纪纪律严明，内地边疆安宁无事。身任执政的大臣，心中考虑的都是大事；时日已久迁升官职，这也符合常理。虽然你坚执地辞谢，朕也难以收回成命。只可接受朕的恩宠，以显示朕对你的爱敬和关怀。

赐新除中大夫守尚书右丞胡宗愈辞免恩命不允诏

（元祐三年四月十日）

敕宗愈：卿更涉夷险，践扬中外。出奉使指，而民宜之。入治天官，而吏畏之。非独能言者也。《书》不云乎："敷奏以言，明试以功。"朕得之矣，卿其勿辞。

【译文】皇帝敕命胡宗愈：爱卿经历过艰难险阻，在中朝和外路屡屡任职。担任地方官时严遵朕的训戒，百姓认为你为政平和。入朝担任尚书省长官，属吏对你畏惮敬服。你并不是那种只能发表议论的人。《尚书》不是这样说吗："百官都要进奏治礼的言论，根据他们的言论来责成他们的治效。"如今朕得到了这样的人才，爱卿也就不必辞让了。

赐新除依前中散大夫充枢密直学士签书枢密院事赵瞻辞免恩命不允诏

（元祐三年四月十日）

敕赵瞻：朕之进人，可谓难矣。自非耆老久次，悃愊无华，则枢机之任，不以轻授。卿之自视，何愧于斯？祗服厥官，思所以称而已。

【译文】皇帝敕命赵瞻：朕选拔引进出色的人才，可以说十分难得。如果不是久经磨砺，质朴无华的老臣，那么如此关键的职位，朕绝不会轻易授予的。爱卿可以自我衡量，担任这个职务有什么惭愧？希望你恭听朕的诏命，前往任职，只需要考虑如何使名实相称即可。

赐新除翰林学士朝请大夫知制诰许将赴阙诏

（元祐三年四月十二日）

敕许将：卿敏而好学，达于从政。出殿方国，则修儒术以饰吏事；入备顾问，则酌民言以广上听。待命北门，号称内相。虽于卿为旧物，实当今之高选。亟践厥职，伫闻嘉猷。

【译文】皇帝敕命许将：爱卿处事精敏而好学不倦，治理政事十分练达。出京任大郡的帅守，就修明儒术以教化民众；入朝担任顾问之官，就采择民众的言论开阔朕的思路。身为翰林学士，被人称为贴身的辅相。虽然这些都是爱卿过去的忠直，却足以配得上今日的高升。你可迅速赴任，朕等着闻听你出色的言论。

赐新除司空同平章军国事吕公著辞免册礼许诏

（元祐三年四月十三日）

敕公著：多仪以隆辅弼，国之彝典；自损以信君父，卿之美志。再阅诚言之请，益彰谦德之光。勉徇所陈，不忘嘉叹。

【译文】皇帝敕命吕公著：朝廷以各种仪典使辅臣光宠尊显，这是国家法典所规定的；放弃自身的荣宠而把朝廷的册封敬孝君王和父亲，这是爱卿忠孝的品德。朕几次阅读你诚恳请求的奏章，更要使你的美德彰扬。今批准爱卿的奏请，朕不会忘记对你行为的赞赏。

赐正议大夫知枢密院事安焘辞免迁官恩命允诏

（元祐三年四月十五日）

敕安焘：卿国之隽辅，位冠枢庭。以时褒升，岂待功阀？而能力辞宠命，欲以身率群臣，使廉耻相先，名器益重。勉从来请，以笃此风。

【译文】皇帝敕命安焘：爱卿是国家优秀的辅臣，官职在枢密院居于首位。依照时日予以褒扬的迁升，为什么一定要等待功劳？而爱卿极力推辞恩赐的任命，想为百官群臣做出表率，使人人具有廉耻之心，使官秩官阶更显得神圣。朕同意你的请求，使此风气更加浓厚。

赐新除中大夫守尚书右丞胡宗愈辞免恩命不允诏

（元祐三年四月十五日）

敕宗愈：朕之用卿，盖听其言，考其行事，参之公议，而断自朕心，可谓审矣。而卿固辞不已，朕甚惑之。夫小人以位为宠，求之而不可得。君子以宠为忧，推之而莫能去。自古以然，卿何疑哉？

【译文】皇帝敕命胡宗愈：朕重用爱卿，是听取了你的议论，考察了你的政绩，又参考了百官的意见，最后由朕亲自做出决断，可以说是十分审慎了。而爱卿坚执推辞，朕心中十分迷惑。小人们总是以官位高为荣耀，千方百计追求还得不到。君子则以受到恩宠为忧虑，百般推辞却推不掉。自古以来就是如此，爱卿还有什么疑虑呢？

赐新除司空同平章军国事吕公著辞免册礼允诏

（元祐三年四月十五日）

敕公著：册祝于庙，惟周之典。临朝亲拜，亦汉之旧。事大则礼重，礼重则乐备，古之道也。今卿逊避不居，自处以约。勉从所乞，以成其美。

【译文】皇帝敕命吕公著：在宗庙行册封之礼，这是周代就定下的法典。君王在朝亲拜百官，这也是汉朝立下的旧制。事关重大礼仪也就隆重，礼仪隆重就需要乐曲相随，这是古来的制度。如今爱卿谦逊地推辞册封，不敢领受，以简约自律。朕同意你的请求，以成全你的美德。

赐许将辞免恩命不允诏

（元祐三年四月十八日）

敕许将：进以经术，当告我以安危；来自西南，固知民之利病。渴闻谠论，少副虚怀。而乃退托无能，力辞旧物。既非所望，其可曲从？

【译文】皇帝敕命许将：你以精通儒术进身为官，理当告诉我国家安危的道理；你从西南大郡回到朝中，应该深知朝廷法令的利弊。朕渴望听到忠直的言论，以充实自己谦恭的心怀。而你却自称无能要求退身，极力推辞已得之官。这全然不符合朕的期望，朕岂能委屈自心而同意你的请求？

赐河西军节度使西蕃邈川首领阿里骨进奉回诏

（元祐三年四月二十二日）

敕阿里骨：惟尔祖先，世笃忠孝。本与夏贼，日寻干戈。亦惟恃我朝廷爵秩之隆，用能保尔子孙黎民之众。肆朕命尔，嗣长乃师。而承袭以来，强酋外擅，尔弗能禁。恣其所为，遂据洮城，以犯王略，阴连夏贼，约日盗边。朕愍属羌之无辜，出偏师而问罪。元恶俘获，余党散亡。山后底平。河南绥服。朕惟率酋豪而捍疆埸，乃尔世功；叛君父而从仇雠，岂其本意？庶能改过，未忍加兵。果因物以贡诚，愿洗心而效顺。尔既知悔，朕复何求？已指挥熙河路更不出兵，及除已招纳到部族以外，住罢招纳。依旧许般次往来买卖，及上京进奉。尔宜约束种类，共保边陲。期宠禄于有终，知大恩之难再。勿使来款，复为虚言。

【译文】皇帝敕命阿里骨：你的祖先世世以忠孝为本。原本与你国的逆贼，一直有干戈之争。也正是凭恃着我朝封赏的爵位秩禄高贵隆崇，才得以保护你的子孙和黎民安泰无虞。朕曾命你为邈川首领，率领守护你这一部族。你承袭首领之号以来，强寇骚扰，你没有能够禁绝阻遏。任凭他们肆意妄为，而后你占据了我临洮一城，干犯我边境军队，暗暗与夏人勾结，约定时日侵犯我边界。朕哀悯羌民的无辜，仅派出部分军队讨伐你等。元凶被我朝俘获，其余党羽四散逃亡。阴山一带被我荡平，黄河以南羌民臣服。朕以为过去任命豪门酋长捍卫疆境，是你一族世代所建的功勋；背叛君王父兄而听从强寇的驱使，难道是出于你的本心吗？只要你能够改恶从善，朕仍旧不忍心以兵刃相加。如今你果然献纳礼物表示归诚，希望洗心革面而效忠本朝。你既然知道改过自新，朕对你又怎能再加以苛求？朕已传旨熙河路帅臣不再出兵征讨，并传旨除了已经招降的羌人之外，停止继续招纳。依旧允许互通买卖，以及入京向我朝进奉贡品。你应当管束好你的部族，共同守卫边境，努力使荣宠利禄保持下去，要知道我朝的洪恩不会滥施。不能使这次的表白，再次成为一席空话。

赐新除依前朝散大夫守尚书吏部侍郎充龙图阁待制傅尧俞辞免恩命不允诏

（元祐三年五月二十三日）

敕尧俞：夙望所在，旧疾既平。及兹言还，慰我虚伫。徒得君重，虽暂屈于淮阳。雅意本朝，宁久安于冯翊。复求自便，殊戾所期。往修厥官，务称朕命。

【译文】皇帝敕命傅尧俞：你崇高的威望依然存在，过去的疾病已经康复。至此你请求还朝，这是对朕孤虚的宽慰。你深得君玉的看重，尽管曾屈居于淮阳一州。你一片赤诚关切着朝廷，岂肯安养于京城辅郡？如今又请求离官自便，这实在不符合朕对你的期望。你可前往赴职，不要辜负朕的委重。

赐守尚书右丞胡宗愈乞除闲慢差遣不允诏

（元祐三年五月二十七日）

敕宗愈：朕开奖言路，通来下情。虽许风闻，犹当核实。岂以无根之语，轻摇辅政之臣？朕方驭众以宽，退人以礼。加之美职，付以大邦。朕既无负于听言，卿亦何嫌而避位？祇服乃事，毋自为疑。

【译文】皇帝敕命胡宗愈：朕广开言路，奖拔直言，倾听百官的议论和弹劾。虽然允许上奏耳闻之事，但应该对事件就以核实。岂能用毫无根据的谣言，轻易动摇我执政大臣？朕正施行宽和的驭众之政，依照礼法来屏退官吏。现把高官授与你，并交给你一个大州去治理。朕认为这与虚心听从众人的议论并不乖违，爱卿又何必因为嫌疑而躲避高位？你可恭听朕的诏命前去任职，不必心存疑虑。

赐尚书右仆射兼中书侍郎范纯仁生日诏

（元祐三年六月九日）

敕纯仁：卿河岳之灵，神明所相。载更诞日，永介寿祺。体我眷怀，受兹宠锡。

【译文】皇帝敕命范纯仁：爱卿是山川所凝的精灵，是神明护佑的有福之臣。当此诞辰的喜庆之日，愿你永远长寿安康。你可体谅我对你的爱护和关怀，接受这荣宠的赏赐。

赐正议大夫守门下侍郎孙固生日诏

（元祐三年六月二十三日）

敕孙固：卿图任之旧，缙绅所推。难老之祥，神人攸相。载更良日，益永寿祺。申以宠章，式隆眷遇。

【译文】皇帝敕命孙固：爱卿是朕的元老谋臣，是百官推重的表率。难以衰迈的祥瑞，是天神和万民护佑的结果。如今欣逢你的诞辰喜庆之日，愿你永远长寿安康。朕向你致以美好的祝辞，以表示对你深深的爱敬。

赐正议大夫知枢密院事安焘生日诏

（元祐三年六月二十三日）

敕安焘：桑弧告庆，降哲辅于兹辰；彩服拜嘉，冠荣名于当代。祗服朕命，益寿乃亲。

【译文】皇帝敕命安焘：桑弧蓬矢预兆着吉祥，上天在这一天里降生了明哲的辅臣；身穿华服接受赏赐，美名超出了当代众贤。你可恭听朕的宣命，并祝你的高堂健康长寿。

赐龙图阁学士河东路经略使兼知太原府曾布乞除一闲慢州郡不允诏

（元祐三年七月二十一日）

敕曾布：将不久任，难以责成；谋不素定，难以应猝。卿屡试剧郡，所临有声。而况二年于兹，诸将所服。事既即叙，人谁易卿？夫捣虚攻瑕，兵家常势；知难避整，夷狄亦然。卿若有以待之，彼将望而去矣。勉卒乃事，毋忘朕言。

【译文】皇帝敕命曾布：将帅如果不能长期担任一职，就难以用治军的成效来要求他；智谋如果不是久蕴于胸中，就难以应付突然的事变。爱卿多次在大郡中试职，所到之处都留下美好的声誉。何况在太原已经两年，各位将领心悦诚服。帅事完成后理当升迁，他人谁能比得过爱卿？捣毁敌人虚弱之处，攻打敌人无备之地，这是兵家常用的谋略；不要面对强敌，避开主力部队，异族国家也知晓这个道理。爱卿如果严阵以待，敌寇必然望风而逃。望你勉励自身，完成守边大业，不要忘记朕的训戒。

赐河西军节度使西蕃邈川首领阿里骨进奉回程诏

（元祐三年八月三日）

敕阿里骨：卿屡款塞垣，愿终臣节。爰因贡篚，益著诚心。再省忠勤，良深嘉叹。

【译文】皇帝敕命阿里骨：爱卿多次献诚孝信，愿意始终恪守人臣之节。前此进献了许多礼品，更能表达你的诚心。望你再次牢记忠诚勤勉，朕会对你深深赞叹。

赐皇叔改封徐王颢上表辞免册礼允诏二首

（元祐三年八月二十日）

敕颢：卿大雅不群，自得诗书之富；为善最乐，不知轩冕之荣。既殿大邦，宜膺盛礼。而抑损之志，逡巡不居。虽莫称朕所以极褒崇之心，而将使卿庶几获谦冲之福。勉从其意，嘉叹不忘。

【译文】皇帝敕命皇叔颢：爱卿儒雅孤高，不同凡响，以饱读诗书而自得其乐；平生以行善事为最快乐，而从不过问官爵秩禄的高低。如今既然已经得到大国的封赏，也应该有盛大的礼仪。然而你谦逊辞谢，不肯受封。这虽然不符合朕褒奖崇大你的心意，然而或许可以使你得到谦和淡泊的洪福。朕顺从你的请求，不会忘记赞赏你的雅志。

二

（元祐三年八月二十日）

敕颢：锡山土田，以昭令德。备物典册，盖有常仪。而卿深惧满盈，过形抑畏。一谦四益，当克永年。三命滋恭，固将有后。曲成美志，以劝事君。宜依所乞。

【译文】皇帝敕命皇叔颢：赐予你山川田畴，是用来显扬你的美德。册封仪式的排场，国家有既定的法典。而爱卿深深惧怕满亏盈溢之患，以谦逊避让来管束自己。一种谦虚的美德可获得无穷的受益，足够受用一生。多次宣诏而愈加恭谨，必将留美德于后人。朕愿成全你这淳美的心意，用来劝勉事奉君主的人。应当依照爱卿奏请施行。

赐知渭州刘昌祚进奉兴龙节银诏

（元祐三年十一月六日）

敕昌祚：卿御侮边庭，驰神魏阙。会嘉辰之献寿，纳贡篚以效珍。载省忠勤，不忘褒叹。

【译文】皇帝敕命刘昌祚：爱卿在边疆抵御外敌入侵，心意牵挂着朝堂。在朕的诞辰之日献上寿礼，送来的礼物多而珍异。朕感念你的忠诚殷勤，不会忘记对你的褒美。

赐皇伯祖宗晟辞免起复恩命不允诏二首

（元祐三年十二月五日）

敕宗晟：夫要绖服事，出于孔门；墨衰从政，见于鲁史。永惟徇国忘家之义，非有食稻衣锦之嫌。若非使卿居之而安，而吾岂敢强所不欲？勉从前诏，往服厥官。

【译文】皇帝敕命宗晟：服孝守丧的礼节，出于孔子门生；穿着黑色的丧服继续处理政事，见于《春秋》一书的记载。这都是为国事而不记家事的忠义之心，并没有叨求爵禄的嫌疑。如果不是让爱卿居官同时又内心安宁，朕岂敢强求让你做不愿意做的事？希望你克制自我，遵从此前的诏命，前往宗正寺任职。

二

（元祐三年十二月五日）

敕宗晟：卿德爵与齿，皆天下达尊。服属之隆，为宗室祭酒。任独高于三世，报宜异于常人。故夺情非以私卿，而服事所以徇国。义无所愧，何以辞为？

【译文】皇帝敕命宗晟：爱卿的品德、爵位和年齿都是天下最高显的。宗亲中最尊贵的就是宗室祭酒了。早在三代祖宗之前你已经高居此职，回报也应当与常人不同。所以朕减少你服孝的时日并不是对你有所偏私，你起身任职是为了报效国家。于君臣之大义毫无惭愧，为什么还要推辞呢？

赐正议大夫知邓州蔡确乞量移弟硕允诏

（元祐三年十二月九日）

敕蔡确：以义责备，《春秋》有失教之讥；以情内恕，诗人有将毋之念。硕之得罪，事在有司。难以贵近之亲，而废朝廷之典。及观来请，有概予心。重违兄弟急难之词，以伤人子奉养之意。

【译文】皇帝敕命蔡确：以君臣大义求全责备，连《春秋》也会受到有失礼教的讥刺；以兄弟之情请求宽恕，连《诗经》的作者也会有或许不能的顾虑。蔡硕获罪，责任在于主管上司。朕很难因为他是尊贵大臣的至亲，就不顾朝廷的律条。及至看到你的奏请，心中十分感慨。倘若不考虑《诗经》所说“兄弟急难”的格言，就会损伤人子孝养双亲的心意。

赐知渭州刘昌祚进奉谢恩并赐月俸公使及贺端午节马诏

（元祐三年十二月二十四日）

敕昌祚：卿执德宏毅，秉心恪恭。拜新渥于公朝，谨旧仪于令节。抗章来上，因物见诚。再省忠勤，良深嘉叹。

【译文】皇帝敕命刘昌祚：爱卿道德淳一守正不改，用心恭谨勤勉。在朝堂上拜谢天子新赐的恩典，严守一贯的仪制，按节令贡上礼物。直言上奏，见到贡物就如同见到了你的至诚。朕反复想见你的忠良勤苦，为此表示深深的赞赏。

赐端明殿学士银青光禄大夫致仕范镇奖谕诏

（元祐三年闰十二月一日）

敕范镇：朕惟春秋之后，礼乐先亡。秦汉以来，《韶》《武》仅在。散乐工于河海之上，往而不还。聘先生于齐鲁之间，有莫能致。魏、晋以下，曹、郐无讥。岂徒郑、卫之音，已杂华、戎之器。间存作者，犹有典刑。然铢黍之一差，或宫商之易位。惟我四朝之老，独知五降之非。审声如音，以律生尺。览《诗》《书》之来上，阅簨、虡之在廷。君臣同观，父老太息。方诏学士大夫论其法，工师有司考其声。上追先帝移风易俗之心，下慰老臣爱君忧国之志。究观所作，嘉叹不忘。

【译文】皇帝敕命范镇：朕认为春秋之后，礼和乐器最先沦亡。

秦、汉两朝以来，《韶》《武》等宫廷大乐还能听到。熟知古乐的工师被流散在江湖之间，有去无回。在齐鲁一带征招懂古乐的老儒，连他们也弄不清当时的详细章法。魏、晋以后，曹风、郐风失去了讥讽的特征。就连郑、卫一带的音乐，也都杂用华夏和蛮夷的乐器。其间偶然也有作古乐者，尚且能得知当时的制度。然而律管有一丝一毫的差别，五音便改变了纯正之声。只有我四朝的元老，却了解声调下降的错误。他辨审乐调接近古音，以律管测定尺度。阅览《诗经》《尚书》的记载上奏朝廷，仿造古代钟磬的规模树立于朝堂。君臣一同前往观看，父老为之深深感叹。朕已下诏命学士大臣议论古乐规制，命乐工和太常寺的官员们细审其音，对上能符合先帝移风易俗的用心，对下可告慰我元老大臣爱君忧国的夙愿。朕细细地看了你制作的大乐，不会忘记对你的赞赏。

赐朝散大夫守尚书吏部侍郎充龙图阁待制傅尧俞乞外郡不允诏

（元祐三年闰十二月十四日）

敕尧俞：卿望重本朝，进由公议。方卿大夫有为之际，亦士君子难得之时。而卿出领郡章，入佐治典。席未暖而辄去，政何时而报成？小疾行瘳，姑安厥位。

【译文】皇帝敕命傅尧俞：爱卿的威望在本朝最高，迁升官阶都是依据着百官的议论。如今正是卿大夫大有作为的时机，也是朕终于觅得雅君子之时。爱卿出京担任地方官，入朝为吏部的副职。刚刚任职就要离去，什么时候才算政绩有成？你所患的小病不久就会痊愈，望你暂且安于本职。

赐保宁军节度使知大名府冯京进奉贺兴龙节马一十匹并冬节马二匹诏

（元祐三年闰十二月十八日）

敕冯京：卿坐镇全魏，隐若长城。远驰颂祷之心，来效騄駬之贡。眷言忠荩，良极叹嘉。

【译文】皇帝敕命冯京：爱卿镇守着往古魏国的全境，坚如筑起万里长城。从远方报上祝寿的一片诚心，又献上数匹骏马为礼。朕感言你的忠诚，对此予以深深的叹赏。

赐泰宁军节度观察留后知相州李珣进奉贺冬马一匹诏

（元祐三年闰十二月十八日）

敕李珣：卿宣化近邦，驰神北阙。属兹阳月之吉，远效王闲之良。言念忠勤，不忘嘉叹。

【译文】皇帝敕命李珣：爱卿在京城附近的大郡中宣扬朝廷的德化，而内心一直向往着朝廷。当此年终之月的吉庆之时，你在京外献上骏良的马匹。朕感念你的忠诚殷勤，不会忘记对你的赞赏。

赐中大夫守尚书左丞王存生日诏

（元祐四年正月四日）

敕王存：在《易》之《泰》，与物皆春。于时良臣，生我王国。宜膺宠赉，以介寿祺。

【译文】皇帝敕命王存：《周易》中的《泰》卦，表示万物回春的季节。就在此时，我优秀的大臣，降生于我朝之中。理当对你有所赏赐，祝愿你健康长寿。

赐龙图阁直学士正议大夫权知开封府吕公孺上表陈乞致仕不允诏二首

（元祐四年正月五日）

敕公孺：朕鸡鸣而起，志于求助。鲐背之老，未敢即安。矧卿体力不衰，发齿犹壮。遽有引年之请，殊乖图旧之心。宜安厥官，以称朕意。

【译文】皇帝敕命吕公孺：朕一听见鸡叫就要起身，衷心求得大臣的帮助。即使是驼背的老臣，还没有敢于安享晚年。何况爱卿体力尚未衰退，精力还很充沛。急于提出退归乡园的请求，很不符合朕依重老臣的本心。你应当安心于本职，以此使朕满意。

二

敕吕公孺：卿将相三世，凛乎正始之风；出入四朝，蔚然难老之状。浩穰之治，谈笑而成。方观报政之能，遽有归休之请。公议未可，卿其少安。

【译文】皇帝敕命吕公孺：爱卿为将为相已经三代，凛然有正始君子的风骨；在四朝之中担任显职，从没有衰惫的神色。京城繁剧的事务，在你谈笑之间就办得井井有条。朕正要观察你突出的业绩，你却突然提出归老的请求。百官都认为这样不妥，爱卿还要安心理政。

赐济阳郡王曹佾在朝假将百日特与宽假将理诏

（元祐四年正月十二日）

敕曹佾：卿贤戚莫二，德齿并隆。眷言朝请之勤，思见仪刑之老。谢病既久，轸念良深。推予赐告之恩，期于勿药之喜。宜特与宽假将理。

【译文】皇帝敕命曹佾：爱卿在外戚中最为贤良，品德和年齿也都甚高。朕感念你奉安朝请的勤谨，时刻想见到身为表率的老臣。你告病已经很久，朕对你的病情十分惦念。朕给予你继续养病的恩典，盼望你早日康复。理当特准你告假的请求，继续调养身体。

赐光禄大夫守吏部尚书兼侍读苏颂上表乞致仕不允诏二首

（元祐四年正月十三日）

敕苏颂：吾闻有志之士，以身殉道而遗名；有道之君，使人乐用而忘老。今卿不安其位，岂吾有愧于古哉？夫难进之士，年仅及而辄退；则已试之才，吾莫得而尽用矣。激扬多士，方资崔、毛之德；讲诵旧闻，未卒褚、马之业。事非小补，卿其少安。

【译文】皇帝敕命苏颂：朕听说有志之士，能够以身殉道而留下美名；有道的君王，能使人乐于被用而忘记自己的衰老。如今爱卿不能安心于职事，难道是朕比不上古代的圣君吗？那些难以进用的士子，刚到致仕的年龄就要让他们退休；如果是已经经过试用的贤才，这样做我怎能尽其大用？激励褒扬士大夫，正需要有你这样具有曹魏时崔琰、毛玠一般的贤德；讲述前朝旧事，你也还未完成如唐人褚无量、马怀素所事之业。这些事对朝廷并不是无足轻重，爱卿暂且安于本职。

二

敕苏颂：卿历事四朝，允有一德。徒论徐公之奢俭，莫见子文之愠喜。朕既寤寐哲士，体貌元臣。方贵德齿之达尊，岂求筋力之常礼？矧卿方膺难老之锡，宜励益壮之心。惜日有为，古人所重；引年求去，公议未安。勉为朕留，以慰人望。

【译文】皇帝敕命苏颂：爱卿在四代先帝朝中为官，自始至终忠直诚信。姑且不论你有徐公般的俭朴，也像子文一样无喜无怒。朕朝思暮想要求得贤哲之士，必然要使元老大臣光宠尊荣。朕认为品德年齿俱高的人最为可贵，岂能苛求他行体力所不能胜任的礼节？何况爱卿得到精力充沛的天赐，理应再励老当益壮的志气。珍惜时光，有所作为，这是古人十分看重的；以年老为由请求退归，众人也认为不妥。望你再自勉自励，为朕留在朝中不要让众人失望。

赐光禄大夫守吏部尚书兼侍读苏颂上第二表陈乞致仕不允诏

（元祐四年二月二日）

敕苏颂：夫天以多士宁王国，而祖宗以成德遗后人。方使寿考康强，以究其用。而朕乃以引年而听其去，可乎？矧卿铨综之精，谈笑而办。勉思职事，以称朕心。

【译文】皇帝敕命苏颂：上天赐予我朝济济人才，国家才得以安全，我前朝祖宗把德高望重的老臣留给后人。朕正要使你们长寿强健，以便重用。而朕却在此时听任你以年老为由离朝而去，这能办得到吗？况且爱卿铨选百官，谈笑间便处理得宜。望你多考虑本职大事，以此使朕满意。

二

敕苏颂：天官之任，老成所宜。坐执铨衡，有山公晚年之故事；簿书烦杂，独萧俛一时之偏词。卿其总揽纲条，阔略苛细，委蛇退食，以慰士心。

【译文】皇帝敕命苏颂：吏部的重任，以老成持重者担任为宜。坐持铨选百官的权柄，这是晋人山涛晚年的典故；以往来文书为繁杂，这是唐人萧俛一时的激愤之词。爱卿只要总管百官升降的条令，不必计较琐细之事。安心于当今的职事，以告慰士子的期盼之心。

新除权礼部尚书梁焘辞免恩命不允诏

（元祐四年二月三日）

敕梁焘：卿出处以义，进退以礼。昔请补外，朕不得已而听其去；今兹选用，众以为宜而恨其晚。而卿又固辞，岂朕所望？成命不易，其速造朝。

【译文】皇帝敕命梁焘：爱卿不论入朝在野都能恪守道义，进身退处都能以礼为先。当年请求担任州郡长官，朕挽留不住而任你离去；如今选拔重用，众人都认为理所应当，甚至惋惜用你太迟。然而爱卿又执意推辞，这难道是朕的期望吗？现成的诏命不能更改，望你尽快回到朝中。

赐宣徽南院使充太一宫使冯京乞依职任官例祇赴六参不允诏

（元祐四年六月十四日下院）

敕冯京：朕以卿耆老厚德，重烦以庶事。而卿笃恭尽礼，自同于有司。既朝朔望，尚复勤请。虽抑抑自警，知卿有卫武之风；而仆仆亟拜，非朕待子思之意。宜遵前命，以副眷怀。

【译文】皇帝敕命冯京：朕认为爱卿是品德高尚的老臣，不愿意让繁杂的事务搅扰你。而爱卿恭敬尽礼，约束自己与任职时同样严谨。月中月末来奉朝请，其余的时间还请求来朝。这虽然是你勉励自身，时时告诫自己的结果，朕知道你有卫武公的风范；而爱卿多次艰难地跪拜，这也不是朕对待像子思那样贤人的心意。爱卿应当遵从前此的诏命，这才符合朕对你的爱护和关怀。

赐右正议大夫守尚书左仆射吕大防生日诏

（元祐四年六月十五日下院）

敕大防：股肱之良，与国为重；家庭之庆，亦朕所同。适《斯干》献梦之辰，均《既醉》太平之福。膺予宠锡，介尔寿祺。

【译文】皇帝敕命吕大防：股肱重臣，是国家的宝贵财富；你一家的喜庆，也同样是朕的喜庆。如今逢《小雅·斯干》所说的吉辰，理当享《大雅·既醉》所说的洪福。望你接受朕荣宠的赏赐，祝你永远健康长寿。

赐翰林学士中大夫兼侍读赵彦若辞免国史修撰不允诏

（元祐四年六月二十三日下院）

敕彦若：卿学世其家，宜居载笔之地；官宿其业，已奏杀青之书。自托不能，殊非所望。祗膺成命，毋复固辞。

【译文】皇帝敕命赵彦若：爱卿以学问传家，理当居于编修国史的要地；所任之职正合你所受之业，况且你已经呈奏过华美的书文。如今自称没有才能，这不是朕希望听到的言语。你要恭听既成的诏命，不要再次推辞。

赐河东节度使太师开府仪同三司太原尹致仕文彦博温溪心马诏

（元祐四年七月二日下院）

敕彦博：惟我宗臣，名震夷落。狼心鴃舌，知献厥诚。朕以张奂拒羌之献，不如旅獒昭德之致。已敕边吏答赐所直，其马今以赐卿，至可领也。

【译文】皇帝敕命文彦博：你是朕的元老重臣，威名已传遍蛮夷之邦。你使蛮荒蒙昧的氏族部落，都懂得来敬献他们的款诚。朕认为张奂拒绝羌人进献礼品，不如旅獒向他们宣讲仁德。朕已经下诏边关守臣偿还贡物的所值，进献的骏马今天赐给爱卿，你可以牵马回家。

赐夏国主进奉贺坤成节回诏

（元祐四年七月二十二日下院）

敕：节纪诞弥，庆均临照。眷守邦之虽远，亦执贽以来同。嘉与朝臣，咸称寿斝。载惟忠恪，宜有宠颁。

【译文】皇帝敕令：欣逢太后的诞辰，四海一同庆贺。朕感念你虽然远在西北保守家邦，也前来我朝进献贺礼。与我朝大臣，一同举酒祝太后之寿。朕感念你忠心可嘉，理当有荣宠的赏赐。

赐皇伯祖宗晟辞免恩命起复允终丧制诏二首

敕宗晟：朕寤寐隽贤，燮和中外。眷言释位之久，实有乏才之忧。而三年未终，五诏不起。与其贪明哲之美，以缉熙庶工；不若执孝弟之纯，以风励宗子。俯从诚守，良极叹咨。

【译文】皇帝敕命宗晟：朕日夜惦念着俊秀贤人，倚重他们使中外祥和。朕深感爱卿离任太久，心中委实有人才难得的忧虑。爱卿守孝三年没有结束，一连五次下诏也未能赴任。与其求得贤哲的美名，使众人见到你的风采；不如把这纯一的孝悌之心，用在激励劝勉宗族子弟上。朕今成全你志诚的操守，并为此表示深深的赞叹。

二

敕宗晟：夫衰麻之哀，达于上下；损益之变，权以重轻。虽事君均于事亲，而夺志难于夺帅。俯听终丧之守，以成致孝之全。言念笃诚，实增屡叹。

【译文】皇帝敕命宗晟：守孝尽哀，贵贱均同；时日的多少，本应根据你职责的轻重权宜变更。虽然侍奉君王重于事奉双亲，然而三军可夺帅匹夫难夺志。朕听从你要如期守丧的奏请，以成全你尽孝的志节。对于你诚挚恳切的言语，朕实在赞叹不已。

赐新授枢密直学士赵卨进奉谢恩马诏

敕赵卨：论德进律，天下之公议；因物见诚，臣子之雅志。爰陈驵骏，以效驱驰。体乃至怀，极于嘉叹。

【译文】皇帝敕命赵卨：根据德行而进封爵位，这符合天下人的议论；见到贡物想见忠诚，这是人臣的美意。你献上骏骑宝马，以表示任凭天子的驱驰。朕深知你的一片诚意，对你表示深深的赞叹。

赐新除龙图阁直学士依前中散大夫陈安石辞免恩命不允诏

（元祐二年十月十八日）

敕安石：夫士出身从仕，少壮陈力，耆老守节，朕必有以宠绥之。卿逮事四朝，扬历中外。号称良能，不见过失。书阁之拜，众以为宜。无复固辞，以遂成命。

【译文】皇帝敕命陈安石：士子进身为官，少壮时要多出力，老年时要守节操，朕一定会给以荣宠的封赏。爱卿历事四朝君王，长期在中朝和外路担任官职。众人都称你贤良干练，没有犯过些少过失。如今拜你为阁学士，众官都认为理当如此。你不要再次推辞，可接受这既成的诏命。

太皇太后受册诏词

诏曰：祥禫既终，典册告具，而有司遵用章献明肃皇后故事，予当受册于文德殿。虽皇帝孝爱之意，务极尊崇；而朝廷损益之文，各从宜称。矧予凉薄，常慕谦冲。岂敢躬御治朝，自同先后。处之无过之地，乃是爱君之深。所有将来受册，可只就崇政殿。

【译文】太皇太后下诏说：先帝的大祭已告终，仪典册命也准备停当，而有关部门想要遵从章献明肃太后的旧仪，认为我应当在文德殿接受册命。纵然是出于皇帝孝顺仁爱之心，一定要使册礼极为尊荣；然而朝廷对册礼的修订增删，也应该根据各自的名分。况且我也刚刚服孝期满，内心只仰慕谦和之美。怎敢亲自主张主掌朝廷政事，不分先后。使我没有过失，才是真正的爱敬君王。今后一应受册之礼，都只在崇政殿举行。

赐正议大夫同知枢密院事安焘乞退不允诏二首（残）

其一

朕褒显耆旧，取其宿望；养育俊乂，待其成材。庶前后相继，朝不乏人；则堂陛自隆，国有所恃。方今在廷之士，孰非华发之良？而卿以康强之年，为远引之计；于义未可，盖难曲从。所请宜不允，故兹诏示，想宜知悉。

【译文】朕彰扬耆旧老臣，是看重他们一向的威望；培养俊杰的后进之士，是等待他们长成栋梁。这才能前后相接，代不乏人；使朝廷自有威严，国家有所倚仗。如今在朝的大臣哪一个不是白发的贤臣？而爱卿正当健康强壮之年，却想要退身归老，于君臣大义不能相合，故朕难以屈己而听从。你的请求不能准许，因此下诏说明，想你应当理解朕的心意。

其二

敕安焘：省所札子奏乞解政事退守便州事具悉。卿之屡请，固非矫激；朕之留行，亦岂空文？内之枢机之谋，外之疆埸之议。责既身任，义难家词。夫饰小行竞小廉，务为难进易退。此疏远小臣口事，非朕所望于卿也。亟还厥官，毋烦朕命。所请宜不允，故兹诏示，想宜知悉。

【译文】皇帝敕命安焘：你所呈递的请求解除枢密副使、担任一个普通州守的奏札朕已看过。爱卿多次请求解职，诚然不是出于一时激愤；而朕多次挽留不放，也不是随意而言。在朝要谋画国家的军机大事，在外要制定对付外侮的方针策略。你既然担当了如此的重任，就不能以家有难处为由辞去官职。在细节上谨慎自守但求廉洁，必要使他难以进身而易于退处。这是朕用来疏远小人的手段，并不是对待爱卿的方法。望你立即回去任职，不要再让朕多费口舌。你的请求朕不能准许，因此下诏说明，想你应当理解朕的心意。

失题

省表具之：卿向自西枢，出殿藩服；顷由近辅，入侍燕闲。昔有未识之思，今乃日闻其语。既见君子，无逾老臣。当益励于初心，尚何词于新命？所请宜不允，仍断来章。

【译文】你的上表朕已看过。爱卿往日从枢密院出任名郡的帅臣；近来又由近郡入朝担任侍从之职。当年朕只知道你的贤能而未能谋面，如今则每天都能听到你的议论。既然得见君子，才知道没有人能超过你这位老臣。你应当多多勉励自己的报国之心，为什么还要辞免新的任命？你的请求朕不能应允，并不准再次上奏。

雅饰御容表本

於赫皇祖，敷祐下民。眷真宇之靓深，俨粹容之肃穆。虽道存不变，而体有从新。既袛见于科仪，斯永安于像设。

【译文】赫然光辉的皇祖，你的仁德保佑着万民。我爱这神仙楼宇美观宏敞，能使皇祖的威容更加庄严肃穆。虽然制度没有大变，而具体地装饰要根据新的仪典。我已经恭敬地为你祭祀，更希望你的塑像在此处永远安居。

设供禳灾集福疏

躬俭节用，本严房闼之风；遗大投艰，猥当庙社之寄。常恐德之弗类，以召灾于厥深。敢用仁祠，肆陈净供。恭延梵释，普施人天。俾寿而康，非独辅安于寡昧；与民同利，固将燕及于华夷。仰冀能仁，曲垂昭鉴。

【译文】躬自俭朴节约用度，是为了端肃内廷的风气；交给我大任使我处在艰难之中，我为自己身居帝位而感到愧怍。时常担忧仁德不足，使召来的灾祸殃及自身。贸然在这佛寺之中，多多地陈设洁净的供品，恭敬地请来众位僧徒，请天帝施惠于人间。愿天帝长寿安康，这并非仅仅是为了辅佐我寡德蒙昧之身；愿上天为民谋利，将福寿施及于华夏与蛮夷。期盼神灵的万能和仁爱，为我垂示明白的鉴戒。

上清宫成诏告诸庙祝文

上清储祥宫成，敷宥四海，均福于下。有诏守臣，凡在秩祀，罔不祗荐。维神导和却沴，保民无疆，以称朝廷至仁之意。

【译文】京城上清储祥官已经建成，它将保护四海之内的生民，使福泽遍布于普天之下。凡各地受封的诸神，没有一位不得到虔诚的祭奠。只有神灵才能导引祥和除却灾祸，保佑我生民无边的福寿，这才符合朝廷至仁至爱的本意。

卷五十五　内制敕书

赐南平王李乾德历日敕书

（元祐元年十月八日）

敕乾德：眷彼海隅，被予声教。宜有王正之赐，以为农事之祥。勤恤远民，以开嗣岁。

【译文】皇帝敕命李乾德：朕悯怀你等居于大海之滨，也能得到仁义的教化。理当有皇朝所颁的历书赐赏，以此为指导农耕的依据。朕对远方民众同样体恤，希望新的一年吉祥如意。

赐新除依前交趾郡王李乾德加恩制告敕书

（元祐元年十月十五日）

敕乾德：朕躬执珪币，大飨帝亲。颁布湛恩，遍暨诸夏。卿世绥侯服，钦顺朝廷。宜锡徽章，以昭异数。

【译文】皇帝敕命李乾德：朕亲自捧持玉帛，祭享明堂先帝。要推广洪大的恩泽，遍及蛮夷各邦。爱卿世世代代臣服我朝，对我大宋尊敬顺从。理当赐与美好的诗章，以表明对你国特殊的恩典。

赐外任臣寮历日诏敕书

（元祐元年十月二十八日）

敕韩绛：朕申命日官，逆推嗣岁。眷予共理，颁此成书。勉劭农功，毋违时令。

【译文】皇帝敕命韩绛：朕已经命令主管日历的官员，准确地推算来年的开始。官员们齐心协力，终于完成了新的历书。望你们勤勉地引导农事，不要错过适当的节令。

赐侍卫亲军马军都虞候刘昌祚进奉贺明堂礼毕马敕书

（元祐元年十一月二十日）

敕刘昌祚：大事告成，多方同庆。汝以分符之重，特修效马之仪。载念勤诚，不忘嘉叹。

【译文】皇帝敕命刘昌祚：祭享明堂的大礼已经结束，举国上下共同欢庆。你手握一方军政，特地为皇帝敬献良马。朕感你的勤苦忠诚，不会忘记对你的赞赏。

赐外任臣寮进奉兴龙节马诏敕书

（元祐二年四月十三日）

敕韩缜：诞弥之庆，远迩攸同。眷惟外服之良，来效右牵之礼。言念诚恪，不忘叹嘉。

【译文】皇帝敕命韩缜：朕诞辰的兴龙节，远近中外一同庆贺。朕悯念各地官吏的忠良，入朝进献良马。感念你们的忠诚勤谨，不会忘记对你们的赞赏。

赐溪洞蛮人彭允宗等进奉端午布敕书

（元祐二年五月十日）

敕彭允宗等：汝族居裔壤，心慕华风。来修任土之仪，远效充庭之实。载惟勤悃，良用叹嘉。

【译文】皇帝敕命彭允宗等：你等居住在偏远之地，内心仰慕着中华文明。入朝来进奉本地的特产，不远万里带来充满殿廷的礼品。朕深知你等勤苦诚恳，对你们的礼敬深深赞叹。

赐权陕府西路转运判官孙路银绢奖谕敕书

（元祐二年六月二十八日，为筑兰州西荆堡成，下同。）

敕孙路：宣力计台，悉心边政。相视衿要，缮完保鄣。讫用有成，不愆于素。使虏无可乘之便，民有足恃之安。乃眷忠勤，不忘嘉叹。

【译文】皇帝敕命孙路：你尽力于计度转运的职事，对边路政事十分用心。视察要塞之地，增修堡垒工事。成绩斐然，不亚于前此历任。使夏人没有可以乘借的便利，百姓有足以依赖的安宁。朕悯惜你的忠诚勤苦，不会忘记对你的叹赏。

赐知兰州王文郁银绢奖谕敕书

（元祐二年六月二十八日）

敕王文郁：汝以御侮之才，当专城之寄。百堵皆作，三月而成。非威服民夷，身先士卒，则安能以一时之役，成无穷之利？达于朕听，良用叹嘉。

【译文】皇帝敕命王文郁：你以抵御外侮的才能，受命护卫一座边城。城墙全部修筑齐整，仅仅用了三个月。如果你的威严不能慑服民众和异族，为士卒做出表率，那怎能以这一次的劳役，获得永久的利益？此事已经传到朕的耳中，对你的成就深深赞叹。

赐新除依前静海军节度使进封南平王李乾德制诰敕书

（元祐二年七月八日）

敕：朕子养兆姓，囊括四荒。譬之于天，岂吝膏泽。卿守藩滋久，事上益虔。高爵隆名，极其荣显。庶缘天宠，以服民心。其思尽忠，以称恩礼。

【译文】皇帝敕命：朕像养育子女一样养育着百姓万民，包括尽四面八方。好比是浩渺的上天，岂能吝惜雨露之泽。爱卿镇守大邦时日长久，事奉皇帝更加虔诚。朕赐给你高爵和美称，使你的荣耀达到极点。望你不忘天帝的宠爱，收服民众之心。要时时记住尽效忠诚，以合于这隆崇的礼数。

赐外任臣寮进奉坤成节银敕书

（元祐二年七月二十八日）

敕刘昌祚：汝承流外服，雅意本朝。爰因载诞之辰，远致同寅之礼。眷怀忠荩，良极叹嘉。

【译文】皇帝敕命刘昌祚：你原在外地为官，忠诚眷爱大宋王朝。现正是太皇太后的诞辰，你自遥远的西北来致朝廷的礼节。朕深深悯念你的忠诚，对你的诚意表示十分赞叹。

赐西南罗藩进奉敕书

（元祐二年九月三日）

敕：汝世为要服，时款塞垣。志慕华风，来修职贡。载惟忠恪，良用叹咨。

【译文】皇帝敕命：你世世代代为我朝的臣国，时时守卫着我朝的边土。诚心仰慕华夏的文明，入朝进献本邦的贡物。朕感念你的忠诚守义，对你深感赞叹。

赐诸路知州职司等并总管铃辖至使臣初冬衣袄敕书

敕冯洁己：王事靡盬，日月其除。属霜露之戒寒，待衣裘而卒岁。宜加宠锡，以示眷怀。

【译文】皇帝敕命冯洁己：朝廷的大事没有终结，依照日月的变迁而改变内容。如今霜露已降，天气转冷，人们要等待棉衣来度过年底。理当加以恩宠赏赐，以表朕对你们的悯怀。

赐诸路蕃官并溪洞蛮人初冬衣袄敕书

敕瞎毡：职在捍边，志常面内。属此严凝之候，宜均轻暖之恩。服我宠颁，益思忠报。

【译文】皇帝敕命瞎毡：你的职任是捍卫边关，而常常有志于晋谒朝廷。当此严寒将临之时，应当与我朝官员同等待遇，赐给你御寒的冬衣。你可接受我的宠赐，要更加忠诚，以思回报。

赐诸路屯驻驻泊就粮本城诸员寮等初冬衣袄都敕

敕汝等：久勤外服，属戒祈寒。爰念捍城之功，普均挟纩之惠。

【译文】皇帝敕命你等：长久地屯驻在外路州军，朕望你等要抵御严寒。念你等有捍卫边地的功劳，故而向你们颁赐过冬的棉衣。

赐外任臣寮进奉坤成节功德疏诏敕书

（元祐二年九月二十四日）

敕冯京：职虽之外，忠不忘君。集胜妙之良因，致寿康之善祷。

眷言诚尽，良极叹嘉。

【译文】皇帝敕命冯京等：虽然在外路州军任职，而忠诚不忘国君。汇集了绝妙的因缘，致上福寿康宁的祈祷。朕对于你们无比的忠诚，予以深深的赞叹。

赐朝奉郎通判梓州赵君奭进奉坤成节无量寿佛敕书

（元祐二年九月二十四日）

敕赵君奭：相好妙严，衷诚倾尽。汝期乃后，享无量之年；吾欲斯民，同极乐之世。永言忠爱，良用叹咨。

【译文】皇帝敕命赵君奭：佛像美妙庄严，内心的忠诚已经倾尽。你们祝愿你们的太皇太后，能够享有无尽的年寿；我也愿我的人民，一同进入极乐的境界。朕对你们这一片忠心，报以深深的感叹。

沿路赐奉安神宗御容押班冯宗道并内臣等银合茶药敕书

（元祐二年十月七日）

敕冯宗道：逮事有年，追远不懈。属辞宫之告具，骖日驭以遄征。往复之间，忠劳亦至。特加存问，尚体至怀。

【译文】皇帝敕命冯宗道：你事奉先帝年月已久，缅怀先帝之心从无懈怠。如今神庙的一切用具都已齐备，你可以驾马登车奉命出行。往返路途之间，你的忠诚和劳苦也就表现出来。特对你表示抚慰存问，你要体谅朕这由衷的关怀。

赐五台山十寺僧正省奇等进奉兴龙节功德疏等奖谕敕书

（元祐二年十一月一日）

敕省奇等：清凉之域，仙圣所游。爰因弥月之辰，来献后天之祝。永言勤至，良极叹咨。

【译文】皇帝敕命大和尚省奇等：清凉山一带，是神仙佛徒居处之地。兹因朕诞辰之节，你等来进献祝寿的礼物。朕对你们的殷勤，十分赞赏。

赐外任臣寮历日敕书

（元祐二年十二月四日）

敕韩缜：朕肇修人纪，祗畏天明。钦若旧章，式颁新历。凡我承流之寄，共成平秩之功。

【译文】皇帝敕命韩缜等：朕要彰明人世的规律，敬畏上天的神明。谨依旧的章程，颁布新的日历。凡我朝外任的官吏，都要以此促成应时而作的农功。

赐于阗国黑汗王进奉登位敕书

（元祐二年十二月十一日）

敕：卿守藩西极，慕义中华。远闻践阼之新，来致梯山之贡。眷言忠恪，良用叹咨。

【译文】皇帝敕命：爱卿镇守在西北极远之邦，内心仰慕中华的文明。在遥远之地听到朕登皇位的消息，翻越崇山峻岭前来献上贡品。朕感念你的忠诚，对此表示十分的赞赏。

赐于阗国黑汗王进奉示谕敕书

（元祐二年十二月十一日）

敕：卿远驰信使，来效贡琛。载详重译之言，深亮勤王之意。益隆褒赐，以答忠诚。

【译文】皇帝敕命：爱卿不远万里派信使前来我朝，献上珍奇的贡品。朕感念你在如此遥远的地方，深深表达效忠我皇的心意。朕要以更丰厚的褒奖和赏赐，来答谢你的忠诚。

赐外任臣寮进奉兴龙节马敕书

（元祐二年十二月二十四日）

敕刘永年：汝职在蕃宣，义均休戚。旅庭称庆，因物见诚。乃眷忠勤，不忘嘉叹。

【译文】皇帝敕命刘永年：你任职在边远之地，却义与朕同忧同乐。身在远方口称庆贺，见到贡物就领受了你的诚意。朕感念你的忠直勤苦，不会忘记对你的赞赏。

赐溪洞彭儒武等进奉兴龙节溪布敕书

（元祐二年十二月二十八日）

敕彭儒武：汝世能保境，志在观光。远修任土之宜，来备充庭之实。载惟忠恪，良极叹嘉。

【译文】皇帝敕命彭儒武：你世世代代能保全境土，内心始终仰望看我朝的强盛。不远万里来贡献当地的珍异，来充实我大宋的宫庭。朕对于你这一片忠诚之心，予以深深的赞赏。

赐保州团练使潞州总管王宝进奉恋阙并到任马敕书

（元祐三年正月七日）

敕王宝：汝以选抡，出分忧寄。来效充庭之骏，以将卫上之诚。再省忠勤，良深嘉叹。

【译文】皇帝敕命王宝：你以武勇之才得到选用，出京镇守一方为朝廷分忧。如今入朝进献充满朝堂的骏马，并带来了一片拥戴君王的至诚。朕再三感念你的忠直劳苦，对此表示深深的赞赏。

赐知乾宁军内殿承制张赴奖谕敕书

（元祐三年四月十八日）

敕张赴：横流之灾，所在蒙害。惟吏得其人，则公私赖之。使者列上，有司不以时闻。岁月既远，予犹汝嘉。故兹奖谕，想宜知悉。

【译文】皇帝敕命张赴：肆意蔓延的洪水灾害，所到之处都蒙受重大的损失。只有选拔到胜任的官吏，国家和民众才能有所仰赖。部使者呈上你的治绩，而有关部门没有及时告知于朕。虽然已经过了很久，但朕仍要嘉奖你的功绩。故而给你这样的嘉奖，料想你应该理解朕的心意。

赐于阗国黑汗王进奉示谕敕书二首

（元祐三年五月一日）

敕：卿恪居蕃守，申遣使车。来款塞垣，恭修壤贡。忠诚远达，褒叹良深。

【译文】皇帝敕命：爱卿谨慎地镇守着一方邻土，派遣使臣，前来讲睦邻之友好，恭敬地呈上本土的贡奉。你这番忠诚之心自远而至，朕对此表示深深的赞赏。

二

敕：卿守土西极，驰诚中华。璧马充庭，尚识汉仪之旧；织皮在篚，聊观《禹贡》之余。载省忠勤，不忘嘉叹。

【译文】皇帝敕命：爱卿镇守着西北极远一方土地，把忠诚之心送达我朝。玉璧宝马充满朝堂，你还懂得华夏的旧礼；兽毛织成的粗布盛于箱笼，令人见到了《禹贡》所说的旧物。朕感念你的忠诚勤苦，不会忘记深深的赞叹。

赐于阗国黑汗王男被令帝英进奉敕书

敕：汝世敦忠厚，志慕声明。远附奏函，亦驰贡篚。载惟恭顺，良极叹咨。

【译文】皇帝敕命：你世世代代忠诚厚信，内心仰慕着华夏的文明。在遥远的地方附进奏表，又献上珍异的贡品。朕对你的恭谨顺服，表示深深的赞叹。

赐五台山十寺僧正省奇已下奖谕敕书

（元祐三年六月十八日）

敕：清凉之峰，仙圣所宅。爰修净供，以庆诞辰。再省恭勤，不忘嘉叹。

【译文】皇帝敕命：清凉山上，是神仙佛徒居处之地。你等能以洁净的供品，来庆贺太皇太后的诞辰之节。朕反复感念你等的殷勤，不会忘记深深的赞叹。

示谕武泰军官吏军人僧道百姓等敕书

（元祐三年八月十八日）

敕：朕以苗授赋材勇严，驭众整暇。擢为宿卫之长，宠以节旄之荣。惟尔邦人，当谕朕意。

【译文】皇帝敕命：朕认为苗授有勇猛严厉的才干，驯练士卒整肃严明。提拔他担任殿前副都指挥使，并给他以旌节的荣宠。朕想你等都是他家乡的百姓，应当理喻朕的心意。

赐殿前都虞候宁州团练使知熙州刘舜卿进奉贺冬马敕书

（元祐三年闰十二月十八日）

敕刘舜卿：职在分忧，忠存卫上。属此秦正之旦，远输冀产之良。再省忠勤，不忘嘉叹。

【译文】皇帝敕命刘舜卿：你的职责是为朝廷分担忧患，你有一片保卫朝廷的忠心。当此将近元旦之时，从边远之处献上当地所产的良马。朕反复感念你的忠诚殷勤，不会忘记对你的赞赏。

赐外任臣寮进奉兴龙节马诏敕书

（元祐三年闰十二月十八日）

敕刘舜卿：汝忠于卫上，远不忘君。爰因弥月之晨，来效充庭之实。眷言勤笃，良极叹嘉。

【译文】皇帝敕命刘舜卿：你有一片保卫朝廷的赤胆忠心，身在远方不忘国君。当此岁尽之时，前来贡献充满朝堂的礼品。朕对你的殷勤笃厚，予以深深的赞叹。

赐西南蕃莫世忍等进奉敕书

（元祐四年正月二十一日）

敕莫世忍：汝守土遐陬，归诚北阙。梯山修贡，款塞观光。言念忠勤，至于嘉叹。

【译文】皇帝敕命莫世忍：你在偏远之地镇守一方土地，心中归服北方华夏。越过崇山峻岭前来进贡，与我朝通问通好。朕对你的忠诚殷勤，表示由衷的感叹。

赐五台山十寺僧正省奇等奖谕敕书

（十月二十五日下院）

敕：异景灵光，久闻示化。宝祠净供，爰庆诞弥。念此恭勤，至于嘉叹。

【译文】皇帝敕命：奇异的景致神圣的光芒，朕久已闻知你等的教化。你们用宝刹中洁净的供品，来夹贺朕的诞辰之节。朕感念你们恭谨殷勤，对此表示由衷的赞叹。

卷五十六　内制口宣

雄州抚问大辽国贺兴龙节副使口宣

（元祐元年十月六日）

有敕：卿等远犯风埃，久勤轺传。入疆兹始，授馆少安。申命抚存，式昭眷奖。

【译文】皇帝今有敕命：爱卿等人远途跋涉风尘仆仆，长时地乘坐在轺车之中。如今刚刚进入我朝的疆土，安排饭舍请你们稍事休息。朕传旨对你等抚慰存问，以此表达朕对你们的关怀和奖赏。

赵州赐大辽贺兴龙节人使茶药口宣

（元祐元年十月六日）

有敕：卿等远饬使轺，来陈庆币。川途甚阻，风雾可虞。特示至恩，往颁名剂。

【译文】皇帝今有敕命：爱卿等人受命从远方乘车前来，献上庆贺朕诞辰之节的礼品。路途十分险阻，寒风雾露可想而知。今特地示以异常的恩典，命官吏前去赐以良好的茶药。

赐正议大夫同知枢密院事安焘乞退不允批答口宣

（元祐元年十月十日）

有敕：卿被遇先帝，勤劳有年。逮于眇躬，倚注弥重。宜安厥位，毋庸力词。

【译文】皇帝今有敕命：爱卿在先帝一朝受到宠遇，辛勤劳苦已经数年。到了朕这一朝，对你的倚重更为强烈。你应当安心于现任职位，不要执意推辞。

赐宰臣吕公著生日礼物口宣

（元祐元年十月十六日）

有敕：朕之元老，生以兹辰。实为邦国之华，岂独闺门之庆。故命尔息，往宣余怀。仍分厩库之良，以助子孙之寿。

【译文】皇帝今有敕命：朕的元老大臣，出生在这一天。他堪称为国家的精华，岂止是私家的喜庆。故而命你的儿子，前往你家宣告朕对你的关怀。并将皇家的良马赐给你，用以祝贺你多子多孙的高寿。

相州赐大辽国贺兴龙节副使御筵口宣

（元祐元年十月十八日）

有敕：卿等远驰信币，来庆诞辰。眷言四牡之劳，宜享加笾之礼。式颁宠数，以示至恩。

【译文】皇帝今有敕命：爱卿等带看你国的礼品，一路驱驰来庆贺朕的诞辰。朕感念你们长期奔波的勤苦，应享有厚于常时的礼遇。理当赐予隆宠的礼数，以表达朕对你们深切的关怀。

赵州赐大辽国贺太皇太后正旦使副茶药口宣

（元祐元年十月二十八日）

有敕：卿等奉将邦币，驰会岁元。眷言夙驾之勤，方次中途之馆。宜颁灵剂，以喻至怀。

【译文】皇帝今有敕命：爱卿等从远方之国送来表示友好的礼物，以庆贺太皇太后正旦。朕感念你驾马乘车的劳顿，理当享受丰盛的美餐。现赐珍异的茶药，以表示朕异于寻常的恩典。

赵州赐大辽国贺皇帝正旦使副茶药口宣

（元祐元年十月二十八日）

有敕：卿等逖修邻好，方次州封。言念沍寒，想勤跋履。特颁名剂，以示眷怀。

【译文】皇帝今有敕命：爱卿等远来表示邻邦的友好，刚刚抵达我朝疆境。朕惦念你等值此严寒，想到你们长途跋涉。今特地赐予上好的茶药，以表示对你们的关怀。

雄州白沟驿赐大辽贺正旦人使御筵口宣

（元祐元年十一月二日）

有敕：卿等远驰使节，来庆春朝。属岁律之凝严，涉道途之修阻。宜颁宴衎，以劳勤劬。

【译文】皇帝今有敕命：爱卿等手持使节自远而来，庆贺我朝的元旦新春。当此节令最为寒冷之时，又跋涉于险阻的路途，理当赐予丰盛的宴席，以慰劳你们的辛勤劳顿。

赐镇江军节度使判大名府韩绛诏书汤药口宣二首

（元祐元年十一月九日）

有敕：卿德望之隆，中外所属。诚请虽极，舆论未安。毋复怀归，以勤北顾。特颁良剂，以辅至和。

【译文】皇帝今有敕命：爱卿品德威望之高，为朝廷内外所仰望。你的请求虽然十分恳切，然而这并不符合百姓的愿望。请你不要再有归家养老的想法，还要尽心地勤于王事。今特地赐给你上好的汤药，来保养你的中和之气。

二

（元祐元年十一月十日）

有敕：方面重寄，无逾老成。丘园归休，难遂雅意。特颁珍剂，以示至怀。方此沍寒，益加调养。

【译文】皇帝今有敕命：护守一方土地人民的重任，没有比交给老成持重的大臣更可靠的了。你归老于家园的请求，朕很难满足你的美意。今特地赐予珍良的汤药，以表示朕对你深切的关怀。当此严寒之时，望你更加注意保养身体。

赐新除依前中大夫守中书侍郎吕大防辞免恩命不允断来章批答口宣

（元祐元年十一月十一日）

有敕：大政所关，西台为重。朕难其选，无以易卿。宜即钦承，毋烦退避。

【译文】皇帝今有敕命：关系国家政令最重要的部门，是中书一省。朕选用担任此职的人十分困难，没有人能替代爱卿。理当接受朕的任命，不要执意请求避位。

赐新除中大夫守尚书右丞刘挚辞恩命不允断采章批答口宣

（元祐元年十一月十五日）

有敕：卿嘉猷屡告，清议所归。授受之间，臣主无愧。速起视事，副朕所期。

【译文】皇帝今有敕命：爱卿多次献上佳美的议论，实为众望所归。朕授你重职你接受重任，臣主之间都于心无愧。望你快快赴职问事，不要辜负了朕的期望。

赐正议大夫同知枢密院事安焘乞外郡不允断来章批答口宣

（元祐元年十一月十六日）

有敕：卿职在枢要，表仪百官。进当以礼，退当以义。今兹求退，其义安在？亟还视事，毋复固辞。

【译文】皇帝今有敕命：爱卿担任着枢密院重职，是百官的表率。进身应依据礼节，退处当符合道义。如今你请求退居养老，合于什么道义？望你迅速回院问事，不要再固执地推辞。

班荆馆赐大辽国贺兴龙节人使赴阙口宣

（元祐元年十一月二十一日）

有敕：卿等抗旌远道，弭节近郊。乃眷勤劳，良深轸念。特颁燕衎，以示惠慈。

【译文】皇帝今有敕命：爱卿等手持使节远路而来，现已近在郊外。朕悯怀你们的勤苦劳顿，对你们的身体十分挂念。今特地赐予丰盛的宴席，以表示我的恩惠和慈爱。

班荆馆赐大辽贺兴龙节人使到阙酒果口宣

（元祐元年十二月初一日）

有敕：卿等肃将信币，来庆诞辰。眷言行李之劳，宜有燕休之赐。受兹芳酎，体我眷怀。

【译文】皇帝今有敕命：爱卿等恭肃地带来礼品，庆贺朕的诞辰之节。朕悯念你们奔波的劳苦，理当赐予美好的酒食。你等接受这些美酒，体谅朕对你们的爱护和关怀。

雄州赐大辽国贺正旦人使回程御筵口宣

（元祐元年十二月六日）

有敕：卿等出疆继好，已事言还。跋履冰霜，憩休馆舍。宜有燕私之宠，以旌来往之勤。

【译文】皇帝今有敕命：爱卿等走出本国来继修两国的盟好，大事已毕将要回国。一路上跋涉山水，冒着严寒，如今已在客舍中休整，理当有丰盛的宴请，以表彰你们来往的殷勤。

赐河东路诸军来年春季银鞋兼传宣抚问臣寮将校口宣

（元祐元年十二月七日）

有敕：汝卿等从事边陲，服勤师律。方践更于春令，谅率履于天和。特有匪颁，以昭眷遇。

【译文】皇帝今有敕命：你等爱卿在边关为朝廷守护，终日劳苦严守律条。如今将要进入来年新春，都要步入春天的祥和。今特赐以异常的礼物，以表示朕对你们的爱护和礼遇。

送伴正旦使副沿路与贺北朝生日并正旦使副相见传宣抚问口宣

（元祐元年十二月九日）

有敕：卿等方冬出使，涉春在途。远犯风埃，想勤跋履。勉加鞭策，即造会朝。

【译文】皇帝今有敕命；爱卿等正值冬季出使外国，新春将要在途中度过。路途遥远一路风尘，可以想见跋涉的辛苦。望你们快马加鞭，早日抵达邻国朝廷。

赐大辽贺正旦人使正月一日入贺毕就驿御筵口宣

（元祐元年十二月十一日）

有敕：卿等远饬使轺，来修旧好。属此方春之旦，宜均《既醉》之欢。爰命燕胥，以昭眷宠。

【译文】皇帝今有敕命：爱卿等奉命从远方乘车前来，继修两国素来的盟好。当此春节将临，理当与我百官同饮美酒。朕已经授命主管官吏前去置办，以表示朕对你等的爱护和宠遇。

就驿赐大辽贺正旦人使银沙锣唾盂盂子锦被褥等口宣

（元祐元年十二月十六日）

有敕：卿等远驰信币，来庆春朝。眷言行李之劳，方兹舍馆之定。宜加颁赉，用示宠嘉。

【译文】皇帝今有敕命：爱卿等从远方之国带来礼品，庆贺我朝的春节。朕悯念你们奔波的劳苦，刚刚为你们安置好客馆。理当赏赐一应用品，以此表示朕对你们的宠爱和赞赏。

班荆馆赐大辽贺正旦人使却回御筵口宣

（元祐元年十二月十九日）

有敕：卿等远达使辞，载严归驷。方改辕于北道，暂弭节于都门。益重眷怀，往伸燕饯。

【译文】皇帝今有敕命：爱卿等从远方来到我朝传达辞令，备好了回归的车马。正当要改道长驱北方，暂时在京城大门稍事休整。朕对你等更加爱护，故命人前往设宴饯行。

相州赐大辽贺正旦人使却回御筵口宣

（元祐元年十二月二十二日）

有敕：卿等岁首奉觞，礼成复命。改辕北道，弭节近藩。宜锡宴私，以彰眷宠。

【译文】皇帝今有敕命：爱卿等为庆贺元旦前来致礼，大礼已毕回朝复命。如今改道直驱北方，在京城附近的城邑暂时休整。理当赐以宴席，以表明朕对你们的爱护和恩宠。

就驿赐大辽贺兴龙节人使回程酒果口宣

（元祐元年十二月二十四日）

有敕：卿等抗旌旋复，弭节少留。风埃浩然，徒驭勤止。宜有珍芳之赐，以昭眷宠之殊。

【译文】皇帝今有敕命：爱卿等手持使节凯旋回朝复命，在此稍事休整。一路上风尘弥漫，奔波之苦在所难免。理当对你等赐以珍奇芳香的酒果，以表示朕对你们特殊的恩宠。

赐大辽贺正旦人使朝辞讫就驿御筵口宣

（元祐元年十二月二十五日）

有敕：卿等来修旧好，克备多仪。既陛见以告辞，将驾言而反命。载嘉勤勚，宜锡燕私。

【译文】皇帝今有敕命：爱卿等前来继修两国长久的盟好，并备办了许多的礼品。朝见后就要告辞，要回朝去复命。朕赞赏你们的勤谨，理当赐宴款待你们。

班荆馆赐大辽贺正旦人使回程酒果口宣

（元祐元年十二月二十八日）

有敕：卿等远会春朝，恪修邻好。既卒聘事，岂无燕私？宜就锡于加笾，盖式昭于异数。

【译文】皇帝今有敕命：爱卿等自远方来庆贺春节，谨修邻国的盟好。朝聘大事已经完成，朕岂能不设宴款待你们。理当赐以盛宴，用以表示对你们异常的恩宠。

抚问熙河兰会路臣寮口宣

（元祐二年正月二十五日）

有敕：卿等服勤疆埸，赋政兵民。言念劬劳，实分忧顾。特加存问，以示眷怀。

【译文】皇帝今有敕命：爱卿等在边关疆场捍卫国家，治理士卒和民众。朕感念你们辛苦劳顿，一定要考虑到你们的功劳。现特对你们表示慰问，以示朕对你们的爱护和关怀。

抚问资政殿学士知扬州王安礼口宣

（元祐二年正月二十七日）

有敕：卿久去廊庙，出临江淮。绥怀流亡，肃遏寇盗。远惟勤瘁，特示抚存。

【译文】皇帝今有敕命：爱卿离开朝廷已经很久，出任在江淮一带。绥抚关怀流亡的民众，肃清阻遏了强寇盗贼。你身在远方一定辛苦劳顿，特向你表示安慰存问。

赐皇叔祖保信军节度使安康郡王宗隐生日礼物口宣

（元祐二年正月四日）

有敕：卿属尊望重，德厚庆隆。方诞育之令辰，有匪颁之故事。

克膺寿祉，永服宠光。

【译文】皇帝今有敕命：爱卿宗枝尊贵威望甚重，品德仁厚积庆有余。今逢你生日的美好时日，按照旧礼应当给予你异乎平常的赏赐。望你能长寿不老，永远保留朕对你恩宠的荣光。

赐皇叔祖昭信军节度使汉东郡王宗瑗生日礼物口宣

（元祐二年二月二日）

有敕：卿爵齿既隆，德望斯称。载更诞日，胥庆家庭。式侑燕私，以资寿祉。

【译文】皇帝今有敕命：爱卿爵位资历已经甚高，品德威望与此相称。如今你的生日将至，这也是宗族的喜庆。今特赐一生日宴席，以此祝愿你福寿康宁。

寒节就驿赐于阗国进奉人御筵口宣

（元祐二年二月二日）

有敕：汝等观光上国，述职遐方。属兹改火之辰，想有怀归之念。宜颁燕衎，以示恩私。

【译文】皇帝今有敕命：你等来到我朝观览胜况，本是远方的官吏，当此除旧迎新之际，料想你们会有盼望回国的念头。理当设宴款待你等，以表示朕对你们的恩典。

赐皇叔祖宁国军节度使华原郡王宗愈生日礼物口宣

（元祐二年二月二十七日）

有敕：卿望重宗盟，德隆藩服。载协诞弥之旦，光膺积庆之余。特示宠颁，永绥寿祉。

【译文】皇帝今有敕命：爱卿的威望在宗族中最高，仁德已传流四面八方。今逢你生日到来，在你积庆有余之年接受我的祝福。朕特地给予你荣宠的赏赐，祝你长寿康宁。

赐新除保宁军节度使冯京告敕诏书茶药口宣

（元祐二年三月二十八日）

有敕：全魏之寄，旧德为宜。勉即征途，以答民望。往颁珍剂，昭示眷怀。

【译文】皇帝今有敕命：古魏全境的治理，应以老臣为合宜。望你立即上任，以答谢一方民众的盼望。今特命人前往赐与珍异的茶药，以表示朕对你的爱护和关怀。

赐镇江军节度使充集禧观使韩绛诏书茶药口宣

（元祐二年三月二十八日）

有敕：卿德齿俱高，诚请弥确。重以民事，久劳元臣。既饬还车，宜颁珍剂。尚加调养，以副眷怀。

【译文】皇帝今有敕命：爱卿仁德和年龄都已甚高，诚恳的请求确实可悯。朕把繁重的民政之事交付给你，长期烦劳了辅国重臣。今命你立即卸任回朝，理当颁赐珍异的茶药。望你好生调养身体，不要辜负朕的爱护关怀。

赐太师文彦博乞致仕不允批答口宣

（元祐二年三月二十九日）

有敕：卿德望冠于累世，风采闻于四夷。方兹仰成，倚以为重。退老之请，所未欲闻。

【译文】皇帝今有敕命：爱卿品德威望，近世无双，凛然的风采已经传到蛮夷之邦。当此仰赖你治国有成之时，尤其要依赖你的德望。你退休归养的请求，朕不愿意听到。

赐宰相吕公著乞退不允批答口宣

（元祐二年三月二十九日）

有敕：卿柱石本朝，蓍龟当代。方兹注意，实所仰成。宜体朕心,姑安其位。

【译文】皇帝今有敕命:爱卿在本朝为中流砥柱,在当代是一面宝镜。当此倚重于你之时,实指望你治国有成。你应当体谅朕的心意,暂安居于宰相之位。

赐交州进奉人朝见讫就驿御筵口宣

(元祐二年四月五日)

有敕:汝等恭持方物,来款塞垣。冒涉修途,观光上国。宜颁燕劳,以示恩私。

【译文】皇帝今有敕命:你等前来贡献特产方物,以图交好于本朝。长途跋涉,来到华夏之国观览盛况。理当赐宴慰劳,以表示朕的恩典。

白沟驿赐大辽贺坤成节人使御筵兼传宣抚问口宣

(元祐二年四月二十七日)

有敕:卿等肃将庆币,远涉修途。风埃浩然,徒驭勤止。宜颁燕衎,以示眷怀。

【译文】皇帝今有敕命:爱卿等恭肃地带来庆贺礼品,跋涉漫漫的路途。风尘仆仆,一路上鞍马劳顿。理当颁赐嘉宴,以表示朕的爱护和关怀。

赐尚书左丞李清臣乞退不允批答口宣

（元祐二年四月二十七日）

有敕：卿综辖枢机，雍容廊庙。义当体国，谋岂先身？往喻至怀，少安旧服。

【译文】皇帝今有敕命：爱卿总管国家的机要，仪态端肃地立于朝堂。依照信义应当以国事为重，怎么能先考虑自身？今命人前往你处宣示朕的心意，望你在现在的职位上安心理政。

赐集禧观使镇江军节度使开府仪同三司韩绛到阙生饩口宣

（元祐二年五月十二日）

有敕：卿力辞繁剧，归即燕安。想见老成，渴闻嘉话。特颁牢醴，以劳骖騑。

【译文】皇帝今有敕命：爱卿极力辞掉了繁剧政务，回到家中颐养天年。朕时常想念元老大臣，渴望听到你出色的议论。今特赐与你太牢的酒浆，以慰劳你的辛苦。

班荆馆赐大辽国贺坤成节人使到阙御筵口宣

（元祐二年六月二日）

有敕：卿等肃将庆币，垂及都门。远涉暑途，想勤行李。式颁燕衎，以示恩私。

【译文】皇帝今有敕命：爱卿恭肃地带来庆贺礼品，将要到达京城之门。冒着酷署长途跋涉，可想见一路上鞍马辛劳。今赐宴款待你们，以表示朕对你们的恩典。

赐护国军节度使检校太师济阳郡王曹佾生日礼物口宣

（元祐二年六月九日）

有敕：卿世济勋劳，德隆藩戚。属此诞弥之日，岂无燕喜之私？膺我宠颁，永增寿祉。

【译文】皇帝今有敕命：爱卿世世代代为国操劳，在宗族中品德威望都十分高崇。当此诞辰之日，朕岂能没有助宴的私情？你可接受我的恩宠赏赐，祝愿你健康长寿。

赐皇弟山南东道节度使开府仪同三司佖生日礼物口宣

（元祐二年六月十八日）

有敕：卿以棣华之亲，袭瓜瓞之庆。载临诞日，宜厚宠颁。服我异恩，永膺介福。

【译文】皇帝今有敕命：爱卿与我为兄弟之亲，如今我一族子孙繁盛，欣逢你的喜庆之日。生日将临，理当有丰厚的赏赐。望你接受我这异常的恩典，永远幸福长寿。

就驿赐大辽贺坤成节使副银沙锣锦被褥等口宣

（元祐二年六月二十八日）

有敕：卿等远持庆币，来讲邻欢。徒御少休，舍馆既定。首膺宠锡，当体眷怀。

【译文】皇帝今有敕命：爱卿等从远方带来庆贺的礼品，到我朝叙讲邻国的盟好。长途跋涉终于可以稍事休息，客馆已经安排妥当。你等可先接受朕的宠赐，应当体谅朕对你们的爱护和关怀。

赐皇伯祖彰化军节度使高密郡王宗晟生日礼物口宣

（元祐二年七月一日）

有敕：卿德茂宗枝，望隆公衮。推本流长之庆，有嘉震肃之辰。宜示宠颁，以绥寿祉。

【译文】皇帝今有敕命：爱卿的品德在宗族中最为高崇，威望超过公卿重臣。这是我祖宗的余庆，如今欣逢你的诞辰。理当予以宠遇赏赐，祝愿你福寿绵长。

赐知枢密院事安焘已下罢散坤成节御筵口宣

有敕：卿等忠存体国，义切戴君。结妙果于三乘，祝慈闱之万寿。宜膺宠锡，以示眷存。

【译文】皇帝今有敕命：爱卿等忠诚表现在为国忧劳上，仁义表现在对君王深深的拥戴上。在三乘道教中结出妙果，来祝太后万寿无疆。理当对你等能所恩赐，以表示朕对你们的爱护和慰问。

玉津园赐大辽贺坤成节人使射弓例物口宣

（元祐二年七月八日）

有敕：卿等致命国宝，出游禁籞。爰敦射事，以佐宾欢。宜旌审固之能，式厚珍良之赐。

【译文】皇帝今有敕命：爱卿等奉你国皇帝之命带来珍贵的礼物，游戏于宫廷的花园。朕命众人射猎为乐，以助远方来的雅兴。理当表彰精审的技艺，赐予丰厚的礼品。

赐大辽贺坤成节人使生饩口宣

（元祐二年七月八日）

有敕：卿等远涉修途，来陈庆币。舍馆初定，徒驭实劳。宜锡饩牵，以昭宠数。

【译文】皇帝今有敕命：爱卿等从遥远之地长途跋涉，前来献上庆贺的礼物。客馆已经安排停当，朕知道你们实在辛劳。理当赐予活的牲畜，以表示朕对你的恩典。

相州赐大辽贺坤成节人使却回御筵口宣

（元祐二年七月八日）

有敕：卿等远涉归途，再离秋暑。驾言近郡，少憩旋车。宜示眷怀，往颁燕俎。

【译文】皇帝今有敕命：爱卿等踏上漫长的归程，再次经历初秋的炎暑。如今已驱车到了京城附近的大州，稍事休息。理当表示对你们的关怀，故命人前往颁赐宴席。

瀛州赐大辽贺坤成节人使回程御筵口宣

（元祐二年七月十日）

有敕：卿等抗旌来聘，已事言还。方次边城，少休候馆。宜颁燕俎，以劳归骖。

【译文】皇帝今有敕命：爱卿等手持使节来朝聘问，大事已毕踏上归途。如今正进入边关重镇，在客馆中稍事休息。理当颁赐丰盛的宴席，以慰劳你们返国的辛苦。

赐大辽贺坤成节人使内中酒果口宣

（元祐二年七月十一日）

有敕：卿等远驰使传，申讲邻欢。既执贽以造廷，亦展币而成礼。宜加宠锡，以示眷存。

【译文】皇帝今有敕命：爱卿等奉命从远方之国驾车前来，叙讲邻国的和睦友好。在朝廷上已经尽了使臣之礼，又献上所带的礼品。理当给你们荣宠的赏赐，以表示朕对你们的爱护和存问。

赐太师文彦博已下罢散坤成节道场香酒果口宣

（元祐二年七月十一日）

有敕：卿翊赞大猷，倡先多士。方慈闱之献寿，严法会以荐诚。宜有宠颁，以昭殊眷。

【译文】皇帝今有敕命：爱卿等参赞国家大事，身为百官的表率。当此太后生日之时，主持庄严的法会以表示款诚。理当有荣宠的赏赐，以表示朕对你们的特殊的关怀。

赐知枢密院事安焘已下罢散坤成节道场香酒果口宣

（元祐二年七月十一日）

有敕：卿等同竭忠嘉，助成孝治。方慈闱之献寿，严法会以荐诚。宜有宠颁，以昭殊眷。

【译文】皇帝今有敕命：爱卿等共同尽竭忠诚智虑，以促成以孝为本的治国之体。当此太后生日之时，主持庄严的法会以表示款诚。理当有荣宠的赏赐，以表示朕对你们特殊的关怀。

坤成节就驿赐于阗国进奉人御筵口宣

（元祐二年七月十一日）

有敕：汝等款塞观光，趋庭效贡。属诞弥之称庆，均燕衎以示慈。祗服宠嘉，式旌忠恪。

【译文】皇帝今有敕命：你等从远方来到京师观览盛景，到我朝廷进献贡物。当此太后诞辰之节，理当使众位同享盛宴。你可恭受朕的宠赐，朕以此来旌表你的忠诚。

赐殿前都指挥使燕达已下罢散坤成节道场香酒果口宣

（元祐二年七月十二日）

有敕：卿等同罄纯忠，力修胜果。用祈慈寿，既彻梵筵。宜有宠颁，以昭眷遇。

【译文】皇帝今有敕命：爱卿等一同尽竭纯一的忠诚，极力助成这美好的法会。以此祈求太后长寿，如今法会已圆满结束。理当有荣宠的赏赐，以表示朕对你们的恩典礼遇。

赐皇伯祖镇南军节度使开府仪同三司宗晖已下罢散坤成节道场香酒果口宣

（元祐二年七月十二日）

有敕：卿表率宗盟，助成孝治。祝延慈寿，仰扣佛乘。既毕梵筵，宜加宠赉。

【译文】皇帝今有敕命：爱卿等在宗族中做出表率，促成以孝为本的治国之体。为太后庆祝诞辰，敬仰着佛祖的威力。如今法会已圆满结束，理当对你等有所宠赐。

赐平海军节度使驸马都尉李玮已下罢散坤成节道场香酒果口宣

（元祐二年七月十二日）

有敕：卿等乃心王室，同输欲报之诚；稽首佛乘，共祝无疆之寿。既成法会，宜示宠颁。

【译文】皇帝今有敕命：爱卿等心向皇室，同心要报效自己的忠诚。向佛祖叩头礼敬，与百官一同祝愿太后健康长寿。如今法会已圆满结束，理当对你等有所宠赐。

赐皇叔扬王荆王醴泉观罢散坤成节道场香酒果口宣

（元祐二年七月十二日）

有敕：卿等德冠邦家，义兼臣子。修胜缘于西竺，祈寿嘏于南山。宜有宠颁，以成法会。

【译文】皇帝今有敕命：爱卿等德望为宗族之表，依义而言又是朕的大臣。借西天佛祖的神力修大法会，在终南山醴泉观向太后祝福健康长寿。理当有荣宠的赏赐，以助成这盛大的法会。

雄州抚问大辽使副贺坤成节口宣

（元祐二年七月十二日）

有敕：卿等抗旃修好，驰传及疆。远涉暑途，实劳骖驭。特加存抚，式示眷怀。

【译文】皇帝今有敕命：爱卿等奉命前来表示友好，车马已进入我朝疆境。还要冒着酷暑长途跋涉，委实还要受许多辛苦。今对你等特加存问，以表朕对你等的关怀。

班荆馆赐大辽贺坤成节人使回程酒果口宣

（元祐二年七月十六日）

有敕：卿等讲成聘礼，归次都门。复此少留，逝将言迈。宜颁饯翠，以宠行骖。

【译文】皇帝今有敕命：爱卿等聘问之礼已经讲完，整理归装到了城门。在此稍做停留，还有遥远的旅程。理当颁赐饯行的酒肴，使归程更增荣宠。

赐皇叔扬王颢生日礼物口宣

（元祐二年七月十九日）

有敕：卿属尊鲁、卫，德重间、平。每临载育之辰，永锡无穷之庆。宜膺宠数，以介寿祺。

【译文】皇帝今有敕命：爱卿的宗枝如同鲁国和卫国，而仁德却如同汉河间王刘德、东平宪王刘苍。每当临近你的诞辰，朕就赐予你良好的祝福。你可以接受朕的恩宠，愿你永远福寿康宁。

赐新除知枢密院安焘辞免恩命不允断来章批答口宣

（元祐二年八月五日）

有敕：卿以旧德，简在朕心。成命既孚，佥言咸穆。宜即祇受，毋烦固辞。

【译文】皇帝今有敕命：爱卿一向的仁德，都深深刻在朕的心中。你的任命既已议定，众官都感到欣悦。你应该敬听朕命，接受此职，不要再坚持推辞。

赐熙河秦凤路帅臣并沿边知州军臣寮茶银合兼传宣抚问口宣

（元祐二年八月十日）

有敕：卿等夙分边寄，深识虏情。属此盛秋，劳于警备。宜加宠赉，以示眷怀。

【译文】皇帝今有敕命：爱卿等长期地守卫边城，深深了解夏人的习性。当此大暑之时，仍辛劳地警惕防备外敌入侵。理当对你等给以赏赐，以表示朕对你们的爱护和关怀。

赐熙河秦凤路提刑转运茶银合兼传宣抚问口宣

（元祐二年八月十日）

有敕：卿持节宣风，久分忧寄。调兵足食，想极贤劳。宜有宠颁，以彰眷遇。

【译文】皇帝今有敕命：爱卿等手持朝廷使节宣教仁义之风，长期地分担朕对一方土地的忧虑。调备军需供养军队，想来十分辛勤劳苦。理当对你等给以赏赐，以表明朕对你们的爱护和关怀。

赐观文殿大学士光禄大夫知永兴军韩缜茶银合兼传宣抚问口宣

（元祐二年八月十日）

有敕：卿释政庙堂，均劳方面。兵民之重，绥御实劳。往喻至怀，仍加宠赉。

【译文】皇帝今有敕命：爱卿退出辅政大臣之位，治理一方土地的军民之政。军务民事诸事繁杂，统理管束实在辛勤劳苦。今命人前往致上朕深切的关怀，并对你等有所宠赐。

赐皇弟武成军节度使祁国公偲生日礼物口宣

（元祐二年八月十六日）

有敕：卿棣华袭庆，桐叶分封。载临震肃之辰，特致寿康之祝。其膺宠锡，以介神休。

【译文】皇帝今有敕命：爱卿以兄弟之亲上承荣庆，受到裂土之封。如今你诞辰将至，朕特地赐予祝寿的礼品。你可接受这荣宠的赏赐，永受神灵的佑助，永葆健康长寿。

赐皇叔成德荆南等军节度使守太尉开府仪同三司荆王頵生日礼物口宣

（元祐二年八月二十日）

有敕：卿以名世之杰，居叔父之亲。乃眷良辰，实钟余庆。宜膺异数之礼，永锡无疆之休。

【译文】皇帝今有敕命：爱卿以超越世人的雄才，又是我的叔父。今逢你生日良辰，实在是家聚有余庆。理当赐以超出常规的礼物，愿天神保佑你享有无疆之寿。

赐宰相吕公著乞外任不允批答口宣

（元祐二年八月二十三日）

有敕：全德之老，朕所仰成。大义未安，卿当畏去。纯忠所激，微疾自除。

【译文】皇帝今有敕命：道德淳美的元老大臣，是朕赖以治理国家的柱石。君臣之义尚且未尽，爱卿应当惧怕离开朝堂。纯一的忠诚激发之时，你这小小的疾病自然会消除。

赐宰相吕公著乞罢相位不允断来章批答口宣

（元祐二年八月二十八日）

有敕：卿之在位，为德与民。朕意不移，徒烦屡请。速起视事，毋复固辞。

【译文】皇帝今有敕命：爱卿身居宰相之位，是为了宣扬朝廷仁德，安抚君王的子民。朕的心意不会改变，你多次请求离任也是枉然。迅速前来处理政事，不要再次辞谢。

赐皇弟定武军节度使开府仪同三司咸宁郡王俣生日礼物口宣

（元祐二年八月二十八日）

有敕：眷予母弟，诞庆兹辰。载咏《斯干》之祥，宜均《既醉》之福。祇膺宠数，永锡寿祺。

【译文】皇帝今有敕命：朕友爱的同母兄弟，就诞生在这一天。既歌咏《小雅·斯干》竹苞松茂的祥和，又应该与众人均同《大雅·既醉》的赐福。你可恭受朕这荣宠的恩赏，愿神明保佑你福寿康宁。

赐太师平章军国重事文彦博辞免免入朝拜礼允批答口宣

（元祐二年八月二十八日）

有敕：卿勋德愈高，谦恭不伐。尽事君之礼，忘屈身之劳。重违嘉言，特寝前命。

【译文】皇帝今有敕命：爱卿勋业品德十分高宠，而谦虚谨慎从不居功自傲。极尽事奉君王的礼教，忘记躬自劳苦。又见你佳美的请求，特地搁置此前的诏命。

熙河兰会路赐种谊已下银合茶药及抚问犒设汉蕃将校以下口宣

（元祐元年九月十一日）

有敕：汝等受成元帅，问罪种羌。既俘凶渠，备见忠力。各加犒赐，用示眷怀。

【译文】皇帝今有敕命：你等在元帅老臣的指挥下，向西夏夷人兴兵问罪。元凶已被我军俘获，足以见你等众人的忠诚和勇武。对各位功臣犒劳赏赐，以表示对你们的爱护和关怀。

赐保静军节度使检校司空开府仪同三司建安郡王宗绰生日礼物口宣

（元祐二年九月二日）

有敕：位隆将相，德重宗藩。方秋律之既深，纪门弧之多庆。宜膺宠锡，以介寿祺。

【译文】皇帝今有敕命：你的地位已比将相还高，你的品德受到宗族的敬重。如今时令已到深秋，正遇上诞辰的喜庆之日。你可接受朕这荣宠的赏赐，祝愿你永远福寿康宁。

抚问刘舜卿兼赐银合茶药口宣

（元祐二年九月二日）

有敕：卿翰屏西服，威怀种羌。严兵盛秋，得隽戎落。特遣劳问，仍示宠颁。

【译文】皇帝今有敕命：爱卿驻守在西北边陲，以威严抚绥羌族民众。在大暑之日严阵以待，使军队士卒威猛英俊。今特派人前往慰劳存问，同时赐以佳美的茶药。

赐陕府西路转运判官孙路银合茶药口宣

（元祐二年九月五日）

有敕：汝以职事，出按边防。属此军兴，想劳心计。宜加宠锡，以示眷怀。

【译文】皇帝今有敕命：你以政绩出色，受命外出巡按边防。当此兴兵讨伐之时，想来要费尽心机，理当加以荣宠的赏赐，以表示朕对你的爱护和关心。

赐陕府西路转运司勾当公事游师雄银合茶药口宣

（元祐二年九月五日）

有敕：汝以儒臣，习知疆政。王事靡盬，周爰咨谋。宜有宠颁，以旌勤瘁。

【译文】皇帝今有敕命：你以精通儒学起家为官，又习知边防守战的策略。朝廷大事没有完结，朕还要向你咨询谋策。理当加以荣宠的赏赐，以表彰你尽心为国的勤苦。

赐泾原路经略使并守城御贼汉藩使臣已下银合茶药兼传宣抚问口宣

（元祐二年九月五日）

有敕：戎虏逆天，无故犯顺。汝等忠义所激，战守有方。掎角相望，示以形势。犬羊自遁，亭候无虞。爰念勤劳，不忘嘉叹。

【译文】皇帝今有敕命：西夏贼寇违逆天意，无故来犯我边城居民。你等受到忠义的激发，出战守城很有方略。几支部队互为犄角，把威武的阵容展示给敌人。犬羊般的强寇自行遁逃，边关城镇都安然无毁。朕感念你们的勤谨辛劳，不会忘记对你们的赞赏。

赐大辽贺正旦人使白沟驿御筵并抚问口宣

（元祐二年九月七日）

有敕：卿等远驰华节，冒履薄寒。眷言邮传之勤，少乐燕嘉之赐。往申宠问，式示眷存。

【译文】皇帝今有敕命：爱卿等手持华美的使节从远方而来，冒着微微的寒气。朕感念你们跋涉的勤苦，赐以宴席增加欢乐。今命人前往向你们致以慰问，并表示朕对你们的爱护和关怀。

赐太师文彦博乞致仕不允批答口宣

（元祐二年九月九日）

有敕：朕上承慈训，下酌民言。秉国之成，非卿莫可。来请虽切，朕意不移。

【译文】皇帝今有敕命：朕上承太皇太后严慈的的训戒，下听取百姓的批评议论。主持国政，治国有成，除了爱卿没有人能做到。请求归乡的奏章虽然十分恳切，而朕的心意不会改变。

赐太师文彦博乞致仕不允断来章批答口宣

（元祐二年九月九日）

有敕：卿望重百辟，威闻四夷。进退之间，轻重所寄。毋烦屡请，朕命不移。

【译文】皇帝今有敕命：爱卿的声望居百官之上，雄威已传到四方蛮夷之国。进身退处，关系到国家的强弱。你不必屡次请求退位，朕的诏命不会改变。

白沟驿传宣抚问大辽贺兴龙节人使及赐御筵口宣

（元祐二年九月十二日）

有敕：卿等远驰信币，来庆诞辰。念此修途，喜于入境。宜加燕劳，以示眷存。

【译文】皇帝今有敕命：爱卿等人从远方之国携带礼品，来庆贺朕的诞辰之节。朕感念你们跋涉长途，对你们已进入我朝疆境感到快慰。理当对你等设宴款待，以表示朕对你们的爱护和关怀。

沿路抚问奉安神宗御容礼仪使吕大防已下口宣

（元祐二年九月十二日）

郑州

有敕：卿等恭持使节，祇事祠宫。远涉邮途，实劳启处。特加存问，以示眷怀。

【译文】皇帝今有敕命：爱卿等恭谨地持着使节，虔敬地安置神宗神祠。长时间地长途跋涉，的确使你们起居劳苦。今特地对你等加以慰问，以表示朕对你们的爱护和关怀。

巩县

有敕：卿等出使别都，展仪原庙。冲涉微凛，勤劳远途。体此眷怀，宜加调卫。

【译文】皇帝今有敕命：爱卿等奉命出使到陪都洛阳，把神宗皇帝的御客安置于别庙之中。一路上冒着微微的寒冷，勤苦行走在漫长的路途。你们可以体知联的爱护和关怀，应对自己的身体加以调养。

西京

有敕：卿等暂去阙庭，服勤邮传。奉祠之重，率礼为劳。已事遄归，式符眷遇。

【译文】皇帝今有敕命：爱卿等暂时离开京城，忍受长途跋涉的辛苦。奉安神宗于别庙责任重大，礼仪细碎也增添劳累。待到大事告成急速回京，朕一定依礼给以关照和赏赐。

赐熙河路副总管姚兕等银合茶药口宣

（元祐二年九月十四日）

有敕：卿以武略过人，忠义思报。焚荡虏境，宣明国威。特示宠颁，以观来效。

【译文】皇帝今有敕命：爱卿以勇武和谋略超过他人，心怀忠诚德义愿报朝廷。焚烧荡平了强寇的边境，向强寇展现了大宋的声威。朕特地给以荣宠的赏赐，还要观察你未来的功绩。

抚问秦凤等路臣寮口宣

（元祐二年九月十八日）

有敕：卿等绥驭兵戎，布宣条教。眷惟忠悫，想极劬劳。属此早寒，各宜厚爱。

【译文】皇帝今有敕命：爱卿等驾驭管束军队士卒，宣扬朝廷的条法教令。朕感念你们忠诚勤苦，想见你们一定极度的疲劳。当此入冬天寒之时，望你们好生珍重。

西京会圣宫应天禅院奉安神宗御容礼毕押赐礼仪使已下御筵口宣

（元祐二年九月二十一日）

有敕：卿等既成原庙，复奠神游。乃眷元臣，往严盛礼。宜均燕衎，以示眷存。

【译文】皇帝今有敕命：爱卿等已将神宗御容妥善安置在别庙之中，还要宁神静气祭奠神灵于仙宫之中。朕感念我元老大臣，前往参加这庄严盛大的礼节。理当使有功之臣同享宴赏，以表示朕对你们的爱护和存问。

赐嗣濮王宗晖生日礼物口宣

（元祐二年九月二十二日）

有敕：流泽之深，积庆之厚。嘉此良日，笃生贤王。受兹多仪，永锡难老。

【译文】皇帝今有敕命：德泽延流之深远，祥瑞积累之深厚。就在这美好的一天，上天降生了我朝贤王。请接受朕所赐的这些礼品，愿你永远年轻不老。

赐皇弟镇宁军节度使开府仪同三司遂宁郡王佶生日礼物口宣

（元祐二年十月一日）

有敕：乃眷贤王，惟予介弟。笃生兹日，流庆方来。往致予言，以为尔寿。

【译文】皇帝今有敕命：朕与贤王互敬互爱，原本就是亲生的兄弟。上天降生你于美好的今天，祥瑞的流传就已经开始。今命人前往传达朕的祝福，以此为你庆贺寿诞。

赵州赐大辽贺兴龙节使副茶药口宣

（元祐二年十月一日）

有敕：卿等久勤轺传，远涉风埃。既渐迩于中邦，方少安于候馆。往颁珍剂，以示眷怀。

【译文】皇帝今有敕命：爱卿等车驾来时日已多，从远方跋涉历尽风霜。如今已经临近中途重镇，可在客馆之中稍事休整。今命人前往颁赐珍良的茶药，以表示朕对你们的爱护和关怀。

赐太师文彦博生日礼物口宣

（元祐二年十月五日）

有敕：卿勋在庙社，名闻华夷。允储河岳之灵，宜享乔松之寿。往颁宠数，以庆佳辰。

【译文】皇帝今有敕命：爱卿的丰功伟绩记在朝廷，威名传布于华夏四夷。堪称是山川的灵秀所凝，理当享有松柏一般的长寿。今前往赐予荣宠的礼品，用以庆贺你的诞辰。

沿路赐奉安神宗御容礼仪使吕大防押班冯宗道并使臣已下银合茶药兼传宣抚问口宣

（元祐二年十月七日）

有敕：卿等祗率官常，往严像设。属此寒凝之候，眷言往返之劳。式示宠绥，特加优锡。

【译文】皇帝今有敕命：爱卿等恭肃地率领从官，前往西京安置神宗圣像。当此寒冷之时，朕感念你们往返的劳累。依礼要给你们荣宠的慰劳，今特地加与优厚的赏赐。

接伴大辽贺兴龙节人使送伴回程与大辽贺正旦人使相逢抚问口宣

（元祐二年十月十七日）

有敕：卿等并驾使轺，远敦邻好。属风霜之凝冽，历川陆之阻修。宜示眷怀，特申问劳。

【译文】皇帝今有敕命：爱卿等同驾着使节的轺车，到远方修讲邻国的盟好。当此风寒霜冻之时，要经历山川的阻遇和路途的遥远。理当表示对你们的关照，特命人前往表示朕的慰问。

赵州赐大辽贺太皇太后正旦使副茶药口宣

（元祐二年十月十七日）

有敕：卿等远驰使传，方次州封。念此寒凝，艰于涉履。特申宠锡，以示眷存。

【译文】皇帝今有敕命：爱卿等从远方之国奉命出使，刚刚来到我边境重镇。朕感念你们冒着寒冷，艰难地长途跋涉。今特地予以赏赐，以表示朕对你们的爱护和慰问。

赵州赐大辽贺皇帝正旦使副茶药口宣

（元祐二年十月十七日）

有敕：卿等远修聘事，来会岁元。眷言夙驾之勤，宜有中途之赐。受兹珍品，喻我至怀。

【译文】皇帝今有敕命：爱卿等从远方之国前来朝聘，共庆我朝元旦佳节。朕感念你们长途奔波的勤苦，理当在行进途中有所赏赐。请你们接受这珍异的茶药，体谅朕对你们深切的关怀。

雄州抚问大辽贺兴龙节使副口宣

（元祐二年十月十七日）

有敕：卿等恭修邻好，远庆诞辰。眷惟授馆之初，益喜造朝之近。往申问劳，式示眷存。

【译文】皇帝今有敕命：爱卿等恭敬地讲叙邻邦的友好，从遥远之地来庆贺朕的诞辰。朕以为虽然刚刚为你们安排客馆，却感到你们离我朝廷已经不远。今特命人前往致以慰问，以表示朕对你们的关照。

雄州抚问大辽贺正旦使副口宣

（元祐二年十月十八日）

有敕：卿等远会春朝，笃修邻好。言念乘轺之久，欣闻入境之初。式示眷存，往申问劳。

【译文】皇帝今有敕命：爱卿等从远方来庆贺我朝春节，敬修两国的和睦友好。朕感念你们乘马驾车时日十分长久，欣喜地听说你们已经进入我朝疆境。依礼对你等表示慰问，今特命使臣前往问候你们的辛苦。

赐诸路臣寮中冬衣袄口宣

（元祐二年十月十八日）

有敕：霜露荐至，衣褐未周。念我远臣，何以卒岁？往均安燠之赐，尚体眷怀之深。

【译文】皇帝今有敕命：霜露已经降临，冬衣还没有备好。朕惦念远方的臣僚，凭什么度过漫漫寒冬？今命人前往遍赐温暖的冬衣，还要体知朕对你们深深的关怀。

赐宰相吕公著生日礼物口宣

（元祐二年十月十八日）

有敕：卿仁以庇民，忠以卫上。诞弥之日，庆慰良深。往锡宠章，以介眉寿。

【译文】皇帝今有敕命：爱卿以仁爱护养生民，以忠诚报效天子。当你诞辰之际，朕感到非常欣喜和慰藉。今命人前往赐以美好的祝愿，祝你永远福寿康宁。

冬季传宣抚问诸路沿边臣寮口宣

（元祐二年十月十八日）

有敕：卿等守御边疆，忧劳夙夜。属兹寒沍，想各康强。特示眷存，往申劳问。

【译文】皇帝今有敕命：爱卿等守卫捍御着边疆，日夜为国家的安危忧心操劳。当此严寒到来之际，想各位身体还都健康。今特地表示朕对你们的爱护和慰问，命人前往代朕酬劳。

抚问知河南府张璪知永兴军韩缜口宣

（元祐二年十月十八日）

有敕：卿辍自庙堂，出为师帅。劳于绥御，宽我顾忧。属此寒凝，勉加颐养。

【译文】皇帝今有敕命：爱卿等从辅臣之位离开朝廷，出任一路的帅臣。为绥抚百姓，御侮守边而操劳，宽解朕对一方土地的忧虑。当此严寒到来之际，望你们好生保养自己的身体。

冬季抚问陕西转运使副口宣

（元祐二年十月十八日）

有敕：卿等岁事将毕，农工既休。永言乘传之劳，未遑退食之佚。勉加辅养，尚副眷怀。

【译文】皇帝今有敕命：爱卿等一年的使事即将完毕，农民百工也已经休息。朕深深感叹你们身为使臣的劳苦，来不及安心地回家进食。望你们好生保养自身，这才不辜负朕对你们的爱护和关怀。

冬季抚问诸路沿边臣寮口宣

（元祐二年十月十八日）

有敕：卿等分忧久外，并塞早寒。眷此勤劳，形于轸念。往加劳问，式示眷存。

【译文】皇帝今有敕命：爱卿等为国分担忧虑，长久地任职于诸路州军，边塞之地，寒冷来得更早。朕感念你们的辛勤劳苦，时时把你们记挂在心中。今命人前往慰问，依礼对你们表示爱护和关心。

赐资政殿学士新差知成都府王安礼诏书银合茶药传宣抚问口宣

（元祐二年十月二十七日）

有敕：卿西南之寄，古今所难。盖自祖宗以来，式辍钧衡之旧。

与众同乐，非卿孰宜。

【译文】皇帝今有敕命：爱卿肩负西南一路的重任，古往今来官吏都以此任为最艰难。自从祖宗以来，都把担任此职做为衡量才干的标准。与一方黎民同其欢乐，不是爱卿，谁还能说更适合呢？

赐于阗国进奉人进发前一日御筵口宣

（元祐二年十月二十九日）

有敕：汝等奉琛来觐，已事言归。式嘉慕义之诚，宜有劳还之泽。往颁燕衎，祇服恩私。

【译文】皇帝今有敕命：你等带着美玉前来觐见，使命完毕请求回国。朕对你们仰慕仁义的诚心表示赞赏，理当有饯行的恩泽。今命人前往款待，望你等恭领朕的恩典。

班荆馆赐大辽贺正旦人使到阙御筵口宣

（元祐二年十一月四日）

有敕：卿等夙抗使旌，少休郊馆。乃眷川途之邈，载惟骖驭之劳。特赐燕私，以旌勤瘁。

【译文】皇帝今有敕命：爱卿等持节出使，在京郊的客馆稍事休息。朕感念你等长途跋涉，驾马乘车十分劳累。今特地设宴款待你们，以表彰你们百般的辛苦。

班荆馆赐大辽贺兴龙节人使酒果口宣

（元祐二年十一月九日）

有敕：卿等远乘使传，方造都门。属此寒凝，久于冲涉。宜膺就赐之礼，以示劳来之恩。

【译文】皇帝今有敕命：爱卿等从远方之国乘车前来，如今已到我京城门下。当此严寒之际，又经过长期顶风冒雨的旅行。理当行赏赐之礼，以表示对你们辛苦的关照。

班荆馆赐大辽贺兴龙节人使御筵口宣

（元祐二年十一月十一日）

有敕：卿等远犯苦寒，来修旧好。载喜使华之近，特申郊劳之仪。服我恩私，少留燕衎。

【译文】皇帝今有敕命：爱卿等从远方冒着严寒，前来我朝讲修传统的友好。欣闻贵使已临近京城，特地在城郊设宴款待。你等可领受朕的恩赏，在宴会上稍做等候。

相州赐大辽贺正旦人使御筵口宣

（元祐二年十一月十六日）

有敕：卿等笃修旧好，少憩近邦。属冰雪之严凝，念车徒之勤勚。往加燕劳，以示眷怀。

【译文】皇帝今有敕命：爱卿等前来敬修旧日的盟好，在京城附近的大郡稍事休息。当此冰天雪地的严寒之际，朕感念你们乘马驾车的辛苦。今特命人前往赐宴款待，以表示朕对你们的爱护和关怀。

赐皇伯祖高密郡王宗晟已下罢散兴龙节道场香酒果口宣

（元祐二年十二月一日）

有敕：卿等以义重宗藩驸马改为戚藩，志存忠爱。先期诞月，归命佛乘。逮兹法会之成，宜有匪颁之宠。宗晖以下同。

【译文】皇帝今有敕命：爱卿的德义在宗族中最高（给驸马的宣诏中，“宗藩”改为“戚藩”），心存忠诚仁爱之志。早在朕的诞辰之前就想到要以佛家之礼为朕庆贺。至今法令已经告成，理当有异常的恩宠。（赵宗晖以下的宣诰文字与此相同。）

赐知枢密院事安焘已下罢散兴龙节道场香酒果口宣

（元祐二年十二月一日）

有敕：诞弥之庆，绵宇所同。矧我臣工，方兹燕喜。宜有柔嘉之赐，以成岂弟之欢。

【译文】皇帝今有敕命：朕诞辰之节的庆贺，海内四方全部相同。何况我朝中大臣，更该与此节同喜同庆。理当有温和善美的赏赐，使君臣和乐，内心欢畅。

赐济阳郡王曹佾罢散兴龙节道场香酒果口宣

（元祐二年十二月一日）

有敕：卿义重戚藩，望隆耆德。归诚觉苑，增祝寿山。宜有宠颁，以昭厚眷。

【译文】皇帝今有敕命：爱卿的德义在外戚中最高，威望在老臣中最显著。如今诚心借佛家道场，来庆祝朕长寿绵绵。理当有荣宠的赏赐，以表示朕对你深厚的爱意。

赐殿前都指挥使燕达已下罢散兴龙节道场香酒果口宣

（元祐二年十二月一日）

有敕：卿等志在爱君，忠于卫上。属诞弥之纪庆，修净供以祈年。宜有颁宠，以旌勤意。步军副都指挥使苗授以下同。

【译文】皇帝今有敕命：爱卿等心存爱君之志，忠诚地拥戴皇帝。当此庆贺朕诞辰之时，你等以洁净的供品为朕祈求长寿。理当有荣宠的赏赐，以旌表你们殷勤的心意。（步军副都指挥使苗授以下的宣诰文字与此相同。）

赐知枢密院事安焘已下罢散兴龙节道场香酒果口宣

（元祐二年十二月一日）

有敕：弥月之祥，敷天同庆。协股肱之毕力，延释梵以祈年。申以宠颁，助其恺乐。

【译文】皇帝今有敕命：朕的诞辰之月，普天同庆。你等股肱大臣为此竭尽其力，并延请佛门为朕祈求长寿。今给与你们荣宠的赏赐，以助成盛会的祥和快乐。

赐太师文彦博已下罢散兴龙节酒果口宣

（元祐二年十二月二日）

有敕：卿等以弼亮之重，勤劳王家。因诞庆之辰，修崇法会。宜颁芳旨，以示眷存。

【译文】皇帝今有敕命：爱卿等辅臣肩负重任，为朝廷倾尽心力。当此庆贺朕诞辰之际，备办盛大的法会。理当赏赐醇美的酒肴，以表示朕对你们的爱护和关怀。

赐大辽贺兴龙节前一日内中酒果口宣

（元祐二年十二月二日）

有敕：卿等抗旌就馆，已观车骑之华；奉币造朝，复叹威仪之美。就加宠锡，式示眷勤。

【译文】皇帝今有敕命：爱卿等持节住进客馆，已见到了你们车马的豪华；奉上礼品入朝拜见，又感叹你们仪容的佳美。今加给你们荣宠的赏赐，以表示朕对你们勤苦的存问。

赐大辽贺兴龙节十日内中酒果口宣

（元祐二年十二月二日）

有敕：卿等奉币讲欢，造廷称寿。嘉礼仪之闲习，宜宠锡之便蕃。受此珍甘，以旌眷遇。

【译文】皇帝今有敕命：爱卿等献纳礼品来讲盟好，进入朝堂为天子祝寿。朕感叹你们对礼仪的谙熟，理当对你等有荣宠的赏赐。你等可接受这珍奇甘美的酒果，以显扬朕对你们的关怀和宠遇。

赐大辽贺兴龙节朝辞讫归驿御筵口宣

（元祐二年十二月二日）

有敕：卿等使事既终，陛辞而复。少休宾馆，将整归骖。特示至怀，更颁嘉燕。

【译文】皇帝今有敕命：爱卿等使命已经完成，入朝辞行准备回国。在客馆中稍做休息，整顿回程的车马。今特地表示朕对你们深深的关怀，再次以丰盛的宴席为你们饯行。

卷五十七　口宣

赐大辽贺兴龙节人使瀛洲回程御筵口宣

（元祐二年十二月二日）

有敕：卿等已修旧好，复改北辕。虽候馆之少休，眷归途之尚邈。往颁燕俎，以示至怀。

【译文】皇帝今有敕命：爱卿等已经完成了互通旧日盟好的使命，要重新返回你们的国家。虽然在客馆中稍事休息，朕仍感念你等路途遥遥。今命人前往设宴款待，以表示朕对你们深切的关怀。

相州赐大辽贺兴龙节使副御筵口宣

（元祐二年十二月四日）

有敕：卿等犯寒远道，弭节近邦。少休夙驾之劳，式示加笾之惠。服我宠数，以增使华。

【译文】皇帝今有敕命：爱卿等冒着严寒长途跋涉，如今已经来到京城附近的相州。你等在此暂时休息，以解除长期奔波的劳累，朕给予你们宴请的恩惠。你等可接受我的恩宠，使你们的使命增重光华。

相州赐大辽贺兴龙节使副却回御筵口宣

（元祐二年十二月四日）

有敕：卿等聘事告成，还车言迈。改辕北道，弥节近邦。眷言行役之劳，宜有燕私之宠。

【译文】皇帝今有敕命：爱卿等聘问之事已经完成，驾车回本国的路途还十分遥远。向北驱驰，来到京城附近的相州。朕悯念你们奔波的劳累，理当为你等设宴款待。

赐大辽贺兴龙节人使射弓例物口宣

（元祐二年十二月六日）

有敕：卿等怀四方之志，挟五善之能。终日射侯，于是观礼。宜申宠锡，以佐宾欢。

【译文】皇帝今有敕命：爱卿等胸怀四方的大志，身兼骑射等多种技能。终日射靶，可从中观看异国的射礼。理当给予荣宠的赏赐，使宾客为此更加欢愉。

班荆馆赐大辽贺兴龙节人使回程御筵口宣

（元祐二年十二月六日）

有敕：卿等已事言旋，改辕兹始。冒寒远涉，轸念良深。少憩近郊，复陈燕豆。

【译文】皇帝今有敕命：爱卿等聘问之事已经完毕打算回国，从这里便掉头向北。冒着严寒长途跋涉，朕对你们的感念十分浓厚。望你们在京城近郊稍做停留，朕再次设宴款待你们。

赐诸路臣寮春季银鞋兼抚问口宣

（元祐二年十二月八日）

有敕：卿等各竭乃心，久劳于外。属此寒凝之候，永惟绥驭之勤。式示眷存，往加劳问。

【译文】皇帝今有敕命：爱卿等自尽心力，长期繁劳于朝廷之外。当此严寒之时，更要精心地安抚驾驭吏民。朕为表示对你等的爱护和慰问，特命人前往问候你们。

抚问知大名府冯京口宣

有敕：卿以元老，卧护北门。宽我顾忧，想劳绥御。属兹寒冱，益务保颐。

【译文】皇帝今有敕命：爱卿以元老大臣的身份，高卧守护着京城北方的重镇。你宽解了朕对一方人民的忧虑，想来安抚管束民众使你颇费心神。当此严寒之时，望你务必保养自身。

赐大辽贺兴龙节人使朝辞归驿酒果口宣

（元祐二年十二月八日）

有敕：卿等已事言旋，指期夙驾。岁寒远道，良用轸怀。宜有宠颁，以旌勤瘁。

【译文】皇帝今有敕命：爱卿等聘问之事已经完毕打算回国，出发的行期已经定下。时当严寒路途遥远，朕对你们深深地牵挂。理当有荣宠的赏赐，以表彰你们为国尽瘁。

赐大辽贺兴龙节人使班荆馆却回酒果口宣

（元祐二年十二月十日）

有敕：卿等聘事已成，征骖言迈。往践于馆，以华其归。仍有宠颁，示昭厚眷。

【译文】皇帝今有敕命：爱卿等聘问之事已经完毕，回国的路途还十分遥远。朕命人前往班荆馆问候，使你们能载誉而归。另有荣宠的赏赐，以表示朕对你们的厚爱。

班荆馆赐大辽贺正旦人使到阙酒果口宣

（元祐二年十二月十日）

有敕：卿等远修邻好，来会岁元。久涉道途，少休郊馆。宜颁芳旨，以劳骖騑。

【译文】皇帝今有敕命：爱卿等从远方之国来叙邻邦之好，并同庆我朝的新春佳节。你等在路途上跋涉已久，如今在郊处客馆稍事休息。理当赐予芳香的酒果，以慰问你们车马之劳。

就驿赐大辽贺兴龙节人使宴口宣

（元祐二年十二月十一日）

有敕：佳辰纪庆，聘事告成。申敕臣邻，往就舍馆。同兹衎乐，服我惠慈。

【译文】皇帝今有敕命：吉祥的日子前来庆贺，你等的使命已经完成。今命邻邦的使臣，暂歇于客馆之中。与我大臣一同宴乐，请接受朕的恩惠和仁爱。

就驿赐大辽贺兴龙节人使宴花酒果口宣

（元祐二年十二月十一日）

有敕：卿等远勤使传，来庆诞辰。临遣重臣，往颁燕俎。仍加宠锡，以示至怀。

【译文】皇帝今有敕命：爱卿等从远方之国奉命出使，来庆贺朕的诞辰。朕已命我朝的重臣，前往设宴招待。另有其他的赏赐，以表示朕对你们深切的关怀。

赐大辽贺正旦使副银钞锣等口宣

（元祐二年十二月十一日）

有敕：卿等通两国之欢，不远千里。驱一乘之传，来庆三朝。宜有宠颁，以昭异眷。

【译文】皇帝今有敕命：爱卿等沟通两国间的盟好，不畏千里之遥。驱赶着一驾马车，来庆贺我朝三节。理当有荣宠的赏赐，以表示朕对你们特殊的爱意。

相州赐大辽贺正旦人使却回御筵口宣

（元祐二年十二月十四日）

有敕：卿等复理归鞍，少休辅郡。念北辕之首路，犯西陆之馀寒。往致恩勤，宜留燕衎。

【译文】皇帝今有敕命：爱卿等重新整理回程的车马，在京城北的相州稍做休息。朕感念向北的路途刚开始，还要顶着秋冬的余寒。今命人前往致上朕的慰劳，你们要稍稍停留，饮宴尽欢。

赐大辽贺正旦人使却回雄州御筵口宣

（元祐二年十二月十四日）

有敕：卿等远勤邮传，冒涉冰霜。眷言往复之劳，已次封圻之上。宜颁嘉燕，以示至怀。

【译文】爱卿等从远方之国乘车出使，冒着冰雪严寒奔波于途。朕感念你们往返的劳苦，欣闻你们已经进入我朝封疆。理当颁赐佳宴，以表示朕对你们深切的关怀。

赐大辽贺兴龙节使副钞锣等口宣

（元祐二年十二月十八日）

有敕：卿等解骖授馆，方讲于邻欢；遣使劳来，宜敦于主礼。往加优锡，以示眷怀。

【译文】皇帝今有敕命：爱卿等下马休息于客馆，正要叙讲邻邦的友好；既已经派遣使臣辛劳而至，理当尽本国主人之礼。今命人前往赐以优厚的礼物，以表示朕对你们的爱护和关怀。

赐大辽贺正旦人使生饩口宣

（元祐二年十二月二十四日）

有敕：卿等邮传远勤，舍馆既定。宜敦主礼，以犒驭徒。往锡饩牵，少纾劳瘁。

【译文】皇帝今有敕命：爱卿等乘车出使，路远辛劳，如今客馆已经安排停当。理当尽本国主人之礼，犒赏你们鞍马劳顿。今命人前往赐予活的牲畜，或者可以稍补你们的疲惫。

送伴正旦使副沿路与贺北朝生辰并正旦使副相逢传宣抚问口宣

（元祐二年十二月二十五日）

有敕：卿等衔命出使，徂冬涉春。适寒苦之倍常，知勤劳之加旧。勉驱邮传，来造会朝。

【译文】皇帝今有敕命：爱卿等奉命出使，历冬而至春。经历的严寒和辛苦超过往常，朕知道你们的劳累比往常更甚。望你们勤勉地再驱使车，前来参加我朝新春的盛典。

赐大辽贺正旦入贺毕使副就驿酒果口宣

（元祐二年十二月二十六日）

有敕：卿等既觐阙庭，少安馆舍。宜行庆赐，以乐春朝。往致甘芳，式华觞豆。

【译文】皇帝今有敕命：爱卿等已经入朝觐见，可到客馆中稍做休息。朕应当对你们有所赏赐，使你们与我朝万民同庆佳节。今命人前往赐予你等甘美芳香的酒果，使宴饮之物更加丰盛。

赐大辽贺正旦入贺毕使副就驿御筵口宣

（元祐二年十二月二十六日）

有敕：卿等远抗使旃，来陈庆币。眷东风之协应，喜上日之同欢。宜就驿亭，往颁燕豆。

【译文】皇帝今有敕命：爱卿等持节远来，献上庆贺新春佳节的礼物。朕期盼东风来临，为你们即将与我朝万民同庆春节而感到欢乐。理当在驿亭客馆中，赐你们丰盛的宴席。

赐大辽贺正旦使副前一日内中酒果口宣

（元祐二年十二月二十七日）

有敕：方兴嗣岁，既饯馀寒。喜邻好之笃修，念使华之少驻。式颁珍异，以示眷怀。

【译文】皇帝今有敕命：新的一年即将来到，今日的宴饮就要送走残冬。朕对邻邦盟好增强巩固深感高兴，希望尊敬的使臣稍做停留。朕赐予你等珍异的酒果，以表示对你等的爱护和关怀。

赐大辽贺正旦却回班荆馆御筵口宣

（元祐二年十二月二十七日）

有敕：卿等聘事既成，归途方启。言念改辕之始，少留帐饮之欢。往推恩勤，下及徒驭。

【译文】皇帝今有敕命：爱卿等使命已经完成，即将启程回国。在这出行的地方稍做停留，以尽饮宴之欢。今命人前往慰问你们的勤苦，下及驾车的驭手和随从。

赐大辽贺正旦朝辞讫归驿御筵口宣

（元祐二年十二月二十七日）

有敕：卿等寓馆久勤，趋庭告去。不假壶觞之乐，曷为徒驭之华。服我恩私，少留宴衎。

【译文】皇帝今有敕命：爱卿等在馆舍中已经久住，如今来到朝廷请求回国。此时若不尽兴饮宴欢乐，怎么能增添使节的尊宠？你等可接受朕的恩典，稍做停留，尽欢之后再上征程。

赐大辽贺正旦朝辞讫归驿御筵酒果口宣

（元祐二年十二月二十八日）

有敕：卿等聘事告成，归车夙驾。属此寒凝之末，眷言往返之勤。锡此珍芳，以将宠遇。

【译文】皇帝今有敕命：爱卿等聘问的使命已经完成，又要踏上漫长的征途。当此寒冬的尾声，朕感念你等来往的勤苦。今赐予你们珍异芳香的酒果，使你们把朕的恩遇带回去。

赐大辽贺兴龙节人使雄州回程御筵口宣

（元祐二年十二月二十八日）

有敕：卿等聘事既成，归途尚邈。属此冰霜之候，眷言来往之勤。宜锡燕私，少纾形役。

【译文】皇帝今有敕命：爱卿等聘问的使命已经完成，回国的路还十分遥远。当此冰寒霜冷的节令，朕感念你等来往的勤苦。理当设宴款待你们，或可对你们的归途稍有补益。

赐大辽贺正旦使副春幡胜口宣

（元祐二年十二月二十九日）

有敕：剪刻之工，风俗惟旧。眷皇华之在馆，属春阳之肇新。宜有分颁，以增贲饰。

【译文】皇帝今有敕命：剪贴刻画的工艺，在民间传流已久。邻邦的使臣在客馆休息，正是在新春将临之际。理当对你等有所赏赐，以增添古雅的装饰。

赐大辽贺正旦使副射弓例物口宣

（元祐二年十二月二十九日）

有敕：卿等出游禁御，观艺射侯。弓矢既均，礼仪卒度。宜加宠锡，以侑燕欢。

【译文】皇帝今有敕命：爱卿等到皇家花园观览游玩，众官将观看精彩的射技。弓箭已经摆放整齐，射礼也已经具备。理当加以荣宠的赏赐，以助你等宴饮之乐。

瀛洲赐大辽贺正旦人使回程御筵口宣

（元祐三年正月五日）

有敕：卿等来修旧好，远冒初寒。涉历冬春，服勤邮传。示颁嘉燕，以答久劳。

【译文】爱卿等前来讲修传统的友好，从远方冒着风寒来到我朝。出使尚在隆冬如今已是初春，长期地乘坐传车在路上奔波。朕赐嘉宴款待你们，以慰问你们长期的辛苦。

赐宰相吕公著上第二表乞致仕不允批答口宣

（元祐三年三月二十九日）

有敕：朕以冲眇，垂拱仰成。卿以耉老，图任共政。无故而去，于义未安。

【译文】皇帝今有敕命：朕以无能之资，继承祖宗开创的王业。爱卿以元老大臣，参与谋划国家大政。如今毫无缘故地请求退休，恐怕不合于君臣大义。

赐宰相吕公著乞致仕不允断来章批答口宣

（元祐三年四月一日）

有敕：卿望重缙绅，义均休戚。如左右手，可须臾离。虽屡形于恳词，必难移于朕意。

【译文】皇帝今有敕命：爱卿的威望为百官之首，应当与朕同忧同喜。就如同朕的左右手，怎能有一刻与朕分离？你虽然多次上奏请求退处，也难以改变朕的心意。

阁门赐新除守司空同平章军国事吕公著诰口宣

（元祐三年四月七日）

有敕：卿正位三公，具瞻多士。式资坐论，以副仰成。体朕眷怀，服此明命。

【译文】皇帝今有敕命：爱卿位居三公之职，是内外百官瞻仰的表率。你还要与朕坐在一起议论国政，以辅佐朕把国家治好。望你体谅朕对你的爱护和关怀，接受朕的诏命。

阁门赐新除宰相吕大防范纯仁诰口宣

（元祐三年四月七日）

有敕：朕稽参众庶，登用俊良。并建宰司，同升揆路。祇承明命，仰副眷怀。

【译文】皇帝今有敕命：朕考察百官，选择俊杰贤良之士。设置宰相二司，使他们一同参理大政。你可恭听朕的诏命，不要辜负朕对你的信赖和关怀。

赐新除尚书左仆射吕大防尚书右仆射范纯仁辞免恩命不允批答口宣

（元祐三年四月十一日）

有敕：卿望重缙绅，才兼文武。弼亮之选，中外同然。毋或固辞，以称朕意。

【译文】皇帝今有敕命：爱卿的威望为百官之首，精通文韬武略。对宰辅的选用，不论在中朝还是外路，标准是相同的。你不要再次推辞，以此使朕满意。

赐吕公著辞恩命上第二表不允断来章批答口宣

（元祐三年四月十三日）

有敕：卿以全德，式符具瞻。宜与师臣，共为民表。钦承明命，伫听嘉谟。

【译文】皇帝今有敕命：爱卿以淳美的品德，成为百官瞻仰的表率。朕愿与师老之臣，一道治理万民百姓。你要恭听朕的诏命，朕要听取你出色的议论。

赐范纯仁吕大防辞恩命上第二表不允断来章批答口宣

（元祐三年四月十三日）

有敕：卿以宏材，久与大政。擢升宰辅，实慰具瞻。宜速拜嘉，毋烦谦避。

【译文】皇帝今有敕命：爱卿等以超人的材干，长期参与朝政决策。今提拔你为宰相重臣，才能满足众人的瞻仰。你应当迅速接受这美好的诏命，不要再次谦逊退让。

赐新除门下侍郎孙固辞免恩命不允断来章批答口宣

（元祐三年四月十四日）

有敕：卿金华元老，西枢旧臣。与政东台，实慰舆议。祗膺成命，毋复固辞。

【译文】皇帝今有敕命：爱卿是金华殿中的元老，中书省的旧臣。如今到门下省议论国政，符合百官众臣的意愿。你要恭听朕的诏命，不要再执意推辞。

赐刘挚辞免恩命不允断来章批答口宣

（元祐三年四月十四日）

有敕：稽参众言，蔽自朕志。西台之贰，无以逾卿。亟践厥官，毋烦固避。

【译文】皇帝今有敕命：参考众官的言论，决定于朕的内心。担任中书省的副职，没有人能超过爱卿。你要迅速赴职任事，不要再次坚执退避。

赐王存辞免恩命不允断来章批答口宣

（元祐三年四月十四日）

有敕：卿纯忠许国，雅望在人。官以次升，义无足避。其承休宠，以副眷怀。

【译文】皇帝今有敕命：爱卿以纯一的忠心报效国家，在百官中享有很高的威望，如今依资历升迁官阶，这并不值得退避。你可接受朕的宠遇，不要辜负朕的关怀。

赐胡宗愈辞免恩命不允断来章批答口宣

（元祐三年四月十四日）

有敕：卿雅望在人，纯忠许国。既以汇进，胡为力辞？宜体至怀，即膺成命。

【译文】皇帝今有敕命：爱卿在百官中享有很高的威望，以纯一的忠心报效国家。既然是依资历升迁官阶，为什么还要极力推辞？你要体谅朕对你深切的关怀，立即接受朕的诏命。

赐赵瞻辞免恩命不允断来章批答口宣

（元祐三年四月十四日）

有敕：朝廷用人，议论先定。不次之举，非卿孰宜？亟服休恩，毋烦固避。

【译文】皇帝今有敕命：朝廷选用人才，要先合于众人的议论。不拘常格的提拔，除了爱卿还有谁能适宜？你要即刻接受朕的恩命，不要执意推辞。

赐河北西路诸军秋季银鞋兼传宣抚问臣寮将校口宣

（元祐三年四月十八日）

有敕：卿等忧寄之深，疆事靡盛。眷言劳勚，想各平宁。体我至怀，受兹时赐。

【译文】皇帝今有敕命：爱卿等分担着朕深深忧虑，边境之事没有完结。朕感念你们辛劳甘苦，想来各位还都平安康宁。望你们体谅朕对你们深切的关怀，接受这应时的赏赐。

宣诏许内翰入院口宣

（元祐三年四月十九日）

有敕：卿拔自循良，老于文学。禁林之命，儒者所荣。往祗厥司，以究所蕴。

【译文】皇帝今有敕命：爱卿从循良守臣提拔起来，精通文章之学。召入禁院，这是儒者的荣耀。你可前往学士院，把素日的蕴藏之美形之于词章。

白沟驿赐大辽贺坤成节人使御筵兼传宣抚问口宣

（元祐三年四月二十二日）

有敕：卿等远涉暑途，来陈庆币。眷言徒御，久犯风埃。往赐燕娱，少休行役。

【译文】皇帝今有敕命：爱卿等从遥远之国冒暑而来，献上祝寿的贺礼。朕感念你们驱驰辛劳，长期经受风雨尘埃。今命人前往赐宴款待，你等也可以稍事休整。

赐大辽贺坤成节人使生饩口宣

（元祐三年五月十日）

有敕：卿等肃将邻好，来庆诞辰。徒驭久劳，馆宇初定，宜颁委积，以示宠章。

【译文】皇帝今有敕命：爱卿等谨带来邻邦的友好之情，前来庆贺太后的诞辰，你们长途驱驰已十分劳苦，如今客馆已经安排停当。理当赐予丰厚的礼物，并以华美辞章向你们问候。

赐安焘乞退不允断来章批答口宣

（元祐三年六月一日）

有敕：卿以旧德，首冠西枢。雅望既隆，仰成弥重。宜安厥位，以卒辅予。

【译文】皇帝今有敕命：爱卿凭着素有的仁德，总管中书省政务。你的威望十分高崇，朕对你尤其倚重。你应该安心于本职，继续辅佐朕治理国家。

赐北京恩冀等州修河官吏及都转运使运判监丞等银合茶药并兵级等夏药特支兼传宣抚问口宣

（元祐三年六月十四日）

有敕：卿等夙夜河壖，暴露野次。属兹暑雨，深轸予怀。往示宠颁，少慰劳苦。

【译文】皇帝今有敕命：爱卿等日以继夜地巡行在河堤，风餐露宿十分辛苦。当此天热多雨的季节，朕心中十分惦念挂怀。今命人前往给以荣宠的赏赐，对你们的劳累略表安慰。

抚问保宁军节度使知大名府冯京兼赐银合茶药口宣

（元祐三年六月十四日）

有敕：河役方兴，吏民在野。暑雨之际，绥御为劳。膺此宠颁，尚加慎护。

【译文】皇帝今有敕命：治理河道的工程刚刚开始，官吏民众都露宿在野外。当此天热多雨的季节，安抚夫役之事十分辛劳。你可接受这荣宠的赏赐，还需自己多多珍重。

赐太中大夫守尚书左仆射兼门下侍郎吕大防生日礼物口宣

（元祐三年六月二十二日）

有敕：乃眷良辰，笃生元辅。岂独缙绅之望，允为河岳之英。今遣尔甥，往致朕命。受兹休宠，永介寿祺。

【译文】皇帝今有敕命：感叹这吉日良辰，上天降生了我元老宰辅。岂止是百官仰望爱戴，实乃是山川河岳凝聚的精英。现派你的外甥，前往宣读朕的诏命。你可接受这美好的宠赐，祝你永远福寿康宁。

赐皇弟山南东道节度使开府仪同三司大宁郡王佖生日礼物口宣

（元祐三年六月二十二日）

有敕：乃眷贤王，笃生兹日。本枝之庆，华萼相承。宜分厩库之良。以致乔松之寿。

【译文】皇帝今有敕命：朕深爱的贤王，就降生在此日，接续着宗枝的馀庆，我兄弟前后相承。理当分出马厩和仓库中的精品，来祝贺你松柏般的长寿。

赐大辽人使贺坤成节入见讫归驿御筵口宣

（元祐三年七月八日）

有敕：卿等初柅使车，已陈庆币。退安馆舍，往锡燕觞。式示眷怀，且旌劳勚。

【译文】皇帝今有敕命：爱卿等刚刚停下轺车，已进献了庆贺的礼物。退朝安歇在客舍之中，朕命赐宴款待。以表示朕对你等的爱护和关怀，同时旌表你们为国事不畏劳苦。

赐大辽人使贺坤成节入见讫归驿酒果口宣

（元祐三年七月八日）

有敕：卿等趋庭致命，就馆即安。少休行役之劳，宜示眷怀之异。式昭宠数，往锡甘芳。

【译文】皇帝今有救命：爱卿等上朝致上你国皇帝的言语，回到客舍中稍事休息。为使你等稍解长途奔波的劳累，朕应当示以不同寻常的关照。现给予你们荣宠的礼遇，命人前往赐以甘美香甜的酒果。

班荆馆赐大辽贺坤成节人使回程御筵口宣

（元祐三年七月八日）

有敕：卿等使事毕陈，还车载启。改辕而北，弭节少留。就锡燕嘉，式昭礼遇。

【译文】皇帝今有敕命：爱卿等使命都已完成，准备启程回国。从此就要掉头北行，请你等在客馆稍做停留。朕命人就在客馆中摆设美味佳肴，以表示对你等的恩遇。

玉津园赐大辽贺坤成节人使射弓例物口宣

（元祐三年七月九日）

有敕：卿等既陈庆币，复展射侯。岂独娱宾，亦将观德。宜有珍良之锡，以旌审固之能。

【译文】皇帝今有敕命：爱卿等已经献纳了庆贺礼品，又舒展臂膊射于园苑。岂止是为了使远方客人感到高兴，也从中观看射侯之德。理当有珍异佳美的赏赐，以旌扬你等精湛的技能。

赐殿前司罢散坤成节道场香酒果口宣

（元祐三年七月九日）

有敕：卿忠存卫上，义切戴君。爰祝寿山，克成梵供。宜加宠锡，以示眷怀。

【译文】皇帝今有敕命：爱卿等一片忠心护卫天子，深深地爱戴君王。为庆贺太后长寿，你等借佛门兴作法会。理当给予荣宠的赏赐，以表示朕对你们的爱护和关怀。

赐宗室开府仪同三司以下罢散坤成节道场香酒果口宣

（元祐三年七月九日）

有敕：卿以令德懿亲，共输诚悃。名蓝法供，虔祝寿祺。既彻净筵，宜加宠锡。

【译文】皇帝今有敕命：爱卿等是具有美德的宗亲，一同来敬献款诚的祝福。你们借佛门道场，衷心地祝愿太后长寿。如今法会已毕，理当对你们加以荣宠的赏赐。

赐马步军司罢散坤成节道场香酒果口宣

（元祐三年七月十二日）

有敕：卿等共罄臣衷，力祈慈寿。爰修法会，亦既告成。宜有宠颁，以旌诚悫。

【译文】皇帝今有敕命：爱卿等一同来敬献臣下的忠诚，衷心祈求太后长寿。你等兴作的法会也已经圆满成功。理当对你们有荣宠的赏赐，以表彰你们的虔恭。

赐知枢密院事安焘已下罢散坤成节道场香酒果口宣

（元祐三年七月十二日）

有敕：卿等忠存庙社，义笃君亲。嘉法会之有成，祝圣龄于无极。宜加宠赉，以示眷怀。

【译文】皇帝今有敕命：爱卿等一片忠心护卫朝廷，深深地爱戴君王。朕赞赏法会做得十分圆满，祝愿太后长寿无疆。理当对你们有荣宠的赏赐，以表示朕对你们的爱护和关怀。

赐皇伯祖嗣濮王宗晖已下罢散坤成节道场香酒果口宣

（元祐三年七月十二日）

有敕：卿等为国懿亲，助我孝治。祝慈闱之永寿，成法会于兹辰。宜有宠颁，以精忠悃。

【译文】皇帝今有敕命：爱卿等是朕的宗亲，帮助我实行以孝为本的统治。祝愿太后健康长寿，兴作法会于今日良辰。理当有荣宠的赏赐，以旌表你们由衷的真诚。

赐皇叔扬王醴泉观罢散坤成节道场香酒果口宣

（元祐三年七月十二日）

有敕：卿等以周邵之亲，躬任姒之眷。力祈寿嘏，祇扣佛乘。既彻净筵，宜膺宠眷。

【译文】皇帝今有敕命：爱卿等以周公、召公那样的亲属关系，怀着像对周文王母和周武王母那样的爱心，由衷地为太后祈祷长寿，恭敬地求助于佛祖的护佑。如今法会已经圆满完成，理当受到荣宠的赏赐。

赐太师文彦博已下罢散坤成节道场香酒果口宣

（元祐三年七月十二日）

有敕：元老在廷，百官承式。启法筵于梵宇，祝寿嘏于慈闱。宜有宠颁，以助燕喜。

【译文】皇帝今有敕命：元老大臣在我朝廷，百官都有榜样可遵。在佛门兴作盛大的法会，为慈祥的太后祈求长寿。理当有荣宠的赏赐，以帮助你等饮宴之欢。

相州赐大辽贺坤成节人使却回御筵口宣

（元祐三年七月十三日）

有敕：卿等远饬征骖，少休近郡。载惟勤勚，良极轸怀。往锡宴觞，以华归骑。

【译文】皇帝今有敕命：爱卿等乘马驾车来自远方，在近畿的相州稍事休息。一路上辛苦劳顿，朕为此对你们十分惦念和关怀。今命人前往赐以酒宴，使你们的归程更增华彩。

瀛洲赐大辽贺坤成节人使回程御筵口宣

（元祐三年七月十三日）

有敕：卿等远聘通欢，言归复命。改辕北道，弭节边城。宜锡燕觞，少休行役。

【译文】皇帝今有敕命：爱卿等从远方来聘互通友好，使命完成回朝复命。一路北行，已到我朝的边关重镇。理当赐以酒宴，或可使你等在劳累之间得以休息。

赐护国军节度使济阳郡王曹佾罢散坤成节道场香酒果口宣

（元祐三年七月十三日）

有敕：卿以耆德，首冠戚藩。虔祝寿祺，告成法会。宜加宠赉，以助燕私。

【译文】皇帝今有敕命：爱卿是朕的耆老旧德之臣，在外戚之中声望最高。你虔恭地为太后祝寿，使盛大的法会圆满成功。理当加以荣宠的赏赐，以助你盛会的宴请之需。

班荆馆赐大辽贺坤成节人使回程酒果口宣

（元祐三年七月十三日）

有敕：卿等致命言还，改辕伊始。暑雨方作，徒驭实劳。宜有宠颁，以昭眷遇。

【译文】皇帝今有敕命：爱卿等使命已毕准备回国，此处便是归程的起始。当此炎热的季节，驾车驱驰实在辛劳。理当有荣宠的赏赐，以表示朕对你们的关照。

就驿赐大辽国贺坤成节人使宴口宣二首

（元祐三年七月十六日）

有敕：卿等远驰使传，来会诞辰。言念勤劳，宜加旌宠。特颁燕喜，以示眷怀。

【译文】皇帝今有敕命：爱卿等乘坐轺车从远方而来，庆贺我太后的诞辰，朕感念你们的辛苦疲劳，理当加以荣宠的表彰。今特赐宴招待，以表示朕对你们的爱护和关怀。

二（元祐三年七月十六日）

有敕：卿等肃将庆币，来举寿觞。临遣辅臣，往颁燕豆。仍加宠赉，以示眷怀。

【译文】皇帝今有敕命：爱卿等恭肃地带着庆贺之礼，前来参加我太后的诞辰庆典。朕已命朝廷大臣，前往颁赐丰美的酒宴。还要加以荣宠的赏赐，以表示朕对你们的爱护和关怀。

赐新除殿前副都指挥使武泰军节度使苗授辞免恩命第二表不允批答口宣

（元祐三年七月二十日）

有敕：卿早练武经，晚著边效。进持帅节，实允佥言。矧以次迁，无烦恳避。

【译文】皇帝今有敕命：爱卿早年研读兵书，晚岁守边效忠王室。如今加官持帅臣的节钺，这实在符合众人的意愿。何况你是依资历正常迁转，不必恳求退避。

抚问秦凤路臣寮口宣

（元祐三年七月二十四日）

有敕：卿等久以选抡，出分忧寄。疆埸之重，绥御为劳。宜示眷怀，往宣指谕。

【译文】皇帝今有敕命：爱卿等很久前经过选拔，出京为朕分担忧虑。边关守卫的重任，以安抚驾御边民为最劳苦。朕理当表示对你们的关心和爱护，命人前往宣读朕的诏命。

阁门赐新除徐王诰口宣

（元祐三年八月十二日）

有敕：卿望隆尊属，德冠宗藩。改殿大邦，实谐群议；往服朕命，以为国华。

【译文】皇帝今有敕命：爱卿的威望在亲戚长辈中最高，仁德在宗族中最著。今改封你为大国之王，实在符合众人的心意。你可以前来接受朕的封赏，使你真正成为国家的精华。

赐皇叔新封徐王上第二表辞免恩命不允断来章批答口宣

（元祐三年八月十五日）

有敕：朕始升徐方，以胙叔父。庶几大彭之寿，罔愧元王之贤。毋复屡辞，亟膺成命。

【译文】皇帝今有敕命：朕刚刚用徐方大国，来封赠叔父。或许彭祖般的高寿，无愧于尊王的贤德。望你不要屡屡推辞，急速接受既成的诏命。

[**译者按**]“大彭”有双关义，彭祖为长寿的代称；徐州又称为彭城，故此处二义相叠。

赐太师文彦博乞致仕不允断来章批答口宣

（元祐三年九月五日）

有敕：耆老在位，华夷耸观。若听公归，恐失民望。朕命不再，公其少留。

【译文】皇帝今有敕命：元老大臣在宰相之位，华夏蛮夷都仰观你的威仪。如果听任爱卿离朝归乡，恐怕会使万民失其所望。朕不再有诏命回复，爱卿还是安心留在朝中。

相州赐大辽贺兴龙节使副御筵口宣

（元祐三年十一月六日）

有敕：卿等将命邻邦，服勤邮传。久薄风雾，少休车徒。宜体眷怀，式同燕衎。

【译文】皇帝今有敕命：爱卿等受命来我朝聘问，千里迢迢乘车驱驰。一路上久经风霜雾露，如今在相州稍事休息。你等应体谅朕的关怀，与我朝陪臣宴饮尽欢。

赐皇伯祖宗晟辞免起复恩命不允批答口宣

（元祐三年十一月十日）

有敕：官不可旷，礼有从权。苟爱君如爱亲，则王事为家事。勉遵旧服，少屈私诚。

【译文】皇帝今有敕命：官位不能长久无人担任，礼义有必守也有可变。如果你热爱君主如同热爱双亲，那就会把国事当做家事。望你勉励自己遵照旧礼，稍稍委屈你对私亲的孝敬。

赐皇伯祖宗晟辞免起复恩命不允断来章批答口宣

（元祐三年十一月十八日）

有敕：卿哀慕未衰，恳辞弥切。既寒暑之一变，宜忠孝之两全。勉从朕言，起服乃事。

【译文】皇帝今有敕命：爱卿哀痛追思亲人的心意没有衰减，请求尽孝的坐章十分恳切。如今寒暑已经易节，你应该做到忠孝两全。望你勉励自己听从朕的诏命，起身担任宗正之职。

赐驸马都尉李玮已下罢散兴龙节道场香酒果口宣

（元祐三年十月三十日）

有敕：震夙纪辰，迩遐同祝。乃眷戚藩之重，预修净供之严。亦既告成，宜膺宠锡。

【译文】皇帝今有敕命：朕的诞辰，普天同庆。你是外戚中的重臣，参与兴作这庄严的法会。如今盛会已圆满结束，理当受到朕荣宠的赏赐。

赐殿前副都指挥使苗授已下罢散兴龙节道场香酒果口宣

（元祐三年十一月三十日）

有敕：卿等以卫上之忠，属诞弥之庆。预严净会，以荐寿祺。及此告成，宜加宠赉。

【译文】皇帝今有敕命：爱卿等以护卫天子的忠心，赶上朕诞辰的吉庆。参与兴作这洁净的法会，为朕祈求长寿之礼。

赐权管勾马军司公事姚麟已下罢散兴龙节道场香酒果口宣

（元祐三年十一月三十日）

有敕：卿等率职周庐，归诚梵宇。共致延鸿之祝，出于忠爱之深。宜锡珍芳，以助燕衎。

【译文】皇帝今有敕命：爱卿等身为殿廷的警卫，以虔诚之心求得佛祖降福。共同致上祈求君王长寿的祝愿，完全是出于对君王深深的爱敬。理当把珍异芳香的酒果赐给你们，使你们增加饮宴的欢畅。

兴龙节尚书省赐知枢密院事安焘已下酒果口宣

（元祐三年十一月三十日）

有敕：卿等任重枢机，忠存庙社。属诞辰之荐寿，修法会以告成。锡以珍芳，助其燕喜。

【译文】皇帝今有敕命：爱卿等任职枢密院，责任重大，而志在忠于朝廷。当此朕诞辰之时为朕祈求长寿，兴作法会也已经告成。朕赐你等珍异芳香的酒果，使你们增加饮宴的欢畅。

赐大辽贺兴龙节人使生饩口宣

（元祐三年十二月一日）

有敕：卿等远持庆币，申讲邻欢。徒驭有华，舍馆方定。宜往饩牵之锡，以旌邮传之勤。

【译文】皇帝今有敕命：爱卿等从远方带来贺礼，叙讲邻邦的和睦友好。你们带着这美好的使命，在客馆之中刚刚安顿。理当前往赐予你们活的牲畜，以表彰你们一路不辞劳苦。

赐济阳郡王曹佾罢散兴龙节道场香酒果口宣

（元祐三年十二月一日）

有敕：卿宠冠戚藩，望隆旧德。将祝无疆之寿，故修最上之乘。既彻净筵，宜膺宠锡。

【译文】皇帝今有敕命：爱卿的恩宠在外戚中为最深，威望在老臣中为最高。为向君王献上万寿无疆的祝愿，所以兴作上乘的法会。如今盛会已圆满成功，你可接受我荣宠的赏赐。

赐皇伯祖嗣濮王宗晖已下罢散兴龙节道场香酒果口宣

（元祐三年十二月一日）

有敕：眷我宗英，乃心王室。修彼龙天之供，庆兹虹电之祥。宜有颁分，以成燕喜。

【译文】皇帝今有敕命：我宗室中的精英，一心敬事君王。兴作佛门龙天盛会，庆贺这吉庆之辰。理当有佳美的酒果赐给你们，使你们增加饮宴的欢畅。

赐皇叔祖同知大宗正事宗景罢散兴龙节道场香酒果口宣

（元祐三年十二月一日）

有敕：乃眷宗英，祇率藩服。庆诞辰而荐寿，修净会以告成。宜有分颁，以助燕喜。

【译文】皇帝今有敕命：我宗室中的精英，恭领宗族的子弟。庆贺朕的诞辰为朕祈求长寿，兴作庄严的法会已经告成。理当有佳美的酒果赐给你们，使你们增加饮宴的欢畅。

赐皇叔徐王罢散兴龙节道场香酒果口宣

（元祐三年十二月二日）

有敕：卿望降周、召，德迈间、平。属诞庆之纪辰，仗佛乘而荐祉。助兹宴喜，锡以柔嘉。

【译文】皇帝今有敕命：爱卿的威望不在周公、召公之下，仁德超过汉代河间献王刘德和东平宪王刘苍。当此朕的诞辰之节，你借佛祖之力为朕求福。为使你增加饮宴的欢乐，朕赐予你香甜纯美的酒果。

赐文太师已下罢散兴龙节道场香酒果口宣

（元祐三年十二月二日）

有敕：乃眷师臣，身先百辟。有严净供，祇荐万龄。宜有分颁，以助燕喜。

【译文】皇帝今有敕命：我敬重的太师老臣，为百官做出表率。敬上洁净的斋供，为朕祈求万寿无疆。理当有佳美的酒果赐给你，使你增加饮宴的欢乐。

赐枢密安焘已下罢散兴龙节道场香酒果口宣

（元祐三年十二月二日）

有敕：枢机之臣，社稷是卫。夙设人天之供，共祈箕翼之祥。宜膺宠颁，式助燕喜。

【译文】皇帝今有敕命：枢密机要的重臣，职任是卫护国家的安全。你等陈设敬佛的斋供，共同为朕祈求无疆之寿。理当对你们有荣宠的赏赐，使你们饮宴更加欢畅。

班荆馆赐大辽贺兴龙节人使到阙御筵口宣

（元祐三年十二月五日）

有敕：卿等远将邻好，至止都门。属霜雾之寒凝，念车徒之勤瘁。宜伸燕衎，以示眷怀。

【译文】皇帝今有敕命：爱卿等带来邻邦的友好，现已来到我朝京城之下。当此霜雪严寒之时，朕感念你们一路上的劳苦。理当设宴招待你们，以表示朕对你们的爱护和关怀。

赐大辽贺兴龙节人使朝辞讫就驿酒果口宣

（元祐三年十二月五日）

有敕：卿等毕事告旋，指期言迈。念征途之劳瘁，迫徂岁之冱寒。体我至怀，膺兹宠锡。

【译文】皇帝今有敕命：爱卿等完成使命准备回国，行期已经定下。朕感念你们一路上的辛苦，时日又迫近寒冷的年终。望能体谅朕对你等深切的关怀，接受这荣宠的赏赐。

赐大辽贺兴龙节人使朝辞讫归驿御筵口宣

（元祐三年十二月五日）

有敕：卿等聘事告成，陛辞言迈。念归途之云远，复宾馆之少留。体我眷怀，共兹宴喜。

【译文】皇帝今有敕命：爱卿等聘问之事已经完成，上朝辞别准备回国。朕感念你们归途遥远，请你们在客馆中稍做停留。你们可体谅朕的关照，一同参加这欢畅的宴饮。

七日赐大辽贺兴龙节人使内中酒果口宣

（元祐三年十二月五日）

有敕：卿等柅车就馆，布币造廷。既欣邻好之修，复叹使华之美。就加宠赉，式示眷存。

【译文】皇帝今有敕命：爱卿等停下车马刚刚安歇在客馆，便来到朝堂献纳礼品。朕既对两国盟好深感欢欣，更感叹使臣仪态之美。今给予你等荣宠的赏赐，以表示朕对你们的爱护和关心。

玉津园赐大辽贺兴龙节人使射弓御筵口宣

（元祐三年十二月五日）

有敕：卿等使节有华，邻欢载讲。既娱宾于灵囿，将观德于射侯。宜有宠颁，以旌命中。

【译文】皇帝今有敕命：爱卿等手持华美的节旄，前来叙讲邻邦的友好。朕既在玉津园中宴享贵宾，还要观看你们的射箭之仪。理当有荣宠的赏赐，以表彰你们命中靶的。

相州赐大辽贺正旦人使御筵口宣

（元祐三年十二月六日）

有敕：卿等春朝毕会，邻聘交驰。属徂岁之冱寒，念远勤于行李。往颁燕衎，以重使华。

【译文】皇帝今有敕命：爱卿等来我朝庆贺春节，聘问的使节来往不断，当此岁末严寒之时，朕感念你们行走的辛劳，今命人前往赐宴招待，以增重你等使命的光彩。

班荆馆赐大辽贺兴龙节人使回程御筵口宣

（元祐三年十二月六日）

有敕：卿等告辞中禁，改乘北辕。属晚岁之严凝，念征途之悠缅。往颁嘉燕，可复少留。

【译文】皇帝今有敕命：爱卿等在朝堂上告辞回国，从此改向北方驱驰。当此岁末严寒之时，朕感念你们归途遥遥。今命人前往赐宴饯行，你等可在客馆暂做停留。

十日赐大辽贺兴龙节人使内中酒果口宣

（元祐三年十二月七日）

有敕：卿等造廷称寿，率礼可观。岂惟邻好之修，亦见使华之美。宜膺宠锡，以示至恩。

【译文】皇帝今有敕命：爱卿等来到朝堂为朕祝寿，仪表礼节优雅可观。岂止是叙讲友好之情，也可见贵使臣仪态的伟美。理当对你等有所赏赐，以表示朕对你们隆厚的恩典。

班荆馆赐大辽贺兴龙节人使却回酒果口宣

（元祐三年十二月七日）

有敕：卿等改辕北路，供帐都门。风埃浩然，徒驭勤止。宜膺宠锡，以示恩华。

【译文】皇帝今有敕命：爱卿等驱车向北将踏上归程，在京城之外小饮一席。朕知道你们风尘仆仆，望你们一路上好生保养。理当对你们有荣宠的赏赐，以表示朕对你们的爱意和恩典。

瀛洲赐大辽贺兴龙节人使回程御筵口宣

（元祐三年十二月七日）

有敕：卿等回车北道，弭节边亭。使事已终，归骖少憩。往颁燕衎，益厚眷存。

【译文】皇帝今有敕命：爱卿等驱车向北，在我朝边城暂做停留。如今使命已经完成，归途中可以稍做休息。今命人前往颁赐嘉宴，再次表示朕对你们的关怀和慰问。

赐皇弟普宁郡王似生日礼物口宣

（元祐三年十二月七日）

有敕：朕之介弟，生以兹辰。眷棣萼之相辉，祝椿龄之难老。宜同庆喜，往致宠颁。

【译文】皇帝今有敕命：朕的兄弟，诞生于今日。朕为兄弟相亲而感到欣慰，祝愿弟弟长寿不老。朕愿与你一同庆贺，特命人前往给予荣宠的赏赐。

相州赐大辽贺兴龙节人使回程御筵口宣

（元祐三年十二月九日）

有敕：卿等夙驾归轩，少休旁郡。眷言劳勩，良极顾怀。往银燕嘉，以旌恩眷。

【译文】皇帝今有敕命：爱卿等乘上回国的马车，在京畿的相州稍事休息。朕感念你们勤苦备尝，对你们表示深深的关怀，今命人前往赐宴招待，以表示朕对你们的爱护和恩典。

赵州赐大辽贺正旦使副茶药口宣

（元祐三年十二月十日）

有敕：卿等远修旧好，属此冱寒。载历山川，久蒙霜露。宜有精良之赐，式彰轸念之怀。

【译文】皇帝今有敕命：爱卿等从远方之国前来讲叙传统的友好，正当这严寒之际。一路上跋山涉水，长期地经受风霜雾露。理当有精美珍良的赏赐，以表示朕对你们的挂念之心。

赵州赐大辽贺太皇太后正旦使副茶药口宣

（元祐三年十二月十日）

有敕：卿等远驰四牡，来庆三朝。属此岁寒，劳于行役。宜膺宠锡，以示眷存。

【译文】皇帝今有敕命：爱卿等从远方乘车驾马，前来庆贺我朝的元旦新春。当此严寒之时，你们在路途中艰辛跋涉理当给予荣宠的赏赐，以表示朕对你们的爱护和慰劳。

兴龙节尚书省赐宰相已下酒果口宣

（元祐三年十二月十日）

有敕：诞弥之庆，中外所同。眷我臣邻，共兹燕喜。宜加宠赉，以示眷怀。

【译文】皇帝今有敕命：朕的诞辰之节，中外共同喜庆。朕身边的群臣百官，也为此饮宴庆贺。理当给予荣宠的赏赐，以表示朕对你们的爱护和关怀。

就驿赐大辽贺兴龙节使副钞锣等口宣

（元祐三年十二月二十二日）

有敕：卿等肃将邻好，远涉寒途。眷言授馆之初，宜有劳来之礼。往加宠锡，以示眷怀。

【译文】皇帝今有敕命：爱卿恭肃地带来你国美好的致意，长途跋涉于严寒之时。朕知道你们已经在客馆中安歇下来，理当有酬劳的礼节。今命人前往给予荣宠的赏赐，以表示朕对你们的爱护和关怀。

玉津园赐大辽贺正旦人使射弓例物口宣

（元祐三年闰十二月三日）

有敕：射以娱宾，抑将观德。发而命中，曾不出正。宜旌审固之能，膺受珍良之赐。

【译文】皇帝今有敕命：射箭不仅仅用来娱乐宾朋，还可以观看射礼之德。箭一发而命中靶心，竟然一毫也没有偏斜。理当表彰你高超的技能，可接受朕这珍贵的赏赐。

抚问知大名府冯京口宣

（元祐三年闰十二月八日）

有敕：卿等夙分重寄，言念久劳。岁聿云周，王事靡祐。益加辅养，以副眷怀。

【译文】皇帝今有敕命：爱卿等镇守着一方重镇，朕感念你长久辛劳。如今一年将尽，朝廷大事并没有完结。望你继续护理调养自己的身体，这才符合朕的心意。

冬季传宣抚问河北东路沿边臣寮口宣

（元祐三年闰十二月八日）

有敕：疆埸之守，职思其忧。霜露既凝，岁聿云暮。宜加厚爱，以副眷怀。

【译文】皇帝今有敕命：镇守边关，应主要考虑外敌入侵之忧。如今正是霜冻露凝的严冬，一年即将过去。你等应当好生珍爱自己，这才符合朕对你们深切的关怀。

赐大辽贺正旦人使银钞锣唾孟子锦被等口宣

（元祐三年闰十二月十八日）

有敕：卿等远将邻好，来庆春朝。眷言跋履之勤，宜有珍华之赐。受兹异宠，体我至怀。

【译文】皇帝今有敕命：爱卿等从远方之国带来美好的致意，庆贺我国的新春佳节。朕感念你们跋涉的勤苦，理当有珍异华美的赏赐，你等可接受朕异常的宠遇，体谅朕对你们深切的关怀。

雄州抚问大辽贺正旦人使口宣

（元祐三年十二月二十五日）

有敕：卿等肃将庆币，来会春朝。远犯风埃，实劳徒驭。欣闻入境，良慰眷怀。

【译文】皇帝今有敕命：爱卿等恭肃地带上庆贺的礼品，来共庆我朝的新春佳节。你等从远方风尘仆仆而来，一路上车马劳顿可想而知。欣喜地听说你等已进入我朝疆境，这使朕感到由衷的欣慰。

赐大辽贺正旦人使正月一日就驿御筵口宣

（元祐三年闰十二月二十五日）

有敕：使华远至，春律肇新。即卿舍馆之安，昭我惠慈之眷。往陈燕豆，以乐佳辰。

【译文】皇帝今有敕命：高贵的使臣从远方到来，正当我朝辞旧迎新之时。就在使臣安歇的客馆中，来表示朕对你们衷心的慰问。今命人前往你处赐宴款待，使你们在佳节之时尽享快乐。

赐大辽贺正旦人使内中酒果口宣

（元祐三年闰十二月二十五日）

有敕：卿等瑞节华轩，来修旧好。醇醪珍实，以荐新春。膺此宠颁，体予异眷。

【译文】皇帝今有敕命：爱卿等手持华美的使节乘坐轿车，前来我朝讲叙传统的友好。朕用醇香的美酒和珍异的瓜果，赐给你们欢度新春。你等可接受这荣宠的赏赐，体谅朕对你们异常的爱意。

班荆馆赐大辽贺正旦使回程御筵口宣

（元祐三年闰十二月二十五日）

有敕：卿等使事告成，旋车言迈。方改辕于北道，暂弭节于都门。昭示眷怀，少留宴衎。

【译文】皇帝今有敕命：爱卿等使命完成，又将踏上漫漫归程。就在此处向北折行，在京城门外稍事休息。为表示朕对你们的爱护和关怀，你等稍做停留尽情欢宴。

赐于阗国进奉人使正旦就驿御筵口宣

（元祐三年闰十二月二十五日）

有敕：重译远来，观光戾止。属人正之改律，乐天叙之发春。宜示宠休，式同燕喜。

【译文】皇帝今有敕命：你等从极远之国来到我朝，观览我华夏的雄伟壮美。在这辞旧迎新之时，举国上下都为新春将至而欢欣鼓舞。朕理当给予荣宠的赏赐，让你们与我朝人民一同欢庆。

雄州赐大辽贺正旦人使回程御筵兼传宣抚问口宣

（元祐三年闰十二月二十五日）

有敕：卿等已事告归，梶车少憩。眷言长道，远犯馀寒。宜锡燕喜，以旌劳勚。

【译文】皇帝今有敕命：爱卿等使命完成返回本国，长途颠簸后稍事休息。朕感念你们长久行于途中，冒着尚未消退的严寒。理当设宴赏赐，以表彰你们的辛劳。

瀛洲赐大辽贺正旦人使回程御筵口宣

（元祐三年闰十二月二十九日）

有敕：卿等已聘言还，犯寒远迈。方脂车于北道，复弭节于边城。宜锡宴嘉，以旌劳勚。

【译文】皇帝今有敕命：爱卿等聘问的使命已经完成返回本国，冒着严寒长途跋涉。刚刚为车子加油踏上北归之路，如今已到我朝边城稍事休息。理当赐予丰美的宴席，以表彰你们的辛勤劳苦。

班荆馆赐大辽贺正旦人使却回酒果口宣

（元祐四年正月一日）

有敕：卿等还璋言迈，弭节少留。念鞭辔之方勤，涉冰霜之馀凛。宜陈燕俎，以宠归轩。

【译文】皇帝今有敕命：爱卿等聘问已毕将要北归，在京外稍做停留。朕想到你等一旦挥鞭上路，就要长期经受冰霜的侵袭。理当陈设丰美的宴席，使你等的归程更加荣耀。

正月六日朝辞讫就驿赐大辽贺正旦人使御筵口宣

（元祐四年正月一日）

有敕：卿等使事告成，陛辞言迈。命近臣之往劳，庶远道之少留。体我眷怀，共兹宴衎。

【译文】皇帝今有敕命：爱卿等使命已经完成，上殿告辞准备归国。朕已命大臣前往馆舍中慰劳存问，望你们在上路之前稍做停留。你等可体谅朕的爱护和关怀，与我朝大臣共享宴饮之欢。

抚问鄜延路臣寮口宣

（元祐四年正月八日）

有敕：卿等分寄边陲，辑宁吏士。眷言勤勚，良极轸怀。往致朕言，各宜尚慎。

【译文】皇帝今有敕命：爱卿等守在边关为朕分忧，安抚劝励将士吏民。朕感念你们的勤苦劳累，对称们十分惦念关怀。今命人前往宣读朕意，望你们各自继续谨慎守职。

抚问鄜延路臣寮口宣

（元祐四年六月十一日下院）

有敕：卿等各膺器使，祗服边陲。眷兹靖安，时乃忠力。特加劳问，以示顾怀。

【译文】皇帝今有敕命：爱卿等各自接受王命，在边关恭肃地勤守职事。朕深知边关的宁静，都是因为你们忠心报国，贡献了自己的力量。今特向你们致以慰问，以表示朕对你们的爱护和关怀。

赐右正议大夫守尚书左仆射吕大防生日礼物口宣

（元祐四年六月十一日下院）

有敕：惟兹觳旦，生我元臣。爰分服食之良，往助闺门之喜。式为尔寿，宜识朕心。

【译文】皇帝今有敕命：就在这美好的一天，上天降生了我元老大臣。朕分出御用的精美之物，前来庆贺你一家的喜庆。以此祝愿你健康长寿，你应该体谅朕的心意。

赐皇叔徐王颢生日礼物口宣

（元祐四年六月二十一日）

有敕：乃眷贤王，实为社稷之卫；载临诞日，永集邦家之休。临遣使车，往致眉寿。

【译文】皇帝今有敕命：我爱敬的贤王，原本是国家的忠臣；今逢你诞辰之喜，这本是我家的吉庆。朕已命使臣备好车马，前往为你祝福长寿。

就驿赐大辽贺坤成节人使银钞锣等口宣

（元祐四年六月二十三日下院）

有敕：卿等远勤使节，展庆诞辰。畏暑长途，方即安于舍馆；精金良币，宜往致于恩私。

【译文】皇帝今有敕命：爱卿等手持使节从远方而来，共同庆贺太后的诞辰。漫漫路途历尽炎暑，刚刚安歇在客馆；今命人携带精美的礼物，致上朕对你们的恩典。

赐皇弟大宁郡王佖生日礼物口宣

（元祐四年六月二十五日下院）

有敕：桑蓬示喜，复临载育之辰；金币展亲，往致友于之爱。膺予宠赉，俾尔寿昌。

【译文】皇帝今有敕命：桑弧蓬矢预示了喜庆，又到了诞辰之日；厚礼送给亲兄弟，朕命人致以手足间的亲情。你可接受朕荣宠的赏赐，祝你永远福寿康宁。

班荆馆赐大辽贺坤成节国信使副到阙酒果口宣

（元祐四年七月四日下院）

有敕：卿等抗旃远道，解鞅近郊。念馆舍之未安，宜骖騑之少憩。式颁芳旨，以示眷怀。

【译文】皇帝今有敕命：爱卿等手持使节远道而来，在京城郊外停下传车。朕感念你等还没有安顿于客馆，理当停车驻马稍事休息。今赐以甘美的酒果，以表示朕对你等的爱护和关怀。

赐马步军太尉姚麟已下罢散坤成节道场香酒果口宣

（元祐四年七月四日下院）

有敕：卿等诞辰祗庆，法会告成。嘉与函生，同跻寿域。往颁芳旨，以劳忠勤。

【译文】皇帝今有敕命：爱卿等恭庆太后的诞辰，盛大的法会已经告成。朕感念你们为人祈福的美好心意，愿你们也都健康长寿。今命人前往赐予甘美的酒果，以答谢你们的忠诚殷勤。

赐大辽坤成节使副生饩口宣

（元祐四年七月七日下院）

有敕：卿等抗旃暑路，弭节驿亭。眷惟行李之勤，往致珍鲜之馈。膺兹宠数，明我眷怀。

【译文】皇帝今有敕命：爱卿等手持使节在酷暑中赶路，在驿站中稍事休息。朕感念你们一路辛苦，前往赐予新鲜美味的牲畜。你等可接受朕荣宠的赏赐，深知朕对你们的爱护和关怀。

雄州白沟驿赐大辽贺坤成节人使却回御筵兼传宣抚问口宣

（元祐四年七月七日下院）

有敕：卿等飞盖西风，改辕北道。喜山川之渐近，忘徒御之久劳。往致眷怀，少留燕衎。

【译文】皇帝今有敕命：爱卿等旋转了方向，掉转车辕一路北归。朕为你等返国的路程即将走完而感到欣慰，你等也可以忘却长期奔波的劳累。今命人前往表示朕对你们的爱意，可稍做停留饮宴尽欢。

玉津园赐大辽贺坤成节人使射弓例物口宣

（元祐四年七月八日下院）

有敕：卿等圭璋致命，既已讲欢。弓矢娱宾，亦将观德。宜有珍华之赐，以旌审固之能。

【译文】皇帝今有敕命：爱卿等前来致上美好的祝福，也已经重叙了两国的欢好。射箭不仅仅用来娱乐嘉宾，同时也可观览其中之德。理当有珍奇华美的赏赐，以表彰你等高超的技艺。

赐殿前都指挥使以下罢散坤成节道场香酒果口宣

（元祐四年七月九日下院）

有敕：诞弥之庆，海宇攸同。嘉将帅之协恭，设人天之妙果。宜均宠锡，以示褒优。

【译文】皇帝今有敕命：太后诞辰之喜，四海之内一同欢庆。朕赞叹将帅们尽心于此事，供设了敬神祈福的珍异果品，理当给予荣宠的赏赐，以表示朕对你们的褒奖。

赐皇伯祖高密郡王宗晟以下罢散坤成节道场香酒果口宣

（元祐四年七月九日下院）

有敕：眷我宗英，志存忠报。修等慈之妙供，祝难老之昌期。

嘉此精诚，均其庆赐。

【译文】皇帝今有敕命：我敬重的宗室精英，一片忠心报效朝廷。像为母亲祝寿一样献上珍奇的供果，祝愿太后长寿不老。朕赞赏你的精忠赤诚，也有丰厚的礼品赏赐给你。

赐同知枢密院事韩忠彦已下罢散坤成节道场香酒果口宣

（元祐四年七月九日下院）

有敕：嘉我枢臣，义均一体。修兹净供，庆续千龄。不有宠颁，曷旌忠报。

【译文】皇帝今有敕命：朕赞赏我朝枢要重臣，当此太后诞辰之时以大义为本。献上这洁净的供品，来祝福太后的长寿。如果没有荣宠的赏赐，朕用什么来表彰你们的忠诚？

相州赐大辽贺坤成节人使却回御筵口宣

（元祐四年七月九日下院）

有敕：邻好既成，使华有耀。眷邦畿之渐远，念邮传之方勤。服我恩私，少留燕喜。

【译文】皇帝今有敕命：两国的盟好既已修讲，尊贵的使节更加荣耀。朕感念你们离我京城渐渐远去，想到一路迢迢还要长期辛苦。你等可接受朕的恩赏，在彼地稍稍停留，畅饮再行。

赐大辽国贺坤成节使副时花酒果口宣

（元祐四年七月十日下院）

有敕：邻欢既展，宾馆归休。宜命盏斝之醇，复致瓜华之侑。少将至意，其服茂恩。

【译文】皇帝今有敕命：两国的盟好既已延续，使臣们可回到宾馆稍事休息。赐以美酒佳肴，再赐以瓜果为佐酒之物。以表示朕对你们深切的爱意，你等可接受朕的洪恩。

赐平海军节度使驸马都尉李玮已下罢散坤成节道场香酒果口宣

（元祐四年七月十日下院）

有敕：卿等义重戚藩，志同忠报。属诞辰之均庆，嘉法会之告成。宜示褒优，特加宠赉。

【译文】皇帝今有敕命：爱卿等德义在外戚中最重，一心要报效自己的忠心。当此太后诞辰的吉日，朕赞叹盛大法会的告成。理当表示朕的褒奖，故此给予荣宠的赏赐。

坤成节尚书省赐宰臣已下御筵酒果口宣

（元祐四年七月十一日下院）

有敕：忠存柱石，诚贯人天。共欣诞日之临，既毕祇园之会。宜颁芳旨，以助燕私。

【译文】皇帝今有敕命：你等柱石重臣一片忠心，至诚贯通天人之间。如今在太后诞辰之日共同庆贺，盛大的法命已圆满告成。理当赐予甘美的酒果，使你们的宴饮更加欢快。

坤成节赐同知枢密院事韩忠彦已下尚书省御筵酒果口宣

（元祐四年七月十二日下院）

有敕：修佛胜因，祈天永命。既肃成于梵供，益表见于忠诚。宜有宠颁，以同燕喜。

【译文】皇帝今有敕命：敬事佛祖，为太后祈求长寿。你等恭敬地作成法会，朕更见到了你们的忠诚。理当有荣宠的赏赐，使你们与朕共尽宴乐之欢。

赐徐王罢散坤成节道场香酒果口宣

（元祐四年七月十二日下院）

有敕：卿亲贤莫二，忠孝实兼。馔蒲塞于祇园，荐椿龄于崇庆。喜成法会，宜有宠颁。

【译文】皇帝今有敕命：爱卿在宗族中最为贤良，既忠且孝。向佛祖献上洁净的供品，在这大庆之日为太后祈求长生。朕对法会圆满告成深表赞赏，理当给予荣宠的赏赐。

赐大辽贺坤成节人使朝辞讫归驿御筵口宣

（元祐四年七月十二日下院）

有敕：卿等已聘告归，少休就馆。即颁燕俎，临遣辅臣。式示异恩，以荣回驭。

【译文】皇帝今有敕命：爱卿等聘事已毕请求回国，在客馆中稍事休息。朕命人就往客馆中赐宴款待，已经派遣了我辅相前往共饮。以表示朕对你们异常的恩典，使你们的归程更加荣耀。

班荆馆赐大辽贺坤成节人使回程御筵口宣

（元祐四年七月十二日下院）

有敕：卿等方事回辕，聊兹弭盖。念征途之尚永，加秋暑之未衰。往锡燕嘉，少休徒驭。

【译文】皇帝今有敕命：爱卿等使命已毕回车向北，如今在郊外暂时休息。朕想见你们的回程漫漫，加之初秋的暑热还没有消退。今命人前往赐宴款待，你们可稍做停留尽欢再行。

赐宰相吕大防已下罢散坤成节道场香酒果口宣

（元祐四年七月十二日下院）

有敕：卿等竭诚卫上，体国均休。恪修西竺之仪，仰献南山之祝。宜膺宠锡，以示褒优。

【译文】皇帝今有敕命：爱卿等竭诚地忠于主上，与朝廷休戚与共。恭谨地敬事西方佛祖，向太后献上寿比南山的祝福。理当有荣宠的赏赐，以表示朕对你们的嘉奖和褒扬。

赐大辽贺坤成节使副内中酒果口宣

（元祐四年七月十二日下院）

有敕：卿等来陈庆币，克讲邻欢。载嘉远聘之勤，宜示宠绥之意。颁兹芳旨，服我恩私。

【译文】皇帝今有敕命：爱卿等前来献上贺礼，叙讲邻国的和睦友好。朕感念你们千里而来的辛劳，理当表示宠爱和慰问。特颁布诚挚的圣旨，接受朕的恩赏。

赐大辽贺坤成节人使朝辞讫归驿酒果口宣

（元祐四年七月十二日下院）

有敕：卿等远敦使事，率礼无违。既上谒辞，言还有日。宜加颁锡，益示宠荣。

【译文】皇帝今有敕命：爱卿等从远方之国出使前来，一切遵礼毫无违失。上殿致上了你皇的心意，并告知不日即将回国。理当给你们酒果之赐，再次表示朕对你们的宠爱之意。

坤成节就驿赐阿里骨进奉人使御筵口宣

（元祐四年七月十四日下院）

有敕：汝等来修贡篚，适遘诞辰。宜均庆赐之恩，共乐亨嘉之会。往颁燕俎，咸极欢心。

【译文】皇帝今有敕命：你等前来进献丰厚的礼品，正逢我太后的诞辰。理当给予你赏赐之恩，与我朝官民共庆这吉日良辰。今命人前往赐宴款待，你等可尽兴畅饮。

瀛洲赐大辽贺坤成节人使回程御筵口宣

（元祐四年七月十四日下院）

有敕：鞭辔既劳，封疆渐迩。虽勤归念，少憩暑途。服我恩私，式同燕喜。

【译文】皇帝今有敕命：你等鞍马劳顿，距两国边境已经很近。虽然归心迫切，这炎热之际也需要在途中休息。你等可接受朕的恩赏，与我朝官员共饮尽欢。

坤成节就驿赐于阗国进奉人使御筵口宣

（元祐四年七月十四日下院）

有敕：汝等奉琛远至，授馆少留。适遘诞辰，宜均庆泽。钦承恩渥，共乐燕私。

【译文】皇帝今有敕命：你等从极远之地奉上珍宝，可以在客馆中稍做停留。当此太后诞辰之日，理当广泛地布以德泽。你等可恭受朕的恩赐，与我朝大臣共饮尽欢。

班荆馆赐大辽贺坤成节人使回程酒果口宣

（元祐四年七月十七日下院）

有敕：卿等奉璋来聘，弭节言还。眷此暑途，少留归驭。往颁燕俎，式示恩私。

【译文】皇帝今有敕命：爱卿等带着珍美的礼品前来朝聘，如今使命完成就要告归。朕感念当此炎热之时路途遥远，可在客馆中暂做停留。朕命人前往赐宴款待，以表示朕对你们的恩赏。

赐新除守司空同平章军国事
吕公著辞免不允批答口宣

有敕：朕图任元老，以表四方。以卿望在士民，心存社稷。勉膺异数，式副佥言。

【译文】皇帝今有敕命：朕重用元老大臣，以他来作为四方官吏的表率。爱卿的威望存留在士民心中，自己内心想着朝廷。望你接受这异常的恩宠，以此来告慰众人的期盼。

赐皇弟普宁郡王似生日礼物口宣

有敕：岁将更端，月亦既望。实以兹日，笃生贤王。宜厚宠颁，以介多福。

【译文】皇帝今有敕命：一年将尽，腊月也已到了十六。就在这美好的一天，上天降生了我朝贤王。理当给予丰厚的赏赐，祝你福寿绵长。

卷五十八　内制批答　表本　国书

赐正议大夫同知枢密院事安焘乞外郡不许批答二首

（元祐元年十月八日）

览表具之：卿以应务之才，居本兵之地。绥静中外，人无间言。何疑上章，欲求去位。未喻厥意，闻之怃然。夫荣亲莫大于功名，养志不专于甘旨。而况魏阙之下，父母之邦。退食问安，孰便于此？勉循其旧，以卒辅予。

【译文】你的奏章朕已看过，答复如下：爱卿凭着应付急务的高才，官居掌管军事的大位。安抚内乱抵御外寇，人们从没有对你有过微词。为什么内心自疑，上表请求离开官位？朕不知你心中做何考虑。只是听到此请心中迷惑。为双亲争得荣耀没有比求取功名更重要的了，蓄养志节未必仅限于奉养父母。何况殿庭之下，就是你父母所居之处。职事之余向他们问候安好，还有比这更方便的吗？望你自勉安于旧职，辅佐朕躬有始有终。

二

（元祐元年十月八日）

省表具之：夫事亲者，不择地而安之，孝之至也。而况艰难之际，一日万几。冰渊之惧，当务同济。卿练达兵要，灼知边情。寄托之深，义难引去。亟求自便，朕何赖焉。

【译文】你的奏章朕已看过，答复如下：事奉双亲，不选择在什么地方随遇而安，这才是最大的孝顺。何况如今正当朝廷艰难，日理万机。朕如临深渊，如履薄冰般地惊惧，爱卿一定要与朕同舟共济。爱卿熟知用兵之道，对边关军情了如指掌。朕对你十分倚重，以君臣大义你不该告老卸任。如今你急于请求退步抽身，朕还能倚仗谁呢？

赐新除中大夫守尚书右丞刘挚辞恩命不许断来章批答二首

（元祐元年十一月）

览表具之：道有行藏，时有用舍。岁不我与，难以智求。道之将行，岂容力避。大言大利，固当安而受之；小行小廉，非所望于卿者。成命不再，可无复辞。

【译文】你的奏章朕已看过，答复如下：君子之道有出仕退居，时运机遇有得以任用也有不得任用。时光逝去不会再来，这不是用智谋能够挽回的。如今大道即将推行，朕怎能听从你极力地退避？重要的议论会获得重大的报偿，爱卿理所当然受之无愧；细节上的廉洁和微小的谏议，这并不是朕对你的期盼。即成的诏命不再更变，爱卿不必再次推辞。

二

（元祐元年十一月）

省表具之：政如农耕，以既获为能事；言如药石，以愈疾为成功。若耕不获，疾不愈，朕何望焉？所以用卿者，非以富贵卿也。勉卒成业，何以辞为？

【译文】你的奏章朕已看过，答复如下：为政如同农夫耕耘，以得到收获为能干；言论如同药物针石，以治好疾病为成功。如果种地没有收成，治病不能令病人痊愈，朕对你还期盼些什么呢？之所以重用爱卿，并不仅仅是使爱卿荣华富贵。望你自励自勉成就大业，为什么一定要推辞呢？

赐太师文彦博乞致仕不许批答二首

（元祐二年三月二十九日）

卿出入四世，师表万民。无羡于功名，而有厌于富贵。其所以忘身徇国，舍逸就劳者，岂有求而然哉？凡以先帝之恩，生民之故也。卿之在朝，如玉在山，如珠在渊。光景不陈，而草木自遂。去就之际，损益非轻。昔西伯善养老，而太公自至；鲁穆公无人子思之侧，而长者去之。卿自为谋则善矣，独不为朝廷惜乎？药饵有间，时游庙堂。家居之乐，何以异此？

【译文】爱卿出将入相已历四朝帝王，堪称为万民的表率。不汲汲于功名，把富贵看得如同草芥。你之所以忘我地为国操劳，抛弃安闲而身任劳苦，不就是有所追求并希望自己的追求变成现实吗？这一切都来自先皇帝的恩德和万民的拥戴。爱卿在朝堂之上，就如同美玉藏于高山，如同宝珠沉在深渊。虽然不求烨烨生辉，而草木畅茂。你在朝还是离朝，对朕的影响至关重大。当年周文王爱养老臣，而姜太公送上门来；鲁穆公没有敬爱老者之心，德高的老臣就离他而去。爱卿为自己考虑得并不错，而你就不为朝廷感到惋惜吗？不时地进些药物，不时地上朝议事。居家养老的欢乐，和这样的安排有多少不同？

二

（元祐二年三月二十六日）

朕修身以承六圣，虚己以听四辅。而法度未定，阴阳未和。民未乐生，吏未称职。中夜以思，方食而叹。虽不敢以事诿元老，实望其以身率百官。卿犹未即于安，孰敢不尽其力。此圣母冲人之本意，而天下有识之所望也。昔唐太宗以干戈之事，尚能起李靖于既老；而穆宗、文宗以燕安之际，不能用裴度于未病。治乱之效，于斯可见。朕意如此，卿其少安。

【译文】朕修养自身继承六代祖宗，虚怀若谷遵从着辅臣的意愿。然而如今朝廷法令还没有完善，阴阳之间还没有调和。百姓还不能安居乐业，官吏还不能各称其职。深夜想到这些，进食时也常感叹。虽然不敢把繁杂的政务推给元老大臣，内心里却指望你们以表率之身督责百官。如果爱卿这样的老臣还未敢安心养老，那么百官哪一个敢不尽心为公。这是慈圣的母后心中的本意，也是天下有识之士所期望着到的。当年唐太宗由于战事未宁，还能起用衰老的李靖；而穆宗、文宗时天下无事，竟不能在裴度身体康健时重用他。天下大治还是大乱怎么形成，从这两例就分明可见了。朕的心意就是这样，爱卿还是暂安于位。

赐宰相吕公著乞退不许批答

（元祐二年三月二十九日）

卿才全而德备，积厚而施博。明亮笃诚，坐屈群策。既以天下公议而用于此矣，岂以卿之私意而听其去哉？水旱之灾，不德所召。

卿当助我，求所以消复之道，不当求去我也。《诗》不云乎：“大夫君子，昭假无赢。大命近止，无弃尔成。”勉思厥职，以答民望。

【译文】爱卿德才兼备，厚积薄发。光明磊落忠厚笃诚，侃侃陈词驳斥众人的议论。如今依天下人的公论而任用爱卿为相，朕怎能按爱卿自己的意愿而听任你离朝而去？水灾旱灾，这是仁德欠缺所致。爱卿应当帮助朕，寻求如何消灾复旧的方法，而不该请求离朕而去。《诗经》不是这样说吗：“大夫君子，祷告可能没有用处。然而重大的使命既已在身，还不能放弃你们的虔诚。”望你自励自勉，多考虑自己的职事，以答谢万民的厚望。

赐宰相吕公著乞退不允批答

（元祐二年三月二十九日）

用贤之功，必要之久远。日计不足，岁计有馀。朕之用卿，期于百姓之既富；卿之自信，亦岂一日而成功？常旸之灾，天以警朕。夙夜祇惧，与卿同之。朕若归过于股肱，何以答天戒；卿若释政而安逸，何以塞民言。各思其忧，少安厥位。

【译文】任用贤人取得功业，一定要把目标定得远些。每天的收益虽然微不足道，而一年的收益就会十分丰富。朕重用爱卿，期望是使百姓普遍富足；以爱卿自己的信心，难道敢说一天就能成功吗？长期的干旱之灾，是上天对朕的警告。朕昼夜敬畏恐惧，和爱卿是同样的心情。朕如果把责任都推到宰臣身上，拿什么来回答上天的告诫？爱卿如果抛开国政而寻求安逸，拿什么来堵塞百姓的议论？你应该和朕各自考虑自己的职责，暂时安于宰相之位。

赐尚书左丞李清臣乞退不允批答二首

（元祐二年四月十八日）

卿以方闻之举，擢自厚陵。禁林之选，用于神考。逮受顾命，弼予冲人。义既同于戚休，身岂轻于出处？遽欲引去，闻之恻然。姑安厥常，以助予治。

【译文】爱卿以博学多闻的雅望，受到仁宗皇帝的提拔。选任禁卫殿廷的要职，是神宗皇帝对你的重用。接受神宗的遗诏，受命辅佐朕这个幼童。君臣间的恩义已经是休戚与共，你这样的老臣还能轻易要求退处？如今突然要告老归乡，朕听到后心中十分感伤。望你暂且安于本职，以帮助朕治好国家。

二

（元祐二年四月十八日）

祥除之初，念我圣祖。所与共政，不忘旧人。而卿博学多闻，通练古今。小心畏慎，不见过失。力求引去，为之惘然。勉留辅予，益祗厥服。

【译文】朕服丧之初，怀念圣明的先皇。朕与你等共同治理朝政，不会忘记前朝的老臣。爱卿博学多闻，通晓于古今之变。处事小心行为谨慎，从未见有些少疏失。如今极力请求归老还乡，朕实在不知你究竟何意。望你留在朝中辅佐朕躬，更加勤勉自己的职事。

赐文武百寮文彦博以下上第一表请皇帝御正殿复常膳不允批答

（元祐二年四月二十二日）

朕即位二年，水旱继作。致灾之故，实惟冲人。既延及于无辜，复贻忧于父母。是以坐不安席，食不甘味。实欲深念厥咎，岂徒见之空言？而雨不崇朝，农犹告病。欲徇来请，惕然未宁。其一乃心，勉正厥事。毋重朕之不德，以答天之深戒。

【译文】朕即位两年以来，水灾旱灾相继发生。造成这些灾害的根源，都是朕一人之过。灾伤延及到无辜的百姓，同时也给父母带来忧愁。因此朕坐不能安于席，进食也尝不出味道。真心地想反省自身的过错，岂止是说几句空话而已？然而雨水虽来却时间短暂，农田仍旧解不了旱情。想要听众爱卿等人的劝慰，只是心中怵惕不得安宁。望你等协力齐心，共同改变当前的状况。不要使朕重新陷入无德的境地，以回报上天深深的警告。

赐文武百寮文彦博以下上第一表请太皇太后复常膳不许批答

（元祐二年四月二十二日）

旱暵之罚，自冬及夏。天之降灾，如此其久。则夫致灾之道，岂一日而然哉？虽力行罪己之文，尚恐非应天之实。而卿等以肤寸之泽，遽欲即安，览之惕然，未敢自赦。其交修不逮，务尽厥诚。期兹岁于有秋，虽复常其未晚。

【译文】干旱的惩罚，从冬天一直持续到夏季。上天降下灾害，竟然如此长久。这样看来，灾害的形成，难道是一天之内的事吗？朕虽然已经痛切地书写了自担罪过的文字，还恐怕不能得到天帝的宽赦。而爱卿等人以朕有一点点德泽，就想让朕安心于优裕，朕看了表奏后心中不能轻松，不敢擅自宽恕自己。只怕仁德不能满足上天之愿，故而定要竭尽虔诚。等到秋后有了收成，再恢复正常饮食也不为晚。

赐文武百寮文彦博以下上第五表请皇帝御正殿复常膳允批答

（元祐二年五月二十九日）

朕以寡昧，膺受多福。常欲损上益下，畏天之威。矧兹旱灾，咎在不德。而卿等以雨泽既至，封章屡上，勉从其意，甚愧于中。夫天之有风雨雷霆，犹朕之有号令赏罚。朕不修明其事，何以责应于天？永思其终，无忘纳诲。

【译文】朕以寡德蒙昧之身，承受了帝王的基业。心中常想要减损自身而有益于下民，因为敬畏上天的威罚。何况如今遭受旱灾，罪过就在于没有常听百官的劝谏。而爱卿等认为雨已降下，章奏多次呈上，今朕勉强依从你们的意愿，不过内心仍十分惭愧。上天有风雨雷霆，如同朕有号令和赏罚。朕不能使政治清明，以什么回报上天？朕愿以德始以德终，不能忘记听取群臣的教诲。

赐文武百寮文彦博以下上第五表请太皇太后复常膳允批答

（元祐二年五月二十九日）

德积无素，民罹其灾。精诚莫通，祷不时应。虽蒙膏泽之报，仅救焦枯之馀。勉徇来章，犹虞后患。其谨视盗贼，勤恤流亡。益务交修，以裨不逮。

【译文】如果平日不积累仁德，百姓就会遭受灾害。精诚之心若不能达于天，祈祷也不能得到回应。如今虽然得到了雨水的回报，但仅能挽救尚未枯死的禾苗。今勉强依从你们的奏请，还怕有遗留之患。望百官严密地督捕盗贼，勤勉地安抚流民。你等一定要多献良策，以补朕的不敏。

赐文武百寮太师文彦博以下上第一表请举乐不许批答二首

（元祐二年六月一日）

先王之礼乐，因情而立文；君子之哀乐，自中而形外。夫有莫大之戚，则有无穷之悲。先皇帝天覆四方，子养万物。至今穷发之表，尚馀流涕之民。而况宫庭之间，母子之爱，粗毕三年之制，遂讲八音之和。所未忍闻，非不欲作。卿等谨于率礼，笃于爱君，徒欲亟举旧章，顾未深明吾意。三复太息，难于黾从。

【译文】先王所制的礼乐，是根据人情而定立的文字，君子的悲哀欢乐，都是发自内心而形于外表。心中极大的忧戚，脸上就会有无尽的悲愁。先皇帝以仁德覆盖四方，像爱养儿子般爱护生灵。至今极远的边陲之地，还有为先帝归天痛哭的人民。更何况在宫庭之内，母子这样的亲情，刚刚服完三年之孝，紧接着就奏起音乐，朕实在不忍心听到音乐，而不是不想奏乐。爱卿等在礼法上十分谙熟，又有一片忠君的诚心，只是想尽快恢复旧制，却没有深深明了朕的心意。朕久久长叹，难以顺从。

二

（元祐二年六月一日）

礼之至者无文，哀之深者无节。故禫而不乐，古人非以求名；琴不成声，君子以为知礼。朕以宗庙之重，勉蹈先帝之馀。履其位惕然而自惊，用其物潸焉而出涕。未报昊天罔极之德，常怀终身不忘之忧，欲从众言，亟举备乐。而金石丝竹，乃凄耳之声；干戚羽旄，皆泫目之具。哀既未泯，乐何从生？再阅来章，徒增感慕。

【译文】真正纯一的礼不是用文字记载的，真正深切的悲哀就没有人为规定的节制。所以二十七个月的孝服满后不能立即奏乐，古人并不是以此而求名；琴曲纷乱不成调，君子才认为这就是纯一的礼。朕以国家大业为重，勉励自己继承先皇的馀烈。身在其位时时怵惕提醒自己不能放纵，用着先帝的旧物止不住要潸然流泪。还没有报答他无边的仁德，故而时常怀有终身不能淡忘的忧惧。朕也想听从众位的奏请，恢复朝廷之乐。然而钟磬萧琴，发出的是凄凉之音；戈矛剑盾，都是催人泪下的乐具。朕心中的悲哀没有消失，欢乐从何而起？反复阅读你等的奏章，朕心中对你们倍觉感激。

赐文武百寮太师文彦博以下上第二表请举乐不许批答二首

（元祐二年六月四日）

遏密之制，虽尽于三年；追怀之私，岂论于徙月？金石在御，恻然未宁。吾不以一身之忧，废天下之乐。今施之郊庙，用之军旅。州闾之会，弦歌相闻。独尽馀哀，止于中禁。以为于义未害，是故行之不疑。

【译文】守丧的制度，虽然规定三年孝满；然而追想怀念先人的心情，难道是按日期论定的吗？钟磬奏响在身边，心中凄恻不能安宁。朕不想由于一人的悲哀，而尽废天下的乐舞。如今宗庙中可以举乐，军队中也可以举乐。州县大会，管弦丝竹，众人都可以纵情歌舞。朕自己为先人尽哀，所以宫庭中不能奏乐。朕认为这样的做法无伤大义，所以照此实行坚定不移。

二

（元祐二年六月四日）

朕少遭闵凶，仅毕祥禫。虽俯就企及，非以过制为贤；而创巨痛深，不能以礼自克。观过其党，圣人许之。《礼》曰：“丧三年以为极亡，则弗之忘矣。”诚重违国老之忠告，姑欲尽人子之至情。

【译文】朕少年时即遭丧母的凶事，如今刚刚服丧期满。虽然可以依从众位的奏请，并不一定要以超过孝期不奏乐为贤；然而朕的创伤十分深重，不能够按礼法来约束内心。考察某人的错误，就知道他属于某一种人，这也是圣人说过的话。《礼记》说："服丧三年就认为可以把先人遗忘干净，但怎么能够忘记他呢？"朕只能违拗元老大臣的忠诚相告，暂且还要尽人子深深的哀情。

赐太师文彦博等请太皇太后受册第二表不许批答

（元祐二年六月四日）

吾闻圣人以天下为忧，未闻以位号为乐也。损己裕物，畏天检身。此吾平日之本心，非独遇灾而一发也。孔子曰："以约失之者，鲜矣。"卿等以是辅我，顾不美哉？

【译文】我听说圣人把天下的忧患当做自己的忧患，没听说把名位当做欢乐的依据。减约自己以利万民，敬畏天帝约束自身，这是我平素一贯的心意，并不是遇到灾害才偶尔想起。孔子说："以约束自己而有所失的人，太少了。"爱卿等用这样的道理来辅佐我，岂不更美？

赐文武百寮太师文彦博以下上第四表请举乐不许批答二首

（元祐二年六月九日）

吾之本性，以清净寂寞为乐。虽在平日，无游观声技之念。矧艰难之后，哀疚之馀，中夜以兴，方食而叹。将不堪其忧者，岂有意于乐哉？虽欲勉从，未能自克。忠告屡却，愧叹兼深。

【译文】朕的本性，就是以清静寂寞为快乐。就是在平常时节，也从没有游猎观览沉迷歌舞的欲望。何况在国家刚刚度过艰难之后，守孝尽哀刚刚期满之时。深夜里时常不能成寐，临到进食会长长叹息。内心的忧虑已使朕难以承受，怎么会对音乐感兴趣呢？即使勉强听从各位的奏请，也不可能钟情于此。爱卿等人由衷的奏告朕已多次回绝，这只能使朕惭愧哀叹之情更深。

二

（元祐二年六月九日）

钟鼓以导和，羽籥以饰喜。譬之饮食之节，适于口体之宜。今衰麻之除，莫敢逾制；而琴瑟之御，则有未安。卿等忠诚确然。开喻至矣。惟反求诸心而弗得，故欲行其言而未能。推之人情，当识朕意。

【译文】钟鼓引导人心神平和，羽毛和舞增添人的喜悦。这也如同饮食一样，以适合口味为得宜。如今朕虽然已经除孝，仍不敢逾越礼制；倘若琴瑟响在耳边，那么心中就无法安宁。爱卿等忠诚恳切，对朕的开导可谓至深。如今求之于内心而不愿，君臣想各行其志又不能。望众爱卿以人之常情推而论之，应当理解朕的心意。

赐太师文彦博等上第三表请太皇太后受册许批答

（元祐二年六月九日）

吾上顺帝则，下酌民言。处以无心，期以寡过。卿等以为协气既应，群谋佥同。若固违典礼之常，恐莫慰天人之望。遇灾而惧，昔者非以为谦。闻义则迁，吾亦岂敢自必？勉从故事，以副嘉言。

【译文】朕上要顺从先帝定下的准则，下要倾听民众的议论。不以自己的好恶治理国家，只是希望能少犯过错。爱卿等认为天人之气已经通畅，众人的议论不谋而同。如果坚执不遵从传统的礼制，只怕不能告慰天人的期盼。遇到天灾心中惊惧，往古并不以此为谦虚。闻听大义就改正失当之处，朕又怎敢刚愎自用？今勉强遵从礼制的规定，以合于你们嘉善的奏请。

赐新除中大夫守尚书右丞王存辞免恩命不允断来章批答二首

（元祐二年六月十二日）

士有品目，定于佥言。置之庙堂，蔽自朕志。岂有佥言既穆，朕志不移，而用过谦之词，反已成之命。亟服乃事，宜无复云。

【译文】士大夫有品有阶，要取决于众人的意志。把你安置在朝堂之上，这是朕自己的决定。哪有众人一致认同，朕的决定也不会动摇，而你却用过于谦逊的词语，要改变既成诏命的道理呢？你要迅速上任问事，不该再次辞谢。

二

（元祐二年六月十二日）

为国不患于无人，有人而不用之为患；事君非难于辞宠，居宠而无愧之为难。吾之用卿，计已审矣。卿之自信，又何疑哉？

【译文】治理国家不怕暂时没有合适的人才，有了人才不能任用才是真正的隐患；事奉君王辞谢恩宠并不难，受到恩宠而问心无愧才是真正的难事。我重用爱卿，主意已经打定。爱卿如果相信自己的才干，又有什么可疑惧的呢？

赐新除知枢密院安焘辞免恩命不许断来章批答二首

（元祐二年六月二十四日）

览表具之：论材考德，圣人所以公天下；难进易退，君子所以善一身。权之以义，孰为轻重。训兵论将，威怀戎狄。卿以是事上，岂不贤于逡巡退避也哉。所请宜不允，仍断来章。

【译文】你的奏章朕已看过，答复如下：评论一个人的才能，考察他的品德，这是圣人之所以能使天下士子心服口服的根本；以进取为难而轻易退身，这是君子用来独善其身的手段。如果以君臣大义来权衡，谁轻谁重？训练士卒，以雄威震慑蛮夷之邦，爱卿以此来事奉君主，难道不比抽身退处更贤良吗？你的奏请朕不能应允，且不准再次上奏。

二

（元祐二年六月二十四日）

览表具之：德称其服，臣主俱荣；食浮于人，上下交病。朕之为天下虑，甚于卿之自为谋也。思而后行，有出无反。成命不再，卿毋复辞。所乞宜不允，仍断来章。

【译文】你的奏章朕已看过，答复如下：品德能无愧于所任的职事，臣下和君王都感到荣耀。俸禄超过了他的才干，君王和臣下都不自安。朕为天下而忧虑，比爱卿为自己的谋划更深远。想好了再行动，那就只有出去而没有返回。既成的诏命不会再变，爱卿不要屡屡推辞。你的奏请朕不能应允，且不准再次上奏。

赐新除检校太尉守司空依前开府仪同三司致仕韩绛辞免恩命不允批答二首

（元祐二年七月七日）

国家尊异耆老，砥砺廉隅。凡致为臣，必厚其礼。而况卿出入四世，师表万民。身任安危，位兼将相。永惟三宗眷遇之重，宜极一品褒崇之荣。成命既孚，佥言惟允。宜从中外之望，罔徇谦冲之私。

【译文】国家尊崇元老大臣，是要让他们磨砺百官的品行。凡是要任命辅相，一定要使礼仪隆重。何况爱卿在四代先帝朝中任职，堪称万民的表率。一身关系着国家的安危，职位兼有文相武将。正因为前三朝先帝对你十分宠爱，理当得到一品高官的荣崇圣命已经下达，你的谦逊也是值得赞赏的。你应当顺从朝廷内外士民的期望，不要一味谦逊来保持自己的名声。

二

（元祐二年七月七日）

朕惟耇老成人，虽或谢事。耄期称道，终不忘君。其在丘园，岂殊廊庙？嘉猷入告，卿其不易此心；大事就访，朕亦敢忘斯义？命秩之数，典册之文，不如此无以慰朕心而答民望。国有常典，卿毋复辞。

【译文】朕认为老成持重的宰相重臣，虽然已经离任养老。而年迈之人以道为先，始终不忘记国家的君王。身处在乡野田园，与在朝有什么不同？精辟的议论呈入朝廷，爱卿没有忘记忧劳国事；有大事就要向你咨询，朕又怎敢忘掉君臣大义？官秩的任命，诏册的文书，没有这些，就无以慰解朕的内心及答谢万民的厚望。国家有既定的法典，爱卿不必再推辞。

赐太师文彦博辞免不拜恩命许批答二首

（元祐二年八月二十七日）

卿义重股肱，慰隆堂陛。陛廉远则堂皇峻，股肱逸而元首安。故出异恩，特镌苛礼。而卿深执恭巽，力守典刑。确然自陈，义不可夺。勉从其意，愧叹于中。

【译文】爱卿是朕的股肱重臣，是满朝文臣尊崇的表率。老臣在朝则朝廷就隆盛威壮，股肱重臣得到安逸君王才能安心。因此特颁异常的恩典，仅更改一点苛细的礼仪。然而爱卿恭谨如旧，极力恪守礼法制度。恳切地请求仍行跪礼，其义不可动摇。朕姑且顺从你的意愿，心中为此深深赞叹。

二

（元祐二年八月二十七日）

朕优礼师傅，达德齿之尊。以亟拜为可略，古之道也。卿谨严朝廷，明君臣之分，以不拜为未安，礼之节也。道并行而不悖，义有重而难移。勉循所陈，不忘嘉叹。

【译文】朕对太师太傅给予优厚的礼遇，以表示对德高望重者的尊崇。跪拜之礼可以权宜变更，这在古代已有先例。爱卿欲使朝廷尊卑谨肃，明确君主臣下的名分，把不向天子跪拜看做失礼，这是你恪守礼节。二道并行互不妨碍，而君臣之义为重不便改移。朕勉强听从你的奏请，不能忘记对此举的叹赏。

赐宰相吕公著乞罢相位不许断来章批答二首

（元祐二年八月二十七日）

孔子曰："苟有用我者，期月而已可也，三年有成。"夫以圣人，犹待三年而后成功，况其下者？今卿助我为治，自以为既成矣乎，其未也？譬如玉人雕琢玉，中道而易之，岂复成器哉！

【译文】孔子说："如果有人任用我主持国事，一年就差不多，三年便会大有成绩。"以圣人的才力，还要等三年之后才能成功，何况是在他之下的人呢？今爱卿帮助我治理国家，自认为是已经有成了呢，还是尚未成功？这就好比玉匠雕琢玉石，如果中途停顿下来，难道还能成为精美的玉器吗？

二

（元祐二年八月二十七日）

古者君臣之间，率常千载一遇。今圣母在位，正身虚己，仰成辅弼。虽疏远小臣，犹欲毕命自效，而卿乃以小疾求去，纵无意于功名，独不惜此时乎？勉卒乃事，使百姓富足，四夷乂安。然后谢事归老，岂不臣主俱荣哉！

【译文】古代国君和臣下之间，经常是千年才能圣贤相遇。如今慈圣的母后在位，端正自身，虚心而治，仰赖着辅佐大臣治国有成。虽然是那些关系疏远的小臣，还要舍身忘劳地报效朝廷，而爱卿竟因身有小病请求离去，就算爱卿不看重功名利禄，难道就不珍惜这难得的机遇吗？望你勉励自己尽职尽责，使万民百姓富裕起来，使四方蛮夷安心臣服。然后再辞官养老，岂不是君臣都荣耀吗？

赐宰相吕公著乞罢相位除一外任不许批答二首

（元祐二年八月二十八日）

夫以才御物，才有尽而物无穷；以道应物，道无穷而物有尽。凡今之患，所乏非才。以卿笃于爱君，必能建长久之策；澹然无我，可以寄枉直之权。二年于兹，百度惟正。事既就绪，民亦小康。至于微疾之屡攻，此亦高年之常理。卿其良食自辅，为国少安。譬如止水之在架，岂复劳心于鉴物。心且不劳，而况于力乎？

【译文】以才干治事，才力有耗尽之时而事情却不会完结；以圣道顺应时事，大道没有穷尽而万事总有了结。今天的大患，朝廷缺乏的并不是人才。以爱卿这样忠君爱君，必然能制定长治久安的良策；朕虚怀若谷，可以把处治国政的大权交付给你。爱卿在相位仅仅两年，朝廷纲纪已经端肃。大政基本上已经定下，百姓也渐渐进入小康。至于说小病缠绕你的身体，这对于年迈老人是寻常的事。爱卿要好生调养，增加饮食，为国家大计，暂安于本职。这就像静水盛在盘中，难道还需要操劳心机去鉴别万物吗？心尚且不必忧劳，何况是气力呢？

二

（元祐二年八月二十九日）

朕以天下之大，知为君之难。有朽索驭六马之忧，有抱火措积薪之惧。正赖多士，协于一心。朝夕以思，弥缝其阙。凡今中外执事膂力之毕陈，视吾一二老臣进退以为节。卿若无事而引去，人将相顾以自疑。而况边鄙未宁，兵民多故。而予左右之老，先自求于便安。则夫疏远之臣，何以责其尽瘁。勉辅不逮，期于有成。

【译文】朕认为天下如此广大，才知道当国君的艰难。有用腐朽的缰绳驾驭六匹骏马般的忧虑，有抱着火把去整理薪柴的惊惧。正要仰赖百官，同心协力。朕昼夜思索，要弥补政治的缺失。当今朝廷外路各级官员是否能为国尽力，都要看我一两位元老大臣的进身退处。爱卿如果毫无理由就告老求归，百官都要互相瞻望心生疑虑。何况如今边疆还不安宁，军队和百姓常生变故。而我左右的老臣，却首先请求安养。这样一来，那些与朕关系疏远的士臣，又怎能督责他们鞠躬尽瘁呢。望你尽力辅佐朕，朕期待着你取得更大的成就。

赐宰相吕公著辞免不拜恩命允批答二首

（元祐二年九月一日）

卿执德惟一，守礼不回。不以坐论为安，而以拜上为泰。使朕不尽养老之意，而卿得畏威之道。勉从其志，嘉叹不忘。

【译文】爱卿的品德终始如一，恪守礼义绝不改变。对于坐论国事感到不安，而一定要拜过皇帝才能处之泰然。这样朕就无法表达爱养老臣的心意，而爱卿却遵奉了君臣上下的道义。现勉强依你所请，朕不会忘记对你的叹赏。

二

（元祐二年九月一日）

君之视臣，譬之手足。方责其大，不强所难。而卿深执谦恭，力求避免。深惟孔子事君尽礼之义，曲从其请，以儆惰偷。

【译文】国君看待臣下，就如同对待自己的手足。要让他们做更多的事，但并不能强求他们做那些无法做到的事。爱卿执意持谦恭之礼，极力请求避免猜嫌。深得孔子事奉君主尽臣下之礼的大义，现就依你所请，以劝勉那些懒惰的官吏。

赐太师文彦博上第一表乞致仕不允批答二首

（元祐二年九月八日）

省表具之：卿之求去盖数矣，言不为不切，而朕终莫之从；朕之留卿亦至矣，礼不为不尽，而卿终莫之亮。君臣之际，情不相喻，朕甚疑之。夫乐丘园而厌轩冕，亦古人之一节，而非圣贤之高致；尊耆老以重朝廷，盖天下之大计，而非冲人之私欲。与其使朕屈共议以从卿，曷若卿少贬其私意以徇天下乎？

【译文】你的奏章朕已看过，答复如下：爱卿请求离任归老已经多次，言词不能算不恳切，而朕并没有听从；朕对爱卿的挽留之情也可以说十分恳切了，从礼节上说也不能算没有尽礼，而爱卿始终没有体谅朕的心意，君主臣下两情不通，朕心中甚是疑惑。喜好乡野田园的闲适而厌弃高官厚爵，这也是古人所守的一种节操，但不是圣贤的气度；尊重老臣使朝廷有威严，这是治理天下的需要，并不是我个人的私欲。与其让朕违拗众人的意愿而顺从你，哪如爱卿稍稍克制自己的私情而顺从天下人的心愿呢？

二

（元祐二年九月八日）

览表具之：卿之所以欲去者二：疲于朝会，劳于应物，一也；功成身退，欲享其乐，二也。而吾之所以必留者三：卿以英杰之资，开物成务，世不可阙，一也；弼亮四朝，更涉变故，谋无遗策，二也；名冠天下，进退之间，为国休戚，三也。吾方尽养老之道，隆礼以优贤，庙堂之上，犹有足乐。则夫卿之欲去者可回，而吾之必留者，盖不可易也。

【译文】你的奏章朕已看过，答复如下：爱卿之所以想离官归养的原因有两个：一是对频频上朝感到疲倦，对处理繁杂事物感到劳累；二是功名已就退步抽身，想安享人生之乐。而朕之所以坚执挽留爱卿的原因有三个：爱卿以英雄俊杰的资质，廓清万物，使天下士民各得其所，国家不能缺少你这样的人物，这是其一；爱卿辅佐了四代君王，经历了无数变故，而谋划从没有失策，这是其二；爱卿的名声传遍天下，你的进用和退处，关系到国家的兴衰忧喜，这是其三。朕如今正尽心爱养元老大臣，用隆重的礼仪来优礼贤臣，朝堂之内，也有足以使人欢乐的事。这样说来，爱卿原本想要离去的想法可以改变一下，而朕一定要挽留你，这是不能改变的。

赐太师文彦博乞致仕不许断来章批答二首

（元祐二年九月十一日）

览表具之：为君难，为臣不易。非吾推诚无疑，不能起卿于安佚；非卿忘身徇国，不能从我于艰难。召用之初，中外相庆。缙绅莫不竞劝，父老至于流涕。中道而归，其义安在？宜思一身之乐，轻于社稷；毋使庶人之议，及于朝廷。

【译文】你的奏章朕已看过，答复如下：做国君难，当臣子也不容易。如果不是朕诚心用人没有疑忌，就不能把爱卿从退处的家乡召回朝中；如果不是爱卿能忘我地报效国家，也不能跟从我度过艰难。朕刚刚召还重用你时，朝廷上下互相庆贺。士大夫没有一个人不自励自勉，父老直至流下眼泪。如今爱卿中途请求归老家园，你所依凭的道义在哪里？你应该考虑一人的安乐，比朝廷大事要轻得多；不要让众人的议论，到达朝堂上。

二

（元祐二年九月十一日）

省表具之：君子安身崇德，如山岳之镇；开物成务，如江河之流。若山岳之镇，动摇不安，江河之流，行止自便，则物将交病，人亦何观？朕之望卿，无以异此。宜守不移之志，以成可大之功。

【译文】你的奏章朕已看过，答复如下：君子安身立命崇尚道德，就如同大山矗立于地；廓清万物，使天下士民各得其所，就如同大江大河汹涌奔泻。如果矗立的大山动摇不定，大江大河肆意奔流停止，那么万物都会受其灾害，人们还能仰仗它吗？朕看重爱卿，也是这样的道理。你应该以毫不动摇的意志，成就更大的功业。

赐宰相吕公著上第一表乞致仕不允批答二首

（元祐三年二月二十八日）

省表具之：古者世臣，譬之乔木。粤自拱把，至于栋梁。杰然群材之中，夫岂一日之力？卿擢自仁祖，迨兹四朝；光辅朕躬，允有一德。不独卿无心而事自定，抑亦民既信而功易成。方今布在朝廷，岂无豪杰之士。犹当养以岁月，待其德望之隆。卿虽欲归，势未可去。宜安厥位，以副朕心。

【译文】你的奏章朕已看过，答复如下：古代的老臣，就如同高大的乔木。从一握粗的小苗开始育养，直至长成栋梁之材。这些出众的栋梁，难道是一天成就的吗？爱卿是仁宗提拔的人才，历经四朝；如今辅佐朕，仍旧保持纯一的美德。不仅仅是爱卿不必操劳就万事有序，就是万民百姓懂得了恩信，大治也容易成功。如今列在朝堂的众官，难道就没有豪杰英伟的士子？但还要继续培育，等待他品德威望的增高。爱卿虽然有意离朝归家，但目前大势还不能允许。你应当安心于宰相之位，以符合朕的心意。

二

（元祐三年二月二十八日）

览表具之：卿三世将相，一时蓍龟。不求备以取人，则房乔之比；其经远而无竞，有谢安之风。用能宁辑我家，靖共尔位。政在元老，人无异词。胡为厌事而求归，不复为国之长虑？方今官冗财匮，岁艰民贫。天步虽安，国是未定。若方勤于朴斫，而遽易于工师。人其谓何，势必不可。告老之请，吾未欲闻。

【译文】你的奏章朕已看过，答复如下：爱卿三代为将为相，是我朝的宝贵财富。取用人才不求全责备，如同唐代的房玄龄；长期为国忧劳而从无懈怠，有晋人谢安的风度。因为能安定我大宋王朝，所以授予你如此的高位。政令出自我元老之口，群臣百官并没有异议。为什么如今厌倦理政而请求归老，不再为国家做长远的考虑？如今官吏冗散财政匮乏，朝廷艰难百姓贫困。天下虽然算是安定，而国家大计还没有最后确定。如果仅仅做砍削修补之事，和平庸的工匠有什么区别？人们都表示不乐意的事，就一定是不可行的。爱卿告老回乡的请求，朕不想听到。

赐宰相吕公著上第二表乞致仕不许断来章批答二首

（元祐三年三月二十九日）

览表具之：难进易退，固君子之常节；久劳思逸，亦老者之至情。然心存社稷，则常节为轻；身系安危，则至情可夺。惟卿体国，岂待多言？苟大义之未安，虽百请而何益？宜安厥位，勿复此辞。

【译文】你的奏章朕已看过，答复如下：以进取为难而抽身退步，这原本是君子常守的节操；劳累已久希图安逸，这也是老人的实在想法。然而如果胸中装着国家，那么常守的节操也无足重轻；如果一身关系着朝廷的安危，即使是实在的想法也可以改变。朕认为爱卿深深体谅国家的难处，岂用朕多费言语？如果不合于君臣大义，纵然请求一百次又有什么益处？你应该安心于职，不要再次推辞。

二

（元祐三年三月二十九日）

览表具之：宰相不自用，人主不自为。予欲识人物之忠邪，故以卿为水镜；予欲知利害之轻重，故以卿为权衡。苟明此心，虽老犹壮。与其轻去轩冕，独善其身；孰若优游庙堂，兼享其乐。益敦此义，勿复有云。

【译文】你的奏章朕已看过，答复如下：宰相不必亲自处理琐细之事，君王也不能事必躬亲。我想了解人物的忠诚和奸邪，所以要以爱卿为水面为明镜；我想知道事物的利弊得失，所以要以爱卿为秤准为尺度。如果你明白朕的本心，即使年岁已老仍可以像壮年一样精力充沛。与其轻易地辞掉官职，独善其身；何如在朝廷中出处，兼得为国为己之乐？望你认真考虑此话的含义，不要再次请求退居。

赐新除依前中大夫守中书侍郎刘挚辞免恩命不许断来章批答二首

（元祐三年四月十二日）

省表具之：卿蹈道深远，守节淳固。虽不留于傥来之物，而有志于行可之仕。乐告以善，勇于敢为。进不求当世之名，退不叛平生之学。未尝为枉尺直寻之事，夫岂有见得忘义之嫌哉！毋复过辞，往践乃事。

【译文】你的奏章朕已看过，答复如下：爱卿深通道义，有淳美的节操，虽然不计较无意而得的身外之物，但有志于进身仕途以行仁爱。把议论施行善政做为快乐，遇事敢作敢为。进身不谋求当世的功名，退处不背叛一贯的学术。从未有过徇私的举动，哪是会有见利忘义的嫌疑呢？你不要执意推辞，可前往赴职问事。

二

（元祐三年四月十二日）

省表具之：朕缵服之初，卿言责是任。历陈治道之要，以立太平之基。朕欲行其言，遂授以政。岁月未几，纪纲略陈。欲究观心术之微，宜擢居政本之地。苟无愧于允蹈，岂不贤于力辞？往服官箴，勿违朕命。

【译文】你的奏章朕已看过，答复如下：朕即位之初，就任命爱卿为言官。你多次陈述治国的意义，以此建立太平盛世的基业。朕想把你的言论施于实际，这才授予你中书之政。没有多少时日，朝廷的纲纪已粗具规模。朕要仔细考察你的治术，就应该提拔你居于总理政务的高位。只要你行事无愧于心，岂不比极力推辞更显贤德？你可前往任职，不要违拗朕的诏命。

赐新除依前中大夫守尚书左丞王存辞免恩命不许断来章批答二首

（元祐三年四月十二日）

省表具之：夫志大有远略，器博无近用。以卿忠义开济，何施不宜？今以次迁，何足辞也。益坚无倦之意，以观可久之业。

【译文】你的奏章朕已看过，答复如下：志向大才有高远的谋略，器度大就不着眼于面前的得失。凭着爱卿的忠诚仁义，磊落通达，放在何处不适宜？如今依照资历迁升官阶，哪里值得推辞？望你更加孜孜不倦地处理政务，朕以此来观察你不衰的业绩。

二

（元祐三年四月十二日）

省表具之：夫陛帘之增，所以隆堂奥；位次有叙，所以尊朝廷。朕既乐得于英才，复以时而迁用。庶几华国，非以宠卿。祗率厥常，毋废朕命。

【译文】你的奏章朕已看过，答复如下：朝廷大臣增加勋荣，可以使朝廷更显庄严隆重；臣下的官阶迁转有法度可依，以此表示尊重朝廷。朕既然乐于得到英伟之才，当然要按时迁转任用他们。这主要是用来光耀我朝廷的，并不仅仅是对爱卿的恩宠。望你恭谨地做好本职之事，不要忘记了朕的诏命。

赐新除守尚书右仆射兼中书侍郎范纯仁上第一表辞免恩命不允批答二首

（元祐三年四月十二日）

览表具之：夫有乌、获之力，然后可以付千钧；有和、扁之功，然后可以寄死生。故宰相之任，非所以宠人臣也。无其德而当之为不智，有其材而辞之为不仁。若卿之才德，亦可谓称矣。往思其忧，以称天下之望。

【译文】你的奏章朕已看过，答复如下：具有了秦力士乌获的力气，才可以把千钧重担交付给你；具有了和扁鹊的神术，才可以把人的生死托付给你。所以宰相这样的职位，并不是用来恩宠大臣的。没有足够的仁德而冒居其位是不明智的做法，有超人的才干而辞掉其位是不仁的做法。像爱卿这样的仁德和才干，可以说都适合其位。你可前往赴职，考虑如何治理天下，以满足天下人的期望。

二

（元祐三年四月十二日）

览表具之：吾闻之乃烈考曰："君子先天下之忧而忧，后天下之乐而乐。"虽圣人复起，不易斯言。卿将书之绅，铭之盘盂，以为一言而可以终身行之者欤？则今兹爰立之命，乃所以委重投艰而已，又何辞乎？

【译文】你的奏章朕已看过，答复如下：我听说你的父亲讲过："君子要先为天下的忧虑而忧虑，天下安乐后自己才能安乐。"即使是圣人再世，也改变不了这样的名言。爱卿要把它写在腰带上，刻在盘中，是认为这一句话是终生为人的指南吧？既然如此，如今对你的任命，就是要把你放在艰难之中委以重任，你又为什么推辞呢？

赐新除司空同平章军国事吕公著上第二表辞免恩命不许断来章批答二首

（元祐三年四月十二日）

省表具之：夫国以得人为强，如猛兽之卫藜藿；以积贤为宝，如珠玉之茂山川。湛然无为，物自蒙利。故崔公发议，则淄青惭服，知朝廷之有人；蜀使抗词，则孙权回顾，叹张昭之不在。得失之效，岂可同日而语哉！朕之用卿，意实在此。国计之重，可无复辞。

【译文】你的奏章朕已看过，答复如下：国家以得到人才为强大，就如同凶猛的野兽看护着菜地；国家以积聚贤人为得到宝贝，就如同珍珠美玉能使山川草木变得葱茂。淡泊无为，万物自然蒙受恩惠。所以崔公一发出议论，淄州、青州的人羞惭敬服，深知朝廷不乏人才；蜀国的使节出言不逊，孙权回头顾望感叹张昭已不在世。成败得失的结果，岂能同日而语！朕重用爱卿，本意也就在此。爱卿要以国家大计为重，不要再次推辞。

二

（元祐三年四月十二日）

省表具之：周之诗曰："无曰予小子，召公是似。"唐之雅曰："惟西平有子，惟我有臣。"夫父子君臣之间，光明盛大如此。载之简策，被之金石，岂独闺门之宠，足为邦国之华。再省来章，具陈先烈。虽朕寡昧，不敢庶几于仁祖，而卿忠孝，当念服勤于世官。祗率厥常，毋违朕命。

【译文】你的奏章朕已看过，答复如下：西周人所作的诗说："不要说我年纪轻，我可以继承召公。"唐人所作的歌赋说："西平郡王有了儿子，我朝就有了大臣。"古代父子和君臣之间，是如此地光明盛大。已经记入了典籍，刻入了金石。这岂止是你一家的荣宠？足堪称为我朝的英华。朕反复观阅了你的奏章，你把先辈的事迹都作了陈述。朕虽然寡德蒙昧，不敢与仁宗皇帝相比，而爱卿有忠孝之心，应当考虑如何把先辈任过的职事做得更好。你可恭谨地做好职事，不要违拗朕的诏命。

赐新除守尚书左仆射兼门下侍郎吕大防上第二表辞免恩命不许断来章批答二首

（元祐三年四月十二日）

省表具之：卿有夷狄盗贼之虞，仓廪礼乐之叹，阴阳风雨之忧。此三者，诚当今之大计，朕之所以中夜不寐，辍食太息者，正为此也。孟子曰：“责难于君谓之恭。”夫既以责其君，而不以身任之者，非仁人也。愿卿慨然当古人之重，略世俗之谦。务践斯言，忧此三者。

【译文】你的奏章朕已看过，答复如下：爱卿怀有国外夷狄入侵和国内盗贼劫掠的担忧，仓库空虚礼乐不正的感叹，阴阳不调风雨不时的忧虑。这三个方面，正是当今的大事。朕之所以夜不能眠，饮食之间也常常叹息的原因，也正是为此。孟子说：“用仁政来要求君王叫做恭。”既然已经对国君提出要求，却不能亲身来辅助国君，就不是仁德的人了。希望爱卿慷慨地担当起古代贤者的重任，免去世俗的谦恭。务必要实现贤者的诺言，替朕为上述三方面大事多多操劳。

二

（元祐三年四月十二日）

省表具之：夫任贤使能，天下之公义；而辞大就小，君子之自守也。惟名器爵禄，朕所不敢授以私，则劳谦退避，卿岂得必行其意。所谓唐虞三代信任之至，以致稷契伊吕德业之隆。若卿之言，朕敢不勉？请事斯语，永观厥成。

【译文】你的奏章朕已看过，答复如下：任用贤人使用能吏，这是天经地义的事；辞去高官就任低职，这是君子有自己的操守。只有名位爵禄，朕绝不敢私自轻授，那么勤苦谦逊推辞荣禄，爱卿岂能一定要固执己见？唐尧虞舜三代之时对大臣十分信任，所以才有稷、契、伊尹、吕望仁德功业的高崇。像爱卿这样的言语，朕岂能不自勉？请你将你的谋划付诸实施，朕将看到你的成功。

赐新除守尚书右仆射兼中书侍郎范纯仁上第二表辞免恩命不许断来章批答二首

（元祐三年四月十二日）

省表具之：卿以明哲，自托不能。非独以见君子劳谦之光，亦因以知前世用人之弊。功烈无取，诚如卿言。夫次公减于治郡，子元不如为将。非独文献不足，盖其才德有偏。如卿昔在朝廷，首谈孟轲之仁义；旋为帅守，专行羊祜之威信。慨有大志，似其先人。苟推此心，施于有政。则太平可望，而小节可略矣。

【译文】你的奏章朕已看过，答复如下：爱卿以贤明睿哲，而自称无能。这不仅仅使朕见到了君子勤苦而谦逊的美德，也因此知道了前代用人的弊端。你先父的功业在当世未能尽立，这的确如爱卿所言。汉人黄霸治国不如治郡，朱博任文官不如任将帅。不仅仅是他们文才不足，只是才能有所偏重。像爱卿当年居于朝堂，首先谈孟子的仁和义，不久担任帅臣，又凛然有羊祜的威严。慷慨有大志，很像你的先父。如果把以往之心，施行在朝政之中，那么天下太平就指日可待，而细微的礼节就无须计较了。

二

（元祐三年四月十三日）

省表具之：自昔先帝之世，屡叹才难；及朕嗣位以来，专用德选。虽爵禄名器，出于独断；而长育成就，实在群公。长短不遗，辅相之责。苟无为国养人之意，必有临事乏使之忧。朕用慨然，当食不御。思得英隽之老，共收文武之朋。惟卿笃于忧国，明于知人。灼见朕心，宜在此位。往任天下之重，毋事匹夫之廉。

【译文】你的奏章朕已看过，答复如下：自从先皇帝在世时，就屡次感叹得到人才之难；到朕即位以来，专一以品德优劣作为选人的标准。虽然名位爵禄由朕授出；然而成长造就，实在是仰赖着各位老臣。大才小才都不遗弃，这是宰相的职责。如果没有为国家培养人才的心意，必然会有临到大事而感叹乏人的忧患。为此朕慨然长叹，面对膳食而不能下咽。日夜想得到英伟的老臣，兼得文臣武将。只有爱卿为国忧虑最为深重，善于观察选拔人才。能深知朕的本心，理当居此高位。望你前去担任治理天下的重任，不必拘泥于小人匹夫的清廉。

赐新除依前正议大夫守门下侍郎孙固辞免恩命不许断来章批答二首

（元祐三年四月十三日）

省表具之：卿奉事先帝，有劝学之旧；与闻机政，有已试之功。固非躐等之迁，独恨用卿之晚。勉循大义，毋事小廉。

【译文】你的奏章朕已看过，答复如下：爱卿事奉先帝，对先帝有劝导学业的旧恩；参与议论机要之政，已经试验取得了成功。如今本不是破格的升迁，朕只恨重用爱卿为时大晚。望你勉励自己遵守君臣大义，不要拘泥小人匹夫的廉介。

二

（元祐三年四月十三日）

省表具之：卿向自西枢，出殿蕃屏。顷由近辅，入侍燕闲。昔有未识之思，今乃日闻其语。既见君子，无逾老臣。当益励于初心，尚何辞于新命。

【译文】你的奏章朕已看过，答复如下：爱卿以前在中书省任职，又出外镇守名城重镇。最近由内地州郡长官，入朝在门下供职。朕以往对你并不熟识，仅闻其人，今天才得以听到你的议论。既然又见到了君子，才知道没有人能超过你这位老臣。你应当更加激励原有的志节，为什么还要推辞新的任命？

赐新除中大夫守尚书右丞胡宗愈辞免恩命不许断来章批答二首

（元祐三年四月十四日）

省表具之：卿自天官，擢领风宪。下有庇民之意，上有爱君之忠。度其不以利回，是故可以大受。丞辖之任，非卿孰宜。毋复固辞，以就远业。

【译文】你的奏章朕已看过，答复如下：爱卿从尚书礼部受到提拔，今使你表率百官。你对下有保全万民的心意，对上有热爱君主的忠诚。朕知道你不会为私利而改变气节，所以可以授以重任。右丞这样的职位，除了爱卿还有谁更适宜？你不要固执地辞谢，前去成就你的大业。

二

（元祐三年四月十四日）

省表具之：人才之难，古今所病。忠厚者多乏于用，强济者或凉于德。有德适用，如卿几人？方观卿谋国之良，以成朕知人之美。深体此意，往祇厥官。

【译文】你的奏章朕已看过，答复如下：得到人才十分困难，这是古往今来君王都感到头痛的事。性情忠厚的人大多难以重用，刚强凌厉的人又大多缺少美德。有美德而适于用，像爱卿这样的能有几个人？朕正要看你为国谋求贤良之才，以促成朕善于用人的美名。望你深深体会朕的心意，前往恭受新的官职。

赐新除依前中散大夫充枢密直学士佥书枢密院事赵瞻辞免恩命不允断来章批答二首

（元祐三年四月十四日）

省表具之：君子之仕也，喜于知而乐于用。如卿之言，结发从仕，而白首遇合。则君子之用舍进退，盖亦有时矣。勉行其道，无失斯时。苟能遇事而必为，则亦立功之未晚。古人之事，将见于卿。

【译文】你的奏章朕已看过，答复如下：君子进身于仕途，愿意受知于上，也乐于被任用。像爱卿所说，少壮时就已入仕，直到头发白了才受知于主上。看来君子被重用不被重用，是进身还是退处，恐怕也是有机遇的。望你勉励自己推行正道，不要失去这难得的时机，如果遇到困难就解决困难，那么建立功业还为时不晚。古人白发受恩的故事，将会重现在爱卿身上。

二

（元祐三年四月十四日）

省表具之：卿挺然孤忠，白首一节。逝将力求于退避，夫岂有意于进取哉？特以雅望既隆，公议所在。方将度才而授任，固难越卿以用人。往践厥官，毋违朕志。

【译文】你的奏章朕已看过，答复如下：爱卿孤直忠诚，直到老年始终恪守纯一之节。如果极力请求退处，还能说有意于进取吗？朕只为你的威望已高，众人也都称赞你。朕要根据你的才能而授予官职，很难超迈你而任用别人。你可前往任职，不要违拗朕的诏命。

赐正议大夫知枢密院事安焘乞退不允批答二首

（元祐三年五月十八日）

省表具之：宥密之司，安危所寄。虽羌酋款塞，少休烽燧之虞；而夏童跳边，犹烦棰策之驭。翻然求去，义有未安。夫以朕大烹优贤之资，岂不能助卿养志之具。足以毋废子职，而能兼为国谋，岂不休哉！

【译文】你的奏章朕已看过，答复如下：枢密院，是国家安危所关的重要部门。虽然契丹人前来讲和，减轻了边关战争的忧虑；然而西夏人却蠢蠢欲动，还要有良策来绥抚他们。如今爱卿轻易地提出归家的请求，于君臣大义恐怕不合。凭着朕优礼贤臣的用心，难道还不能给予你蓄养心志的机会？此官足以令你既不妨害尽人子的孝道，又能够有机会为国家谋划，岂不两全齐美吗？

二

（元祐三年五月二十八日）

省表具之：乃眷西枢，实参大柄。吾欲兵民兼利，戎夏两安。自非宿业更变之臣，惧有伤财玩寇之患。卿当念先朝委任之久，未可以亲庭归养为词。勉安厥官，以副吾意。

【译文】你的奏章朕已看过，答复如下：在枢密院任职，手中握有国家的权柄。朕要使军队和人民兼得其利，使戎夷和华夏各自相安。如果不用久经磨炼的老臣，恐怕有损耗财力轻忽敌寇的祸患。爱卿应当想到先皇帝对你长久地寄予重任，不能以回家奉养亲老为借口。望你勉励自己安心于本职，以符合朕的心意。

赐新除殿前副都指挥使武泰军节度使苗授上第一表辞免恩命不许断来章批答二首

（元祐三年七月十九日）

省表具之：试材以旧，谋帅尤艰。故以久次用人，欲其深练于事。而卿辞以锢疾，岂所望哉？速即乃官，毋复退避。

【译文】你的奏章朕已看过，答复如下：试用人才要以旧臣为先，谋求将帅尤其艰难。所以要用久经考验的人，就是想让他对职事精通练达。而爱卿以身患顽症推辞新命，难道是朕所期望的吗？你要立即赴任，不许再次退避。

二

（元祐三年七月十九日）

览表具之：环卫之严，节制之重，诞告多士，以长万夫。朕岂轻用其人哉！确然固辞，未喻厥指。往祗朕命，毋旷乃官。

【译文】你的奏章朕已看过，答复如下：殿廷环卫要森严，将帅节制的责任至关重大，掌管着百官的进出，总领着上万精兵。这样的官职，朕能轻易地授予平庸之人吗？爱卿执意地推辞，是不了解朕的本意。你可恭承朕的诏命，不要使这个职位长期空缺。

赐太师平章军国重事文彦博上第一表乞致仕不许批答二首

（元祐三年九月二日）

览表具之：昔师尚父九十，秉旄杖钺，犹未告老。此诸葛元逊所以屈张昭也。而卫武公百年，犹箴儆于国曰："无以我老耄而舍我。"自左史倚相所以诲申公也。今卿寿考康宁，而退托衰病，自引求去，独不念天下之士有如彼二子者议其后乎？姑安厥官，以答公论。

【译文】你的奏章朕已看过，答复如下：当年姜太公年已九十，还持节上朝，没有告老退居。这是孙吴大臣诸葛恪用来启迪张昭的例子。卫武公直到百岁，还向国人宣告说：“不要认为我已经老迈就舍弃我。”这是楚国左史官倚相讽喻申包胥的话。如今爱卿身体健康，而自称衰病，请求离朝，爱卿就不想天下的士子中会有诸葛恪和倚相那样的人会对此发出议论吗？望你暂且安于本职，以答谢百官万民对你的厚望。

二

（元祐三年九月二日）

览表具之：朕闻之，成王之政，周公在前，召公在后；毕公在左，史佚在右。四子挟而维之，目见正色，耳闻正言。一日即位，天下旷然。未闻四子以老而求退，亦未闻成王以老而听其去也。朕虽不德，犹庶几成王之治。卿虽老矣，独不能以四子之心为心乎？勉卒辅朕，无愧前人。

【译文】你的奏章朕已看过，答复如下：朕听说，成王执政时，周公在他身前，召在他身后，毕公在他左侧，史佚在他右边。四个人团团围绕着他，使他睁开眼就看到正直的面色，耳朵听到的全是正直的言论。即位之后，天下安宁。朕没有听说这四位大臣年老之后请求退处，也没有听说周成王因为他们年迈就任凭他们离去。朕虽然仁德不厚，还是想成就周成王那样的功业。爱卿虽然年事已高，难道就不能以成王四位老臣的心意对待朕吗？望你勉励自己，有始有终地辅佐朕躬，这才无愧于前朝贤臣。

赐新除守司空同平章事吕公著上第一表辞免恩命不允批答

省表具之：夫司空之官，自唐以来，虽无职事，而孔子所谓天子有争臣七人者，三公首当之。朕欲闻仁人之要言，与天下之大计，非此元老，将安取斯。卿其省思虑，慎寝食，优游庙堂，为朕谋其大者。

【译文】你的奏章朕已看过，答复如下：古司空之职，从唐代以来，虽然没有具体掌管的政事，而孔子所说的天子有争臣七人，三公应当居七人之首。朕很想听到仁人精辟的议论，以及治理天下的长远谋划。如果没有这样的元老大臣，朕又到哪里去听取呢？爱卿不必过于忧思，多多注意饮食起居，在朝廷之中优闲处之，替朕筹划大计。

赐新除守尚书左仆射门下侍郎吕大防辞免恩命不允批答二首

省表具之：夫天以斯民付人主，而人主付之宰相。若不得人，为慢天之所付，朕敢乎哉！如卿瑰姿伟望，宏毅开济，朕既用之不疑，而卿自疑何也？往修厥官，毋斁朕命。

【译文】你的奏章朕已看过，答复如下：上天把万民交给了君主，君主把重任委托给宰相。如果不能任用得当，那就是轻侮上天的托付，朕敢如此大胆吗？像爱卿这般雄伟的姿质崇高的威望，器度轩宏有济世之才，朕重用你绝无二心，而爱卿又为什么心生疑虑呢？你可前往任职，不要违拗朕的诏命。

二

览表具之：自英庙擢卿于言责，而先帝用卿于西师。则朝廷待卿之重，盖出于祖宗之意矣。孔子曰："吾之于人也，谁毁谁誉。如有所誉，其有所试。"若卿者，可谓屡试矣。卿而不宜，其孰宜之？

【译文】你的奏章朕已看过，答复如下：英宗时提拔你担任言官，先皇帝重用你镇守西北。如此看来，朝廷对爱卿的看重，是祖宗就有的心意。孔子说："我对于别人，诋毁了谁？称赞了谁？假如我有称赞的人，那他一定是经过考察的。"像爱卿这样的人，可以说久经考察了。如果爱卿认为自己不能胜任，那么谁能胜任呢？

赐新除守司空同平章事吕公著上表辞免不许批答

览表具之：天下之事，使壮者治之，老者谋之。自尧舜以来，未有易此者也。今卿议政而不及事，劳心而不及力。吾自以为得养老之礼，而不失用贤之实。卿何辞之坚也？

【译文】你的奏章朕已看过，答复如下：天下繁杂的事物，要使壮年人去治理，老年人谋划。自从尧、舜以来，没有能改变这个模式的。如今爱卿议论朝政而没有接触琐事，心思忧劳而没有使身体劳累。朕自以为这已经合于优养老臣的礼义，同时又没有失去重用贤人的实质。爱卿为什么如此执拗地推辞？

生获鬼章文武百寮称贺宣答词

（元祐二年八月二十八日）

太皇太后

种羌叛涣，西鄙绎骚。首出偏师，遂擒元恶。安边之喜，与卿等同之。

【译文】羌敌反叛，西北骚动。我朝派出一支军旅，就活捉了反逆的元凶。安定边关的喜庆，本太皇后与众爱卿全然相同。

皇帝

凶狡就俘，羌戎一震。既增吏士之气，亦宽戍守之劳。靖寇息民。与卿等同喜。

【译文】凶恶狡诈的元凶被我俘获，羌人为之一片惶恐。这一举既长了我官吏士卒的志气，也宽解了将士戍守边关的辛劳。平定寇乱安抚人民，朕与众爱卿心情相同。

八月二十八日入内高班蔡克明传宣取批答宰臣以下贺生获鬼章表

太皇太后

国家偃兵息民，函养中外。鬼章无故犯顺，神人弃之。虽庙社无疆之休，亦将相一心之助。封章来上，嘉叹不忘。

【译文】国家罢兵事使人民得休养，仁德告谕到华夏和外邦。鬼章毫无缘故地犯我边关，天神下民一同唾弃他。这虽然是我祖先无涯的福荫，也是将相一心相助的结果。奏章呈上，本太皇大后不会忘记你们的功勋。

皇帝

朕上承慈训，下尽群策。务渐宽于民力，本无意于边功。既狂狡之就擒，知休息之有日。再阅来奏，嘉叹于中。

【译文】朕对上接受太皇太后仁慈的训导，对下广泛采纳群臣的谋策。一心想宽缓民力，并不想树立边功。如今凶恶的鬼章既然被我俘获，朕知道人民用不了多久就会得以休息。反复阅读了你的奏章，心中发出深深的赞赏。

赐门下侍郎孙固乞致仕不许批答

吾不出帷幄，临御家邦。实赖股肱之良，以持纲纪之要。于其进退，顾可轻听之哉？卿顷自近藩，擢贰东省。本以年德之故，非有筋力之求。若夫正颜色，出词气，使人望之而忠诚可信，鄙倍自远，斯可矣。岂以一病未能造朝，遂欲舍而去哉？诚请虽勤，于义未也。

【译文】朕身居帷幄之中，统御着天下，实在是依赖着贤良的大臣，把握朝廷的纲纪。对于重臣的进身退处，岂能只听他一面之辞？爱卿刚刚从内地重镇帅臣，提拔到门下省担任副职，这原本是因你的年资具备，并不想再让你奔走操劳。只要居官正言厉色，议论出于忠直之心，让人们见到你就感到一片赤诚，可以信赖，卑鄙的小人自然远远避开，这样就足够了。爱卿怎能因为一场病不能上朝，于是就想弃官归老呢？你固然多次真心请求，于君臣大义恐怕不妥。

赐刘昌祚免恩不许批答

卿国之虎臣，帅我爪士。总章大祀，宿卫有劳。宜为六军之先，以承大赉之庆。辞而不有，殊匪吾心。

【译文】爱卿是国家的骁将，率领我朝廷的勇士和士卒。朝廷大祭时你总管警卫守护，为这次祭祀立下了功劳。理当为全家做出表率，接受赏赐予朕同庆。如今你推辞不受，这很不合于朕的本心。

皇帝为冬节奏告永裕陵神宗皇帝表本

伏以历纪天正，史书日至。感舒长于测景，增怵惕于履霜。恭惟谥号皇帝，德迈尧仁，功恢禹迹。游衣冠于原庙，徒仰威神；望松柏于桥山，永怀悲慕。

【译文】朕以为依历法已到冬月之正，史书中称之为冬至。故而感叹日晷的影子到了最长，心中竞竞如踏冰霜。恭敬地上告谥号英文烈武圣孝皇帝，你的圣德超过了唐尧之仁，功业大于禹王的治迹。穿好祭服来到别庙，敬仰你威武的神灵；远望桥山的松柏，我会永远怀着悲戚的敬慕。

皇太后殿夫人为冬节往永裕陵酌献神宗皇帝表本

伏以一阳来复，万物怀生。空临观祲之辰，无复称觞之庆。恭惟谥号皇帝，道济覆载，德冒华夷。从南狩于苍梧，神游已邈；望西陵于铜雀，涕慕空深。

【译文】冬至日阳气又生，世间万物都充满了生机。空处在观看盛况的节日，不再有举酒相庆的喜悦。恭谨地上告谥号英文烈武圣孝皇帝，你的圣道养育了万民，你的仁德覆盖了华夏蛮夷。我们跟随你向来巡狩到苍梧，那故时的神游已经远去；遥望着西陵铜雀台，悲哀和敬慕只能深深留在心中。

皇帝为正月一日奏告永裕陵神宗皇帝旦表本

伏以始饯馀寒，复兴嗣岁。望寝园而增慕，悼日月之不留。恭惟谥号皇帝，道贯百王，泽涵万宇。永瞻帝所之乐，坐起尧墙之悲。馈奠莫由，驰诚罔极。

【译文】开始告别剩余的寒冷，新的一年又到来了。我望着陵墓增添对你的敬慕，哀叹岁月不能驻留。恭谨地上告谥号英文烈武圣孝皇帝，你的圣道与古代圣王一贯相通，你的恩泽涵养了世间万民。长久地瞻望着你的陵墓，为你安眠而欣慰，起坐间见到高墙又添悲伤。祭奠你还没有到礼制规定的时日，而心驰神往，忠诚之心绵绵无尽。

皇太后殿夫人为年节往永裕陵酌献神宗皇帝表本

伏以苇桃在户，徒讲三朝之仪；椒柏称觞，无复万年之寿。恭惟谥号皇帝，功施无外，德洽有生。随鼓漏于寝园，莫亲馈奠；望衣冠子原庙，空极涕流。

【译文】苇戟桃杖的祭物就在庭户，不必再讲论新春佳节的仪典；举起美酒，再无法祝福你万年高寿。恭谨地上告谥号英文烈武圣孝皇帝，功业施于海内，德泽滋润了万民。应时地来到你的陵前，亲自祭奠你的英灵；在宗庙中凝视你的仪容，悲恸无比流下眼泪。

皇帝为三月一日奏告神宗皇帝旦表本

伏以既成春服，时方楔洛之初；祗谒寝园，古有荐鲔之礼。恭惟谥号皇帝，配天立极，如日载阳。仰馀泽之旁流，致群生之遂茂。光灵愈远，涕慕空深。

【译文】温和的春天已经来临，正是在洛水洗涤的节令。我恭肃地来到你的陵园，沿用古代敬献鲟鱼之礼。恭谨地上告谥号英文烈武圣孝皇帝，你的圣德与天相齐，如同太阳把光明洒下。你的德泽旁流四出，使万民苍生如草木茂盛。慨叹你的光芒渐渐远去，给我留下深深的悲哀和敬慕。

皇帝为神宗皇帝大祥往永裕陵奏告表本

伏以寝庙告成，永动廓然之感；柏城森列，遽兴拱矣之悲。恭惟谥号皇帝，泽浸函生，庆垂后裔。配天无极，奉谟训以长存；示民有终，怅神游之安在？恭修祥奠，莫诉哀诚。

【译文】正因为寝庙已经落成，我心中更感到寂寞虚旷；苍郁的柏树森森排列，油然而生人生无常的悲哀。恭谨地上告谥号英文烈武圣孝皇帝，你的德泽滋润了苍生，你的仁圣留给了后代。以你配于上天，我将永远遵奉你的遗训；告诫人民要有始有终，我又惆怅自己的灵魂今在何方？今恭敬地为你祭奠，不知这深深的悲哀和款款的忠诚怎样才能使你感知。

皇帝为神宗皇帝大祥内中奏告表本

伏以追号罔极，实抱终身之忧；祥禫有期，盖迫先王之礼。恭惟谥号皇帝，睿明照世，神智自天。虽清庙肃雍，瞻之莫见；而威颜咫尺，凛然常存。悲慕之深，华夷所共。

【译文】我追攀号呼已无法见到你，这使我终生都感到忧伤。如今两周年的大祭就要到来，这是依照先王的古礼。恭谨地上告谥号英文烈武圣孝皇帝，你的英明照亮人世，你的神武智慧来自天成。虽然宗庙庄重肃穆，想瞻仰你的真身已无法见到；你威武的形象就在咫尺之间，英气凛然长留人间。悲哀感慕的深情，华夏蛮夷全都相同。

皇太后殿夫人为神宗皇帝大祥往永裕陵酌献表本

伏以飈驭上宾，日以远矣。隙驹遄迈，祥而廓然。恭惟谥号皇帝，道始家邦，化刑夷夏。天地之运，固代谢于阴阳；草木何知，徒兴悲于霜露。莫亲馈奠，惟极哀诚。

【译文】你英伟的形象已经升天，一天比一天离我们遥远。时光倏忽过去，大祭的日子将到，我们心中深感空寂。恭谨地上告谥号英文烈武圣孝皇帝，你的大道推行于家邦，你的仁德感化了华夏蛮夷。天地自有其运行规律，所以有阴阳代谢；草木有什么感情，只知道霜露一降就濒临死亡。我们将为你亲自祭奠，内心充满极度的悲哀。

十月朔本殿夫人往永裕陵酌献神宗皇帝表本

雨霜陨箨，感闭塞于天时；收潦涤场，思艰难于王业。恭惟尊谥皇帝，禹功纪地，尧则惟天。威加四夷，尚馀肃物之凛；仁及万汇，永同挟纩之温。省奉无期，瞻怀靡极。

【译文】上天已降下白白的霜雪，为天时闭塞而深深感叹；雨水已干打扫场地，想到你为圣王之业备尝艰难。恭谨地上告谥号英文烈武圣孝皇帝，你那大禹般的功业留在万民心中，你那唐尧般的圣明与天相齐。你的神威加于四方夷狄，至今还留下慑服夷狄的凛然正气；你的仁爱及于万民，万民永远铭记你给予的温暖。我们将永远敬奉你，对你的敬仰和怀念绵绵无尽。

永安永昌永熙永裕陵忌辰奏告宣祖太祖太宗神宗皇帝表本

（元祐二年十二月二十七日）

伏以卜年之永，恩浃于华夷；讳日之临，感深于臣子。恭惟谥号皇帝，文武经世，威灵在天。每更不乐之辰，尚有遗弓之慕。山陵永望，雨露增怀。

【译文】你的一生，恩德普施于华夏夷狄；如今你的忌日来临，臣子们对你深深地感念。恭谨地上告谥号英文烈武圣孝皇帝，你的文韬武略足以治世，你威武的灵魂升在天空。每到这悲戚的一天，都会为你的崩逝敬慕不已。久久地瞻仰着你的陵墓，更加怀念你雨露之恩。

永安永昌永熙陵忌辰奏告昭宪孝惠孝明孝章淑德懿德明德元德章怀章穆章懿章惠章献明肃皇后表本

（元祐二年十二月二十七日）

伏以周南之化，刑恭俭于多方；渭北之游，极望思于原庙。恭惟谥号皇后，道应图史，德参圣神。顾明发之永怀，仰徽音之如在。载瞻园寝，想见衣冠。

【译文】你以《诗经·周南》所颂扬的德化，恭谨俭约，为天下万民做出了榜样；不幸仙逝，我们在陵庙中极尽哀思。恭谨地上告谥号某皇后，你的仪轨合于古史，你的美德配得上圣君。我们永怀着孝思，你美好的声音宛然还在我们的耳边。瞻望着你的陵墓，追忆着你的音容。

皇太后殿内人为神宗皇帝忌辰朝永裕陵表本

（元祐二年十二月二十七日）

伏以百年之思，化被于无疆。终身之忧，感深于不乐。恭惟谥号皇帝，德齐尧禹，功陋汉唐。道盖始于正家，谋方贻于并翼。追攀罔极，慨慕徒深。

【译文】在你百年的忌辰，我回想你的圣德普施于四海。你的崩逝成为我终身难忘的忧伤，此日感慨更深心中凄恻。恭谨地上告谥号英文烈武圣孝皇帝，你的圣德与尧、禹相同，你的功业超过了汉朝、唐朝。你所行之道从端肃自家开始。你深深地为子孙谋划。我追想攀号再也无法见到你，只留下对你深深的敬慕。

永裕陵正月旦表本

伏以宾出日于旸谷，尧历方颁；朝计吏于原陵，汉仪具举。恭惟谥号皇帝，功恢禹迹，德迈汤仁。虽岁月之屡迁，想威神而如在。载瞻园寝，空极望思。

【译文】在这正月初一之日，是新纪元刚刚开始之时；我带着重臣来到你的陵寝，古代的祭礼一应齐备。恭谨地上告谥号英文烈武圣孝皇帝，你的功业超过了大禹，你的圣德比商汤更高。虽然日月不停地动转，想你的神威宛然如在。瞻仰着你的陵墓，空留下无尽的思念。

永裕陵二月旦表本

伏以时方启蛰，礼及献羔。感清衎之协风，怵怀思于濡露。恭惟谥号皇帝，文武纬世，圣灵在天。岱岳泥金，永讲升中之礼；荆山铸鼎，遽成脱屣之游。永望寝园，徒增感慕。

【译文】节令刚刚惊蛰，古礼为敬献羔羊之时。清爽的轻风使我伤感，心中恭肃地怀念你的遗德。恭敬地上告谥号英文烈武圣孝皇帝，你文韬武略足以治世，你的威灵升在天空。在泰山封以泥金的禅文，长讲祭告天神成功之礼；在荆山铸鼎，竟离开人世而神游于天国。我久久地瞻望着你的陵寝，留下更多的感慨和仰慕。

永裕陵四月旦表本

伏以日躔昴、毕，卦直乾、离。物蒙长养之仁，世载文明之化。恭惟谥号皇帝，功成不宰，德范无穷。执炎帝之衡，莫追往躅；秩南郊之政，空守成规。祇望寝园，惟增感慕。

【译文】太阳行于昴宿、毕宿之间，八卦在乾卦、离卦之中。万物得以茂盛地生长，人世得到文明的化育。恭谨地上告谥号英文烈武圣孝皇帝，功业成于无为之治，仁德的力量无穷无尽。如今以在入夏的四月，我在这里追想着往事；依照着南郊的礼法，我守着祖宗的成规。恭肃地瞻仰着你的陵寝，心中增加了感慨和敬慕。

永裕陵十月旦表本

伏以戒寒墐户，倏及于秦正。前晦行陵，祇循于汉礼。恭惟谥号皇帝，懿文纬世，厚德载时。休老劳农，追述养民之政；厉兵讲武，敢忘经国之谋。永望寝园，益增感慕。

【译文】寒冷已至人民要修整门户，眨眼间就要到秦历的新年。我前来陵寝祭奠，是依循着汉人的礼节。恭谨地上告谥号英文烈武圣孝皇帝，你盛美的文治经纬于世，你深厚的仁德留在史册。使老人和农夫得到休养，遵守祖宗的告诫施行养民的政策；训练军队加强武备，时刻不忘记保卫江山基业。我久久地凝望着你的陵墓，心中更加感慨敬慕。

永裕陵十二月旦表本

伏以商正纪历，大吕旋宫。论时令以待来岁之宜，献民力以共宗庙之祀，恭惟谥号皇帝，至仁无外，全德难名。文物声明，但睹乘时之迹；昆虫草木，孰知成岁之功。急景易迁，永怀何极？

【译文】已经到殷历的新春，节气正发生新的变化。按照时令要准备督课来年诸事，献上万民的力量来供奉宗庙的祭祀。恭谨地上告谥号英文烈武圣孝皇帝，你的仁圣传布海内，你的美德难以述说。国家的强盛，只看盛世的遗迹即能明了；草木昆虫，哪会知道丰年的来之不易。岁月流逝，我的思念何处是终极？

皇帝达太皇太后贺大辽正旦书

（元祐元年十月二日）

肇易岁元，发新荣于万物；仰遵慈诲，修旧好于两朝。远饬使轺，肃将礼币。庶迎寿祉，式副愿言。

【译文】新的一年即将来到，万物会重新欣欣向荣。谨遵太后慈祥的教诲，要保持与契丹的盟好。今命使臣乘车远行，恭肃地带上庆贺佳节的礼品。希望能以此举为太后祈福，这才符合我的心愿。

皇帝贺大辽皇帝正旦书

（元祐元年十月）

献岁发春，共讲三朝之庆；宝邻继好，茂膺五福之祥。申饬使车，往陈信币。永言欣颂，曷罄谕陈。

【译文】一年即将过去，新春就要来临，我三国共庆元旦佳节；我珍视两国传统的友好，愿这种友好能为两国带来祥瑞。今敕命使节乘车前往，敬奉表示友谊的贺礼。我的祝福我的欢欣，怎样才能表达得淋漓尽致。

皇帝达太皇太后回大辽皇帝贺正旦书

（元祐二年正月五日）

百年之好，既讲于春朝；万寿之仪，兼陈于幄殿。恭因省侍，具述来音。感怿之怀，言宣莫罄。

【译文】两国传统的友好，在这新春佳节再次叙讲；皇帝万寿的祝愿，是我与太后一致的心声：前此我因看望母后，致上你美好的祝福。他对你的感激之情，无法用言语表达。

皇帝回大辽皇帝贺正旦书

（元祐二年正月五日）

东风协应，感徂岁之更新；远使交驰，导欢言而如旧。粲然礼币，申以书词。欣怿之深，敷陈罔究。

【译文】东风应时而来，我为新的一年来到而感到欣喜；两国的信使你来我往，美好的祝福一如既往。带上光鲜的礼品，致上庆贺的书信。我内心的欢愉，不知道怎样表达。

皇帝达太皇太后回大辽皇帝贺坤成节书

（元祐二年七月）

嘉月令辰，笃生寿母；珍函重币，交庆宝邻。已恭致于德音，复钦传于慈旨。其为感怿，未易名言。

【译文】美好的月份美好的一天，上天降生了我高寿的母亲；致上珍美贵重的礼物，与友好的邻国共庆母后的诞辰。我已经接到了大辽皇帝的祝贺之词。今把这祝贺词传告给慈母。她对你的感激之情，无法用语言来表达。

皇帝回大辽皇帝问候书

（元祐二年七月）

四牡载驰，远勤于使介；尺书为问，申讲于邻欢。方履素秋，克膺纯福。益祈保护，式副愿言。

【译文】骏马驾着使车，劳使者代为转达；一尺的书信作为问候，在于讲述邻国的友谊。如今刚刚进入初秋，你会享受纯美之福。我为你祈求上天的护佑，相信上天会如我之愿。

皇帝达太皇太后贺大辽皇帝生辰书

（元祐二年）

寒律既周，诞辰载纪。恭被慈闱之诲，俾修庆币之仪。永介寿康，式符颂祷。更祈调卫，以副愿言。

【译文】寒冷的节气已经到头，欣逢大辽皇帝的诞辰。我恭谨地得到慈母太后的教诲，前往敬献庆贺的礼物。祝你永远福寿康宁，不辜负我的赞颂祈祷。再次愿你调养自身，以合于我衷心的祝福。

皇帝贺大辽皇帝生辰书

（元祐二年）

大吕还宫，摄提正丑。载协诞弥之庆，永膺寿考之祥。临遣使轺，往陈信币。其为欣祷，莫尽名言。

【译文】节令变移，丑年过去寅年将临。正值大辽皇帝诞辰庆典，你会永享长寿之祥。我已派遣了信使，前往献上祝寿的礼品。我为你祝福祈祷的心意，无法用语言来表达。

皇帝达太皇太后贺大辽皇帝正旦书

（元祐二年）

岁律肇新，邻欢载讲。恭被慈闱之诲，远通庆币之诚。益冀保颐，永绥寿嘏。

【译文】新的一年又要到来，我们共同叙讲两国的盟好。我恭谨地受到慈母太后的教诲，向远方邻国献上庆贺之礼。祝你永保颐和，万寿无边。

皇帝贺大辽皇帝正旦书

三阳朋来，庆二仪之交泰；两朝继好，纳万民于阜昌。申敕使车，肃将礼币。愿符善祷，永介纯釐。

【译文】三阳同来新春伊始，庆祝阴阳二仪的变替。两国长期保持友好，万民就得以丰衣足食。我已命使臣乘车前往，恭谨地奉上庆贺的礼品。愿大辽皇帝不负我这番美好情意，永远拥有仁圣光明。

皇帝回大辽皇帝贺兴龙节书

（元祐二年十月）

诞日载临，邻欢岁讲。封疆虽远，晷刻不逾。惟信睦之交修，识情文之两至。益深雅好，良极欣悰。

【译文】我的诞辰又将来临，借此机会再叙两国的传统友谊。两国相距虽然遥远，而庆贺的礼节一天也不会迟到。这信义和睦往来不断，真情和书信同时到达。我对大辽皇帝的美意深深领受，心中的欢欣难以言传。

皇帝达太皇太后回大辽皇帝问候书

（元祐二年十月）

嘉平纪月，震夙惟时。属兹庆使之来，重以慈闱之问。寻因省侍，悉致诚言。欣感之深，敷陈罔究。

【译文】秦历已经是腊月，我的诞辰就在此时。当此邻国的使臣前来祝寿，我圣慈的母后也向你表示感谢。以前我去看望母后，把你真诚的祝福告诉了她。她对你的感激之情，不知用什么语言才能表达。

皇帝回大辽皇帝贺正旦书

（元祐三年）

献岁发春，方祝永年之庆；睦邻敦好，益修奕世之欢。信币精华，书词温缛。再维雅契，良极欣悰。

【译文】又是一年已经来临，我向你敬上新年的祝福；睦邻之间常讲盟好，继承两国的传统友谊。你献上精致华美的礼品，以及温文尔雅的词章。我对你这一番美意，欣喜得不知该讲什么。

皇帝达太皇太后回大辽皇帝贺正旦书

（元祐三年）

正岁履端，远勤于华使；慈闱申庆，重领于珍函。省侍之馀，诚言已达。永惟欣感，莫究言宣。

【译文】新春正月之间，你从遥远的地方派来使臣；我慈圣的母后十分高兴，郑重地接受了你的礼品。我去看望母后，已把你美好的祝愿告诉了她。她为此深深地感激你，不知道用什么语言才能表达。

皇帝回大辽皇帝贺兴龙节书

世睦宝邻，申以无穷之好；岁驰华使，及兹载夙之辰。阅词币之兼隆，识情文之备至。愿言欣感，难悉究陈。

【译文】世世代代友好的邻邦，表达了无比美好的祝福；每年都派来华贵的使节，庆贺我的诞辰。我见到你的词章和礼品两全齐美，深感你的文采和深情也都齐备。我的欣喜和感激，难以用语言来表达。

皇帝达太皇太后回大辽皇帝问候书

遣使为寿，既欣邻好之修；因书见诚，兼致慈闱之问。侍言有次，来意毕陈。感怿之深，敷陈罔既。

【译文】你派遣使臣来祝贺寿辰，两国的友好也因此更加巩固；见到了你的书信也就见到了你的诚意，你也向我的慈母致上了问候。我事奉母后时，已一一把你的美意转告了她。我们对你深深的感激，找不到合适的言词来表达。

皇帝达太皇太后回大辽皇帝贺坤成节书

（元祐四年七月）

星火西流，庆慈闱之诞日；皇华北至，讲邻国之诚言。既达来音，俾修报礼。感铭之素，敷述难周。

【译文】大火星已经流向西方，欣逢太后的诞辰；华贵的使臣从北方来到，致上邻国皇帝真诚的祝福。来信的美意已经如实转达给太皇太后，她还要准备回谢的礼物。我们对你国一贯的友好，难以用语言表达清楚。

皇帝回大辽皇帝问候书

（元祐四年七月）

轺车重币，已修交庆之仪；尺素好音，复讲久要之信。属临素节，允迪纯禧。益冀保颐，式符企咏。

【译文】使节乘车带来贵重的礼品，这已经表达了互相庆贺的礼仪；一尺的国书满载着美好的言辞，再次申明永久和睦的诚意。当此喜庆之日，祝你得到纯美之喜。更希望你保养贵体，不枉我由衷的企盼和祝福。

卷五十九　启

谢制科启二首 嘉祐六年

右轼启。今月某日，蒙恩授前件官者。临轩策士，方搜绝异之材；随问献言，误占久虚之等。忽从佐县，擢与评刑。内自顾于无堪，凛不知其所措。恭惟制治之要，惟有取人之难。用法者畏有司之不公，故舍其平生，而论其一日；通变者恐人才之未尽，故详于采听，而略于临时。兹二者之相形，顾两全而未有。一之于考试，而掩之于仓卒，所以为无私也，然而才行之迹，无由而深知；委之于察举，而要之于久长，所以为无失也，然而请属之风，或因而滋长。此隋、唐进士之所以为有弊，魏、晋中正之所以为多奸。惟是贤良茂异之科，兼用考试察举之法。每中年辄下明诏，使两制各举所闻。在家者能孝而恭，在官者能廉而慎。临之以患难而能不变，邀之以宠利而能不回。既已得其行已之大方，然后责其当世之要用。学博者又须守约而后取，文丽者或以用寡而见尤。特于万人之中，求其百全之美。凡与中书之召命，已为天下之选人。而又有不可测知之论，以观其默识之能；无所不问之策，以效其博通之实。至于此而不去，则其人之可知。然犹使御史得以求其疵，谏官得以考其素。一陷清议，辄为废人。是以始由察举，而无请谒公行之私；终用考试，而无仓卒不审之患。盖其取人也如此之密，则夫不肖者安得而容。轼才不逮人，少而自信。治经独传于家学，为文不愿于世知。特以饥寒之忧，出求斗升之禄。不谓诸公之过听，使与群豪而并游。始不自量，欲行其志。遂窃俊良之举，不知才力之微。论事迂阔，而不能动人；读书疏略，而无以应敌。取之甚愧，得而益惭。此盖伏遇某官，德为世之望人，位为时之显处。声称所被，四方莫不奔趋；议论一加，多士以为进退。致兹庸末，亦与甄收。然而志卑处高，德薄宠厚。历观前辈，由此为致君之贤；敢以微躯，自今为许国之始。过此以往，未知所裁。

【译文】右轼敬述。这月某一天蒙恩授大理评事签书凤翔府节度判官厅事。皇帝在殿廷上亲自主持考试，最后殿前唱策，分进士为五等，是为了搜罗优异人士；承皇帝亲自策问而敬献答辩，侥幸占了御试才识兼茂明于体用科的第三等。忽从县的副职，把我提升为大理评事。自己检查难当此重任，故而战战兢兢不知该怎么办好。恭思治理国家的制度最要紧的，是选择人才最难。用人单位，怕推荐人才的单位有私心，所以舍被用的人一贯表现，而单看考试成绩；通晓情况变化，不拘常规的人，恐人才未全收罗到，所以勤于采访探听，而忽略了临时考试。这两方面比较起来，想求其全而不可能。立即用考试法，来个迅雷不及掩耳，一视同仁，这当然就无私了，然而才学与德行没法深知；采用考察后予以举荐，这需要时间长，所以就不会漏掉人才，然而以私情相托走门路，就因而滋长蔓延。这就是隋唐采用考试办法选取进士用人制度之所以有弊，魏、晋推行的九品中正制度所以多奸的原因。惟有贤良方正科，规定由有关长官荐举或自行在原籍投状应试茂异等科，等待到被举。被举者须先上艺术于有司，经有司审察然后试于秘阁，中试者再由皇帝亲策。这是兼用考试察举法。每隔一年，帝王就发布告官民的明确文告，使考试与察举法各举所掌握的情况。在家者能孝顺老人而恭谨待人，在官者能洁廉而谨慎。使他处于患难而能不改志节，面临贿赂而能不动心。既已得立身处事的根本原则，然后在当时加以重用。学识渊博的人又须择要领而后用，文辞绚丽者或以偶用而用得恰好。目的在于从万人中，求所用的人百全之美。凡受到中书门下试察合格，虽已为天下之选人。而这并不定局，还要观察胸中有无真才；无所不问的殿试策，以核查他是否有博学通用之实际本领。到这时这位人才还筛选不掉，则这位人才的本事如何不问可知。然后再命御史寻求这位人才的毛病，直言极谏的官考察他平素的行为，一旦为乡里或学校中公正的舆论所不容，则终身为人所不齿。是以始经过察举，而没有公然行使请托求见，说人情的事；最后用考试，而不会有仓卒没细审之弊病。因为选择人才的方法如此缜密，则那些不贤无能的人何以能混进来。我才不及人，年少而自己相信自己。学习经书独传于家学，写文章不愿求世人知道。特以怕饥寒，出外求升斗之收入。没想到诸公的误听，使和其他杰出读书人共获中试殊荣。开始我不自量，想展献自己抱负，于是就窃到才识优良的名声，没想到自己才识微劣。我论事迂远而不切实际，故而不能有说服力；读书疏远不周密，故而不能应敌。录取我感到羞愧，得到殊荣，非常惭惧。此因我遇到某官，当世德高望显的人，名声所及，四方无不趋赴；评论一加，很多才智之士，或进或退。致使我这个才能平庸低下的人，也被选拔录用。然而志气卑微却居高，德劣却受到厚宠。历观前辈，由此为对君报效的阶梯；我敢用微躯，自今乃为国效命的开始。除此而外，不知如何裁决。

又

轼以薄材，亲承大问。论议群起，予夺相乘。不意圣恩之曲加，犹获从吏之殊宠。伏读告命，重积震惶。嘉其爱君之心，期以克终之誉。辞不获命，愧无以堪。某生于远方，性有愚直。幼承父兄之馀训，教以修己而治人。虽为朝廷之直臣，常欲挺身而许国。位卑力薄，自许过深；言发谴生，事势宜尔。追寻策问之微意，实皆安危之大端。自谓不及，则曰志勤道远；开其不讳，则曰无悼后害。窃以制策之及此，又念科目之谓何。罄其平时之所怀。犹惧不足以仰对。言多迂阔，罪岂容诛。伏以国家取人之科，惟是刚柔适中之士。太刚则恶其狷狂不审，太柔则畏其选懦不胜。将求二者之中，属之以事；固非一介之贱，所或能当。某之不才，过乃由此。然而讦切愤悱，为知士之所不许；因循卤莽，又有国之所乐闻。使举世将以从容而自居，则天下谁当以奋发而为意。此盖某官，羽翼盛时，冠冕多士，思尽刍荛之议，以明宽厚之风。羁危之所恃以为无忧，纷纭之所恃以为定论。顾惟无似，尚辱甄收。感恩至深，求报无所。昔者西汉之盛，莫如文、景、孝武之贤；制策所兴，世称晁、董、公孙之对。然而数子者，颂咏德美，而不及其讥刺；故三帝者，好爱文字，而无闻于宽容。岂其时君不可为之深言，抑其群臣亦将有所不悦。某才虽不逮，时或见容。非怀爵禄之荣，窃喜幸会之至。

【译文】我以菲劣之才，在金殿亲承皇帝策问。群相议论，施予和争夺互相争辩。没想到圣恩能曲折相加，我犹获幕僚属员大理评事的殊荣。拜读告命，重新增加震惊和惶恐。嘉许我爱君的心，期我始终对君如一之誉。辞不蒙准，愧悚真不堪。我生在很远的地方，性又拙直而愚笨。从小秉承父兄的余训，教以先修身齐家而后才能从政。虽为朝廷的直臣，常想为国而献身。地位卑微力量单薄，可自许过深；言语一出，即招责难，乃事实所难免。追思帝王以政事，经义等设问。写在简策上，使之条对的深意，实皆国家安危的大原则。自己陈说不完整时，则说志勤而道理深远；开言不忌讳时，则说不怕以后的危害。窃思皇帝命题写在简策上询问这些，又念分科取士的项目是为什么。我就说尽平时所知道的，还怕不足以仰对君王之所问。我言多迂远而不切实际，罪岂止是杀死就够了。我想国家选拔人才的对象，还是刚柔适中的人。太刚则怕他狷狂不精细审查，太柔则怕他软弱不堪。将求二者之中的人，教他去办事；固不是太刚或太柔的人所能承当的。我的不才，过错就在这。然而好攻击人之短，甚至伤害人，为有识之士所不许；守旧粗野又有国人之所乐闻。使世上人将以从容不迫自居，则天下谁肯立志去奋发有为。这因为某官辅佐太平盛世，奖励许多念书人，思尽大家的意见，以明朝廷宽厚的风格。困危之所恃，以为无忧；纷纷议论之所恃，看成定论。想起我这样不贤的人，还蒙选拔录用。实为感恩不尽，求报无门。昔日西汉最盛的时候，莫过于文、景、孝武之贤；皇帝有事问群臣的范例，世称晁错、董仲舒、公孙弘的对策。然而这几人颂扬美德，而不及其讽刺；所以西汉三帝好爱文学，而没听说宽容的话。岂因为对时君不可为之深切粗率的谈话，或其群臣也将有所不高兴。我才虽不及，时承宽容。我不是怀官位和待遇之荣耀，私下最高兴的是幸而遇到能原谅我的人。

谢馆职启

试言无取，锡命过优。进贻朋友之讥，退有简书之畏。觍颜就列，抚己若惊。国家取士之门至多，而制举号为首冠；育才之地非一，而册府处其最高。观其所以待之，盖亦可谓至矣。知宝玉、瑶玛难得而易毁，故箧椟以养其全；知楩楠、豫章积岁而后成，故封殖以待其长。施等天地，恩均父师。恭惟先帝临御以来四十二载，所擢贤良方正之士十有五人。其志莫不欲举明主于三代之隆，其言莫不欲措天下于泰山之固。大则欲兴礼乐以范来世，小则欲操数术以驭四夷。然而进有后先，名有隐显，命有穷达，时有重轻。或已践庙堂之崇，或已登侍从之列，或反流落于远郡，或尚滞留于小官，或死生之乖睽，已为陈迹，或摈斥于罪戾，仅齿平民。虽曰功名富贵所由之途，亦为毁誉得丧必争之地。名重则于实难副，论高则与世常疏。故虽绝异之资，犹有不任之惧。轼之内顾，岂不自知。性任己以直前，学师心而无法。自始操笔，知不适时。会宗伯之选抡，疾时文之靡弊。擢居异等，以风四方。不知满溢之忧，复玷良能之举。负贤者所难之任，争四海欲得之求。其为蠢愚，可为危栗。是以一参宾幕，辄蹈危机。已尝名挂于深文，不自意全于今日。而况大明继照，百度惟新。理财训兵，有鞭笞戎狄之志；信赏必罚，有追述祖宗之风。凡用人历试其能，苟败事必诛无赦。此太平可待之日，岂不肖兼容之时。而乃度越贤豪，曲收微贱。纵不能力辞而就下，亦当知非分以自惭。此盖伏遇某官，志在斯民，仁为己任。欲办大事，务兼尺寸之长；将求多闻，故引涓埃之助。致此忝冒，有逾等伦。欲报无缘，将何望于顽鄙；遇宠知惧，庶不至于惰偷。

【译文】我的被召试馆职做的文章，本不可取，却赐命我到直史馆任职，这提升得太优越了。进遭朋友的讥笑，退有提升时临行告诫文书之畏。厚着脸上任，自问自己非常吃惊。国家选拔人才的方法很多，而以地方贡举，皇帝亲自主持殿试的制度为最优越最重要；培育人才的地方不止一个，而以帝王藏书的册府为最高。观看给我的种种待遇优厚，真可谓太理想了。知宝玉、美玉难得而易碰坏，故用小木箱、木柜装起来以免破损；知楩、楠、豫章木种好几年才长成，所以对这类木材壅土培植，好等它长大。对我的施予太多了，给予的恩惠如同对待太子的师傅一般。恭思先帝宋仁宗登基四十二年来，所选拔的贤良方正的人才共十五名，其志向没有不想赞助皇帝造成夏、商、周三代的盛世，其立言没有不想把天下治理像泰山样坚固。大则欲兴礼乐以规范来世，使全国成为文明礼义之邦，小则想用法治谋略以驾驭四边的少数民族。然而进有先后，名有隐显；命有亨通与悖时，时机有遇不遇。有的已位极人臣，掌握治国大权，有的已成为帝相左右的人。有的流落于远方，有的去做小官而不升。有的生死分离，已为陈迹；有的因罪戾而斥绝，仅与平民一样。虽说功名富贵是人生所希望走的道路，但也是毁谤和荣誉，得与失必争之地。名声太大则于实难副，调太高则与世大有距离。所以就是有惊人的绝异才干，还有怕不能胜任的恐惧。我反过来看自己，岂不自知。我任性一直往前走，以己意为师，既不灵活，又不大讲策略。所以自开始提笔写文章，就知道不能媚俗。适逢礼部选拔人才，痛心应付科举的文章陈腔烂调多，故将我的文选在前茅，以激励四方。我不知居高思危，水满则有溢出之忧，复玷污了所谓有良能的推举。辜负贤者所难之任，争四海之内想得的美差。我这种愚蠢真是危险而令人战栗。一做僚属，就遇着危机。已曾上了有人利用法律苛细周纳入罪的黑名单，不曾想到今天幸免无事。而况日月普照，凡事革新。当今朝廷理财练兵，有惩罚西夏和辽邦的志气；信赏必罚，大有祖宗的遗风。凡用人不只一次考验他的才能，如果犯了大罪必杀不殉情。这是太平不久会实现之日，岂是兼容我这个无才能人之时。而今我越过前豪，被朝廷曲收了我这个微贱的人。我纵不能极力辞掉我这个直史馆的馆职而居下位，也当知我非分得了这个职位而自惭。这因我遇到某官，志在为民；以施行仁政为己任。想办大事，务得一点一星之长；将求多闻天下事，所以轻微之助也加以引用。我为此冒昧得了职位，超越了同辈。欲报答而尚未遇到时机，将有何希望我这个愚顽鄙陋之人；遇到破格提升我，将知道恐惧，该不至于我浑噩懒惰。

凤翔到任谢执政启 嘉祐六年

右轼启。违去轩屏，忽已改岁。向风瞻恋，何翅饥渴。前月十四日到任，翌日寻已交割讫。轼本凡材，谬承选取。忽从州县，便与宾佐。扪躬自省，岂不愧幸。伏自到任已来，日夜厉精。虽无过人，庶几寡过。伏惟昭文相公，素所奖庇，曲加搜扬。既蒙最深之知，遂有自重之意。所任佥署一局，兼掌五曹文书。内有衙司，最为要事。编木筏竹，东下河渭；飞刍挽粟，西赴边陲。大河有每岁之防，贩务有不蠲之课。破荡民业，忽如春冰。于今虽有优轻酬奖之名，其实不及所费百分之一。救之无术，坐以自惭。惟有署置之必均，姑使服劳而无怨。过此以往，未知所裁。

【译文】我敬述。离开您左右不久，忽然又过了一年。临风瞻望留恋，何只是如饥似渴。冬十一月十四日我到凤翔做官，第二天就很快办完交接。我本无甚才干，错承选拔，忽从州县，便任凤翔府大理评事。抚胸自省反问，岂不惭愧侥幸。我自到任以来，日夜想尽力把府里事办好。虽没超过别人的作为，只求过错不多。伏思韩琦昭文相，对我素多奖励庇护，曲加褒扬。既蒙您知我最深，于是我就非常自重。我所任签书凤翔节度判官厅，兼掌田曹、兵曹、集曹、仓曹、金曹等五曹文书。内有衙署办公处、最为繁忙。编木成为竹木排，东下渭水、黄河；火速运送粮草，西赴陕甘宁边区。每年要对黄河防洪，还要注意那些贩卖货物有不减的税。民业破产，快如春冰的薄而易解。如今纵有优待奖励之虚名，其实还达不到所交税的百分之一。解救民众疾苦我有心无力，不免坐以自惭。唯有我设置官职与任用官吏一定做到公平，以便给民众勤劳办事而不落怨言。过此以后怎么办，不知如何裁夺是好。

密州到任谢执政启

蒙恩授前件差遣，已于今月三日赴任讫。带山负海，号为持节之邦；多病无功，久在散材之目。授非所称，愧靡自任。矧兹愿治之辰，方以求贤为急。宜得敏锐兼人之器，以副厉精更化之怀。如轼者，天与愚忠，家传朴学。议论止于污俗，交游谓之陈人。出佐郡条，荐更岁籥。虽仅脱网罗之患，然卒无毫发之称。岂伊宠荣，偶及衰钝。此盖伏遇某官，股肱元圣，师表万邦。欲隆太平极治之风，故开兼收并采之路。重使一夫之不获，特捐支郡以见收。荷恩至深，论报何所。谨当镌磨朽钝，籆策疲驽。虽无望于功名，庶少逃于罪戾。过此以往，未知所裁。

【译文】蒙恩差遣至山东东部密州任知州，我已在十一月三日赴任移交完。密州背靠海，山横于前，号称持符节以镇守海滨之邦；我多病无功，久属无才的行列。命我作密州知州，愧难承当。况当朝廷求治之时，正以求贤为急务。宜用既敏捷又干练的人才，以符合尽力刷新政治富国强兵的规画。像我生来愚忠，家传名物、训诂、考证的古文经学。议论止于野俗，交游多属老朽。出来做太守的辅助官吏，遇时节供时物而变更年终祭祀的音乐。虽然没捅大漏子，以至坐监，然却没有丝毫建树。岂知做知州的殊荣，竟然落到我既衰弱又椎鲁的人身上。此皆我遇到辅助皇帝师表万邦的大圣人，想兴隆太平盛世之风，故开兼收并蓄之路。使臣负有查询野有遗才的使命，特将滨海小郡的空缺让我去。受恩太深，何以去报答呢。谨当琢磨衰朽笨拙，鞭策我这个疲惫低能的马。虽不盼有什么大建树，只希望稍逃去罪过，少犯错误。过此以往，未知如何是好。

徐州谢两府启 熙宁十年

移守河中，已愧超升之异；改临泗上，仍叨藩镇之雄。既见吏民，周览风俗。地形襟要，当东南水陆之冲；民食艰难，正春夏旱蝗之际。宜得一时之循吏，以安千里之疲民。如轼者才不逮人，学非适用。早尘策府，自知拙直之难安；屡乞守符，意谓苟全之善计。然自往来三郡，首尾七年。足蹈危机，仅脱风波之险；心存吏役，都忘学术之源。既未决于归耕，敢复求于善地。伏遇某官，权衡万物，高下一心。顽矿悍坚，实费陶熔之力；散材疏恶，徒施封殖之恩。谨当箠策疲驽，镌磨朽钝。上酬天造，次答己知。

【译文】熙宁九年九月，诏令将我调到河中府任职，已经惭愧将我提升得非同一般；在我赴任的途中，熙宁十年二月又将改知徐州，乃忝任徐州地方长官，可谓一方之雄。既而看到僚属百姓，察看周围的风俗人情。泗上地势险要，当东南水陆的要冲；民食欠缺，正春夏之交天旱蝗虫肆虐的时候。这种情况适合派来当时遵礼守法，精明强干的官吏，以安抚周边千里的疲困老百姓。可我这样才不及人，学非能用。早年我在帝王藏书所就工作得不怎么好，自知我性格拙笨难以和人常相处；屡次请求做外任地方官，私下以为这是苟全性命的妙计。然而自从熙宁四年，皇帝批出改通判杭州，熙宁七年九月改调密州，熙宁十年赴徐州任，首尾七年。面临危机，仅脱风波之险；心放在处理政事，使用府吏衙役上，忘掉了研究学问。既未下决心归耕，哪敢再求到好的地方任职。伏遇执政衡量万物，高下一样对待。难开的矿非常坚硬，实在费开掘之力；不材的人疏懒不听话，白用了壅土栽培之功。我谨当鞭打我这疲惫的笨马，琢磨衰朽笨拙的行动。上报君王，次酬答已知的执政。

徐州谢邻郡陈彦升启

受代胶西，甫违仁庇；分符泗上，复托恩私。祇见吏民，布宣条教。郡有溪山之乐，庭无争讼之烦。曾何妄庸，获此侥幸。此盖某官，纪纲千里，仪表一方。议论信于中朝，予夺公于多士。衰罢无术，既常荷于兼容；勉励自将，或无忝于知遇。感惧之素，敷染难宣。

【译文】我在去密州赴任，刚刚离开您的仁慈庇护；来到徐州做州官，又蒙受皇帝的私情恩宠。恭谨会见僚属百姓，宣布教令。徐州这地方有溪山之乐，公堂之上没有争打官司的烦恼。我是何等狂妄无知，得到这大的侥幸。这都是当朝执政治理千里，表率一方。议论为朝中信服，给予或夺去公布在众多士子中。我衰疲无智术，既常受兼容；勉励自强，或无愧于和您这知己之遇。感激与恐惧的心思，用笔墨难以表达。

徐州谢执政奖谕启

事有服勤，此实守臣之职；功无可录，遽膺褒诏之荣。闻命惟惊，反身自愧。伏自河失故道，遗患及于东方；徐居下流，受害甲于他郡。比缘众力，获保孤城。洒沉澹灾，无补洪源之塞；增痹培薄，仅循下策之施。敢图天听之卑，乃辱玺书之赐。兹盖伏遇某官，左右元圣，师保万民。方以一夫不获为己羞，故众人皆乐以善告。遂缘过听，致此曲恩。某敢不祗服训词，益修吏职。深自策其驽钝，庶有补于涓埃。过此以还，罔知所措。

【译文】办公事服务勤劳，这是我身为徐州守官应尽的职责；功不值得记录，忽我得到皇帝诏书褒奖之荣。听念诏令很惊讶，反观自己非常惭愧。黄河自从失去故道，熙宁十年七月河决于澶州曹村下埽，遗留的祸患殃及到东方。徐州居下流，这年八月水汇徐州城下，涨不得泄，受害超过周围的郡县。城将淹没，幸赖大家之力，筑堤堵之，水至堤下，害不及城，孤城得以确保。消灭灾害，使民安定，并非治本，无补于洪水源头的堵塞；增塌的堤培本加固，这仅是按治水的下策去做的。我哪敢想到皇帝能晓得卑人做的，下诏书赏赐我。兹因当朝执政，乃辅助天子的圣人，教养千万人民。才以一夫得不到应有的为自己羞耻，所以众人才乐以善告。于是因为误听，才有皇帝对我过于施恩。我岂敢不敬服教导之言，更加尽自己职责。并狠鞭策我衰笨之身，以便能有点滴的报答。过此以还，不知该怎样做为好。

登州谢两府启 元丰八年

右轼启。蒙恩授前件官，已于今月十五日到任上讫者。迂愚之守，没齿不移；废逐之馀，归田已幸。岂谓承宣之寄，忽为枯朽之荣。眷此东州，下临北徼。俗习齐鲁之厚，迹皆秦汉之陈。宾出日于丽谯，山川炳焕；传夕峰于海峤，鼓角清闲。顾静乐之难名，笑妄庸之窃据。此盖伏遇某官，股肱元圣，师保万民。才全而德不形，任重而道愈远。谓使功不如使过，而观过足以知仁。特借齿牙，曲成羽翼。轼敢不服勤簿领，祗畏简书。策蹇磨铅，少答非常之遇；息黥补劓，渐收无用之身。过此以还，未知所措。

【译文】右轼敬述。蒙复我朝奉郎知登州，已经在元丰八年十一月十五日到任交接完。我秉性迂阔愚拙，终身不改。将我谪官发配到黄州，那时想到能让我回去种田就已属万幸。岂料对我承奉宣扬，忽然成为我这个枯朽没希望人的荣誉。回顾这个登州乃属东部之州，下近北部世界。习俗属齐鲁纯厚的地方，名胜皆秦汉遗迹。引导日出于壮丽高楼上，可见山川鲜明锦绣；传夕阳的余辉在海的西边山顶上无处不是，这时鼓角幽静洁闲。顾静雅的乐难以命名，笑愚昧无能的我居然忝为守土之官。此皆因当朝执政，他是辅佐君王的大圣人，教养万民。才全而德却不表露于外，任重而路程却远得很。执政认为使功不如任用有过错的人，而观有过错的人很容易看到有无利民的表现。特借口头随意赞美，以形成辅助力量。我岂敢不面对任我的文簿，克尽全力，敬畏告诫我的文书。鞭策笨劣无用的我，勤于立功书写，以稍微报答非同寻常的眼前厚待；改正缺点，渐收我这无用之身。过此以还，不知未来该如何办是好。

罢登州谢杜宿州启

桑榆晚景，忽蒙收录之恩；山海名邦，得窃须臾之乐。自非明哲，少借馀光。内自顾其空疏，必难逃于旷败。此盖某官，高风肃物，雅望应时。既恺悌以宜民，亦儒雅而饰吏。每假齿牙之论，曲成羽翼之私。感佩良深，敷述奚既。

【译文】我这个垂暮之年的人，忽然得到收录之恩；登州（山东省蓬莱县）这个一面依山三面环海的名胜之区，幸得赏片刻的愉悦。因为元丰八年冬十一月才到登州上任，任未十天，就将我调到京城。我本非明智的哲人，稍得到您力所能及的照顾。我自己觉查我是非常空疏而无才的人，再在登州继续任职，必然旷废职守，才不能当。此因当朝执政高风亮节、严肃思量，美好的声望为世所钦仰。既和乐简易以亲民，又儒雅而爱护下属。每借您随意褒美，使我曲成辅助的人。感激佩服非常深，叙述如何能尽。

除起居舍人谢启 元祐元年一作谢右史启

比者误被圣恩，轸及弃物。起于贬所，付以名藩。牧养疲民，曾未施于薄效；跻攀近侍，已再被于宠光。禄既多则功不可微，职既崇而责犹为重。顾恳辞之莫获，念图报之未能。方以为忧，敢辱见庆。此盖某官，德惟乐善，志务达人。重缘姻好之私，贲以文词之美。捧读数四，退增愧惭。属春候之向和，宜福禄之益固。未遂披奉，但切倾怀。

【译文】近来误受皇帝之恩，辗转思念到我这被贬流放的无用人。从被贬的所在将我起用，交给重要的名城。治理登州穷苦的老百姓，曾未尽到我的绵薄；升攀为亲近侍奉的人，再次受到很大荣光。待遇既然优厚则立功不可轻微，职务既为中书省的起居舍人，是从六品官员，职掌略同门下省的起居郎，为侍立修注官，而责任犹为重大。想恳切辞谢这个官而不被批准，念图谋报答又未能。正在忧愁，敢承庆贺。此皆当朝执政德好乐善，志务通达事理。重缘姻好的私情，饰以文词之美。捧读庆贺之文好几遍，回来就更增加惭愧。时属春季和暖之时，宜您福禄越发牢固。未能向您披露奉献一片感激的心，但写此已显示我诚恳的胸怀。

谢中书舍人启

右轼启。蒙恩授前件官者。起于贬所，未及期年；擢置周行，遽参法从。省躬无有，被宠若惊。窃惟人材进退之间，实为风俗隆替之渐。必欲致治，在于积贤。虽一薛居州，齐言不能移楚；而用范武子，晋盗可使奔秦。崔琰进而廉俭成风，杨绾用而淫侈改度。诚国是之先定，虽民散而可收。拔茅茹者以汇而征，傅马栈者必先其直。用舍既见，好恶自明。人知所趋，势有必至。今朝廷方讲当世之务，力追前代之隆。虽改定法令，足以便事，而未足以安民；宽弛赋役，足以安民，而未足以成俗。是以登进耆老，搜求隽良。将使士知向方，民亦有耻。如轼者山林下士，轩冕弃材。少而学文，本声律雕虫之技；出而从仕，有狂狷婴鳞之愚。沟中不愿于青黄，爨下无心于宫徵。误蒙收拾，已出优恩。荐履禁严，殊非素望。此盖伏遇某官，德配前哲，望隆本朝。名重圭璋，上助庙堂之用；言为蓍蔡，下同卿士之谋。馀论所加，虚名增重。知丹心之尚在，怜白首之无归。特借宠光，以宽衰病。任隆才下，恩重报轻。直道而行，恐非所以安愚不肖之分；充位而已，又不足以解卿大夫之忧。早夜以思，进退惟谷。恐惧战越，不知所裁。

【译文】右轼敬述。元祐元年三月蒙恩授我中书舍人。我本起于贬官的黄州，不到一年；擢升官的要津，进而忽然免试做跟随皇帝车驾的中书舍人。反过来省察我自己没有什么建树，受到如此重用，不免惊异。我常想人材进退之间，实为风俗厚实与衰败逐渐转变的契机。要想政治清明，在于培养众多的贤良之士。虽然用一个宋国善良的读书人薛居州，都说不能退楚国兵。而用有才干的范武子，晋盗可很快往秦国跑。三国魏人崔琰能重用，那魏国就能廉俭成风，唐代大历时官任同中书门下平章事的杨绾能被用，淫侈之风就可改观。不过，国家兴盛大计先定下来，君臣同心实行，虽民心涣散也可以收回来。茅之为物，拔它的草根，其他就可以相互牵引聚集到一块，敷设马棚时先得让它直。用和不用的很明确，好坏自然分得十分清楚。人知往哪走，情势发展也有它的必然趋势。而今朝廷正讲当代治国之道，力追前代的兴隆局面。虽然改定法令，厉行改革，足以推行新政，而却不能足以使民心安定；轻徭薄赋，足以安定民心，而未足以成俗。所以聘用有才德的老政治家，搜求隽秀贤良的人。将使有识之士知往何处奔，众百姓也就知廉耻。像我这样山间林下少才的人，不堪有官禄爵位的弃材。少年读书，学的是关于词章声律的雕虫小技；出去做官，由激进与偏激保守而导致触怒皇帝之愚。饿毙沟里就不愿问庄稼成熟不成熟，看灶下烧剩的良木就无心去问琴声合不合拍节。我误蒙起用，已是皇帝的优恩；派到宫禁中任事，这不是我平素的愿望。此皆因伏遇当朝执政，德配前代有才德的人，在本朝声望又高。名重昂贵的玉制礼器，上为辅佐皇帝之用；言同卜筮的善预测，下同众大臣相商。您的剩余之言加于我，使我虚名增重。知我忠君之心尚在，怜我年老无归宿。特借您给予的荣誉，以减轻我的衰病。责任重我才能低下，施恩重我报答得少。遵照正道而走，恐不是安排我这愚不肖之分；我不过是任职充个数，又不能解除各位大臣的忧虑。早夜想这事，进退两难。恐惧战栗，不知如何是好。

除翰林学士谢启 元祐元年

叨奉宠恩，擢居禁近。任逾器表，忧与愧并。内自顾于衰迟，宜退安于冗散。岂期晚节，复与英游。此盖伏遇某官，德配先民，望隆多士。至诚乐与，共推人物之评；雅量兼容，曲借齿牙之末。致兹朽钝，亦践高华。方修问之未皇，遽移书之见及。其为感佩，难尽敷陈。

【译文】蒙赐宠爱之恩，元丰九年九月授我为翰林学士，把我提升到皇帝宫中的翰林院官署，与皇帝所居相近。任职超过我的器识和能力，不免忧愁与惭愧交织在一起。我自己意识到自己衰迈迟钝，适合于做挂名的闲散之官。岂料晚年复与诸英豪俊杰在一块共事。此因伏遇当朝执政，德配古时贤人，声望隆于众人。胸怀至诚，乐于助人，共推为难得的人物；雅量能兼容并包，谬承您随意赞美。以致让我这个朽钝的人，也忝任翰苑清贵之官。修书问安还没有来及，忽接到移送来的文书。我的感激与敬佩，笔墨难以表达。

杭州谢执政启 元祐四年

右轼启。小器易盈，宜处不争之地；大恩难报，终为有愧之人。到郡浃旬，汗颜数四。湖山如旧，鱼鸟亦怪其衰残；争讼稍稀，吏民习知其迟钝。虽尚婴于宠剧，庶渐即于安闲。顾此蠢愚，亦蒙徼幸。此盖伏遇某官，辅世以德，事君以仁，嘉善而矜不能，与人不求其备。故令狂直，得保始终。指步武于夷途，收桑榆之暮景。轼敢不钦承令德，推本上心。政拙催科，自占阳城之考；奸容狱市，敢师齐相之言。庶寡悔尤，少偿知遇。

【译文】右轼敬述。小的器皿装物易满而漫出来，宜处在不争之地为好；大恩一再施予我，我却难以图报，终究成为惭愧的人。到杭州十天，羞愧不止。湖山虽然还是过去的湖山，湖中鱼，天上鸟也怪其衰残；打官司的人稍少，僚属和百姓深知我迟钝。虽还感到加以特别宠爱，也许渐渐就处于安闲。想我如此愚拙，也蒙朝廷让我侥幸。此因我遇到当朝执政，辅佐皇帝以德治下天，事君以仁慈，嘉许善良而怜察能力差的人，对人不求全责备。所以才令疏狂率直人得保始终。指我走平坦的路，过晚年的好日子。我岂能不钦佩承继您的美德，推察朝廷待我的心。我宁肯学阳城那样，决不因为百姓不按期交纳税赋而使他们活不下去。阳城是唐朝道州刺史，治民如治家，税赋交不齐，观察使数次斥责，阳城为自己下的考语是："抚字心劳，催科政拙，考下下。"因载妻子弃官去。我也记住齐相之言，对违纪行为，惩治到适可而止。史记《曹相国世家》云："参去，属其后曰：'以齐狱市易为寄，慎勿扰也。'"这几句话的意思是：狱如教唆词讼，市如用私斗秤欺骗，适当治理一下是可以的，若过分，就容易为乱。我就是本着得放手时且放手的原则，来处理杭州的政事。也许这样，我也可以少悔恨，稍偿您知遇之恩。

颍州到任谢执政启 元祐六年

入参两禁，每玷北扉之荣；出典二邦，辄为西湖之长。皆缘天幸，岂复人谋。惟汝水之名邦，乃裕陵之故国。人醇事简，地沃泉甘。岂惟暂养于不才，抑亦此生之可老。恭惟某官，嘉猷经世，茂德范时。元老庙堂，自有权衡之信；馀生江海，得同品物之安。感佩之私，笔舌难既。

【译文】自从哲宗嗣位，宣仁太皇太后高氏垂帘听政，坚决废除新法，复祖宗法度为先务以来，我已两次到了宫廷任职，每每因我去学士院做事而使学土院受到唐突；到颍州、杭州做外任官，居然成为西湖之长。皆因天赐予的（实为宣仁太皇太后保护之故），岂是我活动的。这颍州乃是汝水下游的名邦，宋神宗的故乡。民风纯厚，政事不多，土地肥沃，泉水甘香。不只是可以暂养我这个不才的人，我甚至还愿终身老于此。恭思当朝执政，治理国家有善谋，德高而为一时的典范。在庙堂之上您是老臣，您自有为人信服的决断；江海余生，我得同众物流形一样安祥。我感激佩服您，笔舌都无法表达尽。

扬州到任谢执政启 元祐七年

择地而安，本非臣子之达节；有求必获，足见庙堂之兼容。释汝、颍之清闲，当江、淮之冲要。旧游所乐，习俗相谙。已见吏民，具述朝廷之意；不为条教，自然狱市之清。此盖伏遇某官，师保斯民，蓍龟当代。折冲御侮，已获万人之英；补隙辅疏，更收一木之用。轼敢不益求民瘼，勉尽鄙才。但未归田之须臾，犹思报国之万一。

【译文】择地而求有个好安身所在，本不是为臣者非常通达事理；有求必定得到满足，证明朝廷能广泛收集。舍汝水、颍河的清闲，当江淮的要冲。与昔日一块玩的朋友快活，风俗习惯也都熟。已见僚属和百姓，具述朝廷要我来的意；不用发布告示，狱中市面上都井然有序。此因伏遇当朝执政教养百姓，借鉴当代。抵御敌人防御侵略，已成为万人之英；补救缺漏辅助疏忽，更收一草一木之用。我岂敢不更了解百姓疾苦，竭尽我所有力量。但没辞官归田以前的片刻，还思报国于万一。

定州到任谢执政启 元祐八年

燕南赵北，昔称谋帅之难；尺短寸长，今以乏人而授。幸此四夷之守，忘其一障之乘。坐食何功，扪心知愧。伏念轼愚忠自信，朴学无华。孔融意广才疏，讫无成效；嵇康性褊伤物，频致怨憎。叨逢圣世之休明，未分昔人之忧患。故求散地，以养衰年。终成命之莫回，悼此心之未亮。伏惟某官，躬行周孔，力致唐虞。燮和天人，方遂万物之性；虚受海宇，固容一介之微。眷此馀生，实无他望。老如安国，既倦北平之迁；蠢比方回，终有会稽之请。归依之至，笔舌奚周。

【译文】燕山以南，赵以北；过去认为谋镇守这个宋辽边界的将帅很难；人各有长处或短处，不能一概而论，今以乏人而派我去。幸而东夷、西戎、南蛮北狄这四夷有守将，于是忘掉时在定州边塞为官的我。我坐在定州吃而无功，抚摸胸中有愧。伏念我对皇帝非常忠而自信，学的经史子书较为结实。汉末的孔融志大而才疏，终无成效；魏晋的嵇康性情偏激而遭忌，频招人怨。我恭逢太平盛世美善兴隆，未分享到昔人的忧患。所以求闲散地方，以养残年。终于朝廷发布我任定州的成命没有收回，可怜我的心未蒙亮解。伏思当朝执政，躬行周公孔子之道，力求国家到达尧舜禹汤的政治局面。协和君民的共同利益，才遂万物的本性；谦虚善待天下，故容我一个渺小的人。可怜我的残生，确实没他望。老能生活在安定的邦国，既无意去遥远的燕山之南；蠢比相传尧时的仙人方回想化身而去，终有老归东吴的请求。归依之心甚切，笔舌如何能表达于万一。

谢秋赋试官启

伏以圣人设文章之教，本以御民；君子在田野之间，亦学为政。故知礼乐者可与言化，通《春秋》者长于治人。盖三代之所常行，于六经可以备见。事为之制，曲为之防。使学者皆能明其心，则天下可以运诸掌。降及近世，析为二途。凡王政皆出于刑书，故儒术不通于吏事。惟其所以治民者，固不本于学；而其所以为学者，亦无施于民。游庠校者忘朝廷，读法律者捐诗赋。场屋后进，挟声技以相夸；王公大人，顾雕虫而自笑。旧学无用，古风遂忘。终始之意，曾不相沿；贵贱之间，亦因遂阔。下之士有学古之意，而无学古之功；上之人有用儒之名，而无用儒之实。顾兹偷弊，常窃悯嗟。苟非当世之大贤，孰拯先王之坠典？伏惟某官，才出间世，志存生民。曩在布衣，能通天下之务；旋居要职，又为儒者之宗。明习政事，而皆有本原；守持经术，而不为迂阔。世之系望，上所深知。辍自朝联，付之文柄。命题甚易，而不肖者无所兼容；用法至宽，而犯令者未尝苟免。观其发问于策，足以尽人之材。讲求先圣之心，考其诗义；深悲古学之废，讯以历书。条任子之便宜，访成均之故事。不泥于古，不牵于今。非有苛碎难知之文，将观磊落不羁之士。使天下知文章诚可以制治，知声律不足以入官。失之者固因而自新，得之者不至于捐旧。畴昔所欲，于今遂忘。轼才无他长，学以自守。为文病拙，不能当世俗之心；奏籍有名，大惧辱贤材之举。翻然如畀之羽翼，追逸翮以并游；沛然如假之舟航，临长川而获济。偶缘大庇，粗遂一名。方将区区于簿书米盐之间，碌碌于尘埃箠楚之地。虽识恩之所自，顾力报之末由。感惧之怀，不知所措。

【译文】恭思帝王设文章的目的，本用来统治天下；君子处在田野间，也学的是如何从事政治活动。所以知道古代人在春秋两季教以礼乐，冬夏两季教以诗书，知礼与乐者可以言教育感化，通《春秋》的就可以治理百姓。夏、商、周三代所常推行的政策，在《诗》《书》《礼》《乐》《易》《春秋》的六经中可以详见。只有确定方针政策，才能婉转防止行为粗野。使学的人都能明白其当局的用意所在，则天下可以控制在掌上而不至乱。降及近代，析为二途。凡君王之政治措施，皆出于用文字制定的刑法书籍，反而知儒家学术者不明白官吏的政治作为。结果就出现治民者竟是不学无术；而孜孜不倦的苦学者，也无施于民。游官设的学校者忘记朝廷，不是学以致用，读刑书的人舍掉诗赋。科举时代在考场上的后辈，挟歌姬舞女以自夸；王公大人，顾诗赋词章为雕虫小技而讥笑，各走各的极端。旧的治国平天下的经书不用，传统的优良古风于是忘却。终始的继承关系，曾不相续而被割断；贵贱之间也因此更加隔的远。下面的读书人有学习古人之意，而无学古致用之功；掌权的有用儒之名，而无用儒之实。看到这种苟且偷安的流弊，我常常嗟叹忧虑。假如没有当代德高望重的贤人，谁能拯救先王已废弃的典章制度？伏想当朝执政，才出隔世，志在为老百姓办事。过去是平民老百姓时，能通天下诸般事物，通晓各方面隐衷；不久居朝廷要职，又是儒术精通的宗师。明习政事，而都有渊源；守持经术，不带书呆子气，毫不迂阔。您的家世声望，皇帝深知。而今您不管政务，专掌以文章取士的衡量权柄。命题很容易，而不贤的人却占不到便宜；用法很宽，而犯法者不能苟免。看您所提的策问，足使人尽其材。讲求先圣孔子之心，就考察诗书的真意；非常痛惜古学荒废，就询问推算日月星辰运行以及当时节气的历书。通达酌情办理因父兄功绩，得保证授予官职的人给以对国有利的事办，访察官设学校的做法。不学古不化，也不机械地受制于时俗。不是要求有苛碎难知的文章，而是将观察磊落正大的通达之人。使天下知文章诚然可以治国利民，知单靠声律不能从政。选拔不上的人固然因而自新，选拔上的人不至于弃掉经术。平常我所感叹的，到今就忘了。我才没有其他长处，只是学以坚持自己所知道的。作文不知取巧，不能迎合世俗之心；我在给朝廷进言、上书方面有些声名，大惧推荐什么贤材。目下回飞如添了翅膀，追奔跑的鸟羽以并游；又沛然如乘舟远航，临长长的河流而可以过。偶有机会您给予庇护，我也以一名被派遣。本来我将忙于官署中的簿书文册和米盐之间，奔走在尘埃杖刑之地。虽然识您给我以恩，不过想尽力报答而不能。感激与恐惧之怀，不知该怎么办才好。

谢监司荐举启

猥以庸虚，过蒙知遇。既免尤谴，复加荐论。自省孤危，加之衰病。生而赋朴野之性，愚不识祸福之机。但知任己以直前，不复周防而虑后。动触时忌，言为身灾。挤而去之，则为有功；引而进之，亦或招悔。自非不以利禄为意，而以仁厚为心。顾兹钝顽，谁肯收录。伏惟某官，时望至重，主知已深。方将长育于群材，专务掩复于小过。怜其谋身之甚拙，进绝望而退无归；知其为政之虽迂，岁有馀而日不足。特矫世俗，借之齿牙。辄敢不祗畏简书，益自修饬。岂云报德，苟不辱知。过此以还，未知所措。

【译文】我苟以平庸空虚，过蒙您赏识和重用。既免谴责我的过错，又加推荐称道。我自己省察眼前很孤独危险，加上衰弱多病。我生来具有朴实纯真的个性，愚拙看不清祸福潜藏在哪。但知我行我素一直向前，不去周密防看上下左右四面八方对我存在哪些利不利，从而虑及以后的进退。动不动遭到时忌，说话做文章老是给自己带来灾难。谁把我排挤走，我认为是有功，谁把我引进推荐，说不定我就要招到怨悔。我不是不以利禄为意，而以仁厚为心。看我这顽钝劲，肯收我。伏思您很负时望，皇帝也很了解您。正将长育众多人才，专务掩盖人的小毛病。怜我谋安身立命之术甚拙，往前走绝望，向后走无退路；知我为政虽迂阔，日不足而岁却有余。特意矫正世俗庸碌奸狡人的偏见，加以赏识，庶几于世有补。我敢不敬畏您对我临行告诫的文书，从而更加谨慎戒免。苟不蒙您知，岂能说是报德。过此以后情况，未知如何是好。

谢监司启二首

近审下车，辄尝进记。徒欲闻名于将命，未皇尽意以占词。不图谦光，遽锡褒宠。感铭既切，愧惕并深。恭惟某官，以旧德之贤，当圣朝之选。恩足以济法，义足以理财。先声所临，公议同庆。凡繁属部，实有赖于庇庥；惟是孤踪，更曲蒙于优借。此为过幸，岂复胜言。

【译文】近来得知您下车到此，就曾牢记。只想传令名通您我的言语，还没来得及用何言词以充分表达我的心意，不料您因谦让而愈有光辉，忽然赐我嘉奖台爱。我真是铭心刻骨地感激，惭愧与警惕并深。恭想您，以有德望故老之贤，当皇帝之选。恩德足以有利于法的实施，高义足以理财。您先树的声威所临之处，大家议论共同庆贺。凡是您的部属，实依靠您的庇护关顾；只我这个孤身，更委曲您宽待。此为过分幸运，我岂必要多说。

又

伏念倾盖若故，虽自慰于宿心；尽言非书，固未纾于诚意。即膺宠复，实佩谦光：退属纷萦，遂疏上记。遽叨荣问，徒益厚颜。恭惟某官，造道惟深，养气以直。理财不愆于义，行法不失其恩。窃聆下风，倍仰厚德。不图幸会，遽隶属封。吏畏民怀，既仰安于明哲；心劳政拙，庶粗免于谴诃。喜忭至深，敷陈莫罄。烦歊尚炽，参对未期。伏冀精颐，别即迅召。

【译文】伏念初次相交，一见如故，虽满足了一向的心愿；可是竭尽我所说的话却未全写在纸上，本未抒发我的全部诚意。蒙您赐复，实在敬佩您谦逊礼让的风度。退回自己的衙门，事情繁多，于是就疏于敬答。忽然给我那么好的名声，但只增加耻辱之心。伏思您深造的大道很深，养气以正直。理财不失于义，行法不失其恩。我这个处下位的人听到您的种种，倍加仰望您的深仁厚德。不料幸而见到您，忽属您的管辖。所管辖的官吏吏敬畏，民众怀仰，既企敬慕盼您这明察事理的人；我心劳无政绩，也许能少免于责备。欢喜太很了，我实难都表达出来。目下气候闷热正厉害，参见您的时间难定。敬希精心保养，另外有事，即请速召唤我。

谢本路监司启

多病早衰，屡有江湖之请；误恩过听，遂分疆场之忧。才无取于折冲，愧已深于卧镇。敢缘厚德，尚许兼容。伏惟某官，名重缙绅，望隆中外。承宣帝泽，民忘流殍之灾；肃振台风，吏若亲临之畏。顾惟朽钝，得奉教条。但交欣悚之怀，莫罄瞻依之颂。

【译文】因为多病早衰，我不只一次呈请辞官归田；又由于皇帝误施恩和误听，于是把我派到前线定州承担分疆场之忧的责任。才无取于使敌人的战车后撤，从政也惭愧不能做到不劳而治。敢因皇帝的深恩厚德，尚许收容包括我无用在内的一切人。伏思您，在士大夫中享有重名，朝野都知您声望很高。承奉宣扬皇帝的恩泽，百姓们忘掉了流离失所饿死道旁之灾；您肃振监察官员公正不阿之风，官吏就像您亲自驾临的敬畏。只思我这衰朽笨拙，得奉您的法令。但有欣喜悚惧的心情，难以尽述对您尊仰而亲近之颂。

谢监司礼启

燕南赵北，昔为百战之场；地利人和，今乃四夷之守。观累朝之命帅，皆一代之名臣。岂谓宠荣，曲加疲陋。顾吏民之易治，幸衰拙之少安。此盖伏遇某官，硕德庇民，宏才纬世。馀膏所烛，常分无尽之光；蒙雾而行，坐获不知之润。眷言朽钝，未遂颠脐。勉加策励之勤，少答吹扬之赐。

【译文】燕山以南河北南部以北，过去是兵家必争的百战之地；地形有利人民祥和，今天是对周围少数民族头头入侵的防守前线。纵观历代任命将帅，都是一代的名臣。谁想这种特殊荣誉，曲加到我这个疲乏简陋的人身上。看吏民的容易治理，幸衰迈笨拙的我稍安。此皆因遇到您，大德庇护百姓，宏才治理天下。余下的油火所照，常分我用不了的光；我冒着雾而走，坐获到不知哪来的光润。回顾我这衰朽迟钝的人，才没有颠倒坠落。我要勉加您鞭策激励之勤，稍答您吹嘘的赏赐。

谢交代赵祠部启

近审新命，屈领此邦。名实所加，吏民交庆。夫何驽蹇之步，偶兹糠粃之先。虽甚内惭，实为大幸。恭惟某官，清名肃物，雅望在人。以博学而济雄文，以高才而行直道。久试萧生于冯翊，犹烦长孺于淮阳。眷此东原，几为大泽。尚呻吟之未复，岂罢陋之所堪。望公之来，以日为岁。祝颂之素，写述难周。

【译文】近知您受了新的任命，委曲您来接管定州。您来治理这个重镇有名有实，官吏老百姓一致庆贺。为什么我这能力低下的跛马的步子，要先来干些细微琐碎的事。虽很内惭，实为大幸。伏思您，清名严慎，美好的声望为人周知。以您的博学而助以雄文，以高大才华而行正直之道。您能学久试萧生在冯翊，使他不要做自负才气而欺人的故事，教诲人才，也能像当了十年淮阳太守的汲黯那样，成为社稷之臣。回看这定州，几为活不下去人闹事之地。尚呻吟啼饥号寒没恢复，岂是我这个疲弱困顿的人所能胜任。盼望您来，有度日如年之感。祝贺颂扬的心情，非笔墨所能形容。

贺吕学士启

文学之选，人才所难。迩无世禄之嫌，远绝茅衡之弃。矧此国家养贤之地，岂为儒者窃位之私。某官学古入官，修身以道。志本为己，行浮于名。直谅多闻，固可追于益友；文史足用，曾不愧于古人。果膺选抡，益登清要。未遑驰问，先辱惠音。

【译文】选拔知文学的人才，要难一些。近无因世代享有禄位而有所照顾之嫌，远绝出身茅草简陋屋的人受歧视之弃。况这是国家养贤的所在，岂能是读书人窃取权位的途径。您学古做官，修养自己人品学问完全用儒家学说的道理。志本为己，但立身行事却非徒有虚名。您正直诚实见识广，固然可以直追那些有益有作为的同辈；精通文史，在古人面前也不逊色。果然您被选拔到词科中来，职位清贵，掌握枢要。当您得到如此清要之职务时，我还没来得及赶紧祝贺问好，您就先赐来佳音。

谢王内翰启

右轼启。窃以取士之道，古难其全。欲求倜傥超拔之才，则惧其放荡，而或至于无度；欲求规矩尺寸之士，则病其龌龊，而不能有所为。进士之科，昔称浮剽。本朝更制，渐复古风。博观策论，以开天下豪俊之途；精取诗赋，以折天下英雄之气。使龌龊者望而不敢进，放荡者退而有所裁。此圣人所以网罗天下之逸民，追复先王之旧迹。元臣大老，皆出此途。伏惟内翰执事，天材俊丽，神气横溢。奇文高论，大或出于绳检；比声协句，小亦合于方圆。盖天下望为权衡，故明主委之黜陟。轼之不肖，与在下风。顾惟山野之见闻，安识朝廷之忌讳。轼亦恃有执事之英鉴，以为小节之何拘；执事亦将收天下之遗才，观其大纲之所在。骤置殊等，实闻四方。使知大国之选材，非顾当时之所悦。眇然陋器，虽不能胜多士之喧言；卓尔大贤，自足以破万人之浮议。方将奔走厥职，厉精乃心。苟庶几无朝夕之愆，以辱知己；亦万一有毛发之效，少答至仁。感惧之怀，不知所措。

【译文】右轼敬述。我以为选择人才的办法，古代难以求全。想求洒脱不拘的超拔人才，则怕他放荡，而或发展到无所节制；想求规规矩矩谨小慎微的人，则嫌他器量局狭，拘于小节，而不能有所作为。进士一科，过去称为飘浮剽窃。本朝改革制度，渐渐恢复一些古风。广看策论，为天下豪俊人士开辟一条发展途径；精取诗赋，以折天下所谓英雄之气。使器量狭窄，拘于小节的人望而不敢进，放荡的人退而有所克制。这是我朝皇帝所以网罗天下遁世隐居的人，追复古君王的旧迹。元老大臣，皆出此途。伏思您是翰林院学士执事，天才俊逸，神采飞扬。您的宏文高论，大或出陈规旧习；协声压韵，小也合于诗规。因此天下望您成为权衡文章的名手，贤明皇帝让您把握官吏的升降进退关。我是不贤的人，居在您的下位。只我蹲在山野里，见闻有限，哪里了解朝廷的忌讳。我也恃有您办事的英明卓识，以为何须拘于小节。您也将收天下有才能而未被发现的人，观他的重要纲领如何。忽定在不同的等级，实实在在让四方的人都知道。使天下人了解，大国选拔人才，非只顾当时之所悦，而是着眼于大局，选拔出能治天下的真才。卑微无用的人，虽不胜众多的人高声大调；超卓的大贤，适足以破千万人道听途说相互传播的无根之谈。我正要奔走取士之职，矢志不移，尽力办好。倘能几乎无早晚之错，免知己脸上无光；也万一有点滴的效劳，稍答最仁德的人。感激与恐惧之心，不知该怎么办好。

谢孙舍人启

拜命中宸，代言西掖；耸闻中外，交庆士夫。窃惟二圣之心，盖以多士为急。灭烽仆鼓，而以将帅为藩垣；抵璧捐金，而以公卿为帑廪。盖樽俎有折冲之恃，则藜藿无见采之忧。某官瑚琏之资，杞梓其用。学不专于为己，才已效于临民。穆如清风，草木皆靡；炳然白日，霰雪自消。兹为收拾之储，岂特丝纶之任。不遗衰朽，过辱缄封。永敦为好之怀，深负难酬之作。

【译文】在宫中受命，在中书省代皇帝撰写诏令；耸动朝野，士大夫相庆贺。我想宣仁太皇太后高氏、哲宗皇帝二圣之心，常以众多的士子为急。金鼓不用烽火不燃，而以将帅为边疆的屏障；不以白璧财货为重，而以王公大臣为库藏的金币粮食，表明大臣好胜似财粮。因宴会上善于外交谈判，战胜对方，就不用担心只吃粗茶淡饭了。您是贵重的人材，受到当朝的重用。饱学不完全是为了自己，您的才干已效于临民。肃穆如清风，众心皆服；灿烂似红日，固体降水物的霰和雪见阳光就消失。兹为朝廷收聚储备，岂只是诏书任命。不弃我这衰朽老迈的人，蒙您来示，永远敦厚和您为好之怀，深感您的佳作难以酬答，不免负疚。

谢韩舍人启

右轼启。轼闻古者至治之世，天子推恩，以收天下之望；有司执法，以绳天下之偷。盖不推恩则无所兼容，不执法则有所侥幸。有司推恩而求名，则侵君之权；天子执法而责实，则失民之望。为君者常病于察，为臣者又失之宽。古之明天子，信其臣而不惑于多言，故有司执法而无所忌；古之良有司，忧其君而不恤于私计，故天下归怨而不敢辞。况欲选材而置官，是将教民而图任，唯所利国，岂容树恩。今圣上推不忍之心，使贤愚皆遂其所欲；而大臣用至明之法，使工拙不至于相淆。向者哀怜老儒，故为特奏之令；悯恻连坐，又开别试之涂。此天下所以咏歌至仁，鼓舞盛德。君臣之体，夫岂同条。伏惟舍人执事，为时求材，忧国忘己。所图甚远，将深计于安危；自信至明，曾不牵于毁誉。变苟且依违之俗，去浮伪嚣哗之文。罢黜俗儒，动以千计；讲通经术，得者九人。顾兹小才，偶在殊选。惟天子推恩如此之厚，惟大臣执法如此之坚。将天下实被其休功，岂一夫独遂其私愿。感荷激切，不能自胜。

【译文】右轼敬述。我听古时最完美政治的时代，天子施恩惠于人，以收天下民心；有关部门执法，以纠正天下为非作歹之人。若不推恩则无所兼容并包，走向极端，不执法则人存侥幸之心就会增多。有关部门施恩欲求名，就侵了君王之权；天子执法而责实，处处苛求，则使百姓失望。为君者的毛病，是失于考察，听汇报，对情况吃不透，为官的又失之于宽。古代明君，信任他的大臣而不惑于七嘴八舌，故有关部门执法而无所顾忌。古代好的执法部门，忧愁他的君王名声受影响而不忧虑私人得失，所以天下就是埋怨也不敢推辞叫屈。况且想选拔人才而设官，是为了教百姓而谋取信任，为的是利国，岂容树私恩。而今皇帝推不忍的心，使贤愚皆满足欲望；而大臣用至明之法，使好坏不至于混淆。过去哀怜我这个老儒，故发特奏之令；悯惜其他人因受我连累而犯法的，又开别试之途。这就是天下人所以歌唱皇帝至仁，鼓舞盛德。君臣的大体，夫岂能同条连贯，不加区分。伏思您是中书舍人，为国家选人才，忘掉自己，老想着国家。所图甚远，将深计国家的安危祸福；自信非常明确，曾不计较个人的得失与毁誉。变苟且唯唯诺诺的习俗，去浮伪嚣哗不实之文。罢黜浅陋迂腐的儒生，动以千计；讲明白经术，共得九人。回看我这个小小才能，偶承您特殊选中。唯皇帝推恩非常的厚，惟大官执法十分坚定。将使天下人实受您的美功，岂我一人独遂私愿。感荷十分激切，使我不能自我克制。

谢贾朝奉启

右轼启。自蜀徂京，几四千里；携孥去国，盖二十年。侧闻松楸，已中梁柱。过而下马，空瞻董相之陵；酹以只鸡，谁副桥公之约。宦游岁晚，坐念涕流。未报不赀之恩，敢怀盍归之意。常恐樵牧不禁，行有雍门之悲；雨露既濡，空引太行之望。岂谓通判某官，政先慈孝，义笃友朋。首隆学校之师儒，次访里闾之耆旧。自嗟来暮，不闻拔薤之规；尚意神交，特致生刍之奠。父老感叹，桑梓光华。深衣练冠，莫克垂演于墓道；昔襦今裤，尚能鼓舞于民谣。仰佩之深，力占难尽。

【译文】右轼敬述。自四川来京城，几乎四千里远；领着妻子儿女去京，有二十年。听说墓地上的树木，已可以做梁柱。经过长安城南下马，空看董宣北海相之陵；祭一只鸡，谁副桥公的约会。我宦游岁晚，坐在那想念，不禁泪流。未报不可计量的恩情，敢怀何不归去之意。我常怕放牧的打柴的在墓地上恣意而为，空使善歌哭的齐国雍门人留下悲痛；雨露既降，徒引狄仁杰登太行山而北望大原思亲。没想到您身为通判，为政以慈孝为先，对友朋重义气。首先重视学校的师儒，次访乡里有德望的老人。自己叹息我来晚了，不闻锄除豪强的法规；尚思道义之交，特致吊丧的礼物在墓前奠祭。故乡父老感叹，桑梓也大增光辉。我穿着平常上衣和下裳相连的深色素衣和头戴白帽，因路远不能在墓前痛哭；您就像东汉有政绩的蜀郡太守廉范那样，怪不得百姓作歌颂曰："廉叔度，何来暮？不禁火，民家作，平生无襦今五裤。"这样的惠政，当然产生鼓舞人心的民谣。对您仰望感佩之深，再说得多也表达不尽。

谢诸秀才启

鹿鸣食野，方主礼之粗陈；骊驹在门，叹宾欢之莫尽。遽辱移书之重，益惭为具之疏。即遂愿言，徒增铭佩。

【译文】宴会宾客时奏起《诗·小雅·鹿鸣》的乐歌，正是主礼时粗略地端上酒菜；当告别时，客歌骊驹在门，主人歌客不要归。忽接送来文书说的太意重，更增我惭愧待您太薄。即照所思念的话来说，只能增加感激不尽的心意。

谢高丽大使远迎启

伏审观光魏阙，自忘浮海之勤；授馆吴都，将有披云之幸。过承谦德，先枉笔缄。感荷之深，诵言莫既。

【译文】伏思您到大宋王朝观光，自忘飘洋过海的辛勤；在南京安排住宾客的行馆，忽然拜识了清颜，真有披云见日的幸运。您过于谦虚的品德，先惠寄佳音。感荷之深，真是叫我称颂不尽。

谢副使启

伏审祗率邦常，来修方贡。适此海隅之守，得瞻使节之华。首辱缄縢，过形谦抑。其为感怍，难尽名言。

【译文】伏悉您恭敬率领贵处代表，来以土产上贡。适当我做海边的官，能瞻望使节的气派。首先承您带来封存的东西，太谦虚讲礼了。我的感激与愧怍，难以说完对此番举动所要说的话。

谢高丽大使土物启

伏审扬聆造朝，弭节就舍。归时事于宰旅，方劳远勤；发私币于公卿，亦蒙见及。莫遑辞避，但切感铭。

【译文】伏知欣喜来朝贡，驻留在馆舍。您们按照四时的季节来向大宋王朝上贡述职，别无他事，甚劳你们远途跋涉而来；并对朝廷大臣赠送许多货物，我也侥幸得到。我来不及辞避，但却刻骨铭心地感激。

谢副使启

伏审舍馆初定，徒驭少休。粗接宾欢，方愧饩牵之陋；曲敦私好，特班琛贡之馀。感佩于怀，愧怍无量。

【译文】伏知驻守的舍馆初定，挽车人与驾车人才稍休息下。简单地迎接宾客欢聚，正惭愧招待的荤菜太简陋；承蒙赠加私人交情，特在上贡之余又私给我珍珠。感激敬佩在我心中，惶愧得很。

阒同昭团旧启

伏以徘徊弭节，必忘靡盬之勤；笑语飞觞，深怀不腆之愧。过承荣问，益荷谦勤。感服于衷，笔舌难尽。

【译文】敬想来回按车徐步，必忘无休止的辛劳；我们在招待您的饭桌上火速吃酒笑语不断，深为惭愧的是菜不丰富。过蒙您赞许问好，更感到您谦虚勤谨。从内心里感激您，执笔用舌都表达不完。

谢惠生日诗启二首

蓬矢之祥，虽世俗之所尚；蓼莪之感，迨衰老而不忘。岂谓某官，意重琼瑶，文成黼黻。推仁心而锡类，出妙语以嘘枯。摄提正于孟陬，已光初度；月宿直于南斗，更借虚名。永惟难报之珍，但结无穷之好。

【译文】古时国君世子出生后，以桑孤蓬矢射天地四方，取吉祥之意，虽然这是世俗所崇尚的；子女对亡亲的悼念，到了衰老也不应忘。我以为您，赐给的礼品比美玉还贵重，赠文辞藻华丽。推仁慈之心而施善于我，用妙语把我这萎靡的人吹之以生。寅年正月，我已度过生日；月轮流值宿在南斗六星间才分好，我不过是更借虚名。永远思念难报您的珍惜，但愿能结无穷之好。

又

伏蒙某官，以某生辰，特贻佳什。允也风人之作，灿然华衮之荣。自审庸虚，惟知愧汗。虽大人占《斯干》之梦，喜获嘉言；而弟子废《蓼莪》之篇，难忘永慕。感佩之素，敷染莫周。

【译文】承蒙您，因我生日，特别赠我以诗。的确是诗人的杰作，灿烂的古代上等华丽衣服，也赶不上您给我的光荣。自己知道自己平庸而空虚，只知道惭愧害羞。虽您用《诗经·斯干》牧人的梦，使我得到吉祥的善言；而我废读《诗经·蓼莪》，却难忘永远追慕亡亲。感佩您的情愫，笔墨确实难以写得周到。

卷六十 启

贺韩丞相启

右轼启。伏审诞膺策命，首冠辅臣。四方耸观，万口同庆。天下幸甚！天下幸甚！自古在昔，治少乱多。夫天将欲措世于大安，必有异人之间出；使民莫不回心而向道，类非俗吏之所能。方陋汉唐，将追尧舜。洪惟上圣之后，眷求一德之臣。谓莫如公，遂授以政。付八音于师旷，孰敢争能；捐六辔于王良，坐将致远。引领以望，惟日为年。恭以昭文相公，全德难名，巨才不器。亹亹申伯之望，堂堂汉相之风。出入三朝，险夷一节。蕞尔种羌之叛命，慨然当宁以请行。威声所加，膻秽自屏。淮蔡既定而裴度相，徐方不回而召虎归。纵复遗种龙荒，游魂沙海，譬之癣疥，岂足爬搔。必将训兵择帅，而授之规摹；积谷坚城，而磨以岁月。《破斧》之恶四国，实愿周公之亟还；折箠以鞭赤眉，无烦邓禹之久外。天下是望，岂惟一人。即日边徼苦寒，台候何似？伏冀为国，善调寝兴。谨奉启起居。

【译文】右苏轼启告。得知您承受朝廷任命，作为群臣之首：四方之人踮脚瞻仰，百姓万口共同庆贺。实在是天下的幸运！实是在天下的幸运！自古以来，天下就是安定时候少而动乱时候多。上天如果将要使天下大治，一定会有不平凡之人间或出现；他可以使民众无不改变恶习而一心向善，这不是一般俗吏所能做到的。他们鄙薄汉唐之治，而要上追尧舜之世。英明至圣的君主，殷切寻求德行始终如一的臣子。认为没有谁能比得上您，于是就把国家大事交付给您。把奏乐之事委托师旷，谁能和他一争高下；把驾车的缰绳付与王良，放心安坐就可以到达远方。众人都在伸着脖子盼望，简直度日如年。您作为宰相兼昭文馆大学士，道德完美而难以具体名状，才具至大而不能做一般小用。勤勉不倦有申伯的声望，堂堂正正具汉相的风范。历任于三代君主，无论艰险还是安宁始终节操如一。小小的种羌背叛朝廷，您激奋地在朝堂上请命出征。威武的声望所到之处，狄夷自然退避。淮西、蔡州既已平定而裴度荣任宰相，徐方不再叛逆而召虎得胜回朝。即使敌寇在蛮荒之地繁育后代，游荡在大漠之内，不过好比癣疥小患，哪里禁得住几下抓搔。您必定将训练士卒选择将帅，而交代他们用兵方略；囤积粮草，加固城防，以和敌人持久对抗。用《破斧》这诗来责伐四个叛国，但愿周公早日还朝；折断马鞭来鞭挞赤眉军，无须烦劳邓禹长久出兵在外。您是全天下人的指望，岂只限于天子一人。近来边境严寒，您贵体如何？希望您为了国家，好好调理生活。谨奉上此启问候。

贺韩丞相再入启

伏睹诏书，登庸旧德。传闻四海，欢喜一辞。窃以君臣之间，古今异道。任法而不任人，则责轻而忧浅，庸人之所安；任人而不任法，则责重而忧深，贤者之所乐。凡吾君所以推心忘己，一切不问，而听其所为；盖其后必将责报收功，三年有成，而底于至治。自非量足以容物，智足以知人，强足以济艰难，勇足以断取舍，则何以首膺民望，力报主知。恭惟史馆相公，忠诚在天，德望冠世。如《乾》之中正，挺然而纯粹精；如《坤》之六二，陨然而直方大。更练三朝之用舍，出入四方之险夷。疲民系心，有识引领。必将发其蕴蓄，以次施行。始缓狱以裕民，终措刑而隆礼。轼登门最旧，荷顾亦深。喜抃之怀，实倍伦等。

【译文】看到皇上诏书，知道又任用您这德高望重的老臣。消息传布到四海之内，众口一辞欢欣鼓舞。我认为君臣之间的关系，古今有所不同。君主依靠刑罚而不任用贤人，臣下就责任轻而担忧少，会使庸人感到安稳；君主任用贤人而不依靠刑罚，臣下就责任重而忧虑多，会使有才德的人感到满意。我们君主之所以对您一切都推心置腹，不过问您所有的行动而听凭您任意行事，这是因为以后一定会得到您的报效而做出成绩，三年必有成就，最终达到天下大治。如果不是肚量足以容纳事情，智慧足以了解人物，强健足以度过艰难，勇气足以裁断取舍，那么怎么能第一个承担民众的期望，尽力去报答主上的知遇之恩呢。您史馆宰相大人，忠诚信义出于天授，德行声望冠于当世。如同《乾》卦那样的刚直，挺拔而纯粹不二；如同《坤》卦的六二之形，柔顺而平直端方正大。经历了三代皇上任用和罢免的磨炼，出入过边境四方的艰险。劳苦百姓归心，有识之士盼望。您必定将展示平素蓄积的大志，逐项把它们付诸实施。起始放宽刑狱以教化民众，最终将废弃刑罚而使礼教昌盛。我到您门下最早，蒙您的关爱也很深厚。听说您再度入相的欢喜之情，实在超过周围其他人。

贺时宰启

伏审光膺考慎，峻陟宰司。孚号扬廷，士识上心之所尚；置邮传命，人知圣泽之将流。靡不欣愉，至于鼓舞。恭以某官，直方以大，广博而良。进以正而正邦，异乎求以求政。贯六经百子之学，焕三代两汉之词。昴禀自殊，伟萧侯之八尺；斗南莫竞，凛梁公之一人。加以绝识见微，旷度举远。清心省事，则法可使复结绳之约；强本节用，则货可使若流泉之长。材无不可范而成也，譬泥之在钧；俗无不可易而善也，犹风之靡草。是皆随试而有效，安见为事而无功。盖神考贻谋，已完具而可按；故成王缵要，宜纤悉以勿加。此大雅兼持而不移，矧清衷图任之愈笃。岂繄疏逖，所独咏歌。惟民罔知，合语则圣。凡有诏令，率先惠慈。固已遐迩争传，室家胥庆。顾此民逢此日之何幸，谓吾相劝吾君以爱人。欢声格于九天，乖气消于万汇。在昔小国，如彼景公。损己一言，退星三舍。又况以禹、汤大信之诰，有夔、契同寅之言。蠢尔凭生，犹知助顺；赫然在上，岂不降康。某愚有赤心，老无佞舌。辄忘犯分，顾欲输诚；然有难言，是在精智。盖无交则莫与，苟好谋则必成。不恶而严，匪怒伊教。终成大赖，岂曰自私。伏念某遭时休明，赋命衰薄。蚤粗蒙于遴选，比久幸于退藏。天雨何私，笑流行之木偶；沧溟不改，叹自荡之波臣。重以倾岁周旋，窃尝撰屦；末涂流落，无复扫门。岂赖补息劓黥，雕圬粪朽；出蔀见日，去盆望天。怅末力之将殚，愧明恩之莫报。乃利用安身之何有，傥奉法循理之可为。民社非轻，犹承宣而惴惴；天渊靡外，亦戾跃以欣欣。某限以在外，不获躬诣省庭，预百执事贺钧。屏营下情无任。

【译文】得知您荣耀地经过仔细考察，已经高升宰相之位。皇帝的诏命在朝廷上宣布，士人都了解到天子心目中的喜好所在；任命的诏书在全国传递，众人皆得知君主的恩泽将要流布四方。无人不欢欣愉快，以至击鼓舞蹈相庆。尊敬的大人，您平直端方而正大，宽广博大而贤良。以正当之路进身得官而要匡正国家，与俗人的追求不同而要求取大治。贯通六经诸子百家的学问，焕发上古三代和两汉的词章。您具天上昴星的禀赋自然异于常人，像萧何那样伟岸八尺之躯；位居宰相无人能够相比，如同梁公威风凛然独此一人。加上见识卓绝明察秋毫，气度恢宏规模远大；心中清静免除繁杂事物，则法度可以使社会恢复到上古结绳之治那样的简约；加强农耕节省开支，则财货就会源源不断如流水那样久长。在您手上的材料没有不能调教使之成器的，好比泥巴处在制陶的转轮上；风俗没有不可改变使之良好的，如同风到之处草木必然倒伏。这些都曾经考查证明行之有效，怎见得真正实行起来就不能取得成功。先帝神宗留下遗训，已经十分完备可以完全遵照执行；因此保持王道继承先帝的精神，应该丝毫不再增加别的花样。这是大德高才之人会全面遵守而坚定不移的，何况您如此心地纯正克尽职守。岂止是远荒之地，为之呕歌颂扬。民众无知，言辞合乎正道就视你为圣人。君主凡有诏令，都是首先降恩于下民。这本来已是远近争相传颂，家家共同庆贺之事。念这些民众碰上了这样的好时代该是多么幸运，都说是我们的宰相用爱主之道来勉励我们的君主，欢笑上达于九天之上，万物之邪气自然消退。昔日小地方的民众，对您是那样景仰。您贬损自己一句话，星宿为之退居三个位次。又何况君主有夏禹、商汤那样诚信的诏诰，同僚有如同夔、契那样精诚合作的许诺。只懂得干活吃饭的芸芸众生，尚且知道跟随顺天应时之人；昭然在上的神灵，怎会不为您降下康乐吉祥。我虽愚笨然而怀有一片忠心，但到老也没有长出一张巧嘴。往往忘了僭越名分的忌讳，只是为了献上一片诚意；然而亦有难言之处，这些事就要磨砺自己的心智了。没有交情的人就不要与他为伍，如果好动脑筋事情就一定能成功。不用声色俱厉就能做到庄重威严，不用发怒就能起到教诲作用。如此终将成为众望所归，这又怎能说是有意营私呢。感叹我虽遇到了圣明的时代，但生来命却不好。早年也曾被提拔入仕，等时间长了又被罢黜。老天下雨有什么偏私，可笑木偶人到处漂流；沧海并没有改变，可叹自己失足落水淹死之人。加上成年地和您交往，曾经侍奉您的左右；如今沦落穷途末路，再没有机会和您相见。还怎能仰仗您帮我补救以前的罪过，栽培我这不成器的人；使我从草席底下钻出来见到太阳，搬掉头上项的盆子望见天空。令我惆怅的是我最后一点儿力气也将要竭尽，叫我惭愧的是再也没有机会报答皇上的圣恩。如若奉公守法按理办事还行得通，那么我怎样才能够物尽其用安身立命呢。人民社稷的担子不轻，还要小心谨慎地继承发扬先贤之德；天地之间没有例外，无不对您的荣任宰相欢欣鼓舞。我因受身在外地的限制，不能亲自到您的厅堂上去拜见，参加您所有的庆典。内心不胜惶恐之至。

贺欧阳少师致仕启

伏审抗章得谢，释位言还。天眷虽隆，莫夺已行之志；士流太息，共高难继之风。凡在庇庥，共增庆慰。伏以怀安天下之公患，去就君子之所难。世靡不知，人更相笑。而道不胜欲，私于为身。君臣之恩，系縻之于前；妻子之计，推挽之于后。至于山林之士，犹有降志于垂老；而况庙堂之旧，欲使辞禄于当年。有其言而无其心，有其心而无其决。愚智共蔽，古今一涂。是以用舍行藏，仲尼独许于颜子；存亡进退，《周易》不及于贤人。自非智足以周知，仁足以自爱，道足以忘物之得丧，志足以一气之盛衰，则孰能见几祸福之先，脱屣尘垢之外。常恐兹世，不见其人。伏惟致政观文少师，全德难名，巨材不器。事业三朝之望，文章百世之师。功存社稷，而人不知；躬履艰难，而节乃见。纵使耄期笃老，犹当就见质疑。而乃力辞于未及之年，退托以不能而止。大勇若怯，大智如愚。至贵无轩冕而荣，至仁不导引而寿。较其所得，孰与昔多。轼受知最深，闻道有自。虽外为天下惜老成之去，而私喜明哲得保身之全。伏暑向阑，台候何似。伏冀为时自重，少慰舆情。

【译文】得知您向皇帝上奏章请求辞职而获恩准，将要御任还乡。皇帝的恩宠虽说深厚，但改换不了您已经奉行的志向；士大夫们都为此深为叹息，共同赞美您这难以企及的高风亮节。凡是受您庇护的人，无不增添庆贺宽慰之情。我认为贪图安逸是天下的通病，作官还是退隐往往是君子也难决断的事情。对此世人无人不知，人们也因此不断互相取笑。但道义总是不能战胜欲望，人也总是先为自己打算。君臣之间的恩义，在前面牵连；为老婆孩子的打算，在后面扯拉。甚至于久居山林的隐士，也有晚年耐不住寂寞放弃志向以求官禄的；何况久居高位，想让他正官运亨通时辞去职务呢。人在这种事上往往是有那样的言论却没那样的打算，有那样的打算也没有那样的决心。无论愚蠢聪明都对此难以看透，古往今来如出一辙。所以在对待出仕退隐问题的态度上，孔子称许的只有颜渊一人；能够深通进退存亡之理的，《周易》就只提到圣人而未提到贤人。如若不是智慧足以看透一切，仁义足以自重，修养足以忘掉所有的得失，志向足以整饬社会风气的盛衰，那么谁能在祸福出现之前就看到先兆，断然摆脱这污垢的尘世呢。我常想恐怕这个世界上，见不到这样的高人。您退职的观文殿大学士少师大人，道德完备难以称说，才干巨大而难作小期。事业辉煌成为三朝的人望，文章灿烂堪称百世的师表。功绩留存于国家，而人们不了解；亲身经历艰难险阻，才见出其高尚的气节。就算年纪实在太大，也应当留在皇帝近旁以备咨询。却竟然坚决在未到老迈之时辞职，以难以胜任相推托而抽身退步。大勇若怯，大智若愚。最尊贵的人没有车驾冠冕也有无比的荣耀，最仁义的人不用行气导引也能健康长寿。比较今天所得到的，和从前享有的到底哪个多呢。我受您的知遇之恩最深，领受教益自有来处。虽然脸上也为天下人可惜德高望重之人的离去，而内心却为您明智得以保全自身的万全之策高兴。酷暑将尽，贵体如何。希望顺应时令自己保重，以多少抚慰大家的心意。

贺赵大资少保致仕启

伏审抗章得谢，奉册言还。搢绅耸观，闾里相庆。窃谓富贵不为至乐，功名非有甚难。乐莫乐于还故乡，难莫难于全大节。历数当今之卿相，或寓他邦；究观自古之忠贤，少有完传。锦衣而夜行者多矣，狐裘而羔袖者有之。至若百行浑圆，五福纯备，当世所羡，非公而谁。恭惟致政大资少保，道心精微，德望宏远。无施不可，尤高台谏之风；所临有声，最宜吴蜀之政。才不究于大用，命乃系于生民。与时偕行，不可则止。见故人而一笑，绰有馀欢；念平生之百为，绝无可恨。方将深入不二，独游无何。默追粲可之风，坐致乔松之寿。轼荷知有素，贪禄忘归。慕鸾鹄之高翔，眷樊笼而永叹。倾颂之素，敷写莫穷。

【译文】得知您向皇帝上奏章辞职得到恩准，领了诏命将要回乡。官僚士绅踮起脚来围观，乡里百姓也都互相庆贺。我认为富贵不算最大的快乐，取得功名也并非有多么困难。论快乐没有什么比回故乡更快乐，论困难没有什么比保全大节更困难。历数当今的高官，有的寄居在他乡；细看自古的忠贤，很少有完美的结局。穿着锦绣衣服在黑夜里行走者多了，狐皮大衣接上羊羔皮袖子的也不是没有。至于说到各种品德的圆满，五福的齐备，受当今之世人们羡慕的，不是您又是谁呢。尊敬的退职的资政殿大学士少保大人，修道之心精深微妙，德行名望宏大深远。任用在哪里都无不恰当，尤其在台谏任上显出高尚的风操；所到之处皆有美好的名声，在吴蜀之地的治理最有成绩。才干在给予重用时也不会使尽，命运和民众连系在一起。伴随时宜而行事，行不通的事就不去做。见到故人相视一笑，多有充分的欢悦；回顾自己平生所做一切，绝没有可遗憾之处。正要深深钻进专一求道的境界，独自一人遨游那渺远虚空的地方。默默地追随粲、可的余风，轻易地达到王子乔、赤松子那样的高寿。我一贯蒙受您的知遇，可贪图官禄忘了回乡。仰慕鸾鸟鸿鹄的展翅高飞，又为自己眷恋官场这个牢笼而长叹。倾心祝颂的情怀，书写难以穷尽。

贺文太尉启

伏审孚号扬庭，临轩遣使。出节少府，授钺斋坛。夷夏耸观，兵民交庆。盖功业盛大，则极名器而后称；惟德度宏远，故举富贵而若无。蔚为三世之宗臣，岂独一时之盛事。恭惟留守文太尉，道本天合，德为人师。信及三川之豚鱼，威加两河之草木。身任休戚，言为重轻。始若留侯，弱冠而遇高祖；晚同尚父，黄发而亮武王。既奉册书，益新民听。方将威怀北虏，系颈长缨；约束河公，轨流故道。然后入调伊傅之鼎，归蹑松乔之游。舆论所期，斯言可必。轼谪官有限，趋侍无缘。踊跃之心，宣写难尽。

【译文】得知皇帝在朝廷上发布诏令，亲自临朝派遣召告四方的使者。在少府发给您符节，在斋坛授予您兵权。蛮夷华夏都踮足观看，军人百姓皆交口庆贺。大概功业盛大的人，先显示出巨大的才干然后才取得相称的职位；正因为具有恢宏远大的仁德气度，所以得到富贵就像若无其事。您荣耀地作为三代的名臣，岂止是如今封官的一时热闹。尊敬的留守太尉大人，道行本自上天赋予，仁德堪为众人师表。信义遍及三川之豚鱼，声威普加两河之草木。一身担国家的安危，说出话来举足轻重。起始好似留侯张良，二十来岁便能遇合汉高祖；晚年如同尚父吕望，头发白了又来辅佐周武王。既已奉了册封的诏书，将会做出更多使民众耳目一新的政绩。正要用威武来镇抚北方的敌寇，用长绳栓上敌酋的脖子；治理约束河神，导引黄河流入故道。然后入朝以宰相之任治理国家，退隐步王子乔、赤松子游仙的后尘。这是舆论对您的期盼，因此这话一定会成为现实。我有被贬黜身份的限制，无近前侍奉的机会。我这欢欣鼓舞的情怀，难以书写穷尽。

贺孙枢密启

伏审对扬纶綍，进领枢机。道不虚行，必赖股肱之力；人惟求旧，允符夷夏之瞻。恭惟某官，德充山甫之将明，气备孟轲之刚大。声华倾于众望，功业见乎有为。拥节常山，远过长城之备；割繁京兆，遂令鸣鼓之稀。公议益崇，贵名愈白。用致非常之命，以图保大之勋。惟时运筹，既壮王猷之塞；伫观秉轴，更增帝载之熙。某限以郡符，阻趋墙仞。欣忭之至，徒切下怀。

【译文】得知您拜谢了君主的诏令，晋升担任枢密要职。您没有白白奉行道义，朝廷终究还是要依赖您这栋梁之材；用人务必要用故旧老臣，您的确符合天下人的瞻望。尊敬的大人，您德行符合仲山甫奉王命理国事，精神具备孟轲那样的刚强伟大。声誉荣耀使众望倾倒，功业在作为中显现。奉命镇守常山，作用远远超过长城的守备；处理京城的繁难事务，遂即就减少了不安定之事。公众舆论对您越发尊崇，您尊贵的名声更加昭彰。因为完成了不平凡的使命，因此可望建立稳处高位的功勋。望您时时运筹谋划，既壮大了王道的声威；万民凝望您这执政大臣，更增添了帝业的光彩。我受限于郡守的职责，受阻不得往拜贤者之门。对您的荣任欣喜之至，这正符合了我的心意。

贺欧阳枢密启　代大中公作

伏审拜恩王庭，署事兵府。非徒儒者之盛节，实为天下之殊休。苟居下风，孰不欣抃。切以国家分设二府，纪纲百官。凡奉法循令，所以抚民于内者，皆效节于中书；秉义蹈忠，所以捍城于外者，皆受制于枢密。未有不能文而能干兵事，未有不知兵而能为宰臣。职虽或偏，道未始异。盖近古之制，兵农混于一民；自汉以还，文武分为二职。所上者系乎其世，所长者存乎其人。求其兼通，岂复容易。恭以枢密侍郎，名冠当代，才雄万夫。通习世务，而皆有本源；讲明经术，而不为迂阔。擢居大位，实快群心。武夫悍卒，自以为能尽其才；贤士大夫，皆以为得行其道。某分守远郡，寓居近畿。仰大贤之登庸，助率土之欢咏。

【译文】听说您得到皇上的恩命，担任枢密使之职，这不但是读书人的最高官职，实际上也是天下人的殊荣。居于下位的人，听说后莫不欢欣鼓舞。国家分设东西二府，统帅百官。凡属奉法守令、安抚百姓的事情，都由中书省来管理；而秉义效忠、保家卫国的事情，则由枢密院来掌握。没有不懂文治而能干好军事的，也没有不懂军事而能当好宰相的。职掌上虽然有分工，但道理却是一样的。近世以来的制度，兵农合而为一；自汉代以后，文武分为两个职业。这主要是由当世的制度所决定，也受个人能力的限制。想求得文武兼通，决不是一件容易的事情。枢密侍郎大人，名冠当代，才压万人。通晓政务，而皆有其本源；解讲发明经学大道，却并不迂腐疏阔。把您提拔到这么重要的岗位，实在令人兴奋。武将战士，自认为这下可以尽其才能；贤士大夫，都认为现在可以推行其道。我担任远离京城的地方官，寓居在京师的近郊。上仰大贤人得到任用，写下这道启以增加天下人欢唱的喜庆气氛。

贺吕副枢启

伏审近膺告命，入总枢机。中外耸观，朝廷增重。伏惟庆慰。窃以古之为国，权在用人。德厚者，辅其才而名益隆；望重者，无所为而人自服。是以淮南叛国，先寝谋于长孺；汾阳元老，尚改观于公权。樽俎可以折冲，藜藿为之不采。哀此风流之莫继，久矣寂寥而无闻。天亦厌于凡才，上复思于旧德。恭惟枢密侍郎，性资仁义，世济忠嘉。岂惟清节以镇浮，固已直言而中病。出领数郡，若将终身。小人谓之失时，君子意其复用。迨兹显拜，夫岂偶然。然而荷三朝两世之恩，当《春秋》贤者之责。推之不去，凛乎其难。进伯玉而退子瑕，人皆望于门下；烹桑羊而斩樊哙，公无愧于古人。莫若尽行畴昔之言，庶几大慰天下之望。轼登门最旧，称庆无缘。踊跃之怀，实倍伦等。

【译文】听说您最近荣受皇上的任命，入枢密院担任侍郎。内外瞩目，朝廷增加了权威，实在值得庆贺。我认为自古以来治理国家，关键在于如何选择人才。德高者，加上其才能而名声更加显赫；望重者，即使不用作什么事人们也会服气。因此淮南王反叛朝廷，其阴谋首先被老臣韩安国所阻止；汾阳元老，还被公权所改观。酒宴上可以制敌，藜藿为之不采。可惜这股风尚没有继承下来，很长时间已经听不到了。上天也对庸才感到厌烦，皇上又思念贤德的旧臣。念枢密侍郎阁下，天性仁义，忠厚善良世代相传。不但清高的气节可以压住浮夸，本来已经直言不讳而切中时弊。出外任几个州郡的地方官，好像要就此终了一生。小人认为您不合时宜，君子则认为您会重新被起用。到现在这个显赫的任命，决非偶然。然而受三朝两代的恩典，担当起《春秋经》对贤者的要求。推之不去，难能可贵。引进贤人遽伯玉而斥退不肖者弥子瑕，这样人们都会拜于您门下；杀掉桑弘羊而斩樊哙，您与建立这些功业的古人相比毫不逊色。没有什么比全部奉行您以前的言论更为合宜，这样就可以安慰天下人之心。我最先侍奉于您的门下，没有机会前往祝贺。但欢喜之情，实在超过了周围的人。

贺吴副枢启

顷闻休命，擢领上都。曾安坐之未皇，已欢声之布出。即欲裁问，少通勤拳。以为不久当有非常之闻，是以未敢轻为率尔之贺。逮兹未几，果已如言。释府事之喧繁，总兵权于禁密。传闻四远，欢喜一词。伏惟某官，机略足以应无方，而有朴忠沉厚之量；文华足以表当世，而有简素质直之风。置之于都会，则其为效也速，而所及者廉；委之于枢机，则其成功也迟，而所被者广。深惟贤者之处世，皆以得时为至难。幸而得之，或已老矣。今以明公之至盛，正如大川之方增。天下固将以未获之事，尽付于明公；明公宜爱此不赀之躯，以毕其能事。区区之意，言不能胜。

【译文】不久前听到好消息，说您被提拔到京城。我尚来不及稳坐下来，欢乐之声已经遍布各地。我想询问一下，稍稍表达一下我祝贺的区区之心。但转念一想不久您肯定会得到更重要的任命，因此没敢轻易祝贺。过了不久，果然如此。现在您可以放下开封府繁杂的事务，在枢密院专门掌管军事大权。这个任命传向四方后，各地无不欢欣鼓舞。尊敬的大人，您的谋略足以应付多变的情况而有忠诚朴素深沉厚重的雅量；文彩足以作当代表率，却又有朴实无华敦厚平实的风骨。安排您掌管京城，则其成效迅速，只是所及的面积有限；现在提拔到枢密院，虽然成就功业可能稍迟一点，而其影响却大。想想贤人处世，难得遇上时世清明，幸而遇上，可能已经老了。现在像您这样正当壮年，就像大河之水正在上涨一样。天下人本来就要把没办成的事情，托付给您；您应该爱惜这无价的身躯，以完成其功业。区区心意，不能说完。

贺范端明启

右轼启。恭承明诏，追录旧勋。名升秘殿之严，实遂安车之养。仍推馀泽，以及后昆。闻命以还，有识相庆。窃谓死生之事，圣贤有不能了；父子之际，古今以为难言。方其犯雷霆于一时，岂意收功名于今日。惟天知我，绝口不言。伟事发之相重，非人谋之所及。恭惟致政端明学士，至诚格物，隐德在人。弼亮四世如毕公，寿考百年如卫武。独立不惧，舍之则藏。惟有青蒲之言，尚在金縢之匮。白日一照，浮云自开。坐使遗民，复观盛事。子孙归沐，下万石之里门；君相乞言，授三老之几杖。更延眉寿，永作元龟。轼无任欢喜颂咏激切之至。

【译文】苏轼敬启。接到英明的诏令，补认您以前的功勋。名义上把您提升为端明殿学士，实际上您得到了安闲养老的机会。推其余泽，延及您的后代。听到这个喜讯之后，有识之士都互相庆贺。我私下里认为事关生死，即使圣贤有时也不能了断；父子之间的是非，自古及今就认为难以说清。当时您虽然冒犯了一时间的雷霆之怒，哪想到今天却因此而获得了功名。只有上天知道您的心，您也不用多说。伟大的功业从微妙处发端，这不是人的智力所能谋及的。念卸任的端明殿学士大人，以至诚之心正人，将会留功德于人间。就像西周时毕公那样辅佐四代帝王，像卫武公那样享有百岁的寿命。不怕受到孤立，不被任用便洁身自好。只有皇上的叮嘱，还放在珍贵的文件柜里。圣明所及，乌云自然会被驱散。使得像您这样的遗老，重新出来治理国家。子孙沐浴圣上的恩德，其荣耀超过汉代的万石君一家；您向皇上请求，皇上立即授给优养老臣的几杖。愿您健康长寿，永远指导国家。苏轼我不禁欢欣鼓舞之至。

贺高阳王待制启

伏审显奉恩纶，荣更帅阃。镇武垣之冲要，联内阁之高华。公议交俞，贵名愈白。恭惟某官，膺天大任，于时有为。发挥才谋，更历事任。道能济而不过，事虽难而不辞。简在圣心，遂益柄任。峻登秘近之直，重易关防之雄。有恩有威，方结东人之爱；允文允武，更纾北顾之忧。即观成功，进陟近辅。

【译文】知您沐浴皇恩，改任地方长官。镇守军事要地，联系内阁官员。众人对您评价很好，您的声誉更高了。尊敬的阁下，担当天降的大任，对社会有所作为。发挥自己的才智谋略，不断做出功绩。您能不辞艰难，开拓事业，弘扬道德。您的行事与为人，被皇上记在心里，于是便加大您的权力，委您以重任。先是在秘阁中枢任职，又改任重要的地方长官。您将会恩威并用，受到百姓爱戴；文武兼备，解除国家北疆的忧患。我很快就会看到您成就大功，再提拔到朝廷任佐辅大臣。

贺林待制启

伏审图旧圣时，升华法从。佥言谐允，有识叹咨。万木岁寒，配乔松于巨柏；众星夜艾，凛明月与长庚。斧藻昌朝，领袖后进。传闻四远，欢喜一词。恭惟某官，名重弱龄，望高晚节。文章尔雅，盖西汉之馀风；悃幅无华，亦东京之循吏。凡阅四朝而后用，独为三馆之老臣。著书已成，特未写之琬琰；立功何晚，会当收之桑榆。轼交旧最深，慰喜良甚。尺书为贺，鄙志莫宣。

【译文】得知当今圣明的时代谋取使用旧臣，您荣升侍奉皇帝左右。众人都说此举实在公允恰当，有识之士因之感叹不已。万木到了岁寒之时，只有高高的松树能和巨大的柏树媲美而长青不凋；众星到了夜半之时，只有明月和启明星的光亮凛然闪烁。您润色粉饰这昌盛的朝代，领导培养后来的年轻人。您的名声传播到四面八方，众人一致欢喜称赞。尊敬的大人，您年轻时候就名气很大，到了晚年声望愈高。文章典雅，上承西汉古文的余风；质朴无华，确是东京的优良官吏。共经历了四朝最后才被起用，独有您一个是三馆的老臣。著作已经写成，只是还未刻入金石；见功效竟这么晚，到了老年当会有收获。我和您旧日交情最深，心中实在宽慰欣喜。写下这封信作为庆贺，区区心意难以尽述。

贺杨龙图启

右轼启。伏审新改直职，擢司谏垣。传闻迩遐，竦动观听。咸谓国家之钜福，乃用谏诤之真才。必能深言，以补大化。方今朝廷之上，号为无讳，而太平之美，终不能全；台谏之列，岁不乏人，而众弊之原，犹或未去。岂听之者徒能容而不能用，言之者但为名而不为功。历观古人之效忠，皆因当世而用智。不务过直，期于必行。右尹子革因坟典而道《祈招》之诗，左师触龙语饘粥而及长安之质。徒尽拳拳之意，不求赫赫之名。此仁人及物之休功，忠臣爱君之至分。伏自顷岁，所更几人。席未暖而辄迁，踵相蹑而继去。一身之讥，固足以免矣；而积岁之病，当使谁去之。恐习惯以为常，遂因循而不振。虽在僻陋，顾常隐忧。以为必得朴忠忧国之人，而又加以辩智得君之术。言苟获用，国其庶几。伏惟谏院龙图，才雄于世，而常若不胜；节过于人，而未尝自异。素练边事，深知兵骄；顷持铨衡，实识官冗。必将举大体而不论小事，务实效而不为虚名。轼最蒙深知，愧无少补。方倾耳以听，愿续书《谏苑》之篇；若有待而言，或能著《争臣》之论。阻以在外，无由至门。踊跃之怀，实倍伦等。

【译文】苏轼启。知您最近已不再在秘阁任职，升任谏院负责人。消息在朝廷内外传播，人们纷纷议论，都说这是国家莫大的福份，起用了谏诤的真才。认为您定能谏议切中时弊，补救大政方针的不足之处。如今朝廷之上，号称没有什么忌讳，可以直陈时弊，但实际上太平盛世的状况，还没有完成；谏院的官吏，年年也总有人提出切中时弊的建议，但各种弊政的根源，却始终没有去除。造成这种状况的原因，难道不是听批评建议的只是宽容地听取却不采纳纠正，提批评建议的也只是为了博得个人名声却并未提出实用的方案吗？纵观古人进献忠心，无不是依据实际问题如何解决去贡献自己的才智，并不一味追求大胆直言，而是期望自己的方案建议一定能推行。比如春秋战国时期楚国的右尹子革通过讲三坟五典而解说《祈招》一诗，希望国君能克制自己的欲望；赵国的左师触龙从喝粥养老说到让长安君去齐国做人质，以解国家危急。他们都是只求尽到对国家社稷的一片忠心，而不求个人的赫赫美名。这就是仁人体爱万物的丰功伟绩，忠臣爱戴国君的无限忠诚。再看近几年，谏院一职换了好几任，座席未暖就离了职，前任刚走后任便离开。这样固然自身可以免受批评，但多年的积弊却没有人去革除。只担心因此形成坏习惯，国家政治便从此不振作。我虽然位卑，但对此常怀隐忧，私下认为只有得到忠厚忧国，有聪明才智，而且能受到国君赏识言听计从的人才，国家才会有希望。我认为现任谏院负责人的龙图阁杨学士您，才气盖世，节操超俗，却又非常谦恭，总认为自己有所不足。您对边防事务一向很熟悉，深知兵骄的积弊；您又曾主持过官吏的选拔考核，也了解官冗的实情。您在此职位上一定能举大体、务实效，而不会去论小事、务虚名。我蒙您深切了解，却惭愧对您的工作没有什么补益。只能侧耳倾听您有力的谏诤从朝廷中传来，续古代《谏苑》之篇、《争臣》之论。因在外地任职，不能登门拜贺，但对您任职所感到的欢喜，实在超过了同辈任何人。

贺青州陈龙图启

伏审光奉诏书，往司留宪。汉恩予告，暂优三最之勤；商梦怀人，方徯巨川之济。于公自计，为喜可量。伏惟某官，文武宪邦，忠嘉致主。众谓老成之托，孰逾旧学之贤。而乃力谋退安，示有疾病。挥金故里，虽荣疏傅之归；雅意本朝，日望萧公之入。无由追饯，徒切瞻依。

【译文】得知您荣幸地奉了皇帝诏书，去主管提点刑狱司。皇恩准您休假，刚刚犒赏了您政绩最佳的辛劳；君主求贤心切，正在切盼着济世大才。对于您自己来说，实在是难得的大喜事。尊敬的大人，您文武都堪称国家的典范，以忠贞善良辅佐君主。众人一致认为要找一个委以重任的年高德劭之臣，谁能比得上您这样昔日饱学的贤人。可您却极力谋求退隐安身，说自己身体有病。在故乡挥洒钱财，虽然有疏广、疏受叔侄回乡时的荣耀；但是朝廷素来的意愿，还是时时盼望萧公这样的大贤能入朝任职。没有机会去给您送行，更加深了我这瞻念依恋之意。

贺彭发运启

伏审拜诏十行，观风六路。允符公论，克振先声。恭承曩契之隆，得与属城之末。瞻依有素，感慰居多。伏惟发运吏部年兄，士耸英风，时推旧德。用久淹而未尽，才历试而愈高。船满潭中，行奏韦坚之课；钱流地上，伫观刘晏之能。喜抃之深，力占难尽。

【译文】得知您拜受了皇帝诏书，将要出京观六路的民风。这任命的确是符合了公众舆论，您先期的声望已经大振。承蒙您深厚的昔日交情，我得以在您的手下任职。一贯对您敬仰依恋，心中充满感激之情。尊敬的发运使吏部年兄，高尚的风范耸动士林，昔日的德行被世人推重。能力久经埋没而没有耗尽，才干因屡次试用而更加超拔。进贡的船只在潭中布满，马上就会显示您像韦坚那样征收财赋的能力；钱在地上到处流淌，大家将会驻足观看您如刘晏一般理财的本领。欢欣鼓舞的深情，努力表述也难以穷尽。

贺王发运启

伏审荣膺制检，总领漕权。惨舒六路之民，表里大农之政。风声所暨，忻悚交并。恭惟某官，学术过人，忠嘉许国。暂屈分符之寄，已膺侧席之思。乃眷东南，欲少苏于疲瘵；无心内外，当益罄于谋维。凡在庇庥，岂胜欢慰。

【译文】得知您您荣耀地接受了制置发运使的任命，总掌漕运大权。掌握六路百姓的贫富甘苦，辅助大司农管理农政。您上任的消息所到之处，有人欣喜有人恐惶。尊敬的大人，您学识过人，忠贞报国。暂时委屈做个地方长官，已经受到皇上虚位求贤的考虑。您顾念东南之民，想多少把他们从疲惫困顿中解脱出来；并不在乎在朝内还是地方任职，将会更加全身心地为国家尽思虑。凡是在您庇护下的人，怎不欢欣鼓舞难以自禁。

贺蒋发运启

伏审上计入觐，拜恩言还。拥节东南，上寄一方之休戚；考图广内，示将大用之权舆。凡在庇庥，举增忭跃。恭惟某官，受材秀杰，秉德纯忠。蔚然西汉之文，深厚尔雅；展矣东京之吏，悃愊无华。虽已得正法眼藏于大祖师，犹有一大事因缘于当来世。行将入践卿相，坐致功名。以斯道而结主知，随所寓而作佛事。某窜流已久，衰病相仍。方称庆之未皇，忽移书之见及。欣幸之至，笔舌难宣。

【译文】得知您因汇报工作晋见皇帝，拜谢皇恩后要启程回任。受权坐镇东南，皇上把一方的安危寄托在您身上；在皇家藏书处考稽图书，是显示将要委您以重任的开端。凡是受您庇护的人，无不欢欣鼓舞。尊敬的大人，您天资禀赋优秀杰出，具有纯正的德行操守。蔚然有上追西汉的文章，深厚典雅；真正具东京官员的风范，质朴无华。虽然已经得到了大祖师传授的正法眼藏，还要有来世的大事因缘。将要进入卿相的职位，毫不费力地取得功名。以您所奉行的主义来取得君主的了解信任，走到哪里就把佛事作到哪里。我遭贬谪放逐时间已久，衰老更加上多病。还未来及向您道贺，忽然见到您发来的信函。心中欣喜之极，用笔墨口舌都难以表达。

贺新运使张大夫启

伏承抗旌入境，揆日临民。方一节之风驰，已列城之云靡。矧惟雅故，尤激欢悰。伏惟某官，早以异材，著闻美绩。议法造令，久裨于庙谋；宣化承流，益试之民事。自闻新命，实慰舆情。再惟衰朽之馀，得荷宽明之庇。其为厚幸，未易究陈。

【译文】得知您的旌旗车马已到境内，择吉日开始治理百姓。朝廷任命的消息刚一下达，就在这里各城邑广为传布。何况您旧日的朋友，尤为激动欢欣。念某位官员，早年就以不平凡的才干，做出了卓著的政绩。参与商议制定法令，一直对军政大有补益；今又布施恩德推行教化，更委任以治理民事。自从听到这新的任命，觉得实在是顺应了公众舆论。还指望我这无能老朽之人，得到您宽厚贤明的庇护。心中深厚的欣喜庆幸之情，实在难以尽述。

贺提刑马宣德启

奉命按刑，捧节入境。吏民相庆，已戴二天之仁；衰病自私，独先一日之雅。恭承荣问，有激懦衷。伏惟某官，才映士林，望高朝论。治行耸闻于中外，家声洋溢于缙绅。眷三吴之疲民，困连年之积潦。畴咨明哲，宣布厚恩。匪惟凋瘵之获苏，抑亦庸虚之知勉。其为喜幸，岂易名言。

【译文】听说您奉朝廷之命任提点刑狱公事，捧符节进入境内。官吏百姓交相庆贺，已领受到再生之恩；我这无能多病自私的人，独自先有幸得到一面之交。承蒙您的问候，这对我是极大的鼓舞。尊敬的大人，您才华光照士林，声望被朝中舆论推崇。政绩操行在朝廷内外名声大震，家族声誉在士绅当中交口称赞。顾念三吴之地贫苦的百姓，被连年的水灾所苦害。为此遍访贤能之士，广施深厚的恩德。不光贫苦百姓得到解救，也叫平庸浅陋的官吏知道自我勉励。心中的欣喜之情，怎能轻易描述。

贺正启四首

伏以物壮则老，肃役所以成岁功；否终必倾，反复然后知天意。凡在含生之类，休有向荣之心。恭惟某官，履信体仁，秉德直义。才无施而不可，道得时而愈隆。方当汇征元吉之辰，宜享既醉太平之福。某限居官守，阻候门墙。瞻颂之深，敷宣罔既。

【译文】无论什么东西长大以后就要衰老，万物肃杀才能完成一年的时序；困厄不利到极点一定会逆转，事情发展反复然后才知道天意。凡是有生命的物体，全都有求繁荣发展的欲望。尊敬的大人，您笃守信用恭行仁道，保守美德尊奉正义。才干用在哪里无不获得成功，所奉行的主张遇到合适的时代更为兴时。正当这进用贤人的大吉日子，应该享受一醉方休的太平之福。我受职责的限制，不能到您府上瞻拜。仰望赞颂的深情，书写难尽。

又

伏以苇桃在户，磔禳以饯馀寒；椒柏称觞，燔烈以兴嗣岁。在时为泰，与物咸新。恭惟某官，德洽斯民，才高当世。迹难淹于外补，望已隆于本朝。庆此朋来之辰，必有汇征之福。某官守所系，展谒无阶。颂咏之深，敷写难尽。

【译文】祛除邪恶的苇索和桃符悬挂在门头上，分割祭祀的牲畜来送走这最后的寒气；举起杯中的椒柏酒祭祖祝寿，烧烤祭牲来庆贺这将临的新年。时序正交通泰，万物无不更新。尊敬的大人，您德行堪治百姓，才能高于当世。功绩难以因出京外任而埋没，声望早已在本朝日益崇高。庆贺这吉祥的时刻，必定有晋升的福分。我因受职责的限制，没有机会前去谒见。颂扬咏赞的深意，难以彻底表达。

又

效五物以观云，咸知岁美；备八能而合乐，益验人和。伏惟某官，进德及时，宜民受禄。肇履三阳之应，永膺百顺之归。未遂披承，徒增欣咏。

【译文】验证五色来观察云彩，都知道年成将会很好；具备调和音律的能力来合奏各种乐器，更证实了人事的和协。尊敬的大人，您及时地以德行被晋升，为民众造福而得到禄位。起始就和这吉庆的春天同步，永远受到上天赐予的百事遂顺。没有能够前去拜见，更加重了欢欣咏赞之情。

又

三阳应律，万宝向荣。永惟视履之祥，宜获自天之祐。未遑展庆，徒切颂言。

【译文】春天应和着时令来到了，万物一派欣欣向荣。政绩考核永远吉祥顺利，恐怕是得到了来自上天的保佑。没有能够去庆贺，空有这诚挚的颂词。

贺邻帅及监司正旦启

新历既颁，盖履端归余之岁；群情交泰，正赞阳出滞之辰。恭惟某官，厚德镇浮，高名华国。非独畴咨之用，已简上心；更膺难老之祥，以符民望。官守所限，展庆无由。欣颂之深，敷陈罔既。

【译文】新的历书已经颁布，到了迎新年辞旧岁的时候；群情交融祥和，正是扶助阳气复苏万物的当口。尊敬的大人，您德行宽厚坐镇浮薄的风气，名声高扬为国增添光彩。不光是备以咨询国事，这已给皇帝留下深刻印象；更得到有长寿的福气，正符合了民众的愿望。我因为职责的限制，没有机会前往庆贺。欣喜赞誉的深情，难以详尽陈说。

贺列郡守倅正旦启

新历既颁，群情交泰。过蒙流问，祗服宠光。永惟嗣岁之兴，必享宜民之禄。徒深颂咏，莫罄敷陈。

【译文】新的年历已经颁布，众人心情万分喜悦。承蒙各位的问候，领受大家的宠爱。深念今年将继续兴旺，定能和百姓共享幸福。在此歌颂新年，祝辞言之不尽。

贺冬启

伏以候缇室之清宫，謷告以日；卜台观之黄祲，史书有年。共安消长之来，以待阴阳之定。恭惟某官，才猷杰异，道德深醇。靖共正直之休，顺获天人之助。某恪守官次，阻称寿觞。坐驰倾向之心，莫罄安荣之遇。

【译文】掌管历象、节气的史、瞽，在缇室观测，在台观卜筮，告诉我们冬季已经来临。我们要顺应天时，合和阴阳。尊敬的阁下，您道德高尚，才华出众，正直善良，得上天佑助。我因公务在身，不能当面祝酒，谨致贺词，聊表仰慕之心，并对您给予的关照深深致谢。

贺邻帅及监司冬至启

月临天统，首冠于三正；气兆黄宫，复来于七日。候微阳之协应，知君子之汇征。伏惟某官，硕德庇民，杰才经世。践扬中外之寄，益推望实之隆。《既醉》太平，实具周诗之福；《大有》上吉，允符羲易之占。轼限以守边，未遑称庆。徒云善颂，莫罄鄙虔。

【译文】月历到了周正之月的十一月，气候恰好应合黄钟宫。这季节还有微弱的阳气协应阴气，士君子们也像气候一样互相配合。尊敬的阁下，您爱护百姓品德高尚，才能卓越，安邦定国。朝廷内外对您寄予厚望。您具备《诗·大雅·既醉》所颂扬的太平福寿，符合《周易·大有》之卦的吉兆。苏轼因为负责一偏僻之地的治理，不能向您当面庆贺。谨致颂词，聊表至诚。

贺列郡知通冬至启

日旋南极，气兆黄宫。窃惟视履之祥，宜拥自天之祐。未遑驰问，先辱惠音。感佩之馀，敷述罔既。

【译文】太阳运行到了最南方，气候恰好应合黄钟宫。我个人认为顺应天时，就能时运吉祥，得上天佑助。尚未向您问安，承蒙您先问候。感激之情，言之不尽。

上留守宣徽启

右某启。少年游学，方成都乐职之秋；壮岁效官，复淮阳卧理之日。矧留都之清净，眷幕府之优闲。再枉辟书，重收孤迹。哀怜废弃之久，谁复肯然；绸缪樽俎之欢，亦非偶尔。伏惟留守宣徽大尉，才高一世，望重屡朝。体河岳之兼容，纳涓尘而不间。衣食有奉，已宽尽室之忧；道德照人，况复终身之幸。其为感激，难尽敷陈。

【译文】谨向您叙说如下：我少年游学时，正值您任职成都。壮岁效力官署，恰逢您治理淮阳。更何况留都那样清静，又是让人眷恋的幕府悠闲的工作，我怎会拒绝呢？蒙您再次给我聘书，收留任用我这孤单之人。有谁能像您这样哀怜我这废弃之材，因为我们之间有着深厚的交情。尊敬的留守宣徽大尉，您的才干超出世人，您的声望享誉数朝。您具有高山大河的度量，不捐弃小溪尘土。我受到您的接纳，衣食有了保障，贫困得以解除；我受您的道德普照，这不仅仅是我一生幸福。我对您的感激，真是言之不尽。

上虢州太守启

伏审光奉宸恩；宠分郡寄。惟此山河之胜，宜膺师帅之权。凡在庇庥，莫不欣抃。切以弘农故地，虢国旧邦。周分同姓之亲，唐以本支为尹。富庶雅高于二陕，莺花不谢于三川。韩公三十一篇，风光咸在；贾岛五十六字，景色如初。有洪淄灌溉之饶，被女郎云雨之施。四时无旱，百物常丰。宝产金铜，充仞诸邑；良材松柏，赡给中都。至于事简讼稀，潇洒有道山之况；鱼肥鹤浴，依稀同泽国之风。自匪巨贤，不轻假守。故来者未尝淹久，而优恩已见迁除。非总一路之转输，则入六曹而侍从。前人可考，新命何疑。伏惟御府某官，学造渊源，道升堂奥。精祲尽天人之蕴，高明穷性命之微。中外屡更，功名茂著。铜虎暂淹于百里；朱轓聊寄于三堂。仰望清徽，俯临民社。共徯星言而夙驾，思承道化乎其民。某仕版寒踪，宾僚俗吏。久仰圭璋之望，素钦星斗之名。岂谓此时，获依巨庇。惟良作牧，已兴来暮之歌谣；有陨自天，惟恐别膺于纶綍。无任丹悃，倍切驰情。

【译文】知您得到皇上的恩宠，被任命为虢州太守。虢州山河形胜，理应由您出任长官。凡是您的亲友，没有不因此而高兴的。虢州为周朝虢国之地，为汉朝的弘农郡。周天子分封同姓子弟为这里的诸侯，唐王室任命李家宗亲为此地的长官。这里的富庶超过了二陕，这里的美丽如同三川。韩公三十一篇诗文所描写的风光，仍然存在；贾岛七律诗所描写的景色，如同当年。这里既有洪水淄水灌溉之利，又有丰沛的降雨。因此四季无旱灾，百物皆丰饶。所属县邑，盛产金铜；松柏良材，充分供应京城。这里风俗淳厚，事简讼稀，在此任职，如同入山修道，潇洒轻松；这里鱼肥水美，仙鹤翱翔，似乎江南风光。如果不是皇上极为欣赏的贤才，就不会轻易让他来此任职。所以历来任职者未任很久，便予以升迁调任。不是出任某一路的转运使，掌管某一路的转输，便是去做部长官，跟随皇帝左右。前人的仕途经历清清楚楚，您这新任太守的前程也就无可怀疑。尊敬的太守，您学识渊博，修养深厚，天赋的精气彻底体现了天人关系的蕴含，真知卓见洞彻人生的精妙真谛。您在朝中和地方轮番任职，功绩卓著，声名远播。现今暂时分掌一方权利，将来一定担任中枢职责。百姓仰望您的清操，希望您到他们的州郡任职，急切地盼望您的车驾，希望您用道义去教化他们。我身份低贱，职位卑微。久仰您那美玉般的声望，一向钦敬您那北斗般的名声。并非今天，才得到您的庇护。您在当地，德政已被百姓传颂，他们唯恐您接受新的诏令，失去您这位贤太守。在此，谨向您表达我无限的赤诚以及神往之情。

与颍州运使刘昱启

衰病倦游，久怀归意。圣神宽假，特乞守符。条教阔疏，溪湖清远。但坐糜于廪禄，顾难继于贤豪。所幸仁明，曲垂存抚。特先蒙于顾盼，使增重于吏民。伏惟运使郎中，才简上心，名高省闼。暂屈外台之寄，一苏右辅之民。日望车尘，按临封部。少奉诲言之末，足为衰朽之光。感佩之私，笔舌难既。

【译文】我衰老多病，在外任职已感疲倦，久怀归回朝廷养老之意。神宗皇帝宽厚容忍，因此我特地请求任郡守这职。我们之间久未联系，湖山远隔，未能得到您的教诲。我只是白白耗费奉禄，不能追配前任贤能。多亏您仁德贤明，曲意重怜。特地先来看望我，使我在吏民中抬高了身份。敬念运使郎中，您的才能引起圣上注意，您的声誉在中央有很高的评价。您暂在外地任职，并给百姓减少许多苦难。百姓都盼望您的驾临，希望您能来信教诲我，使衰朽的我增添些光彩。对您的感激，言辞不足以表达。

杭州与莫提刑启

罢直禁中，本缘衰病；分符浙右，更窃宠荣。顾惟顽钝之资，岂任繁剧之寄。仰凭多可，或赐曲全。恭惟某官，德望在人，才猷简上。肃高风于列郡，浃厚德于齐民。千佛题名，昔忝游从之末；三吴按郡，想蒙润泽之馀。会见有期，瞻依愈切。

【译文】我被免除在朝中任职，本是因为衰弱多病；委任我出知杭州，更是朝廷对我的恩宠。只是我这愚顽鲁钝的才质，怎能胜任这繁忙事务的重托。承蒙您多所宽容，对我多方成全。尊敬的某位官员，恩德威望留在人们心中，才干谋略著于书帛之上。整肃各州郡使其树立良好风尚，治理众百姓使他们蒙受深厚的恩德。昔日金榜题名，我曾有幸陪从与您交游；如今您到三吴巡行，还希望能蒙受您的恩惠。会面指日可待，敬仰依恋之情更为迫切。

回苏州黄龙图启

伏审政成京口，诏徙吴都。眷惟疆境之邻，首被风声之美。亟蒙音诲，良慰望思。伏惟某官，赋才敏明，秉德仁厚。践扬台省，既久简于上心；偃息江湖，尚历试以民事。仰膺殊用，以协群言。欣颂之诚，口占难尽。

【译文】听说您在京口政绩显著，又有诏令改派苏州。有幸和您疆界相邻，将会首先听到您美好的声誉。屡次蒙您的指教，很是宽慰了我这思念之心。尊敬的大人，您具有敏捷睿智之才，怀有仁义宽厚之德。为官历任中央机构，在皇帝心中已久经选择；卸任出京退居民间，尚且屡次被朝廷委以政事。您承担这重要的职务，以符合众人的舆论。欣喜赞颂的诚意，言辞难以尽述。

黄州还回大守毕仲远启

五年严谴，已甘鱼鸟之乡；一舸生还，复与缙绅之末。屡将通问，辄复自疑。方兹入境之初，遽已诲音之辱。披缄惊眩，抚己汗惶。恭惟某官，师帅斯民，表仪多士。道德龚、黄之右，牢圄坐空；风流王、谢之间，啸歌自得。岂特居人之安堵，固将迁客之忘归。路转湖阴，益听风谣之美；神驰铃下，如闻謦咳之音。瞻咏实劳，敷宣罔既。

【译文】五年严厉的贬谪处罚，已使我适应了鱼游鸟飞的蛮荒之地；乘一艘小船活着回来，又加入了缙绅之士行列的末尾。屡次想要向您问候，总是自己鼓不起勇气。刚到这里不久，马上就接到您的书信。拜读之际令我心惊目眩，检查自己不觉汗颜惶恐。尊敬的某位官员，您是百姓的表率，士人的榜样。道德在龚遂、黄霸之上，牢狱因治理有方而空虚；，风流在王导、谢安之间，长啸放歌而悠闲自得。岂止是本地居民安居乐业，已经让遣流放之人乐而忘归。我取道湖的南岸，更听到民谣对您的赞美；对您心驰神往，好像已听到您的谈笑之声。瞻仰赞颂之情无边无际，难以尽述。

回列郡守悴启

祇奉诏恩，出临边寄。愧非才之难强，托馀庇以少安。岂谓仁私，过形存问。感佩之至，宣写莫周。

【译文】敬奉皇上的恩惠，出京担当防守边疆的职责。惭愧的是自己不是这块材料难以胜任，欣慰的是沾各位的光可以心中稍安。怎能说这是私交相亲近，不过也对我确是过分地关爱。感激之极，难以抒写周全。

答杜侍郎启

伏审荐膺天宠，荣贰卿曹。士友喜于汇征，朝廷为之增重。伏惟兵部侍郎，温文亮达，宏远清通。直道不回，贯今昔而无愧；处躬自厚，蹈世俗之所难。事愈练而益明，用虽晚而必济。自闻休命，实起懦衷。遽承问讯之先，益佩谦光之过。

【译文】得知您被推荐受皇上恩宠，荣任部曹副长官。官场中的朋友因进用贤人感到高兴，朝廷为之增添威望。尊敬的兵部侍郎大人，温文尔雅明达事理，抱负远大清明通达。按正道行事决不回头，无论与古今人相比都毫无愧色；严于律己，行世俗人难以做到之事。官越作越明达干练，起用虽晚而必成大事。自从听到天子的诏命，实在也振奋了我这无大志的胸怀。承蒙您先问候我，更加感戴您谦虚的美德。

答范端明启

伏审参稽古乐，追述新书。琢石铸金，成之有数；立钧出度，施及无穷。搢绅云集于奉常，端冕天临于便座。伟兹壮观，自我元臣。窃以乐之盛衰，寄于人之存否。秦、汉以下，郑、卫肆行。虽喜三雍之成，旋遘五胡之乱。平陈之后，粗获雅音；天宝之中，遂杂胡部。道丧久矣，孰能起之。独求三代之遗声，允属四朝之旧德。恭惟致政端明丈丈，耄期称道，直亮多闻。进不谋安，昔既以身而徇义；退犹忧国，今推所学以及人。岂惟尽力于考音，至复倾家而制器。盖事关于治忽，必幽赞于神明。得《商颂》十二篇于周大师，虽贤者之事也；犹古磬十六枚于犍为郡，岂偶然而已哉。轼本非知音之人，空荷移书之辱。究观累日，喜愧兼怀。徒诵咏于再三，岂发明于万一。

【译文】得知您受命参酌稽考古代雅乐，研讨典籍。如同琢磨玉石铸造铜器，您对此成之有方；树立规则制定法度，给世人带来无尽的好处。缙绅之士云集于奉常之官，当今天子驾临到群臣之间。此种景像是何等壮观，和元老重臣在一起是多么荣耀。我认为乐礼的盛衰，依赖于是否有其人。秦、汉以后，郑国、卫国的靡靡之音到处泛滥。虽然汉代尊奉礼乐，有建成三雍宫之喜，但不久又造成五胡的大乱。平定陈朝之后，才多少得以听到典雅的正音；到了天宝年间，又夹杂进了胡乐。礼乐的正道沦丧已久了，谁能使其恢复振作呢。您独自探求三代遗留下来的乐音，真正去续接四朝的旧有道德。尊敬的退职的端明殿大学士老大人，年高德劭被人称颂，正直诚信见闻广博。身居高位不考虑自身的安危，昔日已经以身殉义；退职后仍不忘为国担忧，如今又以自己的学问教化他人。岂止是竭尽全力来考察音律，以至又倾其所有而制定礼乐。事情有关于国家治乱，必定会有神明暗中保佑。能得到周太师校定的(商颂)十二篇，虽说是属于贤者之事；但就像是十六枚古磬出在犍为郡，难道是事出偶然吗。我本不是知音的人，徒然承蒙您写来书信。整日细心观看，心中喜愧交集。白白地把您的书信再三诵读，却难以明白其深刻含义的万分之一。

答曾学士启

伏审祇奉诏恩，荣升册府；允厌朝论，增辉士林。伏惟庆慰。恭以圣神在御，政化惟新。顾吁俊之无方，岂拔贤而待次。贱如莘野，犹为席上之珍；远若傅岩，尽入彀中之选。而况圭璋之质，近生阀阅之家。固宜首膺寤寐之求，于以助成肃雍之化。府判学士，天资粹美，儒术讲明。向屈处于下僚，盖避嫌而自晦。属武子之请老，察少翁之最贤。抚念老成，聿求义训。岂独褒崇之盛典，固将乐育于英材。自顾庸虚，获联斋舍。忽捧书词之辱，益知谦德之光。喜愧于心，踧踖无措。

【译文】得知您敬奉朝廷诏命，荣幸地进入翰林院；真正符合了朝中的舆论，给士人群体增添了光辉。可庆可慰。圣明的皇上在位，政令教化改革图新。于是求人才不拘一格，难道提拔贤士还要论资排辈。贫贱如隐居莘野的伊尹，也会成为座席上的珍宝；偏远如在傅岩筑墙的傅说，也都被朝廷罗致入仕。更何况像您这样具有美玉一般的品质，就近生于高贵的门第。本来就是天子寤寐所求的首选贤才，用来辅助朝廷成就肃穆雍容的教化。您府判大学士阁下，天资纯粹美好，对儒家学术善于讲解发明。历来委屈地处于低下的地位，是为了避嫌疑而自我韬晦。是学习范武子请求告老还家，明白像少翁那样才最为贤明。爱怜年高有德之人，求取教诲。岂只是褒扬恩宠的盛大庆典，本意还是要乐于培育英才。我自视平庸浅薄，有幸和您书房相邻。忽然接到您的书信，更加知道了什么是谦虚的美德。心中欢喜而又惭愧，不禁诚惶诚恐手足无措。

答新苏州黄龙图启

伏审光膺诏函，移牧吴会。先声所被，惠政已孚。自顾妄庸，敢论畴昔。既联法从之末，又窃邻光之馀。金华玉堂，帝左右之高选；武林茂苑，江东南之要藩。虽才分阔绝于贤愚，而步武差池于先后。其为喜幸，宜倍等流。伏惟某官，文秀士林，才任国器。学已试而可用，望久养而益隆。偃息均劳，叔度莫窥于万顷；治行称首，次公行践于三槐。润泽所加，迂愚有托。辱移书之周厚，实借宠于衰迟。铭感之深，笔舌难喻。

【译文】得知您荣受朝廷诏命，改任苏州知州。昔日声望影响所及，德政已经使人敬服。我自念愚妄平庸，怎敢和您攀叙以往的交情。以前跟在您后头服侍于皇帝左右，如今又与您为邻而借您的光辉。昨日在皇宫金殿，是皇帝左右的上等人选；眼下到杭州苏州，乃长江东南的重要大员。我与阁下虽然才能相差甚远贤愚不同，行止却总是步履踉跄前后相随。故欣喜庆幸之情，实在超越同类之人。尊敬的大人，您文章超拔于士林，才干堪当国家重任。学问经过测试证明可以重用，声望久历蓄养更加隆盛。偃兵息民平均劳役，叔度难以达到您的万分之一；政绩堪称一流，次公的行为又见实行于三公之位。恩泽施加之处，迂腐愚拙之人也都有所依靠。承蒙来信以示周到敦厚之意，实在是我这暮年衰朽之人沾了您的恩宠。永远铭记这深深的感激之情，笔墨口舌难以表达。

答王太仆启

伏审祗奉明绢，特膺异选。以高才望册府，以令德正仆臣。侧闻除书，大慰舆论。伏惟太仆学士，文鸣早岁，学配前人。豫章虽老于中林，瑚琏终升于清庙。万事不理，问伯始而可知；三箧虽亡，得安世而何患。清涂方践，远业难量。愧修庆之未皇，辱移书之见及。感佩之至，但切下怀。

【译文】得知您敬奉朝廷明诏，特地被委以不寻常的职位。凭借高才进入太仆寺，依赖美德来匡正下僚。听到您被任命的诏书，大大符合了舆论所望。尊敬的大仆学士，早年就以文章成名，学问堪与前贤并论。豫章之木虽然老于林中，栋梁之材终于荣登太庙。旁人万事不管，只要问胡伯始就可知晓；三箱书籍虽亡，有了张安世还怕什么。刚刚踏上清高仕途，宏远事业难以估量。惭愧未来及向您致贺，却承蒙您先来信问候。不胜感激之极，所言实慰我心。

答杭州交代林待制启二首

伏审知府钤辖待制，新易节旄，光临督府。旧政已孚于千里，先声坐振于七州。轼偶以庸虚，适相前后。愧无毫发之善，可纪斯民；惟有痼瘝之馀，以遗君子。即谐瞻奉，尤切咏思。

【译文】得知知府钤辖待制阁下，新近改换职务，光临治理州郡。昔日的德政已使千里之外信服，先行的声望因此而使东南人心大振。我以庸碌浅薄之才，偶然得以和您前后连任。惭愧没有作出丝毫成绩，可以为民立法度；只剩下一堆没有解决的问题，留下给您添麻烦。马上就要见面，更加深了对您的咏叹思念。

又

右轼启。罢直禁中，本缘衰病；分符浙右，更窃宠荣。既寻少壮之旧游，复继老成之前躅。养病卧治之所，蒙成坐啸之馀。顾此钝顽，实为忝昧。伏惟知府待制，宏才纬俗，雅望镇浮。神驰方切于望尘，心照已先于倾盖。借之馀润，成此虚名。滕大夫之才，岂堪治剧；楚令尹之政，或许告新。望见有期，瞻依愈切。

【译文】右苏轼启告。罢除我在宫中值勤的职务，本是由于我衰弱多病；到浙右治理州郡，更是错蒙朝廷的宠幸恩荣。到杭州来既是寻找我年轻时的旧游之地，也是承继年高德勋之前任的遗范。汲黯卧治之处清平无事让我安然养病，成晋坐啸之地无为而治令我坐享其成。我这愚钝顽劣之人，实在是滥竽充数。尊敬的知府待制阁下，以宏伟的才干匡正世风，有美好的声望坐镇轻浮。心驰神往正深切于想望之际，两相投合便已先期于会面之前。借您的余光，成就我的虚名。滕国大夫的才干，岂能胜任这繁重的事务；楚国令尹的政令，或许可以治理出新的面貌。很快就要见面，瞻望依恋更为迫切。

答彭舍人启

伏审显膺宸命，进直掖垣。除目播腾，舆情欣属。国家董正百官之治，聿追三代之隆。用事考言，因名责实。然而宪台省闼，无预于文词；儒馆学宫，不关于政理。惟此六押之任，要须二者之长。非该通经术，则不足以代王言；非晓达吏方，则不足以分省事。是为文士之极任，岂止时人之美谈。果有真才，来膺妙选。伏惟某官，道师古始，识造精微。学穷游、夏之渊源，文列马、班之伯仲。自期甚厚，所得实多。对策决科，尝魁天下之士；犯颜逆指，有古名臣之风。粤从言动之司，亟掌丝纶之美。璠玙美质，岂独一时宗庙之华；杞梓异材，固为后日栋梁之用。轼备员法从，窃庇馀光。聊陈舆诵之言，少答函封之辱。其为欣佩，莫究颂言。

【译文】得知您荣耀地领受皇帝诏命，进入中书省任职。任命文书传播开来，群情欢欣注目。国家要治理整顿百官的工作，要上追尧舜时代伟大的事业。用官员的办事能力来检验其言论，根据其名分来要求他作好相应的工作。然而中央政府的具体办事机构，与文学词章无关；各类文化学术部门，又不涉及国家政务。只有这中书舍人的职责，必须兼有这二者的长处。若不是博通经术，就不能代天子拟定诏令文告；如果不通晓吏治，就无法处理中央各部间的公事。所以这是个最能考验显示文人才能的职位，岂止是只具时人赞誉的虚名。果然具有真才实学，才能来恰当地荣任这美差。尊敬的阁下，您行事效法古代圣贤，学识造诣精深微妙。学问钻研得如子游、子夏那样深广，文章的成就在司马迁、班固上下之间。自我期望很是深厚，所得收获实为众多。科举应试，曾于天下士人中夺魁；犯颜逆旨，实有古代名臣的风范。您要担任这言行兼备的职务，即将执掌代天子立言的美差。美玉一般的品质，岂止是国家一时的光彩；杞梓那样的奇木，一定成将来的栋梁之材。我凑数追随皇帝左右，托福借了您的光。在此姑且向您转达舆论的庆贺之意，以多少拜谢您给我来信的恩典。满怀欣喜钦佩之情，难以穷尽这赞颂之词。

答曾舍人启

伏审显膺制命，荣进掖垣。风声所加，中外同庆。伏以取才之道，自昔为难。惟君子之所为，固众人之莫识。奢俭异俗，不害徐公之有常；用舍皆天，孰知令尹之无喜。此盖某官，异材秀出，博学名家。世以文鸣，远继父兄之业；早缘德进，简在裕陵之心。今乃援而进之，论者惜其晚矣。训词一出，皆丹青润色之文；老拙自降，有糠秕在前之叹。过蒙宠顾，辱示华笺。恨无酬德之言，徒有得贤之庆。感忭之素，写述难周。

【译文】得知您荣耀地接受皇帝诏命，光荣地进入中书省任职。消息所到之处，朝廷内外同声欢庆。我认为选取人才之事，自古就是难题。因为君子的所作所为，本来就让一般人难以理解。奢侈节俭风气不同，不影响徐公的依旧行事；任用舍弃都是命运，怎知令尹心中就不高兴。兹因您尊敬的阁下，材器不凡出类拔萃，学识广博自成一家。处世以文章闻名，上承父兄的事业；早年因德行被荐，印象在神宗心中。如今才被提拔入仕，有人说可惜已经太晚。代帝王所作的敕诰一拿出来，都是增辉生色的文章；年老笨拙如我者自愧不如，不由生出糟粕处您之前的叹息。过分蒙您错爱，赐予书信。自恨没有酬答您恩德的言辞，空有朝廷喜得贤人的庆幸。感激欣喜之情，难以表述周全。

答乔舍人启

某闻人才以智术为后，而以识度为先；文章以华采为末，而以体用为本。国之将兴也，贵其本而贱其末；道之将废也，取其后而弃其先。用舍之间，安危攸寄。故议论慨慷，则东汉多徇义之夫；学术夸浮，则西晋无可用之士。兴言及此，太息随之。元祐以来，真人在位。并兴多士，以出异材。眷惟淮海之英，久屈江湖之上。迨兹显擢，实慰舆情。伏惟某官，名重儒林，才为国器。深厚尔雅，非近世之时文；直谅多闻，盖古人之益友。代言未几，华国著称。岂惟台省之光，抑亦邦家之庆。过蒙疏示，深服捞谦。顾惭衰病之馀，莫究欣承之意。

【译文】我听说作为人才以智巧谋略为后，而以见识器度为先；文章以华丽文采为末，而以切合实用为本。国家将要兴盛时，都是重视其根本而轻视其末节；正道将要衰落时，往往取其后而弃其先。这一取一舍之间，就寄托着国家的安危。所以社会风气议论慷慨，东汉末就多出舍身取义的贤者；学术时尚虚夸浮薄，西晋时就没有可用的士人。感慨议论到这里，不由随之长叹。自元祐年间以来，真命天子在位。一下提拔了很多贤士，以期发现奇特的人才。念您这淮海的英才，长久屈居江湖之上。等到这次被荣耀地任用，实在是顺应了众人的意愿。尊敬的阁下，您在儒林中名气很大，才干堪为国家栋梁。文章深厚典雅，不是近世的世俗文字；为人正直真诚学识广博，是古代贤者一样的益友。为天子起草诏命时间不长，便光耀国家而名声大著。这岂止是中书省的光荣，也是国家的吉庆。蒙您过分错爱写来书信，令我深为佩服您的谦逊。只是惭愧我这衰弱多病之人，不能详尽表达接到信后的欣喜之情。

答杨屯田启二首

伏承枉顾，宠示长书。礼数过隆，既匪妄庸之称；文词深厚，足为衰拙之光。反复究观，愧汗交集。伏惟通判屯田，学深经术，名重荐绅。顷者剑外屈临百里之间，已是部中受赐一人之数。岂伊幸会，复此逢迎。听其言，信仁人之溥哉；居是邦，盖大夫之贤者。欲报琼瑶之贶，适苦簿书之烦。言之不文，永以为好。

【译文】承蒙您的光临，并赐予长信。礼数过重，不是我这低劣平庸之人所能承当；文词深厚，足以为我这衰朽笨拙之人增光。对您的来信我反复细读，不禁惭愧惶恐交集。尊敬的通判屯田使阁下，学问深通儒家经典，名声重于士绅官场。以前在剑门关外屈尊作个县令，如今受命在部中首屈一指。岂止得一幸会，希望再能相逢。听到您的言论，确信仁义之人的博大；住在这个地方，您必定是官员中的贤者。想马上回复您的来信，恰好又碰上公文繁忙。信写得毫无文采，只是想以此和您永远结好。

又

向者不遗，特蒙枉顾。愧无琴瑟旨酒，以乐我嘉宾；但喜直亮多闻，真古之益友。谓将继此而得见，岂意阙然而有行。伏读诲音，惟知感叹。伏惟通判屯田，才猷通敏，学术深纯。非独东州杞梓之珍，将为清庙璠玙之宝。暂临边服，行履要津。而轼早以空疏，加之衰病。不缘旷官而罢去，则当引分以归耕。自兹恐遂有出处之疏，故临纸不能无怅惘之意。惟祈自重，少副下情。

【译文】以前蒙您不弃，特地来看望我。惭愧没有琴瑟美酒，来娱乐我的嘉宾；只欣喜您正直诚信见识广博，真是古代圣贤一般的益友。心里以为此后还能再见，谁料遗憾地听说您要离去。拜读您的来信，唯有感叹不已。尊敬的通判屯田使阁下，才能谋略通达聪慧，学识术业深厚纯粹。不光是东部州郡杞梓一样的珍材，将会成国家美玉一般的宝贝。您不过是暂到边远地区，马上就会身居要津。而我早就空虚浅薄，更加以衰弱多病。不因为不称职而罢官开革，也应该引咎辞职回家种地。从此后恐怕我二人会有作官与归田的疏隔，所以写到此处不能没有怅惘之情。只望您能保重，以多少俯顺我等的心意。

答晁发运及诸郡启

衰病交攻，已安僻壤；宠光荐及，复付名邦。虽见吏民，敢违条教。尚缘大庇，使获少安。此盖伏遇某官，忠厚有容，高明毕照。乐善忘势，稍霁外台之威；讲旧论心，曲敦同膀之好。（馀人：某官忠厚有容，通明毕照。朝高雅望，流风采之耸闻；士诵德言，借光华于枯朽。）致兹疏拙，粗免旷瘝。愧展奉之未皇，但缄藏之无斁。

【译文】我因衰弱病痛交加，已安心处于穷乡僻壤；不料蒙您的恩宠向朝廷推荐，又被任命到这著名的州郡。虽说已上任治民，怎敢违背法规教令。还要托您的大力庇护，才能使我稍得平安。这都是遇上了阁下您，待人忠厚有肚量，身居高处而光辉普照。好行善事不摆架子，多少使外台收敛了威风；注重旧日情谊倾心相待，重视同榜登第者之间的友情。（其他人：某位官员忠厚有肚量，光明普照。以美好的声望在朝中受到推重，风采传布耸动听闻；士人间传诵其仁德的言论，借他的光华来为枯朽之人增色。）向您致此浅薄拙劣的言辞，希望能多少免去一些旷废职守之过。惭愧没来及去拜见，要把您的书信永远珍藏。

答陈提刑启

久窜岛夷，偶未书于鬼录；逃归空谷，固喜闻于足音。况清庙瑚琏之姿，为明堂杞梓之用。欲通名而未敢，岂流问之辄先。恭惟提刑刑部，才高一时，望重多士。鲁诸儒之德业，缘饰政刑；汉循吏之风流，本源经术。暂屈云宵之步，来苏岭峤之民。怜迁客之无归，坠尺书而起废。助其羽翼，借以齿牙。但忧枯朽之馀，难副吹嘘之力。既感且怍，不知所云。

【译文】长期流放在海岛夷民中间，只是由于偶然才未被写上死人的名册；从荒无人迹的空谷中逃回，自然喜于所到人们脚步声。更何况是您这样如同太庙里礼器那样的资质，明堂中杞梓那样的材料。我本想向您通报姓名但还不敢，却不料竟先蒙您垂问。尊敬的提刑刑部大人，才气高于当世，声望重于百官。您鲁国儒生的德行功业，可用以文饰政令刑罚；汉代良吏的风操，本来源研修儒家经典。委屈您暂缓晋升的脚步，来这里解救岭南的百姓。您可怜遭贬谪之人没有归宿，降下一封书信使废弃之人重被起用。对我扶持帮衬，努力替我说话。只怕我这干枯衰朽之人，难以对得起您对我的奖掖扶助。心里既感激又惭愧，不知说什么才好。

答莫提刑启

右轼启。得请江湖，虽适平生之愿；刳烦狱市，岂堪老病之馀。赖兹德大而有容，愍其心劳而愈拙。故于始至，借以一言。此盖伏遇提刑某官，威肃列城，德怀雅俗。虽在按临之属部，不忘宿昔之交情。岂独敦忠厚之风，抑以增衰朽之重。其为感怍，未易名言。

【译文】右苏轼启告。得到批准离京赴外任，虽说符合了平生的心愿；每日裁断繁剧的狱讼贸易等事务，岂是我这衰老多病之人所能胜任。多亏您仁德宽大而有肚量，怜悯我费尽心机却越来越笨拙。所以趁刚到此处，借机说几句话。这是碰上了您提刑大人，威风足以整饬京中官员；仁德能够安抚各类人物。我虽说在您的部属之下，您却不忘昔日的交情。这岂只是勉励了忠厚的风节，也抬举了我这衰朽之人。心中感激惭愧之情，实在难以名状。

答李知府启

伏审祗奉异恩，远临全蜀。奎文宝训，方入直于禁严；井络提封，旋出分于忧顾。风猷所暨，谣颂率同。恭惟知府宝文，望重缙绅，材宜廊庙。譬之金石，盖闇然而日彰；浩若江河，固穷之而益远。西南之俗，信服已深。民物子来，气复岷峨之旧；舟车云集，惠通秦楚之商。未曾下车，已闻报政。轼倦游滋久，寤寐怀归。空咏甘棠之思，莫展维桑之敬。怅焉永望，言不写心。

【译文】得知阁下敬受皇帝特别恩典，远道去治理整个蜀地。天子下御诏，刚进入宫中任职；又分派蜀地，马上又外出上任为天子分忧。风教德化所到之处，都得到民谣同声的赞颂。尊敬的知府大人，在官员中声望卓著，才干堪为国家栋梁。就像精金美玉，默默无言而日益彰明；浩荡如同江河，非要阻断它却流得更远。西南的民情，对您早已深为信服。民众万物皆来归服，气象恢复了岷山峨眉之地的旧日盛况；舟船车马汇集此地，方便了秦楚之间的贸易往来。甚至还未到任，就好像已听到上报政绩。我出门作官日子已久，日夜都想回家乡。空怀咏诵您美政的情思，却不能回故乡作您治下吏民向您表示敬意。远望您心中惆怅，言辞难以表述内心的情感。

答彭贺州启

窜流海国，脱身羁鬼之林；洒扫真祠，拜赐散人之号。喜归田之有渐，悼报国之无期。方自愧于心颜，敢闻名于左右。岂谓某官，曲敦雅好，深轸穷途。赐以尺书，借之馀论。温词曲尽，贤于十部之见临；陋质增华，果已五浆之先馈。但惭衰朽，虚辱品题。敬佩至言，永以为好。

【译文】我被放逐到遥远的海滨，又从这拘系鬼魅之处脱身回来。在道观中洒水扫地，领受了出世闲散人的称号。欣喜回家种田的希望有了进展，又痛心报效国家再没有机会。正在为此心中脸上都感到羞愧，怎敢去和阁下通名来往。怎料您尊敬的阁下，竟屈尊来叙朋友之情，深切怜悯沦落之人。赐我书信一封，使我领教其宏论。极尽温暖的言辞，友爱甚于众多部下官吏来相助；使我这鄙陋之人增添了光彩，实在是对我过分的尊敬。只是惭愧我这老迈无能之人，枉自受到您的赞誉。敬佩您的高论，希望和您永远友好。

答王明州启

伏审奉诏牧民，涓辰莅事。教条清简，曾无颐指之劳；吏下肃承，皆有心服之敬。风声所暨，邻境为先。伏惟知府龙图，迪哲而文，刚中莫屈。大辩若讷，耻为利口之言；小智自私，谁识仁人之勇。道不容于群枉，身乃获于退安。回观争夺之涂，日有荣枯之变。坐啸之乐，勿以语人。强食自颐，犹当为国。

【译文】得知阁下奉朝廷诏命到地方上治理百姓，将要择吉日起身上任。教化政令清约简要，连指挥的烦劳也可以免除；部下吏员恭敬奉命行事，都有心中折服的敬意。影响所到之处，邻近的州郡首先受惠。念知府龙图阁大学士阁下，遵循圣明之道而有文德，性情刚直强力不能屈服。极为善辩反而好像木讷，因为耻于夸夸其谈；小聪明的人只为自己打算，这样的人有谁了解仁德者的勇敢。您的处世原则不被众奸邪所容纳，自身却得到贬官退步的安宁。回过头去，反观你争我夺的仕途，每日都有荣辱兴衰的变化。安享无为而治的快乐，毋须对人谈起。望能努力进食保养身体，还要为国家多多保重。

答临江军知军王承议启

泮水受成，缪膺桑梓之敬；海邦画诺，又观枳棘之栖。多难百罹，流年半世。恍如昨梦，复见故人。伏惟知郡承议，居以才称，进由德选。渊源师友，旧仰郑公之高：歌咏风流，近传邵父之继。不忘畴昔，曲赐拊存。岂独怜衰朽而借馀光，盖将敦风义以励流俗。感佩之至，笔舌难周。

【译文】在学宫接受您的指教，蒙受您同乡之情的错爱；在沿海处于您的治下，又亲眼看到我的艰难处境。遭受无数磨难，半生时光似流水逝去。如今又见到故人，恍惚如昨日一梦。尊敬的知州承议郎大人，平素以才德而著称，作官因贤能被选拔。在师友间传授探讨学问，有旧时郑玄的高风令人仰慕；歌咏吟唱风流潇洒，被近世誉为邵父的后继。您不忘旧日的情份，对我赐以抚慰存问。这岂止是单单可怜我这衰朽之人而施我以恩惠，而是要以此淳厚风化来激励世人。感激之极，用笔墨口舌难以表达周全。

答丁连州朝奉启

七年远谪，不知骨肉之存亡；万里生还，自笑音容之改易。久恬飓雾，稍习蛙蛇。自疑本儋崖之人，难复见鲁卫之士。而况清时雅望，令德高标。固以闻名而自惭，盖欲通书而未敢。岂谓知郡朝奉，仁无择物，义有逢时。每怜迁客之无归，独振孤风而愈厉。固无心于集苑，而有力于嘘枯。远移一纸之书，何啻百朋之锡。过情之誉，虽知无其实而愧于中；起废之文，犹欲借此言以华其老。穷途易感，永好难忘。

【译文】经七年远方贬谪，已不知骨肉的存亡消息；自万里之外生还，笑自己音容都已改变。日久已经安于飓风浓雾，也逐渐适应了青蛙虫蛇。怀疑自己本来就是天南儋崖之人，此生再难见到北地鲁卫之士。更何况是见到您这样在清平之世具有美好声望，美德清高脱俗之人呢。本来听到您的名声就感到自惭形秽，想和您通信来往又不敢如此大胆。哪里想到知州朝奉大人，仁义宽厚而不舍弃我这微不足道之人，而我也算是赶上了机遇和您相识。您每每怜惜贬谪之人无所归依，而更加独力振奋孤高的风范。我本无心于攀龙附凤，而您却大力地拯困扶危；远方寄来一纸书信，何止于千金之赐。对我超过实际的赞誉，虽然让我明知名不副实而内心惭愧；而您鼓舞被贬黜之人的书信，还想借用其中的话为我这衰朽之年增添光彩。人在穷途末路时容易受到感动，与您永远友好难以忘怀。

答秀州胡朝奉启

伏审初见吏民，首行条教。邻封甚迩，欣谣颂之蔼然；缄牍先蒙，愧劳谦之过矣。某官望推朝论，才映士林。用已试于盘根，所居见纪；政方观于馀地，不令而行。某待罪江湖，苟安衰病。眷言一郡，幸击柝之相闻；矜式百为，知伐柯之不远。其为欣咏，难尽名言。

【译文】得知您初到任上，刚刚颁行政令。您治下的州郡和我相邻很近，可以欣喜闻听到民间对您的一片赞颂之声；蒙您先给我来信，对您过分的慰劳谦敬我感到惭愧。阁下声望被朝廷舆论所推重，才气光照士大夫之林。其才具已在初始工作中得到检验，所到之处有法度可观；政教正在给其他地方作出示范，毋须下令便得以风行。我在朝廷之外任职，以衰病之身苟且偷安。您在我邻近州郡，有幸和您击柝之声互相听到；敬佩您的各种作为，知道学习的榜样离得不远。不禁使人欢欣咏唱，而此情难以尽述。

答许状元启

右轼启。伏以贤俊之士，固将有所挟持；富贵之来，岂能为之损益。昔者在贫贱之辱，所有无以异于今；一朝居豪杰之先，而人然后知其贵。伏惟状元佥判廷评，以粹美之质，负杰异之才。自远方而游上都，以一日而盖天下。士既望风而知不敌，人皆敛衽而谓当然。苟非素与交游之流，安敢轻为贺问之礼。不期谦抑，过录庸虚。忽承笺牍之临，皆自听闻之误。礼非所称，愧靡自任。先皇帝未明求衣，久已格于至治；洮盟凭几，尚不忘于选贤。庸登哲民，以遗后圣。虽喜车旌之召，旋兴弓剑之悲。臣子之心，远迩若一。即日承已拜命，计将就涂。念展谒之何时，徒向风而永望。谨奉启陈谢，不宣。

【译文】右苏轼启告。我认为贤良俊杰之士，原本就持有抱负和才干；富贵的来临，抱负才干岂能因此而有所增减。从前处于贫贱的屈辱境地，他所有的禀赋与今天并无区别；如今一但出人头地，世人这才得知他的高贵。尊敬的状元佥判廷评阁下，靠着纯正美好的资质，怀着杰出奇异的才干。从远方来游历京都，一日高中而名满天下。士人都仰望自知比不上您，大众皆恭而敬之认为您得到今天的地位是理所当然。如果不是平素就和您有交往的朋友，怎敢轻易地来行贺问之礼。想不到您竟如此谦逊退让，承蒙不弃我这庸碌浅薄之人。忽然蒙您书信临门，想必这都是因为您误听到我的虚名而对我如此错爱。您对我的礼遇对我来说实在不相称，令我惭愧不敢当。已故的先帝天不亮就起床，早已使天下达到大治；直到临终之际，尚不忘选拔贤能。任用您为大理评事裁断狱讼，把您这样的人才留给后继的皇帝。虽说有车马旌旗征召的喜悦，却马上又起悼念先帝的悲痛。作为臣下的心情，普天下都是一样的。当日就已拜谢朝廷的任命，即将安排登程赴任。念及不知何时才能再见，空怀仰慕思念之情。谨奉此书，信以陈述谢意，恕不多叙。

答王幼安宣德启

俯仰十年，忽焉如昨；间关百罹，何所不有。顷者海外，澹乎盖将终焉；偶然生还，置之勿复道也。方将求田问舍，为三百指之养；杜门面壁，观六十年之非。岂独江湖之相忘，盖已寂寥而丧我。不谓某官，讲修旧好，收录陈人。粲然云汉之章，被此枯朽之质。欲其洗濯宿负，激昂晚节。粗行平生之志，少慰朋友之望。此意厚矣，我心悠哉。如焦榖牙，如伏枥马。非吹嘘之所及，纵鞭策以何加。藏之不忘，永以为好。

【译文】时光一晃就是十年，往事如同还在昨天。辗转曲折历尽坎坷，什么样的事没有碰到过。从前漂泊海外，已经心境淡泊准备了此余生；如今碰上偶然机会活着回来，过去的一切都放在一边不必再提了。我现在打算置地买房，以便养家糊口；关门面壁，反思我这六十年来的过失。岂只是忘掉了四方的朋友，而且因长期寂寞寥落而失去了自我。不料尊敬的阁下，还打算联络旧日好友，接纳故人。以光灿华美的文章，来夸赞我这衰朽不堪之人。我因此也愿意先清理偿还昔日旧债，激励自己晚年的节操。略微施展一下平生的抱负，多少宽慰一下朋友的希望。您对我的情意真是深厚，令我的心思念不已。如同干焦的谷芽，如同伏在槽上的老马。如若不是关爱奖掖所及，纵使鞭策何以过此。把您的书信保存不忘，作为永远友好的纪念。

答陈斋郎启

伏审祗膺宠命，荣践亨涂。拜庆庭闱，溢欢声于观者；驰书士友，揆华藻之灿然。顾此衰羸，实难当捧。伏惟斋郎，天资深茂，学术淹通。经行两纯，穷达一操。久困有司之尺度，退从老圃于丘园。陋彼素餐，是闻也，非达也；凛然遗直，惟有之，则似之。假道一官，权舆千里。幅巾藜杖，愿为二老之风流；甲第高门，坐看诸郎之富贵。欣颂之至，笔舌难周。

【译文】得知您敬受皇帝的恩宠任命，荣耀地踏上了入仕的康庄大道。回家拜见父母，使围观者欢声四起；书信寄给朋友，铺饰璀璨的华丽辞藻。只是我这衰朽之人，实难担当捧场之任。尊敬的斋郎阁下，天生才智深广，学问博深通达。经术品行都很纯粹，做不做官操守如一。长时期受官府的有关限制未能出仕，家居在田园与老农为伴。鄙视那些做了官而尸位素餐的人，他们只是徒有虚名，而不是有德行善于办事；正气凛然如直道而行的古人，只有具备这样的操守，才能有类似的行为。借助目前这一任官职，开始您的万里鹏程。昔时布巾藜杖，甘愿继承二老的流风余韵；今日高门大户，转眼就看到各位公子的荣华富贵。内心欢欣赞颂之至，笔墨口舌难以表达周全。

答馆职启

伏审奉诏明廷，升华册府。国有得贤之庆，士知稽古之荣。虎观石渠，极诸儒之妙选；鳌宫金阙，笑方士之远求。自喜衰年，获观盛事。某官学本自得，道惟造深。温故为君子之儒，多闻推益者之友。奇字可学，知子云之苦心；亡书复存，赖安世之默识。不试而用，知贤则深。轼方此赐环，遽承枉驾。沐诲音之已厚，愧驰谒之未遑。

【译文】得知您接到朝廷任命的诏书，升任官职到皇家图书馆。国家有得到贤臣的庆贺，贤士得到考查古事的荣耀。白虎观石渠阁，是诸位读书人的最佳选择；身处皇家宫阙，不禁要笑方士们还要到远方去寻求什么仙境。我在这衰老的年纪，欣喜得以看到这样隆重的好事。阁下学问本靠自修得来，道行因修炼至于深厚。温习旧籍可谓读书人中之君子，见闻广博真算得良师益友。古时奇异的字形能够辨认，应知道扬子云的良苦用心；前代的图书得以保存，全赖张安世默默地记下。不经测试就加以任用，是对您的贤能了解至深。我刚刚被赦免召还，就承蒙您来看望。得到您的教诲已是情义深厚，还未来及前去拜访使我惭愧。

答试馆职人启

伏承射策玉堂，方观笔阵；校文天禄，遂秀儒林。党友增华，缙绅共庆。国家求贤之道，必于闲暇无事之时；贤者报国之功，乃在缓急有为之际。养之无素，则一旦欲用而何由；待以非常，则临事欲辞而不可。故纳之于英俊相从之地，观之以世俗不见之书。非独使之业广而材成，抑将待其资深而望重。某官学优而仕，行浮于名。词令从容，议论慷慨。追还正始，文章为之一新；传写都城，纸墨几于骤贵。得士之喜，非我敢私。轼衰病侵寻，文思荒落。职在翰苑，当发策而莫辞；识匪通儒，惧品藻之不称。过烦临贶，宠以书词。永为巾笥之珍，愧乏琼瑶之报。

【译文】得知您经过金殿应试，方才作罢文章；被任命到藏书处校勘史籍，遂即在儒林中显露头角。朋友知己因此增光，官僚士绅共同庆贺。国家求取贤人，一定要在平安无事之时；贤人立功报国，却在国家危难可以有所作为之际。平时不加恩养，那么一旦要用人哪里去找；用超越常礼的待遇来养士，那么临到用人之际便不能推辞。所以才把您吸取到英豪众多之处，使您观看世俗人看不到的书籍。这样做不光要使您学问广博造就有用之才，恐怕也要待您资深望重后加以重用。阁下学业优异而作官，行为高于名声。言辞从容不迫，议论慷慨激昂。您的大作上追礼法正道之始，天下文章因此而出现新面貌；您的诗文在京城中到处传抄，纸墨价格差点儿暴涨。得到贤士的喜悦，我不敢据为私有。我衰老多病日益严重，作文章的才气也已经败落。我任职在翰林院，出考题本是我义不容辞的职责；知道自己不是渊博的学者，害怕阅卷品评不够称职。过份麻烦您光临，并蒙以文词见赠。我要把它作为珍贵的礼物包好藏在书箱里，只是惭愧没有好文章给以回报。

与迈求婚启

里闬之游，笃于早岁；交朋之分。重以世姻。某长子迈，天资朴鲁，近凭一艺于师传；贤小娘子，姆训夙成，远有万石之家法。聊伸不腆之币，愿结无穷之欢。

【译文】咱们同乡的交情，早年就很深厚；作为朋友间的情分，重于世代通婚之家。我的大儿子苏迈，天资朴实鲁钝，近来靠师传才读了一些书；您的小女儿，从小受到良好教育，早就具有大家风范。姑且呈上这微薄的聘礼，希望缔结永远的友好关系。

与过求婚启

敢议婚姻，盖恃乡闾之末；遂忘门阀，亦缘声气之同。龟筮既从，祖考咸喜。伏承令子弟二小娘子，庆闱擢秀，岂独卫公之五长；而某第三子某，驽质少文，庶几南容之三复。恭驰不腆之币，永结无穷之欢。悚怍于怀，敷述罔既。

【译文】敢于向您求婚，全是仗着同乡的关系；忘记了门第的高下，是由于我们意气相投。占卜的结果既然如意，家中长辈又都欢喜。您的孩子二小娘子，是吉庆闺房中挑选出来的秀女，岂止具有卫瓘家女儿的五种长处；而我的第三个儿子，无能质朴缺少文化，多少近似于反复诵读“白圭”之诗的南宫适。谨向您呈上这不丰厚的聘礼，永远结为无穷尽的友好关系。心中惶恐而又高兴，难以尽述。

求婚启

结缡早岁，已联昆弟之姻亲；垂白南荒，尚念子孙之嫁娶。敢凭良妁，往款高闳。轼长子某之第二子符，天质下中，生有蓬麻之陋；祖风绵邈，庶几弓冶之馀。伏承故令弟子立先辈之爱女第十四小娘子，禀粹德门，教成家庙。中郎坟典之付，岂在他人；太真姑舅之婚，复见今日。仰缘夙契，只听俞音。

【译文】咱们早年通婚，已经联结为兄弟般的姻亲；我已垂老于南方荒野之地，还在操心子孙的嫁娶之事。斗胆凭借良媒，到您高门上去拜谒。我的长子的第二个儿子苏符，天生姿质中下等，生下来就很微贱，凑合着能承继父祖的余业。您已故令弟子立的爱女第十四小娘子，生于天资醇厚的有德之门，在家中又受到良好的教育。中郎蔡邕家学所传，岂能还有别人；太真杨妃姑表之婚，重又现于今日。仰仗和您旧日的关系，只等听到您应允的消息。

答求亲启

藐尔诸孤，虽本轩裳之后；闵然衰绪，莫闲纂组之功。伏承某人，儒术饬修，乡评茂著。许敦兄弟之好，永结琴瑟之欢。瞻望高门，获接登龙之峻；恪勤中馈，庶几数马之恭。

【译文】几个弱小的遗孤，虽说是高门的后代；凋落的家道令人忧伤，也不要停止振兴的努力。今有某位先生，精通儒家学问，乡里评价名声卓著。来相邀结为亲密的兄弟友好关系，永远联为姻亲。瞻仰您高贵的门第，很高兴能得以高攀；今后将恭敬勤恳操持家务，以期尽小心恭谨之责。

下财启

夙缘契好，获讲婚姻。顾门阀之虽微，恃臭味之不远。敬陈纳币之礼，以行奠雁之仪。庶徼福于前人，永交欢于二姓。

【译文】咱们前世有交好的姻缘，如今又蒙应允婚姻之事。虽说看到自己的门头低微，但又倚仗彼此气味相投。在此敬献上定亲之礼，以备实行迎亲的仪式。希望能够求福于先人，永远结成两家的友好关系。

回叶运使启

近审下车，辄尝进记。徒欲闻名于将命，未皇尽意以占词。不图谦光，遽锡褒宠。感铭既切，愧惕并深。恭惟某官，以旧德之贤，当圣朝之选。恩足以济众，法足以理财。先声所临，公议同庆。凡繄属部，实有赖于庇庥；惟是孤踪，更曲蒙于优借。此为过幸，岂复胜言。

【译文】近来得知您到任，曾向您递过公文。总想着去通过您的手下人通报姓名，但还未顾得上好好考虑一下措辞。不料您竟如此谦虚，居然派人来问候。使我既深切感谢铭记，又十分惭愧不安。尊敬的大人，您以德高望重老臣的资格，荣受本朝的任命。恩泽足以解救大众，法度足以料理财政。先行的名声所到之处，公众舆论共同庆贺。凡是您的属下，都有赖于您的庇护；尤其像我这孤单之人，更是受到您的优待宽容。这真是过分的荣幸，怎能靠言辞来表达。

洛尹到任谢宰相启

滥司留钥，茂著事功；易处藩方，敢论治效。省循甚惧，踧踖无容。伏念某起自孤生，期于平进。猥奉前席之对，遂膺圣上之知。首置郎曹，旋升内史。缀七臣之近列，亚八座之崇资。暨出绾于郡章，亦参荣于法从。载惟侥冒，一出奖成。恭惟某官，光辅熙朝，宠膺睿眷。金声掷地，共推华国之文；玉德照人，自是礼神之器。尚怜衰陋，特为保全。某敢不祗奉彝章，恪循分守。誓仰酬于天造，庶旁答于知己。

【译文】我滥竽充数担任了洛阳的留守，一定要努力去建树卓著功绩。刚由京中改派到地方，又怎敢事先谈论治理的成效。反复省察心中很是畏惧，感到惶恐不安无地自容。念我本是个孤陋之人，只希望能逐渐依次升迁。却受到特别的重视，得到圣上的赏识。起始就被委任为郎官，不久又升任中书省官员。紧挨着朝廷重臣的行列，仅次于尚书仆射的高位。等到出京担任郡守，还能够荣耀地侍从皇上。我能有此侥幸，全都出于您的奖掖栽培。尊敬的大人，您大力辅助圣朝，荣耀地受到皇上宠幸。所发表的言辞，被共同推戴为光耀国家的文章；美德映照他人，本来就是社稷的栋梁。尚且怜惜我这无能卑陋之人，特别进行照顾保护。我怎敢不遵奉往日的训导，谨守我分内之责。发誓要上报朝廷，还望能报答知己。

卷六十一　书

上富丞相书

轼闻之。进说于人者，必其人之有间而可入，则其说易行。战国之人贪，天下之士，因其贪而说之。危国之人惧，天下之士，因其惧而说之。是故其说易行。古之人一说而合，至有立谈之间而取公相者，未尝，不始于战国、危国。何则？有间而可入也。

居今之世，而欲进说于明公之前，不得其间而求入焉，则亦可谓天下之至愚无知者矣。地方万里，而制于一姓，极天下之尊，而尽天下之富，不可以有加矣。而明公为之宰。四夷不作，兵革不试，是明公无贪于得，而无惧于失也。方西戎之炽也，狄人乘间以跨吾北，中国之大不畏，而畏明公之一词。是明公之勇，冠于天下也。明公居于山东，而倾河朔之流人，父弃其子、夫弃其妻而自归于明公者百余万。明公人人而食之，旦旦而抚之。此百万人者，出于沟壑之中，而免于乌鸢豺狼之患。生得以养其父母，而祭其祖考，死得以使其子孙葬埋祭祀，不失其故常。是明公之仁，及于百世也。勇冠于天下，而仁及于百世，士之生于世，如此亦足矣。今也处于至足之势，则是明公无复有所羡慕于天下之功名也。五帝三代之事，百家之书，莫不尽读。礼乐刑政之大小，兵农财赋之盛衰，四海之内，地里之远近，山川之险易，物土之所宜，莫不尽知。当世之贤人君子，与夫奸伪险诈之徒，莫不尽究。至于曲学小数，茫昧惝恍而不可知者，皆猎其华而咀其英，泛其流而涉其源。虽自谓当世之辩，不能傲之以其所不知。则是明公无复有所畏惮于天下之博学也。

名为天下之贤人，而贵为天子之宰，无贪于得，而无惧于失，无羡于功名，而无畏于博学，是其果无间而可入也？天下之士，果不可以进说也？轼也闻之楚左史倚相曰："昔卫武公年九十有五，犹日箴儆于国曰：'自卿以下，至于官师，苟在朝者，无谓我老耄而舍我，朝夕以交戒我。’犹以为未也，而作诗以自戒。其诗曰：‘抑抑威仪，惟德之隅。’夫卫武公惟居于至足，而日以为不足，故其没也，谥之曰睿圣武公。嗟夫明公，岂以其至足而无间以拒天下之士，则士之进说者亦何必其间之人哉？不然，轼将诵其所闻，而明公试观之。

夫天下之小人，所为奔走辐辏于大人之门而为之用者，何也？大人得其全，小人得其偏。大人得其全，故能兼受而独制；小人得其偏，是以聚而求合于大人之门。古之圣人，惟其聚天下之偏而各收其用，以为非偏则莫肯聚也，是故不以其全而责其偏。夫惟全者之不可以多有也，故天下之偏者，惟全之求。今以其全而责其偏，夫彼若能全，将亦为我而已矣，又何求焉。昔者夫子廉洁而不为异众之行，勇敢而不为过物之操，孝而不徇其亲，忠而不犯其君。凡此者，是夫子之全也。原宪廉而至于贫，公良孺勇而至于斗，曾子孝而徇其亲，子路忠而犯其君。凡此者，是数子之偏也。夫子居其全，而收天下之偏，是以若此巍巍也。若夫明公，其亦可谓天下之全矣。廉而天下不以为介，直而天下不以为讦，刚健而不为强，敦厚而不为弱。此明公之所得之于天，而天下之所不可望于明公者也。明公居其全，天下效其偏，其谁曰不可。

异时士大夫皆喜为卓越之行，而世亦贵狡悍之才。自明公执政，而朝廷之间，习为中道，而务循于规矩。士之矫饰力行为异者，众必共笑之。夫卓越之行，非至行也，而有取于世。狡悍之才，非真才也，而有用于天下。此古之全人所以坐而收其功也。今天下卓越之行，狡悍之才，举不敢至于明公之门，惧以其不纯而获罪于门下。轼之不肖，窃以为天下之未大治，兵之未振，财之未丰，天下之有望于明公而未获者，其或由此也欤？昔范公收天下之士，不考其素。苟可用者，莫不咸在。虽其狂狷无行之徒，亦自效于下风，而范公亦躬为诡特之操以震之。夫范公之取人者，是也，其自为者，非也。伏惟明公以天下之全而自居，去其短而袭其长，以收功于无穷。

轼也西南之匹夫，求升斗之禄而至于京师。翰林欧阳公不知其不肖，使与于制举之末，而发其猖狂之论。是以辄进说于左右，以为明公必能容之。所进策论五十篇，贫不能尽写，而致其半。观其大略，幸甚。

【译文】我听说过，向人家提供说词，必得人家有空子可钻，这说词才起作用。战国的人贪欲强，天下游说的人，就针对他贪而献策。危急的国家怕覆灭，天下游说的人，就针对他怕覆灭的心理而出谋。这样，游说就易起作用。古代凭三寸不烂之舌做说客，一拍即合，就凭站着谈不久，便取得公相的显赫地位，何尝不是由战国、危国开的头。为什么呢？有机可乘罢了。

生活在今天，欲向明公提建议，不根据您的需要而想被采纳，可以说是天下最愚蠢又不明事理的人了。当了皇帝，方圆万里，都受他一姓的统治，达到最高的地位，用尽最多的财富，没人比得上他。而明公做了丞相；边疆少数民族不闹事了，不见兵祸者数十年，皆因您为官不贪，又不怕丢掉什么。当西夏少数民族猖獗，辽国乘机掠夺幽燕一带，不怕我中国之大，而怕您大无畏的言辞。明公的勇，天下无双。您在山东时，凡黄河北的逃难人，父弃子，夫弃妻而投奔于您的人有百余万。明公给他们饭吃，时时安抚他们。这百余万人，得以逃出溪谷荒凉处，免遭乌鸦老鹰豺狼之害。生而能奉养父母，祭祀列祖列宗，死得以让子孙安葬祭祀，不至弄得不堪设想。是明公的大仁大德，给百姓带来世世代代的好处。您的勇冠天下，您的仁爱惠及后代，天下有才的人，生在这个时候，也就感到满足了。而今处在政通人和，一切感到满足之时，明公就不再羡慕世上的功名了。五帝三代的事情，诸子百家的书，您无一不读。礼、乐、刑法、政事的大小，兵、农、财赋的多寡，四海之内，各地远近，山河的险易，各地适宜生产何物，您无所不知。当今德高望重的人和那奸狡伪善之辈，您都了如指掌。至于那些有片面道理的小玩意，似通非通模糊不清的东西，您都能从中搜寻到一点可取的东西，明白它的源流发展。纵然是当代的辩才，也不能在您面前骄傲地称自己是无所不知的。这样看来，明公的博学可以无所畏惧于天下任何一个人。

明公您名为天下的贤人，贵为一国的丞相，不贪求任何东西，不怕失去任何东西，不羡功名，不怕博学，难道您真是神，再不需要任何东西了？天下有才干的人，再不能向您进说任何话了吗？我听楚左史倚相说："过去卫武公九十五岁时，还常警戒自己，并向卫国人说：'自大官至于百官，只要还在朝廷，不要因我衰老而弃我，请早晚监督规戒我。'仍认为不行，就作诗自戒，诗为'庄重的外表，靠品德廉直。'卫武公虽各方面很自足，仍怕有做不到的。所以他死后，卫国给他一个最明智武公的称号。唉呀明公，岂能以至足而无所求以拒天下有才能的人，有才能人进献说词又何必您有求才说呢？要不我将陈述我所听到的，明公不妨看看。

天下有一技之长的人，所以齐来奔趋于丞相之门而求能用，为什么？您得其全，有一技之长的人得其偏。您掌握得全面，故能兼受而独揽全局；有一技之长的人只知其一面，所以聚合起来求用于您的面前。古代圣贤，因能聚天下之偏而各有各用，认为不是偏还不来聚合，所以圣人不以自己的全而责备一技之长的偏。再说全者毕竟是少数，故天下偏者才求全。而今天全责备偏，他要是能全，他不和我一样，又何必求我。古代孔子廉洁而不做异乎常人的行为，勇敢而不去滥用，孝道不曲从自己的老人，忠而不冒犯君王。这些，都是孔子的全。孔子弟子原宪廉而至于贫，公良孺虽勇但好斗。曾子事亲至孝，但曲从不灵活，子路忠虽忠，但却犯了君。这些，都是孔子弟子的偏颇。孔子居于全面，而收天下人的不足，所以孔子形象显得高大雄伟。说到明公，也可以说是天下之全。廉而天下不认为您孤介，直而不使有揭他人阴私，刚毅而又不使人感到太好强，宽厚而使人不感到懦弱。您能得到这样全，是天赐的，而天下人就做不到您这样。明公处在全的地位。天下人掌握了偏，谁能说不行。

往昔有识之士都想有卓然超越的行为，而世间也称道悍猾的人。自从明公任丞相，朝廷之间，讲究中庸之道，循规蹈距。有人装模作样标新立异者，大家都耻笑。说起卓越之行，不算完美的行为，想取媚于世。悍刁能人，不算真才，却在世上有用。这些古代全人都能坐而利用他们的长处。而今有卓越才干的，有悍才能人的，都不敢奔走明公之门，怕因自己有短处而得罪。我很不贤，私下认为国家还没长治久安，军队还不坚强，财政状况不理想，国内期望还未能由明公来实现，是不是因为这个原因呢？过去，范仲淹笼络天下人才，不咎既往。有一善之长无不任用；纵令狂急气量窄之辈，也甘心来报效，而范公也以诡怪不测之操以威慑他。范公的用人正确，但他自己诡怪不测的作法，则不可取。敬祈明公以天下之全自居，去士的短而取他的长处，这就会功德无边。

轼西南四川一百姓，来到京城求升斗的待遇，时翰林欧阳修主考试，置我于第二，及殿试中进士乙科，我当时表述了猖狂的意见。而今就向明公进说词，我想明公定会宽容我。所进策论五十篇，贫不能尽写，而献一半。敬请大致赐阅，实为幸甚。

上曾丞相书

轼闻之。将有求于人，而其说不诚，则难以望其有合矣。

世之奇特之士，其处也，莫不为异众之行。而其出也，莫不为怪诡之词，比物引类，以摇撼当世。理不可化，则欲以势劫之，将以术售其身。古之君子有韩子者，其为说曰：“王公大人，不可以无贫贱之士居其下风而推其后，大其声名而久其传。虽其贵贱之阔绝，而其相须之急，不啻若左右手。”呜乎，果其用是说也，则夫世之君子所为老死而不遇者，无足怪矣。

今夫扣之者急，则应之者疑。其辞夸，则其实必有所不副。今吾以为王公大人不可以一日而无吾也，彼将退而考其实，则亦无乃未至于此耶？昔者汉高未尝喜儒，而不失为明君，卫、霍未尝荐士，而不失为贤公卿。吾将以吾之说，而彼将以彼之说。彼是相拒，而不得其欢心，故贵贱之间，终不可以合，而道终不可以行。何者？其扣之急而其词夸也。鬻千金之璧者，不之于肆，而愿观者塞其门。观者叹息，而主人无言焉。非不能言，知言之无加也。今也不幸而坐于五达之衢，又呶呶焉自以为希世之珍，过者不顾，执其裾而强观之，则其所鬻者可知矣。王公大人，其无意于天下后世者，亦安以求为也。苟其不然，则士之过于其前而有动于其目者，彼将褰裳疾行而搂取之。故凡皇皇汲汲者，举非吾事也。昔者尝闻明公之风矣。以大臣之子孙，而取天下之高第。才足以过人，而自视缺然，常若不足。安于小官，而乐于恬淡。方其在太学之中，衣缯饭糗，若将终身，至于德发而不可掩，名高而不可抑。贵为天子之少宰，而其自视不加于其旧之锱铢。其度量宏达，至于如此。此其尤不可以夸词而急扣者也。

轼不佞，自为学至今，十有五年。以为凡学之难者，难于无私。无私之难者，难于通万物之理。故不通乎万物之理，虽欲无私，不可得也。己好则好之，己恶则恶之，以是自信则惑也。是，故幽居默处而观万物之变，尽其自然之理，而断之于中。其所不然者，虽古之所谓贤人之说，亦有所不取。虽以此自信，而亦以此自知其不悦于世也。故其言语文章，未尝辄至于公相之门。今也天子举直谏之士，而两制过听，谬以其名闻。窃以为与于此者，皆有求于吾君吾相者也。故辄有献。其文凡十篇，而书为之先。惟所裁择，幸甚。

【译文】我听说：想求人家帮忙，而在说话上不诚恳，那就难以盼人家肯帮忙。

世上有种很奇怪的人，平素家居，没有不做与众不同的事。而当他谈话，没有不发奇谈怪论，做些比方，引出同类的事来论证，借以迷惑视听。理不被接受，就想以势力相威胁，并将用骗术求得人家来用他。古时有位君子叫韩子的人说：“高高在上的大人物，不能没贫贱的人在他下面吹捧推崇他、夸大他的声名而使他长久传扬。虽然贵贱之间反差大，可急需相互利用，无异于得到得力助手。”唉呀！这种说法果真实现，那么，世上的君子所做所为到老死而不被用，就无足怪了。

当前急于求人用的，则被求的人必然生疑。言辞越浮夸，其实质必然和他的虚夸距离大。自以为王公大人一天也少不了他，王公大人回去考察他的实际，恐怕还不至于这样。过去，汉高祖不曾喜欢儒生，还不失为有道明君。卫青、霍去病从未推荐一个人才，而仍不失为贤明的大臣。我将说我的好，他将说他的好。他自以正确而相拒，得不到认可，所以贵贱之间，说不到一块去，而正确的主张就难实行。为什么？他求得太急，言不副实。卖千金璧玉的人，不到市面上，而愿看货的人挤破门。看货的人叹息，而卖者不说话。不是不会说话，知道说得再好也不会超过货色本身。而今不幸者坐于繁华闹市，又不住闲夸他的世上少有的珍宝，过往的人不看，他就拉住人家衣襟非要人家看，那他可卖的货你就知好不好了。朝廷大臣，要是无意为天下后世办好事，又如何能有所做为呢。倘不是这样，有人才经过他的面前，惊动了他看一下，他将撩起衣襟快步去拉人才。所以凡是急呼呼谋工作的人，皆不是我所要聘用的人。昔日我曾听说您的名声。您是大臣的后代，得进士之首。才本过人，而却谦虚得很，常感自己不足。您曾安于做小官，乐于做清淡的人。当您在太学期间，穿粗丝衣吃一般饭，就是终身如此也不愁。以至于您品德好而为众知，声名高谁也抑制不了，官拜同中书门下事，而却不把过去低级的同僚不看在眼里。您的胸怀宽阔，真不简单。这更不能靠夸夸其谈来要官做的。

我没才能，自求学到今天，已十五年了。认为学习最难的，莫难于无私。无私之难者，难于通达万事万物的情理。不对万物通情达理，想无私也压根办不到。用自己做尺子，我好的就是好，我厌恶的就是恶，这样盲目自信，未有不困惑茫然的。所以我静居默然而观察万物的变化，探索宇宙各种事物的自然之理，而从中做出客观的判断。要是不符合万物之理，就是古代圣贤说的，我也不采取。我虽然这样自信，却也知道不被世俗所欢迎。所以，我的言语文章，未曾到达公相手里。而今皇帝奖励直言敢议论政治批评时事的人，翰林学士和知制诰偏听，错把我好议政的名声上报了。我以为好议论政治的人，都是有求于皇帝和公相的。故而我就献出拙见。献出文共十篇，上给您这位丞相的书列为首篇。恳请裁夺选择，最为庆幸。

黄州上文潞公书

轼再拜。孟夏渐热，恭惟留守太尉执事台候万福。承以元功，正位兵府，备物典册，首冠三公。虽曾孙之遇，绝口不言；而金縢之书，因事自显。真古今之异事，圣朝之光华也。有自京师来转示所赐书教一通，行草烂然，使破甑敝帚，复增九鼎之重。

轼始得罪，仓皇出狱，死生未分，六亲不相保。然私心所念，不暇及他。但顾平生所存，名义至重，不知今日所犯，为已见绝于圣贤，不得复为君子乎？抑虽有罪不可赦，而犹可改也？伏念五六日，至于旬时，终莫能决。辄复强颜忍耻，饰鄙陋之词，道畴昔之眷，以卜于左右。遽辱还答，恩礼有加。岂非察其无他，而恕其不及，亦如圣天子所以贷而不杀之意乎？伏读洒然，知其不肖之躯，未死之间，犹可以洗濯磨治，复入于道德之场，追申徒而谢子产也。

轼始就逮赴狱，有一子稍长，徒步相随。其余守舍，皆妇女幼稚。至宿州，御史符下，就家取文书。州郡望风，遣吏发卒，围船搜取，老幼几怖死，既去，妇女恚骂曰："是好著书，书成何所得，而怖我如此！"悉取烧之。比事定，重复寻理，十亡其七八矣。到黄州，无所用心，辄复覃思于《易》《论语》，端居深念，若有所得，遂因先子之学，作《易传》九卷。又自以意作《论语说》五卷。穷苦多难，寿命不可期。恐此书一旦复沦没不传，意欲写数本留人间。念新以文字得罪，人必以为凶衰不祥之书，莫肯收藏。又自非一代伟人不足托以必传者，莫若献之明公。而《易传》文多，未有力装写，独致《论语说》五卷，公退闲暇，一为读之，就使无取，亦足见其穷不忘道，老而能学也。

轼在徐州时，见诸郡盗贼为患，而察其人多凶侠不逊，因之以饥馑，恐其忧不止于窃攘剽杀也。辄草具其事上之。会有旨移湖州而止。家所藏书，既多亡轶，而此书本以为故纸糊笼箧，独得不烧，笼破见之，不觉惘然如梦中事，辄录其本以献。轼废逐至此，岂敢复言天下事，但惜此事粗有益于世，既不复施行，犹欲公知之，此则宿昔之心扫除未尽者也。公一读讫，即烧之而已。

黄州食物贱，风土稍可安，既未得去，去亦无所归，必老于此。拜见无期，临纸于邑。唯冀以时为国自重。

【译文】轼再拜。初夏渐渐热起来。恭祝留守太尉执事台端多福。您以首功，执掌兵权，名列典籍，任将相五十年。虽您压根不提曾孙之遇，能忍辱负重；而您正像含冤的周公一样，终归到得昭雪。这真是古今的奇闻，我大宋王朝的光辉。有人从京城来捎到您赐教一函，行草灿烂，顿使我这破甑敝帚，又增九鼎一般的重。

我初得罪，匆匆忙忙出狱，未晓是生是死，六亲不能相保。处在这般境地，我来不及顾其他的，私心所念的是：我平生所看重的是名誉，不知今天所犯之罪，是已为圣贤所唾弃，不得再为君子呢？还是有罪不可赦，而改了就好？自己默想五六天，以至十天，终究想不明白。于是又忍着羞耻厚着脸，用粗俗疏漏之词来修饰，述说过去您谬赞自己，以求教于您。忽然您不弃敝屣，马上就来示，恩德礼遇胜似过去。是不是察我无他，而原谅做不到的地方，如同皇帝所以饶恕而不杀之意呢？捧读来教，不禁肃敬，知我这有辱圣贤的贱躯，没死之时，还可以洗头脑，磨练磨练重新进入道德之场，追申徒而谢春秋时代郑国子产这位贤相。

我开始被逮捕赴狱，有一个儿子稍微大一些，他步行紧跟着送我。其余都守在浙江吴兴馆舍，都是妇女、小孩。至宿州，御史下了朝廷符命，在我家取文书。州郡一听此信，就带领众多兵卒，围着家属所乘的船，逐个搜查，全家老少都怕死啦。搜查人一走，家里妇女就怒骂开了："就有好写文章的毛病，写了得到什么了？把我吓成这个样！"说着把我的著书全拿来烧掉了。等到案子了结，重又查找，已十之七八被烧掉了。到达黄州，什么也不想了。乃又深思《易》《论语》，蜗居把玩，似有所得，于是继先父之学，作《易传》九卷。又自出心裁，作《论语说》五卷。命运蹭蹬，穷愁多灾，能活多久，难以预料。

恐此书一旦又散佚不传，想写数本传世。转而一想，才因文字得祸，人必看成是遭祸惹事的不祥物，谁肯收藏？又并非一代伟大人物，不能够做到必能流传，就不如献之明公。而《易传》九卷字数太多，无力装写。独向您奉上《论语说》五卷。您退班回家，闲暇翻翻看，即使拙文无所取，亦可见我愁不忘所学之道，老不辍学。

我在徐州任上时，看到各州郡盗贼相继蜂起，酿成匪灾，而察贼徒多半是凶恶和游侠不顺从的人，又因之以饥饿难活，这就怕的是他们不止于偷盗劫杀了。正要将这些情况上报，恰遇着往湖州逮我的命令到而中止。家里藏书，已经多数烧毁，此文想留下糊灯笼独未烧，不觉怅惘如做梦一般，于是录一册奉给您。我这个成为囚犯，死里逃生的人，哪还敢侈谈天下事，但惜难中幸存的奏折粗对世上有益。虽不能实行拙见，还想让您知道。此则宿昔之尽忠之心还没死所致。您一看完，请付之一炬为好。

黄州吃的东西很便宜，风俗、气候也都相宜。既发配黄州也就不能到处去，去亦不自由，恐怕要老死这个地方了。写到这不禁悲从中来。只有希望您时时为国自重。

上韩太尉书

轼生二十有二年矣。自七八岁知读书，及壮大，不能晓习时事，独好观前世盛衰之迹，与其一时风俗之变。自三代以来，颇能论著。

以为西汉之衰，其大臣守寻常，不务大略。东汉之末，士大夫多奇节，而不循正道。元、成之间，天下无事，公卿将相安其禄位，顾其子孙，各欲树私恩，买田宅，为不可动之计，低回畏避，以苟岁月，而皆依放儒术六经之言，而取其近似者，以为口实。孔子曰："恶居下流而讪上，恶讦以为直。"而刘歆、谷永之徒，又相与弥缝其阙而缘饰之。故其衰也，靡然如蛟龙释其风云之势，而安于豢畜之乐，终以不悟，使其肩披股裂登于匹夫之俎。岂不悲哉！其后桓、灵之君，惩往昔之弊。而欲树人主之威权，故颇用严刑，以督责臣下。忠臣义士，不容于朝廷，故群起于草野，相与力为险怪惊世之行，使天下豪俊奔走于其门，得为之执鞭，而其自喜不啻若卿相之荣。于是天下之士，嚣然皆有无用之虚名，而不适于实效。故其亡也，如人之病狂，不知堂宇宫室之为安，而号呼奔走，以自颠仆。昔者太公治齐，举贤而尚功。周公曰："后世必有篡弑之臣。"周公治鲁，亲亲而尊尊。太公曰："后世浸微矣。"汉之事迹，诚大类此。岂其当时公卿士大夫之行，与其风俗之刚柔，各有以致之邪？古之君子，刚毅正直，而守之以宽，忠恕仁厚，而发之以义。故其在朝廷，则士大夫皆自洗濯磨淬，戮力于王事，而不敢为非常可怪之行，此三代王政之所由兴也。曾子曰："上失其道，民散久矣。"天下之人，幸而有不为阿附、苟容之事者，则务为倜傥矫异，求如东汉之君子惟恐不及，可悲也已。

轼自幼时，闻富公与太尉皆号为宽厚长者，然终不可犯以非义。及来京师，而二公同时在两府。愚不能知其心，窃于道涂望其容貌，宽然如有容，见恶不怒，见善不喜，岂古所谓大臣者欤？夫循循者固不能有所为，而翘翘者又非圣人之中道，是以愿见太尉，得闻一言足矣。太尉与大人最厚，而又尝辱问其姓名，此尤不可以不见。今已后矣。不宣。轼再拜。

【译文】我今年二十二岁了。自从七八岁知道读书，到长成人，不太了解时事，唯独好看前世盛衰之迹，和某一时期风俗人情的变化。自夏商周三代以来，颇可以说出所以然来。

我认为西汉衰败原因是：大臣们因循守旧，没有远大谋略。东汉末年，士大夫多奇节，不务实用，不循正道。元帝、成帝之际，天下不动刀兵，公卿将相恋栈官职，只为一己的子孙后代考虑，各树各的势力，求田问舍，做不可变动的谋划，遇事纡回曲折，绕着矛盾避开，以苟且偷生。而且都根据儒家的学术、六经的言论，从中择取相近似的言语，以作为借口。孔子说：“人居下位，毁谤在上的人，固然不该；同时人之为直先自直，若专门揭发他人的阴私，以证明自己直，也很可恶。”而西汉末年刘歆、谷永之流，相互吹捧其长而遮其短。到了衰败时，那就如蛟龙解开风云的势头，而安于斗鸡戏狗之乐，最终还不悔，只好落得个尸体被劈开，成了寻常切肉砧板的肉，岂不太可悲了！往后汉桓帝，汉灵帝鉴于过去的弊端，而想树立皇帝的威权，常用严刑峻法以督责臣下。有心肝的忠臣义士，不为朝廷所容，聚集在草野之中，相互做些奇怪惊险的事，使天下豪杰奔走在他的门下，供他驱使，高兴起来，恍若有卿相的荣耀。这样一来，天下的有用人才反倒空空都有无用的虚名，而不切于实用。故东汉之亡，就像疯子一样，不知维护国家存在才能得到安全，而到处号呼奔走，落得个栽倒摔下。昔日太公治理齐国，推重贤人而重其功绩。周公说：“后世必有篡位弑君的大臣。”周公治理鲁国，尊重自己长辈，爱自己的亲属。太公说：“后世要渐渐衰微了。”两汉的事迹，的确如此。这岂不是当时公卿士大夫的言行，与当时风俗的刚柔这两种原因造成的？古代的君子，刚毅正直，以宽为基础，忠恕仁厚，看义不义为出发点。所以在朝廷，那些知识阶层，都能刻苦磨练，为百姓效劳，而不敢做奇奇怪怪的事。这就是前三王的政治常为后人称道的原因。曾子说：“朝廷君臣昏庸，无能，民众必离散。”天下之人，幸有不肯同流合污者，则想做不拘小节，标新立异的事，比东汉末年王公士大夫走得还要远，那就太可悲了。

我小时候，听说富公与太尉皆被人称为宽厚长者，非义之事坚决不为。到来京城后，二公一在东府，一在西府。我不能知其心，仅在路上瞻仰二公尊容，宽然如有涵养度量，喜怒不形于色，岂不是古时所谓大臣的吗？夫谨慎墨守者纵不能有大作为，而过于突出者又不是圣贤的不偏不倚的中庸之道。所以求见太尉，能领教一句就够了。太尉与家父最亲厚，而又曾蒙您下问我的贱名，这样，就更不能不见您。今已迟见了。余言不尽。苏轼再拜。

上韩枢密书

轼顿首上枢密侍郎阁下。轼受知门下，似稍异于寻常人。盖尝深言不讳矣，明公不以为过。其在钱塘时，亦蒙以书见及，语意亲甚。自尔不复通问者，七年于兹矣。顷闻明公入西府，门前书生为作贺启数百言。轼辄裂去，曰："明公岂少此哉！要当有辅于左右者。"昔侯霸为司徒，其故人严子陵以书遗之曰："君房足下，位至台鼎，甚善。怀仁辅义天下悦，阿谀顺旨要领绝。"世以子陵为狂，以轼观之，非狂也。方是时，光武以布衣取天下，功成志满，有轻人臣之心，躬亲吏事，所以待三公者甚薄。霸为司徒，奉法循职而已，故子陵有以感发之。今陛下之圣，不止光武，而明公之贤，亦远过侯霸。轼虽不用，然有位于朝，未若子陵之独善也。其得尽言于左右，良不为过。

今者，贪功侥幸之臣，劝上用兵于西北。使斯言无有，则天下之幸，孰大于此；不幸有之，大臣所宜必争也。古今兵不可用，明者计之详矣，明公亦必然之，轼不敢复言。独有一事，以为臣子之忠孝，莫大于爱君。爱君之深者，饮食必祝之，曰："使吾君子孙多，长有天下。"此岂非臣子之愿欤？古之人君，好用兵者多矣。出而无功，与有功而君不贤者，皆不足道也。其贤而有功者，莫若汉武帝、唐太宗。武帝建元元年，蚩尤旗见，其长亘天。后遂命将出师，略取河南地，建置朔方。其春，戾太子生。自是之后，师行盖十余年，兵所诛夷屠灭死者不可胜数。巫蛊事起，京师流血，僵尸数万，太子父子皆败。故班固以为太子生长于兵，与之终始。唐太宗既平海内。破灭突厥、高昌、吐谷浑等，且犹未厌，亲驾征辽东。当时大臣房、魏辈皆力争，不从，使无辜之民，身膏草野于万里之外。其后太子承乾、齐王祐、吴王恪，皆相继诛死。其余遭武氏之祸，残杀殆尽。武帝好古崇儒，求贤如不及，号称世宗。太宗克己求治，几致刑措，而其子孙遭罹如此。岂为善之报也哉？由此言之，好兵始祸者，既足以为后嗣之累，则凡忍耻含垢以全人命，其为子孙之福，审矣。

轼既无状，窃谓人主宜闻此言，而明公宜言此。此言一闻，岂惟朝廷无疆之福，将明公子孙，实世享其报。轼怀此欲陈久矣，恐未信而谏，则以为谤。不胜区区之忠，故移致之明公。虽以此获罪，不愧不悔。皇天后土，实闻此言。

【译文】我叩头而拜上枢密侍郎的侍从者而说。我受知于您门庭之下，与一般人似略有不同。我蒙您另眼相看，已经深说无忌讳，您却不怪罪我。昔我在杭州时，也蒙您赐函，语意很亲。自那时不再相互通讯，迄今已七年了。目下听说明公升入西府掌兵权，我门下学生为作贺启数百字。我则撕掉说："明公岂少这些恭维话，要紧的是提供帮助性意见。"昔日有位侯霸为大司徒。其老友，严子陵去函告诉侯霸说："君房足下，官高升到大司徒，太好了。胸怀仁德辅助天子行义则人人高兴，吹捧奉承，基本上完了。"世上人认为子陵说狂话，叫我看，不是狂。当汉光武帝以布衣得天下的时候，功成志满，洋洋自得，就有轻手下大臣的心，亲自过问朝廷诸多事，故而待朝廷重臣甚薄。侯霸为大司徒，不过依法办事，故而老友严子陵提醒要怀仁辅义，不要唯唯诺诺。今皇帝的睿智，不亚于光武帝，而您的贤达，远远超过侯霸。我虽不见重用，然在朝廷也有个小小位置，不像严子陵独善其身。我能向您知无不言，似不为过错。

而今，贪欲极强，侥幸邀功之官，劝皇帝在西北挑起战争。假使没有这话，则国家的幸运，哪有比这还大的；不幸而有这话，大臣就该出来反对。自古到今兵不可轻用，明白人早就说得很清楚了。您一定也会赞同的，我不敢再多说。只有一件事，我认为臣子的忠孝，没什么比爱君主更大。真正爱君王，就该用餐时必祝告："使我君子孙众多，永远保有天下。"这不是为臣应有的志愿吗？古代称帝的，好用兵的太多了。出师有过无功，与有功而君昏庸者，不值得一谈。其贤而有功者，要数汉武帝、唐太宗。汉武帝建元元年，匈奴举旗南下，旗长横贯天。后就派将北征，占领河南地，建置朔方。这年春天，汉武帝长子戾太子生。自那以后，动用干戈已十余年，兵所杀伤斩绝者不知其数。巫蛊事件出现，单是京城，就血流漂杵，陈尸数万，太子父子都失败了。故写汉书的班固，认为戾太子生长在干戈扰攘的年代，生死与战争相终始。唐太宗既平定国内，又攻破消灭突厥、高昌、吐谷浑等。而唐太宗仍嫌不够，并亲驾征讨辽东。当时大臣房玄龄、魏徵等皆反对。太宗不听，使千千万万无辜的老百姓，血脂洒遍草野于万里之外。尔后太子承乾、齐王祐、吴王恪，皆相继被杀掉。其余遭武则天的灾祸，诛杀所剩无几。汉武帝好古崇尚儒家，求贤若渴，号称世世代代的帝王。太宗克己求得天下大治，几乎无人犯法，刑罚搁置不用，而他的后代却遭遇可惨。这能是善有善报吗？于此可见，穷兵黩武，则足以为后辈之灾。而凡忍耻含垢以保全人命，则为子孙之福，这不是明明白白的事吗。

我既无所建树，私下总认为皇帝宜听此言，而您的身份地位宜说此。此话一听，不只是朝廷无疆之福，您的子孙，也将世享好处。我有想对朝廷说的这个想法已久，担心不被信任而直言规劝，则误为谤。说不尽的一点忠心，所以移到明公身上来说。虽因此遭罪，不愧不后悔。苍天在上，实听此言。

上王兵部书

荆州南北之交，而士大夫往来之冲也。执事以高才盛名，作牧于此，盖亦尝有以相马之说告于左右者乎？闻之曰：骐骥之马，一日行千里而不殆，其脊如不动，其足如无所着，升高而不轻，走下而不轩。其技艺卓绝而效见明著至于如此，而天下莫有识者，何也？不知其相而责其技也。夫马者，有昂目而丰臆，方蹄而密睫，捷乎若深山之虎，旷乎若秋后之兔，远望目若视日而志不存乎刍粟，若是者飘忽腾踔，去而不知所止。是故古之善相者立于五达之衢。一目而眄之，闻其一鸣，顾而循其色，马之技尽矣。何者？其相溢于外而不可蔽也。士之贤不肖，见于面颜而发泄于辞气，卓然其有以存乎耳目之间，而必曰久居而后察，则亦名相士者之过矣。

夫轼，西州之鄙人，而荆之过客也。其足迹偶然而至于执事之门，其平生之所治以求闻于后世者，又无所挟持以至于左右，盖亦易疏而难合也。然自蜀至于楚，舟行六十日，过郡十一，县三十有六，取所见郡县之吏数十百人，莫不孜孜论执事之贤，而教之以求通于下吏。且执事何修而得此称也？轼非敢以求知而望其所以先后于仕进之门者，亦徒以为执事立于五达之衢，而庶几乎一目之眄，或有以信其平生尔。

夫今之世，岂唯王公择士，士亦有所择。轼将自楚游魏，自魏无所不游，恐他日以不见执事为恨也。是以不敢不进。不宣。轼再拜。

【译文】荆州位在南北之交叉口，是士大夫往来的要道。您以高才名声大，治理这个地方，也常有用相马的理论告诉您吗？我听说：有骐骥良马，一日奔驰千里而不感到筋疲力尽，它的脊背好像不动似的，它的脚似乎没有挨着地，它升高而不低，走下而不上，它的技艺太高而成效非常明显到了这种地步，而天下竟没有人看出这是匹良马，为什么？不知良马非同一般而责其没特殊的技能。而马呢，有高大的眼而丰满的胸，四方蹄子而稠密的眼睫毛，跑起来，快如虎在深山奔驰，到处窜就像秋天旷野的兔子，远看像视太阳而目的不在乎喂牲口的草料之类。就这样，它飘忽飞腾踩地，跑起来不知停止。所以古代善相马者，站在交通四通八达之地，眼一瞟，听一声，回过头而瞧它的色泽，马的技艺全表现出来了。为什么？它的相全露在外，而无丝毫隐蔽。知识阶层的贤与不贤，表现在他的脸上，和他的谈吐上，明显地存在他的耳目之间。要说久居才能察出高下，那也是名相士者的缺陷。

我乃西蜀的粗俗人，路过荆州。我的足迹偶然来到您的门前，我平生治学以求后来人能知我苏某，加上无什么权势和您相见，所以易疏远而不易谈得投机。然我从家乡来到荆州，船上行六十天，经过州十一，县三十六，和所见州县官吏百十人聊起天来，没有不众口一辞说您非常贤明，且与下面办事人员打成一片。您用什么法教大家都这样称赞您？我不是盼您知道而求您先后授引我登上仕进的门路，仅是为了立于您站在来往水陆交通的要道，能对我看上一眼，或许能知我生平的情况。

当前时代，岂只是王公大人擢取人才，人才也要择主而事。我将自荆州又北上赴京城开封一带，到了开封就说不定游到别处去。恐日后以不见您引为恨事，是以不敢不向您表白一下。余言不尽。苏轼再拜。

上王刑部书

轼今日得于州吏，伏审执事移使湖北。窃以江陵之地，实楚之故国，巴蜀、瓯越、三吴之出入者，皆取道于是，为一都会。其山川之胜，盖历代所尝用武焉。其间吴、蜀、魏氏尤悉力争之。宋有天下，王师平高继冲，至于降孟昶，下周保权，又皆出此。其人才之秀，风物之美，有屈、宋、伍、祢之赋咏存焉。建节旄而使者，专有是土。其见倚之重，为吏之乐，岂细也哉。然执事处之，则未足贺。诚以执事之材力地望，宜进任于时，不宜任此。或者以谓蛮反，南方用兵，湖北邻也，宜择人抚之，故以属执事。使诚有是议，当出于庙堂，非愚所得知，所不敢臆定。所敢伏思者，人患材不足施，或不得施，岂以位之彼此大小为择哉。于执事之心，当亦若是，肆吾力充吾职而已，岂以位之彼此大小动吾意哉？固执事之所务也。不宣。轼再拜。

【译文】我目下从州官那里了解到，您业已调到湖北工作。在我看来，江陵实为春秋战国时代的楚国故都，巴山、四川、温州、绍兴、江东一带人往南向北，多从这里过，可称得上是一大城市。至于山川，地形险要，历代为兵家必争之地。其中东汉末年的吴、蜀、魏王三国争夺江陵特别激烈。宋朝坐了江山，太祖派兵讨平高继冲，至于乾德四年讨伐孟昶，打周保权，事情皆发生在此地。荆州人杰地灵，有屈原、宋玉、伍孚、祢衡的诗赋。被朝廷任命到此地，专有这一方领地。其被朝廷之倚重，为官做吏的欢乐，岂能视为小事。然而您被派驻此地，却不值得称贺。因为您的才华和地位，宜另有高就，不宜在此地任官。或者认为西南少数民族常好侵扰，需对南方派兵，江陵与它隔邻较近，应选大臣对南蛮威慑安抚，所以派您去。假如真是这样，当是最高统治者的意图，不是吾辈所能了解，所以不敢揣测。我所敢推想的，人怕有才不能充分表现，或不得表现，岂以职位之彼此大小为选择。对您来说，也该这样，能竭尽全力完成任务，就很可以了。何必以位之彼此大小动您意呢？此乃您所该做的。余言不尽。我再一次拜上。

上梅直讲书

某官执事。轼每读《诗》至《鸱鸮》，读《书》至《君奭》，常窃悲周公之不遇。及观史，见孔子厄于陈、蔡之间，而弦歌之声不绝，颜渊、仲由之徒相与问答。夫子曰：“匪兕匪竟，率彼旷野，吾道非邪，吾何为于此？”颜渊曰：“夫子之道至大，故天下莫能容。虽然，不容何病，不容然后见君子。”夫子油然而笑曰：“回，使尔多财，吾为尔宰。”夫天下虽不能容，而其徒自足以相乐如此。乃今知周公之富贵，有不如夫子之贫贱。夫以召公之贤，以管、蔡之亲而不知其心，则周公谁与乐其富贵。而夫子所与共贫贱者，皆天下之贤才，则亦足与乐乎此矣。轼七八岁时，始知读书，闻今天下有欧阳公者，其为人如古孟轲、韩愈之徒。而又有梅公者从之游，而与之上下其议论。其后益壮，始能读其文词，想见其为人，意其飘然脱去世俗之乐而自乐其乐也。方学为对偶声律之文，求斗升之禄，自度无以进见于诸公之间。来京师逾年，未尝窥其门。今年春，天下之士群至于礼部，执事与欧阳公实亲试之。诚不自意，获在第二。既而闻之人，执事爱其文，以为有孟轲之风。而欧阳公亦以其能不为世俗之文也而取焉。是以在此。非左右为之先容，非亲旧为之请属，而向之十余年间，闻其名而不得见者，一朝为知己。退而思之，人不可以苟富贵，亦不可以徒贫贱。有大贤焉而为其徒，则亦足恃矣。苟其侥一时之幸，从车骑数十人，使闾巷小民聚观而赞叹之，亦何以易此乐也。《传》曰："不怨天，不尤人。"盖优哉游哉、可以卒岁。执事名满天下，而位不过五品。其容色温然而不怒，其文章宽厚敦朴而无怨言，此必有所乐乎斯道也。轼愿与闻焉。

【译文】某位官员大人。我每当读《诗经》到《鸱鸮》篇，读《尚书》到《君奭》篇，常私自悲愤周公遭遇不好。到翻看史书，见孔子在陈国、蔡国受困，而讲诵礼乐，用琴瑟等弦乐器配合吟唱之音却不断。颜渊、仲由等人相互问答。孔子说："不是兕牛，不是老虎，却在辽阔的原野上奔走。是我的理想不合时宜吗？何以沦落到如此境地？"颜渊答："老师的理想极远大，所以天下不理解而不容。虽不容又有什么可愁的。不容更显出您是有才德的君子。"孔子坦然笑着说："颜回，假使你有许多财产，我来替你掌管。"虽然天下不能容纳，他的学生却这样和他相互取乐。而今才知道周公的荣华富贵，反不如孔子的贫贱。像召公这样的贤能，像管叔、蔡叔这样的亲近，还不了解周公的心情。那么，周公和谁共享富贵之乐呢？然而和孔子共贫贱的人，都是天下的贤才，这也足以快乐的了。我七八岁时才知读书，听说天下有位欧阳公，他的为人如古代孟子、韩愈等。又有位梅公跟他交游，共同谈今论古。后来，我年纪渐大，才读到他们的文章词赋，想像出他们的为人，意识到他们高超地摆脱了世俗的快乐，而自己乐其所乐。我正学写诗歌词赋，以求得能糊口的一官半职。自己想着没有什么可以进见诸公。所以来京一年多，没登门拜谒。今春，天下读书人，皆聚在礼部，您和欧阳公亲自主考，我想不到竟能考取第二名。后又听说，您很偏爱拙文，以为有孟子之风。而欧阳公也认为它不同于世俗文章，予以录取。所以，我能榜上有名，并不是左右的人事先为我推荐，也非亲朋旧友为我说人情。而是过去十多年来见其声，不得见其面的人，忽然引为知己。我反复思考这件事，总觉得人不可以苟安于富贵，也不可空自处在贫贱之中，如果有大贤人在，而能做他的徒弟，那是足以自负的。要是凭一时幸运，有侍从的车骑几十人，使乡里人围观而赞叹，又怎能代替这快乐呢。《论语》上说："不怨天，不怪人。"因为优游自得，可以得尽天年。您名满天下，而官阶不过五品，其面容温和而不恼怒，其文章宽厚敦朴而没怨言，这定有您所以快活的道理，我愿听一听。

上刘侍读书

轼闻天下之所少者，非才也。才满于天下，而事不立。天下之所少者，非才也，气也。何谓气？曰：是不可名者也。若有鬼神焉而阴相之。今夫事之利害，计之得失，天下之能者，举知之而不能办。能办其小，而不能办其大，则气有所不足也。夫气之所加，则已大而物小，于是乎受其至大，而不为之惊，纳其至繁，而不为之乱，任其至难，而不为之忧，享其至乐，而不为之荡。是气也，受之于天，得之于不可知之间，杰然有以盖天下之人，而出万物之上，非有君长之位，杀夺施与之权，而天下环向而归之，此必有所得者矣。多才而败者，世之所谓不幸者也。若无能焉而每以成者，世之所谓天幸者也。夫幸与不幸，君子之论，不施于成败之间，而施于穷达之际，故凡所以成者，其气也，其所以败者，其才也。气不能守其才，则焉往而不败？世之所以多败者，皆知求其才，而不知论其气也。若夫明公，其亦有所得矣。轼非敢以虚辞而曲说，诚有所见焉耳。

夫天下有分，得其分则安，非其分，而以一毫取于人，则群起而争之。天下有无穷之利，自一命以上，至于公相，其利可爱，其涂甚夷，设为科条，而待天下之择取。然天下之人，翘足肢首而群望之，逡巡而不敢进者，何也？其分有所止也。天下有无功而迁一级者，则众指之矣。迂者不容于下，迂之者不容于上，而况其甚者乎！明公起于徒步之中，执五寸之翰，书方尺之简，而列于士大夫之上，横翔捷出，冠压百吏，而为之表。犹以为未也，而加之师友之职，付之全秦之地，地方千里，则古之方伯连帅所不能有也；东障崤渑，北跨河渭，南倚巴蜀，西控戎夏，则古之秦昭王、商君、白起之徒，所以殚身残民百战而有之者也。奋臂而取两制，不十余年，而天下不以为速；非有汗马之劳，米盐之能，以擅富贵之美，而天下不以为无功；抗颜高议，自以无前，而天下不以为无让。此其气固有以大服于天下矣。天下无大事也，天下而有大事，非其气之过人者，则谁实办之？

轼远方之鄙人，游于京师，闻明公之风，幸其未至于公相，而犹可以诵其才气之盛美，而庶几于知言。惜其将遂西去而不得从也，故请问于门下，以愿望见其风采。不宣。轼再拜。

【译文】我听说天下缺少的，不是才。天下都是才，而事却办不成。天下所缺的，不是才而是气。什么叫气？我说：没有具体的形象，好像有鬼神似的，而暗中促成。而今事情的利害，计谋的得失，天下有作为的人，皆知道而办不好。即使能办，也只能办小的，而不能办大的，则气有所不足。气是看不见摸不着的庞然大物，物小而气大，于是就受其至大，物不至受惊；纳至繁之气，物而不为之乱；任其至难之气，物不会为之忧，享至乐之气，物不至为之浮荡。这个气得之于天，也得之不可知之间，挺拔而出，确能涵盖普天下的人，而冒出于万物之上。非为皇帝，执掌生杀予夺之权，而天下人围绕而归于君王，这样，就必得到气。多才而失败的，世上称为不幸的人。假如无才无能反倒把事办成了，这就是通常所说的天幸。世上所说的幸与不幸，君子的认识，不表现在成败之间，而表现在穷达的时候。凡是所谓成功的，气在起作用，凡是失败的，都因为才。气不能控制才，光凭才单独活动，哪能不失败？世上所以失败的人比比皆是，皆因为只知道求才而不懂得论气。唯独您不然，您也有不同于一般人处，而是因为您得气了。我不敢捏造辞藻而胡说八道，确实因我有新的发现。

天下物也按名分来分，得其分就安，不按名分，越过名分，哪怕是只拿人家一毫，就引动群起而攻之。天下有无穷无尽的利，从一点芝麻大的小官，直到一人之下万人之上的公相，其利十分逗人喜欢，其来取的道路也甚为平坦，设下法令条规以及实行细则，等待天下人按制度办事，合情合理地择取。然而天下人抬起脚来，踮起脚尖都来看，迟疑不决而不敢向前去取，为什么？限于他的名分而停止了。天下如有毫无功劳而升一级的，那么，众人都去指责。升级的人为大家不容，而提升他的人则为上司所谴责，何况提升大快的人。您起于步行的时候，执五寸长的毛笔，写在长宽一尺的竹简上，而名列士大夫之前，纵横突出，压倒众吏而冒尖。还不止这样，皇帝置师、友，就由您承担，于是皇帝交给您全秦的地方，计约千里那么多，就是古时各地诸侯之长也不能和您相比。您今日管辖之地，东以崤山、渑池为屏障，北跨黄河渭水，南边是巴山四川，西控西夏国，这是古代秦昭王、商君、白起之辈，不惜残民饿死人，进行百战而才占有的地方。您奋发图强，艰苦努力得到翰林学士和知制诰，不过十几年，而天下人并不认为您腾达得快。您无汗马功劳，粜米鬻盐的能力，却能荣华富贵，天下不以为无功。严正不屈地高谈阔论，自认为无人可比，天下人并不认为您不谦让。这就是您的浩然磅礴之气本可以使天下人心服。国家无有大事则罢，天下如有大事，非像您的气超越一般人，那谁能办？

我远处的粗人，来游京城，听说您很多美传，幸而还没做到公相，那就还可以赞诵您才气非同一般，而表达我由衷之言。可惜我将西去而不能追从您，所以请问在您门前，盼能见到您的风采。言不尽意。我再拜一拜。

上知府王龙图书

执事自轩车之来，曾未期月，蜀之士大夫，举欣欣然相庆，以为近之所无有。下至闾巷小民，虽不足以识知君子之用心，亦能欢欣踊跃，转相告语，喧哗纷纭，洋溢布出而不可掩，虽户给之粟帛而人赐之爵，其喜乐不如是之甚也。伏惟明公何术以致此哉？轼也安足以议！虽然，请得以僭言之。盖明公之于蜀人，所以深结其心，而纳之安居无事以养生送死者，有所甚易，而亦有所至难。

夫海滨之人，轻游于江河。何则？其所见者大也。昔先魏公宰天下十有八年，闻其言语而被其教诲者，皆足以为贤人，而况于公乎？度其视区区之一方，不啻户庭之小。且公为定州，内以养民殖财，而外震威武以待不臣之胡。为之三年，而四方称之。况于实非有难办之事，是以公之至日，不劳而自成也。此其所以为易者一也。自近岁以来，蜀人不知有勤恤之加，擢筋割骨以奉其上，而不免于刑罚。有田者不敢望以为饱，有财者不敢望以为富，惴惴焉恐死之无所。然皆闻见所熟，以为当然，不知天下复有仁人君子也。自公始至，释其重荷，而出之于陷阱之中。方其困急时，箪瓢之馈，愈于千金，是故莫不欢欣鼓舞之至。此其所以为易者二也。

虽然，亦有所至难。何者？国家蓄兵以卫民，而赋民以养兵，此二者不可以有所厚薄也。然而薄于养兵者，其患近而易除。厚于赋民者，其忧远而难救。故夫庚子之小变，起于兵离。而甲午之大乱，出于民怨。由此观之，固有本末也。而为政者，徒知畏其易除之近患，而不知畏其难救之远忧。而有志于民者，则或因以生事，非当世大贤，孰能使之两存而皆济？此其所以为难者一也。蜀人之为怯，自昔而然矣。民有抑郁，至此而不能以告者。且天下未尝无贪暴之吏，惟幸其上之明而可以诉，是以犹有所恃。今民怯而不敢诉，其诉者又不见省幸，而获省者，指目以为凶民，阴中其祸。嗟夫！明天子在上，方伯连帅之职，执民之权，而不能为之地哉！夫惟天下之贤者，则民望之深而责之备。若夫庸人，谁复求之。自顷数公，其来也莫不有誉，其去也莫不有毁。夫岂其民望之深责之备，而所以塞之者未至耶？今之饥者待公而食，寒者待公而衣，凡民之失其所者，待公而安，倾耳耸听，愿闻盛德日新而不替，此其所以为难者二也。

伏惟明公以高世之才，何施而不可，惟无忽其所以为易，而深思其所难者而稍加意焉，将天下被其泽，而何蜀之足云。轼负罪居丧，不当辄至贵人之门，妄有所称述。诚不胜倦倦之心，敢以告诸左右。旧所为文十五篇，政事之余，凭几一笑，亦或有可观耳。

【译文】您自乘宏大车子来临，还不到一月，四川的乡绅知识阶层，皆高兴得互相庆贺，认为这个盛况近来还没出现过。下至街道众百姓，虽然还不能了解您的用意，也都欢喜雀跃，互相转告，纷纷扬扬，街谈巷议，无不喜悦之至，洋溢流露不可掩盖的心情。虽然每家给他吃的穿的，并给赏个官爵，那喜乐也不如所您来的高兴。我想您有何法令蜀中父老欢迎您来？我粗俗之人安能妄议！不过，我还是想说点越分的话。依我看，您所以使蜀人之心由衷喜欢您，是因为您关怀他们疾苦，使他们安居无事得以养生送死，这虽很容易，然而也有很大的困难。

在海上游过的人，再到江河上游，就不当回事了。为什么？看过大海，当然就不把江河当回事。昔日韩琦魏国公在朝当十八年丞相，在他生前闻他言语被他教导过，皆可以为贤人，而况是您呢？看现在四川这一小小地方，和全国比起来，无异是小家庭。当初您在定州，对内养兵发展生展，对外宣扬国威以防南侵的辽国。您经营三年，四方肯定您做得好。况且实在并没有难办的事，所以您一来，不费多大劲而事易办好，这是所以为易者一也。自近年以来，四川人不知官们对他们体恤关切，累断筋伤坏骨以养活官，还不免挨刑受罚。种田不敢期望吃饱，有钱不敢盼富，天天心惊肉跳，怕死无葬身之地。然而他们看到的听到的太多了，以为官对民都如此，不知天下还有体恤百姓的好官。自您驾临四川，减轻农民沉重的负担，把他们从不见天日的陷坑深井中解救出来。当人们穷困得活不下去的时候，赠送一碗饭，那比一千两金还要好，所以无不欢欣鼓舞的。这是所以为易者二也。

当然，也有很难办的。为什么呢？国家养兵以保障百姓生命财产安全，而向百姓征收财物以供给士兵，这两样不应该有厚薄而有所偏废。然而不给兵吃好穿暖，虽祸患很快就出现，但易解决。向老百姓肆无忌惮地征收财物，看起来一时不致养成大祸，隐忧却远得很，所以咸平二年的小闹事，起于兵变。而皇祐六年的大乱，是由民怨引起。这样看来，该分清事情的轻重本末。而当官的人，仅知怕其易解决的近患，而不知怕难救的远忧，而有心为民办事的，摸不清病源，也许因此乱出主意，却与事无补。非当代英明贤德官吏，谁能使养兵爱民两样都解决得好。这就是所以为难的一也。四川人胆小，从古如此。民有痛苦忧郁，因此而不能上告。然而天下哪能没贪污残暴的赃官，唯靠上级明察而鼓励上诉，这样，老百姓就有依仗。而今老百姓怕事不敢申诉，就是申诉又不见立案审问，偶而被审查，则把原告看成凶民，暗中遭祸。唉呀！皇帝还不昏庸，各个地方官居要津的人，掌握管民的大权，怎能不设身处地关怀民隐呢。今天下贤德的人，百姓对他希望最殷切，责成也最多。要是昏官，谁去找他。最近，四川的几个官，来时无不对他恭维一番，临走了，无不被百姓臭骂一顿。这岂不是民希望的甚多而责备也多，而令民不敢说话的堵塞还未到呢？目下饥饿的人待您来放赈，受寒的人等您发放救济，凡百姓流浪漂泊的，候您安排住所，侧着耳，聚精会神细心听您说，愿听您大德大义日新而不衰微，此其所以为难者的二也。

我想您以高超惊世的才干，有什么不能办到的事。只盼您不要忽略所以易办的养兵事，而反复慎重深思那所难办的轻徭薄赋事而稍加注意，将使天下百姓受到实惠，而岂仅使四川得到满足。我负罪居丧时，不能轻易到您的门前，妄言一通，诚因一片恳切之心，敢以向您陈述。过去所写的十五篇文一并奉上，请您公余之暇，凭几一笑，说不定有个把可看的。

应制举上两制书

轼闻古者有贵贱之际，有圣贤之分。二者相胜而不可以相参，其势然也。治其贵贱之际，则不知圣贤之为高；行其圣贤之分，则不知贵贱之为差。昔者子思、孟轲之徒，不见诸侯而耕于野，比闾小吏一呼于其门，则摄衣而从之。至于齐、鲁千乘之君，操币执贽，因门人以愿交于下风，则闭门而不纳。此非苟以为异而已，将以明乎圣贤之分，而不参于贵贱之际。故其摄衣而从之也，君子不以为畏；而其闭门而拒之也，君子不以为傲。何则？其分定也。士之贤不肖，固有之矣。子思、孟轲，不可以人人而求之，然而贵贱之际，圣贤之分，二者要以不可不知也。世衰道丧，不能深明于斯二者而错行之，施之不得其处，故其道两亡。

今夫轼，朝生于草茅尘土之中，而夕与于州县之小吏，其官爵势力不足较于世，亦明矣。而诸公之贵，至于人主揖让周旋而无间，大车驷马至于门者，逡巡而不敢入。轼也，非有公事而辄至于庭，求以宾客之礼见于下执事，固已获罪于贵贱之际矣。虽然，当世之君子，不以其愚陋，而使与于制举之末，朝廷之上，不以其疏贱，而使奏其猖狂之论。轼亦自忘其不肖，而以为是两汉之主所孜孜而求之，亲降色辞而问之政者也。其才虽不足以庶几于圣贤之间，而学其道，治其言，则所守者其分也。是故踽踽然而来，仰不知明公之尊，而俯不知其身之贱。不由绍介，不待辞让，而直言当世之故，无所委曲者，以为贵贱之际，非所以施于此也。

轼闻治事不若治人，治人不若治法，治法不若治时。时者，国之所以存亡，天下之所最重也。周之衰也，时人莫不苟偷而不立，周虽欲其立，而不可得也，故周亡。秦之衰也。时人莫不贪利而不仁，秦虽欲其仁，而不可得也，故秦亡。西汉之衰也，时人莫不柔懦而谨畏，故君臣相蒙，而至于危。东汉之衰也，时人莫不矫激而奋厉，故贤不肖不相容，以至于乱。夫时者，岂其所自为邪？王公大人实为之。轼将论其时之病，而以为其权在诸公。诸公之所好，天下莫不好。诸公之所恶，天下莫不恶。故轼敢以今之所患二者，告于下执事。其上曰：用法太密而不求情。其二曰：好名太高而不适实。此二者，时之大患也。

何谓用法太密而不求情？昔者天下未平而法不立，则人行其私意，仁者遂其仁，勇者致其勇，君子小人莫不以其意从事，而不困于绳墨之间，故易以有功，而亦易以乱。及其治也，天下莫不趋于法，不敢用其私意，而惟法之知。故虽贤者所为，要以如法而止，不敢于法律之外，有所措意。夫人胜法，则法为虚器。法胜人，则人为备位。人与法并行而不相胜，则天下安。今自一命以上至于宰相，皆以奉法循令为称其职，拱手而任法，曰：吾岂得自由哉。法既大行，故人为备位。其成也，其败也，其治也，其乱也，天下皆曰非我也，法也。法之弊岂不亦甚矣哉。昔者汉高之时，留侯为太子少傅，位于叔孙之后，而周昌亦自御史大夫为诸侯相，天下有缓急，则功臣左迁而不怨。此亦知其君臣之欢，不以法而相持也。今天下所以任法者，何也？任法生于自疑。自疑生于多私。惟天下之无私，则能于法律之外，有以效其智。何则？其自信明也。夫唐永泰之间，奸臣执政，政以贿成，德宗发愤而用常衮，衮一切用法，四方奏请，莫有获者。然天下否塞，贤愚不分，君子不以为能也。崔祐甫为相，不至期年，而除吏八百，多其亲旧。或者以为讥，祐甫曰："不然，非亲与旧，则安得而知之？顾其所用如何尔。"君子以为善用法。今天下泛泛焉莫有深思远虑者，皆任法之过也。

何谓好名太高而不适实？昔者圣人之为天下，使人各效其能以相济也。不一则不专，不专则不能。自尧舜之时，而伯夷、后夔、稷、契之伦，皆不过名一艺办一职以尽其能，至于子孙世守其业而不迁。夔不敢自与于知礼，而契不敢自任于播种。至于三代之际，亦各输其才而安其习，以不相犯躐。凡书传所载者，自非圣人，皆止于名一艺办一职，故其艺未尝不精，而其职未尝不举，后世之所希望而不可及者，由此故也。下而至于汉，其君子各务其所长，以相左右。故史之所记，武、宣之际，自公孙、魏、邴以下，皆不过以一能称于当世；夫人各有才，才各有大小。大者安其大，而无忽于小。小者乐其小，而无慕于大。是以各适其用，而不丧其所长。及至后世，上失其道，而天下之士，皆有侈心，耻以一艺自名，而欲尽天下之能事。是故丧其所长，而至于无用。今之士大夫，其实病此也。仕者莫不谈王道，述礼乐，皆欲复三代，追尧舜，终于不可行，而世务因以不举。学者莫不论天人，推性命，终于不可究，而世务因以不明。自许太高，而措意太广。太高则无用，太广则无功。是故贤人君子布于天下，而事不立。听其言，则侈大而可乐。责其效，则汗漫而无当。此皆好名之过。

深惟古之圣贤，建功立业，兴利捍患，至于百工小民之事，皆有可观，不若今世之因循卤莽，其故出于此二者欤？

伏惟明公才略之宏伟，度量之宽厚，学术之广博，声名之炜烨，冠于一时而振于百世。百世之所望而正者，意有所向，则天下奔走而趋之。则其愍时忧世之心，或有取于斯言也。轼将有深于此者，而未敢言焉。不宣。轼再拜。

【译文】我听说古时候有贵贱的差别，有圣贤的分野。二者可以相互争胜，却不可以互相参混，这是必然的趋势。治理贵贱的时候，则不知圣贤的确高尚；实行圣贤的所为，就不知道贵贱的差别。古对子思、孟轲之辈，不见诸侯而在田野耕种时，近邻小吏在门前一喊，就提衣襟而走前迎接。至于有一千辆马车的齐、鲁的国王，捧着货币礼物，托门人介绍以愿结交居下风，子思、孟子却闭门不收留。这不是故意与人家不一样，乃是为了明贤圣之分，而和人人艳羡的贵贱区别开来。所以提起衣襟见小吏，君子不认为这是怕官。关起门来不接见齐、鲁国君，君子也不认为这是傲慢无礼。为什么？这是名分定的规矩。知识阶层的贤与不贤，本来就有的。不可能要求人人都像子思、孟轲一样，然而贵贱之别。圣贤之分，二者不同，不可不知也。世风日下，道德沦丧，不能辨清二者不同而混淆错行，二者又用之不得其当，所以圣贤与贵贱两道因而消亡。

而今我，朝生活于草屋茅舍的尘土中，而晚交接州县之小吏，我的官爵势力在世上真是微乎其微，这是明摆着的事实。而翰林学士与知制诰很显贵，以至和皇帝拱手为礼周旋交接，豪华马车到达门前，还欲进不敢进。我不是因为有公事而冒昧到达你们庭前，求用宾客的礼节见您手下人，这已得了忘却贵贱差别的罪。虽然，当代的达官贵人，不嫌我愚陋无知，而推举我考入三等。朝廷之上，不因我才疏识浅，而令我奏上妄言狂语。我也忘掉自己是个不肖之才，自以为当今皇帝是两汉明君所努力倡导广开言路，亲自低声屈己而问为政如何的。我的才虽不能近似于圣贤，可我学习治国之道，谈看法，是分内该为的。所以冒然独去，抬头不晓得您的尊贵，低头也不知我的下贱，没人介绍，不搞谦辞，而直说当代很多政治上事，不拐弯抹角，直言无隐。我以为议论朝政时，没有什么贵贱之分。

我听说：治事不如先治人，治人不如先治理刑法，治理刑法不如先治理时势。时者，关乎国家的生死存亡，是天下最重要的。周朝衰，当时人没有不苟且偷生又不立家立业，周王朝虽想立，也为时已晚，想挽救也不可能，故周朝亡。秦朝衰败，当时人大都贪图私利而做恶不仁，秦朝虽想叫大家行仁义事，已经实际办不到，所以秦国灭亡。西汉衰弱，当时人没有不柔懦无能拘谨怕事，所以君臣互相蒙蔽哄骗，以至于岌岌可危。东汉衰微，当时人没有不过于偏激奋厉，以至贤不肖不相容，互相攻击，以至天下大乱。说到时，岂是时势所自为？乃掌权柄的王公大臣自己造成的。我将论时之病，以为权在执政诸公。风俗之厚薄，系乎一二之权要。诸公之所好，天下没有不好的；诸公之所恶，天下没有不恶的。所以我敢将今之患二者，敬告于您。其一曰：周法过密而不求切于情。其二曰：好名大高而不适于实。此二者，时之大患也。

什么叫用法大密而不求情？过去天下不太平，法制不立，则人以意代法，仁者只讲仁，勇者一味喊勇，人人各以其意行事，而不用法律准绳来测量，好处是易于有功，坏处易于为乱。到了天下太平时，人们无不趋向法，不敢用一己的私意，而唯法是个依赖。所以，贤者所做的事，求以合法而止，不再敢在法律之外，灵活地加以行事。假如人胜法，法律成为虚器。法胜人，人成了摆设。只有人与法同时实行，而相互不克制，则天下太平。当今一命以上之至于宰相，皆以死扣法令，叫做称职，拱手而任法，曰：吾哪有自由。法既然大行，人当然成了备位。于是成败治乱，天下皆曰：与我无关，是依法办的。法的流弊就太大了。昔日汉高祖时，张良为太子少傅，却位于叔孙通之后，而周昌亦自御史大夫晋升为诸侯相，天下有什么急事，则功臣降职而没怨言，这就是君臣相处得识太体，不死板地照法办事。而今天下所以死扣法律条文，使法胜人，为什么会这样？死按法是因为来源于自疑，自疑生于私心重。只有都无私，则能在法律之外，有以发挥人的智慧才能。为什么？有明确强烈的自信心。唐朝永泰年间，权奸掌握大权，贿赂公行，腐败不堪。代宗发愤而派常衮为相。衮一切机械地照法办，四方奏议请示文字，不合法律文词者，没有被核准的。这样一来，天下言论堵塞，贤愚不分，正人君子不能发挥作用。到了唐德宗时代，任用崔祐甫为中书侍郎，不到一年，提升官吏八百人，多为亲旧。有人讥笑他任用私人，他说："不对，不是亲信与旧相识，哪能熟悉掌握透他们的情况？问题不在我用了亲旧，而在我选择的人是否正派能办事。"贤人君子认为崔祐甫用法得当。今天下敷衍了事浮皮搔痒的人没有深思远虑，都是机械执法的人。

什么叫好名太高而不副实？古时圣人治理国家，使被用的人各尽其能互相协助。不精心干一样则不专，不专弄哪一行当就办不好。从尧舜时说，伯夷、后夔、稷、契等人，都不过分工干一样，担任一个职务，以发挥各人的才能，以至他的子孙后代守其业而不随便调换行当。尧时的大臣夔是位管音乐的官，他就不敢再去担任制礼的工作，而舜之臣契帮助大禹治水，他就不敢去管农业。至于三代之间，也都是人各尽其才各安心在各自的岗位上发挥应有的作用，以互按次序不乱跳槽为好。凡书传所记载的，倘非圣人，都只让干一行办好一行的事情，所以他的专业知识未尝不精，所领导的一行，如何能不干得出色。后世的人所望尘莫及者，就是为此原因。往下到了两汉，有才干的人各发挥所长，尽心尽力地工作，互相配合。所以史书记载，汉武帝、宣帝之际，自公孙弘、魏相、邴汉以下，都不过以一能为当时所称道。人各有才，才各有大小。大才做大事，不要渺视小才。小才干小事，不要羡慕大才。人要自看自己所长而用，不要放弃自己所长。到了后世，在上者昏庸无能，而下层官吏，都有狂妄的侈心，不屑精于一艺，而欲包揽天下事。以至丢掉自己所擅长的，成为贪而无用的人。今日的官场浑浑噩噩，病根就在这。做官的没有不谈王道行仁政，讲究礼乐，而且都想恢复三代，实现尧舜时代美丽的政治幻想，许多该做的政治工作，依旧没有开展。有些儒家莫不畅论天人，推究性命，终于陷于玄虚。自己好高骛远，期望太大，而措意太广。太高则实行不了，太广则不切实用。所以说经论道者虽然布满天下，但与事无补。听他说，则硕大而可喜。看效果，则漫无边际。这都是一味好名之过。

深思古代圣贤，建奇功立大业，兴利除弊，至于黎民百姓各行各业，都能在不同方面有所作为，不像目前因循守旧，鲁莽灭裂。探索原因，不外上述二者。

伏思您具有宏伟远大的才略，宽厚渊深的度量，广博精深的学问，光辉耀日的名声，冠盖当代，振于百世。后代期望而指正，尊意有所指向，则众人奔走而趋向您。您的忧国忧民之心，或许看到我上面说的话有值得一思之处。我将深思到许多有关这方面的话，这里还没敢都说出来。余言不尽。我虔诚地再拜。

上韩魏公论场务书

轼再拜献书昭文相公执事。轼得从宦于西，尝以为当今制置西事，其大者未便，非痛整齐之，其势不足以久安，未可以随欹而拄、随坏而补也。然而其事宏阔浩汗，非可以仓卒轻言者。今之所论，特欲救一时之急，解朝夕之患耳。

往者宝元以前，秦人之富强可知也。中户不可以亩计，而计以顷。上户不可以顷计，而计以赋。耕于野者，不愿为公侯，藏于民家者，多于府库也。然而一经元昊之变，冰消火燎，十不存三四。今之所谓富民者，向之仆隶也。今之所谓蓄聚者，向之残弃也。然而不知昊贼之遗种，其将永世而臣伏邪？其亦有时而不臣也？以向之民力坚完百倍而不能支，以今之伤残之余而能办者，轼所不识也。夫平安无事之时，不务多方优裕其民，使其气力浑厚，足以胜任县官权时一切之政，而欲一旦纳之于患难，轼恐外忧未去，而内忧乘之也。凤翔、京兆，此两郡者，陕西之囊橐也。今使有变，则缘边被兵之郡，知战守而已。战而无食则北，守而无财则散。使战不北，守不散，其权固在此两郡也。

轼官于凤翔，见民之所最畏者，莫若衙前之役。自其家之瓮盎釜甑以上计之，长役及十千，乡户及二十千，皆占役一分。所谓一分者，名为糜钱，十千可办，而其实皆十五六千，至二十千，则多者至不可胜计也。科役之法，虽始于上户，然至于不足，则递取其次，最下至于家赀及二百千者，于法皆可科。自近岁以来，凡所科者，鲜有能大过二百千者也。夫为王民，自瓮盎釜甑以上计之而不能满二百千，则何以为民。今也，及二百千则不免焉，民之穷困亦可知矣。然而县官之事，岁以二千四百分为计，所谓优轻而可以偿其劳者，不能六百分，而捕获强恶者愿入焉，擿发赃弊者愿入焉，是二千四百分者，衙前之所独任，而六百分者，未能纯被于衙前也。民之穷困，又可知矣。

今之最便，惟重难日损，优轻日增，则民尚可以生，此轼之所为区区议以官榷与民也。其详固已具于府之所录以闻者。从轼之说，而尽以予民，失钱之以贯计者，轼尝粗较之，岁不过二万。失之于酒课，而偿之于税缗，是二万者，未得为全失也。就使为全失二万，均多补少，要以共足，此一转运使之所办也。如使民日益困穷而无告，异日无以待仓卒意外之患，则虽复岁得千万，无益于败，此贤将帅之所畏也。

轼以为陛下新御宇内，方求所以为千万年之计者，必不肯以一转运使之所能办，而易贤将帅之所畏。况于相公，才略冠世，不牵于俗人之论。乃者变易茶法。至今以为不便者，十人而九，相公尚不顾，行之益坚。今此事至小，一言可决。去岁赦书使官自买木，关中之民，始知有生意。向非相公果断而力行，必且下三司。三司固不许，幸而许，必且下本路。本路下诸郡，或以为可，或以为不可。然后监司类聚其说而参酌之。比复于朝廷，固已期岁矣。其行不行，又未可知也。如此，而民何望乎？

方今山陵事起，日费千金，轼乃于此时议以官榷于民，其为迂阔取笑可知矣。然窃以为古人之所以大过人者，惟能于扰攘急迫之中，行宽大闲暇久长之政，此天下所以不测而大服也。朝廷自数十年以来，取之无术，用之无度，是以民日困，官日贫。一旦有大故，则政出一切，不复有所择。此从来不革之过，今日之所宜深惩而永虑也。山陵之功，不过岁终。一切之政，当迄事而罢。明年之春，则陛下逾年即位改元之岁，必将首行王道以风天下。及今使郡吏议之，减定其数，当复以闻，则言之今其时矣。伏惟相公留意。千万幸甚。

【译文】我再拜昭文相公执事。我能到西边做官，大事还不便快来处理，非狠狠整顿一下，其势就不能维持久安，不能因为歪斜了就扶一下，坏了就补一下。然而这种大事太多无边际，不是很快就三言两语说清楚的。我现在向您论述的，要急着救一时之急，解决迫在眉睫的问题。

过去宝元元年以前，大家都知陕西人很富贵。中户的田地不是用亩计算，而是用顷来统计，上户用不着顷计，而是看他完成多少赋。宁肯领着佃户在田野种地，也不愿做王侯。百姓家的所藏，要比官府仓库的多。然而西夏元昊对我朝屡次发动战争，陕西损失巨大，如同冰消火燎，很多户就垮下来了。目下所谓富民，是过去仆人佣人。今天所谓有储蓄的，不过是过去的残余。然而不知道元昊贼人的遗种将永远服从我朝，还是有时不再称臣呢？过去民富力强而不能办的事，想要经过战争创伤，民生凋敝时候去办，那我就不知怎么回事了。当眼下太平无事时，不千方百计使民富起来，使他们精力充沛，完全能够承受县官暂时许多政治设施，而是想把这些百姓推到患难地步，我怕外患未除，内忧又到来了。凤翔、京兆这两郡，是陕西省的粮袋。而今假使有变，则陕西边区打起仗的地方，或攻战或防守。打仗没吃的，就被打败；防守没钱则士气涣散而守不住。要想打仗不败，防守坚固，关键固然在这两郡。

我在凤翔做官，看到老百姓最怕的，莫过于衙门的差役。从一家的瓮、盎、釜、甑等以上算起，长役及十千，乡户及二十千，皆占役一分。所谓一分者，名叫縻钱，十千就可以了，而其实都十五六千，以至二十千，而多到没法计算。派差的规定，虽从上等富户派公差起，到了上等户派不够，才派到次一等的户，最下派到家产只二百千者，依法皆能派。近年以来，凡派差时很少有大过二百千的。做为一个老百姓，自盛粮和炊具等算起而不够二百千，则何以生存下去。而今，到二百千就不能免于被派公差，老百姓的穷困可想而知。然而县府衙门的事，以每年交二千四百分来计算，所谓优惠而轻可以抵偿他劳役的，不能少于六百分，而捕获强恶的人愿意进入，揭发赃弊的人愿意进入，那二千四百分的，是只算交给县府衙门用项，而六百分交上去还不够。老百姓的穷困，不问可知。

而今所好的，严重困难的局面渐少，体恤照顾百姓的方面渐多，老百姓还可以活下去。这就是我所以提议让官卖转与民卖。详情已请凤翔府吏录呈于您。依我意见，官家专卖全让于民，我粗算一下，失钱一年不过两万贯。酒专卖中所损失的，可以从赋税中得以补偿，失去的两万不能算全失。即令全失二万，以多补少，不是可以供足吗？这是诸路转运使就能办到的。假定民越来越穷而告借无门，他日难得应付仓卒意外的祸患，就是岁得千万，也无益于败，这是贤明将帅最害怕的。

我以为皇帝刚刚登基，总想保住江山千万年，必定不愿叫一转运使能办的事，而换贤明将帅所害怕的事。况且您是才略天下无双，不牵于世俗之见。过去变易茶法，到现在十个人有九个人说不便，您还不顾一切，坚决实行。现在这个事很小，一句话就定了。去年赦书叫官员自己买木料，关中人民，才知有活路。那时要不是您当断而断，说办就办，必然通知盐铁度支户部三司。三司不一定许，就是许，必然下本路。本路下各州府县，或可或不可，然后汇总诸说而审慎斟酌。再复于朝廷，也就一年了。究竟能不能行，还是个未知数。这样，老百姓有什么指望呢？

而今为皇帝造陵墓，日费千金，我在此时建议将官卖转让于百姓，使人有迂阔取笑之感。然而我认为古人所以超越一般人的地方，就在于扰攘不定慌乱紧急之中，实行宽大闲暇久长之政，这就是天下人所以不测而大服也。我朝数十年以来，生产无门路，开支却极大，所以财源枯竭，民日困，官日贫。万一有大的事故，则政令推行，不再有大的选择。这就是从来不想改革的过错，今天是应该引以为戒而加以改变的时候。修建皇陵用工，不过到年底。一切政令，当事完而罢。明年春天，是皇帝逾年即位改元之时，必将首先推行王道以为天下表率。而今使郡吏议论，减定其数，当复禀告，今天说这话是时候了。恳请您留意，千万幸甚。

上韩丞相论灾伤手实书

史馆相公执事。轼到郡二十余日矣。民物椎鲁，过客稀少，真愚拙所宜久处也。然灾伤之余，民既病矣。自入境，见民以蒿蔓裹蝗虫而瘗之道左，累累相望者，二百余里，捕杀之数，闻于官者几三万斛。然吏皆言蝗不为灾，甚者或言为民除草。使蝗果为民除草，民将祝而来之，岂忍杀乎？轼近在钱塘，见飞蝗自西北来，声乱浙江之涛，上翳日月，下掩草木，遇其所落，弥望萧然。此京东余波及淮浙者耳，而京东独言蝗不为灾，将以谁欺乎？郡已上章详论之矣。愿公少信其言，特与量蠲秋税，或与倚阁青苗钱。疏远小臣，腰领不足以荐𫓧钺，岂敢以非灾之蝗上罔朝廷乎？若必不信，方且重复检按，则饥羸之民，索之于沟壑间矣。且民非独病旱蝗也。方田均税之患，行道之人举知之。税之不均也久矣，然而民安其旧，无所归怨。今乃用一切之法，成与期月之间，夺甲与乙，其不均又甚于昔者，而民之怨始有所归矣。

今又行手实之法，虽其条目委曲不一，然大抵恃告讦耳。昔之为天下者，恶告讦之乱俗也，故有不干己之法，非盗及强奸不得捕告。其后稍稍失前人之意，渐开告讦之门。而今之法，揭赏以求人过者，十常八九，夫告讦之人，未有非凶奸无良者。异时州县所共疾恶，多方去之，然后良民乃得而安；今乃以厚赏招而用之，岂吾君敦化，相公行道之本意欤？

凡为此者，欲以均出役钱耳。免役之法，其经久利病，轼所不敢言也。朝廷必欲推而行之，尚可择其简易为害不深者。轼以为定簿便当，即用五等古法，惟第四等、五等分上、中、下。昔之定簿者为役，役未至，虽有不当，民不争也，役至而后诉耳。故簿不可用。今之定簿者为钱，民知当户出钱也，则不容有大缪矣。其名次细别，或未尽其详，然至于等第，盖已略得其实。轼以为如是足矣。但当先定役钱所需几何，预为至少之数，以赋其下五等。下五等，谓第四等上、中、下，第五等上、中也。此五等旧役至轻，须令出钱至少乃可，第五等下更不当出分文。其余委自令佐，度三等以上民力之所任者而分与之。夫三等以上钱物之数，虽其亲戚，不能周知。至于物力之厚薄，则令佐之稍有才者，可以意度也。借如某县第一等凡若干户，度其力共可以出钱若干，则悉召之庭，以其数予之，不户别也。令民自相差择，以次分占，尽数而已。第二等则逐乡分之，凡某乡之第二等若干户，度其力可以共出钱若干，召而分之，如第一等。第三等亦如之。彼其族居相望，贫富相悉，利害相形，不容独有侥幸者也。相推相诘，不一二日自定矣。若析户则均分役钱，典卖则著所割役钱于契要，使其子孙与买者各以其名附旧户供官，至三年造簿，则不复用，举从其新，如此，而朝廷又何求乎？所谓浮财者，决不能知其数。凡告者，亦意之而已。意之而中，其赏不赀。不中，杖六十至八十，极矣。小人何畏而不为乎？近者军器监须牛皮，亦用告赏。农民丧牛甚于丧子，老弱妇女之家，报官稍缓，则挞而责之钱数十千，以与浮浪之人，其归为牛皮而已，何至是乎！

轼在钱塘，每执笔断犯盐者，未尝不流涕也。自到京东，见官不卖盐，狱中无盐囚，道上无迁乡配流之民，私窃喜幸。近者复得漕檄，令相度所谓王伯瑜者欲变京东、河北盐法置市易盐务利害，不觉慨然太息也。密州之盐，岁收税钱二千八百余万，为盐一百九十余万秤，此特一郡之数耳。所谓市易盐务者，度能尽买此乎？苟不能尽，民肯舍而不煎，煎而不私卖乎？顷者两浙之民，以盐得罪者，岁万七千人，终不能禁。京东之民，悍于两浙远甚，恐非独万七千人而已。纵使官能尽买，又须尽卖而后可，苟不能尽，其存者与粪土何异？其害又未可以一二言也。愿公救之于未行。若已行，其孰能已之？

轼不敢论事久矣，今者守郡，民之利病，其势有以见及。又闻自京师来者，举言公深有拯救斯民为社稷长计远虑之意。故不自揆，复发其狂言。可则行之，否则置之。愿无闻于人，使孤危衰废之踪，重得罪于世也。干冒威重，不胜战栗。

【译文】史馆丞相：我赴任二十多天了。民众朴钝，来客甚少，真是我这愚拙人可以长住的地方。然灾伤过后，民困苦之极。自我进杭州境，见民用草蒿草蔓裹捆蝗虫埋于路旁，一堆一堆相连的，二百余里。捕杀蝗虫数，据官方统计近三万斛。然而那些小吏竟说蝗虫没构成灾，甚至说蝗虫是为民除草。果真蝗虫为民除草，百姓将对蝗虫祝告叩谢，岂忍心扑灭杀死蝗虫？我近在杭州，见蝗虫从西北方铺天盖地而来，虫声与钱塘江涛声夹杂一起，上盖日月，下复掩草木，蝗虫落到哪，满目荒凉。这显然是京东蝗虫的残余部分波及到江淮与浙省，而京东竟有人独言蝗虫不会造成灾，这能欺骗谁？我为此事已申报朝廷。愿您少信那些欺人之谈，斟酌情况减免一些秋税，或赏给暂停青苗钱。我这个被疏远的小官，不足以叫斧头对我进行砍或腰斩，哪敢以不成灾的蝗虫上欺朝廷呢？倘若不信我的上报，又要重复审核调查，那啼饥瘦弱的老百姓，早已饿死在沟壑里面去了。再说，农民非独为旱蝗所害。方田均税之患，也是路人皆知。征收赋税不平均已久，然而农民安于现状，不太埋怨。而今用一切同样对待的办法，在一月之内砍平拉齐，夺甲农民给乙农民，那看似均而实不均又比过去还厉害，而民的埋怨，才真正有所归了。

而今又推行手实法。此法虽条目繁多，曲折细密。然大抵依靠检举揭发。过去治国平天下者，最厌恶告密弄得人心惶惶，乱了习俗。所以才订下“不干己”法，限于非盗及强奸不得捕告。随后稍稍失去前人之意，渐开密告之门。而今立个法令，十有八九，是为了得赏以揭发人。这些告发的人，没有不是凶恶奸淫之辈。过去各府州县对这些不良之徒，非常愤懑，想方设法除掉他，然后良民才得安身。目下用厚赏招用这帮人，这能是君王敦厚政教风化，您推行仁政的本意吗？

凡行手实法，无非是想均出役钱。所谓免役法，它长久的利与弊，我不敢再说了。朝廷非要实行，不妨挑选为害不深的去做。我认为定簿得当，就用五等古法，只四等、五等分上中下。昔日定簿为派役，不派役，即令不当，百姓也不去管它，差役分下来，试着不当就上诉。所以簿不可用。今天定簿役，是为了向百姓要钱，百姓知道要交钱，就不容有大谬误。簿上的名次细别，也许不怎么详尽，至于等第，已经知道怎么回事了。我以为要真是这样也就够了。不过要先定役钱需要多少，预备至少的交款数，再向以下五等抽税。（下五等，谓第四等上中下，第五等上中也。此五等旧役至轻，须令出钱至少乃可。第五等下，更不当出分文。）其余委派小吏令佐去管。考虑三等以上民力所能担任的而分派下去。三等以上某户有多少钱，就是亲戚，也不能让他知道。至于某户物力厚薄，则令佐稍有一点才者，就可以估计出来。假如某县第一等共若干户，估计他们能拿出多少钱，把他们都召集来，告诉他们抽多少税，不给户分等级，令来的人有等差的自己选择，按次序分摊，分完数为止。第二等则逐乡分之，凡某乡之第二等若干户，根据他们的财力可以共出多少钱，召集在一起，如第一等那样分摊下去。第三等也像第一等第二等那样办。这些人族居处互相看得见，贫富互相了解，利害互有比较，不容某某能独自侥幸。互相推问互相咨询，要不一两天就定下来了。要是谁分了家就平均分提役钱。卖了那些不动产之类就将所不当出的役钱写在契约上，使他的子孙与买者各以其名附在旧户籍上交役钱，期满三年，旧簿不用，重造新簿。这样，朝廷还有什么要求的？所谓动产中的浮财，很难知实在数。凡告发的人，只是暗中估计。告得对，得赏钱不计其数。不对，顶多挨六十到八十杖，不良之徒何乐而不为？新近军器制造所须牛皮，亦采取告赏法。农民丢掉牛比丢掉孩子还要命，老弱女妇之家，向官府报得稍微慢一点，就打还罚钱数万，以与浮浪不良之徒。说到底，是为一张牛皮，怎么能这样做呢！

我在杭州，每当拿起笔判私贩盐的时候，何尝不流泪。后来到京东，见盐不被官专卖，狱中无贩盐的囚徒，道上没因贩私盐犯法被发配的囚犯，私下非常高兴。近日又得督催征税赋的漕司的文书，令考虑所谓王伯瑜这个人想变京东、河北盐法，实行盐务专卖，不觉叹息不已。密州产盐，岁收税二千八百余万钱，卖盐一百九十余万秤，这不过是一个州的数目。所说设立盐务者，你能把这些盐都买下吗？要是不能都买下，盐民愿意放弃煎盐，煎而不私卖吗？近来两浙的老百姓，因贩盐犯法，一年一万七千人，仍然禁不住私卖。京东的百姓，比两浙的人强悍得多，恐非独万七千人而已。要实行专卖，还要能尽卖。不然卖不完，剩下盐不和粪土差不多吗？那祸害又出现的狱囚就不是一万七千人。即令官能尽买，不是三两句话能说完的。愿公救之于未行。要真是实行盐务专卖，又谁能禁止呢？

我早不敢议论时政了，今日在杭州做官，百姓的痛苦与欢乐，乃亲眼所见。又闻打京城来的人，都说您很有拯救百姓为宋王朝深谋远虑的打算，故不自量力，又口出狂言。可行则行，不行就弃之。千万不要向人说，使孤危衰弱之我，又坐第二回牢房，被世人歧视。我胆敢冒您的威严，不由得战怵起来。

上文侍中论强盗赏钱书

轼再拜。轼备员偏州，民事甚简。但风俗武悍，特好强劫，加以比岁荐饥，椎剽之奸，殆无虚日。自轼至此，明立购赏，随获随给，人用竞劝，盗亦敛迹。

准法，获强盗一人，至死者给五十千，流以下半之。近有旨，灾伤之岁，皆降一等。既降一等，则当复减半，自流以下，得十二千五百而已。凡获一贼，告与捕者，率常不下四五人，不胜则为盗所害。幸而胜，则凡为盗者举仇之。其难如此，而使四五人者分十二千五百以捐其躯命，可乎？朝廷所以深恶强盗者，为其志不善，张而不已，可以驯致胜、广之资也。由此言之，五十千岂足道哉！夫灾伤之岁，尤宜急于盗贼。今岁之民，上户皆缺食，冬春之交，恐必有流亡之忧。若又纵盗而不捕，则郡县之忧，非不肖所能任也。欲具以闻上，而人微言轻，恐不见省。向见报明公所言，无不立从，东武之民，虽非所部，明公以天下为度，必不间也。故敢以告。比来士大夫好轻议旧法，皆未习事之人，知其一不知其二者也。

常窃怪司农寺所行文书措置郡县事，多出于本寺官吏一时之意，遂与制敕并行。近者令诸郡守根究衙前重难应缘此毁弃官文书者，皆科违制，且不用赦降原免。考其前后，初不被旨。谨按律文，毁弃官文书重害者，徒一年。今科违制，即是增损旧律令也。不用赦降原免，即是冲改新制书也。岂有增损旧律令，冲改新制书，而天子不知，三公不与，有司得专之者！今监司郡县，皆恬然受而行之莫敢辨，此轼之所深不识也。

昔袁绍不肯迎天子，以谓若迎天子以自近，则每事表闻，从之则权轻，不从则拒命，非计之善也。夫不请而行，袁绍之所难也。而况守职奉上者乎？今圣人在上，朝廷清明，虽万无此虞，司农所行，意其出于偶然，或已尝被旨而失于开坐：皆不可知。但不请而行，其渐不可开耳。轼愚蠢无状，孤危之迹，日以岌岌。夙蒙明公奖与过分，窃怀忧国之心，聊复一发于左右，犹幸明公密之，无重其罪戾也。

【译文】我再拜。我在偏僻州郡做个小官，政务不多。可惜风俗，习斗强悍，很好打家劫舍。加以近年来连遭饥荒，杀人劫财，常常发生。我到任以来，出了告示，宣布购赏办法，只要一抓住盗贼，立即兑现奖金。于是百姓们既积极竞赏又乐于劝人向善，盗贼就没有或收敛了。

按法，抓住一个该判死刑的强盗赏五十千，抓住该发配到远方减半。近来朝廷新规定，大灾年头，都降一等。既降一等，那就又减半了，自发配充军以下，只得十二千五百赏钱。凡抓一贼，首告与抓捕的人，通常不下四五人，和贼斗起来而抓不住，就被盗害死。幸而抓住，则盗的一伙人皆成为仇人。抓贼难到这样地步，却使四五人分十二个千五百以献出生命，行吗？朝廷为社会安定着想，所以对强盗恨得要命，因为强盗不怀好意，十分嚣张，可以逐渐扩大势力啸聚山林，为害无穷。从这看来，五十千又算什么！而今大灾之年，更应抓紧打击强盗。目下老百姓，上等户都缺吃的。冬春之交，恐怕必有流亡逃荒的情况。倘若纵盗而不捕，那我所在这个州县面临的威胁，非我这个无能的人吃得消。想把这些情况，反映到上级，而我人微言轻，未必引起关注。过去反映给您的情况没有不受到您的重视。山东南部诸城县之民，虽非我所管辖，您以天下为己任，必不等闲视之，所以才向您反映。近来朝野好轻议旧的法律，都是书生之论，知其一不知其二。

我常怪司农寺发布的文件处理郡县事务，多是该寺官吏一时的意见，竟然和皇帝的命令并行。近日叫各州县官追究衙前遭大难化缘在这毁弃官文书的人，都判为对抗皇帝旨意，不许赦放、降刑、原谅罪过，免于处分。考查该寺发的通告前后，开始并无皇帝旨意。据我谨慎地查律文所记，毁弃官文书严重的人，判刑一年。而今把毁弃官文书看成是违抗帝王命令就是不严按旧法律办事，乱加解释。不用赦降原免就是曲解新法律条文。哪有增加减少旧法律条文，修改新法律书，而皇帝不知，三公不过问，司农寺能独断专行！今监察机关和各府州县，安然不敢辩驳，这是我大惑不解的。

汉朝袁绍不肯去洛阳迎接天子，认为若将天子接到跟前来，则遇事就得书面请示，听批示自己就没大的权，不听就说我抗旨，不是好法。不请示而办，袁绍感到为难。而况我这个听上司派遣的小州官？目前皇帝在京，朝廷是正人当家，尽管没有差错；司农那样做，想是偶然而为之，或已接奉皇帝命令而失于开列，皆不得而知。但不请而行，这个头不能开。我愚笨之极，处境非常孤单受困，日日岌岌可危。常蒙您一再过奖，我也是忧国之心，姑且将自己所了解的呈述给您听，恳求您不要对别人说，以免我罪上加罪。

上文侍中论榷盐书

留守侍中执事。当今天下勋德俱高，为主上所倚信，华实兼隆，为士民所责望，受恩三世，宜与社稷同忧，皆无如明公者。今虽在外，事有关于安危，而非职之所忧者，犹当尽力争之，而况其事关本职而忧及生民者乎？窃意明公必已言之而人不知。若犹未也，则愿效其愚。

顷者三司使章惇建言："乞榷河北、京东盐。"朝廷遣使案视，召周革入觐，已有成议矣。惇之言曰："河北与陕西皆为边防，而河北独不榷盐，此祖宗一时之误恩也。"轼以为陕西之盐，与京东、河北不同。解池广袤不过数十里，既不可捐以予民，而官亦易以笼取。青盐至自虏中，有可禁止之道，然犹法存而实不行。城门之外，公食青盐。今东北循海皆盐也，其欲笼而取之，正与淮南、两浙无异。轼在余杭时，见两浙之民以犯盐得罪者，一岁至万七千人而莫能止。奸民以兵仗护送，吏士不敢近者，常以数百人为辈，特不为他盗，故上下通知，而不以闻耳。东北之人，悍于淮、浙远甚，平居椎剽之奸，常甲于他路，一旦榷盐，则其祸未易以一二数也。由此观之，祖宗以来，独不榷河北盐者，正事之适宜耳。何名为误哉！且榷盐虽有故事，然要以为非王政也。陕西、淮、浙既未能罢，又欲使京东、河北随之，此犹患风痹人曰：吾左臂既病矣，右臂何为独完。则以酒色伐之，可乎？

今议者曰："吾之法与淮、浙不同。淮、浙之民所以不免于私贩，而灶户所以不免于私卖者，以官之买价贱而卖价贵耳。今吾贱买而贱卖，借如每斤官以三钱得之，则以四钱出之。盐商私买于灶户，利其贱耳，贱不能减三钱，灶户均为得三钱也，宁以予官乎？将以予私商而犯法乎？此必不犯之道也。"此无异于儿童之见。东海皆盐也。苟民力之所及，未有舍而不煎，煎而不卖者也。而近岁官钱常若窘迫，遇其急时，百用横生。以有限之钱，买无穷之盐，灶户有朝夕薪米之忧，而官钱在期月之后，则其利必归于私贩无疑也。食之于盐，非若饥之于五谷也。五谷之乏，至于节口并日。而况盐乎？故私贩法重而官盐贵，则民之贫而懦者或不食盐，往在浙中，见山谷之人，有数月食无盐者。今将榷之，东北之俗，必不如往日之嗜咸也，而望官课之不亏，疏矣。且淮、浙官盐，本轻而利重，虽有积滞，官未病也。今以三钱为本，一钱为利，自禄吏购赏修筑廒庾之外，所获无几矣。一有积滞不行，官之所丧，可胜计哉！失民而得财，明者不为，况民财两失者乎？

且祸莫大于作始，作俑之渐。至于用人，今两路未有盐禁也，故变之难。遣使会议，经年而未果。自古作事欲速而不取众议，未有如今日者也。然犹迟久如此，以明作始之难也。今既已榷之矣，则他日国用不足，添价贵卖，有司以为熟事，行半纸文书而决矣。且明公能必其不添乎？非独明公不能也，今之执政能自必乎？苟不可必，则两路之祸，自今日始。

夫东北之蚕，衣被天下。蚕不可无盐，而议者轻欲夺之，是病天下也。明公可不深哀而速救之欤？或者以为朝廷既有成议矣，虽争之必不从。窃以为不然。乃者手实造簿，方赫然行法之际，轼尝论其不可，以告今太原韩公。公时在政府，莫之行也。而手实卒罢，民赖以少安。凡今执政所欲必行者，青苗、助役、市易、保甲而已，其他犹可以庶几万一。或者又以为明公将老矣，若犹有所争，则其请老也难。此又轼之所不识也。使明公之言幸而听，屈己少留，以全两路之民，何所不可。不幸而不听，是议不中意，其于退也尤易矣。愿少留意。轼一郡守也，犹以为职之所当忧，而冒闻于左右，明公其得已乎？干渎威重，俯伏待罪而已。

【译文】留守侍中执事。您当前天下功勋德望俱高，为皇帝所依赖信任，声誉干练兼备，为群众所厚望，您三代受恩，宜和国家休戚相关，这样的名望门第有谁能比得上。您今虽然不在朝廷，事关国家安危，即令不是您本职工作所当忧虑的，还当尽力去关切，何关其事属于您本职该管而攸关国计民生的呢？我想您对这也许已过问了而人还不知。倘若没有，我愿表达我愚浅的见解。

最近三司的总负责人章惇建议：“求将河北、京东的盐政由官府专卖。”朝廷派使臣去考察，召唤周革来京朝见，已形成议案。章惇说：“河北与陕西皆为边防，而河北却不实行盐由官府专卖，此乃大宋祖宗一时误施恩惠。”我以为陕西之盐与京东、河北不一样。解池广长不过数十里，既不能捐给众百姓，而官也容易收来管理。青盐来自西夏，有足够禁止的理由。即使这样，虽法定专卖，而其实并没全行得通。因为解州、安邑城外，不少人公开吃青盐。现在东北沿海皆盐，公家想收来专卖，那就和淮南、两浙差不多。我在浙江余杭做官时，亲眼看到浙江老百姓因贩卖盐而犯罪的，一年有一万七千人，还不能禁止。用兵器护送贩卖盐的，官兵无可奈何。奸民常结成数百人为一伙，只是不干其他坏事，这情况在余杭吏士那里，上下都明白，只不过不说出来罢了。东北老百姓，比淮南、浙江人野得多，平时劫人财害人命，比其他地方厉害得多，万一官府对盐搞专卖，这就难预料会出多大祸。由这看来，宋朝初年，独不对河北盐实行专卖，正是做得对，何误之有！而且官卖盐在历史上曾实行过，我却以为这非王政也。陕西、淮、浙既然不能禁止盐归私售，又想叫京东、河北官卖盐，这好比患了中风麻痹症的人说：我左臂既不能动，右臂为什么独完。那就酗酒纵色欲，行不行？

现在有人说："我的专卖法与淮、浙不一样。淮、浙百姓所以还要私自贩卖盐，灶户所以坚持私卖者，因为官方买的便宜卖的贵。现在我贱买贱卖，假如每斤官用三钱买来，我四钱卖。盐商私买于灶户，图的便宜，贱不能少于三钱。灶户在两方面都是得的三钱，卖给官家好？还是卖给私商落个犯法名好？这就是不愿意私买私卖以犯法的道理。"这简直是小孩的见识。东海尽是盐，倘老百姓有力量，没有放着海中咸水不去煎，煎了又不肯卖的事。而近年政府财政状况不妙，遇到紧急情况，样样都得钱。官家用有限的钱，买无穷的盐，灶户时时有薪米之忧，而官钱在一月以后，这样一来，利必叫私商赚跑了。吃饭要盐，不像肚子饿了要吃五谷。五谷缺了，还能一顿少吃点或者两天并一天吃，何况是盐呢？所以对私贩盐处分重，而官盐贵，则贫而老实的老百姓有人就不吃盐。过去我在浙江，见山谷的人，有几个月不吃盐的。现在要实行官卖，京东、河北的风俗，必不像过去的吃盐多，而想望官卖得不亏，是一种疏误。再说，淮、浙官盐，本轻而利重，虽有积滞不好卖，官家还不怕。而今以三钱为本，一钱为利，从盐库官吏需建筑材料修筑仓库和护盖积谷物之外，获利就很少了。一遇货堆多卖不出去，官之赔本能受得了吗！失掉百姓而得财，头脑清楚的人都不干，况民与财双失呢。

祸莫大于开始作，和首开恶例。至于用人，河北、京东两路未有盐禁，所以变起来难。派人开会研究，弄了一年还没结果。从来作事想快而又不让大家研究决定，没有像今天这样。就是这样，还拖了很久，说明事情开头难。而今既然要在这两路对盐搞专卖，到后来国家财政状况不好，对盐提高价卖，管盐政没什么难处，去个公文就可以了。您能不叫他提价？不只您不能，今之执政也难叫他不提价。如不能，河北、京东之祸从今开始。

京东、河北的蚕，供给天下穿。蚕不可无盐，而有人竟打算轻轻地把私买私卖的盐夺过来官卖，简直是害天下。您能不气愤而早日设法挽救？或者说朝廷业已议决，想推翻是很难办到。我不那样看。熙宁七年吕惠卿建手实法，使人户自具其丁口田宅之实造簿，眼看就要堂而皇之实行时，我论证此法不可取，报告给今太原韩公。公当时在政府工作，就没推行。手实法于是作罢，百姓赖以安定。凡今天执政所必须推行者，不过青苗、助役、市易、保甲诸法而已，其他则可以差不多万一不执行。或者又认为您将老了，若要争论官府不专卖盐，请因老退下不做事也难。这又是我不同意的看法。倘若您的话幸而被执政采纳，委屈您再干两天，为京东、河北的百姓造福，又有什么不好。不幸执政者不听。是您的意见与他们不一致，他们还巴不得您早退。请细思之。我是一郡的首领，还以为职之所应该忧虑的，而冒昧向您陈述，明公，这是不得已呀。甘冒您的威严，低首向您请罪。

上吕仆射论浙西灾伤书

轼顿首上书门下仆射相公阁下。轼近上章，论浙西淫雨飓风之灾。伏蒙恩旨，使与监司诸人议所以为来岁之备者。谨已条上二事。轼才术浅短，御灾无策，但知叫号朝廷，乞宽减额米，截赐上供。言狂计拙，死罪！死罪！

然三吴风俗，自古浮薄，而钱塘为甚。虽室宇华好，被服粲然，而家无宿舂之储者，盖十室而九。自经熙宁饥疫之灾，与新法聚敛之害，平时富民残破略尽，家家有市易之欠，人人有盐酒之债，田宅在官，房廊倾倒，商贾不行，市井萧然。譬如衰羸久病之人，平时仅自支持，更遭风寒暑湿之变，便自委顿。仁人君子，当与意外将护，未可以壮夫常理期也。今年，钱塘卖常平米十八万石，得米者皆叩头诵佛云："官家将十八万石米，于鸟鸢狐狸口中，夺出数十万人，此恩不可忘也。"夫以区区战国公子，尚知焚券市义，今以十八万石米易钱九万九千缗，而能活数十万人，此岂下策也哉！窃惟仁圣在上，辅以贤哲，一闻此言，理无不行。但恐世俗谄薄成风，揣所乐闻与所忌讳，不以仁人君子期左右，争言无灾，或言有灾而不甚，积众口之验，以惑聪明，此轼之所私忧过虑也。八月之末，秀州数千人诉风灾，吏以为法有诉水旱而无诉风灾，拒闭不纳。老幼相腾践死者十一人，方按其事。由此言之，吏不喜言灾者，盖十人而九，不可不察也。

轼既条上二事，且以关白漕、宪两司，官吏皆来见轼，曰："此固当今之至计也，然恐朝廷疑公为漕司地奈何？"轼曰："吾为数十万人性命言也，岂恤此小小悔吝哉？"去年秋冬，诸郡闭粜，商贾不行。轼既劾奏通之，又举行灾伤法，约束本路，不得收五谷力胜钱。三郡米大至，施及浙东。而漕司官吏，缘此愠怒，几不见容。文符往来，僚吏恐悚，以轼之私意，其不为漕司地也审矣。力胜之免，去岁已有成法，然今岁未敢举行者，实恐再忤漕司，怨咎愈深。此则轼之疲懦畏人，不免小有回屈之罪也。伏望相公一言，检举成法，自朝廷行下，使五谷通流，公私皆济，上以明君相之恩，下以安孤危之迹，不胜幸甚。去岁朝旨，免力胜钱，止于四月。浙中无麦，须七月初间见新谷，故自五月以来，米价复增。轼亦曾奏乞展限至六月，终不报。今者若蒙施行，则乞以六月为限。去岁恩旨，宽减上供额米三分之一，而户部必欲得见钱，浙中遂有钱荒之忧。轼奏乞以钱和买银绢上供，三请而后可。今者若蒙施行，即乞一时行下。

轼窃度事势，若不且用愚计，来岁恐有流殍盗贼之忧。或以其狂浅过计，事难施用，即乞别除一小郡，仍选才术有余可以坐消灾诊者，使任一路之责。幸甚！幸甚！干冒台重，伏纸栗战。不宣。

【译文】我头叩地而拜。吕大防尚书右仆射兼门下侍郎阁下请听：我近来上的奏本，说浙西遭的狂风暴雨之灾。伏蒙皇帝下令，命与转运使监察诸人解决明年灾民的生活问题。我已提出两项请求。我才疏识浅，抗灾无策，只知向朝廷呼吁救济，乞少要我处的应交粮食，截留上供的物品。言语粗狂，计谋短拙，死罪！死罪！

然江浙之间，自古以来风俗浮薄，尤以杭州突出。虽住的考究，穿戴尤为鲜丽，可家没隔夜之粮，约占十之九。自经熙宁年间饥病之灾，与实行斩法使有的官吏贪污聚敛太甚，平常富民也破败下来了，家家欠买卖交易的钱，人人欠盐酒的债务，田宅归官，墙倒屋塌，做买卖的不行走，一片萧瑟凄凉景象。好似疲瘦久病的人，平时自身难深，又遭风寒亢热湿气的袭击，便萎困不振。凡善良有办法的人理当格外爱护，不当视同有力气的年轻人看待。今年，杭州卖官方平价米十八万石，得到米的人都磕头念佛说："官家将十八万米，从乌鸦老鹰狐狸口中夺出来散给贫苦无告的人，此恩没齿难忘。"古时有位战国公子孟尝君，还知烧去老百姓欠的债券，以免他们还账带来的痛苦，今用十八万石米卖钱九万九千缗，结果活数十万人，这个办法难道不好吗！我想圣明君在上，有贤相辅助，一听我所说的，没有不认为该这样。只恐世俗谄薄巴结形成风气，迎合上司，揣摩他爱听的与他所忌讳的，不以做个正直说实话的人在您跟前自居，硬瞎说没遭灾，或说一丁点灾不算什么，众口铄金，迷惑聪明，这就是我私忧过虑的事。八月底，秀州数千人遭风灾而向上反映，恶吏竟然认为法律只有诉水旱而没有诉风灾的，拒绝听群众的反映。以至在暴风之下，老弱幼小被掀翻吹起相互踩死十一人，才查此灾。由此可见，官吏报喜不报忧，十有八九，这不可不察。

我既提出两项清求，且因禀告航运、监察两司，我的下属官吏都来对我说："您尽管对当前想出最好的计策，就怕朝廷怀疑您针对航运官员而来的怎么办？"我说："我为几千万百姓的身家性命来说话的，岂能顾及小小的忌恨呢？"去年秋冬，诸郡县不再卖米，买卖都停止了。我既禀报又通商了。又实行大灾之年不伤及百姓的条款，严格约束我所管辖的钱塘一路对载运粮食的商船收五谷力胜钱。这样一来，三郡的米猛增，连浙东也得到好处。而水运方面的官吏，因此都发起火来，要和我作对。公文穿梭一般地到达本官所辖处，下属官吏十分恐惶，认为我不准收五谷力胜钱明显地得罪了航运司。运粮船不许收力胜钱，去年已由朝廷立法。而我未敢实行，实在是怕得罪水运司，以免怨恨越积越深。这是我懦弱怕人，难免不避凶趋吉。敬盼您说句话，提出来形成明确法令，由朝廷颁布天下，使五谷畅开运输，使公私都得到好处，上可以明君相之恩，下可以抚孤危穷困的众百姓，说不尽的幸运。去年朝廷颁令，不收力胜钱，到四月为止。浙中无麦，到七月初新米才上市，故从五月以来，米价又上扬。我曾奏请展限至六月，未蒙核准。去岁皇帝下令，宽减上供额米三分之一，而户部非要得到现钱，浙中就出现无钱之忧。我奏请用钱和买银绢上供，连上三本才蒙批准。今日若蒙施行，即请一次奏本就批下。

我观察形势，倘不采纳我似乎愚笨的做法，来年恐有逃荒行乞饿死路上和偷盗强劫之忧。如果认为我狂浅大多虑了，确难采用愚见，恳请别给我找个小县城的官去做，仍请挑选才术大有办法可以不费多大力气消除灾荒的人，并使他任一路之责，则太幸运了，太幸运了，甘冒您的威严，当我执笔写时不禁颤抖。不多叙。

扬州上吕相公论税务书

轼再拜。伏蒙手书，见谓勇于为义，不当在外。奖饰过分，悚息之至。轼窃谓士在用不用，不在内外也。自揣所宜，在外，不惟身安耳静，至于束吏养民，亦粗似所便。又不自量，每有所建请，蒙相公主张施行，使轼常在外为朝廷采摭四方利病，而相公择其可行者行之，岂非学道者平生之至愿也哉！顷者所论积欠，蒙示谕已有定议，此殆一洗天下疮痏也。近复建言纲运折欠利害，乞申明《编敕》，严赐约束行下，而罢真、扬、楚、泗转般仓斗子仓法，必已关览。此事若行，不过岁失淮南商税万缗，而数年之后，所得必却过之。但纲梢饱暖，馈运办集，必无三十万石之欠，而能使六路运卒，保完背颊，使臣人员千百人，保完身计，此岂小事乎？其余纲运弊害，小小枝叶，亦不住讲求，续上其事。又轼自入淮南界，闻二三年来，诸郡税务刻急日甚，行路咨怨，商贾几于不行。有税物者既无脱遗，其无税物及虽有不多者，皆不与点检，但多喝税钱，商旅不肯认纳，则苛留十日半月。人船既众，赀用坐竭，则所喝惟命。州郡转运司皆力主，此辈无所告诉。窃闻东南物货，全不通行，京师坐致枯涸。若不及相公在位，救解此患，恐遂滋长，至于不可救矣。只如扬州税额，已增不亏，而数小吏为虐不已。原其情，盖为有条许酒税监官分请增剩赏钱。此元丰中一小人建议，羞污士风，莫此为甚。如酒务行此法，虽士人所耻，犹无大害。若税务行之，则既增之外，刻剥不已，行路被其虐矣。轼旦夕欲上此奏，乞罢之。亦望相公留念。轼已买田阳羡，归计已成。纷纷多言，深可悯笑。但贪及相公在位，求治绳墨之外，故时效区区，庶小有益于世耳。不宣。

【译文】我再一次向您礼拜。承蒙您亲笔来函，说我勇于仗义执言，不当做外任官。奖誉过多，真是惭愧不安到了极点。我认为士在用不用，不在内外之分。自己感到最适合的，是我在外地做官，不只是身安耳根静，而且在外地约束僚属安定百姓，我感到适合的，一点也不为难。加上我不自量力，每有我请求您做的公事，蒙您主张实行，使我常在外为朝廷采集四方何者对百姓有利何者对百姓有害，而您择其能够推行的就推行，这不是我平生学道的最理想的志愿吗！近来所论积欠，蒙您示允已有定议，这真是可以一洗天下多年来的创伤。我新近又建议改革纲运折欠利害问题，我想应该申明《编敕》，严令约束僚属，而罢真、扬、楚、泗转船仓法，这建议想您已看过。此事若行，不过一年丢掉淮南商税一万贯，但过不了几年，所得到的银钱必然大大超过。但船夫的饱暖筹运办理，决无三十万石之欠，而能使纲运中的六路运送脚力，保住脸上背上少受痛苦，护送人员千百人，保住身家性命，这能算是小事吗？其余我朝从南到北进行运输的纲运弊端，小的漏洞，我当不住调查，继续向您呈报。自我到淮南以来，听说近三年各州郡税务追缴苛刻越来越严重，路上人埋怨，客商几乎断绝。该缴税的休想漏税，不该缴税和欠税不多的，都不去细致查账，只知多要税钱，商旅不肯交，就拘留十日半月。人船又众，用费于是枯竭，那你多要税钱没有，要命就挺着。州郡转运司都力主交喝税钱，客商往哪去上告。我听说东南物质，都运不出去，京城因而物质匮乏。倘若不是丞相在位，解救乱喝税之害，听任滋长，后患就不堪设想了。就像扬州税额，已收到不少税并不亏空，几个下级小官却肆无忌惮地勒索。查其原因，因为有条许酒税监官分请增剩赏钱。这是元丰年间一小人出的主意，玷污士风，真是到了极点。假如酒店推行这种做法，虽为士人所耻，犹没大害。倘若税务局推行这个剩赏钱，必然在既增以外，又刻剥不止，行路之人受害匪浅。我早晚想上此奏，求请罢除剩赏钱，也望相公您留意。我已在阳羡买了点田地，准备退老林泉。而今还要多言多语，值得可怜一下。但您在朝中，求治法律以外的问题，所以才常敬献一点小小意见，庶几对世道稍有小补。余不尽言。

上蔡省主论放欠书

轼于门下，踪迹绝疏。然私自揆度，亦似见知于明公者。寻常无因缘，固不敢造次致书，今既有所欲言，而又默默拘于流俗人之议，以为迹疏不当干说，则是谓明公亦如凡人拘于疏密之分者，窃以为不然，故辄有所言不顾，惟少留听。

轼于府中，实掌理欠。自今岁麦熟以来，日与小民结为嫌恨，鞭笞锁系，与县官日得千百钱，固不敢惮也。彼实侵盗欺官，而不以时偿，虽日挞无愧。然其间有甚足悲者。或管押竹木，风水之所漂；或主持粮斛，岁久之所坏；或布帛恶弱，估剥以为亏官；或糟滓溃烂，纽计以为实欠；或未输之赃，责于当时主典之吏；或败折之课，均于保任干系之家。官吏上下，举知其非辜，而哀其不幸，迫于条宪，势不得释，朝廷亦深知其无告也，是以每赦必及焉。凡今之所追呼鞭挞日夜不得休息者，皆更数赦，远者六七赦矣。问其所以不得释之状，则皆曰：吾无钱以与三司之曹吏。以为不信，而考诸旧籍，则有事同而先释者矣。曰：此有钱者也。嗟夫，天下之人以为言出而莫敢逆者，莫若天子之诏书也。今诏书且已许之，而三司之曹吏独不许，是犹可忍邪？

伏惟明公在上，必不容此辈，故敢以告。凡四十六条，二百二十五人，钱七万四百五十九千，粟米三千八百三十斛。其余炭铁器用材木冗杂之物甚众。皆经监司选吏详定灼然可放者，轼已具列闻于本府。府当以奏，奏且下三司。议者皆曰："必不报，虽报，必无决然了绝之命。"轼以为不然。往年韩中丞详定放欠，以为赦书所放，必待其家业荡尽，以至于干系保人亦无孑遗可偿者，又当计赦后月日以为放数。如此则所及甚少，不称天子一切宽贷之意。自今苟无所隐欺者，一切除免，不问其他。以此知今之所奏者，皆可放无疑也。伏惟明公独断而力行之，使此二百二十五家皆得归安其藜糗，养其老幼，日晏而起，吏不至门，以歌咏明公之德，亦使赦书不为空言而无信者。干冒威重，退增恐悚。

【译文】我在您门下极少拜谒。不过我估量，似乎也被您所了解。平素没机会，所以不敢轻易写信给您。眼下我很想说，可又拘泥于世俗人之见而默默无言，以为见您极少，就不当向您表述意见，好像您也同凡人一样，拘于疏密之分的陈旧调子，我是不顾世俗成见的，故而有言不顾那些，请您稍留心听一点。

我在官衙，掌管欠账事宜。自今年麦熟以来，天天跟百姓们结为积恨，鞭子抽打，锁链扣系，与县官日得千百钱，也不畏惧。他们确实侵盗欺侮官府，而不及时上缴，虽天天打他们也没有羞愧。不过，他们之中也有很值得悲痛的。或管押竹木，风水漂走那些竹木；或主持粮斛，年深月久坏了；或布帛质量低劣，估计去掉后认为亏钱官府；或糟滓溃烂，虚计以为实欠；或未缴纳的赃物，叫当时主典之吏负责；或亏损的赋税，均摊于担保人的家。官衙的大小官们，都知他们无罪，而哀其不幸，限于法令条款，不好释放他们，朝廷亦深知他无处上告，所以每大赦必放他们。凡是今天所加害鞭挞而日夜不使他休息的，都是数次赦放过，远一点赦过六七次。问他们被害者所以没得释放的原因，都说：我没有钱给三司的官们。倘谁不信，而查考旧的记录，则有事同而先放出来的。何以会放，说：这是有钱的人。天下人以为说出话来而没有敢违抗的，只有皇帝的布告。而今帝王的命令允许释放，而三司的官吏却不许，是能忍的吗？

敬思您执掌大权，必不容这些人，故冒险以告。共计四十六条，二百二十五人，钱七万四百五十九千，粟米三千八百三十斛。其余炭、铁、器用、材木、冗杂之物很多。都经三司派人详细审定明显地可以释放的，我已开列报本府。府当往上奏，奏将下三司。议者都说："必不报，虽报，谁理这回事，必无马上能把这事了结的情况。"我认为不是这样。往年韩中丞详细审定释放欠款的人，以为赦书所放而不要的，必等他们花干荡尽，以至受牵连的保人也没剩余的可偿还物，又故意计算赦后月日以为放数。如此放法，则能释放的甚少，不符合皇帝一律宽贷的本意。从今起要是没有什么隐欺的，一律除免，不问其他。因此知今天所奏上的，无疑都可释放。敬思您能明察独断而坚决执行，使这二百五十家皆得归家安然吃粗劣的菜粮，养活他的老幼，日晚而起，吏不要惊动他家的门，以便他歌颂您的盛德，同时使皇帝的赦书不至成为一纸空文。冒犯您的威严，退而一想增加惶恐。

上执政乞度牒赈济因修廨宇书

十二月二十七日，龙图阁学士朝奉郎知杭州军州事充两浙西路兵马钤辖苏轼谨顿首百拜上书门下仆射相公阁下。去年浙中，冬雷发洪，太湖水溢，春又积雨，苏、湖、常、秀皆水，民就高田秧稻，以待水退，及五六月，稍稍分种，十不及四五，而又继之以旱，以故早晚皆伤，高下并损。自元丰以来，民之艰食，未有如今岁者也。轼已三奏其事，至今未报。盖人微言轻，理自当尔。然亦恐监司诸郡，不尽以实奏。而庙堂所访问往来之人，或揣所乐闻，不尽以实告，故朝廷以轼言为过耳。不然，岂有仁圣在上，群贤并用，而肯恬不为意乎?

入冬以来，缘诸郡闭粜，而税务用例违条，收五谷力胜钱，故米价斗至八九十，衢、睦等州至百余钱，皆足钱，炎炎可畏。轼用印板出榜千余道，止绝此两事。自半月来，米谷通流，价亦稍平。然浙中无麦，青黄之交，当在来秋，而熟不熟，又未可知。民惩熙宁流殍之祸，上户有米者，皆靳惜不肯出，其势非大出官米，不能救此患。自正月至七月，本州里外九县，日粜官米千五百石，乃可以平价救饥，计当用米三十一万五千石。今本州常平除兑充军粮外，止有十七万石，漕司许于邻郡运致三万石，尚少十一万五千石。计穷理迫，须至控告。

轼近以本州廨宇弊坏，奏乞度牒二百道修完，未蒙开允。意欲以此度牒募人于诸县纳米，度可得二万五千石。然后减价出卖，每斗六十，度可得钱万五千贯。且以此钱修完廨宇。虽不及元计料钱数，且修完紧要处，亦粗可足用。则是此度牒一出而两利也。伏望相公，深念本州廨宇弊坏已甚，不可不修，及今完葺，所费尚少，后日大坏，其费必倍，又因以募人纳米出粜救饥。设使不因修完廨宇，朝廷以饥民之故，特出圣恩，乞与二百道度牒，犹不为过，而况救饥修屋两用而并济乎?

轼愚蠢少虑，仰恃庙堂诸公仁贤恤民，必不忍拒此情。意此度牒可以必得，以此不候回降指挥，辄已一面告谕商旅，令储峙米斛，具水陆脚乘，以须度牒之至。深望果断不疑，于一两日内，降付急递。日与吏民延颈企踵，虽大旱望云，执热思濯，未喻其急也。若不蒙哀察，则是使轼失信商旅，坐视流殍，其为惭惶狼狈，未易遽言。至时朝廷虽加诛殛，何补于事。

兼轼近者奏为本路转运司今年合起年额米斛百六十万，乞特许且起一半或三分之二，其余候丰熟日随年额起发，未蒙恩许。今年漕司窘迫，实倍常岁。异时预买绌绢钱，常于岁前散绝，今尚阙太半，划刷之急，盖不遗余力矣。若非朝廷少加矜察，则督迫之极，害必及民。近蒙朝廷许辍上供二十万石出粜，此大惠也。然望更辍留三十万石。若无米可粜，只乞以此钱收买银绢上供，虽无补于饥民，而散币在民，少解钱荒之患，亦良策也。

此外只有劝诱富民出谷助官赈贷，及用常平钱米募民工役二事，然皆难行。劝诱之利，未及贫民，而诛求之祸，先及上户。浙中富民欠官钱者，十人而九，决无可劝诱之理。至于募民工役，亦非实惠。若散募饥贫，不堪工役，鸟兽聚散，得钱便走。熙宁中，尝行此事，名为召募，其实不免于等第上差科，官支钱米尽入役夫，而本户又须贴钱雇人。凶年人户，重有此扰，皆虚名无实，利少害多。惟有多粜官米一事，简而易行。米价既低，民无贫富，均享其利。惟望相公留意，则一路幸甚。

轼拙于言语，不能尽写忧危之状，以晓左右。惟有发书之日，西向再拜，扣头默祷。庶几区区丹诚，可以感动万一也。不宣。

【译文】十二月二十七日，龙图阁学士朝奉郎知杭州军州事充两浙西路兵马钤辖苏轼谨叩头百拜，上书门下仆射相公阁下。去年浙中，冬有急雷，洪水泛滥，太湖水漫堤外，加上春又阴雨不断，苏州、湖州、常州、秀州均遭水灾，农民只好在高田上插秧稻，以待洪水退走，到了五、六月，稍稍分种秧田，只种有四、五成，接着又久旱不雨，造成早晚秧都受灾伤，高低田同时受损。自元丰以来，民食欠缺，没有像今天这样严重。我已连奏三本，迄今未蒙回答。我人微言轻，该当如此。不过我也怕诸县监察机关，不肯反映真实情况。而朝廷访问往来的人，或揣测上级喜听好事不喜听坏事，所以朝廷认为我所奏的本是言过其实。要不，岂有皇帝仁德，诸大臣亦贤明，对我的奏无动于衷呢？

进入冬季，因诸郡停止卖米，而税务上用例违条，收商船的税，所以米价涨到八九十一斗，衢、睦等州涨至百余钱一斗，且是足钱，飞得多么怕人。我用印板印出告示千余张，不准停止官卖米和收五谷力胜钱。自半月来，米谷上市，价亦回落。然而浙中不产麦，青黄之交，是在明年秋天时候，到时熟不熟，那就说不了。百姓经历过熙宁年间大旱，痛恨那次逃荒饿死的惨象，上等户的有米的人，都吝惜不肯卖。到时非大量抛出官米，不能解救灾荒之患。自正月到七月，本州里外九县，每日卖官米一千五百石，就可以平价救饥，估计得用米三十一万五千石。今本州常平米除付军粮，止有十七万石，水运官员答应从邻郡运来三万石，尚少十一万五千石。我无可奈何，只得求告于您。

我近因本州官署破败，奏请给二百道度牒的钱，作为修缮费。可惜我的奏本未批准。我本想以这个度牒募人在各县买米，估计可得二万五千石。然后减价出卖，每斗六十，估计可得钱一万五千贯。用这个钱来修理官署。这一万五千贯，虽然还不够原预计的建筑材料费，但修缮重要的官署，似足够用。这就是度牒一出而两利。我深望您能考虑官署破败太厉害，不能不维修，今天修葺，花钱不多，后日大坏，维修费需成倍还不止。又因为是召收人纳米卖米救济饥荒，设使不因维修官署，朝廷以救灾的缘故，特别出于圣恩，赐与二百道度牒，也不为过，何况救济灾荒与维修衙门两用而同时得到好处。

我愚笨思虑不周，仰仗在朝大臣仁爱体恤老百姓，必不忍拒绝我的请求。想到这个度牒必能得到，为此还没等到你们批准，我就一面告知商旅，叫他们储备米，准备好水陆运输工具，等待度牒到来。深望你们果断采取措施，于一两天内，指示下来。我天天与同僚和百姓伸长脖子远远眺望你们到来，用大旱望云霄，热极想洗洗，不能比喻我们的焦急。万一不蒙你们哀怜，那就会使我失信于商旅，坐看灾民流离失所饿死道旁，那种惭愧惶恐不安之状，难以马上表述出来。到时朝廷就是杀了我，又顶得什么用。

再者，我近来奏为本路转运司今年合起来应上交的年额米一百六十万斛，恳求特许只起运一半或三分之二，其余候丰熟日随年定额交的米一起运上，未蒙批准。今年航运困难，比常年还要加倍难。以前预买绸绢钱，常于年前就用完，而今还缺一大半，催逼得急，真是不遗余力。倘若朝廷不能少加怜悯体察，追逼太狠，老百姓必然受害。近来蒙朝廷允许停止二十万石米出卖，这真是极大的恩惠。然而盼望再停留三十万石米。若无米可卖，只求用这钱收买银绢上供，虽不能解决饥民的肚子问题，而将钱散在百姓手里，多少亦可解决钱荒之患，也是好办法。

此外，只有劝诱富民拿出粮食帮助官府放赈借贷，和用常平钱米募召百姓从事工役二事，然而都不大好办。劝诱的好处，贫民还没得到，而苛求之祸，就先轮到上户了。浙中富民，十人有九个欠官钱，决没有劝诱的可能。至于召募农民，从事工程建设，也不是真正的实惠。若散募救济贫民，民又不堪工役之苦，鸟兽聚散，得钱便走。熙宁年间，曾实行过这个事，名为召募，其实不免于按着等级抓他们的官差，官把钱米都是给了民工，而本户又要贴钱雇人。大旱之年，要再加上这些骚扰，皆对民有名无实，利少害多。只有官家多向民众卖米，简便可行。米价一跌，富的穷的，都受到实惠。只望相公留心察看，则我这一路百姓都很庆幸。

我言辞拙笨，不能尽将民间疾苦表达出来，好让您一目了然。只有呈上此信之时，对着您所在的西边方向再拜，磕头默默地祷告。说不定我一片赤诚之心，也许能感动您于万一。余不尽言。

卷六十二　书

与章子厚参政书二首

轼顿首再拜子厚参政谏议执事。去岁吴兴，谓当再获接奉，不意仓卒就逮，遂以至今。即日不审台候何似？

轼自得罪以来，不敢复与人事，虽骨肉至亲，未肯有一字往来。忽蒙赐书，存问甚厚，忧爱深切，感叹不可言也。恭闻拜命与议大政，士无贤不肖，所共庆快。然轼始见公长安，则语相识云："子厚奇伟绝世，自是一代异人。至于功名将相，乃其余事。"方是时，应轼者皆怃然。今日不独为足下喜朝之得人，亦自喜其言之不妄也。

轼所以得罪，其过恶未易以一二数也。平时惟子厚与子由极口见戒，反覆甚苦，而轼强狠自用，不以为然。及在囹圄中，追悔无路，谓必死矣。不意圣主宽大，复遣视息人间，若不改者，轼真非人也。来书所云"若痛自追悔往咎，清时终不以一眚见废。"此乃有才之人，朝廷所惜。如轼正复洗濯瑕垢，刻磨朽钝，亦当安所施用，但深自感悔，一日百省，庶几天地之仁，不念旧恶，使保首领，以从先大夫于九原足矣。轼昔年粗亦受知于圣主，使少循理安分，岂有今日。追思所犯，真无义理，与病狂之人蹈河入海者无异。方其病作，不自觉知，亦穷命所迫，似有物使。及至狂定之日，但有惭耳。而公乃疑其再犯，岂有此理哉？然异时相识，但过相称誉，以成吾过，一旦有患难，无复有相哀者。惟子厚平居遗我以药石，及困急又有以收恤之，真与世俗异矣。

黄州僻陋多雨，气象昏昏也。鱼稻薪炭颇贱，甚与穷者相宜。然轼平生未尝作活计，子厚所知之。俸寓所得，随手辄尽。而子由有七女，债负山积，贱累皆在渠处，未知何日到此。见寓僧舍，布衣蔬食，随僧一餐，差为简便，以此畏其到也。穷达得丧，粗了其理，但禄廪相绝，恐年载间，遂有饥寒之忧，不能不少念。然俗所谓水到渠成，至时亦必自有处置，安能预为之愁煎乎？

初到，一见太守，自余杜门不出。闲居未免看书，惟佛经以遣日，不复近笔砚矣。会见无期，临纸惘然。冀千万以时为国自重。

【译文】我顿首再拜子厚参政谏议大人。去年在吴兴，以为会再度相见，不料很快又被收捕，于是到今天未见过面。近来不知贵体可安康？

我自从获罪以来，不敢再与人交往，即使是骨肉至亲，也没有一字书信来往。忽然承蒙您来信，慰问之情如此深厚，关怀爱护之意如此真切，令我感叹而难以用言语表达。听说您被授命委以大任，士人无论良莠，都为之庆贺快慰。然而我起初在京城见您时，就对熟人说："子厚奇特壮美世间少有，无疑是一代不同凡响之人。至于取功名做将相，对于他只是捎带的事。"在那时，听到我话的人都感到惊愕。今日不光为朝廷得到栋梁之材替阁下高兴，也为当初自己没有说错而高兴。

我之所以被治罪，其过失缺点实在是不少。平时只有子厚和子由极力劝诫，反反复复费尽苦心，而我却倔强刚愎自用，不以为然。等到了监牢中，追悔莫及，自料必死无疑了。不想圣明的君主宽大为怀，又让我苟活人间，如再不改过，我就真不是人了。来信所说"如若痛加追悔自己以往的过错，现在的清明时代终究不会因局部缺点把一个人废弃不用"。这对于有才能、朝廷所爱惜的人是如此。像我这种人正应该改正错误，克服缺点，应当安心于对我的处置安排，只有深深地自我追悔，一天自省百遍，这样也许以皇上的仁慈，不追究我以前的过错，使我能够保全脑袋，以终天年，到九泉之下去追随先父，我便愿望已足了。我从前也曾多少被圣上赏识，假使能够循规蹈矩安分守己，怎么会有今天。回想所犯错误，真是没有道理，和疯子跳河投海的行为没有区别。当犯了毛病的时候，自己觉察不到，也是倒霉的命运所驱使，好像是鬼使神差。等到发狂过后，只感到羞惭而已。而您却怀疑我会再犯错误，哪有这个道理呢？然而以前的熟人朋友，只会当面夸赞吹捧，以致酿我的过错，一旦有了患难，再也没有怜惜你的人。只有子厚平时对我帮助挽救，等到了急难时又能容纳体恤我，真正是与世俗之人不同啊。

黄州偏僻落后天气多雨，景色浑浑沌沌的。鱼虾柴米比较便宜，穷人住在这儿很合适。然而我平生不曾有积蓄，这您是知道的。领到的薪俸，随手就花光了。而子由有七个女儿，负债如山，我的家眷都在他那里，不知他们何时到这儿。现在我和僧人住在一起，布衣素食，跟他们随便凑合一顿，我一个人还较方便，因此真怕他们到这儿来。穷达得失，我也粗通其道理，但停发了俸禄，恐怕一年半载之内，就会有饥寒的忧患，不能不有所考虑。然而俗话所谓水到渠成，到时候也一定会自有办法，怎么能预先为此发愁煎熬呢？

初来时，曾拜见一次太守，从那以后就闭门不出。平时闲着不免看看书时，也只是以佛经打发日子，不再接近笔砚了。不知何时才能相见，写到此处心中怅惘。希望千万顺应时序为国家保重。

又

子厚参政谏议执事。春初辱书，寻递中裁谢，不审得达否？比日机务之暇，起居万福。轼蒙恩如昨，顾以罪废之余，人所鄙恶，虽公不见弃，亦不欲频通姓名。今兹复陈区区，诚义有不可已者。

轼在徐州日，闻沂州承县界有贼何九郎者，谋欲劫利国监。又有阚温、秦平者，皆猾贼，往来沂、兖间。欲使人缉捕，无可使者。闻沂州葛墟村有程棐者，家富，有心胆。其弟岳，坐与李逢往还，配桂州牢城。棐虽小人，而笃于兄弟，常欲为岳洗雪而无由。窃意其人可使，因令本州支使孟易呼至郡，谕使自效，以刷门户垢污，苟有成绩，当为奏乞放免其弟。棐愿尽力，因出贴付与。不逾月，轼移湖州，棐相送出境，云：“公更留两月，棐必有以自效，今已去，奈何！”轼语棐：“但尽力，不可以轼去而废也。苟有所获，当速以相报，不以远近所在，仍为奏乞如前约也。”是岁七月二十七日，棐使人至湖州见报云：“已告捕获妖贼郭先生等。”及得徐州孔目官以下状申告捕妖贼事，如棐言不谬。轼方欲为具始末奏陈，棐所以尽力者，为其弟也，乞勘会其弟岳所犯，如只是与李逢往还，本不与其谋者，乞赐放免，以劝有功。草具未上，而轼就逮赴诏狱，遂不果发。

今者，棐又遣人至黄州见报云：郭先生等皆已鞫治得实，行法久矣，蒙恩授殿直。且录其告捕始末以相示。原棐之意，所以孜孜于轼者，凡为其弟以曩言见望也，轼固不可以复有言矣。然独念愚夫小人，以一言感发，犹能奋身不顾，以遂其言。而轼乃以罪废之故，不为一言以负其初心，独不愧乎？且其弟岳，亦豪健绝人者也。徐、沂间人，鸷勇如棐、岳类甚众，若不收拾驱使令捕贼，即作贼耳。谓宜因事劝奖，使皆歆艳捕告之利，惩创为盗之祸，庶几少变其俗。今棐必在京师参班，公可自以意召问其始末，特为一言放免其弟岳，或与一名目牙校、镇将之类，付京东监司驱使缉捕，其才用当复过于棐也。此事至微末，公执政大臣，岂复治此。但棐于轼，本非所部吏民，而能自效者，以轼为不食言也。今既不可言于朝廷，又不一言于公，是终不言矣，以此愧于心不能自已。可否在公，独愿秘其事，毋使轼重得罪也。

徐州南北襟要，自昔用武之地，而利国监去州七十里，土豪百余家，金帛山积。三十六冶器械所产，而兵卫微寡，不幸有猾贼十许人，一呼其间，吏兵皆弃而走耳，散其金帛，以啸召无赖乌合之众，可一日得也。轼在郡时，常令三十六冶，每户点集冶夫数十人，持却刃枪，每月两衙于知监之庭，以示有备而已。此地盖常为京东豪猾之所拟，公所宜知。因程棐事，辄复及之。秋冷，伏冀为国自重。

【译文】子厚参政谏议阁下。初春时蒙你来信，并立刻通过驿递回信答谢，不知收到没有？问近来公务繁忙之余，身体安康。我蒙您恩惠一如既往，只是因为获罪贬黜之后，被人鄙视厌恶，虽然您不嫌弃，自己也不愿和您多来往。如今要说这些话，实在是有不得已之事。

我在徐州的时候，听说徐州承县地界有盗贼何九郎，谋划抢劫利国监。又有阚温、秦平等人，都是奸滑的盗贼，往来于沂州、兖州之间。想差人缉捕，却没有合适的人可使唤。听说沂州葛墟村有个叫程棐的，家中富有，有胆气。他的弟弟程岳，因为与李逢有来往，被发配桂州牢城。程棐虽说是个小民，却也和兄弟感情深厚，常想为程岳洗清罪责而没有机会。我觉得这个人可以使唤，因此让本州的支使孟易把他叫到郡上来，劝说他为国效力，以洗刷他家门的污点。如果有成绩，就会上奏朝廷请求赦免他弟弟。程棐愿意尽力，所以给他发了委派公文。不出一月，我调到湖州，程棐相送出境，对我说："您能再留任两个月，我一定会做出成绩，如今您走了，怎么办？"我对他说："你只管尽力，不能因为我走就放弃。如果有所成就，就马上告诉我，我不会受远近关系的影响，仍会把你的事如约上奏。"当年七月二十七日，程棐派人到湖州报告我，说已经捕获了妖贼郭先生等人。等我见到徐州孔目官以下捕获妖贼的报告，结果和程棐所说一样。我本打算为此起草报告上奏说明，程棐所以尽力的原因，是为了他弟弟，期望审议他弟弟所犯罪时，如果只是与李逢来往，并没有参与做坏事，便请求赦免放回，以此来鼓励人立功。写好还未呈上，而我被抓捕下狱，于是未能发出。

如今，程棐又派人到黄州来相告说：郭先生等人都已经审理出实情，早已依法治罪，他自己蒙恩被授以殿直之职。并把告发抓捕盗贼的始末抄录下来让我看。推究程棐的本意，之所以一直不断找我，都是为了他弟弟而希望兑现我以前的许诺，我本不宜再多嘴了。但只是念及一个草民百姓，因受一席话的感召，尚能够奋不顾身，以兑现自己的诺言。而我却因为贬黜之故，不替他说一句话而作负心人，难道不惭愧吗？况且他弟弟程岳，也是雄豪勇健超过常人的。徐州、沂州一带的人，像程棐、程岳那样骁勇的很多，如果不组织利用让他们捕贼，他们就会成为盗贼。我认为应该就此事进行鼓励奖掖，使这些人都羡慕捕盗告奸的好处，警戒做盗贼带来的祸患，也许可以稍稍改变那里的风俗。如今程棐一定在京城供职，您可以根据自己的判断召程棐来问清事情的经过，替他说句话赦免他弟弟程岳，或再给他一个什么名目的牙校、镇将之类的官职，派到京东路监司处叫他负责缉捕，他的才干会超过程棐的。这件事非常细小，您作为执政大臣，怎能亲自管这些事。但程棐对我来说，本不是我治下的吏民，而能为国家效力的原因，是认为我不会食言。如今既不能向朝廷说话，又不对您说一说，那就算是始终不说一句话了，因此内心惭愧不能解脱。这事能不能办在您，只是希望此事保密，不要使我再次获罪。

徐州是南北要冲，自古为用武之地，而利国监距离州治七十里，地方上的财主有百余家，金银财帛堆积如山。三十六冶是生产兵器的地方，而守卫军队很少，万一不幸有十来个狡诈的贼人，在这里一喊叫，官吏和兵士都会丢弃职责就跑，贼人散发金帛，以此号召聚集无赖之徒乌合之众，一日之内就可以占据此地。我在徐州时，常令三十六冶每户点名召集十名铁匠，拿上刀枪，每月两次在知监衙门里排列，以显示有所戒备。此地经常被京东路的巨贼大盗觊觎，这是您知道的。因为程棐的事，就又说到这事。秋季天寒，希望为国保重。

与孙知损运使书

文安北城，如涉无人之境，其渐可虞。庙堂已留意，兵久骄惰，自合警策之，数年乃见效。惟极边弓箭社射生极得力，虏所畏惮，公必旧知之矣。以数勾集一月，村堡几虚，公私惴惴。北贼亦多相时生心，社人亦苦勾集劳费。此出入守望，与虏长技同，亲戚坟墓所在，人自为战，不忧其不闲习也。宜与永免冬教，又当有以优异劝奖之。已条上其事，更月余可发。此事行之边臣，无赫赫之功，然经久实事无如此者。觇者多云可汗老疾，欲传雏，雏为人猜忌好兵，边人尽知之，此岂可不留意。愿公痛为一言。心之精，意所不能言，上书岂能尽也。虏涵浸德泽久矣，其势亦未遽渝盟，但恐雏儿鸷忍，其下必有不忠贪功好利之人谋之，必先使北贼小小盗边，托为不知。若不折其萌芽，狃于小利，张而不已，必开边隙。备御之策，惟安养弓箭社，及稍加优异，使当淬砺以待小寇，策无良于此者矣。所条上数事，亦甚稳帖，不至张皇。惟乞免人户折变，所费不多。及立闲名目，奖社人头首。又乞复回易收息，时遣机宜僚属，费少钱粮，就地头赏其高强者耳。

【译文】到文安北部边城，好像进入无人防守的地区，这种现象值得忧虑。朝廷对此已经注意，兵将长期骄纵疏懒，本应警戒振作他们，即使这样，也要过数年才会见效。唯有最靠边境地区弓箭社的射手非常厉害，是敌人所害怕的。您一定早就知道这种情况了。因为屡屡把他们召集起来训练一个月之久，村堡几乎就空了，官府和百姓都为此惴惴不安。北方的敌人也往往观察时机生出侵扰之心，弓箭社的人也苦于集训的劳民伤财。这些人的环境适应能力与作战技能，都和敌人的长处相同，那里是他们家人坟墓所在地，自然人人会为自己而战，不必忧虑他们不操练武艺。应该永远免除他们的冬季训练，还应当用优惠政策来鼓舞奖励他们。我已写奏章上奏其事，再经月余即可送达朝廷。这件事情边境上官吏去做，不会有显赫的功劳，但没有什么比这更能收到实效的了。侦察情报的人多报告说敌酋年老多病，打算传位给幼主，幼主性情猜忌而好兵黩武，边境上的人都知道，这怎么能够不留心呢。希望您能在朝廷上好好进言。内心深处的意思，难以用言语表述，书面上奏又怎能说清楚呢。敌国沐浴我朝廷的恩德教化时间已久，看形势也不会马上背叛盟约，只怕敌幼主为人凶狠，他下边一定会有不忠实而贪功好利的人为他出主意，就一定会先派敌寇小规模地盗扰边境，而托故说上边不知情。如不把这情况消灭在萌芽状态，而是计较小利，不加防备任其发展，必定会开启边境事端。防备御敌的策略，只有好好培养弓箭社，并稍稍给予优惠，激励他们来对付小规模的侵扰，没有比这更好的办法了。所上奏的几件事，实在是很稳当妥帖，不至于有夸大之处。希望能免除民户的折变税，这个数量也不大。再设立一些闲散名目，来奖励弓箭社的头领。另外还希望罢除回易这项盈利之事，及时差遣僚属去办理，花费钱粮不多，并就地赏赐弓箭社中那些武艺高强的人。

与刘宜翁使君书

轼顿首宜翁使君先生阁下。秋暑，窃惟尊体起居万福。轼久别因循，不通问左右，死罪！死罪！愚闇刚褊，仕不知止，白首投荒，深愧朋友。然定命要不可逃，置之勿复道也。惟有一事，欲谒之先生，出于迫切，深可悯笑。古之学者，不惮断臂刳眼以求道，今若但畏一笑而止，则过矣。轼龆龀好道，本不欲婚宦，为父兄所强，一落世网，不能自逭，然未尝一念忘此心也。今远窜荒服，负罪至重，无复归望。杜门屏居，寝饭之外，更无一事，胸中廓然，实无荆棘。窃谓可以受先生之道。故托里人任德公亲致此恳。古之至人，本不吝惜道术，但以人无受道之质，故不敢轻付之。轼虽不肖，窃自谓有受道之质三，谨令德公口陈其详。伏料先生知之有素，今尤哀之，想见闻此，欣然拊掌，尽发其秘也。幸不惜辞费，详作一书付德公，以授程德孺表弟，令专遣人至惠州。路远，难于往返咨问，幸与轼尽载首尾，勿留后段以俟愤悱也。或有外丹已成，可助成梨枣者，亦望不惜分惠。迫切之诚，真可悯笑矣。夫心之精微，口不能尽，而况书乎？然先生笔端有口，足以形容难言之妙，而轼亦眼中无障，必能洞视不传之意也。但恨身在谪籍，不能千里踵门，北面抠衣耳。昔葛稚川以丹砂之故求句嵝令，先生傥有意乎？峤南山水奇绝，多异人神药，先生不畏岚瘴，可复谈笑一游，则小人当奉杖屦以从矣。昨夜梦人为作易卦，得《大有》上九，及觉而占之，乃郭景纯为许迈筮，有“元吉自天祐之”之语，遽作此书，庶几似之。其余非书所能尽，惟祝万万以时自重。不宣。

【译文】苏轼向宜翁使君先生阁下致礼。秋天暑热，衷心希望贵体安康多福。我与先生分别多日，又疏懒，没有问候过先生，死罪！死罪！我愚昧无知，刚愎偏狭，作官不知道适可而止，以至头发都白了又被流放到蛮荒之地，对朋友深感惭愧。然而命运注定总归难以逃脱，就放在一边不再提吧。只有一件事，想去拜求先生，这出自我深切强烈的愿望，真让人可怜可笑。古代求学的人，不怕断臂挖眼来求得道术，如今如果仅仅怕别人嘲笑就不干了，就真是大错了。我从小就喜好道术，本不打算结婚做官，被父兄所勉强，一旦落入世俗尘网中，便不能自拔，然而却未曾有过丢弃这理想的念头。如今被远远流放到边荒，身负重罪，已没有回朝廷的希望。闭门隐居，除了睡觉吃饭以外，再没有别的事，胸中开廓清净，真正没有一点杂念。自认为可以领受先生的道术了。所以托同乡任德公亲自去转达我的恳切要求。古时的得道高人，本不吝惜传授道术，只是因为有人不具备领受道术的素质，故不敢轻易传授。我虽然不成器，却自认为具备三种领受道术的素质，谨请德公向您详细面陈。我想先生原本就对我有所了解，如今会更加怜悯我，猜想听说我的要求，定会拍手高兴，向我宣示所有的秘诀了。希望您能不怕啰嗦，详细写封信交给德公，让他给程德儒表弟，再让他派专人送到惠州来。路途遥远，难于往返咨询，希望能给我从头到尾写清楚，不要留住下文不表来刺激我的求知欲。如果有炼成的丹药，可以助成交梨火枣之功，也希望不要吝惜让我沾点儿光。我这强烈迫切的诚意，真是可怜可笑啊。心中感受的细微之处，口头难以尽述，而况用书信呢？然而先生的笔端有口，足能够用它来形容难言的妙处，而我的眼中也没有什么东西障目，必定能洞察无法言传之意。只遗憾是遭贬谪处罚的人，不能到千里之外登门拜访，恭敬事奉了。以前葛稚川因为想得到丹砂向朝廷求句嵝县令之职，先生是否有此意呢？峤南山水奇异绝妙，有许多神异之人和神药，先生不畏山中烟雾瘴气，能否到此来谈笑一游，那么我就可以侍奉跟从左右了。昨天夜里梦见有人为我用易经占卦，结果是《大有》上九，等醒后再来占卜，却是郭景纯为许迈卜筮之卦，其中有“元吉自天祐之”的话，所以马上写这封信，希望能像卦语中所言。其他的不是写信可以详尽的，仅祝愿万万应时自己保重。不多叙。

与朱鄂州书

轼启。近递中奉书，必达。比日春寒，起居何似。昨日武昌寄居王殿直天麟见过，偶说一事，闻之酸辛，为食不下。念非吾康叔之贤，莫足告语，故专遣此人。俗人区区，了眼前事，救过不暇，岂有余力及此度外事乎？

天麟言：岳鄂间田野小人，例只养二男一女，过此辄杀之，尤讳养女，以故民间少女，多鳏夫。初生，辄以冷水浸杀，其父母亦不忍，率常闭目背面，以手按之水盆中，咿嘤良久乃死。有神山乡百姓石揆者，连杀两子，去岁夏中，其妻一产四子，楚毒不可堪忍，母子皆毙。报应如此，而愚人不知创艾。天麟每闻其侧近有此，辄驰救之，量与衣服饮食，全活者非一。既旬日，有无子息人欲乞其子者，辄亦不肯。以此知其父子之爱，天性故在，特牵于习俗耳。闻鄂人有秦光亨者，今已及第，为安州司法。方其在母也，其舅陈遵，梦一小儿挽其衣，若有所诉。比两夕，辄见之，其状甚急。遵独念其姊有娠将产，而意不乐多子，岂其应是乎？驰往省之，则儿已在水盆中矣，救之得免，鄂人户知之。

准律，故杀子孙，徒二年。此长吏所得按举。愿公明以告诸邑令佐，使召诸保正，告以法律，谕以祸福，约以必行，使归转以相语，仍录条粉壁晓示，且立赏召人告官，赏钱以犯人及邻保家财充，若客户则及其地主。妇人怀孕，经涉岁月，邻保地主，无不知者。若后杀之，其势足相举，觉容而不告，使出赏固宜。若依律行遣数人，此风便革。公更使令佐各以至意诱谕地主豪户，若实贫甚不能举子者，薄有以赒之。人非木石，亦必乐从。但得初生数日不杀，后虽劝之使杀，亦不肯矣。自今以往，缘公而得活者，岂可胜计哉。

佛言杀生之罪，以杀胎卵为最重。六畜犹尔，而况于人。俗谓小儿病为无辜，此真可谓无辜矣。悼耄杀人犹不死，况无罪而杀之乎？公能生之于万死中，其阴德十倍于雪活壮夫也。昔王濬为巴郡太守，巴人生子皆不举。濬严其科条，宽其徭役，所活数千人。及后伐吴，所活者皆堪为兵。其父母戒之曰："王府君生汝，汝必死之。"古之循吏，如此类者非一。居今之世，而有古循吏之风者，非公而谁。此事特未知耳。

轼向在密州，遇饥年，民多弃子，因盘量劝诱米，得出剩数百石别储之，专以收养弃儿，月给六斗。比期年，养者与儿，皆有父母之爱，遂不失所，所活亦数千人。此等事，在公如反手耳。恃深契，故不自外。不罪！不罪！此外，惟为民自重。不宣。轼再顿首。

【译文】轼言。最近通过驿车递寄去的信，想必已收到。近来春寒，不知起居怎样。昨天见了武昌寄居官殿直王天麟，偶然说起一件事，听了感到辛酸，为此吃不下饭。我想如不是像康叔您这样的贤人，就不值得和他谈此事，所以专派此人前往送信。一般区区俗人，只求对付眼前事，补救自己的过失都来不及，哪有剩余精力去管这身外之事呢？

天麟说：岳鄂间的乡下人，一般只养二男一女，多于此数往往杀掉，尤其忌讳养女孩，因此民间女的少，光棍汉多。小孩刚生下时，多用冷水淹死，其父母也不忍心，通常闭上眼睛背过脸去，用手把孩子按进水盆里，咿咿呀呀半天才会死去。神山乡有一个叫石揆的百姓，连杀了两个孩子，去年夏天，他妻子一胎生了四个孩子痛苦不堪忍受，母子都死了。得到这样的报应，而愚昧的人不知畏惧。天麟每听到附近有这样的事，常常跑去救助，酌情给予衣服饮食，被保全活命的不止一个。这些活下来的孩子过十来天后，有些没有孩子的人来向他们父母要孩子，往往不肯给。因此知道父子之间的情爱，是本来就存在的天性，只是受到习俗的影响罢了。听说鄂州有一个秦光亨，如今已经科考及第，做了安州司法。当他还在母亲肚子里时，他舅舅陈遵梦见一个小孩拉着他的衣服，好像对他诉说什么。连着两夜，总是梦见他，样子很急迫。陈遵想只有他姐姐有孕将要生产，而又不乐意多要孩子，难道是应在这上面吗？就赶紧跑去探望姐姐，就见孩子已经被泡进水盆里了，赶快把他救出来才得以活命，这件事鄂州人家家都知道。

依照法律，故意杀害子孙的，判二年劳役。这事官吏可以纠察举报的。希望您能明令告知诸县的令佐，让他们召集各保正，把这法律告知他们，让他们知道祸福利害，限令他们一定要执行，让他们回去后互相转告，并把律条写在粉墙上宣示，而且定立赏赐以号召人们向官府告发，赏钱从犯法人家和邻里连保各家财物中出。如果是客户犯法则牵连租给他地种的人。女人怀孕生子，是经历数月的事，所以邻保地主，没有不知道的。如果后来把孩子杀了，这情况完全有可能举报，包庇而不报告，让他出赏钱当然就合理。如若按照法律处置几个人，此风就会革除。您再派下边官吏各自去诚恳地劝导地主富户们，如果见有人实在穷得养不起孩子，就多少周济他一些。人非木石，他们一定会乐于这样做。只要孩子生下几天内不杀，以后即使有人劝他杀，他也不肯了。从今以后，因为您而得以活命的，岂能是少数呢。

佛说杀害生灵之罪，以杀胎卵为最重。对于六畜还是如此，何况对人呢。俗称小孩得病叫无辜，而这才真可叫无辜啊。少年和老年人犯杀人罪还不忍处死他，何况婴儿无罪而被杀呢？您如果能在万死中救小儿活命，那阴德比昭雪冤情救活成年人强十倍。从前王濬做巴郡太守时，巴人生下孩子都不养活。王濬立法严厉，而放宽徭役，救活了几千人。后来讨伐吴国，被救活的人都当了兵。他们的父母告诫他们说："是王府君救活了你，你一定要以死报效他。"古代的良吏，像这样的不止一人。生在当今这社会上，而有古代良吏风范的，不是您还是谁呢。只不过这事还尚未去做罢了。

我过去在密州，碰上饥荒年头，百姓多丢弃自己的孩子，我就盘点募捐的粮米，得以节余数百石另外储放，专门用来收养丢弃的幼儿，每月供给六斗。将近一年，收养者与弃儿，都有了父母子女的情爱，这样孩子就得以哺养，所救活的也有数千人。这种事情，在您不过易如反掌。仗着我们的交情深，所以就不见外。勿怪罪！勿怪罪！另外，希望能为百姓保重自己。不多叙。苏轼再叩首。

与谢民师推官书

轼启。近奉违，亟辱问讯，具审起居佳胜，感慰深矣。轼受性刚简，学迂材下，坐废累年，不敢复齿缙绅。自还海北，见平生亲旧，惘然如隔世人，况与左右无一日之雅，而敢求交乎！数赐见临，倾盖如故，幸甚过望，不可言也。

所示书教及诗赋杂文，观之熟矣。大略如行云流水，初无定质，但常行于所当行，常止于所不可不止，文理自然，姿态横生。孔子曰："言之不文，行而不远。"又曰："辞达而已矣。"夫言止于达意，即疑若不文，是大不然。求物之妙，如系风捕影，能使是物了然于心者，盖千万人而不一遇也。而况能使了然于口与手者乎？是之谓辞达。辞至于能达，则文不可胜用矣。扬雄好为艰深之词，以文浅易之说，若正言之，则人人知之矣。此正所谓雕虫篆刻者，其《太玄》《法言》皆是类也。而独悔于赋，何哉？终身雕虫，而独变其音节，便谓之"经"，可乎？屈原作《离骚经》，盖风雅之再变者，虽与日月争光可也。可以其似赋而谓之雕虫乎？使贾谊见孔子，升堂有余矣，而乃以赋鄙之，至与司马相如同科！雄之陋，如此比者甚众。可与知者道，难与俗人言也，因论文偶及之耳。欧阳文忠公言文章如精金美玉，市有定价，非人所能以口舌定贵贱也。纷纷多言，岂能有益于左右，愧悚不已。

所须惠力法雨堂字。轼本不善作大字，强作终不佳，又舟中局迫难写，未能如教。然轼方过临江，当往游焉。或僧欲有所记录，当作数句留院中，慰左右念亲之意。今日已至峡山寺，少留即去。愈远，惟万万以时自爱。不宣。

【译文】轼言。近日离别，屡次蒙您问候，知道您一切都好，深感宽慰。我生性刚直简慢，学问迂阔，才识低下，遭受贬谪多年，不敢再与缙绅之辈并列。自从渡海北还，见到平生亲朋故旧，恍惚像是隔世的人，何况和先生平素没有交往，怎敢和您交往呢！蒙您几次光临，交往不多而如同故人，荣幸过望之情，难以名状。

所给我看的书启及诗赋杂文，已经仔细看过了。大致都像行云流水，原本没有一定之规，只是在该落笔处落笔，在不可不收笔处收笔，文理自然，姿态横生。孔子说："说话没有文采，就传播不远。"又说："言辞能够正确表达自己的意思就行了。"言辞做到达意为止，就被怀疑为文采不行，这种看法大谬不然。想了解事物的微妙，好像捕风捉影一样不易，能使那事物了然于心的，大概千万人中也碰不到一个，而何况能清楚准确地用口和手表达出来的人呢？这就叫作辞达。言辞做到能够达意，就说明文采已达极高境界。扬雄喜欢用艰深的言辞，来文饰浅显易懂的意思，如果直接说出来，那么人人都会懂得。这正是所谓雕章琢句，他的《太玄》《法言》都是这一类。而他独后悔于作赋，认为赋是雕琢之作，有什么道理呢？一辈子都从事雕虫小技，而只是把赋的韵文改为散文，就称之为"经"，难道可以吗？屈原作《离骚经》，可算是风雅的变体，即使与日月争光也是可以的，能因为它与赋体相似就说它是雕虫小技吗？假如让贾谊得见孔子，其文章登堂是有余的，而扬雄却因为贾谊作过赋而鄙视他，以至竟把他和司马相如归于一类！扬雄鄙陋之处，像这一类的很多。这只可和智者说，难与俗人讲啊，不过因谈论文章而偶然涉及罢了。欧阳文忠公说文章如同精金美玉，市场上自有一定的价值，不是人们凭口舌可以定贵贱的。我杂乱无章地说了那么多，怎能对您有什么益处呢，实在惭愧惶恐不已。

您要我为惠力寺法雨堂写字，我本不善于写大字。勉强写出来毕竟不好，又因为船舱狭小难写，未能遵命而行。但我将要经过临江，要到那里游览。也许僧人要我写点儿什么，我会写上几句留在寺院内，以告慰先生亲善之意。今天已到了峡山寺，稍作停留就离去。越走越远了，希望千万随时自己保重。不多叙。

与李方叔书

轼顿首方叔先辈足下。屡获来教，因循不一裁答，悚息不已。比日履兹秋暑，起居佳胜。录示《子骏行状》及数诗，辞意整暇，有加于前，得之极喜慰。累书见责以不相荐引，读之甚愧。然其说不可不尽。君子之知人，务相勉于道，不务相引于利也。足下之文，过人处不少，如《李氏墓表》及《子骏行状》之类，笔势翩翩，有可以追古作者之道。至若前所示《兵鉴》，则读之终篇，莫知所谓。意者足下未甚有得于中而张其外者；不然，则老病昏惑，不识其趣也。以此，私意犹冀足下积学不倦，落其华而成其实。深愿足下为礼义君子，不愿足下丰于才而廉于德也。若进退之际，不甚慎静，则于定命不能有毫发增益，而于道德有丘山之损矣。古之君子，贵贱相因，先后相援，固多矣，轼非敢废此道。平生相知，心所谓贤者，则于稠人中誉之，或因其言以考其实，实至则名随之，名不可掩，其自为世用，理势固然，非力致也。陈履常居都下逾年，未尝一至贵人之门，章子厚欲一见，终不可得。中丞傅钦之、侍郎孙莘老荐之，轼亦挂名其间。会朝廷多知履常者，故得一官。轼孤立言轻，未尝独荐人也。爵禄砥世，人主所专，宰相犹不敢必，而欲责于轼，可乎？东汉处士私相谥，非古也。殆似丘明为素臣，当得罪于孔门矣。孟生贞曜，盖亦蹈袭流弊，不足法，而况近相名字乎？甚不愿足下此等也。轼于足下非爱之深、期之远，定不及此，犹能察其意否？近秦少游有书来，亦论足下近文益奇。明主求人如不及，岂有终汨没之理！足下但信道自守，当不求自至。若不深自重，恐丧失所有。言切而尽，临纸悚息。未即会见，千万保爱。近夜眼昏，不一！不一！轼顿首。

【译文】苏轼向方叔先生致礼。屡次接到来信，由于疏懒未能一一回复，惶恐不已。近日赶上这暑热的秋天，问一切安好。抄录给我的《子骏行状》和几首诗，辞意严谨，比以前有进步，收到它十分高兴欣慰。屡次来信责备我不给你推荐介绍，读过很觉惭愧。然而有话不可不说。君子与人结交，一定是互相用道义相勉励，一定不互相用利益拉拢。先生的文章，过人之处不少，如《李氏墓表》和《子骏行状》之类，文采优美，有可以上追古代大手笔为文之道的地方。至于以前让我看的《兵鉴》，却读到末尾，不知所云。我认为先生是心中不够清楚也没有表达明白；不然的话，就是我老病糊涂，看不懂你文章的意思了。因此，我还是希望先生不倦地积累学问，以待花朵脱落果实成熟。衷心希望先生是个礼义君子，而不愿先生才气横溢而道德稍欠啊。如果在进身与退步之间，不太谨慎镇静，那么对于已注定的命运不能有一丝一毫的益处，而对于道德却有巨大的损失。古时的君子，贵贱互相依托，先后互相提携，的确是不少，我并不敢不遵守此道。对于平生了解的人，认为是贤人的，就在大庭广众中赞誉他，或者根据他的言谈来考察他的实际水平，实际水平到了名气自然会跟着来，名声遮掩不住，就自然会被社会重用，这是固有的道理，不是强求可以得到的。陈履常在京都住了一年多，没有登过一次权贵的家门，章子厚想让他去拜见自己，到底也没有达到目的。中丞傅钦之、侍郎孙莘老联名荐举他，我也在上面挂了名。碰上朝廷里了解履常的人很多，所以他能得到一个官职。我人单势孤说话没有份量，从没有单独推荐过人物，官爵禄位能激励世人，所以予夺之权为天子专有，宰相还不敢说了算，而想以此来要求我，这能行吗？东汉时没有官职的士人之间私定谥号，是不合古制的，就像是把左丘明视为《春秋》的功臣，那就是孔门的罪人了。唐代孟郊被加私谥为“贞曜”，那是沿袭了前朝的坏习惯，不值得效法，而何况对于当世人这样做呢？很不愿先生做这样的事。我对于先生不是关爱深厚期望远大，一定不会把话说到这一步，不知能否体察我的心意。最近秦少游有信来，也说到先生近来的文章更加新奇。当今圣明的天子求贤若渴，哪里有永远被埋没的道理！先生只要信奉道义自守节操，官禄一定会不求自到。如果不好好自重，恐怕会丧失自己具有的美德。话语真切而言无不尽，写到此处惶恐不已。不能马上见面，千万保重。天将黑眼睛昏花，不再一一详述！不再一一详述！苏轼叩首。

与叶进叔书

进叔足下。仆狷介寡合之人也。足下望其貌而壮其气，聆其语而知其心，握手见情素，交论古今，欢然若与之忘年焉，仆不自知何为而得此于足下也。前日南归，草草不能道一辞。到家，秋气已高，窗户萧然，思与足下谈笑之乐，恍乎若相从于梦中，既觉而不知卧于虚榻也。行日，尝辱赠言，意勤辞直，读之使人恻恻动心。足下之所以知仆心者至矣，所以责善于朋友者亦至矣。而又凡所以为至之中有所不至者，仆得以尽之焉。仆闻有自知之明者，乃所以知人；有自达之聪者，乃所以达物。自知矣可以无疑矣，而徇人则疑于人；自达矣可以无蔽矣，而徇物则蔽于物。今足下自知自达而无可疑可蔽矣，岂仆所以得人与物之说耶？至以谓仆之交，不能把臂服膺以示无间，凡此者，非疑非蔽也，乃仆所以为狷介寡合者，足下顾不亮乎？夫投规于矩，虽公输不能使之合，何则？方圆者殊也；杂宫以羽，虽师旷不能使之一，何则？缓急者异也；对辩以讷，遇刚以柔，虽君子不能以无争，何则？所性所操之不同也。足下聪明过人，无世事不通，独不知物理之有参差者乎？昔张籍遗韩愈之书，责愈以商论文字不能下气。夫以退之而未免，矧其下者乎？虽然，亦思而改之耳。恐足下未审此，聊复以书。

【译文】进叔阁下。我是个固执偏狭不合群的人。见到阁下的状貌就认为您有豪壮之气，听您的言谈就能了解您的内心，握手而见真情，交谈议论古今，欢洽的样子好像忘了年龄的差别，我不知道为什么能得到阁下的友情。前些天回南方，离别时匆忙间未能说上一句话。

到家后，秋天的气息已经很浓，门户一片萧索，想起和阁下一起谈笑的快乐，恍然好像是梦中在一起，醒来后还不知道独自一人躺在空床上。我动身时，曾蒙赠言，情意恳切而言辞直爽，读了使人内心深深感动。阁下了解我的内心可算是到了极致，对朋友的要求勉励也算是到了极致。然而在极致之中尚有不到之处，我要把这些地方也说出来。我听说有自知之明的人，才能够知人；有自我通晓的聪慧的人，才能够通晓事物。能自知了就可以不受别人的迷惑，而依从别人就会受别人迷惑；能够自己通晓就可以不受蒙蔽，而屈从事物就要受事物蒙蔽。如今阁下可算是自知自达而没什么可以迷惑蒙蔽你了，哪里是只有我才懂得以上的道理呢。至于说我和朋友交往，不能拉住胳臂作倾心状以表示亲密无间，我认为凡是这些看法，不是属于被迷惑就是属于被蒙蔽，这就是我之所以固执不合群的原因，阁下难道不能理解吗？如果把圆规放在方矩当中，即使是公输般也不能让它们契合，为什么呢？因为方圆的形状不一样；把羽调杂入官调，即使是师旷也不能使它们合拍，为什么呢？因为节奏的缓急不一样；口拙的对应善辩的，柔弱的遇到刚强的，即使是君子之间也不能不发生矛盾，为什么呢？为他们的性情和行为不相同。阁下聪明过人，对世上的事没有不明白的，难道不知道事物的本质有不同的道理吗？从前张籍给韩愈写信，责备韩愈讨论文章不能谦虚点儿。像韩愈那样的人还未能免，何况修养在他之下的人呢？虽说这样，我也想改掉自己的毛病。怕阁下还不了解这一点儿，姑且写信作答。

与王庠书

轼启。远蒙差人致书问安否，辅以药物，眷意甚厚。自二月二十五日，至七月十三日，凡一百三十余日乃至，水陆盖万余里矣。罪戾远黜，既为亲友忧，又使此两人者，跋涉万里，比其还家，几尽此岁，此君爱我之过而重其罪也。但喜比来侍奉多暇，起居佳胜。

轼罪大责薄，居此固宜，无足言者。瘴疠之邦，僵仆者相属于前，然亦皆有以取之，非寒暖失宜，则饥饱过度，苟不犯此者，亦未遽病也。若大期至，固不可逃，又非南北之故矣。以此居之泰然，不烦深念。前后所示著述文字，皆有古作者风力，大略能道意所欲言者。孔子曰："辞达而已矣。"辞至于达，止矣，不可以有加矣。《经说》一篇，诚哉是言也。西汉以来，以文设科而文始衰，自贾谊、司马迁，其文已不逮先秦古书，况其下者。文章犹尔，况所谓道德者乎？若所论周勃，则恐不然。平、勃未尝一日忘汉，陆贾为之谋至矣。彼视禄、产犹几上肉，但将相和调，则大计自定。若如君言，先事经营，则吕后觉悟，诛两人，而汉亡矣。轼少时好议论古人，既老，涉世更变，往往悔其言之过，故乐以此告君也。儒者之病，多空文而少实用。贾谊、陆贽之学，殆不传于世。老病且死，独欲以此教子弟，岂意姻亲中，乃有王郎乎？三复来贶，喜抃不已。应举者志于得而已。今程试文字，千人一律，考官亦厌之，未必得也。如君自信不回，必不为时所弃也。又况得失有命，决不可移乎？勉守所学，以卒远业。相见无期，万万自重而已。人还，仅奉手启，少谢万一。

【译文】轼言。承蒙远道差人送信问候，并赠送药物，眷念之情实为深厚。从二月二十五日，到七月十三日，共一百三十多天信才到达，水陆路程大约有一万多里了。我因罪大被流放远方，既让亲友为我担忧，又劳此二人万里跋涉，等他们回到家，这一年几乎要过完了，这真是你爱我过甚却更叫我觉得罪孽深重了。可喜的是你近来多有空闲侍奉父母，生活安好。我罪过大受罚轻，谪居此地本就应该，没有什么值得多说的。这里是烟瘴毒雾笼罩的地方，眼前病死的接连不断，但也都有致病的原因，不是冷热不均，就是饥饱过度，假若不犯这些毛病，也不一定会马上病倒。如果是死期将到，本来就不可逃避，那就不是身处南北之地的原因了。因此我居于此地也感到安然，不必劳你挂念。你前后让我看你所写的文章，都有古代大作家的风范，大致都能表达要说的意思。孔子说："辞达而已矣。"文辞到了能表达意思的程度，就算可以，不能够再复加什么了。一篇《经说》，说的的确不错啊。自西汉以来，以文章设立取士科目而文章开始衰落，自贾谊、司马迁，他们的文章已赶不上先秦的古书，何况以后的呢。文章尚且如此，更何况所谓道德呢？至于你对周勃的评论，恐怕不够正确。陈平、周勃未曾一天忘记汉室，陆贾为之谋划也够周到了。他们看待吕禄、吕产就像是几案上的肉，收拾他们不在话下，只要将相谐调一致，则大事自然能成。假如像你所说，他们早早就开始谋划，那么吕后发觉，把二人杀掉，汉室也就亡了。我年轻时好议论古人，老了之后，经的世事变迁多了，往往追悔以前的议论太过份，所以乐意将此意告诉你。文人的毛病，在于空话说得多而实用价值少。贾谊、陆贽的学说，大多不流传于世。我又老又病离死不远了，只想把这些道理教给子弟，哪想到姻亲当中，却出了你王郎呢。再三来信，令我非常欣喜，应举的人在于想得中而已。现在老程式的文章，千人一个样，考官也觉得它讨厌，不一定可以得中。假如你能自信不移，一定不会被时代所抛弃。又何况得失都有命中注定，绝对不可逆转呢？希望勉力学下去，以完成久远的学业。不知何时能相见，望多多保重自己。来人要回返，带回我的复信，以表些许谢意。

谢欧阳内翰书

轼窃以天下之事，难于改为。自昔五代之余，文教衰落，风俗靡靡，日以涂地。圣上慨然太息，思有以澄其源，疏其流，明诏天下，晓谕厥旨。于是招来雄俊魁伟敦厚朴直之士，罢去浮巧轻媚丛错采绣之文，将以追两汉之余，而渐复三代之故。士大夫不深明天子之心，用意过当，求深者或至于迂，务奇者怪僻而不可读，余风未殄，新弊复作。大者镂之金石，以传久远；小者转相摹写，号称古文。纷纷肆行，莫之或禁。盖唐之古文，自韩愈始，其后学韩而不至者为皇甫湜，学皇甫湜而不至者为孙樵，自樵以降，无足观矣。伏惟内翰执事，天之所付以收拾先王之遗文，天下之所待以觉悟学者。恭承王命，亲执文柄，意其必得天下之奇士以塞明诏。轼也远方之鄙人，家居碌碌，无所称道，及来京师，久不知名，将治行西归，不意执事擢在第二。惟其素所蓄积，无以慰士大夫之心，是以群嘲而聚骂者，动满千百。亦惟恃有执事之知，与众君子之议论，故恬然不以动其心。犹幸御试不为有司之所排，使得搢笏跪起，谢恩于门下。闻之古人，士无贤愚，惟其所遇。盖乐毅去燕，不复一战，而范蠡去越，亦终不能有所为。轼愿长在下风，与宾客之末，使其区区之心，长有所发。夫岂惟轼之幸，亦执事将有取一二焉。不宣。

【译文】我认为天下的事情，难以改动。自从上古五代以后，文章教化衰落，风俗萎靡不振，日益堕落。皇上感慨长叹，想采取措施澄清文教源头，疏导它的流脉，明令诏示天下，说明这种意思。于是就招来雄俊魁伟敦厚淳朴正直之人，革除浮艳轻薄柔媚辞采华丽的文章，将要以此来继承两汉的余风，而逐渐恢复上古三代的旧貌。士大夫们不大了解天子的意思，矫枉过正，追求深奥的有些就成了迂腐，致力于新奇的流于怪僻难以卒读，旧的坏风气还未铲除，新的弊端便又产生。重的刻在金石上，以求永久流传；轻的互相转抄，号称古文。纷纷扬扬到处流行，没有人能够禁止。大概唐代的古文，自韩愈开始，以后学韩愈而学得不到家的是皇甫湜，学皇甫湜而不到家的是孙樵，自孙樵以后，就没有文章值得一看了。如今您翰林大人，是上天交给您整顿恢复先王遗文的使命，天下人都盼望着您来启发指引众学子。您秉承王命，亲自执掌文教大权，一心要搜罗到天下的奇异之士以报答天子圣意。我本是边远地区鄙陋之人，闲居在家碌碌无为，没有什么值得称道之处，等来京城以后，很久了还不知名，打算收拾行李西归故乡，不料被大人选拔为第二名。只是我平时的素养，不能抚慰士大夫们的心意，因此群起而嘲讽谩骂的，动不动就成百上千。我仗恃着大人对我的了解，和诸位正人君子的公论，所以能安然不动心。更有幸的是您能主持公正，使我在考试时能不受有关官员的排斤，使我能够身着官服，来拜谢于恩师您的门下。我听说古人，士无论贤愚，是否能有作为完全在于际遇。所以善战的乐毅离尹燕国，就再也不曾打过仗，而多谋的范蠡离开越国，也最终不能有所作为。我愿在大人手下服务，处于宾客末位，使我这一颗心，常有所感发。这不光对我来说是幸运之事，对大人也会有少许的补益。恕不多叙。

谢梅龙图书

轼闻古之君子，欲知是人也，则观之以言；言之不足以尽也，则使之赋诗以观其志。春秋之世，士大夫皆用此以卜其人之休咎死生之间，而其应若影响符节之密。夫以终身之事而决于一诗，岂其诚发于中而不能以自蔽邪？《传》曰：“登高能赋，可以为大夫矣。”古之所以取人者，何其简且约也。后之世风俗薄恶，渐不可信。孔子曰：“今吾于人也，听其言而观其行。”知诗赋之不足以决其终身也，故试之论以观其所以是非于古之人，试之策以观其所以措置于今之世。而诗赋者，或以穷其所不能；策论者，或以掩其所不知。差之毫毛，辄以摈落。后之所以取人者，何其详且难也。夫惟简且约，故天下之士皆敦朴而忠厚；详且难，故天下之士虚浮而矫激。伏惟龙图执事，骨鲠大臣，朝之元老。忧恤天下，慨然有复古之心。亲较多士，存其大体。诗赋将以观其志，而非以穷其所不能；策论将以观其才，而非以掩其所不知。使士大夫皆得宽然以尽其心，而无有一日之间苍皇扰乱、偶得偶失之叹。故君子以为近古。轼长于草野，不学时文，词语甚朴，无所藻饰。意者执事欲抑浮剽之文，故宁取此以矫其弊。人之幸遇，乃有如此。感荷悚息。不知所裁。

【译文】我听说古时候的君子，要想了解一个人，就观察他的言论；光看言论还不够的话，那么就让他作诗以观他的志向。春秋时代，士大夫们都是用这种方法来判断他们的凶吉生死，而它的效应是非常灵验准确的。一个人终身的事由一首诗来决定，这难道不是由于它是发自内心而不能掩盖的真情吗?《传》说：“登高山能作诗，就可以作大夫了。”古代选择人才的方法，是多么简单扼要啊。以后的时代，风俗败坏，这种方法便渐渐不可信了。孔子说：“如今我对于人，是听了他的言论还要观察他的行为。”知道用诗赋已经不足以判断一个的终身，所以用论来考察他，看他如何评论古人的是非，用策来考查他对当今之世有什么见解举措。而所用诗赋的形式，或许正是这个人所不擅长的；而要考策论的内容，或许正是他所不知道的。相差一点点，往往就会被排除落第。后世用来选择人才的方法，是多么地仔细和繁难。以前选才由于简单扼要，所以天下的士人才能敦厚朴实，忠贞厚道；后世选才仔细而繁难，所以天下的士人虚伪浮夸，骄傲偏激。念龙图大人，是忠诚耿直的大臣，朝廷的元老。您能体恤天下之士，决然恢复古代的风尚。您亲自考察众多士人，取各人的大节。用诗赋来看他们的志向，而不是以他们所不擅长的诗体去难为他们；用策论来考核他们的才能，而不是以突然袭击的方式，专挑他们不知道的去考。使得士大夫们都能够宽心地畅所欲言，而没有那种整天惶惶不安，得失全凭侥幸的感叹，所以君子认为这近于古代之风。我本来生长在穷乡僻壤，没有学过应时的文章，语言很是朴拙，没有华丽的修饰。想来您是为了抑制虚浮的文风，所以宁可选取我这样的文章以矫正时文的弊端。人的好机遇，竟有像我这样碰上的。感恩惶恐不已，不知该说什么好。

谢范舍人书

轼闻之古人，民无常性，虽土地风气之所禀，而其好恶则存乎其上之人。文章之风，惟汉为盛。而贵显暴著者，蜀人为多。盖相如唱其前，而王褒继其后。峨冠曳佩，大车驷马，徜徉乎乡闾之中，而蜀人始有好文之意，弦歌之声，与邹、鲁比。然而二子者，不闻其能有所荐达，岂其身之富贵而遂忘其徒耶？尝闻之老人，自孟氏入朝，民始息肩，救死扶伤不暇，故数十年间，学校衰息。天圣中，伯父解褐西归，乡人叹嗟，观者塞涂。其后执事与诸公相继登于朝，以文章功业闻于天下。于是释耒耜而执笔砚者，十室而九。比之西刘，又以远过。且蜀之郡数十，轼不敢远引其他，盖通义蜀之小州，而眉山又其一县，去岁举于礼部者，凡四五十人，而执事与梅公亲执权衡而较之，得者十有三人焉，则其他可知矣。夫君子之用心，于天下固无所私爱，而于其父母之邦，苟有得之者，其与之喜乐，岂如行道之人漠然而已哉！执事与梅公之于蜀人，其始风动诱掖，使闻先王之道；其终度量裁置，使观天子之光，与相如、王褒，又甚远矣。轼也在十三人之中，谨因阍吏进拜于庭，以谢万一，又以贺执事之乡人得者之多也。

【译文】我听古人说，民众没有固定的习性，虽然禀赋于土地风气，而其好恶则取决于当政者们的诱导教化。崇奉文章的风气，以汉代为最盛。而富贵显扬名声昭著者，以蜀地人物为多。大概是前为司马相如所倡导，后有王褒相继承。他们戴高冠挂佩饰，乘大车驾驷马，在家乡招摇过市，而蜀人才开始有喜欢文章的习惯了，以至于诗书弦歌之声，可与邹、鲁之地相比美。然而就这二位而言，没有听说他们推荐过什么人，难道是因为自身富贵了便忘了自己的同行吗？听老人们说，自从孟氏的后蜀归宋以来，蜀地百姓才得以喘息，救死扶伤还来不及，所以几十年间，学校衰败。天圣年间，家伯父作官西归故里，令家乡人感叹不已，围观者充塞道路。后来阁下和诸位大人相继入朝为官，以文章功业闻名天下。于是丢下农具拿起笔砚者，十家之中就有九家。比起西汉时，已经远远超过了。蜀地州郡有数十个，我不敢多引证别的地方，通义不过是蜀地的一个小州，而眉山又只是其中一个县，去年在礼部应试的，共有四五十人，而大人和梅公亲自掌管考务，将考生进行比较，就录取了十三人，那么其他地方的情况就可想而知了。大凡君子的居心，对天下人本没有偏爱，然而对于其家乡，如果有人中试，那份和他们一样共同喜乐的心情，怎能会像过路人那样漠然无动于衷呢？阁下您与梅公对于蜀人，始于教化鼓励，使他们接触先王之道，然后栽培提拔，使他们得以看到天子的盛容，这比司马相如、王褒强多了。我就在这十三人中，谨请门卫通报特到您庭中叩拜，以表示我谢意的万分之一，也以此庆贺大人的同乡考中者有如此之多。

谢张太保撰先人墓碣书

轼顿首再拜。伏蒙再示先人《墓表》，特载《辨奸》一篇，恭览涕泗，不知所云。窃惟先人早岁汩没，晚乃有闻。虽当时学者知师尊之，然于其言语文章，犹不能尽，而况其中之不可形者乎？所谓知之尽而信其然者，举世惟公一人。虽若不幸，然知我者希，正老氏之所贵。《辨奸》之始作也，自轼与舍弟皆有"嘻其甚矣"之谏，不论他人。独明公一见，以为与我意合。公固已论之先朝，载之史册，今虽容有不知，后世决不可没。而先人之言，非公表而出之，则人未必信。信不信何足深计，然使斯人用区区小数以欺天下，天下莫觉莫知，恐后世必有"秦无人"之叹。此《墓表》之所以作，而轼之所以流涕再拜而谢也。黄叔度澹然无作，郭林宗一言，至今以为颜子。林宗于人材小大毕取，所贤非一人，而叔度之贤，无一见于外者，而后世犹信，徒以林宗之重也。今公之重，不减林宗，所贤惟先人，而其心迹，粗若可见，其信于后世必矣。多言何足为谢，聊发一二。

【译文】苏轼叩头再拜。承蒙又给我看先父的《墓表》，特地又录上他的《辨奸论》一篇，拜阅后涕泪交流，不知说什么才好。想先父早年被埋没，晚年才有名声。虽然当时的学者们知道像尊重师长一样尊重他，但对于他的言语文章，还不能彻底了解，更何况其中那些不能明白说出来的含义呢？所谓彻底了解而又能肯定他的，普天下只有您一人了。虽说这似乎不幸，然而了解自己的人少，正是老子所崇尚的事。先父始作《辨奸论》时，连我和弟弟都有"未免太过份了"的劝说，更不用说别人了。只有您一看到，就认为与自己的观点相合。您已经向先帝论及此文，又把它载入史册，今世虽然可以有人不了解，后世绝不会再被埋没。然而先父的言论，如果不是经过您推荐传扬，则人们也未必相信。相信或不相信，本来也不值得多加计较，然而让那样的人用一些区区小伎俩来蒙蔽天下，天下竟无人知晓，恐怕后世一定会有“秦国无人”的慨叹。这就是为何要写这《墓表》，而我之所以流泪再拜而谢的原因了。东汉时黄叔度为人恬淡，没有任何作为，而一旦经郭林宗加以评价，至今被看作是颜回一样的贤人。林宗对于人材，无论大小一概推举，所赞誉的不上一人，而叔度的贤德，一点儿也没有表现出来，然而后人还是深信不疑，就是因为曾经林宗这样的人物的推重啊。如今您对先父的推重，不亚于郭林宗，您所推崇的只有先父，而先父的思想言行，粗略可见，那么被后人相信也是一定的了。说得多也不足以相谢，姑且表达我的一点儿心意。

答张文潜县丞书

轼顿首文潜县丞张君足下。久别思仰。到京公私纷然，未暇奉书。忽辱手教，且审起居佳胜，至慰！至慰！惠示文编，三复感叹。甚矣，君之似子由也。子由之文实胜仆，而世俗不知，乃以为不如。其为人深不愿人知之，其文如其为人，故汪洋澹泊，有一唱三叹之声，而其秀杰之气，终不可没。作《黄楼赋》，乃稍自振厉，若欲以警发愦愦者。而或者便谓仆代作，此尤可笑。是殆见吾善者机也。文字之衰，未有如今日者也。其源实出于王氏。王氏之文，未必不善也，而患在于好使人同己。自孔子不能使人同，颜渊之仁，子路之勇，不能以相移。而王氏欲以其学同天下！地之美者，同于生物，不同于所生。惟荒瘠斥卤之地，弥望皆黄茅白苇，此则王氏之同也。近见章子厚言，先帝晚年甚患文字之陋，欲稍变取士法，特未暇耳。议者欲稍复诗赋，立《春秋》学官，甚美。仆老矣，使后生犹得见古人之大全者，正赖黄鲁直、秦少游、晁无咎、陈履常与君等数人耳。如闻君作太学博士，愿益勉之。“德輶如毛，民鲜克举之”，“我仪图之”，“爱莫助之”。此外千万善爱。偶饮卯酒，醉。来人求书，不能复覼缕。

【译文】苏轼给张县丞文潜君阁下叩头。久别思念。自到京以后，公事私事杂乱众多，还没得空奉上书信。忽然承蒙您来信，并且知道您近况很好，感到莫大的安慰。您送给我看的文编，读了反复感叹。您真是太像子由了。子由的文章实在比我的好，而一般世俗人不知道，还认为不如我的。他的为人之道就是不愿被人所知，他的文章就像他的为人一样，所以是广博而恬淡，有一唱三叹之声韵，而它那秀拔杰出的气势，总归是不会被埋没的。他作的《黄楼赋》一文，就稍微有些激奋凌厉，好像是要用来惊醒那些昏聩的人。而有人却说是我替他写的，这真是可笑。由此大概可以想见我的文章所以被看好，是因为机遇啊。文章的衰败，再没有比现今这样更糟的了。这种现像是从王安石那里来的。王安石的文章，不见得就不好，而问题在于他总想让别人和自己一样。自从孔子以来就不要求大家都非得一样，颜渊的仁，子路的勇，就是不能改变的。可是王氏却想让他的学说统一天下！凡优良的土地，共同之处，在于能生长东西，而不在于长出来的东西都一样。只有那些荒芜贫瘠的盐碱地，才满眼都是一样的黄茅白苇，这就是王氏所要求的同啊。最近听到章子厚说，先帝晚年的时候很担忧文章的弊病，打算稍稍改变一下选拔人才的方法，只是没有来得及去做。有人要恢复诗赋，设立《春秋》的学官，这样做很好。我老了，要使年青人能看到古人的全貌，只有依靠黄鲁直、秦少游、晁无咎、陈履常和你等几个人啦。听到你作了太学博士，希望你更加自勉。如《诗经》所言：“德輶如毛，民鲜克举之”，“我仪图之”，“爱莫助之”。此外请千万保重。早晨偶尔饮了酒，醉了。有人来求字，不能再啰嗦了。

答陈师仲主簿书

轼顿首再拜钱塘主簿陈君足下。曩在徐州，得一再见。及见颜长道辈，皆言足下文词卓玮，志节高亮，固欲朝夕相从。适会讼诉，偶有相关及者，遂不复往来。此自足下门中不幸，亦岂为吏者所乐哉！想彼此有以相照。已而，轼又负罪远窜，流离契阔，益不复相闻。今者蒙书教累幅，相属之厚，又甚于昔者。知足下释然，果不以前事介意。幸甚！幸甚！自得罪后，虽平生厚善，有不敢通问者，足下独犯众人之所忌，何哉？及读所惠诗文，不数篇，辄拊掌太息，此自世间奇男子，岂可以世俗趣舍量其心乎！诗文皆奇丽，所寄不齐，而皆归合于大道，轼又何言者。其间十常有四五见及，或及舍弟，何相爱之深也。处世龃龉，每深自嫌恶，不论他人。及见足下辈犹如此，辄亦少自赦。诗能穷人，所从来尚矣，而于轼特甚。今足下独不信，建言诗不能穷人，为之益力。其诗日已工，其穷殆未可量。然亦在所用而已，不龟手之药，或以封，安知足下不以此达乎？人生如朝露，意所乐则为之，何暇计议穷达。云能穷人者固谬，云不能穷人者，亦未免有意于畏穷也。江淮间人好食河豚，每与人争河豚本不杀人，尝戏之，性命自子有，美则食之，何与我事。今复以此戏足下，想复千里为我一笑也。先吏部诗，幸得一观，辄题数字，继诸公之末。见为编述《超然》《黄楼》二集，为赐尤重。从来不曾编次，纵有一二在者，得罪日，皆为家人妇女辈焚毁尽矣，不知今乃在足下处。当为删去其不合道理者，乃可存耳。轼于钱塘人有何恩意，而其人至今见念，轼亦一岁率常四五梦至西湖上，此殆世俗所谓前缘者。在杭州尝游寿星院，入门便悟曾到，能言其院后堂殿山石处，故诗中尝有“前生已到”之语。足下主簿，于法得出入，当复纵游如轼在彼时也。山水穷绝处，往往有轼题字，想复题其后。足下所至，诗但不择古律，以日月次之，异日观之，便是行记。有便以一二见寄，慰此惘惘。其余慎疾自重。不宣。轼顿首再拜。

【译文】苏轼叩头再拜钱塘主簿陈君阁下。过去在徐州，得以再次见面。后来见到颜长道等人，都说阁下的文词卓越，志节高超磊落，我本打算与你朝夕相伴，恰好遇到一桩诉讼案，其中涉及和你有关的事，所以就没有再跟你来往。这事当然是阁下家中的不幸，但难道这是为官者所乐意的吗！想来彼此也都心中明白。后来，我又因罪被贬往远方，离散久别，越发没有听到彼此的消息。今承蒙您寄来长信，关怀深切，比往日又有过之。由此知道阁下已经解开了疙瘩，果然不介意以前的事，幸甚！幸甚！我自从获罪后，即使是平生关系很好的人，也有不敢和我来往的，阁下偏偏犯别人的忌讳，这是为什么呢？如今读到您所赠的诗文，没读几篇，就拍手叹息道，这本是世间的奇男子，怎么可以用世俗的行为思想去衡量他的心呢！您的诗文都异常好，所寄托虽不一样，但都合乎大道，我还有什么可说的。这些诗文中常常十篇中就有四五篇涉及到我，或我弟弟，可见您的爱是何等深厚啊。我与世俗不合，每每自己深切嫌恶自己，更不必说他人了。后来看到阁下这样的人尚且如此待我，我也就稍稍宽恕自己。诗能使人处境困窘，这样的事由来已久，而对于我更是如此。现在唯有阁下您不以为然，还倡言诗不能使人困窘，并且更加尽力地钻研它。您的诗日见工整，您将为此遭受的困窘恐怕会难以估量。但是也要看您如何来运用它们了，如《庄子》所说那种让手不冻裂的药，有人据有它只能一辈子洗衣服，而有人便靠能它得到封赏，谁知道阁下您就不会因诗文而得以腾达呢？人生像早上的露水一样短暂，高兴干什么就干什么好了，哪还有工夫顾及困窘和显达呢。说诗能使人困窘固然荒谬，说它不能让人困窘，未免也是因为有害怕遭遇困窘的潜意识。江淮一带有人好吃河豚，每每与人争辨说，吃河豚本不会造成人的死亡，我曾取笑他们，生命是你自己的，你认为河豚味道好就吃，别人说什么与你何干。今天我再借此和阁下逗趣，想您在千里之外也会为我一笑的。尊先人吏部大人的诗，如今有幸读到，就擅自题了几个字，附在几位先生的后边。现在您为我编述《超然》《黄楼》两个集子，是对我很重的赐与。这些诗文我从来不曾编排过，即使有少数一些保存着，获罪以后，都被家里的女人们烧毁了，没想到现在竟在阁下那里。您最好把其中不合道理的删去，这样才可以留存。我对钱塘人有什么恩德，而那里的人至今还想着我，我也是一年之中常有四五次在睡梦中回到西湖，这大概就是世俗所说的有前缘吧。我在杭州时曾经游过寿星院，一进门就觉得曾经到过那里，能够说出它院子后边殿堂山石的位置，所以诗中曾有“前生已到”的话。阁下作为主簿，按规定可以进去，想来您会像我在那里时一样纵情遨游。山水尽头的地方，往往有我题的字，想必您会接着题。阁下所到的地方，题诗不论是古体还是律诗，都可以按日月先后加以编排，待以后再看时，便是游记一类的文章了。方便时就请寄来一二篇，以慰我怅惘的情怀。还望小心疾病，保重身体。不多叙。轼叩首再拜。

答刘沔都曹书

轼顿首都曹刘君足下。蒙示书教，及所编录拙诗文二十卷。轼平生以文字言语见知于世，亦以此取疾于人，得失相补，不如不作之安也。以此常欲焚弃笔砚，为瘖默人，而习气宿业，未能尽去，亦谓随手云散鸟没矣。不知足下默随其后，掇拾编缀，略无遗者，览之惭汗，可为多言之戒。然世之蓄轼诗文者多矣，率真伪相半，又多为俗子所改窜，读之使人不平。然亦不足怪，识真者少，盖从古所病。梁萧统集《文选》，世以为工。以轼观之，拙于文而陋于识者，莫统若也。宋玉赋《高唐》《神女》，其初略陈所梦之因，如子虚、亡是公等相与问答，皆赋矣。而统谓之叙，此与儿童之见何异。李陵、苏武赠别长安，而诗有“江汉”之语。及陵与武书，词句儇浅，正齐梁间小儿所拟作，决非西汉文，而统不悟，刘子玄独知之。范晔作《蔡琰传》，载其二诗，亦非是。董卓已死，琰乃流落，方卓之乱，伯喈尚无恙也，而其诗乃云以卓乱故，流入于胡。此岂真琰语哉！其笔势乃效建安七子者，非东汉诗也。李太白、韩退之、白乐天诗文，皆为庸俗所乱，可为太息。今足下所示二十卷，无一篇伪者，又少谬误。及所示书词，清婉雅奥，有作者风气，知足下致力于斯文久矣。轼穷困，本坐文字，盖愿刳形去智而不可得者。然幼子过文益奇，在海外孤寂无聊，过时出一篇见娱，则为数日喜，寝食有味。以此知文章如金玉珠贝，未易鄙弃也。见足下词学如此，又喜吾同年兄龙图公之有后也，故勉作报书。匆匆，不宣。

【译文】苏轼向都曹刘君阁下叩头。承蒙来信，并寄给我你所编录的拙作诗文二十卷。我平生因为诗文而被世人所了解，也因为诗文而招致别人的忌恨，得和失相抵消，还不如不写，求个平安无事呢。因此常常想烧笔弃砚，当个聋哑人，可是老习气旧行当，一下子还不能完全丢弃，再者以为写过后也就不留痕迹了，不知道阁下竟然默不作声地跟在我后边加以收拾和编排，几乎没有遗漏的，使我看了感到羞惭，我的这些东西可以作为多言者的警戒啊。然而世上收存我的诗文的人多了，大多是真假参半，又往往被世俗的人所窜改，读了叫人心里不安。但这也不足为怪，因为能认识真品的人太少了，而这是自古以来就让人头痛的事。梁朝萧统所集的《文选》，世人以为工巧。以我看，文字拙劣且见识浅陋的程度，再没有比他更差的了。宋玉作的《高唐》《神女》二赋，开头部分略述作梦的因由，比如子虚、亡是公等人的互相问答，这些都是赋的内容。可是萧统却称之为“叙”，这与小孩子的见解有什么差别。李陵与苏武在长安分别时的互相赠答，而诗中有“江汉”之类语气。但是到了李陵给苏武的书信，言辞轻浮浅薄，正是齐梁之时小孩子一样的仿作，绝对不是西汉之文，可是萧统却不明白，只有刘子玄知道这一点。范晔作《蔡琰传》，所记载蔡琰的两首诗，也不是真的。董卓死后，蔡琰才流落异乡，当董卓作乱的时候，她父亲蔡伯喈还是好好的，而在诗中却说因为董卓作乱，才使蔡琰流落到胡地，这难道真是蔡琰的话吗！这些诗的文笔只是模仿了建安七子的笔调，并不是东汉时代的作品。李太白、韩退之、白乐天的诗文，也都为世俗之徒所混淆，真令人叹息呀。现在阁下给我看的这二十卷，没有一篇是假的，也很少有错误。至于你的书词，更是清新委婉，含义深邃，有大手笔的风气，可见你在诗文上下功夫已经很久了。我命运窘迫，就因为诗文，我是真想忘却形体，抛弃智力，而这是办不到的。我的小儿子苏过的文章还不错，我在海外孤独寂寞百无聊赖时，他常常写出一篇让我取乐，我就能高兴好几天，连吃饭睡觉都觉得特别香甜。由此可知，文章就像金玉珠贝一样，是不容小看也无法丢弃的。看到阁下的词学这样好，可知我的同年龙图公老兄已经后继有人了，实在高兴，所以回信以鼓励。匆匆，不多叙。

答李方叔书

轼顿首先辈李君足下。别后递中得二书，皆未果答。专人来，又辱长笺，且审比日孝履无恙，感慰深矣。惠示古赋近诗，词气卓越，意趣不凡，甚可喜也。但微伤冗，后当稍收敛之，今未可也。足下之文，正如川之方增，当极其所至，霜降水落，自见涯涘，然不可不知也。录示孙之翰《唐论》。仆不识之翰，今见此书，凛然得其为人。至论褚遂良不谮刘洎，太子瑛之废缘张说，张巡之败缘房琯，李光弼不当图史思明，宣宗有小善而无人君大略，皆旧史所不及。议论英发，暗与人意合者甚多。又读欧阳文忠公《志》文，司马君实跋尾，益复慨然。然足下欲仆别书此文入石，以为之翰不朽之托，何也？之翰所立于世者，虽无欧阳公之文可也，而况欲托字画之工以求信于后世，不亦陋乎。足下相待甚厚，而见誉过当，非所以为厚也。近日士大夫皆有僭侈无涯之心，动辄欲人以周、孔誉己，自孟轲以下者，皆怃然不满也。此风殆不可长。又仆细思所以得患祸者，皆由名过其实，造物者所不能堪，与无功而受千钟者，其罪均也。深不愿人造作言语，务相粉饰，以益其疾。足下所与游者元君，读其诗，知其为超然奇逸人也。缘足下以得元君，为赐大矣。《唐论》文字不少，过烦诸君写录，又以见足下所与游者，皆好学喜事，甚善！甚善！独所谓未得名世之士为志文则未葬者，恐与礼未安。司徒文子问于子思："丧服既除然后葬，其服何服？"子思曰："三年之丧，未葬，服不变，除何有焉！"昔晋温峤以未葬不得调。古之君子，有故不得已而未葬，则服不变，官不调。今足下未葬，岂有不得已之事乎？他日有名世者，既葬而表其墓，何患焉。辱见厚，不敢不尽。冬寒，惟节哀自重。

【译文】苏轼叩首于李君阁下。分别后两次通过驿递接到你的来信，都未能回复。又派专人来，送了这封长信，知道你近日服丧期间身体安好，深为感念欣慰。给我看的古赋近诗，词气卓越，意趣不凡，非常可喜。但是有些过于冗长，以后应当稍微收敛一下，现在当然还做不到。阁下的诗文，好比河正在涨水，应当让它充分发展，等到霜降水落，自然现出边际，这一点不能不明白。见你抄录给我的孙之翰的《唐论》。我不认识之翰，如今看到这文章，敬悉他的为人。至于其中论及褚遂良未曾进刘洎的谗言，太子李瑛的被废起缘于张说，张巡的失败是由于房琯，李光弼不该图谋史思明，唐宣宗有小长处而无君主的雄才大略，这些见解都是旧史所没有提到的。议论中英气焕发，暗与有见识者的观点相合之处很多。又读欧阳文忠公的《志》文，司马君实的跋尾，更为感慨。然而阁下想让我把《志》、跋抄录刻石，以此作为之翰名垂后世的依托，这是为什么呢？之翰立名于世，即使没有欧阳公的《志》也并无影响，又何况想借助字画的修饰来传名后世的做法，不是很愚笨的吗。阁下待我很好，但赞誉过了头，这就不是对我好的正确方法了。近来士大夫都有狂妄自大的习性，动不动就想让人把自己当作周公、孔子一样来加以吹捧，如果用孟轲以下的人物相比附，就都不满意。这种风气决不可助长。另外我又仔细思量，自己招祸的原因，就是由于名气超过了实际，这是上天所不能容忍的，与无功而受重赏者的罪过是一样的。我很不希望人们造作言词，极力粉饰，以增加我的罪过。你的朋友元君，我读了他的诗，了解他是个超然奇逸的人。由于你才使我交上元君这样的朋友，是你对我的莫大恩赐。《唐论》的文字不少，麻烦各位抄录，由此可见阁下所交的朋友，都是好学而喜欢作事的人，很好！很好！只是所说家中没有出个名人能以写进墓志，因而就先不下葬，恐怕按礼来说这也不很妥当。司徒文子曾问子思："脱了丧服以后再下葬，该穿什么样的衣服？"子思回答说："三年服丧期内，与下葬之前，丧服是不能变的，哪有脱丧服的事呢！"以前晋朝的温峤就因为还没有埋葬先人，因而不能调动。古代的君子，有因故不得已而未葬的先人，就不能脱去孝服，调动官职。如今阁下还没有埋葬先人，难道有什么不得已的事情吗？以后家中出了名人，埋葬以后再写在墓碑上，又有什么不可以呢。承蒙你对我的友情，不敢不把心里话掏出来。冬日寒冷，望节哀保重。

答李端叔书

轼顿首再拜。闻足下名久矣，又于相识处，往往见所作诗文，虽不多，亦足以仿佛其为人矣。寻常不通书问，怠慢之罪，犹可阔略，及足下斩然在疚，亦不能以一字奉慰，舍弟子由至，先蒙惠书，又复懒不即答，顽钝废礼，一至于此，而足下终不弃绝，递中再辱手书，待遇益隆，览之面热汗下也。足下才高识明，不应轻许与人，得非用黄鲁直、秦太虚辈语，真以为然耶？不肖为人所憎，而二子独喜见誉，如人嗜昌歜、羊枣，未易诘其所以然者。以二子为妄则不可，遂欲以移之众口，又大不可也。轼少年时，读书作文，专为应举而已。既及进士第，贪得不已，又举制策，其实何所有。而其科号为"直言极谏"，故每纷然诵说古今，考论是非，以应其名耳。人苦不自知，既以此得，因以为实能之，故哓哓至今，坐此得罪几死，所谓齐虏以口舌得官，真可笑也。然世人遂以轼为欲立异同，则过矣。妄论利害，搀说得失，此正制科人习气，譬之候虫时鸟，自鸣自已，何足为损益。轼每怪时人待轼过重，而足下又复称说如此，愈非其实。得罪以来，深自闭塞，扁舟草履，放浪山水间，与樵渔杂处，往往为醉人所推骂，辄自喜渐不为人识。平生亲友无一字见及，有书与之亦不答，自幸庶几免矣。足下又复创相推与，甚非所望。木有瘿，石有晕，犀有通，以取妍于人，皆物之病也。谪居无事，默自观省，回视三十年以来所为，多其病者。足下所见皆故我，非今我也。无乃闻其声不考其情，取其华而遗其实乎？抑将又有取于此也？此事非相见不能尽。自得罪后，不敢作文字。此书虽非文，然信笔书意，不觉累幅，亦不须示人，必喻此意。岁行尽，寒苦。惟万万节哀强食。不次。

【译文】轼叩头再拜。听到阁下的大名已经很久了，又在熟人那里时常看到您所撰写的诗文，虽然为数不多，也足以想见您的为人了。平时没有通过书信，怠慢之罪，犹可宽恕，等到阁下有了丧事，还没有一字安慰的表示，我弟弟子由到此，先接到你的来信，又因懒惰没有及时回信，愚顽迟钝不顾礼节，竟然以至于到这个地步，然而阁下始终不和我决绝，又通过驿递寄书信来，对我的礼遇更加隆重，看了以后让我面热汗下羞愧不已。阁下高才卓识，不应该轻易赞许别人，莫非是因为把黄鲁直、秦太虚等人的话竟然信以为真了吗？我为人们所憎恶，而他们两位却偏偏喜欢赞誉我，就像有人喜欢吃昌歜、羊枣一样，恐怕是问不出什么道理来的。如果认为他们二人都是妄加议论，自然不够妥当，如果要让众人都像他们那么说，那就更是不可以的了。我年轻的时候读书写文章，不过专门为了对付科举考试而已。中了进士以后，贪图功名不止，又参加制科考试，究其实，又有什么实际意义呢。然而所考的科目又号称为"直言极谏"，所以就乱七八糟地诵说古今，议论是非，来应付这个名目罢了。人苦于没有自知之明，既然由此科目得官，就自以为真能做到这些，所以多嘴多舌，到现在，就为这获罪几乎招来杀身之祸，这正如当年刘敬以口舌得官一样，真是可笑啊。然而世人就以为我苏轼是想要标新立异，那就错了。胡乱议论政治的利弊得失，这正是科举出身之人的习气，就像是候鸟昆虫，自己鸣叫几声罢了，对事情又能有什么影响。我总觉得时下的人们过于抬举我，而阁下又这么说，更不合乎事实了。我自从获罪以来，深深地自我封闭，驾着小船穿着草鞋，在山水之间自由游荡，和樵夫渔夫混在一起，往往被喝醉的人推搡辱骂，就自喜能逐渐不被人所认出。平生的亲友没有一字往来，即使有信来也不回复，自己希望能以此免祸。而今阁下又要开始对我如此推许，这很不符合我的心愿。树上长树瘤，石上有花纹，犀角上有贯通的白线，以此来讨取人们的喜爱，其实都是它们本身的毛病。被贬黜以后，我曾默默自省，回顾三十年以来的所作所为，大多都属于有毛病一类。阁下所看到的都是以前的我，不是今天的我。你恐怕是只听到我过去的名声，而没有去考究其情实，只摘取花朵，却遗弃了果实吧？或者是在这上边又有所看重呢？这事情不见面说不清楚。自从获罪后，不敢再写诗文。这封信虽然不是诗文，然而信笔述意，不觉已经写了好几张了，也不必给别人看，你一定要明白我的意思。一年快要过完了，天气酷寒。希望万万节哀勉强进食。不多叙。

答刘巨济书

轼启。人来，辱书累幅，承起居无恙。审比来忧患相仍，情怀牢落，此诚难堪。然君在侍下，加以少年美才，当深计远虑，不应戚戚徇无已之悲。贤兄文格奇拔，诚如所云，不幸早世，其不朽当以累足下。见其手书旧文，不觉出涕。诗及新文，爱玩不已。都下相知，惟司马君实、刘贡父，当以示之。恨仆声势低弱，不能力为发扬。然足下岂待人者哉！《与吴秀才书》论佛大善。近时士人多学谈理空性，以追世好，然不足深取。时以此取之，不得不尔耳。仆老拙百无堪，向在科场时，不得已作应用文，不幸为人传写，深可羞愧，以此得虚名天下。近世进人以名，平居虽孔孟无异，一经试用，鲜不为笑，以此益羞为文。自一二年来，绝不复为。今足下不察，犹以所羞者誉之，过矣。舍弟差入贡院，更月余方出。家孟侯虽不得解，却用往年衣服，不赴南省，得免解。其兄安国亦然。勤国亦捷。州解皆在此。因风时惠问，以慰饥渴。何时会合，临纸怅然。惟强饭自重。

【译文】轼言。所派来的人来到，捎来了你的长信，敬悉身体安好。知道你近来屡遭不幸，心情孤寂，这的确难以忍受。然而你还要奉养父母，加上你年轻有才华，应当有远大抱负，而不应该陷入老是没完没了的悲痛之中。你哥哥的文章格调奇异超拔，的确如你所说，不幸他早早谢世，他的名声要靠你来传扬了。看到他原来亲笔写的文章，不由泪下。你的诗文及新作的文章，使我喜爱赏玩不已。我在京中的知心朋友，只有司马君实、刘贡父，我会拿给他们看的。遗憾的是，我的影响太弱，不能大力为他宣传。然而阁下岂是个专靠别人的人！《与吴秀才书》中论及佛理的部分写得很好。近来很多文人学士学着谈论什么理是如何，性又如何是空的等等，以此追求时尚，然而实在不值得肯定。世人有时所以这样，也不过是不得不这样罢了。我老朽笨拙百无一能，以前在科场中，不得已写写应时的文章，不幸被人传抄，十分令人羞愧，因此在世上得此虚名。近来常是依靠名声来选拔官吏，有些人平常虽说看来和孔孟没有什么两样，而一经试用，却很少不为人们所耻笑，因此我更羞于写文章了。最近一二年以来，绝对一字不写。如今阁下不了解，还拿我引以为羞的东西来赞誉我，那就错了。我弟弟到贡院当差，要过一个多月才能出来。家孟侯虽不能被地方送入京城参加进士考试，却还用往年的衣服，不用到礼部去，可以免于派送入京。其兄安国也是如此。勤国也已中了举人。州里送来应考的人都在这里了。希望你得便能时常来信，以慰我对你的思念之情。何时才能见面，面对书信心中惆怅。望勉强进食，自己保重。

答李琮书

轼启。奉别忽然半年，思仰无穷。近闻公有闺门之戚，即欲作书奉慰，既罕遇的便，又以为书未必能开释左右，往往更益悽怅，用是稍缓。今辱手教，惭负不已。窃计高怀远度，必已超然。此等情累，随手扫灭，犹恐不脱，若更反复寻绎，便缠绕人矣，望深以明识照之。

轼凡百如昨，愚暗少虑，辄复随缘自娱。自夏至后，杜门不出，恶热不可过，所居又向西，多劝迁居，迁居非月余不能定，而热向衰矣，亦复不果。如闻公以职事当须一赴阙，不知果然否？

承问及王天常奉职所言边事。天常父齐雄，结发与西南夷战，夷人信畏之。天常幼随其父入夷中，近岁王中正入蜀，亦令天常招抚近界诸夷，夷人以其齐雄子，亦信用其言。向尝与轼言泸州事，所以致甫望乞弟作过如此者，皆有条理可听。然皆已往之事，虽知之无补，又似言人长短，故不复录呈。

独论今日事势。揣量夷人情伪，似有本末。天常正月中与轼言：“播州首领杨贵迁者，俗谓之杨通判，最近乌蛮，而枭武可用。又有宋大郎者，乞弟之死党，凶猾有谋略。若官中见委说杨贵迁令杀宋大郎，必可得也。”数日前，有从蜀中来者，言贵迁已杀宋大郎，纳其首级，与银三千两。以此推之，天常之言，殆不妄也。天常言：晏州六县水路十二村诸夷，世与乞弟为仇。向者熊察访诱杀十二村首领，及近岁韩存宝讨杀罗狗姓，诸夷皆有唇齿之忧，貌畏而心贰。去年乞弟领兵至罗介牟屯，杀害兵官王宣等十二人。其地去宁远、安夷寨至近，涉历诸夷族帐不少，自来自去，殊无留难。若诸夷不心与之，其势必不能如此也。今欲讨乞弟，必先有以怀结近界诸夷，得其心腹而后可。今韩存宝等诸军，既不敢与乞弟战，但翱翔于近界百余里间，多杀不作过熟户老弱，而厚以金帛遗乞弟，且遣四人为质，然后得乞弟遣人送一封空降书，便与约誓，即日班师，与运司诸君皆上表称贺。上深照其实，已降手诏械存宝狱中，远人无不欢快，以为虽汉光武、唐太宗料敌察情于万里之外，不能过也。今虽已械存宝，而后来者亦未见有精巧必胜之术，但言乞弟不过有兵三千，而官军无虑三万，何往而不克。此正如千钧车弩，可以洞犀象，而不可以得鼠耳。今粮运止于江安县，自江安至乞弟住坐处，犹须十二三程。吏士以糗饵行，其势不能过一月，乞弟但能深自避匿四五十日，则免矣。而山谷幽险，林木沮洳，贼于溪谷间，依丛木自蔽，以药箭射人，血濡缕立死。战士数万人知深入未为万全，而将吏不敢复稽留，此间事不可不深虑。

天常言："国之用兵，正如私家之造屋。凡屋若干，材石之费，谷米之用，为钱若干，布算而定，无所赢缩矣，工徒入门，斧斤之声铿然，而百用毛起，不可复计，此虑不素定之过也。既作而复聚粮，既斫而复求材，其费必十倍，其工必不坚。故王者之兵，当如富人之造屋。其虑周，其规摹素定，其取材积粮皆有方，故其经营之常迟，而其作之常速，计日而成，不愆于素，费半他人，而工必倍之。今日之策，可且罢诸将兵，独精选一转运使及一泸州知州，许法外行事，与二年限，令经画处置，他人更不得与。多出钱物茶綵，于沿边博买夷人粮米，其费必减仓卒夫运之半。使辩士招说十州五团晏州六县水路十二村罗氏鬼主播州杨贵迁之类，作五六头项，更番出兵，以蹂践乞弟族帐，使春不得耕，秋不得获。又嘉、戎、泸、渝四州，皆有土豪为把截将，自来雇一私兵入界，用银七两，每得一蕃人头，用银三十两买之，把截将自以为功。今可召募此四州人，每得二十级，即与补一三班差使。如不及二十级，即每级官与绢三十匹。出入山谷，耐辛苦瘴毒，见利则云合，败则鸟兽散，此本蛮夷之所长，而中原之所无奈何也。今若召募诸夷及四州把截将私兵，使更出迭入，则蛮夷之所长，我反用之，但能积日累月，戕杀其丁壮，且使终年释耒而操兵，不及二年，其族帐必杀乞弟以降。如其未也，则乞朝廷差三五千人将下选兵三路入界。西路自江安县进兵，先积粮于宁远寨，以十州五团等诸夷为先锋，以施、黔、戎、泸四州药箭弩手继之；中路自纳溪寨进兵，先积粮于本寨，亦以诸夷为先锋，以将下兵马继之，三路中惟此路稍平，可以用官军；车路自合江县进兵，先积粮于安溪寨，亦以诸夷为先锋，以嘉、戎、泸、渝四州召募人继之，可以一举而荡灭也。"

天常此策，虽若不快，以蕞尔小丑，二年而后定。然王者之兵，必出于万全，不可以侥幸。淮南王安有言："厮舆之卒，有一不备而归者，虽得越王之首，臣犹窃为大汉羞之。"今乞弟譬犹蚤虱也，克之未足以威四夷，万一不克，岂不为卿大夫之辱也哉？赵充国征先零，邓训征羌及月支胡，皆以计磨之，数年乃克。唐明皇欲取石堡城，王忠嗣不奉诏，以谓非杀二万人不可取。方唐之盛，二万人岂足道哉？而贤将谋国，终不肯出此者，图万全也。又后汉永和中，交趾反，议者欲发荆、扬、兖、豫四万人讨之。独李固以谓："四州之人，远赴万里，无有还期，诏书迫促，必致叛亡；南州瘟瘴，死者必多；士卒疲劳，比至岭南，不复堪斗。前中郎将尹就讨益州叛羌，益州谚曰：'虏来尚可，尹来杀我。'后以兵付刺史张乔，因其将吏，旬月之间，破殄寇虏。此发将无益，州郡可任之明效也。今可募蛮夷使自相攻，转输金帛，以为其资。有能反间致头首者，许以封侯之赏。"因举祝良为九真太守，张乔为交趾刺史，由此岭外悉平。今观其说，乃与天常之言，若合符节。但天常不学，言不能起意耳。

天常又言："乌蛮药箭，中者立死无脱理。然不能及远，非三十步内不发，发无不中。今与乌蛮战，当于百步以下，五六十步以上强弓劲弩射之。若稍近，则短兵径进，于五七步内相格，则其长技皆废。今乞弟亦未是正乌蛮也。"诸如此巧便非一，不能尽录，略举一二，以见天常之练习，疑可驱使耳。又有一图子，虽不甚详密，然大略具是矣。按图以考其说，差若易了，故以奉呈，看讫可却付去人见还也。此非公职事，然孜孜寻访如此，以见忠臣体国知无不为之义也。轼其可以罪废不当言而止乎！虽然，亦不可使不知我者见以为诟病也。

知荆公见称经藏文，是未离妄语也，便蒙印可，何哉？《圆觉经》纸示及，得暇为写下卷，令公择写上卷。秦太虚维扬胜士，固知公喜之，无乃亦可令荆公一见之欤？子骏初见报，夺一官耳，不知其罢郡能不郁郁否？有一书，不知其今安在，敢烦左右达之。江水比去年甚大，郡中不为患。见说沙湖镇颇浸居民，亦江淮间常事耳。临皋港既开，往来蒙利无穷，而居民贸易之入亦不赀，但不免少有淤填，议者谓岁发少春夫淘之甚易。承问，辄及之。未缘展奉，惟冀以时自重。谨奉手启起居。热甚，幸恕不谨。轼顿首再拜。

【译文】轼言。别后一晃就是半年，心里无限思念。近来听说您夫人去世，当时本打算写信劝慰，可是既没有很方便的人可差遣，又觉得书信未必能宽慰您，往往是更增添凄楚怅惘，因此就稍微缓了缓。如今接到您的来信，惭愧负疚不已。我想您心胸开阔，必定已经从悲痛中摆脱出来了，这种感情负担，随手扫除，还怕摆脱不掉，如果再反复回想，就把人缠绕住了，望能用理智来对待它。

我的一切仍和过去一样，糊里糊涂缺少考虑，总是随遇而安。自从夏至以后，闭门不出，因天气极热，人不能过，而我住的又朝西，不少人都劝我搬家，而搬家非要一个多月不能安定下来，但到那时热劲儿也要下去了，所以也就没有搬。听说您因为公事要到京城来一趟，不知是否确实？

承蒙您问起王天常奉职所说边防的事。天常的父亲齐雄，从小就和西南夷作战，夷人既信服又畏惧他。天常小时候曾随父亲到夷人那里去过。近年来王中正入蜀，也派天常招抚临近边界的各部夷人，夷人因为他是齐雄的儿子，也很听信他的话。他以前曾和我说过泸州的事，是什么原因造成甫望乞弟如此作乱等情况，都说得很有道理。然而这都已经是过去的事了，即使知道了也于事无补，又好像是议论别人的长短，所以就不再写给您看了。

只说现今的势态。揣测夷人的所作所为，似乎也是有根源的。天常正月里对我说：“播州的首领杨贵迁，俗称杨通判，离乌蛮最近，而且枭勇善战，可以任用。还有个叫宋大郎的，是乞弟的死党，他凶狠狡猾有谋略。如果官府委派我去说服杨贵迁杀宋大郎，一定能够成功。”几天前，有个从蜀中来的人，说贵迁已经杀了宋大郎，献上了他的首级，得赏银三千两。由此推论，天常的话，恐怕不会是没有根据的。天常说过，晏州六县水路十二村的各部夷人，世代与乞弟为仇。以前熊察访诱杀了十二村的首领，到了近年韩存宝又讨伐，杀死了罗狗姓夷人，各部夷人都有唇亡齿寒的忧虑，对官府表面上敬畏，而实怀二心。去年乞弟领兵到罗介牟屯，杀害兵官王宣等十二人。那地方离宁远安夷寨很近，经过各部夷人的部落不少，乞弟能够自由来去，一点儿不受阻碍，如果不是各部夷人和他一心，他当然不能这样畅行无阻。如今要讨伐乞弟，必须要想办法争取边界附近的各部夷人，得到他们的真心相助以后才可以。如今韩存宝等各路军队，既然不敢和乞弟交战，就只在边界百余里处绕来绕去，多是杀一些不曾作乱并归顺朝廷的民户家中的老弱者，而且还向乞弟送去丰厚的财礼，又派了四个人到乞弟那里作为人质，然后得到乞弟派人送来的一封假投降书，以此便和他结盟起誓，当天就班师撤回，还和运司等官员一起都向朝廷上表称贺。皇上洞察真情，已降下诏书把存宝关押狱中，边境人民无不欢快，认为即使像汉光武、唐太宗那样了解万里之外的敌情，也不能超过当今皇上的英明。如今虽然已经把存宝关押起来了，但继任者也没有见到有什么巧妙必胜的办法，只会说乞弟不过只有三千兵，而官军大约有三万人，到哪儿不能打胜云云。其实这正好比千钧硬弩，可以洞穿犀牛大象，却不能射中老鼠一样。如今军粮只能运到江安县，而从江安到乞弟盘踞的地方，还得再走十二三站的路程。如果将士们自带干粮出征，时间就不能超过一个月，乞弟只要能躲避隐藏起来四五十天，就可以逃脱过去。再则，山谷幽深险要，林木茂密潮湿，贼人们在溪流山谷之间，躲在林木后边隐蔽自己，用药箭射人，中箭者见血即死。要知道战士数万人深入险境不是万全之策，而将吏也不敢多停留，这里的事情不可不好好考虑。

天常说："国家用兵，就好像百姓家盖房子。一共要盖多少间房子，建筑材料的费用，粮食的开销，合计要用多少钱，核算好落实下来，好像不会有什么出入了，可是工匠一来到，斧子家伙声一响，各种花销纷纷而出，算都算不过来，这就是因为预先没有考虑好的过错。如果开始干活了才去准备粮食，要动工砍削了才去找木材，这样费用必然会超过正常要求的十倍，而且造出来的东西必然不结实。所以天子用兵，应当像富人家盖房子。考虑周到，事先规划安排，准备材料储备粮食都很得法，因此筹备常常很慢，而干起来常常很快，工程指日可成，既不超过原来的预算，费用只有别人的一半，而功效却能超出一倍。今天对付夷人的办法，可以暂停下各路兵马，而单独挑选一名转运使和一名泸州知州，允许他们法外行事，给他们两年期限，让他们自己筹划安排，不许其他人干涉。再多拿出些钱财茶叶丝绸，沿边界处大量采买夷人的粮食，用这样的方法聚粮，费用必然少于仓猝间用人力运输的一半。再派一些能说会道者招抚游说十州五团晏州六县水路十二村罗氏鬼主播州杨贵迁一类的人，委派五六个头目，让他们轮流出兵，骚扰乞弟的部落，让他们春季不能耕种，秋季无法收获。另外嘉、戎、泸、渝四州，都有土豪担任把截将，他们从来就是雇佣一名私兵到夷人地界，付给七两银子，每得一颗夷人的人头，付给三十两银子买下来，把截将就作为自己的功劳。如今可以招募这四个州的人，每得二十颗人头，就给他补一个三班的官职，如果不到二十颗，就每一颗官府赏绢三十匹。在山谷中出没，能忍受辛苦瘴毒，看形势有利就聚合起来，形势不妙时就如鸟兽散，这本是蛮夷的特长，而中原人对他们却奈何不得。现在如果招募各部夷人和四州把截将的私人军队，让他们轮番进攻，那么蛮夷的特长，反而让我们使用了，只要能这样日积月累地诛杀他们的青壮年，并使他们不得不整年丢下农具而拿起刀枪，用不了两年，他们部落的人一定会杀了乞弟来投降。如果这样还不行，就请朝廷在将级编制下，选出三五千人分三路进入夷人地界。西路从江安县进兵，先在宁远寨积粮，以十州五团等各部夷人为先锋，以施、黔、戎、泸四州的药箭弓弩手紧随其后；中路从纳溪寨进兵，先在本寨积粮，也用各部夷人作为先锋，以各将领管辖下的兵马随其后，这三路进军路线中只有这一路的道路稍平坦，可以使用官军进兵；车路从合江县进兵，先在安溪寨积粮，也使用各部夷人当先锋，以嘉、戎、泸、渝四州招募的兵随其后，这样就可以一举消灭敌寇。”

天常的这个办法，虽说好像是收效不快，这么一小撮毛贼，还要两年才能平定，然而朝廷的堂堂之师，行事一定要万无一失，不能靠侥幸。淮南王刘安说过：“即使最下等的军卒，如果有一个不是完好无伤地回来，就算是取得了越王的头颅，我也会把这当作大汉的耻辱。”如今乞弟好比跳蚤虱子，就是打败他也不足以立威于四夷，而万一不能战胜，岂不是成为卿大夫的耻辱了吗？赵充国征伐先零，邓训征伐羌人和月支胡人，都是用计谋和敌人消磨，花了几年才取胜。唐明皇想攻取石堡城，王忠嗣认为不战死两万人打不下来，因此不服从圣旨。当时以唐朝的强盛，死两万人又算得了什么？但是良将为国家考虑，坚决不肯这样做，就是图个万全之策啊。又比如后汉的永和年间，交趾造反，朝中人都建议征发荆、扬、兖、豫各州四万人去讨伐，只有李固说：“让这四人州的人，远赴迢迢万里，且遥遥无归期，再加上诏书逼迫催促，必定导致有人背叛逃亡；更兼南部州郡盛行瘟疫瘴气，一定会死很多人；等赶到岭南，士卒疲劳，已经没有力量作战了。前中郎将尹就讨伐益州叛乱的羌人时，益州就有这样的谚语说：‘虏来尚可，尹来杀我。’后来把军队交给刺史张乔，借助他的将吏，个把月的时间，就扫灭了敌寇。这就是一例朝廷发兵没有得到益处，地方州郡可以任用的明证。如今可以招募蛮夷，让他们自相攻杀，我们运输资财，作为给他们的资助。有能使用反间计捕获其头领的，许给他封侯的赏赐。”于是李固荐举祝良为九真太守，张乔为交趾刺史，从此岭南全部平定。如今来看李固的话，真是和天常说的不谋而合了。只是天常没有文化，所用言辞不能把意思表达清楚罢了。

天常又说：“乌蛮的药箭，使中箭者当场死亡，没有幸免之理。然而这种药箭不能射远，不在三十步以内就不发射，而一发射就没有射不中的。如今要和乌蛮作战，距离要在百步以内，五六十步以外，用强弓劲弩射他们。如果靠近了，就用短兵器直冲上去，在五七步以内格斗，这样他们的长处就都不起作用了。如今乞弟也不是真正的乌蛮。”像这种机巧事天常了解不少，不能都写下来，大体列举一二，从中就能看出天常的干练，恐怕是可以使用的。还有一张图样，虽然不太详细，但大体上就是那样。按照图样来对照他所说的，多少会更容易理解，所以送给您看，看过之后可以交给派去的人，带回来还我。这本不是您本职以内的事，然而您却如此不倦地寻访，由此可见忠臣为国效力，知道应该无所不为的道理，我难道可以因为获罪被贬而不该多说话就不为国出力吗！虽说如此，还是不要让那些不了解我的人看到，被当作攻击我的口实。

听说荆公称赞我的经藏文，其实那还是没有脱离虚妄的言论啊，不料却得到您的赞同，是为什么呢？送来抄写《圆觉经》的纸张收到，有空我就给抄写下卷，让公择抄写上卷。秦太虚是扬州卓越之士，原本知道你喜欢他，但是否也可以推荐给荆公，请荆公见他一下呢？子骏的事刚在朝廷的公报上看到，不过丢一个官罢了，不知他能否不因被罢免郡职产事而郁郁不乐？他曾经来过一封信，不知现在在何处，麻烦您向他转达我的问候。这里江水比去年大多了，但郡中还没有什么危险。听说沙湖镇有一些居民被淹，这也是江淮间常有的事。临皋港开通使用以来，往来的交通真是方便，而且本地居民做生意收入也多了，只是港口处不免稍微有些泥沙淤积，有人建议说，每年初春的时候派少量夫役去清淤也不是什么难事。蒙你询问，就说说这件事。没有机会见面，仅望您能应时保重自己。呈上我这封信向您问安。天气大热，请原谅失礼。轼叩头再拜。

答安师孟书

辱书为贶，过厚。吾子自以美才积学，取荣名于当时，所宜德者，平生之师友，朝夕相与讲学者也，如轼何与焉。然吾子之于轼，其得失休戚，轼所宜知。何者？其势足以相及也。向也，闻七子者之失，怳然如轼之有失也；既乃闻吾子之得，则亦如轼之有得也。今吾子书来，以为自为喜者少，而为轼喜者多，甚矣吾子之见爱也。然彼七子者，岂以一失为戚哉。彼将退治其所有，益广而新之，则吾犹有望焉。若吾子既得不骄，而日知其所不足，则轼之所得，又将有大者也。

【译文】承蒙来信，对我太厚爱了。阁下本是靠才能出众学识渊博，才取得当世的声名，所以应该感谢的，是你平生的师友，和朝夕在一起讲习研讨的人，和我有什么关系呢。然而对于我来说，你的得失祸福，我也应该知道。为什么呢？因为这足以牵涉到我啊。以前，听说那七位先生遭受挫折，好像和我受到挫折一样；后来听说你有此成就，就好像我也有所成就一般。如今你写信来，其中为你自己高兴的成分少，而为我高兴的成分却多，你对我实在是过于偏爱了。然而那七位，怎么能因为一时受挫就忧戚呢。他们应该回家整理自己的学问，更加扩而大之，不断加以更新，那么我就还有所期望。如果你有了成就之后而不骄傲，每天都知道自己的不足，那么我所得到的，就将会更大了。

答李昭玘书

轼启。向得王子中兄弟书，具道足下每相见，语辄见及，意相予甚厚，即欲作书以道区区，又念方以罪垢废放，平生不相识，而相向如此，此人必有以不肖欺左右者。轼所以得罪，正坐名过实耳。年大以来，平日所好恶忧畏皆衰矣，独畏过实之名，如畏虎也，以此未敢相闻。今获来书累幅，首尾句句皆所畏者，谨再拜辞避不敢当。然少年好文字，虽自不能工，喜诵他人之工者。今虽老，余习尚在。得所示书，反复不知厌，所称道虽不然，然观其笔势俯仰，亦足以粗得足下为人之一二也。幸甚！幸甚！比日履兹春和，起居何似。轼蒙庇粗遣，每念处世穷困，所向辄值墙谷，无一遂者，独于文人胜士，多获所欲，如黄庭坚鲁直、晁补之无咎、秦观太虚、张耒文潜之流，皆世未之知，而轼独先知之。今足下又不见鄙，欲相从游，岂造物者专欲以此乐见厚也耶？然此数子者，挟其有余之资，而骛于无涯之知，必极其所如往而后已，则亦将安所归宿哉！惟明者念有以反之。鲁直既丧妻，绝嗜好，蔬食饮水，此最勇决。舍弟子由亦云：“学道三十余年，今始粗闻道。”考其言行，则信与昔者有间矣。独轼伥伥焉未有所得也。徐守莘老每有书来，亦以此见教。想时相从，有以发明。王子中兄弟得相依，甚幸。子敏虽失解，乃得久处左右，想遂磨琢成其妙质也。徐州城外有王陵母、刘子政二坟，向欲为作祠堂，竟不暇，此为遗恨。近以告莘老，不知有意作否。若果作，当有记文。莘老若不自作者，足下当为作也。无由面言，临书惘惘。惟顺时自爱。谨奉手启为谢，不宣。

【译文】轼言。前些天收到王子中兄弟的信，详细述说阁下每次和他们相见，总要说起我来，看来对我的情意甚是深厚，我当时就打算给你写信，可又考虑到我正因罪过而在流放期间，一向并不认识，而这样热衷于和你交往，我这人一定怀有不可告人的目的想要欺骗你。我之所以获罪，正是因为名超过了实。年纪大了以后，对过去的所好所恶所忧所惧都已经淡漠了，唯独像害怕老虎一样，害怕超过了实际的名声，因此就没敢给你写信。如今收到你的长信，从头至尾，句句都正是我所害怕的话，我向你施礼实在不敢接受。然而我从小喜欢诗文，虽然自己的诗谈不上工整，却喜欢诵读别人工整的诗文。如今虽然老了，旧习气仍在。收到你的信，反复读也读不够，其中赞誉我的话，虽然不是那回事儿，然而观察行文的笔势抑扬上下，也足以多少看出一些阁下的为人了。幸甚！幸甚！近日临此春暖天气，身体怎样。我托你的福过得可以，总觉得自己在世上处境窘迫，到哪儿总是处处碰壁，没有一处能遂人愿的，只有在文人名士那里，往往能满足我平生所求，如黄庭坚鲁直、晁补之无咎、秦观太虚、张耒文潜等一类人物，都是世人所不了解的，而我却先了解他们。如今又蒙阁下不弃，要和我交往，难道是造物主想专门用这种快乐来厚待我吗？然而这几位先生，怀着他们有余的才资，在无边的知识中驰骋，一定要达到他们想达到的目的方才罢休，那么到哪里才是他们的归宿呢！只有高明的人或许能用什么办法让他们回过头来。鲁直丧妻以后，弃绝嗜好，吃素食，喝白水，这样做最为勇毅果决。我弟弟子由也说："学道三十多年，今天对道才算多少懂得一些。"考察他的言行，也的确和以前有所不同了。只有我仍然无所适从地没有什么长进。徐州知州刘莘老往往有信来，也用这道理来指教。我想你经常跟从他，恐怕有所发现和长进。王子中兄弟能和他在一起，太幸运了。子敏虽然未能赴京考进士，却能长时期和你在一起，想必能够造就成高才。徐州城外有王陵母亲和刘子政两座坟，以前曾打算为它们修祠堂，竟一直没有功夫，这是件遗憾事。最近把此事告诉莘老，不知道他是否有意修造。如果真修造，应当有记文。莘老如果不愿意自己写，阁下应该来写。没有机会面谈，面对所写书信心中怅惘。望随时保重。谨奉此信作为答谢。不多叙。

注译本

蘇東坡全集

第九册

〔宋〕苏轼 著
毛德富等 主编

团结出版社

目　录

杂记（异事）

杂记（修炼）

卷八十三　说

文与可字说

“乡人皆好之，何如？”曰：“未可也。”“乡人皆恶之，何如？”曰：“未可也。不如乡人之善者好之，其不善者恶之。”“善者好之，不善者恶之，足以为君子乎？”曰：“未也。孔子为问者言也，以为贤于所问者而已。君子之居乡也，善者以劝，不善者以耻，夫何恶之有？君子不恶人，亦不恶于人。子夏之于人也，可者与之，其不可者拒之。子张曰：‘君子尊贤而容众，嘉善而矜不能。我之大贤欤，于人何所不容？我之不贤欤，人将拒我，如之何其拒人也？’子张之意，岂不曰与其可者，而其不可者自远乎？”“使不可者而果远也，则其为拒也甚矣，而子张何恶于拒也？”曰：“恶其有意于拒也。”“夫苟有意于拒，则天下相率而去之，吾谁与居？然则孔子之于孺悲也，非拒欤？”曰：“孔子以不屑教诲为教诲者也，非拒也。夫苟无意于拒，则可者与之，虽孔子、子张皆然。”吾友文君名同，字与可。或曰：“为子夏者欤？”曰：“非也。取其与，不取其拒，为子张者也。”与可之为人也，守道而忘势，行义而忘利，修德而忘名，与为不义，虽禄之千乘，不顾也。虽然，未尝有恶于人，人亦莫之恶也。故曰：与可为子张者也。

【译文】“乡里人都喜爱他，这个人怎么样？”孔子回答说：“还不行。”“乡里人都厌恶他，这个人怎么样？”孔子回答说：“还不行，最好是乡里的好人们都喜欢他，乡里的坏人们都厌恶他。”“乡里的好人都喜欢他，坏人都厌恶他，这个人就能称为君子了吗？”我说：“还不能这样说。孔子是回答别人询问时说这番话的，他当时不过是认为这样的人比提问的人贤能些罢了。君子住在乡里，好人把他当做榜样，不好的人见到他会为自己感到羞愧，哪里会有厌恶？君子不厌恶别人，也不被别人厌恶。子夏对人的态度，是认为可以交往的人就与他交往，不值得交往的人就拒绝他。子张说：‘君子尊重贤人，也接纳普通的人；鼓励好人，也可怜无能的人。如果我是很好的人，对什么人不能接纳？如果我是个坏人，别人会拒绝我，我怎么能去拒绝接纳别人呢？’子张的意思，不就是说交结可交的人，而那些不可交的人自己就避开了吗？假如不可交的人真的远远避开，那只能说明拒绝得十分严厉，而子张为什么这么不喜欢拒绝呢？”我回答说：“子张不喜欢别人有意拒绝。”“如果你有意拒绝，那么天下的人都相跟着离开你，你还跟谁相处呢？既是如此，那么孔子是为他的弟子感到悲哀，并不是拒绝吧？”我回答说：“孔子只是把不屑于教诲别人当做无言的教诲，并不是说拒绝别人。如果不想拒绝别人，那么可以交往的就交往，就是孔子、子张也都是一样。”我的朋友文君名叫同，字与可。有人问：“他是子夏那样的人吗？”我说：“不是。文与可取子夏的交往，而不取子夏的拒绝，他应当属于子张那样的人。”文与可的为人，恪守正道而不畏权势，推行仁义而不计私利，修养仁德而淡泊声名。如果想让他行不义之事，即使是给他千乘的高官，他也不会正眼相看。虽然如此，他从没有厌恶过什么人，也没有受到什么人的厌恶。所以说：与可是子张那样的人。

杨荐字说

杨君以其所名“荐”，请字于余。余字之“尊”。已而告之曰：古之君子，佩玉而服韨，戴冕而垂旒，一献之礼，宾主百拜，俯偻而后食。夫所为饮食者，为饱也；所为衣服者，为暖也。若直曰饱暖而已，则夫古之君子，其无乃为纷纷而无益，迂阔而过当耶？盖君子小人之分，生于足与不足之间，若是足以已矣，而必为之节文。故其所以养其身者甚周，而其所以自居者甚高而可畏，凛乎其若处女之在闺也，兢兢乎其若怀千金之璧而行也。夫是以不仁者不敢至于其墙，不义者不敢过其门。惟其所为者，止于足以已矣之间，则人亦狎之而轻，加之以不义。由此观之，凡世之所谓纷纷而无益、迂阔而过当者，皆君子之所以自尊也。《易》曰："藉用白茅，无咎。"孔子曰："苟错诸地而可矣。"藉之用茅，何咎之有？地非不足错也，而必茅之为藉，是君子之过以自尊也。予欲杨君之过以自尊，故因其名荐而取诸《易》以为之字。杨君有俊才，聪明果敢有过于人，而余独忧其所以自爱重者不至而已矣。

【译文】杨君以他的名为"荐"，请求我为他取个字。我给他取的字是"尊"。然后告诉他说：古代的君子，佩带着美玉，穿着华美的服装，戴的冕前垂挂着串珠。一献的礼节，要求宾客和主人都要拜谢，躬下身后才能就食。人们之所以要吃饭，是为了饱腹；之所以要穿衣服，是为了暖身。如果就只为了饱暖，那么古代的君子，岂不是做了很多杂乱无益的事，显得迂阔过分吗？君子与小人的区别，就在于生活费用的充足与不足。要是生活费用充足，那么一定要制定出许多礼节文法。所以他们用来保养自己身体的方法非常完备，用来显示自己地位的礼节显得高不可攀，严肃得好像处女在闺门之中，小心谨慎得好像怀中藏着千金之璧而行走。这就使不仁的人不敢轻易走到他们的墙边，不义的人不敢路过他们的家门。如果他们的作所为仅仅停留在饱暖之间，那么人们就会轻侮他，并把不义之名加在他们头上。由此看来，凡是世间所谓纷繁而无益、迂阔而过分的礼仪，都是君子用以自尊的手段。《周易》说："奉上洁白的茅草奏事，没有什么不祥。"孔子也说："荐献的物品放在地上是可以的。"荐献奏事用白茅，有什么不祥？地并不是不够用来放置物品，而一定要用白茅做为引荐之物，是君子在处事中用来表示自尊的。我想杨君在处事中也要表示自尊，所以就他的名叫荐而取用《周易》中的意思做为他的字。杨君有俊逸之才，聪明果敢都超过别人，可我只是劝励他自爱自重，不要停留在饱暖而已罢了。

文骥字说

马之于德，力尽于蹄啮，智尽于窃衔诡辔。以蹄啮之力为千里，以窃诡之智为道迷。此之谓骥。文与可学士之孙，逸民秀才之子，苏子由侍郎之外孙，小名骥孙，因名之曰“骥”。不称其力称其德，字之曰“元德”。

元祐三年外伯翁东坡居士书。

东坡居士言：骥孙才五岁，入吾家，见先府君画像，曰：“我尝见于大慈寺中和院。”试呼出相之，骨法已奇，神气沉稳。此儿一日千里，吾辈犹及见之。他日学问，知骥之在德不在力，尚不辜东坡之言。

元祐三年十月癸酉，门下后省书。

【译文】马的德，力量全部表现在足蹄上，智慧全部表现在吐出口衔挣脱辔头。蹄足的力量能行千里，吐出口衔挣脱辔头的智慧是为了不失大道。这就叫做骥。文与可学士的孙子，逸民秀才的儿子，苏辙子由侍郎的外孙，小名叫骥孙，所以给他取名叫“骥”，不取马的力量而取马的德行，取字叫“元德”。

元祐三年外伯祖父东坡居士书。

东坡居士说：骥孙才五岁，到我家来，看见了先父的画像，说：“我曾经在大慈寺中和院见过他。”叫他出去看看相，相者说他的骨法奇俊，神情气质深沉稳重。这个小儿将来的发展必是一日千里，我们这些老一辈的人恐怕还来得及看见他的发展。说到他今后的学问，我认为他的长处是在德行而不在力量，希望他不辜负东坡这番话。

元祐三年十月癸酉日，书于门下后省。

张厚之忠甫字说

张厚之忠甫，乐全先生子也。美才而好学，信道而笃志，先生名之曰“恕”，而其客苏轼子瞻和仲推先生之意，字之曰“厚之”，又曰“忠甫”。且告之曰：事有近而用远，言有约而义博者，渴必饮，饥必食，食必五谷，饮必水。此夫妇之愚所共知，而圣人之智所不能易也。一言而可以终身行之者，恕也。仁者得之而后仁，智者得之而后智。施于君臣、父子、夫妇、朋友之间，无所适而不可，是饥渴饮食之道也。故曾子曰：“夫子之道，忠恕而已矣。”而孔子亦曰：“如有周公之才之美，使骄且吝，其余不足观也已。”夫骄且吝，岂非不恕而已乎？人而能恕也，虽孔子可庶几，人而不能恕，虽周公不足观也。先生之所以遗子者至矣，吾不能加豪末于此矣。然而曾子谓之忠恕，诗人谓之忠厚。以吾观之，忠与恕与厚，是三言者，圣人之所谓一道也。或谓之谷，或谓之米，或谓之饭，此岂二物也哉？然谓谷米谓米饭则不可。故吾愿子贯三言而并佩之。将有为也，将有言也，必反而求之曰：“吾未恕乎？未厚乎？未忠乎？”自反而恕矣，厚矣，忠矣，然后从之。此孔子、曾子、诗人之意也，先生之意也。

【译文】张厚之忠甫，是乐全先生张方平的儿子。有俊美的才华又非常好学，遵守大道而培养志节，乐全先生为他取名叫“恕”，先生的门客苏轼子瞻和仲推衍先生的本意，为他取字为“厚之”，又一字为“忠甫”。并且告诉他说：事情有近期发生而影响深远的，语言有文字简约而意义广博的。人渴了一定要饮水，饥饿了一定要吃饭。吃饭一定要吃五谷，饮用的一定是水。这是连最愚昧的普通男女都知道的事，即使是圣人的智慧也不能改变它。一个字就可以使人终身奉行的，是“恕”字。仁者得到“恕”之后才成为仁者，智者得到“恕”之后才成为智者。把“恕”施于君臣、父子、夫妇、朋友种种关系之中，没有一种关系不适用，就像饥渴饮食的道理一样。所以曾子说：“孔夫子所行的道，就是‘忠恕’两个字罢了。”而孔子也说：“假如有的人具有周公那样的才能美德，但是又骄横又吝啬，那么其他的美德也就微不足道了。”所谓骄横和吝啬，不就是缺少恕吗？人能做到恕，就连孔子那样的圣人也不是高不可及，人要是做不到恕，即使是功如周公，也没有什么值得赞赏的。乐全先生给儿子起的这个名真是精辟到极点了，我不能再在其上补充一丝一毫了。但是曾子把“恕”说成“忠恕”，诗人把“恕”说成“忠厚”。以我看来，“忠”与“恕”与“厚”，这三个字，在圣人心目中是一个意思。就像粮食刚打下来叫“谷”，谷碾去皮就叫“米”，米煮熟了就叫“饭”，这难道是不同的东西吗？但是把“谷米”叫“米饭”就不行。所以我希望你把这三个字贯穿起来，一并放在你的名、字中。每当要做什么事的时候，每当要说什么话的时候，一定要先反省自己说：我没做到恕吗？没做到厚吗？没做到忠吗？”这样反而一定会做到恕，做到厚，做到忠，然后再按照这三个字去做。这就是孔子、曾子、诗人的本意，也是乐全先生的本意。

赵德麟字说

宋有天下百余年，所与分天工治民事者，皆取之疏远侧微，而不私其亲。故宗室之贤，未有以勋名闻者。神宗皇帝实始慨然，欲出其英才与天下共之，增立教养选举之法，所以封植而琢磨之者甚备。行之二十年，而文武之器，彬彬稍见焉。

元祐六年，予自禁林出守汝南，始与越王之孙、华原公之子、签书君令畤游。得其为人，博学而文，笃行而刚，信于为道，而敏于为政。予以为有杞梓之用，瑚琏之贵，将必显闻于天下，非特佳公子而已。昔汉武帝幸雍祠五畤，获白麟以荐上帝，作《白麟之歌》，而司马迁、班固书曰“获一角兽”，“盖麟云”。“盖”之为言疑之也。夫兽而一角，固麟矣，二子何疑焉？岂求之武帝而未见所以致麟者欤？汉有一汲黯，而武帝不能用，乃以白麟赤雁为祥，二子非疑之，盖陋之也。今先帝立法以出宗室之贤，而主上虚己尽下，求人如不及，四方之符瑞皆抑而不闻，此真获麟者也。麟固不求获，不幸而有是德与是形，此麟之所病也。今君学道观妙，澹泊自守，以富贵为浮云，而文章议论，载其令名而驰之。既有麟之病矣，又可得逃乎？敬字君德麟，而为之说。

【译文】宋朝据有天下一百多年，用来分担上天之命治理民事的大臣，都取自关系疏远、出身平凡的贤能之人，并不因为是宗室就有所偏私。所以宗室中的贤能者，没有以立功受勋而名闻天下的。神宗皇帝开始对这种状况发出感慨，想发掘宗室中的英俊贤才参与治国，于是增加了教育培养宗族子弟，从中选拔贤者的法令，用来培育和磨练他们的课程设置得十分完备。这个政策实行了二十年，文武百官之中，开始出现宗室子弟了。

元祐六年，我从翰林学士出外任汝州知州，开始与越王的孙子、华原公的儿子、签书赵君令畤交往。得以了解他的为人，他学问广博，善写文章，重于行义而刚毅有气节，信守诺言，处理政事十分干练。我认为他有栋梁之材，又有宗室的尊贵，一定会扬名于天下，并非仅仅是个英俊公子而已。当年汉武帝临幸于雍祭祠五帝，获得了一头白色的骐麟而贡奉于天帝，并为此作了《白麟之歌》，而司马迁、班固却只在史书中写着“获得了一只独角兽”，“可能是麟”。“盖”字就是表示怀疑的意思。兽只有一只角，肯定是麟，那么这两个人还有什么怀疑呢？难道是因为经过考察而证实汉武帝并没有见到捕获白麟的人吗？汉朝出了个汲黯，而汉武帝不能重用他，却以白麟赤雁为祥瑞，其实这两个人并非怀疑那只兽不是麟，而是鄙薄汉武帝的做法。如今先皇帝立法使宗室之中贤能的人得以显出他们的才能，而君主又虚己待人，渴求贤人惟恐有所遗漏，各地献来的祥瑞之物都置而不问，这才是真正得到麟的人。麟本身并不想让人得到，不幸的是它有独特的德行和独特的外形，这是麟的不幸。如今赵君学习儒道而深得其旨，安于平淡自守节操，把富贵视为浮云，而他的文章议论，又与他的美名一同四处传播。他已经具有麟的不幸了，难道能够逃脱得了吗？我恭敬地为赵君取字为“德麟”，并为他解说其中的含义。

仁说

孟子曰:“仁者如射，发而不中，反求诸身。”吾尝学射矣，始也心志于中，目存乎鹄，手往从之，十发而九失，其一中者，幸也。有善射者，教吾反诸求身，手持权衡，足蹈规矩，四肢百体，皆有法焉，一法不修，一病随之。病尽而法完，则心不期中，目不存鹄，十发十中矣。四肢百体，一不如法，差于此者，在毫厘之内，而失于彼者，在寻丈之外矣。故曰:孟子之所谓“仁者如射”，则孔子之所谓“克己复礼”也。君子之志于仁，尽力而求之，有不获焉？退而求之身，莫若自克。自克而反于礼，一日足矣。何也？凡害于仁者尽也。害于仁者尽，则仁不可胜用矣。故曰:“非礼勿视，非礼勿听，非礼勿言，非礼勿动。”一不如礼，在我者甚微，而民有不得其死者矣。非礼之害，甚于杀不辜。不仁之祸，无大于此者也。

【译文】孟子说：“仁德的人就像学射，发箭而射不中，就反过来从自身找原因。”我曾经学过射箭，刚开始的时候一心想射中，眼睛看着靶子，手顺着方向射去，十发九不中，射中的一箭，也是由于侥幸。有位善射的人教我从自身找原因，握稳机关，双脚合乎规矩，四肢和身体的每个关节，都要有一定的章法，一个姿势做不好，就会有一种毛病随之而来。所有的毛病都改掉，章法也就学完备了。这时就是心里并不想着射中，眼睛没有看着靶子，也会十发十中。四肢和各个关节，只要有一处不合乎章法，虽然自身只差一丝一毫，而到了目标就会偏离几丈开外了。所以说：孟子所谓的“仁德的人就像学射”，也就是孔子之所谓的“克制自己恢复周礼”。君子立志行仁德之事，只要尽力去做，有做不到的吗？退一步在自己身上查找失误，不如克制自己。能够克制自己而回归于礼，一天就够了。为什么呢？凡是对仁德有害的因素都去除了，对仁义有害的因素排除干净，那么行仁德之事就可以源源不断了。所以说："不合乎礼的事不要看，不合乎礼的话不要听，不合乎礼的话不要说，不合乎礼的事不要做。"一件事做得不合乎礼，在我看来微不足道，百姓就可能会有因此而死于非命的。不遵守礼法之祸，比滥杀无辜还要严重。不行仁德的祸害，没有比这更大的了。

刚说

孔子曰："刚毅木讷，近仁。"又曰："巧言令色，鲜矣仁。"所好夫刚者，非好其刚也，好其仁也；所恶夫佞者，非恶其佞也，恶其不仁也。吾平生多难，常以身试之，凡免我于厄者，皆平日可畏人也，挤我于险者，皆异时可喜人也。吾是以知刚者之必仁，佞者之必不仁也。

建中靖国之初，吾归自海南，见故人，问存没，追论平生所见刚者，或不幸死矣。若孙君介夫讳立节者，真可谓刚者也。

始吾弟子由为条例司属官，以议不合引去。王荆公谓君曰："吾条例司当得开敏如子者。"君笑曰："公言过矣，当求胜我者。若我辈人，则亦不肯为条例司矣。"公不答，径起入户，君亦趋出。君为镇江军书记，吾时通守钱塘，往来常、润间，见君京口。方新法之初，监司皆新进少年，驭吏如束湿，不复以礼遇士大夫，而独敬惮君，曰："是抗丞相不肯为条例司者。"

谢麟经制溪洞事宜，州守王奇与蛮战死。君为桂州节度判官，被旨鞫吏士之有罪者。麟因收大小使臣十二人付君并按，且尽斩之。君持不可，麟以语侵君。君曰："狱当论情，吏当守法，逗挠不进，诸将罪也。既伏其辜矣，余人可尽戮乎？若必欲以非法斩人，则经制司自为之，我何与焉？"麟奏君抗拒，君亦奏麟侵狱事。刑部定如君言，十二人皆不死，或以迁官。吾以是益知刚者之必仁也。不仁而能以一言活十二人于必死乎！

方孔子时，可谓多君子，而曰“未见刚者”，以明其难得如此。而世乃曰“太刚则折”！，士患不刚耳，长养成就，犹恐不足，当忧其太刚而惧之以折耶？折不折，天也，非刚之罪。为此论者，鄙夫患失者也。君平生可纪者甚多，独书此二事遗其子勰、绩，明刚者之必仁以信孔子之说。

【译文】孔子说：“刚强果断、质朴而言语不轻易出口，有这些品德的人近于仁德。”又说：“善于花言巧语的，很少有仁义之士。”所以喜爱刚强的人，并不是喜爱他的刚强，而是喜好他的仁德；厌恶邪佞的人，并不是厌恶他的邪佞，而是厌恶他不仁义。我平生经历过许多灾难，经常以自身的遭遇检验这个道理，凡是帮助我脱离厄运的人，都是平日耿直令人生畏的人，凡是排挤我使我陷于危险境地的人，都是从前觉得和蔼可亲的人。所以我知道那些刚强的人一定是讲仁义的人，那些邪佞的人一定是不讲仁义的人。

建中靖国那年年初，我从海南回到内地，见到过去的朋友，问起其他人的生死存亡，追忆一生中所遇到的刚强的人，有的已经不幸去世了。像孙君字介夫名叫立节的，真算得上是刚正的人。

当初我弟弟子由是三司条例司的官员，因为与王安石议论不合而辞职。王安石对孙君说：“我们条例司应该任用你这样开明敏捷的人。”孙君笑了笑，说：“王公的话太过分了，应当找那些比我强的人。像我这样的人，也是不肯到条例司来的。”王公没有回答，站起身来径直走入房中，孙君也快步趋出。孙君担任镇江军书记，我那时任杭州通判，在常州、润州间往来公干，在润州见过孙君。那时刚刚推行新法，路中的监察官吏都是新提拔的年轻人，对待官吏如同捆绑湿物，不再以礼敬的态度对待士大夫，可他们惟独敬畏孙君，说：“这就是敢于违抗丞相，不肯任条例司官职的人。”

谢麟负责处理溪峒蛮的事宜，知州王奇与蛮夷交战而死。那时孙君任桂州节度判官，接受圣旨审讯官吏将士之中在此事上有过失的人。谢麟因此收捕了大大小小的使臣共十二人交付给孙君一并治罪，还要把他们全部斩首。孙君坚持认为不能这样做，谢麟蛮横地辱骂孙君。孙君说："治罪应当讲道理，官吏应当守法律。延误时间逗留不进，是各位将军的罪过。他们已经认罪伏诛了，其余的人难道要全部杀死吗？如果非要不按法律处死人，那么由经制司自己处理这件事吧，我为什么要参与呢？"谢麟上奏朝廷说孙君抗拒命令，孙君也上奏朝廷说谢麟干预审讯。刑部最后决定采用孙君的意见，十二个人都没有处死，有人还提升了官职。我因此更加印证了刚正的人一定仁义。如果不仁义，他能用一句话救活十二个必死无疑的人吗！

孔子那个时代，号称有很多君子，可孔子还是说"没见到刚正的人"，这说明刚正的人是何等难得。世人都说"太刚直了就会摧折"！士大夫就怕不刚正，长期培养造就，还怕做不到，怎么还顾虑太刚直会遭到摧折呢？摧折不摧折，那是天意，并非刚正本身的过错。说此话的人，是患得患失的卑鄙小人。孙君平生可记载的事迹很多，我只写这两件事留给他的儿子孙勰、孙绩，用以说明刚正的人一定是仁义的，让人们相信孔子的话。

稼说 送张琥

曷尝观于富人之稼乎？其田美而多，其食足而有余。其田美而多，则可以更休，而地方得完；其食足而有余，则种之常不后时，而敛之常及其熟。故富人之稼常美，少秕而多实，久藏而不腐。今吾十口之家，而共百亩之田，寸寸而取之，日夜以望之，锄耰铚艾，相寻于其上者如鱼鳞，而地力竭矣。种之常不及时，而敛之常不待其熟，此岂能复有美稼哉！古之人，其才非有以大过今之人也，其平居所以自养而不敢轻用以待其成者，闵闵焉如婴儿之望长也。弱者养之以至于刚，虚者养之以至于充。三十而后仕，五十而后爵。信于久屈之中，而用于至足之后。流于既溢之余，而发于持满之末。此古之人所以大过人，而今之君子所以不及也。吾少也有志于学，不幸而早得与吾子同年，吾子之得亦不可谓不早也。吾今虽欲自以为不足，而众且妄推之矣。呜呼！吾子其去此而务学也哉！博观而约取，厚积而薄发，吾告子止于此矣。子归过京师而问焉，有曰辙子由者，吾弟也，其亦以是语之。

【译文】为什么不去看看富人的庄稼呢？他们的田地肥美而众多，他们的粮食充足而有余。他们的田地肥美众多，因此可以轮换耕种，使田地得以休养；他们的粮食充足有余，因此他们播种一般不会耽误农时，而收获一般都会等到庄稼成熟。所以富人的庄稼都长得很好，秕谷少而颗粒饱满，长久贮藏也不会腐烂。假如现在我有一个十口之家，只有百亩田地，每寸土地都要让它长出粮食，日日夜夜盼望它成熟，密密地耕锄，细细地收割，恨不得地里的谷物就像鱼鳞一样稠密重叠，而地力几乎衰竭了。播种经常不能及时，而收获也常常等不到庄稼熟透，这哪能有好庄稼呢！古代的人，他们的才能并不是大大超过今人，他们平日居处用以培养自己的能力而不轻易的施展，直要等到丰满成熟，就像是殷切地盼望婴儿长大一样。柔弱的人通过培养达到刚强，空虚的人通过培养达到充实。三十岁以后才出来做官，五十岁以后才得到爵位。得志在久屈于人下之后，得到任用在成熟之后。施政在学业丰足之后，议论在蕴积充满之后。这就是古代贤人所以大大超过今人，而今天的君子之所以比不上他们的原因。我少年时也曾有志于学问，不幸早早地与张君你同年考中进士，走入仕途。张君考中进士不能说不早。我如今虽然自认为学问不足，但是众人还是盲目地赞许我。啊！张君你离开这儿后务必加紧学习！广泛阅读，取其精华，厚积而薄发。我想告诉你的就是这些。你回去路过京师时打听一下，有个苏辙字子由的人，是我弟弟，见到他时，把我这些话也告诉他。

何苓之名说

罗浮道人何宗一以其犹子为童子，状貌肥黑矮小，尝戏之曰：此罗浮茯苓精也。俗谚曰：“下有茯苓，上生兔丝。”因名之曰“苓之”，字“表丝”。且祝老何善待之，壮长非庸物也。

【译文】罗浮山道人何宗一让他的养子入道为道童，那个小孩长得个子矮小又黑又胖，我曾经开玩笑说：这是罗浮山上的茯苓精。俗话说：“下有茯苓，上生兔丝。”所以给他取名叫“苓之”，字“表丝”。并且嘱咐老何要好好对待他，他长大了不是一般的凡夫俗子。

思聪名说

法惠圆师小童彭九，年十一，善琴，应对明了如成人。自言未有法名，而同师皆联“思”字，遂与名“思聪”，庶几他日因声以得法，仍书以付之。

【译文】法惠圆师的童子彭九，十一岁，善于弹琴，与人对答时清楚明白，像成年人一样。他自己说没有法名，而他同师弟子都用“思”字相联，于是我给他取了个法名叫“思聪”，或许以后他会因为这个法号而得道，就把这个法名写下来交给他。

（本卷译者徐飞）

卷八十四　铭

却鼠刀铭

野人有刀，不爱遗余。长不满尺，剑钺之余。文如连环，上下相缪。错之则见，或漫如无。昔所从得，戒以自随。畜之无害，暴鼠是除。有穴于垣，侵堂及室。跳床撼幕，终夕窣窣。叱诃不去，啖啮枣栗。掀杯舐缶，去不遗粒。不择道路，仰行蹑壁。家为两门，窘则旁出。轻矫捷猾，忽不可执。吾刀入门，是去无迹。又有甚者，聚为怪妖。昼出群斗，相视睢盱。舞于端门，与主杂居。猫见不噬，又乳于家。狃于永氏，谓世皆然。亟磨吾刀，槃水致前。炊未及熟，肃然无踪。物岂有是，以为不诚。试之弥旬，凛然以惊。夫猫鸷禽，昼巡夜伺。拳腰弭耳，目不及顾。须摇乎穴，走赴如雾。碎首屠肠，终不能去。是独何为，宛然尺刀。匣而不用，无有爪牙。彼孰为畏？相率以逃。呜呼嗟夫，吾苟有之。不言而谕，是亦何劳？

【译文】乡野之人有把刀，毫不吝惜地送给了我。刀长不满一尺，却是用铸剑所剩的好钢打成。刀身上的花纹一环扣一环，上下串联在一起。磨一磨就能看得十分清晰，如果生锈，那就什么也看不清了。很久以前得到了它，于是带在身边做防身之用。此刀不是用来宰杀六畜的，专门刺杀可恶的老鼠。它们在墙壁上挖出洞穴，又侵入外堂和内室。跳在床上摇动帘幕，整夜的悉悉索索。呵斥它们也不离去，又吃枣儿又吃栗。掀动杯盘舔食瓦罐，吃得净光不留一粒。也没有固定的行走路线，爬高上低无所不至。他的洞穴有两个出口，一旦受到攻击就从另一个洞口逃走。行走轻快性情狡猾东奔西走很难抓住。自从我有了这把刀，这些老鼠就消声匿迹了。又出现了一些更厉害的老鼠，聚集成群兴妖作怪。大白天就出洞群争群咬，互相之间怒目而视。在大门口欣然起舞，和主人住在一起。连猫见到它们都不咬食，反而把它们养在家中。它们习惯了在永州某氏家中的逍遥自在，以为世间到处都是这样。我立即磨快我的刀，端来一盆清水放在面前。不到一顿饭的功夫，它们就跑得无影无踪。难道会这样灵验吗？我以为这是假像。连着试了十来天，我的威严震惊了它们。猫也算是很凶猛的了，白天寻找夜间等侯。弯着腰竖着耳，睁大眼睛四顾不暇。长须在洞穴口摇动，奔走飞快如云雾一般。咬碎鼠头撕烂鼠肠，却仍不能把此类驱除干净。而我又做了什么呢？只不过是手中拿着尺把长的小刀罢了。刀装在匣中没什么用，它既没有尖爪也没有利齿。鼠辈为什么惧怕它，争先恐后地逃跑了呢？谢天谢地，我幸亏有了这样一把刀。不用多说，老鼠就吓跑了，哪里还用什么辛劳？

玉堂砚铭 并叙

文同与可将赴陵州，孙洙巨源以玉堂大砚赠之。与可属苏轼子瞻为之铭，曰：

坡陷弥漫，天阔海浅。巨源之砚，淋漓荡潏。神没鬼出，与可之笔。烬南山之松，为煤无余。涸陵阳之水，维以濡之。（砚大如四砖许，而陵州在高山上，至难得水，故以戏之。）

【译文】文同（字与可）要到陵州去赴任，孙洙（字巨源）把玉堂砚赠送给他，文与可嘱咐我为这个大砚写篇铭文，铭文说：

凹凸不平又如烟雾弥漫，好似浅海在高天之下。巨源的砚台，气势磅礴淋漓畅快。文与可的一枝画笔，真可谓神出鬼没。把南山的松树烧光，制成炭墨也不够用。用尽了陵州的水，也刚刚够把这研沾湿。（这方砚有四块砖那么大，而陵州地处高山之上，用水十分困难，所以写这篇铭文开开玩笑。）

鼎砚铭

鼎无耳，槃有趾。鉴幽无见几不倚。旸虫陨羿丧厥喙，羽渊之化帝祝尾。不周偾裂东南圮，黝然而深维水委。谁乎为此昔未始，戏名其臀加幻诡。

【译文】像鼎没有耳朵，像盘却有支脚。用它来照鉴幽冥，一无所见，放在几案上不偏不倚。它是阳乌斗杀后羿时损坏了的尖喙。它是羽渊化生此石时天帝截断了的石尾。不周山崩裂倾向东南，它变成黑色被深深地埋在了水底。谁说此砚当年无人雕琢，我在它后面隆起之处加上几句增加它的奇幻诡谧。

王平甫砚铭

玉德金声，而寓于斯。中和所熏，不水而滋。正直所冰，不寒而澌。平甫之砚，而轼铭之。

【译文】美玉般的德行金石般的声响，却闲置在这个地方。它是天地间中和之气熏染造就，不用注水便显得潮润。其中的汁水凝固，不必天寒就结为硬块。王平甫的砚，苏轼为它作铭。

邓公砚铭 并叙

王巩，魏国文正公之孙也。得其外祖张邓公之砚，求铭于轼。铭曰：

邓公之砚，魏公之孙。允也其物，展也其人。思我魏公文而厚，思我邓公德而寿。三复吾铭，以究令名。

【译文】王巩是魏国公王旦的孙子，得到他外祖父邓国公张士逊的一方砚台，求我为它写篇铭文，铭文说：

邓国公的砚，魏国公的孙。看到他们的遗物，回想起他们的为人。想我魏国公有文采有仁爱，想我邓国公有德行有福寿。我把铭文看了三遍，是想更多地探究两位相公的美名。

端砚铭

千夫挽绠，百夫运斤。篝火下缒，以出斯珍。一嘘而泫，岁久愈新。谁其似之，我怀斯人。

【译文】千人拽住绳索，百人抡起斧头。点起火把下到深处，才取出这稀世珍品。吹上一口气就泫然润泽，岁月愈久愈显得新鲜。有谁能像这砚石一样呢？我崇敬这样的人。

孔毅甫龙尾砚铭

涩不留笔，滑不拒墨。爪肤而縠理，金声而玉德。厚而坚，足以阅人于古今。朴而重，不能随人以南北。

【译文】石涩却涩不住笔，石滑磨墨却不滑。外形如爪，文理如丝。金石般的声响，美玉般的品德。厚重而坚固，足以阅历古今人事。朴拙而沉重，不能跟随人们走南闯北。

孔毅甫凤咮石砚铭

昔余得之凤凰山下龙焙之间，今君得之剑浦之上黯黮之滩。如乐之和，如金之坚，如玉之有润，如舌之有泉。此其大凡也，为然为不然？然也，虽胡越同名犹可；不然，徒与此石同溪而产，何异于九鹏而一鹳鹊。

【译文】从前我在建州凤凰山下龙焙山得到一方石砚，如今孔君又在剑州的黯黮滩得到一方石砚。那石砚就像是乐器相和，就像是金属般坚硬，就像是美玉般润泽，就像是舌尖上有水珠。这就是它的大概情况。是好还是不好呢？说它好，它其实就像胡越间的许多石头一样普通；说它不好，那么在与它同溪而产的其他石头中，它的特别就像是九只大鹏与一只鹳鸟。

凤咮砚铭 并叙

北苑龙焙山，如翔凤下饮之状。当其咮，有石苍黑，致如玉。熙宁中，太原王颐以为砚，余名之曰凤咮。然其产不富。或以黯黮滩石为之，状酷类而多拒墨。时方为《易传》。铭曰：

陶土涂，凿山石。玄之蠹，颖之贼。涵清泉，闷重谷。声如铜，色如铁。性滑坚，善凝墨。弃不取；长太息。招伏羲，揖西伯。发秘藏，与有力。非相待，为谁出？

【译文】建州北苑龙焙山，形状如同飞翔的凤鸟低头饮水。就在那鸟喙的地方，有一种青苍发黑的石头，质地像玉石一样。熙宁年间，太原人王颐取此处的石头制成砚台，我为它取名叫凤咮砚。然而它的产量不大。有人用黯黮滩所产的石料做成砚台，其形状与凤咮砚十分相似，可是有些墨滑。当时我正在写作《易传》，于是写下这样的铭文说：

排除覆盖的泥土，凿下山上的石头。它与玄妙为敌，它与奸诈作对。它包含着清清的泉水，长久地埋藏在深谷之中。声音如铜钟，颜色如黑铁。又滑又硬，能够凝固墨汁。丢弃而不加利用，令人长长地叹息。转告伏羲，揖谢西伯。开发出深藏的珍品，他们都为此而出力。如果不是等待我辈，它又能为谁而显露出来呢？

凤咮砚铭

帝规武夷作茶囿，山为孤凤翔且嗅，下集芝田琢琼玖。玉乳金沙发灵窦，残璋断璧泽而黝，治为书砚美无有。至珍惊世初莫售，黑眉黄眼争妍陋。苏子一见名凤咮，坐令龙尾羞牛后。

【译文】天子敕令武夷山为皇家茶苑，这里有座山，像一只凤凰飞翔着鸟喙向下，像是降在美丽的田野中啄食美玉。绿玉般凸起的山丘，黄金般铺撒的细砂蕴育着灵异之物，残破的美璋、断裂的玉璧润泽而黝黑，用它们雕琢成砚台真是无比美妙。这稀世珍宝最初并不为人欣赏，人们都议论这黑眉黄眼之物是优是劣。苏子一见此砚，就为它起名为凤咮，哪能让这龙尾珍品处在蠢牛般的俗品之后呢？

米黻石钟山砚铭

有盗不御，探奇发瑰。攘于彭蠡，斫锺取追。有米楚狂，惟盗之隐。因山作砚，其词如贾。

【译文】有个盗贼无法防备，他探寻珍奇发掘美物。行盗于鄱阳湖边，砍断了石钟继续追寻。这个楚地狂士米黻，就是隐藏的盗贼。把石钟山雕成了砚台，砚上款识如同微微细雨。

黻砚铭 并叙

龙尾黻砚，章圣皇帝所尝御也。乾兴升暇，以赐外戚刘氏，而永年以遗其舅王齐愈，臣轼得之，以遗臣宗孟。且铭之曰：

黟、歙之珍，匪斯石也。黼形而縠理，金声而玉色也。云蒸露湛，祥符之泽也。二臣更宝之，见者必作也。

【译文】龙尾黻砚，是真宗皇帝曾经用过的御砚。乾兴年真宗驾崩，将此砚赐给了外戚刘氏，刘永年又把它送给了他舅舅王齐愈。臣苏轼得到了它，赠给了宗孟，并写了一篇铭文说：

黟、歙一带最珍贵的宝物，非此莫属。它有花一样的形状和细致的纹理，它有金属般的声音和玉一样的色泽。云雾和雨露滋润着它，那是真宗祥符年降下的恩泽所致。两位大臣相继珍藏它，凡是见到它的人都忍不住发出赞叹。

丹石砚铭 并叙

唐林父遗予丹石砚，粲然如芙蕖之出水，杀墨而宜笔，尽砚之美。唐氏谱天下砚，而独不知兹石之所出，余盖知之。铭曰：

彤池紫渊，出日所浴。蒸为赤霓，以贯旸谷。是生斯珍，非石非玉。因材制用，璧水环复。耕予中洲，艺我玄粟。投种则获，不炊而熟。

元丰壬戌之春，东坡题。

【译文】唐林父送我一方丹石砚，光彩照人就像是出水的莲花，既受墨又利笔，好砚的品质它集于一身。唐林父曾为天下的好砚写过《砚谱》，惟独不知此石产于何处，而我却知道。为它作铭文说：

咸池紫渊，是太阳的沐浴之处。蒸汽化为红色的霓光，光束升起直抵旸谷。此处出产这奇异的珍宝，既不是玉又不是石。根据它的材质制成此器，苍璧般的水环绕而流，我在其中耕耘，我在其中种粟。只要投下种子就会有收获，不用炊煮自然成熟。

元丰五年春，东坡题。

王仲仪砚铭

汲、郑蚤闻，颇、牧晚用。谏草风生，羽檄雷动。人亡器有，质小任重。施易何常，明哲所共。

【译文】汲黯、郑当时早年就闻名天下，廉颇、李牧晚年才得到重用。劝谏的草稿如风生笔下，墨写的檄文如惊雷动天。用它的人已经去世而此器仍存，器物虽小而所任重大。书写和修正是平常的事，此物应当是贤人哲士所共有。

端砚石铭 并引

苏坚伯固之子庠，字养直，妙龄而有异材。赠以端砚，且铭之曰：

我友三益，取溪之石。寒松为煤，孤竹为笔。蓬麻效纸，仰泉致滴。斩几信钩，以全吾直。

【译文】苏坚字伯固的儿子苏庠，字养直，正当青春之际并有超人的才干。我送给他一方端砚，并写了一篇铭文说：

我的朋友是具有直率、谅解和多闻三种品行的人，我曾取端溪中的美石制成砚，用岁寒的青松烧制为墨，孤高的翠竹制成笔。蓬麻权做纸张，把涓涓之泉滴入砚凹，纵横几案伸直钩挑，以保全我辈的率直。

端砚铭

与墨为入，玉灵之食。与水为出，阴鉴之液。懿矣兹石，君子之侧。匪以玩物，维以观德。

【译文】和墨一同形成自身，如同神龟之食。和水一同得人发掘，身带着神镜般的清液。此石有懿美之德，常常置于君子的身边。并不是把它做为玩赏之物，而是为了领悟它的品德。

黄鲁直铜雀砚铭

漳滨之埴，陶氏我厄。受成不化，以与真隔。人亡台废，得反天宅。遇发丘陇，复为麟获。累然黄子，玄岂尚白。天实命我，使与其迹。

【译文】漳水边上的粘土，是往古陶氏防我挖掘而形成。一旦坚固就顽而不化，从此便与世隔绝。铜雀台上的人早已死去，铜雀台也早已荒废，被埋到深深的地下。遇到那些耕于丘陇的人，这些台石又做为宝物被人获得。沉甸甸的一块黄石，既然已成为黑色之物，哪里还须崇尚洁白？实在是上天有意，使我能够一睹它的风采。

陈公密子石砚铭 并引

公密躬自采石岩下，获黄卵，剖之，得紫砚。铭曰：

孰形无情，石亦卵生，黄胞白络，孕此黝赪。已器不死，可候雨晴。天畀夫子，瑞其家庭。

【译文】陈公亲自在山岩之下采集美石，得到了一块黄色的大卵石，把它敲开，制成了一方紫色的砚台。我作铭文说：

什么物品没有性情？美石也是卵的化石所生成。黄色的胞胎白色的纹理，孕育了这方石砚黑里透红。已经做成了器具但并没有死去，可以等候雨过天晴。这是上天赠给陈老夫子的，给他的家庭带来祥瑞。

龙尾石月砚铭

萋萋兮雾縠石，宛宛兮黑白月。其受水也哉生明，而运墨也旁死魄。忽玄云之霮䨴，观玉兔之沐浴。集幽光于毫端，散妙迹于简册。照千古其如在，耿此月之不没。

【译文】生意盎然的雾石，饱满清晰恰似一轮明月。它得到了水就像烨烨发光，研上墨就像被遮蔽了的残月。忽然有乌云浮在其上，能看见玉兔在月中洗浴。把这幽然的光亮蘸在笔端，美妙的词句散布在简册上。这文辞流传千古，使这方砚石也得无埋没。

迈砚铭 迈往德兴，赉以一砚，以此铭之。

以此进道常若渴，以此求进常若惊。以此治财常思予，以此书狱常思生。

【译文】用它来学圣贤之道时常像口中干渴，用它来求取上进时常像是受惊。用它来治理财产时常想着给予他人，用它来书写狱状时常想着放人生路。

迨砚铭

有尽石，无已求。生阴壑，闷重湫。得之艰，岂轻授？旌苦学，畀长头。

【译文】有被采尽的石头，没有满足的欲求。它生在幽暗的深谷，锁闭在重重的溪涧之下。得到它真是千辛万苦，怎么能轻易送人？一定要用它来表彰刻苦好学之人，于是就把它送给像贾逵贾长头一样好学的苏迨。

卵砚铭

东坡砚，龙尾石。开鹄卵，见苍璧。与居士，同出入。更险夷，无燥湿。今何者，独先逸。从参寥，老空寂。

【译文】东坡有方砚，名为龙尾石。凿开鹄鸟卵，见到黑玉石。它与东坡居士，一同进身退处。历经惊险安泰，从无忽燥忽湿。如今为什么，单单先失去？它可能是跟从参寥子出家了，终生去过寂寞的生活。

唐陆鲁望砚铭

噫先生，隐唐余。甘杞菊，老樵渔。是器宝，实相予。为散人，出丛书。

【译文】啊，陆先生隐居于唐代末年。以杞菊为乐，终老于樵夫渔父之间。这是一件宝器，实在是天所赐予。为我江湖散人，写出《笠泽丛书》。

周炳文瓢砚铭

以汝为砚，罂肖而瓢质。以汝为瓢，砚剖而腹实。饮西江之水，吾以汝砺齿。泻悬河之辩，吾以汝借面。不即不离，孰曰非道人之应器耶！（谓炳文有入道之意。）

【译文】将你当成砚，你却挺个大肚子像个瓢；将你当成瓢，你却腹中充实掀开是个砚。灌入西江之水，我用你来磨墨。泄出悬河之辩词，我用你来装点门面。既不常用也不离身，谁说你不是道人喜爱的器物呢？（这里是指周炳文有做道士的想法。）

王定国砚铭二首

石出西山之西，北山之北。戎以发剑，予以试墨。剑止一夫敌，墨以万世则。吾以是知天下之才，皆可以纳诸圣贤之域。

【译文】此石出于西山的西边，北山的北边。将士用它来磨剑，我用它来磨墨。利剑只能对付一个人，墨却能写出万代的准则。我因此知道天下的人才，都可以容身于圣贤之林。

又

月之从星，时则风雨。汪洋翰墨，将此是似。黑云浮空，漫不见天。风起云移，星月凛然。

【译文】月亮伴随着众星，有时就刮风下雨。汪洋恣肆的墨迹，好像也是如此。乌云布满了天空，一片昏黑见不到天。狂风刮起吹散云雾，星星和月亮依然皎洁明朗。

鲁直所惠洮河石砚铭

洗之砺，发金铁。琢而泓，坚密泽。郡洮岷，至中国。弃矛剑，参笔墨。岁丙寅，斗南北。归予者，黄鲁直。

【译文】磨刀石上蘸水，能把金属铁器磨得锋利。雕成砚装上水，坚固致密十分润泽。产在洮州、岷州一带，辗转来到中原。不再用它磨砺刀剑，改伴文人笔磨。元祐元年，斗柄正南正北之月，送给我这方砚的是黄庭坚字鲁直。

自然端砚铭 并序

故人王颐有自然端砚，砚之成于片石上，稍稍加磨治而已。铭

曰:

其色马肝,其声磬,其文水中月,真宝石也。而其德则正,其形天合。其于人也略是,故可使而不可役也。

【译文】它的色泽如同马肝,它的声响如同玉磬,它的纹理如同水中月影,真是块宝贵的石头啊。而它的品质纯正,它的外形方正天生就与砚形相似,它的主人也是如此。所以可以使用而不可奴役。

天石砚铭 并序

轼年十二时,于所居纱縠行宅隙地中,与群儿凿地为戏。得异石,如鱼,肤温莹,作浅碧色。表里皆细银星,扣之铿然。试以为砚,甚发墨,顾无贮水处。先君曰:“是天砚也,有砚之德,而不足于形耳。”因以赐轼,曰:“是文字之祥也。”轼宝而用之,且为铭曰:

一受其成,而不可更。或主于德,或全于形。均是二者,顾予安取?仰唇俯足,世固多有。

(元丰二年秋七月,予得罪下狱,家属流离,书籍散乱。明年至黄州,求砚不复得,以为失之矣。七年七月,舟行至当涂,发书笥,忽复见之。甚喜,以付迨、过。其匣虽不工,乃先君手刻其受砚处,而使工人就成之者,不可易也。)

【译文】苏轼十二岁的时候,在所住的纱縠寓所窄沟里,和一群少年作掘地的游戏。得到一块奇异的石头,形状像鱼,外表温润晶莹,为浅绿色。外表和里层都点缀着细小的银星,击打它就发出铿锵的声音。试着拿它当砚使,很能发墨,只是缺少贮水的地方。先父说:“这是一方天然砚,具有砚的品质,就是形状不太完整罢了。”于是把他还给我,说:“这是你文章发达的祥瑞之兆。”我十分珍爱地使用它，而且为它写了篇铭文说：

一旦接受了上天的造就，就永远不再改变初衷。或以品德为高，或要保全形体。如果两者都有，那我取法什么？仰人鼻息跪人脚下，这样的人世上多有。

元丰二年秋七月，我获罪入狱，家属流离失所，书籍也丢失散乱。次年来到黄州，寻找我那方砚台，却怎么也找不到，以为把它丢失了。元丰七年七月，乘船到当涂，打开书箱，忽然又见到了它。非常高兴，于是把它交给儿子苏迨和苏过。装砚的匣子虽然不十分精致，却是先父亲手在得到此砚的地方刻的，并命匠人按砚的形状做的，不能更换。

汉鼎铭 并引

禹筑九鼎，用器也，初不以为宝，象物以饰之，亦非所以使民远不若也。武王迁之洛邑，盖已见笑于伯夷、叔齐矣。方周之盛也，鼎为宇庙之观美而已。及其衰也，为周之患，有不可胜言者。“匹夫无罪，怀璧其罪。”周之衰也，与匹夫何异？嗟夫！孰知九鼎之为周之角齿也哉？自春秋时，楚庄王已问其轻重大小。而战国之际，秦与齐、楚皆欲之。周人惴惴焉，视三虎之垂涎而睨己也。绝周之祀不足以致寇，裂周之地不足以肥国。然三国之君，未尝一日而忘周者，以宝在焉故也。三国争之，周人莫知所适与。得鼎者未必能存周，而不得者必碎之，此九鼎之所以亡也。周显王之四十二年，宋太丘社亡，而鼎沦没于泗水。此周人毁鼎以缓祸，而假之神妖以为之说也。秦始皇、汉武帝乃始万方以出鼎，此与儿童之见无异。善夫吾丘寿王之说也，曰：“汾阴之鼎，汉鼎也，非周鼎。”夫周有鼎，汉亦有鼎，此《易》所谓正位凝命者，岂三趾两耳之谓哉！恨寿王小子方以谀进，不能究其义。余故作《汉鼎铭》，以遗后世君子。其铭曰：

惟五帝三代及秦汉以来受命之君，靡不有兹鼎。鼎存而昌，鼎亡而亡。盖鼎必先坏而国随之，岂有易姓而鼎犹传乎？不宝此器，而拳拳于一物，孺子之智，妇人之仁。乌呼！悲矣。

【译文】大禹铸造九鼎，是实用的器具，当初并没有把它当作象征权力的宝物，按照鸟兽草木的形状刻成花纹装饰它，也并不是想让别人无法仿造。周武王把他迁移到洛阳，就已经受到伯夷、叔齐的讥笑了。周朝兴盛之时，鼎只是做为装点宗庙的陈设而已。到了周代衰落，它为周朝带来的祸患，数也数不清。周代的谚语说：“有一个人本无罪，却因身怀玉璧而遭到不测。”周朝的灭亡与那个人有什么不同？啊！谁知道这九鼎就成了周朝犀角象齿般被人谋夺之物了。春秋之时楚庄王就已经开始询问鼎之轻重和大小。到了战国之际秦国、齐国、楚国都想夺取它。周王朝的人惊恐不安，眼睁睁地看着三个狼虎之国对九鼎垂涎三尺而觊觎天下之大位。仅仅是断绝周天子的宗庙并不能击败敌国，割裂了周王朝的土地也并不能够使国家富足。然而这三国的国君从没有一天忘记周室，就是因为那儿有宝鼎的缘故。三个大国都要争夺它，周王室也不知道应该把鼎交给谁。得到宝鼎的人未必能保存周王室，而得不到宝鼎的人却一定会推翻周天子。这就是九鼎之所以必然被摧毁的原因。周显王执政第四十二年，宋国太丘社稷沦亡，就把九鼎沉没在泗水之中。这其实是周王室有意毁掉九鼎来减缓祸患，而假借神灵妖怪来遮掩此事。秦始皇、汉武帝都曾想方设法寻找宝鼎，这真是和小孩子的想法没什么不同。还是吾丘寿王说得有理，他说：“汾阴的鼎是汉鼎而不是周鼎。”周代有鼎，汉代也有鼎，这正是《周易》中所说的正大位凝天命之义，难道仅仅是指三条腿两只耳的普通器具吗？遗憾的是吾丘寿王是个小人，以阿谀谄媚求取仕进，不能深究此事的根本。因此我写了一篇《汉鼎铭》，把它留给后世的君子。铭文说：

从五帝、夏、商、周以及秦、汉以来的开国君主，没有一个人不拥有这九鼎。鼎存则国家昌盛，丢失了鼎则国家灭亡。一定是鼎先坏而后国家随之覆亡，哪里有江山换主而鼎还往下传的呢？不珍视这个器物所象征的国家政权，而单单是着眼于具体的器物，这不过是小孩子的想法，不过是妇人女子见识。啊，真可悲啊！

石鼎铭 并序

张安道以遗子由，子由以为轼生日之馈。铭曰：

石在洛书，盖隶从革。矢磐医砭，皆金之职。有坚而忍，为釜为鬲。居焚不炎，允有三德。

【译文】张安道把它送给苏辙子由，子由又把它做为我生日的礼物转送给我。铭文说：

石鼎上刻着《洛书》，使用隶书而笔画简洁。箭的石锋和医家的针石，本应由金属制造。然而石头虽然坚硬却可雕琢，竟然也可制成石釜石鼎。烈火焚烧而不暴热，它具有正、刚、柔三种美德。

大觉鼎铭

乐全先生，遗我鼎甗。我复以饷，大觉老禅。在昔宋、鲁，取之以兵。书曰郜鼎，以器从名。乐全、东坡，予之以义。书曰“大觉之鼎”，以名从器。挹山之泉，烹以其薪。为苦为甘，咨尔学人。

【译文】乐全张方平先生，送给我一个鼎。我也回赠他一句大彻大悟的禅语。当年的宋国和鲁国，曾经为争夺它险些发生战争。故名为郜鼎，是依器物的所在地而取的名字。乐全先生和东坡居士，赋予它新的意义。题名为“大觉之鼎”，是按照器物的特征来为它取名。舀取山间的清泉，烧起柴来烹煮。它的味道究竟是苦是甜，还要向学者们请教。

文与可琴铭

攫之幽然，如水赴谷。醉之萧然，如叶脱木。按之噫然，应指而长言者似君；置之枵然，遗形而不言者似仆。（与可好作楚辞，故有“长言似君”之句。邹忌论琴云：“攫之深，醳之愉。”此言为指法之妙耳。）

【译文】用手抓它，声音幽响，就像是流水跌进深深的峡谷。轻轻抹它，声音瑟瑟，就像是树叶从枝头落到地上。拨而按它，声响悠长，依照指法的按动发出长长的倾诉，就像与可君婉婉的乐章。把它搁置起来，也就如同被遗忘的形骸，一声不发，像是僵仆一样。（文与可喜好写作楚辞体，所以有“长言似君”这样的句子。邹忌在论琴之文中曾说：“深深地抓住，慢慢地抹。”此处讲的是弹琴指法之妙。）

十二琴铭

震陵孤桐

震陵孤桐下阳岑，音如涧水响深林。二圣元祐岁丁卯，器巧名之张益老。

【译文】震陵孤高的桐木出自大山之南，声音如山间的潺潺溪水回荡在密林深处。哲宗皇帝和太皇太后执政的元祐二年，张益老为它取了个雅名：震陵孤桐。

香林八节

河渭之水多土，其声厚以沉；江汉之水多石，其声激而清。香林八节，是谓天地之中，山水之阴。

【译文】黄河渭水之中多夹泥土，所以流水声浓厚而低沉；长江汉水之中多有礁石，所以流水声激越而清脆。香林八节之琴的声音，正是像在天地之间，山水之中。

号钟

薄则播，厚则石，侈则哆，弇则郁，长甬则震。无此五疾，则鸣而中律，是谓号钟之实。

【译文】腔管太薄了声音会分散，太厚了声音会沉重，大宽了声调会不准确，太窄了声调会太郁闷，大长了声音会不停地震颤。没有这五种毛病，那么声音就合于律吕，这才是真正的号钟。

玉磬

其清越以长者，玉也；听万物之秋者，磬也。宝如是中，藜藿不再食，以是乐饥，不以告籴。

【译文】声音清亮悠然的是玉，能够体现深秋万物萧瑟的是磬。拥有了这样的宝器，藜藿之羹不必再食。以此来消除饥饿，不必再向别人借粮。

松风

忽乎青苹之末而生有，极于万窍号怒而实无。失其荡枝蟠叶，霎而脱其枯。风鸣松耶？松鸣风耶？

【译文】飘忽的浮萍之末也会产生风，万洞怒吼到极点也就无风。丢去了满身的繁枝茂叶转瞬之间就变得光秃干枯。是风使松树发出鸣声呢？还是松树使风发出鸣声呢？

古娲黄

炼石补天之年，截匏比竹之音。虽不可得见，吾知古之犹今。木声犁然，当于人心。非参寥者，孰钩其深？

【译文】女娲炼五色石修补上天的时代，截成匏琴发出翠竹的清音。虽然我不能一睹它的形貌，我却知道古今一理。木制的琴声音豁朗，符合人们中和之心。如果不是参寥子，谁能了悟而如此之深？

南风

声歌《南风》舜作则，欲报父母天罔极。

【译文】歌唱《南风》之曲，就想到舜帝的辉煌，以此报答父母像上天般无边无际的恩德。

归鹤

琴声三叠舞胎仙，肉飞不到梦所传。白鹤归来见曾玄，陇头松风入朱弦。

【译文】三段琴曲使白鹤起舞，尘俗之躯无法腾空飞到那梦中美妙的境界。待到白鹤飞回时，所见的已是曾孙玄孙，这红色的丝弦所奏出的，恰是那陇山的松风。

秋风

秋风度而草木先惊，感秋者弦直而志不平。揽变衰之色，为可怜之声。不战者善将，伤手者代匠。悲莫悲于湘滨，乐莫乐于濠上。

【译文】秋风初起草木最先知晓，感叹秋风的人虽弹出平直的声调而心胸却凄怆不平。他聚集了草木摇落的万千秋色，发出真切动人的怜爱之声。不会拚杀的人善于驱使将帅，伤了手的人使工匠代替他。没有人比湘水之滨的屈原更加悲切，没有人比濠梁之上的庄周更加快乐。

渔根

袯襫大须，萧然于万物之表。槁项黄馘，闯然于一苇之杭。与鸥鸬而物化，发山水之天光。惊潜鱼而出听，是谓鱼根。

【译文】身披蓑衣长髯大须，潇洒地飘荡在尘世之外，干枯的颈项黄色的头皮，乘一叶扁舟冲破骇浪惊涛。与海鸥鸬鹚同生同灭，高山流水为之生辉。使水底的游鱼跳出水面聆听，那就是鱼根之琴。

九州璜

钓鱼得九州之璜，避纣得九州之王。湮沉乎射鲋之谷，委蛇乎凤凰之堂。其音不爽，惟德之常。

【译文】太公钓鱼钓上了一块半璧大璜，躲避商纣却得到了九州之一的齐王。它曾沉没在射杀鱼蟹的井谷，它曾置身于凤凰来集的高堂。但它的音调始终不变，保持那一贯的品质优良。

天球

天球至意，合以人力。作者七人，传以华国。有蔚者桐，僵于下阳之庭。奏刀而玉质，成器而金声。山川畀之耶？其天性之耶？

【译文】天球之琴深有韵意，还须要加上人的力量。七位工匠雕刻而成，辗转流传到中原之地。有那长满花纹的桐树，在北虢国的王庭之前晒干。用刀砍它现出玉一般的质地，制成琴后就发出金属般的美妙之声。是山川培养了它呢？还是它的本性就如此呢？

杨次公家浮磬铭

清而直，朴而一。虽有郑、卫，无自而入。以托于君子之室。

【译文】声音清亮而纯正，形状古朴而统一。虽有许多郑、卫靡靡之音，却无从进入到此磬之中。它以儒雅之声寄身于君子之堂。

法云寺钟铭 并叙

元丰七年十月，有诏大长老圜通禅师法秀住法云寺。寺成而未有钟，大檀越驸马都尉、武胜军节度观察留后张敦礼与冀国大长公主唱之，从而和者若干人。元祐元年四月，钟成，万斤。东坡居士苏轼为之铭。曰：

有钟谁为撞？有撞谁撞之？三合而后鸣，闻所闻为五。阙一不可得，汝则安能闻？汝闻竟安在？耳视目可听。当知所闻者，鸣寂寂时鸣。大圜空中师，独处高广座。卧士无所著，人引非引人。二俱无所说，而说无说法。法法虽无尽，问则应曰三。汝应如是闻，不应如是听。

【译文】元丰七年十月，朝廷下诏命高僧圜通禅师法秀住持于法云寺。寺庙已建成却没有钟，施主驸马都尉、武胜军节度观察留后张敦礼和他的夫人冀国大长公主率先倡议为寺庙铸钟，附和其议并捐助钱财的有许多人。元祐元年四月，大钟铸成，重一万斤。东坡居士苏轼为它写作铭文。铭文说：

有了大钟谁来做撞木？有了撞木谁来撞它？三者齐全了钟才能响，再加上听钟的人成为五大要素。缺少一样也不行，你怎么能听见呢？你听见的声音在什么地方？耳朵可以看眼睛可以听。要知道所想听见的，是鸣响时的寂静和寂静时的响声。圜通大师就像居于空中，独自坐在高大宽广的座位上。拳卧的大士并没有卧在堂中，被人引领而不是引领他人。人我、法界都没什么可说的，说的是些无言的法。以法为法奥妙无尽，如果有人问便回答说是三。你应该这样地去闻知，而不是单单去听钟鸣之声。

邵伯埭钟铭 并叙

邵伯埭之东，寺僧子康募千人为千斤铜钟，蜀人苏轼为之铭，曰：

无量智慧火，烧此无明铜。戒定以为模，铸成无漏钟。以汝平等手，执彼慈悲撞。声从无有出，遍满无边空。

【译文】在邵伯埭的东面，寺中和尚子康募集了一千人铸成了一口千斤重的铜钟，蜀人苏轼为此钟写作铭文，铭文说：

我佛无边的智慧之火，烧锻这愚暗的原铜。依照着戒律的规定模式，铸成了这口杀死烦恼之贼的大钟。用你那凡俗的双手，去撞击那大慈大悲的铜钟。钟声从无到有豁然而发，响遍无边无际的虚空。

徐州莲华漏铭 并叙

故龙图阁直学士、礼部侍郎燕公肃，以创物之智闻于天下。作莲华漏，世服其精。凡公所临，必为之。今州郡往往而在，虽有巧者，莫敢损，益。而徐州独用瞽人卫朴所造，废法而任意，有壶而无箭。自以无目而废天下之视，使守者伺其满，则决之而更注，人莫不笑之。国子博士傅君裼，公之外曾孙，得其法为详。其通守是邦也，实始改作，而请铭于轼。铭曰：

人之所信者，手足耳目也，目识多寡，手知重轻。然人未有以手量而目计者，必付之于度量与权衡。岂不自信而信物？盖以为无意无我，然后得万物之情。故天地之寒暑，日月之晦明，昆仑旁薄于三十八万七千里之外，而不能逃于三尺之箭、五斗之瓶。虽疾雷霾风雨雪昼晦，而迟速有度，不加亏赢。使凡为吏者，如瓶之受水，不过其量；如水之浮箭，不失其平。如箭之升降也，视时之上下，降不为辱，升不为荣。则民将靡然心服，而寄我以死生矣。

【译文】故龙图阁直学士、礼部侍郎燕公名肃，以创制奇巧器物的智慧而名闻于天下。他曾制作过一个莲华刻漏，世人都叹服它的精巧。凡是燕公所任职的州郡，都要造一个莲花漏。至今有些州郡还保存着此漏。虽然也出了些能工巧匠，但没人敢改造它。只有徐州采用了盲人卫朴所制造的刻漏，不遵定制，随意而制，有漏壶却没有漏箭。他自己没有眼睛就让别人也不能使用眼看，让守漏的人等到水满之后，便把水放空重新灌注，人们没有不讥笑它拙劣的。国子博士傅君褐，是燕公的外曾孙，了解燕公制造刻漏的方法十分详细。他担任徐州通判时，就改造了州里的刻漏，并请苏轼为此漏写作一篇铭文。铭文说：

人们所相信的，是手脚耳眼，用眼来看数量的多和少，用手掂量出重和轻。然而没有人用手来称量重量或用眼来计算多少，一定要用尺和秤。这难道是不相信自己只相信器物吗？大约是认为没有智慧没有自我，这样才能真正体现万物的性情。所以连天地间的寒暑，大阳月亮的晦暗和光明，甚至连气势磅礴远在三十八万七千里之外的昆仑山，都不能逃脱三尺长的漏箭、五斗深的漏瓶的测量。尽管天有惊雷狂风雨雪明暗，但刻漏却均匀而行，决不超前和滞后。它还会告诉那些为官为吏的人，为政要像漏瓶装水，不能超过限度；要像水中的浮箭一样，永远保持平衡。要像浮箭有升有降，随着时势变通，降职时不要感到耻辱，升迁时不要感到荣宠。那么百姓就会心悦诚服，而愿意舍生忘死地拥戴你。

裙靴铭 并序

予在黄州时，梦神考召入小殿赐宴，乃令作《宫人裙铭》，又令作《御靴铭》。

百叠漪漪风皱，六铢维维云轻。独立含风广殿，微闻环佩来声。

寒女之丝，铢积寸累。天步所临，云蒸雾起。

【译文】我在黄州居住时，梦见神宗皇帝召我到便殿赏赐宴饮，并命我写一篇《宫人裙铭》，又命写《御靴铭》。

百叠的裙子像被风吹皱的涟漪，众多的轻裙扰扰纷纷。天子独立在含风殿前，就已经听到了玉环佩饰的悦耳之声。

贫女编织的细丝，一铢铢一寸寸地不断积累。天子穿在脚上，走到哪里，哪里就如云生雾起。

金星洞铭

宝山南麓凤左翅，惊雷划石逋虬起，凝阴嘘坚出怪玮。是生神草肖苍虺，离离赤志挟脊尾，飞流丹石决痈痏。金星非实特取似，施及山石亦见谓，凡名相因皆此比。

【译文】宝山南侧如凤凰展开的左翅，惊雷震裂山石就像虬龙拖起龙尾。此洞聚着的地下的灵气，凝成坚固的石头，往往出产奇珍异石。此处的神草就像黑色的毒蛇，斑驳的红点散落在脊梁和尾上。飞流溅泻之处有像瘿瘤般大小红色的宝石，金星洞里并没有真正的金星，只是拿这些石头来做比况。遍及满山的石头也就都叫金星石了，事物的名称辗转相同也是同样的道理。

洗玉池铭

世忽不践，以用为急。秦汉以还，龟玉道熄。六器仅存，五瑞莫辑。赵璧妇玩，鲁璜盗窃，鼠乱郑璞，鹊抵晋棘。维伯时父，吊古啜泣。道逢玉人，解骖推食。剑璏鏚柲，错落其室。既获拱宝，遂空四壁。哀此命世，久就沦蛰。时节沐浴，以幸斯石。孰推是心，施及王国。如伯时父，琅然环决。援手之劳，终睨莫拾。得丧在我，匪玉欣戚。和仲父铭之，维以咏德。

【译文】世道忽然改变了秩序，把得到进用为当务之急。秦、汉以来国家珍视龟玉般的道德传统逐渐沦丧。中央政权虽然存在，而诸侯却各自为政。赵国的和氏璧成为妇人手中的玩物，鲁国的大璜被盗贼窃取，郑国的瑞璞拖进了鼠洞，晋国的大棘垫了鹊巢。伯时父为古礼不传而哀伤啼泣。他在路上遇到了一位玉匠，于是拴住马请他饮食。剑鼻、剑鞘的饰玉，堆满了玉匠的屋室。他发现了一块弯环的大璧，于是倾尽家财购买了它。他哀叹这样的珍宝，竟然沉沦如此之久。逢时过节都要沐浴清洁，虔诚地供奉这块玉石。谁能把他的爱玉之心，推广到君王国家身上呢？像伯时父这样珍爱美玉的行为，其实只是伸手就可以做到的，但别人却睥睨这种行为，所以找不到美玉。得到不得到美玉都是表明自己对美德的追求，并不是得到玉石本身有什么值得高兴的。仲和父写了一篇。铭文，我也写这篇铭文来赞颂他高尚的品德。

菩萨泉铭 并叙

陶侃为广州刺史，有渔人每夕见神光海上，以白侃。作品使迹之，得金像。视其款识，阿育王所铸文殊师利像也。初送武昌寒溪寺。及侃迁荆州，欲以像行，人力不能动。益以牛车三十乘，乃能至船。船复没，遂以还寺。其后惠远法师迎像归庐山，了无艰碍。山中世以二僧守之。会昌中，诏毁天下寺，二僧藏像锦秀谷。比释教复兴，求像不可得，而谷中至今有光景，往往发见，如峨眉、五台所见。盖远师文集载处士张文逸之文，及山中父老所传如此。今寒溪少西数百步，别为西山寺，有泉出于嵌窦间。色白而甘，号菩萨泉，人莫知其本末。建昌李常谓余，岂昔像之所在乎？且属余为铭。铭曰：

像在庐阜，宵光媚天。旦朝视之，寥寥空山。谁谓寒溪，尚有斯泉。盍往鉴之，文殊了然。

【译文】陶侣担任广州刺史时，有个渔夫每晚都看到海上闪出神光，他把这个消息禀告给陶侃。陶侃命人循着渔夫所指的方向寻找，得到一尊金佛像。辨认佛像上的款识所记，乃是阿育王所铸造的文殊师利菩萨像。陶侣先是把佛像送到武昌县寒溪寺供奉。后来陶侃改任荆州刺史，想带着佛像一同赴任，但是让人搬运时却搬不动。又增加了三十辆牛车，才勉强把它搬上船。而船却沉没了，只好把佛像运回寒溪寺。后来惠远法师把这尊佛像迎奉到庐山，搬运时却一点也不费力。庐山代代派两个僧人守护它。唐武宗会昌年间，下诏拆毁天下佛寺，两个僧人就把佛像藏在锦秀谷中。等到佛教重新复兴时，再去找这尊佛像却找不到了，但锦绣谷里至今仍有佛光出现，时时闪耀，就像峨眉山、五台山所见到的宝光一样。惠远大师文集中所载的处士张文逸的文章，还有庐山的父老传说的情况都是如此。如今寒溪寺往西几百步，又建了一座西山寺，有一眼清泉从寺基下的深洞中涌出。颜色纯白而味道甘甜，称为菩萨泉，但人们并不了解它的来龙去脉。建昌军人李常对我说，这是不是过去佛像所在之处呢？他又嘱咐我为这眼泉写篇铭文。铭文说：

佛像在庐山中，夜间有神光映照天空。天明再去观看，却只有空荡寂寥的山谷。谁知道寒溪寺西，还有这样一股清泉。为什么不前去看一看，文殊菩萨分明就在此间。

六一泉铭 并叙

欧阳文忠公将老，自谓六一居士。予昔通守钱塘，见公于汝阴而南。公曰：“西湖僧惠勤甚文，而长于诗，吾昔为《山中乐》三章以赠之。子间于民事，求人于湖山间而不可得，则盍往从勤乎？”予到官三日，访勤于孤山之下，抵掌而论人物。曰：“公，天人也。人见其暂寓人间，而不知其乘云驭风，历五岳而跨沧海也。此邦之人，以公不一来为恨。

公麾斥八极，何所不至？虽江山之胜，莫适为主，而奇丽秀绝之气，常为能文者用，故吾以谓西湖盖公几案间一物耳。”勤语虽幻怪，而理有实然者。

明年，公薨，予哭于勤舍。又十八年，予为钱塘守，则勤亦化去久矣。访其旧居，则弟子二仲在焉，画公与勤之像，事之如生。舍下旧无泉，予未至数月，泉出讲堂之后，孤山之趾，汪然溢流，甚白而甘。即其地，凿岩架石为室。二仲谓余：“师闻公来，出泉以相劳苦，公可无言乎？”乃取勤旧语，推其本意，名之曰六一泉，且铭之曰：

泉之出也，去公数千里，后公之没，十有八年，而名之曰六一，不几于诞乎？曰：君子之泽，岂独五世而已，盖得其人，则可至于百传。尝试与子登孤山而望吴越，歌山中之乐而饮此水，则公之遗风余烈，亦或见于斯泉也。

【译文】欧阳文忠公修上了年纪之后，自称为六一居士。我早年担任杭州通判时，在汝阴之南见到了他。欧阳公说：“杭州西湖高僧惠勤很有文采，尤其擅长写诗，以前我曾写过《山中乐》三首诗赠送给他。你在治郡空闲时，如果找不到可以游于湖山之间的知己，那何不去寻访惠勤呢？”我到任第三天，便到孤山下去寻找惠勤，我们二人畅论当今人物，惠勤说：“欧阳公，是天界的人物。人们只看见他暂时住在人世之间，却不知道他乘白云驾清风，游历五岳而横跨大海。此地的百姓，都为欧阳公没有来过杭州而深感遗憾。但我认为欧阳公能纵游八方，什么地方他不能到？此处虽有山川胜境，却不适合做为政治的中心，而美丽奇绝的灵秀之气，常常被善于诗文的人所取用，所以我认为西湖只不过是欧阳公几案之间的一件精巧之物罢了。”惠勤的话虽然有些飘渺怪诞，但却很有道理。

第二年，欧阳公逝世，我来到惠勤的僧房为他哀哭。又过了十八年，我担任杭州知州，这时惠勤也已经坐化很久了。我寻访惠勤的旧居，见到他的两个弟子仍在此处，他们绘制了欧阳公与惠勤大师的画像，像两人仍旧活着一样虔诚地供奉着。僧房附近以前没有泉水，我到杭州前几个月，有一眼泉在讲经堂后边的孤山脚下涌出来，泉水汩汩，四处流溢，非常洁白而甘甜。于是就在泉涌之处开凿岩石，架起石头建成石室。弟子对我说："大师听说您要来，特地涌出此泉以慰劳您的辛苦，您怎能不为此写几句话呢？"于是我记取惠勤往年与我交谈的话，推求那些话的本意，为此泉取名为六一泉，并为它写铭文说：

泉水涌出之地，离欧阳公数千里之远，泉水涌出之时，又在欧阳公去世十八年之后，却要取名为六一泉，不是近于荒诞吗？我说：君子的德泽，难道只存留五代吗？假如真能觅得其人，那就可以传留百代之远。曾与君子登上孤山而眺望吴越之地，歌唱着山中的欢乐而饮着此泉的水，那么欧阳公遗留的风流和刚烈，也可以时不时地从这泉中显现吧。

卓锡泉铭 并叙

六祖初住曹溪，卓锡泉涌，清凉滑甘，赡足大众，逮今数百年矣。或时小竭，则众汲于山下。今长老辩公住山四岁，泉日涌溢，闻之嗟异。为作铭曰：

祖师无心，心外无学。有来扣者，云涌泉落。问何从来，初无所从。若有从处，来则有穷。初住南华，集众渍水。水性融会，岂有无理。引锡指石，寒泉自冽。众渴得饮，如我说法。云何至今，有溢有枯。泉无溢枯，溢其人乎？辩来四年，泉水洋洋。烹煮濯溉，饮及牛羊。手不病汲，肩不病负。匏勺瓦盂，莫知其故。我不求水，水则许我。讯于祖师，有何不同？

【译文】禅宗六祖惠能最初住在曹溪，卓锡泉汩汩涌出，泉水清冽甘甜，使一方百姓大受其益，至今已经几百年了。间或有时泉中水干，那么百姓就要就要到山下汲水。如今长老辩禅师住持此山四年，泉水一天比一天旺盛，我听说后深为感叹称奇。为此作铭文说：

六祖禅师空似无心，空心之外再无所学。有来拜望师祖的人，只见云层翻涌泉水回落。问祖师从何处来，回答说无所从来。如果有从来之处，那么就有了到头之处。当初住在南华山，集取涢水到此。水性相通互流，哪有引不来的道理。祖师拿起锡杖点化顽石，那清冷的泉水自然凛冽。干渴的百姓得到了清泉，就像是我为大众讲说了佛法。为什么泉水至今有时腾涌有时枯竭？泉水本身不知道何时该涌何时该枯，它的涌出是因为人的因素吗？辩大师来此四年，泉水洋洋而出。用它烹煮食品洗涤灌溉，饮牛饮羊。双手不再为汲水困扰，双肩不再为背水烦难。瓮罐瓢盆，都不知水从何来。我不用再去寻找水源，泉水却给我送了来。以此询问惠能祖师，此时涌泉和当初有什么不同？

参寥泉铭 并叙

余谪居黄，参寥子不远数千里从余于东城，留期年。尝与同游武昌之西山，梦相与赋诗，有“寒食清明”“石泉槐火”之句，语甚美，而不知其所谓。其后七年，余出守钱塘，参寥子在焉。明年，卜智果精舍居之。又明年，新居成，而余以寒食去郡，实来告行。舍下旧有泉，出石间，是月又凿石得泉，加冽。参寥子撷新茶，钻火煮泉而瀹之，笑曰：“是见于梦九年，卫公之为灵也久矣。”坐人皆怅然太息，有知命无求之意。乃名之参寥泉，为之铭曰：

在天雨露，在地江湖。皆我四大，滋相所濡。伟哉参寥，弹指八极。退守斯泉，一谦四益。余晚闻道，梦幻是身。真即是梦，梦即是真。石泉槐火，九年而信。夫求何神，实弊汝神。

【译文】我被贬谪到黄州居住，参寥子不远千里跟随我来到黄州东坡，留在此居住了整整一年。他曾和我一同游览武昌的西山，梦见我们两人作诗赠答，诗中有“寒食清明”“石泉槐火”等词句，言词十分优美，却不知说得是什么。此后七年，我出任杭州知州，参寥子恰好也在这里。次年，赁了智果禅房暂住。又过了一年，他的新居建成了，可我却在这一年的寒食节离任，便来找参寥子告辞。他的新居下以往有一眼泉，出于石缝之间，这个月凿开岩石又凿出一眼泉，泉水比原来的那眼更加清冽。参寥子采来新茶，生着火煮开泉水而沏茶，笑着对我说：“这泉是我在九年前梦见的，李卫公显灵也年代久远了。”在坐的人都惆怅叹息，有天命不可知的含义。于是命名为参寥泉，并为此泉写铭文说：

水在天上是雨是露，在地上为江为湖。这都是我佛身中地水风火，相变相生而润泽众生。道行高深的参寥子啊，弹指之间遨游八方。退身来此静守此泉，一种谦德而清泉四溢。我晚年研读佛法，回首此生如同梦幻。眼见的真实就是梦，梦见的事物就是真。石泉鬼火的预言，九年之后才见到它的显现。还求什么神仙保佑，其实恰恰被神灵所蒙蔽。

九成台铭

韶阳太守狄咸新作九成台，玉局散吏苏轼为之铭。曰：

自秦并天下，灭礼乐，韶之不作，盖千三百二十有三年。其器存，其人亡，则韶既已隐矣，而况于人器两亡而不传？虽然，韶则亡矣，而有不亡者存。盖常与日月寒暑晦明风雨并行于天地之间。世无南郭子綦，则耳未尝闻地籁也，而况得闻于天？使耳闻天籁，则凡有形有声者，皆吾羽旄干戚管磬匏弦。尝试与子登夫韶石之上，舜峰之下，望苍梧之眇莽，九疑之联绵。览观江山之吐吞，草木之俯仰，鸟兽之鸣号，众窍之呼吸，往来唱和，非有度数而均节自成者，非韶之大全乎！上方立极以安天下，人和而气应，气应而乐作，则夫所谓箫韶九成。来凤鸟而舞百兽者，既已粲然毕陈于前矣。

建中靖国元年正月一日。

【译文】韶州知州狄咸新建造了九成台，玉局散吏苏轼为此台写铭。铭文说：

自秦朝吞并天下，毁灭古礼古乐，萧韶大乐再也难以听到，已经有一千三百二十三年了。即使那些乐器还在，但那些乐师一死，大乐也就等于消逝了，更何况乐人和乐器都消亡不传呢？虽说如此，就算是萧韶大乐久已毁亡，可也还有没被毁灭的音乐留存。它们时常与日月寒暑，昏暗光明，风风雨雨同时鸣响于天地之间。世上没有了南郭子綦，人们的耳朵从未听到地上的声音，更何况能够听到天上的声音呢？假使耳朵能听到天空之声，那么凡是有形能发出声音的器物，都能成为我的羽旗戈矛盾牌箫笛磬匏丝弦乐器。我曾经与狄君登上韶石山，置身于舜峰之下，远望苍梧山的飘渺苍莽，九疑山的连绵起伏。饱览江山的吞吐伸缩，草木的俯伏挺拔，鸟兽的鸣叫呼号，万民的感叹呼吸，人们你唱我和，没有乐谱的约束而节拍韵律自然天成，这不正是萧韶古乐的集大全吗！天子方今正崇圣行德来安定天下，民心平和而清爽之气与之相应，清爽之气应和而歌声便唱响于四方，这就是人们所说的箫韶九成的大乐。引来凤鸟而使百兽起舞的盛大场面，已经光辉灿烂地展现在眼前了。

建中靖国元年正月一日。

远游庵铭 并叙

吴复古子野，吾不知其何人也。徒见其出入人间，若有求者，而不见其所求。不喜不忧，不刚不柔，不惰不修，吾不知其何人也。昔司马相如有言："列仙之儒，居山泽间，形容甚癯。"意甚鄙之。乃取屈原《远游》作《大人赋》，其言宏妙，不遣而放。今子野行于四方十余年矣，而归老于南海之上，必将俯仰百世，奄忽万里。有得于屈原之《远游》者，故以名其庵而铭之。曰：

悲哉世俗之迫隘也，愿从子而远游。子归不来，而吾不往，使罔象乎相求。问道于屈原，借车于相如，忽焉不自知历九疑而过崇丘。宛兮相逢乎南海之上，踞龟壳而食蛤蜊者必子也。庶几为我一笑而少留乎？

【译文】吴复古字子野，我不了解他是个什么样的人。只是见到他来往人们中间，好像是在寻找什么，但又没看见他找到了什么。他从不高兴，也从不忧伤，不算刚毅，也不算柔弱，不懒惰也不勤勉，我真不知道他是什么样的人。过去司马相如有句话说："那些仙人般的儒者，居处在山林草泽之中，形体容貌十分清瘦。"他的意思是很鄙视那些人。就取法屈原的《远游》写了一首《大人赋》，他的词藻宏壮妙丽，虽不放纵而自然飞逸。如今吴子野奔走四方十几年了，最后回到南海来终养天年，他也必将会阅尽百世炎凉，飘忽万里之远，是从屈原的《远游》中悟得奥理的人，所以为他的庐庵起名叫"远游庵"并为庵写铭文。铭文说：

可悲啊这世俗的拘限和压抑，我希望跟从吴子去远游四方。吴子归去不再来，而我也未前往，使我们互不相识却互相求索。向屈原询问道路，向司马相如借取车辆，飘飘忽忽自己竟不知道已经飞过九疑山而到达崇丘。却使我们巧遇在南海孤岛之上，那蹲在大龟壳上吃蛤蜊的人肯定就是吴子了。能不能为我笑一笑而稍稍停留片刻呢？

苏程庵铭 并引

程公庵，南华长老辩公为吾表弟程德孺作也。吾南迁过之，更其名曰苏程，且铭之曰：

辩作庵，宝林南。程取之，不为贪。苏到后，住者三。苏既住，程则去。一弹指，三世具。如我说，无是处。百千灯，同一光。一尘中，两道场。齐说法，不相妨。本无通，安有碍。程不去，苏亦在。各遍满，无杂坏。

【译文】程公庵，是南华长老辩公替我表弟程德孺作建造的。我遭贬南行时路过此处，把它改名为“苏程庵”，并写了篇铭文说：

辩公建造此庵，在宝林寺之南。程德孺住在此间，不能算是贪婪。苏轼到了之后，住者就有三人。苏子刚刚住下，程子就要离开。才觉一弹指间，三个世间具备。依照我的说法，简直一无是处。灯烛百盏千盏，同在一处发光。同一尘世之中，有了两个道场。大家一齐说法，互相并不妨碍。两法本无相通，哪能互相防碍。程德孺不离去，苏子瞻也还在。各把法光照遍，不会混杂破坏。

谷庵铭

孔公之堂名虚白，苏子堂后作圆屋。堂虽白矣庵自黑，知白守黑名曰谷。谷庵之中空无物，非独无应亦无答，洞然神光照毫发。

【译文】孔公的堂名叫“虚白堂”，苏轼在虚白堂后建造了一座圆形的小屋。堂虽然是白的，可庵却是黑的，知道有白而仍愿守黑，所以取名叫“谷庵”。谷庵里面空无一物，不但没有应也没有答，而幽然的神光却能将此照得清清楚楚。

夕庵铭

与昼皆作，雾散毛脉。夜气既归，肝胆是宅。我铭夕庵，惟以照寂。八万四千，忽然而一。

【译文】它和白天一同醒来，雾气像从它的毛孔中散发出来。黑夜来临，它像是肝胆一样无惧无畏。我为这夕庵写此铭文，就是因为它能照亮幽寂。八万四千法界，刹那间合而为一。

桄榔庵铭 并叙

东坡居士谪于儋耳，无地可居，偃息于桄榔林中，摘叶书铭，以记其处。

九山一区，帝为方舆。神尻以游，孰非吾居？百柱屃赑，万瓦披敷。上栋下宇，不烦斤斧。日月旋绕，风雨扫除。海氛瘴雾，吞吐吸呼。蝮蛇魑魅，出怒入娱。习若堂奥，杂处童奴。东坡居士，强安四隅。以动寓止，以实托虚。放此四大，还于一如。东坡非名，岷峨非庐。须发不改，示现毗卢。无作无止，无欠无余。生谓之宅，死谓之墟。三十六年，吾其舍此。跨汗漫而游鸿漾之都乎？

【译文】东坡居士被贬谪到琼崖，没有地方可住，暂住在桄榔树林中，摘下一片大叶写篇铭文，来记录这个地方。

九座大山聚成一方土地，天子把它划入了国家的版图。此处乃是神仙车驾所临之处，又有谁能说我不得居住于此？成百的巨柱是龙子屃赑托起，上万的瓦叶覆盖在上面。上有栋梁下为屋宇，却没有动用刀斧。太阳和月亮在头上绕行，风和雨替我扫除尘污。海边的云雾弥漫着瘴气，忽来忽往行踪莫测。蝮蛇和山鬼，出出入入肆意横行尽情欢乐。我在此处，与顽童奴婢杂处在一起，就像住在楼宇亭堂一样习惯。东坡居士就安身在这天然庐室之中。以活动之身置于静止的林中，把实在的自我寄托在空虚之中。放眼这凡尘万物，心归虚空。东坡也不是我的名号，岷山峨嵋也不是我的庐舍。须发如旧，而毗卢如来示现在眼前。没有劳作也没有休止，没有赊欠也没有盈余。活着就这里就叫宅舍，死后就叫它墟丘。三十六年之后，我将离开此地，跨越在茫茫海上而遨游在空寂的太空吗？

三槐堂铭 并叙

天可必乎？贤者不必贵，仁者不必寿。天不可必乎？仁者必有后。二者将安取衷哉！吾闻之申包胥曰：“人众者胜天，天定亦能胜人。”世之论天者，皆不待其定而求之，故以天为茫茫。善者以怠，恶者以肆，盗跖之寿，孔颜之厄，此皆天之未定者也。松柏生于山林，其始也困于蓬蒿，厄于牛羊。而其终也，贯四时阅千岁而不改者，其天定也。善恶之报，至于子孙，而其定也久矣。吾以所见所闻所传闻考之，而其可必也审矣。国之将兴，必有世德之臣，厚施而不食其报，然后其子孙能与守文大平之主共天下之福。

故兵部侍郎、晋国王公显于汉、周之际，历事大祖、太宗，文武忠孝，天下望以为相，而公卒以直道不容于时。盖尝手植三槐于庭，曰：“吾子孙必有为三公者。”已而其子魏国文正公相真宗皇帝于景德、祥符之间朝廷清明、天下无事之时，享其福禄荣名者十有八年。今夫寓物于人，明日而取之，有得有否。而晋公修德于身，责报于天，取必于数十年之后，如持左券，交手相付。吾是以知天之果可必也。吾不及见魏公，而见其子懿敏公。以直谏事仁宗皇帝，出入侍从将帅三十余年，位不满其德。天将复兴王氏也欤？何其子孙之多贤也。世有以晋公比李栖筠者，其雄才直气，真不相上下，而栖筠之子吉甫，其孙德裕，功名富贵，略与王氏等，而忠信仁厚，不及魏公父子。由此观之，王氏之福盖未艾也。懿敏公之子巩与吾游，好德而文，以世其家。吾是以录之。铭曰：

呜呼休哉！魏公之业，与槐俱萌。封植之勤，必世乃成。既相真宗，四方砥平。归视其家，槐阴满庭。吾侪小人，朝不及夕。相时射利，皇恤厥德。庶几侥幸，不种而获。不有君子，其何能国？王城之东，晋公所庐。郁郁三槐，惟德之符。呜呼休哉！

【译文】上天有一定的规律吗？贤德的人不一定地位显贵，仁爱的人不一定长寿。上天没有一定的规律吗？仁德的人一定会有后代传留。那么这两者怎么统一呢！我听说申包胥曾说过："人多了就能战胜上天，上天安定无扰也一定能战胜世人。"世上议论上天的人，都不等待它安定下来就向它求取，得不到就以为上天茫茫不可求。善良的人就懈怠下来，凶恶的人就肆意抢掠，盗跖得以长寿，孔子、颜回屡遭厄运，这都是因为上天还没有安定下来的原因。松柏生长在山林之中，但它们刚生长出来的时候也是夹杂在蓬茅蒿草之中，受到牛羊啃食的威胁。到了它们长成大树，四季长青千年不衰，这是因为上天已经安定了。行善作恶的报应，会应在子孙身上，这就是因为上天安定很久了。我用自己的所见所闻和所传闻的事来考究这其中的原因，知道上天有一定规律是必然的。国家将要兴盛，一定会有仁德的大臣，普施仁爱而不思回报，而后他的子孙就能和遵守文治之道的太平天子共享天下的福分。

故兵部侍郎、晋国公王佑显名于后汉、后周士时期，入宋后在太祖、太宗两朝为官，能文能武忠诚孝顺，天下人都盼望他能担任宰相，而王公最终因刚直守正不为当时所容。他曾亲手在庭院中种植了三株槐树，说："我的后代子孙一定会有成为三公的。"后来他的儿子，被封为魏国公的文正公王旦在真宗皇帝朝的景德和大中祥符年间朝政清明、天下太平无事的时候担任宰相，享受了富贵荣华达十八年之久。如果今天给别人一些好处，明日就想取得回报，也许会得到，回报也许不会得到回报。但像王晋公这样修养自身的品德，把回报的希望寄于上天，那么几十年之后一定会得到回报，而上天就像手握证券，到了时候自然会交付给王公。因此我知道上天的回报是必然的。我没有赶得上见到魏国公，而见到了他的儿子懿敏公王素。他以直言极谏辅佐仁宗皇帝，侍从天子出将入相三十多年，他居于如此高位仍不足以尽施他的仁德。莫不是上天将要复兴王氏一族吗？他的子孙何以如此之多，又如此贤德呢？世人有用晋国公与唐朝李栖筠相比的，他的雄才大略、刚直气节，真是不相上下。而李栖筠的儿子李吉甫和他的孙子李德裕的功名富贵，与王氏一族也差不多相等，但他们忠直诚信仁爱的品德，却比不上魏公父子。由此看来，王氏一族的福分正方兴未艾。懿敏公的儿子王巩和我交往，他崇尚仁德，才华横溢，继承了他的家风。所以我把他的祖辈行事简录下来。铭文说：

呜呼哀哉！魏公的勋业，和他所种的槐树一同茂盛。他对槐树寄与的希望，经过多年的努力一定能达到。文正公做了真宗朝的宰相，把国家治理的安定平和。回到家中看那槐树，已是树阴撒满庭院。我们这些小人物，早上想不到晚上的事，寻找时机谋取利益，哪里顾得上修养品德。还有的人心怀侥幸，不耕种就希图收获。这世上如果没有君子，怎么能治理这泱泱大国？都城的东边，就是晋公的房舍。那郁郁葱葱的三株槐树，就是王公仁德的见证。呜呼休哉！

山堂铭 并叙

熙宁九年夏六月，大雨，野人来告故东武城中沟渎圮坏，出乱石无数。取而储之，因守居之北墉为山五，成列，植松柏桃李其上，且开新堂北向，以游心寓意焉。其铭曰：

谁裒斯坚，土伯所储。潦流发之，神以畀予。因庑为堂，践城为山。有乔苍苍，俯仰百年。

【译文】熙宁九年夏六月，大雨滂沱，有乡野之人来告知说故东武城里的沟河堤岸都已损坏，冲出了许多乱石。我命人把它们收取储备起来，沿着北城墙堆成五座石山，一字排列，并在山上种植了松柏和桃李树，又新建了一间厅堂，面向北，用来观赏对面的景致，修养性情。为此写了一篇铭文说：

是谁堆积了这些坚石，那是后土之伯的储备。洪水将它们冲出来，山神把它们赐给我。借着旧廊建成新堂，依着城墙列成山丘。上有乔木郁郁苍苍，它们会在这里挺立百年。

德威堂铭 并叙

元祐之初，诏起太师潞公于洛，命以重事。公惟仁宗、英宗、神考三圣委倚之重，不敢以既老为辞，杖而造朝。期年，乃求去。诏曰："昔西伯善养老，而太公自至。鲁穆公无人子思之侧，则长者去之。公自为谋则善矣，独不为朝廷惜乎？"又曰："唐太宗以干戈之事，尚能起李靖于既老。而穆宗、文宗以燕安之际，不能用裴度于未病。治乱之效，于斯可见。"公读诏耸然，不敢言去，盖复留四年。天下无事，朝廷奠安，乃力请而归。

公之在朝也，契丹使耶律永昌、刘霄来聘，轼奉诏馆客，与使者入觐，望见公殿门外，却立改容，曰："此潞公也耶？所谓以德服人者。"问其年，曰："何壮也！"轼曰："使者见其容，未闻其语，其综理庶务，酬酢事物，虽精练少年有不如。贯穿古今，洽闻强记，虽专门名家有不逮。"使者拱手，曰："天下异人也。"

公既归洛，西羌首领有温溪心者，请于边吏，愿献良马于公。边吏以闻，诏听之。公心服天下，至于四夷。《书》曰："德威惟畏，德明惟明。"世所以守伯夷之典，用皋陶之法者，以其德也。若夫非德之威，虽猛而人不畏；非德之明，虽察而人不服。公修德于几席之上，而其威折冲于万里之外。退居于家，而人望之如在廊庙，可不谓德威乎？公之子及为河阳守，公将往临之。吏民喜甚，自洛至三城，欢呼之声相属。及作堂以待公，而请铭于轼，乃榜之日"德威"，而铭之曰：

德威惟畏，德铭惟明。惟师潞公，展也大成。公在洛师，嵩洛有光。驾言三城，河流不扬。愿公百年，子孙千亿。家于两河，日见颜色。西戎来朝，祇栗公门。岂惟两河，四方其训之。

【译文】元祐初年，朝廷有旨重新起用退居洛阳的太师、潞国公文彦博，授以军国大事。文公在仁宗、英宗、神宗三朝都曾被委以重任，所以不敢以上了年纪为由推辞圣命，于是拄着手杖来到朝中。过了一年，便请求离去。天子下诏书说："过去周文王善于任用老臣，姜太公自然来朝。鲁穆公没有爱重子思之心，所以有德的长者纷纷离去。爱卿为自己考虑，退出朝廷固然是良策，但你就不为朝廷着想吗？"又说："唐太宗在战争纷乱急需强壮有武方之人时，都能起用李靖这样的老将。但唐穆宗、唐文宗在天下太平安然无事的时候，也不能在裴度生病之前任用他。国家的安定和动乱，从这两件用人的例子中就可窥见一斑。"文公读了诏书，心中震动，不敢再提离去的话，于是又留在朝中四年。这段时间天下治理得平安无事，朝廷内部也整顿得井井有序，这时他才又极力地请求告老还乡。

文公在朝中的时候，契丹使臣耶律永昌、刘霄前来出使，苏轼奉圣旨担任馆伴使招待客人，与契丹使者入朝拜见天子，看见文公站在殿门外，二位使臣立即站住神情严肃地问我说："这是潞国公吧？人们都说他是以仁德为人敬服的人。"又问他的年纪，惊异地说："怎么显得这么健壮！"苏轼说："使者大人只看了他的容貌，还没听过他说话呢。他处理政事，应酬人事，就是干练的青年人也比不过他。他博古通今，博闻强记，即使是精研的学术专家也有不如他的。"契丹使臣拱起双手揖拜，说："真是天下奇才啊。"

文公回到洛阳后，西夏有个叫温溪心的首领，向边关的守臣提出请求，希望能献给文公一匹骏马。边关守臣将此事奏告朝廷，朝廷下诏准许。文公以仁爱之心使天下敬服，乃至于国外的夷人。《尚书》说："有德行而又有威严，人们就畏服他，有德行而又有明察，人们就敬服他。"世上的人之所以都以伯夷为表率，以皋陶为法则，就是因为他们具有很好的品德。如果不是建立在仁德基础之上的威严，虽然凶猛但人们也不害怕；如果不是建立在仁德基础之上的明察，尽管明察但人们也不服气。文公养修自己的行德只是在几旁席上，而他的威严却传到万里以外。文公退休住在家中，而人们对他的敬仰仍旧像他在朝廷时一样，这能说不是有仁德之威严吗？文公的儿子文及担任河阳三城的太守后，文公随他一同赴任。河阳的官吏百姓都喜出望外，从洛阳一直到河阳三城，欢呼之声接连不断。文及建了一间堂室来安置文公，请苏轼写一篇铭文，于是我为此堂题写了匾额为“德威堂”，并写铭文说：

有德行而又有威严，人们就畏服他，有德行而又有明察，人们就敬服他。太师潞国公，真正取得了最大的成功。文公在洛阳，嵩山洛水为之有光。来到河阳三城，河水都为之不激不荡。愿文公长寿百年，子孙成千上亿。他安家于两河之间，两河的人民每天都能目睹文公慈祥的面色。西夏的使臣前来我朝，在宫门之前恭敬肃穆地向公致意。岂只是两河的百姓，连四方外国对他也是如此的敬服。

清隐堂铭

已去清隐，而老崇庆。崇庆亦非，何者为正？清者其行，隐者其言。非彼非此，亦非中间。在清隐时，念念不住。今既情忘，本无住处。八万四千，劫火洞然。但随他去，何处不然？

【译文】已经离开了清廉的官位和退隐的山林，打算在崇庆府终老此生。崇庆也不是理想的地方，哪里才是真正的归宿？清，是使自己的行为清廉；隐，是使自己口不多言。既不是清者，也不是隐者，更不是清、隐之间。当年为官和隐居时，时时感到厌倦。如今离开了官场和山林，仍旧觉得无处容身。八万四千法界，终归一个空虚。只要随他而去，哪里不是一样呢？

四达斋铭 并引

高邮使君赵晦之作斋东园，户牖四达，因以名之。眉山苏轼过而为之铭，曰：

有藏于中，必谍于外。惟慢与谨，皆盗之诲。孰如此间，空洞无物。户牖阖开，廓焉四达。击去盗易，使无盗难。我无可攘，以守则完。赵侯无心，得法赤溪。四出其斋，以达民迷。

【译文】高邮军知州赵晦之在东园中建了一间斋堂，四面开窗立户，因此取名叫“四达斋”。眉山苏轼经过此地，为此斋作铭，说：

堂室中有所收藏，终究会被外人知道。疏慢和谨慎，都会给盗贼做出暗示。哪比得上这间斋堂，堂中空空荡荡，了无一物。门和窗子一齐敞开，豁然敞亮可见四方。把盗贼赶走容易，使世间没有盗贼困难。我没有什么对付盗贼的手段，只能好好地守护着自己。赵侯胸怀毫无芥蒂，得其法于赤溪子。把斋堂四面打开，以避免人们对他的猜测。

雪浪斋铭 并引

予于中山后圃得黑石，白脉，如蜀孙位、孙知微所画石间奔流，尽水之变。又得白石曲阳，为大盆以盛之，激水其上，名其室日“雪浪斋”云。

尽水之变蜀两孙，与不传者归九原。异哉驳石雪浪飞，石中乃有此理存。玉井芙蓉丈八盆，伏流飞空漱其根。东坡作铭岂多言，四月辛酉绍圣元。

【译文】我在中山府衙后的花园里拣到了一块黑色的石头，上有白色的细纹，就像蜀人孙位、孙知微所画的《石间奔流图》，水纹的变化维妙维肖。又在曲阳县得到一块白色的石头，于是制做了一个大盆来装它，又引水冲射之石上，把装石的小室取名为“雪浪斋”。

把水流变化画得曲尽其妙的是蜀中两个姓孙的画家，与他们无法传授给他人的奇妙技艺同归九原。这斑驳的石头上有白浪翻飞何等奇妙，石头中竟然有如此绝妙的纹理存在。丈八大的巨盆中注入玉井之水并栽上荷花，低低的流水飞溅到空中冲刷它的根。东坡写的铭文哪用多言，时在绍圣元年四月辛酉。

思无邪斋铭 并叙

东坡居士问法于子由。子由报以佛语，曰："本觉必明，无明明觉。"居士欣然有得于孔子之言曰："《诗》三百，一言以蔽之，曰思无邪。"夫有思皆邪也，无思则土木也，吾何自得道？其惟有思而无所思乎？于是幅巾危坐，终日不言，明目直视，而无所见。摄心正念，而无所觉。于是得道，乃名其斋曰"思无邪"。而铭之曰：

大患缘有身，无身则无病。廓然自圜明，镜镜非我镜。如以水洗水，二水同一净。浩然天地间，惟我独也正。

【译文】东坡居士向弟弟子由问法。子由用佛家语做为回答，说："有感知必然会明白，没有明白才是真正的感知。"东坡居士欣欣然品味出孔子讲过的一句话说："《诗经》三百篇，一句话来概括它，叫做'思无邪'。"有思想都是邪恶的，无思想就是土木，那么我又从何而悟得其中的道理呢？恐怕只有思想却又没有所思想的事情吧？于是戴好巾冠，正襟危坐，整日不言，睁眼直视，而无所见。收回心思，端正念头，而无感觉。于是自以为悟得大道，便为自己的斋房取名为"思无邪"。继而为它写了篇铭文说：

有大祸患是因为有了这个躯体，没有这个躯体就不会有病。心如旷野自然自觉空明圆融，那照见我的镜子里并不是我，而只是一面镜子。如同用水来洗水，二水同样地干净。浩然苍莽的天地之间，只有我才是真正得道的。

梦斋铭 并叙

至人无梦。或曰："高宗、武王、孔子皆梦，佛亦梦。梦不异觉，觉不异梦；梦即是觉，觉即是梦。此其所以为无梦也欤？"卫瑜问梦于乐广，广对以"想"。曰："形神不接而梦，此其想哉？"对曰："因也。"或问因之说，东坡居士曰："世人之心，依尘而有，未尝独立也。尘之生灭，无一念住。梦觉之间，尘尘相授。数传之后，失其本矣。则以为形神不接，岂非因乎？人有牧羊而寝者，因羊而念马，因马而念车，因车而念盖，遂梦曲盖鼓吹，身为王公。夫牧羊之与王公，亦远矣，想之所因，岂足怪乎？居士始与芝相识于梦中，旦以所梦求而得之，今二十四年矣，而五见之。每见辄相视而笑，不知是处之为何方，今日之为何日，我尔之为何人也。"题其所寓室曰"梦斋"，而子由为之铭曰：

法身充满，处处皆一。幻身虚妄，所至非实。我观世人，生非实中。以寤为正，以寐为梦，忽梦所遇，执寤所遭。积执成坚，如丘山高。若见法身，寤寐皆非。知其皆非，寤寐无为。遨游四方，斋则不迁。南北东西，法身本然。

【译文】圣达的人不做梦。有人说："高宗、武王、孔子都做过梦，佛也做梦。不过做梦和清醒时没有差别，清醒时和做梦也没有差别：做梦就是清醒，清醒就是做梦。这就是为什么说他们不做梦的原因吗？"卫玠向乐广询问梦境，乐广用"想"来回答他。卫玠又说："形体和思想没有统一就会做梦，这恐怕就是'想'吧？"乐广回答说："这是起因。"有人间什么是"因"，东坡居士说："尘世上人的心，都是靠飞尘才有的，从来没有离开飞尘独立存在的。飞尘的生死，没有一个念头是静止不动的。做梦和清醒二者之间，就是尘与尘互相转化。多次转化之后，就失去了他本来的面目。所以人们以为是形体和思想没有统而为一，这难道不是'起因'吗？比如有一个牧羊人睡着了，因为羊而想到马，因为马而想到车，因为车而想到车的华盖，于是就梦见曲柄的车盖和鼓吹的仪仗，自己就成了王公贵人。牧羊人与王公贵人，相差也太远了，而想有起因，难道还有什么值得奇怪吗？东坡居士当初认识芝是在梦中，天明之后就根据梦中所见而寻找它。到今天已经二十四年了，共五次见到此物。每次见到它都对着它笑，不知这儿是什么地方，也不知今天是哪一天，甚至不知你我究竟是什么人。”于是把自己的住室题为“梦斋”，而苏辙（字子由）为它写铭文说：

得法之身丰盈充满，处处都是实在的。梦幻之身虚空妄诞，处处都不是实在的。我看世上的人，活着并没有充实其中。把清醒时看到的事当做是真的，把睡着时看到的事当成是梦，忽然梦见了什么事物，就把它当做清醒时会遇到的事物。这样的想法越来越固执，坚固得就像山丘那么高。如果见到了得：法的真身，清醒和睡梦都是虚假的。知道了二者都是虚假，那就不必清醒也不必相信梦境。邀游四面八方，梦斋却不会移走。无论走到南北东西，得法的真身毕竟还是得法的真身。

广心斋铭

细德险微，憎爱彼我。君子广心，物无不可。心不运寸，中积琐琐。得得戚戚，忿欲生火。然炉倾侧，焚我中和。沃以远水，井泉无波。天下为量，万物一家。前圣后圣，惠我光华。

【译文】修养不高的人心胸狭窄，动不动就恨他恨你。真正的君子心怀开阔，对万物都能包容。如果心在方寸之间无法运转，心中就感觉促迫狭窄。患得患失，就容易恼怒冒火。火积太高，就像炉子倾倒，烧毁了人的中和之心。取水来浇灭这怒火，像井和泉那样没有涌波。要有包容天下的器量，把万物之众当做一家。前代的圣贤和后世的圣贤，是他们施给我包容一切的光华。

谈妙斋铭

南华老翁，端静简洁。浮云扫尽，但挂孤月。吾宗伯固，通亮英发。大圭不琢，天骥超绝。室空无有，独设一榻。空毗耶城，奔走竭蹶。二士共谈，必说妙法。弹指千偈，卒无所说。有言皆幻，无起不灭。问我何为，镂冰琢雪。人人造语，一一说法。孰知东坡，非问非答。

【译文】南华老翁，端庄清静简洁无为就像是天上的浮云被风扫尽，只挂着一轮明月。我的宗族人苏伯固，通达明亮英姿勃发。就像是一块硕大的美玉不用雕琢，他像天马一样超尘脱俗。室内空空没有器具，只有一床。就像是宽敞的毗耶城，可以任意地奔来走去。我们二人一起交谈，一定是讲说佛法妙理。弹指之间就可以说出千条偈语，最终又是什么也没说。因为所有的话都是虚幻，没有什么生的东西能够不灭。要问我干什么，我也只是镂刻冰凌雕琢冰雪。人人都在说话，个个都要讲法。谁知东坡居士，即没有问也没有答。

澹轩铭

以船撑船船不行，以鼓打鼓鼓不鸣。子欲察味而辨色，何不坐于澹轩之上，出澹语以问澹叟，则味自味，而色自形。吾然后知澹叟之不淡，盖将尽口眼之变，而起无穷之争。其自谓丛林之一害，岂虚名也哉？

【译文】用船来撑船船不会行走，用鼓来打鼓鼓也不会响。你想品尝滋味辨别颜色，为什么不坐在淡轩之中，用淡话来问淡叟，那么滋味自然就就有味道了，而颜色自然就显出色彩来了。我这才知道淡叟并不虚淡，只不过是要把嘴里和眼中的变化，引起无穷无尽的争端。他自称是丛林中的一大祸害，这难道是徒有虚名吗?

择胜亭铭

维古颍城，因颍为隍。倚舟于门，美哉洋洋。如淮之甘，如汉之苍。如洛之温，如浚之凉。可侑我客，可流我觞。我欲即之，为馆为堂。近水而构，夏潦所襄。远水而筑，邈焉相望。乃作斯亭，筵楹栾梁。凿枘交设，合散靡常。赤油仰承，青幄四张。我所欲往，一夫可将。与水升降，除地布床。可使杜蒉，洗觯而扬；可使庄周，观鱼而忘；可使逸少，祓禊而祥；可使太白，泳月而狂。既荠我荼，亦醪我浆。既濯我缨，亦浣我裳。岂独临水，无适不臧。春朝花郊，秋夕月场。无胫而趋，无翼而翔。敝又改为，其费易偿。榜曰“择胜”，名实允当。维古至人，不留一方。虚白为室，无可为乡。神马尻舆，孰为轮箱?流行坎止，虽触不伤。居之无盗，中靡所藏。去之无恋，如所宿桑。岂如世人，生短虑长。尺宅不治，寸田是荒。锡瓦铜雀，石门阿房。俯仰变灭，与生俱亡。我铭斯亭，以砭世盲。

【译文】一座古老的许州城，借着颍水做为它的城池。把舟船靠近城门，这如画的美景令人陶醉。它就像淮水那样甘甜，就像汉水那样苍绿。就像洛水那样温和，就像浚水那样清凉。它可以为宾客佐酒，可以像曲水一样流觞。我想在这颍水之滨，建造馆阁建造厅堂。如果贴近水边来构筑，担心夏天的洪水把它淹没。离开水边修建厅阁，正可以与颍水遥遥相望。于是建了这座亭台，华美的前柱栾木的屋梁。榫孔相交，离合变换，都符合常度。红色油漆，上下涂满，青青幔帐，架设四方。我想前去，一仆随往。亭与水面，同升同降。扫除地面，铺设席床。可使杜蕡，洗净杯盏高高举起；可使庄周，在此观鱼而把自我淡忘；可使王羲之，洗除污垢得到吉祥；可使李太白，歌咏月色欣喜若狂。它既能为我把荠菜去除涩苦，又能使我的浊酒变得甜香。它既能洗濯我的冠缨，也能洗净我的衣裳。不仅仅是临水，这里无处不美妙难忘。它是初春清晨的踏花之地，也是仲秋夜晚赏月的广场。鲜花没腿而集于此处，月光无翅而飞散四方。如果嫌窄，又可改建，所须之费，也易筹集。取名叫做“择胜”之亭，名符其实，甚是恰当。古之贤人，从不滞留在一个地方。他们把清净当做居室，把一无所有当成故乡。就像天马驾车，哪有什么车轮车箱？随处而行随处而止，虽然触景，亦不悲伤。住处没有盗贼，家中没有珍藏。离去无所留恋，如同宿在林野郊荒。哪里像世上凡人，生命苦短忧虑绵长。自身得不到修养，内心也广片荒凉。金碧辉煌的铜雀之台，石门关闭的阿房之宫。俯仰之间变幻破灭，与他们的生命一同消亡。我为此亭写铭，用以针砭世上的愚盲。

惠州李氏潜珍阁铭

袭九渊之神龙，沏渊潜以自珍。虽无心于求世，亦择胜而栖神。蔚鹅城之南麓，擢仙李之芳根。因石阜以庭宇，跨饮江之鳌鼋。岌飞檐与铁柱，插清江之奫沦。眩古潭之百尺，涵万象于瑶琨。耿月魄以终夜，湛天容之方春。信苍苍之非色，极深远而自然。疑贝阙与珠宫，有玉函之老人。予南征其万里，友鱼虾与蛭蚓。逝将去而反顾，托江流以投文。悼此江之独西，叹妙意之不陈。逮公子之东归，寓此怀于一樽。虽神龙之或杀，终不杀之为仁。

【译文】明察水府的神龙，总是潜藏在深渊中好自珍爱。虽然没有求于人世的俗念，也要选择胜境而寄托神思。在美丽的鹅城南麓，崛起了李氏的后裔。他依傍石冈做为庭宇，跨过正在江边饮水的巨龟。凌空而起的飞檐铁柱，直插入清江涡聚的大潭。百尺的古潭令人目眩，世间万象都酒括在这瑶台琨池之中。伴着明月度过长长的黑夜，水底又映出春日湛蓝的天空。相信天之苍苍并非本色，上天深远而清空自然。我真怀疑这是贝壳珍珠建造的宫阙，其中住着得道的老人。我南行万里之遥，与鱼虾水蛭蚯蚓之辈为邻。将要离此而回头观望，想拜托江流来投寄此文。慨叹此江一径地向西奔流，我这番美好的祝愿无法传给李氏老人。正赶上公子东归，将此情怀寄托在杯酒之间。虽然神龙总有一天要自灭，终是以不毁灭为仁德。

真相院释迦舍利塔铭 并叙

洞庭之南，有阿育王塔，分葬释迦、如来舍利。尝有作大施会出而浴之者，缁素传捧，涕泣作礼。有比丘窃取其三，色如含桃，大如薏苡，将置之他方，为众生福田。久而不能，以授白衣方子明。元丰三年，轼之弟辙谪官高安，子明以畀之。七年，轼自齐安蒙恩徙临汝，过而见之。八年，移守文登，召为尚书礼部郎。过济南长清真相院，僧法泰方为砖塔十有三层，峻峙蟠固，人天鬼神所共瞻仰，而未有以葬。轼默念曰："子弟所宝释迦舍利，意将止于此耶？昔予先君文安主簿、赠中大夫讳洵，先夫人武昌大君程氏，皆性仁行廉，崇信三宝，捐馆之日，追述遗意，舍所爱作佛事，虽力有所止，而志则无尽。自顷忧患废而不举，将二十年矣。复广前事，庶几在此。"泰闻踊跃，明年来请于京师。探箧中得金一两、银六两，使归求之众人，以具棺椁。铭曰：

如来法身无有边，化为舍利示人天。伟哉有形斯有年，紫金光聚飞为烟。惟有坚固百亿千，轮王阿育愿力坚。役使空界鬼与仙，分置众刹奠山川。棺椁十袭閟精圜，神光昼夜发层巅。谁其取此智且权，佛身普现众目前。昏者坐受远近迁，冥行黑月堕坎泉。分身来化会有缘，流转至此谁使然？并包齐鲁穷海壖，犷悍柔淑冥愚贤。愿持此福达我先，生生世世离垢缠。

【译文】洞庭湖的南面，有一座阿育王塔，分别葬有释迦牟尼、如来佛祖的佛骨舍利子。曾经有个施舍钱财作大施会的人，大会时取出佛骨为佛洗浴，穿着黑衣的佛徒和穿着白衣的信徒们捧着佛骨互相传递，流着眼泪为佛祖尽礼。有个和尚乘机窃取了三粒骨殖，颜色如含桃，大小如薏苡仁，他打算把这三粒佛骨放置到其他地方，做为另一方众生求福的供奉。过了很久这愿望也不能实现，他就把佛骨给了白衣之士方子明。元丰三年时，苏轼的弟弟苏辙贬官到筠州，方子明就把佛骨送给了他。元丰七年，苏轼蒙受皇恩从黄州迁任汝州团练副使，经过筠州时见到了这些佛骨。元丰八年，我改任登州知州，又受召为尚书礼部郎。赴京途中经过济南长清真相寺院时，高僧法泰刚刚建成了一座十三层的砖塔，塔身高耸根基坚固，天人鬼神共同瞻仰，但塔中却无佛骨可供安葬。苏轼低声地念诵："我弟弟珍藏着释迦佛祖的舍利，难道他只是想为自己祈福吗？当年我们的先父，也就是文安县主簿、赠中大夫名叫洵的，和我们的先夫人武昌太君程氏，都生性仁慈行为廉洁，尊崇信奉佛法，临终之日，留下遗愿，让施舍他们自己生前所珍爱的东西去作佛事，虽然他们的财力有限，但对佛的心意却绵绵无尽。我们兄弟自从遭人陷害，没有继续为先人代行佛事，已经将近二十年了。重新替父母向佛祖尽礼，可能这就是个绝好的机会了。"法泰大师听了，高兴得跳起来。次年法泰来到京师向我募化。我打开箱子，找出一两黄金、六两白银，让他回去分给拜求佛骨的人，并用来制作一个盛放佛骨的灰盒。我又为此写了一篇铭文说：

如来佛祖的法身无边，化成舍利昭示上天和下民。他魁伟的身躯在世间的存在时间是有限的，他化去时肉身聚为紫金的光焰飞散四面八方，只留下坚硬的骨殖化做成千上亿的舍利子，就如阿育王的转轮一样周而复始仍然具有强大的力量。驱使着天界的灵鬼神仙，把这些舍利分放到各个寺庙祭奠山川大地。灰盒中十层锦绣包藏着精美圆润的舍利，神异的光芒日日夜夜发自塔巅。谁得到了它就会具有无穷的智慧和无上的权力，他以佛的代身呈现在众人眼前。昏昧的人饱受远近迁徙之苦，行走在冥冥之中就会堕入深渊。佛祖的舍利分身来到这里真是有缘份，是谁使这些佛骨辗转流传至此呢？它的佛力将包容齐鲁之地直到海边的万民，不论是粗悍、柔弱、贤淑、顽冥、愚昧、贤恶。我希望以此善事告知我的祖先，使苏门后代生生世世永离烦恼的纠缠。

大别方丈铭

闭目而视，目之所见，冥冥蒙蒙。掩耳而听，耳之所闻，隐隐隆隆。耳目虽废，见闻不断，以摇其中。孰能开目，而未尝视，如鉴写容？孰能倾耳，而未尝听，如穴受风？不视而见，不听而闻，根在尘空。湛然虚明，遍照十方，地狱天宫。蹈冒水火，出入金石，无往不通。我观大别，三门之外，大江方东。东西万里，千溪百谷，为江所同。我观大别，方丈之内，一灯常红。门闭不开，光出于隙，晔如长虹。问何为然？笑而不答，寄之盲聋。但见庞然，秀眉月面，纯漆点瞳。我作铭诗，相其木鱼，与其鼓钟。

【译文】闭上眼睛看，目中所见，是黑乎乎的一片。堵住耳朵听，耳中所闻，是轰隆隆所声音。所以就算耳聋目瞎，也还会见闻不断，仍旧有声色在它之中。为什么睁开眼睛，还没有看，万物就像镜子映照面容一样立即显现出来？为什么竖起耳朵，还没有听，声音就像空穴受风一样自然而来？不看就能看见东西，不听就能听见声音，那是因为根性在红尘世界中。它灿然清朗，空虚澄明，普照十方大地和地狱天宫。它赴汤蹈火，出入于金石之中，没有它不能通过的法物。我站在大别寺的三门之外，看长江浩然折向东方。东西长达万里，两旁千条溪流百条涧水，都流入大江汇合为一。我看大别寺的方丈之内，一盏孤灯彻夜长明。室门关闭不开，灯光从门缝透出来，明亮就如一道长虹。我问长老这是怎么回事？长老只笑不作回答，就像面对盲人和聋子。只见他轮廓清晰，秀美的眉毛长在月亮般白皙的脸上，两眼中的瞳仁像用黑漆点成。我写这篇铭诗，是因为看中了寺里的木鱼和那些鼓钟。

石塔戒衣铭

石塔得三昧，初从戒定入。是故常宝护，登坛受戒衣。吾闻得道人，一物不可留。云何此法衣，补缉成百纳？诸法念念逝，此衣非昔衣。此法无生灭，衣亦无坏者。振此无尘衣，洗此无垢人。坏则随他去，是故终不坏。

【译文】石塔之所以悟出了佛家的真谛，是由于得自那最初的入定。因此长老非常珍爱那件登坛受戒的袈裟。我听说出家学道的人，一件器物也不可留在身边。为什么这件袈裟已经百补千缝还如此珍贵呢？佛法念到万念消逝，这件法衣也就不再是原来那件法衣了。佛法没有生也没有灭，衣服也没有什么破旧不破旧的。抖抖这没有尘土的法衣，清洗这没有污垢的人。破旧随它去，所以也就没有什么破旧。

南安军常乐院新作经藏铭

佛以一口，而说千法。千佛千口，则为几说？我法不然，非千非一。如百千灯，共照一室。虽各遍满，不相坏杂。咨尔学者，云何览阅？自非正眼，表里洞达，已受将受，则相陵夺。惟回屡空，无所不悦。是名耳顺，亦号莫逆。以此转经，有转无竭。道人山居，僻介楚越。常乐我静，一食破衲。达磨耶藏，勤苦建设。我无一钱，檀波罗密。施此法水，以濯尔睫。

【译文】佛用一张嘴，而讲述千种法。一千位佛有一千张嘴，那么能说出多少种佛法？我辈的法就不是这样，既不是千种也不是一种。就如同千百盏灯，共同照亮一间厅室。虽然这些灯布满在室中，但它们彼此却不相排斥损毁。你们这些学习我辈之法的人，说什么还要去阅览经典？如果没有慧眼，表里通达透彻，那么得法和未得法的人，就会相相互指责。只有贫中自乐的颜回，没有什么事能使他忧愁。这就叫耳顺，也叫做莫逆。用这种精神传达经义，就会代代相传永不断绝。高僧居住在山林荒僻之处，地接西楚东越。这清静无扰使他十分安宁，一钵素食一袭破衣。像达磨面壁那样在深山中隐藏修行，勤勤苦苦地修炼着自我的精神。我身上没有一钱可供施与我佛檀波罗密。只有用圣洁的法水，为佛洗濯眼睫。

广州东莞县资福寺舍利塔铭 并叙

自有生人以来，人之所为见于世者，何可胜道？其鼓舞天下，经纬万世，有伟于造物者矣。考其所从生，实出于一念。巍乎大哉，是念也，物复有烈于此者乎？是以古之真人，以心为法，自一身至一世界，自一世界至百千万亿世界，于屈信臂顷，作百千万亿变化。如佛所言，皆真实语，无可疑者。至于持身厉行，练精养志，或乘风而仙，或解形而去，使枯槁之余，化为金玉，时出光景，以作佛事者，则多有矣。其见伏去来，皆有时会，非偶然者。予在惠州，或示予以古舍利，状若覆盂，圆径五寸，高二寸，重二斤二两，外密而中疏，其理如芭蕉，舍利生其中无数，五色具备，意必真人大士之遗体。盖脑之在颅中，颅亡而脑存者。予曰：“是当以施僧，与众共之；藏私家非是。”其人难之。适有东莞资福长老祖堂来惠州，见而请之，曰：“吾方建五百罗汉阁，壮丽甲于南海，舍利当栖我阁上。”则以犀带易之。有自京师至者，得古玉璧，试取以荐舍利，若合符契。堂喜，遂并璧持去，曰：“吾当以金银琉璃为窣堵波，置阁上。”铭曰：

真人大士何所修，心精妙明含九州。此身性海一浮沤，委蜕如遗不自收。戒光定力相烝休，结为珠宝散若旒。流行四方独此留，带犀微矣何足酬。璧来万里端相投，我非与堂堂非求。共作佛事知谁由。瑞光一起三千秋，永照南海通罗浮。

【译文】自从有了生民以来，凭自己的行为品德受到世人瞩目的人，哪能说得清？那些使天下人受到震撼鼓舞，成为万世楷模的人，甚至比开天造物的人更加伟大。仔细考察这些人功业的形成，其实就是发自一念之间。巍然高大啊，这难得的一念啊，万物还有比这更为壮烈的吗？所以古代的得道真人，以自己的一颗心做为法式，把一身的榜样推广到整个世界，又从当代世界推广到后代百千万亿世界，在臂膊屈伸之中，作出百千万亿的变化。就像佛祖所说的话，句句真实可信，没有值得怀疑的。至于那些修养自身，磨砺德行，锻练精神，蓄养意志，或是乘着清风而成仙，或是尸解羽化而离世，使枯槁衰败的生命变为金玉，不时地发出光芒。以此来敬奉佛祖和作佛事的，有许多人。他们出现和隐去，都有一定的时间规律，绝非偶然一见。我在惠州时，有人拿了古代佛祖的舍利给我看，它的形状像倒置的盂，周长大约五寸，高约二寸，重二斤二两，表面致密而内中疏松，纹理像芭蕉叶一样，里面装着许多舍利子，五彩毕备，想来一定是个得道高僧的遗体。就像脑仁存在于头之中，头颅已经死亡而脑仁还存在一样。我说：“此物应当施舍给僧院，与众人共同拥用它，藏在自己家里不太妥当。”那个人露出为难之色。此时正好有东莞县资福寺的长老祖堂来到惠州，见到这些舍利，便请求能得到它，他说：“我们佛寺中刚刚建成五百罗汉阁，规模宏伟壮丽，堪称岭南之最，这些舍利子应当安放在罗汉阁上。”于是用一条犀带做为交换。又有一位从京城来的人，得到一块古代的玉璧，把它垫在舍利之下，就像是照样做得一样，十分合适。祖堂非常高兴，于是就连玉璧一同带回东莞，临走时说：“我会用金银琉璃制作灰盒，把它安放在堂中。”铭文说：

真人大士都修成了什么呢，修成心思精妙明白后就离开尘世。此佛一身的法性就像水中一泡，化去肉身留下遗骨不再收回。宝光有无边的力量凝炼它，炼成的宝物散成如冕旒一般的珠玉。它们流传到四面八方，此时却停留在此处，小小的犀带哪能抵得上这宝物的价值。玉璧也从万里之外赶来相配，这并不是特意送给祖堂，也不是祖堂刻意追求到的。大家一同作佛事谁知是由谁发起的呢？从此祥瑞之光从罗汉阁中升起一照三千年，它将永远照耀南海，直达罗浮之山。

端溪紫蟾蜍砚铭

蟾蜍爬沙到月窟，隐避光明入岩骨。琢磨黝颒出尤物，雕龙渊懿倾澥渤。

【译文】如同蟾蜍慢慢地爬到月中，躲避开光明之处把自己隐藏在山脊之下。巧匠把这黑红的石头雕琢成珍奇之物，倾入渤海之水供人们挥洒淋漓。

卷八十五　赞

延州来季子赞 并序

鲁襄公十二年，吴子寿梦卒。延州来季子，其少子也，以让国闻于诸侯，则非童子矣。至哀公十年冬，楚令尹子期伐陈，季子救陈，谓子期曰："二君不务德而力争诸侯，民何罪焉？我请退，以为子名，务德而安民。"乃还。时去寿梦卒盖七十七年矣。而能千里将兵，季子何其寿而康也？然其卒不书于《春秋》。哀公之元年，吴王夫差败越于夫椒，句践使大夫种因太宰嚭以行成于吴，吴王许之，子胥谏不听，则吴之亡形成矣。季子观乐于鲁，知列国之废兴于百年之前。方其救陈也，去吴之亡十三年耳，而谓季子不知，可乎？阖庐之自立也，曰："季子虽至，不吾废也。"是季子德信于吴人，而言行于其国也。且帅师救陈，不战而去之，以为敌国名，则季子之于吴，盖亦少专矣。救陈之明年，而子胥死。季子知国之必亡，而终无一言于夫差，知言之无益也。夫子胥以阖庐霸，而夫差杀之如皂隶，岂独难于季子乎！乌呼悲夫，吾是以知夫差之不道，至于使季子不敢言也。苏子曰：延州来季子、张子房，皆不死者也。江左诸人好谈子房、季札之贤，有以也夫。此可与知者论，难与俗人言也。作《延州来季子赞》曰：

泰伯之德，钟于先生。弃国如遗，委蜕而行。坐阅春秋，几五之二。古之真人，有化无死。

【译文】鲁襄公十二年，吴国国君寿梦去世了。延州来季子，是他的小儿子，由于谦让国君之位而受到诸侯的称赞，由此而论，来季子已经不是小孩子了。到了鲁哀公十年冬天，楚国令尹子期讨伐陈国，季子为救陈国，带领军队来对子期说："楚、陈两国的国君不修仁德，而以武力互相攻战，两国的百姓又有什么罪过呢？我请求您退兵回国，把我这番话告诉楚国的国君，要他修养自己的仁德而使百姓得到安宁。”子期便撤兵回楚。那时离寿梦之死已经七十七年了。而季子尚且能不远千里带兵出征，季子竟是如此的长寿而健康吗？然而他何时去世却没有记录在《春秋》一书中。鲁哀公元年，吴王夫差在夫椒击败越国，越国国君句践派大夫文种跟随吴国太宰伯嚭来到吴国请求投降，吴王夫差答应了越国的请求，伍子胥苦苦劝谏，夫差没有听从，这时吴国灭亡的大势就已经开始形成了。季子在鲁国观看乐舞，就预知诸侯列国的兴亡于百年之前了。在他营救陈国时，离吴国的灭亡只有十三年，如果说季子不知道亡国的先兆，可信吗？吴王阖庐立为国君时，曾说："即使是季子来，也不会废掉我。"可见季子的仁德受到吴人的信任，他的话对吴国起着重要的作用。况且他率领军队来救陈国，没有交兵就退了敌兵，他的一句话对敌国就起那么大的作用，那么季子对于自己的吴国来说，却就缺少些影响了。季子救陈的第二年，伍子胥就死了。季子知道吴国必然灭亡，可始终没说一句话来劝谏夫差，那是他知道说也没用。伍子胥辅佐阖庐称霸于诸侯，可夫差却像杀死一个仆役一样把他杀害，难道只有季子难于对他施加影响吗！啊，真是可悲，由此我知到夫差是何等的昏庸无道，使得像季子这样的人都不敢说什么。苏轼说：延州来季子、张子房，都是永垂不朽的人。江南的士大夫都喜好谈论张子房和季札的贤德，是有道理的。而他们的贤德，只能与明达的人讲论，而很难对平庸之辈说得明白。我写一篇《延州来季子赞》说：

吴太伯的仁德，传留在季子先生身上。放弃国君之位就像丢掉一件器具，他像蜕掉皮壳般地离开吴国。冷眼看着春秋诸国征战，差不多经历了五分之二的时光。古代知机得道的真人，只有仙化而没有死亡。

二疏图赞

惟天为健，而不干时。沈潜刚克，以燮和之。於赫汉高，以智力王。凛然君臣，师友道丧。孝宣中兴，以法驭人。杀盖、韩、杨，盖三良臣。先生怜之，振袂脱屣。使知区区，不足骄士。此意莫陈，千载于今。我观画图，涕下沾襟。

【译文】以上天如此的强健，却从不强行地干乱四时。大地含蕴不露，与天相互调和。光辉赫然的汉高祖，凭着智慧和勇力而称王天下。严格了君臣之间的尊卑关系，与原来那些师徒朋友之间的情义却都丧失了。孝宣皇帝重新振兴汉家王朝，他用法律来治理国家和臣民。杀死了盖宽饶、韩延寿、杨恽，这三个都是忠良之臣。疏广、疏受二位先生见到同类被杀，顾影自怜，于是拱手请求告老还乡。二位先生是让人知道，这区区官爵利禄，不足以笼络天下士子。这个意思千载至今也没人体会出来。我看到这幅画图，禁不住泪水沾湿了衣襟。

梦作司马相如求画赞 并叙

夜梦严君平、司马相如、扬子云合席而坐。子云曰："长卿久欲求公作画赞。"余辞以罪戾之余，久废笔砚。子云恳祈，不获已为之。既成，子云戏余曰："三赋果足以重赵乎？"余曰："三赋足以重赵，则子之《太玄》果足以重赵乎？"为之一笑而散。其赞曰：

长卿有意，慕蔺之勇。言还故乡，闾里是耸。景星凤凰，以见为宠。煌煌三赋，可使赵重。

【译文】夜里做梦，梦见我和严君平、司马相如、扬雄子云同席而坐。扬子云说："长卿很长时间以来就想请求您为他写一篇画赞。"我以获罪之身，很久都没有写作为由而推辞。扬子云恳切地祈求，我实在推辞不掉，只好写了一篇。写完后，扬子云对我开玩笑说："长卿的三篇赋真的能使你们赵地名满天下吗？"我说："这三篇赋要不能使我们赵地名满天下，那你的《太玄经》能使我们赵地名满天下吗？"大家哈哈一笑，欢快地散去。我写的那篇赞说：

司马长卿很有大志，他仰慕蔺相如的大智大勇，因此改名为相如。他曾立下誓言，有朝一日回到故乡，一定要乘坐驷马高车，光耀门庭，使家乡的人受到震动。景星和凤凰，以见到为尊宠。他那光彩夺目的三篇大赋，可使我们赵地名满天下。

［**编者按**］此文中严君平、司马相如、扬雄、苏轼都是蜀人，而司马相如所慕之蔺相如是赵国人，苏轼的祖籍也是赵郡人。司马相如和苏轼都是名满天下的大文学家，因此，这里苏轼有以赵地自比的意思。

孔北海赞 并序

文举以英伟冠世之资，师表海内。意所予夺，天下从之，此人中龙也。而曹操阴贼险狠，特鬼蜮之雄者耳。其势决不两立，非公诛操，则操害公，此理之常。而前史乃谓公负其高气，志在靖难，而才疏意广，讫无成功，此盖当时奴婢小人论公之语。公之无成，天也。使天未欲亡汉，公诛操如杀狐兔，何足道哉！世之称人豪者，才气各有高庳，然皆以临难不惧，谈笑就死为雄。操以病亡，子孙满前而咿嘤涕泣，留连妾妇，分香卖履，区处衣物。平生奸伪，死见真性。世以成败论人物，故操得在英雄之列。而公见谓才疏意广，岂不悲哉！操平生畏刘备，而备以公知天下有己为喜，天若胙汉，公使备，备诛操无难也。予读公所作《杨四公赞》，叹曰："方操害公，复有鲁国一男子慨然争之，公庶几不死。"乃作《孔北海赞》曰：

晋有羯奴，盗贼之靡。欺孤如操，又羯所耻。我书《春秋》，与齐豹齿。文举在天，虽亡不死。我宗若人，尚友千祀。视公如龙，视操如鬼。

【**译文**】孔融文举凭着英雄壮伟的盖世之资，成为天下世人的师表。他的好恶去取，天下士民都奉为标准，他真是人中的巨龙。而曹操阴险狠毒，不过是鬼怪中的首领而已。这种形势就决定了他们誓不两立的地位，不是孔公诛灭曹操，就是曹操杀害孔公，这是很明显的常理。而前代史书中说孔公自以为有凌云之志，立誓要平定群寇之乱，但才能不高野心又太大，所以没能成功，这恐怕是当时的奴婢小人之流对孔公的评价。孔公大志不酬，那是天命使然。假使上天不想灭亡汉朝，孔公诛杀一个曹操会像杀只狐狸兔子一样，有什么值得惊奇的呢！世上被人们称为英雄豪杰的人，才能志气各有高低，但都把面对死亡毫无畏惧，谈笑之间慷慨就义的人看做英雄。曹操因病而死，众多子孙站满面前，他还哽哽咽咽地哭个不止，留恋着他的姬妾妇女，把剩余的香分给各位夫人，又让其余妇人学习织鞋，把所留衣物分给众人。一生奸诈凶险，直到死时才现出见真性。世上的人们总是以成败来评论人物，所以把曹操列在了，英雄之中。而孔公就被说成是志大才疏，岂不令人感到悲哀！曹操平生畏怕刘备，而刘备又以孔公知道天下还有个刘备而心中欣喜，上天如果保佑汉朝的社稷，由孔公驱使刘备，刘备诛灭曹操也并不困难。我读了孔公所写的《杨四公赞》，感叹道："当曹操杀害孔公时，如果再有一个鲁国男子慷慨陈词，孔公或许不致被害。"于是我就写了一篇《孔北海赞》说：

晋朝有羯族夷狄，他们是盗贼的余绪。欺侮晋朝的君主与曹操的行径如出一辙，又被其同类所不耻。假如让我来编写史书，我会把他们此列在强寇之中。孔文举的灵魂在天，虽然身亡而英魂不死。我崇敬这样的人，与他结为千年之交。我把孔公看成是龙，而把曹操看成鬼魅。

髑髅赞

黄沙枯髑髅，本是桃李面。而今不忍看，当时恨不见。业风相鼓转，巧色美倩盼。无师无眼禅，看便成一片。

【译文】弃置在黄沙中的干枯髑髅，原本也是桃李般美好的面容。如今不忍看的髑髅，就是当年那见不到而深感遗憾的人。孽障之风鼓吹转换，美丽的面容令人顾盼。如果修成了无师无眼的禅法，再看美女和骷髅，便成为浑然相同的一片。

李西平画赞

以吾观，西平王，提孤军，自北方。赴行在，走怀光，斩朱泚，如反掌。及其后，帅凤翔。与陇右，瞰河湟。兵益振，谋既藏。终不能，取寻常。堕贼计，困平凉。卒罢兵，仆三将。谁之咎？在庙堂。斩马剑，诛延赏。为菹醢，不足偿。览遗像，涕泗滂。

【译文】我看这画上的西平郡王李晟，自北方带领一支兵马。奔赴唐德宗的帐下，击溃了朔方节度使李怀光，斩杀了逆贼朱泚，易如反掌。此后为凤翔陇右节度使。他驻军陇右，威震河湟一带。兵势大振，而谋略却难以施展。终于未能再有往日的神威。中了吐蕃尚结赞的奸计，使王师被围困于平凉。一连损失了三员大将，终于收兵回来。这究竟是谁的过错？过错出在朝廷。即使斩掉马剑，诛杀张延赏。把他剁成肉酱，也难以补偿大唐的损失。我看着西平王的遗像，禁不住涕泗滂沱。

醉吟先生画赞

黄金斗，碧玉壶。足踏东流水，目送西飞凫。拥髻顾影者，真子干之侍妾；奋髯直视者，非列仙之癯儒？

【译文】黄金铸成的酒勺，碧玉雕成的酒壶。脚踏向东奔流的河水，目送向西高飞的凫鸟。梳着高髻看着雁影的，真像是子干的侍女；长着长髯直目而视的，不就是群仙中那个清瘦的儒者吗？

忠懿王赞

文武忠懿，堂堂如春。中有楞里，不以示人。雷行八区，震惊听闻。提十五州，共为帝民。送君者自崖而返，以安乐其子孙。九万里则风斯在下矣，眇大物而成仁。

【译文】能文能武的钱忠懿王，仪表堂堂面带春风。内心蕴藏着超人的智慧，从来不暴露在他人面前。雷声已经响彻八方，四海之内已经震荡着大宋的声威。他把十五个州郡献给皇宋，使那些百姓成为大宋的子民。护送钱氏的使者到了吴越的边境就返回，以使他的子孙们平安康乐。他深知上有九万里的高天，那么自己的仁风也已笼罩其下，一个小国之利何须计较，使它融入大国而获得安宁，这就是他对他的子民的最大的仁爱。

王元之画像赞 并叙

《传》曰：“不有君子，其能国乎？”余尝三复斯言，未尝不流涕太息也。如汉汲黯、萧望之、李固，吴张昭，唐魏郑公、狄仁杰，皆以身徇义。招之不来，麾之不去，正色而立于朝。则豺狼狐狸，自相吞噬，故能消祸于未形，救危于将亡。使皆如公孙丞相、张禹、胡广，虽累千百，缓急岂可望哉！故翰林王公元之，以雄文直道，独立当世，足以追配此六君子者。方是时，朝廷清明，无大奸慝，然公犹不容于中。耿然如秋霜夏日，不可狎玩，至于三黜以死。有如不幸而处于众邪之间，安危之际，则公之所为，必将惊世绝俗，使斗筲穿窬之流，心破胆裂，岂特如此而已乎？始余过苏州虎丘寺，见公之画像，想其遗风余烈，愿为执鞭而不可得。其后为徐州，而公之曾孙汾为兖州，以公墓碑示余，乃追为之赞，以附其家传云。

维昔圣贤，患莫己知。公遇太宗，允也其时。帝欲用公，公不少贬。三黜穷山，之死靡憾。咸平以来，独为名臣。一时之屈，万世之信。纷纷鄙夫，亦拜公像。何以占之，有泚其颡。公能泚之，不能已之。茫茫九原，爱莫起之。

【译文】经传中说："如果没有君子，能成为一个国家吗？"我曾反反复复地玩味此话，每次都为之流泪叹息。如汉代的汲黯、萧望之、李固，三国吴的张昭，唐朝的魏郑公、狄仁杰，都是终生守道不移，誓死不变。朝廷招纳他们，未必就来；贬斥他们，也未必离去，凛然正色屹立在朝堂之上。使得那些豺狼狐狸一样的狂暴奸邪之辈，自然被吞食一空。因而能够消除祸乱于未形成之中，挽救危难于将亡之时。假如做为臣子都像丞相公孙弘，以及张禹、胡广等人，这样的人纵然有成千上万，一旦国家有难，难道能指望他们来救助吗！已故的翰林学士王元之，以他雄健的文才和亮直的忠心，赫然矗立在当世之朝，足以与汲黯等六位君子相媲美。在那个时代，朝廷政治清明，并没有大奸之臣，而王公还是不能容身于朝堂。他的志节清凛，就像是秋天的霜露和夏天的阳光，不屈从于任何人，乃至于三次受贬，默默而死。假如他不幸而身处于群小之间，面临危亡的局面，那么王公的所做所为，必将震惊当世超绝俗流，使那些才识短浅，鼠窃狗偷之流的人物，心胆俱裂，他的英名岂止到这一步而已？最初我路过苏州虎丘寺时，见到了王公的画像，追想他磊落英伟的遗风，一心想要追随王公的鞍前马后而无缘。后来我任徐州知州，而王公的曾孙王汾正在任兖州知州，把王公的碑铭出示给我看，于是我为王公追写了赞诗一首，附在他的家传之中。

古代的圣贤之人，最怕的是没人能了解自己。王公遭逢大宗皇帝，可谓赶上了圣明之时。皇帝打算重用王公，王公并未因此而免于多次的贬谪。三次被贬到穷山僻壤之中，到死也不后悔自己的所作所为。自从咸平以来，堪称是第一名臣。虽然蒙受了一时的委屈，却赢得了万世的敬仰。那些卑鄙的人，也纷纷前来揖拜王公的遗像。他们拿什么来面对王公呢，只有满头愧悔的汗。王公能使他们感到羞愧，却不能使他们尽归忠直。他在茫茫的九泉之下，人们对他的敬仰也无法让他起死回生。

王仲仪真赞 并叙

《孟子》曰："所谓故国者，非谓有乔木之谓也，有世臣之谓也。"又曰："为政不难，不得罪于巨室。巨室之所慕，一国慕之。一国之所慕，天下慕之。"夫所谓世臣者，岂特世禄之人？而巨室者，岂特侈富之家也哉？盖功烈已著于时，德望已信于人，譬之乔木，封殖爱养，自拱把以至于合抱者，非一日之故也。平居无事，商功利，课殿最，诚不如新进之士。至于缓急之际，决大策，安大众，呼之则来，挥之则散者，惟世臣、巨室为能。余嘉祐中，始识懿敏王公于成都，其后从事于岐，而公自许州移镇平凉。方是时，虏大举犯边，转运使摄帅事，与副总管议不合，军无纪律，边人大恐，声摇三辅。及闻公来，吏士踊跃传呼，旗旆精明，鼓角欢亮，虏即日解去。公至，燕劳将佐而已。余然后知老臣宿将，其功用盖如此。使新进之士当之，虽有韩、白之勇，良、平之奇。岂能坐胜默成如此之捷乎？熙宁四年秋，余将往钱塘，见公于私第佚老堂，饮酒至暮。论及当世事，曰："吾老矣，恐不复见，子厚自爱，无忘吾言。"既去二年而公薨。又六年，乃作公之真赞，以遗其子巩。词曰：

堂堂魏公，配命召祖。显允懿敏，维周之虎。魏公在朝，百度维正。懿敏在外，有闻无声。高明广大，宜公宜相。如木百围，宜宫宜堂。天既厚之，又贵富之。如山如河，维安有之。彼窭人子，既陋且寒。终劳永忧，莫知其贤。曷不观此，佩玉剑履。晋公之孙，魏公之子。

【译文】《孟子》说："平日所说的故国，并不是指有那些高大的树木，而是指有累代功勋老臣的意思。"又说："治理国家并不难，只要是不得罪于那些有影响的贤明卿大夫就行了。这些士大夫所仰慕的人，全国都会仰慕他。全国所仰慕的人，天下都会仰慕他。"这里所说的累代功勋老臣，难道仅指那些世代享受俸禄的人吗？而所谓有影响的卿大夫，难道仅指奢侈富豪之家吗？功勋已经彰明于当时，威望已取信于万人，如同高大的树木，对它培土浇灌，爱护养育，从一把粗的小苗长成两臂合抱的大树，并不是一日之间就能达到的。天下清平无事的时候，衡量他们收取的利税，评议他们政事的表现，他们的确不如年轻的后起之秀。然而到了国家危难之际，制定重大决策，抚定百姓万民，召唤他们立即前来，挥斥他们马上离去的，却只有那些累代功臣和贤明的士大夫才能做得到。嘉祐年间，我在成都初次结识了王懿敏公素，后来在凤翔府担任从事时，王公从知许州调任渭州知州。当时，西夏人大举侵犯西部边境，转运使兼任一路的经略使，与副总管的意见不合，军队无所适从。边境地区的居民惶恐不安，人情汹汹，震动三辅一带。等人们听说王公要来，官兵将士欢呼跳跃，奔走相告。军队也变得纪律严明，军容整肃，旗帜飞舞，鼓角响亮。羌人当天就撤兵离去，王公到任，只不过设宴慰劳将士而已。经过此事，我才体会到老臣名将，他们的功用是如此不同寻常。假如让年轻的后起之士面对这种局面，纵然他具有韩信、白起般的勇武，张良、陈平的奇谋，难道能够如此迅捷地像这样不战而胜、不言而成吗？熙宁四年秋天，我将到杭州上任，在王公家的佚老堂见到了他，与他饮酒到黄昏才离开。席间谈论起当时的政事，王公说："我年纪老了，恐怕看不到新法之害了，你要好自为之，别忘了我今天说的话。"我离京二年后，王公就逝世了。又过了六年，我为王公的画像写了这篇赞词，送给他的儿子王巩。赞词说：

堂堂正正的魏国文正公，得以配享在先皇祖的庙堂。他的仁德传给懿敏公，成为我朝的柱石。魏国公在朝中担任宰相，朝廷纲纪明肃端正。懿敏公在外担任将帅，名声流传四方却从来不自表功勋。他的大智大勇，堪为公卿堪为宰相。又像是百人合抱的大树，可以支撑宫殿可以支撑庙堂。上天眷爱王氏一族，又使他们享受了贵富。王氏家族立身安稳，如同高山如同大河。那些穷人家的后生，学识浅陋出身寒微。终生劳碌永远忧愁，人们也无从知道他有什么才能。何不看一看这幅画像，佩戴着镶满美玉的宝剑出入于宫廷之中。他就是晋国公之孙，魏国公之子。

王定国真赞

温然而泽者，道人之腴也；凛然而清者，诗人之癯也；雍容委蛇者，贵介之公子；而短小精悍者，游侠之徒也。人何足以知之？此皆其肤也。若人者，泰不骄，困不挠，而老不枯也。

【译文】温润光泽的，是丰腴的道士；削瘦挺直的，是清癯的诗人；臃肿肥胖的，是贵官的公子；而短小精悍的，是游荡的侠客。人们怎么能一眼就辨别出来呢？这都是根据他们的皮肤。而这个人，富贵却不放纵，穷困却不屈服，年老却不枯朽。

秦少游真赞

以君为将仕也，其服野，其行方。以君为将隐也，其言文，其神昌。置而不求君不即，即而求之君不藏。以为将仕将隐者，皆不知君者也。盖将挈所有而乘所遇，以游于世，而卒反于其乡者乎？

【译文】认为秦君是要做官，但他的服饰朴野，他的行为乖方。认为秦君是要隐居，他的言论文雅，他的神情快畅。你不去亲近他，他也不会理睬你;你去亲近他,他也不会躲避你。认为秦君打算做官、打算隐居的人,都是不了解秦君的人。他大概是携带着他自己的内蕴乘兴来往,所遇皆得适意。以此心情游历于人世之间,而最终回到他自己的故乡的人吧?

徐大正真赞

贤哉徐子,温文而毅。儒不乱法,侠不犯忌。求之古人,尚论其世。登唐减汉,三国之士。我非北海,安识子义?愿观伯符,揽戟为戏。

【译文】贤德的徐君,温文尔雅却性情刚毅。诵读儒经不干乱法令,行侠仗义却不触犯律令。若要在古代搜寻这样的人,不是代代都能找到。他是在唐人之上汉人之下,有似三国时的才士。我不是孔北海,哪里能慧眼识得太史慈?只是想看到孙策如何夺得太史慈的手戟,二人把斗勇做为游戏。

李端叔真赞

龙眠居士画李端叔,东坡老人赞之曰:

须发之拳然,眉宇之渊然,披胸腹之掀然,以为可得而见欤?则漠乎其无言。以为不可得而见欤?则已见画于龙眠矣。呜呼!其将为既琢之玉,以役其天乎?其将为不雨之云,以抱其全乎?抑将游戏此世,而时出于两者之间也?

【译文】龙眠居士李公麟画了一幅李之仪端叔的肖像,东坡老人为画像写赞词说：

胡须头发蜷蜷曲曲，眉宇之间俊朗开阔，胸腹前的衣襟大大敞开，认为能够见到见到他吗？他却漠然不发一言。以为不可能见到他吗？他却已经被龙眠居士画下来了。啊！他是要使自己成为已经被雕成的美玉，来改变它的天然本性吗？他是要使自己成为不落雨的浓云，来保持自己的完全吗？还是要游戏人生，时不时地出入于两者之间呢？

元华子真赞

方口而髯，秀眉覆颧。示我其华，我识其元。我来从之，目击道存。我有陋室，茅茨采椽。洒扫庭户，窗牖廓然。虚空无人，愿受我言。

【译文】方方的大嘴长长的须髯，长长的眉毛覆盖到颧骨。展示在我眼前的是他的外表，我却看到了他的内心。我诚心敬穆地追随他，想亲眼见到他永存的道德。元华子说："我只有一间简陋的住室，房上的茅顶和椽子未加修剪。每天清扫室内庭院，窗户大开没有遮拦。这陋室中空空荡荡没有旁人，你可在这里听我所言。"

思无邪丹赞

饮食之精，草木之华。集我丹田，我丹所家。我丹伊何？铅汞丹砂。客主相守，如巢养鸦。培以戊己，耕以赤蛇。化以丙丁，滋以河车。乃根乃株，乃实乃华。画炼于日，赫然丹霞。夜浴于月，皓然素芭。金丹自成，曰思无邪。

此赞信笔直书，不加点定，殆是天成，非以意造也。

绍圣元年十月二十日。

【译文】它是饮食中的精粹，草木中的精华。它汇入我的丹田，那是我这丹药的家。我的丹究竟是什么？就是铅汞和朱砂。外丹内神互相作用，就像鸟巢养育雀鸦。加入黄精，在日光下搅拌。铅汞在烈火中熔化，再导入北方的正气相合。它融汇万物的根基和躯干，它聚集了万物的花朵和果实。白天烧炼在阳光之下，就像是绚烂的红霞。夜晚沐浴于月光之中，就像洁白的花苞。金丹自然炼成，取名叫“思无邪”。

这首赞诗信笔写成，没有修改润色，大约是天使成之，而不是出自构思创作。

绍圣元年十月二十日。

六观堂赞

我观众生，念念为人。昼不见心，夜不见身。佛言如梦，非想非因。梦中常觉，孰为形神？我观众生，终日疑怖。土偶不然，无望碍故。佛言如幻，永离爱恶，饥餐画饼，无有是处。我观众生，起灭不停。以是为故，乃有死生。佛言如泡，泡本无成。能坏能成，虽佛不能。我观众生，颠倒已久。以光为无，以影为有。佛言光影，我亦举手。从此永断，日中狂走。我观众生，同游露中。对面不见，衣沾眼蒙。佛言如露，一照而通。蒙者既灭，照者亦空。我观众生，神通自在，于光电中，建立世界。佛言如电，言发意会。佛与众生，了无杂坏。垂慈老人，尝作是观。自一至六，六生千万。生故无穷，一故不乱。东坡无口，孰为此赞？

【译文】我看万民众生，心里总是惦念着别人。白天清醒时见不到自己的心，夜里睡着了见不到自己的身。佛说人生如梦，不是由于有思念也不是由于有缘由。人在睡梦之中总是感到恍惚，什么是形体？什么是神思？我看万民众生，一天到晚猜疑恐惧。木偶却不是这样，因为它们心里没有牵挂的缘故。佛说人生如幻觉，要永远地抛弃爱怜和憎恶，就像饿了去吃画出来的饼，哪一个也不是真的。我看万民众生，崛起毁灭轮转不停。正是因为这样，人才有了死生。佛说人生就像水泡，水泡原本就没有生成。如果能毁坏也能生成，即使是佛也不能做到。我看万民众生，是非颠乱已经很久。把光亮说成没有，又把影子说成是有。佛说人就像光中的影子，人不过是举起手臂晃动一下。从此永远不再在日光下奔走。我看万民众生，就像在雾露中行走。二人对面不能相见，衣服沾湿眼睛迷蒙。佛说人生就像是处在雾露中，光亮一照就能通明。对面不见的人没有了，照亮的人也没有了。我看万民众生，还相信神灵的存在，幻想着在闪电的光亮中能建立神仙的世界。佛说人本来就像是闪电，话说出口，别人就能明白。佛和万民众生，界限分明。这位慈爱的老人，曾以佛心来看待众生。以上所说一观至六观，这六观又能生出千千万万的佛观。众生有生所以人世无穷，千万之观归于一真空虚，所以佛法不乱。如果东坡居士没有嘴巴，谁来作这篇赞诗？

石恪三笑图赞

彼三士者，得意忘言。卢胡一笑，其乐也天。嗟此小童，麋鹿狙猿。尔各何知？亦复粲然。万生纷纶，何鄙何妍？各笑其笑，未知孰贤？

【译文】那三位高士，心中得意而忘记了该说什么。呵呵地一笑，那真是无忧无虑发自天然的笑。更可叹高士身边的小童子和猿猴麋鹿。你们知道他们笑什么吗?为什么也跟着笑得那么淳甜。世上万物纷纷扰扰,谁丑谁美?各人为自己想笑的事情而笑,不知道谁笑得最好?

顾恺之画黄初平牧羊图赞

先生养生如牧羊,放之无何有之乡。止者自止行者行,先生超然坐其旁。挟策读书羊不亡,化而为石起复僵,流涎磨牙笑虎狼。先生指呼羊服箱,号称雨工行四方。莫随上林芒屩郎,嗅门舐地寻盐汤。

【译文】黄先生修养性情就像是放牧羊群,把它们放到什么也没有的地方。想停下来的只管停下,想继续走的任意徜徉。先生就像没有看见,悠然自得地坐在一旁。手捧书册只顾读书,羊儿自由却不逃亡。化成了石头搬起而又僵,笑那流涎磨牙却吃不到口的虎和狼。先生只要挥手一呼,羊群就为他驾车游荡,他自称雨师行走四方。羊儿呀,千万不要被穿着草鞋的兵士牵到上林苑中去供人射猎,也不要到后宫挨门舐地寻找那嫔妃撒下的盐汤。

胶西盖公堂照壁画赞 并引

陆探微画师子,在润州甘露寺,李卫公镇浙西所留者。笔法奇古,绝不类近世。予为“甘露寺”诗,有云“破板陆生画,青猊戏盘跚。上有二天人,挥手如翔鸾。笔墨虽欲尽,典刑垂不刊”者也。熙宁九年十一月十五日,命工摹置胶西盖公堂中,且赞之云:

高其目,仰其鼻,奋髯吐舌威见齿。舞其足,前其耳。左顾右盼喜见尾。虽猛而和盖其戏，置之高堂护燕几。啼呼颠沛走百鬼，嗟乎妙哉古陆子。

【译文】陆探微所画的狮子图，在润州甘露寺中，是李卫公德裕任浙西观察使时保留下来的一幅名画。此画的运笔方法十分古朴，一点也没有近代画师的笔法痕迹。我曾写过《甘露寺》诗，有几句说“破板陆生画，青猊戏盘跚。上有二天人，挥手如翔鸾。笔墨虽欲尽，典刑垂不刊”，就是指此画。熙宁九年十一月十五日，命画工临摹一幅，挂在胶西盖公堂内，并写赞词赞美它说：

眼睛朝上看，鼻子朝上仰，炸开鬈毛吐出舌头，威风凛凛地露出牙齿。挥舞着蹄子，耳朵向前忽闪。左顾右盼，像是喜欢见到自己的尾巴。虽然形象勇猛而内心温和，这些不过是游戏而已，挂在盖公大堂之中保护着小几。吓得百鬼惊号奔窜，令人感叹古人陆探微此画真是奇妙。

韩干画马赞

韩干之马四：其一在陆，骧首奋鬣，若有所望，顿足而长鸣；其一欲涉，尻高首下，择所由济，局踏而未成；其二在水，前者反顾，若以鼻语，后者不应，欲饮而留行。以为厩马也，则前无羁络，后无棰策；以为野马也，则隅目耸耳，丰臆细尾，皆中度程。萧然如贤大夫贵公子，相与解带脱帽，临水而濯缨。遂欲高举远引，友麋鹿而终天年，则不可得矣。盖优哉游哉，聊以卒岁而无营。

【译文】韩干在这幅画上画了四匹马：一匹在岸上，昂起头甩着须，像是在向前张望，顿着马蹄长长嘶鸣；一匹像是要过水，臀部高起，马首向下，寻找过水之处，左右徘徊没敢下水；另外两匹已在水中，前一匹回过头来看后一匹，像是喷着鼻子在讲什么，而后一匹没有回答，想留在原地饮水。如果它们是人饲养的马，那么头上没有马衔和络头，后边没有马鞭驱赶；如果它们是野马，那么圆睁怒眼，耸起双耳，胸部饱满尾巴细顺，都符合良好的要求。它们意态萧洒得像受过良好教育的士大夫和贵公子，彼此相助解开衣带脱下冠帽，在水边洗涤头缨。而后将远离嚣尘，与麋鹿为友而终其一生，再欲寻找它们就找不到了。优然闲适，只求度日而不再过问是是非非。

九马图赞 并叙

长安薛君绍彭，家藏曹将军《九马图》，杜子美所为作诗者也，拳毛师子二骏在焉。作《九马图赞》：

牧者万岁，绘者惟霸。甫为作诵，伟哉九马。姚、宋庙堂，李、郭治兵。帝下毛龙，以驭群英。我思开元，今为几日。筋骨应图，至三万匹。云何寂寥，跬步山川。负盐挽磨，泪湿九泉。牝牡骊黄，自以为至。驳其一毛，弃我千里，蹄啮是乘，脂蜡其鞭。道阻且长，喟其永叹。

【译文】长安人薛绍彭，家中收藏有曹将军画的《九马图》，就是杜甫作诗赞美的那一幅。杜甫所赞的两匹卷毛狮子骢就在其中。我为此画作《九马图赞》说：

养牧它们的是万岁天子，画出它们的是曹霸。杜甫为它们写了颂诗，何其伟壮的九匹骏马啊。姚崇、宋璟在朝廷谋划，李晟、郭子仪在野外率兵。帝阙的龙马，为群贤驾驭。我想从唐朝开元年间，到如今才几日。而强筋壮骨像图中的骏马，应该已经三万匹了。为什么它们孤独寂寞，跋涉山河。驮盐拉磨，泪洒在九泉之下。纯黑纯黄的雌雄之马，自以为尽善尽美。若是稍有一根杂毛，便被抛弃于千里之外，乘坐这蹄咬无常的马所驾的车，又把马鞭浸上油蜡使之柔软。前面的道路险阻漫长，我为它喟然长叹。

三马图赞 并引

元祐初，上方闭玉门关，谢遣诸将。太师文彦博、宰相吕大防、范纯仁建遣诸生游师雄行边，饬武备。师雄至熙河，蕃官包顺请以所部熟户除边患，师雄许之，遂禽猾羌大首领鬼章青宜结以献。百官皆贺，且遣使告永裕陵。时西域贡马，首高八尺，龙颅而凤膺，虎脊而豹章。出东华门，入天驷监，振鬣长鸣，万马皆喑，父老纵观，以为未始见也。然上方恭默思道，八骏在庭，未尝一顾。其后圉人起居不以时，马有毙者，上亦不问。明年，羌温溪心有良马，不敢进，请于边吏，愿以馈太师潞国公，诏许之。蒋之奇为熙河帅，西蕃有贡骏马汗血者。有司以为非入贡岁月，留其使与马于边。之奇为请，乞不以时入事下礼部。轼时为宗伯，判其状云："朝廷方却走马以粪，正复汗血，亦何所用？"事遂寝。于时兵革不用，海内小康。马则不遇矣，而人少安。轼尝私请于承议郎李公麟，画当时三骏马之状，而使鬼章青宜结效之，藏于家。绍圣四年三月十四日，轼在惠州，谪居无事，阅旧书画，追思一时之事，而叹三马之神骏，乃为之赞曰：

吁鬼章，世悍骄。奔贰师，走嫖姚。今在廷，服虎貂。效天骥，立内朝。八尺龙，神超遥。若将西，燕昆瑶。帝念之，乃下招。籥归云，逝房妖。

【译文】元祐初年，天子刚刚决定闭守玉门关，把边将都调离了西北。太师文彦博、宰相吕大防、范纯仁建议派遣大学生出身的游师雄巡行边境，整顿防御力量。游师雄来到熙河境内，羌族将军包顺请求带领已归顺宋朝的羌人部下扫除边境祸患，游师雄答应了他的请求，于是包顺擒获了顽固的羌族大首领鬼章青宜结献给朝廷。百官称贺，并派遣使者祭告于神宗永裕陵前。当时西域贡献马匹，头高八尺，马首像龙而胸如凤，脊背像猛虎花纹像豹子。从东华门牵入天驷监时，抖动着长须长啸一声，所以的马都屏声敛气。城中的父老围住观看，都说从没有见过这样的骏马。然而当时天子正以仁爱节俭治理天下，虽然庭中有八匹奇异的骏马，天子却从未看上一眼。后来养马人喂养不应时，致使有的马已经病死，天子也没有责问。第二年，羌人温溪心有一匹好马，不敢贸然进献，向边城的守臣提出请求，愿把这匹骏马送给太师、潞国公文彦博。朝廷下诏允许。蒋之奇担任熙河路经略使时，西夏也有愿向朝廷进贡汗血名马的人。朝廷有关部门认为不在应当进贡的时间内，便把进献使节连同马匹都留在边境。蒋之奇替夏人奏请，请求按照特殊情况对待将此骏马交付礼部。苏轼那时正在礼部主事，在他的奏状上批复说："朝廷现在正在把马匹驱向农田，如今又贡汗血马，又有什么用呢？"此事就搁置下来了。当时国内安宁，没有战事，国内民众生活安泰。马就不那么被人看重了，可人民也就获得了安宁。苏轼曾经私下请求承议郎李公麟把上述三匹骏马画出来，而让鬼章青宜结描述马的神貌。画好后，我把它收藏在家里。绍圣四年三月十四日，苏轼被贬住在惠州，闲居无事，翻阅旧书画，回忆当时的一些事情，感叹这三匹马的神奇骏健，于是为此画写赞词说：

唉，鬼章之族，世代骠悍骄横。他们曾击败贰师将军李广利，也曾击败骠骑将军霍去病。而今归服我朝，成为大宋的藩臣。贡献天国神马，立在朝廷之内。八尺的龙驹，神采飞越。如果能驾着骏马西行，也会像周穆王在昆仑瑶池赴仙人之宴。我天子怜悯天下生灵，于是下诏。把神马放归云天，消除房里天驷的妖患。

李潭六马图赞

六马异态，以似为妍。画师何从？得所以然。相彼痒者，举唇见咽。方其痒时，槁木万钱。络以金玉，非为所便。乌乎！各适其适，以全吾天乎？

【译文】六匹马的神态各不相同，看画以得其神似为最妙。画师是跟谁学的技艺？真可谓深得图画之道。看那身上搔痒的一匹，张开嘴唇一就见到了咽喉。正当它犯痒的时候，一根枯木只要能为它蹭痒，这枯木也值一万钱。即使是金鞍玉络加在它身上，对它来说都是很不方便的。啊！能不能让各自都保持各自的适意，以保全我们的天然性情呢？

郭忠恕画赞

右张梦得所藏郭忠恕画山水屋木一幅。忠恕字恕先，以字行，洛阳人。少善属文及史书小学，通九经。七岁举童子。汉湘阴公辟从事，与记室董裔争事，谢去。周祖召为《周易》博士。国初与监察御史符昭文争忿朝堂，贬乾州司户。秩满，遂不仕。放旷岐、雍、陕、洛间，逢人无贵贱，口称猫。遇佳山水，辄留旬日。或绝粒不食，盛夏暴日中，无汗，大寒凿冰而浴。尤善画，妙于山水屋木。有求者，必怒而去。意欲画，即自为之。郭从义镇岐下，延止山亭，设绢素粉墨于坐。经数月，忽乘醉就图之一角，作远山数峰而已，郭氏亦宝之。岐有富人子，喜画，日给淳酒，待之甚厚。久乃以情言，且致匹素。恕先为画小童持线车放风鸢，引线数丈满之。富家子大怒，遂绝。时与役夫小民入市肆饮食，曰："吾所与游，皆子类也。"太宗闻其名，召赴阙，馆于内侍省押班窦神兴舍。恕先长髯而美，忽尽去之。神兴惊问其故。曰："聊以效颦。"神兴大怒。除国子监主簿，出，馆于太学，益纵酒肆言时政，颇有谤讟。语闻，决杖配流登州。至齐州临清，谓部送吏曰："我逝矣。"因掊地为穴，度可容面，俯窥焉而卒。藁葬道左。后数月，故人欲改葬，但衣衾存焉，盖尸解也。赞曰：

长松搀天，苍壁插水。凭栏飞观，缥缈谁子？空蒙寂历，烟雨灭没。恕先在焉，呼之或出。

【译文】以上是张梦得家藏郭忠恕所画的山水屋木画一幅。郭忠恕字恕先，后来以字为名，洛阳人。少年时即善于写文章，对历史典籍、文字训诂也有研究，精通九经。七岁时参加童子科的考试。后汉湘阴公征召他为从事官，因与记室董裔争论事非，辞官而去。后周太祖郭威召他入朝，担任《周易》国子博士。本朝初年，与监察御史符昭文在朝堂上对面争论，被贬为乾州司户参军。任满后，便不再做官。浪迹于凤翔、雍州、陕州、洛阳一带，见到别人，不论贵贱，一概称呼为猫。遇到山水清秀的地方，便逗留十天八天。有时避谷不吃饭食，炎热的夏季在烈日下暴晒，身上不出汗；隆冬三九时，凿开冰凌到冷水中洗浴。尤其擅长绘画，所画的山水亭台草木十分精美。如果有人向他求画，他必会大怒离去。到他自己想画时，便信笔画来。郭从义知凤翔府时，请他到山亭之中，在他的座席前摆放了丝绢和墨彩。几个月后，忽然兴起，乘着酒醉，在素绢的一个角上，画了几座远山。尽管如此，郭从义也十分珍爱地收藏起来。凤翔府中有个富家子弟，欢喜画，每天供给他上好的美酒，待他十分殷勤慷慨。过了许久，才把自己想请他作画的心思讲出来，并送给他一匹白绢。恕先给他画了一个小童手持线车放风筝，把风筝线画了几丈长，贯穿了这一匹白绢。那个富家子弟十分恼怒，于是与他断绝交往。他经常和一些农夫、平民在市场上饮酒吃饭，说："我交往的，都是你们这样的人。"太宗皇帝听说他画得好，召他入朝，安排他住在内侍省押班窦神兴的馆舍中。恕先的须髯又长又美，忽然有一天全都剃掉了。窦神兴吃惊地问他为什么这样做。说："权且做东施效颦吧。"窦神兴非常恼怒。太宗皇帝除授恕先任国子监主簿，恕先出宫，在太学中安身，他更加放纵地饮酒，肆意地议论时政，嘴里时常说些谩骂指斥的话。这些话传到了大宗皇帝耳中，他被处以杖刑，流放到登州。走到齐州临清县时，他对押送他的差役说："我要走了。"于是用手在地上挖了一个坑，估量可以容下脸时，他便趴在洞中察看，片刻而死。差役们把他草草地埋在路边。几个月后，他的故交想将他迁葬到别处，挖开一看，只有衣被等物还在洞穴中，大约是尸解仙去了。赞词说：

高大的青松耸入云天，青苍的石壁插入深水。依凭在凌空飞架的高楼栏干上远望，那个人飘飘缈缈，究竟是谁呢？空旷宁静的画面上，烟雨已经消散停止。恕先的灵魂就在那里，招呼他一声，或许他就会出来。

石室先生画竹赞 并叙

与可，文翁之后也。蜀人犹以石室名其家，而与可自谓笑笑先生。盖可谓与道皆逝，不留于物者也。顾尝好画竹，客有赞之者曰：

先生闲居，独笑不已。问安所笑，笑我非尔。物之相物，我尔一也。先生又笑，笑所笑者。笑笑之余，以竹发妙。竹亦得风，天然而笑。

【译文】文与可，是汉代文翁的后代。蜀人至今还用"石室"这个名字称呼他家，而文与可则自称为笑笑先生。可以称得是人与其德一同消逝，不留痕迹在人间的高士。因为他非常喜好画竹，客人中有称赞他的人说：

先生闲居时，独自笑不停。问他为何笑，笑我并非你。任用物比物，你我本同一。先生又发笑，笑那笑的人。笑而又笑后，画出美妙竹。画竹似经风，弯腰笑出声。

文与可画赞

友人文与可既殁十四年，见其遗墨于吕元钧之家，嗟叹之余，辄赞之：

竹寒而秀，木瘠而寿，石丑而文，是为三益之友。粲乎其可接，邈乎其不可囿。我怀斯人，呜呼！其可复观也。

【**译文**】我的朋友文与可死了十四年后，我又在吕元钧家里看到了他遗留的图画真迹，感叹之余，便写了一篇诗来赞颂他：

竹子清寒而秀美，松树枯瘦而长寿，石头丑怪而有花纹，它们是文与可的三益之友。生气勃勃就像能触到，气韵高远不可拘束。我深深地怀念他，啊！见到此画就像又见到他与可其人。

文与可画墨竹屏风赞

与可之文，其德之糟粕；与可之诗，其文之毫末。诗不能尽，溢而为书，变而为画，皆诗之余。其诗与文，好者益寡。有好其德如好其画者乎？悲夫！

【**译文**】文与可的文章，是他道德的残留而已；与可的诗，又是他文章的残留而已。诗不能尽其才，便把才华表现在书法上，又变而表现在图画上，这些都是他诗歌的余脉。他的诗和文，能欣赏的人越来越少。有爱他的品德像喜欢他的画一样的人吗？真可悲啊！

戒坛院文与可画墨竹赞

风梢雨箨，上傲冰雹。霜根雪节，下贯金铁。谁为此君？与可姓文。惟其有之，是以好之。

【译文】风吹着它的梢，雨打着它的节，它却挺立在冰雹的劈打之中。霜打着他的根，雪包着它的节，它却能穿透根下的金铁。谁画的墨竹？是与可君他姓文。因为他自己有这样的品质，所以他喜好画竹。

文与可飞白赞

呜呼哀哉！与可岂其多好？好奇也欤？抑其不试故艺也？始余见其诗与文，又得见其行草篆隶也，以为止此矣。既没一年，而复见其飞白。美哉多乎！其尽万物之态也。霏霏乎其若轻云之蔽月；翻翻乎其若长风之卷旆也；猗猗乎其若游丝之萦柳絮；袅袅乎其若流水之舞荇带也；离离乎其远而相属；缩缩乎其近而不隘也。其工至于如此，而余乃今知之。则余之知与可者固无几，而其所不知者盖不可胜计也。呜呼哀哉！

【译文】呜呼哀哉！与可君难道有很多爱好吗？或许只是好奇呢？还是不轻易显露娴熟的技艺呢？我最初见到他的诗歌和散文，后来又得以见到他写的行书、草书、篆书和隶书，我以为他的技能就这么多了。在他去世一年之后，又见到他的飞白书。真是美妙极了！可以说极尽世间物象的神态。飘渺如薄云遮住月亮，翻飞如风卷起大旗；柔弱如一根游丝沾在柳絮；绵丽如流水中飘舞的荇带；相距远者如相对有情，相距近者如并行不悖。他的书法工秀如此，我至今才得以领教。看来我对与可的技能所知甚少，而尚不了解的技能恐怕不可胜数。呜呼哀哉！

文与可枯木赞

怪木在廷，枯柯北走。穷猿投壁，惊雀入牖。居者蒲氏，画者文叟。赞者苏子，观者如流。

【译文】一株奇形怪状的古树生长在庭院中，一条枯干的树枝伸向北面。被人追急了的猿猴攀上墙壁，受惊的鸟雀钻进窗户。庭院中居住的是蒲氏，作画的是文同翁。写赞词的是苏轼，观看的人川流不息。

李伯时所画沐猴马赞

吾观沐猴，以马为戏。至使此马，窃衔诡辔。沐猴宜马，真虚言尔。

【译文】我看到画上的猴子，想骑马作乐。乃至于使这匹马又咬嚼子又甩辔头。人们都说猴子会骑马，真是一句假话。

救月图赞

痴蟆脔肉，睥睨天日。伟哉黑龙，见此蛇服。蟆死月明，龙反其族，乘云上天，雨我百谷。

东坡过余清虚堂，欲挥翰笔，误落纸如蜿蜒状。因点成眼目，画缺月其上，名《救月图》，并题此赞。偶尔游戏，遂成奇笔。王巩题。

【译文】愚蠢的蛤蟆妄想吃肉，眼睛斜视着月中的玉兔。雄伟的黑龙跃然而起，变化成世间的蛇形来吞食蛤蟆。蛤蟆死后，月光复明，蛇又变回龙身乘着白云飞上天空，洒下雨水浇灌我生民播种的百谷。

东坡居士路过我的清虚堂，想挥笔作画，而误将一滴墨汁掉在纸上，像长蛇蜿蜒的形状。因而给它点染上眼目成为一条蛇，又画上一钩缺月，取名为《救月图》，并题写了这篇赞诗。这不过是他偶然间的游戏笔墨，却成为神来之笔。王巩题。

捕鱼图赞

荇秀水暖，龟鱼出戏。怒蛙无朋，寂寞鼓吹。孰谓鱼乐，强嬴相屠。去是哆口，以完长须。

【译文】荇菜花开水温暖，龟鱼嬉戏出水边。怒鸣之蛙无朋友，孤孤单单叫得欢。谁说鱼儿都快乐，弱肉强食自相残。多少小鱼死非命，成为大鱼腹中餐。

偃松屏赞 并引

余为中山守，始食北岳松膏，为天下冠。其木理坚密，瘠而不瘁，信植物之英烈也。谪居罗浮山下，地暖多松，而不识霜雪，如高才胜人生绮纨家，与孤臣孽子有间矣。士践忧患，安知非福？幼子过从我南来，画寒松偃盖为护首小屏。为之赞曰：

燕南赵北，大茂之麓。天僵雪峰，地裂冰谷。凛然孤清，不能无生。生此伟奇，北方之精。苍皮玉骨，硗硗虪虪。方春不知，沍寒秀发。孺子介刚，从我炎荒。霜中之英，以洗我瘴。

【译文】我任中山府知府后，才尝到了北岳所产的松膏，堪称天下第一。此地松树的木纹坚硬细密，虽然瘦细但并不脆弱，它真是草木中的精英。后遭贬谪，居住在罗浮山下，此地气候和暖，山上的松树也很多，但它们却从未经历过严霜寒雪，就像是才子贤士生长在富贵之家，与失势大臣和失宠庶子大有不同了。士大夫身遭忧愁患苦，怎么就知道不是福呢？小儿子苏过跟从我来到南方，画了一幅树冠硕大的寒松做为门前的小屏风画。我为此画写赞诗说：

燕地之南赵地之北，是一片苍郁的茂林。严寒冻僵了积雪的山峰，大地冻裂了冰封的深谷。万象肃杀也不能灭绝生命。生长着这挺拔雄奇的松树，它们是北方植物的精英。苍劲的树皮包着白玉般的骨骼，屹立于乱石凹凸之中。春天来到它并不争奇，严寒降临却秀姿英发。我的儿子耿介刚毅，跟随我来到这蛮荒之乡。让这寒霜中透出的英气，来洗涤侵害我的毒瘴。

三禽图赞

瓦盎粒食，于何不有？巢林一枝，何苦而斗？剥啄清音，发于高深。决然惊起，翠羽在林。俯而饮，仰而咽。海运鹏抟，吾亦无羡。

【译文】哪个瓦盆米罐里没有几粒粮食？鸟儿在树林中各占一枝筑巢，何苦要发生争斗呢？从高山深处发出清脆的一个响声，就把林中所以的鸟儿全都惊起。低下头去饮水，仰起头来咽下。任凭大海上鲲鹏展翅高翔，我也毫无羡慕之心。

采日月华赞

每日采日月华时，不能诵得古人咒语，以意撰数句云：我性真有，是身本空。四大合成，与天地通。如莲芭蕉，万窍玲珑。无道不入，有光必容。曈曈太阳，凡火之雄；湛湛明月，众水之宗。我尔法身，何所不充？不足则取，有余则供。取予无心，唯道之公。各忘其身，与道俱融。

【译文】每天清晨领略日月之光时，不能记诵古人的咒语，只好依照自己的意思撰写几句说：

我的灵性是实有的，我的身躯到是虚空的。地、水、火、风合成我性，与高天大地处处相通。譬如莲花芭蕉，虽然身有万窍却脉脉相连。没有一处不能接受滋养，有了光辉就能包容。灿烂的太阳，是火中的英雄；皎洁的明月，是水中的精灵。我和莲蕉都是法界之身，什么光亮不能充盈？不足便要取入，有余就为人提供。取入和给予不依凭于意志，只是遵依佛法的公平。人们都能忘记自我，就能与佛法一切圆融。

石菖蒲赞 并叙

《本草》："菖蒲，味辛温，无毒。开心，补五脏，通九窍，明耳目。久服轻身不忘，延年益心智，高志不老。"注云："生石碛上概节者，良。生下湿地大根者，乃是昌阳，不可服。"韩退之《进学解》云："訾医师以昌阳引年，欲进其豨苓。"不知退之即以昌阳为菖蒲耶，抑谓其似是而非不可以引年也？凡草木之生石上者，必须微土以附其根。如石韦、石斛之类，虽不待土，然去其本处，辄槁死。惟石菖蒲并石取之，濯去泥土，渍以清水，置盆中，可数十年不枯。虽不甚茂，而节叶坚瘦，根须连络，苍然于几案间，久而益可喜也。其轻身延年之功，既非昌阳之所能及。至于忍寒苦，安澹泊，与清泉白石为伍，不待泥土而生者，亦岂昌阳之所能仿佛哉？余游慈湖山中，得数本，以石盆养之，置舟中。间以文石，石英璀璨芬郁，意甚爱焉。顾恐陆行不能致也，乃以遗九江道士胡洞微，使善视之。余复过此，将问其安否。赞曰：

清且批，惟石与水。托于一器，养非其地。瘠而不死，夫孰知其理？不如此，何以辅五藏而坚发齿？

【译文】《神农本草经》说："菖蒲，味道辛辣，性温，无毒。能舒展心气，滋补五脏，疏通人体九窍，令人耳聪目明。长期服用可以增强记忆强健体魄，延长寿命开启智慧，增强意志抵御衰老。"注解说："长在石沙之中而节很密的最好。长在低洼地上根粗大的，叫做昌阳，不可服用。"韩愈《进学解》说："指责医师用昌阳为人延年，却要添上豨苓。"不知道韩愈是把昌阳当成了菖蒲呢，还是说昌阳类似菖蒲而并不是菖蒲没有延年的功效呢？凡是生长在石上的草木，也必须有一些土使它们扎下根。比如石韦、石斛之类的植物，虽然并不需要多少土，但如果把它根上的土去掉，它也会干死。只有石菖蒲连石头一块取下，洗去泥土，用清水浸泡着放在盆里，可以几十年不枯萎。虽然长得不很茂盛，但节干和叶子都很坚固瘦硕，根须相连，放在几案上苍苍一簇，摆放的时间越长越惹人喜爱。它使人体魄轻柔，延年益寿的功效，根本不是昌阳所能比得上的。至于它的忍耐寒冷和艰苦，安于澹泊，只与清泉白石做伴，不一定非要泥土才能生长的特点，难道是昌阳能够与之相提并论的吗？我在慈湖山中游览，得到几株菖蒲，于是用石盆来培养它们，把它们放置在船上。还在盆里放上带有花纹的石子，石子和菖蒲相映成趣，石子璀璨，菖蒲芳香郁茂，我心中十分喜爱它们。只是担心走旱路时无法携带，于是把它们交给九江道士胡洞微照管，让他一定精心看顾它们。并说我下次经过此地时，一定会来察看它们的生长情况。为此我写了一篇赞词说：

晶莹清彻之物，只有石头和水。二者同被一个器皿举托，在不是它出生的地方成长。虽然瘦弱但顽强不死，谁能知道这其中的奥理？它如果不是这样，怎么能滋补五藏而使人发齿坚固呢？

文勋篆赞

世人篆字，隶体不除。如浙人语，终老带吴。安国用笔，意在隶前。汲冢鲁壁，周鼓秦山。

【译文】世上的人书写篆字，总是带有隶书的痕迹。就像浙江人讲话，到死都带着吴音。文勋安国运笔写字，用意出自隶书产生之前。他胸中只有汲冢周书、鲁国夹壁等蝌蚪文字，以及周人的石鼓、秦代的刻石等籀文大篆。

小篆般若心经赞

草隶用世今千载，少而习之手所安。如舌于言无拣择，终日应对惟所问。忽然使作大小篆，如正行走值墙壁。纵复学之能粗通，操笔欲下仰寻索。譬如鹦鹉学人语，所习则能否则默。心存形声与点画，何暇复求字外意？世人初不离世间，而欲学出世间法。举足动念皆尘垢，而以俄顷作禅律。禅律若可以作得，所不作处安得禅？善哉李子小篆字，其间无篆亦无隶。心忘其手手忘笔，笔自落纸非我使。正使匆匆不少暇，倏忽千百初无难。稽首《般若多心经》，请观何处非《般若》？

【译文】草书为人使用已经有上千年了，我从小学写它们，手指已经习惯了这些笔画。就像是用舌头讲话一样没什么其他的选择，一天到晚所回答的都是别人的讯问。忽然间让我写大篆、小篆这样的字，就像是走着走着碰到了墙壁。纵然是从头学起也能知道个大概，但拿起笔来要写时却要抬头想上一会儿。就像是鹦鹉学人说话，学过的话就能说，没学过的的话就不能张口。脑子里装着的是字的外形和、读音和笔画，哪里还有时间去寻求字外的意思呢？世上的人没有离开过这个世界，却要学习超越世间的方法。众生的一举一动一切想法都沾满着尘世的污垢，而认为在一刹那间就能悟得禅法。禅法如果可以一悟即得，那么不去悟又从哪里悟得禅法呢？李君的小篆字真是太精彩了，满纸没有大篆也没有隶书的痕迹。心里忘记了自己的手，手也忘记了手中的笔，笔像自己飞落在纸上而不受人支使。行笔忽忽从不间断，像是鬼使神差，片刻间千百字已经写出毫不费劲。我不由对着这篇《般若多心经》恭敬地叩头，请看何处不是《般若经》的佛法所致呢？

黄庭经赞 并叙

余既书《黄庭内景经》以赠葆光道师。而龙眠居士复为作经相其前，而画余二人像其后。笔势隽妙，遂为希世之宝，嗟叹不足，故复赞之：

太上虚皇出灵篇，黄庭真人舞胎仙。髯耆两卿相后前，丱妙夹侍清且妍。十有二神服锐坚，巍巍堂堂人中天。问我何修果此缘？是心朝空夕了然。恐非其人世莫传。殴以二士苍鹄骞，南随道师历山渊。山人迎笑喜我还，问谁遣化老龙眠？

【译文】我写完《黄庭内景经》赠给了葆光道人。而龙眠居士李公麟又在此经之前画了经相变化图，并把我和公麟的肖像画在书卷之后。笔法运用得十分清朗精妙，成为希世珍宝，感叹之余，认为还不够完整，所以又写了一篇赞诗来赞颂它：

太上老君写出这美妙的篇章，黄庭真人心悦神和。两位长髯老者一前一后，夹杂其间的侍从也清秀美研。发、脑、眼、鼻、耳、舌、齿等十二神坚固锐利，体魄巍巍，相貌堂堂，真是人中的天神。有人间我他们是怎样修到如此妙境？我想是因为他们的心中早早晚晚空虚无烦。恐怕不是这样的人就难以得在世间流传。画末补上我和公麟两人的肖像，它将跟随葆光南行跋涉山川。山中道者会笑迎道师重新回返，争相询问是谁感动了这位老龙眠？

僧伽赞

盲人有眼不自知。忽然见日喜而舞。非谓日月有在亡，实自庆我眼根在。泗滨大士谁不见？而有熟视不见者。彼岂无眼业障故？以知见者皆希有。若能便作希有见，从此成佛如反掌。传摹世间千万亿，皆自大士法身出。麻田供养东坡赞，见者无数悉成佛。

【译文】盲人有眼睛自己却不知道，忽然见到了太阳便欣喜得手舞足蹈。他并不是因为有没有日月而高兴，而是庆幸自己的眼睛还能感觉到太阳的光芒。泗水之滨的大佛谁看不见？却偏偏有熟视无睹的人。难道他是由于尘世业障而没有双眼吗？只是真正见到佛的大智慧的人太少了。如果真能见到佛的智慧，从此以后修行成佛也就易如反掌了。世间传布佛法的人成万上亿，都是从佛祖的法身分出来的。桑麻田里供奉上东坡的赞文，见到它的人就都会成佛了。

阿弥陀佛赞

苏轼之妻王氏，名闰之，字季章，年四十六，元祐八年八月一日，卒于京师。临终之夕，遗言舍所受用，使其子迈、迨、过为画阿弥陀像。绍圣元年六月九日，像成，奉安于金陵清凉寺。赞曰：

佛子在时百忧绕，临行一念何由了？口诵南无阿弥陀，如日出地万国晓。何况自舍所受用，画此圆满天日表。见闻随喜悉成佛，不择人天与虫鸟。但当常作平等观，本无忧乐与寿夭。丈六全身不为大，方寸千佛夫岂小？此心平处是西方，闭眼便到无魔娆。

【译文】苏轼的妻子王氏，名叫闰之，字季章，四十六那年，即元祐八年八月一日，在京城去世。临终的那天晚上，她留下话，嘱咐把她生前用过的物品变卖后，让他的儿子苏迈、苏迨、苏过替她画一幅阿弥陀佛像。绍圣元年六月九日，佛像画成，安放在金陵的清凉寺。苏轼写赞诗说：

佛徒王氏在世时，种种烦忧围绕着她，临终时这唯一的牵挂如何了却呢？嘴里念诵着南无阿弥陀佛，这一声就像那太阳跃出地面，天下无人不知晓。何况又拿出自己用过的器物，画成阿弥陀佛像，让他的功德普照天下世间。我佛所见所闻的一切众生都渡到彼岸，不论是人还是虫鱼鸟兽。一切众生都看做是相同的生灵，原本就没有忧愁欢乐与寿命长短。一丈六尺的全身佛像也不算是大，一寸见方而画上千掌佛像难道就算小？这颗心真正感到宁静的地方就是西方极乐世界，一闭上双眼就到了没有妖魔缠绕的美妙境界。

药师琉璃光佛赞 并引

佛弟子苏籥与其妹德孙，病久不愈。其父过，母范氏，供养祈祷药师琉璃光佛，遂获痊损。其大父轼，特为造画尊像，敬拜稽首，为之赞曰：

我佛出现时，众生无病恼。世界悉琉璃，大地皆药草。我今众稚孺，仰佛如翁媪。面颐既圆平，风末亦除扫。弟子籥与德，前世衲衣老。敬造世尊像，寿命仗佛保。

【译文】佛门信徒苏籥和他的妹妹德孙，病了很久也没有痊愈。他们的父亲苏过，母亲范氏，便供养并祈求药王琉璃光佛，两个孩子的病果然获得了痊愈。他们的祖父苏轼，特此为琉璃光佛画了一尊像，对他叩头膜拜，并为他写赞诗说：

当我佛示现于世时，芸芸众生便没有了疾病的烦恼。当整个世界充满了琉璃佛的光芒时，大地上就长满了药草。我苏氏一家老小，敬仰我佛就像尊敬父母一样。我佛面容圆润饱满，您把人们的大小病症一扫而光。佛门弟子苏籥和德孙深感您的威德，他们的祖父也是佛的信徒。恭敬地画此大士的尊容，我们的寿命都仰仗我佛保佑。

傅大士赞

善慧执板，南泉作舞。借我门槌，为君打鼓。

【译文】善慧手执手板，在南泉跳起舞蹈。借用我的门槌，来为君击鼓助兴。

应梦观音赞

稽首观音，宴坐宝石。忽忽梦中，应我空寂。观音不来，我亦不往。水在盆中，月在天上。

【译文】叩头向观音菩萨跪拜，菩萨安祥地坐在宝石上。恍恍忽忽进入梦中，才应了我内心的空虚寂寥。观音菩萨并没有来，我也没到他那儿去。我恰如水在盆中，菩萨如月在天上。

观音赞 并引

兴国浴室院法真大师慧汶，传宝禅月大师贯休所画十六大阿罗汉，左朝散郎、集贤校理欧阳棐为其女为轼子妇者舍所服用装新之。轼亦家藏庆州小孟画观世音，舍为中尊，各作赞一首，为亡者追福灭罪。

众生堕八难，身心俱丧失。惟有一念在，能呼观世音。火坑与刀山，猛兽诸毒药。众苦萃一身，呼者常不痛。呼者若自痛，则必不能呼。若其了不痛，何用呼菩萨？当自救痛者，不烦观音力。众生以二故，一身受众苦。若能真不二，则是观世音。八万四千人，同时俱赴救。

【译文】兴寺国浴室院法真大师慧汶，有禅月大师贯休所画十六大阿罗汉画像这样一件传世宝物，左朝散郎、集贤校理欧阳棐替他的女儿，也就是苏轼的儿媳妇施舍了衣服用具，把佛像装裱一新。苏轼家中也收藏有庆州画师小孟氏所画的观世音像，我把它拿出来供奉于此，欧阳棐和我各为他们写作赞诗一首，为死去的亲人追求福佑消除罪孽。

众生堕入了八难之中，身体和灵魂都消失了。只剩下了一个念头，就是能够呼唤观世音菩萨。尽管身在火坑和刀山，面对猛兽和毒药。众多的苦难集于一身，而呼唤菩萨的人并不感到痛苦。呼唤菩萨的人如果感到疼痛，那就肯定不能呼叫了。如果他们没有痛苦，那又何必呼唤菩萨呢？自己能够解除痛苦的人，就不需借助观音菩萨的法力了。众生由于不能一心归佛的缘故，所以倍受各种苦难。如果能真正做到一心向佛，那他们自己也成为观世音了。八万四千人，同时都能得到拯救。

静安县君许氏绣观音赞

太岳之裔，邑于静安。学道求心，妙湛自观。观观世音，凛不违颜。三年之后，心法自圆。闻思修王，如日现前。心识其容，口莫能言。发于六用，以所能传。自手达针，自针达线。为针几何，巧历莫算。针若是佛，佛当千万。若其非佛，此相曷缘？孰融此二，为不二门？拜手敬赞，东坡老人。

【译文】原籍在太岳山中，封邑为静安县君。学习佛法推求善心，清净美妙净化自身。凝视着观世音菩萨，庄重肃穆虔敬不改。三年之后，心与佛法融合为一。闻知那导修的佛师，就像阳光照在眼前。心中认得他的面容，嘴却不能说话。诚心发自手眼六用，尽其所能把心意传。手握着针，针引着线。究竟缝了多少针，再聪明的人也难以计算。如果每一针都是佛，那么佛就有成千上万。如果它们不是佛，这尊观音像又是从何而出的呢？是谁把二者融合在一起，绣出了一个崭新的观音？对此拱手敬拜而写赞文的，是我东坡老人。

绣佛赞

凡作佛事，各以所有。富者以财，壮者以力，巧者以技，辩者以言。若无所有，各以其心。见闻随喜，礼拜赞叹。曾未及彼，一针之劳。而其获报，等无有二。若复缘此，得度成佛。则此绣者，乃是导师。

【译文】凡是要作佛事，各人根据自己所有。富裕的人拿出钱财；强壮的人贡献力气；工巧的人献出技艺，思辨的人就用语言。如果一无所有，那就用各自的诚心。传播佛法，施舍钱财，顶礼膜拜，赞美念诵。但还没有像她这样，把一片虔诚寄托于一根绣针。而她所获得的回报，与其他佛徒一般无二。如果因此而得到超度成佛，那么这位绣佛的人，就成了功德无量的导师。

兴国寺浴室院六祖画赞 并叙

予嘉祐初举进士，馆于兴国浴室老僧德香之院。浴室之南有古屋，东西壁画六祖像。其东，刻木为楼阁堂宇以障之，不见其全，而西壁三师，皆神宇靖深，中空外夷，意非知是道者不能为此。书其上曰："蜀僧令宗笔。"予初不闻宗名，而家有伪蜀待诏丘文播笔，画相似，殆不可辨。曰："宗岂师播者耶？"已而问诸蜀父老。曰："文播，汉州人，弟曰文晓。而令宗其异父弟，或曰其表弟也。"皆善画山水人物竹石，其品在黄筌、句龙爽之间。而文播之子仁庆，尤长于花实羽毛，蜀人赵昌所师者。予去三十一年，而中书舍人彭君器资，亦馆于是。予往见之，则院中人无复识予者。独主僧惠汶，盖当时堂上侍者，然亦老矣。导予观令宗画，则三祖依然尚在荫翳间。予与器资相顾太息。汶曰："嘻，去是也何有？"乃徙置所谓楼阁堂宇者，北向而出之，六师相视，如言如笑，如以法相授。都人闻之，观者日众，汶乃作栏槛以护之。而器资请余为赞之，曰：

少林傃壁，不以为碍。弥天同辇，不以为泰。稽首六师，昔晦今明。不去不来，何损何增。俯仰屈信，三十一年。我虽日化，其孰能迁之？

【译文】我在嘉枯初年考进士的时候，暂住在兴国寺浴室老僧师德香的院落中。浴室的南面有座古老的屋宇，东、西两面墙壁上画着禅宗六代祖师的画像。房间东面，由于建有精雕细刻的木制楼阁堂宇挡住画像，所以无法见到佛祖的全貌，而西面墙壁所画的三位祖师像，个个神思宏茂意蕴深厚，令人感到心无杂念外表平和，暗想：不通佛法的人很难画得如此传神。画上写着："蜀中僧人令宗画。"我原来并没有听说过令宗的名字，而自家藏有后蜀翰林待诏丘文播所画的佛祖像，与此画的风格很相似，几乎难以分辨。我想："这位令宗莫不是向丘文播学的画？"不久，向蜀中的长辈询问，父老告诉我说："丘文播是汉州人，他弟弟叫丘文晓。而令宗是丘文播的同母异父弟，也有人说是他表弟。"他们兄弟几人都很善于画山水人物、修竹怪石，论及他们的流品，应当在黄筌和句龙爽之间。丘文播的儿子丘仁庆，尤其擅长画花鸟，是蜀中画家赵昌的老师。我离开兴国寺三十一年后，中书舍人彭器资君，也在这里暂住。我前去拜见他，而寺院中已经没有还认得我的人了。只有住持和尚惠汶，三十多年前他是长老的侍从，而今也已经衰老。他带着我们观赏令宗的画，那三个祖师像依然被遮挡在楼阴之后。我和器资对望着长长叹息。惠汶说："唉，如果再失去这几尊画像，寺院里还有什么珍贵之物？"于是把这三位祖师的画像迁移到那座楼堂里，把佛像座南向北安置好，让六位祖师面面相对，像在交谈，又像相对而笑，又像是相互讲授佛法。京师的人们听说后，前来观看的人一天比一天多，惠汶便加上护栏保护画像。彭器资请我为这些画像写赞诗，赞诗说：

少林寺那光滑的石壁，不能阻碍佛法的传布。普天之下同归禅宗，也并不以为从此太平无争。我们向六代祖师叩头敬拜，他们当年艰辛布道，隐姓埋名，却在今天彰明大法。这些无所从来无所从去的佛祖，什么能够使他们受损，什么能够使他们增光？三十一年中我浮沉俯仰，我虽日渐衰老，可谁能改变佛祖的容颜？

题王霭画如来出山相赞

头霸鬠，耳卓朔，适从何处来？碧色眼有角。明星未出万家闲，外道天魔犹奏乐。错不错，安得无上菩提，成正等觉？

【译文】头发散乱，耳朵下垂，深碧色的眼睛有棱有角，他是刚刚从什么地方来的呢？灿烂的星辰还没出，万家众生无所从，外道邪魔还在奏着鬼乐。是错也不是错，怎能得到至尊无上的菩提大士，使众生外道都归依纯正之道？

东林第一代广惠禅师真赞

忠臣不畏死，故能立天下之大事；勇士不顾生，故能立天下之大名。是人于道亦未也，特以义重而身轻，然犹所立如此，而况于出三界，了万法，不生不老，不病不死，应物而无情者乎？

堂堂总公，僧中之龙。呼吸为云，噫欠为风。且置是事，聊观其一戏。盖将拊掌谈笑不起于坐，而使庐山之下，化为梵释龙天之宫。

【译文】忠直之臣不怕死，所以能够建立经天纬地的大事业；勇猛之士不贪生，所以能树立光耀日月的美名。这说明人们在尚未深通大道的时候，只是凭着对正义的追求就能够做到舍生忘死。即使是这样也能成就事业垂留美名，更何况是超脱了俗尘，通晓了佛法，不知生也不会老，不得病也不会死，顺应万物而不动摇心性的人呢？

仪表堂堂的广惠禅师，他是僧林中的神龙。吐出的真气化为云，打出的呵欠聚成风。姑且不说这些，只看他一个小小的把戏。他结伽稳坐拍打着手掌谈笑风生，却见那庐山脚下，都变做了佛家美好壮丽的龙宫。

罗汉赞十六首

第一尊者

正坐敛眉，扼腕立拂。问此大士，为言为默？默如雷霆，言如墙壁。非言非默，百祖是式。

第二尊者

旃檀非烟，火亦无香。是从何生？俯仰在亡。弹指赞叹，善思念之。是一炷香，是天人师？

第三尊者

我观西方，度无量国。诸佛陀耶，在我掌握。右顾哗然，汝则皆西，随我所印，识道不迷。

第四尊者

袖手不言，跏趺终日。两眉虽举，六用皆寂。寂不为身，动不为人。天作时雨，山川出云。

第五尊者

掌中浮图，舍利所宅。放大光明，照十方刹。椟而藏之，了无见闻。众所发心，与佛皆存。

第六尊者

手中竹根，所指如意。云何不动，无意可指。食已宴坐，便腹果然。是中空洞，以受世间。

第七尊者

梵书旁行，俯首注视。不知有经，而况字义。佛子云何，饱食昼眠。勤苦功用，诸佛亦然。

第八尊者

众生颠倒，为物所转。我转是珠，以一贯万。过现不住，未则未来。举珠示人，孰为轮回。

第九尊者

柏子庭际，正觉妙慧。悟最上乘，了第一义。为大摩尼，传鸡足衣。示现虚寂，端坐俯眉。

第十尊者

半肩磨纳，为谁缓颊？彼以诚叩，此缘问答。佛意玄微，有觉无为。肉眼执着，捧函捕龟。

第十一尊者

幻体有累，法身无着。幻法两忘，圆明寥廓。以大愿力，援诸有情。见闻悉入，真妄一真。

第十二尊者

长江皎洁，可鉴毛发。师心水心，一般奇绝。目寓波中，意若扰龙。真机掣电，微妙玄通。

第十三尊者

默坐无说，是名妙说。月檠芦献，花开子结。宝锡一枝，中含真机。悟此机者，处处泉飞。

第十四尊者

摄衣跏趺，观此烟穗。与我定香，本无内外。贝叶琅函，三乘指南。胡人捧立，云谁启缄。

第十五尊者

何去何从，叩应感通。如响答声，声寂还空。诉者谁衅？皆有佛性。去尔嗔恚，随处清净。

第十六尊者

一般心眼，两般见解。将人我矿，烹炼沙汰。廓然圆明，超悟上乘。示现慈悲，授诸有情。

【译文】

第一尊者

正襟而坐凝着双眉，握住手腕垂着拂尘。请问这位尊师，是在说话还是在沉默？沉默就好像雷霆万钧，说话又像是面对墙壁。既不说话也不沉默，这就是后世僧伽的楷模。

第二尊者

檀香并不是生烟，火里也没有香。究竟从何而生？亦俯亦仰，时在时亡。弹着手指深深赞叹，细细地把此事思量。他是一位尊师，还是一炷檀香？

第三尊者

我看着那西方普渡众生的佛国。众多的佛徒都在我的掌握。往右看是一片灿烂，而你等早已在西方乐园，跟随着我的指点，你就会认清道路，不再迷惑。

第四尊者

双手交合在袖中不发议论，两脚盘坐在垫上终日不移。两道眉毛虽然高耸，口眼鼻耳等六用却一无所用。寂静不是为了自身，行动不是为了别人。上天降下应时的雨水，山川飘出白色的浮云。

第五尊者

手中托起宝塔一座；这是佛骨寄托之宅。它放射出耀眼的光芒，照亮四面八方所有的寺庙。佛祖舍利收藏在木匣里，什么也看不见。僧众们献出救世的善心，与佛祖永远同在。

第六尊者

手中握着空节的竹根，所指之处便吉祥美妙。为什么尊者一动不动，因为没有可指之处。吃罢斋饭安然坐定，肚皮已经填得满满。留下腹中这个空洞，来接受世间这一日三餐。

第七尊者

佛藏经书放一旁，低下头来看仔细。心里不知还有经，何况经中字之义。佛祖究竟在说啥？不过吃饱白日睡。辛辛苦苦作功德，各位佛祖都如此。

第八尊者

万民众生颠仆煎熬，是被巨物旋转所致。我转的是念珠，一根绳可以贯穿无数。过去现在两世不能停住，未来一世还未到来。举起念珠给人观看什么叫做轮回。

第九尊者

柏子庭旁，有一位真正觉悟美妙智慧的大士。他悟出的是最上乘的妙旨，他理解的是第一等的教义。他是佛祖释迦牟尼传授鸡足山法衣的大师。他为众生示现空寂，端正而坐低着双眉。

第十尊者

一领袈裟搭在肩，不知大师在为谁劝解？你一片诚心来叩问，我据你所问来回答。佛法大意深远微妙，只能用心觉悟，无法以力求得。肉眼的侍者诚心诚意，手捧着锦匣正在捕龟。

第十一尊者

幻相中的躯体还有世俗的牵累，法界中的躯体又无所寄托。幻相和法界尽都忘却，就达到圆满光明的广阔境界。以宏大的誓愿，把佛法传授给有情世间的众生。让他们一举一动都依佛说，使所有真诚和妄诞的众生都脱离苦海，归于一真。

第十二尊者

长江流水清亮洁净，可以照见细细的毛发。大师的心就像水一样透彻无尘，目光就在水波之中，好像在驯养水中的群龙。心中的佛力如同闪电，何其微妙与天相通。

第十三尊者

默默端坐没有话说，这就叫做妙说。如同圆盘中有微薄的进献，也有花开，也可结子。一根珍爱的锡杖，内中蕴含着真妙无穷。能觉悟此中奥妙的人，就能处处看到清泉飞舞。

第十四尊者

手提衣襟盘腿而坐，静观香烟缭绕升空。替我把香气传到虚空，也就再没有香体与香气之分。贝叶上写的真经，是三乘佛法的指南。一个蛮奴捧经侍立，不知是谁将经藏打开。

第十五尊者

众生何去何从，要向尊者叩请。他的回答就像回声，响声过后仍是寂静。叩请的众生只要心中有些空隙，他们就都有了佛性。去除你们的喜怒爱乐，就可以永远得到清净。

第十六尊者

一样的心和眼，却有不同的见解。他把人我当做矿石，将他们陶冶烧炼。清虚宏大圆润光明，是佛门之中的最上乘。他为法界显现慈悲，把慈悲传授给这有情的世间。

自南海归过清远峡宝林寺敬赞禅月所画十八大阿罗汉

第一宾度罗跋罗堕尊者

白毡在膝，贝多在巾。目视超然，忘经与人。面颅百皱，不受刀镊。无心扫除，留此残雪。

第二迦诺迦代嗟尊者

耆年何老，粲然复少。我知其心，佛不妄笑。嗔喜虽幻，笑则非嗔。施此无忧，与无量人。

第三迦诺迦跋梨随阇尊者

扬眉注目，拊膝横拂。问此大士，为言为默。默如雷霆，言如墙壁。非言非默，百祖是式。

第四苏频陀尊者

聃耳属肩，绮眉覆颧。佛在世时，见此耆年。开口诵经，四十余齿。时闻雷雹，出一弹指。

第五诺矩罗尊者

善心为男，其室法喜。背痒孰爬？有木童子。高下适当，轻重得宜。使真童子，能如兹乎？

第六跋陀罗尊者

美狠恶婉，自昔所闻。不圆其辅，有圆者存。现六极相，代众生报。使诸佛子，具佛相好。

第七迦理迦尊者

佛子三毛，发眉与须。既去其二，一则有余。因以示众，物无两遂。既得无生，则无生死。

第八伐阇罗弗多尊者

两眼方用，两手自寂。用者注经，寂者寄膝。二法相忘，亦不相捐。是四句偈，在我指端。

第九戍博迦尊者

一劫七日，刹那三世。何念之勤，屈指默计。屈者已往，伸者未然。孰能住此，屈伸之间？

第十半托迦尊者

垂头没肩，俯目注视。不知有经，而况字义。佛子云何，饱食昼眠。勤苦功用，诸佛亦然。

第十一罗怙罗尊者

面门月满，瞳子电烂。示和猛容，作威喜观。龙象之姿，鱼鸟所惊。以是幻身，为护法城。

第十二那伽犀那尊者

以恶辘物，如火自爇。以信入佛，如水自湿。垂眉捧手，为谁虔恭？大师无德，水火无功。

第十三因揭陀尊者

捧经持珠，杖则倚肩。植杖而起，经珠乃闲。不行不立，不坐不卧。问师此时，经杖何在？

第十四伐那婆斯尊者

六尘既空，出入息灭。松摧石陨，路迷草合。逐兽于原，得箭忘弓。偶然汲水，忽然相逢。

第十五阿氏多尊者

劳我者皙，休我者黔。如晏如岳，鲜不僻淫。是哀骀它，澹台灭明。各妍于心，得法眼正。

第十六注荼半托迦尊者

以口说法，法不可说。以手示人，手去法灭。生灭之中，自然真常。是故我法，不离色声。

第十七庆友尊者

以口诵经，以手叹法。是二道场，各自起灭。孰知毛窍？八万四千。皆作佛事，说法炽然。

第十八宾头卢尊者

右手持杖，左手拊右。为手持杖，为杖持手？宴坐石上，安以杖为？无用之用，世人莫知。

【译文】

第一宾度罗跋罗堕尊者

白棉布铺在双膝上，贝叶经文放在白巾中。双目远望神情高远，似乎忘记了经文和世人。头上脸上布满了卷曲的发须，却不用剃刀和钳镊。本来没想剃除干净，姑且保留着雪白的须发。

第二迦诺迦代嗟尊者

论年龄已经何其老迈，观看面色却像光润的少年。我深深了解尊者的内心，佛祖从来不随便发笑。喜怒虽然只是幻像，但欢乐毕竟不同于怒。把这无忧无喜的清净之心，授给皈依佛门的众生。

第三迦诺迦跋梨随阇尊者

扬起眉毛凝神注目，手按双膝横着拂尘。请问这位尊者，是在说话还是在沉默？沉默就好像雷霆万钧，说话又像是面对墙壁。既不说话也不沉默，这就是后世僧伽的楷模。

第四苏频陀尊者

长大的双耳垂到肩头，秀长的双眉覆盖了颧骨。佛祖还在尘世时，就曾见到这位长者。张开嘴巴念诵经文，露出牙齿四十多颗。时而听到雷雹巨响，实是尊者弹指一挥。

第五诺矩罗尊者

身为男子一片慈爱之心，独居于室中闻法而喜。背上痒了谁来搔挠？自有一个木制的童子。位置的高低左右适度，轻重合宜。如果是个真童子，他能做得这样好吗？

［**译者按**］此处木童子指挠痒扒子，即平常所说“老头乐”。

第六跋陀罗尊者

美化狠毒，厌恶善美，自古以来便有所听闻。车轮不能圆，自有圆者存。示现疾忧贫弱等六极之相，愿代众生担荷苦难。使敬心向佛的人们，都具有佛一样的美好。

第七迦理迦尊者

佛身三处长毛之地，是指头发、眉毛和胡须。既然已经去掉了两处，另外一处就显得过多。就用此理为众生说法，有和无实则两两相安。如果没有了生，也就没有了生和死。

第八伐阇罗弗多尊者

刚刚睁开双眼，两手又自然放落。眼睛用来看经，双手放在膝上。二者都已忘却，却又不能舍弃。这四句偈语，就在我的指尖。

第九戍博迦尊者

天地形成又毁灭，一次浩劫就产生在七日之内，一刹那间就经历了三次浩劫。过去现在未来，不过刹那之间。一刹那连着一刹那，弯着手指计算次数。弯曲的手指就是过去，伸着的手指表示未来。谁能够停止在这过去未来之间？

第十半托迦尊者

把头垂到双肩下，睁着双眼注视下方。心里不知还有经，何况经中字之义。佛祖究竟在说啥？不过吃饱白日睡。辛辛苦苦作功德，各位佛祖都如此。

第十一罗怙罗尊者

脸面如同一轮满月，睛瞳就像耀眼的闪电。示现出宽和却又威猛的神色，让人感到你既慈爱又威严。巨龙大象般的雄姿，足以使鱼和鸟儿惊畏。用这样的佛身，担起护法的重任。

第十二那伽犀那尊者

以恶念转动器物，就像玩火自焚。以诚信进入佛界；就像有水自湿。低下眉头双手合十，向谁表示虔诚恭敬？如果大师没有功德，那么水火也就失去了功用。

第十三因揭陀尊者

一手捧经书一手持念珠，禅杖靠在肩膀上。拄着禅杖站起来，经书念珠就离开了手。如果既不行走也不站立，既不坐也不卧。我请问尊者：当此之时，您的经书和禅杖在什么地方？

第十四伐那婆斯尊者

色声香味触法都已清除，出入于空空寂灭之中。松树摧折巨石陨落，野草没路不见路径。在原野追赶野兽，拿出箭来却忘记了弓在什么地方。偶然间到井中打水，却在井边见到了弓。

第十五阿氏多尊者

劳苦才能使我得到俊美，安逸会使我变得黑丑。耽溺于安然享乐，很少能不放纵邪恶。感叹哀骀它和澹台灭明。他们心中各擅其美，是得到了真正的法眼。

第十六注荼半托迦尊者

用嘴来讲述佛法，法就说不清楚。用手来向人比划，手停了法也随之而灭。这生生灭灭，原本合于自然常理。因为我佛的法，还是没有离开声和色。

第十七庆友尊者

用嘴念诵经文，用手比划佛法。这两个道场，分别地兴起和止灭。有谁知道尊者身上那八万四千的毛孔？它们都在作着佛的功德，他们所说的佛法，像火焰般地光亮。

第十八宾头卢尊者

右手拄着拐杖，左手搭在右手上。究竟是手拄拐杖，还是拐杖握着手？安然地坐在石头上，哪里还用拐杖？这看似没用的用处，世俗之人完全不知。

罗汉赞

左手持经，右手引带。为卷为开，是义安在？已读则卷，未读则并。我无所疑，其音如雷。

【译文】左手拿着经书，右手拉着书带。经书半卷半开，究竟是什么意思呢？已经读完的就卷起来，未曾读到的就展开。我没什么疑问，他的声音就像惊雷。

唐画罗汉赞

东坡居士告悟清师："昔绍远上人宝持唐画十六大阿罗汉，如护眼目。远上人亡，今此罗汉在黄梅山常欢喜所。子往，为我致问常公，欲求是画，当可得否？若彼常公爱而不舍，则不可得；舍而不爱，则不可取；不爱不舍，则以取来。"旬有八日，清师复命，且以画来。居士升堂，普告大众，烧香作礼，为远上人追福灭罪。众问居士："是画罗汉，有何胜相？供养赞叹，得何功德？当以何等，报酬常公？”居士言：“是画实无胜相，亦无功德。彼与我者，即以报之。”乃作赞云：

五更粥熟闻鱼鼓，起对孤灯与谁语？溪边洗钵月中归，还君罗汉君收取。

【译文】东坡居士告诉悟清禅师说：“当年绍远大师珍爱唐人所画的十六大阿罗汉像，就像是爱护自己的眼睛一样。绍远大师灭度后，现在这十六罗汉图藏在黄梅山常欢喜那里。你到那儿去，替我向常公致以问候，顺便问问他我想要这些画，能否得到？如果那个常公对它们非常珍爱，舍不得出手，那就无法得到了；如果他毫不吝惜地送给我，那也就失去了得到它们的意义；如果他并不十分珍爱而又有些舍不得，就为我取来。”十八天后，悟清禅师向我回复，并把画卷带来。东坡居士坐于堂上，遍告众人，让他们烧香敬礼，替绍远大师追荐福分灭除罪孽。众人问东坡居士：“这画上的罗汉，有什么真正的法相？我们供养赞叹他们，能得到什么功德？居士又要用什么来报答常公？”东坡居士答到：“此画确实没什么真正的法相，供奉他们也得不到什么功德。他把画卷给了我，我当然要报答他。”于是作赞词说：

五更时粥煮熟听到木鱼声，起床后面对孤灯与谁讲论？溪水边清洗钵盂趁月而归，把罗汉还给您请您收好。

水陆法像赞 并引

盖闻净名之钵，属餍万口。宝积之盖，遍复十方。若知法界，本造于心。则虽凡夫，皆具此理。在昔梁武皇帝，始作水陆道场，以十六名，尽三千界。用狭而施博，事约而理详。后生莫知，随世增广。若使一二而悉数，虽至千万而靡周。惟我蜀人，颇存古法。观其像设，犹有典刑。虔召请于三时，分上下者八位。但能起一念于慈悲之上，自然抚四海于俯仰之间。轼敬发愿心，具严绘事，而大檀越张侯敦礼，乐闻其事，共结胜缘。请法云寺法涌禅师善本，差择其徒，修营此会，永为无碍之施，同守不刊之仪。轼拜手稽首，各为之赞，凡十六首。

上八位

一切常住佛陀耶众

谓此为佛，是事理障。谓此非佛，是断灭相。事理既融，断灭亦空。佛自现前，如日之中。

一切常住达摩耶众

以意为根，是谓法尘。以佛为体，是谓法身。风止浪静，非有别水。放为江河，汇为沼沚。

一切常住僧伽耶众

佛既强名，法亦非真。神而明之，存乎其人。惟佛法僧，非三非一。如云出雨，如水现日。

一切常住大菩萨众

神智无方，解脱无碍。以何姻缘，得大自在？障尽愿满，反于自然。无始以来，亡者复存。

一切常住大辟支迦众

现无佛处，如第二乘。如日入时，膏火为灯。我说三乘，如应病药。敬礼辟支，即大圆觉。

一切常住大阿罗汉众

大不可知，山随线移。小入无间，澡身军持。我虽不能，能设此供。知一切人，具此妙用。

一切五通神仙众

孰云飞仙？高举违世。湛然神凝，物不疵疠。为同为异，本自无同。契我无生，长生之宗。

一切护法龙神众

外道坏法，如刀截风。坏者既妄，护者亦空。伟兹龙神，威而不怒。示有四友，佛之御侮。

下八位

一切官僚吏从众

至难者君，至忧者臣。以众生故，现宰官身。以难为易，以忧为乐。乐兼万人，祸倍众恶。

一切天众

苦极则修，乐极则流。祸福无穷，纠缠相求。遂超欲色，至非非想。不如一念，真发无上。

一切阿修罗众

正念淳想，则为飞行。毫厘之差，遂堕战争。以此为道，穴胸陨首。是真作家，当师子吼。

一切人众

地狱天官，同一念顷。涅槃生死，同一法性。抱宝号穷，钻穴索空。今夕何夕？当选大雄。

一切地狱众

汝一念起，业火炽然。非人燔汝，乃汝自燔。观法界性，起灭电速。知惟心造，是破地狱。

一切饿鬼众

说食无味，涎流妄咽。真食无火，中虚妄见。美从妄生，恶亦幻成。如幻即离，既饱且宁。

一切畜生众

欲人不知，心则有负。此念未成，角尾已具。集我道场，一洗濯之。尽未来劫，愧者勿为。

一切六道外者众

陋劣之极，荡于眇冥。胎卵湿化，莫从而生。闻吾法音，飙起雷动。如梦觉人，不复见梦。

【译文】我听说毗摩罗诘佛的钵盂，能使上万的众生吃饱。众宝汇积的伞盖，能够遮蔽十方大地。如果知道法界原本出于人心，那么凡夫庸人，也都能懂得佛理。当年梁武帝召开设斋供奉佛祖、超度众鬼的大法会，凡界共立了十六个名目，囊括了三千法界的一切有情之物。所用的供具虽然不多，但施舍的范围却十分广泛，方法虽不复杂但事理却很精详。后代的众生不知道此理，法会陈设一代比一代铺张。如果按一种两种的实数来计算，那么即使数到一千一万也未必包容得尽。只有我们蜀人还保留着古代道场的基本仪制。看他们供奉的佛像，也很符合佛门规范。十分虔恭地依照佛门热、雨、寒三时设立法会，会上被超度者分为上、下各八位。只要真的能够有一念合于佛祖慈悲之心，自然能够使尘世有情之间都能得到安慰。苏轼恭敬地立下誓愿，请把画像之事严格起来。大施主张敦礼也对此事很热心，所以我们二人结为同道，请法云寺住持法涌禅师善本挑选他的高徒，共同准备这次法会，以做为我等修善行德、往生乐土的一大举措，并共同恪守不能改动的仪轨。苏轼叩头再拜，为上、下八位画像各写赞诗一首，共计十六首。

上八位

一切常住佛陀耶众

说他就是佛，于情于理都讲不通。说他不是佛，他的确有断绝尘缘之相。情和理圆融为一，断绝尘缘也就是虚空。佛自会出现在你的眼前，就像太阳挂在当空。

一切常住达摩耶众

把意念做为根基，这就叫做法尘。把佛身做为有形之体，这就叫做法身。风平浪静，并不是有别的水出现。放出去奔腾的江河，汇聚起来就是平静的沼池。

一切常住僧伽耶众

如果佛的名字是人强加的，佛法也就不是真有。是众生把他神化而敬奉，让佛祖保留着他的光辉形象。佛、佛法和佛徒，三者既不是三，也不是一。就像是云能生出雨，就像是水中映出日。

一切常住大菩萨众

神明的智慧不论方位，度脱众生不受阻碍。佛是凭着什么得以如此自由自在？业障除尽，誓愿完满，清净之身，返回自然。没有所来之处，肉身虽然损坏，灵魂却能永在。

一切常住大辟支迦众

出现在没有佛祖之处，就像是堕入了第二乘。就像是太阳落山，点上油膏获取光明。我说上中下三乘之教，就如同治病的药力不同。敬奉辟支迦佛佗，就能够得悟姻缘，不借他教而缘觉。

一切常住大阿罗汉众

大到不可知晓，群山随着一线而改移。小到深入无隙之地，比如洗刷罪孽的净瓶之水。我虽然不能知大知小，却能够陈列供奉。让一切众生都能知道它的妙用。

一切五通神仙众

谁说飞升的神仙是高高腾起离开人世。朗然洒脱神气凝合，使五谷不受病疠而得以成熟。他的心与佛心相合还是不合？大约原本并不相同。如果相约永远无生，这正是他的永远长生。

一切护法龙神众

邪魔外道败坏佛法，就如同用刀来斩断风。败坏的打算本是妄想，保护佛法也是虚空。神龙是如此伟岸，威严而不狂暴。示现他有四天之友，是佛祖的保护之神。

下八位

一切官僚吏从众

最艰难的是一国之君，最忧虑的是朝中众臣。为了拯救芸芸众生，他们示现的是主宰和官吏之身。把艰难当作容易，把忧虑当作快乐。把欢乐施给万人，就是对罪恶加倍的还击。

一切天众

痛苦至极就要修身，欢乐至极就放任自流。祸患和福分无穷无尽，交替而来纠缠不休。超脱欲望的绚丽，直到使自己想入非非。到不如静下心来，使一念与佛法相合相通。

一切阿修罗众

若能够端正心意一心向善，就是飞天的巨龙。若是有一丝一毫的杂念，便会堕入战争之中。把争夺做为事业，只能是穿透胸膛，身首异处。若要成为真正的能手，还须驯服地听从佛祖教诲。

一切人众

地狱和天官，同在一念之中。生死轮回，也出于同一法性。怀中抱着宝物却哭诉贫穷，钻入地穴后还是一片虚空。今天是什么日子？应该敬奉佛祖释迦。

一切地狱众

你心中一旦起了一个邪念，业障之火便熊熊燃起。这并不是别人在焚烧你，实在是自己点火焚身。看法界之性，如同闪电般迅速生灭。你一旦知道了心可向佛，就可踏破地狱而求得更生。

一切饿鬼众

说起食品来不知其味，面对食物却流下馋涎。真的食物并非烟火烧煮，你见到的食物只是幻像。美妙往往出自幻想，邪恶也是幻想而成。如果离开了幻想，那就永无饥饿永得安宁。

一切畜生众

不想让人知道自己，内心还要向人求食。一念还没有形成，角和尾已经长出。汇集在我的道场之中，一一为你们洗去尘污。待到未来转世时，再不要为贪食所累。

一切六道外者众

渺小陋劣到了极限，飘忽游荡在尘界之中。卵子受到温湿便孵化出来，自己也不知道从何而生。请细听我佛的说法之声，激起狂风炸响惊雷。会让人如恶梦惊醒，从此不再回到恶梦之中。

马祖庞公真赞

南岳坐下一马，四蹄踏杀天下。马后复一老庞，一口吸尽西江。天下是老师脚，西江即渠依口。不知谁踏谁杀？何缘自吸自受。（昙秀作六偈，述庞公事。东坡读而首肯之，为书此赞。）

【译文】南岳衡山之下有一马，奋起四蹄踏平天下。马后还有一个老庞公，一口吸尽西江流水。天下不过是老禅师的双脚，西江也只是庞公的嘴。不知道谁踏平天下？为什么要庞公自己吸水自己承受？（昙秀大师曾写了六偈，讲述庞公的事。东坡居士读后深感有理，所以写了这首赞诗。）

［译者按］一马，指唐代衡山高僧道一，俗姓马。曾向衡山怀让禅师学习禅定。唐宪宗赐号为大寂。人们俗称马祖。老庞，指衡阳人庞道玄。与石头和尚丹渊禅师为友，信佛却不剃发，后举家入道，把一家所有财物沉入西江。

五祖山长老真赞

问道白云端，踏着自家底。万心八捧禅，一月千江水。路逢魔登伽，石上漫浇水。赤土画簸箕，也有第一义。谁言川藞苴，具相三十二？

【译文】为求佛法登上了白云飘浮的山颠，这才算找到了自家的根底。万众之心虽然禅法不一，都如一轮明月映照在千条江水。路上遇见魔女摩登伽，石头上洒满清水。红土中画出一个簸箕，到也颇能直接地启发人心。谁说川中的藞苴，能有三十二种变相？

磨纳赞 并叙

长老佛印大师了元游京师，天子闻其名，以高丽所贡磨纳赐之。客有见而叹曰："呜呼善哉！未曾有也。尝试与子摄其斋衽，循其钩络，举而振之，则东尽嵎夷，西及昧谷，南放交趾，北属幽都，纷然在吾针孔线蹊之中矣。"佛印听然而笑曰："甚矣，子言之陋也。吾以法眼视之，一一箴孔有无量世界，满中众生所有毛窍，所衣之衣箴孔线蹊，悉为世界。如是展转经八十反，吾佛光明之所照，与吾君圣德之所被，如以大海注一毛窍，如以大地塞一箴孔，曾何嵎夷昧谷交趾幽都之足云乎？当知此衲，非大非小，非短非长，非重非轻，非薄非厚，非色非空，一切世间。折胶堕指，此衲不寒；砾石流金，此衲不热；五浊流浪，此衲不垢；劫火洞然，此衲不坏。云何以有思惟心生下劣想？"于是蜀人苏轼闻而赞之曰：

匣而藏之，见衲而不见师；衣而不匣，见师而不见衲。惟师与衲，非一非两。眇而视之，虮虱龙象。

【译文】长老佛印禅师了元到京师游览，皇帝听到他来的消息，把高丽国进贡的一领袈裟赐给了他。宾客中有见到此物的，感叹说："啊，真美啊！从来也没有见过这样的袈裟。我想试着与您扯起它的衣襟，顺着它的纹络，高举而展开它，那就可以东到冀州，西到昧谷，南达交趾，北到朔方，纷纷然都笼罩在我们这针眼线缝之中了。"佛印大师听了后笑着说："这话太无知了。我凭着法眼来看，每一个针孔里都有佛性，足以深入众生所有的毛孔，那么众生所穿的衣裳和针眼线缝当中都有了三界。如此辗转流传八十回，那么我佛祖的光明照耀之处，也和我君仁德的覆盖之处一样广大，如果把大海之水注进一个毛孔，就像把大地塞进一个针眼，怎么能使得北冀州、西昧谷、南交趾、北朔方都得到佛光普照呢？应当知道这虽是一领袈裟，说它大不算大，说它小也不算小，说它短也不算短，说它长也不算长，说它重也不算重，说它轻也不算轻，说它薄也不算薄，说它厚也不算厚，说它有色彩它没有色彩，说它虚空也不是虚空。一切的世间，冷得把胶皮折断，手指冻掉，这袈裟不觉得寒冷；石头烧化金属烧融，这袈裟不觉得炎热；恶世五浊汹涌流淌，这袈裟不会沾染污垢；毁灭人世的大火燃烧，这袈裟也不会毁坏。您为什么用一颗聪明的心，产生这样低下的想法呢？”正好蜀中人苏轼听说了此事，为佛印大师这番话写篇赞词说：

装在匣里收藏着它，只能见到袈裟而见不到禅师；穿在身上不收藏它，只能见到禅师而见不到袈裟。禅师和袈裟，既不是一物又不是两物。远远地看上去，却有龙象的威力。

金山长老宝觉禅师真赞

望之俨然，即之也温。是惟宝觉，大士之像。因是识师，是则非师。因师识道，道亦如是。

【译文】看上去俨然如生，摸一摸也有热气。这就是宝觉大师的画像。我由是而认识了禅师，这里却又不是真的禅师。因为识得禅师才悟出了正道，佛道的觉悟也大致如此。

资福白长老真赞

是是是，是资福，白老子。身如空，我如尔。无一事，长欢喜。东坡有，老居士。见此真，欲拟议。未开口，落第二。有一语，略相似。门如市，心如水。

【译文】是是是，这正是资福院的长老。身体就像虚空，我也就是像你。终日没有一事，却时时面带欢喜。黄州东坡上，有个老居士。见到这幅画卷，便想开口议论。话还没说出口，已经落在第二义。只有一句话，还算有见解：“门庭若市，心清如水。”

净因净照臻老真赞

净故能照，为照故净。永如是身，孰知其正。四大是假，此反为真。从古圣贤，非莫能分。视彼如此，凡贼皆子。喜甲怒乙，虽子犹贼。人方自我，物固相物；是故东坡，即此为实。

【译文】因为明净所以能照耀，因为能照耀所以是真明净。永远是这样的洁净身，谁又能知道你的方正。四大都是虚假，这画反而是真。自古以来的圣人贤士，并不是不能区分。如果把他们看得与你一样，那所有的盗贼也都和你一样。喜欢甲而恼怒乙，即使是你也成了盗贼。拿别人来比自我，就像是用此物来比彼物。因此我东坡居士，就把你看成了真实。

葆光法师真赞

嗟夫法师，行年四十有四，而不知牝牡之欲。身居京邑，而不营利欲之私。体无威容，口无文词。头如蓬荜，性如鹿麋。意之所向，虽金石莫隔，而鬼神莫逆。此所以陟降天门，睥睨帝所，而终莫能疑者耶？

【译文】这可敬的葆光法师，已经四十四岁，仍不知男女交媾之事。身住在京城，却从没有谋取丝毫的私利。身姿并没有威严之色，话语也不讲文采修饰。头发像杂乱的蓬草，心性像山野的麋鹿。凡他的意志所要达到的，即使是坚金巨石也阻挡不住，纵然是鬼怪神灵也不能遏止。这就是他出入于天子之门，悠闲于京城之内，却始终不受物欲诱惑的原因吗？

东莞资福堂老柏再生赞

生石首肯，奘松肘回。是心苟真，金石为开。堂去柏枯，其留复生。此柏无我，谁为枯荣？方其枯时，不枯者存。一枯一荣，皆方便门。人皆不闻，瓦砾说法。今闻此柏，炽然常说。

【译文】长在石上头点地，粗壮的柏枝向回弯。此心如果是真心，金石都能为它开。资福堂如果不在，柏树就会枯萎，资福堂依然存在，柏树就枯而复活。这柏树如果心中无我，那它是为谁在枯萎和荣生？。当它枯萎的时候，也还有不枯的枝叶存留。这一枯一荣，都合乎佛法所说的开方便门。人们谁也没听到瓦砾能讲说佛法。如今听到此柏荣枯的事情，人们常听的佛法，还不能令人觉得赫然光明吗？

湜长老真赞

道与之貌，天与之形。虽同乎人，而实无情。彼真清隐，何殊丹青？日照月明，雷动风行。夫孰非幻，忽然而成。此画清隐，可谒雨晴。

【译文】佛法给了他异乎寻常的相貌，上天给了他特殊的形骸。虽然同存在一人之身，但形貌毕竟没有情。他如果是真的清隐，与画卷上究竟有什么不同？阳光照耀，月光清辉，惊雷震动风儿前行。这不是幻相又是谁，片刻之间就已画成。这里所画的清隐长老，使人如同见到下雨和放晴。

海月辩公真赞 并引

钱塘佛者之盛，盖甲天下。道德才智之士，与夫妄庸巧伪之人，杂处其间，号为难齐。故于僧职正副之外，别补都僧正一员。簿帐案牒奔走将迎之劳，专责正副以下，而都师总领要略，实以行解表众而已。然亦通号为僧官。故高举远引山栖绝俗之士，不屑为之。惟清通端雅，外涉世而中遗物者，乃任其事，盖亦难矣。余通守钱塘时，海月大师惠辩者，实在此位。神宇澄穆，不见愠喜，而缁素悦服。予固喜从之游。时东南多事，吏治少暇，而余方年壮气盛，不安厥官。每往见师，清坐相对，时闻一言，则百忧冰解，形神俱泰。因悟庄周所言东郭顺子之为人，人貌而天虚，缘而葆真，清而容物，物无道，正容以悟之，使人之意也消。盖师之谓也欤？

一日，师卧疾，使人请余入山。适有所未暇，旬余乃往，则师之化四日矣。遗言须余至乃阖棺，趺坐如生，顶尚温也。余在黄州，梦至西湖上，有大殿榜曰“弥勒下生”，而故人辩才、海月之流，皆行道其间。师没后二十一年，余谪居惠州，天竺净惠师属参寥子以书遗余曰：“檀越许与海月作真赞，久不偿此愿，何也？”余矍然而起，为说赞曰：

人皆趋世，出世者谁？人皆遗世，世谁为之？爰有大士，处此两间。非浊非清，非律非禅。惟是海月，都师之式。庶复见之，众缚自脱。我梦西湖，天宫化城。见两天竺，宛如平生。云披月满，遗象在此。谁其赞之？惟东坡子。

【译文】杭州佛教之兴盛，堪称天下第一。此地道德深湛的高僧，和那些圆巧虚妄的和尚，杂处于一处，号称莨莠不齐。所以在寺院的正、副住持之外，又置都僧正一名。凡是财务案卷文书以及迎来送往等事，都由正、副住持以下的僧人承担，而都僧正负责总体协调，实际上就是传达话语，组织僧众而已。也通称为僧官。所以一些不愿寄身世俗，乐意栖居山林的僧人，不屑于担任这样的僧职。只有那种清净通达温文儒雅，内心虽虚空渊静却不躲避俗间事务的人，才能担当此任，找到这样的人也不是件容易事。我担任杭州通判时，海月大师惠辩正任此职。大师神采奕奕，清远静穆，脸上从没有喜怒之色，却受到当地僧众和信徒们的信任和爱戴。我当然也很喜欢与他交往。当时东南地区事务繁杂，官吏们很少有闲暇，而我那时正年轻气盛，不安于职事。每次去拜见大师，都是淡然地对坐，时而听他讲上一句，就会感到心中所有的忧烦都像冰凌融化，身心都感到轻松愉快。由此我联想起庄子所说的东郭顺子的为人，他虽然具有凡人的形貌，但内心像虚无的天空，有神仙的姿质而护藏着天然真气，心胸清虚而能含容万物。世间的万物自身未必都合天道，包容它们而能静悟其道，就能使人消除杂念，以达清净。这恐怕就是指海月大师而言吧？

一天，大师卧病在床，派人到山下来请我上山。当时正值公务繁忙没有闲暇，过了十几天才去，而大师已经坐化四天了。他留下话说：要等我上山后才能盖棺。只见他像生前一样盘腿端坐，头上还有温气。后来我被贬到黄州，梦见又回到西湖，湖上有一座大殿，殿前的匾额写着“弥勒下生”四个字，而我以前交往的辩才、诲月等高僧，都在此间布教。大师坐化后二十一年，我又遭贬来到惠州，天竺寺的净惠禅师托参寥子带书信给我说：“施主苏公曾答应为海月大师的画像作赞词，这么多年却没有还愿，这是为什么呢？”我猛然惊起，收拾笔墨，为大师作赞词说：

世上的人们都忙于奔走，还有超脱凡俗的人吗？世上的人们要是都超脱凡俗，世间的事又有谁来做呢？有这样一位高僧，他正处在这两者之间，既不浑浊也不纯清，既不是律师也不是禅师。这位海月大师，身任都僧正之职。或许是又见到了他，身上的束缚都自然解脱。我梦见到了西湖，见到了天国幻化的大殿。其中那两位高僧，就如同生前一样。大师的遗象就在面前，面貌如满月如白云。谁来为大师写此赞诗？是我东坡老人。

辩才大师真赞

余顷年尝闻妙法于辩才老师，今见其画像，乃以所闻者赞之：

即之浮云无穷，去之明月皆同。欲知明月何在？在汝唾雾之中。

【译文】我以前曾听辩才大师讲述佛家妙法，如今见到他的画像，于是就以所见所闻来赞颂他：

在他面前像见到无尽的白云，离开他感觉到他和明月一样。想知道明月在什么地方？就在你的唾沫之中。

参寥子真赞

东坡居士曰：维参寥子，身寒而道富。辩于文而讷于口，外尫柔而中健武。与人无竞，而好刺讥朋友之过。枯形灰心，而喜为感时玩物不能忘情之语。此余所谓参寥子有不可晓者五也。

【译文】东坡居士说：这个参寥子，出身寒素而道行富有。文辞辩捷而口才不佳，外表柔弱而内里却刚健雄武。与人无争，却喜好讥讽朋友的过失。形容枯槁万念已灰，喜欢写些感慨时事耽玩俗物难以忘情的文章。这是我认为参寥子难以为人所理解的五个方面。

无名和尚传赞

道无分成，佛无灭生。如影外光，孰在孰亡？如井中空，孰虚孰盈？无名和尚，盖名无名。

【译文】佛家的教义没有分开和合成，佛本身也无所谓毁灭和更生。就像是影子和它以外的光，究竟哪个真在哪个不在？又像是井中无水，哪是空的哪是满的？无名和尚，他的名字本身就没有名字。

李伯时作老子新沐图遗道士蹇拱辰，赵郡苏某见而赞之

老聃新沐，晞发于庭。其心淡然，若忘其形。夫子与回，见之而惊。入而问之，强使自名。曰："岂有已哉，夫人皆然。惟役于人，而丧其天。其人苟忘，其天则全。四肢百骸，孰为吾缠？死生终始，孰为吾迁？彼赫赫者，将为吾温；彼肃肃者，将为吾寒。一温一寒交，而万物生焉。物皆赖之，而况吾身乎？温为吾和，寒为吾坚。忽乎不知，而更千万年。葆光志之，夫非养生之根乎？"

【译文】老聃刚刚洗完澡，在庭院中晾晒头发。他心中空虚淡漠，就像是忘记了自己的形骸。孔子和颜回，见到他后十分吃惊。走进庭院向他询问，执意地让他说说自身。老子说："哪里有什么自身，只要是人都是一样。只有受到别人的驱使，就是丧失了天真。此人如果忘记了这些，他的天真就能保全。四肢和骨骼，是谁为我安排的？有死有生，是谁给我改变的？那赫赫的阳光，就给我以温暖；那肃肃的凉风，就给我以寒冷。一热一冷互相交替，世上万物就从地里生长

出来。万物都依赖这一寒一暖，何况我的自身岂能例外？温暖给了我平和，寒冷给了我坚强。恍恍忽忽不知冷暖，一晃就是千年万年。有光就隐蔽它，有才干也不显露它，这不就是养生的根本吗？”

清都谢道士真赞

谢道士，生丙子。真一存，长不死。欲识清都面目，一江春水东流。滔滔直入沧海，大至蓬莱顶头。

【译文】谢道士，生在丙子那一年。一点真气存于心中，所以长生而不死。想认清清都道士的真面目，请看那东流的一江春水。滔滔不断汇入大海，涌上了蓬莱仙岛的最上头。

醴泉观真靖崇教大师真赞

北方有神君，出内罔与冥。被发拊剑驭两灵，国之东南福其庭。注然天醪涌其泠，汰选妙士守钥扃。倏然真靖有典刑，眉间三出杳而清，何必控鲤浮南溟？

【译文】北方有神灵之君，出入虚无玄妙之境。披散着头发手握宝剑驾驭两匹灵兽，奔向东南，那是神仙的福地。天酒涌出，甘洌清泠，拣选美妙之士来守卫门户。超然的真靖大师最合规度，眉宇间的突起幽深而明净，何必定要乘驾鲤鱼去浮于南海？

光道人真赞 字晏然

海口山颧，犀颅鹤肩。定眼水止，秀眉月弦。自一而两，至百亿千。即妄而真，是真晏然。

【译文】海一般宽的嘴巴山一样高的颧骨，犀牛般的头颅白鹤般的肩。双眼凝定像静止的清潭，秀丽的双眉像弯弯的弦月。从一到二，直到百千万亿。看来妄诞而内心纯一，这才是真正的你。

玉岩隐居阳行先真赞

道不二，德不孤。无人所有，有人所无。世之所争者五，天啬其三，而畀其二。是以日计之不足，岁计之有余也。

【译文】学道纯一，道德淳美。别人拥有的他没有，别人没有的他拥有。世间人们所争夺的总共有五，上天把三项留给自己，只把剩余的两项赐给人间。因此用天来计算就不足，而用年来计算却有余了。

自画背面图并赞

元祐罪人，写影示迈。

【译文】元祐党人苏轼，画出自己的肖像给儿子苏迈看。

子由真赞

心是道人，形是农夫。误入廊庙，还即里间。秋稼登场，社酒盈壶。颓然一醉，终日如愚。

【译文】生就一颗道士心，长了一付农夫相。误入朝廷做了官，还是尽早回乡间。秋天的禾谷送上场，庆丰的社酒装满壶。纵情饮得醺然醉，终日像个老愚公。

定光师赞

定光石佛，不显其光。古锥透穿，大千为囊。卧像出家，西峰参道。亦俗亦真，一体三宝。南安石窟，开甘露门。异类中住，无天中尊。彼逆我顺，彼顺我逆。过即追求，虚空鸟集。驱使草木，教诲蛇虎。愁霖出日，枯旱下雨。无男得男，无女得女。法法如是，谁夺谁与？令若威怒，免我伽梨。既而释之，遂中自衣。寿帽素履，发鬓皤皤。寿八十二，与世同波。穷崖草木，枯腊风雨。七闽香火，家以为祖。萨埵御天，宋有万姓。乃锡象服，名曰定应。

【译文】定光法师乃石佛一尊，显示不出耀眼的光辉。古锥穿透了他的全身，他把大千世界当做行囊。他见到卧佛后出家为僧，来到西山参禅问道。他既是俗人又是僧人，一身之中存佛、法、僧三宝。他在南安的石窟之中，静心修定佛家正果。他在狼虫虎豹中寄居，在见不到青天的石洞中自称尊者。你来逆我我就顺你，你来顺我我又逆你。他把违拗当做追求，天空中往往有群鸟集结。他驱使花草树木，教诲猛虎毒蛇。百姓为淫雨哀叹时，他就托出一轮红日，百姓为干旱愁苦时，他就降下一场霖雨。百姓求生男孩就会生下男孩，求生女子就会生下女子。样样的祈求都能满足，谁也不能改变他的法力。上帝赫然震怒，褫夺了他的佛门之身。随后又赦免了他，于是他便成了一介平民。他头戴寿星帽，脚穿素布鞋，头发胡须一片斑白。他俗年活了八十二岁，数十年间与世浮沉。行走于山巅林间，经历了冬风夏雨。闽中人对他十分敬重，家家都把他奉为佛祖。菩萨统御着天下，使我大宋万姓之民得到保佑。于是赐给他刺绣的衣服，取名叫做定应大师。

卷八十六　颂箴偈

仁宗皇帝御书颂 并叙

天禧中，仁宗皇帝在东宫，故太傅、邓国张文懿公讳士逊为太子谕德，帝亲书十二字以赐之，曰“寅亮天地，弼余一人”，又曰“日新其德”。公之曾孙假承务郎臣钦臣，以属翰林学士臣苏轼为之颂二篇。其一曰：

天地不言，付之人君。明其德刑，物自秋春。人君无心，属之辅弼。信其赏罚，身为衡石。惟天惟君，与相为三。孰能俯仰，其德不惭。于皇仁宗，恭己无为。以天为心，以民为师。其相邓公，履信思顺。天下颂之，以退为进。寿考百年，以没元身。呜呼休哉！寅亮天地，弼余一人。

其二曰：

圣人如天，时杀时生。君子如水，因物赋形。天不违仁，水不失平。惟一故新，惟新故一。一故不流，新故无教。“伊尹暨汤，咸有一德。”“周虽旧邦，其命维新”。孰知此言，若出一人。小臣稽首，敬颂遗墨。呜呼休哉！日新其德。

【译文】天禧年间，仁宗皇帝还是皇太子的时候，已故太傅、邓国公文懿张公名叫士逊为太子教官，仁宗皇帝亲手书写十二个字赐给他，写的是“寅亮天地，弼余一人”，还有“日新其德”。张公的曾孙假承务郎臣张钦臣，以此嘱托翰林学士苏轼为这十二个字写两篇颂。第一篇颂词说：

天地并不说话，只把管理万民的使命交付给君主。这使命既有仁德又有威刑，这世界既有冬夏又有春秋。君主恭默为本，把治民的事托付给辅弼大臣。让他们以自身为榜样，付与他们奖赏和惩罚的权力。天帝、君王、宰相三位一体。谁能够上承主命下理万民呢？是那些具有优秀品德毫无惭愧的人。我圣明的仁宗皇帝，谦恭自己而不专横。以上天的意志为心愿，把万民当做师长。他的宰相邓国公，履行信义顺从民意。正当天下士民颂扬他时，他以退居山林来进一步完善自己的道德修养。他以百岁的高寿，走完了他的一生。啊！这就是“辅佐朕躬一人，照亮天下万民。”

第二篇颂词说：

圣人就像上天一样，有时使用严厉的杀伐，有时使用仁慈的护养。君子就像流水，根据时势来施展自己的才干。上天不违背它的仁德，水也不失去平允。就因为它们保持一贯所以才永远是新的，也正是由于它的新，也造就了它的纯一。因为它始终一贯，所以冲激散漫，也正因为它的新所以不会被人厌弃。“伊尹辅佐商汤，始终保持一贯的忠诚品德。”“周虽是个古老的国家，国运却充满新的气象”。谁能理解这些话，它就像出自一人之口。微臣苏轼叩首再拜，恭敬地赞颂仁宗皇帝的遗墨。啊！这就是“每天都使自己的品德更加完美。”

英宗皇帝御书颂 并序

嘉祐中，太常博士周秉以文行选为诸王记室，宗室之贤者多爱敬之。时英宗皇帝龙潜藩邸，尝赐秉手书，其家宝之。臣过曲江，见其孙袁州司法参军超，出以示臣。谨稽首再拜，为之颂曰：

《云汉》之章，融为庆云，结为甘露。融而不晞，结而不散，以焘冒其子孙。

建中靖国元年月日，臣苏某记。

【译文】嘉祐年间，太常博士周秉以文学德行高妙被选拔为诸王子的记室官，宗室中的贤德之人大都十分尊敬爱戴他。当时英宗皇帝已经被立为皇太子，曾经赐给周秉亲手写的一些文字，周家把这些当做珍宝。我路过曲江县，见到他的孙子袁州司法参军周超，他拿出来给我看。苏某恭敬地叩首拜了两拜，为它写颂文说：

《云汉》那样好的诗章，融合在手书中成为祥瑞的彩云，凝结为甘霖雨露。彩云与甘露融合不会干枯，甘露与彩云凝结也不会飘散，它足以覆盖养育他的子子孙孙。

建中靖国元年某月某日，臣苏某记。

醉僧图颂

人生得坐且稳坐，劫劫地走觅什么？今年且屙东禅屎，明年去拽西林磨。

【译文】人生在世能坐下歇息只管坐下，匆匆忙忙地东奔西跑在寻找什么？今年且在东林庙里拉屎，明年再去西林寺中拽磨。

石恪画维摩颂

我观众工工一师，人持一药疗一病，风劳欲寒气欲暖。肺肝胃肾更相克，挟方储药如丘山，卒无一药堪施用。有大医王拊掌笑，谢遣众工病随愈。问大医王以何药，还是众工所用者。我观三十二菩萨，各以意谈不二门，而维摩诘默无语。三十二义一时堕，我观此义亦不堕。维摩初不离是说，譬如油蜡作灯烛，不以火点终不明。忽见默然无语处，三十二说皆光焰。佛子若读《维摩经》，当作是念为正念。我观维摩方丈室，能受九百万菩萨。三万三千师子坐，皆悉容受不迫迮。又能分布一钵饭，餍饱十方无量众。断取妙喜佛世界，如持针锋一枣叶。云是菩萨不思义，住大解脱神通力。我观石子一处士，麻鞋破帽露两肘。能使笔端出维摩，神力又过维摩诘。若云此画无实相，毗耶城中亦非实。佛子若作维摩像，应作此观为正观。

【译文】我看到许多医工都好像是从同一位师傅那儿学来的，每人持有一个药方治疗一种疾病。风湿劳累用驱寒药，胸腹胀闷用温暖药，如果碰到肺肝胃肾有病就更麻烦了。把所有的药方和积储的药物堆积如山，也找不到一种药能够施用。有个大医王拍手大笑，他把众位医工遣散后，病马上就痊愈了。我问大医王用的是什么药，医王回答说：还是那些众医工所用的药。我看三十二位菩萨，各自根据自己的意见讲授佛法。只有维摩诘默默无语。三十二位菩萨所说的佛法都黯然失色，我看维摩诘的说法就没有错。维摩最初也没有离开众菩萨的说法。譬如是把油和蜡制成油灯和蜡烛，不用火来点燃它们，它们始终是不会发光的。忽然看见那默默无语的地方，三十二位菩萨的佛法一齐发出光明。佛徒们如果念诵《维摩诘经》，应当把他的说法做为正道。我看维摩诘那不大的禅室，却能容纳九百万菩萨。还有三万三千个狮子的坐椅，都进入此室还不显得拥挤。他还能把一钵中的饭食分给别人，能使十方之内无数的众生个个餍饱。他能把美妙吉祥的佛国乐土展示给世人，就像是用针尖挑来一片枣叶。他说菩萨们没有真正懂得佛祖的妙理，因此才不能度脱众生显示佛力。我看石恪君只不过是一个布衣处士，穿着麻鞋戴着破帽，还露出了两肘。却能用一枝笔画出维摩诘像，那画像上的维摩诘像是比真佛更有神力。如果说此画并不真实可信，那就连毗耶城也不是真的了。佛徒们要是再画维摩诘的像，应该把这一张当做最正规的范本。

阿弥陀佛颂 并叙

钱塘圆照律师，普劝道俗归命西方极乐世界阿弥陀佛。眉山苏轼敬挽舍亡母蜀郡太君程氏遗留簪珥，命工胡锡采画佛像，以荐父母冥福。谨再拜稽首，而献颂曰：

佛以大圆觉，充满河沙界。我以颠倒想，出没生死中。云何以一念，得往生净土。我造无始业，本从一念生。既从一念生，还从一念灭。生灭灭尽处，则我与佛同。如投水海中，如风中鼓橐。虽有大圣智，亦不能分别。愿我先父母，与一切众生。在处为西方，所遇皆极乐。人人无量寿，无往亦无来。

【译文】杭州高僧圆照大师，劝说一切僧人和俗人都要皈依西方极乐世界阿弥陀佛。眉山人苏轼恭敬地施舍亡母蜀郡太君程氏遗留下来的簪子和耳环，并命画工胡锡采画佛像，用来追荐父母在阴间得到福佑。恭谨地对着佛像叩首再拜，并献上一首颂词说：

佛祖把他圆融觉悟的慈悲大法，布满了河流荒沙一切凡界。我也持是非无有颠倒的想法，出没于不生不死，亦生亦死的境界之中。怎么能用一念之想，就能够往生于净土乐国呢？我所积下的业孽，也是生于一念之间。既然是生于一念之间，还应在一念之间把它灭尽。生了业又灭了业，业孽灭尽我就和佛相同了。如同把水到在海中，又如在风中拉风箱。即使有高明的智慧，也不能加以区别。祝愿我的先父先母和一切众生。都能够超生在西方佛国，一同生活在极乐世界。人人都享有不死的长寿，没有死也没有生。

释迦文佛颂 并引

端明殿学士兼翰林侍读学士苏轼，为亡妻同安郡君王氏闰之，请奉议郎李公麟敬画释迦文佛及十大弟子。元祐八年十一月十一日，设水陆道场供养。轼拜稽首，而作颂曰：

我愿世尊，足指按地。三千大千，净琉璃色。其中众生，靡不解脱。如日出时，眠者皆作。如雷震时，蛰者皆动。同证无上，永不退转。

【译文】端明殿学士兼翰林侍读学士苏轼，替亡逝的妻子同安郡君王氏闰之向奉议郎李公麟提出请求，请他画佛祖释迦牟尼和他的十大弟子像。元祐八年十一月十一日，苏轼摆设水陆道场供养众佛。叩头再拜，并作颂诗说：

我请求佛祖大师，把手脚按在大地上。让三千大千世界，都变得光辉灿烂。使尘世间的芸芸众生，没有一个不得到解脱。就如同太阳一出，睡醒的人们都要劳作。又像是雷霆震动时，冬眠的动物都复苏出动。一切生灵都得到佛的恩惠，永远不再转生为尘世间的凡物。

观世音菩萨颂 并引

金陵崇因禅院长老宗袭，自以衣钵造观世音像，极相好之妙。余南迁，过而祷焉，曰："吾北归当复过此，而为之颂。"建中靖国元年五月日，自海南归至金陵，乃作颂曰：

慈近乎仁，悲近乎义，忍近乎勇，忧近乎智。四者似之，而卒非是。有大圆觉，平等无二。无冤故仁，无亲故义，无人故勇，无我故智。彼四虽近，有作有止，此四本无，有取无匮。有二长者，皆乐檀施。其一力富，千金日费，其一甚贫，百钱而已。我说二人，等无有异。吁观世音，净圣大士。遍满空界，挈携天地。大解脱力，非我敢议。若其四无，我亦如此。

【译文】金陵崇因禅寺住持长老宗袭，用自己募化的衣食之资建造了一尊观世音像，像塑得十分精美。我受贬南行路过此地，在观音像前作了祈祷，对菩萨说："我如果能够回到中原会重来此地，并为菩萨写一篇颂词。"建中靖国元年五月某日，我遇大赦从海南回到金陵，便还愿作颂诗说：

佛的慈爱接近于仁，佛的悲悯接近于义，佛的坚忍接近于勇，佛的忧劳接近于智。这四者都与儒家的道德相似，但细细讲起又不相同。佛有无比广阔的圆融和彻悟，平等地看待一切众生。他没有冤家对头，所以仁；没有亲戚眷属，所以义；他的面前没有凡俗之人，所以勇；他心中没有自我，所以智。这四者虽然也与儒家的道德相似，但有时而作，有时而止，如果说这四者本来就是虚幻，却又时时有灵，从不匮乏。有两位长者，都乐于为佛施舍。其中一个人非常富有，每天都要拿出千金之资来做佛事；另一个非常贫穷，只能拿出一百钱。我说这两位长者，根本没有什么差异。啊，观世音菩萨，清净圣智的佛祖侍者。你的身影布满了空间，拯救解脱天地间的众生。你那无边的佛法，并不是我敢妄加议论的。如果你真的有也是无，那我也是如此。

十八大阿罗汉颂 有跋

蜀金水张氏，画十八大阿罗汉。轼谪居儋耳，得之民间。海南荒陋，不类人世，此画何自至哉？久逃空谷，如见师友。乃命过躬易其装标，设灯涂香果以礼之。张氏以画罗汉有名，唐末盖世擅其艺，今成都僧敏行，其玄孙也。梵相奇古，学术渊博，蜀人皆曰："此罗汉化生其家也。"轼外祖父程公，少时游京师还，遇蜀乱，绝粮不能归，困卧旅舍。有僧十六人往见之，曰："我，公之邑人也。"各以钱二百贷之。公以是得归，竟不知僧所在。公曰："此阿罗汉也。"岁设大供四。公年九十，凡设二百余供。今轼虽不亲睹至人，而困厄九死之余，鸟言卉服之间，获此奇胜，岂非希阔之遇也哉？乃各即其体像，而穷其思，以为之颂。

第一尊者，结跏正坐，蛮奴侧立有鬼使者，稽颡于前，侍者取其书通之。颂曰：

月明星稀，孰在孰亡？煌煌东方，惟有启明。咨尔上座，及阿阇黎。代佛出世，惟大弟子。

第二尊者，合掌趺坐，蛮奴捧牍于前，老人发之，中有琉璃器，贮舍利十数。颂曰：

佛无灭生，通塞在人。墙壁瓦砾，谁非法身？尊者敛手，不起于坐。示有敬耳，起心则那。

第三尊者，抹乌木养和正坐。下有白沐猴献果，侍者执盘受之。颂曰：

我非标人，人莫吾识。是雪衣者，岂具眼只？方食知献，何愧于猿？为语柳子，勿憎王孙。

第四尊者，侧坐屈三指，答胡人之间。下有蛮奴捧函，童子戏捕龟者。颂曰：

彼问云何，计数以对。为三为七，莫有知者。雷动风行，屈信指间。汝观明月，在我指端。

第五尊者，临渊涛，抱膝而坐。神女出水中，蛮奴受其书。颂曰：

形与道一，道无不在。天宫鬼府，奚往而碍？婉彼奇女，跃于涛泷。神马尻舆，摄衣从之。

第六尊者，右手支颐，左手拊稚师子。顾视侍者，择瓜而剖之。颂曰：

手拊雏猊，目视瓜献。甘芳之意，若达于面。六尘并入，心亦遍知。即此知者，为大摩尼。

第七尊者，临水侧坐。有龙出焉，吐珠其手中。胡人持短锡杖，蛮奴捧钵而立。颂曰：

我以道眼，为传法宗。尔以愿力，为护法龙。道成愿满，见佛不怍。尽取玉函，以畀思邈。

第八尊者，并膝而坐，加肘其上。侍者汲水过前，有神人涌出于地，捧盘献宝。颂曰：

尔以舍来，我以慈受。各获其心，宝则谁有？视我如尔，取与则同。我尔福德，如四方空。

第九尊者，食已襆钵，持数珠，诵咒而坐。下有童子，构火具茶，又有埋筒注水莲池中者。颂曰：

饭食已异，襆钵而坐。童子茗供，吹籥发火。我作佛事，渊乎妙哉。空山无人，水流花开。

第十尊者，执经正坐。有仙人侍女焚香于前。颂曰：

飞仙玉洁，侍女云眇。稽首炷香，敢问至道。我道大同，有觉无修。岂不长生？非我所求。

第十一尊者，趺坐焚香。侍者拱手，胡人捧函而立。颂曰：

前圣后圣，相喻以言。口如布谷，而意莫传。鼻观寂如，诸根自例。孰知此香，一炷千偈。

第十二尊者，正坐入定枯木中。其神腾出于上，有大蟒出其下。颂曰：

默坐者形，空飞者神。二俱非是，孰为此身？佛子何为，怀毒不已？愿解此相，问谁缚尔？

第十三尊者，倚杖垂足侧坐。侍者捧函而立，有虎过前，有童子怖匿而窃窥之。颂曰：

是与我同，不噬其妃。一念之差，堕此髬髵。导师悲愍，为尔颦叹。以尔猛烈，复性不难。

第十四尊者，持铃杵，正坐诵咒。侍者整衣于右，胡人横短锡跪坐于左。有虬一角，若仰诉者。颂曰：

彼髯而虬，长跪自言。特角亦来，身移怨存。以无言者，诵无说法。风止火灭，无相仇者。

第十五尊者，须眉皆白，袖手趺坐。胡人拜伏于前，蛮奴手持拄杖，侍者合掌而立。颂曰：

闻法最先，事佛亦久。耄然众中，是大长老。薪水井臼，老矣不能。摧伏魔军，不战而胜。

第十六尊者，横如意趺坐。下有童子发香篆，侍者注水花盆中。颂曰：

盆花浮红，篆烟缭青。无问无答，如意自横。点瑟既希，昭琴不鼓。此间有曲，可歌可舞。

第十七尊者，临水侧坐，仰观飞鹤。其一既下集矣，侍者以手拊之。有童子提竹篮，取果实投水中。颂曰：

引之浩茫，与鹤皆翔。藏之幽深，与鱼皆沉。大阿罗汉，入佛三昧。俯仰之间，再拊海外。

第十八尊者，植拂支颐，瞪目而坐。下有二童子，破石榴以献。颂曰：

植拂支颐，寂然跏趺。遵者所游，物之初耶？闻之于佛，及吾子思。名不用处，是未发时。

佛灭度后，阎浮提众生刚狠自用，莫肯信入。故诸贤圣皆隐不现，独以像设遗言，提引未悟，而峨眉、五台、卢山、天台犹出光景变异，使人了然见之。轼家藏十六罗汉像，每设茶供，则化为白乳，或凝为雪花桃李芍药，仅可指名。或云：罗汉慈悲深重，急于接物，故多现神变。傥其然乎？今于海南得此十八罗汉像，以授子由弟，使以时修敬，遇夫妇生日，辄设供以祈年集福，并以前所作颂寄之。子由以二月二十日生，其妇德阳郡夫人史氏，以十一月十七日生。

是岁中元日题。

【译文】蜀中金水人张某，画了十八大阿罗汉图。苏轼遭到贬谪流放到儋耳，从民间访得这些图画。海南孤岛，蛮荒僻陋，几乎不像是人世，这些画又是从哪儿传到此地的呢？我敬奉佛祖已经很久了，见到这些画，就像是见到了老师朋友。于是让儿子苏过亲手重新装裱，陈设了油灯香火和果子来供奉他们。张某以善画罗汉而知名，从唐代末年起就代代传习这个技艺，现在成都高僧敏行，就是他的玄孙。敏行和尚长相非常奇特高古，对佛学的研究也十分精湛，蜀人都说：“这是罗汉托生在他家了。”苏轼的外祖父程公，年轻时到京师游学回来，正遇蜀中大乱，断了粮米回不到家，被困在旅店里。当时有十六位僧人到旅舍去见他，说：“我们是程公的同乡人。”每人拿出二百钱借给他。程公因此得以回到家中，最终也没再见到那些僧人的踪影。程公说：“这些人是阿罗汉吧？”于是每年四次陈设丰盛的果食来供奉他们。程公活了九十岁，共设了二百多次供奉。如今苏轼虽然没有亲眼目睹这样的高僧，但在艰难困窘，九死一生之中，在讲着类似鸟一样的语言、穿着树皮树叶的蛮夷之间，居然获得了这样珍奇的画卷，难道不是旷古奇遇吗？于是分别按他们的体态相貌，极尽我的才思，为他们写出颂诗。

第一尊者，两腿盘曲端坐在地上，一个南蛮小奴站在他身旁。另有一位鬼使者，向尊者施垂头礼，尊者的侍从接过他的书信要转交主人。颂词说：

月光清明，群星暗淡，究竟哪个存在哪个消亡？众星散去的东方上空，只剩下辉煌灿烂的启明一星。你这位上座高人和护法的阿阇黎。代替佛祖来到尘世，是佛祖当之无愧的大弟子。

第二尊者，双手合十盘腿而坐，一个南蛮小奴手捧木匣站在他面前，老人将木匣打开，其中有个琉璃器皿，收藏着十几粒舍利子。颂词说：

佛没有死也没有生，得道不得道都在各人的修行。纵然是像墙壁和瓦砾一样木呆，哪个不是法界之身呢？大罗汉合起双手，没有从坐上起来。这是向佛祖表示虔敬，如果起身，那就不是真正的虔诚了。

第三尊者，手扶乌木祥和地坐着，脚下有白色的猕猴敬献鲜果，侍从捧盘来接。颂词说：

我不是什么高人，人们也不认识我。这只浑身雪白的猴子，难道独具慧眼？到了该吃饭的时候便献上果品，虽然是猿猴之类，又有什么惭愧？替我告诉柳下跖，不必厌憎公子王孙。

第四尊者，侧身而坐弯着三指，正在回答一位西域人的问话。尊者身前有个南蛮小奴捧着木匣，又有个小童在抓乌龟。颂词说：

你要问他在说什么，他回答你说在数数。又说是三又说是七，谁也不知道他在数什么。世间惊雷震动狂风怒号，似乎都掌握在他的指缝间。你看那天空的明月，也像在他的手指尖上。

第五尊者，面对大海狂涛，双手抱膝坐在那里。有个神女从水中浮出，南蛮小奴接过她手中的书札。颂词说：

身形和道行统而为一，他的道行无所不在。无论是天上的宫阙，还是鬼怪的阴府，他到哪里会受到阻碍？那窈窕神奇的女子，跃出立于波涛之上，提着裙襟，跟在神马拉着的车后。

第六尊者，右手撑着下颔，左手抚摸着一只幼狮。歪头看着侍从，侍从正挑选熟瓜来切。颂词说：

手摸着一头幼狮，眼盯着献上的瓜。又香又甜的气味，好像扑到了他的面前。尘世间的俗物一齐前来，心里都知道得清清楚楚。了解这位大智者的，是佛祖释加牟尼。

第七尊者，面对海水侧身而坐，有一条龙从海里跃出，把宝珠吐在他的手中。一位西域人手持短禅杖，南蛮小奴捧着盂钵站在尊者身边。颂词说：

我用我得道的佛眼，传布着佛法真宗。你用你誓愿的力量，成为护法的龙。道德修成，誓愿也满，见到真佛也没有愧怍。把玉匣中的一切，都拿出交给求仙的孙思邈。

第八尊者，两膝相并坐在那里，双臂搭在膝上。侍从打水走到他面前，有个神仙涌出地面，手捧盘子向尊者敬献宝物。颂词说：

你用诚心施舍，我以慈悲接受。两人都满足了自我，这件宝物究竟归谁所有？看我就如同看你，那么取得和给与也没有什么不同。我和你所得的福分和利益，也就像四面清空，什么也没有。

第九尊者，刚吃完斋放下钵，手捻念珠，坐在那里诵经。身下有个小童，点火煮茶，还有一个人将竹筒伸进莲花池打水。颂词说：

已经吃完了饭食，把钵盂包裹起来静静而坐。小童为他煮茶，用根竹筒在呼呼吹火。他所做的佛事，宽广而美妙。空寂的山里没有人迹，只有水在流淌，花在开放。

第十尊者，手持经书端坐在地。有位神仙侍女在他面前烧香。颂词说：

能飞升的仙人如美玉般纯洁，会腾云的侍女身影飘渺。叩首持香，向他请教佛法的奥妙。尊者回答说：我佛之道，是复尽众生建立佛国，只须觉悟而不用修炼。难道我佛之道就不能长生不老？但那并不是我们的追求。

第十一尊者，盘腿而坐正在烧香。侍者在旁拱手肃立，一个西域人手捧木匣站在尊者身边。颂词说：

此前此后的高僧大士，都是用经义来感动僧俗众人。说的话就像在播撒谷种，可是真妙之意却是不能靠嘴来说清的。自观鼻静静地修定，百种业根自然浮出。谁能知道这燃烧的香，烧完一炷已念诵了千句真言。

第十二尊者，在一株枯树中端坐禅定，他的神光跃出于身上，一条大蟒从尊者身下爬过。颂词说：

默默坐着的是形骸，飞上天空的是灵魂。两者都不是实有的，那么究竟什么才是真身？你这蟒蛇也是佛的弟子，为什么仍然心怀毒恶呢？愿你改变现在的示相，敢问是谁捕缚了你？

第十三尊者，靠着禅杖垂着脚侧身而坐。侍从手捧木函站在尊者身边，有一只老虎走过他们面前，小童惊恐在躲藏起来看着它。颂词说：

虎和我是同样的，不会吞食它的同类。只是由于一念之差，才变成这长须的兽类。佛师对它怀有悲悯之心，为它皱眉长叹。说以你刚烈的性情，恢复你的佛性并不算难。

第十四尊者，手拿法铃，端坐颂经。侍从在他右边整理衣衫，一个西域人横着短禅杖跪坐在尊者左边。有一条独角龙，像在伸诉什么。颂词说：

你长着虬须般的长髯，跪在那里独自念咒。独角的虬龙也来到这里，满怀着愁苦移动身躯。以你不能说话之物，念诵着没有语言的佛法。风静火灭，世上再没有互相仇视的人和物。

第十五尊者，须发都是白的，双手蒙在袖中盘腿而坐。一个西域人拜倒在他面前，南蛮小奴手拿拄杖，侍从双手合十站在尊者面前。颂词说：

最先得到佛祖的真传，事奉佛祖时日也很长久。在众多须发皆白的高僧当中，是一位德望深厚的大长老。劈柴汲水滔井舂米这些事，因为年老已无力再做。而驱除邪魔，却能够不战自胜。

第十六尊者，面前横着一柄如意盘腿而坐。身下有个小童打开香盒，侍从把水浇在花盆里。颂词说：

盆里的鲜花泛出红光，刻满花纹的炉香缭绕着青烟。没有问询也没有回答，只有一把如意横在腿上。拨弄曾点之瑟的时间渐渐希少，昭阳之琴也不再弹奏。这里恰好正在演奏乐曲，可令人欢歌令人起舞。

第十七尊者，临水侧身而坐，仰面看着天上飞着的白鹤。其中一只飞到了地下，侍从用手抚摸着他。有个小童手提竹篮，又从竹篮中取出一个果子扔进水里。颂词说：

可以纵腾在浩渺的天空，与白鹤一同飞翔。也可以隐没在幽深的河谷，与游鱼一同沉没。大阿罗汉，已进入佛家的妙境。就在一俯一仰的瞬间，又到海外去诵经说法。

第十八尊者，用拂尘支着下颌，瞪着眼睛坐在那里。身前有两个小童，破开石榴向尊者敬献。颂词说：

一手持拂尘，一手托下颌，两腿相交默默而坐。尊师游历尘世，是浑沌初开之时吗？你把我万民的心愿告知了佛祖。你的名字没有列在尊者之间，是因为当你来到尘世时，人们还都没有名字。

佛祖释迦牟尼涅槃之后，南赡部州的众生凶恶地扑杀佛徒，不愿归依佛教。所以各位贤能的高僧都隐伏起来，只是供奉佛祖的圣像来传授释迦的佛法，以此来开导那些不了解佛法教义的众生，而峨眉山、五台山、庐山、天台山还示现出了奇异的光芒色彩，使人们看得清清楚楚。苏轼家中收藏了十六大罗汉像，每当陈设清茶供奉罗汉时，水就变成了乳白的汁液，或者是凝结成雪花、桃花、李花、芍药花等形状，都能叫得上具体的名称。有人说：罗汉心里唯有大慈大悲，他们急于接引凡物，所以往往示现出多种神奇的变异。这说法或许有些道理吧？如今我把在海南得到的这十八罗汉画像，送给弟弟苏辙子由，让他按时敬奉，逢到他们夫妇的生日，可摆设供品为自己祈求福佑祈求长寿，又把我以前所写作的颂词一并寄给他。子由是二月二十日出生的，他夫人德阳郡夫人史氏，是十一月十七日出生的。

本年七月十五日，苏轼题。

枯骨观颂

李伯时为柳仲远画《枯骨观》，苏子瞻颂之：

这个在这里，那个那里去？终待乞伊来，大家做一处。

【译文】李公麟为柳仲远画了一幅《枯骨观》图，苏轼子瞻写颂词为：

这个就在这里，那个到哪里去？总想等着你能到来，大家都聚在一处。

代黄檗答子由颂 六月二十日

子由问黄檗长老疾云："五蕴皆非四大空，身心河岳尽圆融。病根何处容他住。日夜还将药石攻？"不知黄檗如何答，东坡老僧代云：

有病宜须药石攻，寒时火烛热时风。病根既是无容处，药石还同四大空。

【译文】苏辙子由问黄檗长老生病的事说："识、想五蕴都不存在，四大皆是虚空，人的身体思想和河流山岳都处在圆融之中。生病的魔根究竟在何处生长，为什么日日夜夜还需要用药物针石去攻破它呢？"不知道黄檗是如何回答的，还是东坡老和尚代他回答吧：

有了病就必须用药物针石来攻破它，如同天寒时就要生火，天热时就要煽风。病魔之根确是没有它的容身之处，可药物针石也包含在四大之空，本是无有之物啊。

答孔君颂

梦中投井，入半而止。出入不能，本非住处。我今何为，自此作苦。忽然梦觉，身在床上。不知向来，本元无井。不应复作，出入住想。道无深浅，亦无远近。见物失空，空未尝灭。物去空现，亦未尝生。应当正远，作如是观。

【译文】梦见投身入井，掉到半空中却停在那里。既出不来，又下不去，这儿就不应该是停的地方。我今天是干什么呢，从此之后就要有苦头吃了。忽然从梦中醒来，才知道身在床上。难道不知道原本就没有什么井，也就不该再想什么出来下去的事了。道没有深浅，也没有远近。见到有物悬在空中，空中并没有消失。物落下后空中还是依旧，也没有重新生出。所以应当用这样的想法去判定深浅远近。

鱼枕冠颂

莹净鱼枕冠，细观初何物？形气偶相值，忽然而为鱼。不幸遭网罟，剖鱼而得枕。方其得枕时，是枕非复鱼。汤火就模范，巉然冠五岳。方其为冠时，是冠非复枕。成坏无穷已，究竟亦非冠。假使未变坏，送与无发人。簪导无所施，是名为何物？我观此幻身，已作露电观。而况身外物，露电亦无有。佛子慈闵故，愿受我此冠。若见冠非冠，即知我非我。五浊烦恼中，清净常欢喜。

【译文】晶莹洁净的鱼枕冠，仔细审视它最初是什么呢？它的形和气偶然合在一起，倏忽间就成了鱼。不幸被人用鱼网打捞上来，剖开鱼腹得到了枕骨。就在人得到枕骨的时候起，它就是一颗鱼枕而不再是鱼。人们用火把它煮化浇在模子里，它便成了像山一样高耸的头冠。当它变成了头冠的时候，它就是冠而不再是枕骨。形成毁坏不断地变化，最后它也会不再是冠。就算在它还没被毁坏之前，假如把它送给一个没有头发的人。簪子在头上没处插戴，那么这个没用的东西对于他来说叫做什么呢？在我看来，身躯都是临时幻化的虚无之物，就像雾露闪电一样。更何况身外的东西，那就连露水闪电都不是了。佛徒慈悲，愿意接受我施舍的这个鱼枕冠。如果他认为这个冠不是冠，就知道我也不是我。处在浑浊的尘世里，只有内心清净才能无烦无忧，终日欢喜。

黄州李樵卧帐颂

问李岩老，何必居此？爱护铁牛，障栏佛子。

【译文】请问李樵岩老，何必要在此处居住？是爱护铁牛呢，还是想拦住个佛徒？

桂酒颂 并叙

《礼》曰："丧有疾，饮酒食肉，必有草木之滋焉。"姜、桂之谓也。古者非丧食，不彻姜、桂。《楚辞》曰："莫桂酒兮椒浆。"是桂可以为酒也。《本草》："桂有小毒，而菌桂、牡桂皆无毒。大略皆主温中，利肝腑气，杀三虫，轻身坚骨，养神发色，使常如童子，疗心腹冷疾，为百药先，无所畏。"陶隐居云："《仙经》，服三桂，以葱涕合云母，烝为水。"而孙思邈亦云："久服可行水上。"此轻身之效也。吾谪居海上，法当数饮酒以御瘴，而岭南无酒禁。有隐者，以桂酒方授吾，酿成而玉色，香味超然，非人间物也。东坡先生曰："酒，天禄也。其成坏美恶，世以兆主人之吉凶。吾得此，岂非天哉！”故为之颂，以遗后之有道而居夷者。其法盖刻石置之罗浮铁桥之下，非忘世求道者莫至焉。其词曰：

中原百国东南倾，流膏输液归南溟。祝融司方发其英，沐日浴月百宝生。水娠黄金山空青，丹砂昼瞧珠夜明。百卉甘辛角方馨，旃檀沈水乃公卿。大夫芝兰士蕙蘅，桂君独立冬鲜荣。无所慑畏时靡争，酿为我醪淳而清。甘终不坏醉不酲，辅安五神伐三彭。肌肤渥丹身毛轻，泠然风飞罔水行。谁其传者疑方平，教我常作醉中醒。

【译文】《礼记》中说：“守丧的时候容易患病，所以饮酒吃肉，一定要添入些有滋味的植物增加食欲。”这里指的是姜和桂。古时候不是丧期内的食物，一般不用姜和桂。《楚辞》中说：“祭神时把桂和椒浸在酒浆之中。”这就是说桂可以做酒。《本草》说：“桂稍微有毒，而菌桂、牡桂都没有毒。主要功效为温暖内脏，舒肝养气，去除青姑、白姑、血姑这些使人致病的三虫，强骨健身，保养精神，使人肌肤润泽，像少年一样。治疗心腹受寒的疾病，是最好的药，而且不与别的药相克。”陶弘景说：“《仙经》中说，服食三种桂时，要用葱汁调和云母蒸出的水送服。”而孙思邈也曾说：“经常服用桂可以使身体轻盈得能行走在水面上。”这是指它有使身体变得轻柔的功效。我遭到贬谪住在海南，按理应当经常饮些酒来抵御瘴气，正好岭南地区没有不准私自造酒的禁令。有位隐士把酿造桂酒的方法传授给我，酿成后的酒色像美玉，香味十分浓郁奇特，好像不是人间之物。东坡先生说：“酒，乃是上天所赐。它酿造的成功与失败，味美与味恶，人们通常用它来做为主人吉凶的预兆。如今我得以酿成如此美酒，难道不是天意吗！”所以为它写了颂诗，留给今后有德行而身处蛮夷之地的人。并把酿造之法也刻在石碑上，立于罗浮铁桥下面，不是遗忘尘世追求仙道的人不可能到达这里。颂诗说：

百国所在的中原大地东南低倾，把肥沃土地中的精华膏泽流归南海之中。祝融氏掌管东南地域时发掘了这些精魂，使它们经过日月光华的沐浴生成了各种宝物。水里孕育了黄金，山里埋藏了青铜，朱砂在阳光下闪耀，珍珠在夜间放出光明。百草千花争奇斗艳，沉在水中的檀香是众香国中的公卿，芝草兰花为大臣，蕙草杜蘅为士人，桂花堪称君子，在严冬中独放异彩。它无所畏惧，与时无争，酿成我这美酒淳厚而又清香。味道甘甜经久不坏，令人陶醉却不令人烂醉，宁心安神去除三虫。肌肤红润身体轻健，飘飘然腾空而起，沿着水面飞行。是谁传授了这酿酒的良方？我疑心是神仙王方平，他令我时常在醉中保持清醒。

食豆粥颂

道人亲煮豆粥，大众齐念《般若》。老夫试挑一口，已觉西家作马。

【译文】高僧亲自煮熟了豆粥，大家一齐念诵《般若经》。老夫试着尝他一口，已觉得西方的和尚成了我乘座的马。

禅戏颂

已熟之肉，无复活理。投在东坡无碍羹釜中，有何不可？问天下禅和子，且道是肉是素，吃得是吃不得是？大奇大奇，一碗羹，勘破天下禅和子。

【译文】已经煮熟的肉，没有复活的道理。丢在东坡居士无所不容的锅中，又有什么不可以呢？请问天下的和尚们，你们说这里面是肉还是素，是应该吃还是不应该吃？真怪真怪，这一锅汤，就试出了天下的和尚。

东坡羹颂 并引

东坡羹，盖东坡居士所煮菜羹也。不用鱼肉五味，有自然之甘。其法以菘若蔓菁；若芦菔、若荠，揉洗数过，去辛苦汁。先以生油少许涂釜，缘及一瓷碗，下菜沸汤中。入生米为糁及少生姜，以油碗覆之，不得触，触则生油气，至熟不除。其上置甑，炊饭如常法，既不可遽覆，须生菜气出尽乃覆之。羹每沸涌。遇油辄下，又为碗所压，故终不得上。不尔，羹上薄饭，则气不得达而饭不熟矣。饭熟羹亦烂可食。若无菜，用瓜、茄，皆切破，不揉洗，入罨，熟赤豆与粳米半为糁。余如煮菜法。应纯道人将适庐山，求其法以遗山中好事者。以颂问之：

甘苦尝从极处回，咸酸未必是盐梅。问师此个天真味，根上来么尘上来？

【译文】东坡羹，乃是东坡居士所煮的菜羹。它不用鱼、肉和五味调料，有自然的甘美。它的制作方法是：用大白菜，或蔓菁，或萝卜、或荠菜，揉搓清洗几遍，把它们的辛辣苦涩去掉。先用凉油少许把锅擦抹一遍，抹一瓷碗那么高，把菜下到煮沸的汤里。把生米磨成糁放入锅中并加上少许生姜，用油碗覆盖住，油碗和锅不得接触，接触了就会有生油的气味，直到煮熟这生油味也去不掉。碗上边放一个瓦盆，像平常煮饭一样煮。碗不可覆盖太早，须等到生菜的气味消失后才能覆盖。每当菜羹沸涌时。碰到碗里的油就流下去，又被碗压住，所以始终都沸不上来。不然，羹上的米饭，就得不到蒸汽，饭也就煮不熟了。饭煮熟后菜羹也稀烂可以吃了。如果没有上述各菜，用瓜、茄子，都切碎，不用揉洗，放入瓦器，用煮熟的红豆与粳米各半磨成糁。其余都和煮菜法相同。应纯道人准备去庐山，向我求取此法给山里那些想尝试新鲜的人。我用颂词问他说：

甘苦是从它的极限走向相反，咸味和酸味未必来自盐和梅子。请问大师这个纯美清香的天然滋味，是从根上来的呢，还是从尘土上来的呢？

油水颂 并侯溥跋

熙宁元年七月二十八日，元叔设食嘉祐院，见召，谒长老，观佛牙。赵郡苏轼为之颂曰：

水在油中，见火则起。油水相搏，水去油住。湛然光明，不知有火。在火能定，由水净故。若不经火，油水同定。非真定故，见火复起。

仆尝与子瞻学士会食于嘉祐长老之丈室。子瞻识其行于壁，又书水去真定之喻十二言于其所谓禅版者。纪曰："壁有时以圮，版有时以蠹，不幸而及于此，则吾之所宝去矣。我将宝其真笔而摹其字于石，垂之绵绵，使观者知大贤之所存。"

熙宁四年八月九日，河南侯溥元叔题。

【译文】熙宁元年七月二十八日，侯溥元叔在嘉祐禅院设宴，我被请去赴宴，拜见了院中长老，观看了佛牙。赵郡人苏轼为此而写颂诗说：

水落在油锅中，火烧热后水就迸起。油和水互相搏击，水干了油就平息了。清亮光明，不知下面还有火在烧。油在火烧时仍能平定，是由于水被烧干了的缘故。如果不经火烧，油和水就都是平静的。但那不是真的平静，一经火烧，油和水的博斗就又会兴起。

我曾与苏子瞻学士在嘉祐禅院长老的方丈中一同就餐。子瞻把自己的行迹写在影壁上，又在所谓的禅版上写了水干油才真正平静的比喻十二句。附记说："影壁总有坍塌的时候，禅版也会有朽蠹的一天，如果不幸降临于此，那么我所珍爱的东西就不存在了。我要好好珍爱他的真迹，把这些字摹刻在石上，让它们永远留传，使看到此碑的人都知道是大手笔所留存的墨迹。”

熙宁四年八月九日，河南人侯溥元叔题。

猪肉颂

净洗锅，少著水，柴头罨烟焰不起。待他自熟莫催他，火候足时他自美。黄州好猪肉，价贱如泥土。贵者不肯吃，贫人不解煮。早晨起来打两碗，饱得自家君莫管。

【译文】把锅刷洗干净，少添些水，让木柴头冒起烟但却不要着起火焰。等它自己煨熟不要着急，火候到了味道自然佳美。黄州上好的猪肉，价格便宜得就像买泥土。贵人们不愿吃，穷人们又不会煮。早晨起来吃上两碗，我自己吃得饱饱别人管不着。

东交门箴

汉武帝为窦太主置酒宣室，使谒者引纳董偃。东方朔以谓有斩罪三，安得入宣室？上为更置酒北宫而引偃，从东司马门而前，更无讥焉。作《东交门箴》：

上所好恶，民实趋之。风俗厚薄，君实驱之。待之以正，民俗罔中。唱之以淫，实烦有从。帝于馆陶，在齐文姜。矧董外人，干国乱常。既不能戮，反以为好。予饮予燕，宣室是傲。伟彼臣朔，辟戟趋陛。鬻拳是效，刚而有礼。改馆彻馔，北宫东门。虽曰从谏，东交实存。维藩维戚，礼法遂恣。延及齐民，惟上所使。昔在季孙，赏盗以邑。鲁遂多盗，而罔敢诘。矧兹王宫，奸人是纳。昭示来世，有惭斯阖。蒉也扬觯，杜举得名。殿槛勿辑，直臣是旌。人孰无过？过而勿贰。宣室东交，实同名异。

【译文】汉武帝为窦太后在未央宫安排酒宴，命谒者宦官去叫董偃。东方朔认为董偃犯有应判死刑的大罪有三件，怎么能进入未央宫呢？于是皇帝便改在北宫设宴再传唤董偃，董偃从东司马门进入，东方朔便不再议论此事。我为此作《东交门箴》：

天子的喜好和厌恶，万民往往趋而仿效。民风的淳厚和浅薄，天子起着决定的作用。以中正淳和来对待他们，民俗尚且不能全归中正。若是倡导轻薄，那么趋从的人会更多。汉武帝对待姑母馆陶大长公主窦太主，不应该以鲁国的齐姜在齐国出卖丈夫为戒吗？从外面引进董偃，肆意祸乱国家纲常。不但不把他处死，反而待他为上宾。为他摆设酒宴，使他得到荣宠而蔑视满朝文武。臣子东方朔何其壮伟，丢开执戟直言相谏。效法楚大夫鬻拳强谏文王，言词诤诤而不失臣礼。迫使天子撤消了已经备好的宴席而改变处所，改到北宫的东司马门。武帝的做法虽然也能叫做听从劝谏，但东司马门的宴饮毕竟成为事实。从此以后，朝廷近臣侍卫，便无视礼法，恣意妄为。以至波及到天下生民，这实在是天子所驱使的。早年鲁国的季孙氏，把城邑赏给了盗贼。此后鲁国充满盗贼，没有人敢于过问。更何况在天子的宫廷，竟然召纳奸佞之人。这些事情传到后世，一定会被认为是朝廷的羞耻。宰辅杜蒉使晋平公罢谏改过，举杯相誓，杜蒉因此而流传了美名。内侍内官不能过于宠信，敢于直谏的臣子应该受到褒奖。人谁能没有过错？知过改正不应再犯同样的错误。宣室和东司马门，同样是为了接引董偃，只不过是地点不同罢了。

养老篇

软蒸饭，烂煮肉。温美汤，厚毡褥。少饮酒，惺惺宿。缓缓行，双拳曲。虚其心，实其腹。丧其耳，亡其目。久久行，金丹熟。

【译文】软软地蒸饭，烂烂地煮肉。炖好鲜美的汤水，垫起厚厚的茵褥。饮酒要少，睡觉要轻。行路要慢，双手握拳。内心要开阔，脏腹要充实。不要乱听杂声，不要贪恋美妙之色。这样天长日久，内丹自然炼成。

与明上人二颂

其一

字字觅奇险，节节累枝叶。咬嚼三十年，转更无交涉。

【译文】字字都力求神奇险怪，节节都要如枝繁叶茂。坚持练上三十年，就会圆熟不再生涩。

其二

冲口出常言，法度法前轨。人言非妙处，妙处在于是。

【译文】让寻常语言脱口而出，验遵守古人诗文的法度。人们若说这里不好。这恰恰是你的神妙之处。

送僧应纯偈

苏寿明、巢谷、僧应纯与东坡居士，皆眉人也。会于黄冈。纯将之庐山，作偈送之：

一般口眼，两般肚肠。认取乡人，闻早归去。

【译文】苏寿明、巢谷、僧应纯和东坡居士，都是眉州人。得以聚会在黄州。应纯禅师打算到庐山去，我作一偈为他送行：

一样的嘴巴眼睛，却有两样的心思。记得我们还是同乡，可他们早已归天而去。

灵感观音偈 并引

或问居士："佛无不在，云何僧荣，所常供养，观世音像，独称灵感？"居士答言："譬如静夜，天清无云，我目无病，未有举头，而不见月。今此画像，方其画时，工适清净。又此僧荣，方供养时，秉心端严，不入诸相，无有我人，众生寿者，则观世音，廓然自现。"尔时居士，作此言已，心开形解。随其所得，而说偈言：

夫物芸芸，各升其英。为天苍苍，为日月星。无在不在，容光则明。矧我大士，渊兮净神。妙湛生光，即光为形。亭亭空中，靡所倚凭。眷此幻身，如鬼如氓。生则囿物，轩昂权衡。地所不载，而能空行。灭则荡空，附离四生。不可控抟，矧此亭亭。涕泪请救，搏颊顿缨。如月下照，著心寒清。不因修为，得法眼净。碎身微尘，莫报圣灵。

【译文】有人间东坡居士："佛无处不在，为什么众僧所供养的观世音像最能显灵？”东坡居士回答说：“这就好比在静静的夜中，天空清朗万里无云，我的眼睛没有翳病，只是没有把头抬起，就看不见天上的明月。如今这尊画像，当它在绘制的时候，正好赶上画工心中清虚宁净。众僧在供养他的时候，也是诚心诚意，顶礼膜拜，不把众生相掺入其中，没有人我和一切众生，那么观世音就会随处显灵。”当时东坡居士刚刚回答完毕，心中豁然开朗似乎忘记了自己的肉身。根据心中所悟，而写下几句偈语：

万物纷繁，各自表现自己的精萃之处。比如苍茫的天空，点缀着日月星辰。万物没有永在也没有不在，能容纳光芒它就明亮。何况我佛大士，渊默清净而上述神明。美妙的姿容自能发光，由光芒聚合而成形。它亭亭地升起在空中，不须任何依凭。他眷恋着幻化的众身，像那些精鬼和愚民。他在世时能容纳万物，气概宏伟而用心公平。大地上无法盛载，于是他飞上天空。他肉身灭度后便飘荡在空中，成为胎、卵、湿、化所有众生的救星。他的行为不受束缚，何况那四射的光芒呢？众生哭泣着向他求救，都是些饱受煎熬垂死的人。佛就像月亮照向尘世，把诚挚清净的心示现给众生。不须勤苦地修行，便会得到正法眼的拯救。就是碎身碎骨，也无法回报圣灵的菩萨之恩。

无名和尚颂观音偈 徐因饶州人

我观诸佛及菩萨，皆以六尘作佛事。虽有妙智如观音，根性亦自闻思复。佛子流荡无始劫，未空言语文字性。譬如多财石季伦，知财为害不早散。手挥金宝弃沟壑，不如施与贫病者。累累三百五十珠，持与观音作缨络。

【译文】我看各位佛和众菩萨，都为消除色、声、味、香等六尘而行佛事。虽然有美妙智慧的如观世音菩萨，本性也还有恋恋人世的不净之处。佛徒无家也没有经历劫火，却并没有扫尽讲论、写作的习性。好比多财富有的石崇，明知财多会召来祸害却不能早早散去财物。他挥金如土乃至把珍宝丢进沟壑，倒不如施舍给贫穷疾病的人。灿然美丽的三百五十颗珍珠，拿来给观音菩萨做为念珠岂不更美。

送寿圣聪长老偈 并叙

佛说作、止、任、灭，是谓四病。如我所说，亦是诸佛四妙法门。我今亦作、亦止，亦任、亦灭。灭则无作，作则无止，止则无任，任则无灭。是四法门，更相扫除，火出木尽，灰飞烟灭。如佛所说，不作不止，不任不灭。是则灭病，否即任病。如我所说，亦作亦止，亦任亦灭。是则作病，否即止病。我与佛说，既同是法，亦同是病。昔维摩诘，默然无语，以对文殊。而舍利弗，亦复默然，以对天女。此二人者，何有差别？我以是知，苟非其人，道不虚行。时长老聪师，自筠来黄，复归于筠。东坡居士为说偈言：

珍重圣寿师，听我送行偈。愿闵诸有情，不断一切法。人言眼睛上，一物不可住。我谓如虚空，何物住不得？我亦非然我，而不然彼义。然则两皆然，否则无然者。

【译文】佛法中说作、止、任、灭为四病。如果要我来说，这四病也可以说是佛家的四大修行入道之门。如今我又作、又止，又任、又灭。灭也就没有作，作就没有止，止了就没法任，放任也就没有灭。这四大法门，互相制约扫除，就如同火着起来木就烧尽，木绕成灰飞开去，烟也就灭除。像佛所说的，不作就没有止，不任就没有灭。那么不是消除疾病，就是放任疾病。而要我来说，既作又止，既任又灭。那么不是生病，就是把病治好。我和佛的说法则相同，也就等于认可作、止、任、灭既是四法，也是四病。当年维摩诘用默默无语来面对文殊菩萨。而佛祖的大弟子舍利弗也同样以默不作声来面对天女。

这两个人有什么差别呢？我因此而知道：如果没有这样的真佛，怎么能推行广大佛法。当时长老聪禅师从筠州来到黄州，又要返回筠州。东坡居士为他说了几句偈语：

圣寿禅师多多珍重，听我为您作偈送行。愿师怜爱苦难的众生，不要断绝普渡法门。人人都说眼睛里面，一点尘埃也不能存留。我说如果万事俱空，又有何物不能留住？我也并非一个真我，也就不把这层深义领悟。如果是对两者都对，如果不对也就没有对的了。

朱寿昌梁武忏赞偈 并叙

我观世间，诸得道者，多因苦恼。苦恼之极，无所告诉，则呼父母。父母不闻，仰而呼天。天不能救，则当归命，于佛世尊。佛以大悲，方便开示。令知诸苦，以爱为本。得爱则喜，犯爱则怒，失爱则悲，伤爱则惧。而此爱根，何所从生？展转观察，爱尽苦灭，安得乐处？诸佛亦言，爱别离苦。父母离别，其苦无量。于离别中，生离最苦。有大长者，曰朱寿昌。生及七岁，而母舍去。长大怀思，涕泣追求。刺血写经，礼佛忏悔。四十余年，乃见其母。念报佛恩，欲度众苦。观诸教门，切近周至。莫如梁武，所说忏悔。文既繁重，旨亦渊秘。一切众生，有不能了。乃以韵语，谐诸音律。使一切人，歌咏赞叹，获福无量。时有居士，蜀人苏轼。见闻随喜，而说偈曰：

长者失母，常自念言：母本生我，我生母去。有我无母，不如无我。誓以此身，出生入死。母若不见，我亦随尽。在众人中，犹如狂人。终日皇皇，四十余年，乃见其母。我初不记，母之长短，大小肥瘠。云何一见，便知是母？母子天性，自然冥契。如磁石针，不谋而合。我未见母，不求何获？既见母已，即无所求。诸佛子等，歌咏忏文。既忏罪已，当求佛道。如我所说，作求母观。

【译文】我看世间那些通晓佛理的人，大多是因为自身有痛苦烦恼。苦恼到了极点，又没有可以渲泄的人，便会呼唤他的父母。父母听不到，便仰起脸高呼上天。上天不能为他解除苦恼，就把性命归依于佛祖。佛会用他那大慈大悲之怀，为人开启方便之门。让他深深了解人间有诸般苦难，所以处事应该以爱为根本。得到爱心就高兴，违犯爱心就愤怒，失去爱心就悲伤，伤害爱心就恐惧。而这个爱的根基，又是从哪里生出来的呢？反反复复地观察人世，爱心用尽苦难消亡，哪里有欢乐的地方呢？诸佛又说，要怜爱那些遭受别离之苦的人。父母离开了他们，他们的创苦太深重。而在各种别离之中，生人别离最为痛苦。有位长者，名叫朱寿昌。刚刚七岁，母亲便离他而去。长大成人后，他时时思念生身之母，含着泪水苦苦寻求。他刺破肌肤用鲜血写经，礼拜佛祖深深忏悔。四十多年倏忽过去，终于见到他的母亲。他一心想报答佛祖的大恩，立誓要度脱众人的悲苦。察看佛教的各个法门，研究哪个法门更便捷周到。说来要算梁武帝所用的忏悔之法。但是梁武帝的忏文字句繁多，意旨也过于渊深奥秘。对于世上的众生，多有不能了悟之处。于是他把忏文改成韵文，使它合于声律。让万民众生歌咏赞叹，便可以得到无尽的福份。当时有个居士，就是蜀人苏轼。见此韵文也愿附上自己对佛的礼敬，于是写作偈语说：

长者朱寿昌失去母亲，经常自言：母亲是生育我的人，我出生而母亲离去。有我而没有母亲，还不如没有我。发誓要舍身忘死，不畏千难万险去寻找母亲。如果寻找不到母亲，我宁愿随着母亲而去。他不断地在人群中到处寻觅，就像一个发了狂的人，惶惶不可终日。就这样过了四十多年。终于见到了亲生的母亲。我已经不记得母亲的高矮胖瘦。为什么刚一见面，便认准她就是自己的母亲？这是以因为母子之间自有天然本性，冥冥之中自能合契。就像磁石和铁针，不用互相寻找就能合到一处。我还没见到母亲时，不扩求怎能有所收获？如今既已见到母亲，也就再无所求。各位佛徒，一齐来唱这篇忏诗。忏悔了自己的罪业之后，应当进而深悟佛道。就像我上面所说，把求佛当做寻母一样虔诚。

玉石偈

嘻嘻呀呀三伏中，草木生烟地生火。遗君玉石百有八，愿君置之白石盆。注以碧芦井中泉，遗君肝肺凉如水。热恼既除心自定，当观热相无去来。寒至折胶热流金，是我法身二呼吸。寒人者冰热者火，冰火初不自寒热。一切世间我四大，毕竟谁受寒暑者？愿以法水浸摩尼，当观此石如瓦砾。

【译文】吱吱呀呀的三伏天中，草木像冒起烟大地像着了火。送给您一百零八块玉石，希望您把它们放在白色的石盆中。把碧芦井中的清泉浇在这美玉上，它会使你的腑脏也清凉如水。炎热的烦恼消除后心绪自然宁静了，再看那炎热之相就不知从何而来从何而去。天气寒冷时可以冷到使柔软的胶皮折断，炎热时又可热得溶化金属，这不过是我佛法界之身的呼气和吸气。使人感到寒冷的是冰，使人感到炎热的是火，冰和火自身并没有什么冷和热。一切有情世间都是由地、水、火、风四大而组成的，究竟谁能感受寒冷和炎热呢？希望用法界的清水浸泡释迦摩尼，再看这玉石也就如同瓦砾。

地狱变相偈

我闻吴道子，初作酆都变。都人惧罪业，两月罢屠宰。此画无实相，笔墨假合成。譬如说食饱，何从生怖汗？乃知法界性，一切惟心造。若人了此言，地狱自破碎。

【译文】我听说吴道子早年画过酆都地狱变相图。于是京城中的人都惧怕罪恶和业，竟然两个月不敢宰杀。这幅画本来没有法相，无非是挥笔点墨临时合和而成。比如说有的人吃饱喝足，但他们为什么还会冒出恐怖的虚汗？于是知道法界的性，一切都是心中产生的。假如人们能悟出此话的真正含义，地狱不击也就自然破碎。

十二时中偈

十二时中，尝切觉察，“遮个”是什么。十二月二十日，自泗守席上回，忽然梦得个消息。乃作偈曰：

百滚油铛里，恣把心肝炸。遮个在其中，不寒亦不热。似则是似，是则未是。不唯遮个不寒热，那个也不寒热，咄！甚叫做遮个那个。

【译文】在每天的十二个时辰中，都在仔细地琢磨，“这个”是什么。十二月二十日，赴罢泗州知州的宴会返回，忽然作了个解释枢机的梦。于是写了几句偈语说曰：

滚沸的油锅里，随意把心肝煎炸。“这个”就在油锅里，它不觉得冷也不觉得热。说像这个就像这个，说是这个却不是这个。不仅是“这个”不知冷热，那个也不知冷热，去！什么叫做“这个”“那个”。

无相庵偈

出庵见庵，入庵见圆。问此圆相，何所因起。非土非木，亦非虚空。求此圆相，了不可得。乃至无有，无有亦无。是中有相，名大圆觉。是佛心地，是诸魔种。

【译文】走出佛庵又见佛庵，走进佛庵就见融圆。试问这个融圆法相，是从何生成缘起。不生于土不生于木，也不是虚空无物。推求这个融圆法相，心中茫然一无所获。直到寻求到万物皆无，没有也就一切皆空。这虚空之中有此法相，这就叫做大圆大觉。这是佛的心田，同时也是魔鬼的种子。

送海印禅师偈 并引

海印禅师纪公将赴峨眉，往别大子少保赵公于三衢。公以三诗赠行，而禅师复枉道过轼于齐安，亦求一偈。公以元臣大老功成而归，某以非才窃禄得罪而去。禅师道眼，了无分别。乃知法界海惠，照了万殊，大小从横，不相留碍。

直从巴峡逢僧宴，道到东坡别纪公。当时半破峨眉月，还在平羌江水中。

请以此偈附于三诗之末。元丰元年九月十五日。

【译文】海印禅师纪公将要到峨眉山去，前往衢州和太子少保赵公告别。赵公写了三首诗为他送行，而海印禅师又绕路到筠州来看望我，并让我也为他作一偈。赵公是以宰相阁老的身份功成身退，而我却是因为没有治国的才干而空受俸禄遭贬而离开朝廷的。海印禅师以佛眼看待，二者之间毫无分别。由此可知佛法无边，施惠万民，无论何等众生，都一视同仁。

只想到巴峡去赴禅师之宴，却只能在黄州东坡告别纪公。当时那半明半暗的峨眉月，还留在青神的青衣江水中。

东坡请海印禅师把此偈附赵公的三首诗之后。元丰元年九月十五日。

南屏激水偈

水激之高，如所从来。屈伸相报，报尽而止。止不失平，于以观法。

【译文】水柱冲激如此之高，就像是从空中落下。水流弯折回到原处，水流全部回到原处才会停止。水流停止就平静了下来，我就是从这里领悟佛法。

观藏真画布袋和尚偈

柱杖指天，布袋着地。掉却数珠，好一觉睡。

【译文】柱杖直指苍天，布袋垂落着地。丢掉了数粒佛珠，这一觉真个好睡。

木峰偈

元丰七年腊月朔日，东坡居士过临淮，谒普照王塔，过襄师房，观所藏佛骨舍利，舍山木一峰供养。乃说偈言：

枵然无根，生意永断。劫火洞然，为君作炭。

【译文】元丰七年十二月初一，东坡居士路过临淮郡，拜访普照王塔，过访襄禅师的僧房，观看了他所珍藏的佛骨舍利子，施舍了一段山木供养。于是作偈说：

孤独而在，没有根基，生存之意，永远断绝。世上劫火使它形如空洞，取它前来，作为木炭。

寒热偈

今岁大热，八十余日，物我同病，是热非虚。方其热时，谓不复凉。及其既凉，热复安在？凡世寒热，更相显见。热既无有，凉从何立？令我又复，认此为凉，后日更凉，此还是热。毕竟寒热，为无为有。如此分别，皆是众生。客尘浮想，以此为达。无有是处，使谓为迷。则又不可，如火烧木。从木成炭，从炭成灰。为灰不已，了无一物。当以此偈，更问子由。

仆在黄州戏书，为江夏李乐道持去。后七年，复相见京师，出此书，茫然如梦中语也。

元祐戊辰六年三月三日。

【译文】今年夏季十分炎热，一连持续了八十多天，万物和我同遭此荼毒，这个热可不是虚无的。当天气酷热时，以为再也凉快不了了。等到天气转凉，炎热又到哪里去了呢？世间的寒冷和炎热，轮流出现。如果没有热，从哪里来的凉？这让我又认为热也还是凉，以后的日子更凉，那么原来的凉不也就还是热吗。所以所谓的寒冷炎热，说无就无，说有就有。把冷和热分开来看的，都是天下众生。客居他乡想到冷热，自以为这想法十分高妙；如果冷热真的无法分开，这就会使人感觉迷惑不解。又觉得自己的想法没有道理，就像是大火烧着了树木。树木变成了炭，炭又化成了灰。灰再继续地变化，最终什么也没有了。应当拿着这个偈，再去问问苏辙子由。

这是我在黄州时的游戏笔墨，被江夏人李乐道拿去。七年后，我和李乐道又在京城相遇，他拿出这篇文字，我感到茫茫然像是说了些梦话。

元祐戊辰六年三月三日。

佛心鉴偈

轼第三子过，蓄乌铜鉴。圜径数寸，光明洞澈。元丰八年十一月二日，游登州延洪禅院，院僧文泰方造释迦文像，乃舍为佛心鉴，且说偈云：

鉴中面像热时灾，无我无造无受者。心花发明照十方，还度如是常法众。

眉山苏轼，元祐元年三月一日立石。

【译文】苏轼的第三个儿子苏过，收藏了一面乌铜鉴。直径不过几寸，镜面十分明净。元丰八年十一月二日，他在游览登州延洪禅院时，寺院高僧文泰正在塑造释迦牟尼的彩像，于是把它施舍给寺院做为佛祖的护心镜，并作偈说：

镜中照出的我就像受到炎热般的枯干，可是如果没有我这样的人也就没有塑造者和听法者。心胸如花放出光明照耀四面十方，还要度脱像我这样的敬尊佛法的众生。

眉山人苏轼，元祐元年三月一日立此石。

戏答佛印偈

远公沽酒饮陶潜，佛印烧猪待子瞻。采得百花成蜜后，不知辛苦为谁甜？

【译文】惠远大师买酒请陶潜饮，佛印和尚烧熟猪肉款待子瞻。蜜蜂采得百花酿成蜜后，不知自己的辛苦给谁带来甘甜？

养生偈

闲邪存诚，炼气养精。一存一明，一炼一清。清明乃极，丹元乃生，坎离乃交，梨枣乃成。中夜危坐，服此四药，一药一至，到极则处，几费干息。闲之廓然，存之卓然，养之郁然，炼之赫然。守之以一，成之以久。功在一日，何迟之有？

《易》曰："闲邪存其诚。"详味此字，知邪中有诚，无非邪者，闲亦邪也。至于无所闲，乃见其诚者，幻灭灭故，何幻不灭？

【译文】防闲邪恶应当自存诚心，要磨炼真气蓄养精神。有一点精神就有一处光明，有一点磨炼就有一处清净。清静和光明达到极限，心神才真正发生，坎水离火才能真正交媾，交梨火枣才能真正生成。深夜之中正襟危坐，服食这四种仙药，一种药自有一种药的作用，到了身体内部就不再运行，这也要经历长久的时日。使它闲静，便会心胸开阔；使它留存，便会意志升腾；使它滋养，便会情思郁勃；让它磨炼，便会满心光明。心中始终保持真一之性，养成这真性却要十分长久。神功就在未来的一日，那还有什么迟与不迟？

《周易》中说："防闲邪恶应当存诚心。"详细地玩味这几个字的意思，知道邪恶中也有诚信，不仅仅邪恶是邪，闲也是邪。至于连闲都不用防的时候，就全都是诚信了。幻相总要破灭，什么幻相能永存不灭？

王晋卿前生图偈

王晋卿得破墨三昧，又尝闻祖师第一义，故画邢和璞、房次律前生图，以寄其高趣，东坡居士既作(破琴)诗以记异梦矣，复说偈云：

前梦后梦真是一，彼幻此幻非有二。正好长松水石间，更忆前生后生事。

【译文】王晋卿悟得破墨画法的真谛，又曾听闻祖师讲授第一义，所以画神仙邢和璞、房次律前生图，来寄托他超凡脱俗的尘外仙趣，东坡居士苏轼作了一首《破琴》诗来记录怪梦，又作偈说：

前头的梦和后头的梦一模一样，那个幻像和这个幻像也没有不同。正好在青松流水乱石间，忆想前生和来世的大事小事。

东坡居士过龙光，求大竹作肩舆，得两竿。时南华珪首座，方受请为此山长老，乃留一偈院中，须其至，授之，以为他时语录中第一问

砍得龙光竹两竿，持归岭北万人看。竹中一滴曹溪之水，涨起西江十八滩。

【译文】砍伐了两根龙光翠竹，带回南岭之北万人观看。竹节中有一滴曹溪水，能激起西江十八滩的波涛。

南华长老宠示四颂，事忙，只还一偈。姑以一偈答之

恶业相缠五十年，常行八棒十三禅。却著衲衣归玉局，自疑身是五通仙。

【译文】罪恶和业障缠绕了五十年，经常修行八棒十三之禅。却穿着佛徒百衲衣回到了玉局道观，怀疑自己原是五通之仙。

卷八十七 青词 朱表 疏文 斋文

集禧观开启祈雪道场青词（元祐元年二月六日）

伏以麦将覆块，雪未掩尘。嗣岁之忧，下民安诉。具严法会，祗款闷宫。仰冀同云，溥滋新腊。

【译文】如今麦苗将要死于土块覆盖之下，冬雪连尘土还没有掩盖。来年干旱的忧愁，百姓将向谁倾诉？现兴作法会，恭肃祷告了神词。盼望天上积起浓云，滋润这严冬腊月的大地。

景灵宫宣光殿奉安神宗皇帝御容日开启道场青词

（元祐二年三月十四日）

伏以天鉴不远，诚感则通。方宝构之肇新，宜神游之降格。具严法席，高咏灵篇。内安清净之居，外锡熏黎之福。

【译文】上天的照鉴并不高远，心诚就能有所感应。辉煌的宝殿刚刚建成，先皇的威灵可在此驻留。兴作庄严的法会，高唱娱神的诗篇。你可在这清净之地安居，赐福于海内万民。

集禧观开启祈雨道场青词（元祐二年三月二十五日）

洞渊龙王，水府圣众。饥馑之患，民流者期年；吁嗟之求，词穷于是日。乃眷阴灵之宅，实为云雨之司。涵濡之功，俄顷而办。罔吝天泽，以答民瞻。

【译文】深渊中的龙王，水府中的诸灵。由于饥荒的逼迫，百姓流离已经整整一年；虔诚的祈求，在今天已把词语诉尽。我知道阴灵所居之处，掌管着兴云作雨。滋润大地的功绩，片刻间就能办完。望各位神灵不要吝惜布施泽露，以答谢万民的期盼。

集禧观洪福殿等处罢散谢雨道场青词

德有愧于动天，敢辞屡请；道无私而应物，岂间微诚。霈一雨以咸周，起三农于既病。仰承灵贶，莫报深仁。

【译文】我的仁德愧不能感动上天，岂敢不屡屡告请；神道无私顺应世间万物之情，岂能不收取我的诚意？能普降一场雨滋润大地，农夫们就可以转忧为喜。恭敬地接受神灵的赐予，你深厚的仁爱我无以报答。

太皇太后皇太后皇太妃受册奏告景灵宫等处青词

（元祐二年七月十九日）

伏以祇是亲闱，庶几孝治。配德祖考，既务极于推崇；笃生眇冲，亦敢忘于褒显。将奉宝册，率循旧章。徼福于神，先期以告。

【译文】这些是朕的亲人，她们使朕以孝治国。她们的美德配得上祖父和父皇，所以要及时地使她们得到尊崇；她们养育教导了朕，朕怎敢忘记对她们的显扬。如今要手捧荣宠的册命，一切依照朝廷的典章。向神灵求取福佑，故尔先来奏告。神宗皇帝御容进发前一日

奏告诸宫观等处青词（元祐二年九月二十五日）

嵩洛之间，山陵所在。严道释之净宇，奉衣冠之别祠。恭择良辰，启行仙驭。敢徼福于群圣，庶流祉于含生。仰叩真灵，冀垂昭鉴。

【译文】嵩山洛水一带，是祖宗陵墓的所在。佛道宫观寺庙一律清扫干净，将要奉安神宗皇帝遗像于洛阳的别庙。恭谨地选择吉日良辰，运送神灵启程上路。朕向佛道诸神祈求福佑，希望先皇帝的福泽能继续滋润万民苍生。朕向诸神灵真心叩求，希望能对我有所垂示。

隆祐宫设庆宫醮青词（元祐二年）

伏以长乐告成，光动紫宫之像；清都下照，诚通绛阙之仙。祗率多仪，肃陈菲荐。永惟慈孝之本，克享天人之心。介万寿之无疆，锡五福之纯备。无任恳祷之至。

【译文】长乐之宫已经告成，神光照耀着紫宫的神像；天帝的清晖下照人间，是朕的真诚感动了上界神仙。我依照所有的礼仪，恭列着芳菲的供品。朕永远把慈孝做为根本，才能深得普天下民的爱戴。谨祝大后万寿无疆，福贵永远。我不胜恳切祈祷之至。

西岳庙开启祈雨道场青词（元祐三年七月十三日）

伏以二华之尊，作镇于西极；兆人所急，望岁于秋成。谷既日滋，雨不时霈。敢以病告，于我有神。闵兹将槁之苗，赐以崇朝之泽。惟神之德，非我敢忘。

【译文】以华山的尊显，威镇于天之西方；万民急切盼望的，是今年的秋天得到收成。禾苗天天在生长，而雨水不能顺应其时。我斗胆把苍生的忧患敬告山神。望神灵怜悯这快要枯死的禾苗，赐以一场大雨。对于山神的德泽，我永远不敢忘怀。

中太一宫真室殿开启天皇九曜消灾集福道场青词

臣以冲眇，嗣承列圣之休；济于艰难，实赖文母之德。临莅四载，勤劳百为。畏天之威，未尝终日而豫怠；视民如子，惟恐一夫之困穷。伏愿上帝降祥，众真垂祐。消禳灾诊，永底寿康。恭陈宝篆之科，仰扣神游之馆。敢祈昭鉴，下察孝心。

【译文】我以年幼之身，继承列祖开创的伟业；度过艰难的时日，全仰赖母后的慈训。她替我主持四年国政，万般劳苦。她敬畏上天的威严，没有一天懈怠；她把万民当做子女，生怕有一人困顿贫苦。我真心地希望上帝为她降下祥瑞，愿各位真仙予以保佑。消除她的疾病，让她永远健康。现恭敬地放上求神的秘文，到这神仙馆中叩问神灵。我祈求天神怜悯，明察我的仁孝之心。

皇太妃宫阁庆落成开启道场青词

伏以良辰袭吉，华构一新。仰荷褒崇之私，得伸鞠育之报。落成告备，法会有严。请命上穹，驰神真圣。庶精诚之必达，锡寿祉于无穷。无任恳祷之至。

【译文】在这良辰吉日中，华美的楼阁正好建成。我上承褒扬光宗之心，得以回报太妃的养育之德。楼阁落成，兴作庄严的法会。我向上天请命，向各位真仙虔诚地祈求。精诚想已上达于神灵，愿神灵赐予她无疆的高寿。我不胜恳切祈祷之至。

醮上帝青词三首

臣闻报应如响，天无妄降之灾；恐惧自修，人有可延之寿。敢倾微悃，仰渎大钧。臣两遇祸灾，皆由满溢。早窃人间之美仕，多收天下之虚名。溢取三科，叨临八郡。少年多欲，沉缅以自残；褊性不容，刚愎而好胜。积为咎厉，遘此艰屯。臣今稽首投诚，洗心归命。誓除骄慢，永断贪嗔。幸不死于岭南，得退归于林下。少驻桑榆之暮景，庶几松柏之后凋。

【译文】臣听说天人之间的报应像回声一样灵验，上天不可能无缘无故地降下灾祸，如果能敬畏天神，修养自我，人人都会延年益寿。今尽倾虔诚，敬奉苍天。臣两次遭遇灾祸，都是由于过满而溢。臣很早就在朝中担任要职，虚名也传得过远。三次科考一帆风顺，担任过八个州郡之职。少年气盛，汲汲仕进，陷入了官场而自取其祸；生性率直，不平则鸣，刚愎自用又争强好胜。时间既久，积怨渐多，故而遭到别人的暗算。臣如今向上帝叩首，献上洗心革面的一片诚心，一切遵从天命。立誓改掉骄傲任性，永远断绝求进之心和喜怒之色。有幸没有死在海南，得以退归于林间泉下。愿晚年时光稍微停留，或许还可以像松柏那样长久不凋。

又（代鲜于子骏）

切以洪覆至神，固不期于报谢；群生多故，实有赖于祈禳。切输悃愊之私，仰渎高明之德。伏念某遭逢盛际，蒙被余恩。赋形宇宙之中，殆将四纪；窃禄江淮之上，几及二年。身虽曲尽于勤劳，事岂举无于过误？虑愆尤之浸广，恐谴责之阴加。粤自先朝，当聿修于醮事；及兹岁暮，辄谨按于科文。祗建坛场，肃陈香火。伏愿上真保佑，列圣扶持。宦路亨通，无谤伤之横至；私门安燕，绝灾衅之潜生。福逮亲闱，庆延子舍。

【译文】臣深知上帝有无限神明，原本不希图世人的回报；而苍生步履艰难，只有依靠向神明祈祷才能免除灾祸。今由衷地献上一片诚心，敬奉仁德无比的苍天。我自认为生逢大平盛世，得到了天子的恩赏。此身降临于宇宙之中，已经将近四十年；任职于于江淮一带以获得皇家的俸禄，也以将近二年。虽然已经尽心尽力，又怎能做到没有一点过错？我担心自己的过失渐渐增多，会遭受他人的暗算。前朝之时，人们就看重敬神之事。现在又面临一年将终，我恭谨地依照旧礼，布置礼神的坛场，诚心地点燃香火。愿上帝保佑，列皇降福。使我仕途顺畅，不要遭受飞来的诽谤中伤；全家平安无事，没病没灾。把祥福带给双亲，吉庆留给后代。

又（代陆和叔）

伏闻妙道渊微，非尘凡之可测；圆穹杳邈，有诚信之能通。辄伸悃愊之私，上渎高明之德。切念臣叨司三局，从事六官。勤劳更历于岁终，修省每恭于夙夜。昨于正旦，尝启愿心。许大醮之祈禳，乞灵庇之保护。今逢诞日，恭按科文。集道侣于坛场，顶醉容于香火。仰回圣驭，曲享清羞。伏望上帝垂慈，列圣降佑。延偏亲之寿考，茂合族之禧祥。三考书成，祈有更代之庆；百神来相，俾无灾滞之虞。

【译文】我听说神道渊深微妙，不是凡俗之辈可得而知的；上天高邈无极，只有至诚之心才能通达。我这里献上一片虔诚。祈求于上天之灵。我自思曾经任事于三局，前后更换过六任属官，自始至终勤勤恳恳，清晨夜晚多有反省。前日元旦之时，我曾经发下誓愿，要设立法会来祈求免灾，希望能得到神灵的保佑。如今正逢诞辰之日，恭谨地依照礼仪规定。将道徒集结于神坛之下，在香火之前顶礼膜拜。愿天神上帝享用这纯美的祭品。盼望着上帝大发慈爱之心，列位圣神降下福佑。使我一门亲戚得以长寿，陆氏全族欢喜吉祥。如今我考绩已为优等，祈求有改官之庆。望众神前来助我，使我无灾无难。

醮北岳青词

少年出仕，本有志于救人；晚节倦游，了无心于交物。蠢冥多罪，忧患再罹；飘然流行，靡所归宿。仰止高真之驭，降于乔岳之阳。稽首投诚，齐心悔过。庶一念之清净，洗千劫之尘劳。妙用无方，先解缠身之网；灵光所烛，幸逢出世之师。誓此余生，永依至道。

【译文】年轻时出外为官，原本有志于拯救万民；老年后倦于宦游，失去了与人交往的兴趣。我愚蠢顽冥多有罪过，如今再次陷入忧患之中。飘然一身流落天涯，不知何处是我的归宿。仰望着高大的山神，降临于北岳之南。我向你叩头献上诚意，由衷地忏悔自身的过错。希望得到一颗清静之心，洗刷劫难的辛劳。神灵的威力无与伦比，能否先解除缠绕我的罗网；神灵的光芒无所不照，我愿与引我脱离尘俗的导师相逢。我发誓我今后的残生，永远皈依事神之道。

凤翔醮土火星青词

呜呼！天之保佑下民罔不至，所资以生罔不蕃。育民既不知德，天亦维不勃。乃朝夕戕取，以厚厥躬。天既不我咎，乃不恭畏于神祇，不修敕厥心，骄淫矜夸，以干上帝威命。帝用不赦，丕降罪疾于下，则惟雨旸，常以讫我黍、稷、禾、菽、麻、麦，我民用荡析陨越。天亦终哀矜，其忍翦弃其命罔孑遗。今秦民既不获于秋，乃十旬弗雨，曰：“其尚克有夏。”走于山川鬼神，亦罔不至。既不获，乃曰：“维荧惑镇星次于井，秦民其亦应受多罪。”兹用即于斋宫为坛位，以与百姓请命。呜呼！其庶几哀之。俾克有夏，亦克艺厥秋。民今其栗栗，朝不谋夕。

【译文】上天保佑黎民无所不至，养育生民的物产无不繁茂。你爱养民众并没有希图回报，你周回运转不知疲倦。于是我时时取用于物，以保全我自身的生命。上天对我如此大度，我竟然没能敬畏神明，修养自身，而是率意骄狂矜傲，触犯了上帝的威严。上天降下了严厉的惩罚，使一方生民陷入灾难。不是雨涝就是干旱，使养育我生民的黍、稷、麻、麦不得收获，百姓失去了生存之本，家破人亡，流离失所。上天最终还要哀怜苍生，能忍心使无辜之民尽皆死亡吗？如今秦地之民秋粮已经失去，百天没落一滴雨水，人们说：“还能指望夏粮。”他们奔走求告于山川之神，仍旧没有见到阴雨。人们又说：“荧惑、镇星二神运行到了井宿，秦方生民必然要受到灾祸。”为此我在敬神的宫祠设下神坛，为我方百姓向二神请命。呜呼！希望两位天神哀悯我民。帮助他们收获夏粮，继而再获秋粮有成。我方之民终日里战竞恐惧，朝不虑夕。

徐州祈雨青词

河失故造遗患及于东方；徐居下流，受害甲于他郡。田庐飘荡，父子流离。饥寒顿仆于沟坑，盗贼充盈于犴狱。人穷计迫，理极词危。望二麦之一登，救饥民于垂死。而天未悔祸，岁仍大荒。水未落而旱已成，冬无雪而春不雨。烟尘蓬勃，草木焦枯。今者麦已过期，获不偿种。禾未入土，忧及明年。臣等恭循旧章，并走群望。意水旱之有数，非鬼神之得专。是用稽首告哀，吁天请命。若其赋政多辟，以谪见于阴阳；事神不恭，以获戾于上下。臣实有罪，罚其敢辞？小民无知，大命近止。愿下雷霆之诏，分敕山川之神。朝隮寸云，暮洽千里。使岁得中熟，则民犹小康。

【译文】黄河改变流向，遗害殃及故道之东。徐州位居黄河以东低洼之处，遭受的灾害胜过其他州郡。田地屋舍成了一片汪洋，父子相携流离失所。忍饥受寒接连死于沟壑，强盗贼寇已关满监狱。人们遭受威胁无计可施，情势危机，我的言词也顾不得许多。只盼望两季小麦能收获一季，以拯救濒临死亡的生民。上天并没有救灾之心，严重的灾荒并没有消除。大水还没有退尽旱情又来。一冬没有下雪入春也没有雨水。到处烟尘弥漫，草木已被晒枯。如今麦子已超过了受雨的期限，能收取的粮食还抵不上种子。秋禾无法播种，明年的收成又使人心忧。臣等恭谨地依照政令，向天神虔诚地求告。知道水旱灾情自有天定，并不是诸方鬼神得以专掌。故而向天神叩头告哀，大呼苍天为民请命。如果是我治理民政多有失当，因而用阴阳不调做为惩罚；或是我对神灵用心不诚，所以使一州上下遭受灾祸。只要我确实有罪过，怎敢不接受上天的惩罚？而民众并没有得罪上天，不要让他们无辜受害。愿上天以雷霆之怒，分别告敕山川之神。早晨聚合一寸之云，傍晚就能滋润千里土地。假如每年能有一个中等的收成，民众也就能过上安康的生活了。

诸宫观等处祈雨青词（元祐二年）

饥馑之患，民流者期年；吁嗟之求，词穷于是日。仰惟至道之助，推广上天之仁。召呼群龙，时赐霈泽。罔以不德，而废其言。

【译文】饥荒所带来的灾难，使百姓流离已经一年；虔诚无贰的祈求，到今天已经再想不出新词来。盼望能得到仙道的佑助，来推广上天的仁爱。召集呼唤行云的群龙，时时以雨露做为恩赐。不要因为我个人缺少美德，而不听我为大众所做的祈告。

景灵宫宣光殿奉安神宗皇帝御容罢散朱表

（元祐二年三月十四日）

伏以驭风云阙，既参日月之光；弭节琳宫，尚答臣民之望。爰开法会，庶款真庭。愿推往圣之心，永锡函生之福。

【译文】愿你的神灵乘风入云，融入日月的光辉。愿你安住在神仙的宫殿，以回答儿臣及万民的期望。现兴作法会，在真仙洞府中表白我们的诚心。愿你能以列圣之心，永远为苍生万民赐福。

集禧观洪福殿罢散谢雨道场朱表

伏以旱暵为灾，祷求屡渎。赖神之赐，霈泽以时。盖至道之无私，岂不德之能致？载陈谢恳，少答灵休。

【译文】当今干旱已成灾情，多次的祈祷都未得应验。仰赖神灵赐福，应时地降下了甘霖。这是圣道无私，难道是无德之君能做到的吗？我诚恳地陈上供物，来答谢神灵的赐福。

中太一宫真室殿为太皇太后消灾集福罢散天皇九曜道场朱表（元祐三年）

伏以仁者必寿，信惟天地之心；孝无不通，宜从臣子之欲。虔遵道范，仰叩真庭。庶同海宇之诚，上集慈闱之福。天威咫尺，求聪明于我民；圣寿万年，定子孙于下地。更推博施，普及函生。

【译文】仁爱的人一定长寿，我深信天地也是有心的；有了孝道就无处不通，神灵也可以顺应我的愿望。我虔诚地遵守着圣道礼仪，前来这真人所集的宫殿。愿四海万民都与我一样地诚恳，为我慈爱的太皇太后祈求福佑。天帝的威灵近在咫尺。以此心广泛地推恩，就可以使仁慈普惠众生。

景灵宫罢散奉安神宗皇帝御容道场功德疏文

（元祐二年四月七日）

伏以肇新宝构，祗奉醉容。修妙供于朱庭，结胜缘于净众。真游永奠，法会告成。普冀含生，悉崇余祉。谨疏。

【译文】华美雄壮的宫殿焕然一新，在这里敬奉先皇帝的真容。在这形庭中供上珍异的礼品，与洁净的真人共结胜缘。你的真容在此地驻留，永远受到祭奠，如今法会已经告成。愿普天之下苍生万民，都得到你的遗泽。儿臣谨上疏。

兴龙节功德疏五首

其一

右伏以上帝垂休，真人诞降。乾坤合契，永为庆喜之辰；草木何知，举有欣荣之意。矧惟遭遇，获侍清闲。不缘梵释之因，曷致涓尘之效。伏愿皇帝陛下，受天之禄，如川方增。奄有汉唐之封疆，倍万唐虞之寿考。永均介福，下及函生。

【译文】上天把美好降到人间，真人列仙也纷纷来临。乾坤冥合，这一天成为永久的节庆；草木有什么感情，看上去也都有欣喜之意。何况有慈母理政，皇帝得以清闲地侍奉她。如果不借佛祖的功德，哪能有一点点的治效。臣等祝愿皇帝陛下，享受上天的宠禄，像河流汇聚更加洪大。永保汉唐以来的国土封疆，比唐尧虞舜增万倍之寿。永远享有齐天的洪福，把仁爱普施给万民苍生。

其二

右伏以三王之乐，固常与天下同；四海之心，莫不欲吾君寿。以兹愿力，扣彼佛乘。仰惟无碍之慈，副我必从之欲。伏愿皇帝陛下，配天而治，如日之中。安乐延年，锡帝龄之无算；寅畏享福，过周历以常新。下及海隅，同跻寿域。

【译文】三代圣王的欢乐，原本与天下民相同；四海之内的苍生，没有一个不期望皇帝万寿无疆。用这样的誓愿，来向佛祖祈求。仰望你那无所阻遏的慈悲，定会符合我热切的期盼。我愿皇帝陛下，以齐天的圣道治理国家，就如同太阳悬于天空。平安快乐健康长寿，上天会赐予皇帝无尽的年寿。敬畏天命享受洪福，年复一年而国家常新。愿这洪福也遍及天涯海角，使天下苍生都能健康长寿。

其三

右伏以候嘉平之腊，协气充流；歌《长发》之祥，群心踊跃。华夷交庆，草木增荣。矧惟扈从之私，获在封疆之守。敢缘愿力，祗叩佛乘。仰惟无碍之慈，副我必从之欲。伏愿皇帝陛下，配天而治，如日之中。安乐延年，锡帝龄之无算；寅畏享福，过周历以常新。下及海隅，同跻寿域。

【译文】在一年将尽的腊月，和畅的生气已经充盈。歌咏《诗经·长发》的吉祥，群臣内心踊跃。华夏蛮夷齐来庆祝，花草树木也欣欣向荣。况且我以皇帝的侍从，得以守卫一方土地。斗胆要借佛祖的力量，恭敬地叩拜于佛门圣地。仰望你那无所阻遏的慈悲，必能符合我热切的期盼。我愿皇帝陛下，以齐天的圣道治理国家，就如同太阳悬于天空。平安快乐健康长寿，上天会赐予皇帝无尽的年寿。敬畏天命享受洪福，年复一年而国家常新。愿这洪福也遍及天涯海角，使天下苍生都能健康长寿。

其四

右伏以瑞乙来翔，共纪生商之兆；群龙下集，适同浴佛之辰。爰崇胜因，以荐多祉。伏愿皇帝陛下，立民之极，先天不违。福如南山之不骞，寿等西方之无量。集宁海宇，永庇神天。

【译文】祥瑞的玄鸟飞翔而来，人们记下了商祖契诞生的吉兆；群龙集于世间，这正是为佛沐浴的日子。我崇敬佛说的因缘，向你来祈求更多的赐福。愿我皇帝陛下身为万民之首，敬奉天道无所违拗。洪福如南山而没有缺损，长寿如西方的无量寿佛。安宁四海万民，永远得到天帝神明的保佑。

其五

右伏以上帝立子，将开太平之基；下民归仁，自享延鸿之寿。不假龙天之会，曷旌臣子之心？伏愿皇帝陛下，受禄无疆，如川方至。五兵不用，同万国之车书；多士克生，达四门之耳目。永均介福，普及函生。

【译文】天帝树立天子，是让他建立大平的基业；万民归向仁义，自可得到长久的寿命。如不借这龙天盛会，怎能表达臣子的心愿？愿我皇帝陛下，享受无边的福禄，如同流水之洪大。兵戈不用，使四方各国车同轨书同文；贤能的七子得以降生，天子的耳目遍布四门。愿我皇帝永享洪福。恩泽普施于万民苍生。

兴龙节功德疏文二首

伏以明星出而佛前降，黄河清而圣人生。仰企至仁，同符大觉；虔修法会，上祝鸿休。伏愿皇帝陛下，先天不违，顺帝之则。清台考象，候南极之老人；浩劫纪年，配西方之寿佛。更均余祉，普及函生。

【译文】启明星出而佛祖降世，黄河变清而圣人诞生。仰慕那仁爱的圣贤，也敬奉先帝的佛祖。虔诚地兴作法会，祝愿我天子洪福无疆。愿我皇帝陛下，顺从天意，遵奉先帝的准则。在灵台上观测天象，你就如南极寿星；按佛门的劫数纪年，你会像西方无量寿佛一样永生。愿你把这齐天的洪福均施下民，使他们也得到幸福。

其二

伏以长发其祥，已诞膺于眷生；至仁者寿，本无待于祷祈。爰假佛慈，以生民颂。伏愿皇帝陛下，上德不德，日新又新。《既醉》陈诗，具太平之五福；《无逸》作监，继迪哲于四人。普愿函生，咸均景福。

【译文】《诗经·长发》所歌咏的祥瑞，已经应在我爱民的君王；至仁至爱的人一定长寿，原本不需要祈祷神灵。我只是借慈悲的佛祖，替万民献上祝福的颂歌。愿我皇帝陛下，日新其德。如《大雅·既醉》诗中所唱，享有太平天子的福禄。以《尚书·无逸》为证，继圣王之后劝化开导天下万民。愿我苍生，都得到天子的福荫。

坤成节功德疏文七首

其一

右伏以功存社稷，庆锺高密之门；泽及本枝，天胙大任之德。候西风之协应，占南极之嘉祥。特启真坛，仰祈睿算。顺帝之则，固不待于祷求；应地无疆，亦难忘于祝颂。臣无任恳祷激切之至。

【译文】你有着保全国家的丰功伟业，祥庆充盈你的一族；你的德泽施及到宗亲，上天赋予你担当大任的慈德。臣等到西风协和应时，为你祈求高寿的祥瑞。特地在神坛祝祷，向神灵祈求保佑。顺应先皇的准则，原本用不着求神；希望你万寿无疆，臣难以忘记由衷的祝福和歌颂。臣不胜恳切祈祷，情思激越之至。

其二

右伏以慈俭之化，无得而名；保佑之功，云何可报？仰首云天之望，倾心草木之微。至哉坤元，德既超于载籍；养以天下，福宜冠于古今。敢冀神休，永为民极。臣无任。

【译文】你慈祥俭朴的教化，是无法用言辞表述的；祈求上天的保佑，怎能全部将恩德报答？仰望高天白云，仁爱及于草木。太后的用心可谓至大至深了，你的圣德超过了古代的圣人；你得到天下万民的供养。洪福理应为古今之首。臣愿神灵降福，使你永远是百姓敬仰的人主。臣不胜恳切祈祷之至。

其三

右伏以宝俭以慈，地无私载；履信思顺，天且不违。眷惟江海之邦，日蒙雨露之施。民心所祝，神听必临。祈万寿于无疆，庶群生之永赖。臣无任。

【译文】你的慈祥和俭节的榜样，大地都无法承载。你仁信而顺从民意，上天将不会对你有所违拗。远在江海各地的民众，日日都得到你的恩泽。百姓从心中发出的祝愿，天神也必然能够听到。祝愿你万寿无疆，你永远是百姓仰赖的圣主。臣不胜恳切祈祷之至。

其四

右伏以上帝储休，遗宝龟而降圣；群方仰德，执瑞玉以来宾。恪修臣子之诚，虔奉天人之祷。供精蒲塞，文演贝多。至海众之庄严，盖潮音之清净。胜因所集，睿算日隆。恭惟太皇太后陛下，伏愿大安大荣，永对无穷之间；时万时亿，独观有道之长。臣无任。

【译文】上天储蓄美德，为人世留下一片基业，并且降生了圣贤之人；八方之人仰望你的仁德，手持瑞玉前来臣服。我恭敬地尽臣子的心意，虔诚地向天地神灵祈祷。供品是精美的香蒲，词章是求佛的疏文。神龙庄严，潮声清净，佛国的因缘所集之处，你的福禄会无边无涯。恭谨地上告太皇太后陛下，臣愿你永远安康永远荣贵，永远能回答我的请教；让千年万代的臣民，都能见到你这位有道的人主。臣不胜恳切祈祷之至。

其五

右伏以玉圣发祥，金行正候。合天人之宝运，实华夏之昌辰。已格鸿休，犹资善祷。展祇园之净供，发秘藏之真乘。庶假良因，盖崇睿算。恭惟太皇太后陛下，伏愿威神有截，尽龙象以瞻依；寿考无疆，等乾坤之久大。臣无任。

【译文】瑞玉发出祥瑞之光，金声正中节令之候。这是上天下民的鸿运应合，实乃是我华夏的昌盛之时。你已得到长寿的善报，我还要献上美好的祈祷。为佛祖献上洁净的供品，求佛用秘藏的真经保佑你。臣要借来这良好的因缘，为你的福寿再次祈求。恭谨地上告大皇太后陛下，我愿威武的神灵齐齐整整，像龙象瞻望依存于佛祖。愿你万寿无疆，与乾坤同在。臣不胜恳切祈祷之至。

其六

右伏以神圣在御，天地无可报之恩；臣子何知，佛老有归诚之法。敢缘净供，仰祝遐龄。恭惟太皇太后陛下，伏愿日照月临，海涵岳峙。帝简好生之德，锡寿无疆；民衔既富之仁，保邦何极？臣无任。

【译文】神圣的太皇大后执掌国政，天地无法报答她的恩德。臣子能知道什么，佛道才有心归于诚的妙法。我借佛祖之缘献上洁净的供品，敬祝太皇太后长寿无疆。恭谨地上告大皇太后陛下，愿你如日月悬在天空，愿你福如大海寿比南山。天帝赞美你养育万民的圣德，赐给你无涯的高寿；百姓由于你的爱心而致富，保守家邦又有什么难处？臣不胜恳切祈祷之至。

其七

右伏以星火西流，方岁功之平秩；夕月既望，昭阴德之致隆。凡我有生，归诚兹日。佛身充满，天鉴聪明。恭惟太皇太后陛下，伏愿享德三灵，齐光两曜。坐俟云来之养，受禄无疆；屡观甲子之周，与民同乐。臣无任。

【译文】在这七月流火的初秋，丰收在望；祭月的十六，更见到你隆盛的圣德。我这一生，诚心地牢牢记住这一天。有佛祖之身做为证鉴，神灵的聪明不可欺瞒。恭谨地上告太皇太后陛下，愿你能得天、地、人三德之灵，愿你与日、月同放光辉。坐等着如云涌来的供养，享受无边的福禄；愿你六十甲子周而复始，始终与万民同其欢乐。臣不胜恳切祈祷之至。

太皇太后本命岁功德疏文

右伏以天人合契，辅成继照之明；岁月袭祥，允协重坤之象。肇临正旦，寅奉德音。尽海宇之无疆，集缁黄而来会。旁推舜孝，仰叩佛乘。伏愿太皇太后陛下，下顺民心，仰膺天保。配西方之无量，与南山而不倾。岂独五音六律之旋，再临此岁；将推三统九会之复，以卜其年。永与函生，共兹介福。谨疏。

【译文】上天下民的意志冥合，你辅佐了我朝继续普照的光明；岁月更易踏袭着祥瑞，使太皇大后的坤仪更显协和。新春将至，我领受你仁慈的教诲。让普天下的人民，都来到这佛门兴作盛会。我心怀舜帝的孝道，前来向佛祈祷。愿我大皇大后陛下，下能顺应民心，上能得天保佑。寿如西方无量寿佛，与南山之松同不老。不仅是节律变换，明年再见你的康宁；而要你历元屡换，永保福寿。愿你与天下苍生，共享无疆之福，臣恭谨地上疏。

景灵宫祈福道场功德疏文

右伏以仁心浃物，自然忧乐之同；孝治格天，宜尔感通之速。庶殚精悫，仰叩上真。恭惟太皇太后陛下，保佑圣神，勤劳夙夜。偶倦东朝之御，未复太官之常。爰即珠庭，大陈妙供。法音上达，虽有假于云章，民志下同，自不劳于秘祝。愿膺勿药之喜，永保无疆之休。

【译文】以仁爱之心滋养万物，忧喜与万物相同；以孝道治国能上通天帝，理当有快速的感应。我竭尽精微悫切之情，来叩求上天真仙。恭谨地上告太皇太后陛下，你得到神明的保佑，夙兴夜寐勤苦操劳。时而你过度地劳累，还下令不准恢复正常的饮食。如今臣在这珠阙彤庭，陈设下许多珍异的供品。祝颂之声上达神灵，尽管是假借文章词藻；万民的心愿是相同的，故而用不着默默地祈祷。愿你永远不用治病的药物，长远地保持无涯的福寿。

同天节功德疏文

伏以天贻明德，用昭遹骏之声；卦应纯乾，实纪诞弥之日。仗法缘之有感，祈圣寿之无疆。恭惟皇帝陛下，生知尧舜之资，力致商周之业。神功特起，圣治日新。人皆乐生，物亦遂性。惟时庆节，共罄丹诚。用同东土之民，少效华封之祝。伏愿潜凭胜力，坐拥休符。福比冈陵之崇，寿齐箕翼之水。

【译文】上天昭示光明之德，用来显扬宏大的名声；卦象应在纯一的乾位，这正是你的诞辰之日。依仗着佛法有缘，祈祷你圣寿无疆。恭谨地上告大辽国皇帝陛下，生来就具有唐尧虞舜的资质，极力地要促成商周的霸业。神明之功飙然而起，国家的治理日新月异。人都乐于生于此世，万物也都遵依自己的性情。当此佳节之时，我朝也致上诚挚的祝愿。也效法古礼向你祝寿。愿大辽国皇帝凭着无尽的雄武，坐享祥瑞之应。福高如崇山峻岭，寿齐于洪大的流水。

代张安道进功德疏文

伏以圣神示化，弃黄屋以上宾；凡庶何知，抱乌号而永叹。不有崇荐，曷伸悃诚。故依妙湛之尊，特设清净之供。庶凭法力，仰导真游。恭惟神宗皇帝陛下，伏愿永证佛乘，圆成道果。储神无极，逍遥梵释之间；卜世逾延，跨越商周之盛。至于含识，并畅天和。

【译文】是天上神灵表示了它的意旨，所以你抛弃了帝王的黄屋而上天为宾；凡间庶民哪里知晓，抱住乌号宝弓长长地悲叹。如果没有隆重的荐福，怎么能表达内心诚挚的敬意。所以我在美妙吉祥的佛祖面前，陈设了清洁的供品。希望借佛无边的法力，来追踪你的行迹。恭谨地上告神宗皇帝陛下，愿你能乘佛的威力，成就佛果。以你无比的神明，在乐国中逍遥徜徉；占卜你后代的享国，可以超越商周的盛世。你后代每一个人，都能够福寿无涯。

南华寺六祖塔功德疏

朝奉郎、提举成都府玉局观苏轼，先于绍圣之初，谪往惠州，过南华寺，上谒六祖普觉大鉴禅师而后行。又谪过海南，遇赦放还。今蒙恩受前件官，再过祖师塔下。全家瞻礼，饭僧设浴，以致感恩念咎之意，为禳灾集福之因。具疏如后：

伏以窜流岭海，前后七年，契阔死生，丧亡九口。以前世罪业，应堕恶道；故一生忧患，常倍他人。今兹北还，粗有生望。伏愿六祖普觉真空大鉴禅师，示大慈愍，出普光明。怜幼稚之何辜，除其疾恙；念余年之无几，赐以安闲。轼敢不自求本心，永离诸障；期成道果，以报佛恩。

【译文】朝奉郎、提举成都府玉局观苏轼，在绍圣初年时，被贬谪到惠州，路过南华寺，拜谒了六代祖普觉大鉴禅师后继续南行。随后再贬海南，遇到大赦放归中原。如今又蒙圣恩授与了上面所提到的官职，再次经过祖师塔下。全家一同前来向你瞻仰礼拜，向众僧施舍斋饭并佛洗浴，致上感戴保佑之恩德以及悔过自新之意，做为免除灾祸汇集福德的因缘。作疏文于下：

前此受贬流窜到岭南，前前后后已经七年，此间经历生离死别，全家葬亡共计九人。由于前世的罪业，我本应堕入恶趣；所以一生中所遭受的忧患，比他人多上几倍。如今遇赦北归，总算有了生活的希望。尚求六世祖普觉真空大鉴禅师，示现广大的慈悲怜悯，以大光明照我北行。哀怜我的孩子们并无罪恶，却除他们身上的疾病；想到我的残生已经没有几年，请赐给我安宁闲静。苏轼怎敢不反省自我，永远地脱离业障苦海；期盼着成就正果，来回报佛祖的大恩。

代毛正仲军衙厅成庆土道场疏

揆日灼龟，既鼎新而改造；伐林度土，遂云集以经营。丁丁而勇于运斤，索索而劳于缩版。虽不经于众口，虑有取于神恫。幸销覆压之虞，允获跻宁之愿。原其所赐，敢昧于神？是用命海角之禅那，资大雄之妙荫。宣此五福之教，庆乎百堵之成。伏愿天雨千花，薰太和于一切；佛尘万里，精遐福于无边。百谷丰登，群生恬泰。上祝河沙之圣寿，永瞻慧日之祥光。式罄诚心，庶祈灵鉴。

【译文】测度日影而曝灼灵龟，把衙厅翻新改造；砍伐林木挖取好土，集结众夫开始动工。人人使尽力气抡起大斧，个个照图精心修砌。虽然众人没有一齐祝颂，也一定是得到了神灵的保佑。工程告峻，没有一人受伤，平平安安善始善终。追寻这难得的恩赐，怎敢不敬奉神灵。这都是得到海角禅佛暗中保佑，得到大雄宝殿中佛祖的荫护。宣讲五福的仁教，庆祝厅堂的落成。愿上天降下灿烂的花雨，使大地之中处处和畅；佛祖的威力通达万里，把福寿施及到人间各处。五谷丰登，生民安泰。祝愿圣王无疆之寿，永远沐浴大阳的光辉。我这里尽献诚心，祈求灵验。

荐苏子容功德疏

伏以自昔先君以来，常讲宗盟之好。俯仰之间，四十余年。在熙宁初，陪公文德殿下，已为三舍人之冠；及元祐际，缀公迩英阁前，又为五学士之首。虽凌厉高躅，不敢言同；而出处大概，无甚相愧。敢缘薄物，以荐一哀。伏惟三宝证明。云云。

【译文】自从我先父以来，经常讲求同宗的友好。追随苏公，前后已经四十多年。熙宁初年，我曾经陪苏公来到文德殿下，那时你已经是众舍人的长官；到元祐年间，朝廷命苏公讲经于迩英阁前，那时你又是众学士的首领。虽然在仕进升迁上，我不敢与你相比；而入朝退处保全志节，我却也不感惭愧。如今奉上微薄的祭物，以表示内心的哀悼。这里有佛祖之灵可以为证。云云。

密州请皋长老疏

安化军据霍郎中、陈郎中、褚郎中、宋驾部、傅虞部、乔太傅及莒县百姓侯方等状，乞请沂州马鞍山福寿禅院长老惠皋住持本县石城院开堂说法者。

右伏以山东耆宿，言不足而道有余；胶西士民，信虽深而悟者少。当有达识，为开群迷。长老皋上人，德宇深醇，慧身清净。一瓶一钵，本来自在随缘；万水千山，所至皆非住处。愿体众心之切，毋辞数舍之遥。翻然肯来，慰此勤想。谨疏。

【译文】安化军根据霍郎中、陈郎中、褚郎中、宋驾部、傅虞部、乔太傅及莒县百姓侯方等的陈乞，请求沂州马鞍山福寿禅院长老惠皋住持本县石城院，担任讲经授徒的长老。

我认为山东耆老，虽然拙于言词，但道性深厚；密州的士子民众，笃信佛法，但彻悟者并不多。应该有通达饱学的长老，为他们解释开导迷惘。长老皋上人，道德淳深，内心清净。手持一瓶一钵，原本是随缘而化的和尚；踏遍千山万水，所到之处都不是你长久驻留的地方。愿你体谅我州民的切盼之心，不要以咫尺之遥的路途做为借口推辞。希望你欣然来此，而慰一州士民的热望。苏轼谨奉。

齐州请确长老疏

盖闻为一大事因缘，优昙时现；传吾正法眼藏，达磨西来。直指心源，不立文字。悟道虽由于自得，投机必赖于明师。齐有灵岩，世称王刹。实先圣启封之国，乃至人建化之方。图志具存，丛林为盛。久虚法席，学者何依？旁采舆言，守臣有请。特降睿旨，慎择主僧。讯于众中，无如师者。宜念传衣之嘱，敬仰佛恩，勿忘利物之心，上资圣化。不烦固避，以称宠休。谨疏。

【译文】我听说若有重大事件，祥瑞之花就会应时显现；为传播正宗的禅学，达摩禅师从西方的印度来到中国。直指内心，不立文字。彻悟妙道虽然由于自身所得，而投和默契一定要仰赖明师的指点。齐州有灵岩寺，世人称之为君王宝刹。它位于先圣人开国之地，是贤人传播教化的源泉。地图方志具有记载，山林香火最为旺盛。寺中住持之位空缺已久，学道之徒无所依傍。咨询于众人，州守也奏请于天子，天子为此降下圣旨，要谨慎地选择有道之师。向众人再次咨访，都说没人能比得上你。你应当念及师祖的嘱托，敬奉佛祖的恩义，不要忘记化育万众的善心，为圣朝尽你一份力量。望你不要多次推托，以接受天子加给你的荣宠。苏轼谨奉。

修通济庙疏

南国大川，洞庭极险；上游群祝，通济最灵。实能关机阴阳，宰制生死。盛吸江吞海之气，有分风擘流之权。舟横中流，如幕上之巢燕；人依大庇，若仰德之婴儿。自非无知，孰敢不敬？而此庙结构，已久理葺。正烦大招开济之徒，肇兴重荣之役。期成功于不日，共徼福于来今。

【译文】南国的大江，洞庭湖口为最险要的水域。在洞庭湖水的上流，通济庙最为灵验。它实实通达着阴间阳世，主宰着过往行人的死生。有吸尽长江并吞大海的气势，有兴风作浪分合水流的威权。船行于水中，就如同帷幕上的燕巢；行人依赖通济神的护佑，就像是倚偎母亲的婴儿。除了不懂事的孩子，谁敢不对此神恭恭敬敬？然而此庙的建筑，已显得年久失修。急需大量招募受荫的工徒，重新修建这座古庙。愿此役尽快完成，共同求取自今往后的福德。苏轼恭谨地上疏。

修法云寺浴室疏

浴为净因，佛所深赞。以一念顷破尘垢缘，于三际中获妙湛乐。永惟悉达，尝感此是受生；爰逮跋陀，亦因之而悟法。本院规摹素陋，年祀浸多。方澡雪乎精神，或震凌乎风雨。升堂入室，未称真游；运水搬柴。殊淹妙用。新以革故，今正是时。施及受人，亦俱功德。

【译文】沐浴是净心的前提，佛祖对此深深赞赏。以一念而冲破尘埃污垢的机缘，在三界之中得到清静爽洁的乐趣。想当年佛祖释迦牟尼，就是对此有所感悟而获得来生；到了跋陀大师，也是深得此道而悟出佛法。本寺的规模狭小，建造简陋，历经数年未加修整。刚刚经过了霜雪的洗刷，如今又屡屡遭受急风暴雨。升其堂而入其室，很难算是游于乐土；挑水运柴，颇显得有碍于佛祖的光明。破其旧而立其新，如今已是当务之急。接受信徒们的布施，这也是佛祖的功德。

杭州请圆照禅师疏

大道无为，入之必假闻见；一毫顿悟，得之乃离聪明。惟自在门，真无碍法。天降一雨，遍浃群生；佛无二门，并归真谛。恭惟本师长老，脱离常见，洒落孤风。其为己也，如月行空，无迹可践；其为人也，如金入范，随注皆圆。既不滞于一方，岂肯违于众欲？而况净慈古刹，钱氏福田。代不乏传，人所信问。闵今善俗，久蕲真驭以来临；恻隐慈心，愿顺群诚之再请。

【译文】佛祖圣道是清虚无为，入此道必须要借助于听闻示现；禅学顿悟的法门，得道之后才无须耳聪目明。只有自在法门，才是真正的来去无碍。上天降下一场雨，就可以普救苍生；佛教并没有并列约法门，最终都归于更生的真谛。恭谨地告知圆照禅师长老，你脱离了凡俗之见，如同飘然来去的清风。你对于自己，如同明月当空，看不到行进的足迹；你对于别人，如熔化了的金属倒入模具，不论怎样浇铸，都可随意成形。你既不留滞在一处，何必要违拗众人的愿望。何况净慈古寺，原本是钱氏的祖传福地。一代一代不乏传人，是吴越一邦人人景仰的地方。望你能怜悯一方乐善的民众，来此担任净慈寺住持；望你能大发慈悲之心，应允善男信女一再的恳请。

苏州请通长老疏

指衣冠以命儒，盖儒之衰；认禅律以为佛，皆佛之粗。本来清净，何教为律；一切解脱，宁复有禅？而世之惑者，禅律相殊，儒佛相笑。不有正觉，谁开众迷？成都通法师，族本缙绅，实西州之望；业通诗礼，为上国之光。爰自幼龄，绰有远韵。辞君亲于方壮，弃轩冕于垂成。自儒为佛，而未始业儒；由律入禅，而居常持律。报恩寺水陆禅院，四众之渊薮，三吴之会通。愿振法音，以助道化。所为者大，无事于谦。

【译文】指着衣冠楚楚的人就说他是儒者，这不过是儒者的末流；把略通禅法的人说成是佛门弟子，这也是佛门的末流。本来就是清静之心，哪里需要戒律的训教；一切烦恼都已杀除，哪里还有什么禅学？然而世上那些迷惑的人，把禅学和戒律对立而言，使儒者和佛徒相互讥笑。如果没有真正的觉悟者，谁来启发诱导众人。成都府的通长老，出身于仕宦之家，在西蜀称为望族；早年精研《诗经》《三礼》，乃是国中的优秀人才。自从幼年时起，就卓然有高远之心。壮年时辞别双亲，仕途将成时抛弃了官职。从儒者变成佛徒，却没有扬弃儒学；从守律进入禅定，而平居之时却仍旧守戒。报恩寺水陆禅院在苏州，乃是四方民众荟萃之地，也是东南一方的大镇通衢。愿禅师在此地振响法铃，以帮助方民众受到教化。在这里担任长老责任重大，望你不要执意地谦让推辞。

散庆士道场疏

百神有相，致大厦之斯成；一国观新，洁盛仪而图报。因命祇园之侣，广宣呗竺之文。音涌海潮，花纷天雨，今则诚心已格，妙果斯圆。祈法力之有加，保皇图而永固。物无疵疠，民用平康。仰惟在上之尊，垂鉴由中之信。

【译文】百神都有具体的形相。雄伟的大厦终于告成。举国上下一睹它的新姿，设置法会而希图善报。因命佛徒众僧，一齐念诵佛经之文。诵经之声如海潮汹涌，鲜花布满如同自天而降。如今虔诚之心已经通灵，美妙的佛果即将圆满。祈告佛祖的法力再次施予，保佑我大宋江山永远坚固。万物不遭受荼毒，百姓平安康乐。瞻仰着高高在上的佛祖，愿你能为我们垂示恩信。

忏经疏

如来大藏，起于《四十二章》；过去妙心，流出万五千卷。前言俱在，后句分明。纵有古佛六通，难转老婆一半。念我夙昔，见此本原。悟万善之同归，岂一法之敢舍？遍参重译，尽发秘函。全见摩尼珠，悉证贝多叶。作此大事，示诸有情。稽首双林之轮，不负三圣之偈。

【译文】如来佛祖的大法，起源于《四十二章经》；以往所现妙吉祥之心，本自一万五千卷梵经。前面的言语历历在目。后面的句子灿然明白。纵然有古佛六种神通，也难违拗老婆禅的一半。想我平日之间，曾悟出这番道理。我知道万种善行同归一道，所以怎敢舍弃其中的一道？广泛地参考各种译文，反复地阅读珍本秘籍。遍捻释迦牟尼的宝珠，求证于卷帙浩繁的经典。兴作指证经文的大会，把真谛传给世间众人。我面对法轮叩头膜拜，不辜负诸位佛祖的善言教诲。

请净慈法涌禅师入都疏

京师禅学之盛，发于本、秀二公。本既还山，秀复入寂。驸马都尉张君予来聘法涌，继扬宗风；东坡居士适在钱塘，实为敦劝。太丘道广，广则难周；仲举性峻，峻则少通。法涌童子画沙，已具佛智；维摩无语，犹涉二门。虽吾先师，不异是说；质之孔子，盖有成言。不为穿窬，仁义不可胜用；博施济众，尧舜其犹病诸。愿法涌广大慈悲，印宗仁得仁之侣；深严峻峙，诃未证谓证之人。本自不然，伏惟珍重。

【译文】京城佛学的兴盛，源于本、秀两位大师。本禅师回到山林，秀禅师又突然寂灭。驸马都尉张君到南国聘请法涌禅师入京，继续宏扬佛祖仁风；东坡居士当时正在杭州，也帮着敦劝。大丘道行广博，广博就很难周密；陈蕃生性孤僻，孤僻就难与众人沟通。法涌在少时画沙见意，已具有佛徒的智慧；维摩诘渊静无言，还可以精通两个法门。就是儒家的先师，也赞成这样的说法；询问于孔子，孔子也有现成的言论。如果没有穿墙偷窃者，仁义就无处施用；把恩德广泛地施与黎民，尧舜也会感到为难。愿法涌禅师大发慈悲之心，彰扬心诚则灵的徒众；深持戒律，教训不知强为知的俗人。勉强赴任，多多珍重。

散净狱道场疏

民知荣辱，自消五福之疵，政格平和，遂弛万人之狱。今者国家闲暇，囹圄空虚。虽仰荷于帝仁，亦阴资于神听。是用集祇园众，启大法筵。荡涤余氛，拔升宿滞。此则妙音普赞，胜果大圆。振九泉冤枉之魂，作万古清凉之地。扉生茂草，气召太和。岁常获于丰登，民永跻于仁寿。

【译文】百姓懂得荣誉耻辱，自然会消灭致福的障碍；政治清明平和，就可使万人免除牢狱之苦。如今国家无事，监狱空虚。虽然是仰仗着天子的仁爱，也暗中得到神灵的护佑。因为集结僧众，设置盛大的法会。荡涤残余的恶浊，超拔已往的积弊。这祥瑞之音普遍而起，仁慈之果十分圆满。这佛音震惊九泉之下的冤魂，使九泉之下也成为清凉美妙的佳境。人世间花繁草茂，处处充满祥和之气。年年都能获得丰收，百姓人人平安长寿。

装背罗汉荐欧阳妇疏

大觉现身，本无实相；应真随感，分化他方。指安养之归途，破阿鼻之疾苦。当五代末，有禅月大师，以诗句为佛事，以丹青为道场。名高身隐，寓西蜀以杜门；道契神交，梦天台之飞锡。故留真迹，以镇净方。今有礼部员外郎欧阳学士，为其亡女十四娘，舍所服用，重别装新；礼部尚书苏端明，亲制颂文，更加题赞。伏愿亡女欧阳氏，善报不坠，恶趣永离。冤亲两忘，福慧双证。

【译文】大觉悟的罗汉现出了，幻化之身，他原来就没有固定的形相；上应真妙随时变化，分身到世间的四面八方。把安养自身做为归宿，解脱阿鼻地狱中的疾苦。五代末年，有一位禅月大师，用写诗来宣扬佛法，用图画来充做道场。名声甚高而引身退隐，居住在西蜀杜门不出；他的道行可与语神相通，曾梦见天台飞来的锡杖。所以他留下了当时的梦境，做为镇静心神的良方。今又有礼部员外郎欧阳学士，为他的亡女十四娘，施舍了她生前的服装器用，来装裱罗汉神像；礼部尚书、端明殿苏学士，亲自为她写下颂文，又为此画题写赞词。由衷地愿亡女欧阳氏，善良的根本永不失坠，永远地离开地狱恶趣。亲人和仇人两相遗忘，智慧和福泽双双长存。

惠州荐朝云疏

千佛之后，二圣为尊。号曰楼至如来，又曰师子吼佛。以薄伽梵力，为执金刚身。护化诸方；大济群品。为悯海隅之有罪，久住河源之栖禅。屡显神通，以警愚浊。今兹别院，实在丰湖。像设具严，威灵如在。轼以罪责，迁于炎荒。有侍妾王朝云，一生辛勤，万里随从。遭时之疫，遘病而亡。念其忍死之言，欲托栖禅之下。故营幽室，以掩微躯。方负浼渎精蓝之愆，又虞惊触神祇之罪。而既葬三日，风雨之余，灵迹五踪，道路皆见。是知佛慈之广大，不择众生之细微。敢荐丹诚，躬修法会。伏愿山中一草一木，皆被佛光；今夜少香少花，遍周法界。湖山安吉，坟墓永坚。接引亡魂，早生净土。不论幽显，凡在见闻，俱证无上之菩提，永脱三界之火宅。

【译文】千佛以外，两位圣人是尊贵之神。一位号称楼至如来，另一位号称师子吼佛。两位圣人凭着佛力，成为护法的金刚。他们教化八方苍生，普救世间一切生灵。为解脱海角的有罪之人，长久地住在河边的栖禅寺。多次显灵，警示世间愚昧混浊之人。如今禅寺的别院，建在丰湖之滨。神像庄严，如同心存灵气。苏轼因有罪遭受贬谪，流放到这炎荒之地。有个侍妾名叫王朝云，她一生勤勤恳恳，跟随我漂流万里，后来身染瘟疫，得病而死。我感念她诀别时的话语，想起她的灵魂寄托在栖禅寺中。故而修建了坟墓，掩埋了她的身躯。刚刚背上了侮慢佛门的罪名，又怕获亵渎神灵的指斥。然而埋葬三天，一场风雨之后，佛光灵迹，四处显现。苏轼因此知道我佛慈悲的广大，不计较众生的些微疏失。现敬奉诚心，亲设法会。我愿山中的一草一木，都得到佛光的照耀；今夜中的香火鲜花，遍传于法界之内。湖山安定吉祥，坟墓永不毁灭。超度亡灵，早赴佛国净土。不论是地下地上，只要佛祖顾及之处，都能凭借无边的佛力，使有情，之物永远脱离三世劫火。

荐鸡疏

罪莫大于杀命，福无过于诵经。某以业缘，未忘肉味，加之老病，困此蒿藜。每翦血毛，以资口腹。惧罪修善，施财解冤。爰念世无不杀之鸡，均为一死；法有往生之路，可济三途。是用每月之中，斋五戒道者庄悟空，两日转经若干卷，救援当月所杀鸡若干只。伏望佛慈，下悯微命，令所杀鸡，永离汤火，得生人天。

【译文】罪恶没有比杀生更重的，福德没有比念经更强的。苏某以业障的缘故，不能忘记吃肉。加上既老且病，又困于这蒿菜藜藿的穷苦生活之中。每每杀鸡，以满足口腹之欲。我惧怕自己有罪孽，于是就积修善行，布施钱财来化解冤业。因想到世间没有一只鸡不遭杀戮，总之都必然一死；而佛法却有更生之说，可以挽救冤死的亡灵。因此每到一月之中，我都要吃斋默诵五戒之道，两天之内诵经若干卷，为当月被杀死的若干只鸡祈福。愿佛祖大发慈悲，怜悯微小的生灵。让当月被杀的鸡，能够永远地脱离汤火，得以转世到人世之间。

虔州法幢下水陆道场荐孤魂滞魄疏

苦海弥天，佛为彼岸；业风鼓浪，法是慈航。诸佛子等，久坠三途，备尝万苦。不遇善友，永无出期。今者各于佛前，同发此愿。愿除无始以采贪嗔恶念，愿发今日以后清净善心，愿行行坐坐皈依佛、皈依法、皈依僧，愿时世世生生远离财、远离色、远离酒。既获清凉之果，咸跻极乐之乡。普冀有缘，皆证无漏。

【译文】苦海连天，到达佛国才算是解脱的彼岸；业障的浊风如浪涌波翻，只有佛法才是渡过苦海的航船。多少佛的子弟，长久地坠入地狱恶趣，尝尽了万种苦难，如果不遇到为善的朋友，永远也不会有出头之日。如今各. 自在佛祖面前，齐声发下虔诚的誓愿，盼望除掉有生以来贪婪嗔妄的恶念，从今以后启发清虚宁静的善心，一举一动都归依佛祖、归依佛法、归依佛门，愿永生永世远离钱财、远离声色、远离美酒。结下清凉世界的佛果，一齐进入极乐的世界。希望我们这些有缘的凡俗之人，都能够离开烦恼之门。

葬枯骨疏

诸佛众生，皆具大圆觉；天宫地狱，同在一刹尘。是故恶念才萌，便沦苦海；善根瞥起，已证法身。要在摄心，易同反掌。窃见惠州太守、左承议郎詹使君范，与在州官吏，奉行朝典，支破官钱。埋葬无主暴骨数百躯，既掩覆其形骸，复安存其魄识。使归泉壤，别受后身。轼因目睹胜缘，辄随喜事。以佛慈悲誓愿力，以我广大平等心。尊释迦之遗文，修地藏之本愿；起燋面之教法，设梁武之科仪。伏愿诸佛子等，乘此良因，离诸苦趣。沐浴法水，悟罪性之本空；鼓舞梵音，知道场之无碍。三皈已毕，莫起邪心；一饱之余，永无饥火。以戒、定、慧，灭贪，嗔、痴。勿眷恋于残躯，共逍遥于净土。伏乞三宝，俯赐证明。

【译文】诸佛和众生，都具有圆觉的佛性；天堂和地狱，同处在一刹那的变化之中。因此凶恶的念头刚刚萌生，就会跌入苦海；善良的根基刚刚树立，就已经具备了得法之身。关键在于摄取一念，容易得如同翻过手掌。我见到惠州太守、左承议郎詹范君，以及在州的属官，奉行朝廷法典，支取官府的银钱，埋葬了无主尸体一百多具，既掩埋了他们的尸骨，又安顿了他们的灵魂。使他们归安于九泉之下，以便轮回更生为再世之身。苏轼因亲眼见到了这件善事，也为此赞助施舍。借佛祖大慈大悲的愿力，以我辈宽广怜爱的善心，遵照释迦牟尼的遗文，实现了地藏菩萨的誓愿；用焦面大师的法度，遵梁武帝的仪式。愿这些佛的子弟，乘借这善良的因缘，脱离苦海地狱。身沾明静的法水，去觉悟罪恶之性原本也是虚空；诵经之声响遍寺外，知道这场无所障碍、皈依三佛的誓言既已发下，就不要再生邪念；趁今日能得一饱，永远地摆脱饥饿折磨，用戒律、入定和智慧，灭除贪婪、怒杀和愚昧。不要留恋伤残的躯体，一同前往西方净土。祈求佛祖，赐以明鉴。

重请戒长老住石塔疏

大士未曾说法，谁作金毛之声；众生各自开堂，何关石塔之事？去无作相，住亦随缘。长老戒公，开不二门，施无尽藏。念西湖之久别，本是偶然；为东坡而少留，无不可者。一时作礼，重听白椎。渡口船回，依旧云山之色；秋来雨过，一新钟鼓之音。

【译文】大士如果没有讲论佛法，谁能发出狮子般的吼声？众生如果各行其道，又与石塔有何相干？你离去时没有劳苦之相，住在这里也随缘而适。长老戒大师，大开无二法门，讲论无边的佛力。想我与大师在西湖久别，原本出乎偶然；请大师为东坡居士稍做停留，也没什么不可以。让我聊尽一时之礼，再次聆听你的教诲。待到你乘船重来，定然是云山依旧；雨季过后秋日来临，定然是钟鼓之声与前不同。

施饿鬼文

鬼趣多饿，仁者当念济之。以锡若铁为斛，受一二升，每晨炊熟，取饭满斛，盖覆着净处，至夜，重馏，令热透，并一盏净水咒施。能不食酒肉固大善，不能，当以净水漱口，诵净口业真言七遍。烧香咒云："佛弟子某甲夜夜具斛食净水，供养一切鬼神。"仍诵《般若心经》三卷，《破地狱》三偈，共二十一遍。又咒云："愿此饭此水上承佛力，下承某甲，福力愿力变少为多，变粗为细，变垢为净。愿佛弟子等饮食此已，永除饥渴，诸障消灭，离苦即乐，究竟成佛。"以手掬饭三之一，散置屋上，余不妨以食贫者，水即散洒之，要在发平等慈悲无求心耳。

【译文】鬼的特征是总处在饥饿中，仁爱之人应当救济他们。用像铁的金属造成斛，可装米一两升，每天早晨将米煮熟，把斛装满，盖上盖子放在安静处，到了深夜，再蒸一次，使米饭热透，再盛上一碗水，念着咒语施舍给他们。施舍之前如能不吃酒吃肉最好，如果做不到，也要用净水漱口，诵读净口业的真经七遍。点上香烛念咒说："佛门弟子某人每夜备好米饭和净水，供奉所有的鬼神。"再念《般若心经》三卷，《破地狱偈》三偈，共读二十一遍。再念咒说："愿此饭和此水上借佛祖法力，下按弟子某人，把福力誓愿由少变多，由粗变细，由污浊变清净。愿佛的弟子们吃了这饭，永远消除饥渴，消灭各种业障，离开痛苦，靠近欢乐，能够成佛，"用手捧出三分之一的饭，撒在屋顶上，剩余的不妨施给穷人，那碗清水泼掉即可。这样做的目的主要是启发人大慈大悲无欲无求的善心而已。

冬至福宁殿作水陆道场资荐神宗皇帝斋文

伏以圣神陟降，释梵后先。适更来复之辰，茂荐往生之福。虔修净供，仰导灵游。

【译文】天上神灵升降变化，佛祖的意志也与之相应。如今又逢阳气重来的日子，我前往佛殿为你祈求灵魂之福。虔诚地供上净品，追想你在天之灵。

正旦于福宁殿作水陆道场资荐神宗皇帝斋文

伏以弃黄屋以上宾，莫追风驭；抱乌号而永慕，再历春朝。敢仗胜缘，式开净供。仰颂义尧之德，永追梵释之游。

【译文】你抛弃了皇帝的黄屋而上天为宾，谁能赶上那风行的速度；我抱住乌号宝弓敬慕良久，如今又到了新的一年。我仰仗佛门的善缘，陈列出洁净的供品。赞颂你如唐尧的美德，追攀你佛国的优游。

在京诸宫观开启神宗皇帝大祥道场斋文

伏以密音如昨，新谷再升。望仙驭于帝乡，陈法筵于净宇。人天来会，共修最胜之缘；梵释同游，永锡无疆之庆。

【译文】你对我的嘱托就像在阵天，我把新的谷米供奉给你。在帝都之内仰望你的仙灵，在洁净的寺宇中大开道场。天神和下民同来聚会，一同修行最美的因缘；你在佛国与诸佛同游，会赐给儿孙无限的吉庆。

垂拱殿开启神宗皇帝大祥道场斋文

伏以丧期有数，方叹于壑舟；法海无边，聊资于岸筏。有严秘殴，恭启净筵。时御六龙，徘徊宫阙。永同千佛，陟降人天。

【译文】守表的期限有礼法的规定，这如同深谷行舟，总有停止之处；而佛法无边，可借它为筏渡过生死之河到达彼岸。在这垂拱秘殿中，我恭谨地陈设洁净的宴席。愿你时时驾驭着神龙，迴翔于宫阙之上。愿你与万千佛，来往于天上人间。

内中福宁殿下寒节为神宗皇帝作水陆道场斋文

伏以甚雨疾风，感春律之将变；钻燧改火，悼丧期之不留。爰启净筵，以资冥福。愿登大觉，永济函生。

【译文】雨渐急风渐大，我深感春季即将过去；钻木的火种已经改变，我哀叹孝期已经完结。我陈设洁净的宴席，为你祈求阴间之福。愿你能成为大悟之佛，永远救助苍生万民。

景灵宫宣光殿奉安神宗皇帝御容日开启道场斋文

伏以祠宫夙启，真室告成。仗胜会于佛僧，导灵游于梵释。更推余祉，旁及含生。

【译文】祷祠的宫殿早已开启，真容秘室已经告成。我要仰赖佛门举行盛会，借佛祖之力为你在天之灵祈求。愿你能把遗泽洒向人间，使天下万民都得到恩惠。

大相国寺开启祈雨道场斋文

伏以旱暵既久，麦禾将空。仰惟天人之师，宜专云雨之施。庶几慈愍，宽我忧危。

【译文】干旱的时日已持续了很久，麦苗已经快要枯死。仰赖你这位神人师祖，愿你能为人间施以云雨。期盼你以慈祥怜悯之心，宽解我的忧虑和危急。

郑州超化寺祈雨斋文（元祐二年四月九日）

伏以常旸为灾，历时愈炽。秋谷未艺，夏苗将空。天意未回，佛慈所愍。愿以不思议智力，大解脱神通。时兴法云，普赐甘泽。

【译文】长久的干旱已经形成，时间愈久旱情愈重。秋天的粮食无法耕种，夏天的麦子就要干枯。上天的意志未见回转，希望能得到佛祖的慈悲。愿佛以无须思虑和解脱一切苦难的神通。及时地兴聚浓云，为大地普降甘霖。

郑州超化寺谢雨斋文（元祐二年四月九日）

等慈应物，不倦于祷求；神智无方，何难于膏泽。旱沴既弭，农民其康。仰惟不宰之功，岂待有为之报？爰修净供，少达纯诚。

【译文】你对万物的慈悲都是均等的，我会孜孜不倦地向你祈祷；你的神明智慧无处不在，普降雨水对你有什么难处。旱情已大大缓解，农民心中欣喜异常。面对你这无量的功德，深知你也不求有形的报答。我谨献上洁净的供品，稍稍表达我真诚的感激。

十月一日永裕陵下宫开启资荐神宗皇帝道场斋文

（元祐二埠九月二十日）

桥山永望，莫瞻弓剑之余；阳月载临，徒增霜露之感。招延净众，崇建梵筵；庶集胜因，仰资真驭。

【译文】久久地望着桥山古墓，见不到乌号宝弓的遗迹；十月将临，心中凄切无限伤感。我招集佛门的众僧，大设事佛的法会；希望能与佛结下胜缘，为你在天的灵魂保佑平安。

西京会圣宫应天禅院奉安神宗皇帝御容礼毕开启道场斋文（元祐二年十月）

原庙告成，神游既奠。虽圣灵之无碍，对越在天；从世法之有为，归依于佛。普愿幽明之域，悉登净妙之庭。集此圣因，以资仙驭。

【译文】原庙已经告成，你的英灵得到祭奠。虽然你的灵魂往来无阻，已经升在天空；而法界才能有所作为，愿你能归依佛祖。我盼望人间各处生灵，都能登上这洁净美妙的殿廷。在这里结下胜缘，祈祷你在天之灵。

后苑瑶津亭开启祈雨道场斋文（元祐三年六月二日）

六月徂夏，方金火之争；三农望秋，乏雷雨之施。嗟人何罪，逢岁之艰。自非妙觉之等慈，孰拯疲民于重困。有严禁苑，祗建净筵。念我忧劳，锡之膏泽。非独起焦枯于田野，抑将扫疾疫于里闾。嘉与含生，永均介福。

【译文】六月盛暑，正是金与火相争之时；农民盼望秋天的收获，却很少得到雨水的滋润。生灵有什么罪过，遭逢如此的艰辛？如果不是佛祖对万物均等的慈悲，谁能丞救万民的困窘。我在禁苑中清除众人，恭肃地摆设洁净的宴席。愿佛感念我的忧劳，把雨露赐给我天下万民。这不仅能使原野中干枯的禾苗获得再生，也使蔓延在乡里瘟疫得以扫除。你能把恩德赐给苍生，百姓会为此而遍获其福。

又（元祐三年八月二十日）

伏以常旸之诊，历月于兹。近自都畿，远及关辅。岂独西成之害，将为宿麦之忧。仰止觉慈，必垂善救。普集山川之守，来登梵释之筵。罔吝膏濡，以兴焦槁。

【译文】长期干旱之灾，至今已经持续了几个月。从京城附近，一直到边关城邑，都遭受着旱灾的危胁。这不仅损害了秋天的收成，也使将熟的麦子难以长成。仰望慈悲智慧的佛祖；你一定要拯救生灵。我聚集高山大川的守护之神，一同来到这供佛的宴前。愿你不要吝惜雨露，使焦枯的禾苗重获新生。

后苑瑶津亭开启谢雨道场斋文（元祐三年六月六日）

伏以祇畏之心，格人天于影响；觉慈之力，反水旱于屈伸。周泽载濡，农田告足。既解蕴隆之患，庶无流潦之虞。仰冀能仁，曲垂昭鉴。

【译文】我以恭谨敬畏之心，向天地神灵祈求；你慈悲智慧的法力，改变旱情于屈伸之间。喜雨降落在南北四方，农田的雨水已经充足。既缓解了暑热熏蒸的祸患，又没有造成雨涝的威胁。希望你以万能和仁爱，为我再示训戒。

显圣寺寿圣禅院开启太皇太后消灾集福粉坛道场斋文（元祐三年七月二十七日）

伏以躬俭节用，本严房闼之风；遗大投艰，猥当庙社之寄。常恐德之弗类，以召灾于厥身。敢即仁祠，肆陈净供。恭延梵释，普施人天。俾寿而康，非独辅安于寡昧；与民同利，固将燕及于华夷。仰冀能仁，曲垂昭鉴。

【译文】你躬自节俭的美德，使后宫的风气肃然；你把国家重器交给了我，把艰苦的重担放在我肩上，使我担当起继承基业的重大责任：我时常担忧自己的仁德不够盛美，使自身招来祸患。今天就在寿圣禅院中，陈列上洁净的供品。恭请佛祖，施德于天下。祝愿你长寿康宁，不仅是仰赖你辅助寡德的我，我愿与万民同享其利，使幸福遍及华夏蛮夷。希望你以万能和仁爱，为我再示训戒。

景灵宫宣光殿开启神宗皇帝忌辰道场斋文

（元祐四年二月五日）

伏以至德难名，已立配天之极。孝思永慕，盖有终身之忧。惟是佛乘，庶资冥福。属弓剑上宾之日，就衣冠出游之庭。虔设净筵，俾严圣果。庶超真觉，永庇含生。

【译文】你纯美的圣德难以用文字表达，已经与无极的上天相配。我一片孝思深深敬慕，你使我终生充满忧伤。只有佛法，才能为你增加阴世之福。就在你遗下弓剑升天的忌日，就在你穿戴齐整端处的殿廷，我虔诚地设下洁净的祭宴，祈祷你早证佛果。希望你超生为智慧之神，永远福佑我万民苍生。

奉宸库翻修圣字等库了毕安慰土地道场斋文

（元祐三年七月二十九日）

伏以货币所藏，有坏必葺。聪直之鉴，既成乃安。爰仗佛慈，以绥神守。庶期昭格，永底纯熙。

【译文】财货金币所藏之处，如有损坏定要修整。你的聪明正直可以为镜，库房修好你自然安宁。仰仗佛祖的慈业，以安定你土地之神的职守。还望你清明之德，永远纯美无暇。

卷八十八　祝文

奏告天地社稷宗庙宫观寺院等处祈雨雪青词斋祝文

伏以期年以来，水旱作诊。迨兹徂岁，复苦常旸。疾疫将兴，农末俱病。方斋居而默祷，庶精意之登闻。敢祈春腊之交，沛然雨雪之赐。愿均介福，敷锡群生。

【译文】一年以来，水旱之灾相继发生。如今新的一年又要来临，旱情仍然有增无减。疾病瘟疫就要蔓延，农夫士商都受到威胁。我日日素食端居，默默祈祷，希望这精诚之心能上达于天。如今但求新春旧岁交替之时，能有一场大雪的恩赐。愿天地之神把福赐给下民，使万民得以度过艰难。

五岳四渎等处祈雪祝文

伏以历冬不雪，两岁之忧。疾疠将兴，麦粦就槁。分命守土，告于有神。下民其咨，天听不远。毋爱同云之泽，以成盈尺之祥。苟利于民，敢忘其报?

【译文】一冬不降雪，造成两年忧患。疾病瘟疫将会发生，冬麦会因干旱而枯死。我分别敕命四方守臣，向山河诸神诚心祈祷。下民的惶恐，想会传到神灵耳中。愿诸神不要吝惜浓云积聚，降下一尺的瑞雪。只要能有利于万民，我怎敢忘记报答你们?

内中添盖诸帝后神御殿告迁御容权奉安于慈氏殿祝文

于皇帝考，肇启閟祠。方增筑之未宁，惧格思之有渎。别严净宇，祗奉睟容。式燕圣灵，永绥慈嘏。

【译文】先皇帝的神祠，前此已经落成。神祠的增建还没有完成；又恐怕致祷时有所不便。于是在别处另建洁净的屋宇。敬奉你们温和润泽的仪容。为此安慰圣灵，愿你们永远慈祥安和。

内中慈氏殿告迁神御于新添修殿奉安祝文

伏以增筑告成，閟严有奂。偃衣冠之来复，忾叹息之疑闻。昭格穆清，永绥燕翼。

【译文】增修的殿廷已经落成，庄严肃穆规模宏大。你衣冠齐整重新安放于此，不知是否会使你叹息。愿你的灵魂上达青天，永远保佑你的子孙。

景灵宫奉安神宗皇帝御容祝文

伏以恭承仙驭，奄宅珠庭。罄海宇以骏奔，偃人天之景从。愿回日月之照，少答神民之心。乃眷新宫，永垂余庆。

【译文】我恭谨地继承了你的遗业，把你的真容安放在珠阙彤庭。你可以敖游于天涯海角，以安慰上天和万民对你的追从。愿你能把日月般的光辉回照人间，以答谢神灵和民众对你的敬仰。就在这新建的宫室里，你将把吉庆永远留给后世。

天章阁权奉安神宗皇帝御容祝文

伏以唐虞稽古，虽绝名言。文武重光，已新崇构。下慰华夷之望，仰摩天日之容。将往宅于灵宫，永怀攀慕；愿少安于秘殿，无尽瞻依。

【译文】稽考唐尧虞舜的远古事迹，虽然都是至理名言。而我神宗皇帝英文烈武如日月重光，我已经把新的殿阁修建起来。下可以告慰华夏蛮夷的期望，上可以比于天上的太阳。我将要把你安放在这虚灵的殿阁，心中永远怀着悲戚和敬慕；愿你能在此秘殿中稍安神明，以便我时时可以来瞻仰你。

内中神御殿张挂奉安神宗皇帝御容祝文

伏以祥祭告终，圣灵改御。僾如在位，威不违颜。虽天日之光，固难形似；而神人之奉，永有瞻依。悲慕愈深，照临无极。

【译文】三年的大祭已告结束，你圣明的灵位应当改放于别殿。我仍旧把你看做在位，绝不违拗你的龙颜。就是太阳的光芒，也难以形容你的伟大；如今供奉你的灵位，我就时时可以来瞻仰膜拜。我心中的悲怆越来越深，而你的光芒仍照耀到世间各处。

神宗皇帝大祥祭讫彻馔除灵座时皇帝躬亲扶神御别设一祭祝文

伏以俯就终丧，礼当即远。永瞻陵庙，将彻几筵。攀慕若疑，追怀罔极。

【译文】由于我已经服丧期满，依照礼法应当把你安置到别殿。我久久地望着你的陵庙，这祭奠的宴席也要撤除了。我追攀敬慕，心中似乎已经痴迷，我对你的怀念无穷无尽。

景灵宫宣光殿奉安神宗皇帝御容毕皇太后亲诣行礼祝文（元祐二年三月十四日）

伏以奕奕祠宫，巍巍天像。圣灵虽远，哲命惟新。仰瞻如在之威，永锡无疆之庆。敢祈昭鉴，下烛微诚。

【译文】这辉煌的祭祠之宫，巍巍高耸如插入高天。先皇帝的英灵虽然渐渐远去，然而他的遗德却永远常新。我瞻仰着你如同活着一般的威严，愿你赐给我无尽的吉庆。我在这里祈求神明的昭示，你可以鉴察我这一片真诚。

天地社稷宗庙神庙等处祈雨祝文

惟德弗类，致常畅之灾；斯民何辜，有荐饥之惧。浃旬不雨，麦禾皆空。循省再三，夙夜祗栗。引领云霓之望，援手沟壑之余。既穷之词，其忍弗听？

【译文】只因我的仁德不够深广，所以导致了长久的旱情；百姓有什么罪过，而面临着断粮的危险。再过十天不下雨，夏麦秋禾就都会枯死。我反复地反省自己，日日夜夜惊悚不安。我仰望着上天盼望下雨，恨不能伸手舀起沟中的水。我这至诚无比的言词，神灵难道忍心不听吗？

五岳四渎等处祈雨祝文（元祐二年三月十七日）

期年以来，水旱作沴。振廪同食，冠盖相望。已责劝分，公私并竭。惟待一熟之麦，以苏垂死之民。而冬不雨以徂春，苗将秀而不实。顾惟冲昧，有失政刑。感伤阴阳，延及鳏寡。既非下民之罪，亦岂上帝之心。惟神聪明，毋爱膏泽。则民有息肩之渐，神无乏祀之忧。

【译文】一年多来，水灾和旱灾接连发生。打开粮仓为百姓输送粮食的官吏相继于路。朕已经责成上下均分粮谷，如今官府和私人都已告罄。现在就等待这一季麦子，来拯救饥饿将死的人民。从去年冬天没有雨雪，直到今春，禾苗吐穗却没有果实。只因为无知的我，因为政治失当，用刑失允之处，伤害了阴阳的和协，殃及了鳏寡孤独。这既不是万民的罪过，也不是发自天帝内心。四处神灵是最聪敏的，我祈求你们不要吝惜雨露。只有这样，百姓才能稍得休养，而神灵也免除了无人祭祀的忧虑。

五岳四渎等处祈雨祝文（元祐二年四月十日）

天人之交，应若影响。雨旸不顺，咎在貌言。失之户庭，害及寰宇。求治虽切，不当天意之中；听言虽多，未闻民病之实。刑罚有过，赋役未平。一人之愆，百姓何罪？避坐彻膳，犹当许其自修；悔祸转灾，庶或救之将坠。于神盖反掌之易，而民免挤壑之忧。仰瞻云霓，待命旦夕。

【译文】上天与下民的交合，其相应如同影子和回声。水旱不时，责任在形貌和言语本身。我失政于朝庭之上，贻害却波及环宇之内。我虽然急切地希望国家能得到治理，却没有上应天意；闻听的话语虽然很多，却没有真正了解到百姓危困的实际。用刑有过滥之处，赋税徭役也未能均衡。这是我一人的罪过，百姓有什么罪呢？我避开正殿撤消常膳，上天应该允许我闭门思过；我愿消除祸患制止灾伤，这还可以对垂死的民众加以拯救。对于诸位山川神灵来说，做起来易如反掌，而百姓就能幸免于转死于沟壑。我仰望着上天，朝夕在这里待命。

五岳四渎等处谢雨祝文（元祐二年四月十日）

乃者常旸为灾，历时愈炽。念咎责己，宁丁我躬。求哀吁天，并走群望。果蒙膏泽之赐，一拯流亡之余。我愧于民，敢废无灾之惧；神终其赐，愿必有年之祥。

【译文】此前旱情已经成灾，时间既猝，灾情越重。我追悔自己的错过责备自己，无时无刻不在警告自身。我向苍天发出哀求，并且向山川诸神一一求告。如果承蒙你们赐予雨露，就可以拯救尚在流亡的难民。我对子民于心有愧，怎敢像无灾一样无所惊惧；神灵最终肯于赐予，我将向你们供上丰收的祭品。

神宗皇帝禫祭太皇太后亲行祝文

寒暑之变，忽焉再期；练祥之余，复将三月。勉从即吉之典，莫遂无穷之哀。

【译文】寒暑的变化，倏忽间又到来了；大祭之后，转眼又是三个月。我将勉强愿太皇太后依礼祭奠，不要再心存无尽的悲哀。

神宗皇帝禫祭皇帝亲行祝文

既祥之余，徙月而吉。迫于先王之礼，徒有终身之忧。瞻仰圣灵，伏深感慕。

【译文】大祭之后，过一个月就应当转为吉庆。这只是先王制定的礼法，而我的内心仍有不可磨灭的忧思。瞻望着你的英灵，深深地感叹哀慕。

神宗皇帝禫祭皇太后亲行祝文

丧期有数，禫月告终。哀虽未忘，礼弗敢过。追慕之至，中外所同。

【译文】服丧的日月有礼法的限定，大祭之月已经告终。哀伤虽然不可能忘怀，礼制怎敢稍有违背。对你的追思戚慕，我与万民心情全同。

永裕陵修移角堠门户柏窠奏告神宗皇帝祝文

园寝之奉，巡行以时。增植所宜，卜云其吉。先事而告，亦礼之常。

【译文】到陵墓去致以哀祭，这是有礼法限制的。增植陵墓的柏树，依占卜之说为吉。事先向先帝奏告，这也是依礼而行。

永裕陵修移角堠门户柏窠祭告土地祝文

园寝之奉，栽植以时。惟尔有神，实严所守。敢祈昭鉴，永底平宁。

【译文】到陵墓致以哀祭，依时载上新增的柏树。你那里有神灵，严密地守住陵寝。我祈求上天的昭示，愿先皇帝永远平安康宁。

景灵宫天兴殿开淘井眼祭告里域真官祝文

神游之庭，井泥不食。日辰之吉，浚治以时。谂尔明灵，庶无悔吝。

【译文】神灵悠游的庭宇，井中有泥岂能饮食。选择吉日良辰，按时修整淘清。想你神明之灵，不会后悔吝惜。

太皇太后皇太后皇太妃受册奏告太庙并诸陵祝文

（元祐二年六月十九）

伏以祗事亲闱，庶几孝治。配德祖考，既务极于推崇；笃生眇冲，亦敢忘于褒显。将奉宝册，率循旧章。涓日甚良，先期以告。

【译文】我敬奉慈母太后，是想达到以孝为本的治理。你们的圣德与祖父、父皇相配，我已经及时地给予了荣宠；母后生下了我，我怎敢忘记对你的褒扬和册命。我将要捧着册封之宝，一切依照朝廷的旧礼。我将为你们选择最美好的日子，今先奉书告知。

西京应天禅院会圣宫修神御帐座毕功告迁诸神御祝文（元祐二年八月二日）

顷诏有司，恭修幄座。暂安别殿，以作庶工。既匠事之告成，宜真游之来复。愿垂昭鉴，及此良辰。

【译文】此前已下诏有关部门，命他们认真地修整帏幕和座位。先皇帝的真容暂时安放在其他殿内，召集工匠加紧修治。一旦整理完毕，再移真容入内。愿上天能够照临，来看一看这吉日良辰。

西京应天禅院会圣宫修神御帐座毕功奉安诸神御祝文（元祐二年八月二日）

幄坐告成，允协岁时之吉；灵游永奠，复瞻天日之光。庶俾后人，仰蒙余庆。

【译文】帏幕和方位已经整修，正合一年中的吉辰；神灵可以各处悠游，万民可以重新瞻望你日月的光辉。这足以使后来之人，瞻仰领受你的遗爱。

西京会圣宫应天禅院奉安神宗皇帝御容前一日奏告永裕陵祝文（元祐二年十月）

国家推本汉仪，立郡国之庙；参用唐制，就佛老之祠。乃眷洛都，载瞻园寝。并兴灵宇，以奉神禧。闵惟冲人，恭蹈成宪；谨择良日，临遣近臣。庶回日月之光，少答天人之望。

【译文】国家依照汉朝的仪制，修建大郡的祠庙；参照唐朝的制度，而依附于佛道寺观。西京洛阳，是万民瞻仰的陵园所在。故而再建宫观，以供奉神宗皇帝的真容。我自知才能渺小，恭谨地依据既有的典制；慎重地选择吉日良辰，派遣亲近的大臣前往。愿你能把日月般的光辉回照人间，以答谢神灵和民众对你的敬仰。

神宗皇帝御容至会圣宫并应天禅院前一日奏告诸帝祝文（元祐二年八月）

三灵眷命，六圣在天。崧洛之间，仙释所馆。惟兹吉谛之始，当拊出游之庭。念彼元臣，昔皆侑食。一新惟肖之像，永陪如在之神。敢冀威灵，曲垂昭鉴。

【译文】三方圣灵都发出美命，六位祖宗飞升在天。嵩山洛水之间，是仙佛会聚之处。当此郊祭之日，理当在此处安放神宗皇帝真容。朕感念列祖列宗，早年都已经享有祭奠。如今把先皇帝像修整一新，让他永远陪伴你们如生的神灵。希望你们的英灵，为我昭示鉴戒。

神宗皇帝御容进发前一日奏告天地社稷宗庙等处祝文（元祐二年九月二十五日）

祇畏天明，率循祖武。进衣冠之原庙，镇崧洛之灵祠。恭择良辰，启行仙驭。分遣执事，并告有神。

【译文】我敬畏上天的神明，一切依遵祖宗的旧制。把神宗皇帝供奉在别庙，这是威震嵩山洛水的神祠。我将要恭谨地选择吉日，把先皇帝安奉到那里。我已经分别派遣主管官吏筹划准备，兼呈告天地祖宗之神。

生擒西蕃鬼章奏告永裕陵祝文（元祐二年九月五日）

大弥获禽，必有指踪之自；丰年高廪，孰知耘耔之劳？昔汉武命将出师，而呼韩来庭，效于甘露；宪宗厉精讲武，而河湟恢复，见于大中。憬彼西戎，古称右臂。自嘉祐末，亢征扰边。至熙宁中，董毡方命。于赫圣考，恭行天诛。非贪尺寸之疆，盖为民除蝥贼。遂建长久之策，不以贼遗子孙。而西蕃大首领鬼章，首犯南川，北连拓拔。申命诸将，择利而行；旋闻偏师，无往不克。吏士用命，争酬未报之恩；圣灵在天，难逃不漏之网。已于八月戊戌，生获鬼章。颉利成擒，初无渭水之耻；郅支授首，聊报谷吉之冤。谨当推本圣心，益修戎略。务在服近而来远，期于偃革以息民。仰冀威神，曲垂昭鉴。

【译文】凶顽的首恶已被我擒获，这必是先皇在冥冥中指引；丰年时仓库充满，有谁知这是辛勤耕耘的收获？当年汉武帝命将帅出征，而呼韩邪来朝已是宣帝甘露年中的事；唐宪宗厉精图治，讲究武功，然而黄河，湟水的收复，则推延在宣宗大中年间。远方西部的戎狄，自古以来称为华夏的右臂。自从仁宗嘉祐末年，亢征侵扰我朝边境，到神宗熙宁年中，董毡又违我之命。我光焰赫赫的神宗皇帝，发兵讨伐替天行事。并不是贪恋几尺的封疆，实是为边民除去大害。自此确立了长久的御戎之策，不把边患留给子孙。而西羌大首领鬼章，率众侵犯我黄河之南，北与拓拔氏勾结。朕于是传令各位将领相机行事；随后听到有一支部队无往不胜。官吏和士卒恭听将令，争相立功，以酬答对神宗皇帝未报的恩德；我先皇帝的英灵在天空下照，羌寇难以逃脱我无所遗漏的大网。我军已于八日戊戌这一天，生擒了鬼章。唐突厥可汗颉利就擒，并没有使渭水蒙受耻辱。这是匈奴郅支单于被斩下首级，为卫司马谷吉洗雪了冤仇。我定会遵照先帝的本意，修讲武备。务必做到近邻臣服远国来朝，达到偃武修文使民养息的目的。我希望先帝威武的神灵，为我昭示鉴戒。

西京会圣宫应天禅院奉安神宗皇帝御容奏告诸帝祝文（元祐二年九月六日）

于穆神考，陟配在天。有严祠宫，从祀我祖。时日协吉，圣灵其安。宠绥后人，永锡纯嘏。

【译文】庄严肃穆的神宗皇帝，你已升配上天。你将被安置于神圣的仙宫，配德于列祖列宗。如今日时均合于吉，你的英灵可以安居。愿你福佑后世子孙，永远地赐予纯美的仁德。

西京应天禅院会圣宫奉安神宗皇帝神御祝文

（元祐二年九月六日）

于皇在天，丕冒下土。矧此山陵之近，顾瞻两都；宅于嵩洛之间，上联五圣。有严净宇，（会圣宫改为真馆。）祇奉醉颜。愿追梵释之游，（会圣宫改为仙圣之游。）永答人天之望。

【译文】先皇帝英灵升在天空，使天下万民得到护佑。何况陵墓很近，你可以看顾东、西二京；阴宅修建在嵩山洛水之间，上连着五代列祖。在威严圣洁的寺院中，（在会圣宫的祝文中，“净宇”改为“真馆”。）我敬奉你温润如生的真容。愿你神游于佛国乐土，（在会圣宫的祝文中，“梵释之游”改为“会圣之游”。）以告慰上天下万民对你的期望。

太皇太后皇太后皇太妃受册礼毕奏谢天地社稷宗庙诸宫观并诸陵祝文（元祐二年十月十日）

至哉坤元，政必先于治内；养以天下，孝莫大于尊亲。昔首正于号名，今复严于典册。礼乐既具，神人允谐。分命迩臣，恭致成事。仰祈昭鉴，永锡鸿休。（诸神庙“分命迩臣”句改“分命有司”。）无任恳祷之至。

【译文】大皇太后、皇太后的仁德至深至广，治理天下先从治理家族开始；你们得到天下的供养，我的孝顺没有比尊崇至亲更重要的了。此前已为你们正了名号，如今再给予你们册封。礼仪乐舞都已具备，天神下民融洽和谐。我已经分别命身边的近臣，恭敬地完成这件事。愿上天昭示鉴戒，永赐我朝无疆的吉祥。（在给各神庙的祝文中，“分命迩臣”一句改为“分命有司”。）我不胜恳切祈祷之至。

东太一宫翻修殿宇奉告十神太一真君祝文

（元祐四年二月二十五日）

于穆祠宫，有严春祀。吏以时而按视，工揆日以修完。庶就絜新，永绥灵御。仰祈昭鉴，大庇含生。

【译文】这肃穆的灵宫中，将举行庄严的春祭。官吏按时前往督视，翻修的工程指日可完。就在这整饰一新的地方，我将永远安奉神灵。愿上天诸神昭示鉴戒，保佑我天下生民。

西路阙雨于济渎河渎淮渎庙祈雨祝文

伏以水旱之事，山川所司。农服穑以有秋，天密云而不雨。愧我不德，渎于有神。愿为三日之霖，大慰一方之望。国有常报，我其敢忘？

【译文】水旱等事，是山川诸神掌管的。农夫耕耘只盼着能得到收成，上天虽有浓云却没有降雨。我自愧仁德不厚，对神灵有失诚敬。愿诸神为我降三天的雨水，满足一方民众的盼望。国家有报答告祭的法典，我难道敢于忘怀？

永定院修盖舍屋奏告诸帝后祝文

具严净宇，祇奉寝园。眷惟焚燎之余，少缓增修之役。仰祈昭鉴，永底燕宁。

【译文】在这洁净的寺宇内，我敬奉着烈祖圣后。在焚香祈祷之余，对此院加以增修。愿上天昭示鉴戒，让他们永远享受安宁。

永定院修盖舍屋祭告土地祝文（元祐二年十二月十日）

伏以向因遗烬，延及净祠。爰择良辰，以兴众役。宜兹遣使，昭示有神。

【译文】此前由于火灾的蔓延，殃及到这洁净的祠宇。我选择吉日良辰，众工匠重新修整。如今即派遣特使，向土地之神祷告请示。

明堂祭诸庙文

天子宗祀明堂，泽及幽显，敷天之下，遍于群神。德庇方州，位昭祀典。是用肃将昭意，以格神术。

【译文】天子崇奉祭祀明堂，恩泽就会无处不至。普天之下，八方群神。你们的德泽护佑着一方土地，你们的神位合于祭祀之典。因此我恭肃地告祭你们，愿你们带着神灵之术降临人间。

祈晴文

常平之政，睹岁美恶。操其嬴虚，以驭农末。秋谷未登，已食其陈。嗣岁之虞，当敛其新。迨兹秋旸，载获载春。阴雨害之，穑人罔功。我发库泉，以实高廪。盍敕雨官，遄止其沾。既旸我场，万杵皆作。待此坻京，援我沟壑。丕显大神，雨霁在予。匪民焉依，其忍弗图。

【译文】常平的政令，要看年景的好坏。根据官府仓库的存粮多寡来驾驭驱使农民和工商。秋天没有获得收成，人民所食已是旧谷。等到明年无灾之时，再收取新谷充入库中。当此秋天干爽的季节，本应得到收获迎接新春。阴雨连绵损害庄稼，农夫们就会徒劳无功。我拿出府库的银钱，修筑防水的堤坝。何不申命雨官，停止你不停的降雨。我的谷场只要一干，农夫们就会带着打场工具开始劳作。就等着出现这块高平之地，挽救我濒死的百姓。我向显赫的神灵祈祷，止住秋雨就在于我。否则民众又依靠谁呢？我怎能忍心不为他们祷告。

日食祈祷祝文

呜呼！日官底日，实诏天戒。正阳之朔，将有薄食。上心震惧，侧身修德，诞布休命，赦宥多辟。凡在祀典，罔不咸秩。惟神聪明，照鉴诚忱，消复大眚，迎导和气，俾我有邦，享天之衷，民物康阜，以永保神之休无。

【译文】啊！司日的天官自残于日，这实在是上天对下民的警告。四月初一，将会发生日食。天子心中震惊悚惧，反省自身修养仁德，发布休祥之命，宽赦了死刑犯人。凡是国家祭祀之礼，没有一样不用于今日。天神耳聪目明，能明察下民的虔诚，望你能消除灾变，迎来融和之气，使我君臣上下，能享受上天的护佑，使百姓康强富裕，以永保天神永远美好无瑕。

祭勾芒神祝文二首

其一

夫帝出乎震，神实辅之。兹日立春，农事之始。将平秩于东作，先恭授于人时。乃出土牛，以示早晚。惟神其佑之。

【译文】天帝从震位行出，天神会辅佐着他。今日是立春之日，农耕之日从此开始。耕耘平整田地，先要恭谨地遵依天时。堆起一只土牛，来表示时节的早晚，愿天神保佑它。

其二

春律既应，农事将作。爰出土牛，以为耕候。维尔有神，实左右之。伏愿雨呖以时，螟螣不作。俾克有年，敢忘其报？

【译文】春天的节律已经来临，农耕之事即将兴起。堆起一只土牛，做为开始耕种的象征。敬告上天诸神，望你保佑着它。愿上天当晴则晴，当雨则雨，虫害蝗灾不要出现。帮助腾下民获取丰收，谁敢忘记向你回报？

祷龙水祝文

云布多峰，日有焚空之势；雨无破块，人怀暍虐之忧。虽屡叩于明灵，终未怀于通感。府主舍人存心为国，俯念舆民。燃香霭以祷祈，对龙湫而恳望。伏愿明灵敷感，使雨泽以旁滋；圣化荐臻，致田畴之益济。

【译文】虽然有云布于千峰万峰，却每天都有火烧苍天的气势；雨水无法破云而降，人人都担心大旱无收。虽然多次向神明叩拜，始终未能上达天听。做为一州的长官，我一心为朝廷着想，当然要保护我一方之民。点燃香烛虔诚地祈祷，面对着龙潭表达期望。但愿龙神能有所感知，将雨水降到干旱的州郡。圣明的德化接踵而来，使田地雨水丰沛喜获丰收。

祷雨蟠溪祝文

岁秋矣，物之几成者，待雨而已。穗者已秀，待雨而实，三日不雨，则穗者不实矣；荚者已孕，待雨而秀，五日不雨，则荚者不秀矣；野有余土，室有闲民，待雨而耕且种，七日不雨，则余土不耕，闲民不种矣。穗者不实，荚者不秀，余土不耕而闲民不种，则守土之臣，将有不任职之诛，而山川鬼神，将乏其祀。兹用不敢宁居，斋戒择日，并走群望，而精诚不歆。神不顾答，吏民无所请命。闻之曰：“虢有周文、武之师太公，其可以病告。”乃用太祲之礼，祷而不祠。谷梁子曰：“古之神人，有应上公者，通乎阴阳。君亲帅诸大夫道之而以请焉。”夫生而为上公，没而为神人，非公其谁当之?《诗》曰：“维师尚父，时维鹰扬，凉彼武王，肆伐大商，会朝清明。”公之仁且勇，计其神灵无所不能为也。吏民既以雨望公，公亦当任其责。敢布腹心，公实图之。尚飨。

【译文】时节已经入秋，庄稼即将成熟，只等秋雨的降临。谷穗已经长出了颗粒，等着雨水来充实。再过三天不雨，那么谷穗就不能饱满了。豆荚里已经长出了豆粒，也等待雨水来充实。再过五天不下雨，那么豆子就不能饱满了。田野中还有未种的土地，屋室中还有无事可做的农民，他们要等到雨水降下才能耕种。再过七天不下雨，那么土地就无法耕种，农民们也就无地可种了。秀穗的禾谷长不成饱满的颗粒，豆荚中的豆子长不成饱满的果实，剩余的土地得不到耕种，农民们又无地可种，那么一郡的守臣，将要受到不称其职的谴责。而山川土地诸神，也就得不到人民的祭祀。故而不敢端居，素食斋戒，选择吉日良辰，敬告各方神灵。然而诚敬之心没有得到回响，神灵默不作答，官吏民众不知如何祈求请命。我听到有这样的说法：“凤翔有周文王、周武王的师傅姜大公，你们可以向他祷告。”于是我采用大祭的礼节，向你祈祷而不用设斋的旧仪。《春秋谷梁传》说：“古时的神人，有居于国公之位的，可以通达调和阴阳之气。国君亲自率领大夫口诵他的名字向他祷告。”生前为国公，死后为神灵，除了姜太公，还有谁能合于这个称誉。《诗经》说：“只有太师姜公，像雄鹰般地飞扬。辅佐周武王，讨伐强大的商纣。牧野大战，到了清晨就天下清平。”太公仁爱而勇武，我想你的神灵定是无所不能。官吏民众既然向大公求雨，大公也应该身任其责。如今我们把诚心献上，望太公实实在在地为民造福。请你接受我的祭飨。

凤翔太白山祈雨祝文

维西方挺特英伟之气，结而为此山。惟山之阴威润泽之气，又聚而为湫潭。瓶罂罐勺，可以雨天下，而况于一方乎？乃者自冬徂春，雨雪不至，西民之所恃以为生者，麦禾而已。今旬不雨，即为凶岁。民食不继，盗贼且起。岂惟守土之臣所任以为忧？亦非神之所当安坐而熟视也。圣天子在上，凡所以怀柔之礼，莫不备至。下至于愚夫小民，奔走畏事者，亦岂有他哉？凡皆以为今日也。神其盍亦鉴之？上以无负圣天子之意，下以无失愚夫小民之望。尚飨。

【译文】西方挺拔特立英杰伟壮之气，凝聚而成为此山。此山以北威秀润泽的阴气，又凝聚成为池潭。一瓶一勺之水，就可以滋润天下，何况，是一方土地呢？此前从入冬直到开春，雨雪没有降临，西方百姓赖以存活之物，不过是夏麦秋禾而已。如今一旬之内再不下雨，就将成为灾凶之年。百姓陷入饥荒，盗贼就会继之而起。岂只是州太守以失职为忧虑？山川之神也不该对此熟视无睹。圣明的天子在上，凡是能够敬天礼神的举措，没有一件没施行。下到愚昧的小民，往来奔走害怕生事，岂有别的希求？不过都是为今日的旱情而忧虑。神灵何不看一看呢？对上不辜负圣明天子的仁慈之心，对下不辜负愚昧小民的热切盼望。请你接受我的祭飨。

告封太白山明应公祝文

天作山川，以镇四方。俾食于民，以雨以旸。惟公聪明，能率其职。民以旱告，应不逾夕。帝谓守臣，予嘉乃功。惟新爵号，往耀其躬。在唐天宝，亦赐今爵。时惟术士，探符访药。谓我公荣，实为公羞。中原颠覆，神不顾救。今皇神圣，惟民是忧。民既饱溢，皇无祷求。衮衣煌煌，赤鞋绣裳。舍旧即新，以佑我民。尚飨。

【译文】上天创造了高山大河，用它们来镇守四方土地。使各地生民仰食于它们，当雨则雨，当晴则晴。只有大白山明应公最为聪慧，能够勤于自己所司之职。百姓把旱情告知于你，你的反响不会超过当晚。天子告诉我这位大守，说要嘉奖你的神功。把你的封爵名号更新，来显扬你长期的勤苦。早在唐朝天宝年间，你就接受了现在这个爵名。当时的方士们，到太白山中寻访仙药，时人把你当成荣耀，其实恰是你的羞耻。中原政权荡然颠覆，神灵并没有挺身相救。如今天子神睿圣明，日夜为万民之事操劳辛苦。百姓得到了温饱，天子就没有别的祈求。龙袍灿烂，赤鞋锦裳。你可以脱去旧装换上新服，继续保佑我一方生民。请你接受我的祭飨。

祈雨龙祠祝文 杭州

神食于民，吏食于君。各思乃事，食则无愧。吏事农桑，神事雨旸。匪农不力，雨则时啬。召呼风霆，来会我庭。一勺之水，肤寸千里。尚飨。

【译文】神灵取食于天下生民，官吏取食于他的国君。各自做好自己的职事，取食就心中无愧。官吏们要管好农桑之事，神灵要管好雨晴之事。并不是农夫不肯出力，实在是上天过于吝啬雨水。召来风神雨师，一齐聚会在我方上空。施以一勺之水，就可以滋润千里民田。请你接受我的祭飨。

祈雨吴山祝文

杭之为邦，山泽相半。十日之雨则病水，一月不雨则病旱。故水旱之请，黩神为甚。今者止雨之祷，未能逾月，又以旱告矣。吏以不得为愧，神以不倦为德。愿终其赐，俾克有秋。尚飨。

【译文】杭州一地，半山半水，十天连雨就涝，一月不雨就旱。因此求雨祈晴的祷告，烦劳神灵委实不少。今天还在祈求雨停，过不了一个月，就会又来请求解除旱情。官吏们以不能使风调雨顺为惭愧，神灵以孜孜不倦为美德。愿这次仍民众一个好的收成。请你接受我的祭飨。

祈晴风伯祝文

维神开阖阴阳，鼓舞万类。行巽之权，直箕之次。阴淫为霖，神能散之。下土垫涝，神能暵之。发轸西北，弭节东南。风反雨霁，神亦不惭。尚飨。

【译文】神灵掌握着阴阳调和，以养育世间万物。兴风的权力，在于箕宿之间。阴雨连绵已成水患，神灵能够吹散阴云。土地已经积雨成涝，神灵能够将它晒干。你从西北出发，一直刮向东南，风可放纵雨可开霁，神灵也无愧食于生民。请你接受我的祭飨。

祈晴雨师祝文

天以风雨寒暑付于神，亦如人君之设官置吏以治刑政也。人君未尝不欲民之安，天亦何尝不欲岁之丰乎？刑政之失中，民惟吏之怨。雨旸之不时，民亦不能无望于神也。今淫雨弥月，农工告穷。岁之丰凶，决于朝夕。而并走群望，莫肯顾答。维天之所以畀于神，神之所以食于民者，庶其在此。尚率厥职，俾克有秋。尚飨。

【译文】天帝把世间的风雨寒暑托付给山川诸神，也就像国君设官分职让他们治理刑狱政事。国君从来没想让民众不能安居乐业，天帝也何尝不想让百谷岁岁丰收呢？刑狱政事失去中和，百姓只怨恨官吏。雨水阳光不应时而出，百姓就不能不求救于神灵。如今连绵雨水已下了一个月，农夫工匠忧心如焚。一年的丰歉就取决于这几日之内。他们奔走求告于神灵，却没有得到神灵的答复。我认为天帝之所以要把阴晴交付给诸神，诸神之所以能取食于万民的原因，恐怕就在这上面。我还要带领僚属向神灵求告，希望你们帮助农民获得秋收。请你接受我的祭飨。

祈晴吴山祝文

岁既大熟，惟神之赐。害于垂成，匪神之意。筑场为途，卧穗生耳。农泣于野，其忍安视。生为楚英，没为吴豪。烈气不泯，视此海涛。反雨为旸，何足告劳。有洁斯醴，匪神孰号？尚飨。

【译文】年谷能够丰收，这都是神灵的赐予。庄稼就要收割却毁于一旦，这绝不是神灵的本意。新筑的谷场变成泥途，倒卧在地里的庄稼发霉发芽。农夫在田野中哭泣，他们哪里忍心见到自己一年的辛劳化为泥土。你生前为楚国的英雄，死后为吴国的豪士。你英烈之气并没有泯灭，怎忍心坐视这如海的浪涛。驱散云雨露出阳光，这对你不过是举手之劳。我备好这洁净的美酒，不向你求救还能向谁祷告？请你接受我的祭飨。

奉诏祷雨诸庙祝文

噫嗟艰岁，胡閟斯雨。念我东南，哺饟中土。迎秋饯伏，农不再举。有事郊庙，万方毕助。漕沟绝流，庭实未旅。下书哀痛，超轶尧禹。矧兹守臣，废食悼惧。民之祸福，间不容缕。今不愍救，后诉无所。天高莫谒，神或可吁。尚飨。

【译文】嗟叹这多灾的年景，为什么如此吝惜雨水？想我东南一带，供养着中原人民的饮食。迎来秋收就大功告成，一年的农事就不再兴作。如今天子也郊祭求雨，举国之上下都与此相应。河流已经干涸，祭神的供品未能罗致。天子下诏表示哀痛，他的仁爱超过了唐尧和大禹。更何况我们这些守土之臣，不敢饮食终日忧惧。百姓的死生祸福不能有丝毫的轻忽。如今神灵若不怜悯救助，日后有谁还能活着向你祈祷？天帝太高无法通问，山川诸神尚可呼唤。请你接受我的祭飨。

祷雨社神祝文

噫我侯社，我民所恃。祭于北墉，答阴之义。阳亢不反，自春徂秋。迄冬不雨，嗣岁之忧。吏民嗷嗷，谨以病告。锡之雨雪，民敢无报？尚飨。

【译文】啊！为一方的土地之神，你是我生民的倚恃。向你告祭于城的北端，这是为了答谢你的阴德。骄阳不退，已经从春至秋。若是直到入冬仍不下雨，采年的庄稼就更令人担忧。官吏民众群情骚然，恭谨地向你诉说这严重的灾情。望你能赐我民秋雨冬雪。百姓岂敢不衷心地回报？请你接受我的祭飨。

祷雨后土祝文

神食于社，盖数千年。更历圣王，讫莫能迁。探源流远，爱民宜厚。雨不时应，亦神之疚。社稷惟神，我神惟人。去我不远。宜轸我民。尚飨。

【译文】神灵取食于民社，至今已有几千年之久。其间经历了数代圣王，这礼制从未更改。正由于其来已久，所以爱养人民也诚恳笃厚。雨水不能应时而来，这应该是神灵的愧疚。社稷要靠天神的护佑，诸神又要靠生民的供养。神灵离我并不遥远，理当怜念我一方之民。请你接受我的祭飨。

祷雨稷神祝文

农民所病，春夏之际。旧谷告穷，新谷未穗。其间有麦，如暍得凉。如行千里，弛担得浆。今神何心，毖此雨雪？敢求其他，尚悯此麦。尚飨。

【译文】农民感到愁苦的，是在春夏之交。旧粮已经吃完，新谷还没成熟。此间有一季麦收，就如同大暑之际得到了阴凉。如同肩挑重担行走千里，放下担子得到一碗水喝。如今山川之神居心何在，为什么拒不滴下半点雨雪？我只好求救于稷神，望你能怜惜这救命的麦子。请你接受我的祭飨。

祷雨后稷祝文

维神之生，稼穑是力。瘽身为民，尚莫顾惜。矧今在天，与天同功。召呼风云，孰敢不从？岂惟农田，井竭无水。我求于神，亦云亟矣。尚飨。

【译文】在你化为神灵之前，曾教给民众如何耕种。当时你一心为民，从不顾惜自己的劳累。何况你现在已成为在天之灵，你的功业与上天相齐。你若呼风唤雨，谁敢不听？如今不仅是农田干旱，就连井中也干枯无水。我向神灵求雨，也是因为心急如焚了。请你接受我的祭飨。

祭常山祝文五首 密州

其一

洪维上帝，以斯民属于山川群望；亦如天子，以斯民属于守土之臣。惟吏与神，其职惟通。殄民废职，其咎惟均。哀我邦人，遭此凶旱。流殍之余，其命如发。而飞蝗流毒，遗种布野。使其变跃飞腾，则桑柘麦禾，举罹其灾，民其罔有孑遗。吏将获罪，神且乏祀。兹用栗栗危惧。谨以四月初吉，斋居蔬食，至于闰月辛丑，若时雨沾洽，蝗不能生，当与吏民躬执牲币以答神休。呜呼！我州之望，不在神乎？父老谓神求无不获，克有常德，以名兹山。其可不答，以愧此名？若曰："岁之丰凶在天，非神之所得专。"吏将亦曰："民之休戚在朝廷，我何知焉？"则谁任其责矣？上帝与吾君爱民之心，一也。凡吏之可以请于朝者，既不敢不尽；则神之可以谒于帝者，宜无所不为。尚飨。

【译文】神明的上帝，你把生民托付给山川诸神；就像人间的天子，把生民托付给各地的守臣。官吏和诸神，二者的职事相通，官吏残害民众，诸神荒废职守，他们的罪过是相同的。可怜我一州之民，遭受如此大旱，尚未饿死的余众，其生命也已危如悬丝。而飞蝗肆虐，扑天盖地布满原野。如果让这些害虫任意跳跃飞腾，那么桑林禾麦，就都要受到毁灭之灾，百姓哪里还会有人存活？那时守臣将要获罪，也无人再向诸神祭飨。因此我慌恐惊惧，恭谨地选定四月上旬始，斋戒而居，服食菜蔬，如此直到闰月辛丑而止，如果能够使雨水降下，蝗害减轻，我会与属官和州民带着牲畜财宝来报答神灵之恩。啊！我一州的希望，不就寄托在神灵身上了吗？父老们都说只要虔诚地向诸神祈祷，没有不应验的。就因为屡求屡验，才以"常"做山名，如果它不应验，便愧对常山之名。如果山神说："年成的丰歉决定于上天，并不是山神掌管之事。"那么我也会这样说："百姓的安危决定于朝廷，我哪里知道这些事。"那么谁来安养百姓？上帝与我朝天子的爱民之心是一般无二的。凡是官吏应该向朝廷奏请的，谁敢言而不尽？那么，诸神应该向天帝奏告的，也应该尽力而为。请你接受我的祭飨。

其二

峨峨此山，望我东国。为帝司雨，涵濡百物。自我再祷，应不旋毂。迨兹有秋，岁得中熟。嗟此薄礼，曷称其德？陶匠并作，新其楹桷。岂以为报，民不苟怍。岁云徂矣，麰麦未殖。嗣岁之忧，既谢且谒。惠然雨我，以永休烈。尚飨。

【译文】巍峨高大的常山，挺立在华夏之东。你为上帝掌管云雨，以滋润世间万物。自从我再次向你祈祷，片刻之间便得以响应。今年的秋收，可望得到中等年成。感叹这一点薄礼，哪里能答谢你的大恩？陶工木工一齐动手，把山神庙修整一新；百姓如果不这样做，拿什么来做为回报？节令已经将近收获，而麦子的果实还未灌浆，为了解除来年的忧虑，我当然还要向你拜谢和进谒。盼望你再把雨水施给州民，使你的恩德十全十美。请你接受我的祭飨。

其三

比年以来，蝗旱相属。中民以上，举无岁蓄。量日计口，敛不待熟。秋田未终，引领新谷。如行远道，百里一宿。苟无舍馆，行旅夜哭。自秋不雨，霜露杀菽。黄穈黑黍，不满囷簏。麦田未耕，狼顾相目。道之云远，饥肠谁续？五日不雨，民在坑谷。猗嗟我侯，灵应响速。帝用嘉之，惟新命服。祈而不获，厥愆在仆。洗心祗载，敢辞屡渎？庶哀斯民，朝夕濡足。尚飨。

【译文】近年来，我州旱灾蝗灾叠相发生。中等人户，也都耗尽了积蓄。人们手掐时日节省口粮，未等庄稼成熟便开始收割。秋庄稼尚未种完，就翘首盼望它的成熟。如同在漫长的道路上行走，走上百里方得歇息。倘若这时再找不到客舍旅店，就只能在黑夜中放声痛哭。自从秋天以来未曾下雨，霜露又冻死了豆子。剩下些干瘪的粗粮，装不满小小的粮囤。麦田未能耕种，人心早已不安。前景暗淡，谁能为他们填饱饥肠？再有五天不下雨，百姓都会都会饿死于沟渎。叹我山神，你的感应如回声般迅速。因此天子嘉奖你，为你换上新的服饰。祈求而无所获，过失在我一身。如今恭谨虔敬，奉上祭品，再次向你祷告。望你哀怜一州生民，尽快地降下甘霖雨露。请你接受我的祭飨。

其四

天子有命，闵兹旱暵。俾我守臣，并走群望。惟神聪明慈惠，求无不获。既再祷矣，虽尝一雨，不及肤寸。吏实不德，不足以蒙神之休，导迎善气，以致甘泽。洪惟圣天子之意，其可不答？而饥羸之民，将转于沟壑，其可不一救之？渎神之罚，吏其敢辞？尚飨。

【译文】天子下了诏旨，对旱情表示深深的关切。命我辈守土之臣，向诸神祈求雨露。我想神灵聪明慈爱，有所求绝不会无所收获。我多次向你祈祷，虽然下了一场雨，然而未能沾湿地表。我委实无德，不足以受到神灵的恩赐，不能迎来祥和之气，以降雨露甘霖。而圣明的天子区区之心，你怎能无所回复？饥饿羸弱的黎民百姓，即将死于沟壑，你怎能不救他们一命？如果亵渎神灵应该得到惩罚，我怎敢推辞？请你接受我的祭飨。

其五

维熙宁九年，岁次丙辰，七月某日，诏封常山神为润民侯。十月某日，具位苏轼，谨以清酌少牢之奠，昭告于侯之庙曰：呜呼！旱蝗之为虐也，三年于兹矣。东南至于江海，西北被于河汉。饥馑疾疫，靡有遗矣。我瞻四方，大川乔岳，食于斯民者甚众，而受宠于吾君者，可谓巍巍矣。诉之而必闻，求之而必获。惠我农夫，而救其灾诊。不为倏云骤雨，苟以应祷之虚名；而有膏泽积润，可以及民之实效。卓然如侯者几希矣。凡天子之爵命，有德而致之则为荣，无功而享之则为辱。今侯泽此一郡，而施及于四邻，其受五等之爵，而被七命之服也，可谓无愧而有光辉矣。愿侯益修其实，以充其名。上以副天子之意，而下以塞吏民之望。民其奉事，有进而无衰矣。尚飨。

【译文】熙宁九年，岁在丙辰，七月某日，天子下诏封常山山神为润民侯。十月某日，密州知州苏轼恭谨地奉上清酒牛羊祭品，明告于润民侯庙前说：啊！旱灾蝗灾肆虐横行，至今已经三年了。东南方直至大海，西北方直至黄河，饥荒和瘟疫，没有一处能够幸免。我瞻望四方的大河高山，取食于民的为数不少，受到我朝天子封赠的可以说爵位甚高。有所哀告它就能听见，有所祈求它就能应验。把恩泽施与农夫，拯救生民于灾难之中。如果不能很快地兴云作雨，那么就是白白得到接受祈祷的虚名；只有积聚浓云降下甘霖，才称得上给百姓以实在的恩惠。诸神中像润民侯这样有求必应的神灵是很少见的。大凡对待天子的封爵，有功而得此爵位才叫荣耀，无功而受禄就是耻辱。如今润民侯使雨水遍及全州，且又施及四方邻郡，因此接受五等封爵，换上七命的礼服，可以说毫无愧疚而深感荣耀了。愿你更加关切民事，名符其实。对上可以合于圣朝天子的心意，对下可不负一州官民的敬仰。这样，百姓对你的事奉，就会更加虔诚而不会衰竭。请你接受我的祭飨。

谢雪祝文（徐州）

天不吝泽，神不忘职。胡为水旱，吏则不德。失政召灾，莫知自刻。雨则号晴，旱则谒雪。神既不谴，又满其欲。四山暮霰，万瓦晨白。驱攘疫疠，甲拆麰麦。牲酒匪报，维以告洁。神食无愧，吏则惭慄。尚飨。

【译文】上天并不吝惜雨雪，诸神也不忘其职事。为什么还会有水患旱灾呢？那就是因为守臣无德。政事有失而召致灾害，灾害发生还不能反省。雨水过多，就呼唤天晴，旱情严重，就祈求雨雪。诸神并没有谴责守臣，还是满足了他的愿望。傍晚时四面山上落满雪粒，第二天万家的屋顶一片银白。一场飞雪驱散了疾疫百病，田间的麦苗也披上了白色的鳞甲。三牲和美酒不足以报谢，我想还是献上洁净的供品。神灵享受它当之无愧，守臣的心中却羞惭恐惧。请你接受我的祭飨。

祭风伯雨师祝文

自秋不雨，以至于今。夏田将空，秋种不入。天子命我，祷于群望。云物既合，风辄散之。吏民皇皇，不知所获罪。敢以薄奠，诉于有神。风若不作，雨则随至。当以牲币，报神之赐。若格绝天泽，弃民乏嗣。上帝临视，神其不然。尚飨。

【译文】自从秋天没有降雨，一直持续到今天。夏麦将要绝收，秋禾也无法播种。天子命我这个守臣，向诸位神灵祈求祷告。乌云刚刚聚合，却又有风将它吹散。官吏和民众惶恐不安，不知道究竟犯了什么罪过。如今献上微薄的祭品，向列位神灵哀告灾情。如果风能停止，雨就会随之而降。那时我会带上牲畜礼物。报答神灵的恩赐。如果风神隔绝了上天的雨露，抛弃生民任其死亡，那么上帝视察诸神时，风伯恐怕也要遭受责罚。请你接受我的祭飨。

谒文宣王庙祝文（湖州）

至圣文宣王：窃惟吏治以仁义为本，教化为急。故以视事之三日，祗见于先圣先师，问所当先于学。其所从来尚矣，敢忘其旧？尚飨。

【译文】学生苏轼拜谒于至圣文宣王：学生私下认为官吏治理民事应该以仁义为根本，宏扬教化为当务之急。因此学生上任第三天，就恭敬地拜见先圣先师，向先师询问应如何治事。这种习俗由来已久，学生怎敢忘记这个传统？请你接受我的祭飨。

谒诸庙祝文

轼猥以不肖，来长此邦。实于有神，分职幽明。谨以视事之三日，祗见于庙。惟神保佑斯民，俾风雨时若，疫疠屏息：吏既免罪，神亦不愧。尚飨。

【译文】苏轼以无能之身，到本州担任一州之长。实在是与各位神灵的职责一样，在阴间阳世各司其职。因此在上任第三天，恭肃地拜见列位神灵。愿诸神保佑我一方生民，风调雨顺，疾疫不生。使我能免于获罪，诸神也无愧于心。请你接受我的祭飨。

谒庙祝文（杭州）

轼以王命，来守此邦。事神养民，敢不祗饬？莅政之始，见于祠下。安静无事，丰乐有年。惟神相之，使免罪戾。尚飨。

【译文】苏轼奉天子之命，前来任一州守臣。敬事神灵安养民众，我怎敢不恭谨自励。到任之初，便来到神祠向诸神拜谒。愿一州士民平安无虞，年年丰收家家快乐。盼望各位神灵阴助于我，使我得免于获不职之罪。请你接受我的祭飨。

谒文宣王庙祝文

轼以诸生，误蒙选擢。昔自太史，通守此邦。今由禁林，出使浙右，莅事之始，祗见儒宫。圣神临之，敢忘夙学？尚飨。

【译文】苏轼本是一名学生，有幸得到朝廷的提拔。往年曾以史馆之职前来本州担任通判。如今又从禁院出外，来到浙东大郡担任知州。到任之初，恭肃地拜见儒学先师。圣人在上，学生怎敢忘记昔日所学？请你接受我的祭飨。

祭英烈王祝文

钦诵旧史，仰瞻高风。报楚为孝，徇吴为忠。忠孝之至，实与天通。开塞阴阳，斡旋涛江。保障斯民，以食此邦。嗟我蠢愚，所向奇穷。岂以其诚，有请辄从。庚子之祷，海若伏降。完我岸闸，千夫奏功。牲酒薄陋，报微施丰。敬陈颂诗，侑此一钟。尚飨。

【译文】钦敬地诵读古史，瞻仰你的高风亮节。你报复楚国是为了尽孝，你为吴国而死是为了尽忠。你忠孝两全，与天相通。你的浩气使阴阳畅达，你的英烈使江海生涛。你守护着一方生民，取食于本州之内。可叹我生性愚钝，遇事受阻则无计可施。没想到以一片诚心向你祈祷之请必有应验。庚子那日祷告之后，海涛就像被降伏一样。保住了闸门，万民为此而欢喜若狂。如今奉上微薄的牲畜清酒，对你丰厚的施与回报万一。同时再献上这首颂歌，以助你饮酒之乐。请你接受我的祭飨。

祈雨祝文

杭州之为郡，负山带江，水泽不留。逾旬不雨，农有忧色。挽舟浚河，公私告病。吏既无术，莫知所救。不敢坐视，惟神之求。庶几闵民之穷，赦吏之渎。赐以一雨，敢忘其报？尚飨。

【译文】杭州一州，背靠大山中穿大河，雨水无法留滞于州中。一旬不下雨，农夫便感到忧虑。牵挽舟船疏通河道，官府农夫均感到患苦。守臣无计可施，不知用什么方法才能救助我民。我不敢坐视不救，只有求助于神灵。望你能哀悯民众的急难，宽赦我守臣的亵渎。赐一场大雨给下界万民，我怎敢忘记对你的报答？请你接受我的祭飨。

谢雨祝文

旧谷不登，陈廪已发。稍失雨旸之节，则怀沟壑之忧。惟神至明，有祷必应。敢陈薄奠，少答殊私。愿推无倦之仁，以毕有年之赐。尚飨。

【译文】上季的粮食没有收获，仓库中的储备已经取出。如今的雨水稍失其时，百姓就有转死沟壑的忧惧。只有神灵最能明察，有所祈告必然会应验。我奉上微薄的祭品，稍稍报答你的恩泽。愿你能推广不倦的仁德，赐给一个丰收之年。请你接受我的祭飨。

祈晴祝文

大雪连日，凝阴伤春。闵惟艰食之民，重此常寒之虐。役兵堕指，行旅摧辀。老弱号呼，吏既惭于无术；阴阳舒卷，神何惜而不为？愿扫重云，以昭灵贶。使民奉事，永岁益虔。尚飨。

【译文】大雪一连下了几天，阴气凝聚有碍于春种。可怜我缺少口粮的人民，深受长期严寒的摧残。戍卒们冻掉了手指，商旅们折断了车辕。老弱之人呼号求救，守臣为自己的无计可施深感惭愧；调和阴阳使之得时，神灵有什么顾惜而不肯施为？愿神灵能扫除浓云，显扬你的灵验。我将率领民众更加虔诚地事奉你。请你接受我的祭飨。

谢晴祝文

轼以忧寄，出守此邦。岁之不登，实任其咎。政虽无术，心则在民。惟神聪明，其应如响。雨不暴物，晴不失时。喜愧之心，吏民所共。式陈菲荐，少答神休。尚飨。

【译文】苏轼蒙天子信任，来到此州担任守臣。年谷不熟，过失应由我一人承担。我处理政事虽然没有经验，然而内心却始终顾念州民。我知道神灵耳聪目明，对民众的祈求应验迅速。雨水不会造成灾祸，晴暖也会适时到来。惊喜羞愧之心，守臣与州民全然相同。现陈列菲薄的供品，报答神灵美好的赐予。请你接受我的祭飨。

祈晴吴山庙祝文

秋谷未登，既食其陈。嗣岁之虞，当敛其新。逮此秋旸，载获载舂。阴雨害之，穑人罔功。我发库泉，以实高廪。曷敕雨官，端止其淫。既暵我场，万杵皆作。待此坻京，援我沟壑。英文烈武，雨霁在予。稽首告病，其忍弗图？尚飨。

【译文】秋谷还没有得到收获，百姓已经动用了积蓄。想到次年断粮的忧虑，只能指望今年的收成。当此秋高气爽的时节，本应该繁忙地收获和捣舂。连绵的阴雨贻误了农时，农夫们的辛劳化为泡影。我已经拿出官府的银钱，到别州高价购买粮食。为什么你不能敕令雨师，立即停住这场淫雨。把我子民的谷场晒干，众多的杵杆就都会齐来打谷。这谷场上的粒粒粮食，能救民于濒死之地。你是英烈威武的一方神灵，雨水能否停止全在于你。我向你叩头诉说水患的灾难，你难道忍心不管？请你接受我的祭飨。

谢晴祝文

赏罚在朝，吏申明之，及其有愆，吏得正之；雨旸在天，神奉行之，及其不时，神得请之。惟吏与神，各率其职。有求必获，则无虚食。淫雨既止，惟神之功。肴酒匪报，惟以告哀。尚飨。

【译文】奖赏和惩罚掌握在朝廷手中，由官吏向民众讲明，如果有人犯了罪，官吏就可以把他绳之以法；下雨和干旱掌握在天帝手中，诸神奉行天帝的命令，如果雨晴不合时令，诸神有权向天帝请求。官吏和诸神，各自要做好自己的职事。百姓向神灵祈求一定要有应验，才无愧百姓四时的供奉。如今这场淫雨若能停止，那就是神灵的功劳。佳肴美酒何足回报，只是为了向神灵哀告百姓的疾苦。请你接受我的祭飨。

开湖祭祷吴山水仙五龙三庙祝文

杭之西湖，如人之有目；湖生茭葑，如目之有翳。翳久不治，目亦将废。河渠有胶舟之苦，鳞介失解网之惠。六池化为眢井，而千顷无复丰岁矣。是用赈恤之余资，兴开凿之利势。百日奏功，所患者淫雨；千夫在野，所忧者疾疠。庶神明之阴相，与人谋而协济。鱼龙前导以破坚，菰苇解拆而迎锐。复有唐之旧观，尽四山而为际。泽斯民于无穷，宜事神之益励。我将大合乐以为报，岂徒用樽酒之薄祭也？尚飨。

【译文】杭州有西湖，就如同人有眼睛；西湖里长出菱芡，就如同人眼睛长了翳障。翳障长久得不到医治，眼睛就有可能失明。河渠里有船行受阻的障碍，鱼鳖失去了游泳往来的自由。六井已经成为枯井，千顷农田也难以盼望丰收了。因此我用赈济所余的资财，召集夫役开凿池渠。想力争百日完工，但却被淫雨所阻；上千的民夫暴露在原野，最担忧的是瘟疫流行。希望神明暗中相助，与生民同心协力完成此功。游鱼在前边穿行冲破拦阻，菱芡芦苇被砍掉铲除。恢复了唐朝时的旧貌，直到四面山脚为止。要想为州民留下无尽的遗爱，应该更加敬事神灵。我准备集众人用大合奏做为对神灵的回报，哪能仅用一樽微薄的清酒来祭祀？请你接受我的祭飨。

谢吴山水神五龙三庙祝文

西湖堙塞，积岁之患。坐阅百吏，熟视而叹。惟愚无知，妄谓非难。祷于有神，阴假其便。不愆于素，咸出幽赞。大堤云横，老葑席卷。历时未几，功已过半。嗣事告终，来哲所缮。神卒相之，罔咈民愿。肴酒之报，我愧不腆。尚飨。

【译文】西湖被淤塞，数年来已成为杭州一患。我身边的群吏，早已知道此情而望湖兴叹。我却以无知之想，妄言治理西湖并非难事。向水神祷告，希望他暗中给予方便。不要计较往日的不恭，众神灵都出来赞助此事。高大的堤坝横在空中，菱芡的老枝被席卷而去。动工还没有几天，工程已超过了一半。还希望后来哲人继续保持修缮，使工程能全部峻工。神灵一定要给予帮助，千万不要辜负了民众的愿望。用佳肴美酒做为回报，我为这菲薄之礼感到羞赧。请你接受我的祭飨。

谒文宣王庙祝文（颍州）

轼以诸生遭遇，入侍帷幄，出典民社。莅事之始，祗见于学，先圣先师实临之。敬行所闻，敢忘其旧？尚飨。

【译文】苏轼以学生的身分受到朝廷恩遇，进入朝中则侍奉天子，离京出外则治理州事。到任之初，即到学堂中拜见先师，先圣先师在上，我一定恭谨地把你的教诲记在心中，怎敢忘记旧日所学？请你接受我的祭飨。

谒诸庙祝文

轼以侍臣出守，承宣上意。以民为本，祗敬事神，所以芘民。莅事之始，祗见祠下。尚飨。

【译文】苏轼秉承圣上的旨意，以近侍之臣的身份出为知州。事事要以百姓为根本，以虔诚之心敬事神灵，才能真正保护一方生民。到任之初，我恭敬地来到神祠之下。请你接受我的祭飨。

德音到州祭诸庙祝文

维年月日，具位苏轼，谨以清酌庶羞之奠，敢昭告于某神：

上清储祥宫成，敷宥四海，均福于下。有诏守臣，凡在秩祀，罔不祗荐。维神导和却诊，保民无疆，以称朝廷至仁之意。尚飨。

【译文】某年某月某日，在位官苏轼，谨用清酒和微薄的供物做为祭品，明告于所事之神：

京师上清储祥宫已经建成，它将保佑四海生民，使八方百姓得到福佑。朝廷向守臣们下达旨令，凡是受封的地方神灵，守臣都必须一一祭奠。只有神灵能引导和气，保佑生民永享幸福欢乐，以应朝廷除害仁爱之意。请你接受我的祭飨。

祈雨迎张龙公祝文

维元祐六年，岁次辛未，十月丙辰朔，二十五日庚辰。龙图阁学士、左朝奉郎、知颍州军州事苏轼，谨请州学教授陈师道，并遣男承务郎迨，以清酌庶羞之奠，敢昭告于昭灵侯张公之神：

稽首龙公，民所祇威。德博而化，能潜能飞。食于颍人，淮颍是依。受命天子，命服有辉。为国庇民，凡请莫违。岁旱夏秋，秋谷既微。冬又不雨，麦槁而腓。闵闵农夫，望岁畏饥。并走群望，莫哀我欷。于赫遗蜕，灵光照帏。惠肯临我，言从其妃。翿舞雩咏，荐其洁肥。雨雪在天，公执其机。游戏俯仰，千里一麾，被及淮甸，三辅王畿。积润滂流，浃日不晞。我率吏民，鼓钟旄旗。拜送于郊，以华其归。尚飨。

【译文】元祐六年，岁次辛未，十月丙辰初一，二十五日庚辰。龙图阁学士、左朝奉郎、知颍州军州事苏轼，恭谨地请来州学教授陈师道，并派遣儿子承务郎苏迨，以清酒佳肴做为供品，明告于昭灵侯神位之前：

我等向龙公叩头再拜，你是州民敬畏的神灵。你仁德淳厚而化为神，能够飞出也能够隐藏。你受食于颍州之民，依托在淮河颍水之间。你得到我朝天子的封赠，鲜华的礼服烨烨生辉。你为我大宋王朝护佑一方之民，只要有求从不违逆。今年夏、秋都干旱无雨，秋天的谷物收成甚微。入冬之后仍没有降雨，越冬的麦子已经干枯。可怜的农夫，眼看着明年又要歉收，心中恐慌。我已经向诸神反复祈祷，他们都对我的哀求置若罔闻。你这光辉赫然的龙祖，光芒照亮着庙祠的帷幕。你如果肯有惠于我，我一定尽情地歌颂你，我要让人们载歌载舞，并向你献上肥美清洁的食品。雨雪就在天空，张公你掌管着它们的去留。你可在游戏的瞬间，让千里沃野尽得雨露恩泽，雨水不仅及于淮河一带，甚至可以到达京城附近。宝贵的雨水滂沱而流，下上一天也不要停止。我将带领我的属官和州民，为你敲响钟鼓举起彩旗。我们在城郊拜你送你，使你的归程隆重盛美。请你接受我的祭飨。

送张龙公祝文

维元祐六年，岁次辛未，十一月乙酉朔，十日甲午，龙图阁学士、左朝奉郎、知颍州军州事兼管内劝农使、轻车都尉、赐紫金鱼袋苏轼，谨以清酌庶羞之奠，敢昭告于昭灵侯张公之神：

赫赫龙公，甚武且仁。赴民之急，如谋其身。有不应祈，惟汝不虔；我自洗濯，斋居诚陈。旱我之罪，勿移于民。公顾听之，如与我言。玉质金相，其重千钧。惠然肯来，期者四人。眷此行宫，为留浃辰。再雨一雪，既洽且均。何以报之？榜铭皆新。诏公之得，于亿万年。惟师道、迨，复饯公还。咨尔庶邦，益敬事神。尚飨。

【译文】元祐六年，岁次辛未，十一月乙酉初一，十日甲午，龙图阁学士、左朝奉郎、知颍州军州事兼管内劝农使、轻车都尉、赐紫金鱼袋苏轼，恭谨地以清酒佳肴做为供品，明告于昭灵侯张公灵前：

赫然光艳的龙公之神，你雄武而又仁慈。你急万民之所急，如同为自己的安危而谋。如果有了祈求没得到应验，那还是我不够虔诚。我要仔细清洗，斋戒端居而敬献虔诚。天气干旱罪在我太守一人，不要转而怨恨一州生民。张公你听清我的申诉，就像是在与我相对而言。你美玉般的品质黄金般的形象，你一诺重于千钧。你肯有惠于我，深知我四人对你的期盼。望你能留恋你的行宫，在这里稍事歇息，为我州再降一场雪，田地就会得到滋润焕发生机。我用什么来报答你呢？要把此庙的碑铭都改换一新。把你惠民的美德，传告于万万年之后。再命弟子陈师道、儿子苏迨，以美酒佳肴饯送你回宫。我一州之百姓，会对你更加礼敬。请你接受我的祭飨。

立春祭土牛祝文

三阳既应，庶草将兴。爰出土牛，以戒农事。丹青设象，盖惟风俗之常；耕获待时，必有阴阳之助。仰惟灵德，佑我穑人。尚飨。

【译文】阳春已到，草木萌生。我等堆起土牛，以劝励农耕之事。把土牛的身上涂上油彩，这是由来已久的习俗；耕耘收获正得节令，必然会得到阴阳二气的扶助。我们敬仰你神明之德，希望你能保佑一州的农民。请你接受我的祭飨。

谢晴祝文

吏既不德，致灾害民。一雨一霁，辄号于神。风回雪止，农事并作。神则有功，吏亦知怍。冻馁之苏，其赐不赀。嗟我吏民，为报之微。尚飨。

【译文】守臣缺少美德，以致上天降下灾害荼毒生民。求雨求晴，都要向神灵乞求。风停雪止，农耕之事一齐展开。神灵对我州生民有功有德，守臣内心十分愧怍。人们从寒冷饥饿中解脱出来，神灵的赏赐是如此丰厚。可叹我守臣和官民，对你回报是太微薄了。请你接受我的祭飨。

祈雨僧伽塔祝文

维元祐七年，岁次壬申，三月甲申朔，十二日乙未，龙图阁学士、左朝奉郎、新知扬州军州事、充淮南东路兵马钤辖苏轼，谨以香烛茶果之供，敢昭告于大圣普照王之塔：

淮东西连岁不稔，农末皆病，公私并竭。重以浙右大荒，无所仰食。望此夏田，以日为岁。大麦已秀，小麦已孕。时雨不至，垂将焦枯。凶丰之决，近在旬日。轼移守广陵，所部十郡。民穷为盗，职守当忧。才短德薄，救之无由。伏愿大圣普照王，以解脱力，行平等慈。噫欠风雷，咳唾雨泽，救焚拯溺，不待崇朝。敬沥肝胆，尚鉴听之。尚飨。

【译文】元祐七年，岁次壬申，三月甲申初一，初二日乙未，龙图阁学士、左朝奉郎、新知扬州军州事、充淮南东路兵马钤辖苏轼，恭谨地献上香烛清茶瓜果做为供品，明告于大圣普照王之塔前：

淮东、淮西连年欠收，农夫工商都受到损害，官府和私家所储藏的粮米全部告竭。再加上浙西也灾荒严重，百姓不知到何处觅食。人们掰着手指掐算，盼望着夏季能有所收成。如今大麦已经秀穗，小麦已经开始灌浆。应时的雨水没有降下，二麦已经被晒得枯焦。是凶年还是丰年，就决定在这几天。苏轼调知扬州，所辖十个州郡。百姓穷困就会起而为盗，做为守臣心中十分忧虑。我才能低下缺少美德，想拯救百姓又不知所措。愿大圣普照王，用你解脱众生的法力，施以四海相同的慈悲。你呵欠一声就成了风雷，咳嗽一声就成了雨露。挽救垂死的黎民，用不了一个早晨。我等官民向你披肝沥胆，希望普照王能听到我们虔诚的祈告。请你接受我的祭飨。

谒诸庙祝文（定州）

惟皇上帝，分命群祀。降厘下土，惟我元后。临遣近臣，镇抚一方。幽明虽殊，保民惟均。莅事之始，祗见祠下。若赋政疵颣，敢逃其罚?雨旸以时,疾疫不作,亦窃有望于神。尚飨。

【译文】皇天上帝,分派诸神在世间八方。给世间万民祈来福寿的,是煌煌的天子。他派遣近侍之臣,安抚镇守一方土地。阳间与阴世虽相隔绝,而保护生民却各有其分。苏轼到任之初,便恭敬地来到神祠之下。如果是民政之事有所疏失,我怎敢逃避应得的惩罚?当雨则雨,当晴则晴,疾病瘟疫不能害民,也还要暗暗地祈求神灵。请你接受我的祭飨。

再谒文宣王庙祝文

轼以诸生进位于朝,入参侍从,出典方面。莅事之始,祗见庙下。居敬行简,以临其民。轼虽不敏,请事斯语。尚飨。

【译文】苏轼以学生的身份入朝为官,担任天子的近侍之臣,又出京充任一方的帅守。到任之初,恭谨地来到文宣王庙前。我定会崇敬先师,以简易之政爱养生民。苏轼虽然并不练达,但一心要遵从先师的教诲。请你接受我的祭飨。

北岳祈雨祝文

维元祐九年,岁次甲戌,四月壬寅朔,十六日丁巳,端明殿学士兼翰林侍读学士、左朝奉郎、定州路安抚使兼马步军都总管、知定州军州及管内劝农使、轻车都尉、赐紫金鱼袋苏轼,敢以制币茶果清酌之奠,敢昭告于北岳安天元圣帝:

都城以北,燕蓟之南,既徂岁而不登,又历时而未雨。公私并竭，农末皆伤。麦将槁而禾未生，民既流而盗不止。丰凶之决，近在浃辰；沟壑之忧，上贻当宁。仰止乔岳，食于朔方。卷舒云霓，呼吸雨霁。若其安视小民之急，何以仰符上帝之仁？轼以短才，谬膺重寄。倘有罪以致旱，宁降罚于微躬。今者得请于朝，斋居以祷。旦夕是望，吁嗟而求。雨我夏田，兼致西成之富；实兹边廪，少宽北顾之忧。拜赐以时，敢忘其报？尚飨。

【译文】元祐九年，岁次甲戌，四月壬寅初一，十六日丁巳，端明殿学士兼翰林侍读学士、左朝奉郎、定州路安抚使兼马步军都总管、知定州军州及管内劝农使、轻车都，尉、赐紫金鱼袋苏轼，以钦赐礼品茶果和清酒做为供物，明告于北岳安天元圣帝灵前：

京师以北，古燕山蓟州之南，一年来谷物没有收获，如今又长时间未得雨水。官府和私家所储存的粮米都已告罄，农夫和工商都受到损害。麦子即将被晒干，秋禾无法下种；百姓流亡，盗贼难以弹压。是凶年还是丰年，就决定于眼下这几天。百姓饿死于沟壑的忧虑，只要神灵施以雨露就可以避免。瞻仰你巍峨的北岳，你取食于朔方生民。你伸伸臂就能使云来云往，你呼吸吐纳就可为雨为晴。如果你心安理得不顾小民的急难，又怎能合于上帝的仁慈之心？苏轼以微浅之才，冒得一方帅臣的重任。如果是我有罪而导致了干旱，我宁可使惩罚加于我一人之身。如今我已得到朝廷的恩准，斋戒静居向神灵祈祷。我每时每刻都盼望着云雨，焦心如焚地向神灵祈求。望你能降下雨水滋润夏日干旱的农田，并使秋稼也获得丰收；充实边地的粮库，宽解朝廷对北方边境的担忧。我依时向神灵致上诚敬，又怎敢忘记对你的回报？请你接受我的祭飨。

立春祭土牛祝文

敢昭告于勾芒之神：

木铎传音，官师相儆。土牛示候，稼穑将兴。敢徼福于有神，庶保民于卒岁。无作水旱，以登麦禾。尚飨。

【译文】苏轼明告于司春之神：

木铃传出清亮的响声，守臣官吏都互相警醒。土牛显示出春天的气息，耕耘之事即将展开。我等诚敬地向神灵求福，希望你保佑我民一年康乐。水灾旱灾都不要降临，夏麦秋禾都得到丰收。请你接受我的祭飨。

春祈北岳祝文

西起太行，东属碣石，南至于河，皆神所食。吏谨刑政，农毕其力。风雨时若，则神之职。方此动作，敬荐其絜。赐之丰岁，以昭灵德。尚飨。

【译文】西起大行，东到碣石，南到黄河，这些都是北岳之神的取食之地。官吏们勤于政事，农夫们尽其力量。风调雨顺，则是山神的职责。当此农耕将始之际，我恭敬地献上清洁的食物，望神灵能把丰收的年成赐给生民，以彰显你神明的美德。请你接受我的祭飨。

春祈诸庙祝文

天既佑民，必期于无害；农惟岁望，敢请于有神。愿疾诊之不兴，庶风雨之时若。敢望旧典，以报丰年。尚飨。

【译文】上天既要保佑万民，一定要使万民不受伤害；农夫们盼望的只是收成，故而以此愿向神灵祈求。愿疾病瘟疫不要流行，愿阴晴风雨应时而至。我怎敢把朝廷的典制忘在脑后，以这微薄的礼品祈求丰收之年。请你接受我的祭飨。

祈雨诸庙祝文

某神之灵：

去岁之秋，民苦饥馑。望此一麦，以日为岁。不雨弥月，敢以病告。与其救之于已竭，不若起之于未枯。敢冀有神，时赐甘泽。丰登之报，我其敢忘？尚飨。

【译文】苏轼祈求于某神的灵前：

去年秋天，百姓受到饥饿的困扰。盼望着今夏麦子有所收获，度日如年。如今一连一月没有降雨，我只好向神灵诉说灾情。与其到麦子干死之后再行挽救，不如在禾苗没有干枯之前将它们救活。盼望神灵及时地降下雨水，丰收之后的回报，我怎敢忘在脑后？请你接受我的祭飨。

辞诸庙祝文

轼得罪于朝，将适岭表。虽以谪去，敢不告行？区区之心，神所鉴听。尚飨。

【译文】苏轼在朝廷中获罪，即将贬谪到岭南。虽然此行是遭贬而迁，我怎敢不向诸神祈祷就仓促出行？我一片区区的诚心，希望神灵能够听到。请你接受我的祭飨。

告文宣王祝文

嗟嗟元王，三代之英，言不钧用于一君，而为无穷之遗教；身不宠利于一时，而有不朽之余荣。嗟嗟元王，以道而鸣。肆笔成书，吐辞为经。炳然不渝，言若丹青。久而愈盈，声非雷霆。瞽者可以使剔目以骇视，聩者可以使抉耳以奔惊。奈何辙环天下，卒老于行。载空言于典籍，示后世之仪刑。回狂澜于既倒，支大厦于将倾。揭日月之昭昭，破阴气之冥冥。嗟乎！一气之委和，兴万物之至精。或为淮夷之蠙珠，或为云汉之华星。虽光辉之成彩，未离乎散聚以流形。岂若王之道德，愈久而弥明。晔晔而华，涵涵而停。融而在天者，为云汉之文章；结而在地者，为山岳之英灵。诡然如龙翔凤跃，纯乎玉振而金声。嗟嗟元王，德博难名。某奉王命，俯临边城。亩有滞穗，境无交兵，鸣玉载道，分袍在庭。有践笾豆，有丰粢盛。敢用昭荐，飨于克诚。尚飨。

【译文】赞美我文宣王。你是三代时的精英。你的议论不仅是针对于国君一人，而是成为天下万民的准则。你生前并没有获得高官厚禄，却留下了万世不朽的美名。赞美我文宣王，你把大道传遍八方。随手一写，便成了名著；说出话来，就成了经典。光辉灿烂无可变更，优雅的语言如同画卷。你的警语不像雷霆那样一闪而过，时间愈久就愈显出你思想的淳厚。你的话可以使盲人见到光明的世界，你的话可以使聋人听到震撼人心的声音。像你这样伟大的人怎么会被摈弃于各国之外，而老死途中？你把万古流传的议论留在典籍之内，为后代树立了典范。你在危急之时力挽狂澜，在大厦将倾之际独力而支。你把蒙在日月上浓浓的阴翳之气揭开，使日月现出光芒。啊！这一股浩然之气充满人间，把精诚之德给予了万物。有些人像淮河一带的蚌珠，有些人像天空灿烂的星辰，虽然也光辉耀眼，但毕竟支离破碎难以成形。哪能像我文宣王的道德光芒万丈，历时越久就越加光明。你的思想光彩烨烨如灿烂的鲜花，深沉博大无处不有。融结在上天的，就成为空中美丽的云彩；凝聚在大地的，就成为山岳的英灵。变幻莫测如龙飞凤舞，纯美的声音如金声玉振。赞美我文宣王，你的思想道德深厚博大难以表述。我苏轼谨奉天子之命，来到边关重镇安抚一方。田野中有遗留未收的谷物，边境上没有两国交兵的风烟。街市上一片金玉之声，朝廷为边关宁静而放宽心怀。军旅祭器可得而使用，农民的祭品可得而陈列。我把这些置放在你的灵前，望你能在边关政成之时尽情享用。请你接受我的祭飨。

告颜子祝文

志不行于时，而能驱世以归仁；泽不加于民，而能显道以终身。德无穷通，古难其人。惟公能之，绝世离伦。富贵不义，视之如云。饮止一瓢，不忧其贫。受教孔子，门人益亲。血食万世，配享惟神。敢不昭荐，公乎有闻。

【译文】你的大志没有在当世得以施行，却使得世人都心向仁德；你的恩泽没有直接加给民众，却能够彰扬道德而终其一生。终身守道而不计穷达，自古以来就难得其人。只有颜公能当之无愧，你超越了世俗众人。为搏取富贵而行不义之事，你把这富贵视如天上的浮云。你箪食而瓢饮，不为自己的清贫而忧劳内心。你得到孔子的教诲，虽然是他的弟子却胜过了他的亲人。你得到万世后人的祭祀，人们把你奉为神灵与孔子相配。我怎敢不隆重地祭奠你，并把这礼节显示给众人。

告五岳祝文

相天以育物者，五方之帝也。配地以作镇者，五岳之神也。天为真君，地为真宰。五岳者，三公之象也。轼叨受朝寄，出守藩土。神不虐罚，民有丰岁。敢用告诚，以谢灵贶。

【译文】辅佐天帝养育万物的，是五方的帝君。坐镇于大地而配享地祇的，是五岳的山神。天神是真正的君王，地祇是真正的主宰。五岳，如同朝廷中的三公。苏轼蒙朝廷之恩寄予重托，出京守卫一方土地。天神没有加以惩罚，百姓获得了丰收。如今我奉上一片虔诚之心，以答谢神灵的护佑。

秋赛祝文二首

其一

惟神聪明，为民依庇。宜秩典祀，钦奉灵祠。况农事之肇兴，赖神灵之降宥。一邦蒙惠，已膺风雨之时；百里有严，将享秋冬之报。

【译文】只有神灵最聪明，你是万众的依靠。理当应时地举行典礼，奉命祭奠于神灵之祠。况且如今农耕之事刚刚兴起，还要仰赖神灵降福。我一州得到神灵的恩惠，一年来风调雨顺；方圆百里一片丰收，你可尽情享受，秋受后的报谢。

其二

惟神光昭祀典，幽赞化功。享庙食以惟严，垂介福而无爽。数兹丰岁，爰举旧规。式陈蠲洁之仪，冀报有年之庆。

【译文】只有神灵之光与祭祀的典礼相映相通，暗中帮助着一州官民。你取食于五谷丰收之后，你赐给民众幸福有求必应。当此丰收之时，我们依照着既定的法典，整齐地陈列出丰盛清洁的供品，衷心地报答你给予丰年的德泽。

祷观音祈晴祝文 杭州

三吴之灾，连岁不稔。尚赖朝廷之泽，大分仓廪之陈。乃眷疲羸，仅免流殍。今者淫雨弥月，秋成半空。永惟嗣岁之忧，将有流离之惧。我大菩萨，行平等慈，睹此众生，皆同赤子。反雨旸于指顾，化丰歉于斯须。虽某等不德而召灾，念斯民无辜而可悯。愿兴慈率，一拯含生。

【译文】三吴地区的灾害，造成了连年的欠收。仰赖朝廷的恩泽，调运仓库中的积蓄救济灾民。这才使疲惫羸弱的民众，得以避免流亡和饿死。如今淫雨已下了整整一月，秋天的庄稼已经损失了一半。来年的忧虑越来越深，真怕百姓流离失所。祈求观音菩萨，把你普救众生的大慈大悲施给我们。你看这里的众生，也都是我朝的赤子。请求你在挥手之间化雨为晴，那么在这一瞬间欠收就可以转为丰收。虽然是由于我等缺乏美德而召致了灾害，但是请神灵念及州民并无过错，应该对他们给予怜悯之心。愿你能把慈爱施给一方，拯救这些嗷嗷苍生。

谢观音晴祝文

民无常心，固何知于帝力；天作淫雨，当有感于佛慈。慧光照临，阴沴消复。拯农工于沟壑，宽吏责于简书。某等共衔不报之恩，愿颂难名之德。恭驰梵宇，少荐微诚。

【译文】民众没有恒久之心，哪里知道天帝神灵的法力；上天降下淫雨，慈悲的佛祖已经得知。你的智慧之光照临一方，转瞬之间便阴雨消除。你把农夫工商从濒死的境地拯救出来，你解除了守臣们可能受到的惩处。我们大家都得到了难以报答的深恩，衷心地歌颂你那难以名状的仁德。我等恭敬地来到寺宇中，献上这微薄的祭品。

谢晴祝文

天作淫雨，害于粢盛。蒙神之休，犹得中蒸。薄奠匪报，式昭厥诚。

【译文】上天降下了连绵的阴雨，使谷禾的收获受到威胁。我等得到神灵的眷顾，还是得到了中等的收成。这微薄的祭品不足为报，只是表达我们的虔诚。

祈雨祝文

六月不雨，乃时之常。或霖或霪，于稼则伤。稼将有秋，民饥所望。某也不听，守此一方。罪在守臣。无俾民殃。人不能神，易雨而旸。神其听之，庶乎降康。

【译文】六月里不下雨，这是正常的天气。如果这时淫雨不断，就会妨害庄稼的生长。秋禾能够有所收获，这是饥民热切的盼望。苏某缺少美德，为朝廷安抚一方之民。罪过都在知州一人身上，望你不要殃及生民。生民没有神奇的力量，把阴雨转为晴天。神灵你若是听到我们的祈告，希望把幸福安乐降给我民。

谢雨祝文

窃以农事告成，旱魃为沴。罹焦烁之害，遂稽收刈之勤。自非降灵，大庇群俗。以下膏泽之赐，庶有丰盈之期。实神助之使然，岂愚诚之能致？是用特临神宇，再款醉容。辄倾涓洁之诚，仰答灵威之祜。

【译文】农耕刚刚完成，如火的骄阳便日日悬空。民众遭受了酷暑的毒害，一心盼望着谷物归仓。如果不是神灵降临，保护我一方之民。以一场雨做为恩赐，这才有了丰硕的收获。这实在是神灵护佑的结果，哪里是我等愚蠢的诚心所致？因此我等专程来到神祠，再次瞻仰你慈爱的面容。敬献上醇香清冽的美酒以表诚意，报答威灵对一方生民的护祐。

祈雪雾猪泉祝文

噫嘻我民，何辜于天？不水则旱，于今二年。天未悔祸，百日不雨。雪不敛尘，麦不盖土。天子命我，祷于山川。恻闻此山，神龙之渊。躬拜稽首，敢丐一勺？得雪盈尺，牲酒是酢。

【译文】啊！我大宋的黎民，他们哪里得罪了上天？水旱灾害相继而来，至今已有两年。上天丝毫没有悔改之意，接连百日滴雨未下。地上的雪压不住飞尘，麦苗盖不住土壤。如今我受天子之命，向山川之神祈求祷告。我曾听说这座山，乃是神龙憩息的地方。我向你鞠躬致礼叩头下拜，向你请求一勺的雨水。如果能降下一尺厚的白雪，我将用三牲美酒来祭奠你。

祈雪祝文

水旱辄求，惟吏之羞；有求不倦，惟神之休。乙卯之雪，肤寸而已。如燔舆薪，救以勺水。嘉肴旨酒，既谢且祈。愿终其赐，盈尺为期。

【译文】水患旱情一经出现就要求神，这是为官者的羞辱。有求必有应验，这是神灵的美德。乙卯日下的雪，刚刚沾湿了地表。就像是烈火干柴，用一勺之水岂能浇灭？我准备了美酒佳肴，一来谢你降下小雪，二来再次向你祈求。愿你能把大雪再赐我民，盼望着降下一尺厚的雪。

祭佛陀波利祝文

积雪始消，阴沴再作。小民无辜，弊于饥寒。草木昆虫，悉罹其虐。并走群望，祈而未报。意雨雱有数，非神得专。惟我大士含法分，无为不入尘数。愿以大解脱力，作不可思议事。愍此无生，豁然开明。尽二月晦，雨雪不作。大拯羸饿，以发信根。此大布施，实无限量。惟大士念之。

【译文】积雪刚刚融化，阴雨继之而来。小民有什么罪过，如今却遭受饥寒？草木昆虫，都遭到了无情的摧残。我身为太守已向诸神祈祷，却始终没有得到应验。我认为止住雨雪自有天数，并非某个小神得以专掌。我佛陀波利大士身怀法力，尘世之事无不可问。愿你凭着解脱苦难的无边佛法，做出异乎寻常的善事。哀怜我垂死的生民，使他们重见生机。直到二月末，不要再降雨雪。大力拯救饥饿的黎民，启发他们对佛力的笃信。这样的施舍，实在是功德无量。愿大士记住此事。

祭常山神祝文

吏实不德，无以导迎顺气。消复灾沴，惟神之求。神亦闵其不才，而嘉其勤。凡有告请，靡所不答。乃者有谒乎神，即退之三日，时雨周洽，去城百里而近，蝗独不生。凡我吏民，孰不归德于神？然而一雨之后，弥月不继。百里之外，蝝生如初。岂神之能应于前，不能应于后；能恤其近，不能恤其远？盖吏不称职，政刑失中，戾于民心，以不能终神之赐。而我州之民，比岁饥殍凋残之余，不复堪命。若又不熟，则流离之祸，其莫知所止矣。神之聪明，其忍以吏不称职之所致而不卒救之欤？今夏麦垂登，而秋谷将槁。若时赐霈泽，驱攘虫灾，以完我西成之资。岁秋九月，当与吏民复走庙下。

【译文】守臣苏轼委实无德，没能导迎祥和之气。要消除水旱之灾，只有向神灵祈求。神灵哀怜我的无才，却赞美我为民事尽心尽力。凡是我有所请求，没有一次得不到应验。此前我求告于山神，回府三天，雨水便滋润了土地。州城之外方圆百里，蝗虫未能孳生成灾。我一州官吏和民众，谁不把这幸运归美于山神？然而自从那次下雨之后，又是一个月没见雨水。方圆百里之地，蝗虫的幼子又孳生起来。难道说神灵在上次祷告时能够应验，而这次就不能应验吗？能体恤眼下的艰难，就不能体恤日后的艰难吗？这都是守臣不能称职，政事刑狱失去了中和，乖违了民众的心愿，故而神灵不能再有恩赐。然而我一州的民众，一年来处在饥饿困顿之中，饱受创伤，很难再承受不断的灾难。如果今夏再得不到收成，那么百姓只有流离失所，真不知他们死在何方了。以神灵的聪慧明智，能忍心看着由于守臣不称其职使人们遭受苦难而见死不救吗？如今夏麦即将成熟，秋禾已经快被晒死，如果能应时赐以雨露，消灭蝗虫之灾，帮助我州民众获取收成，到了金秋九月，我定会与属官州民重来庙下祭奠你。

祈晴祝文

均籴之法，著于甲令。视岁丰凶，以敂重轻。岁且中熟，雨则害之。如此失时，公私交病。神食此土，民命系焉。无俾歉荒，以作神羞。

【译文】均籴的条法，写在国家的政令中。看年成的好坏，来决定税利的轻重。如今的年成可望中等，又下起了淫雨毁坏庄稼。如果这样违拗农时，官府和农夫都将受到伤害。神灵取食于一方之民，民众的性命也寄托在你的手中。望你千万不能造成荒年，这对你神灵来说也是羞辱。

祷灵慧塔文三首(徐州)

其一

武宁军今为黄河泱溢，流入淮泗，围浸州城，逾月不退。一州吏民，同发至诚，仰告真寂大师化身灵塔。愿垂慈愍，密赐护持，驱除阴云，疏导积水。若十日之内，水退城全，当具灵异事迹，申奏朝廷。乞加谥号，使一方士庶，永远皈依。

【译文】武宁军如今已被黄河泛滥之水淹没，河水继而流入淮河泗水，徐州城也遭到河水的包围浸泡，已经一个多月，大水仍未退去。全州的官吏百姓，一齐发出至诚的祈求，敬告于真寂大师灭度的灵塔。愿你能大发慈悲之心，暗中护佑我州士民，扫除阴云，导尽积水。如果十天之内，大水退尽州城得以保全，我会将你的灵验写成表本，申奏给朝廷，请求为你加上谥号，使徐州的吏民百姓，永远对你礼敬膜拜。

其二

徐州本州，近以河水为患。祷于真寂大师之塔，灵应响答。十日之内，果获减退，方议闻奏，乞加谥号。今者兵夫数千，功役垂毕，而淫雨不止，人力不施。城中水潦，无所决泄。吏民告病，敢辞再渎？伏望大师以法慈神力，驱攘阴沴，速获开霁，以终大赐。

【译文】徐州的州城，近来受到黄河泛滥的威胁。我等向真寂大师的灵塔祈祷，结果应验如神。十天之内，城外的积水果然退去。我等正在议论如何将此事呈奏天子，请求为你加上谥号。如今士卒和夫役共数千人，救灾之事接近完工，而淫雨连绵，使人们无法继续劳作。城内的积水，无处排泄疏导。官吏和民众向你诉说患苦，只得再次向你祷告。愿真寂大师以你无边的法力和无比的慈悲，驱除灾害，使天气尽快地转晴，使你对州民的恩赐能保持始终。

其三

徐州今为冬温无雪，疾疫将兴。宿麦在田，膏泽不继。民既告病，吏何以安？是用洁诚斋居，稽首仰诉。恭惟真寂大师，道齐无上士，运继普光王。遍智难名，便门无量。向者屡持微恳，上渎供慈。消暴水于滔天，开积阴于反掌。本州已具灵异事迹，奏乞师号塔铭。伏望大师益运神功，力回旱势。赐以一天之雪，仍为五日之期。使北方民愈加恭信，某等无任虔诚激切之至。

【译文】徐州今年冬季温暖而无雪，瘟疫怕是要很快地流行。越冬的麦子长在田中，雨雪前后不能相继。农夫已经感到旱情严重，守臣怎敢高枕无忧？因此我虔诚地斋戒端居，向大师塔叩头祈告。我恭谨地祈求真寂大师，你的道行与佛祖相齐，你的法力与普光王相接。你的智慧难以名状，你最爱向黎民大开方便之门。此前我多次地向大师恳求，有劳大师颇费神力，使滔天的洪水退去，转眼之间雨过天晴。我已经记录了你显灵的事迹，向朝廷乞奏为你加上谥号、更改塔名。愿大师再发神力，挽救当前的干旱。为我州赐降一天的大雪，我们盼望着应验就在五日之内。你会使我北方民众对你更加虔敬信赖，苏某等人不胜感激之至。

告赐灵慧谥号塔文

徐州奉敕：本州乾明寺真寂大师，宜特追赐号灵慧大师，塔曰灵慧之塔者。伏以至人无心，而因缘有地；妙法常住，而隐显以时。非我凡庸，所能量度。恭惟灵慧大师，佛慈所付，愿力至深。现身淮南，度越千里而应化于此；涅槃唐世，号涉五代而易名于今。既奉诏书，一新谥号。神人交庆，道俗知归。非独永庇彭城一方之民，殆将追继普光千劫之化。惟愿益开慧智，不倦祷求。潜消水旱之萌，以称圣明之意。

【译文】徐州知州苏轼奉天子圣旨：本州乾明寺真寂大师，理当特地追赐灵慧大师法号，追赐其塔为灵慧之塔。至贤至圣的大师虽然并无世俗之心，而因缘却要择地而成。妙法时时在他的心中，但隐蔽和彰显却要遭逢其时。这决不是我等凡俗之人所能猜测揣度的。我认为灵慧大师，受到佛祖的嘱托，誓愿十分坚决。你在淮南一带现出幻身，越过千里之遥应验在我徐州；你在唐朝时就已坐化，历经五代至今才改了法号。既然已经奉天子圣旨，将你的谥号和塔名更改一新，神灵与万民就应该共同庆贺，僧徒和民众都懂得皈依于你。你不仅仅永远地保护徐州一方民众，恐怕还要继承普光王千劫之后的德化。愿你更加敞开智慧之门，我等将不倦地向你祈祷。你要暗助我消除水旱之灾于初起之时，不辜负我朝天子的圣明之心。

告谢灵慧塔文

至诚默运，大庇一方之民；微雪应祈，稍苏百日之旱。恭持薄礼，少答鸿私，惟愿力之无边，庶阴云之继作。先春而降，盈尺为期。

【译文】你有至诚之心默然运化，极大地保护了一方百姓；小雪应验了我们的祈祷，减轻了百日无雨的干旱灾情。我等恭谨地带着微薄之礼，略略答谢你对我们的鸿恩。愿你誓愿之力无边无涯，再使阴云布满天空。入春之前下上一场透雪，我等盼望着有一尺之厚。

祷雨天竺观音文

我大菩萨，为世导师，救危难于三途，化清凉于五浊。比者官吏不德，刑政失中。故此骄阳，害我天物。具官某，上承府檄，傍采民言。供奉安舆，愿登法座。伏愿江海贡润，龙天会朝。布为三日之霖，适副一邦之望。

【译文】我敬仰的大菩萨，你是世俗人的导师。你把人们从恶趣中拯救出来，把恶浊之气化作清凉的风雨。此前官吏们缺少仁德，政事刑狱失去中和，因此毒热的太阳，肆意伤害农夫的庄稼。在位官苏轼，按照府台大人的嘱咐，又采择民间的谚语。在舒适的座位上供奉着你，并登堂来到你的面前。愿大江大海施与膏泽，神龙大会于上天。散布成三天的雨水，以满足一州人的期盼。

卷八十九　祭文　哀词

太皇太后祭奠故夏国主祭文（元祐元年十一月十六日）

乃眷外臣，嗣守西服。袭累世之忠顺，荷先朝之宠光。惟天难忱，锡命不永。讣音遽至，闵悼良深。特遣使车，往陈奠币。庶此恩礼，贯于幽明。

【译文】你是我朝的域外臣国，继承前任的勋业镇守西北。你承袭了前王历代的忠诚恭顺，你得到了我先皇帝的宠爱和恩典。上天对你没有格外关照，使你的寿命未能长久。你逝世的消息传到我朝，我为你的不幸表示深深的哀悼。今特派遣使臣，前往你国送上祭奠的礼品。愿这异常的恩典，能使你九泉之下有所感知。

故皇叔祖昭信军节度使检校司空开府仪同三司汉东郡王宗瑗堂祭文

惟王之生，令德孝恭。云何不淑，罹此闵凶？无复会朝，载恻予衷。往奠其寝，维以饰终。

【译文】郡王在世时，谦恭孝顺有美好有品德。为什么寿命不长，遭遇了这样的凶丧？你无法再上朝与我见面，使我内心十分凄恻。今前往你的灵堂亲自祭奠，使你有一个完美的终结。

故皇叔祖昭信军节度使检校司空开府仪同三司汉东郡王宗瑗下事祭文

呜呼！死生之变，贤愚莫逃。日月有时，义当即远。哀荣之极，礼以告终。来举奠觞，往安窀穸。

【译文】啊！人有生死，贤人和庸人谁也逃不过。日月轮替，我依礼不该再为你尽孝。内心的悲哀到了极点，我要向你尽礼与你告别。如今亲自来为你举酒祭奠，望你安息于陵墓之中。

皇叔故魏王启殡祭文

惟灵袭累朝之余庆，兼天下之达尊。祖送之仪，哀荣斯极。永惟宅兆之卜，未逢岁月之良。参酌时宜，迁神郊馆。启殡之始，寓哀斯文。

【译文】你的英灵承袭了历朝祖宗的余庆，你一身兼备了显达和尊荣。为你送殡的仪礼上，我内心的悲哀敬慕到了极点。因为你迁往阴宅一直没有选到吉日，如今根据时日推算，将你的灵柩先迁至郊外临时殡埋。在这抬棺之时，我向你致上这哀悼的祭文。

皇叔故魏王外殡前一夕夜祭文

惟王之生，孝友仁慈。既没元身，举国怀思。矧予冲眇，义兼父师。天不我遗，日月如驰。出次近郊，寓此仁祠。亲奠莫及，宁知我悲？

【译文】魏王的一生，仁义慈祥忠孝友爱。如今辞世而去，举国上下都心怀思念。何况我年幼无知，依义你既是我的父辈又是我的师傅。上天不会遗弃我，岁月流逝如此之快。你的灵柩在近郊，暂放在这祠堂之中。我没有亲自前往祭奠，你能理解我内心的悲哀吗?

皇叔故魏王下事祭文

惟灵出就外邸，二年于兹。一日不见，企予望思。矧此告终，月逝日远，虽云近郊，宁复旋返?筑室祠宫，既固既完。虽非永归，亦可少安。呜呼哀哉!

【译文】你的灵柩殡放在官邸，已经整整两年。一天不见到你，我心中就十分思念。何况这一次是与你诀别，分别的日子将到永远。虽说就近在郊外，哪里还能重新回来?为你建造的祠堂，十分牢固十分完美。虽然不是永久的归宿，也可以使你的灵魂安处其中。呜呼哀哉!

故赠太师追封温国公司马光安葬祭文

呜呼!元丰之末，天步惟艰。社稷之卫，中外所属。惟是一老，屏予一人。名高当世，行满天下。措国于太山之安，下令于流水之源。岁月未周，纪纲略定。天若相之，又复夺之，殄瘁不哀，古今所共。知之者神考，用之者圣母。驯致其道，太平可期。长为宗臣，以表后世。往奠其葬，庶知予怀。

【译文】啊!元丰末年，朝廷遇到了异常的艰难。谁来保卫江山社稷，这是朝廷上下最关注的大事。只有你这位老臣，才能辅助朕身。你的声名为当世之最，你的德行天下公认。你把国家治理得像泰山般稳固，国家政令如流水畅行无阻。不到一年的时间，朝廷的纲纪就大致制定。上天要让你担任国家的辅相，却又夺掉了你的生命。面临困苦没有哀怨，这是古今贤哲共同的美德。发现你的人是神宗皇帝，重用你的人是圣慈的母后。你推行仁义之道，太平盛世指日可待。我永远把你当作朝廷的重臣，以此来表彰你的身后。今命人前往为你的葬礼祭奠，愿你能深知朕的心意。

故渭州防御使宗孺出殡一夕祭文

惟灵饬躬寡过，秉德不回。莫克永年，遂即长夜。哀荣之典，国有故常。死丧之戚，予惟恻怆。

【译文】你约束自身，谨慎处事，从无过错，你始终有着淳美的品德。哀叹你年寿不长，便消逝于漫漫的长夜。尽哀尽荣的仪礼，国家有既定的法典。面对你的死葬，我的心中极度悲伤。

故渭州防御使宗孺下事祭文

呜呼！宗枝之秀，罹此降灾。日月有时，礼当即远。奄临窀穸，肆设几筵。往致予哀，来歆此奠。

【译文】啊！你这宗族中的俊士，竟遭到如此的不幸。日月轮替，依礼我应当送你远行。在你的陵墓之前，我张设祭奠的酒肴。我亲自前往表示哀痛，并告慰你的灵魂。

故听宣刘氏堂祭文

奉侍有年，肃雍靡懈。今其亡矣，良用恻然。没而有知，来举此奠。

【译文】你侍奉朕时间已久，恭谨大度从无懈怠。如今你已做古人，朕心中十分凄恻。如果你的亡灵有所感知，你可以看到我来为你祭奠。

故听宣刘氏坟所祭文

尽瘁内职，归全近郊。既掩诸幽，往致斯奠。贲其窀穸，极尔哀荣。

【译文】你在后宫辛劳尽瘁，现将你的灵柩迁到郊外。你既是要归身于阴世，我特地前来为你祭奠。使你的坟墓更加壮美，使你的身后极尽荣宠。

故尚宫吴氏坟所祭文

惟尔之生，服勤乃事。逢日之吉，归全于郊。式荣其终，往致斯奠。

【译文】你的一生，勤勤恳恳。如今选定吉日，把你安葬在郊外。

为使你一生的荣宠有始有终，我特地前往为你祭奠。

故尚服刘氏堂祭文(六月八日下院)

惟灵选备禁廷，服勤内职。逮兹沦谢，良用愍伤。馈奠之仪，哀荣兼至。

【译文】你被送入内廷，在后宫勤于职事。如今你不幸逝世朕感到十分哀伤。你的祭奠之礼，一定要尽哀尽荣。

故尚服刘氏坟所祭文(六月八日下院)

惟灵服勤有年，罹命不淑。窀穸之事，日月有时。念尔永归，歆予一奠。

【译文】你在后宫服事已久，可叹年寿不能长久。下葬之事，已选定了吉日良辰。朕感念你这一去永不回返，故尔亲自前往为你祭奠。

祭司马光文

于皇上帝，子惠我民。孰堪顾天？惟圣与仁。圣子受命，如尧之初。神母诏之，匪亟匪徐。圣神无心，孰左右之？民自择相，我兴授之。其相维何？太师温公。公来自西，一马二童，万人环之，如渴赴泉。孰不见公，莫如我先。二圣忘己，惟公是式。公亦无我，惟民是度。民曰乐哉，既相司马。尔贾于途，我耕于野。士日时哉，既用君实。请后子先，时不可失。公如麟凤，不鸷不博。羽毛毕朝，雄狡率服。为政一年，疾病半之。功则多矣，百年之思。知公于异，识公于微。匪公之思，神考是怀。天子万事，四夷来同。荐于清庙，神考之功。

【译文】天皇上帝，把惠恩施给人世万民。用什么来回报上天？只有用圣明和宽仁。天子接受上天之命。像唐尧那样享有其福。神母与他同在君位，安处朝堂不急不缓。天子皇后虚心治民，谁来做他们的辅臣？为了万民要选择良相，我要把这权柄授给应得的人。担任丞相的究竟是谁？是我朝的太师温国公。温公从洛阳来到朝廷，身边只带着两个小童。上万的人把他团团围住，如同干渴的人奔向泉水。生怕见不到温公，所以争先恐后地向前拥挤。两位圣君虚怀忘我，一切听从温公的谋划。温公也忘记了自我，一心为民众谋求安宁幸福。百姓都说："司马公当了宰相，我们多么欢乐。你行走于贩运之途，我耕耘于农田之中。"士大夫却说："司马君实当了宰相，真是及时。我们都争相效力，这难得的时机不可失去。"温公如同麒麟凤凰，从无凶狠的博击。然而万民归顺，边凶顽狡诈的蛮夷也前来归服。主持国政一年之中，有半年都身患疾病。你的功劳说不尽，你给人民留下无尽的思念。了解温公是由于他卓越的才干，得到温公是在他官职低微之时。朕不仅深深思念温公，由此也怀念神宗皇帝。他身为天子日理万事，四方蛮夷前来归服。如今配享在宗庙之内，这都是神宗皇帝的功业。

祭欧阳文忠公文

呜呼哀哉！公之生于世，六十有六年。民有父母，国有蓍龟，斯文有传，学者有师，君子有所恃而不恐，小人有所畏而不为。譬如大川乔岳，不见其运动，而功利之及于物者，盖不可以数计而周知。公今之没也，赤子无所仰芘，朝廷无所稽疑，斯文化为异端，而学者至于用夷。君子以为无为为善，而小人沛然自以为得时。譬如深渊大泽，龙亡而虎逝，则变怪杂出，舞鳝鳣而号狐狸。昔其未用也，天下以为病；而其既用也，则又以为迟；及其释位而去也，莫不冀其复用；至其请老而归也，莫不惆怅失望，而犹庶几于万一者，幸公之未衰。孰谓公无复有意于斯世也，奄一去而莫予追。岂厌世溷浊，絜身而逝乎？将民之无禄，而天莫之遗？昔我先君，怀宝遁世，非公则莫能致。而不肖无状，因缘出入，受教于门下者，十有六年于兹。闻公之丧，义当匍匐往救，而怀禄不去，愧古人以忸怩。缄词千里，以寓一哀而已矣。盖上以为天下恸，而下以哭其私。呜呼哀哉！

【译文】呜呼哀哉！欧阳公生在这个世上，共有六十六年百姓就有了父母，国家就有了名臣，斯文会长久地流传，学者都有了宗师，君子们有了依托而不再畏惧，小人们有所畏惮而不敢妄为。好比大河高山，看不见它们的运动，然而它们却能把便利施及于万物，这便利数也数不清，谁也无法精确地统计。欧阳公如今离开了人世，百姓失去了倚仗的父母，朝廷失去了可资询问的重臣，斯文变成了异端邪说，而学者们的学术流于平庸，君子们只好以无所作为来独善其身，而小人们却兴高采烈自以为逢到了良时。好比是深渊大泽；龙虎死去之后，各种精怪都显露了出来，鳝鱼和泥鳅都欢欣鼓舞，狐狸也可以肆意地号叫。当初欧阳公未被任用时，天下人都认为这是朝廷的失误；欧阳公得到任用后，天下人又认为朝廷用他太迟了；等到他离开官位回到乡间时，没有一个人不希望他重新得到起用；等了他告老退休时，没有一个人不惆怅失望，还盼望他万一能够还朝，庆幸欧阳公并没有衰迈。谁能说欧阳公不再留意于当世呢？他奄乎一去，使我无法再追随他。难道他是因为厌恶世风的浑浊，为保持自己的名节而离开人世吗？还是他无福享受俸禄，上天没有赐给他长寿吗？当年我的先父，胸怀韬略而隐遁民间，如果不是欧阳公，谁能使他闻名于时？尽管我没有什么才能，但得以随先父出入于先生之门，受到先生的教诲，如今已十六年了。听到欧阳公辞世的噩耗，我本该前往致奠，然而因官事在身无法离开，心中歉疚，深感有愧于先生。只得在千里之外作此祭文，以表达内心的哀痛。从大的方面来说，我是为天下人感到悲恸，从小的方面来说，我是为失去自己的恩师而恸哭。呜呼哀哉！

祭魏国韩令公文

天生元圣，必作之配。有神司之，不约而会。既生尧、舜，禹、稷自至。仁宗龙飞，公举进士。妙龄秀发，秉笔入侍。公于是时，仲舒、贾谊。方将登庸，盗起西夏。四方骚然，帝用不赦。授公斧钺，往督西旅。公于是时，方叔、召虎。入赞兵政，出殿大邦。恩威并行，春雨秋霜。兵练民安，四夷屈降。公于是时，临淮、汾阳。帝在明堂，欲行王政。群后奏功，罔底于成。召自北方，付之枢衡。公于是时，萧、曹、魏、邴。二帝山陵，天下悸恼。呼吸之间，有雷有风。有存有亡，有兵有戎。公于是时，伊尹、周公。功成而退，三镇偃息。天下嗷然，曷日而复。毕公在外，心在王室。房公且死，征辽是恤。呜呼哀哉！六月甲寅。人之无禄，丧我宗臣。我有黎民，谁与教之？我有子孙，谁与保之？巍巍堂堂，宁复有之？公之云亡，我无日矣。恸哭涕流，何嗟及矣。昔我先子，没于东京，公为二诗，以祖其行。文追典诰，论极皇王。公言一出，孰敢改评？施及不肖，待以国士。非我自知，公实见谓。父子昆弟，并出公门。公不责报，我岂怀恩？惟此涕泣，实哀斯人。有肉在俎，有酒在樽。公归在天，宁闻我言。呜呼哀哉！

【译文】上天降生了圣君，一定会降生辅佐他的大臣。上有神灵主管这件事，不用相约就得以相会。上天降生了尧、舜，禹和稷自己就来到了他们的身边。仁宗皇帝即位之时，韩公刚好进士及第。那时他正在妙龄，雄姿英发，以文章议论入侍于朝。这时的韩公，好比是董仲舒和贾谊，朝廷正要举用他，赶上了西夏反叛。全国上下一片骚然，仁宗决意讨伐夷狄。他把帅臣之权授予韩公，命韩公前往催督西北之师。这时的韩公，好比是方叔和召虎。他入朝协理军机大事，出外镇守名藩剧镇。恩信和威罚同时并举，润如春雨严似秋霜。士卒守法百姓安宁，四方蛮夷俯首就降。这时的韩公，好比唐朝临淮郡王李光弼和汾阳王郭子仪。天子端坐于朝堂，要施行仁爱之政。各路诸侯一齐报捷，都希望促成仁宗的新政。天子从西北召韩公入朝，授予他枢密使的权柄，这时的韩公，如汉朝的萧何、曹参、魏相、邴吉。仁宗、英宗相继驾崩，天下形势骤然紧张。仿佛在转瞬之间，就会出现惊雷暴风。国家处在生死存亡之际，既可能出现内忧又可能出现外患。这时的韩公，就像是伊尹和周公。使北方三镇偃旗息鼓，保国功成而退身出朝。天下的民众愤愤不平，不知道韩公何日才能复主朝政。当年毕公身在朝外而心系王室，房公临死还要出兵征辽。呜呼哀哉！六月甲寅这一天，你无福再享朝廷的俸禄，上天夺走了我朝廷重臣。我还有亿万的黎民，谁来教化他们？我还有子子孙孙，谁来保卫他们？像韩公这样英伟的大臣，难道还会出现吗？韩公匆匆离去，我就没有出头之日了。我痛哭失声，涕泗横流，哀伤和嗟叹也无法使他复活。当年我的先父，病逝在京师。韩公为他写了两首挽诗，来为他的灵柩送行。说他的文章如同典诰，说他的议论切中时弊。韩公此话一出，谁还敢诋毁我先父的名声？韩公的恩德施及于我，待我以国士之礼。这并不是我自以为如此，韩公确实是这样称我。我一家父子兄弟，都出于韩公的门下。韩公并不期望我们的回报，然而我岂能忘记他的恩德？我现在只能以一场痛哭，来哀悼这位伟人。砧板上放着祭肉，酒樽中斟满清酒，韩公已经飞升上天，不知还能不能听见我的祭奠。呜呼哀哉！

祭柳子玉文

猗欤子玉，南国之秀。甚敏而文，声发自幼。从横武库，炳蔚文囿。独以诗鸣，天锡雄咮。元轻白俗，郊寒岛瘦。嘹然一吟，众作卑陋。凡今卿相，伊昔朋旧。平视青云，可到宁骤。孰云坎轲，白发垂脰。才高绝俗，性疏来诟。谪居穷山，遂侣猩狖。夜衾不絮，朝甑绝馏。慨然怀归，投弃缨绶。潜山之麓，往事神后。道味自饴，世芬莫嗅。凡世所欲，有避无就。谓当乘除，并畀之寿。云何不淑，命也谁咎？顷在钱塘，惠然我觏。相从半岁，日饮醇酎。朝游南屏，莫宿灵鹫。雪窗饥坐，清阕间奏。沙河夜归，霜月如昼。纶巾鹤氅，惊笑吴妇。会合之难，如次组绣。翻然失去，覆水何救？维子耆老，名德俱茂。嗟我后来，匪友惟媾。子有令子，将大子后。颀然二孙，则谓我舅。念子永归，涕如悬霤。歌此奠诗，一樽往侑。

【译文】纯的子玉，你是南方泽国的秀士。你才思敏锐彬彬知礼，自幼就享有了美好的名声。纵横于笔墨之间，彪炳于文坛之内。尤其善于作诗，巧思来自天成。元稹显得轻浮，白居易显得庸俗；孟郊过于清寒，贾岛过于峻瘦。子玉朗朗的吟诵，使一切诗作都显得卑陋。如今的公卿将相，几乎都是你的旧友。当年你并没有把平步青云当作难事，身居高位岂须天长日久。谁知道你仕途坎坷，转眼间已是白发老叟。你的才华超绝世俗，你性情疏懒而遭到贬斥。谪居在穷乡僻壤，于是与猩猩猿猴为侣。夜里盖的被子没有棉絮，清晨的锅灶里没有粮米。你慨叹一声回到故乡，从此弃绝了为官之路。你在潜山的脚下，静心地侍奉道祖。你沉迷于道行甘之如饴，世俗的鲜华你从不接触。世人争夺的利益，你一心避开绝不趋就。你说要把这些乘除加减，都化做自己的长寿。为什么你年命不永，天命如此又能怨谁？此前你在杭州，欣然地与我欢会。你我交往达半年之久，每天都能畅饮美酒。早晨去游览南屏山，晚上借宿在鹫峰。坐在窗前赏雪直到腹中已空，时而传来清幽的歌声。沿着沙河入夜方归，皎洁的月光明如白昼。你头戴纶巾身披鹤氅，古朴的装束使吴中妇女笑出声来。人生的聚会十分难得，如同等待着织成绣。如今我骤然失去了朋友，就如同泼出的水无法再收回。你是我的前辈，德高望重。我是后辈之人，如果不是朋友，我们岂能聚会？你有杰出的儿子，他会使你身后得到荣宠。你还有两个可爱的孙子，他们称我为舅。你的逝世使我十分怀念，我的眼泪如同檐边的水柱。我唱出这首祭奠你的哀诗，举起酒樽愿你得到神灵的保佑。

祭单君觋文

呜呼维君！笃孝自天。展如闵子，人莫间言。内齐于家，外敏于官。民谓父兄，吏莫容奸。信于朋友，人得其欢。博学工诗，数术精研。人涉其一，君有其全。寿考富贵，人谁不然？君独何辜，所向奇偏。志不一遂，怅莫归怨。念我孤甥，生逢百艰。既嫔于君，谓永百年。云何不吊，衔痛重泉。何以慰君，千里一樽。人生如梦，何促何延？厄穷何陋，宦达何妍？命也奈何，追配牛颜。呜呼哀哉！

【译文】啊，单君！你深深的孝心本自天生。表现如同闵子骞，没有任何人对你有一句微词。你井井有条地管理家庭，机敏练达地处理政事。百姓把你看成父兄，你绝不容许属吏作奸犯科。你在朋友间讲究信誉，人人都与你相处得很好。你学识渊博善于作诗，对天象数术也深有研究。别人只能涉足其一，你却是如此德才兼备。谁不向往长寿富贵？你却为什么如此不幸，事事都像在与你作对。你的志向没有一件得以实现，尽管心中惆怅却没有怨恨。可怜我那孤独的外甥女，一生遭逢了许多艰难。既然嫁给了你，实指望能够与你白头偕老。为什么上天如此无情，让你忍受着创痛命赴黄泉。我拿什么来告慰你呢？只有千里之外的一杯清酒。人生如同恍然一梦，什么叫长什么叫短？失志困穷有什么卑陋，仕途显达又有什么荣耀呢？天命是无可奈何的，愿你能够上配冉耕和颜回。呜呼哀哉！

祭胡执中郎中文

胡君执中之灵：

君少在蜀，从先府君。凡蜀之士，事贤友仁。我之知君，固不待见。从事于被，始识君面。相从之欢，画盖百年。见其儒子，驹骏雏鹓。非罪失官，君则先去。我很华州，见君逆旅。淫雨弥旬，道淖没车。他人为泣，君乐有余。其后七年，君操计省。虽获一笑，欢不逾顷。又复七年，我守北徐。君从其子，徐狱是书。雏骞而千，驹亦千里。惟我与君，宛其老矣。老人无徒，相见益亲。凡昔在岐，今存几人？谓君仁人，虽疾当寿。云何而然？命也难究。呜呼执中，人谁不死？如君之贤，不云止此。百炼之刚，日脍千牛。匣而不用，非我之羞。儒子肖君，世有令问。送君一觞，永归无恨。

【译文】苏轼祭于胡执中君的灵前：

胡君年轻时在蜀中，跟从我的先父。凡是蜀中的士子，都能够尊从贤者与仁人交友。我对胡君的了解，用不着交往即可得知。我在凤翔府任从事时，才得以见到胡君其人。相互间的欢快交往，莫定了我们的百年之好。见到了你的小儿子，真如同雏凤神驹令人喜爱。你没有过失却遭罢免，竟这样仓促地离开了我。有一次我前往华州，在旅途中见到了你。恰逢淫雨经旬不断，道路上的泥淖陷住了车轮。别人都为此而嗟叹哭泣，你却显得十分乐观。此后七年，你入中书省担任掾属。虽然难得相逢一笑，这欢乐时光却转瞬即逝。又过了七年，我担任徐州知州，你跟随着你的儿子来到徐州，他那时已担任了刑狱司的掌书记。雏凤已经高高飞翔，神驹已经日行千里。而我和你，却已经垂垂老矣。人到老年十分孤，所以熟人相见倍觉亲切。谈起当年凤翔府的故旧，如今在世的还有几人？我认为你是个仁义之人，虽身体病弱也该长寿。为什么如今你也辞世而去？上天之命真是难以探究。啊，执中，世人谁能长生不死？我只说像你这样的贤人，不应该过早地离去。千锤百炼的钢刀，可以日杀千牛。被装在匣中弃而不用，这并不是我们自己的羞辱。令郎酷似你，如今已有了传世的好名声。我送君一杯清酒，愿你毫无遗憾地安息在九泉。

祭任钤辖文

嗟君结发，从事于兵。四十余年，公侯干城。更尝世故，练达物情。佐我治军，既严且平。吏士肃然，时靡有争。汴泗横流，郛堞圮倾。风埃雾露，奔走经营。舆疾而归，犹莫敢宁。奄忽不就，闻者叹惊。子孙如林，布褐藜羹。生知其勤，死知其清。酹觞告诀，与涕俱零。

【译文】感慨任君从结发之时，就投身于军旅之中。到于今已经四十余年，成为御敌立功的将领。你经历过世事的纷争，处世练达合乎人情。帮助我管束一州士卒，纪律严明而态度平和。官吏士卒井然有序，平时从没有什么争吵。汴河泗水泛滥之时，州城已经倒塌倾斜。你冒着风雨雾露，不知疲倦地奔走指挥救灾之事。劳累过度患病回到家中，还是一心关注着灾情。忽然间辞世而去，听到噩耗的人无不为此而慨叹震惊。你的子孙众多，都穿着布衣喝着菜羹。人们深知你生前勤苦，也了解你死后的清廉。我奉上一杯清酒与你诀别，让这酒和着我的眼泪一同洒在你的灵前。

祭欧阳仲纯父文

仲纯父之灵，曰：呜呼哀哉！文忠公之盛德，子孙千亿与宋无极，人惟曰不足。仲纯父之贤，寿考百年岁九迁，人惟曰当然。奈何官止于一命，寿不登四十。谁其尸之，百不偿一。呜呼哀哉！此不足云也。仲纯父之生也，不以进退得丧有望于人，岂其死也，乃以死生寿夭有责于神？人徒知其文章之世其家，操行之称其门。而不知其志气之豪健，议论之刚果，使之临大事，立大节，不难于杀身以成仁。则夫造物者之挟其死生之权也，岂能病君也哉！虽然，往者见君于颗水之上。去岁君来见我于国门之东。携被夜语，达旦不穿。凡所以谋道忧世而教我以保身远祸者、凛乎其有似于文忠。今也奄兮忽焉而不复见也，能不长号而屡恸乎？道之难行，盖难其人。岂无其人？利害易之。如仲纯父不畏不慕、独立不惧，则死及之。呜呼哀哉！

【译文】苏轼祭奠于欧阳仲纯父的灵前，说：呜呼哀哉！欧阳文忠的盛德，即使他有子孙千万，与大宋王朝同其始终，人们还会说不够多。仲纯父的贤明、即使有百年长寿，一年之中升迁九次，人们也会说这是理所应当的。为什么你的官阶只有一命，你的年龄不足四十。是谁夺去了你的坐命，一百个人也抵不上你一个人。呜呼哀哉！这还不值得多说。仲纯父活着的时候，并没有借助他人之力以求自己进身，难道你死了之后，还会责怪神灵没有使你长寿吗？人们只知道你家世代以文章相传，世代以品行纯美受到人们的称赞。却不了解你的志气是何等雄壮豪放，你的言论是何等刚强果决，如果能使你身临险境，树立名节，你一定会毫不犹豫地舍生取义。那么造物主只能操纵着你的生死，岂能使你改变气节？虽然如此，以前我曾与你相见于颍水之滨，去年你又来到京东看望我。我们二人拥被夜谈，通宵达旦也没有说完。你用修养道德忧虑世事的道理教导我，并教我如何保全自身躲避祸患，凛然一席话，颇有文忠公的风范。如今忽然之间就无法再见到你，我能不长时间失声痛哭吗？大道难以实行，主要是因为难以得到推行大道的人。这种人难道真的没有吗？不过是世间的利害把善恶颠倒了。像仲纯父这样无所畏惧无所墓求，特立独行不畏强权的人，却偏偏不得长寿。呜呼哀哉！

祭王君锡丈人文

公之皇祖，孝著闾里。迨兹百年，世济其美。少相弟长，老相慈诲。肃雍无间，施及娣姒。颀然四人，厥德罔二。轼始婚媾，公之犹子。允有令德，天阏莫遂。惟公幼女，嗣执罍篚。恩厚义重，报宜有以。云何不淑，契阔生死。敛不拊棺，葬不亲隧。岂不怀归，眷此微仕。缄词望哭，以致奠馈。惟此哀诚，一念千里。

【译文】王公的祖先，以孝行闻于乡里。百多年来，代代承袭着这种美德。少年们尊兄爱弟，老年人慈祥教诲关心后代。人人互相尊重亲密无间，也影响到姐妹妯娌。王家四位贤淑的女儿，她们都有相同的美德。我最初定亲的是你的侄女，她有着贤惠的品行，可惜少年夭折未能如愿。而你最小的女儿，又许配给我终身为妻。你对我恩义深重，我本应对你有所回报。为什么你年命不长，与我生死相隔。殡敛时我没能亲自为你抬棺，入葬时我没能亲自为你穿衣。难道我真是因为贪恋着一个微不足道的小官，不想回来为你尽孝吗？实在是出于迫不得已。我写了这篇祭词西望痛哭，以此为你致以祭奠。只希望我这一片诚心，能够传到千里之外。

祭文与可文

维元丰二年，岁次已未，□□□□朔，五日甲辰，从表弟朝奉郎、尚书祠部员外郎、直史馆、权知徐州军州事、骑都尉苏轼，谨以清酌庶羞之奠，致祭于故湖州文府君与可之灵，曰：

呜呼哀哉！与可能复饮此酒也夫？能复赋诗以自乐，鼓琴以自侑也夫？呜呼哀哉！余尚忍言之，气噎悒而填胸，泪疾下而淋衣。忽收泪以自问，非夫人之为恸而谁为乎？道之不行，哀我无徒。岂无友朋，逝莫告余？惟余与可，匪亟匪徐，招之不来，麾之不去，不可得而亲，其可得而疏之耶？呜呼哀哉！孰能惇德秉义如可之和而正乎？孰能养民厚俗如与可之宽而明乎？孰能为诗与楚词如与可之婉而清乎？孰能齐宠辱、忘得丧如与可之安而轻乎？呜呼哀哉！余闻赴之三日，夜不眠而坐喟，梦相从而惊觉，满茵席之濡泪。念有生之归尽，虽百年其必至。惟有文为不朽，与有子为不死。虽富贵寿考之人，未必皆有此二者也。然余尝闻与可之言，是身如浮云，无去无来，无亡无存。则夫所谓不朽与不死者，亦何足云乎？呜呼哀哉！

【译文】元丰二年，岁在己未，□□□□朔，五日甲辰，姑表弟朝奉郎、尚书祠部员外郎、直史馆、权知徐州军州事、骑都尉苏轼，谨以清酒庶羞做为祭品，祭奠已故湖州知州文与可之灵，说：

呜呼哀哉！与可你还能再饮这杯酒吗？你还能再以作诗弹琴来自娱自乐吗？呜呼哀哉！我的悲哀之情填塞了胸膛，滚滚的泪珠打湿了衣裳，还忍心说这样的话吗？忽然间擦干眼泪而问自己，不是为你悲痛又是为谁呢？大道难以推行，可叹我辈没有门徒。难道也没有朋友，把你逝世的消息告诉我？我和与可，历来是君子之交，招之未必来，挥之未必去，虽不能时时得以亲近，然而会因此就疏远吗？呜呼哀哉！有谁能具备淳美的品德和道义像与可这样温和而正直呢？有谁能安养民众敦励民俗像与可这样宽缓而仁义呢？有谁能作诗和楚辞像与可这样婉丽而纯美呢？有谁能宠辱不惊、忘掉得失像与可这样心安理得呢？呜呼哀哉！我听到你逝世的消息，一连三天彻夜不眠，坐在屋中喟然长叹，睡梦中见到你又被惊醒，席褥上洒满我的眼泪。人生最终总有一死，即使是再长寿的人，这一天也会到来。只有文章是不朽的盛事，只要有后代儿孙就可代代相传。那些富贵长寿的人，未必都能得到这两者。然而我曾听与可说过，我的身体就像天上的浮云，无所谓去也无所谓来，无所谓死也无所谓生。这样看来，人们所说的不朽与不死的人，又有什么值得称道的呢？呜呜呼哀哉！

黄州再祭文与可文

从表弟苏轼，昭告于亡友湖州府君与可学士文兄之灵：

呜呼哀哉！我官于岐，实始识君。甚口秀眉，忠信而闻。志气方刚，谈词如云。一别五年，君誉日闻。道德为膏，以自濯薰。艺学之多，蔚如秋蒉。脱口成章，粲莫可耘。驰骋百家，错落纷纭。使我羞叹，笔砚为焚。再见京师，默无所云。杳兮清深，落其华芬。昔艺我黍，今熟其饙。啜漓歌呼，得淳而醺。天力自然，不施胶筋。坐了万事，气回三军。笑我皇皇，独违垢纷。俯仰三州，眷恋桑枌。仁施草木，信及麏麇。昂然来归独立无群。俯焉复去，初无戚欣。大哉死生，凄怆焄蒿。君没谈笑，大钧徒勤。丧之西归，我窜江濆。何以荐君？采江之芹。相彼日月，有朝必曛。我在茫茫，凡几合分。尽此一觞，归安于坟。呜呼哀哉！

【译文】姑表弟苏轼，祭告于亡友湖州知州与可学士的灵前：

呜呼哀哉！我在凤翔府任职时，才认识了你。你方口秀眉，忠诚仁信文质彬彬。意气正盛，谈吐敏捷。一别五年，未能见面。而你的声誉越传越广。你修养道德，从不间断。你博学多才，硕果累累。你出口成章，文采焕然。你纵横于百家之说，学问淹贯如彩霞纷纭。你使我羞愧感叹，我几乎要焚烧笔砚永不为文。你我再见于京城之时，你默默无语颇为深沉。你把自己陶冶得清虚宏深，蕴藏着含蓄脱去了华丽。就像当年勤于种植，如今已经长成果实。你的词赋歌曲，更显得凝炼而淳厚。是凭着天然的秉赋，而并非借助于涂抹粘合。坐于厅堂可了结万事，沉著之气可夺三军。可笑我终日惶惶，深陷在纷繁的事物之中。你渊静无为而治三州，却一心眷恋着退居的生涯。你的仁爱已施及草木，你的恩信已加于鹿麇。你胸怀浩然之气回到朝中，如同白鹤立于鸡群。忽然间又出京而去，你没有丝毫的忧戚。死生有命难以违拗，你如今已安眠于蓬蒿之下。你已经不能再谈笑风生。上天也无法使你复活。你的灵柩将运往西蜀，我却被贬窜到大江之滨。用什么来祭奠你呢？我采来了江边的野芹。我望见天空的日月，只要有照临就必然会降下光明。如今我仍在茫茫的尘世，我们已经历了几次聚合和离分。为你奉上这一杯清酒，愿你能在茔墓中永远安宁。呜呼哀哉！

祭刁景纯文

嗟我少君，四十二岁。君不我少，谓我昆弟。今我已老，鬓须苍然。君之永归，不为无年。我独何憾，过期而哭。人之云亡，哀此风俗。涉江而东，宛其山川。顾瞻万松，蔚乎苍芊。尚想松下，幅巾杖屦。迎我于门，抵掌笑语。岂其忽焉，敛兹一坟。俯仰空山，草木再春。平生故人，几半天下。纷然日中，掉臂莫夜。我非至人，心有往来。斗酒只鸡，聊写我哀。

【译文】可叹我的少君，生年仅有四十二岁。刁君你并不认为我年少许多，却称我为弟。如今我已经衰老，两鬓苍苍。你永远地辞别人世，也永不算是夭亡。我又有什么遗憾，超过了你的年寿而却仍要为你痛哭？那是因为华夏的风俗，要对亡人致以悼念。渡过大江向东行走，那是一片葱郁的山川。我看那万年的松柏，苍劲茂盛生机盎然。我回忆起就在这松树之下，你曾头戴幅巾手拄竹杖，把我迎进了你的家门，你我二人又说又笑。难道说这转瞬之间，你就化做了一座土坟？我瞻望这深山空谷，花草树木冬眠春发。我平生结交的朋友，几乎遍布半个天下。你正当这如日中天的年华，却甩开臂膀进入黑暗之中。我虽不是你的至亲好友，但我们也曾真诚地交往过。如今奉上斗酒只鸡，写篇祭文来表达我对你的哀思。

祭张子野文

子野郎中张丈之灵，曰：

仕而忘归，人所共蔽。有志不果，日月其逝。惟余子野，归及强锐。优游故乡，若复一世。遇人坦率，真古恺悌。庞然老成，又敏且艺。清诗绝俗，甚典而丽。搜研物情，刮发幽翳。微词宛转，盖《诗》之裔。坐此而穷，盐米不继。啸歌自得，有酒辄诣。我官于杭，始获拥彗。欢欣忘年，脱略苛细。送我北归，屈指默计。死生一诀，流涕挽袂。我来故国，实五周岁。不我少须，一病遽蜕。堂有遗像，室无留壁。人亡琴废，帐空鹤唳。酹觞再拜，泪溢两眦。

【译文】苏轼祭奠于张子野郎中丈人灵前，祭文说：

希图仕进而忘记归乡，是使许多人沉溺其中而不自知的。人人都胸怀大志而终生难酬，时间就这样一天天地流逝了。只有张子野，在身强力壮的时候就弃官而归。优游于故乡的山水之间，像是获得了再生。你待人真诚坦率，具有古人的恺悌之心。你心胸豁达老成持重，思维敏捷多才多艺。你清秀的诗章超绝世俗，既典雅又瑰丽。不仅仅洞达人情，同时又阐发幽微。语句宛转颇有《诗经》的余韵。正因为你耽溺于诗才落得贫困潦倒，乃至于家中缺食少盐。你歌咏啸傲悠然自得，只要有酒就要尽醉。我任职杭州之时，才得以结识了你。你我相知成为忘年之交，从不计较苛细的小节。你送我离任北归，掐着手指计算再次相见的日子。谁知那竟成最后的诀别，你当时牵着我的衣袖痛哭失声。我再次回到这里，不过才五年。你竟不能等待我的归来，一病而成为古人。厅堂中挂着你的遗像，屋室中却没有为你守灵的人。人死之后琴声永绝，只有孤鹤鸣于空帐之外我奉上清酒再拜你的亡灵，泪水模糊了我的双眼。

祭陈令举文

鸣呼哀哉！天之生令举，初若有意厚其学术，而多其才能，盖已兼百人之器。既发之以科举，又辅之以令名，使取重于天下者，若将畀之以位。而令举亦能因天之所予而日新之，慨然将以身任天下之事。夫岂独其自任，将世之士大夫，识与不识，莫不望其如是。是何一奋而不顾，以至于斥，一斥而不复，以至于死。鸣呼哀哉！天之所付，为偶然而无意耶？将亦有意，而人之所以周旋委屈辅成其天者不至耶？将天既生之以畀斯人，而人不用，故天复夺之而自使耶？不然，令举之贤，何为而不立？何立而不遂？使少见其毫末，而出其余弃，必有惊世而绝类者矣。予与令举别二年而令举没。既没三年，而予乃始一哭其殡而吊其子也？鸣呼哀哉！

【译文】鸣呼哀哉！上天降生了令举，从一开始就像是有意地使你学术渊深，博学多才，使你一身而具有百人的器局。既使你顺利地考中进士，又使你得到人们的人们的赞誉，使你的大名流传于天下，像是就要授予你治国的重权。而你又能凭借天赋而不断地改革旧弊，慷慨地准备经理天下大事了。这不仅仅是你自己的报负，朝中的士大夫，不论认识不认识你，没有一个不希望如此。为什么刚刚腾飞，却遭到了贬斥，从此之后一蹶不振，再也没有使你恢复当初的地位，直至于死。鸣呼哀哉！上天的托付，是出于偶然无意之间呢？还是虽有此意，而周旋奔走辅佐天下的人自己无此福德呢？还是上天降生良相交给天子，得不到天子的重用，所以上天又把他召回去自己驱使了呢？如果全都不是，凭着令举的贤能，为什么不能立身于朝堂之上？为什么不能立于朝堂而志难酬？如果能使你稍微表现出一点多余的才能，把自用有余的智慧拿出一，就一定会使世道发生石破天惊的巨变。我与令举分别两年之后，令举便辞世而去。三年之后，我才得以在你的灵前放声一哭，并向你的儿子表示哀悼。呜呼哀哉！

祭任师中文

年月日，眉阳陈慥、苏轼，犍为王齐愈、弟齐万，黄州进士潘丙、古耕道致祭于故泸州太守任大夫师中之灵，曰：

允义大夫，维蜀之珍。《诗》之老成，《易》之丈人。去我十年，其德日新。庶一见之，遽没元身。惟与轼，匪友则亲。自丙以降，昔惟州民。旅哭于庭，恻焉酸辛。祸福之来，孰知其因。自寿自夭，自屈自信。天莫为之，矧凡鬼神。生荣死哀，自昔所难。持此令名，归于九原。

【译文】某年某月某日，眉州人陈慥、苏轼，犍为人王齐愈、齐愈之弟齐万，黄州进士潘丙、古耕道祭奠于已故泸州知州任师中大夫灵前，说：

淳美仁义的任大夫，你是我蜀中的珍宝。你是《诗经》中赞颂的老成之臣，你是《周易》中称道的老者丈人。我离开你已经十年，这期间你日日进步。我正想即将与你见面，没想到你竟永离人间。我们之中的陈和苏轼，与你是亲朋好友。潘丙等人都是你治下的州民。我们哭于你的灵前，心中倍感悲戚酸楚。人生祸福无常，谁能知道其中的原因？自身寿命的长与短，自身官途的得与失，连上天也无法改变，更何况是世间的鬼神了。生前享尽荣华，死后得到别人的哀悼，自古以来以为并非易事。你可以带着在世的美名，安眠于九泉之下。

祭刘原父文

呜呼！古称益友，多闻谅直。有一而已，罔全其德。惟公兼之，霈然有余。惟其至明，以有众无。譬如鉴然，物至而受。罔有不照，斯以为富。先民之言，久远绝微。继以百家，其多如茨。众人劬劳，有不能获。公徐收之，其赢则百，潴之为渊，放之为川。抽之无穷，循之无端。有听其言，茫然自失，如江河注，漂荡汩潏；有读其书，释然解颐，纷纭杂乱，咸得其归。其博无际，其辩无偶。既博既辩，又以约守。昔公在朝，议论绝伦。挺然不回，其气以振。谈笑所排，讽谕所及。大夫士庶，敛衽以服。自公之亡，未几于兹。学失本原，邪说并驰。大言滔天，诡论蔑世。不谓自便，日固其理。岂不自有，人或叹嘻。孰能诵言，以告其非。公自平昔，灼见隐伏。指擿讥诮，俾不克立。公归于原，谁与正之？酌以告哀，莫知我悲。

【译文】呜呼！古人所说的益友，是友直、友谅、友多闻。具有其中一种品德就已经很难得了，哪能众美毕备？只有刘公兼而有之，并还有更多的好品行。正因为你有非凡的英明，所以才能具备众人没有的美德。你好比是一面镜子，万物到来都能接受。没有一物拒而不照，因此才算得真正的富有。先民的淳朴言，年代久远已经难以听到。接下来是百家争鸣，其主张各不相同多如蒺藜。众人往往终生读书，也难以真正有所收获。而你对诸家之说兼收并蓄，胸中的学术就百倍于人。积蓄起来如同深渊，放绝开来如同大河。流淌起来无穷无尽，寻根溯源却难见端倪。有人听到了你的言论，就茫茫然竟如同失去了自我。你的言论如同大江大河一泻千里，使他像水上浮物随波而流；有人读到了你的著作，许多烦难疑问就云消冰释，纷繁乱的问题，就都理出头绪。你的渊博无边无涯，你的辩捷举世无双。尽管你渊博而又机辩，但你却又恪守着自己的准则。当年你在朝为官时，你的议论精彩绝伦。你坚持己见守正不移，以昂然之气挺立朝中。甚至连你日常谈笑之间的指斥，出于讽谕的深意，不论是朝中的士大夫还是一般的士子民众，都心悦诚服。自从刘公亡故，至今没有几天。而天下的学风就起了变化，学问失其所本，邪佞之说相继出笼。狂妄无知的议论满天飞舞，用诡辩傲视当世。他们不承认这是为自己大开方便之门，却说它们原本就是古理。这岂不是出于臆断，而世人却为之而赞叹不已。谁能再用你生前的言论，来揭露当今的伪学？你活着的时候，就已灼知那些隐藏的邪说，你对他们指斥讥讽，不使这些邪说有立足之地。如今你归身九泉之下，还有谁能站出来纠正他们的邪说？我献上清酒一杯，以示心中的哀悼，没有人能够真正了解我的悲恸。

祭韩献肃公文

在昔仁祖，清净养民。维时忠献，秉国之钧。盛大蕃衍，启其后人。公暨叔季，文武彬彬。公相神宗，重厚有体。心存社稷，辅以《诗》《礼》。博陆堂堂，扶阳济济。公将于外，钺钺雕戈。虔共匪懈，柔惠不苛。韩侯奕奕，申伯番番。大明既升，克绍圣考。介圭来朝，黄发元老。帝曰汝留，王躬是保。公勇于退，连章告归。三公就第，大政是咨。五福具有，谓当期颐。天弗憖遗，哲人其萎。哀动两宫，士夫涕洟。维此僚寀，拜公京师。从容暇日，引陪燕私。诏言在耳，已哭于帷。在公已矣，邦 国之悲。灵辅启行，宅兆有期。寓焉途车，立列参差。举觞一 恸，与公长辞。

【译文】当年仁宗皇帝在位时，以清净不扰之策来安养民众。那时是韩忠献公执掌着国家的权柄。韩氏一族子孙茂盛，后人都得到他的荫福。献肃公和几个弟弟，能文能武是真正的名臣。献肃公在神宗朝担任宰相，为人厚重而有威仪。忠心耿耿为国家社稷，以《诗经》《礼记》来诱导万民如同汉朝博陆侯霍光是堂堂辅相，如同汉朝扶阳侯韦贤建立伟业。在外为将，军容雄壮。你虔恭赤诚而从无懈怠，宽和休恤不苛暴。如同《诗经·韩奕》中赞颂的韩侯威武高大，如同《诗经·崧高》咏叹的申伯那样勇武雄健。今皇帝如太阳已经升起，他谨守着先王的圣训。你手执圭璧前来朝拜。已经是头发斑白的元老大臣。天子请求你留在朝中，辅佐君王。而你急流勇退，连连上奏请求归老。你以三公的身份住在家中，朝廷大事都向你咨询。你具有古人所说的五福，说要安养老迈之身。上天没有过多地赐你年寿，一代哲人终于辞世。皇帝和太皇太后为你哀悼，士子大夫为你流泪。像我辈等旧日僚属，曾在京师拜见过你。你抽出闲暇，仪态从容地招待我们，命我辈坐陪饮宴。你的话好像还在耳边，如今却面对帷帐为你痛哭。你光辉的一生已经完结，但你的离去却使举国上下悲恸无比。灵车已经启动，安眠近在眼前。看着那已经上路的灵车送行的人们站满路旁。我为你举杯大哭一声，悲心欲碎与你永别。

祭徐君猷文

故黄州太守、朝请徐公君猷之灵：

惟公蚤厌绮纨，富以三冬之学；晚分符竹，蔼然两郡之声。家世名臣，始终循吏。追继襄阳之耆旧，绰有建安之风流。无鬼高谈，常倾满坐。有功阴德，何止一人。轼顷以蠢愚，自贻放逐。妻孥之所窃笑，亲友几于绝交。争席满前，无复十浆而五馈；中流获济，实赖一壶之千金。曾报德之未皇，已兴哀于永诀。平生仿佛，尚陈中圣之觞；厚夜渺茫，徒挂初心之剑。拊棺一恸，呜呼哀哉！

【译文】苏轼祭奠已故黄州知州、朝请郎徐君猷公灵前：

你少年时就厌恶纨绮膏粱，孜孜于学问之中；到晚年分符守郡，担任过两任知州都获得了美好的名声。你祖上历代为我朝名臣，自始至终是奉公守法的循良官吏。继承了襄阳耆老的仁爱，绰然有建安文士的风流。高谈阔论，坐客常满。你积累阴德，暗中受到你帮助的，何止是一人。苏轼因生性愚蠢，自取放逐之祸。使妻儿暗地讥笑，亲友大都与我绝交。你却多次为我设宴，赠送财物接济我。仰赖了你的帮助，就像在河流中快要淹死而获得救助一样。怎奈我尚未有以回报，却与你永别而举哀。生前的交往历历在目，我家中还存放着你送我的美酒。九泉黑暗，路途渺茫，白白悬挂着报答厚恩的宝剑。扶着你的棺木放声一哭，呜呼哀哉！

祭陈君式文

故致政大夫君式之灵：

猗欤大夫，匪直也人。骄然不随，以屈莫信。大夫安之，有命在天。十年躬耕，以娱其亲。亲亡泣血，几以丧明。免丧复仕，哀哉为贫。从政于黄，急吏缓民。食黄之薇，饮其水泉。我以重罪，窜于江滨。亲旧摈疏，我亦自憎。君独愿交，日造我门。我不自爱，恐子垢纷。君笑绝缨，陋哉斯言。忧患之至，期与子均。示我数诗，萧然绝尘。去黄而归，即安丘园。澹然无求，抱洁没身。猗欤大夫，有死有生。如影之随，如环之循。富贵贫贱，忽如浮云。孰皆有子，如二子贤？千里一觞，侑以斯文。

【译文】苏轼告祭已故致政大夫陈君式灵前：

品德淳美的陈大夫，你为人正直。挺然立在这个世间，故而大志未酬屈于人下。你对此安之若素，相信人的穷达是上天之命。你躬耕于田亩十年之久，以奉养自己的双亲。双亲亡故后你悲痛欲绝，以至于哭出血来，几乎失明。除丧后虽然再次出仕，而两袖清风家道贫困。来到黄州担任副职，督促官吏而养息人民。你吃的是黄州的薇菜，饮的是黄州的清泉。我因获罪，被朝廷流放到大江之滨。亲朋旧友与我淡漠疏远，连我自己也十分愧疚。而陈君却愿意与我交往，每天都来到我家。我能光顾自己而不为君着想，恐怕使你受到牵连。你笑着讲述了楚臣绝缨的故事，还说：“你的话是何等浅陋。你如今遭受如此大祸，我应该来分担你的忧患。”你拿出自己的诗作数首，那里面明显地透出你要远离尘世的情绪。黄州任满你就回到家乡，从此开始田园生活。你性情淡泊无欲无求，洁身自好地走完了一生。品德淳美的陈大夫啊！任何人都会有死有生。就如同影子跟随万物，就如同圆环之上世世轮回。你把世俗的富贵和贫贱，看得像天上的浮云。你留下两个儿子，有谁的后代能比他们更贤德？我在千里之外举酒致哀，并奉上这篇祭文。

祭蔡景繁文

呜呼哀哉！子之为人，清厉孤峻。经以仁义，纬以忠信。才兼百夫，敛以静顺。子之事君，悃欵倾尽。挺然不倚，视退如进。持其本心，不负尧舜。子之从政，果艺清慎。缓民急吏，不肃而震。纷纭满前，理解迎刃。子之为文，秀整明润。工于造语，耻就余俊。诗尤所长，锵然玉振。寿以配德，天亦何吝？有如子贤，五十而陨。我迁于黄，众所远摈。惟子之故，不我籍辚。孰云此来，乃拊其榇。万生扰扰，寄此一瞬。富贵无能，俯仰埃烬。子有贤子，汗血之骏。幼亦颀然，颖发龆龀。天哀子穷，以是馈贶。我困于旅，愧莫子赈。歌此奠诗，以和虞殡。呜呼哀哉！

【译文】呜呼哀截！你的为人，清高孤傲。你以仁义为本，以忠信修身。你的才干能身兼百人，却从来表现得宁静安祥。你为官事奉君王，一片真诚尽心尽力。一身正气无偏无倚，把退居也看成人生的进取。你保持着一颗淳厚的心，不辜负尧舜般的圣明天子。你治理民政之事，果决勤苦清廉谨慎。修养民众而督课属官，不用威罚而百事有序。纷繁杂乱的事务，你依循情理迎刃而解。你写作的文章，清秀齐整明朗圆润。善于创造新语，把拾人牙惠当做羞辱。作诗更是你的专长，音调铿锵如金石玉振。本当以长寿配你的茂德，上天为什么对你如此悭吝？像你这样的贤者，年方五十就过早地辞世。我被贬谪到黄州。众人都纷纷远我而去。你却一反世俗之态，不把我看做迁客罪人。谁知道重来此地，却只见到了你的棺木。全州的生民纷纷攘攘，都在这一瞬间为你尽哀。你前没有搏取富贵，如今就这样化为尘埃。所幸你留下一个好儿子，称得上是千里神驹。年纪虽小风致翩翩，秀颖之气显露无遗。上天哀悯你一生穷困，用这个孩子做为对你的馈赠。我现在被困于迁谪之中，囊中空空，无以赈济。只能在葬礼之中，为你唱这首祭诗。呜呼哀哉！

祭欧阳伯和父文

呜呼哀哉！文忠之子，譬之孔门，则其高弟。其材不同，而皆有得，公之一体。惟伯和父，得公之学，甚敏且艺。罔罗幽荒，掎摭遗逸，驰骋百世。有求则应，取之左右，不择钜细。如汉伯喈，如晋茂先，余子莫继。公薨一纪、末人凋丧，我老又废。退而讲论，放失旧闻，日月其逝。欲操简牍，从伯和父，解发疑蔽。今其亡矣，谁助我者，投笔掩袂。斯文日化，蹑风系景，安所止戾？子独确然，求之度数，断以凡例。抱其孤学，将以安适？凿不谋枘。归从文忠，与仲纯父，孰曰非计？而我何为，寓词千里，继以泣涕。呜呼哀哉！

【译文】呜呼哀哉！欧阳文忠公的儿子们，如果比做孔门弟子，也都是出类拔萃之人。你们的才能各自不同，然而各有所长，分别继承了你们父亲的一部分。而伯和父继承了你父亲的学术，才思敏捷词彩灿然。你搜罗荒郊野岭的断碑残石，采集遗文散简，驰骋于百代之中。凡有求取就有所获，你取到自己身边，不论大小粗细。就像汉代的蔡邕，又像晋代的张华，其他古人恐难与你相比。文忠公逝世已经十年，往日的门生所剩无几，我也衰老而成为无用之人。闲暇时退居讲论天下的旧闻，感慨岁月的流逝。想拿着这些书简，向伯和父求教，也解除自己的疑蔽。如今你离开人世，谁还能对我有所启发？我扔掉笔而落下泪。当今的斯文日渐新奇，倘或是追攀时尚，哪里有个止境？

你却不为时风所惑，探求古字的笔画，揣摩古文的规矩。你怀抱这样的绝学，怎能在世上安身立命？就如同方孔而用圆凿，与时尚格格不入。如今你辞世而归，追随文忠公和仲纯父而去，又有谁能说这不是你最好的归宿？我能为你做些什么？只能在千里之外写此祭词，继之以对你的哀悼哭泣。呜呼哀哉！

祭石幼安文

嗟我去蜀，十有八年。梦还故乡，亲爱满前。觉而无有，泪下迸泉。窜流江湖，只影自怜。闻人蜀音，回首粲然。矧如夫子，又戚且贤。忧乐同之，义不我捐。我行过宿，子病已缠。顾我而笑，自云少痊。念子仁人，寿骨隐颧。携手同归，相视华颠。孰云此来，拊膺号天。同驱并驰，俯仰而迁。行即此路，皇分后先。哀者若人，令德世传。才子文孙，森然比肩。天不吾欺，后将蝉联。永归无憾，举我一笾。呜呼哀哉！

【译文】可叹我离开蜀地，至今已经十八年了。多少次梦中回到故乡，亲戚朋友站在面前。醒来后眼前一片空空，眼泪如泉滴向外迸流。如今我被贬到这远远的江湖之地，形单影只顾影自怜。一听到有人操蜀中口音，我就会回过头去朝着他笑。更何况像石君这个人，既是亲戚，人品又好。你与我同忧同乐，并不因为我获罪而远远避开。我刚刚来到这里，你已经疾病缠身。你望着我亲切地微笑，自称病情已经减轻。我知道你是个仁义之人见你面上的寿骨隐没在颧骨之下。我二人携手回家，互相笑看着对方的白发。谁知道这次重来，只剩下捶胸顿足大呼苍天。你与我并驾齐驱，俯仰于仕途同遭迁贬。既然最终是同一条路，何必再分谁后谁先。我为你感到深深的哀痛，你的美德将永世流传。你有才德秀美的子孙，真难把他们分出高下。上天不会欺骗我们，你的子孙日后必将个个成材。如今你永宁后土可再无遗憾，请接受我杯酒的祭奠。呜呼哀哉！

祭司马君实文

左仆射赠太师温公之灵：

呜呼！百世一人，千载一时。惟时与人，鲜偶常奇。公事仁宗，百未一施。独发大议，惟天我知。厚陵之初，先事而规，帝欲得民，一尊无私。母子之间，莫如孝慈。人所难言，我则易之。神宗知公，敬如蓍龟。专谈仁义，辅以《书》《诗》。枉尺直寻，愿公少卑。公曰天子，舜禹之资。我若言利，非天谁欺？退居于洛，四海是仪。化及豚鱼，名闻乳儿。二圣见公，曰予得师。付以衡石，惟公所为。公亦何为？视民所宜。有莠则锄，有疾则医。问疾所生，师老民疲。和戎上策，决用无疑。此计一定，太平可基。譬如农夫，既辟既菑。投种未粒，矧获而炊？宾客满门，公以疾辞。不见十日，入哭其帷。天为雨泣，路人垂洟。画像于家，饮食必祠。矧我众僚，左右畴咨。共载一舟，丧其楫维。终天之诀，宁复来思？歌此奠章，以侑一卮。呜呼哀哉！

【译文】苏轼致祭于尚书左仆射、赠太师司马温公灵前：

啊！百代才出了这样一位伟人，千年才难逢当今的盛时。时机和贤人，很少合契常难并存。司马公事奉仁宗皇帝，胸中的韬略还未能施展。只是发表了宏壮的议论，当时只有上天才知道它的份量。英宗即位之初，你及时地规劝他说：想要得到民心，一定要屏弃自己的私欲。皇帝与母亲之间，只有子孝母慈，才能使天下人敬服。他人认为难以出口的话语，你出于至诚脱口而出。神宗皇帝了解你，爱敬你，把你当做宗庙中的神器。你对神宗皇帝讲论仁爱信义，并把《诗经》《尚书》的大义说给他听。神宗对你说，让你稍稍委屈一点，不要计较升迁的迟早。司马公说“天子有舜、禹的资质，我如果是为谋利而来，不是欺骗上天吗？”你退处于西京洛阳，成为天下四海尊崇的仪范。你的道德使鱼鳖都得到感化，你的英名连吃奶的孩子都知道。皇帝和太皇太后二圣见到了你，都说是得到了真正的老师。他们把铨选人材的大权交给你，任凭你自行安排天下大计。你做了些什么事呢？都是根据百姓的需要来制定政策。有杂草就除掉，有疾病就医治。天子询问天下的疾患是如何产生的，你说这都是因军队冗多百姓困疲。与戎狄通好的政策不能改变，一定要坚持下去。只有确定了这个基本国策，才能达到天下大治。好比是农夫，虽然开垦了田地，不去播撒种子，又怎能有所收获？宾客们站满你的门前，你因病重不得相见。谁知道十天没见到你，竟然痛哭于你的灵前。上天为你降雨哭泣，没见过你的人也满面泪水。全国的人都把你的画像供奉在家中，一饮一食先要向你祝祷。更何况我们这些僚属，都曾在你身边亲聆教诲。好比同在一条船上，如今却丧失了船桨和缆绳。这令人心碎的诀别，怎能不使人永致哀思？我奉上这篇祭文，并敬上一杯清酒。呜呼哀哉！

祭王宜甫文

维元祐二年，岁次丁卯，九月庚申朔，十九日戊辰，具位苏轼，谨以酒果之奠，昭告于故比部郎中、赠光禄大夫王公宜甫亲家翁之灵：

呜呼！宜父，笃厚宽中。德世其家，而位莫充。非不能充知有天命。直己而行，不充何病？三公之子，所乏非财。风雨散之，如振浮埃。百年梦幻，其究何获？不与皆亡，令名令德。公虽耆旧，我尚同时。不识其人，想见其姿。婚姻之好，义贯黄壤。有愧古人，不祖其往。往谓赵人，子孙其昌。莳其墓槚，我言不忘。呜呼哀哉！

【译文】元祐二年，岁次丁卯，九月庚申初一，十九日戊辰，在位官苏轼，谨以清酒瓜果做为祭物，敬告于已故比部郎中、赠光禄大夫王宜甫公亲家翁的灵前：

啊！宜父，你道德淳厚心怀宽广。贤德是你的传家之宝，而你的禄位却没能与贤德相称。并不是禄位不可能与贤德相称，这全是天命事先的安排。你立身行事光明磊落，并不把职不称德放在心中。你是三公的后代，所缺乏的并不是钱财。你把钱财随手散去，把它看得如同世间的尘埃。你的一生究竟有什么获取？没有与你有形之身同日消亡的，唯有你美好的名声和品德。王公虽然是耆老之人，我有幸与你生于同时。还没有见到你之前，我就能想见你的风采。后来结成姻亲之好，此情此义至直九泉黄土之下。如今你已作古，不能亲自为你送行，使我有愧于你。我曾对你说：我赵郡苏氏一定子孙昌盛。在你的坟上栽上树木，想你不会忘记我的话。请你接受我的祭飨。

祭范蜀公文

呜呼！仁宗在位，四十二年。畦而种之，有得皆贤。既历三世，悉为名臣。今如晨星，存者几人？孰如我公，硕大光明。导日而升，灿焉长庚。死生契阔，公独寿考。天实耆之，以殿诸老。二圣嗣位，仁义是施。公昔所言，略行无遗。维乐未和，公寝不宁。乐成而薨，公往则瞑。凡百君子，愿公无极。胡不谓年，以重王国。责难之忠，爱莫助之。嗟我后来，谁复似之。吾先君子，秉德不耀。与公兄弟，一日之少。穷达不齐，欢则无间。岂以闾里，忠义则然。先君之终，公时在陈。宵梦告行，晨起赴闻。先友尽矣，我亦白发。闻公之丧，方食哽噎。堂堂我公，岂其云亡？望公凛然，犹举我觞。

【译文】啊！仁宗皇帝在位，前后四十二年。像开辟园圃培植花木，凡是得到仁宗皇帝栽培的，都成了贤德之人。经历了三朝帝王之后，当年的贤人都成了后来的名臣。如今这些人却寥若晨星，存活的还有几个人呢？谁能比得上我范蜀公，业绩辉煌光芒四射。你就像光辉灿烂的长庚星，引导着太阳升上高空。人的生死谁能把握？只有你范公独享高寿。这实在是上天的恩惠，让你在老臣中最后离去。太皇太后和皇帝在位之时，把仁爱信义施及万民。范公当年的提议，二位圣君都推行无遗。只是音乐还未能和洽，你为此坐卧不宁。大乐刚刚制成你就离开人世，死而无憾。在朝在野的君子大夫，都希望你健康长寿。你为什么不再多活些年，使朝廷多所倚重。你敢于指出皇帝的过错，忠心辅政，我辈虽然敬重你，却感到无法协助你。可叹我们这些后辈，有谁能比上你的万一？我的先父，内怀仁德而未能彰显。比你们兄弟，年纪稍轻。困穷显达虽然不同，但你们之间的友情却亲密无间。你们哪里看重门第？只看友人是否忠诚信义。先父临终之际，范公正在陈州。夜间托梦向你辞别，你早晨起身就听到先父逝世的消息。早年的朋友大都亡故，我也变成白发老翁。正在吃饭时听到范公逝世的噩耗，食物立刻就难以下咽。伟岸无比的范公，怎么会突然亡故？瞻仰着你凛然的英姿，我只能举起致哀的酒杯。

祭黄几道文

几道大夫年兄之灵：

呜呼！几道，孝友烝。人无间言，如闵与曾。天若成之付以百能。超然骥德，风惊云腾。入为御史，以直自绳。身为玉雪，不污青蝇。出按百城，不缓不。奸民惰吏，实畏靡憎帝亦知之，因事屡称。谋之左右，有问莫应。君闻不悛，与道降升。吾岂羽毛，为人所鹰？抱默以老，终然不矜。环堵萧然，大布疏缯。妻子脱粟，玉食友朋。我迁淮南，秋谷五登。坐阅百吏，锥刀相仍。有斐君子，传车是乘。穆如春风，解此阴凌。尚有典刑，紫髯垂膺。鲁无君子，斯人安承。纳币请昏，义均股肱。别我而东，衣袂仅胜。一卧永已，吾将安凭？寿天在天，虽圣莫增。君赵魏老，老于薛滕。天亦愧之，其世必兴。举我一觞，归安丘陵。

【译文】苏轼祭告于年兄几道大夫灵前:

啊!几道,你具有忠孝友爱的品质。谁也无法指出你的瑕疵,都说你如同闵子骞和曾参。上天像是有意成全你,赋予你各种才能。你的意志超然有如千里骏马,追风乘云驰骋纵横。入朝担任御史之职,首先严格地约束自身。你光明磊落清廉如雪,不允许青蝇沾身稍有玷污。你离开京师巡按郡县,即不松懈也不急苛。奸诈的刁民和庸懒的官吏,听到你的名字都畏服钦敬。天子也深知你的才能,对你的业绩屡屡称赏。而天子向左右大臣咨询之时,大臣们谁也不肯表示自己的态度。君则不改敢于直言的本性,不论仕途升降,都坚持自己的原则。你认为自己怎能甘愿充当一根羽毛,成为别人的鹰爪?你怀抱沉默渐渐衰老,自始至终无骄矜之情。你家徒四壁生活清贫,穿的是粗布之衣。妻子儿女吃的是糙米,有了精美的食品却用来款待朋友。我迁官到淮南任职,秋天的粮食大获丰收。考察州中的属吏,都是才能低微之辈。有一位斐然君子,乘坐传车来到州中。就像带来和煦的春风,化解了我的孤寂。你的仪容仍旧端肃,黑紫的鬓髯垂到了胸前。假如鲁地没有真正的君子,那么你又是从哪里继承这美好的遗风?你送上礼物请求与我家结为姻亲,情义如同兄弟般真诚。你离开我返回东方,瘦瘦的身体像是勉强撑起衣裳。如今你仰卧于地永不再起,我今后将与谁为友?人的寿限长短都是天命,即使是圣人也不能增加。黄君是赵魏之老臣,如今长眠于滕薛之地。上天对你应有愧怍,想你的后世必然重振雄风。我为你敬上杯清酒,愿你能安眠于九泉之中。

祭张文定公文三首

其一

维元祐六年,岁次辛未,十二月乙卯朔,八日壬戌,门生龙图阁学士、左朝奉郎、知颍州军州事兼管内劝农使、轻车都尉、赐紫金鱼袋苏轼，谨以清酌庶羞之奠，昭告于故太子太保乐全先生张公之灵：

呜呼！道大如天，见存乎人。小智自私，莫识其真。公生而悟，得其全淳。久乃妙物，凛然疑神。初如龙凤，不可扰驯。游于帝郊，尚以其仁。可望可见，而不可亲。师心而行，自屈自信。八十五年，以没元身。我先大夫，古之天民，被褐怀宝，陆沈峨岷。公曰惜哉，王国之珍。此太史公，笔回千钧。独置一榻，不延余宾。时我兄弟，尚未冠绅。得交于公，先子是因。我晚闻道，困于垢尘。蔑从公谈，弃故服新。顷独怪公，倒廪倾囷。尽发其秘，有怀毕陈。曰再见子，恐无复辰。出户迟迟，默焉衔辛。穆穆昭陵，二三元臣。惟公始终，高节迈伦。一恸永已，山摧川堙。公视富贵，如贱与贫。公视生死，如夕与晨。老不惰偷，疾不嚬呻。有化非亡，有隐非沦。我独何为？涕流于巾。

【译文】元祐六年，岁次辛未，十二月乙卯初一，八日壬戌，门生龙图阁学士、左朝奉郎、知颍州军州事兼管内劝农使、轻车都尉、赐紫金鱼袋苏轼，恭谨地用清酒佳肴做为供品，昭告于已故太子太保乐全先生张公的灵前：

啊！圣道广大与天相齐，一定要由得道的人才能体现。具有短浅的智虑和自私之心，就难以见到他的纯真。张公自降生之日就颖悟非凡，故而具备完美的道德。长大后便渐渐具有超凡的气象，神色凛凛庄严肃穆。年轻时具有龙凤之姿，不能像凡俗之辈那样加以训导。凭着仁义道德，与京城之内的贤人交游。一般的人可以望见他的身影，却得不到与他亲近。你或屈或伸，都是按照自己的原则行事。八十五岁时，离开人世。我的先父，如同往古的贤人，他胸怀文韬武略，却被埋没于峨嵋山中。张公说这太可惜了，此人乃是我朝的珍宝。此人如同太史公司马迁，笔力雄健可悬千钧。你为他单独设下一榻，从此不再延请其他宾客。当时我与弟弟苏辙，还没有取得功名进入仕途，得以与张公交往，都以因为先父的原因。我闻知大道为时甚晚，平生屡屡困顿难进。每当与公交谈议论，都能使我放弃旧的观点接受新的理论。此前你忽然翻箱倒柜，把珍藏之物尽皆取出，把心腹之话都讲给我听，我对此感到十分惊奇。你说：你我再次相见，恐怕已无可能。我离开你的府第行步迟缓，默然无语心中十分酸辛。仁德广大的仁宗皇帝，任用了几位元老大臣，只有张公自始至终，保全了自己高迈的志节。如今一声恸哭与你永诀，如同高山倾倒大河堵塞。你把富贵荣华视如草芥，你把生死存亡视如晨夕。年事已高而从不懒散，得了疾病也从不呻怜。有道者是化去而并非真死，是隐没而并非丧亡。我为什么还要如此悲恸，以致涕泪沾湿了帕巾？

其二

轼于天下，未尝志墓。独铭五人，皆盛德故。伟欤我公，实浮于声。知公者天，宁俟此铭。今公永归，我留淮海。寓辞千里，濡袂有漼。

【译文】苏轼一生，从不愿为人写墓志铭，总共写过五个人的墓志，都是因为他们的确具有盛美的品德。英伟的张公，你的名声远不及你的盛德。真正了解张公的只有上天，难道张公会靠着我的墓志来传扬美名吗？如今张公辞世而去，我却滞留在淮南一带。故而在千里之外写下祭文，泪水已打湿了我的衣袖。

其三

我游门下，三十八年，如俯仰中。十五年间，六过南都，而五见公。升堂入室，问道学礼，靡求不供。有契于心，如水倾海，如橐鼓风。风水之合，岂特无异，将初无同。孰云此来，恸哭不闻，高堂莫空。敛不拊棺，葬不执绋，我愧于胸。公知我深，我岂不知，公之所从。生不求人，没不求天，自与天通。天不吾欺，寿考之余，报施亦丰。一子四孙，鸾鹄在庭，以华其终。自我先子，逮今三世，为好无穷。以我此心，与此一觞，达于幽宫。

【译文】我出入于张公门下，前后共计三十八年，想来如同在俯仰之间。十五年来，我曾六次路过应天府，有五次见到了张公。我进入厅堂坐在室内，向你请教大道和古礼，每次求问无不答复。你的话像与我内心冥然相合，就像是江水倾入大海，就像是风箱鼓动了急风。这急风大水的合契，与我的本心并无差异，尽管初时看似不同。谁知道这次前来，既没听到痛哭之声，也没见到原来的厅堂。你入殓时我未能抚棺一哭，你下葬时我未能为你披麻，为此我真是于心有愧。你对我的了解可谓至深，难道我不知道你人生的信条？你生时不求于人，死后不求于天，而英灵自然与天相通。上天不会欺骗我们，你得以高年长寿，这种施予也堪称丰厚。你留下一个儿子四个孙子，如今都长大成材，位列朝廷，这也可以使你满意而终。自从我先父至今，一家三代，与你一直保持着深厚的友情。现以我一颗诚心，连同这一杯清酒，直送到你的灵柩之中。

祭韩忠献公文

维元祐八年。岁次癸酉，十一月初一日乙亥，端明殿学士兼翰林侍读学士、左朝奉郎、定州路安抚使兼马步军都总管、知定州军州事、上轻车都尉、赐紫金鱼袋苏轼，谨以清酌庶羞之奠，昭告于魏国忠献公之灵：

呜呼！我生虽晚，尚及昔人。堂堂魏公，河岳之神。四十余年，其德日新。钟鼎有尽，竹帛莫陈。惟其大节，蔽以一言。忠以事君，允也上臣。我与弟辙，来自峨岷。公罔罗之，若获凤麟。契阔艰难，手书见存。勿以大匠，笑彼汗颜。援手拯溺，期我于仁。岂知无用，既老益顽。意广才疏，将归丘园。上未忍弃，畀之中山。公治此邦，没食其民。我独何幸，敬践后尘。公惟人杰，而不自贤。堂名阅古，以古律身。况我小生，罕见寡闻。敢不师公，治民与军。虽无以报，不辱其门。

【译文】元祐八年。岁次癸酉，十一月初一日乙亥，端明殿学士兼翰林侍读学士、左朝奉郎、定州路安抚使兼马步军都总管、知定州军州事、上轻车都尉、赐紫金鱼袋苏轼，恭谨地用清酒佳肴做为供品，昭告于已故魏国忠献公的灵前：

啊！我虽然生为晚辈，还有幸见到前朝元老大臣。英伟的魏公，你真是黄河嵩山所降生的神人。四十多年间，你能够使仁德日日更新。钟鸣鼎食的相位虽有终结，而载于史书的业绩却多得无法陈列。做为你的大节，一句话就可概括，那就是：忠心地事奉君王，是贤德的宰臣。我和弟弟苏辙，来自峨嵋山中。你对我二人加以提拔，就像是得到了凤凰麒麟。茫茫数载，你的手迹我至今保存。你没有以高显自居，耻笑我辈的庸蠢无知。而是伸出挽救溺者的大手，希望我们修养完美的自身。谁知道我不堪造就，年纪衰老反而更加顽钝。志大才疏，打算弃官归乡。皇上不忍心抛弃我，把我安置在中山府任守臣。韩公你曾经任此郡太守，身后得到州民的供奉。我是何等地幸运，恭敬地来步你的后尘。韩公本是人中的俊杰，却从来不以贤者自居。你的厅堂取名“阅古”，你是用古代的贤人来约束自身。何况我这个后生之辈，平生少见寡闻。岂敢不以韩公为楷模，来治理一郡的军政和民事。纵然是没有对你回报，也万不可有辱你的门风。

祭柳仲远文二首

其一

呜呼哀哉！我生多故，愈老愈艰。亲朋几人，日化日迁。逝者如风，赴来逾年。一恸海激，摧胸破肝。痛我令妹，天独与贤，德如召南，寿甫见孙。矧我仲远，孝友恭温。天若成之，从政有闻。富以学术，又昌以言。久而不试，理岂其然？崎岖有求，凡以为亲。虽不负米，实劳且勤。知止于此，不如归闲。哀我孤甥，孝如闵、颜。衔痛远诉，谁抚谁存？逝者已矣，存者何冤？慎勿致毁，以全汝门。以慰我仲远永归之魂。呜呼哀哉！

【译文】呜呼哀哉！我一生多灾多难，至老尤其艰难。亲戚朋友总共几人？有的亡故有的音信断绝。逝去的人如同清风无迹，音讯传来已经过了一年。我身居海角一声痛哭，顿觉五内摧伤气噎难言。可叹我的贤妹，上天赐给她聪慧贤淑。她的品德如《诗经·召南》的赞誉，她的年寿应该在见到孙子之后。何况仲远妹夫，孝顺而温良。上天因此成全你，你入仕为宫，必有成就。你学识渊博，又善言谈。数年之间，没有出仕，这难道符合情理吗？人生汲汲追求功名利禄，无非是为了奉养双亲。虽然不用亲自背米砍柴，也委实要，付出辛勤的劳动。. 既然明白了这番道理，到不如回到家中孝养双亲。可叹我的独生外甥，他的孝心如同闵子骞和颜回。心怀着悲痛远道而来，把父母的噩耗告知于我，从今后谁来照顾，谁来抚养？亡者已经解脱，存者又有何罪？望外甥谨慎地节哀保养，以承传柳氏一门。以告慰仲远永远亡逝的灵魂。呜呼哀哉！

其二

我厄于南，天降罪疾。方之古人，百死有溢。天不我亡，亡其朋戚。如柳氏妹，夫妇连璧。云何两逝，不慭遗一。我归自南，宿草再易。哭堕其目，泉壤咫尺。闵也有立，气贯金石。我穷且老，似舅何益？易其墓侧，可置万室。天定胜人，此语其必。

【译文】我被困厄在海南，上天也降下了疾疫。如果是古人遭此流放，百人中不会有一人生还。上天有意使我保全了性命，却无端地使我的亲戚离开尘世。我的妹妹和柳氏，夫妇二人如珠联璧合。为什么一前一后相继亡故，竟然不能剩下一人？我从海南遇赦北归，如同枯草重新发芽。我哀哀欲绝几乎哭瞎，兄妹虽近在咫尺却难以相见。外甥柳闳你要意志坚强，豪气贯穿坚金顽石。像我这般穷愁老迈，你若是像舅舅我又有何益？你要立志把双亲坟墓迁往佳地，像韩信一样使墓旁可置万户。天意定能胜过人事，你记住我这话必会成真。

祭吴子野文

朝奉郎、提举成都府玉局观苏轼谨以清酌庶羞之奠，告于故吴子野远游先生之灵：

呜呼！子野，道与世违。寂默自求，阖门垂帏。兀尔坐忘，有似子微。或似壶子，杜气发机。遍交公卿，靡所求希。急人缓己，忘其渴饥。道路为家，惟义是归。卒老于行，终不自非。送我北还，中道弊衣。有疾不药，但却甘肥。问以后事，一笑而麾。飘然脱去，云散露晞。我独何为？感叹嘘欷。一酹告诀，逝舟东飞。

【译文】朝奉郎、提举成都府玉局观苏轼恭谨地用清酒佳肴做为供品，哀告于已故吴子野远游先生的灵前：

啊！子野，你的道德与世风不合。你在寂寞中寻求自我，关上房门垂下帷幕。兀然端坐物我两忘，颇像唐人司马承祯。又像是晋代神仙壶公，收取自然之气而发其枢机。你广泛地交结公卿大夫，却从来没有求取过丝毫之利。你委屈自己而救人急难，以至于忘掉了干渴和饥饿。大路上处处都是你的家，你只把信义当做最终的归宿。你乐此忘疲直至衰老，自始至终不以此为非。你送我回到北方中原，行至半路已衣衫破烂。患了疾病也不吃药，只是戒掉了肥腻之物。我向你询问身后之事，你淡淡一笑不做回答。此一番你飘然离去，如同乌云散去霜露蒸腾。我为什么还要为此感叹悲哀?只举起清酒一樽与你告别,乘上轻舟向东飞驶。

祭欧阳文忠公夫人文

呜呼!文忠之薨,十有八年。士无所归,散而自贤。我是用惧,日登师门。既友诸子,入拜夫人。望之愀然,有穆其言。简肃之肃,文忠之文。虽老无成,典刑则存。何以嗣之,使世不忘。诸子惟迨,好学而刚。夫人实使,兄弟吾孙。徼福文忠,及我先君。出守东南,往违其颜。病不能见,卒以赴闻。自敛及葬,馈奠莫亲。匪愧于今,有砚昔人。寓词千里,侑此一樽。

【译文】啊!欧阳文忠公去世,至今已经十八年。士子们无所归依,散在各处自修贤德。我却为此而深感忧惧,仍旧日日来到先师之门。我不仅与文忠公的儿子们相互友好,而且时时入拜欧阳夫人。见到你我内心十分伤感,而对你的言语却感到十分钦敬。你具有简肃公的肃穆,具有文忠公的斯文。虽然失去了文忠公,而门风依然得以保全。怎样才能继承先师,使后代人世世不忘这位老臣?有他的几个儿子紧随其后,博学广闻而志节刚强。实则是欧阳夫人使你的子孙,与我像兄弟般地交往。一则是求福于文忠公,二则也及于我的先父。我奉命到杭州担任太守,前往夫人你家中探望。当时你因病未能相见,随后便接到你过世的讣告。夫人的入殓及安葬,我都没能亲自参与。这不仅使我有愧于今人,对文忠公也有负深思。我只能在千里之外作此祭文,遥遥奉上清酒一樽。

祭欧阳文忠公夫人文(颍州)

维元祐六年，岁次辛未，九月丙戌朔，从表侄具位苏轼，谨以清酌肴果之奠，昭告于故太师、兖国文忠公安康郡夫人之灵：

呜呼！轼自龆龀，以学为嬉。童子何知，谓公我师。昼诵其文，夜梦见之。十有五年，乃克见公。公为拊掌，欢笑改容。此我辈人，余子莫群。我老将休，付子斯文。再拜稽首，过矣公言。虽知其过，不敢不勉。契阔艰难，见公汝阴。多士方哗，而我独南。公曰子来，实获我心。我所谓文，必与道俱。见利而迁，则非我徒。又拜稽首，有死无易。公虽云亡，言如皎日。元祐之初，起自南迁。叔季在朝，如见公颜。又拜夫人，罗列诸孙。敢以中子，请婚叔氏。夫人曰然，师友之义。凡二十年，再升公堂。深衣庙门，垂涕失声。白发苍颜，复见颍人。颍人思公，曰此门生。虽无以报，不辱其门。清颍洋洋，东注于淮。我怀先生，岂有涯哉？

【译文】元祐六年，岁次辛未，九月丙戌初一，从表侄具官位苏轼，恭谨地用清酒蔬果做为供品，明告于已故太师、兖国文忠公安康郡夫人灵前：

啊！苏轼年幼之时，以学习做为嘻戏。小孩子懂得什么，自己就把文忠公当做了自己的老师。白天诵读他的文章，夜里便能梦见他。从那时之后十五年，终于得见欧阳公。欧阳公见到我拍案赞赏，脸上现出真挚的笑容。他说："这少年将来可以达到我辈的成就，其他人无法与他相比。我年纪已老将要退休，以后文章之道就交付给你了。"我再次向欧阳公叩头拜谢，并说："欧阳公对我过奖了。"虽然心里知道欧阳公对自己期望过高，但心中却不敢不用欧阳公的期望时时自勉。仕途艰难，时光流逝，我终于在汝阴再次见到欧阳公。当时欧阳公身边子弟众多，他却只把我请到上宾之席。他对我说："你来到这里，我很满意。我所说的文章之道，一定是与大道并存。为了眼前的利益改变操守，那他就不是我的弟子。”我又向欧阳公叩拜，说道：“学生至死不敢把此话忘记。”欧阳公虽然亡故，他的教诲却如同天上的太阳。元祐初年，我从贬谪之地回到朝廷，当时文忠公的次子和少子都在朝中，见到他们就如同见到了文忠公。我来到其家拜见夫人，夫人身边站满了子孙。苏轼贸然提出，请求把文忠公次子之女，许配给我的次子为妻。夫人说：“当然可以，这才不失于师友之义。”自此以后二十年，我再次来到欧阳公府中。却只能身穿孝服站在家庙门前，痛哭失声。我此时一头白发面色苍老，再次地见到了颍州士民。颍州人思念文忠公，指着我说：他是文忠公的弟子，虽然我对文忠公没有什么回报，但却自认为没有辱没欧阳公。清清的颍水流淌不息，向东注入淮河。我对先生的思念，何日是终结？

祭滕大夫母杨夫人文

维元祐九年，岁次甲戌，三月壬申朔，端明殿学士兼翰林侍读学士、左朝奉郎、知定州军州事苏轼，谨以清酌庶羞之奠，昭告于近故侯安县太君杨氏之灵：

呜呼！士盛庆历，如汉武、宣。用兵西方，故西多贤。惟时滕公，实显于西。文武殿邦，尹、范是齐。功名不终，有命有义。我时童子，知为公喟。四十余年，墓木十围。乃识其子，倾盖不疑。忠厚且文，前人是似。秉心平反，慈训则尔。仰止德人，如冈如陵。升堂而拜，我愧未能。岂其微疾，一恸永已。胡不百年，以慰其子？寿禄在天，考终非亡。鹊巢之应，子孙其昌。

【译文】元祐九年，岁次甲戌，三月壬申初一，端明殿学士兼翰林侍读学士、左朝奉郎、知定州军州事苏轼，恭谨地用清酒佳肴做为供品，明告于近已故侯安县太君杨氏的灵前：

啊！士大夫在庆历年间最为昌盛，就如同汉武帝、汉宣帝之时。朝廷在西北用兵，故而西北的贤士尤显众多。那时滕宗谅公，名声显扬于西北边疆。文韬武略安守邦国，功劳与尹宪和范仲淹差不多。而功名未能成就，一半是因为天命一半是因为遵守信义。那时我还是个少年人，就已经知道为滕公感叹。自那时起至今已四十多年，墓前的松柏已长成十围。这时我结识了滕公的儿子，一见倾心，‘毫不怀疑。他忠厚斯文，酷似他的父亲。他遵照慈母的教诲，矢志为其父平反冤屈。我景仰这样有德之人，他们崇高的品德如高山大岭。我感到惭愧的，是未能到府上去拜见夫人。没想到夫人因为一点小病，竟永远地离开人世。为什么你不能长命百岁，使你的儿子得到安慰？人的寿命和爵禄都由上天掌握着，你如此高寿而终也没有太大的遗憾。你会有《诗经·鹊巢》中的应验，使你的子孙繁盛而后世昌荣。

祭范夫人文

惟夫人妇德茂于闺门，母仪形于里闸。笃生贤子，绰有令名。将期百年，兼享五福。而天不亮孝子之志，神不佑善人之门。变故之来，旬日相继。尚有余庆，钟于后昆。某忝与外姻，局于官守。聊驰薄奠，远致哀诚。

【译文】夫人的贤德使闺门生辉，在邻里中是母亲的典范。养育了贤能的儿子，他的美名四处传扬。实指望与范公相守百年，享受五福。而上天不体谅孝子的心愿，神灵也没能护佑积善之家。突生变故，旬日之内死丧相继。你还有余德留给后人。我与夫人为外家之亲，只是因为官身不由己，不能亲临祭奠。姑且在此摆设微薄的祭品，向远方亡人致以真诚的哀悼。

大行太皇太后灵驾发引文（定州）

因山告成，同轨毕至。玉衣永閟，风驭莫追。万国山河，尚凭于坤载；四方老稚，遽失于母慈。欲强名言，难形德化。积此九年之泽，辅成百世之安。乃眷中山，控临朔野。华戎异服，涕慕同声。目断东朝，永绝帘帷之望；神驰西洛，想闻笳鼓之音。臣等各守边垂，莫亲馈奠。徒因僚吏，以致攀号。

【译文】太皇太后的陵墓缘山建成，致祭的车辆一齐赶到。你玉饰的丧衣永远埋在地下，就是如风一般的车马也无法追及。万国的山川，还仰待着你的承载；四方的老幼，突然失去了慈母。虽然想要赞颂你，却找不到合适的言词来表达。你秉政九年积累的德泽，奠定了我朝百代的平安。想我中山府，北控契丹边境。华夏和异族之民，都为你痛哭失声。面对着京师望眼欲穿，从此永远失去了垂帘的太皇太后；心神已驰往西京洛阳，可想像此时笳鼓送葬的哀音。我等臣子各自守卫着边关重镇，无法亲临陵前祭奠。只能派遣属官前往，致上臣等深深的哀恸。

祭老泉焚黄文（元丰元年）

乃者熙宁七年、十年，上再有事于南郊，告成之庆，覃及幽显。我先君中允赠太常博士，累赠都官员外郎。轼、辙当奔走兆域，以致天子之命。王事有程，不敢言私。谨遣人赍告黄二轴，集中外亲，择日焚纳，西望陨涕之至。

【译文】早在熙宁七年、十年时，皇帝两次到南郊祭祀，祭礼告成之时，恩泽施及于万物乃至亡灵。我的先父太子中允、赠大常博士，被加赠为尚书都官员外郎。苏轼、苏辙理当奔回父茔，以敬告天子的恩命。只是身在官任，不便请假处置私事。谨派人带上圣旨两卷，召集中外亲戚，选择吉日焚烧，明告父灵，我们兄弟只能西望流泪而已。

祭伯父提举文（治平元年）

呜呼！昔我先祖之后，诸父、诸姑，森如雁行。三十年间，死生契阔，惟编礼与伯父，千里相望。宦游东西，奔走四海，去家如忘；至有生子成童而不识者，兹言可伤。方约退居卜筑，相与终老，逍遥翱翔。呜呼！伯父，一旦舍去，有志弗偿。辛丑之秋，送伯西郊。淫雨萧萧，河水滔滔。言别于槁，屡顾以招。孰知此行，乃隔幽明。呜呼！伯父，生竞何为？勤苦食辛，以律厥身。知以为民，不知子孙。今其云亡，室如悬筐。布衣练裙，冬月负薪。谁为优孟，悲歌叔孙。惟有斯文，以告不泯。

【译文】啊！自从我先祖父一代，叔父、姑母，多如成行的大雁。三十年间，相继亡去，与我们分别。只剩与伯父虽千里相隔，仍互通音信。在四方为官，各自奔走四海之内，离开家乡无法顾及。以至有生下儿女长成少年还没见过，说到此处，十分伤感。正待与伯父约定退居回乡建造屋室，一同在故土颐养天年，逍遥于山水之间。啊！伯父，你却突然与世长辞，归隐之志未能如愿以偿。嘉祐六年秋天，我在西郊送别伯父，当时淫雨菲菲，河水滔滔。我们在船上分手，你多次回过头来向我招手。谁知这次送行，竟然成了永久的诀别。啊！伯父，你的一生是怎样的一生？勤勤恳恳含辛茹苦，谨慎地约束着自身。你一心为民着想，却忘掉自己的子孙。如今你突然逝去，你的家如同悬挂在梁间的竹筐。家属们穿着粗布的衣裙，冬天里还要自己去砍柴取暖。有谁能扮做优孟，为叔孙唱上一首悲歌？只有用我这篇祭文，来告慰伯父的英灵。

祭堂兄子正文

维元丰五年，岁次壬戌，正月癸未朔，三日乙酉，弟责授黄州团练副使轼谨以家馔酒果之奠，昭告于故子正中舍大兄之灵：

昔我先伯父，内行饬修，闾里之师。不刚不柔，允武且文，喜愠莫窥。历官十一，民到于今，涕泣怀思。遇其所立，仁者之勇，雷霆不移。笃生我兄，和扰而毅，甚似不衰。与人之周，肃雍谨絜，喜见于眉。人各有心，酸咸异嗜，丹素相訾。穆穆我兄，尊贤容众，无适不宜。天若不僭，富贵寿考，舍兄畀谁？云何不淑？而止于是，命也可疑。我迁于南，老与病会，归耕无期。敛不抚棺，葬不执绋，永恨何追？寤寐东山，两茔相望，拱木参差。诸父父子，平生之好，相从岁时。兄死而同，我生而异，斯言孔悲。千里一樽，兄实临我，尚醻勿辞。呜呼哀哉！

【译文】元丰五年，岁次壬戌，正月癸未初一，初三日乙酉，弟责授黄州团练副使苏轼谨以家中的酒果菜肴做为供品，昭告于已故太子中舍子正兄灵前：

当年我的伯父，努力地修养自身，成为乡里的师表。他既不刚猛又不柔弱，英武果敢而又文质彬彬，脸上从不露喜怒之色。前后担任过十一个官职，直到如今，百姓们提起他来，还止不住怀念而落泪。遇到他所要坚持的事，他显现出仁者的勇气，惊雷震撼也坚执不移。他养育了我子正堂兄，态度温和而性情刚毅，与伯父十分相似。与他人交往，谨慎廉洁以信义为重，真诚之心现在眉间。人各有自己的打算有人喜酸有人喜咸，红者和白者会互相诋毁。而我兄的大度，能够兼容贤者和愚者，与任何人交往都各得其宜。上天若是不变心，那么荣华富贵，长寿之福，除了我兄谁还能担当呢？为什么你年命不永，刚到中年就亡故了，说是天命也委实可疑。我被迁谪到南方江滨，衰老和疾病交缠在一起，想回乡耕种怕是遥遥无期。你入敛时我不能为你抬棺，你下葬时我又不能为你披麻，这永世的悔恨怎样才能弥补？你安眠于东山之下，与伯父大人的坟茔相邻而望，墓前的松柏相互参差。各位叔父和他们的儿子，以及你平生交好的朋友，会与你共同度过今后的时日。堂兄死去可以与大家团聚，我生在世间却不得与你们相会，说到这里心中十分悲怆。弟在千里之外奉上清酒一樽，堂兄你要接受我的哀悼，饮下此酒切勿推辞。呜呼哀哉！

祭亡妹德化县君文

呜呼！宫傅之孙，十有六人。契阔死生，四人仅存。维我令妹，慈孝温文。事姑如母，敬夫如宾。玉立二甥，实华我门。一秀不实，何辜于神。谓当百年，观此腾振。云何俯仰，一嚬再呻？救药靡及，奄为空云。万里海涯，百日赴闻。拊棺何在，梦泪濡茵。长号北风，寓此一樽。

【译文】啊！我祖父的裔孙，总共十六个人，数年来死死生生，只有四个人还活在人世。我亲爱的妹妹，慈祥孝顺温文尔雅。敬奉婆母如同生母，善待丈夫如同贵宾。生下亭亭玉立的两个外甥，为我苏氏一门增添华彩。不知是怎样得罪了神灵，一个外甥未能长大成人。实指望人生百年，能看到另一个平步青云。为什么在俯仰瞬间，夫妻二人竟相继亡故？救命的药物还未服下，突然间就化作了空中的浮云。我被贬谪在天涯海角，你们的凶耗我过了三个月才得以闻知。我想抚摸你们的棺木在哪里啊，梦中的泪水洒湿了被褥。我在北风中大声地呼喊着，让北风为我带去这清酒一樽。

祭亡妻同安郡君文

维元祐八年，岁次癸酉，八月丙午朔，初二日丁未，具位苏轼谨以家馔酒果，致奠于亡妻同安郡君王氏二十七娘之灵：

呜呼！昔通义君，没不待年。嗣为兄弟，莫如君贤。妇职既修，母仪甚敦。三子如一，爱出于天。从我南行，菽水欣然。汤沐两郡，喜不见颜。我曰归哉，行返丘园。曾不少须，弃我而先。孰迎我门，孰馈我田？已矣奈何，泪尽目干。旅殡国门，我实少恩。惟有同穴，尚蹈此言。呜呼哀哉！

【译文】元祐八年，岁次癸酉，八月丙午初一，初二日丁未，在位官苏轼谨以家中的菜肴酒果，致祭于已故妻子同安郡君王氏二十七娘灵前：

啊！当年我与你的义姐订下姻亲，没想到尚未结婚她便亡故。在她的姐妹当中，惟有你最为贤慧。做为妻子你尽职尽力，还辛勤地教导孩子。对待三个儿子一般无二，你的爱心本自天成。你跟从我流放到海南，吃糠咽菜心甘情愿。你的美德影响了两郡之民，内心欣喜而不形于色。我说：我们终于能回去了，我们要返回自己的家园。你竟不能稍稍等待，抛下我一人先赴黄泉。从今往后，还有谁在家门迎候我归来，还有谁为我往田地中送饭？人生真是无可奈何，我的泪水流尽眼已哭干。把你葬在家乡之外，你可以怨我缺少恩义。只有与你同穴而眠，才不负我今日之言。呜呼哀哉！

祭迨妇欧阳氏文

昔先君与太师文忠公恩义之重，宜结婚姻，以永世好。故予以中子迨求婚于汝。自汝之归，夫妇如宾，娣姒谐睦，事上接下，动有家法。谓当百年，治我后事。云何奄忽，一旦至此，使我白首，乃反哭汝命也？奈何！呜呼哀哉！以吉月良日殡汝于京城之西惠济之僧舍。汝之魂识，复反于家，尚克朝夕受于奠馈。凡汝服用，皆施佛僧。

【译文】当年先父与太师欧阳文忠公情深义重，两家理当结为姻亲，以保永世之好。因此我为次子苏迨向你求婚。自从你进了苏氏家门，你们夫妇相敬如宾，妯娌和睦，尊敬公婆而善待弟妹，一举一动都合于礼法。实指望你们夫妻百年偕老，为我处理身后之事。为什么忽然之间身染重病，竟然到了亡身的地步，让我这个白头老翁，反而来为你这个年轻人流泪送行？有什么办法啊！呜呼哀哉！我选定吉日良辰把你殡于京城以西的惠济寺中。望你的灵魂，一定要返回家中，享受我全家每日早晚对你的祭奠。你生前的一切用品，都施舍给佛寺僧众。

祭大觉禅师文

维年月日，具位苏轼，谨以香茶蔬果，致奠故大觉禅师器之之灵：

于穆仁祖，威神在天。山陵之成，二十九年。当时遗老，存者几人？矧如禅师，方外之臣。颂诗往来，月璧星珠。昭回之光，下烛海隅，昔本无生，今亦无灭。人怀昭陵，涕泗哽噎。我在壮岁，屡亲法筵。馈奠示别，岂免凄然？

【译文】某年某月某日，在任官苏轼，恭谨地奉上香茶和蔬菜瓜果，祭奠于已故大觉禅师器之的灵前：

赫然威武的仁宗皇帝，他的神灵升上高天。入葬皇陵，已经二十九年。当时留下的老臣，如今还有几人？更何况大觉禅师，乃是方外的高僧。天子与你往来唱和，你们的诗句如美玉珍珠。使圣明天子的日月之光，下照到天涯海角。如没有你当年的出生，也就没有你今日的寂灭。至今人们怀念仁宗皇帝，经常泣不成声。我在壮年时曾多次参加禅师主持的法会。如今奉上祭奠的供品与你告别，内心怎能不凄怆悲哀？

祭龙井辩才文

呜呼！孔老异门，儒释分宫。又于其间，禅律相攻。我见大海，有北南东。江河虽殊，其至则同。虽大法师，自戒定通。律无持破，垢净皆空。讲无辩讷，事理皆融。如不动山，如常撞钟。如一月水，如万窍风。八十一年，生虽有终。遇物而应，施则无穷。我初适吴，尚见五公。讲有辩、臻，禅有琏、嵩。后二十年，独余此翁。今又往矣，后生谁宗？道俗欷嘘，山泽改容。谁持一杯，往吊井龙？我去杭时，白叟黄童。要我复来，已许于中。山无此老，去将安从？噫！参寥子，往奠必躬。岂无他人，莫写我胸。

【译文】啊！孔子与老子别为两门，儒家和佛家各为一派。而佛门中的弟子，禅定和戒律两家也还互相攻讦。我看到茫茫大海，有北海、南海、和东海。大江大河虽然各不相同，而最终的归宿没什么不同。即使是高僧大师，也要先自禅定悟达佛理。而律条要时时遵守不能破戒，洗清了污垢才四大皆空。不论是讲论者善辩还是口拙，最终的归宿都是无尽圆融。如同巍然不动的高山，如同时时撞击的金钟。如同一片月亮下照的诸水，如同四面八方刮起的清风。你尘世之身八十一年，俗缘虽然已经告终。但只要有人求助，必有回应，对人世的施与仍是无穷无尽。我第一次到达杭州时，还见到五位高僧，讲戒律的有辩才大师和臻大师，讲禅定的有琏大师和嵩大师。二十年后，只剩下辩才老翁。如今你也离开了尘世，今后的弟子们以谁为宗呢？僧徒和俗众们为你落泪，山川河流为你动容。谁能替我手持一杯，前往龙井为你吊唁？我离开杭州时，你还是鹤发童颜。邀请我日后再来，我也答应下来。现在山上没有这位老僧，我再去与谁交往呢？啊！参寥子，我一定要亲赴杭城为你祭奠。难道没有人能替我致意吗？只是别人不可能完全地表达我的心声。

惠州祭枯骨文

尔等暴骨于野，莫知何年。非兵则民，皆吾赤子。恭惟朝廷法令，有掩骼之文；监司举行，无吝财之意。是用一新此宅，永安厥居。所恨犬豕伤残，蝼蚁穿穴。但为丛冢，罕致全躯。幸杂居而靡争，义同兄弟；或解脱而无恋，超生人天。

【译文】你等把尸骨暴露在荒野，已经不知道有多少年了。你们不是士兵就是农民，都是我朝的黎民。朝廷的法令之中，有掩埋无主尸骨的条文；监察部门执行此举，毫不吝惜财力。把此墓修缮一新，使你们在此长久安眠。可恨鸡犬将你们伤残，蚂蚁蝼蛄穿透了穴地。因为很难完整地把尸骨收拾齐全，因此建造一个丛冢。幸而你们杂居一处各不相争，亲如兄弟；若有人得到解脱就无须顾恋此处，尽快地超生人间。

徐州祭枯骨文

嗟尔亡者，昔惟何人。兵耶？氓耶？谁其子孙？虽不可知，孰非吾民？暴骨累累，见之酸辛。为卜广宅，陶穴宽温。相从归安，各反其真。

【译文】可叹你们这些死者，不知生前是什么人。是士卒呢？还是流民呢？是谁人的子孙呢？所有的一切虽无可得知，但哪个不是我朝的黎民呢？尸骨暴露，令人见到心中酸楚。如今为你们建造一座大坟，使其中宽广而温暖。将你们一一安放在内，愿你们各自托生成人。

祭古冢文

闰十二月三日，予之田客，筑室于所居之东南，发一大冢，适及其顶，遽命掩之，而祭之以文，曰：

茫乎？忽乎？寂乎？寥乎？子大夫之灵也。子岂位冠一时，功逮宇内，福庆被于子孙，膏泽流于万世，春秋逝尽而托物于斯乎？意者潜光隐耀，却千驷而不顾，禄万钟而不受。岩居而水隐，云卧而风乘，忘身徇义而遗骨于斯乎？岂吾固尝诵子之诗书，慕子之风烈，而不知其谓谁欤？子之英灵精爽，与周公、吕望游于丰、镐之间乎？抑其与巢由、伯夷相从于首阳、箕颍之上乎？砖何为而华乎？圹何为而大乎？地何为而胜乎？子非隐者也。子之富贵，不独美其生，而又有以荣其死也。子之功烈，必有石以志其下，而余莫之敢取也。昔子之姻亲族党，节春秋，悼霜露，云动影从，享祀乎其下。今也，仆夫樵人，诛茅凿土，结庐乎其上。昔何盛而今何衰乎？吾将徙吾之宫，避子之舍，岂惟力之不能，独将何以胜夫必然之理乎？安知百岁之后，吾之宫不复为他人之墓乎？今夫一岁之运，阴阳之变，天地盈虚，日星殒食，山川崩竭，万物生死，欻吸飘忽，若雷奔电掣，不须臾留也。而子大夫，独能遗骨于其间，而又恶夫人之居者乎？嗟彼此之一时，邈相望于山河。子为土偶，固已归于土矣。余为木偶漂漂者，未知其如何。魂而有知，为余嫏阿。

【译文】闰十二月三日，我的佃户，在我住所的东南建造居室，挖开了一座大坟，刚好见到死者的头颅，于是我命他们立即埋上，并写祭文祭奠说：

茫茫忽忽，寂寂寥寥，你这位已故大夫的灵魂。你大概也是在一时间身居高位功勋盖世，把福泽留给子孙，把遗爱传流万世，历尽春秋而托身于此的吧？也可能是把盛德隐藏于身，视千驷的高官如草芥，有万钟的利禄而不受，隐居在岩穴之间，乘清风而驾白云，为行其道而忘记自身，把尸骨寄托于此的人吧？也可能是我一向诵读你的诗文，仰慕你的风骨，而不知你是谁的那个人吧？你是英灵精诚特达，与周公、吕望交游在丰、镐之间的人吗？或者是与巢父、许由、伯夷等高士来往在首阳山、箕山颍水的人吗？你的墓砖为什么如此华丽？你的墓葬为什么如此雄壮？你的墓地为什么占有如此的胜境？由此看来，你肯定不是一位隐士。你的荣华富贵，不仅仅在生前尽得享用，就是死后也极尽哀荣。你的功勋，一定会有石碑镌刻而埋在地下，只是我不敢取出观看。当年你的亲戚党羽，一定是四时之中常来看望，成群结队地向你的亡灵祭奠。到了今天，奴仆樵夫，砍柴挖土，在你的坟墓上建起屋庐。当年是何等盛况而如今为什么如此衰败呢？我要是想把我的屋室迁到别处，避开你的阴宅，难道是做不到吗？更想到为什么一定要这样做呢？怎知道百年之后，我的住室不重新成为别人的墓地呢？日月的运转，阴阳的变化，天地的盈亏，日食殒石，山崩河枯，万物生死，如飞如飘，如震雷闪电，不会有片刻停留。而你这位大夫，能够把遗骨留在此处，还能厌恶别人在上面居住吗？可叹此一时彼一时，山河变迁，你成为土偶人，已经回归到黄土之中了。我现在是个漂泊不定的木偶，还不知将来是什么样子。你的灵魂如果尚在，不也会为我的身世飘蓬而感到无奈吗？

祭伍子胥庙文（残）

报楚为孝，徇吴为忠。

【译文】报复楚国，这是他的孝心；为吴国而死，这是他的忠诚。

李仲蒙哀词

河南李君仲蒙，以司封郎、直史馆为记室岐王府，熙宁二年七月丙戌，终于京师。家贫，丧不时举。其僚相与赙之，既敛而归。十月丙申，葬于缑氏柏岯山西。其孤吁使来告轼。曰：呜呼！吾先君友人也。哭之岂可无词！昔吾先君始仕于太常，君以博士朝夕往来相好。先君于人少所与，独称君为长者。君为人敦朴恺悌，学博而通，长于毛氏《诗》、司马氏《史》。善与人交，虽见犯不报。尝有与君为姻者，无故决去，闻者为之不平，君恬不以为意。先君以是称其难。始举进士甲科，为亳、润、邠三郡职官，后为应天府录曹。勤力趋事，长吏有不喜者，欲以事困之而不能。既为博士，议礼，据正不屈。晚入岐府，以经术辅导，笃实不阿，其言多验于后。君讳育，其先河内人。自高祖徙于缑氏。没时年五十。辞曰：

中心乐易，气淑均兮。内外纯一，言可信兮。无怨无恶，善友人兮。学诗达理，敏而文兮。翱翔王藩，仕弗振兮。宜寿黄耇，陨中身兮。两不一获，归怨神兮。我怀先君，涕酸辛兮。顾嗟众人，诞失真兮。矫矫荦荦，自贵珍兮。欺世幻俗，内弗安兮。久而不堪，厌则遁兮。惑者不解，明者哂兮。嗟卒不悟，惟彼贤兮。浑朴简易，弃弗申兮。往者不还，我思君兮。

【译文】河南府李仲蒙君，以司封郎、直史馆之职担任岐王府记室参军，熙宁二年七月丙戌，死在京城开封。由于家境贫穷，丧礼不能按时举行。他的同僚属下纷纷捐助钱财，收敛后运回家乡。十月丙申，安葬于缑氏县柏岖山西侧。他的儿子命人来告知苏轼。苏轼说：这是我先父的朋友，怎能没有哀词为他一哭！当年我先父入仕时在太常寺任职，李君为太常博士，与先父朝夕往来，十分友好。先父很少赞赏人，惟独称李君为仁厚长者。仲蒙君为人敦厚朴实，知礼知敬，学问渊博贯通，对毛氏《诗经》、司马迁《史记》有精深的研究。他善于与人交往，即使是别人对他有所不恭，他也从无报复之心。曾有个与仲蒙君结为姻亲的人，无缘无故地悔了婚约。听到此事的人们都为仲蒙感到愤愤不平，而仲蒙却若无其事，毫不介意。我的先父因此而称赞他的涵养之深，别人难以企及。李君最先考中进士甲科，任亳州、润州、邠州三郡的属僚，随后担任应天府录曹之职。勤勤恳恳忠于职事。有位不欣赏他的长官；想用繁杂棘手的事务刁难他，也没有达到目的。后担任博士，议论朝廷礼仪，坚持己见不屈不挠。晚年时任官于凤翔府，以经学辅助长官，诚心诚意绝无阿附，他当时讲过的话，有不少都在后来得到验证。李君名叫育，他的祖先是河内人，自高祖一代迁居于缑氏。李君亡故时五十岁。哀辞说：

内心淡泊，其气平和，表里如一，其言信实。你一生中没有怨愤，没有憎恨，善于与人交往。你学习《诗经》通达仪礼，思辨敏锐文质彬彬。你周旋于名藩重镇，在仕途上没能大展宏图。你本该长寿百年，却中年而亡故。富贵长寿你一样也没有获取，这只能埋怨神灵的不公。我怀念你已故的李君，心中酸楚泪水淋林。眼看着身边的士人，一个个都失却了天生的淳德，只有你刚直守正，自珍自爱。世上这些欺世盗名之徒，使你的内心深感不安。在世间既久你不堪忍受，不堪忍受便遁入黄泉。迷惑者为你感到不解，诡谲者却笑你不明世理。可叹这个世界上竟没有人真正了解你的贤德。你笃厚朴实与世无争，虽遭冷落也从不申诉。如今你一命既逝永不回还，我对你怀有无尽的思念。

钱君倚哀词

大江之南兮，震泽之北。吾行四方而无归兮，逝将此焉止息。岂其土之不足食兮，将其人之难偶。非有食无人之为病兮，吾何适而不可。独裴回而不去兮，眷此邦之多君子。有美一人兮，了然而清，颀然而瘦。亮直多闻兮，古之益友。带规矩而蹈绳墨兮，佩芝兰而服明月。载而之世之人兮，世捍坚而不答。虽不答其何丧兮？超彷徉而自得。吾将观子之进退以自卜兮，相行止以效清浊。子奄忽而不返兮，世混混吾焉则？升空堂而挹遗像兮，吊凝尘于几席。苟律我者之信仁兮，吾居此其何益？行傍徨而无徒兮，悼舍此而奚向？岂存者之举无其人兮，辽辽如晨星之相望。吾比年而三哭兮，堂堂皆国之英。苟处世之恃友兮，几如是而吾不亡。临大江而长叹兮，吾不济其有命。

【译文】长江之南啊，太湖之北。我行走四方没有归宿啊，准备在此休息归逝。难道此处不能足食吗？只是同道之人难以寻觅。若不是可以足食难觅知音之处啊，我哪里不能安居呢？我独自徘徊而不离此地啊，就因为留恋此处有众多的君子。有这样一位美好之士啊，心意明朗，身材颀长而瘦削。磊落英发而博学多闻啊，正是古人所说的三益之友。处世有道而拘守绳墨啊，佩戴着芝草兰花而身披明月。上天生出这样美好的人士来到人间啊，这世界却禁闭大门不接纳你。纵然是不为世用又有什么懊丧啊，你贻然自得。我将要看你的进退进退而卜宅居住啊，与你交往而仿效你的清高，你忽然间一去不返啊，在这浑浊的尘世间我以谁谁为表率？走进已经无人的住室我抚摸着你的遗像啊，向染上尘土的几席故物致以哀悼。倘若是教诲我的人确已亡故，我住在此地还有何益？我行路彷徨而没有伴侣啊，哀叹除此地之外又能到何处去？难道说存活的人再没有这样的人吗？即使是有也寥若晨星。一年之中我三次痛哭啊，三位亡友都是国中精英。处在世间值得依赖的朋友啊，为什么你们相继辞世而我却仍旧存活？

面对长江我长长叹息啊，我无法挽回你们的生命。

苏世美哀词

有美一人，长而髯兮。廞歆历落，进趋襜兮。达于从政，敏而廉兮。如求与由，艺果兼兮。魁然丈夫，色悍严兮。奋须抵几，走群纤兮。闻名见像，已疠痁兮。敬事友生，小心谦兮。诲养贫弱，语和甜兮。刚柔适中，畏爱佥兮。孤直无依，众枉嫌兮。何辜于神，寿复歼兮。死无甔石，突不黔兮。孰为故人，孰视恬兮。我窜于黄，岁将淹兮。于后八年，梦复觇兮。曰："吾子钧，甘差盐兮。冬月负薪，衣不缣兮。"觉而长吁，涕流沾兮。永言告钧："守穷潜兮。苦心危肠，自磨礛兮。天不吾欺，有速淹兮。岂若人子，老闾阎兮。"生欢死忘，我言砭兮。

【译文】有这样一位美德之人，身材颀长而多髯啊。你生性耿介光明磊落，却从不汲汲于利禄功名啊。处理政事干练果决，不仅精敏而又廉洁啊。你就像冉求和子路，智虑和意志兼而有之啊。你威风凛凛是个大丈夫，神色凌厉而威严啊。你挽起长髯拍案而论，把群小惊得四下逃散啊。听到你的名字见到你的画像，小人们就已战战兢兢。你与朋友互敬互爱，谦虚而恭谨啊。你怜贫惜老救助困穷，言语十分平和甜美啊。你刚柔适中，敬奉长官而爱护部属啊。你孤高正直无所倚傍，众人虽然嫌憎你却无可奈何。你对神灵有什么得罪，为什么要使你不得长寿啊。你死后家无余财，家属的衣衫也不能齐整啊。谁是你的故交，为什么看到此景而无动于衷啊。我被贬谪到黄州，那时已是岁尽啊。此后八年，我又梦见了你啊。你说："我的儿子苏钧，他甘心过着贫困的生活啊。冬日里上山砍柴，穿的是粗布的衣裳啊。"梦醒之后我喟然长叹，泪流满面啊。我语重心长地对苏钧说："你暂且忍耐这穷困的时日啊。苦其心志劳其筋骨，你借此机会磨练自己啊。上天不会欺蒙世人，只是降福降祸有早有晚啊。你岂能像俗人的子弟，一生老死在乡间穷巷啊。”生前交好死后淡忘，我会怒斥这样的人啊。

王大年哀词

嘉祐末，予从事岐下，而太原王君讳彭，字大年，监府诸军。居相邻，日相从也。时太守陈公弼驭下严甚，威震旁郡，僚吏不敢仰视。君独偘偘自若，未尝降色词，公弼亦敬焉。予始异之，问于知君者。皆曰：“此故武宁军节度使讳全斌之曾孙，而武胜军节度观察留后讳凯之子也。少时从父讨贼甘陵，搏战城下，所部斩七十余级，手射杀二人，而奏功不赏。或劝君自言，君笑曰：‘吾为君父战，岂为赏哉？’”予闻而贤之，始与论交。君博学精练，书无所不通。尤喜予文，每出一篇，辄拊掌欢然终日。予始未知佛法，君为言大略，皆推见至隐以自证耳，使人不疑。予之喜佛书，盖自君发之。其后君为将，日有闻，乞自试于边，而韩魏公、文潞公皆以为可用。先帝方欲尽其才，而君病卒。其子说，以文学议论有闻于世，亦从予游。予既悲君之不遇，而喜其有子。于其葬也，作相挽之诗以饯之。其词曰：

君之为将，允武且仁。甚似其父，而辅以文。君之为士，涵咏书诗。议论慨然，其子似之。奔走四方，豪杰是友。没而无闻，朋友之咎。骥堕地走，虎生而斑。视其父子，以考我言。

【译文】嘉祐末年，我在凤翔府担任幕职，太原人王君名叫彭，字大年，监管府中的军队。我与他相邻而居，天天都相互过往。当时凤翔府知府陈公弼对待下属十分严厉，他的威名甚至震撼邻郡，僚属们都不敢正视他。只有王君处事自如，从不低声下气，陈公弼对他也很尊敬。开始时我感到十分惊异，向了解王君的人打听原委。人们都说："此人是宁武军节度使王全斌的曾孙，武胜军节度观察留后王凯的儿子。年轻时跟从其父在甘陵讨伐贼寇，与敌人在城下肉博，所领部众斩杀了七十多人，他还亲自射死了两人，但朝廷论功时却没有给予赏赐。有人劝王君自己申明此事，王君笑着说：'我是力国君和父亲而战，难道是为了获得赏赐吗？'"听了这话，我对他肃然起敬，开始与他深交。王君学识渊博处事练达，对古书典籍无所不知。他特别喜爱我的文章，每当我写出一篇，他便拍手叫好，连连称赞。当初我不了解佛法妙理，王君给我提纲挈领地讲述了一番，大都是选择那些至微至深的道理与自己的行事互相证明，目的是让人无可怀疑。此后我喜欢读佛家之书，还是受了王君的启发点拨。后来王君担任将领，天天都有令人赞赏的举动。他请求效力于边关战事，而魏国公韩琦、潞国公文彦博也都，认为他可以重用。先皇帝刚想让他尽施雄才，就在这时王君患病而亡。他的儿子王谠，以文采出众议论精当而闻名于时，也曾与我交往。我为王君未能得逞雄才而深感悲哀，而对他有这样一个儿子感到欣慰。在王君的葬礼上，我担任傧相并作诗哀悼他。诗中说：

王君你担任将军，既勇武威壮又不乏仁爱。你酷似你的父亲，又比你父亲更加斯文。你做为士大夫，曾广泛地阅读《尚书》《诗经》，你的议论倜傥雄辩，这一点你的儿子又酷似你。你奔走于国之四方，结交的朋友都是当世豪杰。你亡故后默默无闻，这是你朋友们的过失。天马落地仍能急走，猛虎生来就有斑纹。看你父子相承，就知道我的言语一丝不差。

钟子翼哀词 并引

轼年始十二，先君宫师归自江南，曰："吾南游至虔，有隐君子钟君，与其弟概从吾游，同登马祖岩，入天竺寺，观乐天墨迹。吾不饮酒，君尝置醴焉。”方是时，先君未为时所知，旅游万里，舍者常争席，而君独知敬异之。其后五十有五年，轼自海南还，过赣上，访先君遗迹。而故老皆无在者，君之没盖三十有一年矣。见其子志仁、志行、志远，相持而泣。念无以致其哀者，乃追作此词。君讳棐，字子翼。博学笃行，为江南之秀。欧阳永叔、尹师鲁、余安道、曾子固皆知之，然卒不遇以没。侬智高叛岭南，声摇江西。虔守曹观，欲籍民财为战守备，谋之于君。君曰：“智高必不能过岭。无事而籍民，民惧且走。”观曰：“如缓急何？”君曰：“同舟遇风，胡越可使为左右手，况吾民乎？不幸而至于急，则官与民为一家，夫孰非吾财者，何以籍为？”观悟而止，虔人以安。其词曰：

崆峒摩天，章贡激石致两确。高深相临，悍坚相排汹岳岳。是故其民，勇而尚气巧砻斫。而其君子，抗志砺节敏于学。矫矫钟君，泳于德渊自澡濯。贫不怨天，困不求人老愈悫。嘉言一发，排难解纷已残剥。吾先君子，南游万里道阻邈。如金未镕，木未绳墨玉未琢。君于众中，一见定交陈礼乐。日子不饮，我醪甚甘醽此浊。览观江山，扣历泉石步荦却。先君北归，君老于虔望南朔。我来易世，池台既平墓木握。三子有立，移书问道过我数。我亦白首，感伤薰心陨涕渥。是身虚空，俯仰变灭过电雹。何以寓哀？追颂德人诏后觉。

【译文】苏轼十二岁时，先父从江南回到蜀中，说：“我向南游历到虔州，有位姓钟的隐士，与他的弟弟钟概与我交往，我们一同登上马祖岩，进入了天竺寺，观赏了白居易的墨迹。我不会饮酒，钟君就为我准备了米酒。”那时候，先父还没有被世人看重，游历了万里之遥，所到之处人人都想与他争高下，而钟君却单单看出他异于常人而恭敬地对待他。自那之后五十五年，苏轼从海南贬所返回北土，路过赣江，寻访父亲当年的遗迹。可当年的老人都已经去世了，钟君也已死去三十一年了。我见到他的儿子志仁、志行和志远，彼此拉着手哭泣。我感到无以向钟君表示哀悼，于是补作这首哀词。钟君名叫棐，字子翼，学识渊博而笃于行义，是位江南秀士。欧阳修永叔、尹洙师鲁、余靖安道、曾巩子固都曾闻知他的大名，然而未能得志便郁郁而终。侬智高在岭南叉叛朝廷时，声势震动了江西。当时的虔州知州曹观，想向百姓借钱修建守城工事，他向钟君征求意见。钟君说："侬智高不可能越过南岭。如今并没有战事而向百姓借钱，百姓就会因为惧怕而出逃。"曹观说："万一贼寇真来了怎么办呢？"钟君说："在同一条船上遇到大风，不同族的胡人和越人都会团结起来成为自己的助手，何况是我们自己的百姓呢？万一真的不幸有了急难，那么官民本是一家，谁的钱财不能使用呢？何必现在向百姓借钱呢？"曹观明白了其中的道理，打消了原来的念头，虔州的百姓因此得以安居。哀词说：

崆峒之山高插云天，虔州水中的激石也坚不可摧。山高水深两相映，雄壮和坚固谁能敌？因此虔州之民，勇而尚武善于磨砺自己。此地的君子，志节高尚而学识渊博。英姿伟岸的钟君，你沉溺于道德之中修养自我。生活贫穷不怨天尤人，仕途困顿也不求于人，至老反而更为淳美。铿锵的议论只要出口，杂乱纷纭便迎刃而解。我的先父，南行万里而处处受阻。如同纯金未经熔炼，如同大木未经雕琢。钟君在众人之中，与他一见定交而陈设礼乐。你对先父说："你不饮酒，而我的米酒十分甘甜，可以荡涤烦浊。"放眼望那如画的江山，你们寻访泉石行走在乱石之中。先父回到北方，钟君便终老于虔州。如今我重来虔州已经隔世，当时的池塘台榭早已填平，墓地的树木也已浓荫弊日。你的三个儿子有所树立，他们多次修书向我问道。我已经是个白发老翁，哀痛悲伤交织于心，忍不住泪水落下。我已是虚空之身，死丧之临不过在雷电之间。用什么向钟君致哀？我追颂他的美德来启发后人。

伤春词 并引

去岁十二月，虞部郎吕君文甫丧其妻安氏。二月，以书遗余曰："安氏甚美，而有贤行。念之不忘，思有以为不朽之托者，愿求一言以吊之。”余悲其意，乃为作《伤春词》云：

佳人与岁皆逝兮，岁既复而不返。付新春于居者兮，独安适而愈远。昼昏昏其如醉兮，夜耿耿而不眠。居兀兀不自觉兮，纷过前之物变。雪霜尽而鸟鸣兮，陂塘泫其流暖。步荒园而访遗迹兮，蓊百草之深满。风泛泛而微度兮，日迟迟而愈妍。眇飞絮之无穷兮，烂夭桃之欲然。燕哓哓而稚娇兮，鸠谷谷其老怨。蝶群飞而相值兮，蜂抱蕊而更欢。善万物之得时兮，痛伊人之罹此冤。众族出而侣游兮，独向壁而永叹。泪荧荧而栖睫兮，花摇目而增眩。昼出门而不敢归兮，畏空室之漫漫。忽入门而欲语兮，嗟犹意其今存。役魂魄于宵梦兮，追仿佛而无缘。访临邛之道士兮，从稠桑之老人。纵可得而复见兮，恐荒忽而非真。求余文以写哀兮，余亦怆恨而不能言。夫既其身之不顾兮，尚安用于斯文。

【译文】去年十二月，虞部郎中吕文甫君的妻子安氏不幸下世。今年二月，寄书给我说：“安氏长得十分美丽，而且又有贤慧的品德。我怀念她无法淡忘，便想把此情寄托在不朽的文章中，请求你为她写几句哀悼之词。”我为他这番凄凉的真情所感动，于是为他写作了一首《伤春词》。词说：

美人和岁月一同消逝啊，岁月重来而人却不能复返。把这美妙的新春送进你的居室啊，可叹你安眠冥室离我越来越远。白日里昏昏然如同醉酒啊，黑夜里星河耿耿我彻夜难眠。兀然颓坐忘记了自我啊，眼前闪现出旧日的欢颜。雪霜落尽百鸟齐鸣啊，池塘中水波粼粼透出暖意。我漫步在荒园寻访遗迹啊，葱茏的杂草已经长满。轻风吹过百草的顶端啊，暖日迟迟更显出春日的妍丽。看着那无穷的飞絮啊，看着那烂漫如火的桃花。燕子呢喃娇巧嫩稚啊，斑鸠发出闷声的哀怨。群飞的蝴蝶互相牵惹啊，蜜蜂扑向花蕊更是欢快。我为万物得其时而感到欣慰啊，又为我的美人华年早逝而肝肠痛断。鸟兽万物都双双游春啊，只有我一人向壁长叹。泪水出眶粘住了睫毛啊，鲜花在眼前摇曳使人晕眩。白日里出家门不敢归来啊，最惧怕空荡荡的屋室使人心酸。猛然间回家门便想开口说话啊，感叹你一番情意仍存留在我的心间。我只能让魂魄投于梦中啊，来追寻你的容颜却仍无所见。我咨访于临邛道士啊，跟从那稠桑驿的老人。即使能追寻到你的踪迹啊，也恐怕遥遥之间真容难见。吕君请我为你抒写哀思啊，我也深感凄怆遗憾而口不能言。如今吕君连自身也难以顾及啊，还要我这哀词做什么！

卷九十　贴子辞乐语　口号　导引歌辞

春贴子辞（元祐三年）

皇帝阁六首

其一

霭霭龙旗色，琅琅木铎音。数行宽大诏，四海发生心。

其二

旸谷宾初日，清台告协风。愿如风有信，长与日俱中。

其三

草木渐知春，萌芽处处新。从今八千岁，合抱是灵椿。

其四

圣主忧民未解颜，天教瑞雪报丰年。苍龙挂阙农祥正，老稚相呼看藉田。

其五

昨夜东风入律新，玉关知有受降人。圣恩与解河湟冻，共得中原草木春。

其六

翰林职在明光里，行乐诗成拜舞中。不待惊开小桃杏，始知天子是天公。

［**译者按**］本节及以下九节均为歌词韵文，译文从略。

太皇太后阁六首

其一

雕刻春何力，欣荣物自知。发生虽有象，覆载本无私。

其二

小殿黄金榜，珠帘白玉钩。一声双日跸，春色满皇州。

其三

仗下春朝散，宫中昼漏稀。两厢休侍御，应下读书帏。

其四

五日占云十日风，忧勤终岁为三农。春来有喜何人见？好学神孙类祖宗。

其五

共道十年无腊雪，且欣三白压春田。尽驱南亩扶犁手，稍发中都朽贯钱。

其六

不独清心能省事，应缘克己自销兵。传闻塞外千君长，欲趁新年贺太平。

皇太后阁六首

其一

宝册琼瑶重，新庭松桂香。雪消春未动，碧瓦丽朝阳。

其二

瑞日明天仗，仙云拥寿山。倚栏春昼永，金母在人间。

其三

朝罢金铺掩，人闲宝瑟尘。欲知慈俭德，书史乐青春。

其四

仙家日月本长闲，送腊迎春亦偶然。翠管银罂传故事，金花彩胜作新年。

其五

彤史年来不绝书，三朝德化妇承姑。宫中侍女减珠翠，雪里贫民得绔襦。

其六

边庭无事羽书稀，闲遣词臣进小诗。共助至尊歌喜事，今年春日得春衣。

皇太妃阁五首

其一

苇桃犹在户，椒柏已称觞。岁美风先应，朝回日渐长。

其二

甲观开千柱，飞楼擢九层。雪残乌鹊喜，翔舞下觚棱。

其三

孝心日奉东朝养，俭德应师大练风。太史新年瞻瑞气，四星明润紫宫中。

其四

九门挂月未催班，清禁风和玉漏闲。崇庆早朝银烛下，佩环声在五云间。

其五

东风弱柳万丝垂，的皪残梅尚一枝。茧馆乍欣蚕浴后，禖坛犹记燕来时。

夫人四首

其一

彩胜镂新语，酥盘滴小诗。升平多乐事，应许外庭知。

其二

细雨晓风柔，春声入御沟。已漂新荇没，犹带断冰流。

其三

扶桑初日映帘升，已觉铜瓶暖不冰。七种共挑人日菜，千枝先剪上元灯。

其四

雪消鸳瓦已流澌，风暖犀盘尚镇帷。缥缈紫箫明月下，璧门桂影夜参差。

端午贴子辞（元祐三年）

皇帝阁六首

其一

盛德初融后，潜阴未婚时。侍臣占易象，明两作重离。

其二

采秀撷群芳，争储百药良。太医初荐艾，庶草验蕃昌。

其三

微凉生殿阁，习习满皇都。试问吾民愠，南风为解无？

其四

西槛新来玉宇风，侍臣茗碗得雍容。庭槐似识天颜喜，舞破清阴作两龙。

其五

讲余交翟转回廊，始觉深宫夏日长。扬子江心空百练，只将《无逸》鉴兴亡。

其六

一扇清风洒面寒，应缘飞白在冰纨。坐知四海蒙膏泽，沐浴君王得似兰。

太皇太后阁六首

其一

渐台通翠浪，暑殿转清风。帘卷东朝散，金乌未遽中。

其二

日永蚕收簇，风高麦上场。朝来藉田令，菰黍献时芳。

其三

舞羽诸羌伏，销兵万汇苏。只应黄纸诰，便是赤灵符。

其四

令节陈诗岁岁新，从官何以寿吾君。愿储医国三年艾，不作沉湘《九辩》文。

其五

忠臣谅节今千岁，孝女孤风满四方。不复巫阳占郢梦，空余仲御扣(河章)。

其六

长养恩深动植均，只忧贪吏尚残民。外廷已拜枭羹赐，应助吾君去不仁。

皇太后阁六首

其一

露簟琴书冷，琱盘餚饵新。深宫犹畏日，应念暑耘人。

其二

万岁菖蒲酒，千金琥珀杯。年年行乐处，新月挂池台。

其三

翠筒初裹栜，芗黍复缠菰。水殿开冰鉴，琼浆冻玉壶。

其四

秘殿扶疏夏木深，雨余初有一蝉吟。应将嬴女乘鸾扇，更助南风长棘心。

其五

上林珍木暗池台，蜀产吴包万里来。不独盘中见卢橘，时于粽里得杨梅。

其六

闵楚遗风万古情，沅湘旧俗到金明。翠舆黄伞何时幸？画鹢飞凫尽日鸟横。

皇太妃阁五首

其一

午景帘栊静，熏风草木酣。谁知恭俭德，彩缕出亲蚕。

其二

雨细方梅夏，风高已麦秋。应怜百花尽，绿叶暗红榴。

其三

辟兵已佩灵符小，续命仍萦彩缕长。不为祈禳得天助，要令风俗乐时康。

其四

玉盆沉李滟清泉，金鸭嘘空袅细烟。自有梧楸障畏日，仍欣麦黍报丰年。

其五

良辰乐事古难同，绣茧朱丝奉两宫。仁孝自应禳百诊，艾人桃印本无功。

夫人四首

其一

肃肃槐庭午，沉沉玉漏稀。皇恩乐佳节，斗草得珠玑。

其二

节物荆吴旧，嬉游禁掖闲。仙风随画笼，拜赐落人间。

其三

五彩萦筒秫稻香，千门结艾鬓髯张。旋开宝典寻风物，要及灵辰共祓禳。

其四

欲晓铜瓶下井栏，铿锼金殿发清寒。似闻人世南风热，日上墙东问几竿。

内中御侍以下贺冬至词语（元祐二年十月二十日）

皇帝

伏以月临天统，首冠于三正；气应黄宫，复来于七日。君道浸长，阳德光亨。恭惟皇帝陛下，清明在躬，仁孝遍物。垂衣南面，天何言而四时成；问学西清，日将旦而群阴伏。裔夷奔走，年谷顺成。岂惟四海之欢心，自识三灵之阴赞。如川方至，受命无疆。妾等待罪掖庭，备员妇职。共庆一阳之节，敢陈万岁之觞。

【译文】月份已到了秦历的年终，冬至已近于夏历元旦；节气应黄钟之宫，又一个七日即将到来。君王的圣道绵远悠长，纯阳之德如光芒四射。恭谨地上告皇帝陛下，你的清明慈惠集于一身，你的仁德孝敬遍施于万物。你端坐在朝廷上面向南方，上天无言而四时自成；你在两堂静处蓄养浩气，如同太阳将要升起而阴气潜伏。华夏蛮夷为你驱使，夏麦秋禾依时而熟。岂止是四海万民欢欣鼓舞，你自有列宗圣灵的辅相。你就像刚刚奔流的江水，接受了治民的王命。臣妾等在后宫事奉，充做吏员。今与天子共同庆贺这一阳初生的佳节，贸然地陈列向你祝福的美酒。

太皇太后

伏以消长有时，候微阳之来复；贤愚同庆，知君子之汇征。德化所加，神人并应。恭惟太皇太后陛下，睿明天纵，慈俭身先。振河岳以不倾，地无私载；顺阴阳而自化，天且不违。成功已陋于汉唐，论德盖高于任姒。《大有》上吉，方获助于三灵；《既醉》太平，当纯备于五福。妾等职参长御，心奉慈闱。庆阳德之方来，愿天寿之平格。

【译文】万物消亡生长自有定时，即将得到新生的阳气。贤者庸者一同欢庆，而贤者得以进用。仁德所及之处，天神和下民融合相应。恭谨地上告太皇太后陛下，你的聪明睿智与天俱来，你以慈爱俭约做万民的表率。你使高山大河没有倾倒改流，大地记载下你的功业；你依顺阴阳之变而教化万民，上天也不会违拗你的仁爱之心。你的功绩使汉唐帝王黯然失色，论仁德你比太任、太姒还要高。你取得了《易经·大有》所说的上吉，仰赖先祖的佑助；你取得了《大雅·既醉》所说的太平，理当使五福备于你一人之身。臣妾等在后宫事奉皇帝，内心也敬奉着慈爱的太皇太后。如今欢庆一阳初生，愿上天赐与你无尽的长寿。

皇太后

伏以曚瞍奏功，验人和于缇室；日官占物，效岁美于黄云。庆白宫庭，泽均海宇。恭惟皇太后殿下，辅佐内治，仪刑王家。推美国风，夙茂周南之化；考祥羲易，共成坤厚之功。方迎日于三微，敢称觞于万寿。岂独宫闱之愿，室同中外之欢。妾等猥以微躯，被蒙慈渥。仰献冈陵之祝，庶殚草木之诚。

【译文】盲人乐师演奏颂歌，在观察节令的密室中察验人和；日官占卜星象，以天生黄云为美好的征兆。喜庆发自宫庭，德泽遍及四海。恭谨地上告皇太后殿下，你辅佐治理后宫，在皇家做出表率。你以《诗经》国风的美德，倡导《周南》的教化；你依照《易经》之说，与皇帝共同合成治国之功。如今这迎接阳气的节日里，臣妾等以微贱之躯，得到你的爱护，我们献上对你如山如陵的祝愿，以表我等草木般的真诚。

内中御侍以下贺年节词语（元祐二年十二月一日）

皇帝

伏以齐七政于玑衡，天人并应；受三朝之图籍，海宇来同。恭惟皇帝陛下，至仁无私，神武不杀。祖述尧帝，历象以授民时；仪刑文王，正家而齐天下。方肇新于岁律，宜向用于神休。妾等幸侍禁严，仰陶化育。愿上万年之寿，永膺百顺之祥。

【译文】璇机玉衡而齐七政，上天与下民两两相应；接受三代以来的版图，外朝之国都前来朝贺。恭谨地上告皇帝陛下，你对生灵慈爱无私，你神明英武威而不杀。按照唐尧时的礼制，把历书授给万民；你以文王为典范，先端肃自家而后治天下。如今正当新年始至，理当向神明祝祷。臣妾等有幸在宫廷中事奉皇帝，接受皇帝的教化。由衷地献上长寿的祝福，愿你永远承受万事顺利的吉祥。

太皇太后

伏以太簇旋宫，既赞扬而出滞；勾芒司历，方布德以缓刑。恭惟太皇太后陛下，化始六宫，风行九有。捐财振廪，救民沟壑之中；

求贤审官，拔士茅茨之下。方履端之资始，膺景福于无疆。妾等幸侍禁严，粗供妇职。愿献冈陵之寿，少输草木之诚。

【译文】太簇改变了宫调，声律转阳而迈出了阴塞；勾芒木神主掌着月历，正是宣布仁德减缓刑罚之时。恭谨地上告大皇太后陛下，教化起始于六宫嫔妃，然后才能传布于海内。你捐献私财拿出粮米，拯救濒死的民众；你征求贤良审察官吏，在山泽中擢拔有德之士。当此一年初始之际，愿你享受无尽的福寿。臣妾等有幸在后庭事奉，各自尽力于自己的职事。我们献上对你如山如陵的祝愿，以表我等草木般的真诚。

皇太后

伏以三元资始，磔禳以饯余寒；万宝更新，燔烈以兴嗣岁。恭惟皇太后殿下，道光沩汭，德配周南。辅导两朝，孝慈格于上下；仪刑九御，恭俭闻于迩遐。顺履三阳，诞膺百禄。妾等幸班禁掖，久被余光。莫报生成之恩，但祝灵长之算。

【译文】当此元旦即将来临之时，我们以祈祷送走余寒；万象更新，热烈地庆祝新一年的到来。恭谨地上告皇太后殿下，你的妇道使沩水生辉，你的美德与《诗经周南》媲美。你辅助赞导了前后两朝，孝敬和仁慈被上下所称道；你为后宫嫔妃做出了表率，恭谨和俭约传遍远近四方。如今到了三阳开泰的新春佳节，你理当享受各种福禄。臣妾等有幸在后宫中服侍，长久以来得到你的护爱。你的教训之恩无以报答，仅为你献上万年长寿的良好祝福。

内中御侍已下贺冬至词语（元祐三年十月三十日）

皇帝

伏以日合天统，时推建子之正；律中黄锺，气验微阳之应。德施自上，惠均于民。伏惟皇帝陛下，道配皇王，化行夷夏。观其来复，见乎天地之心；静以无为，待此阴阳之定。云物告瑞，宫声协和。岂惟至治之祥，自得上天之佑。一人有庆，万寿无疆。妾等蒙被天光，叨尘妇职。敢献如山之祝，庶同率土之欢。

【译文】今天正合于秦历的年终，是月建在子的第一天；律吕应于黄钟之宫，节气在一阳的初生。德泽出自于皇帝，恩惠均布于万民。我们谨上告皇帝陛下，你的圣道堪配前王，你的仁德训化了蛮夷华夏。观看人民的依傍来归，就可以看出你含容天地的爱心；清静无为，来等待阴阳之气自行融合。天上的彩云预示祥瑞，美妙的乐曲和洽纯美。这难道仅仅是大治的吉祥，也是得到上天的佑助。喜庆应在你一人之身，祝愿你万寿无疆。臣妾等得到你的恩泽和光辉，在后宫尽力于各自的职事。现献上对你如山的祝福，我们与天下万民是一样的欢欣。

太皇太后

伏以书奏清台，验历家之邃密；日移黄道，迎化国之舒长。寰宇和平，宫闱欢豫。恭惟太皇太后陛下，教隆阴礼，位正坤仪。嗣太任之徽音，道光千古；衣明德之大练，俭化六宫。体柔静以临朝，配清明而烛物。庆云可望，共占至治之祥；彤史何知，莫赞无为之德。妾等猥参女职，仰奉慈颜。因来复之一阳，祝无疆之万寿。

【译文】历书从司天之台修订，查验了前此各家的缺失和粗疏，如今更为精密。太阳从黄道上推移，迎接着文明古国的又一新春。海内祥和平静，后宫也尽情欢乐。恭谨地上告太皇太后陛下，你使后宫得到最好的教导，你为后宫做出了表率。你上承太任、太姒的美德，使这美德光辉千古；你身披的是粗布衣裳，使节俭之风吹遍六宫。你以柔和平静之心君临天下，你的清净明察能洞见万物。祥瑞的云彩可以望见，你和皇帝一同迎来了国家的大治；女史们能知道什么，然而没有一人不称赞你无为而治的圣德。臣妾等充任着不称职的女官，得以事奉慈爱的太皇太后。当此一阳再来之际，祝你万寿无疆。

皇太后

伏以候气葭灰，喜律筒之已应；课功彩线，知宫日之初长。品物向荣，掖廷胥悦。恭惟皇太后殿下，母临四海，妇应东朝。求贤审官，但有忧勤之志；躬俭节用，岂忘浣濯之衣。宜福禄之日康，乐宫闱之无事。妾等滥尘女职，获奉慈颜。愿先柏酒以称觞，更指椿年而献寿。

【译文】占验气候的变化，律筒已经应于新阳；撩起刺绣的彩线，知道宫中的日影也开始变长。万物开始萌动，后宫也充满欢悦。恭谨地上告皇太后殿下，你以母后的身份君临天下，你原本就是东宫太后。你为国求取贤人审查官吏，一心为朝廷忧劳；你厉行节俭，何曾忘记穿那多次浣洗的衣服。理当日日康健，享受天赐的福禄，为后宫的平和无事而感到欣慰。臣妾等充任着不称职的女官，得以事奉慈爱的太后。愿先举起柏浸的美酒，手指长青的大树为你祝寿。

紫宸殿正旦教坊词致语（元祐四年）

臣闻行夏之时，正莫加于人统；采周之旧，王方在于镐京。惟吉月之布和，休庶工而未作。使华远集，邻好交修。萃簪笏于九门，来车书于万里。将兴嗣岁，以乐太平。恭惟皇帝陛下，躬履至仁，诞膺眷命。法天地四时之运，民日用而不知；传祖宗六圣之心，我无为而自化。九德咸事，三年有成。始御八音之和，以临元日之会。人神相庆，夷夏来同。臣等忝与贱工，得亲壮观。知舆情之愿颂，顾盛德之难形。不度荒芜，敢进口号。

口号

九霄清跸一声雷，万物欣荣意已开。晓日自随天仗出，春风不待斗勺回。行看菖叶催耕籍，共喜椒花映寿杯。欲识太平全盛事，振振鸳鹭满云台。

勾合曲

东风应律，南答在庭。饯腊迎春，方庆三朝之会；登歌下管，愿闻九奏之和。上悦天颜，教坊合曲。

勾小儿队

工师奏技，威踊跃以在庭；稚孺闻音，亦回翔而赴节。方资共乐，岂间微情。上奉宸欢，教坊小儿入队。

队名

仙山来绛节，云海戏群鸿。乐队。

问小儿队

六乐充庭，九宾在列。何彼垂髫之侣，欲陈振袂之能。必有来诚，少前敷奏。

小儿致语

臣闻正月上日，万汇所以更新；群臣嘉宾，四方于是观礼。雪方占于上瑞，风已告于先春。及此良辰，设为高会。恭惟皇帝陛下，子来九有，天覆兆民。焕乎其有文章，昭然若揭日月。安西都护，来输八国之琛。南极老人，出效万年之寿。还圭璋于邻使，受图籍于春朝。击石枞金，奏钧天之广乐；跳球舞索，戏平乐之都场。臣等沐浴太平，咏歌新岁。鼓舞《咸》《韶》之韵，跄扬鸟兽之间。未敢自专，伏候进止。

勾杂剧

以雅以南，既毕陈于众技；载色载笑，期有悦于威颜。舞缀暂停，优词间作。金丝徐韵，杂剧来欤？

放小儿队

酒阑金殿，既均湛露之恩；漏减铜壶，曲尽流风之妙。望彤墀而申祝，整翠袖以言归。再拜天阶，相将好去。

【译文】

紫宸殿正旦教坊词致语（元祐四年）

臣听说如果按照夏朝的历法，正月不加人以事；采择周朝的历法，正月时周王还偏居在镐京。在这吉祥月份中，天子普施德泽，百工休息不再劳作。各国的使节从远方来朝，邻国间的友好互相订立。百官荟萃于皇宫之内，朝廷的政会传达到万里之外。为新一年里再得收获，群情欢畅庆贺太平。恭谨地上告皇帝陛下，你以至仁至爱之心，承受了上天的美命。你效法天地四时的运行规律，万民得到了教化而未能自知；你继承了六代祖宗的爱心，自身清净而万民自然得到养育。你事事施以仁德，三年而天下大治。这才使八音和谐，亲临元旦的盛会。天神和万民都来庆贺，蛮夷和华夏四海一心。臣等充任卑贱的乐工，得以亲见今日的壮观。臣等愿为皇帝的到来献上颂歌，只是你盛美的仁德难以形容。今不避蒙昧无知，冒死献上致敬口号。

口号

皇城清道如一声惊雷，万物欣欣向荣开始萌生。初升的太阳随着仪仗冉冉升起，春风不等待北斗折回。出行能看见菖蒲叶子催人耕种，更喜椒树的红花映照祝寿的酒杯。要知道大平盛世是什么样，你看那文武百官站满朝台。

勾合曲

东风应节律，南音奏朝堂。迎春送旧岁，庆贺元旦开盛会；乐伏歌声起，喜听管弦奏和声。皇帝龙颜大喜，教坊开始合曲而奏。

勾小儿队

乐工技艺称娴熟，腾踊跳跃在殿廷；一队小儿闻乐声，飘飘回翔踏节来。正要共享欢乐，岂能限人激情。为了使天子更加高兴，教坊中的小儿队入场。

队名

管弦之声满朝堂，四海嘉宾列两旁。垂髫小儿翩翩舞，抖袖技艺不平常。小儿队来献忠诚，稍移向前陈奏致词。

小儿致语

臣听说正月一日，是万象更新的时日；百官嘉宾，从四面来到朝堂观此盛会。瑞雪已应了吉祥之兆，东风已在春前刮起。在这吉日良辰，举行如此的盛会。恭谨地上告皇帝陛下，万民效忠于陛下，陛下的仁德化育万民。你的仁爱如同文彩锦绣，你的光辉如同日月照临。西北部族；献上异国的珍宝；南方老人，前来祝你万年长寿。你把圭璋宝物交还给邻国信使，在仁和的朝堂接受邻国呈上的地图。敲钟击磬，演奏上达青天的雅乐；踢球走索，在都城的场地尽情戏耍。臣等享受着太平盛世，放声歌唱新春的来临。奏起《咸池》《箫韶》约大乐，引领着率舞的鸟兽。臣不敢擅自起舞，恭听皇帝的驱使。

勾杂剧

南风之操风雅之曲，众人各自表现自己的技艺；欢声笑语喜形于色，希望让威严的天子心满意足。舞蹈暂时停下，滑稽的道白时而出现。钟鼓丝竹之声渐渐低微，是杂剧就要开始了吧？

放小儿队

金殿之上酒半酣，官民同沾雨露恩；铜壶漏减夜将尽，歌舞乐曲尽风流。眼望殿阶心祝愿，整理舞衣来告辞。小儿们对着朝堂两次拜谢，相互牵衣退去。

集英殿春宴教坊词致语

臣闻人和则气和，故王道得而四时正；今乐犹古乐，故民心悦而八音平。幸此圣朝，陶然化国。饬三农于保介，维莫之春；兴五福于太平，既醉以酒。恭惟皇帝陛下，乘乾有作，出震无私。宪章六圣之典谟，斟酌百王之礼乐。天方祚于舜孝，人已诵于尧言。故得彝伦叙而水土平，北流轨道；壬人退而蛮夷服，西旅在庭。稍宽中昃之忧，一均湛露之泽，方将曲蘖群贤而恶旨酒，鼓吹六艺而放郑声。虽《白雪阳春》，莫致天颜之一笑；而献芹负日，各尽野人之心。臣猥以贱工，叨尘法部。幸获望云之喜，敢陈《击壤》之音。不揆芜才，上进口号。

口号

万人歌舞乐芳辰，长养恩深第四春。令下风雷常有信，时来草木岂知仁。璇玑已正三阶泰，玉琯初知九奏均。更欲年年同此乐，故应相继得元臣。

勾合曲

太平无象，善万物之得时；和气至祥，喜八风之从律。大合钧天之奏，克谐治世之音。上奉严宸，教坊合曲。

勾小儿队

斑白之老，既无负戴之忧；髫龀之童，亦遂嬉游之乐。行歌道路，联袂阙庭。仰奉宸慈，教坊小儿入队。

队名

初成暮春服，来献太平谣。乐队。

问小儿队

聚戏里闾，岂识九重之奥；成文缀兆，忽随六乐之和。宜近彤墀，悉陈来意。

小儿致语

臣闻春为阳中，生物各遂其性；乐以天下，圣人岂私其身？故饮食尽忠臣心，而游豫为诸侯度。方迟日之无事，矧嗣岁之有年。大启璧门，肃陈燕豆。恭惟皇帝陛下，道隆而德备，质文而性仁。总揽群才，盖天授之神策；澄清庶政，故民献以宝符。顾良辰乐事之难并，宜群臣嘉宾之并集。广场千步，方山立于众工；大乐九成，固海函于杂技。臣等沐浴膏泽，咏歌升平。幸以髫髦之微，得参舞羽之末。敢干宸听，伏俟俞音。

勾杂剧

胪传已久，陛盾将更。宜资载笑之欢，少进群优之技。缓调丝竹，杂剧来欤？

放小儿队

清歌屡奏，盖曲尽于下情；妙舞载陈，示不遗于小物。既毕沛风之和，稍同沂水之归。再拜天阶，相将好去。

勾女童队

燕私之乐，下侍于臣工；靡曼之观，聊同于俚俗。审音而作，振袂稍前。上奉宸欢，两军女童入队。

队名

瑞日明歌扇，仙飙动舞衣。乐队。

问女童队

工师奏技，侍卫耸观。顾游女之何施，集彤庭而有待。欲知来意，宜悉敷陈。

女童致语

妾闻圣人授民以时，王者与众同乐。故仓庚鸣而蚕女出，游鱼跃而灵沼春。盖良辰岂易得哉，亦贤者而后乐此。伏惟皇帝陛下，温恭允塞，缉熙光明。学无常师，文武识其大者；仁能济众，尧舜其犹病诸。齐泰阶之六符，走重译之万里。天人并应，礼乐将兴。岂惟尘土之贱微，敢度乾坤之广大。万舞九奏，虽未象于成功；间歌三终，亦庶几于颂德。欲殚末技，少效寸诚。

勾杂剧

风斜御柳，既穷绮丽之观；日转庭槐，少进诙优之戏。再调丝竹，杂剧来欤？

放女童队

翠袖风回，已尽折旋之妙；文茵霞卷，尚观顾步之余。再拜天墀，相将好去。

【译文】

集英殿春宴教坊词致词

臣听说人世协和那么天时也就协和，所以行圣王之道则四时之气就纯正；今天的音乐也如同古代的音乐，所以民心畅悦则八音和谐。有幸生于这圣明之朝，百姓都得到教化。敕告卅守要努力做到有好的收成，一年之季就在初春；使太平盛世充满幸福，此时尽情地饮酒。恭敬地上告皇帝陛下，乘着阳气而有所作为；出于震位而内无私心。尊奉六代圣君的旧制，参考古代圣王的礼乐。上天保佑你像舜帝般的仁孝，万民歌颂唐尧般的圣明。因此天地人之常道井井有叙，水土温平，河流都依其水道而行；奸邪之辈被斥退，四夷八蛮前来言服，西北远国的使节都来到朝廷。望皇帝稍稍宽解内心的痛思，使万民同沾你雨露恩泽。如果对群贤不敬而厌弃美酒，敲击弦管而演唱郑声。即使是《白雪》和《阳春》，难得天子的一笑；而献上微不足道的言语，也算是表达乡野之民的心意。臣以微贱之身，充任乐工。有幸得以见到龙颜，斗胆演唱《击壤》之歌。今不揣蒙味愚陋，向皇帝陛下献上致贺口号。

口号

万人歌舞庆祝这吉日良辰，你抚育万民已经是第四年的新春。风雷般的号令收到了成效，良时已到草木哪知你的宽仁。天道纯正朝廷端肃，乐管才奏出这和谐的曲调。愿年复一年都像今天般的欢乐，皇帝将相继得到元老大臣。

勾合曲

太平时日并没有特殊形象，万物应时而各得其乐；融和之气一片祥瑞，八面来风各依节律。合奏起钧天广乐，烘托出治世的佳音。上拜天子，教场合奏乐曲。

勾小儿队

斑白头发的老翁，已没有奔走于路的忧虑；少小的儿童，也得以嬉戏玩耍。歌唱于道路之中，起舞于朝堂之下。上拜天子，教场小儿列队。

队名

暮春的衣服已经换好，前来献上太平的歌谣。乐队奏乐。

问小儿队

成群戏耍在乡间闾里，哪见过朝廷的威严；编成美好的词章，骤然间跟着乐曲唱起来。理当走近殿阶，向皇帝说明来意。

小儿致语

臣听说春天为阳气的正中，天下生物各依自己的本性；以天下的欢乐为欢乐，圣人岂能独爱自身？所以你今天的饮宴使忠，良之臣尽了心意，你今天的游乐为诸侯定下了法度。如今天下万民无事，何况明年定有好的收成。大开美玉之门，陈设宴席。恭谨地上告皇帝陛下，你大道隆盛而仁德具备，外表温文而内心仁爱。你搜求天下的贤才，这是上天为你筹划的良策；你政治清明，所以万民为你献上祝福。只因良辰与喜事很难同来，理当使百官与嘉宾齐集于朝。歌舞场宽广千步，众乐工排列得齐齐整整；均天的大乐已经奏响，其间还掺着滑稽与杂技。臣等得到皇帝的恩泽，在此歌唱太平盛世。有幸以少年之时，得以为皇帝献舞。请皇帝听我的歌唱，歌唱那美好的祝福。

勾杂剧

殿廷内早已唱名，节日更有所变更。应当演出令人发笑的节目，让众优人上场献技。丝竹声渐渐压低，杂剧是否已经准备好？

放小儿队

清平的乐歌屡屡演奏，乐人们得以尽表自己的诚敬；美妙的舞队排列齐整，以示没忘记幼小的孩童。唱罢东风的融和，又如沂水沐浴后回家。小儿们面对殿庭再次拜谢，互相牵手散去。

勾女童队

燕饮的欢乐，有百官陪侍于两边；观看场上的歌舞，就如同处在民众之中。根据乐曲而入场，抖动衣袖向前迈进。为使皇帝心中欢悦，有两队女童上场列队。

队名

祥瑞的阳光照亮歌扇，飘飘的仙风吹动舞衣。乐队奏乐。

问女童队

乐工施出纯美的技艺，侍卫之人探头观看。看那飘游的少女将要做什么，她们集合在殿庭之下稍做等待。要想知道她们的来意，你且暂听她们的陈述。

女童致语

臣妾听说圣人要依四时督促民众，君王要与万民同享欢乐。所以仓庚一叫，养蚕女就要出外采桑，游鱼跳跃时，池沼才显出浓浓的春意。这吉日良辰难道得来容易吗，贤人们操劳国事之后才得此欢乐。敬告皇帝陛下，你的温良恭顺充塞天地，使天地之间一片光明。不拘于一家之学，文臣武将都识国之大体；仁爱能拯救万民，尧舜唯恐做不到。如今朝廷威严，已传到域外万国，上天与下民和气相应，礼乐将会更加隆盛。我们都是些微如尘土的小人，怎敢论说乾坤的广大。乐舞已经演出了多时，也不能表达出国家大治之象；而歌曲时时演唱，只是想颂扬皇帝的德泽。臣妾等想要尽献小技，以献上内心的忠诚。

勾杂剧

春风吹拂御街柳，景色绮丽令人迷；阳光斜照殿庭槐，诙谐之戏献上来。丝竹声再次响起，莫不是杂剧又要登场吧？

放女童队

翠袖随风舞，旋转甚美妙；歌辞绚丽如彩霞，轻轻舞步有余韵。女童们朝殿廷再次拜谢，互相牵衣散去。

集英殿秋宴教坊词致语

臣闻天无言而四时成，圣有作而万物睹。清净白化，虽仰则于帝心；岂弟不回，亦俯同于众乐。属此九秋之候，粲然万宝之成。吾王不游，何以劳农而休老；君子如喜，则必大烹以养贤。恭惟皇帝陛下，孝通神明，仁及草木。行尧、禹之大道，守成、康之小心。华夷来同，天地并应。以为福莫大于无事，瑞曷加于有年。南极呈样，候秋分而老人见；西夷慕义，涉流沙而天马来。嘉与臣工，肃陈燕俎。礼元侯于三夏，谐庶尹于九成。宣示御觞，耸近臣之荣观；胪传天语，溢两庑之欢声。臣等亲觏昌辰，叨尘法部。采谣言于击壤，助朦瞍之陈诗。仰奉威颜，敢进口号。

口号

霜霏碧瓦尚生烟，日泛彤庭已集仙。霭霭四门多吉士，熙熙万国屡丰年。高秋爽气明宫殿，元祐和声入管弦。菊有芳兮兰有秀，从臣谁和《白云篇》？

勾合曲

西风入律，间歌秋报之诗；南龠在廷，备举德音之器。弦匏一倡，钟鼓毕陈。上奉宸严，教坊合曲。

勾小儿队

皇慈下逮，罄百执以均欢；众技毕陈，示四方之同乐。宜进垂髫之侣，来修秉翟之仪。上奉威颜，教坊小儿入队。

队名

登歌依颂磬，下管舞成童。乐队。

问小儿队

大君有命，肆陈管磬之音；童子何知，入篷工师之末。欲详来意，宜悉奏陈。

小儿致语

臣闻天行有信，正得秋而万宝成；君德无私，日将旦而群阴伏。清风应律，广乐在庭。占岁事于金穰，望天颜之玉粹。沐浴膏泽，咏歌升平。恭惟皇帝陛下，天纵聪明，日跻圣知。无一物之失所，得万国之欢心。虽击壤之民，固何知于帝力；而后天之祝，亦各抒于下情。臣等幸以龆龀之年，得居仁寿之城。咏舞雩于沂水，久乐圣时；唱铜鞮于汉滨，空惭郢曲。愿陈舞缀，少奉宸欢。未敢自专，伏候进止。

勾杂剧

朱弦玉琯，屡进清音；华翟文竿，少停逸缀。宜进恢谐之技，少资色笑之欢。上悦天颜，杂剧来欤？

放小儿队

回翔丹陛，已陈就日之诚；合散广庭，曲尽流风之妙。歌钟告阕，羽备言旋。再拜天阶，相将好去。

勾女童队

锦荐云舒，来九成之丹凤；霞衣鳞集，隐三叠之灵鼍。上奉宸严，教坊女童入队。

队名

香云浮绣康，花浪舞彤庭。乐队。

问女童队

清禁深严，方缙绅之云集；仙音啴缓，忽簪珥之星陈。徐步香茵，悉陈来意。

女童致语

妾闻钧天广乐，空传帝所之游；阊阖清风，理绝庶人之共。夫何仙圣，靡隔尘凡。仰瞻八采之威，共庆千龄之运。恭惟皇帝陛下，乾健而粹，离明而文。规摹六圣之心，人将自化；仪刑文母之德，天且不违。乐兹大有之年，申以宗慈之会。虞韶既毕，夏籥将兴。妾等分缀以须，审音而作；愿俟工歌之阕，少同率舞之欢。未敢自专，伏取进止。

勾杂剧

弦匏迭奏，干羽毕陈。洽闻舜乐之和，稍进齐谐之技。金丝徐韵，杂剧来欤？

放女童队

羽觞湛湛，方陈《既醉》之诗；鼍鼓渊渊，复奏言归之曲。峨鬟伫立，敛袂却行。再拜天阶，相将好去。

【译文】

集英殿秋宴教坊词致语

臣听说上天不言而四时天成，圣人有所作为万物都能知晓。清净无为待其因自然而化，还要仰望天子表率；而皇帝仁孝恺悌，也要与万民同其欢乐。当此九月之秋，庄稼金灿灿收入谷仓。皇帝不欢宴游乐，怎么能慰问农民使老人得到休息；如果让君子们心中高兴，那也一定要大摆宴席以优养贤臣。恭敬地上告皇帝陛下，你的孝心上通神明，你的仁爱施及到草木。你推行唐尧虞舜的圣道，你谨守周成王和周康王的小心，华夏蛮夷一同归心，天神地祇共应祥瑞。臣以为天下太平是最大的福，五谷丰登是最大的瑞。南极之国呈献了吉祥，时过秋分而老人来朝；西北夷国敬慕你的恩义，跨过流沙大河贡献了神马。大宴群臣，陈设美酒佳肴。在这三夏之时尊礼元老大臣，使群臣和谐于高崇的殿廷。你举起斟满美酒的酒杯，使朝廷大臣耸身瞻仰；

殿廷传出皇帝的旨意，两厢的臣僚欢声雷动。臣等亲眼目睹这良辰的欢乐，荣幸地充任了乐工。从民间采集了颂德的歌谣，做为美妙乐曲的辞章。仰望着皇帝龙颜，冒死致上庆贺的口号。

口号

琉璃碧瓦如生出青烟，日光洒满殿庭群仙毕集。朝廷四门尽是贤人士子，八方万国屡获丰年。秋高气爽殿廷一片光明，福佑的合声进入了管弦。菊花芳香兰花秀美，陪臣们谁来唱和《白云》之歌。

勾合曲

西风应时而来，时而唱起秋收的赞诗；南音奏响在朝堂，优美的乐器件件具备。弦声一起，钟鼓齐唱。上前拜见皇帝，教坊合奏。

勾小儿队

皇帝的恩慈下降，使百官群臣都享受欢乐；各种技艺一一展示，以示四方万民同庆秋收。现命小小的孩童列队入场，上前进献持雉尾的礼仪。上前拜见皇帝，教坊小儿列队入场。

队名

献上纵情赞美的颂歌，小儿们依乐曲起舞。乐队奏乐。

问小儿队

皇帝有旨，各种乐器一齐奏响；弦童哪里得知，依乐师的节拍进入场中。要想知道他们的来意，还要听他自己的陈述。

小儿致语

臣听说天道有固定的规律，到了秋天万物成熟，君王的圣德没有私心，太阳升起则阴气隐伏。清爽的秋风应时而至，钧天的广乐响彻朝堂。欲知今年是否有收成，只看那黄灿灿的禾谷，遥望君王的龙颜如美玉般润泽。我们沐浴着皇帝的恩泽，歌唱着大平昌盛。恭谨地上告皇帝陛下，你的聪睿来自天成，一天比一天圣德宏美。你没有一件事的失误，你得到天下万民的欢心。日出而作的农夫，哪会知道皇帝的威力；而愚民的祝颂，是略表各自的情怀。臣等有幸在这幼小的童年，得以登上朝堂为天子献寿。唱着那沂水洗浴的悠悠歌声，是歌咏圣明的时代；唱着那汉水之溪的铜疑之曲，自知不如郢中歌曲的优美。我们愿载歌载舞，使皇帝陛下心中欢悦。不敢擅自举动，静候皇帝的旨令。

勾杂剧

红色的丝弦碧玉的管，反复地弹奏悠扬的乐声；彩竿举着美丽的雉羽，把这些暂时停下来。现进献恢谐戏谑的说笑，让皇帝官民为之一笑。

放小儿队

盘旋在殿廷之下，尽情表达一向的忠诚；在场地上时聚时散，把民间乐舞的妙处都表现出来。歌声和钟鼓戛然中止，舞具和乐器也收起来。小儿们向朝堂再次拜身，互相牵衣散去。

勾女童队

锦绣的衣服像云彩舒展，如同丹凤来到朝堂；霞色的舞服如锦鳞会聚，下隐着神灵的鼍鱼。上前向皇帝拜谢，教坊中女童列队入场。

队名

芬芳的云彩飘浮于锦衣，鲜花般的舞队摇动于殿庭之前。乐队奏乐。

问女童队

禁庭宏深庄严，百官云集于此处；美妙的乐曲缓缓奏出，忽然间银簪玉珥像群星般骤然出现。款款移动轻盈的脚步，向观看者陈述她的来意。

女童致语

臣妾听说钧天的大乐，传响在天帝所居之处；仙宫中的清风，不与庶民相等。为什么神仙圣人，都隔绝了凡尘。我们瞻仰你威武的神采，共同庆贺你千万年的长寿。恭谨地上告皇帝陛下，你健康而精神纯一，你光明而崇尚文治。你发扬六位圣君的仁爱，要万民自然得到化育；你孝敬母后做出了表率，上天也不违拗你的心意。在这丰收之年你愉快欢乐，你事奉太后亲临盛会。大乐奏罢，中原之曲即将开始。臣妾等分列两行，依音节而起舞；愿等到乐工奏起乐曲，欢然起舞以助节日之欢。臣妾等不敢擅自举动，等候皇帝的旨令。

勾杂剧

丝弦埙管相继奏响，戈矛舞具一切毕备。刚刚听完虞舞祥和的大乐，现演出诙谐的说笑。钟鼓丝竹声音渐低，莫不是杂剧就要登场？

放女童队

杯中斟满清甜的美酒，刚奏响《大雅·既醉》之诗；鼍鼓咚咚震天地响，重奏退场的乐曲。高鬟的女童默然肃立，收起袖子倒退出场。

兴龙节集英殿宴教坊词致语（元祐二年）

臣闻帝武造周，已兆兴王之迹；日符祚汉，实开受命之祥。非天私我有邦，惟圣乃作神主。仰止诞弥之庆，集于建丑之正。瑞玉旅庭，爰讲比邻之好；虎臣在泮，复通西域之琛。式燕示慈，与人均福。恭惟皇帝陛下，睿思冠古，浚哲自天。焕乎有文，日讲六经之训；

述而不作，思齐累圣之仁。夷夏宅心，神人协德。卜年七百，方过历以承天；有臣三千，咸一心而戴后。彤庭振万，玉座传觞。诵干戈载戢之诗，作君臣相悦之乐。斯民何幸，自首太平。臣猥以微生，亲逢盛日。始庆猗兰之会，愿献《击壤》之音。下采民言，上陈口号。

口号

凛凛重瞳日月新，四方惊喜识天人。共知若木初升旦，且种蟠桃莫计春。请吏黑山归属国，给扶黄发拜严宸。紫皇应在红云里，试问清都侍从臣。

勾合曲

祝尧之寿，既罄于欢谣；象舜之功，愿观于备乐。羽旄在列，管磬同音。上奉宸严，教坊合曲。

勾小儿队

鱼龙奏技，毕陈诡异之观；龆龀成童，各效回旋之妙。嘉其尚幼，有此良心。仰奉宸慈，教坊小儿入队。

队名

两阶陈羽籥，万国走梯航。乐队。

问小儿队

工师在列，各怀自献之能；侲子盈庭，必有可观之技。未知来意，宜悉奏陈。

小儿致语

臣闻生民以来，未有祖宗之仁厚；上帝所眷，锡以圣神之子孙。孚佑下民，笃生我后。瞻舜瞳之日月。望尧颡之山河。若帝之初，达四聪于无外；如川方至，倾万宇以来同。恭惟皇帝陛下，齐圣广渊，刚健笃实。识文武之大者，体仁孝于自然。歌《诗·思齐》，见文王之所以圣；诵《书·无逸》，法中宗之不敢康。诞日载临，舆情共祝。神策授万年之算，洛书开五福之祥。臣等嬉游天街，沐浴皇化。欲陈舞蹈之意，不知手足之随。未敢自专，伏取进止。

勾杂剧

金奏铿纯，既度九韶之曲；霓衣合散，又陈八佾之仪。舞缀暂停，伶优间作。再调丝竹，杂剧来欤?

放小儿队

游童率舞，逐物性之熙怡；小技毕陈，识天慈之广大。清歌既阕，叠鼓屡催。再拜天阶，相将好去。

勾女童队

垂鬟在列，敛袂稍前。岂知北里之微，敢献南川之寿。霓旌坌集，金奏方谐。上奉威严，两军女童入队。

队名

君臣千载遇，歌舞八方同。乐队。

问女童队

掺挝屡作，旌旆前临。顾游女之何能，造彤庭之献技。欲知来意，宜悉奏陈。

女童致语

妾闻瑞鳦来翔，共纪生商之兆；群龙下集，适同浴佛之辰。佳气充庭，和声载路。辇出房而雷动，扇交翟以云开。喜动人天，春还草木。恭惟皇帝陛下，凝神昭旷，受命穆清。三后在天，宜兴王之世有；四人迪哲，知享国之无穷。乃眷良辰，欲均景福。庭设九宾之礼，乐歌《四牡之章》。妾等幸觏昌期，获瞻文陛。虽乏流风之妙，愿输率舞之诚。未敢自专，伏候进止。

勾杂剧

清净白化，虽莫测于宸心；诙笑杂陈，示俯同于众乐。金丝再举，杂剧来欤？

放女童队

分庭久立，渐移爱日之阴；振袂再成，曲尽回风之态。龙楼却望，鼍鼓屡催。再拜天阶，相将好去。

【译文】

兴龙节集英殿宴教坊词致语(元祐二年)

臣听说天帝开创周朝，已经有王业兴起的吉兆；上苍使汉朝开基，实在是降示了受命于天的吉祥。并不是上天对我朝有所偏爱，我圣君就应当为神明之主。值此皇帝诞辰的喜庆之日，官民万国在商历正月集于殿庭。美玉来自远国，来讲睦邻之国的盟好；威武的将帅会聚在泮水之边，再献上两域的珍宝。举行宴会以示圣慈，皇帝与万民同享其福。恭谨地上告皇帝陛下，你的睿智为古今之首，你的仁哲本自天成。焕然而有文治之美，天天在讲诵经典的训戒；只有晓喻而没有强求，一心要具有历代圣君的仁爱。蛮夷华夏心悦诚服，上天下民同赞其德。占卜有国土七百年，如今方兴未艾而承天命；文武大臣三千多员，上下一心拥戴圣主。朱红的殿庭万人大会，玉饰的坐位酒杯相传。诵读偃武兴文的古诗，奏响君圣臣贤的的雅乐。万民多么幸运，在太平盛世中白头到老。臣以微贱之身，亲眼目睹这盛大的节日。在这庆贺圣诞的大会上，愿献上《击壤》颂德之歌。在民间采集歌谣，向皇帝致上口号。

口号

威武的皇帝使日月更新，四方的士民又惊又喜见到圣君。都知道若木生处太阳起，暂且种蟠桃未必春。来朝的使者把黑山归属于我，南方的夷邦老人参拜称臣。天帝是否在红色的云中？试问仙都的侍从之人。

勾合曲

祝愿你唐尧的长寿，已用歌谣唱出来；赞颂你虞舜的功业，请观听优美的音乐。翠羽旌头排成列，弦管钟磬奏佳音。向上拜谢皇帝，教坊合奏。

勾小儿队

伎人争献自己的技艺，演出了令人叫绝的乐舞，小童刚刚六七岁，也献上回旋起舞的妙技。可叹你们如此年幼，竟也有这样忠诚之心。

向上拜谢皇帝，教坊小儿列队入场。

队名

殿庭两阶排列舞具，登山越海万国来朝。乐队奏乐。

问小儿队

乐师们列队在旁，各自有呈献的技艺；小童子布满庭前，必会有会人叹赏的表演。不知他们来意为何，理当让他上前陈述。

小儿致语

臣听说上天生民以来，没有过我朝祖宗那样的仁爱；上帝嘉美他们的仁德，把天下赐给了神灵的子孙。为了护佑下民苍生，上天降生了我当今皇帝，看他的睛瞳如日如月，看他的头顶如山如河。皇帝即位之初，便把自己的睿哲传到了八方；如今仁德如大河汇聚，天下万国齐来臣服。恭谨地上告皇帝陛下，你的圣明与列祖相同齐，你的仁慈信厚诚笃。你深知经文略武何者为重，你使仁慈孝敬形成风气。歌唱《诗经·载齐》，可以见周文王的圣明；诵读《尚书·无逸》，效法中宗操劳国事而不敢偷安。在这兴龙嘉节的吉日里，万民纵情地欢庆。神鸟策授与我皇万年的长寿，洛水出书开启天下的祥瑞。臣等在天街殿下嬉笑，沐浴着齐天的皇恩。想献上舞蹈使皇帝欢快，却忘了手足应该如何地表达。我等不敢擅自起舞，恭听皇帝陛下的圣命。

勾杂剧

钟声铿锵而清纯，奏出了九韶古曲；彩衣聚拢又分散，献上了八佾的旧仪。舞蹈暂时中止，杂技时而出演。管弦丝竹重新响起，该是杂剧上场了吧？

放小儿队

欢快的童子们纵情欢舞，尽现天人万物的和熙融洽；精巧的技艺尽情施展，我们看到了皇帝恩德的广大。清亮的歌声暂时中止，频频的鼓声又咚咚响起。儿童们向皇帝再次拜谢，相牵着退出场外。

勾女童队

垂着两鬟的少女排成行列，收束双袂稍稍前行。怎知我们这些乐舞之伎，如今能为皇帝陛下祝福万寿。彩色的旗帜分列汇集，金钟奏出和谐之声。承皇帝的旨意，两列少女列队入场。

队名

国君与万民共庆今日，八方歌舞与京师相同。乐队奏乐。

问女童队

鼓声阵阵，彩旗前移。看这些民女有什么才能，如今来到天子的殿庭献上技艺。想知道她们的来意，且听她们的陈述。

女童致语

臣妾听说祥瑞的燕子飞翔前来，已预示了商代的兴起；群龙共集于凡间，这正是为佛洗浴的良辰。佳美的气氛充满朝堂，详和的歌声遍于道路。皇帝的车辇一出，欢声雷动，仪仗大扇相交，天上云层豁然开朗。喜庆震动了上天和万民，新春催绿了花草树木。恭谨地上告皇帝陛下，你的圣德遍布河山草泽，你的肃穆受命于上天。禹汤文武之灵在天，圣王本应该世世出现；士农工商忠君爱国，可知我朝千年万代不会改变。当此良辰吉日，普天之下同享洪福。朝堂中以盛大之礼招待万方宾朋，响彻云天的是《四牡》之歌。臣妾等有幸亲见今天的盛况，得以瞻仰皇帝。我等虽然技艺平平，也愿献上欢快的舞蹈以表内心的诚敬。不敢擅自起舞，敬候圣上的旨意。

勾杂剧

清静守德，万民自化，陛下的仁圣高不可测；诙谐谈笑，伎乐登场，以示愿意与万民同乐。丝弦声再次响起，该是杂剧上场了吧？

放女童队

分列在两旁久久伫立，大阳已经转向了西边；抖动起舞袖再次起舞，曲尽旋风般的妙态。瞻望着皇庭，依着鼓声。少女们朝天子再次拜谢，相牵着退出场外。

兴龙节集英殿宴教坊词致语

臣闻天所眷命，生而神灵。惟三代受命之符，萃于兹日；实万世无疆之福，延及我民。候南极之祥辉，交北邻之瑞节。同趋镐燕，争颂华封。恭惟皇帝陛下，稽古温文，乘乾刚粹。体生知而犹学，藏妙用于何言。故得六圣承休，三灵眷佑。德隆星晷，齐六符而泰阶平；河行地中，锡九畴而彝伦正。数诞弥之令旦，履长发之嘉祥。夙设九宾于庭，遍舞六代之乐。日无私于临照，葵藿自倾；天有信于发生，勾萌必达。臣等滥尘法部，获造彤墀。下采民言，得三万里之谣诵；登歌寿斝，以八千岁为春秋。不度芜音，敢进口号。

口号

风卷云舒合两班，曈曈瑞日映天颜。观书已获千秋镜，积德长为万岁山。腊雪未消三务起，壬人不用五兵闲。相逢父老争相贺，却笑华胥是梦间。

勾合曲

笙磬同音，考中声于神鼓；鸟兽率舞，浃和气于敷天。上奉宸欢，教坊合曲。

勾小儿队

众技旅庭，振欢声于无外，游童颂圣，陶至化于自然。上奉皇威，教坊小儿入队。

队名

壤歌皆白发，象舞及青衿。乐队。

问小儿队

跳踉广陌，初疑竹马之游；合散彤墀，忽变惊鸿之状。欲知来意，宜悉敷陈。

小儿致语

臣闻流虹启圣，非人力所致之符；湛露均恩，与天下共享其乐。旁行海宇，外薄戎夷。咸欣载夙之辰，共献无疆之祝。恭惟皇帝陛下，神武不杀，将圣多能。天生德于予，既禀徇齐之质；人乐告以善，辅成经纬之文。法慈俭于东朝，细诗书于西学。载临诞日，俯答舆情。非为靡曼之观，庶备太平之福。臣等微生龆龀，学乐父师。就列纷纭，虽无殊于鸟兽；赴音俯仰，亦少效于涓尘。未敢自专，伏候进止。

勾杂剧

乐且有仪，方君臣之相悦；张而不驰，岂文武之常行。欲佐欢声，宜陈善谑。金丝徐韵，杂剧来欤？

放小儿队

末技毕陈，下情无壅。既成文于缀兆，犹敛袂以回翔。再拜天阶，相将好去。

勾女童队

飞步寿山，起香尘于罗袜；散花御路，泛回雪于锦茵。上奉宸颜，两军女童入队。

队名

生商来瑞鳦，浴佛降群龙。乐队。

问女童队

玉座天临，虽仙凡之有隔；翠鬟云合，岂草木之无知。密迩天阶，悉陈来意。

女童致语

妾闻千里一曲，变澄澜于浊河；万岁三称，隐欢声于灵岳。天人并应，夷夏来同。虽云北里之微，敢献华封之祝。恭惟皇帝陛下，睿文冠古，神智无方。同尧、舜之性仁，而能济众；陋成、康之刑措，犹待积年。共欣建丑之正，再睹兴龙之会。桑田东海，倾寿翠而未干；汗竹南山，书颂声而无极。妾等幸缘贱艺，获望威颜。振万于庭，欲赴干旄之节；间歌以雅，庶谐笙磬之音。未敢自专，伏候进止。

勾杂剧

舞缀暂停，歌钟少阕。必有应谐之妙，以资载笑之欢。上悦天颜，杂剧来欤？

放女童队

振袂再成，曲尽回风之妙；分庭久立，渐移爱日之阴。再拜天阶，相将好去。

【译文】

兴龙节集英殿宴教坊词致语

臣听说上天授命的人，降生时就带来了神灵之德。夏商周三代授命的符瑞，都荟萃在今日；这真是皇帝无疆之福，也使我大宋生民得到恩泽。南国带来了庆贺诞辰的美意，北邻献上了欢度佳节的诚心。四方百国都来到朝堂，争相敬祝皇帝福寿无涯。恭谨地上告皇帝陛下，你遵依古代圣贤温文尔雅，你深得乾阳刚气精粹果决。你虽然圣明仍旧在学习，你把治国的妙策藏在胸中。你因此继承了六代君主的美德，也得到了天地人三灵的爱敬。你的盛德高达于星空，阴阳和顺天下太平；你的盛德如河流地上，风雨有时四时纯正。当此陛下诞辰的吉日，你亲见《诗经·长发》所描述的美好祥和。大宴四方的宾客，尽舞六代的古曲。阳光遍洒在大地之下，葵藿自然向你倾斜；上天依时而催生万物，幼苗必然生长茁壮。臣等在教坊中权且任职，得以来到朝堂之下。在民间聚集歌谣，获得了各地的歌谣；举酒向陛下祝寿，祝你八千岁不老。今暂不进奏不精湛的乐曲，先献上祝福的口号。

口号

两班文武如风云卷舒，明亮的阳光映照着龙颜。观史书已知我皇千秋大业，积仁德更祝陛下万寿无疆。残雪尚未消融农耕将开始，奸邪人已被斥退兵革不再兴。父老们相见互相庆贺，都说这美好时光如在梦中。

勾合曲

笙磬发出调和的音节，这音节合于天上的神鼓；飞鸟百兽都翩翩起舞，融洽祥和的气氛布满人间，为了使皇帝陛下欢悦，教坊合奏乐曲。

勾小儿队

众人展示技艺于宫庭中，欢乐之声响遍四方，可爱的小童唱起颂歌，这仁慈深入了自然万物。尊照圣上的旨意，教坊小儿列队入场。

队名

白发翁唱起《击壤歌》，小儿郎跳起周《象舞》。乐队奏乐。

问小儿队

在这宽阔的天街蹦蹦跳跳，还以为是在骑竹马玩；在丹陛之下合拢分散，忽然间化作了鸿雁的队形。要想知道孩子们的来意，且听他们的陈述。

小儿致语

臣听说飞流般的彩虹开启圣朝，绝不是人力所能求得的符瑞；你把恩泽普施与天下万民，与天下人同享欢乐。你的仁义旁及海角，及于夷狄之邦。百国与华夏同贺你的诞辰，蛮夷与子民共祝你万寿无疆。恭谨地上告皇帝陛下，你神灵烈武而从不杀伐，你以圣德感化蛮夷华夏。上天把仁德授予了你，所以你具有华美的资质；百官乐于进献善言，与你共同编织那绵绣江山。你慈祥俭朴来自太后的教诲，你腹有诗书来自师傅的点拨。当此诞辰吉日，你亲自来答谢万民的拥戴。这不仅仅是展示朝廷的隆盛，也是共庆君民之福。臣等本是无知的孩童，从乐师那里学习乐舞。我们排列成行，虽然与鸟兽无异；依照音节而起伏俯仰，也可以报效自己的忠诚。我等不敢擅自起舞，恭听圣上的旨意。

勾杂剧

乐舞的仪容整齐有序，正可使君臣都感到悦目；紧张而不松弛，又不像文官武将的肃穆。想要使气氛更加热烈欢快，还应该有诙谐的说笑献上场来。金鼓丝竹声音渐低，该是杂剧要登场了吧？

放小儿队

微薄的技艺尽呈尽献，君臣上下的感情没有阻遏。跳出了盛朝的欢欣，又收来衣袖徘徊回旋。小儿们向皇帝再次拜谢，相牵着退出场外。

勾女童队

飞快的脚步组成寿山之形，罗袜下腾起阵阵尘土；如同鲜花飞散在天街，又像白雪飘飘落在绿茵。恭承皇帝的旨意，两队少女列队入场。

队名

瑞燕生商，群龙浴沸。乐队奏乐。

问女童队

皇帝陛下端坐朝堂俯视万民，君民之间虽稍有间隔；少女的双鬟如云相合，难道会像草木一样没有感觉？走近阶陛，陈述来意。

女童致语

臣妾听说一曲千里黄河谣，把混浊的河水唱得清澈；三呼万岁万万岁，洪亮的声音震荡着通灵的五岳。上天下民相感相应，蛮夷华夏天下同心。妾等虽是教坊之女，诚心地献上美好的祝愿。恭谨地上告皇帝陛下，你的睿智慈爱冠绝今古，你的神明聪慧传遍八荒。你有尧舜的仁德，故而能拯救万民；你比周成王、周康王更慎刑罚，相信你会永远如此。在这商历的新年，我等有幸再次目睹兴龙佳节盛会。祝愿你福如东海，祝寿的酒杯倾不完；祝愿你寿比南山，颂赞的歌诗唱不完。臣妾等有幸献上薄技，得以瞻望威武的国君。上万的孩童列在朝堂前，跳着雄壮的武舞；当中时而献上淡雅之曲，以和于笙磬的清音。臣妾不放擅自举止，恭候皇帝陛下的旨意。

勾杂剧

舞步暂停，歌声和钟磬也静下来。必会有诙谐的演出，使人们大笑捧腹。为了使天子高兴，该是杂剧上场了吧？

放女童队

抖动舞袖再次起舞，如清风回旋般美妙；分列两旁久久站立，阳光已经移到了西方。少女们向天子再次拜谢，相牵着退出场去。

坤成节集英殿宴教坊词致语（元祐二年七月十五日）

臣闻视履考祥，既占怀月之梦；对时育物，必有继天之功。方大火之西流，属阴灵之既望。帝于是日，诞降仁人。意使斯民，咸归寿域。共庆千秋之遇，得生二圣之朝。式燕示慈，与民同乐。恭惟皇帝陛下，文思天纵，浚哲生知。力行禹、汤之仁，常恐一夫之不获；躬蹈曾、闵之孝，故得万国之欢心。恭惟太皇太后陛下，道契天人，德超载籍。知人则哲，盖帝尧之所难；修已安民，虽虞舜其犹病。风云从而万物睹，日月照而四时行。自然动植之咸安，莫知天地之何力。三宫交庆，群后骏奔。宝邻通四牡之欢，航海致重译之赆。洞庭九奏，始识咸池之音；灵岳三呼，共献后天之祝。臣等叨居法部，辄采民言。上渎宸聪，敢陈口号。

口号

三朝遗老九门前，又见承平大有年。文母忧勤初化俗，曾孙仁孝已通天。史书元祐三千牍，乐奏坤成第一篇。欲采蟠桃归献寿，蓬莱清浅半桑田。

勾合曲

秋风协应，生殴阁之微凉；广乐具陈，韵金丝而间作。欲观鸟兽之率舞，愿闻笙磬之同音。上奉宸颜，教坊合曲。

勾小儿队

朱干玉戚，本以象功；白叟黄童，皆知颂圣。盍命冕髦之侣，来陈舞勺之仪。上侑皇欢，教坊小儿入队。

队名

愿同千岁乐，长奏太平谣。乐队。

问小儿队

镐京广燕，方云集于缙绅；沂水游童，忽凫趋于庭庑。虽云小技，必有可观。咫尺天颜，悉言汝志。

小儿致语

臣闻功存社稷，庆鍾高密之门；泽及本枝，天胙太任之德。候西风之入律，蔼瑞气之盈庭。嘉与四方，同称万寿。恭惟皇帝陛下，文思稽古，浚哲在躬。日奉东朝之欢，率用家人之礼。以谓慈俭之化，无德而能名；保佑之功，如天之难报。惟流传于歌舞，庶仿佛其仪刑。臣等虽在弱龄，久陶孝治。敢率垂髫之侣，共陈振万之仪。未敢自专，伏取进止。

勾杂剧

鸾旗日转，雉扇云开。暂回缀兆之文，少进俳谐之技。来陈善戏，以佐欢声。上乐天颜，杂剧来欤？

放小儿队

青衿旅进，虽末技而必陈；黄屋天临，知下情之无壅。既成文于缀兆，爰整袂以徘徊。再拜天阶，相将好去。

勾女童队

彤壶漏箭，随鸡唱以渐移；绛节彩髦，闻风箫而自举。宜召散花之侣，来陈回雪之姿。上奉宸欢，两军女童入队。

队名

金风回翠袖，玉瑻倚清歌。乐队。

问女童队

凤歌谐律，方资燕俎之欢；鹭羽分庭，忽集寿山之下。低鬟有待，振袂欲前。密迩天阶，悉陈来意。

女童致语

妾闻涂山启夏，来玉帛于万邦；挚仲兴周，胙本枝于百世。嘉辰共乐，壮观一新。恭惟皇帝陛下，舜孝白天，尧仁浃物。膺昊穹之成命，席累圣之诒谋。惟地势坤，永载无疆之德；以天下养，躬持胥乐之觞。六乐在庭，百工奏技。妾等亲逢盛旦，获望严宸。艺虽愧于惊鸿，心已先于仪凤。愿陈舞缀，上奉天颜。未敢自专，伏取进止。

勾杂剧

风清羽盖，日转槐庭。欲资载笑之欢，必有应谐之妙。暂回舞缀，少进诙辞。上悦天颜，杂剧来欤？

放女童队

八音间作，既成皦绎之文；万舞毕陈，曲尽回翔之态。望彤闱而却立，敛翠袂以言归。再拜天墀，相将好去。

【译文】

坤成节集英殿宴教坊词致语（元祐二年七月五日）

臣听说对遗覆考察祥瑞，应了梦月入怀之兆；应时地化育万物，努必有上承天命的大功。当此七月流火，明天就是既望。天帝就在这一天，为万民降生仁圣之人。天意要使我朝之民，同归于长寿之域。人们欣庆自己能生在二圣一朝。如今皇帝陛下亲临喜宴，以示与民同乐。恭谨地上告皇帝陛下，你的文德来自上天，你的睿圣与生俱来。你大行大禹、商汤的仁爱，时时担忧有一人不得养生；你蹈袭曾参、闵子骞的孝道，所以深得万民的拥戴。恭谨地上告太皇太后陛下，你所行之道合于天人之意，你的仁德无法用文词来书写。识察任用贤人，这是唐尧都感到困难的；修养自己安抚万民，这是虞舜都感到患苦的。你使风调雨顺万物生长，你如日月照临而四季应时。动物植物都感到安宁，它们并不知道天地具有了何等的神力。后宫交相庆贺，人人思进思齐。邻国与我朝互通友好，远国飘洋过海来献上庆贺的礼品。洞庭来献乐，才知道什么是《咸池》古乐；五岳齐山呼，共祝愿太后体泰神安。臣等在教坊中充任一职，采集了民间的歌谣。有辱天听，冒死献上致贺的口号。

口号

三朝的老臣集于朝堂，又见到太平盛世丰收年。太皇太后忧劳勤恪改变了旧俗，皇帝的仁孝已通达上天。历史将记下当朝的伟绩，大乐奏响为太皇太后祝寿的开篇。真想采集蟠桃敬献给你，蓬莱仙岛水已浅，一半已变成了桑田。

勾合曲

秋风应时而至，殿阁已见微凉；钧天广乐一齐奏响，管弦丝竹时而弹起，想观看鸟兽起舞，想听到笙磬和鸣。为使太皇太后欢悦，教坊合奏。

勾小儿队

红色的戈矛白玉的盾，本是古代的象舞；白发的老人黄发的儿童，都知道献上颂歌。何不就命活泼的儿童，跳起欢快的舞蹈。为使太皇太后心中欢悦，教坊小儿列队入场。

改名

愿万民同寿，永奏太平的歌谣。乐队奏乐。

问小儿队

神京大宴，缙绅百官云集于朝堂；嬉戏沐浴的儿童，飞快地列在殿庭的两侧。虽说是歌舞小技，必然有可观之处。与天子和圣后近在咫尺，表述我们的心意。

小儿致语

臣听说有保全国家的大功，就要享有无限的荣贵；恩泽护佑了宗族，是上天赐予你太任的圣德。西风应时而起，祥瑞气充满朝堂。四方万民，齐称万岁。恭谨地上告皇帝陛下，你的文治之业继承了古圣，你的睿智与生俱来。你日日事奉太皇太后，谨依着《家人》的古礼。你说太皇太后慈祥俭约的教化，无法用仁德来简单地函括，保佑社稷的功业，像高天般崇壮而无法报答。只有用歌舞，才能稍稍表现出来。臣等虽然还是孩童，可早已懂得什么是孝。如今带领我的小伙伴，共同来表达诚敬之心。不敢擅自起舞，恭听陛下的旨意。

勾杂剧

彩鸾之旗随日而转，雉饰的大扇如云分开。暂收敛盛大的文舞，进献诙谐的俳优之戏。用这些精彩的说笑，使众人大笑捧腹。为了使皇帝欢悦，该是杂剧上场了吧？

放小儿队

孩子们列队入场，虽然是微小的技艺却都认真地表达；天子高坐在皇堂观看，足以见君臣上下并无阻遏。已经表演了场面宏壮的舞蹈，现整理衣袂回翔止住。众小儿向皇帝再次拜谢，相牵着退出场外。

勾女童队

铜壶中的漏箭，随着鸡人的报时而缓缓移动；紫色的竹节五彩的旗，随着箫声自动举起。让那些散花的天女们，再来展示她们白雪飞舞般的身姿。为了让天子欢悦，两队少女列队上场。

队名

秋日的金风飘翠袖，碧玉的箫管奏清歌。乐队奏乐。

问女童队

娇凤般的歌声合于音律，正可佐饮宴的欢乐；白鹭般的服饰分列两旁。忽而汇聚成寿山之状。少女们稍作停顿，抖袖上前。临近殿阶，陈述上场之意。

女童致语

臣妾听说涂山氏开启夏朝，持玉帛来朝的有上万诸侯；挚仲代兴立周朝，延续了百代之久。如今这吉日良辰君臣共乐，朝廷的雄伟超出了上古。恭谨地上告皇帝陛下，你像舜一样的孝来自上天，像尧一样的仁滋养万物。你上承皇天之命，绍续历代圣君的嘉谋。大地满载着你无涯的圣德。你得到天下的供养，今亲自捧持庆贺的酒杯。乐器齐备于庭前，百工献上精湛的技艺。臣妾等亲眼目睹这盛大的场面，得以瞻望圣君的容颜。我等技艺虽然逊于鸿雁，而心里实实想献出娇凤的挚诚。愿飘然起舞，使天子欢愉。不敢擅自举动，恭候圣上的旨意。

勾杂剧

轻风吹动着翠羽的车盖，太阳已经转到了西边。要使这场面更加欢快，必要有有趣的耍笑。如今暂停下舞蹈，献上诙谐的调笑。为了使皇帝欢悦，该是杂剧上场了吧？

放女童队

八音时止时启，已唱尽美妙的歌；万舞时进时退，已把飘忽回翔之态尽情表现。瞻望着殿廷默然退立，收束起衣袂向天子谢场。少女们向皇帝再次拜谢，相牵着退出场外。

斋日致语口号

旋复阴阳，配五支于六干；诞弥岁月，与元日为三申。神后降庆于当年，曾孙效诚于兹旦。不烦巧历，自契真符。道俗欢谣，天人协应。太皇太后陛下，功高任姒，德配唐虞。上推顾托之心，下布仰成之政。宝慈与俭，蹈光献之成规；却狄安邦，袭武烈之余庆。三朝顺履，万寿维新。虽绛县之老人，难穷甲子；如楚南之灵木，莫计春秋。臣贱等草茅，心倾葵藿。采民讴于击壤，效乐语之陈诗。

娲皇得道自神仙，金母长生不计年。甲子会逢三朔旦，岁星行看两周天。消兵渐觉腰无犊，种德方知福有田。彤管何人书后会，椒花椿颂一时编。

【译文】阴阳轮替，五地支又配六天干；皇帝诞辰敬神的斋日，和新春是三个佳节。圣明的太皇太后吉祥降于当年，今皇帝表达诚敬在今日。不用推算万变的月历，自然能够上合神灵。侧道和世俗观欣共舞，上天和下民融洽和谐。太皇太后陛下，你的功绩胜过了太任太姒，你的仁德与唐尧舜比美。你对上体察先皇托付的重任，对下教导皇帝要继承先帝遗德。你慈爱而恭俭，蹈袭了光献曹后的成规；保卫国土击败入侵，深得英文烈武神宗皇帝的余庆。三朝相继，万象更新。就是绛县老人，也比不得你无疆之寿；就是南楚的乔木，也无法比你的长寿。臣微贱如茅草，而内心却像葵花向阳。采集颂德的民谣，效仿乐语敬上新诗。

娲皇得道自神仙，金母长生不计年。甲子会逢三朔旦，岁星行看两周天。消兵渐觉腰无犊，种德方知福有田。彤管何人书后会，椒花椿颂一时编。

黄楼致语口号

百川反壑，五稼登场。初成百尺之楼，适及重阳之会。高高下下，既休畚锸之劳；岁岁年年，共睹茱萸之美。恭惟知府学士，民人所恃，忧乐以时。度余力而取羡材。因备灾而成胜事。起东郊之壮观，破西楚之淫名。宾客如云，来四方之豪杰；鼓钟殷地，竦万目之观瞻。实与徐民，长为佳话。

一新柱石壮严闉，更值西风落帽辰。不用游从夸燕子，直将气焰压波神。山川尚绕当时国，城郭犹飘广陌尘。谁凭阑干赏风月，使君留意在斯民。

【译文】百川都回到低壑，庄稼送进了场地。百尺高楼建成之时，正是九九重阳之际。上上下下，农民们都已结束了一年的耕耘；年年岁岁，这一天都要观赏茱萸的美丽。恭敬地上告知府学士，你是一府百姓的仰恃，你以百姓之忧为忧，以百姓之乐为乐。你根据民众的余力而筹集资财，为防备灾荒而完此大事。城东郊矗起这巍巍楼宇，改变了楚人喜好淫词的旧俗。如今宾客如云，聚集了八方的豪杰之士，遍地钟鼓，使上万的人前来观瞻。你为徐州的百姓，留下了永久的美谈。

一新柱石壮严闉，更值西风落帽辰。不用游从夸燕子，直将气焰压波神。山川尚绕当时国，城郭犹飘广陌尘。谁凭阑干赏风月，使君留意在斯民。

赵倅成伯母生日致语口号

昔年占梦，适当重九之佳辰；今日献香，愿祝大千之遐算。庆妇姑之同日，杂茱萸以称觞。杀鸡已效于庞公，剪发敢资于陶母。但某叨居乐部，忝预年家。不度芜材，上陈口号。

今朝寿酒泛黄花，郁郁葱葱气满家。愿得唐儿舞一曲，莫嫌国小向长沙。

【译文】当年占卜梦境，你生当重阳佳节；今天献上沉香，祝愿你有千年高寿。庆贺你婆媳生于同日，遍插茱萸举酒相庆。已像黄公那样杀鸡祝寿，岂敢再资陶母剪发？只是我身在伎人之列，贸然来参加你府的寿诞，且不顾自己的无才，敬上致意的口号。

今朝寿酒泛黄花，郁郁葱葱气满家。愿得唐儿舞一曲，莫嫌国小向长沙。

王氏生日致语口号

人中五日，知织女之暂来；海上三年，喜花枝之未老。事协紫衔之梦，欢倾白发之儿。好人相逢，一杯径醉。伏以某人女郎，苍梧仙裔，南海贡余。怜谢端之早孤，潜炊相助；叹张镐之没兴，遇酒辄欢。采杨梅而朝飞，擘青莲而暮返。长新玉女之年貌，未厌金膏之扫除。万里乘桴，已慕仲尼而航海；五丝绣凤。将从老子以俱仙。东坡居士，罇俎千峰，笙簧万赖。聊设三山之汤饼，共倾九酝之仙醪。寻香而来，苒天风之引步；此兴不浅，炯江月之升楼。

罗浮山下已三春，松笋穿阶昼掩门。太白犹逃水仙洞，紫箫来问玉华君。天容水色聊同夜，发泽肤光自鉴人。万户春风为子寿，坐看沧海起扬尘。

【译文】人间五日，知织女是临时而来；流落于海角三年，可喜你的美貌依旧。你我之事应了紫燕衔书的佳梦，使白发的我像儿童般地兴奋。好人相见，理应尽醉。你这个女子，就像苍梧的妙想，南海的眉娘。可惜你如谢端少年而孤，来侍奉我的起居；感叹我像张镐好饮，不能使你荣华。为采摘杨梅而晨出，攀折青莲而暮返。为了你玉女般的容貌永不衰老，我诚心地再次设宴。想我乘船万里，仰慕孔子飘流海上；将要乘五彩的凤鸟，跟从老子升仙。东坡居士，酒席于千嶂的南海，奏笙歌于天地之间。煮熟三山的汤饼，倾倒九酝的佳酿。香气传来，如同天风导领你坐在席上；这一日我的兴致甚好，直饮到明月高挂于楼头。

罗浮山下已三春，松笋穿阶昼掩门。太白犹逃水仙洞，紫箫来问玉华君。天容水色聊同夜，发泽肤光自鉴人。万户春风为子寿，坐看沧海起扬尘。

寒食宴提刑致语口号

良辰易失，四者难并。故人相逢，五斗径醉。况中年离合之感，正寒食清明之间。时乎不可再来，贤者而后乐此，恭惟提刑学士，才本天授，学为人师。事业存乎斯民，文章盖其余事。望之已试于冯翊，翁子暂还于会稽。知府学士，接好邻邦，缔交册府。莫逆之契，义等于天伦；不腆之辞，意勤于地主。力讲两君之好，可无七字之诗？欲使异时，传为盛事。

云间画鼓叠春雷，干骑寻芳戏马台。半道已逢山简醉，万人争看谪仙来。淮西按步威尤凛，历下怀仁首重回。还把去年留客意，折花临水更徘徊。

【译文】美好的时光太容易失去，良辰美景赏心乐目尤难同来。故友相逢，理应兀然大醉。何况人到中年的离别欢会，尤多感慨，如今恰逢寒食和清明两节之间。时机不可能重来，知你是贤能之人更为欢乐。恭谨地告知李提刑学士，你的才能受于上天，你的学术为人师表。你的事迹传留于民间，你的文章不过是闲余之事。你如萧望之已有政绩于左冯翊，你如朱买臣荣归故里。我今为徐州知府，与你有邻邦之好，时常以书文往还。莫逆之神交，情义可与天齐；不雅的词语，今只表地主之意。现正叙二人之谊，岂能无七字之诗？我要使我们此次欢会，留给后人成为美谈。

云间画鼓叠春雷，千骑寻芳戏马台。半道已逢山简醉，万人争看谪仙来。淮西按步威尤凛，历下怀仁首重回。还把去年留客意，折花临水更徘徊。

奉安神宗皇帝御容赴景灵宫导引歌辞

帝城父老，三岁望尧心。天远玉楼深。龙颜仿佛笙萧远，肠断属车音。离宫春色琐瑶林，云阙海沉沉。遗民犹唱当时曲，秋雁起汾阴。

[译者按] 本篇及下篇为歌唱的韵文，译文略去。

迎奉神宗皇帝御容赴西京会圣宫应天禅院奉安导引歌辞

经文纬武，十有九年中。遗烈震羌戎。渭桥夹道千君长，犹是建元功。西瞻温洛与神崧，莲宇照琼宫。人间俯仰成今古，流泽自无穷。

卷九十一　杂著

代侯公说项羽辞 并叙

汉与楚战，败于彭城。太公间走，见获于楚。项羽常置军中以为质。汉王遣辩士陆贾说项羽请之，不听。后遣侯公，羽许之，遂归太公。侯公之辩，过陆生矣。而史阙其所以说羽之辞，遂探其事情以补之；作《代侯公说项羽辞》。

汉王四年，遣辩士陆贾东说项王，请还太公。项王弗听，贾还。汉王不怿者累日。左右计无所出。侯公在军中，而未知名，乃趋进而言曰："秦为无道，荼毒天下，戮人之父，刑人之子，如刈草菅。大王奋不顾身，建大义，除残贼，为万民请命。今秦氏已诛，天下且定，民之父子室家，皆得保完以相守也，其庆大矣。宜与太公享万岁无穷之欢。不幸太公拘于强仇，以重大王夙夜之忧。臣闻主忧臣辱，主辱臣死。大王诸臣未有输忠出奇，以还太公之属车，蹈义死节，以折项王之狼心者。臣恐天下有以议汉为无人矣，此臣等之罪也。臣愿先即辱国之诛。"汉王嘻戏曰："吾惟不孝不武，而太公暴露拘辱于楚者，三年矣。吾重念天下大计，未获即死之，此吾所以早夜痛心疾首东向而不忘者也。顾为之奈何？"侯公曰："臣虽不敏，愿大王假臣革车一乘、骑卒十人，臣朝驰至楚壁，而暮与太公骖乘而归，可乎？"汉王慢骂曰："腐儒，何言之易也。夫陆贾天下之辩士，吾前日遣之，智穷辞屈，抱头鼠窜，颠狈而归，仅以身免，若何言之易也？"侯公曰："待人以必能者，不能，则丧气。倚事之必集者，不集，则挫心。大王前日之遣贾也，恃之为必能之人，望之有必集之事。今贾乃困辱而归，是大王气丧而心挫也，宜其有以深鄙臣也。且大王一失任于陆贾，乃遂惩艾以为无足使令者，是大王示太公之无还期，待天下为无士也。"汉王曰："吾岂忘亲者耶，顾若岂足以为此？且项王阴忮不仁，徒触其锋，与之俱靡耳。"侯公曰："昔赵平原君苦秦之侵，欲结楚从也。求其可与从适楚者二十人，盖择于门下也。食客数千，得十九焉，其一人无得也，最下客毛遂清行。平原君不择而与之俱，卒至强楚，廷叱其王，而定从于立认之间者，毛遂功也。日者，赵王武臣见获于燕，以其臣陈余、张耳之贤，择人请王。往者十辈，无一返者。终于养卒请行，朝炊未终，乃与赵王同载而归。此大王之所知者。臣乃今日愿为大王之毛遂、养卒，大王何慊不辱平原、余、耳之听哉。”汉王曰：“善。”即饬车十乘，骑卒百人，以遣侯公。

侯公至楚，晨扣军门，谒项王曰：“臣闻汉王之父太公为俘囚，臣窃庆大王获所以胜于汉者。前日汉王遣使请之，而大王不与，至将烹焉，臣窃吊大王似不恤楚矣。”项王嗔目大怒，叱侯公曰：“若自荐死，乃欲为而主行说以侥幸也。且吾亲与人角，而获其父，固将甘心焉。今乃言无恤者，何也？”侯公曰：“臣以区区之身，备汉之使，而有谒于大王，故大王以臣为汉游说而忘忠楚也。大王试幸听之。使其言有可用，则楚汉之大利，两君之至欢，岂臣之私幸也。使其言无可用，则臣徐蹈鼎镬，以从太公之烹，盖未晚也。”

项王曰：“太公之不得归必矣，若将何言？”侯公曰：“夫汉王失职，怏怏而西，因思归之士，收豪杰之伍，举梁汉之师，下巴蜀之粟，并三秦，定齐魏，日引而东，以与大王决一旦之命。大王视其志，固将一天下，朝诸侯，建七庙，定大号，为万世基业耶？抑将区区徇匹夫之节，为曾参之孝而已者耶？且连兵带垒，与楚百战以决雌雄，乃有天下三分之二，大王军覆将死，自救不暇，凡所以运奇决胜为大王之勍敌者，在汉王与诸将了事耶？抑太公实为之也耶？虽庸人孺子固知之。然则太公，独一亡似人耳，不足为楚汉之轻重。大王幸虏获之，而祸福实系焉，视其用之如何耳。得所以用而用之者强，失所以用而用之者亡。苟为失其所用，未若不获之为善也。大王所以久拘而不归者，固以要之。要之诚是也。且要而能致之，则权在我。要而不能致，则权在人。权之所在，以战必克。则要者，名也；归者，实也。大王苟不得志于名，当速收效于实，无为两失而自遗其患。是以臣窃为大王慎惜此举也。大王固尝置之俎上而命之矣，彼报之曰：‘必欲烹之，幸分羹焉。且父子相爱之情，岂相远哉。方汉王窘于彭城，二子同载，推堕捐之，弗顾也，安知其视父不与子同也。太公之囚楚者，三年矣，彼敬笃于爱父，固将捐兵解甲，膝行顿颡楚之辕门，为之请一旦之命，今励士方力，督战方急，无一日而忘与楚从事，此其志在天下，无以亲为也。大王今不归之，以收其实，将久留之，以执其名，故曰似不恤楚也。”

项王怒气少息，徐曰：“顾吾所仇者汉王耳，其父伺与耶？且汉王亲以其身投吾掌握者数矣，我常易而释之，今乃日东向必欲亡楚而后已，故吾深仇之，欲菹醢其父，聊快于一时，况与之归耶？”侯公曰：辱大王幸赐听臣，臣请言其不可者。夫首建大义诛暴秦者，惟楚。世为贤明显名于天下者，惟楚。天下豪杰乐从而争赴者，惟楚。被坚执锐为士卒先，所向摧靡，莫如大王。兵强将武，百战百胜，莫如大王。连城数十，莫如大王。大王持此数者以令天下，朝诸侯，建大号，何待于今。然而为之八年，智穷兵败，土疆日蹙，反为汉雌。大王尝自知其所以失乎？”项王曰：“吾诚每不自知，如公言焉，公试论吾所以失者。”侯公曰：“大王知夫博者事乎？夫财均则气均，气均则敌偶，然后胜负之势，决于一时，今大王求与汉博，方布席徒手未及投地，而骤以已资推遗之，已而财索气竭，徒手而校之，则大王之胜势去矣。夫仁义智信，所以取天下之资，而制敌之具也。大王乃弃资委具，以为无所事，以故汉皆获而收执之，此所以日引而东，视大王如无也。”项王曰：“何谓弃资委具？”侯公曰：“夫秦民之不聊生久矣。汉王之入关也，秋毫无所犯，解秦之罟，约法三章，民大庆悦，惟恐其不王秦也。大王之至，燔烧屠戮，酷甚于秦，秦人失望，何以为仁？大王始与诸侯受约怀王，先入关者，王之。汉王出万死不顾一生之计，叩关决战，降俘其主，以待大王。而大王背约，迁之南郑，何以为信？大王以世为楚将，方举大义，不立其后，无以令天下。遂共立怀王而禀听之，及天下且定，乃阳尊为帝而放杀之，何以为义？以范增之忠，陈平之智，韩信之勇，皆人杰。争天下者，视此三人为之存亡。然而增死于疑，平、信去而不用，何以为智？是以汉王于其入关也，天下归其仁。其还定三秦也，天下归其信。为义帝缟素也，天下归其义。其用平、信也，天下归其智。此四者，大王素有之资，可畜之具，惟其委弃而不用，故汉皆得而收执之，是以大王未得所以税驾也。方今之势，汉王者，高资富室也。大王者，窭人也。天下者，市人也。市人不趋窭人而趋高资富室，明矣。然则大王今日之资，恃有一太公尔。天所以相楚也。今不归之，以伸区区之信义，纾旦夕之急，臣恐汉人怒气益奋，战士倍我，是大王又以其资遗汉，且将索然而为穷人矣。此臣所以为大王寒心也。夫制人之与见制于人，克人之与见克于人，岂可同日而语哉。愿大王熟计之。"

项王曰："孤所以恩汉者亦至矣。然去辄背我，今其父在此，犹日急斗，诚一旦归之，徒益其气尔。"侯公曰："不然。臣闻怀敌者强，怒敌者亡。大王于汉，未能怀而制之，乃欲怒而斗之。臣意天溺大王之衷，将遂孤楚矣。大王诚惠辱一介之使护太公，且致言于汉王曰："'前日太公播越于外，羁旅敝军，获侍盥沐者三年于兹，而君王方深督过之，是以下国君臣未敢议太公之归。今君王敕驾迎之，孤恐久稽君王旦暮问安侍膳之欢，敢不承令，敬遣下臣卫送太公之属车以还行宫。孤亦愿自今之日，与君王捐忿弃瑕，继平昔之欢，君王有以报不谷者，皇天后土，实与闻之。'如此而汉不解甲罢兵以答大义，则曲在彼矣。大王因之号令士卒，以趋汉王，此秦所以获晋惠公也。今大王不辱听臣，臣无所受命而归，汉王固将恸哭于军曰：'楚之仇我者深矣，使者再返，而太公不归矣，且号为举大义，除残贼，拯万民，终之有不共戴天之仇，何面目以视天下？今日之事，有楚无汉，有汉无楚，吾将前死楚军不返顾矣。汉王持此感怒士心，整甲而趋楚军，此伍子胥所以鞭平王之尸也。"

项王曰："善，吾听公，姑无烹。公第还，语而主令罢兵。吾今归之矣。”侯公曰：“此又不可。夫智贵乎早决，勇贵乎必为。早决者无后悔，必为者无弃功。王陵，楚之骁将也，一旦亡去汉，大王拘执其母，将以还陵也。而其母慷慨对使者为陵陈去就之义，敕陵无还，遂伏剑而死。故天下皆贤智其母，而莫不哀其死也。今太公幽囚郁抑于大王之军，久矣。今闻使者再返，而大王无意幸赦还之，臣窃意其变生于无聊，不胜恚辱之积，一旦引决，以蹈陵母之义，则大王追悔前失，虽欲回汉军之锋，不可得矣。臣闻来而不可失者，时也。蹈而不可失者，机也。方今大王粮匮师老，无以支汉，而韩信之军，乘胜之锋，亦且至矣。大王虽欲解而东归，不可得矣。臣愿大王因其时而用其机，急归太公，与汉王约，中分天下，割鸿沟以西为汉，以东为楚。大王解甲登坛，建号东帝，以抚东方之诸侯，亦休兵储粟，以待天下之变，汉王老，且厌兵，尚何求哉，固将世为西藩，以事楚矣。”项王大悦。听其计，引侯生为上客，召太公，置酒高会三日而归之。

太公、吕后既至，汉王大悦，军皆称万岁。即日封侯公平国君，曰：“此天下辩士，所居倾国者，故号平国君焉。”

【译文】汉与楚战，败于彭城，刘邦的父亲太公逃跑的时候，被楚军抓获。项羽把太公押在军中作为人质。汉王派辩士陆贾去游说项羽，请他放了太公，项羽不听从，后来又派侯公游说，项羽便答应了放回太公。可见侯公的辩才超过了陆贾。但史籍却没有记载侯公游说项羽的具体内容，于是我探究此事的来龙去脉，补写了这篇《代侯公说项羽辞》。

汉王四年，派辩士陆贾到东边去游说项王，请他放回大公。项王不听陆贾的游说，陆贾无功而返。汉王因此连续许多天不高兴，他身边的臣子对此毫无办法。侯公这时在汉王军队里，一点儿名气也没有，却走到汉王座前说：“秦朝无道，给天下人带来莫大的痛苦，草菅人命，使人民缺父少子，骨肉分离。大王奋不顾身，为民请命，除残贼，建大义。如今秦朝已灭亡，战乱将要停止，天下百姓家庭将要团聚，父子将要相见，这真是天下的大庆。这时候，大王真应该和太公享受无量的天伦之乐，但是，太公却仍然被仇敌关押着，为此大王日夜忧虑。臣听说君主有忧虑，那便是臣子的耻辱，君主蒙受耻辱，臣子就没脸活着。但大王的臣子中，却没有一个能献出忠诚，想出妙计，挫败项王的残暴，请回太公的车驾，甘愿为君臣之义赴汤蹈火。臣担心天下人会议论汉军中没有人才，这是我们臣子的罪过。臣子我甘愿首先领受辱国罪被杀头。”汉王被触动，唏嘘着说：“由于我不孝又缺乏勇武，使太公被关押在楚军中已三年。我因为挂心天下大事，所以没能为尽孝而死。我日日夜夜痛心疾首地望着东方，一刻也没有忘记这件事。只是该怎么办好呢？”侯公说：“臣子我虽然不聪明，但我愿意从大王这儿借一辆战车，带十名骑兵，我早晨闯入楚军阵地，晚上就护着太公的车驾回来，您看这样行吗？”汉王一听便谩骂道：“书呆子！你说话怎么这样轻狂。那陆贾是闻名天下的辩士，我前些天派他去游说，结果智竭辞穷，被项羽骂得抱头鼠窜，狼狈而回，差点儿丢了性命。你竟然说话这么轻狂！”侯公说：“认为一个人很有能力，结果他却没有那个能力，那就会为此而丧气，指望一件事一定能办成，结果却没有办成，那就会因此而心冷。大王前些天派陆贾去，那是认为他绝对有能力，一定能办成。结果陆贾挨骂而归，因此大王气丧心凉，也因此大王看不上我。大王任用陆贾遭受了一次失败便认为再没有可以派遣的，这就是承认太公永无归期，认为天下再没有辩士。”汉王说：“我哪里会忘掉老父亲！只是你办不了这件事。而且项王阴险残酷，你如果惹怒了他，会白白搭上性命，还会连带上太公。”侯公说：“昔日赵国的平原君对秦国的侵略威胁伤脑筋，想和楚国结成合纵联盟。出使前，从他的门下食客中寻找二十个能随他出使的。数千食客中，挑出了十九个，还剩一个，再也选不出。作为最下等食客的毛遂主动请求做随从，平原君很不乐意地带上了他。到了楚国后，毛遂在楚国宫廷上痛叱楚王，一番话便迫使楚王同意与赵合纵。毛遂立下了大功。前不久，赵王武臣被燕国抓获，赵王的臣子陈余、张耳那样贤能，前后选了共有十几个人去请求燕国放回赵王，没有一个成功回来。最后养卒要求去一趟，不等早饭做好，便与赵王同车回来了。这些事实大王都知道。我今天就想来当大王的毛遂、养卒，大王为什么不能屈尊仿效一下平原君、陈余、张耳等人呢？”汉王说：“好。”于是就备了十辆车，一百名骑兵，跟随侯公出使楚军。

侯公到了楚军驻地，一大早就敲开军门，谒见项王说：“臣子我听说汉王的父亲太公成了您的俘虏，被关押了起来，我祝贺大王抓获了战胜汉军的人物。前些天汉王派使者请您放太公回去，大王没有还给他们，甚至想把他烹死，我哭吊大王救不了楚国。”项王听后嗔目大怒，喝叱侯公：“你来为你的主子游说，想侥幸成功，你这是自己找死。我亲自与汉王格斗抓获了他的父亲，就是想拿他来出出气，让自己心满意足，你却说楚国没救了，你是什么意思！”侯公说：“我只身作为汉使来拜见大王，所以大王认为我是为汉游说，却不知我其实是为楚尽忠心。请大王听我说。如果大王听后认为我的话有用处，对楚汉双方都有大利，您和汉王都很高兴，就不仅仅是我一个人的幸运。如果我的话没有用处，那我就主动跳入油锅，和太公一起被烹杀，也还不算晚。”

项王说：“太公肯定不会放回去，你还有什么可说的？”侯公说：“汉王没有得到他应有的职位，怏怏不乐地从咸阳到西边的汉中，凭借思归的士卒，招纳俊杰雄豪，发动梁汉的军队，以巴蜀为后勤基地，吞并三秦，平定齐魏，一天天逼近东方，要和大王决战。大王您看他的志向，是打算统一天下，受诸侯朝拜，建七庙，定大号，创建万世基业呢？还是打算按常人那样遵守礼节，像曾参那样尽孝道呢？再说率兵布营，与楚争斗，百战不休，要决高下，使大王损兵折将，失去了天下的三分之二，造成这种局面，成为大王心腹大患的，究竟是汉王和他的将领们呢？还是太公呢？这个问题，我想即使是庸人和小孩子也清楚。如此说来，大公不过是楚汉相争中无足轻重、似乎不存在的人。但大王有幸抓获这样一个人，却关系大王的祸福，这就要看大王如何利用这机会，如何处理这件事了。如果利用处理得好就能强大，如果利用处理得不好，还不如不抓获他。大王长期关押他的目的，是想利用他要挟对方。利用他要挟对方是对的。再说，利用他要挟对方并且确能有所得，那么主动权就在大王一方，如利用他要挟对方却无所得，那么主动权就在刘邦一方，主动权在谁手里，谁就能取得胜利。如此看来，要挟，不过是虚名，放他，才是实际的。大王如果不能凭要挟得个虚名，就应当立即得些实惠，千万不能名实都失去而留下祸患。因此臣子我替大王谨慎地斟酌该怎么处理这件事。大王也曾准备杀太公，逼刘邦表态。刘邦却回答说：'如果一定要烹杀我父亲，我请您分给我一碗肉吃。'父子间的深情，差距不大。刘邦这样对待父亲，他又是怎样对待亲生子呢？当汉王在彭城战败时，他的两个儿子和他同乘一辆车逃跑，追兵追得很急，汉王怕逃不掉，就把两个儿子从车上推了下来。那又如何知道他对待父亲和对待儿子会不一样呢？太公被楚军已关押了三年，汉王如确实爱自己的父亲，就应该停止战斗，放下武器，跪拜在楚军辕门前，请求饶恕他父子。现今他起劲奖励士卒，督促作战，一刻不停地和楚争斗，可见他志在天下，根本不考虑亲人的生命安危。大王如不放太公回去，得些实利，只长期关押，空落个要挟的虚名，太不合算。因此我说大王好像不想救楚国的危亡。"

项王怒气小了许多，说："我仇恨的只是汉王，他的父亲与此没关系，再说汉王好几次落到我的手里，我都把他放了，更何况他父亲？只是如今他一天天逼向东方，不灭楚国就不罢休，所以我才深深地恨他，想把他父亲做成肉酱，解我心头之恨。我怎能还给他，让他父亲回去呢？"侯公说："请大王屈尊听我详细说一下不能这么做的缘由。第一个建大义诛暴秦的，是楚国。历代贤士层出不穷，天下闻名的，是楚国。天下豪杰甘愿跟随的，是楚国。披坚执锐，一马当先，所向披靡，勇猛无比，任何人都不如大王。兵强将猛，百战百胜，任何人都不如大王。诸侯畏惧，服从号令，任何人都不如大王。占据的地域广阔，拥有数十座城池，任何人不如大王。大王凭借以上优良条件号令天下，受诸侯朝拜，建统一大号，哪里要等到今天。然而经过八年，智穷兵败，疆土削减，反被汉军占尽优势。大王知道为什么失去了优势吗？"项王说："我的确不清楚自己的弱点，正象你所说的那样，一次次地失利。请您试分析我失利的原因。"侯公说："大王知道赌博吗？赌博只有财力相等才能势均力敌，然后才能在一刹那间决出胜负。现今大王要与汉王赌博，刚刚把器具座席摆开尚未就座，就立即把自己的钱财给了对方，接着便财力枯竭气势消失，空手和对方赌，大王的胜势当然失去了。仁义智信是夺取天下的资本，战胜敌人的工具，大王丢弃这资本工具，认为它们没什么用处，汉王却都把它们收取到手。这正是汉王一天天逼近东方，越来越无视大王的原因。”项王说：“凭什么说我丢弃了这夺取天下的资本，战胜敌人的工具？”侯公说：“秦民无法生活已很长时间了。汉王入关以后，秋毫无犯，解除了秦朝压在百姓身上的枷锁，约法三章，人民欢呼庆祝，只怕汉王做不了秦国的君王。而大王入关之后，焚烧屠杀，比秦王朝还残酷，秦人对大王非常失望。这种做法，哪能算得上仁？大王最初和诸侯一起在怀王那里共同签约，谁先入关谁做关中王。汉王万死不顾一生，叩关决战，战胜秦军，俘获了秦皇帝子婴，等待大王到来。但是大王却违背约定，不让汉王称王关中，把他迁到了南郑，这样做，哪里称得上信？大王家世代为楚国将军，刚率众起义时，如不立楚王后代为君主，就无法号令天下，于是就和各路义军一起拥立怀王，等到天下将要平定，竟假装尊怀王为皇帝，把他迁到南方，后又杀了他，这样做，哪里称得上义？像范增那样忠诚，陈平那样有智慧，韩信那样勇武，都是人中英杰。争天下的，没有不把这三个人看成胜负关键的，一定要得到这三个人。大王却怀疑范增，致使他伤心而死。陈平、韩信也因不受重用而离开大王，这样做，哪里称得上智？正因为大王以上的做法，因此天下百姓认为汉王入关后的行为很仁爱，汉王夺取三秦符合信，汉王为义帝穿孝服很忠义，汉王任用韩信、陈平很明智。仁义信智这四条，原为大王所拥有的资本，所收藏的工具，正因为您把它们丢弃不用，因此汉王才能把它们拾起归自己所有，因此大王才不能停息你的战车。如今的形势，汉王好比是资金雄厚的富家，大王好比是极为穷困的穷人。天下好比是唯利是图的买卖人。买卖人不追随穷人而追随富豪，这是明确无误的。不过大王如今的资金，还有一位刘太公。这是上天来帮助楚国。如果不把他送还汉军，以此来伸张楚国的信义，解救旦夕之急，那么我担心汉人会更加愤怒，士气更加旺盛，这等于大王再次把资金送给汉人，那就将变成一文不名的穷人了。这正是臣子我替大王寒心之处。控制人与受人控制，战胜人与被人战胜，难道能同日而语吗？希望大王认真考虑。”

项王说：“我施于汉王的恩义也曾很多，很周到，但汉王一脱困境马上就背叛我。如今他父亲在我手里，还每日和我争斗，假如一旦送还他父亲。就是给他平添了勇气。”侯公说：“不是这样。我听说给敌人恩义的就强大，使敌人恼怒的就衰亡。大王对于汉人，不能用恩义去制服，却要使他恼怒起来和你争斗，我认为这是上天要堵塞你的聪明才智，要孤立楚国。我建议大王派一名使者护送太公回汉军，并这样对汉人说：‘前一段太公一直流落在外，暂时困留在我军居住，使我们得以侍候了大公三年。君王当时正怪罪着我们，所以我国君臣不敢谈论让太公归回的事。如今君王派车驾迎太公回去，我害怕长期误了君王向父亲问安的天伦之乐，哪敢不答应送太公回去，因此特派臣下护送太公车驾回宫。我也愿从今天起，和君王捐弃前嫌，重归于好，希望君王能答应我这一请求。皇天后土，都听到了我们的誓言。’如果这样做，这样说，汉王还不解甲罢兵来回报你的恩义，那他就亏了理，大王就可以利用这一点来激励士气，攻打汉王。当年秦国抓获晋惠公就是用的这一方法。大王如果不采纳我这一建议，我一无所获地回去，汉王就将在三军面前恸哭道：‘楚人恨我深入骨髓，使臣再一次无功而返，太公看样是回不来了。再说我名义上是伸张天下的大义，除残贼，救万民，结果却结下不共戴天之仇，我还有什么脸见天下人。如今有楚无汉，有汉无楚，我打算战死在楚军阵前，决不返顾。’汉王以此来激励士卒，攻打楚军。当年伍子胥攻打楚国，鞭尸楚平王就是用的这一方法。”

项王说：“好。我听你的，暂且不要烹杀太公。您请放心回去，告诉你的君主让他罢兵，我马上就放太公回去。”侯公说：“这样做还是不妥。智慧的可贵之处在于能及早决断，勇敢的可贵之处在于坚决实行。及早决断就不会后悔，坚决实行就不会半途而废。王陵原是楚军中的一名勇将，他背离楚军，. 投向汉王之后，大王将他的老母亲抓了起来，想以此让王陵回来。但是他母亲却慷慨激昂地陈说王陵不能回来，要跟随汉王的道理，并让使者转达王陵，说完后就自杀而死。天下人都认为王陵的母亲有贤德、有高见。没有人不为她的死而悲伤。如今太公长期被大王关押，心情忧郁，如果他听说使者再一次无功而返，大王无意放他回去，我担心他会受不了这刺激，积郁在心中的怒气会迸发，去效仿王陵母亲的做法，为求气节而突然自杀，那样的话，大王就追悔莫及了。到时候再想阻止汉军的进攻，恐怕就不可能了。我听说时机这东西，就是来到面前就不要失去。如今大王粮食缺乏、军队疲劳，已没有力量抵御汉军，而韩信的大军，又将乘胜赶来，大王即使想不战也不可能。我希望大王利用好这一机会，立刻放太公回去，和汉王约定，平分天下，以鸿沟为界，以西归汉人；以东归楚人。大王就可以息兵解甲，登坛称东帝，安抚东方各路诸侯，休养军队，储备粮食，等待天下发生变故，再举大事。而汉王已经年老，又厌倦了战争，他还求什么呢？只能世世代代做楚国的西部藩国，事奉楚国。”项王听后非常高兴，采纳了侯公的建议，并把侯公当作上宾，同时召太公一起参加，连续摆了三天酒宴款待他们，然后送他们回到汉军。

太公、吕后回到汉军之后，汉王非常高兴，全军高呼万岁，一片欢腾，当天就封侯公为平国君，说：“这位是天下第一辩士，他到了哪里，就能凭口才征服那里的一国之人，因此称他为平国君。”

拟孙权答曹操书

权白孟德足下。辱书开示祸福，使之内杀子布，外擒刘备以自效。书辞勤款，若出至诚，虽三尺童子，亦晓然知利害所在矣。然仆怀固陋，敢略布。

昔田横，齐之遗虏。汉高祖释郦生之憾，遣使海岛，谓横来大者王，小者侯。犹能以刀自刭，不肯以身辱于刘氏。韩信以全齐之地，束手于汉，而不能死于牖下。自古同功一体之人，英雄豪杰之士，世乱则藉以剪伐，承平则理必猜疑，与其受韩信之诛，岂若死田横之节也哉。

仆先将军破虏，遭汉陵夷。董卓僭乱，焚烧宗庙，发掘陵寝，故依袁术以举义师，所指城邑响应，天下思得董卓而食之不厌。不幸此志不遂，而无禄早世。先兄伯符嗣命，驰驱锋镝，周旋江汉，岂有他哉？上以雪天子之耻，下以毕先将军之志耳。不意袁术亦僭位号，污辱义师，又闻诸君各盗名字。伯符提偏师，进无所归，退无所守，故资江东为之业耳。不幸有荆轲、舞阳之变，不以权不肖，使统部曲，以卒先臣之志。仆受遗以来，卧薪尝胆，悼日月之逾迈，而叹功名之不立，上负先臣未报之忠，下忝伯符知人之明。且权先世以德显于吴，权若效诸君有非常之志，纵不蒙显戮，岂不坠其家声耶？

汉自桓、灵以来，上失其道，政出多门。宦官之乱才息，董卓之祸复兴，傕、汜未诛，袁、刘割据，天下所恃，惟权与公及刘备三人耳。比闻卓已鲸鲵，天子反正，仆意公当扫除余孽，同奖王室，上助天子与宗庙社稷之灵，退守藩国，无失春秋朝觐之节。而足下乃有欺孤之志，威挟天子以令天下，妄引历数，阴构符命。昔笑王莽之愚，今窃叹足下蹈覆车也。仆与公有婚姻之旧，加之同好相求，然自闻求九锡，纳椒房，不唯同志失望，天下甚藉藉也。刘备之兵虽少，然仆观其为人，雄才大略，宽而有容，拙于攻取，巧于驭人，有汉高祖之余风。辅以孔明，未可量也。且以忠义不替曩昔，仆以为今海内所望，惟我二人耳。仆之有张昭，正如备之孔明，左提右挈，以就大事，国中文武之事，尽以委之。而见教杀昭与备，仆岂病狂也哉。故谚有之："辅车相依，唇亡齿寒。"仆与刘备，实有唇齿相须之势。足下所以不能取武昌，又不能到成都者，吴、蜀皆存也。今使仆取蜀，是吴不得独存也。蜀亡，吴亦随之矣。晋以垂棘屈产，假道于虞以伐虢，夫灭虢是所以取虞，虞以不知，故及祸。足下意何以异此。

古人有言曰："白首如新，倾盖如故。"言以身托人，必择所安。孟德视仆，岂惜此尺寸之土者哉，特以公非所托故也。荀文若与公共起艰危，一旦劝公让九锡，意便憾，使卒忧死。矧仆与公有赤壁之隙，虽复尽释前憾，然岂敢必公不食斯言乎？今日归朝，一匹夫耳，何能为哉。纵公不见害，交锋两阵之间，所杀过当，今其父兄子弟，实在公侧，怨仇多矣，其能安乎？季布数窘汉王，及即位，犹下三族之令，矧足下记人之过，忘人之功，不肯忘文若于九锡，其肯赦仆于赤壁乎？孔文举与杨德祖，海内奇士，足下杀之如皂隶，岂复有爱于权！天下之才在公右者，即害之矣，一失江东，岂容复悔耶？甘言重布，幸勿复再。

【译文】孙权敬告曹孟德足下。有辱您写信来说明祸福，让我对内杀掉亲信大臣张昭（字子布），对外捉拿刘备，以此向你表示忠心。来信的辞语很诚恳，似乎是你的心里话。即使是三尺小儿，也明白利害关系，知道该如何选择。但我的思想很陈旧保守，接受不了你的建议，冒昧地请您让我陈述一下想法。

昔日的田横，是齐国的残余。汉高祖原谅他杀掉了郦生，派使者到他退守的海岛上，劝他归顺。如果投降，大可以封王，小也可以封侯。但田横不肯屈辱自己去做刘氏的下属，便以刀自刭。韩信据有整个齐国，但甘心做汉朝的臣子，结果不能在自己家中善终。自古以来，共同做事的英雄豪杰，天下战乱时互相支持以消灭共同敌人，天下安定后就一定互相猜疑。因此，与其像韩信那样束手被诛，还不如像田横那样守气节而死。

我的先父破虏将军，遭逢汉王朝衰败。当时董卓图谋篡位，焚烧宗庙，发掘陵墓。我父亲投奔袁术，兴举义师，天下响应，人人都恨不得把董卓杀吃了。不幸此志未能如愿，过早地离开了人世。我的先兄孙策（字伯符），继承父亲遗命，冲杀在战场，活跃在江汉。为的是雪洗天子之耻，并完成父亲的遗志。没料想袁术也图谋篡位，污辱了义师，又听说起兵响应的各位也都自封名号。先兄孙伯符带领一支偏师，进无处归，退无处守，因而只能借助江东作为成就大业的资本。不幸又遇到荆轲、秦舞阳一类的刺客，被刺身亡。先兄不把我当作无能之人，让我统率部下，以完成父兄的基业。我接受遗命以来，卧薪尝胆，只怕日子一天天地过去，而功名迟迟不立，辜负了父兄报效国家的丹心，以及对我的信任。况且我们的先辈在吴地被称为有德行的家族，我如果仿效你们各位图谋篡位，即使不被杀头，也要败坏我们家的美名。

汉朝从桓帝、灵帝以来，皇上昏庸，政治混乱，宦官之乱才平息，董卓之祸又兴起，李傕、郭汜的战乱尚未平定，袁绍、袁术、刘表等又纷纷割据。天下可依靠的，只有您、刘备和我三个人。等到董卓已被铲除，天子地位恢复，我推测你将会扫除奸贼余孽，和天下英雄共同辅佐王室，帮助天子治天下，护卫宗庙社稷，退居封地，谨守按时朝拜的礼节。却没料到您竟会欺骗我，凭自己的威势挟天子以令天下，狂妄地称引天数历象，狡诈地制造天命符信，为自己篡位制造舆论。过去我们耻笑王莽，如今则感叹你重蹈覆辙。我与您过去有子女婚姻关系，加上有相近的志趣，关系一直不错。但自从听说你向皇帝要求九锡仪仗，和皇帝结为姻亲之后，不仅我以及其他志趣相投的人感到失望，而且天下一片指责之声。至于刘备，他虽然兵少，但我观察他的为人，雄材大略，胸怀宽阔，不善于征战，却善于用人，颇有汉高祖的余风。加上有孔明辅佐，前途不可限量，而且他忠义之心不改，一如既往。我认为当今海内人士寄于希望的，只有我和刘备二人了。我拥有张昭，如同刘备拥有孔明。张昭如同我的左右臂，帮助我成就大业。国中的文武大事，全都委托张昭处理。你却教导我，让我杀了刘备和张昭，我难道疯狂了吗？古谚语说："车辅和车子互相依存，牙齿失去嘴唇就要寒冷。"我和刘备，就好比唇齿相依。你夺取不了武昌，又到不了成都，原因就是吴、蜀都存在。如今你让我攻打蜀国，这存心是让吴国也无法独存。蜀国灭亡，吴国也将紧随其后。春秋时晋国用垂棘宝玉和屈产良马向虞国借路攻打虢国，消灭虢国的目的是吞并虞国，虞国不了解这一点，结果听从晋国灭了虢国，自己也遭亡国之祸。你让我攻打蜀国，本意和当年的晋国有何区别。

古人说过这样的话："互相认识，到老却仍然陌生，初次见面，立刻便像老朋友。"意思是说把自己托付给人，一定要选择永保平安的。孟德您看我，难道是很看重这一小块地盘的人吗？只不过是因为你不是我值得信赖，可以托付的人。荀彧（字文若）和你并肩战胜过许多艰难困苦，一旦劝你不要接受九锡仪仗，你就不原谅他，迫害他致死。何况我和你有赤壁之仇？即使尽释前嫌，又哪能保证你会不食言呢？今日我归服朝廷，不过一匹夫罢了，能有什么办法。即使你不加害我，双方交锋多年，杀死的将士不计其数，如今死亡将士的父兄子弟，都在你的左右，作为我的仇人是那样多，我怎么能平平安安呢？楚将季布好几次把汉王逼到困境，汉王即皇帝位后，还对季布恼怒，下令诛杀季布三族，何况你一向记人之过，忘人之功？你既然不能原谅荀文若规劝你放弃九锡，哪会饶恕我在赤壁几乎要了你的性命？孔文举（孔融）和杨德祖（杨修）都是海内奇士，你杀他们像杀奴仆一样，又哪里会怜惜我孙权的性命！天下贤士只要才能高于你，你就要杀害。我一失去江东，还哪容我后悔！您的这番好听话，我已领教，请不要再重复了。

明正（送于伋失官东归）

世俗之患，患在悲乐不以其正。非不以其正，其所取以为正者非也。请借子以明其正。子之失官，有为子悲如子之自悲者乎？有如子之父兄妻子之为子悲者乎？子之所以悲者，惑于得也。父兄妻子之所以悲者，惑于爱也。惟不与于己者，则不惑亦不悲。夫惑则悲，不惑则不悲，人宜以惑者为正欤，抑将以不惑者为正欤？以不惑者为正，则不悲者正也。然子亦有所乐者，曰："吾之所以为吾者，岂以是哉。虽失是，其所以为吾者犹存，则吾犹可乐焉已。而不乐，又从而悲之，则亦不忍夫天下之凡爱我者之悲，而不释夫天下凡恶我者之喜也。夫爱我而悲，恶我而喜，是知我之粗也。乐其所以为吾者存，是自知之深也。人不以自知之深为正，而以知我之粗者为正，是得为正也欤？故吾愿为子言其正。子将终身乐而不悲。《诗》云："优哉游哉，聊以卒岁。"

【译文】世俗的忧患，是由于产生悲哀和欢乐的原因不正常。并不是产生悲哀和欢乐的原因不正常，而是衡量应不应该悲哀和欢乐的标准不正确。请让我以您为例来说明一下怎样才是正确。您丢了官职，有为您悲伤如同您自己那么悲伤的吗？有像您的父兄妻子儿女那样为您悲伤的吗？您之所以悲伤，是因为你被做官时的所得迷惑了。您的父兄妻儿为您悲伤，是被对于你的爱迷惑了。只有和自己毫不相关，才会不受迷惑，也不因此而悲伤。如此说来，迷惑就悲伤，不迷惑就不悲伤，人应该以迷惑为正确呢？还是应该以不迷惑为正确呢？以不迷惑为正确，那么应该不悲伤才正确。然而您也有因丢了官职而快乐之处，您会说：我之所以是我，难道是因为有一官半职吗？虽然丢了那一官半职，但使我成为我的那本质仍然存在，那么我仍然可以因此而快乐。但是我又不快乐，而去悲伤，这是因为我不忍心看到天下爱我的人由于我丢了官而悲伤，不原谅天下讨厌我的人由于我丢了官职而高兴。爱我的人因我丢官而悲伤，讨厌我的人因我丢官而高兴，这是因为他们了解我太粗浅。使我成为我的那本质仍然存在，我为此而高兴，这是因为我对自己的了解很深刻。人们不以自我了解很深刻为正确，却以了解自己很粗浅为正确，这难道是正确的吗？所以我愿意为您说明究竟什么是正确。这样您就会终身快乐而不会悲伤了。《诗经》中说：“从容自得地渡过一生。”

太息（送秦少章）

孔北海与曹公论盛孝章云：“孝章，实丈夫之雄者也。游谈之士，依以成声。今之少年喜谤前辈，或能讥评孝章，孝章要为有天下重名，九牧之人，所共称叹。”吾读至此，未尝不废书太息也。曰：嗟乎！英伟奇逸之士不容于世俗也久矣。虽然，自今观之，孔北海、盛孝章犹在世，而向之讥评者与草木同腐久矣。昔吾举进士，试于礼部，欧阳文忠公见吾文，曰：“此我辈人也，吾当避之。”方是时，士以剽裂为文，聚而见讪，且讪公者所在成市。曾未数年，忽焉若潦水之归壑，无复见一人者，此岂复待后世哉。今吾衰老废学，自视缺然，而天下士不吾弃，以为可以与于斯文者，犹以文忠公之故也。张文潜、秦少游此两人者，士之超逸绝尘者也。非独吾云尔，二三子亦自以为莫及也。士骇于所未闻，不能无异同，故纷纷之言，常及吾与二子，吾策之审矣。士如良金美玉，市有定价，岂可以爱憎口舌贵贱之欤？少游之弟少章，复从吾游，不及期年，而论议日新，若将施于用者。欲归省其亲，且不忍去。呜呼！子行矣。归而求诸兄，吾何加焉。作《太息》一篇，以饯其行，使藏于家，三年而后出之。元祐五年正月廿五日。

【译文】孔北海（孔融）写给曹公（曹操）论盛孝章（盛宪）的文章中说：“孝章实在是男子汉中的英雄。好谈论交际的人，依赖谈论孝章可以出名。如今的年轻人喜欢批评前辈名人，有些人就批评孝章，关键就在于孝章在全国名气非常大，九州人士，无不称赞。”我读到此处，没有一次不放下书感叹道：“啊！英伟奇逸之士不被世俗之人容纳是由来已久了。尽管如此，从今天来看，孔北海、盛孝章仍然活着，而过去批评他们的人都早已连同他们的棺材和草木一起腐烂了。早年我中进士的时候，在礼部参加考试，欧阳文忠公见到我的文章，称赞道：“这是我们这一类的人，我应当避让他。”那时候，士子们通行抄袭剽窃前人的思想言词来写文章。聚在一起，我们的文章就受奚落，而且奚落欧阳文忠公的人到处都有许多。没过多少年，这种文风忽然好像雨水流进沟壑一样，一下子就不见了，再也看不到一人写这种文章。哪里还用等到后世作出评价。如今我已衰老，学问荒废，自认为已不中用，但天下的士子们并不抛弃我，认为我仍然算文人中的一个，这仍然是得益于欧阳文忠公当年对我的提携。张文潜（张耒）、秦少游（秦观）二人，在当今士人中超逸绝尘，不仅仅我这样评价，几位名家也认为自己赶不上他二位。当今的士子被他二位所写的自古未闻的文辞所吓倒，所以纷纷扬扬地提了许多批评，常常涉及我和那二位，我为此所写的文章已清楚地回答了他们。贤士好比良金美玉，市场上自有准确的定价，哪会因为人们的好恶，凭口舌就能随便贬低它的价值呢？少游弟弟少章（秦觏），又跟从我学写文章，不到一年，所发议论一天天进步，好像也将要在文坛上发挥作用。今天想回家探望亲人，却又舍不得离去。啊！您可以走了。回去后可向您的哥哥探求学问，我不必再操心了。写下这篇《太息》，用它给你饯行，并请您收藏家中，三年以后再公布于世。元祐五年正月廿五日。

日喻

生而眇者不识日，问之有目者，或告之曰："日之状如铜盘。"扣盘而得其声。他日闻钟，以为日也。或告之曰："日之光如烛。"扪烛而得其形。他日揣籥，以为日也。日之与钟、籥亦远矣，而眇者不知其异，以其未尝见而求之人也。道之难见也甚于日，而人之未达也，无以异于眇。达者告之，虽有巧譬善导，亦无以过于盘与烛也。自盘而之钟，自烛而之籥，转而相之，岂有既乎！故世之言道者，或即其所见而名之，或莫之见而意之，皆求道之过也。然则道卒不可求欤？苏子曰："道可致而不可求。"何谓致？孙武曰："善战者致人，不致于人。"子夏曰："百工居肆以成其事，君子学以致其道。"莫之求而自至，斯以为致也欤？南方多没人，日与水居也，七岁而能涉，十岁而能浮，十五而能浮没矣。夫没者，岂苟然哉，必将有得于水之道矣。日与水居，则十五而得其道。生不识水，则虽壮，见舟而畏之。故北方之勇者，问于没人而求其所以没，以其言试之河，未有不溺者也。故凡不学而务求道，皆北方之学没者也。昔者以声律取士，士杂学而不志于道。今者以经术取士，士求道而不务学。渤海吴君彦律，有志于学者也，方求举于礼部，作《日喻》以告之。

【译文】有一位生下来就眼瞎的人不认识太阳，就向有眼睛的人问什么是太阳。有人告诉他："太阳的形状好像铜盘。"他敲了一下铜盘，知道了铜盘的声音。过了些日子他听见钟声，就认为那是太阳。于是有人告诉他："太阳的光辉好像烛光。"他摸了一下火烛，知道了火烛的形状。过了些日子他摸着了籥管，就认为那就是太阳。太阳和钟、籥管相差得很远，但瞎子却不知道它们之间的差异，因为他不曾见过太阳，只好向人求问。真理难于见到，要远远超过瞎子对太阳的了解，而人们达不到真理，和瞎子不知道太阳没有什么区别。认识了真理的人，把真理告诉给人，即使用很巧妙的譬语，很好地引导启发，也无法超过对瞎子用盘和烛来说明太阳。由铜盘到钟声，由火烛到籥管，这样辗转相比，事物哪里还有个确定性！所以世上谈论真理的人，有的根据自己的见识来表述它，有的完全凭主观去推测，都是错误地探求真理的办法。这么说来，真理终究不可探求吗？苏子说："真理可以掌握却无法探求。"什么叫做掌握？孙武说："善战者让别人来，却不跟别人走。"子夏说："各种工匠在他们的作坊里完成他们的工作，君子通过学习而掌握真理。"不去刻意探求却自然达到真理，这可认为是掌握了吧。南方有很多会潜水的人，他们整天和水在一起，七岁就能渡河，十岁就能游泳，十五岁就潜水游泳全掌握了。潜水，难道是随便就会的吗？一定有掌握水的规律的方法。整天和水在一起，那么到了十五岁就能掌握潜水的规律。生来就不知道水，即使到了壮年，看见船也会害怕。所以北方的勇士，向会潜水的人探问潜水的方法，用他们告诉的方法到河中去试验，没有不被水淹死的。所以凡是不通过学习训练却一定要求得真理，就都是只学习潜水方法的北方人。过去以声律取士，结果士人学习很驳杂却不向往真理。如今以经术取士，结果士人只探求道理却不努力学习。渤海县的吴彦律君，有志于学问，正要通过礼部的考试，我就写了这篇《日喻》告诉他这番道理。

罪言

吾闻肉食之忧，非藿食者所宜虑也。府居之谋，非巷居者所宜虑也。分之所不及，义之所弗出也。义之所弗出，利之所不释也。犯义者惑，维卒不自克，作《罪言》。

万夫之望，万夫所依，匪才尚之，而量包之。丘山之憾，一笑可散；芥蒂之仇，千河不收。呜呼！宁我容汝，岂汝不可；神之听之，终和而同乎？乘人之气，决之易耳；解忮触猜，是惟难哉。水激则旱，其伤淫夷；矢激则远，行将安追。呜呼！佐涉者湍，佐斗者呼。柴不立，其愚乃可以须。爱心之偏，其辞溢妍；恶心之厚，其辞溢丑。惟仁人之言，爱恶两捐；广大恬愉，上通于天。呜呼！善言未升，贫客瞰门，曷以寿我，公侯承之。天道好还，莫适后先。人事喜复，无常倚伏。前之所是，事定而偷；今之所是，后当焉如。呜呼！祸不在先，亦不在天。还隐其心，有万其全。疾恶过义；美恶易位；矫枉过直，美恶同则。如食宜餌，厌则为度；如酌孔取，剧则荒舞。呜呼！乃阴乃阳，神理所藏，一弛一张，人道之常。

【译文】我听说吃肉的贵族忧虑的事情，吃野菜的贫民就不应去考虑。深宅大院里的王公谋划的事情，陋巷里的平民就不应参与。这是因为超出职业分工的范围，义理上就说不通。义理上说不通，也就不会获得利益。违犯义理就会迷惑，自己终究将无法胜任，因此，写这篇《罪言》。

万人所仰望，就是万人的依靠，并非才气很高，而是胸怀宽广。山一般的怨恨，如同芥蒂小仇，笑一笑就消散，千条河也不收。啊！宁可我宽容你，岂能让你不情愿？相互融和同一，靠的顺其自然。凭借众人气势，容易做出决断。善于消解分歧，那才真叫作难。水气过度，就会干旱，箭矢激荡，就飞得远。啊！用工具渡水，就使水湍急，帮人打斗，就一定高呼。高柴虽愚笨，也仍有作用。过于喜爱，美言就过分，过于厌恶，丑话就过头。只有仁人的言辞，舍弃了爱恶，所以才广大欢悦，畅通到上天，啊！善言未传，穷汉便登门；要让众人祝寿，就要靠公侯提携。天道总回转，不要争后先。人事喜往复，祸福常转变。过去肯定的，因为已成事实；今日肯定的，将来如何评说。啊！祸福不在前缘，更不在上天，收敛自己的心欲，万事便能保全。痛恨丑恶过分，也会变得丑恶；纠正错误过分，酿成新的过错。好比吃饭求饱，过饱就会有害；好比瓶口灌注，过猛浇到瓶外。啊！阴阳共存，相辅相成，全部道理，包含其中。紧张松驰，相互交替，事物准则，生命规律。

问养生

余问养生于吴子，得二言焉。曰和，曰安。何谓和？曰：子不见天地之为寒暑乎？寒暑之极，至于折胶流金，而物不以为病，其变者微也。寒暑之变，昼与日俱逝，夜与月并驰，俯仰之间，屡变而人不知者，微之至，和之极也。使此二极者，相寻而狎至，则人之死久矣。何谓安？曰：吾尝自牢山浮海达于淮，遇大风焉。舟中之人，如附于桔槔，而与之上下，如蹈车轮而行，反逆眩乱不可止。而吾饮食起居如他日。吾非有异术也，惟莫与之争，而听其所为。故凡病我者，举非物也。食中有蛆，见者莫不呕也。其不知而食者，未尝呕也。请察其所从生。论八珍者必咽，言粪秽者必唾。二者未尝与我接也，唾与咽何从生哉？果生于物乎？果生于我乎？知其生于我也，则虽与之接而不变，安之至也。安则物之感我者轻，和则我之应物者顺。外轻内顺，而生理备矣。吴子，古之静者也。其观于物也，审矣。是以私志其言，而时省观焉。

【译文】我向吴子请教养生之道，他告诉我两个字。一个字是和，一个字是安。什么是和？吴子说：你没有看到天地间的寒暑变化吗？极冷时，人们形容冷得能冻裂胶。极热时，人们形容热得可熔化金。但万物却不因这严寒酷暑而毁坏，原因是冷热的变化很小。寒暑的变化是在昼夜的交替中慢慢变化的，热气随着白天和太阳一起消逝，寒气随着夜晚和月亮一起来到，在人们的作息之间，屡屡变换但人们却不知道，原因就是每次变化非常微小，又非常和缓。假如让严寒酷暑接连不断地急剧变换，那人早就会死了。什么是安？吴子说：我曾经从崂山渡海到淮东。途中遇到大风，船上的人好像俯在桔槔上，一上一下，又好像踩着车轮旋转不停，而我饮食起居和平时一样。并不是我有非同一般的技巧，只是不和外力抗争，任凭外力去作为。所以凡是让们我难受的，都不是事物本身的缘故。食物中有蛆虫，看见的人没有不呕吐的，但不知道有蛆虫的人吃了那食物，却并不呕吐。请让我们来考察一下那起因。提起山珍海味一定会咽口水，提起粪土垃圾一定会吐唾沫。这两种东西都不曾和我们接触，吐唾沫和咽口水是如何产生的呢？确实产生于那两种事物呢？还是确实产生于我们自己呢？如果知道那完全是产生于我们自己，那么即使真的和那些事物相接触，也会不改变自己，不受影响，这便达到了安定的最高境界。能安定，那么外物对我的影响就轻，能平和，那么我应付外物就很顺畅。外轻内顺，养生的道理便完备了。吴子是古代静养派的人物，他观察事物确实很清晰。因此我记住了他的这番话，将按时对照反省自己并去努力实行。

续养生论

郑子产曰：“火烈，人望而畏之。水弱，人狎而玩之。”翼奉论六情十二律，其论水火也，曰：“北方之情好也，好行贪狼。南方之情恶也，恶行廉贞。廉贞故为君子，贪狼故为小人。”予参二人之学，而为之说曰：火烈而水弱，烈生正，弱生邪，火为心，水为肾。故五脏之性，心正而肾邪。肾无不邪者，虽上智之肾亦邪。然上智常不淫者，心之官正而肾听命也。心无不正者，虽下愚之心亦正。然下愚常淫者，心不官而肾为政也。知此，则知铅汞龙虎之说矣。

何谓铅？凡气之谓铅，或趋或蹶，或呼或吸，或执或击。凡动者皆铅也。肺实出纳之。肺为金，为白虎，故曰铅，又曰虎。何为汞？凡水之谓汞，唾涕脓血，精汗便利。凡湿者皆汞也。肝实宿藏之。肝为木，为青龙，故曰汞，又曰龙。古之真人论内丹者曰："五行颠倒术，龙从火里出。五行不顺行，虎向水中生。"世未有知其说者也。方五行之顺行也，则龙出于水，虎出于火，皆死之道也。心不官而肾为政，声色外诱，邪淫内发，壬癸之英，下流为人，或为腐坏。是汞龙之出于水者也。喜怒哀乐皆出于心者也。喜则攫挐随之，怒则殴击随之，哀则擗踊随之，乐则抃舞随之。心动于内，而气应于外，是铅虎之出于火者也。汞龙之出于水，铅虎之出于火，有能出而复返者乎？故曰皆死之道也。

真人教之以逆行，曰："龙当使从火出，虎当使从水生也。"其说者何？孔子曰："思无邪。"凡有思皆邪也。而无思则土木也。孰能使有思而非邪，无思而非土木乎？盖必有无思之思焉。夫无思之思，端正庄栗，如临君师，未尝一念放逸。然卒无所思。如龟毛兔角，非作故无本性，无故是之谓戒。戒生定，定则出入息自住，出入息住则心火不复炎上。火在易为离。离，丽也。必有所丽，未尝独立，而水其妃也。既不炎上，则从其妃矣。水火合，则壬癸之英上流于脑，而益于玄膺，若鼻液而不咸，非肾出故也。此汞龙之自火出者也。长生之药，内丹之萌，无过此者矣。阴阳之始交，天一为水，凡人之始造形皆水也，故五行一曰水。得暖气而后生，故二曰火。生而后有骨，故三曰木。骨生而日坚。凡物之坚壮者，皆金气也，故四曰金。骨坚而后肉生焉。土为肉，故五曰土。人之在母也，母呼亦呼，母吸亦吸，口鼻皆闭，而以脐达，故脐者，生之根也。汞龙之出于火，流于脑，溢于玄膺，必归于根心，火不炎上，必从其妃，是火常在根也。故壬癸之英，得火而日坚，达于四支，洽于肌肤而日壮，究其极，则金刚之体也。此铅虎之自水生者也。龙虎生而内丹成矣。故曰顺行则为人，逆行则为道，道则未也，亦可谓长生不死之术矣。

【译文】春秋时郑国的子产说："火烈，人望见便害怕它。水弱，人便接近游玩。"汉代的翼奉论述过六情十二律。论述水火时说："属于水的北方的情感产生爱好，爱好就会贪狼。属于火的南方的情感产生厌恶，厌恶就会廉贞。廉贞便能成为君子，贪狼便会成为小人。"我参考这二位的学说而自己立论：火烈而水弱，烈就生正气，弱就生邪气。火为心，水为肾。所以五脏的本性，心正而肾邪。只要是肾，就没有不主邪气的，即使是有智慧的居上位的人，他们的肾也是主邪气的。但有智慧的居上位的人常常不淫邪的原因，是他们的心可以主宰五脏，肾听从主宰。只要是心，就没有不主正气的，即使是愚笨的居下的人，他们的心也是主正气的。但愚笨的居下位的人经常邪淫的原因，是他们的心不能主宰，肾做了主宰。了解这一点，便能知道铅汞龙虎之说了。

什么叫铅？只要是体中的气就称为铅。有时气上升，有时气下降；有时呼，有时吸；有时蓄集，有时冲荡。凡流动的气都是铅，肺起着出纳它们的作用。肺为金，为白虎，所以称为铅，也称为虎。什么叫作汞？凡是体中的水都称作汞，唾液眼泪，血液汗液，尿液精液，甚至脓血鼻涕，只要是湿的都是汞。肝起着蓄藏它们的作用，肝为木，为青龙，所以称作汞，又叫作龙。古代道家的真人论述内丹说："五行颠倒术，龙从火里出。五行不顺行，虎向水中生。"世人没有懂得内中含义的。当五行顺行时，龙从水中出，虎从火中出，这都是要使人走向死亡的。心如果不能主宰，由肾气主宰，就会声色从外面诱惑，邪淫从体内发作，阴阳之水的壬癸之英便向下流动，身体便毁坏，这便是汞龙从水中出来。喜怒哀乐是从心产生的，喜就会有抓取按捺的动作，怒就会有攘臂挥拳的动作，哀就会有捶胸顿足的动作，乐就会有手舞足蹈的动作。心动于内，气应于外，这样铅虎便从火中出来。汞龙从水中出来，铅虎从火中出来，有可能让它们出来再返回体内吗？所以说这都是使人走向死亡的。

古代道家的真人又教给我们五行逆行的方法，说："龙应当让从火中出来，虎应当让从水中出来。”这又是什么意思呢？孔子说：“思无邪。”凡思虑都属于邪，但不思虑就如同土木。谁能使思虑却不淫邪，不思虑又非同土木呢？那一定有不思虑的思虑。不思虑的思虑，端庄严正，如面对君王和老师，不敢有一点走神，却又不想任何事情。就好比龟长毛兔生角，既然不可能，便不存在本性。无缘无故也就是戒。戒便生出安定，安定便能呼吸出入都静止，即所谓的龟息。呼吸静止心火便不再向上。火在《易经》里归离卦。离就是有俪偶。火一定有俪偶，不会独存，水便是它的配偶。火既然不向上，便跟从它的配偶水。水火合那么阴阳之水的壬癸之英便向上流入脑，并充盈在咽喉之间的玄膺。像是鼻涕却不咸，因为不是从肾中产生的，而是汞龙从火中出来。长生之药，内丹之萌，都比不上这火中出来的汞龙。阴阳最初交汇，产生的原始物质也是属水，所以人最初成形时，也是水，因而五行中的第一便是水。得暖气后便生长，因而第二便是火。生后便有骨，因而第三便是木。骨头越长越坚硬。凡事物能坚硬、壮大，都是由于金气，所以第四便是金。骨头坚硬后便长了肉。土属于肉，因而第五便是土。人在母体中的时候，母体呼吸也随着呼吸，但口鼻都闭着，全靠脐带与母体沟通，因而肚脐便是生命的根基。汞龙从火中出来，流注脑中，充盈在咽喉之间，最后一定要归于肚脐这个根心。火不向上冲，就一定要随着它的配偶水，这样，火也常存于肚脐这生命之根了。所以阴阳之水的壬癸之英，得到火的配合就一天天坚固。流布四肢，滋润肌肤，身体一天天强壮。发展到最高境界，便成了金钢不坏之体。这就是铅虎从水中产生。龙虎都生长出来，那么内丹也就炼成了。所以说五行顺行就只是常人，逆行就能得道，即使不能得道，也能修炼成长生不死之术。

药诵

嵇中散作《幽愤》诗，知不免矣。而卒章乃曰“采薇山阿，散发岩岫，永啸长吟，颐性养寿”者，悼此志之不遂也。司马景王即杀中散而悔，使悔于未杀之前，中散得免于死者，吾知其扫迹灭景于人间，如脱兔之投林也。采薇散发，岂其所难哉。孙真人著《大风恶疾论》曰：《神仙传》有数十人，皆因恶疾而得仙道。何者？割弃尘累，怀颍阳之风，所以因祸而取福也。吾始得罪迁岭表，不自意全，既逾年无后命，知不死矣。然旧苦痔，至是大作，呻呼几百日。地无医药，有亦不效。道士教吾去滋味，绝薰血，以清静胜之。痔有虫馆于吾后，滋味薰血，既然以自养，亦以养虫。自今日以往，旦夕食淡面四两。犹复念食，则以胡麻、茯苓麨足之。饮食之外，不啖一物。主人枯槁，则客自弃去。尚恐习性易流，故取中散真人之言，对病为药，使人诵之日三。曰："东坡居士，汝忘逾年之忧，百日之苦乎？使汝不幸而有中散之祸，伯牛之疾，虽欲采薇散发，岂可得哉？今食麻、麦、茯苓多矣。"居士则歌以答之曰："事无事之事，百事治兮。味无味之味，五味备兮。茯苓、麻、麦，有时而匮兮。有则食无则已者，与我无既兮。呜呼噫嘻，馆客不终，以是为愧兮。"

【译文】晋代中散大夫嵇康写了《幽愤》一诗，他已知道将不免一死。诗的末章写道："采薇山阿，散发岩岫，永啸长吟，颐性养寿。"悲哀这样的志趣不能实现。司马景王（司马师）杀了嵇中散之后接着便后悔了。假如司马景王在杀之前反悔，嵇中散就可以免于被杀。我想他一定会在人间消失他的踪影，如逃脱的兔子一样很快投向山林隐居。采摘薇菜，散发野居，他嵇中散是不难做到的。孙真人写的《大风恶疾论》中说：《神仙传》记载了几十人成仙，都是因得了很糟的疾病才得了仙道。什么原因呢？他们得了那些疾病后便割弃了人世间的烦忧，怀抱着巢父、许由那样高尚的颍阳风操，因此便因祸得福，修炼成仙。我得罪朝廷，被贬谪到岭南，刚到之时，不抱能活下来的想法，经过一年多，朝廷没有新的命令下来，才知道自己不会被杀。但过去一直被痔疾困扰，此时大发作，呻吟折腾，将近一百天。当地没有什么医药，即使有也没什么疗效。道士教我一个治疗办法，断绝荤腥以及各种有滋味的食物，用清静素淡去战胜痔病。因为痔病是有虫子寄住在肛肠，荤腥美味，即养自身，也养痔虫。我按照道士的办法，从此后每天仅早晚吃四两淡面食，如中间饥饿想吃东西，就吃点炒熟磨碎的胡麻茯苓末。这些食物之外，再不吃任何东西。这样我自身一天天地消瘦，那寄生在我身上的痔虫当然就生存不下去，便离开了我。我还担心坚持不下去，便用嵇中散、孙真人的话当作药来治病，让人每天对我念三遍，并且说："东坡居士，你忘记了整整一年等着被杀的忧愁，将近百天的痛苦吗？假如你不幸碰上嵇中散那样的灾祸，孔子贤弟子伯牛那样糟糕的疾病，你即使想采摘薇菜为食，散发野居，怕也不成吧。现在你每天可以吃胡麻、麦子、茯苓，不是比采薇散发要强得多吗。"东坡居士便唱诗歌回答："做没什么可做的事，任何事情便都能做好。尝没什么滋味的食物，所有的滋味就都尝到了。茯苓、麻、麦，有时候还会没有。有就吃没有就算拉倒，和我没什么关系。呜呼噫嘻，寄养在我身上的那痔虫如果还不离去，你将因此而惭愧吧。"

舍铜龟子文

苏州报恩寺重造古塔，诸公皆舍所藏舍利。予无舍利可舍，独舍盛舍利者，敬为四恩三有舍之。故人王颐为武功宰，长安有修古塔者，发旧葬，得之以遗予，予以藏私印。成坏者有形之所不免，而以藏舍利则可以久存，藏私印或以速坏。贵舍利而贱私印，乐久存而悲速坏，物岂有是哉。予其并舍之。

【译文】苏州报恩寺重修古塔，诸公都把自己所藏的舍利施舍给了报恩寺。我没有舍利可施舍，就独自施舍了一个盛舍利的龟形铜盒，敬为佛教所说的四种恩德、三界生死因果施舍。这个龟形铜盒是我的老朋友王颐送给我的。王颐任武功县令时，长安有人修古塔，挖掘旧墓挖出了这个铜盒，王颐拿到这铜盒后送给了我，我用它来盛自己的私印。凡是有形的东西都不免有形成时，也有损坏时，如果用这盒子盛舍利，它就可以长久保存，如果用它来盛私印，它就可能很快损坏。舍利是珍贵的，而私印是不值钱的，久存让人欢乐，而速坏让人悲哀，用这盒子去盛舍利，使它得以长期存在，作为物品，还能有比这更好的际遇吗？于是我把这盒子施舍给报恩寺。

怪石供

《禹贡》："青州有铅松怪石。"解者曰：怪石，石似玉者。今齐安江上往往得美石，与玉无辨，多红黄白色。其文如人指上螺，精明可爱，虽巧者以意绘画有不能及。岂古所谓怪石者耶？凡物之丑好，生于相形。吾未知其果安在也。使世间石皆若此，则今之凡石复为怪矣。海外有形语之国，口不能言，而相喻以形。其以形语也，捷于口，使吾为之，不已难乎？故夫天机之动，忽焉而成，而人真以为巧也。虽然，自禹以来怪之矣。齐安小儿浴于江，时有得之者，戏以饼饵易之。既久，得二百九十有八枚。大者兼寸，小者如枣、栗、菱、芡，其一如虎豹，首有口、鼻、眼处，以为群石之长。又得古铜盆一枚，以盛石。挹水注之灿然。而庐山归宗佛印禅师适有使至，遂以为供。禅师尝以道眼观一切，世间混沦空洞，了无一物，虽夜光尺璧与瓦砾等，而况若石。虽然，愿受此供，灌以墨池水，强为一笑。使自今以往，山僧野人欲供禅师，而力不能办衣服饮食卧具者，皆得以净水注石为供，盖自苏子瞻始。时元丰五年五月，黄州东坡雪堂书。

【译文】《尚书·禹贡》记载："青州一带出产铅松怪石。"注解《尚书》的学者解释说：怪石是像玉一样的石头。现今齐安县江中往往能得到很美的石头，和玉石相比，难分差别。大多是红、黄、白色。美石的石纹好像人指上的螺纹，晶亮透明，十分可爱，即便是手艺很巧的人特意绘画也难画得那么好。这难道就是古代所说的怪石吗？

大凡物品的好与丑，都是由比较得出的。《尚书》所记载的那种怪石，我不知道它怪在哪里，假如世上的石都像这石头一样，那么如今的普通石就会被看作怪石了。海外有形语之国，不会用口说话，思想交流全凭做出各种形状姿态。他们用形态当语言，比用口还快捷，但让我们这样做，不是很难吗？所以天机之动，一下便成了，但人们却真的认为是那么绝妙。道理尽管如此，但从大禹到如今，人们把这种石头视为奇异。齐安县的小孩子在江中洗浴时，有时便会拾到这石头。我逗他们，用饼和他们换，得到一些。时间长了，共得了二百九十八枚。大的有一二寸，小的像枣、菱角、栗子、芡实那么大，其中有一枚形状像虎豹，头部还有泉眼、鼻、口的地方，我把它当作群石的头领。还曾得到过一只古铜盆，用它来盛这些石头，往里灌上水，石头看上去非常晶莹夺目。庐山归宗佛印禅师，恰好派人来我这儿，于是就把这盆石作为供品献给佛印禅师。禅师常常用佛家的眼光看待世间一切，认为世间混沌空洞，一切皆无，一切皆空，即使夜光珠、巨形玉璧在他看来也和石头瓦块一样，何况这石头。尽管如此，他还是愿意接受这供品。我便往盆石中灌入墨池水，好让佛印禅师一笑。今后，山僧野人想给禅师上供，如果无力置办衣服饮食卧具作供品的，都可以用净水泡石头当作供品，因为苏子瞻已开了这个头。元丰五年五月，写于黄州东坡雪堂。

后怪石供

苏子既以怪石供佛印，佛印以其言刻诸石。苏子闻而笑曰："是安所从来哉？予以饼易诸小儿者也。以可食易无用，予既足笑矣，彼又从而刻之。今以饼供佛印，佛印必不刻也。石与饼何异？"参寥子曰："然。供者，幻也。受者，亦幻也。刻其言者，亦幻也。夫幻何适而不可。"举手而示苏子曰："拱此而揖人，人莫不喜，戟此而詈人，人莫不怒。同是手也，而喜怒异，世未有非之者也。子诚知拱、戟之皆幻，则喜怒虽存而根亡。刻与不刻，无不可者。”苏子大笑曰：“子欲之耶？”乃亦以供之。凡二百五十，并二石盘云。

【译文】苏子供给佛印怪石之后，佛印就把我的那篇《怪石供》刻到了石碑上。苏子听说后笑道：“这是从何说起呢？我不过是用饼从小孩儿那儿换来的。用可吃的饼换些无用的石头，我的行为已够可笑了。他佛印又把那篇文章刻到石头上。如果供给佛印饼，佛印一定不会为此刻碑。那么石头和饼之间有什么不同？”参寥子说：“说的对。上供，是虚幻的假象。接受供品，也是虚幻的假象。把你的文章刻碑，还是虚幻的假象。既然都是虚幻的假象，怎么做都可以。”说着举起手向苏子演示说：“用手向人拱手作揖，没有人不喜欢的，用手指着人叫骂，没有人不恼怒的，同样是这双手，但引起的喜怒却如此不同。世人对此都是同样的反应。您如果真的知道拱手作揖和指人叫骂都是虚幻的假象，那么喜怒即使存在，也就根本不存在。那么刻石与不刻石，也就没什么不可以。”苏子听后大笑，说：“您也想得到一盆石头和一篇文章吗？”便也供给参寥子一堆石头，共二百五十枚，以及两个盛石头的盘子。

东坡酒经

南方之氓，以糯与秔，杂以卉药而为饼。嗅之香，嚼之辣，揣之枵然而轻，此饼之良者也。吾始取面而起肥之，和之以姜液，蒸之使十裂，绳穿而风戾之，愈久而益悍，此曲之精者也。米五斗以为率，而五分之，为三斗者一，为五升者四。三斗者以酿，五升者以投，三投而止，尚有五升之羸也。

始酿以四两之饼，而每投以二两之曲，皆泽以少水，取足以散解而匀停也。酿者必瓮按而井泓之，三日而井溢，此吾酒之萌也。酒之始萌也，甚烈而微苦，盖三投而后平也。凡饼烈而曲和，投者必屡尝而增损之，以舌为权衡也。即溢之，三日乃投，九日三投，通十有五日而后定也。既定乃注以斗水，凡水必熟而冷者也。凡酿与投，必寒之而后下，此炎州之令也。既水五日乃笞，得二斗有半，此吾酒之正也。先篘，半日，取所谓赢者为粥，米一而水三之，揉以饼曲，凡四两，二物并也。投之糟中，熟撋而再酿之，五日压得斗有半，此吾酒之少劲者也。劲正合为四斗，又五日而饮，则和而力，严而不猛也。篘绝，不旋踵而粥投之。少留，则糟枯中风而酒病也。酿久者酒醇而丰，速者反是，故吾道三十日而成也。

【译文】南方的百姓，用糯米和粳米，掺上草药作成饼，闻着很香，嚼着很辣，拿起来感到又空又轻，这是饼中的上品。再做酒曲，先拿面发酵，并和姜汁和在一起，把它蒸得有十几道裂口，用绳子穿起来挂在风口吹干，时间愈久这酒曲劲便越猛。这是酒曲中的上品。米以五斗为标准，分成五份，其中一份三斗，这三斗用来酿酒，其余四份，每份平均五升，三份用来作加投的料，每投一次五升，共投三次，还有一份五升米，作为剩余留作他用。

开始酿造时用四两饼和三斗米，用少量水浸润，让饼和米散解均匀，放在瓮中按实，并在中间挖个小井，以便酒液渗出。三天后小井中酒便满了，这便是最初的酒。这最初的酒，很浓烈而且有些苦，加三次投料后便会平和。每次投料用二两酒曲、五升米，也用少量水浸润拌均匀。大凡饼浓烈而酒曲平和，所以每次投料都要尝尝饼和酒曲的味道，以口感为标准。酿的酒糟中间的小井渗满酒液后，要投料。每三天投一次，九天共投三次，总计十五天后酒便基本做成。做成后加入一斗水，水要烧开再放冷。酿造时和投料时，也都必须等冷了后才能下料。加水五日后开始滤酒，可以得到二斗半酒，这为酒的正。滤酒之前的半日，拿最初配料时剩余下来的五升米，加三倍的水，掺入饼和酒曲各四两，一起做成粥。滤酒之后，把煮好的粥加入酒糟中，揉拌匀透再酿造五天，又可得到一斗半酒，这为酒的少劲。正和劲合在一起共四斗，混合置放五天后便可以饮用了。这种酒很平和但很有酒劲，很醇酽但却不冲。滤酒之后，立刻要把粥加入酒糟中，稍微一停留，酒糟就要被风侵，酒就要坏了。酿造时间长的酒，味道醇厚而且出酒很多，酿得快，酒味就薄而且出酒少，所以我的酒前后需要三十天才能酿成。

判悻酒状

道士某，面欺主人，旁及邻生。侧左元方之盏，已自厚颜；倾西王母之杯，宜从薄罚。可罚一大青盏。

【译文】道士某，当众欺负主人，并旁及邻座。倒了左元方的杯盏那么一大杯，不知羞耻，喝了西王母的杯盏那么一大杯，应该罚他。所以罚他喝了一大杯酒。

白鹤新居上梁文

鹅城万室，错居二水之间；鹤观一峰，独立千岩之上。海山浮动而出没，仙圣飞腾而往来。古有斋宫，号称福地。鞠为茂草，奄宅狐狸。物有废兴，时而隐显。东坡先生，南迁万里，侨寓三年。不起归欤之心，更作终焉之计。越山斩木，溯江水以北来；古邑为邻，绕牙墙而南峙。送归帆于天末，挂落月于床头。方将开逸少之墨池，安稚川之丹灶。去家千岁，终同丁令之来归；有宅一区，聊记扬雄之住处。今者既兴百堵，爰驾两楹。道俗来观，里闾助作。愿同父老，宴乡社之鸡豚；已戒儿童，恼比邻之鹅鸭。何辞一笑之乐，永结无穷之欢。

儿郎伟，抛梁东。乔木参天梵释宫。尽道先生春睡美，道人轻打五更钟。

儿郎伟，抛梁西。娲娲虹桥跨碧溪。时有使君来问道，夜深灯火乱长堤。

儿郎伟，抛梁南。南江古木荫回潭。共笑先生垂白发，舍南亲种两株柑。

儿郎伟，抛梁北。北江江水摇山麓。先生亲筑钓鱼台，终朝弄水何曾足。

儿郎伟，抛梁上。璧月珠星临蕙帐。明年更起望仙台，缥缈空山隘云仗。

儿郎伟，抛梁下。凿井疏畦散邻社。千年枸杞夜长号，万丈丹梯谁羽化。

伏愿上梁之后，山有宿麦，海无飓风。气爽人安，陈公之药不散；年丰米贱，林婆之酒可赊。凡我往还，同增福寿。

【译文】鹅城的万间房屋，座落在二条河中间；鹤观这一座山峰，挺立于万座山之上。云雾缭绕，海山时隐时现；修炼得道，仙圣飞腾往来。古代筑有斋宫，号为洞天福地；后代竟然荒废，今日草深狐居。成毁兴废，人间规律；东坡先生，今来此地。喜爱这风水宝地，造一座白鹤新居。虽说是南迁万里，再不起北归之意。古城为邻，城墙在宅南耸峙；隔江相望，新居在江北落成。墙外远眺，归帆消失在天末；窗前凝望，落月悬挂在床头，还要修王羲之那样的洗墨池，准备建葛稚川那样的炼丹灶。如同丁令成仙，千年后化鹤归来；如同扬雄避仇，一宅院安居亦足。今天百堵墙已打好，两根柱已竖起，感谢邻里帮助，宴请僧俗朋友。父老请畅饮，虽然是山村菜肴；儿童要注意，切莫逗邻里鹅鸭。何辞一笑之乐，永结无穷之欢。

儿郎伟，抛梁东。乔木参天梵释宫。尽道先生春睡美，道人轻打五更钟。

儿郎伟，抛梁西。娲娲虹桥跨碧溪。时有使君来问道，夜深灯火乱长堤。

儿郎伟，抛梁南。南江古木荫回潭。共笑先生垂白发，舍南亲种两株柑。

儿郎伟，抛梁北。北江江水摇山麓。先生亲筑钓鱼台，终朝弄水何曾足。

儿郎伟，抛梁上。璧月珠星临蕙帐。明年更起望仙台，缥缈空山隘云仗。

儿郎伟，抛梁下。凿井疏畦散邻社。千年枸杞夜长号，万丈丹梯谁羽化。

希望上梁之后，山中有存粮，海上无风暴。气爽人安，陈公的医药用不着；年丰米贱，林婆的酒饭随便赊。祝愿所有和我交往的人，增福添寿。

海会殿上梁文

经来白马寺，僧到赤乌年，自此佛法大行，以至海隅皆满。伏惟我海会禅师，施无尽藏，开不二门。来作西方之主人，且为东坡之道友。爰因胜地，以建道场。有大富长者八人，迨释迦宝像一所。瑶阶肪截，碧瓦鳞差。庶几鹫岭之雄，岂特鹅湖之冠。共凭佛力，仰祝尧年。如日之升，与天无极。举城僚友，阖郡士民。皆兴有作之慈，共享无边之福。

儿郎伟，抛梁东。日出三竿照海红。作礼禅师为祖席，东坡请到雪髯翁。

儿郎伟，抛梁西。此去西方路不迷。一礼慈尊无量寿，万年天子与天齐。

儿郎伟，抛梁南。南海薰风动碧潭。过尽千帆并万舶，归来金鼓结珠龛。

儿郎伟，抛梁北。玉辇巍巍天北极。侯门鼓吹到山门，为作龙兴千万亿。

儿郎伟，抛梁上。瑞气葱葱荫龙象。劝师举足不须踏，踏着毗庐恶模样。

儿郎伟，抛梁下。礼足阇黎来请话。五叶花开到处春，千灯光照何曾夜。

伏愿上梁以后，年丰米贱，气爽人安。郡侯日转千阶，施主日增万镒。果肴云散，钱宝星飞。各务纷拏，共为笑乐。

【译文】自从东汉始建白马寺，赤乌呈祥，佛教流行；九州处处，寺院遍布。我们的海会禅师，普施广大的佛德，开启修行的法门，既成为当地佛教的主持，也成为我苏东坡的道友。借用一处优美的地域，修建一座讲经的寺院。有八位很富裕的长者，送一座释迦牟尼宝像，捐资建起这座寺院。玉阶碧瓦，宏丽异常。称得上鹫岭鹅湖第一寺，何止是鹅湖之冠？多拜谢圣贤佛祖赐丰年。如日之升，与天无极。帮忙干活的功劳，全城吏民百姓，都有共享无边之福。

儿郎伟，抛梁东。日出三竿照海红。作礼禅师为祖席，东坡请到雪髯翁。

儿郎伟，抛梁西。此去西方路不迷。一礼慈尊无量寿，万年天子与天齐。

儿郎伟，抛梁南。南海薰风动碧潭。过尽千帆并万舶，归来金鼓结珠龛。

儿郎伟，抛梁北。玉辇巍巍天北极。侯门鼓吹到山门，为作龙兴千万亿。

儿郎伟，抛梁上。瑞气葱葱荫龙象。劝师举足不须踏，踏着毗庐恶模样。

儿郎伟，抛梁下。礼足阇黎来请话。五叶花开到处春，千灯光照何曾夜。

希望上梁之后，年丰米贱，气爽人安。地方长官一天升官一千级，当地施主一天进财一万两。果蔬佳肴满天飞，金钱元宝遍地撒。各位任意拾取，人间充满欢笑。

若稽古说

"若"稽古，其训曰顺。考古之所谓"若"，今之所谓"顺"也。古之所谓"诚"，今之所谓"真"也。非以若易顺，诚易真也。曰：惠亦顺也。方《虞书》时，未有云顺者也。

【译文】《尚书·虞书》中"若稽古"的"若"，解释为"顺"。考察古时候语言中的"若"，即今天"顺"的意思。古时候的"诚"，即今天"真"的意思。但并不是把"若"换成"顺"，把"诚"换成"真"。我们说：惠也有顺的意思。但《虞书》中，就没有说"惠"也是顺的。

八佾说

《宋书·乐志》：宋文帝元嘉十三年，给彭城王义康伎，相承给三十六人。太常傅隆以为《左传》诸侯用六，杜预以为三十六人，非是。舞以节八音，故必以八人为列。自天子至士，降杀以两。两，减其二列。若如预言，至士止有四人，岂复成乐。服虔注《左传》与隆同。又《春秋》：晋悼公纳郑女乐二八，晋以一八赐魏绛，此乐以八人为列之证也。予案，《说文》：佾从人，从分声。分，音许讫切。分，肉，八声。其解云：振也。八无缘为分之声，疑古字从八，从肉。

【译文】《宋书·乐志》记载：宋文帝元嘉十三年，供给彭城王刘义康女乐，按倒给了他三十六名女乐。太常卿傅隆认为，《左传》记载诸侯用乐舞为六佾。杜预说解《左传》认为六佾的女乐数为三十六名。傅隆认为杜预的说法不对。傅隆认为：乐舞合八音的节奏，因而每列舞女一定应是八人。周王朝的制度，从天子经诸侯、大夫到士，每降一个等级就要把佾数降两个。两就是二列女乐，如果按照杜预的说法，佾数降两个，不仅是列数减少二列，每列的人数也相应减少二名，那么按等级依次减少，到士一级女乐数只剩四名，哪里还成乐舞？傅隆认为佾数降两个，只降列数，每列的人数不变。服虔注解《左传》正是如此。傅隆赞同服虔的说法。另外，《春秋》中记载：晋悼公接受了郑国进献的女乐二列各八人，晋悼公把其中一列八个赐给了大夫魏绛，这正是乐舞以八人为一列的证据。我认为：《说文解字》中说：佾这个字，形符为人，声符为分。分的音由许讫两字反切拼成。《说文》解释分字说：肉为形符，八为声符。对字义的说解是：振动。我认为，八没有理由作为分字的声符。怀疑《说文解字》可能有误，按古字应该解释成由八和肉两部分会意。

辩蜡祭说

八蜡，三代之戏礼也。岁终聚戏，此人情之所不免也。因附以礼义。亦曰：“不徒戏而已矣。祭必有尸。无尸曰：‘奠’，始死之奠与释奠是也。”今蜡祭谓之祭，盖有尸也。猫虎之尸，谁当为之？置鹿与女，谁当为之？非倡优而谁！葛带榛杖，以丧老物。黄笠草屦，以奠野服。皆戏之道也。子贡观蜡而不悦。孔子告之曰：“一弛一张，文武之道。”盖谓是也。

【译文】祭祀八神的蜡祭，原是三代时的戏礼。年终相聚玩乐庆祝，是不可避免的人之常情。为有益于教化，于是便增添上礼义。也有一说，认为：“不只是玩乐庆祝。祭礼一定要有代亡者受祭的神主。没有神主，只献酒食等祭品的祭祀称为‘奠’，人刚死时用酒食祭祀的始死之奠和对先圣先师供上祭品的释奠就属此类。”如今年终的蜡祭称为祭，就是因为设有代受祭品的尸主。但所祭八神中的猫虎之神让谁采作它的尸主呢？还有鹿和女子让谁来作它的尸主呢？那么不用倡优来代替还能让谁来代替！再说举行仪式时要佩带葛布做成的带子，拿着榛木手杖，以此表示送走衰老的事物，除旧布新。戴着黄色的草笠，穿着草鞋，以此表示对田野农夫的尊敬。所有这些，都是一种演戏的方式。子贡观看蜡祭的仪式很不高兴，孔子便告诉他："一张一弛，是文武之道。"大约说的就是八蜡实际是年终人们辛苦一年后要欢乐庆祝，松弛一下，由此而演变成的祭祀活动。

尸说

古人祭祀用尸，极有深意。盖人之意气既散，孝子求神而祭，无尸则不享，无主则不依，故《易》于《涣》《萃》皆言"王假有庙"，即涣散之时事也。魂气必求其类而依之，人与为类，骨肉又为一家之类。己于尸各心斋洁，至诚相通，以此求神，宜其享之。后人不知此道，直以尊卑之势，遂不行耳。

【译文】古人祭祀时一定要用一个活人来代表亡者受祭，这个人便称为尸主。这种方式意味很深长。因为人死后生命和思想意志都消失了，孝子求神祭祀，如果没有生命便不能享用，如果没有意志便无法依存，所以《周易》的《涣》《萃》二卦中都说："王到了庙中"，正是说的人死后意气涣散时的事。人死后魂气一定要找同类才能依附。人和死去的人是同类，而自己的骨肉亲人又是一家人的同类。所以死去的人和代表自己受祭的活人都心身斋洁，这样心意至诚便能心灵相通，这样去求神，神当然会享用，神也才保佑。后人不了解这意味深长的道理，祭祀时只讲尊卑，于是便不灵验，于是后代祭祀便不用活人来代表死者受祭。

乌说

乌于人最黠，伺人音色有异，辄去不留，虽捷矢巧弹，不能得其便也。闽中民狃乌性，以谓物无不可以性取者。则之野，挈罂饭楮钱，阳哭冢间，若祭者然。哭竟，裂钱弃饭而去。乌则争下啄，啄尽，哭者复立他冢，裂钱弃饭如初。乌不疑其绐也，益鸣争，乃至三四，皆飞从之。稍狎，迫于罗，因举获其乌焉。今夫世之人，自谓智足以周身，而不知祸藏于所伏者，几何不见卖于哭者哉。其或不知周身之术，而以愚触死，则其为智，犹不若乌之始虚于弹。韩非作《说难》，死于秦，天下哀其以智死。楚人不知《说难》而谓之沐猴，天下哀其以愚死。二人者，其为愚智则异，其于取死则同矣。宁武子邦有道则智，邦无道则愚，观时而动，祸可及哉？

【译文】乌鸦观察人的言行最狡黠，一窥伺人的声音形迹有异常，立刻便飞走，即使是很迅疾的弓箭弹子，也无法瞄住机会打中它们。福建一带的百姓摸透了乌鸦的习性，认为任何事物没有不可以利用它的习性去获取它的。那里的百姓便到野外，带着饭罐纸钱，佯装在坟前哭祭。哭祭完，把纸钱撕烧掉，扔下饭便离去。乌鸦便争抢着飞下来啄食饭食。乌鸦啄食完后，佯装哭祭的人再到其他坟前哭祭，仍同上次一样哭后撕烧纸钱扔下饭离去，乌鸦不怀疑人们在欺骗它们，叫着、争着啄食饭食。这样连着三四次，乌鸦总跟着人飞，渐渐地便和人亲近了，人便趁其不备，撒下罗网，把它们抓获。如今世人中，那些自认为智慧可以保护自身，却不了解祸害隐藏在自己周围的人，和被佯装哭祭的人所骗的乌鸦有多少差别？而那些不知道保护自身，愚笨地撞到死路上的人，他们的智慧，还不如乌鸦懂得躲避弹弓。韩非子写了《说难》这篇文章，却因此被请到秦国，死在了秦国。天下人都为他因智慧而死感到悲哀。楚国辩士不了解《说难》却去游说项羽，骂项羽为沐猴，结果被杀。天下人为他因愚蠢而死感到悲哀。这两位聪明、愚蠢不同，都同样招致死亡。春秋时卫国的宁武子采取国家政治清明就展现才智，国家政治昏乱就假装糊涂的办法，看形势决定行为，祸乱能危害他吗？

二鱼说

予读柳子厚《三戒》而爱之，又尝悼世之人，有妄怒而招悔，欲盖而弥彰者。游吴，得二事于海滨之人，亦似之。作《二鱼说》，非意乎续子厚者，亦聊以自警云。

【译文】我读柳宗元的寓言小品文《三戒》后，非常喜爱这文章。我还曾为世上的两种人感到悲哀，一种是乱发火造成严重后果又追悔莫及；一种是想遮盖自己的行为反而越发暴露。我到吴地游历，从海边百姓那儿听说两件事，和上述两种人的行为颇相似。于是便写了这篇《二鱼说》，本意并不是想模仿柳宗元，只是要以此来告戒自己。

河之鱼

河之鱼，有豚其名者。游于桥间，而触其柱，不知远去，怒其柱之触己也，则张颊植鬣，怒腹而浮于水，久之莫动。飞鸢过而攫之，磔其腹而食之。好游而不知止，因游以触物，而不知罪己，乃妄肆其忿，至于磔腹而死，可悲也夫。

【译文】河中的鱼，有一种名叫河豚。在桥下游水，撞在了桥墩上，不知道远离桥墩而去，却认为是桥墩撞了它，非常恼怒，便气得鱼腮炸开着，唇须竖直着，肚子鼓涨着，浮在水面上，半天一动也不动。水鸟飞过便把它捕获，撕碎它的肚子把它给吃了。这鱼好游水却不懂得该停止时应停止，因为一味游水而碰了壁，却不知道该责怪自己，竟然胡乱发怒，结果被剖腹而死，实在是可悲呀。

海之鱼

海之鱼，有乌贼其名者。呴水，而水鸟戏于岸间，惧物之窥己也，则呴水以蔽物。海鸟疑而视之，知其鱼也而攫之。呜呼，徒知自蔽以求全，不知灭迹以杜疑，为识者之所窥，哀哉。

【译文】海中有一种鱼，名叫乌贼。在水面上吹气泡时，看到海鸟在岸边转悠，它害怕海鸟发现自己，便吹出水泡来遮蔽自己。海鸟对此起了疑心便注意观察，知道那里有鱼便去捕捉。呜呼，只知道用遮蔽来保全自己，却不知道用消除踪迹的办法不让对方起疑心，结果被能识破自己遮蔽伎俩的看破，实在可悲啊。

梁贾说

梁民有贾于南者，七年而后返。茹杏实、海藻，呼吸山川之秀，饮泉之香，食土之洁，泠泠风气，如在其左右。朔易弦化，磨去风瘤，望之蝤蛴然，盖项领也。倦游以归，顾视形影，日有德色。徜徉旧都，踌躇乎四邻，意都之人与邻之人，十九莫己若也。入其闺，登其堂，视其妻，反惊而走："是何怪耶？"妻劳之，则曰："何关于汝！"馈之浆，则愤不饮。举案而饲之，则愤不食。与之语，则向墙而欷嘘。披巾栉而视之，则唾而不顾。谓其妻曰："若何足以当我，亟去之！"妻俛而怍，俯而叹，曰："闻之，居富贵者，不易糟糠；有姬姜者，不弃憔悴。子以无瘿归，我以有瘿逐。呜呼，瘿邪，非妾妇之罪也！"妻竟出。于是贾归家。三年，乡之人憎其行，不与婚。而土地风气，蒸变其毛脉，啜菽饮水，动摇其肌肤，前之丑稍稍复故。于是还其室，敬相待如初。

君子谓是行也，知贾之薄于礼义多矣。居士曰：贫易主，贵易交，不常其所守，兹名教之罪人，而不知学术者，蹈而不知耻也。交战乎利害之场，而相胜于是非之境，往往以忠臣为敌国，孝子为格虏，前后纷纭，何独梁贾哉！

【译文】梁地有一个到南方做买卖的人，去了七年回到了故乡。那七年中，他常吃杏子、海藻，呼吸南方山水的清新空气，享受着南方洁净的水土，身上常有仙风道骨的感觉。经历了一次次的月缺月圆，他脖子上的瘿瘤也渐渐地消失了，脖子看上去如同蝤蛴一样的洁白修长而又丰润。在外日子久了，感到厌倦，便回到故乡。自我欣赏容貌姿态，天天得意洋洋，在故乡的城里，在左邻右舍面前，大摇大摆。自认为满城人士，十个有九个都比不上自己。回到自己家里，登堂入室，看见自己妻子，装着吃惊的样子，吓得往外跑，说："这是什么怪物？脖子上长个瘤子？"妻子慰问他外出辛苦，他却说："关你什么事？"给他端来水，他恨恨地不喝。给他端上饭，他恨恨地不吃。妻子和他说话，他便对墙叹气。妻子打扮起来让他看，他"呸"地一声吐唾沫看也不看。他对自己的妻子说："你哪能配得上我，赶快离开这个家吧！"妻子低头叹息，为他羞愧，说："我听说人富贵了却不抛弃与自己共度贫寒的老婆，有了美妾，也不抛弃衰老的妻室。您因为脖子上的瘿瘤消失了回到家，我却因为脖子上仍然有瘿瘤而被赶出了家。呜呼，是因为瘿瘤的缘故啊，并不是我有什么罪错！"说完，妻子便离家而去。然后这商贾才在家里安住，回来后三年里，故乡人民都厌恶他的品行，尽管他已休妻，却没有人愿和他结婚。家乡的水土气候一天天地浸润改变着他的毛发血脉，饮食习惯一天天地滋养侵袭着他的皮肤，于是过去脖子上的瘿瘤又渐渐长了出来。这时他只好又迎回自己的妻子，仍同过去一样相敬如宾。

君子评论这种行为，知道这梁地的商贾很缺少礼义德行。东坡居士说：世俗之人，贫贱就另投主子，富贵就另交朋友，不能坚持操守，这正是名誉教化的罪人。而那些根本不知学习礼义的人，干着缺德的事却不知羞耻。古往今来，多少人面对着利害你争我夺，这时，往往把忠臣也当作仇人，把孝子也看作强奴。这类人，何止一个梁地的商贾。

梁工说

梁工治丹灶有日矣。或有自三峰来，持淮南王书，欲授枕中奇秘坎离生养之法，阴阳九六之数，子女南北之位，或黄或白，生生而不穷。以是强兵，以是绪余以博施济众。而其始也，密室为场，空地为炉，外烬山木之上煮天一，坏父鼎母，养以既济，风火烟缊，而瓦铄化生。方士未毕其说，工悦之，然以为尽之矣。退试其术，逾月破灶，而黄金已芽矣。于是谢方士。方士曰："子得予之方，未得究其良，知其一不知其二。余弗邀利于子，后日不成，不以相仇，则子之惠也。"工重谢之曰："若之术殚于是矣，予固知之矣，岂若愚我者哉！"遂歌《骊驹》以遣送之。束书在于腰，长揖而去。工日治其诀，更增益剂量，其贪婪无厌。童东山之木，汲西江之水，夜火属月魄，昼火属日光。操之弥勤，而其术愈疏，为之不已，而其费滋甚。牛马销于铅汞，室庐尽于钳锤，券土田，质妻子，萧条褴褛，而其效不进。至老以死，终不悟。

君子曰：术之不慎，学之不至者然也，非师之罪也。居士曰：圬墙画墁，天下之贱工，而莫不有师。问之不下，思之不熟，与无师同。其师之不至，圬墙画墁之不若也。不至，则欺其中，亦以欺其外。欺其中者已穷，欺外者人穷。如梁工盖自穷，亦安能穷人哉！

【译文】有一位梁地的工匠做炼丹炼金的事有很长时间。一位自称是从茅山三峰来的方士，说藏有已成仙的淮南王刘安留下的秘籍，想传授给这位工匠一些道术，如枕中秘方、坎离养生、阴阳九六、子女南北等等方法，依法念口诀、站方位去炼丹，便能炼出黄金或白银，而且不停地产出，永无穷尽。可以用这些金银使国家富强，军队强大，剩下的还可以施舍众人，救济穷困。具体方法：开始要准备一所密室作为场地。室中不放其他任何物品，只安一只炼丹炉。用山上的木柴来烧炉子，烟气升天，与自然融合，用坯作父体，用鼎作母体，炼养到一定时候，烟火缭绕，土坯瓦块就炼成了黄金。方士的话尚未说完，这工匠便非常高兴，并认为自己已全学会了。回去后就试着用此方法来炼，过了一个月打开炉子，果然炼出了一些小小的碎黄金。于是他便感谢方士。方士说："您已经学到了我的方法，但还没有得到那方法的精髓，还只知其一不知其二。我不想从你这儿得什么好处，只求你日后炼不成不要恨我就行了。"这工匠再次感谢方士，说："你的方术也就是这些了，我已都掌握了，你把我当作笨人了吗？"于是就唱起了送别的《骊驹》诗，把方士送走了。方士把书揣在怀里，长揖而别。这工匠每天念着口诀，增大了炼金的量，贪婪无度，只想多得些金银。砍光了东山上的树，抽取西江中的水，日夜烧火炼金，夜火映月光，日火映太阳，非常勤劳，永不歇息。但方法越来越不灵验，花费越来越大，家中的房屋牛马变卖了，都花在了铅汞钳锤上。最后土地、妻子儿女也都变卖了，萧条一人，衣裳褴褛，但是黄金仍然没有炼成。而他直到老死，也没醒悟。

君子评论说：这是他学习不恭谨，没有全学到手的结果，并不是老师的过错。东坡居士说：天下的事没有不需要老师指导的。即使是泥抹墙这样简单低贱的工作，也必须有老师指导。不能虚心地向老师请教，不能深入地思考问题，即使拜了老师，也和没有老师一样。如果学习得不到家，即使是泥抹墙也做不好。学习不彻底，不仅欺骗自己，如果以此指导人，还会欺骗别人。欺骗自己，耽误自己；欺骗别人，就会耽误别人。像梁地的工匠，只是耽误了自己，哪能耽误别人。

蜜酒法

予作蜜酒，格味与真一相乱。每米一斗，用蒸饼面二两半，如常法取醅液，再入蒸饼面一两酿之。三日尝看，味当极辣且硬，且以二斗米炊饭投之，若甜软，则每投更入面与饼各半两。又二日，再投而熟，全在酿者斟酌损益也。入少水为妙。

【译文】我酿制的蜜酒，风格味道和真一酒没有多大区别。酿制法如下：每一斗米用蒸饼、面曲各二两半，像通常酿酒方法一样制取酒液，再加入蒸饼、面曲各一两酿制。过三天后品尝，味道非常辣而且很冲。这时，可加入二斗米做成的米饭拌和，如果味道变的又甜又平和，那么再投入面曲和蒸饼各半两。两天之后，再投入上述量的面曲和蒸饼，如此，直到酒酿好。具体投加几次，每次面曲、蒸饼的量如何增减，全凭酿制者根据酒味情况自己斟酌。每次稍微加点水最好。

定州学生砚盖隐语

碑石犹在，岘山已摧。姜女既去，孟子不来。

【译文】碑石还存在，岘山已摧毁。姜女已经走了，孟子却不来了。（译者按：碑字半边与岘字半边即为砚字，姜字上部与孟字下部即为盖字。）

拟谢对衣并马表（残）

匪伊垂之带有余，非敢后也马不进。

【译文】并不是你要垂下来而是衣带太长，并不愿落后而是马不前进。

判营妓从良

五日京兆，判状不难。九尾野狐，从良任便。

【译文】做过五天京兆官，所以判状子并不难。妓女愿从良，任随你的便。

判周妓牒

慕《周南》之化，此意虽可嘉；空冀北之群，所请宜不允。

【译文】仰慕《周南》的教化作用，这心意虽然值得称赞；但造成冀北的良马缺失，所以你的请求不能获准。

赠李方叔赐马券

元祐元年，予初入玉堂，蒙恩赐玉鼻骍。今年出守杭州，复沾此赐。东南例乘肩舆，得一马足矣，而李方叔未有马，故以赠之。又恐方叔别获嘉马。不免卖此，故为出公据。四年四月十五日，轼书。

【译文】元祐元年，我第一次入翰林院任学士，蒙皇恩赐给我一匹好马玉鼻骑。今年出任杭州大守，再次蒙受皇恩得到一匹御赐好马。东南一带的惯例是坐轿子，而我有一匹马就足够了，而李方叔没有马骑，所以我把其中的一匹御赐马赠给李方叔。又担心方叔以后另外再得到好马，那就不免会卖掉我送的马，因此为李公写此字据。元祐四年四月十五日，苏轼写。

释天性

孟子曰："形色，天性也。惟圣人然后可以践形。"中虽不然，犹知强之于外。此所以为天性也。

【译文】孟子说："人的形体容貌是天生的。只有圣人才能做到内在的品德和外貌相一致。"即使内心不愿意，也仍然强迫自己表现得很好。因此说只有形体容貌才是天生的。

赌书字

张怀民与张昌言围棋，赌仆书字一纸，胜者得此，负者出钱五百足作饭会以饭仆。社鬼听之，若不赛者，俾坠其师，无克复国。

【译文】张怀民和张昌言下围棋决胜负，并赌我写的一幅字，胜者得此幅字，负者出钱五百设宴席请我吃饭。土地神作证，如果谁不参赛，那就让他兵马回不了自己家国。

戏题

道得徵章郑赵，姓称孙姜阎齐。浴儿于玉润之家，一夔足矣；侍坐于冰清之仄，三英灿兮。

【译文】路途中得到徵舒、章丹、郑、赵之类的美女，她们的姓氏分别为孙、姜、阎、齐。携一个回夫婿家相会，留三位在岳父处相陪。

失题（残）

已作得《雪堂记》，而其本不传。

【译文】已写成《雪堂记》一文，但却没有传播。

牛酒帖

今日与数客饮酒，而纯臣适至。秋熟未已而酒白色，此何等酒也？入腹无赃，任见大王。既与纯臣饮，无以侑酒，西邻耕牛适病足，乃以为炰。饮既醉，遂从东坡之东直出，至春草亭而归，时已三鼓矣。

【译文】今天和几位客人饮酒，恰好纯臣来到。现在秋庄稼尚未熟透，但今天喝的酒却是很纯净的白色，这是什么好酒？喝到肚里非常畅快，直贯五脏六腑。既然和纯臣在一起喝，怎能没有下酒菜劝酒，恰好西邻的耕牛腿坏了，便杀来烤成大块肉下酒。喝醉后，便从东坡的东边一直走去，直到春草亭才返回，回来已是三更天了。

韶州月华寺题梁

天子万年，永作明主。敛时五福，敷锡庶民。地狱天宫，同为净土。有性无性，齐成佛道。

【译文】祝天子万寿无疆，永远作贤明君王。愿聚集五种幸福，遍施给黎民百姓。无论地狱天宫，同为净土。不管有缘无缘，齐成佛道。

偶题

惟陈季常不肯去，要至庐山而返，若为山神留住，必怒我。

【译文】只有陈季常不肯离去，要到庐山才返回。假如那时他被山神留住，就一定会恼怒我。

偶题

今日借得西寺《法华经》，其僧欲见遗，吾云："汝须得，我不须得。"

【译文】今天从西寺借了部《法华经》，寺里的僧人想送给我，我说："你们需要这经书，我不需要这经书。"

偶题

黄幡绰告明皇求作白打使，此官亦快人意哉！

【译文】黄幡绰向唐明皇要求作白打使，这一官职让人痛快。

记黄鲁直语

黄鲁直云："士大夫三日不读书，则义理不交于胸中，对镜觉面目可憎，向人亦语言无味。"轼。

【译文】黄鲁直（黄庭坚）说："士大夫如果有三天不读书，那么胸中就会缺乏义理，照镜子会觉得面目可憎，对人说话便语言无味。"苏轼记。

偶书赠陈处士

或对一贵人弹琴者，天阴声不发。贵人怪之，曰："岂弦慢耶？"对曰："弦也不慢。"

【译文】有一位给贵人弹琴的人，因为天阴，琴声不悠扬。贵人对此感到奇怪，问道："难道是琴弦松弛吗？"弹琴的回答说："琴弦并不松弛。"

卷九十二　杂记（人物）

仁祖盛德

温成皇后乳母贾氏，宫中谓之贾婆婆。贾昌朝连结之，谓之姑姑。台谏论其奸，吴春卿欲得其实而不可。近侍有进对者曰："近日台谏言事，虚实相半，如贾姑姑事，岂有是哉？"上默然久之，曰："贾氏实曾荐昌朝。"非吾仁祖盛德，岂肯以实语臣下耶？

【译文】温成皇后的乳母贾氏，宫中都称之为贾婆婆。贾昌朝联络她，称她为姑姑。御史台谏官察其奸，吴春卿想察到真凭实据却察不到。近侍有人奏说："近来御史台谏官说的事情，虚实相半，比如贾姑姑的事，哪里有这样的事呢？"皇上沉默了许久，说："贾氏确实曾荐举过昌朝。"若非我仁祖盛德，怎肯把实话告诉臣下呢？

真实信李沆

真宗时，或荐梅询可用者，上曰："李沆尝言其非君子。"时沆之没，盖二十余年矣。欧阳文忠公问苏子容曰："宰相没二十余年，能使人主追信其言，以何道？"子容言："独以无心故耳。"轼因赞其语，且言："陈执中，俗吏耳，特以至公，犹能取信主上，况如李公之才识而济之以无心耶？"时元祐三年兴龙节，赐宴尚书省，论此。是日，又见王巩云其父仲仪言："陈执中罢相，仁宗问：'谁可代者？'执中举吴育。上即召赴阙。会乾元节侍宴，偶醉，坐睡，忽惊顾拊床，呼其从者。上愕然，即除西京留台。"以此观之，执中虽俗吏，亦可贤也。育之不相，命矣夫。然晚节有心疾，亦难大用，仁宗非弃才之主也。

【译文】真宗时，有人举荐梅询可用，皇上说：“李沆曾说过他不是君子。”当时李沆去世已经二十多年了。欧阳文忠公曾问过苏子容：“宰相已去世二十多年，还能让皇上追信他的话，用的是什么办法？”子容说：“只是因为无心的缘故而已。”苏轼就极赞成这话，还说：“陈执中，不过是个俗吏而已。只因至公，还能取信于皇上，何况像李公的才识再加上无心呢？”当时是元祐三年的兴龙节，皇上在尚书省赐宴群臣，说的这些话。这天，又听王巩说他的父亲王仲仪说：“陈执中罢相时，仁宗问：‘谁可以代替你？’执中就推荐吴育。皇上就召吴育上殿。正逢乾元节侍宴，吴育一时酒醉，坐着打瞌睡，忽然惊醒四顾，拍着坐具喊自己的随从。皇上愕然，就只让他做了西京留台。”由此看来，执中虽然是个俗吏，也是值得赞许的。吴育不能做宰相，是他命该如此的。而且晚年有精神病，也难以重用，仁宗不是遗弃人才的君主。

英宗惜臣子

英宗皇帝郊祀习仪，尚书省赐百官酒食。郎官王易知醉饱呕吐，御史前劾失仪，已赐赦。韩丞相琦以闻，帝曰：“已放罪。”琦奏：“故事，失仪不以赦原。”帝曰：“失仪，薄罚也，然使士大夫以酒食得过，难施面目矣。”卒赦之。帝爱惜臣子欲曲全其名节者如此，士当何以为报？臣轼闻之于欧阳文忠公修云。

【译文】英宗皇帝演习郊祀的礼仪，尚书省赐百官酒食。郎官王易知醉饱呕吐，御史上前弹劾他失仪，后来蒙皇上赐以免罪。丞相韩琦将此事奏闻皇帝，皇帝说：“已经赦免了他的罪。”韩琦奏称：“按旧例，失仪之罪不能赦免。”皇帝说：“失仪，是轻罪，但让士大夫因酒食受罚，就太丢面子了。”终于还是赦免了他。皇帝爱惜臣下想保全他的名节到如此地步，士大夫要怎样才能报答呢？臣苏轼是从文忠公欧阳修那里听到的。

神宗恶告讦

元丰初，白马县民有被劫者，畏贼不敢告，投匿名书于县。弓手甲得之，而不识字，以示门子乙。乙为读之，甲以其言捕获贼，而乙争其功。吏以为法禁行匿名书，而贼以此发，不敢处之死；而投匿名者当流，为情轻法重，皆当奏。苏子容为开封尹，上殴论贼可减死，而投匿名者可减罪。上曰："此情虽极轻，而告讦之风不可长。"乃杖而免之。子容以为贼许不干己者告捕，而彼失者匿名，本不足深过。然先帝犹恐长告讦之风，此可为忠厚之至。然熙宁、元丰之间，每立一法，如手实、禁盐、牛皮之类，皆立重赏以许告捕者。此当时小人所为，非先帝本意。时范祖禹在坐，曰："当书之《实录》。"

【译文】元丰初年，白马县民有被抢劫的，害怕强盗不敢报官。便向县里投了匿名信。弓手某甲拿到信，却不识字，便给门子某乙看。乙便为他读信，甲根据他的话捕获了强盗，而乙就与甲争功。县吏认为法律禁止投匿名信，而强盗因此被捕，不敢处之以死刑；而投匿名信的依法要流放，为情轻法重，都应当奏闻。苏子容为开封府尹，上殿主张强盗可减轻死罪，而投匿名信者可减罪。皇上说："这案子的情节虽然极轻，但告密的风气不可长。"便杖责而赦免之。子容以为对于强盗来说，允许与己无关的人告捕，而告者的过失只是匿名，本来是不必过分追究的。但先帝仍恐助长告密之风，这实在是忠厚之至。然而在熙宁、元丰之间，每立一法，例如手实、禁盐、牛皮之类，都立重赏以鼓励告密者。这都是当时的小人干的，不是先帝的本意。当时范祖禹在座，说："这件事应当记入《实录》中。"

永洛事

张舜民言：“永洛之役，李舜举、徐禧、李稷皆在围中。上以手诏赐西人，若能保全吏士，当尽复侵地。诏未至，而舜举等已死。”圣主可谓重一士而轻千里矣。惜此等不被其赐也，哀哉！舜举，中官也。将死，以败纸半幅书其上云：“臣舜举死无所恨，但愿陛下勿轻此贼。”付一健黠者间走以闻。时李稷亦将死，书纸后云：“臣稷千苦万屈。”上为一恸。然以见二人之贤不肖也。

【译文】张舜民说：“永洛之战，李舜举、徐禧、李稷都陷入包围中。皇上把手诏交给西夏人，称若能保全吏士，便全部归还所侵入之地。诏书未送到，而舜举等人就已经死了。”圣主可以说是重一士人而轻千里地了。可惜这些人没有得到他的恩赐，太可悲了！舜举，是一位中官。临死时，在半幅破纸上写道：“臣舜举死无所憾，只希望陛下勿轻视此贼。”交给一个健壮机敏的士兵暗中逃出交给皇上。当时李稷也快死了，在纸后写道：“臣稷千苦万屈。”皇上因此痛哭一场。然而由此也显示出了二人的贤和不肖。

彭孙谄李宪

方李宪用事时，士大夫或奴事之，穆衍、孙路至为执袍带。王中正盛时，俞充至令妻执板而歌，以侑中正饮。若此类，不可胜数。而彭孙本以劫盗招出，气陵公卿。韩持国至诣其第，出妓饮酒，酒酣，慢持国，持国不敢对。然尝为李宪濯足，曰：“太尉足何其香也！”宪以足踏其头，曰：“奴谄我不太甚乎？”孙在许下造宅，私招逃军三百人役之。予时将乞许，觊至郡考其实，斩讫乃奏。会除颍州而止。

【译文】当李宪执政时，士大夫中竟有人以奴仆的态度事奉之，穆衍、孙路甚至于为他执袍带。王中正得势时，俞充甚至让妻子执板唱歌，为中正饮酒助兴。此类事，数不胜数。而彭孙本来是强盗受招安做了官，盛气以凌公卿。韩持国到他的府第中去，出妓饮酒，酒酣时，怠慢持国，持国不敢说话。但曾为李宪洗脚，说："太尉的脚怎么这样香啊！"李宪把脚踏在他的头上，说："奴才巴结我不太过分了吗？"彭孙在许下造宅第，私下招逃兵三百人充当工役。我当时正准备要求到许州做官，想到那里察明事实，斩了他再奏闻。恰巧把我分到了颍州，这事才作罢。

范文正谏止朝正

欧阳文忠公撰《范文正神道碑》，载章献太后临朝，仁宗欲率百官朝正太后，范公力争乃罢。其后，轼先君奉诏修《太常因革礼》，求之故府，而朝正案牍具在。考其始末，无谏止之事，而有已行之明验。先君质之于文忠公，曰："文正公实谏而卒不从，墓碑误也，当以案牍为正耳。"今日偶与客论此事，夜归乃记之。

【译文】欧阳文忠公撰写《范文正神道碑》，记载有章献太后临朝，仁宗要率领百官朝正太后，范公力争才作罢之事。后来，先父奉诏修《太常因革礼》，求资料于故府，而朝正档案文书都在。考察此事的始末，并无谏止之事，却有已经施行的证据。先父向文忠公核对，文忠公说："文正公确实谏阻过而最终皇帝没有听从，墓碑的记载错了，应当以档案文书为准。"今日偶然与客人谈到此事，夜归后就记了下来。

豀洞蛮神事李师中

过太平州，见郭祥正，言：“尝从章惇辟入梅山豀洞中，说谕其首领。见洞主苏甘家有神画像，被服如士大夫，事之甚严。问之，云：‘此知桂府李大夫也。’问其名，曰：‘此岂可名哉！’叩头称死罪数四，卒不敢名。”徐考其年月本末，则李公师中诚之也。诚之尝为提刑，权桂府耳。吾识诚之，知其为一时豪杰也，然小人多异议。不知夷獠乃尔畏信之，彼其利害不相及尔。

【译文】我经过太平州时，见到郭祥正，据他说：“曾经跟从章惇进入梅山豀洞中，晓谕洞中首领。见洞主苏甘家供奉有神画像，衣服一如士大夫，事奉得很恭敬。问他，答道：‘这是桂阳太守李大夫。’问他的名字，答道：‘此人怎能直呼其名呢！”数次叩头口称死罪，始终不敢说出名字。”详细考察年月和事迹，原来是李公师中诚之。诚之曾做过提刑，代理桂府事物而已。我记得诚之，知道他是当代的豪杰，但小人多有不同的说法。不知少数民族对他如此敬畏，因为他们之间没有利害冲突。

曹玮知人料事

天圣中，曹玮以节镇定州。王鬷为三司副使，疏决河北囚徒。至定州，玮谓鬷曰：“君相甚贵，当为枢密使。然吾昔为秦州时，闻德明岁使人以羊马贸易于边，课所获多少为赏罚。时将以此杀人，其子元昊年十三，谏曰：‘吾本以羊马为国，今反以资中原，所得皆茶彩轻浮之物，适足以骄堕吾民。今又欲以此杀人。茶彩日增，羊马日减，吾国其削乎？’乃止不戮。吾闻而异之，使人图其形，信奇伟。若德明死，此子必为中国患，其当君为枢府之时乎？盍自今学兵讲边事？”畯虽受教，盖亦未必信也。其后畯与张观、陈执中在枢密府，元昊反，杨义上书论士兵事，上问三人，皆不知，遂皆罢去。畯之孙为黄门婿，故知之。

【译文】天圣年间，曹玮持节镇守定州。王畯作为三司副使，处置河北囚徒。到了定州，曹玮对王畯说：“您的相貌极贵，会做到枢密使。但我过去治理秦州时，听说德明每年派人用羊马在边境进行贸易，根据所获的多少来赏罚。当时曾因此要杀人，他的儿子才十三岁，谏道：‘我们本来是以羊马立国的，现在反而以羊马资助中原，所得到的都是茶叶丝绸等轻浮的东西，却足以使我们的百姓骄傲堕落。现在又要因此而杀人，茶叶丝绸日益增加，羊马日益减少。我国不是会日益削弱了吗？’德明便停止不再杀人。我听说后对此人感到很惊异，派人画下他的样子，的确很奇伟。若德明死了，这人必会成为中国的大患，这事恐怕会发生在您做枢密使的时候吧？何不从现在起就学兵法讲边事？”畯虽听了他的话，却也不十分相信。后来王畯与张观、陈执中同在枢密府，元昊造反，杨义上书论在当地招兵事，皇上问他们三人，三人都不懂，于是全都罢官而去。王畯的孙子是黄门的女婿，所以知道这些情况。

吕公弼招致高丽人

元祐二年二月十七日，见王伯虎炳之。言：“昔为枢密院礼房检详文字，见高丽公案。始因张诚一使契丹，于虏帐中见高丽人，私语本国主向慕中国之意。归而奏之先帝，始有招来之意。枢密使吕公弼因而迎合，亲书札子，乞招致。遂命发运使崔拯遣商人招之。”天下知罪拯，而不知罪公弼。如诚一，盖不足道也。

【译文】元祐二年二月十七日，见到王伯虎炳之。他说："从前为枢密院礼房整理文书时，见到高丽公案。最初因张诚一出使契丹，在契丹人的帐幕中见到高丽人。听高丽人私下说了本国主一向仰慕中国之意。回来后就上奏给先帝，便开始有了招徕之意。枢密使吕公弼便借此迎合皇上的意思，亲自写了一封札子，要求招致高丽。于是便命发运使崔拯派商人招徕高丽。"天下人只知责备崔拯，而不知责备公弼。像张诚一这种人，是不值一提的。

黄宣言高丽通北虏

昨日见泗倅陈敦固道，言："胡孙作人服，折旋俯仰中度。细观之，其侮慢也甚矣。人言：'弄胡孙，不知为胡孙所弄。"其言颇有理，故为记之。又见淮东提举黄寔，言："奉使高丽人言，所致赠作有假金银铤，夷人皆拆坏，使露胎素，使者甚不乐。夷云：'非敢慢，恐北虏有觇者，以为真耳。'"由是观之，高丽所得吾赐物，北虏盖分之矣。而或者不察，谓北虏不知高丽朝我，或以为异时可使牵制北虏，岂不误哉？今日又见三佛齐朝贡者过泗州，官吏妓乐，纷然郊外，而椎髻兽面，睢盱船中。遂记"胡孙弄人"语，良有理，故并书之。

【译文】昨天见到泗州副官陈敦固道，他说："猢狲穿上人的衣服，做各种动作都符合要求。仔细观察它，原来对人极仇视。人都说'弄猢狲'，不知已被猢狲所玩弄。"他的话很有道理，所以记了下来。又听淮东提举黄寔说："出使高丽的人说，赠送高丽的假金银锭，高丽人都拆开让里面的胎素露出来，使者很不高兴。高丽人说：'不是敢怠慢，是怕北虏看见以为是真的。'"由此看来，高丽所得到我们的赏赐，北虏都分走了。有人不察，以为北虏不知高丽朝拜我，有人以为他日可使高丽牵制北虏，岂不误事？今天又见三佛齐朝贡者过泗州，官吏妓乐纷纷到郊外迎接，而椎髻兽面者，得意于船中。于是又想起“猢狲弄人”的话，的确有道理，所以一并记录下来。

范景仁定乐上殿

前日见邸报，范景仁乞上殿，不知其何为也。近得其侄伯禄书，云景仁上殿，为定大乐也。景仁本以言新法不便致仕，乃以功成治定自荐于乐，则新法果便也？扬子云言齐、鲁有大臣，史失具名，叔孙通欲制君臣之仪，征诸生于齐、鲁，所不能致者二人。以景仁观之，扬雄之言，可谓谬矣。

【译文】前日见到邸抄，有范景仁乞上殿的消息，不知道他是为了什么。近来收到他侄子伯禄的信，说景仁上殿，是为了定大乐。景仁本来是因为说新法不便而弃官不做的，竟以大功告成国家安定为借口自荐定大乐，那么新法果然是很好了？扬子云说，齐、鲁有大臣，史书遗漏了他们的姓名，叔孙通要制订君臣间的礼仪，在齐鲁征召诸生，所不能召致的，有两个人。从景仁看来，扬雄的话是错了。

张士逊中孔道辅

孔道辅为御史中丞，勘冯士元事，尽法不阿。仁宗称之，有意大用。时大臣与士元通奸利，最甚者宰相程琳。道辅既得其情矣，而退傅张士逊不喜道辅，欲有以中之。上使道辅送札子中书，士逊屏人与语久，时台官纳札子，犹得于宰相公厅后也。因言：“公将大用。”道辅喜。士逊云：“公所以至此，谁之力也？非程公不致此。”道辅怅然，愧而德之。不数日上殿，遂力救琳。上大怒，既贬琳，亦黜道辅兖州。道辅知为士逊所卖，感愤得疾，死中路。元祐三年五月三日，闻之苏子容。

【译文】孔道辅作御史中丞时，勘问冯士元一案，一依法度，刚正不阿。仁宗称赞他，并且有了重用他的意思。当时许多大臣都与士元暗中勾结，以图私利，最严重的就是宰相程琳。道辅已经掌握这些情况了，而已退休的的太傅张士逊不喜欢道辅，便想中伤他。皇上让道辅送札子到中书省，士逊遣开众人和他谈了许久，当时台官接纳札子，还是在宰相公厅之后。告诉他："您将被重用。"道辅很高兴。士逊说："你之所以能到这一步，是谁的力量呢？除了程公没有人能使你达到今天的地步。"道辅心中怅然，惭愧而且感激他。几天后上殿，便尽力挽救程琳。皇上大怒，不但贬了程琳，也把道辅外放到了兖州。道辅知道被士逊出卖了，因伤感愤怒而得病，死于途中。元祐三年五月三日，从苏子容处得知此事。

杜正献焚圣语

杜正献公为相，蔡君谟、孙之翰为谏官，屡乞出。仁宗云："卿等审欲郡，当具所乞奏来。"于是蔡除福州，之翰除安州。正献云："谏官无故出，终非美事，乞且仍旧。"上可之。退书圣语。时陈恭公为执政，不肯书，曰："吾初不闻。"正献惧。遂焚之。由此遂罢相。议者谓正献当俟明日审奏，不当遽焚其书也。正献言：始在西府时，上每访以中书事；及为相，中书事不以访。公因言君臣之间，能全终始者，盖难也。

【译文】杜正献公做宰相时，蔡君谟、孙之翰做谏官，多次请求外放。仁宗说："卿等仔细考虑想去哪个地方，再把你们的要求奏来。"于是蔡外放福州，之翰外放安州。正献说："谏官无故外放，终究不是好事，请仍保持原官。"皇上同意了。便退下来记录皇上的话。

当时陈恭公为执政，不肯写，说："我当时没有听到。"正献害怕了，就把记录烧了。因此便被罢了相。论者以为正献应当等到第二天再启奏，不应当马上就焚烧记录。正献说：当初在西府枢密院时，皇上常来询问中书省的事；等到做了宰相，中书省的事便不再问了。公就说君臣之间，能善始善终的，是很难的。

蔡延庆追服母丧

蔡延庆所生母亡，不为服久矣。闻李定不服所生母，为台所弹，乃乞追服。乃蟹筐蝉緌，不独成人之丧也。是时有朱寿昌，其所生母，三岁舍去，长大刺血写经，誓毕生寻访。凡五十年，乃得之。奉养三年而母亡，寿昌至毁焉。善人恶人相去乃尔远耶？予谪居于黄，而寿昌为鄂守，与予往还甚熟，予为撰《梁武忏引》者也。

【译文】蔡延庆生身之母去世了，却不为母亲服丧，时间已经很久了。听说李定不为生母服丧，被御史弹劾，便请求追服。才知道不为亲人服丧的，不光是《礼记·檀弓》中所记的成邑之人。同时还有一个朱寿昌，他的生身之母，在他三岁时就舍他而去，朱寿昌长大后刺血写经，发誓要毕生寻访母亲。一共用了五十年，才找到了。奉养了三年母亲去世了，寿昌悲痛得至于毁容。善人恶人之间的差距竟然如此之大吗？我贬在黄州时，寿昌为鄂州知州，和我来往很熟悉，我还为他撰写了《梁武忏引》。

王钦若沮李士衡

李士衡之父壹，豪恣不法，诛死。士衡方进用，王钦若欲言之而未有路，会真宗论时文之弊，因言："路振，文人也，然不识体。"

上曰:“何也?”曰:“李士衡父诛死,而振为赠告,曰世有显人。”上颔之。士衡以故不大用。

【译文】李士衡的父亲李壹,因横行不法,被杀了头。士衡正要授官,王钦若想告诉皇帝这件事而没有机会,适逢真宗谈论时文的弊端,就说:“路振也是一位文人,却不识大体。”皇上问:“怎么回事?”回答说:“李士衡的父亲是被判死刑杀头的,而路振却给他写祭文,称他为世间有名望的人。”皇上点点头。士衡因此便不被重用了。

王伯庸知人

余与狄子雅同馆北客,有以近岁名人墨迹相示者。有王伯庸与范希文帖云:“今将佐除狄、张外,皆不堪用。”伯庸所谓狄,即先相武襄公;张,则客省使退夫。皆一时名臣,亦足以见伯庸之知人也。

【译文】我和狄子雅同馆北客,有人拿近年来的名人墨迹给我们看。有王伯庸给范希文的信说:“现在的将佐除了狄、张之外,都不堪重用。”伯庸所说的狄,就是先相武襄公;张,则是客省使退夫。都是一时的名臣,由此可见伯庸是知人的。

盛度责钱维演诰词

盛度,钱氏婿,而不喜惟演,盖邪正不相入也。惟演建言二后并配,中丞范讽发其奸,落平章事,以节度使知随州。时度年几七十,为知制诰,责词云:“三星之媾,多戚里之家;百两所迎,皆权要之子。”盖惟演之姑嫁刘氏,而其子娶于丁谓。人怪度老而笔力不衰，或曰：“度作此词久矣。”元祐三年十二月二十一日讲筵。上未出，立延和殿廷中，时轼方论周穜擅议宗庙事，苏子容道此。

【译文】盛度，是钱家的女婿，却不喜欢钱惟演，因为邪正是不相容的。惟演主张二后并配，中丞范讽揭露他的奸谋，因而被削去平章事，以节度使的身分任随州知州。当时盛度年近七十，任知制诰，制诰时的责词是：“三星之媾，多戚里之家；百辆所迎，皆权要之女。”因为惟演的姑姑嫁刘氏，而他的儿子娶的是丁谓之女。人们对盛度年老而笔力不衰感到奇怪，有人说：“盛度早就把这些诰词写好了。”元祐三年十月十一日讲筵，皇上尚未出来，大家站在延和殿廷中，当时我正在谈周穜擅自议论宗庙事，苏子容谈了以上内容。

韩缜酷刑

韩缜为秦州，酷刑少恩，以贼杀不辜，去官。秦人语“宁逢乳虎，莫逢韩玉汝。”玉汝，缜字也。孙临最滑稽，尤善对。或问：“莫逢韩玉汝，当以何对？”应声曰：“可怕李金吾。”天下以为口实。

【译文】韩缜治理秦州时，弄法严酷而少德政，因残杀无辜，被罢官。秦人说“宁逢乳虎，莫逢韩玉汝。”玉汝，就是韩缜的字。孙临最能言善辩，尤其善于对对子。有人问：“莫逢韩玉汝，应当对什么？”应声答道：“可怕李金吾。”成为天下的话柄。

蜀公不与物同尽

李方叔言：范蜀公将薨，数日，须眉皆发苍黑，郁然如画也。公平生虚心养气，数尽形往而气血不衰，故发于外耶？范氏多四乳，固与人异；公又立德如此，其化也，必不与万物同尽，有不可知者矣。

【译文】李方叔说：范蜀公（范镇）将要去世时，几天之间，胡子眉毛都又黑了，好看得像画一样。蜀公平生静心养气，寿数尽形体去而气血尚不衰，所以才显示于外了吧？范公的乳头多至四个，本来就与常人不同；又有德如此，当他去世时，必然不会与万物一样同归于尽，而有不为人所知之处。

韩狄盛事

韩魏公在中山，狄青为副总管，陈荐为幕客。今魏公之子师朴出镇，而青之子咏，荐之子厚复践此职，亦异事也。

【译文】韩魏公（韩琦）在中山时，狄青为副总管，陈荐为幕客。如今魏公之子师朴出镇，而狄青之子狄咏，陈荐之子陈厚又担任他们父亲的职务，也是一件异事。

温公过人

晁无咎言："司马温公有言：吾无过人者，但平生所为，未尝有对人不可言者耳。"余亦记前辈有诗云："怕人知事莫萌心。"此言皆可终身守之。

【译文】晁无咎说："司马温公说过：我没有过人之处，只是平生所作所为，没有不能对人说的。"我也记得前辈有诗云："怕人知事莫萌心。"这些话都可以终身奉行。

文忠公相

文忠公尝语余曰："少时有僧相我，耳白于面，名动天下，唇不着齿，无事得谤。其言颇验。"耳白于面，则众所共见。唇不着齿，余不敢问公，不知其何如也。

【译文】文忠公曾告诉我："小时候有和尚给我相面，说我耳白于面，名动天下，唇不着齿，无事得谤。他的话很灵验。"耳白于面，是大家都看到的。唇不着齿，我不敢问公，不知是什么样子。

张安道比孔北海

王巩云，张安道向渠说："子瞻比吾孔北海、诸葛孔明。孔明则吾岂敢，北海或似之，然不若融之蠢也。"吾谓北海以忠义气节冠天下，其势足与曹操相轩轾，决非两立者。北海以一死捍汉室，岂所谓"轻于鸿毛"者？何名为蠢哉！

【译文】王巩说，张安道曾对他说："苏子瞻拿我比北海孔融、诸葛孔明。孔明我怎敢比，北海可能有些地方还像他，然而没有孔融的愚蠢。"我认为北海以忠义气节冠于天下，他的影响足以和曹操不相上下，是决不可能同时并存的。北海以一死捍卫汉朝的天下，难道是司马迁所说的"轻于鸿毛"吗？怎么能说他愚蠢呢！

宰相不学

王介甫先封舒公，后改封荆。《诗》云："戎狄是膺，荆舒是惩。”识者谓宰相不学之过也。

【译文】王介甫先封舒公，后改封荆公。《诗经》上说：“戎狄是膺，荆舒是惩。”有识之士认为这是宰相不学的过失。

夹注轿子

施道民为孙威敏所黥，既而复得为民，借小字“军人”肩舆，而出。曾子固见之曰：“一只好夹注轿子。”闻者为之绝倒。

【译文】施道民被孙威敏文面刺配充军，不久又恢复了良民身分，借了一只带小字“军人”的肩舆坐着出来了。曾子固（曾巩）见了说：“好一只带注解的轿子。”听到的人被逗得大笑。

刘贡父戏介甫

王介甫多思而喜凿，时出一新说，已而悟其非也，则又出一言而解释之，是以其学多说。尝与刘贡父食，辍筯而问曰：“孔子不撤姜食，何也？”贡父曰：“《本草》：‘生姜多食损智’，道非明民，将以愚之。孔子以道教人者也，故不撤姜食，将以愚之也。”介甫欣然而笑。久之，乃悟其戏己也。贡父虽戏言，然王氏之学实大类此。庚辰二月十一日，食姜粥，甚美，叹曰：“无怪吾愚，吾食姜多矣。”因并贡父言记之，以为后世君子一笑。

【译文】王介甫想法很多而且喜欢穿凿，不时提出一个新说法，不久悟到是错的，便再提出一种说法来解释，因此他的学说说法很多。他曾和刘贡父一起吃饭，放下筷子说：“孔子不撤姜食，为什么呢？”贡父说：”《本草》说：‘生姜多吃损智’，道不是使民聪明，而是使民愚鲁的。孔子是以道教民的，所以不撤姜食，是想让他们愚鲁的。”介甫高兴地笑了。过了许久，才悟出来是贡父戏弄自己的。贡父虽然是开玩笑，然王氏的学问实际上大都与此相似。元符三年二月十一日，吃姜粥，味道很美，叹道：“怪不得我愚笨，我吃的姜太多了。”便连贡父的话一并记下来，以作为后世君子的笑料。

以利害民

近者余安道孙献策榷饶州珀器，自监权得提举死焉。偶读《太平广记》，贞元五年，李白子伯禽为嘉兴徐浦下场粜盐官，侮慢庙神以死。以此知不肖子，代不乏人也。

【译文】近来余安道的孙子余献策征收饶州陶器税，自监权得到提举而死于此。偶然读《太平广记》，看到贞元五年，李白的儿子伯禽为嘉兴徐浦下场粜盐官，因侮辱了庙神而死。由此可见，不肖之子每个朝代都不少。

以乐害民

扬州芍药为天下冠，蔡延庆为守，始作万花会，用花十余万枝。既残诸园，又吏因缘为奸，民大病之。予始至，问民疾苦，遂首罢之。万花会，本洛阳故事，而人效之，以一笑乐为穷民之害。意洛阳之会，亦必为民害也，会当有罢之者。钱惟演为洛守，始置驿贡花，识者鄙之。此宫妾爱君之意也。蔡君谟始加法造小团茶贡之，富彦国曰：“君谟乃为此耶？”

【译文】扬州芍药是天下之冠，蔡延庆为扬州太守时，开始举办万花会，用芍药花十多万枝。不但摧残了扬州各个花园，又让官吏以此为借口行奸，百姓对此极不满。我刚到扬州，问民间疾苦，第一件事就是废除此会。万花会，本是洛阳旧例，而有人仿效，把一种娱乐变成了穷民的祸害。我想洛阳的花会，也一定是百姓的祸害，总会有人废除它的。钱惟演做洛阳大守，便开始置驿站往宫中进贡牡丹花，有识之士都看不起他。这本是宫中姬妾爱君的小意思。蔡君谟最初精心造小团茶为贡品，富彦国就说："君谟竟做这种事吗？"

史经臣兄弟

先友史经臣，字彦辅，眉山人。与先君同举制策，有名蜀中，世所共知。沆子凝者，其弟也。沆才气绝人，而薄于德。彦辅才不减沆而笃于节义，博辩能属文，其《思子台赋》最善，大略言汉武、晋惠天资相去绝远，至其惑，则汉武与晋惠无异。竟不仕，年六十卒，无子。先君为治丧，立其同宗子为后，今为农夫，无闻于人。沆亦无子。哀哉！

【译文】先友史经臣，字彦辅，眉山人。与先父同时考制策中举，在蜀中很有名，是世所共知的。史沆（字子凝）是他的弟弟。沆才气过人，在德的方面却有些不足。彦辅才气不减于沆而且谨守节义，博学有口才且善写文章，他的《思子台赋》写得最好，大致是说汉武帝和晋惠帝天资相差极大，到了被迷惑的时候，则汉武帝与晋惠帝没有差别。彦辅终其一生没有出仕，六十岁去世，没有儿子。先父为他治丧，立他同族的一个后辈为继承人，现在是一个农民，没有人知道他。沆也没有儿子。可悲呀！

徐仲车二反

徐积，字仲车。古之独行也，於陵仲子不能过。然其诗文则怪而放，如玉川子，此一反也。耳聩甚，画地为字，乃始通语。终日面壁坐，不与人接，而四方事，无不周知其详，虽新且密，无不先知，此二反也。

【译文】徐积，字仲车。就是上古时特别有操行的於陵仲子也不能超过他。但他的诗和文章却既怪诞又狂放。风格像玉川子，这是他的第一个可怪之处。他的耳朵非常聋，要在地上写字，才能和他互通语言。整天面向墙壁坐着，不和别人接触，然而四方之事，没有不知道得很详细的，即使是最新而且最秘密的，也无不先知，这是他的第二个可怪之处。

张永徽老健

张宗谔永徽，年六十七，须发不甚白，而精爽紧健，超逸涧谷，上下如飞，此必有所得。相逢数日，但饮酒啸歌唱而已，恨不款曲问其所行。方罢官归阳翟，意思豁然，非世俗间人也。

【译文】蜀人张宗谔永徽，年龄已六十七岁，胡须头发尚不很白，而精力充沛身体强健，越过涧谷，上下如飞，能如此一定得益于什么。与他相逢的数日内，只不过饮酒啸咏歌唱而已，遗憾的是未能和他更亲近些以探问他所实行的养身之道。他刚被罢官要归回阳翟，心情却很开朗，不是世俗之人。

陈辅之不娶

九江陈铺之，有於陵仲子之操，不娶，无子。曰：“我罪人也。”东坡曰：“子有犹子乎？”曰：“有。”坡曰：“鲁山道州，乃前比也。”辅之一笑曰：“赖古多此贤，陶彭泽不解事，忍饥作此诗，意古贤能饱人。”辅之今为丹阳南郭人。

【译文】九江陈辅之，有於陵仲子一般的节操，不娶妻，也没有儿子。自己说：“我是有罪的人。”东坡问：“您有侄子吗？”回答说：“有。”东坡说：“鲁山道州（元结为族兄元德秀哭丧），就是先例。”辅之一笑说：“‘赖古多此贤’，这是陶渊明不解世事，挨着饿还作这样的诗，以为古先贤能使人饱肚。”辅之现在是丹阳南郭人。

张憨子

黄州故县张憨子，行止如狂人，见人辄骂云“放火贼”。稍知书，见纸辄书郑谷《雪》诗。人使力作，终日不辞。时从人乞，予之钱，不受。冬夏一布褐，三十年不易。然近之不觉有垢秽气。其实如此。至于土人所言，则有甚异者，盖不可知也。

【译文】黄州故县有一个张憨子，行为举止像狂人，见人就骂“放火贼”。略识字，见纸就写郑谷《雪》诗。人家让他干活，终日不休息。有时向人行乞，给他钱，却又不要。无论冬夏都只穿一件布袍子，三十年不换。但走近他，也不觉得有难闻的气味。他的实际情况就是这样。至于当地人所说的，还有更奇异的，但真伪却不可知。

诵经帖

东坡食肉诵经。或云："不诵。"坡取水漱口，或云："一碗水如何漱得？"坡云："惭愧，阇黎会得。"

【译文】东坡吃肉念经。有人说："别念。"东坡取水漱口，有人说："一碗水怎么漱得干净？"东坡说："惭愧，高僧便漱得干净。"

记徐仲车语

东坡将别，乞言于徐仲车。曰："自古皆有功，独称大禹之功；皆有才，独称周公之才。有德以将之故耳。"

【译文】东坡将告别，请徐仲车赠言。徐说："自古以来许多人都有功，只有大禹之功著称；许多人都有才，只有周公之才著称。是因为同时又有德的缘故。"

子由幼达

子由之达，盖自幼而然。方先君与吾笃好书画，每有所获，真以为乐。唯子由观之，漠然不甚经意。今日有先见，固宜也。

【译文】子由的达观，是从小如此。当先父与我酷爱书画时，每有所得，便真为之而高兴。而子由看了，漠然视之不大留意。今日有先见之明，本来就是很自然的。

马正卿守节

杞人马正卿作太学正，清苦有气节，学生既不喜，博士亦忌之。余少时偶至其斋中，书杜子美《秋雨叹》一篇壁上。初无意也，而正卿即日辞归，不复出。至今，白首穷饿，守节如故。正卿，字梦得。

【译文】杞人马正卿任太学正，生活清苦而有气节。太学生们不喜欢他，太学博士也讨厌他。我年轻时偶然到他的书斋中，在壁上写了杜子美的一篇《秋雨叹》。当初并没有什么用意，而正卿即日就辞官归去，不再出仕。直到现在，头发已斑白仍困顿饥饿，却仍守节如故。正卿，字梦得。

李与权节士

李秀才，字与权。居太学八年，未尝谒。一日告，为祭酒所知。赵公材求士于祭酒，祭酒荐之，遂为公材客。可谓节士。可喜！可喜！

【译文】李秀才，字与权。在太学八年，没有谒见过祭酒。一天因告假，才被祭酒认识。赵公材向祭酒求士，祭酒便推荐了他，于是成为公材的幕宾。可谓有节操之士。可喜！可喜！

马梦得穷

马梦得与仆同岁月生，少仆八日。是岁生者无富贵人，而仆与梦得为穷之冠。即吾二人而观之，当推梦得为首。

【译文】马梦得与我同年同月生，小我八天。这年出生的没有富贵人，而我和梦得为困厄之冠。就我二人来看。要推梦得为首。

黎子明父子

黎子明之子，为继母所谗，出数月。其父年高，子幼，不给于耕，夫妇父子皆有悔意而不能自还。予为买羊沽酒送归其家，为父子如初，庶几颍谷封人之意。

【译文】黎子明的儿子，被继母的谗言所毁，被赶出已数月。他的父亲年事已高，儿子尚幼，无人耕作，夫妻父子都有悔意而儿子无法自己回家。我为他买羊沽酒并把他送回家去，恢复他们的父子关系，我自己做得就像《左传》中的颍考叔一样。

唐允从论青苗

儋耳进士黎子云言：城北十五里许，有唐村。唐氏之老曰允从者，年七十余，问子云言："宰相何苦以青苗钱困我，于官有益乎？"子云答曰："官患民贫富不均，富者逐什一，贫者取倍称，至鬻田质口不能偿，故为是法以均之。"允从笑曰："贫富之不齐，自古已然，虽天公不能齐也。子欲齐之乎？民之有贫富，犹器用之有厚薄也。子欲磨其厚，等其薄，厚者未动，而薄者先穴矣。"元符三年二月二十日，子云过余言此。负薪能谈王道，正谓允从辈耶？

【译文】儋耳进士黎子云说：城北十五里左右，有唐村。唐氏有一位老者名叫允从的。年纪七十多岁,问子云道:“宰相何苦用青苗钱困我,对官府有什么好处呢?”子云答道:“官府恐怕百姓贫富不均,富者只按百分之十的税率纳税,贫者却要按百分之百的利率借贷,甚至卖掉田产典当人口也还不起,所以用这个办法使贫富均一。”允从笑道:“贫富的不均,自古以来就是这样,即使是老天爷也不能使贫富均一。你想使之均一吗?百姓的有贫富,如同器物的有厚薄。你想磨厚的,使它与薄的相等,厚的还没磨动,薄的先磨出洞了。”元符三年二月二十日,子云访我时谈到这些。负薪之人而能谈王道,说的正是允从之流的人物吧?

黎檬子

吾故人黎錞,字希声。治《春秋》,有家法。欧阳文忠公喜之,然为人质木迟缓,刘贡父戏之为“黎檬子”。以谓指其德,不知果木中真有是也。一日,联骑出,闻市人有唱是果鬻之者,大笑,几落马。今吾谪海南,所居有此木,霜实累累。然二君皆已入鬼录。坐念故友之风味,岂可复见。刘固不泯于世者;黎亦能文守道不敬随者也。

【译文】我的老友黎錞,字希声。研究《春秋》,家学渊源。欧阳文忠公很喜欢他。但他的为人质朴反应迟钝,刘贡父开玩笑地称他为“黎檬子”。我本来以为这是指他的品德而言。不知道果木中真有这东西。一天我们一起骑马外出,听到市上有人高喊着这种果子叫卖,不觉大笑,几乎落马。现在我被贬到海南,所居之处就有此树,霜中果实累累满树。但两位朋友都已不在人世了。坐想老友的风范,岂能再见。刘贡父自然是不会泯灭于世的;黎錞也是一位能文守道不随风倒的君子。

本秀二僧

稷下之盛，胎骊山之祸。太学三万人，嘘枯吹生，亦兆党锢之冤。今吾闻本、秀二僧，皆以口耳区区奔走王公，汹汹都邑，安有而不辞，殆非浮屠氏之福也。

【译文】稷下讲学之盛，孕育了秦始皇骊山焚书坑儒之祸。大学中三万人对时事的抨击，也预示了汉末党锢之禁的冤案。如今我听说本、秀二僧都游说奔走于王公大臣之家，使都邑汹汹不得安宁，自己却心安理得地接受布施而不辞，恐非佛教之福。

朱照僧

朱家子名照僧。少丧父，与其母尹皆愿出家，礼僧守素。守素，参寥弟子也。照僧九岁，举止如成人，诵予《赤壁二赋》，锵然鸾鹤声也。不出十年，名冠东南。此参寥法孙，东坡门僧也。

【译文】朱氏的儿子名叫照僧。从小丧父，和母亲尹氏都愿意出家。礼拜僧守素。守素是参寥的弟子。照僧九岁时举止便如成人，背诵我的前后《赤壁赋》，声音清脆如鸾铃。不到十年，便已名冠东南。这是参寥的徒孙，东坡的门僧。

钟守素

参寥行者钟守素，事参寥有年，未尝见过失。仆常默察其所为，似有意于慕高远者。参寥言秦太虚有意为率交游间三十人，每人十千，买祠部牒，令得出家，此亦善缘。仆既随喜，然参寥不善干人，故书此以付守素。

【译文】参寥的侍者钟守素，事奉参寥已多年，没有出现过什么过失。我常于暗中观察他的所作所为，像是有心追求高远目标的。参寥说秦太虚想带头请平素交往的三十人，每人拿出十千钱，买礼部文书，使守素得以正式出家，这也是佛家结的善缘。我也参与了此事，然而参寥不善于求人。所以我写了此文交给守素保存。

妙总以下书赠惠诚

妙总师参寥子，与予友二十余年矣。世所知独其诗文，所不知者，盖多于诗文也。独好面折人过失，然人知其无心，如虚舟之触物，盖未尝有怒者。

【译文】妙总禅师参寥子，和我交朋友已二十年了。世人所了解的只是他的诗文，所不了解的却更多于诗文。只是好当面指责别人的过失，然而人们知道他是无心的，就像一只空船碰了人，因此从来没有人发火。

维琳

径山长老维琳，行峻而通，文丽而清。始，径山祖师有约，后世止以甲乙住持。予谓以适事之宜，而废祖师之约，当于山门选用有德，乃以琳嗣事。众初有不悦其人，然终不能胜悦者之多且公也。今则大定矣。

【译文】径山长老维琳，行事方正而能变通，文章华丽而又清新。起初，径山祖师有过遗训，后世只凭资历按顺序做住持。我认为为了适应实际情况，应当废除祖师的遗训，于弟子中选用有德之人，就让维琳继任。最初，众人中有不喜欢他的，但终于不能胜过喜欢的人多而且公正。现在他的地位已经完全确定了。

圆照

杭州圆照律师，志行苦卓，教法通洽，昼夜行道，二十余年矣。无一念顷有作相。自辩才归寂，道俗皆宗之。

【译文】杭州圆照法师，立志吃苦，行为卓绝，教法通洽，传道昼夜不停，已经二十多年了。没有一点俗念表现出来。自从辩才去世，出家人和居士都以他为宗。

秀州长老

秀州本觉寺一长老，少盖有名进士，自文字言语悟入。至今以笔砚作佛事。所与游，皆一时文人。

【译文】秀州本觉寺有一位长老，年轻时是有名的进士，从文字言语入手悟出佛理而为僧。至今以笔砚作佛事。所交游的，都是当时有名气的文人。

楚明

净慈楚明长老，自越州来。始，有旨召小本禅师住法云寺。杭人忧之，曰：“本去，则净慈众散矣。”余乃以明嗣事，众不散，加多，益千余人。

【译文】净慈寺楚明长老，是从越州来的。当初，有圣旨召小本禅师住持法云寺。杭州人为此而担忧，说：“本师离去，则净慈寺众僧就会解散了。”我便建议楚明长老接任，众人不散，反而更多了，增加到一千多人。

仲殊

苏州仲殊师利和尚，能文善诗及歌辞，皆操笔立成，不点窜一字。予曰：“此僧胸中，无一毫发事。”

【译文】苏州仲殊师利和尚，会写文章善作诗和歌辞，都是援笔立就，不改一字。我说：“此僧胸中，没有一丝一毫俗事。”

守钦

苏州定惠长老守钦，予初不识。比至惠州，钦使侍者卓契顺来，问予安否，且寄十诗。予题其后曰：“此僧清逸超绝，语有璨、忍之通，而无岛、可之寒。”吁往来三吴久矣，而不识此僧，何也？

【译文】苏州定惠长老守钦，我当初并不认识。等到了惠州，守钦派侍者卓契顺来，向我问安，并且寄诗十首。我在后面题道："此僧清逸超绝，诗有璨师、弘忍之清通，而无贾岛、无可之寒瘦。"我往来于三吴时间很长了，却不认得此僧，不知为什么？

思义

下天竺净慧禅师思义，学行甚高，综练世事。高丽非时遣僧来，予方请其事于朝，使义舍馆之。义日与讲佛法，词辩锋起，夷僧莫能测，又具得其情以告。盖其才有过人者。

【译文】下天竺净慧禅师思义，学问操行都很高，谙练各类世事。高丽在并非双方商定的时间派僧人来，我请示了朝廷，让思义接待他。思义每日与他讲佛法，词辩锋起，高丽僧莫测其高深。思义又能将高丽僧的详细情况报告朝廷。因为他有过人的才能。

闻复

孤山思聪闻复师，作诗清远如画，工而雄逸变态，放而不流，其为人称其诗。

【译文】孤山思聪闻复禅师，所作之诗清远如画，工致而雄逸有变化，豪放而不同于流俗，他的为人也和他的诗一样。

可久清顺

祥符寺可久、垂云、清顺三阇梨，皆予监郡日所与往还诗友也。清介贫甚，食仅足，而衣几于不足也，然未尝有忧色。老矣，不知尚健否。

【译文】祥符寺可久、垂云、清顺三位禅师，都是我在当地作地方官时经常互相来往的诗友。清寒耿介非常贫穷，仅有饭吃，而衣服几乎不够穿，但从来没有忧色。现在老了，不知是否还健康。

法颖

法颖沙弥，参寥子之法孙也。七八岁，事师如成人，上元夜，予作乐于寺，颖坐一夫肩上顾之。予谓曰："出家儿亦看灯耶？"颖愀然变色，若无所容，啼呼求去。自尔不复出嬉游。今六七年矣，后当嗣参寥者。

【译文】法颖小沙弥是参寥子的徒孙。年龄才七八岁，事奉师父像成年人一样周到。正月十五日夜，我在寺中奏乐，法颖坐在一个仆夫的肩上观看。我问他道："出家的小孩也看灯吗？"法颖立刻变了脸色，好像无地自容一样，哭着要求离去。从此不再出来游戏。现在又已过去六七年了，以后就会成为参寥的继承人了。

惠诚

予在惠州，有永嘉罗汉院僧惠诚来，谓曰："明日当还浙东。"

问所欲干者，予无以答之。独念吴、越多名僧，与予善者常十九，偶录此数人，以授惠诚，使归见之，致余意，且为道余居此起居饮食状，以解其念也。信笔书纸，语无伦次，又当尚有漏落者，方醉，不能详也。绍圣二年三月二十三日，东坡居士书。

【译文】我在惠州，永嘉罗汉院有一位僧人惠诚来，对我说："明日就回浙东。"问我有什么事情需要做的，我无话可答。只是想到吴、越多名僧，与我关系相善的常十有八九，偶然写了这几个人，交给惠诚，让他回去见了这些人，代我致意，并且告诉他们我在这里的起居饮食等情况，以缓解他们的思念。信笔而写，语无伦次，可能还会有遗漏的，正当醉时，不能详尽。绍圣二年三月二十三日，东坡居士书。

书赠荣师

赠监大师显荣，行解俱高，得数日相从，殊慰所怀。

【译文】赠监大师显荣，操行见解都极高，能有数日追随在他的身边，甚慰所怀。

记卓契顺答问

苏台定慧院净人卓契顺，不远数千里，涉岭海，候无恙于东坡。东坡问："将什么土物来？"顺展两手。坡云："可惜许数千里空手来。"顺作担势，缓步而去。

【译文】苏台定慧院侍奉禅师的俗人卓契顺，不远数千里，跋涉岭海，来问候东坡。东坡问：“带了什么土产品来？”契顺展开两手。东坡说：“可惜从数千里外空手而来。”契顺作挑担状，缓步而去。

僧自欺

僧谓酒“般若汤”，谓鱼“水梭花”，谓鸡“钻篱菜”，竟无所益，但自欺而已。世常笑之。然人有为不义，而文之以美名者，与此何异哉？俗士自患食肉，欲结“卜斋社”，长老闻之，欣然曰：“老僧愿与一名。”

【译文】和尚称酒为“般若汤”，称鱼为“水梭花”，称鸡为“钻篱菜”，终究于事无补，只是自欺而已，世人常嘲笑他们。那么有人做了不义的事，却用好听的名称来掩饰，和这又有什么区别呢？有在家的俗人以食肉为患，想组织一个“卜斋社”，长老听说了，高兴地说：“老僧也想算一个。”

记焦山长老问

东坡居士醉后单衫游招隐寺，既醒，着衫而归，问大众云：“适来醉汉向甚处去？”众无答。明日举以问焦山，焦山叉手而立。

【译文】东坡居士醉后穿单衫游招隐寺，清醒后，穿上衫衣而归，问众人道：“刚才醉汉到什么地方去了？”众人中无人回答。第二天又拿这话问焦山，焦山不答，叉手而立。

记参寥龙丘答问

慈湖程氏草堂，瀑流出两山间，落于堂后。如布悬，如风中雪，如群鹤舞。参寥问主人，乞此地养老，主人许之。东坡居士投名作供养主。龙丘子欲作库头，参寥不纳，曰："待汝一吸尽此水，即令汝作。"龙丘子无对。

【译文】慈湖程氏草堂，瀑水流出于两山之间，落在堂后。如布之悬，如风中之雪，如群鹤之舞。参寥问主人，乞求以此地养老，主人答应了他。东坡居士提出愿作供养主。龙丘想作库头，参寥不接纳，说："等你一口吸干这水，就让你做。"龙丘子无言可答。

记石塔长老答问

石塔来别居士。居士云："经过草草，恨不一见石塔。"塔起立云："遮个是砖浮图耶？"居士云："有缝。"塔云："无缝何以容世间蝼蚁？"坡首肯之。元丰八年八月二十七日。

【译文】石塔僧来向居士告别。居士说："经过匆匆，遗憾的是不能一见石塔。"石塔站起来说："这个是砖塔吗？"居士说："有缝。"石塔说："没有缝用什么容纳世间的蝼蚁？"东坡点头同意。元丰八年八月二十七日。

记南华长老答问

居士着衲衣，因见客着公服，次谓南华曰：“里面着衲衣，外面着公服，大似厄良为贱。”华曰：“外护也少不得。”居士曰：“言中有响。”华曰：“灵山嘱付，不得忘却。”

【译文】居士身穿僧衣，因见客又穿公服，然后对南华说：“里面穿僧衣，外面穿公服，很像厄良人为贱人。”南华说：“外护也少不得。”居士说：“言中有回音。”南华说：“灵山如来的嘱付，是不能忘记的。”

书别子开

子开将往河北，相度河宁。以冬至前一日被旨，过节遂行。仆以节日来贺，且别之。留饮数盏，颓然竟醉。案上有此佳纸，故为作草露书数纸。迨其北还，则又春矣，当为我置酒、蟹、山药、桃、杏，是时当复从公饮也。

【译文】子开将要到黄河以北去，视察河宁。于冬至前一日接到圣旨，过了冬至节就出发。我于冬至这天来祝贺他，同时也与他相别。子开留我饮了数杯酒，竟颓然而醉。见书案上有这些好纸，所以就为他写了草露书几幅。等到子开从北边回来，便又到春天了，就又会为我准备酒、螃蟹、山药、桃、杏，那时我会再来与公一起痛饮。

梦韩魏公

夜梦登合江楼，月色如水，魏公跨鹤来，曰："被命同领剧曹，故来相报，北归中原，当不久也。"

【译文】夜间做梦登上合江楼，见月色如水，韩魏公跨鹤而来，说："接到任命同领剧曹，所以来告诉你一声，北归中原，应该不会太久了。"

徐寅

徐寅，唐末号能赋。谒朱全忠，误犯其讳。全忠色变，寅狼狈走出。未及门，全忠呼知客，将责以不先告语，斩于界石南。寅欲遁去，恐不得脱，乃作《过太原赋》以献，其略曰："千金汉将，感精魄以神交；一眼胡奴，望英风而胆落。"全忠大喜，遗绢五百匹。全忠自言梦见淮阴，使受兵法，"一眼胡奴"，指李克用也。寅虽免一时之祸，殊不忧"一眼胡奴"见此赋也，可笑。

【译文】徐寅，唐末时号称善作赋。谒见朱全忠，误犯朱的忌讳。全忠变了脸，徐寅狼狈逃出。未到大门，全忠便喊知客，将要责备他不先告诉客人忌讳，斩之于界石之南。徐寅想逃走，又怕不能脱身，便作《过太原赋》，献给全忠，其中有："千金汉将，感精魄以神交；一眼胡奴，望英风而胆落。"全忠非常高兴，赐绢五百匹。全忠自己说曾梦见淮阴侯韩信，传授给他兵法，"一眼胡奴"，指的是李克用。徐寅虽免去了一时之祸，却不忧虑"一眼胡奴"看到此赋怎么办，真是可笑。

潞公

潞公坐客有言新义极迂怪者，公笑不答，久之，曰："颇尝记明皇坐勤政楼上，见钉校者。上呼曰：'朕有一破损平天冠，汝能钉校否？'此人既为完之，上曰：'朕无用此冠，以与汝为工直。'其人惶恐谢罪。上曰：'俟夜深闭门后，独自戴，甚无害也。'"

【译文】潞公座中宾客有人说新义极其迂腐古怪的，潞公笑而不答，过了很久，才说："还清楚地记得明皇坐于勤政楼上，看见一个修理旧器物的。皇上喊他说：'朕有一个破损的平天冠，你能修理吗？'此人修好后，皇上说：'朕用不着此冠，把它拿去给你当工价吧。'这人惶恐谢罪。皇上说：'等到夜深关门后，你独自一人戴，也没有什么妨碍。'"

孟仰之

余谪居黄州，州通判承议郎孟震，字仰之，颇与余相善。光州太守曹九章以书遗予云："朝中士大夫谓之孟君子。"予徐察之，真不忝此名也。震，郓人，及进士第，无他才能。然方京东狂人孔直温以谋反下狱，事连石介守道之子，一旦捕去，且四出捕人不已。震与守道虽故，素不识韩魏公，以书抵公，具言直温狂人无能为，而守道以直道死，其故家流风，决非与狂人通谋者。魏公感叹，即为上书如震言。以故直温狱不深究，人皆庆，其所全活甚众。震厅宇中，有一泉甚清，大旱不竭。余因名之"君子泉"，而子由为之记。元丰六年十一月七日记。

【译文】我贬到黄州后，州通判承议郎孟震，字仰之，和我关系很好。光州太守曹九章寄信给我说：“朝中士大夫都称他为孟君子。”我慢慢观察他，真不愧于这个称呼。孟震，是郓城人，进士及第，没有别的才能。但当京东狂人孔直温因谋反下狱时，其事株连了石介守道的儿子，一日突然捕去，而且又到处捕人不止。孟震与守道虽是故交，却从不认识韩魏公，寄信给韩魏公，详细讲述直温是狂人没有什么才能和作为，而守道因直道而死，其家传正直的作风，儿子决不可能是和狂人通谋的人。魏公感叹，就照孟震说的给皇帝上书。因此直温一案不再深究，大家都庆幸，孟震所救活的人很多。孟震厅檐下，有一泉，水很清，大旱时也不枯竭。我就给它取名为“君子泉”，而子由为之作了一篇记。

帖赠扬世昌二首

一

仆谪居黄冈，绵竹武都山道士杨世昌子京自庐山来过余，□□年乃去。其人善画山水，能鼓琴，晓星历骨色及作轨革卦影，通知黄白药术，可谓艺矣。明日当舍余去，为之怅然。浮屠不三宿木下，真有以也。元丰六年五月八日，东坡居士书。

【译文】我贬居黄冈，绵竹武都山道士杨世昌子京，从庐山采看我，□□年便离去。此人善画山水，会弹琴；懂星象天文骨色以及作轨革卦影，精通炼丹治病之术，可说是多才多艺了。明天就要舍我而去，因此心中惆怅。高僧不三宿桑下，恐渐生眷恋之意，确实是这样。元丰六年五月八日，东坡居士书。

二

十月十五日夜，与杨道士泛舟赤壁，饮醉。夜半有一鹤自江南来，翅如车轮，嘎然长鸣，掠余舟而西，不知其为何祥也，聊复记云。

【译文】十月十五日夜，与杨道士在赤壁泛舟，饮酒至醉，夜半时有一鹤从江南飞来，翅膀如车轮，嘎然长鸣，从我的船边掠过向西飞去，不知主何吉凶，姑且记之。

苏州僧

近在苏州，有一僧旷达好饮，以醉死。将暝，自作祭文云："唯灵生在阎浮提，不贪不妒，爱吃酒子，倒街卧路。想汝直待生兜率天，尔时方断得住。何以故？净土之中，无酒得沽。"

【译文】近来在苏州，有一僧人旷达好饮酒，因醉而死。临死时，自己作了一篇祭文："唯灵生在南赡部洲，不贪不妒，爱吃酒子，倒街卧路。想来你直要生于兜率天，那时才能把酒断得住。什么缘故？净土之中，无酒可沽。"

题李岩老

南岳李岩老好睡。众人饱食下棋，岩老则就枕，数局一展转，云："我始一局，君几局矣？"东坡曰："李岩老常用四脚棋盘，只着一色黑子。昔与边韶敌手，今被陈抟争先。着时似有输赢，着了并无一物。"欧阳公梦中作诗云："夜凉吹笛千山月，路暗迷人百种花。

棋罢不知人换世，酒阑无奈客思家。”殆是谓也。

【译文】南岳李岩老好睡。众人吃饱饭下棋，岩老便就枕，别人下了数局棋后他才翻身问：“我才一局了，君几局了？”东坡说：“李岩老常用四脚棋盘，只下一色黑子。从前和边韶不相上下，现在被陈抟争得先手。弈时似有输赢，终局并无一物。”欧阳公曾于梦中作诗云：“夜凉吹笛千山月，路暗迷人百种花。棋罢不知人换世，酒阑无奈客思家。”说的几乎就是他了。

记神清洞事

曹焕游嵩山中，途遇道士，盘礴石上，揖曰：“汝非苏辙之婿曹焕乎？”顾其侣，曰：“何人？”曰：“老刘，道士寓此，未尝与人语。”道士曰：“苏轼，欧阳永叔门人也。汝以永叔为何等人？”焕曰：“文章、忠义，为天下第一。”道士曰：“汝所知者，如是而已。我，永叔同年也。此袍得之永叔，盖尝敝而不补，未尝垢而洗也。近得书甚安。汝岂不知神清洞乎？汝与我以某年某月某日同集某处，我当以某年月日化于石上。”复坐，不复语，焕亦行入山。果如期化于石上。

【译文】曹焕游嵩山，途中遇一道士，踞于石上，向他作揖问道：“你不是苏辙的女婿曹焕吗？”又看看他的同伴，问：“这是谁？”答：“老刘，道士在这里，不曾和人说过话。”道士说：“苏轼，是欧阳永叔的门人。你认为永叔是什么样的人？”焕答：“文章、忠义，都是天下第一。”道士说：“你所知道的如此而已。我是永叔的同学。这件袍子就是从永叔处得到的，曾破而不补，未曾因脏而洗过。近来收到他的信，知道他很好。你难道不知道神清洞吗？你和我于某年某月某日同聚于某处，我将于某年月日死于此石之上。”又坐下，不再说话了，曹焕也走入山中去。后来道士果然如期死于石上。

空冢小儿

富彦国在青社,河北大饥,民争归之。有夫妇襁负一子,未几,迫于饥困,不能皆全,弃之道左空冢中而去。岁定归乡,过此冢,欲收其骨,则儿尚活,肥健愈于未弃时。见父母,匍匐来就。视冢中空无有,唯有一窍滑易,如蛇鼠出入。有大蟾蜍,如车轮,气咻咻然出穴中。意儿在冢中常呼吸此气,故能不食而健。自尔遂不食,年六七岁,肌理如玉。其父抱儿来京师,以求小儿医张荆筐。张曰:“物之有灵者能蛰,燕蛇蛤蟆之类是也。能蛰则能不食,不食则寿,此千岁蛤蟆也。法不当与药,若听其不食不娶,长必得道。”父喜,携去,今不知所在。张与予言,盖嘉祐六年。

【译文】富彦国在青社时,河北遇到灾荒年,饥民争先恐后地投奔他。有一对夫妇,抱着一个襁褓中的儿子,不久,为饥困所迫,不能都活,弃儿于道旁空冢中而去。荒年已过归乡时,路经此冢,想收拾儿子的骨殖,发现儿子原来还活着,肥胖健壮还超过未弃之时。看见父母,便爬过来。再看冢中空无所有,只有一孔很光滑,好像常有蛇鼠出入。有一只大蛤蟆像车轮一样,气咻咻地呼出穴中。想来儿子在冢中常呼吸此气,所以能不吃食物而壮健。从此,此儿便不吃东西,长到六七岁时,肌肤纹理温润如玉。他的父亲抱着儿子来到京师,以求助于小儿科医生张荆筐。张说:“有灵性的动物能冬眠,燕蛇蛤蟆之类就是这种动物。能冬眠就能不吃食物,不吃食物就能长寿,这是一只千岁的蛤蟆。按理不应当用药,如果任凭他不吃食物不娶妻,长大后必定得道。”做父亲的很高兴,携儿而去,现在不知在哪里。张告诉我时,是嘉祐六年。

太白山神

吾昔为扶风从事。岁大旱，问父老境内可祷者，云："太白山至灵，自昔有祷无不应。近岁向传师少卿为守，奏封山神为济民侯，自此祷不验，亦莫测其故。"吾方思之，偶取《唐会要》看，云："天宝十四年，方士上言太白山金星洞有宝符灵药，遣使取之而获，诏封山神为灵应公。"吾然后知神之所以不悦者。即告太守，遣使祝之，若应，当奏乞复公爵，且以瓶取湫水归郡。水未至，风雾相缠，旗幡飞舞，仿佛若有所见。遂大雨二日，岁大熟。吾作奏检具言其状，诏封为明应公。吾复为文记之。且修其庙。祀之日，有白鼠长尺余，历酒馔上，嗅而不食。父老云："龙也。"是岁，嘉祐七年。

【译文】我从前做扶风从事。有一年大旱，便问父老境内有没有可祈祷的神，父老说："太白山的山神最灵，从前只要祈祷没有不应的。近年来向传师少卿为太守，启奏朝廷封山神为济民侯，从此祈祷不灵验，也没有人知道是什么缘故。"我正想着这事时，偶然拿到《唐会要》翻看，见上面写道："天宝十四年，方士奏太白山金星洞有宝符灵药，派使者取到了。朝廷下诏封山神为灵应公。"我看后才知道神不高兴的原因。便告诉太守，派使者祝祷，如果灵验就奏请朝廷请求恢复公爵，并且用瓶子取湫中的水回郡。水还未送到，便有风雾相缠，旗幡飞舞，好像有物出现。于是连下两天大雨，当年大丰收。我写了奏疏详细报告了情况，朝廷封之为明应公。我又作文以记此事，并且修葺了山神庙。祭祀之日，有一只白鼠长一尺多，从酒肴间走过，只嗅不吃。父老说："这就是龙。"这年是嘉祐七年。

华阴老妪

眉之彭山进士宋筹者，与故参知政事孙抃梦得同赴举。至华阴，大雪。天未明，过华山，有牌堠云“毛女峰”者，见一老妪坐堠下，鬓如雪而无寒色。时道上未有行者，不知其所从来，雪中亦无足迹。与宋相去数百步，宋先过之，未怪其异，而莫之顾。独孙留连与语，有数百钱挂鞍，尽以与之。既追及宋，道其事。宋悔，复还求之，已无所见。是岁，孙第三人及第，而宋老死无成。此事，蜀人多知之者。

【译文】眉州的彭山进士宋筹，与曾任参知政事的孙抃梦得一起赴科举考试。走到华阴，下起了大雪。天不亮时，经过华山，在一土坛的牌上写着“毛女峰”的地方，看见一个老妇坐在坛下，两鬓如雪而无畏寒之色。当时路上没有行人，不知她从何而来，雪中也没有足迹。与宋筹相距数百步，宋先走过去，并未感到奇怪，也就没有管她。只有孙徘徊不去，与她说话，有数百钱在马鞍上挂着，都送给了她。追上宋之后，把这事告诉了他。宋后悔了，又折回来找，已什么也看不到了。这一年，孙以第三名及第，而宋直至老死也没有成就。这件事蜀中很多人都知道。

猪母佛

眉州青神县道侧，有小佛屋，俗谓之猪母佛。云，百年前，有牝猪伏于此，化为泉，有二鲤鱼在泉中，云盖猪龙也。蜀人谓牝猪为母，而立佛堂其上，故以名之。泉出石上，深不及二尺，大旱不竭，而二鲤鱼莫有见者。余一日偶见之，以告妻兄王愿。愿深疑之，意余诞也。余亦不平其见疑，因与愿祷于泉上曰：“余若不诞，鱼当复见。”已而鱼复出，愿大惊，再拜谢罪而去。此地旧为灵异。青神人朱文及者，以父病求医，夜过其侧，有髽而负琴者，邀至室。文及辞以父病不可留，而其人苦留之，欲晓，乃遣去。行未数里，见道傍有劫杀贼，所杀人赫然未冷也。否者，文及亦不免矣。泉在石仏镇南五里许，青神二十五里。

【译文】眉州青神县路旁，有一个小佛屋，俗称之为猪母佛。据说，百年前有牝猪伏在这里，化为泉，有两条鲤鱼在泉中，传说就是猪龙。蜀人把牝猪叫作母，而立佛堂于其上，所以便以猪母佛称之。泉水流出于石上，深不到二尺，大旱时也不枯竭，而两条鲤鱼却没人见过。我有一天偶然见到了，就把这件事告诉了妻兄王愿。愿很怀疑我的话，认为我说谎。我也对他的怀疑我说假话很不平，就和王愿一起在泉边祈祷说：“我如果说的不假，鱼就再次出现。”不久鱼又出现了，王愿大惊，再拜道歉而去。此地过去很有灵异。青神有一个叫朱文及的，因父亲有病去请医生，夜间经过其旁，有束发背琴的人，请他入室。文及以父病不可留为由要告辞而去，但那人苦苦挽留他，天快亮时，才让他走了。走不到数里，见路边有劫杀贼，被劫杀的人赫然躺在地上，尸身还没有凉。不然的话，文及也免不了被杀了。泉在石仏镇南五里左右，离青神二十五里。

池鱼自达

眉州人任达为余言：少时，见人家畜数百鱼深池中。池以砖甃，四周皆有屋舍，环绕方丈间。凡三十余年，日加长。一日，天晴无雷，池中忽发大声，如风雨，鱼涌起，羊角而上，不知所往。达云：“旧说，不以神守，则为蛟龙所取，此殆是耳。”余以谓蛟龙必因风雨，疑此鱼圈局三十余年，日有腾拔之意，精神不衰，久而自达，理自然耳。

【译文】眉州人任达对我说：小时候，见有人在深池中养了数百条鱼。池是用砖砌的，四周都有房子，环绕于丈方之间。总共过了三十多年，池中鱼日益长大。一天，天晴无雷，池中忽然发出很大的声音，像刮风下雨一样，池中鱼蜂涌而起，盘旋而上，不知往何处去了。任达说："旧时传说，没有神看守，就会被蛟龙取去，这大概就是了。"我认为蛟龙出动必借助风雨，可能这些鱼被局限了三十多年，每天都有腾空而去的意图，精神不衰竭，日久自会腾空，于理也是很自然的。

费孝先卦影

至和二年，成都人有费孝先者，始来眉山。云：近游青城山，访老人村，坏其一竹床。孝先谢不敏，且欲偿之，老人笑曰："子视其上字。字云：'此床以某年某月造，某年某月为孝先所坏。'自其数耳，何以偿为？"孝先知其异，乃留师事之。老人授以轨革卦影之术，前此未有知此学者也。后五年，孝先名闻天下，王公大人皆不远千里，以金钱求其卦影，孝先以致富。今死矣，然四方治其学者，所在而有，皆自托于孝先，真伪特未可知也，聊复记之，使后世知卦影所自。

【译文】至和二年，成都有一个叫费孝先的人，第一次到眉山。他说：近日游青城山，访老人村，坐坏了一张床。孝先为自己的不小心而道歉，而且要赔偿。老人笑道："你看它上面的字，写的是：'此床于某年某月造，某年某月为孝先所坏。'这是它的定数，为什么要赔呢？"孝先知道他不是普通人，就留下来拜他为师。老人教他轨革卦影之术，在此之前没有人知道这门学问。五年后，孝先名闻天下，王公大人都不远千里而来，拿金钱求他的卦影，孝先以此术致富。孝先现在已死了，但四方研究这门学问的，到处都有，都自称学于孝先，只是真伪难辨。姑且记之，以使后世之人知道卦影是从哪里来的。

幸思顺服盗

幸思顺，金陵老儒也。皇祐中，酤酒江州，人无贤愚，皆喜之。时劫江贼方炽，有一官人舣舟酒垆下，偶与思顺往来相善，思顺以酒十壶饷之。已而被劫掠于蕲、黄间。群盗饮此酒，惊曰："此幸秀才酒耶？"官人识其意，即绐曰："仆与幸秀才亲旧。"贼相顾，叹曰："吾侪何为劫幸老所亲哉？"敛所劫还之，且戒曰："见幸慎无言。"思顺年七十二，日行二百里，盛夏曝日中，不渴，盖尝啖物而不饮水云。

【译文】幸思顺，是金陵一位老儒生。皇祐年间，在江州卖酒，人无论贤愚，都喜欢他。当时劫江贼正闹得厉害，有一个官人停舟酒店旁，偶然与思顺往来关系很好，思顺送了他十壶酒。不久，此人在蕲、黄二州之间被劫。强盗们喝了他的酒，大惊问道："这是幸秀才的酒吗？"官人看出了他们的意思，就骗他们说："我和幸秀才是亲戚。"强盗们互相看看，叹道："我辈为什么要劫幸老的亲戚呢？"收敛所劫的财物还了他，并且嘱咐他说："见了幸老请谨慎不要说出。"思顺年七十二，能日行二百里，盛夏暴晒于日中，不渴，还曾经吃东西时不喝水。

王平甫梦灵芝宫

王平甫熙宁癸丑岁，直宿崇文馆，梦有人邀之至海上。见海水中宫殿甚盛，其中作乐，笙箫鼓吹之伎甚众。题其宫曰“灵芝宫”。邀平甫，欲与之俱往。有人在宫侧，隔水止之，曰：“时未至，且令去，他日当迎之。”至此，恍然梦觉，时禁中已钟鸣。平甫颇自负，为诗记之，曰：“万顷波涛木叶飞，笙箫宫殿号灵芝。挥毫不似人间世，长乐钟来梦觉时。”后四年，平甫病卒。其家哭讯之曰：“君尝梦往灵芝宫，信然乎？当以兆我。”是夕，暮奠，若有声音接于人者，其家复卜以钱。卜之曰：“往灵芝宫，其果然乎？”卜曰：“然。”昔有人至海上蓬莱，见楼台有待乐天之室，乐天自为诗以识其事，与平甫之梦实相似。盖二人者，皆天才逸发，则其精神所寓，必有异者，物理皆有之，而不可穷也。其家哭，请书其事，故为之书以慰其思。

【译文】王平甫于熙宁六年，在崇文馆当值夜宿时，梦见有人邀请他到海上。见海水中宫殿很宏伟，宫中正在奏乐，笙箫鼓吹的乐伎很多。匾额题为“灵芝宫”。此人邀请平甫，要和他一起入宫。有人在宫侧，隔水阻止他们，说：“时间尚未到，姑且让他离去，他日会迎接他的。”这时，恍然梦醒，禁中的钟已敲响了。平甫很自负，作诗以记此梦，诗曰：“万顷波涛木叶飞，笙箫宫殿号灵芝。挥毫不似人间世，长乐钟来梦觉时。”四年后，平甫病逝。他家的人哭着在灵前说道：“您曾梦往灵芝宫，是真的吗？请以兆示我。”这天晚上，暮奠时，像有声音与人声相接，他家的人又用钱占卜，问：“前往灵芝宫，确实如此吗？”卜辞说：“是的。”从前有人到海上蓬莱，见楼台中有等待乐天的房间，乐天自己也作了一首诗以记此事，和平甫的梦很相似。因为这两个人，都是天才逸发，精神的寄托，必有异于常人，事物皆此理，而无法穷究。他的家人哭着，请我记载此事，因此为他作了记载以慰其家人的哀思。

广利王召

余尝醉卧，有鱼头鬼身者，自海中来，云："广利王请端明。"予被褐草履黄冠而去，亦不知身步入水中。但闻风雷声，有顷，豁然明白，真所谓水晶宫殿也。其下骊珠夜光，文犀尺璧，南金火齐，不可仰视，珊瑚琥珀，不知几多也。广利佩剑，冠服而出，从二青衣。余曰："海上逐客，重烦邀命。"有顷，东华真人、南溟夫人造焉，出鲛绡丈余，命余题诗。余赋曰："天地虽虚廓，惟海为最大。圣王皆祀事，位尊河伯拜。祝融为异号，恍惚聚百怪。二气变流光，万里风云快。灵旗摇虹纛，赤虬喷滂湃。家近玉皇楼，彤光照世界。若得明月珠，可偿逐客债。"写竟，进广利。诸仙迎看，咸称妙。独旁一冠簪者——谓之鳖相公——进言："客不避忌讳，祝融字犯王讳。"王大怒。余退而叹曰："到处被相公斯坏。"

【译文】我曾酒醉而卧，见有鱼头鬼身怪物，从海中来，说："广利王请端明。"我穿上布衣草鞋戴上道冠而去，也不知道自己已走入水中。只听得风雷之声，一会儿，豁然明朗，真是传说的水晶宫殿。有骊珠夜光，文犀尺璧，南金火齐，令人不可仰视，珊瑚琥珀，不知有多少。广利王佩剑，冠服而出，后面跟着两位青衣。我说："海上放逐之人，感谢邀请。"不久，东华真人、南溟夫人到来，拿出一丈多长的鲛绡，让我题诗。我写道："天地虽虚廓，惟海为最大。圣王皆祀事，位尊河伯拜。祝融为异号，恍惚聚百怪。二气变流光，万里风云快。灵旗摇虹纛，赤虬喷滂湃。家近玉皇楼，彤光照世界。若得明月珠。可偿逐客债。"写完，呈给广利王。诸仙人迎上观看，都称妙。只有旁边一个戴簪的——叫做鳖相公——上前说道："客不避忌讳，祝融字犯王之讳。"广利王大怒。我退下叹道："到处遭到相公的迫害。"

记授真一酒法

子在白鹤新居，邓道士忽叩门，时已三鼓，家人尽寝，月色如霜。其后有伟人，衣桄榔叶，手携斗酒，丰神英发如吕洞宾者，曰：“子尝真一酒乎？”三人就坐，各饮数杯，击节高歌合江楼下。风振水涌，大鱼皆出。袖出一书授予，乃真一法及修养九事。末云：“九霞仙人李靖书。”既别，恍然。

【译文】我住在白鹤新居时，邓道士忽然敲门，当时夜已三更，家人都睡了，月色皎洁如霜。邓道士身后有一身材很高的人，穿的是桄榔叶，手提着斗酒，神采奕奕像吕洞宾的，说：“您尝真一酒吗？”三人就座，各饮了几杯，打着拍子，高歌于合江楼下。风振水涌，大鱼都跃出水面。那人从袖中取出一本书给我，是真人造酒法以及讲修养的九件事，末尾题“九霞仙人李靖书”。告别之后，恍然如梦醒。

梦弥勒殿

仆在黄州，梦至西湖上。梦中亦知其为梦也。湖上有大殿三重，其东，一殿题其额云“弥勒下生”。梦中云：“是仆昔年所书。”众僧往来行道，大半相识，辩才、海月皆在，相见惊喜。仆散衫策杖，谢诸人曰：“梦中来游，不及冠带。”既觉，忘之。明日得芝上人信，乃复理前梦，因书以寄之。

【译文】我在黄州时，梦见来到西湖。梦中也知道这是在做梦。湖上有三重大殿，其东，一殿的匾额是“弥勒下生”。梦中说道：“这是我从前写的。”众僧人来往行路，大半互相认识，辩才、海月都在，相见时都很惊喜。我穿着内衣，拿着竹杖，向诸人道歉说："梦中来游，没有来得及穿戴好衣帽。"醒后，就忘了。第二天收到芝上人的信，才又想起前一夜的梦，便写下来寄给了他。

应梦罗汉

仆往岐亭，宿于团风，梦一僧破面流血，若有所诉。明日至岐亭，以语陈慥季常，皆莫晓其故。仆与慥入山中，道左有庙，中，神象之侧，有古塑阿罗汉一躯，仪状甚伟，而面目为人所坏。仆尚未觉，而慥忽悟曰："此岂梦中得乎？"乃载以归，使僧继莲命工完新，遂寘之安国院。左龙右虎，盖第五尊者也。

【译文】我在去岐亭的路上，宿在团风，梦见一僧人破面流血，若有所诉告。第二天到了岐亭，把梦中情景告诉了陈慥季常，都不晓得什么缘故。我与陈慥进入山中，路左边有一座庙，中间是神象，旁边有古时塑的阿罗汉一座，身躯很雄伟，而面目却被人损坏了。我还未想到，而陈慥却忽然醒悟，说："这岂不是梦见的景象吗？"就把罗汉象运回来，让僧继莲督工修整一新，便放置在安国院；左龙右虎，此罗汉乃是第五位尊者。

仙姑问答

仆尝问三姑："是神仙耶？"三姑曰："曼卿之徒也。"欲求其事为作传，三姑曰："妾本寿阳人，姓何名媚，字丽卿。父为廛民，教妾曰：'汝生而有异，它日必贵于人。'遂送妾于州人李志处修学。不月余，博通九经。父卒，母遂嫁妾与一伶人。亦不旬日，洞晓五音，时刺史诬执良人，置之囹圄，遂强取妾为侍妾，不岁余，夫人侧目，遂令左右擒妾投于厕中。幸遇天符使者过，见此事，奏之上帝。上帝敕送冥司，理直其事。遂令妾于人间主管人局。”余问云：“甚时人？”三姑云：“唐时人。”又问：“名甚？”三姑云：“见有一所主，不敢其名。”又问：“刺史后为甚官？”三姑云：“后入相。”又问：“甚帝代时人？”姑云：“则天时。”又问：“上天既为三姑理直其事，夫人后得甚罪？”三姑云：“罚为下等。”三姑因以启谢云：“学士刀笔冠天下，文章烂寰宇。身之品秩，命之本常，朝野共矜而不能留连，皇王怀念而未尝引拔。暂居小郡，实屈大贤。如贱妾者，主之爱而共憎，事之临而无避。罪于非辜之地，生无有影之门。赖上天之究情，使微躯之获保。何期有辱朝从，下降寒门。罪宜千诛，事在不赦。维持阴福，以报大恩。”又问云：“某欲弃仕路，作一黄州百姓，可否？”三姑戏赠一绝云：“朝廷方欲强搜罗，肯使贤侯此地歌？只待修成云路稳，皇书一纸下天河。”又问：“余欲置一庄，不知如何？”三姑云：“学士功名立身，何患置一庄不得？”又云：“道路无两头，学士甚处下脚？”再赠一绝云：“蜀国先生道路长，不曾插手细思量。枯鱼尚有神仙去，自是凡心未灭亡。”又《谢腊茶》诗云：“陆羽茶经一品香，当初亲受向明王。如今复有苏夫子，分我花盆美味长。”又《谢张承议惠香》云：“南方宝木出名香，百和修来人供堂。贱妾固知难负荷，为君祝颂达天皇。”又《赠世人》云：“赠君一术眇生辰，不用操心向不平。隐贿隐财终是妄，谩天谩地更关情。花藏芳蕊春风密，龙卧深潭霹雳惊。莫向人前夸巧佞，苍天终是有神明。”又《赠王奉职》云：“平生有幸得良妻，此日同舟共济时。蜀国乃为君分野，思余自此有前期。”又为《琴歌》云：“七弦品弄仙人有，留待世人轻插手。一声欲断万里云。山林鬼魅东西走。况有离人不忍听，才到商音泪渐倾。雁柱何须夸郑声，古风自是天地情。伯牙死后无人知，君侯手下分巧奇。月明来伴青松阴，露齿笑谈风生衣，山神不敢隐踪迹，笑向山阴惧伤击。一曲未终风入松，玉女惊飞来住侧。劝君休尽指下功，引起相思千万滴。”

【译文】我曾问三姑：“是神仙吗？”三姑说：“我是曼卿的弟子。”我想问她的生平事迹好为她作传，三姑说：“我本是寿阳人，姓何名媚，字丽卿。父亲是税吏，对我说：‘你生来就和常人不同，他日之贵必超过常人。’便把我送到州人李志那里学习。不到一个月，便掌握了九经。父亲去世后，母亲就把我嫁给了一个伶人。也不到十天，我便通晓了五音。这时刺史诬陷丈夫，把他投入监牢，接着便把我抢去作侍妾。不到一年，夫人嫉妒，便命左右捉住我投到厕所中。幸亏遇到天符使者经过，看见此事，奏之于上帝。上帝命送到冥司，审理此事。于是命我在人间主管人局。”我问道：“什么时候的人？”三姑说：“唐时人。”又问：“名叫什么？”三姑说：“观有一所主，不敢直呼其名。”又问：“刺史后来又做了什么官？”三姑说：“后来做了宰相。”又问：“哪个皇帝当政时的人？”三姑说：“武则天时。”又问：“上天既然为三姑公平处理了事情，夫人后来被判什么罪？”三姑说：“被罚为下等。”三姑便道谢说：“学士笔墨冠绝天下，文章灿烂寰宇。身之品秩，朝野共矜而不能留连，命之本常，皇王怀念而未得引拔。暂居于小郡，实委屈大贤。如贱妾我，主爱而众人共憎，临事而无可逃避。得罪于无辜之地，求生无有影之门。托赖上天之查究，得使微躯的获保。不期有辱朝从，下降寒门。罪应千诛，事在不赦。维持冥福，以报大恩。”又问道：“我想弃去官职，做一个黄州百姓，可以吗？”三姑戏赠一绝句：“朝廷方欲强搜罗，肯使贤候此地歌？只待修成云路稳，皇书一纸下天河。”又问：“我想购置一座庄园，不知如何？”三姑说：“学士以功名立身，何愁不能置一庄园？”又说：“道路没有两头，学士从何处下脚？”再赠一绝句道：“蜀国先生道路长，不曾插手细思量，枯鱼尚有神仙去，自是凡心未灭亡。”又赋《谢腊茶》诗云：“陆羽茶经一品香，当初亲受向明王。如今复有苏夫子，分我花盆美味长。”又赋《谢张承议惠香》云：“南方宝木出名香，百和修来入供堂。贱妾国知难负荷，为君祝颂达天皇。”又赋《赠世人》云：“赠君一术眇生辰，不用操心向不平。隐贿隐财终是妄，谩天谩地更关情。花藏芳蕊春风密，龙卧深潭霹雳惊。莫向人前夸巧佞，苍天终是有神明。”又赋《赠王奉职》云：“平生有幸得良妻，此日同舟共济时。蜀国乃为君分野，思余自此有前期。”又作《琴歌》云：“七弦品弄仙人有，留待世人轻插手。一声欲断万里云，山林鬼魅东西走。况有离人不忍听，才到商音泪渐倾。雁柱何须夸郑声，古风自是天地情。伯牙死后无人知，君侯手下分巧奇。月明来伴青松阴，露齿笑谈风生衣。山神不敢隐踪迹，笑向山阴惧伤击。一曲未终风入松，玉女惊飞来住侧。劝君休尽指下功，引起相思千万滴。”

王翊救鹿

黄州岐亭有王翊者，家富而好善。梦于水边，见一人为人所殴伤，几死。见翊而号，翊救之得免。明日，偶至水边，见一鹿为猎人所得，已中几枪。翊发悟，以数千钱赎之。鹿随翊起居，未尝一步舍翊。又翊所居后有茂林果木。一日，有村妇林中见一桃，过熟而绝大，独在木杪，乃取而食之。翊适见，大惊。妇人食已，弃其核。翊取而剖之，得雄黄一块，如桃仁，乃嚼而吞之，甚甘美。自是断荤肉，斋居一食，不复杀生，亦可谓异事也。

【译文】黄州岐亭有一个叫王翊的，家境富裕而好做善事。梦见一个人在水边被人打伤，快要死了。见到王翊便哀号，王翊救之使得免死。第二天偶然走到水边，见一只鹿被猎人捉住，已中数枪。王翊明白了，用数千钱买了它。鹿随王翊起居，从未离开他一步。又王翊住处后面有茂密的果树。一天，有一个村妇在林中见到一只桃子，已熟透而且很大，独自长在树梢上，就摘下来吃了。王翊正好看见，大吃一惊。村妇吃完，弃去桃核。王翊拾起桃核剖开，得到一块雄黄，如同桃仁，就嚼碎咽了下去，味道很甜美。从此断了荤肉，斋戒而居，每天只吃一顿饭，不再杀生，也可称为一件异事。

黄鄂之风

近闻黄州小民贫者生子多不举，初生便于水盆中浸杀之，江南尤甚，闻之不忍。会故人朱寿昌康叔守鄂州，乃以书遗之，俾立赏罚以变此风。黄之士古耕道，虽椎鲁无它长，然颇诚实，喜为善。乃使率黄人之富者，岁出十千，如愿过此者，亦听。使耕道掌之，多买米布绢絮，使安国寺僧继莲书其出入。访闾里田野有贫甚不举子者，辄少遗之。若岁活得百个小儿，亦闲居一乐事也。吾虽贫。亦当出十千。

【译文】近来听说黄州的贫苦百姓生下子女大多不养活，刚生下来就放在水盆里淹死，江南更严重，闻之令人不忍。恰巧故人朱寿昌康叔任鄂州知州，便寄信给他，请他立赏罚之法以改变这种风气。黄州的士人古耕道，人虽愚鲁没有别的特长，却很诚实，喜欢行善。就让他号召黄州的富户，每年出十千钱，如果愿多出，也听任之。让耕道掌管这些钱，多买米布绢帛棉絮，让安国寺僧继莲记录帐目的出入。寻访城乡民间有极贫困不能养活子女的，就略送些钱给他们。如此每年可以救活上百个小孩，也是闲居时的一大乐事。我虽然也贫穷，也每年拿出十千钱。

陈昱再生

今年三月，有中书吏陈昱者，暴死三日而苏。云：初，见壁有孔，有人自孔掷一物，至地化为人，乃其亡姊也。携其手自孔中出，曰："冥吏追汝，使我先。"见吏在旁，昏黑如夜，极望有明处，有桥，榜曰"会明"。人皆用泥钱。桥极高，有行桥上者，姊曰："此生天也。”昱行桥下，然犹有在下者，或为乌鹊所啄。姊曰：“此网捕者也。”又见一桥，曰“阴明”。人皆用纸钱。有吏坐曹十余人，以状及纸钱至者，吏则刻除之，如抽贯然。已而见冥官，则陈襄述古也。问昱何故杀乳母，曰：“无之。”呼乳母至，血被面，抱婴儿，熟视昱曰：“非此人也，乃门下吏陈周。”官遂放昱还，曰：“路远，当给竹马。”又使诸曹检己籍，曹示之，年六十九，官左班殿直。曰：“以平生不烧香，故不甚寿。”又曰：“吾辈更此一报，身即不同矣。”意当谓超也。昱还，道见追陈周往。既苏，周果死。

【译文】今年三月，有一位中书吏叫陈昱的，暴死三天又苏醒了。说：一开始，见墙上有孔，有人从孔中扔进一个东西，落地变成人，原来是他去世的姐姐。拉着他的手从孔中出去，说：“冥吏追捕你，让我先来。”见有吏站在一旁，昏黑如夜，极目远望，见有明处，有桥，题曰：“会明”。人人都使用泥钱。桥极高，有走在桥上的，他姐姐说：“这是生活在天上的。”陈昱走在桥下，但也还有更在下面的，有的人还被乌鸦喜鹊所啄。他姐姐说：“这是用网捕过鸟的人。”又看见一座桥，题曰：“阳明”。人人都用纸钱。有吏役十多人，拿状子和纸钱来的，吏就除去名字，像抽出钱串一样。不久见到冥官，原来是陈襄述古。问陈昱为什么杀乳母，陈昱说：“没有此事。”冥官把乳母叫来，血流满面，怀抱婴儿，细看陈昱，说：“不是这个人，是门下吏陈周。”冥官便放陈昱回去，说：“路远，应当给他竹马。”陈昱又让诸曹查自己的簿籍，诸曹让他看，年六十九岁，官至左班殿直。说：“因平生不烧香，所以不太长寿。”又说：“我辈经此一报，身价就不同了。”想来会超过原数。陈昱回来时，路上见追捕陈周的冥吏已去。苏醒后，陈周果然死了。

徐问真从欧阳公游

道人徐问真，自言潍州人。嗜酒狂肆，能啖生葱、鲜鱼，以指为针，以土为药，治病良有神验。欧阳文忠公为青州，问真来，从公游，久之，乃求去。闻公致仕，复来汝南。公常馆之，使伯和父兄弟为之主。公尝有足病，状少异，莫能喻。问真教公汲引，气血自踵至顶。公用其言，病辄已。忽一日，求去甚力。公留之，不可，曰："我有罪。我与公卿游，我不敢复留。"公使人送之，果有冠铁冠丈夫，长八尺许，立道周俟之。问真出城，雇村童，使持药笥。行数里，童告之，求去。问真于发中出一瓢。如枣大，再三覆之掌中，得酒满掬者二，以饮童子，良酒也。自尔不知其存亡。童子竟发狂，亦莫知所终。轼过汝阴，见公，具言如此。其后，予贬黄州，而黄冈县令周孝孙暴得重腿病。某以问真口诀授之，七日而愈。元祐六年十一月二日，与叔弼父、季默父夜坐，话其事，事复有甚异者，不欲尽书，然问真要为异人也。

【译文】道人徐问真，自称潍州人。爱饮酒，行为狂放，能吃生葱、活鱼，以手指为针，泥土为药，治病很有神效。欧阳文忠公治理青州时，问真来投奔，为幕宾，过了很久，才请求辞去。听说欧阳公退休，又来到汝南。欧阳公常请他住在家里，让伯和父兄弟负责招待他。欧阳公曾有足病，症状略与常人有异，没有人能说清楚病因。问真教公汲引，让气血从脚踵运行到头顶。公照他的话做，病就好了。忽然有一天，要求辞去很迫切。欧阳公挽留不住，说："我有罪。我和公卿来往，不敢再留了。"欧阳公派人送他，果然见有戴铁冠的男子，高八尺左右，站在路边等他。问真出城，雇一村童拿药箱。走了几里，村童要辞去。问真从发髻中取出一只瓢，像枣一样大，多次在掌中倒，两次得酒满把，让童子喝，确是好酒。从此不知他的存亡。童子后来也疯了，也没人知道结果如何。我到汝阴，见了欧阳公，公详细地对我讲了这些情况。后来，我被贬黄州，而黄冈县令周孝孙突然患上了脚肿病。我就把问真的口诀教给他，七天就好了。元祐六年十一月二日，与叔弼父、季默父一起坐夜，谈论间真之事，还有更奇异的，不想都记下来，但总而言之问真的确是个异人。

道士锻铁

有道士讲经茅山，听者数百人。中讲，有自外入者，长大丑黑，大骂曰："道士奴，天正热，聚众造妖何为？"道士起谢曰："居山养徒，费用匮乏，不得不尔。"骂者怒少解。曰："须钱不难，何至作此！"乃取釜灶杵臼之类，得百余斤，以少药锻，皆为银，乃去。后数十年，道士复见此人，从一老道士，须发如雪，骑白骡。此人腰插一骡鞭，从其后。道士遥望，叩头，欲从之。此人指老道士，且摇手作惊畏状，去如飞。少顷，不见。

【译文】有道士在茅山讲经，听讲的有数百人。正在讲时，有人从外面进来，长得身材高大，既丑又黑，大骂道："道士奴，天正热，聚众造妖干什么？"道士起立道歉说："山居养徒，费用不足，不得不如此。"骂者怒稍息，说："需要钱不难，何至于作这种事！"便取锅灶杵臼等类东西，共一百多斤，用一点药料锻烧，都变成了银子，这才走了。后来过了数十年，道士又看到了此人，跟着一个老道士，老道士须发如雪，骑着白骡。此人腰间插一骡鞭，跟在他的后面。道士远远望见，便叩头，想跟在后面。此人用手指着老道士，然后摇手作出惊畏的样子，如飞而去。一会儿便不见了。

《金刚经》报

蒋仲父闻之于孙景修，近岁有人凿山取银矿，至深处，闻有人诵经声。发之，得一人，云："吾亦取矿者。以窟坏，不能出，居此不记年。平生诵《金刚经》，尝以经自随。每有饥渴之心，则若有人自腋下以饼遗之。"殆此经变相也。道家守"一"，若饥，则"一"与之粮；渴，"一"与之浆。此人于经中岂得所谓"一"者乎？元符庚辰□月二日，偶与慧上人夜话及此，因出纸求仆缮写是经，凡阅月而成。非谪居海外，安能种此福田也？苏轼谨题。

【译文】这事是蒋仲父从孙景修那里听说的，近年来有人开山挖银矿，挖到深处，听到有人念经的声音。挖开后，找到一人，那人说："我也是开矿的。因为矿洞塌方，不能出去，困在这里已不记得有几年了。平生诵《金刚经》，常把经带在身边。每觉饥渴时，就像有人从腋下把饼拿给我。"恐怕这就是此经的变相了。道家讲究守"一"，如果饿了，"一"就给他干粮；渴了，"一"就给他浆水。此人难道从经中得到所谓"一"了吗？元符三年某月二日，偶然与慧上人夜话，谈到此事，便取出纸求我缮写这部经，总共用了一个月才写成。若非贬到海外，怎能种此福田呢？苏轼谨题。

师续梦经

宣德郎广陵郡王院大小学教授眉山任伯雨德翁，丧其母吕夫人之十四日，号擗稍间，欲从事于佛。或劝诵《金光明经》，且言世所传本多误，惟咸平六年刊行者最为善本，又备载张居道再生事。德翁欲访上本而不可得，苫寝柩前。而外甥进士师续假寐其侧，忽惊觉曰："吾梦至相国寺东门，有鬻糟姜者，云有此经。梦中间曰：'非咸平六年本乎？'曰：'然。'此殆非梦也。"德翁大惊，即使续以梦求之而获。睹鬻糟姜者之状，则梦中所见也。德翁舟行扶柩归葬于蜀，某方贬岭外，偶吊德翁楚、泗间，乃为记之。绍圣元年同郡苏某记。

【译文】宣德郎广陵郡王院大小学教授眉山任伯雨德翁，在其母亲吕夫人去世的第十四天，悲痛之余，想皈依佛教。有人劝他诵《金光明经》，并且说世上所传刻的版本有很多错误，只有咸平六年刊刻印行的版本是最好的本子，上面还详细地记载有张居道再生的内容。德翁想找到这个善本却找不到，铺着草苫睡在灵柩前面。而他的外甥进士师续则在他旁边坐着打瞌睡，忽然惊醒，说："我梦见来到相国寺东门，有一个卖糟姜的，说有这部经。我梦中间道：'莫非是咸平六年的版本吗？'他答道：'是的。'这恐怕不是做梦。"德翁大吃一惊，就让师读按梦景去找，于是找到了。看到卖糟姜的模样，正是梦中所见到的人。德翁乘舟扶灵柩回到蜀中安葬，我正被贬到岭外，偶然在楚、泗之间吊祭德翁母丧，并为他作了这篇记。绍圣元年同郡苏某记。

广州女仙

予顷在都下，有传李太白诗者，其略曰："朝披梦泽云，笠钓青茫茫。"此非世人语也。盖有见太白于酒肆中而得此诗者。神仙之有无，真不可以意度也。绍圣元年九月，过广州，访崇道大师何德顺，有神降其室，自言女仙也，赋诗立成，有超逸绝尘语。或以其托于箕帚，如世所谓紫姑神者疑之，然味其语，非紫姑神所能。至人有入狱鬼群鸟兽者，托于箕帚，岂足怪哉？崇道好事喜客，多与贤士大夫游，其必有以致之也欤？

【译文】我近来在京师，听说有传诵李太白诗的，其中有“朝披梦泽云，笠钓青茫茫”句，这不是世间人能说出的话。原来有人在酒肆中见到太白才得到此诗，神仙的有无，真是不能凭主观臆断的。绍圣元年九月，过广州，拜访崇道大师何德顺，有神降于其室，自称是女仙，赋诗立就，有超逸绝世之语。也有人疑心她是世上传说的托身于箕帚的紫姑神，但玩味她的诗句，不是紫姑神所能写出的。至于人连托身狱鬼鸟兽的都有，托身于箕帚，有什么可奇怪的？崇道多事好客，常与贤士大夫交往，他一定有降神的办法吧？

鬼附语

世有附语者，多婢妾贱人，否则衰病，不久当死者也，其声音举止，皆类死者，又能知人密事。然理皆非也，意有奇鬼能为是耶？昔人有远行者，欲观其妻于己厚薄，取金钗藏之壁中，忘以语之。既行，而病且死。以告其仆。既而不死。忽闻空中有声，真其夫也。曰：“吾已死，以为不信，金钗在某所。”妻取得之，遂发丧。其后夫归，妻乃反以为鬼也。

【译文】世间有被死者附在身上说话的，大多是婢妾之类低贱的人，否则就是身衰有病，不久即死的人，他的声音举止，都像死者，又能知道别人的隐私。但从常理上都是说不通的，想来大概是有奇鬼能作这种事吧？从前有一个出远门的人，想试探妻子对自己的感情如何，便拿一支金钗藏在壁间，忘记了告诉妻子。出门后，病得要死，便把此事告诉了他的仆人。后来病好了没有死。他妻子忽然听到空中有声音，真是自己丈夫的声音，说：“我已经死了，你若不信，有金钗藏在某处。”他妻子找到了金钗，便为他发丧。后来丈夫回到家，妻子反而认为回来的是鬼。

石普嗜杀

石普好杀人，以杀为娱，未尝知惭悔也。醉中缚一奴，使其指使投之汴河，指使哀而纵之。既醒而悔，指使畏其暴，不敢以实告。久之，普病，见奴为祟，自以为必死。指使呼奴示之，祟不复作，普亦愈。

【译文】石普喜欢杀人，以杀人为娱乐，从来不知愧悔。有一次，醉中绑缚一家奴，命令他部下的指使把家奴投入汴河，指使可怜家奴就把他放了。石普清醒之后便后悔了，指使害怕他的残暴，也不敢把实情告诉他。过了很久，石普病了，看见家奴现身作祟，自以为必定要死了。指使便把家奴叫来给他看，于是鬼魂不再出现，石普的病也好了。

陈太初尸解

吾八岁入小学，以道士张易简为师。童子几百人，师独称吾与陈太初者。太初，眉山市井人子也。予稍长，学日益，遂第进士，制策。而太初乃为郡小吏。其后，予谪居黄州，有眉山道士陆惟忠，自蜀来，云："有得道者曰陈太初。"问其详，则吾与同学者也。前年，惟忠又见予于惠州，云："太初已尸解矣。蜀人吴师道为汉州太守，太初往焉。正岁旦日，见师道求衣食钱物，且告别，持所得尽与市人贫者。反，坐于戟门下，遂寂。师道使卒舁往野外焚之。卒骂曰：'何物道士，使我正旦舁死人！'太初微笑开目，曰：'不复烦汝。'步自戟门至金雁桥下，趺坐而逝。焚之，举城皆见烟焰上眇眇焉有一陈道人也。"

【译文】我八岁时入小学，以道士张易简为启蒙老师。学童共数百人，老师只看重我和一个叫陈太初的。太初，是眉山一市井人家的子弟。我慚慚长大，学问也日益进步，于是考中进士，制策。而太初则做了郡小吏。后来，我被贬在黄州，有眉山道士陆惟忠，从蜀中来，说："有一个得道的人叫陈太初。"询问他的详细情况，原来就是我和他同学过的陈太初。前年，惟忠又在惠州见到我，说："太初已经成仙了。蜀人吴师道任汉州太守，太初便去作客。大年初一，见了师道便要衣食钱物，然后告别，把所得之物都送给了市井中的贫民。然后回来，坐在戟门下，就死去了。师道派吏卒把尸体抬到野外烧掉。吏卒骂道：'这道士是什么玩艺儿，叫我大年初一抬死人！'太初微笑着睁开两眼，说：'不再麻烦你了。'便从戟门走到金雁桥下，盘腿坐着死去了。焚尸时，全城人都看见烟焰上清清楚楚有一个陈道人。"

黄仆射得道

虔州布衣赖仙芝言：连州有黄损仆射者，五代时人，仆射盖仕南汉也。未老退归，一日忽遁去，莫知其存亡，子孙画像事之。凡三十二年，复归，坐阼阶上，呼家人。其子适不在家，孙出见之，索笔书壁上云："一别人间岁月多，归来事事已消磨。惟有门前鉴池水，春风不改旧时波。"遂投笔径去，不可留。子归，问其状貌，孙云："似影堂老人也。"连人相传如此。其后颇有禄仕者。

【译文】虔州百姓赖仙芝说：连州有一位黄损，官至仆射，是五代时人，仆射是南汉的官，年纪未老便致仕回家了，一天忽然不知去向，没有人知道他的存亡，子孙把他的像画下事奉。总共过了三十二年，又回到家，坐在台阶上，喊家中人。他的儿子刚好不在家，孙子出来见他，他要了一支笔在墙上写道："一别人间岁月多，归来事事已消磨。惟有门前鉴池水，春风不改旧时波。”然后投笔而去，不可挽留。儿子回来，问他的形貌，孙子说：“像是堂上画的老人。”连州人传说如此。他的后人有不少做官的。

僧伽同行

《泗州大圣僧伽传》云：“和尚，何国人也。”又云：“世莫知其所从来，云不知何国人也。”近读《隋史·西域传》，有“何国”。予在惠州，忽被命责儋耳。太守方子容自携告身来，且吊予曰：“此固前定，可无恨。吾妻沈素事僧伽，谨甚。一夕，梦和尚告别。沈问何往，答云：‘当与苏子瞻同行，后七十二日，当有命。今适七十二日矣，岂非前定乎？”予以谓事孰非前定者，不待梦而知。然予何人也，而和尚辱与同行，得非夙世有少缘契乎？

【译文】《泗州大圣僧伽传》记载：“和尚，何国人也。”又有：“世上无人知道他从哪里来，所以说不知何国人。”近来读《隋史·西域传》，才知道有“何国”。我在惠州，忽然接到命令调任儋耳。大守方子容亲自带着任命书来，并且安慰我说：“这本是前生注定的，不必遗憾。我妻子沈氏平素事奉僧伽，非常恭敬。有一夜梦见和尚来告别。沈氏问他到哪里去，答道：‘要和苏子瞻同行，再过七十二天，就会有王命。’今天正好七十二天了，岂不是注定的吗？”我认为事情哪有不是前定的，不须做梦就能知道。但我是什么人，却有和尚自降身分与我同行，该不会是前世有些缘分吧？

寿禅师放生

钱塘寿禅师，本北郭税务专知官。每见鱼虾，辄买放生，以是破家。后遂盗官钱，为放生之用。事发，坐死，领赴市矣，吴越钱王使人视之：若悲惧如常人，即杀之；否，则舍之。禅师淡然无异色，乃舍之。遂出家，得法眼净。禅师应以市曹得度，故菩萨乃现市曹以度之，学出生死法，得向死地上走一遭，抵三十年修行。吾窜逐海上，去此地稍近，当于此证阿罗汉果。

【译文】钱塘寿禅师，本来是北郭税务专知官。每次见到鱼虾，就买来放生，因此败了家。后来就盗用官钱，作放生的费用。事情败露，判了死刑，已经押赴法场了，吴越钱王派人来察看他：如果悲哀恐惧和普通人一样，就杀了他；如果不是这样，就放了他。禅师满不在乎没有异常表情，就放了他。便出家，修得了法眼净的功夫。禅师应于法场得度，所以菩萨便现出法场来度他。要学出生死法，能向死地上经历一次，可当三十年修行。我被放逐到海上，离此地较近，应当在这里证阿罗汉果。

处子再生

戊寅十年，予在儋耳，闻城西民处子病死，两日复生。予与进士何曼往见其父，问死生状。云：初昏，若有人引去至官府，帘下有言：“此误追。”庭下一吏言：“可且寄禁。”又一吏云：“此无罪，当放还。”见狱在地窟中，隧而出入。系者皆儋人，僧居十六七。有一妪，身皆黄毛，如驴马，械而坐。处子识之，盖儋僧之室也，曰：“吾坐用檀越钱物，已三易毛矣。”又一僧，亦处子邻里，死二年矣。其家方大祥，有人持盘飧及钱数千，云：“付某僧。”僧得钱，分数百遗门者，乃持饭入门去。系者皆争取其饭，僧所食无几，又一僧至，见者擎跽作礼。僧曰：“此女可差人送还。”送者以手擘墙壁，使过，复见一河，有舟，便登之。送者以手推舟，舟跃，处子惊而寤。是僧岂所谓地藏菩萨者耶?书之以为世戒。

【译文】戊寅十年,我在儋耳时,听说城西一百姓家的处女病死,两天后又活过来。我与进士何曼去见她的父亲,探问死而复生的情形。据说:刚昏去时,好像有人带去到了官府,帘下有人说:"这人捉错了。"庭下一吏说:"可以暂且监禁。"又一吏说:"这人无罪,应当放还。"看见监狱在地窟中,有地道出入。用绳子绑着的都是儋耳人,僧人占十分之六七。有一个老妇人,满身都是黄毛,像驴马一样,带着刑具坐在那里。处女认识她,是儋耳一僧人的妻室,说:"我犯了使用施主钱物的罪,身上已经三次换毛了。"还有一僧,也是处女的邻居,已经死了二年了。他家中正在举办两周年的大祥祭,有人拿来成盘的食物和数千钱,说:"交给某僧。"僧人拿到钱,分了数百给看门人,才拿着饭入门而去。绑着的人都争着来吃饭,僧人吃的却不多。又一僧人来到,见到他的人都跪下行礼。僧人说:"这个女子可派人送回去。"送的人用手分开墙壁,使她过去,又看见一条河,河中有船,便登上船。送她的人用手推船,船跃起,处女一惊就醒了。这僧人可能就是所谓地藏菩萨吧?书此以作为世人之戒。

书桃黄事

有棋人山居,夜梦溪边有一人溺水,棋人援而出之。饭后,纵步至一溪边,真梦中见者。猎人缚一鹿来,棋人数千得之。鹿逐棋人,跬步不可离。后于所居林间地上,得桃一枚,甚大,樵妇过而食之,弃其核而去。棋人取之,破其核,得雄黄一块。棋人吞之,自此不复食。东坡名此鹿为"山客"。

【译文】有一位棋士住在山里,夜里梦见溪边有一人溺水,棋士把他拉了出来。饭后,信步走到一条溪边,真是梦中所见到的地方。

有猎人绑一只鹿来，棋士多次请求得到了鹿。鹿便跟着棋士，半步也不离开。后来在住处的林间空地上，看到一只桃子，很大，樵妇过来把桃子吃了，弃去它的核便走了。棋士拾起桃核，敲开，得到一块雄黄。棋士吞下雄黄，从此不再吃饭。东坡为此鹿取名“山客”。

修炼

朱元经炉药

光州有朱元经道人者，百许岁，世多言其有道术。予来黄州，本欲一过之，既而不果。到黄未久，遂闻其死。故人曹九章适为光守，遂与棺殓葬之，亦无他异。但有药金银及药甚多，郡中争欲分买其药，曹不许，悉封付有司。余以书语曹，他日或为贪者所盗换，不若以闻于朝廷入秘府为嘉也。不知曹能用否？黄金可成，本非虚语，然须视金如土者乃能得之。

【译文】光州有一位道人叫朱元经，一百多岁了，很多人说他有道术。我来黄州，本想去拜访他，但没有成功。到黄州不久，就听说他去世了。友人曹九章当时正好是光州知州，就用棺材把他殓葬了，他与别人也没有不同之处。但他有很多用药物制成的金银和用来制作金银的药，郡中的人都争着要买那药，曹九章不同意，都封起来交给了官府。我写信告诉曹九章，这些药将来可能会被贪心的人偷换，不如奏知朝廷，收藏于秘府。不知曹九章是否采纳了我的主张。黄金可以制成，本不是虚言，但必须是视金如土的人才能得到那制作黄金的药。

异人有无

自省事以来，闻世所谓道人有延年之术者，如赵抱一、徐登、张无梦，皆近百岁，然竟死，与常人无异。及来黄州，闻浮光有朱元经，尤异，公卿尊师之甚众，然卒亦病死。死时，中风搐搦。但实能黄白，有余药，药、金皆入官。不知世果无异人耶？抑有而人不见，此等举非耶？不知古所记异人虚实，无乃与此等不大相远，而好事者缘饰之耶？

【译文】自懂事以来，就听说有延年之术的道人，像赵抱一、徐登、张无梦等，都活到近百岁，但他们最后都死去，与一般人没有区别。我来到黄州后，听说浮光有一个道人叫朱元经，很不一般，有很多公卿尊他为师，可他最终也得病而死。临死时，中风痉挛。但他确实能炼制金银，死后还剩有炼制金银的药，药和金银都送交了官府。不知是世上真的没有特异之人呢？还是有这样的人都没被人们发现，以上所举都不是呢？不知古人所记的特异之人的真实情况，恐怕与上述情况相差不远，只是又经好事的人渲染罢了！

大还丹诀

凡物皆有英华，轶于形器之外。为人所喜者，皆其华也，形自若也。而不见可喜，其华亡也。故凡作而为声，发而为光，流而为味，蓄而为力，浮而为膏者，皆其华也。吾有了然常知者存乎其内，而不物于物，则此六华者，苟与吾接，必为吾所取。非取之也，此了然常知者与是六华者盖尝合而生我矣。我生之初，其所安在，此了然常知者苟存乎中，则必与是六华者皆处于此矣。其凡与吾接者，又安得不赴其类，而归其根乎？吾方养之以至静，守之以至虚，则火自炼之，水自伏之，升降开阖，彼自有数，日月既至，自变自成，吾预知可也。《易》曰："精气为物，游魂为变。"《传》曰："用物精多则魂魄强。"《礼》曰："体魄则降，志气在上。"人不为是道，则了然常知者生为志气，死为魂神，而升于天。此六华者，生为体为精，死为魄为鬼而降于地。其知是道者，魂魄合，形气一。其至者，至骑箕尾而为列星。敬之信之，密之行之，守之终之。元祐三年九月二十八日书。

【译文】万物都有精华，隐藏于形体之外。被人喜爱的，都是精华。形体照旧是形体。如果不被人们喜爱，那是因为事物的精华不存在了。因此，振出的声，发出的光，传出的味，蓄成的力，浮起的油，都是精华。我心中有常理，而不拘于物的外形，那么，这些精华如果被我接触，必定会被我所用。不是用它，是这常理与这些精华相合才产生了我。我刚生下时，它们在哪里？如果这些常理已存于心中，那么，这些精华也都在那里了。凡是与我接触的，又哪能不从属同类而归依根本呢？我想养静守虚时，火和水就自然会顺应我的意念，升降开合，都有自身的规律，时间一到，自变自成，我只要能预知就行了。《周易》说："精气为物，游魂为变。"《左传》说："用物精多则魂魄强。"《礼记》说："体魄则降，志气在上。"人如果不为此道，那么，常理就生为志气，死为鬼神而升于上天。这些精华就生为体、精，死为鬼魄而降于地下。如果懂得这个道，就会魂魄相合，形气为一。达到极至的人，能骑箕宿之尾而成为列星。对此诀要尊重、相信、保密、落实、奉行，坚持到底。元祐三年九月二十八日写。

阳丹阴炼

冬至后，斋居常吸鼻液漱炼，令甘，乃咽入下丹田。以三十瓷器，皆有盖，溺其中，已，随手盖之，书识其上。自一至三十，置净室，选谨朴者掌之。满三十日开视，其上当结细砂，如浮蚁状，或黄或赤，密绢帕滤取。新汲水净淘澄，无度，以秽气尽为度，净瓷瓶合贮之。夏至后，取细研枣肉，为丸如桐子大，空心酒吞下，不限数，三五日内服尽。夏至后，仍以前法采取，却候冬至后服。此名阳丹阴炼，须尽绝欲，若不绝，砂不结。

【译文】冬至以后斋居，常常吸鼻液漱炼，让它发出甜味，然后咽进腹中。取三十个瓷器，都有盖，尿在瓷器中，尿完后，随即盖上，在盖子上作好标记。尿完三十个瓷器，把瓷器放置在净室中，选一个谨慎老实的人看管。满三十天后，打开盖子看，上面结有细砂，像蚂蚁漂浮的样子，有的是黄色，有的是红色，用细密的丝绢把它滤取。用净水把它淘净，次数不限，直到没有秽气，然后贮藏在干净的瓷瓶中。夏至以后，将它与枣肉细研为丸，像桐子一般大小，空腹以酒服下，不限丸数，三五天内服完。夏至以后，仍然依照上述方法操作，等冬至以后服用。这叫作阳丹阴炼，必须完全断绝欲念，如果不断绝欲念，就不会结砂。

阴丹阳炼

取首生男子之乳，父母皆无疾恙者，并养其子，善饮食之。日取其乳一升许，少只半升以来，可以朱砂银作鼎与匙。如无朱砂银，山泽银亦得。慢火熬炼，不住手，搅如淡金色，可丸即丸，如桐子大，空心酒吞下，亦不限丸数。此名阴丹阳炼。世人亦知服秋石，皆非清净所结。又此阳物也，须复经火，经火之余，皆其糟粕，与烧盐无异。世人亦知服乳。乳，阴物，不经火炼，则冷滑而漏精气。此阳丹阴炼。阴丹阳炼，盖道士灵智妙用，沉机捷法，非其人不可轻泄，慎之。

【译文】取健康夫妇头胎生男孩的奶汁，养育那孩子，让他们吃有营养的食物。每天取一升多奶汁，奶汁少的，半升也行。用朱砂银做成锅和匙子。如果没有朱砂银，用山泽银也行。将奶汁放入锅中，慢火熬炼，不停地搅动，熬到奶汁呈淡金色，能做成丸就做成丸，丸做成桐子一般大小，空腹以酒服下，也不限丸数。这叫做阴丹阳炼。人们也知道服用秋石，但秋石都不是清净之物所凝结。秋石是阳物，必须再经过熬炼，熬炼后剩下的，都是糟粕，与熬盐一样。人们也知道服用奶汁，奶汁是阴物，如果不经过熬炼，就冷滑而泄漏精气。阳丹阴炼和阴丹阳炼，都是道士们的灵智妙用、便捷之法，不可轻易向一般人泄漏，要谨慎。

符陵丹砂

尔朱道士晚客于眉山，故蜀人多记其事。自言：“受记于师，云：‘汝后遇白石浮，当飞仙去。’”尔朱虽以此语人，亦莫识所谓。后去眉山，乃客于涪州，爱其产丹砂，虽琐碎，而皆矢镞状，莹彻不杂土石。遂止。炼丹数年，竟于涪之白石县仙去。乃知师所言不谬。吾闻长老道其事甚多，然不记其名字，可恨也。《本草》言：“丹砂出符陵。”而陶隐居云：“符陵是涪州。”今无复采者。吾闻熟于涪者云：“采药者时复得之，但时方贵辰、锦砂，故此不甚采尔。”读《本草》偶记之。

【译文】道士尔朱晚年客居眉山，所以蜀地人记下他的很多行事。他自称：“师傅曾说过：‘你以后遇到白石漂浮，就会成仙飞去。”，尔朱虽然这样对别人说，但也不懂得其中的含义。后来他离开眉山，客居涪州，他喜爱这里出产的丹砂，丹砂虽然细碎，却都呈箭头的形状，晶莹透亮，不杂尘土。于是他就住下，在这里炼丹数年，最后在涪州的白石县成仙离去。于是这才知道师傅所说的不错。我听说长老们说了很多他的事，但都不记得他们的名字，很遗憾。《本草》说：“丹砂出产于符陵。”而南朝梁人陶隐居说：“符陵是涪州。”如今没有再来开采的人了。我听熟悉涪州的人说：“采药的人偶尔还能采到，但当时正以辰州和锦州产的砂为佳，因此，人们不怎么在这里采砂。”读了《本草》，偶而记下上述文字。

松气炼砂

祥符东封，有扈驾军士昼卧东岳真君观古松下。见松根去地尺余，有补塞处。偶以所执兵攻刺之，塞者动，有物如流火，自塞下出，径走入地中。军士以语观中人。有老道士拊膺曰：“吾藏丹砂于是三十年矣，方卜日取之。”因掘地数丈，不复见。道士怅慨成疾，竟死。其法用次砂精良者，凿大松腹，以松气炼之，自然成丹。吾老矣，不暇为此，当以山泽银为鼎，有盖，择砂之良者二斤，以松明根节悬胎煮之，置砂瓶煎水以补耗，满百日，取砂，玉槌研七日，投热蜜中，通油瓷瓶盛，日以银匕取少许，醇酒搅汤饮之，当有益也。

【译文】皇帝到泰山祭祀，随从的军士中有人白天睡在东岳真君观的古松树下。松树根部离地一尺多的地方，有填塞的痕迹。军士偶尔以所持兵器撞击那填塞的地方，填塞的东西就松动了，有一东西像流火，从填塞处涌出，直入地下。军士把这情况告诉了观中的人。有一个老道士拍着胸口说：“这是我藏的丹砂，已经三十年了，正要择日将它取出。”于是，掘地数丈，没有再见到丹砂。老道士惆怅感慨得病，不久去世了。他的方法是把精良的次砂，填塞在大松树的树干中，用松树之气炼制，使砂自然成丹。我老了，没时间这样做了，就用山泽银做成锅，带盖儿，选二斤好砂放入锅中，用松明根节烧煮，置砂瓶煎水以补损耗，满百天，取出砂，用玉槌研磨七天，把砂放入热蜜中，装在瓷瓶内，每天用银勺取出一点儿，用醇酒调和服下，对身体有益。

龙虎铅汞说 寄子由

人之所以生死，未有不自坎、离者。坎、离交则生，分则死，必然之道也。离为心，坎为肾，心之所然，未有不正，虽桀、跖亦然。其所以为桀、跖者，以内轻而外重。故常行其所不然者尔。肾强而溢，则有欲念，虽尧、颜亦然。其所以为尧、颜者，以内重而外轻。故常行其所然者耳。由此观之，心之性法而正，肾之性淫而邪，水火之德，固如是也。子产曰："火烈，人望而畏之。水弱，人狎而玩之。"古之达者，未有不知此者也。龙者，汞也，精也，血也。出于肾，而肝藏之。坎之物也。虎者，铅也，气也，力也。出于心，而肺主之，离之物也。心动，则气力随之而作。肾溢，则精血随之而流。如火之有烟，未有复反于薪者也。世之不学道。其龙常出于水，故龙飞而汞轻。其虎常出于火，故虎走而铅枯。此生人之常理也。顺此者死，逆此者仙。故真人之言曰："顺行则为人，逆行则为道。"又曰："五行颠倒术，龙从火里出。五行不顺行，虎向水中生。"

有隐者教予曰："人能正坐，瞑目调息，握固定心，息微则徐闭之。达摩胎息法，亦须闭。若如佛经，待其自止，恐汞不能到也。虽无所念，而卓然精明，毅然刚烈，如火之不可犯，息极则小通之，微则复闭之。方其通时，亦限一息，一息归之，已下丹田中也。为之，惟数以多为贤，以久为功，不过十日，则丹田温而水上行，愈久愈温，几至如烹，上行如水，蓊然如云，烝于泥丸。盖离者，丽也，着物而见火之性也。吾目引于色，耳引于声，口引于味，鼻引于香，火辄随而丽之。今吾寂然无所引于外，火无所丽，则将焉往？水其所妃也，热必从之。坎者，陷也，物至则受水之性也，而况其妃乎？水火合，则火不炎而水自上，则所谓'龙从火里出'也。龙出于火，则龙不飞，而汞不干。旬日之外，脑满而腰足轻，方闭息时，常卷舌而上，以舐悬痈，虽不能到，而意到焉，久则能到也。如是不已，则汞下入口。方调息时，则漱而烹之，须满口而后咽。若未满，且留口中，俟后次也。仍以空气送至下丹田，常以意养之，久则化而为铅。此所谓'虎向水中生'也。"

此论奇而通，妙而简，决为可信者。然吾有大患，平生发此志愿百十回矣，皆缪悠无成，意此道非捐躯以赴之，刳心以受之，尽命以守之，不能成也。吾今年已六十，名位破败，兄弟隔绝，父子离散，身居蛮夷，北归无日，区区世味，亦可知矣。若复缪悠于此，真不如人矣。故数日来，别发誓愿。譬如古人避难穷山，或使绝域，齧草啖雪，彼何人哉！已令造一禅榻、两大案，明窗之下，专欲治此。并已作干蒸饼百枚。自二月一日为首，尽绝人事。饥则食此饼，不饮汤水，不啖食物，细嚼以致津液，或饮少酒而已。午后，略睡。一更便卧，三更乃起，坐以待旦。有日采日，有月采月。余时非数息炼阴，则行今所谓龙虎诀尔。如此百日，或有所成。不读书著文，且一时阁起，以待异日。不游山水，除见道人外，不接客，不会饮，无益也。深恐易流之性，不能终践此言，故先书以报，庶几他日有惭于弟而不敢变也。此事大难，不知其果然不惭否？此书既以自坚，又欲以发弟也。

卷舌以舐悬痈，近得此法，初甚秘惜之。此禅家所谓“向上一路子，千圣不传人”，所见如此，虽可笑，然极有验也。但行之数日间，舌下筋急痛，当以渐驯致。若舌尖果能及悬痈，则致华池之水，莫捷于此也。又言：“此法名‘洪炉上一点雪’。”宜自秘之。

【译文】人的生死，都缘自坎和离，坎与离相交就生。分开就死，这是自然规律。离为心，坎为肾，心所肯定的，没有不正的，即使是桀和跖也如此。他们之所以成为桀和跖，是因为内轻而外重，所以他们经常做坏事。肾过于强，就会有欲念，即使是尧和颜回也如此。他们之所以成为尧和颜回，是因为内重而外轻，所以他们经常做好事。由此看来，心主法正，肾主淫邪，水火之德，本来就像这样。子产说：“火势猛烈，人们看见就害怕，水势平缓，人们就戏玩。”古代的贤达，都懂得这个道理。龙是汞、是精、是血。它生于肾，藏于肝，属于坎。虎是铅、是气、是力。它生于心，主于肺，属于离。心动，气力就会跟着发作。肾溢，精血就会跟着流动。如同燃火产生的烟，不会再回到柴禾中。世上的人不学道，他们的龙常出于水，因此，龙飞而汞轻。他们的虎常出于火，因此虎走而铅枯，这是活着的人的常理。顺此者就死去，逆此者就成仙。所以真人之言说：“顺行则为人，逆行则为道。”还说：“五行颠倒术，龙从火里出。五行不顺行，虎向水中生。”

一位隐士指教我说：“人如果能正坐，闭目握拳，调息定心，气息微弱就会慢慢闭合。达摩胎息法，亦必须关闭气息。如果像佛经所说，等它自己停止，恐怕汞不能到达。虽然没有杂念，但却卓然精明刚烈，像火那样不可侵犯，气息到极处就会有微小的流通，气息微弱就又闭合。当它流通时，也限于一息，一息返归，下到丹田之中。多次这样做为贤，长期这样做为功，不超过十天，就会感到丹田发热而水上行，时间越长，丹田越热，几乎像烹煮一样，上行如水，弥漫如云，薰悉脑神。离是依附的意思，具有遇物见火的特征。我的眼睛接触色彩，耳朵接触声音，口腔接触味道，鼻子接触香气，火就跟随附着。现在我不接触外物，火无所依附，会到哪里去呢？水与火相配，势必相随。坎是陷的意思，具有物至受水的特性，更何况是与水相配的火呢，水火相合，就会火不热而水自然而上，就是所谓的‘龙从火出’。龙出于火，龙就不会飞，汞就不会干。十天以后，就会感到脑满而腰身轻，当关闭气息时，常常将舌头上卷，去舐小舌，即使舐不住，只要意念到，久而久之就能舐住。如果不停地坚持下去，汞就会下行入口。调养气息时，要漱满口腔再下咽。如果没满，就留在口中，等下次。仍然用空气把它送到下丹田，经常以意念调养它，久而久之就会化为铅。这就是所谓的‘虎向水中生’。”

这番论说奇特而行得通，绝妙而简便，很可信。但我有大毛病，平生百十次练此功，都一无所成，我认此功不捐躯、剖心、舍命就不能成。我年已六十，功名破败，兄弟隔绝，父子离散，身居蛮夷之地，回归无望，其中的人生况味，也就可想而知。如果再这样虚空下去，就真是不如人了。因此，几天来，我又立下了誓愿。譬如古人避难于穷山，或者出使极远之地，吃草饮雪，那是些什么人啊！已让人制作一个禅床，两个大案，专在明窗之下炼此功。并且已经做了百个干蒸饼。从二月一日开始，断绝人事往来，饿了就吃这饼，不喝开水，不吃其他食物，细嚼干饼以产生津液，只是有时饮一些酒而已。午后睡一会儿。一更睡下，三更起床，坐等天亮。有日采日，有月采月，其余时间不是炼功，就是行现在所说的龙虎诀。这样坚持百天，可能会有收益。在此期间，不读书写文章，等以后再说。不游山玩水，除见道人外，不接待客人，不与他人饮酒，这样做无益处。我很担心自己的性格，不能落实自己的决心，因此先写信告诉你，以后我会因为怕愧对你而不改决心，这些事太难，不知将来是否能落实？这封信既是要坚定自己的决心，又想启发你。

卷舌舐小舌，是最近得知的秘法。这是禅家所说的“向上一路子，千圣不传人”，这样看待，虽然可笑，但很有效验。刚开始的几天，会感到舌下的筋很疼，慢慢就会正常。如果舌头真的能舐住小舌，那么，没有比这更容易产生口水的了。又说：“此法叫‘洪炉上一点雪’。应保密。

李若之布气

《晋·方技传》有幸灵者，父母使守稻。牛食之，灵见而不驱，牛去，乃理其残乱者。父母怒之。灵曰：“物各欲得食，牛方食，奈何驱之？”父母愈怒，曰：“即如此，何用理乱者为？”灵曰：“此稻又欲得生。”此言有理，灵故有道者也。吕猗母皇得痿痹病十余年，灵疗之。去皇数步，坐瞑目，寂然有顷，曰：“扶夫人起。”猗曰：“老人得病十有余年，岂可仓卒令起耶？”灵曰：“但试扶起。”令两人扶起，两人夹扶而立。少顷去扶者，遂能行。学道养气者，至足之余，能以气与人。都下道士李若之能之，谓之“布气”。吾中子迨，少羸，多疾。若之相对坐为布气，迨闻腹中如初日所照，温温也。若之盖尝遇得道异人于华岳下云。

【译文】《晋书·方技传》中记载，有一个叫幸灵的人，他的父母让他看稻子。牛吃稻子，他看见也不驱赶，等牛离开了，他才去收拾被践踏的稻子。父母对他很生气，幸灵说："动物都想得到食物，牛正在吃稻子，怎么能驱赶它呢？"父母更加生气，说："既然如此，你为什么还要去收拾呢？"幸灵说："这稻子也想生存。"此话有理，因此幸灵是一位有道的人。吕猗的母亲皇氏患肌肉麻木收缩病十多年了，幸灵为她治疗时，瞑目坐在离她数步的地方，沉寂了一会儿说："扶老人起身。"吕猗说："老人得病十多年，哪能这样快就让她起身？"幸灵说：扶起试试。"于是让两人将老人扶起站立。过了一会儿，又让搀扶的人离开，老人当时就能行走。学道养气的人，将气养得充足后，能将气传递给别人。京都道士李若之有此功力，叫做"布气"，我的儿子迨，从小身体虚弱多病。李若之与他对坐，给他布气。迨觉得腹中如朝阳照射，暖融融的。李若之曾经在华山下遇到得道的奇人。

侍其公气术

扬州有武官侍某者，偶忘其名。官于二广恶地十余年，终不染瘴。面红盛，腰足轻快，年八十九乃死。初不服药，唯用一法，每日五更起坐，两掌相乡，热摩涌泉穴无数，以汗出为度。欧阳文忠公不信仙佛，笑人行气。晚年见之，云："吾数年来患足气，一痛殆不可忍。近日有人传一法，用之三日，不觉失去。"其法：垂足坐；闭目握固，缩谷道，摇贴两足，如摄气球状，无数。气极即少休，气平复为之，日七八度，得暇即为之，无定时。盖涌泉与脑通，闭缩摇贴，即气上潮，此乃般运捷法也。文忠疾已则废，使其不废，当有益。至言不烦，不可忽也。

【译文】扬州有一个武官叫侍某的，我偶然忘了他的名字。他在两广作官十多年，没患一点疾病。他面色红润，腰腿轻捷，活到八十九岁才去世。他开始时不服药，只用一种方法，即每天五更起坐，两掌相向，摩擦涌泉穴，直到出汗为止。欧阳修不信仙佛，讥笑行气之人。晚年与他相见，他说："我多年来患有脚气，发作起来痛不可忍。最近有人告诉我一个方法，我试了三天，脚病不知不觉消失了。"方法是：悬腿而坐，闭目握拳，提肛，摇颤两脚，做多次，像牵曳气球的样子。累了稍休息一下，气恢复了平和，就重新做，每天七八次，有空就做，不定时。涌泉穴与大脑相通，闭目提肛，摇颤双脚，气就会向上涌，这是便捷的运气之法。欧阳修的病痊愈后便不练了。如果不终止，也会对身体有益的。精到之言，不可忽视。

养生诀 上张安道

近年颇留意养生。读书，延问方士多矣，其法百数，择其简易可行者，间或为之，辄有奇验。今此闲放，益究其妙，乃知神仙长生非虚语尔。其效初不甚觉，但积累百余日，功用不可量。比之服药，其力百倍。久欲献之左右，其妙处，非言语文字所能形容。然可道其大略。若信而行之，必有大益，其诀如左。

每夜以子后三更三四点至五更以来。披衣起，只床上拥被坐亦可。面东或南，盘足，叩齿三十六通，握固，以两母指握第三指，或第四指握母指，两手柱腰腹间也。闭息，闭息，最是道家要妙。先须闭目净虑，扭灭妄想，使心源湛然，诸念不起，自觉出入息调匀，即闭定口鼻。内观五脏，肺白、肝青、脾黄、心赤、肾黑。当更求五藏图，常挂壁上，使心中熟识五脏六腑之形状。次想心为炎火，光明洞彻，入下丹田中。待腹满气极，即徐出气。不得令耳闻。候出入息匀调，即以舌接唇齿，内外漱炼津液，若有鼻涕，亦须漱炼，不嫌其咸，漱炼良久，自然甘美，此是真气，不可弃之。未得咽下。复前法。闭息内观，纳心丹田，调息漱津，皆依前法。如此者三，津液满口，即低头咽下，以气送入丹田。须用意精猛，令津与气谷谷然有声，径入丹田。又依前法为之。凡九闭息，三咽津而止。然后以左右手热摩两脚心，此涌泉穴上彻顶门，气诀之妙。及脐下腰脊间，皆令热彻，徐徐摩之，津汗出，不妨，不可喘促。次以两手摩熨眼、面、耳、项，皆令极热。仍按捏鼻梁左右五七下，梳头百余梳而卧，熟寝至明。

右其法至简近，唯在常久不废，即有深功。且试行一二十日，精神自已不同，觉脐下实热，腰脚轻快，面目有光，久之不已，去仙不远。但当习闭息，使渐能迟久。以脉候之，五至为一息。近来闭得渐久，每一闭百二十至而开，盖已闭得二十余息也。又不可强闭多时，使气错乱，或奔突而出，反为害。慎之！慎之！又须常节晚食，令腹中宽虚，气得回转。昼日无事，亦时时闭目内观，漱炼津液咽之，摩熨耳目，以助真气。但清净专一，即易见功矣。神仙至术，有不可学者。一忿躁，二阴险，三贪欲。公雅量清德，无此三疾，切谓可学。故献其区区，笃信力行，他日相见，复陈其妙者焉。文书口诀，多枝词隐语，卒不见下手门路。今直指精要，可谓至言不烦，长生之根本也。幸深加宝秘，勿使浅妄者窥见，以泄至道也。

【译文】近年来，我很留意养生之道。读了很多书，访问了很多方术之士，得到了百多种方法，我选择了其中简单易行的偶尔试试，马上产生了奇效。如今流放赋闲，更进一步研究其中的奥妙，才知道神仙长生不是假话。养生的效用，开始时感觉不深，坚持百天后，效果不可限量，比服药强百倍。很早就想把这些方法告诉给你，它的妙处，不是语言所能表达的。但可以说出个大概，如果你相信而练习，肯定大有好处，其诀如下：

每天夜里子时后三更三四点至五更以来，披衣坐起，只在床上拥被而坐也行。面向东或南，盘脚，叩齿三十六遍，握拳，以两母指握第三指，或者第四指握母指，两手撑在腰腹间。闭住气息，闭气是道家的奥妙之法，首先必须闭目排除杂念，去掉妄想，使心源寂净，不起任何欲念，自然调匀气息，就会关闭口鼻。内观五脏，肺为白色，肝为青色，脾为黄色，心为红色，肾为黑色。应找到五藏图，经常悬挂在墙上，使心中熟知五脏六腑的形状。接着想象心为火，光明透亮，进入下丹田中。等到腹满气足，就慢慢出气。不能让耳朵听见。等到气息调匀，就以舌头舐住唇齿，里外漱炼口水，如果有鼻涕，也必须漱炼，不要嫌它咸，漱炼久了，就会感到甜美，这是真气，不可丢弃。不能咽下。重复做。闭息内观，纳心于丹田，调息漱口水，都依上述方法。依此法做三遍，津液满口，就低头咽下，用气把津液送进丹田。必须用意精猛，使津液发声，直入丹田。再依上述方法做。共须九次闭息，三次咽下津液。然后用左右手按摩两脚心，使脚心发热，此涌泉穴上通顶门，是气诀的奥妙之处。同时按摩肚脐下的腰脊间，都让它们热透。慢慢按摩，出微汗没关系，不能喘气。接着用两手按摩眼睛、面部、耳朵、脖子，都使它们感到特别热。再按捏鼻梁两边六、七下，梳百余遍头躺下，熟睡到天亮。

上述方法简单，只是必须长期坚持才见功效。可姑且试做一二十天，自然会感到精神不一样，肚脐下会觉得发热，腰身轻快，面目有光，坚持下去，离成仙就不远了。但应该练习闭气，使得能渐渐持久。脉搏搏动五下为一息。我最近闭气，渐渐闭得久了，每次能闭到脉搏搏动一百二十下，已经是二十多息了。但又不能勉强久闭气，使得气息错乱，甚至喷吐而出，这样反而对身体有害。千万要谨慎！还必须经常节制晚餐，让腹中宽虚，使气息能够回转。白天无事时，也经常闭目内观，漱炼口水咽下，按摩耳朵和眼睛，以帮助真气运行。只要清净专一，就容易见功效。神仙的精妙之术，以下三种类型的人不能学：一是忿躁，二是阴险，三是贪婪。先生是清雅的有德之人，没有这三种毛病，很适合学习此功。因此把它献给你，诚信力行，将来见面时，再陈述其中的妙处。文书上的口诀，很多是隐语，不容易看出从何处下手。现在指出精要之处，可以说是要言不烦，是长生的根本。请保密，不要让浅薄狂妄的人看到，泄漏了精妙之术。

寄子由三法

食芡法

吴子野云："芡实盖温平尔，本不能大益人。"然俗谓之水硫黄，何也？人之食芡也，必枚啮而细嚼之，未有多嘬而亟咽者也。舌颊唇齿，终日嗫嚅，而芡无五味，腴而不腻，足以致上池之水。故食芡者，能使人华液通流，转相挹注，积其力，虽过乳石可也。以此，知人能澹食而徐饱者，当有大益。吾在黄岗山中见牧羊者，必驱之瘠土，云："草短而有味，羊得细嚼，则肥而无疾。"羊犹尔，况人乎？

【译文】吴子野说："芡的果实性平和，本不能对人有大的益处。"但是民间为什么把它叫作水硫黄呢？人食用芡，必一个个咬破细细咀嚼，没有人会很快咽下的。舌、颊、唇、齿整日蠕动，而芡没有五味，丰腴而不油腻，能够吸收露水。因此，食用芡的果实能使人的华液流通，互相补充，它的作用，可以超过服用乳石。因此，人如果能淡着慢慢吃饱芡的果实，就大有益处。我在黄冈县的山中看到牧羊的人，定要把羊赶到瘠瘦的地块上，说："这里的草短而有味，羊细嚼慢咽，能长膘而无病。"羊且如此，何况人呢？

胎息法

养生之方，以胎息为本。此固不刊之语，更无可议。但以气若不闭，任其出入，则眇绵泄漭，无卓然近效。待其兀然自住，恐终无此期。若闭而留之，不过三五十息奔突而出，虽有微暖养下丹田，益不偿于损，决非度世之术。近日深思，似有所得。盖因看孙真人《养生门》中《调气》第五篇，反复寻究，恐是如此。其略曰："和神养气之道，当得密室，闭户，安床暖席。枕高二寸半，正身偃仰，瞑目闭气于胸鬲间，以鸿毛着鼻上而不动。经三百息，耳无所闻，目无所见，心无所思。如此，则寒暑不能侵，蜂虿不能毒，寿三百六十岁。此邻于真人也。”此一段要诀，弟且静心细意，字字研究看。既云闭气于胸鬲中，令鼻端鸿毛不动，则初机之人，安能持三百息之久哉？恐是元不闭鼻气，只以意坚守此气于胸鬲中，令出入息似动不动，氤氲缥缈，如香炉盖上烟，汤瓶嘴上气，自在出入，无呼吸之者，则鸿毛可以不动。若心不起念，虽过三百息可也，仍须一切依此本诀，卧而为之，仍须真以鸿毛粘着鼻端，以意守于胸中，过欲吸时，不免微吸，及其呼时，全不得呼，但任其氤氲缥缈，微微自出尽，气平，则又微吸。如此出入元不断，而鸿毛自不动，动亦极微。觉其微动，则又加意制勒之，以不动为度。虽云制勒，然终不闭。至数百息，出者少，不出者多，则内守充盛，血脉流通，上下相灌输，而生理备矣。兄悟此玄意，甚以为奇。恐是夜夜烧香，神启其心，自悟自证。适值痔疾，及热甚，未能力行，亦时时小试，觉其理不谬。更俟疾平天凉，稍稍致力，续见效，当报。弟不可谓出意杜撰而轻之也。

【译文】养生的方法，以胎息为根本，这是无可置疑的。但是，如果不闭气，任其出入，就会迷蒙缥缈，没有明显的近效。等到气息漫无节制地流通，恐怕永远不会见效了。如果闭住气，不过三五十息喷吐而出，即使下丹田感到微暖，也得不偿失，决不是长生之术。近来经过深思，好像有所收获，都是因为看了孙真人的《养生门》中《调气》的第五篇，经过反复思索研究，恐怕是这样。那上面说：“和神养气的方法，应在密室，关上门，安置温床。枕头高二寸半，正面仰卧，闭目将气闭在胸间，把鸿毛放在鼻孔，鸿毛纹丝不动。经过三百息，耳朵无所听，眼睛无所见，心中无所思。这样，就会寒暑不能侵犯，毒虫不能伤害，能活三百六十岁。这就和真人差不多了。”这一段要诀，你要静心思索，字字体会。既然说将气闭在胸间，鸿毛在鼻孔而不动，那么，初涉此道的人，怎能坚持三百息之久呢？恐怕原本不是闭住鼻气，而只是以意念将气坚守在胸中，让出入的气息似动非动，缥缥渺渺，像香炉盖上冒出的烟，像开水瓶中冒出的气，不用有意呼吸，让气自然出入，这样，鸿毛就可以不动。如果心中不起杂念，即使闭气超过三百息也行，仍然依照此诀，正面仰卧，仍然真的用鸿毛粘在鼻孔处，以意将气守在胸中，想吸气时，微微吸气，想呼出时，一点也不能呼，只让气缥缥渺渺，微微出尽，平和之后，再微微吸入。如此出入不断，而鸿毛自然纹丝不动，即便动也是极微弱的。感到鸿毛有所动，就要留意制止它，直到不动为止。虽然说制止鸿毛动，但不能闭气。到几百息后，气出的少，留在胸中的多，于是内守充盛，血脉流通，上下相贯通，生长的机理就具备了。我悟得其中的玄妙之处，很是奇怪。恐怕是夜夜烧香，神灵打开了心扉，自己感悟自己印证。正好患了痔病，热得厉害了，不能勉强去做，也还时时稍微试一下，觉得其中的道理确非谬误。等到痔病痊愈，天气凉爽，再慢慢用力炼功，有了新的成效，我会告诉你的。你不要认为我是随意杜撰而忽视此法。

藏丹砂法

《抱朴子》云：古人藏丹砂井中，而饮者犹获上寿。今但悬望大丹，丹既不可望，又欲学烧，而药物火候，皆未必真，纵使烧成，又畏火毒而不敢服，何不趁取且服生丹砂。意谓煮过百日者，力亦不慢。草药是复盆子，亦神仙所饵，百日熬炼，草石之气，且相乳人。每日五更，以井华水服三丸。服竟，以意送至下丹田，心火温养，久之，意谓必有丝毫留者。积三百余服，恐必有刀圭留丹田。致一之道，初若眇昧，久乃有不可量者。兄老大无见解，直欲以拙守而致神仙，此大可笑，亦可取也。

吾虽了了见此理，而资躁褊，害之者众，事不便成。子由端静淳淑，使少如意，当先我得道。得道之日，必却度我。故书此纸，为异日符信，非虚语也。绍圣二年八月二十七日，居士记。

【译文】《抱朴子》中说:古人把丹砂放在井中,饮此井水能长寿。如今只盼望大丹,大丹既然不可得,又想学习烧制,可药物火候都未必真切,即使烧制成丹,又害怕火毒而不敢服用,为什么不趁此机会服用生丹砂呢?我认为煮过百天,生丹砂药力也不会差。草药用的是覆盆子,也是神仙所食,经过百日熬炼,草石之气已互相融合。每天五更,用清晨的井水服下三丸。用意念把药丸送入下丹田,以心火温养药丸,久而久之,我想必定会留下一点点。服下三百多服后,必定会在丹田中积累一定的数量,此法专一,开始时好像很缈茫,久而久之,效力就不可限量。我年老没有什么见解,只想炼功成仙,虽然很可笑,也有可取之处。

我虽然明白其中的道理,但生性浮躁,有害于炼功,不容易见成效。你生性端静淳淑,如果略加留意,会比我先受益。受益之日,一定要转回帮助我。写下这张纸,作为将来的凭证,证明决非虚言。绍圣二年八月二十七日,东坡记。

学龟息法

洛下有洞穴,深不可测。有人堕其中,不能出,饥甚。见龟蛇无数,每旦辄引吭东望,吸初日光,咽之。其人亦随其所向,效之不已,遂不复饥,身轻力强。后卒还家,不食,不知其所终。此晋武帝时事。辟谷之法,类皆百数,此为上,妙法止于此。能复服玉泉,使铅汞,具体去仙不远矣。此法甚易知,甚易行。然天下莫能知,知者莫能行。何则?虚一而静者,世无有也。元符二年,儋耳米贵,吾方有绝粮之忧,欲与过子共行此法,故书以授之。四月十九日记。

【译文】洛阳有一个洞穴,深不可测。有人掉进洞中出不来,感到非常饥饿。他看到许多龟蛇,一到早晨就伸脖子向着东方张望,迎着初升的阳光呼吸。他也随着龟蛇,不间断地模仿,于是不再感到饥饿，并身轻力强。后来，他回到家中，不吃饭，最终不知他的下落。这是晋武帝时的事。辟谷的方法有百多种，上述方法最妙。如果能再服用玉杯盛接的露水和铅汞炼制的丹，就离成仙不远了。这个方法特别容易懂，特别容易做。但人们都不懂，懂的人都不做，为什么呢？因为世上没有虚心专一清静的人。元符二年，儋耳的粮食很贵，我正担心断粮，就想与儿子苏过共练此功，因此写下来教给你。四月十九日记。

记养黄中

元符三年，岁庚辰；正月朔戊辰；是日辰时，则丙辰也。三辰一戊，四土会焉，而加丙与庚，丙，土母，而庚其子也。土之富，未有过于斯时者。吾当以斯时肇养黄中之气。过子又欲以此时取薤姜蜜作粥以啖。吾终日默坐，以守黄中，非谪于海外，安得此庆耶！东坡居士记。

【译文】元符三年，岁在庚辰；正月初一，这一天的辰时，是丙辰。三辰一戊在五行中都属土。又加上丙与庚，丙在五行中为火，是土的母亲，庚在五行中为金，是土的儿子。土的富有，没有超过这个时辰的。我要在此时开始培养天地间的中和之气。儿子苏过又想在此时用薤姜蜜做粥吃。我整日默然静坐，以守住中和之气，如果不是被贬谪到这里，我哪能有此幸运！东坡居士记。

蘇東坡全集

第三册

注译本

蘇東坡全集

第三册

〔宋〕苏轼 著
毛德富等 主编

團結出版社

苏东坡全集

第二册

目　录

卷二十二　七言律诗

卷二十三 七言律诗

卷二十四 七言律诗

卷二十六 佚诗 他集互见诗 残句

卷二十二　七言律诗

和苏州太守王规父侍太夫人观灯之什。余时以刘道原见访，滞留京口，不及赴此会，二首[①]

其一

不觉朱轓辗后尘，争看绣幰锦缠轮[②]。洛滨侍从三人贵[③]，京兆平反一笑春[④]。但逐东山携妓女[⑤]，那知后阁走穷宾[⑥]。滞留不见荣华事，空作赓诗第七人。

【注释】①王规父：即王海，字规父。熙宁六年，以朝散大夫尚书司勋郎中知苏州。②轓(fān)：车也。绣幰(xiǎn)：带绣帘的车子。③“洛滨”句：《晋书·汝南王亮传》：伏太妃尝有小疾，祓于洛水，亮兄弟三人侍座，并持节鼓吹，震耀洛滨。武帝登凌云台，望见，曰：“伏妃可谓富贵矣。”④“京兆”句：《汉书·隽不疑传》：为京兆尹，每行县录囚徒还，其母辄问不疑：“有所平反，活几何人？”即不疑多所平反，母喜，笑为饮食，语言异于他时，或无所出，母怒，为之不食。⑤“但逐”句：指晋谢安在东山居住时蓄养的花妓。后代指隐居。⑥“那知”句：《汉书·游侠传》：陈遵每大饮，辄关门，取客车辖投井中。尝有部刺史奏事过遵，值其方饮，刺史大穷，候遵沾醉时，突入见遵母，叩首白当对尚书有期会状，母令从后阁出走。

其二

翻翻缇骑走香尘[①]，激激飞涛射火轮[②]。美酒留连三夜月，丰年倾倒五州春[③]。安排诗律追强对，蹭蹬归期为恶宾[④]。堕珥遗簪想无限[⑤]，华胥犹见梦回人[⑥]。

【注释】①缇骑：穿红色军服的骑士。泛称贵官的随从卫队。②火轮：太阳。③苏轼自注：“时浙西皆以不熟罢灯，惟苏独盛。”④恶宾：庸俗不堪或不怀好意的客人。典见《西京杂记》卷二。⑤“堕珥”句：《旧唐书》：唐玄宗每年十月，幸华清宫，国忠姊妹五家扈从。每家为一队，遗钿坠舄，瑟瑟珠翠，灿烂芳馥于路。⑥华胥：人名，传说中伏羲氏的母亲。此句典见《列子·黄帝》：“昼寝，而梦游于华胥氏之国。”后用以指理想的安乐和平之境，或作梦境的代称。

留别金山宝觉、圆通二长老

沐罢巾冠快晚凉，睡余齿颊带茶香。舣舟北岸何时渡[1]，晞发东轩未肯忙[2]。康济此身殊有道[3]，医治外物本无方。风流二老长还往，顾我归期尚渺茫。

【注释】①舣舟(yǐ)：船靠岸。②晞发：晒发使干。常指高洁脱俗的行为。东轩：住房向阳的廊檐。③康济：保养。

常润道中，有怀钱塘，寄述古五首

其一

从来直道不辜身，得向西湖两过春[1]。沂上已成曾点服，泮宫初采鲁侯芹[2]。休惊岁岁年年貌，且对朝朝暮暮人[3]。细雨晴时一百六[4]，画船鼍鼓莫违民[5]。

【注释】①“得向”句：述古于熙宁五年八月和七年春两次来杭。②泮宫：古代学宫。《诗经·鲁颂·泮水》：“鲁侯戾止，在泮饮酒。”后以采芹指科举高中。③“且对”句：当指述古家妓而言。④一百六：指从冬至到寒食有一百零六日。⑤鼍(tuó)鼓：鼍皮蒙的鼓，其声如鼍鸣。

其二

草长江南莺乱飞[①]，年来事事与心违。花开后院还空落，燕入华堂怪未归[②]。世上功名何日是，樽前点检几人非[③]。去年柳絮飞时节，记得金笼放雪衣[④]。

【注释】①“草长”句：《南史》丘希范《与陈伯之书》：“暮春三月，江南草长，杂花生树，群莺乱飞。”②“花开”二句：从李白诗：“好鸟迎春歌后院，飞花送酒舞前檐”化出。③“樽前”句：白居易诗：“樽前百事皆依旧，点检惟无薛秀才。”④“去年”二句：苏轼自注：“杭人以放鸽为太守寿。”唐《谭宾录》曰：“天宝中，岭南献白鹦鹉，养之宫中。岁久颇聪慧，通晓言词。上及贵妃呼为雪衣女。”苏轼呼鸽为雪衣，借用故事。

其三

浮玉山头日日风[①]，涌金门外已春融[②]。二年鱼鸟浑相识[③]，三月莺花付与公。剩看新翻眉倒晕[④]，未应泣别脸消红[⑤]。何人织得相思字[⑥]，寄与江边北向鸿[⑦]。

【注释】①浮玉山：苏轼自注：“即金山也。”②涌金门：属钱塘县，离县三里半。“日日风”“已春融”六字，言京口多风，不如武林之春色已融融也。③“二年”句：韩愈诗：朝游孤屿南，暮戏孤屿北。所以孤屿鸟，与公尽相识。④倒晕：唐宋妇女眉妆式样之一。⑤脸消红：白居易《王昭君二首》：“满面胡沙满鬓风，眉消残黛脸消红。”⑥“何人”句：《晋书·列女传》：“窦滔妻苏氏思滔，织锦为《回文旋图诗》以赠。”⑦“寄与”句：《汉书·苏武传》：苏武留匈奴，不得归。使者谓单于：天子射上林，得雁足有系帛书，言武在某泽中。单于惊，召武官属随武还。

其四

国艳夭娆酒半酣，去年同赏寄僧檐。但知扑扑晴香软，谁见森森晓态严[1]。谷雨共惊无几日，蜜蜂未许辄先甜[2]。应须火急回征棹[3]，一片辞枝可得黏[4]？

【注释】①朴朴：写牡丹花开之盛貌。森森：繁密兴盛貌。②谷雨：三月中，牡丹花开于谷雨前后。③“应须”句：武则天诗：“明朝游上苑，火速报春知。”④“一片”句：杜甫诗：“一片花飞减却春，风飘万点正愁人。”

其五

惠泉山下土如濡，阳羡溪头米胜珠[1]。卖剑买牛吾欲老，杀鸡为黍子来无？地偏不信容高盖[2]，俗俭真堪著腐儒。莫怪江南苦留滞，经营身计一生迂[3]。

【注释】①濡：指土质粘而软。惠泉山、阳羡米：皆常州事。常州义兴县（今江苏宜兴市）乃秦时阳羡县。②高盖：《汉书》：于公曰：“少高大间门，令容驷马高盖车。”此用李贺《高轩过》诗意。③“莫怪”二句：苏轼此时初到荆溪，此诗之意，因旧与蒋之奇有卜居阳羡之约而发，非买田时也。

杭州牡丹开时，仆犹在常、润。周令作诗见寄，次其韵，复次一首送赴阙

其一

羞归应为负花期，已见成阴结子时[1]。与物寡情怜我老，遗春

无恨赖君诗。玉台不见朝酣酒，金缕犹歌空折枝[②]。从此年年定相见，欲师老圃问樊迟[③]。

【注释】①“羞归”二句：杜牧之诗：自是寻春去校迟，不须惆怅怨芳时。狂风落尽深红色，绿叶成阴子满枝。②“金缕”句：杜秋娘，金陵女，年十五为李锜妾。尝为锜唱词云：劝君莫惜金缕衣，劝君须惜少年时。花开堪折直须折，莫待无花空折枝。③“欲师”句：典见《论语·子路》：“樊迟请学稼。子曰：‘吾不如老农。’请学为圃。曰：‘吾不如老圃。’”

其二

莫负黄花九日期[①]，人生穷达可无时。十年且就三都赋[②]，万户终轻千首诗。天静伤鸿犹戢翼[③]，月明惊鹊未安枝。君看六月河无水，万斛龙骧[④]到自迟。

【注释】①“莫负”句：黄花晚节香之意。②“十年”句：《晋书·文苑·左思》：欲赋三都，构思十年，门庭藩溷皆著纸笔，遇得一句，即便疏之。赋成，豪贵之家竟相传写，洛阳为之纸贵。③“天静”句：暗用《战国策》“更羸虚弦而落伤雁”也。戢翼：敛翅止飞。④龙骧：大舟也。盖言无援以济，则大才难进，如河无水，而龙骧之舟不行也。

无锡道中赋水车

翻翻联联衔尾鸦，荦荦确确蜕骨蛇[①]。分畴翠浪走云阵，刺水绿针抽稻芽[②]。洞庭五月欲飞沙[③]，鼍鸣窟中如打衙[④]。天公不见老翁泣，唤取阿香推雷车[⑤]。

【注释】①“翻翻”二句：江、浙人，目水车为龙骨车。此二句写水车。②“分畴”二句：言水车浇灌田地。③“洞庭”句：指太湖之洞庭也。④“鼍鸣”句：江淮间谓鼍鸣如鼓。⑤“天公”二句：《搜神后记》：晋永和中，义兴人姓周出都。日暮，道边有一新草小屋，一女子望见周过，周便求寄宿。向一更，闻外有小儿唤阿香云：“官唤汝推雷车。”女乃辞行，夜遂大雷雨。向晓，周看宿处，止见一新冢。

苏州闾丘、江君二家，雨中饮酒，二首[①]

其一[②]

小圃阴阴遍洒尘，方塘潋潋欲生纹。已烦仙袂来行雨，莫遣歌声便驻云。肯对绮罗辞白酒，试将文字恼红裙。今宵记取醒时节，点滴空阶独自闻。

【注释】①闾丘：即闾丘孝忠，字公显。本地人。尝守黄州。此诗写在闾丘家事。②诗首叙得雨中，次叙闾丘。上写得雨，下写酒宴。

其二

五纪归来鬓未霜[①]，十眉环列坐生光[②]。唤船渡口迎秋女，驻马桥边问泰娘[③]。曾把四弦娱白傅[④]，敢将百草斗吴王[⑤]。从今却笑风流守，画戟空凝宴寝香。

【注释】①“五纪”句：《中吴纪闻》：朝议大夫闾丘公孝终以安居归老。五纪：十二年为一纪，五纪则六十岁。②十眉：借指十个美女。③泰娘：见杜牧《杜秋娘诗》与刘禹锡《泰娘歌》。④“曾把”句：白居易《听琵琶妓弹略略》诗：“四弦千遍语，一曲万重情。”⑤“敢将”句：吴王与西施作斗百草之戏。刘禹锡《白舍人曹长寄新诗有游宴之盛因以戏酬》：“若共吴王斗百草，不如应是欠西施。”

过永乐，文长老已卒

初惊鹤瘦不可识，旋觉云归无处寻。三过门间老病死[①]，一弹指顷去来今。存亡惯见浑无泪，乡井难忘尚有心。欲向钱塘访圆泽，葛洪川畔待秋深[②]。

【注释】①“三过”句：言初过而老，再过而病，三过而死。故后言速也。②“欲向”二句：李源访圆泽于葛洪川畔，有牧童扣牛而歌。事见《文集·圆泽传》。

安平泉[①]

策杖徐徐步此山，拨云寻径兴飘然。凿开海眼知何代，种出菱花不计年[②]。烹茗僧夸瓯泛雪，炼丹人化骨成仙。当年陆羽空收拾[③]，遗却安平一片泉。

【注释】①安平泉：《咸淳临安志》：仁和县安仁西乡安隐院，在临平山之南。其地产曲竹，相传唐丘隐士丹成羽化，植杖于此，其竹皆曲。竹间有丹井，井傍有池，名安平泉。②策杖：拄杖。菱花：菱（角）的花。③陆羽：唐隐逸，著《茶经》。民间祀为茶神。

赠张、刁二老[①]

两邦山水未凄凉，二老风流总健强。共成一百七十岁[②]，各饮三万六千觞[3]。藏春坞里莺花闹[4]，仁寿桥边日月长[5]。惟有诗人被磨折[6]，金钗零落不成行[7]。

【注释】①张、刁二老：张先子野、刁约景纯二老皆有文名。②一百七十岁：是年张子野年八十六岁。刁景纯年八十一岁，实一百六十七岁。③“各饮”句：李白诗：百年三万六千日，一日须倾三百杯。④藏春坞：刁景纯在万松冈有藏春坞，详见前。⑤仁寿桥：张子野所居乃仁寿桥。⑥诗人：苏轼自指。⑦金钗：妇女首饰。此代指侍妾妓女。白居易诗：钟乳三千两，金钗十二行。

八月十七日，天竺山送桂花，分赠元素[1]

月缺霜浓细蕊干，此花元属玉堂仙[2]。鹫峰子落惊前夜[3]，蟾窟枝空记昔年[4]。破裓山僧怜耿介[5]，练裙溪女斗清妍[6]。愿公采撷纫幽佩，莫遣孤芳老涧边。

【注释】①杨绘：字元素。绵竹人。皇祐五年及第。因反对免役法而谪亳州，历应天、杭州。②玉堂仙：翰林学士的雅号。因喻科场得意者为蟾宫折桂也。③鹫峰：《淳祐临安志》：灵隐有月桂峰，相传月中桂子尝堕此峰，生成大树，其华白，其实丹。④“蟾窟”句：明讲月中桂子落天竺山鹫峰，实乃暗喻元素中甲科事：蟾窟枝空原因何在？原来元素是折桂人也。⑤破裓（gé）：破旧的僧道法衣。⑥练裙：白绢裙。

海会寺清心堂

南郭子綦初丧我[1]，西来达摩尚求心[2]。此堂不说有清浊[3]，游客自观随浅深。两岁频为山水役[4]，一溪长照雪霜侵[5]。纷纷无补竟何事，惭愧高人闭户吟。

【注释】①"南郭"句：《庄子·齐物论》：南郭子綦隐机而坐，仰天而嘘，荅焉似丧其偶。颜成子游立侍乎前。子綦曰："今者吾丧我，汝知之乎？"后以南郭子綦为物我两忘、清高淡泊的典型。②"西来"句：达摩西来，不立文字，直指人心，见性悟道。③"此堂"句：切题《清心堂》。④"两岁"句：讲苏轼屡至而无补无居，故后有"纷纷"句。皆述重到之意。⑤一溪：海会寺前之溪，发源天目山，即锦溪也，下余杭，即为苕溪。

捕蝗至浮云岭，山行疲苶，有怀子由弟二首[①]

其一

西来烟障塞空虚，洒遍秋田雨不如。新法清平那有此，老身穷苦自招渠。无人可诉乌衔肉[②]，忆弟难凭犬附书[③]。自笑迂疏皆此类，区区犹欲理蝗余。

【注释】①疲苶(nié)：疲倦困乏。②乌衔肉：《汉书·循吏传》：黄霸为颍川太守。尝欲有所司察，择廉吏遣行，属令周密。吏出，不敢舍邮亭，食于道旁，乌攫其肉。民有欲诣府口言事者，适见之，霸与语道此。后日吏还谒霸，霸见，迎劳之，曰："甚苦，食于道旁乃为乌所盗肉。"吏大惊，以霸具知其起居，所问毫厘不敢有隐。后以此作下情上达之典。③犬附书：《晋书·陆机传》：陆有骏犬，名黄耳，甚爱之。既而羁寓京师，久无家问，笑语犬曰："我家绝无书信，汝能赍书取消息否？"犬摇尾作声，乃为书以竹筒盛之，系其颈上。犬寻旧路南走，遂至其家，得报还洛，因以为常。

其二

霜风渐欲作重阳，熠熠溪边野菊黄[①]。久废山行疲荦确，尚能村醉舞淋浪[②]。独眠林下梦魂好，回首人间忧患长。杀马毁车从此逝[③]，子来何处问行藏[④]。

【注释】①熠熠(yì)：鲜明，闪烁貌。②淋浪：尽情，畅快。③杀马毁车：《后汉书·周燮传》："（冯良）年三十，为尉从佐。奉檄迎督邮，即路慨然，耻在厮役，因坏车杀马，毁裂衣冠，乃遁至犍为。从杜抚学。"后以此喻弃官归隐。④"子来"句：《乌台诗案》言此首诗谓新法青苗、助役等事，烦杂不可办，亦言己才力不能胜任也。

与毛令、方尉游西菩寺二首[①]

其一

推挤不去已三年，鱼鸟依然笑我顽。人未放归江北路，天教看尽浙西山。尚书清节衣冠后[②]，处士风流水石间。一笑相逢那易得，数诗狂语不须删。

【注释】①毛令：毛君宝。方尉：方君武。于熙宁七年八月二十七日同东坡游西菩提寺（离县十五里）。②"尚书"句：毛令乃毛尚书之孙。《三国志·毛玠传》：魏太祖以素屏风、素冯几赐玠，曰："君有古人之风，故赐君以古人之服。"玠居显位，常布衣蔬食。后历官为尚书仆射。

其二

路转山腰足未移，水清石瘦便能奇。白云自占东西岭[①]，明月谁分上下池[②]？黑黍黄粱初熟候，朱柑绿橘半甜时。人生此乐须天付，莫遣儿曹取次知。

【注释】①"白云"句：《於潜图经》："寺前有东西两山，或有云晦，遥望如岭焉。"②"明月"句：明智寺中有清凉池、明月池。

平山堂次王居卿祠部韵[①]

高会日陪山简醉[②]，狂言屡发次公醒[③]。酒如人面天然白，山向吾曹分外青。江上飞云来北固[④]，槛前修竹忆南屏。六朝兴废余丘垅，空使奸雄笑宁馨[⑤]。

【注释】①王居卿：字寿明，登州人。②"高会"句：《晋书·山简传》：镇襄阳，于时四方寇乱，简优游卒岁，唯酒是耽。刁氏有佳园池，简每出嬉戏，多之池上，置酒辄醉，名之曰高阳池。③"狂言"句：《诗话总龟》：王居卿在扬州，同孙巨源、苏子瞻适相会。居卿置酒，举林和靖"疏影横斜"二句，以为咏杏与桃李皆可。东坡曰："可则可，但恐杏、桃、李花不敢承当。"一座大笑，诗中"狂言"当指此事。④北固山：在江苏镇江市北。⑤奸雄：言桓温也。宁馨儿：乃王夷甫小时候，山涛对他的评语："何物老妪，生此宁馨儿，然误天下苍生者，未必非此人也。"桓温过淮泗，践北境，与僚属登平乘楼，眺瞩平原，慨然曰："遂使神州陆沈，百年丘墟，王夷甫诸人不得不任其责。"

次韵陈海州书怀

郁郁苍梧海上山[①]，蓬莱方丈有无间。旧闻草木皆仙药[②]，欲弃妻孥守市阛[③]。雅志未成空自叹，故人相对若为颜。酒醒却忆儿童事，长恨双凫去莫攀[④]。

【注释】①“郁郁”句：苏轼自注：“东海郁州山，云自苍梧浮来。”崔琰《述初赋》：郁州者，故苍梧山也，在东海，城北有九岭。②“旧闻”句：东方朔《十洲记》：东海祖洲上，有不死之草。③市阛：市场的门。④“长恨”句：苏轼自注：“陈曾令乡邑。”苏轼有《浣溪沙词》，赠陈海州，亦云：陈尝为眉令，有声。“双凫”典见《后汉书·方术·王乔传》。后成为地方官的故实。

次韵陈海州乘槎亭[①]

人事无涯生有涯[②]，逝将归钓汉江槎。乘桴我欲从安石[③]，遁世谁能识子嗟[④]。日上红波浮翠巘[⑤]，潮来白浪卷青沙。清谈美景双奇绝，不觉归鞍带月华。

【注释】①海州：在今江苏省连云港市。乘槎亭在海州。②“人事”句：《庄子·养生主》：“吾生也有涯，而知也无涯。”③乘桴：乘坐竹木小筏。后用以避世。安石：谢安字安石，早年隐居东山。④“遁世”句：《诗经·王风·丘中有麻》：“丘中有麻，彼留子嗟。”《诗序》：思贤也，庄王不明，贤人放逐，国人思之，而作是诗也。留：古代与刘通用，大夫氏。子嗟，人名字。⑤翠巘：青翠的山峰。

次韵孙职方苍梧山[1]

苍梧奇事岂虚传，荒怪还须问子年[2]。远托鳌头转沧海[3]，来依鹏背负青天[4]。或云灵境归贤者[5]，又恐神功亦偶然。闻道新春恣游览，羡君平地作飞仙。

【注释】①孙职方：名奕。职方，古官名。唐宋至明清皆于兵部设职方司。②子年：即王嘉，字子年，著《拾遗记》，事多诡奇荒怪。③鳌头：唐宋时翰林学士、承旨等官朝见皇帝时立于镌有巨鳌的殿陛石正中，因称入翰林院为上鳌头。④"来依"句：《庄子·逍遥游》：背负青天而莫之夭阏。⑤灵境：指寺庙所在的名山胜境。

雪后书北台壁二首

其一

黄昏犹作雨纤纤，夜静无风势转严。但觉衾裯如泼水，不知庭院已堆盐[1]。五更晓色来书幌，半夜寒声落画檐[2]。试扫北台看马耳，未随埋没有双尖[3]。

【注释】①第一句雨加雪。第二、第三、四句写雪。②前面写雪，皆从不见不知中想象，而"五更"二句亦疑而未定之词。五更：未晓将晓时，晓色初放，而诗人方疑之。又因半夜寒声，根据经验，加上想象，悟为雪也。寒声：雪大而有声也。③马耳：山名，与北台相对。"试扫"二句意：试扫北台登望，则群山为雪所封，惟马耳双尖犹未没也。双尖：马耳山高百丈，上有二石并举，望齐马耳，故世因以取名。此指二石。

其二

城头初日始翻鸦，陌上晴泥已没车。冻合玉楼寒起粟，光摇银海眩生花[①]。遗蝗入地应千尺，宿麦连云有几家[②]？老病自嗟诗力退，空吟《冰柱》忆刘叉[③]。

【注释】①“冻合”二句：道教以两肩为玉楼，眼为银海。因寒冷皮肤起鸡皮疙瘩叫起粟。②“遗蝗”二句：雪宜麦而辟蝗。蝗遗于地下，若雪深一尺，则蝗入地一丈，麦因而受到保护、滋润，故俗云：瑞雪兆丰年。麦因隔年，故称宿麦。③刘叉：《唐书》：刘叉，韩门弟子，作《冰柱》《雪车》二诗，在卢仝、孟郊之上。苏轼故有推崇语。

谢人见和前篇二首[①]

其一

已分酒杯欺浅懦，敢将诗律斗深严[②]。渔蓑句好应须画[③]，柳絮才高不道盐[④]。败履尚存东郭足，飞花又舞谪仙檐[⑤]。书生事业真堪笑，忍冻孤吟笔退尖[⑥]。

【注释】①即和《雪后书北台壁》诗，和苏诗者为王安石，故此诗系答安石者。②深严：极为严格。③“渔蓑”句：郑谷《雪中偶题》诗：“江上晚来堪画处，渔人披得一蓑归。”被当时著名画家段赞善摹为图画。故郑谷以诗谢曰：“爱余风雪句，幽绝写渔蓑。”苏轼对郑谷此诗评价是“村舍学中语”，因诗入画，实有其事，故引用之。④“柳絮”句：《世说新语·言语》：谢安内集，俄而雪骤，公欣然曰：“白雪纷纷何所似？”兄子朗曰：“撒盐空中差可拟。”兄女道韫曰：“未若柳絮因风起。”故后世称谢道韫为柳絮鬼才。⑤“飞花”句：李白《题东溪公幽居》诗：“飞花送酒舞前檐。”⑥“忍冻”句：韩愈诗：兔尖针莫并。苦寒则笔退尖矣。

其二

九陌凄风战齿牙，银杯逐马带随车[①]。也知不作坚牢玉，无奈能开顷刻花[②]。得酒强欢愁底事，闭门高卧定谁家[③]。台前日暖君须爱，冰下寒鱼渐可叉[④]。

【注释】①“九陌”句：写风寒。“银杯”句：写雪大。银杯，形容雪花极大。韩愈《咏雪赠张籍》：“随车翻缟带，逐马数银杯。”②“也知”二句：谢惠连《雪赋》：“白玉虽白，空守贞兮；未若兹雪，因时兴灭。”白居易诗：大都好物不坚牢。此二句言，也知道白雪没有白玉坚牢的品性，但它能开六出莲花，絮大如杯，哪怕是顷刻消融。③“闭门”句：《汝南先贤传》：洛阳大雪，积地丈余。令身出案行。至袁安门，无行迹，谓安已死，令人除雪。入户，见安僵卧。问何以不出？曰：“大雪人皆饿，不宜干人。”令以为贤，举为孝廉。④鱼叉：捕鱼用的叉。

游庐山，次韵章传道[①]

尘容已似服辕驹[②]，野性犹同纵壑鱼。出入岩峦千仞表，较量筋力十年初[③]。虽无窈窕驱前马[④]，还有鸱夷挂后车[⑤]。莫笑吟诗淡生活，当令阿买为君书[⑥]。

【注释】①庐山：陈沂《山东志》：庐山在诸城县（今山东诸城市）东南四十五里。②尘容：尘俗的容态。辕驹：套在辕子里的小马。这里指受到约束、束缚。③“较量”句：韩愈诗：樽酒相逢十载前，君为壮夫我少年。樽酒相逢十载后，我为壮夫君白首。④窈窕驱前马：指官妓引马。⑤鸱夷：

酒袋。⑥“当令”句：韩愈诗：“阿买不识字，颇知书八分。诗成使之写，亦足张吾军。”阿买是韩愈侄也。

和子由四首[①]

韩太祝送游太山[②]

偶作郊原十日游，未应回首厌笼囚[③]。但教尘土驱驰足，终把云山烂漫酬。闻道逢春思濯锦[④]，便须到处觅菟裘[⑤]。恨君不上东封顶[⑥]，夜看金轮出九幽[⑦]。

【注释】①子由时为齐州掌书记。②韩太祝：名宗弼。太祝乃太常寺下属官。③“未应”句：《栾城集·次韵韩宗弼太祝送游太山》诗云：“羡君官局最优游，笑我区区学问囚。”东坡诗正是对子由诗句的应答。④濯锦江：在成都，此代指思乡。⑤菟(tù)裘：地名。在今山东省泗水县。后因称作告老退隐的居处。⑥东封顶：指泰山之顶。《史记·封禅书》：“武帝封禅，上泰山，乃令人上石立之泰山巅。”⑦九幽：极深暗的地方，指地下。

送春

梦里青春可得追，欲将诗句绊余晖。酒阑病客惟思睡[①]，蜜熟黄蜂亦懒飞[②]。芍药樱桃俱扫地[③]，鬓丝禅榻两忘机[④]。凭君借取《法界观》，一洗人间万事非[⑤]。

【注释】①“酒阑”句：欧阳修《和梅公仪尝茶》：“寒侵病骨惟思睡，花落春愁未解酲。”②“蜜熟”句：白居易《禽虫十二章》：“蚕老茧成不庇身，蜂饥蜜熟属他人。”③苏轼自注：“病过此二物。”④“鬓丝”句：《唐阙史》云：杜牧自以年渐迟暮，常追赋《感旧》二诗，一诗即“鬓丝禅榻”者。⑤“凭君”二句：苏轼自注：“来书云：近看此书，余未尝见也。”指《华严经·法界观》。

首夏官舍即事[①]

安石榴花开最迟[②]，绛裙深树出幽菲。吾庐想见无限好，客子倦游胡不归？坐上一樽虽得满[③]，古来四事巧相违。令人却忆湖边寺[④]，垂柳阴阴昼掩扉。

【注释】①首夏：初夏，指农历四月。②安石榴：窦子野《酒谱》：“顿逊国有安石榴，取汁停盆中，数日成美酒。”③“坐上”句：《后汉书·孔融传》：“常叹曰：坐上客常满，樽中酒不空。吾无忧矣。”④湖边寺：[王注次公曰]湖边寺，盖先生忆杭州西湖也。

送李供备席上和李诗[①]

家声赫奕盖并、凉[②]，也解微吟锦瑟傍。擘水取鱼湖起浪，引杯看剑坐生光[③]。风流别后人人忆，才器归来种种长[④]。不用更贪穷事业，风骚分付与沉湘[⑤]。

【注释】①李供备：名昭叙，时以黎阳都监归洛省亲。供备，官名。②赫奕：显赫貌。并、凉：《后汉书·郑太传》：“百姓所畏者，有并、凉之人。”并，并州，治所约在今河北保定和山西太原、大同一带地区。凉，凉州，辖境相当今甘肃、宁夏和青海湟水流域。③“引杯”句：杜甫诗：“检书烧烛短，看剑引杯长。”④种种：本意是头发短少貌。后形容老迈。⑤沉湘：指屈原沉入湘江支流汨罗江自尽。

孔长源挽词二首[1]

其一

少年才气冠当时，晚节孤风益自奇。君胜宜为夫子后[2]，林宗不愧蔡邕碑[3]。南荒尚记诛元恶，东越谁能事细儿[4]？耆旧如今几人在，为君无憾为时悲。

【注释】①孔长源：即孔延之，字长源。孔子四十七世孙，新淦县人，进士第一。②“君胜”句：韩愈《孔戣墓志铭》：孔世卅八，吾见其孙，白而长身，寡笑与言，其尚类也，莫与之伦。戣字君严，弟戡字君胜。③“林宗”句：事见《后汉书·郭太传》：郭太字林宗，举有道。卒，四方之士千余人，皆来会葬，同志者乃共刻石立碑。蔡邕为文。既而谓涿郡卢植曰：“吾为碑铭多矣，皆有惭德，惟郭有道无愧色耳。”④“南荒”二句：孔长源任广东转运判官时，把元恶、方倪同伙七百余人逮系狱中，方坐法当斩，以庚死。当时人欢叫感泣，声动海上。后知越州，改宣州。未至，言者奏越州盐法不行，故课负坐罢。课法以满岁为率，岁终，越之盐课应法，乃为管勾三司理欠凭由司，故诗云尔。

其二

小堰门头柳系船[1]，吴山堂上月侵筵[2]。潮声半夜千岩响，诗句明朝万口传[3]。岂意日斜庚子后[4]，忽惊岁在巳辰年[5]。佳城一闭无穷事[6]，南望题诗泪洒笺。

【注释】①小堰门：杭州城门名也。离仁和县十三里。②吴山堂：即有美堂，见前。③苏轼自注：“长源诗云：‘天目远随双凤落，海门遥蹙两潮趋。’一坐称善。”④“岂意”句：《汉书·贾谊传》：为长沙傅，有鹏飞入谊舍，自伤悼，以为寿不得长。乃为赋以自广曰："庚子日斜，鹏集余舍。"⑤"忽惊"句：《后汉书·郑玄传》：郑玄梦孔子告之曰："起，起，今年岁在辰，明年岁在巳。"既寤，以谶合之，知命当终。⑥佳城：墓地。《司封郎中孔君墓志铭》云：初，君乐江州之佳山水，买宅将居之，故其子以八年九月葬君于江州之德化县仁贵乡龙泉原。

寄吕穆仲寺丞[1]

孤山寺下水侵门，每到先看醉墨痕。楚相未亡谈笑是[2]，中郎不见典刑存[3]。君先去踏尘埃陌，我亦来寻桑枣村[4]。回首西湖真一梦，灰心霜鬓更休论。

【注释】①吕穆仲：名仲甫。苏轼倅杭时，吕为察推。②"楚相"句：典见《史记·滑稽·优孟传》。优孟衣冠事。③苏轼自注："杭有伶人，善学吕，举措酷似。别后，常令作之以为笑。"④"君先"二句：[王注次公曰]盖言本同在杭州西湖相聚，今吕去而往京师，密州即桑枣之地，先生来为守故也。

余主簿母挽词[1]

闺庭兰玉照乡闾[2]，自昔虽贫乐有余。岂独家人在中馈[3]，却因《麟趾》识《关雎》[4]。云軿忽已归仙府[5]，乔木依然拥旧庐。忍把还乡千斛泪，一时洒向老莱裾[6]。

【注释】①余主簿：蜀人，公以其子贤及母也。惜不知其详。②"闺庭"句：《晋书·谢玄传》：叔父安尝曰："子弟亦何预人事，而正欲使其佳。"玄曰："譬如芝兰玉树，欲使其生于庭阶尔。"后以"芝兰玉树"比喻优秀子弟。③中馈：指家中供膳诸事。④《麟之趾》是歌颂统治者多子孙的诗，《关雎》是歌颂男女恋爱婚姻的。此讲从子孙后代来认识婚姻的意义。⑤“云軿”句：裴硎《封陟传奇》：“云軿既去，窗户遗芳。”云軿：本指神仙所乘之车，此代指余主簿母。⑥老莱：老莱子的省称。老莱裾，即老莱衣。典见《艺文类聚》卷二十引《列女传》。后成为孝养父母之词。此用本意。

张文裕挽词①

高才本出朝廷右②，能事方推德业余③。每见便闻曹植句，至今传宝魏华书④。济南名士新凋丧⑤，剑外生祠已洁除⑥。欲寄西风两行泪，依然乔木郑公庐⑦。

【注释】①张文裕：名掞，幼笃孝，举进士。②“高才”句：《汉书·田叔传》：“上召见与语，汉廷臣无能出其右者。”此讲张氏才华高出其他廷臣。③“能事”句：《宋史·张掞传》记：性笃孝，幼时刲股闻父疾，后与兄揆庐墓。故此句讲张品性道德。④“每见”二句：讲张能诗善书。魏华：河南人，善书。世称善书者，前有虞、褚，后有薛、魏。⑤济南名士：指张掞，齐州历城人，故云。⑥剑外：指蜀。张曾知益州县，有惠政，益州在剑外，故云。⑦“依然”句：《后汉书·郑玄传》：孔融深敬于玄，告高密县，为玄特立一乡，曰：“昔齐置士乡，越有君子军，皆异贤之意。郑君好学，实怀明德，今郑君乡，宜曰郑公乡。”广开门衢，今容高车，号为通德门。

次韵刘贡父、李公择见寄二首

其一

白发相望两故人①，眼看时事几番新。曲无和者应思郢②，论少卑之且借秦[3]。岁恶诗人无好语[4]，夜长鳏守向谁亲[5]。少思多睡无如我，鼻息雷鸣撼四邻。

【注释】①两故人：以刘、李总起。②"曲无"句：《宋玉对楚王问》：客有歌于郢中者，其始曰《下里巴人》，国中属而和者数千人。其为《阳春白雪》，属而知者数十人。其曲弥高，其和弥寡。③"论少"句：《史记·张释之传》：释之言便宜事，文帝曰："卑之无甚高论，令今可行。"于是言秦、汉间事。④"岁恶"句：苏轼自注："公择来诗，皆道吴中饥苦之状。"⑤"夜长"句：苏轼自注："贡父近丧偶。"此联刘、李并作，可见二诗必不可分编也。

其二

何人劝我此间来？弦管生衣甑有埃[1]。绿蚁沾唇无百斛，蝗虫扑面已三回[2]。磨刀入谷追穷寇[3]，洒涕循城拾弃孩[4]。为郡鲜欢君莫叹，犹胜尘上走章台[5]。

【注释】①弦管生衣：指丝竹久不弹。甑有埃：即甑生尘埃，形容家贫断炊已久。②"蝗虫"句：苏轼上年赴密州，始入境，见民以蒿蔓裹蝗而埋于道旁，累累相望者二万余里，盖捕蝗已经三次了。③"磨刀"句：苏轼《论河北京东盗贼状》："比年以来，蝗旱相仍，盗贼渐炽。"又《上文侍中论强盗赏钱书》："备员偏州，民事甚简，但风俗武悍，特好强劫，加以比岁荐饥，椎剽之奸，殆无虚日。自轼至此，明立购赏，随获随给，人用竞劝盗亦敛迹。"④"洒涕"句：见本集《与朱鄂州书》："轼向在密州，遇饥年，民多弃子，因盘量劝诱米，得出剩数百石，别储之，专以收养弃儿，月给六斗。比期年，养者与儿皆有父母之爱，遂不失所，所活亦数千人。"此本事便是本句诗的注脚。⑤"犹胜"句：讲即此犹胜过作京兆推官也。典见《汉书·张敞传》。此诗讥讽朝廷新法，减削公使钱太甚，及造酒不得过百石，致弦管生衣，甑有尘埃，及言蝗虫盗贼灾伤饥馑之苦，以讥朝廷政事缺失，及新法不使之所致也。

祭常山回小猎

青盖前头点皂旗，黄茅冈下出长围。弄风骄马跑空立，趁兔苍鹰掠地飞。回望白云生翠巘，归来红叶满征衣。圣明若用西凉簿，白羽犹能效一挥[①]。

【注释】①苏轼知密州，祭常山回，与同官习射放鹰，作此诗。“圣明”二句：意取西凉州主簿谢艾一事。艾，也是书生，善能用兵，苏轼故以艾自比：若用轼为将，亦不减谢艾也。“白羽”句见《晋书·顾荣传》：齐王冏召为大司马主簿。周玘与荣谋起兵攻陈敏。荣废桥敛舟于南岸，敏率万余人出，不获济，荣麾以羽扇，其众溃散。

和梅户曹会猎铁沟

山西从古说三明[①]，谁信儒冠也捍城[②]。竿上鲸鲵犹未掩[③]，草中狐兔不须惊。东州赵叟饮无敌[④]，南国梅仙诗有声。向不如皋闲射雉，归来何以得卿卿[⑤]。

【注释】①三明：《后汉书·段颎传》：颎字纪明。初与皇甫威明、张然明并知名，显达京师，称为凉州三明。②捍城：护卫城池。儒冠：代指书生。③“竿上”句：苏轼自注：“近枭数盗。”《左传·宣公十二年》：古者明王伐不敬，取其鲸鲵而封之，以为大戮，于是乎有京观。苏诗意，虽然近来打击盗贼取得了很大成绩，但并没有完全消灭掉。鲸鲵：比喻敌人之魁桀者。④赵叟：赵老头。叟，老称也。⑤“向不”二句：苏轼自注：“是日，惟梅、赵不射。”《左传·昭公二十八年》：“贾大夫恶，娶妻而美，三年不言笑，御以如皋，射雉，获之，其妻始笑而言。”皋才者，泽名也。如，往也。言御其妻而往于皋泽也。

刘贡父见余歌词数首，以诗见戏，聊次其韵

十载飘然未可期，那堪重作看花诗。门前恶语谁传去，醉后狂歌自不知。刺舌君今犹未戒①，炙眉吾亦更何辞②。相从痛饮无余事，正是春容最好时。

【注释】①刺舌：《隋书·贺若弼传》：父敦，临刑时呼弼，谓曰：“吾以舌死，汝不可不思。”因引锥刺弼舌出血，诫以慎口。②炙眉：[王注李厚曰]《晋书》：郭舒为王澄别驾，荆土士人宗廞尝因酒忤澄。澄怒，叱左右棒廞。舒厉色谓左右曰：“使君过醉，汝辈何敢妄动？”澄恚曰：“别驾狂耶？诳言我醉。”因遣掐其鼻，炙其眉头，舒跪而受之。廞遂得免。《乌台诗案》：刘攽闻人唱苏轼新词，作诗相戏，苏轼和一首，不合引刺舌以戎言语事刘攽，又引郭舒狂言而炙其眉以自比。皆讥刺时人不能容狂直之言也。

和章七出守湖州二首①

其一

方丈仙人出淼茫②，高情犹爱水云乡。功名谁使连三捷③，身世何缘得两忘。早岁归休心共在④，他年相见话偏长。只因未报君恩重，清梦时时到玉堂。

【注释】①章七：即章惇，字子厚，建州浦城人。举进士甲科。熙宁八年十月，知湖州。②淼茫：水广远貌。③“功名”句：指章惇科场得意。

④“早岁”句：章子厚好论出世间法，且诗中多用学仙事。东坡亦欲卜居阳羡。两人都有退隐归去之念。

其二

绛阙云台总有名[①]，应须极贵又长生。鼎中龙虎黄金贱，松下龟蛇绿骨轻[②]。霅水未浑缨可濯[③]，弁峰初见眼应明[④]。两卮春酒真堪羡，独占人间分外荣[⑤]。

【注释】①绛阙：宫殿、寺观前的朱色门阙。此借指朝廷。云台：汉宫中高台名。此泛指纪念功居名将之所。②苏轼自注：“君好炉火而饵茯苓。”“鼎中”二句前讲道家炼丹，后讲隐士风骨。③霅(zhá)水：即霅溪，在今浙江省湖州市。缨可濯：即濯缨。洗濯冠缨。比喻超脱世俗，操守高洁。④“弁峰”句：张玄之《吴兴山墟名》：卞山峻极，非清秋爽气，不见其顶。周处《风土记》：卞山当作冠弁之弁。⑤“两卮”二句：此时章子厚二亲健在，故有此句。

立春日，病中邀安国，仍请率禹功同来。仆虽不能饮，当请成伯主会，某当杖策倚几于其间，观诸公醉笑，以拨滞闷也，二首[①]

其一

孤灯照影夜漫漫，拈得花枝不忍看。白发敧簪羞彩胜[②]，黄耆煮粥荐春盘[③]。东方烹狗阳初动[④]，南陌争牛卧作团[⑤]。老子从来兴不浅，向隅谁有满堂欢。

【注释】①安国：即文安国。禹功：即乔禹功。成伯：即赵成伯。文为苏轼友，乔、赵皆苏轼当时僚属。此二首诗记苏轼病中邀友人于立春日诗会。②彩胜：幡胜。唐宋风俗，立春日剪纸或贴绢绸或金银箔，作成人、旗、花、蝶等形状，挂在花下，或在屏风上，或戴在鬓发上，名曰幡胜，以庆祝春日。“拈得花枝”“敧簪羞彩胜”皆与此风俗有关。③黄耆：黄芪。黄芪粥补益为病中所食。春盘：春饼。④“东方”句：出自《礼记·乡饮酒义》：“烹狗于东方，祖阳气之发于东也。”⑤“南陌”句：旧俗，立春日抟土为牛，以顺气应时。

其二

斋居卧病禁烟前[1]，辜负名花已一年。此日使君不强喜，早春风物为谁妍？青衫公子家千里，白发先生杖百钱[2]。曷不相将来问病，已教呼取散花天[3]。

【注释】①禁烟：即寒食。古代礼制，仲春时禁烟火。此时未到仲春，故曰禁烟前。②“白发”句：出自《晋书·阮修传》：“（阮修）字宣子。尝步行，以百钱挂杖头，至酒店，便独酣畅。”③“曷不”二句：据佛经记载，舍利弗和文殊师利曾受释迦牟尼派遣，探问维摩诘的病情，维摩诘趁机向他们宣扬教义。天女散花也是维摩所为。

寄题刁景纯藏春坞[1]

白首归来种万松[2]，待看千尺舞霜风。年抛造物陶甄外[3]，春在先生杖屦中[4]。杨柳长齐低户暗，樱桃烂熟滴阶红。何时却与徐元直，共访襄阳庞德公[5]。

【注释】①刁景纯：名约。当时名士，与欧阳修、富弼齐名。②种万松：景纯藏春坞前有冈，皆种松，东坡诗称万松冈。③陶甄：即甄陶，以烧制瓦器比喻治理、教化。造物：指天。④屦(jù)：用麻、葛等制成的鞋。⑤徐元直：即徐庶，汉末三国时人。庞德公：汉末隐士。《襄阳记》载："诸葛孔明每至德公家，独拜床下，德公初不令止。司马德操尝诣德公，值其渡沔上冢。德操径入其室，呼德公妻子，使速作黍。徐元直向云，当来就我与德公谈。与其妻子皆罗拜堂下，奔走共设。须臾，德公还，直入相就，不知何者是客也。"

玉盘盂 并引

东武旧俗，每岁四月，大会于南禅、资福两寺，以芍药供佛，而今岁最盛。凡七千余朵，皆重跗累萼[①]，繁丽丰硕。中有白花，正圆如覆盂，其下十余叶，稍大，承之如盘，姿格绝异，独出于七千朵之上。云：得之于城北苏氏园中，周宰相莒公之别业也[②]。而其名甚俚，乃为易之。

其一

杂花狼籍占春余，芍药开时扫地无。两寺妆成宝璎珞[③]，一枝争看玉盘盂。佳名会作新翻曲，绝品难逢旧画图。从此定知年谷熟，姑山亲见雪肌肤[④]。

【注释】①萼(è)：花萼。②莒公：苏禹珪周朝宰相。别业：即别墅。③"两寺"句：出自《法华经》：有七宝塔从地涌出，无数幢幡以为严伟饰，垂宝璎珞、宝铃万亿而悬其上。④"从此"二句：出自《庄子·逍遥游》：藐姑射之山，有神人居焉，肌肤若冰雪，淖约若处子，其神凝，使物不疵疠而年谷熟。

其二

花不能言意可知，令君痛饮更无疑。但持白酒劝嘉客，直待琼舟覆玉彝[①]。负郭相君初择地[②]，看羊属国首吟诗[③]。吾家岂与花相厚，更问残芳有几枝。

【注释】①“直待”句：出自《周礼·春官》：六彝皆有舟。六彝，即周代的六个彝人部族，每年春季乘舟到周朝拜，被尊论下台。是讲花助酒兴，一醉方休的意思。②负郭相君：即苏秦。负郭即负郭田。出自《史记·苏秦列传》：苏秦渭然叹曰：“且使我有洛阳负郭田二顷，吾岂能佩六国相印乎？”③看羊属国：即苏武。出自《汉书》：苏武使匈奴，欲降之，知武终不可屈，乃徒武北海上，使牧羝。武杖汉节牧羊，卧起操持，节旄尽落。后归，拜典属国。

闻乔太博换左藏知钦州，以诗招饮[①]

今年果起故将军，幽梦清诗信有神[②]。马革裹尸真细事[③]，虎头食肉更何人[④]？陈云冷压黄茅瘴[⑤]，羽扇斜挥白葛巾。痛饮从今有几日，西轩月色夜来新。

【注释】①乔太博：即乔叙。左藏：武官职。钦州：在今广西灵山县西。②“今年”二句：苏东坡《铁沟行赠乔太博》诗有：“明年定起故将军”的预言，此句即有“信有神”之说。③“马革”句：《后汉书·马援传》：男儿要当死于边野，以马革裹尸还葬耳，何能卧床上在儿女手中耶？④“虎头”句：《后汉书·班超传》：超行，诣相者。相者曰：“生燕颔虎头，飞而食肉，此万里侯相也。”⑤黄茅瘴：指岭南夏末至冬季的瘴气。

乔将行，烹鹅鹿出刀剑以饮客，以诗戏之

破匣衰鸣出素虬[①]，倦看鶂鶂听呦呦[②]。明朝只恐兼烹鹤[③]，此去还须却佩牛[④]。便可先呼报恩子[⑤]，不妨仍带醉乡侯[⑥]。他年万骑归应好，奈有移文在故丘。

【注释】①素虬：即刀剑。②鶂鶂（yì）：鹅叫声。呦呦：鹿鸣声。③烹鹤：李义山《杂纂》："烧琴煮鹤。"④佩牛：即佩犊。《汉书·龚遂传》："宣帝即位，久之，勃海左右郡岁饥，盗贼并起……上选能治者，丞相御史举遂可用，上以为渤海太守。……遂见齐俗奢侈，好末技，不田作，乃躬率以俭约，劝民务农桑。……民有带持刀剑者，使卖剑买牛，卖刀买犊，曰：'何为带牛佩犊？'"后因称佩带刀剑、弃农务兵为"佩犊"。⑤报恩子：唐石洪自号，唐韩愈《送石处士赴河阳幕》："长把种树书，人云避世士。忽骑将军马，自号报恩子。"石处士，名洪，字浚川，洛阳人。⑥"不妨"句：出自唐人诗："若使刘伶为酒帝，亦须封我醉乡侯。"

寄黎眉州[①]

胶西高处望西川[②]，应在孤云落照边。瓦屋寒堆春后雪[③]，峨眉翠扫雨余天[④]。治经方笑《春秋》学，好士今无六一贤[⑤]。且待渊明赋归去，共将诗酒趁流年。

【注释】①黎眉州：名錞，字希声。宋熙宁八年以尚书屯田郎中职主持眉州。②胶西：胶河以西，在今山东胶县境。这时作者在密州，密州位于胶西。③瓦屋：瓦屋山。蜀荥水发源地。④峨眉：峨眉山。⑤苏轼自注："君以《春秋》受知欧阳文忠公，公自号六一居士。""好士"句是说欧阳修欣赏黎錞研注《春秋》的学识成就。

同年王中甫挽词[①]

先帝亲收十五人[②]，四方争看击鹏鹍[③]。如君才业真堪用，顾我衰迟不足论。出处升沉十年后，死生契阔几人存[④]。他时京口寻遗迹[⑤]，宿草犹应有泪痕。

【注释】①王中甫：名介。与苏东坡等人在宋嘉祐六年同年入试直言极谏科，苏东坡三等，王中甫四等。后官场失意，死于湖州任上。②“先帝”句：讲与王中甫同年入贤良科一事。苏轼自注：“仁宋朝贤良十五人，今惟富郑公、张宣微、钱纯老及余与舍弟在耳。”③鹏鹍：即鲲鹏。④契阔：离合。《诗经·邶风·击鼓》：死生契阔。⑤京口：古城名，故址在今江苏镇江市。

苏潜圣挽词[①]

妙龄驰誉百夫雄[②]，晚节忘怀大隐中[③]。悃愊无华真汉吏[④]，文章尔雅称吾宗。趋时肯负平生志[⑤]，有子还应不死同[⑥]。惟我闲思十年事，数行老泪寄西风。

【注释】①苏潜圣：名泳，成都新繁人。北宋庆历二年登第，曾任职乾州、邛州等，六十余岁去世。②百夫雄：《诗·秦风·黄鸟》：“百夫之特。”郑笺：“百夫之中最雄俊也。”③大隐：身居朝市而志在玄远。“晚节”句言苏泳晚年节操更高拔。④悃(kǔn)愊(bì)无华：真诚质朴。悃愊无华为做官的高尚品德。《后汉书·章帝纪》：“安静之吏，悃愊无华。”此句誉苏泳为官忠直，品德高尚。⑤肯：岂肯，谓苏泳从不违心趋时。⑥“有子”句：谓苏泳教养出的儿子如同父亲一样德才兼备，犹如苏泳在世。

和晁同年九日见寄[①]

仰看鸾鹄刺天飞[②]，富贵功名老不思。病马已无千里志[③]，骚人长负一秋悲。古来重九皆如此，别后西湖付与谁[④]？遣子穷愁天有意，吴中山水要清诗[⑤]。

【注释】①晁同年：名端彦，字美叔。时任两浙刑狱提点官，因违法私下参加西湖妓宴，熙宁九年，被解任赴润州受审。重阳日，有诗寄作者。这是作者自密州和他的诗。置司杭州。②鸾：凤凰之类的神鸟。鹄(hú)：天鹅。③“病马”句：曹操《龟虽寿》：“老骥伏枥，志在千里。”此反用其意。④“别后”句：当时晁端彦因犯法待审理，已不在杭州，故称。⑤“遣子”二句：谓晁诗中有悲愁之慨，正是天意让他为吴地山水写出好诗来。

送乔施州[①]

恨无负郭田二顷[②]，空有载行书五车[③]。江上青山横绝壁，云间细路蹑飞蛇。鸡号黑暗通蛮货[④]，蜂闹黄连采蜜花[⑤]。共怪河南门下客，不应万里向长沙[⑥]。

【注释】①乔施州：名叙，字禹功，曾从太博换左藏，任职钦州，后又到施州任职。施州，今湖北省恩施辖境。②负郭田：《史记·苏秦列传》：“苏秦喟然叹曰：‘……且使我有洛阳负郭田二顷，吾岂能佩六国相印乎？’”司马贞《索隐》：“负者，背也，枕也。近城之地；沃润流泽，最为膏腴，故曰负郭也。”③书五车：《庄子·天下篇》：“惠施多方，其书五车。”④黑暗：犀角。《抱朴子》：通天犀角，有白理，如綖，自本彻末。以置米中，群鸡欲往啄米，至，辄惊却。⑤“蜂闹”句：《本草》：“言有苦蜜，盖蜂采黄连为之。”⑥“共怪”二句：《汉书·贾谊传》：“河南守吴公，闻其秀才，召置门下。文帝初立，闻吴公治平为天下第一，征为廷尉。廷尉乃言谊年少，颇通诸家之书。上名以为博士，议以任公卿之位。绛、灌之属尽害之，以谊为长沙王太傅。”因为乔叙受知于吴丞相，施州风土又与长沙类同，所以引用此内。

次韵周邠寄《雁荡山图》二首[1]

其一

指点先凭采药翁[2]，丹青化出大槐宫[3]。眼明小阁浮烟翠，齿冷新诗嚼雪风[4]。二华行看雄陕右[5]，九仙今已压京东[6]。此生的有寻山分，已觉温、台落手中[7]。

【注释】①周邠(bīn)：时任乐清令。雁荡山在乐清县境。②“指点”句：《后汉书·庞公传》：“携其妻子，登鹿门山，因采药不返。”③大槐宫：《太平广记》引《异闻录》：“唐广陵淳于棼，尝梦见人引入大城，有金书题曰大槐安国，其王以子妻棼，拜为南柯太守。及觉，寻其所经由，乃宅南大槐下一蚁穴耳。”④“齿冷”句：李洞《送远上人》：“齿因吟后冷。”⑤二华：《山海经》：“太华之山，削成而四方，其高五千仞，其广十里。又西八十里，曰小华之山。”小华山即少华山。⑥苏轼自注：“将赴河中，密迩太华。九仙在东武，奇秀不减雁荡也。”⑦温：温州。台：台州。雁荡山在温州，天台山在台州。

其二

西湖三载与君同[1]，马入尘埃鹤入笼[2]。东海独来看出日[3]，石桥先去踏长虹[4]。遥知别后添华发，时向樽前说病翁。所恨蜀山君未见，他年携手醉郫筒[5]。

【注释】①“西湖”句：因苏东坡任杭州太守时，周邠在钱塘县任职，所以有此句。②鹤入笼：顾况《酬柳相公》：“个身恰似笼中鹤。”③“东海”句：《三齐略记》：“秦始皇作石桥，欲过海看日出处，有神能驱石下海。”④石桥：在天台山上，十分险峻。⑤郫筒：唐宋时四川郫县所产的一种用竹筒酿制的酒。

雪夜独宿柏仙庵

晚雨纤纤变玉霙[①]，小庵高卧有余清。梦惊忽有穿窗片[②]，夜静惟闻泻竹声[③]。稍压冬温聊得健，未濡秋旱若为耕[④]。天公用意真难会，又作春风烂漫晴。

【注释】①霙(yīng)：雪花。②“梦惊”句：谢惠连《雪赋》：“始缘甍而冒栋，终开帘而入隙。”③泻竹声：杜荀鹤《雪》：“江湖不见飞禽影，岩谷时闻折竹声。”④濡(rú)：浸，渍。

董储郎中尝知眉州，与先人游。过安丘，访其故居，见其子希甫，留诗屋壁[①]

白发郎潜旧使君[②]，至今人道最能文[③]。只鸡敢忘桥公语[④]，下马来寻董相坟[⑤]。冬月负薪虽得免[⑥]，邻人吹笛不堪闻[⑦]。死生契阔君休问，洒泪西南向白云。

【注释】①董储：密州安丘人。宝元二年，以都官员外郎主持眉州。②郎潜：喻为官久不升迁。《汉武故事》：“颜驷，不知何许人，帝至郎署，见驷庬眉皓发。问：‘何时为郎，何其老也？’对曰：‘臣文帝时为郎，文帝好文而臣好武，景帝好美而臣貌丑，陛下好少而臣已老，是以三世不遇。'上感其言，擢为会稽都尉。"③"至今"句：指董储。④桥公：桥玄。《后汉书·桥玄传》："曹操感其知己，及后经过玄墓，辄凄怆致祭，自为其文。曰：'士死知己，怀此无忘。又承从容誓约之言，徂没之后，路有经由，不以斗酒只鸡过相沃酹，车过三步，腹痛勿怨。'"⑤董相：董仲舒。西汉哲学家，汉武帝时为江都相，见《国史补》："董仲舒墓，门人过皆下马。"⑥"冬月"句：《史记·优孟传》："楚相孙叔敖死，其子穷困负薪。"⑦"邻人"句：向秀《思旧赋序》："余与嵇康、吕安，居止接近，其人并有不羁之才，其后各以事见法。经其旧庐，于日薄虞渊，寒冰凄然，邻人有吹笛者，发声寥亮。追思曩昔游宴之好，感音而叹，故作赋云。"

至济南，李公择以诗相迎，次其韵二首①

其一

敝裘羸马古河滨②，野阔天低糁玉尘③。自笑餐毡典属国④，来看换酒谪仙人⑤。宦游到处身如寄，农事何时手自亲。剩作新诗与君和，莫因风雨废鸣晨⑥。

【注释】①李公择：此时任齐州太守。②敝：破旧。羸（léi）：瘦。③糁(sǎn)：米粒。玉尘：雪花。④餐毡：即啮雪咽毡。《汉书·苏武传》："匈奴使卫律劝降……乃幽武置大窖中，绝不饮食。天雨雪，武卧啮雪与旃（毡）毛并咽之，数日不死，匈奴以为神。"典属国：秦汉官名，苏武归朝后官拜典属国。以后代指苏武，或泛指使臣。⑤谪仙人：李白。⑥"莫因"句：杜甫《催宗文树鸡栅》："不昧风雨晨，乱离减忧戚。"

其二

夜拥笙歌霅水滨①，回头乐事总成尘。今年送汝作太守，到处逢君是主人。聚散细思都是梦，身名渐觉两非亲[2]。相从继烛何须问[3]，蝙蝠飞时日正晨[4]。

【注释】①霅(zhà)水：在浙江。此句说的是昔日的旧游乐事。②“身名”句：《老子》：“名与身孰亲？”③继烛：《左传·庄公二十二年》：“陈公子完奔齐，齐侯使为工正。饮酒乐，公曰：‘以火继之。’辞曰：‘臣卜其昼，未卜其夜。’”④“蝙蝠”句：韩愈《山石》：“黄昏到寺蝙蝠飞。”

和孔君亮郎中见赠[1]

偶对先生尽一樽，醉看万物汹崩奔[2]。优游共我聊卒岁[3]，肮脏如君合倚门[4]。只恐掉头难久住[5]，应须倾盖便深论[6]。固知严、胜风流在，又见长身十世孙[7]。

【注释】①孔君亮：名舜亮，孔子四十五代孙、孔道辅长子。《阙里志》记载：“嘉祐四年进士，位至左中散大夫，致仕，累特进少师。”②崩奔：奔波。“偶对”二句谓万物都在奔波不已，唯我二人放浪形骸。③“优游”句：《史记·孔子世家》：“优哉游哉，聊以卒岁。”④倚门：形容慈母盼望子女归来的心情。⑤“只恐”句：杜甫《送孔巢父谢病归游江东兼呈李白》：“巢父悼头不肯住，东将入海随烟雾。”⑥倾盖：朋友相遇，停车交谈，两车之盖均向对方倾斜。后亦指一见如故的新朋友。《韩诗外传》卷二：“孔子遭齐程木子于郯之间，倾盖而语终日。”此句用此典故显然是因孔君亮是孔子后裔之故。⑦苏东坡自注：“戣，字君严；弟戡，字君胜。退之志其墓云：‘孔世卅八，吾见其孙，白而长身。’今君亮四十八世矣。”孔宗翰为孔君亮之弟，苏轼先有诗与宗翰交代，至此又遇其兄君亮，即有“又见长身”之句。又因自孔卅八世至君亮已四十八世，即有“十世孙”之说。

次韵子由送蒋夔赴代州学官[1]

功利争先变法初，典刑独守老成余[2]。穷人未信诗能尔，倚市悬知绣不如[3]。代北诸生渐狂简，床头杂说为爬梳[4]。归来问雁吾何敢，疾世王符解著书[5]。

【注释】①代州：古州名，辖境相当于今山西代县、繁峙、五台、原平四县。②“功利”二句：言变法乃争功利。而蒋夔则主张保守。③“倚市”句：《史记·货殖列传》：“用贫求富，农不如工，工不如商，刺绣文不如倚市门，此言末业贫者之资也。”二句谓在争功利的社会时尚下，诗文不会受人重视。④“代北”二句：谓蒋去代州任学官，正可纠正代北学子的狂妄简率，追遂时尚学风。⑤“归来”二句：东汉王符疾当时世风，著《潜夫论》，讥时代得失，成当时名士。有曾任雁门太守者谒见皇甫规。皇甫规不以礼接待，只问他雁门的雁是否味美，而门人报王符来访，皇甫规立即起身，恭敬迎接，此二句即用此典，表示苏轼对学术的敬重，对时尚和达官贵人的鄙薄。

宿州次韵刘泾[1]

我欲归休瑟渐希，舞雩何日著春衣[2]。多情白发三千丈[3]，无用苍皮四十围[4]。晚觉文章真小技，早知富贵有危机。为君垂涕君知否，千古华亭鹤自飞[5]。

【注释】①宿州：今安徽宿县。刘泾：字巨济。举进士，为宿州教授。②“我欲”二句：用《论语·先进》孔子曾皙的典故，表现苏轼对淡泊自得生活的向往。③“多情”句：李白诗：“白发三千丈，缘愁似个长。”④“无用”句：杜甫《古柏行》：“霜皮溜雨四十围，黛色参天二千尺。”⑤“千古”

句：苏轼自注："泾之兄汴，亦有文，亦死矣。"又见《晋书》："陆机受诛，叹曰：'华亭鹤唳，岂不可复闻乎？'"此句是说自己（苏轼）为刘泾之兄的早逝哀伤。

徐州送交代仲达少卿①

此身无用且东来，赖有江山慰不才②。旧尹未嫌衰废久③，清樽犹许再三开。满城遗爱知谁继④，极目扁舟挽不回⑤。归去青云还记否⑥，交游胜绝古城隈⑦。

【注释】①仲达：江仲达，时江仲达离徐州太守职，苏轼接任。此诗作于苏轼接任后送江时。②"此身"二句：谓己不才，东来徐州任职，全赖大好河山帮助。③旧尹：原来的执政者，指江仲达。句谓江不嫌己才拙。④"满城"句：此以子产比江仲达。《左传·襄公三十七年》："子产而死，谁其嗣之？"⑤"极目"句：此以邓攸比江仲达。《晋书·邓攸传》："攸为吴郡守，刑政清明，去郡。不受一钱，百姓数千人，留牵攸船不得进，攸乃少停，夜中发去。"⑥"归去"句：《史记》："非附青云之士，恶能施于后世哉。"⑦隈（wēi）：山或水弯曲的地方。

次韵李邦直感旧①

驺骑传呼出跨坊②，簿书填委入充堂③。谁教按部如何武④，只许清尊对孟光⑤。婉娩有时来入梦⑥，温柔何日听还乡⑦。酸寒病守尤堪笑⑧，千步空余仆射场。

【注释】①李邦直：名清臣。时任京东提刑。②驺骑传呼：车驾随从众多。③簿书填委：文书簿册充斥。"驺骑"二句谓李邦直出则舆马随从喝道，入则坐堂审理案卷。④“谁教”句：汉代何武任扬州刺史，举奏郡守长官，服则免之，不服抵罪致死。此言李邦直具有何武那样的巡察举奏的大权。⑤孟光：汉梁鸿妻，举案齐眉，为贤妻典范。此言李邦直妻贤。⑥婉娩：柔顺美好。⑦“婉娩”二句：谓李对贤妻的眷恋。⑧病守：此为苏轼自指。

次韵答邦直、子由五首

其一

簿书颠倒梦魂间，知我疏慵肯见原[①]。闲作闭门僧舍冷[②]，卧闻吹枕海涛喧。忘怀酒杯逢人共[③]，引睡文书信手翻[④]。欲吐狂言喙三尺[⑤]，怕君嗔我却须吞[⑥]。

【注释】①原：原谅。②“闲作”句：韦应物《郡斋赠王卿》诗：“唯君出尘意，赏爱似山家。”③逢人共：白居易《闲游即事》：“逢人共杯酒。”④引睡文书：白居易《晚亭逐凉》：“引睡卧看书。”⑤喙三尺：见《庄子·徐无鬼篇》：“丘愿有喙三尺。”⑥“怕君”句：苏轼自注：“邦直屡以此见戒。”又见杜牧之诗：“撩头虽欲吐，到口却成吞。”

其二

城南短李好交游，箕踞狂歌不自由[①]。尊主庇民君有道，乐天知命我无忧。醉呼妙舞留连夜[②]，闲作清诗断送秋。潇洒使君殊不俗，樽前容我揽须不?

【注释】①箕踞(jù)：古人席地而坐，伸开两腿，像个簸箕，是一种不拘礼节的坐法。②苏轼自注：“邦直家中舞者甚多。”

其三

老弟东来殊寂寞，故人留饮慰酸寒。草荒城角开新径，雨入河洪失旧滩。车马追陪迹未扫，唱酬往复字应漫。此诗更欲凭君改，待与江南子布看①。

【注释】①子布：张昭字子布。《吴志》本传注引《典略》："余曩闻刘荆州尝自作书欲与孙伯符，以示祢正平。正平蚩之，言，如是为欲孙策帐下儿读之邪，将使张子布见乎？""此诗"二句谓诗经邦直、子由改后即成佳作，任凭高士阅看。

其四

君虽为我此迟留，别后凄凉我已忧。不见便同千里远，退归终作十年游。恨无扬子一区宅①，懒卧元龙百尺楼②。闻道鹓鸾满台阁③，网罗应不到沙鸥。

【注释】①扬子：扬雄。《汉书·扬雄传》："扬子字子云，蜀郡成都人也。……有田一廛，有宅一区，世世以农桑为业。"②元龙：陈登字。《三国志》："许汜与刘备并在刘表坐，共论天下人。汜曰：'陈元龙湖海之士，豪气不除。昔遭乱过下邳，元龙无客主之意，自从大床卧，使客卧下床。'备曰：'今天下大乱，所望君忧国忘家，有救世之意，而君求田问舍，是元龙所讳也，何缘当与君语？如小人欲卧百尺楼上，卧君于地，何但上下床之间邪？'"③鹓(yuān)鸾：古代传说中凤凰一类的鸟。

其五

五斗尘劳尚足留①，闭关却欲治幽忧②。羞为毛遂囊中颖③，未许朱云地下游[4]。无事会须成好饮，思归时欲赋《登楼》[5]。羡君幕府如僧舍，日向城南看浴鸥。

【注释】①五斗：即五斗米。《晋书·陶潜传》载：陶潜为彭泽令，“郡遣督邮至县，吏白应束带见之。潜叹曰：‘我不能为五斗米折腰向乡里小人！’即日解印绶去职。”后以此泛指微薄的俸禄。②闭关：即闭关却扫，是闭门幽居、谢绝人事的意思。《文选·江淹〈恨赋〉》：“至乃敬通（冯衍）见抵，罢归田里，闭关却扫，塞门不仕。”③毛遂囊中颖：《史记·平原君传》：“秦围邯郸，平原君求合纵于楚，取于门下客，得十九人。有毛遂者，自赞备员，曰：‘便遂蚤得处囊中，乃脱颖而出。’”④朱云地下游：《汉书·朱云传》：“臣愿赐尚方斩马剑，断佞臣一人，以厉其余。上问曰：‘谁也？’对曰：‘安昌侯张禹。’上大怒，御史将云下，云攀殿槛，槛折。云呼曰：‘得从龙逢、比干游于地下，足矣。’”后用作敢于直谏的典故。⑤《登楼》：即三国时王粲所作《登楼赋》，赋中有怀乡思归之意。诗中引用此典流露了苏轼因反对实施变法不成而产生的罢官怀乡之意。

次韵吕梁仲屯田[1]

雨叶风花日夜稀，一杯相属竟何时。空虚岂敢酬琼玉[2]，枯朽犹能出菌芝[3]。门外吕梁从迅急，胸中云梦自逶迟[4]。待君笔力追灵运，莫负南台九日期[5]。

【注释】①仲屯田：名伯达。屯田，《职官分纪》：“工部所属，有屯田郎中、员外郎。”②琼玉：《诗·卫风》：“投我以木桃，报之以琼瑶。”③“枯朽”句：柳宗元《与萧翰林俛书》：“虽朽枿腐败，不能生植，犹足蒸出芝菌，以为瑞物。”④逶迟：《毛诗注》：“逶迟，历远之貌。”⑤“待君”二句：王文诰注：“刘裕为宋公，在彭城，九月九日，出戏马台，送孔靖辞位归乡，谢灵运、宣远等，并从作诗。”

王巩屡约重九见访，既而不至，以诗送将官梁交且见寄，次韵答之。交颇文雅，不类武人，家有侍者，甚惠丽①

知君月下见倾城，破恨悬知酒有兵②。老守亡何惟日饮，将军竞病自诗鸣③。花枝不共秋敧帽，笔阵空来夜斫营④。爱惜微官将底用⑤，他年只好写铭旌⑥。

【注释】①梁交：字仲通。《续资治通鉴长编》："熙宁四年八月，诏以文思副使梁交、副陈绎为辽国母生辰使。"②酒有兵：《南史·陈瑄传》："江谘议有言，酒，犹兵也。"③竞病：《南史·曹景宗传》："景宗累立军功，天监初征为右卫将军。后破魏师凯旋，帝于华光殿宴饮连句，启求赋诗不已，帝令沈约赋韵，时韵已尽，唯余竞病二字，景宗便操笔，斯须而成，曰：'去时儿女悲，归来笳鼓竞。借问行路人，何如霍去病？'"④斫营：白居易诗："昼听笙歌夜斫营。"斫(zhuó)，击。⑤"爱惜"句：杜甫诗："苦被微官缚，低头愧野人。"⑥铭旌：《礼记·檀弓下》："铭，明旌也。以死者为不可别已，故以其旗识之。"

九日邀仲屯田，为大水所隔，以诗见寄，次其韵①

无复龙山对孟嘉②，西来河伯意雄夸。霜风可使吹黄帽③，樽酒那能泛浪花？漫遣鲤鱼传尺素④，却将燕石报琼华⑤。何时得见悲秋老⑥，醉里题诗字半斜。

【注释】①苏轼此诗作于宋熙宁十年，其年七月，黄河自澶渊决口，八月二十一日，水及徐州城下。②孟嘉：东晋名士。九月九日，桓温于龙山设宴，孟嘉帽子被风吹落，举止洒脱，从容不迫。此用以表述因大水不能欢宴，见名士举止。③苏轼自注：“舟人黄帽，土胜水也。”④“漫遣”句：古乐府《饮马长城窟行》：“客从远方来，遗我双鲤鱼。呼儿烹鲤鱼，中有尺素书。”⑤“却将”句：《阙子》：“宋之愚人，得燕石以为玉。周人曰：‘此燕石也，与瓦甓不殊。’”喻仲屯田诗为琼华己诗为燕石。⑥“何时”句：化用杜甫《九日蓝田崔氏庄》诗“老去悲秋强自宽”。

台头寺雨中送李邦直赴史馆，分韵得忆字人字，兼寄孙巨源二首[1]

其一

霜林日夜西风急，老送君归百忧集[2]。清歌窈眇入行云[3]，云为不行天为泣[4]。红叶黄花秋正乱，白鱼紫蟹君须忆。凭君说向髯将军[5]，衰鬓相逢应不识[6]。

【注释】①《续资治通鉴长编》：“熙宁十年八月，提点京东路刑狱李清臣为国史院编修官。”此诗即苏东坡为此而作。②百忧集：杜甫《百忧集行》：“强将笑语供主人，悲见生涯百忧集。”③窈(yǎo)眇(miǎo)：深远美妙。④“云为”句：《唐书·五行志》：“无云而雨，是谓天泣。”⑤髯将军：指孙巨源。⑥“衰鬓”句：白居易诗：“相逢应不识，满颔白髭须。”

其二

珥笔西归近紫宸[1]，太平典册不缘麟[2]。付君此事宁论晋[3]，载我当时旧《过秦》[4]。门外想无千斛米[5]，墓中知有百年人[6]。看君两眼明如镜，休把《春秋》坐素臣[7]。

【注释】①“珥笔”句：《魏略》：“殿中侍御史，簪白笔，侧阶而立。

上问曰：‘此何官也？’辛毗曰：‘御史，簪笔书过。’”上帝所居日辰，紫微，天帝之座也。珥（ěr）笔：戴笔。②不缘麟：即与获麟无关。获麟，《公羊传·哀公十四年》：“春，西狩获麟。……孔子曰：‘孰为来哉？’……孔子曰：‘吾道穷矣！’”③“付君”句：《晋书·陈寿传》：“寿撰《三国志》，……张华深善之，谓寿曰：‘当以《晋书》相付耳。’”④《过秦》：汉贾谊所作，载《史记》。苏轼在这里以贾谊自比。⑤“门外”句：《晋书·陈寿传》：“丁仪、丁廙，有盛名于魏。陈寿谓子曰：‘可觅千斛米，当为尊公作佳传。’子不与，竟不立传。”⑥“墓中”句：《太平广记》：“郑郊谒友人于陈蔡，路逢一冢，有竹二竿，郑为诗曰：‘冢上两竿竹，风吹常袅袅，冢中人赓之曰：‘下有百年人，长眠不知晓。’”⑦“休把”句：韩愈《答刘秀才论史书》：“左丘明纪《春秋》时事以失明。夫为史者，不有人祸，则有天刑。”杜预《春秋左传序》：“说者以为仲尼自卫反鲁，修《春秋》，立素王，丘明为素臣。”《汉书·昭帝纪》：“大将军，国家忠臣，敢有谮毁者，坐之。”坐：入罪，定罪。

有言郡东北荆山下可以沟畎积水，因与吴正字、王户曹同往相视，以地多乱石，不果。还，游圣女山，山有石室，如墓而无棺椁，或云宋司马桓魋墓。二子有诗，次其韵二首

其一

侧手区区岂易遮[①]，奔流一瞬卷千家。共疑智伯初围赵[②]，犹有张汤欲漕斜[③]。已坐迂疏来此地，分将劳苦送生涯。使君下策真堪笑[④]，隐隐惊雷响踏车[⑤]。

【注释】①“侧手”句：王文诰辑注：“时河决，水方退，谚有侧手障黄河之语。”②“共疑”句：《战国策》：“智伯从韩、魏兵以攻赵，围晋阳

而水之，城之不沉者三板。”③“犹有”句：《汉书·沟洫志》：“人有上书，欲通褒斜道及漕，事下御史大夫张汤。汤问之，言：‘抵蜀从故道，故道多阪，回远。今穿褒斜道，少阪，近四百里；而褒水通沔，斜水通渭，皆可以行船漕。’上以为然，拜汤子卬为汉中守，发数万人，作新道五百余里，而水多湍石，不可漕。”④下策：《汉书·沟洫志》：“待诏贾让言，治河有上中下策。若乃缮完故堤，增卑倍薄，劳费无已，数逢其害，此最下策也。”⑤踏车：以水车疏水。

其二

茫茫清泗绕孤岑①，归路相将得暂临。试著芒鞋穿荦确②，更然松炬照幽深。纵令司马能镵石③，奈有中郎解摸金④。强写苍崖留岁月，他年谁识此时心。

【注释】①岑（cén）：小而高的山。②荦（luò）确：险峻。③“纵令”句：《礼记·檀弓上》：“孔子居于宋，见桓司马自为石椁，三年而不成，夫子曰：‘若是其靡也，死不如速朽之愈也。’”镵（chán）石：治病用的石针。④“奈有”句：《后汉书·袁绍传》：“陈琳为袁绍作檄之言：‘曹操署发丘中郎将、摸金校尉，所过隳突，无骸不露。’”隳（huī）突：破坏。

送郑户曹①

游遍钱塘湖上山，归来文字带芳鲜。羸童瘦马从吾饮，陋巷何人似子贤。公业有田常乏食②，广文好客竟无毡③。东归不趁花时节，开尽春风谁与妍。

【注释】①郑户曹：名仅，字彦能，彭城人。②“公业”句：《后汉书·郑太传》：“郑太，字公业……交结豪杰，家富于财，有田四百顷，而食常不足。”③“广文”句:《唐书·郑虔传》:“玄宗置广文馆,以虔为博士,时号郑广文。在官贫约,杜甫尝赠以诗曰:‘才名四十年,坐客寒无毡。’”

坐上赋戴花得天字

清明初过酒阑珊,折得奇葩晚更妍。春色岂关吾辈事,老狂聊作坐中先①。醉吟不耐攲纱帽,起舞从教落酒船。结习渐消留不住,却须还与散花天②。

【注释】①老狂:《吴越春秋》:“子胥自谓老狂。”②“结习”二句:《维摩诘经》:“时维摩诘室,有一天女,见诸天人,闻所说法,便现其身,即以天花散诸菩萨大弟子上。花至诸菩萨,即皆堕落,至大弟子,便著不堕。结习未尽,花著身耳,结习尽者,花不著也。”

夜饮次韵毕推官①

簿书丛里过春风,酒圣时时且复中。红烛照庭嘶騕褭②,黄鸡催晓唱玲珑。老来渐减金钗兴,醉后空惊玉箸工③。月未上时应早散,免教壑谷问吾公④。

【注释】①毕推官:毕仲孙,字景儒,徐州从事。②騕褭:《汉书音义》:“騕褭,神马也,赤喙黑身。”③玉箸:苏轼自注:“毕善篆。”按:《玉箸篆志》:“秦丞相李斯,变苍颉籀文为玉箸篆,体尚太古。”④“免教”句:《左传·襄公三十年》:“郑伯有嗜酒,为窟室,而夜饮酒,击钟焉,朝至未已。朝者曰:‘公焉在?’其人曰:‘吾公在壑谷。’”

和孙莘老次韵

去国光阴春雪消，还家踪迹野云飘。功名正自妨行乐，迎送才堪博早朝[①]。虽去友朋亲吏卒，却辞谗谤得风谣。明年我亦江南去，不问雄繁与寂寥。

【注释】①博早朝：白乐天诗："鸡鸣犹独睡，不博早朝人。"

游张山人园

壁间一轴烟萝子[①]，盆里千枝锦被堆[②]。惯与先生为酒伴，不嫌刺史亦颜开。纤纤入麦黄花乱[③]，飒飒催诗白雨来[④]。闻道君家好井水，归轩乞得满瓶回。

【注释】①烟萝子：石晋时人，相传曾学仙得道。②锦被堆：一名粉团儿。花如月桂而小。③入麦黄花乱：司空图《独望》诗："绿树连村暗，黄花入麦稀。"④"飒飒"句：杜子美《陪诸贵公子丈八沟携妓纳凉，晚际遇雨二首》诗："片云头上黑，应是雨催诗。"

杜介熙熙堂[①]

崎岖世路最先回，窈窕华堂手自开[②]。咄咄何曾书怪事，熙熙长觉似春台。白砂碧玉味方永[③]，黄纸红旗心已灰[④]。遥想闭门投辖饮，鹍弦铁拨响如雷[⑤]。

【注释】①杜介：字几先，扬州人。尝官供奉，时已归老，故云"崎岖世路最先回”也。②窈窕：深邃之义。③“白砂”句：韩湘诗：“琴弹碧玉调，炉炼白朱砂。”④“黄纸”句：白乐天《刘十九同宿》诗：“红旗破贼非吾事，黄纸除书无我名。”⑤“鹍弦”句：《五代史补》：“冯道之子，能弹琵琶，以皮为弦，世宗号绕殿雷。”

携妓乐游张山人园

大杏金黄小麦熟，坠巢乳鹊拳新竹。故将俗物恼幽人[①]，细马红妆满山谷[②]。提壶劝酒意虽重[③]，杜鹃催归声更速[④]。酒阑人散却关门，寂历斜阳挂疏木。

【注释】①“故将”句：《晋书·王戎传》：“戎每与阮籍为竹林之游。戎尝后至，籍曰：‘俗物已复来败人意。’”②细马：李白《对酒》诗：“吴姬十五细马驮。”③提壶：鸟名。④“杜鹃”句：杜鹃鸣声，若云“不如归去”。

答仲屯田次韵

秋来不见渼陂岑[①]，千里诗盟忽重寻。大木百围生远籁[②]，朱弦三叹有遗音[③]。清风卷地收残暑，素月流天扫积阴。欲遣何人赓绝唱，满阶桐叶候虫吟。

【注释】①渼陂：池水名。在今陕西户县西南，以水美鱼肥闻名，亦为风景佳胜地。杜甫有《渼陂行》诗，记与岑参兄弟同游此地。②“大木”句：语出《庄子·齐物论》，原文意谓百围大树生有众多孔穴，风来则呜呜有声。③“朱弦”句：《礼记·乐记》：“清庙之瑟，朱弦而疏越，一唱而三叹，有遗音者矣。”意谓清庙所奏的音乐，低沉浑厚，十分质朴。“大木”二句以大木、朱弦为喻，赞仲伯达所作诗质朴浑厚。

次韵王定国马上见寄

昨夜霜风入夹衣，晓来病骨更支离。疏狂似我人谁顾，坎坷怜君志未移。但恨不携桃叶女[1]，尚能来趁菊花时。南台二谢人无继，直恐君诗胜义熙[2]。

【注释】①桃叶女：据《古今乐录》：王献之有二妾，一名桃叶，一名桃根。献之曾作《桃叶歌》。②“南台”二句：苏轼自注：“二谢从宋武帝九日燕戏马台。”据《宋书》，南朝宋武帝刘裕在晋义熙年间，镇守徐州。九月九日，出游项羽戏马台，与百僚赋诗，谢瞻、谢灵运所作最佳。南台即戏马台。

次韵答顿起二首

其一

挽袖推腰踏破绅，旧闻携手上天门[1]。相逢应觉声容似[2]，欲话先惊岁月奔。新学已皆从许子[3]，诸生犹自畏何蕃[4]。殿庐直宿真如梦，犹记忧时策万言[5]。

【注释】①“挽袖”二句：言顿起与子由当年同登嵩山。②“相逢”句：指自己声容似子由。③新学：指王安石学派。从许子：言新学如同当年孟子批评的陈相，背弃儒家学派，改向农家学派的许行学习。④何蕃：唐太学生，入太学二十余年，为人有气节。比喻顿起。⑤苏轼自注：“顿君及第时，余为殿试编排官，见其答策，语颇直。其后与子由试举人西京。既罢，同登嵩山绝顶。尝见其唱酬诗十余首，顿诗中及之。”“殿庐”二句即忆当年事。

其二

十二东秦比汉京[①]，去年古寺共题名[②]。早衰怪我遽如许，苦学怜君太瘦生。茅屋拟归田二顷，金丹终扫雪千茎[③]。何人更似苏司业，和遍新诗满洛城[④]。

【注释】①东秦：指齐鲁一带。语出《史记·高祖本纪》："秦，形胜之国，带河山之险，县隔千里，持戟百万，秦得百二焉。……齐……地方二千里，持戟百万，县隔千里之外，齐得十二焉。故此东西秦也。"②苏轼自注："去岁见之于青州。"③雪千茎：指满头白发。④苏司业：唐朝诗人苏源明，曾任国子司业。此比苏辙。苏辙曾于洛阳考试举人后，与顿起同游洛城，并给顿起写了四篇诗。

九日次韵王巩

我醉欲眠君罢休，已教从事到青州[①]。鬓霜饶我三千丈，诗律输君一百筹[②]。闻道郎君闭东阁[③]，且容老子上南楼[④]。相逢不用忙归去，明日黄花蝶也愁。

【注释】①青州从事：语出《世说新语》。桓温主簿善辨酒之好坏，好酒称为青州从事，恶酒称为平原督邮。青州有齐郡，与脐谐音，谓好酒可至脐下；平原有鬲县，与膈谐音，谓恶酒停于膈上。②"诗律"句：王巩在徐州数日，与苏轼诗歌唱和，已作诗近百篇。③东阁：古代称宰相招致、款待宾客的地方。④"且容"句：语出《晋书·庾亮传》。庾亮镇武昌，其佐吏秋夜登南楼，庾亮亦至，众人将避，庾亮曰："诸君少住，老子于此兴复不浅。"

次韵王巩颜复同泛舟

沈郎清瘦不胜衣[1]，边老便便带十围[2]。躞蹀身轻山上走[3]，欢呼船重醉中归。舞腰似雪金钗落，谈辩如云玉尘挥。忆在钱塘正如此，回头四十二年非[4]。

【注释】①沈郎：指南朝梁沈约。②边老：指东汉边韶。沈约清瘦，边韶肥胖。此喻王、颜二人一肥一瘦，如沈约、边韶。③躞（xiè）蹀（dié）：小步行走。④“回头”句：苏轼此时四十三岁。

次韵张十七九日赠子由[1]

千戈万槊拥篦篱[2]，九日清樽岂复持[3]。官事无穷何日了，菊花有信不吾欺。逍遥琼馆堪羡[4]，取次尘缨未可縻[5]。迨此暇时须痛饮，他年长剑拄君颐[6]。

【注释】①张十七：张恕，张方平子。②篦(bì)篱：古代城墙上的防御设施。用竹或荆柳编织而成，可遮蔽矢石。③苏轼自注：“是日，南都敕使按兵。”“千戈”二句言苏辙任所的南都因阅兵，重阳之日未能把酒赏菊。④逍遥琼馆：指张方平的宫祠。⑤尘缨：指尘俗之事。縻(mí)：拴住，束缚。⑥长剑拄颐：形容剑长，顶到面颊。“迨此”二句言当及时欢乐，他年将为政事系绊。

次韵王延老和张十七九日见寄二首[①]

其一

霜叶投空雀啅篱，上楼筋力强扶持。对花把酒未甘老，膏面染须聊自欺[②]。无事亦知君好饮，多才终恐世相縻。请看平日衔杯口，会有金椎为控颐[③]。

【注释】①王廷老：名伯扬，睢阳人。与苏氏兄弟有交往，常诗歌唱和。张十七：张恕。②膏面染须：面涂脂膏，染须发以遮掩老态。③金椎控颐：金椎，即铁锤；控颐，敲击面颊。语出《庄子·外物》，盗墓者为取死者口中珠，须敲其颊，撬其口。此诗似描述王廷老，戏其老而放达。

其二

接果移花看补篱，腰镰手斧不妨持[①]。上都新事长先到，老圃闲谈未易欺[②]。酿酒闭门开社瓮，杀牛留客解耕縻。何时得见纤纤玉，右手持杯左捧颐[③]。

【注释】①“接果”二句：描述闲居生活。②上都：京都。老圃：种菜的老农。③“何时”二句：描写侍女陪宴。全诗似写张恕放达的闲居生活。

鹿鸣宴[①]

连骑匆匆画鼓喧[②]，喜君新夺锦标还。金罍浮菊催开宴[③]，红蕊将春待入关[④]。他日曾陪控禹穴[⑤]，白头重见赋《南山》[⑥]。何时共乐升平事，风月笙箫坐夜闲。

【注释】①鹿鸣宴：为州试郡试举招待士子的宴席。元丰元年，三郡之士在徐州科举。九月辛丑，会于黄楼。该诗作于此时。②匆匆(cōng)：急速的样子。③金罍（léi）：饰金的大酒杯。④“红蕊”句：写中举后酒宴上因兴奋而面如春色。杜牧及第后，作《寄长安故人》诗：“秦地少年多酿酒，即将春色入关来。”⑤探禹穴：司马迁年轻时曾四处游历“上会稽，探禹穴”。此以司马迁为喻，鼓励举子士人。⑥《南山》：《诗·小雅·南山有台》为赞颂得到贤才的诗。

与舒教授、张山人、参寥师同游戏马台，书西轩壁，兼简颜长道二首[①]

其一

古寺长廊院院行，此轩偏慰旅人情。楚山西断如迎客，汴水南来故绕城。路失玉钩芳草合[②]，林亡白鹤古泉清[③]。淡游何以娱庠老[④]，坐听郊原琢磬声[⑤]。

【注释】①戏马台：徐州名胜，宋代在其上建有台头寺，寺中有西轩。②玉钩：扬州有胜景玉钩斜道，此处借用。谓台下道路为芳草所合，不见如钩之形。③“林亡”句：陈师道《后山集·徐州白鹤观记》云：徐州山峦无泉。州南有平泉，深明洁甘，旱潦自如。据说有鹤来此，故名。④庠老：《礼记·王制》：“周人养庶老于虞庠。”此指舒教授。⑤“坐听”句：徐州城外泗水之滨产磬石。

其二

竹杖芒鞋取次行，下临官道见人情。天寒菽粟犹栖亩[①]，日暮牛羊自入城。沽酒独教陶令醉[②]，题诗谁似皎公清[③]。更寻陋巷颜夫子[④]，乞取微言继此声。

【注释】①莜粟栖亩：指年丰谷多，盈积田中暂不收存。②“沽酒”句：此以陶渊明喻张山人。③“题诗”句：此以唐代名僧皎然喻参寥。④“更寻”句：此以颜回喻颜长道。

十月十五日观月黄楼，席上次韵

中秋天气未应殊，不用红纱照坐隅[①]。山上白云横匹素，水中明月卧浮图。未成短棹还三峡，已约轻舟泛五湖[②]。为问登临好风景，明年还忆使君无。

【注释】①“中秋”二句：言此夜月色如同中秋。②“未成”二句：分别用李源回棹寻圆泽的故事、范蠡功成身退的故事述志，兼怀弟子由（曾与子由约定他日闲居）。

答王定民[①]

开缄奕奕满银钩[②]，书尾题诗语更遒。八法旧闻宗长史[③]，五言今复拟苏州。笔踪好在留台寺[④]，旗队[⑤]遥知到石沟。欲寄鼠须并茧纸[⑥]，请君章草赋黄楼[⑦]。

【注释】①王定民：字佐才，有文才，善书。②奕奕：盛多的样子。银钩：晋代索靖的草书，婉若银钩，飘若惊鸾。此指王定民书法遒劲。③八法：指张旭写永字的八种笔法。张旭曾任长史一职。宗：推崇。④“笔踪”句：王定民所书字留在台头寺。⑤旗队：仪卫队中执旗的队伍。⑥“欲寄”句：相传王羲之以鼠须为笔，以茧为纸，写《兰亭帖》。⑦章草：草书的一种。笔画有隶书波磔，每字独立，不连写。

次韵王廷老退居见寄

浪蕊浮花不辨春，归来方识岁寒人。回头自笑风波地，闭眼聊观梦幻身。北牖已安陶令榻，西风还避庾公尘[①]。更搔短发东南望，试问今谁裹旧巾。

【注释】①“西风”句：语出《晋书·王导传》。庾亮虽居外镇，但在朝中权势仍超过王导，每当西风起，王导就用扇遮面，说：“元规尘污人。”元规是庾亮的字。

次韵颜长道送傅倅[①]

两见黄花扫落英，南山山寺遍题名。宗、成不独依岑、范，鲁、卫终当似弟兄[②]。去岁云涛浮汴泗，与君泥土满衣缨[③]。如今别酒休辞醉，试听双洪落后声[④]。

【注释】①傅倅：指傅裼。傅裼时任徐州丞。倅：副职。②“鲁、卫”句：《论语》：“鲁卫之政，兄弟也。”③“与君”句：此指前一年徐州大水时苏轼曾与傅裼并肩抗洪。④双洪：指徐州城外的吕梁洪、百步洪。

与参寥师行园中，得黄耳蕈[①]

遣化何时取众香，法筵斋钵久凄凉[②]。寒蔬病甲谁能采，落叶空畦半已荒。老楮忽生黄耳菌，故人兼致白芽姜。萧然放箸东南去，又入青山笋蕨乡[3]。

【注释】①蕈(xùn)：菌类植物。②“遣化”二句：语出《维摩诘经》：“维摩诘遣化菩萨，往众香国，见香积佛，言愿得世尊所食之余，欲于婆娑世界施作佛事。于是香积如来以众香钵盛满香饭，与化菩萨。悉饱众会。”二句言维摩派遣化菩萨去众香园取香饭的事今已不见，化菩萨的斋钵凄凉很久了。③“萧然”二句：谓参寥将离徐州往东南去。

和参寥见寄

黄楼南畔马台东，云月娟娟正点空。欲共幽人洗笔砚[1]，要传流水入丝桐[2]。且随侍者寻西谷，莫学山僧老祝融[3]。待我西湖借君去，一杯汤饼泼油葱。

【注释】①幽人：幽隐之人，即隐士。②流水：即高山流水。古曲名。丝桐：琴。③祝融：指祝融峰，衡山第一峰，为道教洞天福地之一。

台头寺步月得人字

风吹河汉扫微云，步屧中庭月趁人。浥浥炉香初泛夜，离离花影欲摇春[1]。遥知金阙同清景，想见毡车辗暗尘[2]。回首旧游真是梦，一簪华发岸纶巾。

【注释】①“风吹”四句：描述春天月夜景色。浥浥(yì)：香气浓郁。②“遥知”二句：想象京都、边地皆同此景色。

台头寺送宋希元

相从倾盖只今年[①]，送别南台便黯然[②]。入夜更歌《金缕曲》，他时莫忘《角弓》篇[③]。三年不顾东邻女[④]，二顷方求负郭田[⑤]。我欲归休君未可，茂先方议劚龙泉[⑥]。

【注释】①倾盖：两车紧密相挨，以致车盖歪斜。形容交情笃厚。②南台：徐州城南的戏马台。③苏轼自注："是日，与宋君同栽松寺中。"《角弓》是《诗·小雅》中的一首。告诫兄弟间要相互亲睦。④苏轼自注："取宋玉。"⑤苏轼自注："取季子。"⑥茂先：晋张华字。据《晋书·张华传》，张华见斗牛间有紫气，请精通天象的雷焕观测，雷焕说是豫章郡丰城有剑气冲牛斗。张华补雷焕为丰城令，掘地得剑，一名龙泉，一名太阿。

田国博见示石炭诗，有"铸剑斩佞臣"之句，次韵答之[①]

楚山铁炭皆奇物，知君欲斫奸邪窟。属镂无眼不识人[②]，楚国何曾斩无极[③]。玉川狂直古遗民[④]，救月裁诗语最真[⑤]。千里妖蟆一寸铁，地上空愁虮虱臣[⑥]。

【注释】①田国博：国子博士田叔通。②属镂：剑名。吴王夫差赐伍子胥以此剑自刎。③无极：费无极，楚国佞臣。④玉川：唐处士卢仝号玉川子。⑤"救月"句：《周礼·秋官·庭氏》："以救月之矢夜射之。"⑥"玉川"四句：以卢仝喻田叔通。卢仝《月蚀》诗："传闻古老说，蚀月虾蟆精。"又去："地上虮虱臣仝，告诉帝天皇，臣心有铁一寸，可刳妖蟆痴肠。"

余去金山五年而复至，次旧诗韵，赠宝觉长老[①]

谁能斗酒博西凉，但爱斋厨法豉香[②]。旧事真成一梦过，高谭为洗五年忙[③]。清风偶与山阿曲[④]，明月聊随屋角方。稽首愿师怜久客，直将归路指茫茫。

【注释】①苏轼曾于熙宁七年（1074年）从杭州到密州任知州，经过金山寺。距此次复至，整整五年。宝觉长老：金山寺僧。②法豉：金山寺所制豆豉，味绝佳，山僧常以小罂馈赠远方来客。③高谭：高谈。谓听宝觉长老一番高论，五年忙碌一洗而空。④山阿：山的曲折处。

卷二十三　七言律诗

赠惠山僧惠表

行遍天涯意未阑，将心到处遣人安。山中老宿依然在[①]，案上《楞严》已不看[②]。攲枕落花余几片，闭门新竹自千竿[③]。客来茶罢空无有，卢橘杨梅尚带酸。

【注释】①老宿：年高德劭的高僧。②《楞严》：指《楞严经》。③“攲枕”二句：写僧惠表心境清寂。

与秦太虚、参寥会于松江，而关彦长、徐安中适至，分韵得风字二首[①]

其一

吴越溪山兴未穷，又扶衰病过垂虹[②]。浮天自古东南水，送客今朝西北风。绝境自忘千里远[③]，胜游难复五人同。舟师不会留连意，拟看斜阳万顷红。

【注释】①松江：吴江。②关彦长：名景仁。垂虹：查慎行注引《吴都志》：“垂虹，吴江东门外桥名。一名长桥。……中间有垂虹亭。”③绝境：风景绝佳的胜地。

其二

二子缘诗老更穷，人间无处吐长虹[①]。平生睡足连江雨，尽日舟横擘岸风[②]。人笑年来三黜惯[③]，天教我辈一樽同[④]。知君欲写长相忆，更送银盘尾鬣红[⑤]。

【注释】①“二子”二句：谓关、徐二人有诗才而不得志。②擘(bò)岸风：把舟吹离岸边的风。③三黜：指官场不得志。语出《论语·微子》，柳下惠为士师，三黜。④一樽同：指志趣相投。⑤“知君”二句：感谢关景仁送鱼的厚意。

次韵孙秘丞见赠[①]

感慨清哀似变风[②]，老于诗句耳偏聪[③]。迂疏自笑成何事，冷淡谁能用许功[④]。不怕飞蚊如立豹[⑤]，肯随白鸟过垂虹[⑥]。吟哦相对忘三伏，拟泛冰溪入雪宫[⑦]。

【注释】①秘丞：官职名，秘书省丞的简称。②变风：《诗经》中邶风至幽风等十三国风的作品，多为社会变化时期讥讽时弊之作，感慨清哀是此类作品的格调。③耳聪：耳鸣病。④许：犹“何”，什么。⑤飞蚊如立豹：指腿有花纹的蚊子。称为“豹脚蚊”。苏轼自注：“湖州多蚊蚋，豹脚尤毒。”⑥苏轼自注：“垂虹，长桥亭名。”白鸟：一种水鸟。⑦雪宫：王十朋注引赵次公曰：“世谓湖州为水晶宫。”雪宫即指称湖州。

仆去杭五年，吴中仍岁大饥疫[①]，故人往往逝去，闻湖上僧舍不复往日繁丽，独净慈本长老学者益盛，作此诗寄之[②]

来往三吴一梦间[③]，故人半作冢累然。独依旧社传真法[④]，要与遗民度厄年。赵叟近闻还印绶[⑤]，竺翁先已返林泉[⑥]。何时策杖相随去，任性逍遥不学禅[⑦]。

【注释】①去杭五年：苏轼离杭州通判任在熙宁七年(1074)，距今五年整。仍：频繁。②净慈：杭州净慈寺。本长老学者：依从净慈寺长老学习修养真谛的人。③三吴：指苏南、浙东北一带，即吴郡、吴兴、丹阳三郡。④依旧社传真法：指依从净慈长老学修行。⑤赵叟：指杭州太守赵抃。据《赵清献公神道碑》，赵抃已于元丰二年二月致仕。⑥竺翁：指辩才禅师。此时重返杭州上天竺。⑦“何时”二句：言愿求得出家僧的逍遥无羁，却不受佛规的约束。

送表忠观钱道士归杭[1] 并引

熙宁十年，诏以龙山废佛祠为表忠观[2]，元丰二年，通教自杭来，见予于吴兴。问：“观亦卒工乎？”曰：“未也，杭人比岁不登。莫有助我者”。余曰：“异哉，杭人重施轻财，是不独为福田也，将自托于不朽。今岁成矣，子其行乎？”及还，作诗送之。

先王旧德在民心[3]，著令称忠上意深[4]。堕泪行看会祠下，挂名争欲刻碑阴[5]。凄凉破屋尘凝坐，憔悴云孙雪满簪[6]。未信诸豪容郭解，却从他县施千金[7]。

【注释】①表忠观：在杭州龙山，宋神宗为表彰吴越钱氏的忠诚，诏建此观。观名为御赐。钱道士：吴越王钱氏的后代，名自然，号通教大师。②“诏以”句：表忠观建于废弃的佛寺旧址上。③先王：指吴越王钱镠。④“著令”句：言宋神宗赐观名表彰钱氏忠诚。⑤“堕泪”二句：言表忠观迟迟不得竣工是有人争名。⑥“凄凉”二句：言钱氏后代处境困穷。云孙：《尔雅》：“……曾孙之子为玄孙，玄孙之子为来孙，来孙之子为晜孙，晜孙之子为仍孙，仍孙之子为云孙。”此指后裔，非实指。⑦“未信”二句：用汉代郭解故事，言从杭州之外募捐修观终不可行。《史记·游侠列传》载：郭解为二仇家调停成功，为不使洛阳豪族难堪，夜遁，并嘱，二家先不要言和，待豪族出面调停再言和。

舶趠风[①] 并引

吴中梅雨既过，飒然清风弥旬，岁岁如此。湖人谓之舶趠风。是时，海舶初回，云此风自海上与舶俱至云尔。

三旬已过黄梅雨，万里初来舶趠风。几年萦回度山曲，一时清驶满江东。惊飘蔌蔌先秋叶[②]，唤醒昏昏嗜睡翁。欲作兰台《快哉赋》，却嫌分别问雌雄[③]。

【注释】①舶趠风：东南沿海暑季初临时的季候风。详见诗序。②蔌蔌（sù）：树叶飘落貌。③“欲作”二句：此用宋玉《风赋》典故。楚襄王游兰台之上，风飒然而至。王曰：“快哉！此风！”宋玉因作《风赋》，分风为大王之雄风，庶人之雌风。

丁公默送蝤蛑[①]

溪边石蟹小于钱，喜见轮囷赤玉盘[②]。半壳含黄宜点酒，两螯斫雪劝加餐[③]。蛮珍海错闻名久，怪雨腥风入坐寒。堪笑吴兴馋太守，一诗换得两尖团[④]。

【注释】①蝤蛑（yóu móu）：梭子蟹。②轮囷（qūn）：硕大貌。“溪边”二句：写平时所见石蟹体小，今所见梭子蟹个大色赤如赤玉盘。③“半壳”二句：写蟹黄丰满，蟹肉细嫩。④尖团：蟹的代称。雄蟹脐尖，雌蟹脐团。

泛舟城南，会者五人，分韵赋诗，得“人皆苦炎”字四首[①]

其一

城中楼阁似鱼鳞，不见清风起白蘋[②]。试选苕溪最深处，仍呼我辈不羁人[③]。窥船野鹤何曾下，见烛飞虫空自驯。绕郭荷花一千顷，谁知六月下塘春[④]。

【注释】①此四首诗分别以人、皆、苦、炎四字为韵。②白蘋：指湖州城南的白蘋洲。③不羁人：指不受拘束、逍遥自在的人。④下塘：下塘河。人工疏通修整，用以行舟。“绕郭”二句：谓湖州城南下塘河一带，六月荷花满目，美景如春。

其二

苦热诚知处处皆，何当危坐学心斋[①]。海螯要共诗人把[②]，溪月行遭雾雨霾。乡国飘零断书信，弟兄流落隔江淮[③]。便应筑室苕溪上，荷叶遮门水浸阶。

【注释】①危坐：端坐。心斋：心中清虚恬静。②海螯：指海蟹。③“乡国”二句：此时苏轼在浙江，苏辙在商丘，二人分在江淮南北。此二句写家乡、亲人之思。

其三

紫蟹鲈鱼贱如土，得钱相付何曾数[①]。碧筒时作象鼻弯，白酒微带荷心苦[②]。运肘风生看斫鲙，随刀雪落惊飞缕[③]。不将醉语作新诗，饱食应惭腹如鼓。

【注释】①“紫蟹”二句：写湖州盛产鱼蟹，但价格低廉。②“碧筒”二句：唐段成式《酉阳杂俎》载：三国魏郑悫盛夏时率宾僚避暑于历城使君林。用荷叶盛酒，刺通叶柄，屈曲荷叶，如象鼻，吸酒而饮。号为碧筒杯。此二句谓同行五人效仿郑悫，行此乐事。③“运肘”二句：运肘风生，化用《庄子》运斤成风典故。此二句写庖厨细切鱼脍刀法熟练。

其四

桥上游人夜未厌，共依水槛立风檐[①]。楼中煮酒初尝芡，月下新妆半出帘。南郭清游继颜谢[②]，北窗归卧等羲炎[③]。人间寒热无穷事[④]，自笑疏顽不受痁[⑤]。

【注释】①水槛：临水的栏杆。风檐：挡风的亭檐。“桥上”二句：写游人在桥亭畔赏玩水月。②颜谢：指唐朝颜真卿，晋朝谢安。二人皆游过湖州，颜还曾任湖州太守。此句谓此行可追比谢安、颜真卿。③羲炎：指伏羲、炎帝。④人间寒热：指人间纷扰。⑤痁(shān)：疟疾。疟疾乍冷乍寒，与上句写人间寒热丝丝入扣。

次韵答孙侔[①]

十年身不到朝廷[②]，欲伴骚人赋落英[③]。但得低头拜东野，不辞中路伺渊明[④]。舣舟苕霅人安在[⑤]，卜筑江淮计已成。千里论交一言足，与君盖亦不须倾[⑥]。

【注释】①孙侔：当时名士。客居江淮，作文奇古，内行孤峻，朝廷屡授职，终身不求仕。②“十年”句：言孙侔多年来屡次不就朝廷所授职。

③“欲伴”句：屈原《离骚》有“夕餐秋菊之落英”句。言孙专以诗文为务。④“但得”二句：苏轼自比韩愈、王弘。比孙为孟郊、陶渊明，表现对孙侔的敬重。韩愈有诗句：“低头拜东野。”《晋书·陶潜传》载刺史王弘要拜访陶渊明，渊明不见。王弘侦知渊明欲往庐山，遂半路置酒等候，得与渊明欢宴。⑤舣舟：停舟。苕霅：苕溪、霅溪二水的并称。此句谓苏轼来湖州任职，却未逢孙侔。⑥盖亦不须倾：谚云：倾盖如故。谓人有缘，即使路途相识，车盖相逢，也得为知友。此处反用其意，谓早已成千里之交，不需车盖相逢，也为知友。

重寄①

凛然高节照时人，不信微官解浼君②。蒋济谓能来阮籍③，薛宣真欲吏朱云④。好诗冲口谁能择，俗子疑人未遣闻⑤。乞取千篇看俊逸，不将轻比鲍参军⑥。

【注释】①此诗写于前诗之后，再寄孙侔。②浼(měi)：玷污。③“蒋济”句：《晋书·阮籍传》载：太尉蒋济，欲辟阮籍为其幕僚，阮籍至都亭奏记求免。蒋济本恐阮籍不来，得阮籍所奏之后，知其已至，遣卒迎接，而阮籍已离去。④汉代朱云以直谏敢言闻名于世，后免官。薛宣为丞相，欲用朱云为僚属，朱云曰：“小生乃欲相吏邪”，薛宣不敢再请求。此二句用历史典故暗喻王安石与孙侔的交往。王与孙交情深厚，但王安石任宰相，孙侔亦不出仕。⑤“好诗”二句：谓孙诗绝尘拔俗。⑥“乞取”二句：南朝宋鲍照曾任荆州前军参军。其诗俊逸奔放。杜甫有诗赞曰：“俊逸鲍参军”。此处苏轼以鲍照比孙侔。

予以事系御史台狱[①]，狱吏稍见侵，自度不能堪，死狱中，不得一别子由，故作二诗授狱卒梁成，以遗子由，二首

其一

圣主如天万物春，小臣愚暗自亡身。百年未满先偿债，十口无归更累人[②]。是处青山可埋骨，他时夜雨独伤神[③]。与君今世为兄弟，又结来生未了因。

【注释】①“予以”句：元丰二年(1079)八月，苏轼因诗被系入狱，此即“乌台诗案。”②“百年”二句：当时苏轼自认为将判死罪，故称不能寿终，并将以家人托付他人照顾。③“他时”句：此指其弟子由日后会追忆昔日兄弟间的情谊和交往，将黯然神伤。

其二

柏台霜气夜凄凄[①]，风动琅珰月向低[②]。梦绕云山心似鹿，魂惊汤火命如鸡[③]。眼中犀角真吾子[④]，身后牛衣愧老妻[⑤]。百岁神游定何处[⑥]，桐乡知葬浙江西[⑦]。

【注释】①柏台：御史台的别称。汉御史台多植柏，故称。②琅珰：即锒铛，锁链。③“梦绕”二句：真切地描述了当时以为将诀别人世的心情。感叹命运如处于庖厨中的鸡鸭。④犀角：前额发际处隆起之骨，为贵人之相。⑤牛衣：喻贫寒。此句谓死后家中将生活贫困。⑥“百岁”句：苏轼曾与其弟相约：退休相从游于江湖。⑦苏轼自注：“狱中闻杭、湖间民为余作解厄道场累月，故有此句。”谓死后将葬于浙西桐乡，以答百姓。

十月二十日，恭闻太皇太后升遐，以轼罪人，不许成服，欲哭则不敢，欲泣则不可，故作挽词二章[1]

其一

巍然开济两朝勋[2]，信矣才难十乱臣[3]。原庙固应祠百世[4]，先王何止活千人[5]。和熹未圣犹贪位[6]，明德虽贤不及民[7]。月落风悲天雨泣，谁将椽笔写光尘[8]。

【注释】①升遐：升天成仙，为天子、皇后死的讳称。成服：为曹太后穿丧服。②“巍然”句：曹太后之祖父曹彬为宋太祖、宋太宗二朝开济的元勋。③乱臣：治国的贤臣。语出《尚书·尧典》：“予有乱臣十人。”曹彬为二朝重臣，对宋朝的建立，稳固发挥过重大作用。④“原庙”句：原庙：在正庙之外又立的宗庙，配享太庙。郡国亦可立原庙。曹彬为郡王，死后追配太庙，得祀。故称“原庙祠百世”。⑤先王：指曹彬，被封为韩王，故称。曹彬统军禁止乱杀无辜，伐蜀，征南唐，皆曾止军士屠戮。以上二联四句历数曹太后祖上功德。⑥和熹：指东汉和熹邓皇后。邓皇后称制终身，号令自出，使帝成虚设。⑦明德：指东汉明德马皇后。马皇后贤德。二句以后汉两位皇太后对比曹太后德才兼备。一位才不配德，一位德不济才，而曹太后德才兼备。⑧椽笔：巨大的笔，笔杆如椽。谓对曹太后功德要大书特书。

其二

未报山陵国士知[1]，绕林松柏已猗猗[2]。一声恸哭犹无所[3]，万死酬恩更有时。梦里天衢隘云仗[4]，人间雨泪变彤帷。《关雎》《卷耳》平生事[5]，白首累臣正坐诗[6]。

【注释】①“未报”句：谓仁宗以国士待苏轼，苏轼尚未报效知遇之恩。山陵：指仁宗永昭陵，代指仁宗。②“绕林”句：指仁宗陵墓上已松柏苍苍。③无所：犹无处。谓由于是囚犯，为曹太后恸哭一声之处也没有。④天衢：指京都的大路。⑤《关雎》《卷耳》：二诗，皆美后妃之德。此赞颂曹太后一生恪守贤德。⑥累臣：囚臣。坐诗：因诗而犯罪。

十二月二十八日，蒙恩责授检校水部员外郎黄州团练副使，复用前韵二首

其一

百日归期恰及春[①]，余年乐事最关身。出门便旋风吹面[②]，走马联翩鹊啅人[③]。却对酒杯疑是梦，试拈诗笔已如神。此灾何必深追咎，窃禄从来岂有因[④]。

【注释】①百日归期：苏轼于八月十八日赴狱，十二月二十八日出狱，共计一百三十日。②便(pián)旋：徘徊。③联翩：马疾走貌。④窃禄：语出孔融《报曹操书》：“窃位为过，免罪为幸。”

其二

平生文字为吾累，此去声名不厌低。塞上纵归他日马[①]，城东不斗少年鸡[②]。休官彭泽贫无酒[③]，隐几维摩病有妻[④]。堪笑睢阳老从事[⑤]，为余投檄向江西[⑥]。

【注释】①“塞上”句：此用塞翁失马故事，谓等待因祸得福。②“城东”句：查慎行注引《城东父老传》云：“贾昌年七岁，明皇召为鸡坊小儿长，至元和庚寅，年九十八矣。语太平事，历历可听。自言少年以斗鸡媚上，上以倡优畜之。”③休官彭泽：指陶渊明辞彭泽令。以喻己。④“隐几”句：

维摩菩萨以现法为悦，如凡人以妻色为悦。事详见《维摩经》。比喻己以修身为伴。⑤睢阳老从事：指苏辙。⑥苏轼自注：“子由闻予下狱，乞以官爵赎予罪，贬筠州监酒。”筠州在江西，故称“投檄向江西。”

陈州与文郎逸民饮别，携手河堤上，作此诗[①]

白酒无声滑泻油，醉行堤上散吾愁。春风料峭羊角转[②]，河水渺绵瓜蔓流[③]。君已思归梦巴峡，我能未到说黄州。此身聚散何穷已，未忍悲歌学楚囚。

【注释】①文郎：即文逸民，名务光。文与可第四子，苏子由婿。②羊角：旋风。③瓜蔓流：《水衡记》云：“二月、三月桃花水，五月瓜蔓水，谓瓜蔓延，故名。”

万松亭 并叙

麻城县令张毅，植万松于道周，以芘行者，且以名其亭。去未十年，而松之存者十不及三四。伤来者之不嗣其意也，故作是诗[①]。

十年栽种百年规，好德无人助我仪[②]。县令若同仓庾氏，亭松应长子孙枝[③]。天公不救斧斤厄，野火解怜冰雪姿。为问几株能合抱，殷勤记取《角弓》诗[④]。

【注释】①麻城：在黄州东北一百七十里，有万松岭，岭下有万松亭。②苏轼自注：“古语云，一年之计，树之以谷；十年之计，树之以木；百年之计，来之以德。”③仓庾氏：《汉书》云：“孝文时，国家无事，为吏者长，子孙居官者以为姓号。”仓氏、庾氏即是。④《角弓》：即《诗经·小雅·角弓》。

张先生 并叙

先生不知其名，黄州故县人，本姓卢，为张氏所养。阳狂垢污，寒暑不能侵。常独行市中，夜或不知其所止。往来者欲见之，多不能致。余试使人召之，欣然而来。既至，立而不言。与之言，不应；使之坐，不可。但俯仰熟视传舍堂中，久之而去。夫孰非传舍者，是中竟何有乎？然余以有思维心追蹑其意，盖未得也①。

熟视空堂竟不言，故应知我未天全②。肯来传舍人皆说，能致先生子亦贤。脱屣不妨眠粪屋，流澌争看浴冰川。士廉岂识桃椎妙③，妄意称量未必然。

【注释】①故县：黄州麻城县故县镇。阳，通“佯”。②天全：《庄子·达生》：“一其性，养其气，合其德，以通乎物之所造。若是者，其天守全，其神无郤。”③桃椎：《旧唐书》：“朱桃椎，益州人。被裘曳索，人莫测其所为。高士廉为长史，备礼以请，降阶与之语，不答瞪视无出。士廉拜曰：‘祭酒其使我以无事治蜀耶？’乃简条目，薄赋敛，州大治。”

初到黄州①

自笑平生为口忙，老来事业转荒唐。长江绕郭知鱼美，好竹连山觉笋香。逐客不妨员外置②，诗人例作水曹郎③。只惭无补丝毫事，尚费官家压酒囊④。

【注释】①苏轼于元丰二年，自湖州守得罪，为黄州团练副使。次年二月至黄州。②员外置：唐宋时，左迁谪降官，授州刺史司马者，皆为员外置。③“诗人”句：梁朝何逊、唐代张籍皆为水部郎，以诗知名。④苏轼自注：“检校官例折支，多得退酒袋。”按：所谓折支，即以他物代钱。退酒袋，即官法酒用余之废袋。

今年正月十四日，与子由别于陈州，五月，子由复至齐安，以诗迎之

惊尘急雪满貂裘，泪洒东风别宛丘[①]。又向邯郸枕中见[②]，却来云梦泽南州。睽离动作三年计，牵挽当为十日留。早晚青山映黄发，相看万事一时休[③]。

【注释】①宛丘：属陈州。②“又向”句：《异闻集》：“开元中，道人吕翁常往来邯郸。有书生姓卢，与翁同止逆旅。主人方蒸黄粱，共待其熟。翁开囊中枕，以授卢曰：‘枕此，当如愿。’生俯首，但记身入枕中，遂至其家。未几，登高第，历台阁，出入将相五十年。忽欠身而寤。黄粱犹未熟也。③苏轼自注：“柳子厚《别刘梦得》诗云：‘皇恩若许归田去，黄发相看万事休。”

次韵答子由[①]

平生弱羽寄冲风[②]，此去归飞识所从。好语似珠穿一一，妄心如膜退重重。山僧有味宁知子[③]，泷吏无言只笑侬[④]。尚有读书清净业[⑤]，未容春睡敌千钟。

【注释】①子由诗题云：“舟次磁湖，以风浪留二日，不得进。子瞻以诗见寄，作二篇答之，前篇自赋。”②弱羽寄冲风：《史记·韩长孺列传》：“冲风之末，力不能飘鸿毛。”③“山僧”句：杜牧之《登第后过邻居老僧》诗：“家住城南杜曲傍，两枝仙桂一时芳。山僧尚未知名姓，始羡空门气味长。”④“泷吏”句：韩愈南迁，下乐昌泷，作《泷吏》诗：“往问泷头吏，潮

州尚几里？行当何时到，土风复何似？泷吏垂手笑，官何问之愚。譬如官京邑，何由知东吴。潮州底处所，有罪乃窜流。侬幸无负犯，何由到而知。”⑤清净业：《华严经》：“即以利益诸众生，而为自行清净业。”

观张师正所蓄辰砂[①]

将军结发战蛮溪[②]，箧有殊珍胜象犀。漫说玉床收箭镞[③]，何曾金鼎识刀圭？近闻猛士收丹穴，欲助君王铸裹蹄。多少空岩人不见，自随初日吐虹霓[④]。

【注释】①辰砂：《事实类苑》：“辰州硃砂，佳者出蛮峒锦州界老鸦井。”②蛮溪：谓辰州。③“漫说”句：《图经》：“辰州出丹砂，其苗乃白石耳，土人谓之砂床。箭镞连床者，色若铁而莹澈。”④“多少”二句：《大洞炼真宝经》云：“上品光明砂者，受太阳洞通澄明正真之精气，降结红光，耀如日色。”

正月二十日，往岐亭，郡人潘、古、郭三人送余于女王城东禅庄院[①]

十日春寒不出门，不知江柳已摇村。稍闻决决流冰谷[②]，尽放青青没烧痕。数亩荒园留我住，半瓶浊酒待君温。去年今日关山路，细雨梅花正断魂[③]。

【注释】①潘：潘丙，字彦明；古：古耕道，字椎鲁；郭：郭遘，字兴宗。以上三人都是苏轼朝夕相处的朋友。《名胜志》：“去黄州十里有永安城，俗谓之女王城。初，春申君相楚，受淮北十二县之封，盖楚王城之讹耳。在唐为禅庄院。”②泱泱，流水声。③“去年”二句：暗隐“路上行人”四字。

岐亭道上见梅花，戏赠季常[1]

蕙死兰枯菊亦摧，返魂香入岭头梅[2]。数枝残绿风吹尽，一点芳心雀啅开。野店初尝竹叶酒[3]，江云欲落豆秸灰[4]。行当更向钗头见，病起乌云正作堆[5]。

【注释】①元丰四年，苏轼在黄州，往岐亭时作。②返魂香：《十洲记》：“聚窟洲，有神鸟，山多大树，名返魂树。伐其根，于玉釜中煮，取汁，或名之为反生香，闻数百里。死者闻香气乃活，能起夭残之死，更生之神丸也。”③竹叶酒：张华《轻薄篇》：“苍梧竹叶青，宜城九酝酒也。”④豆秸灰：《文酒清话》：“王勉秀才《上吉水县大夫雪》诗：上天烧下豆秸灰，乌李须教做白梅。”⑤乌云：喻头发。

乐全先生生日，以铁拄杖为寿，二首[1]

其一

先生真是地行仙[2]，住世因循五百年[3]。每向铜人话畴昔，故教铁杖斗清坚。入怀冰雪生秋思，倚壁蛟龙护昼眠[4]。遥想人天会方丈，众中惊倒野狐禅[5]。

【注释】①乐全先生：即张方平。②地行仙：《楞严经》：“有十种仙。坚固服饵，而不休息，食道圆成，名地行仙。”③住世：《法华经》：“正法住世二十小劫，像法亦住二十小劫。”④“倚壁”句：韩愈《和虞部卢四酬翰林钱七赤藤杖歌》："空堂昼眠倚牖户，飞电著壁搜蛟螭。"⑤"遥想"二句：《传灯录》："佛为人天师。"野狐禅：禅宗对一些妄称开悟而流入邪僻者的讥刺语。据说从前有一老人谈因果，因错对一字，就五百生投胎为野狐。后遇百丈禅师点化，始得解脱。见《五灯会元·马祖一禅师法嗣·百丈怀海禅师》。

其二

二年相伴影随身，踏遍江湖草木春。擿石旧痕犹在眼，闭门高节欲生鳞。畏途自卫真无敌[①]，捷径争先却累人[②]。远寄知公不嫌重，笔端犹自斡千钧[③]。

【注释】①畏途：《庄子·达生》："畏途者，十杀一人，则父子兄弟相戒也。必也盛卒徒，而后敢出焉。"②捷径：《唐书》："卢藏用始隐终南山，晚徇权利，尝谓司马承祯曰：'此中大有佳处。'承祯曰：'以仆视之，仕宦之捷径耳。'"③"笔端"句：苏轼尝云："凡人作文字，须是笔头下挽得数万钧起，方可以言文字。"

与潘三失解后饮酒[①]

千金敝帚人谁买？半额蛾眉世所妍[②]。顾我自为都眊矂[③]，怜君欲斗小婵娟[④]。青云岂易量他日，黄菊犹应似去年。醉里未知谁得丧，满江风月不论钱。

【注释】①潘三：即潘原，字昌宗，潘丙的三弟。②半额：《后汉书·马廖传》："上疏长乐宫，曰'长安语曰：城中好高髻，四方高一尺。城中好广眉，四方且半额。城中好大袖，四方全匹帛。'"③眊矂（mào sào）：因失意而烦恼。《唐摭言》："我唐进士不捷，醉饱，谓之打眊矂。"④婵娟：孟郊《婵娟篇》："花婵娟，泛春泉。妓婵娟，不长妍。"

太守徐君猷、通守孟亨之，皆不饮酒，以诗戏之[1]

孟嘉嗜酒桓温笑，徐邈狂言孟德疑。公独未知其趣尔，臣今时复一中之[2]。风流自有高人识，通介宁随薄俗移[3]。二子有灵应抚掌[4]，吾孙还有独醒时[5]。

【注释】①徐君猷：名大受，东海人。孟亨之：名震，东平人。苏轼来黄州，二君为守倅，厚礼之，无迁谪意。②"孟嘉"四句：此二联两两分承，句法独特。③通介：《三国志·魏书·徐邈传》："或问(卢)钦：'徐公当武帝之时，人以为通，自在凉州；及还京师，人以为介。何也？'钦答曰：'往者毛孝先，崔季珪等用事，贵清素之士，于时皆变易车服以求名高，而徐公不改其常，故人以为通。比来天下奢靡，转相仿效，而徐公雅尚自若，不与俗同，故前日之通，乃今日之介也。是世人之无常，而徐公之有常也。'"④二子：指孟嘉和徐邈。⑤独醒：《史记·屈原列传》："举世皆浊，而我独清；众人皆醉，而我独醒。"

闻洮西捷报[1]

汉家将军一丈佛，诏赐天池八尺龙[2]。露布朝驰玉关塞[3]，捷烽夜到甘泉宫[4]。似闻指挥筑上郡[5]，已觉谈笑无西戎。放臣不见天颜喜，但惊草木回春容。

【注释】①洮西捷报：谓元丰四年种谔指挥的米脂大捷。②八尺龙：《公羊传》："天子马曰龙，高七尺以上。"③露布：与檄文同体，声罪曰檄，告捷曰露布。《北史》："后魏每战克，书帛于漆竿上，名曰露布。"④甘泉宫：在云阳，本秦林光宫。⑤上郡：秦置，汉仍之，属并州。

送牛尾狸与徐使君[1]

风卷飞花自入帷，一樽遥想破愁眉。泥深厌听鸡头鹘[2]，酒浅欣尝牛尾狸[3]。通印子鱼犹带骨[4]，披绵黄雀漫多脂[5]。殷勤送去烦纤手，为我磨刀削玉肌。

【注释】①苏轼自注："时大雪中。"徐使君，即徐君猷。②苏轼自注："蜀人谓泥滑滑为鸡头鹘。"《本草》："竹鸡，一名山菌子。"按：蜀人呼竹鸡为鸡头鹘，南人呼为泥滑滑。③牛尾狸：《本草》注："南方有白面而尾似牛者，名牛尾狸。专上树，食百果，冬月极肥，人多糟为珍品。"④通印子鱼：《遁斋闲览》："莆阳通应子鱼，名著天下，盖其地有通应侯庙，庙前有港，港中之鱼最佳。今人必求其大可容印者，谓之通印子鱼。"《酉阳杂俎》："印鱼长一尺三寸，额上四方如印，有字，诸大鱼应死者，先以印封之。"⑤披绵黄雀：黄雀出江西临江军，土人谓脂厚为披绵。

侄安节远来夜坐三首

其一

南来不觉岁峥嵘，坐拨寒灰听雨声。遮眼文书原不读[1]，伴人灯火亦多情。嗟予潦倒无归日，今汝蹉跎已半生。免使韩公悲世事，白头还对短灯檠[2]。

【注释】①"遮眼"句：《传灯录》："有僧问药山惟俨禅师：'和尚寻常不许人看经，为什么却自看？'师曰：'我只图遮眼。'"②短灯檠：韩退之

《短灯檠歌》云："长檠八尺空自长，短檠二尺便且光。"

其二

心衰面改瘦峥嵘，相见惟应识旧声。永夜思家在何处，残年知汝远来情。畏人默作成痴钝[①]，问旧惊呼半死生。梦断酒醒山雨绝，笑看饥鼠上灯檠。

【注释】①痴钝：《颜氏家训》曰："梁世有一侯，尝对元帝饮谑，自陈痴钝，乃成飔段。元帝答之云：'飔异凉风，段非干木。'"

其三

落第汝为中酒味[①]，吟诗我作忍饥声[②]。便思绝粒真无策，苦说归田似不情。腰下牛闲方解佩，洲中奴长足为生。大弨一弛何缘彀[③]，已觉翻翻不受檠[④]。

【注释】①"落第"句：唐李廓《落第》诗："气味如中酒，情怀似别人。"②"吟诗"句：秦韬玉《贵公子行》："却笑儒生把书卷，学得颜回忍饥面。"③弨：弓。④檠：《汉书·苏武传》："能网纺缴，檠弓弩。"颜师古曰："檠，谓辅正弓弩也。"

雪后到乾明寺，遂宿[①]

门外山光马亦惊，阶前屐齿我先行。风花误入长春苑[②]，云月长临不夜城[③]。未许牛羊伤至洁，且看鸦鹊弄新晴。更须携被留僧榻，待听摧檐泻竹声。

【注释】①乾明寺：宋时，凡军、州皆有乾明寺，以旧院寺改名，为佛教祝国之处。②长春苑：《太平寰宇记》："长春宫，在同州朝邑县强梁原上。"尉迟偓《中朝故事》："长春宫，园林繁茂，花木无所不有，芳菲长如三春节。"③不夜城：《太平寰宇记》："不夜城，在登州文登县。春秋时，莱子所置邑，以日出于东，故以不夜为名。"

三朵花 并叙

房州通判许安世，以书遗予言："吾州有异人，常戴三朵花，莫知其姓名，郡人因以三朵花名之[①]。能作诗，皆神仙意，又能自写真，人有得之者。"许欲以一本见惠，乃为作此诗。

学道无成鬓已华，不劳千劫漫烝砂[②]。归来且看一宿觉[③]，未暇远寻三朵花。两手欲遮瓶里雀[④]，四条深怕井中蛇[⑤]。画图要识先生面，试问房陵好事家。

【注释】①三朵花：《夷坚志》："房州异人，或云姓李氏，常戴纸花三朵，入市，郡人称三朵花先生。"②"不劳"句：《楞严经》："佛云：若不断淫，修禅定者，如蒸砂石，欲其成饭，经百千劫，只是热砂。"③一宿觉：《传灯录》："永嘉玄觉禅师诣曹溪，初到振锡，绕六祖三匝，卓然而立，须臾告辞。祖曰：'返太速乎？'曰："本自非动，岂有速乎？'祖叹曰：'少留一宿。"时谓一宿觉。④瓶里雀：《法句经》云："精神居形躯，犹雀藏器中，器破则雀去矣。"⑤"四条"句：佛书谓：人有逃死者，入井，则遇四蛇伤足，而不能下；上树，则逢二鼠咬藤，而不能升。四蛇比喻四时，二鼠以譬日月，言四时日月，迫促大限，无所逃耳。

正月二十日，与潘、郭二生出郊寻春，忽记去年是日同至女王城作诗，乃和前韵[①]

东风未肯入东门，走马还寻去岁村。人似秋鸿来有信，事如春梦了无痕。江城白酒三杯酽，野老苍颜一笑温。已约年年为此会，故人不用赋《招魂》[②]。

【注释】①潘：谓潘彦明；郭：谓郭兴宗。②赋《招魂》：《楚辞》："宋玉怜哀屈原忠而斥弃，愁懑山泽，魂魄放佚，厥命将落，故作《招魂》。欲以复其精神，延其年寿，外陈四方之恶，内崇楚国之美，以讽谏怀王，冀其悔悟而还之也。"

是日，偶至野人汪氏之居，有神降于其室，自称天人李全，字德通。善篆字，用笔奇妙，而字不可识，云，天篆也。与予言，有所会者。复作一篇，仍用前韵[①]

酒渴思茶漫扣门，那知竹里是仙村。已闻龟策通神语[②]，更看龙蛇落笔痕[③]。色瘁形枯应笑屈，道存目击岂非温[④]。归来独扫空斋卧，犹恐微言入梦魂。

【注释】①本集《杂记》云："黄人汪若谷家，神尤奇，以箸为口，置笔口中，与人问答如响，曰：'吾天人也。……'"②"已闻"句：《史记·龟策传》："能得百茎蓍，并得其下龟以卜者，百言百当，足以决吉凶。"③龙蛇：《法书苑》："仲尼书《吴季札墓志》，变化开合，若龙蛇盘据。"④"道存"句：《庄子·田子方篇》："温伯雪子适齐，舍于鲁。仲尼见之而不言，曰：'若夫人者，目击而道存矣，亦不可以容声矣。'"

红梅三首

其一

怕愁贪睡独开迟，自恐冰容不入时。故作小红桃杏色[1]，尚余孤瘦雪霜姿。寒心未肯随春态，酒晕无端上玉肌。诗老不知梅格在，更看绿叶与青枝[2]。

【注释】①“故作”句：杜子美《江雨有怀郑典设》说：“点缀桃花舒小红。”②苏轼自注：“石曼卿《红梅》诗云：‘认桃无绿叶，辨杏有青枝。’”

其二

雪里开花却是迟[1]，何如独占上春时[2]。也知造物含深意，故与施朱发妙姿。细雨裛残千颗泪，轻寒瘦损一分肌，不应便杂妖桃杏，数点微酸已著枝。

【注释】①雪里开花：齐己《早梅》诗：“前村深雪里，昨夜一枝开。”②独占上春时：秦韬玉《牡丹》诗：“独把一春皆占断，固留三月始教开。”

其三

幽人自恨探春迟，不见檀心未吐时。丹鼎夺胎那是宝[1]，玉人頩颊更多姿[2]。抱丛暗蕊初含子，落盏秾香已透肌。乞与徐熙画新样[3]，竹间璀璨出斜枝。

【注释】①苏轼自注：“朱砂红银，谓之不夺胎色。”②玉人頩颊：

《博雅》:“赪,怒色也。”玉人怒则颊红,故以比红梅也。③徐熙:《梦溪笔谈》:“国初江南布衣徐熙,长于画花竹,以墨笔画之,殊草草。略施丹粉,神气迥出,别有生动之意。”

次韵子由寄题孔平仲草庵[①]

逢人欲觅安心法,到处先为问道庵。卢子不须从若士[②],盖公当自过曹参。羡君美玉经三火[③],笑我枯桑困八蚕[④]。犹喜大江同一味,故应千里共清甘[⑤]。

【注释】①孔平仲:《宋史》本传:“孔平仲,为江东转运判官提点江浙铸钱。”②若士:《神仙传》:“若士者,古之仙人也。”③美玉经三火:白乐天诗:大圭廉不割,利刀用不缺。当其斩马时,良玉不如铁。置铁在洪炉,铁消易如雪。良玉同其中,三日烧不热。④八蚕:左思《吴都赋》:“国税再熟之稻,乡贡八蚕之绵。”唐陈致雍《晋安海物异名记》:“八蚕绵者,八蚕共作一绵。”⑤“犹喜”二句:《华严经》:“譬如众水,皆同一味,随器异故,水有差别,水无念虑,亦无分别。”

谢人惠云巾方舄二首[①]

其一

燕尾称呼理未便[②],剪裁云叶却天然。无心只是青山物,覆顶宜归紫府仙[③]。转觉周家新样俗[④],未容陶令旧名传[⑤]。鹿门佳士勤相赠,黑雾玄霜合比肩[⑥]。

【注释】①巾:《释名》:“巾,谨也。二十成人,士冠,庶人巾,当自谨修于四教也。”舄：《炙毂子》：“单底曰履，重底曰舄。”②燕尾：《傅子》：“汉末王公多委正服，以幅巾为雅素。……魏武惜财，拟古皮弁，裁缣帛以为帢，帢即帢也。先未有歧，荀文若巾之行，触树枝成歧，因而弗改。按：成歧即为燕尾。③“覆顶”句：《南史·齐和帝纪》：“百姓皆著下屋白纱帽，而反裙覆顶。东昏曰：‘裙应在下，今更在上，不祥。’命断之。于是百姓皆反裙向下，此服妖也。”按：反裙覆顶，为宋时道士巾式，故云“宜归紫府仙。”④苏轼自注：“头巾起后周。”⑤“未容”句：《宋书》：“陶潜好酒，郡将候潜，逢其酒熟，取头上葛巾漉酒，漉毕，还复著之。”⑥苏轼自注：皮袭美《赠天随子纱巾》诗云：“掩敛乍疑裁黑雾，轻明浑似戴玄霜。”

其二

胡鞾短靿格粗疏[①]，古雅无如此样殊。妙手不劳盘作凤[②]，轻身只欲化为凫。魏风褊俭堪羞葛[③]，楚客豪华可笑珠[④]。拟学梁家名解脱[⑤]，便于禅坐作跏趺[⑥]。

【注释】①“胡鞾”句：《古今注》：“鞾，本胡服也。赵武灵王好胡服，常服之。其制，短靿黄皮，闲居之服。《集韵》：“俗谓靴鞾曰靿。”《读曲歌》：“麻纸语三葛，我薄汝粗疏。”②苏轼自注：“晋永嘉中，有凤头鞋。”③“魏风”句：《诗·魏风·葛屦》：“维是褊心，是以为刺。”④“楚客”句：《史记·春申君传》：“其上客，皆蹑珠履以见赵使，赵使大惭。”⑤“拟学”句：《辍耕录》引《炙毂子》云：“靸、鞋、舄，三代皆以皮为之。晋永嘉元年，用黄草，始有伏鸠头履子。梁天监中，武帝易以丝，名解脱履。”⑥跏趺：《楞严经》：“有佛化身，结跏趺坐。”

次韵答元素 并引

余旧有赠元素词云：天涯同是伤流落。元素以为今日之先兆，且悲当时六客之存亡。六客盖张子野、刘孝叔、陈令举、李公择及元素与余也[①]。

不愁春尽絮随风，但喜丹砂入颊红。流落天涯先有谶，摩挲金狄会当同[②]。蘧蘧未必都非梦，了了方知不落空[③]。莫把存亡悲六客，已将地狱等天宫[④]。

【注释】①元素：姓杨氏，名绘。苏轼在杭三年，将去，而元素来守杭，席上作《醉落魄》词云："分携如昨，人生到处萍飘泊。偶然相聚还离索。多病多愁，须信从来错。尊前一笑休辞却，天涯同是伤流落。故山犹负平生约。西望峨眉，长羡归飞鹤。"②金狄：《汉晋春秋》："魏徙长安铜人，金狄或泣。"③落空：《传灯录》："禅师家多落空。"④"已将"句：《圆觉经》："地狱天宫，俱为净土。"

谢陈季常惠一揞巾[①]

夫子胸中万斛宽，此巾何事小团团。半升仅漉渊明酒，二寸才容子夏冠[②]。好戴黄金双得胜，休教白苧一生酸[③]。臂弓腰箭何时去，直上阴山取可汗[④]。

【注释】①揞(ǎn)：《广韵》："手覆也。"②"二寸"句：《汉书·杜钦传》："杜钦，字子夏。茂陵杜邺与钦同姓字，俱以才能称京师，而钦目偏盲，故衣冠谓钦为盲杜子夏以相别。钦恶以疾见诋，乃为小冠，高广才二寸，由是京师更谓钦为小冠杜子夏。"③"好戴"二句：谓季常有文事，而又有武备。黄金得胜，乃战阵得捷之人所戴也。白苧，即白纻巾，丈人所用也。④"臂弓"二句：《唐书·李靖传》："突厥寇太原，靖率劲骑三千，趋恶阳岭。颉利可汗大惊，亡去，为张宝相擒以献。于是斥地自阴山北至大漠矣。"

赠黄山人[①]

面颊照人元自赤，眉毛覆眼见来乌。倦游不拟谈玄牝[②]，示病何妨出白须。绝学已生真定慧[③]，说禅长笑老浮屠[④]。东坡若肯三年住，亲与先生看药炉。

【注释】①《墨庄漫录》引苏轼《赠黄照道人》诗，首二句即此诗。②玄牝：《老子》："谷神不死，是谓玄牝。玄牝之门，是谓天地根。"③定慧：《楞严经》："摄心为戒，因戒生定，因定发慧，是名三无漏学。"④《东观汉记》："浮屠，佛也。西域天竺国有佛道焉。佛者，汉言觉也，将以觉悟群生。"

西山戏题武昌王居士 并引

予往在武昌，西山九曲亭上有题一句云："玄鸿横号黄槲岘。"九曲亭，即吴王岘山，一山皆槲叶。其旁即元结陂湖也，荷花极盛。因为对云："皓鹤下浴红荷湖。"座客皆笑，同请赋此诗[①]。"

江干高居坚关扃，犍耕躬稼角挂经[②]。篙竿系舸菰茭隔，笳鼓过军鸡狗惊。解襟顾景各箕踞，击剑赓歌几举觥。荆笄供脍愧搅聒，乾锅更戛甘瓜羹[③]。

【注释】①西山：《一统志》："樊山，即西山也。山有九曲岭，元结寒溪在其下，相传有吴王避暑宫。"②角挂经：《唐书·李密传》："以蒲鞯乘牛，挂《汉书》一帙角上，行且读。"③"荆笄"二句：《外纪》云："古之口吃难言者，如周昌、韩非、邓艾之徒，皆载史传。东坡此诗，亦缘是善谑耳。"按：此诗全用见母字，难读如口吃，故云。

次韵和王巩六首[①]

其五

平生我亦轻余子，晚岁人谁念此翁[②]。巧语屡曾遭薏苡[③]，瘦词聊复托芎䓖[④]。子还可责同元亮[⑤]，妻却差贤胜敬通[⑥]。若问我贫天所赋，不因迁谪始囊空。

【注释】①王巩谪宾州，有诗寄苏轼，苏轼和之，其中唯五、六两首为七律，其一、二、三、四见五古部分。②“平生”二句：《东坡诗话》云：“吾在黄州作诗云：平生我亦轻余子，晚岁人谁念此翁。盖记原父语也。”见本集《记刘原父语》。③“巧语”句：《后汉书》：“马援初在交阯，常饵薏苡实……军还，载之一车。及卒后，有上书谮之者，以为前所载还，皆明珠文犀。”④“瘦词”句：《左传·宣公十二年》：“冬，楚子伐萧。……还，无社与司马卯言，号申叔展。叔展曰：‘有麦麴乎？’曰：‘无’。‘有山鞠穷乎？’曰：‘无。’”杜预注：麦麴、鞠穷，所以御湿，欲使无社逃泥水中，无社不解，故曰无。军中不敢正言，故谬称。“瘦者，隐也。鞠穷，即芎䓖也。⑤元亮：陶潜，一字元亮。⑥“妻却”句：《后汉书》：“冯衍，字敬通，妻悍。”

其六

君家玉臂贯铜青[①]，下客何时见目成[②]。勤把铅黄记宫样[③]，莫教弦管作蛮声。熏衣渐叹衙香少，拥髻遥怜夜语清[④]。记取北归携过我，南江风浪雪山倾[⑤]。

【注释】①铜青：谓衣色也。②目成：以目传情。屈原《九歌·少司命》：“满堂兮美人，忽独与予兮目成。”③铅黄：言铅黛额黄也。④“拥髻”句：《伶元传》：“子于买妾樊通德，有才色，颇能言赵飞燕姊妹故事。

子于闲居，命言之，厌厌不倦。”⑤苏轼自注：“君自南江赴任，不一过我。”

正月三日点灯会客

江上东风浪接天，苦寒无赖破春妍[①]。试开云梦羔儿酒[②]，快泻钱塘药玉船[③]。蚕市光阴非故国[④]，马行灯火记当年[⑤]。冷烟湿雪梅花在，留得新春作上元。

【注释】①赖：一作“奈”。②羔儿酒：即羊羔酒。③药玉船：以药煮过的玉石制成的酒杯。④蚕市：蜀中春月村市聚为欢乐，谓之蚕市。⑤马行(háng)：东京繁华之处，在城之东北隅，夜市灯火最盛。

六年正月二十日，复出东门，仍用前韵[①]

乱山环合水侵门，身在淮南尽处村。五亩渐成终老计，九重新扫旧巢痕[②]。岂惟见惯沙鸥熟，已觉来多钓石温。长与东风约今日，暗香先返玉梅魂[③]。

【注释】①元丰四年正月二十日，苏轼有《游女王城》诗，五年正月二十日，有《与潘、郭二生出郊寻春》，至此正月二十日，复用前韵，故标六年以别之。②新扫旧巢痕：北宋初以三馆养士，及官制行，罢三馆。而苏轼盖尝直史馆，然自谪为散官，削去史馆之职久矣，至此史馆亦废，故云“新扫旧巢痕。”③暗香先返：谓神宗之必不忍绝弃之也。

食甘

一双罗帕未分珍[①]，林下先尝愧逐臣。露叶霜枝剪寒碧，金盘玉指破芳辛。清泉蔌蔌先流齿，香雾霏霏欲噀人[②]。坐客殷勤为收子，千奴一掬奈吾贫。

【注释】①“一双”句：旧例：赐近臣黄柑，以黄罗包之，人赐二枚。②“香雾”句：刘孝标《送桔启》云：“采之风味照座，擘之香雾噀人。”

次韵子由种杉竹[①]

吏散庭空雀噪檐，闭门独宿夜厌厌[②]。似闻梨枣同时种，应与杉篁刻日添[③]。糟麴有神熏不醉，雪霜夸健巧相沾。先生坐待清阴满，空使人人叹滞淹。

【注释】①子由《东轩记》云：“辟听事堂之东为轩，种杉二本，竹百个，以为宴休之所。”②厌厌：安乐貌。③杉篁：陆龟蒙诗：“杉篁左右供余清。”

喜王定国北归第五桥

白露凄风洗瘴烟，梦回相对两凄然。雀罗廷尉非当日，鸠杖先生愈少年[①]。世事饱谙思缩手，主恩未报耻归田。谁怜第五桥边水，独照台州老郑虔[②]。

【注释】①鸠杖：《周礼·夏官》：“罗氏献鸠以养国老。”汉无罗氏，故作鸠杖以扶老。②台州老郑虔：《唐书·郑虔传》："安禄山反，授虔伪职，贼平，贬台州司户参军。"

徐君猷挽词[1]

一舸南游遂不归[2]，清江赤壁照人悲。请看行路无从涕[3]，尽是当年不忍欺[4]。雪后独来栽柳处，竹间行复采茶时。山城散尽樽前客，旧恨新愁只自知。

【注释】①徐君猷：名大受，苏轼之友。②舸：《方言》："江湘，船大者谓之舸，小舸谓之艖。"③无从涕：《札记·檀弓上》："孔子之卫，遇旧馆人之丧，入而哭之哀，出曰：'予恶夫涕之无从也。'"④不忍欺：《史记·滑稽列传》："子产治郑，民不能欺；子贱治单父，民不忍欺；西门豹治邺，民不敢欺。"

次韵曹九章见赠[1]

蘧瑗知非我所师[2]。流年已似手中蓍[3]。正平独肯从文举[4]，中散何曾靳孝尼[5]。卖剑买牛真欲老，得钱沽酒更无疑。鸡豚异日为同社，应有千篇唱和诗。

【注释】①曹九章：苏轼之友，其子焕为子由婿。②蘧瑗：字伯玉，春秋时卫国贤人。行年五十而知四十有九之非。③"流年"句：《周易·系辞上》："大衍之数五十，其用四十有九。"此诗作于元丰甲子，苏轼年四十九，故用蘧伯玉事及《周易·系辞》语。④正平：祢衡，字正平。文举：孔融，字文举。⑤"中散"句：《晋书·嵇康传》："将刑东市，顾视日影，索琴弹之，曰：'昔袁孝尼尝从吾学《广陵散》，吾每靳固之，《广陵散》于今绝矣。’”嵇康仕魏为中散大夫。袁准，字孝尼。

赠杨耆 并引

西蜀杨耆，二十年前，见之甚贫，今见之亦贫。所异于昔者，苍颜华发耳。女无美恶，富者妍；士无贤不肖，贫者鄙。使其逢时遇合，岂减当世之士哉。顷宿扶风驿舍，闻泣者甚怨。问之，乃昔富而今贫者。乃作一诗，今以赠杨君。

孤村微雨送秋凉，逆旅愁人怨夜长。不寐相看惟枥马，悲歌互答有寒螿[1]。天寒滞穗犹横亩，岁晚空机任倚墙，劝尔一杯聊复睡，人间贫富海茫茫。

【注释】①寒螿：即寒蜩。似小蝉而色青。

别黄州

病疮老马不任鞿[1]，犹向君王得敝帏[2]，桑下岂无三宿恋[3]，樽前聊与一身归。长腰尚载撑肠米[4]，阔领先裁盖瘿衣[5]。投老江湖终不失，来时莫遣故人非[6]。

【注释】①鞿：马络头。②敝帏：《礼记·檀弓下》：“敝帷不弃，为埋马也。”③三宿恋：《后汉书·襄楷传》：“浮屠不三宿桑下，不欲久生恩爱，精之至也。”④长腰：《韵语阳秋》：“长腰米，楚人语也。”⑤“阔领”句：《韵语阳秋》：“汝人多苦瘿。”梅圣俞诗云：“女惭高掩襟，男衣阔裁领。”⑥来时：将来。非：非议。

圆通禅院，先君旧游也。四月二十四日晚至，宿焉。明日，先君忌日也。乃手写宝积献盖颂佛一偈，以赠长老仙公。仙公抚掌笑曰："昨夜梦宝盖飞下，著处辄出火，岂此祥乎！"乃作是诗。院有蜀僧宣逮，事讷长老，识先君云[1]

石耳峰头路接天[2]，梵音堂下月临泉[3]。此生初饮庐山水，他日徒参雪窦禅[4]。袖里宝书犹未出，梦中飞盖已先传。何人更识嵇中散，野鹤昂藏未是仙[5]。

【注释】①圆通禅院：《庐山纪事》："甘泉口西为圆通山，山南有圆通寺。"②石耳峰：《庐山志》："马耳峰西南，为石耳峰，其峰峭丽。"③梵音堂：《圆通事实》："寺中有夜话亭，改清音亭，欧阳永叔与居讷谈道处。"或云，梵音堂即清音亭。④雪窦：《传灯录》："雪窦师，讳重显。雪窦山，在明州。有《雪窦禅师语录》。"⑤昂藏：气宇轩昂貌。

白塔铺歇马

甘山庐阜郁相望，林隙熹微漏日光。吴国晚蚕初断叶，占城早稻欲移秧[1]。迢迢涧水随人急，冉冉岩花扑马香。望眼尽从飞鸟远，白云深处是吾乡。

【注释】①占城：《一统志》："占城，古越裳氏界。秦为象郡林邑县，汉改象林县，属日南郡，唐曰占城。"早稻：《本草》："秈，一名占稻，又曰早稻，粳之先熟者。"

次韵道潜留别[①]

为闻庐岳多真隐，故就高人断宿攀[②]。已喜禅心无别语，尚嫌剃发有诗斑[③]。异同更莫疑三语[④]，物我终当付八还[⑤]。到后与君开北户，举头三十六青山[⑥]。

【注释】①道潜：字参寥，北宋著名诗僧。②宿攀：宿愿所攀慕也。③诗斑：唐僧诗云：发为作诗斑。④“异同”句：《晋书·阮瞻传》：“王戎问曰：‘圣人贵名教，老庄明自然，其旨同异？’瞻曰：‘将无同。’戎咨嗟良久，即命辟之。时人谓之三语椽。”⑤八还：《楞严经》：“此诸变化，明还日轮，暗还黑月，通还户牖，壅还墙宇，缘还分别，顽虚还空，郁垺还尘，清明还霁。汝见八种，见精明性，当复谁还。”⑥三十六青山：《河南府志》：“河南府永安县少室山，在县西南七十里，有三十六峰。”

次韵叶致远见赠

欲求五亩寄樵苏[①]，所至迟留似贾胡[②]。信命不须歌去汝[③]，逢人未免叹犹吾。人皆劝我杯中物，我独怜君屋上乌[④]。一技文章何足道，要知摩诘是文殊[⑤]。

【注释】①樵苏：指日常生计。②贾(gǔ)胡：西域商人。③去汝：《诗·魏风·硕鼠》：“逝将去女(汝)，适彼乐土。”④怜君屋上乌：《六韬》：“武王克商，将奈其士众何。太公曰：‘爱其人者，爱及屋上之乌。憎其人者，恶其余胥。’”⑤文殊：即文殊师利。《维摩经》：“文殊师利、维摩诘，二士共谈，必说妙法。维摩诘默然无言。文殊师利叹曰：‘善哉！善哉！乃至无有文字语言，是真入不二法门。”

次韵段缝见赠[1]

季子东周负郭田[2]，须知力穑是家传[3]。细思种薤五十本[4]，大胜取禾三百廛[5]。若得与君连北巷，故应终老忘西川。短衣匹马非吾事，只拟关门不问天。

【注释】①段缝：字约之。朝散大夫，反对王安石新法。②季子：苏秦，字季子，战国时人。③力穑：《尚书·盘庚上》："若农服田力穑，乃亦有秋。"④种薤五十本：《汉书·龚遂传》："遂为渤海太守，令民口种一树榆、百本薤、五十本葱、一畦韭。"⑤取禾三百廛：《诗·魏风·伐檀》："不稼不穑，胡取禾三百廛兮。"

次韵杭人裴维甫[1]

余杭门外叶飞秋，尚记居人挽去舟。一别临平山上塔[2]，五年云梦泽南州。凄凉楚些缘吾发[3]，邂逅秦淮为子留。寄谢西湖旧风月，故应时许梦中游。

【注释】①裴维甫：嘉祐四年进士，苏轼在时的文友。到黄州五年后，又与维甫相遇于秣陵。②临平山：《临安志》："临平山去仁和县旧治五十四里，周回十八里，上有塔。"③楚些：《楚辞》中常用"些"作语气词。这里苏轼以宋玉《招魂》比裴诗。

次韵蒋颖叔[1]

月明惊鹊未安枝[2]，一棹飘然影自随。江上秋风无限浪，枕中春梦不多时。琼林花草闻前语[③]，罨画溪山指后期[④]。岂敢便为鸡黍约，玉堂金殿要论思[⑤]。

【注释】①蒋颖叔：名之奇，嘉祐二年与苏轼同登进士第。②“月明”句：曹操《短歌行》：“月明星稀，乌鹊南飞，绕树三匝，何枝可依？”③琼林：李濂《汴京遗迹志》：“琼林苑，在开封城西郑门外，俗呼为西青城。宋时建苑，为宴进士之所，与金明池南北相对，其中松柏森列，百花芬郁。”④苏轼自注：“蒋诗记及第时琼林苑坐中所言，且约同卜居阳羡。”阳羡，有三湖九溪。《地志》云：“今只有六溪……而六溪之中有荆溪，则首受芜湖，东至阳羡入海圻，俗呼为罨画溪。”⑤“玉堂”句：班固《两都赋·序》：“武、宣之世，崇礼官，考文章，故言语侍从之臣，若司马相如……王褒、刘向之属，朝夕论思，日月献纳。”

次韵滕元发：许仲涂、秦少游[①]

二公诗格老弥新，醉后狂吟许野人[②]。坐看青丘吞泽芥[③]，自惭黄潦荐溪蘋[④]。两邦旌纛光相照，十亩锄犁手自亲。何似秦郎妙天下，明年献颂请东巡[⑤]。

【注释】①滕元发：初名甫，字元发。后改字为名，又字达道，东阳人。神宗时为翰林学士，贬居筠州，改知湖州。许仲涂：名遵，字仲涂，泗州人，知润州。②“二公”二句：时滕元发起知湖州，与苏轼期于金山。许遵自润州至，二公皆领郡，而苏轼独坐谪籍，故自称野人。③青丘：《海内十洲记》：“长洲，一名青邱，在南海辰巳之位，地方五千里，去岸二十五万里。”④黄潦：浑泥水。韩退之诗：“黄潦无根源。”⑤“何似“二句：《后汉书·马融传》：“车驾东巡岱宗，融上《东巡颂》，帝奇其文，召拜郎中。”时秦少游方自淮上来迎，故亦预会。

次韵周穜惠石铫[1]

铜腥铁涩不宜泉，爱此苍然深且宽。蟹眼翻波汤已作[2]，龙头拒火柄犹寒[3]。姜新盐少茶初熟，水渍云蒸藓未干。自古函牛多折足[4]，要知无脚是轻安[5]。

【注释】①周穜：字仁熟，时任江宁府右司理。②蟹眼：蔡襄《茶录》："候汤最难，未熟则沫浮，过熟则茶沉，前世谓之蟹眼者，过熟汤也。③龙头：《周礼·考工记》："黄金勺，鼻寸，衡四寸。"注云："衡勺，柄龙头也。"④折足：《周易·鼎卦》："鼎折足，覆公餗。"⑤无脚：《冲波传》曰："孔子使子贡于吴，久而不来，谓弟子占之，遇《鼎》，皆言无足不来。颜回掩口而笑，曰：'无足者，乘船而来矣。'子贡朝至，如回言。"

王中甫哀辞[1] 并叙

仁宗朝以制策登科者十五人，轼忝冒时，尚有富彦国、张安道、钱子飞、吴长文、夏公酉、陈令举、钱醇老，并王中甫与家弟辙，九人存焉[2]。其后十有五年，哭中甫于密州，作诗吊之，则子飞、长文、令举殁矣。又八年，轼自黄州量移汝海，与中甫之子沇之相遇于京口，相持而泣，则十五人者，独三人存耳，盖安道及轼与家弟而已。呜呼悲夫。乃复次前韵，以遗沇之，时沇之亦以罪谪家于钱塘云。

生刍不独比前人[3]，束藁端能废谢鲲[4]。子达想无身后念，吾衰不复梦中论。已知毅、豹为均死[5]，未识荆、凡定孰存[6]？堪笑东坡痴钝老，区区犹记刻舟痕。

【注释】①王中甫：名介，衢州常山人，与苏轼同登制科，死后葬于润州。苏轼自黄移汝，与其子沇之遇于京口，作此诗。②九人存焉：其中前七人为：富弼，字彦国；张方平，字安道；钱明逸，字子飞；吴奎，字长文；夏噩，字公西；陈舜俞，字令举；钱藻，字醇老。③生刍：《后汉书》："徐稚，字孺子。郭林宗有母忧，稚往吊之，置生刍一束于庐前而去。众怪不知其故，林宗曰：'此必南州高士徐孺子也。《诗》不云乎："生刍一束，其人如玉。"吾无德以堪之。'"④"束藁"句：《晋书·谢鲲传》："为太傅掾，坐家僮取官藁，除名。"彦鲁曾任国子直讲，坐受太学生章公弼请嘱，补上舍不以实，除名。故云。⑤毅、豹为均死：《庄子·达生》："鲁有单豹者，岩居而水饮，不与民共利，行年七十而犹有婴儿之色，不幸遇饿虎，饿虎杀而食之。有张毅者，高门悬薄，无不走也，行年四十，而有内热之病，以死。豹养其内，而食其外；毅养其外，而病攻其内。此二子者，皆不鞭其后者也。"⑥荆、凡定孰存：《庄子·田子方》："楚王与凡君坐。少焉，楚王左右曰：'凡亡者三。'凡君曰：'凡之亡也，不足以丧吾存。'夫凡之亡，不足以丧吾存；则楚之存，不足以存存。由是观之，则凡未始亡，而楚未始存也。"

和王斿二首①

其一

异时长怪谪仙人②，舌有风雷笔有神。闻道骑鲸游汗漫③，忆尝扪虱话悲辛④。气吞余子无全目⑤，诗到诸郎尚绝伦⑥。白发故交空掩卷，泪河东注问苍旻⑦。

【注释】①苏轼自注："斿，平甫子。"按：王斿，字元龙。父安国，字平甫，安石之弟。②谪仙人：谓平甫。③游汗漫：杜子美《送王信州》诗："复见陶唐理，甘为汗漫游。"④扪虱话悲辛：《晋书》："王猛隐于华阴山，怀佐世之志。桓温入关，猛被褐而诣之，一面谈当世之事，扪虱而言，旁若无人。温察而异之。"李太白《赠张相镐》诗曰："扪虱对桓公，愿得论悲辛。"⑤无全目：《文选》鲍照诗："惊雀无全目。"⑥"诗到"句：平甫二子旊、斿皆善诗。⑦“泪河”句：《晋书·顾恺之传》：“拜桓温墓。或问曰：‘卿凭重桓公，哭状其可见乎？’答曰：‘声如震雷破山，泪如倾河注海’”。苍旻：《尔雅·释天》：“春为苍天，夏为昊天，秋为旻天，冬为上天。”

其二

袅袅春风送度关，娟娟霜月照生还。迟留岁暮江淮上，来往君家伯仲间[①]。未厌冰滩吼新洛[②]，且看松雪媚南山[③]。野梅官柳何时动，飞盖长桥待子闲[④]。

【注释】①君家伯仲：谓王安石，王安礼。②新洛：《宋史》：“元丰二年四月，命宋用臣导洛通汴，以代漕渠，谓之清汴，或谓之清洛。”③南山：泗州之山，名都梁山。④长桥：泗州之桥。欧阳文忠公皇祐元年作《三桥》于颍州西湖，为诗云：“鸣驺入远树，飞盖渡长桥。”王斿亦将赴泗上，故相约待于长桥。

和田仲宣见赠[①]

头白江南醉司马[②]，宽心时复唤殷兄[③]。寒潮不应淮无信[④]，客路相随月有情[⑤]。未许低头拜东野，徒言饮酒胜公荣[⑥]。好诗恶韵那容和，刻烛应须便置觥[⑦]。

【注释】①田仲宣：名待问，字仲宣。时知楚州。苏轼过楚州时与之唱和。②醉司马：谓白乐天。白自号醉吟先生，尝谪江州司马。③唤殷兄：白乐天有诗云：“犹有夸张少年处，笑呼张丈唤殷兄。”④“寒潮”句：《乾凿度》：“潮者，水气往来，行险而不失其信者也。”⑤“客路”句：李太白《把酒问月》诗：“月行却与人相随。”⑥饮酒胜公荣：《晋书·王戎传》：

"尝与阮籍饮，时刘昶在座，籍以酒少，酌不及昶，昶无恨色，戎异之。他日问籍曰：'彼何如人也？'答曰：'胜公荣，不可不与饮；若减公荣，则不敢不共饮；惟公荣可不与饮。'"按：刘昶，字公荣。⑦刻烛：《南史·王泰传》："泰每预朝宴，刻烛赋诗。"

赠梁道人

采药壶公处处过[①]，笑看金狄手摩挲[②]。老人大父识君久[③]，造物小儿如子何[④]。寒尽山中无历日[⑤]，雨斜江上一渔蓑[⑥]。神仙护短多官府[⑦]，未厌人间醉踏歌[⑧]。

【注释】①采药壶公：《后汉书·费长房传》："费长房者，汝南人也，曾为市掾。市中有老翁卖药，悬一壶于肆头，及市罢，辄跳入壶中。市人莫之见，惟长房于楼上睹之，异焉。因往再拜奉酒脯，……翁乃俱入壶中。"②金狄：金属所铸之人像。③"老人"句：《汉书·郊祀志》："武帝时，李少君以祠灶、谷道、却老方见上。常从武安侯宴，坐中有年九十余老人，少君乃言与其大父游射处。老人为儿时，从其大父识其处，一坐尽惊。"④造物小儿：《景龙文馆记》："杜审言好大言，临终，宋之问往候之。乃曰：'甚被造物小儿相苦，仆在世久压公等，今死固当慰人心，但恨不见替人耳。'"⑤"寒尽"句：《池阳集》载滕宗谅《寄隐者诗序》云："历山有叟，无姓名，为歌篇，有《山居书事》诗云：'偶来松树下，高枕石头眠。山中无历日，寒尽不知年。'"⑥一渔蓑：《青琐高议·长桥怨》："八十清翁今钓客，一纶一艇一渔蓑。"⑦神仙护短：韩退之《记梦》诗："乃知仙人未贤圣，护短凭愚邀我敬。"⑧醉踏歌：《续仙传》："蓝采和每于城市乞索，持大拍板，常醉踏歌，行则振靴言："踏踏歌，蓝采和。"

次韵张琬

新落霜余两岸隆，尘埃举袂识西风。临淮自古多名士[1]，樽酒相从乐寓公。半日偷闲歌啸里，百年暗尽往来中。知君不向穷愁老，尚有清诗气吐虹[2]。

【注释】①临淮：汉之临淮郡，唐宋时为泗洲。②气吐虹：《文选·七启》："慷慨则气成虹霓。"

泗州南山监仓萧渊东轩二首[1]

其一

偶随樵父采都梁[2]，竹屋松扉试乞浆。但见东轩堪隐几，不知公子是监仓。溪中乱石墙垣古，山下寒蔬匕箸香。我是江南旧游客，挂冠知有老萧郎[3]。

【注释】①《周益公题跋》云："萧潜夫，元丰七年监盱眙仓。坡公岁除前，过其东轩，留题二诗，盖量移汝州时也。"萧渊：字潜夫，新喻人。②苏轼自注："南山名都梁山，山出都梁香故也。"③老萧郎：谓萧渊之父萧贯，举进士甲科，知洪、饶二州。萧贯于其第舍之东因高筑亭，命之曰"挂冠"。

其二

北望飞尘苦昼霾[1]，洗心聊复寄东斋。珍禽声好犹思越[2]，野桔香清未过淮[3]。有信微泉来远岭，无心明月转空阶。一官仓庚真堪老，坐看松根络断崖。

【注释】①霾：《尔雅·释天》："风而雨土为霾。"②思越：《古诗》："胡马依北风，越鸟巢南枝。"③"野桔"句：《周礼·考工记》："桔逾淮而北为枳。"

泗洲除夜雪中黄师是送酥酒二首[①]

其一

暮雪纷纷投碎米，春流咽咽走黄沙。旧游似梦徒能说，逐客如僧岂有家[②]？冷砚欲书先自冻，孤灯何事独生花[③]？使君夜半分酥酒，惊起妻孥一笑哗。

【注释】①黄师是：黄寔，字师是，陈州人。其二女皆嫁苏辙之子。陶九成《说郛》："黄寔自言，元丰甲子为淮东提举，尝于除夜泊汴口，见苏子瞻执杖立对岸，若有所俟。归舟中，即以扬州厨酿二尊，雍酥一奁遗之。"②逐客：苏轼自谓黄州之谪也。③"孤灯"句：《西京杂记》："樊哙问陆贾曰：'自古人君受命于天，云有瑞应，岂有是乎？'贾曰：'目瞤得酒食，灯花得钱财，乾鹊噪而行人至，蜘蛛集而百事喜。小既有征，大亦宜然。'"

其二

关右土酥黄似酒[①]，扬州云液却如酥[②]。欲从元放觅拄杖[③]，忽有麴生来坐隅[④]。对雪不堪令饱暖，隔船应已厌歌呼。明朝积玉深三尺，高枕床头尚一壶。

【注释】①关右土酥：《太平寰宇记》："关西道庆州，土产有牛酥。"②云液：扬之公厨酒名。③元放拄杖：《神仙传》："孔元放与客会饮，元放作一令，以杖拄地，手把杖，倒竖，头在下，足在上，以一手持杯倒饮，人莫能为也。”④“忽有”句：《开天传信记》：“叶法善精于符箓之术，居玄真观，朝客数十人诣之。忽有人叩门，称麴秀才……年二十余，肥白可观，居末席，伉声谈论势不可当。法善密以小剑击之，随手失坠阶下，化为瓶榼，盈瓶醲醖，共饮之。坐客醉而揖其瓶曰：‘麴生，风味不可忘也。’”

章钱二君见和，复次韵答之，二首

其一

黄昏已作风翻絮，半夜犹惊月在沙。照汴玉峰明佛刹，隔淮云海暗人家。来牟有信迎三白[1]，薝蔔无香散六花[2]。欲唤阿咸来守岁，林乌枥马斗喧哗[3]。

【注释】①来牟：麦也。《诗·周颂·思文》：“贻我来牟。”②苏轼自注：“薝蔔，栀子花也，与雪花皆六出。”③“欲唤”句：杜子美《杜位宅守岁》诗云：“守岁阿咸家，椒盘已颂花。盍簪喧枥马，列炬散林鸦。”按：杜位，杜甫从弟。阮籍谓兄子成为阿咸。杜甫于杜位为宗从，故当用阿咸事。

其二

分无纤手裁春胜[1]，况有新诗点蜀酥。醉里冰髭失璎珞，梦回布被起廉隅。君应旅睫寒生晕，我亦饥肠夜自呼。明日南山春色动，不知谁佩紫微壶[2]。

【注释】①春胜：元日所戴之头饰。②紫微壶：谓杜牧。开元元年，改中书省为紫微，杜牧为紫微舍人，有《独酌》诗云：“独佩一壶游，秋毫泰山小。”

书刘君射堂[1]

兰玉当年刺史家，双鞬驰射笑穿花[2]。而今白首闲骢马，只有清樽照画蛇[3]。寂寂小轩蛛网偏，阴阴垂柳雁行斜。手柔弓燥春风后，置酒看君中戟牙[4]。

【注释】①刘君：谓刘倩叔。苏轼自注："刘曾随其父典眉州。"②鞬：藏弓的皮套。③"只有"句：《风俗通》："李彬为汲令，请主簿饮，时壁上悬赤弩，照于杯中，其形如蛇。簿饮之，得疾，云蛇入腹中。彬意杯中蛇即弩影也，复置酒于前处，所见如前，彬乃告其所以，簿豁然意解，沉疴顿愈。"此句言刺史已故，惟遗弓在壁间。④戟牙：《后汉书·吕布传》：袁术遣将纪灵等攻刘备。布谓灵曰：'玄德，布弟也，为诸君所困，故来救之。布性不喜合斗，但喜解斗耳。'乃令军候植戟于营门。布弯弓顾曰：'诸君观布射戟小支，中者当各解兵；不中可留决斗。'布即一发正中戟支。灵等皆惊，言将军天威也。明日复欢会，然后各罢。"

留题兰皋亭

雪后东风未肯和，扣门迁客夜经过。不知旧竹生新笋，但见清伊换浊河[1]。无复往来乘下泽，聊同语笑说东坡[2]。明年我亦开三径[3]，寂寂兼无雀可罗。

【注释】①清伊：即清洛，见前注。②东坡：白乐天谪忠州，州有东坡，屡作诗以言之。苏轼在黄州，亦作东坡，与乐天之意正同。③三径：《晋书·陶潜传》："为建威参军，谓亲朋曰：'聊欲弦歌为三径之资。'"盖蒋诩开三径，以延其友求仲、羊仲也。"

和人见赠①

只写东坡不著名，此身已是一长亭。壮心无复春流起②，衰鬓从教病叶零。知有雪儿供笔砚，应嗤灶妇洗盆瓶。回来索酒公应厌，京口新传作客经。

【注释】①此诗为元丰八年赴京口道中寄和之作。②春流：杜子美《漫成》诗："野日荒荒白，春流泯泯清。"

记梦 并叙

乐全先生梦人以诗三篇示之，字皆傍行而不可识。傍有人道衣古貌，为读其中一篇云："人事且常在，留质悟圆间。"凡四句，觉而忘其二。以告其客苏轼，轼以私意广之云。

圆间有物物间空①，岂有圆空入井中②。不信天形真个样，故应眼力自先穷。连环已解如神手③，万窍犹号未济风。稽首问公公大笑，本来谁碍更求通④。

【注释】①"圆间"句：《楞严经》："譬如方器，中见方空。若定方者，别安圆器，空应不圆。若不定者，在方器中，应无方空。"②"岂有"句：《楞严经》："凿井求水，出土一尺于中，则有一尺虚空，此空为当。因土所出，则土出时应见空入，若先出无空入者，云何虚空因土而出？"③"连环"句：《庄子·天下》："连环可解也，我知天之中央。"④"本来"句：苏轼《苏程庵铭》："本无通，安有碍。"

与欧育等六人饮酒[1]

忽惊春色二分空，且看樽前半丈红。苦战知君便白羽[2]，倦游怜我忆黄封。年来齿发老未老，此去江淮东复东[3]。记取六人相会处，引杯看剑坐生风。

【注释】①欧育：曾任杭州钤辖。②白羽：《孔子家语》："子路云：'赤羽若日，白羽若月。'"谓箭羽也。③东复东：李贺诗："紫丝竹断骢马小，家住钱塘东复东。"

和仲伯达[1]

归山岁月苦无多，尚有丹砂奈老何。绣谷只应花自染，镜潭长与月相磨。君方傍海看初日[2]，我已横江击素波。人不我知斯我贵，不须雷雨起龙梭[3]。

【注释】①仲伯达：即徐州仲屯田。②傍海看初日：近海有浴日亭，可观日出。③龙梭：《晋书·陶侃传》："侃少时渔于雷泽，网得一织梭，以挂于壁。有顷雷雨，自化为龙而去。"

送竹几与谢秀才

平生长物扰天真[1]，老去归田只此身。留我同行木上座[2]，赠君无语竹夫人[3]。但随秋扇年年在[4]，莫斗琼枝夜夜新。堪笑荒唐玉川子，暮年家口若为亲[5]。

【注释】①长物：多余之物。②木上座：拄杖，的杖。《传灯录》："佛日参夹山，上阶礼拜。夹山问阇黎：'与什么人同行？'师曰：'木上座。'遂共到中堂，取拄杖掷夹山面前。"③竹夫人：俗谓竹几为竹夫人。④"但随"句：班婕妤《团扇》诗："尝恐秋节至，凉飙夺炎热。弃捐箧笥中，恩情中道绝。"今反言之。⑤"暮年"句：卢仝有诗云："蛙蛇是家口，草石是亲情。"

次韵许遵[1]

蒜山渡口挽归艎，朱雀桥边看道装[2]。供帐已应烦百两[3]，击鲜毋久溷诸郎[4]。问禅时到长干寺[5]，载酒闲过绿野堂[6]。此味只忧儿辈觉，逢人休道北窗凉。

【注释】①许遵：字仲涂，见本集《次韵滕元发、许仲涂》注。此诗盖许遵罢润州、赴金陵时，苏轼的送行之作。②蒜山渡：即京口渡，与"朱雀桥"均在今南京市附近。艎：一种木制大船，常作渡船用。③"供帐"句：用疏广典。《汉书·疏广传》："（广）乞骸骨，上许之。公卿大夫、故人邑子设祖道供张东都门外，送者车数百两。"两：通辆。④击鲜：宰杀鲜活牲畜禽鱼，充作美食。⑤长干寺：梁武帝建，其址在今南京市南。⑥绿野堂：裴度所建别墅名。《旧唐书·裴度传》："裴度请老，治第东都（洛阳），作别墅，是馆凉台，号绿野堂。野服萧散，与白居易，刘禹锡为文章，把酒穷昼夜，不问人间事。"是时，王安石罢相，闲居金陵（南京），故以绿野堂比之。

送穆越州

江海相忘十五年，羡公松柏蔚苍颜。四朝耆旧冰霜后[1]，两郡风流水石间[2]。旧政犹传蜀父老，先声已振越溪山。樽前俱是蓬莱守[③]，莫放高楼雪月闲。

【注释】①四朝耆旧：穆越州，名珣，字东美。历仕仁宗、英宗、神宗，此时哲宗已即位，故云四朝耆旧。②“两郡”句：穆珣前在蜀中，今又为越州，所领皆山水郡，故言。③“樽前”句：赵次公曰：“穆既守越，而先生将守登，……今越州有蓬莱阁，及以酒名也。登州有莱山倚郭，乃蓬莱县。故越、登皆可称蓬莱守。”樽：盛酒的器皿。

小饮公瑾舟中

青泥赤日午相烘[①]，走访船窗柳影中。辍我东坡无限睡[②]，赏君南浦不赀风。坐观邸报谈迂叟，闲说滁山忆醉翁[③]。此去澄江三万顷，只应明月照还空。

【注释】①烘：烘烤，极言天热。②辍：中断。③迂叟：指司马光。醉翁：指欧阳修。苏轼自注：“邓，滁人也。是日坐中观邸报云：迂叟已押入门下省。”

赠葛苇

竹椽茅屋半摧倾，肯向蜂窠寄此生[①]。长恐波头卷室去，欲将船尾载君行。小诗试拟孟东野，大草闲临张伯英[②]。消遣百年须底物[③]，故应怜我不归耕。

【注释】①蜂窠：言其居处窄小。②孟东野：指孟郊，字东野，唐朝诗人。张伯英：名芝，字伯英，敦煌渊泉人，擅草书。③底物：何物。

次韵送徐大正[①]

别时酒盏照灯花[②]，知我归期渐有涯。去岁渡江萍似斗[③]，今年并海枣如瓜[④]。多情明月邀君共，无价青山为我赊。千首新诗一竿竹，下应空钓汉江槎[⑤]。

【注释】①苏轼自注：“尝与余约，卜邻于江淮间，将赴登州，同舟至山阳，以诗见送，留别。”②酒盏：《诗·大雅·行苇》“或献或酢，洗爵奠斝”。毛传“夏曰盏，殷曰斝，周曰爵。”指酒杯。③“去岁”句：《孔子家语》载：楚昭王渡江得萍实，大如斗。④枣如瓜：《史记·封禅书》载，李少君尝对汉武帝说：“臣尝游海上，见安期生，食臣枣，大如瓜。”⑤槎：同“查”。木筏。晋张华《博物志》卷三：“年年八月，有浮槎去来不失期。”

次韵徐积[①]

杀鸡未肯邀季路，裹饭先须问子来。但见中年隐槐市[②]，岂知平日赋兰台[③]。海山入梦方东去，风雨留人得暂陪。若说峨嵋眼前是，故乡何处不堪回。

【注释】①徐积：字仲车，山阳人。少孤，事母至孝。元祐元年，除扬州司户参军，楚州教授。是时尚未授职，故有“中年隐槐市”之语。②槐市：汉代长安读书人聚会、贸易之市。因其地多槐而得名。后借指学官、学舍。③兰台：汉代宫内收藏典籍之处。《汉书·百官公卿表上》：“御史大夫……有两丞，秩千石。一曰中丞，在殿中兰台，掌图籍秘书。”

过密州次韵赵明叔、乔禹功

先生依旧广文贫，老守时遭醉尉嗔[①]。汝辈何曾堪一笑，吾侪相对复三人。黄鸡催晓凄凉曲，白发惊秋见在身。一别胶西旧朋友，扁舟归钓五湖春。

【注释】①先生、老守：“先生”指赵明叔，“老守”指乔禹功。赵曾为胶西教授，乔由太博换左藏知钦州，移知施州。

登州孙氏万松堂

万松谁种已摐摐[①]，半岭苍云映此邦。露重珠璎蒙翠盖，风来石齿碎寒江[②]。浮空两竹横南阁，倒景扶桑射北窗[③]。坐待夕烽传海峤[④]，重城归去踏逢逢[⑤]。

【注释】①摐摐：高耸貌。②石齿：齿状的石头，亦指山石间的水流。③扶桑：指太阳。④夕烽：边塞烽烟，在傍晚点燃，以报平安。⑤逢逢（péng）：象声词，常形容鼓声。《诗·大雅·灵台》：“鼍鼓逢逢，矇瞍奏公。”

奉和陈贤良

不学孙吴与《六韬》[①]，敢将驽马并英豪。望穷海表天还远，倾尽葵心日愈高[②]。身外浮名休琐琐，梦中归思已滔滔。三山旧是神仙地[③]，引手东来一钓鳌。

【注释】①孙：孙武。吴：吴起。《六韬》：兵书名。旧题周吕望撰。分文韬、武韬、龙韬、虎韬、豹韬、犬韬六卷，后世用以指称兵法韬略。②葵心：葵花向日而倾，比喻向往思慕之心。③三山：传说中的海上三神山。晋王嘉《拾遗记·高辛》："三壶，则海中三山也。一曰方壶，则方丈也；二曰蓬壶，则蓬莱也。三曰瀛壶，则瀛洲也。"

留别登州举人

身世相忘久自知，此行闲看古黄腄[1]。自非北海孔文举，谁识东莱太史慈[2]。落笔已吞云梦客，抱琴欲访水仙师。莫嫌五日匆匆守，归去先传《乐职》诗。

【注释】①黄腄：地名，指黄县和腄县。②孔文举：即孔融，北海人。太史慈：字子义，东莱黄县人。

次韵赵令铄

东坡已报六年穰[1]，惆怅红尘白首郎。枕上溪山犹可见，门前冠盖已相望。故人年少真琼树[2]，落笔风生战堵墙[3]。端向瓮间寻吏部，老来专以醉为乡。

【注释】①穰：庄稼丰收。②琼树：玉树。杜子美《饮中八仙歌》："宗之潇洒美少年，皎如玉树临风前。"③"落笔"句：本杜子美《莫相疑行》："集贤学士如堵墙，观我落笔中书堂。"

次韵王定国得颍倅二首

其一

仙风入骨已凌云，秋水为文不受尘。一噫固应号地籁，余波犹足挂天绅[①]。买牛但自捐三尺，射鼠何劳挽六钧[②]。莫向百花潭上去，醉翁不见与谁亲。

【注释】①天绅：自天垂下之带，这里指瀑布。②六钧：六钧弓。《左传·定公八年》："颜高之弓六钧。"钧：三十斤为一钧。

其二

滔滔四海我知津，每愧先生植杖芸。自少多言晚闻道，从今闭口不论文。渰翻白兽樽中酒[①]，归煮青泥坊底芹[②]。要识老僧无尽处，床头牛蚁不曾闻。

【注释】①白兽樽：《晋书·礼志》："正旦元会，设白兽樽于殿庭，樽盖上施白兽，若有能献直言者，发此樽饮酒。"此句自言为起居舍人。②青泥坊：《仙传拾遗》："周末杀苌弘于蜀，其血碧色，入地化为碧玉，数里内土皆青色。今蜀有青泥坊，即弘死处。"

次韵王震[①]

携文过我治平间[②]，雾豹当时始一斑。闻道吹嘘借余论，故教流落得生还。清篇带月来霜夜，妙语先春发病颜。诗酒暮年犹足用，竹林高会许时攀[③]。

【注释】①王震：字子发，王定国之侄。时为给事中。②治平：宋英宗年号(1064-1067)。③竹林高会：指嵇康、阮籍、山涛、向秀、刘伶、阮咸、王戎七人曾游山阳，于竹林间欢饮。

次韵马元宾

流落江湖万里归，相逢自慰已差池[①]。初闻好句惊人倒，悔过东庭识面迟。握手宁知无贺监[②]，结交谁复许袁丝[③]。塞鸿正欲摩天去，垂老追攀岂可期。

【注释】①差池：意外。②贺监：指贺知章。《旧唐书·李白传》："白至长安，往见贺知章。知章见其文，欢曰：'子谪仙人也。'言于玄宗召见金銮殿。"③袁丝：即袁盎，字丝。《史记·袁盎传》："绛侯得释，盎颇有力，绛侯乃大与盎结交。"

次韵周邠

南迁欲举力田科，三径初成乐事多[①]。岂意残年踏朝市，有如疲马畏陵坡。羡君同甲心方壮，笑我无聊鬓已皤[②]。何日西湖寻旧赏，淡烟疏雨暗渔蓑。

【注释】①三径：《文选·归去来辞》："三径就荒，松竹犹存。"晋赵岐《三辅决录·逃名》：蒋诩字元卿，舍中三径，唯羊仲、求仲从之游，皆挫廉逃名不出。后因以指隐士的家园。②皤：白。《易·贲》："贲如皤如。"

次韵胡完夫

青衫别泪尚斓斑，十载江湖困抱关。老去上书还北阙[①]，朝来拄笏看西山。相从杯酒形骸外，笑说平生醉梦间。万事会须咨伯始[②]，白头容我占清闲。

【注释】①北阙：借指京城。②伯始：《后汉书》："胡广，字伯始，练达事体，明解朝章。京师语曰：万事不理问伯始，天下中庸有胡公。"

次韵钱穆父

老入明光踏旧班，染须那复唱阳关。故人飞上金銮殿，迁客来从饭颗山[①]。大笔推君西汉手，一言置我二刘间[②]。便须置酒呼同舍，看赐飞龙出帝闲[③]。

【注释】①饭颗山：相传是唐代长安附近的一座山。唐孟棨《本事诗·高逸》载，李白尝戏杜甫曰："饭颗山头逢杜甫，头戴笠子日卓午。……"盖讥其拘束也。后遂用表示诗作刻板平庸或诗人拘守格律或刻苦写作的典故。②二刘：指刘向、刘歆父子，俱以文章学术著称。③飞龙：指骏马。翰林学士初除，例赐名马。李太白诗云："敕赐飞龙二天马，黄金络头白玉鞍。"闲：圈，指马厩。

次韵完夫再赠之什，某已卜居毗陵，与完夫有庐里之约云

柳絮飞时笋箨斑，风流二老对开关。雪芽我为求阳羡，乳水

君应饷惠山[①]。竹簟凉风眠昼永，玉堂制草落人间[②]。应容缓急烦闾里，桑柘聊同十亩闲[③]。

【注释】①乳水：《茶经》："山水上，江水中，井水下。其山水乳泉漫流者上。"②玉堂：官署名，汉侍中有玉堂署，宋以后翰林亦称玉堂。③"桑柘"句：《诗·魏风·十亩之间》："十亩之间兮，桑者闲闲兮。"

次韵穆父舍人再赠之什

诏语春温昨夜班[①]，屋头鸣鸠便关关。游仙梦觉月临幌[②]，贺雨诗成云满山。怜我白头来仗下，看君黄气发眉间[③]。凤池故事同机务[④]，火急开樽及尚闲。

【注释】①班：颁布。②幌：帘幔。多以丝帛或布做成。李善引《文字集略》曰："幌，以帛明窗也。"③黄气：指喜气。④机务：机要事务，多指机密的军国大事。

次韵答李端叔[①]

若人如马亦如班[②]，笑履壶头出玉关[③]。已入西羌度沙碛[④]，又从东海看涛山。识君小异千人里，慰我长思十载间。西省邻居时邂逅，相逢有味是偷闲[⑤]。

【注释】①李端叔：名之仪，沧州无棣人。历枢密院编修，原州通判。②马：指马援。班：指班超。《后汉书》均有传。③壶头：地名。马援尝于壶头击破五溪蛮。玉关：玉门关。班超曾上书皇帝，"愿生入玉门关。"④沙碛：指西北沙漠地带。⑤西省邻居：指李端叔。时苏轼为礼部郎中，端叔亦在西省任职，故称。

次韵答满思复

自甘茅屋老三间，岂意彤庭缀两班[1]。纸落云烟供醉后，诗成珠玉看朝还。谁言载酒山无贺，记取啼乌巷有颜[2]。但恐跛牂隋赤骥[3]，青云飞步不容攀。

【注释】①两班：查慎行注引《梦溪笔谈》：“唐制，两省供奉官，东西对立，谓之峨眉班。”②颜：指颜乌。《异苑》：“东阳颜乌以纯孝著闻，父死，负土成坟，群乌衔土助之，乌口皆伤，因名是曰乌伤。”③牂：母羊。《韩非子·五蠹》：“千仞之山，跛牂易牧者，夷也。”

正月八日招王子高饮[1]

屋雪号风苦战贫，纸窗迎日稍知春。正如薝蔔林中坐[2]，更对芙蓉城里人。昨想玉堂空冷彻，谁分银榼送清醇[3]？海山知有东南角，正看归鸿作小颦[4]。

【注释】①王子高：即王迥，字子高，后改名蘧，字子开。②薝(zhān)蔔：郁金花。③榼(kē)：古代盛酒的器具。《左传·成公十六年》：“使行人执榼承饮。”清醇：美酒。④颦：忧愁。

再次韵答完夫穆父

掖垣老吏识郎君[1]，并辔天街两绝尘。汗血固应生有种[2]，夜光那复困无因。岂知西省深严地，也著东坡病瘦身。免使谪仙明月下，狂歌对影只三人[3]。

【注释】①掖垣：唐代称门下、中书两省。因分别在禁中左右掖，故称。后世亦用以称类似的中央部门。②汗血：即汗血马，古代西域骏马名。流汗如血，故称，后多以指骏马。③谪仙：指李白。其《月下独酌》云："举杯邀明月，对影成三人。"苏轼意谓自己与胡完夫、钱穆父为三。

和人假山

上党搀天碧玉环[1]，绝河千里抱商颜[2]。试观烟雨三峰外，都在灵仙一掌间。造物何如童子戏，写真聊发使君闲。何当挈取西征去，画作围床六曲山[3]。

【注释】①上党：地名，即今山西长治。此指太行山。②商颜：即商山。今陕西商县东。亦名商岭、商阪、地肺山、楚山。地形险阻，景色幽胜。③六曲山：指屏风。

次韵子由送千之侄[1]

江上松楠深复深，满山风雨作龙吟。年来老干都生菌，下有孙枝欲出林[2]。白发未成归隐计，青衫傥有济时心。闭门试草三千牍[3]，仄席求人少似今[4]。

【注释】①千之：苏轼同祖兄不欺之子。②孙枝：幼枝。此喻千之。③三千牍：《史记·滑稽列传》："东方朔初入长安，至公车上书，凡用三千牍。"④仄席：谓侧坐以待贤良。

次韵钱舍人病起

床下龟寒且耐支，杯中蛇去未应衰。殿门明日逢王傅，櫑具争先看不疑[①]。坐觉香烟携袖少，独愁花影上廊迟。何妨一笑千痾散[②]，绝胜仓公饮上池。

【注释】①櫑（lěi）具：即櫑具剑，古长剑名。②痾：疾病。

次韵朱光庭初夏

朝罢人人识郑崇，直声如在履声中[①]。卧闻疏响梧桐雨，独咏微凉殿阁风。谏苑君方续承业，醉乡我欲访无功。陶然一枕谁呼觉[②]，牛蚁初除病后聪。

【注释】①“朝罢”二句：《汉书·郑崇传》：“郑崇字子游，哀帝擢为尚书仆射，数谏争，上初纳用之。每见曳革履，上笑曰：我识郑尚书履声。”②陶然：醉乐貌。陶潜《时运》：“挥兹一觞，陶然自乐。”

送贾讷倅眉二首

其一

当年入蜀叹空回，未见峨眉肯再来。童子遥知颂襦袴[①]，使君先已洗樽罍[②]。鹿头北望应逢雁，人日东郊尚有梅[③]。我老不堪歌《乐职》，后生试觅子渊才。

【注释】①襦袴：即襦袴歌。东汉廉范为蜀郡太守，政治清明，百姓富庶，时人作歌颂扬之："廉叔度，来何暮？不禁火，民安作。平生无襦，今五袴。"后遂用"襦袴歌"作为对官吏惠民德政的称颂。②樽罍：樽与罍皆盛酒器。苏轼自注："李大夫，眉之贤太守也。"③苏轼自注："人日出东郊，渡江，游蟆颐山，眉之故事也。"

其二

老翁山下玉渊回，手植青松三万栽。父老得书知我在，小轩临水为君开。试看一一龙蛇活，更听萧萧风雨哀[1]。便与甘棠同不剪，苍髯白甲待归来[2]。

【注释】①萧萧：象声词。形容风雨声。②苏轼自注："先君葬于蟆颐山之东二十余里，地名老翁泉。君许为一往，感叹之深，故及之。"

次韵李修孺留别二首

其一

十年流落敢言归，鱼鸟江湖只自知。岂意青天扫云雾，尽呼黄发寄安危。风流吾子真前辈，人物他年记一时。我欲折繻留此老[1]，《缁衣》谁作好贤诗[2]。

【注释】①繻：此指出关凭证。②《缁衣》：《诗·郑风》篇名。

其二

此生别袖几回麾，梦里黄州空自疑。何处青山不堪老，当时明月巧相随。穷通等是思家意，衰病难堪送客悲。好去江鱼煮江水，剑南归路有姜诗[1]。

【注释】①剑南：地名。因在剑阁之南，故名。

次韵黄鲁直赤目

诵诗得非子夏学[1]，紬史正作丘明书[2]。天公戏人亦薄相，略遣幻翳生明珠[3]。赖君年来屏鲜腴，百千灯光同一如。书成自写蝇头表，端就君王觅镜湖。

【注释】①子夏：卜商，字子夏，为《诗》序。②丘明书：相传左丘明曾作《左传》和《国语》。③翳：目疾引起的障膜。玄应《一切经音义》卷十八引《三苍》："翳，目病也。"

和周正孺坠马伤手

平生学道已神完，岂复儿童私自怜。醉坠何曾伤内守，色忧当为念先传[1]。书空渐觉新诗健，把蟹行看乐事全。卖却老骢为酒直[2]，大呼乡友作新年。

【注释】①"色忧"句：《礼记·文王世子》："世子色忧不满容"。《礼记·祭义》："乐正子春下堂，而伤其足，数月不出，犹有忧色。曰：'父母全而生之，子全而归之，可谓孝矣。今予忘孝之道，予是以有忧色也。是故道而不径，舟而不游，不敢以先父母之遗体行殆。'"②骢：青白色相杂的马。

潘推官母李氏挽词

南浦凄凉老逐臣，东坡还往尽幽人。杯盘惯作陶家客，弦诵尝叨孟母邻①。尚有升堂他日约②，岂知负土一阡新③，今年我欲江湖去，暮雨连山宰树春。

【注释】①陶家：指陶侃家。《晋书·陶侃传》：侃早孤贫，为县吏。鄱阳孝廉范逵尝过侃，时仓卒无以待宾，其母乃截发得双髲以易酒肴。乐饮极欢，虽仆从亦过所望。孟母：指孟轲之母。孟母为孟成学，屡易其居。②“尚有”句：《后汉书》：范式，字巨卿，少游太学，与汝南张劭为友。二人并告归乡里。式谓张劭曰：“后二年当还，将过拜尊亲，见孺子焉。”乃共克期日，后期方至，劭俱以白母，请设馔以候之。母曰：“二年之别，千里结言，尔何相信之审邪？”对曰：“巨卿信士，必不乖违。”至其日巨卿果到，升堂拜饮，尽欢而别。③负土：“负土成坟”之省，即背土筑坟。古代以为是一种孝义的行为。《后汉书·桓荣传》：“会朱普卒，荣奔丧九江，负土成坟。”

玉堂栽花，周正孺有诗，次韵

故山桃李半荒榛①，粗报君恩便乞身。竹簟暑风招我老②，玉堂花蕊为谁春。纤纤翠蔓诗催发，皎皎霜葩发斗新。只有《来禽青李帖》③，他年留与学书人。

【注释】①荒榛：形容草木荒废，衰败。②竹簟：供坐卧铺垫用的苇席或竹席。《诗·小雅·斯干》：“下莞上簟，乃安斯寝。”③《来禽青李帖》：晋王羲之《与蜀郡守朱书帖》的别称，因其首有“青李来禽”，故名。

杜介送鱼

新年已赐黄封酒，旧友仍分赪尾鱼。陋巷关门负朝日，小园除雪得春蔬。病妻起斫银丝鲙[1]，稚子欢寻尺素书[2]。醉眼朦胧觅归路，松江烟雨晚疏疏。

【注释】①斫：用刀斧等砍或削。②尺素书：古乐府《饮马长城窟行》："客从远方来，遗我双鲤鱼。呼儿烹鲤鱼，中有尺素书。"此句言幼子欢快地去寻找鱼腹中有无书信。

送杜介归扬州

再入都门万事空[1]，闲看清洛漾东风。当年帷幄几人在，回首觚稜一梦中[2]。采药会须逢蓟子[3]，问禅何处识庞翁[4]。归来邻里应迎笑，新长淮南旧桂丛。

【注释】①都门：京都城门，借指京城。②觚稜：原指宫阙上转角处的瓦背成为方角棱瓣之形，这里借指京城。③蓟子：即汉代的蓟子训。《后汉书·蓟子训传》："有百岁翁，自说童儿时见子训卖药于会稽市，颜色不异于今。"④庞翁：《传灯绿》："江湖缁白，谓禅门庞居士，即毗耶净名。"

黄鲁直以诗馈双井茶，次韵为谢

江夏无双种奇茗，汝阴六一夸新书[1]。磨成不敢付僮仆，自看雪汤生玑珠。列仙之儒瘠不腴，只有病渴同相如[2]。明年我欲东南去，画舫何妨宿太湖[3]。

【注释】①六一：指欧阳修，晚号六一居士。②相如：《史记·司马相如列传》："相如口吃而善著书，常有消渴疾。"③苏轼自注：《归田录》：草茶以双井为第一，画舫宿太湖，顾渚贡茶故事。"

卷二十四　七言律诗

次韵张昌言给事省宿

冯颠久已皷残雪[①]，戎眼何曾眩落晖[②]。朔野按行犹爵跃[③]，东台瞑坐觉乌飞[④]。漫夸年少容吾在[⑤]，若斗尊前举世稀。待向嵩阳求水竹，一犁烟雨伴公归。

【注释】①冯颠：汉冯唐，身历三朝，至武帝时，举为贤良，但唐已九十余岁，不能再做官了。②戎眼：《晋书·王戎传》："戎视日不眩，裴楷见而目之，曰：'戎眼烂烂，如岩下电。'"③爵跃：如雀之跳跃，表示欣喜之极。爵：通"雀"。④苏轼自注："道家有乌飞入兔官之说。"⑤苏轼自注："乐天诗云：犹有夸张少年处，笑呼张丈唤殷兄。"

送钱承制赴广西路分都监

当年我作《表忠碑》，坐觉江山气未衰。舞凤尚从天目下[①]，收驹时有渥洼姿。踞床到处堪吹笛[②]，横槊何人解赋诗[③]。知是丹霞烧佛手，先声应已慑群夷。

【注释】①"舞凤"句：《杭州图经》："吴越王钱氏，世葬临安。先是有题诗于上者云：天目山前两乳旁，鸾飞凤舞下钱塘"。②"踞床"句：《晋书·桓伊传》："伊有蔡邕柯亭笛，常自吹之。王徽之赴召京师，泊舟清溪侧。素不相识，伊于岸上过，徽之令人谓伊曰：'闻君善吹笛，试为我一奏。'伊已显贵，素闻徽之名，便下车，踞胡床。为作三调、弄毕，便上车去，客主不交一言。"③"横槊"句：《旧唐书·杜甫传》："建安之后，曹氏父子鞍马间为文，往往横槊赋诗，故其遒壮抑扬、冤哀悲离之作，尤极于古。"

次韵曾子开从驾二首

其一

街槐绿暗雨初匀，瑞雾香风满后尘。清庙幸同观济济[1]，丰年喜复接陈陈。雍容已厌天庖赐，俯伏初尝贡茗新。辇路归来闻好语，共惊尧颡类高辛[2]。

【注释】①济济：众多貌。②尧：传说中古帝陶唐氏之号。颡(sǎng)：头。高辛：帝喾，尧之父。

其二

入仗魂惊愧草莱，一声清跸九门开[1]。晖晖日傍金舆转，习习风从玉宇来。流落生还真一芥，周章危立近三槐[2]。道旁倘有山中旧，问我收身早晚回。

【注释】①跸：指帝王的车驾或行幸之处。清跸：指帝王出行，禁止行人车马通行以清道。②苏轼自注："学士班近执政。"周章：进退周旋。三槐，相传周代宫廷外种有三棵槐树，三公朝天子时，面向三槐而立。

再和二首

其一

眼花错莫鬓霜匀，病马羸骖只自尘[1]。奉引拾遗叨侍从，思归少傅羡朱陈[2]。衰年壮观空惊目，险韵清诗苦斗新。最后数篇君莫厌，捣残椒桂有余辛[3]。

【注释】①羸骖：瘦弱的马。②拾遗、少傅：古代官职名。朱陈：古村名。白居易《朱陈村》诗："徐州古丰县，有村曰朱陈……一村唯两姓，世世为婚姻。"今常用作联姻的代称。③椒桂：椒和桂，皆草木之香者，常喻贤人。

其二

忆观沧海过东莱，日照三山迤逦开。桂观飞楼凌雾起，仙幢宝盖拂天来。不闻宫漏催晨箭[①]，但觉檐阴转古槐。供奉清班非老处，会稽何日乞方回[②]。

【注释】①宫漏：古代宫中计时器用铜壶滴漏，故称宫漏。②苏轼自注："时方阙会稽守。"会稽：古地名。治所在今浙江绍兴。《晋书·郗愔传》："愔，字方回，除太常，固让，不拜。乐补远郡，从之，出为会稽内史，久之，乞骸骨，因居会稽。"

次韵刘贡父省上

密云今日破郊西，疏雨翛翛未作泥[①]。要及清闲同笑语，行看衰病费扶携。花前白酒倾云液，户外青骢响月题。不用临风苦挥泪，君家自与竹林齐[②]。

【注释】①翛翛(xiāo xiāo)：象声词，形容雨声。②苏轼自注："贡父诗中，有不及与其兄原甫同时之叹，然其兄子仲冯，今为起居舍人。"

再和

当年曹守我胶西[①]，共厌餔糟与汩泥[②]。自古赤丸成习俗[③]，因公黄犊免提携。生还各有青山兴，病起犹能小字题。莫怪歌呼数相和，曾将狱市寄全齐[④]。

【注释】①曹守：指刘贡父。胶西：指密州。②餔糟：原指饮酒，后比喻屈志从俗，随波逐流。《楚辞·渔父》：众人皆醉，何不餔其糟而啜其醨？”③赤丸：汉代举行驱逐疫鬼仪式时所用。④苏轼自注：“贡父为曹州，盗贼皆奔邻境，尝有诗云：从教晋盗稍奔秦。”

和张昌言喜雨

二圣忧勤忘寝食[①]，百神奔走会风云。禁林夜直鸣江濑[②]，清洛朝回起縠纹。梦觉酒醒闻好句，帐空簟冷发余薰。秋来定有丰年喜，剩作新诗准备君。

【注释】①二圣：指宋哲宗与太后。②江濑：江滩上的急流。

次韵刘贡父西省种竹

要知西掖承平事[①]，记取刘郎种竹初[②]。旧德终呼名字外，后生谁续笑谈余。成阴障日行当见，取笋供庖计已疏。白首林间望天上，平安时报故人书[③]。

【注释】①西掖：唐中书北省在月华门，名右掖，亦名西省。②刘郎：指刘贡父。苏轼自注：“昔李公择种竹馆中，戏语同舍，后人指此竹，必云李文正手植。贡父笑曰：‘文正不独系笔，亦知种竹耶？’时有笔工李文正。”③苏轼自注：“李卫公北都童子寺竹，寺僧日报平安。”

次韵刘贡父独直省中

明窗畏日晓先暾[①]，高柳鸣蜩午更喧。笔老诗新疑有物，心空客疾本无根。隔墙我亦眠风榻，上马君先锁月轩。共喜早归三伏近，解衣盘礴亦君恩[②]。

【注释】①暾：渐出貌。②盘礴：箕踞，伸开两腿坐。这里形容不拘形迹、旷放自适。

次韵张昌言喜雨

千里黄流失故居，年来赤地到青徐。遥闻争诵十行诏，无异亲巡六尺舆[①]。精贯天人一言足[②]，云兴岳渎万灵趋[③]。爱君谁似元和老，贺雨诗成即谏书。

【注释】①舆：本谓车箱，因以指车。《老子》：“虽有舟舆，无所乘之。”②精贯天人：精诚上通天日。《三国志·魏志·武帝纪》：“君执大节，精贯白日，奋其武怒，运其神策。”③岳渎：五岳和四渎的并称。

次韵孔常父送张天觉河东提刑

送君应典鹔鹴裘[①]，凭仗千钟洗别愁。脱帽风流余长史[②]，埋轮家世本留侯[③]。子河骏马方争出[④]，昭义疲兵得少休[⑤]。定向秋山得佳句，故关黄叶满行辀。

【注释】①鹔鹴(sù shuāng)：鸟名，雁的一种。②苏轼自注：“君喜草书而不工，故以此为戏。”君：指张天觉。长史：指张旭，唐代著名书法家，擅草书。③“埋轮”句：东汉时张纲，本留侯张良之后。不满梁冀专政，曾埋其车轮于洛阳都亭，后上书弹劾梁冀，揭露其罪恶。④子河：即紫河，地名，产良马。⑤苏轼自注：“唐称昭义步兵，盖泽潞弓箭手。”

次韵张舜民自御史出倅虢州留别

玉堂给札气如云[①]，初喜湘累复佩银[②]。樊口凄凉已陈迹[③]，班心突兀见长身[④]。江湖前日真成梦，鄠杜他年恐卜邻[⑤]。此去若容陪坐啸，故应客主尽诗人。

【注释】①札：古代公文的泛称。②湘累：指屈原。《汉书·扬雄传上》：“因江潭而往记兮，钦吊楚之湘累。”屈原赴湘死，故曰湘累。③苏轼自注：“昔与张同游武昌樊口，来诗中及之。”④苏轼自注：“台吏谓御史立处为班心。”⑤鄠杜：鄠：汉县名。故治在今陕西省户县北。杜：杜陵，汉宣帝陵墓。靠近长安，为胜地。

次韵王定国倅扬州

此身江海寄天游，一落红尘不易收。未许相如还蜀道，空教何逊在扬州[①]。又惊白酒催黄菊，尚喜朱颜映黑头。火急著书千古事，虞卿应未厌穷愁[②]。

【注释】①何逊：梁代诗人，曾作扬州法曹。②“火急”二句：《史记》：“虞卿不得意，乃著书，上采春秋，下观近世，曰《节义》《称号》《揣摩》《政谋》凡八篇，以刺讥国家得失。世传之，曰《虞氏春秋》，太史公曰：虞卿非穷愁，亦不能著书以自见于后世云。”

次韵刘贡父所和韩康公忆持国二首

其一

梦觉真同鹿覆蕉[1]，相君脱屣自参寥[2]。颜红底事发先白，室迩[3]何妨人自遥。狂似次公应未怪，醉推东阁不须招。援毫欲作衣冠表，盛事终当继八萧[4]。

【注释】①“梦觉”句：《列子·周穆王》：“郑人有薪于野者，遇骇鹿，御而击之，毙之。恐人见之也，藏诸隍中，覆之以蕉。俄而遗其所藏之处，遂以为梦焉，顺途而咏其事。”②参寥：《庄子·大宗师》：“玄冥闻之参寥，参寥闻之疑始。”参寥，是庄子虚拟的含有寓意的人名。参寥、高旷，以此形容虚空高远。③迩：近。④苏轼自注：“唐萧氏，自瑀及遘，八宰相。”

其二

闭户端居念独深，小轩朱槛忆同临[1]。燎须谁识英公意[2]，黄发聊知子建心[3]。已托西风传绝唱，且邀明月伴孤斟。他时内集应呼我，下客先判醉堕簪。

【注释】①槛：栏杆。②苏轼自注：“英公为其姊作粥，燎须。曰：吾与姊皆老矣，能几进之？”英公：指唐英国公李勣。③苏轼自注：“子建《与楚王彪别》诗云：王其爱玉体，共享黄发期。”

次韵刘贡父叔侄扈驾

玉堂孤坐不胜清，长羡邹、枚接长卿[①]。只许隔墙闻置酒，时因议事得联名[②]。机、云似我多遗俗[③]，广、受如君不治生[④]。共托属车尘土后[⑤]，钧天一饷梦中荣。

【注释】①邹、枚：分别指邹阳与枚乘。长卿：司马相如字长卿。《汉书·司马相如传》：“梁孝王来朝，从邹阳、枚乘、严忌之徒，相如见而悦之，因病免，客梁，从之游。”②“只许”二句：苏轼《记白乐天诗后》：“余为中书舍人，执政患本省事多泄漏，欲于舍人厅后作露篱，禁同省往来，余白执政，应须简要清通，何必树篱插棘？诸公笑而止，明年竟作之。唐时作西掖小窗以通东省，而今日本省不得往来，可叹也。”③机、云：指陆机和陆云。自喻及子由也。④广、受：指疏广和疏受。《汉书·疏广传》：“广为太傅，兄子受为少傅，俱移病归乡里，日令家共具设酒食，请族人故旧宾客，数问其家金余尚有几所，趣卖以共具。子孙窃谓其昆弟老人，劝说使买田宅。广曰：‘贤而多财，则损其志，愚而多财，则益其过。’”⑤属车：帝王出行时的侍从车。秦汉以来，皇帝大驾属车八十一乘，法驾属车三十六乘，分左中右三列行进。

次韵韩康公置酒见留

庭下黄花一醉同，重来雪巘已穹窿[①]。不应屡费讥安石，但使无多酌次公。钟乳金钗人似玉，鹍弦铁拨坐生风[②]。少卿尚有车茵在，颇觉宽容胜弱翁[③]。

【注释】①巘(yǎn)：山，山顶。《诗·大雅·公刘》：“陟则在巘，复降在原。”②鹍弦：用鹍鸡筋做的琵琶弦。③“少卿”句：《汉书》：丙吉，字少卿。吉曰：“第忍之，不过污丞相车茵耳。”弱翁：魏相，为人严毅，不如吉宽。

次韵王都尉偶得耳疾

君知六凿皆为赘[1]，我有一言能决疣[2]。病客巧闻床下蚁，痴人强觑棘端猴。聪明不在根尘里，药饵空为婢仆忧。但试周郎看聋否[3]，曲音小误已回头。

【注释】①六凿：指耳、目等六孔。《庄子·外物》：“心无天游，则六凿相攘。”②疣(yóu)：疣赘，泛指痈疽疮毒。这里指王之耳疾。③周郎：指周瑜。《三国志·吴书·周瑜传》：“周瑜，字公谨。精意于音乐，虽三爵之后，其有阙误，瑜必知之，知之必顾。故时谣曰：曲有误，周郎顾。”

和宋肇游西池次韵

汉皇慈俭不开边，尚教千艘下濑船[1]。贪看艨艟飞斗舰[2]，不知赑屃舞钧天[3]。故山西望三千里，往事回思二十年。自笑区区足官府，不如公子散神仙。

【注释】①濑：急流。《淮南子·本经训》：抑减怒濑，以扬激波。”②艨(méng)艟：古代战船。③斗舰：古代一种战船。《释名》：“狭而长曰艨艟，上下重床曰舰。”④赑屃(bì xì)：传说中一种像龟的动物。旧时石碑下的石座多雕作赑屃状，取其力大能负重之义。

仆领贡举未出，钱穆父雪中作诗见及，三月二十日，同游金明池，始见其诗，次韵为答

雪知我出已全消，花待君来未敢飘。行避门生时小饮，忽逢骑吏有嘉招。鱼龙绝技来千里①，斑白遗民数四朝②。知有黄公酒垆在，苍颜华发自相遥。

【注释】①鱼龙：指古代百戏杂耍中能变化为鱼和龙的猞猁模型。亦为该项百戏杂耍名。鱼龙绝技：指鱼龙变幻的绝妙技艺。此指金明池水戏。②斑白遗民：苏轼自称。苏轼自仁宗朝出仕，至哲宗已四朝。

次韵子由五月一日同转对

跪奉新书笏在腰①，谈王正欲伴耕樵。晋阳岂为一门事②，宣政聊同五月朝③。忧患半生联出处，归休上策早招要。后生可畏吾衰矣，刀笔从来错料尧④。

【注释】①笏(hù)：古代臣朝见君时所执的狭长板子，用玉、象牙、竹木制成，也叫手板。后世惟品官执之。②苏轼自注："唐高祖谓温大雅兄弟云：我起义晋阳，止为卿一门耳。"③苏轼自注："贞元中，诏曰：自今后五月一日，御宣政殿，与文武百僚相见。"④刀笔：即刀笔吏，指掌文案的官吏。尧：指汉朝人赵尧，曾为符玺御史。

次韵许冲元送成都高士敦钤辖

移中老监本虚名①，懒作燕山万里行②。坐看飞鸿迎使节，归来

骏马换倾城。高才本不缘勋阀[3]，余力还思治蜀兵。西望雪山烽火尽，不妨樽酒寄平生。

【注释】①栘(yí)中监：汉初官名。掌管鞍马鹰犬射猎等物。因马厩在栘园中，故称栘中。②苏轼自注："余昔与高君，同奉使契丹，辞免，不行。"③勋阀：犹勋门。建立过功勋的家族。

卧病逾月，请郡不许，复直玉堂。十一月一日锁院，是日苦寒，诏赐宫烛法酒，书呈同院

微霰疏疏点玉堂[1]，词头夜下揽衣忙。分光御烛星辰烂，拜赐宫壶雨露香。醉眼有花书字大，老人无睡漏声长。何时却逐桑榆暖，社酒寒灯乐未央。

【注释】①霰(xiàn)：雪珠。多在下雪前或下雪时降落。

和吴安持使者迎驾

小雪疏烟杂瑞光，清波寒引御沟长。曈曈日色笼丹禁[1]，杳杳鞭声出建章[2]。鹓鹭偶叨陪下列，天阊聊启望中央[3]。归来喜气倾新句，满座疑闻锦绣香。

【注释】①曈曈：日初出渐明貌。②杳杳：犹隐约，依稀。建章：即建章宫，西汉宫殿名。③天阊：皇宫的大门。

次韵王定国会饮清虚堂

何逊扬州又几年，官梅诗兴[1]故依然。何人可复间季孟[2]，与子不妨中圣贤。卜筑君方淮上郡，归心我已剑南川。此身正似蚕将老，更尽春光一再眠。

【注释】①官梅诗兴：梁何逊曾作《咏早梅》一诗。②间季孟：指季孙氏与孟孙氏之间。后用以借指上等和下等之间。

夜直玉堂，携李之仪端叔诗百余首，读至夜半，书其后[1]

玉堂清冷不成眠，伴直难呼孟浩然。暂借好诗消永夜，每逢佳处辄参禅。愁侵砚滴初含冻，喜入灯花欲斗妍。寄语君家小儿子，他时此句一时编。

【注释】①李之仪：字端叔，沧州无棣人。元祐中，为枢密院编修官。能诗，善属文。著有《姑溪集》。

次韵王定国得晋卿酒相留夜饮

短衫压手气横秋[1]，更著仙人紫绮裘。使我有名全是酒，从他作病且忘忧。诗无定律君应将，醉有真乡我可侯。且倒余樽尽今夕，睡蛇已死不须钩。

【注释】①横秋：形容人的气势之盛。

范景仁和赐酒烛诗，复次韵谢之[①]

笙磬分均上下堂[②]，游鱼舞兽自奔忙。朱弦初识孤桐韵[③]，玉琯犹闻秬黍香[④]，万事今方咨伯始，一斑我亦愧真长[⑤]。此生会见三雍就[⑥]，无复寥寥叹未央。

【注释】①苏轼自注："时公方进新乐。"范景仁：即范镇。②苏轼自注："旧法，堂上之乐，皆受笙均；堂下之乐，皆受磬均。"均：古代校正乐器音律的器具。③孤桐：因峄阳孤桐中琴瑟，故后以"孤桐"为琴的代称。苏轼自注："旧乐，金石声高而丝声微；今乐，金石与丝声皆著。"④玉琯：玉制的古乐器，用以定律。苏轼自注："旧法，以尺生律。今以黍定律，以律生尺。"⑤伯始：胡广字伯始，《后汉书》有传。真长：刘惔，字真长。"愧真长"之说，出自《晋书·王献之传》。⑥三雍：亦称"三雍宫"，汉时对辟雍、明堂、灵台的总称。

次韵刘贡父春日赐幡胜

宽诏随春出内朝[①]，三军喜气挟狐貂。镂银错落翻斜月，剪彩缤纷舞庆宵。腊雪强飞才到地，晓风偷转不惊条。脱冠径醉应归卧，便腹从人笑老韶[②]。

【注释】①宽诏：宽大之诏。②苏轼自注："是日，幕次赐酒。"

再和

与君流落偶还朝，过眼纷纶七叶貂[①]。莫笑华颠羞采胜，几人黄壤隔青霄。行吟未许穷骚雅，坐啸犹能出教条[2]。记取明年江上郡，五更春枕梦春韶[3]。

【注释】①七叶貂：汉时中常侍冠上插貂尾为饰，金日磾一家自武帝至平帝七朝，世代皆侍中，为内庭宠臣，后因以“七叶貂”喻世代显贵。②教条：旧时官署或学塾中所颁布的劝谕性的法令或规章。③春韶：梁元帝《纂要》：“春景曰媚景、和景、韶景。”

叶公秉、王仲至见和，次韵答之

袗絺方暑亦堪朝[1]，岁晚凄风忆皂貂[2]。共喜鹓鸾归禁籞[3]，心知日月在重霄。君如老骥初遭络，我似枯桑不受条。强镊霜须簪彩胜，苍颜得酒尚能韶。

【注释】①袗絺（zhěn chī）：指用细葛布做的单衣。②皂貂：指黑貂制成的袍服。③禁籞(yù)：禁苑周围的藩篱。此指宫中、朝廷。

再和

衰迟何幸得同朝，温劲如君合珥貂[1]。谁惜异才蒙径寸[2]，自惭枯枿借凌霄[3]。光风泛泛初浮水，红糁离离欲缀条[4]。后日一樽何处共，奉常端冕作咸韶[5]。

【注释】①珥貂：插戴貂尾。汉代侍中、中常侍于冠上插貂尾为饰。后借指皇帝之近臣。②异才：特出的才能。《后汉书·孔融传》：“融幼有异才。”径寸：径长一寸。指径寸之木，比喻微才、小才。左思《咏史》：“以彼径寸茎，荫此百尺条。”③枯枿（niè）：枯枝，枯株。④红糁：指红色散粒状之物。⑤奉常：《汉书·百官表》："奉常，秦官，掌宗庙礼仪。"端冕：玄衣和大冠。古代帝王、贵族的礼服。

王郑州挽词克臣

羡君华发起琳宫[①]，右辅初还鼓角雄。千里农桑歌子产[②]，一时冠盖慕萧嵩[③]。那知聚散舂粮外，便有悲欢过隙中。京兆同僚几人在，犹思对案笔生风[④]。

【注释】①王郑州：即知郑州王克臣，字子难，河南洛阳人。琳宫：仙宫，亦为道观、殿堂之美称。②"千里"句：《左传·襄公三十年》："子产从政，三年，舆人诵之曰：'我有子弟，子产诲之；我有田畴，子产殖之。'"③"一时"句：王十朋注引《旧唐书》：萧嵩以太子太师请老，修莳园区，优游自怡，家饶财。④苏轼自注："予为开封府幕，与子难同厅。"

送吕昌朝知嘉州

不羡三刀梦蜀都[①]，聊将八咏继东吴[②]。卧看古佛凌云阁，敕赐诗人明月湖。得句会应缘竹鹤，思归宁复为莼鲈[③]。横空好在修眉色，头白犹堪乞左符[④]。

【注释】①三刀梦蜀都：《晋书·王浚传》："夜梦悬三刀于卧屋梁上，须臾又益一刀。浚惊觉，意甚恶之。主薄李毅再拜贺曰：'三刀为州字，又益一者，明府其临益州乎？'及贼张弘杀益州刺史皇甫晏，果迁浚为益州刺史。"后遂以"三刀"作为刺史之代称。②八咏：南朝齐沈约守东阳时，建元畅楼，并作诗八首，称"八咏"诗。③莼(chún)鲈：即莼羹鲈脍，典出《晋书·张翰传》，用为思乡辞官之意。④左符：符契的左半。汉制，太守出任执左符，至州郡合右符为验。

次韵黄鲁直寄题郭明父府推颍州西斋二首

其一

树头啄木常疑客，客去而嗔定不然。脱辖已应生井沫[1]，解衣聊复起庖烟。平生诗酒真相污，此去文书恐独贤。早晚西湖映华发，小舟翻动水中天。

【注释】①辖：车轴两头的金属键，用以挡住车轮，不使脱落。

其二

寂寞东京月旦州，德星无复缀珠旒[1]。莫嗟平舆空神物[2]，尚有西斋接胜流[3]。春梦屡寻湖十顷，家书新报橘千头。雪堂亦有思归曲，为谢平生马少游[4]。

【注释】①德星：古以景星、岁星等为德星，以为国有道有福或有贤人出现，则德星现。②平舆：地名，传说其处有二龙。③胜流：犹名流。④马少游：东汉马援从弟。尝劝马援满足于温饱。

次韵秦少章和钱蒙仲[1]

碧畦黄陇稻如京[2]，岁美人和易得情。鉴里移舟天外思，地中鸣角古来声。山围故国城空在，潮打西陵意未平[3]。二子有如双白鹭，隔江相照雪衣明[4]。

【注释】①秦少章：即秦观之弟，名觏，字少章，亦能文。钱蒙仲：钱穆父之子。②京：高丘也。《毛诗·小雅·甫田》："曾孙之庾，如坻如京。"③"山围"二句：化用刘禹锡《石头城》："山围故国周遭在，潮打空城寂寞回。"④雪衣：白色的羽毛。唐，杜牧《鹭鸶》诗："雪衣雪发青玉觜，群捕鱼儿溪影中。"

次韵钱越州

髯尹超然定逸群[①]，南游端为访云门。谪仙归侍玉皇案，老鹤来乘刺史轓[②]。已觉簿书哀老子，故知笾豆有司存[③]。年来齿颊生荆棘，习气因君又一言。

【注释】①髯尹：指钱越州。②轓(fān)：古代车厢两旁用以遮蔽尘土的屏障，这里指车。老鹤乘轓：是苏轼自谓。③有司：官吏，古代设官分职，各有专司，故称。《书·禹谟》"好生之德，洽于民心，兹用不犯于有司。"

去杭州十五年，复游西湖，用欧阳察判韵

我识南屏金鲫鱼[①]，重来拊槛散斋余。还从旧社得心印，似省前生觅手书。葑合平湖久芜漫[②]，人经丰岁尚凋疏。谁怜寂寞高常侍，老去狂歌忆孟诸[③]。

【注释】①南屏金鲫鱼：西湖南屏兴教寺池，有鲫鱼，皆金色。②葑(fèng)合平湖：湖泽中葑菱积聚处，年久腐化变成泥土，水涸成田，渐成葑田。葑：菰根，即茭白根。③"谁怜"二句：高适为封丘尉日，有诗云："我

本渔樵孟诸野，一生自是悠悠者。乍可狂歌草泽中，宁堪作吏风尘下。”

送子由使契丹

云海相望寄此身，那因远适更沾巾。不辞驲骑凌风雪[1]，要使天骄识凤麟。沙漠回看清禁月，湖山应梦武林春[2]，单于若问君家世，莫道中朝第一人。

【注释】①驲：古代驿站专用的车。驲骑：指驿马。《左传·文公十六年》：“楚子乘驲，会师于临品。”②武林：《水经注》：“钱塘县有武林山。”在今杭州市。

次韵答刘景文左藏[1]

我老诗坛仆鼓旗，借君佳句发良时。但空贺监杯中物[2]，莫示孙郎帐下儿。夜烛催诗金烬落[3]，秋芳压帽露华滋。故应好语如爬痒，有味难名只自知。

【注释】①苏轼自注：“有美堂燕集，景文有诗。”②贺监：唐贺知章曾官秘书监，晚年自号秘书外监，故称。③金烬：指灯烛的灰烬。

坐上复借韵送岢岚军通判叶朝奉

云间踏白看缠旗[1]，莫忘西湖把酒时。梦里吴山连越峤[2]，樽前羌妇杂胡儿。夕烽过后人初醉，春雁来时雪未滋。为问从军真乐不，书来粗遣故人知。

【注释】①踏白：踏白军，唐宋时骑兵番号。多指前锋部队。②越峤：沈怀远《南越志》："南越以五峤为限，东曰大庾，次骑田，次都庞，次萌渚，次越峤。"

始于文登海上，得白石数升，如芡实，可作枕。闻梅丈嗜石，故以遗其子子明学士，子明有诗，次韵[1]

海隅荒怪有谁珍，零落珊瑚泣季伦[2]。法供坐令微物重[3]，色难归致孝心纯。只疑薏苡来交趾[4]，未信蠙珠出泗滨。愿子聚为江夏枕，不劳挥扇自宁亲[5]。

【注释】①芡实：芡：水生植物，又名鸡头。全株有刺，叶圆盾形，浮于水面，花单生，带紫色，花托形状像鸡头。种子称"芡实"，供食用，亦可入药。②季伦：石崇字。石崇与王恺以奢靡相尚。恺曾以珊瑚树高二尺许以示崇，崇以铁如意击碎之，遂取珊瑚树高三四尺者六七株，光彩耀目，如恺比者甚众。凯恍然自失。③苏轼自注："轼旧有怪石供。"怪石供：以似玉美石作成的案头摆设。④薏苡：一年生或多年生草本植物，子粒含淀粉，供食用，酿酒、并入药。《后汉书·马援传》："初，援在交趾，常饵薏苡实，用能轻身省欲，以胜瘴气……援欲以为种，军还，载之一车。时人以为南土珍怪……及卒后，有上书谮之者，以为前所载还，皆明珠文犀。"苏轼用"薏苡"即"薏苡明珠"之意，指蒙冤被谤。⑤宁亲：使父母安宁。此用黄香典，见《后汉书·黄香传》。

次韵钱越州见寄

莫将牛弩射羊群[①]，卧治何妨昼掩门。稍喜使君无疾病，时因送客见车轓。搔头白发秋无数，闭眼丹田夜自存。欲息波澜须引去，吾侪岂独坐多言[②]。

【注释】①牛弩：用牛的筋、角制成的一种强力弩弓。②波澜：比喻起伏变化的思潮，也可喻世事的起伏变化。

次韵刘景文、周次元寒食同游西湖

絮飞春减不成年，老境同乘下濑船。蓝尾忽惊新火后[①]，遨头要及浣花前[②]。山西老将诗无敌[③]，洛下书生语更妍[④]。共向北山寻二士，画桡鼍鼓聒清眠[⑤]。

【注释】①苏轼自注："白乐天《寒食》诗：三杯蓝尾酒，一碟胶牙饧。"②苏轼自注："成都太守，自正月二日出游，谓之遨头，至四月十九日浣花乃止。"③山西老将：指刘景文。④洛下书生：指周次元。⑤鼍(tuó)鼓：用鼍皮蒙的鼓，其声亦如鼍鸣。鼍：扬子鳄。也称鼍龙，猪婆龙。

新茶送签判程朝奉，以馈其母，有诗相谢，次韵答之

缝衣付与溧阳尉[①]，舍肉怀归颍谷封[②]。闻道平反供一笑，会须难老待千钟。火前试焙分新胯[③]，雪里头纲辍赐龙[④]。从此升堂是兄弟[⑤]，一瓯林下记相逢。

【注释】①“缝衣”句：孟郊为溧阳尉，有《游子吟》云：“慈母手中线，游子身上衣。”②颍谷：指春秋时颍考叔。颍考叔曾为颍谷封人。《左传·隐公元年》载：“颍考叔有献于公。公赐之食，食舍肉。公问之，对曰：‘小人母，皆尝小人之食矣，未尝君之羹，请以遗之。’”③“火前”句：《苕溪渔隐丛话》：“水拣茶，即社前茶；生拣茶，即火前者；粗色茶，即雨前者。熊蕃《北苑茶录》有贡新胯，试新胯之名。”④“雪里”句：《茶录》：“福建贡茶，每若干计纲以进。国朝故事，第一纲团茶至，即分赐近臣。”⑤“从此”句：《三国志·吴书·周瑜传》：“孙策与瑜同年，独相友善，升堂拜母，有无通共。”

次韵林子中、王彦祖唱酬

早知身寄一沤中，晚节尤惊落木风[1]。昨梦已论三世事，岁寒犹喜五人同[2]。雨余北固山围座，春尽西湖水映空。差胜四明狂监在[3]，更将老眼犯尘红。

【注释】①苏轼自注：“近闻莘老、公择皆逝，故有此句。”②苏轼自注：“轼与子中、彦祖、子敦，完夫同试举人景德寺，今皆健。”③四明狂监：《新唐书·贺知章传》：“晚节尤诞放，自号四明狂客及秘书外监。”

寿星院寒碧轩

清风肃肃摇窗扉，窗前修竹一尺围。纷纷苍雪落夏簟，冉冉绿雾沾人衣。日高山蝉抱叶响，人静翠羽穿林飞。道人绝粒对寒碧[1]，为问鹤骨何缘肥?

【注释】①绝粒：犹辟谷。道家以摒除火食，不进五谷求得延年益寿的修养术。

次韵送张山人归彭城

羡君飘荡一虚舟，来作钱塘十日游。水洗禅心都眼净[①]，山供诗笔总眉愁。雪中乘兴真聊尔，春尽思归却罢休。何日五湖从范蠡，种鱼万尾橘千头[②]。

【注释】①“水洗”句：苏轼曾作《次韵曹子方运判雪中同游西湖》云：“山下碧流清似眼。”②种鱼：相传范蠡曾作《养鱼经》一书，内有种鱼之法。

赠善相程杰

心传异学不谋身，自要清时阅搢绅[①]。火色上腾虽有数，急流勇退岂无人。书中苦觅原非诀，醉里微言却近真。我似乐天君记取，华颠赏遍洛阳春[②]。

【注释】①搢绅：插笏于绅。亦称士大夫为搢绅。绅：古代仕宦及儒者围于腰际的大带。②乐天：指白居易。他的《醉吟先生传》：“洛城内外六七十里间，凡观寺丘墅，有泉石花竹者，靡不游。”华颠：头发华白，谓暮年。

次韵林子中蒜山亭见寄

奇逸多闻老敬通[①]，何人慷慨解怜翁。十年簿领催衰白，一笑江山发醉红。闻道赋诗临北固，未应举扇向西风。叩头莫唤无家客，归扫岷峨一亩宫[②]。

【注释】①敬通：《后汉书·冯衍传》："衍字敬通。幼有奇才，博通群书，以文过其实，遂坎壈于时。"②岷峨：岷山与峨眉山的并称，这里特指峨眉山。苏轼为眉山人，曾作《蒜山松林中可卜居……与金山元长老》诗云："蒜山幸有闲田地，招此无家一房客。"

再和并答杨次公

毗卢海上妙高峰，二老遥知说此翁[①]。聊复舣舟寻紫翠[②]，不妨持节散陈红[③]。高怀却有云门兴，好句真传雪窦风[④]。唱我三人无谱曲，冯夷[⑤]亦合舞幽宫。

【注释】①二老：指林子中及元长老。②舣舟：使船靠岸。《文选·左思〈蜀都赋〉》："舣轻舟。"③陈红：《汉书·贾捐之传》："太仓之粟，红腐而不可食。"后因以"陈红"指陈年的谷类。④雪窦：唐宋时的一些高僧名号，因挂单雪窦寺而得名。⑤冯夷：传说中的黄河之神，即河伯。泛指水神。

次韵曹辅寄壑源试焙新芽[①]

仙山灵草湿行云，洗遍香肌粉未匀。明月来投玉川子[②]，清风吹破武林春[③]。要知冰雪心肠好，不是膏油首面新[④]。戏作小诗君一笑，从来佳茗似佳人。

【注释】①《苕溪渔隐丛话》："北苑茶，入贡之后，市无货者。惟壑源诸处私焙茶，其绝品可敌官焙。盖壑源与北苑为邻，山阜相接，才二里余，其茶香甘，在诸私焙之上。”②玉川子：唐诗人卢仝的号。卢仝性喜茶，故亦指嗜茶者。③武林：指杭州。④膏油首面：《品茶要录》：“沙溪之园民，或杂以松黄，饰其首面，试时虽鲜白，而不能久。”

次韵袁公济[①]谢芎椒

燥吻时时著酒濡[②]，要令卧疾致文殊[③]。河鱼溃腹空号楚，汗水流骹始信吴[④]。自笑方求三岁艾，不如长作独眠夫[⑤]。羡君清瘦真仙骨，更助飘飘鹤背躯。

【注释】①袁公济：名毂，鄞县人。②燥吻：指干燥的嘴唇。③“要令”句：《维摩经》：“文殊奉佛旨，诣维摩诘问疾。诸菩萨大弟子，咸作是念，今二大士文殊师利、维摩诘共谈，必说妙法。”④苏轼自注：“《吴真君服椒法》云：半年脚心汗如水。”骹：吴人呼脚为骹。⑤“不如”句：《神仙传》：“彭祖教采女云：服药百裹，不如独卧。”

次韵杨次公惠径山龙井水

漏尽鸡号厌夜行，年来小器溢瓶罂[①]。弃宫纵未归东海，罢郡犹堪作水衡[②]。幻色将空眼先暗，胜游无碍脚殊轻。空烦远致龙渊水[③]，宁复临池似伯英[④]。

【注释】①小器：谓小器皿。三国魏吴质《在元城与魏太子笺》：“小器易盈，先取沈顿。”②水衡：古官名。水衡都尉、水衡丞的简称。③龙渊水：蔡襄《径山记》：“山间有小井，云：故龙湫也，龙亡湫在，岁常一来，雷雨晦冥。”④“宁复”句：《晋书·卫恒传》：“弘农张伯英草书甚精，凡家之衣帛，必书而后练之，临池学书，池水尽黑。”

次韵林子中见寄

飘零洛社数遗民[1]，诗酒当年困恶宾。元亮本无适俗韵，孝章要是有名人[2]。蒜山小隐虽为客，江水西来亦带岷。卷却西湖千顷葑，笑看鱼尾更莘莘[3]。

【注释】①洛社：即洛阳耆英会，宋文彦博与富弼、司马光等聚集洛阳，高年者共十三人置酒相乐，称洛阳耆英会。②元亮：指陶渊明。孝章：指三国时盛宪。③莘莘：众多也。

九日袁公济有诗，次其韵

古来静治得清闲，我愧真长也一斑。举酒东荣挹江海[1]，回樽落日劝湖山。平生倾盖悲欢里，早晚抽身簿领间[2]。笑指西南是归路，倦飞弱羽久知还。

【注释】①东荣：正房东边的廊檐。《仪礼·士冠礼》：“夙兴设洗，直于东荣。”郑玄注：“荣，屋翼也。”②簿领：谓官府记事的簿册或文书。《后汉书·南匈奴传》：“当决轻重，口白单于，无文书簿领焉。”

次韵苏伯固主簿重九[1]

云间朱袖拂云和[2]，知是长松挂女萝。鬓重不嫌黄菊满，手香新喜绿橙搓。墨翻衫袖吾方醉，纸落云烟子患多。只有黄鸡与白日，玲珑应识使君歌[3]。

【注释】①苏伯固：名坚，博学能诗。②云和：《周礼·春官》："凡乐，孤竹之管，云和之琴瑟，云门之舞。"③白居易《醉歌》云："罢胡琴，掩秦瑟，玲珑再拜歌初毕。谁道使君不解歌，听唱黄鸡与白日。黄鸡催晓丑时鸣，白日催年酉时没。腰间红绶系未稳，镜里朱颜看已失。玲珑玲珑奈老何，使君歌了汝更歌。"

送李陶通直赴清溪[1]

忠文、文正二大老[2]，苏、李、广平三舍人[3]。喜见通家贤子弟，自言得邑少风尘。从来势利关心薄，此去溪山琢句新。肯向西湖留数月，钱塘初识小麒麟[4]。

【注释】①通直：李陶之官号也。②苏轼自注："司马温公、范蜀公，君之师友。"③苏轼自注："苏子容、宋次道与先公才元丈，熙宁中，封还李定词头，天下谓之三舍人。"④小麒麟：指李陶之子，能诗。

闻钱道士与越守穆父饮酒，送二壶

龙根为脯玉为浆，下界寒醅亦漫尝。一纸鹅经逸少醉[1]，他年《鹏赋》谪仙狂[2]。金丹自足留衰鬓，苦泪何须点别肠。吴越旧邦遗泽在，定应符竹付诸郎[3]。

【注释】①"一纸"句：《晋书·王羲之传》："山阴道士，好养鹅，羲之往观焉，意甚悦，固求市之。道士云：'为写《道德经》，当举群相赠。'羲之欣然，写毕，笼鹅而归。"②"他年"句：李太白观晋阮宣子《大鹏赞》，心陋之，遂作《大鹏赋》，以穷宏达之旨。③“吴越”二句：《汉书·文帝本纪》注：“以竹箭五枝，长五寸，刻篆书第一至第五。与郡守为符者，谓各分其半，右留京师，左以与之。”

次韵曹子方运判雪中同游西湖①

词源滟滟波头展，清唱一声岩谷满。未容雪积句先高，岂独湖开心自远。云山已作歌眉浅②，山下碧流清似眼③。樽前侑酒只新诗，何异书鱼餐蠹简④。

【注释】①运判：官名。②“云山”句：《西京杂记》：“文君眉不加黛，常如远山。”③“山下”句：元稹《崔徽歌》：“眼明正似琉璃瓶，心荡秋水横波清。”④书鱼：即衣鱼，蛀蚀衣服书籍的一种小虫。

次韵仲殊雪中游西湖二首①

其二

宝云楼阁闹千门②，林静初无一鸟喧。闭户莫教风扫地，卷帘疑有月临轩。水光潋滟犹浮碧，山色空濛已敛昏。乞得汤休奇绝句③，始知盐絮是陈言④。

【注释】：①仲殊：僧人，时居杭州。按，《次韵仲殊雪中游西湖》共二首，其一见五古部分。②宝云：寺名。③汤休：《宋书·徐湛之传》：“广陵有沙门释惠休，善属文，湛之与之甚厚。世祖命使还俗。本姓汤，位至扬州从事史。”此以汤休比仲殊。④“始知”句：《晋书·列女传·王凝之妻谢氏》载：谢安侄女道韫，才思敏捷，尝居家遇雪，安曰：“何所似也？”安兄子朗曰:“散盐空中差可拟。”道韫曰:“未若柳絮因风起。”谢安十分赞赏。

次韵刘景文西湖席上

二老长身屹两峰①,常撞大吕应黄钟②。将辞邺下刘公干③,却见云间陆士龙④。白发怜君略相似,青山许我定相从。我今官已六百石,惭愧当年邴曼容⑤。

【注释】①两峰:武林有南北两峰。②“常撞”句:六律阳声,以黄钟为首,六吕阴声,以大吕为首。故《周礼》:奏黄钟,则必歌大吕也。黄钟、大吕,以譬同声之相应也。③刘公干:即“建安七子”之一的刘桢。④陆士龙:指陆云。⑤“我今”二句:《汉书·龚遂传》:“琅琊邴汉,亦以清行征用。王莽秉政,遂归老于乡里。兄子曼容,亦以养志自修,为官不肯过六百石,辄自劾去,其名过出于汉。”

次前韵答马忠玉

坡陀巨麓起连峰①,积累当年庆自钟。灵运子孙俱得凤②,慈明兄弟孰非龙③?河梁会作看云别,诗社何妨载酒从。只有西湖似西子,故应宛转为君容。

【注释】①坡陀:不平之貌。②“灵运”句:《南史》:“谢灵运子凤,凤子超宗,好学有文辞。新安王子鸾母殷淑仪卒,超宗作诔奏之。帝大嗟赏,谓谢庄曰:‘超宗殊有凤毛,灵运复出?’”③“慈明”句:《后汉书·荀爽传》:“字慈明。颍川为之语曰:‘荀氏八龙,慈明无双。’”

和林子中待制[①]

两翁留滞各皤然，人笑迂疏老更坚。共把鹅儿一樽酒[②]，相逢卵色五湖天。江边遗爱啼斑白，海上先声入管弦。早晚渊明赋归去，浩歌长啸老斜川[③]。

【注释】①林子中：名希，时以天章阁待制移知杭州。此诗盖苏轼向林希移交手续时所作。②鹅儿：指鹅黄酒。③“早晚”二句：陶渊明有《归去来兮辞》，又有《游斜川》诗。

次韵答黄安中兼简林子中[①]

老去心灰不复然，一麾江海意方坚。那堪黄散付子度[②]，空羡苏杭养乐天[③]。病肺一春难白酒，别肠三夜绕朱弦。群仙正欲吾归去，共把清风借玉川[④]。

【注释】①黄安中：《宋史·黄履传》：“（黄）履字安中，邵武人。少游太学，举进士。曾屡迁屡贬。”②子度：南朝宋蔡廓，字子度。③苏杭养乐天：白乐天《吴郡诗石记》：“贞元初，韦应物为苏州牧，房孺复为杭州牧。韦嗜诗，房嗜酒……予始年十四五，旅二郡，……则苏、杭之风景，韦、房之诗酒，兼有之矣。”④玉川：唐诗人卢仝自号“玉川子”。其有诗：“蓬莱山，在何处？玉川子，乘此清风欲归去。”

次韵子由书王晋卿画山水一首，而晋卿和二首

其一

误点故教同子敬①，杂篇真欲拟汤休②。陇云寄我山中信，雪月追君溪上舟。会看飞仙虎头篋，却来颠倒拾遗裘。王孙办作玄真子，细雨斜风不湿鸥③。

【注释】①子敬：王献之，字子敬。《晋书》本传："桓温常使画扇，笔误落，因画作乌驳犊牛甚妙。"②"杂篇"句：江淹作《杂拟》三十首，有《拟汤休上人》诗，汤休，见《次韵仲殊雪中游西湖二首其二》注。③《续仙传》："张志和号玄真子，为《渔父词》：青若笠，绿簑衣，斜风细雨不须归。颜真卿与陆鸿渐、徐士衡、李成矩，共唱和二十五首，志和命丹青剪素，写景夹词，须臾成五本。花木禽鱼，山水景像，奇绝纵迹，今古无伦。真卿与诸客传玩，叹服不已。"

其二

此境眼前聊妄想，几人林下是真休①。我今心似一潭月，君已身如万斛舟②。看画题诗双鹤鬓，归田送老一羊裘③。明年兼与士龙去，万顷苍波没两鸥。

【注释】①林下：指山林田野退隐之处。②万斛：古代以十斗为一斛。万斛，极言容量之多。③"看画"二句：《北史·房法寿传》："(寿)得一羊裘，忻然自足，昼则樵苏，夜诵经史。"

次韵刘景文见寄

淮上东来双鲤鱼①，巧将诗信渡江湖。细看落墨皆松瘦，想见掀髯正鹤孤②。烈士家风安用此，书生习气未能无。莫因老骥思千里，醉后哀歌缺唾壶③。

【注释】①双鲤鱼：一底一盖，把书信夹在里面的鱼形木板。常指代书信。②掀髯：言笑也。景文美髯，故谓之髯刘。③“莫因”二句：《晋书·王敦传》载：王敦每酒后，辄咏魏武帝《乐府歌》曰：“老骥伏枥，志在千里。烈士暮年，壮心不已。”以如意打唾壶为节，壶边尽缺。

景贶、履常屡有诗，督叔弼、季默唱和，已许诺矣，复以此句挑之①

君家文律冠西京②，旋筑诗坛按酒兵。袖手莫轻真将种③，致师须得老门生④。明朝郑伯降谁受⑤，昨夜条侯壁已惊⑥。从此醉翁天下乐，还应一举百觞倾⑦。

【注释】①景贶：即赵令畤。履常：即陈师道。二人均苏轼知颍州时僚属。叔弼、季默：均欧阳修之子。②君家：此指欧阳修。③将种：指叔弼和季默。④致师：挑战。《周礼》郑玄注：“致师者，致其必战之志。古者将战，先以勇力之士犯敌焉。”老门生：苏轼为欧阳修门生，故称。⑤郑伯降：《左传·宣公十二年》载：楚子围郑，郑伯肉袒牵羊以逆，曰：“孤不天，不能事君，使君怀怒，以及敝邑，孤之罪也。”郑伯，即郑襄公。⑥条侯：指周亚夫。《汉书·吴王濞传》：“吴兵欲西，梁城守，不敢西。粮绝、卒饥，遂夜奔条侯壁，惊东南。条侯使备西北，果从西北，不得入，吴大败。”⑦苏轼自注：“文忠公赠苏、梅诗云：我亦愿助勇，鼓旗噪其傍。快哉天下乐，一釂宜百觞。”醉翁：指欧阳修。

次韵答钱穆父，穆父以仆得汝阴，用杭越酬唱韵作诗见寄

大耿疲劳已离群[①]，小冯慈爱且当门[②]。玉堂不著扶犁手，霜鬓偏宜画鹿幡[③]。豪杰虽无两王继[④]，风流犹有二欧存[⑤]。清诗已入新歌舞，要使邦人识雅言。

【注释】①大耿：指耿弇。《后汉书》载：耿弇攻张步，步闻大笑曰："以尤来、大彤十余万众，吾皆破之。今大耿兵少于彼，又皆疲劳，何足惧乎？"注："弇，况之长子，故呼为大耿"。②苏轼自注："轼本以舍弟亲嫌请郡。"小冯：冯野王为大冯君，其弟冯立为小冯君。《汉书·冯奉世传》："子野王，野王弟立，相代为上郡太守。治行与野王相似，而多知有恩贷。"③鹿幡：古代的一种小车。④苏轼自注："谓子直、深父。"⑤二欧：指欧阳叔弼、欧阳季默。

和刘景文见赠

元龙本志陋曹吴，豪气峥嵘老不除[①]。失路今为哙等伍[②]，作诗犹似建安初。西来为我风黧面，独卧无人雪缟庐。留子非为十日饮，要令安世诵亡书[③]。

【注释】①峥嵘：兴盛，兴旺。②哙：樊哙。《汉书·韩信传》载：韩信废为淮阴侯，尝过樊将军哙，哙趋拜送迎言称臣，曰："大王乃肯临臣。"信出门，笑曰："生乃与哙等为伍。"③安世：张安世。《汉书·张安世传》："上行幸河东，尝亡书三箧。诏问，莫能知，惟安世识之，具述其事。后购

求得书，以相校，无所遗失。”

次韵陈履常雪中

可怜扰扰雪中人，饥饱终同寓一尘。老桧作花真强项[①]，冻鸢储肉巧谋身。忍寒吟咏君堪笑，得暖欢呼我未贫。坐听屐声知有路，拥裘来看玉梅春。

【注释】①“老桧”句：王十朋注引赵次公曰：“颍州多桧而花白，指桧为言，桧老矣，而假雪以为花，犹人之强项不伏其老也。”

和陈传道雪中观灯[①]

新年乐事叹何曾，闭阁烧香一病僧[②]。未忍便倾浇别酒，且来同看照愁灯。颍鱼跃处新亭近，湖雪消时画舫升。只恐樽前无此客，清诗还有士龙能[③]。

【注释】①陈传道：名师仲，陈师道之兄，家居彭城。②闭阁：闭门。③士龙：陆云，字士龙。这里以比陈师道。

次韵林子中春日新堤书事见寄

东都寄食似浮云，襆被真成一宿宾[①]。收得玉堂挥翰手[②]，却为淮月弄舟人。羡君湖上斋摇碧，笑我花时甑有尘。为报年来杀风景，连江梦雨不知春[③]。

【注释】①襆被：用包裹束衣被，意为整理行装。②挥翰：犹挥毫。③苏轼自注："来诗有'芍药春'之句。扬州近岁，率为此会，用花十万余枝，吏缘为奸，民极病之，故罢此会。"

双石 并叙

至扬州，获二石。其一绿色，冈峦迤逦，有穴达于背。其一正白可鉴，渍以盆水，置几案间。忽忆在颍州日，梦人请住一官府，榜曰仇池。觉而诵杜子美诗曰："万古仇池穴[1]，潜通小有天"。乃戏作小诗，为僚友一笑。

梦时良是觉时非，汲水埋盆故自痴[2]。但见玉峰横太白，便从鸟道绝峨眉[3]。秋风与作烟云意，晓日令涵草木姿。一点空明是何处[4]，老人真欲住仇池。

【注释】①仇池：山名，在今甘肃成县西。山有东西两门，盘道可登，上有水池，故名。《后汉书·西南夷传·白马氐》："居于河池，一名仇池，方百顷，四面斗绝。"②"汲水"句：本韩愈诗："老翁真个似童儿，汲水埋盆作小池。"③太白：山名。在今陕西眉县。李白《蜀道难》："西当太白有鸟道，可以横绝峨眉巅。"④空明：即大有空明之天，道家所谓三十六洞天之一。

王文玉挽词

才名谁似广文寒[1]，月斧云斤琢肺肝。玄晏一生都卧病[2]，子云三世不迁官。幽兰空觉香风在，宿草何曾泪叶干。犹喜诸郎有曹志[3]，文章还复富波澜。

【注释】①广文：指唐人郑虔。据《新唐书·郑虔传》载：玄宗爱郑虔才，为置广文馆以之为博士。后亦泛指清苦闲散的儒学教官。②玄晏：皇甫谧自号玄晏先生，终身称疾，辞位。③曹志：魏陈思王曹植之子，好学有才行。

行宿、泗间，见徐州张天骥，次旧韵

二年三蹑过淮舟，款段还逢马少游[①]。无事不妨长好饮，著书自要见穷愁。孤松早偃原非病[②]，倦鸟虽还岂是休？更欲河边几来往，只今霜雪已蒙头。

【注释】①款段：马行迟缓貌。马少游：东汉马援从弟，平生不以富贵功名为念。这里以比张天骥。②"孤松"句：《酉阳杂俎》："世传松千岁方倾平偃盖，然有数年则偃，但于根下遇石则偃耳。"

次韵刘景文赠傅羲秀才

幼眇文章宜和寡[①]，峥嵘肝肺亦交难[②]。未能飞瓦弹清角[③]，肯便投泥戏泼寒[④]。忽见秋风吹洛水，遥知霜叶满长安。诗成送与刘夫子，莫遣孙郎帐下看。

【注释】①幼眇：幽微，微妙。②峥嵘：卓越、不平凡。③清角：角，古代五音之一。古人以角音清，故曰清角。据《韩非子·十过》载，师旷尝为晋平公奏清角，"一奏之，有云从西北方来。再奏之，大风至，大雨随之，裂帷幕，破俎豆，隳廊瓦。"④泼寒：即泼寒胡戏，古代西域的一种乐舞，每年冬月严寒时，由勇壮少年裸体而舞，鼓乐伴奏，观者以水泼之。《旧唐书·张说传》："乞寒泼胡，未闻典故，裸体跳足，汩泥挥水，盛德何观焉。”

在彭城日，与定国为九日黄楼之会。今复以是日，相遇於宋。凡十五年，忧乐出处，有不可胜言者。而定国学道有得，百念灰冷，而颜益壮，顾予衰病，心形俱悴，感之作诗

菊盏萸囊自古传，长房宁复是臞仙[1]。应从汉武横汾日[2]，数到刘公戏马年[3]。对玉山人今老矣，见恒河性故依然。王郎九日诗千首[4]，今赋黄楼第二篇。

【注释】①“菊盏”二句：《续齐谐记》载：汝南桓景，随费长房游学累年。长房谓曰：“九月九日，汝家当有灾，宜急去。令家人各作绛囊，盛茱萸以系臂，登山饮菊酒，此祸可消。”景如其言，举家登山，夕还，见鸡犬一时暴死。长房闻之，曰：此可代也。”②汉武横汾：《汉书·武帝纪》载：汉武帝行幸河东，作《秋风辞》曰：“泛楼船兮济汾河，横中流兮扬素波。”③刘公：指宋武帝刘裕。刘裕为宋公时，曾于九月九日，登彭城项羽戏马台。④“王郎”句：追述彭城往事，可参看本集《定国诗叙》。

次韵蒋颖叔、钱穆父从驾景灵宫二首[1]

其一

归来病鹤记城闉[2]，旧踏松枝雨露新。半白不羞垂领发，软红犹恋属车尘[3]。雨收九陌丰登后，日丽三元下降辰[4]。粗识君王为民意，不才何以助精禋[5]。

【注释】①从驾：随从皇帝出行。《续通鉴长编》："元祐七年十一月辛卯，荐享于景灵宫。"②闉(yīn)：古代城门外的瓮城。③苏轼自注："前辈戏语，有西湖风月不如东华软红香土。"软红：犹言软红尘。形容繁华热闹。④三元：道教语，指日、月、星。⑤精禋：《尔雅》："精意以享曰禋"。精意，专心一意。禋：升烟祭天以求福。

其二

与君并直记初元，白首还同入禁门[1]。玉殿齐班容小语，霜廷稽首泫微温[2]。病贪赐茗浮铜叶[3]，老怯香泉滟宝樽。回首鹓行有人杰[4]，坐知羌虏是游魂。

【注释】①禁门：宫门。②"玉殿"二句：苏轼自注："适与穆父拜庭中，地皆流湿，相与小语道之。"齐班：并列。③铜叶：指茶盏。④鹓行(yuān háng)：指朝官的行列。

次韵穆父尚书侍祠郊丘，瞻望天光，退而相庆，引满醉吟

千章杞梓荫云天[1]，樗散谁收老郑虔[2]。喜气到君浮白里，丰年及我挂冠前。令严钟鼓三更月，野宿貔貅万灶烟。太息何人知帝力[3]，归来金帛看赪肩[4]。

【注释】①千章：千株大树。《汉书·货殖传》："木千章，亦比千乘之家。"②樗散(chū sàn)：樗木材劣，多被闲置。比喻不为世用，投闲置散。③"太息"句：王充《论衡》："尧时百姓闲暇，出壤而歌于征途，曰：日出而作，日入而息，耕田而食，凿井而饮，尧何力于我。"④赪(chēng)肩：肩头因负担重物而发红。

次韵王仲至喜雪御筵

三军喜气铄飞花[①]，睡起空惊月在沙。未集骅骝金騕褭[②]，故残鳷鹊玉横斜[③]。偶还仗内身如寄，尚忆江南酒可赊。宣劝不多心自醉，强扶衰白拜君嘉[④]。

【注释】①飞花：指飞舞的雪花。②騕褭：古骏马名。③鳷鹊：汉宫殿名。玉横斜：形容雪残之貌。④拜君嘉：《左传·襄公四年》："穆叔如晋，晋侯享之，歌《鹿鸣》之三，三拜，曰：'《鹿鸣》，君所以嘉寡君也，敢不拜嘉？'"

次韵奉和钱穆父、蒋颖叔、王仲至诗四首[①]

见和仇池

上穷非想亦非非[②]，下与风轮共一痴[③]。翠羽若知牛有角，空瓶何必井之眉[④]。还朝暂接鹓鸾翼，谢病行收麋鹿姿[⑤]。记取和诗三益友[⑥]，他年弭节过仇池。

【注释】①另二首《见和西湖月下听琴》和《藉田》分别见五言古诗和五言律诗部分。②"上穷"句：《楞严经》："如存不存，若尽非尽，如是一类，名非想非非想处。"③共一痴：言上天下地皆然，盖佛氏谓之界者，一痴想所成也。④眉：井边之地。扬雄《酒箴》："子犹瓶矣，观瓶之居，居井之眉，处高近深，动常近危。"⑤"还朝"二句：欧阳修《早朝感事》诗："羽仪虽接鸳兼鹭，野性终存鹿与麋。"⑥三益友：指钱穆父、蒋颖叔和王仲至三人。

玉津园[①]

承平苑囿杂耕桑，六圣勤民计虑长[②]。碧水东流还旧派[③]，紫坛南峙表连冈[④]。不逢迟日莺花乱，空想疏林雪月光。千亩何时躬帝藉[⑤]，斜阳寂历锁云庄。

【注释】①《文献通考》："宋四园苑，东曰宜春，南曰玉津，西曰琼林，北曰瑞胜。"②六圣：指宋太祖、太宗、真宗、仁宗、英宗、神宗。③苏轼自注："玉津分蔡河上流，复合于下。"④紫坛：紫色祭坛，帝王祭祀大典用。⑤"千亩"句：《礼记·祭义》："天子为藉千亩，以事天地山川社稷先古。"藉：借，借民力以为之。

沐浴启圣僧舍，与赵德麟邂逅

南山北阙两非真，东颍西湖迹已陈。季子来归初可喜[①]，老聃新沐定非人[②]。酒清不醉休休暖[③]，睡稳如禅息息匀。自笑尘劳余一念，明年同泛越溪春。

【注释】①季子：吴公子季札。《春秋·闵公元年》："八月，季子来归。"《谷梁传》："其曰季子，贵之也；其曰来归，喜之也。"②"老聃"句：《庄子·田子方篇》载：孔子见老聃，聃新沐，方将披发而干，慹然似非人。孔子曰："向者先生似遗物离人而立于独也。"③休休：嘘气声。休，通"咻"。

次天字韵答岑岩起

一声清跸雾开天①，百辟心庄岂貌虔②。回顾惊君珠玉侧③，同升愧我秕糠前。徘徊月色留坛影，缥缈松香泛蜡烟。莫叹郎潜生白发，圣朝求旧鄙鸢肩④。

【注释】①清跸：旧时谓帝王出行，清除道路，禁止行人。②心庄：《礼记·缁衣》：心庄则体舒。③珠玉侧：《世说新语·容止》：王济叹曰："珠玉在侧，觉我形秽。"④鸢肩：谓两肩上耸，像鸱鸟栖止时的样子。

次韵蒋颖叔二首①

扈从景灵宫

道人幽梦晓初还，已觉笙箫下月坛。风伯前驱清宿雾②，祝融骖乘破朝寒③。英姿连璧从多士，妙句锵金和八銮④。已向词臣得颇、牧⑤，路人莫作老儒看。

【注释】①此二首包括《扈从景灵宫》和《凝祥池》。《凝祥池》见五古部分。②风伯：风神。屈原《远游》："风伯为余先驱兮，氛埃辟而清凉。"③祝融：火神，故云"破朝寒"。④八銮：同八鸾，八个鸾铃。鸾，结在马衔上的铃铛。⑤苏轼自注："时颖叔新除熙河帅。"颇、牧：战国时赵国名将廉颇与李牧的合称。常用作名将的代称。

程德孺惠海中柏石，兼辱佳篇，辄复和谢[1]

岚薰瘴染却敷腴[2]，笑饮贪泉独继吴[3]。未欲连车收薏苡[4]，肯教沉网取珊瑚。不知庾岭三年别，收得曹溪一滴无。但指庭前双柏石[5]，要予临老识方壶[6]。

【注释】①程德孺：名之元，眉山人，是苏轼的表弟。他曾为岭南提刑，置司韶州。②敷腴：喜悦貌。此句言德孺自岭南使还。③贪泉：泉名，在广东省南海县。相传饮此水者，即廉士亦贪。吴：指晋人吴隐之。据《晋书》本传载，隐之操守清廉，为广州刺史。常酌贪泉水饮，而清操愈厉。这里是说程德孺亦有吴隐之的操守。④薏苡：植物名。据说能祛除瘴毒，久食可益年轻体。《后汉书·马援传》载，马援平五溪蛮乱后，载薏苡一车回京，后因之为人诬告。⑤"但指"句：《传灯录》："赵州从谂禅师，凡有僧入室，但指庭前柏树云：庭前柏树子。"⑥方壶：《拾遗记》："海中有三山，其形如壶，方丈曰方壶，蓬莱曰蓬壶，瀛洲曰瀛壶。"

次秦少游韵赠姚安世

帝城如海欲寻难，肯舍渔舟到杏坛[1]。剥啄扣君容膝户[2]，巍峨笑我切云冠。问羊独怪初平在，牧豕应同德曜看[3]。肯把《参同》较同异[4]，小窗相对为研丹。

【注释】①"肯舍"句：《庄子·渔父》："孔子休坐乎杏坛之上，弦歌鼓琴，奏曲未半，有渔父者，下船而来。"②容膝：仅能容纳双膝。多形容容身之地狭小。③"牧豕"句：《后汉书》载：梁鸿家贫而尚介节，牧豕于上林苑中，曾误遗火，延及他室，悉以豕偿之。同县孟氏女，择对不嫁，鸿闻而聘之，字之曰德曜，名孟光。④《参同》：《神仙传》："魏伯阳作《参同契》三卷，以论作丹之意。”

次韵王晋卿奉诏押高丽宴射

北苑传呼陛楯郎①，东夷初识令君香②。天山自可三箭取③，海国何劳一苇杭。宣劝不辞金盌侧，醉归争看玉鞭长。锦囊诗草勤收拾④，莫遣鸡林得夜光⑤。

【注释】①陛楯郎：秦制，执楯于殿下者。此指王晋卿。②令君香：令君指荀彧。《襄阳记》：“荀令君至人家，坐处三日香。”③“天山”句：《旧唐书·薛仁贵传》：“薛仁贵为铁勒道行军总管，时九姓众十余万，令骁骑来挑战。仁贵发三矢，辄杀三人，于是虏气慑，皆降。军中歌曰：将军三箭定天山，壮士长歌入汉关。”④“锦囊”句：《旧唐书·李贺传》：“每旦出，从小奚奴，背古锦囊，遇所得，投囊中。未尝先立题，然后为诗。”⑤鸡林：《旧唐书·白居易传》：“最工诗，当时士人争传，鸡林行贾，售其国相，率篇易一金，伪者，相辄能辨之。”

次韵颖叔观灯

安西老守是禅僧，到处应然无尽灯。永夜出游从万骑，诸羌入看拥千层。便因行乐令投甲①，不用防秋更打冰②。振旅归来还侍宴，十分宣劝恐难胜③。

【注释】①投甲：韩愈《平淮西碑》：“蔡之卒夫，投甲呼舞。”②防秋：《旧唐书·陆贽传》：“西北边，岁调湖南江淮兵，谓之防秋。”③宣劝：指皇帝赐酒劝饮。

吕与叔学士挽词[①]

言中谋猷行中经[②]，关西人物数清英。欲过叔度留终日[③]，未识鲁山空此生[④]。议论凋零三益友，功名分付二难兄。老来尚有忧时叹，此涕无从何处倾。

【注释】①吕与叔：名大临，京兆蓝田人。博学无所不通，尤深于《礼》。②谋猷：计谋、谋略。③叔度：黄宪，字叔度，东汉汝南慎阳人。《世说新语·德行》："郭林宗至汝南，造袁奉高，车不停轨，銮不辍轭。诣黄叔度，乃弥日信宿。人问其故。林宗曰：'叔度汪汪如万顷之陂，澄之不清，扰之不浊，不可量也。'"④鲁山：指唐元德秀。德秀曾为鲁山令，天下高其行，谓之元鲁山。

表弟程德孺生日

仗下千官散紫庭[①]，微闻偶语说苏、程。长身自昔传甥舅，寿骨遥知是弟兄[②]。曾活万人宁望报[③]，只求五亩却归耕。四朝遗老凋零尽，鹤发他年几个迎。

【注释】①仗下：《新唐书·仪卫志》："朝罢，皇帝步入东序门，然后放仗，内外仗队，七刻乃下。"②苏轼自注："予与君皆寿骨贯耳，班列中多指予二人，不问而知其为中表也。"③苏轼自注："君在楚州，予在杭州，皆遇饥岁，活数万人。"④四朝：指宋仁宗、英宗、神宗、哲宗四朝。

和钱穆父送别并求顿递酒[1]

联镳接武两长身[2]，鹓鹭行中笑语亲。九子羡君门户壮，八州怜我往来频[3]。伫闻东府开宾阁，便乞西湖洗塞尘。更向青齐觅消息，要知从事是何人。

【注释】①顿递酒：即顿递司酒。后唐宋初行大礼时，由顿递司负责酿造分饷近臣的美酒，其味醇美。②联镳：谓并骑而行。接武：形容亲近或接近。③八州：苏轼先后做过密州、徐州、湖州、登州、杭州、颍州、扬州、定州等八州太守。

次韵曾仲锡承议食蜜渍生荔枝[1]

代北寒齑捣韭萍，奇苞零落似晨星。逢盐久已成枯腊，得蜜犹疑是薄刑[2]。欲就左慈求拄杖，便随李白跨沧溟。攀条与立新名字，儿女称呼恐不经[3]。

【注释】①承议：《梁溪漫志》："左右正言，太学国子博士，皆为承议郎，文散官，第七品。"②"逢盐"二句：蔡君谟《荔枝谱》："红盐者，以盐梅浸佛桑花为红浆，投荔枝渍之，曝干，色红而甘酸。又蜜煎者，剥生荔枝，笮去其浆，然后蜜煎煮之。"③"儿女"句：《荔枝谱》：十八娘，色深红而细长，时人以少女比之。苏轼自注：俗有十八娘荔枝。"

再次韵曾仲锡荔枝

柳花著水万浮萍，荔实周天两岁星[1]。本自玉肌非鹄浴，至今丹壳似猩刑。侍郎赋咏穷三峡[②]，妃子烟尘动四溟[③]。莫遣诗人说功过，且随香草附《骚经》[④]。

【注释】①“柳花”二句：苏轼自注：“柳至易成，飞絮落水中，经宿即为浮萍。荔枝至难长，二十四五年乃实。”②侍郎：指白乐天也。乐天在忠州，有题郡中荔枝诸诗。③“妃子”句：杜牧《过华清宫》：“一骑红尘妃子笑，无人知是荔枝来。”④“且随”句：《楚辞·离骚经序》：“《离骚》之文，依诗取兴，引类譬喻，故善鸟、香草以配忠贞，恶禽、臭物以比谗佞。”

次韵滕大夫三首[①]

同前

我顷三章乞越州，欲寻万壑看交流。且凭造物开山骨，已见天吴出浪头[②]。履道凿池虽可致，玉川卷地若为收[③]。洛阳泉石今谁主？莫学痴人李与牛[④]。

【注释】①此三首包括《雪浪石》二首及《沉香石》一首。第一首《雪浪石》入七古部分。《同前》即第二首《雪浪石》。②天吴：《山海经》：“朝阳之谷，神曰天吴，是为水伯。其为兽也，八首人面，八足八尾。”苏轼自注：“石中有似海兽形状。”③玉川卷地：卢仝自号玉川子，作《客谢井》诗云：“我纵有神力，争敢将公归。扬州恶百姓，疑我卷地皮。”④“洛阳”二句：牛僧孺嗜太湖石，有小大，其数四等，以甲乙丙丁品之，每品有上中下，各刻于石阴，曰牛氏石。又，李德裕平泉庄，在洛阳之南，周回十里，多奇花异石，人题诗曰：“陇右诸侯供瑞石，日南太守送名花。”

沉香石

壁立孤峰倚砚长，共疑沉水得顽苍[①]。欲随楚客纫兰佩，谁信吴儿是木肠[②]。山下曾逢化松石，玉中还有辟邪香。早知百和俱灰烬[③]，未信人言弱胜刚。

【注释】①沉水：《唐本草》："沉水香，出天竺、单于二国，树叶似橘，经冬不凋，皮色青，不似榉柳，重实，黑色，沉水者是。"②吴儿：吴地少年。《晋书·隐逸传·夏统》："充等各散，曰：'此吴儿是木人石心也。'"③百和：即百和香。

寄馏合刷瓶与子由[①]

老人心事日摧颓，宿火通红手自焙。小甑短瓶良具足[②]，稚儿娇女共燔煨。寄君东阁闲烝栗，知我空堂坐画灰[③]、约束家僮好收拾，故山梨枣待归来。

【注释】①馏合：当即饭甑之类。②具足：犹具备。③画灰：用棍在灰中拨动。

次韵刘焘抚勾蜜渍荔枝[①]

时新满座闻名字，别久何人记色香[②]。叶似杨梅蒸雾雨，花如卢橘傲风霜。每怜莼菜下盐豉[③]，肯与葡萄压酒浆。回首惊尘卷飞雪，诗情真合与君尝。

【注释】①刘焘：字无言，北宋长兴人。②色香：《旧唐书·白居易传》："荔枝生巴峡间，若离本枝，一日而色变，二日而香变，三日而味变，四五日外，色香味尽去矣。"③盐豉：食品名，即豆豉。用黄豆煮熟霉制而成。常用以调味。

次韵曾仲锡元日见寄

萧索东风两鬓华，年年幡胜剪宫花[①]。愁闻塞曲吹芦管，喜见春盘得蓼芽[②]。吾国旧供云泽米，君家新致雪坑茶。燕南异事真堪纪，三寸黄柑擘永嘉。

【注释】①幡胜：即彩胜。用金银箔罗彩制成，为欢庆春日来临，用作装饰或馈赠之物。②春盘：《摭遗》："东晋李鄂，立春日，命以芦菔芹芽为菜盘。"

次韵李端叔送保倅翟安常赴阙，兼寄子由

中山保塞两穷边，卧治雍容已百年。顾我迂愚分竹使[①]，与君谈笑用蒲鞭[②]。松荒三径思元亮[③]，草合平池忆惠连[④]。白发归心凭说与，古来谁似两疏贤。

【注释】①分竹：给予作为权力象征的竹使符，谓封官授权。②蒲鞭：以蒲草为鞭，常用以表示刑罚宽仁。③元亮：陶潜，字元亮。④惠连：即谢惠连，谢灵运族弟。《南史·谢惠连传》："族兄灵运云：'每有篇章，对惠连辄得佳语。'尝于永嘉西堂，思诗，竟日不就，忽梦见惠连，即得'池塘生春草'，大以为工。"

中山松醪寄雄州守王引进[①]

郁郁苍髯千岁姿，肯来杯酒作儿嬉。流芳不待龟巢叶[②]，扫白聊烦鹤踏枝[③]。醉里便成攲雪舞，醒时与作啸风辞。马军走送非无意[④]，

玉帐人闲合有诗。

【注释】①王引进：即王崇拯，字拯之，时为雄州引进使。引进：《宋史·职官志》：“引进使，从五品，掌臣僚蕃国进奉礼物之事。”②苏轼自注：“唐人以荷叶为酒杯，谓之碧筒酒。”③鹤踏：指松。④马军：统率骑兵的将领。

次韵王雄州还朝留别

老李威名八十年[1]，壁间精悍见遗颜。自闻出守风流似，稍觉承平气象还。但遣诗人歌《杕杜》[2]，不妨侍女唱《阳关》。内朝接武知何日[3]，白发羞归供奉班。

【注释】①老李：指李允则，字垂范。宋初名将，守雄州十四年。②《杕杜》：《诗·小雅·杕杜》序：“杕杜，劳还逸也。”后多用为欢庆凯旋或远道过访的典故。③内朝：古代天子、诸侯处理政事和休息的场所。对外朝而言，“内朝”有二：一在路门外，为天子、诸侯处理政事之处，亦谓之“治朝”；一在路门内之路寝，为天子、诸侯处理政事后休息之所，亦谓之“燕朝”。卿、大夫治其邑事之处也称“内朝”。

次韵王雄州送侍其泾州[1]

威声又数中兴年，二虏行当一矢联。闻道名城得真将，故应惊羽落空弦。追锋归去雄三卫[2]，授钺重来定十连[3]。别酒回头便陈迹，号呶端合发初筵。

【注释】①侍其泾州：侍其，复姓，名失考。②追锋：即“追锋车”。

古代的一种轻便驿车，因车行疾速，故名。三卫：宋代以殿前司、侍卫亲军马军司、侍卫亲军步军司掌领禁军，谓之“三卫”。③授钺：古代大将出征，君主授以斧钺，表示授予兵权。十连：《礼记·王制》：“十国以为连，连有帅。”

黄河

活活何人见混茫，昆仑气脉本来黄。浊流若解污清济，惊浪应须动太行。帝假一源神禹迹，世流三患梗尧乡[①]。灵槎果有仙家事[②]，试问青天路短长。

【注释】①三患：指病、老、死三种祸患。②灵槎：能乘往天河的船筏。

赠清凉寺和长老[①]

代北初辞没马尘，江南来见卧云人。问禅不契前三语[②]，施佛空留丈六身。老去山林徒梦想，雨余钟鼓更清新。会须一洗黄茅瘴，未用深藏白氎巾[③]。

【注释】①清凉寺：佛寺名，在今南京附近清凉山。②“问禅”句：宋释延一《广清凉传》：“大历中，释无著至五台山，见一寺，问僧：‘此处众有几何？’答曰：‘前三三，后三三。’无著无对。僧曰：‘既不解，速须引去。’回首，寺即隐。无著怆然有偈云：言下不知开佛印，回头只见崔山岩。”③氎：细毛巾，细棉布。

壶中九华诗 并引

湖口人李正臣蓄异石九峰[④]，玲珑宛转，若窗棂然[②]。予欲以百金买之，与仇池石为偶，方南迁未暇也。名之曰壶中九华，且以诗纪之。

清溪电转失云峰，梦里犹惊翠扫空。五岭莫愁千嶂外，九华今在一壶中。天池水落层层见，玉女窗虚处处通。念我仇池太孤绝，百金归买碧玲珑。

【注释】①异石九峰：《九华山录》："青阳县坤隅一舍，有山奇秀，其数有九，古号九子山。李白更其号曰九华山。"②窗棂：即窗格。

江西一首

江西山水真吾邦，白沙翠竹石底江，舟行十里磨九泷[①]，篙声荦确相舂撞[②]。醉卧欲醒闻淙淙，直欲一口吸老庞[③]。何人得隽窥鱼矼[④]，举叉绝叫尺鲤双。

【注释】①泷：南方谓奔水曰泷，盖即滩也。②荦(luò)确：象声词。③"直欲"句：《传灯录》：庞居士蕴，参马祖云："不与万法为侣者，是什么人？"祖云："待汝一口吸尽西江水，即向汝道。"④得隽：《左传·庄公十一年》："得隽曰克。"言用兵相杀，得其隽杰者，今以比渔人之获也。

八月七日，初入赣，过惶恐滩

七千里外二毛人[①]，十八滩头一叶身。山忆喜欢劳远梦[②]，地名惶恐泣孤臣。长风送客添帆腹，积雨浮舟减石鳞[③]。便合与官充水手，此生何止略知津。

【注释】①二毛：斑白的头发。常用以指老年人。②苏轼自注：“蜀道有错喜欢铺，在大散关上。”③“长风”二句：帆以其受风，故云腹。水在石上流，其波如鱼鳞，故曰石鳞。

天竺寺 并引

予年十二，先君自虔州归，为予言：“近城山中天竺寺，有乐天亲书诗云：一山门作两山门，两寺原从一寺分。东涧水流西涧水，南山云起北山云。前台花发后台见，上界钟清下界闻。遥想吾师行道处，天香桂子落纷纷。笔势奇逸，墨迹如新。”今四十七年矣，予来访之，则诗已亡，有石刻存耳。感涕不已，而作是诗。

香山居士留遗迹[①]，天竺禅师有故家。空咏连珠吟叠璧[②]，已亡飞鸟失惊蛇。林深野桂寒无子，雨浥山姜病有花。四十七年真一梦，天涯流落泪横斜。

【注释】①香山居士：指白居易。②连珠：白乐天此诗，乃连珠体也。

舟行至清远县[①]，见顾秀才，极谈惠州风物之美

至处聚观香案吏[②]，此邦宜著玉堂仙[③]。江云漠漠桂花湿，海雨翛翛荔子然[④]。闻道黄柑常抵鹊，不容朱橘更论钱。恰从神武来弘景，便向罗浮觅稚川[⑤]。

【注释】①清远县：在广州西北二百四十里。②香案吏：《旧唐书·百官志》："若仗在紫宸内阁，则起居舍人夹香案分立殿下。"③玉堂仙：翰林学士的雅号。④翛翛(xiāo xiāo)：象声词。⑤稚川：葛洪字稚川。《晋书》本传："(洪)以年老欲炼丹，以祈遐寿。……洪乃止罗浮山炼丹。……而洪坐至日中，兀然若睡而卒，时年八十一，世以为尸解得仙云。"

广州蒲涧寺①

不用山僧导我前，自寻云外出山泉。千章古木临无地，百尺飞涛泻漏天。昔日菖蒲方士宅，后来薝蔔祖师禅②。而今只有花含笑，笑道秦皇欲学仙③。

【注释】①苏轼自注："地产菖蒲，十二节。相传安期生之故居，始皇访之于此。"②薝蔔：即郁金花，祖师禅：禅宗称祖祖相传、不立文字的禅法为祖师禅，是以心印心的教外别传。③苏轼自注："山中多含笑花。"

赠蒲涧信长老

优钵昙花岂有花①，问师此曲唱谁家。已从子美得桃竹②，不向安期觅枣瓜。燕坐林间时有虎③，高眠粥后不闻鸦④。胜游自古兼支许，为采松肪寄一车⑤。

【注释】①优钵昙花：花名。《南史·夷貊传》："国中有优钵昙花，鲜华可爱。"②苏轼自注："此山有桃竹，可作杖，而土人不识，予始录子美诗遗之。"③"燕坐"句：《法苑珠林》："晋释法安，树下坐禅，虎负人而至。安为说法受戒，虎踞地不动，有顷而去。"④闻鸦：《传灯录》："益州无住禅师，专务宴寂，杜鸿渐致礼讫，于是庭树鸦鸣。公问：‘师闻否？’师曰：‘闻鸦去已。’又问：‘师闻否？’师曰：‘闻。’公曰：‘鸦去无声，云何言闻？’师曰：‘闻无生灭，闻无去来。’”⑤松肪：即松脂。

浴日亭[①]

剑气峥嵘夜插天[②]，瑞光明灭到黄湾[③]。坐看旸谷浮金晕[④]，遥想钱塘涌雪山。已觉苍凉苏病骨[⑤]，更烦沆瀣洗衰颜[⑥]。忽惊鸟动行人起，飞上千峰紫翠间。

【注释】①苏轼自注：“在南海庙前。”查慎行注引。《广州志》：“浴日亭，在扶胥镇海神庙之右，小山屹立，亭冠其上，前瞰大海。夜半，日渐自东海出，故名。”②“剑气”句：王文诰案曰：日欲出时，当空先有红气一道，浮而不动者良久，其色不见，则东方渐白。此由日未出时，其光漏出海上，又自海激射于天也。此句正形容其状。”③黄湾：指海口。④旸谷：神话中日出之处曰旸谷。⑤苍凉：《列子·汤问》：“日初出，苍苍凉凉。”⑥沆瀣：夜间的水气、露水。

十月二日初至惠州

仿佛曾游岂梦中，欣然鸡犬识新丰[①]。吏民惊怪坐何事，父老相携迎此翁。苏武岂知还漠北，管宁自欲老辽东[②]。岭南万户皆春色[③]，会有幽人客寓公。

【注释】①“欣然”句：《西京杂记》：“高祖既作新丰，并移旧社。衢巷栋宇，物色惟旧。士女老幼，相携路首，各知其室。放犬羊鸡鸭于通途，亦竟识其家。”②“管宁”句：《三国志》：“管宁，北海朱虚人。天下大乱，闻公孙度令行于海外，遂与邴原、王烈等至于辽东。既往见度，乃庐于山谷，示无迁志。”③苏轼自注：“岭南万户酒。”

朝云诗 并引

世谓乐天有鬻骆马放杨柳枝词，嘉其主老病，不忍去也。然梦得有诗云：“春尽絮飞留不住，随风好去落谁家。”乐天亦云：“病与乐天相伴住，春随樊子一时归。”则是樊素竟去也。予家有数妾，四五年相继辞去。独朝云者，随予南迁。因读乐天集，戏作此诗。朝云姓王氏，钱唐人。尝有子曰干儿，未期而夭云。

不似杨枝别乐天，恰如通德伴伶玄。阿奴络秀不同老，天女维摩总解禅①。经卷药炉新活计，舞衫歌扇旧因缘。丹成逐我三山去②，不作巫阳云雨仙。

【注释】①“天女”句：《维摩经》：“天女居维摩室，与舍利佛发明禅理。维摩曰：‘此天女已能游戏，菩萨之神通也。’”②三山：传说中的海上三神山，一方丈，一蓬莱，一瀛洲。

新酿桂酒

捣香筛辣入瓶盆，盎盎春溪带雨浑。收拾小山藏社瓮，招呼明月到芳樽①。酒材已遣门生致，菜把仍叨地主恩②。烂煮葵羹斟桂醑③，风流可惜在蛮村。

【注释】①“收拾”二句：王十朋注引赵次公曰：“淮南王门下八公，又有大山，小山之徒，当时作《招隐士》一篇云：‘桂树丛生兮山之幽。’又云：‘攀援桂枝兮聊淹留。’小山，明月，暗用淮南丛桂及天竺月中桂子事。”②菜把：指蔬菜。③桂醑：桂花酒。

惠守詹君见和，复次韵

已破谁能惜甑盆，颓然醉里得全浑。欲求公瑾一囷米[1]，试满庄生五石樽[2]。三杯卯困忘家事，万户春浓感国恩。刺史不须要半道，篮舆未暇走山村[3]。

【注释】①“欲求”句：《三国志·吴书·鲁肃传》：“周瑜故过候肃，并求资粮。肃家有两囷米，各三千斛，肃乃指一囷与周瑜。”公瑾：周瑜字。②庄生五石樽：《庄子·逍遥游》：“今子有五石之瓠，何不虑以为大樽而浮乎江湖？而忧其瓠落无所容，则夫子犹有蓬之心也夫！”③蓝舆：古代供人乘坐的交通工具，形制不一，一般以人力抬着行走，类似后世的轿子。

詹守携酒见过，用前韵作诗，聊复和之

箕踞狂歌老瓦盆[1]，燎毛燔肉似羌浑[2]。传呼草市来携客，洒扫渔矶共置樽。山下黄童争看舞，江干白骨已衔恩[3]。孤云落日西南望，长羡归鸦自识村。

【注释】①“箕踞”句：《庄子·至乐》：“庄子妻死，惠子吊之，庄子方箕踞，鼓盆而歌。”②羌浑：西方之戎。燎毛燔肉，盖其俗也。③苏轼自注：“时詹方议葬暴骨。”

正月二十六日，偶与数客野步嘉祐僧舍东南野人家，杂花盛开，扣门求观。主人林氏媪出应，白发青裙，少寡，独居三十年矣。感叹之余，作诗记之[①]

缥蒂缃枝出绛房[②]，绿阴青子送春忙。涓涓泣露紫含笑[③]，焰焰烧空红佛桑[④]。落日孤烟知客恨，短篱破屋为谁香。主人白发青裙袂，子美诗中黄四娘[⑤]。

【注释】①嘉祐僧舍：即嘉祐寺，当时惠州的一所寺院。此诗作于绍圣二年正月二十六日。②缥：浅青色。缃：浅黄色。绛：大红色。③涓涓：细水漫流貌。这里形容露水下滴之状。④焰焰：火苗旺盛貌。这里形容佛桑花殷红之状。佛桑：灌木名。一名朱槿，也叫扶桑。唐刘恂《岭表录异》：“岭表朱槿花，茎叶皆如桑树，叶光而厚，南人谓之佛桑。”⑤黄四娘：杜甫卜居成都西郭草堂时，在江畔漫步，所见到的黄姓妇人。他曾有《江畔独步寻花七绝句·其六》咏其事。苏轼此处之意是说，自己所遇到的林媪，宛如当年杜甫见到的黄四娘。

惠州近城数小山，类蜀道。春，与进士许毅野步，会意处，饮之且醉，作诗以记。适参寥专使欲归，使持此以示西湖之上诸友，庶使知予未尝一日忘湖山也[①]

夕阳飞絮乱平芜[②]，万里春前一酒壶。铁化双鱼沉远素[③]，剑分二岭隔中区[④]。花曾识面香仍好，鸟不知名声自呼[⑤]。梦想平生消未尽，满林烟月到西湖。

【注释】①本集《题跋·书天庆观壁》云："饮酒此室，进士许毅，甫自五羊来，邂逅一杯而别。"②平芜：郊外的原野。③铁化双鱼：《南史·林邑国传》："范文，本日南西卷县夷帅范稚家奴。尝牧牛于山涧，得鳢（lǐ）鱼二，化而为铁。"这里反用其意，谓铁化双鱼。远素：远方寄来的尺素书。《文选》卷二七《饮马长城窟行》："客从远方来，遗我双鲤鱼。呼儿烹鲤鱼，中有尺素书。"此句言远方亲人寄来的双鱼如今化成了铁，藏在鱼腹中的书信亦随之而沉没。④中区：区中。指天下。⑤"花曾"二句：一作"花非识面常含笑，鸟不知名时自呼。"声自呼，是说鸟的叫声是自己呼叫自己的名字。

二月十九日，携白酒、鲈鱼过詹使君，食槐叶冷淘[1]

枇杷已熟粲金珠，桑落初尝滟玉蛆[2]。暂借垂莲十分盏[3]，一浇空腹五车书[4]。青浮卵碗槐芽饼[5]，红点冰盘藿叶鱼[6]。醉饱高眠真事业，此生有味在三余[7]。

【注释】①过：拜访。槐叶冷淘：即诗中所言的槐芽饼，冷淘，过水面一类的食品。此诗作于绍圣二年二月十九日。②桑落：指桑落酒。《水经注》卷四《河水》："民有姓刘名堕者，宿擅工酿，采挹河流，酝成芳酎。悬食同枯枝之年，排于桑落之辰。故酒得其名矣。"滟：光耀貌。玉蛆：酒面上的浮沫。此句言初次品尝波光闪闪的桑落酒。③垂莲：即垂莲盏，酒杯名。④一浇：一作"来浇"。五车书：《庄子·天下》："惠施多方，其书五车。"这里形容博学。⑤卵碗：即卵形的碗。一作"卵盌"。槐芽饼：盖取槐叶汁溲面制作而成，其色鲜碧，放于碗中，青色浮动。⑥冰盘：犹言玉盘。藿叶鱼：配用藿叶制成的鱼。藿叶：豆叶，嫩时可吃。⑦三余：三国魏董遇谓冬、夜、阴雨正是人们可用来读书的余暇时间。《魏书·王肃传》注引《魏略》："人有从学者，遇不肯教，而云：'必当先读百遍。'言：'读书百遍，而义自见。’从学者云：‘苦渴无日。’遇言：当以三余。或问三余之意。遇言：冬者，岁之余，夜者，日之余，阴雨者，时之余也。由是诸生少从遇学。”这里“三余”泛指余暇的时间。

戏和正辅一字韵[1]

故居剑阁隔锦官[2]，柑果姜蕨交荆菅。奇孤甘挂汲古绠[3]，侥觊敢揭钩金竿。已归耕稼供藁秸[4]，公贵干蛊高巾冠[5]。改更句格各謇吃[6]，姑固狡狯加间关[7]。

【注释】①一字韵：诗体名，即用同声同韵的字相押的诗。②剑阁：地名，在今四川剑阁县。锦官：即锦官城。蜀汉时为管理织锦之官驻地，故名。其址在今成都市南。③汲古绠：冯应榴《苏文忠诗合注》：“韩退之诗：汲古得修绠。”④蒿秸：庄稼的秸杆。⑤干蛊：干练有才。⑥謇吃：口吃。《史记·申韩列传》：“韩非为人，口吃不能道说，而善著书。”⑦苏轼自注：“王方平谓麻姑云：‘姑固少年，吾老矣，了不喜复作此狡狯变化也。”姑：指麻姑。狡狯：诡变，开玩笑。间关：鸟鸣声。白居易《琵琶行》：“间关莺语花底滑。”此为说笑之意。

赠王子直秀才[1]

万里云山一破裘，杖端闲挂百钱游。五车书已留儿读，二顷田应为鹤谋[2]。水底笙歌蛙两部，山中奴婢橘千头。幅巾我欲相随去[3]，海上何人识故侯。

【注释】①王子直：即王原。②为鹤谋：赵次公注曰：“为鹤谋，缘子直住鹤田山也。先生旧有本注云尔。”③幅巾：古代男子用绢一幅束发，称为幅巾。《后汉书·鲍永传》注："幅巾谓不著冠，但幅巾束首也。"幅巾是一种平民装束，苏轼这里的意思是脱去官服，换上幅巾，即辞官之意。

连雨江涨二首[①]

其一

越井冈头云出山[②]，牂牁江上水如天[③]。床床避漏幽人屋，浦浦移家蜑子船[④]。龙卷鱼虾并雨落，人随鸡犬上墙眠。只应楼下平阶水，长记先生过岭年。

【注释】①此二首与《江涨用过韵》盖作于同时。②越井冈：即天井冈，在南海县北四里。相传冈下有越王井，深百余尺，为赵佗所凿，故又称赵井冈。③牂牁江：一名都泥江。今名濛江。源出贵州定番县西北乱山中，经广西入广东曰西江。④"浦浦"句：《太平寰宇记》："蜑户生在江海，居于舟船，随潮往来，捕鱼为业。"江海涨水，故"浦浦移家"。

其二

急雨萧萧作晚凉，卧闻榕叶响长廊。微明灯火耿残梦，半湿帘栊浥旧香[①]。高浪隐床吹瓮盎[②]，暗风惊树摆琳琅[③]。先生不出晴无用，留与空阶滴夜长。

【注释】①帘栊：帘子和窗户。栊，窗上棂木，指窗户。②隐床：义同"殷床"，指浪涛声响彻于床榻。③暗风：夜风。

桄榔杖寄张文潜一首，时初闻黄鲁直迁黔南，范淳父九疑也[1]

睡起风清酒在亡，身随残梦两茫茫。江边曳杖桄榔瘦，林下寻苗荜拨香[2]。独步倘逢勾漏令，远来莫恨曲江张[3]。遥知鲁国真男子，独忆平生盛孝章[4]。

【注释】①张文潜：即张耒。黄鲁直：即黄庭坚。范淳父：即范祖禹。绍圣二年正月，黄庭坚被贬为涪州别驾，黔州安置。范祖禹被贬为昭州别驾，永州安置。九疑：在道州，与永州接壤，故云九疑。四月初，苏轼闻黄、范被贬事，作此诗。②荜拨：草名，即荜茇。早春抽苗，茎高三四尺，春日开白花，果实类桑葚，可供药用。③勾漏令：指葛洪。曲江张：指张九龄，张九龄是韶州曲江人。张九龄为丞相时，建言放臣不宜与善地，悉徙五溪不毛处。刘禹锡被贬后，曾有诗追恨之。这两句是说，你张耒若遇到黄、范二人的话，劝劝他们莫学刘禹锡那样恨张九龄。④鲁国真男子：指孔融。融曾对曹操说过："孔融，鲁国男子也。"见《后汉书·杨彪传》。盛孝章：即盛宪。孔融曾向曹操推荐盛宪，意欲曹操纳用，曹操书未至，宪已被孙策诛杀。

真一酒 并引[1]

米、麦、水，三一而已[2]，此东坡先生真一酒也。

拨雪披云得乳泓[3]，蜜蜂又欲醉先生[4]。稻垂麦仰阴阳足[5]，器洁泉新表里清。晓日著颜红有晕，春风入髓散无声[6]。人间真一东坡老，与作青州从事名[7]。

【注释】①此诗作于绍圣二年四五月间。真一酒：苏轼在惠州酿制的酒名。②三一：言真一酒是用麦、米、水三种原料做成的。参见本集《寄建安徐得之真一酒法》。③拨雪披云：言打开酒瓮，拨开云雪般的真一酒原料。乳泓：指真一酒。因色如乳汁，故云。苏轼自注：“真一色味，颇类予在黄州日所酝蜜酒也。”④“蜜蜂”句：按苏轼《蜜酒歌》云：“南园采花蜂似雨，天教酿酒醉先生。”真一酒像蜜酒，故有此说。⑤“稻垂”句：王鲁斋《造化论》：“麦受六阳之全，故就实而昂；稻分阴阳之半，则未实而俯。”古人认为麦得阳气，稻得阴，故其穗或仰或俯。⑥“晓日”二句：言早晨喝了真一酒，脸面红晕，春风一吹，酒气就散布全身，流入骨髓。⑦青州从事：《世说新语·术解》：“桓公（温）有主薄，善别酒，有酒辄令先尝。好者谓‘青州从事’，恶者谓‘平原督邮’。青州有齐郡，平原有鬲县。‘从事’言到脐（齐），‘督邮’言在鬲上住。”因好酒下脐，恶酒凝膈。从事，美官；督邮，贱职，故以为比。此二句言，自己一生追求真一，故取真一为美酒之名。

六月十二日，酒醒步月，理发而寝[1]

羽虫见月争翾翻，我亦散发虚明轩[2]。千梳冷快肌骨醒，风露气入霜蓬根[3]。起舞三人漫相属，停杯一问终无言[4]。曲肱薤簟有佳处[5]，梦觉琼楼空断魂。

【注释】①此诗作于绍圣二年六月。②翾（xuān）翻：盘旋着飞。虚明轩：空明的窗前。杜甫《夏夜叹》：“昊天出华月，茂林延疏光。仲夏苦夜短，开轩纳微凉。虚明见纤毫，羽虫亦飞扬。”以上二句盖化用此诗。③霜蓬根：散乱的白发。④“起舞”二句：化用李白诗《月下独酌》：“举杯邀明月，对影成三人。”及《把酒问月》：“青天有月来几时，我今停杯一问之。”⑤薤簟：草席。

和子由次月中梳头韵[1]

夏畦流膏白雨翻，北窗幽人卧羲轩[2]。风轮晓长春笋节，露珠夜上秋禾根[3]。从来白发有公道[4]，始信丹经非妄言[5]。此身法报本无二[6]，他年妙绝兼形魂[7]。

【注释】①王十朋曰："子由诗叙云：'辙有白发，近二十年矣，然止百余茎，不增不减。虔州道人王正彦，教令拔去，以真水火养之，当不复更生。从其言，已数月，而白发不出，更年岁不见，岂真不生邪？子瞻兄示我《月中梳头》诗，戏次来韵，言拔白之验。'"此首是对苏辙次韵诗的和诗。②羲轩：伏羲和轩辕。③"风轮"二句：苏辙《次韵〈月中梳头〉韵》："水上有车车自翻。"按此二句苏轼自注："或谓予曰：草木之长，常在昧明间。早作而伺之，乃见其拔起数寸，竹笋尤甚。又夏秋之交，稻方含秀，黄昏月出，露珠起于其根，累累然忽自腾上，若有推之者，或入于茎心，或垂于叶端。稻乃秀实，验之信然。此二事与子由养生之说契，故以此为寄。"风轮：指水车。④"从来"句：本杜牧《送隐者》："公道世间惟白发，贵人头上不曾饶。"⑤丹经：指道家经典。⑥法报：法身和报身。《维摩经》注："佛有三身，曰法、报、应。法、报二身，佛自受用。"⑦苏轼自注："《传灯录》：'有形神俱妙者，乃不复有解化之事。'"

答周循州[1]

蔬饭藜床破衲衣[2]，扫除习气不吟诗。前生自是卢行者[3]，后学过呼韩退之。未敢叩门求夜话，时叨送米续晨炊[4]。知君清俸难多辍[5]，且觅黄精与疗饥[6]。

【注释】①周循州：即循州（治所在今广东龙川县）太守周彦质。彦质，字文之，时为循州守。此诗作于绍圣二年十月。②蔬饭：粗食，即以草菜为食。《后汉书·窦章传》："居贫，蓬户蔬食。"藜床：藜制之床。庾信《小园赋》："管宁藜床，虽穿而可坐。"倪璠注引皇甫谧《高士传》："管宁字幼安，北海朱虚人。常坐一木榻，积五十年，未常箕踞，榻上当膝皆穿。"衲衣：僧衣。③卢行者：指六祖禅师慧能。慧能俗姓卢，故称卢行者。④“时叨”句：王文诰注：“周文之时以米为馈，其下二句，皆此意也。”⑤清俸：俸禄。⑥黄精：草名。又名黄芝、菟竹、鹿竹、救穷草、垂珠草、野花姜。叶似竹而短，根如嫩姜，入药。道家认为其得坤土之精粹，故名黄精。疗饥：谓可止饥饿。一说，疗饥，即乐饥，乐道忘饥。

十一月九日，夜梦与人论神仙道术，因作一诗八句。既觉，颇记其语，录呈子由弟。后四句不甚明了，今足成之耳[①]

析尘妙质本来空[②]，更积微阳一线功[③]。照夜一灯长耿耿，闭门千息自濛濛[④]。养成丹灶无烟火，点尽人间有晕铜[⑤]。寄语山神停伎俩，不闻不见我何穷[⑥]。

【注释】①此诗作于绍圣二年十一月。②苏轼自注：“梦中于此句，若了然有所得者。”意即自己梦中与人讨论时，这一句是懂的，但醉后，却不明其意了。③“更积”句：此句连上句是说梦中与人讨论万物的本质，一切都是虚空，而虚空之中，靠着微微的阳气，方显出一线生机。④“照夜”二句：查慎行注引《云笈七签》：“凡行气之道，当在密室，闭门安床，瞑目闭气，以鸿毛著鼻端，鸿毛不动，经三百息，耳无所闻，目无所见，心无所思，当以渐除之。”又云：“徐徐引气出纳，则元气亦不出如胎息者，鼻中微微通气往来，至此虽千息，亦不倦焉。”此二句言夜间，自己紧闭房门，用一盏明灯相伴，养炼胎息之功。⑤丹灶：炼丹之灶。此二句言，炼成内丹，自己就可以不食人间烟火，排除杂念，犹如去掉铜上锈斑。⑥“寄语”二句：据《太平广记》卷十六引《续玄怪录》载，杜子春从一仙人言，虽为山神、恶鬼、野兽、亲戚所困，终不闻不语。这两句借用杜子春事，言自己只求炼成内丹，希望山神别做出种种伎俩来干扰。

章质夫送酒六壶，书至而酒不达，戏作小诗问之①

白衣送酒舞渊明，急扫风轩洗破觥②。岂意青州六从事③，化为乌有一先生④。空烦左手持新蟹，漫绕东篱嗅落英⑤。南海使君今北海⑥，定分百榼饷春耕⑦。

【注释】①章质夫：即章楶。质夫是其字，时任广州太守。②“白衣”二句：言自己看到章质夫书中所言要送来美酒时的兴奋情状。风轩：指四处透风的住所。觥：盛酒器。③青州六从事：代指六壶美酒。参看《真一酒》注⑦。④乌有先生：本是司马相如在《子虚赋》中假托人物，意为没有此先生。陈师道《谈丛》云：“东坡居惠，广守月馈酒六壶，吏尝跌而亡之，坡以诗谢。”此句指此事。⑤东篱：陶渊明《饮酒》其五：“采菊东篱下，悠然见南山。”落英：指菊花。《楚辞·离骚》：“夕餐秋菊之落英。”⑥“南海”句：谓章质夫就是今天的孔融。南海使君：章时往广州太守，故称。北海：指孔融，曾为北海太守。后居闲职，犹宾客日盈，尝言：“坐上客恒满，樽中酒不空，吾无忧矣。”⑦榼（kē）：古时盛酒的器具。

寄高令①

满地春风扫落花，几番曾醉长官衙②。诗成锦绣开胸臆，论极冰霜绕齿牙。别后与谁同把酒，客中无日不思家。田园知有儿孙委③，早晚扁舟到海涯。

【注释】①王文诰曰：“《外集》编此诗惠州作，则此为归善县无疑，乃高令罢去后所作，且望其还也。程乡令侯晋叔、博罗令林抃、龙川令马翟东玉、河源令冯祖仁、兴宁令欧阳叔向，均无诗，而托公以传。独此人为地主，且得诗，反佚其名字，至于无考，殆亦有幸有不幸也。”②长官衙：指高令的官邸。③儿孙委:《庄子·知北游》:“孙子非汝有,是天地之委蜕也。”意即即使你的子孙也不是你所据有的,那是天地所给予你的蜕变之形。儿孙委,即天地所给予你的儿孙。

和子由《盆中石菖蒲忽生九花》[1]

春荑秋荚两须臾[2],神药人间果有无。无鼻何由识薝蔔[3],有花今始信菖蒲[4]。芳心未饱两蛱蝶[5],寒意知鸣几蟪蛄[6]。记取明年十二节[7],小儿休更籋霜须[8]。

【注释】①此诗作于绍圣三年五月前后。②春荑:春天草木的嫩芽。荑:草木初生的芽叫荑。秋荚:秋天草木的果实。荚:草木果实狭长无隔膜者叫荚。③薝蔔:花名,即郁金香。唐段成式《酉阳杂俎》卷十八“陶真白(弘景)言,栀子剪花六出,刻房七道,其花香甚,相传即西域薝卜花也。”④菖蒲:草名。又名白菖,泥菖蒲。《抱朴子·仙药》:“菖蒲生须得石上,一寸九节已上,紫花者尤善也。”道家认为,久服菖蒲,可以轻身延年。⑤蛱蝶:即蝴蝶。⑥蟪蛄:即寒蝉。《庄子·逍遥游》:“蟪蛄不知春秋。”⑦十二节:指菖蒲。《本草图经》:“菖蒲亦有一寸十二节者。”⑧籋(niè):镊子,此作动词用,以镊钳取。相传久服菖蒲,能使白发变黑,落齿更生。

悼朝云 并引[1]

绍圣元年十一月,戏作《朝云》诗。三年七月五日,朝云病亡于惠州,葬之栖禅寺松林中东南,直大圣塔[2]。予既铭其墓[3],且和前诗以自解。朝云始不识字,晚忽学书,粗有楷法。盖尝从泗上比丘尼义冲学沸,亦略闻大义,且死,诵《金刚经》四句偈而绝。

苗而不秀岂其天[④]，不使童乌与我玄[⑤]。驻景恨无千岁药[⑥]，赠行惟有小乘禅。伤心一念偿前债，弹指三生断后缘[⑦]。归卧竹根无远近[⑧]，夜灯勤礼塔中仙[⑨]。

【注释】①此诗作于绍圣三年八月。②直：对，临。③“予既”句：本集有《朝云墓志铭》。④苗而不秀：庾信《伤心赋序》：“苗而不秀，频有所悲。追悼前亡，唯觉伤心。”⑤“不使”句：王十朋注：“《扬子》：育而不苗者，吾家之童乌乎？九龄而与我玄文。”此言朝云所生的儿子苏遯，未满一年而死。⑥驻景：使太阳停下，不再前行。⑦三生：指前生、今生和来生。⑧“归卧”句：化用杜甫《少年行》：“倾银泻玉惊人眼，共醉终同卧竹根。”⑨塔：指大圣塔。

卷二十五　七言律诗

吴子野绝粒不睡，过作诗戏之，芝上人，陆道士皆和，予亦次其韵[①]

聊为不死五通仙[②]，终了无生一大缘。独鹤有声知半夜，老蚕不食已三眠[③]。怜君解比人间梦[④]，许我时逃醉后禅。会与江山成故事，不妨诗酒乐新年。

【注释】①此诗作于绍圣四年新春。吴子野：名复古。过：即苏过，苏轼少子。芝上人：即昙秀。陆道士：名惟忠，字子厚，眉山人。是苏轼的故友。②五通：神名。宋洪迈《夷坚志》谓二浙江东，其神曰五通。赵次公曰："佛具六通，而神仙众特五通而已，五通则不死，六通无死无生。"③"老蚕"句：赵次公注："韩退之文：蚕起且眠矣，而雨不得老以簇也。盖惟三眠而老焉。"④苏轼自注："芝有梦斋，子由作铭。"

白鹤峰新居欲成，夜过西邻翟秀才，二首[①]

其一

林行婆家初闭户[②]，翟夫子舍尚留关[③]。连娟缺月黄昏后[④]，缥缈新居紫翠间。系闷岂无罗带水，割愁还有剑铓山[⑤]。中原北望无归日，邻火村舂自往还。

【注释】①此二首作于绍圣四年二月。翟秀才：名逢亨，居白鹤山下，是苏轼在惠州时的新交和邻居。②行婆：不出家而信佛的老妇人。据本集《白鹤新居上梁文》："年丰米贱，林婆之酒可赊。"可知这位林行婆当是开小酒店的女掌柜。③留关：即留门，指门未上栓。④连娟：细而弯曲的样子。⑤苏轼自注："韩退之云：水作青罗带，山如碧玉篸。柳子厚云：海上尖峰若剑铓，秋来处处割愁肠。皆岭南诗也。”

其二

瓮间毕卓防偷酒[①]，壁后匡衡不点灯[②]。待凿平江百尺井，要分清暑一壶冰[③]。佐卿恐是归来鹤[④]，次律宁非过去僧[⑤]。他日莫寻王粲宅[⑥]，梦中来往本何曾[⑦]。

【注释】①毕卓：字茂世，新蔡鲖阳人。《晋书》本传：“太兴末，为吏部郎，常饮酒废职。比舍郎酿熟，卓因醉，夜至其瓮间盗饮之，为掌酒者所缚，明旦视之，乃毕吏部也。”②匡衡：字稚圭，西汉东海人。《汉书》有传。《西京杂记》卷二：“匡衡字稚圭。勤学而无烛。邻居有烛而不逮，衡用穿壁引其光，以书映光而读之。”③“待凿”句：王文诰曰：“是时井未凿，两家皆取汲于江。诗乃许两家共汲此井，以所居皆在白鹤峰上故也。”④佐卿：即徐佐卿，唐时青城道士。王十朋注引《广德神异录》：“天宝中，玄宗猎于沙苑，有孤鹤，帝射之，鹤中箭西南而逝。益州有道观，青城道士徐佐卿，一岁常三四至。一日，自外至，谓弟子曰：‘吾行山中，为飞矢所中。’以箭挂于壁，且曰：‘后箭主到此，付之。’后明皇幸蜀，游于观中，识其箭，曰：‘此吾沙苑所射鹤箭。’乃知是佐卿焉。”⑤次律：即房琯，琯字次律。施元之注引《高道传》：“房琯与邢和璞游废佛堂。和璞以杖叩地，掘之，得一瓦瓶，瓶中有娄师德《与永禅师书》。和璞笑曰：‘省此乎？’绾仿佛记前世尝为僧，名智永。”⑥王粲：字仲宣，山阳高平人。建安七子之一。他避难居荆州时，在襄阳县西十里万山坡下建有住宅。⑦何曾：字颖考，晋阳夏人。他好学博闻，性至孝，《晋书》有传。此比翟秀才。

次韵惠循二守相会[①]

共惜相从一寸阴[②]，酒杯虽浅意殊深。且同月下三人影[③]，莫作天涯万里心④。东岭近开松菊径，南堂初绝斧斤音⑤。知君善颂如张老⑥，犹望携壶更一临。

【注释】①此诗作于绍圣四年春。惠守即惠州太守方子容，循守即循州太守周彦质，二人均是苏轼的朋友。②相从：相随，指相会。③三人影：李白《月下独酌》其一："举杯邀明月，对影成三人。"此句本此。④天涯万里心：指分别之心。王勃《送杜少府之任蜀州》："海内存知己，天涯若比邻。"曹植《赠白马王彪》："丈夫志四海，万里犹比邻。"二诗皆咏离别之情怀，故言。⑤初绝斧斤音：是时，白鹤新居凿井方成，故云："初绝斧斤音。"⑥"知君"句：《礼记·檀弓下》："晋献文子成室，晋大夫发焉，张老曰：'美哉轮焉，美哉奂焉，歌于斯，哭于斯，聚国族于斯。"君子谓之善颂善祷。"

又次韵二守许过新居①

数亩蓬蒿古县阴②，晓窗明快夜堂深。也知卜筑非真宅③，聊欲跏趺看此心④。闻道携壶问奇字⑤，更因登木助微音⑥。相娱北户江千顷，直下都无地可临⑦。

【注释】①此首作于绍圣四年春。二守，即惠、循二守，详见前一首。②古县阴：白鹤新居在归善县北，而归善县为隋置，故称。③卜筑：择地建屋。《梁书·刘吁传》："卜筑于宋熙寺东涧，有终焉之志。"真宅：人死后的真正归宿。《汉书·杨王孙传》："乃得归土，就其真宅。"④跏趺：佛教徒的坐法，即所谓结跏趺坐，分降魔坐和吉祥坐两种。前者以右趾押左股，后以左趾押右股，禅宗多传此法。后者先以左趾押右股，后以右趾押左股，令二足掌仰放于二股之上，传即如来佛成道时的坐法。⑤奇字：汉王莽时有六体书，一曰古文，二曰奇字。古文指孔子壁中书，奇字即古文而异者。见许慎《说文解字叙》。一说奇字即大篆：⑥"更因"句：王十朋注："《礼记·檀弓篇》：孔子之故人曰原壤，其母死，夫子助之沐椁。原壤登木曰：‘久矣，予之不托于音也。’歌曰：‘狸首之斑然，执女手之卷然。’”更因，一作“更宜”。微音，一作“徽音”。⑦“直下”句：《文选》王简栖《头陀寺碑》：“飞阁逶迤，下临无地。”

又次韵二守同访新居①

此生真欲老墙阴，却扫都忘岁月深②。拔薤已观贤守政③，折蔬聊慰故人心④。风流贺监常吴语⑤，憔悴钟仪独楚音⑥。治状两邦俱第一，颍川归去肯重临⑦。

【注释】①此首作于绍圣四年春。二守：即循、惠二守。②却扫：不再扫路迎客，即闭门谢客的意思。③拔薤：《后汉书·庞参传》：参出任汉阳太守，“郡人任棠者，有奇节，隐居教授。参到，先候之。棠不与言，但以薤一大本，水一盂，置户屏前，自抱孙儿伏于户下。主簿白以为倨。参思其微意，良久曰：‘棠是欲晓太守也。水者，欲吾清也。拔大本薤者，欲吾击强宗也。抱儿当户，欲吾开门恤孤也。’于是叹息而还，参在职，果能抑强助弱，以惠政得民。”薤，草名。④“折蔬”句：本陶渊明《读〈山海经〉》其一：“穷巷隔深辙，颇回故人车。欢然酌春酒，摘我园中蔬。”折，同“摘”。⑤贺监：即贺知章。杜甫《遣兴》：“贺公雅吴语，在位常清狂。”⑥钟仪：春秋时楚人，为晋国所俘。晋景公问他在楚国的族人是干什么的，他说是乐人，问他能否奏乐，他说：“先父之职官也，敢有二事！”使与之琴，操南音。⑦“治状”二句：用黄霸事。《汉书·黄霸传》载，黄霸为颍川太守时，“治为天下第一。征守京兆尹，坐贬秩。有诏归颍川，治如其前。前后八年，郡中愈治。”

循守临行，出小鬟，复用前韵[①]

学语雏莺在柳阴，临行呼出翠帷深[②]。通家不隔同年面[③]，得路方知异日心[④]。趁著春衫游上苑，要求国手教新音[⑤]。岭梅不用催归骑，截鞓须防旧所临[⑥]。

【注释】①此首作于绍圣四年三月。循守：即循州太守周彦质，字文之。王文诰曰："循守临行，谓文之已罢任，将别去也。"②"学语"二句：点出循守临行，出小鬟事。③苏轼自注："二守（即惠、循二守）同年家。"通家：世代有交谊之家。同年：科举制度同榜的人叫同年。④"得路"句：王十朋注："《唐摭言》：崔沆及第年，为主罚录事。同年卢象，俯近关宴，请假往洛下。及同年宴于曲江亭子，象以雕幰载妓纵观于侧，为团司所发。沆判之，略曰：'深搀席帽，密映毡车。紫陌寻春，便隔同年之面；青云得路，可知异日之心。'"⑤国手：国中艺能出众的人。白居易《醉赠刘二十八使君》："诗称国手徒为尔，命压人头不奈何。"此指循守周彦质。⑥苏轼自注："循守近为韶倅。"截鞓，宋曾慥《类说》卷二一引五代后周王仁裕《开元天宝遗事》："姚元崇初牧荆州，三年受代日，阖境民吏，泣拥马首，载镫留鞭，以表瞻恋。"后用为对离职官吏表示挽留惜别的套语。镫同"鞓"。

客俎经旬无肉，又子由劝不读书，萧然清坐，乃无一事[①]

病怯腥咸不买鱼[②]，尔来心腹一时虚。使君不复怜乌攫[③]，属国方将掘鼠余[④]。老去独收人所弃，游哉时到物之初。从今免被孙郎笑，绛帕蒙头读道书[⑤]。

【注释】①此诗作于绍圣四年八九月间。客俎：指饮食。清坐：冷坐。②病怯：担心，害怕。③使君：指黄霸。《汉书·循吏传》载，黄霸为颍川太守时，“尝欲有所司察，择长年廉吏遣行，属令周密，吏出，不敢舍邮亭，食于道旁，乌攫其肉。民有欲诣府口言事者适见之，霸与语道此。后日，吏还谒霸，霸见迎劳之，曰：‘甚苦，食于道旁乃为乌所盗肉。’吏大惊，以霸具知其起居，所问毫厘不敢有所隐。”④属国：指苏武。《汉书·苏武传》载，苏武出使匈奴被扣留，“及徙武北海上无人处，使牧羝。……武既止海上，廪食不止，掘野鼠去草实而食之。”⑤孙郎：指孙策。《三国志·吴书·孙策传》注引《江表传》载，孙策曰：“昔南阳张津为交州刺史，舍前圣典训，废汉家法律，常著绛帕头，鼓琴烧香，读邪俗道书，云以助化，卒为南夷所杀。此甚无益，诸君但未悟耳。”

次韵子由三首[①]

东亭

仙山佛国本同归[②]，世路玄关两背驰[③]。到处不妨闲卜筑[④]，流年自可数期颐[⑤]。遥知小槛临廛市[⑥]，定有新松长棘茨[⑦]。谁道茅檐劣容膝，海天风雨看纷披[⑧]。

【注释】①此三首作于绍圣四年九月以后。②同归：比喻采取不同的方法取得一致的效果。《易·系辞下》：“天下同归而殊途，一致而百虑。”③玄关：佛家称入道之门为玄关。背弛：背道而驰。④卜筑：择地建屋。⑤期颐：《礼记·曲礼》：“百年曰期颐。”⑥廛市：犹集市。⑦棘茨：指蒺藜。⑧纷披：和缓貌。王褒《洞箫赋》：“其仁声则若凯风纷披，容与而施惠。”

东楼[1]

白发苍颜自照盆，董生端合是前身[2]。独栖高阁多辞客，为著新书未绝麟[3]。小醉易醒风力软，安眠无梦雨声新。长歌自誷真堪笑，底处人间是所欣[4]。

【注释】①查慎行注："《名胜志》：雷州城南有苏公楼，苏黄门（辙）以论熙丰邪说安置雷州。章惇下令，流人不许占官客。郡人吴国鉴，造屋于此，以处子由。惇又以为强夺民居，赖有僦券而止。"②董生：董仲舒。端合：正合。③绝麟：赵次公曰："司马迁作《史记》，述陶唐至汉武太和事，得白麟而止，亦犹《春秋》止于获麟也。"查注："按此诗第二句以董仲舒比子由，第四句复云："为著新书未绝麟'，意是时子由方著《春秋传》而未成，故云尔。"④底处：犹言何处。

椰子冠

天教日饮欲全丝[1]，美酒生林不待仪[2]。自漉疏巾邀醉客[3]，更将空壳付冠师[4]。规模简古人争看[5]，簪导轻安发不知[6]。更著短檐高屋帽[7]，东坡何事不违时。

【注释】①日饮：日日饮酒。丝：指袁盎，字丝。《汉书·袁盎传》："（盎）徙为吴相，辞行，兄子种谓曰：'吴王骄日久，国多奸，今丝欲刻治，彼不上书告君，则利剑刺君矣。南方卑湿，丝能日饮，亡何，说王毋反而已。如此，幸得脱。'"②仪：狄仪。相传是古时善酿酒者。赵次公曰："椰子树，似槟榔而高大。叶长，一房生三十余子，如瓜，肉似熊白，味似胡桃，内有浆一升，清如水，甜如蜜。今言美酒生林，指言椰子中自然之酒，故不待仪狄也。"③自漉疏巾：《南史·陶潜传》："郡将候潜，逢其酒熟，取头上葛巾漉酒，毕，还复著之。"④冠师：制作帽子的师傅。⑤规模：规制，格局。⑥簪导：首饰名，用以束发。《隋书·礼仪志》："簪导，案《释名》云：'簪，建也，所以建冠于发也。……导，所以导栎鬓发，使入巾帻之里也。"⑦高屋帽：帽名。《隋书·礼仪志》："宋、齐之间，天子宴私，著白高帽，士庶以乌，其制不定。或有卷荷，或有下裙，或有纱高屋，或有乌纱长耳。……今复制白纱高屋帽。"

十二月十七日夜坐达晓，寄子由[①]

灯烬不挑垂暗蕊[②]，炉灰重拨尚余薰。清风欲发鸦翻树，缺月初升犬吠云。闭眼此心新活计[③]，随身孤影旧知闻。雷州别驾应危坐[④]，跨海清光与子分[⑤]。

【注释】①此诗作于绍圣四年十二月。②暗蕊：幽暗的灯光。③活计：生计。指谋生之计。④雷州驾别：指子由。危坐：正身而坐。⑤清光：指月光。一作"幽光"。

上元夜过赴儋守召，独坐有感[①]

使君置酒莫相违[②]，守舍何妨独掩扉。静看月窗盘蜥蜴，卧闻风幔落伊威[③]。灯花结尽吾犹梦[④]，香篆消时汝欲归[⑤]。搔首凄凉十年事，传柑归遗满朝衣[⑥]。

【注释】①苏轼自注："戊寅岁。"即绍圣五年(1098)。上元：农历正月十五日，又称元宵节。儋守：儋州太守张中，开封人。②使君：汉代制史之称，后世亦用以称州郡长官。此指张中。③风幔：挡风的帷幕。伊威：一种屋里生的虫子。即土鳖。《诗·豳风·东山》："伊威在室，蠨蛸在户。"④"灯花"句：旧有灯花报喜之说。据《西京杂记》："樊哙问陆贾曰：

‘自古人君受命于天，云有瑞应，岂有是乎？’贾曰：‘目瞤得酒食，灯花得钱财，乾鹊噪而行人至，蜘蛛集而百事喜，小既有徵，大亦宜然。’”此处反用其意，谓灯花已结尽，吾犹在梦中，并无喜事来报。⑤香篆：一种盘香，形似篆文，故称。参阅宋·洪刍《香谱》之《香篆》与《百刻香》。⑥“搔首”二句：元祐八年(1093)的上元节，苏轼以端明殿学士兼翰林侍读学士，礼部尚书，侍宴于端门，曾有《上元侍饮楼上三首呈同列》诗云：“归来一点残灯在，犹有传柑遗细君。”遗(wèi)：赠与。细君：妻的代称。传柑：皇帝传赐的柑桔。满朝衣：言官员云集之状。此二句是怀念六年前（言“十年”是约数）在京过上元节之盛况。

海南人不作寒食，而以上巳上冢。予携一瓢酒，寻诸生，皆出矣。独老符秀才在，因与饮，至醉。符盖儋人之安贫守静者也[①]

老鸦衔肉纸飞灰，万里家山安在哉！苍耳林中太白过[②]，鹿门山下德公回[③]。管宁投老终归去[④]，王式当年本不来[⑤]。记取城南上巳日，木棉花落刺桐开。

【注释】①寒食：即寒食节，在清明节前一日或二日。上巳：汉代以前以农历三月上旬之巳日为上巳；魏晋以后，定为三月三日。老符秀才：据苏轼《被酒独行》诗自注，即符林。②苍耳：草名。可食用，亦可入药。李白诗有《寻鲁城北范居士，失道落苍耳中，见范置酒摘苍耳作》。③鹿门山：山名。在今湖北襄阳东南三十里。德公：即庞德公，汉末人。他曾入鹿门山采药不返。符林能安贫守静，故以相比。④“管宁”句：据《三国志·魏书·管宁传》，管宁避难居辽东三十七年，文帝即位，征还郡。⑤“王式”句：据《汉书·王式传》，王式被征召为博士，诸博士以酒食相劳，席间为人所辱，式责让诸生说：“我本不欲来，诸生强劝我，竟为竖子所辱。”遂谢病免归。此处以王式喻符林，言是自己主动找符林会饮。

庚辰岁人日作，时闻黄河已复北流，老臣旧数论此，今斯言乃验，二首[1]

其一

老去仍栖隔海村，梦中时见作诗孙[2]。天涯已惯逢人日，归路犹欣过鬼门[3]。三策已应思贾让，孤忠终未赦虞翻[4]。典衣剩买河源米，屈指新篘作上元[5]。

【注释】①庚辰：指元符三年(1100)。人日：旧俗以农历正月初七为人日。熙宁年间，黄河决堤，当时治河之论，或主张塞堵，使黄河东流，或主张疏通，使黄河北流。苏轼属于后者。此时，黄河已复北流，故云“斯言乃验”。②作诗孙：指苏符。符乃轼族孙。③鬼门：王十朋注引《山水志》：“广南西路容、牢二州界有鬼门关。谚曰：若度鬼门关，十去九不回。言多炎瘴也。”④贾让：汉代著名的治河理论家。哀帝时，他曾提出治河三策，主张疏导，使黄河北流入海。《三国志》：“虞翻性疏直，数有酒失，孙权积怒，放之交州，在南十余年，卒。”⑤篘(chōu)：一种竹制的滤酒器具。

其二

不用长愁挂月村[1]，槟榔生子竹生孙[2]。新巢语燕还窥砚，旧雨来人不到门。春水芦根看鹤立，夕阳枫叶见鸦翻。此生念念随泡影，莫认家山作本元[3]。

【注释】①“不用”句：杜甫《东屯月夜》：“月挂客愁村。”此句盖此用之。②苏轼自注：“海南勒竹，每节生枝如竹竿大，盖竹孙也。”③本元：本元心地。指真正归宿。

庚辰岁正月十二日，天门冬酒熟，予自漉之，且漉且尝，遂以大醉，二首[1]

其一

自拨床头一瓮云，幽人先已醉浓芬。天门冬熟新年喜，麹米春香并舍闻[2]。菜圃渐疏花漠漠，竹扉斜掩雨纷纷。拥裘睡觉知何处，吹面东风散缬纹[3]。

【注释】①天门冬：植物名。可入药。《山居要录》记有天门冬酒法。②苏轼自注："杜子美诗云：闻道云安麹米春。盖酒名也。"③缬纹：酒后脸上呈现的红晕。

其二

载酒无人过子云，年来家酝有奇芬[1]。醉乡杳杳谁同梦，睡息齁齁得自闻[2]。口业向诗犹小小[3]，眼花因酒尚纷纷。点灯更试淮南语，泛溢东风有縠纹[4]。

【注释】①酝：酒。②齁齁：熟睡时的鼻息声。③口业：指诗文的创作。唐宋人以诗文类绮语，故相比附。④"泛溢"句：《淮南子》云："东风至而酒泛溢。"高诱注云："酒泛，谓米面麹之泛者，风至而沸动。"

追和戊寅岁上元

春鸿社燕巧相违，白鹤峰头白板扉。石建方欣洗牏厕[1]，姜庞不解叹蟏蛸[2]。一龛京口嗟春梦，万炬钱塘忆夜归。合浦卖珠无复有，当年笑我泣牛衣[3]。

【注释】①石建：石奋之子，西汉人。《汉书·石奋传》："（奋）长子建为郎中令，每五日洗沐归谒亲，入子舍，窃问侍者，取亲中裙厕牏，身自浣涤。"②姜庞：指东汉姜诗妻庞氏。《后汉书·列女传》有传。蟏蛸：即蟏蛸和伊蝛。《诗·豳风·东山》："伊威在室，蟏蛸在户。"《东山》此二句本为远戍之人思念家室之意，姜诗汲水而卒，庞氏为使姑婆不伤悲，欺言诗去游学，故此戏言"不解"。③《汉书·王章传》："章疾病，无被，卧牛衣中，与妻决，涕泣，其妻呵怒之，曰：'仲卿，……今疾病困厄，不自激昂，乃反涕泣，何鄙也。'后章仕宦历京兆，欲上封事。妻止之，曰：'独不念牛衣中涕泣时邪？'书上，果下狱死。妻子徙合浦，采珠致产数百万。"

汲江煎茶

活水还须活火烹[1]，自临钓石取深清。大瓢贮月归春瓮[2]，小杓分江入夜瓶[3]。茶雨已翻煎处脚[4]，松风忽作泻时声。枯肠未易禁三碗[5]，坐听荒城长短更。

【注释】①苏轼自注："唐人云：茶须缓火炙，活火煎。"活水：刚从江中取回的水。活火：猛火，不同于缓火。②大瓢贮月：月映在水中，瓢舀水，仿佛舀起了月。③分江：分耳江的一部分。亦即舀水。④脚：指茶脚。⑤"枯肠"句：卢仝《走笔谢孟谏议寄新茶》："三碗搜枯肠。"

儋耳[1]

霹雳收威暮雨开，独凭阑槛倚崔嵬[2]。垂天雌霓云端下[3]，快意雄风海上来。野老已歌丰岁语，除书欲放逐臣回。残年饱饭东坡老，一壑能专万事灰[4]。

【注释】①儋耳：郡名。治所在今海南儋县西北。辖境相当今海南岛西部地区。②崔嵬：本指有石的土山。后泛指高山。③雌霓：《埤雅》："虹常双见，鲜盛者雄，其暗者雌。"④《汉书·叙传》："渔钓于一壑，则万物莫奸其志。"

六月二十日夜渡海

参横斗转欲三更，苦雨终风也解晴。云散月明谁点缀，天容海色本澄清[1]。空余鲁叟乘桴意[2]，粗识轩辕奏乐声。九死南荒吾不恨，兹游奇绝冠平生。

【注释】①天容：天空的景象，天色。②鲁叟：指孔子。乘桴：乘坐竹木小筏。《论语·公冶长》："道不行，乘桴浮于海。"

次韵王郁林[1]

晚途流落不堪言，海上春泥手自翻。汉使节空余皓首，故侯瓜在有颓垣[2]。平生多难非天意，此去残年尽主恩。误辱使君相抆拭[3]，宁闻老鹤更乘轩[4]。

【注释】①郁林：州名。治所在今广西玉林西北。古称蛮夷之地。②故侯瓜：即东陵瓜。《史记·萧相国世家》："召平者，故秦东陵侯。秦破，为布衣，贫，种瓜于长安城东。瓜美，故世俗谓之'东陵瓜'，从召平以为名也。"东陵瓜后又称故侯瓜。常用作失意隐居之典。王维《老将行》："路旁时卖故侯瓜，门前学种先生柳。"颓垣：坍塌的墙。③抆拭：犹掩饰。

详见《史记·朱博传》。④老鹤乘轩：比喻滥厕禄位的人。《左传·闵公二年》："冬十二月，狄人伐卫。卫懿公好鹤，鹤有乘轩者。将战，国人受甲者皆曰：使鹤，鹤实有禄位，余焉能战？"

送鲜于都曹归蜀灌口旧居

镊尽霜须照碧铜[①]，依然春雪在长松[②]。朝行犀浦催收芋[③]，夜渡绳桥看伏龙[④]。莫叹倦游无驷马，要将老健敌千钟。子云三世惟身在[⑤]，为向西南说病容。

【注释】①镊（niè）：以镊钳取、夹。碧铜：碧铜镜。②"依然"句：言白须虽去而白发犹在。故言"依然"也。③犀浦：地名，在郫县。芋：泛指薯类植物。如山芋、洋芋。④绳桥：在成都灌口，引绳架之，故名。昔李冰代蜀守，其子禁龙于此，山上有伏龙观，是锁孽龙处。⑤子云三世：扬雄字子云，成都人。历成、哀、平三世，不徙官。

送邵道士彦肃还都峤[①]

乞得纷纷扰扰身，结茅都峤与仙邻。少而寡欲颜常好，老不求名语益真。许迈有妻还学道[②]，陶潜无酒亦从人。相随十日还归去，万劫清游结此因[③]。

【注释】①《洞天福地记·三十六小洞天记》：第二十都峤山洞，在容州。②《晋书·许迈传》：许迈字叔玄，一名映。父母尚存，未忍违亲。（后）往来茅岭之洞室。父母既终，乃遣妇孙氏还家，遂携其同志，遍游名山。③万劫：佛经称世界从生成到毁灭的过程为一劫，万劫犹万世，形容时间极长。

次韵郑介夫二首[①]

其一

一落泥途迹愈深，尺薪如桂米如金[②]。长庚到晓空陪月，太岁今年合守心[③]。相与啮毡持汉节[④]，何妨振履出商音[⑤]。孤云倦鸟空来往，自要闲飞不作霖[⑥]。

【注释】①郑介夫：名侠，福清人。少为王安石所知，后因与王安石新法持见不同，多次遭贬。东坡南迁，始识介夫，北归至英，介夫在焉。和其二诗。②“尺薪”句：《战国策》：苏秦谓楚王曰：“楚国之食贵于玉，薪贵于桂。”言柴米昂贵。③太岁：古代天文学中假设的岁星。太岁守心：丰年的征兆。④啮毡持汉节：咬吞毡毛充饥。常用以比喻坚定不屈，典出《汉书·苏武传》。⑤振履：曳履作声。汉郑崇在哀帝时为尚仆射，常求见哀帝进行规谏，他去时曳革履，人还未至，哀帝就笑着说：“我识郑尚书履声。”因以振履指向皇帝进谏。商音，指郑崇谏阻封缚太后从弟商事。⑥闲飞：以言倦鸟。不作霖：以言孤云。

其二

一生忧患萃残年[①]，心似惊蚕未易眠。海上偶来期汗漫[②]，苇间犹得见延缘[③]。良医自要经三折[④]，老将何妨败两甄[⑤]。收取桑榆种梨枣[⑥]，祝君眉寿似增川[⑦]。

【注释】①萃：聚集，汇集。②汗漫：形容漫游之远。③延缘：缓慢移行。典出《庄子·渔父》。此句意为，还能够沿着长有芦苇的河岸缓慢移行。④“良医”句：三折肱乃成良医。此比喻多次受挫折。⑤“老将”句：《晋书·周访传》：（访）击贼杜曾，使李恒督左甄，许朝督右甄。访自领中军，令其众曰：‘一甄败，鸣三鼓；两甄败，鸣六鼓。’自旦至申，两甄皆败。访亲鸣鼓，将士皆腾跃奔赴，曾遂大溃。此联言郑介夫虽屡遭挫折，但最后的胜利是属于你的，以此鼓励。⑥桑榆：桑树与榆树。《后汉书·冯异传》：“始虽垂翅回谿，终能奋翼黾池。可谓失之东隅，收之桑榆。”因以喻事后阶段的补救、补偿。⑦眉寿：长寿。增川：《诗·小雅·天保》云：“如川之方至，以莫不增。”意即：犹如大河奔流而至，并且求得更长更盛。

次韵韶守狄大夫见赠二首[①]

其一

华发萧萧老遂良[②]，一身萍挂海中央。无钱种菜为家业，有病安心是药方。才疏正类孔文举[③]，痴绝还同顾长康[④]。万里归来空泣血，七年供奉殿西廊[⑤]。

【注释】①狄大夫：名咸。②苏轼自注：“褚河南帖云：即日遂良，须发尽白。盖谪长沙时也。”③“才疏”句：《后汉书·孔融传》：“孔融负其高气，志在靖难，而才疏意广，迄无成功。”④“痴绝”句：《晋书·顾恺之传》：“恺之在桓温府，常云：‘恺之体中痴黠各半，合而论之。正得平耳。”故俗传恺之有三绝：才绝、画绝、痴绝。后以“痴绝”为藏拙或不合流俗之典。⑤苏轼自注：“迩英阁，在延和殿西廊下。”末二句，指哲宗晏驾，故用“泣血”二字。苏轼自元丰八年哲宗即位之十二月入侍延和，至元祐八年（1093）九月出知定州，中间除五六两年不在京师外，前后统计正七年也。

其二

森森画戟拥朱轮[①]，坐咏梁公觉有神[②]，白傅闲游空诵句[③]，拾遗穷老敢论亲[4]。东海莫怀疏受意[5]，西风幸免庾公尘[6]。为公过岭传新唱，催发寒梅一信春[7]。

【注释】①画戟：古兵器名。因有彩饰，故称。朱轮：古代王侯显贵所乘的车子。因用朱红漆轮，故称。②梁公：狄仁杰，封梁国公。此借用指韶州。③苏轼自注："事见白乐天《吴郡诗石记》。"白居易知苏州时，有《旬宴诗刻序》云：韦在此州，歌诗甚多。有《郡宴》诗云：兵卫森画戟，宴寝凝清香。最为警策。今刻此篇于石，传贻将来，因以余《旬宴》一章，亦附于后。诵句则诵其"森戟""凝香"之句也。④苏轼自注："事见子美《赠狄明府》诗。"杜子美《寄狄博济》诗云："梁公曾孙我姨弟，不见十年官济济。"⑤"东海"句：《汉书·疏广传》载：太子太傅疏广告老归里，宣帝赠黄金二十斤，太子复赠五十斤。广日以所赐金设宴召请族人、故旧，不留其余。曰："此金者，圣主所以惠养老臣也，故乐与乡党宗族共飨其赐，以尽吾余日，不亦可乎！"疏广，汉东海郡人。⑥庾公尘：刘义庆《世说新语·轻诋》："庾公权重，足倾王公。庾在石头，王在冶城坐，大风扬尘。王以扇拂尘，曰：'元规尘污人。'"元规，庾亮字。王导恶亮权势逼人。故发此语。后以"庾公尘"喻权贵的气焰。⑦此诗首联写显贵之气派，颔联写附骥；颈联写洒脱不受羁縻，尾联写新声。

昔在九江，与苏伯固唱和。其略曰："我梦扁舟浮震泽，雪浪横空千顷白。觉来满眼是庐山，倚天无数开青壁。"盖实梦也。昨日又梦伯固手持乳香婴儿示予，觉而思之，盖南华赐物也。岂复与伯固相见于此耶？今得来书，知已在南华相待数日矣。感叹不已，故先寄此诗

扁舟震泽定何时[1]，满眼庐山觉又非。春草池塘惠连梦[2]，上林鸿雁子卿归[3]。水香知是曹溪口[4]，眼净同看古佛衣[5]。不向南华结

香火，此生何处是真依。

【注释】①震泽：湖名，即今江苏太湖。②惠连：谢灵运的族弟，时有大小谢之称。谢灵运的名句“池塘生春草”，据载便是灵运曾于永嘉西堂苦思终日不得，忽梦见惠连而得此句，大以为工。③《汉书·苏武传》：“昭帝即位，匈奴与汉和亲。汉求苏武等人，匈奴诡言已死。后汉使者复至匈奴，常惠教使者谓单于，言：‘天子射上林中，得雁，足有系帛书，言武等在某泽中。’单于视左右而惊，令苏武还。”④“水香”句：正以言南华矣。天监元年，有婆罗门智药者，南游至曹溪口，掬水闻香，云：“此必胜地，可建道场。”故于是有南华寺也。⑤古佛衣：《传灯录》：“五祖黄梅弘忍大师，以衣钵潜付六祖，今衣犹传寺中。”古佛衣，即指此衣。

次韵韶倅李通直二首[①]

其一

一篇《泷吏》可书绅[②]，莫向长沮更问津[③]。老去常忧伴新鬼，归来且喜是陈人[④]。曾陪令尹苍髯古，又见郎君白发新[⑤]。回首天涯一惆怅，却登梅岭望枫宸[⑥]。

【注释】①李通直：名公寅，字亮工，乃公麟之弟也。②《泷吏》：韩愈《泷吏》诗篇名。云：“往问泷头吏，潮州尚几里？泷吏垂手笑，官何问之愚。”书绅：把要牢记的话写在绅带上。③向长沮更问津：典出《论语·微子》：“子路问津于长沮。”④陈人：故人，旧人。⑤令尹：指李公寅之父。郎君：指李公寅。古人于识其父而又识其子，则谓为郎君。⑥枫宸：天子之殿庭也。

其二

青山只在古城隅[①]，万里归来卜筑初[②]。会见四山朝鹤驾[③]，更看三李跨鲸鱼[④]。欲从抱朴传家学[⑤]，应怪中郎得异书[⑥]。待我丹成驭风去[⑦]，借君琼佩与霞裾[⑧]。

【注释】①青山：指言舒州之山。②卜筑：择地建筑住宅，即定居之意。③鹤驾：仙人的车驾。④三李：王明清《挥麈三录》："元祐中，舒州有李亮工者，以文鸣缙绅间，与伯时、元中号龙眠三李，同年登进士，出处相若，其后仕俱不显。"⑤抱朴：《神异录》：唐明皇命玄洞真人李抱朴谒司命真君，塑像于舒州潜山。初至，忽殿后石壁裂，中有泥五色，即取以竣事。⑥中郎：指蔡邕，曾任中郎将，故称。异书：指王充的《论衡》。《后汉书·王充传》注引《袁山松书》："充所作《论衡》，中土未有传者，蔡邕入吴始得之，恒秘玩以为谈助。其后王朗为会稽太守，又得其书，及还许下，时人称其才进。或曰：不见异人，必得异书。问之，果以《论衡》之益，由是遂见传焉。"⑦"待我"句：李白诗："待吾还丹成，投迹归此地。"⑧苏轼自注："仆昔为开封幕，先公为赤令，暇日相与论内外丹，且出其丹示仆。今三十年，而见君曲江，同游南华，宿山水间数日，道旧感叹，且劝我卜居于舒，故诗中皆及之。"琼佩：玉制的佩饰。霞裾：犹霞衣。后二句写自已有隐逸出世之志。

题冯通直明月湖诗后[①]

老衍清篇墨未枯[②]，小冯新作语尤姝。呼儿净洗涵星砚，为子赓歌堕月湖。闻道牂江空抱珥[③]，年来合浦自还珠[④]。请君多酿莲花酒，准拟王乔下履凫[⑤]。

【注释】①冯通直：为河源令冯祖仁之父，曾官通直郎。见本集《书冯祖仁父诗后》。②老衍：指后汉冯衍，字敬通，幼有奇才，年二十博通群书。“老衍”与下句“小冯”对，又避“冯”字重复。③苏轼自注：“南诏有西珥河，即古牂牁江也。河形如月抱珥，故名之西珥云。”抱珥：太阳两旁半环形的光圈。古代以为是祥瑞的征兆。④合浦还珠，又作“合浦珠还”。《后汉书·循吏传·孟尝》：“（合浦）郡不产谷实，而海出珠宝，与交阯比境……先时宰守并多贪秽，诡人采求，不知纪极，珠遂渐徙于交阯郡界。于是行旅不至，人物无资，贫者饿死于道。尝到官，革易前敝，求民病利。曾未逾岁，去珠复还，百姓皆反其业。”后来用“合浦还珠”比喻人去复归或物归旧主。⑤王乔下履凫：汉叶县令王乔飞凫入朝故事，见应劭《风俗通·正失·叶令祠》。此二句讲：请君多多地酿造莲花酒，我准备像王乔入朝那样，穿着一双凫履前去欢会。

李伯时画其弟亮工《旧隐宅图》

乐天早退今安有，摩诘长闲古亦无。五亩自栽池上竹，十年空看辋川图[1]。近闻陶令开三径，应许扬雄寄一区[2]。晚岁与君同活计，如云鹅鸭散平湖。

【注释】①乐天：白居易字乐天。摩诘：王维字摩诘。隐居辋川，自画为图，名《辋川图》。②“近闻”二句：陶渊明隐居后著有《归去来兮辞》，有“三径就荒，松菊犹存”句。后以“三径”表归隐。扬雄晚岁亦隐居。此联借此写李公麟以疾告归。而李亮工也劝苏轼居龙舒。

书堂屿[1]

苍山古木书堂屿，北出湘水百余步。谁为往来亏世界，至今人指安禅处[②]。岂无惊蛇与飞鸟，后来那复知其趣。不知我身今是否，空记名称在常住[③]。

【注释】①"书堂屿"有三，从第二句描写看，此应指梧州之书堂屿。②安禅：佛教语，指静坐入定。俗称打坐。③常住：《楞严经》："了然自知，获本妙心，常住不灭。"后以"常住"指永存。

过岭二首[①]

其一

暂著南冠不到头[②]，却随北雁与归休。平生不作兔三窟，今古何殊貉一丘。当日无人送临贺[③]，至今有庙祀潮州[④]。剑关西望七千里，乘兴真为玉局游[⑤]。

【注释】①建中靖国元年(1101)，苏轼自海南北归，自韶州过大庾岭至度州，作此二首。②南冠：楚冠，古时以长江两岸乃至岭南为楚地。③临贺：指唐人杨凭。凭贬任临贺尉，除徐晦外，姻友无有送者。④潮州：指唐人朝愈，愈曾贬任潮州刺史，既至，体恤民情，潮州人在其生前就立庙为他祝福。⑤玉局：观名，在成都城南。苏轼曾任玉局观提举。

其二

七年来往我何堪[①]，又试曹溪一勺甘[②]。梦里似曾迁海外，醉中不觉到江南[③]。波生濯足鸣空涧，雾绕征衣滴翠岚。谁遣山鸡忽惊起，半岩花雨落毵毵[④]。

【注释】①七年：绍圣元年，东坡自定州贬惠州，凡四年，再贬儋耳，元符三年复贬廉州，今重到虔州，计已七年。②曹溪：在广东曲江东南。又试一勺甘：谓重饮此水，意即重到此地。曹溪为佛教禅宗胜地，其水称功德水。③江南：此指虔州。此二句言前迁海外，今至江南，如梦如醉。④毵毵(sān)：毛细长貌。这里形容落花如雨。

留题显圣寺

渺渺疏林集晚鸦，孤村烟火梵王家。幽人自种千头橘，远客来寻百结花①。浮石已干霜后水②，焦坑闲试雨前茶③。只疑归梦西南去，翠竹江村绕白沙。

【注释】①百结花：丁香花的别名。②浮石：地名，在南安府南康县西三十里，地形象倒扣的钟，四周环水，上有南唐所建的显圣寺。③雨前：指谷雨前。焦坑：茶名。产于粤赣边大庾岭下。味苦，久方回味。

赠虔州术士谢晋臣

属国新从海外归，君平且莫下帘帷①。前生恐是卢行者②，后学过呼韩退之③。死后人传戒定慧④，生时宿直斗牛箕⑤。凭君为算行年看，便数生时到死时。

【注释】①君平：指严君平。《汉书·王贡两龚鲍传·序》载，蜀郡高士严君平卜筮于成都市，日阅数人，得百钱足以自养，即闭肆下帘而授《老子》，东坡以此来赞晋臣之典雅脱俗。②卢行者：此指六祖禅师慧能。③韩退之：即唐代文学家韩愈，退之为其字。时人称东坡才学可以和韩愈相匹敌。④戒定慧：佛家术语。佛教认为戒可以生定，定可以生慧。⑤“生时”句：东坡自谓生时与韩愈相似，即命官在斗牛星之间，而身宫也在这里。

寄题潭州徐氏春晖亭

曈曈晓日上三竿[①]，客向东风竞倚栏。穿竹鸟声惊步武[②]，入檐花影落杯盘。勿嫌步月临玄圃[③]，冷笑乘槎向海滩。胜概直应吟不尽[④]，凭君寄与画图看。

【注释】①曈曈：日初出渐明貌。②步武：古以六尺为步，半步为武，指相距甚近。③玄圃：传说中神仙所居之地。④胜概：美丽的景色，佳境。

次韵江晦叔兼呈器之[①]

横空初不跨鹏鳌，但觉胡床步步高[②]。一枕昼眠春有梦，扁舟夜渡海无涛[③]。归来又见颠茶陆[④]，多病仍逢止酒陶[⑤]。笑说南荒底处所，只今榕叶下庭皋[⑥]。

【注释】①器之：即刘安世，字器之。此诗作于建中靖国元年，苏轼北归至虔州时。②苏轼自注："器之言：尝梦飞，自觉身与所坐床皆起空中。"③"扁舟"句：苏轼渡海北还，三更从琼州出发，晚上到达递角场。④苏轼自注："往在钱塘，尝语晦叔：陆羽茶颠，君亦然。"陆羽，唐代人，以嗜茶著名，后人奉为茶神。⑤止酒陶：陶渊明有《止酒》诗。刘安世少时酒量无敌，今也不复饮酒。⑥庭皋：水边的平地。

寒食与器之游南塔寺寂照堂

城南钟鼓斗清新，端为投荒洗瘴尘[①]。总是镜空堂上客，谁为寂照境中人[②]。红英扫地风惊晓，绿叶成荫雨洗春。记取明年作寒食，杏花曾与此翁邻。

【注释】①《宋史·刘安世传》载：章惇用事，（安世）被贬为新州别驾，安置英州。投逐边荒七年，凡远恶之地，无不经历。②寂照：安静清明，多指心境。

王子直去岁送子由北归，往返百舍，今又相逢赣上，戏用旧韵，作诗留别[①]

米尽无人典破裘，送行万里一邹游[②]。解舟又欲携君去[③]，归舍聊须与妇谋。闻道年来丹伏火，不愁老去雪蒙头。剩买山田添鹤口[④]，庙堂新拜富民侯[⑤]。

【注释】①王子直：名原，字子直。去岁：即元符三年(1100)。百舍：泛言路途之远。舍，三十里为一舍。②邹游：唐代人。颜真卿《与蔡明远帖》："闻邹游与明远同来，欲至采石，计其不久，亦合及吾于淮泗之间，脱若未到，见之，宜传此意。"此比王原。③"解舟"句：暗用张翰与贺循相携入洛故事。见《晋书·张翰传》。④"剩买"句：王十朋注引赵次公曰："以王子直住鹤田山故也。"⑤富民侯：指田千秋。汉武帝封之为富民侯。

戏赠虔州慈云寺鉴老

居士无尘堪洗沐，道人有句借宣扬。窗间但见蝇钻纸[①]，门外惟闻佛放光[②]。遍界难藏真薄相，一丝不挂且逢场[③]。却须重说圆通偈[④]，千眼熏笼是法王[⑤]。

【注释】①蝇钻纸：蝇子碰撞窗纸寻求出路。②佛放光：《传灯录》

载，古灵行脚说："佛虽不圣，且能放光。"③"一丝不挂"句：谓浴于赣州城东南的慈云寺。④圆通偈：《楞严经》载："根选择圆通，入流成正觉。"⑤千眼：《释典》载，菩萨千手千眼与一手一眼同。熏笼：罩在熏炉上的笼子，作熏香及烘干之用，此指烘干浴具。法王：佛为万法之王，又称法王。

永和清都观道士，童颜鬒发，问其年，生于丙子，盖与予同，求此诗[1]

镜湖勅赐老江东，未似西归玉局翁。羁枕未容春梦断，清都宛在默存中[2]。每逢佳境携儿去，试问行年与我同。自笑余生消底物，半篙清涨百滩空[3]。

【注释】①永和：即万安县永和镇。在今江西万安县。清都观：道观名。建于南唐保大年间。道士：指谢子和。本集有《清都谢道士真赞》。②"羁枕"二句：《列子·周穆王》载，周穆王既及化人之宫，以为清都紫微，天帝之所居。复与化人同游，意迷精丧。既寤，问所从来，左右曰："王默存耳。"默存，即默坐冥想，指神游境界。③苏轼自注："予与刘器之同发虔州，江水忽清，涨丈余，赣石三百里，无一见者。至永和，器之解舟先去，予独游清都，作此诗。"

赠诗僧道通

雄豪而妙苦而腴[1]，只有琴聪与蜜殊[2]。语带烟霞从古少[3]，气含蔬笋到公无[4]。香林乍喜闻薝蔔，古井惟愁断辘轳[5]。为报韩公莫轻许，从今岛、可是诗奴[6]。

【注释】①腴：丰厚。②苏轼自注："钱塘僧思聪，总角善琴，后舍琴而学诗，复弃诗而学道，其诗似皎然而加雄放。安州僧仲殊诗，敏捷立成，而工妙绝人甚远。殊辟谷，常啖蜜。”③苏轼自注：“李太白云：他人之文，如山无烟霞，春无草木。”④苏轼自注：“谓无酸馅气也。”⑤辘轳：井上汲水的起重装置。⑥岛：即贾岛，早年出家为僧，号无本。可：即诗僧无可，贾岛从弟。韩愈曾有《赠无本》诗称道贾岛的诗作，故言“莫轻许”。诗奴，指拙劣的诗人。

予昔作《壶中九华》诗，其后八年，复过湖口，则石已为好事者取去，乃和前韵以自解云

江边阵马走千峰，问讯方知冀北空。尤物已随清梦断[1]，真形犹在画图中[2]。归来晚岁同元亮，却扫何人伴敬通[3]。赖有铜盆修石供，仇池玉色自璁珑[4]。

【注释】①尤物：珍贵的物品。苏轼自注：“刘梦得以九华为造物一尤物。”②苏轼自注：“道藏有《五岳真形图》。”③元亮：陶潜，字渊明，一字元亮。敬通：冯衍，字敬通。④苏轼自注：“家有铜盆，贮仇池石，正绿色，有洞穴达背。予又尝以怪石供佛印师，作《怪石供》一篇。”

次旧韵赠清凉长老[1]

过淮入洛地多尘，举扇西风欲污人。但怪云山不改色，岂知江月解分身。安心有道年颜好，遇物无情句法新。送我长芦舟一叶[2]，笑看雪浪满衣巾。

【注释】①绍圣元年闰四月，苏轼谪知英州军州事。五月，下汴、泗渡淮，至金陵，六月，自金陵赴当涂。在金陵时，曾作《赠清凉寺和长老》诗，

此首即次之韵。②“送我”句：用达摩苇渡事。

赵成伯家有丽人，仆忝乡人，不肯开樽，徒吟春雪美句，次韵一笑[①]

绣帘朱户未曾开，谁见梅花落镜台[②]。试问高吟三十韵[③]，何如低唱两三杯[④]。莫言衰鬓聊相映，须得纤腰与共回。知道文君隔青琐，梁园赋客肯言才[⑤]。

【注释】①赵成伯：即赵郎中，此时为尚书郎，倅密州。苏轼移守胶西，又佐是邦。②《杂五行书》：“宋武帝女寿阳公主，人日卧于含章殿檐下，梅花落额上，成五出花，拂之不去。经三日，洗之乃落。它女効寿阳落梅之异，作梅花妆。”③苏轼自注：“世言，检死秀才衣带上，有《雪诗》三十韵。”④苏轼自注：“世传，陶榖学士买得党太尉家故伎。遇雪，陶取雪水，烹团茶，谓伎曰：‘党家应不识此？’伎曰：‘彼粗人安有此景，但能于销金煖帐下，浅斟低唱，吃羊羔儿酒。’”陶默然愧其言。⑤苏轼自注：“聊来答句，义取妇人而已，罪过，罪过！”文君，司马相如之妻。青琐，窗名。此翻用文君从户窥意。谢惠连《雪赋》：“梁王不悦，游于兔园，召邹生，延枚叟，相如末至，居客之右。”

赠人

别后休论信息疏，仙凡自古亦殊途。蓬山路远人难到[①]，霜柏威高道转孤。旧赏未应忘楚国，新诗闻已满皇都。谁怜泽畔行吟者，目断长安貌欲枯。

【注释】①蓬山：即蓬莱山。李义山诗：“刘郎已恨蓬山远，又隔蓬山一万重。”

寄子由①

厌暑多应一向慵，银钩秀句益疏通②。也知堆案文书满，未暇开轩砚墨中。湖面新荷空照水，城头高柳漫摇风③。吏曹不是尊贤事，谁把前言语化工？

【注释】①冯应榴谓此诗未必为苏轼之作，俟考。②银钩：《晋书·索靖传》：“（靖）又作《草书状》，其辞曰：‘……盖草书之为状也，婉若银钩，飘若惊鸾。”后因用作称美书法的故实。③高柳漫摇风：杨素曾说：“柳条通体弱，独摇不须风。”见《隋书·杨素传》。

谢曹子方惠新茶①

陈植文华斗石高，景宗诗句复称豪②。数奇不得封龙额③，禄仕何妨似马曹④。囊简久藏科斗字，创锋新莹鹈鹕膏⑤。南州山水能为助，更有英辞胜《广骚》⑥。

【注释】①曹子方：是时为转运判官。②陈植：陈思王曹植。《南史》谢灵运云：“天下才共一石，曹子建独得八斗，我得一斗，自古及今共用一斗。”景宗：曹景宗，梁人。《南史·曹景宗》载，梁武帝于华光殿宴饮联句，景宗启求赋诗。时韵已尽，惟余竞病二字，景宗便操笔而成，曰：“去时儿女悲，归来笳鼓竞。借问行路人，何如霍去病？”帝叹不已，沈约及朝贤惊叹竟日。③“数奇”句：《史记》载，“李广数奇不得封侯。”又，韩说封龙额侯。④马曹：管马的官署，多用以指闲散的官职或卑微的官职。⑤“创锋”句：李长吉诗：“鹈鹕淬花白鹇尾。”注：鹈鹕似凫而小，膏中莹刀。⑥《广骚》：《汉书·扬雄传》：“作书曰《反离骚》，又旁《离骚》作重一篇，名曰

《广骚》。”

秋晚客兴[1]

草满池塘霜送梅，疏林野色近楼台。天围故越侵云尽[2]，潮上孤城带月回。客梦冷随枫叶断[3]，愁心低逐雁行来。流年又喜经重九，可意黄花是处开。

【注释】①冯应榴《苏文忠公诗合注》：“此诗见《至元嘉禾志》，乃沈括作也。②侵：渐进。③“客梦”句：唐崔信明诗：“枫落吴江冷。”

秋兴三首

其一

野鸟游鱼信往还[1]，此身同寄水云间。谁家晚吹残红叶，一夜归心满旧山。可慰摧颓仍健食，比来通脱屡酡颜[2]。年华岂是催人老，双鬓无端只自斑。

【注释】①往还：冯注：“佛遗教经：示一往还，去已无返。”②通脱：冯注：“《晋书》：喜通脱而惮检束。”

其二

故里依然一梦前，相携重上钓鱼船。尝陪大幙全陈迹，谬忝承明愧昔年[1]。报国无成空白首，退耕何处有名田[2]。黄鸡白酒云山约，此计当时已浩然。

【注释】①承明：古代天子左右路寝称承明。侍臣值宿所居，称承明庐。此意为在朝为官。②名田：以私名占有田地。《汉书·食货志》："限民名田。"

其三

浴凤池边星斗光[①]，宴余香满上书囊[②]。楼前夜月低韦曲[③]，云里车声出未央[④]。去国何年双鬓雪，黄花重见一枝霜。伤心无限厌厌梦[⑤]，长似秋宵一倍长。

【注释】①凤池：《晋书》载，荀勗自中书监为尚书令。或有贺之者，曰："夺我凤皇池，诸君何贺耶？"温庭筠诗："池凤已传春水浴。"②"宴余"句：《史记》："集上书囊，以为殿帷。"③韦曲：《通志》："韦曲在樊川，唐韦安石之别业。"④未央：《汉书》："高祖至长安，萧何作未央宫。"⑤厌厌：李商隐诗："秋河不动夜厌厌。"

观湖二首

其一

乘槎远引神仙客，万里清风上海涛。回首不知沙界小[①]，飘衣犹觉色尘高[②]。须弥有顶低垂日[③]，兜率无根下戴鳌[④]。释梵茫然齐劫火[⑤]，飞云不觉醉陶陶。

【注释】①沙界：即佛教所谓恒河沙数三千大千世界。②色尘：佛教语。六尘之一。《圆觉经》："根清静，故色尘清静。"③须弥：佛教传说山名，意译妙高、妙光。④兜率：即兜率天，是佛教所说欲界中的第四天。兜率是妙足、知足的意思。戴鳌:《淮南子·览冥训》:“断鳌足以立四极。”因兜率天无根,故用鳌足负持。⑤释梵:帝释和梵天,为佛教中的天名。

其二

朝阳照水红光开,玉涛银浪相徘徊。山分宿雾尽宽远,云驾高风驰送来。升霞彩色倚残火[1],及物气焰明纤埃[2]。可怜极大不知已,浮生野马悠悠哉[3]。

【注释】①倚:倚,依。②纤:微,细小。③野马:《庄子·逍遥游》:“野马也,尘埃也,生物之以息相吹也。”

被命南迁,途中寄定武同僚[1]

人事千头及万头,得时何喜失时忧。只知紫绶三公贵[2],不觉黄梁一梦游。适见恩纶临定武,忽遭分职赴英州。南行若到江干侧,休宿浔阳旧酒楼[3]。

【注释】①冯应榴《合注》:“此诗似非先生(苏轼)自作,题必有误,俟再考。”②紫绶:紫色丝带,作印组。古时三公皆全印紫绶。③“休宿”句:白乐天左迁江州司马,送客湓浦口,作《琵琶行》云:“浔阳江头夜送客,枫叶荻花秋瑟瑟。”

柏家渡

柏家渡西日欲落,青山上下猿鸟乐。欲因新月望吴云,遥看北斗挂南岳[1]。一梦愔愔四十秋[2],古人不死终未休。草舍萧条谁与语，香风吹过白蘋州。

【注释】①南岳：即衡山。《九域志》："南岳衡山，上承翼轸，钤总万物，故名衡山。度应斗衡，位直离宫，故曰南岳。"②愔愔：静默。

观大水望朝阳岩作[①]

朝阳岩前不结庐，下眺江水百步余。春泉溅溅出乳窦[②]，青沙白石半洿途[③]。不到津头二三日，谁知江水涨天墟[④]。遥望横流不敢济，岩口正有人罾鱼[⑤]。

【注释】①朝阳岩：《诗话总龟》："朝阳岩，在永州城南一里余，下临潇水。"冯应榴认为苏轼未到过永州，故"此诗必非先生作也。"②溅溅：水流声。③洿途：污泥。班固《答宾戏》："振拔洿途。"颜师古注："洿，停水。途，泥。"④天墟：犹言天地。江水大涨，远望犹如天地相连，故言"涨天墟。"⑤罾鱼：用网捕鱼。罾：捕鱼之网。

过岭寄子由

投章献策谩多谈，能雪冤忠死亦甘。一片丹心天日下，数行清泪岭云南。光荣归珮呈佳瑞[①]，瘴疠幽居弄晚岚。从此西风庾梅谢，却迎谁与马毵毵。

【注释】①冯应榴《合注》："窃疑：'一片丹心''光荣归珮'等句，不似先生语气，此诗亦并非先生作，……俟再详考。"②毵毵：毛发枝条细长的样子。

村醪二尊献张平阳

其二[1]

诗里将军已筑坛，后来裨将欲登难[2]。已惊老健苏梅在[3]，更作风流王谢看[4]。□出定知书满腹，瘦生应为语雕肝。□□洒落江山外，留与人间激懦官。

【注释】①其一见七绝部分。②裨将：偏将。裨，助也。③苏梅：即宋时苏舜钦与梅尧臣，苏以奔放豪健为主，梅以平淡自然见长，后世合称为苏梅。④王谢：指东晋王导和谢安。

其三

张公高躅不可到[1]，我欲挽肩才觉难。事业已归前辈录，典刑留与后人看。诗如琢雪清牙颊，身觐飞龙吐胆肝[2]。少负清名晚方用，白头翁竟作何官。

【注释】①高躅：崇高的品行。《晋书·隐逸传赞》：“激贪止竞，永垂高躅。”②飞龙：指君王。《易·乾》：“飞龙在天，利见大人。”

失题

独鹤南飞送好音，山中桥梓共成阴[1]。深衣伛偻如初命，卮酒从容向晚斟。城里谁家开寿域[2]，堂东多士作儒林。清霜未落黄花在[3]，笑折高枝绕鬓簪。

【注释】①桥梓：《文选·任昉〈王文宪集序〉》李善注引《尚书大传》："商子曰：'桥者，父道也；梓者，子道也。'"后因称父子为"桥梓"。②寿域：寿穴，坟茔。③黄花：菊花。

题西湖楼

少年过了未衰颜，正在悲欢季孟间[1]。细雨溟濛湖上寺，东风摇荡酒中山。千金用尽终须老，百计寻思不似闲。醉里下楼知早晚，喧喧扶路笑歌还。

【注释】①季孟间：指季孙氏与孟孙氏之间。《论语·微子》："齐景公待孔子，曰：'若季氏，则吾不能，以季孟之间待之。'"何晏集解："孔曰：鲁三卿，季氏为上卿，最贵；孟氏为下卿，不用事。言待之以季孟之间。"后用以借指上等和下等之间。

法惠小饮以诗索周开祖所作[1]

立著巫娥多少时[2]，安排云雨待清词。酒酣鲁叟频相忆，曲罢周郎尚不知[3]。海鹞无踪飞过速[4]，云龙有报发来迟。从今莫入寻春会，为欠梅花一首诗。

【注释】①法惠：杭州寺名。②巫娥：指巫山神女，此指美女。③鲁叟：指鲁元翰。周郎：指周开祖。苏轼任杭州通判时，与鲁、周二人唱和颇多。④鹞：《尔雅》："鷂，负雀。"注："鷂，鹞也。江东呼之为鷂，善捉雀。"

次韵陈时发太博双竹[1]

千年谁复继夷齐[2]，凛凛霜筠此斗奇。要识苍龙联蜕意[3]，拟容丹凤宿凰枝。扶持有伴雪应怕，裁剪无人风自吹。莫遣骚人说连理，君看高节孰如雌[4]。

【注释】①太博：太学博士或太常博士的省称。②夷齐：伯夷和叔齐的并称。《孔丛子·陈士义》："夷齐无欲，虽文武不能制。"③苍龙：古代二十八宿中东方七宿的总称。《国语·周语中》："夫辰角见而雨毕，天根见而水涸。"三国吴韦昭注："辰角，大辰苍龙上角。角，星名也。"④"莫遣"二句：《仇池笔记》："竹有雌雄，自根而上至梢一节发者为雌。"此又用《老子》守雌之意，《老子》："知其雄，守其雌，为天下谿。"

周夫人挽词[1]

教子通经古所贤，安贫守道节尤坚。当熊遗烈传家世[2]，投烛诸郎慰眼前[3]。不待金花书诰命[4]，忽惊玉树掩新阡[5]。凯风吹棘君休咏[6]，我亦孤怀一泫然。

【注释】①周夫人：疑是周开祖之母。本卷《次韵答开祖》诗有："烝豚未害为纯孝，貍首何妨助故人"之句，可作此题注脚。②"当熊"句：《汉书·外戚传》："上幸虎圈斗兽。熊佚出圈，冯婕妤直前当熊而立。"周夫人盖姓冯，故言。③"投烛"句：用周仲智举烛投伯仁事，切周姓也。④金花：即金花帖子。唐宋时科举考试之登第榜帖，因贴有金花，故称。诰命：朝廷颁布的命令。此句似指周开祖尚未登第。⑤玉树：对周开祖的美称。此句言听到周夫人已死而惊。⑥凯风：南风。《诗·邶风·凯风》："凯风自南，吹彼棘心。"这是儿女咏叹母亲辛苦的诗篇，故言"君休咏"。

会饮有美堂，答周开祖湖上见寄

杜牧端来觅紫云，狂言惊倒石榴裙。岂知野客青筇杖[1]，独卧山僧白簟纹[2]。且向东皋伴王绩[3]，未遑南越吊终军[4]。新诗过与佳人唱，从此应难减一分。

【注释】①青筇杖：筇竹制成的手杖。筇竹，出四川邛崃山，可为手杖，白居易《题玉泉寺》诗："手把青筇杖，头戴白纶巾。"②簟纹：有纹理的竹席。③王绩：号东皋子。④终军：《汉书·终军传》载："终军字子云，济南人也。""南越与汉和亲，乃遣军使南越，说其王，欲令入朝，比内诸侯。军自请：'愿受长缨，必羁南越王而致之阙下。'""越相吕嘉不欲内属，发兵攻杀其王，及汉使者皆死。""军死时年二十余，故世谓之'终童'。"

题沈氏天隐楼[1]

楼上新诗二百篇，三吴处士最应贤[2]。非夷非惠真天隐[3]，忘世忘身恐地仙。散尽黄金犹好客，归来碧瓦自生烟。灵犀美璞无人识[4]，蔚蔚空惊草木妍。

【注释】①天隐楼：失考。②三吴：地名，所指不一，宋时指苏州、常州、湖州。③非夷非惠：扬雄《法言·渊骞》："不夷不惠，可否之间也。"殷末伯夷，坚持不仕周朝；春秋鲁国柳下惠，三次罢官而不去，不夷不惠谓折中而不偏激。④灵犀：李商隐《无题》："心有灵犀一点通。"

和人登海表亭[1]

谯门对耸压危坡[2]，览胜无如此得多。尽见西山遮岱岭，迥分东野隔新罗[3]。花时午圃堆红锦，雪昼双城叠白波。回首毬场尤醒眼，一番风送鉴重磨。

【注释】①海表亭：失考。②谯(qiáo)门：建有瞭望楼的城门。③新罗：朝鲜古国。

会双竹席上，奉答开祖长官

松柏萧萧满故丘，知君怀抱尚悲秋。算来九九无多日[1]，唱着三三忆旧游[2]。皓月徘徊应许共，清诗妙绝不容酬。梅花社燕难相并，莫为吴娘暗泪流[3]。

【注释】①九九：《岁时记》："俗用冬至次日数及九九八十一日，多作九九词。"②三三：《唐书》："童谣，打麦三三三。"③吴娘：犹吴姬。沈括《梦溪笔谈》卷五："施肩吾诗云：'颠狂楚客歌成雪，妩媚吴娘笑是盐。'"

次韵答开祖

泪滴秋风不为麟，虚名何用实之宾[1]。烝豚未害为纯孝[2]，貍首何妨助故人[3]。好唤游湖缘路便，难邀入社为诗频。知君颇有东山兴[4]，喝石岩前自过春。

【注释】①实之宾:《庄子·逍遥游》:"名者,实之宾也。"②烝豚:蒸熟的小猪。《晋书·阮籍传》:"性至孝,母将葬,食一烝肫,饮二斗酒,然后临诀,直言穷矣,举声一号,吐血数升,毁脊骨立,殆至灭性。"③狸首:狸的头。《礼记·檀弓下》:"孔子之故人曰原壤,其母死,夫子助之沐椁。……原壤歌曰:'狸首之班然,执女手之卷然。"孔颖达疏:"言斫椁材文采似狸之首。"沐椁,修治棺木。④东山之兴:《晋书·谢安传》:"安虽受朝寄,然东山之志始末不渝,每形于言色。"后用"东山之兴"指隐居的念头。

赠青潍将谢承制[1]

吾皇有意缚单于,椎破铜山铸虎符。骁将新除三十六,精兵共领五千都[2]。周王常德须攘狄[3],汉帝雄才亦尚儒。君学本兼文武术,功名不必读孙吴[1]。

【注释】①查注:"谢承制,名失考,当是由文阶换武职者,故题云云。"②"精兵"句:《汉书·李陵传》:"陵将步卒五千人。单于曰:'此汉精兵。'"③常德须攘狄:《毛诗传》:"《常武》,召穆公美宣王也,有常德以立武事。"④孙吴:春秋时孙武和战国时吴起的并称,皆古代兵家,孙武著《孙子兵法》十三篇,吴起著《吴子兵法》四十八篇。

和人雪晴书事

消尽琼瑶云驭归[1],余寒犹复助风威。垂帘渐学秋霖滴,满地犹疑夜月辉。冻壤相和开荜户[2],流澌半释拥苔矶[3]。可怜乌鹊饥无食,日暮空林何所依。

【注释】①云驭：谓驭云而行。此句指冰雪消融蒸腾而去。②荜户：用竹荆编织的门。③流澌：江河解冻时流动的冰块。苔矶：生有苔藓的石块。赵嘏诗："宅边秋水浸苔矶。"

奉酬仲闵食新面汤饼，仍闻籴麦甚盛，因以戏之[1]

初见煌煌秀两岐[2]，俄惊落磑雪霏霏。可烦都尉热承汗[3]，绝胜临淄贫易衣[4]。尚有清才对风月[5]，未妨便愎贮书诗。知君货殖夸长袖[6]，满籴千箱待一饥。

【注释】①仲闵：失考。②两岐：麦有两个分岔。《后汉书·张堪传》："为渔阳太守，百姓歌曰：'桑无附枝，麦穗两岐。张公为政，乐不可支。'"③"可烦"句：《齐职仪》云："何晏以主壻拜驸马都尉。"《世说新语》："何平叔面白，魏明帝疑其傅粉。正夏月，与热汤饼，汗出，色转皎然。"④临淄贫易衣：《旧唐书》载，玄宗皇后王氏，下邽人。玄宗帝为临淄王时，聘为妃子，后立为皇后。因为失宠心中不安，哭着说："陛下难道记不得阿忠卖掉衣服，换得麦子为你做生日汤饼吗？"阿忠，皇后之父也。⑤清才：《魏志注》：孔融有高名清才。⑥货殖：《史记》有《货殖列传》，专讲商贾之事。

读仲闵诗卷，因成长句

喜见西风吹麦秋，年年为逭老农忧[1]。沾涂手足经年种[2]，荐载珠玑一倍收[3]。壮齿君能亲稼穑[4]，异时我亦困粗耰[5]。独怜紫竹堂前月，清夜娟娟照客愁。

【注释】①逭(huàn)：宽恕，免除。②"沾涂"句：《齐语》："沾体涂足，以从事于田野。”③荐：进献，送上。《仪礼·乡射礼》：“宾客少退，荐脯醢。”郑玄注：“荐，进也。”④壮齿：指人年轻力壮之时。亲稼穑：指从事耕种之事。⑤耝耰：泛指农具。

琴枕①

高情闲处任君弹，幽梦来时与子眠。彭泽漫知琴上趣②，邯郸深得枕中仙③。试寻玉轸抛何处④，闲唤香云在那边。平素不须烦按抑，秦娥自解语如弦⑤。

【注释】①琴枕：形如古琴的竹枕。②彭泽：晋陶潜曾为彭泽令，后常以“彭泽”借指陶潜。《南史》本传：“潜性不解音声，而畜素琴一张。每有酒适，辄抚弄以寄其意。”③“邯郸”句：唐沈既济《枕中记》载，卢生在邯郸客店中遇道士吕翁，用其所授瓷枕，睡梦中历数十年富贵荣华。④玉轸：玉制的琴柱。⑤秦娥：秦穆公小女弄玉。嫁于萧史，跟萧史学吹箫，后二人成仙而去。见刘向《列女传》。

万菊轩①

一轩高为黄花设，富拟人间万石君②。佳本尽从方外得③，异香多在月中闻。引泉北涧分清露，开迳南山破白云④。此意欲为知者道，陶翁犹自未离群⑤。

【注释】①《武林梵志》：“报恩寺，唐贞元间建，在万松岭西。内有舞凤轩、万菊轩、浣云池、铜井。”②万石君：本指汉石奋。后亦称一家五人官至二千石者或一家多人为大官为“万石君”。③方外：世外。指仙境或僧道的生活环境。④开迳：《文选·谢灵运诗》：“唯开蒋生迳，永怀求羊踪。”蒋诩，字元卿，隐于杜陵。舍中三迳，惟羊仲，求仲从之游。二仲皆挫廉逃名。后以“开迳”指只接待少数高人雅士，决不与官场的俗人来往。⑤陶翁：指陶渊明。

虎跑泉

金沙泉涌雪涛香，洒作醍醐大地凉[①]。倒浸九天河影白，遥通百谷海声长[②]。僧来汲月归灵石，人到寻源宿上方[③]。更续《茶经》校奇品，山瓢留待羽仙尝[④]。

【注释】①醍醐(tí hú)：比喻美酒。②百谷：指众谷之水。百谷之水必趋江海，故称江海为百谷王。③上方：天上，上界。④山瓢：粗陋的盛器或饮器。

咏槟榔

异味谁栽向海滨，亭亭直干乱枝分。开花树杪翻青箨[①]，结子苞中皱锦纹。可疗饥怀香自吐，能清瘴疠暖如薰[②]。堆盘何物堪为偶，蒌叶清新卷翠云。

【注释】①箨(tuò)：笋壳。②瘴疠：感受瘴气而生的疾病。

雅安人日次旧韵二首[①]

其一

人日滞留江上村，定知芳草怨王孙[②]。题诗寄远方挥翰[③]，扶杖登高独出门。柳色忍看成感叹，花前归思自飞翻。浮阳披冻虽才弄[4]，已觉春工漏一元[5]。

【注释】①此二首乃次《庚辰人日》之韵。雅安：地名，失考。查慎行谓“恐是南安之讹”，可备一说。②芳草、王孙：汉淮南小山《招隐士》：“王孙游兮不归，春草生兮萋萋。”后以“王孙草”指牵人离愁的景色。③挥翰：指挥毫。④披冻：指水解冰。韩愈诗：“蔼蔼野浮阳，晖晖水披冻。”⑤一元：《汉书·董仲舒传》：“春秋谓一元之意。”

其二

似闻高隐在前村，坐膝扶床戏子孙。自赏春光携桂酒[1]，喜逢晴色款柴门[2]。屏间带日金人活[3]，头上迎风彩胜翻[4]。蓬鬓扶疏吾老矣，岂能旧貌改新元。

【注释】①桂酒：用玉桂浸制的美酒。②款：叩，敲击。③金人：《艺文类聚》引《荆楚岁时记》：“人日剪彩为人，或镂金薄贴屏风上，或戴之，像人入新年，形容改新。”④彩胜：古代的一种饰物。立春日用五色纸或绢剪制成小旌旗、燕、蝶、金钱等形状，簪于髻上，以示迎春。

和代器之[1]

雨过郊原一番新，寻芳车马踏无尘。普天冷食闻前古，萧寺清游属两人。不作佺期问新历[2]，颇同之问感余春[3]。明年归藉梨花上[4]，应会群贤及四邻。

【注释】①器之：即刘安世。②佺期问新历：唐沈佺期《岭表逢寒食》诗：“洛阳新甲子，何日是清明。”③“颇同”句：宋之问《寒食江州满塘驿》诗有“感物思归怀故乡”之句。又《途中寒食》诗有“马上逢寒食，愁中属暮春”之句。④“明年”句：苏轼前有诗云：“共藉梨花作寒食。”

次韵借观《睢阳五老图》[①]

国老安荣心自闲，紫袍金带旧簪冠[②]。星骑箕簸扬糠秕[③]，斗掌权衡表汉桓[④]。冬有愆阳嫌薄热[⑤]，夏多沴气畏轻寒。赖得五贤清雅出，俾人敬慕肃容看[⑥]。

【注释】①钱明逸《睢阳五老图诗序》云：“今致仕官师相国杜公，燕甲睢阳。与宾客太原王公、故卫尉河东毕卿、兵部沛国朱公、驾部始平冯公为五老会，赋诗酬唱，形于绘事。”②紫袍金带：古代高官的朝服。③箕：星宿名，二十八宿之一。《诗·小雅·大东》：“维南有箕，不可以簸扬，维北有斗，不可以挹酒浆。”④斗：星宿名，北斗七星其第四为权，第五为衡。⑤愆阳：阳气过胜，指冬天温和，有悖节令。《左传·昭公四年》：“则冬无愆阳，夏无伏阴。”⑥俾(bǐ)：使。

题金山寺回文体[①]

潮随暗浪雪山倾，远浦渔舟钓月明。桥对寺门松径小，槛当泉眼石波清。迢迢绿树江天晓，霭霭红霞晚日晴。遥望四边云接水，碧峰千点数鸥轻。

【注释】①回文体：字句回环往复读之均能成诵的诗词体。

赠姜唐佐[1]

生长茅间有异芳，风流稷下古诸姜[2]。适从琼管鱼龙窟[3]，秀出羊城翰墨场[4]。沧海何曾断地脉，白袍端合破天荒[5]。锦衣他日千人看，始信东坡眼力长。

【注释】①此诗亦载《栾城集》，题作《补子瞻赠姜唐佐秀才》，据此，则为苏轼作。②稷下：指战国齐都城临淄西门稷门附近地区。齐威王、宣王曾在此建学宫，广招文学游说之士讲学议论，成为各学派活动的中心。③琼管：岭南有五管，故琼州亦言琼管也。管：唐代于岭南道设置的某些特别行政区称“管”。④羊城：《南部新书》：“吴修为广州刺史，有五仙人，骑五色羊，负五谷而来。”《太平寰宇记》：“广州南海县有五羊城。”⑤“沧海”二句：《邵氏闻见后录》：“唐荆州每解送举人，多不成名，号曰天荒。至刘蜕以荆州解及第，号破天荒。东坡尝作赠姜唐佐。‘沧海’云云，用此事也。”

游何山

今日何山是胜游，乱峰萦转绕沧州。云含老树明还灭[1]，石碍飞泉咽复流。遍岭烟霞迷俗客，一溪风雨送归舟。自嗟尘土先衰老，底事孤僧亦白头[2]。

【注释】①明还灭：忽隐忽现。②底事：何事。

宝墨亭[①]

山阴不见换鹅经，京口空传《瘗鹤铭》[②]。潇洒谪仙来作郡，风流太守为开亭。两篇玉蕊尘初涤，四体银钩迹尚青[③]。我久临池无所得，愿观遗法快沉冥。

【注释】①刘昌《县笥琐探》："宝墨亭，宋初建，以覆《瘗鹤铭》者，今废。"②《瘗鹤铭》：著名的摩崖刻石。华阳真逸撰，上皇山樵书。在今江苏省镇江市焦山崖石上。乾隆二十二年移置焦山定慧寺。铭文正字大书左行，前人评价很高。③四体：晋卫恒为《四体书势》。银钩：比喻曲劲有力的书法。参见《寄子由》注②。

瑞金东明观

浮金最好溪南景，古木楼台画不成。天籁远兼流水韵[①]，云璈常听步虚声[②]。青鸾白鹤蟠空下，翠草玄芝匝地生。咫尺仙都隔尘世，门前车马任纵横。

【注释】①天籁：自然界的声响，如风声、鸟声、流水声等。《庄子·齐物论》："女闻地籁而未闻天籁夫！"②云璈：即云锣。打击乐器。《太微玄清左夫人歌》：云璈乘虚弹。"

西湖寿星院明远堂

十年不向此凭栏，景象依然一望间。龙蜃吐云天入水，楼台倒影日衔山。僧于僻寺难为隐，人在扁舟未是闲。孤鹤似寻和靖宅，盘空飞去复飞还[1]。

【注释】①和靖：指林逋。逋字和靖。《梦溪笔谈》："林逋隐居孤山，畜两鹤，纵之，则飞入云霄，盘旋久之，复入笼中。"

失题二首

其一[1]

山行似觉鸟声殊，渐近神仙简寂居。门外长溪容净足，山腰苦笋耿盘蔬。乔松定有藏丹处，大石仍存拜斗余[2]。弟子苍髯年八十，养生世世授遗书。

【注释】①其二见七绝部分。②拜斗：礼拜北斗星，道教祈祷的一种。苏轼《东坡志林·记朝斗》有"请罗浮道士邓守安拜奠北斗真君"的记载。

初发嘉州

朝发鼓阗阗[1]，西风猎画旃。故乡飘已远，往意浩无边。锦水细不见，蛮江清可怜。奔腾过佛脚，旷荡造平川。野市有禅客，钓台寻暮烟。相期定先到，久立水潺潺。

【注释】①鼓阗阗：《诗·小雅·采芑》"伐鼓渊渊，振旅阗阗。"

戎州[①]

乱山围古郡，市易带群蛮[②]，瘦岭春耕少，孤城夜漏闲。往时边有警，征马去无还。自顷方从化，年来已款关[③]。颇能贪汉布[④]，但未脱金环[⑤]。何足争强弱，吾民尽玉颜。

【注释】①戎州：古地名，属犍为郡。宋政和四年，改戎州为叙州，取西戎即叙之义。②群蛮："《太平寰宇记》：其土有四族，黎、蒯、虞、牟，夷夏杂居，风俗各异。"③款关：叩关。表示臣服。《战国策》："由余闻之，款关请见。"④汉布：《汉书·食货志》："大布、次布、弟布、壮布、中布、差布、厚布、幼布、幺布、小布，是为布货十品。铸作钱布，皆用铜，淆以连锡，文质周郭放汉五铢钱云。"师古注："布亦钱耳，谓之布者，言其分布流行也。"⑤金环：耳朵上戴的耳饰。

白帝庙[①]

朔风催入峡，惨惨去何之？共指苍山路，来朝白帝祠。荒城秋草满，古树野藤垂。浩荡荆江远，凄凉蜀客悲。迟回问风俗，涕泗悯兴衰。故国依然在，遗民岂复知？一方称警跸[②]，万乘拥旌旗。远略初吞汉，雄心岂在夔。崎岖来野庙，闵默愧当时。破甑蒸山麦，长歌唱《竹枝》。荆邯真壮士，吴柱本经师[③]。失计虽无及，图王固已奇。犹余帝王号，皎皎在门楣。

【注释】①白帝庙：在白帝城（今四川奉节县白帝山上）。东汉初公孙述筑城，自号白帝，因以为名。②警跸：皇帝出入经过的地方严加戒备，断绝行人。跸：清道。③荆邯：平陵（今咸阳市西北）人，劝公孙述乘时而起，霸居一方。博士吴柱引经据典，不合实际，过腐可笑。述虽然邯言，惜不能用。见《后汉书·公孙述传》。

入峡[①]

自昔怀幽赏，今兹得纵探。长江连楚蜀，万派泻东南。合水来如电[②]，黔波绿似兰。余流细不数，远势竞相参。入峡初无路，连山忽似龛。萦纡收浩渺，蹙缩作渊潭。风过如呼吸，云生似吐含。坠崖鸣窣窣[③]，垂蔓绿毵毵。冷翠多崖竹，孤生有石楠[④]。飞泉飘乱雪，怪石走惊骖。绝涧知深浅，樵童忽两三。人烟偶逢郭，沙岸可乘篮。野戍荒州县，邦君古子男。放衙鸣晚鼓，留客荐霜柑。闻道黄精草，丛生绿玉篸。尽应充食饮，不见有彭聃[⑤]。气候冬犹暖，星河夜半涵。遗民悲昶衍[⑥]，旧俗接鱼蚕[⑦]。板屋漫无瓦，岩居窄似庵。伐薪常冒险，得米不盈甔。叹息生何陋，劬劳不自惭。叶舟轻远溯，大浪固尝谙。矍铄空相视，呕哑莫与谈。蛮荒安可住，幽邃信难妉。独爱孤栖鹘，高超百尺岚。横飞应自得，远飏似无贪。振翮游霄汉，无心顾雀鹌。尘劳世方病，局促我何堪？尽解林泉好，多为富贵酣。试看飞鸟乐，高遁此心甘[⑧]。

【注释】①据王文诰考证，此诗编在《栾城集》滟滪堆后，不误。据此，此诗所写入峡应是指古西陵峡。②“合水”句：李白《望庐山瀑布水》：“欻如飞电来。”③窣窣(sū)：像声词，形容细小的声音。④石楠：石楠花，有紫、碧、白三色，大如牡丹，亦有无花者。⑤彭：即彭祖。传说人物，生于夏代，至殷末时正七百六十七岁（一说八百余岁）。旧时因以彭祖为长寿的象征。聃：即老子。道家创始人，被后世道教尊为鼻祖。⑥昶：即孟昶。衍：即王衍。二人皆蜀主。⑦鱼蚕：即鱼凫和蚕丛，皆传说中蜀主。⑧全诗通篇好整以暇，自能入妙。纪昀曰：“刻意锻炼，语皆警峭，气局亦宽然有余。入结，忽借一鸟生波，便觉淫佚咏叹，意味深长，故诗家当争用笔。”

过巴东县不泊，闻颇有莱公遗迹[1]

莱公昔未遇，寂寞在巴东。闻道山中树，犹余手种松[2]。江山养豪俊，礼数困英雄。执板迎官长，趋尘拜下风。当年谁刺史？应未识三公。

【注释】①巴东县：在湖北省西部，邻接四川省，长江横贯。莱公：寇准，字平仲，华州下邽人。曾知归州巴东、大名府成安县。封莱国公。②“闻道”二句：《荆州府志》：巴东：“有寇莱公祠。祠中有二柏，乃公作令时所栽，民比之甘棠。”

送范景仁游洛中[1]

小人真暗事[2]，闲退岂公难。道大吾何病[3]，言深听者寒。忧时虽早白[4]，驻世有还丹[5]。得酒相逢乐，无心所遇安。去年行万里，蜀路走千盘[6]。投老身弥健，登山意未阑。西游为樱笋[7]，东道尽鹓鸾[8]。杖屦携儿去，园亭借客看[9]。折花斑竹寺，弄水石楼滩[10]。鬻马衰怜白[11]，惊雷怯笑韩[12]。薛书标洞府[13]，松盖偃天坛[14]。试与刘夫子，重寻靖长官[15]。

【注释】①范景仁：名镇，成都华阳人。宋仁宗时任职知谏院，后与王介甫政见不合，遂去职归蜀，曾力举苏东坡，未成。②暗：愚昧。③“道大”句：《史记·孔子世家》：“颜回曰：‘夫子之道至大，故天下未能容。虽然，夫子推而行之，不容何病？不容然后见君子。’”④“忧时”句：苏轼《范公墓志》：“上疏，请择宗室贤者，异其礼物，而试之政事，以系天下心。凡章十九上，待罪百余日，须发为白。”⑤还丹：李白《江上望皖公山》：“待吾还丹城，投迹归此地。”⑥“蜀路”句：指范景仁归蜀。⑦“西游”句：白居易《歇马吟》：“忽忆家园须速去，樱桃欲熟笋应生。”⑧鹓鸾：传说中凤凰一类的鸟。⑨“园亭”句：是说东坡暂住范景仁在京都的园中。⑩石楼：在河南龙门伊水中。⑪鬻(yù)：卖。此句是说白居易不忍卖马。⑫“惊雷”句：是讲韩愈游嵩山遇雷。⑬苏轼自注：“欧阳永叔尝游嵩山。日暮，于绝壁上见苔藓成文，云神传之洞。明日复寻，不见。”⑭天坛：天坛山，在河南渑池东北。⑮靖长官：曾慥《集仙传》：“靖不知何许人，唐僖宗时，为登封令，既而弃官学道，隐其姓而以名显，故世谓之靖长官。刘几曾遇于嵩山中。”

次韵子由送赵屼归觐钱塘，遂赴永嘉[1]

归舟转河曲，稍见楚山苍。候吏来迎客，吴音已带乡。言从谢康乐，先献鲁灵光[2]。已击三千里，何须四十强[3]。风流半刺史，清绝校书郎[4]。到郡诗成集[5]，寻溪水溅裳。芒鞋随采药，茧纸记流觞[6]。海静蛟鼍出，山空草木长。宦游无远近，民事要更尝。愿子传家法，他年请尚方[7]。

【注释】①赵屼：赵抃之子。时赵抃任杭州太守，而赵屼将赴永嘉任职，故先赴杭省亲，继赴永嘉。途经当时南者，苏辙作诗送赵。苏氏兄弟与赵氏父子颇有来往，故苏轼次其韵。②“先献”句：东汉王延寿年轻有奇才，作《鲁灵光殿赋》献其父。此处指赵屼省亲。③“已击”二句：以大鹏喻赵屼，言其年轻已腾达。《礼记·曲礼上》：“四十曰强而仕。”④半刺史、校书郎：皆指赵屼所任职。汉代别驾一职为刺史佐官，有半刺史之称。赵屼当时出任温州副职，故称。⑤“到郡”句：谢灵运曾任永嘉太守，编《诗集》。此句及上“谢康乐”句皆以谢灵运喻赵屼。⑥“茧纸”句：王羲之曾以蚕茧纸书《兰亭帖》，其序有“流觞曲水”句。⑦“愿子”二句：勉励赵屼，希望他效法父亲敢直谏弹劾，不避权幸。赵抃有铁面御史之称。

城南县尉水亭得长字

两尉郁相望[1]，东西百步场[2]。插旗蒲柳市，伐鼓水云乡[3]。已作观鱼槛，仍开射鸭堂[4]。全家依画舫，极目乱红妆。潋潋波头细，疏疏雨脚长[5]。我来闲濯足，溪涨欲浮床。泽国山围里，孤城水影傍[6]。欲知归路处，苇外记风樯。

【注释】①两尉：指湖州所辖二县各置县尉一员。②百步场：县尉用的校场。百步指其大概面积，非实指。③蒲柳市、水云乡：皆指湖州。湖州水面广阔，多产蒲柳。④"已作"二句：指县尉水亭，因临水，故称观鱼槛、射鸭堂。射鸭堂用孟郊典故。孟郊为溧阳尉，开射鸭堂。⑤"潋潋"二句：写亭畔所见。⑥"泽国"二句：写湖州地理形势。

次韵和刘贡父登黄楼见寄并寄子由二首[1]

其一

青派连淮上[2]，黄楼冠海隅。此诗尤伟丽，夫子计魁梧[3]。世俗轻瑚琏[4]，巾箱袭武夫[5]。坐令乘传遽[6]，奔走为储须[7]。邂逅我已失，登临谁与俱[8]。贫贪仓氏粟，身听冶家模。会合难前定，归休试后图。腴田未可买[9]，穷鬼却须呼[10]。二水何年到[11]，双洪不受舻[12]。至今清夜梦，飞辔策天吴[13]。

【注释】①刘贡父：名攽。时任京东转运使。黄楼：徐州城东门楼。苏轼任徐州太守时所建。②青派：从青州流来的河流。此指清河。经徐州入淮河，故称连淮上。③苏轼自注："刘为人短小。"计魁梧：料想很魁梧。对短小之人的委婉用语。语出《史记·留侯世家》："闻张良之智勇，以为其貌魁梧奇伟，反若妇人女子。”④瑚琏：宗庙礼器。孔子比子贡为瑚琏。后遂用为治国安邦人才之称。⑤巾箱：本为装头巾的小箱子，后亦装文件等。武夫：同“碔砆”，一种似玉的美石。二句谓刘未得重视。⑥乘传遽：乘着使车匆匆奔走。⑦储须：集仓储备以供所需。二句指刘任转运使一职为供需奔忙。⑧“邂逅”二句：谓刘到徐州登黄楼时，自己已调任，未能相晤。⑨苏轼自注：“本欲买田于泗上，近已不遂矣。”⑩“腴田”二句：写自身清贫。⑪二水：流经徐州城的汴水、泗水。此以二水代指徐州。⑫双洪：徐州城外的二股急流百步洪、吕梁洪。二句意谓双洪上不能行船，何时才能重游徐州。⑬天吴：神话中的水伯。见《山海经》。二句意谓至今仍夜梦徐州抗洪。苏轼自注：“此诗寄刘。”

其二

与子皆去国[①]，十年天一隅[②]。数奇逢恶岁，计拙集枯梧[③]。好士余刘表[④]，穷交忆灌夫[⑤]。不矜持汉节[⑥]，犹喜揽桓须[⑦]。清句金丝合，高楼雪月俱[⑧]。吟哦出新意，指画想前模[⑨]。自写千言赋，新裁六幅图[⑩]。传看一座耸，劝著尺书呼[⑪]。莫使骚人怨，东游不到吴[⑫]。

【注释】①去国：离开京都。②“十年”句：自己兄弟十年来仕途上天各一方，故言。③数奇：命运不济。集枯梧：以鸟停息在枯树上为喻，言自己兄弟未占高枝。“集枯”语出《国语》。④“好士”句：东汉末刘表据荆州，礼贤纳士，学士多归荆州。⑤“穷交”句：汉代灌夫，好交贫士，士愈贫贱愈敬，士人以此赞扬灌夫。详见《史记·魏其武安侯列传》。⑥汉节：汉凡遣使，皆持节。此以持汉节喻指刘攽任朝廷京东转运使。而刘不以为使自矜。⑦揽桓须：晋谢安忠而见疑，桓伊于帝侧抚筝歌诗：谓忠信见疑，为人臣难，谢安感动而揽桓伊须，晋孝武帝也有愧色。后用为忠而见疑的典故。⑧“清句”二句：写刘登黄楼赋诗。⑨苏轼自注：“子由初赴南京，送之出东门，登城上，览山川之胜，云：‘此地可作楼观。’于是始有改筑之意。”此为苏轼建黄楼之由。⑩苏轼自注：“近以绢自写子由《黄楼赋》，为《六幅图》，甚妙。”⑪“传看”二句：谓自己抄写《黄楼赋》，成《六幅图》后，交僚属传看，满座赞赏，且劝给子由修书。王文诰注云：“此联下失押舻字一韵。当日似此者，往往因本意已尽，仍而不改，盖未尝以次韵为牢不可破事也。合注谓后人删去，非是。”⑫苏轼自注：“此诗寄子由。”

用过韵，冬至与诸生饮酒[①]

小酒生黎法[②]，干糟瓦盎中。芳辛知有毒，滴沥取无穷。冻醴寒初泫[③]，春醅暖更饛[④]。华夷两樽合[⑤]，醉笑一欢同。里闬峨山北[⑥]，田园震泽东[⑦]。归期那敢说，安讯不曾通。鹤鬓惊全白[⑧]，犀围尚半红[⑨]。愁颜解符老[⑩]，寿耳斗吴翁[⑪]。得谷鹅初饱，亡猫鼠益丰。黄姜收土芋，苍耳斫霜丛。儿瘦缘储药，奴肥为种菘。频频非窃食[⑫]，数数尚乘风[⑬]。河伯方夸若[⑭]，灵娲自舞冯[⑮]。归途陷泥淖，炬火燎茅蓬[⑯]。膝上王文度[⑰]，家传张长公[⑱]。和诗仍醉墨[⑲]，戏海乱群鸿[⑳]。

【注释】①苏轼自注：“符、吴皆坐客，其余皆即事实录也。”②小酒：查慎行注引《宋史·食货志》：“广南东西路，自春至秋，酤成即鬻，谓之小酒。腊酿蒸鬻，候夏而出，谓之大酒。”生黎：王十朋注引《国朝会要》：“今儋、崖、万安，皆与黎为境。其服属州县者，乃熟黎，其居山洞无征者，为生黎。”③醴：酒。泫：晶莹明亮貌。④醅（pēi）：本指未滤去糟的酒。亦泛指酒。饛（méng）：食物在器皿内充盈貌。⑤“华夷”句：言与黎人一起共饮。⑥里闬(hàn)：本指闾里的门，亦代指乡里。⑦震泽：王十朋注引赵次公曰：“震泽指言常州，先生有田在常州也。”⑧鹤鬓：白发生于鬓额。⑨犀围：即饰有犀角的腰带。为入品官员所佩带。据陆游《老学庵笔记》卷八：“故事，谪散官虽别驾司马，皆封赐如故……东坡先生在儋耳，亦云‘鹤鬓惊全白，犀围尚丰红。’是也。”此言为官待遇尚未全部剥夺。⑩符老：符林秀才。⑪吴翁：不详何人。王文诰认为不是吴子野，因苏轼不会以诸生看待他。⑫窃食：语出汉王充《论衡·知实》：“颜渊炊饭，尘落甑中，欲置之则不清，投地则弃饭，掇而食之。孔子望见，以为窃食。”借指窃取俸禄，常为自谦之词。⑬数数(shuòshuò)：急切的样子。语出《庄子·逍遥游》。此二句意谓自己虽非贪图官禄，但亦不能完全超脱。⑭河伯：黄河河神。若：海神。典出《庄子·秋水》，黄河涨了大水，河伯洋洋自得，及顺流而下见海之广大，方知自己之浅陋。河伯夸若，即班门弄斧之意。⑮灵娲：即女娲。古代传说中的女神。冯：冯夷，黄河之神。《史记·司马相如列传》：“使灵娲鼓瑟而舞冯夷。”此二句写宴会上诗歌唱和作歌起舞的场面。⑯“归途”二句：写宴毕归家情景。⑰王文度：东晋王坦之，字文度。《世说新语·方正》：“蓝田（王坦之之父王述）爱念文度，虽长大，犹抱著膝上。”⑱张长公：汉代张释之之子，名挚，字长公。与其父皆守正不阿。此二句言作者对幼子苏过之爱，待子承父风。⑲醉墨：带醉书写。⑳“戏海”句：王十朋注引李厚曰：“隋智果师论王羲之书，如群鸿戏海。”此句喻自己的墨迹。

郁孤台[1]

吾生如寄耳，岭海亦闲游。赣石三百里[2]，寒江尺五流。楚山微有霰，越瘴久无秋。望断横云峤，魂飞咤雪洲[3]。晓钟时出寺，暮鼓各鸣楼。归路迷千嶂，劳生阅百州。不随猿鹤化[4]，甘作贾胡留。只有貂裘在[5]，犹堪买钓舟[6]。

【注释】①郁孤台：在虔州。苏轼自注：“再度虔州，和前韵。”②赣石：地名，在南康县，是一处险要之地。《虔州志》载，赣州水北流至万安县，其间有九滩，上游的信丰、宁都，石碛尤其险恶，古俗称之为上下三百里赣石。③峤：山势高而陡峭曰峤。“横云峤”描写五岭，“咤雪洲”描写琼、崖、儋、万四州。④猿鹤化：《抱朴子》：相传周穆王南征，久而不归，全军皆化，君子化为猿鹤，小人化为虫沙。⑤貂裘：《史记·苏秦列传》：“苏秦衣破黑貉皮衣，出游数年，不果而归。”⑥买钓舟：杜牧有诗云：“终南山下抛泉洞，阳羡溪中买钓船。”

虔守霍大夫，监郡许朝奉见和、复次前韵[①]

大邦安静治，小院得闲游。赣水雨已涨，廉泉春未流。同烹贡茗雪，一洗瘴茅秋。秋思生莼脍[②]，寒衣待橘洲[③]。扬雄未有宅[④]，王粲且登楼[⑤]。老景无多日，归心梦几州。敢因逃酒去，端为和诗留。旧箧藏新语，清风自满舟。

【注释】①霍大夫：指霍汉英。汉英字子侔，绍圣年间为虔州知州。许朝奉：名不详。朝奉，官名。②莼脍：即莼羹鲈脍。晋时吴人张翰在洛阳作官，因思念吴中的“莼羹、鲈脍”，遂辞官归乡。后因以比喻羁宦之人思念家乡。③橘洲：地名。在湖地长沙市湘江中，自古以产橘著名。④扬雄：西汉晚期著名文学家。《汉书》本传称其“家素贫”，东坡于此以况自己的飘泊不定。⑤王粲：汉末著名的文学家，建安七子之一，曾有《登楼赋》一篇，抒发自己寄居异地的寂寞和政治上的苦闷。

次韵阳行先[①]

室空惟法喜[②]，心定有天游。摩诘原无病[③]，须洹不入流。苦嫌寻直枉，坐待寸田秋。虽未麒麟阁，已逃鹦鹉洲[④]。酒醒风动竹，梦断月窥楼。众谓元德秀[⑤]，自称阳道州[⑥]。拔葵终相鲁[⑦]，辟谷会封留[⑧]。用舍俱无碍，飘然不系舟。

【注释】①阳行先：名孝本。行先为其字，赣州人。学博行高，隐于城西通天岩。苏轼自海外归，过而爱之，号之曰玉岩居士。隐遁二十年，徽宗崇宁中始出。②法喜：佛教术语，意为闻佛法而喜。③“摩诘”句：《维摩诘经》：“维摩诘曰：‘如我此病，非真非有。’”④麒麟阁：汉阁名。武帝时建，在未央宫内。汉宣帝甘露三年，画功臣霍光、苏武等十一人图像于阁。

鹦鹉洲：洲名。在湖北汉阳县西南江中，祢衡在此作《鹦鹉赋》，因以为名。明末为江水冲没。⑤元德秀：字紫芝，唐人。德秀母亡，以不及亲在而娶，不肯婚。阳行先生平不娶，故以德秀比之。⑥阳道州：即阳城，字亢余，唐人。曾为道州刺史。⑦“拔葵”句：据《史记》载，公休仪为鲁相，食茹而美，拔其园葵而弃之。⑧“辟谷”句：汉高祖封功臣，张良愿封留。又张良性多疾，即导引，不食谷。见《史记·留侯世家》。

用前韵再和霍大夫

文字先生饮[①]，江山清献游[②]。典刑传父老，樽俎继风流[③]。度岭逢梅雨[④]，还家指麦秋[⑤]。自惭鸿雁侣，争集稻粱洲[⑥]。野阔横双练[⑦]，城坚耸百楼。行看凤尾诏[⑧]，却下虎头州[⑨]。君意已吴越，我行无去留。归途应食粥，乞米使君舟[⑩]。

【注释】①先生：指刘彝，字执中，熙宁间知虔州。②清献：赵抃谥号，抃字阅道，嘉祐间知虔州。③典刑：旧法，常规，后引申为模范、典范，也作典型。樽俎：同尊俎，借指宴席、宴会。④梅雨：指江浙四五月间梅雨季节。⑤麦秋：指四月末麦将熟之时。⑥“争集”句：指鸟觅食。⑦双练：指章、贡二水。⑧凤尾诏：《纪闻谭》载，晋元帝即位，批示奏文的草书之尾如凤形，故谓之凤尾诏。⑨虎头州：虔州的原名。⑩使君：指霍大夫。名汉英，字子侔。此时知虔州。

用前韵再和许朝奉

高门元世旧，客路晚追游。清绝闻诗语，疏通岂法流[①]。传家有衣钵[②]，断狱尽春秋。邂逅陪车马，寻芳谢朓洲[③]。凄凉望乡国，得句仲宣楼[④]。恨赋投湘水，悲歌祀柳州。何如五字律，相与一樽留。

更约登尘外[⑤]，归时月满舟。

【注释】①法流：法家之流，出于司法之官，信赏必罚，以辅礼制。②“传家”句：指家传之学。③“寻芳”句：南齐谢朓诗有：“芳洲有杜若。”④仲宣楼：梁元帝诗有：“朝出屠羊县，夕返仲宣楼。”⑤尘外：亭名，虔州一胜景。

卷二十六　佚诗　他集互见诗　残句

佚 诗

雷岩诗[1]

空岩发灵籁，仿佛如风雷。只疑函宝剑，天遣六丁开[2]。

【注释】①此诗见《永乐大典》卷九七六三引《苏东坡集》。②六丁：道教认为六丁（丁卯、丁巳、丁未、丁酉、丁亥、丁丑）为阴神，为天帝所驱使。

秋日寄友人[1]

柳条风暖会吟时，林下池边屐齿移[2]。别后过从更疏懒，暮蝉嘹乱不胜悲。

【注释】①此诗见《永乐大典》卷三五〇〇引《苏东坡集》。②屐齿：屐底的齿。屐为木制鞋，底大多有二齿，以行泥地。

治易洞[1]

自昔遥闻太守高，明爻象彖日忘劳[2]。洞中陈迹今如扫，斯道何曾损一毛[3]。

【注释】①此诗见《永乐大典》卷一三〇七四卷《治易洞》条。②爻象：指《易经》中的爻辞和象辞。③一毛：一根毛。喻细小、轻微的事物。

绝句一首[①]

濛濛春雨湿邗沟[②]，篷底安眠昼拥裘。知有故人家在此，速将诗卷洗闲愁。

【注释】①此首见《舆地纪胜》卷四十三《高邮军》。②邗沟：古运河名。春秋时吴王夫差为了争霸中原，在江、淮间开凿的。

扇[①]

团扇经秋似败荷，丹青仿佛旧松萝。一时用舍非吾事[②]，举世炎时奈尔何！

【注释】①此诗见《分门纂类唐宋时贤千家诗选》卷十七。②用舍：取舍。《晋书·范弘之传》："后人用舍，参差不同。"

甘蔗[①]

老境于吾渐不佳，一生拗性旧秋崖。笑人煮箦何时熟[②]，生啗青青竹一排[③]。

【注释】①此诗见《诗渊》第六册。②箦（zé）：用竹片芦苇编成的床垫子。③啗(dàn)：吃。

谢人送墨[①]

墨月黳云脱太清[②]，海风吹上笔头轻。琐窗冷透芙蓉碧，定有新明到九成[③]。

【注释】①此诗见《诗渊》第八册。②黳(yī)云：黑云。太清：天空。③九成：犹九重，言极高。

送竹香炉[1]

枯槁形骸惟见耳，凋残鬓发只留须。平生大节堪为底，今日灰心始见渠。

【注释】①此诗见《诗渊》第八册。竹香炉：一种外壳为竹编的香炉。

献寿戏作[1]

终须跨个玉麒麟，方丈蓬莱走一巡[2]。敢献些儿长寿物，蟠桃核里有双仁。

【注释】①此诗见《侯鲭录》卷八。②方丈、蓬莱：皆是传说中的仙山。

题陈公园[1]

春池水暖鱼自乐，翠岭竹静鸟知还。莫言叠石小风景，卷帘看尽铜官山[2]。

【注释】①此诗见影印明嘉靖《铜陵县志》卷八，原题下注云："内有二池。"②铜官山：在今安徽铜陵市大江之南，为黄山西支终点的最高峰。

题双楠轩[1]

南轩前头两佳木，先生抚玩常不足。尤爱薰风五月初[2]，白银花开光照屋[3]。

【注释】①此诗见清光绪《重刊宜兴县续志》卷十。题下原有注："慕容晖所居。"②薰风：即熏风，和暖的南风。③白银花：花白似银，故言。

题王晋卿画[1]

两峰苍苍暗石壁，中有百道飞来泉。人间何处有此景，便欲往买二顷田。

【注释】①此诗见适园丛书本《珊瑚网·名画题跋》卷三。

僧[1]

一钵即生涯，随缘度岁华[2]。是山皆有寺，何处不为家。笠重吴山雪，鞋香楚地花。他年访禅室，宁惮路歧赊。

【注释】①此诗见《分门纂类唐宋时贤千家诗选》卷二十二。②随缘：佛教语，谓佛应众生之缘而施教化。

山村二首[1]

其一

野水开冰出[2]，山云带雨行。白鸥乘晓泛，黄犊试春耕。地僻民风古，年丰米价平。村居自潇洒[3]，况有读书声。

【注释】①此二首见《诗渊》第十一册。②野水：原野的水流。③村居：居于乡村。

其二

野老幽居处[①]，成吾一首诗。桑枝碍行路，瓜蔓网疏篱。牧去牛将犊，人来犬护儿。生涯虽朴略[②]，气象自熙熙[③]。

【注释】①野花：居于乡村的老人。②朴略：质朴鄙野。③熙熙：和乐貌。

雨中邀李范庵过天竺寺作[①]

其一

步来禅榻畔，凉气逼团蒲[②]。花雨檐前乱，茶烟竹下孤。乘闲携画卷，习静对香垆[③]。到此忽终日，浮生一事无。

【注释】①此二首见清乾隆刊《吴越所见书画录》卷五。②团蒲：即蒲团。为僧人坐禅及跪拜时所用的圆垫。③香垆：即香炉。

其二

老禅趺坐处[①]，疏竹翠泠泠[②]。秀色分邻舍，清阴覆佛经。萧萧日暮雨，曳履绕方庭。

【注释】①趺坐：盘腿端坐。②泠泠(líng líng)：清凉、冷清貌。

和南都赵少师[①]

富贵功名已两忘，望高嵩华量包湘[②]。还家傲似蒙庄子[③]，定策忠于汉霍光[④]。远访交亲情益重，共论诗酒兴偏长。园亭继日休车马，却悔多年滞庙堂[⑤]。

【注释】①此诗见《永乐大典》卷九百十八引《苏东坡文集》。赵少师：名概，见本集《和欧阳少师寄赵少师次韵》注。②嵩华：嵩山和华山。③蒙庄子：即庄子，因其做过蒙漆吏，故称。④霍光：西汉武、昭、宣帝时人，《汉书》有传。⑤庙堂：指朝廷。

寄汝阴少师[1]

得时行道善知终，猛退如公世罕逢。掷弃浮名同敝屣[2]，保全高节似寒松。文章千古进谟诰[3]，勋业三朝镂鼎钟。见说新堂频燕会[4]，故时宾客定相容[5]。

【注释】①此首见《永乐大典》卷九百十八引《苏东坡文集》。汝阴少师：即欧阳修。②敝屣：破鞋。③谟诰：谟与诰。《尚书》文体名。④燕会：同“宴会”。⑤苏轼自注：“公尝见约，异时颍上相寻。某亦有意乞麾，以依旧馆。”

次韵钱穆父还张天觉行县诗卷[1]

君如天马玉花骢[2]，万里须臾不计功。投刃皆虚有余地[3]，运斤不辍自成风[4]。如何十日敲榜外[5]，已复千篇笑语中。只恐学禅余此在，卓锥犹是去年穷[6]。

【注释】①此诗见《西楼帖》。钱穆父：名勰。张天觉：名商英，二人皆轼友，与轼屡有唱和。②玉花骢：骏马名。③《庄子·养生主》谓庖丁解牛，三年后所见皆非全牛，只见其骨节皆空虚，“彼节者有间，而刀刃者无厚，以无厚入有间，恢恢乎其于游刃必有余地矣”。后以比喻处理事务得心应手。④运斤成风：斧头挥动很快，因而有风，比喻技巧的高超熟练。见《庄子·徐无鬼》。⑤敲榜：笞打。⑥卓锥：犹立锥。

送玉面狸[①]

北距飞狐信未通，夜来缚到藁街东[②]。千年妖幼谁家妇，一国蒙茸无是公[③]。丘首可怜迷故土[④]，帝羓空用起腥风[⑤]。长缨俘献埋轮使，未问豺狼问此翁。

【注释】①此诗见《诗渊》第十六册。玉面狸：狸的一种。面白色，尾似牛，喜吃果实，捕鼠胜于猫。②藁街：汉时街名，在长安城南门内，为属国使节馆舍所在地。《宋史·外国传七·党项》："请斩于藁街。"③蒙茸：杂乱貌。《史记·晋世家》："狐裘蒙茸，一国三公，吾谁适从？"④丘首：犹首丘。相传狐死时，必首向故丘。后因以喻怀恋故土。⑤帝羓：指辽太宗耶律德光的干尸。德光死后，依契丹俗制成干尸，人称之为帝羓。

潮中观月[①]

璃玻千顷照神州[②]，此夕人间别是秋。地与楼台相上下，天随星斗共沉浮。一尘不向山中住，万象都从物外求。醉吸清华游碧落[③]，更于何处觅瀛洲[④]。

【注释】①此诗见明刊《苏文忠公胶西诗集》转引《胶州志》。②璃玻：喻明净的天空。③清华：指清新的空气。碧落：道家称天为碧落。④瀛洲：传说中的仙山。

舒啸亭[①]

揽胜雷山舒啸亭，诸峰秀拱透云程[②]。啸傲池边红日伴，舒怀岩壑白云迎。满目纵观天际迥，一腔收拾岁寒清[③]。松花香遍银阳地，剩把新诗壮此行。

【注释】①此诗见清同治《饶州府志》卷三、道光《德兴县志》卷四。舒啸亭在德兴县东雷山顶。诗盖作于元丰七年苏轼适汝州时。②云程：云中之路。③收拾：犹领略。

宿资福院[①]

月明写炤寺林幽[②]，最是江湖入念头。衣染炉烟金漏迴，茶烹石鼎玉蟾留[③]。山星几点躔官舍[④]，僧院百年过客舟。封事未投圣主意[⑤]，长安此夕亦多愁。

【注释】①此诗见清同治《龙泉县志》卷十七。《龙泉县志》卷三："宋元丰间，黄大临（字元明）宰龙泉，苏文忠枉道相访，寓宿是院，有诗。"即此诗。②写炤：写，映照；炤，明亮。写炤犹照耀。③玉蟾：月亮的别称。④躔(chán)：日月星辰运行的轨迹。⑤封事：密封的奏章。古时臣下上书奏事，防有漏泄，用皂囊封缄，故称。

金沙台[①]

雨后东风渐转和，扣门迁客一经过。王孙采地空珪璧[②]，长者芳声动薜萝[③]。正尔谪居怀北阙，聊同笑语说东坡。山林台阁原无异，促席论心酌叵罗[④]。

【注释】①此诗见清同治《瑞州府志》卷二二，《高安县志》卷二六。金沙台在高安县东南，为汉长沙王子拾建。②珪璧：古代祭祀朝聘等所用的玉器。③薜萝：薜荔和女萝。两者皆野生植物，常攀缘于山野林木或屋壁之上。④叵罗：西域语音译，当地的一种饮酒器，口敞底浅。后泛指酒杯。

安老亭诗[①]

桥下幽亭近水寒，倩谁□字在楣端。市廛得此尤堪隐[②]，老者于今只自安。饭后徐行扶竹杖，倦来稳坐倚蒲团。眼明能展钟王帖[③]，绝胜前人映雪看[④]。

【注释】①此诗见清乾隆刊《吴越所见书画录》卷五，后有“元祐四年九月二日苏轼”字。安老亭：遗址在杭州。②市廛：市中店铺。语本《孟子·公孙丑上》：“市，廛而不征。”赵岐注：“廛，市宅也。”③钟王：三国魏书法家钟繇和晋书法家王羲之的并称。④映雪：晋孙康，京兆人。家贫好学，常映雪读书。见《晋书·孙康传》。

寿叔文[①]

烨烨苍龙宿，腾光射斗杓[②]。嘉时钟间气，□契在丛霄。感会风云际，承恩雨露朝。史才资笔削[③]，使指载歌谣。十载霜威重，连□弊俗消。赐环归画省[④]，鸣玉率英寮。典礼还咨伯[⑤]，寅□合佐尧。谠言文石陛[⑥]，正色紫宸朝[⑦]。共说门阑喜，谁云天路遥。一龙今在沼，三凤并仪□。道在须调鼎[⑧]，谋深鄙□貂。高情真邈邈，逸气更飘飘。仙果虽迟熟，灵椿信后凋[⑨]。东山何足羡[⑩]，会是蹑松乔。

【注释】①此诗见《诗渊》第二十五册。②斗杓：即斗柄，斗星第五至第七为柄。③笔削：笔，书写记录，删改时用刀刮简牍。笔削指历史著作。④画省：指尚书省。汉尚书省以胡粉涂壁，紫素界之，画古烈士像，故别称“画省”。⑤咨伯：咨，征询，商议。《尚书》记尧舜任命或询问臣工，句首多冠以“咨”。⑥谠言(dǎng)：正直之言。⑦紫宸：宫殿名，天子所居。⑧调鼎：喻任宰相治理国家。⑨灵椿：古代传说的长寿之树。《庄子·逍遥游》：“上古有大椿，以八千岁为春，八千岁为秋。”⑩东山：据《晋书·谢安传》

载，谢安早年曾辞官隐居会稽之东山。后以东山代指隐居之地。

马子约送茶，作六言谢之[①]

珍重绣衣直指[②]，远烦白绢斜封[③]。惊破卢仝幽梦[④]，北窗起看云龙。

【注释】①此诗见《诗渊》第一册。②绣衣直指：汉武帝时朝廷设置的专管巡视、处理各地政事的官员，因出巡时穿绣衣故称“绣衣直指”。③白绢斜封：古人书信有用白绢在函外横着缄封的。因借指书信。④“惊破”句：唐卢仝《走笔谢孟谏议寄新茶》：“日高丈五睡正浓，将军打门惊周公。口云谏议送书信，白绢斜封三道迎。”

失题一首[①]

读书头欲白，相对眼终青[②]。身更万事已头白，相对百年终眼青。看镜白头知我老，平生青眼为君明。故人相见尚青眼，新贵如今多白头。江山万里将头白，骨肉十年终眼青。

【注释】①此诗见史容《山谷外集诗注》卷十七《寄忠玉提刑》引《王立之诗话》。②“读书”二句：眼睛平视则见黑眼珠，上视则见白眼珠。史载晋阮籍能为青白眼，见凡俗之士，以白眼对之。对品行高洁之士，则青眼有加。

他集互见诗

送淡公二首[①]

其一

燕本冰雪骨，越淡莲花风[②]。五言双宝刀，联响高飞鸿[③]。翰苑钱舍人，诗韵铿雷公[④]。识本不识淡，仰咏嗟无穷。清韵生物表，朗玉倾壶中[⑤]。常于冷竹坐，相语道意冲。嵩洛兴不薄[⑥]，稽江事难同。明日若不来，我作黄石翁[⑦]。何以兀其心，为君学虚空。

【注释】①淡公：生平事迹不详。此二首亦见《孟东野诗集》，当为孟郊诗。②本、淡：二僧名。燕、越：二僧所在地。③联响：即联句，始于汉武帝柏梁联句。④雷公：雷神。⑤“朗玉”句：用玉壶冰之意，喻高洁清廉。⑥“嵩洛”句：《神仙传》：“浮丘伯，姓李，隐居嵩山。……道成，白日飞升。”⑦黄石翁：即黄石公。事见《史记·留侯世家》。

其二

坐重青草公[①]，意合沧海滨。渺渺独见水，悠悠不闻人。镜浪洗手渌[②]，剡花入心春[③]。虽然防外触[④]，眼前绕衣新[⑤]。行当译文字，慰此吟殷勤。

【注释】①青草公：指董卓。《后汉书·五行志》：“献帝践祚之初，京师童谣曰：‘千里草，何青青。十日卜，不得生。’千里草为董。”②镜：指镜湖。在今绍兴城南。③剡(shàn)：指剡溪，在浙江省。④“虽然”句：《楞严经》：“因色有香，因香有触。”⑤“眼前”句：《维摩诘经》：“会中有一天女，以天花散诸菩萨，悉皆坠落。至大弟子便著不堕。天女曰：‘结习未尽，故花著身；结习尽者，花不著身。'”

黄州[1]

南山一尺雪，雪尽山苍然。涧谷深自暖，梅花应已繁。使君厌骑从，车马留山前。行歌招野叟，共步青林间。长松得高荫，盘石堪醉眠。只乐听山鸟，携琴写幽泉。爱之欲忘反，但苦世俗牵。归来始觉远，明月高峰颠。

【注释】①查慎行曰：“此诗亦见《欧阳公集》，题云《游琅邪山》。琅邪在滁州之南，故称‘南山’。欧公时知滁州，故自称‘使君’。山中有泉，若中音会，醉翁喜之，每把酒欣然忘归。时有沈遵者，以琴写其声，为《醉翁操》，故又云：‘携琴写幽泉。’此诗断为欧公所作，无疑也。”

古风[1]

精神洞元化，白日升高旻[2]。俯仰凌倒景，龙行逸如神。半道过紫府[3]，弭节聊逡巡[4]。金床设宝几，璀璨明月珍。仙者二三子，眷然骨肉亲。饮我霞石杯[5]，放杯恍如春。遂朝玉虚上，冠剑班列真。无端拜失仪，放弃令自新。云霄难遽反，下土多埃尘。淮南守天庖，嗟我复何人[6]。

【注释】①此诗亦见秦观《淮海集》。②高旻：高空。③紫府：道家称仙人所居。④弭节：驻节，停车。⑤霞石杯：《淮海集》作“霞一杯”。⑥查注：“《抱朴子·祛惑篇》云：河东蒲坂，有项曼都者，与一子入山学仙，十年而归。家人问其故，曼都曰：‘在山中，三年精思，有仙人来迎我，共乘龙而升天。良久，低头视地，杳杳冥冥，上未有所至，而去地已绝远。龙行甚疾，及到天上，先过紫府仙人，以流霞一杯，与我饮之，辄不饥渴。忽然思家，到天帝前谒拜失仪，见斥来还，令当更自修积。昔淮南王刘安，升天见上帝，而箕坐大言，自称寡人，遂见谪守天厨三年。我何人哉?'河东因号曼都为斥仙人云云。此诗全用此事，乃讽刺学仙之流语多荒诞，与先生《和陶山海经》'古强本庸妄'一首略同。"

无题[1]

引手攀红樱，红樱落如线。仰首看红日，红日走如箭。年光与时景，顷刻互衰变。何当血肉身，安得常强健。人心苦执迷，富贵忧贫贱。忧色常在眉，欢容不上面。吾今头半白，把镜非不见。惟应花下杯，更待他人劝。

【注释】①查慎行注："此一篇，乃白乐天《花下对酒》二首之一也。"

雷州八首[1]

其一

白发坐钩党，南迁濒海州。灌园以糊口[2]，身自杂苍头[3]。篱落秋暑中，碧花蔓牵牛。谁知把锄人，旧日东陵侯[4]。

【注释】①查慎行曰："此五言古诗八首，皆秦少游作也。按《淮海集》中有《雷阳书事三首》，今'越岭风俗殊''旧时日南郡'，乃其二。又有《海康书事》十首，今'白发坐钩党''荔子无几何''下居近流水''培塿无松柏''粤女市无常''海康腊已酉'，乃其六。先生远谪海外，不应云：'南迁濒海洲。'其与子由相遇，同行至雷，仅留月余，一匆匆过客，岂有灌园糊口之事?且计先生过雷渡海，在五六月间，今诗中一则曰'篱落秋暑中'，再则曰'黄甘遽如许'，三则曰'海康腊已酉'，四则曰'东风已如云'，细玩诗意，皆谪居此地，自夏徂秋，背冬涉春，感时记事之辞，断断非东坡作。考之《宋文鉴》第二十卷所选《海康书事》五首，亦以为秦作，无疑也。”②灌园：用於陵子仲为人灌园事，见《汉书·邹阳传》。③苍头：奴仆。④东陵侯：即秦东陵侯邵平。他于秦亡后沦为平民，在长安东门外种瓜为生。见《史记·萧相国世家》。

其二

荔子无几何，黄甘遽如许[①]。迁臣不惜日[②]，恣意移寒暑。层巢俯云木[③]，信美非吾土[④]。草芳自有时，鶗鴂何关汝[⑤]。

【注释】①黄甘：即黄柑。②迁臣：被贬到远方的臣子。③层巢：高巢，指筑在高树上的禽巢。④“信美”句：王粲《登楼赋》：“虽信美而非吾土兮，曾何足以少留。”⑤鶗鴂(tí jué)：即杜鹃鸟。屈原《离骚》：“恐鶗鴂之先鸣兮，使夫百草为之不芳。”此二句反用其意。

其三

下居近流水，小巢依岭岑。终日数椽间，但闻鸟遗音。炉香入幽梦，海月明孤斟。鷦鷯一枝足[①]，所恨非故林。

【注释】①鷦鷯：鸟名。形小，体长约三寸。《庄子·逍遥游》：“鷦鷯巢于深林，不过一枝。”

其四

培塿无松柏[①]，驾言此焉游。读书与意会，却扫可忘忧。尺蠖以时屈[②]，其伸亦非求。得归良不恶，未归且淹留[③]。

【注释】①培塿：《说文》：“培塿，小山也。”《墨子》：“培塿生松柏。”②尺蠖：尺蠖蛾的幼虫，体柔软细长，屈伸而行。因常用为先屈后伸之喻。③淹留：滞留。

其五

粤岭风俗殊，有疾时勿药。束带趋房祀[①]，用史巫纷若[②]。弦歌荐茧栗[③]，奴至洽觞酌。呻吟殊未已，更把鸡骨灼[④]。

【注释】①房祀：祠堂，庙宇。②史巫：祝史和巫觋。古代司祭祀、事鬼神的人。《易·巽》："用史巫纷若。"③茧栗：形容牛角初生之状。言其形小如茧似栗。古以小牛祭祀，此用"茧栗"代指祭品。④"更把"句：《汉书·郊祀志》："粤人勇之乃言：'粤人俗鬼，而其祠皆见鬼，数有效。'乃……而以鸡卜。"颜师古注："俗鬼，言其土俗尚鬼神之事。"

其六

粤女市无常，所至辄成区。一日三四迁，处处售虾鱼[①]。青裙脚不袜，臭味猿与狙。孰云风土恶？白洲生绿珠[②]。

【注释】①虾鱼：鱼名，类土鲋而腮红，若虎，善食虾。②"白洲"句：《方舆记》："博白双角山下，梁氏女绿珠，生此。石崇为采访使，以珠三斛易之。旧井尚存，汲饮者，产女必丽色。"

其七

海康腊己酉[①]，不论冬孟仲。杀牛挝鼓祭[②]，城郭为倾动。虽非尧颁历，自我先人用。苦笑荆楚人，嘉平腊云梦[③]。

【注释】①"海康"句：罗璧《识遗》引《玉烛宝典》云："腊祭先祖，蜡祭百神。唐贞观初，丑蜡百神，辰腊宗庙。……宋依和岘之议。二祭同用戌日。"此言"腊己酉"，盖不遵宋制也。②"杀牛"句：《荆楚岁时记》："谚云：腊鼓鸣，春草生。"《搜神记》："宣帝时，阴子方腊日晨炊，灶神见，子方以黄羊祀之，后遂巨富。故后人腊日祀灶。"③"嘉平"句：蔡邕云："夏曰清祀，殷曰嘉平，周曰蜡，秦曰腊。"

其八

旧时日南郡[①]，野女出成群。此去尚应远，东风已如云。蚩氓托丝布[②]，相就通殷勤。可怜秋胡子[③]，不遇卓文君。

【注释】①日南郡：秦象郡，武帝时更名日南郡。②“蚩氓”句：《诗·卫风·氓》：“氓之蚩蚩，抱布贸丝。匪来贸丝，来即我谋。”③“可怜”句：《列女传》：“鲁秋胡洁妇者，秋胡之妻也。秋胡子既纳之，五日而去，宦于陈，五年乃归。未至家，见采桑妇美，谓曰：‘……今我有金，愿与夫人。’妇不受，秋胡子还家，奉金遗母，母使人呼其妇，即采桑者。妇乃自投于河而死。”

昭陵六马，唐文皇战马也。琢石象之，
立昭陵前，客有持此石本示予，为赋之[①]

天将划隋乱，帝遣六龙来[②]。森然风云姿，飒爽毛骨开。飙驰不及视，山川俨莫回。长鸣视八表[③]，扰扰万驽骀[④]。秦王龙凤姿[⑤]，鲁鸟不足摧。腰间大白羽，中物如风雷。区区数竖子，搏取若提孩。手持扫天帚，六合如尘埃[⑥]。艰难济大业，一一非常才。维时六骥足，绩与英卫陪[⑦]。功成锵八鸾[⑧]，玉辂行天街。荒凉昭陵阙，古石埋苍苔。

【注释】①查慎行注：“此五言古诗一首，亦见张文潜《右史集》第八卷中。合之《苕溪丛话》及《宋文鉴》，皆以为张耒作。”昭陵：《元和郡县志》：“太宗昭陵，在醴泉北二十五里九嵏山。”②六龙：指昭陵六马。凡马八尺以上称龙。③八表：八方之外，泛指八方。④驽骀：劣马。⑤秦王：指唐太宗李世民。世民，高祖时曾封秦王。⑥六合：天地四方。⑦英卫：指英国公徐世勣和卫国公李靖。昭陵陪葬功臣，有李靖和徐世勣。⑧八鸾：鸾，系在马衔上的铃铛。马口两旁各一，四马八铃，故称八鸾。

题卢鸿一《学士堂图》[①]

昔为太室游[②]，卢岩在东麓。直上登封坛，一夜茧生足。径归不复往，峦壑空在目。安知有十志[③]，舒卷不盈幅。一处一卢生，裘褐荫乔木。方为世外人，行止何烦录。百年入箧笥[④]，犬马同一束。嗟余缚世累，归未有茅屋。江干百亩田，清泉映修竹。尚欲逃世名，岂须上图轴。

【注释】①查注："此诗亦见《栾城集》第十五卷中，题云《卢鸿草堂图》。盖子由曾试举人洛下，有登嵩山诸作，故起句云然。东坡未尝游太室也。今驳正。"卢鸿一，唐隐士。《旧唐书·隐逸传》："卢鸿一隐于嵩山。开元六年，征至东都，谒见不拜，授谏议大夫。固辞，放还山，赐草堂一所。"②太室：太室山。嵩山之东峰曰太室山，西曰少室山。③十志：查注引李参云："玄居十志者，谓草堂、樾馆、玄室、翠庭、期仙、涤烦、锦淙、碧潭、倒景、桃烟。十者天地之成数，志者记述之总名，皆图中之景也。"④箧笥(qiè sì)：藏物的竹器。

饮酒四首[①]

其一

我观人间世，无如醉中真。虚空为销殒[②]，况乃百忧身。惜哉知此晚，坐令华发新。圣人骤难得，日且致贤人。

【注释】①查慎行曰："此四首，亦秦少游谪雷州时诗，载《淮海集》第四卷中。"②"虚空"句：《楞严经》："阿难，汝观世间可作之法，谁为不坏？然终不闻烂坏虚空。"又，"我此无常变坏之身，虽未曾灭，我观现前，念念迁谢，新新不住，如火成灰，渐渐销殒。"

其二

左手持蟹螯，举觞瞩云汉[1]。天生此神物，为我洗忧患[2]。山川同恍惚[3]，鱼鸟共萧散。客至壶自倾，欲去不得间。

【注释】①觞(shāng)：杯。②"为我"句：曹操《短歌行》："何以解忧？唯有杜康。"③恍惚：迷离，难以捉摸。

其三

有客远方来，酌我一杯茗[1]。我醉方不啜，强啜忽复醒。既凿浑沌氏，遂远华胥境[2]。操戈逐儒生[3]，举觞还酩酊。

【注释】①茗：茶。②"遂远"句：《列子·黄帝篇》："黄帝昼寝，梦游华胥，其国入水不溺，入火不热，……既寤，怡然自得。其后天下大治，几若华胥矣。"③"操戈"句：《列子·周穆王篇》："宋阳里华子，中年病忘。鲁有儒生，自媒能治之。……华子既悟，乃大怒，黜妻罚子，操戈逐儒生，曰：'曩我忘也，荡荡然不觉天地之有无。今顿识，既往数十年来存亡得失哀乐好恶，扰扰万绪起矣。须臾之忘，可复得乎？'"

其四

雷觞淡于水，经年不濡唇。爰有扰龙裔[1]，为造英灵春[2]。英灵韵甚高，蒲萄难与邻。他年血食汝，当配杜康神[3]。

【注释】①"爰有"句：《左传·昭公二十九年》："有刘累学扰龙于豢龙氏。"②"为造"句：查注："《名胜志》：雷州海康县城北五里，有英灵冈。雷种陈氏，世居于此。按，英灵春，酒名，当以此。必有刘姓者善酿，故云：'爰有扰龙裔，为造英灵春。'"③杜康：传说中酿酒的始祖。

游山呈通判承议写寄参寥师[1]

煌煌世胄余，夫子非碌碌。由来有诗书，所以能绝俗。得官本河朔，瓜期未易促[2]。扁舟下南来，逸驾追鸣鹄。遇胜即徜徉，风餐兼露宿。嗟余偶倾盖，一笑外羁束[3]。杖策每过从，相携访山谷。东风披鲜云，绣错出林麓[4]。松门有时尽，幽景无断续。崖转闻钟声，林疏见华屋。衔山余落景，归迹犹踯躅。谁云邺下欢[5]，往事不可复。吾曹二三子，取乐亦云足[6]。愿公寄新诗，一一能见录。船头行北归，囊橐有美玉。尘埃京洛人，亦与洗心目。

【注释】①查注："此一首亦见《参寥子集》，题云《与曾仲锡通判同游天竺诸山》。以先生集考之，在定州时，曾为通判，有《次韵曾仲锡承议荔枝》诗，又有《送仲锡通判如京师》诗。今观是诗云'得官本河朔，瓜期未易促。扁舟下南来，逸驾追鸣鹄'。意仲锡自离定州，未到京师，过杭与参寥子游，计东坡先生时已贬岭南矣。此诗断非先生作，今据《参寥集》为驳正。"承议，即曾仲锡。②瓜期：春秋时齐襄公使连称、管至父戍葵丘，瓜时而往，约以瓜熟而代。事见《左传·庄公八年》。后因以称武官出外驻守的日期为瓜期。③"嗟余"二句：《家语》："孔子之郯，遭程子于途，倾盖而语，终日甚相亲。顾谓子路曰：'取束帛以赠先生。'"④绣错：色彩错杂如绣。⑤邺下：指三国时魏的邺都。当时"建安七子"以文学齐名，与魏太子曹丕友善，诗酒饮宴，交往甚欢。⑥"取乐"句：《文选》谢灵运《拟魏太子邺中诗序》云："建安末，予时在邺宫，朝游夕宴，究欢愉之极，天下良辰、美景、赏心、乐事，四者难并。今昆弟友朋，二三诸彦，共尽之矣。"

和陶拟古九首[1]

其一

客居远林薄，依墙种杨柳。归期未可必，成阴定非久。邑中有佳士，忠信可与友。相逢话禅寂，落日共杯酒。艰难本何求，缓急肯相负。故人在万里，不复为薄厚。米尽鬻衣裳②，时劳问无有。

【注释】①此九首亦见《栾城后集》。苏辙之孙苏籀谓为苏轼代辙之作，或不为妄，然《栾城后集》为辙亲手编定，故其归属，难以明断。今录于此，以备考。②鬻：卖。

其二

闭门不复出，兹焉若将终。萧然环堵间，乃复有为戎。我师柱下史①，久以雌守雄。金刀虽云利，未闻能斫风。世人欲困我，我已长安穷。穷甚当辟谷②，徐观百年中。

【注释】①柱下史：相传老子曾为周柱下史，后以“柱下史”为老子的代称。②辟谷：谓不食五谷。道教的一种修炼术。辟谷时，仍食药物，并须兼做导引等功。

其三

萧萧发垂素，晡日迫西隅①。道人闵我老，元气时卷舒。岁晚风雨交，何不完子庐。万法灭无余，方寸可久居。将扫道上尘，先拔庭中芜②。一净百亦净，物我皆如如。

【注释】①晡日（bū）：晡，指申时，即十五至十七时，晡日指傍晚的太阳。②芜：丛生的杂草。

其四

夜梦披发翁，骑驎下大荒。独行无与游，闯然欻我堂①。高论何峥嵘②，微言何渺茫。我徐听其说，未离翰墨场。平生气如虹，宜不葬北邙③。少年慕遗文，奇姿揖昂扬。衰罢百无用，渐以圆斫方④。隐约就所安，老退还自伤。

【注释】①欵：同“款”，至，到。②峥嵘：卓越不平凡。③北邙：即邙山。因在洛阳之北，故名。东汉、魏、晋的王侯公卿多葬于此。④罢：通“疲”。斫：削之意。

其五

佛法行中原，儒者耻论兹。功施冥冥中，亦何负当时。此方旧杂染，浑浑无名缁[1]。治生守家世，坐使斯人疑。未知酒肉非，能与生死辞。炽哉吴闽间，佛事不可思。生子多颖悟，德报岂吾欺。时俾正法眼[2]，一出照曜之[3]。谁为邑中豪？勤诵我此诗。

【注释】①名缁：指名僧。缁，黑色僧衣。②法眼：佛教语。“五眼”之一。谓菩萨为度脱众生而照见一切法门之眼。③照曜(yào)：照耀。

其六

忧来感人心，悒悒久未和[1]。呼儿具浊酒，酒酣起长歌。歌罢还独舞，黍麦力诚多。忧长酒易消，脱去如风花。不悟万法空，子如此心何。

【注释】①悒悒(yì yì)：忧郁，愁闷。

其七

杜门人笑我[1]，不知有天游。光明遍十方，咫尺陋九州。此观一日成，衮衮通法流[2]。竿木常自随，何必返故丘。老聃白发年，青牛去西周。不遇关尹喜，履迹谁能求[3]。

【注释】①杜门：闭门。②法流：佛教语。相续不绝的佛法。③“不遇”二句：《列仙传》：“老子西游，关令尹喜望见有紫气浮关，而老子果乘青牛而过也。”

其八

锄田种紫芝，有根未堪采。逡巡岁月度，太息毛发改[①]。晨朝玉露下，滴沥投沧海。须芽忽长茂，枝叶行可待。夜烧沉水香，持戒勿中悔[②]。

【注释】①太息：长声叹息。②中悔：中途反悔。

其九

海康杂蛮蜑[①]，礼俗久未完。我居久间阎[②]，愿先化衣冠。衣冠一有耻，其下胡为颜。东邻有一士，读书寄贤关[③]。归来奉亲友，跬步行必端。慨然顾流俗，叹息未敢弹。提提乌鸢中[④]，见此孤翔鸾。渐能衣裘褐，袒裼知恶寒[⑤]。

【注释】①蜑(dàn)：旧时南方少数民族之一。②间阎：里巷内外的门。后多借指里巷。③贤关：进入仕途的门径。语本《汉书·董仲舒传》：“太学者，贤士之所关也，教化之本原也。”④提提：显著，明显。⑤袒裼：(tǎn xī)：脱去上衣，裸露肢体。

古意[①]

儿童鞭笞学官府，翁怜儿痴旁笑侮。翁出坐曹鞭复呵[②]，贤于群儿能几何。儿曹鞭人以为戏，公怒鞭人血流地[③]。等为戏剧谁复先，我笑谓翁儿更贤。

【注释】①此诗亦见张耒《宛丘集》，唯首句“儿童”作“群儿”。②坐曹：指官吏在衙门里办公。《汉书·薛宣传》：“坐曹治事。”③“儿曹”二句:《北史·齐本纪》:“流血洒地,以为娱乐。又以马鞭鞭杨愔,背流血浃袍。”冯注:“按,自古至今,以鞭笞流血为戏剧者,莫高洋若也。题曰古意,岂亦有感于此乎?”

申王画马图[①]

天宝诸王爱名马[②],千金争致华轩下。当时不独玉花骢[③],飞电流云绝潇洒[④]。两坊岐薛宁与申,凭陵内厩多清新[⑤]。肉骏汗血尽龙种[⑥],紫袍玉带真天人[⑦]。骊山射猎包原隰[⑧],御前急诏穿围入。扬鞭一蹙破霜蹄[⑨],万骑如风不能及。雁飞兔走惊弦开[⑩],翠华按辔从天回。五家锦绣变山谷[⑪],百里舄珥遗纤埃[⑫]。青骡蜀栈西超忽,高准浓娥散荆棘。苜蓿连天鸟自飞,五陵佳气春萧瑟[⑬]。

【注释】①《苕溪渔隐丛话》谓此诗乃蔡肇作。肇,字天启。绍圣、元符中,官中书舍人,尝守睦州。后坐元祐党,遭斥。其诗风格颇类东坡,世因以误收。②“天宝”句:《旧唐书》:“睿宗六子,其一早卒,窦后生明皇,其余为岐、薛、申、宁四王。”③“当时”句:《画断》:“唐玄宗所乘,有玉花骢、照夜白。”④“飞电”句:唐贞观中,骨干贡良马,一名发电赤,一名飞霞骠,一名流云驲,一名奔虹赤。⑤凭陵:逾越,登临其上。⑥肉骏、汗血:二者皆为宝马名。⑦天人:神人,仙人。⑧隰(xí):低湿的地方。⑨霜蹄:即马蹄,语本《庄子·马蹄》:“马蹄可以践霜雪。”⑩“雁飞”句:颜延之《马赋》:“紫燕骈衡。”《瑞应图》:“飞兔,神马名,日行三万里。”⑪“五家”句:《旧唐书·后妃传》:“每十月,帝幸华清宫。五宅车骑皆从,家别为队,队一色,俄五家队合。烂若万花,川谷成锦绣。”⑫“百里”句:《旧唐书·后妃传》:“遗钿堕舄,瑟瑟玑琲,狼藉于道,香闻数十里。”⑬五陵:指西汉高祖、惠帝、景帝、武帝、昭帝的陵园。

送公为游淮南[①]

负米万里缘其亲[②]，运甓无度忧其身[③]。读书莫学流麦士，挟策莫比亡羊人。乃翁辛苦到白首，汝今勉强当青春。昔时管、鲍以君霸，此两士贾宁非贫。

【注释】①查慎行注："此诗亦见《鸡肋集》，晁无咎作也。"②"负米"句：《家语》："子路曰：'昔由事二亲之时，尝食藜藿之食，为亲负米百里之外。亲没之后，南游于楚。从车百乘，积粟万钟，……顾欲食藜藿为亲负米，不可得也。'"③"运甓"句：《晋书·陶侃传》："侃在州，无事，辄朝运百甓于斋外，暮运于斋内。人问其故。答曰：'吾方致力中原，过尔优逸，恐不堪事。'其励志勤力，皆此类也。"

池上二首[①]

其一

小池新凿会天雨，一部鼓吹从何来。有蟾正碧乱草色，时泅出没东南隈[②]。井干跳梁亦足乐[③]，洞庭鱼龙何有哉[④]？能歌德声莫入月[⑤]，清池与尔俱忘回。

【注释】①此二首，一见《黄山谷集》，亦见《晁无咎集》，题云《家池雨中》。②隈（wēi）：角落。③"井干"句：《庄子·秋水篇》："子独不闻坎井之蛙乎？谓东海之鳖曰：'吾乐与！吾跳梁乎井干之上。'"④"洞庭"句：《庄子·天运》："帝张《咸池》之乐于洞庭之野。"⑤"能歌"句：羿请不死之药于西王母，嫦娥窃之以奔月。遂托身于月，是为蟾蜍。见张衡《灵宪》。

其二

不作太白梦日边[①]，还同乐天赋池上[②]。池上新年有荷叶，细雨鱼儿噞轻浪[③]。男儿学易不应举，幽人一友吾得尚。此池便可当长江，欲榜茅斋来荡漾[④]。

【注释】①“不作”句：李白《行路难》：“忽复乘舟梦日边。”②“还同”句：白居易《池上篇》：“十亩之宅，五亩之园，有水一池，有竹千竿。”③噞(yǎn)：鱼口翕张吞吐貌。④榜：划船。

赠仲素寺丞致仕归隐潜山[①]

潜山隐君七十四，绀瞳绿发方谢事[②]。腹中灵液变丹砂[③]，江上幽居连福地。彭城为我住三日[④]，明月满舟同一醉。丹书细字口传诀[⑤]，顾我沉迷真弃耳。年来四十发苍苍，始欲求方救憔悴。他年若访潜山居，慎勿逃人改名字[⑥]。

【注释】①此篇亦见《栾城集》，题云《赠致仕王景纯寺丞》，为苏辙之作。潜山，在今安庆。仲素，姓王名景纯。②绀瞳：天青色的眼珠。③丹砂：色深红，古代道教徒用以化汞炼丹，中医作药用。④彭城：地名。在今徐州市。⑤丹书：即丹书墨箓。指以墨书写符文的朱漆之简。泛指炼丹之书。⑥“他年”二句：《永嘉郡志》：“张廌隐居颐志，家有苦竹数十顷，廌为屋，居其中。王右军闻而造之，廌逃避竹中，不与相见。”

扬州以土物寄少游[①]

鲜鲫经年秘醽醁，团脐紫蟹脂填腹[②]。后春莼茁活如酥[③]，先社姜芽肥胜肉[④]。鸟子累累何足道，点缀盘飧亦时欲。淮南风俗事瓶罂[⑤]，方法相传竞留蓄。且同千里寄鹅毛，何用孜孜饮麋鹿。

【注释】①此诗亦见《淮海集》卷六，题云《以莼姜法鱼糟蟹寄子瞻》，查慎行认为其系秦观所作无疑。②鲫：鲫鱼。醽醁：美酒名。傅肱

《蟹谱》："生于济郓者，其色绀紫；产于江浙者，其色青白。"③"后春"句：《南方草木状》："蕈生水中，……堪啖，味甘美。"④"先社"句：《本草》注："姜，秋社前后，新芽顿长如列指状，采食，无筋，谓之子姜。"⑤瓶罂：泛指小口大腹的陶瓷容器。

再过泗上二首[①]

其一

眼明初见淮南树，十客相逢九吴语。旅程已付夜帆风，客睡不妨背船雨。黄甘紫蟹见江海，红稻白鱼饱儿女。殷勤买酒谢船师，千里劳君勤转橹。

【注释】①此二首亦见《宛丘集》。前一首题作《宿州道中》，后一首题作《阻风累日泊宝积山下》。

其二

系舟淮北雨折轴[①]，系舟淮南风断桥。客行有期日月疾，岁事欲晚霜雪骄。山根浪头作雷吼，缩手敢试舟师篙。不用然犀照幽怪[②]，要须拨剑斩长蛟。

【注释】①轴：舵。②然犀：传说点燃犀牛角可以照见水中之怪物。

骊山[①]

君门如天深几重[②]，君王如帝坐法宫[③]。人生难处是安稳，何为来此骊山中？复道凌云接金阙，楼观隐烟横翠空。林深雾暗迷八骏[④]，朝东暮西劳六龙[⑤]。六龙西幸峨眉栈，悲风便入华清院。霓裳萧散羽衣空[⑥]，麋鹿来游猿鹤怨。我上朝元春半老，满地落花无人扫。羯鼓楼高挂夕阳，长生殿古生青草。可怜吴楚两醯鸡[⑦]，筑台未就已堪悲[8]。长杨、五柞汉幸免[9]，江都楼成隋自迷。由来留连多丧国，宴安酖毒因奢惑。三风十愆古所戒[10]，不必骊山可亡国。

【注释】①此诗亦见《宋文鉴》卷十四，题为《骊山歌》，李廌作。骊山，在临潼，温泉所出。②天：天门。③“君王”句：《晋书·天文志》：“心三星，天王正位也。中星曰明堂，天子位为大辰，主天下之赏罚，故天子所居曰法宫。”④八骏：《穆天子传》：“天子之骏，赤骥、盗骊、白蚁、飞黄、騧騟、渠黄、华骝、绿耳。”⑤六龙：古代天子的车驾为六马。马八尺称龙，因以为天子车驾的代称。⑥《霓裳羽衣曲》：唐代著名的乐曲。⑦醯鸡：瓮中小虫。⑧“筑台”句：楚灵王筑章华台，吴王夫差筑姑苏台。⑨“长杨”句：汉武帝建长杨、五柞宫，有千门万户之侈。末年，盗贼遍天下，几至大乱。⑩三风十愆：三种恶劣风气，所滋生的十种罪愆。指巫风二：舞、歌；淫风四：货、色、游、畋；乱风四：侮圣言、逆忠直、远耆德、比顽童，合而为十愆。

赠山谷子[1]

黄童三尺世无双，笔头衮衮悬秋江。不忧老子难为父，平生崛强今心降。我来喜共阿戎语，应敌纵横如急雨。生子还如孙仲谋，豚犬漫多何足数[2]。黄家小儿名拾得，眉如长松眼如漆[3]。只今数岁已动人，老人留眼看他日。笑君老蚌生明珠，自笑此物吾家无。君当置酒我当贺，有儿传业更何须。

【注释】①此诗亦见《后山集》。查慎行认为是陈师道之作。山谷子：即黄庭坚的儿子黄小德。②“生子”二句：《三国志·吴书·孙权传》注引《吴历》：“曹公曰：‘生子当如孙仲谋，若刘景升儿子，豚犬耳。’”③“眉如”句：《晋书·杜乂传》：“王羲之见而目之曰：‘肤若凝脂，眼如点漆。此神仙人也。’”

老人行[1]

有一老翁老无齿，处处无人问年纪。白发如丝向下垂，一双眸子碧如水。不裹头，又无履，相识虽多少知己。问翁毕竟何所止？笑言只在红尘里。秋风猎猎行云飞，老人此意无人会，目注云归心自知。黄口小儿莫相笑[2]，老人旧日曾年少。浪迹常如不系舟，地角天涯知自跳。亦曾乐半夜，传筹醉朱阁。美人如花弄弦索，只恨尊前明月落。亦曾忧羁旅，他乡迫暮秋。故国日边无信息，断鸿空逐水长流。或安贫，或安富，或爵通侯封万户[3]。一任秋霜换鬓毛，本来面目长如故。水有苹兮山有芝，人意虽存事已非。有时却忆经游处，都似茫茫春梦归。尔来尤解安贫贱，不为公卿强陪面。皎如明月在秋潭，动著依前还不见。还不见，可奈何，空使远人增眷恋。但只从他随物转，青楼黄阁长相见[4]。若相见，莫殷勤，却是翁家旧主人。

【注释】①胡仔《苕溪渔隐丛话》谓此诗非苏轼之作，其言或非无据。可参见查慎行《苏诗补注》。②黄口小儿：此指年轻无知的人。③万户：食邑万户之侯。此指高爵显位。④青楼：指娼家青楼。黄阁：汉代丞相、太尉和汉以后的三公官署避用朱门，厅门涂黄色，以区别于天子。

李白谪仙诗[1]

我居青空里，君隐红埃中。声形不相吊，心事难形容。欲乘明月光，访君开素怀[2]。天杯饮清露[3]，展翼登蓬莱。佳人持玉尺，度君多少才[4]。玉尺不可尽，君才无时休。对面一笑语，共蹑金鳌头[5]。绛宫楼阙百千仞，霞衣谁与云烟浮。

【注释】①《东观余论》谓此诗乃李白之作，但《李太白集》中无此篇。②素怀：平素的怀抱。③天杯：天子宴饮所用之杯。④“佳人”二句:《旧唐书》:“上官婉儿母郑方妊,梦巨人畀大称,曰:‘持此称量天下。’”⑤金鳌头:《纪闻谈录》:有海客言:“一夜见海中大鳌浮出,日光照耀,天地如白昼,盖金鳌也。”

辘轳歌[1]

新系青丝百尺绳,心在君家辘轳上。我心皎洁君不知,辘轳一转一惆怅。何处春风吹晓幕,江南绿水通珠阁。美人二八颜如花,泣向花前畏花落。临春风,听春鸟。别时多,见时少。愁人一夜不得眠,瑶井玉绳相对晓[2]。

【注释】①查慎行曰:“唐顾况集有《悲歌四首》,‘新系青丝百尺绳’四句,此第三首也。‘何处春风吹晓幕’四句,此第四首也。惟‘临春风’以下六句,未详作者姓名,要非东坡先生诗也。”②“瑶井”句:谢举《凌云台》诗:“势高凌玉井,临回度金波。”注:“玉井,星名。”按瑶井、玉绳,皆指星言,故曰“相对晓”。

白鹤吟留钟山觉海[1]

白鹤声可怜,红鹤声可恶。白鹤招不来,红鹤挥不去。长松受秽死,乃以红鹤故[2]。北山道人曰:美者自美,吾何为而喜?恶者自恶,吾何为而怒[3]?去自去耳,吾何驶而追?来自来耳,我何妨而拒?吾岂厌喧而求静?吾岂好丹而非素?汝谓松死,吾无依焉,吾方舍阴而坐露[4]。

【注释】①查慎行曰:“此一首,见《王半山集》第三卷,题云《白鹤吟示钟山觉海元老》。首二句下,尚有‘白鹤静无匹,红鹤喧无数’。”②“白鹤声可怜”六句:李雁湖《王荆公诗注》:“僧行详,以善辩为名,毁訾禅宗。先师普觉奄化,而觉海孤立,详益骄傲,公逐详而留师,作是诗焉。白鹤，譬觉海也；红鹤，行详也；长松，普觉也。”③“美者”四句：《庄子·山木篇》：“阳子之宋，宿于逆旅。逆旅人有妾二人，其一人美，其一人恶。恶者贵而美者贱。阳子问其故。逆旅小子对曰：‘其美者自美，我不知其美也；其恶者自恶，我不知其恶也。’”④舍阴而坐露：《录异记》：“魏焦先，……结草庐于河间，号蜗牛庐，呻吟其中。后野火烧之，乃露袒寝雪中。”

次韵张甥棠美述志[①]

仲子甘心织屦避万钟[②]，渊明不肯折腰为五斗。一年鸿雁识来往，终日沐猴谁去取。知甥诗意慕两君，读书要在存心久。平生所谈性命奥，长弃不忧金石朽。我今已习鹙子定[③]，犹复晨朝怖头走[④]。刳心先拟谢声名，不作羊邹悲岘首[⑤]。云梯雨矢集无方，我已中灰同墨守。恐甥自是禹门鳞[⑥]，未可潜逃入吾薮。琢磨晚觉孟光贤，畏我放言时被肘[⑦]。甥能锄我青门瓜[⑧]，正午时来休老手。

【注释】①查慎行曰：“此一首，亦见晁无咎《鸡肋集》，题中无‘张甥’二字。”张甥，盖晁无咎外甥，名宗奭。②“仲子”句：《高士传》：陈仲子，齐人，适楚，自织屦以易衣食。王欲以为相，妻曰：“夫子左琴右书，乐在其中矣。”乃谢使者。③“我今”句：《心经》注：“舍利子，此云鹙子。于小乘十大弟子中，智慧第一，已得空定。”④“犹复”句：《楞严经》：佛告富楼那：“汝岂不闻，室罗城中，演若达多，忽于晨朝，以镜照面，爱镜中头，眉目可见，嗔责己头，不见面目，以为魑魅，无状狂走。”⑤“不作”句：《晋书·羊祜传》：“祜都督荆州诸军事，镇襄阳十年，有德政，及卒，襄阳百姓为立碑于岘山。见其碑者无不流泪。”⑥“恐甥”句：辛氏《三秦记》：“河津，一名龙门。大鱼集门下数千，不得上。上者为龙，不上者鱼。故云曝腮龙门。”⑦“畏我”句：《说苑》：“魏宣子肘韩康子，康子履魏宣子之足。肘足接于车上，而智氏分矣。”⑧“甥能”句：《三辅黄图》：“长安城东门曰青门。广陵人邵平，秦破为布衣，种瓜青门外。”

跋姜君弼课册[①]

云兴天际，歘若车盖[②]。凝矑未瞬[③]，弥漫霮雺[④]。惊雷出火，乔木靡碎。殷地爇空，万夫皆废。雷绠四坠，日中见昧[⑤]。移晷而收，野无完块[⑥]。

【注释】①此篇乃刘梦得（禹锡）《楚望赋》中语。题下有云："四言。姜君，琼州人。己卯闰九月，来从学于东坡，至儋耳。庚辰三月，方还琼。"姜弼：字唐佐。②歘(xū)：盛气貌。③凝矑：注视，注目。④霮雺(dàn duì)：云浓重貌。⑤日中见昧：《汉书·王莽传》："地皇元年，二月壬申，日正黑。莽恶之，下书曰：'乃者日中见昧，阴薄阳，黑气为变。'"⑥野无完块：《董子》："太平之世，雨不破块，津茎润叶而已。"

惠崇芦雁[①]

惠崇烟雨芦雁，坐我潇湘洞庭。欲买扁舟归去，故人云是丹青。

【注释】①查慎行曰："此篇见《黄山谷集》，《题郑防御画夹五首》之一也。"按，今本《黄山谷集》中无"御"字。

次晁无咎韵阎子常携琴入村[①]

士寒饿，古犹今。向来亦有子桑琴[②]，倚楹啸歌非寓淫。伯牙山高水深深，万世二垄一知音。阎君七弦抱幽独，晁子为之《梁父吟》[③]。天寒络纬悲向壁[④]，秋高风露声入林。冷丝枯木拂蛛网，十指巧能写人心。○○击鼓如鸣鼍[⑤]，○○○○○成螺[⑥]。岁丰寒士亦把酒，满眼饤饾梨枣多[⑦]。晁家公子屡经过，笑谈与世殊臼科。文章落落映晁、董[8]，诗句往往如阴、何[9]。阎夫子，勿谓使人难，使琴抑怨天不和。明光昼开九○肃[10]，不令高才牛下歌[11]。

【注释】①查慎行曰："此诗见《黄山谷集》，非先生作。但《坡门酬唱集》载此诗，以为东坡次韵。"②"向来"句：《庄子·大宗师》："子舆与子桑友，而霖雨十日。子舆曰：'子桑殆病矣！'裹饭而往食之。至子桑之门，则若歌若哭，鼓琴曰：'父邪！母邪！天乎！人乎！'有不任其声而趋举其诗焉。"唐韩愈《赠崔立之》："昔者十日雨，子桑苦寒饥。"③《梁父吟》：乐府楚调曲名。梁父，山名，在泰山下。《梁父吟》，盖言人死葬此山，亦为葬歌。④络纬：虫名。即莎鸡，俗称纺织娘。⑤此句所缺二字，《黄山谷集》作"村村"。⑥此句《黄山谷集》作"豆田见角谷成螺"。⑦饤饾(dìng dòu)：将食品堆叠在盘中，摆设出来。⑧晁、董：汉代晁错与董仲舒的并称。⑨阴、何：阴铿和何逊的并称。⑩九○：《黄山谷集》作"九门"。⑪牛下歌：春秋时，宁戚很穷，想出任仕。一日，乘桓公出城之机，"扣牛角疾歌"，受到桓公赏识，拜为上卿。后以"牛下歌"为穷士自求用世的典故。

答晁以道索书[1]

阅世真难记，如公自不忘。其于书太简，正以懒相妨[2]。

【注释】①此诗乃陈师道《寄晁以道》一诗的前四句。②"正以"句：嵇康《与山涛绝交书》："性复疏懒，筋驽肉缓，又纵逸来久，情意傲散，简与礼相背，懒与慢相从。"此句盖化用之。

沿流馆中得二绝句[1]

其一

淮西功业冠吾唐，吏部文章日月光[2]。千载断碑人脍炙，不知世有段文昌[3]。

【注释】①此二首,《苕溪渔隐丛话》载,苏轼自云是有人从沿流馆中抄录,不知何人所作。《庚溪诗话》谓为江子我(即江邻几)所作。《侯鲭录》谓为张耒所作,也有人认为是苏轼被贬海南所作。今存录俟考。②吏部:指韩愈。《旧唐书·韩愈传》:"愈为国子监祭酒,转兵部侍郎,改吏部侍郎。"③"千载"二句:《旧唐书·韩愈传》:"诏撰《平淮西碑》,碑辞多叙裴度事,李愬不平之。愬妻,唐安公主女也。诉碑不实,诏令磨愈文,命翰林学士段文昌重撰,勒石天下。"《金石志》:"宋时州守陈珦磨去段作,仍刻韩文。"

其二

李白当年流夜郎,中原无复汉文章。纳官赎罪人何在[1],壮士悲歌泪万行。

【注释】①"纳官"句:《旧唐书·李白传》:"永王璘辟为府僚佐。璘败,当诛。初,白游并州。见郭子仪,奇之。子仪尝犯法,白为救免。至是,子仪请解官以赎。有诏,长流夜郎。"

西湖绝句[1]

毕竟西湖六月中,风光不与四时同。接天莲叶无穷碧,映日荷花别样红。

【注释】①此诗见《诚斋集》,一般认为是杨万里所作。唯《锦绣万花谷》谓出于东坡手笔。

和人回文五首[1]

其一

红窗小泣低声怨，永夕春寒斗帐空[2]。中酒落花飞絮乱，晓莺啼破梦匆匆[3]。

【注释】①查注："《淮海后集》载此五绝句。题云：苏子瞻记《江南集》所题诗，本不全，余尝见之，记其五绝，今以补子瞻之遗。"《合注》："见《清江三孔集》，题云《题织锦璇玑图》。此五首，乃毅父所作也。"②斗帐：小帐。形如覆斗，故称。③"晓莺"句：唐金昌绪诗："打起黄莺儿，莫教枝上啼。啼时惊妾梦，不得到辽西。"

其二

同谁更倚闲窗绣，落日红扉小院深。东复西流分水岭[1]，恨兼愁续断弦琴。

【注释】①"东复"句：郦道元《水经注·漾水》："嶓冢以东，水皆东流；嶓冢以西，水皆西流。即其地势源流所归。故俗以嶓冢为分水岭。"

其三

寒信风飘霜叶黄，冷灯残月照空床。看君寄忆传文锦[1]，字字萦愁写断肠。

【注释】①"看君"句：十六国时前秦苏蕙因其夫窦滔被徙流沙，而织锦为《回文旋图诗》以赠。凡八百四十字，宛转循环皆可诵读，后世传为佳话。

其四

前堂画烛夜凝泪，半夜清香荔惹裳[1]。烟锁竹枝寒宿鸟，水沉天色霁横参[2]。

【注释】①荔：指薜荔。常绿藤本植物。《楚辞》："被薜荔兮带女萝。"②参：指参星。

其五

蛾翠敛时闻燕语[1]，泪珠弹处见鸿归。多情妾似风花乱，薄幸郎如露草晞[2]。

【注释】①蛾翠：画眉梳头。借指妆扮。②晞：干。

又赠老谦

泻汤旧得茶三昧[1]，觅句近窥诗一斑。清夜漫漫困披览，斋肠那得许悭顽。

【注释】①查注："《能改斋漫录》云：此诗，刘贡父所作。"《合注》："此诗虽见《彭城集》，但先生前《送南屏谦师》诗，有'来试点茶三昧手'之句，则此诗似亦先生诗也。"

答子勉三首[1]

其三[2]

欧倩腰支柳一涡，小梅催拍大梅歌[3]。舞余片片梨花落，争奈当涂风物何。

【注释】①此诗亦见《黄山谷集》，为《太平州二绝句》之一。《能改斋漫录》亦谓为黄庭坚所作。子勉：即高荷，字子勉，自号还还先生，诗入江西派，所著名《适适集》。②其一、其二见五言部分。③“小梅”句：李端叔《跋山谷二词后》云：“鲁直自放废中请当涂，几一年，方到官，既到，七月而罢。其章句所留不多，所谓欧与梅者，皆当涂官妓也。”史容《山谷诗注》亦云：“大小梅，皆太平州官妓。”

元祐癸酉八月二十七日，于建隆章净馆，书赠王观①

海上东风犯雪来，腊前先折镜湖梅②。遥思禁苑青春夜，坐待宫人画诏回。

【注释】①此首亦见《会昌一品集》中，当为李德裕之作。②腊：岁末。因腊祭而得名。

藏春坞①

朱阁前头露井多，碧桃花下美人过。寒泉未必能胜此，奈有银瓶素绠何②。

【注释】①查慎行曰：“此诗亦见《陆龟蒙集》，题云《野井》，又见《淮海集》。”②银瓶：银质的瓶。喻男女情事。唐白居易《井底引银瓶》诗：“井底引银瓶，银瓶欲上丝绳绝。石上磨玉簪，玉簪欲成中央折。瓶沉簪折知奈何？似妾今朝与君别。”

移合浦郭功甫见寄①

君恩浩荡似阳春，合浦何如在海滨。莫趁明珠弄明月，夜深无数采珠人[②]。

【注释】①王应麟《困学纪闻》云："东坡文章好讽刺，文与可戒以诗云：'北客若来休问事，西湖虽好莫吟诗。'晚年，郭功甫寄诗云：'莫向沙边弄明月，夜深无数采珠人。'"据此，该首似为郭功甫之作。②"莫趁"二句：《南越志》："珠母海，在合浦县南。中有七珠池，珠有九品。"《萩园杂记》："蜑人采珠者，以大船环池，以石悬大絚，别以小绳系诸蜑腰，没水拾蚌，置竹篮中，振绳则舶人汲取，蜑缘大絚上。不幸遇恶鱼，有一线之血浮水面，则葬鱼腹中矣。"

题怀素草帖[①]

人人送酒不曾沽，终日松间挂一壶。草圣欲成狂便发[②]，真堪画作《醉僧图》[③]。

【注释】①《万首唐人绝句》载此首，谓为怀素作。苏轼亦自题云："此怀素诗也。"②"草圣"句：《旧唐书》："张旭善草书，性好饮，醉后，辄以头濡墨而书，醒而观之，以为若有神助。"③《醉僧图》：《宣和书谱》："御府藏怀素草帖一百余种，内有《醉僧图》诗。"

仆年三十九，在润州道上过除夜，作此诗。又二十年，在惠州，追录之以付过，二首[①]

其一

寺官官小未朝参[②]，红日半窗春睡酣。为报邻鸡莫惊觉，更容残梦到江南。

【注释】①何薳《春渚纪闻》谓此二篇乃钱塘关子容所作。②"寺官"句：《宋史·职官志》："太常、宗正、光禄、卫尉、太仆、大理、鸿胪、司农、太府，共九寺。正卿少卿而下，太常则有协律郎、奉礼郎、太祝；大理则有司直、评事。其七寺丞，皆七品；主簿皆八品，统名寺官。”

其二

钓艇归时菖叶雨，缫车鸣处楝花风[1]。长江昔日经游地，尽在如今梦寐中。

【注释】①楝花风：《岁时记》：“自小寒至谷雨，四月八气二十四候，每候五日，以一花之风信应之。谷雨一候，牡丹二候，酴醾三候，楝花竟则立夏。”《东皋杂录》：“二十四番风信，楝花风最后。”

万州太守高公宿约游岑公洞，而夜雨连明，戏赠二小诗[1]

其一

肩舆欲到岑公洞，正怯冲泥傍险行。定是岑公閟清境[2]，春江一夜雨连明。

【注释】①此二首见《黄山谷集》，题云《万州太守高仲本宿约游岑公洞，而夜雨连明，戏作》。查慎行谓为黄作无疑。万州，在今重庆市万州区。《名胜志》：“万县西山有岑公洞，在大江之南，高六十余丈，深四十余丈。”②閟(bì)：掩蔽，隐藏。

其二

蓬窗高枕雨如绳，恰似糟床压酒声[1]。今日岑公不能饮，吾侪犹健可频倾。

【注释】①糟床：榨酒的器具。杜甫《羌村》其二：“赖知禾黍收，已觉糟床注。”

送柳宜归[1]

折脚铛边煨淡粥[2]，曲枝桑下饮离杯。书生不是南迁客，魑魅惊人须早回[3]。

【注释】①此诗亦见《黄山谷集》，题云《长沙留别》。柳宜：盖黄庭坚的友人。②折脚铛（chēng）：断脚锅。③“魑魅”句：宋玉《招魂》：“魂兮魂兮，南方不可以止些。蝮蛇蓁蓁，封狐千里些。”

谢都事惠米[1]

平生忍欲今忍贫，闭口逢人不少陈。俸薄身轻赵都事，也能作意向诗人。

【注释】①此诗亦见《陈后山集》，题云《谢宪台赵史惠米》，当为陈师道之作。

绝句三首[1]

其一

松柏萧森溪水南，道人只作两团庵[2]。市区收罢豚鱼税，来与弥陀共一龛[3]。

【注释】①此三首均见《淮海集》卷十一，当为秦观之作。②“松柏”二句：《淮海集》题云：“处州水南庵，即其地也。”③弥陀：阿弥陀佛的省称。意为无量寿佛，西方极乐世界的教化之主。

其二

此身分付一蒲团，静对萧萧竹数竿。偶为老僧煎茗粥，自携修绠汲清泉[1]。

【注释】①修绠：汲水用的长绳。

其三

天风吹月入栏干[1]，乌鹊无声夜向阑。织女明星来枕上，乃知身不在人间。

【注释】①天风：风。风行天空，故称。

睡起[1]

柿叶满庭红颗秋，薰炉沉水度春篝[2]。松风梦与故人遇，自驾飞鸿跨九州。

【注释】①此首亦见《黄山谷外集》。②薰炉：用于薰香等的炉子。沉水：沉水香，即沉香。篝：熏笼，可薰衣。

秋思寄子由[1]

黄叶山川知晚秋，小虫催女献功裘[2]。老松阅世卧云壑，挽著苍江无万牛。

【注释】①此诗亦见《黄山谷内集》。②功裘：《周礼·天官》："司裘，季秋献功裘，以待颁赐。"注云："功裘，卿大夫所服。"

侯滩[1]

江边皎皎过侯滩，更上山腰看打盘。百岁老儿亲击鼓，城中忧患不相干。

【注释】①此诗亦见沈辽《云巢集》。辽字睿达，为苏轼好友。侯滩，疑当作“猴滩”。《水经》：“汉水又东迳猴径滩。”注云：“山多猿猴，乘危缀饮，故滩受兹名。”在今陕西凤县。

火星岩[1]

火星岩下石凌壁，阁上相忘止一僧。莫问人间兴废事，门前流水几前灯。

【注释】①此诗亦见《沈辽集》。火星岩：在今湖南零陵。宋卢臧《永州三岩记》：“永之东南，三岩相望。火星岩，乱石怪耸，后瞰山腹。往时有黄冠师，宅其侧，塑火星像，为人祈福，因名。”

谢惠猫儿头笋[1]

长沙一日煨笾笋，鹦鹉洲前人未知[2]。走送烦公助汤饼，猫头突兀鼠穿篱。

【注释】①此诗亦见《黄山谷集》。猫儿头笋：竹笋名，形似猫儿头，故名。②鹦鹉洲：在今湖北省武汉市西南长江中。相传东汉末江夏太守黄祖长子射在此大会宾客，有人献鹦鹉，祢衡作《鹦鹉赋》，故名。

题净因壁[1]

瞑倚蒲团卧钵囊[2]，半窗疏箔度微凉。蕉心不展待时雨，葵叶为谁倾夕阳。

【注释】①此诗亦见《黄山谷集》，为《题净因壁二绝句》之一。②钵囊：僧人盛放钵盂的袋子。

题净因院[1]

门外黄尘不见山，个中草木亦常闲。履声如渡薄冰过，催粥华鲸守夜阑[2]。

【注释】①此诗亦为《黄山谷集题净因壁二绝句》之一。②"催粥"句：《东都赋》："发鲸鱼，铿华钟。"薛综注："海岛有大兽名蒲牢，蒲牢畏鲸鱼，鲸鱼一击，蒲牢辄大吼。凡钟欲令声大，故作蒲牢于上，以所击之者为鲸鱼之状。钟有篆刻之文，故曰华钟。"

同景文咏莲塘[1]

塘上钩帘对晚香，不知斜日已侵床。江妃自惜凌波袜[2]，长在高荷扇影凉。

【注释】①此诗亦见《黄山谷外集》。②江妃：传说中的汉水神女。汉刘向《列仙传·江妃二女》："江妃二女者，不知何所人也，出游于江汉之湄，逢郑交甫，见而悦之，不知其神人也。"凌波袜：曹植《洛神赋》："凌波微步，罗袜生尘。"

竹枝词[1]

自过鬼门关外天[2]，命同人鲊瓮头船[3]。北人堕泪南人笑，青嶂无梯闻杜鹃。

【注释】①此诗一见《黄山谷集》，再见《秦少游集》。②鬼门关：《舆地广记》："容州北流县有句扇山，在县南三十里。两石相对，中阔三十步，俗号鬼门关。"③人鲊瓮：《名胜志》："人鲊瓮在巫峡下，蜀江最险处。"

寄欧阳叔弼[1]

昔葬衣冠今在否[2]？近来消息不须疑。曾闻圯上逢黄石，久矣留侯不见欺[3]。

【注释】①此诗乃苏辙《题蔡州壶公观刘道士》后四句。欧阳叔弼：名棐，欧阳修第三子。②"昔葬"句：《史记·封禅书》："祭黄帝冢桥山，释兵须如。上曰：'吾闻黄帝不死，今有冢，何也？'或对曰：'黄帝已仙上天，群臣葬其衣冠。'"③"曾闻"二句：《史记·留侯世家》："张良尝从容步游下邳圯上，遇一老父。老父谓良曰：'后五日平明，与我期此。'五日平明，良往。父已先在，怒曰：'与老人期，后，何也？'去后，五日早会。又曰：'孺子见我，济北谷城山下黄石即我矣。'遂去不见。"

和黄龙清老三首[1]

其一

万山不隔中秋月，一雁能传寄远书。深密伽陀枯战笔[2]，真诚相见问何如。

【注释】①此三首亦见《黄山谷集》卷二〇。黄龙：山名。《名胜志》："黄龙山在宁州西一百八十里，上有黄龙崇恩院。"②深密：佛书有《解深密经》。伽陀：此云讽诵。战笔：国画中曲折颤动的笔法。

其二

风前橄榄星宿落[①]，月下桄榔羽扇开[②]。静默堂中有相忆，清江或遣化人来[③]。

【注释】①"风前"句：《图经》："感揽，俗作橄榄。生于岭南闽广。此木作舟楫，所经鱼皆浮。"②"月下"句：《广志》："桄榔树，大四五围，长五六丈。其颠生叶，其子作穗，其皮可作绠，得水则柔韧，皮中有屑如麦。"③化人：佛教谓佛、菩萨变形为人，以化度众生者。《翻译名义集》："周穆王时，文殊、目莲来化，穆王从之。即《列子》所谓化人者是也。"

其三

骑驴觅驴真可笑[①]，以马喻马亦成痴。一天月色为谁好，二老风流各自知。

【注释】①"骑驴"句：《传灯录》："参禅有二病，一是骑驴觅驴，一是骑驴不肯下。"

过土山寨[①]

南风日日纵篙撑，时喜北风将我行。汤饼一杯银线乱，蒌蒿如箸玉簪横[②]。

【注释】①此诗亦见《黄山谷集》卷十九。南宋人陈克《东南防守利便》云："土山寨，在上云县东南三十里，周围四里，高二十丈。"②箸(zhù)：筷子。

戏题巫山县用杜子美韵[①]

巴俗深留客，吴侬但忆归[②]。直知难共语，不是故相违。东县闻铜臭[③]，江陵换夹衣[④]。丁宁巫峡雨，慎莫暗朝晖。

【注释】①此诗亦见《黄山谷集》。②侬：吴人称自己为侬。③“东县”句：《瀛奎律髓》：“蜀人用铁钱；过巫山，始用铜钱。”④江陵：地名。在今湖北省。

与道源游西庄，遇齐道人，同往草堂，为齐书此[①]

桑麻已零落，藻荇复消沉[②]。园宅在人境，岁时伤我心。强穿南埭路，遥望北山岑。欲与道人语，跨鞍聊一寻。

【注释】①此诗亦见《王半山集》，题云《元丰四年十月二十四日，与道原过西庵，遂至草堂宝乘寺二首》，此其一。《建康志》云：“宝乘寺，本齐草堂寺，周颙隐居之所，在城北十一里。”西庵，疑即白云庵。②消沉：消逝。

答子勉三首[①]

其一[②]

君不登郎省[③]，还应上谏坡[④]。才高殊未识，岁晚喜无他。枥马羸难出，邻鸡冻不歌。寒炉余几火，灰里拨阴何[⑤]。

【注释】①查慎行曰：“《黄山谷集》有《次韵答高子勉》五言律诗凡十首。‘君不居郎省’云云，其第四首；‘惊人得佳句’云云，其第六首也。”《瀛奎律髓》云：“高荷子勉，江陵人。以五言律三十韵贽见山谷。山谷赏之，遂知名。诗入江西派，所著名《适适集》。”②其三见七言部分。③“君不登”句：《宋史·职官志》：“门下省有起居郎，掌记天子言动，与起居舍人对立于殿下螭首之侧，谓之左右史。”④谏坡：《李氏谈录》：“先公尝言，故左省雀坡颂于宗谔，因问坡义。答曰：‘唐谏议大夫虽在给舍之上，待谏议岁满，方迁给事，自给事迁舍人。时有自郎署拜谏议者，骤立在给事上。朝中谓曰：饶君斗上坡去，亦须斗下坡来。盖言其却为给舍，序班在下也。后遂为故事。’”⑤阴、何：阴指阴铿，何指何逊。

其二

惊人得佳句，或以傲王公。处士还清节，滑稽安足雄。深沉似康乐①，简远到安丰②。一点无俗气，相期林下风③。

【注释】①康乐：指康乐公谢灵运。《南史·谢灵运传》：“文章之美，与颜延之为江左第一。纵横俊发，过于延之，深密则不如也。”②“简远”句：《晋书》：“王戎封安丰侯。”《世说新语》：“裴楷清通，王戎简要。”③林下风：称颂妇女闲雅飘逸的风采。刘义庆《世说新语》：“王夫人神情散朗，故有林下风气。”

题永叔会老堂①

三朝出处共雍容，岁晚交情见二公。乘兴不辞千里远，放怀还喜一樽同②。嘉谋定国垂青史，盛事传家有素风。自顾尘缨犹未濯③，九霄终日羡冥鸿④。

【注释】①冯应榴《合注》：此诗“与欧公原作，语意多复，疑非先生诗，是以旧王本，施本皆不载。又阅他本批亦载黄氏云：诗中语气，似非公作，且题中直书永叔，苏公亦不应有此”。②放怀：开怀畅饮。③“自顾”句：孔稚圭《北山移文》：“今见解兰缚尘缨。”缨：系冠的带子。《孟子·离娄上》：“沧浪之水清兮，可以濯吾缨。”④冥鸿：高飞云天的鸿雁。

次韵张甥棠美昼眠①

炎歊六月北窗凉②，更觉甘如饭稻粱。宰我粪墙讥敢避③，孝先经笥谑兼忘④。忧虞心谢知时雁，安稳身同挂角羊⑤。要识熙熙不争竞⑥，华胥别是一仙乡⑦。

【注释】①此诗亦见《晁无咎集》，当为晁补之所作。②炎歊：犹言炎热。歊，气出貌。③宰我：即宰予，孔子弟子。《论语·公冶长》："宰予昼寝。子曰：'朽木不可雕也，粪土之墙不可圬也。'"此句言即使像宰我一样蒙受"粪墙"之讥也在所不辞。④孝先：即边韶，字孝先。《后汉书·文苑传》载，边韶"曾昼日假卧，弟子私嘲之曰：'边孝先，腹便便。懒读书，但欲眠。'韶闻之，应时对曰：'边为姓，孝先字。腹便便，《五经》笥。但欲眠，思经事。寐与周公通梦，静与孔子同意。师而可嘲，出何典记？'嘲者大惭"。⑤挂角羊：司空图《二十四诗品》："羚羊挂角，无迹可求。"⑥熙熙：喧嚷纷杂貌。《史记·货殖列传》："天下熙熙，皆为利来；天下攘攘，皆为利往。"此句言要领会到不去争竞名利的真谛。⑦华胥：华胥之梦。《列子·黄帝》："（黄帝）昼寝而梦游于华胥之国。"此指午梦。

老翁井①

井中老翁误年华，白沙翠石公之家。公来无踪去无迹，井面团团水生花。翁今与世两何与，无事纷纷惊牧竖②。改颜易服与世同，无使世人知有翁。

【注释】①据朱子《晦庵诗话》，此诗乃苏洵之作。苏洵《老翁泉铭叙》云："往岁十年，山空月明，有老人偃息泉上，就之则隐，而入于泉，因作亭其上，铭曰：……敛以为井，可饮万夫。"②牧竖：牧童。

送蜀僧去尘[1]

十年读《易》费膏火[2]，尽日吟诗愁肺肝。不解丹青追世好，欲将芹芷荐君盘[3]。谁为善相宁嫌瘦，复有知音可废弹。拄杖挂经须倍道，故乡春蕨已阑干[4]。

【注释】①据《晦庵诗话》及《石林诗话》，此诗亦苏洵之作。②膏火：指灯油。③“欲将”句：《列子·杨朱》：“昔人有美戎菽、甘枲茎、芹萍子者，对乡豪称之。乡豪取而尝之，蜇于口，惨于腹。众哂而怨之，其人大惭。”后以“芹献”为礼品菲薄的谦词。④阑干：交错杂乱貌。

次韵谢子高《读渊明传》[1]

枯木嵌空微黯淡，古器虽在无古弦。袖中正有南风手[2]，谁能听之谁为弹。风流岂落正始后[3]，甲子不数义熙前[4]。一山黄菊平生事，无酒令人意缺然。

【注释】①此诗亦见《黄山谷外集》。查慎行认为是黄庭坚所作无疑。②《南风》：古乐曲名，相传为虞舜所作。③正始：三国魏齐王芳的年号。当时老庄之风盛行，文人放达不羁，名士风流，盛于洛下。④“甲子”句：《南史·隐逸传》：“陶潜所著文章，皆题其年月。义熙以前，明书晋氏年号，自永初以来，惟云甲子而已。”

沧州亭怀古[1]

湘水悠悠天际来，夹江古木抱山回。城中人物若可数，日晏市散多苍苔。九疑巉天古云埋[2]，遥想帝子龙车回。心衰目极何可望，九歌寂寂令人哀。

【注释】①此诗亦见沈辽《云巢集》,《宋文鉴》也认为是沈辽之作。②九疑:九疑山,在湖南宁远县。屈原《九歌》:“九嶷缤兮并迎,灵之来兮如云。”

戏咏子舟画两竹两鸲鹆[1]

风晴日暖摇双竹,竹间对语双鸲鹆。鸲鹆之肉不可食[2],人生不才果为福[3]。子舟之笔利如锥[4],千变万化皆天机。未知笔下鸲鹆语,何似梦中蝴蝶飞。

【注释】①此诗亦见《黄山谷集》。子舟:即黄彝,字子舟,潼川安泰人,善画竹。鸲鹆:鸟名。俗称八哥。②“鸲鹆”句:杜甫《冬狩行》:“有鸟名鸲鹆,力不能高飞逐走蓬,肉味不足登鼎俎,胡为见羁虞网中?”③人生不才:《庄子》:“以不材终其天年。”④“子舟”句:柳公权有笔偈云:“圆如锥,捺如凿,不得出,只得却。”

观开西湖次吴左丞韵[1]

伟人谋议不求多,事定纷纷自唯阿[2]。尽放龟鱼还绿浦,肯容萧苇障前坡。一朝美事谁能纪,百尺苍崖尚可磨。天上列星当亦喜,月明时下浴晴波[3]。

【注释】①此诗亦见《参寥子集》,题云《次韵吴丞老推官观开西湖》。②唯阿:语本《老子》:“唯之与阿,相去几何。”唯、阿皆应诺声。后以“唯阿”喻差别极小。③“月明”句:《汉武故事》:“帝祀甘泉,至渭桥,有女子浴于渭,乳长七尺。上怪而问之。女曰:‘帝后第七车侍中知我所来。’时张宽在第七车,对曰:‘此星主祭祀者,斋戒不严,则女人星见。’”

陈伯比和回字复次韵[1]

田里冯生宁屑去[2]，湖海陈侯犹肯来[3]。诗书好在家四壁，蒲柳翁然城一隈。骑上下山亦疏矣，鯈从容出何为哉[4]。市桥十步即尘土，晚雨潇潇殊未回。

【注释】①此诗亦见晁补之《鸡肋集》，题为《次韵陈伯比》。陈伯比：名琦，初字元老，后改伯比。②冯生：指冯敬通。③陈侯：指陈蕃。④鯈(tiáo)：鱼名。

和子由次王巩韵，"如囊"之句，可为一噱[1]

平生未省为人忙，贫贱安闲气味长。粗免趋时头似葆[2]，稍能忍事腹如囊[3]。简书见迫身今老，尊酒闻呼首一昂。欲挹天河聊自洗[4]，尘埃满面鬓眉黄。

【注释】①此诗亦见《栾城集》卷八，题云《次韵王巩自咏》，乃苏辙客徐州时，与王巩唱和之作。噱(jué)：大笑。②头似葆：《汉书》："头如蓬葆。"葆，丛生的草。③腹如囊：《相经》："腹如悬囊，善蓄多藏。"④天河：银河。杜甫《洗兵马》："安得壮士挽天河，净洗甲兵长不用。"

东园[1]

岑寂东园可散愁，胶胶扰扰梦神州[2]。万竿苦竹旌旗卷，一部鸣蛙鼓吹收。雨后月前天欲冷，身闲心远地偏幽[3]。杜门谢客恐生谤，且作人间鹏鷃游[4]。

【注释】①此诗亦见《黄山谷集》，为《次韵黄斌老晚游池亭二首》之一。②胶胶扰扰：纷乱不宁。《庄子·天道》："尧曰：'胶胶扰扰乎！'"③心远地偏幽：陶渊明《饮酒》："问君何能尔？心远地自偏。"④鹏鷃：据《庄子·逍遥游》载：鹏高举九天，远适南海，蓬间斥鷃嘲笑之。后因以"鹏鷃"比喻物有大小，志趣悬殊。

次韵参寥寄少游[1]

岩栖木石已皤然，交旧何人慰眼前。素与昼公心印合[2]，每思秦子意珠圆[3]。当年步月来幽谷，拄杖穿云冒夕烟。台阁山林本无异，故应文字不离禅。

【注释】①查慎行注："此诗乃辩才法师诗。"②昼公：唐诗僧皎然，姓谢，字清昼，湖州人。心印：佛教禅宗语。谓不用语言文字，而直接以心相印证，以期顿悟。③秦子：指秦少游。

赠仲勉子文[1]

雨昏南浦曾相对，雪满荆州喜再逢。有子才如不羁马[2]，知君心似后凋松[3]。闲看书册应多味，老傍人门想更慵。何日晴轩观笔砚，一杯相属更从容。

【注释】①此诗亦见《山谷集》，题云《和高仲本喜相见》。②不羁马：谓才行高远，不可拘限。③后凋松：《论语》："岁寒而知松柏之后凋也。"

讲武台南有感[1]

山城九月冒朝寒，讲武台南路屈盘。驺子雨中乘马去[2]，村童烟外倚墙看。鸦啼冢木秋风急，鹭立渔路夜水干。花似去年堪折赠，插花人去泪阑干[3]。

【注释】①此诗亦见《黄山谷集》，其题注云："元丰二年，北京作。"则讲武台当在北京，即今河北大名县。②驺子：掌管车马的仆役。③阑干：眼泪纵横貌。

残句

诗二句

饮非其人茶有语，闭门独啜心有愧。

续辩才诗二句

天爱禅心圆且洁，故添明月伴清光。

诗二句

叶随流水归何处，牛载寒鸦过别村。

诗二句

但令有妇如康子，安问生儿比仲谋。

探梅

问信风篁岭下梅。

茶诗

白云峰下两枪新。

诗二句

东家近新富，满地布苔钱。

诗二句

千屋高阁侵云汉，双派清流透石岩。

雨

风师挟帝令，号呼肆徂征。云师畏推逐，蓄意不敢争。雨师旷厥官，所苟朝夕生。帝眷一夕回，旱议旦暮行。翻然沛膏泽，夜半来无声。青秧发广亩，白水涵孤城。

假山

安石作假山，其中多诡怪。虽然知是假，争奈主人爱。

诗二句

叩槛出鱼鼋，诗取一笑粲。

题姜秀郎几间

暗麝著人簪茉莉，红潮登颊醉槟榔。

诗三句

青山南，白石北，此地嵯峨人不识。

岁除题王文甫家桃符

门大要容千驷入，堂深不觉百男欢。

戏书王文甫家

湖上秋风聚萤苑，门前春浪散花洲。

联

人言卢杞是奸邪，我觉魏公真妩媚。

戏村校书七十买妾

侍者方当而立岁，先生已是古稀年。

戏人

有甚意头求富贵，没些巴鼻便奸邪。
（以上见冯应榴《苏文忠诗合注》卷四十八）

诗二句

有客打碑来荐福，无人骑鹤上扬州。

联

山抹微云秦学士，露花倒影柳屯田。

上联一句

二疏辞汉去。

上联一句

衡茅稚子璠玙器。

属辽使者对

四诗风雅颂。

诗二句

枪棋携到齐西境，更试城南金线奇。

诗二句

密竹不妨呈劲节，早梅何惜认残花。

诗二句

秋英不比春花落，说与诗人子细看。

联

槐花黄，举子忙；促织鸣，懒妇惊。

联

凤凰来仪，嘉禾合穟。

联

爱蜀蕲舒嘉代富，新登高棣桂常芳。

穷措大

一夕雷轰荐福碑。

大雨联句

有客高吟拥鼻。

诗二句

一炉香对紫宫起，万点雨随青盖归。

诗四句

冈陵来势远，幽处更依山。一片湖景内，千家市井间。

（以上见孔凡礼点校《苏轼诗集·增补》）

卷二十七 词

水龙吟[1]

古来云海茫茫，道山绛阙知何处[2]？人间自有，赤城居士[3]，龙蟠凤翥。清净无为，坐忘遗照，八篇奇语[4]。向玉霄东望[5]，蓬莱晻霭[6]，有云驾、骖风驭[7]。　行尽九州四海，笑纷纷、落花飞絮[8]。临江一见[9]，谪仙风采[10]，无言心许。八表神游[11]，浩然相对，酒酣箕踞[12]。待垂天赋就[13]，骑鲸路稳[14]，约相将去[15]。

【注释】①傅藻《东坡纪年录》：元丰七年（1084）冬作。《傅干注坡词》：杨元素《本事曲集》载公自序云："昔谢自然欲过海求师蓬莱，至海中，或谓自然：'蓬莱隔弱水三十万里，不可到；天台有司马子微，自居赤城，名在绛阙，可往从之。'自然乃还，受道于子微，白日仙去。子微年百余，将终，谓弟子曰：'吾居玉霄峰，东望蓬莱，尝有真灵降焉。今为东海青童所召。'乃蝉蜕而去。其后李太白作《大鹏赋》，云：'尝见子微于江陵，谓余有仙风道骨，可与神游八极之表。'元丰七年冬，余过临淮，而湛然先生梁君在焉，童颜清澈，如二十许人然。人有自少见之。善吹铁笛，嘹然有穿云裂石之声。乃作《水龙吟》一首，记子微、太白之事，倚其声而歌之。"②道山、绛阙：传为神仙所居处。③赤城居士：唐道士司马承祯，字子微，居浙江天台赤城山，故称赤城居士。④八篇奇语：司马承祯著有《坐忘论》七篇、《枢》一篇，故称。⑤"玉霄"句：谓从玉霄峰向东望。玉霄：峰名，在天台赤城，司马承祯所居。⑥蓬莱：传说海上三神山之一，神仙所居。晻霭：《离骚》："扬云霓之晻霭兮。"旌旗蔽日貌。⑦云驾、风驭：驾云驭风。《庄子·逍遥游》："夫列子御风而行，泠然善也。"⑧"行尽"三句：有笑看尘世无常之意。⑨临江一见：司马承祯见李白于江陵。⑩谪仙风采：司马承祯认为李白"有仙风道骨"。贺知章于长安见李白，叹曰："子谪仙人也。"⑪八表神游：神游八极之表，即尘世之外。⑫箕踞：两脚伸张如箕而坐，是一种轻慢或随便不拘的姿态。⑬垂天赋就：《庄子·逍遥游》言大鹏"其翼若垂天之云。""垂天赋就"，即李白《大鹏赋》成。⑭骑鲸路稳：杜甫《送孔巢父谢病归游江东兼呈李白》："若逢李白骑鲸鱼，道甫问讯今何如？"⑮约相将去：相约一起归蓬莱仙境去。

又 咏笛材[①]

楚山修竹如云[②]，异材秀出千林表。龙须半剪，凤膺微涨，玉肌匀绕[③]。木落淮南，雨晴云梦，月明风袅[④]。自中郎不见[⑤]，桓伊去后[⑥]，知辜负、秋多少[⑦]？ 闻道岭南太守，后堂深、绿珠娇小[⑧]。绮窗学弄，《梁州》初遍[⑨]，《霓裳》未了[⑩]。嚼徵含宫，泛商流羽[⑪]，一声云杪[⑫]。为使君洗尽，蛮风瘴雨，作《霜天晓》[⑬]。

【注释】①《傅干注坡词》：公旧序云："时太守闾丘公显已致仕，居姑苏，后房懿卿者，甚有才色，因赋此词。"一云："赠赵晦之。"《纪年录》：乙卯（熙宁八年——1075）作。②楚山：所咏笛材出自蕲州（湖北蕲春）。韩愈《郑群赠簟》："蕲州天下知。"蕲州故楚地，因用楚山。③"龙须"三句：傅干注云：笛制取良竿通洞之。若于首颈处，则存一节，节间留纤枝，剪而束之，节下若膺处则微涨，而全体皆要匀净。若《汉书》所谓生其窍厚均者，断两节间而吹之。审如是，然后可制。故能远可通灵达微，近可以写情畅神。谓之"龙须""凤膺""玉肌"，皆取其美好之名也。④"木落"三句：写宜于吹笛之秋天月夜。傅干注云："善吹笛者，必俟气肃天清，风微月亮，聊作一二弄，遂臻其妙。"⑤中郎：汉蔡邕，曾为中郎将。初避难江南，宿于柯亭，见屋上竹椽，惊为良竹，取以制笛，奇声独绝。事详晋伏滔《长笛赋》序。⑥桓伊：东晋人，善音乐，得蔡邕柯亭笛。于青溪遇王徽之，曾为吹笛。事详《世说新语·任诞》。⑦"知辜负"二句：言没有蔡邕、桓伊这样的知音名家，辜负了多少秋光、多少佳笛。⑧绿珠：《晋书·石崇传》："崇有妓曰绿珠，美而艳，善吹笛。"⑨《梁州》：曲名，开元间西凉州所献。初遍：指大曲前面一段。⑩《霓裳》：即《霓裳羽衣曲》。传为唐明皇与罗公远游月宫所闻，记其声节，而传与梨园者。详《杨妃外传》。⑪"嚼徵"

二句：：言乐曲之佳，演奏之妙。宋玉《对楚王问》："引商刻羽，杂以流徵，国中属而和者，不过数人。"⑫一声云杪：言笛音嘹亮入云。傅干注云："诸乐器中，唯笛有穿云裂石之声。"⑬作《霜天晓》：吹奏名曲《霜天晓角》。

又 次韵章质夫《杨花词》①

似花还似非花②，也无人惜从教坠。抛家傍路，思量却是，无情有思③。萦损柔肠，困酣娇眼，欲开还闭④。梦随风万里，寻郎去处，又还被、莺呼起⑤。　不恨此花飞尽，恨西园、落红难缀⑥。晓来雨过，遗踪何在？一池萍碎⑦。春色三分，二分尘土，一分流水⑧。细看来、不是杨花，点点是离人泪⑨。

【注释】①元祐二年(1087)，东坡在京任中书舍人、翰林学士时，次韵章质夫（名楶，吏部郎中）《杨花词》而作。原唱云：燕忙莺懒芳残，正堤上、柳花飘坠。轻飞乱舞，点画青林，全无才思。闲趁游丝，静临深院，日长门闭。傍珠帘散漫，垂垂欲下，依前被、风扶起。兰帐玉人睡觉，怪春衣、雪沾琼缀。绣床旋满，香球无数，才圆却碎。时见蜂儿，仰粘轻粉，鱼吞池水。望章台路渺，金鞍游荡，有盈盈泪。②"似花"句：杨花好像似花，又好象不似花。古诗中有时认为是花，如胡太后《杨白花》："阳春二三月，杨柳齐作花。"有时又认为不是花，如梁元帝《咏阳云楼檐柳》："杨柳非花树，依楼自觉春。"白居易又有"花非花"之句。东坡以此起兴，新颖不凡。③无情有思：韩愈《晚春》："杨花榆荚无才思。"杜甫《白丝行》："落絮游丝亦有情。"诗人可以各依自己心境，漫说杨花无情或有情；但如果化身杨花，为她思量，则其抛家傍路，恐道似无情而又不免有思。④"萦损"三句：进一步将杨花拟人化，写其像少妇一样多愁、慵困和娇柔。⑤"梦随"三句：化用金昌绪《春怨》："打起黄莺儿，莫教枝上啼。啼时惊妾梦，不得到辽西。"使杨花俨然成了思妇的形象。⑥"不恨"二句：由杨花而及整个姹紫嫣红的凋零，深深触动伤春情怀。⑦"一池"句：傅干引东坡旧注云："杨花落水为浮萍，验之信然。"⑧"春色"三句：陆龟蒙《惜花》："人寿期满百，花开唯一春。其间风雨至，旦夕旋为尘。"⑨"细看"三句：怀春怨别情绪，与杨花化为一体，而成了情辞徘恻的结句。

又

闾丘大夫孝终公显尝守黄州[①]，作栖霞楼，为郡中胜绝。元丰五年，余谪居黄。正月十七日，梦扁舟渡江，中流回望，楼中歌乐杂作。舟中人言，公显方会客也。觉而异之，乃作此曲，盖越调《鼓笛慢》[②]。公显时已致仕，在苏州。

小舟横截春江，卧看翠壁红楼起[③]。云间笑语，使君高会，佳人半醉[④]。危柱哀弦，艳歌余响，绕云萦水[⑤]。念故人老大，风流未减，空回首、烟波里[⑥]。　推枕惘然不见，但空江、月明千里[⑦]。五湖闻道，扁舟归去，仍携西子[⑧]。云梦南州，武昌东岸，昔游应记[⑨]。料多情梦里，端来见我，也参差是[⑩]。

【注释】①闾丘大夫：《吴郡志》：闾丘孝终，字公显，郡人。尝守黄州。既挂冠，与诸名人耆艾为九老会。东坡经从，必访孝终，赋诗为乐。②《鼓笛慢》：即《水龙吟》，吕谓老词名《鼓笛慢》；姜夔词注无射宫，俗名越调。见《钦定词谱》。③翠壁红楼：栖霞楼高踞山崖之上，故云。④使君：太守。太守宴会，佳人半醉，故笑语声喧。⑤绕云萦水：写弦歌之妙，同时又把云间的红楼与江上的小舟系在一起。⑥"念故人"三句：正想故人风情未减，而回首渺然，一切已消失在烟波里。上阕写梦境，似真似幻，惝恍迷离。⑦"推枕"三句：换头三句，梦中醒来，但见空江明月。"美人迈兮音尘绝，隔千里兮共明月。"益增思忆之情。⑧"五湖"三句：遥想闾丘大夫致仕还乡后的近来光景。功成身退，如范蠡载西施游五湖，当不寂寞。⑨云梦南、武昌东：指黄州地区，闾丘大夫昔日宦游之处，当会时时记起。⑩"料多情"三句：我梦中所见，想必是故人特地来黄见我，才有这番历历奇景。

“参差是”借用白居易《长恨歌》:“雪肤花貌参差是”,自然凑泊,余情不尽。

又[①]

小沟东接长江,柳堤苇岸连云际[②]。烟村潇洒,人闲一哄,渔樵早市[③]。永昼端居,寸阴虚度,了成何事[④]。但丝莼玉藕,珠粳锦鲤,相留恋,又经岁[⑤]。　因念浮丘旧侣,惯瑶池、羽觞沈醉[⑥]。青鸾歌舞,铢衣摇曳,壶中天地[⑦]。飘堕人间,步虚声断[⑧],露寒风细。抱素琴,独向银蟾影里,此怀难寄[⑨]。

【注释】①此词难以编年。从内容看,可能是谪居黄州时期的作品。②“小沟”二句:从环境着笔,先写地理位置。③“烟村”三句:次写烟村早市,以闹显静,以见自己所居的冷僻,生活的闲散。④“永昼”三句:感慨无所事事,虚度光阴。⑤丝莼:即莼丝。珠粳:粳米宽而短,近圆形,故谓之珠粳。加上玉藕、锦鲤,皆美味的南方特产。有如此地方风味可享,对于田园隐逸之士来说,是够惬意的;可对于未忘事功的人而言,却仍不能安心。“相留恋”二句:既点出羁留的时间,又透出不甘闲散的心情。⑥“因念”二句:换头以浪漫之笔,写对帝京的怀念。浮丘:传说中的古代神仙浮丘伯。《列仙传》:“浮丘伯本嵩山道士,后得仙去。”郭璞诗:“左挹浮丘袖,右拍洪崖肩。”瑶池:《神仙传》:“昆仑阆风苑,有玉楼十二,玄台九层,左瑶池,右翠水。有弱水九重,盖不可到。”羽觞:置鸟羽于觞,以示急饮。三句以仙侣比京中同僚,以瑶池喻朝廷。⑦青鸾:《山海经》:轩辕之国,清沃之野,鸾鸟自歌。”铢衣:所谓上清五铢衣,轻细如雾,非齐纨鲁缟之比。详见《博异志》。壶中天地:东汉费长房与悬壶卖药老人同入其壶中,惟见玉堂严丽,旨酒甘肴,别有天地。详见《后汉书·费长房传》。“青鸾”三句:比喻京中别有一种清贵生活。⑧步虚声:仙人云间奏乐之声。唐许浑梦至瑶台饮酒,醒后赋诗:晓入瑶台露气清,坐中唯有许飞琼。尘心未尽俗缘在,十里下山空月明。后梦许飞琼责备不该泄其名字,乃改该句为“天风吹下步虚声。”详见《本事诗》。三句谓自身谪降。⑨“抱素琴”三句:银蟾:月亮。传说月中有蟾蜍,故名。结句曲写孤独与怀念之情。

又①

露寒烟冷蒹葭老②,天外征鸿寥唳③。银河秋晚,长门灯悄④,一声初至。应念潇湘,岸遥人静,水多菰米⑤。□望极平田,徘徊欲下,依前被、风惊起⑥。 须信衡阳万里⑦,有谁家、锦书遥寄⑧。万重云外,斜行横阵,才疏又缀⑨。仙掌月明,石头城下,影摇寒水⑩。念征衣未捣,佳人拂杵,有盈盈泪⑪。

【注释】①作年难考。毛晋《宋六十名家词》本题为《咏雁》。郑文焯认为:应该只题为《雁》。②蒹葭:蒹,荻;葭,芦。《诗经·秦风·蒹葭》:“蒹葭苍苍,白露为霜。”蒹葭老:即已届深秋。③寥唳:形容声音凄清,此指雁鸣。谢惠连《秋怀》:“萧瑟含风蝉,寥唳度云雁。”④长门:长门宫,汉武帝之陈后阿娇失宠,冷居于此。曾奉黄金百斤,请司马相如作《长门赋》,以表愁闷悲思,遂得复幸。杜牧《早雁》诗有“长门灯暗数声来”之句。⑤潇湘:湖南潇水与湘水一带。杜牧《早雁》:“莫厌潇湘少人处,水多菰米岸莓苔。”潇湘为鸿雁南归栖息之所,菰米则为其食。⑥“□望”三句:鸿雁欲下惊风,尚难安息。⑦衡阳:据说是鸿雁南飞的南界。鸿雁至衡阳回雁峰,便会停留而待北返。⑧锦书:《汉书·苏武传》:“常惠教使者言,天子射上林中,得雁,足有系帛书,言武等在某泽中。”于是往后诗文,多谓雁能传书。换头三句即用此意。⑨万重云外:杜甫《孤雁》:“谁怜一片影,相失万重云。”“万重”三句:言雁阵度重云,以见征途之艰。⑩仙掌月明:汉武帝曾于建章宫立二十丈铜柱,上有仙人掌捧承露盘。杜牧《早雁》有“仙掌月明孤影过”句。石头城:金陵。“仙掌”三句:略点雁过之处。⑪征衣未捣:沈佺期:《古意呈乔补阙知之》:“九月寒砧催木叶。”李白《子夜吴歌》:“长安一片月,万户捣衣声。”古来每到秋天,思妇则为远方征人捣制寒衣。此处师其意而翻其辞,以闻雁惊秋,而征衣未捣,佳人盈泪作结。

满庭芳

元丰七年四月一日,余将去黄移汝[1],留别雪堂邻里二三君子[2]。会李仲览自江东来别[3],遂书以遗之。

归去来兮[4],吾归何处?万里家在岷峨[5]。百年强半,来日苦无多[6]。坐见黄州再闰[7],儿童尽、楚语吴歌[8]。山中友,鸡豚社酒,相劝老东坡[9]。　　云何,当此去[10]?人生底事,来往如梭[11]。待闲看秋风,洛水清波[12]。好在堂前细柳,应念我、莫剪柔柯[13]。仍传语,江南父老,时与晒渔蓑[14]。

【注释】①将去黄移汝:元丰七年(1084)三月告下:特授苏轼检校尚书水部员外郎、汝州(河南临汝)团练副使,本州安置。职务未变,地近京师,叫“量移”。四月一日,东坡临行,赋词留别。②雪堂邻里:黄州人潘邠老及其弟大观等。③李仲览:李翔,富川生员,以富川令杨元素命,来见东坡。④归去来兮:陶渊明《归去来兮辞》起句,即归去。⑤岷峨:岷江与峨嵋山。东坡老家四川眉山,在岷江边,距峨嵋不过百里。万里家在岷峨:意谓路远难归。⑥“百年”二句,用韩愈《除官赴阙至江州寄鄂岳李大夫》诗:“年皆过半百,来日苦无多。”东坡时年四十九岁。⑦黄州再闰:东坡元丰三年二月到黄州,七年四月离去。共在黄四年另二月,元丰三年闰九月,六年闰六月,故坐见再闰。⑧“儿童”句:儿童:东坡家的孩子。黄州居楚,隔江接吴。在黄四年,儿童已满口楚语吴歌,随乡入乡。⑨相劝老东坡:以邻里的关怀、留恋为上片作结。⑩“云何”二句:换头从自己的角度想:当此离别之际,该对邻里说些什么?云何,叶一短韵。⑪底事:何事。人生为何来往如梭地奔波。⑫“待闲看”二句:量移汝州,仍是谪居,故说“待闲看”。贾岛《忆江山吴处士》诗:“秋风生渭水,落叶满长安。”吕洞宾《促拍满路花》词，化为“西风吹渭水，落叶满长安。”汝州离洛阳不远，东坡又化之为“秋风洛水清波”。⑬堂前细柳：雪堂前手植的细柳。莫剪柔柯：对邻里的嘱托。⑭江南父老：指黄州与南岸鄂城的朋友。时与晒渔蓑：表示可能回来之意，与上结：“相劝老东坡”相照应。

又[①]

香叆雕盘，寒生冰箸，画堂别是风光[②]。主人情重，开宴出红妆[③]。腻玉圆搓素颈，藕丝嫩、新织仙裳[④]。歌声罢，虚檐转月，余韵尚悠扬[⑤]。　人间何处有？司空见惯，应谓寻常。坐中有狂客，恼乱愁肠[⑥]。报道金钗坠也，十指露、春笋纤长[⑦]。亲曾见，全胜宋玉，想像赋《高唐》[⑧]。

【注释】①王文诰《苏诗总案》认为：此词乃元祐二年(1087)五月集于王诜西园所作。张宗橚曰：“案《西园雅集图跋》，此阕当在王都尉晋卿（王诜字）席上，为啭春莺作也。”②“香叆”二句：主人王诜乃驸马都尉，故起笔三句即写画堂绮筵之精美。③红妆：王诜家之著名歌伎啭春莺。④“腻玉”二句：容貌只描素颈，衣饰只提藕丝，已有遗世独立之概，令人倾倒。素颈：曹植《洛神赋》：“延颈秀项，皓质呈露。”殆从中化出。藕丝：杜甫《陪诸贵公子丈八沟携妓纳凉，晚际遇雨》：“佳人织藕丝。”温庭筠《菩萨蛮》：“藕丝秋色浅。”此指藕荷色的衣裙。⑤余韵尚悠扬：《列子》：“（韩娥）东之齐，匮粮，过雍门，鬻歌假食。既去，而余音绕梁，三日不绝。”此以韩娥比啭春莺。虚檐转月：表示歌罢良久，月影已斜，而余音犹在耳边。⑥“人间”五句：换头五句，用刘禹锡诗意，以写此时深刻印象。《唐诗纪事》载：杜鸿渐以司空镇洛阳，刘禹锡为苏州刺史，过洛。杜以二妓侑觞。酒酣，杜命二妓乞诗，刘吟曰：“高髻云鬟宫样妆，春风一曲《杜韦娘》。司空见惯浑闲事，断尽苏州刺史肠。”⑦“报道”二句：特写伊人纤手，用杜牧、张祜事。据《唐摭言》：一次赴宴，有佳人掷骰子，杜牧微吟曰:"骰子逡巡裹手拈,无因得见玉纤纤。"张祜应曰:"但知报道金钗落,仿佛还因露指尖。"⑧"亲曾见"三句:活用宋玉赋《高唐》作结,谑而不虐。

又①

蜗角功名,蝇头微利②,算来著甚干忙③。事皆前定,谁弱又谁强?且趁闲身未老,须放我些子疏狂。百年里,浑教是醉,三万六千场④。 思量,能几许⑤?忧愁风雨,一半相妨。又何须抵死,说短论长。幸对清风皓月,苔茵展、云幕高张⑥。江南好,千钟美酒,一曲《满庭芳》⑦。

【注释】①作年未知。②蜗角、蝇头:《庄子·则阳》:"有国于蜗之左角者,曰触氏;有国于蜗之右角者,曰蛮氏。时相与争地而战,伏尸数万,逐北旬有五日而后反。"《南史·衡阳元王道度传》:衡阳王子钧,尝手自细书《五经》。贺玠曰:"殿下家自有坟素,复何须绳头细书?"东坡用此,以示名利之微不足道。③干忙:空忙。④三万六千场:李白《襄阳歌》:"百年三万六千日,一日须倾三百杯。"⑤思量:换头短韵。能几许:良辰美景、赏心乐事能几许?⑥云幕高张:傅注引《归藏》曰:"昔女娲筮张云幕,而枚占神明。"⑦一曲《满庭芳》:结束全篇,抒发浮云富贵、寄情诗酒的旷达之情。

又①

有王长官者,弃官黄州三十三年,黄人谓之王先生。因送陈慥来过余,因为赋此。

三十三年,今谁存者,算只君与长江②。凛然苍桧,霜干苦难双③。闻道司州古县,云溪上、竹坞松窗④。江南岸,不因送子,宁肯过吾邦⑤?摐摐、疏雨过。风林舞破,烟盖云幢⑥。愿持此邀君,一饮空缸⑦。居士先生老矣，真梦里、相对残釭[8]。歌声断，行人未起，船鼓已逢逢[9]。

【注释】①王文诰《苏诗总案》：认为是元丰六年(1083)五月，陈慥报荆南庄田，同王长官来，东坡作此。②君与长江：以长江为衬，以见王先生之寿而康。③"凛然"二句：以苍桧难双，比喻王先生风操独绝。④司州古县：指黄陂(今湖北黄陂县)。王先生归隐之处，唐武德时曾置南司州。竹坞松窗：状居室的简朴和高雅。⑤江南岸：王、陈二人将去江南。子：陈慥。吾邦：黄州。宁肯：岂肯。不因送陈慥，弃官三十三年后，王先生怎肯再过黄州。此句既写相逢之幸，也见王先生之古道热肠。至此，王先生的形象，已呼之欲出。⑥"摐摐"四句：换头四句，写眼前景色。摐摐：击也，此指雨声。二字短韵。烟盖云幢：状疏雨之后，江上云烟苍茫的光景。韩愈《楸树》诗："青幢紫盖立童童，细雨浮空作彩笼。"⑦持此邀君：此：指江上烟景。邀王先生共赏雨后烟波以下酒。缸：酒缸。酒逢知己，一饮而空。⑧"居士"三句：东坡居士与王先生俱老矣，酒后谈心，相对残灯，真如梦里。釭：灯。⑨逢逢：鼓声。饮罢歌阑，醉眠未起，而开船鼓声已响，分手在即。惜别之情见于言外。

又[1]

余年十七，始与刘仲达往来于眉山[2]，今年四十九，相逢于泗上[3]。淮水浅冻，久留郡中，晦日同游南山[4]，话旧感叹，因作《满庭芳》云。

三十三年，漂流江海，万里烟浪云帆[5]。故人惊怪，憔悴老青衫[6]。我自疏狂异趣[7]，君何事奔走尘凡？流年尽，穷途坐守，船尾冻相衔[8]。　巉巉[9]，淮浦外，层楼翠壁，古寺空岩[10]。步携手林间，笑挽纤纤[11]。莫上孤峰尽处，萦望眼云海相搀[12]。家何在？因君问我，归梦绕松杉[13]。

【注释】①傅藻《东坡纪年录》：甲子(元丰七年，1084)作。②刘仲达：名巨，东坡同乡故友。③泗上：即泗州（临淮）。④晦日：三十日。南山：都梁山。⑤烟浪云帆：语出白居易《乐府》："云涛烟浪最深处，人传中有三神山。"与李白《行路难》："长风破浪会有时，直挂云帆济沧海。"意谓：为济苍生、立功名，而离家万里，浮沉宦海。⑥"故人"句：从故人眼里，照见自己之憔悴而失意。⑦疏狂：狂放不羁。白居易诗："疏狂属年少，闲散为官卑。"⑧流年尽：腊月底。相衔：相接。泊船既近，因此相逢。⑨巉巉：高峻貌。二字短韵。⑩层楼翠壁，古寺空岩：南山风景。⑪笑挽纤纤：同游南山，有女相携。⑫云海相搀：孤峰凝望，云海茫茫。⑬家何在：截用韩愈《左迁至兰关示侄孙湘》句："云横秦岭家何在。"归梦绕松杉：以乡愁作结，势所必然。

又[①]

余谪居黄州五年，将赴临汝，作《满庭芳》一篇别黄人。既至南都[②]，蒙恩放归阳羡[③]，复作一篇。

归去来兮，清溪无底，上有千仞嵯峨[④]。画楼西畔，天远夕阳多[⑤]。老去君恩未报，空回首、弹铗悲歌[⑥]。船头转，长风万里，归马驻平坡[⑦]。　无何，何处有[⑧]？银潢尽处，天女停梭[⑨]。问何事人间，久戏风波[⑩]？顾谓同来稚子，应烂汝、腰下长柯[⑪]。青衫破，群仙笑我，千缕挂烟蓑[⑫]。

【注释】①王文诰《苏诗总案》：乙丑（元丰八年，1085）二月，仍以检校尚书水部员外郎、团练副使，不得签书公事，常州居住，再作《满庭芳》词。②南都：即宋之南京应天府（河南商丘）。③阳羡：今江苏宜兴，宋属常州，东坡在此置有田产。④"归去"三句：想象回阳羡可领略的自然风光。阳羡山水秀丽，东有太湖，具包山洞庭之胜。千仞嵯峨，夸张包山的险峻。⑤"天远"句：喻虽远离京都皇帝，但饱享晚境的温馨。⑥弹铗悲歌：用冯驩客孟尝君事。冯驩见孟尝君，初置传舍，冯驩弹铗（剑柄）而歌：

“长铗归来乎食无鱼。”迁之幸舍，食有鱼，又弹铗而歌：“长铗归来乎出无车。”迁之代舍，出有车矣，又弹铗而歌：“长铗归来乎无以为家。”详见《史记孟尝君传》。此处借表曾向神宗乞赐常州居住，而感愧君恩。⑦归马驻平坡：归马立于平缓的坡上，势将扬蹄疾驰，无可留行。在掉转船头，即趁长风万里之后，复以此为喻，更觉归心似箭。⑧无何：无何有之乡。《庄子·逍遥游》：“庄子曰：‘……今子有大树，患其无用，何不树之于无何有之乡，广莫之野，彷徨乎无为其侧，逍遥乎寝卧其下。不夭斤斧，物无害者，无所可用，安所困苦哉。”无何有之乡，即虚无之乡。此谓自己正如无用的大树，只合树之无何有之乡，可这乡又在哪儿呢？⑨银潢：银汉、天河。恍惚中，似乎自己乘槎到了天河边，织女停梭相问。⑩久戏风波：谓浮沉宦海，经历险恶风浪，这又何必呢？何不回返天上？⑪“顾谓”二句：用王质烂柯事：《水经注》：晋中朝时，有民王质伐木至石室中，见童子四人，弹琴而歌。质倚柯（斧柄）而听之。童子以一物如枣核与质，质含之，不复饥。俄顷，童子曰：‘其归。’承声而去，斧柄漼然烂尽。既归，质离家已数十年，亲戚凋落，无复向时比矣。”⑫千缕挂烟蓑：天上停片刻，人间数十年。不仅同来稚子烂了腰下长柯；自己身上的青衫，已烂得丝丝缕缕，仿佛蓑衣了。东坡回阳羡，似欲归老山林，过神仙似的生活；可又暗惜长才未展，君恩未报，内心深处不无矛盾。因而此词于旷放中含蕴沉郁。

水调歌头 黄州快哉亭赠张偓佺[1]

落日绣帘卷，亭下水连空[2]。知君为我新作，窗户湿青红[3]。长记平山堂上，攲枕江南烟雨，杳杳没孤鸿[4]。认得醉翁语，山色有无中[5]。　一千顷，都镜净，倒碧峰[6]。忽然浪起，掀舞一叶白头翁[7]。堪笑兰台公子，未解庄生天籁，刚道有雌雄[8]。一点浩然气，千里快哉风[9]。

【注释】①元丰六年(1083)六月，张偓佺于黄州江边建成新居，并于其西南筑亭，以览江流之胜。东坡为之题为："快哉亭"，并赋此词。②"落日"二句：谓傍晚卷帘，江水连天。③为我新作：谓登亭大畅怀抱，君亭似专为我造。"湿青红"印证"新作"，有油漆未干之意。④平山堂：欧阳修任扬州太守时，于僧寺添建，颇得观览之胜。此三句谓快哉亭有平山堂之妙。⑤醉翁：欧阳修自号。山色有无中：本王维《汉江临眺》中的名句。欧阳修借以入词云："平山栏槛倚晴空，山色有无中。"东坡因快哉亭而忆及平山堂，便也用为上结。⑥"一千顷"三句：写水波不兴，倒影澄碧的光景，为风起铺垫。⑦"忽然"二句：以浪见风。白头翁：非鸟，应是老渔翁。用郑谷《淮上渔者》："白头波上白头翁，家逐船移浦浦风。"⑧兰台公子：指宋玉。宋玉《风赋》云："楚襄王游于兰台之宫，宋玉、景差侍，有风飒然而至者，王乃披襟而当之，曰：'快哉此风，寡人所与庶人共者耶？'宋玉对曰：'此独大王之风耳，庶人安得而共之！"并分述"大王之雄风"与"庶人之雌风"。庄生天籁：《庄子·齐物论》："颜成子游曰：'地籁则众窍是也，人籁则比竹是也，敢问天籁？'子綦曰：'夫吹万不同，而使其自已也。'"认为风吹千万个大小不同的窍穴而发出不同的声音，即是天籁。东坡盖赞赏庄生的"吹万天籁"，而讥笑宋玉的"风有雌雄"。⑨一点浩然气：孟子说："吾善养吾浩然之气。"并说："其为气也，至大至刚，以直养而无害，则塞于天地之间。"东坡认为，正是一点浩然之气，化成了千里快哉之风。风气相应，天人合一。逸怀浩气，流转于字里行间。

又[①]

余去岁在东武[②]，作《水调歌头》以寄子由。今年子由相从彭门百余日[③]，过中秋而去，作此曲以别。余以其语过悲，乃为和之，其意以不早退为戒，以退而相从之乐为慰云。

安石在东海，从事鬓惊秋[④]。中年亲友难别，丝竹缓离愁[⑤]。一旦功成名遂，准拟东还海道，扶病入西州[⑥]。雅志困轩冕，遗恨寄沧洲[⑦]。　岁云暮，须早计，要褐裘[⑧]。故乡归去千里，佳处辄迟留[⑨]。我醉歌时君和，醉倒须君扶我，惟酒可忘忧[10]。一任刘玄德，相对卧高楼[10]。

【注释】①据序，可知此阕为熙宁十年(1077)秋在徐州所作。②东武：即密州(山东诸城)。③彭门：徐州。④安石：东晋谢安字。谢安长期隐居会稽东山(在今浙江上虞)，距东海近，故说："在东海"。谢安出仕时年已四十余，故说"鬓惊秋"。⑤"中年"二句：谢安曾谓王羲之："中年以来，伤于哀乐，与亲友别，辄作数日恶。"羲之曰："年在桑榆，自然如此。顷只赖丝竹陶写。"详见《世说新语·语言》。⑥"一旦"三句：谢安总想功成名遂后，仍旧归隐。及镇新城，即准备政务粗定，便致仕顺江沿海东归。谁知不久病重，奉诏由西州门入都，怅然自失，遂去世。⑦雅志：谢安归隐之雅志，终为官爵轩冕所困。沧洲：杜甫《奉赠卢五丈参谋琚》："辜负沧洲愿。"沧洲愿：即笑傲江湖之愿。此愿未遂，故曰遗恨。以上前半阕，以不早退为戒。⑧要褐裘：兼用《诗经·豳风·七月》："无衣无褐，何以卒岁？"与扬雄《法言·寡见》："大寒然后索衣裘，不亦晚乎？"谓应为归隐早作准备。⑨"故乡"二句：谓故乡太遥，不必定归，佳处即可栖迟。东坡买田阳羡，即为终老计。⑩"我醉"三句：谓兄弟同隐，有酒忘忧，相和相扶，其乐无极。⑪"一任"二句：《三国志》：许汜谓刘备(字玄德)：陈元龙豪气未除，对他无主客礼，自卧上床，而使之卧下床。刘备说："天下大乱，望君有救世之意，而君求田问舍，言无可采；如小人，欲卧百尺楼，而卧君于地，何但上下床之间耶？"此用其事而反其意，谓我兄弟二人只要同隐，不问功业，一任胸怀大志的刘玄德之流相轻也罢！

又[1] 丙辰中秋，欢饮达旦，大醉，作此篇，兼怀子由。

明月几时有？把酒问青天[2]。不知天上宫阙，今夕是何年。我欲乘风归去，惟恐琼楼玉宇[3]，高处不胜寒[4]。起舞弄清影，何似在人间！　转朱阁，低绮户，照无眠。不应有恨，何事长向别时圆[5]。人有悲欢离合，月有阴晴圆缺[6]，此事古难全。但愿人长久，千里共婵娟[7]。

【注释】①此篇为熙宁九年(1076)在密州（山东诸城）作。②“明月”二句：此出李白《把酒问月》：“青天有月来几时？我今停杯一问之。”③琼楼玉宇：段成式《酉阳杂俎》：“翟天师曾于江岸与弟子数十玩月，或曰：‘此中竟何有？’翟笑曰‘可随吾指观之。’弟子中两人见月规半天，琼楼金阙满焉。”见傅注刘按。④高处不胜寒：《明皇杂录》：“八月十五夜，叶静能邀上游月宫。将行，请上衣裘而往。及至月宫，寒冽特异，上不能禁。静能出丹二粒进上服之，乃止。”⑤不应有恨：司马光《温公诗话》：“李长吉歌：‘天若有情天亦老’，人以为奇绝无对。曼卿对：‘月如无恨月长圆’，人以为勍敌。”曼卿，北宋诗人石延年字。⑥“月有”句：东坡《中秋月五首》：“尝闻此宵月，万里同阴晴。”⑦“千里”句：谢庄《月赋》：“美人迈兮音尘绝，隔千里兮共明月。”蝉娟：指月。

又[1]

欧阳文忠公尝问余[2]，琴诗何者最善？答以退之《听颖师琴》诗[3]。公曰：“此诗固奇丽，然非听琴，乃听琵琶诗也。”余深然之。建安章质夫家善琵琶者乞为歌词[4]，余久不作，特取退之词，稍加隐括，使就声律，以遗之云。

昵昵儿女语，灯火夜微明。恩怨尔汝来去，弹指泪和声[5]。忽变轩昂勇士，一鼓填然作气，千里不留行[6]。回首暮云远，飞絮搅青冥[7]。 众禽里，真彩凤，独不鸣[8]。跻攀寸步千险，一落百寻轻[9]。烦子指间风雨，置我肠中冰炭，起坐不能平[10]。推手从归去，无泪与君倾[11]。

【注释】①此词作于元祐二年(1087)。是韩愈《听颖师琴》诗的隐括

(改写)。②欧阳文忠公:欧阳修,谥文忠。③退之:韩愈字。其《听颖诗琴》云:昵昵儿女语,恩怨相尔汝。划然变轩昂,勇士赴敌场。浮云柳絮无根蒂,天地阔远随飞扬。喧啾百鸟群,忽见孤凤凰。跻攀分寸不可上,失势一落千丈强。嗟余有两耳,未省听丝篁。自闻颖师弹,起坐在一旁。推手遽止之,湿衣泪滂滂。颖乎尔诚能,无以冰炭置我肠。"退之所咏者为琴,而欧阳修认为是咏琵琶,东坡亦同意。实则琴曲亦可作琵琶曲,琴声可类琵琶声也。退之即事赋诗,岂有错者。④建安:福建建瓯。章质夫:名楶,东坡友人。⑤"昵昵"四句:言乐声缠绵,如情人私语。⑥"忽变"三句:形容乐声的激昂慷慨。⑦"回首"二句:言乐声忽又变为轻徐悠远。⑧"众禽"三句:谓忽又宛如百鸟朝凤。⑨"跻攀"二句:言千回百折,逐渐拔高之后,忽又一落千丈,低回欲绝。⑩"烦子"三句:言乐曲千姿百态,变化万端,使我忽悲忽喜,如肠置冰炭。⑪"推手"二句:谓不敢再听,恐泪尽不禁。

满江红[1]

董毅夫名钺,自梓漕得罪,罢官东川,归鄱阳,过东坡于齐安[2]。怪其丰暇自得[3],余问之。曰:"吾再娶柳氏,三日而去官,吾固不戚戚,而忧柳氏不能忘怀于进退也。已而欣然,同忧患若处富贵,吾是以益安焉。"命其侍儿歌其所作《满江红》。嗟叹之不足,乃次其韵。

忧喜相寻,风雨过、一江春绿[4]。巫峡梦,至今空有,乱山屏簇[5]。何似伯鸾携德耀,箪瓢未足清欢足[6]。渐粲然,光彩照阶庭,生兰玉[7]。 幽梦里,传心曲。肠断处,凭他续[8]。文君婿知否?笑君卑辱[9]。君不见《周南》歌《汉广》,天教夫子休乔木[10]。便相将,左手抱琴书,云间宿[11]。

【注释】①此词为元丰五年(1082)三月作于黄州。②齐安:即黄州。③丰暇自得:面目丰腴,态度从容,怡然自得。④忧喜相寻:即忧喜相接相连,相倚相伏。有此一句,则为其后的风雨、春绿,不仅写景,且有象征义意。⑤巫峡梦：即宋玉《高唐赋》所述楚王梦巫山神女事。董毅夫及其少妻柳氏，离四川，归鄱阳，须经三峡，东坡故用此典。谓楚王不过一梦，如今空有巫山十二峰“乱山屏簇”。⑥伯鸾携德耀：伯鸾：乃汉梁鸿字。德耀：鸿妻孟光字。梁鸿高士，孟光嫁之，钗荆裙布，躬操杵臼，每食举案齐眉。梁孟是古代夫妻志同道合、相敬如宾的典型。此处以比董、柳，尽管身处忧患，箪瓢不足（生活很艰难），但相爱的欢乐却很充足。⑦粲然：鲜艳，灿烂。兰玉：芝兰、玉树，比喻佳子弟。《世说新语·言语》：“谢太傅问诸子侄：‘子弟亦何预人事，而正欲使其佳？’诸人莫有言者，车骑（谢玄，任车骑将军）答曰：‘譬如芝兰玉树，欲使其生于阶庭耳！’”此谓董、柳夫妻和美，必将生育佳子弟。⑧“幽梦里”四句：谓心意相通，倒楣时能得安慰。⑨文君婿：卓文君婿相如。卑辱：司马相如与卓文君于临邛卖酒，迫使卓王孙不得已分与童仆财物。如此行为，在安贫乐道的董、柳看来，未免卑辱。⑩《汉广》：《诗经·周南·汉广》“南有乔木，不可休思；汉有游女，不可求思。”此谓：《汉广》是乔木不可休，游女不可求；而董君得遇柳氏，则是天教他得求于游女，又可休于乔木，岂不幸哉！⑪结句：引白乐天文意，预祝其归鄱的美满生活。白乐天《庐山草堂记》云：“左手引妻子，右手抱琴书，终老于斯，以成就平生之志。清泉白石，实闻斯言。”云间宿：即栖息云林，长伴烟霞之意。

又[①] 寄鄂州朱使君寿昌[②]

江汉西来，高楼下、蒲萄深碧[③]。犹自带、岷峨雪浪，锦江春色[④]。君是南山遗爱守，我为剑外思归客[⑤]。对此间、风物岂无情，殷勤说[⑥]。 《江表传》，君休读。狂处士，真堪惜[⑦]。空洲对鹦鹉，苇花萧瑟[⑧]。不独笑书生争底事，曹公黄祖俱飘忽[⑨]。愿使君、还赋谪仙诗，追黄鹤[⑩]。

【注释】①此词当作于黄州时期。因元丰四年（1081）东坡还作有一首怀朱使君的《江城子》，故将此作也附于是年。②朱寿昌：字康叔，扬州天长（今安徽）人。时知鄂州（湖北武昌），故东坡称之为朱使君。③蒲萄深碧：言自西流来的长江、汉水，如葡萄酒一样深碧。李白《襄阳歌》："遥看汉水鸭头绿，恰似葡萄初酦醅。"④岷峨雪浪：西来江水，部分为岷峨积雪所化。李白《经乱离后天恩流夜郎忆旧游书怀赠江夏韦太守良宰》："江带岷峨雪，川横三峡流。"锦江春色：杜甫《登楼》："锦江春色来天地。"《诸将五首》："锦江春色逐人来。"东坡老家在四川，故特如此写。⑤遗爱：为官的惠政在民，去后为民所思，称"遗爱"。古代周之召公、郑之子产、晋之栾武子，皆被称颂为有遗爱者。此处借以赞美朱寿昌。剑外：剑门关外。东坡离川宦游已久，且历坎坷，故自称"剑外思归客"。⑥"对此间"二句：就彼此而言，一是郡守，一曾几度过往鄂州，对此间物，自不能无情，自有许多话说。⑦《江表传》：晋虞溥撰，多述三国东吴之事，今佚。换头回溯鄂州有关史迹，特别指出"狂处士"弥衡，深致惋惜。⑧洲对鹦鹉：即对鹦鹉洲。弥衡为江夏太守黄祖所杀，葬于汉阳沙洲。因弥曾作《鹦鹉赋》，后人乃给沙洲命名为鹦鹉洲。而今人则空对沙洲萧瑟苇花，不见弥衡。⑨书生：指弥衡。孔融荐衡于曹操，因其狂放傲慢，曹不能堪，又不愿背杀害英才之名，乃遣送荆州牧刘表。刘表亦不能堪，复遣送于江夏太守黄祖。祖难容傲，终于杀之。东坡以超脱的态度对待这桩公案，不惟说弥衡何必与权势相争；且说大权在握，不可一世的曹操、黄祖，最终仍旧飘忽而没。⑩结尾二句：似劝朱使君不必太看重政治上的是非成败，应多作李白一样旷放的诗歌，追寻当年飘然而去的黄鹤。李白《江夏赠韦南陵冰》吟道："我且为君槌碎黄鹤楼，君亦为我倒却鹦鹉洲。赤壁争雄如梦里，且须歌舞宽离忧。"诗中意境，可能深得东坡的共鸣。

又[1]

东武会流杯亭，上巳日作[2]。城南有坡，土色如丹，其下有堤，壅郏淇水入城[3]。

东武南城，新堤就，郏淇初溢[4]。微雨过，长林翠阜，卧红堆碧[5]。枝上残花吹尽也，与君试向江头觅[6]。问向前犹有几多春？三之一[7]。官里事，何时毕。　风雨外，无多日[8]。相将泛曲水，满城争出[9]。君不见兰亭修褉事，当时座上皆豪逸[10]。到如今修竹满山阴[11]，空陈迹。

【注释】①此词为熙宁九年（1076）作于密州。②流杯：《荆楚岁时记》："三月三日，都人并出水渚，为流杯曲水之饮。"这种风习，久远而广泛，几乎各郡县皆有流杯池之胜。东武（密州）亦然。上巳：三月三日。③壅：堵塞，拦挡。密州于城南筑堤，把郑淇水引入城内。同时，也就其附近为流杯曲水。④南城：即城南。新堤就：许是东坡到任所筑。初溢：刚引入新渠。⑤卧红堆绿：落花映草，春色已深。⑥江头觅春；暗伏流杯亭之会。⑦三之一：上巳已届暮春，故只剩下三分之一。⑧"风雨外"二句：风雨之外，佳日无多。⑨满城争出：谓会饮之盛。实则能参与的，还是当地有身份的人。⑩兰亭修褉事：王羲之《兰亭集序》："永和九年，岁在癸丑(353)，暮春之初，会于会稽山阴之兰亭，修褉事也。群贤毕至，少长咸集。"座上皆豪逸：参加该次盛会的，有谢安、王羲之等。⑪修竹满山阴：《兰亭集序》云："此地有崇山峻岭，茂林修竹。"又云："向之所欣，俯仰之间，已为陈迹，犹不能不以之兴怀。"东坡由此生发：山阴兰亭，修竹依然；而当年的胜事已渺，空留下历史陈迹，引人凭吊。那么，今日东武流杯之会，也和兰亭一般。结尾不尽沧桑之感。

又[1]

清颍东流，愁来送、征鸿去翮[2]。情乱处、青山白浪，万重千叠[3]。孤负当年林下语，对床夜语听萧瑟[4]。恨此生、长向别离中，凋华发[5]。　一尊酒，黄河侧。无限事，从头说[6]。相看恍如昨，许多年月。衣上旧痕余苦泪，眉间喜气占黄色[7]。便与君、池上觅残春，花如雪[8]。

【注释】①王文诰《苏诗总案》断为：壬申（元祐七年1092）作。但东坡是年正月即徙扬州太守；而详此词内容，其时当在颍州任内，因此也可能写于元祐六年(1091)。②“清颍”二句：东坡在颍州，子由在汴京，故以颍水东流起兴，继以征鸿去翮，表露怀念之情。③青山白浪，万重千叠：极写心情的烦乱。④“孤负”二句：东坡与子由从小相将共读，后又同出应试为官，手足之情特深。子由曾读韦应物诗：“那知风雨夜，复对此床眠”，而深有感触，乃相约早退林下，相聚闲居。此愿迄今仍虚，故说孤负。⑤凋华发：头发渐渐斑白脱落。⑥“一尊酒”四句：想象汴京重聚，畅叙别情。⑦眉间喜气占黄色：傅干注：《玉管照神书》曰：“气青黄色喜重重。”韩愈《郾城晚饮奉赠副使马侍郎及冯李二员外》：“眉间黄色见归期。”此谓同退有望。⑧池上觅残春：想象共同退归林下之乐。花如雪：承残春，言落花如雪。

又① 正月十三日，雪中送文安国还朝②。

天岂无情，天也解、多情留客。春向暖、朝来底事，尚飘轻雪③？君遇时来纡组绶，我应老去寻泉石④。恐异时、杯酒复相思，云山隔⑤。 浮世事，俱难必。人纵健，头应白⑥。何辞更一醉，此欢难觅⑦。不用向佳人诉离恨，泪珠先已凝双睫⑧。但莫遣、新燕却来时，音书绝⑨。

【注释】①此词系熙宁九年（1076）作于密州。②文安国：名勋，庐江（安徽合肥）人。工篆书。是年正月迁祠部员外郎。③“天岂”四句：以天也飘雪留客，间接表露惜别之情。④“君遇”二句：主客对举，上句贺文君遇时得迁，下句谓己将老去归田。组绶：系印纽的绶带，借代印绶。纡：系结，垂挂。⑤“恐异时”二句：谓别后云山阻隔，相思难见。⑥“浮世事”四句：抒发人生难料的感慨。⑦“何辞”二句：珍重当前，何辞一醉。⑧“不用”二句：谓不用歌妓唱骊歌，先已珠泪盈睫。⑨“但莫遣”二句：希望文君还京即来信，切莫音讯断绝。却来：回来。燕子秋分南去，春分北归。

念奴娇[①] 赤壁怀古

大江东去，浪淘尽、千古风流人物[②]。故垒西边，人道是、三国周郎赤壁[③]。乱石崩云，惊涛裂岸，卷起千堆雪[④]。江山如画，一时多少豪杰[⑤]！　遥想公瑾当年，小乔初嫁了，雄姿英发[⑥]。羽扇纶巾，谈笑间、强虏灰飞烟灭[⑦]。故国神游，多情应笑我，早生华发[⑧]。人间如梦，一尊还酹江月[⑨]。

【注释】①元丰五年（1082）七月，作于黄州。②起韵二句：定下怀古基调。浪淘千古人物，当从白乐天《浪淘沙》词生发。白词云：“白浪茫茫，与海连，平沙浩浩四无边。暮去朝来淘不住，遂令东海变桑田。”③赤壁：传为赤壁者有三：一在湖北竟陵汉水上；一在黄州；一在武昌西南二百里之蒲圻。赤壁之战所在，实为蒲圻；黄州赤壁，不过传说。东坡谪居黄州，因游赤壁而怀古，不过兴之所至，并未深信其为史实。故词中有“人道是”三字，巧为保留。④“乱石”三句：为大江传神写照，以少胜多，极有气势。⑤“江山”二句：结前写景，启后怀古。⑥“遥想”三句：回溯汉末赤壁之战，着重于关键人物周瑜（公瑾）。当年曹操趁得荆州、破刘备之威，率水陆数十万军，以逼江东。周郎被孙权任为都督，临江抗曹。小乔：孙策夫人大乔之妹，周瑜之妻，与姐同为国色。其时嫁娶已久，而词中偏说：“小乔初嫁了”，以美人初嫁为衬，益觉俊雅周郎更加风流倜傥，雄姿英发。⑦羽扇纶巾：本诸葛亮的服饰。《蜀志》载：亮曾“葛巾毛扇，指麾三军。”东坡借与周郎，更见其运筹帷幄，指挥若定的儒将风采。强虏灰飞烟灭：画龙点睛地表现周瑜、黄盖以诈降与火攻之计破曹军于赤壁的史实。灰飞烟灭：《圆觉经》：“火出木烬，灰飞烟灭。”⑧故国神游：想象公瑾英灵重游战地。应笑我早生华发：少年得志的英雄，见我华发早生、碌碌无为，定会讥笑。神游：《列子·周穆王》："化人曰：'吾与王神游，形奚动哉！'"⑨结句自慰自遣，寄感慨于旷达。

又[①] 中秋

凭高眺远，见长空万里，云无留迹。桂魄飞来光射处[②]，冷浸一天秋碧。玉宇琼楼，乘鸾来去[③]，人在清凉国[④]。江山如画，望中烟树历历。　我醉拍手狂歌，举杯邀月，对影成三客[⑤]。起舞徘徊风露下，今夕不知何夕[⑥]。便欲乘风[⑦]，翻然归去，何用骑鹏翼[⑧]。水晶宫里，一声吹断横笛。

【注释】①元丰五年（1082）八月十五作于黄州。②桂魄：即月魄，也即月。李商隐《无题》："扇裁月魄羞难掩。"谓之"桂魄"，是因为传说月中有桂树。段成式《酉阳杂俎》："月中有桂，高五百丈。下有一人常斫之，树创随合。"③乘鸾：传说仙人乘鸾。《异闻录》："明皇与申天师游月中，见素娥十余人，皓衣，乘白鸾，笑舞于广庭大桂树下。"又《集仙录》："天使降时，鸾鹤千万，众仙毕集，高者乘鸾，次乘麒麟，再次乘龙。"④清凉国：清凉世界。陆龟蒙诗："溪山自是清凉国，松竹合封萧洒侯。"⑤对影成三客：李白《月下独酌》："举杯邀明月，对影成三人。"⑥今夕何夕：《诗经·唐风·绸缪》："今夕何夕，见此良人。"《越人歌》："今夕何夕兮，搴洲中流。"⑦乘风：《庄子·逍遥游》："夫列子御风而行，泠然善也。"⑧鹏翼：《庄子·逍遥游》："鹏之背，不知其几千里也。怒而飞，其翼若垂天之云。"⑨水晶宫：传说吴王阖闾有水晶宫，备极珍巧。横笛：横吹管乐器。刘斧《青琐高议》：唐庄宗最爱夜月，月夜自吹横笛数曲。

千秋岁 徐州重阳作①

浅霜侵绿②，发少仍新沐。冠直缝，巾横幅③。美人怜我老，玉手簪金菊④。秋露重，真珠满袖沾余馥⑤。 座上人如玉⑥，花映花奴肉⑦。蜂蝶乱，飞相逐。明年人纵健，此会应难复⑧。须细看，晚来明月和银烛⑨。

【注释】①元丰元年（1078）九月作。②浅霜侵绿：黑发中滋生白发。③冠直缝：《礼记·檀弓上》："古者冠缩缝，今也横缝。"缩缝就是直缝。巾横幅：《晋书·舆服志》："汉末王公名士，好服幅巾。盖裂取幅缣而横著也。"此言沐发之后，戴冠还是著巾，稍事选择。④美人：序上歌伎。簪金菊：重阳有菊花插头的风俗。⑤真珠满袖：花上带露，美人亲折，或簪花时，露珠沾袖。⑥人如玉：《诗经·野有死麕》："有女如玉。"此指坐上女性，当即歌伎。⑦花奴：唐明皇侄，汝阳王李琎，小字花奴。明皇曾说："花奴资质明莹，肌发光细，非人间人，必神仙谪堕也。"见《羯鼓录》。花映肉：杜甫诗："红颜白面花映肉。"此指坐中的美少年。⑧"明年"二句：翻杜甫《九日蓝田崔氏庄》："明年此会知谁健。"更进一层：纵然明年人俱健，而此会则难再。⑨"须细看"二句：以珍重良辰美景，晚来再聚再盘桓之意作结。

又① 韵少游②

岛边天外，未老身先退③。珠泪溅，丹衷碎。声摇苍玉佩，色重黄金带④。一万里，斜阳正与长安对⑤。 道远谁云会，罪大天能盖⑥。君命重，臣节在⑦。新恩犹可觊，旧学终难改⑧。吾已矣，乘桴且恁浮于海⑨。

【注释】秦少游《千秋岁》，系绍圣二年（1095）作于处州（浙江丽水）。东坡见而次韵，已在海南，故当在绍圣四年（1097）之后。②秦少游《千秋岁》：水边沙外，城郭春寒退。花影乱，莺声碎。飘零疏酒盏，离别宽衣带。人不见，碧云暮合空相对。忆昔西池会，鹓鹭同飞盖。携手处，今谁在？日边清梦断，镜里朱颜改。春去也，飞红万点愁如海。③“岛边”二句：言自已身谪海南。④玉佩、金带：忆念立朝光景。⑤一万里：京城生活，相去迢遥。长安：指北宋京城开封。⑥“道远”二句：言谁能领会自己的心情？罪臣身份，人畏牵连，孰与援手？⑦君命、臣节：衔君之命，守臣之节，终无怨于朝廷。⑧新恩、旧学：皇帝赦还的恩命，犹可希望；但自己旧学难改，秉性难移，恐不能东山再起。⑨乘桴：《论语·公冶长》：“道不行，乘桴浮于海。”结句表示自己安心老死海外，兼寓“道不行”的感慨。

归朝欢 和苏坚伯固①

我梦扁舟浮震泽②，雪浪摇空千顷白。觉来满眼是庐山，倚天无数开青壁③。此生长接淅④，与君同是江南客。梦中游，觉来清赏，同作飞梭掷⑤。　明日西风还挂席，唱我新词泪沾臆⑥。灵均去后楚山空，澧阳兰芷无颜色⑦。君才如梦得，武陵更在西南极⑧。《竹枝词》，莫徭新唱，谁谓古今隔⑨。

【注释】①绍圣元年（1094）东坡连遭贬谪，去惠州途中，七月达九江，与苏坚相别，乃作此词。②震泽：即太湖。③青壁：庐山峰嶂青翠重叠，故称无数青壁。屏风叠，即含此意。④接淅：《孟子》：“接淅而行。”淅：淘米。接淅：不待米淘好、沥干便行。言走得匆忙。⑤飞梭掷：唐诗《兰采和》：“流年一掷梭。”寇准《和倩桃》：“将相功名终若何，不堪急景似奔梭。”俗语：日月如梭。此言：梦中之游，觉后之赏，全似飞梭一掷，成为过去。⑥挂席：即挂帆。可能是最早以席为帆，或以席称帆。此以挂席指代乘船启行，因为东坡须从九江溯赣江而上经南昌、吉安、赣州，越大庾岭而去惠州。明日一别，则伯固就只有唱我此词而流泪了。⑦灵均：屈原字。澧阳：今湖南澧县。兰芷：兰花与白芷。《九歌·湘夫人》："沅有芷兮澧有兰，思公子兮未敢言。"屈原死后，楚地河山都变得空荡，澧陵一带的兰芷也为之黯然失色。苏伯固可能将去湘西，也许即是醴陵，东坡故有此语。⑧梦得：刘禹锡字。梦得因参与永贞革新，曾被贬为朗州（治所武陵，今湖南常德）司马，一住十年。此谓你的才华和梦得相似，而他谪居的武陵，更在你将去的澧阳的西南。⑨《竹枝词》：唐时巴渝、湘西一带的民歌，梦得体屈原作《九歌》之意，作《竹枝词》九首，沅湘间广泛流传。莫徭：湖南一种少数民族。《隋书·地理志》：长沙郡又杂有夷蜑，名曰莫徭。自云其先祖有功，常免徭役，故以为名。莫徭新唱：是期望苏伯固像梦得为《竹枝》作新词一样，为莫徭民歌作新词。谁谓古今隔：伯固莫徭新唱与梦得竹枝词相应和，可谓古今不隔，一脉相承矣。对伯固寄与莫大的抚慰和期望。

永遇乐[①]

孙巨源以八月十五日离海州[②]，坐别于景疏楼上[③]；既而与余会于润州[④]，至楚州[⑤]乃别。余以十一月十五日至海州，与太守会于景疏楼上，作此词以寄巨源。

长忆别时，景疏楼上，明月如水[⑥]。美酒清歌，留连不住，月随人千里[⑦]。别来三度，孤光又满，冷落共谁同醉[⑧]？卷珠帘，凄然顾影，共伊到明无寐[⑨]。　今朝有客，来从濉上，能道使君深意[⑩]。凭仗清淮，分明到海，中有相思泪。而今何在[⑪]？西垣清禁，夜永露华侵被[⑫]。此时看，回廊晓月，也应暗记[⑬]。

【注释】①熙宁七年（1074）在海州作。②孙巨源：名洙。海州：今江苏连云港海州镇。③景疏楼：宋叶祖洽为景慕汉代乡贤，同日辞官归里的疏广、疏受叔侄而建。④润州：即镇江。⑤楚州：今江苏淮安。⑥明月如水：别时正值中秋，楼上赏月兼饯别，故云。⑦月随人千里：鲍照《玩月城西门廨中》:“三五二八时,千里与君同。”⑧三度孤光又满:八月十五日至十一月十五日,正好三度月圆。此时此刻,我与太守重会景疏楼,而君不在,倍觉冷落,将与谁同醉呢?⑨到明无寐:对月思人,彻夜难眠。⑩濉上:濉河上,当指安徽濉溪。使君:指孙巨源。来客曾与孙巨源途中相遇,故能说孙的深意。⑪“凭仗”三句:客人叙述孙的思念之情。⑫西垣清禁:孙巨源是以同修起居注、知制诰回京的。而今何在?可能在中书省(西掖)受着宫廷清禁的拘束,独个儿长夜难眠,露华侵被。⑬“此时看”三句:言我们对月怀你,你见回廊将晓的月光,也应暗暗想到三月前景疏楼上的离别,想念远方的友人。

又[①]

彭城夜宿燕子楼,梦盼盼[②],因作此词。一云:徐州夜梦觉,北登燕子楼作。

明月如霜,好风如水,清景无限。曲港跳鱼,圆河泻露,寂寞无人见[③]。紞如三鼓,铿然一叶,黯黯梦云惊断[④]。夜茫茫,重寻无处,觉来小园行遍[⑤]。　天涯倦客,山中归路,望断故园心眼[⑥],燕子楼空,佳人何在?空锁楼中燕[⑦]。古今如梦,何曾梦觉,但有旧欢新怨[⑧]。异时对,黄楼夜景,为余浩叹[⑨]。

【注释】①元丰元年(1078)秋末冬初作于徐州。②彭城:即徐州。盼盼:唐代徐州歌妓,称奇色,张尚书(一说张建封,一说其子张愔)为建宁军节度使,纳之为妾,宠以专房,居燕子楼。张尚书死,盼盼感激深,块然独处十余年,不食而卒。张仲素、白居易皆有题咏。见《白氏长庆集·燕子楼诗三首序》。③明月如霜:李益《夜上受降城闻笛》:“受降城外月如霜。”以上六句,写梦见燕子楼盼盼情景。④紞如:鼓声。《晋书·邓攸传》引吴歌:“紞如打五鼓,鸡鸣天欲曙。”以上谓被鼓声、落叶声从梦中惊醒。⑤“夜茫茫”三句:写醒后寻觅。⑥故园心眼:杜甫《春日梓州登楼》:

“天畔登楼眼，随春入故园。”换头三句，写自己思乡情切。⑦“燕子楼空”三句：感叹盼盼燕子楼事，也成陈迹。⑧古今如梦：由盼盼的命运，上升至一个哲学的感悟：古今如梦，但梦中人总不醒悟，因此总沉溺于旧欢新怨。⑨黄楼：东坡作为徐州太守，于熙宁十年(1007)率领当地军民战洪水，建造水坝，改修外城之后，于东门之上修建的一座楼阁。墙壁刷为黄色，取土能克水之意，故名黄楼。该楼落成于元丰元年九月九日，也许恰在“夜宿燕子楼，梦盼盼”之前不久。以黄楼结尾，正好照应燕子楼。意谓：我今日为燕子楼盼盼而兴感；异时有人对黄楼夜景，想到我在徐州的经历，也将为我而浩叹。正如王羲之《兰亭集序》所说：“后之视今，亦犹今之视昔。”“兴感之由，若合一契。”

雨中花慢[①]

初至密州，以累年旱蝗，斋素累月，方春牡丹盛开，遂不获一赏。至九月，忽开千叶一朵[②]，雨中特为置酒，遂作。

今岁花时深院，尽日东风，轻扬茶烟[③]。但有绿苔芳草，柳絮榆钱[④]。闻道城西，长廊古寺，甲第名园[⑤]。有国艳带酒，天香染袂，为我留连[⑥]。　清明过了，残红无处，对此泪洒尊前[⑦]。秋向晚，一枝何事，向我依然[⑧]？高会聊追短景[⑨]，清商不假余妍[⑩]。不如留取，十分春态，付与明年[⑪]。

【注释】①熙宁八年(1075)九月作。②千叶：指重迭的花瓣。因以名莲花与牡丹的一个品种。皮日休诗：“千叶莲花旧有香。”③轻扬茶烟：东风只是轻扬茶烟，即累月斋素的表现。④“但有”二句：是说官廨庭园，没有牡丹，从知该花在密州比较名贵，并非随处可见。⑤古寺：密州有南禅、资福二古寺，城西者必居其一。甲第：本谓封侯者的府第。《史记·汉武本纪》：“赐列侯甲第。”后泛指显贵的府第。⑥国艳带酒、天香染袂：唐李正封咏牡丹名句：“国色朝酣酒，天香夜染衣。”为我留连：即留连待我，等着我去欣赏。⑦“清明”二句：谓空任春残花落，“不获一赏”。⑧“秋向晚”二句：谓不知何故，牡丹忽于晚秋向我开放一枝。⑨高会：置酒邀人同赏。短景：短暂的美景。⑩清商：即商，五音之一。《礼记·月令》：“（孟秋、仲秋、季秋之月）其音商。”即以“清商”代指秋天。不假：不假借，不给。秋天不会给违令独开的牡丹多少妍丽光景的。⑪结句是对牡丹的劝告和抚慰。

又[1]

邃院重帘何处，惹得多情，愁对风光[2]。睡起酒阑花谢，蝶乱蜂忙[3]。今夜何人，吹笙北岭，待月西厢[4]。空怅望处，一株红杏，斜倚低墙[5]。　羞颜易变，傍人先觉，到处被着猜防[6]。谁信道些儿恩爱，无限凄凉[7]。好事若无间阻，幽欢却是寻常[8]。一般滋味，就中香美，除是偷尝[9]。

【注释】①作年与本事待考。似为代言体。写相思滋味，恋爱心理。②“邃院”三句：伊人住处，未能知或不可通，故而多情懊恼，愁对风光。③“睡起”二句：正写反衬，以见冷清寂寞，百无聊赖。④吹笙北岭：《列仙传》：“王子晋，周灵王太子也。好吹笙作凤鸣。游伊洛间，道士浮丘公接上山，三十余年。后来于山上告桓长曰：‘告我家七月七日，待我缑氏山（今河南偃师县南）。’至日，果乘白鹤驻山头。望之不得到，举手谢时人而去。”待月西厢：元稹《莺莺传》：莺莺命红娘持彩笺以授张生，其词曰：待月西厢下，迎风户半开。拂墙花影动，疑是玉人来。用此二事，意谓：今夜良宵，何人有幸吹笙北岭以寄情，待月西厢以亲泽？——自己曾经有过，而目前则无此机遇也。⑤“空怅望”三句：空怅望处，只见红杏倚墙，不见伊人踪影，益觉失望伤怀。⑥“羞颜”三句：谓泄漏春光，被人提防。⑦“谁信”二句：谁想到，才得些儿恩爱，便招来无限凄凉。⑧“好事”二句：颇含哲理，好事多磨，结果其乐倍增；容易得来，亦将等闲视之。⑨“一般”三句：重申前意，以最为香美在偷尝作结，有回味，也有深望。按：词颇香艳，颇异东坡平日之作。

又[①]

嫩脸羞娥，因甚化作行云，却返巫阳[②]。但有寒灯孤枕，皓月空床[③]。长记当初，乍谐云雨，便学鸾凰[④]。又岂料，正好三春桃李，一夜风霜[⑤]。　丹青□画，无言无笑，看了漫结愁肠[⑥]。襟袖上，犹存残黛，渐减余香[⑦]。一自醉中忘了，奈何酒后思量[⑧]。算应负你，枕前珠泪，万点千行[⑨]。

【注释】①作年无考，亦似代言，仍为艳体。②行云、巫阳：宋玉《高唐赋》："去而辞曰：'妾在巫山之阳，高丘之阻，旦为朝云，暮为行雨。朝朝暮暮，阳台之下。'"此以化作行云，比喻降临相亲。却返巫阳，却又很快离去。③"但有"二句：写此夕孤单。④"长记"三句：难忘当初欢乐。⑤"又岂料"二句：没想到青春情事，却受外力摧折。⑥丹青：朱砂、石青等绘画颜料，亦指绘画艺术与作品。此言曾为画像，但画儿无言无笑，毕竟当不得真人，看了益发增添烦恼。⑦"襟袖上"三句：言与伊人欢会的印痕，随着时间的淘洗，渐减而犹存。⑧醉中忘了，酒后还思：意谓虽然借酒消愁，醉中暂时忘却；但是酒醒之后，却又益发相思。⑨"算应"三句：最后对于辜负伊人垂爱之情，深表歉意。看来障碍或责任主要还在自己这一方。

沁园春 赴密州，早行，马上寄子由[①]

孤馆灯青，野店鸡号，旅枕梦残[②]。渐月华收练，晨霜耿耿；云山摛锦，朝露团团[③]。世路无穷，劳生有限，似此区区长鲜欢[④]。微吟罢，凭征鞍无语，往事千端[⑤]。　当时共客长安，似二陆初来俱少年[⑥]。有笔头千字，胸中万卷；致君尧舜，此事何难[⑦]？用舍由时，行藏在我，袖手何妨闲处看[8]。身长健，但优游卒岁，且斗尊前[9]。

【注释】①熙宁七年（1074）五月，朝廷告下，命东坡由杭州通判，以太常博士直史馆权知密州。途经苏、常、润、扬、楚、海诸州。十月，由海州赴密，不克绕道齐州（济南）与弟子由相会；乃于马上作此词，寄子由。②“孤馆”三句：写旅店梦残，平明即起。野店鸡号：温庭筠《商山早行》：“鸡声茅店月，人迹板桥霜。”③“渐月华”四句：早行所见景色。耿耿：微明貌。团团：凝聚貌。江淹《刘文学桢感怀》：“团团霜露色。”④“世路”三句：以有限的生命，奔波于无穷世路，因此自己老是缺少欢愉。区区：自称的谦辞。⑤“微吟罢”三句：以鞍上忆起往事，结束上阕，引发下面的感慨。⑥“当时”二句：回忆当年与子由初到京城。长安：代指汴京。二陆：晋陆机、陆云兄弟。以比自己与子由。《晋书·陆机传》：机字士衡，吴郡人。少有异才，文章冠世。云字士龙，性清正，有才理，少与机齐名。虽文章不及机，而持论过之。号曰二陆。⑦笔头千字，胸中万卷：杜甫《奉赠韦左丞丈二十二韵》：“读书破万卷，下笔如有神。”致君尧舜：杜甫前诗：“致君尧舜上，再使风俗淳。”⑧“用舍”三句：用舍行藏：《论语·述而》：子谓颜渊曰：“用之则行，舍之则藏，惟我与尔有是夫！”此谓：用或舍，在时世机遇；行或藏，由我为主。不得其用，不妨闲居以待。⑨优游卒岁：《左传·襄公二十一年》所引佚诗：“优哉游哉，聊以卒岁。”且斗尊前：杜牧《牛僧孺席上赠刘梦得》：“且斗樽前见在身。”以宽解语作结。

又

情若连环，恨如流水，甚时是休[1]。也不须惊怪，沈郎易瘦[2]；也不须惊怪，潘鬓先秋[3]。总是难禁，许多魔难[4]，奈好事教人不自由[5]。空追想，念前欢杳杳，后会悠悠。　凝眸，悔上层楼，谩惹起[6]、新愁压旧愁。向彩笺写遍，相思字了，重重封卷，密寄书邮[7]。料到伊行，时时开看，一看一回和泪收。须知道，□这般病染，两处心头。

【注释】①甚时：什么时候。②沈郎：梁沈约，人称沈郎。《梁书·沈约传》载，吏部尚书沈约致书友人徐勉，诉说自己身体病弱，日渐消瘦。后以沈郎瘦代指身体病弱。③潘鬓：晋潘岳《秋兴赋》序："余春秋三十有二，始见二毛。"按：二毛，指鬓发花白。④魔难：同"磨难"。⑤好事：男女欢会之事。⑥谩：凭白地。⑦书邮：书信。

又

小阁深沉，寸心怀感，暗忆旧时。念母兄贫窘，姻亲劝诱；一身权作，七岁为期。及到门阑，小君猜忌，如履轻冰愁过违。多磨难，是房中诟骂，堂上鞭笞。　堪悲！命运乖衰。甚长个、孩儿朝夜啼。叹此生缘业，两餐淡薄，无时无泪，如醉如痴。暗里相逢，低声说与，此个恩情休谩为。须知道，联难为夏竦，不易张祁。

【注释】此词见于明茅维编《苏东坡全集》卷七十四。《全宋词》认为非东坡所作，姑系于此。

泛金船　流杯亭和杨元素[①]

无情流水多情客，劝我如相识[②]。杯行到手休辞却，似轩冕相逼[③]。曲水池上，小字更书年月[④]。还对茂林修竹，似永和节[⑤]。　纤纤素手如霜雪，笑把秋花插[⑥]。尊前莫怪歌声咽，又还是轻别[⑦]。此去翱翔，遍上玉堂金阙[⑧]。欲问再来何岁？应有华发[⑨]。

【注释】①熙宁七年（1074），东坡将自杭州通判移守密州。九月杭州太守杨绘（字元素）为其饯别于中和堂（附近有流杯池亭），并以自撰腔《泛金船》（一作《劝金船》）侑觞。东坡因而和作。②"劝我"句：言曲水流杯（金船即有浮物承之的酒杯）劝我，如旧相识。③“杯行”句：韩愈《赠郑兵曹》：“杯行到君莫停手。”“似轩冕”句：轩冕：古代卿大夫的车服，也指官位爵禄或显贵之人，此谓杯停跟前，如轩冕相临，是兆头，故当即饮。④小字书年月：写下年月，作为盛会的纪念。⑤永和节：指晋永和九年，暮春三月，山阴兰亭的集会。兰亭有茂林修竹，正与此地相似。⑥秋花：菊花。侑觞歌妓，以菊花插在头上。⑦歌声咽：转出别情。⑧玉堂金阙：指翰林院与朝廷。这里有相期之意。⑨华发：斑白的头发。谓再到杭州，则垂垂老矣。留后会，谢主人。

一丛花 初春病起[1]

今年春浅腊侵年，冰雪破春妍[2]。东风有信无人见，露微意、柳际花边[3]。寒夜纵长，孤衾易暖，钟鼓渐清圆[4]。　朝来初日半衔山，楼阁淡疏烟[5]。游人便作寻芳计，小桃杏、应已争先[6]。衰病少悰，疏慵自放，惟爱日高眠[7]。

【注释】①作年待考。②腊侵年：谓腊月似乎延长，过了大年初一，依旧很冷。冰雪破春妍：在冰雪之中，绽开春天的妍丽。③“东风”二句：谓柳际花边，微微透出东风带来的春天的信息。④“寒夜”三句：谓从孤衾易暖，钟鼓清圆，自己也分明感到了春意。⑤“朝来”二句：写望中所见，初日半露山颠，疏烟漫楼阁。⑥“游人”二句：揣想游人已作踏春寻芳的计划，桃杏想已争先开放。⑦“衰病”三句：写自己本已衰老，更兼病后，缺少游春逐胜的心情。只好放任自己，日上三竿，犹自高眠。

八声甘州 寄参寥子[1]

有情风、万里卷潮来，无情送潮归[2]。问钱塘江上，西兴浦口，几度斜晖③?不用思量今古,俯仰昔人非④。谁似东坡老,白首忘机⑤。 记取西湖西畔,正春山好处,空翠烟霏⑥。算诗人相得,如我与君稀⑦。约他年、东还海道,愿谢公,雅志莫相违⑧。西州路,不应回首,为我沾衣⑨。

【注释】①元祐六年(1091)3月3日,东坡由杭州太守召为翰林学士承旨后所作。参寥:诗僧道潜字。道潜本姓何,於潜人。能文章,尤喜为诗。与东坡交往甚密,初访于徐州,继会于吴兴,复相从于黄州贬所。东坡任杭州太守,使居于智果精舍。离杭州不久,即作此词以寄。②"有情风"二句:从钱塘展开对杭州的回忆。有情卷来,无情送归,说的是风卷江潮,却使人联想到东坡的来守和离任。起笔即带惆怅之感。③钱塘江上:杭州风景佳丽之处。西兴:在萧山县西部,与杭州隔江斜对,亦名胜地。郎士元《送李遂之越》:"西兴待潮信,落日满孤舟。"此三句谓我不在杭州后,钱塘、西兴一带,又过去了几多美景良辰?④"不用"二句:用王羲之《兰亭集序》事。《序》云:"向之所欣,俯仰之间,已为陈迹,犹不能不以之兴怀……后之视今,亦犹今之视昔,悲夫!"此云:不用思量。以达观解悲慨,而愈见其怀念之情。⑤忘机:泯除机心。即澹泊无为的心境。李白《下终南山过斛斯山人宿置酒》:"我醉君复乐,陶然共忘机。"上结二句:表示留恋杭州风景,淡于朝中功名。⑥"记取"三句:特写与参寥在湖山佳处盘桓的回忆。⑦"算诗人"二句:盛赞二人相得之情。⑧"约他年"二句:用东晋谢安位居宰辅,志在归隐,想借出守新城之机,争取从海道回上虞东山的典故以表示自已的心愿,而且希望终能实现。⑨西州路:经过西州门的路。谢安病重,奉诏从西州门入京,竟至不起。受他器重和提拔的羊昙"辍乐弥年,行不由西州路。"后偶因酒醉过此,一听左右说是西州门,便悲感恸哭而去。结尾翻用此典。言很快就能归林重聚,你决不会像羊昙过西州门一样,为我流泪。

洞仙歌 咏柳[①]

江南腊尽，早梅花开后，分付新春与垂柳。细腰肢、自有入格风流[②]。仍更是，骨体清英雅秀[③]。　永丰坊那畔，尽日无人，谁见金丝弄晴昼[④]？断肠是，飞絮时，绿叶成阴，无个事、一成消瘦[⑤]。又莫是、东风逐君来，便吹散眉间，一点春皱[⑥]。

【注释】①熙宁十年(1077)3月作。傅藻《东坡纪年录》：丁巳三月一日，与王诜会四照亭。有倩奴者求曲，遂作《洞仙歌》《喜长春》与之。若该《洞仙歌》即此曲，则题目《咏柳》，非止体物，且兼写人也。②细腰肢：杜甫《绝句漫兴》："隔户垂杨弱袅袅，恰似十五女儿腰。"白居易诗："杨柳小蛮腰。"前者以女儿腰比杨柳，后者以杨柳比女人腰，皆是杨柳细腰的出处。③"骨体"句：更加拟人化。④"永丰坊"三句：化用白居易《杨柳枝词》："一树春风千万枝，嫩于金色软于丝。永丰西角荒园里，尽日无人属阿谁？"谓深锁重门，谁其眷赏？⑤"断肠"四句：谓伤春暮，成消瘦。⑥结尾：用辛夤逊《柳》诗："才闻暖律先偷眼，既待和风始展眉"句。希望东风逐解人而来，舒展伊人的怀抱。

又[①]

余七岁时，见眉州老尼，姓朱，忘其名，年九十余。自言尝随其师入蜀主孟昶宫中[②]。一日，大热，蜀主与花蕊夫人夜纳凉摩诃池上[③]，作一词，朱具能记之。今四十年，朱已死久矣，人无知此词者。但记其首两句。暇日寻味，岂《洞仙歌令》乎？乃为足之云。

冰肌玉骨[④]，自清凉无汗。水殿风来暗香满[⑤]。绣帘开、一点明月窥人；人未寝、欹枕钗横鬓乱[⑥]。　起来携素手，庭户无声，时见疏星渡河汉[⑦]。试问夜如何？夜已三更，金波淡、玉绳低转[⑧]。但屈指、西风几时来？又不道流年，暗中偷换[9]。

【注释】①约作于元丰五年（1082）。②孟昶：后蜀后主，好学能文，亦工声曲。后降宋，于汴京被害。③花蕊夫人：姓徐，孟昶宠姬，号花蕊夫人，又升慧妃。慧美能诗，有宫词之作。入宋，宋太祖惑之，召入宫中。后随太祖兄弟猎苑中，被赵光义（太宗）一箭射死。④冰肌：《庄子·逍遥游》："藐姑射之山，有神人居焉，肌肤若冰雪，绰约若处子。"玉骨：杜甫《徐卿二子歌》："秋水为神玉为骨。"此以形容花蕊夫人。⑤暗香：夜里风送荷香。⑥钗横鬓乱：欧阳修《临江仙》："水晶双枕，傍有堕钗横。"王安石《题画扇》："青冥风露非人世，鬓乱钗斜特地寒。"此指花蕊夫人欹枕未寝，发饰散乱。⑦河汉：银河。⑧金波：形容月光浮动，也指月光。《汉书·礼乐志》："月穆穆以金波。"玉绳：《春秋元命苞》："玉衡北两星为玉绳。"谢朓诗："金波丽鳷鹊，玉绳低建章。"⑨西风几时来：东坡《秋怀》："苦热念西风，常恐来无时。"苦热而盼西风，却不知随着夏去秋来，而流年暗换。

三部乐 情景[1]

美人如月[2]。乍见掩暮云，更增妍绝[3]。算应无恨，安用阴晴圆缺[4]。娇甚空只成愁[5]，待下床又懒[6]，未语先咽[7]。数日不来，落尽一庭红叶[8]。　今朝置酒强起，问为谁减动，一分香雪[9]？何事散花却病，维摩无疾[10]？却低眉惨然不答，唱《金缕》、一声怨切[11]。堪折便折，且惜取、年少花发[12]。

【注释】①作年待考。②美人如月：言美人娇面，明洁如月。梁简文帝《释迦文佛像铭》："满月为面，青莲在眸。"③"掩暮云"二句：轻云笼月，更觉妍丽。④"算应"二句：石曼卿句："月如无恨月常圆。"⑤"娇甚"句：刘禹锡《三阁诗》："不应有恨事，娇甚却成愁。'"⑥"待下"句：元稹《会真记》：莺莺与张生诗："自从销瘦减容光，万转千回懒下床。"⑦未语先咽：欧阳修《玉楼春》："未语春容先惨咽。"⑧一庭红叶：时届深秋。⑨减动一分香雪：香雪：容光或肌肉。减动一分，即消瘦一分。⑩散花却病，维摩无疾：《维摩诘经》：维摩诘尝以方便现身有疾，以其疾故，无数千人，前往问疾。"维摩室有一天女，见诸大人，闻听说法，即现其身，以天花散诸菩萨大弟子上。"这里说：不知何故，散花天女（词中人）却病了，而维摩诘（主人）却反而无病。⑪《金缕》：指唐曲《金缕衣》。⑫堪折便折：《金缕衣》："花开堪折直须折，莫待无花空折枝。"暗示伊人之病，为的感怀伤春。

无愁可解[1]

国工花日新作越调《解愁》[2]，洛阳刘几伯寿闻而悦之[3]，戏作俚语之词。天下传诵，以谓几于达者。龙丘子犹笑之[4]。此虽免乎愁，犹有解也。若夫游于自然而托于不得已，人乐亦乐，人愁亦愁，彼且恶乎解哉！乃反其词，作《无愁可解》云。

光景百年，看便一世，生来不识愁味[5]。问愁何处来，更开解个甚底[6]？万事风过耳，何用不着心里[7]。你唤做展却眉头，便是达者，也则恐未[8]。　　此理，本不通言，何曾道、欢游胜如名利[9]。道即浑是错，不道如何即是[10]？这里元无我与你[11]。甚唤做物情之外[12]？若须待醉了，方开解时，问无酒、怎生醉[13]。

【注释】①作年待考。一说词为龙丘子所作，序则东坡所加。②花日新：当时著名乐师。③刘几：字伯寿，精音律，神宗时曾与范镇同定大乐。以秘书监致仕，为洛阳九老之一。筑室嵩山玉华峰下，号玉华庵主。④龙丘子：东坡友人陈慥的别号。东坡谪黄州，与之过从甚密，曾为作《方山子传》。陈慥作新词寄东坡，东坡称其"句句警拔，诗人之雄，非小词也。但豪放太过，恐造物者不容人如此快活。"⑤"生来"句：愁并非与生俱来。

⑥“问愁”二句：上句谓无愁，下句谓不须解。⑦“万事”二句：万事原为风过耳，不必特意不关心。⑧“你唤做”三句：针对《解愁》而言：能展眉解愁便称达观者，恐怕未必。⑨“此理”二句：不道高低。⑩“道即”二句：不论是非。⑪“这里”句：不别彼此。⑫“甚唤”句：不特意超越物理人情。——物我同一，顺其自然，随遇而安，也便无愁可解。⑬“若须”三句：若须以醉解愁，无酒取醉，则愁将怎解？——搅汤止沸，不如釜底抽薪，若能游于自然，则根本无愁，也就更不须解了。

戚氏[①]

玉龟山[②]，东皇灵姥统群仙[③]。绛阙岧峣，翠房深迥[④]，倚霏烟。幽闲，志萧然，金城千里锁婵娟[⑤]。当时穆满巡狩，翠华曾到海西边[⑥]。风露明霁，鲸波极目，势浮舆盖方圆[⑦]。正迢迢丽日，玄圃清寂，琼草芊绵[⑧]。争解绣勒香鞯。鸾辂驻跸，八马戏芝田[⑨]。瑶池近，画楼隐隐，翠鸟翩翩[⑩]。肆华筵，间作脆管鸣弦，宛若帝所钧天[⑪]。稚颜皓齿，绿发方瞳，圆极、恬淡高妍[⑫]。 尽倒琼壶酒，献金鼎药，固大椿年[⑬]。缥缈飞琼妙舞，命双成奏曲醉留连[⑭]。云璈韵响泻寒泉[⑮]。浩歌畅饮，斜月低河汉。渐绮霞，天际红深浅。动归思，回首尘寰。烂漫游，玉辇东还[⑯]。杏花风，数里响鸣鞭。望长安路，依稀柳色，翠点春妍。

【注释】①元祐九年（1094）正月，作于定州（河北定县）。内容乃写周穆王瑶池会王母事。李端叔跋云：“东坡在中山（即定州），宴席间，有歌《戚氏》调者，坐客言调美而词不典，以请于公。公方观《山海经》，即叙其事为题。使伎再歌之，随其声填写。歌竟篇就，才点定五、六字而已。”②玉龟山：神仙所居。古乐府《玉龟山》：“玉龟山，真长仙。九光耀，五云生。”③东皇：东皇太一，《九歌·东皇太一》王逸注：“太一，星名，天之尊神。”实际为楚人所称上帝的别名。灵姥：西王母。④绛阙：仙官。翠房：仙居。⑤金城千里：《集仙录》："王母所居，有金城千里，玉楼十二。"⑥穆满：周穆王姬满。翠华：皇帝出巡，以翠羽为旗上葆，故称翠华或翠葆。即以代指皇帝车驾。⑦鲸波：长鲸掀起的大浪，形容西海波浪壮阔。舆盖：穆王所乘的大盖车。⑧玄圃：同悬圃，谓仙境。张衡《东京赋》："左瞰阳谷，右睨玄圃。"⑨鸾辂：天子所乘的车为辂，孟春则乘鸾辂（绘有鸾鸟之辂）。驻跸：天子出警入跸，清道也。驻跸即驻驾。八马：周穆王的八骏马。芝田：《十洲记》："祖洲有不死之草，生琼田中，或名为养神芝。"⑩瑶池：传说昆仑山上之池名，王母所居。《穆天子传》卷二："乙丑，天子觞西王母于瑶池之上。"⑪帝所钧天：钧天，天的中央，上帝所居。元好问《幽兰》："钧天帝居清且夷。"也指钧天广乐，神话中天上的音乐。《列子·周穆王》："王实以为清都紫微，钧天广乐，帝之所居。"⑫方瞳：仙人长寿，故为方瞳。《南史》：眼方寿千岁。陶弘景末年，眼有时而方。⑬琼壶酒：玉壶仙酒。金鼎药：仙丹。大椿年：长寿。《庄子·逍遥游》："上古有大椿者，八千岁为春，八千岁为秋。"⑭飞琼：许飞琼。双成：董双成，王母侍女。⑮云璈：即云锣，又称九云锣或九音锣，一种打击乐器。以十、十三、十五或二十四面小铜锣编悬在一个有方格的木架上，以小木槌击奏。⑯烂漫游：放浪游。韦庄《庭前桃》诗："曾向桃源烂漫游，也同渔父泛仙舟。"

醉蓬莱[1]

余谪居黄州，三见重九，每岁与太守徐君猷会于栖霞楼。今年公将去，乞郡湖南，念此惘然，故作是词。

笑劳生一梦[2]，羁旅三年[3]，又还重九。华发萧萧，对荒园搔首。赖有多情，好饮无事，似古人贤守[4]。岁岁登高[5]，年年落帽[6]，物华依旧。　此会应须烂醉，仍把紫菊红萸[7]，细看重嗅[8]。摇落霜风[9]，有手栽双柳[10]。来岁今朝，为我西顾，酹羽觞江口。会与州人，饮公遗爱，一江醇酎[11]。

【注释】①元丰六年(1083)作。②劳生:劳碌的人生。李白《春日醉起言志》:“处世若大梦,胡为劳其生?”③羁旅:寄居客地。④好饮无事:《史记·陈轸传》:“陈轸为楚使梁,过梁,欲见犀首,谢弗见,已乃见之。陈轸曰:‘公何好饮也?’曰:‘无事也。’曰:‘吾请令公厌事可也。’”东坡以“好饮无事”为无为而治,故用以赞美徐君猷。⑤登高:重九有登高风习,源于避祸。《续齐谐记》:“桓景随费长房学四年,房忽谓之曰:‘九月九日,汝家有大灾,可速去。令家人各作绛囊,盛茱萸系臂,登高山,饮菊花酒,祸乃可消。’景如其言,举家登高。夕还,见牛羊鸡犬等皆暴死。”⑥落帽:《世说新语·诚鉴》引《孟嘉别传》:孟嘉九月九日从桓温饮于龙山,风吹帽落,温令左右勿告,以观其容止。嘉初不觉,良久如厕,命取还之。令孙盛作文嘲之,著嘉坐。嘉还即答。四坐嗟叹。此以“落帽”表洒脱尽欢。⑦紫菊红萸:《西京杂记》:“九月九日,佩茱萸,饮菊花酒,令人长寿。”⑧细看:杜甫《九日蓝田崔氏庄》:“明年此会知谁健,醉把茱萸仔细看。”初露惜别之情。⑨摇落:宋玉《九辩》:“悲哉,秋之为气也,萧瑟兮,草木摇落而变衰。”⑩手栽双柳:东坡《徐君猷挽词》:“雪后独来栽柳处,竹间行复采茶时。”双柳非泛语。⑪醇酎:三经酿制之醇酒。此以江水如酒,象征徐太守给黄州人的遗爱。

贺新郎 夏景[①]

乳燕飞华屋[②]。悄无人、桐阴转午,晚凉新浴。手弄生绡白团扇,扇手一时似玉[③]。渐困倚、孤眠清熟。帘外谁来推绣户,枉教人、梦断瑶台曲[④]。又却是,风敲竹[⑤]。 石榴半吐红巾蹙[⑥]。待浮花浪蕊都尽[⑦],伴君幽独。浓艳一枝细看取,芳心千重似束。又恐被、秋风惊绿[⑧]。若待得君来向此,花前对酒不忍触。共粉泪,两簌簌[⑨]。

【注释】①作年待考。②乳燕:雏燕。杜甫《题省中壁》:“落絮游丝白日静,鸣鸠乳燕青春深。”华屋:华堂丽屋。曹植《箜篌引》:“生存华屋处，零落归山邱。”③手似玉：《世说新语·容止》：“王夷甫容貌整丽，妙于谈玄，恒捉白玉柄麈尾，与手都无分别。”④瑶台：古人想象中神仙居处。李白《清平调》：“若非群玉山头见，会向瑶台月下逢。”⑤风敲竹：李益《竹窗闻风寄苗发司空曙》：“开门复动竹，疑是故人来。”⑥红巾蹙：白居易《题孤山寺山石榴花示诸僧众》：“山榴花似结红巾，容艳新妍占断春。”⑦浮花浪蕊：韩愈《杏花》：“浮花浪蕊镇长有，才开还落瘴雾中。”夏天石榴开时，春季百花已尽。⑧秋风惊绿：皮日休《石榴歌》：“蝉噪秋枝槐叶黄，石榴香老愁寒霜。”⑨簌簌：流泪貌。

哨遍[1]

陶渊明赋《归去来》，有其词而无其声[2]。余既治东坡，筑雪堂于上，人俱笑其陋，独鄱阳董毅夫过而悦之，有卜邻之意。乃取《归去来》词，稍加隐括，使就声律，以遗毅夫。使家僮歌之，时相从于东坡，释耒而和之，扣牛角而为之节，不亦乐乎？

为米折腰[3]，因酒弃家，口体交相累。归去来，谁不遣君归？觉从前皆非今是[4]。露未晞，征夫指余归路，门前笑语喧童稚[5]。嗟旧菊都荒，新松暗老[6]，吾年今已如此。但小窗容膝闭柴扉，策杖看、孤云暮鸿飞[7]。云出无心，鸟倦知还，本非有意[8]。　噫！归去来兮，我今忘我兼忘世[9]。亲戚无浪语，琴书中有真味[10]。步翠麓崎岖，泛溪窈窕，涓涓暗谷流春水[11]。观草木欣荣，幽人自感，吾生行且休矣[12]。念寓形宇内复几时，不自觉皇皇欲何之[13]？委吾心，去留谁计[14]。神仙知在何处？富贵非吾志[15]。但知临水登山啸咏，自引壶觞自醉[16]。此生天命更何疑[17]，且乘流，遇坎还止[18]。

【注释】①元丰五年（1082）春作。②声：曲调。③为米折腰：陶渊明以贫而出仕，为彭泽令。“会郡遣督邮至，县吏请曰：‘应束带见之。’渊明叹曰：‘岂能为五斗米，折腰向乡里小儿？’即日解绶去职，赋《归去来》。”

（肖统：《陶渊明传》）④前非今是：陶辞："实迷途其未远，觉今是而昨非。"⑤"露未晞"三句：陶辞："问征夫以前路，恨晨光之熹微。……僮仆欢迎，稚子候门。"⑥旧菊都荒，新松暗老：陶辞："三径就荒，松菊犹存。"⑦"但小窗"二句：陶辞："倚南窗以寄傲，审容膝之易安。园日涉以成趣，门虽设而常关。策扶老以流憩，时矫首而遐观。"⑧"云出"三句：陶辞："云无心以出岫，鸟倦飞而知还。"⑨"归去来兮"二句：陶辞："归去来兮，请息交以绝游。世与我而相违，复驾言兮焉求？"⑩"亲戚"二句：陶辞："悦亲戚之情话，乐琴书以消忧。"⑪"步翠"三句：陶辞："或命巾车，或棹孤舟。既窈窕以寻壑，亦崎岖而经丘。木欣欣以向荣，泉涓涓而始流。"⑫"观草木"三句：陶辞："善万物之得时，感吾生之行休。"⑬"念寓形"二句：陶辞："寓形宇内复几时，胡为乎遑遑欲何之！"⑭"委吾心"二句：陶辞："曷不委心任去留？"⑮"神仙"二句：陶辞："富贵非吾愿，帝乡不可期。"帝乡：上帝之乡，仙乡。⑯"但知"二句：陶辞："登东皋以舒啸，临清流而赋诗。""引壶觞以自酌。"⑰"此生"句：陶辞："乐夫天命复奚疑。"⑱"且乘流"二句：乘流遇坎：贾谊《鹏鸟赋》："乘流则逝兮，得坻则止。"即如浮木一样，乘着流水就前进，遇到坡坎就停止，顺其自然。通篇隐括陶渊明《归去来辞》，只结尾引贾谊句，但亦不违陶意。

又 春词[1]

睡起画堂，银蒜押帘[2]，珠幕云垂地[3]。初雨歇，洗出碧罗天，正溶溶养花天气[4]。一霎暖风回芳草，荣光浮动[5]，卷皱银塘水[6]。方杏靥匀酥，花须吐绣，园林排比红翠[7]。见乳燕捎蝶过繁枝[8]，忽一线炉香逐游丝[9]。昼永人闲[10]，独立斜阳，晚来情味。　便乘兴携将佳丽，深入芳菲里[11]。拨胡琴语[12]，轻拢慢撚总伶俐[13]。看紧约罗裙，急趣檀板[14]，《霓裳》入破惊鸿起[15]。颦月临眉[16]，醉霞横脸，歌声悠扬云际。任满头红雨落花飞，渐鳷鹊楼西玉蟾低[17]。尚徘徊，未尽欢意。君看今古悠悠，浮宦人间世。这些百岁光阴几日？三万六千而已。醉乡路稳不妨行，但人生，要适情耳[18]。

【注释】①作年待考。②银蒜：押帘的蒜形坠子或帘钩。庾信诗：“幔绳金麦穗，帘钩银蒜条。”③珠幕：即珠帘。《汉武故事》：“上起神屋，以真珠为帘箔，玳瑁押之。”④养花天气：春季阴晴相半时，谓之养花天。唐释仲休《花品序》：“越中牡丹开时，赏者不问亲疏，谓之看花局；此月多有轻云微雨，谓之养花天。”⑤荣光：五色云气，古时以为祥瑞之征。李白《西岳云台歌送丹丘子》：“荣光休气纷五彩。”⑥卷皱银塘水：冯延巳《谒金门》：“风乍起，吹皱一池春水。”⑦红翠：红花翠叶。⑧乳燕捎蝶：杜甫《重过何氏五首》：“花妥莺捎蝶。”⑨炉香逐游丝：杜甫《宣政殿退朝晚出左掖》：“炉烟细细驻游丝。”⑩昼永：白天长。⑪芳菲：花草美盛芬芳。刘禹锡《春日抒怀》“野草芳菲红锦地，游丝撩乱碧罗天。”也指花草。陆龟蒙：《阛阓城北卖花翁》：“十亩芳菲为旧业。”⑫胡琴：此指琵琶。⑬轻拢慢撚：琵琶演奏技法。白居易《琵琶行》：“轻拢慢捻抹复挑。”⑭檀板：檀木制成的绰板，亦称拍板，演奏音乐时打拍子用。欧阳修《答通判吕太博》诗：“舞踏落晖留醉客，歌迟檀板换新声。”⑮“《霓裳》”句：《霓裳羽衣舞》：唐代宫庭乐舞曲。传为开元中西凉节度使所献，初名《婆罗门曲》。经玄宗润色并填词，改用此名。入破：唐宋大曲专用语。大曲一般约十余遍，分别归入散序，中序，破三大段。入破即为破这一段的第一遍。惊鸿：曹植《洛神赋》：“翩若惊鸿，矫若游龙。”此喻轻捷曼妙的舞姿。⑯蟾月：弯月。此以形容歌伎的眉毛。⑰鳷鹊楼：鳷鹊：鸟名；汉武帝所建观名。鳷鹊楼：此处泛指官府或富贵人家歌舞集会的华丽楼观。玉蟾：月亮。此句谓夜深欲晓。⑱人生要适情耳：人生所需要的不过是舒畅情怀而已。

木兰花令[1] 次马仲玉韵[2]

知君仙骨无寒暑[3]，千载相逢犹旦暮[4]。故将别语恼佳人[5]，欲看梨花枝上雨[6]。　落花已逐回风去[7]，花本无心莺自诉[8]。明朝归路下塘西[⑨]，不见莺啼花落处[⑩]。

【注释】①元祐六年（1091）三月，东坡将离杭州太守任，奉诏赴京。浙漕马瑊（字中玉）于席间作《木兰花令》以送别，东坡乃次韵相答。②马中玉原唱《木兰花令》：来时吴会犹残暑，去日武林春已暮。欲知遗爱感人深，洒泪多于江上雨。欢情未举眉先聚，别酒多斟君莫诉。从今宁忍看西湖，抬眼尽成肠断处。③仙骨无寒暑：身有仙骨，寒暑不侵，永葆青春，寓祝福健康长寿意。④千载犹旦暮：世上千载，仙家旦暮。寓早晚即可重逢意。⑤佳人：指坐上相熟歌伎之类。谓马之别语，不过故意烦恼佳人。⑥梨花枝上雨：白居易《长恨歌》："玉容寂寞泪阑干，梨花一枝春带雨"。二句谓故意欲看佳人带泪痕。⑦落花：喻自己离杭回京，如落花随风，不能自主。⑧花本无心：自己并不想使朋友们难过。莺自诉：朋友们却难抑离情。⑨下塘西：下塘或是地名，乘船北上的第一个停泊点。⑩莺啼花落：此地此情，已可忆而不可见。结句蕴藉有味。

又 次欧公西湖韵[①]

霜余已失长淮阔，空听潺潺清颍咽[②]。佳人犹唱醉翁词，四十三年如电抹[③]。　草头秋露流珠滑，三五盈盈还二八[④]。与余同是识翁人，唯有西湖波底月。

【注释】①元祐六年（1091）五月，东坡到京，八月除龙图阁学士，知颍州。到任，游颍州西湖，听唱欧阳修《木兰花令》：西湖南北烟波阔，风里丝簧声韵咽。舞余裙带绿双垂，酒入香腮红一抹。杯深不觉琉璃滑，贪看六幺花十八。明朝车马各西东，惆怅画桥风与月。②"霜余"二句：起笔先写淮、颍，因颍州在淮北，颍河边。霜余长淮水落，见出深秋；而空听清颍咽，则暗伏对欧公的怀念。③醉翁：欧阳修自号。颍州西湖的歌妓还在唱欧公的《木兰花令》，而离欧公官颍游湖作词之日，已有四十三个年头，像电闪似地过去了。④三五、二八：指月十五望日与十六既望，一个又一个芳辰良夜。鲍照《玩月城西门廨中》："三五二八时，千里与君同。"

又[①] 宿造口，闻夜雨，寄子由、才叔[②]

梧桐叶上三更雨，惊破梦魂无觅处[③]。夜凉枕簟已知秋，更听寒蛩促机杼[④]。　梦中历历来时路，犹在江亭醉歌舞。尊前必有问君人，为道别来心与绪[⑥]。

【注释】①绍圣元年（1094）4月后，东坡连续遭贬南迁，八、九月间，在江西万安到赣州途中作。②造口：又叫皂口，在万安南六十里赣江边。其地有名胜郁孤台。后辛弃疾于此写下著名的《菩萨蛮·书江西造口壁》。③"梧桐"二句：温庭筠《更漏子》："梧桐树，三更雨，不道离情正苦。一叶叶，一声声，空阶滴到明。"化用温词以纪实景，并由惊破梦魂而生新意。④"夜凉"二句："夜凉枕簟"以见秋意，"更听寒蛩"以闻秋声，自然产生凄清之感。⑤"梦中"句：写适才梦境。江亭醉歌舞：可能是不久前与朋友暂会九江的再现。⑥"尊前"二句：是对子由、才叔的叮咛，也是对关心自己的亲友的回答。哀而不伤，情意周洽。

又[①]

元宵似是欢游好[②]，何况公庭民讼少[③]。万家游赏上春台[④]，十里神仙迷海岛[⑤]。　平原不似高阳傲[⑥]，促席雍容陪语笑[⑦]。坐中有客最多情[⑧]，不惜玉山拚醉倒[⑨]。

【注释】①作年待考，似在某地太守任内。②元宵：点明节气。③民讼少：从地方长官着眼。④春台：指美好的游观之处。《老子》："众人熙熙，如享太牢，如登春台。”万家游赏：含有太平盛世，与民同乐之意。⑤海岛：可能是当地一处风景名胜——岛屿，或从某角度看其形如岛，足以使神仙着迷。⑥平原：平原君赵胜，战国四公子之一，以礼贤好客著名。此指当地一位贤主人。高阳：指楚汉之际自称高阳酒徒的郦生（名食其）。郦生以儒生求见沛公刘邦，刘邦谢不见；郦遂瞋目按剑叱使者曰：“走！复入言而公，吾高阳酒徒也。”刘邦乃见之。此言贤主人无高阳酒徒之傲气。⑦促席雍容：极写主人接待之真诚。⑧坐中有客：可能是作者自谓。⑨玉山：借代身体。李白《襄阳歌》：“清风明月不用一钱买，玉山自倒非人推。”

又[①]

经旬未识东君信[②]，一夕薰风来解愠[③]。红绡衣薄麦秋寒[④]，绿绮韵低梅雨润[⑤]。　瓜头绿染山光嫩[⑥]，弄色金桃新傅粉[⑦]。日高慵卷水晶帘[⑧]，犹带春醪红玉困[⑨]。

【注释】①作年待考。②“经旬”句：谓该年春来也晚。③“一夕”句：谓夏临也速。薰风解愠：《南风歌》：“南风之薰兮，可以解吾民之愠兮。”④绡：生丝织成的薄绸，薄纱。麦秋：麦收时节。《礼记·月令》：孟夏之月，靡草死，麦秋至。此句谓：穿红绡夏衣还嫌太薄，因为麦秋尚有寒意。⑤绿绮：司马相如琴名，借代古琴。李白《听蜀僧濬弹琴》：“蜀僧抱绿绮，西下峨嵋峰。”梅雨：江南四五月，梅子黄时多雨，称为梅雨。此句谓：绿绮琴声稍稍有点低哑，是因为梅雨润湿了丝弦。⑥“瓜头”句：瓜头轻绿像染上了娇嫩的山光。⑦金桃：一种汉代从西域传入的桃子。杜甫《山寺》：“麝香眠石竹，鹦鹉啄金桃。”此句谓金桃卖弄娇美的颜色，好象新敷了一层薄粉。⑧水晶帘：李白《玉阶怨》：“却下水晶帘。”此句谓闺中佳人日上三竿才懒懒地卷起水晶帘。⑨春醪：酒。红玉：赵飞燕与赵合德，皆色如红玉。此句谓红玉似的颊上犹带着喝了酒似的一点困乏。

又[①]

高平四面开雄垒[②]，三月风光初觉媚[③]。园中桃李使君家[④]，城上亭台游客醉[⑤]。　　歌翻杨柳金尊沸[⑥]，饮散凭阑无限意[⑦]。云深不见玉关遥[⑧]，草细山重残照里[⑨]。

【**注释**】①作年待考。②高平：龙沐勋笺：临淮郡高平县。杨按：从“四面开雄垒”和全词的景物与情致来看，其地应该是古代被称为高平郡治与高平县的宁夏固原。固原在汉城池险固，号称“第一城”，在宋朝为正当西夏的前哨重镇。东坡虽未到过西北，但他所崇敬的前辈和友人如韩琦、范仲淹，范景仁等都在那一带镇守过。东坡又颇关心西北边防。因此，他为高平（固原）特赋一曲，是完全可能的。③“三月”句：写的显然不是淮河一带，而是西北风光。④使君家：曾作过太守的人家，或太守官廨。⑤城上亭台：当地名胜。⑥杨柳：即《杨柳枝》，唐曲名。白居易《杨柳枝》：“古歌旧曲君休听，听取新翻《杨柳枝》。”刘禹锡《杨柳枝》：“请君莫奏前朝曲，听唱新翻《杨柳枝》。”此谓歌妓唱《杨柳枝》以侑酒。⑦凭阑无限意：念边关，忆朝廷，思绪万千。⑧“云深”句：化用王之涣《出塞》：“黄河远上白云间，一片孤城万仞山。羌笛何须怨杨柳，春风不度玉门关。”⑨草细山重：与柳永《蝶恋花》：“草色烟光残照里，无言谁会凭阑意？”一脉相承，遥相呼应。此作与《江城子·密州出猎》堪为同调。

卷二十八　词

西江月[①] 平山堂[②]

三过平山堂下[③]，半生弹指声中[④]。十年不见老仙翁[⑤]，壁上龙蛇飞动[⑥]。 欲吊文章太守[⑦]，仍歌杨柳春风[⑧]。休言万事转头空[⑨]，未转头时是梦[⑩]。

【注释】①元丰二年（1079）二月，东坡自徐州改任湖州，四月过扬州，游平山堂，怀欧阳修，因有此作。②平山堂：在扬州蜀冈大明寺侧。庆历八年(1048)，欧阳修任扬州太守时所建。③三过：东坡昔日出为杭州通判、赴密州任，今移守湖州，皆经扬州，故曰三过。④弹指：《僧祇》："二十瞬为一弹指。"又《翻译名义集》："壮士一弹指顷六十五刹那。"此喻半生瞬息即过。⑤十年：东坡在熙宁四年（1071）于颍州见过欧阳修，（次年欧逝）到元丰二年为九年，十年举其成数。老仙翁：欧阳修。⑥龙蛇飞动：平山堂壁上，欧的墨迹如龙蛇飞动。⑦文章太守：欧阳修怀平山堂《朝中措》中的词句，即以称之。⑧杨柳春风：欧阳修《朝中措》："手种堂前杨柳，别来几度春风。"此谓唱其词以吊其人。⑨万事转头空：白居易《自咏》"百年随手过，万事转头空。"⑩结句更透一层。

又 黄州中秋[①]

世事一场大梦[②]，人生几度新凉[③]？夜来风叶已鸣廊，看取眉头鬓上[④]。 酒贱常愁客少[⑤]，月明多被云妨[⑥]。中秋谁与共孤光？把盏凄然北望[⑦]。

【注释】①元丰三年（1080）作。②大梦：《庄子·齐物论》："且有大觉，而后知其大梦也。”此论影响颇深。李白曾一再说：“浮生若梦”“处世若大梦。”东坡亦然。③新凉：即新秋。一秋一年。人生几度新凉，即人生几何之意。④“风叶”二句：即由季节的秋天，联想到人生的秋天。⑤“酒贱”句：酒贱，人多自沽自酌，故常愁客少。⑥月明云妨：潘阆：“西风妒秋月，浮云重叠生。”句中蕴含无穷感慨。⑦“中秋”二句：孤独之感，怀人之情，从中而来，不可断绝。

又[1]

顷在黄州，春夜行蕲水中[2]。过酒家，饮酒醉，乘月至一溪桥上，解鞍，曲肱醉卧少休。及觉已晓，乱山攒拥，流水锵然，疑非尘世也，书此语桥柱上。

照野弥弥浅浪[3]，横空隐隐层霄[4]。障泥未解玉骢骄[5]，我欲醉眠芳草[6]。　可惜一溪明月，莫教踏碎琼瑶[7]。解鞍攲枕绿杨桥，杜宇一声春晓[8]。

【注释】①元丰五年（1082）三月作。②蕲水：古县名，今湖北浠水，在黄州东。③弥弥：水流貌。④霄：云气。阮籍《东平赋》“凌惊飙，蹑浮霄。”⑤障泥：马鞯。因垫在鞍下，垂于马背两旁以挡泥土，故云。⑥醉眠芳草：郑谷《曲江春草》：“香轮莫辗青青破，留与愁人一醉眠。”⑦琼瑶：此指地上的月色。⑧杜宇：此指杜鹃，子规。

又[1]

送建溪双井茶谷帘泉与胜之。徐君猷家后房，甚慧丽，自陈叙本贵种也。

龙焙今年绝品[2]，谷帘自古珍泉[3]。雪芽双井散神仙[4]，苗裔来从北苑[5]。　汤发云腴酽白[6]，盏浮花乳轻圆[7]。人间谁敢更争妍？斗取红窗粉面[8]。

【注释】①元丰五年（1082）作。②龙焙：建溪（福建建瓯）有北苑茶龙焙监库所产名茶，叫北苑或龙焙。③谷帘：泉名，在今江西星子县。《茶经》：陆羽第水高下，有二十四品。庐山谷帘水居第一。④雪芽：即龙焙芽茶，凡数品，最上为小芽。双井：洪州（南昌）双井，所出草茶，被称为绝品。⑤"苗裔"句：谓双井茶亦从北苑而来，与龙焙雪芽同一渊源。⑥"汤发"句：烹成的茶汤，气色如云，显得浓酽。⑦"盏浮"句：倒入盏中，浮现轻圆的乳花。曹邺《故人寄茶》："碧沉斜脚碎，香泛乳花轻。"⑧"人间"二句：与东坡之《次韵曹辅寄壑源试焙新芽》："从来佳茗似佳人"同一机杼，且有兼美胜之之意。

又 重九[1]

点点楼头细雨，重重江外平湖[2]。当年戏马会东徐[3]，今日凄凉南浦[4]。　莫恨黄花未吐[5]，且教红粉相扶[6]。酒阑不必看茱萸[7]，俯仰人间今古[8]。

【注释】①元丰六年（1083）重阳于黄州栖霞楼作。②"点点"二句：楼头所见：近处细雨，远处江外平湖。③当年：元丰元年(1078)。东徐：徐州。戏马：戏马台，项羽留下的古迹，徐州名胜。宋武帝刘裕曾于九月九日集会戏马台，后遂成为风习。东坡在徐，也曾有重九戏马台之会。④南浦：南面的水边。《楚辞·九歌·河伯》："送美人兮南浦。"后常以指送别之地。江淹《别赋》："送君南浦，伤如之何。"此指栖霞楼所在的黄州江边，兼寓伤别怀人之意，故曰凄凉。⑤黄花：菊花。⑥红粉：歌妓或侍妾。⑦不必看茱萸：翻用杜甫《九日蓝田崔氏庄》诗："明年此会知谁健，醉把茱萸仔细看。"⑧俯仰今古：用古乐府："俯仰逝将过，倏忽几何间。"更进一步，谓俯仰之间，即物是人非，而有今古之变。此篇与《醉蓬莱（笑劳生一梦）》可能是同一重九之作，不过一自抒怀抱，一送别徐君猷罢了。

又[①] 姑熟再见胜之，次前韵[②]

别梦已随流水，泪巾犹浥香泉[③]。相如依旧是癯仙[④]，人在瑶台阆苑[⑤]。　花雾萦风缥缈[⑥]，歌珠滴水清圆[⑦]。蛾眉新作十分妍[⑧]，走马归来便面[⑨]。

【注释】①元丰七年（1084）七月作。②姑熟：即姑孰。今安徽当涂。胜之：原黄州太守徐君猷宠姬。徐元丰六年去湖南，殁于道路。十一月丧过黄州，东坡有《挽词》之作。东坡于元丰七年四月，得量移汝州之命。七月遇胜之于姑孰，则伊人已归张乐全之子张恕（字原之）矣。东坡感而再赋，步前年赠茶、泉之《西江月》韵。③“别梦”二句：言头年送别徐君猷的事，已如梦一样随流水而消逝，但还记得当时胜之的手巾曾为泪泉所湿。香泉：眼泪。头年东坡作《好事近·黄州送君猷》：“红粉莫悲啼，俯仰半年离别。”即是为胜之等而言。④相如、癯仙：司马相如《大人赋》言：列仙之儒，居山泽间，其人甚癯。此处东坡自谓。⑤“人在”句：瑶台阆苑：在昆仑，神仙所居。人：指胜之。依然被供养于高楼华屋，娇美如仙。⑥“花雾”句：状胜之的舞姿。⑦“歌珠”句：写胜之的歌声。⑧“蛾眉”句：言其又成新宠。⑨“走马”句：言其新的夫君为张恕。《汉书·张敞传》：敞无威仪，时罢朝会，过走马章台街，使御吏驱，自以便面拊马。章台街为长安花街。便面：扇类，因可障面，故名。此处用张敞典故，以暗寓张恕。

又[①] 送钱待制穆父[②]

莫叹平齐落落[③]，且应去鲁迟迟[④]。与君各记少年时，须信人生如寄[5]。　白发千茎相送，深杯百罚休辞[6]。拍浮何用酒为池[7]，我已为君德醉[8]。

【注释】①元祐三年（1088）九月，作于汴京。②钱待制穆父：钱穆父，名勰，以龙图阁待制，知开封府，坐奏狱空不实，戊辰九月出知越州。③平齐落落：《后汉书·耿弇传》：弇讨张步，步平散去，车驾（光武帝）至临淄劳军，谓弇曰：将军前在南阳，建此大策，常以为落落难合，有志者事竟成也。此以莫叹落落难合解慰钱穆父。④去鲁迟迟：《孟子·万章下》：孔子"去鲁，曰：'迟迟吾行也，去父母国之道也。'"此以"去鲁迟迟"，喻钱穆父之离京出任。⑤人生如寄：曹丕《善哉行》："人生如寄，多忧何为？"引以共勉。⑥"白发"二句：写饯送。杜甫《乐游园歌》："数茎白发那抛得，百罚深杯亦不辞。"⑦拍浮：引毕卓之言而反其意。《晋书·毕卓传》：卓尝谓人："得酒满数百斛船，四时甘味置两头，右手持酒杯，左手持蟹螯，拍浮酒船中，便足了一生矣。"⑧德醉：为品德所醉。《诗经·大雅·既醉》："既醉以酒，既饱以德，君子万年，介尔景福。"

又[1]　宝云真觉院赏瑞香[2]

公子眼花乱发[3]，老夫鼻观先通[4]。领巾飘下瑞香风[5]，惊起谪仙春梦[6]。　后土祠中玉蕊[7]，蓬莱殿后鞓红[8]。此花清绝更纤秾[9]，把酒何人心动？

【注释】①元祐六年（1091）三月，作于杭州。②宝云真觉院：杭州龙山（北山）有宝云寺，稍北为真觉院。瑞香：《庐山记》：比丘昼寝盘石上，梦中闻花香酷烈，及觉，求得之，因名睡香。四方奇之，谓为花中祥瑞，遂名瑞香。③眼花：指同赏之青年见瑞香而眼花缭乱。④鼻观：谓自己饱吸浓香。⑤"领巾"句：《杨太真外传》：乐师贺怀智弹琵琶，风吹贵妃领巾于其头巾上，良久方落，返归，觉满身香气，乃卸头巾贮于锦囊。后献于上皇。上皇曰：此龙脑瑞香。⑥谪仙：李白被贺知章目为谪仙。曾为杨贵妃沉香亭赏牡丹赋《清平调》三章，有“一枝秾艳露凝香”之句。此牵合两事，以咏瑞香。⑦玉蕊：指琼花。扬州后土夫人祠有琼花一株，天下无双。⑧鞓红：牡丹中的异种，汴京蓬莱殿后有之。欧阳修有“白首归来玉堂上，君王殿后见鞓红”之咏。⑨“此花”句：谓瑞香清绝而又纤秾，兼有玉蕊、鞓红之美。

又[①] 坐客见和，复次韵[②]。

小院朱栏几曲[③]，重城画鼓三通[④]。更看微月转光风[⑤]，归去香云入梦[⑥]。　翠袖争浮大白[⑦]，皂罗半插斜红[⑧]。灯花零落酒花秾，妙语一时飞动[⑨]。

【注释】①亦为元祐六年三月作。②仍步前一首韵。③小院朱栏：瑞香所在。④画鼓三通：留连已久。三通：三叠鼓声。⑤光风：雨后天晴而来风，草木有光。《楚辞·招魂》“光风转蕙，泛崇兰兮。”句谓更赏微月光风中的瑞香。⑥香云入梦：回去还将梦见瑞香。⑦浮白：举满觞而饮，饮完亮觞告白尽否。翠袖：借代女性，即歌妓或女侍。⑧皂罗：皂罗特髻。斜红：瑞香。瑞香有黄、紫二色。⑨妙语飞动：指同坐诸人奉和之作。

又[①] 再用前韵，戏曹子方[②]。

怪此花枝怨泣，托君诗句名通[③]。凭将草木记吴风，继取相如云梦[④]。　点笔袖沾醉墨[⑤]，谤花面有惭红[⑥]。知君却是为情秾，怕见此花撩动[⑦]。

【注释】①仍作于元祐六年三月。②曹子方：名辅，以太仆寺丞权发遣福建路转运判官。时方归经杭州，与东坡同赏瑞香，有诗，东坡次韵相和。初，子方不识瑞香，以为紫丁香，故东坡复以词戏之。③“怪此”二句：怪道此花会怨泣，因为她原想借你的诗句扬名，不料你却把她认错了。④“凭将”二句：希望你把这些花木写入吴越风土之记，如司马相如在《子虚赋》里记述云梦泽的山川风物一样。⑤“点笔”句：言曹子方诗咏瑞香，醉墨淋漓沾袖。陆龟蒙诗：“怜君醉墨风流甚，几度题诗小谢斋。”⑥“谤花”句：误把瑞香作丁香，委屈此花，不免面有愧色。惭红：羞惭脸红。⑦“知君”二句：放宽一步说，你在故意冷落此花，实因心里多情，怕被撩动。词尾结得幽默风趣。

又[①] 杭州交代林子中席上作

昨夜扁舟京口[②]，今朝马首长安[③]。旧官何物对新官[④]，只有湖山公案[⑤]。　此景百年几变[⑥]，个中下语千难[⑦]。使君才气卷波澜[⑧]，与把新诗判断[⑨]。

【注释】①元祐六年二月，告下，召东坡为翰林承旨。同月，天章阁待制林希（字子中），自润州移知杭州。新旧交代，当于三月。此词即作于席上。②“昨夜”句：指林从润州（京口即润州，也即江苏镇江）乘船来杭赴任。③“今朝”句：谓自己卸任杭州，返回汴京。长安：借代首都，即汴京开封。马首：乘马首途。东坡并非陆行，用马首，不过欲与扁舟相对。④“旧官”句：谓交代什么？⑤“只有”句：只有为湖山所写的诗。禅家以言语为公案，东坡故如此说；也有自己数年所为，湖山可以作证之意。⑥“此景”句：指杭州地区的一切百年几变。⑦下语千难：即下断语，作结论。禅家有下语之说。要公正评说，千难万难。⑧使君：指子中。卷波澜：杜甫《追酬故高蜀州人日见寄》：“文章曹植波澜阔。”此处借以赞美林之才气。⑨判断：含欣赏与评判之意。希望林子中不要辜负杭州湖山，用新诗为之判断。

又 梅花①

玉骨那愁瘴雾②，冰姿自有仙风③。海仙时遣探芳丛，倒挂绿毛么凤④。　素面翻嫌粉涴，洗妆不褪唇红⑤。高情已逐晓云空⑥，不与梨花同梦⑦。

【注释】①绍圣三年（1096），东坡谪居惠州。七月，侍妾朝云王氏殁，十月梅开，乃作此词，兼悼朝云。②玉骨：言其骨骼坚实而秀美，不怕岭南的瘴雾。③冰姿：一作冰肌。《庄子·逍遥游》："藐姑射之山，有神人居焉，肌肤若冰雪。"言其莹洁出尘，有仙子的风采。④"海仙"二句：海上仙人经常派使者前来探望，那倒挂的绿毛么凤便是。⑤素面：素白的面容不用脂粉，怕被其污染。涴：污也。洗妆之后，唇上的殷红却毫不褪色。二句写出朝云天生丽质的风韵，同时也紧扣梅花的颜色。⑥"高情"句：既写梅花的高情，又寓朝云的仙逝。⑦"不与"句：化用王昌龄《梅》诗："落落莫莫路不分，梦中唤作梨花云。"而谓梅花非梨花所及，故不与同梦。而作者意在梅花，更不他顾，也就尽在不言中了。

又①

闻道双衔凤带②，不妨单着鲛绡③。夜香知与阿谁烧④？怅望水沉烟袅⑤。　云鬓风前绿卷⑥，玉颜醉里红潮⑦。莫教空度可怜宵，月与佳人共僚⑧。

【注释】①作年待考。②双衔凤带：李义山《饮席代官伎赠两从事》："新人桥上著春衫，旧主江边侧帽檐。愿得化为红绶带，许教双凤一时衔。"此喻面对两个追求者，伊人还举棋不定。③单著鲛绡：鲛绡：传说鲛人在水底所织的薄绡，极珍贵。此喻希望早作决定，归属一人。④夜香与谁烧：为谁烧，为谁祝福，心向于谁？⑤怅望：惆怅地凝望，忐忑地揣测。水沉：沉香，一种名贵的木质香料。⑥云鬓、玉颜：状伊人之美。⑦可怜宵：美好的夜晚，可爱的良宵。傅干注：沈玄机《感异记》云："徘徊花上月，空度可怜宵。"⑧月与佳人：《诗经·陈风·月出》："月出皎兮，佼人僚兮。"月与佳人共美，月与佳人相伴。有"此时相望不相闻，愿逐月华流照君"（张若虚《春江花月夜》）之意。

又 咏梅[①]

马趁香微路远[②]，沙笼月淡烟斜[③]。渡波清彻映妍华[④]，倒绿枝寒凤挂[⑤]。　挂凤寒枝绿倒，华妍映彻清波。渡斜烟淡月笼沙，远路微香趁马[⑥]。

【注释】①作年待考。是否东坡之作，亦待考。录自《回文类聚》卷四。②"马趁"句：脱胎于"踏花归去马蹄香"。③"沙笼"句：隐括杜牧《泊秦淮》："烟笼寒水月笼沙"。④"渡波"句：生发于林逋《小园》："疏影横斜水清浅。"⑤"倒绿"句：影写东坡另一首《西江月·咏梅》："倒挂绿毛么凤。"⑥下片是上片从末一字到头一字的倒写。全词虽属游戏，并无深意，也还不俗。

又 佳人[①]

碧雾轻笼两凤，寒烟淡拂双鸦。为谁流睇不归家，错认门前过马。　有意偷回笑眼，无言强整衣纱。刘郎一见武陵花，从此春心荡也。

（案：疑此首非苏轼作。）

【注释】①佳人欠佳，词笔亦差，恐非坡作。

鹧鸪天[①]

林断山明竹隐墙[②]，乱蝉衰草小池塘[③]。翻空白鸟时时见[④]，照水红蕖细细香。　村舍外，古城旁，杖藜徐步转斜阳[⑤]。殷勤昨夜三更雨，又得浮生一日凉[⑥]。

【注释】①元丰六年（1083）夏秋之交作于黄州。营东坡，建雪堂，文友时来，渔樵相乐，东坡于黄州谪居的生活已颇习惯。因此，此阙恬淡闲适，大类渊明情趣。②“林断”句：写山林竹丛间隐现墙头的村舍。③“乱蝉”句：写村舍旁，较近处的池塘。④白鸟、红蕖：池边景物。红蕖：红色芙蕖（荷花）。以上是写景，十分真切，自然、生动。⑤“村舍外”三句：换头三句，转到自身：在古城与村舍之间扶杖散步。杖藜：藜，是藜茎作的杖。杖：作动词用，拄、扶。王维《菩提寺禁口号又示裴迪》：“悠然策藜杖，归向桃花源。”杜甫《绝句漫兴九首》：“杖藜徐步立芳洲。”⑥“殷勤”二句：夜雨得凉，既见夏秋的转换，又见心情的恬适。

又[①]

陈公密出侍儿素娘，歌《紫玉箫》曲，劝老人酒。老人饮尽，因为赋此词。

笑撚红梅亸翠翘[②]，扬州十里最妖娆[③]。夜来绮席亲曾见，撮得精神滴滴娇。　娇后眼，舞时腰。刘郎几度欲魂销[④]。明朝酒醒知何处？肠断云间《紫玉箫》[⑤]。

【注释】①作年待考。②翠翘：古代女人的一种首饰，形如翠鸟的长尾。韦应物:《长安道》:“丽人绮阁情飘飘,头上鸳钗双翠翘。”③扬州十里:杜牧《赠别》:“春风十里扬州路,卷上珠帘总不如。”④刘郎:刘禹锡。孟棨《本事诗·情感》:“刘尚书禹锡罢和州为主客郎中、集贤学士。李司空罢镇在京,慕刘名,尝邀至第中,厚设饮馔。酒酣,命妙伎歌以送之。刘于席上赋诗,曰:“鬖鬌梳头宫样妆,春风一曲《杜韦娘》。司空见惯浑闲事,断尽江南刺史肠。”此以刘禹锡的感受,比自己见素儿歌舞的感受。⑤“肠断”句:仿佛伊人歌声尚缭绕云间,令人低回遐想。

又 佳人[①]

罗带双垂画不成,殢人娇态最轻盈[②]。酥胸斜抱天边月[③],玉手轻弹水面冰[④]。　无限事,许多情。四弦丝竹苦丁宁。饶君拨尽相思调,待听梧桐叶落声[⑤]。

【注释】①作年待考。真伪亦待考。②殢人娇态:殢:困扰,纠缠不清。画不成者,非其罗带双垂,而是最轻盈的殢人娇态。③天边月:指月琴,其共鸣箱圆形似月,张弦四根。④轻弹水面冰:谓其音清脆琤琮。⑤“饶君”二句:似谓聆听者“曾经沧海难为水”,伤心人别有怀抱。因此,不管佳人如何娇美轻盈,如何多情叮咛,如何拨尽相思调,还是无动于衷;而他待听的,却是梧桐叶落声,那些悲凉哀婉、悼念过去的音乐。

少年游 润州作代人寄远[①]

去年相送,余杭门外[②],飞雪似杨花[③]。今年春尽,杨花似雪[④],犹不见还家。　对酒卷帘邀明月[⑤],风露透窗纱[⑥]。恰似姮娥怜双燕[⑦],分明照、画梁斜。

【注释】①熙宁七年(1074)作于润州(江苏镇江)。时东坡任杭州通判,常出行役。头年十一月从临平出发,是年四月尚未能归,乃托闺人寄远之词,代写怀抱。②余杭:县名,在杭州北。行人从余杭临平镇解缆,故说相送于余杭门外。③“飞雪”句:本于谢道韫咏雪句:“未若柳絮因风起”,借表时在冬月。④杨花似雪:春尽夏初的眼前景物,与去年相送时的“雪似杨花”形成强烈对比,增加“犹不见还家”的感情力度。⑤邀明月:李白《月下独酌》:“花间一壶酒,独酌无相亲。举杯邀明月,对影成三人。”卷帘邀月,显露闺人的形单形只、百无聊赖。⑥“风露”句:更添一种夜深萧瑟之感。⑦姮娥:即嫦娥。《淮南子》“羿请不死之药于西王母,嫦娥窃之,奔月宫。”因以嫦娥为月,月为嫦娥。月照画梁,似怜双燕;思妇见之,情何以堪?念远盼归,不言自喻。

又[1]

黄之侨人郭氏,每岁正月迎紫姑神[2]。以箕为腹,箸为口,画灰盘中,为诗敏捷,立成。余往观之,神请余作《少年游》,乃以此戏之。

玉肌铅粉傲秋霜,准拟凤呼凰[3]。伶伦不见,清香未吐,且糠粃吹扬[4]。 到处成双君独只,空无数,烂文章[5]。一点香檀[6],谁能借箸[7]?无复似张良。

【注释】①元丰四年(1081)作。②紫姑神:又叫子姑神。《异苑》:世有紫姑神,云是人家妾,为大妇所嫉,每以秽事相次役。正月十五日,感激而死。故世人以其日作其形,夜于厕间迎之。③“玉肌”二句:言人们把紫姑的形象扎制得很美。④“伶伦”三句:言紫姑降临时,不聆其声,不闻其香,只从糠壳上显露一点形迹。伶伦:相传为黄帝的乐师,曾取昆仑山北之竹,截管而吹,以制十二吕律。⑤“到处”三句:别的神都成双成对,只有你紫姑独自一人,空有满肚子灿烂的文章。⑥香檀:人们焚以敬神的檀香。⑦借箸:楚汉相争,张良曾借箸为筹,替刘邦谋划大计。从那以后,谁还能借箸筹划呢？再没有人像张良一样。语气之间，对紫姑的卜人休咎，颇有保留。

又[1] 端午赠黄守徐君猷

银塘朱槛麹尘波[2]，圆绿卷新荷。兰条荐浴[3]，菖花酿酒[4]，天气尚清和[5]。　好将沉醉酬佳节，十分酒、一分歌。狱草烟深[6]，讼庭人悄，无吝宴游过。

【注释】①元丰四年（1081）作。②麹尘：酒曲所生的细菌，色微黄如尘，因亦称淡黄色为曲尘。③兰条荐浴：《大戴礼记》：五月五，蓄兰沐浴。这是很古老的端午风习。④菖花酿酒：五月五日，以菖蒲渍酒而饮，也是节气风习之一。⑤清和：天气清明而和暖，白居易《初夏闲吟兼呈韦宾客》："孟夏清和月，东都闲散官。"后因以为四月的别称。五月五日还不热，故曰："尚清和"。⑥"狱草"三句：狱中无犯人，大堂少诉讼，事简人和，不妨多宴游。

望江南 超然台作[1]

春未老[2]，风细柳斜斜[3]。试上超然台上看，半壕春水一城花[4]。烟雨暗千家[5]。　寒食后[6]，酒醒却咨嗟。休对故人思故国[7]，且将新火试新茶[8]。诗酒趁年华[9]。

【注释】①熙宁九年（1076）作。东坡于熙宁七年十一月到密州任；期年，修葺廨园之北靠城的超然台，并作记；再次年三月寒食后，登台而赋此词。②春未老：暮春之初，故曰未老。③柳斜斜：柳条青青，随风飘拂。④壕：护城河。一城花：城中花事正盛，春意正浓。⑤烟雨：清明、寒食多雨，当日亦然。⑥寒食后：寒食刚过。⑦"休对"句：故人故国，非指蜀人蜀国，而是指来自汴京的故人和京国。说休思而更见其思，暗含着对朝中人事的关切和忧虑。⑧新火：寒食禁烟后新取之火。新茶：明前新茶。⑨“诗酒”句：充分表现了文章太守的风采。

又 暮春①

春已老②，春服几时成③？曲水浪低蕉叶稳④，舞雩风软苎罗轻⑤。酣咏乐升平⑥。 微雨过，何处不催耕。百舌无言桃李尽⑦，柘林深处鹁鸪鸣④。春色属芜菁⑨。

【注释】①熙宁九年（1076）三月底作。②春已老：暮春之末，故曰已老。③“春服”句：成：定也。春天的衣服几时穿定（不再反春寒）。④蕉叶：酒杯名。春末也可作曲水流觞之饮。⑤舞雩：舞雩台。雩，古代祈雨的祭祀。舞雩台也即雩祭的场所。《论语·先进》：曾点曰：“暮春者，春服既成，冠者五六人，童子六七人，浴乎沂，风乎舞雩，咏而归。”苎罗：细麻布。句谓在舞雩台上吹吹风，感到苎罗衣服轻薄而舒适。⑥“酣咏”句：总曲水流觞与风乎舞雩等春游活动而言。⑦百舌：鸟名。无则《百舌鸟二首》：“千愁万恨过花时。”桃李尽，花时过，百舌不再鸣叫。⑨鹁鸪：鸠。⑩芜菁：蔓菁。春耕时节，田间的蔓菁最见青青春色。

卜算子① 自京口还钱塘②，道中寄述古太守。

蜀客到江南③，长忆吴山好④。吴蜀风流自古同⑤，归去应须早⑥。还与去年人⑦，共藉西湖草⑧。莫惜尊前子细看，应是容颜老⑨。

【注释】①熙宁七年（1074）作。②京口：即润州（江苏镇江）。钱塘：即杭州。述古：当时杭州太守陈襄字。③蜀客：四川客人，东坡自谓。④吴山：在杭州城内西南隅。旧名胥山，上有伍子胥庙。⑤吴蜀风流：吴：主要指江浙。风流：风光、风俗、教化等。吴蜀两地在这些方面自古相近。意谓已把江浙视同故乡。⑥归去：归杭州。东坡时任杭州通判，家眷同在。因公外出，已近期年，故有归心似箭之感。⑦去年人：去年相别之人，指述古等同事和朋友。⑧"共藉"句：一起在西湖边草地上闲坐谈心。⑨尊前子细看，应是容颜老：别后重逢，仔细看，恐怕比分别之前，苍老不少。

又[①] 黄州定惠院寓居作[②]

缺月挂疏桐[③]，漏断人初静[④]。谁见幽人独往来[⑤]，缥缈孤鸿影[⑥]。　惊起却回头，有恨无人省[⑦]。拣尽寒枝不肯栖，寂寞沙洲冷[⑧]。

【注释】①元丰五年（1082）作。②定慧院：在黄州东南。③缺月：未圆之月。疏桐：叶落枝疏的梧桐。④漏断：更声方息。人初静：夜已渐深。⑤幽人：幽居之人。孟浩然《上巳日涧南园期王山人、陈七诸公不至》："浴蚕逢姹女，采艾值幽人。"此为东坡自谓。谁看见幽人独自徘徊？⑥缥缈：隐隐约约。孤鸿：失群的鸿雁。张九龄《感遇》："孤鸿海上来，池潢不敢顾。"句谓只有孤鸿见到幽人，而幽人也发现了孤鸿。⑦"惊起"二句：孤鸿被惊起，却又回头盘旋不去。心中有恨，无人理解。写孤鸿，也写幽人。孤鸿、幽人，似乎同怀相认，同病相怜。⑧"拣尽"二句：写孤鸿的芳洁，也是幽人的同感。此词有比兴，有寄托，耐人寻味，可又不宜过于穿凿。

瑞鹧鸪[①]

寒食未明至湖上，太守未来，两县令先在[②]。

城头月落尚啼乌[③]，乌榜红舷早满湖[④]。鼓吹未容迎五马[⑤]，水云先已漾双凫[⑥]。　映山黄帽螭头舫[⑦]，夹岸青烟鹊尾炉[⑧]。老病逢春只思睡，独求僧榻寄须臾[⑨]。

【注释】①熙宁六年（1073）作于杭州。此本词体，而《诗集》强收入，王文诰早论其非。②两县令：钱塘县令周邠，仁和县令徐畴。③"城头"句：化用张继《枫桥夜泊》："月落乌啼霜满天"句，以见黎明景色。④乌榜：摇船的工具。红舷：代指游艇。句谓船早备好。⑤五马：代指太守。《陌上桑》："使君从南来，五马立踟蹰。"句谓太守未至。⑥双凫：凫，野鸭。《后汉书·方术传》载：王乔为叶县令，朔望必至朝。帝怪其来太频，而又不见车骑，密令太史伺望。言其临至，则有双凫从东南飞来。于是候其至而网之，得到一只鞋子。此以双凫喻二县令已在。⑦螭头舫：船头画有蛟螭的大型游艇，太守所乘。黄帽：汉邓通曾以棹船为黄头郎。此谓螭头舫上船工的黄帽与青山相映发。⑧鹊尾炉：《清苑珠林》：香炉有柄，曰鹊尾炉。鹊尾炉夹道，香烟袅袅，以待太守驾临。⑨"老病"二句：东坡自谓，以表闹中取静，恬然自适之意。

又 观潮[①]

碧山影里小红旗[②]，侬是江南踏浪儿[③]。拍手欲嘲山简醉[④]，齐声争唱浪婆词[⑤]。　西兴渡口帆初落，渔浦山头日未攲[⑥]。侬欲送潮歌底曲[⑦]，尊前还唱使君诗。

【注释】①熙宁六年（1073）八月十五日作。②碧山：碧浪如山，指起伏奔腾的潮水。小红旗；踏浪弄潮的健儿船上的小红旗，随潮出没，故成此句奇观。③"侬是"句：以踏浪高手自道，更为亲切。孟郊《送澹公》："侬是清浪儿，每踏清浪游。笑伊乡贡郎，踏土称风流。"④山简醉：晋山简镇襄阳，惟酒是耽，常醉习氏园池。时有儿童歌曰："山公出何许，往至高阳池。日夕倒载归，酩酊无所知。"⑤浪婆词：孟郊《送澹公》："铜斗饮江酒，手拍铜斗歌。侬是拍浪儿，饮则拜浪婆。脚踏小船头，独速舞短蓑。”以上二句极写踏浪儿的豪迈气概。⑥西兴渡口：在钱塘江南岸萧山县。渔浦山：当在钱塘北岸。二处皆观潮、戏潮胜地。帆初落，日未敧；时至下午，高潮已过。⑦歌底曲：唱何曲？使君诗：太守陈襄咏潮诗。

十拍子 暮秋[①]

白酒新开九酝[②]，黄花已过重阳[③]。身外傥来都是梦[④]，醉里无何即是乡[⑤]。东坡日月长[⑥]。　玉粉旋烹茶乳[⑦]，金虀新捣橙香[⑧]。强染霜髭扶翠袖[⑨]，莫道狂夫不解狂。狂夫老更狂[⑩]。

【注释】①元丰六年(1083)九月作于黄州。按：《十拍子》即《破阵子》。因上、下片共十句，故名。②九酝：一名醇酎，几经酿制而成；一说正月元日作酒，八月乃成，实即陈酿。③黄花：菊花。已过重阳：即所谓“明日黄花蝶也愁”。④傥来：偶然而来，不期而遇。《庄子·缮性》：“物之傥来，寄者也。”身外之物偶然得来，皆是梦中所有。⑤无何：无何有，无有，空无乌有的境界。人一喝醉，即进入无何有之乡。⑥日月长：白居易《偶作二首》：“无事日月长。”东坡以此自嘲自解。⑦玉粉：茶叶碾成的粉末。古代沏茶，须先用工具研磨成粉，然后才烹。范仲淹《和章岷从事斗茶歌》：“黄金碾畔玉尘飞，碧玉瓯心素涛起。”⑧金虀：果蔬切压成粉末或细丝。此指用香橙捣成的黄色酱末，用以脍鱼。二句言精心讲求饮食风味。⑨“强染”句：以博取翠袖佳人欢心。《宋书·谢灵运传》：临川王记室参军何长瑜，以韵语序僚佐云：“陆展染鬓发，欲以媚侧室。青青不解久，星星行复出。”⑩“狂夫”句：杜甫《狂夫》：“欲填沟壑唯疏放，自笑狂夫老更狂。”结句豪放不羁。

清平乐[①] 送述古赴南都[②]

清淮浊汴，更在江西岸[③]。红旆到时黄叶乱[④]，霜入梁王故苑[⑤]。　秋原何处携壶[⑥]？停骖访古踟蹰[⑦]。双庙遗风尚在[⑧]，漆园傲吏应无[⑨]。

【注释】①熙宁七年（1074）秋作。②述古：杭州太守陈襄字。陈襄受命移守应天府（又叫南都或南京，即今河南商丘），将赴任，东坡一再作词送之。此为其中之一。③“清淮”二句：言赴任南都，须渡过江西岸，并航经清澈的淮水，混浊的汴河。④红旆：述古的行旌，即代指述古一行，抵达南都时，已是黄叶乱飞的深秋。⑤梁王故苑：汉梁孝王的园圃，叫梁园、梁苑或兔园。遗址即在商丘东。此句谓述古到时，梁王故园已是白草青霜。⑥“秋原”句：秋天的商丘郊原，何处可以携壶游赏？⑦“停骖”句：停下马来，首先得凭吊古迹。⑧双庙：唐代张巡、许远的祠庙。安史之乱，张巡、许远死守睢阳（商丘）十月，至以身殉，江淮赖以保全。唐宣宗时，图其像于凌烟阁。商丘有双忠庙。张、许遗风，在商丘依然深入人心。⑨漆园傲吏：庄周曾为漆园（一说即商丘北）吏，后楚王厚币迎之，许以为相，庄周傲然不就。故郭璞《游仙诗》曰：“漆园有傲吏。”结句谓商丘有张巡、许远关心国计民生的传统，大概不会有庄周那样的隐士和傲吏吧？

昭君怨[①] 金山送柳子玉[②]

谁作桓伊三弄，惊破绿窗幽梦[③]。新月与愁烟，满江天[④]。　人欲去还不去[⑤]，明日落花飞絮[⑥]。飞絮送行舟，水东流[⑦]。

【注释】①熙宁七年（1074）二月作。②柳子玉：名瑾，丹徒人。东坡赴常、润赈饥，子玉往舒州怀宁监灵仙观，因附载以行。至金山别，以词送之。③桓伊三弄：桓伊：东晋人，善吹笛。王徽之赴召京师，泊舟青溪。桓伊过，徽之使人请为吹奏。桓伊踞胡床，为作三弄，不交一言而去。此谓谁人吹笛，惊破幽梦。④“新月”二句：但见新月淡淡，烟水迷茫，布满江天。——渲染出一派临别的凄凉景色。⑤“人欲去”句：将别未别，最是令人魂销。⑥“明日”句：就只有各自东西了。⑦“飞絮”句：子玉去灵仙观，将逆水西行，东风轻扬飞絮，为我代送行舟。而水向东流，我将回返润州与杭州，和子玉就只能背道而行，相去日远了。以景结情，情更无极。

采桑子[①]

润州甘露寺多景楼[②]，天下之殊景也。甲寅仲冬，余同孙巨源[③]、王正仲参会于此[④]。有胡琴者[⑤]，姿色尤好。三公皆一时英秀，景之秀，妓之妙，真为希遇。饮阑，巨源请于余曰：“残霞晚照，非奇才不尽。”余作此词。

多情多感仍多病，多景楼中[⑥]。尊酒相逢[⑦]，乐事回头一笑空。停杯且听琵琶语[⑧]，细撚轻拢[⑨]。醉脸春融[⑩]，斜照江天一抹红。

【注释】①熙宁七年（1074）冬作。②多景楼：在镇江北固山甘露寺内，宋郡守陈天麟就唐临江亭故址兴建。北面大江，颇具形胜。③孙巨源：名洙，广陵（扬州）人。时为海州知州。④王正仲：名存，润州人。官左右史正言、知制诰，时因事还乡。⑤胡琴者：胡琴即琵琶，弹琵琶歌伎。⑥“多情”二句：因多景楼而触机，有意以三个多字的重复，来丰富内涵和加强情绪。⑦尊酒相逢：韩愈《赠郑兵部》：“尊酒相逢十载前，君为壮夫我少年。”⑧琵琶语：白居易《琵琶行》：“今夜闻君琵琶语，如听仙乐耳暂明。”⑨细撚轻拢：白居易《琵琶行》：“轻拢慢撚抹复挑。”⑩“醉脸”二句：醉脸斜照，相得益彰。惊采绝艳，佳会奇词。

更漏子 送孙巨源[①]

水涵空，山照市，西汉二疏乡里[②]。新白发，旧黄金，故人恩义深[③]。　海东头，山尽处，自古客槎来去[④]。槎有信，赴秋期，使君行不归[⑤]。

【注释】①熙宁七年（1074）十月作。②二疏乡里：海州（江苏连云港西南），汉东海郡，乃西汉太子太傅疏广，太子少傅疏受叔侄故里。二疏致仕还乡，群臣饯送，轰动一时。孙巨源本任海州知州，以同修起居注、知制诰召。东坡与其相逢于润州，以词相送，故从二疏乡里海州写起。③白发黄金：二疏归里，宣帝赐黄金二十斤，太子赠五十斤，二疏以之共具，日与故旧宾客饮乐，曰：此圣主之所以惠养老臣也。乡里族人成为悦服。尊白发，轻黄金，故人恩义深，既赞美二疏，亦兼誉孙巨源。④客槎来去：用《博物志》："近世有人居海上，每年八月，见海槎来，不违时。"于是乘槎到天河，客星犯牵牛的典故。⑤使君行不归：以槎有信，赴秋期为衬，深表惜别之情。

华清引 感旧[①]

平时十月幸莲汤[②]，玉甃琼梁[③]。五家车马如水[④]，珠玑满路旁[⑤]。　翠华一去掩方床[⑥]，独留烟树苍苍[⑦]。至今清夜月，依前过缭墙[⑧]。

【注释】①作年待考。②十月幸莲汤：《杨贵妃传》："每十月，帝幸华清宫。""华清宫有莲花汤，即贵妃沐浴之室也，以玉石为之。"③玉甃（zhòu）琼梁：甃：井壁。即以玉砌汤池壁，上架琼梁（实为石梁。琼，美玉也）。④"五家"句：五家：指杨贵妃亲属杨国忠、杨铦、杨锜、虢国夫人、韩国夫人(秦国夫人早亡)。车马如水:五家车如流水,马如游龙。⑤“珠玑”句:《杨贵妃传》:“遗钿堕舄,琴瑟珠翠,狼藉于道,香闻数十里。”⑥翠华:天子之旗,以翠羽为葆,又叫翠葆。翠华一去:安史乱起,玄宗入川。方床:二床相并,特大之床。掩方床:即不再来。⑦烟树苍苍:只剩下苍茫的烟树。杜牧《华清宫》:“秦树掩微茫。”⑧缭墙:围墙。结句寓物是人非之感。

苏幕遮[1] 咏“选仙图”[2]

暑笼晴,风解愠[3]。雨后余清,暗袭衣裾润。一局选仙逃暑困。笑指尊前,谁向青霄近[4]? 整金盆[5],轮玉笋[6]。凤驾鸾车,谁敢争先进。重五休言升最紧,纵有碧油,到了输堂印[7]。

【注释】①作年待考。②选仙图:宋代一种介乎博奕之间的游戏,与后之象棋、军棋或有相似之处。《牧猪闲话》:“宋时有选仙图,用骰子比色,先为散仙,后为上洞,以渐至蓬莱、大罗。亦重绯色。有过失,谪作采樵、思凡之人。王珪宫词:‘尽日窗间赌选仙’即此。”③风解愠:《南风歌》:“南风之薰兮,可以解吾民之愠兮。”④谁向青霄近:谁向大罗天仙靠近。⑤金盆:选仙场局。⑥玉笋:佳人纤指。韩偓《咏手》:“腕白肤红玉笋芽,调琴抽线露尖斜。”⑦凤驾、鸾车、碧油、重五、堂印:皆选仙骰子的彩名。

生查子 送苏伯固[1]

三度别君来,此别真迟暮[2]。白尽老髭须,明日淮南去。 酒罢月随人[3],泪湿花如雾[4]。后夜逐君还,梦绕湖边路[5]。

【注释】①元祐七年(1092)作，时为扬州太守。《诗集》亦收，题为《古别离送苏伯固》。②迟暮：衰老，晚境。③月随人：李白《把酒问月》："人攀明月不可得，月行却与人相随。"④花如雾：杜甫《小寒食舟中作》："春水船如天上坐，老年花似雾中看。"⑤"梦绕"句：苏伯固归苏州，苏州傍太湖，乃东坡旧游之地，故有此语。

青玉案[1] 和贺方回韵送伯固归吴中[2]

三年枕上吴中路[3]，遣黄犬，随君去[4]。若到松江呼小渡[5]，莫惊鸳鹭。四桥尽是[6]，老子经行处[7]。　《辋川图》上看春暮[8]，常记高人右丞句[9]。作个归期天已许。春衫犹是，小蛮针线，曾湿西湖雨[10]。

【注释】①元祐七年(1092)作。②贺方回《青玉案》：凌波不过横塘路。但目送，芳尘去。锦瑟华年谁与度？月桥花院，琐窗朱户，只有春知处。飞云冉冉蘅皋暮。彩笔新题断肠句。若问闲情都几许？一川烟草，满城风絮，梅子黄时雨。③吴中：苏州。句谓离别吴中，枕上梦归，已有三年。④黄犬：晋陆机有爱犬名黄耳。机于洛阳思家，乃以竹筒盛书系其颈，令探消息，果得回报。其后遂以为常。此用其事。⑤松江：苏州南边的吴江。⑥四桥：苏州境内有四大名桥。⑦老子：老头子，东坡自谓。⑧《辋川图》：王维有别墅在辋川。他曾于蓝田清凉寺壁画辋川图。东坡曾买田常州阳羡(江苏宜兴)，为归隐之计。此亦先生之辋川也。⑨高人右丞：杜甫《解闷十二首》"不见高人王右丞，蓝田丘壑漫寒藤。"⑩小蛮：白居易侍妾，善舞。白有诗云："樱桃樊素口，杨柳小蛮腰。"此或指曾在身边而现居吴中的一位女性。况周颐认为：上三句未为甚艳，曾湿西湖雨是清语，非艳语，与上三句联属，遂成奇艳绝艳，令人爱不忍释。

乌夜啼 寄远[①]

莫怪归心甚速，西湖自有蛾眉[②]。若见故人须细说，白发倍当时。　小郑非常强记[③]，二南依旧能诗[④]。更有鲈鱼堪切脍[⑤]，儿辈莫教知[⑥]。

【注释】①作年、本事待考。②蛾眉：代指一慧秀女性。谢朓诗："蛾眉已共笑。"③小郑：郑述祖。《南史》：郑述祖仕，与父皆为兖州刺史。歌曰："大郑公，小郑公，相去五十载，风教犹尚同。"此指其一子侄辈。④二南：当时湖州歌伎一姓周，一姓邵，号二南（取自《诗经》"周南""召南"）。⑤鲈鱼堪切脍：晋张翰，吴人，在洛中为齐王冏大司马东曹掾。见秋风起，思吴中菰菜、莼羹、鲈鱼脍。曰："人生贵适意，何为羁宦数千里，以要名爵乎？"遂命驾而归。此借寓归隐之思。⑥"儿辈"句：对晚辈保留内心的秘密。《世说新语·伤逝》："谢太傅语王右军：'中年伤于哀乐，与亲友别，辄作数日恶。'王曰：'年在桑榆，自然至此，正赖丝竹陶写。恒恐儿辈觉，损欣乐之趣。'"

临江仙[①] 风水洞作[②]

四大从来都遍满[③]，此间风水何疑。故应为我发新诗。幽花香涧谷，寒藻舞沦漪[④]。　借与玉川生两腋[⑤]，天仙未必相思。还凭流水送人归。层巅余落日，草露已沾衣[⑥]。

【注释】①熙宁六年（1073）作于杭州通判任内。②风水洞：《咸淳临安志》：风水洞在慈岩院。洞极大，流水不竭。顶上又一洞，立夏清风自生，立秋则止。③四大：佛教以地、水、火、风为构成物质的四大元素，全称"四大种"，略称"四大"。④幽花、寒藻：改造柳宗元句。柳宗元《南涧》："羁禽响幽谷，寒藻舞沦漪。"沦漪：《诗经·魏风·伐檀》："河水清且沦猗。"谓小风吹水，成轮转的波纹。⑤玉川：唐诗人卢仝，号玉川子。其《走笔谢孟谏议寄新茶》云："惟觉两腋习习生清风。"风水洞上清风自生，故曰"借与玉川"。⑥层巅、草露：改造杜甫诗。杜甫《西枝村寻置草堂地夜宿赞公土室二首》："层巅余落日，草蔓已多露。"

又①

熙宁九年四月一日，同成伯、公瑾辈赏藏春馆残花，密州邵家园也。

九十日春都过了，贪忙何处追游？三分春色一分愁②。雨翻榆荚阵，风转柳花球。　阆苑先生须自责③，蟠桃动是千秋④。不知人世苦厌求。东皇不拘束⑤，肯为使君留。

【注释】①此词作于熙宁九年（1076）。二十年后，绍圣二年（1095）东坡于惠州改作下阕。《傅干注坡词》录此作而附注改作，《东坡乐府》等录改作而附注原作。今则二作兼收，各予其独立地位。②三分春色：改叶清臣句。叶清臣《贺圣朝》云："三分春色二分愁，更一番风雨。"③阆苑：昆仑仙苑。阆苑先生：东坡自喻。自责：责备自己离开阆苑，谪居人间。④蟠桃千秋：《汉武故事》：王母降，出桃七枚，自啖其二，以五枚与帝。帝欲留核自种，王母曰："此桃三千年一著子，非下土所植也。"此承上句连下句：谓不离阆苑，则蟠桃千秋，春色长在，不必像人间似的追逐匆匆花事了。⑤东皇：春神。使君：太守。因为春神拘管不紧，才为太守稍留春色，以供此日游赏。

又 送李公恕[1]

自古相从休务日[2]，何妨低唱微吟[3]。天垂云重作春阴。坐中人半醉，帘外雪将深。　闻道分司狂御史[4]，紫云无路追寻[5]。凄风寒雨更骎骎。问囚长损气，见鹤忽惊心[6]。

【注释】①元丰元年(1078)春，在徐州作。李公恕为京东转运判官，奉召进京。东坡既作《送李公恕赴阙》诗，又为此词。②休务：即休沐。汉律：五日一休沐，即休息，洗沐。是日僚属多相与游集。③低唱微吟：曹丕《燕歌行》："短歌微吟不能长。"④分司狂御史：《本事诗》：杜牧为御史，分司东都，讽喻李司徒宴。属意于百余女位之冠紫云，瞪目注视，曰："名不虚传，宜以见惠。"李俯首而笑，诸伎亦回首破颜。杜酌酒朗吟曰："华堂今日绮筵开，谁唤分司御史来？忽发狂言惊满坐，两行红粉一时回。"此处以比公恕。⑤无路追寻：或喻公恕有所思而未得。⑥"问囚"二句：抒发自己作地方官的感慨。

又 送王缄[1]

忘却成都来十载，因君未免思量[2]。凭将清泪洒江阳[3]。故山知好在[4]，孤客自悲凉[5]。　坐上别愁君未见，归来欲断无肠[6]。殷勤且更尽离觞。此身如传舍，何处是吾乡[7]！

【注释】①东坡最后一次离川，是父丧期满之后，熙宁元年(1068)十二月。据起句下推十载，可断此词为元丰二年(1079)春，由徐州太守改任湖州途中，作于江北。王缄：不详，当是刚离四川之亲友。②成都：代指四川家乡。如实指成都也可，眉山至成都，不过二百里，东坡守制期间可能曾去。③江阳：江北为阳。④故山知好：家乡的亲戚朋友。⑤孤客：东坡自谓。⑥欲断无肠：《太平广记》：祖价遇鬼，鬼作《思家》诗云："佳人应有梦，远客已无肠。"乍见即离，怀乡忆友，东坡难以为怀。⑦"此身"二句：既旷达，亦悲凉。《汉书·盖宽饶传》："平恩侯许伯入第，盖宽饶贺之。酒酣，宽饶仰视屋而叹曰：'美哉！然富贵无常，忽则易人，比如传舍，所阅多矣。惟谨慎为能得久，君侯可不戒哉！"

又①

龙丘子自洛之蜀②，载二侍女，戎装骏马，至溪山佳处，辄留数日，见者以为异人。其后十年，筑室黄冈之北，号曰静庵居士。作此词赠之。

细马远驮双侍女，青巾玉带红靴③。溪山好处便为家。谁知巴峡路，却见洛城花④。　面旋落英飞玉蕊⑤，人间春日初斜。十年不见紫云车⑥。龙丘新洞府，铅鼎养丹砂⑦。

【注释】①元丰三年（1080）正月，谪黄州作。②龙丘子：陈慥隐居于黄州（湖北黄冈）北一百二十里处的龙丘，东坡因以称之。③"细马"二句：李白诗："吴姬十五细马驮，青黛画眉红锦靴。"④巴峡路、洛城花：写"自洛之蜀。"陈慥家族先自京兆迁于西蜀眉山，其父致仕后家洛阳。自洛之蜀，有探望老家之意。洛城花：牡丹，以比"双侍女"。⑤面旋落英：曾巩《亳州雪》诗："繁英飞面旋，艳舞起翩跹。"玉蕊：玉蕊花。唐长安唐昌观有玉蕊花，传有仙女来赏，折花飞去。刘禹锡诗云："玉女来看玉树花，异香先引七香车。攀枝弄雪时回首，惊怪人间日易斜。"此二句写其"溪山佳处辄留。"⑥紫云车：《汉武外传》："七月七日夜，帝于寻真台，见王母乘紫云辇来。"此言十年不见陈慥及其"神仙伴侣"的踪迹。⑦铅鼎丹砂：《金华玉女丹经》载：鼎中炼铅，九转为丹砂。此言炼丹修真，以概陈慥今日的隐居生活。

又[1]

夜饮东坡醒复醉，归来仿佛三更。家童鼻息已雷鸣[2]。敲门都不应，倚杖听江声。　长恨此身非我有[3]，何时忘却营营[4]？夜阑风静縠纹平[5]。小舟从此逝，江海寄余生[6]。

【注释】①元丰五年（1082）九月作。②鼻息雷鸣：韩愈《石鼎联句诗序》："衡山道士轩辕弥明与进士刘师服、校书郎侯喜，联《石鼎诗》已毕，道士曰：'此皆不足与语，吾闭口矣。'即倚墙睡，鼻息雷鸣。二子怛然失色。"③此身非我有：《庄子·知北游》："舜问乎丞曰：'道可得而有乎？'曰：'汝身非汝有也，汝何得有乎道？'舜曰：'吾身非吾有也，孰有之哉？'曰：'是天地之委形也。'"恨非我有，乃感慨不能自主之意。④营营：往来不绝，辛苦忙碌。《庄子·庚桑楚》："无使汝思虑营营。"⑤縠纹：细如绉纱的水波纹。⑥"小舟"二句：谓摆脱尘俗，放浪江海。高适诗："寸心仍有适，江海一扁舟。"

又 赠送[1]

诗句端来磨我钝[2]，钝锥不解生铓[3]。欢颜为我解冰霜[4]。酒阑清梦觉，春草满池塘[5]。　应念雪堂坡下老[6]，昔年共采芸香[7]。功成名遂早还乡[8]。回车来过我，乔木拥千章[9]。

【注释】①据词意，可能是在黄州所作，酬答一当年曾同直史馆，而今以诗相寄者。可暂定为元丰五年至七年(1082–1084)。②磨我钝：谓所寄之诗，对我有砥砺切磋之效。③钝锥：自谦。《晋书·祖纳传》："梅陶及钟雅好谈辩，祖纳则困之，因曰：君汝颍之士，利如锥；我幽冀之士，钝如槌。持我钝槌，捶君利锥，皆当摧矣。'陶、雅并称"有神锥，不可得槌"。

纳曰：'假有神锥，必有神槌。'雅无以对。"④"欢颜"句：言对方寄诗带来了欢乐。⑤"酒阑"二句：用谢灵运事，言对方寄诗激发了自己的灵感。谢灵运喜得《登池上楼》中佳句："池塘生春草，园柳变鸣禽"，自言因梦见其弟惠连之故，若有神助。⑥雪堂坡下老：东坡自称，据此可知当作于黄州，且在元丰五年（1082）经营东坡、建成雪堂之后。⑦芸香：谓当年同任馆阁之职。鱼豢《典略》："芸香辟纸鱼蠹，故藏书台称芸台。"东坡于治平二年(1065)后，任杭州通判前，曾直史馆，斯人应为当日同僚。⑧"功成"句：劝其激流勇退。⑨回车、乔木：谓君若迂道来访，则我所居之处，或已乔木成林了。

又[①] 疾愈，登望湖楼，赠项长官

多病休文都瘦损，不堪金带垂腰[②]。望湖楼上暗香飘。和风春弄袖，明月夜闻箫。　酒醒梦回清漏水，隐床无限更潮。佳人不见董娇娆[③]。徘徊花上月，空度可怜宵[④]。

【注释】①元祐五年（1090）正月作，时为杭州太守。②多病休文：休文，沈约字。约曾以书陈情于徐勉，言己老病，百日数旬，革带常应移孔；以手握臂，率计月小半分。此以自喻病后。③董娇娆：东汉名姬。《玉台新咏》载有宋子侯《董娇娆诗》。杜甫《戏题恼郝使君兄》："细马时鸣金腰袅，佳人屡出董娇娆。"④"徘徊"二句：沈玄机《感异记》：沈警，字玄机。奉使秦陇，过张女郎庙，酌水献花以祝。日暮短亭税驾，望月弹琴，作《凤将雏含娇曲》，曰："命啸无人啸，含娇何处娇。徘徊花上月，空度可怜宵。"以前人诗句入词，例所认可。

又 送钱穆父[①]

一别都门三改火[②]。天涯踏尽红尘。依然一笑作春温[③]。无波真古井，有节是秋筠[④]。　惆怅孤帆连夜发，送行淡月微云。尊前不用翠眉颦[⑤]。人生如逆旅，我亦是行人[⑥]。

【注释】①元祐六年(1091)春作于杭州。钱穆父：名勰，元祐三年，以中书舍人出守越州(浙江绍兴)。元祐六年春，还就原职，过杭，东坡乃以词送之。②都门：京城。三改火：三过寒食，约略三年。③春温：言其和蔼乐观。④"无波"二句：赞钱宠辱不惊，节操凛然。白居易《赠元稹》："无波古井水，有节秋竹竿。"筠：竹。⑤不用翠眉颦：不用皱眉难过。⑥"人生"二句：逆旅：旅店。李白《拟古》："天地一逆旅。"又《春夜宴桃李园序》："夫天地者万物之逆旅，光阴者百代之过客。"

又 辛未离杭至润，别张弼秉道[①]

我劝髯张归去好[②]，从来自己忘情[③]。尘心消尽道心平[④]。江南与塞北，何处不堪行[⑤]！　俎豆庚桑真过矣[⑥]，凭君说与南荣[⑦]。愿闻吴越报丰登。君王如有问，结袜赖王生[⑧]。

【注释】①元祐六年(辛未1091)四月作。张弼：字秉道。东坡为杭州太守，与张交往颇密，及还京，张陪送至润州(镇江)，东坡因以词谢别。②髯张：张弼伟岸多髯，故称。杜甫《洗兵马行》："张公一生江海客，身长九尺须眉苍。"③忘情：不为感情所动，不为荣辱所惊。杜甫《写怀》："忘情任荣辱。"④尘心消尽道心平：尘俗热中奔竞之心已经消失，学道之心平和虚静。⑤俎豆庚桑：庚桑：庚桑楚，老子的门徒。俎豆：祭祀，崇奉。《庄子·庚桑楚》：庚桑楚居畏垒之山，三年而其地大丰收。民感其德，欲为立庙崇奉。庚桑楚认为民之受福，是“天道已行”，非己之功。故反因“欲俎豆予于贤人之间”而不怿。东坡以此自谦。⑦南荣：南荣趎，庚桑子学生。庚桑子教他：“全汝形，抱汝生，无使汝思虑营营。”就可得道。见《庄子·庚桑楚》。东坡要张弼把这观点说与杭州友生。⑧结袜赖王生：《汉书·张释之传》：处士王生于朝廷公卿盛会时，让廷尉张释之为其结袜。告人曰：“张廷尉方今天下名臣，吾故聊辱廷尉，使跪结袜，故以重之。”东坡以王生比张弼，言在杭州深得其助。

又 惠州改前韵[1]

九十日春都过了，贪忙何处追游？三分春色一分愁。雨翻榆荚阵，风转柳花球。　我与使君皆白首[2]，休夸年少风流。佳人斜倚合江楼[3]。水光都眼净，山色总眉愁[4]。

案：此首下阕一云：“阆苑先生须自责，蟠桃动是千秋。不知人世苦厌求。东皇不拘束，肯为使君留。”

【注释】①前韵：为熙宁九年四月一日作于密州；改作下阕，则是绍圣二年于惠州，可能仍为四月一日。②使君：惠州知州詹范，对东坡极友好。东坡《答徐得之书》云：“詹使君，仁厚君子也，极蒙他照管，仍不辍，携具来相就。”③合江楼：惠州名胜，在东西二江合流处，即府城之东门楼。东坡初到惠州，曾寓于此；数日后，迁嘉祐寺。四月一日，可能詹范宴客于此。佳人：当为女伎。④眼净、眉愁：东坡诗云：“水洗禅心都眼净，山供诗笔总眉愁。”此处状合江楼所见之水光山色。与同时王观《卜算子》之“水是眼波横，山如眉峰聚”，可谓同一机杼。

又 夜到扬州，席上作[①]

尊酒何人怀李白，草堂遥指江东[②]。珠帘十里卷香风[③]。花开又花谢，离恨几千重[④]。　轻舸渡江连夜到，一时惊笑衰容[⑤]。语音犹自带吴侬[⑥]。夜阑对酒处，依旧梦魂中[⑦]。

【注释】①作年待考。②“尊酒”二句：用杜甫怀李白事，比况友人对自己的挂念。杜甫《春日怀李白》：“渭北春天树，江东日暮云。何时一樽酒，重与细论文。”③珠帘十里：指扬州。杜牧《赠别》：“春风十里扬州路，卷上珠帘总不如。”④“花开”二句：谓离别越久，离恨越深。⑤惊笑衰容：久别重逢，相对衰容，且惊且喜。⑥吴侬：吴人，吴音。东坡自谓长期游宦杭州、湖州，因此带着吴音。⑦“夜阑”二句：化用杜甫《羌村三首》：“夜阑更秉烛，相对如梦寐。”

又[①]

冬夜夜寒冰合井[②]，画堂明月侵帏。青釭明灭照悲啼。青釭挑欲尽，粉泪裛还垂。　未尽一尊先掩泪，歌声半带清悲。情声两尽莫相违[③]。欲知肠断处[④]，梁上暗尘飞[⑤]。

【注释】①作年待考。似隐括李白《夜坐吟》：冬夜夜寒觉夜长，沉吟久坐坐北堂。冰合井泉月入闺，金釭青凝照悲啼。金釭灭，啼转多。掩妾泪，听君歌。歌有声，妾有情。情声合，两无违。一语不入意，从君万曲梁尘飞。”东坡隐括前人之作，或足前人之词，如《哨遍（隐括〈归去来兮辞〉）》《洞仙歌（冰肌玉骨）》，皆有小引交代，此篇独无。因此，是否东坡之作，尚可怀疑。②冰合井：井泉较温，一般不冻；井而冰合，则奇寒可知。《后汉书·五行志》：“光和间，琅邪井冰厚尺余。”③情声：情，感情；声，乐曲。情声两尽：声情并茂，水乳交融。莫相违：乃衷心的许诺和希望。④肠断：张祜《孟才人叹序》：唐武帝疾笃，以笙歌获宠之孟才人请为上歌。一声《河满子》，气亟立殒。脉尚温，而肠已断。⑤梁尘飞：《艺文类聚》引刘向《别录》：“汉兴以来，善雅歌者鲁人虞公，发声清哀，远动梁尘。”

又 赠王友道[1]

谁道东阳都瘦损[2]，凝然点漆精神[3]。瑶林终自隔风尘[4]。试看披鹤氅[5]，仍是谪仙人[6]。　省可清言挥玉麈[7]，真须保器全真[8]。风流何似道家纯。不应同蜀客[9]，惟爱卓文君[10]。

【注释】①作年待考。王友道：不详。②东阳：指沈约，因其曾为东阳太守。李商隐诗：“为凭何逊休联句，瘦尽东阳姓沈人。”此以喻王友道。③点漆：眼珠黑亮有神。《晋书·杜乂传》：“王羲之见而目之曰：‘肤若凝脂，眼若点漆，此神仙人也。’”④瑶林：喻身姿秀美。《世说新语·赏誉》：“王戎云：‘太尉（王衍）神姿高彻，如瑶林琼树，自然是风尘外物。’”⑤鹤氅：鸟羽所制的裘。《晋书·王恭传》：“尝披鹤氅裘，涉雪而行。孟昶窥见之，叹曰：‘此真神仙中人也！’”⑥谪仙：贺知章见李白，号之为谪仙。⑦玉麈：白玉柄麈尾。《世说新语·容止》：“王夷甫（王衍）容貌整丽，妙于玄谈，恒捉白玉柄麈尾。”⑧保器全真：保全形器与性真。《汉书·艺文志》：“神仙者，所以保性命之真，而游求于外者也。”⑨蜀客：代司马相如。⑩卓文君：西汉才女，蜀郡邛崃人。新寡，司马相如以琴挑之，私奔，结褵。杜甫诗：“茂陵多病后，尚爱卓文君。”（茂陵：指司马相如，因其曾居茂陵。）结尾劝王友道专心学道，不要耽溺于情爱。

又①

昨夜渡江何处宿，望中疑是秦淮②。月明谁起笛中哀？多情王谢女③，相逐过江来。　　云雨未成还又散，思量好事难谐。凭陵急桨两相催④。想伊归去后，应似我情怀⑤。

【注释】①作年、本事待考。②疑是秦淮：秦淮：南京秦淮河一带。疑是秦淮，则不是秦淮。望中疑是，因惦念秦淮而心以为是。然则所谓“渡江”，是渡过江南，还是渡到江北，也不分明，起得惝恍。③王谢女：名门闺秀。六朝王谢门第极高。《南史·侯景传》：“景请娶于王谢。帝曰：‘王谢门高非偶，可于朱张以下访之。’”④急桨两相催：南棹北桨，背道而驰。⑤“想伊”二句：好事难谐，而又相思相忆。其情其景，如怨如慕，可歌可泣。

渔家傲

金陵赏心亭送王胜之龙图。王守金陵，视事一日，移南郡①。

千古龙蟠并虎踞②，从公一吊兴亡处③。渺渺斜风吹细雨。芳草渡，江南父老留公住。　　公驾风车凌彩雾④，红鸾骖乘青鸾驭⑤。却讶此洲名白鹭⑥。非吾侣，翩然欲下还飞去。

【注释】①金陵：今之南京。赏心亭：在南京城西，下临秦淮河，为当时饯别之地。王胜之：王益柔，字胜之，曾官任龙图阁直学士。王胜之到任金陵仅一日，就调任南郡（湖北江陵）。苏轼作此词送别。②龙蟠虎踞：诸葛亮论金陵地理形势曰：“钟山龙盘，石城虎踞。”形容金陵地势雄伟、险要。李白诗曰“龙盘虎踞帝王州，帝子金陵访古丘。”③兴亡处：南京为六朝古都，改朝换代之事多兴于此。④“公驾”句：以风为车，御风而行，凌于五彩云霞之上。⑤“红鸾”句：鸾：凤凰一类的神鸟。骖乘：左右陪伴之人。驭：驾车。此指王胜之离别金陵时，红鸾相伴，青鸾为之驾车，御风而行。⑥白鹭：即白鹭洲，在南京西南长江中，李白有诗云：“三山半落青天外，二水中分白鹭洲。”

又 送吉守江郎中①

送客归来灯火尽，西楼淡月凉生晕②。明日潮来无定准。潮来稳，舟横渡口重城近。　江水似知孤客恨，南风为解佳人愠③。莫学时流轻久困。频寄问，钱塘江上须忠信④。

【注释】①江郎中，即吉州知州江公著。②晕：月晕。③南风：古歌谣，相传为舜所作。诗曰：“南风之薰兮，可以解吾民之愠兮。”④“钱塘江”句：钱塘江上行船多遇险，有忠信的性情可避险。

又 七夕

皎皎牵牛河汉女，盈盈临水无由语①。望断碧云空日暮②。无寻处，梦回芳草生春浦。　鸟散余花纷似雨，汀洲苹老香风度③。明月多情来照户。但揽取，清光长送人归去④。

【注释】①“皎皎”二句：语出古诗十九首“迢迢牵牛星，皎皎河汉女。……盈盈一水间，脉脉不得语。”②“望断”句：江淹《休上人怨别》诗有句曰：“日暮碧云合，佳人殊未来。”③汀洲：沙洲。苹：水草。④清光：月光。

又 送张元康省亲秦川。或作春亭。

一曲阳关情几许[①]？知君欲向秦川去。白马皂貂留不住[②]。回首处，孤城不见天霏雾[③]。　到日长安花似雨，故关杨柳初飞絮。渐见靴刀迎夹路[④]。谁得似，风流膝上王文度[⑤]。

【注释】①阳关：语出唐王维《送元二使安西》："劝君更尽一杯酒，西出阳关无故人。"②皂貂：黑色的貂皮。③霏雾：云气雾气弥漫。④"渐见"句：指众人戎装握刀迎接张元康的到来。⑤"风流"句：王文度，晋人，名王坦之，颇受其父宠爱，虽长大，仍置膝上。

又 赠曹光州

些小白须何用染[①]，几人得见星星点。作郡浮光虽似箭[②]，君莫厌，也应胜我三年贬。　我欲自嗟[③]还不敢，向来三郡宁非忝[④]。婚嫁事稀年冉冉[⑤]。知有渐，千钧重担从头减。

【注释】①些小：少许。②作郡：一郡之长官，掌管政事。③自嗟：自我感伤。④忝(tiǎn)：辱。指自己历任三郡官职无非是有辱圣命。⑤冉冉：渐渐。

又

临水纵横回晚鞚[①]，归来转觉情怀动。梅笛烟中闻几弄。秋阴重，西山雪淡云凝冻。　美酒一杯谁与共，尊前舞雪狂歌送。腰跨金鱼旌旆拥[②]。将何用，只堪妆点浮生梦。

【注释】①鞚：带嚼子的络头。晚鞚：指在傍晚时勒马回归。②金鱼：此指腰刀。旌旆：此指随从的仪仗。

定风波

十月九日，孟亨之置酒秋香亭，有双拒霜独向君猷而开。坐客喜笑，以为非使君莫可当此花，故作是篇[1]。

两两轻红半晕腮，依依独向使君回[2]。若道使君无此意，何为，双花不向别人开？　但看低昂烟雨里，不已，劝君休诉十分杯。更问尊前狂副使[3]，来岁，花开时节与谁来？

【注释】①此词作于遭贬黄州时。孟亨之，时任黄州通判。拒霜：木芙蓉。君猷：徐君猷。时任黄州知州，善待苏轼。②使君：指君猷。回：开放意。③狂副使：苏自谓。

又

三月七日，沙湖道中遇雨。雨具先去，同行皆狼狈，余独不觉。已而遂晴，故作此[1]。

莫听穿林打叶声，何妨吟啸且徐行。竹杖芒鞋轻胜马[2]，谁怕？一蓑烟雨任平生[3]。　料峭春风吹酒醒[4]，微冷，山头斜照却相迎。回首向来萧瑟处[4]，归去，也无风雨也无晴。

【注释】①此词作于元丰五年(1082)，是苏轼遭贬黄州的第三年。沙湖：黄州东南三十里沙湖，亦曰螺蛳店。轼欲在此置田，前去相田，途中遇雨，作此词。②芒鞋：草鞋。③蓑：蓑衣，隔雨的雨具。此句意谓平生只要有一件蓑衣，即使在烟雨中出没也足够了。④料峭：形容春风略带寒意。⑤萧瑟：冷落，萧条。

又 重阳

与客携壶上翠微[①]，江涵秋影雁初飞[②]。尘世难逢开口笑，年少，菊花须插满头归。　酩酊但酬佳节了，云峤，登临不用怨斜晖。古往今来谁不老，多少，牛山何必更沾衣[③]。

【注释】①翠微：借指青山。《尔雅·释山》："山未及上曰翠微。"②江涵：江水。涵：包涵。③语词裁用杜牧《九日齐山登高》："江涵秋影雁初飞，与客携壶上翠微。人世难逢开口笑，菊花须插满头归。但将酩酊酬佳节，不用登临恨落晖。古往今来只如此，牛山何必独沾衣。"借用了《列子》中的典故：齐景公见牛山而流涕。

又 感旧

莫怪鸳鸯绣带长[①]，腰轻不胜舞衣裳[②]。薄幸只贪游冶去，何处？垂杨系马恣轻狂[③]。　花谢絮飞春又尽，堪恨，断弦尘管伴啼妆[④]。不信归来但自看，怕见，为郎憔悴却羞郎[⑤]。

【注释】①鸳鸯绣带：绘有鸳鸯图案的飘带。②"腰轻"句：极写腰身纤细，不胜舞衣。③"薄幸"三句：指男子不重情轻易离去，在外面肆意游玩。王维《少年行》诗曰："相逢意气为君饮，系马高楼垂柳边。"④"花谢"三句：写女子相思之苦，春光已逝，容颜易老。⑤"为郎"句：写女子重情，而男子负情，所以要羞他。

又 送元素

千古风流阮步兵[1]，平生游宦爱东平[2]。千里远来还不住，归去，空留风韵照人清[3]。　红粉尊前深懊恼，休道，如何留得许多情。记取明年花絮乱，看泛，西湖总是断肠声。

【注释】①阮步兵：阮籍，魏晋时人，曾任步兵校尉，故称阮步兵。②东平：仍借阮籍故事，阮曾任东平相。③风韵：美好的风范名望。这里借阮籍为东平相，治政清简，甚得美誉，称赞元素。

又

元丰五年（一作“六年”）七月六日，王文甫家饮酿白酒，大醉，集古句作《墨竹词》。

雨洗娟娟嫩叶光，风吹细细绿筠香。秀色乱侵书帙晚，帘卷，清阴微过酒尊凉[1]。　人画竹身肥拥肿，何用？先生落笔胜萧郎[2]。记得小轩岑寂夜，廊下，月和疏影上东墙[3]。

【注释】①上片集杜甫《严郑公咏竹》诗。原诗为“绿竹半含箨，新梢才出墙。色侵书帙晚，阴过酒樽凉。雨洗娟娟静，风吹细细香。但令无剪伐，会见拂云长。”②“人画”三句：集白居易《画竹歌》。原诗为“萧郎下笔独逼真，丹青已来唯一人。人画竹身肥拥肿，萧画茎瘦节节竦。”③“记得”三句：集曹希蕴《墨竹》诗句“记得小轩岑寂夜，月移疏影上东墙。”

又 咏红梅

好睡慵开莫厌迟[1]，自怜冰脸不时宜[2]。偶作小红桃杏色，闲雅，尚余孤瘦雪霜姿[3]。 休把闲心随物态，何事？酒生微晕沁瑶肌[4]。诗老不知梅格在，吟咏，更看绿叶与青枝[5]。

【注释】①“好睡”句：慵开：指梅花晚开。好睡：拟人化的写法。梅花的晚开是因为睡得太沉了，延误了花期。所以请求原谅，莫要嫌弃开得太晚。②“自怜”句：自我想到应在冰天雪地之时展露姿容，而现在已是明媚春光时分，再开放是否太不合时宜了呢？③“偶作”三句：梅花还是要开放，虽说色如桃杏，鲜艳娇丽，但她无意争春，以保持高贵闲雅的本色，傲霜斗雪瘦劲的本性使之品格自在高标。④“休把”三句：承上片意渲染梅花的高格，不过是偶作桃杏色，是美人不胜酒力微显红晕。⑤“诗老”三句：指诗人不懂得梅花的本性。梅花之所以不同于一般的桃杏，就在于它无需绿叶青枝的扶持。她的“孤瘦雪霜姿”“冰脸”，即梅花的“高格”。

又

余昔与张子野、刘孝叔、李公择、陈令举、杨元素会于吴兴。时子野作《六客词》，其卒章云：“见说贤人聚吴分，试问，也应旁有老人星。”凡十五年，再过吴兴，而五人者皆已亡矣。时张仲谋与曹子方，刘景文，苏伯固，张秉道为坐客，仲谋请作《后六客词》云。

月满苕溪照夜堂[1]，五星一老斗光芒[2]。十五年间真梦里，何事？长庚配月独凄凉[3]。 绿发苍颜同一醉，还是，六人吟笑水云乡[4]。宾主谈锋谁得似？看取，曹刘今对两苏张[5]。

【注释】①苕溪：地名，在吴兴，今湖州境内。②“五星”句：五星：天上的五个星宿。《汉书·天文志》有：“五星聚于东井”句。一老：老人星。《晋书·天文志》有“老人一星，在弧南”句。此谓苏轼与张子野等五人相聚之事。③长庚：太白星。韩愈《东方未明》诗曰：“东方未明大星没，独有太白配残月。”④水云乡：指吴兴。⑤曹刘：指曹子方、刘景文。两苏张：指苏轼、苏伯固、张仲谋、张秉道。

又 海南归，赠王定国侍儿寓娘[1]

长羡人间琢玉郎[2]，天应乞与点酥娘[3]。自作清歌传皓齿[4]，风起，雪飞炎海变清凉[5]。 万里归来年愈少，微笑，笑时犹带岭梅香[6]。试问岭南应不好？却道，此心安处是吾乡[7]。

【注释】①王定国：王巩，字定国，莘县人。因受“乌台诗案”牵连，遭贬至宾州（今广西宾阳县南）。三年后定国北归，令侍儿寓娘劝轼饮酒。于是有此作。②琢玉郎：此指王定国，形容定国面色白晰，美如白玉。③点酥娘：此指侍儿寓娘。描写寓娘肤色细腻凝滑，犹如凝酥。④皓齿：洁白的牙齿。此指口中。⑤“雪飞”句：此夸饰寓娘自作自唱的美妙歌曲，随风飘扬，犹如雪花飞临炎暑之地，使之变为清凉世界。⑥岭梅：大庾岭的梅花。⑦“此心”句：白居易《初出城留别》有句云“我生本无乡，心安是归处。”又《种桃杏》“无论海角与天涯，大抵心安即是家。”词人借用此意，表明身处逆境，只要调整好心态，泰然处之，便可随遇而安。

又

痛饮形骸骑蹇驴，葛巾不整倩人扶。笑指桃源泥样醉。三睡，诗魔长是泣穷途。 画手也知仙骨瘦。□□，昆山玉水点银须。天地不能容此老。笑傲，一竿风月钓江湖。

【注释】①见于明万历《重编东坡先生外集》卷八十四，原注："咏杜甫画像。《兰畹集》云王圣与作，未知孰是。"姑系于此。

南乡子 春情

晚景落琼杯[①]，照眼云山翠作堆。认得岷峨春雪浪[②]，初来，万顷蒲萄涨渌醅[③]。　春雨暗阳台，乱洒歌楼湿粉腮。一阵东风来卷地[④]，吹回，落照江天一半开。

【注释】①琼杯：玉石做的酒杯。②岷峨：岷山、峨嵋山，在四川境内。③渌醅：此指美酒。渌：清澈。醅：未过滤的酒。④东风：春风。

又 《梅花词》和杨元素

寒雀满疏篱，争抱寒柯看玉蕤[①]。忽见客来花下坐，惊飞，踏散芳英落酒卮[②]。　痛饮又能诗，坐客无毡醉不知[③]。花谢酒阑春到也[④]，离离，一点微酸已著枝[⑤]。

【注释】①寒柯：柯，树枝。此指梅枝。玉蕤(ruí)：形容梅花繁茂，洁白如玉。蕤：原指草木花下垂的样子。②酒卮：酒器。③毡：毡垫。杜甫诗曰："才名四十年，坐客寒无毡。"④酒阑：阑，残尽。此指酒宴终了。⑤离离句：此句写梅子。

又 席上劝李公择酒

不到谢公台[1]，明月清风好在哉！旧日髯孙何处去[2]？重来，短李风流更上才[3]。 秋色渐摧颓，满院黄英映酒杯[4]。看取桃花春二月，争开，尽是刘郎去后栽[5]。

【注释】①谢公台：《金陵图经》："谢安住半山，有墩曰谢公墩。"又称谢公台。谢安，东晋人。②髯孙：《三国志·吴书·吴主传》裴松之注引《献帝春秋》："张辽问吴降人：'有紫髯者将军，长上短下，是谁？'答曰：'是孙会稽仲谋也。'"孙权，三国时吴主。③短李：借唐代李绅事。李绅身材短小，极富诗名，时称"短李"。见《新唐书·李绅传》。④黄英：黄花，菊花。⑤"尽是"句：语出唐诗人刘禹锡《玄都观看花君子》诗。原诗曰："紫陌红尘拂面来，无人不道看花回。玄都观里桃千树，尽是刘郎去后栽。"

又 重九，涵辉楼呈徐君猷[1]

霜降水痕收[2]，浅碧鳞鳞露远洲[3]。酒力渐消风力软，飕飕，破帽多情却恋头[4]。 佳节若为酬[5]？但把清尊断送秋[6]。万事到头都是梦，休休，明日黄花蝶也愁[7]。

【注释】①此词作于元丰五年(1082)九月九日重阳节。涵辉楼：即黄州栖霞楼。徐君猷：名大受，时为黄州知州。善待苏轼，两人关系密切。②水痕收：指秋后水势收减。③"浅碧"句：浅碧：江水低浅，水色如碧。鳞鳞：形容江水泛起层层微波，犹如鱼鳞。正因为水势低浅，才使得远处江中的沙洲呈露出来。④破帽：借用晋时孟嘉事。孟嘉时为征西将军桓温参军，九月九日，桓温在龙山举行宴会，部僚全都参加，并着戎装。此时吹来一阵风，孟嘉的帽子被吹落，却全然不觉。桓温命令孙盛作文讥讽他，孟嘉文思敏捷，提笔作答，美文立成，一时传为佳话。这里苏轼反用其意，风力软，吹不落帽子，所以也激不起文情。但破帽是多情的，反而恋在头上，实指自己多情。⑤若为：如何。⑥但：只，仅。清尊：清酒，美酒。⑦"黄花"句：重阳节后，菊花凋零枯萎，蝴蝶也会为之发愁。

又 送述古[①]

回首乱山横[②]，不见居人只见城。谁似临平山上塔，亭亭[③]，迎客西来送客行。　归路晚风清，一枕初寒梦不成。今夜残灯斜照处，荧荧[④]，秋雨晴时泪不晴。

【注释】①述古：陈述古，名襄，福州侯官人，曾任杭州知州，苏轼任杭州通判时两人酬唱相和。后陈述古调任南都（河南商丘），苏轼追送别于临平，舟中作此词。②山：即临平山。临平，位于杭州东北，今之余杭。③亭亭：形容临平塔挺拔高耸貌。④荧荧：形容灯光昏暗不明。

又 有感

冰雪透香肌，姑射仙人不似伊[①]。濯锦江头新样锦[②]，非宜，故着寻常淡薄衣[③]。　暖日下重帏，春睡香凝索起迟。曼倩风流缘底事[④]？当时，爱被西真唤作儿[⑤]。

【注释】①"冰雪"二句：《庄子·逍遥游》："藐姑射之山，有神人居焉。肌肤若冰雪，绰约若处子。"②濯锦江：水名，在成都，此江水洗锦特别鲜亮。新样锦：新鲜光亮的锦衣。③"故着"句：唐张籍《倡女词》"画罗金缕难相称，故着寻常淡薄衣。"④曼倩：汉东方朔的字。⑤"爱被”句：西真：西王母。事见《汉武帝故事》：“西王母尝见帝于承华殿，东方朔从青琐窃窥。王母笑指朔曰：‘仙桃三熟，此儿已三偷之矣。’”

又 和杨元素，时移守密州[1]。

东武望余杭[2]，云海天涯两渺茫。何日功成名遂了[3]，还乡，醉笑陪公三万场。　不用诉离觞[4]，痛饮从来别有肠。今夜送归灯火冷，河塘[5]，堕泪羊公却姓杨[6]。

【注释】①杨元素：名绘，时为杭州知州，苏轼熙宁七年(1074)罢杭州通判，除太常博士直史馆，权知密州。是年十月离杭北上，杨元素为他饯别，两人互有唱酬。②东武：即密州州治诸城，此谓旧称。余杭：杭州。③功成：成就功业。名遂：取得声名。《老子》：“功成名遂，身退，天之道。”④离觞：觞，酒器，今之酒杯。离觞，离别时喝的酒。⑤河塘：沙河塘，在杭州城南，繁荣宴饮之地。⑥羊公：西晋名将羊祜。《晋书·羊祜传》记载羊祜镇守襄阳时，为政清廉，甚有美名，死后，襄阳人为之立碑，“望其碑者，莫不流涕，杜预因名为堕泪碑。”苏轼借用这个典故赞美杨元素具有羊祜般的德政，一定会被后人追念。

又 和杨元素

凉簟碧纱厨[1]，一枕清风昼睡余[2]。睡听晚衙无个事[3]，徐徐，读尽床头几卷书。　搔首赋“归欤”[4]，自觉功名懒更疏[5]。若问使君才与气[6]，何如？占得人间一味愚。

【注释】①凉簟：竹席。碧沙厨：绿色的纱帐。②昼睡余：白天睡觉。余：余暇。③个事：件事，细事。④“搔首”句：搔首：搔梳头发。归欤：语出《论语·公冶长》“子在陈，曰：‘归欤！归欤！’”意指心有归隐之思。⑤“自觉”句：自觉：自思，自想。意为自己疏于功名，性情疏懒。⑥使君：作者自指。

又

裙带石榴红，却水殷勤解赠侬[1]。应许逐鸡鸡莫怕[2]，相逢，一点灵心必暗通[3]。　何处遇良工？琢刻天真半欲空。愿作龙香双凤拨，轻拢，长在环儿白雪胸[4]。

【注释】①却水：一种能避水的神物。典出《抱朴子·内篇》“得其角一尺以上，刻为鱼，衔入水中，水常开，方三尺，可得气息水中耳。”②逐鸡：《抱朴子·内篇》：“通天犀有一白理如线者，以盛米，置群鸡中。鸡欲往啄米，至则惊却，故南人名为‘骇鸡犀”。③“一点”句：典出唐李商隐《无题》诗。原诗曰：“身无彩凤双飞翼，心有灵犀一点通。”④环儿：杨贵妃小名。

又 赠行

旌旆满江湖[1]，诏发楼船万舳舻[2]。投笔将军应笑我，迂儒，帕首腰刀是丈夫[3]。　粉泪怨离居，喜子垂窗报捷书[4]。试问伏波三万语，何如？一斛明珠换绿珠[5]。

【注释】①旌旆：军旗。此代指军队。②“诏发”句：诏：诏令。楼船：高大的战船。舳舻：原指船的首尾，此代指战船密布。写军容浩大壮观。③投笔将军：指杨元素，化用后汉班超投笔从戎事。迂儒：形容迂阔的读书人。帕首腰刀：头缠帕巾，腰挎战刀，一身戎装。④喜子：蜘蛛。古人认为，蜘蛛垂丝窗前是喜兆。《西京杂记》云:“蜘蛛集而百事喜,故俗以蜘蛛为喜子。”⑤伏波:借用后汉名将马援事,马援,即伏波将军。据《后汉书·马援传》记载,马援平定了交趾的叛乱,返归时,带了一车薏苡(可以食植物果实),有人诬告他带回一车明珠。绿珠:晋时豪富石崇的爱妾,貌极美。此为苏轼与杨元素戏语,说他或许会用“明珠”换美女。

又 双荔枝

天与化工知,赐得衣裳总是绯①。每向华堂深处见,怜伊,两个心肠一片儿。　　自小便相随,绮席歌筵不暂离②。苦恨人人分拆破③,东西,怎得成双似旧时?

【注释】①绯:红色。②绮席歌筵:酒席宴会。③苦恨:特别遗憾。

又 集句

寒玉细凝肤①(吴融),清歌一曲倒金壶(郑谷)。冶叶倡条遍相识②(李商隐),争如?豆蔻花梢二月初(杜牧)。　　年少即须臾③(白居易),芳时偷得醉工夫(白居易)。罗帐细垂银烛背(韩偓),欢娱,豁得平生俊气无(杜牧)。

【注释】①寒玉:以洁白的美玉形容肤色的白晰。②冶叶倡条:一本作“杏叶菖条”。③须臾:瞬间,极短的时光。

又 集句

帐望送春杯（杜牧）[1]，渐老逢春能几回（杜甫）？花满楚城愁远别[2]（许浑），伤怀，何况清丝急管催[3]（刘禹锡）。 吟断望乡台[4]（李商隐），万里归心独上来（许浑）。景物登临闲始见（杜牧），徘徊，一寸相思一寸灰（李商隐）。

【注释】①春杯：春酒，对酒伤春。②楚城：此指黄州。黄州属楚地。③清丝急管：指管弦乐器演奏清新急促的乐曲。④望乡台：古人在外所筑的高台，借此登高望乡。

又 集句

何处倚栏干[1]（杜牧），弦管高楼月正圆（杜牧）。胡蝶梦中家万里[2]（崔涂），依然，老去愁来强自宽（杜甫）。 明镜借红颜（李商隐），须著人间比梦间，（韩愈）。蜡烛半笼金翡翠（李商隐），更阑[3]，绣被焚香独自眠（许浑）。

【注释】①栏干：楼房走廊上的护栏。此指登临望远。②“胡蝶”句：暗用庄子梦蝶的典故。③更阑：夜深。

又 宿州上元

千骑试春游，小雨如酥落便收[1]。能使江东归老客，迟留。白酒无声滑泻油。 飞火乱星球，浅黛横波翠欲流[2]。不似白云乡外冷，温柔。此去淮南第一州[3]。

【注释】①“小雨”句：语出韩愈《早春呈水部张十八员外二首·其一》“天街小雨润如酥，草色遥看近却无。”②浅黛：浅青色。③淮南第一州：即宿州。

又 用韵和道辅

未倦长卿游[①]，漫舞夭歌烂不收[②]。不是使君能矫世，谁留？教有琼梳脱麝油[③]。　香粉镂金球，花艳红笺笔欲流。从此丹唇并皓齿，清柔。唱遍山东一百州[④]。

【注释】①长卿：西汉司马相如，字长卿。②夭歌：即妖歌，美妙之歌。烂：放纵而不节制。韩愈《刘生》：“妖歌漫舞烂不收，倒心回肠为青眸。”③琼梳：玉梳。对梳子的美称。麝油：用麝香浸制的膏油。④山东一百州：指太行山以东的所有州郡。一百州：虚指，言其多。

又 用前韵赠田叔通家舞鬟

绣鞅玉镮游[①]，灯晃帘疏笑却收。久立香车催欲上，还留。更且檀唇点杏油[②]。　花遍六幺球，面旋回风带雪流。春入腰肢金缕细[③]，轻柔。种柳应须柳柳州[④]。

【注释】①玉镮：马勒环的美称。②檀唇：红艳的嘴唇。③金缕：金丝，此形容腰细。④柳柳州：即柳宗元。

卷二十九　词

菩萨蛮 七夕，朝天门上作[①]

画檐初挂弯弯月，孤光未满先忧缺[②]。遥认玉帘钩，天孙梳洗楼[③]。　佳人言语好，不愿求新巧[④]。此恨固应知，愿人无别离[⑤]。

【注释】①七夕：节日名。农历七月初七日的晚上。古代神话，七夕牛郎与织女在天河相会。朝天门：在湖北省黄州。②画檐：装饰华丽的屋檐。孤光：单独的光，此指月光。这句意为初七夜里月光似镰刀时，就先忧这一夜又很快过去了，因为只有初七夜织女才能与牛郎相会。③天孙：天女孙也，星名，即织女星。这句是指从地下看，那钩挂玉帘的所在，是织女的梳妆楼。④求新巧：过去民间风俗，妇女于阴历七月七日夜间向织女星乞求智巧，谓之“乞巧”。“求新巧”是指现实的民间妇女不愿像织女那样长期过着与牛郎分别的日子。⑤“愿人”句：是说民间妇女盼的是有夫能长相爱不分离。

又 七夕

风回仙驭[①]云开扇，更阑月堕星河转。枕上梦魂惊，晓来疏雨零[②]。　相逢虽草草，长共天难老。终不羡人间，人间日似年[③]。

【注释】①仙驭：仙人骑乘的飞鹤。②“更阑”三句：是说昨夜天上银河渡双星（织女与牛郎），到了天将亮时，天空有了变化，云已铺展开，所以早上醒来只见零星小雨。更阑：更深夜尽。星河：天河，银河。③“相逢”四句：是说织女与牛郎一年一度的相会虽然短暂仓卒，但却与天共存。所以不羡慕人间夫妇看起来在一起的时间很多，实际却忧苦缠心、度日如年的状况。

又 有寄

城隅静女何人见[①]，先生日夜歌彤管[②]。谁识蔡姬贤[③]，江南顾彦先[④]。　先生那久困，汤沐须名郡[⑤]。惟有谢夫人，从来是拟伦[⑥]。

【注释】①城隅：城楼。因位于城角，城曲处，故称城隅。静女：闲雅的女子。《诗经·邶风·静女》："静女其姝，俟我于城隅。"②彤管：赤管笔。相沿称女史记事所用的赤管笔为彤管。③蔡姬：东汉陈留人，蔡邕女，字文姬。博学能文，善音律。初嫁何东卫仲道，夫亡无子。又嫁南匈奴左贤王。有《悲愤诗》一首。④顾彦先：名荣，吴人。为南土著姓。机神朗悟，妙于鼓琴，仕吴为黄门郎。（详见《晋书·顾荣传》）。⑤汤沐：谓以其赋税供汤沐之用。⑥谢夫人：王凝之妻谢氏道韫。聪识有才辩。拟伦：类似，相匹敌。《晋书·列女传》载：起初，同郡张玄妹亦有才质，适于顾氏，玄每称之，可与道韫相似。当时有人说：王夫人神情散朗，故有林下风气；顾家妇清心玉映，自是闺房之秀。

又

买田阳羡吾将老[①]，从来只为溪山好。来往一虚舟，聊从物外游[②]。　有书仍懒著，且漫歌归去[③]。筋力不辞诗，要须风雨时[④]。

【注释】①阳羡：江苏省宜兴，其县南有荆溪，以近荆南山得名。上承永阳江，下注太湖，为游览胜地。"买田"句：意为我将在这颐养天年，直到寿终。②"来往"二句：从《庄子·列御寇》的"泛若不系之舟，虚而遨游者也"化出。③"有书"二句：是说懒写书，想辞官归田。④"筋力"二句：说他和苏辙弟相约早点退居林下，以朝夕相从之乐为慰，到那时风雨夜对床眠，作诗就有劲了。

又 歌妓

绣帘高卷倾城出，灯前潋滟横波溢[1]。皓齿发清歌，春愁入翠蛾[2]。 凄音休怨乱，我已无肠断。遗响下清虚[4]，累累一贯珠。

【注释】①潋滟：流动荡漾；水波横动。此指酒在杯中情景。②翠蛾：眉修长如蛾，以黛点之，故称。③遗响：清歌的余音。清虚：清静虚无。此指空中。末两句形容歌声动人。

又 赠徐君猷笙妓

碧纱微露纤掺玉，朱唇渐煖参差竹。越调变新声，龙吟彻骨清[1]。 夜阑残酒醒，惟觉霜袍冷。不见敛眉人[2]，胭脂觅旧痕。

【注释】①龙吟：乐声似龙鸣般清脆。②敛眉：皱眉。此指笙妓。

又 西湖送述古[1]

秋风湖上萧萧雨，使君欲去还留住[2]。今日漫留君，明朝愁杀人。 佳人千点泪，洒向长河水。不用敛双蛾[3]，路人啼更多。

【注释】①述古：陈述古，名襄，时将离杭州太守任。②使君：对州郡长官的尊称。此指杭州太守陈述古。③双蛾：眉。

又 杭妓往苏迓新守杨元素，寄苏守王规甫。

玉童西迓浮丘伯[①]，洞天冷落秋萧瑟。不用许飞琼，瑶台空月明[②]。 清香凝夜宴，借与韦郎看[③]。莫便向姑苏，扁舟下五湖[④]。

【注释】①玉童：仙童。浮丘伯：传说中的仙人。此指新守杨元素。②许飞琼：仙女名。善鼓云和之簧。③韦郎：韦应物，唐朝京兆人。曾官苏州刺史，有惠政，人称韦苏州。性行高洁，诗如其人。④“扁舟”句：用范蠡故事。春秋，越范蠡既佐越王勾践灭吴，知勾践为人不可以共安乐，因变姓名，为鸱夷子，浮海出齐，下五湖。李白《古风》之十八：“何如鸱夷子，散发棹扁舟？”

又 席上和陈令举

天怜豪俊腰金晚[①]，故教月向松江满。清景为淹留，从君都占秋[②]。 身闲惟有酒，试问遨游首[③]。帝梦已遥思，匆匆归去时。

【注释】①腰金：腰金衣紫的略语。金，金印；紫，紫绶。秦汉为丞相的服制，魏晋后光禄大夫亦授金印紫绶。②占秋：据有秋，享受大好秋光。③遨游：游乐。

又 灵璧寄彭门故人[①]

娟娟缺月西南落，相思拨断琵琶索。枕泪梦魂中，觉来眉晕重[②]。 华堂堆烛泪，长笛吹《新水》[③]。醉客各西东，应思陈孟公。

【注释】①灵璧：县名，属安徽省。彭门：徐州。②眉晕：眉目潮润。③《新水》：《新水调》，曲名。

又 润州和元素[1]

玉笙不受朱唇暖，离声凄咽胸填满。遗恨几千秋，心留人不留。　他年京国酒，堕泪攀枯柳。莫唱短因缘[2]，长安远似天。

【注释】①润州：江苏镇江市。②短因缘：《太平广记》卷三四九引《纂异记》曰："鲍生者，有妾二人。遇外弟韦生有良马。鲍出妾为酒劝韦，韦请以马换妾。鲍许以抱胡琴者，仍命歌以送韦酒。既而，妾又歌以送鲍酒，歌曰：'风飑荷珠难暂圆，多生信有短因缘。西楼今夜三更月，还照离人泣断弦。'"

又 回文[1]

落花闲院春衫薄，薄衫春院闲花落。迟日恨依依，依依恨日迟。　梦回莺舌弄，弄舌莺回梦。邮便问人羞，羞人问便邮。

【注释】①回文：诗词字句回旋往返，都能成义可诵的叫回文。南朝刘勰说回文为道原所创，已失传。今所传者以南朝宋苏伯玉妻《盘中诗》为最古。

又 夏景回文

火云凝汗挥珠颗[①]，颗珠挥汗凝云火。琼暖碧纱轻[②]，轻纱碧暖琼。 晕腮嫌枕印[③]，印枕嫌腮晕。闲照晚妆残[④]，残妆晚照闲。

【注释】①珠颗：指汗珠。②琼：美玉。③晕腮：晕红的脸颊。④残妆：残褪的化妆。

又回文[①]

峤南江浅红梅小[②]，小梅红浅江南峤。窥我向疏篱[③]，篱疏向我窥。 老人行即到，到即行人老。离别惜残枝，枝残惜别离。

【注释】①回文：一作"红梅赠别"。②峤南：指岭南，即五岭以南地区。③疏篱：稀疏的篱笆墙。

又 回文四时闺怨

翠鬟斜幔云垂耳[①]，耳垂云幔斜鬟翠。春晚睡昏昏，昏昏睡晚春。 细花梨雪坠，坠雪梨花细。颦浅念谁人，人谁念浅颦[②]？

【注释】①翠鬟：妇女发式的美称。这句意为梳起美丽的鬟发斜垂下来，溜到耳边厢。②浅颦：眉头微蹙。指发愁。

又

柳庭[①]风静人眠昼，昼眠人静风庭柳。香汗薄衫凉，凉衫薄汗香。 手红冰碗藕[②]，藕碗冰红手。郎笑藕丝长，长丝藕笑郎。

【注释】①柳庭：栽有柳树的庭院。②冰碗藕：一作“冰腕藕”，又作“冰盘藕”。

又

井桐双照新妆冷，冷妆新照双桐井。羞对井花愁，愁花井对羞。 影孤怜夜永，永夜[①]怜孤影。楼上不宜秋，秋宜不上楼。

【注释】①永夜：长夜。

又

雪花飞暖融香颊[①]，颊香融暖飞花雪。欺雪任单衣，衣单任雪欺。 别时梅子结，结子梅时别。归不恨开迟，迟开恨不归。

【注释】①香颊：香艳的脸颊。

又[①]

娟娟侵鬓妆痕浅[②]，双颦相媚弯如翦。一瞬百般宜，无论笑与啼。 酒阑思翠被[3]，特故腾腾地[4]。生怕促归轮，微波先注人。

【注释】①唐圭璋《全宋词》曰："案此首又作谢绛词，见《唐宋诸贤绝妙词选》卷二。"②娟娟：清秀妩媚的样子。③酒阑：谓酒筵将尽。④腾腾：朦胧，迷糊貌。欧阳修《蝶恋花》词："半醉腾腾春睡重，绿鬟堆枕香云拥。"

又 咏足

涂香莫惜莲承步，长愁罗袜凌波去[1]。只见舞回风，都无行处踪。 偷穿宫样稳，并立双趺困[2]。纤妙说应难，须从掌上看。

【注释】①凌波：形容女子走路时步履轻盈的样子。曹植《洛神赋》："凌波微步，罗袜生尘。"②双趺：即双脚。

又

玉环坠耳黄金饰，轻衫罩体香罗碧。缓步困春醪，春融脸上桃。 花钿从委地[1]，谁与郎为意。长爱月华清[2]，此时憎月明。

【注释】①花钿：古代妇女首饰，即花钗。②月华：月光。张若虚《春江花月夜》："愿逐月华流照君。"

又

湿云不动溪桥冷[1]，嫩寒初透东风影[2]。桥下水声长，一枝和月香。　人怜花似旧，花比人应瘦。莫凭小栏干，夜深花正寒。

【注释】①湿云：潮湿欲雨的云。②嫩寒：微寒，轻寒。

浣溪沙

缥缈[①]红妆照浅溪，薄云疏雨不成泥。送君何处古台西？　废沼[②]夜来秋水满，茂林深处晚莺啼。行人肠断草凄迷。

【注释】①缥缈：隐隐约约，若有若无。②废沼：荒废的池子。

又 送叶淳老

阳羡姑苏已买田，相逢谁信是前缘。莫教便唱水如天。　我作洞霄君作守[①]，白头相对故依然。西湖知有几同年！

【注释】①洞霄：洞霄宫，道观名。宋代宰相大臣乞退或免官，常以提举杭州府（南宋临安府）洞霄宫系衔。此观在浙江余杭县南大涤、天柱两山之间。

又 重九

珠桧丝杉冷欲霜[①]，山城歌舞助凄凉。且餐山色饮湖光[②]。共挽朱幡留半日[③]，强揉青蕊作重阳[④]。不知明日为谁黄？

【注释】①珠桧：桧柏叶上的露，明亮如珠。丝衫：松杉尖叶，纤细如丝。②"且餐"句：山色清秀使人欲吃；湖水清澈，令人想饮。③朱轓：车乘两旁之红色障泥。《后汉书·舆服志上》：得二千石之官，皆皂盖，朱轓。④蕊：花心。

又

霜鬓真堪插拒霜[①]，哀絃危柱作伊凉[②]。暂时流转为风光[③]。未遣清尊空北海[④]，莫因长笛赋山阳[⑤]。金钗玉腕泻鹅黄[⑥]。

【注释】①拒霜：木芙蓉花的异名。又名木莲，华木。冬凋夏茂，仲秋开花，耐寒不落，故名。②伊凉：唐开元二十四年，升胡部乐于堂上。而天宝乐曲，皆以边地名《凉州》《伊州》《甘州》《熙州》之类是也。③"暂时"句：从杜诗化来。杜甫《曲江》："传语风光共流转，暂时相赏莫相违。"④清尊、北海：此化孔融语。汉孔融为北海相，常叹说："坐上客恒满，樽中酒不空，吾无忧矣。"⑤长笛、山阳：晋向秀与嵇康友善，康后以事被诛，秀经其旧居，邻人有吹笛者，发音嘹亮，使秀追想曩昔游宴之好，而作《思旧赋》，其辞曰："济黄河以泛舟兮，经山阳之旧居。"⑥鹅黄：酒色。杜甫《舟前小鹅儿》："鹅儿黄似酒，对酒爱新鹅。"

又

傅粉郎君又粉奴[①]，莫教施粉与施朱[②]。自然冰玉照香酥。 有客能为《神女赋》[③]，凭君送与雪儿书[④]。梦魂东去觅桑榆[⑤]。

【注释】①傅粉郎君：魏朝何晏，字平叔，美姿容，而面至白。明帝疑其擦粉，夏季赐热汤饼。既啖之，大汗出，以朱衣自拭，颜更白。②"莫教"

句：宋玉《登徒子赋》："著粉则太白，施朱则太赤。"③《神女赋》：楚宋玉作。④雪儿：李密的爱姬，能歌舞。每见宾客文章有奇丽中意者，即付雪儿，协音律以歌之。⑤桑榆：唐玄宗题《薛令之》："若嫌松桂寒，任逐桑榆暖。"

又 咏橘

菊暗荷枯一夜霜，新苞绿叶照林光[①]。竹篱茅舍出青黄。　香雾噀人惊半破[②]，清泉流齿怯初尝。吴姬三日手犹香[③]。

【注释】①新苞绿叶：源于沈约《园橘》："绿叶迎露滋，朱苞待霜润。"②噀(xùn)：喷。③吴姬：吴地的女子。指歌女。

又

公守湖，辛未上元日，作会于伽蓝中。时长老法惠在坐。人有献剪采花者，甚奇，谓有初春之兴。作《浣溪沙》二首，因寄袁公济。

雪颔霜髯不自惊，更将剪采发春荣。羞颜未醉已先赪[①]。　莫唱黄鸡并白发[②]，且呼张丈唤殷兄[③]。有人归去欲卿卿[④]。

【注释】①赪：红色。②"莫唱"句：语本白乐天《醉歌示妓人商玲珑》："罢胡琴，掩秦瑟，玲珑再拜歌初毕。谁道使君不解歌，听唱黄鸡与白日。黄鸡催晓丑时鸣，白日催年酉前没。腰间红绶系未稳，镜里朱颜看已失。玲珑玲珑奈老何，使君歌了汝更歌。"③"且呼"句：语本白居易《岁日家宴戏示弟侄等兼呈张侍御二十八丈殷判官二十三兄》："犹有夸张少年处，笑呼张丈唤殷兄。"④"有人"句：语本《世说新语·惑溺》："王安丰妇，常卿安丰。安丰曰：'妇人卿婿，于礼为不敬，后勿复尔。'妇曰：'亲卿爱卿,是以卿卿,我不卿卿,谁当卿卿?’遂恒听之。”

又

料峭东风翠幕惊,云何不饮对公荣[1]。水晶盘莹玉鳞赪[2]。 花影莫孤三夜月[3],朱颜未称五年兄,翰林子墨主人卿[4]。

【注释】①“云何”句:语本《世说新语》:晋王戎尝与阮籍饮,时兖州刺史刘昶字公荣在座,阮籍以酒少,酌不及刘昶,昶无恨色。戎异之,他日,问阮籍:“彼何如人也?”答曰:“胜公荣,不可不与饮;减公荣,不敢不共饮;唯公荣可不与饮。”②“水晶盘”句:杜甫《丽人行》:“水晶之盘行素鳞”。③三夜月:正月十四、十五、十六夜。④“翰林”句:汉成帝好射猎,扬雄乃奏《长杨赋》,其序云:“聊因笔墨之成文章,故藉翰林以为主人,子墨为客卿以风。”

又

徐门石潭谢雨,道上作五首。潭在城东二十里,常与泗水增减,清浊相应[1]

照日深红暖见鱼,连村绿暗晚藏乌。黄童白叟聚睢盱[2]。 麋鹿逢人虽未惯,猿猱闻鼓不须呼。归来说与采桑姑。

【注释】①苏轼在《起伏龙行》诗序中说:“徐州城东二十里有石潭。父老云:‘与泗水通,增损清浊,相应不差,时有河鱼出焉。’元丰元年春旱,或云:‘置虎龙潭中,可以致雷雨。’用其说,作《起伏龙行》。”徐门:徐州。泗水:源出泗水县东蒙山南麓,四源并发,故名。②睢盱:张目仰视。

又

旋抹红妆看使君[1]，三三五五棘篱门[2]。相排踏破茜罗裙[3]。　老幼扶携收麦社[4]，乌鸢翔舞赛神村[5]。道逢醉叟卧黄昏。

【注释】①旋抹：匆匆打扮一下。红妆：妇女妆饰，多用红色。使君：古代州郡长官。这里是苏轼自称。②棘篱门：用枣树枝编的篱笆门，乡间农民住的房屋。棘：丛生的小枣树。③“相排”句：意为互相推挤，裙子被踏破了。茜：茜草，可作红色染料。茜罗裙：红色的绸裙子。④收麦社：收麦后祭神酬恩。社：社祭，祭土地神。⑤乌鸢翔舞：祭神时备有饭菜，乌鸦嘴馋，在上面盘旋飞舞。赛神：农村里逢社日有迎神赛会之举。

又

麻叶层层苘叶光[1]，谁家煮茧一村香？隔篱娇语络丝娘[2]。　垂白杖藜抬醉眼[3]，捋青捣麨软饥肠[4]。问言豆叶几时黄[5]？

【注释】①层层：茂盛貌。苘(qǐng):麻类，高四五尺，或六七尺，叶似苎而薄，实如大麻子，今人绩以为布及造绳索。②络丝娘：虫类，鸣时像轧轧的纺织声。这里借喻缫丝的姑娘。③垂白杖藜：白发老人拄着藜茎做的手杖。④捋青：指摘新麦。捣麨：碎麦炒的干粮。软饥肠：指饥肠吃个软饱。⑤“问言”句：问农民豆子几时熟。

又

簌簌衣巾落枣花[1]，村南村北响缫车[2]。牛衣古柳卖黄瓜[3]。　酒困路长惟欲睡，日高人渴漫思茶[4]。敲门试问野人家[5]。

【注释】①簌簌：下落。这句意为枣花纷纷落在衣巾上。②缫车：用来抽丝的工具。③牛衣：用粗麻编织的衣服。④漫思茶：想喝茶。⑤野人家：农户。

又

软草平莎过雨新[1]，轻沙走马路无尘。何时收拾耦耕身[2]？ 日暖桑麻光似泼[3]，风来蒿艾气如薰[4]。使君元是此中人[5]。

【注释】①莎(sūo)：生长在原野沼泽地上的一种多年生草。②耦耕：两人并耜而耕。此句意为何时能拿起农具去耕田呢？此有归隐田园之意。③“日暖”句：意为温和的太阳照在雨后的桑麻上，发出耀眼的光。④薰：香草。⑤“使君”句：表示作者来自农村，熟悉田间生活。

又 春情

道字娇讹苦未成[1]，未应春阁梦多情。朝来何事绿鬟倾？ 彩索身轻长趁燕[2]，红窗睡重不闻莺。困人天气近清明。

【注释】①“道字”句：意为唱歌吐字不正，只靠娇音，则难成。②彩索：彩色的秋千绳。身轻：指女子体轻。长趁燕：高低往来如飞燕。

又

自杭移密守，席上别杨元素，时重九前一日。

缥缈危楼紫翠间[1]，良辰乐事古难全[2]。感时怀旧独凄然。 璧月琼枝空夜夜[3]，菊花人貌自年年[4]。不知来岁与谁看。

【注释】①“缥缈”句：意为隐隐约约的高楼伫立在千峰万岭的紫翠色中。②“良辰”句：意为良辰美景赏心乐事四者难并。③璧月琼枝：璧玉月、琼花枝，皆形容女子的美。④“菊花”句：意为菊花岁岁相似，人貌年年不同。

又 春情

桃李溪边驻画轮[1]，鹧鸪声里倒清尊。夕阳虽好近黄昏。 香在衣裳妆在臂[2]，水连芳草月连云。几时归去不销魂？

【注释】①画轮：车的彩色圆轮。②“香在”句：指偷情人走后，留下的衣香和残妆。

又 荷花

四面垂杨十顷荷[1]，问云何处最花多？画楼南畔夕阳过。 天气乍凉人寂寞，光阴须得酒消磨。且来花里听笙歌。

【注释】①顷：百亩为一顷。

又 赠闾丘朝议，时还徐州。

一别姑苏已四年[①]，秋风南浦送归船[②]。画帘重见水中仙[③]。 霜鬓不须催我老，杏丹依旧驻君颜。夜阑相对梦魂间[④]。

【注释】①姑苏：以苏州的姑苏台指代苏州。②“秋风”句：江淹《别赋》：“送君南浦，伤如之何？”③“画帘”句：重在水波中见艳妆女郎。④“夜阑”句：杜甫《羌村》：“夜阑更秉烛，相对如梦寐。”

又 有赠

惟见眉间一点黄[①]，诏书催发羽书忙[②]。从教娇泪洗红妆。 上殿云霄生羽翼，论兵齿颊带冰霜。归来衫袖有天香[③]。

【注释】①眉间一点黄：相者以眉间黄色为喜色。②羽书：兵檄，必插羽以示其急。③“归来”句：杜甫《奉和贾至舍人早朝大明宫》：“朝罢香烟携满袖。”

又 赠陈海州。陈尝为眉令，有声。

长记鸣琴子贱堂[①]，朱颜绿发映垂杨。如今秋鬓数茎霜。 聚散交游如梦寐，升沉闲事莫思量。仲卿终不忘桐乡[②]。

【注释】①子贱：即宓子贱。本名不齐，春秋末期鲁国人。孔子学生，曾为单父宰。相传其身不下堂，鸣琴而治。②仲卿：汉朱邑字仲卿，少为吏民爱敬。后邑病且死，嘱其子：“我为桐乡吏，其民爱我，死必葬桐乡。”

其子葬之桐乡西郭外，民为起冢立祠，岁时祭祀。

又 春情

风压轻云贴水飞，乍晴池馆燕争泥。沈郎多病不胜衣[①]。 沙上不闻鸿雁信[②]，竹间时有鹧鸪啼[③]。此情惟有落花知。

【注释】①沈郎：沈约，南朝宋武康人。曾因多病而腰围减损，弱不胜衣。②“沙上”句：雁南飞至衡阳而止。③“竹间”句：郑谷《鹧鸪》：“苦竹丛深春日西。”

又

绍圣元年十月二十三日，与程乡令侯晋叔、归善簿谭汲，同游大云寺，野饮松下，仍设松黄汤，作此阕。余近酿酒，名之曰：“万家春”，盖岭南万户酒也。

罗袜空飞洛浦尘[①]，锦袍不见谪仙人[②]。携壶藉草亦天真[③]。 玉粉轻黄千岁药[④]，雪花浮动“万家春”。醉归江路野梅新。

【注释】①“罗袜”句：曹植《洛神赋》：“凌波微步，罗袜生尘。”②“锦袍”句：李白初至长安，贺知章见其文，叹曰：“子谪仙人也。”后供奉翰林，恳求还山。白浮游四方，尝乘月与崔宗之自采石至金陵，着宫锦袍，坐舟中，旁若无人。③携壶藉草：杜甫《陪李金吾花下饮》：“细草称偏坐，香醪懒再沽。”④“玉粉”句：《广志》：“千岁老松子，色黄白，味似栗，可食。”

又 重九旧韵

《白雪》清词出坐间[1]，爱君才气两俱全。异乡风景却依然。 可恨相逢能几日，不知重会是何年？茱萸子细更重看[2]。

【注释】①《白雪》：古曲名。此指清雅的歌曲。②茱萸：植物名。生于川谷，其味香烈。古代风俗，阴历九月九日重阳节佩戴茱萸，以祛邪避灾。子细：同"仔细"。

又

元丰七年十二月二十四日，从泗州刘倩叔游南山[1]。

细雨斜风作小寒，淡烟疏柳媚晴滩[2]。入淮清洛渐漫漫[3]。 雪沫乳花浮午盏[4]，蓼茸蒿笋试春盘[5]。人间有味是清欢。

【注释】①宋神宗元丰七年(1084)，朝廷调苏轼做汝州(今河南汝县)团练副使(执掌地方军事的助理官)。他在去汝州途中，经过泗州(今安徽泗县)时是冬天，一家二十余口迫于饥寒，只好在那里小住。刘倩叔：生平不详。南山：泗州南郊的风景区。②滩：南山附近的十里滩。③入淮清洛：洛：洛涧，源出安徽合肥，北流于淮远入淮河。泗州在淮河北面。漫漫：大水浩渺。④雪沫乳花：形容煎茶上浮的白泡。午：中午。盏：茶杯。⑤蓼茸：蓼芽，野菜的嫩芽。蒿笋：莴苣笋。试春盘：品品春节的菜。春盘：王三聘《古今事物考》："立春日，春饼生菜相馈食，号春盘。"

又 送梅廷老赴上党学官

门外东风雪洒裾，山头回首望三吴。不应弹铗为无鱼[①]。　上党从来天下脊，先生元是古之儒。时平不用鲁连书[②]。

【注释】①弹铗：弹击剑把。战国齐孟尝君食客冯谖弹铗而歌："长铗归来乎，食无鱼。"②鲁连：战国齐人。亦称鲁仲连。高蹈不仕，喜为人排难解纷。后燕将据聊城，齐攻之岁余不能下，仲连遗书燕将，聊城乃下。齐王欲爵之，鲁连逃隐海上。

又 徐州藏春阁园中[①]

惭愧今年二麦丰[②]，千畦细浪舞晴空[③]。化工余力染夭红[④]。　归去山公应倒载，阑街拍手笑儿童[⑤]。甚时名作"锦薰笼"。

【注释】①宋元丰元年夏，作为太守的苏轼登上徐州藏春阁，极目远望，一派丰收景象。于是写下这首词。②二麦丰：大麦、小麦好收成。③千畦细浪：千重麦浪。④化工：天工。染夭红：使花儿也开得艳红。⑤阑街：满街。

又

芍药樱桃两斗新，名园高会送芳辰。洛阳初夏广陵春。　红玉半开菩萨面，丹砂秾点柳枝唇[①]。尊前还有个中人。

【注释】①此为在扬州赏芍药、樱桃而作，下阕首句形容芍药，次句形容樱桃。

又 席上赠楚守田待制小鬟[1]

学画鸦儿正妙年，阳城下蔡困嫣然[2]。凭君莫唱“短因缘”。 雾帐吹笙香袅袅[3]，霜庭按舞月娟娟。曲终红袖落双缠[4]。

【注释】①小鬟：小丫头。②“阳城”句：《登徒子好色赋》：“嫣然一笑，惑阳城，迷下蔡。”注：阳城、下蔡为二县名。③袅袅：纤长柔美貌。④双缠：赠送女妓的两份财物。

又

一梦江湖费五年，归来风物故依然。相逢一醉是前缘。 迁客不应常眊矂[1]，使君为出小婵娟。翠鬟聊着小诗缠[2]。

【注释】①迁客：贬谪远方的人。眊矂：失意，烦恼。②“翠鬟”句：意为以一首小诗作为赏赐给乐人的缠头。

又 端午

轻汗微微透碧纨，明朝端午浴芳兰[1]。流香涨腻满晴川[2]。 彩线轻缠红玉臂[3]，小符斜挂绿云鬟[4]。佳人相见一千年。

【注释】①端午浴芳兰：《大戴礼记》：“五月五日，蓄兰为沐浴。”②“流香”句：《诗话》：“吴故宫有香水溪，俗云西施浴处，人呼为脂粉塘。吴王宫人濯妆于此，溪上至今犹香。”③“彩线”句：《风俗通》：“五月五日，以五彩丝系臂，名之曰长命缕也。”④“小符”句：《抱朴子》：“或问辟五兵之道，答以五月五日作赤灵符，著心前。”今世俗或为之，多系于髻鬟之上。

又 感旧

徐邈能中酒圣贤[①]，刘伶席地幕青天[②]。潘郎白璧为谁连[③]？ 无可奈何新白发，不如归去旧青山。恨无人借买山钱[④]。

【注释】①“徐邈”句：三国时魏国徐邈性嗜酒，常饮酒至醉，自称“中圣人”。②刘伶《酒德颂》：“幕天席地，纵意所如。”③潘郎：指晋潘岳，岳美姿仪，有掷果盈车故事。后常借以称妇女所爱慕的男子。《晋书·夏侯湛传》：“夏侯湛美容观，与潘岳友善，每行止，同舆接茵，京师谓之‘连壁。’”④买山钱：以钱买山归隐。据《高僧传》：支遁字道林，晚年入会稽剡山沃洲小岭，买山为嘉遁之乡。又《世说新语》：“支公因人就深公买印山，深公曰：‘未闻巢、由买山而隐。’”

又 自适

倾盖相看胜白头[①]，故山空复梦松楸[②]。此心安处是菟裘[③]。 卖剑买牛吾欲老[④]，乞浆得酒更何求[⑤]？愿为同社宴清秋[⑥]。

【注释】①倾盖：盖，车盖。谓行道相遇，停车而语，车盖接近。因称一见如故为倾盖。白头：白发老人。②松楸：松树与楸树。因多植于墓地，常用为墓地的代称。③菟裘：《左传》：“使营菟裘，吾将老焉。”注：“菟裘：鲁邑也。”④“卖剑”句：《汉书·龚遂传》：龚遂为渤海守，民有带持刀剑者，使卖剑买牛，卖刀买犊，曰："何为带牛佩犊？"欲老：则将请老。⑤乞浆得酒：只求有饮料有酒喝。⑥"愿为"句：韩愈《南溪始泛三首》："愿为同府人，鸡豚燕春秋。"

又 寓意

炙手无人傍屋头[①]，萧萧晚雨脱梧楸。谁怜季子敝貂裘[②]。 顾我已无当世望[③]，似君须向古人求[④]。岁寒松柏肯惊秋[⑤]。

【注释】①炙手：火焰灼手，比喻权势和气焰之盛。②"谁怜"句：意为谁人可怜苏秦不得志时，穿着破败的貂裘。③无当世望：在当时没什么雅望。④"似君"句：《晋书·王衍传》：武帝问王戎："夷甫（王衍字）当世谁比？"戎说："未见其比，当从古人中求耳。"⑤"岁寒"句：《论语·子罕篇》："岁寒，然后知松柏之后凋也。"

又 即事

画隼横江喜再游[①]，老鱼跳槛识清讴。流年未肯付东流。 黄菊篱边无怅望[②]，白云乡里有温柔[③]。挽回霜鬓莫教休。

【注释】①画隼：画鸟隼之旗。②"黄菊"句：据《续晋阳秋》：九月九日无酒，陶潜乃于宅篱边菊丛中，摘菊盈把而坐。怅望久之，见有白衣人至，乃太守王弘送酒，饮醉而归。③"白云"句：据《赵飞燕外传》：汉成帝私通赵飞燕的妹妹合德后，对飞燕的姑姑樊嫕说："你的侄女是温柔乡，吾老是乡矣，不能效法汉武帝求白云乡。"嫕贺曰："陛下真得仙者也。"

又 端午

入袂轻飘不破尘，玉簪犀璧醉佳辰。一番红粉为谁新？　团扇不堪题往事[1]，新丝那解系行人[2]。酒阑滋味似残春。

【注释】①“团扇”句：王献之妾桃叶《答王团扇歌》：“七宝画团扇，灿烂明月光。与郎却暄暑，相忆莫相忘。”②新丝：昔人赠别必折柳，以取丝条留系之意。罗隐《柳》诗：“自家飞絮犹无定，争把长条系得人。”

又 新秋

风卷珠帘自上钩，萧萧乱叶报新秋。独携纤手上高楼。　缺月向人舒窈窕[1]，三星当户照绸缪[2]。香生雾縠见纤柔[3]。

【注释】①窈窕：美好貌。②绸缪：紧缠密绕。《诗经·唐风·绸缪》：“绸缪束薪，三星在天。”③“香生”句：司马相如《子虚赋》：“离纤罗，垂雾縠。”注云：“其轻靡如雾。”

又

游蕲水清泉寺，寺临兰溪，溪水西流[1]。

山下兰芽短浸溪[2]，松间沙路净无泥。萧萧暮雨子规啼[3]。　谁道人生无再少，门前流水尚能西[4]。休将白发唱黄鸡[5]。

【注释】①作者于宋神宗元丰五年谪黄州时，曾与医人庞安常同游清泉寺。时值春夏之交，景色宜人。又在作者病愈后，因而心情非常舒畅。作者从“溪水西流”得到启发，认为人生能“再少”，年老人也能焕发青春。蕲(qí)水：今湖北浠水县。清泉寺：在蕲水城外。②“山下”句：意为山脚下的兰草都发芽了，一直蔓延到溪边。③萧萧：细雨声。子规：即杜鹃。相传是蜀帝杜宇的魂变成的，春夏之交不停地叫，其声凄切，能动旅客乡思。④“门前”句：流水向东是普遍现象，但也有超出常规的溪水西流。⑤“休将”句：意为不要徒然自伤白发，悲叹人易老。白居易《醉歌》：“谁道使君不解歌，听唱黄鸡与白日。黄鸡催晓丑时鸣，白日催年酉前没。腰间红绶系未稳，镜里朱颜看已失。”诗中“黄鸡催晓”“白日催年”都有人生易老的意思。

又 渔父

西塞山边白鹭飞，散花洲外片帆微[1]。桃花流水鳜鱼肥[2]。　自庇一身青箬笠，相随到处绿蓑衣。斜风细雨不须归。

【注释】①西塞山、散花洲：故址在江西南昌。②“桃花”句：《汉书·沟洫志》：桃花开时，既有雨水，川谷冰泮，众流猥集，波澜盛长，故谓之桃花水。又，唐开元间，隐者张志和为颜鲁公门下诗酒客，鲁公为豫章太守，一日宴集，坐客皆作《渔父词》，志和词曰：“西塞山前白鹭飞，桃花流水鳜鱼肥。青箬笠，绿蓑衣，斜风细雨不须归。”

又

十二月二日雨后微雪，太守徐君猷携酒见过，坐上作《浣溪沙》三首。明日酒醒，雪大作，又作二首。

覆块青青麦未苏[1]，江南云叶暗随车[2]。临皋烟景世间无[3]。　雨脚半收檐断线[4]，雪林初下瓦跳珠。归来冰颗乱黏须。

【注释】①青青麦：韩愈《过南阳》："桑下麦青青"。②云叶：杜甫诗："雨稀云叶断"。③临皋：在黄州。④"雨脚"句：杜甫："雨脚如麻未断绝。"⑤"归来"句：杜旬鹤《早发》："时逆帽檐风刮顶，旋呵鞭手冻黏须。"

又 前韵

醉梦醺醺晓未苏，门前辘辘使君车。扶头一盏怎生无[1]？　废圃寒蔬挑翠羽[2]，小槽春酒滴真珠[3]。清香细细嚼梅须[4]。

【注释】①扶头：即易醉的扶头酒。②"废圃"句：杜甫《园官送菜》："青青佳蔬色，埋没在中园。"③"小槽"句：李贺《将进酒》："玻璃钟，琥珀浓，小槽酒滴真珠红。"④"清香"句：花香多在须间粉上。

又 前韵

雪里餐毡例姓苏[1]，使君载酒为回车。天寒酒色转头无。　荐士已闻飞鹗表[2]，报恩应不用蛇珠[3]。醉中还许揽桓须[4]。

【注释】①"雪里"句：汉朝苏武使匈奴，胁使降，武不可。匈奴乃幽武，置大窖中，绝不饮食。天雨雪，武卧啮雪与毡毛并咽之，数日不死，匈奴以为神。徙武北海上，使牧羝，羝乳，乃得归。②"荐士"句：汉孔融《荐弥衡表》："鸷鸟累百，不如一鹗。"③"报恩"句：隋侯尝出，见蛇伤，以药治之。后蛇含明月之珠以报恩。④"醉中"句：桓伊能消除谢安所受的毁谤，谢安感动泣下，越席而捋伊之须说："使君于此不凡。"桓伊时为豫州刺史。

又 再和前韵

半夜银山上积苏[1]，朝来九陌带随车。涛江烟渚一时无。 空腹有诗衣有结[2]，湿薪如桂米如珠。冻吟谁伴撚髭须[3]？

【注释】①“半夜”句：刘诗道《雪》诗：“三千世界银成色，十二楼台玉作层。”《周穆王篇》：“王俯而视之，其宫榭若累块积苏焉。”②“空腹”句：《晋书·董京传》：“董京能诗，逍遥吟咏，常宿白社中。时丐于市，得碎缯絮，结以自覆。全帛佳锦则不肯受。”③“冻吟”句：杜甫诗：“迎旦东风骑蹇驴，旋呵冻手暖髯须。”

又 前韵

万顷风涛不记苏[1]，雪晴江上麦千车。但令人饱我愁无。 翠袖倚风萦柳絮，绛唇得酒烂樱珠[2]。尊前呵手镊霜须。

【注释】①“万顷”句：苏轼有薄田在苏州，为风涛荡尽。②“绛唇”句：形容美人樱桃小口饮酒的迷人姿态。

又

几共查梨到雪霜，一经题品便生光。木奴何处避雌黄[1]？ 北客有来初未识，南金无价喜新尝[2]。含滋嚼句齿牙香。

【注释】①木奴：柑橘。②南金：原指南方出产的铜，这里指南方的优秀人才。

又

山色横侵蘸晕霞[1]，湘川风静吐寒花。远林屋散尚啼鸦。　梦到故园多少路[2]，酒醒南望隔天涯。月明千里照平沙。

【注释】①蘸：以液体沾染他物。②故园：故乡家园。

又 方响

花满银塘水漫流，犀槌玉板奏凉州[1]。顺风环佩过秦楼。　远汉碧云轻漠漠[2]，今宵人在鹊桥头。一声敲彻绛河秋[3]。

【注释】①凉州：指《凉州词》，曲名。②漠漠：无声。③绛河：指天河。

南歌子[1] 杭州端午

山与歌眉敛，波同醉眼流[2]。游人都上十三楼[3]。不羡竹西歌吹、古扬州[4]。　菰黍连昌歜[5]，琼彝倒玉舟[6]。谁家水调唱歌头[7]。声绕碧山飞去、晚云留。

【注释】①南歌子：唐教坊曲名。此调有单调双调两体和平韵仄韵两体。单调最早见于唐代温庭筠词，双调最早见于五代毛熙震词。双调平韵见毛熙震词，双调仄韵见《乐府雅词》。又名十爱词、水晶帘、南柯子、春宵曲、风蝶令、宴齐云、悟南柯、望秦川、碧窗梦、醉厌厌、断肠声。②敛：聚集。此言歌者的翠眉微皱如群山一般簇集，醉眼目光像水波一样流转。

③十三楼：宋代杭州名胜。又称十三间楼。后用以泛称供游乐的楼馆。④竹西：唐杜牧《题扬州禅智寺》诗："谁知竹西路，歌吹是扬州。"后人因于其处建竹西亭，又名歌吹亭，在扬州府甘泉县（今扬州市）北。⑤菰(gū)：即茭白。黍：黍子，又叫黄米。昌歜(chù)：即菖蒲根的腌制品，又称昌菹。端午节有食昌蒲菹、饮昌蒲酒的习俗。⑥琼彝：琼为美玉，彝为酒器，琼彝指酒壶。玉舟：酒杯。⑦水调、歌头：《词谱》云："水调乃唐人大曲，凡大曲有歌头，此必裁截其歌头，另倚新声。"

又 寓意

雨暗初疑夜，风回便报晴。淡云斜照著山明。细草软沙溪路、马蹄轻。　卯酒醒还困[①]，仙村梦不成[②]。蓝桥何处觅云英[③]。只有多情流水、伴人行。

【注释】①卯酒：早晨喝的酒。卯时在早晨，故称。②仙村：龙榆生注引《参同契》："得长生，居仙村。"苏轼亦有诗云："篮舆西出登山门，嘉与我友寻仙村。"一本作"仙材"，恐非是。③蓝桥：桥名，在陕西省蓝田县东南蓝溪上。相传其地有仙宅，为唐代裴航遇仙女云英处。唐裴铏《传奇·裴航》："一饮琼浆百感生，玄霜捣尽见云英。蓝桥便是神仙宅，何必崎岖上玉京。"后常用以指男女幽会之处。

又 送行甫[①]赴余姚

日出西山雨，无晴又有晴[②]。乱山深处过清明。不见彩绳花板、细腰轻[③]。　尽日行桑野[④]，无人与目成[⑤]。且将新句琢琼英[⑥]，我是世间闲客、此闲行[⑦]。

【注释】①行甫：刘行甫。②“日出”二句：语出唐刘禹锡《竹枝词》：“东边日出西边雨，道是无晴却有晴。”“晴”，“情”也，取共谐音，双关语。③彩绳花板：指秋千。④桑野：植桑树的田野。⑤目成：即眉目传情，以眼神传达心意。《楚辞·九歌》：“满堂兮美人，忽独与余兮目成。”朱熹集注：“言美人并会，盈满于堂，而司命独与我睨而相视，以成亲好。”⑥琼英：本指似玉的美石。《诗·齐风·著》：“尚之以琼英乎而。”毛传：“琼英，美石似玉者。”这里用来比喻美妙的诗文。⑦闲客、闲行：语出唐杜牧《八月十二日得替后移居霅溪馆，因题长句四韵》：景物登临闲始见，愿为闲客此闲行。”

又

带酒冲山雨，和衣睡晚晴。不知钟鼓报天明。梦里栩然蝴蝶、一身轻[①]。　老去才都尽，归来计未成。求田问舍笑豪英[②]。自爱湖边沙路、免泥行。

【注释】①“梦里”句：语出《庄子·齐物论》：“昔者庄周梦为胡蝶，栩栩然蝴蝶也。自喻适志与！不知周也。俄然觉，则蘧蘧然周也。不知周之梦为胡蝶与？胡蝶之梦为周与？”②求田问舍：谓一心买房置地，胸无大志。语出《三国志·魏书·陈登传》：“刘备谓许汜曰：‘天下大乱，望君有救世之意，而君求田问舍，计无可采。”笑豪英：为豪杰英雄所笑。

又

日薄花房绽[①]，风和麦浪轻。夜来微雨洗郊坰[②]。正是一年春好、近清明。　已改煎茶火，犹调入粥饧[③]。使君高会有余清[④]。此乐无声无味、最难名。

【注释】①日薄：日色暗淡，亦指傍晚。花房：花冠，花朵。②郊坰(jiōng)：郊外。③饧(xíng)：用麦芽或谷芽熬成的饴糖，为旧时清明寒食节常吃的一种食物。唐徐坚《初学记》卷四“寒食”条引《玉烛宝典》：“今人以寒食悉为大麦粥，研杏仁为酪，煮饧以沃之。”④使君：汉代刺史之称，后世用以称州郡长官。高会：盛大的宴会。亦泛指大规模的聚会。余清：余留的清雅之气。

又 八月十八日观潮[①]

海上乘槎侣[②]，仙人萼绿华[③]。飞升元不用丹砂[④]。住在潮头来处、渺无涯。　雷辊夫差国[⑤]，云翻海若家[⑥]。坐中安得弄琴牙？写取余声归向、《水仙》夸[⑦]。

【注释】①一本下有“和苏伯固二首”。“二首”中另一首即下列“苒苒中秋过”一词。②槎(chá)：木筏。③萼绿华：女仙，着青衣。参阅《太平广纪》卷五十七引《真诰》。④元：“原”的本字。本来、原来。⑤雷辊：言钱塘潮声如雷滚动。夫差国：余杭为春秋吴王夫差故地。⑥云翻：形容海潮翻腾如云。海若：海神。⑦弄琴牙：牙：即伯牙，善抚琴。弄：即抚，弹奏。据《乐府解题》：“伯牙学琴于成连，三年不成。成连云：‘吾师方子春，今在东海中，能移人情。’乃与伯牙俱往。至蓬莱山，留伯牙曰：‘子居留之，吾将迎之。’刺船而去，旬日不返。伯牙远望无人，但闻海涛汹涌，山林窈冥，怆然叹曰：‘先生移我情矣。’乃抚琴而歌，作《水仙操》。曲终，成连回，刺船迎之而还。因而鼓琴绝妙天下。”据传《水仙操》乃伯牙所作。

又

苒苒中秋过，萧萧两鬓华。寓身此世一尘沙[①]。笑看潮来潮去、了生涯。　方士三山路[②]，渔人一叶家[③]。早知身世两聱牙[④]。好伴骑鲸公子、赋雄夸[⑤]。

【注释】①“寓身”句：据佛教教义，茫茫众生，其数量如恒河之沙。②“方士”句：《史记·封禅书》：“蓬莱、方丈、瀛洲，此三神山，诸仙集焉，黄金白银为宫阙。未至，望之如山；及到，三山反居水下；欲到，则风引船而去，终莫能至者。”③一叶：小舟。④身世：自身与世界。聱(áo)牙：谓牴牾不合。⑤骑鲸公子：语出汉·扬雄《羽猎赋》：“乘巨鳞，骑京鱼。”李善注：“京鱼，大鱼也，字或为鲸。鲸亦大鱼也。”后以“骑鲸”比喻隐遁或游仙。“骑鲸公子”又称“骑鲸李”“骑鲸客”，指唐代诗人李白。赋：指李白所作《大鹏赋》。

又

师唱谁家曲，宗风嗣阿谁[①]？借君拍板与门槌[②]。我也逢场作戏、莫相疑[③]。　溪女方偷眼[④]，山僧莫皱眉。却愁弥勒下生迟[⑤]。不见老婆三五、少年时[⑥]。

【注释】①“师唱”二句：傅干注引《景德传灯录》：“关南道吾和尚，因见巫师乐神，打鼓作舞，云：‘还识神也！’师于此大悟。后往德山申其悟旨。德山乃印可，师往后每至升座时，著绯衣，执木简作礼。僧问：‘师唱谁家曲，宗风嗣阿谁？’师云：‘打动关南鼓，唱起德山歌。’”宗风：指佛教各宗系特有的风格、传统，多用于禅宗。②拍板：一种打击器，也称檀板、绰板。用一寸多宽、一尺来长的硬木数片，另一头两手合击用以打拍子。唐宋时一般用木六到九片，今用三片。据《景德传灯录》卷二十七《善慧大士》载，梁武帝请志公和尚讲经，志公对曰：“自有大士，见在渔行，善能讲唱。”帝乃召大士入内，问：“用何高座？”大士对曰：“不用高座，只用拍板一具。”大士得板，遂乃唱经，并四十九颂，唱毕而去。又载，武帝尝一日焚章而召诸法师斋，人莫有知之者。大士诘朝即手执一铁槌，径往以扣梁之端门，而先赴召。③逢场作戏：语出《景德传灯录》卷六《江西道一禅师》：“僧邓隐峰云：‘竿木随身，逢场作戏。’”④溪女：溪边之女。偷眼：偷看。⑤下生：出生。《弥勒下生经》载，百千万亿劫后，阎浮世界复散为虚空，则弥勒佛乃当下生时也。⑥“不见”句：语出五代王定保《唐摭言》卷三《慈恩寺题名游赏赋咏杂记》：“唐薛逢尝策羸马赴朝，值新进士榜下缀行。导曰：‘回避新郎君。’逢輾然，即遣一介语之曰：‘报道莫贫相，阿婆三五少年时，也曾东涂西抹来。’”按：据《冷斋夜话》：东坡镇钱塘，无日不在西湖，尝携妓谒大通禅师。大通愠于色，东坡作长短句，令妓歌之。

又 别润守许仲涂

欲执河梁手[①]，还升月旦堂[②]。酒阑人散月侵廊，北客明朝归去、雁南翔。　窈窕高明玉，风流郑季庄[③]。一时分散水云乡[④]，惟有落花芳草、断人肠。

【注释】①河梁：本指桥梁。旧题汉李陵《与苏武》诗之三：“携手上河梁，游子暮何之？……行人难久留，各言长相思。”后因以借指送别之地。②月旦：指农历初一。据《后汉书·许劭传》：初，劭与靖俱有高名，好共核论乡党人物，每月辄更其品题，故汝南俗有‘月旦评’焉。”故“月旦”指品评人物。③高明玉：高莹。郑季庄：郑容。二人皆南徐名妓。④水云乡：水云弥漫的地方，多指隐者游居之地。傅干旧注：“江南地卑湿而多沮泽，故谓之水云乡。”

又 湖州作

山雨潇潇过，溪风浏浏清[①]。小园幽榭枕苹汀[②]。门外月华如水、彩舟横。　苕岸霜花尽[③]，江湖雪阵平[④]。两山遥指海门青[⑤]。回首水云何处、觅孤城。

【注释】①浏浏：水流顺畅貌。②苹：多年生草本植物，生浅水中，又称四叶菜、田字草。苹汀：谓生长着草的水面。枕：临近、靠近。③苕岸：傅干注："湖有苕溪。"此谓湖州苕溪边。④雪阵：喻浪花。⑤海门：指钱塘江海门，有两山夹峙。

又

紫陌寻春去，红尘拂面来。无人不道看花回[1]，惟见石榴新蕊、一枝开。　冰簟堆云髻[2]，金尊滟玉醅[3]。绿阴青子莫相催[4]，留取红巾千点、照池台[5]。

【注释】①紫陌：指京城郊外的道路。红尘：车马扬起的飞尘。此三句出自唐刘禹锡《元和十年自朗州召至京戏赠看花诸君子》诗："紫陌红尘拂面来，无人不道看花回。"②簟：凉席。冰簟，形容席凉如冰。云髻：妇女头上的发髻，此借指美女。③滟：形容水波微动。玉醅（pēi）：美酒。④绿阴：即绿荫。青子：指未黄熟的果实。⑤"留取"句：见前《贺新郎》："石榴半吐红巾蹙。"注。

又 黄州腊八日，饮怀民小阁。

卫霍元勋后[1]，韦平外族贤[2]。吹笙只合在缑山[3]。同驾彩鸾归去、趁新年。　烘暖烧香阁，轻寒浴佛天[4]。他时一醉画堂前。莫忘故人憔悴、老江边。

【注释】①卫霍：卫青与霍去病，皆汉武帝时名将。②韦平：韦贤与平当，皆西汉时人。《汉书·平当传》："汉兴，唯韦、平父子至丞相。"外族：

母家或妻家的亲族。③“吹笙”句：王子晋吹笙之事。详见《鹊桥仙·一》注。④浴佛天：相传农历四月初八为释迦牟尼生日，每年此日，佛教徒用拌有香料的水灌洗佛像，谓之“浴佛”。

又

笑怕蔷薇罥[1]，行忧宝瑟僵[2]。美人依约在西厢[3]。只恐暗中迷路、认余香。 午夜风翻幔，三更月到床。簟纹如水玉肌凉。何物与侬归去[4]、有残妆。

【注释】①罥(juàn)：挂，缠。蔷薇有刺，故云。“蔷薇罥”乃隋炀帝宫中之事。详见《南部烟花记》。②宝瑟：瑟的美称。《汉书·金日磾传》：“何罗袖白刃从东厢上，见日磾，色变，走趋卧内欲入，行触宝瑟，僵。”③西厢：语出唐元稹《莺莺传》：“崔氏与张生诗云：‘待月西厢下，迎风户半开。’”④何物：犹言何人。侬：我。

又

寸恨谁云短[1]，绵绵岂易裁[2]。半年眉绿未曾开[3]。明月好风闲处。是人猜。 春雨消残冻，温风到冷灰[4]。尊前舞雪为谁回？留取曲终一拍、待君来。

【注释】①寸恨：犹言遗憾之心。②绵绵：犹言不断的情思。裁：剪断。③眉绿：犹言眉黛。女子用黛绿画眉。故亦以眉绿、眉黛称眉。开：舒展。④温风：暖风。

又 楚守周豫出舞鬟

绀绾双蟠髻[①]，云欹小偃巾[②]。轻盈红脸小腰身。叠鼓忽催花拍、斗精神[③]。　空阔轻红歇[④]，风和约柳春[⑦]。蓬山才调最清新[⑥]。胜似缠头千锦、共藏珍[⑦]。

【注释】①绀(gàn)：天青色，或深青透红之色。绾(wǎn)：盘绕，打结。②云：云状之物。此指头发。欹(qī)：歪斜，倾斜。③"叠鼓"句：据傅干注：今乐府，大鼓则有叠奏之声，曲拍则有花十八花九之数，盖舞曲至于叠鼓花拍之际，其妙在此，故曰：'斗精神'。"④轻：减少，削减。红：指花。歇：尽，消失。⑤约：拂。⑥蓬山：即蓬莱山，相传为仙人所居。⑦缠头：古时歌舞艺人表演完毕，客人例赠以罗锦，称为缠头。《太平御览》卷八一五引《唐书》：旧俗，赏歌舞人以锦彩置之头上，谓之"缠头"。

又

琥珀装腰佩，龙香入领巾[①]。只应飞燕是前身[②]。共看剥葱纤手[③]、舞凝神。　柳絮风前转，梅花雪里春[④]。鸳鸯翡翠两争新。但得周郎一顾、胜珠珍[⑤]。

【注释】①"琥珀"二句：言以琥珀做腰间佩饰。龙香：即龙涎香，一种名贵香料。领巾：一种颈饰。②飞燕：汉成帝的后妃赵飞燕，以体轻著称。③剥葱：喻手指如同剥过的葱白一般白嫩。④柳絮、梅花：皆言舞态轻盈若此。⑤周郎：三国时周瑜。据《三国志·吴书·周瑜传》："(周瑜)少精意于音乐，虽三爵之后，其有阙误，瑜必知之，知之必顾。人曰：'曲有误，周郎顾。'"

又

古岸开青葑[①]，新渠走碧流。会看光满万家楼。记取他年扶病、入西州。　　佳节连梅雨，余生寄叶舟。只将菱角与鸡头[②]。更有月明千顷、一时留。

【注释】①青葑（fēng）：即茭白，又叫菰，水里植物。苏轼在杭州时，西湖为此物淤塞，他做了疏浚工作，兴修水利，并以葑造田，为民所称颂。②鸡头：又叫鸡头肉，一种水生植物，全株有刺，叶圆盾形，浮于水面。花托形状像鸡头，故称。种子称"芡实"，可食用或入药。

又

见说东园好[①]，能消北客愁[②]。虽非吾土且登楼。行尽江南南岸、此淹留。　　短日明枫缬[③]，清霜暗菊球[④]。流年回首付东流。凭仗挽回潘鬓、莫教秋[⑤]。

【注释】①见说：听说。东园：泛指园圃。②北客：作者自谓。③短日：冬季白天短，故称。缬（xié）：有花纹的纺织品。④菊球：菊花的花冠。此言初冬菊花已暗淡凋零。⑤潘鬓：喻鬓发斑白，年华老去。

又

云鬓裁新绿，霞衣曳晓红[①]。待歌凝立翠筵中。一朵彩云何事、下巫峰[②]。　　趁拍鸾飞镜，回身燕漾空[③]。莫翻红袖过帘栊。怕被杨花勾引、嫁东风。

【注释】①“云鬓”二句：言女子的鬓发如同剪裁的新发绿叶，衣裙摇曳如同早晨的红霞。②“一朵”二句：喻其为巫山神女。③趁拍：合着节拍。飞镜：喻明月。漾：飘荡、飘飞。燕漾空：如燕子掠空而过。此二句言女子舞姿之美。

江城子

陶渊明以正月五日游斜川，临流班坐，顾瞻南阜，爱曾城之独秀，乃作《斜川诗》，至今使人想见其处。元丰壬戌之春，余躬耕于东坡，筑雪堂居之。南挹四望亭之后丘，西控北山之微泉，慨然而叹：“此亦斜川之游也。”乃作长短句，以《江城子》歌之。

梦中了了醉中醒。只渊明，是前生[1]。走遍人间、依旧却躬耕。昨夜东坡春雨足，乌鹊喜，报新晴[2]。　雪堂西畔暗泉鸣。北山倾，小溪横。南望亭丘、孤秀耸曾城。都是斜川当日境，吾老矣，寄余龄。

【注释】①“梦中”三句：在梦里很明白，在醉里很清醒，而能不为梦所沉迷，不以醉丧失理智，唯有先前的陶潜，后来的我能做到这点。②乌鹊：阳鸟。汉武帝时，天新雨止，闻鹊声，帝以问东方朔，朔曰：“必在殿后柏木枝上，东向而鸣也。”验之，果然。

又 孤山竹阁送述古

翠蛾羞黛怯人看。掩霜纨[1]，泪偷弹。且尽一尊、收泪听《阳关》[2]。漫道帝城天样远，天易见，见君难[3]。　画堂新创近孤山。

曲阑干，为谁安？飞絮落花、春色属明年。欲棹小舟寻旧事，无处问，水连天。

【注释】①霜纨：班婕妤《怨歌行》："新裂齐纨素，皎洁如霜雪。"②"且尽"句：王维《阳关曲》："劝君更尽一杯酒，西出阳关无故人。"③"漫道"三句：《世说新语·夙慧篇》：晋明帝幼而慧。年幼，坐元帝膝上，属长安使来，元帝因问明帝曰："汝谓日与长安孰近？"对曰："长安近，不闻人从日边来，居然可知也。"元帝异之。明日宴群僚，又问之，对曰："日近。"元帝失色曰："何乃异昨日之言乎？"对曰："举目见日，不见长安。"由是益奇之。

又 湖上与张先同赋

凤凰山下雨初晴[1]。水风清，晚霞明。一朵芙蕖、开过尚盈盈[2]。何处飞来双白鹭，如有意，慕娉婷[3]。　　忽闻江上弄哀筝。苦含情，遣谁听？烟敛云收、依约是湘灵[4]。欲待曲终寻问取，人不见，数峰青[5]。

【注释】①凤凰山：在钱塘。②芙蕖：荷花。③娉婷：姣美。④湘灵：帝舜二妃娥皇、女英，帝尧之二女也。从舜南征三苗不返，道死沅湘之间，后世谓之湘灵。《离骚》《九歌》有湘君，湘夫人者，即此也。故《文选》有"湘灵鼓瑟"之句。⑤"欲待"三句：钱起《湘灵鼓瑟》诗："曲终人不见，江上数峰青。"

又 密州出猎

老夫聊发少年狂。左牵黄，右擎苍[1]。锦帽貂裘、千骑卷平冈[2]。

为报倾城随太守，亲射虎，看孙郎[3]。　酒酣胸胆尚开张[4]。鬓微霜，又何妨！持节云中、何日遣冯唐[5]？会挽雕弓如满月[6]，西北望，射天狼[7]。

【注释】①“左牵”二句：左手牵黄狗，右臂架苍鹰。鹰和狗，古时打猎用以追逐猎物。②锦帽：锦蒙帽也。貂裘：貂鼠裘也。这里指随从将士的服装。千骑：古者诸侯千乘。今太守，古诸侯也，故出拥千骑。③“为报”三句：意为请为我报知全城百姓，使他们随我出猎，看我像当年孙权一样射猛虎。④“酒酣”句：是说畅饮极欢之后，更加激发了豪情壮志。⑤“持节”二句：意为朝廷何日派遣冯唐去云中赦免魏尚的罪呢？云中：郡名，今古蒙古自治区托克托县一带，包括山西省西北部分地区。冯唐：文帝时老为郎。后因言云中太守魏尚事，悟帝，帝悦。遣唐持节云中，赦尚，而拜唐为车骑都尉。⑥雕弓：弓背上雕有花纹。弓形如半月，射时把弦尽量拉开，便成满月形。⑦天狼：星名，一称犬星，旧说以为主侵略。星的分野在西北地带。

又 别徐州

天涯流落思无穷。既相逢，却匆匆。携手佳人、和泪折残红。为问东风余几许？春纵在，与谁同！　隋堤三月水溶溶[1]。背归鸿，去吴中。回首彭城、清泗与淮通。欲寄相思千点泪，流不到，楚江东。

【注释】①“隋堤”句：隋炀帝大业元年，开通济渠。自西苑引谷水、洛水入黄河；自板渚引黄河入汴水，经泗水达淮河；又开邗沟，自山阳至扬子入长江，渠广四十步，旁筑御道，并植杨柳，后人谓之隋堤。白居易《隋堤柳》：“……大业年中炀天子，种柳成行夹流水，西自黄河东至淮，绿影一千三百里。”

又 东武雪中送客

相逢不觉又初寒。对尊前，惜流年。风紧离亭[①]、冰结泪珠圆。雪意留君君不住，从此去，少清欢。　转头山上转头看。路漫漫，玉花翻。云海光宽、何处是超然？知道故人相念否，携翠袖，倚朱阑。

【注释】①离亭：路旁驿亭。地远者称离亭，近者称都亭。

又

大雪，有怀朱康叔使君，亦知使君之念我也，作此以寄之。

黄昏犹是雨纤纤[①]。晓开帘，欲平檐。江阔天低、无处认青帘。孤坐冻吟谁伴我？揩病目，撚衰髯。　使君留客醉厌厌。水晶盐，为谁甜？手把梅花[②]、东望忆陶潜。雪似故人人似雪，虽可爱，有人嫌。

【注释】①纤纤：细微。②把：持，把玩。

又

陈直方妾嵇，钱塘人也。求新词，为作此。钱塘人好唱《陌上花缓缓曲》，余尝作数绝以纪其事。

玉人家在凤凰山。水云间，掩门闲。门外行人、立马看弓弯[①]。十里春风谁指似？斜日映，绣帘斑。　多情好事与君还。闵新鳏[②]，拭余潸。明月空江、香雾著云鬟[③]。陌上花开春尽也，闻旧曲，破朱颜。

【注释】①弓弯：弓形小脚。②新鳏：此指陈直方，盖其妻初亡，故称。③香雾著云鬟：杜甫《月夜》："香雾云鬟湿"，盖为此句所本。

又 乙卯正月二十日夜记梦[1]

十年生死两茫茫[2]。不思量，自难忘。千里孤坟[3]、无处话凄凉。纵使相逢应不识，尘满面，鬓如霜[4]。　夜来幽梦忽还乡。小轩窗，正梳妆[5]。相顾无言、惟有泪千行。料得年年肠断处，明月夜，短松岗[6]。

【注释】①乙卯：宋神宗熙宁八年(1075)，苏轼四十岁，时知密州(山东诸城)。②茫茫：不明貌。作者写此词。他的妻子王弗恰恰死十年。③千里孤坟：作者妻子的坟墓在四川彭山县，与作者当时所在地密州东西相距数千里。④"尘满面"二句：风尘满面，两鬓斑白。⑤小轩窗：小窗。⑥短松岗：在遍植松树的墓地小山冈上。

又

前瞻马耳九仙山。碧连天，晚云闲。城上高台、真个是超然。莫使匆匆云雨散，今夜里，月婵娟。　小溪鸥鹭静联拳[1]。去翩翩，点轻烟。人事凄凉、回首便他年。莫忘使君歌笑处，垂柳下，矮槐前。

【注释】①联拳：屈曲貌。

又

墨云拖雨过西楼。水东流，晚烟收。柳外残阳，回照动帘钩。今夜巫山真个好，花未落，酒新篘[①]。　美人微笑转星眸[②]。月华羞，捧金瓯。歌扇萦风，吹散一春愁。试问江南诸伴侣，谁似我，醉扬州。

【注释】①篘(chōu)：用篾编成的漉酒具。②星眸：指美人的眼珠，言其明如星，故称。

又

腻红匀脸衬檀唇[①]。晚妆新，暗伤春。手撚花枝、谁会两眉颦？连理带头双□□，留待与，个中人。　淡烟笼月绣帘阴。画堂深，夜沈沈。谁能□□、□系得人心。一自绿窗偷见后，便憔悴，到如今。

【注释】①檀唇：浅红的嘴唇。檀：浅红色，形容女子嘴唇好看。

蝶恋花[①] 春景

花褪残红青杏小。燕子飞时，绿水人家绕[②]。枝上柳绵吹又少，天涯何处无芳草[③]！　墙里秋千墙外道。墙外行人，墙里佳人笑。笑渐不闻声渐悄，多情却被无情恼[④]。

【注释】①蝶恋花：词牌名。唐教坊曲名《鹊踏枝》，后用为词牌，改名为《蝶恋花》，取义于南朝梁元帝“翻阶蛱蝶恋花情”句。双调，仄韵。清万树《词律》卷九："又名《一箩金》《黄金缕》《鹊踏枝》《凤栖梧》《明月生南浦》《卷珠帘》《鱼水同欢》。"②"绿水"句：意应为"绿水绕人家"。用倒装修辞手法。③上片言春光将逝，而人在天涯，隐约流露出思乡之情，偏又作旷达语。④《诗人玉屑》卷二十引《古今词话》中谈及下片意即"盖行人多情，佳人无情耳。"张相《诗词曲语辞汇释》卷五"恼"字条下云："恼"是"撩"的意思。说下片言墙里佳人之笑，本出于无心情，而墙外行人闻之，枉自多情，却如被其撩拨矣。俞平伯《唐宋词选释》中卷在此案曰："'恼'字仍从烦恼取义，被引起烦恼，即是被撩拨。"此二义皆通。（自此首以下至"凭谁妙笔"篇为毛德富所注。）

又 佳人[①]

一颗樱桃樊素口[②]。不要黄金，只要人长久。学画鸦儿犹未就[③]，眉间已作伤心皱。　扑蝶西园随伴走。花落花开，渐解相思瘦。破镜重圆人在否？章台折尽青青柳[④]。

【注释】①《傅干注坡词》此题作"代人赠别"。②樊素：白居易家的歌妓。后以代指善歌的艺人。③画鸦：指妇女在额上涂鸦黄。鸦黄，古代一种化妆品。④章台：泛指妓院聚集之地。此话用"章台柳"典实。唐许尧佐《柳氏传》载：唐韩翃有姬柳氏，以艳丽称。韩翊获选上第归家省亲；柳氏留居长安，安史乱起，出家为尼。后来韩翃为平卢节度使侯希逸书记，使人寄柳诗曰："章台柳，章台柳，昔日青青今在否？纵使长条似旧垂，亦应攀折他人手。"

又 送春

雨后春容清更丽。只有离人，幽恨终难洗。北固山前三面水[①]，碧琼梳拥青螺髻[②]。 一纸乡书来万里。问我何年，真个成归计？回首送春拚一醉[③]，东风吹破千行泪。

【注释】①北固山：在今江苏省镇江市东北。有南、中、北三峰。北峰三面临江，形势险要，故称“北固”。②青螺髻：本指形如青螺的发髻，此处比喻山峰。此句意为参差不齐的青绿色美石犹如梳子拥列着青螺髻似的山峰。③拚：豁出去。

又 暮春

簌簌无风花自堕。寂寞园林，柳老樱桃过。落日有情还照坐，山青一点横云破[①]。 路尽河回人转舵。系缆渔村，月暗孤灯火。凭仗飞魂招楚些[②]，我思君处君思我[③]。

【注释】①横云：横浮于天空的云。上片主写暮春，在流露惜别之情时，也暗含与人惜别。②“凭仗”句：意应为“凭仗楚些招飞魂”。凭仗：依赖、依靠。③“我思”句：用回文法，把二人间的情真意切包含其中。

又 密州上元[①]

灯火钱塘三五夜。明月如霜，照见人如画[②]。帐底吹笙香吐麝[③]，更无一点尘随马[④]。 寂寞山城人老也。击鼓吹箫，却入农桑社[⑤]。火冷灯稀霜露下，昏昏雪意云垂野。

【注释】①熙宁八年乙卯元宵节，苏轼四十岁，到密州任。密州：在山东省诸城县。②苏轼于熙宁七年九月离开杭州。上片忆昔，写杭州元宵景致，写灯、写月、写人。③香吐麝：指麝香一类化妆品所散发出的香气。

④“更无”句：苏味道《上元》：“暗尘随马去，明月逐人来。”苏轼此句讲江南气候清润。⑤“寂寞”三句：讲当今密州元宵节之夜，欢乐的人群打着鼓，吹着箫，又到了土地祠里，祈求土神让老百姓五谷丰登，幸福美满。

又

微雪，客有善吹笛击鼓者。方醉中，有人送《苦寒诗》求和，遂以此答之。

帘外东风交雨霰[1]。帘里佳人，笑语如莺燕。深惜今年正月暖，灯光酒色摇金盏。　掺鼓《渔阳》挝未遍[2]。舞褪琼钗，汗湿香罗软。今夜何人吟古怨[3]，清诗未了冰生砚。

【注释】①雨霰：细雨和雪珠。②掺鼓：古代乐奏中的一种击鼓。此指《渔阳掺挝》。③古怨：昔日的怨恨。

又 过涟水军赠赵晦之[1]

自古涟漪佳绝地，绕郭荷花[2]，欲把吴兴比。倦客尘埃何处洗？真君堂下寒泉水[3]。　左海门前酤酒市，夜半潮来，月下孤舟起。倾盖相逢拚一醉[4]，双凫飞去人千里[5]。

【注释】①涟水军：有的本子无“军”字。宋军州，即今江苏省涟水县。②“绕郭“句：倒装句，应为“荷花绕郭”。③真君堂：道观。④“倾盖”句：意即初次相逢便高兴得要豁出去喝它个一醉方休。⑤双凫：两只水鸟或野鸭。比喻刚刚相逢订交，马上又要别离。

又 述怀①

云水萦回溪上路，叠叠青山，环绕溪东注。月白沙汀翘宿鹭，更无一点尘来处。　溪叟相看私自语：底事区区，苦要为官去？尊酒不空四百亩，归来分取闲中趣。

【注释】①此词上片讲优美的环境，下片写归志。

又 送潘大临①

别酒劝君君一醉。清润潘郎，又是何郎婿。记取钗头新利市，莫将分付东邻子②。　回首长安佳丽地。三十年前，我是风流帅。为向青楼寻旧事，花枝缺处余名字。

【注释】①此首送别诗。②东邻子：典见楚宋玉《登徒子好色赋》序。此指美貌的女子。

又 同安君生日放鱼，取《金光明经》救鱼事。

泛泛东风初破五。江柳微黄，万万千千缕。佳气郁葱来绣户，当年江上生奇女。　一盏寿觞谁与举。三个明珠，膝上王文度①。放尽穷鳞看圉圉②。天公为下曼陀雨③。

【注释】①“一盏”三句：此讲祝寿的酒杯均由谁敬，三个姑娘，一个儿子。膝上王文度：《世说新语·方正》“蓝田爱念文度，虽长大，犹抱著膝上。”王坦之字文度，王蓝田之子。②圉圉(yǔ)：困而未舒貌。③曼陀：指曼陀罗花。曼陀雨：指曼陀罗花纷纷落下如天公下雨。

又

春事阑珊芳草歇[①]。客里风光，又过清明节。小院黄昏人忆别，落红处处闻啼鴂[②]。　咫尺江山分楚越[③]。目断魂销，应是音尘绝。梦破五更心欲折，角声吹落梅花月[④]。

【注释】①阑珊：将尽。②落红：落花。鴂(jú)：鸟名，通称伯劳。《乐府》诗："东飞伯劳西飞燕"，喻离散也。花离枝落地，亦离散也。③楚越：楚国和越国，喻相距遥远。④角声：画角之声，古代军中吹角以为昏明之节。

又

记得画屏初会遇。好梦惊回，望断高唐路[①]。燕子双飞来又去，纱窗几度春光暮[②]。　那日绣帘相见处。低眼佯行[③]，笑整香云缕。敛尽春山羞不语[④]，人前深意难轻诉[⑤]。

【注释】①高唐：战国时楚国台观名，在云梦泽中。传说楚襄王游高唐，梦见巫山神女，幸之而去。宋玉著有《高唐赋》。后借指男女幽会之所。②上片回忆了恋爱的全过程：初遇——破灭——思念。③佯行：假装着行走。④春山：春日山色黛青，因喻指妇人姣好的眉毛。⑤下片又回过头来集中描述他们之间最甜蜜的一次会遇：一句写时间地点。二三句写女方娇羞之态。四五句写女方细腻的内心活动。

又

昨夜秋风来万里。月上屏帏，冷透人衣袂。有客抱衾愁不寐，那堪玉漏长如岁。　羁舍留连归计未。梦断魂销，一枕相思泪。衣带渐宽无别意[1]，新书报我添憔悴。

【注释】①衣带渐宽：《古诗十九首·行行重行行》：“相去日已远，衣带日已缓。”柳永《凤栖梧》词：“衣带渐宽终不悔，为伊消得人憔悴。”

又

雨霰疏疏经泼火[1]。巷陌秋千，犹未清明过。杏子梢头香蕾破，淡红褪白胭脂涴[2]。　苦被多情相折挫[3]。病绪厌厌，浑似年时个[4]。绕遍回廊还独坐，月笼云暗重门锁。

【注释】①泼火：即泼火雨。旧俗寒食节禁火，其时所下的雨叫“泼火雨”，也叫“清明雨”。②蕾破：即“破蕾”，含苞的花朵已开放。涴(wò)：侵渍，染上。③折挫：折磨。④年时个：方言。去年。

又

蝶懒莺慵春过半。花落狂风，小院残红满。午醉未醒红日晚，黄昏帘幕无人卷。　云鬓鬅鬆眉黛浅[1]。总是愁媒，欲诉谁消遣。未信此情难系绊，杨花犹有东风管[2]。

【注释】①云鬟：形容妇女浓黑而柔美的鬟发。鬅鬙：亦作蓬鬆，蓬松。②这是一首闺情词。主人公是一位多情善感的少女，她在暮春时节，独处幽闺，不免苦闷无聊，对花伤春。

卷三十 词

减字木兰花[1]

云鬟倾倒，醉倚阑干风月好。凭仗相扶，误入仙家碧玉壶[2]。 连天衰草，下走湖南西去道[3]。一舸姑苏，更逐鸱夷去得无[4]？

【注释】①减字木兰花：词牌名。五代人作《木兰花令》，句式参差不一，宋人定为七言八句，双调，仄韵。又有《偷声木兰花》，于第三、第七句各减去三字，《减字木兰花》即就偷声体第一、第五句再各减三字而成。②“凭仗”二句：傅干注引《神仙传》：“壶公者，不知何姓字，卖药不二价。常悬空壶于霤上，日入之后，公辄飞入壶中。人莫见，惟汝南费长房于楼上见之，知非常人。乃日为洒扫，进饼饵；公受而不谢。如此积久，公知长房笃信，乃语长房曰：‘见我跳入壶，便随我跳入。’长房承公言，试跳即入壶矣。但见楼观五色，重门阁道，左右侍者数十人。公曰：‘我仙人也，忝天曹职。所统供事不勤，以此见谪，暂还人间耳。’”傅注曰：“《后汉书·费长房传》与所注《神仙传》小有异同。”刘尚荣按：“《后汉书》卷八十二下《方术列传》所载费长房事与《神仙传》异。”毛案：揣摸词意，苏轼用典似为《后汉书·方术列传》：长房从壶公学仙，最后被壶公遣归：“翁与一竹杖。长房乘杖，须臾来归。以杖投陂，顾视则龙也。”③下走：自称的谦词。④“一舸”二句：杜牧《杜秋娘》诗：“西子下姑苏，一舸逐鸱夷。”鸱夷即鸱夷子皮，春秋越范蠡的号。苏词言乘扁舟，浮江湖，乃写其归志。

又

赠润守许仲涂，且以“郑容落籍、高莹从良”为句首。

郑庄好客[1]，容我尊前先堕帻[2]。落笔生风[3]，籍籍声名不负公[4]。高山白早[5]，莹骨冰肤那解老[6]。从此南徐[7]，良夜清风月满湖。

【注释】①郑庄好客：郑当时字庄，为汉太子舍人，每五日洗沐，常置驿马长安诸郊，请谢宾客，夜以继日，至明旦，常恐不遍。详见《汉书·郑当时传》。②堕帻：帽子掉落。典见《世说新语·雅量》：庾敳（字子嵩）性俭家富。刘庆孙说东海王越令换千万，冀其有吝，乘此构陷。越于众坐中问庾敳，庾时颓然已醉，帻堕几上，以头就穿取。徐答云："下官家故可有两娑千万，随公所取。"于是乃服。③落笔生风：杜甫《寄李十二白二十韵》诗："笔落惊风雨。"李白《赠从弟宣州长史昭》诗："摇笔起风霜。"④籍籍：声名盛大貌。李白《赠韦秘书子春》诗："高名动京师，天下皆籍籍。"⑤高山白早：刘禹锡《苏州白舍人寄新诗有叹早白无儿之句因以赠之》诗："雪里高山头白早。"⑥解：会、能。⑦南徐：古代州名，今江苏省镇江市。

又 西湖食荔枝

闽溪珍献，过海云帆来似箭[①]。玉座金盘，不贡奇葩四百年[②]。 轻红酽白，雅称佳人纤手擘[③]。骨细肌香，恰似当年十八娘[④]。

【注释】①"闽溪"二句：讲福建产的荔枝，像箭一般从海道运到浙江杭州。因为荔枝不易保存，故运往外地必须迅速、快捷。②奇葩：珍奇的花。此句意为：自从有了荔枝作贡品，其他奇珍异卉都不再作贡品了。《海山记》云："大业中，闽地贡五种荔枝。"距苏轼时已四百余年，故言。③轻红酽白：壳轻红而肉酽白也。《荔枝谱》云："色泽鲜紫，壳薄而平，瓤厚而莹，膜如桃花红，核如丁香母。剥之凝如水晶，食之消如绛雪。"此二句写荔枝中的绝品，让佳人的纤纤素手剥食才相称。擘：分开、剖裂。④十八娘：《荔枝谱》："十八娘荔枝，色深红而细长。时人以少女比之。俚传闽王王氏，有女弟十八娘，好啖此品，因而得名。其冢今在城东报国院，冢旁犹有此树。"

又 送东武令赵昶失官归海州

贤哉令尹，三仕已之无喜愠[①]。我独何人，犹把虚名玷搢绅[②]？　不如归去，二顷良田无觅处[③]。归去来兮[④]，待有良田是几时！

【注释】①“贤哉”二句：《论语·公冶长》：“令尹子文三仕为令尹，无喜色；三已之，无愠色。”②玷：玷辱。搢绅：犹缙绅。旧时士大夫、官宦之人。③二顷良田：《史记·苏秦传》：苏秦云：“使我有洛阳负郭田二顷，吾岂能佩六国相印乎？”④归去来兮：陶渊明《归去来兮辞》首句云：“归去来兮，田园将芜胡不归？”

又 彭门留别

玉觞无味[①]，中有佳人千点泪。学道忘忧，一念还成不自由。　如今未见，归去东园花似霰[②]。一语相开，匹似当初本不来。

【注释】①玉觞：此指酒。杜甫《白水县崔少府十九翁高斋三十韵》：“玉觞淡无味，胡羯岂强敌？”②东园：泛指园圃。陶渊明《停云》诗之三：“东园之树，枝条载荣。竞用新好，以怡余情。”霰(xiàn)：雪珠，白色不透明的球形或圆锥形小冰粒。多在下雪前或下雪时降落。

又 送赵令晦之

春光亭下，流水如今何在也！岁月如梭，白首相看拟奈何？　故人重见，世事年来千万变。官况阑珊，惭愧青松守岁寒[①]。

【注释】①阑珊：此喻艰难、窘困。青松守岁寒：语见《论语·子罕》：“岁寒然后知松柏之后凋也。”

又

秘阁古《笑林》云：“晋元帝生子，宴百官，赐束帛，殷羡谢曰：‘臣等无功受赏。’帝曰：‘此事岂容卿有功乎！’同舍每以为笑。”余过吴兴，而李公择适生子，三日会客，求歌辞，乃为作此戏之，举坐皆绝倒。

惟熊佳梦[①]，释氏老君亲抱送[②]。壮气横秋，未满三朝已食牛[③]。犀钱玉果，利市平分沾四坐[④]。多谢无功，此事如何着得侬[⑤]？

【注释】①惟熊佳梦：《诗·小雅·斯干》：“吉梦维何，维熊维罴。”“维熊维罴，男子之祥。”②释氏：释迦牟尼，佛教鼻祖。老君：老子，道教的祖师爷。③食牛：杜甫《徐卿二子歌》云：“君不见徐卿二子生绝奇，感应吉梦相追随。孔子释氏亲抱送，尽是天上麒麟儿。大儿九龄色清澈，秋水为神玉为骨。小儿五岁气食牛，满堂宾客皆回头。”《尸子》云：“虎豹之驹，虽未成文，已有食牛之气。”④“犀钱”二句：写主人殷勤招待前来贺喜的客人。犀钱：洗儿钱。玉果：指柑橘，其皮有润泽，故称。沾：受益、沾光意。⑤“多谢”二句：写客人因沾光而摹仿殷羡说的笑话。详见作者注引。

又 得书

晓来风细，不会鹊声来报喜[①]。却羡寒梅，先觉春风一夜来[②]。香笺一纸，写尽回文机上意[③]。欲卷重开，读遍千回与万回。

【注释】①鹊：又叫喜鹊。俗谓：喜鹊叫，喜来报。②寒梅：梅花因凌寒开放，故称。因其开放在冬天——春天的前奏，故又称“先觉春风来。”③“香笺”二句：《晋书·列女传·窦滔妻苏氏》：名蕙，字若兰。善属文。滔，苻坚时为秦州刺史，被徙流沙，苏氏思之，织锦为《回文旋图诗》以赠滔。宛转循环以读之，词甚凄惋，凡八百四十字。

又 送别

天台旧路，应恨刘郎来又去[1]。别酒频倾，忍听《阳关》第四声[2]。刘郎未老，怀恋仙乡重得到。只恐因循，不见而今劝酒人。

【注释】①“天台”二句：典见《神仙记》《续齐谐记》《幽明录》。叙汉明帝永平中，刘晨、阮肇入天台遇仙住半年。因思亲返乡，已历七世。后以此典指文人的艳遇。②“别酒”二句：《东坡题跋》云：“旧传《阳关三叠》。然今世歌者，每句再叠而已；若通一首言之，又是四叠，皆非是。或每句三唱，以应三叠之说，则丛然无复旧节奏。余在密州，有文勋长官者，以事至密，自云得古本《阳关》，其声宛转凄断，不类向之所闻，每句皆再唱，而第一句不叠。乃知唐有三叠皆如此。及在黄州，偶读白居易《对酒诗》云：‘相逢且莫推辞醉，听唱《阳关》第四声。’注云：‘劝君更尽一杯酒。’以此验之，若第一句再叠，则此句为第五声；今为第四声，则第一句不叠审矣。”

又

钱塘西湖，有诗僧清顺。所居藏春坞，门前有二古松，各有凌霄花络其上，顺常昼卧其下。时余为郡，一日屏骑从过之，松风骚然，顺指落花求韵，余为赋此。

双龙对起，白甲苍髯烟雨里[①]。疏影微香，下有幽人昼梦长[②]。湖风轻软，双鹊飞来争噪晚。翠飐红轻，时下凌霄百尺英[③]。

【注释】①“双龙”二句：写二古松冲天而起，铜枝铁干，屈伸偃仰，如白甲苍髯的两条巨龙在烟雨中飞腾。②“下有”句：写清顺昼卧其下，呼呼大睡。③“湖风”四句：从湖上吹来的风又轻又软，一对喜鹊飞来树上，叽叽喳喳争吵着。在微风的摩挲下，青翠的松枝伸展摇动，金红色的凌霄花儿微微轻舞，不时从高高的枝头飘落。

又 赠小鬟琵琶

琵琶绝艺，年纪都来十一二[①]。拨弄么弦[②]，未解将心指下传[③]。主人瞋小，欲向春风先醉倒。已属君家，且更从容等待他。

【注释】①“琵琶”二句：白居易《琵琶行》：“十三学得琵琶成。”②么弦：第四弦。此借指琵琶。③未解：不会，不知道。反用白居易诗：“低眉信手续续弹，说尽心中无限事。”

又 己卯儋耳《春词》

春牛春杖[①]，无限春风来海上。便丐春工[②]，染得桃红似肉红。春幡春胜[③]，一阵春风吹酒醒。不似天涯，卷起杨花似雪花[④]。

【注释】①春牛春杖：傅干注云：“今立春前五日，郡邑并造土牛耕夫犁具于门外之东，是日质明，有司为坛以祭先农，而官吏各具彩杖环击牛者三，所以示劝农之意。”春牛：打春用的土牛。旧俗，立春前一日，用土牛打春，以示迎春和劝农。②春工：春季造化万物之工。③春幡：春旗。旧俗于立春日或挂春幡于树梢，或剪缯绢成小幡，连缀簪之于首，以示迎春之意。春胜：旧俗于立春日剪彩成方胜为戏，或为妇女的首饰，称为春胜。④杨花：在华中、华北一带多开于仲春之时。南海立春季节此时已暖，已春盛花开。

又 雪

云容皓白，破晓玉英纷似织[①]。风力无端，欲学杨花更耐寒[②]。相如未老，梁苑犹能陪俊少[③]。莫惹闲愁，且折江梅上小楼。

【注释】①玉英：此比喻雪花。②杨花：《唐摭言》记唐诗云：“杨花满地如飞雪。”③“相如”二句：《文选》载谢惠连《雪赋》云：“岁将暮，时既昏，寒风积，愁云繁。梁王不悦，游于兔园。乃置旨酒，命宾友，召邹生，延枚叟，相如末至，居客之右。俄而微霰零，密雪下，王乃歌《北风》于《卫诗》，咏《南山》于《周雅》。相如于是避席而起，逡巡而为之赋云。”

又 花

玉房金蕊[①]，宜在玉人纤手里。淡月朦胧，更有微微弄袖风。温香熟美[②]，醉幔云鬟垂两耳。多谢春工，不是花红是玉红[③]。

【注释】①玉房：对花的子房的美称。金蕊：金色的花蕊。②温香：柔和清淡的香气。熟美：引申为美好。③玉红：《西京杂记》：“赵后体轻腰弱，昭仪弱骨秾肌。二人并色如红玉，为当时之第一。”

又

二月十五日夜，与赵德麟小酌聚星堂[1]。

春庭月午，摇荡香醪光欲舞[2]。步转回廊，半落梅花婉娩香[3]。轻烟薄雾，总是少年行乐处。不是秋光，只与离人照断肠。

【注释】①赵德麟《侯鲭录》云："元祐七年正月，东坡在汝阴州，堂前梅花大开，月色鲜霁。王夫人曰：'春月色胜秋月色。秋月令人凄惨，春月令人和悦。何如召赵德麟辈来，饮此花下？'先生大喜曰：'吾不知子亦能诗耶，此真诗家语耳。'遂召德麟饮，因作此词。"②香醪：美酒。③婉娩：美好。

又 赠胜之[1]

天然宅院，赛了千千并万万。说与贤知，表德元来是胜之[2]。今来十四，海里猴儿奴子是[3]。要赌休痴，六只骰儿六点儿[4]。

【注释】①胜之：乃徐君猷之侍儿。②表德：古者，名以正体，字以表德。后因以"表德"指人的表字或别号。③海猴儿：意为好孩儿也。④六点儿：言没赛也。

又[1]

空床响琢，花上春禽冰上雹。醉梦尊前，惊起湖风入座寒。《转关》《镬索》[2]，春水流弦霜入拨。月堕更阑[3]，更请宫高奏独弹。

【注释】①朱注：本集，公与蔡景繁书："朐山临海石室，信如所谕。某尝携家一游。时家有胡琴婢，就室中作《镬索凉州》，凛然有冰车、铁马之声。"案，公于甲寅十一月至海州，是词疑赋胡琴婢事。②《转关》：《转关六幺》的简称。琵琶旧曲名。取其声调闲婉。《镬索》：古乐府琵琶曲名。取其音节间繁。③月堕更阑：月落更尽。

又

五月二十四日，会于无咎之随斋[①]，主人汲泉置大盆中，渍白芙蓉，坐客翛然，无复有病暑意。

回风落景[②]，散乱东墙疏竹影。满座清微，入袖寒泉不湿衣[③]。梦回酒醒，百尺飞澜鸣碧井[④]。雪洒冰麾[⑤]，散落佳人白玉肌。

【注释】①无咎：晁补之字无咎，自号归来子。②回风：旋风。落景：夕阳。③寒泉：此指清冽的泉水。④飞澜：飞流的波浪。⑤雪、冰：喻白，指飞澜溅起的水花。麾：抛洒。

又 以大琉琉杯劝王仲翁

海南奇宝，铸出团团如栲栳[①]。曾到昆仑，乞得山头玉女盆[②]。绛州王老，百岁痴顽推不倒[③]。海口如门，一派黄流已电奔[④]。

【注释】①栲栳：用柳条编成的盛物器具。亦称笆斗。②玉女盆：又叫"玉女洗头盆。"华山中峰有玉女祠，祠前有石臼，称为玉女洗头盆。上片极言酒杯之大。③绛州王老：指王仲翁，乃绛州人氏，高寿且酒量大。④黄流：指酒。电奔：形容迅速。下片言王仲翁年高量大喝酒快。

又 琴

神闲意定，万籁收声天地静[1]。玉指冰弦[2]，未动宫商意已传[3]。《悲风》《流水》[4]，写出寥寥千古意。归去无眠，一夜余音在耳边[5]。

【注释】①神闲意定：神气悠闲安静。万籁：各种声响。此二句写弹琴者的精神状态。②玉指：称美人的手指。冰弦：琴弦的美称。传说有用冰蚕丝作的琴弦，故称。《乐府诗集·清商曲辞一·子夜歌之四十一》："朱口发艳歌，玉指弄娇弦。"③"未动"句：白居易《琵琶行》："转轴拨弦三两声，未成曲调先有情。"宫商：五音中的宫音与商音。此指未动音律。④《悲风》：琴曲名。李白《月夜听卢子顺弹琴》："忽闻《悲风》调，宛若寒松吟。"《流水》：《高山流水》的省称，古琴曲名。李贺《河南府试十二月乐词·二月》："津头送别唱《流水》，酒客背寒南山死。"⑤下片主要写琴曲的美妙与余韵。

又

银筝旋品[1]，不用缠头千尺锦[2]。妙思如泉，一洗闲愁十五年。为公少止，起舞属公公莫起。风里银山，摆撼鱼龙我自闲[3]。

【注释】①银筝：用银装饰的筝或用银字表示音调高低的筝。旋：屡、反复。品：品柱。指弦乐器上确定音位的弦柱。②缠头：古代歌舞艺人表演完毕，客以罗锦为赠，称"缠头"。③摆撼：摇动。

又 赠君猷家姬

柔和性气，雅称佳名呼懿懿[①]。解舞能讴，绝妙年中有品流。眉长眼细，淡淡梳妆新绾髻[②]。懊恼风情，春著花枝百态生[③]。

【注释】①懿懿：君猷家姬的芳名。②绾髻：指盘绕发髻。③上片写懿懿性气柔和，能歌善舞，有品入流。下片写懿懿相貌打扮、宜嗔宜喜，百娇千媚。

又

莺初解语，最是一年春好处。微雨如酥，草色遥看近却无[①]。休辞醉倒，花不看开人易老[②]。莫待春回，颠倒红英间绿苔[③]。

【注释】①韩愈《早春呈水部张十八员外二首》（其一）：“天街小雨润如酥，草色遥看近却无。最是一年春好处，绝胜烟柳满皇都。”②“花不看开”句：此句应读作“不看花开人易老”。③红英：红花。

又

江南游女，问我何年归得去？雨细风微，两足如霜挽纻衣[①]。江亭夜语，喜见京华新样舞。莲步轻飞，迁客今朝始是归[②]。

【注释】①纻衣：苎麻所织的衣服。②迁客：指遭贬斥放逐之人。此是作者自指。

又 赠徐君猷三侍人——妩卿

娇多媚煞[①]，体柳轻盈千万态。殢主尤宾[②]，敛黛含颦喜又瞋。 徐君乐饮，笑谑从伊情意恁。脸嫩肤红，花倚朱阑裹住风。

【注释】①煞：甚、很、极之意。②殢主尤宾：同“殢云尤雨”一个句式。意即对主人撒娇纠缠不休。

又 胜之

双鬟绿坠，娇眼横波眉黛翠[①]。妙舞翩跹，掌上身轻意态妍[②]。曲穷力困，笑倚人旁香喘喷。老大逢欢，昏眼犹能子细看[③]。

【注释】①横波：比喻徐君猷的第二个侍女胜之眼神流动，如水横流。眉黛：古代女子用黛画眉，因称眉为眉黛。②掌上身轻：相传汉成帝的皇后赵飞燕体态轻盈，能为掌上舞。后指女子轻盈善舞的体态。上片写胜之的娇眼横波、身轻妙舞、意态秀美。③下片写胜之在曲尽人乏之时，犹能倚在男人身旁笑得香气喘喷，真可谓巧笑倩兮。若是老大妩卿受宠逢欢，胜之那困乏的眼睛犹仍能仔细观看，说明她的细心。

又 庆姬[①]

天真雅丽，容态温柔心性慧。响亮歌喉，遏住行云翠不收[②]。妙词佳曲，啭出新声能断续。重客多情[③]，满劝金卮玉手擎[④]。

【注释】①庆姬：徐君猷的第三个侍人。②“响亮”二句：《列子·汤问》：“薛谭学讴于秦青，未穷青之技，自谓尽之，遂辞归。秦青弗止。饯于郊衢，抚节悲歌，声振林木，响遏行云。薛谭乃谢求反，终身不敢言归。”后以此形容歌声响亮动听。③重客：贵客。④金卮：金色的酒杯。

以上三首词分别写出妩卿多娇、胜之舞妙、庆姬歌美。

又

凭谁妙笔，横扫素缣三百尺[①]。天下应无，此是钱塘湖上图。（苏轼）一般奇绝，云淡天高秋夜月。费尽丹青[②]，只这些儿画不成。（仲殊）

案：《苕溪渔隐丛话后集》卷三十七引《古今词话》。同卷又另引《复斋漫录》云上半阕乃刘泾所作，以《古今词话》为非。宋吴曾《能改斋漫录·逸文》：“巨济先唱云：‘凭谁妙笔……。’”今录，存疑。

【注释】①素缣：白色的绢帛。②丹青：丹砂和青雘，可作颜料。此指绘画的颜料。

行香子[①] 茶词

绮席才终[②]，欢意犹浓。酒阑时、高兴无穷。共夸君赐[③]，初拆臣封[④]。看分香饼，黄金缕，密云龙[⑤]。　斗赢一水[⑥]，功敌千钟[⑦]。觉凉生、两腋清风。暂留红袖[⑧]，少却纱笼[⑨]。放笙歌散，庭馆静，略从容。

【注释】①行香子：词牌名。双调，六十六字。②绮席：华美丰盛的筵席。③君赐：指皇上赐给的御茶。④臣封：亦称御封。皇帝赐给臣子的御品所加的封纸。⑤“看分”三句：皆为茶名，乃茶中上品。⑥斗赢一水：宋傅干注引《茶录》：“建安人斗茶，试以水痕先者为负，耐久者为胜。故较胜负之说，曰‘相去一水、两水。’”此句写斗茶。正用此术语。⑦功敌千钟：茶能消酒，故称茶能抵千钟酒。⑧红袖：歌妓。⑨纱笼：纱制的灯笼。

又

三入承明[①]，四至九卿[②]。问儒生、何辱何荣？金张七叶[③]，纨绮貂缨[④]。无汗马事，不献赋，不明经[⑤]。　成都卜肆，寂寞君平[⑥]。郑子真、岩谷躬耕[⑦]。寒灰炙手，人重人轻[⑧]。除竺乾学[⑨]，得无念，得无名。

【注释】①承明：承明庐。汉承明殿的旁屋，为皇帝侍臣值宿之所。此指受到皇帝宠任。②四至九卿：汉代司马安四次官至九卿，人称巧宦。③金张七叶：汉代金日磾、张安世二家族，七代得为侍中、常侍。七叶：七世。④纨绮：贵族穿的衣服。貂缨：侍中、常侍的冠饰。⑤汗马事：指攻战辛劳之功。献赋：司马相如善写赋，因献赋于汉武帝，汉武帝任他为郎。明经：精通经典。汉代平当，精通经典被任为博士。上片词意谓有些人无任何文武之功，却能高官厚禄。因而对荣辱应有正确的看法。⑥“成都”二句：汉代严君平修身高洁，以在成都市场上为人占卜为生。卜肆：卜于市肆。⑦“郑子真”句：汉代郑子真不愿做官，将军王凤恭请他也不出仕，躬耕于谷口岩石之下，名震京师。⑧“寒灰”二句：谓寒灰复燃，炙手可热。官场沉浮，人世炎凉。⑨竺乾学：佛学。佛教出自西竺乾天，故称。下片词意谓有气节的高士不计名利，修身高洁，对人情冷暖，应以佛学无名无念待之。

又

清夜无尘，月色如银[①]。酒斟时、须满十分。浮名浮利，虚苦劳神。叹隙中驹[②]，石中火[③]，梦中身。　　虽抱文章，开口谁亲？且陶陶、乐尽天真[④]。几时归去，作个闲人。对一张琴、一壶酒、一溪云。

【注释】①“清夜”二句：画面清虚澄净，与全词清静无为的意绪融为一体，且先为全词意绪创出意境。②隙中驹：人生如门缝中看白驹飞驰而过。喻人生短暂。语出《庄子·知北游》。③石中火：敲石发出的火星一瞬而逝。喻人生。④陶陶：欢乐的样子。语出刘伶《酒德颂》：“无思无虑，其乐陶陶。”

又 病起小集

昨夜霜风[①]，先入梧桐。浑无处、回避衰容[②]。问公何事，不语书空[③]。但一回醉[④]，一回病，一回慵。　　朝来庭下[⑤]，飞英如霰，似无言、有意催侬[⑥]。都将万事，付与千钟[⑦]。任酒花白，眼花乱，烛花红。

【注释】①昨夜：一本作“凉夜”。②浑无处：犹言全无处。③不语书空：东晋殷浩被废黜之后，常默默向空中书写“咄咄怪事”四字。此处用指回避世事矛盾。④一回：一会儿。⑤朝来：一本作“秋来”。⑥“飞英”二句：指时光催人老。⑦千钟：千杯酒。

又 丹阳寄述古[1]

携手江村，梅雪飘裙[2]。情何限、处处销魂[3]。故人不见，旧曲重闻。向望湖楼、孤山寺、涌金门[4]。　寻常行处[5]，题诗千首，绣罗衫、与拂红尘[6]。别来相忆，知是何人？有湖中月、江边柳、陇头云。

【注释】①丹阳：今镇江。述古：陈襄。字述古。曾任杭州太守。词中所述，皆杭州景致。为苏轼追怀当年与陈襄共治杭州时相与游处事。②梅雪：梅花飘落如飞雪。③处处销魂：指春天景色引发别情离绪，使人不堪。④望湖楼、孤山寺、涌金门：皆在杭州，且三处分别临江湖、有梅花，与此时所处景致大致相仿。⑤寻常：通常、平日。⑥“题诗”二句：指当年留于壁上的题诗将要由歌妓以红袖拂去尘土了。红袖拂尘事见《青箱杂记》。

又 过七里濑[1]

一叶舟轻，双桨鸿惊[2]。水天清、影湛波平。鱼翻藻鉴[3]，鹭点烟汀[4]。过沙溪急，霜溪冷，月溪明。　重重似画，曲曲如屏[5]。算当年、虚老严陵[6]。君臣一梦[7]，今古空名。但远山长，云山乱、晓山青。

【注释】①七里濑(lài)：又名七里滩。富春江中一段约七里长的峡谷河段。滩多流急，水流曲折，风景如画。此岸有胜迹严子陵钓台。②鸿惊：指飞舟在急流中上下起伏如惊鸿。③藻鉴：本指镜子，比喻水面。④烟汀：笼有雾气的水洲。⑤“重重”二句：描写七里濑处处景色如画。⑥严陵：严光，字子陵。东汉名士。少与光武帝同学。光武帝登基后，严子陵坚拒不仕，钓于富春江。⑦君臣一梦：指严子陵曾与光武帝抵足而眠。

又

北望平川，野水荒湾。共寻春、飞步孱颜[1]。和风弄袖，香雾萦鬟。正酒酣时，人语笑，白云间[2]。　飞鸿落照，相将归去[3]，澹娟娟、玉宇清闲[4]。何人无事，宴坐空山？望长桥上，灯火乱，使君还[5]。

【注释】①孱颜：犹巉岩。②上片写登山远望，并于山顶饮宴。③相将：相随，相伴。④澹娟娟：清澄貌。玉宇：明净的天空。⑤使君：汉代对太守的尊称。据毛晋汲古阁《宋六十名家词》刻本，词牌下有“与泗守过南山晚归作”之题目。如此，则使君指泗州太守。

点绛唇[1] 巳重九，和苏坚[2]

我辈情钟，古来谁似龙山宴[3]？而今楚甸[4]，戏马余飞观[5]。顾谓佳人，不觉秋强半[6]。筝声远，鬓云吹乱，愁入参差雁[7]。

【注释】①点绛唇：词牌名。调名取自南朝梁江淹“白雪凝琼貌，明珠点绛唇”诗句。双调，前片四句，后片五句，共四十一字，押仄声韵。②此题一本作“徐州重阳和苏坚。”按：己巳重九，苏轼当在杭州太守任。词中所写，皆徐州地方名。③龙山宴：晋桓温曾于重九在龙山设宴大会僚佐，皆一时俊杰。④楚甸：此指徐州。古称距王畿外方五百里至千里之间的地区为甸服。徐州为楚地，故称。⑤戏马：指徐州戏马台，为登高游宴胜地。飞观：楼观。此句谓如今我在戏马台楼观设重九宴，比拟桓温龙山宴。⑥强半：大半。秋强半：秋深。⑦参差雁：长短不等的雁行。此句谓望见雁行，由鸿雁传书忆起亲人，不禁由秋愁而生相思愁。

又 庚午重九，再用前韵[①]

不用悲秋，今年身健还高宴。江村海甸[②]，总作空花观[③]。 尚思横汾[④]，兰菊纷相半。楼船远，白云飞乱，空有年年雁[⑤]。

【注释】①依题，此词作于上一首词的第二年重九，乃其续作。②海甸：近海的地方。③空花观：视如空中花。此乃佛家语。④横汾：横渡汾水，指汉武帝造楼船，游汾阴，祠后土事。⑤空有年年雁：此化用唐李峤《汾阴行》诗句："不见只今汾水上，惟有年年秋雁飞。"下片言当年汉武帝的汾阴之行何等壮观，如今空有秋雁飞过。

又 再和，送钱公永[①]

莫唱《阳关》，风流公子方终宴。泰山禹甸[②]，缥缈真奇观。北望平原，落日山衔半[③]。孤帆远，我歌君乱[④]，一送西飞雁。

【注释】①《阳关》：指由王维"西出阳关无故人"诗而衍变成的《阳关曲》。②禹甸：大禹所开垦、治理的土地。即中国。③"落日"句：指落日将西沉。④乱：歌词、辞赋的末章称为乱，一般为重新概述全篇旨义。此处指二人和唱。

又

醉漾轻舟，信流引到花深处[①]。尘缘相误[②]，无计花间住[③]。烟水茫茫，千里斜阳暮。山无数，乱红如雨[④]，不记来时路。

【注释】①信流：放任舟船随水漂流。②尘缘：佛家语，指与世俗的因缘。③上片写偶至一世外桃源，却有尘缘相误，不能居留。④乱红如雨：指落英缤纷。下片写归去，也是在一种美景迷离的情景下，因而归后，亦不知道路所在。全词如仿效陶渊明《桃花源记》事，又如《续齐谐记》《神仙传》《幽明记》等所载刘晨、阮肇山中遇仙事，表现苏轼出世的思想。

又 离恨

月转乌啼[1]，画堂宫徵生离恨[2]。美人愁闷，不管罗衣褪[3]。清泪斑斑，挥断柔肠寸[4]。嗔人问，背灯偷揾[5]，拭尽残妆粉。

【注释】①月转乌啼：夜深之景，隐含诗中主人不眠。②宫徵：音乐中的宫调、徵调，代指音乐。③罗衣褪：指罗衣被涕泪污损。④“挥断”句：挥泪哭断寸寸柔肠。⑤揾(wèn)：擦拭。此指擦拭眼泪。

又

闲倚胡床[1]，庾公楼外峰千朵[2]。与谁同坐？明月清风我。　别乘一来[3]，有唱应须和。还知么？自从添个，风月平分破[4]。

【注释】①胡床：类似今可折叠的躺椅，可坐可躺。②庾公楼：在江西九江，相传为东晋庾亮镇守江州时所建。③别乘：别驾，对州长官副职的称谓。一说为其他的车驾，即别人。④“自从”二句：意谓再来个人，明月清风就不能独享了。

又

红杏飘香[①]，柳含烟翠拖轻缕[②]。水边朱户，门掩黄昏雨[③]。烛影摇风，一枕伤春绪[④]。归不去，凤楼何处[⑤]，芳草迷归路。

【注释】①红杏：杏花。②“柳含烟翠”句：写春天烟柳景色。③上片刻意描写春雨蒙蒙中花红柳翠的景色。④“烛影”二句：承上片的黄昏写到夜晚。尽写由白日无聊的春愁到夜晚不眠的春绪。⑤凤楼：女子所居的楼阁。

虞美人[①] 琵琶

定场贺老今何在[②]？几度新声改[③]。新声坐使旧声阑[④]。俗耳只知繁手、不须弹[⑤]。 断弦试问谁能晓？七岁文姬小[⑥]。试教弹作辊雷声[⑦]，应有开元遗老、泪纵横。

【注释】①虞美人：词牌名。取名于项羽宠姬虞美人。双调，前后片各四句，共五十六字。前后片均两仄韵转两平韵。②定场：犹压场。指技艺高超的演员在场。贺老：唐开元时乐工贺怀智。其瑟琶技艺为当世一绝。③“几度”句：指唐代开元至今，音乐已有数次发展变化。④坐使：致使。阑：犹残。⑤繁手：变化复杂的奏乐技法。上片言像贺怀智那样怀有绝技的瑟琶高手今已没有，因为世俗只知欣赏花哨的繁手和时髦的乐曲。⑥文姬：蔡文姬。幼而博学有才辨，又妙解音乐，其父蔡邕鼓琴弦绝，文姬立即辨出，曰：“第二弦。”其父曰：“偶得之耳。”随即故意又断一弦，问之。曰：“第四弦。”详见《后汉书·列女传》。⑦辊(gǔn)雷声：滚动的雷声。为贺怀智用鹍鸡筋作琵琶弦，用铁拨弹之而成的特殊乐曲。详见《杨妃外传》。

又 述怀[①]

归心正似三春草[②]，试著莱衣小[③]。橘怀几日向翁开[④]？怀祖已瞋文度[⑤]、不归来。　　禅心已断人间爱，只有平交在[⑥]。笑论瓜葛一枰同[⑦]，看取《灵光》新赋、有家风[⑧]。

【注释】①一本标题为："送浙宪马中玉。"②"归心"句：化用唐孟郊《游子吟》"谁言寸草心，报得三春晖。"③莱衣：指《高士传》所载至孝之士老莱子所著的五彩斑斓衣。④橘怀：三国陆绩六岁时见袁术，于筵席上拿橘藏于怀。后橘堕地，袁术诘问，答曰："将以遗亲耳。"详见《三国志·陆绩传》。⑤怀祖：王述字。文度：王坦之字。王述钟爱其子王坦之。王坦之已成人，居高官，归家后王述仍将其置于膝上，言事如不合王述意，则嗔怪之，推于膝下。⑥平交：平日所交往的友人。⑦瓜葛：远房亲戚。枰：围棋。事见《世说新语·排调》，晋王导甚爱其子王悦。父子二人围棋，每当提子时，王悦常按着父亲手指不让，王导便笑着说："讵得尔，相与似有瓜葛。"⑧《灵光》新赋：指汉代王延寿作《鲁灵光殿赋》献其父王逸。下片所举王导父子、王逸父子之间的亲情十分婉雅深致，与上片所举老莱娱亲、文度坐膝的流俗亲情成鲜明对比。

又[①]

湖山信是东南美，一望弥千里[②]。使君能得几回来？便使尊前醉倒、且徘徊。　　沙河塘里灯初上[③]，《水调》谁家唱[④]？夜阑风静欲归时，唯有一江明月、碧琉璃[⑤]。

【注释】①据《本事集》载："陈述古守杭，已及瓜代。未交前数日，宴僚佐于有美堂，因请二车苏子瞻赋词。子瞻即席而就，寄《摊破虞美人》。”按：陈述古，名襄。时任杭州太守将去职，故称“已及瓜代”。苏轼时任杭州通判，为太守副手，故称“二车”。二车，副车。②“湖山”二句：化用宋仁宗“地有湖山美，东南第一州”诗句。宋仁宗时，学士梅挚出任杭州太守。仁宗赐诗，有此句。梅挚到任，选湖山佳胜之地建堂，写御诗于碑石上，号“有美堂”。后历代杭州太守常于此举行盛会。陈襄离任前也在此与僚属欢宴。③沙河塘：地名。杭州最繁华处。④《水调》：自唐代即颇为流行的一种曲子。⑤碧琉璃：喻指江水碧波。化用杜甫《渼陂行》诗句：“波涛万顷堆琉璃。”

又[1]

波声拍枕长淮晓，隙月窥人小[2]。无情汴水自东流，只载一船离恨、向西州[3]。　竹溪花浦曾同醉，酒味多于泪。谁教风鉴在尘埃[4]，酝造一场烦恼、送人来。

【注释】①据《冷斋夜话》：“东坡与秦少游维扬饮别，作此词。世传贺方回所作，非也。山谷亦云：大观中，于金陵见其亲笔，实东坡词也。”②隙月：门窗缝隙中漏入的月光。此句写离恨绵绵，一夜不眠。③西州：晋王敦建扬州廨（廨，官署），规模宏大，开东西南三门。俗称西州。上片写初别之后的离绪。④风鉴：风度和鉴识。亦指才貌双全的雅士。此指秦少游（秦观）。下片写洒泪饮别的情景及胸中不平。

又

持杯遥劝天边月，愿月圆无缺。持杯复更劝花枝，且愿花枝长在、莫离披[①]。　持杯月下花前醉，休问荣枯事。此欢能有几人知？对酒逢花不饮、待何时[②]？

【注释】①离披：衰残凋零。上片以对花好月圆的祝愿，表现对美好事物的热爱向往，同时隐含对美好事物不可能长存的痛惜无奈。②承上片，以及时行欢来排遣无奈的愁绪。

又

冰肌自是生来瘦，哪更分飞后[①]。日长帘幕望黄昏，及至黄昏时候、转销魂[②]。　君还知道相思苦，怎忍抛奴去[③]？不辞迢递过关山，只恐别郎容易、见郎难。

【注释】①分飞：夫妻、情侣分离。语出《东飞伯劳歌》："东风伯劳西飞燕。"②"日长"二句：述别离的日子特别难捱。③"君还知道"二句：写由相思而转为怨恨，怨中含更深的相思。

又

深深庭院清明过，桃李初红破[①]。柳丝搭在玉阑干，帘外潇潇微雨、做轻寒[②]。　晚晴台榭增明媚[③]，已拚花前醉。更阑人静月侵廊[④]，独自行来行去、好思量[⑤]。

【注释】①初红破：花刚刚盛开。②轻寒：微微的寒意。上片描绘深宅大院中宁静的春天景色。③晚晴：傍晚雨过天晴，特别明媚。④更阑：夜深。月侵廊：月光洒在廊上。⑤好思量：思绪深长。下片写面对春天美景，不觉沉醉。醒来正是夜深人静，思绪绵绵。

皂罗特髻[①]

采菱拾翠，算似此佳名[②]，阿谁消得[③]？采菱拾翠，称使君知客[④]。千金买采菱拾翠，更罗袖满把珍珠结[⑤]。采菱拾翠，正髻鬟初合[⑥]。真个、采菱拾翠[⑦]，但深怜轻拍。一双手采菱拾翠[⑧]，绣衾下抱着俱香滑[⑨]。采菱拾翠，待到京寻觅。

【注释】①皂罗特髻：词牌名。双调，八十一字。②采菱拾翠：从全词内容看，似二位侍女或歌妓的名字。算：犹“料”，推测，料想。③阿谁：谁。消得：配得上。④知客：接待宾客的人。⑤更：再。此句谓再在罗袖上缀满珍珠。⑥髻鬟：女子发式，将头发环曲盘结束于头顶。⑦真个：犹真的，确实。⑧一双手：一本作“一双子”。⑨绣衾：绣花被子。香滑：形容女子肌肤细腻。

醉落魄 述怀

醉醒醒醉，凭君会取愁滋味。浓斟琥珀香浮蚁[①]，一到愁肠，别有阳春意[②]。　幕席为天地[③]，歌前起舞花前睡。从他落魄陶陶里[④]，犹胜醒醒，惹得闲憔悴。

【注释】①琥珀：喻美酒。杜甫《郑驸马宅宴洞中》诗：“春酒杯浓琥珀薄。”浮蚁：指酒面泛起的微泡。②阳春：温暖宜人的春天。这里指酒入腹中，令人感到如在融融春日中。③幕席：帷幕和席子。刘伶《酒德颂》：“幕天席地，纵意所如。”④陶陶：欢愉的样子。刘伶《酒德颂》：“无思无虑，其乐陶陶。”

又 席上呈杨元素

分携如昨[①]，人生到处萍飘泊[②]。偶然相聚还离索[③]，多病多愁，须信从来错。　尊前一笑休辞却，天涯同是伤沦落[④]。故山犹负平生约。西望峨嵋，长羡归飞鹤[⑤]。

【注释】①分携：分手和携手，指分别和聚合。②萍飘：像浮萍般飘泊。③离索：离群索居。《礼记·檀弓上》：“子夏谓曾子曰：‘吾过矣，吾离群而索居，亦已久矣。’”④沦落：流落。白居易《琵琶行》：“同是天涯沦落人，相逢何必曾相识。”⑤归飞鹤：鹤归故乡。《搜神后记》卷一：‘丁令威，本辽东人，学道于灵虚山。后化鹤归辽，集城门华表柱。时有少年，举弓欲射之。鹤乃飞，徘徊空中。”

又 苏州阊门留别

苍颜华发，故山归计何时决[①]！旧交新贵音书绝。惟有佳人，犹作殷勤别。　离亭欲去歌声咽[②]。潇潇细雨凉吹颊。泪珠不用罗巾裛。弹在罗衣，图得见时说。

【注释】①故山：故乡的山，代指故乡。②离亭：分别的亭。古人送别时，往往在驿道边的亭上饮宴而别。李白《菩萨蛮》：“何处是归程，长亭更短亭。”

又 离京口作[1]

轻云微月，二更酒醒船初发。孤城回望苍烟合。记得歌时，不记归时节。　巾偏扇坠藤床滑，觉来幽梦无人说。此生飘荡何时歇？家在西南[2]，长作东南别。

【注释】①京口：宋润州，治所在今江苏省镇江市。②家在西南：苏轼家乡在四川，在京师开封的西南部，故云。

如梦令

元丰七年十二月十八日[1]，浴泗州雍熙塔下[2]，戏作《如梦令》两阕。此曲本唐庄宗制[3]，名《忆仙姿》，嫌其名不雅，故改为《如梦令》。庄宗作此词，卒章云："如梦，如梦，和泪出门相送。"因取以为名云。

水垢何曾相受[4]，细看两俱无有。寄语揩背人，尽日劳君挥肘。轻手，轻手，居士本来无垢。

【注释】①元丰七年：公元1084年。②泗州：宋代州名，属淮南路，治所在今江苏省盱眙县。③唐庄宗：指后唐庄宗李存勖，公元923-926年在位。④水垢：清水和污垢。相受：相融。

又

自净方能净彼，我自汗流呀气[1]。寄语澡浴人，且共肉身游戏[2]。

但洗，但洗，俯为世间一切。

【注释】①汗流呀气：《淮南子·精神训》："盐汗交流，喘息薄喉。"呀气：喘气。②肉身：佛教将人分为涅槃真身和骨肉凡身。这里肉身指现世所见的凡身。游戏：游泳洗浴。《景德传灯录》卷八："扣大寂之室，顿然忘筌，得游戏三昧。"

又 有寄

为向东坡传语[1]，人在玉堂深处[2]。别后有谁来？雪压小桥无路。归去、归去，江上一犁春雨。

【注释】①东坡：苏轼贬黄州所居之处。当年苏轼曾在此处筑室以居，室四壁尽画白雪，号为东坡雪堂。②玉堂：唐代禁中殿名。《梦溪笔谈》："唐翰林院在禁中，乃人主燕居之所。玉堂、承明、金銮殿皆在其间。"按：此处玉堂当指东坡雪堂。堂内洁白如玉，故称。

又 春思

手种堂前桃李，无限绿阴青子[1]。帘外百舌儿[2]，惊起五更春睡。居士、居士，莫忘小矫流水。

【注释】①青子：青绿色的果实。②百舌：鸟名，又名反舌，因其鸣声反复如百鸟之音，故称。此鸟立春后鸣叫不已，入夏无声，入冬即死。

又 题淮山楼

城上层楼叠巘[①]，城下清淮古汴[②]。举手揖吴云[③]，人与暮天俱远。魂断、魂断，后夜松江月满[④]。

【注释】①叠巘：重重叠叠的山峦。柳永《望海潮》：“重湖叠巘清嘉。”②清淮：淮河。古汴：汴水。③吴云：吴地的云。古以江苏南部为吴地。④松江：又名吴淞江，古称笠泽，太湖支流三江之一，在今江苏省境内。

阮郎归

绿槐高柳咽新蝉，薰风初入弦[①]。碧纱窗下水沉烟，棋声惊昼眠。　微雨过，小荷翻，榴花开欲燃。玉盆纤手弄清泉，琼珠碎却圆[②]。

【注释】①薰风：和暖之风。《孔子家语·辨乐》：“舜帝作五弦之琴，以歌《南风》曰：‘南风之薰兮，可以解吾民之愠兮。’②琼珠：美玉般的水珠。

又 梅花

暗香浮动月黄昏[①]，堂前一树春。东风何事入西邻？儿家常闭门[②]。　雪肌冷[③]，玉容真，香腮粉未匀。折花欲寄岭头人[④]，江南日暮春。

【注释】①暗香：林逋《山园小梅》诗其一："疏影横斜水清浅，暗香浮动月黄昏。"②儿家：少年之家。唐蒋维翰《春女怨》诗："白玉堂前一树梅，今朝忽见数枝开。儿家门户重重闭，春色因何得入来？"③雪肌：喻梅的肌骨。④岭头人：《初学记》卷二十八引《开州记》："陆凯与范晔相善，自岭南寄梅花一枝，诣长安与晔，赠诗云：'折花逢驿使，寄与陇头人。江南无所有，聊赠一枝春。'"

又

一年三过苏[1]，最后赴密州时[2]，有问这回来不来？其色凄然。太守王规父嘉之，令作此词。

一年三度过苏台，清尊长是开。佳人相问苦相猜，这回来不来？　情未尽，老先催，人生真可咍[3]。它年桃李阿谁栽[4]？刘郎双鬓衰[5]。

【注释】①苏：苏州，在今江苏省苏州市。②密州：宋代州名，属京东东路。治所左今山东省诸城县。③咍：嗤笑。屈原《惜诵》："行不群以巅越兮，又众兆之所咍。"④阿谁：谁。阿是模仿吴语的说法。⑤刘郎：唐代刘禹锡。刘禹锡曾遭贬谪，矢志不改，后回京时，曾有诗云："玄都观里桃千树，尽是刘郎去后栽。"

又

歌停檀板舞停鸾[1]，高阳饮兴阑[2]。兽烟喷尽玉壶干[3]，香分小凤团[4]。　雪浪浅，露珠圆，捧瓯春笋寒[5]。绛纱笼下跃金鞍，归时人倚栏。

【注释】①檀板：檀木制成的拍版。杜牧《自宣州赴官入京……题赠》诗："画堂檀板秋拍碎，一饮有时联十觥。"②高阳：饮者的代称。《史记·郦生陆贾列传》："初，沛公引兵过陈留，郦生踵军门上谒曰：'高阳贱民郦食其，窃闻沛公暴露，将兵助楚讨不义，敬劳从者，愿得望见，口画天下便事。'使者入通，沛公方洗，问使者曰：'何如人也？'使者对曰：'状貌类大儒，衣儒衣，冠侧注。'沛公曰：'为我谢之，言我方以天下为事，未暇见儒人也。'使者出谢曰：'沛公敬谢先生，方以天下为事，未暇见儒人也。'郦生瞋目案剑叱使者曰'走！复入言沛公，吾高阳酒徒也，非儒人也。'"③兽烟：兽炉中的香烟。玉壶：即宫漏，记时器。李商隐《深宫》诗："金殿销香闭绮栊，玉壶传点咽铜龙。"④凤团：印有凤纹的茶饼。张舜民《画墁录》卷一："丁晋公为福建转运使，始制为凤团，后又为龙团。……天圣中又为小团，其品迥加于大团。"⑤瓯：装茶水的器皿。春笋：喻美人的纤指。

双荷叶[1] 湖州贾耘老小妓名双荷叶[2]

双溪月[3]，清光偏照双荷叶。双荷叶，红心未偶，绿衣偷结。背风迎雨流珠滑，轻舟短棹先秋折。先秋折，烟鬟未上，玉杯微缺。

【注释】①按：《双荷叶》调，即《忆秦娥》。②湖州，宋代州名，治所在今浙江省湖州市。③双溪：河流名，发源于浙江天目山，北流入苕溪。

殢人娇 小王都尉席上赠侍人

满院桃花，尽是刘郎未见[①]。于中更、一枝纤软[②]。仙家日月，笑人间春晚。浓睡起、惊飞乱红千片[③]。　密意难传，羞容易变。平白地、为伊肠断。问君终日，怎安排心眼？须信道、司空自来见惯。

【注释】①刘郎：唐刘禹锡。禹锡自贬所回京，见到满眼桃花，赋诗云："玄都观里桃千树，尽是刘郎去后栽。"②于中：其中。③乱红：纷纷乱乱的花片。

又

白发苍颜，正是维摩境界[①]。空方丈、散花何碍[②]？朱唇箸点[③]，更髻鬟生菜[④]。这些个、千生万生只在。　好事心肠，着人情态[⑤]。闲窗下、敛云凝黛[⑥]。明朝端午，待学纫兰为佩[⑦]。寻一首好诗、要书裙带。

【注释】①维摩：佛学用语。《维摩诘经·方便品》："毗耶离城中，有长者曰维摩诘，虽为白衣，奉持沙门清静律行。虽处居家，不着三界，示有妻子，常修梵行。"②方丈：长宽一丈的禅室。《维摩诘经·观众生品》："维摩诘以一丈之室，能容二万二千师子座，无所妨碍。室中有一天女，每闻说法，便现其身，即以天花散诸菩萨大弟子上。"③箸点：很小一点。箸：筷子。④生菜：指女子发式。白乐天《苏家女子简简吟》："玲珑云髻生菜样，飘飘风袖蔷薇香。"⑤着人：惹人喜爱。⑥敛云凝黛：云指云髻，黛指画过的黑眉。⑦纫兰为佩：屈原《离骚》："纫秋兰以为佩。"

又 戏邦直

别驾来时[①]，灯火荧煌无数。向青琐、隙中偷觑[②]。元来便是，共彩鸾仙侣[③]。方见了，管须低声说与。　百子流苏[④]，千枝宝炬[⑤]。人间有洞房烟雾。春来何事，故抛人别处？坐望断、楼中远山归路。

【注释】①别驾：官名。魏晋时期，别驾代刺史出行，故称。《通志》卷二十二引庾亮《答郭预书》："别驾任居刺史之半，安可非其人？"②青琐：刻镂成格的窗户。《汉武故事》："西王母尝见帝于承华殿，东方朔从青琐窃窥之。"③彩鸾：仙女名。《宣和书谱》卷五："大和末，有书生文箫游钟陵，因中秋许仙君上升日，吴、蜀、楚、越士女骈集，生亦往焉。忽遇一姝，风韵出尘，吟诗曰：'若能相伴陟仙坛，应得文箫驾彩鸾。自有绣襦并甲帐，琼台不怕雪霜寒。'生曰：'吾姓名其兆乎？此必神仙之俦侣也。'夜四鼓，姝与三四辈独秉烛登山。生潜蹑其后。姝觉，回首曰：'岂非文箫耶！'至绝顶，乃知其为女仙矣。彩鸾与生有夙契，遂同归钟陵。仅十载，后至会昌间，遂入越王山，各乘一虎，登仙而去。"④流苏：以五彩羽毛或绒线制成的穗子，常用作车马、帷帐的垂饰。张衡《东京赋》："驸承华之蒲梢，飞流苏之骚杀。"注："流苏，五彩毛杂之以为马饰而垂之。"⑤宝炬：华丽的灯烛。江淹《灯赋》："双流百枝，艳帐充庭。"

又[①]

解了痴绦，泼煞闷火，眉尖上、放闲愁锁。高来不可，低来不可，莫是人间剩我一个。　富贵谩人，功名赚我。且舞个、采莲曲破。红裙腰细，醁醅盏大，须占取、名花艳中醉卧。

【注释】此词见于明万历《重编东坡先生外集》卷八十三。词下原注："山谷云：非先生作。'"姑系于此。

诉衷情 送述古，迓元素

钱塘风景古今奇[1]，太守例能诗[2]。先驱负弩何在[3]？心已誓江西[4]。 花尽后，叶飞时，雨凄凄。若为情绪，更问新官，向旧官啼。

【注释】①钱塘：指杭州，以钱塘江流过，故代指杭州。②太守：州中的最高长官。白居易任杭州刺史，善于写诗。此前，白居易任苏州刺史，刘禹锡曾以诗寄赠说："苏州太守例能诗，西掖今来替左司。"例能诗，指历任刺史都善吟诗。③先驱负弩：背着弓箭走在前头。西汉司马相如出使巴蜀时，太守以下都出城迎接，县令"负弩矢先驱，蜀人以为宠。"④江西：宋代路名，即江南西路，治所在洪州（今江西省南昌市）。

又

海棠珠缀一重重，清晓近帘栊。胭脂谁与匀淡？偏向脸边浓。看叶嫩，惜花红，意无穷。如花似叶，岁岁年年，共占春风。

又

小莲初上琵琶弦，弹破碧云天。分明绣阁幽恨，都向曲中传。肤莹玉，鬓梳蝉[1]，依窗前。素娥今夜[2]，故故随人[3]，似斗婵娟。

【注释】①鬟梳蝉：梳成蝉鬟。崔豹《古今注》卷下：“魏文帝宫人绝所爱者，有莫琼树、薛夜来、田尚衣、段巧笑四人，日夕在侧。琼树乃制蝉鬟，缥缈如蝉翼，故曰蝉鬟。”②素娥：指嫦娥，因其居于皎洁的月中，故称素娥。谢庄《月赋》：“引玄兔于帝台，集素娥于后庭。”③故故：故意。

谒金门

秋帏里，长漏伴人无寐[1]。低玉枕凉轻绣被[2]，一番秋气味。晓色又侵窗纸，窗外鸡声初起。声断几声还到耳，已明声未已。

【注释】①长漏：长长的漏刻。这里指漫长之夜。②玉枕：玉制的枕头。欧阳修《归田录》：“晏元献喜评诗，尝曰：‘老觉腰金重，慵便玉枕凉。’未是富贵语。”

又

秋池阁，风傍晓庭帘幕。霜叶未衰吹未落，半惊鸦喜鹊。　自笑浮名情薄，似与世人疏略[1]。一片懒心双懒脚，好教闲处著[2]。

【注释】①疏略：疏远。指自己的情怀与世俗格格不入。②著：放。司空图《题休休亭诗》：“休休休，莫莫莫。伎俩虽多性灵恶，懒是长教闲处著。”

又

今夜雨，断送一年残暑。坐听潮声来别浦，月明何处去？　孤负金尊绿醑[1]，来岁今宵圆否？酒醒梦回愁几许，夜阑还独语[2]。

【注释】①绿醑：清酒。李白《送别》诗："惜别倾壶醑，临分赠马鞭。"②夜阑：夜深。

好事近 黄州送君猷

红粉莫悲啼[1]，俯仰半年离别。看取雪堂坡下，老农夫凄切[2]。明年春水漾桃花[3]，柳岸隘舟楫。从此满城歌吹，看黄州阗咽[4]。

【注释】①红粉：美人。②老农夫：这里是作者自指。苏轼贬居黄州，在东坡建造雪堂而耕于其下。③春水漾桃花：王维《桃源行》诗："春来遍是桃花水。"④黄州：宋代州名，治所在今湖北省黄冈市。阗咽：又作阗噎，充满。左思《三都赋》："冠盖云荫，闾阎阗噎。"

又 西湖夜归

湖上雨晴时，秋水半篙初没。朱槛俯窥寒鉴[1]，照衰颜华发。醉中吹堕白纶巾[2]，溪风漾流月。独棹小舟归去，任烟波摇兀。

【注释】①寒鉴：指清凉而明净的湖面。鉴：镜子。②白纶巾：有青白二色织纹的头巾。

又

烟外倚危楼，初见远灯明灭。却跨玉虹归去，看洞天星月①。当时张范风流在②，况一尊浮雪③。莫问世间何事，与剑头微吷。

【注释】①洞天：道教中所说神仙居处的地方。②张范：东汉时人张劭与范式。范式与张劭友善，归乡时，与张劭约定：后二年当还，将过拜尊亲。至期，张劭杀鸡炊饭以待，范式果然来到，尽欢而别。后范式梦见张劭告其已死，范式素服奔赴，如期会葬，亲植坟树。后以范张为交友的典范。③浮雪：酒上浮起的白沫。此处即指酒。

鹊桥仙 七夕送陈令举

缑山仙子①，高情云渺，不学痴牛騃女②。凤箫声断月明中，举手谢时人欲去。　客槎曾犯③，银河波浪，尚带天风海雨。相逢一醉是前缘，风雨散飘然何处？

【注释】①缑山：又名缑氏山，在今河南偃师境内。《列仙传》："王子乔，周灵王太子也。好吹笙作凤凰鸣，游伊洛间。道士浮丘公接上山，三十余年。后来于山上告桓良曰：'告我家，七月七日，待我于缑氏山。'至日，果乘白鹤驻山头，望之不得到，举手谢时人而去。"②痴牛騃女：指痴情的牛郎和织女。卢仝《月蚀》诗："痴牛与騃女，不肯勤农桑。徒劳含淫思，夕日遥相望。"③客槎：《博物志》卷十："旧说云天河与海通。近世有人居海渚者，年年八月有浮槎去来，不失期。人有奇志，立飞阁于槎上，多赍粮，乘槎而去，十余日中犹观星月日辰，自后芒芒忽忽，亦不觉昼夜。去十余日，奄至一处，有城郭状，屋舍甚严。遥望宫中多织妇，见一丈夫牵牛渚次饮之。牵牛人乃惊问曰：'何由至此？'此人具说来意，并问此是何处，答曰：'君还至蜀郡，问严君平，则知之。'竟不上岸，因还如期。后至蜀，问君平，曰：'某年月日客星犯牵牛宿。'计年月，正是此人到天河时也。"

又 七夕和苏坚

乘槎归去[①]，成都何在？万里江沱汉漾。与君各赋一篇诗，留织女、鸳鸯机上。　还将旧曲，重赓新韵[②]，须信吾侪天放[③]。人生何处不儿嬉，看乞巧、朱楼彩舫[④]。

【注释】①乘槎：见上首"客槎"条注。②赓：和。③吾侪：我辈。天放：放旷情怀。④乞巧：旧传农历七月七日夜间，天上牛郎、织女相会。妇女于当晚穿针，并把自己的心愿默告牛郎织女，称为乞巧。

河满子 湖州寄益守冯当世

见说岷峨凄怆[①]，旋闻江汉澄清。但觉秋来归梦好，西南自有长城[②]。东府三人最少[③]，西山八国初平[④]。　莫负花溪纵赏[⑤]，何妨药市微行[⑥]。试问当垆人在否[⑦]？空教是处闻名。唱着子渊新曲[④]，应须分外含情。

【注释】①岷峨：四川的两座大山岷山和峨嵋山。②西南：指川蜀，因在京师之西南方，故称。长城：坚固的防线。这里特喻盖州知州冯京（字当世）。③东府：宋代中枢机构为中书省和枢密院，分掌文、武大权，号称"二府”。东府指中书省。④西山八国：唐韦皋为剑南西川节度使，诸蛮降附，于是西山羌女、诃陵、南水、白狗、逋租、弱水、清远、咄霸八国酋长，都因韦皋的请奏得以入朝。这里以唐韦皋喻冯京。⑤花溪：浣花溪，在今四川成都市。蜀中游赏，始于正月上元，止于四月十九，浣花溪游人最盛。⑥药市：成都旧有药市，每年七月，商贾云集，其药物品种繁多，此集市一般举行三个月。⑦当垆人：指西汉成都人司马相如之妻卓文君。《汉书·司马相如列传》：“尽卖车骑，买酒舍，乃令文君当垆。”当垆即卖酒。⑧子渊：汉王褒，字子渊，蜀中人。王襄任益州刺史时，听说王褒有异材，与之相见，命王褒作《中和》《乐职》《宣布》诗，令伶人谱而歌之。详见《汉书·王褒传》。

阳关曲

中秋作。本名《小秦王》，入腔即《阳关曲》。

暮云收尽溢清寒，银汉无声转玉盘[①]。此生此夜不长好，明月明年何处看？

【注释】①玉盘：月的俗称。李白《古朗月行》：“小时不识月，呼作白玉盘。”

又

受降城下紫髯郎[①]，戏马台南旧战场[②]。恨君不取契丹首[③]，金甲牙旗归故乡[④]。

【注释】①受降城：汉武帝元封年间，武帝命公孙敖在西北所筑的城堡名。《唐文粹》吕温《三受降城碑》：“景龙二年，默啜强暴，渎邻构怨，扫境西伐。汉南空虚，朔方大总管韩国公张仁愿蹑机而谋，请筑三城，夺据其地，跨大河以北向，制胡马之南牧。”紫髯郎：喻威武雄健的将军。《三国志·吴主传》裴注引《献帝春秋》云：“张辽问吴降人：‘向有紫髯将军，长上短下，便马善箭，是谁？’降人曰：‘是孙会稽仲谋也。’”②戏马台：古台名，项羽所筑，故基在今江苏省徐州市西南。刘邦、项羽曾在此处大战，故称为“古战场”。③契丹：中国古代北方部族名，兴起于唐，五代、北宋时达到极盛，北宋末年为金人所灭。④牙旗：大旗。潘岳《关中诗》：“高牙乃建，旗盖相望。”

又 答李公择

济南春好雪初晴[①]，才到龙山马足轻[②]。使君莫忘霅溪女[③]，还作《阳关》肠断声[④]。

【注释】①济南：北宋齐州，徽宗时改为济南府。改府前人们俗称济南。②龙山：齐州境内的镇名。③使君：太守、知州的别称。霅溪：河流名，又叫霅川，在浙江湖州与其余三支流水汇合，称为霅溪。也作为湖州的代称。李公择曾任湖州知州，故云。④《阳关》：古曲名，是根据唐王维《渭城曲》度曲而成。《东坡志林》卷七：“旧传《阳关三叠》，然今世歌者，每句再叠而已。”

画堂春 寄子由

柳花飞处麦摇波。晚湖净，鉴新磨。小舟飞棹去如梭，齐唱《采菱歌》。　平野水云溶漾，小楼风日晴和。济南何在暮云多[①]，归去奈愁何！

【注释】①济南：宋齐州，徽宗时改为济南府。改府前人们俗称济南。苏辙在熙宁六年(1073)四月始担任齐州掌书记，至熙宁九年(1076)十月王安石罢相后才回到京师。这里所说“济南”，是以苏辙任官之地代指。

天仙子

走马探花花发未？人与化工俱不易[1]。千回来绕百回看，蜂作婢，莺为使。谷雨清明空屈指[2]。　白发卢郎情未已[3]，一夜剪刀收玉蕊[4]。尊前还对断肠红，人有泪，花无意。明日酒醒应满地。

【注释】①化工：天工，造化之主。②谷雨清明：传统二十四节气之一。清明后为谷雨，谷雨正当三月中，是百花争开的时节。欧阳修《洛阳牡丹记·花释名》：“洛花以谷雨为开候。”③卢郎：《全唐诗》卷七九九崔氏《述怀》诗：“自恨妾身生较晚，不及卢郎年少时。”④剪刀：这里指春风。贺知章《柳枝词》：“不知细叶谁裁出，二月春风似剪刀。”

翻香令

此词苏次言传于伯固家，云老人自制腔名。

金炉犹暖麝煤残[1]，惜香更把宝钗翻。重闻处、余薰在，这一番、气味胜从前。　背人偷盖小蓬山[2]，更将沈水暗同然[3]。且图得、氤氲久[4]，为情深、嫌怕断头烟。

【注释】①金炉：金镂的博山香炉。②蓬山：亦指博山香炉。因镂作蓬莱仙山之状，故云。③沈水：香名。宋胡宿《侯家》诗：“彩云按曲青岑体，沈水薰衣白璧堂。”④氤氲：烟气浓郁，弥漫不散。

桃源忆故人

华胥梦断人何处[1]？听得莺啼红树。几点蔷薇香雨，寂寞闲庭户。　暖风不解留花住，片片着人无数[2]。楼上望春归去，芳草迷归路。

【注释】①华胥：《列子·黄帝》：“黄帝昼寝，而梦游于华胥氏之国。既寤，怡然自得，曰：‘今知至道不可以情求矣。’”②片片：指风吹落的花瓣。杜甫《城上》诗：“风吹花片片。”

调笑令 效韦应物体

渔父，渔父，江上微风细雨。青蓑黄蒻裳衣，红酒白鱼暮归。归暮，归暮，长笛一声何处？

又

归雁，归雁，饮啄江南南岸。将飞却下盘桓，塞外春来苦寒。寒苦，寒苦，藻荇欲生且住[1]。

【注释】①藻荇：生在池塘水边的水生野菜，嫩时可食。

荷花媚 荷花

霞苞霓荷碧[1]，天然地、别是风流标格[2]。重重青盖下[3]，千娇照水，好红红白白。 每怅望、明月清风夜，甚低迷不语，妖邪无力[4]。终须放、船儿去，清香深处住，看伊颜色。

【注释】①霞苞：粉红色的花苞。②标格：气韵，风韵。③青盖：青绿色的荷叶。古称伞为盖，荷叶像伞，故云。④妖邪：娇媚。

一斛珠

洛城春晚[1]，垂杨乱掩红楼半。小池轻浪纹如篆。烛下花前，曾醉离歌宴。 自惜风流云雨散，关山有限情无限。待君重见寻芳伴，为说相思，目断西楼燕[2]。

【注释】①洛城：洛阳，在今河南省。②西楼：《古诗十九首》："西北有高楼，上与浮云齐。"

占春芳

红杏了[1]，夭桃尽，独自占春芳。不比人间兰麝[2]，自然透骨生香。 对酒莫相忘，似佳人、兼合明光，只忧长笛吹花落[3]，除是宁王。

【注释】①了：指香花落尽。②兰麝：兰草和麝香，都是古代名贵的香料。《晋书·石崇传》："崇尽出其婢妾数十人以示之，皆蕴兰麝，被罗縠。"③花落：即古曲《梅花落》，为横吹笛曲。李白《与史郎中钦听黄鹤楼上吹笛》诗："黄鹤楼中吹玉笛，江城五月落梅花。"

浪淘沙

昨日出东城，试探春情。墙头红杏暗如倾。槛内群芳芽未吐，早已回春。　绮陌敛香尘，雪霁前村。东君用意不辞辛[1]。料想春光行到处，吹绽梅英。

【注释】①东君：太阳之神。《楚辞》屈原《九歌》有"东君"一篇，即娱日神之作。

祝英台近

挂轻帆，飞急桨，还过钓台路[1]。酒病无聊，攲枕听鸣舻[2]。断肠簇簇云山，重重烟树，回首望、孤城何处？　闲离阻，谁念萦损襄王[3]，何曾梦云雨？旧恨前欢，心事两无据。要知欲见无由，痴心犹自，倩人道[4]、一声传语。

【注释】①钓台：指严子陵钓台，故址在今浙江省桐庐县富春山，下临富春渚。汉严光曾在此垂钓。②攲枕：斜靠在枕上。③襄王：宋玉《高唐赋序》："楚襄王与宋玉游于云梦之台，望高唐之观，其上有朝云，王问何谓朝云？玉曰：昔怀王游高唐，怠而昼寝，梦见一妇人，曰：'妾巫山之女也，为高唐之客。闻君游高唐，愿荐枕席。'王因幸之。妇人去而辞曰：'妾在巫山之阳，高丘之阻，旦为朝云，暮为行雨。朝朝暮暮，阳台之下。’”④倩人：请人帮助。

渔父

渔父饮，谁家去？鱼蟹一时分付。酒无多少醉为期，彼此不论钱数。

又

渔父醉，蓑衣舞。醉里却寻归路。轻舟短棹任斜横，醒后不知何处？

又

渔父醒，春江午。梦断落花飞絮。酒醒还醉醉还醒，一笑人间今古。

又

渔父笑，轻鸥举[1]。漠漠一江风雨[2]。江边骑马是官人，借我孤舟南渡。

【注释】①轻鸥举：轻盈的鸥鸟飞起来。②漠漠：蒙蒙的样子。

醉翁操 并序

琅琊幽谷[1]，山川奇丽，泉鸣空涧，若中音会[2]。醉翁喜之，把酒临听，辄欣然忘归。既去十余年，而好奇之士沈遵闻之往游，以琴写其声[3]，曰《醉翁操》。节奏疏宕[4]，而音指华畅，知琴者以为绝伦[5]。然有其声而无其辞。翁虽为作歌，而与琴声不合。又依楚辞作《醉翁引》，好事者亦倚其辞以制曲。虽粗合韵度，而琴声为词所绳约[6]，非天成也。后三十余年，翁既捐馆舍[7]，遵亦没久矣。有庐山玉涧道人崔闲，特妙于琴。恨此曲之无词，乃谱其声，而请东坡居士以补之云。

琅然[8]。清圜。谁弹。响空山。无言。惟翁醉中知其天。月明风露娟娟，人未眠。荷蒉过山前[9]。曰有心也哉此贤。　醉翁啸咏，声和流泉。醉翁去后，空有朝吟夜怨。山有时而童巅，水有时而回川，思翁无岁年。翁今为飞仙，此意在人间。试听徽外三两弦[10]。

【注释】①琅琊：山名，在安徽滁县。②音会：音节，节拍。③琴写其声：用琴模仿泉鸣之声。④疏宕：疏润跌宕，抑扬顿挫。⑤知琴者：懂得欣赏琴曲的人。⑥绳约：缚束。⑦捐馆舍：隐指死亡。⑧琅然：幽深而响亮的声音。⑨荷蒉：肩负草筐。《论语·宪问》："子击磬于卫，有荷蒉而过孔氏之门者。"朱熹注："荷蒉者，亦隐士。"⑩徽：琴柱。

导引 奉安神宗皇帝御容赴景灵宫[1]

帝城父老[2]，三岁望尧心，天远玉楼深[3]。龙颜仿佛笙箫远[4]，肠断属车音[5]。　离宫春色锁瑶林[6]，云阙海沈沈。遗民犹唱当时曲，秋雁起汾阴[7]。

【注释】①奉安：安放，安置。神宗：宋神宗赵顼，公元1067—1085年在位。御容：皇帝的塑像。景灵宫：北宋京城开封的道教宫观名。②帝城：京城。③玉楼：指景灵宫。④龙颜：天子的面颜。⑤车：皇帝侍从的车辆。这里指护送神宗御容的车辆。⑥离宫：天子的行宫。班固《西都赋》："离宫别馆，三十六所。"这里指神宗御容安放的景灵宫。⑦汾阴：地名，汉武帝在此得宝鼎，改元宝鼎。宋代名荣河。这里是帝王祭后土的地方。

导引 迎奉神宗皇帝御容赴西京会圣宫应天禅院奉安[1]

经文纬武[2]，十有九年中[3]，遗烈震羌戎[4]。渭桥夹道千君长[5]，犹是建元功。　西瞻温洛与神嵩[6]，莲宇照琼宫[7]。人间俯仰成今古，流泽自无穷[8]。

【注释】①西京：洛阳。会圣宫：洛阳城内的道教宫观。②经文纬武：意即既有文韬又有武略。宋代重视文治，故以文为经，以武为纬。③十有九年：神宗在位前后共十九年。④羌戎：指境外的异族之国，北宋时对中原政权威胁最大的北方的契丹和西北的西夏。⑤渭桥：唐代京城长安附近渭水上的桥，有东渭桥、西渭桥和中渭桥三座桥。千君长：上千的酋长。⑥温洛：洛水。以其水常温，故名。神嵩：嵩山。《诗经·大雅·嵩高》："嵩高维岳，骏极于天。维岳降神，生甫及申。"后人以嵩山为降神之山。⑦琼宫：仙宫。这里指会圣宫。⑧流泽：遗留的恩泽。

瑶池燕

飞花成阵，春心困，寸寸。别肠多少愁闷，无人问。偷啼自揾，残妆粉[1]。　抱瑶琴，寻出新韵。玉纤趁[2]。南风来解幽愠。低云鬟，眉峰敛晕，娇和恨。

【注释】①残妆粉：泪水冲了粉黛胭脂。②玉纤：女子细长的手指。趁：弹拨。

踏青游

改火初晴，绿遍禁池芳草。斗锦绣，火城驰道。踏青游，拾翠惜，袜罗弓小[1]。莲步袅。腰支佩兰轻妙。行过上林春好[2]。　今困天涯，何限旧情相恼。念摇落，玉京寒早[3]。任刘郎[4]、目断蓬山难到[5]。仙梦杳，良宵又过了。楼台万家清晓。

【注释】①弓小：小而周正的脚。古称女子足为弓。②上林：皇家宫苑名。秦修上林苑，汉武帝时扩建，有离宫七十所，规模甚大。后汉、南朝时均有上林苑。这里泛指皇家花苑。③玉京：天阙。《魏书·释老志》："道家之原，出于老子，其自言也，先天帝生，以资万类。上处玉京，为神王之宗；下在紫微，为飞仙之主。"④刘郎：东汉人刘晨。相传东汉永平中，剡县人刘晨和阮肇到天台山采药迷路，遇到两位仙女，被邀至家中。半年后回家，子孙已过代。后刘、阮重入天台山访求仙女，踪迹全无。⑤蓬山：仙山。

踏莎行

山秀芙蓉，溪明罨画[①]，真游洞穴沧波下。临风慨想斩蛟灵[②]，长桥千载犹横跨。　解佩投簪[③]，求田问舍[④]，黄鸡白酒渔樵社[⑤]。元龙非复少时豪[⑥]，耳根洗尽功名话。

【注释】①罨(yǎn)画：杂色的彩画。②斩蛟：《世说新语·自新》："周处年少时，凶强侠气，为乡里所患。又义兴水中有蛟，山中有白额虎，并皆暴犯百姓，义兴人谓之三横，而处尤剧。或说处杀虎斩蛟，实冀三横唯余其一。处即刺杀虎，又入水击蛟，蛟或浮或没，行数十里，处与之俱，经三日三夜，乡里皆谓已死，更相庆。竟杀蛟而出。"③解佩：解下佩带的贵重饰品。投簪：丢下固冠用的簪子。孔稚珪《北山移文》："昔闻投簪逸海岸，今见解兰缚尘缨。按：解佩、投簪均指弃官归隐。④求田问舍：指买田置宅。《三国志·魏书·陈登传》："许汜与刘备并在荆州牧刘表坐，表与备共论天下人，汜曰：'陈元龙湖海之士，豪气不除。'……备问汜：'君言豪，宁有事耶？'汜曰：'昔遭乱过下邳，见元龙。元龙无客主之意，久不相与语，自上大床卧，使客卧下床。'备曰：'君有国士之名，今天下大乱，帝主失所，望君忧国忘家，有救世之意，而君求田问舍，言无可采，是元龙所讳也，何缘当与君语！如小人，欲卧百尺楼上，卧君于地，何但上下床之间耶？"⑤渔樵社：与渔父樵夫结社为伍。⑥元龙：三国时陈登，字元龙。参本词注④。

又

这个秃奴，修行忒煞[①]。云山顶上空持戒。一从迷恋玉楼人[②]，鹑衣百结浑无奈[③]。　毒手伤人，花容粉碎。空空色色今何在[④]？臂间刺道苦相思，这回还了相思债。

【注释】①忒煞：真差劲。②玉楼人：指女子。③鹑衣：破旧褴褛的衣裳。这里指出家人的百衲衣。浑无奈：全部不起作用。④空空色色：佛家把现世的种种色彩诱惑说成是色，把自然界称为色界。他们认为色界只是临时聚合而成，其本质是虚空的。所以有“空即是色，色即是空”的说法。

卷三十一 论

省试刑赏忠厚之至论

尧、舜、禹、汤、文、武、成、康之际，何其爱民之深，忧民之切，而待天下之以君子长者之道也。有一善，从而赏之，又从而咏歌嗟叹之，所以乐其始而勉其终。有一不善，从而罚之，又从而哀矜惩创之，所以弃其旧而开其新。故其吁、俞之声，欢休惨戚，见于虞、夏、商、周之书。成、康既没，穆王立，而周道始衰。然犹命其臣吕侯，而告之以祥刑。其言忧而不伤，威而不怒，慈爱而能断，恻然有哀怜无辜之心，故孔子犹取焉。

《传》曰："赏疑从与，所以广恩也。罚疑从去，所以慎刑也。"当尧之时，皋陶为士，将杀人，皋陶曰"杀之"三，尧曰"宥之"三，故天下畏皋陶执法之坚，而乐尧用刑之宽。四岳曰"鲧可用"，尧曰"不可，鲧方命圮族"，既而曰"试之"。何尧之不听皋陶之杀人，而从四岳之用鲧也？然则圣人之意，盖亦可见矣。

《书》曰："罪疑惟轻，功疑惟重，与其杀不辜，宁失不经。"呜呼，尽之矣。可以赏，可以无赏，赏之过乎仁。可以罚，可以无罚，罚之过乎义。过乎仁，不失为君子；过乎义，则流而入于忍人。故仁可过也，义不可过也。古者赏不以爵禄，刑不以刀锯。赏以爵禄，是赏之道，行于爵禄之所加，而不行于爵禄之所不加也。刑之以刀锯，是刑之威，施于刀锯之所及，而不施于刀锯之所不及也。先王知天下之善不胜赏，而爵禄不足以劝也，知天下之恶不胜刑，而刀锯不足以裁也，是故疑则举而归之仁，以君子长者之道待天下，使天下相率而归于君子长者之道，故曰忠厚之至也。

《诗》曰："君子如祉，乱庶遄已。君子如怒，乱庶遄沮。"夫君子之已乱，岂有异术哉？时其喜怒，而无失乎仁而已矣。《春秋》

之义，立法贵严，而责人贵宽。因其褒贬之义以制赏罚，亦忠厚之至也。

【译文】唐尧、虞舜、夏禹、商汤、周文王、周武王、周成王、周康王的时候，是多么深切地喜爱百姓，多么深切地为百姓忧虑，并用君子长者之道来对待整个天下。人有一点点善行，跟着就加以奖赏，并且随之就对他加以讴歌赞叹，高兴他有一个好的开始并用来勉励他有一个好的结局。人有一点点不善，随之就加以责罚，并随之怜悯惩戒他，使他抛弃以往的错误并启发他重新做人。所以或者忧愁或者满意的声音，充满忧伤和欢欣，都出现在虞、夏、商、周时期的书里。周成王、周康王去世以后，周穆王即位，周朝的国运开始衰败。但这时仍然命令他的大臣吕侯为司寇，并告诫他用刑要详审谨慎。他的话忧虑却不悲伤，威严却不愤怒，慈爱但能够决断，忧心忡忡地有哀怜无辜的心肠，所以孔子仍然认为有可取的地方。

《传》中说："对是否应该奖赏有怀疑的，就给予奖赏，为的是扩大恩德。对是否应该处罚有怀疑的，就免予处罚，为的是谨慎施刑。"正当尧统治天下的时候。皋陶任掌刑狱之官，将要杀人，皋陶三次说"杀掉他"，尧却三次说"宽恕他"。所以天下畏惧皋陶执法严厉，而高兴尧用刑宽松。四岳说："鲧可以任用"，尧说："不可以，鲧常常违反法令危害本族的人"，过了一会儿说："那就试用吧。"为什么尧不听从皋陶判处罪犯的意见，而听从四岳任用鲧的意见呢？既然这样，那么圣人的思想也就可以看出来了。

《尚书》说："对是否应该判罪有怀疑的，就从轻处理，对是否有功有怀疑的，就从重奖赏，与其杀害无辜，宁肯不按法规办事。"哎，这当中道理已经十分透彻了。可以奖赏，可以不奖赏，奖赏就要超出仁的标准。可以处罚，可以不处罚，处罚就超出了义的要求。超出了仁，仍然不失了君子，超出了义，就不免变化而成为残忍的人。所以仁可以超出，义不能超出。古时候赏赐不用爵位俸禄，刑罚不用刀锯。用爵位俸禄赏赐，这是体现赏赐的办法。施行于爵禄应该增加的地方，而不施行在爵禄所不应该增加的地方。用刀锯施刑，这是体现刑罚的威严，施行于刀锯应该达到的地方，而不应该施行在刀锯达不到的地方。先王知道天下的善行赏赐不尽，而爵位俸禄不足以鼓励他们，知道天下的罪恶惩罚不完，而刀锯不足以制裁，因此有疑议就举出来使他们归向仁的规范，用君子长者之道对待天下的人，使天下的人共同归向君子长者之道，所以说忠厚到极致了。

《诗经》说："君子如果用爵禄赏赐贤人，那么乱事差不多可以迅速停止。君子如果怒责谗人，那么乱事差不多可以迅速终止。"君子制止变乱，哪里有什么奇异的办法呢？适时地喜悦或恼怒，并且不失仁道罢了。《春秋》的意旨，立法贵严，而要求人贵宽。根据它褒贬人物的微言大义来制定赏罚，也同样忠厚到极致了。

御试重巽以申命论

昔圣人之始画卦也，皆有以配乎物者也，巽之配于风者，以其发而有所动也。配于木者，以其仁且顺也。夫发而有所动者，不仁则不可以久，不顺则不可以行，故发而仁，动而顺，而巽之道备矣。圣人以为不重，则不可以变，故因而重之，使之动而能变，变而不穷，故曰"重巽以申命"。言天子之号令如此而后可也。

天地之化育，有可以指而言者，有不可以求而得者。今夫日，皆知其所以为暖；雨，皆知其所以为润；雷霆，皆知其所以为震；雪霜，皆知其所以为杀。至于风，悠然布于天地之间，来不知其所自，去不知其所入，嘘而炎，吹而泠，大而鼓乎大山乔岳之上，细而入乎窍空蔀屋之下，发达万物，而天下不以为德，摧拔草木，而天下不以为怒，故曰天地之化育，有不可求而得者。此圣人之所法，以令天下之术也。

圣人在上，天下之民，各得其职。士者皆曰"吾学而仕"，农者皆曰"吾耕而食"，工者皆曰"吾作而用"，贾者皆曰"吾负而贩"。不知圣人之制命令以鼓舞通变其道，而使之安乎此也。圣人之在上也，天下可由而不可知，可言而不可议，盖得乎巽之道也。易者，圣人之动，而卦者，动之时也。《蛊》之彖曰："先甲三日，后甲三日。"而《巽》之九五亦曰："先庚三日，后庚三日。"而说者谓甲、庚皆所以申命，而先后者，慎之至也。圣人悯斯民之愚，而不忍使之遽陷于罪戾也，故先三日而令之，后三日而申之，不从而后诛，盖其用心之慎也。以至神之化令天下，使天下不测其端，以至详之法晓天下，使天下明知其所避。天下不测其端，而明知其所避，故靡然相率而不敢议也。上令而下不议，下从而上不诛，顺之至也。故曰：重巽之道，上下顺也。

【译文】从前圣人开始画八卦的时候，全都和自然界的事物有所匹配。巽卦和风相配，是因为它发作就有所动。和木相配，是因为它仁而且和顺。发作而且有所动，如果不仁就不能够长久，不和顺就不能够通行，所以发作并且仁，变动并且和顺，巽的变化规律就齐备了。圣人认为如果巽卦不重叠，就不可以变化，所以就重叠它，让它既动又能变化，以至变化无穷，所以《易经》里说"重巽以申命"。说天子的号令像这样以后才合宜。

天地化育的万物，有可以指出并说明白的，有不能够去探求得到的。现在比方说太阳，人人都知道它是温暖的；雨，人人都知道它是湿润的；雷霆，人人都知道它是有威严的；雪霜，人人都知道它是肃杀的。至于风，悠悠然遍布在天地之间，来不知它从哪里来，去不知它到哪里去，轻风徐来而和煦温暖，长风劲吹则寒气逼人，大风在高山大岳上鼓动，小风从空穴草屋下钻入，使万物蓬勃兴旺，而天下不认为是德；摧败擢拔草木，而天下不认为是怒，所以说天地化育的万物有不能够探求得到的。这是圣人所取法，来号令天下的法术。

圣人在上，天下的百姓，各得其职。士人们都说"我通过学习取得官职"，农民们都说"我自己耕作取得衣食"，百工们都说"我通过制作取得器用"，商人们都说"我用肩背负贩卖财货"，却不知道圣人制订法令制度来激励、变通他们各自的行道，而使他们安心地从事各自的工作。圣人在上的时候，天下的人可以遵从圣人指明的道路去走，而不可以使他们知道那是为什么，可以谈话却不可以妄加议论，这样大概算是得到巽卦的正道。易，是圣人的行动，而卦，是圣人行动的时间。《蛊》的彖说："提前三天创制新法令，新法令创制后三天再实行。"而《巽》卦九五也说："提前三天申明新法令，新法令确定后再申明三天。"解释的人认为甲庚都是指申述法令，而先和后，是谨慎到极点了。圣人怜悯百姓的愚昧，不忍心使他们马上陷于罪恶之中，所以提前三天创制法令。确定后三天反复申明，不服从法令以后再诛杀，圣人的用心是非常谨慎的。凭至神的教化号令天下，使天下百姓不能了解它的根由，以极详密的法令晓喻天下，使天下百姓明确地知道他们应该躲避的事情。天下百姓不了解至神教化的根由，却明确自己应躲避的事情，所以就顺随着全都不敢妄加评议了。君主的法令，下面不评议，下面的百姓服从，君主不诛杀，这样就和顺到极点了。所以说重叠巽卦的道理，是使上下和顺。

学士院试孔子从先进论

君子之欲有为于天下，莫重乎其始进也。始进以正，犹且以不正继之，况以不正进之乎！古之人有欲以其君王者也，有欲以其君霸者也，有欲以强其国者也，是三者其志不同，故其术有浅深，而其成功有巨细。虽其终身之所为，不可逆知，而其大节必见于其始进之日。何者？其中素定也。未有进以强国而能霸者也，未有进以霸而能王者也。

伊尹之耕于有莘之野也，其心固曰使吾君为尧舜之君，而吾民为尧舜之民也。以伊尹为以滋味说汤者，此战国之策士，以己度伊尹也，君子疾之。管仲见桓公于累囚之中，其所言者，固欲合诸侯攘夷狄也。管仲度桓公足以霸，度其身足以为霸者之佐，是故上无侈说，下无卑论。古之人其自知明也如此。

商鞅之见孝公也，三说而后合。甚矣，鞅之怀诈挟术以欺其君也。彼岂不自知其不足以帝且王哉？顾其刑名惨刻之学，恐孝公之不能从，是故设为高论以炫之。君既不能是矣，则举其国惟吾之所欲为。不然，岂其负帝王之略，而每见辄变以徇人乎？商鞅之不终于秦也，是其进之不正也。

圣人则不然，其志愈大，故其道愈高，其道愈高，故其合愈难。圣人视天下之不治，如赤子之在水火也。其欲得君以行道，可谓急矣。然未尝以难合之故而少贬焉者，知其始于少贬，而其渐必至陵迟而大坏也。故曰："先进于礼乐，野人也；后进于礼乐，君子也。如用之，则吾从先进。"

孔子之世，其诸侯卿大夫，视先王之礼乐，犹方圆冰炭之不相入也。进而先之以礼乐，其不合必矣。是人也，以道言之，则圣人也。以世言之，则野人也。若夫君子之急于有功者则不然，其未合也，先之以世俗之所好，而其既合也，则继之以先王之礼乐。其心则然，然其进不正，未有能继以正者也。故孔子不从。而孟子亦曰："枉尺直寻者，以利言也。如以利，则枉寻直尺而利，亦可为欤？"君子之得其君也，既度其君，又度其身。君能之而我不能，不敢进也；我能之而君不能，不可为也。不敢进而进，是易其君；不可为而为，是轻其身。是二人者，皆有罪焉。

故君子之始进也，曰："君苟用我矣，我且为是，君曰能之，则安受而不辞，君曰不能，天下其独无人乎！"至于人君亦然，将用是人也，则告之以己所欲为，要其能否而责成焉。其曰"姑用之而试观之者"，皆过也。后之君子，其进也无所不至，惟恐其不合也，曰："我将权以济道。"既而道卒不行焉，则曰："吾君不足以尽我也。"始不正其身，终以谤其君。是人也，自以为君子，而孟子之所谓贼其君者也。

【译文】君子想要对天下有所作为，没有谁不重视他最初的进言。起初用正道正言，尚且有用非正道继续它，况且起初就用非正道进言呢？古代的人有想让他的君主行王道的，有想让他的君主行霸道的，有想让国家强大的，这三种作法由于志向不同，所以他们的智术有深浅之别，而他们的成就有大小之分。虽然他们一辈子所作的事情，结果不能预先知道，但是他们的大节一定表现在他们最初进言的时候。这是为什么呢？是由他们的本性决定的。没有用强国之术进言却能实现霸道的，也没有用霸道进言而能称王天下的。

伊尹在有莘之野耕作的时候，他的愿望本来说使我的君主成为尧舜那样的君主，使我们的百姓成为尧舜统治时期的百姓。认为伊尹是用烹调的滋味比喻为政的方法来劝说商汤王，这是战国的策士用自己的想法去猜度伊尹，君子疾恨这种说法。管仲在被囚系的情况下见到齐桓公，他所说的话，本来就想会集诸侯抵御夷狄。管仲忖度齐桓公足能够称霸，衡量自身足能成为称霸者的辅佐，因此上没有浮夸的言辞，下没有低下的议论。古代的贤人就像这样有自知之明。

商鞅进见秦孝公的时候，游说了三次以后才符合孝公的心意。商鞅心怀诈术来欺骗他的君主，也太过分了。他难道自己不知道孝公不能够称帝并实行王道吗？只不过是他的残忍苛刻的刑名之学，恐怕秦孝公不能遵从、因此特意设置高尚的理论来迷惑他。国君既然不能那样做，就想在全国实行自己所要干的事。不这样的话，难道用得着胸怀帝王的韬略，而每见面一次就改变一次说法来曲从迎合人吗？商鞅在秦国没有好下场，这是他进言不正的结果。

圣人就不是这样，他的志向越大，他的道就越高，他的道越高，所以符合君主心意就越难。圣人看到天下没有很好的治理，如同婴儿在水火之中一样。他们想要得到君主来推行自己的正道，可以说心情是非常急切的。但不曾因为难以合乎君主意愿的缘故而稍微贬损正道，其原因是知道一开始就稍加贬损，那么逐步发展一定会发展到衰落而最后彻底崩溃。所以说：“先用礼乐进言，是所谓的平常人；后来再用礼乐进言，是所谓的君子。如果要我选用人才，我赞同先进言礼乐的人。”

孔子生活的时代，那些诸侯卿相士大夫们，看待先王的礼乐制度，就好像方榫孔圆榫头不能吻合、冰和炭不能相容一样。先用礼乐制度进言，不符合他们的意愿是一定的了。这些先用礼乐进言的人，从正道的角度来说，他们是圣人，用世人的眼光来看，他们就是平常人。至于急于建功立业的君子们则不是这样，如果不能合乎君主的意愿，就先用世人喜好的事情进言，等到合乎了君主的意愿以后，再用先王的礼乐正道来继续。他们的想法是这样的，但他们进言不正，而且没有能够用正道继续的。所以孔子不赞同他们。而孟子也说："屈一尺伸八尺，是从利而言的。如果仅从有利考虑，那么屈八尺伸一尺也有利，难道也可以去做吗？"君子得到君主任用，既要忖度衡量他的君主，又要衡量自身。君主能够做到而自身做不到，不敢进，自身能做到而君主做不到，不可做。不敢进却硬进，是轻视他的君主，不可以做却硬做，这是看轻自身。这两种人都是有罪的。

所以君子最初进言时，说："君主如果任用我，我将推行正道，君主说能够实行，就安心地接受而不推辞，君主说不能，天下难道再没有别人了吗？"至于人君也是这样，将要任用这个人，就告诉他自己想要实现的事情，要求他表明能或不能然后督责他去完成。说"姑且试用他看看"的作法，都是错误的。后来的君子，他们进言的内容无所不到，唯恐自己的意见不符合君主的意愿，说："我将变通一下来实现先王之道。"事后先王之道到底也没能施行，就说："我的君主不能够使我彻底推行啊。"开始自身不正，最后又诽谤自己的君主。这样的人，自以为是君子，实际上是孟子所说的害他的君主的人。

学士院试春秋定天下之邪正论

为《谷梁》者曰："成天下之事业，定天下之邪正，莫善于《春秋》。"请因其说而极言之。夫《春秋》者，礼之见于事业者也。孔子论三代之盛，必归于礼之大成，而其衰，必本于礼之渐废。君臣、父子、上下，莫不由礼而定其位。至以为有礼则生，无礼则死。故孔子自少至老，来尝一日不学礼而不治其他。以之出入周旋，乱臣强君莫能加焉。知天下莫之能用也，退而治其纪纲后条目，以遗后世之君子。则又以为不得亲见于行事，有其具而无其施设措置之方，于是因鲁史记为《春秋》，一断于礼。凡《春秋》之所褒者，礼之所与也。其所贬者，礼之所否也。《纪》曰：礼者，所以别嫌、明疑、定犹豫也。而《春秋》一取断焉。故凡天卜之邪正，君子之所疑而不能决者，皆至于《春秋)而定。非定于《春秋》，定于礼也。故太史公曰：“《春秋》者，礼义之大宗也。为人君父而不知《春秋》者，前有谗而不见，后有贼而不知。为人臣子而不知《春秋》者，守经事而不知其宜，遭变事而不知其权。夫礼义之失，至于君不君，臣不臣，父不父，子不子，其意皆以善为之，而不知其义，是以被之空言而不敢辞。”

夫邪正之不同也，不啻若黑白。使天下凡为君子者皆如颜渊，凡为小人者皆如桀跖，虽微《春秋》，天下其孰疑之？天下之所疑者，邪正之间也。其情则邪，而其迹若正者有之矣。其情以为正，而不知其义而陷于邪者有之矣。此《春秋》之所以丁宁反覆于其间也。

宋襄公，疑于仁者也。晋荀息，疑于忠者也。襄公不修德，而疲弊其民以求诸侯，此其心岂汤武之心也哉？而独至于战，则曰“不禽二毛，不鼓不成列”。非有仁者之素，而欲一旦窃取其名以欺后世，苟《春秋》不为正之，则世之为仁者，相率而为伪也。故其书曰：“冬十一月乙巳朔，宋公及楚人战于泓，宋师败绩。”《春秋》之书战，未有若此其详也。君子以为其败固宜，而无有隐讳不忍之辞焉。荀息之事君也，君存不能正其过，没又成其邪志而死焉。荀息而为忠，则凡忠于盗贼，死于私昵者皆忠也，而可乎？故其书曰：“及其大夫荀息。”不然，则荀息、孔父之徒也，而可名哉！

【译文】注释《春秋谷梁传》的人说：“成就天下的事业，判定天下的邪正，没有什么比《春秋》更好的了。”请让我顺着他的说法去详尽地论说它。《春秋》，是礼在事业上的表现。孔子评论三代的兴盛，一定归功于礼的完整齐备，而三代的衰败，根源一定是礼的逐渐废弃。君臣、父子、上下，没有一样不由礼来确定他们的关系地位。甚至认为有了礼就能生存，没有礼就要死亡。所以孔子从少年到老年，不曾有一天不学习礼不研究礼所涉及的其他问题。用礼来答对应付社会，乱臣暴君没有谁能够欺侮他。孔子知道当时天下没有谁能够采用他的治国之道，隐退下来研治礼的纲领条目，来传给后世的君子。但是又觉得不能亲自看到以前的具体事迹，有礼的陈述却没有礼的具体处理辨别的方法。于是根据鲁国史书编写了《春秋》，完全根据礼来判断是非邪正。凡是《春秋》里褒扬的，都是礼所赞许的，凡是《春秋》贬抑的，都是礼所否定的。《礼记》说：礼，是用来区别嫌恶，明晰疑难，确定难于分辨邪正等事情的。而《春秋》采用礼来判断。所以天下的邪和正，君子们怀疑而不能决定的，全都到《春秋》里判定。其实不是由《春秋》判定，而是用礼来判定。所以司马迁说：“《春秋》是礼义的根本所在，做人的君、父却不懂得《春秋》之义，就会前有谗佞之徒而看不见，后有奸贼而不知道。为人臣、子而不通晓《春秋》之义，就会因循守旧而不知办事常理，遭到变故而不知权变之策。礼义丧失，就会弄到君不像君，臣不像臣，父不像父，子不像子，其实他们心里全都认为是什么好事而去做，却不知其通义所在。因此蒙受史家口诛笔伐的文辞却不敢推卸责任。”

邪和正的不同，无疑像黑与白那样分明。假使天下凡是君子全和颜渊一样，凡是小人全象夏桀、盗跖一样，即使没有《春秋》，天下谁能怀疑分不清？天下所怀疑的，是介乎邪和正之间的现象。表面上看是邪恶的，而他的实际情况似乎正派的现象是有的。其表面觉得正派，而不懂得道义而陷入邪恶的现象也是有的。这就是《春秋》里反复叮宁嘱咐的原因。

宋襄公，是值得怀疑的仁君，晋国的荀息，是值得怀疑的忠臣。宋襄公不修养德行，却使他的百姓疲弊不堪来和诸侯作对，这样的心情难道是商汤、周武王一样的心情吗？而唯独到交战的时候，却说

“不俘获头发斑白的人，不进攻没有排好阵势的敌军。”没有仁人的素心，却想一下子窃取仁义之名来欺骗后世，如果《春秋》不为他匡正事实，那么世间行仁义的人，就相互带领着一起做假了。所以《春秋》里记载说：“冬十一月乙巳朔日，宋襄公和楚国人在泓交战，宋国军队彻底溃败。”《春秋》记载战事，没有像这件事那么详细的。君子认为，宋襄公的失败本来就是应该的，没有隐讳不忍的言辞。荀息侍奉他的君主晋献公，献公活着的时候不能匡正他的过错，献公死后为成全其邪恶的志愿而最后殉死。荀息如果算是忠臣，那么凡是忠于盗贼，为亲近昵爱的人去死都算是忠臣了，这难道是可以的吗？所以《春秋》里写道：“连及到他的大夫荀息。”不然的话，那么荀息、孔父这些人，在《春秋》里可以名垂万世了！

儒者可与守成论 以下二首俱程试

圣人之于天下也，无意于取也。譬之江海，百谷赴焉；譬之麟凤，鸟兽萃焉。虽欲辞之，岂可得哉？禹治洪水，排万世之患，使沟壑之地，疏为桑林、鱼鳖之民，化为衣冠。契为司徒，而五教行，弃为后稷，而烝民粒，世济其德，至于汤武拯涂炭之民，而置之于仁寿之域，故天下相率而朝之。此三圣人者，盖推之而不可去，逃之而不能免者也。于是益修其政，明其教，因其民不易其俗。以是得之，以是守之，传数十世，而民不叛，岂有二道哉！

周室既衰，诸侯并起力征争夺者，天下皆是也。德既无以相过，则智胜而已矣；智既无以相倾，则力夺而已矣。至秦之乱，则天下荡然，无复知有仁义矣。汉高帝以三尺剑，起布衣，五年而并天下。虽稍辅以仁义，然所用之人，常先于智勇，所行之策，常主于权谋。是以战必胜，攻必取。天下既平，思所以享其成功，而安于无事，以为子孙无穷之计，而武夫谋臣，举非其人，莫与为者。故陆贾讥之曰：“陛下以马上得之，岂可以马上治之！”叔孙通亦曰：“儒者难以进取，可与守成。”于是酌古今之宜，兴礼乐之中，取其简而易知，近而易行者，以为朝觐会同冠昏丧祭一代之法。虽足以传数百年，上下相安，然终不若三代圣人取守一道源深而流长也。

夫武夫谋臣，譬之药石，可以伐病，而不可以养生。儒者譬之五谷，可以养生，而不可以伐病。宋襄公争诸侯，不擒二毛，不鼓不成列，以败于泓，身夷而国蹙。此以五谷伐病者也。秦始皇焚诗书，杀豪杰，东城临洮，北筑辽水，民不得休息，传之二世，宗庙芜灭。此以药石养生者也。善夫贾生之论曰：“仁义不施，而攻守之势异也。”夫世俗不察，直以攻守为二道，故具论三代以来所以取守之术，使知禹、汤、文、武之威德亦儒者之极功，而陆贾、叔孙通之流，盖儒术之粗也。

【译文】圣人对于天下，无意去获取。好比江海，百谷之水奔向它；好此麒麟凤凰，飞禽走兽都向他们汇集。虽然想辞却它们，哪里能够做到？大禹治理洪水，排除了万世的祸患，使原来满是流水的沟壑，疏导成可种桑麻的土地，象鱼鳖一样生活的人民，变化为穿衣戴帽的文明百姓。契任司徒，父义、兄友、弟恭、子孝的王教推行，弃做为后稷，使百姓吃上粮食，世世代代享受他的恩德。至于商汤王、周武王把百姓从水深火热中拯救出来，安置到充满仁爱能令人长寿的地方，所以天下人都互相率领着朝拜他们。这三代的圣人，全都是想把百姓推也推不走，百姓想逃也逃不脱的人。于是他们越发地修明其政治，明确其教化，遵从他们百姓的习惯而不改变其风俗。用这种作法获得天下，用这种作法守着创下的基业，传了数十代，而百姓不背叛。难道还有第二种办法做到这一点吗！

周王朝衰败以后，诸侯并起，用武力互相征伐彼此争夺的现象，天下到处都可以看到。德行既然不能互相超过，就靠智术取胜而已。智术既然没有什么高下之分，就靠武力夺取罢了。到了秦代乱世，天下动荡不堪，就再也不知道有仁义存在了。汉高祖刘邦出身平民，靠着三尺长剑，用了五年就兼并了天下。这期间，虽然稍稍地用仁义来辅助，但他重用的人，常常先看智慧和勇力，他实行的策略，常常以权术和计谋为主，因此战必胜，攻必取。天下已经平定，思谋用来享受成功，平安无事，并作为子孙世代相传以至无穷的办法，但手下的武将谋士，提拔的不是这种有办法的人，没有谁和他一起谋划。所以陆贾讥刺他说："陛下靠马上得天下，怎么可以骑在马上治理它！"叔孙通也说："儒者难以让他们有所进取，但是可以和他们守住已取得的成就。"于是斟酌古今礼乐适中合宜的内容，选取其中简单容易理解，切近便于施行的部分，来作为朝拜觐见朝会加冠婚丧祭祀等整个一代的礼仪。虽然这些礼仪足以传用数百年，并且上下相安，但是到底也不如三代的圣人取天下和守天下用同一办法源远流长。

武将谋臣，就好比是药石，可以去病，却不可以养生。儒者好比是五谷，可以养生，但不可以去病。宋襄公和诸侯争霸，不俘虏头发斑白的老人，不攻打没有列好阵势的敌人，而在泓战败，自身受伤而国家困顿。这就好像用五谷除病一样。秦始皇焚烧诗书，杀害豪杰，往东筑城到临洮，往北筑城到辽水，百姓得不到休息，传到二世，宗庙变为废墟而消失。这就好像用药石养生一样。贾谊论述的好："不施行仁义，而攻和守的形势也随之不同。"世俗不能明察，特以为攻和守是两种办法。所以全面论述三代以来攻守的作法，使人们知道夏禹、商汤、周文、周武的威德也就是儒者的大功，而陆贾，叔孙通之流的作法，只是儒术的皮毛。

物不可以苟合论

昔者圣人之将欲有为也，其始必先有所甚难，而其终也至于久远而不废。其成之也难，故其败之也不易。其得之也重，故其失之也不轻。其合之也迟，故其散之也不速。夫圣人之所为详于其始者，非为其始之不足以成，而忧其终之易败也。非为其始之不足以得，而忧其终之易失也。非为其始之不足以合，而忧其终之易散也。

天下之事，如是足以成矣，如是足以得矣，如是足以合矣，而必曰未也，又从而节文之，绸缪委曲而为之表饰，是以至于今不废。及其后世，求速成之动，而倦于迟久，故其欲成也止于其足以成，欲得也止于其足以得，欲合也止于其足以合。而其甚者，又不能待其足。其始不详，其终将不胜弊。呜呼，此天下治乱、享国长短之所从出欤？圣人之始制为君臣、父子、夫妇、朋友也，坐而治政，奔走而执事，此足以为君臣矣。圣人惧其相易而至于相陵也，于是为之车服采章以别之，朝觐位著以严之。名非不相闻也，而见必以赞。心非不相信也，而出入必以籍。此所以久而不相易也。杖屦以为安，饮食以为养，此足以为父子矣。圣人惧其相亵而至于相怨也，于是制为朝夕问省之礼，左右佩服之饰。族居之为欢，而异宫以为别。合食以为乐，而异膳以为尊。此所以久而不相亵也。生以居于室，死以葬于野，此足以为夫妇矣。圣人惧其相狎而至于相离也，于是先之以币帛，重之以媒妁。不告于庙，而终身以为妾。昼居于内，而君子问其疾。此所以久而不相狎也。安居以为党，急难以相救，此足以为朋友矣。圣人惧其相渎而至于相侮也。于是戒其群居嬉游之乐，而严其射享饮食之节，足非不能行也，而待摈相之诏礼。口非不能言也，而待绍介之传命。此所以久而不相渎也。

天下之祸，莫大于苟可以为而止。夫苟可以为而止，则君臣之相陵，父子之相怨，夫妇之相离，朋友之相侮久矣。圣人忧焉，是故多为之饰。《易》曰："藉用白茅，无咎。苟错诸地而可矣，藉之用茅，何咎之有？"此古之圣人所以长有天下，而后世之所谓迂阔也。又曰："嗑者，合也。物不可以苟合，故受之以贲。"尽矣。

【译文】从前圣人将有所作为。开始一定先有很多困难，因此最后能够达到久远而不废弃。它的成功困难，所以衰败也就不容易。它得来的代价大，所以失去的代价也就不轻。它的聚台速度缓慢，所以离散也就不会迅速：圣人所做的事情开始就非常周密详尽，并非是开始不能够成功，而是忧虑最后容易衰败。并非是开始不能够得到，而是忧虑最后容易失去。并非开始不能够聚合，而是忧虑最后容易离散。天下的事情，像这样就足能成功，像这样就足能得到、像这样就足能聚合。如果一定说还不够完满。又随之制定礼乐仪制，情意殷切曲折反复地表明修治，因此直到现在不能废弃。等到后世，贪求迅速成功，厌倦长久努力，所以他们想要成功就满足于能够成功，想要得到就满足于能够得到，相要聚合就满足于能够聚合。而其中过分的，是不能等到条件充足。它的开始不详尽周密，那么最后将不能承受出现的弊病。哎，这就是天下治或乱、享国时间长或短的原因吗？圣人最初确定君臣、父子、夫妇、朋友关系的制度，坐着治理政务，奔走执行任务，这足够表现为君臣了。圣人害怕彼此关系转化甚至君主被欺陵，于是为他们设置彩色的车马服饰来加以区别，朝拜形式和位置来严明它。名字并非彼此不知道，但进见要通过司仪引见。心里并非对人不相信，但出入宫门一定要有门籍证明。这就是君臣关系久远却不能互相转化的原因。扶着拐杖走路使身体安适，凭饮食得到抚养，这足够表现为父子了。圣人害怕他们互相轻慢甚至于互相怨恨，于是设立了每早每晚省问父亲的礼节，和左右佩服上的饰物样式。聚居一起表示合家欢喜，而分处异室作为等级分别。一起用餐表示天伦之乐，吃不同的膳食作为对长者的尊敬。过就是父子关系长久稳定而不互相轻慢的原因。活着同居一室，死后同葬于野，这足够表现为夫妇了。圣人害怕互相轻忽最后到彼此分离，于是先用币帛为聘礼，再用媒妁来定亲。娶妇不在宗庙宣告，那么只能终身作为侍妾。白天居于内室，君子慰问疾病。这就是夫妇关系长久而不互相轻忽的道理。安居乐业成为乡党，有了急难彼此救助，这足够成为朋友了。圣人惧怕他们互相轻慢最后互相侵侮，于是不允许他们随便群居游荡嬉乐，严格射礼祭祀和饮食的礼节。脚不是不能走路，却要等傧相去诏告，口不是不能说，却要等介绍的人去传达旨意。这就是朋友关系长久而不相互轻慢的道理。

天下的祸患，没有比可以做就随便去做并且目的达到就停下来更大的。可以做就随便去做达到目的就停下来，那么君臣互相欺陵，父子互相仇怨，夫妇互相背离，朋友互相轻慢的事情老早就发生了。圣人忧虑这样的事，因此尽可能多地加以整饬。《易经》说：“用白茅铺垫，没有过错。把东西随便放到地上也可以，但用白茅铺在下面，有什么过错？”这是古代圣人长久拥有天下的道理，也是后世人所谓的迂阔。《易经》又说：“嗑，是聚合的意思。物不能苟且地聚合，所以用文饰来整饬它。”道理说尽了。

王者不治夷狄论 以下六首俱秘阁试

夷狄不可以中国之治治也。譬若禽兽然，求其大治，必至于大乱。先王知其然，是故以不治治之。治之以不治者，乃所以深治之也。《春秋》书“公会戎于潜”。何休曰：“王者不治夷狄。录戎来者不拒，去者不追也。”夫天下之至严，而用法之至详者，莫过于《春秋》。

凡《春秋》之书公、书侯、书字、书名，其君得为诸侯，其臣得为大夫者，举皆齐、晋也。不然，则齐、晋之与国也。其书州、书国、书氏、书人，其君不得为诸侯，其臣不得为大夫者，举皆秦、楚也。不然，则秦、楚之与国也。夫齐、晋之君所以治其国家拥卫天子而爱养百姓者，岂能尽如古法哉？盖亦出于诈力，而参之以仁义，是亦未能纯为中国也。秦、楚者，亦非独贪冒无耻肆行而不顾也，盖亦有秉道行义之君焉，是秦、楚亦未至于纯为夷狄也。齐、晋之君不能纯为中国，而《春秋》之所予者常向焉。有善则汲汲而书之，惟恐其不得闻于后世；有过则多方而开赦之，惟恐其不得为君子。秦、楚之君，未至于纯为夷狄，而《春秋》之所不不予者常在焉。有善则累而后进，有恶则略而不录，以为不足录也。是非独私于齐、晋，而偏疾丁秦、楚也。以见中国之不可以一日背，而夷狄之不可以一日向也。其不纯者，足以寄其褒贬，则其纯者可知矣。故曰：天下之至严，而用法之至详者，莫如《春秋》。

夫戎者，岂特如秦、楚之流入于夷狄而已哉！然而《春秋》书之曰：“公会戎于潜。”公无所贬而戎为可会，是独何欤？夫戎之不能以会礼会公亦明矣，此学者之所以深疑而求其说也。故曰：王者不治夷狄，录戎来者不拒，去者不追也。

夫以戎狄之不可化诲怀服也，彼其不悍然执兵，以与我从事于边鄙，则已幸矣，又况乎知有所谓会者，而欲行之，是岂不足以深嘉其意乎？不然，将深责其礼，彼将有所不堪，而发其愤怒，则其祸大矣。仲尼深忧之。故因其来而书之以“会”，曰，若是足矣。是将以不治深治之也。由是观之，《春秋》之疾戎狄者，非疾纯戎狄者，疾夫以中国而流入于戎狄者也。

【译文】夷狄不能用中原国家的礼义制度治理，好比和禽兽一样，想要求得完全治理好，一定会发展到大乱。先王知道其中的道理是这样，因此用不治理的办法去治理他们。治理他们用不治理的办法，才是加深治理的办法。《春秋》里写某某公，写某某侯、写某某的字，写某某的名，其中国君作为诸侯，臣子作为大夫的，全都是齐国、晋国的人。不然的话，就是齐国、晋国同盟国的人。其中写某某州、某某国、某某氏、某某人，其中国君不作为诸侯，臣子不作为大夫的，全都是秦国、楚国的人，不然的话，就是秦国、楚国同盟国的人。齐国、晋国的国君用来治理他们的国家拥护保卫周天子并抚爱养护百姓的作法，哪里能全符合古代的法度呢，大致也是出于欺诈和武力，而参杂着一些仁义行为，这样齐国和晋国也不能算是纯中原国家。秦国和楚国，也不仅仅贪婪无耻横行放肆而无所顾及，也有遵道行义的君主。这样秦国、楚国也没能达到是纯粹的夷狄。齐国、晋国的国君不能算是纯粹的中原人，而《春秋》里赞许的时候常常偏向他们。有善行就急急忙忙地把它记载下来，唯恐不能流传后世；有过错就想方设法地开解宽恕他们，唯恐他们不能成为君子。秦国、楚国的国君没有达到纯粹是夷狄，《春秋》里不赞许的情况经常存在，他们有善行就累计到一起然后写进去，有丑恶的事就略过去不记载，认为不值得记载。这并非仅仅偏爱齐国、晋国，而偏恨秦国、楚国。目的是显示出中原国家的礼义一天也不可以背弃，而夷狄的行为一天也不可以向往。其中不够纯粹的，足能寄托褒扬和贬抑，那么其中纯粹的内容就不说可知了。所以说：天下最严肃，而且运用礼法最详尽的，没有哪一个比得上《春秋》。

戎人，难道仅仅象秦国、楚国似的下滑到戎狄这样不开化民族而已吗？但是《春秋》记载说："鲁隐公在潜地会见戎人"，对于隐公无所贬斥而戎人算是可以会见，这到底为什么呢？戎人不能用会见的礼仪会见隐公已经明确了，这是学者们非常怀疑并探究这种说法的原因。所以说：行王道的人不治理夷狄，记载戎人之事来的不拒绝，去的不追赶。

因为戎狄不能够通过教化使他们归服，他们不蛮横地拿着武器，来和我们在边境发生冲突，就已经幸运了，又何况他们还知道彼此有会见的事情，并想要按会见的要求去做，这难道不值得大力表彰他们吗？不这样，而是严格要求按礼节办事，他必将有所不能忍受，而一旦发怒生气，那个祸就大了。孔子非常忧虑这件事，所以依据他们的来意而用一个"会"字记载它，说，像这样就足够了。这就是将用不治的方法加强治理。从这里来看，《春秋》疾恨戎狄的情况，不是疾恨纯粹的戎狄人，而是疾恨本是中原国家却变成戎狄这类现象。

刘恺丁鸿孰贤论

君子之为善，非特以适己自便而已。其取于人也，必度其人之可以与我也。其予人也，必度其人之可以受于我也。我可以取之，而其人不可以与我，君子不取。我可以予之，而其人不可受，君子不予。既为己虑之，又为人谋之，取之必可予，予之必可受。若己为君子，而使人为小人，是亦去小人无几耳。

东汉刘恺让其弟封而诏听之，丁鸿亦以阳狂让其弟，而其友人鲍骏责之以义，鸿乃就封。其始，自以为义而行之，其终也，知其不义而复之。以其能复之，知其始之所行非诈也，此范氏之所以贤鸿而下恺也。其论称太伯、伯夷未始有其让也。故太伯称至德，伯夷称贤人。及后世徇其名而昧其致，于是诡激之行兴矣。若刘恺之徒让其弟，使弟受非服，而己受其名，不已过乎？丁鸿之心，主于忠爱，何其终悟而从义也。范氏之所贤者，固已得之矣，而其未尽者，请得毕其说。

夫先王之制，立长所以明宗，明宗所以防乱，非有意私其长而沮其少也。天子与诸侯皆有太祖，其有天下、有一国，皆受之太祖，而非己之所得专有也。天子不敢以其太祖之天下与人，诸侯不得以其太祖之国与人，天下之通义也。夫刘恺、丁鸿之国，不知二子所自致耶，将亦受之其先祖耶？受之其先祖，而传之于所不当立之人，虽其弟之亲，与途人均耳。夫吴太伯、伯夷，非所以为法也。太伯将以成周之王业，而伯夷将以训天下之让，而为是诡时特异之行，皆非所以为法也。今刘恺举国而让其弟，非独使弟受非服之为过也，将以坏先王防乱之法，轻其先祖之国，而独为是非常之行，考之以礼，绳之以法，而恺之罪大矣。

然汉世士大夫多以此为名者，安、顺、桓、灵之世，士皆反道矫情，以盗一时之名。盖其弊始于西汉之世。韦玄成以侯让其兄，而为世主所贤，天下高之，故渐以成俗。履常而蹈易者，世以为无能而摈之。则丁鸿之复于中道，尤可以深嘉而屡叹也。

【译文】君子行善，不仅仅对自己适合对自己方便而已。如果从别人那里索取收受，一定要估量那个人能够给予我的。如果要给予别人，一定要估量那人能够接受自己的给予。我可以收受，而那个人不能够给予我，君子给也不收受。我可以给予，而那个人不能接受，君子就不给予。既要替自己考虑，又要替别人打算，收受一定以能够给予为前提，给予一定以能接受为前提。如果自己当君子，而使别人成为小人，这也就和小人相差没有多少了。

东汉的刘恺把封爵让给他弟弟刘宪而皇帝诏命遵从他这样做。丁鸿也假装疯狂把爵位让给他弟弟，而他的朋友鲍骏用道义谴责他，丁鸿才接受封赐。刚开始，丁鸿自以为把爵位让给他弟弟是义才去那样做，到后来，知道那样做是不义而返回正道。因为他能够返回正道，知道他开始的行为并非是欺诈，这是范晔认为丁鸿贤明而轻视刘恺的原因。他在论里称太伯、伯夷并没当初就有礼让。所以太伯被称为至德，伯夷被称为贤人。等到后世人们为了谋取好的声名而掩盖自己的志向，于是奇异偏激违背常理的行为兴起了。像刘恺这类人谦让他的弟弟，使他的弟弟接受不当有的礼秩地位，而自己博得礼让的名声，不是已经过分了吗？丁鸿的内心，以忠诚慈爱为根本，终于感悟而遵从道义是多么明智。范晔认为贤明的地方，本来已经得出了结论，而他没有说到的，让我进一步说完。

先王的制度，立长子用来明确宗族关系，明确宗族关系用来防止混乱，并非有意偏爱长子而嫌弃少子。天子和诸侯都有自己的开国始祖，他们拥有天下，拥有一个国家，全都是从开国始祖那里继承来的，而并非自己能专有的。天子不敢把他的开国始祖的天下给予别人，诸侯不敢把他的开国始祖的国家给别人，这是天下普遍的道理。刘恺、丁鸿的封国，不知是他们二人自己得来的呢？还是从他们的祖先那里承受来的呢？从他们的祖先那里继承来的，却传给不当立的人，即使是他弟弟这样的亲人，和路人也是同样的。吴太伯、伯夷，并非是可以效法的对象，太伯拿成周的王业奉送他人，伯夷以让国来教导天下人谦让，做出这种违背常理特殊怪异的行为，都并非可以成为效法的对象。现在刘恺拿封国让给他的弟弟，不仅仅使他弟弟蒙受不合乎礼秩地位的罪过，而且将要败坏先王用来防止混乱的宗法制度，轻视他祖先得来的封国，而独自做出这种反常的行径，用礼来考证，用法来规范，那么刘恺的罪过就大了。

但是汉代的士大夫有很多是因此出名的，安帝、顺帝、桓帝、灵帝的时代，士人们全都违背常理掩饰真情，来盗取一时的好名声，这种流弊大约从西汉开始。韦玄成把侯爵让给他的哥哥，被当世君主汉宣帝认为贤明。天下尊崇，所以渐渐地成为时俗。循规蹈矩的人，世人认为无能而摈弃他们。那么丁鸿恢复正道，就尤其值得大力褒扬反复赞叹了。

礼义信足以成德论

有大人之事，有小人之事。愈大则身愈逸而责愈重，愈小则身欲劳而责欲轻。綦大而至天子，綦小而至农夫，各有其分，不可乱也。责重者不可以不逸，不逸，则无以任天下之重。责轻者不可以不劳，不劳，则无以逸夫责重者。二者譬如心之思虑于内，而手足之动作步趋于外也。是故不耕而食，不蚕而衣，君子不以为愧者，所职大也。自尧舜以来，未之有改。

后世学衰而道弛，诸子之智，不足以见其大，而窃见其小者之一偏，以为有国者，皆当恶衣粝食，与农夫并耕而治，一人之身，而自为百工。盖孔子之时则有是说矣。夫樊迟亲受业于圣人，而犹惑于是说，是以区区焉欲学稼于孔子，孔子知是说之将蔓延于天下也，故极言其大，而深折其词。以为："上好礼，则民莫敢不敬；上好义，则民莫敢不服；上好信，则民莫敢不用情。夫如是，则四方之民襁负其子而至矣，安用稼？"而解者以为礼义与信足以成德。

夫樊迟之所为汲汲于学稼者，何也？是非以谷食不足，而民有苟且之心以慢其上为忧乎？是非以人君独享其安荣而使民劳苦独贤为忧乎？是非以人君不身亲之则空言不足劝课百姓为忧乎？是三忧者，皆世俗之私忧过计也。

君子以礼治天下之分，使尊者习为尊，卑者安为卑，则夫民之慢上者，非所忧也。君子以义处天下之宜，使禄之一国者不自以为多，抱关击柝者不自以为寡，则夫民之劳苦独贤者，又非所忧也。君子以信一天下之惑，使作于中者必形于外，循其名者必得其实，则夫空言不足以劝课者，又非所忧也。此三者足以成德矣。故曰三忧者，皆世俗之私忧过计也。

【译文】有大人的事情，有小人的事情。事情愈大，那么身体越安适而责任越重。事情越小，那么身体越劳苦而责任越轻。最大的到天子，最小的到农夫，各有各的职分，不能混乱。责任重的身体不可以不安适，不安适就没有办法承担天下的重任。责任轻的身体不可以不劳苦，不劳苦，就没有什么用来使责任重的人安适。这二者譬如心在体内思虑，而手和脚在体外活动奔走一样。因此不耕种获得食物，不织布获得衣服，君子不感到惭愧的原因，是由于承担的职责重大。自尧舜以来，这种现象没有改变。

后世学问道德衰败，诸子百家的智慧，不能够看到大的方面，而往往只看到小的方面的一角，认为拥有国家的君主，都应该穿破衣服吃粗米饭，和农民一起耕种并治理国家，一个人的身上，要兼作百工的事。大约孔子的时代就有这种说法了。樊迟亲身受业于孔子，仍旧被这种论调迷惑，因此胡里胡涂地要向孔子学习种庄稼。孔子知道这种论调将要在天下蔓延，所以极力强调大的方面，并深刻批判他们的言辞。孔子认为：“在上位的人爱好礼，百姓就没有谁敢不敬重；在上位的人讲究义，百姓就没有敢不服从；在上位的人诚恳信实，百姓就没有人敢不讲真话。如果做到这些，那么四方的百姓都会背着孩子投奔到你那里，哪里用得着自己种庄稼？”解说孔子话的人认为讲究礼义和信足能够成为有道德的贤明人。

樊迟急切地学习种庄稼的原因，是什么呢？这莫非因为粮食不足，而百姓有随意草率的念头来轻慢他的统治者而感到忧虑吗？莫非是因为统治者独自享受安逸尊荣而使百姓劳苦而感到忧虑吗？莫非是认为统治者不亲自劳作光说空话不能够鼓励督促百姓而感到忧虑吗？这三方面的忧虑，全都是世俗多余的不切实际的念头。

君子用礼治理天下的职分，是使尊贵的人习惯于尊贵，卑下的人安心为卑下，那么百姓轻慢君主的现象，不是值得忧虑的。君子靠义处理天下的事情，使享用一国俸禄的人，自己不认为多，看大门打更的人，自己不觉得俸禄少，那么百姓劳累困苦的现象，又不是忧虑的问题。君子用诚恳信实统一天下的疑惑，使表明：在内心的一定显露于外衷，依从他的名声的一定能得到他的实际，那么空话不能够鼓励督促的现象，又不是忧虑的问题。礼义信三者具备足够成为贤德的人。所以说以上的三种忧虑，全都是世俗多余的不切实的念头。

形势不如德论

《传》有之："天时不如地利，地利不如人和。"此言形势不如德也。而吴起亦云："在德不在险。"太史公以为形势虽强，要以仁义为本。儒者之言兵，未尝不以藉其口矣。请拾其遗说而备论之。

凡形势之说有二，有以人为形势者，三代之封诸侯是也。天子之所以系于天下者，至微且危也。相须而合，合而不去，则为君臣，其善可得而赏，其恶可得而罚，其谷米可得而食，其功力可得而役使。当此之时，君臣之势甚固，及其一旦溃然而去，去而不返，则为寇仇。强者起而见攻，智者起而见谋，彷徨四顾，而不知其所恃。当是时，君臣之势甚危。先王知其固之不足恃，而危之不可以忽也，故大封诸侯，错置亲贤，以示天下形势。刘颂所谓"善为国者，任势而不任人。郡县之察，小政理而大势危；诸侯为邦，近多违而远虑固"。此以人为形势者也。然周之衰也，诸侯肆行而莫之禁，自平王以下，其去亡无几也，是则德衰而人之形势不足以救也。

有以地为形势者，秦，汉之建都是也。秦之取天下，非天下心服而臣之也。较之以富，搏之以力，而犹不服，又以诈囚其君，虏其将，然后仅得之。今之臣服而朝贡，皆昔之暴骨于原野之子孙也。则吾安得泰然而长有之！汉之取天下，虽不若秦之暴，然要之皆不本于仁义也。当此之时，不大封诸侯，则无以答功臣之望，诸侯大而京师不安。则其势不得不以关中之固而临之，此虽尧、舜、汤、武，亦不能使其德一日而信于天下，荀卿所谓合其参者。此以地为形势者也。然及其衰也，皆以大臣专命，危自内起，而关中之形势，曾不及施，此亦德衰而地之形势不能救也。

夫三代、秦、汉之君，虑其后世而为之备患者，不可谓不至矣，然至其亡也，常出于其所不虑。此岂形势不如德之明效欤？《易》曰："神而明之，存乎其人。"人存则德存，德存则无诸侯而安、无障塞而固矣。

【译文】《孟子》说："有利的气候条件不知有利的地理形势，有利的地理形势不如人心的团结。"这里说的是形势不如道德重要。而吴起也曾说过："作战取胜在德而不在地势险要。"司马迁认为形势虽然很好，关键要以仁义为根本。儒家学者谈论军事，未尝不以这样的话作为口实。请让我拾取那些旧说详尽地论述。

大致关于形势的说法有两种，有把人事关系看作是一种形势的，夏、商、周三代分封诸侯的情况是这样的。天子用来维系天下的办法，非常细致而精妙。互相期待而遇合，遇合之后不再离去，彼此便成为君臣。其中好的臣下可以得到封赏，坏的臣下可以得到惩罚，臣下生产的粮食君主可以得到食用，臣下的功力君主可以得到役使。正当这个时候，君臣的关系牢固。等到一旦关系破裂臣下离去，离去后不再返回，彼此便成为仇敌。强大的人起来就出现攻伐，智慧的人起来就出现权谋，徘徊四顾，不知道他所依仗的力量。正当这个时候，君臣的形势非常危险。先王知道这种关系本来不足以依仗，而危机不可以忽略，所以大封诸侯，安置子弟和贤人的封国，来显示天下相互依存的形势。晋代刘颂所谓"善于治理国家的利用相互依存的形势而不任用外人。郡县设立分明，小的政事治理好而相互依存的形势危险；分封诸侯构成邻邦，眼前有很多违戾的事但长远考虑国家稳固"。这就是把人事关系作为形势的做法。但是周王朝衰败以后，诸侯横行不法没有人禁止，从周平王以后，离着灭亡没有多远，这说明道德衰败人事关系构成的形势不能够挽救灭亡的命运。

有用地理条件做为形势的，秦朝、汉朝建都关中就是这样。秦国取得天下，并非天下心服而甘心对他称臣。靠富庶较量，靠武力搏取，天下仍旧不服，又用欺诈的手段囚禁有的国家的国君，虏获他们的将领，然后才得到天下。现在臣服并朝贡的人，全都是从前暴尸野外与之抗争的那些人的子孙。那么我们怎么能泰然自若地长期拥有它！汉朝取得天下，虽然不像秦国那样暴虐，但主要的也都用仁义为根本。当时，不大力分封诸侯，就没有办法满足功臣们的愿望。诸侯的势力大京都就不安定，那么形势逼迫就不能不靠关中稳固的地理形势去统治他们，这是即使尧、舜、商汤王、周武王也不能使他的仁德在一天内就在天下申明，而荀卿所说的两种作法参合到一起的情况。这是把地理环境当作形势的作法。但是等到它衰落的时候，全都因为大臣专权，危机从朝内兴起，而关中的地理形势，竟来不及发挥作用，这也是道德衰败而好的地理环境不能挽救的。

三代、秦、汉的君主，考虑他们的后代前途并替他们预防祸患的作法，不能说不详尽了，但到了他们灭亡的时候，常常超出没有考虑到的地方。这难道不是形势不如仁德的有利证明吗？《易经》说：“神明而且光大它，在于有道德的人。”人存在那么道德就存在，道德存在那么没有诸侯做依靠也安定，没有屏障作依靠也稳固。

礼以养人为本论

三代之衰，至于今且数千岁，豪杰有意之主，博学多识之臣，不可以胜数矣，然而礼废乐坠，则相与咨嗟发愤而卒于无成者，何也？是非其才之不逮，学之不至，过于论之太详，畏之太甚也？夫礼之初，缘诸人情，因其所安者，而为之节文，凡人情之所安而有节者，举皆礼也，则是礼未始有定论也。然而不可以出于人情之所不安，则亦未始无定论也。执其无定以为定论，则途之人皆可以为礼。

今儒者之论则不然，以为礼者，圣人之所独尊，而天下之事最难成者也。牵于繁文，而拘于小说，有毫毛之差，则终身以为不可。论明堂者，惑于《考工》《吕令》之说；议郊庙者，泥于郑氏、王肃之学。纷纷交错者，累岁而不决。或因而遂罢，未尝有一人果断而决行之。此皆论之太详而畏之太甚之过也。

夫礼之大意，存乎明天下之分，严君臣、笃父子、形孝弟而显仁义也。今不幸去圣人远，有如毫毛不合于三代之法，固未害其为明天下之分也，所以严君臣、笃父子、形孝弟而显仁义者犹在也。今使礼废而不修，则君臣不严，父子不笃，孝弟不形，仁义不显，反不足重乎？

昔者西汉之书，始于仲舒，而至于刘向，悼礼乐之不兴，故其言曰："礼以养人为本，如有过差，是过而养人也。刑罚之过，或至杀伤。今史议法，笔则笔，削则削，而至礼乐则不敢，是敢于杀人，而不敢于养人也。"而范晔以为"乐非夔、襄而新音代作，律谢皋、苏而制令亟易。"而至于礼，独何难欤？

夫法者，末也。又加以惨毒繁难，而天下常以为急。礼者，本也。又加以和平简易，而天下常以为缓。如此而不治，则又从而尤之曰"是法术未至也"，则因而急之。甚矣，人之惑也。平居治气养生，宣故而纳新，其行之甚易，其过也无大患，然皆难之而不为。悍药毒石，以搏去其疾，则皆为之。此天下之公患也。呜呼，王者得斯说而通之，礼乐之兴，庶乎有日矣。

【译文】夏、商、周三代衰亡，到现在将近几千年，这期间，才能出众有抱负的君主，学识渊博见解多的臣子，不能够数得过来了，但是由于礼坏乐崩，他们互相慨叹劝勉但最终也没有成就的原因，是什么呢？这莫非是他们的才华不到，学识不够，议论过于宽泛，疑虑过分的缘故吗？礼仪的开始，依据人的情性，根据人的习惯，而为它节制修饰，凡是人的情性所习惯节度的，全都是礼仪，那么这个礼仪一开始并没有定论。但是礼仪不可以超出人的情性所习惯的范围，那也不是说礼仪一开始就有定论。执着地拿着没有定论的礼仪以为是有定论的。那么随便什么人也都可以制定礼了。

现在儒家学者的论述则不是这样，他们认为礼是圣人们独自崇尚，而天下最难以做到的完美无缺的事情。被繁琐复杂的文辞牵制，被浅薄琐屑的言论拘束，有一根毫毛的差异，便一辈子认为不完善。议论明堂仪制的，迷惑于《考工》《吕令》的陈述；议论郊庙制度的，拘泥于郑玄、王肃的学说。对于纷乱交错相互抵牾的问题，连年议论也不能解决。有的人因此就止步不前，不曾有一个人果断坚决地去实践它。这都是议论过于宽泛而疑虑过分的过失。

礼的大意，在于明确天下各种人的职分，使君臣关系严明，使父子关系笃厚，使兄弟关系明确，并使仁义之道显赫。现在不幸的是远离圣人生活的时代，有一点点不合乎三代法度的地方，本不妨害它明确天下职分的作用，用来使君臣关系严明、父子关系笃厚、兄弟关系明确，仁义之道显赫的作用仍然存在。现在礼仪废而不修，君臣关系不严明，父子关系不笃厚，兄弟关系不明确，仁义之道不显赫，反而不值得重视吗?

从前西汉的书籍，从董仲舒开始，一直到刘向，他们忧虑哀伤礼乐不兴，所以他们说道："礼仪以教育培养人为根本，如果有些过度，这种过度仍然是教育培养人。刑罚的过度，有时甚至要杀伤人命。现在史官们议论法律，对过去的该记载就记载，该删除就删除，而对礼乐却不敢。这是敢于杀人，而不敢教育培养人。"范晔以为乐律不采用夔和师襄的创制而新的音声代替兴起，法律不采用皋陶、苏公的规定而新的律令屡次改易。"而对于礼，为什么这么难办呢?

法律，是末端的事，又加上残酷复杂，天下常常认为是急事。礼仪，是根本大事，但由于平和简易，天下常常觉得不必着急。像这样如果国家没有治理好，就又随着责怪说，这是法律还不到，随着就急急地修订。人们的愚昧无知，也太过分了。平时运气养生，吐出废气吸纳新鲜空气，做起来非常容易，做得过了点也没有大毛病，但人们都觉得难而不去坚持做。猛烈的药石，因为能除去疾病，就都去使用它。这是天下共同的祸患。哎，统治天下的人得到我的这个论说而明白道理，礼乐的振兴，差不多指日可待了。

既醉备五福论

君子之所以大过人者，非以其智能知之，强能行之也。以其功兴而民劳，与之同劳，功成而民乐，与之同乐，如是而已矣。富贵安逸者，天下之所同好也，然而君子独享焉。享之而安，天下以为当然者，何也？天下知其所以富贵安逸者，凡以庇覆我也。贫贱劳苦者，天下之所同恶也，而小人独居焉，居之而安，天下以为当然者，何也？天下知其所以贫贱劳苦者，凡以生全我也。夫然，故独享天下之大利而不忧，使天下为己劳苦而不怍，耳听天下之备声，目视天下之备色，而民犹以为未也，相与祷祠而祈祝曰，“使吾君长有吾国也”。又相与咏歌而称颂之，被于金石，溢于竹帛，使其万世而不忘也。

呜呼，彼君子者，独何修而得此于民哉？岂非始之以至诚，中之以不欲速，而终之以不懈欤？视民如视其身，待其至愚者如其至贤者，是谓至诚。至诚无近效，要在于自信而不惑，是谓不欲速。不欲速则能久，久则功成，功成则易懈，君子济之以恭，是谓不懈。行此三者，所以得之于民也。三代之盛，不能加毫末于此以矣。

《既醉》者，成王之诗也。其序曰：“《既醉》，太平也，醉酒饱德，人有士君子之行焉。”而说者以为是诗也，实具五福。其诗曰：“君子万年”，寿也；“介尔景福”，富也；“室家之壶”，康宁也；“高明有融”，攸好德也；“高朗令终”，考终命也。凡言此者，非美其有是五福也。美其全享是福，兼有是乐，而天下安之，以为当然也。

夫诗者，不可以言语求而得，必将深观其意焉。故其讥刺是人也，不言其所为之恶，而言其爵位之尊、车服之美而民疾之，以见其不堪也。“君子偕老，副笄六珈”“赫赫师尹，民具尔瞻”是也。其颂美是人也，不言其所为之善，而言其冠佩之华，容貌之盛而民安之，以见其无愧也。“缁衣之宜兮，敝，予又改为兮”“服其命服，朱芾斯皇”是也。故《既醉》者，非徒享是五福而已，必将有以致之。不然，民将盻盻焉疾视而不能平，又安能独乐乎？是以孟子言王道不言其他，而独言民之闻其作乐、见其田猎而欣欣者，此可谓知本矣。

【译文】君子远远超出一般人的原因，不是靠他们的头脑聪慧能够先知先觉，身体强健能够勇于行动。靠他们事业兴起而百姓劳苦，能与百姓同劳苦，事业成功百姓欢乐，能与百姓同欢乐，如此而已。富贵安逸，是天下共同喜好的，然而君子独自享受它，享受它并且安心无愧，天下人认为应当这样。是为什么呢？天下人知道君子们所以富贵安逸，大旨是用来保护天下人。贫贱劳苦，是天下共同憎恶的，而小人独处其中，处在贫贱劳苦中却安心，天下以为应当这样，是为什么呢？天下人知道小人们所以贫贱劳苦，大旨是使自己生存保全。这样的话，所以君子们独自享受天下的大的利益而不忧愁，使天下人为自己劳苦而不惭愧，耳朵听着天下所有的音乐，眼睛看着天下所有的美色，而百姓们仍然认为未能详尽，互相祈祷祝愿说，“让我们国君永远统治我们的国家”，又互相歌唱颂扬他，把他们名字刻铸在钟鼎碑碣上，记载到书籍典册中，使他们的名字一万代也不被人遗忘。

哎，那些君子，独自做了什么美善的事而得到这些百姓的拥戴呢？难道不是开始凭至诚待人，中间靠不求速成功业，最后以坚持不懈守成吗？看待百姓像看待自身，对待那些最愚蠢的人如同最贤明的人一样，这就叫做至诚。待人至诚没有眼前的效益，关键在于自信而不糊涂，这就叫做不求速成一步一个脚印成就事业。不求速成就能够久远，久远事业就成功，事业成功就容易懈怠，君子用恭谨来补救保持，这就叫不懈怠。采用这三种做法，是得到百姓拥戴的原因。三代的兴盛，对于这三方面没有丝毫增加的了。

《既醉》，是周成王祭祀宗庙的诗歌。《诗》序说：《既醉》这首诗，是歌颂天下太平的，群臣随成王祭祀宗庙，既醉于酒又饱受先王德泽，人人有士君子的德行。而解释的人认为这首诗里，实际具备五福。那诗里说“君子万年”，是说长寿；“介尔景福”，是说富贵；“室家之壸”，是说康宁无疾病；“高朗有融”，是说喜好仁德；“高明令终”，是说长寿善终。凡是说到的这些，并非赞美他们有这五种幸福，赞美他们全部享受这五种幸福，兼有这些欢乐，而天下人感到心安，认为应当这样。

诗歌，不可以仅凭字面意思求得理解，必须深入地探究其中的用意。所以讥刺这个人，不说他所作的事不好，而说他爵高位尊、车马服饰美丽而百姓痛恨他，来表现他的丑恶不堪。“君子偕老，副笄六枷”“赫赫师尹，民具尔瞻”表现的就是这样。如果赞美这个人，不说所作的事情好，而是说他冠盖佩饰华丽，容貌美好而百姓感到心安，来表现他虽然这样都没有愧疚。“缁衣之宜兮，敝，予又改为兮”“服其命服，朱芾斯皇”表现的就是这样。所以《既醉》这首诗，不仅仅说君子享受这五种幸福，一定有更深一层的含义。不然的话，百姓将要怒冲冲地瞪着眼睛看着心中感到愤恨不平，他们又怎么能独自欢乐呢？因此孟子谈论王道而不谈论其他的事，并特别强调百姓听到国君作乐、看到国君打猎而高高兴兴的情况，这可以说了解事情的根本了。

易论

《易》者，卜筮之书也。挟策布卦，以分阴阳而明吉凶，此日者之事，而非圣人之道也。圣人之道，存乎其爻之辞，而不在其数。数非圣人之所尽心也。然《易》始于八卦，至于六十四，此其为书，未离乎用数也，而世之人皆耻其言《易》之数，或者言而不得其要，纷纭迂阔而不可解，此高论之士所以不言欤？夫《易》本于卜筮，而圣人开言于其间，以尽天下之人情。使其为数纷乱而不可考，则圣人岂肯以其有用之言而托之无用之数哉！

今夫《易》之所谓九、六者，老阴、老阳之数也。九为老阳而七为少阳，六为老阴而八为少阴。此四数者，天下莫知其所为如此者也。或者以为阳之数极于九，而其次极于七，故七为少而九为老。至于老阴，苟以为以极者而言也，则老阴当十，而少阴当八。今少阴八而老阴反当其下之六，则又为之说曰："阴不可以有加于阳，故抑而处之于下。"使阴果不可以有加于阳也，而曷不曰老阴八而少阴六？且夫阴阳之数，此天地之所为也，而圣人岂得与于其间而制其予夺哉？此其尤不可者也。夫阴阳之有老少，此未尝见于他书也，而见于《易》。《易》之所以或为老或为少者，为夫揲蓍之故也。

故夫说者宜于其揲蓍焉而求之。揲蓍之法曰：挂一归奇。三揲之余而以四数之，得九而以为老阳，得八而以为少阴，得七而以为少阳，得六而以为老阴。然而阴阳之所以为老少者，不在乎七八九六也，七八九六徒以为识焉耳。

老者，阴阳之纯也。少者，阴阳之杂而不纯者也。阳数皆奇而阴数皆偶，故乾以一为之爻，而坤以二。天下之物以少为主，故乾之子皆二阴，而坤之女皆二阳。老阳老阴者，乾坤是也。少阴少阳者，乾坤之子是也。揲蓍者，其一揲也。少者五而多者九，其二其三少者四而多者八。多少者，奇偶之象也。一爻而三揲蓍，譬如一卦而三爻也。阴阳之老少，于卦见之于爻，而于爻见之于揲。使其果有取于七八九六，则夫此三揲者，区区焉分其多少而各为处，果何以为也？今夫三揲而皆少此，无以异于乾之三爻而皆奇也。三揲而皆多此，无以异于坤之三爻而皆偶也。三揲而少者一，此无以异于震、坎、艮之一奇而二偶也。三揲而多者一，此无以异于巽、离、兑之一偶而二奇也。若夫七八九六，此乃取以为识，而非其义之所在，不可以强为之说也。

【译文】《易经》，是卜筮用的书。拿着筮草排列八卦，来区分阴阳而明确未来的吉凶，这是占卦卜筮人的事情，而不是圣人之道。圣人之道，体现在说明各爻象的文辞之中，而不体现在《易经》里的象数上。象数不是圣人用心的地方。但是《易经》从八卦开始，八卦重迭推演为六十四卦，这说明这本书，并未离开使用象数。世上的人都不愿意谈《易经》的象数，或者谈起来不得要领，众说纷纭迂阔不可理解，这是有高妙言论的人不愿谈的原因吗？《易经》本来用于卜筮，而圣人在那里加以开释解说，来详尽表现天下人的情性。假使其中的象数纷乱不可考据，那么圣人怎么肯把那有用的话寄托在无用的象数上面呢？

现在那《易经》里所说的九和六，是老阴、老阳的象数。九是老阳而七是少阳，六是老阴而八是少阴。这四个数，天下没有人知道它为什么这样用。或者认为阳数的终极最大是九，而其次大的是七，所以七为少而九为老。至于老阴，如果认为按最大的来说，那么老阴应当是十，而少阴应当是八。现在少阴是八而老阴却是它的下位偶数六，就又对它加以解释说，阴不可以压过阳，所以贬抑它让它处在下位，假使阴果真不可以压过阳，却为什么不说老阴是八而少阴是六？况且阴阳之数，是天地自然形成的，圣人岂能参与到其中而规定制约呢？这是其中最不可解释的事。阴阳有老少之分，这不曾见于其他书籍，只见于《易经》。《易经》里对于阴阳有的称老有的称少，是占卜时按定数选取蓍草卜卦的原故。

所以那些解说的人应该从揲蓍卜卦的现象中去探求真正含义。揲蓍的方法说，取蓍草五十根卜筮，先取出其一，余四十九根任意分成两份，分放到左右手中，从右手取一根置左手小指缝中，然后四根一组分数两手中的蓍草，最后分别把余数放到左手指缝中，即所谓的“挂一归奇”。尔后合两手蓍草，再分为两份，从右手一根置小指缝中，然后再四根一组分数，一直到归并余数到左手指间。这样累计作三次后，剩下的总数除以四，得到九把它作为老阳，得到八把它作为少阴，得到七把它作为少阳，得到六把它作为老阴。但是阴阳分为老少的原因，不在于七八九六，七八九六只是用来作为标记罢了。

老阴老阳的老，是指卦中纯是阴爻或纯是阳爻，少阴少阳的少，是一卦中阴爻阳爻间杂而不纯的。阳数全是奇数而阴数全是偶数，所以乾卦用一长画做为一爻，而坤卦用二短画做为一爻。天下的事物，总是以少为主，所以由乾而变生出来的卦都有两个两短画的爻，由坤变生出来的卦都有两个长画的爻。所以老阳、老阴，就是指乾和坤。少阴、少阳，就是乾、坤变生出来的离、兑、巽和坎、艮、震。用蓍草来卜卦，第一卜，少者五根，多者九根。第二、第三卜，少者四根而多者八根。用它们的多少来确定卦画的奇数偶数和阴阳爻。每一爻用三卜，就像每一卦象有三爻一样。卦象的阴阳老少，就从不同的爻中体现出来了，而爻又是由蓍草卜出来的。假如蓍卜中一定要求有七八九六，那么这三卜又怎能把四个数分配均匀呢？又怎能形成众多的的卦象呢？假如三卜中都没有这四个数，就和乾卦的三爻都是奇数同理。三卜中全是这四个数，就和坤卦的三爻都是偶数同理；三卜中少一个大数，就和震、坎、艮一奇两偶同理；三卜中多一个大数，就和巽、离、兑两偶一奇同理。《易经》中所说的七八九六，只不过是拿它们做个标志而已，并不是寓有什么吉凶预兆，不能强拉硬扯乱作解释。

书论

愚读《史记·商君列传》，观其改法易令，变更秦国之风俗，诛秦民之议令者以数千人，黥太子之师，杀太子之傅，而后法令大行，盖未尝不壮其勇而有决也。曰：嗟夫，世俗之人，不可以虑始而可乐成也。使天下之人，各陈其所知而守其所学，以议天子之事，则事将有格而不得成者。

然及观三代之书，至其将有以矫拂世俗之际，则其所以告谕天下者常丁宁激切，亹亹而不倦，务使天下尽知其君之心，而又从而折其不服之意，使天下皆信以为如此而后从事。其言回曲宛转，譬如平人自相议论而诘其是非。愚始读而疑之，以为近于濡滞迂远而无决，然其使天下乐从而无黾勉不得已之意，其事既发而无纷纭异同之论，此则王者之意也。故常以为当尧舜之时，其君臣相得之心，欢然乐而无间，相与吁俞嗟叹唯诺于朝廷之中，不啻若朋友之亲。虽其有所相是非论辨以求曲直之际，当亦无足怪者。

及至汤武征伐之际，周旋反复，自述其用兵之意，以明晓天下，此又其势然也。惟其天下既安，君民之势阔远而不同，天下有所欲为，而其匹夫匹妇私有异论于天下，以龃龉其上之画策，令之而不肯听。当此之时，刑驱而势胁之，天下夫谁敢不听从。而上之人优游而徐譬之，使之信之而后从。此非王者之心，谁能处而待之而不倦欤？

盖盘庚之迁天下，皆咨嗟而不悦，盘庚为之称其先王盛德明圣，而犹五迁以至十令，今不承于古，恐天下之断弃汝命，不救汝死。既又恐其不从也，则又曰：汝罔暨余同心，我先后将降尔罪，暨乃祖、先父亦将告我高后曰，作大戮于朕孙。盖其所以开其不悟之心，而谕之以其所以当然者，如此其详也。

若夫商君则不然，以为要使汝获其利，而何恤乎吾之所为？故无所求于众人之论，而亦无以告谕天下。然其事亦终于有成。是以后世之论，以为三代之治柔懦不决。然此乃王霸之所以为异也。

夫三代之君，惟不忍鄙其民而欺之，故天下有故，而其议及于百姓，以观其意之所向。及其不可听也，则又反覆而谕之，以穷极其说，而服其不然之心，是以其民亲而爱之。呜呼，此王霸之所为不同也哉。

【译文】我读《史记·商君列传》，看他改易秦国法令，变更秦国风俗，诛杀秦国非议新法令的士民达到数千人，太子犯法，对太子太师处以墨刑，杀掉太子太傅，而后法令得以广泛地施行，我未尝不对他的勇武果决感到豪壮。说：咳，世俗之人，事业开始的时候不能够和他们商讨，只能在事业成功之后让他们享受。假使让天下的百姓，各自陈述自己的见解保守自己的主张，来议论天子的事情，那么事情将会有扞格而不能成功。

但是等到我看三代的书篇，看到他们将要有什么改革的措施来矫正改变世俗的时候，他们用来告谕天下的作法常常是言辞激切反复叮咛，勤勤恳恳而不知疲倦，务必让天下人详尽了解他们君主的想法，并且随着批评指责那些不服的念头，使整个天下都相信应该像这样然后再行事。他们的语言曲折委婉，如同平常人们相互议论询问是非一样。我开始读的时候心里感到疑惑，认为这样做接近于迟缓迂阔而缺乏决断，但是能够让天下乐于服从而没有勉强不得已的意思，措施已经施行而没有乱纷纷表示反对的议论，这就是实行王道人的心意。所以常常觉得处在尧舜的时代，他们君臣彼此情意相投，高高兴兴地彼此没有隔阂，在朝廷中互相随便地问答，无疑象朋友一样亲密。即使有互相非难论辩事非曲直的时候，也应当不值得奇怪了。

等到商汤王周武王征伐暴虐的时候，反复周旋、叙述自己用兵的意图，来明确地晓喻天下，这又是当时的形势造成的局面。只有天下已经安定的时候，国君和百姓的距离拉大地位不同，天下有想要去做的事，而那些平民男女私下里到处发表反对意见，来抵触他们的国君的谋策，命令他们而不肯听从。正当这个时候，用刑法驱使用权势胁迫，天下人谁敢不听从。紧接着处于统治地位的人，悠闲从容地慢慢开导他们，使他们相信而后跟随着去作。这除非推行王道的人，谁能这样处理这样对待百姓而不倦怠呢？

盘庚迁都的时候，百姓群臣全都唉声叹气不高兴。盘庚对他们称颂其先王的英明神圣，尚且迁徙五次才到现在，现在不继承古代先王的作法，恐怕老天抛弃你们，不把你们从死亡的境地救出。不久又担心他们不服从，就又说：你们不肯与我一心一意，我的先王将降罪给你们，以及你们的祖先，你们的父辈也将告诉我的先工说，对我的子孙用大刑吧。盘庚用来启发群臣不觉悟的思想，而把应当怎样去作告诉他们，就像这样周详。

至于商鞅则不是这样，他认为要使你们获得好处，何必忧虑我做的事情，所以对众人的议论没有什么可采纳的，也没有什么用来告谕天下。但他的事业终于有一定的成功。因此后世的观点，认为三代的统治优柔寡断。但这正体现王道和霸道的差异。

三代的国君，只是不忍心使他的百姓鄙陋无知而欺骗他们，所以天下有变故，就把自己的意图让百姓知道，来观察百姓们的意向，等到他们不能听从的时候，就又反复地晓喻他们，详尽地陈述自己的意见，使他们原先不以为然的想法折服，因此他们的百姓对他们亲近爱戴。哎，这是王道和霸道的作法不同啊。

诗论

自仲尼之亡，六经之道，遂散而不可解。盖其患在于责其义之太深，而求其法之太切。夫六经之道，惟其近于人情，是以久传而不废。而世之迂学，乃皆曲为之说，虽其义之不至于此者，必强牵合以为如此，故其论委曲而莫通也。

夫圣人之为经，惟其《礼》与《春秋》合，然后无一言之虚而莫不可考，然犹未尝不近于人情。至于《书)出于一时言语之间，而《易》之文为卜筮而作，故时亦有所不可前定之说，此其于法度已不如《春秋》之严矣。而况《诗》者，天下之人，匹夫匹妇羁臣贱隶悲忧愉佚之所为作也。夫天下之人，自伤其贫贱困苦之忧，而自述其丰美盛大之乐，上及于君臣、父子，天下兴亡、治乱之迹，而下及于饮食、床笫、昆虫、草木之类，盖其中无所不具，而尚何以绳墨法度区区而求诸其间哉！此亦足以见其志之无不通矣。夫圣人之于《诗》，以为其终要入于仁义，而不责其一言之无当，是以其意可观，而其言可通也。

今之《诗传》曰“殷其雷，在南山之阳”、“出自北门，忧心殷殷”、“扬之水，白石凿凿”、“终朝采绿，不盈一掬”、“瞻彼洛矣，维水泱泱”，若此者，皆兴也。而至于“关关雎鸠，在河之洲”、“南有樛木，葛藟累之”、“南有乔木，不可休息”、“维鹊有巢，维鸠居之”、“喓喓草虫，趯趯阜螽”，若此者，又皆兴也。其意以为兴者，有所象乎天下之物，以自见其事。故凡《诗》之为此事而作，其言有及于是物者，则必强为是物之说，以求合其事，盖其为学亦已劳矣。

且彼不知夫《诗》之体固有比矣，而皆合之以为兴。夫兴之为言，犹曰其意云尔。意有所触乎当时，时已去而不可知，故其类可以意推，而不可以言解也。“殷其雷，在南山之阳”，此非有所取乎雷也，盖必其当时之所见而有动乎其意，故后之人不可以求得其说，此其所以为兴也。嗟夫，天下之人，欲观于《诗》，其必先知比、兴。若夫“关关雎鸠，在河之洲”，是诚有取于其挚而有别，是以谓之比而非兴也。

嗟夫，天下之人，欲观于《诗》，其必先知夫兴之不可与比同，而无强为之说，以求合其当时之事。则夫《诗》之意，庶乎可以意晓而无劳矣。

【译文】自从孔子去世，六经的内容体系，就随之散乱而不可说解。其中的过失就在于过分深刻地探究它的意义，过分苛刻地责求它的法度。六经的内容体系，仅仅是由于切近人的情性，因此长久流传而不废弃。而社会上迂腐不切实际的学者，竟全都片面迂曲地对它进行解说，即使它的意义不在这里，也一定牵强附会认为是这样，所以他们的评论辗转曲折而不通。

圣人纂写的经书，只有《礼》和《春秋》相合，其中没有一句话虚枉不能考证，但是仍然未尝不切近人的情性。至于《书》记载的当时言语，而《易》的文辞是为卜筮而作，所以时不时地也有不能预先论定的说法，这说明撰写的法度已经不如《春秋》严谨了。何况《诗》，是天下的人民，包括平民百姓寄居的家臣卑贱的奴隶悲愁愉悦时创作的。天下的人民，或者自己伤悼贫贱困苦，或者自己述写丰美盛大的欢乐，上涉及到君臣之道、父子之情，天下兴亡的大事、国家治乱的史实，而下涉及到饮食情况、夫妇生活、昆虫、草木之类，其中无所不备，又怎么能拘泥于规矩法度对它进行苛求呢？这也足能看出它所表达的思想无所不通了。圣人对于《诗》，以为最终的关键要合乎仁义，而不责求一言一字的不合宜，因此它大意值得欣赏，而言辞能够通畅。

现在流行的《诗传》说“殷其雷，在南山之阳”、“出自北门，忧心殷殷”、“扬之水，白石凿凿”、“终朝采绿，不盈一掬”、“瞻彼洛矣，维水泱泱”，象这类句子，都是运用“兴”的方法。至于“关关雎鸠，在河之洲”、“南有樛木，葛藟累之”、“南有乔木，不可休息”、“维鹊有巢，维鸠居之”、“喓喓草虫，趯趯阜螽”，象这类句子，又说都是“兴”。他的意思认为“兴”写的内容和天下的某种事物有所相似，就用这种事物来表现自己要表达的感情。所以凡是《诗》中为某件事而创作，诗句涉及到某种事物，就一定牵强地对某事物加以解说，来求得诗的内容和这个事物相合。他们这样做学问也太劳苦了。

他们大概不知道《诗》的体例本来还有“比”，因而全都混用一起把比也看作是“兴”。“兴”作为《诗经》创作的术语，等于说那个意思如何如何。思想受到当时情境的触动，当时的情境过去了而不能了解，所以可以就目前相类的情况加以推想，而不能够用语言解释。“殷之雷，在南山之阳”，这并非对于雷声有所取意，一定是当时所见到的景象对思想有所触动，所以后人不能求得解释，这是用雷来起兴的道理。咳，整个天下的人，想要欣赏《诗》，一定要先知道比和兴。象那“关关雎鸠，在河之洲”，这确实是选取雎鸠情意深至然而有别的相似点来说明君子和淑女的关系，因此称它为“比”而不是“兴”。

哎，整个天下的人，要欣赏《诗》，一定要先知道那“兴”不能和“比”同样看待，并且不要牵强附会地加以解释，来求得和当时的情事吻合。那么《诗》的思想内容，差不多可以通晓大意而无须烦劳地加以说解了。

礼论

昔者商、周之际，何其为礼之易也。其在宗庙朝廷之中，笾豆、簠簋、牛羊、酒醴之荐，交于堂上，而天子、诸侯、大夫、卿、士周旋揖让、献酬百拜，乐作于下，礼行于上，雍容和穆，终日而不乱。夫古之人何其知礼而行之不劳也？当此之时，天下之人，惟其习惯而无疑，衣服、器皿、冠冕、佩玉，皆其所常用也，是以其人入于其间，耳目聪明，而手足无所忤，其身安于礼之曲折，而其心不乱，以能深思礼乐之意，故其廉耻退让之节，睟然见于面而盎然发于其躬。夫是以能使天下观其行书，而忘其暴戾鄙野之气。

至于后世风俗变易，更数千年以至于今，天下之事已大异矣。然天下之人，尚皆记录三代礼乐之名，详其节目，而习其俯仰，冠古之冠，服古之服，而御古之器皿，伛偻拳曲，劳苦于宗庙朝廷之中，区区而莫得其纪，交错纷乱而不中节，此无足怪也。其所用者，非其素所习也，而强使焉。甚矣大，后世之好古也。

昔者上古之世，盖尝有巢居穴处，污樽抔饮，燔黍捭豚，蒉桴土鼓，而以为是足以养生送死而无以加之者矣。及其后世，圣人以为不足以大利于天下，是故易之以宫室，新之以笾豆鼎俎之器，以济天下之所不足，而尽去太古之法。惟其祭祀以交于鬼神，乃始荐其血毛，豚解而腥之，体解而爓之，以为是不忘本，而非以为后世之礼不足用也。是以退而体其犬豕牛羊，实其簠簋、笾豆、铏羹，以极今世之美，未闻其牵于上古之说，选懦而不决也。且方今之人，佩玉服韍，冕而垂旒，拱手而不知所为，而天下之人，亦且见而笑之，是何所复望于其有以感发天下之心哉？且又有所大不安者，宗庙之祭，圣人所以追求先祖之神灵，庶几得而享之，以安恤孝子之志者也。是以思其平生起居饮食之际，而设其器用，荐其酒食，皆从其生，以冀其来而安之。而后世宗庙之祭，皆用三代之器，则是先祖终莫得而安也。盖三代之时，席地而食，是以其器用各因其所便，而为之高下大小之制。今世之礼，生于床而食于床上，是以其器不得不有所变。虽正使三代之圣人生于今而用之，亦将以为便安。

故夫三代之视上古，犹今之视三代也。三代之器，不可复用矣，而其制礼之意，尚可依仿以为法也。宗庙之祭，荐之以血毛，重之以体荐，有以存古之遗风矣。而其余者，可以易三代之器，而用今世之所便，以从鬼神之所安。惟其春秋社稷释奠释菜，凡所以享古之鬼神者，则皆从其器，盖周人之祭蜡与田祖也。吹苇龠，击土鼓，此亦各从其所安耳。

嗟夫，天下之礼宏阔而难言，自非圣人而何以处此？故夫推之而不明，讲之而不详，则愚实有罪焉。惟其近于正而易行，庶几天下之安而从之，是则有取焉耳。

【译文】从前商代、周代的时候，人们遵守礼仪是何等地容易。他们在宗庙、朝廷之中，大堂之上，互相交换献纳笾豆、簠簋、牛羊、酒醴及食器祭品，天子、诸侯、大夫、卿、士等互相应酬揖让献酬百拜，音乐在堂下演奏，礼仪在堂上进行，气氛雍容和穆，礼仪进行一整天也不混乱。古代的人为什么如此地懂得礼仪而实行起来不知疲劳呢？正当这个时候，天下的百姓，仅仅是由于习惯而没有疑问，衣服、器皿、冠冕、佩玉，都是他们常用的东西，因此把一个人放到他们中间，耳聪目明，而手脚没有错误的行为，整个身体习惯弯曲行礼的动作，而且心中不违乱，因为能够深入理解礼乐的用意，所以廉耻退让的节度，温和润泽地表现在脸上而充盈洋溢地表现在弯曲的背上。因此能够让天下的人看到他的行事，而忘掉自己暴戾鄙野的习气。

到了后世，社会风俗发生了改变，经过数千年延续到现在，天下的事情已经大不相同了。但是整个天下的人，还都记录着三代礼乐的名称，详细了解其中的细节，练习古代的礼仪姿势，戴着古代的帽子，穿着古代的衣服，使用古代的器皿，伛偻拳曲着身体在宗庙朝廷之中辛勤劳苦地行礼，他们悠然自得却不得要领，交错纷乱而不合节度，这是不值得奇怪的事情。他们所采用的，不是平素就熟习的，而是勉强驱使自己那样。后世人好古，可说是到了极点了。

从前上古时代，曾经在树上筑巢在地上找洞穴居住，把浊水坑当杯用手捧着喝水，用火烧谷物用手撕动物肉食用，用陶制的鼓棰和鼓击打合乐而认为作法正确，足够养生送死便没有什么用来增加的了。到了后世，圣人认为上古那样不能够对天下有大的好处，因此建造宫室来改变居住条件，用笾豆鼎俎等作为新的器皿，来补充天下生活的不足，完全废去了远古的方法。只有那祭祀因为要和鬼神打交道，才开始用牲血进献，小猪杀了做成祭祀用的生肉，牲体分开做成半熟的祭肉，认为这样做不忘本，而并非以为后世的礼仪不够用。因此祭祀之后把狗猪牛羊区分开来，放在簠簋笾豆中调合五味做成铏羹，来享用今世最美的美味，没听说拘泥上古的说法，怯懦而不敢决断。况且现在有些人，佩带着玉器，拿着绣有黑青相间如弓形花纹的礼服，戴着悬垂玉串的帽子，两手恭敬地垂拱却不知道再作什么，天下的百姓将看到这种事发笑，这又哪里能指望他们有什么用来感召激发天下人的心呢！况且又有非常不妥当的地方，宗庙的祭祀，是圣人用来追求先祖的神灵，希望他们能够享用祭品，来安慰抚恤孝子心情的作法。因此想着祖先平生起居饮食的时候，为他们设置器具，进献酒食，全都按照他们活着的样子，以希望他们来享用时心里妥贴。而后世宗庙的祭祀，全用三代的器皿，这样作先祖最终不能安心。因为三代的时候，人们席地而食，固此那时的器用，各自根据使用的方便，来确定高矮大小的规格。现在的礼俗，坐在床上，吃饭在床上，因此那些器皿的样子不能不有所改变。即使正好让三代的圣人生活在现在使用器皿，也将认为使用方便就好。

所以三代看上古，就像现在看三代。三代的器物，不能再使用了，而他们创制礼仪的意图，还可以仿效并作为法则。宗庙的祭祀，用牲血进献，再用牲体进献，用来保存古代的遗风。而其余的，可以换下三代的器皿，而用现今方便的器皿，来顺从鬼神使他们心安。只有那春秋两季祭祀土谷之神和礼先师的释奠释菜，凡是用来敬献古代神灵的，就全使用古代的器皿。这大概是周代人蜡祭和田祖祭的作法。吹奏苇子制作的龠管，敲击陶制框架的土鼓，这也是各自随顺他们安适的心理。

哎，天下的礼仪制度宏富繁多难以解说，除非圣人谁能处理好这些事情。所以推求不明白，讲解不详尽，我实在有罪过。唯独我说的接近正统而便于实行，也许可以使天下人觉得妥当而遵从它，这样就算是可取了。

春秋论

事有以拂乎吾心，则吾言忿然而不平，有以顺适乎吾意，则吾言优柔而不怒。天下之人，其喜怒哀乐之情，可以一言而知也。喜之言，岂可以为怒之言耶？此天下之人，皆能辨之。而至于圣人，其言丁宁反覆，布于方册者甚多，而其喜怒好恶之所在者，又甚明而易知也。

然天下之人，常患求而莫得其意之所主，此其故何也？天下之人，以为圣人之文章，非复天下之言也，而求之太过。是以圣人之言，更为深远而不可晓。且天下何不以己推之也？将以喜夫其人，而加之以怒之之言，则天下且以为病狂，而圣人岂有以异乎人哉？不知其好恶之情，而不求其言之喜怒，是所谓大惑也。

昔者仲尼删《诗》于衰周之末，上自商、周之盛王，至于幽、厉失道之际，而下讫于陈灵。自诗人以来，至于仲尼之世，盖已数百余年矣。愚尝怪《大雅》、《小雅》之诗，当幽、厉之时，而称道文、武、成、康之盛德，及其终篇，又不见幽、厉之暴虐。此谁知其为幽、厉之诗而非文、武、成、康之诗者！盖察其辞气，有幽忧不乐之意，是以系之幽、厉而无疑也。

若夫春秋二百四十二年之间，天下之是非，杂然而触乎其心，见恶而怒，见善而喜，则求其是非之际，又可以求诸其言之喜怒之间矣。今夫人之于事，有喜而言之者，有怨而言之者，有怒而言之者。喜而言之，则其言和而无伤。怒而言之，则其言厉而不温。怨而言之，则其言深而不泄。此其大凡也。《春秋》之于仲孙湫之来，曰“齐仲孙来”。于季友之归，曰“季子来归”。此所谓喜之之言也。于鲁、郑之易田，曰“郑伯以璧假许田”。于晋文之召王，曰“天王狩于河阳”。此所谓怒之之言也。于叔牙之杀，曰“公子牙卒”。于庆父之奔，曰“公子庆父如齐”。此所谓怨之之言也。夫喜之而和，怒之而厉，怨之而深。此者，无以加矣。

至于《公羊》《谷梁》之传则不然，日月土地，皆所以为训也。夫日月之不知，土地之不详，何足以为喜，而何足以为怒，此喜怒之所不在也。《春秋》书曰“戎伐凡伯于楚丘”，而以为“卫伐凡伯”，《春秋》书曰“齐仲孙来”，而以为“吴仲孙”，甚而至于变人之国。此又喜怒之所不及也。愚故曰《春秋》者，亦人之言而已，而人之言，亦观其辞气之所向而已矣。

【译文】有违逆我心意的事情，那么我的言辞就愤怒不平，有什么事情顺适我的心意，那么我的言辞就宽和不怒。天下所有的人，他们喜怒哀乐的情绪，可以凭他的一句话了解清楚。高兴的话，怎么可以成为生气的话呢？这是天下所有的人都能分辨的事情。至于圣人，他们的言辞常常反复叮宁嘱咐，散布在典籍中有很多，而他们所表现的喜怒哀乐的情绪，又是非常明确而容易了解的。

但是天下的人，常常忧虑探求不到他们话的意思指什么，这是为什么呢？天下的人，认为圣人的文章，说的不再是天下普通人的话，而探求所谓的深刻含义大过分。因此圣人的言辞，反而变得意义深远不可理解。那么天下之人为什么不依据自己的表达方式去推求它呢？将要表示喜欢某个人，却说些对他发怒的话，那么天下的人一定会认为他丧心病狂，而圣人岂能和天下人两样呢？不了解他喜欢什么厌恶什么，不探求他言语中流露出来的喜怒情绪，这是所谓的最大的胡涂。

从前孔子删定《诗经》是在周代衰亡的末期，而删定的诗歌，上自商、周统治的鼎盛时代，到周幽王、周厉王失道时期，向下一直到陈灵公时期。从最早的诗人，到孔子生活的时代，大约有数百年了。我曾经奇怪《大雅》、《小雅》里的诗，正好创作在周幽王，周厉王时代，却称道周文王、周武王、周成王、周康王的盛德，一直到篇末，也没有看到揭露周幽王、周厉王暴虐的内容，这有谁知道它们实际上是写周幽王、周厉王的诗而不是写周文王、周武王、周成王、周康王的诗！审察这些诗的辞句语气，有忧劳深重郁郁不乐的意味，因此归属为写周幽王、周厉王是没有疑问的。

至于春秋时代二百四十二年之间，天下大事的正确与否，纷乱复杂地触动着人们的心灵，见到丑恶就愤怒，见到善良就喜悦，那么探求其正确与不正确的时候，又可以从其语言所表达的喜怒情绪里得到了。现在人们对于各种事情，有心情喜悦去评说的，有心情愤怒而评说的，有心情怨恨而评说的。心情喜悦时评说某件事情，他的言辞就和蔼不忧伤。愤怒时评说某件事情，他的言辞就严厉不温和。怨恨时评说某件事情，他的言辞就深沉不露。这是大致的情况。《春秋》对于季友返回齐国，说“季子归回齐国”。这是所说的喜欢他们的话。对于鲁国、郑国交换封地，说“郑伯用材地加以璧和鲁国交换许地”。对晋文公召请周天子，说“天子到河阳狩猎”。这是所说的恼怒他们的话。对于叔牙的被杀，说“公子牙死了”。对于庆父的逃亡，说“公子庆父到齐国”。这是所说的怒恨他们的话。喜欢某人某事言辞就和蔼，恼怒某人某事言辞就严厉，怨恨某人某事言辞就深沉。这三种情况，没有什么别的表现方式了。

至于《公羊传》《谷梁传》却不是这样。日月土地，全都是训释的内容。不了解日月变化，不详知土地的情况，它们哪里能够表现喜怒的情绪，这些是体现不出喜怒情绪的。《春秋》记载说“戎伐凡伯于楚丘”，《公羊》《谷梁》却记载为“卫伐凡伯”；《春秋》记载说“齐仲孙来”，《公羊》《谷梁》却记载为“吴仲孙”，严重到改变一个人的国籍。这些是喜怒情绪不涉及的地方。所以我说《春秋》里的言辞，也就是一般的言辞而已，而一般人的言辞，也从他的语气表达的含意上观察了解罢了。

中庸论上

甚矣，道之难明也。论其著者，鄙滞而不通；论其微者，汗漫而不可考。其弊始于昔之儒者，求为圣人之道而无所得，于是务为不可知之文，庶几乎后世之以我为深知之也。后之儒者，见其难知，而不知其空虚无有，以为将有所深造乎道者，而自耻其不能，则从而和之曰“然”。相欺以为高，相习以为深，而圣人之道，日以远矣。

自子思作《中庸》，儒者皆祖之以为性命之说。嗟夫，子思者，岂亦斯人之徒欤？盖尝试论之。夫《中庸》者，孔子之遗书而不完者也。其要有三而已矣。三者是周公、孔子之所从以为圣人，而其虚词蔓延，是儒者之所以为文也。是故去其虚词，而取其三。其始论诚明之所入，其次论圣人之道所从始，推而至于其所终极，而其卒乃始内之于《中庸》。盖以为圣人之道，略见于此矣。

《记》曰：“自诚明谓之性，自明诚谓之教。诚则明矣，明则诚矣。”夫诚者何也？乐之之谓也。乐之则自信，故曰诚。夫明者何也？知之之谓也。知之则达，故曰明。夫惟圣人，知之者未至，而乐之者先入，先入者为主，而待其余，则是乐之者为主也。若夫贤人，乐之者未至，而知之者先入，先入者为主，而待其余，则是乐之者为主也。若夫贤人，乐之者未至，而知之者先入，先入者为主，而待其余，则是知之者为主也。乐之者为主，是故有所不知，知之未尝不行。知之者为主，是故虽无所不知，而有所不能行。子曰：“知之者，不如好之者，好之者，不如乐之者。”知之者与乐之者，是贤人、圣人之辨也。好之者，是贤人之所由以求诚者也。君子之为学，慎乎其始，何则？其所先入者，重也。知之多而未能乐焉，则是不如不知之愈也。人之好恶，莫如好色而恶臭，是人之性也。好善如好色，恶恶如恶臭，是圣人之诚也。故曰“自诚明谓之性”。

孔子盖长而好学，适周观礼，问于老聃、师襄之徒，而后明于礼乐，五十而后读《易》。盖亦有晚而后知者。然其所先得于圣人者，是乐之而已。孔子厄于陈、蔡之间，问于子路、子贡，二子不悦，而子贡又欲少贬焉。是二子者，非不知也，其所以乐之者未至也。且夫子路能死于卫，而不能不愠于陈、蔡，是岂其知之罪耶？故夫弟子之所为从孔子游者，非专以求闻其所未闻，盖将以求乐其所有也。明而不诚，虽挟其所有，伥伥乎不知所以安之，苟不知所以安之，则是可与居安，而未可与居忧患也。夫惟忧患之至，而后诚明之辨，乃可以见。由此观之，君子安可以不诚哉！

【译文】圣人的道德太难以明了啊。论述那本来显明的内容，常常鄙陋滞涩词不达意，论述那幽深精奥的语言，常常漫无边际不能稽考。其弊端是从以前的儒家学者那里开始出现的，他们探求圣人的道德无所得，于是就千方百计地用不可理解的文辞解释，也许可以让后世认为自己是深刻理解道德的。后来的儒家学者，看到道德难以理解，不知道前代儒者的解释空虚无有，以为道德将有更深奥的意旨，自耻自己不能深究，便随声附合他们说是这样。互相欺骗来表示高明，互相沿习来表示渊博，而圣人之道，一天一天地远离了。

从子思作《中庸》，儒家学者全都效法他是性命之说。哎，子思难道也是这类人吗？让我试着论述一下这个问题。《中庸》是孔子没有完成的遗书。其关键有三方面而已。这三方面是周公、孔子所遵从而成为圣人的地方。而其中漫无边际的虚词枉语，是儒家学者解说发挥的文字。因此去掉那些虚词枉语，而提取这三方面的要点。开始论进入至诚和贤明的方式，其次论圣人之道的开始，推论到它的终极，而最后纳入《中庸》里去。我认为圣人之道，大致表现在这里。

《礼记》里说："由至诚而至于贤明叫做本性的体现，由贤明而至于至诚叫做教化的结果。如果至诚就会贤明，如果贤明就会至诚。"至诚，是什么呢？至诚说的是把修养道德当成乐事，以之为乐就充满自信，所以叫至诚。贤明，是什么呢？贤明说的是学习了解道德，懂得了解道德就通达，所以叫贤明。只有圣人，对道德还没有完全懂得了解的时候，以它为乐的念头先进入心中，先入为主，等待其余的到来，这就是把修养道德当成乐事为主的情形。至于贤人，把修养道德当成乐事的境界还没有达到，却先加以学习了解，先入为主，等待其余的到来，这就是对道德懂得了解为主的情形。把修养道德当成乐事为主，因此除非还有不懂得的，懂得了就一定去实行。对道德懂得了解为主，因此虽然能够无所不知，但是却未必都能实行。

孔子说："对于道德，懂得它的不如喜爱它的，喜爱它的不如以它为乐的。"懂得它和以它为乐，是贤人和圣人的区别。喜爱道德，这是贤人求得至诚的所由之路。君子求学，非常慎重地选择好的开始。什么原因呢？原因是先进入思想中的东西，是极为重要的。懂得的道德多却不能以之为乐，那还不如不懂得为好。人的好恶感情，没有什么赶上爱好美色而憎恶臭味了，这是人的本性。爱好良善如同爱好美色，憎恶丑恶如同憎恶臭味，这就是至人约至诚。所以说"由至诚而至于贤明叫做人的本性"。

孔子大约是成年后开始好学的，到周朝去观看礼乐，向老聃、师襄等人请教，然后透彻了解了礼乐，五十岁以后研读《易经》，因此他也有很晚以后才懂得的东西。但是他先从圣人那里得到的，是以修养道德为乐的思想。孔子在陈国、蔡国之间的野地里遭到围困，向子路、子贡征求意见，这两个人都不满意孔子的作法，而子贡要希望孔子降低自己的政治主张。这两个人，并非不懂得道德，他们还没有达到以修养道德为乐的地步。况且子路能够在卫国赴死，却不能够不在陈国、蔡国对孔子的作法生气，这难道是他懂得道德的过错吗？所以孔子的弟子跟从孔子游历天下的目的，不是专门为了求得了解自己所不了解的事情，大概将要用来求得把他们所拥有的道德当成乐事。贤明却不能至诚，即使挟带着所有的东西，也会无所适从不知道自己安适的办法，如果不知道使自己安适的办法，那么就只可以和他同处安适，而不可以和他同处忧患。只有忧患到来，然后至诚和贤明的区别，才可以显示出来。从这点上来看，君子怎么可以不做到至诚呢！

中庸论中

君子之欲诚也，莫若以明。夫圣人之道，自本而观之，则皆出于人情。不循其本，而逆观之于其末，则以为圣人有所勉强力行，而非人情之所乐者。夫如是，则虽欲诚之，其道无由。故曰“莫若以明”。使吾心晓然，知其当然，而求其乐。

今夫五常之教，惟礼为若强人者。何则？人情莫不好逸豫而恶劳苦，今吾必也使之不敢箕踞，而磬折百拜以为礼；人情莫不乐富贵而羞贫贱，今吾必也使之不敢自尊，而揖让退抑以为礼；用器之为便，而祭器之为贵；亵衣之为便，而衮冕之为贵；哀欲其速已，而伸之三年；乐欲其不已，而不得终日；此礼之所以为强人而观之于其末者之过也。盍亦反其本而思之？今吾以为磬折不如立之安也，而将惟安之求，则立不如坐，坐不如箕踞，箕踞不如偃仆，偃仆而不已，则将裸袒而不顾，苟为裸袒而不顾，则吾无乃亦将病之！夫岂独吾病之，天下之匹夫匹妇，莫不病之也。苟为病之，则是其势将必至于磬折而百拜。由此言也，则是磬折而百拜者，生于不欲裸袒之间而已也。夫岂惟磬折百拜，将天下之所谓强人者，其皆必有所从生也。辨其所从生，而推之至于其所终极，是之谓明。

故《记》曰：“君子之道费而隐。夫妇之愚，可以与知焉。及其至也，虽圣人有所不知焉。夫妇之不肖，可以能行焉。及其至也，虽圣人有所不能焉。”君子之道，推其所从生而言之，则其言约，约则明。推其逆而观之，故其言费，费而隐。君子欲其不隐，是故起于夫妇之有余，而推之至于圣人之所不及，举天下之至易，而通之于至难，使天下之安其至难者，与其至易无以异也。

孟子曰：“箪食豆羹得之则生，不得则死。呼尔而与之，行道之人弗受，蹴尔而与之，乞人不屑也。万钟则不辨礼义而受之，万钟于我何加焉。”向为身死而不受，今为朋友妻妾之奉而为之，此之谓失其本心。且万钟之不受，是王公大人之所难，而以行道乞人之所不屑，而较其轻重，是何以异于匹夫匹妇之所能行，通而至于圣人之所不及？故凡为此说者，皆以求安其至难，而务欲诚之者也。天下之人，莫不欲诚，而不得其说，故凡此者，诚之说也。

【译文】君子想要达到至诚的境地，没有什么比得上先通过贤明。圣人之道，从根本上观察它，全都出自人的情性。不循着它的根本，而是从相反的角度观察它的枝节，那就会认为圣人有些是为了勉强克制自己去努力作的，所作的不是人的情性所乐意的事情，如果像这样，那么本心想要达到诚的境地，也无路可循。所以说“没有什么比得上通过贤明实现”。使自己心里明明白白，知道应该做的事情是什么，而寻求内心的欢乐。

现在那仁、义、礼、智、信的教化中，只有礼好像是勉强人们去作的事情。为什么呢？人的情性没有哪一个不喜爱安逸而厌恶劳苦，现在我们一定使他不敢两足前伸两手据膝地坐着，而要屈身躬背反复下拜来行礼；人的情性没有哪一个不高兴富贵而羞愧贫贱，现在我们一定使他不敢自尊，而要互相谦让自我退抑来符合礼；平时使用的器物要求便利，而祭祀使用的器物要求尊贵；贴身穿的衣服要求便利，而王公大臣的礼服礼帽要求尊贵；致哀时想快一些结束，却要延长到三年；娱乐不想马上停止，却不允许达到一整天。这些都是认为礼是强人所难的而从枝节上去观察礼的过错。何不返回到根本上去思考它呢？现在我们觉得屈背躬腰不如直身站立安适，将要一味求得安适，那么直身站立不如端坐，端坐不如箕踞，箕踞不如躺卧，躺卧后仍追求安适不止，那么就袒身裸体而无所顾忌，如果袒身裸体无所顾忌，那么我们不是也将认为这样耻辱吗？天下的平民百姓，没有谁不认为这样耻辱，如果都认为耻辱，那么势必要回到屈背躬腰百拜行礼的作法上来。由此来说，那么屈背躬腰百拜行礼，是发生在不想袒身裸体中间罢了。哪里仅仅是屈背躬腰百拜行礼这样的事，将天下所说的强迫人们去作的事情，一定都有其发生的缘由。明辨事情发生的缘由，而推求它的终极，这就叫做贤明。

所以《礼记》说："君子之道，礼仪道德乖戾就隐而不仕。愚夫愚妇，对于有些小事偶尔也好像知道其美恶，至于道的至极，即使是圣人也有不能全部知道的。不肖的平民百姓，偶尔好像也能做到美善，至于道的至极，即使圣人也有不能做到的时候。君子之道，推求事物发生的缘由来说明它，那么其言辞就简约，简约就明了。从相反的角度推求观察它，所以说礼仪道德乖戾，乖戾就隐而不仕。君子想要不退隐，因此要从愚未愚妇懂得能做到的地方做起，举出天下最容易的事，来贯通天下最难的事，使天下安于最难做的事，知道最难的和最容易的没有什么差异。

孟子说："一箪食，一豆羹，得到它就能生存，得不到就会死掉。不礼貌地吆喝着给人，路上的行人不接受，用脚践踏着给人，乞丐也不屑理睬。对于万钟的俸禄却不辨是否合乎礼义就接受它，万钟的俸禄对我有什么增益呢。"从前为了礼义宁肯死亡也不肯接受的东西，现在为了朋友妻妾的奉养却去做不合礼义的事，这叫作失去他本来的羞恶廉耻之心。况且万钟的俸禄为了礼义而不接受，这是王公大臣也难以做到的事，而路上的行人乞丐却能不屑理睬不合礼义的食物，比较一下二者的轻重，这和平民百姓能够做到，道理相通而至于圣人却不能做到的情况有什么两样？所以凡是持这种观点的人，全都是认为求得安心做最难的事，一定要对礼义道德至诚的人。天下的人，没有谁不想做到至诚，却得不到正确的说法，所以大致以上这些，是做到至诚的解释。

中庸论下

夫君子虽能乐之，而不知中庸，则其道必穷。《记》曰："君子遵道而行，半途而废，吾弗能已矣。"君子非其信道之不笃也，非其力行之不至也，得其偏而忘其中，不得终日安行乎通途，夫虽欲不废，其可得耶？《记》曰："道之不行也，我知之矣，贤者过之，不肖者不及也。"以为过者之难欤？复之中者之难欤？宜若过者之难也。然天下有能过而未有能中，则是复之中者之难也。

《记》曰："天下国家可均也，爵禄可辞也，白刃可蹈也，中庸不可能也。"既不可过，又不可不及，如斯而已乎？曰：未也。孟子曰："执中为近之，执中无权，犹执一也。"《书》曰："不协于极，不罹于咎，皇则受之。"又曰："会其有极，归其有极。"而《记》曰："君子之中庸也，君子而时中。"皇极者，有所不极，而会于极。时中者，有所不中，而归于中。吾见中庸之至于此而尤难也，是故有小人之中庸焉。有所不中，而归于中，是道也，君子之所以为时中，而小人之所以为无忌惮。《记》曰："小人之中庸也，小人而无忌惮也。"

嗟夫，道之难言也，有小人焉；因其近似而窃其名，圣人忧思恐惧，是故反覆而言之不厌。何则？是道也，固小人之所窃以自便者也。君子见危则能死，勉而不死，以求合于中庸。见利则能辞，勉而不辞，以求合于中庸。小人贪利而苟免，而亦欲以中庸之名私自便也。此孔子、孟子之所为恶乡原也。一乡皆称原人焉，无所往而不为原人，同乎流俗，合乎污世，曰："古之人，行何为踽踽凉凉，生斯世也，善斯可矣。"以古之人为迂，而以今世之所善为足以已矣，则是不亦近似于中庸耶？故曰："恶紫，恐其乱朱也，恶莠，恐其乱苗也。"何则？恶其似也。

信矣中庸之难言也。君子之欲从事乎此，无循其迹而求其味，则几矣。《记》曰："人莫不饮食也，鲜能知味也。"

【译文】君子虽然能够以道德为乐，但如果不知道中庸之道，那么他的路一定走到头了。《礼记》里说："君子遵循道德行事，往往半途而废，我不能中途废业。"君子并非信奉道德的思想不诚挚专一，也并非能力达不到，是因为立身行事有了偏差而忘掉了不偏不倚，不能终日安步行进在通达的路上，即使想不半途而废，哪里能够做得到呢?《礼记》里说:“道德不能推行,我知道原因了,贤能的人使它过了头,不肖的人没有做到。”认为过了头的情况难以做到,还是恢复到不偏不倚难以做到呢?似乎过头的情况难。但是天下有能做过头的却没有能做到不偏不倚的,那么是恢复到不偏不倚难以做到。

《礼记》说:“天下国家可以和人均分,爵位俸禄可以推辞不受,白刃死地可以去践踏,中庸之道不可能做到。”既不可过了头,又不可达不到,像这样可以了吗?说:不可以。孟子说:“把握中和算是接近圣人之道,把握中和而不知权变,就像固执一点不计其余一样。”《尚书》说:“做法不合乎最高的法则,但只要未达到犯罪的程度,天子就宽容他。”又说:“会集百姓用最高的法则,使臣民归向君主有最高的法则。”而《礼记》说:“君子的中庸之道,是说君子立身行事合时中节。”帝王建立最高的法则,有不合乎最高法则的,会集到最高法则的制约下。立身行事合时中节,有不合时中节的,使之归向合时中节的规范。我看中庸之道达到这种地步尤其困难,这本来有小人的中庸之道掺杂在中间,有不合时宜,不合法度的行为,也归为合时中节的行为,这个道,君子依据它作为立身行事的规范,小人依据它作为立身行事无所忌惮的法则。《礼记》说:“小人的中庸之道,是说小人把无所忌惮当作恒常的行为。”

哎,中庸之道实在难以说清楚,有小人在这里,因为近似而窃取它的名称,圣人忧思恐惧,因此反复申说而不厌倦。为什么呢?因为这个道,本来是被小人窃取用来抬高自己的东西。君子看到危难就能够赴死,努力做到不死,来求得合乎中庸之道。见了利益就能够推辞不接受,努力做到不推辞,来求得合乎中庸之道。小人贪图私利苟且免于祸患,也想用合乎中庸之道的名义私下里抬高自己。这是孔子、孟子所厌恶的谨慎诚实的伪善者。整个乡里都认为他是谨慎诚实的人,无论到哪里都认为他是谨慎诚实的人,和世俗同流合污,说:“古代的人,行为为什么这样孤单冷清,生活在这个世上,应当为人昕善,善待别人就可以了。”认为古代的人迂阔,而让今世的人认为善良就足够了,这样不也和中庸之道近似了吗?所以说:“讨厌紫色,恐怕它和红色相混淆;讨厌狗尾草,恐怕它和禾苗相混淆。”为什么呢?讨厌他们分别和红色、禾苗相似。

中庸之道的确难以说清楚。君子想要从事这件事，不要遵循它的表面现象而要体会它的意味，那么就差不多能达到了。《礼记》说：“人没有谁不吃饭，却很少能知道滋味。”

注译本

蘇東坡全集

第一册

〔宋〕苏轼 著
毛德富等 主编

团结出版社

图书在版编目（CIP）数据

苏东坡全集：注译本 / (宋) 苏轼著；毛德富等主编.
-- 北京：团结出版社，2020.12

ISBN 978-7-5126-7250-5

Ⅰ.①苏… Ⅱ.①苏… ②毛… Ⅲ.①苏轼（1036-1101）—全集 Ⅳ.①I214.42

中国版本图书馆CIP数据核字(2019)第165306号

出版：团结出版社
（北京市东城区东皇城根南街84号 邮编：100006）
电话：（010）65228880 65244790（传真）
网址：www.tjpress.com
Email：zb65244790@vip.163.com
经销：全国新华书店
印刷：北京天宇万达印刷有限公司

开本：145×210 1/32
印张：193
字数：1200千字
版次：2021年1月 第1版
印次：2021年1月 第1次印刷

书号：978-7-5126-7250-5
定价：598.00元（全十册）

前　言

《苏东坡全集》是北宋大文学家苏轼所著诗、词、各种散文等作品的全编。作为继李白、杜甫之后成就最大、影响最深远的文学家，作为一位充满魅力，旷达、幽默、情感丰富的睿智之士，苏东坡的名字家喻户晓。由他那横溢才华结晶而成的作品集，毫无疑问，是中国古代文化宝藏中一块璀璨的瑰宝。

苏轼，字子瞻，号东坡居士，四川眉山人，生于宋仁宗景祐三年（1036年），死于宋徽宗建中靖国元年（1101年）。他一生历经了北宋仁宗、英宗、神宗、哲宋、徽宗五个朝代，这正是北宋表面太平繁荣，实际积贫积弱的局势逐渐形成，社会危机暗中滋长并急剧发展的时代，也是统治阶级内部政局反复多变，党争此起彼伏的时代。生活在这一时代的苏轼，始终关怀着社会政治，希望北宋王朝能够强盛兴旺，希望自己在政治上能像前辈贤人范仲淹、欧阳修一样有所作为。对社会政治的关心，使他不可避免地卷入了朝廷内的党争，他的人生，也就踏上了坎坷不平的道路。

从少年时代起，出身于富有文化修养家庭的苏轼，就立志刻苦读书，将来报效国家。前辈的熏陶，良好的家庭教育，自己的发愤努力，使他青年时期便具有了广博的历史文化知识和多方面的艺术才能，他熟读儒家经典，出入诸子百家，谙熟历史掌故，长于纵横议论，文笔气势磅礴。他21岁那年随父进京参加科举考试，一篇《刑赏忠厚论》倾倒考官，轰动京师。当时任主考官的文坛领袖欧阳修以为是自己的门生曾巩所为，出于避嫌，把作者屈居第二，以后得知出于苏轼之后，对苏轼的文才大加赞赏，说：“读苏轼书，不觉汗出，快哉！老夫当避路，放他出一头地。”（《河南邵氏闻见后录》），“此人可谓善读书，善用书，他日文章必独步天下。”（《诚斋诗话》）

中了进士，步入仕途的苏轼，希望能对露出危机的北宋王朝做出积极贡献。仁宗末年，他向朝廷上制策，提出厉法禁、抑侥幸、决壅蔽、教战守等主张，请求朝廷“果断而力行”，表现出一个要求改革的政治家风度。但苏轼的改革思想，倾向于“任贤”，倾向于改善施政方法，反对急进的变革法制。当神宗初年王安石推行变法，统治阶级内部因而形成新党、旧党之争时，苏轼也便卷入旧党，受到新党的排挤，并因此而离开京师。九年中，先后出任杭州通判，转知密州、徐州、湖州。苏轼在地方官任上，坚持行惠民之政，对新法推行中的某些弊端，苏轼常常“因法以便民，民赖以安。”（《宋史·本传》）在徐州任上，黄河决口，洪水围城，苏轼亲率城内军民抗洪抢险，冒雨筑堤，与洪水奋战三个多月，终于保全了徐州城。由于政绩斐然，受到朝廷降诏奖谕。元丰二年，苏轼因作诗讽刺新法，被捕下狱。某些心怀叵测的权势人物必欲置之死地而后快，千方百计罗织罪名，苏轼命在旦夕。亲友奔走救助，连太后临死也为他讲话，宋神宗终于下诏宽赦了他，贬谪黄州安置。政治上受到沉重打击的苏轼，没有消沉，反以旷达的态度对待人生，谪居黄州期间，他创作了大量优美的诗词文赋，成为他文学创作的高峰期。

哲宗即位，高太后临朝，旧党执政。苏轼被召还朝，升任翰林学士，为朝廷起草文诏，常随皇帝左右。这时，旧党执政者要废除一切新法，对社会积弊有深刻洞察的苏轼，知道新法的某些措施对裁抑贵族特权，增强国防力量有利，因此反对旧党执政大臣的一意孤行，主张对新法“校量利害，参用所长”。这样，便遭到旧党一部分人的攻击，尤其是他的高才，他那不随俗的性格，更使朝廷内心术不正之人不能容忍，接二连三罗织罪名对他弹劾。为了避开政治漩涡，苏轼不得不再次被迫离开京师，出知杭州，后又转知颍州、扬州、定州。所到任上，他为当地百姓办了一连串好事。在杭州，为受水旱灾害的杭州百姓数次上书朝廷，请求减免赋税，开仓赈济饥民。他亲自勘察地形，在西湖修筑长堤，疏浚水道，兴修水利。既灌溉了农田，减轻水患，又美化了西湖风景。所筑长堤，世称“苏堤”，为西湖美景之一。杭州百姓非常敬爱他，以至“家有画像，饮食必祝，又作生祠以报。”（《宋史·本传》）在颍州，他上表朝廷，请留黄河民夫修境内沟洫，以解当地水旱之患。在扬州，数次为民请命，请求诏免百姓多年“积欠”，减轻人民负担。在定州，他修饬军备，加强边防，为民上表请求减价粜米赈灾。虽然在颍、扬、定三地任职均不足半年，却力行善政，深得当地百姓爱戴。1093年9月，高太后逝世，哲宗亲政，重新起用新党，对元祐时期执政的旧党人士一律指斥为“元祐党人”，株连下罪，苏轼也因而遭祸，被贬谪到“蛮荒”的岭南惠州，以后，再贬“风涛瘴疠”的海南。此时，他已年届六旬，面对残酷的政治迫害，险恶的生存环境，他乐观的生活态度不变，在惠州和海南的六年，始终保持着旺盛的创作力。这一时期，是他文学创作的又一高峰期。

1100年，哲宗驾崩，徽宗即位，大赦天下，本以为此生必死海外无疑的苏轼，终于得到回返内地的机会，但是，他已是65岁风烛残年的老人，回返内地的长途跋涉，使他染上了疾病，终于在第二年，病逝于常州。噩耗传来，“吴越之民相与哭于市，其君子相与吊于家。讣闻四方，无贤愚皆咨嗟出涕。”（《东坡先生墓志铭》）

苏轼受到人民深深的爱戴，除了他高尚的品德和人格魅力外，首先是他对文化做出的巨大贡献。他一生勤于创作，在他66年的生涯中，共创作了2700多首诗，300多首词，各种文章约4500篇。他的诗、词、散文里所表现出的豪迈气象和优美情致，丰富的思想内容和独特的艺术风格，在当时倾倒世人，被奉为天下文宗，死后彪炳后世，“雄视百代”。（《宋史·本传》）

下面，我们对他的诗、词、散文分别作一概略评介。

苏轼的诗，富于创造和开拓，他取材广阔，创意雄奇，长于描摹，善于比喻，用事用典，挥洒自如，议论风发，理趣横生，这些特点，使苏诗成为有别于唐诗的宋诗体制的完成者的突出代表，对宋诗的发展具有不可磨灭的功绩。

苏轼诗歌的创造性首先表现在他对诗的意境的开拓。苏诗取材广阔，生活中的事物几乎没有不能入诗的，而且平凡的事物一旦被他摄入诗中，往往意境翻新出奇，如《守岁》的发端：

欲知垂尽岁，有似赴壑蛇，修鳞半已没，去意谁能遮？

一年将尽，时光不可挽回，这本是人们常言之理，但到了苏轼笔下，忽出新意，运用奇妙的比喻，把岁尾比作入壑的蛇尾，瞬即溜去，不可阻留！诗的奇妙意境让人称绝。再如《有美堂暴雨》：

游人脚底一声雷，满座顽云拨不开，天外黑风吹海立，浙东飞雨过江来。

把暴雨写成是由于大海被大风吹得倒了过来。平凡的事物，经苏轼大胆想象，创造出不凡的意境。

《游金山寺》一诗，从江潮的涨落，江水的奔流不回，想到江之源的故乡，想到自己如江水不回的宦游不归。到了诗的后半段，忽发奇想，把江心炬火假托为江神见怪：

江心似有炬火明，飞焰照山栖鸟惊。怅然归卧心莫识，非鬼非人竟何物？江山如此不归山，江神见怪惊我顽。我谢江神岂得已，有田不归如江水。

意境的光怪陆离，奇崛神幻，直逼李白的《梦游天姥吟留别》。

至于他那脍炙人口的“人生到处知何似？应似飞鸿踏雪泥。泥上偶然留指爪，鸿飞那复计东西。”（《和子由渑池怀旧》）“欲把西湖比西子，淡妆浓抹总相宜。”（《饮湖上初晴后雨》）把人生比喻为雪泥鸿爪，西湖比为西子所创造出的意象，更是深入人心，化作成语，化作习俗语，具有了永恒生命力。

从上举诗歌中我们还可看到，这些美妙意境的创造，无不有赖于新鲜、贴切的比喻。因此，钱锺书先生说，苏诗“风格上的大特色是比喻的丰富、新鲜和贴切，而且在他的诗里，还看得到宋代讲究散文的人所谓‘博喻’，或者西洋人称道的莎士比亚式的比喻：一连串把五花八门的形象来表达一件事物的一个方面或一种状态。这种描写和衬托的方法仿佛是采用旧小说里讲的‘车轮战法’，连一接二的搞得那件事物应接不暇，本相毕现，降伏在诗人笔下。”（钱锺书《宋诗选注》）钱先生还特别举出苏轼《百步洪》一诗描写水波冲泻的一段文字来加以证明：

有如兔走鹰隼落，骏马下注千丈坡。断弦离柱箭脱手，飞电过隙珠翻荷。

四句一气贯注地用了七种形象来作比喻，把水势的迅急，形容得“本相毕现”，使读者如身临其境，读来惊心动魄。

再看他在《四月十一日初食荔枝》中对荔枝的描写：海山仙人绛罗襦，红纱中单白玉肤。不须更待妃子笑，风骨自是倾城姝。……似开江鳐斫玉柱，更洗河豚烹腹腴。……”前四句连用数个比喻，把荔枝的果壳、内膜、果肉拟人化，活生生勾勒出一位高洁的仙女，苏子对荔枝这般倾情和赞美，令读者也禁不住地一往倾心。

即使诗中描写人物形象，也往往借比喻来传神。如《送李公恕赴阙》，写友人李公恕：

君才有如切玉刀，见之凛凛生寒毛。愿随壮士斩蛟蜃，不愿腰间缠锦绦。

李公恕为人的刚健豪爽，经过这般警奇、新颖的比喻，给人留下鲜明的印象。

苏轼诗的另一突出特征是大量用事用典，议论风生、充满理趣。这也是宋诗有别唐诗的突出特征。在苏轼之前，宋诗的议论性、哲理性特征已渐趋形成，到了苏轼手里，由于他饱读诗书，博通百家，才思敏捷，艺术腕力高强，对作为文学创作素材的典故、史实，驾驭得纯熟轻巧，所发议论，富于哲理，而作为文坛领袖，对宋代诗风的形成具有很大影响，因此，具有以上特征的苏诗，也就成为宋诗的突出代表。

苏诗对典故的运用，大多精当贴切，使诗句得到点化，意味深长，有些则诙谐幽默，妙趣横生。试看他谪居黄州时所作《太守徐君猷，通守孟亨之皆不饮酒，以诗戏之》：

孟嘉嗜酒桓温笑，徐邈狂言孟德疑，“君独未知其趣耳！”“臣今时复一中之！”风流自有高人识，通介宁随薄俗移，二子有灵应抚掌，“吾孙还有独醒时！”

这本是一首和朋友开玩笑的戏作，没有什么实际内容，但全诗格调十分洒脱，诗中用了两位好酒的古人的典故，用他们的言谈和事迹，巧妙地将现实中二位不饮酒的同姓友人联系在一起。诗中一、三、五句用孟嘉典，二、四、六句用徐邈典，七、八两句则将以上六句四个典故并拢，再用一个典故，牵合徐、孟二友人。该诗章法奇特，用事用典亲切自然，语言诙谐幽默，读来令人绝倒。

再来看他是如何在诗中阐发哲理的，我们取那首著名的《题西林寺壁》为例：

横看成岭侧成峰，远近高低各不同。不识庐山真面目，只缘身在此山中。

诗从山的形象入手，但却不靠形象取胜，而是以具有哲理的诗思启迪人，由于哲理的发人深省，形象愈发显得耐人寻味。其实，所有的山都有远近高低和横看侧观的差别，但由于苏轼从中悟出了深刻的哲理，于是庐山就有了形象魅力，这样，哲理的体悟与形象的描绘便有机地统一在了一起。似乎哲理的思考远较形象的描绘更显重要，但哲理的体悟与形象的描绘又是如此和谐，所以这首诗也就成为古今哲理诗中的极品。

毋庸讳言，苏诗的用典和议论化、哲理化也有其弊端。诗终究是要以形象来创造意境、抒情言志的。如果大量堆砌典故，一味发议论，谈哲理，势必削弱诗歌的艺术性。苏诗中一些篇章好用冷僻典故，议论连篇，许多诗论家都对此提出过批评。

与其对诗歌和散文的贡献相比，苏轼对词这一文学形式的发展贡献更大。词自唐代产生之后，发展到五代，基本形成了描写艳情别绪，文辞绮靡婉丽的格调。尽管北宋的范仲淹、欧阳修、柳永等人从词的内容到形式都有所开拓，但词从思想题材到遣词、造意都依旧限制在比较狭小的范围。当苏轼以词坛巨擘的形象出现之后，词终于从内容到形式都得到了彻底解放。从登上词坛，苏轼便以清旷雄豪的歌吟冲破了旧词坛被艳情别绪笼罩的藩篱，在词坛上开创出豪放雄健的一派。他把词的题材从男女恋情、离愁别绪扩大到生活的各个方面，无论怀古感旧、记游写景、抒情言志、谈禅说理，举凡入诗的材料他都可以入词，词的意境也因此得以提高。原来依附于乐曲的歌词，从此发展成为一种独立的新诗体。

在词中，他可以抒发“笔头千字，胸中万卷，致君尧舜，此事何难”（《沁园春·赴密州早行马上寄子由》）的豪情壮志，也可以表现“老夫聊发少年狂”（《江城子·密州出猎》）的狂放不羁。可以发出“人生如梦”的喟叹，也可以展示“一蓑烟雨任平生”（《定风波·黄州沙湖道中遇雨》）的豁达。看到“江山如画”，他禁不住去描写那“乱石穿空，惊涛拍岸，卷起千堆雪”（《念奴娇·赤壁怀古》）的壮观景色；见到中秋明月，他放怀吟诵“我欲乘风归去，又恐琼楼玉宇，高处不胜寒”（《水调歌头·明月几时有》）的纯洁情怀。梦中见到亡妻，他描绘“相顾无言，唯有泪千行”（《江城子·十年生死两茫茫》）的缠绵凄情，寄托对亡妻的无限哀思和怀念；行将告别黄州，他追忆“山中友，鸡豚社酒，相劝老东坡”（《满庭芳·归去来兮》）的真挚友情。走到农田村舍，他热情地“问言豆叶几时黄？”“谁家煮茧一村香？”（《浣溪沙·徐州石潭谢雨道上作》）面对清茶野蔬，他喜悦地咏写“雪沫乳花浮午盏，蓼茸蒿笋试春盘。”（《浣溪沙·元丰七年十二月二十四日，从泗州刘倩叔游南山》）人间生活的千姿百态，情感世界的林林总总，都被他写入词中，放声吟唱！

苏轼词的风格是多样的，而以豪放雄健为其主要特点。前人评其清雄豪健之作“读之使人登高望远，举首高歌”（胡寅《向子湮酒边词序》），令人感到“复乎遗尘绝迹”“无以步骤”（王鹏远《半塘手稿》），此类词脍炙人口之篇特别多，如前面提到的《沁园春·赴密州早行马上怀子由》：“笔头千字，胸中万卷”“用舍由时，行藏在我”，笔力之雄健，豪情之奔涌，跃然纸上。《江城子·密州出猎）在描绘了“千骑卷平冈”出猎的雄壮场面后，又高歌长啸：“酒酣胸胆尚开张。鬓微霜，又何妨，持节云中，何日遣冯唐。会挽雕弓如满月，西北望，射天狼。”《水调歌头·明月几时有》的把酒问天，对月击节；《念奴娇·赤壁怀古》的凭吊英杰，大江浩歌。这些词作无不激情如潮，热情如火，充满浩然之气。读者从中可以得到极大的审美享受。

豪放雄健作品之外，苏轼也写了许多描绘山川景色的清新、明丽之作。试看《行香子·过七里滩》的上片如何描写七里滩的秀美景色：

一叶舟轻，双桨鸿惊，水天清，影湛波平。鱼翻藻量，鹭点烟汀，过沙溪急，霜溪冷，月溪明。

当他把自己旷达的襟抱与秀丽的景色相交融时，便创造出一种蕴藉空灵的意境。如《西江月·照野弥弥浅浪》中所描绘的原野空旷、月色清幽、溪水泠泠、小桥翼然的景色，与他醉中恍若羽化、翩若登仙的感觉相融，真使人读来“疑非尘世”。此类词作还有《卜算子·黄州定慧院寓居作》《临江仙·夜归临皋》等，都给人一种超尘绝俗，发人遐思的特殊美感。

作为苏词风格的另一面，苏轼还写了相当数量情致深婉的婉约词。其中有写情人相思的如《祝英台近》，有写美人姿态的如《洞仙歌·冰肌玉骨》，也有花间樽前的赠妓之作。但其趣味却不庸俗，不艳媚，仍是“指出向上一路”（王灼《碧鸡漫志》）。尤其是那些咏花状物、写景寄情的佳作，如《水龙吟·似花还似非花》《贺新郎·乳燕飞华屋》《蝶恋花·花褪残红青杏小》等，更是高格远韵，压倒古今。在《水龙吟》中，他以拟人化的手法，咏写杨花，却又“物物而不物于物”，分明在咏人：“抛家傍路，思量却是，无情有思。萦损柔肠，困酣娇眼，欲开还闭。梦随风万里，寻郎去处，又还被，莺呼起。”下片又从惜花入笔，写得感情浓郁，神意幽远。结尾又一转：“细看来不是杨花，点点是，离人泪。”此词声韵谐婉，天趣独到，被誉为千古绝响。《贺新郎》中上半阕写美人，下半阕写榴花，却都含蓄蕴藉，意在形象之外，似有无穷意味，耐人咀嚼。《蝶恋花》“枝上柳棉吹又少，天涯何处无芳草”二句，把惜春、伤春的情思，写得气韵不凡。

此外，苏轼还有不少描写田园风光、日常生活的小词，往往写得摇曳多姿、趣味盎然。这类词代表着苏词的另一种风格——自然亲切，清新淡远。如《浣溪沙》写兰溪雨景“山下兰芽浸短溪，松间沙路净无泥，潇潇暮雨子规啼。”词中的春雨、沙径、小溪、松林、兰芽、鸟啼，诗情画意，隽秀宜人。再看《浣溪沙·徐州石潭谢雨道上作》：“簌簌衣巾落枣花，村南村北响缫车，牛衣古柳卖黄瓜。酒困路长惟欲睡，日高人渴漫思茶，敲门试问野人家。”此组词共五首，描写初夏农村景象，这里仅录其四。读罢此组词，仿佛一股亲切浓郁的乡土气息扑面而来！

就是这样，苏轼在他的诗词中，时而放怀高歌，时而深情倾诉，有时轻松自然，有时旷达洒脱。他的诗词，之所以能够形成这种既雄健豪放又多彩多姿的风格，与他本人的思想、性格、学识、阅历、襟抱密切相关。苏轼的人生道路复杂曲折，有顺境，有逆境。顺境时，声高位显，逆境时，艰难困顿。不同时期不同的生活境遇，直接影响着他的创作风格。苏轼一生无书不读，儒道佛典，诸子百家，无不精通。渊博的学识，促成了他复杂的思想，不同时期的人生遭遇，使他有不同的思想矛盾变化，反映在他的创作中，便呈现出不同的风格。青年时的成功，使他声名鹊起，因而“奋厉有当世志”，其时的作品，往往呈现出豪迈进取的峥嵘气象。在遭受沉重政治打击后的黄州时期，思想转向对人生的深刻思索和体味，此时的作品往往在雄健中又表现出高旷洒脱的气度。晚年岭南儋州时期，随着对人生的彻底体悟，其作品的风格更趋向平淡自然，而又“其实不是平淡，绚烂之极也”。（苏轼《与侄论文书》）但无论在哪个人生阶段，始终都有清雄豪健之作，这说明，苏轼诗词多样化的风格中，豪放是其主脉。

最后，我们谈一下苏轼的散文。

作为唐宋古文运动的主要代表作家，苏轼的文章除了古文家们提倡的思想内容充实，语言自然畅晓，不尚雕琢的一般特点外，还具有文笔恣肆、气势磅礴、构思奇巧、姿态横生的独特艺术个性。

苏轼文章的磅礴气势来源于丰富的阅历和渊博的学识，来源于他在创作上的长期刻苦锻炼，来源于他那勇于超越前人的张扬的个性，因而他的文章如“万斛泉源，不择地而出”。（苏轼《文说》）最能体现他文章气势的典型之作有《潮州韩文公庙碑》《教战守策》《表忠观碑》等，这些篇章，无不一气贯注，如长江大河，浩浩荡荡。《教战守策》开篇即以生死忧患的警语夺人，接下来纵横议论，切中时弊。《潮州韩文公庙碑》以“匹夫而为百世师，一言而为天下法”的宏伟议论开篇，其后连用数组排比句，环环相扣，层层推进，议论痛快淋漓，气势排山倒海，文字冲越激扬。读来有如万钧雷霆，振聋发聩。苏轼的议论文往往博引史实，论辩滔滔，直抒胸臆，汪洋恣肆，颇有战国纵横家之风。在他的策论和历史论文中，这种文风表现得尤为突出。由于这部分文章与科场考试关系密切，所以他那严密的逻辑性和随机生发，翻空出奇的写作技巧就受到应举士子们的青睐，纷纷学习仿效，以致北宋中叶以来，苏轼的文章成为科场制艺范文，“文选烂，秀才半；苏文熟，秀才足”“苏文熟，吃羊肉；苏文生，吃菜羹。”（陆游《老学庵笔记》），这些当时的谚语，充分反映了苏轼文章在当时的影响。

苏轼文章最优秀的部分是那些文学性较强的书札、小赋、序记、杂记、杂说以及各类小品。这些文章虽然长短不一，但都具有语言平易流畅，情理交融，随笔挥洒，姿态横生的特点。他的前后《赤壁赋》绘景状物，如诗如画，抒情言理，高妙真切，结构跌宕回环，又如行云流水，语言清新自然，节奏疾徐有致，千百年来，倍受人们喜爱。二赋虽然题材相同，结构、立意却迥然有别，“前篇写实情实景，从‘乐’字领出‘歌’来”，后篇则“作幻境幻想，从‘乐’字领出‘叹’来，一路奇情逸致相逼而出，与前赋同一机轴，而无一笔相似。”（《古文观止》评注）《文与可画筼筜谷偃竹记》，主旨是追忆悼念亡友，而以师从文与可作画为文脉，从精深的画论起题，叙述跟从文与可学画经过，穿插与画竹相关的趣事，追忆与亡友的深厚友情，最后文笔陡转，方点出作者曝书画见图忆亡友，痛哭失声的感人真情。文章结构奇巧缜密，行文迂回曲折，内容十分繁富：文中有论、有赋、有诗、有画、有书札、有谐语，而这一切又全被作者用来烘托与文与可的深情交往，为末尾的痛哭亡友作了不露痕迹的铺垫。《石钟山记》本是一篇记游文章，却以议论开篇，设问设疑，使游石钟山带有学术考证意味，其游记文的理念性突出，显然非同一般，文章的主题思想也得以开拓深化。文中描写景物，运用了夸张、比喻、形容、渲染、象声等多种写作技巧、使得全文声色并茂，叙述、描写、说理结合得自然和谐，被誉为“神来之笔”。其他如《凌虚台记》《喜雨亭记》《超然台记》《放鹤亭记》《墨妙亭记》《答李端叔书》《范文正公集序》《六一居士集序》《太息送秦少章》《日喻》等名篇佳作，无不巧于构思，善于立意，借题发挥，触处生春。即使一些体制短小的杂记、题跋，也写得情趣盎然，请看《记承天夜游》：

元丰六年十一月十二日，夜，解衣欲睡。月色入户，欣然起行，念无与为乐者，遂至承天寺，寻张怀民。怀民亦未寝，相与步于中庭。庭下如积水空明，水中藻、荇交横，盖竹柏影也。何夜无月，何处无竹柏，但少闲人如吾两人者耳。

这篇一向被人称道的小文仅八十三字，苏轼却能用轻灵的笔触，廖廖几笔，摄魄传神地创造出一个鲜明、优美的艺术境界。还游刃有余地在结尾处置入一段人生感叹的文字，高超的艺术腕力由此可见一斑。同类的作品还有《记游松风亭》《书上元夜游》《记樊山》《书临皋亭》《梦南轩》《记游白水岩》等，短者仅四五十字，长者不过一二百字，内容却十分丰富，有记叙、有描画、有议论，生动活泼，清新含蓄，逸趣横生。

作为一位高产作家，苏轼的创作雄健豪放的一面也偶有粗糙之作，善于传神的一面也有展开不够的遗憾，文笔恣肆的同时难免逞才使气之讥，优秀篇章之外也有无聊应酬之什，但毕竟瑕不掩瑜，苏轼以其横溢的才华，卓越的创造力，给我们留下的是一笔富赡宝贵的文化遗产。

作为宝贵的民族文化遗产，苏轼作品中反映的宋代社会历史，所蕴含的美好情操和非凡智慧，所创造的优美艺术形象，对于我们认识历史，体悟生命，提高自己的文化艺术修养和道德情操都具有重要意义和积极作用。但苏轼的作品典故多、旨意深、文字奥，向来被认为难读难解。为使苏轼的作品能面向今天的大众，我们冒着举鼎绝膑的危险，以自己浅薄的学力，对苏轼的作品作了编、注、译的整理工作。下面兹就整理的有关问题，给读者以说明：

一、苏轼的作品自宋代以来，流布甚广，影响甚大，历代注本、刻本繁多。但传本丛杂、异文繁复，编次不一，体例各异，阙漏严重，可以说，传世刊本，没有一种适于今天读者借以全面了解苏东坡本人及其作品的。为使今天的普通读者能全面了解苏轼及其作品，我们这次整理，特选用孔凡礼先生校点的《苏轼诗集》《苏轼文集》，刘尚荣先生校证的《傅干注坡词》（含该书附录一《注坡词补佚》）作为我们的工作本。这三个本子，可以说是迄今收录苏轼作品较完备，校勘较精审的苏轼诗、词、文、赋的作品集。我们以工作本为基础，对所收作品重作编排，分别注、译。

二、本书对所收全部苏轼作品，分类并按写作年代序次编排。全书依次分为赋、诗、词、文、附录五大部分。诗以古体、律诗、绝句为序，词以词牌为类，文以文体相别。各小类中具体篇章基本以写作年代先后为序，年代不确定者置于同类编末。附录收录存疑作品及苏轼生平资料。

三、所收赋、诗、词全部加注。限于篇幅，注释力求简明。苏诗向称难解，连南宋大诗人陆游都感叹“东坡先生之诗，则援据宏博，指趣深远”“游之所以不敢承命也”（《注东坡先生诗序》）未曾轻易作注。所幸自宋迄今，代有学者攻研苏诗，使我们有所依傍，故我们在注中多借用前人之说，唯学识浅陋，加上时间匆迫,又限于篇幅,注文难免疏误,尚祈读者和专家批评指教。

四、所收文章，不论文体，全部作了白话翻译，翻译力求忠实原文，行文流畅，通俗易懂。苏文博大精深，内容富赡，迄今没有注释，翻译难度很大，我们志在为一般读者大众读懂苏东坡作品提供帮助，但限于学力，也许只能是“虽有志焉，而未之逮也”。

五、本书在整理过程中，参考和吸收了不少前贤今修的研究成果,限于本书体例,未能一一注明,在此特作说明,并深致谢意。

编者

重版说明

20世纪90年代，后学因从事图书出版工作，组织力量出版了大量古籍今译的典籍。其中《苏东坡全集》（注译本）是我国第一部对苏东坡全部诗文进行注释和白话翻译的著作，由段书伟、李之亮、毛德富先生等担任主编，当时参加注译工作的同志，大部分是郑州大学古典文献专业的师生。由于这部书分量较大，注译工作历时数年之久，于1999年正式出版发行，出版以后，受到社会的一致好评。

如今，二十余年过去，有感于这部书已多年不再印行，坊间难得一觅，甚为遗憾。因此，后学又组织人力，对原书进行了细致的校勘和修订，重新由团结出版社出版。虽说“后出转精”，这次修订改正了第一版时因各种原因所致的错讹和瑕疵，但是，由于是书分量较大，囿于编者学力所限，其中依然难免存在不妥之处，恳请方家仁者指正。

朱双刚

2020年11月20日

附：

《苏东坡全集》原编辑人员名单

策划人：朱双刚

主　编：段书伟　李之亮　毛德富

编　委：王晓东　杨嘉仁　赵宗乙　胡和平　姜建设
贾　滨　暴拯群

参与撰稿人员：马　春　王治锋　师长生　安国楼　刘中朝
许华伟　李　琳　李贤民　肖　燕　陈　曦
尚达翔　周春玲　赵鹏朴　贾　莉　聂文萌
徐　飞　高金生

《苏东坡全集》修订人员名单

修订主持人：萧祥剑　朱双刚

修 订 人 员：萧祥剑　李　旭　郭文娜　李秀桂　吴江波

总　目

第一册

第二册

第三册

第四册

第五册

第六册

第七册

第八册

第九册

第十册

目　录

卷三 五言古诗

卷四 五言古诗

卷五 五言古诗

卷六 五言古诗

卷八 五言古诗

卷十 七言古诗

卷一 赋

滟滪堆赋[①] 并叙

世以瞿塘峡口滟滪堆为天下之至险[②]，凡覆舟者，皆归咎于此石。以余观之，盖有功于斯人者。夫蜀江会百水而至于夔[③]，弥漫浩汗[④]，横放于大野。而峡之大小，曾不及其十一[⑤]。苟先无以龃龉于其间[⑥]，则江之远来，奔腾迅快，尽锐于瞿塘之口[⑦]，则其险悍可畏，当不啻于今耳[⑧]！因为之赋，以待好事者试观而思之[⑨]。

天下之至信者，惟水而已[⑩]。江河之大与海之深兮，而可以意揣[⑪]。唯其不自为形，而因物以赋形[⑫]；是故千变万化，而有必然之理[⑬]。掀腾勃怒，万夫不敢前兮[⑭]；宛然听命，惟圣人之所使[⑮]。余泊舟乎瞿塘之口，而观乎滟滪之崔嵬[⑯]，然后知其所以开峡而不去者，固有以也[⑰]。

蜀江远来兮，浩漫漫之平沙[⑱]。行千里而未尝龃龉兮[⑲]，其意骄逞而不可摧[⑳]。忽峡口之逼窄兮，纳万顷于一杯[㉑]。方其未知有峡也，而战乎滟滪之下[㉒]，喧豗震掉，尽力以与石斗[㉓]。勃乎若万骑之西来，忽孤城之当道[㉔]。钩援临冲，毕至于其下兮，城坚而不可取[㉕]。矢尽剑折兮，迤逦循城而东去[㉖]。于是滔滔汩汩相与入峡，安行而不敢怒[㉗]。

嗟夫！物固有以安而生变兮[㉘]，亦有以用危而求安[㉙]。得吾说而推之兮，亦足以知物理之固然[㉚]。

【注释】①此赋大约作于嘉祐四年(1059)，东坡还乡为母亲程夫人守制期满后，和父亲、兄弟一起，取道长江，经三峡重上汴京的途中。赋里一反常人之见，强调滟滪堆并非有害于行舟，而是有功于斯民。具体描写了滟滪堆挺立峡口、杀减水势的作用，并借以提出“用危而求安”的人生哲理。郎晔认为：杜甫《滟滪堆》诗：“沉牛答云雨，如马戒舟航。天意存倾复，神功接混茫。”与此赋颇有渊源。也可能是所见略同，异曲同工。②滟滪堆：俗称燕窝石，瞿塘峡口江中突出的巨石。历来被视为著名险滩。现已炸掉。③夔：即夔州，今为奉节县，滟滪堆在夔东十里处。④弥漫浩汗：水面广阔、水势浩大的样子。⑤“而峡”二句：瞿塘峡河床的大小，乃不及上游的十分之一。曾：乃，竟。⑥龃龉：原义为上下牙不相合，引申为矛盾，斗争。⑦尽锐：充分施展威力。⑧不啻：不止。⑨以上为赋前之序。⑩至信者：最有一定之规、最守信用者。东坡生长于岷江边，自幼熟悉水性，认为有规律可循。故后来守杭、守徐，治水皆著成绩。⑪可以意揣：可以凭人的意识加以推测、认识。⑫“唯其”二句：自己没有固定的形态，只凭盛容它的器物而具有不同的形态。⑬“是故”二句：所以在千变万化的偶然形态中，又包含着必然的规律。⑭“掀腾”二句：当其奔腾汹涌，勃然震怒时，即使以万人之众，也不敢前去阻挡。⑮“宛然”二句：却又能柔顺地听从命令，任凭圣人（指大禹）要它怎么样便怎么样。⑯“余泊舟”二句：我停船于瞿塘峡口，亲自考察了滟滪的岿然高耸。⑰“然后”二句：然后才明白江水之所以面临打开的峡道而不长驱直入，确实有其不得不然的原因。〔以上第一段：大处着笔，言水之为物，既骄纵，而又驯服。以此引入正题。〕⑱浩漫漫：形容上游江面的广阔。平沙：形容上游江水的平缓。⑲“行千里”句：蜀江流经千里，没有碰到什么阻挡。⑳“其意”句：江水满怀骄狂自信，以为不可摧折。㉑“忽峡口”二句：忽然面临紧窄的峡口，仿佛要把万顷汪洋，纳入一只小杯。㉒“方其”二句：当江水在尚未知道它为山峡之时，就先得在滟滪堆下来一番大战。㉓“喧豗”二句：喧豗：轰响之声。震掉：暴跳。江水怒吼暴跳。尽力与滟滪堆巨石相斗。㉔“勃乎”二句：勃乎：气势猛烈。气势猛烈，仿佛千军万马自西而来，忽然碰见一座孤城挡着前进的道路。㉕“钩援”三句：钩援：钩梯，古代攻城的器具。临冲：攻城的巨车。江水在滟滪堆这座城堡下使尽了钩援、临冲等攻城手段，而城堡坚固万分，仍然不可攻取。㉖“矢尽”二句：矢尽剑折：形容江水战败。迤逦，曲折连绵貌。江水矢尽剑折，（低头认输），曲折地顺着城堡往东而去。㉗“于是”二句：滔滔：水势盛大。汩汩：急流貌。大水浩浩荡荡，急急忙忙地相与进入峡道，安分地前进，再也不敢发怒。〔第二段，写骄狂的蜀江在瞿塘峡口遭遇滟滪堆，恶战失败，锐气消沉，才安分地向峡中流去。〕㉘“物固有”句：客观事物原有以为平安可恃而突然发生恶变的。㉙"亦有"句：亦有以敢冒风险而平安的。㉚"得吾说"二句：领会我这个观点而加以推广运用，也就可以了解一切事物的必然规律。〔以上第三段：从滟滪堆所起的作用，悟出一条哲理："物固有以安而生变，亦有以用危而求安。"这个观点的渊源，当出于《老子》"祸兮福之所倚，福兮祸之所伏。"这个观点，使东坡一生能够处逆以顺，履险如夷。〕

昆阳城赋①

淡平野之霭霭，忽孤城之如块②。风吹沙以苍莽，怅楼橹之安在③？横门豁以四达，故道宛其未改④。彼野人之何知，方伛偻而畦菜⑤。

嗟夫！昆阳之战，屠百万于斯须，旷千古而一快⑥！

想寻、邑之来阵，兀若驱云而拥海⑦。勇士扶轮以蒙茸，虎豹杂沓而横溃⑧。罄天下于一战，谓此举之不再⑨。方其乞降而未获，固已色变而惊悔⑩。忽千骑之独出，犯初锋于未艾⑪。始凭轼而大笑，旋弃鼓而投械⑫。纷纷藉藉，死于沟壑者，不知其何人，或金章而玉佩⑬。

彼狂童之僭窃，盖以旋踵而将败⑭。岂豪杰之能得，尽市井之无赖⑮。贡符献瑞一朝而成群兮，纷就死之何怪⑯？独悲伤于严生，怀长才而自浼⑰。岂不知其必丧，独徘徊其安待⑱？

过故城而一吊，增志士之永慨⑲。

【注释】①昆阳城：即今河南叶县。两千年前在此发生的昆阳之战，是历史上以少胜多、以弱胜强的一战，也是王莽归于灭亡、刘秀得以中兴的决定性一战。东坡《昆阳城赋》，也就是赋的这场战争。此赋大约作于嘉祐五年(1060)一、二月间。东坡丁母忧后，头年10月从眉山出发，沿江而下，12月抵江陵。是年一月从江陵陆行，三月抵汴京。途经昆阳，感而成赋。赋中简炼而生动地描绘了昆阳之战，歌颂了刘秀的智勇，鞭挞了王莽集团的腐朽无能。并对严尤的长才暗投，表示惋惜。篇幅虽短，韵味颇长。②“淡平野”二句：在平野的淡淡烟雾中，忽然出现一座土块一样的孤城。块：土块；孤独貌。③“风吹”二句：风吹沙起，只见原野一片莽莽苍苍，令人惆怅，当日攻防交战的楼橹，究竟在哪儿呢？楼橹：古代军中侦察、防御和攻城的高台。④“横门”二句：横门：宽大的城门。宽大的城门洞开，可以四通八达；多年的古道宛然尚未改变。⑤“彼野人”二句：那田野间的农人（对过去的历史）知道些什么呢？他正在佝偻着整畦种菜。〔第一段：由远而近，写今日所见的昆阳城，和平宁静，看不到当日昆阳之战的一点痕迹。〕⑥“嗟夫”四句：真厉害啊，当日昆阳之战，在片刻之间就屠杀了百万之众，（从以少胜多，以正压邪来说）真是千古一见，令人称快。当时王莽集团会师四十三万，号称百万。⑦“想寻、邑”二句：想当年王莽的司徒王寻、司空王邑的领兵布阵，好像滚滚的乌云，汹涌的海涛。兀：用在句首，作语助。⑧“勇士”二句：猛士们推动车轮、挤挤擦擦；虎豹犀象、杂沓横行。王莽军驱赶大批虎、豹、犀、象上阵助威，声势骇人。蒙茸：众多，纷乱貌。⑨“罄天下”二句：王莽军把所能动员的全部兵力围困昆阳，以为只此一战就能全部消灭起义军，从此天下太平。⑩“方其”二句：当时驻在昆阳城中的更始帝刘玄一方，以成国上公王凤为首的将领，派人乞降；王寻、王邑不同意。王凤等人惊惶失色、懊悔没有及早逃遁。⑪“忽千骑”二句：忽然，早先领十三骑冲出昆阳城外，到郾城、定陵收兵的太常偏将军刘秀，竟率领千骑独自杀来，初试锋芒，锐气正旺。⑫“始凭轼”二句：王寻、王邑开始时凭轼大笑，根本不把刘秀区区千人放在眼里；不久却全线崩溃，抛掉战鼓，丢下军械。⑬“纷纷”四句：乱纷纷，个挨个，死于沟壑之中的，不知是些什么人，其中有的挂着金章，有的带着玉佩。当时，在刘秀身先士卒的奋力冲杀下，“诸将胆气益壮，无不一以当百。”“城中亦鼓噪而出，中外合势，震呼动天地，莽兵大溃，走者相腾践，伏尸百余里。”“遂杀王寻”“王邑、严尤、陈茂轻骑乘死人渡水逃去。”（《资治通鉴》）〔以上第二段，双管齐下，写出昆城之战的强弱胜败情况。〕⑭“彼狂童”二句：彼狂童：指王莽。那个丧心病狂的小子篡汉自立，僭窃帝位，自然旋踵之间就将失败。⑮“岂豪杰”二句：他哪里能够得到豪杰相助，手下尽是市井的无赖。⑯“贡符”

二句：那些爪牙全靠贡符献瑞（捏造天命、预言的封建迷信），投王莽之需，而在一朝之间结党成群，飞黄腾达，在这一战中纷纷送死又何足为怪？⑰“独悲伤”二句：只是单单惋惜严尤，怀着出众的才智，却去追随王莽，以致自己糟蹋了自己。自浼：自污，自我糟蹋。——严尤为王莽的纳言将军，在昆阳之战中，他曾对王邑说：昆阳城坚而小，更始及其主力又在宛城（南阳）；不如放过昆阳，直趋宛城，“宛败，昆阳自服。”王邑不从。后来又提出：“《兵法》：‘围城为之阙’，宜使得逸出以怖宛下”，王邑又不听。严尤之计若行，结果可能两样。⑱“岂不知”二句：（严尤）岂不知道王莽必然毁灭，却又徘徊不定，他在等待什么？⑲“过故城”二句：经过昆阳古城而凭吊当年的战争，使有志之士增加了无穷的感慨。〔以上第三段，分析了昆阳之战王莽军失败的原因，并对严尤的明珠暗投寄以无限感慨。〕

屈原庙赋[1]

浮扁舟以适楚兮[2]，过屈原之遗宫[3]。览江上之重山兮，曰惟子之故乡[4]。

伊昔放逐兮，渡江涛而南迁[5]。去家千里兮，生无所归，而死无以为坟[6]。悲夫！人固有一死兮，处死之为难[7]。徘徊江上，欲去而未决兮，俯千仞之惊湍[8]。赋《怀沙》以自伤兮，嗟子独何以为心[9]！忽终章之惨烈兮，逝将去此而沉吟[10]。吾岂不能高举而远游兮[11]？又岂不能退默而深居[12]？独嗷嗷其怨慕兮，恐君臣之愈疏[13]。生既不能力争而强谏兮，死犹冀其感发而改行[14]。苟宗国之颠覆兮，吾亦独何爱于久生[15]？托江神以告冤兮，冯夷教之以上诉[16]。历九关而见帝兮，帝亦悲伤而不能救[17]。怀瑾佩兰无所归兮[18]，独茕茕乎中浦[19]。

峡山高兮崔嵬[20]，故居废兮行人哀[21]。子孙散兮安在？况复见兮高台[22]。自子之逝今千载兮，世愈狭而难存[23]。贤者畏讥而改度兮，随俗变化、斫方以为圆[24]。黾勉于乱世而不能去兮，又或为之臣佐[25]。

变丹青于玉莹兮[26]，彼乃谓子为非智[27]。惟高节之不可以企及兮，宜夫人之不吾与[28]。违国去俗、死而不顾兮，岂不足以免于后世[29]？呜呼！君子之道，岂必全兮[30]？全身远害，亦或然兮。嗟子区区，独为其难兮[31]！虽不适中，要以为贤兮[32]。夫我何悲？子所安兮[33]！

【注释】①东坡的友生晁无咎云："公之初仕京师，遭父丧而浮江归蜀也，过楚屈原之祠，为赋以吊。"那么，此赋当作于治平三、四年之间(1066—1067)。赋中瞻故里而忆生平，充分表现了对屈原的理解、怀念和仰慕之情。②"浮扁舟"句：楚：此处指湖北。东坡与其弟苏辙一起，护送父亲苏洵和东坡发妻王弗的灵柩，乘舟由汴入淮，溯江归蜀，来到了湖北。③屈原之遗宫：指湖北秭归临江的屈原庙。秭归为屈原故里，其地很早就建有屈原的祠庙。④"览江上"二句：子：指屈原。《舆地广志》：秭归县北百余里，有屈原故宅，名曰乐平里。故东坡眺望江北的重山，想到那儿就是屈原的故乡。〔以上第一段：瞻仰屈原庙，眺望屈原故里，为下文缅怀生平作引。〕⑤"伊昔"二句：伊：他，指代屈原。昔：当年。屈原当年忠言见嫉，被楚罢官放逐，离开了郢都（江陵），渡过长江，漂泊到湖南。⑥"去家"三句：离开家乡千多里，活着无可归依，沉江而死，也没有葬身之地。⑦"悲夫"三句：可悲的是：人都有一死，但如何对待死——什么时候当死，怎样才死得有价值，却是很为难的事。⑧"徘徊"三句：想象屈原在汨罗江边徘徊，打算离开人间而还没有下最后的决心，俯望着面前的惊涛急湍。千仞：形容滩急浪高。⑨"赋《怀沙》"二句：《怀沙》：屈原《九章》中的一篇，为怀念长沙——楚国发祥地之一而作。屈原写《怀沙》来抒发自己的悲伤，令人感叹他与众不同的是怎样的心情。⑩"忽终章"二句：忽终章之惨烈：指《怀沙》的结尾："知死不可让兮，愿勿爱兮。明以告君子兮，吾将以为类兮。"（知道死已不可避免，就不再留恋生命。明确奉告君子，我将与舍生取义的人为伴。）结尾的辞情多么悲凉而壮烈，将离开人世而去，又在最后一刻沉吟。⑪高举而远游：离开祖国，高飞远走（像当时的策士一样，游说诸侯，谁赏识自己，就为谁服务。）⑫退默而深居：引退沉默，隐居不出（像某些明哲之士一样，邦无道则卷而藏之。）"吾岂不能"二句，化身屈原，自己问自己。问而不答，实即认为屈原"正道直行""志洁行廉"，不可能走这两条路。⑬"独嗷嗷"二句：嗷嗷：哀号声。怨慕：怨恨而又思慕。却单单嗷嗷不已地，对君王既是怨恨又是思慕，担心君臣关系愈来愈疏远。⑭"生既不能"二句：活着既已强谏无效，死了还希望君王有所感悟而改弦更张。⑮"苟宗国"二句：宗国：祖国。如果祖国遭到颠覆，那我为什么还单单留恋于长寿？⑯"托江神"二句：恍忽之间，托水神代为陈述自己的冤屈，水神冯夷却教他直接向天帝申诉。⑰"历九关"二句：经过九重天门而见到天帝，天帝也为他悲伤，但（对他的祖国危亡）却爱莫能助。⑱怀瑾佩兰：化用《怀沙》"怀瑾握瑜兮，穷不知所示"，与《离骚》"纫秋兰以为佩。"此句意为怀着美玉，佩着兰花，比喻屈原志行高洁，可又无所归依，无可施展。⑲"独茕茕"句：茕茕：忧思貌。浦：水边。忧心忡忡地在水边踽踽独行。（只有沉江的一条路了！）〔以上第二段，委曲尽致地描述当年屈原言计不行，国将危亡，别无选择，惟以死殉国的遭际和心情。〕⑳峡山：峡谷两岸的崇山。㉑"故居"句：屈原故居早已荒废难寻，行人到此，只有为之哀叹。㉒高台：指屈原庙的庙基与祠宇。㉓"自子"二句：屈原逝世千载后的今天，社会更加狭窄、崎岖而难以生存。㉔畏讥：害怕受谗遭祸。改度：改变作风。斫：砍削也。斫方为圆：变方正为圆滑。㉕"黾勉"二句：黾勉：辛勤奔走。辛勤奔走于乱世之中，而不能洁身离去，甚至为邪恶的权势当臣仆，作爪牙。㉖"变丹青"句：扬雄《法言·吾子》："或问：屈原智乎？曰：如玉如莹，爰变丹青？"（有人问：屈原智慧吗？回答说：屈原像玉石一样永远晶莹，哪像丹青似的容易褪色？）这里是说：当今的贤人，在邪恶面前容忍退缩，甚至同流合污，像丹青似的容易褪色，与像玉石一样永远晶莹的屈原一比，分明相形见绌。㉗"彼乃"句：班固《离骚序》认为：屈原"露才扬己""非明智之器"。这里暗引其言。"彼"：他们，指那些畏讥改度，斫方为圆的"贤者"。他们竟诋毁您不够明智。㉘"惟高节"二句：崇高的志节人们难以期望赶上，那么，他们不赞成我（屈原）就是很自然的了。㉙"违国"三句：离开了国都，抛弃了世俗，（为了忠于理想）连死也不顾，难道还不足以避免后世的讥评吗？㉚"君子之道"二句：对于君子之道，岂能一定要要求完美无缺？㉛"嗟子"二句：区区：意同拳拳，忠爱专一。我却要赞叹你：忠爱专一，生死不渝，独自走上艰难的道路。㉜"虽不"二句：虽然过于高洁，有些偏激，不合于中庸之道，但大节无亏，始终称得上真正的贤者。㉝“夫我”二句：我又悲伤什么呢，既然舍身取义是你所心甘情愿的。〔第三段，把后代圆滑处世，随俗浮沉，甚至同流合污的“贤者”与屈原相比，委婉地反驳了“不够明智”的讥议，肯定了屈原忠爱不二，舍身取义的崇高精神。〕

后杞菊赋① 并叙

天随生自言②：常食杞菊③。及夏五月，枝叶老硬，气味苦涩，犹食不已。因作赋以自广④。始余尝疑之。以为：士不遇⑤，穷约可也⑥；至于饥饿，嚼啮草木，则过矣⑦。而余仕宦十有九年，家日益贫，衣食之奉，殆不如昔者。及移守胶西⑧，意且一饱；而斋厨索然⑨，不堪其忧。日与通守刘君廷式循古城废圃⑩，求杞菊食之，扪腹而笑。然后知天随生之言可信不缪。作《后杞菊赋》⑪，以自嘲，且解之云⑫。

吁嗟先生！谁使汝坐堂上称太守？前宾客之造请⑬，后掾属之趋走⑭。朝衙达午，夕坐过酉⑮。曾杯酒之不设，揽草木以诳口⑯。对案颦蹙，举箸噎呕⑰。昔阴将军设麦饭与葱叶，井丹推去而不嗅⑱。怪先生之眷眷，岂故山之无有⑲？

先生听然而笑曰⑳：“人生一世，如屈伸肘㉑。何者为贫？何者为富？何者为美？何者为陋㉒？或糠覈而瓠肥㉓，或粱肉而墨瘦㉔。何侯方丈㉕，庾郎三九㉖。较丰约于梦寐，卒同归于一朽㉗。吾方以杞为粮，以菊为糗㉘。春食苗，夏食叶，秋食花实而冬食根，庶几乎西河、南阳之寿㉙。

【注释】①东坡此赋，作于宋神宗熙宁八年(1075)密州（山东诸城）太守任内。赋中借采食杞菊为题，以问答的方式，对自己的清寒生活作了风趣的描绘，表现出善于自嘲自解的幽默乐观的性格。②天随生：即天随子,为唐陆龟蒙的别号。③杞菊:枸杞与菊花。枸杞的嫩叶、嫩茎、果实皆可食;菊的嫩叶与花,亦可食。④自广:自我宽解、安慰。⑤士不遇:读书人不得志。⑥穷约:清寒俭朴。⑦过矣:过分夸张了。⑧胶西:即密州(今山东诸城)。⑨索然:零落貌,引申为空尽。⑩通守刘君廷式:密州通判刘廷式,太守苏轼的副职。⑪《后杞菊赋》:因唐人陆龟蒙曾作《杞菊赋》,东坡感而继作,故名《后杞菊赋》。⑫“以自嘲”二句:自我嘲笑,同时自我解慰。〔以上序文,说明作赋的缘起。〕⑬“前宾客”句:前面有宾客的造访、邀请或有所请求。⑭“后掾属”句:后面有同僚下属的趋奉和奔走。掾(yuàn):副职和下属。⑮“朝衙”二句:早上到衙门大堂理事,直到中午。朝夕对举以成文,其意实为:下午又在大堂直坐到傍晚酉时。⑯“曾杯酒”二句:成天没有杯酒之设,反而靠采集草木(杞菊)以诳骗嘴巴。⑰举箸噎呕:饮食恶劣,难以下咽。⑱“昔阴将军”句:西汉扶风井丹,为人清高,从不趋候权贵。有五位好宾客的藩王想罗致他而不能得。信阳侯阴就(阴将军)答应为五王邀请,实则派人劫持而至。阴故意为设麦饭、葱叶之类食物,井丹不屑地推开说:以为君侯能供甘旨,故来拜访,相待何其菲薄?阴就更设盛馔,井丹乃食。从此隐居闭门,再不过问人事。是为二句所本。⑲“怪先生”二句:奇怪先生对于这般清苦的生活还如此眷眷不舍,难道故乡就没有一点家业(可以回去吃饱饭)吗?〔以上第一段,设有人问:清苦如此,何以不归?〕⑳听然:张口笑貌。司马相如《上林赋》:“亡是公听然而笑曰”。㉑如屈伸肘:言人生就像屈伸臂肘一样,有屈有伸,有富有贫,有苦有乐,有饥有饱……㉒“何者”四句:贫富、美陋,都是相对的,而不是绝对的。㉓“或糠覈”句:糠覈:糠里的粗屑,借指粗劣的食物。有的成天吃粗食,反而长得像瓠瓜一样又白又胖。陈平长得高大白嫩,有人问他平时吃什么,他嫂子说:不过吃糠覈罢了。㉔“或粱肉”句:有的成天吃膏粱精肉,反而长得像一锭墨似的又黑又瘦。㉕何侯方丈:晋朝何曾性情豪奢,日食万钱,每顿山珍海味罗列方丈,还说“无下箸处”。㉖庾郎三九:南齐庾杲之家境清平,每顿所食之菜总是韭菹、瀹韭、生韭等三韭,谐为三九。㉗“较丰约”二句:人生短促,犹如梦寐。在梦寐中斤斤计较丰富和贫乏有什么意思,最后还是同归于死亡和腐朽。㉘糗(qiǔ):炒熟的米、麦等谷物。有磨成粉的,如炒面;有未磨成粉的,如炒米。㉙西河、南阳之寿:《礼记·檀弓》载,曾子对子夏说:“吾与汝事夫子于洙、泗之间,退而老于西河之上。”西河,战国魏地,今安阳。时黄河流经其东,故名。子夏“居西河教授,为魏文侯师”,高寿。《抱朴子》:“南阳郦县山中有甘谷,谷中皆菊,著花落水,居人饮之多寿。有及一百四五十岁者。”〔以上第二段:先生作答,以贫富美陋,不过相对而言,不必计较;多食杞菊,庶几可享西河南阳之寿为解,足见达人高致。〕

服胡麻赋[1] 并叙

始余尝服伏苓[2],久之良有益也。梦道士谓余:“伏苓燥,当杂胡麻食之”[3]。梦中问道士:“何者为胡麻?”道士言:“脂麻是也。”既而读《本草》,云:“胡麻,一名‘狗虱’,一名‘方茎’。黑者为‘巨胜’。其油正可作食。”则胡麻之为脂麻,信矣。又云:“性与伏苓相宜。”于是始异斯梦[4]。方将以其说食之[5],而子由赋伏苓以示余[6],乃作《服胡麻赋》以答之。世间人闻服脂麻以致神仙必大笑[7]。求胡麻而不可得,则妄指山苗野草之实以当之[8]。此古所谓道在迩而求诸远者欤[9]?其词曰:

我梦羽人[10],颀而长兮[11];惠而告我[12],药之良兮。乔松千尺,老不僵兮;流膏入土,龟蛇藏兮[13]。得而食之,寿莫量兮[14]。于此有草,众所尝兮[15]。状如狗虱,其茎方兮。夜炊昼曝,久乃臧兮[16]。伏苓为君,此为相兮[17]。

我兴发书[18],若合符兮[19]。乃瀹乃烝[20],甘且腴兮[21]。补填骨髓,流发肤兮[22]。是身如云,我何居兮[23]。长生不死,道之余兮[24]。神药如蓬,生尔庐兮[25];世人不信,空自劬兮[26]。搜抉异物,出怪迂兮[27];槁死空山,固其所兮[28]。

至阳赫赫,发自坤兮;至阴肃肃,跻于乾兮[29]。寂然反照,珠在渊兮。沃之不灭,又不燔兮[30]。长虹流电,光烛天兮[31]。嗟此区区,何与于其间兮？譬之膏油，火之所传而已耶[32]？

【注释】①此赋以神奇之笔，表芝麻养生之功，使人在欣赏之余，获得教益和启迪。②伏苓：是一种菌核，呈团块状，直径一般20-30厘米，重达1-15公斤。多生于赤松或马尾松根上，深入土中20-30厘米。可供食用，并可入药。性平，味甘淡，功能益脾安神，利水渗湿。古代认为：伏苓者千秋松脂，食之不死。③胡麻：脂麻，也即芝麻。入药，功能补肝肾，润燥结。④"于是"句：查阅《本草》，证实道士的话，于是才惊异、重视这个梦。⑤"方将"句：正准备按道士所说，将伏苓与芝麻相杂而食。⑥"而子由"句：子由：苏辙字。而子由正好寄示他所作的《伏苓赋》。⑦"世间"句：世间一般人只听说食胡麻可以成仙，而不知道胡麻就是日常所见的脂麻；因此一听服脂麻可以成仙，必然大声讪笑。⑧"求胡麻"二句：寻找胡麻而得不到，就错误地把什么山苗野草的果实当成了胡麻。⑨"此古"句：这就是古人所说的大道就在近旁却往远方去寻找的现象吧？〔以上为序，说明作赋的缘起。〕⑩羽人：神话中的飞仙。《楚辞·远游》："仍羽人于丹丘兮，留不死之旧乡。"⑪颀：身长貌。颀而长：即颀长，瘦高条。⑫惠：仁慈。惠而告：即惠告，仁慈地相告。⑬膏：松脂。松脂流入土中，化为伏苓，就像龟蛇一样藏在地下。⑭"得而食之"二句：得到千年伏苓吃了，就会长寿无疆。⑮众所尝兮：大家平日都在吃，习而不知。⑯"夜炊"二句：芝麻须晚上蒸（炊），白天晒（曝），九蒸九晒，然后药性才佳。——另具稗官所载：千年伏苓，状如婴儿，须九蒸九晒，分次食用，方可见功；若一蒸骤服，则燥火如焚，难以消受。东坡炮制脂麻之法，或从此来。但脂麻细小，且非性燥，实在用不着多蒸多晒。⑰"伏苓为君"二句：言伏苓、脂麻当配伍而服，茯苓为君，脂麻为臣。〔以上第一段，因仙人梦中相告，得茯苓脂麻配食奇方。〕⑱我兴发书：兴：起。（梦醒之后）我起来翻书查证。⑲若合符兮：符：古代朝廷征调兵将、传达命令所用的凭证。用金、玉、铜、竹、木制成，两半犬牙交错；双方各执一半，对合以验真假，是为合符。这里是说：书上的记载，与羽人之言相符合。⑳乃瀹（yuè）乃烝：瀹：浸渍或汤煮。又浸泡，又笼蒸。指炮制过程，应包括脂麻与茯苓。㉑甘且腴兮：其味既香甜又滋润。㉒"补填"二句：服后效果，首先是体内骨髓充盈，体表发黑容光。㉓“是身”二句：身轻如云，（仿佛即将飞升）我往哪儿去居住呢？㉔“长生”二句：得道之余，自将长生不死。㉕“神药”二句：神药（芝麻）就像普通的蓬草一样，生长在茅庐边。㉖“世人”二句：世人不相信它就是胡麻，四处寻找，枉自劳神。㉗“搜抉”二句：百般搜寻剔抉，结果把山苗野草的果实当成胡麻，出现种种迂腐、怪诞的现象。㉘“槁死”二句：他们在空山枯槁而死，固然是其应得的下场。〔第二段，查书证实，照方服食，顿见奇效；世人不相信脂麻即灵药，舍近求远，徒劳无补。〕㉙“至阳”四句：阳生于阴，阴生于阳，阴阳相生、互补，服药炼功，修真养性，即是调理阴阳。㉚“寂然”四句：大功告成，如珠在渊，光华焕发，水浇不灭，火烧不焚。㉛“长虹”二句：将如彩虹流电，光烛长天，与宇宙同存。㉜“嗟此”四句：区区如我，怎么有幸跻身其间？我有慧根，不过譬如膏油，只要仙人传与火种，就会燃烧罢了。〔以上第三段，言自己具有慧根，得到仙人点化，将有成仙的可能。东坡喜读《庄子》，兼涉内典，多方外交，自然受佛道影响，因此不免时有遐想。〕

赤壁赋[①]

壬戌之秋[②]，七月既望[③]，苏子与客泛舟，游于赤壁之下[④]。清风徐来，水波不兴。举酒属客[⑤]，诵“明月”之诗，歌“窈窕”之章[⑥]。少焉，月出于东山之上，徘徊于斗、牛之间[⑦]。白露横江，水光接天。纵一苇之所如[⑧]，凌万顷之茫然[⑨]。浩浩乎如冯虚御风[⑩]，而不知其所止；飘飘乎如遗世独立，羽化而登仙[⑪]。

于是饮酒乐甚，叩舷而歌之。歌曰：“桂棹兮兰桨[⑫]，击空明兮溯流光[⑬]。渺渺兮予怀[⑭]，望美人兮天一方[⑮]。”客有吹洞箫者[⑯]，倚歌而和之。其声呜呜然，如怨如慕，如泣如诉，余音袅袅[⑰]，不绝如缕，舞幽壑之潜蛟，泣孤舟之嫠妇[⑱]。

苏子愀然[⑲]，正襟危坐[⑳]，而问客曰：“何为其然也？”客曰：“‘月明星稀，乌鹊南飞’，此非曹孟德之诗乎[㉑]？西望夏口[㉒]，东望武昌[23]，山川相缪[24]，郁乎苍苍，此非孟德之困于周郎者乎[25]？方其破荆州[26]，下江陵[27]，顺流而东也，舳舻千里[28]，旌旗蔽空，酾酒临江[29]，横槊赋诗[30]，固一世之雄也，而今安在哉？况吾与子渔樵于江渚之上[31]，侣鱼虾而友麋鹿；驾一叶之扁舟，举匏尊以相属[32]。寄蜉蝣于天地[33]，渺沧海之一粟[34]。哀吾生之须臾[35]，羡长江之无穷。挟飞仙以遨游[36]，抱明月而长终[37]。知不可乎骤得[38]，托遗响于悲风[39]。"

苏子曰："客亦知夫水与月乎？逝者如斯，而未尝往也[40]；盈虚者如彼，而卒莫消长也[41]。盖将自其变者而观之，则天地曾不能以一瞬[42]；自其不变者而观之，则物与我皆无尽也[43]，而又何羡乎？且夫天地之间，物各有主，苟非吾之所有，虽一毫而莫取。惟江上之清风，与山间之明月，耳得之而为声，目遇之而成色，取之无禁，用之不竭，是造物者之无尽藏也[44]，而吾与子之所共适。"

客喜而笑，洗盏更酌。肴核既尽[45]，杯盘狼藉。相与枕藉乎舟中[46]，不知东方之既白[47]。

【注释】①此赋作于元丰五年(1082)。乃苏轼惨经"乌台诗案"后，谪为黄州团练副使安置时期的佳构之一。它以不拘于骈俪、韵律的文赋形式，主客问答的传统手法，借游赤壁而起兴，即景抒情，因事析理，表现出朴素的辩证观点与旷达的人生态度。情、景、事、理，浑然统一。跌宕有致，舒卷自如。具有极高的艺术魅力。②壬戌：即宋神宗元丰五年，苏轼谪居黄州的第三年。③既望：阴历每月十五为望（月圆），十六为既望。④赤壁：此黄州（今湖北黄冈）赤壁，并非三国鏖兵之赤壁。该赤壁在湖北嘉鱼。苏轼同期词作《念奴娇·赤壁怀古》云："故垒西边，人道是、三国周郎赤壁。"即心知其为传说附会，而姑妄信之，姑妄言之。⑤属客：劝客。⑥"明月"之诗：即《诗经·陈风·月出》。"窈窕"之章，即《月出》首章："月出皎兮，佼人僚兮，舒窈纠（纠即窕）兮，劳心悄兮。"⑦斗、牛：天空的斗宿与牛宿。⑧一苇：代指小船，《诗经·卫风·河广》："谁谓河广？一苇杭之。"所如：所往。⑨茫然：浩渺貌，代指无边的江水。⑩冯虚：凭虚。御风：乘风。《庄子·逍遥游》："列子御风而行，泠然善也。"⑪羽化：陶弘景《真诰》

云:“仙道有飞行之羽,以超虚蹑空。”故称成仙为羽化。〔上面第一段,写秋夜赤壁江上泛舟,有飘飘欲仙之感。〕⑫桂棹兮兰桨:出自《楚辞·九歌·湘君》:“桂棹兮兰枻。”桂,木樨。兰:木兰。棹:可作舟解。即桂木制造的舟,木兰作成的桨。⑬空明:澄澈的江水。流光:江面闪烁流动的月光。溯:逆流而行。⑭渺渺:悠远。⑮美人:理想的美好之人。⑯客有吹洞箫者:客人中有个善于吹洞箫者。此客为杨世昌,四川绵州武都山道士,当时特意从庐山前来探望苏轼。苏轼《次韵孔毅父久旱已而甚两三首》云:“杨生自言识音律,洞箫入手清且哀。”⑰袅袅:宛转柔细。⑱“舞幽壑”二句:言箫声幽怨感人,使深渊里的潜蛟为之起舞,孤舟上的嫠妇(寡妇)因之悲泣。〔上面第二段,写作者饮酒乐甚而放歌,歌中有所思慕;而客人相和的萧声,则流露出深沉的悲凉。以转入下面的主客问答。〕⑲愀然:悲愁形于颜色。⑳正襟危坐:语出《史记·日者列传》,即整衣端坐。㉑“月明”二句:诗见曹操《短歌行》。曹孟德:即曹操。㉒夏口:今武昌。㉓武昌:今湖北鄂城县。㉔缪:音义通缭,缭绕。㉕“此非”句:根据传说,言此处赤壁,不是当年曹孟德为周瑜所败的地方吗?㉖破荆州:汉末荆州,辖南阳,江夏等七郡。当时治所在襄阳。荆州牧刘表去世,其子刘琮于建安十三年降曹,于是曹操进入荆州。㉗下江陵:曹操得荆州,又败刘备于当阳长坂,攻下江陵。㉘舳舻千里:见《汉书·武帝纪》舳舻,战舰。言战舰首尾相衔,接连千里。㉙酾酒:洒酒为礼。㉚横槊:槊,一种长矛。元稹《唐故工部员外郎杜君墓系铭》:“曹氏父子鞍马间为文,往往横槊赋诗。”㉛渔樵于江渚之上:渚:江中小洲。言在江渚之间打柴捕鱼,过着清贫闲散的生活。暗示谪居。㉜匏尊:匏制酒樽。亦泛指饮器。㉝蜉蝣:一种朝生暮死的昆虫。此处比喻人生短暂。㉞沧海之一粟:大海中的一粒小米,比喻人的渺小。㉟须臾:片刻,短暂。㊱“挟飞仙”句:句谓携着神仙自在遨游。㊲“抱明月”句:谓和明月一起终古长存。㊳“知不可”句:谓知道不可能忽然实现。㊴“托遗响”句:谓只好把心中的惆怅寄托于悲风。〔上面第三段,借客人之口,怀古伤今,感慨韶华易逝,而事功难立。〕㊵“逝者”二句:言水尽管不断流逝,但并没有断流消失。㊶“盈虚”二句:言月尽管有圆有缺,但最终并没有增减变化。㊷“盖将”二句:从变化的角度来看,则天地万象的具体状态只是一瞬之间,转眼就会变化。㊸“自其不变”二句:从不变的角度来看，则宇宙永远存在，人和万物都无穷无尽。㊹无尽藏：无穷无尽的宝藏。〔上面第四段：主人——作者以水月为喻，阐述变与不变、物我无尽的哲理，和清风明月足可共享的高怀，以为客人排解。实亦作者自慰自解。〕㊺肴核：菜肴、果品。㊻枕藉：相倚相靠。㊼既白：破晓。〔上面第五段：主客回悲作喜，尽兴达旦。〕

后赤壁赋[①]

是岁十月之望[②]，步自雪堂[③]，将归于临皋[④]。二客从予[⑤]，过黄泥之坂。霜露既降，木叶尽脱，人影在地，仰见明月。顾而乐之，行歌相答[⑥]。

已而叹曰："有客无酒，有酒无肴。月白风清，如此良夜何？"客曰："今者薄暮，举网得鱼，巨口细鳞，状似松江之鲈。顾安所得酒乎[⑦]？"归而谋诸妇[⑧]。妇曰："我有斗酒，藏之久矣。以待子不时之须[⑨]。"

于是携酒与鱼，复游于赤壁之下。江流有声，断岸千尺[⑩]。山高月小，水落石出[⑪]。曾日月之几何，而江山不可复识矣[⑫]。予乃摄衣而上[⑬]，履巉岩[⑭]，披蒙茸[⑮]，踞虎豹[⑯]，登虬龙[⑰]。攀栖鹘之危巢[⑱]，俯冯夷之幽宫[⑲]。盖二客不能从焉[⑳]。划然长啸[㉑]，草木震动，山鸣谷应，风起水涌。予亦悄然而悲，肃然而恐，凛乎其不可久留也[㉒]。反而登舟，放乎中流，听其所止而休焉[㉓]。时夜将半，因顾寂寥。适有孤鹤，横江东来。翅如车轮，玄裳缟衣。戛然长鸣[㉕]，掠予舟而西也。

须臾客去，予亦就睡。梦一道士，羽衣翩跹[㉖]，过临皋之下，揖予而言曰："赤壁之游乐乎？"问其姓名，俯而不答。呜呼噫嘻[㉗]!我知之矣。畴昔之夜[㉘]，飞鸣而过我者，非子也耶？道士顾笑，予亦惊寤。开户视之，不见其处[㉙]。

【注释】①本篇也是文赋。写三月后再度乘舟夜游赤壁，着重写舍舟登岸的感受，并以仙鹤入梦作结，创造了一种幽峭、超绝的意境。——宋郎晔《经进东坡文集事略》于此篇末注："公元丰六年尝自书此赋后云：'黄州少西山麓，斗入江中，石色如丹。传云曹公败处所谓赤壁者。或曰：非也。时曹公败归，由华容路，路多泥泞。使老翁先行，践之而过。曰：刘备智过人而见事迟。华容夹道皆葭苇，使纵火，则吾无遗类也。今赤壁少西对岸，即华容镇，庶几是也。然岳州复有华容县。竟不知孰是？'"由此可见，东坡对于黄州赤壁一直抱着存疑的态度。②是岁：这年。承接前篇，即写《赤壁赋》的同一年，元丰五年。十月之望：阴历十月十五日。③雪堂：苏轼在黄州城外故营地东坡所建居处之正屋，因落成于雪天，且画雪景于四壁，故名雪堂。④临皋：黄州城外距江八十余步之驿亭。苏轼在黄州暂寓之所。因家口较多，经营东坡后，并未放弃。故此处说：从雪堂出来步行，将回返临皋。次年，又在临皋建南堂三间。⑤二客：可能是道士杨世昌与进士李委，一说是郭遘与古耕道。⑥行歌相答：边走边唱。⑦"顾安"句：顾：但。安所：何所。但哪儿才能得到酒呢？⑧谋诸妇：和妻子商量。妻子为苏轼继室，元配王弗的堂妹王闰之。⑨不时之须：即不定什么时候突然的需要。〔上面第一段：写月白风清的良夜，得鱼觅酒，乘兴重游赤壁。〕⑩断岸：陡岸。千尺：夸言其高。⑪水落石出：冬日江水退落，江边礁石突出。⑫"曾日月"二句：照应前游，言冬景大异秋景，才不过三月，原来观赏过的江山，竟不能认识了。⑬摄衣而上：撩衣登岸。⑭履巉岩：踏着险峻的山岩。⑮披蒙茸：分开丛杂的茂草。⑯踞虎豹：跨上状如虎豹的巨石。⑰登虬龙：登上矫若虬龙的古树。⑱"攀栖鹘"句：攀上猛禽鹘鸟栖宿的高巢。⑲"俯冯夷"句：俯临水神冯（凭）夷的幽宫。⑳"盖二客"句：点出独自登山。二客体力与兴致皆不如苏公，故不能伴随上去。㉑划然长啸：破空而起的清越的长啸。㉒凛乎：有点毛骨悚然的感觉。㉓"听其"句：听凭小舟漂流到哪儿便在哪儿停泊。㉔玄裳缟衣：孤鹤上体雪白，如着白绸上衣；下体灰黑，如着黑色裙裾。㉕戛然：鹤鸣的象声。〔上面第二段：写冬夜江景，及独登赤壁危岩的幽峭、孤寂感。〕㉖羽衣：羽毛制成的衣服。翩跹：步履潇洒。㉗呜呼噫嘻：感叹词。㉘畴昔之夜：昨天晚上。㉙"开户"二句：因仙鹤而梦道士，认道士为仙鹤：或是真梦，或是行文，皆源于《搜神后记》辽东仙人丁

令威化鹤还乡，与《集异记》青城道士徐佐卿化鹤带箭的传说。〔上面第三段：写仙人入梦，惝恍迷离，悠然意远。〕

快哉此风赋 并引

时与吴彦律、舒尧文、郑彦能各赋两韵，子瞻作第一第五①。

贤者之乐②，快哉此风③。虽庶民之不共④，眷佳客以攸同⑤。穆如其来，既偃小人之德⑥；飒然而至，岂独大王之雄⑦？

若夫鹢退宋都之上⑧，云飞泗水之湄⑨。寥寥南郭，怒号于万窍⑩；飒飒东海，鼓舞于四维⑪。固以陋晋人一吷之小⑫，笑玉川两腋之卑⑬。野马相吹，抟羽毛于汗漫⑭；应龙作处，作鳞甲以参差⑮。

【注释】①“时与”二句：此赋为联句体，即按律赋八韵，东坡与吴彦律、舒尧文、郑彦能各赋两韵，合为一篇。东坡作第一与第五韵，则吴、舒、郑三人可能分别作第二与第六、第三与第七、第四与第八韵。现仅留下东坡二韵，余已不传。（引）称“子瞻”，显系后人所加。按：元丰六年(1083)6月，张偓佺于黄州江边建成新居，筑有一亭，东坡为题“快哉亭”，并赋《水调歌头》以赠，结句云：“一点浩然气，千里快哉风。”又：舒尧文，名焕。熙宁十年(1077)东坡守徐州时，舒为徐州教授，与东坡唱酬颇密。东坡谪黄期间，舒可能曾来探望。因此，四人合赋，当是元丰六至七年(1083—1084)作于黄州快哉亭上。东坡两韵，一起一转，气象恢弘、豪迈，足使该赋含风树骨。②贤者：指快哉亭的主人张偓佺。③快哉此风：引宋玉《风赋》成句，指快哉亭所当江上之风。④庶民不共：宋玉《风赋》：“楚襄王游于兰台之宫，宋玉、景差侍。有风飒然而至，王乃披襟而当之曰：‘快哉此风！寡人所与庶民共者邪？’宋玉对曰：‘此独大王之风耳，庶人安得而共之？’”庶人：一般老百姓。一般老百姓尚不能于亭上共享此风。⑤眷：爱重，亲近。佳客：张偓佺所礼遇的佳宾，如在坐的苏、吴、舒、郑等。攸同：所同。⑥穆如其来：《诗经·大雅·烝民》：“穆如清风。”意谓陶冶人的性情，如清和的风化育万物。小人之德："君子之德风，小人之德草，草上之风必偃。"此句谓清风徐来，草木微俯，如君子之风，感化了小人之德。⑦飒然：风声，且表风来倏忽，风力稍强。岂独大王之雄：反用宋赋，说此风并不是仅仅属于大王的雄风。⑧若夫：发语词，说到那（领起以下四句）。鹢退宋都之上：鹢鸟为风所阻，退着飞过宋国都城之上。鹢：水鸟，似鹭鸶。《左传·僖公十六年》："六鹢退飞过宋都，风也。"⑨"云飞"句：风卷云飞于泗水之滨的沛县。汉高祖既定天下，还故乡沛县，宴父老，击筑自歌："大风起兮云飞扬，威加海内兮归故乡，安得猛士兮守四方。"湄：水滨。泗水流经沛县，泗水之湄，即沛县。⑩"寥寥"二句：南郭的寥寥长风，振动得万窍怒号。寥寥：悠长的风声。《庄子·齐物论》："（南郭）子綦曰：'夫大块噫气，其名为风。是唯无作，作则万窍怒号。'"⑪"飒飒"二句：东海的飒飒飘风，鼓荡到四面八方。飒飒：风声。四维：指东南、西南、西北，东北四隅。⑫"固以"句：承上，（与上述四种风相比）固然足以轻视戴晋人眼里吹一口气的声音是多么微小。《庄子·则阳》："惠子曰：'尧、舜，人之所誉也。道尧舜于戴晋人之前，譬犹一吷也。'"晋人：即戴晋人，魏国贤人。吷：吹气声，小而短的声音。吹气也成风，但其风甚微。陋：轻视。⑬"笑玉川"句：讪笑玉川所谓腋下之风，何其卑微。玉川：唐诗人卢仝自号玉川子。其《走笔谢孟谏议寄新茶》云："七碗吃不得也，唯觉两腋习习清风生。"⑭"野马"二句：野马：指浮游的云气。《庄子·逍遥游》："野马也，尘埃也。"成玄英疏："青春之时，阳气发动，遥望薮泽之中，犹如奔马，故谓之野马。"挟：裹挟，吹卷。汗漫：漫无边际。野马似的云气流动而成风，把羽毛吹卷得飘泊不定。⑮"应龙"二句：应龙：有翼的龙。作：起。应龙振翼飞起，风刮得它鳞甲参差。

黠鼠赋[①]

苏子夜坐，有鼠方啮[②]。拊床而止之[③]，既止复作。使童子烛之[④]，有橐中空[⑤]。嘐嘐聱聱[⑥]，声在橐中。曰："嘻！此鼠之见闭而不得去者也。”发而视之，寂无所有。举烛而索[7]，中有死鼠。童子惊曰：“是方啮也，而遽死耶[8]？向为何声[9]？岂其鬼耶？”覆而出之[10]，堕地乃走。虽有敏者[11]，莫措其手[12]。

苏子叹曰：“异哉！是鼠之黠也[13]。闭于橐中，橐坚而可穴也。故不啮而啮，以声致人[14]；不死而死，以形求脱也[15]。吾闻有生，莫智于人[16]。扰龙、伐蛟、登龟、狩麟[17]。役万物而君之[18]，卒见使于一鼠[19]。堕此虫之计中，惊脱兔于处女[20]，乌在其为智也[21]？”

坐而假寐[22]，私念其故[23]。若有告余者曰：“汝惟多学而识之[24]，望道而未见也[25]。不一于汝，而二于物[26]，故一鼠之啮而为之变也。人能碎千金之璧，不能无失声于破釜；能搏猛虎，不能无变色于蜂虿[27]。此不一之患也。言出于汝，而忘之耶？”

余俯而笑，仰而觉。使童子执笔，记余之作[28]。

【注释】①此赋作年难定。赋中具写老鼠狡猾，并反省人而见欺于鼠，缘于未能专心致志，故受扰于物。由描述而议论，于细事悟哲理，颇耐咀嚼。②啮：咬也。③拊床：拍床。④烛：以烛相照。⑤橐：囊橐，袋子。⑥嘐嘐：鼠啮物声或叫声。聱聱：通“嗷嗷”，亦像鼠叫声。⑦索：寻找。⑧是：这。遽：突然。⑨向：刚才。⑩覆：翻倒。⑪敏：敏捷，反应快。⑫措：动。〔以上第一段：橐中之鼠，装啮装死，骗人得脱。〕⑬黠：聪慧，狡猾。⑭“不啮”二句：不啮而装啮，用啮声引人注意。⑮“不死”二句：不死而装死，以死形求脱身。⑯“吾闻”二句：我听说有生命的动物，莫有比人更智慧的。⑰扰龙：扰，驯养。《左传》：蔡墨曰：“有夏孔甲，能扰龙。”伐蛟：《吕氏春秋》载：佽飞得宝剑，后涉江遇雨，有蛟夹绕其船，佽飞入水斩之。登龟：《大戴礼》：龟为介类之长，然不免有被人钻灼之患。狩麟：打猎。《孔丛子》载：“叔孙氏之车子鉏商，樵于野而获麟焉。”樵，一说狩。⑱“役万物”句：役使万物，而成为它们的主人（君）。⑲“卒见”句：最后却被一只老鼠所支使。⑳“惊脱兔”句：《孙子·九地》：“始如处女，敌人开户；终如脱兔，敌不及拒。”此处以处女比鼠之装死；以脱兔比鼠之疾逃。㉑乌在：何在。〔以上第二段：惊鼠之黠，叹人而见使于鼠。〕㉒假寐：打盹。㉓私念其故：暗地揣想其中的原因。㉔“惟多学”句：只是多方学习而积累了知识。㉕望道而未见：想望大道而没有真正领悟。㉖“不一”二句：不能使自己始终专心致志，而要受外物的干扰。㉗“人能”四句：人们往往能够有意地碎千金之璧而神色自如，却不能意外地听到锅子打破而不失声惊叫；能勇气百倍地和猛虎搏斗，却不能突为蜂虿所螫而不惊惶失色。㉘怍：惭愧。〔从见欺于鼠，领悟不能专心致志，故受扰于物的道理。〕

通其变使民不倦赋[1] 通物之变，民用无倦

物不可久，势将自穷[2]。欲民生而无倦，在世变以能通[3]。器当极弊之时，因而改作[4]；众得日新之用，乐以移风[5]。昔者世朴未分，民愚多屈[6]，有大人卓尔以运智，使天下群然而胜物[7]。凡可养生之具，莫不便安[8]；然亦有时而穷，使之弗郁[9]。下迄尧舜，上从轩羲[10]；作网罟以绝禽兽之害[11]，服牛马以纾手足之疲[12]。田焉而尽百谷之利[13]，市焉而交四方之宜[14]。神农既没，而舟楫以济也[15]；后圣有作，而弧矢以威之[16]。至贵也，而衣裳之有法[17]；至贱也，而臼杵之不遗[18]。居穴告劳，易以屋庐之美[19]；结绳既厌，改从书契之为[20]。如地也，草木之有盛衰；如天也，日星之有晦见[21]。皆利也，孰识其所以为利？皆变也，孰诘其所以制变[22]？五材天生而并用，或革或因；百姓日用而不知，以歌以抃[23]。岂不以俗狃其事，化难以神[24]？疾从古之多弊，俾由吾而一新[25]。观《易》之卦，则圣人之时可以见；观卦之象，则君子之动可以循[26]。备物致功，盖适推移之用；乐生兴事，故无怠惰之民[27]。及夫古帝既遥，后王继踵，虽或不由于圣作，而皆有适于民用[28]。以瓦屋则无茅茨之敝漏；以骑战则无车徒之错综[29]。更皮弁以圜法，周世所宜；易古篆以隶书，秦民咸共[30]。乃知制器者皆出于先圣，泥古者盖生于俗儒[31]。昔之然今或以否，昔之有今或以无[32]。将何以鼓舞民志，周流化区[33]？王莽之复井田，世滋以惑；房琯之用车

战，众病其拘[34]。是知作法何常，视民所便[35]。苟新令之可复，虽旧章而必擅[36]。神而化之，使民宜之，夫何懈倦[37]！

【注释】①此赋题目："通其变使民不倦"，取自《易·系辞下传》。不少观点、材料、词语，也从《系辞》中来。乃宋哲宗元祐元年(1086)针对执政司马光尽废新法、重归旧制而作。东坡主张通变，强调利民。既不同于王安石的激进革新，一意孤行；又不同于司马光的唯旧是宗，保守固执。过犹不及，允执其中。其精神是可取的，但在实际中难免左右碰壁。②"物不可久"二句：事物不可能长久如故，势将自然变化衰亡。③"欲民"二句：要使民众一生都不感到厌倦，就在于世事的变化而能通达。④"器当"二句：器物到了弊病百出的时候，就需要因此而改造。⑤"众得"二句：众人得到日新月异的功用，也就乐于改变旧的习惯。⑥"昔者"二句：上古时代，社会朴野，尚未开化，人民愚昧，多受自然环境的限制。分：开，开化。屈：受屈，受限制。⑦"有大人"二句：有伟大的首领卓越地运用智慧，使天下民众集群合力而制胜外物。⑧"凡可"二句：凡是可以用来奉养生命的器物，无不感到便利和安适。⑨"然亦有"二句：然而也有时无法应付，使人们心情不舒畅。弗：通"怫"。弗郁：即"怫郁"。悒郁，心情不舒畅。⑩"下迄"二句：往下到尧舜，往上从轩辕、伏羲开始。⑪"作网罟"句：制造兽网鱼网(进行渔猎)，以断绝禽兽的危害。《易·系辞下》："作结绳而为网罟，以佃以渔。"⑫"服牛马"句：驯养、驾驭牛马，以解除手足的疲劳。《易·系辞下》："服牛乘马，引重致远，以利天下。"⑬"田焉"句：开田耕种而尽得百谷的利益。《易·系辞下》："神农氏作，斫木为耜，揉木为耒，耒耨之利，以教天下。"⑭"市焉"句：设立集市，以交易四方的土特产。宜：土宜，特产。《易·系辞下》："日中为市，致天下之民，聚天下之货，交易而退，各得其所。"⑮"神农"二句：神农去世以后，又有人发明了舟楫以渡过江河湖海。《易·系辞下》："刳木为舟，剡木为楫，舟楫之利以济不通，致远，以利天下。"⑯"后圣"二句：后来的圣人又有新创造，作弓矢以威临天下。《易·系辞下》："弦木为弧，剡木为矢，弧矢之利，以威天下。"⑰"至贵"二句：最尊贵的帝王，以垂衣拱手，清静无为的方法治理天下。《易·系辞下》："黄帝、尧、舜垂衣裳而天下治。"⑱"至贱"二句：最卑贱的黎民，不离杵臼而借以为生。《易·系辞下》:“断木为杵,掘地为臼,杵臼之利,万民以济。”⑲“居穴”二句:窑洞太不方便,就换成木屋茅庐。《易·系辞下》:“上古穴居而野处,后世圣人,易之以宫室。上栋下宇,以待风雨。”⑳“结绳”二句:结绳记事既已厌烦,便改用文字。《易·系辞下》:“上古结绳而治,后世圣人,易之以书契,百官以治,万民以察。”㉑“如地”四句:(事物的兴起和没落)正如地上的草木有繁茂和衰败,如天上的太阳和星星有出现和隐没。㉒“皆利也”四句:新东西都觉得便利,但谁又了解它为什么便利;都弃旧从新地改变了,但谁又追究它因为什么而造成改变?㉓“五材”四句:金、木、水、火、土五种天生的材料,同时为人们所利用,而且利用的方法有继承,有创新;老百姓每天利用而不知其所以然,只是高兴得一边歌唱一边鼓掌。五材:金、木、水、火、土五行。抃:拍手。㉔“岂不”二句:岂不是因为人们习惯成自然,教化难以迅速见效。狃:习以为常。神:神速。㉕“疾从”二句:恨谨守旧法的弊病太多,希望使它因我而焕然一新。㉖“观《易》”四句:观看《易经》中的“卦”,则圣人所处的时代及社会情况可以想见;观看“卦”中的“象”,则君子的行动可以遵循。㉗“备物”四句:准备物质条件而取得成功,因正合推移转变的需要;热爱生活而兴办好事,所以就不会有懒惰的人民。㉘“及夫”四句:到了三皇五帝已经变得很遥远,后来的君主追随他们的足迹,有所创制,或许不是出于圣人所作,但都有适合于人们需用之处。㉙“以瓦屋”二句:以瓦屋而论,就不像早先的茅屋那么破旧而易漏;以骑兵作战来说,就不像早先的车战那么杂乱而不灵活。茨:以芦苇或茅草盖的屋顶。㉚“更皮弁”四句:把皮币换成金钱,这是适应周代的需要;把篆书改成隶书,这是秦朝老百姓共同的行动。皮弁:即皮币。圜法:原指流通财币的办法,这里代金属货币。㉛“乃知”二句:由上可知:制造新器具的,都出于圣人之徒;而拘守古法的,大都出于俗儒之间。㉜“昔之然”二句:古代是,今天可能成了非;古代有过的,今天可能已不存在。㉝“将何以”二句:将用什么启发民众的聪明才智,遍及于教化之区?㉞“王莽”四句:王莽恢复古代井田制度,使社会产生了混乱和疑惑;房琯采用车战,群众认为他的症结在于拘迂。王莽篡汉后,推行周朝的井田制度,归于失败;房琯在肃宗时以车战对付安禄山,结果在陈陶斜吃了败仗。㉟“是知”二句:由此可知:制定政策哪有一成不变的,关键须看对人民是否有利。日常：永久的，在一定条件下保持不变的。㊱“苟新令”二句：如果新的法令是可以继续施行的，那么即使是古老的章程也必须退让。复：重复，继续。擅：通“禅”，让也。㊲“神而化之”三句：神妙地因势变化，使人民感到适宜方便，那又有什么懈怠和厌倦？

延和殿奏新乐赋[1] 成德之老来奏新乐[2]

皇帝践祚之三载也[3]，治道旁达[4]，王功告成。御延和之高拱[5]，奏元祐之新声。翕然便坐之前，初观击拊[6]；允也德音之作，皆协和平[7]。自昔钟律不调[8]，工师失职[9]，郑卫之声既盛，雅颂之音殆息[10]。时有作者，仅存遗则[11]。于魏则大乐令夔[12]，在汉则河间王德[13]。俾后世之有考[14]，赖斯人之用力[15]。时移事改，嗟制作之各殊；昔是今非，知高下之孰得[16]？爰有耆德，适丁盛时，以谓乐之作也[17]，臣尝学之。顾近世之所用，校古人而失宜。岘下朴律[18]，犹有太高之弊；瑗改照尺[19]，不知同失于斯[20]。是用稽《周官》之旧法，而均其分寸；验太府之见尺，而审其毫厘[21]。铸器而成，庶几改数以正度[22]；具书以献，孰谓体知而无师[23]？时维帝俞[24]，眷兹元老。虽退身而安逸[25]，未忘心于论讨。铿然钟磬之调适，灿然笋虡之华好[26]。聊即便安之所，奏黄钟而歌大成[27]；行咏文明之章，荐英祖而享神考[28]。尔乃停法部之役，而众工莫与[29]；肄太常之业，而迩臣必陪[30]。天听聪明而下就[31]，时风和协以徐回。歌曲既登，将叹贯珠之美；韶音可合，庶观仪凤之来[32]。斯盖世格文明，俗跻仁寿[33]。天地之和既应[34]，金石之乐可奏[35]。延英旁瞩，念故老之不来[36]；讲武前临，消群慝之交构[37]。然则律制既立，治功日新。号令皆发而中节，磬管无闻于夺伦[38]。上以导和气于宫掖，下以胥悦豫于臣邻[39]。以清浊任意而相讥，何忧工玉[40]；谓宫商各谐而自遂，无愧晋臣[41]。呜呼！赵铎固中于宫商[42]，周尺仍分于清浊[43]。道欲详解，事资学博[44]。倘非夔、旷之徒[45]，孰能正一代之乐？

【注释】①此赋写于元祐三年(1088)，是东坡在朝任翰林学士、知制诰、兼侍读的“润色鸿业”之作。②成德之老：德行完美的老臣，此指范镇(1008—1088)。镇曾历仕仁、英、神、哲四朝。《宋史》卷一二八：元祐三年，范镇“上其所制乐章三，铸律十二，编钟十二，镈钟一，衡一，尺一，斛一，响石为编磬十二，特磬一，箫、笛、笙、篪、巢笙和笙各二，并书及图法。帝与太皇太后御延和殿，诏执政、侍从、台阁、讲读官皆往观焉。”③践祚：及位。三载：元祐三年。④旁达：普及全国。⑤延和：宋宫殿名。高拱：高大的殿堂。⑥翕然：随顺貌。便坐：臣子们的旁坐。击拊：重叩为击，轻叩为拊。泛指演奏。⑦允也：诚然。德音：颂德之乐。《礼记·乐记》：“天下大定，然后正六律，和五声，弦歌诗颂，此之谓德音。”⑧自昔：自古代以来。钟：编钟，古乐器。律不调：音不准。⑨工师：制乐器的匠师。⑩郑卫之声：春秋战国时郑国和卫国的音乐，当时被认为放荡庸俗。雅颂之声：周朝盛世之音。殆息：几乎衰亡。⑪作者：指雅乐作者。遗则：流传下来的典制。⑫大乐令夔：魏大乐令杜夔。《三国志·魏志·杜夔传》：“远考诸经，近采故事，教习讲肄，备作乐器，绍复先代古乐，皆自夔始。”⑬河间王德：汉河间王刘德，景帝子。崇文好古，曾向武帝献雅乐。谥献王。⑭有考：有资料可考。⑮斯人：此人，指杜夔、刘德。⑯“时移”四句：后世改制乐律，纷纭淆乱。⑰耆德：耆老有德之人，指范镇。丁：当。盛时：谀称当时。乐之作：乐律之制作。⑱岘下朴律：岘：和岘，字晦仁，宋太祖时为太常博士。朴：王朴，字文伯，周世宗时任比部郎中。《宋史》卷一二七：“国初亦循用王朴、窦俨所定周乐，太祖患其声高，遂令和岘减一律。”⑲瑗改照尺：瑗：胡瑗，字翼之。照：李照，景祐中曾铸编钟，改乐律，献新乐。《宋史》卷一二六：“故景祐中有李照乐。未几，谏官、御史交论其非，竟复旧制。其后召侍从、礼官参定声律，阮逸、胡瑗实预其事，更造钟磬，止下一律，乐名《大安》。”尺：工尺谱上表示声调的名称。⑳同失于斯：斯，此。同样错在于此(太高)。以上是范镇对前朝改律的评论。㉑是用：用是，因此。(以下是范镇自述其作法。)《周官》：即《周礼》。均其分寸：调整乐器的分寸规格。太府：宫廷藏财物的机构。现尺：现在的工尺谱(乐谱)。审其毫厘：

审正乐律的毫厘之差。㉒“庶几”句：改订乐器的长短、大小、厚薄之数，以审正乐律的高下之度。㉓具书以献：《宋史》卷一二八：“镇为《乐论》，其自叙曰：‘后考《周官》《王制》、司马迁《书》、班氏《志》，得其法，流通贯穿，悉取旧书，掇其要，作为八论。’”体知：体会揣知。㉔时维帝俞：维，助词。俞：然。当时，皇帝深以为然。㉕“虽退身”句：范镇因反对王安石新法，已于神宗朝致仕。哲宗即位，拜端明殿学士，提举中太乙宫兼侍读。恳辞不就，改提举崇福宫。㉖笋虡：古代悬钟磬的架子。㉗黄钟：十二律的第一律。《大成》：范镇所献三曲之一。《宋史》卷一二八：范镇“以《文明》之曲献祖庙，以《大成》之曲进皇帝，以《万岁》之曲进太皇太后。”㉘文明之章：即献祖庙的文明之曲。荐：献。享：祀。英祖：英宗，哲宗之祖。神考：神宗，哲宗之父。㉙尔乃：那就。停法部之役：停下法曲的排练演奏。法部：法曲，道教音乐。众工莫与：乐工们不再参与。㉚肄太常之业：学习太常雅乐（范镇新乐）的艺业。太常：官名，掌礼乐郊庙社稷事宜。㉛天听：上天（天帝）的听闻，亦指皇帝的听闻，此处皆可通。㉜韶：虞舜的音乐。仪凤之来：《书·益稷》：“箫韶九成，凤凰来仪。”此处借以赞美新乐。㉝斯盖：这大概是。世格文明：社会达到文教昌明。格：到。俗跻仁寿：风俗走上仁爱和长寿。《汉书·礼乐志》：驱一世之民，济之仁寿之域。㉞“天地”句：天地既已相应而生和气。㉟金石之乐：金石：原指金属与石料所制的乐器，此指美好的新乐。㊱延英：殿名。唐宋大臣奏对之处。旁瞩：往两旁瞧看。故老：耆德大臣。㊲讲武：讲武堂。前临：亲临。群慝：各人的私心邪念。交构：交相构陷。㊳磬管：磬管等乐器所奏之乐音。夺伦：前后错乱。《尚书·尧典》：“八音克谐，无相夺伦。”㊴胥：相与，协调。此二句言雅乐对宫庭内外的感化作用。㊵“以清浊”二句：有了标准的乐律，制造玉磬（乐器）的玉工再不致以磬声的清浊不规范而互相指摘，从此不再担忧。㊶“谓宫商”二句：认为从此宫商五音和谐而感到满足，无愧于掌管音乐之臣。自遂：自我满足，自得。㊷“赵铎”句：赵国的大铃本来符合宫商。铎：木柄大手铃。中(zhòng)：符合。㊸“周尺”句：周朝制律的尺度原本区分清浊。㊹道：音乐的原理。事：乐律、乐器的具体细节。㊺夔：尧、舜时主管音乐的臣子。旷：师旷，春秋时晋国的盲乐师。

明君可与为忠言赋[1] 明则知远，能受忠告

臣不难谏，君先自明。智既审乎情伪，言可竭其忠诚[2]。虚己以求，览群心于止水；昌言而告，恃至信于平衡[3]。君子道大而不回[4]，言出而为则[5]。事父能孝，故可以事君；谋身必忠，而况于谋国[6]。然而言之虽易，听之实难。论者虽切，闻者多惑[7]。苟非开怀用善，若转丸之易从；则投人以言，有按剑之莫测[8]。国有大议，人方异词[9]。佞者莫能自直，昧者有所不知[10]。虽有智者，孰令听之[11]？皎如日月之照临，罔有遁形之蔽[12]；虽复药石之瞑眩，曾何苦口之疑[13]。盖疑言不听，故确论必行；大功可成，故众患日远[14]。上之人闻危言而不忌，下之士推赤心而无损[15]。岂微忠之能致，有至明而为本[16]。是以伊尹丑有夏而归亳，大贤固择所从[17]；百里愚于虞而智秦，一身非故相反[18]。噫！言悦于目前者，不见跬步之外；论难于耳顺者，有以百年而兴[19]。苟其聪明蔽于嗜好，智虑溺于爱憎；因其所喜而为善，虽有愿忠而孰能[20]？心苟无邪，既坐瞻于百里；人思其效，将或锡之十朋[21]。彼非谓之贤而欲违，知其忠而莫受[22]。目有眯则视白为黑，心有蔽则以薄为厚[23]。遂使谀臣乘隙以汇进，智士知微而出走[24]。仲尼不谏，惧将困于妇言；叔孙诡辞，畏不免于虎口[25]。故明主审逊志之非道，知拂心之谓忠[26]。不求耳目之便，每要社稷之功[27]。有汉宣之贤，充国得尽破羌之计[28]；有魏明之察，许允获申选吏之公[29]。大哉事君之难，非忠何报[30]？虽曰伸于知己，而无自辱于善道[31]。《诗》不云乎？哲人顺德之行，可以受话言之告[32]。

【注释】①此赋作于东坡在京任职并兼翰林侍读时期。赋中从君与臣两个方面，反复论述君明臣忠的道理。情辞恳切，语重心长。是一篇赋体的策论。②“智既”二句：（君主的）智慧能审察真情和伪善，（臣子的）进言才能竭尽他所有的忠诚。③“虚己”四句：（君主）虚心求谏，如一泓静水

一样照见众人的心迹；(臣子)则以直言相告，仗恃着自己的公平正直能博得最高的信任。止水：静止因而澄澈的水，以比心的虚静，能鉴万物。《庄子·德充符》："仲尼曰：'人莫鉴于流水而鉴于止水，惟止能止众止。'"昌言：善言，光明正大之言。④大而不回：正大而不回曲。⑤为则：作为行为的准则。⑥"谋身"二句：考虑自身的事也必须认真，何况是考虑国家大事。⑦"论者"二句：谈论者虽很剀切，而听受者却多生疑惑。⑧"若非"四句：如果不是敞开怀抱，采纳善言，好像转动的弹丸那么容易顺从；则给人以忠言，将如面对按剑相向那样死生莫测。⑨"国有"二句：国家有大事商议，人们正各执一词。⑩"佞者"二句：巧言佞色者不能够自成正直，必有奸言；昧于事理者总是有所不明白。⑪"虽有"二句：虽有明智的人，叫谁听他呢？孰令：令谁(孰)。⑫"皎如"二句：这时君主若清朗得像日月照临，则少有佞者遁身潜藏的弊端。⑬"虽复"二句：即使臣下的善言像药石似的使人昏眩，但也不会怀疑苦口之为良药。⑭"盖疑言"四句：因为可疑之言决不听信，所以确当的议论必然通行；因为大功可以完成，所以众人的顾虑自会消失。⑮"上之人"二句：在上之君听到严重的话不加忌讳，在下之士才会贡献赤心而不受损伤。⑯"岂微忠"二句：岂臣下微小的忠诚能够达到这样？只因为有君主的最高英明作为根本。⑰"是以"二句：因此伊尹以夏桀为丑恶而毅然返亳归属成汤，大贤自然要选择他所追随的君主。伊尹：名挚，商汤的丞相。早先，伊尹力田，商汤三请相辅，皆未答应。后来伊尹去夏，目睹夏桀的暴虐淫乱，便毅然返亳辅佐商汤。⑱"百里奚"二句：百里奚在虞国显得平庸，而到秦国却表现得很智慧，前后同一个人并非故意相反。百里奚：虞人，曾为虞国大夫，无甚表现。后成为楚国俘虏，被秦穆公以五张羊皮换得，却辅穆公而成霸业。⑲"言悦"四句：对眼前亲近之言乐于倾听的，往往看不到半步之外；对于阅历丰富之人的论述和诘难能够采纳的，往往能得到百年的兴旺。耳顺：六十而耳顺。六十的人往往经验丰富，洞明世事，练达人情。⑳"苟其"四句：如果他的聪明被个人嗜好所蒙蔽，他的智虑沉没于个人的爱憎；因为他个人喜欢就认为是好的，那么，虽有愿意贡献忠诚者，而又有谁能做到呢？㉑"心苟"四句：如果心正无邪，便能坐见百里；那么，人人都想为他效力，或将会给予十朋之龟使他永远"贞吉"。十朋：十朋之龟，即十类龟，意味着无往不吉，好运无限。㉒"彼非”二句：他不是既认为贤而又不肯接近，既认为忠而又不肯听从。㉓“目有”二句：眼睛进了灰沙，就会以白当黑；心有所蔽，就会把轻薄当厚重。㉔“遂使”二句：这就会使阿谀谄媚之臣，钻空子争先涌进，智慧之士发觉危机而趁早脱身。㉕“仲尼”四句：孔子不劝谏鲁君，是害怕受到女子的谗害。《史记·孔子世家》记载：孔子为鲁司寇，齐人惧，选八十美女送鲁君，鲁君因此荒废政事。孔子不再进谏，即离鲁国周游，并作歌道：“彼妇之口，可以出走；彼妇之谒，可以死败。”叔孙通用假话应付秦二世，是怕不免落入虎口。《史记·刘敬叔孙通列传》载：叔孙通在秦为待诏博士，陈胜反，秦二世召博士儒生问。三十余人认为反叛，应急发兵击之。二世怒，作色。叔生通前曰：“诸生言皆非也。今天下合为一家，毁郡县城，铄其兵，示天下以不复用。且明主在其上，法令具于下，使人人奉职，四方辐辏，安敢有反者！此特群盗鼠窃狗盗耳，何足置之齿牙间！郡守尉今捕论，何足忧！”二世喜曰：“善！”后言反者下吏，言盗者罢之，而叔孙通独获赏，拜博士。诸生责其谀，通曰：“我几不脱于虎口！”乃逃亡。㉖“故明主”二句：所以英明的君主洞察隐瞒己见、一味逢迎的不是正人君子，知道敢违反君王心意、提出不同意见的，才是义士忠臣。㉗“不求”二句：明主不追求自己耳目的方便快适，而要求对社稷见效奏功。㉘“有汉宣”二句：有汉宣帝这样的贤王，老臣赵充国才能尽情施展大破西羌的计谋。事见《汉书》卷六十九。㉙“有魏明”二句：有魏明帝的明察善断，许允才能充分表现选用官吏的大公无私。㉚“大哉”二句：重大啊！侍奉君王的艰难，除非尽忠竭诚，何以为报？㉛“虽曰”二句：虽说是伸述怀抱于知己，但也是为了不在善道上有所污损。㉜“《诗》不云”三句：《诗·大雅·抑》：“其维哲人，告之话言，顺德之行。”此颠倒为用：因为他是明德的人，能按美德行事，所以人们才以话言（善言）告诉他。

三法求民情赋[①] 王用三法[②]，断民得中

民之枉直难其辩，王有刑罚从其公[③]。用三法而下究，求舆情

而上通[④]。司刺所专，精测浅深之量；人心易晓，断依狱讼之中[⑤]。民也性失而习奸邪，讼兴而干狱犴[⑥]。残而肌肤，不足使之畏；酷而宪令，不足制其乱[⑦]。故先王致忠义以核其实，悉聪明以神其断[⑧]。盖一成既不可变，所以尽心于刑；此三法以求民情，孰有不平之叹[⑨]？若夫老幼之类，蠢愚之人，或过失而冒罪，或遗忘而无伦，或顽而不识，或冤而未伸[⑩]。一蹈禁网，利口不能肆其辩；一定刑辟，士师不得私其仁[⑪]。孰究枉弊，孰明伪真[⑫]？刑宥舍以尽公，与原其实；轻重中而制法，何滥于民[⑬]。虽入钧金，未可谓之坚；虽入束矢，孰可然其直[⑭]？召伯之明，犹恐不能以意察；皋陶之贤，犹恐不能以情得[⑮]。必也有秋官之联，赞司寇之职[⑯]。臣民以讯，谳国宪以何疑；宽恕其愆，断人中而无惑[⑰]。然则圜土之内，听有狱正之良；棘木之下，议有九卿之详[⑱]。五辞以原其诚伪，五声以观其否臧[⑲]。尚由哀矜而不喜，悼痛以如伤[⑳]。三宽然后制邦辟，三舍然后施刑章[㉑]。盖念罚一非辜，则民情郁而多怨；法一滥举，则治道汩而不纲[㉒]。故折狱致刑，本“丰亨”而御世；赦过宥罪，取“解象”以为王[㉓]。得非君示天下公，法与天下共[㉔]？当赦则赦，奸不吾惠；可杀则杀，恶非汝纵[㉕]。议狱缓死，以《中孚》之意；明罚敕法，以《噬嗑》之用[㉖]。彼吕侯作训，赦者止五刑之疑；而《王制》有言，本此听庶人之讼[㉗]。噫！刑德济而阴阳合，生杀当而天地参[㉘]。后世不此务，百姓无以堪[㉙]。有苗之暴，以虐民者五；叔世之乱，以酷民者三[㉚]。因嗟秦氏之峻刑，丧邦甚速；倘踵周家之故事，永世何惭[㉛]。大哉！唐之兴三复其刑，汉之起三章而法[㉜]。皆除三代之酷暴，率定一时之检押[㉝]。然其犹夷族之令而断趾之刑，故不及前王之浃洽[㉞]。

【注释】①此赋题目与主要材料来自《周礼·秋官》。因此，当是东坡于元祐初任翰林侍读时，给哲宗讲书的副产物。虽然所谓“三法”自西周迄有宋，未必真正实行过，但其主张刑狱必须严肃、公正、清明、宽厚的精神，还是难得的。②三法：《周礼·秋官》“司刺：掌三刺、三宥、三赦之法，以赞司寇听狱讼。一刺曰讯群臣，再刺曰讯群吏，三刺曰讯万民。一宥曰不识，再宥曰过失，三宥曰遗忘。一赦曰幼弱，再赦曰老旄，三赦曰蠢愚。此三法者求民情，断民中，而施上服、下服之罪，然后刑杀。”刺，探听，探询。讯，问。旄，耄。③“民之”二句：民众的曲直难以辩明，国王的刑法须力求公正。④“用三法”二句：用三法——一讯群臣，二讯群吏，三讯万民，而往下探究案情的真相，以求得下面群众的舆论能够上达。⑤“司刺”四句：这是司刺所负的专职，必须精心测量案情的浅深程度；人心容易理解，判决必须依照狱讼的公平正中。司刺：《周礼》谓司寇的属官，三法三宥三赦的执掌者。⑥“民也”二句：民众有时失掉善良的本性而习染奸邪，于是出了官司而进了监狱。犴：监狱。⑦“残而”四句：摧残肌肤，不足以使他们恐惧；严刑峻法，不足以制止他们的捣乱。⑧“故先王”二句：因此，先王委派忠义之士以查核其真情实况，用尽聪明以求断狱如神。⑨“盖一成”四句：因为案件已经发生，既然无可改变，便尽心于审判与量刑；用这三法以求案件的真相和群众的反映，谁还会有冤屈不平的感叹？⑩“若夫”六句：若那衰老、幼稚之类，愚蠢弱智之人，以及或因无心的过失而犯罪，或因一时丧失记忆而乱了伦常，或愚顽而不识法度，或含冤负屈而未能伸雪。⑪“一蹈”四句：他们一旦陷入法网，就是再锋利的嘴巴，也不能随心所欲地施展舌辩；一朝定了刑法，就是执掌施刑的士师也不能私自宽大减刑。⑫“孰究”二句：谁能追究刑狱中的弊病，谁能判明案情的假真？⑬“刑宥”四句：施刑、宽减或不追究都出于公道，因为查清了事实；按照轻、重、中的情况而制定法律细节，怎么会滥加于人民？⑭“虽入”四句：打官司的虽然预交了三十斤金，尚不能说他就很坚决；虽然交纳了一捆箭，谁又可以相信他就有理。钩金：当为钧金，即三十斤金。《周礼·秋官》载：诉讼者，须“人钧斤，三日乃致于朝，然后听之。”或“入束矢于朝，然后听之。”这是先交保证金，以表明其态度的坚决。⑮“召伯”四句：就以召伯那样精明，犹恐怕不能以个人之意来审察；以皋陶那样的贤能，还恐怕不能以通常情理来推得。召伯：即召公奭，周文王庶子，曾与周公一起辅佐成王。皋陶：东夷首领，在虞舜时曾掌刑法。⑯“必也”二句：必须要有司法官员的群贤策力，辅助长官司寇履行职责。⑰“臣民”四句：既向官员和民众都作了调查了解，按照国家法律审判案子，就再无可疑；有情可原的都酌量宽恕，判决的不偏不倚，也就无须惶惑。愆：罪过。⑱“然则”四句：那么，在监狱之内，听案的有监狱长的贤良；法庭之上，参与议罪的有九卿那样的明察。圜土：监狱。狱正：监狱长。棘木：原义是小枣树。古代听讼于其下，故后称法庭为“棘木之下”。九卿：周代中央政府各部门的九位首长：少师、少傅、少保、冢宰、司徒、司空、司马、司寇、宗伯。⑲“五辞”二句：根据“五辞”以推究涉讼人的真诚和虚伪，根据“五声”以观察涉讼人的善良和邪恶。五辞：又叫“五听”，是一种听讼断案的方法。五声：辞、色、气、耳、目。《周礼·秋官》：“以五声听狱讼，求民情：一曰辞听，二曰色听，三曰气听，四曰耳听，五曰目听。”⑳“尚由”二句：还由于怜悯犯法者而闷闷不乐，由于哀惋遭刑者而如伤亲人。㉑“三宽”二句：通过“三宥”然后才判以国法，通过“三赦”然后才按律施刑。三宽：即三宥。邦辟：国法。三舍：三赦。㉒“盖念”四句：想到惩罚了一个无罪的，则民众情绪会感到压抑而怨愤；制裁一个受诬告的，则国家的治安将混乱而不清明。非辜：无罪。滥举：受诬告。㉓“故折狱”四句：所以审判案件施行刑罚，是依据“丰亨”的卦象而处理世事的；赦免过错，宽恕罪人，是采取“解”的卦象为主宰的。丰：二十四卦之一，离下震上。其象辞：丰，亨。象曰：雷电皆至，君子以折狱致刑。解：六十四卦之一，坎下震上。象曰：雷雨作，解，君子以赦过宥罪。㉔“得非”二句：岂不是君王昭示天下以大公无私，法律要与天下共同遵守？㉕“当赦”四句：应该赦免的就赦免，我决不给奸人以恩惠；应该杀戮的就杀戮，你不放走真正的恶棍。㉖“议狱”四句：议论案情，减缓死刑，是《中孚》卦中之意；严明刑罚，整饬法纪，是《噬嗑》卦的应用。《中孚》：六十四卦之一，兑下巽上。象曰：泽上有风，中孚，君子以议狱缓死。《噬嗑》：六十四卦之一，震下离上。象曰：亨。利用狱。㉗“彼吕侯”四句：吕侯为赎刑之法作说明，把五刑的疑点全都解得很清楚；《礼记·王制》里对于刑狱有原则的规定，可依据它以听百姓的诉讼。吕侯：亦称甫侯，周穆王时任司寇，曾为夏禹赎刑之法作说明，颁布全国。《王制》：《礼记》中的一篇，概论王朝制度，百官职责。对于刑狱，曾说：“司寇正刑明辟，以听狱讼”等。㉘“刑德”二句：德化和刑禁相辅相济而使阳阴和畅，赦生和杀戮得当而使天地与道并列为三。㉙“后世”二句：后世不这样努力去做，致使百姓痛苦不堪。㉚“有苗”四句：古代有苗氏的残暴，表现在其虐杀人民的竟有五条；衰世的混乱，表现在其酷害人民的竟有三辟。有苗氏：又称三苗，古苗族。《文献通考·封建考·周封建之制》载：“有苗氏，缙云氏之后，作五虐之刑，杀戮无辜。”五虐为截耳、截鼻、椓阴、黥面，外加无辜受刑。叔世：衰世。酷民者三：酷害人民的有三代的刑法。即夏朝的禹刑、商朝的汤刑、周朝的九刑。《汉书·刑法志》：“三辟之兴，皆叔世也。”辟：法。㉛“因嗟”四句：叹息秦朝因用严刑峻法，而亡国甚速；如果沿用周朝的旧例，则将千秋万代而无可羞惭。周家之故事：即指“三法以求民情”。故事：旧规。㉜“大哉”三句：伟大啊！唐所下的死刑须经三次复查奏闻的诏令，汉代高祖入咸阳的约法三章。三复其刑：唐太宗后悔误杀大理丞张蕴古，于是下令：“死刑虽令即决，皆三复奏。”见《新唐书》卷五十六。三章而法：汉兴，高祖初入关，约法三章曰：杀人者死，伤人及盗抵罪。”见《汉书》卷二十三。㉝“皆除”二句：皆废除了三代末期的残酷暴虐，大致决定了一个时期的法规。率定：大致决定。检押：规矩。㉞“然其”二句：但是，它们还有诛灭三族的法令和斩掉脚趾的刑罚，所以不及古代帝王宽厚仁爱。夷族：《汉书》卷二十三：“汉兴之初，虽有约法三章，网漏吞舟之鱼，尚有夷三族之令。”断趾之刑：同上：“当三族者，皆先黥，劓，斩左右止（趾），枭其首，菹其骨肉于市。”浃洽：沾润周到，引申为宽厚仁爱。

六事廉为本赋[①] 先圣之贵廉也如此

事有六者，本归一焉[②]。各以廉而为首，盖尚德以求全[③]。官继条分，虽等差而立制；吏功旌别，皆清慎以居先[④]。器尔众材，由吾先圣[⑤]。人各有能，我官其任[⑥]；人各有德，我目其行[⑦]。是故分为六事，悉本廉而作程；用启庶官，俾厉节而为政[⑧]。善者善立事，能者能制宜。或靖恭而不懈；或正直而不随；法则不失；辨别不疑[⑨]。第其课兮，事区别矣；举其要兮，廉一贯之[⑩]。蔽吏治之否臧，必旌美效；为民极之介洁，斯作丕基[⑪]。所谓事者，各一人之攸能；所谓贤者，通众贤之咸暨[⑫]。拟之网罟，先纲而后目；况之布帛，先经而后纬[⑬]。

于冢宰处八法之末，厥执既分；在西京同大孝之科，于斯为贵[14]。乃知功废于贪，行成于廉[15]。苟务渎货，都忘属厌[16]。若是则善与能者为汗而为滥，恭且正者为诐而为憸；法焉不能守节，辨焉不能明贤[17]。故圣人恶彼败官，虽百能而莫赎；上兹洁行，在六计以相兼[18]。此盖周公差次之，小宰分掌者[19]。考课则以是黜陟，大比则以为用舍[20]。彼六条四曰洁，晋法有所亏焉；四善二为清，唐制未之得也[21]。曷曰独标兹道，分贯其余[22]？始于善而迄辨，皆以廉而为初[23]。念厥德之至贵，故他功之莫如[24]。譬夫五事冠于周家，闻之诗雅；九畴统之皇极，载自箕书[25]。噫！绩效皆烦，清名至美[26]。故先责其立操，然后褒其善理[27]。是以古者之治，必简而明，其术由此[28]。

【注释】①此赋可能是元祐初作于汴京。所赋的“廉为本”，是古今官场最关键的问题。东坡耿耿丹心，于今犹烈。②“事有”二句：事情有六条，而其根本则归于一条。六事：《周礼·天官·小宰》：“以听官府之六计，以弊群吏之治：一曰廉善，二曰廉能，三曰廉敬，四曰廉正，五曰廉法，六曰廉辨。”所谓六事，即：善（善良），能（能干），敬（恭敬），正（正直），法（守法），辨（明察）。六事，是官吏应具的六项素质和应有的六项表现，也是上司进行考查的六条标准和六个方面。计，结算，清算。弊，裁断。官府通过对官吏的善、能、敬、正、法、辨六个方面表现的清算，来裁决他的善恶。廉：是考察，查访。东坡有意无意地把“廉”理解为清廉，而把它看作六事的根本。③“各以”二句：六事——廉善、廉能、廉敬、廉正、廉辨，各自皆以“廉”为首字，大概因为首先要崇尚品德，然后才要求全面的素质。④“官继”四句：官吏的继任或升降，虽分条列款，建立了等级差别的制度，但吏治功绩的旌表和鉴别，却把清廉和谨慎放在前边。⑤“器尔”二句：器重、任用各种人材，已由我们的先圣订立了标准。⑥“人各有能”二句：人各有其不同的才能，我因其才能委以不同官职。⑦“人各有德”二句：人各有其不同的品质与道德，我就注意他的具体行为。⑧“是故”四句：因此分为六个方面，全部以清廉为根本而列为规范，用它来教育百官，使他们砥砺节操而履行政务。⑨“善者”六句：善良者善于创立事项；能干者能够因势制宜；

或者恭敬谨慎而不玩忽职守；或者方刚正直而不俯仰随人；守法者不会失轻失重；明察者不会临事犹疑。靖：恭敬。⑩“第其”四句：品第其项目，六事就有区别了；抓其纲要，那就是用廉洁来贯穿其中。⑪“蔽吏治”四句：裁定官吏治绩的好坏，必定表扬美好的成效；成为民众准则的廉洁，以此作为大的根基。蔽：裁断。极：准则。丕：大。⑫“所谓”四句：所谓“事”，是指每个人各自的擅长；所谓“贤”，应是诸位贤者所共具的品德。⑬“拟之”四句：比之于网罟，是先有大纲，然后才是细目；比之于布帛，是先有经线，然后再有纬线。⑭“于冢宰”四句：对于天官冢宰来说，“官计”（官府之六计）处于治官府“八法”的末位，其执掌已经分给小宰；在西汉时代，清廉和大孝同为一科（孝廉），对此是十分重视的。《周礼·天官·大宰》：（大宰之职）以八法治官府：一曰官属，以举邦治；二曰官职，以辨邦治；三曰官联，以会官治；四曰官常，以听官治；五曰官成，以经邦治；六曰官法，以正邦治；七曰官刑，以纠邦治；八日官计，以弊邦治。”“官计”已见注。听官府六计，由小宰分管。厥：其。执：执掌，主管。西京：长安。西汉都长安，故以西京代西汉。西汉选拔人材，叫“举孝廉”。可见其以孝与廉为官宰必具的品质。⑮“乃知”二句：可知官吏的事功荒废于贪污，德行完成于廉洁。⑯“苟务”二句：如果追求财贿，就永无饱足的时候。渎货：受贿。《春秋左传》“晋有羊舌鲋者，渎货无厌，亦将及。”属厌：满足。⑰“若是”四句：假若这样，那么善良和能干的就变成了贪污受贿而肆无忌惮，恭敬而正直的就变成了邪恶和阴险，知法者不能严守节操，明辨者不知贤与不肖。⑱“故圣人”四句：所以圣人憎恶那种腐败的官吏，虽有百般能耐也不饶恕；崇尚这种清廉的品行，要求六种素质——善、能、敬、正、法、辨，都须与廉相结合。⑲“此盖”二句：这是周公所排比规定，由小宰分管的。相传周公姬旦著《周礼》，故如此说。⑳“考课”二句：小的考查就以此决定升降，大的考核就以此决定用否。㉑“彼六条”四句：那所谓“六条”，第四条才叫“洁”，说明晋国的法规有所亏损；所谓“四善”，第二方是“清”，可见唐朝的制度不能算是完美。六条：《晋书·武帝纪》载：诸郡中正以六条举贤才：一忠恪匪躬，二孝敬尽礼，三友于兄弟，四洁身劳谦，五信义可风，六学以为己。四善：《旧唐书·职官志》载：唐代考课法中的四种善行：一德义有闻，二清慎明著，三公平可称，四恪勤匪懈。㉒“曷曰”二句：为什么说特举清廉之道，分别贯穿其余六事？曷：何，为什么。㉓“始于”二句：从“善”直到“辨”，都以“廉”为其出发点。㉔“念厥德”二句：细想清廉这种品德的至尊至贵，即知其它的成绩都不能相比。㉕“譬夫”四句：譬如周代把“五事”看得最重要，我们从《诗·雅》里可以知道；用《九畴》作为皇帝治国的准则，记载于箕子所作的《洪范》。㉖“绩效”二句：官吏们的功劳多种多样，十分繁杂；而其中以“清廉”的名声最为美好。㉗“故先”二句：所以先要求他们建立清操，然后才表扬他们善于理政。㉘“是以”二句：因此古代的治国，必定简要而又明确，其方法就出于此。

复改科赋[1]

新天子兮[2]，继体承乾[3]。老相国兮[4]，更张孰先[5]？悯科场之积弊，复诗赋以求贤。探经义之渊源，是非纷若[6]；考辞章之声律[7]，去取昭然。原夫诗之作也[8]，始于虞舜之朝；赋之兴也，本自两京之世[9]。迤逦陈、齐之代，绵邈隋、唐之裔[10]。故遒人徇路，为察治之本[11]；历代用之[12]，为取士之制。追古不易，高风未替[13]。祖宗百年而用此，号曰得人[14]；朝廷一旦而革之，不胜其弊[15]。谓专门足以造圣域[16]，谓变古足以为大儒[17]。事吟哦者为童子，为雕篆者非壮夫[18]。殊不知采摭英华也，簇之如锦绣[19]；较量轻重也，等之如锱铢[20]。韵韵合璧[21]，联联贯珠[22]。稽诸古其来尚矣[23]，考诸旧不亦宜乎？特令可畏之后生，心潜六义[24]；伫见大成之君子，名振《三都》[25]。莫不吟咏五字之章[26]，铺陈八韵之旨[27]。字应周天之日兮，运而无积[28]；苟合一岁之月兮，终而复始[29]。过之者成疣赘之患；不及者贻缺折之毁[30]。曲尽古人之意，乃全天下之美。遭逢日月，忻欢者诸子百家[31]；抖擞历图，快活者九经三史[32]。议夫赋曷可已，义何足非[33]。彼文辞泛滥也，无所统纪[34]；此声律切当也，有所指归[35]。巧拙由一字之可见，美恶混千人而莫违[36]。正方圆者必藉于绳墨[37]，定隐括者必在于枢机[38]。所以不用孔门，惜扬雄之未达[39]；其逢汉帝，嘉司马之知微[40]。噫！昔元丰之《新经》未颁[41]，临川之《字说》不作[42]，止戈为武兮，曾试于京国；通天为王兮，必舒于禁篇[43]。孰不能成始成终，谁不道或详或略[44]。秋闱较艺，终期李广之双雕[45]；紫殿唱名，果中弥衡之一鹗[46]。大凡法既久而必弊，士贻患而益深[47]。谓罢于开封，则远方之隘者，空自韫玉[48]；取诸太学，则不肖之富者，私于怀金[49]。虽负凌云之志，未酬题柱之心[50]。三舍既兴，贿赂公行于庠序[51]；一年为限，孤寒半老于山林[52]。自是愤愧者莫不颦眉，公正者为之切齿[53]。思罢者而未免，欲改之而未止[54]。羽翼成商山之父[55]，讴歌归吾君之子[56]。谏必行言必听焉，此道飘飘而复起[57]。

【注释】①复改科：即恢复被王安石所改革的科举制度。宋承唐制，原也设考诗赋的进士与考经义的明经两科。熙宁中，王安石废考诗赋的进士，而代之以考律令的明法科，明经科虽存，又以他主编的《三经新义》(《诗》《书》《周礼》)为准。迨元祐初，司马光执政，尽废新法，也主张废除以律令取士的明法科，而恢复以诗赋取士的进士科，以与考经义的明经科并列(同时废弃王安石的《三经新义》)。不过，直到元祐四年(1089)才得施行。东坡的《复改科赋》，即作于此时。赋中表现了他重视诗赋的观点和较保守的立场，但也为因贫不能入太学，不能升上舍，因而终老山林的孤寒士子，一申公道。②新天子：宋哲宗赵煦。③继体承乾：继大统，承帝位。④老相国：司马光。⑤更张：改弦更张。孰先：何事当先。⑥“探经义”二句：(按照王安石《三经新义》)探讨经义的渊源，是非纷乱。⑦辞章：诗赋。⑧原：探讨。作：产生。⑨两京之世：两京：西京长安，东京洛阳。其世即西、东两汉。⑩“迤逦”二句：诗赋一直延续发展到齐、陈、隋、唐。⑪遒人：先秦代帝王宣布政令之官。徇路：沿路宣令。《尚书·胤征》：“每岁孟春，遒人以木铎徇于路。”此处有采集诗赋之意，所以说“为察治之本。”⑫之：代指诗赋。⑬不易：不改。未替：不废。⑭“祖宗”二句：王安石废诗赋取士之前，宋朝祖宗以诗赋取士百年，号称选拔到人材。⑮“朝廷”二句：朝廷(宋神宗朝)，一旦废掉它，产生不少弊病。⑯“谓专门”句：

说专攻经义就可以达到圣人之域。熙宁间,宰臣上书道:“宜先除去声病对偶之文,使学者得专意经术,……则庶几可以复古矣。”⑰“谓变古”句:说改变古来以诗赋取士的制度就足以培养大儒。⑱事吟哦者:作诗者。为雕篆者:作赋者。典出扬雄《法言·吾子》:“或曰‘吾子少而好赋,不识有诸?’曰:‘有诸,’俄而曰:‘此童子雕虫篆刻,壮夫不为。’”但所引而批判的对象,则为变法诸人。⑲“殊不知”二句:讲究辞藻。⑳“较量”二句:考较声律。㉑韵韵合璧:每韵两句,皆铢两悉称,美如璧合。㉒联联贯珠:联联精彩,相接如贯珠。㉓稽:查。尚:远。㉔六义:《诗经》的风、雅、颂、赋、比、兴。这里代诗。㉕《三都》:左思所作的《三都赋》。此句说:等着看大有成就的君子,写了《三都赋》那样轰动的作品。㉖五字之章:应试的五言试帖诗。㉗八韵之旨:应试的八韵(转八个韵部)律赋。㉘字应周天之日:周天:360日。律赋字数,以360字左右为宜。㉙合一岁之月:一岁十二月。试贴诗为十二句。㉚“过之者”二句:超出的成赘疣,不足的为折缺。㉛“遭逢”二句:连年累月,所欢忻研读的是诸子百家。㉜“抖擞”二句:翻检历数图经,所感到快活的是九经三史。㉝“议夫”二句:且议论一下:赋怎么可以废弃?赋的意义,怎么可以非难?㉞彼:指赋之外的应试文章。无所统纪:没有法度约束。㉟此:指赋。有所指归:有其宗旨。㊱莫违:不会错失。㊲绳墨:木匠的墨斗绳尺。引申为规矩、方法、标准。㊳隐括:矫揉或弯曲木材使其平直或成形的工具。枢机:关键。㊴“所以”二句:认为儒家(孔门)不看重赋,可惜扬雄这种观点还不通达。扬雄《法言》:“如孔氏之门用赋也,则贾谊升堂,相如入室矣。如其不用何!”此借评扬雄以批变法派。㊵“其逢”二句:碰到汉武帝而能针对其弊病作赋以讽谏,令人赞叹司马相如的智慧何等精微。㊶《新经》:王安石等人注释的《三经新义》于熙宁八年颁布。元丰年间(1075-1085)成为考试经义的范本。未颁:即士子还不受其约束。㊷临川之《字说》:王安石为配合《三经新义》而作的文字学著作,其中就造字以训义,颇多牵强,为东坡所讥。不作:未作之前。㊸“止戈”四句:过去的,正确的会意训诂曾用于京城会试,并打开宫廷的大门。禁籥:籥通“钥”,即禁城的锁钥。㊹“孰不能”二句:谁不能治学衡文善始善终,谁不道诸家学说或详或略,各有可取。㊺秋闱:即秋试、各省考取举人的乡试。此处泛指科举考试。较艺:较量技艺。李广之双雕:李广，汉武帝时抗击匈奴的著名将军，善射，传曾一箭双雕。㊻紫殿：宫殿。唱名：点名。宋朝自仁宗起，殿试后，由皇帝唱名赐第。弥衡一鹗：孔融荐弥衡疏云："鸷鸟累百，不如一鹗。使衡立朝，必有可观。"上二句意谓：通过原来的科举制度，即可选拔最好的人才。㊼"士贻害"句：指王安石的改革科举，贻害最重。㊽罢于开封：元丰中把京城太学生的津贴削减为每月三百文，不少贫困学子纷纷回家。隘者：穷困者。韫玉：韫藏宝玉，喻怀有高才。㊾取诸太学：人材主要从太学选拔。私于怀金：有钱而不肖的士子，可凭金钱夤缘进身。㊿凌云之志：《汉书·扬雄传》："相如上《大人赋》欲以风，帝反缥缥有凌云之志。"此喻士子胸有大才大志。题柱：《成都记》："司马相如初西去，过升仙桥，题柱曰：'不乘高车驷马，不过此桥。'"此喻博取功名之心。51"三舍"二句：三舍：三舍考选法，是王安石改科举选士为学校养士之法。初入学为外舍，一年后升内舍，再二年升上舍。每次递升皆借考试以淘汰大半。如熙宁四年定额：外舍生七百，内舍三百，上舍一百。庠序：学校。此二句是说为了升级，于是贿赂公行。52"一年"二句：一年为限，外舍学期一年，通不过考试则还乡。于是，有钱的行贿过关，而孤寒者则半老于山林。53愤愧者：受害的孤寒士子。公正者：不满王安石改革科举的朝臣。54"思罢者"二句：想罢王安石所兴的考试制度，改回原来的制度，而未能实现。55"羽翼"句：成商山之父：汉初，太子刘盈得商山四皓（在陕西商山隐居的四个老人）为辅，汉高祖想改立戚夫人之子如意而不得不有所顾忌，于是为戚夫人作《鸿鹄歌》："鸿鹄高飞，一举千里。羽翼已就，横绝四海。"此处借谓：新天子得隐居洛阳多年的老臣司马光为辅佐。56"讴歌"句：吾君之子：吾君神宗皇帝的儿子，即新天子哲宗。哲宗降旨"复改科"，故士子们的颂歌将归于他。57此道：原来的以诗赋及经义取士的制度。

秋阳赋[1]

越王之孙，有贤公子，宅于不土之里，而咏无言之诗[2]，以告东坡居士曰："吾心皎然，如秋阳之明；吾气肃然，如秋阳之清。吾好善而欲成之，如秋阳之坚百谷③；吾恶恶而欲刑之，如秋阳之陨群木④。夫是以乐而赋之⑤，子以为何如？"

居士笑曰："公子何自知秋阳哉⑥？生于华屋之下，而长游于朝廷之上；出拥大盖⑦，入侍帏幄⑧；暑至于温，寒至于凉而已矣⑨，何自知秋阳哉？若予者乃真知之⑩。方夏潦之淫也⑪，云烝雨泄⑫；雷电发越⑬，江湖为一；后土冒没，舟行城郭，鱼龙入室；菌衣生于用器，蛙蚓行于几席⑭；夜违湿而五迁，昼燎衣而三易⑮。是犹未足病也。耕于三吴⑯，有田一廛⑰，禾已实而生耳⑱，稻方秀而泥蟠⑲。沟塍交通⑳，墙壁颓穿。面垢落塈之涂㉑，目泫湿薪之烟㉒。釜甑其空，四邻悄然。鹳鹤鸣于户庭，妇宵兴而永叹㉓。计有食其几何，矧无衣于穷年㉔。忽釜星之杂出，又灯花之双悬㉕。清风西来，鼓钟其镗㉖。奴婢喜而告余，此雨止之祥也。蚤作而占之㉗，则长庚澹澹，其不芒矣㉘。浴于旸谷，升于扶桑㉙，曾未转盼，而倒景飞于屋梁矣㉚。方是时也，如醉而醒，如瘖而鸣㉛，如痿而起行㉜，如还故乡初见父兄。公子亦有此乐乎？"

公子曰："善哉！吾虽不身履，而可以意知也㉝。"

居士曰："日行于天，南北异宜㉞。赫然而炎非其虐，穆然而温非其慈㉟。且今之温者，昔之炎者也㊱。云何以夏为盾，而以冬为衰乎㊲？吾侪小人㊳，轻愠易喜㊴。彼冬夏之畏爱，乃群狙之三四㊵。自今知之，可以无惑㊶。居不障户，出不御笠，暑不言病；以无忘秋阳之德㊷。"

公子拊掌，一笑而作㊸。

【注释】①宋哲宗元祐六年（1091）八至十二月东坡以龙图阁直学士知颍州（今安徽阜阳），赵令畤为其签书判官。本赋以与赵对话为构架，可能作于此时。赋中从平民的角度，以长夏淫雨为衬，以见秋阳之美。认识事理之透彻，描写情景之生动，行文之抑扬顿挫，舒卷自如，皆足令人叹赏。②越王孙、贤公子：即赵令畤，字德麟，与东坡情同师生。"不土之里"为

“田”，“无言之诗”为“寺”，合而为“畤”，即暗藏着赵令畤之名。正如东坡所说：这两句“教人别处偷使不得。”③“吾好善”二句：我好善而想成人之美，犹如秋阳之使百谷丰盈坚实。④“吾恶恶”二句：我憎恨邪恶而想施之以刑，犹如秋阳之使众木枯叶脱落。⑤“夫是”句：因此乐于为它作赋。〔以上第一段，王孙赵令畤自许比德于秋阳，故想为它作赋，问东坡以为何如。〕⑥“公子”句：何自知：即自何知。公子从哪儿理解秋阳呢？⑦盖：遮阳障雨的用具。⑧帷幄：帐幕。⑨“暑至”二句：酷暑的时候至多感到温暖，严寒的季节至多觉得清凉罢了。⑩“若予者”句：像我这样的人才真正理解秋阳。⑪“方夏”句：潦：同“涝”，久雨成灾。淫：过分。正当夏天雨涝过甚。⑫云烝雨泄：乌云翻腾，暴雨如倾。⑬雷电发越：电闪雷鸣。发越：即激扬。⑭几席：几案与坐席或床席。⑮“夜违湿”二句：晚上为了避开湿处得迁移五次，白天为了烘干衣服须更换三次。⑯三吴：从三国起，有多种解释。宋税安礼《历代地理指掌图》以苏、常、湖三州为三吴。这是宋代的说法，当合东坡之意。东坡正好有田在常州，而且元丰七年(1084)曾以常州团练副使在常居住。⑰廛：古代一夫之田百亩谓之一廛。⑱“禾已实”句：谷物已经成熟而经雨发芽。生耳：谷物经雨生芽。⑲“稻方秀”句：秀：禾类植物开花。稻子刚刚扬花便倒伏在泥浆里。⑳沟塍交通：塍：田畦，田间界路。田畦和沟渠连成一片。㉑塈(jì)：仰涂也，屋子上方的涂饰。涂：泥也。脸被顶蓬的落泥所污。㉒“目泫”句：眼睛为湿柴之烟刺激而流泪。㉓“鹳鹤”二句：鹳鹤在庭院里鸣叫，妻子半夜惊起而长叹。㉔“计有”二句：计算还有多少存粮可吃，况庄稼无收，衣物难添，怎么过这穷年？矧：况。㉕“忽釜星”二句：忽然锅子爆出火星，灯花结了双蕊。(出现喜兆)㉖“清风”二句：清风从西方吹来，钟鼓响声镗镗。镗，钟鼓之声。㉗“蚤作”句：早晨起来观察。作：起。占：候也，视也，即观察。㉘“长庚”二句：太白星隐隐约约，不再发出灼烁的光芒。长庚：金星，太白星。晚见于西方，叫长庚；晨见东方，叫启明，实为一星。㉙旸谷：日出之处。扶桑：旸谷上的树木。(太阳)在旸谷沐浴之后，升上了扶桑。㉚“曾未”二句：转眼功夫日光已经照着屋梁了。景：光色也。㉛如瘖而鸣：瘖：哑。好像哑子忽而发出声音。㉜“如痿”句：痿：肢体麻痹，瘫痪。好像瘫子忽然又能起立和行走。㉝“吾虽”二句：我虽然没有亲身经历，但可想象而知。身履：亲身经历。〔以上第二段：东坡认为王孙公子并不真正理解秋阳；乃从一般人到农家，畅谈不堪长夏久涝之后，忽见秋阳的庆幸和喜悦。]㉞南北异宜：（同一季节的太阳）对于南方与北方所起的作用不一样。㉟“赫然”二句：赫然如火，炎热难当，不是它的暴虐；穆然和蔼，温暖宜人，不是它的仁慈。赫：火赤也；怒意也。穆：和也，温厚也。㊱“且今”二句：今天感到温暖的，也就是昔日感到炎热的同一个太阳。㊲“云何”二句：为什么以夏天的太阳比赵盾、以冬天的太阳比赵衰呢？《左传·文公七年》：“酆舒问于贾季曰：‘赵衰、赵盾孰贤？’对曰：‘赵衰，冬日之日也。赵盾，夏日之日也。’”注云：“冬日可爱，夏日可畏。”赵衰、赵盾，父子，先后为晋国大臣。㊳吾侪小人：我们老百姓。侪：辈。㊴轻愠易喜：容易生气，也容易高兴。愠：含怒也。㊵群狙之三四：《庄子·齐物论》：“狙公赋芧，曰：‘朝三而暮四。’众狙皆怒。曰‘然则朝四而暮三。’众狙皆悦。名实未亏，而喜怒为用。”狙：猕猴。狙公：养猕猴的老人。芧：橡实。二句意谓：人们以冬日为可爱，夏日为可畏，就像猕猴们因朝三暮四而怒，因朝四暮三而喜一样。（实则名实未亏，畏爱喜怒皆可不必。）㊶“自今”二句：现在明白这个道理，就可以不再迷惑。㊷“居不障户”四句：居家不用遮荫门窗，出外不用戴斗笠，热一点也不用害怕，以此不忘秋阳的恩德。㊸拊掌：拍掌。作：起。〔第三段：阐述“日行于天，南北异宜”之理。认为夏之炎热，冬之温暖，是同一个太阳，不必畏，亦不必爱；但秋阳之德，则不可忘。〕

洞庭春色赋[①] 并引

安定郡王以黄柑酿酒[②]，名之曰“洞庭春色[③]”。其犹子德麟得之以饷予[④]。戏作赋曰：

吾闻橘中之乐，不减商山。岂霜余之不食，而四老人者游戏于其间[⑤]？悟此世之泡幻，藏千里于一斑[⑥]。举枣叶之有余，纳芥子其何艰[⑦]？宜贤王之达观，寄逸想于人寰[⑧]。

臭臭兮秋风，泛天宇兮清闲。吹洞庭之白浪，涨北渚之苍湾[9]。携佳人而往游，勒雾鬓与风鬟[10]。命黄头之千奴，卷震泽而与俱还[11]。糅以二米之禾[12]，藉以三脊之菅[13]。忽云烝而冰解，旋珠零而涕潸[14]。

翠勺银罂[15]，紫络青纶[16]。随属车之鸱夷，款木门之铜镮[17]。分帝觞之余沥，幸公子之破悭[18]。

我洗盏而起尝，散腰足之痹顽[19]。尽三江于一吸，吞鱼龙之神奸[20]。醉梦纷纭，始如髦蛮。鼓包山之桂楫，扣林屋之琼关[21]。卧松风之瑟缩，揭春溜之淙潺[22]。追范蠡于渺茫[23]，吊夫差之茕鳏[24]。属此觞于西子，洗亡国之愁颜[25]。惊罗袜之尘飞，失舞袖之弓弯[26]。

觉而赋之，以授公子曰："呜呼噫嘻！吾言夸矣[27]，公子其为我删之。"

【注释】①此赋大约也是元祐六年(1091)在颍州所作。赋中想象安定郡王取桔酿酒的过程，描写自己醉梦古人的幻境，有声有色，颇得赋体之长。②安定郡王：宋太祖次子燕王德昭之曾孙。名世准，字君平。安定郡：今甘肃泾川。③洞庭春色：古代酒名为"春"。此酒以太湖洞庭山柑桔为主料酿成，故命名为"洞庭春色"。④犹子：侄儿。德麟：赵令畤字。饷：以食品相款或相赠。⑤"吾闻"四句：商山：在陕西商县东南，秦末汉初，东园公等四位老人曾隐居于此，号"商山四皓"。牛僧孺《幽怪录》载：巴邛人桔园霜后，两桔大如三斗盎。剖开各有二老人相对奕棋谈笑。一老人说："桔中之乐，不减商山。可惜不得深根固蒂，为愚人摘下。"俄而共乘一龙腾云而去。四句本此。⑥"悟此世"二句：承上而言：仙人认为尘世生活如梦幻泡影，所以把他们活动的千里之境，藏于一斑(一只桔子)之中。⑦举枣叶：佛家说：菩萨取三千大千世界置右掌中，如持针锋、举一枣叶。纳芥子：《五灯会元·归宗智常禅师》云："江州刺史李渤问庐山归宗(唐高僧)曰：'教中言须弥(印度名山)纳芥子，渤即不疑；芥子纳须弥，莫是妄谈否？'师曰：'人传使君读万卷书籍，还是否？'李曰：'然。'师曰：'摩顶至踵如椰子大，万卷书向何处著？'李俯首而已。"此二句合两事而言：手置三千大千世界尚且如举一片枣叶，那么把须弥山纳入芥子之中，又有何难?⑧“宜贤王”二句:承接上文,意思是:既然如此,那么,达观的贤王,在人寰中却有超逸不凡的念头,也就是很自然合理的了。〔以上第一段,从四老游戏桔中的神话,纳须弥于芥子的佛典,引出安定郡王之逸想——酿制“洞庭春色”。)⑨“袅袅”四句:化用《楚辞·九歌·湘夫人》:“帝子降兮北渚,……袅袅兮秋风。”袅袅:微风吹拂貌。泛:浮泛,飘掠。清闲:清旷。洞庭:太湖中的山,原名包山。因山中有石室,故叫洞庭(洞中的庭宇)。⑩“携佳人”二句:言安定郡王于秋天带着佳人往游洞庭山。雾鬓风鬟:女性的鬓鬟为雾气所润湿,为秋风所拂乱。此句谓劳动美女们进行采摘。⑪“命黄头”二句:黄头千奴:魏李衡于武陵龙阳洲种柑桔千株,谓之千头木奴。黄头:桔黄色。震泽:即太湖。言采摘柑桔,如命千头木奴把太湖景色带回家去。⑫二米之禾:即秠(pī),良种黑黍,一壳二米。把二米黑黍和柑桔揉拌一起,作为酿酒原料。⑬三脊之菅:三棱茅草。藉:铺垫。⑭“忽云烝”二句:形容发酵出酒。〔以上第二段:安定郡王游洞庭,取柑桔,归家酿成美酒。〕⑮翠勺银罂:用翡翠(或绿色的)勺子,把美酒注入银制的(或白色的)酒罂。罂:酒坛。⑯紫络青纶:用紫丝为络,青丝为绳,系住酒坛。⑰“随属车”二句:(安定郡王的侄儿赵令畤)用后车载着美酒,前来叩门。属车:后车。鸱夷:盛酒的革囊。⑱帝觞余沥:安定郡王是皇室,故其酒称“帝觞馀沥。”破悭:即慷慨相赠。悭:吝啬。〔以上第三段:赵令畤以所得“洞庭春色”柑桔酒相赠。〕⑲痹顽:麻木不仁。⑳“尽三江”二句:三江一吸:《传灯录》载:庞居士参马祖(禅宗高僧)云:“不与万法为侣者是什么人?”马祖云:“待汝一口吸尽西江水,即向汝道。”这里化而用之,意谓:畅饮“洞庭春色”,好像一口吸尽三江;而酒劲回旋,也像吞下了三江的鱼龙神奸。神奸:神怪。㉑包山:即林屋山,也即洞庭山。道书《五符》载:林屋山周四百里,名包山,在太湖中。下有岩洞,潜通五岳,乃“天后别宫”,俗谓之“洞庭”。桂楫:桂木之楫。梁元帝《乌栖曲》:“沙棠作船桂为楫。”琼关:玉石装饰的大门。㉒瑟缩:松风之声。淙潺:流水声。㉓“追范蠡”句:在浩渺的烟波中追随范蠡。范蠡:越大夫,传说他在助勾践灭夫差后,功成身退,载西施而游五湖。㉔“吊夫差”句:吊慰夫差的忧伤和孤独。夫差亡国而死,既失江山,又失西施,故而忧伤而孤独。茕:忧伤。鳏:孤男无偶。㉕“属此觞”二句:西施与夫差相处多年,未免有情;对于夫差亡国，不能无动于衷。故作者于幻境中向她敬酒，希望洗其“亡国之愁颜”。㉖“惊罗袜”二句：罗袜尘飞：曹植《洛神赋》：“凌波微步，罗袜生尘。”舞袖弓弯：《博异志》载：邢凤寓居长安，昼梦美人，传《阳春曲》。并“振衣张袖，舞数拍，为弓弯状。”二句言西施的舞姿步态，忽然不见。〔以上第四段，饮“洞庭春色”，进入幻境，晤对与太湖有关的范蠡、夫差、西施等人。〕㉗夸：荒诞不经。〔以上第五段：醒而作赋。以授德麟。〕

酒隐赋[1] 并叙

凤山之阳，有逸人焉，以酒自晦[2]。久之，士大夫知其名，谓之酒隐君，目其居曰酒隐堂。从而歌咏者不可胜纪[3]。隐者患其名之著也，于是投迹仕途，即以混世，官于合肥郡之舒城[4]。尝与游，因与作赋，归书其堂云。

世事悠悠，浮云聚沤[5]。昔是浚壑，今为崇丘[6]。眇万事于一瞬[7]，孰能兼忘而独游[8]？爰有达人[9]，泛观天地[10]，不择山林，而能避世[11]。引壶觞以自娱，期隐身于一醉。且曰：封侯万里，赐璧一双[12]。纵使秦帝，横令楚王[13]。飞鸟已尽，弯弓不藏[14]。至于血刃膏鼎，家夷族亡[15]。与夫洗耳颍尾[16]，食薇首阳[17]。抱信秋溺[18]，徇名立僵[19]。臧谷之异，尚同归于亡羊[20]。于是笑蹑糟丘[21]，揖精立粕[22]。酣羲皇之真味，反太初之至乐[23]。烹混沌以调羹[24]，竭沧溟而反爵[25]。邀同归于无徒[26]，每踌躇而自酌[27]。若乃池边倒载[28]，瓮下高眠[29]；背后持锸[30]，杖头挂钱[31]；遇故人而腐胁[32]，逢麹车而流涎[33]。暂托物以排意，岂胸中而洞然[34]？使其推虚破梦，则扰扰万绪起矣，乌足以名世而称贤者耶[35]？

【注释】①有说：酒隐君所隐之凤山，即栖凤山，在今鄂城与大冶交界处，与黄州隔江相对。因而断定此赋作于元丰三至七年(1080—1084)间，东坡谪居黄州之时。但，叙中已言：酒隐君患其名之著而投迹仕途，官于合肥郡之舒城；那么，东坡“尝与之游”，即使在其隐于凤山时期，而作赋之时，则必在其出仕舒城以后。因此，更可能是元丰六年(1091)东坡知颍州(今安徽阜阳)任上。系年尚待深考。赋中以高士许由、夷齐等，酒狂刘伶、阮籍辈，与酒隐君相比，认为高士太拘形迹，酒狂未真达观；惟有“不择山林，而能避世”，壶觞自娱、隐身一醉的酒隐君，才是真达人，真贤者。作者身世、怀抱，显现于字里行间。②自晦：自我隐晦。③“从而”句：歌颂题咏他的难以记述。④合肥、舒城：皆在今安徽。⑤“世事”二句：悠悠：众多貌。沤：水泡。世事纷纭万状，但不过像飘浮的云彩，暂聚的水泡。⑥浚壑：深沟。崇丘：高丘。⑦“眇万事”句：眇：通“渺”，辽远。辽远时空里的万事万物，等同于一瞬。⑧“孰能”句：兼：全。谁能把尘世全忘而独自神游物外？⑨爰：于是。达人：事理通达之人。⑩泛观天地：泛观：综观。综观天地万象而洞鉴其根本。⑪“不择”二句：不需要择居幽深的山林，便能避开纷扰的人世。⑫“封侯”二句：像张骞班超一样立功万里之外，以博封侯，并受重赏。⑬“纵使”二句：以合纵之策，联合六国，而支使(对抗)秦王(指苏秦)；以连横之策，尊奉秦国，而驱遣楚王(指张仪)。⑭“飞鸟”二句：《史记·越王勾践世家》范蠡遗文种书：“蜚鸟尽，良弓藏；狡兔死，走狗烹。”揭示帝王践位、功臣被杀的规律，提醒急流勇退。此处以弯弓不藏，喻不知机的功臣。⑮血刃：被斩杀。膏鼎：被鼎烹，下油锅炸死。家夷：家属被杀死。夷：杀戮。族亡：宗族被诛灭。(概括文种、韩信、彭越、英布等功臣被杀的史实。)⑯洗耳颍尾：《高士传·许由》：“尧让天下于许由。……不受而逃去。……尧又召为九州长，由不欲闻之，洗耳于颍水滨。”颍尾：颍水的上游。⑰食薇首阳：《史记·伯夷叔齐传》：伯夷、叔齐，孤竹君之二子，因互让世子位而俱逃。武王灭纣，夷齐隐居首阳山(今山西永济县南)，不吃周粟，采薇(野菜)度日，后来饿死。⑱抱信秋溺：《庄子·盗跖》：“尾生与女子期于梁下(桥梁之下)，女子不来，水至不去，抱梁柱而死。”此言为守信被秋汛溺死。⑲徇名立僵：徇通“殉”。以身从物。徇名：以身追求名节。僵：死亡。句谓为了追求名节，不惜顷刻牺牲。⑳“臧谷”二句：《庄子·骈拇》：“臧与谷二人相与牧羊而俱亡其羊。问臧奚事，则挟筴(通策)读书；问谷奚事，则博塞以游。二人者，事业不同，而其亡羊均也。”这里总括上举入世立功之人，与出世徇名之辈，认为好象臧与谷，虽显隐不同，而其“亡羊”（不识大道）则是一样的。㉑“于是”句：（鉴于以上认识），于是含笑步入酒堆之中。糟丘：酒糟堆成的山丘，即指酒堆。㉒揖精立粕：揖通“挹”，敬而取之。取其精华，但也不抛弃糟粕。即《浊醪有妙理赋》所谓“酒勿嫌浊”。㉓“酣羲皇”二句：酣：酣畅。羲皇：伏羲氏。太初：上古。酣畅于羲皇时代真醇的美味，回返上古先民至上的欢乐。即忘怀得失，返朴归真。㉔“烹混沌”句：烹制混沌元气以调和羹汤。混沌：天地未分之先的元气。㉕“竭沧溟”句：竭尽沧海而倒入杯中。竭：竭尽。沧溟：沧海。爵：酒杯。㉖“邀同归”句：同归：志同道合。邀请志同道合者而未得其人。㉗“每踌躇”句：每每悠然自得地举杯独酌。踌躇：自得貌。㉘若乃：至若那些。池边倒载：《晋书·山简传》：“简优游卒岁，惟酒是耽。诸习氏，荆土豪族，有佳园池。简每出游，多之池上，置酒辄醉，名之曰：‘高阳池’。时有儿童歌曰：‘山公出何许？往至高阳池。日夕倒载归，酩酊无所知。……’”㉙瓮下高眠：瓮：大坛。此指大酒坛。《晋书·阮籍传》：邻家有少妇，当垆沽酒。籍常诣饮，醉，便卧其侧。”㉚背后持锸：锸：铁锹。《晋书·刘伶传》：刘伶“常乘鹿车，携一壶酒，使人荷锸而随之，谓曰：‘死便埋我。’”㉛杖头挂钱：《晋书·阮修传》：阮修“常步行，以百钱挂杖头，到酒店，便独酣畅。”㉜腐胁：李白好酒，常与友人共饮，终以腐胁疾去世。一作腐肠，古称酒为“腐肠贼”。但腐肠难属于某人。且肠为平声，于韵律不合。㉝麴车流涎：麴车：运酒之车。涎：口水。杜甫《饮中八仙歌》：“汝阳三斗始朝天，道逢麴车口流涎，恨不移封向酒泉。”汝阳，唐玄宗侄汝阳王李琎。㉞“暂托物”二句：以上诸人都是暂时借酒以排遣某种心绪，并不是真正洞然看透一切，了悟大道。㉟“使其”三句：如果他们一旦从醉梦中的幻境里醒来，则依旧免不了产生种种事端，哪里够得上扬名于世而被称贤者呢？

中山松醪赋[①]

始予宵济于衡漳[②]，车徒涉而夜号[③]。燧松明而识浅[④]，散星宿于亭皋[5]。郁风中之香雾，若诉余以不遭[6]。岂千岁之妙质，而死斤斧于鸿毛[7]？效区区之寸明，曾何异于束蒿[8]。烂文章之纠缠，惊节解而流膏[9]。嗟构厦其已远，尚药石而可曹[10]。收薄用于桑榆，制中山之松醪[11]。救尔灰烬之中，免尔萤爝之劳[12]。

取通明于盘错，出肪泽于煎熬[13]。与黍麦而皆熟，沸春声之嘈嘈[14]。味甘余而小苦，叹幽姿之独高[15]。知甘酸之易坏，笑凉州之蒲萄[16]。似玉池之生肥[17]，非内府之烝羔[18]。

酌以瘿藤之纹樽[19]，荐以石蟹之霜螯[20]。曾日饮之几何，觉天刑之可逃[21]。投拄杖而起行，罢儿童之抑搔[22]。望西山之咫尺，欲褰裳以游遨[23]。跨超峰之奔鹿，接挂壁之飞猱[24]。遂从此而入海，渺翻天之云涛[25]。使夫嵇、阮之伦，与八仙之群豪[26]，或骑麟而翳凤[27]，争榼挈而瓢操[28]。颠倒白纶巾，淋漓宫锦袍[29]；追东坡而不可及，归餔啜其醨糟[30]。漱松风于齿牙，犹足以赋《远游》而续《离骚》也[31]。

【注释】①此赋当作于元祐八年(1093)冬——绍圣元年(1094)四月，定州太守任上。赋中回溯松醪之创制，盛赞松醪之奇妙；并对松木之大材小用，寄与无穷感慨。②宵济：夜渡。衡漳：即漳河。衡：即横。古代黄河自南而北流经河北南部，漳河自西而东流入黄河，故叫"衡漳"。③徒涉：不用舟楫，涉水而渡。夜号：夜渡无照明，不知深浅，故惊骇呼叫。④燧：燧石，古代取火之物，这里作动词用，即打火点着松明。⑤星宿：喻指松明火把。亭皋：水边的平地。亭：平。皋：水旁地。⑥郁：郁积不散。不遭：不遇，没有得到用其所长的机会。⑦"岂千岁"二句：难道千年长成的美质良材，竟轻若鸿毛地死于斧头之下？⑧"效区区之寸明"二句：只发出一点光亮，和一束蓬蒿的作用别无两样。⑨"烂文章"二句：原是文采交辉的巨材，如今却被劈为碎片，直淌膏液。⑩"嗟构厦"二句：惋惜它构建大厦的时机已经一去不返；不过，还可以作为药材，用于医疗。曹：辈。⑪薄用：小小的用处。桑榆：晚景，最后时光。中山：国名，即河北定县。醪：本指汁滓混合的酒，江南叫酒酿，四川称醪糟。引申为浊酒。⑫"救尔"二句：免得你充当火把，化为灰烬。爝：火把。〔以上第一段：嗟松材之不遇，取其药石薄用，以制松醪。〕⑬“取通明”二句：从盘根错节中取出松明，加以煎熬，取得油液。⑭“与黍麦”二句：和黍麦一起酿造，发酵成熟，即发出酒（舂）的嘈嘈滴沥之声。⑮“味甘”二句：酒味甘甜中带点小苦，赞叹其风韵独高。⑯凉州蒲萄：凉州（甘肃武威）出产的葡萄酒。⑰玉池生肥：玉池：道家语，指口。《黄庭内景经》：“口为玉池太和官。”“丹田之中精气微，玉池清水上生肥。”谓松醪好像丹田精气所化的玉池生肥一样，醇厚滋补。⑱内府烝羔：内府：唐代折冲府宿卫宫庭的内军，借指宫庭。烝羔：羊羔酒，古代一种美酒。⑲酌：斟酒，饮酒。瘿藤纹樽：梁元帝《金楼子》：“西域有藤，可以酌酒。自有文章，映彻可爱，其大如杯。”⑳荐：献。石蟹：山涧中的一种名蟹。霜螯：秋后的蟹螯。㉑天刑：天的处罚，死亡。天刑可逃：可以逃掉天的处罚，即可以延年、长生。㉒“投拄杖”二句：身轻体健，无癖疥之患。㉓“望西山”二句：西山：太行山。咫尺：比喻距离很近。褰裳：扎起衣襟。二句谓饮松醪后，身轻体健，动邀游太行之兴。㉔猱：猴类，身体便捷，极善攀援。㉕“遂从此”二句：甚至想进入海中，越过遥远的云涛（去找方丈、蓬、瀛）。㉖嵇、阮之伦：嵇康、阮籍等竹林七贤。八仙：天宝年间贺知章、李白等饮中八仙。㉗翳凤：翳：遮蔽。遮蔽凤凰，即跨凤。与骑麟对举。㉘榼（kē）：古代盛酒之器。瓢：瓜瓢，亦盛酒器。榼挈而瓢操：即挈榼操瓢。此颠倒以叶韵。㉙“颠倒”二句：谓竹林七贤与饮中八仙之流，为了从东坡处得饮松醪，有的急得颠倒了头上的白纶巾，有的热汗淋漓，湿透了宫锦袍。㉚“追东坡”二句：《楚辞·九章·渔父》：“众人皆醉，何不餔其糟而啜其醨？”糟：漉酒之后的糟滓。醨：薄酒，酒尾子。此谓七贤与八仙追不上东坡，饮不到松醪，只好回去餔啜一点儿松醪剩下的糟滓和酒尾。㉛“漱松风”二句：餔糟啜醨，让松醪的余沥像松风一样漱过齿牙。就这样还能大长文思，可以赋《远游》而续《离骚》。《离骚》：屈原的代表作。《远游》：《楚辞》的一篇，传为屈原所作，不可信。〔以上第三段：松醪的神效：却病健身，大长文思。〕

酒子赋[1] 并引

南方酿酒，未大熟，取其膏液，谓之酒子。率得十一[2]。既熟，则反之醅中[3]。而潮人王介石、泉人许珏[4]，乃以是饷予[5]。宁其醅之漓[6]，以蕲予一醉[7]。此意岂可忘哉？乃为赋之。

米为母，麹其父。烝羔豚[8]，出髓乳[9]。怜二子，自节口[10]。饷滑甘，辅衰朽[11]。先生醉，二子舞，归瀹其糟饮其友[12]。先生既醉而醒，醒而歌之曰：吾观稚酒之初泫兮，若婴儿之未孩[13]。及其溢流而走空兮，又若时女之方笄[14]。割玉脾于蜂室兮[15]，氄雏鹅之毰毸[16]。味盎盎其春融兮，气凛冽而秋凄[17]。自我皤腹之瓜罂兮，入我凹中之荷杯[18]。暾朝霞于霜谷兮，蒙夜稻于露畦[19]。吾饮少而辄醉兮，与百榼其均齐[20]。游物初而神凝兮，反实际而形开[21]。顾无以酬二子之勤兮[22]，出妙语为琼瑰[23]。归怀璧且握珠兮[24]，挟所有以傲厥妻。遂讽诵以忘食兮，殷空肠之转雷[25]。

【注释】①林语堂《苏东坡传》认为：东坡到惠州时，才“第一次尝到南方特产的‘酒子’”。如言之有据，则此赋可定为宋哲宗绍圣元年(1094)十月至绍圣四年(1097)四月，东坡被贬为宁远军节度副使，惠州（广东惠阳）安置期间的作品。赋中可见东坡与普通人民的亲密关系，及其随遇而安、临难不变的高旷襟怀。②率：大概。十一：十分之一。③反之醅中：反：通“返”，倒回。醅：酒。酒完全酿熟后，又把酒子倒回酒中。④潮：广东潮州。泉：福建泉州。王介石、许珏：当是住在惠州者，余无考。⑤饷：以食物相赠或招待。⑥“宁其”句：漓：淡薄。取出酒子，而不再倒回，则其酒味淡薄。⑦蕲：通“祈”，希望。⑧烝羔豚：羔：羊羔。豚：小猪。言米、麹相加后的发酵过程如蒸羊羔、小猪。⑨出髓乳：言米酒初熟，酒子浸出，如流出精髓与乳汁。⑩怜：本为怜爱，这里作感念解。自节口：自己不饮。⑪滑甘：指甘美可口、不吞自下的酒子。衰朽：衰弱老朽，东坡自谓。辅：帮忙，补益。⑫瀹：煮。糟：酒糟。饮：让其友饮。⑬稚酒：未大熟的酒。泫：水滴下垂貌。初泫：即刚刚流出酒子。孩：通“咳”，小儿笑。⑭走空：渗完。时女：少女。笄：簪子。古代少女满十六岁，以簪挽发，行笄礼，叫“及笄”，标志着成年。方笄：即刚成年。⑮玉脾：白色的蜜。此句谓：从蜂房中割下白色的蜜。⑯氄：鸟兽贴近皮肤的细软绒毛。毰毸：鸟羽张开貌。此句谓：从雏鹅张开的鸟羽下采出细软的绒。与上句同为比喻从初熟的酒中取出酒子。⑰“味盎盎”二句：盎盎：洋溢。香味洋溢，如春光融融。酒气凛冽如秋水凄凄。⑱皤腹：大肚。瓜罂：瓜形的酒瓶。凹中：中间凹下。荷杯：荷叶形的酒杯。⑲暾：初升的太阳。此二句谓：（酒子入唇）如初日朝霞照临于铺霜的山谷那般温暖，如蒙蒙细雨洒向带露的畦间夜稻那般滋润。⑳“吾饮”二句：我只饮了一点点便沉醉了，如同畅饮百杯一样。㉑“游物初”二句：物初：万物萌生之初，即太初，上古。醉时如徜徉于上古时代那么精神宁贴，无忧无虑。醒时回返现实又感到形体开张，四肢舒畅。㉒顾：回顾，四顾。看看自己。酬：回报。勤：殷勤，深情厚意。㉓“出妙语”句：琼瑰：比喻美好的诗文。倾吐妙语而成美好的辞赋。㉔璧：玉璧。珠：明珠。借这篇赋，以表现王介石、许珏对东坡文章的珍爱。厥：其。㉕殷：雷声，鸣响。

沉香山子赋① 子由生日作

古者以芸为香②，以兰为芬③，以郁鬯为祼④，以脂萧为焚⑤。以椒为涂⑥，以蕙为薰。杜衡带屈⑦，菖蒲荐文⑧。麝多忌而本羶⑨，苏合若芗而实荤⑩。嗟吾知之几何，为六入之所分⑪，方根尘之起灭⑫，常颠倒其天君⑬。每求似于仿佛，或鼻劳而妄闻⑭。独沉水为近正⑮，可以配薝蔔而并云⑯。矧儋崖之异产⑰，实超然而不群。既金坚而玉润，亦鹤骨而龙筋⑱。惟膏液之内足，故把握而兼斤⑲。顾占城之枯朽，宜爨釜而燎蚊⑳。宛彼小山，巉然可欣㉑。如太华之倚天，象小孤之插云㉒。往寿子之生朝，以写我之老勤㉓。方子面壁以终日，岂亦归田而自耘㉔？幸置此于几席，养幽芳于帨帉㉕。无一往之发烈，有无穷之氤氲[26]。盖非独以饮东坡之寿，亦所以食黎人之芹也[27]。

【注释】①沉香山子：沉香木制的可置几案的小型假山。《沉香山子赋》大概作于宋哲宗元符二年(1099)。时东坡谪居昌化（海南昌江），苏辙谪居琼州（广东海康）。隔海相望，情有不堪。值苏辙六十一岁生日，东坡乃以海南所产金坚玉润、鹤骨龙筋、似太华倚天、如小孤插云之沉香山子为寿，并寄此作。忠贞之性，友于之情，令人心向往之。②芸：芸香，多年生草本，叶带白霜，花色黄，香味强烈。可作调香原料，可入药。古人常以之夹书中，杀蠹鱼。③兰：兰花。多年生常绿草本，香极清雅，古代被誉为“王者之香”。④郁鬯：黑黍酿制，并揉入郁金香的酒。此句言：敞开瓶口，任其芳香四溢，以除秽消毒。⑤脂萧：萧：即艾蒿。因含油份，故称脂萧。多年生草本。可作调香原料，入药。为焚：焚之以净化空气。⑥椒：花椒。涂：涂饰。古代以为香料，加入灰泥，以涂饰墙壁。后宫多用之，故称椒房。⑦杜衡：亦称“南细辛”“苦叶细辛”，俗名“马蹄香”。多年生草本，叶一、二枚生于茎端，单花顶生，暗紫色，芳香。古代多以缠绕于房屋四周，或带在身上，故曰“带屈”。《九歌·湘夫人》：“芷草兮荷屋，缭之兮杜衡。”《九歌·山鬼》：“被石兰兮带杜衡。”⑧菖蒲：多年生水生草本，叶狭长如剑，有香气。花生茎端，黄色。民俗多用于端午装饰门户。荐文：荐：献。贡献文采。⑨麝：即香獐。雄麝之脐与生殖孔之间有麝香腺，分泌物干结为颗粒，即麝香。其臭味浓烈，但高度稀湿后却能放出特有而持久的香气。可作香料与药用，颇名贵。多忌：麝香性极寒，于孕妇不宜，故用时多忌。羶：腥羶，动物特有的气味。⑩苏合：落叶乔木，其树脂即苏合香，可作香精定香剂及药用。芗：谷物的香气。荤：腥味。⑪六入：佛教术语。六尘进入六根，即为六入，具见下注。⑫根尘：根：六根，即人之眼、耳、鼻、舌、身、意六官。尘：六尘，即客观事物之色、声、香、味、触、法六境。六境能污染净心，故称六尘。六尘示象，引动六根，而生种种感受，即为六入。根尘起灭，即六入而生的千姿万象此起彼灭。这往往使心灵中的印象颠倒失真。⑬天君：心灵。《荀子·天论》：“心居中虚，以治五官，故谓之天君。”⑭“每求”二句：承上，谓：（因此，要认识众香的特点）常常只能求其仿佛似之，有时还徒劳鼻嗅，妄自以下为高、以假为真。〔以上第一段，泛述诸香，以引出沉香山子。〕⑮沉水：沉水香，即沉香。又称伽南香或奇楠香。常绿乔木。《南越志》："交趾密香树，彼人取之，先断其积年老木根。经年，其外皮干俱朽烂，木心与枝节不坏，坚黑沉水者，即沉香也。"近正：沉香之清芬，近乎纯正。⑯薝蔔：佛家经典常提到的一种花，木本，可高七、八尺，花皆六出，甚清芬。卢纶《送净居法师》诗："薝蔔名花飘不断，醍醐法味洒何浓。"实即栀子，又名木丹，越桃。并云：相提并论。⑰儋崖：泛指海南，汉曾设儋耳郡，后并入珠崖郡，治所皆在今儋县。唐改儋州，又另置崖州，治所在今琼山县。故可泛称海南为儋崖。异产：珍奇的产物。⑱"既金坚"二句：言沉香如金坚玉润般致密，如鹤骨龙筋般劲健。⑲膏液内足：富含油质。把握兼斤：一握之香，即有兼斤(二斤)之重。⑳"顾占城"二句：占城：古国名。在今越南中部，见唐刘恂《岭表录异》卷上。占城亦产沉香，但与儋崖所产相比，如枯木朽株，只宜用来烧锅煮饭或薰蚊子。〔以上第二段：沉水为香中近正者，儋崖所产，更超然不群。〕㉑宛：小貌。巉然：险峻的样子。可欣：可爱。那个小巧玲珑的沉香山子，多么险峻可爱。㉒太华：西岳华山，在陕西华阴。小孤：小孤山，亦叫小姑山，在安徽宿松县东南长江之中。㉓寿：祝寿。生朝：生日。写：表述。老勤：垂老的殷勤。让沉香山子前往祝贺你的生日，以表述我的垂老殷勤。㉔(沉香山子到时)正当你终日面壁静修，或者也在田里亲自耕耘？㉕帨帉：佩巾，帐幔之属。㉖"无一往"二句：没有突发一阵特别强烈的香味，却有绵绵无尽的云烟缥缈的清芬。氤氲：气与光色混和动荡貌。㉗"盖非"二句：言借助于沉香山子绵绵的清芬，你不仅吸入我东坡对你寿诞的祝福，还享受海南黎人的盛情。芹：即芹献。《列子·杨朱》："昔人有美戎菽、甘枲茎、芹萍子者，对乡豪称之。乡豪取而尝之，蜇于口，惨于腹。众哂而怨之，其人大惭。"后遂用"献芹""芹献""芹意"，以自谦献礼的菲薄。沉香山子乃海南所产，故亦包含着黎人的一片心意。〔以上第三段：言沉香山子造型之佳，与所含情意之美。〕

天庆观乳泉赋[1]

阴阳之相化，天一为水[2]。六者其壮，而一者其稚也[3]。夫物老死于《坤》[4]，而萌芽于《复》[5]，故水者，物之终始也[6]。意水之在人寰也，如山川之蓄云，草木之含滋，漠然无形而为往来之气也[7]。为气者水之生[8]，而有形者其死也[9]。死者咸而生者甘，甘者能往能来[10]，而咸者一出而不复返[11]，此阴阳之理也[12]。吾何以知之？盖尝求之于身而得其说[13]。

凡水之在人者，为汗、为涕、为洟、为血、为溲、为矢、为涎、为沫。此数者，皆水之去人而外骛[14]，然后肇形于有物[15]，皆咸而不能返。故咸者八而甘者一[16]。一者何也？惟华池之真液，下涌于舌底，而上流于牙颊，甘而不坏，白而不浊。宜古之仙者以是为金丹之祖、长生不死之药也[17]。

今夫水之在天地之间者，下则为江湖井泉，上则为雨露霜雪，皆同一味之甘，是以变化往来，有逝而无竭。故海洲之泉必甘，而海云之雨不咸者，如泾渭之不相乱，河济之不相涉也。若夫四海之水，与凡出盐之泉，皆天地之死气也。故能杀而不能生，能槁而不能浃也，岂不然哉[18]！

吾谪居儋耳，卜筑城南，邻于司命之宫[19]。百井皆咸，而醪醴湩乳[20]，独发于宫中。给吾饮食酒茗之用，盖沛然而无穷。吾尝中夜而起，挈瓶而东[21]。有落月之相随，无一人而我同[22]。汲者未动[23]，夜气方归[24]。锵琼佩之落谷[25]，滟玉池之生肥[26]。吾三咽而遄返[27]，惧守神之呵讥[28]。却五味以谢六尘[29]，悟一真而失百非[30]。信飞仙之有药[31]，中无主而何依[32]？渺松乔之安在[33]，犹想像于庶几[34]。

【注释】①赋中有“余谪居儋耳（即昌化军，今海南昌江），卜筑城南”之句，可断其为绍圣四年(1097)后在海南所作。时东坡正著《易传》，学随兴起，故而大写“阴阳之相化，天一为水”“为气者水之生，而有形者其死也”“死者咸而生者甘”之理；然后才及天庆乳泉，而致赞美之意。②天一为水：天：造化者。造化者化育万物，首先创造的是水。③“六者”二句：《易经》六四卦，每卦六爻。最上的第六爻，代表事物发展到极点，最下的初爻，代表事物的萌芽。④坤："坤"卦䷁。"坤"为十月之卦。其第六爻（上六）象辞说："龙战于野，其道穷也。"象征道路已到尽头。所以说"物老死于'坤'"。⑤复："复"卦䷗，为十一月之卦，有来复，回复之意。其第一爻（初九），象征一阳复始，所以说"萌芽于'复'"。⑥"故水者"句：水有生有死，故表现出物由生到死的诸多形态。⑦漠然无形：无声无息，没有具体的形状。漠：通"寞"，无声无息。⑧"为气者"句：作为气体，是水的富有生机的状态。⑨"而有形者"句：有了具体形态，就是水的老死状态。⑩"甘者"句：甘甜的水，能往来变化。⑪"咸者"句：发咸的水，一流出来就不能变化复生。⑫"此阴阳"句：这是阴阳变化的规律。⑬"盖尝求"句：因为曾经探讨人身上水的变化，而得到这种结论。〔以上第一段：认为水者物之终始，有生死甘咸之分。〕⑭去人而外鹜：离开人体而排到外面。⑮肇形于有物：化形为具体之物。⑯咸者八而甘者一：咸者八：指上述八种人体的排泄物和分泌液。甘者：指下述的唾液。⑰金丹之祖，长生不死之药：《老子节解》说："唾者，溢为醴泉，聚为玉浆，流为华池，散为津液，降为甘露。漱以咽之，既藏润身，以流百脉，化养万神，支节毛发，坚固长春。"⑱能杀而不能生，能槁而不能浃：言海水盐泉，是"天地之死气"，能使生物死亡、枯槁，而不能使生物生长、滋润。浃：湿透，引申为滋润。〔以上第二段，由人体到自然，进一步说明水的甘生咸死的道理。〕⑲司命之宫：即天庆观，道教庙祠，可能其中祀有司命（掌管人的寿命）之神，故有此称。⑳醪醴湩乳：醪：甜酒。醴：甜酒或甘泉。湩：乳汁。四字合指乳泉。㉑东：方位词作动词：往东走。㉒我同：同我，伴随我。㉓汲者未动：挑水的人还没有行动。㉔夜气方归：时过半夜，夜气开始消散。㉕琼佩落谷：形容泉滴之声，铿锵悦耳。㉖"滮玉池"二句：清泉一泓，水光潋滟，如玉池生肥。㉗遄返：急返。㉘诃讥：诃斥、讥嘲。㉙却五味以谢六尘：抛却五味，谢绝六尘。意指不追求享受，不受外界影响。六尘：佛家以色、声、香、味、触、法为六尘。㉚一真：指道。百非：种种错误。㉛"信飞仙"句：相信飞升成仙果然有药：即相信汲饮乳泉和谢尘悟道，可以却病延年，甚至长生不老。㉜"中无主"句：这里应解作：为什么还要感到心中无主，何所依归？㉝松乔：赤松子与王子乔，传说中的仙人。《列仙传》："王乔者，周灵王太子晋也。好吹笙作凤鸣，游伊洛之间。道人浮丘公接以上嵩山。""赤松子者，神农时雨师也。服水玉，能入火不烧，随风雨上下。”㉞“犹想像”句：（长饮乳泉）想象差不多可以成为王乔、赤松子之流。〔第三段：写天庆观乳泉之甘美，中夜汲饮之幽趣，与悟道成仙之遐想。〕

老饕赋[1]

庖丁鼓刀[2]，易牙烹熬[3]。水欲新而釜欲洁，火恶陈而薪恶劳[4]。九蒸暴而日燥[5]。百上下而汤鏖[6]。尝项上之一脔[7]，嚼霜前之两螯[4]。烂樱珠之煎蜜[9]，滃杏酪之蒸羔[10]。蛤半熟而含酒[11]，蟹微生而带糟[12]。盖聚物之夭美[13]，以奉吾之老饕[14]。

婉彼姬姜[15]，颜如李桃。弹湘妃之玉瑟[16]，鼓帝子之云璈[17]。命仙人之萼绿华[18]，舞古曲之《郁轮袍》[19]。引南海之玻璃[20]，酌凉州之蒲萄[21]。愿先生之耆寿[22]，分余沥于两髦[23]。候红潮于玉颊[24]，惊暖响于檀槽[25]。忽累珠之妙唱[26]，抽独茧之长缲[27]。闵手倦而少休[28]，疑吻燥而当膏[29]。倒一缸之雪乳[30]，列百梔之琼艘[31]。各眼滟于秋水，咸骨醉于春醪[32]。

美人告去，已而云散，先生方兀然而禅逃[33]。响松风于蟹眼[34]，浮雪花于兔毫[35]。先生一笑而起，渺海阔而天高[36]。

【注释】①据说这是东坡谪居海南时期的作品。若然，则与《菜羹赋》为姐妹篇。二者一真一幻，一庄一谐，各尽其妙。东坡本美食家。方其扬历中外，亦时涉声伎之欢。及谪岭南，虽能返朴归真，安之若素；但亦不免时有前尘之忆，今昔之感，于是乃有《老饕赋》之作。赋中前两段极写老饕饮食之美，歌舞之欢，俨然若真；而以古代名庖、仙子错杂其间，则又暗伏其幻。最后一段，不直写梦觉，只在烹茶声中，“先生一笑而起，渺海阔而天高。”使人恍然自悟。转折之妙，境界之高，令人叹服。②庖丁：厨师。此特指战国文惠君的庖丁，其解牛“依乎天理”“游刃有余”。事见《庄子·养生主》。鼓刀：使刀。让庖丁来切肉切菜，足见刀法之妙。③易牙：春秋齐人，以烹调之技获宠于齐桓公。让易牙掌勺，足见烹调之精。④“火恶”句：火怕过势，柴怕损朽。⑤“九蒸暴”句：有的材料，须经九蒸九晒。⑥“百上下”句：有的汤，须上下翻滚煮开多次才能熬成。⑦项上一脔：鸟兽颈项上有一块肉特别美味。⑧霜前之两螯：霜前之蟹正肥，其两螯（两只大钳爪）特佳。⑨“烂樱珠”句：蜜炙樱桃，又软又甜。⑩“滃杏酪”句：滃：热气升腾。加杏酪的蒸羊羔，热气腾腾。⑪“蛤半熟”句：蛤蜊半熟时便须喷酒杀腥。⑫“蟹微生”句：糟蟹半熟之时即须下带酒之糟。⑬夭美：夭：刚出生的禽兽或初生的草木，指乳猪、冬笋之类。美：鲜美之物。⑭老饕：饕：贪。特指贪食。〔以上第一段：老饕所享食物之鲜美，烹制之精妙。〕⑮婉：美好。姬姜：先秦的美女多出姬、姜二姓。此以姬姜指代美丽的乐舞者。⑯湘妃之玉瑟：湘妃：又叫湘夫人，湘水女神，相传为舜之二妃娥皇与女英姐妹，善鼓瑟。⑰帝子之云璈：即云锣。帝子：即湘妃，帝尧的女儿。因系二人，一鼓瑟，另一即击云璈。⑱萼绿华：古仙女。《零陵县志》：“秦萼绿华，女仙也。以晋穆帝升平三年，降于羊权家，自谓行道已九百年。授权道术及尸解药，亦隐影化形而去。”⑲《郁轮袍》：古乐曲名。王维登第之前，曾因岐王之荐，于公主前以琵琶演奏此曲，或者即其所作。见《集异记》。二句言：命萼绿华舞《郁轮袍》，暗示梦境。⑳引：举。南海：郡名，今广州。玻璃：玻璃杯，当时颇名贵。㉑酌：斟。凉州：郡名。今甘肃武威。蒲萄：葡萄酒。上二句言萼绿华舞罢敬酒。㉒先生：老饕。耆寿：古六十曰耆，亦泛指高寿。㉓两髦：髦：下垂齐眉的长发。古代未成年的男子，长发下垂齐眉，梳向两边，故叫两髦。此处泛指青年男客。余沥：余酒。㉔红潮于玉颊：酒劲上脸。㉕暖响：温馨的乐音。檀槽：琵琶。㉖累珠：歌声圆润，如一串珍珠，连绵不断。㉗“抽独茧”句：余音袅袅，如独茧抽丝。长缲：长丝。㉘闵：通“悯”，怜惜。手倦：指奏乐者。㉙吻燥：唇干，指歌者。当膏：需要抹点油脂。㉚“倒一缸”句：新开一缸乳白色的米酒。㉛琼艘：白色的船形酒杯。百柂：言其多，给歌儿舞女们同饮。㉜“各眼滟”二句：歌儿舞女皆醉。〔以上第二段：宴饮歌舞的盛况。〕㉝兀然：孤坐不动貌。禅逃：逃禅，打坐入定。三句写宴罢人散，老饕坐禅。仍是梦境。㉞松风：形容烹茶水沸之声。蟹眼：形容茶沸冒泡之状。㉟雪花：斟茶时泛起的白沫。兔毫：褐色，借代褐色的茶碗。黄庭坚《煎茶赋》："酌兔褐之瓯，瀹鱼眼之鼎。"两句言（童仆）烹茶、斟茶之声入耳，意即受惊而觉。㊱一笑而起，海阔天高：从美食欢宴中醒来，付之一笑；但觉眼界开阔，胸次洒然。〔以上第三段：以梦觉而心无挂碍，结束全篇。〕

菜羹赋[1] 并叙

东坡先生卜居南山之下，服食器用，称家之有无[2]。水陆之味[3]，贫不能致[4]，煮蔓菁、芦菔、苦荠而食之[5]。其法不用醯酱[6]，而有自然之味，盖易具而可常享。乃为之赋辞曰：

嗟余生之褊迫[7]，如脱兔其何因[8]？殷诗肠之转雷[9]，聊御饿而食陈[10]。无刍豢以适口[11]，荷邻蔬之见分[12]。

汲幽泉以揉濯，搏露叶与琼根[13]。爨鉶锜以膏油[14]，泫融液而流津。汤濛濛如松风，投糁豆而谐匀[15]。覆陶瓯之穹崇[16]，谢搅触之烦勤。屏醯酱之原味[17]，却椒桂之芳辛[18]。水初耗而釜泣，火增壮而力均。滃嘈杂而麋溃，信净美而甘芬[19]。

登盘盂而荐之，具匕箸而晨飧。助生肥于玉池[20]，与五鼎其齐珍[21]。鄙易牙之效技[22]，超傅说而策勋[23]。沮彭尸之爽惑[24]，调灶鬼之嫌嗔[25]。嗟丘嫂其自隘[26]，陋乐羊而匪人[27]。

先生心平而气和，故虽老而体胖[28]。计余食之几何？固无患于长贫。忘口腹之为累[29]，以不杀而成仁[30]。窃比予于谁欤？葛天氏之遗民[31]。

【注释】①观其物色，味其意境，当是绍圣四年(1097)再贬琼州别驾、昌化军（海南昌江）安置后的作品。其中洋溢着一种穷且益坚、乐天知命的精神，与和陶诸诗，同工异曲。②"服食"二句：服饰、饮食、器物、用具，和家庭的有无程度相当。③水陆之味：山珍海味。④致：罗致。⑤芦菔：一作莱菔，即萝卜。⑥醯：醋。〔以上为叙，交代作赋缘起。〕⑦褊迫：紧窄、窘迫。⑧“如脱兔”句：像逃脱的兔子一样，惶惶不安，颠沛流离，这究竟是什么原因？⑨转雷：饿得肚子咕咕叫。⑩“聊御饿”句：摆出食物，聊以御饥。⑪刍：吃草的牲畜，如牛羊。豢：吃粮食的牲畜，如猪狗。⑫“荷邻”句：感谢邻居分与园蔬。〔以上第一段，贫无可食，唯有菜蔬。〕⑬搏：拾取。露叶：新鲜的菜叶。琼根：洁白块根。⑭爨：烧火煮物。鉶：三足鼎锅。锜：三足釜。⑮糁：以米和羹。投放米、豆，使菜羹和匀、稠厚。⑯“覆陶瓯”句：反扣上底部高拱的陶瓯。⑰屏：通“摒”，摒弃，不放。⑱却：谢绝，不要。椒桂：花椒、桂皮等调味佐料。⑲“信净美”句：果然是纯净、鲜美的甘芳食品。〔以上第二段，饶有兴味地烹制原汁菜羹。〕⑳“助生肥”句：（菜羹鲜美甘芳的气味）引得人口里唾液泉涌。㉑“与五鼎”句：（菜羹吃起来）与牛、羊、猪、鱼、麋等五鼎一样可珍。五鼎：汉主父偃曾说：“丈夫生不五鼎食，死则五鼎烹耳！”张晏说：五鼎就是牛、羊、豕、鱼、麋。诸侯每食五鼎，卿大夫三鼎。㉒“鄙易牙”句：鄙视易牙以烹调之技邀宠于齐桓公。㉓“超傅说”句：超越傅说的以和羹手段辅佐商王武丁治国建勋。㉔“沮彭尸”句：阻止彭尸搬弄是非。彭尸：道家说人身有三尸虫，均有大害，上尸彭倨好宝物，中尸彭质好五味，下尸彭矫好色欲，合称“彭尸”。爽：明朗。惑：疑惑。爽惑：可引为是非。㉕“调灶鬼”句：戏弄灶鬼（灶神），任他嫌憎。㉖“嗟丘嫂”句：叹息丘嫂以釜中羹尽骗刘邦；不替他招待朋友，胸襟何其狭窄。㉗“陋乐羊”句：瞧不起魏将乐羊，他竟啜中山人将他儿子烹成的肉羹，简直没有人性。〔以上第三段：赞扬菜羹之美，不下五鼎。并对贪恋膏腴、或热衷富贵的古人与神怪表示轻蔑与嘲弄。〕㉘胖（pán）：舒坦。㉙口腹之累：东汉闵叔仲客安邑，贫不能食肉，日买猪肝一片，卖肉的有时不肯给他，安邑令下令保证供应。闵知道后叹息：我怎能以口腹累安邑呢？便逃到沛县。东坡安于菜羹，所以说忘掉了口腹累赘。㉚“以不杀”句：以不残杀生命而成仁人。㉛葛天氏：中国古代传说中的部落名。据说葛天氏之民淳朴自在、快乐无忧。〔以上第四段：自觉心平气和、安贫乐道，可比于葛天氏之民。〕

浊醪有妙理赋[1] 神圣功用无捷于酒

酒勿嫌浊，人当取醇[2]。失忧心于卧梦，信妙理之疑神[3]。浑盎盎以无声，始从味入[4]；杳冥冥其似道[5]，径得天真[6]。

伊人之生[7]，以酒为命。常因既醉之适，方识此心之正[8]。稻米无知，岂解穷理[9]？麹糵有毒，安能发性[10]？乃知神物之自然，盖与天工而相并[11]。得时行道，我则师齐相之饮醇[12]；远害全身，我则学徐公之中圣[13]。

湛若秋露，穆如春风[14]。疑宿云之解駮，漏朝日之暾红[15]。初体粟之失去，旋眼花之扫空[16]。酷爱孟生，知其中之有趣[17]；犹嫌白老，不颂德而言功[18]。

兀尔坐忘[19]，浩然天纵[20]。如如不动而体无碍[21]，了了常知而心不用[22]。坐中客满，惟忧百榼之空[23]；身后名轻，但觉一杯之重[24]。

今夫明月之珠，不可以襦；夜光之璧，不可以餔[25]。刍豢饱我而不我觉，布帛燠我而不我娱[26]。惟此君独游万物之表[27]，盖天下不可一日而无。在醉常醒，孰是狂人之药[28]？得意忘味，始知至道之腴[29]。

又何必一石亦醉，罔间州闾[30]；五斗解酲，不问妻妾[31]！结袜廷中，观廷尉之度量[32]；脱靴殿上，夸谪仙之敏捷[33]。阳醉逷地，常陋王式之褊[34]；乌歌仰天，每讥杨恽之狭[35]。我欲眠而君且去，有客何嫌[36]？人皆劝而我不闻[37]，其谁敢接？

殊不知人之齐圣，匪昏之如[38]；古者晤语，必旅之于[39]。独醒者，汨罗之道也[40]；屡舞者，高阳之徒欤[41]？恶蒋济而射木人，又何狷浅[42]？杀王敦而取金印，亦自狂疏[43]。

故我内全其天[44]，外寓于酒。浊者以饮吾仆，清者以酌吾友。吾方耕于渺莽之野[45]，而汲于清泠之渊[46]，以酿此醪，然后举洼樽而属予口[47]。

【注释】①南宋郎晔《经进东坡文集事略》注云："其在海上作《浊醪有妙理赋》。"从知此亦绍圣四年(1097)后在海南所作。为律赋体，八字限韵，四平四仄。赋中恣写酒能使人得真识正、行道免祸、暖体畅怀、忘名避世等等妙用，并宣言自己"内全其天，外寓于酒。"寄感慨于旷达，颇饶味外之旨，韵外之致。②"酒勿嫌浊"二句：浊酒未经过滤加工，较之清酒更为原汁原味，故不嫌浊；人须排除私心杂念、恶德妄行，故当取醇。③"失忧心"二句：饮后醉卧，无忧无虑；果然妙理纷来，若有神助。④"浑盎盎"二句：浑盎盎：浑身舒坦酣畅貌。酣酣畅畅，无声无息，开始被浊醪之味引入一种境界。⑤"杳冥冥"句：杳冥冥：缥缈悠远。缥缈悠远就像"道"。⑥径得天真：直接回返天真。〔以上第一小段，叶"神"韵。〕⑦伊人：此人。懂得"浊醪有妙理"之人。⑧"常因"二句：常常借助于醉的酣快，才理解此心应有的纯正。⑨"稻米"二句：酿酒的稻米无知无觉，哪里懂得探究道理？⑩"麴蘖"二句：酿酒的曲母含有毒素，哪里能够激发人的灵性？⑪"乃知"二句：可知米、曲结合而产生的浊醪这个神物，经历了自然变化的神秘过程，这个过程和天工造物足以相提并论。⑫"得时行道"二句：齐相：指汉初曹参。曹参原为齐国相，肖何死后，代为丞相，上任后，不理事，日饮醇酒。有来建言的，一律劝饮，不让其有说话的机会。以此达到肖规曹随，无为而治。故说他借酒而"得时行道"，值得师法。⑬"远害全身"二句：徐公：三国徐邈。徐邈在曹操手下为尚书郎。时禁酒甚严，而邈常私饮沉醉。有次赵达问到曹操，邈答："中圣人"。曹操听说大怒。鲜于辅为其开脱说：醉客谓酒清者为圣人，浊者为贤人，徐邈讲的是酒。曹操方未加刑。故说他因酒而"远害全身"，值得学习。〔以上第二小段，叶"圣"韵。〕⑭"湛若秋露"二句：酒清澈如秋露，温和如春风。⑮"疑宿云"二句：饮后酒力上脸，如宿云消散，朝日暾红。⑯"初体粟"二句：体粟：体表因寒冷而生的细粒。眼花：老眼昏花。言饮酒之后，开始身体暖和，接着眼睛明亮。⑰"酷爱"二句：孟生：晋孟嘉。嘉好饮，虽多不乱。桓温问："酒有何好？而卿嗜之？"嘉曰："公未得酒中趣耳！"⑱"犹嫌"二句：白老：唐白居易。尝作《酒功赞》。其序云："晋建威将军刘伯伦(刘伶)嗜酒，有《酒德颂》传于世。唐太子宾客白乐天亦嗜酒，作《酒功赞》以继之。"《赞》中说："百虑齐息，时乃之德；万缘皆空，时乃之功。"〔以上第三小段，叶"功"韵。〕⑲兀尔：即兀然，浑然无知的样子。坐忘：庄子用语，指端坐而全忘一切是非差别的精神状态。⑳浩然，原为水大貌，此作胸次开旷洒脱解。天纵：老天不管，无拘无束。㉑“如如不动”句：柔弱无力，不能动弹，而身体并没有受什么病害。如如：柔弱无力貌。㉒“了了”句：清清楚楚，知觉如常，而却不必苦费心思。了了：清楚。㉓“坐中客满”二句：汉北海太守孔融说：“坐上客常满，樽中酒不空，吾无忧矣。”榼：盛酒器，须用仄声，故以榼代樽。㉔“身后名轻”二句：晋张翰任心自适，有人对他说：“卿乃可纵适一时，不谓身后名耶？”张翰回答：“使我有身后名，不如即时一杯酒。”时人贵其旷达。〔以上第四小段，叶“用”韵。〕㉕“今夫”四句：明月一样光亮的大珍珠，不能当棉袄；能在夜里发光的玉璧，不能当饭吃。㉖“刍豢”二句：牛羊饱我口腹，而我并不因之便有灵感；布帛暖我肢体，而我并不因之得到欢娱。㉗此君：浊醪。万物之表，万物之外，超尘出世的天地。㉘狂人之药：《晋书·裴楷传》：“长水校尉孙季舒尝与崇酣饮，傲慢过度，崇欲表免之。楷（裴楷）闻之，谓崇曰‘足下饮人狂药，责人正礼，不亦乖乎？’”此处反其意用之。㉙至道之腴：至道的丰腴滋味。桓谭答扬雄书云：“子云，勤味道腴者也。”此句谓：借助于酒，可以领略道的丰腴。〔以上第五段，叶“无”韵。〕㉚“又何必”二句：《史记·滑稽列传》载：淳于髡答齐威王说：“臣饮一斗亦醉，一石亦醉。”“赐酒大王之前，执法在傍，御史在后，臣恐惧俯伏而饮，不过一斗径醉矣。”“若乃州闾之会，男女杂坐，……臣窃乐此，饮可八斗而醉二三。……男女同席，履舄交错，杯盘狼藉，主人留髡而送客，罗襦襟解，微闻芗泽，当此之时，髡心最欢，能饮一石。”此句谓：何必州闾男女杂坐，饮上一石才醉？㉛“五斗解酲”二句：晋刘伶酒渴求妻，妻劝其禁。伶言须祝鬼神自誓，妻具酒肉，刘伶祝曰：“天生刘伶，以酒为名，一饮一斛，五斗解酲。妇儿之言，慎不可听。”仍饮酒如故。斛：量器名。亦容量单位，十斗为斛。酲：酒后的困惫如病状态。此句谓：何必饮五斗以解酒后的困惫，不管妻妾的意见。㉜“结袜廷中”二句：《史记·张释之传》：处士王生在大廷广众中叫张释之为他结袜。后有人对王生说：“独奈何廷辱张廷尉，使跪结袜？”王生曰：“吾老且残，自度终无益于张廷尉。张廷尉方今天下名臣，吾故聊辱廷尉，使跪结袜，欲以重之。”此句承上“又何必”，也是说不必如此。㉝“脱靴殿上”二句：《李白传》：白尝侍玄宗，醉，使高力士脱靴。

力士素贵，耻之，挞其诗激杨贵妃。帝欲官白，妃即沮止。此句亦谓嗜酒者不必如此。㉞“阳醉逿地”二句：汉王式被召入朝，博士江翁嫉之，在筵会上刁难。王式佯醉逿地，遂谢病免归。逿(dàng)：跌倒。此句鄙视王式量窄。㉟“乌歌仰天”二句：汉杨恽免官归里，心常不平。在《报孙会宗书》中说：“酒后耳热，仰天拊缶而呼乌乌。”此句讥刺杨恽的偏激。㊱“我欲眠”二句：《陶潜传》：贵贱造之者，有酒辄设。潜若先醉，便语客曰：‘我醉欲眠，卿且去。”其真率如此。㊲“人皆”句：韩退之《醉赠张秘书徹》诗：“人皆劝我酒，我若耳不闻。”〔以上第六小段，叶“捷”韵。〕㊳“殊不知”二句：《诗经·小雅·小宛》：“人之齐圣，饮酒温克，彼昏不知，一醉日富。”此句谓以圣人为楷模的人，不会一醉昏昏，应有适度。㊴“古者”二句：《仪礼·乡射礼》云：“古者于旅也语。”旅：次也。此句谓：古代宾主晤谈，多在依次劝饮之时，故饮酒为交际所需。㊵“独醒者”二句：屈原对渔父说：“举世皆浊我独清，众人皆醉我独醒。”后投汨罗而死。句谓不醉独醒的屈原之道，难容于世。㊶高阳之徒：郦生谒刘邦，初报儒生，刘邦不见。后瞋目按剑叱命使者再报：“吾高阳酒徒也。”刘邦乃见之。句谓：高阳酒徒，反可得意成事。㊷“恶蒋济”二句：魏《典略》：时苗为寿春令，往谒扬州治中蒋济，济素嗜酒，适会其醉，不能见。恚恨还，刻木为人，书曰：“酒徒蒋济”。立之于墙下，旦夕射之。此句谓不谅醉人，心胸狭浅。㊸“杀王敦”二句：晋王敦反，王导诣阙请罪，见周顗入宫，请为疏救。顗直入不顾，却密为申救。周顗喜饮，致醉而出。导犹在门。顗不与言，顾左右曰：“今年杀诸贼奴，取金印如斗大系肘。”导不知其实已救己，甚衔之。及王敦入金陵，周顗遂被害。此句谓周顗救人不居，酒后狂言，结果害了自己。〔以上第七小段，叶“丁”韵。〕㊹内全其天：内心里保持淳朴的天性。㊺渺莽之野：广阔苍莽的田野。㊻清泠之渊：古代传说中的大泽。《山海经·中山经》：“神耕父处之，常游清泠之渊，出入有光。”此指清泠的泉水。或即天庆观乳泉。㊼洼樽：一种简朴的饮器。〔以上第八小段，叶“酒”韵。〕

飓风赋[1] 并叙

《南越志》[2]：熙安间多飓风[3]。飓者，具四方之风也，尝以五六月发。未至时，鸡犬为之不鸣。又《岭表录》云[4]：秋夏间有晕如虹者，谓之飓母[5]，必有飘风[6]。

仲秋之夕，客有叩门指云物而告予曰："海气甚恶，非祲非祥[7]。断霓饮海而北指，赤云夹日而南翔。此飓之渐也，子盍备之[8]？"语未卒，庭户肃然，槁叶蔌蔌[9]；惊鸟疾呼，怖兽辟易[10]。忽野马之决骤[11]，矫退飞之六鹢[12]。袭土囊而暴怒[13]，掠众窍之叱吸[14]。予乃入室而坐，敛衽变色[15]。客曰："未也，此飓之先驱尔。"少焉，排户破牖，殒瓦擗屋[16]。礧击巨石[17]，揉拔乔木。势翻渤澥[18]，响振坤轴[19]。疑屏翳之赫怒[20]，执阳侯而将戮[21]。鼓千尺之涛澜，襄百仞之陵谷[22]。吞泥沙于一卷，落崩崖于再触[23]。列万马而并骛，会千车而争逐。虎豹詟骇[24]，鲸鲵奔蹙[25]。类钜鹿之战[26]，殷声呼之动地[27]；似昆阳之役[28]，举百万于一覆[29]。予亦为之股栗毛耸，索气侧足[30]。夜拊榻而九徙[31]，昼命龟而三卜[32]。盖三日而后息也。父老来唁，酒浆罗列。劳来僮仆[33]，惧定而说。理草木之既偃，辑轩槛之已折。补茅屋之罅漏，塞墙垣之隤缺[34]。已而山林寂然，海波不兴，动者自止，鸣者自停[35]。湛天宇之苍苍，流孤月之荧荧。忽悟且叹，莫知所营[36]。呜呼！小大出于相形[37]，忧喜因于相遇[38]。昔之飘然者，若为巨耶[39]？吹万不同[40]，果足怖耶[41]？蚁之缘也吹则坠[42]，蚋之集也呵则举[43]。夫嘘呵曾不能以振物，而施之二虫则甚惧[44]。鹏水击而三千，搏扶摇而九万[45]。彼视吾之惴栗，亦尔汝之相莞[46]。均大块之噫气，奚巨细之足辨[47]？陋耳目之不广[48]，为外物之所变[49]。且夫万象起灭，众怪耀眩[50]，求仿佛于过耳，视空中之飞电[51]。则向之所谓可惧者，实耶虚耶？惜吾知之晚也[52]。

【注释】①此写亲身经历之广东飓风，当作于绍圣四年(1097)至元符三年(1100)，东坡谪居海南时期。南宋吕祖谦奉敕编选的《宋文鉴》(原名《皇朝文鉴》)收之，但认为是东坡第二子苏过叔党所作。明焦竑《刻苏长公文集序》也持这个观点。二人当有根据。虽然赋中的思想、语言与《赤壁赋》《快哉此风赋》《后赤壁赋》等相通，但叔党能文，且随侍海南，多聆謦欬，仿佛若父，也自不足怪。②《南越志》：沈怀远作，是记述古代百越(今两广)地理情况的著作。③熙安：广东熙平与安州。飓风：十二级台风。④《岭表录》：即《岭表录异》，唐刘恂作，记述岭南风土物产之书。⑤飓母：《通雅·天文》："春夏秋之交，见断虹状，名飓母。"⑥飘风：狂风。⑦祲：妖气，凶兆。⑧渐：事物发展的开端。盍：何。子盍备之：你何以防备它。⑨肃然：飒飒风声。《史记·封禅书》："神君闻其音与人言等时去时来，则风肃然。"蔌蔌：纷纷坠落貌。⑩辟易：逃避。⑪忽：倏。野马：指浮游的云气。《庄子·逍遥游》："野马也，尘埃也。"成玄英注："青春之时，阳气勃发，遥望薮泽之中，犹如奔马，故谓之野马也。"决骤：急驰。⑫矫：强壮。六鹢：《左传·僖公十六年》："六鹢退飞过宋都，风也。"⑬土囊：大土穴。《宋玉·风赋》："盛怒于土囊之口。"⑭众窍：许多小孔小洞。叱吸：呼吸。⑮敛衽：整衣理襟，以表恭敬。⑯擗：通"擘"，剖也。⑰礌：从高处推石下击。⑱渤澥：古代东海的一部分，即渤海，《子虚赋》：浮渤澥，游孟渚。"⑲坤轴：地轴，地心。⑳屏翳：神话中的风师。㉑阳侯：波涛之神。屈原《九章·哀郢》：凌阳侯之泛滥兮，忽翱翔之焉薄。㉒襄：冲上。仞：周制八尺。陵：大土山。《诗经·小雅·天保》："如冈如陵。"陵谷：此处偏义指陵，非《诗经·小雅·十月》中的："高岸为谷，深谷为陵"，比喻君子小人地位颠倒人世变迁之"陵谷"。㉓崩崖：悬陡欲崩的危崖。㉔詟骇：心惊胆战。詟：即慑。㉕鲸鲵：大鱼名。奔蹙：奔逃无路。㉖钜鹿之战：钜鹿：在今河北平乡西南。秦末大起义，项羽破釜沉舟，大破秦军于钜鹿。㉗殷：宏大。㉘昆阳之役：昆阳，今河南叶县。是役，刘秀等义军三千，大破王莽军四十万。详见《昆阳赋》。㉙一覆：一朝覆灭。㉚索气：神色萧索。侧足：提心吊胆，不敢安稳站立。㉛"夜附"句：拊：通"抚"。摸着床接二连三改变位置。辗转反侧，寝不安席。㉜"昼命"句：用龟、筮连续卜卦。九、三，非确数，只言其多。㉝劳来：劝勉，慰劳。㉞隤缺：崩塌的缺口。隤：坠落。㉟"已而”四句：写飓风过后，一切皆归于平静。㊱莫知所营：不知做的是什么。营：谋求，经营。㊲“小大”句：大和小的感觉，是与一定的参照物相比相形的结果。㊳“忧喜”句：喜或忧是由相遇的不同情景造成的。㊴昔：昔者，昨日。亦可通“夕”。飘然者：飘，不是飘飘然、轻飘飘的飘，而是“飘风”（旋风，回风，暴风）的飘。即是说：昨天那样猛烈、狂暴的风，究竟是多么大呢？㊵吹万不同：风吹千千万万个大小不同的窍穴所发声音不同。也即自然生长助育万物各有不同。事出《庄子·齐物论》。㊶果足怖耶：果真足以使人害怕吗？㊷“蚁之缘”句：蚂蚁附物爬行，吹一口气就会掉落。㊸“蚋之集”句：蚋蚊聚会，呵一口气就会飘飞而起。蚋：昆虫，体长二、三毫米，头小，色黑，胸背隆起，吸人畜的血液，幼虫栖于水中。㊹“夫嘘呵”二句：嘘呵之气力量微小，不足以振动物体，而施展在蚂蚁、蚋蚊二虫身上，则很为可怕。㊺“鹏水击”二句：大鹏翅膀拍拍水面就是三千里，乘旋风而上，就一飞九万里。㊻“彼视”二句：那大鹏看我在飓风里心惊胆战，也像我看蚂蚁与蚋蚊受不了轻轻一口气一样，不禁莞尔一笑。㊼“均大块”二句：一切暴风、微风皆为大地的呼气，又有什么值得分辨大小的。《庄子·齐物论》：“大块噫气，其名为风。”大块：天地，一说大地。㊽“陋耳目”句：可鄙的是耳目之界太窄。㊾“为外物”句：竟为外物所影响和改变。㊿“且夫”二句：而且宇宙万象生生灭灭，光怪眩目。(51)“求仿佛”二句：只要把它们当成秋风过耳，不为动心；视为空中的飞电，转瞬即逝。《吴越春秋》延陵季子自谓：洁身清行，仰高履尚，唯仁是处，富贵之于我，如秋风之过耳。(52)“则向”三句：那么，从前之所谓可怕的一切，究竟是真实的呢？还是虚幻的呢？可惜我领悟这个道理太晚了。

思子台赋[1] 并引

予先君宫师之友史君[2]，讳经臣，字彦辅，眉山人。与其弟沆子凝皆奇士，博学能文，慕李文饶之为人[3]，而举其议论。彦辅举贤良，不中第。子凝以进士得官，止著作佐郎。皆早死，且无子。有文数百篇，皆亡之。予少时常见彦辅所作《思子台赋》[4]，上援秦皇[5]，下逮晋惠[6]，反复哀切，有补于世。盖记其意而亡其辞，乃命过作补亡之篇[7]。庶几后之君子，犹得见斯人胸怀之仿佛也[8]。

客有自蜀游梁，傃关而东[9]。览河华之形胜兮[10]，访秦汉之遗宫[11]。得岿然之颓基兮[12]，并湖城之西墉[13]。吊汉武之暴怒兮[14]，悼戾园之悯凶[15]。闻父老之哀叹兮，犹有归来望思之遗恫[16]。吁大台之谗频兮[17]，实咀毒而衔锋[18]。败赵国于俯仰兮[19]，又将覆刘氏之宗[20]。间汉武之多忌兮，谓左右之皆戎[21]。杀阳石而未厌兮[22]，又瘗祸于宫中[23]。忸君王之好杀兮[24]，视人命犹昆虫。死者几何人兮，岂间骨肉与王公。惑狂傅之浅谋兮[25]，不忍忿忿而杀充[26]。上曾不鉴予之无聊兮，实有豕心[27]。负此名而欲亡兮[28]，天下其孰吾容[29]。

苟逭死于泉鸠兮[30]，冀稍久而自理[31]。遘大患于仓猝兮[32]，怀孤愤于永已[33]。念君老而孰图兮，嗟肉食其多鄙[34]。独三老与千秋兮[35]，怀爱君之眷眷；犯雷霆之方怒兮，消积祸于一言。既沉冤之无告兮，戮谗人其已晚；幸曾孙之无恙兮[36]，或慰夫九原[37]。虽筑台其何救兮，固知已矣之不谏[38]；魂茕茕其归来兮，盖庶几于复见[39]。

昔秦之亡也，祸始于扶苏[40]。眇斯、高之羸豕兮，视其君犹乳虎[41]。曾犷息之未定兮[42]，乃敢探其穴而啖其雏[43]。在晋四士[44]，有君不惠[45]。孽妇晨雌[46]，强王定制。惟愍怀之遭离兮，实追踪于汉戾[47]。顾孱后之何知兮，亦号呼于既逝。写余哀于江陵兮，发故臣之幽契。仍筑台以望思兮，盖援武以自例[48]。

呜呼噫嘻！可吊而不可哂兮[49]，亦各言其子也。彼茂陵之雄杰兮[50]，系九戎而鞭百蛮[51]。笑尧禹而陋汤武兮[52]，盖将与黄帝俱仙[53]。及其失道于几微兮[54]，狐鬼生于左臂[55]。如婴儿之未孩兮[56]，易耳目而不知[57]。甘泉咫尺而不通兮[58]，与式乾其何异[59]。既上配于秦皇兮[60]，又不比于晋惠[61]。君子是以知狂圣之本同，而聪明之不可恃也[62]。

观览古初，孰哲孰愚[63]？皆知指笑乎前人，而莫知后之视予[64]。方汉武之盛也，肯自比于骊山之朽骨[65]，而况于金墉之独夫乎[66]？自今观之，三后一律[67]，皆以信谗而杀子，暱奸而败国[68]。吾筑台以寄哀，信同名而齐实[69]。彼昏庸者固不足告也[70]，吾将以为明王之龟策[71]。自建元以来[72]，张汤、主父偃之流[73]，与两丞相、三长史之徒[74]，皆以无罪而夷灭[75]，一言以就诛。曾无兴哀于既往，一洗其无辜[76]；独于据也悲歌慷慨，涕泣踌躇[77]。呜呼哀哉！莫有以楚灵王之言告者曰："人之爱其子也，亦如予乎[78]？"天道好还，以德为符[79]。惟孟德之鸷忍兮[80]，亦嗜杀以为娱。彼杨公之爱修兮[81]，岂减吾之苍舒[82]？恨元化之不可作兮，然后知鼠辈之果无[83]。同舐犊于晚岁兮[84]，又何怨于老瘽[85]。吾将以嗜杀为戒兮[86]，故于末而并书[87]。

【注释】①据赋前《引》：东坡之同乡、父执史经臣，曾作《思子台赋》，"反复哀切，有补于世。"东坡少曾见之，晚年"记其意而亡其辞，乃命过（少子苏过）作补亡之篇。"故知《引》为东坡所加，而赋则苏过所作。其时当在绍圣四年(1097)至元符三年(1100)间，地则海南。因苏过随侍父侧，谪居多暇，方能忆昔命题，揣情运笔。②先君：儿子称已死的父亲。此谓苏洵。③李文饶：唐李德裕，字文饶。武宗时出将入相，颇著功业。④思子台：在汉代湖城西，阌乡东（今河南灵宝）。汉武帝晚年，太子刘据受江充等构陷，起兵诛江，被诬谋反，逃亡湖城，自尽。后武帝怜其冤，乃作"思子宫"，为"归来望乡之台"于湖城，至宋元基址犹存。⑤秦皇：秦始皇嬴政，其太子扶苏，谏父失宠，奉派守边，后为胡亥、赵高等人所害。⑥晋惠：晋惠帝司马衷。其太子司马遹，庶出，被贾皇后陷害，废为庶人，继遭毒杀。⑦补亡之篇：肖原作之声口，师其意旨，补作赋辞。⑧斯人：此人，指《思子台赋》原作者史经臣。⑨傃关而东：傃：向。关：函谷关或潼关。⑩河华：黄河、华山。⑪秦汉之遗官：秦汉泛说，实指汉之"思子宫"。⑫岿然之颓基：高耸的"思子台"坍塌后的基址。⑬墉：墙。⑭汉武之暴怒：汉武幸甘泉宫，太子刘据迫于江充等人的构陷，发兵杀充。奸人趁机告太子反，汉武暴怒，敕丞相攻之，太子逃亡凶死。⑮戾园之悯凶：太子刘据自刭。武帝谥之为"戾太子"，即葬湖城，故以"戾园"代称。悯凶：不幸凶亡。⑯遗恫：遗痛。汉武悔而建台，冀其冤魂不昧，望乡归来，此举可见遗恫。⑰大台：指江充。汉武拜江充为直指绣衣使者，使督察贵戚、近臣逾侈者，故有此称。谗频：谗言陷害。⑱咀毒而衔锋：毒口毒舌，势必伤人。⑲败赵国于俯仰：江充曾为赵敬肃王客，得罪于太子丹(赵太子)，亡逃，诣阙告太子阴事，太子坐废。此即败赵于俯仰间。⑳将覆刘氏之宗：即又谗害太子据，将颠覆刘氏宗族。㉑"间汉武"二句：江充利用汉武的猜疑多忌离间太子据，说太子左右多养武士，有祸心。㉒杀阳石而未厌：朱安世告丞相公孙贺子敬声与汉武女阳石公主私通，以致公孙贺父子死狱中，阳石公主坐巫蛊诛。杀了阳石公主还不满足。㉓又瘗祸于宫中：江充假称汉武不适，是由于有人于宫中埋木人，行蛊咒，奉命搜查，借以陷害皇后与太子。㉔忸：通"狃"，熟习，习惯。㉕惑狂傅之浅谋：太子据受惑于狂悖的少傅石德肤浅短视的主意。㉖忿忿：气愤。杀充：杀江充。㉗上：皇上汉武。不鉴：不察，不理解。予：自谓语气，指太子刘据。无聊：无所依赖，无可依托。豕心：比喻贪得无厌之心。《左传·昭公二十八年》："实有豕心，贪婪无厌。"这里是说：私心有所希冀。㉘负此名：负此造反之恶名。欲亡：想要逃亡。㉙吾容：即容吾。此句谓：天下谁能收留我，容忍我。㉚苟逭死于泉鸠：姑且逃避死亡，躲在泉鸠里。逭：逃。泉鸠：泉鸠里，在阌乡县东南十五里，今河南灵宝。太子据逃出长安后藏身处，也是其自杀处。㉛冀：希望。自理：自己能够得伸冤屈。㉜遘：遭遇。大患：事泄而军吏围捕。㉝怀孤愤于永已：心怀特有的忧愤，死而不已。㉞"念君老"二句：想想汉武已经老迈，谁能替他谋划设想呢？周围那些享受高官厚禄的大臣实在大多很卑鄙。肉食：享厚禄。㉟三老：壶关(今山西)三老令狐茂，在太子据逃亡时，曾上书汉武，谓太子杀江充，是"以救难自免"，希望"无患太子之非，亟罢甲兵，无令太子久亡。"天子感悟，但尚未言赦。千秋：田千秋，时为高寝郎(高祖庙卫寝之郎)，在太子遇难后，上急变，为太子鸣冤。汉武大感悟，诛杀构陷、追捕之人，作思子宫、归来望思之台。㊱曾孙无恙：太子据之孙刘病已(后更名刘询)，即汉武曾孙，幸得辗转保全，后为丙吉、霍光等所拥立，即汉宣帝。㊲九原：《礼记·檀弓下》："赵文子与叔誉观乎九原。"九原为春秋时晋国卿大夫的墓地。后泛指墓地。此句谓墓中的太子据或许会得到安慰。㊳"虽筑台"二句：从汉武讲：虽筑归来望思之台，又能挽救什么呢？本来知道已经发生的事是再也无法改正了。㊴"魂茕茕"二句：只希望孤独无依的灵魂他能够回来，或者还能再见。㊵祸始于扶苏：始皇崩于沙丘，赵高、胡亥与李斯谋，秘丧不发，矫诏赐长子扶苏死，于是胡亥继立为二世。秦朝亡国之祸，开始于胡亥杀扶苏。㊶眇：通“秒”，微小。羸豕：瘦弱的猪。乳虎：幼虎。㊷纩：借作“圹”，墓穴。纩息未定：尚未安葬。㊸探穴啖雏：探其穴而吃其子，即杀害扶苏。㊹在晋四士：指晋惠帝时在朝执政的贾模、贾谧、张华、裴頠四位重臣。㊺有君不惠：《资治通鉴·晋纪五》：晋惠帝司马衷“为人罝呆。尝在华林园闻虾蟆，谓左右曰：‘此鸣者为官乎？为私乎？’时天荒馑，百姓饿死，帝闻之曰：‘何不食肉糜？’由是权在群下，政出多门，势位之家，更相荐托，有如互市。”故其后贾氏得以肆意谋害太子遹。㊻孽妇晨雊：孽妇：指晋惠帝皇后贾氏。谓其在宫庭肆其淫恶，如“牝鸡司晨”。雊：禽鸟叫。㊼愍怀：晋惠帝太子司马遹的谥号，即以指代。汉戾：汉武太子刘据，初谥为“戾”，故以“汉戾”指代。㊽援武自例，为愍怀太子筑台以望思。㊾吊：凭吊，悼念，表同情与哀怜。哂：笑，或嗤笑、冷笑。㊿茂陵：汉武帝的陵墓，因以指代。51系：缚，羁绊，征服。鞭：鞭打，驱遣。九戎、百蛮：泛指境内和边界许多民族。52笑：嘲笑。陋：轻视。此句意谓汉武不可一世，尧、禹、汤、武，全不看在眼里。53与黄帝俱仙：《史记·封禅书》记载传说：黄帝采首山铜，铸鼎于荆山下，鼎既成，有龙垂胡髯下迎黄帝。黄帝上骑，群臣后宫从上者七十余人，龙乃上去。”汉武晚年，也幻想和黄帝一样飞升成仙。54失道于几微：从细微的地方开始背离正道。55狐鬼：奸诡小人。左臂：肘腋，身边。（左，有乖僻，不正之意）56如婴儿之未孩：孩，同“咳”，小儿笑。意谓汉武老来变得如婴儿一样连笑都不会。57“易耳目”句：耳目之前的情景变幻都不知道。58“甘泉”句：甘泉：甘泉宫，故址在今陕西淳化。汉武幸甘泉宫，太子刘据乘间诛江充，奸人诬以谋反。尽管甘泉宫与长安近在咫尺，汉武仍不能了解真相。59“与式乾”句：式乾：式乾殿。晋惠帝中了贾后的圈套，曾幸式乾殿与公卿议，废太子遹为庶人。句谓汉武在甘泉宫受蒙蔽，与晋惠帝在式乾殿受愚弄有什么不同？60“既上”句：（在冤死儿子上）汉武往上和前朝的秦皇相当。61“又不比”句：不：疑为“下”，往下又和后代的晋惠相像。62“君子”二句：由此可知狂悖之君与圣明之帝基本相同，其个人的聪明才智是不能倚仗的。63“观览”二句：纵观历史，谁是贤哲？谁是愚顽？64“皆知”二句：都知道指摘笑话以前的人，却不知道后世的看我，也是同样可以指摘和笑话的。⑥⑤骊山之朽骨：指秦皇，因其陵墓在骊山。⑥⑥金墉之独夫：指晋惠帝。金墉：金墉城，晋武帝所建，为幽禁皇室后妃的冷宫。晋惠帝后来为赵王伦所废，也曾入居。况：比譬。⑥⑦三后一律：后：即君主。《书·大禹谟》："后非众，罔与守邦。"三后：秦皇、汉武、晋惠。一律：一个样。⑥⑧暱奸：亲信奸佞。⑥⑨"吾筑台"二句：筑台寄哀，名实相同。⑦⓪昏庸者：指秦皇（实为暴虐者）、晋惠。不足告：不值得对他说。⑦①明王：指汉武。龟策：龟甲和蓍草，古代占卜用具。占卜是为了获得预告和启示，故可引申为忠告。⑦②建元以来：即汉武登基以来。建元：汉武帝第一个年号，元年为公元前一四零年。⑦③张汤：酷吏，汉武时为廷尉，颇受信任。"汤每朝奏事，语国家用，日晏，天子忘食；丞相取充位，天下事皆决于汤。"后丞相庄青翟，丞相长史朱买臣、王朝、边通陷之，自杀。主父偃：汉武帝臣，上书得幸，一岁四迁，为中大夫。后因败坏齐、燕王，赵王告其受诸侯金，被族。⑦④两丞相：庄青翟与公孙贺。庄青翟：在陷死张汤后，被下狱追究，自杀。公孙贺：因朱安世于狱中上书，告其子敬声与阳石公主（汉武女）私通，"使巫当驰道埋偶人，祝诅上，有恶言。"父子下狱，案验，死狱中。三长史：朱买臣、王朝、边通，同为丞相长史。因陷害张汤，被按诛。⑦⑤无罪而夷灭：死非其罪，故曰无罪。⑦⑥"曾无"二句：一直并没有对于他们过去的死感到悲哀，并没有对他们的无辜受害来一番平反昭雪。⑦⑦"独于"二句：只是单单对于太子据的受害，如此痛心疾首，久久难忘。⑦⑧楚灵王之言：《史记·楚世家》载：楚康王昭有宠弟公子围、子比、子皙、弃疾四人。康王死，子员立，是为郏敖。郏敖以叔父公子围为令尹。后公子围趁郏敖病，绞而杀之，并杀其子莫及平夏，据位自立，是为楚灵王。十二年后，其弟子比、子皙、弃疾又趁其在外，入都杀其太子禄，立子比为王，子皙为令尹，弃疾为司马。"灵王闻太子禄之死也，自投车下，而曰'人之爱子亦如是乎？'侍者曰：'正是。'王曰：'余杀人之子多矣，能无及此乎？'"此处引楚灵王前句，而实暗含后句。⑦⑨"天道"二句：天道循环报应，以其德行为符契，即善有善报，恶有恶报。⑧⓪孟德：曹操字。鸷忍：鹰鸷一样凶狠残忍。⑧①杨公：杨彪，建安时位居三公。修：杨修，杨彪的儿子。杨修聪明毕露，经常看穿曹操隐私，为其所忌；又以党于曹植，遂被曹操借故杀害。⑧②苍舒：一作仓舒，曹操幼子，未冠而卒。"操伤惜之甚。司空掾邴原女早亡，操欲求与仓舒合葬”，邴原以“非礼”辞之。⑧③元化：华佗字。佗为三国外科神医。曹操患头风，佗言须动开颅手术。曹操疑欲害己，杀之。不可作：不可复生。二句谓：等到病入膏肓，想求华佗救命，而华佗已不可复生；然后才知道所谓意图谋害自己的鼠辈，果然并不存在。⑧④舐犊：牛犊初生，母牛常常以舌舔之，叫舐犊。因借以表现父母爱子之情。晚岁：晚年。⑧⑤老癯：年老体瘦。癯：清瘦也。⑧⑥以嗜杀为戒：即杀人者，人亦杀之；杀人子者，人亦杀其子；嗜杀无好报，须引以为戒。⑧⑦于末而并书：于篇末同时写下戒杀之意。

卷二　五言古诗

过宜宾见夷中乱山[1]

江寒晴不知，远见山上日。朦胧含高峰，晃荡射峭壁。横云忽飘散，翠树纷历历。行人挹孤光，飞鸟投远碧。蛮荒谁复爱，秾秀安可适。岂无避世士，高隐炼精魄[2]。谁能从之游，路有豺虎迹。

【注释】①宜宾：县名。在四川省南部、长江及岷江沿岸，邻接云南。唐名义宾，宋改宜宾。②炼精魄：指修炼精神。《黄气阳精经》：金门之上，日之通门也。金门之内，有金精冶炼之池，故立春之节日，更炼魄于金门之内。

夜泊牛口

日落红雾生，系舟宿牛口。居民偶相聚，三四依古柳。负薪出深谷，见客喜且售。煮蔬为夜飧，安识肉与酒。朔风吹茅屋，破壁见星斗。儿女自咿嚘[1]，亦足乐且久。人生本无事，苦为世味诱。富贵耀吾前，贫贱独难守。谁知深山子，甘与麋鹿友。置身落蛮荒，生意不自陋。今予独何者，汲汲强奔走。

【注释】①咿嚘：《汉书·东方朔传》："伊优亚者，辞未定也。"韩愈等《远游联句》："巴语相咿嚘。"这里形容不清楚的人语声。

牛口见月

掩窗寂已睡，月脚垂孤光。披衣起周览，飞露洒我裳。山川同一色，浩若涉大荒[1]。幽怀耿不寐，四顾独彷徨。忽忆丙申年，京邑大雨滂。蔡河中夜决[2]，横浸国南方。车马无复见，纷纷操筏郎。新秋忽已晴，九陌尚汪洋。龙津观夜市，灯火亦煌煌。新月皎如昼，疏星弄寒芒。不知京国喧，谓是江湖乡[3]。今来牛口渚，见月重凄凉。却思旧游处，满陌沙尘黄。

【注释】①大荒：《山海经·大荒东经》："东海之外，大荒之中……"此指广漠边远的地方。②蔡河：《宋史·河渠志》：蔡河贯京师，兼闵水、洧水、溵水。③王文诰案：自"忽忆丙申年"句至此，皆追忆京中事。

屈原塔[1]

楚人悲屈原，千载意未歇。精魂飘何处，父老空哽咽。至今沧江上，投饭救饥渴。遗风成竞渡，哀叫楚山裂[2]。屈原古壮士，就死意甚烈。世俗安得知，眷眷不忍决。南宾旧属楚[3]，山上有遗塔[4]。应是奉佛人，恐子就沦灭。此事虽无凭，此意固已切。古人谁不死，何必较考折[5]。名声实无穷，富贵亦暂热。大夫知此理，所以持死节。

【注释】①屈原塔：苏轼自注："在忠州，原不当有碑塔于此，意者后人追思，故为作之。"屈原，名平，楚之同姓，为楚怀王左徒。忠而被谗，离而见忧，最后投汨罗江。是中国古代伟大的爱国主义诗人。②"至今"四句：宗懔《荆楚岁时记》："五月五日竞渡，俗为屈原投汨罗日，伤其死，故并命舟楫以拯之。"③南宾：古代的巴子国，即苏轼所言之忠州。④遗塔：即屈原塔。⑤考：考终，又叫考终命。意即老寿而死，善终。《书·洪范》："五福……五曰考终命。"折：凶短折，指短命夭折，乃"六极"之一。《书·洪范》："六极，一曰凶短折……"

过木枥观[1]

石壁高千尺，微踪远欲无。飞檐如剑寺[2]，古柏似仙都。许子尝高遁，行舟悔不迂。斩蛟闻猛烈[3]，提剑想崎岖。寂寞棺犹在，修崇世已愚。隐居人不识，化去俗争吁。洞府烟霞远，人间爪发枯[4]。飘飘乘倒景，谁复顾遗躯。

【注释】①木枥山：位于今重庆市万州区武陵镇禹安村。②“飞檐”句：苏轼自注：“出剑门东，望上，寺宇仿佛可见。”剑门山顶有一寺，曰梁山寺。飞檐：我国传统建筑檐部形式之一。屋檐上翘，在屋角处更为突出，有如飞翼，外形轻巧美观，常见于亭、台、楼、阁、庙宇和宫殿等建筑上。③许子：许迈，南昌人，尝为旌阳县令。得异人术，周游江湖，悉斩蛟蜃，除民害。精修山中，年一百三十六，举家飞升。④爪发：《列子·天瑞篇》：“皮肤爪发，随世随落。”

八阵碛[1]

平沙何茫茫，仿佛见石蕝[2]。纵横满江上，岁岁沙水啮。孔明死已久，谁复辨行列？神兵非学到，自古不留诀。至人已心悟，后世徒妄说。自从汉道衰，蜂起尽奸杰。英雄不相下，祸难久连结。驱民市无烟，战野江流血。万人赌一掷，杀尽如沃雪。不为久远计，草草常无法。孔明最后起，意欲扫群孽。崎岖事节制[3]，隐忍久不决。志大遂成迂，岁月去如瞥。六师纷未整，一旦英气折。惟余八阵图，千古壮夔峡。

【注释】①八阵：又叫八阵图，蜀汉诸葛亮造，传说不一。一云“夔州东南有八阵碛，孔明之遗迹。碎石行列如引绳，每岁江涨，碛上水数十丈，比退，阵石如故”。②石蕝（jué）：蕝，古代演习朝会礼仪时束茅以表位之称。石蕝意即八阵碛以石表位，如茅蕝也。③“崎岖”句：《三国志·蜀书·诸葛亮传》：“（建兴）十二年春，亮悉大众，由斜谷出，以流马运，据武功五丈原。与司马宣王对于渭南。亮每患粮不连，使己志不申，是以分兵屯田，为久驻之基。耕者杂于渭滨居民之间，而百姓安堵，军无私焉。”又干令升《晋纪·总论》：“屡拒诸葛亮节制之兵。”

诸葛盐井①

五行水本咸②，安择江与井？如何不相入，此意难复省。人心固难足，物理偶相逞。犹嫌取未多，井上无闲绠③。

【注释】①诸葛盐井：苏轼自注：“井有十四，自山下至山上，其十三井常空，每盛夏水涨，则盐泉迤逦迁去，常去于江水之所不及。”②“五行”句：《尚书·洪范》：“五行，水曰润下，润下作咸。”③绠(gěng)：汲水桶上的绳索。绠短不可汲深。

巫山①

瞿塘迤逦尽②，巫峡峥嵘起。连峰稍可怪，石色变苍翠。天工运神巧，渐欲作奇伟。坱轧势方深，结构意未遂。旁观不暇瞬，步步造幽邃。苍崖忽相逼，绝壁凛可悸。仰观八九顶③，俊爽凌颢气。晃荡天宇高，奔腾江水沸。孤超兀不让，直拔勇无畏。攀缘见神宇，憩坐就石位。巉巉隔江波，一一问庙吏。遥观神女石，绰约诚有以④。俯首见斜鬟，拖霞弄修帔。人心随物变，远觉含深意。野老笑我旁：

“少年尝屡至。去随猿猱上，反以绳索试。石笋倚孤峰，突兀殊不类，世人喜神怪，论说惊幼稚。楚赋亦虚传，神仙安有是[5]？”次问扫坛竹，云“此今尚尔。翠叶纷下垂，婆娑绿凤尾。风来自偃仰，若为神物使。绝顶有三碑，诘曲古篆字。老人那解读，偶见不能记。穷探到峰背，采斫黄杨子。黄杨生石上，坚瘦纹如绮。贪心去不顾，涧谷千寻缒。山高虎狼绝，深入坦无忌。溟濛草树密，葱茜云霞腻。石窦有洪泉，甘滑如流髓。终朝自盥漱，冷冽清心胃。浣衣挂树梢，磨斧就石鼻。徘徊云日晚，归意念城市。不到今卅年，衰老筋力惫。当时伐残木，牙蘖已如臂[6]”。忽闻老人说，终日为叹喟。神仙固有之，难在忘势利。贫贱尔何爱，弃去如脱屣。嗟尔若无还，绝粮应不死[7]。

【注释】①巫山：在重庆、湖北、湖南交界一带。北与大巴山相连。巫峡因山而得名，三峡之一。②瞿塘：西起奉节县白帝山，东迄巫山县大溪镇，是三峡中最短的一个。连崖千丈，奔流电激。为三峡之门。③仰观八九顶：《入蜀记》：“巫山十二峰，不可悉见，所见八九峰。”④“遥观”二句：《入蜀记》：“十二峰，惟神女峰最为纤丽奇峭，宜为仙真所托。窃意来鹤峰，即神女峰之别名。”⑤“神仙”句：王文诰曰：“以上借野老口中述旧游，洗涤秽，赋为后《神女庙》诗章本。其下入扫坛竹，至游归，写得在有意无意间，高贵之甚。”⑥王文诰曰：“自‘次问扫坛竹’句至此，亦述老人相告之辞也。”⑦纪昀曰：“波澜壮阔，繁而不杳，一篇大文，如何收束？趁势以野老作结，极完密，又极洒脱。”

神女庙[1]

大江从西来，上有千仞山。江山自环拥，恢诡富神奸[2]。深渊鼍鳌横，巨壑蛇龙顽。旌阳斩长蛟[3]，雷雨移沧湾。蜀守降老蹇，至今带连环。纵横若无主，荡逸侵人寰[4]。上帝降瑶姬，来处荆巫间。神仙岂在猛[5]，玉座幽且闲。飘萧驾风驭，弭节朝天关。倏忽巡四方，不知道里艰[6]。古妆具法服，邃殿罗烟鬟。百神自奔走，杂沓来趋班[7]。云兴灵怪聚，云散鬼神还[8]。茫茫夜潭静，皎皎秋月弯。还应摇玉佩，来听水潺潺[9]。

【注释】①神女庙：为巫山神女所立之庙。在四川省巫山县东巫山飞凤峰麓。②“大江”四句：从江山入手，领起治水。③“旌阳”句：《许旌阳传》：“旌阳于豫章遇一少年，谓门人施太玉曰：‘此蜃精，宜亟翦戮，彼今化为黄牛，我当化黑牛以逐之。’俄，龙沙洲一黑牛奔赴黄牛而来。太玉以剑挥之，中其左股，因投于井。……蜃遂变本形，为吏所杀。”④自“深渊”至“人寰”句：以二比代本事，迹不露而神自到。⑤“神仙”句：明翻治水以自，盖不叙本事之迹，实乃坐实前比一节，究竟是治水也，落墨高洁之甚。⑥自“上帝”至“里艰”句：叙神女在不即不离之间，意有所避就也。⑦“百神”二句：结“神女”一节，完他治水本事，妙在下一“自”字，作想象之辞，收入艰界。⑧“云兴”二句：结前比一节，妙在忽聚忽散，以有为无，仍是苏轼口吻。以上自“古妆”至此一节，叙入游庙中。⑨“还应”二句：结有远神，通篇藏“水”字不露，至末句出落“水”字，点明诗旨。纪昀评曰：“神女诗不作艳词，是本领过人处。”

新滩[1]

扁舟转山曲，未至已先惊。白浪横江起，槎牙似雪城。番番从高来，一一投涧坑。大鱼不能上，暴鬣滩下横[2]。小鱼散复合，瀺灂如遭烹[3]。鸬鹚不敢下，飞过两翅轻。白鹭夸瘦捷，插脚还敧倾。区区舟上人，薄技安敢呈。只应滩头庙，赖此牛酒盈。

【注释】①新滩：《水经注》曰：江水历峡，东迳新崩滩。此山晋太元二年又崩，水逆流百余里，故谓之新崩滩。《入蜀记》曰：新滩两岸，南曰官漕，北曰龙门。龙门水尤湍急，多暗石，官漕差可行，然亦多锐石，故为峡中最险处。②“暴鬣”句：《文选》谢玄晖诗：“乘流畏曝鳃。”刘昭注引晋刘欣期《交州记》：“有堤防龙门，水深百寻，大鱼登此门化成龙，不得过，曝鳃点额，血流此水，恒如丹池。”③瀺灂(chán zhuó)：本指出没貌。此处形容小鱼之惊慌乱窜。

新滩阻风

北风吹寒江，来自两山口。初闻似摇扇，渐觉平沙走。飞云满岩谷，舞雪穿窗牖。滩下三日留，识尽滩前叟。孤舟倦鸦轧[①]，短缆困牵揉。尝闻不终朝，今此独何久。只应留远人，此意固亦厚。吾今幸无事，闭户为饮酒。

【注释】①鸦轧：摇橹声。苏轼《九日黄楼作》：“楼前便作海茫茫，楼下空闻橹鸦轧。”贺铸《生查子·陌上郎》词云：“双橹本无情，鸦轧如人语。”

虾蟆培[①]

蟆背似覆盂[②]，蟆颐似偃月。谓是月中蟆，开口吐月液。根源来甚远，百尺苍崖裂。当时龙破山，此水随龙出。入江江水浊，犹作深碧色。禀受苦洁清，独与凡水隔。岂惟煮茶好[③]，酿酒应无敌。

【注释】①虾蟆培：《峡州志》：“扇子峡石，中突而泄水，独清冷，石状如圭头，俗谓虾蟆石。”《荆州记》黄山谷云：从舟中望之，颐颔口吻，甚类虾蟆。寻泉入洞中，石气清寒，泉出石骨，若虬龙吼。水流循虾蟆背，垂鼻口间，乃入江。②覆盂：覆置的盂，比喻稳固，不可动摇。③“岂惟”

句:《舆地纪胜》:“竹泉在荆州松滋县南。宋至和初,苦竹寺僧浚井得笔。后,黄庭坚谪黔过之,视笔曰:‘此吾虾蟆培所坠。’因知此泉与之相通。其诗曰:‘松滋县西竹林寺,苦竹林中甘井泉。巴人漫说虾蟆培,试裹春茶来就煎。’”陆羽品其水为天下第四。

出峡[①]

入峡喜巉岩,出峡爱平旷。吾心淡无累,遇境即安畅。东西径千里,胜处颇屡访。幽寻远无厌,高绝每先上。前诗尚遗略,不录久恐忘。忆从巫庙回,中路寒泉涨。汲归真可爱,翠碧光满盎。忽惊巫峡尾,岩腹有穿圹。仰见天苍苍,石室开南向。宣尼古庙宇[②],丛木作帏帐。铁楯横半空,俯瞰不计丈。古人谁架构,下有不测浪。石窦见天囷,瓦棺悲古葬。新滩阻风雪,村落去携杖。亦到龙马溪,茅屋沽村酿。玉虚悔不至,实为舟人诳。闻道石最奇,寤寐见怪状。峡山富奇伟,得一知几丧。苦恨不知名,历历但想像[③]。今朝脱重险,楚水渺平荡。鱼多客庖足,风顺行意王。追思偶成篇,聊助舟人唱。

【注释】①出峡:《吴船录》:“黄牛峡尽,则为扇子峡,过此,尽峡中滩矣。三十里,得南岸,则尽平地,曰平善坝。舟出峡。至此,人皆相庆如更生。三十里至峡州。”②“宣尼”句:据传,则峡中当有孔子庙。③纪昀评曰:“‘玉虚’以下四韵,得此一虚,实处皆活,且前路逐一铺叙,难免挂漏,有此一补,方满足无罅,凡不尽处皆到。”

游洞之日，有亭吏乞诗，既为留三绝句[1]于洞之石壁，明日至峡州，吏又至，意若未足，乃复以此诗授之

一径绕山翠，萦纡去似蛇。忽惊溪水急，争看洞门呀。滑磴攀秋蔓，飞桥踏古槎[2]。三扉迎北吹，一穴向西斜[3]。叹息烟云老，追思岁月遐。唐人昔未到，古俗此为家。洞暖无风雪，山深富鹿豭。相逢衣尽草，环坐髻应髽[4]。灶突依岩黑[5]，樽罍就石洼[6]。洪荒无传记，想象在羲娲。此事今安有，遗踪我独嗟。山翁劝留句，强为写槎牙。

【注释】①三绝句：苏洵、东坡与子由各一也。②古槎：又作“古楂”。古旧的木筏。③“三扉”句：《入蜀记》：过下牢关，系船，登三游洞，蹑石登二里。其险处不可著脚。洞大如三间屋，有一穴通人过，然阴黑可畏。缭山腹，伛偻自岩下至洞前，差可行。下临溪潭，石壁十余丈。又一穴，后有壁可居，钟乳岁久垂地，正当穴门。④髻应髽：即髽髻（zhuā jì），梳在头顶两旁或脑后的发髻。⑤灶突：灶上烟囱。《吕氏春秋·谕大》：“灶突决则火上焚栋……”⑥樽罍：皆为盛酒器具。石洼：形状洼陷、可以盛酒的山石。此句即颜真卿“因石为洼樽”诗的意思。

寄题清溪寺[1]

口舌安足恃[2]，韩非死说难[3]。自知不可用，鬼谷乃真奸[4]。遗书今未亡，小数不足观。秦、仪固新学，见利不知患。嗟时无桓文[5]，使彼二子颠。死败无足怪，夫子固使然。君看巧更穷，不若愚自安。遗宫若有神，颔首然吾言。

【注释】①清溪寺：苏轼自注：在峡州，鬼谷子之故居。②“口舌”句：《汉书·娄敬传》：“上怒，骂敬曰：齐虏以舌得官，乃今妄言沮吾军。”③“韩非”句：《史记·韩非传》：韩非“作《孤愤》《五蠹》《内外储》《说林》《说难》十余万言。然韩非知说之难，为《说难》书甚具，终死于秦，不能自脱”。④鬼谷：即鬼谷子，相传战国时楚人。姓名传说不一。隐于鬼谷，故自号。长于养性持身和纵横捭阖之术。《史记》载苏秦、张仪“俱事鬼谷先生学术”。⑤桓文：春秋五霸中齐桓公与晋文公的并称。

留题峡州甘泉寺[1]

轻舟横江来，吊古悲纯孝[2]。逶迤寻远迹，婉娈见遗貌[3]。清泉不可挹，涸尽空石窖。古人飘何之，唯有风竹闹。行行玩村落，户户悬网罩[4]。民风坦和平，开户夜无钞。丛林富笋茹，平野绝虎豹。嗟哉此乐乡，毋乃姜子教。

【注释】①峡州甘泉寺：苏轼自注：“姜诗故居。”甘泉寺，在临江一山上，与县廨相对。②纯孝：至孝。《后汉书·列女传》：“广汉姜诗妻者，同郡庞盛之女也。诗事母至孝，妻奉顺尤笃。母好饮江水，水去舍六七里，妻常溯流而汲。后值风，不时得还，母渴，诗责而遣之。妻乃寄止邻舍，昼夜纺绩，市珍羞，使邻母以意自遗其姑。如是者久之，姑怪问邻母，邻母具对。姑感惭呼还，恩养愈谨。……姑嗜鱼鲙，又不能独食，夫妇常力作供鲙，呼邻母共之。舍侧忽有涌泉，味如江水，每旦辄出双鲤鱼，常以供二母之膳。”③婉娈：此言眷恋意。④网罩：指捕鱼的网、笼之类。

夷陵县欧阳永叔至喜堂[1]

夷陵虽小邑[2]，自古控荆吴。形胜今无用，英雄久已无。谁知有文伯，远谪自王都[3]。人去年年改，堂倾岁岁扶。追思犹咎吕[4]，感叹亦怜朱[5]。旧种孤楠老，新霜一橘枯。清篇留峡洞，醉墨写邦图[6]。故老问行客[7]，长官今白须。著书多念虑，许国减欢娱。寄语公知否，还须数倒壶。

【注释】①欧阳永叔：即欧阳修，字永叔，号醉翁，晚年又号六一居士。江西省永丰县人。《宋史》有传。其《六一居士集·至喜堂记》略谓：景祐三年，修有罪来是邦，朱公至县舍，于其厅事之东，以作斯堂，与宾客偕至而落之。按：峡州又有至喜亭，欧公亦有记，堂在县署中，非至喜亭也。②夷陵：古县名。西汉置，治所在湖北宜昌市东南。三国时曾改名西陵，晋又改为夷陵。③"谁知"二句：《宋史·欧阳修传》："入朝为馆阁校勘。范仲淹以言事贬，在廷多论救，司谏高若讷独以为当黜。修贻书责之，谓其不复知人间有羞耻事。若讷上其书，坐贬夷陵令。"此"文伯"指欧阳修。④"追思"句：时吕夷简为相，逐范仲淹，欧阳因救范被谪，故称。⑤"感叹"句：苏轼自注："时朱太守为公筑此堂。"《宋史》记载：景祐二年，朱庆基以郎中出守峡州。⑥苏轼自注："三游洞有诗。"⑦行客：苏轼自谓。

荆门惠泉[1]

泉源从高来，走下随石脉。纷纷白沫乱，隐隐苍崖坼。萦回成曲沼，清澈见肝膈。潨泻为长溪[2]，奔驶荡蛙蝈。初开不容碗，渐去已如帛。传闻此山中，神物懒遭谪。不能致雷雨，滟滟吐寒碧。遂令山前人，千古灌稻麦。

【注释】①荆门惠泉：葛立方《韵语阳秋》：荆门军有惠泉。曹学佺曰：荆门州西有蒙、惠二泉，即州城隍所引以为池者。蒙山又名象山，山下有泉二派，北曰蒙，南曰惠，蒙泉常寒，惠泉常温。②潨(cōng)：水流会合的地方。

次韵答荆门张都官维见和惠泉诗[1]

楚人少井饮，地气常不泄。蓄之为惠泉，坌若有所折。泉源本无情，岂问浊与澈。贪愚彼二水[2]，终古耻莫雪。只应所处然，遂使语异别。泉傍地平衍，泉上山嵽嵲[3]。君子慎所居，此义安可缺。古人贵言赠，敢用况高节。不为冬霜干，肯畏夏日烈。泠泠但不已，海远要当彻。

【注释】①张都官：即张维。次韵：依次用所和诗中的韵作诗，又叫步韵。此次便是步《荆门惠泉》韵。②贪愚：贪泉在广州南海县石门口，愚溪在湖南省永州市。③嵽嵲(dié niè)：高山。

浰阳早发[1]

富贵本无定，世人自荣枯。嚣嚣好名心，嗟我岂独无。不能便退缩，但使进少徐。我行念西国，已分田园芜[2]。南来竟何事，碌碌随商车。自进苟无补，乃是懒且愚。人生重意气，出处夫岂徒。永怀江阳叟，种藕春满湖[3]。

【注释】①浰(lì)阳：吴省钦曰：今钟祥丽阳驿，居荆、襄孔道。《县志》曰：利河，土人曰；浰口，口距驿止六十里。以二苏诗证之，始信丽阳之于宋为浰阳，而志地者不之审也。②田园芜：陶潜《归去来辞》："田园将芜，胡不归？"③纪昀曰："途中感怀，适在浰阳，遂以浰阳命篇，不为浰阳作也，故不及山川地理。"

夜行观星

天高夜气严，列宿森就位[①]。大星光相射，小星闹若沸。天人不相干，嗟彼本何事。世俗强指摘，一一立名字。南箕与北斗[②]，乃是家人器。天亦岂有之，无乃遂自谓。迫观知何如，远想偶有似。茫茫不可晓，使我长叹喟。

【注释】①列宿(xiù)：谓二十八宿，《史记·天官书》："天则有列宿，地则有州域。"②箕、斗：均星宿名。《诗经·小雅·大东》："维南有箕，不可以簸扬。维北有斗，不可以挹酒浆。"箕、斗两宿相邻而箕宿稍南。

汉水[①]

舍棹忽逾月，沙尘困远行。襄阳逢汉水，偶似蜀江清。蜀江固浩荡，中有蛟与鲸。汉水亦云广，欲涉安敢轻。文王化南国，游女俨如卿。洲中浣纱子，环珮锵锵鸣。古风随世变，寒水空泠泠。过之不敢慢，伫立整冠缨[②]。

【注释】①汉水：也称汉江，是长江最长的支流。《尚书·禹贡》："嶓冢导漾，东流为汉。"孔传："泉始出山为漾水，东南流为沔水，至汉中东流为汉水。"②"伫立"句：俗谚："瓜田不纳履，李下不整冠。"

岘山[①]

远客来自南，游尘昏岘首。过关无百步，旷荡吞楚薮。登高忽惆怅，千载意有偶[2]。所忧谁复知，嗟我生苦后[3]。团团山上桧，岁岁阅榆柳。大才固已殊，安得同永久。可怜山前客，倏忽星过留留。贤愚未及分，来者当自剖。

【注释】①岘山：在湖北襄阳县南。《襄沔记》：紫盖山、万山、岘山，谓之三岘。宋时改紫盖山为中岘，以岘山为岘首。②“登高”二句：《晋书·羊祜传》：“祜乐山水，每风景佳，必造岘山，置酒言咏，终日不倦。尝慨然叹息，顾谓从事中郎邹湛等曰：‘自有宇宙，便有此山。由来贤达胜士，登此远望，如我与卿者多矣！皆湮灭无闻，使人悲伤。如百岁后有知，魂魄犹应登此也。’湛曰：‘公德冠四海，道嗣前哲，令闻令望，必与此山俱传。至若湛辈，乃当如公言耳。’”及祜卒，“襄阳百姓于岘山祜平生游憩之所建碑立庙，岁时飨祭焉。望其碑者，莫不流涕。杜预因名为堕泪碑。”③纪昀评曰：“登高”四句，写出远怀，自是有心人语。

万山[1]

西行度连山，北出临汉水。汉水蹙成潭，旋转山之趾。禅房久已坏，古甃含清泚[2]。下有仲宣栏[3]，绠刻深容指。回头望西北，隐隐龟背起。传云古隆中[4]，万树桑柘美。月炯转山曲，山上见洲尾。绿水带平沙，盘盘如抱珥。山川近且秀，不到懒成耻。问之安能详，画地费簪筆[5]。

【注释】①万山：苏轼自注：“时独不游，问辙而作。”《元和郡县志》：万山，一名汉皋山，在襄阳县西十一里，与南阳郡邓县分界处，《太平寰宇记》：万山北隔沔水。②甃(zhòu)：井壁。清泚(cǐ)：水清澈。③仲宣：王粲字。《襄阳志》：“万山东有王粲井，即仲宣楼，在府城东，粲依刘表即此地，非荆州也。”④隆中：《舆地纪胜》：隆中山，在襄阳府城北，下即诸葛亮隐居，有三顾门。⑤簪(zān)：古人用来插定发髻或连冠于发的一种长针。箠(chuí):鞭子,马策。比喻以簪或箠指掌画地,分析形势云云。

隆中[1]

诸葛来西国[2],千年爱未衰。今朝游故里,蜀客不胜悲。谁言襄阳野,生此万乘师[3]。山中有遗貌,矫矫龙之姿。龙蟠山水秀,龙去渊潭移。空余蜿蜒迹,使我寒涕垂[4]。

【注释】①隆中之属历来说法不一。一说诸葛亮家于南阳之邓县,在襄阳城西二十里,号曰隆中(《汉晋春秋》)。一说襄阳。东二十里有邓城。②“诸葛”句:《三国志·蜀书·诸葛亮传》:字孔明,琅邪阳都人也。躬耕陇亩,好为《梁父吟》。时先主屯新野,徐庶见先主,曰:“诸葛孔明者,卧龙也,将军岂愿见之乎?”先主曰:“君与俱来。”庶曰:“此人可就见,不可屈致也。”先主遂诣亮,凡三往乃见。③万乘师:扬雄《解嘲》:“孟轲虽连蹇,犹为万乘师。”④“龙蟠”四句:纪昀评曰:“意亦犹人,写来脱洒。”

食雉

雄雉曳修尾,惊飞向日斜。空中纷格斗,彩羽落如花。喧呼勇不顾,投网谁复嗟。百钱得一双,新味时所佳。烹煎杂鸡鹜,爪距漫槎牙[1]。谁知化为蜃,海上落飞鸦[2]。

【注释】①鹜:鸭。《左传·襄公二十八年》:公膳日双鸡,饔人窃更之以鹜。②“谁知”二句:《礼记·月令》:孟冬,雉入大水为蜃。《埤雅》:蜃形如蛇而大,嘘气成楼台,如在烟雾中,高鸟倦飞,就之以息,气辄吸之而下,俗谓之蜃楼。

许州西湖[①]

西湖小雨晴，滟滟春渠长。来从古城角，夜半转新响。使君欲春游，浚沼役千掌。纷纭具畚锸[②]，闹若蚁运壤。夭桃弄春色，生意寒犹快。惟有落残梅，标格若矜爽[③]。游人坌已集，挈榼三且两[④]。醉客卧道旁，扶起尚偃仰。池台信宏丽，贵与民同赏。但恐城市欢，不知田野怆。颍川七不登，野气长苍莽。谁知万里客，湖上独长想[⑤]。

【注释】①许州西湖：《一统志》：河南西湖，一在许州，一在鄢陵。此指许州（今河南许昌市）西湖。②畚锸(běn chā):农用器具。畚，古代用草绳做成的盛器，后编竹为之，即畚箕。锸，锹。③标格：风范风度。④坌(bèn)集：聚集。榼(kē)：古代盛酒或盛水的器具。《左传·成公十六年》："使行人执榼承饮。"⑤"池台"以下：纪昀评曰：忽归庄论，妙非迂词，此从杜老《观打鱼歌》化来。

双凫观[①]

王乔古仙子[②]，时出观人寰。常为汉郎吏，厌世去无还。双凫偶为戏，聊以惊世顽。不然神仙迹，罗网安能攀？纷纷尘埃中，铜印纡青纶。安知无隐者，窃笑彼愚奸。

【注释】①双凫观：苏轼自注："在叶县。"当时谓之小长安。②"王乔"句：《后汉书·王乔传》：显宗世为叶令。乔有神术，每月朔、望，常自县诣台朝。帝怪其来数而不见车骑，密令太史伺望之。言其临至，辄有双凫从东南飞来。于是候凫至，举罗张之，但得一双舄焉。乃诏尚方诊视，则四年中所赐尚书官属履也。

颍大夫庙[1]

人情难强回，天性可微感。世人争曲直，苦语费摇撼。大夫言何柔，暴主意自惨[2]。荒祠傍孤冢，古隧有残坎[3]。千年惟茅焦，世亦贵其胆。不解此微言，脱衣徒勇敢[4]。

【注释】①颍大夫庙：苏轼自注："颍考叔也，庙在汝州颍桥。"《太平寰宇记》："颍大夫庙，在许州许昌县，隋大业九年重建。"汝州别有一庙，未详，两说并存。②纪昀曰："纯用谏臣微讽之意，而语特明透。"③"大夫"四句：事见《左传·隐公元年》"郑伯克段于鄢"中颍考叔劝郑庄公母子团聚。"阙地及泉。隧而相见"。④"千年"四句：《史记》《说苑》均记此事。略谓：秦嫪毐乱，秦王夷嫪毐三族，免相国吕不韦，迁太后于雍。下令曰："敢谏者死。"谏而死者二十七人。齐客茅焦，解衣立井干之上而谏，秦王释之，迎归太后，母子如初。

阮籍啸台[1]

阮生古狂达，遁世默无言。犹余胸中气，长啸独轩轩[2]。高情遗万物，不与世俗论。登临偶自写[3]，激越荡乾坤。醒为啸所发，饮为醉所昏。谁能与之较，乱世足自存。

【注释】①阮籍啸台：在尉氏县东南隅。②"阮生"四句：《晋书·阮籍传》卷四十九："阮籍字嗣宗，陈留尉氏人也。……嗜酒能啸，善弹琴。……文帝初，欲为武帝求婚于籍，籍醉六十日，不得言而止。……籍虽不拘礼教，然发言玄远，口不臧否人物。"籍尝遇孙登，与商略终古及栖神导气之术，登皆不应，籍因长啸而退。③写：泻。指引气长啸以舒胸中所积。

朱亥墓[1]

昔日朱公子，雄豪不可追。今来游故国，大冢屈称儿。平日轻公相，千金弃若遗。梁人不好事，名姓寄当时[2]。鲁史盗齐豹[3]，求名谁复知。慎无怨世俗，犹不遭仲尼[4]。

【注释】①朱亥墓：苏轼自注："俗谓屠儿墓。"《太平寰宇记》："朱亥墓，在封丘县西三十里。"《汴京遗迹志》："朱亥墓，在开封西南朱仙镇。"几说并存。②朱亥事见《史记》。屠者朱亥，贤人也。世莫能知，故寄身屠间。后助信陵君救赵成功。③盗：贱也。鲁史因齐豹身为卫国的司寇，世袭大夫而做了对不起君王之事，便被记载为"盗"，以贱其名。《左传》："或求名而不得，或欲盖而名章。是以《春秋》书齐豹曰盗，三叛人名，以惩不义。"④"慎无"二句：苏诗后半以《春秋》之义责朱亥：朱亥幸亏未遇孔子，获免盗名。民间称朱亥为屠儿，也不算辱没他。此诗站在封建正统立场上明责朱亥，暗讽史迁。

次韵水官诗 并引

净因大觉琏师[1]，以阎立本画水官遗编礼公[2]。公既报之以诗，谓轼："汝亦作。"轼顿首再拜次韵，仍录二诗为一卷献之。

高人岂学画，用笔乃其天。譬如善游人，一一能操船。阎子本缝掖[3]，畴昔慕云渊[4]。丹青偶为戏[5]，染指初尝鼋[6]。爱之不自已，笔势如风翻。传闻贞观中，左衽解椎鬓[7]。南夷羞白雉，佛国贡青莲。诏令拟《王会》[8]，别殿写戎蛮。熊冠金络额，豹袖拥幡旃。传入应门内，俯伏脱剑誊。天姿俨龙凤，杂沓朝鹏鳣。神功与绝迹，后世两莫扳[9]。自从李氏亡，群盗窃山川。长安三日火，至宝随飞烟。尚有脱身者，漂流东出关。三官岂容独[10]，得此今已偏。吁嗟至神物，会合当有年。京城诸权贵，欲取百计难。赠以玉如意[11]，岂能动高禅。惟应一篇诗，皎若画在前。

【注释】①净因大觉琏师：《禅林宝训》：明州育王寺怀琏禅师，字器之，漳州陈氏子。……宋仁宗皇祐二年，诏住京师十方净因院，赐号大觉禅师。②阎立本：显庆初为工部尚书，总章元年拜右相，封博陵县公。有应务之才，兼工画，号为丹青神化。③缝掖：逢掖。古代读书人所穿的一种袖子宽大的衣服。④云渊：指扬雄（字子云）、王褒（字子渊），均为汉代文学家，以赋著称。⑤"丹青"句：事见《唐书·阎立本传》。因其以画见名，与厮役等，受到当时人讥讽。立本性之所好虽不能罢，然终认为末技也。⑥"染指"句：事见《左传·宣公四年》：楚人献鼋于郑灵公。子公之食指动，以示子家曰："必尝异味。"及宰夫解鼋，食大夫，召子公而弗与也。子公怒，染指于鼎，尝之而出。⑦左衽：我国古代少数民族的服装，前襟向左掩。衽：衣襟。椎鬟：如椎形的髻鬟。⑧《王会》：皆大会诸侯及四夷事。唐太宗时，远方诸国，来朝贡者甚众，服装诡异。颜师古请图以示后，作《王会图》。⑨扳：同"攀"。⑩三官：《黄庭内景经》：传得可授告三官。注：三官，天、地、水也。⑪玉如意：《胡琮别传》：吴时，秣陵掘地，有得白玉如意，大帝以问琮。琮对曰："秦始皇以金陵有天子气，处处辄埋宝物，以当王气，此殆是乎？"

次韵刘京兆石林亭之作，石本唐苑中物，散流民间，刘购得之[1]

都城日荒废，往事不可还。惟余古苑石，漂散尚人间。公来始购蓄，不惮道里艰。忽从尘埃中，来对冰雪颜。瘦骨拔凛凛，苍根漱潺潺。唐人惟奇章，好石古莫攀。尽令属牛氏，刻凿纷斑斑[2]。嗟此本何常，聚散实循环[3]。人失亦人得，要不出区寰[4]。君看刘李末[5]，

不能保河关。况此百株石，鸿毛于泰山⑥。但当对石饮，万事付等闲⑦

【注释】①刘京兆：乃刘敞，字原父。京兆府即长安，嘉祐六年，刘原父以翰林学士出为永兴军路安抚使，因治在长安而得名。原父博学好古，多藏古器奇物，能读古铭识，而长安秦、汉故都，时时发掘所得，原父悉购而藏之。石林亭：在麟游县治东。②奇章：牛僧孺也。白居易《太湖石记》云："今丞相奇章公嗜石，于此物独不谦让。东第南墅，列而置之，以甲乙丙丁品之，各刻于石阴，曰：牛氏石，甲之上，丙之中，乙之下。"③"嗟此"二句：白居易《太湖石记》："噫，是石也，百千载后，散在天壤之内，转徙隐见，谁复知之？"④"人失"二句：《孔子家语》："楚共王出游，亡其乌号之弓，左右请求之。王曰：'止也，楚王失弓，楚人得之，又何求之？'孔子闻之曰：'惜乎其不大也，宜曰人遗弓人得之而已，何必楚也？'"⑤刘：指汉。李：指唐。⑥"鸿毛"句：司马迁《报任安书》："人固有一死，或重于泰山，或轻于鸿毛。"⑦"唐人"句以下：纪昀评曰："意境开拓，理趣亦极融澈。"

凤翔八观

其二 诅楚文①

峥嵘开元寺，仿佛祈年观。旧筑扫成空，古碑埋不烂。诅书虽可读，字法嗟久换。词云秦嗣王，敢使祝用瓒。先君穆公世，与楚约相捍。质之于巫咸②，万叶期不叛。今其后嗣王，乃敢构多难。刳胎杀无罪，亲族遭圉绊。计其所称诉，何啻桀纣乱③。吾闻古秦俗，面诈背不汗。岂惟公子卬④，社鬼亦遭谩。辽哉千载后，发我一笑粲。

【注释】①苏轼自注："碑获于开元寺土下，今在太守便厅。秦穆公葬于雍橐泉祈年观下，今墓在开元寺之东南数十步，则寺岂祈年之故基耶？淮南王迁于蜀；至雍，道病卒，则雍非长安，此乃古雍也。"②巫咸：古神巫也，知人生死祸福。③“秦嗣王”至此，皆《诅楚文》中语。④“岂惟”句：事见《史记·商鞅传》。秦魏开仗前，商鞅骗魏公子卬饮酒结盟，公子卬以为然，商鞅乘机攻其军，破之。

其五 东湖[①]

吾家蜀江上，江水清如蓝。尔来走尘土，意思殊不堪。况当岐山下，风物尤可惭。有山秃如赭，有水浊如泔[②]。不谓郡城东，数步见湖潭。入门便清奥，恍如梦西南。泉源从高来，随波走涵涵。东去触重阜，尽为湖所贪。但见苍石螭，开口吐清甘。借汝腹中过，胡为目眈眈。新荷弄晚凉，轻棹极幽探。飘飖忘远近，偃息遗珮参。深有龟与鱼，浅有螺与蚶。曝晴复戏雨，戢戢多于蚕。浮沉无停饵，倏忽遽满篮。丝缗虽强致，琐细安足戡？闻昔周道兴，翠凤栖孤岚。飞鸣饮此水，照影弄毵毵。至今多梧桐，合抱如彭聃。彩羽无复见，上有鹯搏鹌。嗟予生虽晚，好古意所妉。图书已漫漶[③]，犹复访侨郯[④]。《卷阿》诗可继，此意久已含。扶风古三辅[⑤]，政事岂汝谙。聊为湖上饮，一纵醉后谈。门前远行客，劫劫无留骖。问胡不回首，毋乃趁朝参。予今正疏懒，官长幸见函。不辞日游再，行恐岁满三。暮归还倒载，钟鼓已韽韽[⑥]。

【注释】①东湖：即古饮凤池，在凤翔县东门外凤泉。②赭(zhě)：使呈红色。泔(gān)：淘米水。③漫漶：模糊不可辨识。④侨：郑子产也。郯：古国名，战国初灭于越。⑤三辅：汉太初元年，京兆尹、左冯翊、右扶风为三辅。⑥韽韽(ān)：声音低微幽小。

其六 真兴寺阁[①]

山川与城郭，漠漠同一形。市人与鸦鹊，浩浩同一声。此阁几何高，何人之所营？侧身送落日，引手攀飞星。当年王中令，斫木南山赪。写真留阁下，铁面眼有棱。身强八九尺，与阁两峥嵘。古人虽暴恣，作事今世惊。登者尚牙喘，作者何以胜？曷不观此阁，其人勇且英[2]。

【注释】①真兴寺阁：宋节度使王彦超建，在凤翔县城中，高十余丈。王即诗中王中令。②王文诰曰：通篇一幅蠢气，是此题本旨，俗谚所谓扣头作帽子也。

其七 李氏园[1]

朝游北城东，回首见修竹。下有朱门家，破墙围古屋。举鞭叩其户，幽响答空谷。入门所见夥，十步九移目。异花兼四方，野鸟喧百族。其西引溪水，活活转墙曲。东注入深林，林深窗户绿。水光兼竹净，时有独立鹄。林中百尺松，岁久苍鳞蹙。岂惟此地少，意恐关中独。小桥过南浦，夹道多乔木。隐如城百雉，挺若舟千斛。阴阴日光淡，黯黯秋气蓄。尽东为方池，野雁杂家鹜。红梨惊合抱，映岛孤云馥。春光水溶漾，雪阵风翻扑。其北临长溪，波声卷平陆。北山卧可见，苍翠间硗秃。我时来周览，问此谁所筑？云昔李将军，负险乘衰叔[2]。抽钱算间口[3]，但未権羹粥。当时夺民田，失业安敢哭？谁家美园囿，籍没不容赎。此亭破千家，郁郁城之麓。将军竟何事，虮虱生刀韣。何尝载美酒，来此驻车毂。空使后世人，闻名颈犹缩[4]。我今官正闲，屡至因休沐。人生营居止，竟为何人卜？何当办一身，永与清景逐。

【注释】①李氏园：苏轼自注："李茂贞园也，今为王氏所有。"②衰叔：衰世与叔世。叔世：又作叔季，指国家衰乱将亡的年代。③"抽钱"句：汉律：人出一算，算百二十钱，即口钱，以人口为征税对象；又税屋间架，即以房屋为征税对象。④苏轼自注：“俗犹呼皇后园，盖茂贞谓其妻也。”

次韵子由除日见寄

薄宦驱我西[①]，远别不容惜。方愁后会远，未暇忧岁夕。强欢虽有酒，冷酌不成席，秦烹惟羊羹，陇馔有熊腊[②]。念为儿童岁，屈指已成昔。往事今何追，忽若箭已释。感时嗟事变，所得不偿失。府卒来驱傩[③]，矍铄惊远客。愁来岂有魔，烦汝为攘磔[④]。寒梅与冻杏，嫩萼初似麦。攀条为惆怅，玉蕊何时拆？不忧春艳晚，行见弃夏覈[⑤]。人生行乐耳，安用声名籍。胡为独多感，不见膏自炙[⑥]。诗来苦相宽，子意远可射。依依见其面，疑子在咫尺。兄今虽小官，幸忝佐方伯[⑦]。北池近所凿，中有汧水碧。临池饮美酒，尚可消永日。但恐诗力弱，斗健未免馘[⑧]。诗成十日到，谁谓千里隔。一月寄一篇，忧愁何足掷。

【注释】①薄宦：谓官职卑微，仕途不甚得意。②熊腊：《淮南子》载：熊当心有白脂如玉，味甚美，寒月则有，夏月则无，熊脂即熊白。腊：干肉。③驱傩：旧时岁暮或立春日迎神赛会，驱逐疫鬼。④“愁来”二句：《礼记·月令》：季春，命国傩九门磔攘，以毕春气。郑氏注云：磔牲以攘于四方之神，所以毕止其灾也。⑤覈：郑注周礼：通“核”，谓李、梅之属。又与“籺”同，米麦的粗屑。⑥“不见”句：《汉书·两龚传》：龚胜不饮食，死。有父老来吊，哭甚哀，既而曰：“嗟乎，薰以香自烧，膏以明自销……”膏自炙：焚膏意。⑦方伯：古代诸侯中的领袖之称，意乃一方之长。《礼记·王制》：“千里之外设方伯。”佐：辅佐。⑧馘(guó)：指俘虏。《左传·成公三年》：“二国治戎。臣不才，不胜其任，以为俘馘。”此引申为：只担心诗力不强而被斗败。

壬寅二月，有诏令郡吏分往属县减决囚禁。自十三日受命出府，至宝鸡、虢、郿、盩厔四县。既毕事，因朝谒太平宫，而宿于南溪溪堂，遂并南山而西，至楼观、大秦寺、延生观、仙游潭。十九日乃归。作诗五百言，以记凡所经历者寄子由

远人罹水旱，王命释俘囚。分县传明诏，循山得胜游。萧条初出郭，旷荡实消忧。薄暮来孤镇，登临忆武侯[①]。峥嵘依绝壁，苍茫瞰奔流。半夜人呼急，横空火气浮。天遥殊不辨，风急已难收。晓入陈仓县，犹余卖酒楼[②]。烟煤已狼藉，吏卒尚呀咻[③]。鸡岭云霞古，龙宫殿宇幽[④]。南山连大散[⑤]，归路走吾州。欲往安能遂，将还为少留。回趋西虢道[⑥]，却渡小河洲。闻道磻溪石，犹存渭水头[⑦]。苍崖虽有迹，大钓本无钩。东去过郿坞，孤城象汉刘。谁言董公健[⑧]，竟复伍孚仇[⑨]。白刃俄生肘[⑩]，黄金漫似丘[⑪]。平生闻太白，一见驻行驺。鼓角谁能试，风雷果致不。岩崖已奇绝，冰雪更琱锼。春旱忧无麦，山灵喜有湫。蛟龙懒方睡，瓶罐小容偷[⑫]。二曲林泉胜，三川气象侔[⑬]。近山麰麦早，临水竹篁修[⑭]。先帝膺符命[⑮]，行宫画冕旒。侍臣簪武弁，女乐抱箜篌。秘殿开金锁，神人控玉虬[⑯]。黑衣横巨剑，被发凛双眸。邂逅逢佳士，相将弄彩舟。投篙披绿荇，濯足乱清沟。晚宿南溪上，森如水国秋。绕湖栽翠密，终夜响飕飗[⑰]。冒晓穷幽邃，操戈畏炳彪[⑱]。尹生犹有宅，老氏旧停辀[⑲]。问道遗踪在，登仙往事悠。御风归汗漫，阅世似蜉蝣。羽客知人意，瑶琴系马鞦。不辞山寺远，来作鹿鸣呦。帝子传闻李，岩堂仿像缑。轻风帏幔卷，落日髻鬟愁。入谷惊蒙密，登坡费挽搂。乱峰巉似槊，一水滑如油。中使何年到，金龙自古投。千重横翠石，百丈见游鯈。最爱泉鸣洞，初尝雪入喉。满瓶虽可致，洗耳叹无由[⑳]。忽忆寻蟆培，方冬脱鹿裘[㉑]。山川良

甚似，水石亦堪俦。惟有泉傍饮，无人自献酬[22]。

【注释】①镇：武城镇，在宝鸡东。相传孔明曾围郝昭于陈仓，筑此城以拒魏兵。②“晓入”二句：《汉书·地理志》云：陈仓系之右扶风，则凤翔府矣。陈仓城内有酒楼，自唐至宋，城邑累更兵火，独此楼尚存。③苏轼自注：“十三日宿武城镇，即俗所谓石鼻寨也。云孔明所筑。是夜二鼓，宝鸡火作，相去三十里，而见于武城。”④苏轼自注：“县有鸡爪峰、龙宫寺。”⑤大散：县南乃大散关，秦蜀通途。⑥西虢：虢叔所封，平王东迁，虢徙上阳，故谓之西虢。⑦“闻道”二句：姜太公垂钓处也。⑧董公健：《后汉书·袁绍传》：“卓议废立。绍勃然曰：‘天下健者，岂惟董公？’”⑨“竟复”句：《后汉书·董卓传》：“越骑校尉汝南伍孚忿卓凶毒，怀佩刀刺之不中。左右执杀孚，孚大言曰：‘恨不得磔裂奸贼于都市！’”⑩生肘：生变于肘腋之下。吕布与董卓结为父子又终杀卓。⑪“黄金”句：《后汉书·董卓传》：“珍藏有金二三万斤，银八九万斤，锦绮奇玩，积如丘山。”⑫苏轼自注：“是日晚，自郿起至清秋镇宿。道过太白山，相传云：军行鸣鼓角过山下，辄致雷雨。山上有湫（水潭），甚灵，以今岁旱，方议取之。”⑬二曲：《太平寰宇记》《长安志》皆云：山曲曰盩(zhōu)，水曲曰厔(zhì)。故诗言二曲也。三川：古谓伊、洛、河为三川。此处泛指长安一带。⑭苏轼自注：“十六日至盩厔，以近山地美，气候殊早。县有官竹园，十数里不绝。”⑮苏轼自注：“十七日寒食。自盩厔东南行二十余里，朝谒太平官二圣御容。此官乃太宗皇帝时，有神降于道士张守真，以告受命之符所为立也。神封翊圣将军，有殿。”⑯玉虬：玉龙。配上玉勒的马。⑰“绕湖”二句：苏轼自注：“是日，与监官张杲之泛舟南溪，遂留宿于溪堂。”小风曰飕(sōu)，凉风曰飗(liú)。⑱苏轼自注：“十八日，循终南而西。县尉以甲卒见送。或云，近官竹园，往往有虎。”⑲尹生：尹喜。老氏：老子。⑳苏轼自注：“是日游崇圣观。俗所谓楼观也。乃尹喜旧宅。山脚有授经台，尚在。与张杲之同至大秦寺，早食而别。有太平宫道士赵宗有，抱琴见送，至寺，作《鹿鸣》之引，乃去。又西至延生观。观后上小山，有唐玉真公主修道之遗迹。下山而西行十数里，南入黑水谷，谷中有潭，名仙游潭。潭上有寺三，倚俊峰，面清溪，树林深翠，怪石不可胜数。潭水，以绳缒石数百尺不得其底，以瓦砾投之，翔扬徐下，食顷乃不见。其清澈如此。遂宿于中兴寺。寺中有玉女洞，洞中有飞泉，甚甘。明日以泉二瓶归至郿。又明日，乃至府。”㉑苏轼自注：“昔与子由游虾蟆培时方冬，洞中温温如二三月。”㉒自献酬：自斟自酌。纪昀曰：“一路杂述风土，如何挽到子由？如此趁势打合，供作总收，真乃心灵手敏。”

磻溪石①

墨突不暇黔，孔席未尝暖②。安知渭上叟，跪石留双骭③。一朝婴世故，辛苦平多难④。亦欲就安眠，旅人讥客懒⑤。

【注释】①磻溪石：距虢县十八里。苏轼以前奉王命虽有游览机会，而未曾往，此乃初游。②“墨突”二句：《文子·自然》：“孔子无黔突，墨子无暖席。”班固《答宾戏》：“孔席不暖，墨突不黔。”二书记异。黔突：因炊爨而熏黑了烟囱。暖席：因久坐而留有体温的席子。③渭上叟：姜太公。骭(gàn)：小腿骨，也指小腿。④“一朝”二句：讲姜太公起从文王，而辅武王伐纣事也。⑤“亦欲”二句：《史记·齐世家》：武王已平商而王天下，封师尚父于齐营丘东。就国，道宿行迟，逆旅之人曰：“吾闻时难得而易失，客寝甚安，殆非就国者也。”太公闻之，夜衣而行，黎明至国。

次韵子由岐下诗

横池

明月入我池，皎皎铺纻缟①。何日变成缁，《太玄》吾懒草②。

【注释】①纻缟：纻衣与缟带。《左传·襄公二十九年》：“（吴季札）聘于郑，见子产，如旧相识。与之缟带，子产献纻衣焉。”后用来作朋友交谊的典故。②“何日”二句：《文选》：扬雄方草《太玄》，或嘲玄之太白，而雄解之，号曰《解嘲》。

轩窗

东邻多白杨，夜作雨声急。窗下独无眠，秋虫见灯入。[1]

【注释】①窗外萧萧雨滴飒飒白杨，窗内游人无眠，秋虫扑灯。流露出作者淡淡的思乡之情。

曲槛

流水照朱栏，青红乱明鉴[1]。谁见槛上人，无言观物泛。

【注释】①青红：冯应榴注：一作浮萍。浮萍，浮生在水面上的一种草木植物。明鉴：明亮的镜子。比喻月或平静的水面。

荷叶

田田抗朝阳，节节卧春水[1]。平铺乱萍叶，屡动报鱼子。

【注释】①“节节”句：《续博物志》：藕生应月，闰月益一节。顾况诗：“藕泥封藕节。”节节为双。

鱼

湖上移鱼子[1]，初生不畏人。自从识钩饵[2]，欲见更无因[3]。

【注释】①鱼子：很小的小鱼。②钩饵：钓鱼的鱼钩与诱惑鱼的食物。③“欲见”句：因鱼不上钩，所以想钓到鱼就没有缘由了。

牡丹

花好长患稀，花多信佳否？未有四十枝，枝枝大如斗①。

【注释】①苏轼自注：“牡丹花有四十余枝。”

李

不及梨英软，应惭梅萼红。西园有千叶，淡伫更纤秾①。

【注释】①苏轼自注：“城西有千叶李，若荼蘼。”

杏

开花送余寒，结子及新火。关中幸无梅①，汝强充鼎和②。

【注释】①苏轼自注：“关中地不生梅。”②“汝强”句：纪昀曰：“寄托兀傲。”按：以上八首严格讲颇有不合绝句格律之处，故暂入古诗类。然纪昀评曰：“（苏轼此几首诗）我行我法，因知豪杰之士，必不依托门户以炫俗也。”

搴云篇 并引

余自城中还道中，云气自山中来，如群马奔突，以手掇开，笼收其中。归家，云盈笼，开而放之，作《攓云篇》。

物役会有时，星言从高驾。道逢南山云，欻吸如电过。竟谁使令之，衮衮从空下。龙移相排拶，凤舞或颓亚[1]。散为东郊雾，冻作枯树稼。或飞入吾车，偪仄碍肘胯[2]。抟取置笥中，提携返茅舍。开缄乃放之，掣去仍变化。云兮汝归山，无使达官怕。

【注释】①排拶（zā）：挤压意。韩愈《辛卯年雪》："崩腾相排拶，龙凤交横飞。"②偪仄(bī zè)：又作"偪侧"。密集、拥挤意。肘胯：胳膊肘与两股之间。

病中，大雪数日，未尝起观，虢令赵荐以诗相属，戏用其韵答之[1]

经旬卧斋阁，终日亲剂和[2]。不知雪已深，但觉寒无奈[3]。飘萧窗纸鸣，堆压檐板堕[4]。风飙助凝冽，帷幔困掀簸。惟思近醇醲，未敢窥璨瑳[5]。何时反炎赫，却欲躬臼磨[6]。谁云坐无毡，尚有裘充货。西邻歌吹发，促席寒威挫。崩腾踏成迳，缭绕飞入座。人欢瓦先融[7]，饮隽瓶屡卧[8]。嗟予独愁寂，空室自困坷。欲为后日赏，恐被游尘涴[9]。寒更报新霁，皎月悬半破。有客独苦吟，清夜默自课。诗人例穷蹇，秀句出寒饿。何当暴雪霜，庶以蹑郊、贺[10]。

【注释】①虢：《元和郡县志》：虢县在凤翔府北三十里。古虢国，周文王弟虢叔所封。赵荐：字宾兴，邛州人。②"终日"句：有病吃中药意。③无奈：无可奈何意。④苏轼自注："关中皆以板为檐。"⑤醇醲：风俗淳朴。璨瑳：以玉比雪之明也。⑥"何时"二句：言稍一活动则体内生热也。⑦"人欢"句：唐章孝标《淮南李相公绅席上赋春雪》诗："朱门到晓难盈尺，尽是三军喜气销。"欧阳修诗："喜气消残雪。"⑧纪昀曰：自"西邻"

句下至此，忽生一波，便笔有起伏，不至直泻。此于无顿挫处作顿挫，不必真有其事也。⑨“恐被”句：韩愈《合江亭》诗：“愿书岩上石，勿使泥尘涴。”涴(wò)：为泥土所沾污。⑩郊、贺：孟郊、李贺也，皆苦吟诗人。

岁晚相与馈问，为馈岁；酒食相邀，呼为别岁；至除夜，达旦不眠，为守岁。蜀之风俗如是。余官于岐下，岁暮思归而不可得，故为此三诗以寄子由

馈岁

农功各已收，岁事得相佐。为欢恐无及，假物不论货。山川随出产，贫富称小大。置盘巨鲤横，发笼双兔卧。富人事华靡，彩绣光翻座。贫者愧不能，微挚出舂磨[①]。官居故人少，里巷佳节过。亦欲举乡风[②]，独唱无人和。

【注释】①微挚：微鲜之操挚也。②“亦欲”句：梁何逊《入东经诸暨县下浙江作诗》：“乡乡自风俗，处处皆城市。”

别岁

故人适千里，临别尚迟迟。人行犹可复，岁行那可追。问岁安所之，远在天一涯[①]。已逐东流水，赴海归无时[②]。东邻酒初熟，西舍彘亦肥。且为一日欢[③]，慰此穷年悲。勿嗟旧岁别，行与新岁辞。去去勿回顾，还君老与衰。

【注释】①“远在”句：《文选·古诗十九首》：相去万余里，各在天一涯。②“已逐”二句：白居易诗：“去复去兮，如长河东流赴海无回波。”

《文选·古乐府》:“百川东到海,何时复西归?”③“且为”句:《列子·杨朱篇》:“舜、禹、周、孔,彼四圣者,生无一日之欢,死有万世之名。”谢灵运诗:“且尽一日娱。”韩愈诗云:“无念百年,聊乐一日。”

守岁

欲知垂尽岁,有似赴壑蛇[①]。修鳞半已没,去意谁能遮。况欲系其尾,虽勤知奈何。儿童强不睡,相守夜欢哗。晨鸡且勿唱,更鼓畏添挝[②]。坐久灯烬落,起看北斗斜。明年岂无年,心事恐蹉跎。努力尽今夕,少年犹可夸[③]。

【注释】①“欲知”二句:李商隐《樊南甲集》:“赴壑而一去无返。”②挝(zhuā):击,打。③纪昀曰:“三首俱谨严有法。”王文诰评“守岁”曰:“全幅矫健,此为三诗之冠。”

客位假寐[①]

谒入不得去,兀坐如枯株。岂惟主忘客,今我亦忘吾[②]。同僚不解事,愠色见髯须[③]。虽无性命忧,且复忍须臾[④]。

【注释】①苏轼自注:“因谒凤翔府守陈公弼。”②“今我”句:《庄子·齐物论》:“今者吾丧我。”③“同僚”二句:王文诰曰:时王彭监府诸军,于公弼未尝降色辞。所称同僚,当即其人也。④“虽无”二句:《晋书·郗超传》:迁中书侍郎。谢安与王文度共诣超,日旰未得前,文度便欲去,安曰:“不能为性命忍俄顷邪!”

和刘长安题薛周逸老亭，周善饮酒，未七十而致仕

近闻薛公子，早退惊常流。买园招野鹤，凿井动潜虬[①]。自言酒中趣[②]，一斗胜凉州[③]。翻然拂衣去，亲爱挽不留。隐居亦何乐？素志庶可求。所亡嗟无几，所得不啻酬。青春为君好，白日为君悠。山鸟奏琴筑，野花弄闲幽。虽辞功与名，其乐实素侯[④]。至今清夜梦，尚惊冠压头。谁能载美酒，往以大白浮[⑤]。之子虽不识，因公可与游。

【注释】①潜虬：又作“潜蚪”，犹潜龙，比喻有才德而未为世重用之人。②酒中趣：《晋书·孟嘉传》卷九十八：孟嘉好酣饮，愈多不乱。桓温问嘉：“酒有何好，而卿嗜之？”嘉曰：“公未得酒中趣耳。”③“一斗”句：《后汉书·宦者列传》卷七十八注引《三辅决录注》曰：扶风孟佗，字伯郎。以葡萄酒一斗遗张让，即得凉州刺史。④“虽辞”二句：《史记·货殖列传》：太史公曰：今有无秩禄之奉、爵邑之入，而乐与之比者，命曰素封。又：千金之家，比一都之君，巨万者乃与王者同乐，岂所谓素封者耶？⑤大白浮：大白，酒杯名。《说苑·善说》：“魏文侯与大夫饮酒，使公乘不仁为觞政，曰：‘饮不釂者，浮以大白。’”本谓罚酒，后转为饮一大杯酒意。

妒佳月

狂云妒佳月，怒飞千里黑[①]。佳月了不嗔，曾何污洁白。爰有谪仙人，举酒为三客[②]。今夕偶不见，汍澜念风伯[③]。毋烦风伯来，彼也易灭没[④]。支颐少待之，寒空净无迹。粲粲黄金盘，独照一天碧。玉绳惨无辉[⑤]，玉露洗秋色。浩瀚玻璃盏，和光入胸臆。使我能永延，约君为莫逆[⑥]。

【注释】①“怒飞”句:《庄子·逍遥游》:“怒而飞,其翼若垂天之云。”②“举酒”句:李白《月下独酌》:“举杯邀明月,对影成三人。”③汍澜:流泪貌。《后汉书·冯衍传》:“泪汍澜而雨集兮。”风伯:神话中的风神。④灭没:《列子·说符篇》:“若灭若没。”⑤玉绳:星名,常泛指群星。《文选·张衡〈西京赋〉》:“上飞闼而仰眺,正睹瑶光与玉绳。”李善注引《春秋元命苞》曰:“玉衡北两星为玉绳。”⑥“使我”二句:《庄子·大宗师》:“四人相视而笑,莫逆于心,遂相与为友。”

是日自磻溪,将往阳平,憩于麻田青峰寺之下院翠麓亭[1]

不到峰前寺,空来渭上村。此亭聊可喜,修径岂辞扪。谷映朱栏秀,山含古木尊。[2]路穷惊石断,林缺见河奔。马困嘶青草,僧留荐晚飧。我来秋日午,旱久石床温。安得云如盖[3],能令雨泻盆。共看山下稻,凉叶晚翻翻[4]。

【注释】①翠麓亭:虢县有阳平镇。翠麓亭在县东南180里青峰禅寺之下。②“山含”句:王文诰曰:此“尊”字押得玲珑剔透,惟久于山行者知之,若仅以厚重论,则失之浅矣。③云如盖:指云如车盖一般,所积水气甚多。④纪昀曰:一气相生,化尽堆排之迹。

是日至下马碛,憩于北山僧舍。有阁曰怀贤,南直斜谷,西临五丈原[1],诸葛孔明所从出师也

南望斜谷口,三山如犬牙[2]。西观五丈原,郁屈如长蛇[3]。有怀诸葛公,万骑出汉巴。吏士寂如水,萧萧闻马檛[4]。公才与曹丕,岂止

十倍加[⑤]。顾瞻三辅间，势若风卷沙。一朝长星坠，竟使蜀妇髽[⑥]。山僧岂知此，一室老烟霞[⑦]。往事逐云散，故山依渭斜。客来空吊古，清泪落悲笳[⑧]。

【注释】①五丈原：郿县（今陕西眉县）西南二十五里。②犬牙：言地形如犬牙交错。③“南望”四句：拓开山川形胜，皆汉、魏之旧，独其事阒寂久矣，忽地成图，风云为之变色。④“有怀”四句：写环境中孔明事。前四句写环境，后四句写事件；前乃躯壳，后乃魂魄。马檛(zhuā)：马鞭也。⑤“公才”二句：《三国志·蜀书·诸葛亮传》：先主病笃，召亮谓曰：“君才十倍曹丕，必能安国家，定大事。”⑥髽(zhuā)：古代妇人丧服的露髻，用麻束发。孔明之卒。蜀人皆为之制服。包括蜀妇亦然，德由此可知。⑦“一室”句：谓山僧老于怀贤阁，而不知贤者谁，更遑论“怀贤”矣。⑧“清泪”句：杜甫诗：“客泪堕悲笳。”

和子由闻子瞻将如终南太平宫溪堂读书[①]

役名则已勤，徇身则已媮。我诚愚且拙，身名两无谋。始者学书判[②]，近亦知问囚。但知今当为，敢问向所由。士方其未得，惟以不得忧。既得又忧失，此心浩难收。譬如倦行客，中路逢清流。尘埃虽未脱，暂憩得一漱。我欲走南涧，春禽始嘤呦。鞅掌久不决，尔来已徂秋。桥山日月迫，府县烦差抽。王事谁敢诉，民劳吏宜羞。中间罹旱暵[③]，欲学唤雨鸠。千夫挽一木，十步八九休。渭水涸无泥，菑堰旋插修[④]。对之食不饱，余事更遑求。近日秋雨足，公余试新篘。劬劳幸已过，朽钝不任锼。秋风欲吹帽，西阜可纵游。聊为一日乐，慰此百日愁。

【注释】①终南太平宫：《翊圣保德真君传》：太宗皇帝遣起居舍人

王龟从就终南山下筑宫。真君忽降言曰："此地乃修建上帝宫阙之地，不可易也。"于是乃定。凡三年宫成，题曰上清太平宫。"读书"指读太平宫之道藏也。②书判：书法和文理。《新唐书·选举志下》："凡择人之法有四：……三曰书，楷法遒美；四曰判，文理优长。"③暵(hàn)：干枯、干旱意。④蓄：插入、树立意。

读道藏

嗟余亦何幸，偶此琳宫居。宫中复何有？戢戢千函书[①]。盛以丹锦囊[②]，冒以青霞裾。王乔掌关籥，蚩尤守其庐[③]。乘闲窃掀搅，涉猎岂暇徐。至人悟一言，道集由中虚[④]。心闲反自照，皎皎如芙蕖。千岁厌世去，此言乃籧篨[⑤]。人皆忽其身，治之用土苴。何暇及天下，幽忧吾未除[⑥]。

【注释】①戢戢：聚集貌。②"盛以"句：《汉武内传》：帝见西王母巾笈中，有一卷小黄书，盛以紫锦之囊。帝问此何书？曰："此《五岳真形图》也，其文秘禁。"即令女宋灵宾更取一图与帝，灵宾探怀中得一卷，盛以云锦之囊，因以付帝。③蚩尤：神名。道藏中多画蚩尤守御之状。④"道集"句：《庄子·人间世》：惟道集虚。⑤籧篨：敝竹器也。一说竹席也。⑥"何暇"二句：《庄子·让王篇》：舜以天下让子州支伯。子州支伯曰："我适有幽忧之病，方且治之，未暇治天下也。"

南溪有会景亭，处众亭之间，无所见，甚不称其名。予欲迁之少西，临断岸，西向可以远望，而力未暇，特为制名曰招隐。仍为诗以告来者，庶几迁之

飞檐临古道，高榜劝游人。未即令公隐，聊须濯路尘。茅茨分聚落，烟火傍城闉①。林缺湖光漏，窗明野意新。居民惟白帽②，过客漫朱轮③。山好留归屐④，风回落醉巾。他年谁改筑，旧制不须因。再到吾虽老，犹堪作坐宾。

【注释】①茅茨：本为茅草盖的屋顶。此指茅屋，也指简陋的居室。城闉(yīn)：古代城门外围的曲城，后泛指城门。②白帽：即白纱帽。《南史·和帝纪》：百姓皆著下屋白纱帽而反裙覆顶。③朱轮：古代王侯显贵所乘的车子。因用朱红漆轮，故称。④屐：木屐。《南史·谢灵运传》："常著木屐，上山则去其前齿，下山去其后齿。"归屐：归者穿的木屐。此指隐者穿的木屐。

九月中曾题二小诗于南溪竹上，既而忘之，昨日再游，见而录之

其二①

谁谓江湖居，而为虎豹宅②？焚山岂不能，爱此千竿碧。

【注释】①"其一"乃七言绝句，见七绝部分。②"谁谓"二句：苏轼前由终南而西，县尉以甲卒相送，则南溪一路，信有虎矣。

南溪之南，竹林中新构一茅堂，予以其所处最为深邃，故名之曰避世堂[①]

犹恨溪堂浅，更穿修竹林。高人不畏虎，避世已无心[②]。隐几颓如病，忘言兀似喑[③]。茅茨追上古[④]，冠盖谢当今。晓梦猿呼觉，秋怀鸟伴吟。暂来聊解带，屡去欲携衾。湖上行人绝，阶前暮霭深。应逢绿毛叟[⑤]，扣户夜抽簪。

【注释】①避世堂：在盩厔（今名周至）县东南二十五里。②“高人”二句：《晋书·郭文传》：郭文少爱山水，游名山，历华阴之崖。入余杭大辟山中穷谷无人之地，倚木于树，苫覆其上而居焉，亦无壁障。时猛兽为暴，入屋害人，而文独宿十余年，卒无患害。杜子美《贻阮隐居》诗：更议居远村，避喧甘猛虎。③“隐几”二句：《庄子·齐物论》：南郭子綦隐几而坐，答焉似丧其耦。④“茅茨”句：陆龟蒙《笠泽丛书·苔赋》云：茅茨上古，机格南朝。⑤绿毛叟：又称绿毛仙、毛公。唐皮日休《以毛公泉一瓶献上谏议因寄》诗：“刘根昔成道，兹坞四百年。毵毵被其体，号为绿毛仙。”宋范成大《吴郡志·古迹·毛公坛》云：汉刘根在洞庭山中得道成仙，身生绿毛，人称毛公。

自清平镇游楼观、五郡、大秦、延生、仙游，往返四日，得十一诗，寄子由同作

爱玉女洞中水，既致两瓶，恐后复取而为使者见给，因破竹为契，使寺僧藏其一，以为往来之信，戏谓之调水符[①]

欺谩久成俗，关市有契繻[②]。谁知南山下，取水亦置符。古人辨

淄渑[3]，皎若鹤与凫[4]。吾今既谢此，但视符有无。常恐汲水人，智出符之余。多防竟无及，弃置为长吁。

【注释】①这一首是这一组诗中的第十首。前九首分别入于各类诗中。②契：合同、证券。繻：古代作通行证用的帛，上写字，分成两半。过关时验合，以为凭信。典见《汉书注》。③“古人”句：《列子·说符》：孔子曰：“淄、渑之合，易牙尝而知之。”易牙，齐桓公大夫。淄、渑二水为食，易牙能知二水之味，桓公不信。试之果验也。④“皎若”句：《庄子·骈拇篇》：凫胫虽短，续之则忧；鹤胫虽长，断之则悲。

自仙游回至黑水，见居民姚氏山亭，高绝可爱，复憩其上[1]

山鸦晓辞谷，似报游人起。出门犹屡顾，惨若去吾里。道途险且迂，继此复能几？溪边有危构，归驾聊复柅[2]。爱此山中人，缥缈如仙子[3]。平生慕独往，官爵同一屣。胡为此溪边，眷眷若有俟。国恩久未报，念此惭且泚[4]。临风浩悲吒，万世同一轨。何年谢簪绂，丹砂留迅晷[5]。

【注释】①这一首同上首为一组诗，排第十一首。黑水，谷名。②危构：高耸的建筑物。柅：遏止，阻塞。③缥缈：隐隐约约若有若无之貌。④“国恩”二句：韩愈《泷吏》诗：“叩头谢吏言，始惭今更羞。历官二十余，国恩并未酬。”泚(cǐ)：汗出貌。⑤簪绂：冠簪和缨带。古代官员服饰，用以比喻显贵，荣耀。迅晷：迅速消逝的时光。

和子由记园中草木十一首

其一

煌煌帝王都，赫赫走群彦。嗟汝独何为，闭门观物变[1]。微物岂足观，汝独观不倦。牵牛与葵、蓼[2]，采摘入诗卷。吾闻东山傅，置酒携燕婉。富贵未能忘，声色聊自遣[3]。汝今又不然，时节看瓜蔓。怀宝自足珍，艺兰那计畹[4]。吾归于汝处，慎勿嗟岁晚。

【注释】①园在京都宜秋门内，苏轼在外地，而子由时在京师此园居住，故言。②牵牛：牵牛花，也叫牵牛。旋花科，一年生缠绕草木，具短毛。葵蓼：皆植物名。③“吾闻”四句：《晋书·谢安传》：谢安栖迟东山，虽放情丘壑，然每游赏必以妓女从。安石妻，刘惔妹也。既见家门富贵，而安独静退，乃谓曰：“丈夫不如此也？”安掩鼻曰：“恐不免耳。”后赠太傅。④“怀宝”二句：屈原《离骚》：“既滋兰之九畹兮，又树蕙之百亩。”王逸注：“十二亩曰畹。”《说文》：“三十亩曰畹。”

其二

荒园无数亩，草木动成林。春阳一以敷，妍丑各自矜。蒲萄虽满架，困倒不能任。可怜病石榴，花如破红襟。葵花虽粲粲，蒂浅不胜簪。从蓼晚可喜，轻红随秋深。物生感时节，此理等废兴。飘零不自由，盛亦非汝能[1]。

【注释】①王文诰曰：此诗答蒲萄、榴、葵三首也。从园中入手，中间蒲萄、榴、葵各二句，三实一虚。不落板实，此又一章法也。

其三

种柏待其成，柏成人已老。不如种丛彗，春种秋可倒[1]。阴阳不择物，美恶随意造。柏生何苦艰，似亦费天巧。天工巧有几，肯尽为汝耗？君看藜与藿，生意常草草[2]。

【注释】①彗：帚竹也，似藜，其树可以为扫彗。《栾城集·彗》："邻翁笑我拙，教我种丛草。经霜斫为彗，不让秋竹好。"②此诗答柏、彗二首也。从柏入手，彗次之。法似并起而句则单行，其后柏则明点，彗则暗结，兼双收侧注之意，此又一章法也。

其四

萱草虽微花[1]，孤秀能自拔。亭亭乱叶中，一一劳心插。牵牛独何畏，诘曲自芽蘖[2]。走寻荆与榛，如有夙昔约。南斋读书处，乱翠晓如泼。偏工贮秋雨，岁岁坏篱落[3]。

【注释】①萱草：一名鹿葱。古人以为可以使人忘忧。②芽蘖：植物的嫩芽。③此诗答萱草、牵牛二首也。萱草四句，牵牛四句，结四句，此又一章法也。

其五

芦笋初似竹[1]，稍开叶如蒲。方春节抱甲，渐老根生须。不爱当夏绿，爱此及秋枯。黄叶倒风雨，白花摇江湖。江湖不可到，移植苦勤劬。安得双野鸭，飞来成画图[2]。

【注释】①芦笋：芦苇的嫩芽，似笋而小，可食用。②此诗专答种芦一首，又一章法也。

其六

行乐惜芳辰[1]，秋风常苦早。谁知念离别，喜见秋瓜老[2]。秋瓜感霜霰，茎叶飒已槁。宦游归无时，身若马系皂。悲鸣念千里，耿耿志空抱[3]。多忧竟何为，使汝玄发缟[4]。

【注释】①“行乐”句：《汉书·杨恽传》载杨恽《报孙会宗书》曰：“人生行乐耳，须富贵何时。”谢灵运序：“良辰美景，赏心乐事，四者难并。”②“喜见”句：《诗·豳风·七月》：七月食瓜。此秋瓜也。诗意似欲答果裸，其下忽从秋瓜追问，而意绪横生，诗为一变。遂不复终果裸之意矣。③“悲鸣”二句：曹操诗：“老骥伏枥，志在千里。烈士暮年，壮心不已。”④前二、三、四、五计共四首，皆答园中草木也。此诗忽触瓜期之感，因入“马系”数句以终之。自此奋迅而下，置原作于不问，遂遗果裸、竹二首，不复答和矣。前五首，苏轼似检对原作，变换章法，皆构思而出，其成之也缓。自此以下六首，皆任意挥洒，顷刻立就者也。

其七

官舍有丛竹，结根问囚厅。下为人所径，土密不容钉。殷勤戒吏卒，插棘护中庭。绕砌忽坟裂，走鞭瘦竛竮[1]。我常携枕簟，来此荫寒青。日暮不能去，卧听窗风泠[2]。

【注释】①竛竮：同“伶俜”。孤单貌。②此诗自咏官舍丛竹，以至近而来寓目者言之。

其八

芎䓖生蜀道[①]，白芷来江南。漂流到关辅[②]，犹不失芳甘。濯濯翠茎满，愔愔清露涵。及其未花实[③]，可以资筐篮。秋节忽已老，苦寒非所堪。劚根取其实，对此微物惭[④]。

【注释】①芎䓖(xiōng qióng)：即“川芎”，多年生草本，根状茎黄褐色。见于我国四川、云贵等省。②关辅：关中三辅也。③劚(zhú)根：刨根。劚，大锄，引申为掘。④此诗自咏芎䓖、白芷，以至远而来寓目者言之。

其九

自我来关辅，南山得再游。山中亦何有，草木媚深幽。菖蒲人不识[①]，生此乱石沟。山高霜雪苦，苗叶不得抽。下有千岁根，蹙缩如蟠虬。长为鬼神守，德薄安敢偷[②]。

【注释】①菖蒲：亦称“白菖蒲”。多年生水生草本，有香气，叶狭长。②此诗因游南山，而咏人不可见之菖蒲，观其终以鬼神德薄之词，知后幅必将化入梦境矣。

其十

我归自南山，山翠犹在目。心随白云去，梦绕山之麓。汝从何方来，笑齿粲如玉。探怀出新诗，秀语夺山绿。觉来已茫昧，但记说秋菊[①]。有如采樵人，入洞听琴筑。归来写遗声，犹胜人间曲[②]。

【注释】①“觉来”二句：苏轼自注：“八月十一日夜，宿府学，方和此诗。梦与弟游南山，出诗数十首，梦中甚爱之。及觉，但记一句云：蟋蟀悲秋菊。”②此诗因南山归，而记梦说之“秋菊”“采樵”四句，乃和子由十首之总结，故云“归来写遗声，犹胜人间曲”也。至是，十诗已毕，复以梦说秋菊之意，未能畅达，又作《蟋蟀悲秋菊》一首次其后，故并为十一首也。

其十一

野菊生秋涧，芳心空自知[1]。无人惊岁晚，惟有暗蛩悲。花开涧水上，花落涧水湄。菊衰蛩亦蛰，与汝岁相期。楚客方多感，秋风咏江蓠[2]。落英不满掬，何以慰朝饥[3]。

【注释】①吕温《衡州岁前游合江亭见山樱蕊未折因赋含彩吝惊春》诗：“幽处竟谁见，芳心空自知。”②“楚客”二句：李商隐诗：“莫学汉臣栽苜蓿，还同楚客咏江蓠。”③此诗咏“蟋蟀悲秋菊”。从第十首之“但记说秋菊”句，细而绎之也。

次韵子由论书

吾虽不善书，晓书莫如我。苟能通其意，常谓不学可[1]。貌妍容有矉，璧美何妨椭。端庄杂流丽，刚健含婀娜。好之每自讥，不独子亦颇。书成辄弃去，谬被旁人裹。体势本阔落，结束入细么。子诗亦见推，语重未敢荷。尔来又学射，力薄愁官笴[2]。多好竟无成，不精安用夥[3]。何当尽屏去，万事付懒惰。吾闻古书法，守骏莫如跛。世俗笔苦骄，众中强嵬騀[4]。钟张忽已远[5]，此语与时左。

【注释】①“吾虽”四句：学书者，须得书外之意；东坡心通，得于翰墨之外。②“尔来”二句：苏轼自注：“官箭十二把，吾能十一把箭耳。”笴：箭干。③夥：多也。④嵬騀：犹嵬峨。倾侧不稳貌。⑤钟、张：指钟繇、张芝。

竹鼬[1]

野人献竹鼬，腰腹大如盎。自言道旁得，采不费罝网[2]。鸱夷让圆滑[3]，混沌惭瘦爽[4]。两牙虽有余，四足仅能仿。逢人自惊蹶[5]，闷若儿脱襁。念此微陋质，刀几安足枉。就擒太仓卒，羞愧不能飨。南山有孤熊，择兽行舐掌[6]。

【注释】①竹鼬(liǔ)：一种食竹根的鼠。②罝(jū)：捕兽的网。③鸱夷：又作"鸱鹈"。皮制的口袋。④混沌：《神异经》：昆仑西有兽焉，其状如犬，长毛，四足似熊，名曰混沌。⑤惊蹶：惊慌颠仆。⑥"南山"二句：《埤雅》：熊：冬蛰不能食，饥则自舐其掌故其美在掌。

凌虚台[1]

才高多感激，道直无往还。不如此台上，举酒邀青山。青山虽云远，似亦识公颜。崩腾赴幽赏，披豁露天悭[2]。落日衔翠壁，暮云点烟鬟[3]。浩歌清兴发，放意末礼删。是时岁云暮，微雪洒袍斑。吏退迹如扫[4]，宾来勇跻攀。台前飞雁过，台上雕弓弯。联翩向空坠，一笑惊尘寰。

【注释】①凌虚台：在凤翔廨后园，是陈希亮知凤翔时所建。②披豁：开朗，明亮。③"落日"二句：李白《乌栖曲》："青山欲衔半边日。"④"吏退"句：杜甫《赠李白》："山林迹如扫。"

和子由苦寒见寄

人生不满百，一别费三年[1]。三年吾有几，弃掷理无还[2]。长恐别离中，摧我鬓与颜[3]。念昔喜著书，别来不成篇。细思平时乐，乃为忧所缘[4]。吾从天下士[5]，莫如与子欢。羡子久不出[6]，读书虱生毡。丈夫重出处，不退要当前。西羌解仇隙，猛士忧塞壖[7]。庙谟虽不战，虏意久欺天[8]。山西良家子[9]，锦缘貂裘鲜。千金买战马，百宝妆刀镮。何时逐汝去，与虏试周旋[10]。

【注释】①“人生”二句：《文选·古诗》：“生年不满百，常怀千岁忧。”苏轼于仁宗嘉祐六年（1061）赴凤翔，与子由别，到作此诗时（1064）恰好三年。②理无还：从道理上讲不能复还。③“摧我”句：意即发白颜衰。④乃为：恰是。忧所缘：当前苦恼的缘由。⑤天下士：有二解：一指天下杰出人物，一指天下士人，此从后解。⑥“羡子”句：子由嘉祐六年中制科后，因父苏洵在京修礼书，请留京奉养，故言“久不出”。⑦塞壖(ruán)：边地。⑧庙谟：王朝中央的计谋。虏：指西夏。久欺天：早就打算侵扰内地。⑨“山西”六句：愿随西北猛士，与敌战斗。山西：华山以西地区。良家：封建社会以医、商、贾、百工以外的人家为良家。⑩周旋：与敌作战。典出《左传·僖公二十三年》。

秀州僧本莹静照堂[1]

鸟囚不忘飞，马系常念驰。静中不自胜，不若听所之。君看厌事人，无事乃更悲。贫贱苦形劳，富贵嗟神疲。作堂名静照，此语子谓谁。江湖隐沦士，岂无适时资？老死不自惜，扁舟自娱嬉。从之恐莫见，况肯从我为[2]。

【注释】①僧本莹：字慧空，住嘉兴招提讲寺院内。院内有静照堂。②全诗皆讥讽本莹虽寄身寺院，实心系人间终不能静也。

送钱藻出守婺州得英字[1]

老手便剧郡[2]，高怀厌承明[3]。聊纡东阳绶[4]，一濯沧浪缨。东阳佳山水[5]，未到意已清。过家父老喜，出郭壶浆迎[6]。子行得所愿，怆恨居者情。吾君方急贤，日旰坐迩英[7]。黄金招乐毅[8]，白璧赐虞卿[9]。子不少自贬，陈义空峥嵘。古称为郡乐，渐恐烦敲搒[10]。临分敢不尽，醉语醒还惊[11]。

【注释】①钱藻：字醇老。武肃王钱镠五世孙。进士及第，又中贤良方正科。为人清谨寡过，为治简静。钱藻知婺州，同事饯送，席上分韵作诗，苏轼分得英字，作古诗。②剧郡：大郡，政务繁剧的州郡。③承明：即承明庐，汉承明殿旁屋，侍臣值宿所居。《汉书·严助传》："君厌承明之庐，劳侍从之事，怀故土，出为郡吏。"此乃不愿在朝为官之意。④纡东阳绶：佩戴青绶，谓做官。《后汉书·舆服志》："郡太守二千石，银印青绶。"⑤"东阳"句：刘禹锡《答东阳于令涵碧图》诗："东阳本是佳山水，何况曾经沈隐侯。"⑥出郭：《古乐府·木兰歌》："爷娘闻女来，出郭相扶将。"郭：外城，古代在城外围加一道城墙。⑦"日旰"句：苏轼自注："迩英，阁名。"讲读之所也。日旰：日暮，天色晚。有日旰忘食成语。⑧"黄金"句：《白孔六帖》：燕昭王置千金于台上，以延天下士，谓之黄金台。结果乐毅使燕。委质当臣。⑨"白璧"句：《史记·虞卿传》：虞卿说赵孝成王，一见，赐黄金百镒，白璧一双；再见，为赵上卿，故号为虞卿。⑩搒（péng）：击也，拷打。⑪"子不少"六句：《乌台诗案》：熙宁三年三月，作古诗一首送钱藻，言朝廷方急贤才，多士并进，子独远出为郡，不少自勉强求进，但守道义，意讥当时之人急进也。又言：青苗、助役既行，百姓输纳不前，为郡者不免用鞭箠催督，醉中道此语，醒后还惊，恐得罪朝廷，以讥讽新法不便之故也。

送曾子固倅越得燕字[1]

醉翁门下士，杂遝难为贤[2]。曾子独超轶[3]，孤芳陋群妍。昔从南方来，与翁两联翩[4]。翁今自憔悴，子去亦宜然[5]。贾谊穷适楚[6]，乐生老思燕[7]。那因江鲙美，遽厌天庖膻[8]。但苦世论隘，聒耳如蜩蝉[9]。安得万顷池，养此横海鳣[10]？

【注释】①曾巩：字子固，唐宋散文八大家之一。②醉翁：欧阳修的号。杂遝：纷杂繁多貌。诗言“杂遝”指蒋之奇、常秩、王安石之流。③超轶：高超不同凡俗。④“与翁”句：欧阳修为参政时，子固亦在馆阁，故云“联翩”。⑤“翁今”二句：欧阳修屡挫，子固倅越，故言。⑥“贾谊”句：《史记·贾生传》：贾谊因遭毁而出为长沙王太傅。长沙，楚地也。⑦乐生：乐毅。事见《史记·乐毅传》。⑧天庖：天帝的庖厨。《抱朴子》：刘安谪守天庖。又见苏轼《次韵曾子开从驾》：“雍容已餍天庖赐。”⑨蜩蝉：即蝉，俗名知了。“但苦”二句喻朝廷议论偏隘。聒喧如蜩蝉之鸣，不足听也。⑩“安得”二句：《乌台诗案》：熙宁三年，曾巩准敕通判越州。临行，馆阁同舍旧例饯送，众人分韵，轼探得燕子韵，作诗一首。此二句比曾巩大才也。

出都来陈，所乘船上有题小诗八首，不知何人，有感于余心者，聊为和之[1]

其一

蛙鸣青草泊，蝉噪垂杨浦。吾行亦偶然，及此新过雨。

【注释】①这八首组诗，皆苏轼出都来陈道中所作。

其二

鸟乐忘罝罘[①]，鱼乐忘钩饵。何必择所安[②]，滔滔天下是。

【注释】①罝罘(jū fú):泛指捕鸟兽的网。②择所安：《庄子·人间世篇》：事其亲者，不择地而安之，孝之至也；事其君者，不择事而安之，忠之盛也。

其三

烟火动村落，晨光尚熹微[①]。田园处处好，渊明胡不归[②]。

【注释】①熹微：天色初明。陶渊明《归去来兮辞》："问征夫以前路，恨晨光之熹微。"②"田园"二句：《晋书·陶潜传》：郡遣督邮至县，吏白应束带见之。潜叹曰：吾不能为五斗米折腰，拳拳事乡里小人。即解印去县，乃赋《归去来》。

其四

我行无疾徐，轻楫信溶漾[①]。船留村市闹，闸发寒波涨。

【注释】①"我行"二句：讲随便走来，不问快慢。

其五

舟人苦炎热[1]，宿此乔木湾。清月未及上，黑云如颓山[2]。

【注释】①“舟人”句：《唐书·柳公权传》：文宗尝召与联句，帝曰：“人皆苦炎热，我爱夏日长。”②颓山：倒塌的山。用以形容云颓之状。北周庾信《拟咏怀》之十三：“哭市闻妖兽，颓山起怪云。”

其六

万窍号地籁[1]，冲风散天池[2]。喧豗瞬息间，还挂斗与箕[3]。

【注释】①“万窍”句：《庄子·齐物论》：子綦曰：“大块噫气，其名为风。是唯无作，作则万窍怒号。”子游曰：“地籁则众窍是也。”②冲风：猛烈之风。屈原《九歌》：“冲风至兮水扬波。”天池：一指海，一指天上之池。③斗与箕：星官名。斗星属天市垣，共五星，在武仙座内。箕宿，二十八宿之一，青龙七宿的末一宿。

其七

颍水非汉水[1]，亦作蒲萄绿[2]。恨无襄阳儿，令唱《铜鞮曲》[3]。

【注释】①颍水：《名胜志》：颍水在陈州南五十里，通上蔡，水出南顿，而注于淮。②蒲萄绿：李白《襄阳歌》：“遥看汉水鸭头绿，恰似葡萄初酦醅。”③“恨无”二句：《晋书·山简传》：镇襄阳，有童儿歌：“山公出何许，往至高阳池。”古乐府云：《襄阳蹋铜鞮歌》云：梁武帝在雍镇，有童谣云：“襄阳白铜鞮，反缚扬州儿。”识者言铜为金。鞮为马也。及义师之起，实以铁骑、扬州之士皆面缚。

其八

我诗虽云拙，心平声韵和。年来烦恼尽，古井无由波。

次韵张安道读杜诗

大雅初微缺，流风困暴豪[1]。张为词客赋，变作楚臣骚[2]。展转更崩坏，纷纶阅俊髦。地偏蕃怪产，源失乱狂涛。粉黛迷真色，鱼虾易豢牢[3]。谁知杜陵杰，名与谪仙高。扫地收千轨，争标看两艘[4]。诗人例穷苦，天意遣奔逃[5]。尘暗人亡鹿[6]，溟翻帝斩鳌[7]。艰危思李牧[8]，述作谢王褒[9]。失意各千里，哀鸣闻九皋[10]。骑鲸遁沧海[11]，捋虎得绨袍[12]。巨笔屠龙手[13]，微官似马曹。迂疏无事业，醉饱死游遨[14]。简牍仪型在，儿童篆刻劳[15]。今谁主文字，公合抱旌旄。开卷遥相忆，知音两不遭。般斤思郢质[16]，鲲化陋鯈濠[17]。恨我无佳句，时蒙致白醪。殷勤理黄菊，未遣没蓬蒿[18]。

【注释】①大雅：《诗经》的组成部分之一。旧训雅为正，谓诗之正声。后亦借指闳雅淳正的诗篇。②“张为”二句：《荀子》有《云》《蚕》等赋，其后《文选》所载《两都》《二京》，皆词客之所为也。屈原作《离骚经》，初有骚之名。《文选序》云：“今之作者，异乎古昔。古诗之体，今则全取赋名，荀、宋表之于前，贾、马继之于末，自兹以降，源流实繁。”③前十句，学李白《古风》第一首意，作总起，下四句以李陪杜，仍是李、杜并论，是作此诗手眼。④“扫地”二句：讲杜甫兼诸家之长，独与李白抗衡。⑤“诗人”句“例”总李杜，“天意”句虚笼后事，从李过渡到杜。⑥“尘暗”句：《汉书·蒯通传》：“秦失其鹿，天下共逐之。”此句将杜甫陷贼中，顺手带过。⑦“溟翻”句：言肃宗诛安、史，再造唐室。将杜甫从贼中奔赴行在，蓄入气内。⑧“艰危”句：《汉书·冯唐传》：汉文帝曰：“嗟乎，吾独不得廉颇、李牧为将，岂忧匈奴哉！”⑨“述作”句：《汉书·王褒传》（卷六十四下）：“褒既为刺史作颂，又作其传，益州刺史因奏褒有轶材，上乃征褒。”⑩“失意”二句：指杜甫闻李白流放夜郎诸诗。⑪骑鲸：杜甫《送孔巢父谢病归游江东兼呈李白》：“若逢李白骑鲸鱼，道甫问信今何如？”后用为咏李白之典。又作寻仙隐遁之意。沧海：东方朔《十洲记》：沧海岛在北海中，水皆苍色，仙人谓之沧海也。⑫捋虎：即捋虎须。指杜甫见严武，严武说：“杜审言孙拟捋虎须？”得绨袍：典见《史记·范睢传》。⑬屠龙：《庄子·列御寇》：“朱泙漫学屠龙于支离益，单千金之家，三年技成，而无所用其巧。”后指高超的技艺而无用之地。⑭“醉饱”句：《庄子·列御寇》：“无能者，无所求，饱食而遨游。”醉指李，饱指杜。⑮“儿童”句：用韩愈诗：“不知群儿愚，何用故谤伤。”⑯思郢质：用《庄子·徐无鬼》典。喻知难遇。“开卷”三句谓张安道读杜作诗。⑰“鲲化”句：《庄子·逍遥游》与《秋水》两篇。⑱“殷勤”二句：纪昀曰：“字字深稳，句句飞动，而结意蕴藉，此为诗人之笔。”

送张安道赴南都留台[①]

我公古仙伯[②]，超然羡门姿[③]。偶怀济物志，遂为世所縻。黄龙游帝郊，箫韶凤来仪[④]。终然反溟极，岂复安笼池[⑤]。出入四十年，忧患未尝辞。一言有归意，阖府谏莫移。吾君信英睿，搜士及茅茨[⑥]。无人长者侧，何以安子思。归来扫一室。虚白以自怡[⑦]。游于物之初[⑧]，世俗安得知。我亦世味薄，因循鬓生丝。出处良细事，从公当有时[⑨]。

【注释】①南都：即今之商丘。留台：即御史台。张安道知陈州时，监司皆新进，趋时兴利，长吏初不与闻。安道曰：“吾衰矣，雅不能事人，归欤，以全吾志。”即力请留台而归。②仙伯：借指官职清贵、文章超逸的人物。③羡门：名子高，古仙人也。④“箫韶”句：《书·益稷》：箫韶九成，凤皇来仪。⑤“终然”二句：《文选》潘岳《秋兴赋》：“譬犹池鱼笼鸟，而有江湖山薮之思。”⑥茅茨：指简陋的居室，引申为平民里巷。苏轼文：“求贤审官，拔士茆茨之下。”“茆茨”亦作“茅茨”。⑦虚白：《庄子·人间世》：“虚室生白，吉祥止止。”⑧“游于”句：《庄子·田子方》：“老聃曰：‘吾游心于物之初。’”⑨《乌台诗案》：“熙宁四年，轼将赴杭州，张方平陈乞得南京留台。本人有诗一首送轼，只记得落句云：‘最好乘船游禅扉。’其余不记。却有一诗送本人云‘无人长者侧，何以安子思’，比方平之贤，朝廷当坚留要任，不可令闲也。”

颍州初别子由二首[1]

其一

征帆挂西风，别泪滴清颍[2]。留连知无益，惜此须臾景[3]。我生三度别，此别尤酸冷。念子似先君，木讷刚且静。寡辞真吉人，介石乃机警[4]。至今天下士，去莫如子猛。嗟我久病狂，意行无坎井。有如醉且坠，幸未伤辄醒。从今得闲暇，默坐消日永。作诗解子忧，持用日三省。

【注释】①颍州：州、府名。治所在汝阴(今安徽阜阳)。北魏孝昌四年(528)置州，北齐废，唐初复置。②清颍：《名胜志》：古语云，世乱颍水浊，世治颍水清。③须臾景：纪昀曰：用李陵“且复立斯须”意，而上句作一顿挫，意境便别。《汉书·贾山传》：“愿少须臾毋死。”④“寡辞”二句：《周易·系辞下》：“吉人之辞寡。”又“介于石不终日，贞吉，介如石焉，宁用终日，断可识矣。”

其二

近别不改容，远别涕霑胸。咫尺不相见，实与千里同。人生无离别，谁知恩爱重[①]。始我来宛丘[②]，牵衣舞儿童。便知有此恨，留我过秋风。秋风亦已过，别恨终无穷[③]。问我何年归，我言岁在东[④]。离合既循环，忧喜迭相攻。悟此长太息，我生如飞蓬。多忧发早白，不见六一翁[⑤]。

【注释】①"人生"二句：纪昀曰：意本苏武"惟念当乖离，恩情日以新"。②宛丘：古县名，今在河南淮阳县。《尔雅》：丘上有丘为宛丘。③纪昀曰：曲折之至，而爽朗如话，盖情真而笔亦足以达之，遂当绝调。④岁在东：苏轼当以寅年成资，故云岁在东也。⑤六一翁：欧阳修自号六一居士。

十月二日，将至涡口五里所，遇风留宿

长淮久无风[①]，放意弄清快。今朝雪浪满，始觉平野隘。两山控吾前，吞吐久不噦。孤舟系桑本，终夜舞澎湃。舟人更传呼，弱缆恃菅蒯[②]。平生傲忧患，久矣恬百怪。鬼神欺吾穷，戏我聊一噫。瓶中尚有酒，信命谁能戒。

【注释】①长淮：淮河乃四渎之一，自泗州龟山东北流，与汴河合，东北入海，即长淮也。②菅蒯：用茅草编的绳索。

发洪泽，中途遇大风，复还[①]

风浪忽如此，吾行欲安归[②]？挂帆却西迈[③]，此计未为非。洪泽三十里，安流去如飞。居民见我还，劳问亦依依。携酒就船卖，此意厚莫违。醒来夜已半，岸木声向微。明日淮阴市，白鱼能许肥。我行无南北，适意乃所祈。何劳舞澎湃，终夜摇窗扉。妻孥莫忧色，更典

箧中衣[④]。

【注释】①洪泽：镇名，属淮阴县。在清河县东南六十里，湖长八十里。②“风浪”二句：《晋书·谢安传》：“尝与孙绰等泛海，风起浪涌，诸人并惧，安吟啸自若。舟人以安为悦，犹去不止。风转急，安徐曰：‘如此将何归邪？’舟人承言即回，众咸服其雅量。”③“挂帆”句：谓逆风不可前，故顺风而还也。④箧(qiè)：小箱子。韩愈诗：“箧中有余衣。”

广陵会三同舍，各以其字为韵，仍邀同赋

刘贡父[①]

去年送刘郎[②]，醉语已惊众。如今各飘泊，笔砚谁能弄。我命不在天[③]，羿彀未必中[④]。作诗聊遣意，老大慵讥讽。夫子少年时，雄辩轻子贡[⑤]。尔来再伤弓，戢翼念前痛[⑥]。广陵三日饮，相对恍如梦。况逢贤主人，白酒泼春瓮[⑦]。竹西已挥手，湾口犹屡送[⑧]。羡子去安闲，吾邦正喧哄[⑨]。

【注释】①刘贡父：即刘攽，字贡父，天资滑稽，不能自禁，与王介甫素厚，迨当国亦屡谑之。虽每为绝倒，然意终不能平也。初以馆阁校勘同知礼院，与王介甫考开封试，因争小畜二音，语言往复，为御史弹奏，罢礼院及考功矣。后介甫又告刘攽，等，寻出倅海陵。②“去年”句：指《送刘攽倅海陵》诗。③“我命”句：《书·西伯戡黎》：我生不有命在天。④“羿彀”句：《庄子·德充符》：“游于羿之彀中，中央者，中地也；然而不中者，命也。”羿彀：羿的弓矢所及，后以此指世网或人间的危机。⑤“雄辩”句：子贡利口巧辞，孔子常黜其辩。⑥伤弓：受过箭伤的鸟，听到拉弓开弦的声音也害怕，比喻经过祸患，心有余悸。戢羽：敛翅止飞。“夫子”四句讲刘贡父一再被王介甫所斥。⑦贤主人：指钱公辅也。钱公辅时任扬州太守，苏轼、

刘攽于是年十月过扬州，钱殷勤款待。春瓮：酒瓮。⑧竹西亭：《宝祐维扬志》记在禅智寺前官河北岸，取杜牧之《题扬州禅智寺》“谁知竹西路，歌吹是扬州”诗句也。湾口：茱萸湾的俗名，又叫湾头。⑨“羡子”二句：《乌台诗案》：熙宁四年十月内，赴杭州通判，到扬州。有刘攽并馆职孙洙、刘挚皆在本州。偶然相聚数日，别后作诗三首，各用逐人字为韵。内寄攽诗“羡子去安闲，吾邦正喧哄”，言杭州监司所聚，初行新法，事多不便也。

孙巨源①

三年客京辇，憔悴难具论。挥汗红尘中，但随马蹄翻。人情贵往返，不报生祸根。坐令平生友，终岁不及门②。南来实清旷，但恨无与言。不谓广陵城，得逢刘与孙。异趣不两立，譬如王孙猿③。吾侪久相聚，恐见疑排拫④。我褊类中散，子通真巨源⑤。绝交固未敢，且复东南奔⑥。

【注释】①孙巨源：名洙，广陵人。未冠，擢进士第。欧阳修、吴文肃举应制科进策，指陈政体，韩忠献读之，太息曰：“今之贾谊也。”在谏院时，王介甫行新法，多逐谏官御史，巨源心知不可，而郁郁不能有所言，但恳乞补外。知海州。②“坐令”二句：苏东坡、刘贡父和刘莘老皆以攻法被出。巨源与其既同舍，雅相厚，又居谏省，终不敢挺身而出，以保全自己，故云。③“异趣”二句：柳宗元《憎王孙文》：“猿、王孙居异山，德异性，不能相容。猿之德静以常，王孙之德躁以嚣，虽群不相善也。”王孙：猴。此言座中诸人与孙趣舍不同。④排拫(hén)：亦作“排根”。排斥。⑤中散：中散大夫的省称。嵇康曾任中散大夫，世以“中散”称之。巨源：山涛，字巨源。嵇康曾写《与山巨源绝交书》，云：“足下傍通，多可而少怪。”又作《幽愤》诗云：“惟此褊心，显明臧否。”由此二句看，此作通篇皆责词也。⑥“绝交”二句：指孙巨源既心知新法不可，又不敢抗言力争，终乞补外求全。孙巨源虽不如苏轼、刘攽、刘挚等风节凛然，然与朝中小人苟同希进者不类，亦为君子，故苏轼谓不敢像嵇康与山巨源绝交那样，与孙巨源绝交。其后巨源在海州，与使者力争免役，王文诰认为皆此诗一激之力也。巨源终不失为君子。

刘莘老[1]

江陵昔相遇，幕府称上宾[2]。再见明光宫[3]，峨冠挹搢绅[4]。如今三见子，坎坷为逐臣。朝游云霄间，欲分丞相茵[5]。暮落江湖上，遂与屈子邻[6]。了不见愠喜，子岂真可人。邂逅成一欢，醉语出天真。士方在田里，自比渭与莘[7]。出试乃大谬[8]，刍狗难重陈[9]。岁晚多霜露，归耕当及辰。

【注释】①刘莘老：名挚，永静东光人。中甲科。②“江陵”二句：治平丙午(1066)夏，苏轼奉父丧，舟行江陵，而莘老正在荆州幕府，故云。③明光宫：为汉武帝所造，极华美，此喻指刘挚时任职中朝（刘时任检正中书礼房，又为监察御史）。④峨冠：高冠。挹：通“抑”。搢绅：官宦或儒者的代称。⑤“欲分”句：《史记·酷吏列传》：（周阳由）与汲黯俱为忮，司马安之文恶，俱在二千石列，同车未尝敢均茵冯。司马贞索隐：均，等也。茵，车蓐也。“分茵”犹“均茵”也，意想与丞相分庭抗礼。⑥“暮落”二句：意即屈原放逐非其罪，刘挚谪官与屈原放逐相近也。⑦渭与莘：《史记·齐世家》：西伯猎，遇太公于渭之阳。《孟子》：伊尹耕于有莘之野。⑧“出试”句：《报任安书》：“事乃有大谬不然者。”⑨“刍狗”句：《庄子·天运篇》：刍狗之未陈也。《乌台诗案》：庄子诋毁孔子之言，皆先王之陈迹，譬如已陈之刍狗难再陈也。轼意以讥执政大臣在田里时，自比太公、伊尹，及出而试用，大谬戾，当便罢退，不可再施用也。

甘露寺[1]

江山岂不好，独游情易阑。但有相携人，何必素所欢。我欲访甘露，当途无闲官[2]。二子旧不识，欣然肯联鞍。古郡山为城，层梯转朱栏。楼台断崖上，地窄天水宽。一览吞数州，山长江漫漫。却望大明寺[3]，惟见烟中竿。狠石卧庭下[4]，穹窿如伏羱[5]。缅怀卧龙公，挟策事雕钻[6]。一谈收猘子[7]，再说走老瞒[8]。名高有余想，事往无留观。萧公古铁镬[9]，相对空团团。陂陀受百斛，积雨生微澜。泗水逸周鼎，渭城辞汉盘。山川失故态，怪此能独完。僧繇六化人[10]，霓衣挂冰纨。隐见十二叠[11]，观者疑夸谩。破板陆生画，青猊戏盘跚[12]。上有二天人，挥手如翔鸾。笔墨虽欲尽，典型垂不刊。赫赫赞皇公，英姿凛以寒[13]。古柏手亲种[14]，挺然谁敢干。枝撑云峰裂，根入石窟蟠。薙草得断碑，斩崖出金棺。瘗藏岂不牢，见伏理可叹[15]。四雄皆龙虎[16]，遗迹俨未刓。方其盛壮时，争夺肯少安。废兴属造物，迁逝谁控抟[17]。况彼妄庸子，而欲事所难。古今共一轨，后世徒辛酸。聊兴广武叹[18]，不待雍门弹[19]。

【注释】①甘露寺：苏轼自注：欲游甘露寺，有二客相过，遂与偕行。寺有石如羊，相传谓之狠石，云："诸葛亮孔明坐其上，与孙仲谋论曹公也。"甘露寺在北固山，相传三国吴甘露年间造，后毁，唐李德裕重建。②当途：指掌权之人。③大明寺：在扬州蜀冈侧，古之栖霞寺也。④见注①，石羊巷在城南，吴时孙氏隧道也。刘备诣孙权，权与俱猎，因醉，各据一石羊。⑤羱(yuán)：野羊，大角，产出于我国西部和北部的一种野生羊。⑥挟策：胸怀计谋、建议。⑦猘子：本意疯狗。裴松之注引《吴历》："曹公闻策平定江东，意甚难之，常呼：'猘儿难与争锋也。'"后以"猘儿"指孙策。此处则以策比权也。⑧老瞒：曹操，小字阿瞒，此指赤壁败曹。⑨萧公：萧衍。甘露寺内有梁天监中所铸之铁镬，有铭可验。⑩僧繇：南朝梁画家。《画史》：甘露寺张僧繇画四菩萨。化人：佛教谓佛、菩萨变形为人，以化渡众生者。⑪十二叠：当是六板之阴阳，两面皆画也。如本集《四菩萨阁纪》云："八板皆吴道子画，阳为菩萨，阴为天王。凡十有六躯。"可证。⑫陆生：陆探微，南齐吴郡人。寺内有陆生画狻猊。盘跚：犹蹒跚、跛行貌。⑬赞皇公：即李德裕，其先赞皇人。《唐书·李德裕传》：初封赞皇县伯。⑭"古柏"句：寺内今有李德裕祠堂、画像及所植桧。⑮"薙草"四句：《玉壶清话》：甘露寺，熙宁四年春，江中渔者见神光累夕起于溷厕间，一旦，其厕无故自圮。长老应夫再营之，方筑基垦土，去地数尺，一础覆土中。刻曰：有唐太和三年正月二十四日，于上元县禅众寺旧塔基下，获舍利石函，以其年二月十五日，重瘗于丹徒县甘露寺东塔下。金棺一，银椁一，锦幞九重，皆余之施也……李德裕记。⑯四雄：诸葛亮、孙权、梁武帝萧衍、李德裕。⑰控抟：引持，控制。⑱广武叹：《晋书·阮籍传》：尝登广武，观楚汉战处，叹曰："时无英雄，使竖子成名！"⑲雍门弹：即雍门弹琴。刘向《说苑·善说》：雍门子周以善琴见孟尝君。孟尝君曰："先生鼓琴，亦能令文悲乎？"雍门子周曰："臣何独能令足下悲哉……然臣之所为足下悲者一事也。"孟尝君闻之悲泪盈眶，子周于是引琴而鼓，孟尝君益增悲流涕。后以"雍门琴"指哀伤的曲调。

送岑著作①

懒者常似静，静岂懒者徒？拙则近于直，而直岂拙欤？夫子静且直，雍容时卷舒。嗟我复何为，相得欢有余。我本不违世，而世与我殊。拙于林间鸠②，懒于冰底鱼。人皆笑其狂，子独怜其愚。直者有时信，静者不终居。而我懒拙病，不受砭药除。临行怪酒薄，已与别泪俱。后会岂无时，遂恐出处疏。惟应故山梦，随子到吾庐③。

【注释】①岑著作：即岑象术，字岩起，梓州人，曾任秘书省著作佐郎。②“拙于”句：欧阳修《班班林间鸠寄内》：“人皆笑汝拙，无巢以家室。”③“惟应”二句：指岑象术以提举梓州路常平还蜀事。

卷三　五言古诗

七月一日出城舟中苦热

凉飙呼不来，流汗方被体[①]。稀星乍明灭，暗水光弥弥[②]。香风过莲芡，惊枕裂魴鳢[③]。欠伸宿酒余，起坐濯清泚[④]。火云势方壮，未受月露洗。身微欲安适，坐待东方启。

【注释】①凉飙：凉风。被体：遍体。被，满也。②弥弥：水满貌。③莲芡：藕粉。魴鳢：鳊鱼和黑鱼。④清泚：清澈。

宿余杭法喜寺，寺后绿野堂，望吴兴诸山，怀孙莘老学士[①]

徙倚秋原上[②]，凄凉晚照中。水流天不尽，人远思何穷。问谍知秦过[③]，看山识禹功[④]。稻凉初吠蛤[⑤]，柳老半书虫[⑥]。荷背风翻白，莲腮雨退红。追游慰迟暮，觅句效儿童。北望苕溪转[⑦]，遥怜震泽通[⑧]。烹鱼得尺素，好在紫髯翁[⑨]。

【注释】①法喜寺：在余杭县东北半里。孙莘老：即孙觉，字莘老，高邮人，登进士第。《宋史》有传。熙宁中，修起居注，以言事，黜知广德军，逾年，徙知湖州。据王文诰注，此诗当作于熙宁五年壬子七月孙莘老徙知湖州之时也。②徙倚：逡巡，徘徊。③“问谍”句：《史记·三代世表》：余读《谍》记，黄帝以来，皆有年数。《索引》：“牒者，纪系谥之书也。”牒，同谍。秦过：秦朝的错误。贾谊《过秦论》，指出秦的过失。④“看山”句：苏轼自注：“余杭，始皇所舍舟也。西北舟枕山，尧时洪水，系舟山上。”《咸淳临安志》：舟枕山，在余杭县西北二十五里。山顶有石穴，古老云：禹治水维舟之所。⑤蛤：虾蟆。⑥“柳老”句：《汉书·五行志》：昭帝时，上林柳树断，仆地。一朝起立，生枝叶，有虫食叶成文，曰：“公孙病已立。”⑦“北望”句：《杭州图经》：苕水出天目山，古老相传，夹岸多苕草，秋风吹花，浮如飞雪，因以名溪。⑧震泽：苕水北入太湖，乃古震泽也。⑨紫髯翁：孙莘老多髯，又姓孙，故此用孙权的外号戏称。

宿临安净土寺

鸡鸣发余杭，到寺已亭午。参禅固未暇，饱食良先务。平生睡不足，急扫清风宇。闭门群动息，香篆起烟缕[①]。觉来烹石泉，紫笋发轻乳[②]。晚凉沐浴罢，衰发稀可数。浩歌出门去，暮色入村坞。微月半隐山[③]，圆荷争泻露。相携石桥上，夜与故人语。明朝入山房[④]，石镜炯当路[⑤]。昔照熊虎姿，今为猿鸟顾。废兴何足吊，万古一仰俯[⑥]。

【注释】①群动：各种活动。香篆：香名，形似篆文。②石泉：山石中的泉水。紫笋：名茶名。此句言用泉水煮名茶。③微月：新月，指农历月初的月亮。半隐山：应是山半隐的倒写，指晚上新月刚上，半隐在山后面。④山房：真寂院在县南二里。天成元年，吴越王钱氏建，旧号山房院。⑤石镜：《唐书·地理志》：临安有石镜山，高二十六丈。⑥一仰俯：王羲之《兰亭集序》：“夫人之相与，俯仰一世。”比喻时间短暂。

自净土寺步至功臣寺[①]

落日岸葛巾，晚风吹羽扇[②]。松间野步稳，竹外飞桥转。神功凿横岭，岩石得巨片。直渡千人沟，下有微流泫[③]。冈峦蔚回合，金碧烂明绚[④]。缅怀异姓王，负担此乡县[⑤]。长逢胯下辱[⑥]，屡乞桑间饭。谁谓山石顽？识此希世彦。凛然英气逼，屹起犹耸战。他年万骑归，父老恣欢宴。锦绣被原野，金珠散贫贱[7]。窦融既入朝[8]，吴芮空记面[9]。荣华坐销歇[10]，阅世如邮传[11]。惟有长明灯，依然照深殿。

【注释】①净土寺、功臣寺：皆在县南二里，吴越王钱氏所建。净土寺原名光孝明因寺，功臣寺原名大官山、功臣院，祥符元年改赐今名。②岸葛巾：掀起葛巾、露出前额的意思。岸，意即将冠帽上推，露出前额。葛巾，用葛布制成的头巾。裴启《语林》：诸葛亮与司马懿将战渭滨，懿戎服莅事，武侯乘素车，白葛巾，持羽扇，指麾三军。懿叹曰："可谓名士也。"③"神功"四句：《临安县图经》："寺有沟，名曰千人，相传钱氏役千人，一日而成。"《晋书·佛图澄传》：敕龙取水，泫然微流。微流泫：即"泫然微流"的倒置。泫，流动。④"冈峦"二句：山峦相环绕，金黄和碧绿的颜色，明丽绚烂。⑤"缅怀"二句：郭璞《天目山》诗：五百年生异姓王。钱镠自谓已应此运。负担：吴越王少贫困，负担。及其贵也，以锦囊盛此担焉。这里借指钱镠自动承担起照顾家乡的责任，因而受到"缅怀"。⑥胯下辱：韩信为布衣时曾受胯下之辱。事见《史记·淮阴侯列传》。⑦"他年"四句：叙钱镠故事：钱镠为余杭衣锦乡人，相传其乡山后有一石，见钱镠而屹然自立。又，钱立为王后，游衣锦城，宴故老，山林皆覆以锦。作《还乡歌》曰：三节还乡兮挂锦衣，父老远近来相随。斗牛光起兮天无欺，吴越一王驷马归。⑧窦融：《后汉书》有传。每入朝，自以非旧臣，卑恭有加，帝以此愈亲厚之。钱镠之后钱俶后降宋朝，国除。此以窦融入朝喻指钱氏。⑨吴芮：《汉书》有传。《三国志·魏书·诸葛诞传》注引《世语》：（魏）黄初末，吴人发长沙王吴芮冢，容貌如生，衣服不朽。后与发者见吴纲曰："君何类长沙王吴芮，但微短耳。"纲瞿然曰："是先祖也。"以窦、吴二典讲钱氏子孙在临安尚多。⑩坐：聊、且。销歇：衰败，零落。⑪"阅世"句：《汉书·盖宽饶传》：平恩侯许伯入第，宽饶卬视屋而叹曰："美哉，然富贵无常，忽则易人，此如传舍，所阅多矣。"刘禹锡《宿诚禅师山房题赠》诗："视身如传舍，阅世任东流。"邮传（chuán）：传舍，驿馆。

自径山回，得吕察推诗，用其韵招之，宿湖上[1]

多君贵公子，爱山如爱色。心随叶舟去，梦绕千山碧。新诗到中路，令我喜折屐[2]。古来轩冕徒，操舍两悲慄[3]。数朝辞簪笏[4]，两脚得暂赤。归来不入府，却走湖上宅。宠辱吾久忘，宁畏官长诘。飘然便归去，谁在子思侧。君能从我游，出郭及未黑。

【注释】①吕察推：名仲甫，字穆仲。察推，官名，观察推官的省称。吕仲甫乃吕蒙正之孙。②喜折屐：喻狂喜。典出《晋书·谢安传》：兄子谢玄大破苻坚，驿书至，谢安方对客围棋，了无喜色。既罢，还内，过户限，心喜甚，不觉屐齿之折。此指阅吕诗未完，心即喜爱异常。③"古来"二句：《庄子·天运篇》："以富为是者，不能让禄；以显为是者，不能让名；亲权者不能与人柄，操之则慄，舍之则悲。"轩冕：本乃古时官员的车乘与冕服，后借指官位爵禄。④簪笏：冠簪和手版。古代官所用。比喻官员或官职。

宿望湖楼再和

新月如佳人，出海初弄色。娟娟到湖上，潋潋摇空碧。夜凉人未寝，山静闻响屐。骚人故多感，悲秋更憀慄[1]。君胡不相就，朱墨纷黝赤。我行得所嗜，十日忘家宅。但恨无友生，诗病莫诃诘。君来试吟咏，定作鹤头侧[2]。改罢心愈疑，满纸蛟蛇黑。

【注释】①憀慄(liáo lì)：凄怆。②鹤头侧：指侧颈而吟诗状。

求焦千之惠山泉诗[1]

兹山定空中，乳水满其腹。遇隙则发见，臭味实一族。浅深各有值，方圆随所蓄。或为云汹涌，或作线断续。或鸣空洞中，杂佩间琴筑。或流苍石缝，宛转龙鸾蹙。瓶罂走千里，真伪半相渎。贵人高宴罢，醉眼乱红绿。赤泥开方印，紫饼截圆玉[2]。倾瓯共叹赏，窃语笑僮仆。岂如泉上僧，盥洒自挹掬。故人怜我病，蒻笼寄新馥。欠伸北窗下，昼睡美方熟。精品厌凡泉，愿子致一斛。

【注释】①焦千之：字伯强。知无锡州。惠山寺在无锡东七里。惠山寺石泉水为天下第二。②紫饼：《茶绿》：茶色贵白，而饼茶多以珍膏油其面，故有青黄紫黑之异。

监试呈诸试官[1]

我本山中人，寒苦盗寸廪。文辞虽少作，勉强非天禀。既得旋废忘，懒惰今十稔。麻衣如再著，墨水真可饮[2]。每闻科诏下，白汗如流沈[3]。此邦东南会，多士敢题品？刍荛尽兰荪，香不数葵荏[4]。贫家见珠贝，眩晃自难审。缅怀嘉祐初，文格变已甚。千金碎全璧，百衲收寸锦[5]。调和椒桂酽，咀嚼沙砾碜[6]。广眉成半额，学步归踔踸[7]。维时老宗伯，气压群儿凛。蛟龙不世出，鱼鲔初惊淰。至音久乃信，知味犹食椹。至今天下士，微管几左衽。谓当千载后，石室祠高眹[8]。尔来又一变，此学初谁谂。权衡破旧法，刍豢笑凡饪。高言追卫、乐，篆刻鄙曹、沈[9]。先生周、孔出，弟子渊、骞寝[10]。却顾老钝躯，顽朴谢镌锓。诸君况才杰，容我懒且噤。聊欲废书眠，秋涛春午枕。

【注释】①熙宁五年(1072),苏轼在杭州监试,苏轼在《答范梦得书》中说:“某被差本州监试,得闲二十余日。”试官有二人,其一名刘撝。②稔:年。麻衣:旧时举子所穿的麻织物衣服。晚唐刘得仁诗:“一著麻衣便白头。”唐刘虚白诗:“二十年前此夜中,一般灯烛一般红。不知岁月能多少,犹著麻衣待至公。”饮墨水:梁齐隋时,考不中者饮墨水一斗或一升。③科诏:关于科举的诏令。沈:汁。④刍荛:本指割草采薪之人,此指举子,故称尽兰荪。兰荪:佳子弟。葵荏:又叫“凫葵桂荏”。凫葵,莼菜。桂荏,紫苏。⑤“千金”二句:《庄子·山木篇》:林回弃千金之璧。百衲:衲指补缀,百言其多,故可容收寸锦。⑥椒桂:椒实与桂皮,皆调味的香料。酽:味厚、浓。沙砾:沙子和碎石。⑦广眉:《后汉书·马廖传》:长安语曰:“城中好广眉,四方且半额。”踔踸(chuō chěn):行走不稳貌。上几句皆言文坛时弊。⑧“维时”以下十句:讲欧阳修以礼部侍郎兼翰林学士八年期间纠偏救弊,匡正文风。诗称“老宗伯”。鱼鲔(wěi):即鲔鱼,鱼名。淰(shěn):鱼惊散貌。左衽:本指我国古代少数民族服装习惯,后指少数民族。此用孔子称赞管仲救华夏免遭夷侵之语喻指欧阳修匡救文风。“石室”句:《华阳国志》:文翁立文学精舍,作石室,一作玉室,在华阳县城南。后遇火,太守陈留高眹(shùn)更修立,又增选二石室。⑨卫、乐:卫玠、乐广。言其时变更科举尚虚无之学也。曹、沈:曹植、沈约。曹、沈精诗赋。其时变更科举法,不试诗赋,以诗赋如篆刻小技而鄙之。言时以诗赋为篆刻而不用也。⑩周、孔、渊、骞:指周公、孔子、颜渊、闵子骞。

秋怀二首

其一

苦热念西风,常恐来无时。及兹遂凄凛,又作徂年悲。蟋蟀鸣我床,黄叶投我帷。窗前有栖鹏,夜啸如狐狸[①]。露冷梧叶脱,孤眠无安枝。熠耀亦有偶[②],高屋飞相追。定知无几见,迫此清霜期。物化逝不留，我兴为嗟咨。便当勤秉烛，为乐戒暮迟[3]。

【注释】①鹏：《汉书·贾谊传》："谊为长沙王傅，有鹏入舍，止于坐隅。鹏似鸮，不祥鸟也。"②熠耀：萤光。《诗经·豳风·东山》："町畽鹿场，熠耀宵行。"③"便当"二句：《古诗十九首》："昼短苦夜长，何不秉烛游。"纪昀曰："敛才以效古人，音节意旨，遂皆去之不远。"

其二

海风东南来，吹尽三日雨。空阶有余滴，似与幽人语。念我平生欢，寂寞守环堵[1]。壶浆慰作劳，裹饭救寒苦[2]。今年秋应熟，过从饱鸡黍[3]。嗟我独何求，万里涉江浦。居贫岂无食，自不安畎亩。念此坐达晨，残灯翳复吐。

【注释】①幽人：幽隐之人；隐士。《易·履》："履道坦坦，幽人贞吉。"环堵：本意指四周环着每面一方丈的土墙。这里形容狭小、简陋的居室。《礼记·儒行》："儒者有一亩之宫、环堵之室。"张景阳诗："环堵自颓毁。"杜甫："车马入邻家，蓬蒿翳环堵。"②作劳：劳作，劳动。裹饭：包裹着饭食送人解饥，歌颂友谊。典出《庄子·大宗师》。③鸡黍：指饷客的饭菜，借指深厚的情意。

哭欧阳公，孤山僧惠思示小诗，次韵[1]

故人已为土，衰鬓亦惊秋。犹喜孤山下，相逢说旧游[2]。

【注释】①苏轼有《祭欧阳公文》，载《文集》中，此略。②苏轼《六一泉铭叙》：欧阳永叔并未到杭。诗谓惠勤、惠思二僧，尝从其游也。

次韵孔文仲推官见赠[①]

我本麋鹿性，谅非伏辕姿[②]。君如汗血马，作驹已权奇[③]。齐驱大道中，并带銮镳驰[④]。闻声自决骤，那复受絷维[⑤]。谓君朝发燕，秣楚日未攲[⑥]。云何中道止，连蹇驴骡随。金鞍冒翠锦，玉勒垂青丝。旁观信美矣，自揣良厌之。均为人所劳，何必陋盐辎。君看立仗马，不敢鸣且窥。调习困鞭箠，仅存骨与皮。人生各有志，此论我久持。他人闻定笑，聊与吾子期。空斋卧积雨，病骨烦撑支。秋草上垣墙，霜叶鸣阶墀。门前自无客，敢作扬雄麾？候吏报君来，弭节江之湄。一对高人谈，稍忘俗吏卑。今朝枉诗句，粲如凤来仪。上山绝梯磴，堕海迷津涯。怜我枯槁质，借润生华滋。肯效世俗人，洗刮求瘢痍[⑦]？贤明日登用，《清庙》歌缉熙[⑧]。胡不学长卿，预作《封禅词》[⑨]？

【注释】①孔文仲：字经父，新喻人。举进士。历台州推官。孔文仲与苏轼同为范镇所荐，因反对王安石变法，而并斥于外。此诗引孔为同人。②麋鹿性：比喻草野优游之性。伏辕姿：老老实实伏在车辕上拉车的姿态。③汗血马：古代西域骏马名。流汗如血，故称。后多指骏马。此喻孔为国家的栋梁之材。权奇：奇谲非凡。《汉书·礼乐志·郊祀歌》："太一贶，天马下。霑赤汗，沫流赭。志俶傥，精权奇。"④銮镳：銮，装于轭首或车衡上的铃。镳，马嚼子。銮镳借指乘骑。⑤决骤：迅速奔跑，比喻放纵不羁。絷维：本意绊马足、系马缰，示留客之意。此引申为束缚、拴捆之意。絷，拴、捆之意。维，系。⑥"谓君"二句：《文选》第十四卷颜延年《赭白马赋》"旦刷幽燕，昼秣荆越。"秣：喂养。攲：攲倾、攲斜、倾斜意。此二句意即：早上从燕出发，到楚喂养牲口时，太阳正中午。⑦瘢痍：本指疤痕，借指过失，缺点。赵壹赋：所恶则洗垢求其瘢痕。⑧《诗经·清庙》：祀文王也。《维清》，奏象舞也。维清缉熙，文王之典。⑨"胡不"二句：《史记·司马相如传》：相如病甚，天子使所忠往，而相如已死。家无书，问其妻，曰："长卿未死时，为一卷书，曰有使者来求书，奏之。"其遗札书言封禅事。忠奏其书，天子异之。

汤村开运盐河雨中督役[1]

居官不任事，萧散羡长卿[2]。胡不归去来，滞留愧渊明。盐事星火急，谁能恤农耕？薨薨晓鼓动，万指罗沟坑。天雨助官政，泫然淋衣缨。人如鸭与猪，投泥相溅惊[3]。下马荒堤上，四顾但湖泓。线路不容足，又与牛羊争。归田虽贱辱，岂失泥中行？寄语故山友，慎毋厌藜羹。[4]

【注释】①汤村：仁和县有四镇，汤村其一也。苏轼尝于此督役开河。②"萧散"句：司马相如，为官作赋，意思萧散。③"天雨"四句：讲劳役苦，下面四句讲雨中督役急。④《乌台诗案》："与王诜干涉"条下，内《差开运盐河》诗云云。是时卢秉提举盐事，开运盐河，差夫千余人，轼于大雨中部役，其河只为般盐，既非农事而役农民，秋田未了，有妨农事。又其河中间有涌沙数里，轼宣言开得不便，自嗟泥雨劳苦，羡司马长卿居官而不任事，又愧陶渊明不早弃官归去也。农事未休，而役夫千余人，故云："盐事星火急，谁能恤农耕。"又言：百姓已劳苦，不意天雨又助官政劳民，转致百姓疲弊，役人在泥水中，辛苦无异鸭与猪。又言：轼亦在泥中，与牛羊争路而行，若归田，岂至于此哉？故云"寄言故山友，慎勿厌藜羹"而思仕宦，以讥讽朝廷开运盐河不当，又妨农事也。

元日次韵张先子野见和七夕寄莘老之作[1]

得句牛女夕[2]，转头参尾中[3]。青春先入睡，白发不遗穷。酒社我为敌，诗坛子有功。缩头先夏鳖[④]，实腹鄙秋虫。莫唱裙垂绿，无人脸断红。旧交怀贺老，新进谢终童[⑤]。袍鹘双双瑞，腰犀一一通[⑥]。小蛮知在否，试问嗫嚅翁[⑦]。

【注释】①张先子野：宋代有两张先，俱字子野。此诗与莘老唱和，当是词人张三影。②牛女夕：传说农历七月七日牛郎织女相会。③参、尾：二星宿名。《月令》："孟春之月，昏参中，旦尾中。"④"缩头"句：苏轼自注："见《玉川子》。"《玉川子·月蚀》："北方寒龟被蛇缚，藏头入壳如入狱。"⑤终童：汉朝终军十八岁选为博士子弟，死时二十余，故称为"终童"。⑥袍鹘、腰犀：皆身上的佩饰。犀角中央色白，通两端，故称。⑦"小蛮"二句：小蛮乃白居易之妾，人称白为嗫嚅翁。因张子野也有妾，故以白作比喻。

正月九日，有美堂饮，醉归径睡，五鼓方醒，不复能眠，起阅文书，得鲜于子骏所寄《杂兴》，作《古意》一首答之[①]

众人事纷扰，志士独悄悄。何异琵琶弦，常遭腰鼓闹。三杯忘万虑，醒后还皎皎。有如辘轳索，已脱重萦绕。家人自约饬，始慕陈妇孝。可怜原巨先，放荡今谁吊[②]。平生嗜羊炙，识味肯轻饱？烹蛇啖蛙蛤，颇讶能稍稍。忧来自不寐，起视天汉渺[③]。阑干玉绳低，耿耿太白晓[④]。

【注释】①有美堂：在凤凰山之顶。鲜于子骏：即鲜于侁，字子骏，阆州人。②"家人"四句：《汉书》：原涉，字巨先。或讥涉曰："子本吏二千石之世，结发自修，以行丧推财礼让为名，正复雠取仇，犹不失仁义，何故自放纵，为轻侠之徒乎？"涉应曰："子独不见家人寡妇耶？始自约敕之时，意乃慕宋伯姬及陈孝妇，不幸一为盗贼所污，遂行淫失，知其非礼，然不能自还，吾犹此矣！”③天汉：天河。④阑干：横斜貌。玉绳：星名。太白：太白星，星名，天将要亮。全诗开始四句指在有美堂饮酒。后讲虽处流俗，不为所污。苏轼昔日待鲜于子骏甚厚，此诗对他有所规劝。

次韵答章传道见赠[1]

并生天地宇，同阅古今宙[2]。视下则有高，无前孰为后？达人千钧弩，一弛难再彀。下士沐猴冠[3]，已系犹跳骤。欲将驹过隙，坐待石穿溜[4]。君看汉唐主，宫殿悲《麦秀》[5]。而况彼区区，何异一醉富[6]。鹓鶋非所养，俯仰眩金奏[7]。髑髅有余乐，不博南面后[8]。嗟我昔少年，守道贫非疚。自从出求仕，役物恐见囿[9]。马融既依梁，班固亦事窦[10]。效颦岂不欲，顽质谢镌镂[11]。仄闻长者言，婞直非养寿[12]。唾面慎勿拭，出胯当俯就。居然成懒废，敢复齿豪右？子如照海珠，网目疏见漏。宏材乏近用，巧舞困短袖。坐令倾国容，临老见邂逅。吾衰信久矣，书绝十年旧。门前可罗雀，感子烦屡叩。愿言歌《缁衣》，子粲还予授[13]。

【注释】①章传道：名传，闽人。②“并生”二句：《尸子》：四方上下曰宇，往古来今曰宙。③“达人”三句：范传正《李太白墓碑》：千钧之弩，一发不中，则当摧撞折牙而永息机用，安能效碌碌者苏而复上哉。沐猴：猕猴。猕猴而冠，其性仍躁动。比喻外表装得很像，但本性却改变不了。④“欲将”二句：上言快，下言慢。溜：滴水。石穿溜，即滴水穿石也。⑤“君看”二句：《史记·宋世家》：箕子朝周，过故殷虚，感宫室毁坏，生禾黍，乃作《麦秀之诗》曰：“麦秀渐渐兮，禾黍油油，彼佼僮兮，不与我好兮。”⑥一醉富：《诗·小雅·小宛》：“彼昏不知，壹醉日富。”郑玄笺：“无知之人，饮酒一醉，自谓日益富也。”⑦鹓鶋(yuán jū)：海鸟名，似凤。海鸟曰爰居，止鲁东门外三日，臧文仲使国人祭之，不知其鸟，以为神也。鸟乃眩视忧悲，不敢食一脔，不敢饮一杯，三日而死。此以己养养鸟也，非以鸟养养鸟也。⑧髑髅(dú lóu)：死人的头骨，骷髅。《庄子·至乐篇》：庄子之楚，见空髑髅，撽以马捶而问之，髑髅见梦，曰："死，无君于上，无臣于下，亦无四时之事，从然以天地为春秋，虽南面王，乐不能过也。"⑨役物：被物所役。⑩马融依梁：事见《后汉书·马融列传》："初，融惩于邓氏，不敢复违忤势家，遂为梁冀草奏李固，又作大将军《西第颂》，以此颇为正直所羞。"班固事窦：班固曾在大将军窦宪手下任中护军。子女及家奴仗势乱法，吏人苦之。⑪"效颦"二句：言我怎不想东施效颦呢(意学班固、马融苟容依附)？可惜粗劣的朴质经不起雕琢，朽木不可雕也。意即不屑于学班、马。⑫仄闻：即侧闻、伏闻，自谦语。婞直：倔强，刚直。⑬"愿言"二句：《诗·郑风·缁衣》："缁衣之宜兮，敝，予又改为兮。适子之馆兮，还，予授子之粲兮。"此诗对所爱之人的关怀。王文诰曰："传道，一老者也，劝公稍卑以适时宜，公谓如尔自贬，终不谐俗，故不为也。"纪昀曰："锋芒太露，而纵横之气，自为可爱。"

湖上夜归

我饮不尽器，半酣味尤长。篮舆湖上归，春风洒面凉。行到孤山西，夜色已苍苍。清吟杂梦寐，得句旋已忘。尚记梨花村，依依闻暗香。入城定何时，宾客半在亡。睡眼忽惊矍[1]，繁灯闹河塘[2]。市人拍手笑，状如失林獐。始悟山野姿，异趣难自强[3]。人生安为乐，吾策殊未良。

【注释】①惊矍：左右惊顾也。②沙河塘：杭州街名，在余杭门外仁和桥东。③"始悟"二句：苏自谓山野之状，本不合作官人，故城市以其不类而笑也。

僧清顺新作垂云亭[1]

江山虽有余，亭榭苦难稳。登临不得要，万象各偃蹇[2]。惜哉垂云轩，此地得何晚。天公争向背，诗眼巧增损。路穷朱栏出，山破石壁很。海门浸坤轴[3]，湖尾抱云巘[4]。葱葱城郭丽，淡淡烟村远。纷纷鸟鹊去，一一渔樵返。雄观快新获，微景收昔遁。道人真古人，啸咏慕嵇阮。空斋卧蒲褐[5]，芒屦每自捆。天怜诗人穷，乞与供诗本。我诗久不作，荒涩旋锄垦。从君觅佳句，咀嚼废朝饭。

【注释】①垂云亭：乃宝严院中亭馆之一。②偃蹇：高耸貌，骄傲状。③海门：海口，内河通海之处。坤轴：古人想象中的地轴。④云巘：高耸入云的山峰。⑤蒲褐：蒲团与褐衣。

五月十日，与吕仲甫、周邠、僧惠勤、惠思、清顺、可久、惟肃、义诠同泛湖游北山[1]

三吴雨连月，湖水日夜添。寻僧去无路，潋潋水拍檐。驾言徂北山[2]，得与幽人兼。清风洗昏翳，晚景分秾纤[3]。缥缈朱楼人，斜阳半疏帘。临风一挥手，怅焉起遐瞻。世人骛朝市，独向溪山廉。此乐得有命，轻传神所歼。

【注释】①北山：《西湖志》：自宝云山、葛岭、栖霞岭一带，统统谓之北山，以其在西湖之北也。②驾言：乘车，后指代出游、出行。《诗经·邶风·泉水》："驾言出游，以写我忧。"徂：往、去。③秾纤：艳丽纤巧。

韩子华石淙庄[①]

绛侯百万兵，尚畏书牍背[②]。功名意不已，数与危机会。我公抱绝识，凛凛镇横溃[③]。欲收伊、吕迹，远与巢、由对[④]。誓言虽未从，久已断诸内[⑤]。区区为怀祖，颇觉羲之隘[⑥]。此身随造物，一叶舞澎湃。田园不早定，归宿终安在？彼美石淙庄，每到百事废。泉流知人意，屈折作涛濑[⑦]。寒光洗肝膈[⑧]，清响跨竽籁[⑨]。我旧门前客，放言不自外[⑩]。园中亦何有，荟蔚可胜计[⑪]。请公试回首，岁晚余苍桧[⑫]。

【注释】①韩子华：即韩绛，字子华，举进士甲科。石淙庄：在许昌。武则天尝燕于此。子由考试洛阳，及还过许昌，赋诗，韩绛时任许昌太守。此诗乃东坡和其韵作。②“绛侯”二句：《史记·绛侯周勃世家》：勃从高祖，封绛侯。文帝时免相就国。后人或告勃欲反，下廷尉，勃恐，不知置辞。吏稍侵辱之，勃以千金与狱吏，狱吏乃书牍背示之，曰：“以公主为证。”公主者，孝文帝女也，勃子胜之尚之，故狱吏教引为证。勃既出，曰：“吾尝将百万军，然安知狱吏之贵乎？”书牍：简牍书信之类的总称。③“我公”二句：《宋史·韩绛传》：元丰六年，知河南府，夏，大雨，伊、洛间民被溺者十五六。绛发廪振恤，环城筑堤。数月，水复至，民赖以免。此二句所讲当此事。横溃：河水决堤横流。④伊、吕：伊尹、吕尚，乃殷、周之贤相。巢、由：巢父、许由，乃古世之高人。⑤“誓言”二句：《晋书·载记》：苻坚曰：“所谓筑室于道，沮计万端，吾当内断于心矣。”这二句意思：虽然子华在父母墓前辞官的誓言未获允准，但内心早已无意于仕途宦情了。出典见下条。⑥“区区”二句：《晋书·王羲之传》：骠骑将军王述，少有名誉，与羲之齐名，而羲之甚轻之，由是情好不协。后述检察会稽郡，辩其刑政，主者疲于简对。羲之深耻之，遂称疾去郡，于父母墓前自誓去官。韩子华父韩亿，平日尝语子弟曰：“进取在于止足，宠禄不可过溢，若至六十，可以退身谢事。”韩亿死后，子华誓于墓前。及进参大政，因《辞免表》具述情事，未允。屡上，终未允。告官回家时已七十六岁，次年去世。⑦涛濑（lài）：

波涛与急流。⑧肝膈：肺腑，指内心。⑨竽籁：从空穴中发出的吹竽般的声音。⑩“我旧”二句：王文诰曰：韩绛本无能为之人，仅可浮沈保位。在公之意，以为绛于斯时，相则可忧，将则可危，惟当早退以自全。故此诗但就其誓言，反复申明之也。绛为苏轼座主，公并未师其学术，然以旧门之感，而此心勤拳所不能已，故又有不自外之词也。苏轼本意不欲道破绛短处，故其措词甚隐。⑪荟蔚：草木繁盛貌。⑫“园中”四句：乃一篇之妙旨也。盖云草木虽繁盛而岁晚黄落，其不凋者，惟苍桧耳，所以重比韩公子华也。苍桧(guì)：桧，又称圆柏。苍桧即苍柏。

赠上天竺辩才师[1]

南北一山门，上下两天竺[2]。中有老法师，瘦长如鹳鹄。不知修何行，碧眼照山谷[3]。见之自清凉，洗尽烦恼毒。坐令一都会[4]，男女礼白足[5]。我有长头儿[6]，角颊峙犀玉[7]。四岁不知行，抱负烦背腹。师来为摩顶，起走趁奔鹿[8]。乃知戒律中，妙用谢羁束。何必言法华，佯狂啖鱼肉[9]。

【注释】①辩才师：姓徐，名元净，字无象，杭州于潜人，十岁出家，二十五岁赐紫衣及辩才号。②上下两天竺：钱塘诸寺，天竺最盛，山有一门，南北相望，故而称上下两天竺寺。③碧眼：《高僧传》：达摩大师，眼绀青色，后称碧眼胡僧。④一都会：《汉书·地理志》：“吴亦江东之一都会也。”⑤白足：《高僧传》：释昙始者，晋武时人。足白于面，时称为白足和尚。后亦以此指高僧。⑥长头儿：特指东汉贾逵。贾儿童时便长八尺二寸高。后以长头指高个子。⑦“角颊”句：额角脸颊部隆起，有如犀玉。古代迷信以为显贵贤明之相，后因以借指贤明者。⑧“四岁”四句：苏子由《龙井辩才法师塔碑》云：“予兄子瞻中子迨，生三年不能行，请师为落发摩顶，祝之。不数日，能行如他儿。”苏迨生于熙宁三年庚戌(1070)至六年癸丑(1073)四岁。摩顶：本为佛教受教传法时的仪轨，此乃用手抚摩头顶，以示关怀、喜爱。走如奔鹿：形容走得很快。⑨“何必”二句：京师开宝寺僧，俗姓张，好诵《法华经》，故等辈呼为张法华。其言语散乱，不谨细行，故亦呼为风法华。又，苏州义师，状如风狂，好活烧鲤鱼，不待熟而食之。

与周长官、李秀才游径山，二君先以诗见寄，次其韵二首[1]

其一

少年饮红裙，酒尽推不去[2]。呼来径山下，试与洗尘雾。痴马惜障泥，临流不肯渡[3]。独有汝南君[4]，从我无朝暮。肯将红尘脚，暂著白云屦。嗟我与世人，何异笑百步。功名一破甑，弃置何用顾[5]？更凭陶靖节，往问征夫路[6]。

【注释】①周长官：周邠。李秀才：李行中。②红裙：指美女。韩愈《醉赠张秘书》：“不解文字饮，惟能醉红裙。”③“痴马”二句：《晋书·王济传》：王济善解马性，尝乘一马，著连干障泥，前有水，终不肯渡。济云：“此必是惜障泥。”使人解去，便渡。故杜预谓济有马癖。④汝南君：指同游人周邠。《千姓编》：“周，姬姓国也，望出汝南。”故云。⑤“功名”二句：《后汉书·郭太传》：孟敏客居太原，荷甑堕地，不顾而去。林宗见而问其意，对曰：“甑已破矣，视之何益？”林宗异之。因劝令游学，十年知名。⑥“更凭”二句：陶渊明谥靖节。《归去来辞》：“问征夫以前路。”此诗乃答周邠。

其二

龙亦恋故居，百年尚来去[1]。至今雨雹夜，殿暗风缠雾。而我弃乡国，大江忘北渡。便欲此山前，筑室安迟暮[②]。又恐太幽独，岁晚霜入屦。同游得李生[③]，仄足随蹇步[④]。孔明不自爱，临老起三顾[⑤]。吾归便却扫，谁踏门前路。

【注释】①“龙亦”二句：蔡襄《径山记》：“其间小井，故龙湫也。岁卒一来，雷雨暝噎。”②“便欲”二句：讲想在径山前建筑房舍，安渡晚年。③李生：同游李行中也。④仄足：侧足。蹇步：步履艰难。⑤“孔明”二句：讲孔明不自爱其躯，到老仍不忘讨贼匡汉，盖因时时念起刘备三顾茅庐知遇之恩。结果壮志未酬，千古遗恨。前面讲“龙亦恋故居”，中间讲“孔明不自爱”，卧龙不恋故居，故后面紧接着说“吾归便却扫”。全诗立意“当归”。此诗乃答李行中。

游东西岩[①]

谢公含雅量，世运属艰难。况复情所钟，感概萃中年。正赖丝与竹，陶写有余欢。尝恐儿辈觉，坐令高趣阑[②]。独携缥缈人，来上东西山。放怀事物外，徙倚弄云泉。一旦功业成，管、蔡复流言[③]。慷慨桓野王[④]，哀歌和清弹。挽须起流涕，始知使君贤。意长日月促，卧病已辛酸[⑤]。恸哭西州门，往驾那复还[⑥]。空余行乐处，古木昏苍烟。

【注释】①东西岩：苏轼自注：“即谢安东山也。”此乃临安之东山。会稽、金陵亦有东山。②“正赖”四句：见《晋书·谢安传》与《王羲之传》。③管、蔡：指周武王弟管叔鲜与蔡叔度的简称。武王崩，成王幼，周公摄政，管蔡流言于国，谓“公将不利于孺子”，周公避居东都。④桓野王：桓伊。野王是伊的小名。⑤“意长”二句：《晋书·谢安传》：安欲须经略粗定。自江道还东。雅志未就，遂遇疾笃。遂还都。闻当舆入西州门。自以本志不遂，深自慨失，因怅然谓其亲曰：“吾病殆不起乎？”寻薨。⑥“恸哭”二句：羊昙，谢安外甥也。自谢死后，行不由西州路。尝因大醉唱乐，不觉至西州门，悲感不已，以马策扣扉，恸哭而去。

径山道中次韵答周长官兼赠苏寺丞[1]

年来战纷华，渐觉夫子胜[2]。欲求五亩宅，洒扫乐清净。学道恨日浅，问禅惭听莹[3]。聊为山水行，遂此麋鹿性[4]。独游吾未果，觅伴谁复听。吾宗古遗直[5]，穷达付前定。餔糟醉方熟[6]，洒面呼不醒。奈何效燕蝠，屡欲争晨暝[7]。不如从我游，高论发犀柄[8]。溪南渡横木，山寺称小径[9]。幽寻自兹始，归路微月映。南望功臣山，云外盘飞磴。三更渡锦水，再宿留石镜。缅怀周与李[10]，能作洛生咏[11]。明朝三子至，诗律严号令。篮舆置纸笔，得句轻千乘[12]。玲珑苦奇秀，名实巧相称。九仙更幽绝[13]，笑语千山应。空岩侧破瓮，飞溜洒浮磬[14]。山前见虎迹，候吏铙鼓竞[15]。我生本艰奇，尘土满釜甑。山禽与野兽，知我久蹭蹬。笑谓候吏还，遇虎我有命。径山虽云远，行李稍可并。颇讶王子猷，忽起山阴兴[16]。但报菊花开，吾当理归榜[17]。

【注释】①周长官：即周邠。苏寺丞：即苏舜举。②“年来”二句：《韩非子》：子贡见子夏肥而问之。子夏曰：“吾苦战胜，入见夫子之义则荣之，出见富贵又荣之，二者战于胸中，而夫子之义胜，故肥也。”③听莹：疑惑也。④麋鹿性：比喻草野优游之性。⑤吾宗：我们的宗族。遗直：指直道而行，有古人遗风之人。⑥餔糟：饮酒。⑦“奈何”二句：典见《乌台诗案》：燕以日出为旦，日入为夕，蝙蝠以日入为旦，日出为夕。争之不决，诉之凤凰。至路次，逢一禽，谓燕曰：“不须往诉，凤凰在假，或云凤凰渴睡。都是训狐权摄。”苏轼在此劝苏舜举，不要与别人争是非。⑧犀柄：麈尾的柄。借指麈尾。魏晋清淡之风大盛，名流清淡必执麈尾。⑨小径：苏轼自注：“太平寺，俗号小径山。”⑩“缅怀”句：周邠、李行中与苏轼同游山，有唱酬诗，见本卷中。⑪洛生咏：《晋书》：谢安本能为洛下书生咏，有鼻疾，故其音浊。名流爱其韵而莫能及，或手掩其鼻以学之。⑫“篮舆”二句：意谓轿子中常放着纸笔，得一佳句，便高兴得有轻千乘之国的气慨。⑬九仙山，见前。⑭“飞溜”句：水边浮着一种能制磬的石头。⑮候吏：即候人。古代掌管整治道路、稽查奸盗，或迎送宾客的官员。铙鼓：铙和鼓，泛指打击响器。⑯“颇讶”二句：《晋书·王徽之传》：字子猷。尝居山阴，夜雪初霁，月色清朗，四望皓然，独酌酒，咏左思《招隐》诗。忽忆戴逵，逵时在剡，便夜乘小船诣之，经宿方至，造门不前而反。人问其故。徽之曰：“乘兴而来，兴尽而返，何必见安道耶？”⑰归榜：归舟。榜，代指船。

九日，湖上寻周、李二君不见，君亦见寻于湖上，以诗见寄。明日乃次其韵

湖上野芙蓉[①]，含思愁脉脉。娟然如静女，不肯傍阡陌[②]。诗人杳未来，霜艳冷难宅。君行逐鸥鹭，出处浩莫测。苇间闻拏音[③]，云表已飞屐[④]。使我终日寻，逢花不忍摘。人生如朝露，要作百年客。喟彼终岁劳，幸兹一日泽。愿言竟不遂，人事多乖隔[⑤]。悟此知有命，沉忧伤魂魄[⑥]。

【注释】①野芙蓉：指拒霜花也。②静女：娴静的女子。阡陌：田间小道。“娟然”二句谓娴静娟好的女子是不肯到外面抛头露面的。③拏（nú）音：桨声。《庄子·渔父》：“刺船而去，延缘苇间。颜渊还车，子路授绥，孔子不顾，待水波定，不闻拏音而后敢乘。”④云表：此指奏疏、表章。飞屐：犹飞步、疾走。⑤愿言：思念殷切貌。乖隔：乖离阻隔。⑥沉忧：李白《怨歌行》：“沉忧能伤人。”

雪后至临平，与柳子玉同至僧舍，见陈尉烈[1]

落帆古戍下，积雪高如丘。强邀诗老出，疏髯散飕飗[2]。僧房有宿火，手足渐和柔。静士素寡言，相对自忘忧[3]。铜炉擢烟穗，石鼎浮霜沤[4]。征夫念前路，急鼓催行舟。我行虽有程，坐稳且复留。大哉天地间，此生得浮游[5]。

【注释】①《咸淳临安志》载此诗题云："雪霁过临平邈师房，会陈烈少府。"陈烈：字季慈，侯官人。②"强邀"二句：谓柳子玉，故云髯也。③"静士"二句：谓陈烈也。④霜沤：白色泡沫。⑤"大哉"二句：杜甫诗：大哉乾坤内，吾道长悠悠。

金山寺与柳子玉饮，大醉，卧宝觉禅榻，夜分方醒，书其壁

恶酒如恶人，相攻剧刀箭。颓然一榻上，胜之以不战。诗翁气雄拔，禅老语清软。我醉都不知，但觉红绿眩。醒时江月堕，摵摵风响变[1]。惟有一龛灯，二豪俱不见[2]。

【注释】①摵摵(sè)：象声词，叶落声。②二豪：指子玉、宝觉。纪昀曰："然一首兀傲诗，非如此兀傲作结，便不配，所谓箭在弦上也。"

书焦山纶长老壁

法师住焦山，而实未尝住[1]。我来辄问法，法师了无语。法师非

无语，不知所答故。君看头与足，本自安冠屦[2]。譬如长鬣人[3]，不以长为苦。一旦或人间，每睡安所措？归来被上下，一夜无著处。展转遂达晨，意欲尽镊去。此言虽鄙浅，故自有深趣。持此间法师，法师一笑许[4]。

【注释】①未尝住：《金刚经》："若心有住，则为非住。"②"君看"二句：《汉书·儒林传》：辕固与黄生争论景帝前。黄生曰："冠虽敝必加于首，履虽新必贯于足。"③长鬣(liè)人：多须、长须的人。④王注次公曰："此篇，先生用小说一段事，裁以为诗，而意最高妙。"

虎丘寺[1]

入门无平田，石路细穿岭。阴风生涧壑[2]，古木翳潭井。湛卢谁复见[3]，秋水光耿耿。铁花绣岩壁[4]，杀气噤蛙黾[5]。幽幽生公堂，左右立顽矿。当年或未信，异类服精猛[6]。胡为百岁后，仙鬼互驰骋。窈然留清诗，读者为悲哽[7]。东轩有佳致[8]，云水丽千顷。熙熙览生物，春意破凄冷。我来属无事，暖日相与永。喜鹊翻初旦，愁鸢蹲落景。坐见渔樵还，新月溪上影。悟彼良自咍[9]，归田行可请。

【注释】①虎丘寺：《越绝书》：阖闾冢在阊门外，名虎丘。在今江苏苏州市西北。②"阴风"句：《元和郡县志》：虎丘山，阖闾葬于此。秦皇凿其珍异，莫知所在，凿处今成深涧。③湛卢：古宝剑名。④"铁花"句：寺中有铁花岩，在剑池之侧。⑤黾(měng)：蛙的一种。此联写得精彩。⑥"异类"句：道生讲经石点头，典见前。⑦此几句皆寺中事也。"仙"指清远道士，与沈恭子同游虎丘寺，有诗。"鬼"指幽独君也。有诗云："高松多悲风，萧萧清且哀。"李道昌为刺史，奏其事。陆龟蒙、皮日休《松陵唱和》皆及之。⑧"东轩"句：寺中有佳致轩，在池堂之东。⑨咍：《文选·吴都赋注》：楚人谓相笑为咍。

去年秋，偶游宝山上方，入一小院，阒然无人。有一僧，隐几低头读书。与之语，漠然不甚对。问其邻之僧，曰："此云阇黎也，不出十五年矣。"今年六月，自常、润还，复至其室，则死葬数月矣。作诗题其壁[①]

云师来宝山，一住十五秋。读书常闭户，客至不举头。去年造其室，清坐忘百忧。我初无言说，师亦无对酬。今来复扣门，空房但飕飗。云已灭无余，薪尽火不留。却疑此室中，尝有斯人不。所遇孰非梦，事过吾何求。

【注释】①《西湖游览志》：七宝山，在白马庙巷之西，旧有宝严院，钱氏建。云阇黎者寓院中，闭户十五年，谢绝人事，日礼《观音经》，忽一日留偈而逝。偈云："诵经一字礼一拜，头白眸眵坐尘界。天鸡临梦啼一声，明月一轮观自在。"

听僧昭素琴

至和无攫醳[①]，至平无按抑[②]。不知微妙声，究竟从何出？散我不平气，洗我不和心。此心知有在，尚复此微吟。

【注释】①至和：极其和谐、安顺。攫醳（jué shì）：谓弹琴时琴弦一张一驰。②至平：极其清平和顺。按抑：弹琴按弦的指法。

僧惠勤初罢僧职[1]

轩轩青田鹤[2]，郁郁在樊笼。既为物所縻，遂与吾辈同。今来始谢去，万事一笑空[3]。新诗如洗出，不受外垢蒙。清风入齿牙，出语如风松。霜髭茁病骨，饥坐听午钟。非诗能穷人，穷者诗乃工。此语信不妄，吾闻诸醉翁[4]。

【注释】①僧职：宋代两街僧职，有正有副。②轩轩：仪态轩昂貌。青田鹤：鹤名，相传青田产鹤，故名。③此几句取喻精警，语亦高浑。④“非诗”四句：欧阳修作《梅圣俞诗序》云：“非诗之能穷人，殆穷而后工也。”

游灵隐高峰塔

言游高峰塔，蓐食治野装[1]。火云秋未衰，及此初旦凉。雾霏岩谷暗，日出草木香。嘉我同来人，久便云水乡。相劝小举足，前路高且长。古松攀龙蛇，怪石坐牛羊。渐闻钟磬音，飞鸟皆下翔。入门空无有，云海浩茫茫。惟见聋道人，老病时绝粮。问年笑不答，但指穴藜床[2]。心知不复来，欲归更彷徨。赠别留匹布，今岁天早霜。

【注释】①蓐(rù)食：早晨未起身，在床席上进餐。此指早餐时间很早。②穴藜床：《三国志·管宁传》注：引《高士传》曰：管宁自越海，及归，常坐一木榻，积五十余年，未尝箕股，其榻上当膝处皆穿。按“穴藜床”似用此意：藜床穿洞，喻年久也。

新城陈氏园，次晁补之韵[①]

荒凉废圃秋，寂历幽花晚。山城已穷僻，况与城相远。我来亦何事，徙倚望云巘[②]。不见苦吟人，清樽为谁满[③]？

【注释】①新城陈氏园：《咸淳临安志》：新城县七贤乡，有陈氏园。晁补之：字无咎，钜野（今山东巨野）人。随父官杭州，乐钱塘山川风物之丽，著《七述》以谒通判苏轼，由是知名。②徙倚：逡巡、徘徊之状。云巘(yǎn)：高耸入云的山峰。③时无咎年甚少，此诗就无咎口吻为之，有循循善诱之意。故其不矜才不使气如此。可想见陈氏园中无限悦乐之状。

除夜病中赠段屯田[①]

龙钟三十九[②]，劳生已强半。岁暮日斜时，还为昔人叹[③]。今年一线在，那复堪把玩[④]。欲起强持酒，故交云雨散。惟有病相寻，空斋为老伴。萧条灯火冷，寒夜何时旦？倦仆触屏风，饥鼯嗅空案[⑤]。数朝闭阁卧，霜发秋蓬乱。传闻使者来，策杖就梳盥。书来苦安慰，不怪造请缓。大夫忠烈后[⑥]，高义金石贯。要当击权豪，未肯觑衰懦。此生何所似，暗尽灰中炭。归田计已决，此邦聊假馆。三径粗成资[⑦]，一枝有余暖[⑧]。愿君更信宿[⑨]，庶奉一笑粲。

【注释】①段屯田：名绎，字释之。屯田，官名。②龙钟：衰老貌。③苏轼自注："乐天诗云：行年三十九，岁暮日斜时。"④"今年"二句：杜甫《至日遣兴，奉寄北省旧阁老两院故人二首》："何人错忆穷愁日，愁日愁随一线长。"《荆楚岁时纪》：宫中以红线量日影，至日，日影添一线。柳宗元《与李翰林建书》："悠悠人世，越不过为三十年客耳。前过三十七年，与瞬息无异。后所得者,其不足把玩,亦已审矣。”⑤鼯(wú):鼠的一种。俗称大飞鼠。⑥“大夫”句:《旧唐书》:段秀实赠太尉,谥忠烈。段释之乃段秀实之后代。⑦三径:《晋书·陶潜传》:“聊欲弦歌,以为三径之资可乎?”后以“三径”指归隐者的家园。⑧“一枝”句:《庄子·逍遥游》:鹪鹩巢于深林,不过一枝。⑨信宿:连宿两夜。

乔太博见和复次韵答之

百年三万日,老病常居半。其间互忧乐,歌笑杂悲叹。颠倒不自知,直为神所玩。须臾便堪笑,万事风雨散。自从识此理,久谢少年伴。逝将游无何[①],岂暇读城旦[②]?非才更多病,二事可并案。愧烦贤使者,弭节整纷乱[③]。乔侯瑚琏质[④],清庙尝荐盥。奋髯百吏走,坐变齐俗缓[⑤]。未遭甘鹢退[⑥],并进耻鱼贯[⑦]。每闻议论余,凛凛激贪懦。莫邪当自跃[⑧],岂复烦炉炭。便应朝秣越,未暮刷燕馆。胡为守故丘,眷恋桑榆暖?为君叩牛角,一咏南山粲[⑨]。

【注释】①无何:即无何有之乡?《庄子·逍遥游》:“何不树之于无何有之乡?”②城旦:城旦书的简称,即刑书。典见《史记·儒林·辕固传》。③弭节:停车。节,车行的节度。④瑚琏:皆宗庙礼器。用以比喻治国安邦之才。⑤“奋髯”二句:《汉书·朱博传》:朱任琅邪太守几年,刷新旧治,改变官吏陋习,此亦喻乔。⑥鹢(yì)退:表示要求前进而被迫后退的处境。⑦“并进”句:并众而进,则耻如鱼之贯。⑧莫邪:《庄子·大宗师》:大冶铸金。金踊跃曰:“我且必为莫邪。”大冶必以为不祥之金。⑨“为君”二句:春秋宁戚欲干齐桓公。适齐,饭牛车下,望见桓公,乃击牛角而商歌。桓公闻之,命后车载之。《三齐记》载其歌曰:“南山矸,白石烂,生不逢尧与舜禅。短布单衣适至骭,从昏饭牛薄夜半,长夜漫漫何时旦?”

二公再和亦再答之[1]

寒鸡知将晨，饥鹤知夜半。亦如老病客，遇节尝感叹。光阴等敲石[2]，过眼不容玩。亲友如抟沙，放手还复散。羁孤每自笑，寂寞谁肯伴。元达号神君[3]，高论森月旦[4]。纪明本贤将[5]，汩没事堆案。欣然肯相顾，夜阁灯火乱。盘空愧不饱，酒薄仅堪盥。雍容许著帽，不怪安石缓[6]。虽无窈窕人，清唱弄珠贯。幸有纵横舌，说剑起慵懦[7]。二豪沉下位，暗火埋湿炭。岂似草玄人，默默老儒馆。行看富贵逼[8]，炙手借余暖。应念苦思归，登楼赋王粲[9]。

【注释】①二公：指段释之、乔禹功。②“光阴”句：白居易诗：“蜗牛角上争何事，石火光中寄此身。”③“元达”句：苏轼自注：“晋循吏乔智明，字元达。”元达为隆虑、共二县令，二县爱之，号为神君。④月旦：品评人物。事典见《后汉书·许劭传》。许劭兄弟每月品评乡党人物，俗称“月旦评”。⑤“纪明”句：苏轼自注：“段释之，本将家。”后汉段颎字纪明。⑥“雍容”二句：《晋书·谢安传》：桓温请谢安为司马。后诣安，值其理发，安性迟缓，久而方罢。⑦说剑：《庄子》有《说剑》。⑧“行看”句：《隋书》：周武帝谓杨素曰：“善自勉，勿忧不富贵。”素曰：“臣恐富贵来逼人，臣无心图富贵。”⑨“应念”二句：王粲登楼，是有名的典故。形容滞留他乡，偃蹇困顿而思归不得的心情。

庐山五咏

庐敖洞[1]

上界足官府，飞升亦何益[2]？还在此山中，相逢不相识。

【注释】①苏轼自注："《图经》云：敖，秦博士。避难此山，遂得道。"②"上界"二句：意即上界多官府，飞升天界又有什么好处呢？

饮酒台

博士雅好饮，空山谁与娱[①]？莫向骊山去，君王不喜儒[②]。

【注释】①"博士"二句：讲秦博士避难山中，无与为娱，因而喜爱喝酒。②"莫向"二句：意即在山中也不错，千万不要到咸阳骊山去，那是秦始皇坑儒的地方。

圣灯岩[①]

石室有金丹，山神不知秘。何必露光芒，夜半惊童稚。

【注释】①此诗立意新奇，写得别致。本来咏圣灯，却写成金丹的光芒。不仅如此，又更进一步讲，山神不知道保密，致使光芒射露在外界，光芒亮得至于惊醒了酣睡的儿童。

三泉

皎皎岩下泉，无人还自洁。不用比三星，清光同一月[①]。

【注释】①三星：《诗·唐风·绸缪》："三星在天。"又传曰：明星之多，不如一月之光。

障日峰[①]

长安自不远[②]，蜀客苦思归[③]。莫教名障日，唤作小峨眉[④]。

【注释】①障日峰：《水经注》：密水有二源，西源出奕山，亦曰障日山。②“长安”句：《晋书·明帝纪》：帝年数岁，元帝坐，置膝前。属长安使来，问曰：“汝谓日与长安孰远？”对曰：“长安近，不闻人从日边来。”明日宴群僚，又问之。对曰：“日近，举目见日，不见长安。”由是益奇之。③苦思归：刘禹锡《荆门道怀古》诗：“咸阳终日苦思归。”④“唤作”句：苏轼自注：“其状类峨眉，但小尔。”因山之似峨眉，所以起蜀客思归之兴也。

谢郡人田贺二生献花①

城里田员外，城西贺秀才。不愁家四壁，自有锦千堆。珍重尤奇品，艰难最后开。芳心困落日，薄艳战轻雷②。老守仍多病，壮怀先已灰。殷勤此粲者③，攀折为谁哉。玉腕揎红袖，金樽泻白醅。何当镊霜鬓，强插满头回。

【注释】①献花：所献是牡丹花也。②苏轼自注：“昨日雷雨。”③“殷勤”句：苏轼自注：“贺献魏花三朵。”粲：《国语》：兽三为群，人三为众，女三为粲。

和顿教授见寄，用除夜韵①

我笑陶渊明，种秫二顷半。妇言既不用，还有责子叹②。无弦则无琴，何必劳抚玩？我笑刘伯伦，醉发蓬茅散③。二豪苦不纳。独以锸自伴。既死何用埋，此身同夜旦④。孰云二子贤？自结两重案。笑人还自笑，出口谈治乱。一生混尘垢，晚以道自盥。无成空得懒，坐此百事缓。仄闻顿夫子，讲道出新贯。岂无一尺书，恐不记庸懦。陋邦贫且病，数米铢称炭。惭愧章先生⑤，十日坐空馆。袖中出子诗，贪读酒屡暖。狂言各须慎，勿使输薪粲[6]。

【注释】①顿教授：名起，郓州人。与子由同赴洛中。②“我笑陶渊明”四句：事见《晋书·陶潜传》。渊明有《责子》诗：“虽有五男儿，总不好纸笔。”③“我笑刘伯伦”二句：刘伶事见《晋书》。刘伶，字伯伦，竹林七贤之一，极好酒。④“此身”句：《庄子·大宗师》：“死生，命也。其有夜旦之常，天也。”⑤章先生：指章传道。⑥薪粲：鬼薪与白粲的并称。二者均为秦汉时刑罚名。

西斋

西斋深且明，中有六尺床。病夫朝睡足，危坐觉日长[1]。昏昏既非醉，踽踽亦非狂[2]。褰衣竹风下，穆然中微凉。起行西园中，草木含幽香。榴花开一枝，桑枣沃以光。鸣鸠得美荫，困立忘飞翔[3]。黄鸟亦自喜，新音变圆吭。杖藜观物化，亦以观我生[4]。万物各得时[5]，我生日皇皇。

【注释】①危坐：古人以两膝着地，耸起上身为危坐。即正身而跪，表示严肃恭敬。后泛指正身而坐。②踽踽(jǔ)：无亲独行的样子。③“鸣鸠”二句：《庄子·山木篇》：睹一蝉，方得美荫而忘其身。④观我生：刘禹锡赋：观物之余，遂观我生。⑤“万物”句：陶渊明《归去来辞》：“善万物之得时，感吾生之行休。”纪昀评曰：“善写夷旷之意，善用托染之笔，写物全是自写，音节字句，皆一一入古。”

小儿

小儿不识愁，起坐牵我衣。我欲嗔小儿，老妻劝：“儿痴。儿痴君更甚，不乐愁何为？”还坐愧此言，洗盏当我前[1]。大胜刘伶妇[2]，区区为酒钱。

【注释】①洗盏：洗杯。指饮酒。②“大胜”句：《晋书·刘伶传》：“（伶）尝渴甚，求酒于其妻。妻捐酒毁器，涕泣谏曰：‘君酒太过，非摄生之道，必宜断之。’伶曰：‘善！吾不能自禁，惟当祝鬼神自誓耳。便可具酒肉。’妻从之。伶跪祝曰：‘天生刘伶，以酒为名。一饮一斛，五斗解酲。妇儿之见，慎不可听。’仍饮酒御肉，颓然复醉。”

怀西湖寄晁美叔同年[1]

西湖天下景，游者无愚贤。浅深随所得，谁能识其全[2]。嗟我本狂直，早为世所捐。独专山水乐，付与宁非天？三百六十寺，幽寻遂穷年。所至得其妙，心知口难传。至今清夜梦，耳目余芳鲜。君持使者节，风采烁云烟。清流与碧巘[3]，安肯为君妍。胡不屏骑从，暂借僧榻眠？读我壁间诗，清凉洗烦煎。策杖无道路，直造意所便。应逢古渔父，苇间白延缘。问道若有得[4]，买鱼勿论钱。

【注释】①晁美叔：名端彦。时提点两浙刑狱，置司杭州。②“西湖”四句：王文诰曰：四句确是西湖定评。而读此集亦然，正当借以评公集也。③碧巘：葱绿的山峰。④“应逢”三句：《庄子·渔父》：孔子游于缁帷之林，休乎杏坛之上。有渔父者，顾见孔子，还乡而立，乃刺船而去，延缘苇间。孔子曰：“道之所在，圣人尊之，今渔父之于道，可谓有矣。”

答李邦直[1]

美人如春风，著物物未知。羁愁似冰雪，见子先流澌。子从徐方来[2]，吏民举熙熙。扶病出见之，惊我一何衰。知我久慵倦，起我以新诗。诗词如醇酒，盎然熏四支[3]。径饮不觉醉，欲和先昏疲。西斋有蛮帐，风雨夜纷披。放怀语不择，抚掌笑脱颐。别来今几何，春物已含姿。柳色日夜暗，子来竟何时。徐方虽云乐，东山禁游嬉。又无狂太守，何以解忧思。闻子有贤妇，华堂咏《螽斯》[4]。曷不倒囊橐，卖剑买蛾眉。不用教丝竹，唱我新歌词。

【注释】①李邦直：名清臣，时任京东提刑，以行部从高密至密州。李与苏轼过从较密，常有诗歌唱和。②徐方：《诗经》中指徐州、淮东一带。此借指徐州。③四支：四肢。④《螽斯》：《诗经》篇名。据《周南·螽斯》毛诗序，该诗赞美后妃子孙众多。螽(zhōng)斯即蚂蚱。此言李邦直妇甚贤，且懂诗。

和潞公超然台次韵[1]

我公厌富贵，常苦勋业寻。相期赤松子[2]，永望白云岑[3]。清风出谈笑，万窍为号吟[4]。吟成超然诗，洗我蓬之心。嗟我本何人，麋鹿强冠襟[5]。身微空志大，交浅屡言深[6]。嘱公如得谢[7]，呼我幸寄音[8]。但恐酒钱尽，烦公挥橐金[9]。

【注释】①潞公：文彦博，字宽夫。宋熙宁九年在大名府任职，与苏轼常有诗词唱和。超然台：苏轼在高密时修葺城上的废台，遂名以“超然”。②赤松子：仙人名。《列仙传》卷上：“赤松子者，神农时雨师也。”

③岑(cén):小而高的山。④窍:孔,洞。⑤麋鹿:化用自《晋书·陆云传》:“山鹿野麋。”谓己本山野之人。⑥“交浅”句:《后汉书·崔骃传》:“交浅而言深者,愚也。”⑦得谢:《礼记·曲礼上》:“大夫七十而致仕,若不得谢,则必赐之几杖。”⑧寄音:陆机诗:“归云难寄音。”⑨挥橐金:《古诗》:“挥金留上客。”

和赵郎中捕蝗见寄次韵[1]

麦穗人许长,谷苗牛可没。天公独何意,忍使蝗虫发。驱攘著令典[2],农事安可忽?我仆既胼胝[3],我马亦款矻[4]。飞腾渐云少,筋力亦已竭。苟无百篇诗,何以醒睡兀。初如疏畎浍[5],渐若决澥渤[6]。往来供十吏,腕脱不容歇[7]。平生轻妄庸,熟视笑魏勃[8]。爱君有逸气,诗坛专斩伐。民病何时休,吏职不可越。慎毋及世事,向空书咄咄[9]。

【注释】①赵郎中:赵成伯。②“驱攘”句:借用唐开元四年,姚崇破除迷信,使皇帝下诏令百姓扑灭蝗虫灾之事。意谓驱蝗载于典册。③胼胝(pián zhī):手脚上的老茧。④款矻:疲劳。⑤畎浍:沟渠。⑥澥渤:即渤澥、渤海。⑦“初如”四句:言作诗时诗句初如沟渠之水汩汩而来,继如渤海决口,滚滚而至,十人笔录,犹不得稍停。⑧魏勃:汉人。曾建议齐王反叛,灌婴后责问他,魏勃股战心惊。灌婴熟视笑曰:“人谓魏勃勇,妄庸人耳。”⑨“慎毋”二句:语出《晋书·殷浩传》:殷浩被废黜后,口无怨言,但终日向空中书写“咄咄怪事”。此二句言应谨慎处世。

登常山绝顶广丽亭[1]

西望穆陵关[2],东望琅邪台[3]。南望九仙山[4],北望空飞埃。相将叫虞舜[5],遂欲归蓬莱[6]。嗟我二三子[7],狂饮亦荒哉。红裙欲仙去，长笛有余哀。清歌入云霄，妙舞纤腰回。自从有此山，白石封苍苔。何尝有此乐，将去复徘徊。人生如朝露，白发日夜催。弃置当何言，万劫终飞灰。

【注释】①常山：在密州境，为密州名山。②穆陵关：故址在今山东临朐东南大岘山上，称为“齐南天险”。③琅邪台：在今山东黄岛区，公元前219年，秦始皇东游至此所建。④九仙山：见《名胜志》：诸诚县东南四十五里，又二十五里，为九仙山。⑤“相将”句：化用杜甫《同诸公登慈恩寺塔》诗：“回首叫虞舜，苍梧云正愁。”⑥蓬莱：传说中的海上仙山。⑦“嗟我”句：借用韩愈《山石篇》：“嗟哉吾党二三子。”

七月五日二首

其一

避谤诗寻医[①]，畏病酒入务[②]。萧条北窗下，长日谁与度？今年苦炎热，草木困薰煮。况我早衰人，幽居气如缕[③]。秋来有佳兴，秫稻已含露[④]。还复此微吟，往和糟床注[⑤]。

【注释】①诗寻医：即不作诗。②酒入务：即不饮酒。③“幽居”句：化用杜甫《火》诗：“流汗卧江亭，更深气如缕。”④秫(shú)：高粱。⑤“往和”句：化用杜甫《羌村》：“赖知禾黍收，已觉糟床注。”糟床：榨酒的器具。

其二

何处觅新秋？萧然北台上[①]。秋来未云几，风日已清亮。云间耸孤翠，林表浮远涨[②]。新枣渐堪剥，晚瓜犹可饷[③]。西风送落日，万窍含凄怆[4]。念当急行乐，白发不汝放[5]。

【注释】①北台：即超然台。②孤翠：青山。远涨：秋水。“云间”二句：描写山水远景。③“新枣”二句：描写田园近景。④“西风”二句：写悲秋之意。⑤“念当”二句：由悲秋而生及时行乐之感。

和孔郎中荆林马上见寄[1]

秋禾不满眼，宿麦种亦稀。永愧此邦人，芒刺在肤肌[2]。平生五千卷，一字不救饥。方将怨无襦[3]，忽复歌《缁衣》[4]。堂堂孔北海[5]，直气凛群儿。朱轮未及郊[6]，清风已先驰。何以累君子[7]，十万贫与羸[8]。滔滔满四方，我行竟安之。何时剑关路[9]，春山闻子规[10]。

【注释】①孔郎中：即孔宗翰，字周翰，孔子四十五代孙道辅之子。②宿麦：小麦。“秋禾”四句：写歉收之年，作为州长官的羞愧之感。③襦(rú)：短衣。④《缁衣》：即《礼记·缁衣》。⑤孔北海：孔融，字文举，孔子二十世孙，曾为北海相。⑥朱轮：汉代州官的标准乘车。⑦君子：即孔宗翰。⑧“十万”句：《唐书·陈子昂传》：“一州得才刺史，十万户赖其福；得不才刺史，十万户受其困。”⑨剑关：即剑门关。⑩子规：杜鹃。

除夜大雪，留潍州，元日早晴，遂行，中途雪复作

除夜雪相留，元日晴相送。东风吹宿酒，瘦马兀残梦[1]。葱昽晓光开，旋转余花弄。下马成野酌[2]，佳哉谁与共。须臾晚云合[3]，乱洒无缺空。鹅毛垂马骏[4]，自怪骑白凤[5]。三年东方旱，逃户连敧栋[6]。老农释耒叹，泪入饥肠痛。春雪虽云晚，春麦犹可种。敢怨行役劳，

助尔歌饭瓮。

【注释】①兀(wù)：茫然无知的样子。②酌(zhuó)：斟(酒)；饮(酒)。③须臾：片刻，一会儿。④鹅毛：雪片。鬉：马鬃。⑤白凤：出自曹唐《小游仙诗》："不知今夕游何处，侍从皆骑白凤凰。"⑥攲栋：倾斜的房柱，此指破屋。

次韵景仁留别[1]

公老我亦衰，相见恨不数[2]。临行一杯酒，此意重山岳。歌词自纻清[3]，琴弄黄钟浊[4]。诗新眇难和[5]，饮少仅可学。欲参兵部选，有力谁如荦[6]。且作东诸侯[7]，山城雄鼓角[8]。南游许过我，不惮千里邈。会当闻公来，倒屣发一握[9]。

【注释】①景仁：范景仁。②数(shuò)：密。③白纻(zhù)：苎麻织成的布。④"琴弄"句：《史记·田完世家》："驺忌子曰：'大弦浊以春温者，君也，……五声之本，生于黄钟，琴有黄钟调。'"⑤眇(miǎo)：高远。⑥"欲参"二句：《朝野佥载》："崔湜为吏部侍郎，掌铨。有选人白湜曰：'某能翘关负米。'湜笑曰：'若壮，何不求选兵部？'答：'外议谓崔侍郎下有气力者即得选。'"⑦东诸侯：即主持徐州。⑧"山城"句：刘禹锡《奉送裴司徒令公自东都留守再命太原》："行色旌旗动，军声鼓角雄。"⑨"会当"二句：《三国志·魏·王粲传》："蔡邕见而奇之，闻粲在门，倒屣迎之。"《史记·鲁世家》："周公戒其子伯禽曰：'我于天下亦不贱矣，然我一沐握发，一饭三吐哺，起以待士，犹恐失天下之贤人。'"

京师哭任遵圣[①]

十年不还乡，儿女日夜长。岂惟催老大，渐复成雕丧。每闻耆旧亡，涕泣声辄放。老任况奇逸，先子推辈行[②]。文章少得誉，诗语尤清壮。吏能复所长，谈笑万夫上[③]。自喜作剧县[④]，偏工破豪党。奋髯走猾吏，嚼齿对奸将[⑤]。哀哉命不偶，每以才得谤。竟使落穷山，青衫就黄壤。宦游久不乐[⑥]，江海永相望。退耕本就君，时节相劳饷。此怀今不遂，归见累累葬。望哭国西门，落日衔千嶂。平生惟一子[⑦]，抱负珠在掌。见之龆龀中[⑧]，已有食牛量[⑨]。他年如入洛，生死一相访。惟有王濬冲，心知中散状[⑩]。

【注释】①任遵圣：名孜，四川眉山人。任简州平原令时去世。②"老任"二句：化用韩愈《太原王公神道碑铭》："当时名公，皆折官位、辈行，愿为交。"③万夫：李白《送梁公昌从信安北征》诗："高谈百战术，郁作万夫雄。"④"自喜"句：《晋书·袁甫传》："尝诣何勖，自言能为剧县。勖问：'惟欲宰县，不为台阁职，何也？'甫曰：'人各有能有不能。'"⑤"奋髯"二句：讲任遵圣嫉恶如仇的性格。⑥"宦游"句：讲苏轼自己。⑦"平生"句：说任遵圣之子任伯雨。⑧龆龀(tiáo chèn)：儿童换牙。《韩诗外传》："男子八月生齿，八岁而龆齿，女子七月而齿生，七岁而龀齿。"⑨食牛量：《尸子》："虎豹之子，虽未成文，已有食牛之气。"⑩"他年"四句：《晋书》："嵇绍，中散大夫康之子也。绍入洛，或谓王戎曰：'昨于稠人中，始见嵇绍，昂昂然如野鹤之在鸡群。'戎曰：'君复未见其父耳。'"濬冲：戎字。此句极力称赞任伯雨的出类拔萃。

送鲁元翰少卿知卫州[①]

冗士无处著，寄身范公园[②]。桃李忽成阴，荠麦秀已繁。闭门春昼永，惟有黄蜂喧。谁人肯携酒，共醉榆柳村。髯卿独何者，一月三到门。我不往拜之，髯来意弥敦[3]。堂堂元老后[4]，亹亹仁人言[5]。忆在钱塘岁，情好均弟昆[6]。时于冰雪中，笑语作春温。欲饮径相觅，夜开丛竹轩。搜寻到箧笥[7]，鲊醢无复存[8]。每愧烟火中，玉腕亲炮燔[9]。别来今几何，相对如梦魂。告我当北渡，新诗侑清樽[10]。坡陁太行麓[11]，汹涌黄河翻。仕宦非不遇，王畿西北垣[12]。斯民如鱼耳，见网则惊奔。皎皎千丈清，不如尺水浑[13]。刑政虽首务，念当养其源。一闻襦裤音[14]，盗贼安足论。

【注释】①鲁元翰：名有开。曾与东坡同在杭州任职，详见《宋史·鲁有开传》。时赴任卫州（今河南省卫辉市一带）。②“冗士”二句：苏轼讲当时自己的境遇。范公园：即范景仁东园。③髯：即鲁元翰。弥敦：更加厚道。④元老：指鲁的父亲鲁宗道（曾任右谏议大夫）。⑤亹亹（wěi）：勤勉不倦的样子。⑥昆：兄。⑦箧笥（qiè sì）：盛食物的竹器。⑧鲊醢(zhǎ hǎi)：腌鱼肉酱。⑨“每愧”二句：应指鲁元翰妇。⑩侑(yòu)：樽，酒器。此句是说新诗助酒的意思。⑪“坡陁”句：说卫州与太行山相连。⑫“王畿”句：说卫州在东京的西北方。⑬“皎皎”二句：“水至清则无鱼”的意思。⑭襦裤音：即五裤歌。《后汉书·廉范传》载：“廉范字叔度，建初中为蜀郡太守，有政绩，百姓歌之曰：‘廉叔度，来何暮！不禁火，民安作，平生无襦今五裤。’”此用作称颂地方官的典故。

司马君实独乐园[1]

青山在屋上，流水在屋下。中有五亩园，花竹秀而野。花香袭杖屦，竹色侵杯斝[2]。樽酒乐余春，棋局消长夏。洛阳古多士，风俗犹尔雅，先生卧不出，冠盖倾洛社[3]。虽云与众乐，中有独乐者。才全德不形，所贵知我寡[4]。先生独何事，四海望陶冶。儿童诵君实，走卒知司马。持此欲安归[5]，造物不我舍[6]。名声逐吾辈，此病天所赭[7]。抚掌笑先生，年来效瘖哑[8]。

【注释】①司马君实：即司马光，字君实，北宋大臣，史学家，今陕西涑水乡人，反对王安石新政，曾退居洛阳编撰《资治通鉴》。独乐园：即司马光在洛阳居住之园。②斝（jiǎ）：盛酒的酒器。③冠盖：做官的人。洛社：《唐诗记事》载："白居易致仕居洛，爱香山之胜，与僧如满结社于此。"④所贵知我寡：《老子》："知我者希，则我贵矣。"⑤"持此"句：《汉书·蒯通传》："蒯通说韩信曰：'足下……归楚，楚人不信，归汉，汉人震恐，足下欲持是安归乎？'"⑥造物：古代以为万物是天造的，故称天为"造物"。⑦赭（zhě）：红褐色，古代刑人衣赭衣，此句是天意所成的意思。⑧瘖哑：默不作声。此句流露了苏轼因反对王安石变法，寄希望于司马光的情感。

过云龙山人张天骥[1]

郊原雨初足，风日清且好。病守亦欣然，肩舆白门道[2]。荒田咽蛩蚓[3]，村巷悬梨枣。下有幽人居，闭门空雀噪。西风高正厉，落叶纷可扫。孤童卧斜日，病马放秋草。墟里通有无[4]，垣墙任摧倒[5]。君家本冠盖[6]，丝竹闹邻保。脱身声利中，道德自濯澡[7]。躬耕抱羸疾[8]，奉养百岁老。诗书膏吻颊[9]，菽水媚翁媪[10]。饥寒天随子，杞菊自撷芼[11]。慈孝董邵南[12]，鸡狗相乳抱[13]。吾生如寄耳[14]，归计失不早。故山岂敢忘，但恐迫华皓[15]。从君好种秫[16]，斗酒时自劳。

【注释】①云龙山：《名胜志》：云龙山，在徐州城东南二里。张天骥：字圣涂。②肩舆：轿子。白门：宋武《北征记》："下邳城有三重。白门，大城之门，吕布所守也。"③蛩(qióng)：蟋蟀。④"墟里"句：谓张家与村邻毫无隔阂。⑤垣(yuán)：墙。⑥冠盖：做官的人。此处指张天骥家本为世族。⑦濯(zhuó):洗。⑧羸(léi):瘦。⑨膏(gào):滋润。吻:嘴唇。⑩菽:豆类。媪(ǎo):对老年妇女的尊称。⑪“杞菊”句:借用陆龟蒙《杞菊赋序》:“天随子宅荒,前后皆树以杞菊,春苗恣肥,得以采撷,供左右杯。”芼(mào):拔取(菜、草)。⑫“慈孝”句:韩愈诗:“嗟哉董生孝且慈。”⑬“鸡狗”句:陆龟蒙诗:“譬如豢鸡鹜,岂不容乳抱。”⑭“吾生”句:《法苑珠林》:“支遁在剡,谢安与书云,人生如寄耳,终日戚戚,迟君来以晤言消之。”⑮华皓:花白头发。⑯秫:高粱。

赠王仲素寺丞[1]

养气如养儿[2],弃官如弃泥。人皆笑子拙,事定竟谁迷。归耕独患贫,问子何所赍[3]?尺宅足自庇,寸田有余畦[4]。明珠照短褐[5],陋室生虹霓。虽无孔方兄[6],顾有法喜妻[7]。弹琴一长啸,不答阮与嵇[8]。曹南刘夫子[9],名与子政齐。家有《鸿宝书》[10],不铸金裹蹄[11]。促膝问道要,遂蒙分刀圭[12]。不忍独不死[13],尺书肯见梯[14]。我生本强鄙,少以气自挤。孤舟倒江河,赤手揽象犀。年来稍自笑,留气下暖脐。苦恨闻道晚,意象飒已凄。空见孙思邈,区区赋《病梨》[15]。

【注释】①王仲素:名景纯,时已去官归隐。②“养气”句:化用《老子》:“专气致柔,能如婴儿乎?”③赍(jī):携带。④“尺宅”二句:《黄庭经》:“寸田尺宅可治生。”⑤褐(hè):粗布衣服。此句化用阮籍《咏怀》:“被褐怀珠玉。”⑥孔方兄:指钱。⑦法喜妻:语出《维摩诘经》:“法喜为妻,慈悲以为女。”⑧“弹琴”二句:《晋书·孙登传》:登好读《易》,抚一弦琴,见者,皆亲乐之。尝住宜阳山,文帝闻之,使阮籍往观。与语,不应。嵇康又从之游三年,问其所图,终不答。⑨刘夫子:王十朋注引赵次公曰:“刘夫子,岂刘宜翁乎?先生在惠州时,有书与宜翁,咨问道要,自以为杜门屏居,胸中廓然,实无荆棘,有受道之质。”⑩“家有”句:典见《汉书·楚元王传》:“刘向,字子政,本名更生,淮南王有《枕中鸿宝秘书》,言神仙使鬼物为金之术。……更生幼而读诵，以为奇，献之。”⑪褭(niǎo)：同“袅”。《汉书·武帝记》：“太始二年三月，诏曰：‘有司议曰，朕郊见上帝，西登陇首，获白麟以馈宗庙，渥洼水出天马，泰山见黄金，宜改故名。今更黄金为麟趾褭蹄，以协瑞焉。’”⑫刀圭：《本草》：“凡散药有云刀圭者，……准如梧桐之大。”⑬“不忍”句：典见韩愈《故太学博士李君墓志铭》：“余自袁州还京师，襄阳乘舸。……屏人曰：‘我得秘药，不可独不死，今遗子一器。’”⑭尺书：书信。⑮“空见”二句：《唐书》：“卢照邻得恶病，从孙思邈得养生之道，作《病梨赋》以自悲。”

答任师中、家汉公[1]

先君昔未仕，杜门皇祐初[2]。道德无贫贱，风采照乡闾[3]。何尝疏小人，小人自阔疏[4]。出门无所诣[5]，老史在郊墟[6]。门前万竿竹，堂上四库书。高树红消梨，小池白芙蕖[7]。常呼赤脚婢，雨中撷园蔬。矫矫任夫子，罢官还旧庐。是时里中儿，始识长者车[8]。烹鸡酌白酒，相对欢有余。有如庞德公，往还葛与徐[9]。妻子走堂下，主人竟谁欤。我时年尚幼，作赋慕相如[10]。侍立看君谈，精悍实起予[11]。岁月曾几何，耆老逝不居。史侯最先没，孤坟拱桑樗[12]。我亦涉万里，清血满襟祛[13]。漂流二十年，始悟万缘虚。独喜任夫子，老佩刺史鱼[14]。威行乌、白蛮，解辫请冠裾[15]。方当入奏事[16]，清庙陈璠玙[17]。胡为厌轩冕[18]，归意不少纾[19]。上蔡有良田，黄沙走清渠。罢亚百顷稻[20]，雍容十年储。闲随李丞相，搏射鹿与猪[21]。苍鹰十斤重，猛犬如黄驴。岂比陶渊明，穷苦自把锄。我今四十二，衰发不满梳。彭城古名郡，乏人偶见除[22]。头颅已可知，几何不樵渔。会当相从去，芒鞋老菑畲。念子瘴江边，怀抱向谁摅[23]。赖我同年友，相欢出同舆[24]。冰盘荐文鲔，玉斝倾浮蛆[25]。醉中忽思我，清诗缀琼琚[26]。知我少所谐[27]，教我时卷舒。世事日反覆，翩如风中旗[28]。雀罗吊廷尉，秋扇悲婕妤[29]。

升沉一何速，喜怒纷众狙[30]。作诗谢二子，我师宁与蘧[31]。

【注释】①家汉公：名勤国，苏轼同年家定国之兄，未作官，其子有取功名之意。②杜：杜绝，堵塞。皇祐：宋仁宗年号。③闾(lǘ)：里巷。④疏：疏远。⑤诣：到……去。⑥老史：指史经臣，字彦辅，老儒生。尝作《思子台赋》，为苏轼赞赏。⑦芙蕖：荷花。⑧长者车：《汉书·陈平传》："平家贫，席为门，门外多长者车辙。"⑨庞德公：三国时襄阳人。徐：徐庶。⑩相如：司马相如，西汉辞赋家。⑪精悍：精强勇猛。此指言词激烈犀利。起予：启发、振奋自己。⑫樗(chū)：臭椿树。⑬袪(qū)：袖口。⑭刺史鱼：鱼，铜鱼符，官吏佩戴的官符。刺史鱼指任知州。任师中曾任泸州知州。⑮乌、白蛮：宋代南方的少数民族。解辫：丘希范《与陈伯之书》："夜郎滇池，解辫请职。"此句是说任师中镇抚少数民族有功。⑯"方当"句：典见《史记·李斯传》："上方闲，可奏事。"⑰璠玙：据传为鲁地所产的宝玉。⑱胡：什么。⑲纾：延缓，缓。⑳罢亚：禾名。㉑李丞相：李斯。《史记·李斯传》："李斯出狱，顾谓其中子曰：'吾复与若牵黄犬，出上蔡东门，逐狡兔，岂可得乎？'"㉒乏：缺少。除：任职。㉓芒鞋：即竹杖芒鞋。菑畲(zī shē)：开荒耕地。摅(shū)：舒发。㉔"赖我"二句：《晋书·夏侯湛传》："与潘岳友善，每行止，同舆接茵。"㉕鲔：鲔鱼。韩愈诗："冰盘夏荐碧实脆。"斝(jiǎ)：酒器。㉖琼琚：佩玉。㉗谐：和谐，融洽。㉘旟(yú)：古代的一种行军旗。㉙婕妤：即班婕妤。《文选》：赵飞燕妹弟得幸，班婕妤失宠。作《怨歌行》："……裁为合欢扇，团团似明月……常恐秋节至，凉风夺炎热。弃捐箧笥中，恩情中道绝。"㉚狙：猕猴。《庄子·齐物论篇》："狙公赋芧，曰：'朝三暮四。'众狙皆怒。曰：'然则朝四而暮三。'众狙皆悦。"㉛宁：宁武子。蘧(qú)：蘧伯玉。

初别子由

我少知子由，天资和而清。好学老益坚，表里渐融明。岂独为吾弟，要是贤友生[1]。不见六七年，微言谁与赓[2]。常恐坦率性[3]，放纵不自程[4]。会合亦何事，无言对空枰[5]。使人之意消[6]，不善无由萌。森然有六女，包裹布与荆[7]。无忧赖贤妇，藜藿[8]等大烹。使子得行意，青衫陋公卿。明日无晨炊，倒床作雷鸣。秋眠我东阁[9]，夜听风雨声。悬知不久别，妙理重细评。昨日忽出门，孤身转西城。归来北堂上，古屋空峥嵘。退食误相从[10]，入门中自惊。南都信繁会[11]，人事水火争。念当闭阁坐，颓然寄聋盲[12]。妻子亦细事，文章固虚名。会须扫白发，不复用黄精[13]。

【注释】①要(yāo)：关键。②微：深黑，微妙。赓(gēng)：继续，连续。③“常恐”句：《唐国史补》：“宋济老于场屋，尝试赋，误落官韵，抚膺曰：‘宋五又坦率矣。’名甚著。”④程：《广韵》：“程，限也。”⑤枰：棋盘。⑥“使人”句：《庄子·田子方篇》：“东郭顺子，其为人也真，物无道正容以悟之，使人之意也消。”⑦布与荆：《后汉书·梁鸿传》：“妾荆钗布裙。”⑧藜(lí)：一种带刺的野生植物。藿(huò)：豆叶。《汉书·司马迁传》：“藜藿之羹。”《周易》：“大亨以养圣贤。”⑨东阁：东厢房。⑩误(wù)：耽误。⑪南都：宋朝南都在今河南商丘。时子由到南都任职，就要与苏轼分别。⑫“南都”四句：嘱子由到南都后要避开纷繁的人事之争。⑬“会须”二句：杜甫《丈人山》：“扫除白发黄精在，君看他时冰雪容。”会：应。黄精：中草药，古养生家视为养生滋补之要药。

哭刁景纯[1]

读书想前辈，每恨生不早。纷纷少年场，犹得见此老。此老如松柏，不受霜雪槁[2]。直从毫末中，自养到合抱[3]。宏才乏近用，千岁自枯倒。文章余正始[4]，风节贯华皓[5]。平生为人尔，自为薄如缟[6]。是非虽难齐，反覆看愈好。前年旅吴越，把酒庆寿考[7]。扣门无晨夜，百过迹未扫。但知从德公，未省厌丘嫂[8]。别时公八十，后会知难保。昨日故人书，连年丧翁媪[9]。伤心范桥水[10]，漾漾舞寒藻。华堂不见人，瘦马空恋皁[11]。我欲江东去，匏樽酌行潦[12]。镜湖无贺监[13]，恸哭稽山道。忍见万松冈，荒池没秋草。

【注释】①刁景纯：名约，丹徒人。北宋天圣二年入仕，八十四岁去世。②槁(gǎo)：草木枯干。③“直从”二句：《老子》：“合抱之木，生于毫末。”④正始：指正始文章，谓刁景纯文章如正始余音。⑤风节：风骨节气。⑥缟(gǎo)：白绢。⑦考：年纪大。⑧“未省”句：出自《汉书·楚元王传》：“高祖微时，时时与宾客过其丘嫂食。嫂厌叔与客来，阳为羹尽轑釜，客以故去。已而视釜有羹，由是怨嫂。”⑨苏轼自注：“景纯妻先亡。”⑩范桥：《一统志》载：“清风桥，在镇江府治南，宋范仲淹建，俗呼为范公桥。”⑪“瘦马”句：《晋书·宣帝纪》：“桓范出，赴曹爽。蒋济言于帝曰：‘智囊往矣。’帝曰：‘驽马恋栈豆，必不能用也。’”皁：《方言》：梁、宋、齐、楚之间，谓枥曰皁。⑫匏(páo)：匏瓜，一年生草本植物，果实比葫芦大，对半剖开可做水瓢。⑬“镜湖”句：李白《忆贺监》：“欲向江东去，定将谁举杯？稽山无贺老，却棹酒船回。”贺监：贺知章。此以贺知章比刁景纯。

张寺丞益斋[1]

张子作斋舍，而以益为名。吾闻诸夫子，求益非速成。譬如远游客，日夜事征行。今年适燕蓟，明年走蛮荆。东观尽沧海，西涉渭与泾。归来闭户坐，八方在轩庭。又如学医人，识病由饱更。风、雨、晦、明淫[2]，跛、躄、瘖、聋、盲。虚实在其脉，静躁在其情。荣枯在其色，寿夭在其形。苟能阅千人，望见知死生。为学务日益，此言当自程。为道贵日损，此理在既盈[3]。愿言书此诗，以为益斋铭。

【注释】①张寺丞：名恕，字忠甫。②“风、雨”句：《左传·昭公元年》:"天有六气……淫生六疾,六气曰阴、阳、风、雨、晦、明也。分为四时,序为五节,过则为灾。阴淫寒疾,阳淫热疾,风淫末疾,雨淫腹疾,晦淫惑疾,明淫心疾。"③"为道"二句:《老子》:"为学日益,为道日损。"

读孟郊诗二首

其一

夜读孟郊诗,细字如牛毛。寒灯照昏花,佳处时一遭[①]。孤芳擢荒秽,苦语余诗骚。水清石凿凿[②],湍激不受篙。初如食小鱼,所得不偿劳。又似煮蟛螁[③],竟日持空螯。要当斗僧清[④],未足当韩豪[⑤]。人生如朝露,日夜火消膏。何苦将两耳,听此寒虫号[⑥]?不如且置之,饮我玉色醪。

【注释】①"佳处"句:孟郊《闻角》诗云:"似开孤月口,能说落星心。"苏轼极赏之,是所谓"佳处时一遭"。②凿凿:《诗·唐风·扬之水》:"白石凿凿。"③蟛螁:《本草》:"蟹之最小者名蟛蜞,吴人讹为蟛螁,音越。"④僧:谓贾岛。岛初为僧,名无本,诗才与郊齐名。⑤韩:谓韩愈。⑥寒虫:谓孟郊。

其二

我憎孟郊诗,复作孟郊语。饥肠自鸣唤,空壁转饥鼠。诗从肺腑出,出辄愁肺腑。有如黄河鱼,出膏以自煮。尚爱铜斗歌,鄙俚颇近古。桃弓射鸭罢,独速短蓑舞。不忧踏船翻,踏浪不踏土[①]。吴姬霜雪白,赤脚浣白纻[②]。嫁与踏浪儿,不识离别苦。歌君江湖曲,感我长羁旅。

【注释】①铜斗歌：孟郊《送淡公》诗十二首，其一云："铜斗饮江酒，手拍铜斗歌。……脚踏小船头，独速舞短蓑。"又曰："笑伊水健儿，浪战求光辉。不如竹枝弓，射鸭无是非。"又曰："侬是清浪儿，每踏清浪游。笑伊乡贡郎，踏土称风流。"②"吴姬"二句：李白《和卢侍御通塘曲》："浦边清水明素足，别在浣纱吴女郎。"

闻公择过云龙张山人，辄往从之，公择有诗，戏用其韵

我生固多忧，肉食尝苦墨[①]。轩然就一笑，犹得好饮力。闻君过云龙，对酒两静默。急携清歌女，出郭未及昃。一欢难力致，邂逅有胜特。喧蜂集晚花，乱雀啄丛棘。山人乐此耳，寂寞谁侍侧。何当求好人，聊使治要襋[②]。使君自孤偾[③]，此理谁相值。不如学养生，一气服千息[④]。

【注释】①"肉食"句：《左传·哀公十三年》："公会单平公、晋定公、吴夫差于黄池。……司马寅……曰：'肉食者无墨。今吴王有墨，国胜乎？太子死乎？'"杜预注："墨，气色下也。"②"何当"二句：《诗·小雅·大东》："纠纠葛屦，可以履霜。掺掺女手，可以缝裳。要之襋之，好人服之。"注："要：褸也。襋：领也；好人：好女手之人。"③"使君"句：《汉书·匈奴传》："冒顿为书遗高后曰：'陛下独立，孤偾独居，两主不乐，无以自虞。'"注："偾：仆也，犹言不能自立也。则独居无偶，可以言孤偾矣。"④"一气"句：《晋书·许迈传》："常服气，一气千余息。"

送李公择

嗟予寡兄弟，四海一子由。故人虽云多[①]，出处不我谋。弓车无

停招[②]，逝去势莫留。仅存今几人[③]，各在天一陬。有如长庚月，到晓烂不收。宜我与夫子，相好手足侔。比年两见之，宾主更献酬。乐哉十日饮，衎衎和不流。论事到深夜，僵仆铃与驺[④]。颇尝见使君，有客如此不[⑤]？欲别不忍言，惨惨集百忧。念我野夫兄，知名三十秋。已得其为人，不待风马牛。他年林下见，倾盖如白头。

【注释】①故人：谓张琥、章惇、李清臣等人。②"弓车"句：《左传·庄公二十二年》引《逸诗》曰："翘翘车乘，招我以弓。岂不欲往，畏我友朋。"③"仅存"句：谓司马光、李师中、范纯仁、杨绘、李常诸人。④铃：谓守铃阁者；驺：厩御者。⑤"颇尝"二句：《晋书·桓温传》："桓温请安为司马，既到，温甚喜，言平生，欢笑竟日。温问左右：'颇尝见我有如此客不？'"

送笋、芍药与公择二首

其一

久客厌虏馔[①]，枵然思南烹。故人知我意，千里寄竹萌[②]。骈头玉婴儿，一一脱锦绷[③]，庖人应未识，旅人眼光明。我家拙厨膳，彘肉芼芜菁。送与江南客，烧煮配香粳[④]。

【注释】①苏轼自注：蜀人谓东北人虏子。②竹萌：《尔雅》："笋，竹萌也。"③"骈头"二句：吴筠《竹赋》："一笋明其胤嗣，三节获乎婴儿。"储光羲《笋》诗："稚子脱锦绷，骈头玉香滑。"④此首咏笋。

其二

今日忽不乐[①]，折尽园中花。园中亦何有，芍药袅残葩。久旱复遭雨，纷披乱泥沙。不折亦安用，折去还可嗟。弃掷亮未能，送与谪仙家。还将一枝春，插向两髻丫[2]。

【注释】①怱：不乐貌。②两髻丫：欧阳修《清明前一日》诗："小婢立我前，赤脚两髻丫。"按：此首咏芍药。

种德亭 并叙

处士王复，家于钱塘，为人多技能，而医尤精，期于活人而已，不志于利。筑室候潮门外，治园圃，作亭榭，以与贤士大夫游，惟恐不及，然终无所求。人徒知其接花艺果之勤，而不知其所种者德也。乃以名其亭，而作诗以遗之。

小圃傍城郭，闭门芝术香。名随市人隐，德与佳木长。元化善养性[1]，仓公多禁方[2]。所活不可数，相逢旋相忘。但喜宾客来，置酒花满堂。我欲东南去，再观双桧苍[3]。山茶想出屋，湖橘应过墙。木老德亦熟，吾言岂荒唐。

【注释】①"元化"句：《后汉书·方术传》："华佗，字元化……晓养性之术，年且百岁，而犹有壮容，时人以为仙。"②"仓公"句：《史记·扁鹊仓公列传》："太仓公者……姓淳于氏，名意。少而喜医方术。……更受师同郡元里公乘阳庆。……使意尽去其故方，更悉以禁方予之。"③"我欲"句：苏轼在杭州时，尝至候潮门外王复秀才所居，赋《双桧》诗，有"青盖一归无觅处，只留双桧待升平"句。

闻辩才法师复归上天竺，以诗戏问

道人出山去，山色如死灰。白云不解笑，青松有余哀。忽闻道人归，鸟语山容开。神光出宝髻[①]，法雨洗浮埃[②]。想见南北山，花发前后台。寄声问道人：“借禅以为诙，何所闻而去，何所见而回？”道人笑不答，此意安在哉？昔年本不住[③]，今者亦无来[④]。此语竟非是，且食白杨梅[⑤]。

【注释】①宝髻：《楞严经》：“世尊从肉髻中，踊百宝光，光中涌出千叶宝莲。”②法雨：《法华经》：“雨大法雨。”③不住：《金刚经》：“应生无所住心。”④无来：《金刚经》：“如来者无所从来，亦无所从去。”⑤“此语”二句：《杭州图经》：“杨梅坞在南山近瑞峰，杨梅尤盛，有红白二种，今杭人呼白者为圣僧梅。”王文诰曰：“通篇如谜，皆不道破，住得更妙。”

雨中过舒教授[①]

疏疏帘外竹，浏浏竹间雨。窗扉静无尘，几砚寒生雾。美人乐幽独[②]，有得缘无慕。坐依蒲褐禅，起听风瓯语。客来淡无有，洒扫凉冠履。浓茗洗积昏，妙香净浮虑。归来北堂暗，一一微萤度。此生忧患中，一饷安闲处。飞鸢悔前笑[③]，黄犬悲晚悟[④]。自非陶靖节，谁识此闲趣。

【注释】①舒教授：名焕，字尧文，严陵人。苏轼守徐，尧文时为徐州教授。②美人：谓舒教授。③“飞鸢”句：《后汉书·马援传》：援……曰：“吾从弟少游常哀吾慷慨多大志，曰：‘士生一世，但取衣食裁足……乡里称善人，斯可矣。致求盈余，但自苦耳。’当吾在浪泊、西里间，虏未灭之时，下潦上雾，毒气重蒸，仰视飞鸢跕跕堕水中，卧念少游平生时语，何可得也？”④“黄犬”句：《史记·李斯列传》：“二世二年七月，具斯五刑，论腰斩咸阳市。斯出狱，与其中子俱执，顾谓其中子曰：‘吾欲与若复牵黄犬俱出上蔡东门逐狡兔，岂可得乎？’”

送郑户曹[1]

水绕彭祖楼[2]，山围戏马台[3]。古来豪杰地，千载有余哀。隆准飞上天[4]，重瞳亦成灰[5]。白门下吕布[6]，大星陨临淮[7]。尚想刘德舆[8]，置酒此徘徊。尔来苦寂寞，废圃多苍苔。河从百步响[9]，山到九里回[10]。山水自相激，夜声转风雷。荡荡清河堧，黄楼我所开[11]。秋月堕城角，春风摇酒杯。迟君为座客[12]，新诗出琼瑰[13]。楼成君已去，人事固多乖。他年君倦游，白首赋归来。登楼一长啸，使君安在哉？

【注释】①郑户曹：名仅，字彦能，彭城人。②彭祖楼：以彭祖而得名。③戏马台：《元和郡县志》："戏马台，在彭城县南一里，项羽所造，戏马于此。"④隆准：《汉书·高帝纪》："高祖为人，隆准而龙颜。"⑤重瞳：《史记·项羽本纪》：太史公曰："吾闻之周生曰'舜目盖重瞳子'，又闻项羽亦重瞳子，羽岂其苗裔邪？"⑥"白门"句：《后汉书·吕布列传》注引《北征记》曰："下邳城有三重，大城之门周四里，吕布所守也。魏武擒吕布于白门。白门，大城之门也。"⑦"大星"句：《唐书·李光弼传》："封临淮郡王，复归徐州，遇疾薨。"按：世传广德二年，有大星陨其地，而光弼卒。⑧"尚想"句：《南史·宋高祖本纪》："武皇帝讳裕，字德舆，姓刘氏。"⑨百步响：即百步洪。⑩九里：《太平寰宇记》引《玄中记》云："彭城有九里山，有穴潜通琅琊，又通王屋，俗呼为黄池穴。"⑪"荡荡"二句：苏辙《黄楼赋序》："熙宁十年，秋，河决于澶渊，水及彭城下。子瞻适为彭城守，庐于城上，调急走，发禁卒以从事，以身率之，故水大至而民不溃。于是即城之东门为大楼焉。垩以黄土，曰：'土实胜水。'徐人相劝成之。"⑫"迟君"句：谢灵运《南楼中望所迟客》诗云："登临为谁思，临江迟来客。"⑬琼瑰：刘禹锡诗："偶逢词客与琼瑰。"

次韵黄鲁直见赠古风二首

其一

嘉谷卧风雨，稂莠登我场[1]。陈前漫方丈，玉食惨无光[2]。大哉天宇间，美恶更臭香。君看五六月，飞蚊殷回廊。兹时不少假，俯仰霜叶黄。期君蟠桃枝[3]，千岁终一尝[4]。顾我如苦李，全生依路傍[5]。纷纷不足愠，悄悄徒自伤[6]。

【注释】①稂莠：狗尾草。②玉食：《书·洪范》："惟辟玉食。"③蟠桃：《山海经》："东海有山名度朔，上有大桃木，蟠屈三千里，名蟠桃。"④"千年"句：《汉武故事》："西王母以桃食帝，帝欲留核种之。王母笑曰：'此桃一千年生花，一千年结实，人寿几何？'遂止。"⑤"顾我"二句：《晋书·王戎传》："尝与群儿戏于道侧，见李树多食，等辈竞趋之，戎独不往。或问其故，戎曰：'树在道边而多子，必苦李也。'取之，信然。"⑥"纷纷"二句：《乌台诗案》："元丰二年二月内，北京国子监教授黄庭寄书一封并古诗二首与轼，依韵和答。……讥今之小人胜君子，如稂莠之夺嘉谷。……比黄庭坚于蟠桃，进必迟，自比苦李，以无用全生。又取《诗》云'忧心悄悄，愠于群小'，以讥讽当今进用之人，皆小人也。"

其二

空山学仙子，妄意笙箫声[1]。千金得奇药，开视皆豨苓[2]。不知市人中，自有安期生[3]。今君已度世，坐阅霜中蒂。摩挲古铜人，岁月不可计。阆风安在哉[4]，要君相指似[5]。

【注释】①"空山"二句：李白《凤笙篇》："仙人十五爱吹笙，学得昆丘彩凤鸣。”②豨苓：韩愈《进学解》：“訾医师以昌阳引年，欲进其豨苓也。”③安期生：《汉书·郊祀志注》：“安期生，琅邪人。卖药东海边，时人皆言千岁。”④阆风：《山海经》：“阆风之山，是谓玄圃。”⑤指似：白居易《戏赠李十三判官》诗：“遥见庐山指似君。”

送郑户曹赋席上果得榧子[1]

彼美玉山果，粲为金盘实。瘴雾脱蛮溪，清樽奉佳客。客行何以赠，一语当加璧[2]。祝君如此果，德膏以自泽。驱攘三彭[3]仇，已我心腹疾[4]。愿君如此木，凛凛傲霜雪。斫为君倚几[5]，滑净不容削[6]。物微兴不浅，此赠毋轻掷。

【注释】①榧子：《本草》：“榧实，一名玉山果。”②加璧：《礼记·礼器》：“束帛加璧，尊德也。”③三彭：《宣室志》：“僧契虚游稚川，遇仙人。问曰：‘尔绝三彭之仇乎？’彭者，三尸之姓，学仙者，当先绝三尸。”《太清中黄真经》：“一者上虫居脑中，二者中虫居明堂，三者下虫居肠胃，名曰彭琚、彭质、彭矫。恶人进道，喜人退志。”《本草》：“榧实去三虫，行荣卫。”④“已我”句：《本草》：“榧多食，令人能食，明目轻身。”⑤“斫为”句：《本草》又云：“榧，一作棑。其木名文木，叶似杉木。如柏理，如松肌，细软，可为器用。诗家所云棐几，即此。”⑥“滑净”句：《晋书·王羲之传》：“尝诣门生家，见棐几滑净，因书之，真草相半。后为其父误刮去之，门生惊懊者累日。”

密州宋国博以诗见纪在郡杂咏，次韵答之

吾观二宋文[1]，字字照缣素。渊源皆有考，奇险或难句。后来邈

无继，嗣子其殆庶[②]。胡为尚流落，用舍真有数。当时苟悦可，慎勿笑杕杜[③]。斫窗谁赴救[④]，袖手良优裕[⑤]。山城辱吾继，缺短烦遮护。昔年谬陈诗，无人聊瓦注。于今赓绝唱，外重中已惧。何当附家集，击壤追咸濩[⑥]。

【注释】①二宋：欧阳修《归田录》："宋郑公庠，初名郊，字伯庠，与弟祁自布衣时，名动天下，号为二宋。"按：宋国博乃宋庠嗣子。②"后来"二句：史讥宋庠爱信幼子，多与小人游，为御史吕诲所劾。宋祁于皇祐中亦坐其子从张彦方游，以龙图阁学士出知亳州。则二宋之子，俱不能世其家者也。故苏轼诗中，亦多微词。③"慎勿"句：《旧唐书·李林甫传》："林甫典选，选人严迥，判语用'杕杜'二字。林甫不识'杕'字，谓韦陟：'此云杕杜，何也？'"④斫窗：《朝野佥载》："唐阳滔为中书舍人，时促命草制，而吏持门钥他适，无旧本检视，乃斫窗取之，时号斫窗舍人。"⑤"袖手"句：韩愈《祭柳子厚文》："不善为斫，血指汗颜。巧匠旁观，缩手袖间。"⑥"何当"二句：《高士传》："帝尧之世，壤父击壤于道中，观者曰：'大哉，尧之德也！'壤父曰：'吾日出而作，日入而息……帝何德于我哉？'"咸濩：谓尧乐《大咸》，汤乐《大濩》。

和鲜于子骏《郓州新堂月夜》二首[①]

其一

去岁游新堂，春风雪消后。池中半篙水，池上千尺柳。佳人如桃李，胡蝶入衫袖。山川今何许，疆野已分宿[②]。岁月不可思，驶若船放溜。繁华真一梦，寂寞两荣朽。惟有当时月，依然照杯酒。应怜船上人，坐稳不知漏[③]。

【注释】①苏轼自注：前次韵，后不次。②"疆野"句：言郓州与徐州已相隔甚远，不在同一星宿分野之域。宿(xiù)：星宿。③不知漏：谓子船上，故不知更鼓。

其二

明月入华池，反照池上堂。堂中隐几人，心与水月凉。风萤已无迹，露草时有光。起观河汉流，步屧响长廊[①]。名都信繁会，千指调丝簧。先生病不饮，童子为烧香。独作五字诗，清绝如韦郎[②]。诗成月渐侧，皎皎两相望。

【注释】①"步屧"句：《苏州图经》："响屧廊，以楩梓板籍其地，西子行则有声，因名之。"此借用之。②韦郎：唐代诗人韦应物。

中秋月寄子由三首

其一

殷勤去年月[①]，潋滟古城东。憔悴去年人，卧病破窗中。徘徊巧相觅，窈窕穿房栊。月岂知我病，但见歌楼空[②]。抚枕三叹息，扶杖起相从。天风不相哀，吹我落琼宫。白露入肺肝，夜吟如秋虫[③]。坐令太白豪，化为东野穷[④]。余年知几何，佳月岂屡逢。寒鱼亦不睡，竟夕相喁喁[⑤]。

【注释】①殷勤：情深意切的样子。前一年的中秋，苏轼与弟子由同在此处一起欢度。②"徘徊"四句：描写月光留恋去年景象。③"天风"四句：言病体衰弱，难禁秋寒。④东野：孟郊，字东野。李白诗豪放，孟郊诗穷苦。喻指己因病、愁，诗才亦减。⑤喁喁(yǎn yóng)：鱼口开合张动。

“寒鱼”二句暗示诗人思念去年中秋，思念远方的弟弟，一夜不眠。

其二

六年逢此月，五年照离别[①]。歌君别时曲，满座为凄咽。留都信繁丽[②]，此会岂轻掷。镕银百顷湖，挂镜千寻阙[③]。三更歌吹罢，人影乱清樾[④]。归来北堂下，寒光翻露叶。唤酒与妇饮，念我向儿说。岂知衰病后，空盏对梨栗。但见古河东，荞麦花铺雪。欲和去年曲，复恐心断绝[⑤]。

【注释】①苏轼自注：“中秋有月，凡六年矣，惟去岁与子由会于此。”②留都：指南都，即今商丘。因设有留司，故亦称留都。③“镕银”二句：具体描写中秋月色。纪昀评曰：“只镕银二句，用体物语，余皆纯以神思镕铸，情景相融，妙绝言说。”④樾：树荫。⑤“欲和”二句：与“歌君别时曲”二句首尾照应。

其三

舒子在汶上，闭门相对清[①]。郑子向河朔，孤舟连夜行[②]。顿子虽咫尺，兀如在牢扃[③]。赵子寄书来，《水调》有余声[④]。悠哉四子心，共此千里明。明月不解老，良辰难合并。回头坐上人，聚散如流萍。尝闻此宵月，万里同阴晴[⑤]。天公自著意，此会那可轻。明年各相望，俯仰今古情。

【注释】①舒子：指舒焕。苏轼自注：“舒焕试举人郓州。”汶水流经郓州。②郑子：指郑仅。苏轼自注：“郑仅赴北京户曹。”③苏轼自注：“顿起来徐试举人。”④“《水调》”句：苏轼自注：“今日得赵杲卿书，犹记余在东武中秋所作《水调歌头》也。”舒、郑、顿、赵诸人，去年中秋，皆与苏轼兄弟同在徐州欢度。⑤苏轼自注："故人史生为余言：尝见海贾云，中秋有月，则是岁珠多而圆，贾人常以此候之，虽相去万里，他日会合，相问阴晴，无不同者。"

与顿起、孙勉泛舟，探韵得未字

窗前堆梧桐，床下鸣络纬[①]。佳人尺书到，客子中夜喟。朝来一樽酒，晤语聊自慰。秋蝇已无声，霜蟹初有味。当为壮士饮，眦裂须磔猬[②]。勿作儿女怀，坐念蟏蛸畏[③]。山城亦何有，一笑泻肝胃。泛舟以娱君，鱼鳖多可饩。纵为十日饮，未遽主人费。吾侪俱老矣，耿耿知自贵。宁能傍门户，啼笑杂猩狒。要将百篇诗，一吐千丈气。萧条岁行暮，迨此霜雪未[④]。明朝出城南，遗迹观楚、魏[⑤]。西风迫吹帽，金菊乱如沸[⑥]。顾君勿言归，轻别吾所讳。

【注释】①络纬：一名莎鸡，俗称络丝娘或纺织娘。昆虫类，秋寒则夜鸣。②眦裂：《史记·项羽本纪》："樊哙瞋目视项王，目眦尽裂。"须磔猬：指胡须如刺猬毛竖立。③蟏蛸：蜘蛛的一种，身小脚长，俗称蟢子。《诗·豳风·东山》："蟏蛸在户，……亦可畏也。"谓室庐荒废。此诗自此一转，扫儿女之情，纵千丈豪气。④迨(dài)：《尔雅·释言》："迨，及也。"⑤"遗迹"句：苏轼时任徐州太守。徐州属古彭城，战国时被楚、魏所占。⑥金菊：一名金沸草。

太虚以《黄楼赋》见寄，作诗为谢[①]

我在黄楼上，欲作黄楼诗。忽得故人书，中有黄楼词。黄楼高十丈，下建五丈旗。楚山以为城，泗水以为池。我诗无杰句，万景骄莫随。夫子独何妙，雨雹散雷椎[②]。雄辞杂今古，中有屈、宋姿。南山多磬石[3]，清滑如流脂。朱蜡为摹刻，细妙分毫厘。佳处未易识，当有来者知。

【注释】①太虚：秦观。太虚为其字。②雷椎：传说中雷公击雷之器，落地成石。此喻秦观赋字字千钧。③磬石：据《尚书·禹贡》："泗滨浮磬。"泗水中有一种石可作磬。泗水绕徐州城而过。

送顿起

客路相逢难，为乐常不足。临行挽衫袖，更赏折残菊。佳人亦何念，凄断《阳关曲》。酒阑不忍去，共接一寸烛。留君终无穷，归驾不免促[1]。岱宗已在眼，一往继前躅。天门四十里，夜看扶桑浴[2]。回头望彭城，大海浮一粟。故人在其下，尘土相蹙蹴。惟有黄楼诗，千古配《淇澳》[3]。

【注释】①"客路"以下十句：言与顿起惜别情状。"岱宗"以下十句：描绘顿起归途登泰山回首望徐州。惜别之情更增一层。②扶桑：神话传说太阳出来之前，先在扶桑树下的旸谷中洗浴，而后升起。《山海经》《淮南子》中均有记载。③"惟有"二句：苏轼自注："顿有诗，记黄楼本末。"据毛诗序，《卫风·淇澳》为赞颂卫武公既能写文章，又能听规谏，以礼自防的诗篇。此处赞顿起的黄楼诗可与《淇澳》媲美，流传千古。

送孙勉

昔年罢东武[1]，曾过北海县。白河翻雪浪，黄土如蒸面。桑麻冠东方，一熟天下贱。是时累饥馑，常苦盗贼变。每怜追胥官，野宿风裂面。君为淮南秀，文采照金殿[2]。胡为事奔走，投笔腰羽箭。更被髯将军，豪篇来督战[3]。亲程三郡士[4]，玉石不能衒[5]。欲知君得人，失者亦称善。君才无不可，要使经百炼。吾诗堪咀嚼，聊送别酒咽。

【注释】①东武：指密州。苏轼曾知密州，由密州改任徐州太守。②“君为”二句：苏轼自注：“君尝考中进士第一人。”孙勉为淮南人，又中进士第一。故如此称。③髯将军：指孙勉兄孙觉。苏轼自注：“其兄莘老，以诗寄之，皆言战事。”④程：衡量，考核。这一年，徐州、沂州等三郡之士，皆在徐州应举。当时孙勉为考官之一。⑤衒：迷惑。此句指玉和石分辨得很清。

张安道见示近诗[1]

人物一衰谢，微言难重寻。殷勤永嘉末，复闻正始音[2]。清谈未足多，感时意殊深[3]。少年有奇志，欲和《南风》琴[4]。荒林蜩螗乱[5]，废沼蛙蝈淫。遂欲掩两耳，临文但噫瘖[6]。萧然王郎子[7]，来自缑山阴[8]。云见浮丘伯[9]，吹箫明月岑。遗声落淮泗，蛟鼍为悲吟。愿公正王度，《祈招》继愔愔[10]。

【注释】①张安道：张方平。安道为其字。元丰元年(1078)八月，张方平令其婿王巩携其所作诗一卷来徐州。苏轼读后，感叹现今与欧阳修、张方平时代相比，世风浇薄，文风不振，而作此诗。②永嘉：晋怀帝年号，当时社会剧烈动荡，西晋政权覆灭。正始音：指以竹林七贤为代表的正始文学。此句用卫玠永嘉末南渡江左，其言谈如正始之音，倾倒江南世族故事，以卫玠喻张方平，言其诗作如当年卫玠言谈。③“清谈”二句：不仅是赞叹卫玠式的清谈。更深意义是感叹今时。④《南风》琴：《礼记》：“舜作五弦之琴，以歌南风。”⑤蜩螗(tiáo zhá)：蝉。⑥“少年”至此六句：言自己从少年即立奇志，欲和舜《南风》之歌，但现今世俗言语诗文如蝉噪蛙鸣，致使自己掩耳不闻，不欲写作。⑦“萧然”句：苏轼自注：“其婿王巩携来。”王郎子：指仙人王子乔。此以王子乔喻王巩。⑧缑山：神话传说中王子乔所居之山。⑨浮丘伯：传说中的得道仙人，此喻张方平。⑩“愿公”二句：用《左传》故事。楚灵王打算向周天子要九鼎，他的大臣子革进谏，引祭公谋父之诗：“祈招之愔愔，式昭德音。思我王度，式如玉，式如金。形民之力，而无醉饱之心。”楚灵王不采纳，招致祸患。此处苏轼希望张方平不要写清谈之诗，应当写讥讽朝廷阙失的诗作，如祭公谋父作《祈招》以正法纪。

次韵王巩留别

去国已八年[①]，故人今有谁？当时交游内，未数蔡克儿[②]。岂无知我者，好爵半已縻。争为东阁吏，不顾北山移[③]。公子表独立，与世颇异驰。不辞千里远，成此一段奇。蛾眉亦可怜，无奈思饼师[④]。无人伴客寝，惟有支床龟。君归与何人，文字相娱嬉。持此调张子[⑤]，一笑当脱颐。

【注释】①“去国”句：苏轼于熙宁四年离京出任地方官，至此元丰元年，整八年。②蔡克儿：《晋书·王导传》：“司徒蔡谟戏王导，导怒，谓人曰：‘吾往与群贤共游洛中，何尝闻有蔡克儿？’”蔡克，蔡谟父。此时蔡确为相。此句似喻蔡确。③北山移：指孔稚珪作《北山移文》斥周颙为利禄而变节。此借指当时士人为求爵禄枉道以从王安石、吕惠卿。而王巩异于他人，不肯屈节，下二句即赞王巩。④“蛾眉”二句：语出《本事诗》：宁王宅左，有卖饼者妻，纤白明媚，王一见属目，厚惠其夫，娶之。宠爱逾等，逾年，问之曰：“汝复忆饼师否？”默然不对，王召饼师，使见之。其妻注视，双泪垂颊，若不胜情。⑤张子：指张恕。张方平子。

滕县时同年西园

人皆种榆柳，坐待十亩阴。我独种松柏，守此一片心[①]。君看闾里间，盛衰日骎骎[2]。种木不种德，聚散如飞禽。老时吾不识，用意一何深。知人得数士，重义忘千金。西园手所开，珍木来千岑。养此霜雪根，迟彼鸾凤吟。池塘得流水，龟鱼自浮沉。幽桂日夜长，白花乱青衿[3]。岂独蓄草木，子孙已成林。拱把不知数，会当出千寻。樊侯种梓漆，寿张富华簪[4]。我作西园诗，以为里人箴。

【注释】①"我独"二句：《礼记·礼器》："如松柏之有心也，贯四时而不改柯易叶。"②骎骎(qīn qīn)：渐渐发展，逐渐进行。③青衿：此喻桂树叶。桂树叶冬夏常青。④"樊侯"二句：语出《后汉书·樊宏传》。樊宏欲作器物，先种梓漆，时人笑其痴。年长日久，所种梓漆甚多，原笑话他的人也都向他告贷。财富巨万，樊赈济宗族，恩泽乡里，被封为寿张侯。

云龙山观烧得云字[1]

丁女真水妃[2]，寒山便火耘。陨霜知已杀，坯户听初焚[3]。束缊方熠耀，敲石俄氤氲[4]。落点甘泉烽，横烟楚塞氛[5]。穷蛇上乔木，潜蛟蹑浮云。惊飞堕伤雁，狂走迷痴麕[6]。谷蛰起蜩燕[7]，山妖窜夔羵[8]。野竹爆哀声，幽桂飘冤芬。悲同秋照蟹，快若夏燎蚊。火牛入燕垒，燧象奔吴军[9]。崩腾井陉口，万马皆朱幩[10]。摇曳骊山阴，诸姨烂红裙[11]。方随长风卷，忽值绝涧分。我本山中人，习见匪独闻。偶从二三子，来访张隐君[12]。君家亦何有，物象移朝曛。把酒看飞烬，空庭落缤纷。行观农事起，畦垅如缬纹[13]。细雨发青颖，严霜倒秋蕡[14]。始知一炬力，洗尽狐兔群。

【注释】①这是一首观看烧山的诗。②丁女：指火。道家以丙丁为火，六丁为阴神。称为"六丁玉女"，故以"丁女"为火。水妃：水的匹配。也指火。③坯户：昆虫封塞巢穴。代指昆虫。《礼记·月令》："蛰虫坯户。"④束缊(yùn):扎成束的乱麻、旧絮。此二句描写点火。⑤“落点”二句:以汉代匈奴入侵,烽火照甘泉宫,春秋时楚国烽烟为喻,描写火势。⑥麇(jūn):獐子一类的兽。⑦“谷蛰”句:言已经蛰伏于山谷的寒蝉、冷燕都被惊起。⑧“山妖”句:《国语·鲁语》:“木石之怪曰夔、魍魉,……土之怪曰羵羊。”⑨“火牛”二句:以齐国田单火牛攻燕垒,楚国以燧火系象尾攻吴军为喻,描写火势。⑩“崩腾”二句:韩信攻占赵军井陉口,预伏兵,突入赵垒,遍插汉军赤帜,赵兵欲还军壁,见尽是赤帜,大惊失色。⑪“摇曳”二句:《旧唐书·杨贵妃传》:“姊三人,大姨封韩国,三姨封虢国,八姨封秦国。每年十月,幸华清宫,国忠姊妹,五家扈从,每家为一队,著一色衣,五家合队照映,如百花之焕发。”⑫张隐君:指张天骥。⑬缬(xié)纹:彩色花纹。⑭蕡(fén):果实丰硕的样子。

祈雪雾猪泉,出城马上作,赠舒尧文[1]

三年走吴越,踏遍千重山。朝随白云去,暮与栖鸦还。翩如得木狖[2],飞步谁能攀。一为符竹累[3],坐老敲榜间[4]。此行亦何事,聊散腰脚顽。浩荡城西南,乱山如玦环。山下野人家,桑柘杂榛菅。岁晏风日暖,人牛相对闲。薄雪不盖土,麦苗稀可删。愿君发豪句,嘲诙破天悭。

【注释】①雾猪泉:据《徐州志》,萧县东南有雾猪山,其泉曰猪泉,为猪龙所伏。岁旱,祷雨极应。②狖(yòu):长尾猿。③符竹:指郡守的职权。④敲榜:刑杖。

赠狄崇班季子[1]

狄生臂鹰来,见客不会揖。踞床咤得隽[2],借箸数禽入。短后椈豹裘[③]，犹溅猩血湿。指呼索酒尝，快作长鲸吸。半酣论刀槊，怒发欲起立。北方老猘子[④]，狂突尚不絷。要须此慓悍，气压边烽急。夜走追锋车[⑤]，生斩符离级[⑥]。持归献天王，封侯稳可拾。何为走猎师，日使群毛泣[⑦]。

【注释】①崇班：官职名，即内殿崇班。②得隽：原指俘获敌方猛将，后借指渔猎捕获大猎物。③"短后"句：谓以榈豹锦所制裘衣而其后襟较短。榈豹锦是经柏榈处理有豹纹的锦缎。④猘(zhì)：疯狗。老猘子：指契丹。⑤追锋车：一种轻便迅疾的车子。⑥符离级：符离王的首级，此喻指契丹王。符离为古代北方少数民族部落。见《汉书·卫青传》。⑦群毛：群兽。

送参寥师

上人学苦空[①]，百念已灰冷。剑头惟一吷[②]，焦谷无新颖[③]。胡为逐吾辈，文字争蔚炳？新诗如玉屑，出语便清警[④]。退之论草书[⑤]，万事未尝屏。忧愁不平气，一寓笔所骋。颇怪浮屠人[⑥]，视身如丘井[⑦]。颓然寄淡泊，谁与发豪猛。细思乃不然，真巧非幻影。欲令诗语妙，无厌空且静。静故了群动，空故纳万境[⑧]。阅世走人间，观身卧云岭。咸酸杂众好，中有至味永。诗法不相妨[⑨]，此语当更请。

【注释】①苦空：佛家语。《翻译名义》："苦以逼恼为义，身为诸苦之本，当求空寂灭最为乐。"②吷(xuè)：以口吹物发出的细小声音。《庄子·则阳》："吹剑首者，吷而已矣。"③焦谷：《维摩诘经》："如焦谷芽，如石女儿。"首四句言参寥既为僧，则当如剑首、焦谷，毫无生气，百念灰冷。④"胡为"四句：言参寥诗清新可爱、充满生气。⑤退之：韩愈字。此指韩愈《送高闲上人序》论张旭、高闲的草书。⑥浮屠人：指僧人。⑦"视身”句:《维摩诘经》:“是身如丘井。”⑧“细思”六句:劝参寥写诗不应放弃空、静的观点。⑨“诗法”句:谓诗与佛法互不妨碍。参寥性烈,易得罪人,这首诗颇带劝谏意味,劝告参寥淡泊中出诗,以空静处世。

卷四 五言古诗

人日猎城南，会者十人，以“身轻一鸟过，枪急万人呼”为韵，得鸟字[1]

儿童笑使君，忧愠常悄悄。谁拈白接䍦[2]，令跨金騕袅[3]。东风吹湿雪，手冷怯清晓。忽发两鸣髇[4]，相趁飞虻小。放弓一长啸，目送孤鸿矫。吟诗忘鞭辔，不语头自掉[5]。归来仍脱粟，盐豉煮芹蓼[6]。何似雷将军[7]，两眼霜鹘皎[8]。黑头已为将，百战意未了。马上倒银瓶[9]，得兔不暇燎。少年负奇志，蹭蹬百忧绕。回首英雄人，老死已不少。青春还一梦，余年真过鸟[10]。莫上呼鹰台，平生笑刘表[11]。

【注释】①人日：正月七日。此诗作于元丰二年正月七日。《乌台诗案》：“轼先与将官雷胜并同官寄居第一十人出猎，作诗各一首，计十首。”②接䍦(lí)：古代的一种头巾。③騕袅(yǎo niǎo)：古代骏马名。④鸣髇：鸣镝。⑤掉：摇动。⑥“归来”二句：言俭朴。《汉书·公孙弘传》：“为布被脱粟之饭。”⑦雷将军：将军雷胜，华阴人。武力绝人，骑射敏妙，时按阅徐州。徐州人欲观其能，苏轼故于城西会猎，观者数千人。⑧霜鹘(hú)：即鹘，一种凶猛的鸟。⑨银瓶：酒瓶。杜甫《少年行》：“指点银瓶索酒尝。”⑩真过鸟：形容人生光阴迅急。杜甫《贻华阳柳少府》：“余生如过鸟。”⑪“莫上”二句：刘表任荆州刺史时，在襄阳城东筑呼鹰台。

将官雷胜得过字，代作

胡骑入回中[1]，急烽连夜过。短刀穿虏阵，溅血貂裘涴。一来辇毂下[2]，愁闷惟欲卧。今朝从公猎，稍觉天宇大。一双铁丝箭[3]，未发手先唾。射杀雪毛狐，腰间馀一个[4]。

【注释】①回中：指陕西陇县西北的回中宫。汉文帝时，匈奴曾入回中宫烧掠。②辇毂：指京师。③铁丝箭：杜甫《久雨期王将军不至》："忆尔腰下铁丝箭，射杀林中雪色鹿。"④"射杀"二句：赞雷胜箭法高妙，只用一矢即射中狐。《左传·成公十六年》：楚王召养由基，与之两矢，使射吕锜。中项伏弢，以一矢复命。诗即用此典。

种松得徕字[1]

春风吹榆林，乱荚飞作堆。荒园一雨过，戢戢千万栽。青松种不生，百株望一枚。一枚已有余，气压千亩槐。野人易斗粟，云自鲁徂徕[2]。鲁人不知贵，万灶飞青煤[3]。束缚同一车，胡为乎来哉[4]？泫然解其缚，清泉洗浮埃。枝伤叶尚困，生意未肯回。山僧老无子，养护如婴孩。坐待走龙蛇[5]，清阴满南台。孤根裂山石，直干排风雷。我今百日客[6]，养此千岁材。茯苓无消息[7]，双鬓日夜摧。古今一俯仰，作诗寄余哀。

【注释】①此诗作于元丰二年正月，苏轼将调离徐州任时，特种松以纪念。苏轼自注："其四在怀古堂，其六在石经院。"据此知苏轼在两处植松10株。②徂徕：徂徕山。山中多松柏。"野人"二句言山民以一车松易一斗粟。鲁俗以松制墨。③煤：墨。以松烟制成。当地所产佳墨，多以徂徕松制得。④"束缚"二句：《公羊传·哀公十四年》："西狩获麟。……孔子曰：'孰为来哉？'"李白《蜀道难》："嗟乎远道之人，胡为乎来哉？"此化用，言以松制墨，实为可惜。⑤走龙蛇：形容松姿。白居易《草堂记》："夹涧有古松，如龙蛇走。"⑥百日客：苏轼自注："时去替不百日。"据此，知苏轼调令已下，即将离任。⑦"茯苓"句：《淮南子》："千年之松，下有茯苓。"《抱朴子》："松脂入地，千年变为茯苓。"

游桓山，会者十人，以“春水满四泽，夏云多奇峰”为韵，得泽字

东郊欲寻春，未见莺花迹。春风在流水，凫雁先拍拍①。孤帆信溶漾②，弄此半篙碧。舣舟桓山下，长啸理轻策③。弹琴石室中，幽响清磔磔。吊彼泉下人，野火失枯腊④。悟此人间世，何者为真宅⑤？暮回百步洪，散坐洪上石。愧我非王襄，子渊肯见客⑥。临流吹洞箫⑦，水月照连璧⑧。此欢真不朽，回首岁月隔。想像斜川游，作诗继彭泽⑨。

【注释】①拍拍：水禽鼓翅声。②信溶漾：随意飘荡。③舣舟：停舟靠岸。此二句谓停舟登岸。④枯腊：干尸。⑤真宅：指人死后的真正归宿。⑥“愧我”二句：用汉代益州刺史王襄礼遇王褒事，誉从者皆高才逸士如王褒。王褒，字子渊。⑦洞箫：王褒有《洞箫赋》。⑧连璧：语本《晋书·夏侯湛传》，夏侯湛美姿容，与潘岳友善，常与潘同车行止，时人谓之连璧。苏轼自注：“谓王氏兄弟也。”据查慎行注，时游桓山十人中，有王适、王遹兄弟。⑨彭泽：指陶渊明，陶渊明曾任彭泽令。陶渊明有《游斜川诗》，记与友人同游斜川，时在正月，与苏轼此游，时令、规模相似，故此二句以陶渊明事为喻。

戴道士得四字代作①

少小家江南，寄迹方外士。偶随白云出，卖药彭城市。雪霜侵鬓发，尘土污冠袂。赖此三尺桐②，中有山水意③。自从夷夏乱，七丝久已弃④。心知《鹿鸣》三⑤，不及胡琴四⑥。使君独慕古⑦，嗜好与众异。共吊桓魋宫⑧，一洒孟尝泪⑨。归来锁尘匣，独对断弦喟⑩。挂名石壁间，寂寞千岁事。

【注释】①戴道士：桓山道士戴日祥。此诗亦作于游桓山。与前首诗同时同地同事。②三尺桐：指琴。琴以桐木制成，长三尺六寸六分。③山水意：伯牙鼓琴，有高山流水之志。此用伯牙事，谓戴道士琴韵清古。④“自从”二句：指唐天宝之后，音乐中糅入少数民族乐调，传统的琴曲较难听到。七丝：指琴，因琴七弦。⑤《鹿鸣》：本为《诗·小雅·鹿鸣》篇。《琴操》载有《鹿鸣曲》三叠。⑥胡琴：琵琶。琵琶本为少数民族乐器。故谓之胡琴。琵琶四弦。⑦使君：汉代对太守的尊称。此苏轼自指。⑧桓魋：春秋宋国司马。其墓在桓山。⑨孟尝：战国齐国的孟尝君。据《九域志》，徐州有孟尝君墓。⑩“归来”二句：指苏轼等人离去后，戴道士难得知音。

往在东武，与人往反作粲字韵诗四首。今黄鲁直亦次韵见寄，复和答之①

苻坚破荆州，止获一人半②。中郎老不遇③，但喜识元叹④。我今独何幸，文字厌奇玩⑤。又得天下才⑥，相从百忧散。阴求我辈人，规作林泉伴。宁当待垂老，仓卒收一旦？不见梁伯鸾，空对孟光案⑦。才难不其然，妇女厕周乱。世岂无作者，于我如既盥⑧。独喜诵君诗，《咸》《韶》音节缓⑨。夜光一已多，矧获累累贯⑩。相思君欲瘦，不往我真懦。吾侪眷微禄，寒夜抱寸炭。何时定相过，径就我乎馆⑪。飘然东南去，江水清且暖。相与访名山，微言师忍、粲⑫。

【注释】①东武：指密州。密州为汉代东武郡。苏轼任密州知州，曾与人依粲字为韵，作诗四首。时黄庭坚次其韵作诗寄苏轼。苏轼写了这首诗答和他。②一人半：语出《晋书·习凿齿传》。苻坚破荆州，获名士僧道安与习凿齿。因习凿齿腿跛，故谓之半人。③中郎：指东汉蔡邕。蔡邕曾任左中郎将。④“但喜”句：东汉顾雍曾受蔡邕叹赏。元叹：顾雍字。详见《三国志·吴志》及注。⑤奇玩：奇物玩好。⑥天下才：普天下的一流高才。此指黄庭坚等人。⑦“不见”二句：此用孟光齐眉举案对梁鸿事。鸿字伯鸾。⑧“世岂”二句：谓世俗之作不值一观。⑨《咸》《韶》：相传为尧舜时二乐曲。此喻黄庭坚诗。⑩“夜光”二句：喻黄诗如夜光珠。有一足矣，不必多。⑪“径就”句：语本《礼记·檀弓》：“子夏曰：‘宾客至，无所馆。’夫子曰：‘生，于我乎馆；死，于我乎殡。’”此二句，言思念黄庭坚，但为官事所系，不得造访，希望能前来。⑫忍、粲：指禅宗三祖僧粲、五祖弘忍。

以双刀遗子由，子由有诗，次其韵

宝刀匣不见，但见龙雀环[1]。何曾斩蛟蛇，亦未切琅玕[2]。胡为穿窬辈[3]，见之要领寒[4]？吾刀不汝问，有愧在其肝[5]。念此力自藏，包之虎皮斑[6]。湛然如古井，终岁不复澜。不忧无所用，忧在用者难。佩之非其人，匣中自长叹[7]。我老众所易[8]，屡遭非意干。惟有王玄通，阶庭秀芝兰。知子后必大，故择刀所便[9]。屠狗非不用，一岁六七刓[10]。欲试百炼钢，要须更泥蟠[11]。作诗铭其背，以待知者看。

【注释】①龙雀环：语本《水经注》。匈奴赫连勃勃，曾造百炼钢刀，锐利无比，上有龙雀大环，号“大夏龙雀”。②琅玕：美石。③穿窬(yú)辈：指贼人。④要领：腰和脖子。⑤“胡为”四句：王十朋注云：苏轼在“乌台诗案”狱，曾招供此诗自“胡为穿窬辈”句至此四句，为诋当时朝中邪佞之人。⑥虎皮斑：指刀衣。⑦“念此”八句：言宝刀深藏，不为时用。⑧易：此指言语遭篡改。语出《汉书·陆贾传》：“绛侯与我戏，易吾言。”⑨王玄通：晋王览字玄通。语出《晋书·王览传》：“祥临薨，以刀授览，曰：‘汝后必兴，足称此刀。’”⑩刓(wán)：刀刃钝折缺损。⑪要须：必须。更：改易。泥蟠：屈伏于泥池中的龙。“欲试”二句言欲试宝刀，必须得志之时。

答郡中同僚贺雨

水旱行十年，饥疫遍九土[①]。奇穷所向恶，岁岁祈晴雨[②]。虽非为己求，重请终愧古[③]。鬼神亦知我，老病入腰膂。何曾拜向人，此意难不许[④]。重云萋已合[⑤]，微润先流础[⑥]。萧萧止还作，坐听及三鼓。天明将吏集，泥土满靴屦。登城望麰麦[⑦]，绿浪风掀舞。愧我贤友生，雄篇斗新语。君看大熟岁[⑧]，风雨占十五[⑨]。天地本无功，祈禳何足数。渡河不入境，未若无蝗虎[⑩]。而况刑白鹅，下策君勿取。

【注释】①九土：犹九州。②“岁岁”句：苏轼自任杭州通判，迁密州知州、徐州守，多次祈雨、祈雪、祈晴。③重请：把请求看得很重。④“鬼神”四句：言己以老病，难向人拜求。故此向鬼神求雨，得鬼神怜惜而许请、降雨。⑤萋：《诗·小雅·大田》：“有渰萋萋，兴雨祁祁。”萋萋：云行弥漫貌。⑥“微润”句：王十朋注引《淮南子》云：山蒸云，柱础润。⑦麰麦：大麦，小麦。⑧大熟岁：大丰收的年景。⑨“风雨”句：施元之注引京房《易传》：“太平之世，五日一风，十日一雨。”⑩“渡河”二句：言政治清明，蝗、虎等害虫猛兽渡河不入境，迁徙他处。语本《后汉书·宋均传》：宋均迁九江太守，郡多虎暴，……均到，下记属县曰：“夫虎豹在山，鼋鼍在水，各有所托，今为民害，咎在残吏，其务退奸贪，思进忠善，可一去槛穽。”其后，传言虎相与东游渡江。

留别叔通、元弼、坦夫[①]

田三昔同僚[②]，向我每倾倒。当年或龃龉，反覆看愈好。寇三我部民[③]，孝弟化邻保。有如袁伯业，苦学到衰老[④]。石生吾邑子[⑤]，劲立风中草。宦游甑生尘[⑥]，菽水媚翁媪。我穷交旧绝，计拙集枯槁[⑦]。

三子尤见存，往复纷纻缟[8]。迎我淮水北，送我睢阳道[9]。愿存金石契，凛凛贯华皓。

【注释】①这首诗是苏轼罢徐州任，出任湖州知州，将要离开徐州时，与田叔通、寇元弼、石坦夫告别时所作，时在元丰二年(1079)三月。留别：向留驻当地的亲友告别。②田三：指田叔通。田叔通时任徐州副职。与苏轼同僚。③寇三：寇元弼。寇为徐州人氏，故称“我部民”。④袁伯业：东汉末山阳太守袁遗，字伯业。勤苦好学，至老不辍。见曹丕《典论·自序》。⑤“石生”句：石坦夫为蜀人，与苏轼同乡，故称“吾邑子”。⑥甑生尘：喻生活清贫。语本《后汉书·独行传》。范冉为莱芜长却不到官，以致食物匮乏，甑中生尘，范却穷居自若。⑦集枯槁：像鸟一样停息在枯木朽株上，比喻所处位势困穷。语出《国语》：“人皆集于菀，予独集于枯。”⑧纷纻缟：相互赠纻衣缟带。语本《左传·襄公二十九年》：季札聘郑，与子产如旧相识，互赠纻衣缟带。⑨“迎我”二句：苏轼于熙宁十年(1077)四月到徐州任，此时离任往南都（今商丘）。徐州在淮河北，南都即古睢阳，故称“迎我淮水北，送我睢阳道”。

罢徐州，往南京，马上走笔寄子由五首[1]

其一

吏民莫扳援[2]，歌管莫凄咽。吾生如寄耳，宁独为此别？别离随处有，悲恼缘爱结。而我本无恩，此涕谁为设？纷纷等儿戏，鞭镫遭割截[3]。道边双石人，几见太守发。有知当解笑，抚掌冠缨绝[4]。

【注释】①南京：今商丘。②扳援：挽留。③“鞭镫”句：唐姚崇治理荆州，甚得民心，离任之时，百姓挽留，割截其鞭镫，以表留恋。以上数句，写离任时百姓挽留情景。④冠缨绝：大笑以致帽带断绝。

其二

父老何自来，花枝袅长红[1]。洗盏拜马前，请寿使君公[2]："前年无使君，鱼鳖化儿童[3]。"举鞭谢父老："正坐使君穷。穷人命分恶，所向招灾凶。水来非吾过，去亦非吾功[4]。"

【注释】①长红：当地风俗，送离任官长，用花枝挂彩，谓之长红。②"父老"四句：描述徐州父老百姓为苏轼送行——结长红、敬酒。③"前年"二句：为父老百姓向苏轼祝酒时所说的话，意谓假如没有您，前年大洪水将使百姓蒙受巨大灾难。④"举鞭"六句：为苏轼答父老语。

其三

古汴从西来，迎我向南京。东流入淮泗，送我东南行[1]。暂别还复见，依然有余情。春雨涨微波，一夜到彭城。过我黄楼下[2]，朱栏照飞甍。可怜洪上石[3]，谁听月中声。

【注释】①"古汴"四句：苏轼赴湖州任，要先去南京，溯汴水而西，而后再自南京顺汴水而东，入淮泗，至湖州。②黄楼：徐州城东门楼，为苏轼御洪水后所造。以土克水，土为黄色，故造黄楼。③洪上石：徐州百步洪中石头杂列。

其四

前年过南京[1]，麦老樱桃熟。今来旧游处，樱麦半黄绿。岁月如宿昔，人事几反覆。青衫老从事[2]，坐稳生髀肉[3]。联翩阅三守[4]，迎送如转毂。归耕何时决，田舍我已卜。

【注释】①“前年”句：熙宁十年(1077)四月，苏轼与其弟苏辙同去南京拜见张方平。张方平辟苏辙为签判。②青衫：八品以下官的官服。从事：州郡长官的幕僚。此句指苏辙。③生髀肉：刘备当年在荆州依刘表，悲髀中生肉，功业不成。此感叹苏氏兄弟二人皆未立功业。④阅三守：苏辙自熙宁十年至元丰二年，任南京签判，其间经历了三任南京留守。

其五

卜田向何许，石佛山南路[1]。下有尔家川，千畦种秔稌[2]。山泉宅龙蜃[3]，平地走膏乳[4]。异时亩一金，近欲为逃户。逝将解簪绂[5]，卖剑买牛具。故山岂不怀，废宅生蒿穭[6]。便恐桐乡人，长祠仲卿墓[7]。

【注释】①石佛山：王十朋、查慎行注皆云，在眉州眉山县。乃苏氏兄弟故乡。②秔稌：粳稻和糯稻。③“山泉”句：指泉中有龙蜃伏。查慎行注引《怪异志》：“猪龙泉，在眉山石佛镇。曾有乳猪伏于此，化二鲤。”④“平地”句：言土地肥沃。⑤簪绂：插官冠的簪子和系官印的绶带。⑥穭：野生的稻禾。⑦“便恐”二句：汉代朱邑曾任桐乡吏，有恩于民。临死，嘱其子：“我为桐乡吏，其民爱我，必葬我桐乡。后世子孙奉尝我，不如桐乡民。”死后葬桐乡，当地百姓为之立祠。朱邑字仲卿。此二句借朱邑故事言仕宦久则故乡疏，而所治邑反亲敬。

游惠山 并叙

余昔为钱塘倅[1]，往来无锡，未尝不至惠山。既去五年，复为湖州，与高邮秦太虚、杭僧参寥同至，览唐处士王武陵、窦群、朱宿所赋诗，爱其语清简，萧然有出尘之姿，追用其韵，各赋三首。

其一

梦里五年过，觉来双鬓苍。还将尘土足，一步漪澜堂[②]。俯窥松桂影，仰见鸿鹤翔。炯然肝肺间，已作冰玉光[③]。虚明中有色，清净自生香。还从世俗去，永与世俗忘[④]。

【注释】①钱塘倅：指任杭州通判。倅：副职。②漪澜堂：惠山寺中堂名，其址在惠山第二泉畔。③"炯然"二句：言惠山寺的景物使人一扫尘俗烦忧。④此诗追用王武陵诗韵，且用其诗意，有飘然世外之风韵。

其二

薄云不遮山，疏雨不湿人。萧萧松径滑，策策芒鞋新[①]。嘉我二三子，皎然无淄磷[②]。胜游岂殊昔，清句仍绝尘[③]。吊古泣旧史，疾谗歌《小旻》[④]。哀哉扶风子[⑤]，难与巢、许邻。

【注释】①策策：芒鞋行于山路之声。②无淄磷：指"涅而不淄""磨而不磷"。即染而不黑，磨而不薄。喻操守坚贞。③"嘉我"四句：言苏轼与秦观、参寥之游，不亚于当年王、窦、朱三人之游，且诗句清雅亦不让王、窦、朱。④《小旻》：《诗经·小雅》诗篇之一，诗序谓刺周幽王听信谗邪。⑤扶风子：苏轼自注："谓窦群。"窦群为扶风人，日后渐损节操，近于世俗，故称。此诗既用窦诗韵，又兼论窦本人。

其三

敲火发山泉，烹茶避林樾[①]。明窗倾紫盏[②]，色味两奇绝。吾生眠食耳，一饱万想灭。颇笑玉川子，饥弄三百月[③]。岂如山中人，睡起山花发。一瓯谁与共，门外无来辙[4]。

【注释】①林樾：林荫。②紫盏：茶具。③玉川子：唐隐士卢仝号玉川子。卢仝性喜饮茶。④此诗追用朱宿诗韵。

赠钱道人[1]

书生苦信书，世事仍臆度。不量力所负，轻出千钧诺。当时一快意，事过有余怍。不知几州铁，铸此一大错[2]。我生涉忧患，常恐长罪恶。静观殊可喜，脚浅犹容却[3]。而况钱夫子，万事初不作。相逢更何言，无病亦无药[4]。

【注释】①钱道人：侍御史钱安道之弟，时居惠山。②“不知”二句：唐罗绍威杀本府牙兵，渐被梁祖凌制，叹：“聚六州四十三县铁，打一个错不成？”此句语本此。③“静观”二句：谓处世须静观，不深涉。④无病无药：佛家语，《景德传灯录》：“佛是众生边药，无病不要吃药。”此喻淡然如清水。

次韵答王巩

我有方外客[1]，颜如琼之英[2]。十年尘土窟，一寸冰雪清[3]。朅来从我游[4]，坦率见真情。顾我无足恋，恋此山水青。新诗如弹丸，脱手不暂停[5]。昨日放鱼回，衣巾满浮萍[6]。今日扁舟去[7]，白酒载乌程[8]。山头见月出，江路闻鼍鸣。莫作孺子歌，沧浪濯我缨。吾诗自堪唱，相子棹歌声[9]。

【注释】①方外客：指参寥。题中王巩字有误，此处应为答参寥。②琼英：美石似玉。③“一寸”句：指心志高洁。④朅(qiè)来：犹言自来。⑤“新诗”二句：参寥善作诗，此二句言其诗作不断。⑥“昨日”二句：指前一年十月苏轼与参寥在徐州将所获鱼放生事。⑦“今日”句：指在高邮遇参寥后，同舟南下。⑧乌程：乌程酒。一种美酒。产吴兴乌程县。⑨相：辅助。这里指以诗伴歌。

端午遍游诸寺得禅字[1]

肩舆任所适，遇胜辄流连[2]。焚香引幽步，酌茗开净筵[3]。微雨止还作，小窗幽更妍。盆山不见日，草木自苍然[4]。忽登最高塔，眼界穷大千[5]。卞峰照城郭，震泽浮云天[6]。深沉既可喜，旷荡亦所便。幽寻未云毕，墟落生晚烟。归来记所历，耿耿清不眠。道人亦未寝[7]，孤灯同夜禅。

【注释】①此诗作于湖州任上。所游诸寺指湖州各寺。②“肩舆”二句：言乘坐轿子，遍游胜地。③“焚香”二句：言于寺中焚香品茗情景。④盆山：山峦似盆环绕四周。“微雨”四句写湖州一带特有的景色。⑤穷大千：观尽大千世界。⑥卞峰：即卞山，又名弁山，在湖州。震泽：即太湖。在湖州州治北。⑦道人：指参寥。时与秦观同在湖州。

李公择过高邮，见施大夫与孙莘老赏花诗，忆与仆去岁会于彭门折花馈笋故事，作诗二十四韵见戏。依韵奉答，亦以戏公择云[1]

汝阳真天人[2]，绢帽著红槿[3]。缠头三百万[4]，不买一微哂。共夸青山峰，曲尽花不陨[5]。当时谪仙人，逸韵谢封畛[6]。诗成天一笑，万象解寒窘。惊开小桃杏，不待雷发轸[7]。余波尚涓滴，乞与居易、稹[8]。尔来谁复见，前辈风流尽[9]。寂寞两诗人[10]，残红对樱笋[11]。饥肠得一醉，妙语传不泯[12]。君来恨不与[13]，更复相牵引[14]。我老心已灰，空烦扇余烬[15]。天游照六凿[16]，虚室扫充牣[17]。悬知色竟空，那复嗜乌吻[18]。萧然一方丈，居士老庞蕴[19]。散花从满裓，不答天女问[20]。故人犹故目[21]，怨句写余恨[22]。疑我此心在，遮防费栏楯[23]。应虞已甃蛇，折尾时一蠢[24]。仄闻孟光贤，未学处仲忍[25]。寄招应已足[26]，左右侍云鬒。何时花月夜，羊酒谢不敏[27]。此生如幻耳，戏语君勿愠。应同亡是公，一对子虚听[28]。

【**注释**】①彭门：徐州城门。②汝阳：唐玄宗时汝阳王李琎。天人：天上的神仙。③"绢帽"句：唐玄宗钟爱汝阳王，汝阳王曾戴绢帽奏曲，玄宗摘红槿花一朵置帽上，汝阳王奏曲罢而花不落，玄宗大笑，赐金器。事见南卓《羯鼓录》。④缠头：赠给歌舞伎人的绢帛财物。⑤青山峰：头。诗以唐玄宗汝阳王折花故事起句，写折花赏花。⑥逸韵：高妙的诗歌。封畛：疆界，封地。"当时"二句说当时折花后，写有与此相关的诗，以谢皇帝的恩惠。⑦"诗成"四句：诗成之后，上天欢笑，万象解寒，不待春雷，百花盛开。⑧"余波"二句：说这种折花游乐，并作诗纪之的事情白居易、元稹等人尚继承其余波。⑨风流尽：此处一转，言这种文化盛事随前辈人去，久已绝迹。⑩两诗人：指孙莘老、施大夫。⑪樱笋：樱笋厨。以樱桃、春笋作为佳馔。⑫"饥肠"句：指樱笋宴。"妙语"句：指施、孙等人继承前人雅事，作折花赏花诗，足流传后世。⑬君：指李公择。⑭"君来"二句：说李未能参与孙、施的诗会，便写诗请苏轼唱和。⑮"我老"二句：言已不愿再燃起风雅之心。⑯天游：放任自然。六凿：指耳、目等六孔。⑰虚室：心境。充牣：满盈。此句谓已顺其自然，清虚内守。⑱乌吻：乌头，一种中草药，有毒，言已不愿折花赋诗，如不愿吃乌头。⑲庞蕴：《景德传灯录》："居士庞蕴，少悟尘劳，志求真谛。"此以庞蕴自比。⑳裓：衣襟。此用佛经天女散花故事，意谓任凭天女散花落满衣襟，也不回答天女问题，不着花则不堕落。㉑故人：指李公择。㉒“怨句”句：指李公择所作诗。李诗戏苏轼，苏诗亦戏公择，故有此句。㉓遮防：防范。栏楯：栏杆。㉔虞：防备。“疑我”四句言要约束自己的心志。㉕“仄闻”二句：言李公择妻如孟光般贤，而己无王敦之残忍。孟光：东汉梁鸿妻，为历史上有名的贤妇。处仲：晋王敦字。王敦性残忍。王恺招客饮。使侍女劝酒，客不饮则斩侍女，酒至王敦，已斩三女敦仍不饮。㉖“寄招”句：指李公择寄诗招苏轼赏花。㉗“何时”二句：言己欲在一花月夜，备羊与酒请李，向李道歉。㉘“应同”二句：谓李公择应将此诗视同司马相如《子虚赋》。纯属子虚乌有之言，不必认真。亡是公：《子虚赋》中的人物。即没有这个人。听：笑。

和孙同年卞山龙洞祷晴①

吴兴连月雨，釜甑生鱼蛙。往问卞山龙，曷不安厥家②。梯空上巉绝，俯视惊谽谺③。神井涌云盖，阴崖垂薜花。交流百道泉，赴谷走群蛇。不知落何处，隐隐如缫车④。我来叩石户，飞鼠翻白鸦⑤。寄语洞中龙，睡味岂不嘉。雨师少弭节，雷师亦停挝。积水得反壑，稻苗出泥沙。农夫免菜色，龙亦饱豚豭。看君拥黄紬⑥，高卧放晚衙⑦。

【注释】①卞山龙洞：卞山在吴兴县，其山之阴有黄龙洞。详见《吴兴志》《名胜志》。此诗作于湖州太守任，元丰二年(1079)五月。苏轼到任后，吴兴久雨不晴，苏轼便到卞山黄龙洞祭祀祷晴。②“往问”二句：诘问龙，为何不在家呆着，老是兴云作雨。③“梯空”二句：写登山之艰难。巉绝：险峻陡峭。谽谺(hān xiā)：山谷空旷。④“神井”六句：描写卞山景色：云从山谷涌起，花被山崖峭壁，泉如群蛇蜿蜒。⑤飞鼠：蝙蝠。⑥黄紬(chóu)：黄绸，多用作被面，这里代被子。⑦放衙：退衙。

与客游道场何山，得鸟字[1]

清溪到山尽，飞路盘空小。红亭与白塔[2]，隐见乔木杪[3]。中休得小庵，孤绝寄云表。洞庭在北户，云水天渺渺。庵僧俗缘尽，净业洗未了。十年画鹊竹，益以诗自绕[4]。高堂俨像设，禅室各深窈。奔泉何处来，华屋过溪沼[5]。何山隔幽谷，去路清且悄。长松度翠蔓，绝壁挂啼鸟[6]。我友自杭来，尚叹所历少。归途风雨作，一洗红日燎。俄惊万窍号，黑雾卷蓬蓼。舟人纷变色，坐羡轻鸥矫。我独唤酒杯，醉死胜流殍[7]。书生例强狠[8]，造物空烦扰。更将掀舞势，把烛画风篠。美人为破颜，正似腰支嬲[9]。明朝更陈迹，清景堕空杳。作诗记余欢，万古一昏晓。

【注释】①道场何山：在湖州吴兴，上有正真寺。得鸟字：以鸟字为韵作诗。②红亭、白塔：吴兴有五座亭，又有白石塔。③乔木杪：高大的乔木树梢。首四句写登何山，并由山上望吴兴景色。④“庵僧”四句：写庵僧气韵，具体为谁，今无可考。⑤“高堂”四句：写寺院景致。⑥“何山”四句：写何山景致。⑦“归途”八句：写归途雨作，暑燎皆尽，同舟之人皆惊慌，自己悠然自安。⑧强狠：刚愎自用。⑨“更将”四句：写所画风竹，如美人舞姿。苏轼自题《画竹》：“子瞻归自道场何山，因憩耘老溪亭，命官奴秉烛捧砚，写风竹一枝。”

送孙著作赴考城，兼寄钱醇老、李邦直，二君于孙处有书见及[1]

使君闲如云，欲出谁肯伴？清风独无事，一啸亦可唤。来从白苹洲[2]，吹我明月观[3]。门前远行客，青衫流白汗[4]。问子何匆匆，王事不可缓[5]。故人钱与李，清庙两圭瓒[6]。蔚为万乘器[7]，尚记沟中断[8]。子亦东南珍，价重不可算[9]。别情何以慰，酒尽对空案。惟持一榻凉[10]，劝子巾少岸[11]。北风那复有，尘土飞灰炭。欲寄二大夫，发发不可绊[12]。

【注释】①著作：职官名，秘书省著作郎的省称。考城：在今河南兰考县。②白苹洲：在湖州城南。③明月观：湖州城内明月楼。以上数句，苏轼自写闲居情景。④青衫：低级官吏之官服。⑤“门前”四句：写孙氏将赴考城。⑥圭瓒：一种玉制酒器，形如勺。用以祭祀。清庙：祖庙，祭祖之处。⑦万乘器：天子的用具。此指辅佐大臣。⑧沟中断：沟中丢弃的断木。苏轼自指。“故人”四句言已成为天子用具的钱、李，不忘弃于沟中的断木苏轼。指钱、李有书信来。⑨“子亦”二句：指孙著作郎。⑩“惟持”句：此以东汉陈蕃为徐稚设榻为喻，把钱氏比为徐稚。⑪巾少岸：指掀起头巾，露出前额，表现出洒脱不拘的气度。⑫发发：风声。

次韵李公择梅花[1]

诗人固长贫，日午饥未动。偶然得一饱，万象困嘲弄。寻花不论命，爱雪长忍冻。天公非不怜，听饱即喧哄[2]。君为三郡守[3]，所至满宾从。江湖常在眼，诗酒事豪纵。奉使今折磨，清比於陵仲[4]。永怀茶山下，携妓修春贡[5]。更忆槛泉亭，插花云髻重[6]。萧然卧灊麓[7]，愁听春禽哢。忽见早梅花，不饮但孤讽。诗成独寄我，字字愈头痛[8]。嗟君本侍臣[9]，笔橐从上雍[10]。脱靴吟芍药[11]，给札赋云梦[12]。何人慰流落，嘉花天为种[13]。杯倾笛中吟[14]，帽拂果下鞚[15]。感时念羁旅，此意吾侪共[16]。故山亦何有，桐花集么凤[17]。君亦忆匡庐，归扫藏书洞[18]。何当种此花，各抱汉阴瓮[19]。

【注释】①李公择：名常，字公择。时任淮西提点刑狱，提刑司在舒州。李在舒州作梅花诗，苏轼和之。②“诗人”八句：以调谑笔调谓诗人长贫，一饱即与万物相沟通，吟弄花草雪月，故天公不怜。喧哄：争闹，打斗。③三郡守：李公择曾先后任鄂州、湖州、齐州太守。④“奉使”二句：战国时楚於陵仲子不愿出任楚王相，逃避他处，为人灌园。此二句以於陵仲子喻李公择，自我折磨，灌园种梅花。⑤茶山：在湖州。“永怀”二句说李公择任湖州太守时携妓制茶事。春贡：春茶为贡品。⑥槛泉亭：济南园林槛泉上的亭子。“更忆”二句写李任齐州太守时于槛泉亭插花事。⑦灊麓：灊山之麓。灊山在舒州。⑧“萧然”六句：写李公择在舒州赏梅作诗事，并赞李诗佳妙。自“永怀”句至此，历写李所至各处均有雅事。⑨侍臣：李公择原任朝中谏官，故称其为侍臣。⑩笔橐：皇上近臣随从时持橐簪笔，以便随时应对记录。橐：装书的口袋。从上雍：跟从皇上到雍地。语出司马迁《报任安书》。此非实指。⑪“脱靴”句：此用高力士为李白脱靴，李白吟芍药诗誉杨贵妃事。⑫“给札”句：此用司马相如接受天子诏令，赋《羽猎赋》事。《羽猎赋》记天子猎于云梦泽。“嗟君”四句写李公择为近侍之臣事。皆用比喻。⑬嘉花：此指李公择所赏梅花。如上天对李的慰问。⑭“杯倾”句：饮酒奏梅曲，为自古文士雅事。⑮果下鞚：一种高仅三尺的矮马，可骑乘穿行于果树下，帽子被果树拂掉，亦为雅事。“何人”四句写李赏梅雅事。⑯“感时”二句：指李公择与已同为羁旅之人。⑰“桐花”句：西蜀有一种桐花鸟，比凤小。此指苏轼思故乡。⑱“君亦”二句：李公择少时在庐山读书，长念不忘，在庐山建有藏书室。此指李思庐山。⑲“何当”二句：以何时共种梅花，抱瓮浇园作结。

林子中以诗寄文与可及余，与可既殁，追和其韵[①]

斯人所甚厌，投畀每不受[②]。欲其少须臾，夺去惟恐后[③]。云谁尸此职，无乃亦假守[④]。赋才有巨细，无异斛与斗。胡不安其分，但听物所诱。时来各飞动，意合无妍丑。坐令鸡栖车[⑤]，长载朱伯厚[⑥]。平生无一旅，既死咤万口[7]。自闻与可亡，胸臆生堆阜。悬知临绝意，要我一执手。相望五百里，安得自其牖[8]。遗文付来哲，后事待诸友。伶俜嵇绍孤[9]，老病孟光偶[10]。世人贱目见，争笑千金帚。君诗与楚词，识者当有取[11]。但知爱墨竹，此叹吾已久[12]。故人多厚禄，能复哀君否[13]？不见林与苏，饥寒自奔走[14]。

【注释】①林子中：名希。②投畀不受：语出《诗·小雅·巷伯》："投畀豺虎，豺虎不食。投畀有北，有北不受。"言有一种人，人神共恶，丢弃到哪里，都不接受。诗以此开篇，作为文与可的反衬。③"欲其"二句：谓另有一种人，想让他多留一会儿，上天却偏偏匆匆夺走。④"云谁"二句：诘问谁掌管此事。尸：占据，执掌。⑤鸡栖车：一种简陋的小车。⑥朱伯厚：东汉朱震，字伯厚。有气节，疾恶如仇。"坐令"二句以朱震不得志为喻，叹文与可不遇。⑦"平生"二句：言生时无从者，死后万人惜。咤：叹惜。⑧"悬知"四句：言相隔遥远，不能如孔子自牖执伯牛手问疾。⑨伶俜：孤独的样子。嵇绍：为嵇康子，嵇康与山涛善，临诛前，谓嵇绍："有山巨源在，汝不孤矣。"此言文与可子苏轼将照顾。⑩"老病"句：以梁鸿妻孟光比文与可妻。⑪"君诗"二句：赞文与可诗作清婉可与楚辞相比。⑫"但知"二句：文与可善画墨竹，苏轼极赞赏。⑬"故人"二句：谓有些俸禄丰厚的故交，并不哀助文与可遗属。⑭"不见"二句：谓只有苏轼、林希，虽饥寒也为文与可奔走赞助。

与王郎昆仲及儿子迈[1]，绕城观荷花，登岘山亭[2]，晚入飞英寺[3]，分韵得"月明星稀"四字

其一

昨夜雨鸣渠，晓来风袭月。萧然欲秋意，溪水清可啜。环城

三十里，处处皆佳绝。蒲莲浩如海，时见舟一叶[④]。此间真避世，青蒻低白发[⑤]。相逢欲相问，已逐惊鸥没[⑥]。

【注释】①王郎昆仲：王子立、王子敏兄弟。②岘山：湖州显山，唐时为避中宗（李显）讳，改名岘山。山上有亭。见《湖州志》。③飞英寺：在湖州城北门内。④“昨夜”八句：写湖州四周独特的景色。⑤青蒻(ruò)：用青蒲编成的斗笠。⑥“青蒻”三句：写向老渔父问话，颇具仙风逸韵，且有深婉之意。

其二

清风定何物，可爱不可名。所至如君子，草木有嘉声[①]。我行本无事，孤舟任斜横。中流自偃仰，适与风相迎。举杯属浩渺，乐此两无情。归来两溪间[②]，云水夜自明。

【注释】①“所至”二句：以喻清风，语本蔡邕《郭有道碑文》：“聆嘉声而响和。”又，《风俗通》：“风或清明来，……离地两三丈者，此谓龙德在于下风。……不及二三尺者，此君子风也。”②两溪：指苕溪、霅溪。

其三

苕水如汉水[①]，鳞鳞鸭头青[②]。吴兴胜襄阳，万瓦浮青冥。我非羊叔子，愧此岘山亭[③]。悲伤意则同，岁月如流星[④]。从我两王子，高鸿插修翎[⑤]。湛辈何足道[⑥]，当以德自铭。

【注释】①“苕水”句：汉水之滨襄阳，为军事重镇。晋羊祜镇守，襄阳有岘山，为军事要塞。②鸭头青：深绿色。言苕溪水清碧。③“我非”二句：湖州岘山亭有石碑，凡守湖州得民望者，可勒铭石上，此仿羊祜故事。

故苏轼称愧比羊叔子。④“悲伤”二句：羊祜登岘山，曾悲岁月疾逝，功业不建，湮没无闻，此言自己与羊祜有同样感慨。⑤“从我”二句：赞王子立、王子敏兄弟。⑥湛辈：指追随羊祜的邹湛。此誉王氏兄弟胜过邹湛。

其四

吏民怜我懒，斗讼日已稀。能为无事饮[①]，可作不夜归。复寻飞英游[②]，尽此一寸晖[③]。撞钟履声集，颠倒云山衣[④]。我来无时节，杖屦自推扉[⑤]。莫作使君看，外似中已非。

【注释】①无事饮：用战国魏公孙衍故事。②飞英：飞英寺。③“尽此”句：言不辜负时光，及时行乐。④云山衣：出家人的衣服。“撞钟”二句言身为太守的苏轼突然来临，寺里匆忙撞钟集寺僧，以致衣裳穿颠倒。⑤“我来”二句与“撞钟”二句，内容相承，乃苏轼对僧徒的自解。

送俞节推[①]

吴兴有君子，淡如朱丝琴[②]。一唱三太息，至今有遗音[③]。嗟余与夫子，相避如辰参[④]。犹喜见诸郎，窈然清且深[⑤]。异时多良士[⑥]，末路丧初心[⑦]。我生不有命，其肯枉尺寻[⑧]。

【注释】①俞节推：苏轼自注：“汝尚之子。汝尚，字退翁。”名温父，湖州乌程县人。其父俞汝尚，字退翁，温雅有礼，进退有节，为当时名士。②朱丝琴：琴弦为熟丝制成，故称朱丝琴。③“吴兴”四句：写俞父节操声望。④“嗟余”二句：苏轼与俞父始终无缘相见。苏轼自注：“退翁官于蜀，余在京师，余归而退翁去。及余官于吴兴，则退翁亡矣。”辰参：二十八宿中的辰宿和参宿。二星宿不同时出现于天空。古人常以辰参喻无缘相逢。⑤“犹喜”二句：写与俞节推相见，并誉节推为人。⑥异时：指俞汝尚时代，其时名士如云。⑦末路：最后的路程。《战国策》："《诗》云：'行百里者半九十。'此言末路之难。"丧初心：丧失了人最初的本性。指道德浇薄。⑧尺寻：度量单位。八尺为寻。此指道德标准。"我生"二句言己学俞父保持风操，不枉道德准则。

御史台榆、槐、竹、柏四首[1]

榆

我行汴堤上，厌见榆阴绿[2]。千株不盈亩，斩伐同一束。及居幽囚中，亦复见此木[3]。蠹皮溜秋雨，病叶埋墙曲[4]。谁言霜雪苦，生意殊未足。坐待春风至，飞英覆空屋[5]。

【注释】①御史台：宋代掌纠察官吏罪错的官署。凡群臣犯法，大者多下御史台，小者大理寺、开封府。苏轼于"乌台诗案"时即系狱御史台。此四首诗，作于苏轼"乌台诗案"大赦时，在此组诗中，以榆槐竹柏喻指苏轼在案件中的景况和感受。②汴堤：汴河河堤。其上遍植榆柳。厌见：看够，看足。③"及居"句：苏轼在台狱，又望见榆树。④"蠹皮"二句：此以榆树皮遭虫蠹，叶受病害，委曲墙角自喻。⑤"坐待"二句：以榆树苦熬霜雪，满含求生之望，静待春风佳音，恢复生机，喻己系狱感受。

槐

忆我初来时，草木向衰歇[1]。高槐虽惊秋，晚蝉犹抱叶。淹留未云几，离离见疏荚[2]。栖鸦寒不去，哀叫饥啄雪。破巢带空枝，疏影挂残月[3]。岂无两翅羽？伴我此愁绝。

【注释】①“忆我”二句：苏轼入台狱，时在元丰二年八月，已是仲秋，故云“草木向衰歇”。亦喻己遭打击。②“高槐”四句：写槐凋零过程，也寓己案渐重之意。③“栖鸦”四句：实寓狱中身家情形。

竹

今日南风来，吹乱庭前竹。低昂中音会[1]，甲刃纷相触。萧然风雪意，可折不可辱[2]。风霁竹已回，猗猗散青玉[3]。故山今何有，秋雨荒篱菊。此君知健否[4]，归扫南轩绿。

【注释】①中音会：合乎音乐节奏。语出《庄子·养生主》庖丁解牛典故。此言竹子在风中摇曳低昂。声音与风姿合乎音乐舞蹈。②“萧然”二句：寓己之志。③“风霁”二句：言风过后，竹子更加挺拔碧绿。寓意为己案平后气更高迈。④此君：指竹。

柏

故园多珍木，翠柏如蒲苇。幽囚无与乐，百日看不已。时来拾流胶[1]，未忍践落子。当年谁所种，少长与我齿[2]。仰视苍苍干，所阅固多矣。应见李将军，胆落温御史[3]。

【注释】①流胶：指柏脂。②“少长”句：谓柏树龄略大于苏轼年龄。③李将军：唐金吾将军李祐。温御史：唐侍御史温造。《旧唐书》：李祐违制进马一百五十匹，遭温造弹劾，李祐股战汗流。私谓人曰：“吾夜逾蔡州城，擒吴元济，未尝心动，今日胆落于温御史。吁，可畏哉！”“应见”二句，用将军之姓，温之官，合为李御史，乃专指诬谄苏轼的御史李定。

子由自南都来陈三日而别[1]

夫子自逐客，尚能哀楚囚。奔驰二百里，径来宽我忧。相逢知有得，道眼清不流[2]。别来未一年，落尽骄气浮。嗟我晚闻道，款启如孙休[3]。至言虽久服，放心不自收。悟彼善知识[4]，妙药应所投。纳之忧患场，磨以百日愁。冥顽虽难化，镌发亦已周[5]。平时种种心，次第去莫留。但余无所还，永与夫子游。此别何足道，大江东西州。畏蛇不下榻[6]，睡足吾无求。便为齐安民[7]，何必归故丘。

【注释】①陈：陈州。《太平环宇记》："自开封府东南至陈州三百十里。"②道眼：佛教语。指能洞察一切，辨别真妄的眼力。③款启：见识少。《庄子·达生》："有孙休者，踵门而诧。今休，款启寡闻之民也。"④善知识：《法华经·本事品》："具善知识，能作佛事。"⑤镌发：开导，启发。⑥"畏蛇"句：韩愈《八月十五夜赠张功曹》："下床畏蛇食畏药，海气湿蛰熏腥臊。"⑦齐安：在今湖北省黄冈市西北。

正月十八日蔡州道上遇雪[1]，次子由韵二首

其一

兰菊有生意，微阳回寸根。方忧集暮雪，复喜迎朝暾[2]。忆我故居室，浮光动南轩。松竹半倾泻，未数葵与萱。三径瑶草合，一瓶井花温[3]。至今行吟处，尚余履舄痕[4]。一朝出从仕，永愧李仲元[5]。晚岁益可羞，犯雪方南奔。山城买废圃，槁叶手自掀。长使齐安人，指说故侯园[6]。

【注释】①蔡州：古州名，治所在今河南省汝南县。②朝暾：早晨的阳光。“兰菊”四句写乌台诗狱劫后余生的感慨。③井花：也称井花水，清晨最先打上的井水。杜甫《大云寺赞公房》：“儿童汲井华，惯捷瓶在手。”④履舄：鞋。孟郊《送李翱习之》：“小时屐齿痕，有处应未消。”“忆我”八句思忆家乡故居情景，颇有悔不出仕之意。⑤李仲元：汉代蜀中贤人。“一朝”二句谓愧对故乡先贤。⑥故侯：《汉书·萧何曹参传》：“召平者，故秦东陵侯。秦破，为布衣，贫，种瓜长安城东。瓜美，故世谓‘东陵瓜’。”此处喻指自己将在黄州务农。

其二

铅膏染髭须，旋露霜雪根。不如闭目坐，丹府夜自暾[①]。谁知忧患中，方寸寓羲轩[②]。大雪从压屋，我非儿女萱[③]。平生学踵息[④]，坐觉两鞾温。下马作雪诗，满地鞭箠痕。伫立望原野，悲歌为黎元。道逢射猎子，遥指狐兔奔。踪迹尚可原，窟穴何足掀。寄谢李丞相[⑤]，吾将反丘园。

【注释】①“铅膏”四句：谓修饰遮掩衰老不如炼气养生。丹府：心。暾：早晨的阳光。②羲轩：伏羲氏和轩辕氏的并称。③“大雪”二句：孟郊《百忧》：“萱草女儿花，不解壮士忧。”④踵息：《庄子·大宗师》：“真人之息以踵，众人之息以喉。”⑤李丞相：指李斯，李斯被腰斩前对儿子说：“吾欲与若复牵黄犬，俱出上蔡东门逐狡兔，岂可得乎？”见《史记·李斯列传》。

过淮

朝离新息县[①]，初乱一水碧。暮宿淮南村，已度千山赤。麇鼯号古戍[②]，雾雨暗破驿。回头梁楚郊，永与中原隔。黄州在何许[③]，想像云梦泽。吾生如寄耳，初不择所适。但有鱼与稻，生理已自毕。独喜小儿子，少小事安佚。相从艰难中，肝肺如铁石。便应与晤语，何止寄衰疾④。

【注释】①新息：古县名，在今河南省息县。②麇：獐子。③黄州：古州名。治所在今湖北省黄冈市。④苏轼自注："时家在子由处，独与儿子迈南来。"

书麐公诗后 并引①

过加禄镇南二十五里大许店，休马于逆旅祁宗祥家。见壁上有幅纸题诗云："满院秋光浓欲滴，老僧倚杖青松侧。只怪高声问不应，嗔余踏破苍苔色。"其后题云："滏水僧宝麐。"宗祥谓余，此光黄间狂僧也②。年百三十，死于熙宁十年。既死，人有见之者。宗祥言其异事甚多。作是诗以识之。麐公本名清戒，俗谓之戒和尚云。

麐公昔未化，来往淮山曲。寿逾两甲子，气压诸尊宿。但嗟浊恶世，不受龙象蹴③。我来不及见，怅望空遗躅。霜颅隐白毫，锁骨埋青玉。皆云似达摩，只履还西竺④。壁间余清诗，字势颇拔俗。为吟五字偈，一洗凡眼肉。

【注释】①麐公：郭麐。《晋书·郭麐传》："仕郡主簿，后为散骑常侍、太常。"此指滏水僧宝麐。②光黄：光州和黄州。光州，治今河南省潢川。黄州，治今湖北黄冈。③龙象蹴：《维摩诘经》："如龙象蹴踏，非驴所堪。"④"皆云"二句：传说达摩既入涅盘，葬于熊耳山，三年后，有魏使宋云自西域回，见达摩于葱岭，手携只履，翩翩独游，言吾归西天。孝庄帝使人开棺，唯余只履。

游净居寺 并叙

净居寺，在光山县南四十里大苏山之南、小苏山之北。寺僧居仁为余言，齐天保中，僧惠思过此，见父老，问其姓，曰苏氏，又得二山名。乃叹曰："吾师告我，遇三苏则住。"遂留结庵。而父老竟无有，盖山神也。其后僧智顗见思于此山而得法焉[①]，则世所谓思大和尚智者大师是也。唐神龙中，道岸禅师始建寺于其地[②]。广明庚子之乱，寺废于兵火。至乾兴中乃复，而赐名曰梵天云。

十载游名山，自制山中衣。愿言毕婚嫁[③]，携手老翠微[④]。不悟俗缘在，失身蹈危机。刑名非夙学，陷阱损积威[⑤]。遂恐生死隔，永与云山违。今日复何日，芒鞋自轻飞。稽首两足尊[⑥]，举头双涕挥。灵山会未散[⑦]，八部犹光辉[⑧]。愿从二圣往[⑨]，一洗千劫非。徘徊竹溪月，空翠摇烟霏。钟声自送客，出谷犹依依。回首吾家山，岁晚将焉归？

【注释】①智顗：姓陈，字德安。出家后，受业于光州大苏山惠思禅师。②道岸：姓唐，出家后，居会稽龙兴寺，时号大和尚。③毕婚嫁：办完儿女婚事。④翠微：指青翠掩映的山的深处。⑤积威：司马迁《报任安书》："猛虎处深山，百兽震恐，及其在槛阱之中，摇尾而求食，积威约之渐也。"⑥两足尊：《行集经》："如来世尊福足、慧足，称两足尊。"⑦"灵山"句：《法华经抄》："世尊于灵山会上，为诸大众说二十八品，放眉间白毫相光，照三千大千世界。"又《释氏稽古略》："智者大师，初谒大苏山惠思禅师，悟法华三昧，见灵山一会，俨然未散。"⑧八部：《翻译名义》："八部，一天、二龙、三夜叉、四乾闼婆、五阿修罗、六迦楼罗、七紧那罗、八摩喉罗。皆有大神力，能变形，在座听法。"⑨二圣：指惠思和智顗。

戏作种松

我昔少年日，种松满东冈。初移一寸根，琐细如插秧。二年黄茅下，一一攒麦芒。三年出蓬艾，满山散牛羊。不见十余年，想作龙蛇长。夜风波浪碎，朝露珠玑香。我欲食其膏[①]，已伐百本桑[②]。人事多乖迕[③]，神药竟渺茫。朅来齐安野[④]，夹路须髯苍。会开龟蛇窟，不惜斤斧疮。纵未得茯苓，且当拾流肪[⑤]。釜盎百出入[⑥]，皎然散飞霜。槁死三彭仇[⑦]，澡换五谷肠。青骨凝绿髓，丹田发幽光。白发何足道，要使双瞳方。却后五百年，骑鹤还故乡。

【注释】①膏：松脂别名松膏。②苏轼自注："煮松脂法，用桑柴灰水。"③乘迕：杜甫《新婚别》："人事多错迕。"④朅来：言来。⑤肪：松脂别名松肪。⑥"釜盎"句：《本草纲目》注："松脂，先须用大釜，加水，置甑，白茅藉甑底，布松脂于上，炊以桑薪，候松脂尽入釜中，乃出之。投于冷水，既凝，又蒸，白如玉，然后入用。"⑦三彭：三尸神。张读《宣室志》卷一："契虚因问棰子曰：'吾向者谒覲真君，真君问我三彭之仇，我不能对。'棰子曰：'夫彭者，三尸之姓，常居人身，伺察功罪，每至庚申日，籍于上帝。故凡学仙者，当先绝其三尸，如是则神仙可得，不然虽苦其心无补也。'"

安国寺浴[①]

老来百事懒，身垢犹念浴。衰发不到耳[②]，尚烦月一沐。山城足薪炭，烟雾蒙汤谷。尘垢能几何，翛然脱羁梏。披衣坐小阁，散发临修竹。心困万缘空[③]，身安一床足。岂惟忘净秽，兼以洗荣辱。默归毋多谈，此理观要熟。

【注释】①安国寺：本集《黄州安国寺记》："城南精舍曰安国寺，有茂林修竹，陂池亭榭。"②"衰发"句：杜甫《乾元中寓居同谷县作歌七首》："白头乱发垂过耳。"③万缘空：白居易《酒功赞》："万缘皆空。"

二月二十六日，雨中熟睡，至晚，强起出门，还作此诗，意思殊昏昏也

卯酒困三杯，午餐便一肉[1]。雨声来不断，睡味清且熟。昏昏觉还卧，展转无由足。强起出门行，孤梦犹可续。泥深竹鸡语，村暗鸠妇哭[2]。明朝看此诗，睡语应难读。

【注释】①"午餐"句：白居易《夏日闲放》："午餐何所有？鱼肉一两味。"②鸠妇：欧阳修《鸣鸠》："天将阴，鸣鸠逐妇鸣中林，鸠妇怒啼无好音。"

雨中看牡丹三首

其一

雾雨不成点，映空疑有无。时于花上见，的皪走明珠[1]。秀色洗红粉，暗香生雪肤。黄昏更萧瑟，头重欲相扶。

【注释】①的皪：光亮，鲜明。

其二

明日雨当止，晨光在松枝。清寒入花骨，肃肃初自持。午景发浓

艳，一笑当及时[①]。依然暮还敛，亦自惜幽姿。

【注释】①“午景”二句：旧时认为，观赏牡丹应在中午以前，中午以后牡丹就会逊色许多。

其三

幽姿不可惜，后日东风起。酒醒何所见，金粉抱青子[①]。千花与百草，共尽无妍鄙[②]。未忍污泥沙，牛酥煎落蕊[③]。

【注释】①青子：指未黄熟的果实。②妍鄙：美恶，好丑。“千花”二句指到时节花草尽凋零。③牛酥：从牛奶中提炼出来的酥油。

杜沂游武昌[①]，以酴醾花菩萨泉见饷[②]，二首

其一

酴醾不争春，寂寞开最晚。青蛟走玉骨，羽盖蒙珠幰。不妆艳已绝，无风香自远。凄凉吴宫阙[③]，红粉埋故苑。至今微月夜，笙箫来翠巘。余妍入此花，千载尚清婉[④]。怪君呼不归，定为花所挽。昨宵雷雨恶，花尽君应返。

【注释】①杜沂：杜叔元。②酴醾：植物名，又称“佛见笑”，蔷薇科。苏轼《菩萨泉铭叙》：“今寒溪少西数百步，为西山寺，有泉出嵌窦间，色白而甘，号菩萨泉。”③吴宫阙：苏轼自注：“武昌有孙权故宫苑。”④“余妍”二句：王十朋注引赵次公曰：“以武昌有孙权故宫，故特用吴宫嫔嫱之魂为意耳。”

其二

君言西山顶，自古流白泉。上为千牛乳，下有万石铅。不愧惠山味，但无陆子贤①。愿君扬其名，庶托文字传。寒泉比吉士，清浊在其源。不食我心恻②，于泉非所患。嗟我本何有，虚名空自缠。不见子柳子，余愚污溪山③。

【注释】①“不愧”二句：《陆文学传》：“陆羽品第天下水味，以惠山泉为第二，刻石留山中，故名陆子泉，有祠堂在焉。”②“不食”句：《周易·井卦》：“井渫不食，为我心恻。”③“不见”二句：柳宗元《愚溪诗序》：“山水之奇，以余故，咸以愚辱焉。”

游武昌寒溪西山寺

连山蟠武昌，翠木蔚樊口。我来已百日，欲济空搔首。坐看鸥鸟没，梦逐麋麖走①。今朝横江来，一苇寄衰朽。高谈破巨浪，飞屦轻重阜。去人曾几何，绝壁寒溪吼。风泉两部乐，松竹三益友。徐行欣有得，芝术在蓬莠。西上九曲亭②，众山皆培塿。却看江北路，云水渺何有。离离见吴宫③，莽莽真楚薮。空传孙郎石，无复陶公柳④。尔来风流人，惟有漫浪叟。买田吾已决，乳水况宜酒⑤。所须修竹林，深处安井臼。相将踏胜绝，更裹三日糗⑥。

【注释】①麋麖：兽名。②九曲亭：苏辙《武昌九曲亭记》：“子瞻迁于齐安，齐安无名山，而江之南，武昌诸山中，有浮图精舍，西曰西山，东曰寒溪。将适西山，行于松柏之间，羊肠九曲，而获小平。有废亭焉。其遗址甚狭，不足以席众客，子瞻与客入山，相与营之，亭成而西山之胜始具。”

③吴宫:《名胜志》:“吴王避暑宫,在寒溪上,今圆通阁是也。”④陶公:指晋代陶侃。《晋书》:“陶侃镇武昌,性纤密好问,颇类赵广汉,尝课诸营种柳。都尉夏施盗官柳,植之于己门。侃后见,驻车问曰:‘此是武昌西门前柳,何因盗来此种?’施惶怖谢罪。”⑤乳水:亭西乳泉之水。⑥糗:《唐韵》:“糗,干饭屑也。”

晓至巴河口迎子由[1]

去年御史府,举动触四壁。幽幽百尺井,仰天无一席。隔墙闻歌呼[2],自恨计之失。留诗不忍写,苦泪渍纸笔。余生复何幸,乐事有今日。江流镜面净,烟雨轻幂幂。孤舟如凫鹥[3],点破千顷碧。闻君在磁湖[4],欲见隔咫尺。朝来好风色,旗脚西北掷。行当中流见,笑眼清光溢。此邦疑可老,修竹带泉石。欲买柯氏林[5],兹谋待君必。

【注释】①巴河口:《入蜀记》:“巴河口,距黄州二十里。”②“隔墙”句:韩愈《酬崔十六少府》:“隔墙闻欢呼,众口极鹅雁。”③“孤舟”句:李白《登黄山凌歊台送族弟溧阳尉济充泛舟赴华阴》:“小舟若凫雁。”④磁湖:《名胜志》:“磁山在县东四十里磁湖侧,磁湖者,以傍岸磁石,故名。”⑤柯氏林:黄州之柯丘。

迁居临皋亭[1]

我生天地间,一蚁寄大磨。区区欲右行,不救风轮左[2]。虽云走仁义,未免违寒饿。剑米有危炊[3],针毡无稳坐[4]。岂无佳山水,借眼风雨过。归田不待老,勇决凡几个。幸兹废弃余,疲马解鞍驮。全家占江驿,绝境天为破。饥贫相乘除,未见可吊贺。澹然无忧乐,苦语不成些[5]。

【注释】①临皋亭：许端夫《齐安拾遗》："夏澳口之侧，本水驿，有亭曰临皋。"苏轼家属此时来黄州，合家迁居临皋。故诗有"全家占江驿"句。②"我生"四句：《晋书·天文志上》："又《周髀》家云：'天旁转如推磨而左行，日月右行，随天左转，故日月实东行，而天牵之以西没。譬之于蚁行磨石之上，磨左旋而蚁右去，磨疾而蚁迟，故不得不随磨以左回焉。'"③"剑米"句：《晋书·顾恺之传》："桓玄在殷仲堪坐上，共作危语。玄曰：'矛头淅米剑头炊。'仲堪曰：'百岁老翁攀枯枝。'"④"针毡"句：《晋书·杜锡传》："屡谏愍怀太子，太子患之，置针著锡常所坐毡中，刺之流血。"⑤些：语助词。《楚辞·招魂》洪兴祖补注："凡禁咒句尾皆称些，乃楚人旧俗。"

定惠院颙师为余竹下开啸轩

啼鴂催天明，喧喧相诋谯[1]。暗蛩泣夜永，唧唧自相吊。饮风蝉至洁，长吟不改调。食土蚓无肠，亦自终夕叫。鸢贪声最鄙，鹊喜意可料。皆缘不平鸣[2]，恸哭等嬉笑。阮生已粗率，孙子亦未妙。道人开此轩，清坐默自照。冲风振河海，不能号无窍。累尽吾何言，风来竹自啸。

【注释】①谯：责备。②不平鸣：韩愈《送孟东野序》："大凡物不得其平则鸣。"

次韵子由病酒肺疾发

忆子少年时，肺喘疲坐卧。喊呀或终日，势若风雨过。虚阳作浮涨，客冷仍下堕。妻孥恐怅望，脍炙不登坐。终年禁晚食，半夜发清饿。胃强鬲苦满，肺敛腹辄破。三彭恣啖啮，二竖肯逋播[①]。寸田可治生，谁劝耕黄糯[②]。探怀得真药，不待君臣佐[③]。初如雪花积，渐作樱珠大。隔墙闻三咽，隐隐如转磨[④]。自兹失故疾，阳唱阴辄和。神仙多历试，中路或坎坷。平生不尽器，痛饮知无奈。旧人眼看尽，老伴余几个。残年一斗粟，待子同春簸。云何不自珍，醉病又一挫。真源结梨枣，世味等糠莝。耕耘当待获，愿子勤自课。相将赋《远游》，仙语不用些[⑤]。

【注释】①二竖：指疾病。《左传·成公十年》："晋景公疾，求医于秦，秦使医缓为之。未至，公梦疾为二竖子，曰：'彼良医也，惧伤我焉，逃之。'其一曰：'居肓之上，膏之下，若我何？'医至，曰：'药不至焉，不可为也。'"②黄糯：苏轼自注："新法方田谓黄糯为上腴。"③君臣佐：《本草纲目》："药有君臣佐使，宜一君二臣，三佐五使。"④"隔墙"二句：讲的是唾咽漱法。《老子节解》："唾者，溢为醴泉，聚为玉浆，流为华池，散为津液，降为甘露。漱以咽之，溉藏润身，以流百脉，化养精神，支节毛发，坚固长春。"⑤此诗第一段意思讲子由幼时身体不好，为疾病困扰。第二段意思讲子由炼唾咽漱法有助康健。末段意思先责子由不注意珍摄，复鼓励之，并愿兄弟同长久。

东坡八首 并叙

余至黄州二年，日以困匮。故人马正卿哀余乏食，为于郡中请故营地数十亩，使得躬耕其中。地既久荒为茨棘瓦砾之场，而岁又大旱，垦辟之劳，筋力殆尽。释耒而叹，乃作是诗，自愍其勤，庶几来岁之入以忘其劳焉。

其一

废垒无人顾，颓垣满蓬蒿。谁能捐筋力，岁晚不偿劳。独有孤旅人，天穷无所逃。端来拾瓦砾，岁旱土不膏[①]。崎岖草棘中，欲刮一寸毛。喟然释耒叹[②]，我廪何时高[③]。

【注释】①膏：肥沃。②耒：农具。③“我廪”句：《诗·周颂·丰年》：“亦有高廪，万亿及秭。”廪：粮囤。

其二

荒田虽浪莽[①]，高庳各有适[②]。下隰种秔稌[③]，东原莳枣栗。江南有蜀士，桑果已许乞。好竹不难栽，但恐鞭横逸[④]。仍须卜佳处，规以安我室。家僮烧枯草，走报暗井出。一饱未敢期，瓢饮已可必。

【注释】①浪莽：广大。②庳：低下。③隰：低湿之处。秔稌：粳稻。④鞭：竹根。赞宁《竹谱》：“鞭多西南行，故谓之东家种竹西家理也。”

其三

自昔有微泉，来从远岭背。穿城过聚落[①]，流恶壮蓬艾。去为柯氏陂[②]，十亩鱼虾会。岁旱泉亦竭，枯萍黏破块。昨夜南山云，雨到一犁外。泫然寻故渎，知我理荒荟。泥芹有宿根，一寸嗟独在。雪芽何时动，春鸠行可脍[③]。

【注释】①聚落：《后汉书·王扶传》：“少修节，行聚落，化其德。”注：“小于乡曰聚。”②柯氏陂：《名胜志》：“柯山，在赤壁高寒亭之东。”

③苏轼自注:“蜀人贵芹芽脍,杂鸠肉为之。”

其四

种稻清明前,乐事我能数。毛空暗春泽,针水闻好语[1]。分秧及初夏,渐喜风叶举。月明看露上,一一珠垂缕。秋来霜穗重,颠倒相撑拄。但闻畦陇间,蚱蜢如风雨[2]。新舂便入甑,玉粒照筐筥[3]。我久食官仓,红腐等泥土。行当知此味,口腹吾已许。

【注释】①苏轼自注:“蜀人以细雨为雨毛。稻初生时,农夫相语稻针出矣。”②苏轼自注:“蜀中稻熟时,蚱蜢群飞田间,如小蝗状,而不害稻。”③筥:圆形的盛物竹器。

其五

良农惜地力[1],幸此十年荒。桑柘未及成,一麦庶可望。投种未逾月,覆块已苍苍。农父告我言,勿使苗叶昌。君欲富饼饵,要须纵牛羊[2]。再拜谢苦言,得饱不敢忘。

【注释】①良农:《荀子》:“良农不为水旱不耕。”②“君欲”二句:周紫芝《竹坡诗话》:“河朔土人言:河朔地广,麦苗弥望。方其盛时,须使人纵牧其间,践蹂令稍疏,则其收倍多。是纵牛羊所以富饼饵也。”

其六

种枣期可剥[1],种松期可斫。事在十年外,吾计亦已悫。十年何足道,千载如风雹。旧闻李衡奴[2],此策疑可学。我有同舍郎,官居在灊岳[3]。遗我三寸甘[4],照座光卓荦。百栽倘可致,当及春冰渥。

想见竹篱间，青黄垂屋角。

【注释】①剥：敲落。②李衡奴：字叔平，三国时任丹阳太守。③苏轼自注："李公择也。"④三寸甘：《南史·彭城王义康传》："时四方献馈，皆以上品荐义康，而以次者供御。上尝冬月啖柑，叹其形味并劣。义康在座曰：'今年柑殊有佳者。'遣还东府，取柑，大供御者三寸。"

其七

潘子久不调，沽酒江南村[1]。郭生本将种[2]，卖药西市垣。古生亦好事[3]，恐是押牙孙[4]。家有一亩竹，无时容叩门。我穷交旧绝，三子独见存。从我于东坡，劳饷同一飧。可怜杜拾遗，事与朱、阮论[5]。吾师卜子夏，四海皆弟昆。

【注释】①"潘子"二句：苏轼《答秦太虚书》曰："有潘生者，作酒店樊口。棹小舟，径至店下。"潘子：王文诰注曰："潘子，名丙，……字彦明。樊口乃武昌所部，在江之南，而黄州在江北。丙必櫂舟而往，故云'沽酒江南村'也。"②"郭生"句：《汉书·齐悼惠王传》："朱虚侯刘章，侍高后宴，为酒吏，请曰：'臣将种也，请以军法行酒。'"郭生：名遘，汾阳人。③古生：名耕道，新平人。④押牙：古押牙，富平县的侠客。⑤"可怜"二句：杜甫《绝句》："梅熟许同朱老吃，松高拟对阮生论。"

其八

马生本穷士[1]，从我二十年。日夜望我贵，求分买山钱。我今反累君，借耕辍兹田。刮毛龟背上，何时得成毡。可怜马生痴，至今夸我贤。众笑终不悔，施一当获千。

【注释】①马生：指马梦得。《东坡志林》："马梦得与仆同岁生，少仆八日，是岁生者无富贵人，而仆与梦得为穷之冠，即吾二人而观之，当推梦得为首。”

杭州故人信至齐安

昨夜风月清，梦到西湖上。朝来闻好语，扣户得吴饷。轻圆白晒荔，脆酽红螺酱。更将西庵茶，劝我洗江瘴。故人情义重①，说我必西向。一年两仆夫，千里问无恙。相期结书社②，未怕供诗帐。还将梦魂去，一夜到江涨③。

【注释】①“故人”句：杜甫《病后遇王倚饮赠歌》：“故人情义晚谁似？”②苏轼自注：“故人相约醵钱雇仆夫，一岁再至黄。”③江涨：苏轼自注：“江涨，杭州桥名。”

冬至日赠安节①

我生几冬至，少小如昨日。当时事父兄，上寿拜脱膝。十年阅雕谢，白发催衰疾。瞻前惟兄三，顾后子由一②。近者隔涛江，远者天一壁③。今朝复何幸，见此万里侄。忆汝总角时，啼笑为梨栗。今来能慷慨，志气坚铁石。诸孙行复尔，世事何时毕。诗成却超然，老泪不成滴。

【注释】①安节：苏安节，苏轼堂侄。②兄三：指苏轼的三位权伯兄（其伯父三子）。③“近者”二句：时子由谪居筠州（今江西高安），与苏轼隔江遥望。三位叔伯兄长或已亡，或在故乡蜀中。

伯父《送先人下第归蜀》诗云："人稀野店休安枕，路入灵关稳跨驴。"安节将去，为诵此句，因以为韵，作小诗十四首送之

其一

索漠齐安郡[①]，从来著放臣[②]。如何风雪里，更送独归人。

【注释】①索漠：荒凉萧索。②放臣：被流放的大臣。

其二

瘦骨寒将断，衰髯摘更稀[①]。未甘为死别，犹恐得生归。

【注释】①衰髯：因衰老而变白的须髯。南唐李中《渔父》诗云："雪鬓衰髯白布袍，笑携赪鲤换村醪。"

其三

日上气暾江[①]，雪晴光眩野。记取列家时，锄耰[②]吾正把。

【注释】①暾：初升的太阳。②耰：农具名，用来击碎土块、平整土地。

其四

月明穿破裘，霜气涩孤剑。归来闭户坐，默数来时店[①]。

【注释】①“归来”二句：韩愈《喜侯喜至赠张籍、张徹》：“依依梦归路，历历想行店。”

其五

诸兄无可寄，一语会须酬。晚岁俱黄发[1]，相看万事休。

【注释】①黄发：指年老，也指老人。

其六

故人如念我，为说瘦栾栾[1]。尚有身为患，已无心可安。

【注释】①栾栾：身体瘦瘠的样子。

其七

吾兄喜酒人，今汝亦能饮。一杯归诵此，万事邯郸枕[1]。

【注释】①邯郸枕：唐代沈既济《枕中记》载：卢生在邯郸客店遇道士吕翁，翁探囊中枕以授之，曰：“子枕吾枕，当令子荣适如志。”其枕青瓷，而窍两端。生就枕入梦，历尽人间荣华富贵。后因以“邯郸枕”喻虚幻之事。

其八

东阡在何许[1]，寒食江头路[2]。哀哉魏城君[3]，宿草荒新墓[4]。

【注释】①阡：墓道。②“寒食”句：杜甫《寒食》：“寒食江村路，风花高下飞。”③魏城君：指苏轼的夫人王氏。《王氏墓志》：“生十有六岁，而归于轼，至治平二年卒，年二十有七。”④宿草：隔年的草，多用于悼亡之辞。

其九

临分亦泫然，不为穷途泣[①]。东阡时一到，莫遣牛羊入。

【注释】①“临分”二句：《晋书·阮籍传》载，阮籍率意独驾，不由径路，车迹所穷，辄恸哭而返。

其十

我梦随汝去，东阡松柏青。却入西州门[①]，永愧北山灵[②]。

【注释】①西州门：《晋书·谢安传》载，羊昙为谢安所爱重，安死后，羊昙辍乐弥年。尝因石头大醉，扶路唱乐，不觉至西州门，于是痛哭而去。②北山：指钟山。孔稚珪《北山移文》：“钟山之英，草堂之灵。”

其十一

乞墦何足羡[①]，负米可忘艰[②]。莫为无车马，含羞入剑关[③]。

【注释】①乞墦：本指向祭墓者乞求所余酒肉。后指乞求施舍。②负米：《孔子家语》载，子路曰：“昔者由也，事二亲之时，常食藜藿之实，为亲负米百里之外。亲没之后，列鼎而食，愿食藜藿，为亲负米，不可复得。”③“莫为”二句：《后汉书·郭丹传》载：郭买符入函谷关，慨然叹曰：“丹不乘使者车，终不出关。”去家十二年，果然乘高车出关。

其十二

我坐名过实[1]，欢哗自招损。汝幸无人知，莫厌家山稳。

【注释】①名过实：东汉崔瑗《座右铭》：“无使名过实，守愚圣所臧。”

其十三

竹笥与练裙[1]，随时毕婚嫁。无事若相思，征鞍还一跨。

【注释】①竹笥：用以盛放衣物书籍等的竹制盛器。练裙：指妇女所着白绢裙。

其十四

万里却来日，一庵仍独居。应笑谋生拙，团团如磨驴[1]。

【注释】①团团：谓驴绕磨转。

浚井

古井没荒莱，不食谁为恻。瓶罌下两绠[1]，蛙蚓飞百尺。腥风被泥滓，空响闻点滴。上除青青芹，下洗凿凿石。沾濡愧童仆，杯酒暖寒栗。白水渐泓渟，青天落寒碧。云何失旧秽，底处来新洁。井在有无中[2]，无来亦无失[3]。

【注释】①绠：汲水桶上的绳索。②“井在”句：《楞严经》：“凿井求水，出土一尺，于中则有一尺虚空。此空为当，因土所出，因凿所有，无因自生。”③“无来”句：《易·井卦》：“无丧无得，往来井井。”

陈季常见过三首

其一

仕宦常畏人，退居还喜客。君来辄馆我[①]，未觉鸡黍窄。东坡有奇事，已种十亩麦。但得君眼青[②]，不辞奴饭白。

【注释】①馆：寓居。②眼青：喜欢，青睐。《晋书·阮籍传》：“籍又能为青白眼。见礼俗之士，以白眼对之。及嵇喜来吊，籍作白眼，喜不怿而退。喜弟康闻之，乃赍酒挟琴造焉。籍大悦，乃见青眼。”

其二

送君四十里，只使一帆风[①]。江边千树柳，落我酒杯中。此行非远别，此乐固无穷。但愿长如此，来往一生同。

【注释】①一帆风：唐孟郊《送任、齐二秀才自洞庭游宣城》：“二客月中子，一帆天外风。”

其三

闻君开龟轩，东槛俯乔木。人言君畏事，欲作龟头缩。我知君不然，朝饭仰旸谷[①]。余光幸分我[②]，不死安可独？

【注释】①旸谷：古代传说中的日出处。《尚书·尧典》："分命羲仲，宅嵎夷，曰旸谷。"旧时传说，龟咽日气而长寿，因此，养生者效之。②"余光"句：《史记·甘茂传》："贫人女与富人女会绩。贫女曰：'我无以买烛，而子之烛光幸有余，子可分我余光，无损子明，而得一斯便焉。'"

寒食雨二首[1]

其一

自我来黄州，已过三寒食。年年欲惜春，春去不容惜。今年又苦雨，两月秋萧瑟。卧闻海棠花，泥污燕脂雪[2]。暗中偷负去，夜半真有力[3]。何殊病少年，病起头已白。

【注释】①寒食：清明节的前一天，有说是清明节的前两天。②"泥污"句：杜甫《曲江对雨》："林花著雨燕脂湿。"③"暗中"二句：《庄子·大宗师》："藏舟于壑，藏山于泽，谓之固矣，然夜半有力者负之而走，昧者不知也。"

其二

春江欲入户，雨势来不已。小屋如渔舟，濛濛水云里。空庖煮寒菜，破灶烧湿苇。那知是寒食，但见乌衔纸[1]。君门深九重，坟墓在万里[2]。也拟哭途穷[3]，死灰吹不起。

【注释】①"那知"二句：白居易《寒食野望吟》："风吹旷野纸钱飞。"②"君门"二句：王十朋注引赵次公曰："此二句，言欲归朝廷邪？则君门有九重之深。欲返故乡邪？则坟墓有万里之远，皆以谪居而势不可也。”③哭途穷：杜甫《陪章留后侍御宴南楼得风字》：“此身醒复醉，不拟哭途穷。”

问大冶长老乞桃花茶栽东坡[1]

周诗记荼苦[2]，茗饮出近世。初缘厌粱肉，假此雪昏滞。嗟我五亩园，桑麦苦蒙翳。不令寸地闲，更乞茶子艺[3]。饥寒未知免，已作太饱计。庶将通有无，农末不相戾[4]。春来冻地裂，紫笋森已锐。牛羊烦呵叱，筐筥未敢睨。江南老道人，齿发日夜逝。他年雪堂品[5]，空记桃李裔。

【注释】①大冶：地名，在今湖北省大冶市。②“周诗”句：《诗·邶风·谷风》：“谁谓荼苦？其甘如荠。”③艺：种植。④末：指工商业。⑤雪堂：苏轼在东坡筑堂，号为雪堂。

鱼蛮子

江淮水为田，舟楫为室居。鱼虾以为粮，不耕自有食余。异哉鱼蛮子，本非左衽徒[1]。连排入江住，竹瓦三尺庐。于焉长子孙，戚施且侏儒[2]。擘水取鲂鲤，易如拾诸途。破釜不著盐，雪鳞芼青蔬。一饱便甘寝，何异獭与狙。人间行路难，踏地出赋租。不如鱼蛮子，驾浪浮空虚。空虚未可知，会当算舟车[3]。蛮子叩头泣，勿语桑大夫[4]。

【注释】①左衽：指少数民族。②戚施：驼背。③算舟车：《汉书·食货志》：“异时算轺车贾人之缗钱皆有差。”④桑大夫：汉桑弘羊。桑弘羊为贾人子，善计利益，为武帝算缗：商贾人轺车二算，船五丈以上一算。

夜坐与迈联句[1]

清风来天边，明月翳复吐。松声满虚空，竹影侵半户。暗枝有惊鹊，坏壁鸣饥鼠。露叶耿高梧，风萤落空庑。微凉感团扇，古意歌白纻。乐哉今夕游，获此陪杖屦。传家诗律细[2]，已自过宗武[3]。短诗膝上成，聊以慰怀祖。

【注释】①迈：苏轼的长子，字伯达。这首诗是苏轼与儿子共同创作。第一、二、五、六、九、十、十三、十五、十六句，为苏轼所作，余为苏迈作。②诗律细：杜甫《遣闷戏呈路十九曹长》："晚节渐于诗律细。"③宗武：杜甫之子。

次韵和王巩六首[1]

其一

君谈阳朔山，不作一钱直。岩藏两头蛇[2]，瘴落千仞翼。雅宜驩兜放，颇讶虞舜陟。暂来已可畏，览镜忧面黑。况子三年囚，苦雾变饮食。吉人终不死，仰荷天地德[3]。我来黄冈下，攲枕江流碧。江南武昌山，向我如咫尺。春蔬黄土软，冻笋苍崖坼。兹行我累君[4]，乃反得安宅。遥知丹穴近，为劚勾漏石[5]。他年分刀圭，名字挂仙籍[6]。

【注释】①其三、四见五律部分，其五、六见七律部分。王巩：即王定国。苏轼乌台诗狱牵连王巩，王巩被贬谪，监宾州（今广西宾阳）盐税。王巩自宾阳寄诗给苏轼，苏轼和之，时在元丰五年（公元1082年）。②两头蛇：贾谊《新书》："孙叔敖为婴儿出游，见两头蛇而埋之。"③天地德：《周易·系辞下》："天地之大德曰生。"④累君：《东都事略》："王定国从苏轼问学，能为文章，为秘书省正字，坐累贬宾州。"⑤"遥知"二句：苏轼《与王定国书》："宾去桂不甚远，朱砂差易致，不可不留意也。"⑥苏轼自注："君许惠桂州丹砂。"

其二

少年带刀剑，但识从军乐。老大服犁锄，解佩付熔铄[①]。虽无献捷功，会赐力田爵。敲冰舂捣纸，刈苇秋织箔。栎林斩冬炭，竹坞收夏箨[②]。四时俯有取[③]，一饱天所酢。君生纨绮间，欲学非其脚。左右玉纤纤[④]，束薪谁为缚。勿令闻此语，翠黛頩将恶[⑤]。笑我一间茅，妇姑纷六凿[⑥]。

【注释】①熔铄：熔化。②箨：笋壳。③俯有取：《史记·货殖列传》："邴氏以铁冶起，富至巨万。然家自父兄子孙约，俯有拾，仰有取。"④纤纤：形容双手细嫩。⑤頩：变色貌。⑥六凿：指耳目口鼻等六也。一说犹六情，即喜怒哀乐爱恶。

吊李台卿 并叙

李台卿，字明仲，庐州人[①]。貌陋甚，性介不群，而博学强记，罕见其比。好《左氏》，有《史学考正同异》，多所发明。知天文律历，千岁之日可坐数也。轼谪居黄州，台卿为麻城主簿[②]，始识之。既罢居于庐，而曹光州演甫以书报其亡[③]。台卿，光州之妻党也。

我初未识君，人以君为笑。垂头老鹳雀，烟雨霾七窍。敝衣来过我，危坐若持钓[④]。褚裒半面新[⑤]，罽蔑一语妙[⑥]。徐徐涉其澜，极望不可徼。却观元妩媚，士固难轻料。看书眼如月[⑦]，罅隙靡不照。

我老多遗忘，得君如再少。从横通杂艺，甚博且知要。所恨言无文，至老幽不耀[8]。其生世莫识，已死谁复吊。作诗遗故人，庶解俗子谯[9]。

【注释】①庐州：古州名。治所在今合肥市。②麻城：县名，在湖北省东北部。③曹光州：名九章，字演甫。④“危坐”句：《庄子·秋水》：“钓于濮水，楚王使大夫二人往见焉，庄子持杆不顾。”⑤褚裒：字彦回，南朝宋齐时河南阳翟人。《后汉书》载其“应奉见造车匠门间半面，他日路逢而识之”。⑥“鬷蔑”句：《左传·昭公二十八年》：“叔向适郑，鬷蔑恶，欲观叔向，从使之收器者。而往，立于堂下，一言而善。叔向将饮酒，闻之，曰：‘必鬷明也。’下执其手以上，曰：‘子若无言，吾几失子矣。’遂如故知。”⑦“看书”句：《世说新语》：“支道林曰：‘北人看书，如显处视月；南人学问，如牖中窥日。’”⑧幽不耀：《老子》：“圣人直而不肆，光而不耀。”⑨谯：责备。

曹既见和复次韵

造物本儿嬉，风噫雷电笑[1]。谁令妄惊怪，失匕号万窍。人人走江湖，一一操网钓。偶然连六鳌[2]，便谓此手妙。空令任公子，三岁蹲海徼[3]。长贫固不辞，一死实未料。难将蓍草算，除用佛眼照。何人嗣家学，恨子儿尚少。嗟我与曹君，衰老世不要。空言今无救，奇志后必耀[4]。吟君五字诗，义重千金吊。收藏慎勿出，免使群儿谯。

【注释】①“风噫”句：《神仙传》：“木公与玉女投壶枭而脱误不接者，天为之笑。”②连六鳌：《列子·汤问》：“龙伯之国，有大人举足，不盈数步，而暨五山之处，一钓而连六鳌。”③“空令”二句：《庄子·外物》：“任公子为大钩巨缁，五十犗以为饵，蹲乎会稽，投竿东海，旦旦而钓，期年不得鱼。”④“奇志”句：《左传·庄公二十二年》：“陈厉公生敬仲。其少也，陈侯使周史筮之，遇‘观’之‘否’，曰：‘是谓观国之光，此其代陈有国乎？非此其身，在其子孙，光远而自他有耀者也。’”

吊徐德占[1] 并引

余初不识德占，但闻其初为吕惠卿所荐，以处士用。元丰五年三月，偶以事至蕲水[2]。德占闻余在传舍[3]，惠然见访。与之语，有过人者。是岁十月，闻其遇祸，作诗吊之。

美人种松柏，欲使低映门。栽培虽易长，流恶病其根。哀哉岁寒姿，肮脏谁与论。竟为明所误[4]，不免刀斧痕。一遭儿女污，始觉山林尊。从来觅栋梁，未省傍篱藩。南山隔秦岭，千树龙蛇奔。大厦若畏倾，万牛何足言[5]。不然老岩壑，合抱枝生孙。死者不可侮，吾将遗后昆。

【注释】①德占：名徐禧，洪州分宁县人。元丰五年五月，徐禧助沈括筑永乐城，开边衅，遂至败绩身死。此诗实伤徐禧聪明自误，且隐小材大用，丧师辱国之意。②蕲水：地名，今湖北浠水县。③传舍：古时供来往行人居住的旅舍。④“竟为”句：柳宗元《孤松》：“不以险自防，遂为明所误。”⑤“大厦”二句：杜甫《古柏行》：“大厦如倾要梁栋，万牛回首丘山重。”

大寒，步至东坡，赠巢三[1]

春雨如暗尘[2]，春风吹倒人。东坡数间屋，巢子谁与邻。空床敛败絮，破灶郁生薪[3]。相对不言寒，哀哉知我贫。我有一瓢酒，独饮良不仁。未能赪我颊，聊复濡子唇[4]。故人千钟禄，驭吏醉吐茵[5]。那知我与子，坐作寒螿呻。努力莫怨天，我尔皆天民。行看花柳动，共享无边春。

【注释】①巢三：名谷，字元修，眉山人。②“春雨”句：崔橹《华清宫》：“湿云如梦雨如尘。”③“破灶”句：谓欲以火御寒，而柴湿不可烧，徒有烟而无火。④濡：沾湿。⑤“驭吏”句：《汉书·丙吉传》：“吉驭吏嗜酒，数逋荡。尝从吉出，醉呕丞相车上。西曹主吏白，欲斥之。吉曰：‘以醉饱之失去士，使此人将复何所容？西曹第忍之，此不过污丞相茵耳。’”

元修菜 并叙

菜之美者，有吾乡之巢。故人巢元修嗜之，余亦嗜之。元修云：“使孔北海见，当复云吾家菜耶？”因谓之元修菜。余去乡十有五年，思而不可得。元修适自蜀来，见余于黄。乃作是诗，使归致其子，而种之东坡之下云。

彼美君家菜，铺田绿茸茸。豆荚圆且小，槐芽细而丰。种之秋雨余，擢秀繁霜中。欲花而未萼，一一如青虫。是时青裙女，采撷何匆匆。烝之复湘之[①]，香色蔚其饛[②]。点酒下盐豉，缕橙芼姜葱[③]。那知鸡与豚，但恐放箸空[④]。春尽苗叶老，耕翻烟雨丛。润随甘泽化，暖作青泥融。始终不我负，力与粪壤同。我老忘家舍，楚音变儿童。此物独妩媚，终年系余胸。君归致其子，囊盛勿函封。张骞移苜蓿[⑤]，适用如葵菘。马援载薏苡[⑥]，罗生等蒿蓬。悬知东坡下，塉卤化千钟。长使齐安民，指此说两翁。

【注释】①湘：烹。②饛：盛满。③芼：择取。④“那知”二句：杜甫《阌乡姜七少府设脍，戏赠长歌》：“落砧何曾白纸湿，放箸未觉金盘空。”⑤苜蓿：《汉书·大宛传》：“大宛马嗜苜蓿，张骞始为武帝言之。遣使持千金，请宛善马。采苜蓿种归，种离宫馆旁，极望焉。”⑥马援：字文渊，东汉初扶风茂陵（今陕西兴平东北）人。薏苡：俗称“药玉米”“回回米”。《后汉书·马援传》：“初，援在交阯，常饵薏苡实，用能轻身省欲，以胜瘴气，南方薏苡实大，援欲以为种，军还，载之一车。”

日日出东门

日日出东门，步寻东城游。城门抱关卒，笑我此何求。我亦无所求，驾言写我忧。意适忽忘返，路穷乃归休。悬知百岁后，父老说故侯。古来贤达人，此路谁不由？百年寓华屋，千载归山丘。何事羊公子，不肯过西州[①]？

【注释】①羊公子：羊昙，晋谢安的外甥。《晋书·谢安传》：“羊昙者，太山人，知名士也，为安所爱重。安薨后，辍乐弥年，行不由西州路。尝因石头大醉，扶路唱乐，不觉至州门。左右白曰：‘此西州门。’昙悲感不已，以马策扣扉，诵曹子建诗曰：‘生存华屋处，零落归山丘。’恸哭而去。”

寄周安孺茶

大哉天宇内，植物知几族。灵品独标奇，迥超凡草木。名从姬旦始[①]，渐播《桐君录》[②]。赋咏谁最先？厥传惟杜育[③]。唐人未知好，论著始于陆[④]。常、李亦清流[⑤]，当年慕高躅。遂使天下士，嗜此偶于俗。岂但中土珍，兼之异邦鬻[⑥]。鹿门有佳士[⑦]，博览无不瞩。邂逅天随翁[⑧]，篇章互赓续。开园顾山下[⑨]，屏迹松江曲。有兴即挥毫，粲然存简牍。伊予素寡爱，嗜好本不笃。粤自少年时，低徊客京毂，虽非曳裾者[⑩]，庇荫或华屋。颇见纨绮中，齿牙厌粱肉。小龙得屡试，粪土视珠玉。团凤与葵花[11]，碔砆杂鱼目[12]。贵人自矜惜，捧玩且缄椟[13]。未数日注卑，定知双井辱。于兹事研讨，至味识五六。自尔入江湖，寻僧访幽独。高人固多暇，探究亦颇熟。闻道早春时，携篇赴初旭[14]。惊雷未破蕾[15]，采采不盈掬。旋洗玉泉蒸，芳馨岂停宿。须臾布轻缕，火候谨盈缩。不惮顷间劳，经时费藏蓄。髹筒净无染[16]，箬笼匀且复[17]。苦畏梅润侵，暖须人气燠。有如刚耿性，不受纤芥触。又若廉夫心，难将微秽渎。晴天敞虚府，石碾破轻绿。永日遇闲宾，乳泉发新馥。香浓夺兰露，色嫩欺秋菊。闽俗竞传夸，丰腴面如粥。自云叶家白，颇胜中山醁。好是一杯深，午窗春睡足。清风击两腋，去欲凌鸿鹄。嗟我乐何深，《水经》亦屡读。陆子咤中泠，次乃康王谷。蟆培顷曾尝，瓶罂走僮仆。如今老且懒，细事百不欲。美恶两俱忘，谁能强追逐。姜盐拌白土，稍稍从吾蜀。尚欲外形骸，安能徇口腹。由来薄滋味，日饭止脱粟。外慕既已矣，胡为此羁束。昨日散幽步，偶上天峰麓。山圃正春风，蒙茸万旂簇[18]。呼儿为招客，采制聊亦复。地僻谁我从，包藏置厨簏。何尝较优劣，但喜破睡速。况此夏日长，人间正炎毒。幽人无一事，午饭饱蔬菽。困卧北窗风，风微动窗竹。乳瓯十分满，人世真局促。意爽飘欲仙，头轻快如沐。昔人固多癖，我癖良可赎。为问刘伯伦，胡然枕糟曲[19]。

【注释】①姬旦：即周公。②《桐君录》："巴东别有真香茗，煎饮，令人不眠。"③杜育：晋人。皮日休《茶经序》："晋杜育有《荈赋》。"④陆：即陆羽，字鸿渐，唐人。著有《茶经》三卷。当时卖茶的人以陆羽为茶神。⑤"常、李"句：《唐书·陆羽传》："羽嗜茶，著经三篇。有常伯熊者，因羽论，复广著茶之功。御史大夫李季卿，宣慰江南，知伯熊善煮茶，召之。伯熊执器前，季卿为再举杯云。"⑥"岂但"二句：《国史补》："常鲁公使西蕃，烹茶帐中。赞普问何物？鲁公曰：'涤烦疗渴，所谓茶也。'赞普曰：'我此亦有。'命出之，以指示曰：'此寿州者，此舒州者，此顾渚者，此蕲门者，此昌明者，此灉湖者。'"⑦佳士：指皮日休，皮日休曾隐居鹿门山中。⑧天随翁：指陆龟蒙。陆龟蒙号天随子。⑨顾山：顾渚山省称。⑩“虽非”句：《汉书·邹阳传》：“何王之门不可曳长裾乎？”⑪团凤、葵花：皆茶名。⑫碔砆：似玉的美石。⑬椟：匣子。⑭“问道”二句：《东溪试茶录》：“凡采茶，必以晨兴，不以日出，日出露晞，茶不鲜明。”⑮“惊雷”句：《茶谱》：“蒙山中顶曰上清峰，茶最难得，俟雷发声，采之。”⑯髹：漆。⑰箬：箬竹。⑱“蒙茸”句：《茶谱》：“蕲州团黄茶，有一旂二枪之号，言一叶二芽也。”⑲“为问”二句：刘伶《酒德颂》：“奋髯箕踞，枕曲藉糟。无思无虑，其乐陶陶。”

孔毅父妻挽词

结褵记初欢[①]，同穴期晚岁。择夫得温峤[②]，生子胜王济。高风相宾友，古义仍兄弟[③]。从君吏隐中，穷达初不计。云何抱沉疾，俯仰便一世。幽阴凄房栊，芳泽在巾袂。百年纵得满，此路行亦逝。那将有限身，长泻无益涕。君文照今古，不比山石脆。当观千字诔[④]，宁用百金瘗[⑤]。

【注释】①结褵：成婚。②“择夫”句：《世说新语·假谲》载：晋温峤姑有女，属峤觅婚。峤自有婚意，答曰：“佳婿难得，如峤云何？”姑曰：“何敢希汝比也？”后日，峤报姑云：“已得婿矣。门第婿身不减峤。”因下玉镜台一枚，姑大喜。既交婚礼毕，姑女以手披纱扇，抚掌大笑曰：“我固疑是老奴，果如所卜。”③“古义”句：《诗·邶风·谷风》：“宴尔新婚，如兄如弟。”④诔：悼文。⑤瘗：埋葬。

初秋寄子由

百川日夜逝，物我相随去。惟有宿昔心，依然守故处。忆在怀远驿[①]，闭门秋暑中。藜羹对书史[②]，挥汗与子同。西风忽凄厉，落叶穿户牖。子起寻夹衣，感叹执我手。朱颜不可恃，此语君莫疑。别离恐不免，功名定难期。当时已凄断，况此两衰老。失途既难追，学道恨不早。买田秋已议，筑室春当成。雪堂风雨夜，已作对床声。

【注释】①怀远驿：在汴京丽景门河南岸。苏轼嘉祐六年与子由同奉制策，寓居怀远驿。②藜羹：以嫩藜所煮之羹。

和黄鲁直食笋次韵[①]

饱食有残肉，饥食无余菜。纷然生喜怒，似被狙公卖[②]。尔来谁独觉，凛凛白下宰[③]。一饭在家僧[④]，至乐甘不坏。多生味蠹简，食笋乃余债。萧然映樽俎，未肯杂菘芥。君看霜雪姿，童稚已耿介[⑤]。胡为遭暴横，三嗅不忍嘬。朝来忽解箨，势迫风雷噫。尚可饷三间，饭筒缠五采[⑥]。

【注释】①黄鲁直：即黄庭坚。黄庭坚的《食笋》诗为：“洛下斑竹笋，花时压鲑菜。一束酬千金，掉头不肯卖。我来白下聚，此族富庖宰。茧栗载地翻，觳觫触墙坏。戢戢入中厨，如偿食竹债。甘菹和菌耳，辛膳胹姜芥。烹鹅杂股掌，炮鳖乱裙介。小儿哇不美，鼠坏有余嘬。可贵生于少，古来食共噫。尚想高将军，五溪无人采。”②狙公：古代善养猿猴者。③白下：苏轼自注：“太和，古白下。”《名胜志》：“白下驿，建自隋时，在太和县东门外，近驿有白口城。”④“一饭”句：《名胜志》载：元丰四年，鲁直令太和，尝出东郊劝农，归登快阁隐卧，梦饭鲊鱼，及觉，犹若在口也。起用步，行林中，见一老妪哭墓下，前置饭鲊。试询之，则曰：“只有此女，死若干年矣。”讯其日月，即黄庭坚所生之辰，因自赞赞曰：似僧有发，似俗无尘，非梦中梦，无身外身。⑤童稚：《语林》载，孙休好射雉，群臣谏之，答曰：“虽为小物，耿介过人，所以好也。”此指竹笋。⑥三间：屈原为楚三间大夫。此自喻。

闻子由为郡僚所捃[①]，恐当去官

少学不为身，宿志固有在。虽然敢自必，用舍置度外。天初若相我，发迹造宏大。岂敢负所付，捐躯欲投会。宁知事大谬，举步得狼狈。我已无可言，堕甑难追悔[②]。子虽仅自免，鸡肋安足赖[③]。低回畏罪罟，黾勉敢言退[④]。若人疑或使，为子得微罪。时哉归去来，共抱东坡耒。

【注释】①捃：摘取。②甑：古代蒸食炊器。③“鸡肋”句：《晋书》载，刘伶醉酒，与俗人相忤，其人攘袂奋拳而往。刘伶曰：“鸡肋不足以安尊拳。”其人笑而止。④黾勉：勤勉努力。

次韵王巩南迁初归二首

其一

问君谪南宾，野葛食几尺[①]。逢人瘴发黄，入市胡眼碧。三年不易过，坐睨倚天壁。归来貌如故，妙语仍破镝。那能废诗酒，亦未妨禅寂[②]。愿为尚书郎，还赐上方舄[③]。

【注释】①野葛：毒草。②禅寂：白居易《新昌新居》：“语默不妨禅。”③舄：鞋。

其二

江家旧池台，修竹围一尺。归来万事非，惟见秦淮碧[①]。平生痛饮处，遗墨鸦栖壁。西来故父客，金印杂鸣镝。三槐老更茂[②]，花絮春寂寂。中微未可料，家庙藏赤舄。

【注释】①秦淮碧：刘禹锡《江令宅》："南朝词臣北朝客，归来惟见秦淮碧。"《名胜志》：梁江总居青溪旁，园林第宅，冠于一时。②三槐：《周礼·秋官》："朝士，面三槐，三公位焉。"苏轼《三槐堂铭叙》："故兵部侍郎晋国王公，尝手植三槐于庭曰：'吾子孙必有三公者。'已而其子魏国文正公相真宗，享福禄荣名者十有八年。其子懿敏公，事仁宗，出入侍从将帅三十余年。"王巩父即懿敏公。

邓忠臣母周氏挽词[①]

微生真草木，无处谢天力。慈颜如春风，不见桃李实。古今抱此恨，有志俯仰失。公子岂先知，战战常惜日。吾君日月照，委曲到肝鬲。哀哉人子心，吾何爱一邑。家庭拜前后[②]，粲然发笑色。岂比黄壤下，焚瘗千金璧。若人道德人，视此亦戏剧。聊偿曾、闵意，遽与仙、佛寂。孤累卧江渚[③]，永望坟墓隔。作诗相楚挽[④]，感动泪再滴[⑤]。

【注释】①邓忠臣：字慎思，湖南湘阴人。②"家庭"句：《公羊传·文公十三年》："周公何以称太庙于鲁？封鲁公，以为周公也。周公拜乎前，鲁公拜乎后。"③孤累：失去依靠的家室儿女。④楚：痛苦。⑤"感动"句：杜甫《发同谷县》："临歧别数子，握手泪再滴。"

岐亭五首 并叙

元丰三年正月，余始谪黄州。至岐亭北二十五里山上，有白马青盖来迎者，则余故人陈慥季常也。为留五日，赋诗一篇而去。明年正月，复往见之，季常使人劳余于中途。余久不杀，恐季常之为余杀也，则以前韵作诗，为杀戒以遗季常[①]。季常自尔不复杀，而岐亭之人多化之，有不食肉者。其后数往见之，往必作诗，诗必以前韵。凡余在黄四年，三往见季常，季常七来见余，盖相从百余日也。七年四月，余量移汝州[②]，自江淮徂洛，送者皆止慈湖，而季常独至九江。乃复用前韵，通为五首以赠之。

其一

昨日云阴重，东风融雪汁。远林草木暗，近舍烟火湿。下有隐君子[③]，啸歌方自得。知我犯寒来，呼酒意颇急。抚掌动邻里，绕村捉鹅鸭。房栊锵器声，蔬果照巾幂[④]。久闻蒌蒿美，初见新芽赤。洗盏酌鹅黄[⑤]，磨刀削熊白[⑥]。须臾我径醉，坐睡落巾帻。醒时夜向阑，唧唧铜瓶泣。黄州岂云远，但恐朋友缺。我当安所主，君亦无此客。朝来静庵中，惟见峰峦集。

【注释】①据诗序，此组诗作于元丰三年（1080年）正月苏轼谪黄过岐亭，至元丰七年（1084年）六月苏轼自黄移汝州，至九江时，皆为遗陈季常诗。其中第一首为谪黄州首次过岐亭时作，第五首为元丰七年移汝至九江时作。第二、三、四首为谪黄期间往岐亭见陈季常时所作。杀戒：禁止杀生的戒律。②量移：指官吏因罪远谪，遇赦酌情调迁近处任职。③隐君子：隐士。④巾幂：古代覆盖、裹扎器物的巾。⑤鹅黄：酒。陆游《游汉州西湖》："叹息风流今未泯，两川名酝避鹅黄。"自注："鹅黄，汉中酒名。"⑥熊白：熊胸前的脂肪，是珍贵美味。此非实指。

其二

我哀篮中蛤，闭口护残汁[①]。又哀网中鱼，开口吐微湿。刳肠彼交病[②]，过分我何得。相逢未寒温，相劝此最急。不见卢怀慎，烝壶似烝鸭[③]。坐客皆忍笑，髡然发其幂。不见王武子，每食刀几赤。琉璃载烝豚，中有人乳白[④]。卢公信寒陋，衰发得满帻。武子虽豪华，未死神已泣。先生万金璧，护此一蚁缺。一年如一梦，百岁真过客。君无废此篇，严诗编杜集[⑤]。

【注释】①“我哀”二句：《东坡题跋》：“去年下狱得脱，自此不杀一物，有饷蟹蛤者，皆放之江中。”②刳肠：《庄子·外物》：“神龟能知七十二钻，而无遗策，不能避刳肠之患。”③“不见”二句：《唐书·卢怀慎传》：“清俭不营产业，既属疾，宋璟、卢从愿候之，日晏，设蒸豆两器，菜数杯而已。”壶：壶卢、瓠子一类蔬菜。④“琉璃”二句：《晋书·王济传》：“字武之。性豪侈，服玉食。武帝尝幸其宅，供馔甚丰，悉贮琉璃器中。蒸豚甚美，帝问其故。答曰：‘以人乳蒸之。’”⑤严：严武；杜：杜甫。杜甫诗集载严武诗数篇。

其三

君家蜂作窠，岁岁添漆汁[①]。我身牛穿鼻，卷舌聊自湿。二年三过君，此行真得得[②]。爱君似剧孟，扣门知缓急[③]。家有红颊儿，能唱《绿头鸭》[④]。行当隔帘见[⑤]，花雾轻幂幂。为我取黄封[⑥]，亲拆官泥赤。仍须烦素手，自点叶家白[⑦]。乐哉无一事，十年不蓄帻[⑧]。闭门弄添丁，哇笑杂呱泣。西方正苦战，谁补将帅缺？披图见八阵，合散更主客[⑨]。不须亲戎行，坐论教君集。

【注释】①“君家”二句：喻其屋小而人口增。②得得：任情自得。③“爱君”二句：《汉书·袁盎传》：“雒阳剧孟尝过盎，盎善待之。安陵富人有谓盎曰：‘剧孟博徒，将军何自通之？’盎曰：‘剧孟虽博徒，然母死，客送丧车千余乘，此亦有过人者。且缓急人所有，夫一旦扣门，不以亲为解，不以在亡为辞，天下所望者，独季心、剧孟。今公阳从数骑，一旦有缓急，宁足恃乎？’”④《绿头鸭》：曲名。⑤“行当”句：《南史》载，夏侯亶有妓妾十数人，并无被服姿容。每有客，常隔帘奏之。⑥黄封：酒名。宋代官酿，用黄罗帕或黄纸封口。⑦叶家白：福建建溪的一种名茶。⑧帻：包头发的巾。⑨合散：指军阵的分合聚散。更：改换。

其四

酸酒如齑汤，甜酒如蜜汁。三年黄州城，饮酒但饮湿。我如更拣择，一醉岂易得。几思压茅柴[1]，禁网日夜急[2]。西邻椎瓮盎，醉倒猪与鸭。君家大如掌，破屋无遮幂。何从得此酒，冷面妒君赤。定应好事人，千石供李白。为君三日醉，蓬发不暇帻。夜深欲逾垣，卧想春瓮泣。君奴亦笑我，鬓齿行秃缺。三年已四至[3]，岁岁遭恶客。人生几两屐，莫厌频来集。

【注释】①茅柴：农家酿的薄酒。②禁：指酒禁。③“三年”句：言三年中先后四次到岐亭。

其五

枯松强钻膏，槁竹欲沥汁。两穷相值遇，相哀莫相湿。不知我与君，交游竟何得。心法幸相语[1]，头然未为急[2]。愿为穿云鹘，莫作将雏鸭。我行及初夏，煮酒映疏幂。故乡在何许，西望千山赤。兹游定安归，东泛万顷白。一欢宁复再，起舞花堕帻。将行出苦语，不用儿女泣。吾非固多矣，君岂无一缺？各念别时言，闭户谢众客。空堂净扫地，虚白道所集[③]。

【注释】①心法：佛教语，指经典以外传受之法。②头然：《梵纲经序》：“当求精进，如救头然。但念无常，慎勿放逸。”③虚白：指心中纯净无欲。《庄子·人间世》：“虚室生白，吉祥止止。”

庐山二胜 并叙

余游庐山，南北得十五六奇胜，殆不可胜纪。而懒不作诗，独择其尤佳者作二首。

开先漱玉亭[①]

高岩下赤日，深谷来悲风。擘开青玉峡，飞出两白龙[②]。乱沫散霜雪，古潭摇清空。余流滑无声，快泻双石硔[③]。我来不忍去，月出飞桥东。荡荡白银阙，沉沉水精宫。愿随琴高生，脚踏赤鲜公[④]。手持白芙蕖[⑤]，跳下清泠中。

【注释】①开先：黄庭坚《开先禅院修造记》载：南唐中主，年少无文，无经世意。慕物外之名，问舍五老峰下，有野夫献地，买之万金，以为书堂。及即位，以为寺。以野夫献地，为已有国之祥，故名开先。②白龙：指瀑布。③硔：大沟。④“愿随”二句：《列仙传》载：琴高，赵人。以鼓瑟为宋康王舍人，行涓彭之术。浮游冀州涿郡间二百余年。后辞入涿水中，取龙子，与弟子期曰：“皆洁斋候于水旁，设祠。”果乘赤鲤来坐祠中，且有万人观之。留一月，复入水中。又《酉阳杂俎》：“国朝律，取得鲤鱼，即宜放，号赤鲩公。卖者杖六十，言鲤为李也。”⑤芙蕖：荷花。

栖贤三峡桥[1]

吾闻太山石，积日穿线溜。况此百雷霆，万世与石斗。深行九地底，险出三峡右。长输不尽溪，欲满无底窦。跳波翻潜鱼，震响落飞狖[2]。清寒入山骨，草木尽坚瘦。空濛烟霭间，澒洞金石奏。弯弯飞桥出，潋潋半月彀。玉渊神龙近[3]，雨雹乱晴昼。垂瓶得清甘，可咽不可漱。

【注释】①栖贤：《庐山纪事》："七尖山东北，有大谷，是为栖贤谷。"②狖：黑色的长尾猿。③玉渊：《庐山纪事》："栖贤寺东，为玉渊潭。诸水奔注，潭中惊涌喷空。潭上有白石，横亘中流，故名玉渊。"

卷五　五言古诗

过建昌李野夫、公择故居[1]

彭蠡东北源，庐阜西南麓。何人修水上，种此一双玉[2]。思之不可见，破宅余修竹。四邻戒莫犯，十亩森似束[3]。我来仲夏初，解箨呈新绿[4]。幽鸟向我鸣，野人留我宿[5]。徘徊不忍去，微月挂乔木。遥想他年归，解组巾一幅。对床老兄弟，夜雨鸣竹屋。卧听邻寺钟，书窗有残烛。

【注释】①李野夫：名莘，李公择之兄，曾为江西转运副使。建昌：古县名，在今江西省永修县西北。此诗作于元丰七年（1084年），自黄移汝，过建昌时。②双玉：指李公择兄弟二人。③森似束：元稹《连昌宫词》："连昌宫中满宫竹，岁久无人森似束。"④箨：笋壳。⑤野人：指农民。

端午游真如，迟、适、远从，子由在酒局[1]

一与子由别，却数七端午[2]。身随彩丝系[3]，心与昌歜苦[4]。今年匹马来，佳节日夜数。儿童喜我至，典衣具鸡黍。水饼既怀乡，饭筒仍愍楚。谓言必一醉，快作西川语。宁知是官身，糟曲困熏煮。独携三子出，古刹访禅祖。高谈付梁罗[5]，诗律到阿虎。归来一调笑，慰此长龃龉。

【注释】①此诗作于元丰七年（1084年）端午节。时苏轼自黄移汝，特来筠州与子由相见。子由当时监筠州酒税。②"一与"二句：言与子由相别七个端午节。③彩丝系：当地民间风俗，五月五日以五采丝系于臂，辟兵与鬼，且令人不病瘟，名为长命缕。④昌歜：又称昌菹，菖蒲根的腌制品，端午节用以泛酒。⑤梁罗：苏轼自注："梁、罗，迟、适小名也。"

初别子由至奉新作[1]

双鹊先我来，飞上东轩背[2]。书随好梦到，人与佳节会。一欢难把玩，回首了无在。却渡来时溪[3]，断桥号浅濑。茫茫暑天阔，霭霭孤城背。青山眊矂[4]中，落日凄凉外。盛衰岂我意，离合非所碍。何以解我忧，粗了一事大[5]。

【注释】①奉新：在今江西省奉新县。②东轩：子由在筠州时建。③“却渡”句：苏轼来筠州与子由相见时曾经过此地。故云。④眊矂：烦恼。⑤“粗了”句：言了却死生。

陶骥子骏佚老堂二首[1]

其一

文举与元礼[2]，尚得称世旧[3]。渊明吾所师，夫子乃其后。挂冠不待年，亦岂为五斗？我歌《归来引》[4]，千载信尚友。相逢黄卷中[5]，何似一杯酒？君醉我且归，明朝许来否？

【注释】①陶骥：字子骏，江西九江人。②文举：孔融字文举。元礼：李膺字元礼。③“尚得”句：《后汉书·孔融传》：“融幼有异才，年十岁，随父诣京师。时河南尹李膺以简重自居，不妄接士宾客。敕外，自非当世名人及与通家，皆不得白。融欲观其人，故造膺门，语门者曰：‘我是李君通家子弟。’门者言之。膺请融，问曰：‘高明祖父尝与仆有恩旧乎？’融曰：‘然。先君孔子与君先人李老君，同德比义而相师友，则融与君累世通家。’”④《归来引》：苏轼自注：“余增损渊明《归去来》，以就声律，谓之

《归来引》。”⑤黄卷：《遁斋闲览》：“古人写书，皆用黄纸，以蘗染之，所以辟蠹也，故谓之黄卷。”

其二

我从庐山来，目送孤飞云。路逢陆道士[1]，知是千岁人。试问当时友，虎溪已埃尘[2]。似闻佚老堂，知是几世孙。能为五字诗，仍戴漉酒巾。人呼小靖节[3]，自号葛天民[4]。

【注释】①陆道士：《庐山纪事》：（南朝）“宋陆修静，吴兴人……隐居简寂观。”②虎溪：《庐山纪事》：“远公十八贤同修净土，结白莲社。山有虎溪，远师送客过此，虎辄号鸣。”③靖节：陶渊明私谥靖节。④葛天民：陶渊明《五柳先生传》：“衔觞赋诗，以乐其志。无怀氏之民欤？葛天氏之民欤？”

和李太白 并叙

李太白有《浔阳紫极宫感秋》诗。紫极宫，今天庆观也。道士胡洞微以石本示余，盖其师卓玘之所刻。玘有道术，节义过人，今亡矣。太白诗云：“四十九年非，一往不可复。”予亦四十九，感之，次其韵。玉芝一名琼田草，洞微种之七八年矣。云：更数年可食，许以遗余。故并记之。

寄卧虚寂堂[1]，月明浸疏竹。泠然洗我心，欲饮不可掬。流光发永叹，自昔非余独。行年四十九，还此北窗宿[2]。缅怀卓道人，白首寓医卜[3]。谪仙固远矣，此士亦难复。世道如弈棋，变化不容覆[4]。惟应玉芝老，待得蟠桃熟。

【注释】①虚寂堂：指紫极宫。苏轼过浔阳，寄宿于此。②“行年”二句：李白四十九岁时宿于此观，作诗；苏轼亦四十九岁宿此观，故云。③卓道人：道士胡洞微之师卓玘。“白首”句：《史记·日者传》：“贾谊曰：‘闻古之圣人，不居朝廷，必在卜医之中。’”④“世道”二句：据《三国志》载：王粲观棋，棋局乱而能复之。苏轼此处反其意而用之。

去岁九月二十七日，在黄州生子遁，小名干儿，颀然颖异[1]。至今年七月二十八日，病亡于金陵。作二诗哭之

其一

吾年四十九，羁旅失幼子。幼子真吾儿，眉角生已似。未期观所好，蹁跹逐书史。摇头却梨栗，似识非分耻。吾老常鲜欢，赖此一笑喜。忽然遭夺去，恶业我累尔。衣薪那免俗[2]，变灭须臾耳。归来怀抱空，老泪如泻水。

【注释】①颀然：风姿挺秀。②衣薪：《易·系辞下》：“古之葬者，厚衣之以薪，葬之中野。”

其二

我泪犹可拭，日远当日忘。母哭不可闻，欲与汝俱亡。故衣尚悬架[1]，涨乳已流床。感此欲忘生，一卧终日僵。中年忝闻道[2]，梦幻讲已详。储药如丘山，临病更求方。仍将恩爱刃，割此衰老肠。知迷欲自反，一恸送余伤。

【注释】①故衣：白居易《病中哭金銮子》："故衣犹架上，残药尚头边。"②忝：有愧于。

叶涛致远见和二诗，复次其韵[1]

其一

平生无一女，谁复叹耳耳[2]。滞留生此儿，足慰周南史。那知非真实，造化聊戏尔。烦恼初无根，恩爱为种子[3]。烦公为假说，反覆相指似。欲除苦海浪，先干爱河水。弃置一寸鳞，悠然笑侯喜[4]。为公写余习，瓶罍一时耻。

【注释】①苏轼自注："涛颠倒元韵。"叶涛：字致远，处州龙泉人。此二首为前二首伤亡子的续作。②耳耳：犹言罢了罢了。③"烦恼"二句：白居易《自觉》："不将恩爱子，更种忧悲根。"④"弃置"二句：韩愈《赠侯喜》："举竿引线忽有得，一寸才分鳞与鬐。"

其二

闻公少已悟，拄杖久倚床。笑我老而痴，负鼓欲求亡[1]。庶几东门子[2]，柱史安敢望？嗜毒戏猛兽，虑患先不详。囊破蛇已走，尚未省啮伤。妙哉两篇诗，洗我千结肠。黠蚕不作茧，未老则自僵。永谢汤火厄，泠然超无方[3]。

【注释】①"笑我"二句：《庄子·天运》载：孔子见老聃而语仁义。老聃曰："吾子亦放风而动，总德而立矣。又奚杰然若负建鼓而求亡子者耶?”②东门子:《列子·力命》:“魏人有东门吴者,其子死而不忧。其相室曰:‘公之爱子,天下无有。今子死不忧,何也?’东门吴曰:‘吾常无子,无子之时不忧。今子死,乃与向无子同,臣奚忧焉?’”③无方:指变化无常。

张庖民挽词[①]

东晋巾车令[②],西京执戟郎[③]。甘心向山水[④],结发事文章[⑤]。故自轻千户,何曾羡一囊。天高鬼神恶,骨朽姓名芳。庚岭铭旌暗,秦淮旧宅荒。吾诗不用刻,妙语有黄香[⑥]。

【注释】①张庖民:字翔父,金陵人。②巾车:《周礼·春官》:“巾车,掌王车。”陶渊明《归去来辞》:“或命巾车。”此处言巾车令,因陶渊明曾经为彭泽令。③执戟郎:《汉书·东方朔传》:“官不过侍郎,位不过执戟。”④“甘心”句:黄庭坚《张翔父墓表》:“翔父才德,俯仰庸人,不甚出奇见异,其于林泉,心安性服之也。”⑤结发:幼时。⑥苏轼自注:“黄鲁直为庖民作哀词。”

同王胜之游蒋山[①]

到郡席不暖,居民空惘然。好山无十里,遗恨恐他年。欲款南朝寺[②],同登北郭船。朱门收画戟,绀宇出青莲[③]。夹路苍髯古,迎人翠麓偏。龙腰蟠故国,乌爪寄层巅。竹杪飞华屋,松根泫细泉。峰多巧障日,江远欲浮天。略彴横秋水,浮图插暮烟[④]。归来踏人影,云细月娟娟。

【注释】①王胜之：名益柔，河南人，宰相王曙之子。蒋山：《景定建康志》："钟山一名蒋山。"②款：至。③"绀宇"句：苏轼自注："荆公宅已为寺。"此句化用李白《庐山东林寺夜怀》："我寻青莲宇，独往谢城阙。"④浮图：塔。

至真州再和二首[1]

其一

老手王摩诘[2]，穷交孟浩然[3]。论诗曾伴直，话旧已忘年[4]。北上难陪骥，东行且趁船。离亭花映肉，醉眼鹭窥莲。舵转三山没，风回五两偏[5]。荒祠过瓜步，古甃堕松巅。闻道清香阁，新篘白玉泉。莫教门掩夜。坐待月流天。小院檀槽闹，空庭桦烛烟。公诗便堪唱，为付小婵娟。

【注释】①真州：州名，治所在今江苏仪征。②王摩诘：王维。③穷交：患难之交。④"论诗"二句：苏轼与王胜之治平年间同在三馆，王长苏二十三岁，故有"伴直""话旧""忘年"之语。⑤五两：指测风的鸡羽。郭璞《江赋》："觇五两之动静。"李善注引《兵书》："凡候风法，以鸡羽重八两，建五丈旗，取羽系其颠，立军营中。"

其二

公颜如雪柏，千载故依然。笑我无根柳，空中不待年。肯留归阙旆，坐待逆风船。特许门传籥，那知箭起莲[1]。相逢月上后，小语坐西偏。流落千帆侧，追思百尺巅。躬耕怀谷口，水石羡平泉。茅屋归元亮[2]，霓裳醉乐天[3]。行闻宣室召[4]，归近御炉烟[5]。未用歌池上[6]，随宜教李娟[7]。

【注释】①箭起莲：莲花漏计时法，以水浮箭为候。②元亮：指陶渊明。③乐天：指白居易。④宣室：《汉书·贾谊传》注引苏林曰："宣室，未央前正室也。"⑤御炉：御用的香炉。⑥池上：白居易《池上篇》诗。⑦李娟：白居易《霓裳羽衣歌和微之》："李娟张态君莫嫌，亦拟随宜且教取。"

赠袁陟[1]

是身如虚空[2]，万物皆我储。胡为强分别，百金买田庐。不见袁夫子，神马载尻舆[3]。游乎无何有，一饭不愿余[4]。官湖为我池，学舍为我居[5]。何以遗子孙，此身自籧篨[6]。薰风暗杨柳，秋水净芙蕖。应观我知子，不怪子知鱼。

【注释】①袁陟：字世弼，南昌人，时任真州太守。②虚空：《维摩诘经》："是身为空，离我之所。"③"不见"二句：《庄子·大宗师》："浸假而化予之尻以为轮，以神为马，予因而乘之，岂更驾哉？"④"一饭"句：柳宗元《赠江华长老》："一饭不愿余，跏趺便终夕。"⑤"学舍"句：苏轼过真州，袁陟以学舍为苏轼居处。⑥籧篨：粗竹席。皇甫谧《笃终》："气绝之后，便即时服，幅巾故衣，以籧篨裹尸。"

送金山乡僧归蜀开堂[1]

撞钟浮玉山[2]，迎我三千指。众中闻謦欬[3]，未语知乡里。我非个中人，何以默识子。振衣忽归去，只影千山里。涪江与中泠[4]，共此一味水。冰盘荐琥珀，何似糖霜美。

【注释】①乡僧：指遂宁僧人圆宝。②浮玉山：今江苏省镇江市西北隅金山。③謦欬：咳嗽声。④涪江：今四川省嘉陵江支流。中泠：《名胜志》："金山下，有泉曰中泠。"

徐大正闲轩[①]

冰蚕不知寒[②]，火鼠不知暑[③]。知闲见闲地，已觉非闲侣。君看东坡翁，懒散谁比数。形骸堕醉梦，生事委尘土。早眠不见灯，晚食或敧午[④]。卧看毡取盗[⑤]，坐视麦漂雨[⑥]。语希舌颊强，行少腰脚偻。五年黄州城，不蹋黄州鼓。人言我闲客，置此闲处所。问闲作何味，如眼不自睹。颇讶徐孝廉，得闲能几许？介子愿奉使[⑦]，翁归备文武[⑧]。应缘不耐闲，名字挂庭宇。我诗为闲作，更得不闲语。君如汗血驹[⑨]，转盼略燕、楚。莫嫌銮辂重，终胜盐车苦。

【注释】①徐大正：字得之。因其兄守黄州，从苏轼游。秦观《闲轩记》："建安之北，有山岿然，与州治相直，曰北山。山之南，有涧，涧之南，有横阜。背山而面阜，据涧之北滨，有屋数十楹，则东海徐君大正燕居之地也。其名曰闲轩。"②冰蚕：古代传说中的一种蚕。王嘉《拾遗记·员峤山》："有冰蚕长七寸，黑色，有角有鳞，以霜雪覆之，然后作茧，长一尺，其色五彩，织为文锦，入水不濡，以之投火，经宿不燎。"③火鼠：传说中的异鼠。其毛可炽火浣布。④敧午：斜午，犹言日西斜。⑤毡取盗：《晋书·王献之传》："夜卧斋中，有偷儿入其室，盗物都尽。献之徐曰：'偷儿，青毡我家旧物，可特置之。'群盗惊走。"⑥麦漂雨：《后汉书》载，高凤少为书生，家中以农亩为业。高凤专精诵读，昼夜不息。其妻在院中晒麦，让他看鸡。正赶上下暴雨，可高凤持竿诵经，没发现麦子已被雨水冲走。⑦"介子"句：《汉书·傅介子传》载，元凤年中，介子以骏马监求使大宛。⑧"翁归"句：《汉书》载，田延年为河东太守，行县至平阳，召故吏五六十人。延年亲切接见，令有文者东，有武者西，见了数十人，挨到尹翁归，尹翁归伏地不肯起，说："翁归文武兼备，唯所施及。"⑨汗血驹：即汗血马，古代西域骏马名。流血如汗，故名。

高邮陈直躬处士画雁二首

其一

野雁见人时，未起意先改。君从何处看，得此无人态？无乃槁木形，人禽两自在。北风振枯苇，微雪落璀璀[①]。惨澹云水昏，晶莹沙砾碎。弋人怅何慕[②]，一举渺江海。

【注释】①璀璀：鲜艳明亮。②弋人：猎人。

其二

众禽事纷争，野雁独闲洁。徐行意自得，俯仰若有节。我衰寄江湖，老伴杂鹅鸭。作书问陈子，晓景画苕霅[①]。依依聚圆沙[②]，稍稍动斜月。先鸣独鼓翅，吹乱芦花雪。

【注释】①苕霅：苕溪、霅溪二水的并称。在今浙江省湖州市境内。②圆沙：杜甫《遣意》："野船明细火，宿雁聚圆沙。"

雍秀才画草虫八物

蝉

蜕形浊污中，羽翼便翾好[①]。秋来间何阔[②]，已抱寒茎槁。

【注释】①翾：飞。②间何阔：《汉书·诸葛丰传》载，诸葛为司隶校尉，刺举无所避，京师为之语曰：“间何阔，逢诸葛。”

虾蟆

睅目知谁瞋[1]，皤腹空自胀[2]。慎勿困蜈蚣，饥蛇不汝放[3]。

【注释】①睅目：眼睛突出。②皤腹：大肚子。③“慎勿”二句：《本草纲目》：“虾蟆畏蛇，而制蜈蚣。”

鬼蝶[1]

双眉卷铁丝，两翅晕金碧。初来花争妍，忽去鬼无迹。

【注释】①鬼蝶：即鬼蛱蝶。屈大均《广东新语·虫语·大胡蝶》：“其大如扇，四翅，好飞荔枝上者，名鬼车，亦曰鬼蛱蝶。”

孙莘老寄墨四首[1]

其一

徂徕无老松[2]，易水无良工。珍材取乐浪[3]，妙手惟潘翁[4]。鱼胞熟万杵[5]，犀角盘双龙。墨成不敢用，进入蓬莱宫。蓬莱春昼永，玉殿明房栊[6]。金笺洒飞白，瑞雾萦长虹。遥怜醉常侍，一笑开天容[7]。

【注释】①孙莘老：史容《黄山谷诗注》：孙莘老，元丰末自南京召为太常少卿，迁秘书少监。哲宗即位，兼侍讲。②徂徕：即徂徕山，在山东泰安市。③乐浪：《汉书·地理志》："乐浪郡，武帝元丰三年开。"应劭曰："故朝鲜国也。"④苏轼自注："潘谷作墨，杂用高丽煤。"⑤"鱼胞"句：用鲤鱼胞造墨。⑥房栊：房屋。⑦"遥怜"二句：《旧唐书》载，刘洎为散骑常侍，太宗作飞白字赐群臣。有人乘着酒兴去抢，刘洎登上御座，抢到手中，太宗笑着说："昔闻婕妤辞辇，今见常侍登床。"纪昀曰："此首叙墨之来由，即落到莘老，是第一章。"

其二

溪石琢马肝[①]，剡藤开玉版[②]。嘘嘘云雾出，奕奕龙蛇绾。此中有何好，秀色纷满眼。故人归天禄[③]，古漆窥蠹简。隃麋给尚方[④]，老手擅编划[⑤]。分余幸见及，流落一叹赧[⑥]。

【注释】①"溪石"句：苏易简《砚谱》："端州溪中，琢石成砚，至妙。水中石色青，山半石色紫，绝顶者尤润，如猪肝色者最佳。"②"剡藤"句：言剡溪之藤制纸最妙。③天禄：《三辅故事》："天禄阁，在大殿北，以藏秘书。"④隃麋：《汉官仪》："尚书丞郎，月赐赤管大笔一双，隃麋墨一丸。"⑤编划：编辑删削。⑥纪昀曰："此首叙到莘老寄墨，是第二章。"

其三

我贫如饥鼠，长夜空咬啮。瓦池研灶煤，苇管书柿叶。近者唐夫子，远致乌玉玦[①]。先生又继之，圭璧烂箱箧。晴窗洗砚坐，蛇蚓稍蟠结。便有好事人，敲门求醉帖[②]。

【注释】①苏轼自注："唐林夫寄张寓墨半丸。"②醉帖：《法书苑》："僧怀素善草书，常作醉帖。"纪昀曰："此首拉一陪客生情，蹙起波澜，落到自己，是第三章。"

其四

吾穷本坐诗[1]，久服朋友戒。五年江湖上，闭口洗残债。今来复稍稍，快痒如爬疥[2]。先生不讥诃，又复寄诗械[3]。幽光发奇思，点黠出荒怪。诗成自一笑，故疾逢虾蟹[4]。

【注释】①“吾穷”句：言因作诗受牵累。②“今来”二句：言禁不住诗兴。③诗械：指书写的工具。④“故疾”句：虾蟹善发疼痒之疾。纪昀曰：“此首以己身作收，是第四章。”

南都妙峰亭[1]

千寻挂云阙，十顷含风湾。开门弄清泚[2]，照见双铜镮。池台半禾黍，桃李余榛菅[3]。无人肯回首，日暮车班班[4]。使君非世人，心与古佛闲。时要声利客，来洗尘埃颜。新亭在东阜，飞宇凌通阛。古甃磨翠壁，霜林散烟鬟。孤云抱商丘，芳草连杏山。俯仰尽法界[5]，逍遥寄人寰。亭亭妙高峰，了了蓬艾间。五老压彭蠡[6]，三峰照潼关[7]。均为拳石小，配此一掬悭。烦公为标指，免使勤跻攀[8]。

【注释】①南都：今河南商丘。妙峰亭：留守王胜之所建。②清泚：清澈的水。③榛菅：丛生的茅草。④班班：络绎不绝。⑤法界：佛教语。通常泛称各种事物的现象及其本质。⑥五老：庐山五老峰的省称。五老峰位于庐山东南对鄱阳湖。彭蠡：指鄱阳湖。⑦三峰：指华山的莲花、毛女、松桧三山峰。⑧跻攀：攀登。

寄怪石石斛与鲁元翰[1]

山骨裁方斛，江珍拾浅滩[2]。清池上几案，碎月落杯盘。老去怀三友，平生困一箪。坚姿聊自儆，秀色亦堪餐。好去髯卿舍[3]，凭将道眼看[4]。东坡最后供，霜雪照人寒。

【注释】①石斛：多年生草本植物。《本草纲目·草九·石斛》："其茎状如金钗之股，故有金钗石斛之称。"鲁元翰：名有开，元翰为其字。时以膳部郎中坐修条不当，与宫观差遣。②"山骨"句：指石斛，石斛多生于崖石上。"江珍"句：指怪石，怪石产于齐安江边。③髯卿：指鲁元翰。④道眼：佛教语。指能洞察一切，辨别真妄的眼力。

赠眼医王彦若

针头如麦芒[1]，气出如车轴。间关脉络中，性命寄毛粟[2]。而况清净眼，内景含天烛[3]。琉璃贮沆瀣，轻脆不任触。而子于其间，来往施锋镞。笑谈纷自若，观者颈为缩。运针如运斤，去翳如拆屋。常疑子善幻，他技杂符祝。子言吾有道，此理君未瞩。形骸一尘垢，贵贱两草木。世人方重外，妄见瓦与玉。而我初不知，刺眼如刺肉。君看目与翳，是翳要非目。目翳苟二物，易分如麦菽。宁闻老农夫，去草更伤谷。鼻端有余地，肝胆分楚蜀。吾于五轮间[4]，荡荡见空曲。如行九轨道，并驱无击毂。空花谁开落[5]，明月自朏朒[6]。请问乐全堂，忘言老尊宿[7]。

【注释】①"针头"句：《素问》："针头如芒，气出如筐。"②毛粟：比喻极细密的事物。③天烛：天然的光明。④五轮：佛教认为眼有血、风、气、水、肉五轮，因此，又称眼睛为五轮。⑤“空花”句：《楞严经》：“亦如翳人，见空中花。翳病若除，花于空灭。”⑥朏朒：指月亮的盈亏。⑦苏轼自注：“彦若，乐全先生门下医也。”

李宪仲哀词 并叙

同年友李君讳惇，字宪仲。贤而有文，不幸早世，轼不及与之游也，而识其子廌有年矣。廌自阳翟见余于南京，泣曰：“吾祖母边、母马、前母张与君之丧，皆未葬，贫不敢以饥寒为戚，顾四丧未举，死不瞑目矣。”适会故人梁先吉老闻余当归阳羡[1]，以绢十四、丝百两为赙。辞之不可，乃以遗廌，曰：“此亦仁人之馈也。”既又作诗，以告知君与廌者，庶几皆有以助之。廌年二十五，其文晔然，气节不凡，此岂终穷者哉？

大梦行当觉，百年特未满。遑哀已逝人，长眠寄孤馆。念我同年生，意长日月短。盐车困骐骥[2]，烈火废圭瓒。后生有奇骨，出语已精悍。萧然野鹤姿，谁复识中散。有生寓大块[3]，死者谁不窾[4]。嗟君独久客，不识黄土暖。推衣助孝子，一溉滋汤旱[5]。谁能脱左骖，大事不可缓。

【注释】①梁先：字吉老。通经学，小楷学欧阳公，颇精绝。②盐车：《战国策·楚策》：“夫骥之齿至矣，服盐车而上太行。蹄申膝折，尾湛胕溃，漉汁洒地，白汗交流，中阪迁延，负辕不能上。伯乐遭之，下车攀而哭之，解纻衣以幂之。”后以盐车为典，喻贤才屈沉于下。③大块：大自然。《庄子·大宗师》：“大块载我以形，劳我以生，佚我以老，息我以死。”④窾：空。⑤“一溉”句：嵇康《养生论》：“为稼于汤之世，偏有一溉之功者，虽终归之焦烂，必一溉者后枯，然则一溉之益，固不可诬也。”

王伯扬所藏赵昌花四首[1]

梅花

南行度关山，沙水清练练[2]。行人已愁绝，日暮集微霰。殷勤小梅花，仿佛吴姬面[3]。暗香随我去，回首惊千片。至今开画图，老眼凄欲泫。幽怀不可写，归梦君家倩[4]。

【注释】①赵昌：字昌之，剑南人。工画花果。②练练：洁白。③吴姬：吴地的美女。④“幽怀”句：韩愈《幽怀》：“幽怀不能写，行此春江浔。”

黄葵

弱质困夏永，奇姿苏晓凉。低昂黄金杯[1]，照耀初日光。檀心自成晕，翠叶森有芒。古来写生人，妙绝谁似昌。晨妆与午醉[2]，真态含阴阳。君看此花枝，中有风露香。

【注释】①黄金杯：《本草纲目》：“黄蜀葵与蜀葵别种，夏末开花，浅黄色，叶心下有紫檀色。旦开、午收、暮落，亦呼侧金盏花。”②“晨妆”句：指黄葵晨开午敛。

芙蓉

清飙已拂林[1]，积水渐收潦[2]。溪边野芙蓉，花水相媚好。坐看池莲尽，独伴霜菊槁。幽姿强一笑，暮景迫摧倒。凄凉似贫女，嫁晚惊衰早。谁写少年容，樵人剑南老[3]。

【注释】①清飙：清风。②潦：雨后地面积水。③“樵人”句：赵昌自题其画云：剑南樵叟。

山茶

萧萧南山松，黄叶陨劲风。谁怜儿女花[1]，散火冰雪中[2]。能传岁寒姿，古来惟丘翁[3]。赵叟得其妙，一洗胶粉空。掌中调丹砂，染此鹤顶红。何须夸落墨，独赏江南工。

【注释】①儿女花：指山茶。②散火：散发红光。③丘翁：《图画见闻志》：丘文播，广汉人。画品降高、赵辈，后改名潜。

墨花 并叙

世多以墨画山水、竹石、人物者，未有以画花者也。汴人尹白能之[1]，为赋一首。

造物本无物，忽然非所难。花心起墨晕，春色散毫端。缥缈形才具，扶疏态自完。莲风尽倾倒，杏雨半披残。独有狂居士，求为黑牡丹。兼书平子赋[2]，归向雪堂看。

【注释】①尹白：夏士良《图绘宝鉴》：“尹白专工墨花，习花光梅，扶疏缥缈。”②平子赋：即张衡，字平子，作《归田赋》。

赠章默 并叙

章默居士，字志明，生公侯家，才性高爽。弃家求道，不蓄妻子，与世无累，而父母与兄之丧，贫不能举，以是眷眷世间，不能无求于人。余深哀其志，既有以少助之，又取其言为诗以赠其行，庶几有哀之者。

章子亲未葬，余生抱羸疾[①]。朝吟噎邻里，夜泪腐茵席。前年黑花生[②]，今岁白发出。身随日月逝，恨与天地毕。愿求不毛田，亲筑长夜室[③]。难从王孙裸，未忍夏后堲[④]，五陵多豪士[⑤]，百万付一掷。心知义财难，甘就贫友乞。不辞毛粟施[⑥]，行且丘山积。此志苟朝遂，夕死真不戚[⑦]。誓求无生理，不践有为迹。弃身尸陀林[⑧]，乌鸢任狼籍。

【注释】①羸疾：痼疾。②黑花生：指眼生黑花。③长夜室，指墓穴。④王孙裸：汉杨王孙临死嘱其子孙裸葬自己以返真。夏后堲：《礼记·檀弓》："有虞氏瓦棺，夏后氏堲周。"堲周：烧土为砖，附于棺的四周。⑤五陵：指长安的长陵、安陵、阳陵、茂陵、平陵。⑥毛粟：细微。⑦戚：忧愁，悲伤。⑧尸陀林：僧人的墓地。

金山妙高台[①]

我欲乘飞车，东访赤松子[②]。蓬莱不可到，弱水三万里[③]。不如金山去，清风半帆耳。中有妙高台，雪峰自孤起。仰观初无路，谁信平如砥。台中老比丘[④]，碧眼照窗几。巉巉玉为骨，凛凛霜入齿。机锋不可触，千偈如翻水。何须寻德云[⑤]，即此比丘是。长生未暇学，请学长不死[⑥]。

【注释】①金山妙高台：《京口三山志》：金山初名浮玉山，亦名伏牛山，山之东有善财石，野鹘多栖其上，有台曰妙高。②赤松子：相传为上古时神仙。③"蓬莱"二句：《神仙传》："谢自然泛海求蓬莱，一道士谓曰：蓬莱隔弱水三万里，非飞仙不可到。"④老比丘：指了元长老。⑤德云：

佛经中人名。善财童子受文殊菩萨指点，南行五十三处，参访名师，听受佛法，终成正果，德云是五十三名师中之一。⑥“长生”二句：嵇康《养生论》：“世或有谓神仙可以学得，不死可以力致者。”

赠杜介 并叙

元丰八年七月二十五日，杜几先自浙东还，与余相遇于金山，话天台之异，以诗赠之。

我梦游天台，横空石桥小。松风吹菌露[1]，翠湿香袅袅。应真飞锡过[2]，绝涧度云鸟。举意欲从之，翛然已松杪[3]。微言粲珠玉，未说意先了。觉来如堕空，耿耿窗户晓。群生陷迷网，独达从古少。杜叟子何人，长啸万物表。妻孥空四壁，振策念轻矫[4]。遂为赤城游[5]，飞步凌缥缈。问禅不归舍，屡为瓠壶绕[6]。何人识此志，佛眼自照瞭。我梦君见之，卓尔非魔娆。仙葩发茗碗，剪刻分葵蓼[7]。从今更不出，闭户闲騕褭[8]。时从佛顶岩[9]，驰下双莲沼。

【注释】①菌露：菌草上的露水。菌，草名，有毒，其上露，触之肉即溃烂。②飞锡：佛教语，谓僧人等执锡杖飞空。据《释氏要览》卷下：“今僧游行，嘉称飞锡。此因高僧隐峰游五台、出淮西，掷锡飞空而往也。”《文选·孙绰〈游天台山赋〉》：“王乔控鹤以冲天，应真飞锡以蹑虚。”李周翰注：“应真，得真道之人，执锡杖而行于虚空，故云飞也。”③翛然：无拘无束貌，超脱貌。《庄子·大宗师》：“翛然而往，翛然而来而已矣。”④振策：指锡杖。⑤赤城游：《述异记》载，赤城一峰，高三百丈，丹壁烁日。⑥瓠壶绕：《倦游录》：“金銮长老问欧阳景，取书索米于玉泉长老。景授一缄及诗一绝云：金銮来觅玉泉书，金玉相逢价倍珠。到了不干藤蔓事，壶芦自去缠壶芦。”⑦“仙葩”二句：《神异记》云：虞洪入山采茗，遇一道士，曰：“吾丹丘子也。闻子善具饮，山中有大茗，可以相给。”因立奠祀，后常入山获大茗焉。剪刻：犹剪截。⑧騕褭：古骏马名。⑨佛顶岩：在赤城山西北，梁僧定光，隐此三十年，人无知者。

次韵孙莘老斗野亭寄子由，在邵伯堰[1]

落帆谢公渚[2]，日脚东西平。孤亭得小憩，暮景含余清。坐待斗与牛，错落挂南甍[3]。老僧如夙昔[4]，一笑意已倾。新诗出故人，旧事疑前生。吾生七往来，送老海上城[5]。逢人辄自哂[6]，得鱼不忍烹。似闻绩溪老[7]，复作东都行。小诗如秋菊，艳艳霜中明。过此感我言，长篇发春荣。

【注释】①邵伯堰：在扬州广陵区，有斗野亭，以扬州分野属斗也。②“落帆”句：《晋书·阮裕传》：阮裕字思旷。成帝崩，阮裕赴山陵，事毕便还，诸人相与追之。至方山，不相及。刘惔叹曰：“我入东，正当泊安石渚下耳，不敢近思旷傍。”③南甍：屋背的南面，引申指房屋南面的门户，即屋南门。④老僧：名荣，斗野主人也。⑤“吾生”二句：自熙宁四年被出之后，至是已七往来于此，苏轼自谓将送老于海上。⑥自哂：自笑。⑦绩溪老：指子由，苏轼既自黄移汝，子由亦自监筠州移知歙之绩溪。

杨康功有石[1]，状如醉道士，为赋此诗

楚山固多猿，青者黠而寿。化为狂道士，山谷恣腾蹂。误入华阳洞，窃饮茅君酒[2]。君命囚岩间，岩石为械杻。松根络其足，藤蔓缚其肘。苍苔眯其目，丛棘哽其口。三年化为石，坚瘦敌琼玖[3]。无复号云声，空余舞杯手[4]。樵夫见之笑，抱卖易升斗[5]。杨公海中仙[6]，世俗那得友。海边逢姑射[7]，一笑微俯首。胡不载之归，用此顽且丑。求诗纪其异，本末得细剖。吾言岂妄云，得之亡是叟[8]。

【注释】①杨康功：华阴人，仕龙图阁待制。曾醉中与苏轼作《醉道士石》诗。②茅君：《仙经》载：句曲山即三十六洞之第八洞，名曰华阳洞，大茅君之所治也。③琼玖：琼和玖，泛指美玉。④"无复"二句："号云"以言猿，"舞杯"以言醉道士。⑤易：交换。⑥海中仙：杨康功曾使高丽。故称为海中仙。⑦姑射：《庄子·逍遥游》："藐姑射之山，有神人居焉，肌肤若冰雪，淖约若处子。"后诗文中以"姑射"为神仙或美人代称。⑧亡是叟：《汉书·司马相如传》：子虚，虚言也，为楚称。乌有先生者，乌有此事也，为齐难。亡是公者，亡是人也。欲明天子之义，故空藉此三人为辞。此诗以其石乃猿化，道士窃仙酒，而又化石，乃苏轼止设虚辞为称耳。

追作《淮口遇风诗》，戏用其韵

我诗如病骥，悲鸣向衰草。有儿真骥子[①]，一喷群马倒[②]。养气勿吟哦，声名忌太早。风涛借笔力，势逐孤云扫。何如陶家儿，绕舍觅梨枣。君看押强韵[③]，已胜郊与岛[④]。

【注释】①骥子：良马。汉桓谭《新论·求辅》："于边郡求得骏马，恶貌而正走，名骥子。"此喻苏迨。②"一喷"句：《穆天子传》曰："天子东游于黄泽，宿于曲洛，使官乐谣曰：'黄之池，其马喷沙，皇人威仪。黄之泽，其马喷玉，皇人受谷。'"③押强韵：王子韶《鸡跖集》：王筠，字元礼。为文能押强韵。④郊与岛：指孟郊、贾岛，以"苦吟"著称。

遗直坊 并叙

富公之客李君讳常，登人也。故太守李公讳师中，榜其闾曰遗直。而其子大方，求诗于轼，为赋一首。

使君不浪出，羔雁亲扣门[①]。先生但清坐，薤水已多言[②]。当时邦人化，市无晨饮豚[③]。岁月曾几何，客主皆九原[④]。鲁经有遗叹[⑤]，楚些无归魂[⑥]。我作遗直诗，过者式其藩[⑦]。

【注释】①羔雁：小羊和雁。古代用为卿、大夫的贽礼。《周礼·春官·大宗伯》："卿执羔，大夫执雁。"郑玄注："羔，小羊，取其群而不失其类。雁，取其候时而行。"②薤水：《后汉书·庞参传》：为汉阳太守。郡人任棠者，有奇节，隐居教授。参到，先候之。棠不与言，但以薤一大本、水一盂，置户屏前，自抱孙儿伏于户下。参思其微意，良久，曰："是欲晓太守也。水者，欲吾清。拔大本薤者，欲吾击强宗。抱儿当户，欲吾开门恤孤。"于是叹息而还。③"市无"句：《孔子家语》："初，鲁之贩羊有沈犹氏者，常朝饮其羊，以诈市人，孔子为政，沈犹氏不敢朝饮其羊。"④九原：《礼记·檀弓》："赵文子与叔誉观乎九原，文子曰：'死者如可作也，吾谁与归？'"注："晋卿大夫之墓地，在九原。"⑤"鲁经"句：《礼记·礼运》："仲尼之叹，盖叹鲁也。"⑥"楚些"句：《楚辞》宋玉《招魂》："魂兮归来，去君之恒干，何为乎四方些。"⑦式其藩：《尚书·武成》："式商容闾。"伪孔传："式其闾巷以礼贤。"即车过里门，人立车中，俯凭车轼，表示敬意，为敬贤之词。

过莱州雪后望三山

东海如碧环，西北卷登莱。云光与天色，直到三山回。我行适冬仲，薄雪收浮埃。黄昏风絮定，半夜扶桑开[①]。参差太华顶[②]，出没云涛堆。安期与羡门[③]，乘龙安在哉？茂陵秋风客[④]，劝尔麾一杯。帝乡不可期[⑤]，楚些招归来[⑥]。

【注释】①扶桑：植物名。灌木。叶卵形，花冠大型，有红、白等色，多栽于我国南方。全年开花，为著名的观赏植物。②太华顶：此以华山三峰比三山也。③“安期”句：《史记·封禅书》：栾大敢为大言，处之不疑。大言曰：“臣尝往来海中，见安期、羡门之属，顾以臣为贱，不信臣。”④茂陵：指汉武帝刘彻，以其陵墓曰茂陵，故称，刘彻曾作《秋风辞》。李贺《金铜仙人辞汉歌》：“茂陵刘郎秋风客，夜闻马嘶晓无迹。”⑤“帝乡”句：陶渊明《归去来兮辞》：“富贵非吾愿，帝乡不可期。”⑥“楚些”句：《楚辞·招魂》：“魂兮归来，何为兮四方些。”

次韵赵令铄惠酒

神山无石髓，生世悲暂寓[①]。坐待玉膏流[②]，千载真旦暮[③]。青州老从事，鬲上非所部。惠然肯见从[④]，知我憎市酤[⑤]。开瓶自洗盏，肴核谁与具[⑥]。门前听剥啄[⑦]，烹鱼得尺素[⑧]。

【注释】①寓：寄居。傅咸《鸣蜩赋》：生世忽兮如寓。②玉膏：此处指酒。③旦暮：早晚，喻时间极短。《庄子·齐物论》：“已乎，已乎！旦暮得此，其所由以生乎！”④惠然：《诗·邶风·终风》：“惠然肯来。”意为“难得大驾肯来”。⑤市酤：买酒。⑥肴核：鱼肉果蔬。《毛诗·小雅·宾之初筵》：“笾豆有楚，肴核维旅。”⑦剥啄：象声词。敲门声。⑧尺素：小幅的绢帛，古人多用以写信或文章，此指书信。

送范纯粹守庆州[①]

才大古难用，论高常近迂[②]。君看赵、魏老，乃为滕大夫。浮云无根蒂，黄潦能须臾[③]。知经几成败，得见真贤愚。羽旄照城阙，谈笑安边隅。当年老使君[④]，赤手降于菟。诸郎更何事，折箠鞭其雏[⑤]。吾知邓平叔，不斗月支胡[⑥]。

【注释】①范纯粹：字德儒，范仲淹之季子。②论高：言论超脱世俗。③黄潦：浑泥水。④老使君：指纯粹之父范仲淹。⑤折箠：《后汉书·邓禹传》："帝征禹还，敕曰：'赤眉无谷，自当来东，吾折箠笞之，非诸将忧也。'"⑥"吾知"二句：《后汉书·邓禹传》："禹子训，字平叔，为护羌校尉。先是小月氏胡分居塞内，胜兵者二三千骑，皆勇健富强，每与羌战，常以少制多。汉时收其用，时迷吾子迷唐，别与武威种羌合兵万骑，来至塞下，欲胁月氏胡。训拥卫稽故，令不得战。遂令开城及所居园门，悉驱群胡妻子纳之，严兵守卫。羌掠无所得，又不敢逼诸胡，因即解去。"

次韵王定国谢韩子华过饮

楚有孙叔敖，长城隐千里。哀哉綀裙子[①]，负薪蹑破履。岂无故交亲，逝去如覆水。不如老优孟[②]，谈笑托谐美。世家不可恃，如倚折足几。祥符有贤相[③]，手握天下砥。懿敏亦名公[④]，三贵德爵齿。盖棺今几日，公子谁料理。谁要卿料理，欲说且止止。宅相开府公[⑤]，久为苍生起[⑥]。如何垂老别，冰盘馈苍耳[⑦]。亲嫌妨鹗荐[⑧]，相对发微泚。新诗如弹丸，脱手不移晷。我亦老宾客，苦语落纨绮[⑨]。莫辞三上章，有道贫贱耻。

【注释】①綀裙子：《南史·任昉传》："昉卒后，有子东里、西华、南容、北叟。兄弟流离，不能自振，平生旧交，莫有收恤。西华冬月著葛帔綀裙，道逢刘孝标，泫然矜之，为著《广绝交论》。"②优孟：春秋楚国著名优人，常谈笑讽谕，曾谏止楚庄王以大夫礼葬马；又善模仿，着楚相孙叔敖衣冠见楚王，楚王不能辨。③贤相：指文正公王旦。定国之祖。王旦于景德三年拜相，历祥符至天禧元年，在位凡十二年。④懿敏：王素，文正公旦季子。事仁宗，出入垂三十年，卒谥懿敏。⑤"宅相"句：《晋书·魏舒传》："舒，字阳元，少孤，为外家宁氏所养。宁氏起宅，相宅者云：'当出贵甥。'

外祖母以魏氏甥小而慧，意谓应之。舒曰：‘当为外氏成此宅相。’”诗中用此典，因文正公长女嫁韩忠宪公，子华乃王氏之甥，为开府仪同三司，故有此语。⑥苍生：指百姓。《晋书·谢安传》：“桓温请为司马，将发新亭，高崧戏之曰：‘卿屡违朝旨，高卧东山，诸人每相与言。安石不肯出，将如苍生何？苍生今日亦将如卿何？’安有愧色。”⑦苍耳：一年生草本植物，春夏开花。绿色，果实倒卵形，有刺。⑧鹗荐：汉孔融《荐祢衡疏》：“鸷鸟累百，不如一鹗。使衡立朝，必有可观。”后用“鹗荐”谓举荐贤才。⑨纨绮：精美的丝织品。

和王晋卿 并引

驸马都尉王诜晋卿，功臣全斌之后也①。元丰二年，予得罪贬黄冈，而晋卿亦坐累远谪，不相闻者七年②。予既召用，晋卿亦还朝，相见殿门外。感叹之余，作诗相属，托物悲慨，厄穷而不怨，泰而不骄。怜其贵公子有志如此，故和其韵。

先生饮东坡，独舞无所属。当时挹明月③，对影三人足。醉眠草棘间，虫虺莫予毒。醒来送归雁，一寄千里目。怅然怀公子，旅食久不玉④。欲书加餐字，远托西飞鹄。谓言相濡沫，未足救沟渎⑤。吾生如寄耳，何者为祸福？不如两相忘，昨梦那可逐。上书得自便，归老湖山曲⑥。躬耕二顷田，自种十年木。岂知垂老眼，却对金莲烛。公子亦生还，仍分刺史竹。贤愚有定分，樽俎守尸祝⑦。文章何足云，执技等医卜⑧。朝廷方西顾，羌虏骄未伏。遥知重阳酒，白羽落黄菊。羡君真将家，浮面气可掬⑨。何当请长缨⑩，一战河湟复⑪。

【注释】①王晋卿：尚英宗女蜀国长公主，虽在戚里，斥远声色，而从事于诗画。②七年：指元丰己未至乙丑七年。③挹(yì)：通“揖”，拜揖。④玉：即“玉食”，美食。⑤沟渎：犹沟洫，此喻困厄之境。⑥“上书”二句：苏轼自黄移汝，表乞常州居住，诏许之。⑦尸祝：《庄子·逍遥游篇》：“庖人不治庖，尸祝不越樽俎而代之。”⑧“文章”二句：司马迁《报任安书》：“文史星历，近乎卜祝之间。”⑨“浮面”句：苏轼自注：“袁天纲谓窦轨，君语则赤气浮面，为将勿多杀人。”《唐书·袁天纲传》：“见窦轨曰：‘君方语，气浮入于大宅，若将，必多杀人，愿自戒。’”⑩长缨：《汉书》：“终军愿请长缨，以羁南越王，而致之阙下。”⑪“一战”句：杜甫《投赠哥舒开府翰》：“每惜河湟弃。”《太平寰宇记》：“霍去病取西河地，开湟中，属金城郡。南凉秃发乌孤自称武威王，徙居于此，后魏改为鄯州。唐上元中，鄯州陷于吐蕃，所管州县入河州。”至宋时，西边郡县俱废，故结句有此语。

次韵王觌正言喜雪[1]

圣人与天通，有诏宽狱市[2]。好语夜喧街，湿云朝覆砌。纷然退朝后，色映宫槐媚。欲夸剪刻工[3]，故上朱蓝袂[4]。我方执笔侍[5]，未敢书上瑞。君犹伏阁争，高论亦少慰。霏霏止还作，盎盎风与气。神龙久潜伏，一怒势必倍。行当见三白[6]，拜舞欢万岁。归来饮君家，酣咏追《既醉》[7]。

【注释】①王觌：字明叟，泰州如皋人。②“圣人”二句：《宋史·哲宗本纪》：“元祐元年正月，录在京囚，减死罪以下一等，杖罪者释之。”诗意指此。③剪刻工：此指下雪。韩退之《悼李花》诗：“谁将平地万堆雪，剪刻作此连天花。”④朱蓝袂：朱蓝之服。⑤执笔侍：时苏轼为起居舍人，故称。⑥三白：三度下雪。⑦《既醉》：《诗经》篇名。《序》曰：“《既醉》，言太平也。”

题文与可墨竹 并叙

故人文与可为道师王执中作墨竹，且谓执中勿使他人书字，待苏子瞻来，令作诗其侧。与可既没八年，而轼始还朝。见之，乃赋一首。

斯人定何人，游戏得自在。诗鸣草圣余，兼入竹三昧[1]。时时出木石，荒怪轶象外。举世知珍之，赏会独予最。知音古难合，奄忽不少待。谁云生死隔，相见如龚、隗[2]。

【注释】①三昧：佛教语。梵文音译，意译为“正定”，谓屏除杂念，心不散乱，专注一境。②“谁云”二句：《晋书·隗炤传》：（炤）善于《易》。临终，书版授其妻曰：“吾亡后五年春，当有诏使来顿此亭。姓龚，此人负吾金，即以此版责之。”期日，有龚使者止亭中，妻遂赍版往责之。使者惘然，不知所以，沉吟良久而悟。乃命取蓍筮之，卦成，叹曰：“妙哉隗生！”于是告炤妻曰：“吾不负金，贤夫自有金耳。知亡后当暂穷，故藏金以待太平。知吾善《易》，故书版以寄意耳。金有五百斤，盛以青瓮，覆以铜柈，埋在堂屋东头。”还，掘之，皆如卜。

次韵和王巩

谪仙窜夜郎[1]，子美耕东屯。造物岂不惜，要令工语言。王郎年少日，文如瓶水翻。争锋虽剽甚[2]，闻鼓或惊奔。天欲成就之，使触羝羊藩[3]。孤光照微陋，耿如月在盆。归来千首诗，倾泻五石樽。却疑彭泽[4]在，颇觉苏州[5]烦。君看驺忌子，廉折配春温。知音必无人，坏壁挂桐孙[6]。

【注释】①窜：放逐。夜郎：夜郎郡。②剽：剽疾。《汉书》：黥布反，上自将而东。张良见上曰：“楚人剽疾，愿上慎勿与楚争锋。”③羝羊：《周易·大壮》：羝羊触藩，不能退，不能遂，无攸利。④彭泽：指陶渊明，曾为彭泽县令。⑤苏州：指韦应物。⑥桐孙：桐树新生的小枝，这里指琴。

用王巩韵赠其侄震

衡门[1]老苔藓，竹柏千兵屯。开樽邀落日，未对乌鸟言。清风举吹籁，散乱书帙翻。传呼一何急，人马从车奔。贫居少宾客，邻妇窥篱藩。墙头过春酒，绿泛田家盆。比来伏青蒲[2]，坐捉[3]白兽樽。王猷修润色，亦有簿领烦。朝廷贵二陆[4]，屡闻天语温。犹能整笔阵[5]，愧我非韩孙。

【注释】①衡门：横木为门。指简陋的房屋。《诗·陈风·衡门》：“衡门之下，可以栖迟。”②伏青蒲：此处用典《汉书·史丹传》：候上闲独寝时，丹直入卧内，顿首伏青蒲上，涕泣言，曰：“皇太子以嫡长立。”云云，天子素仁，不忍见丹涕泣，言又切至，上意大感。③捉：握也。④二陆：指陆机、陆云。《晋书·陆机传》：字士衡，少有异才，文章冠世，至太康末，与云俱入洛，造太常张华。⑤笔阵：晋王羲之《题〈笔阵图〉后》：“夫纸者，阵也；笔者，刀矟也；墨者，鍪甲也；水砚者，城池也；心意者，将军也；本领者，副将也；结构者，谋略也。”谓作书运笔如行阵，亦喻写作文章，谓诗文谋篇布局擘画如军阵。

用王巩韵，送其侄震知蔡州[1]

九门插天开，万马先朝屯。举鞭红尘中，相见不得言。夜走清虚宿[2]，扣门惊鹊翻。君家汾阳家，永巷车雷奔[3]。夕郎方不夕[4]，列戟以自藩。相逢开月阁，画檐低金盆。至今梦中语，犹举灯前樽。阿戎修玉牒[5]，未惮笔削烦[6]。君归助献纳，坐继岑与温[7]。我客二子间，不复寻诸孙[8]。

【注释】①震：即王震，字子发，王旦曾孙。②清虚宿：指王巩家有清虚堂。③车雷奔：谓家大人多，车过如雷声也。④夕郎：黄门侍郎的别称，汉时，黄门郎可加官给事中，因亦称给事中为夕郎。⑤玉牒：记载帝王谱系、历数及政令因革之书。至宋代，每十年一修，官宗正丞，即可云修玉牒，时王定国为宗正丞。⑥笔削：《史记·孔子世家》：孔子修《春秋》，笔则笔，削则削。⑦岑：指岑文本，与其兄子长倩也。温：指温大雅，与其弟彦博。文本为中书舍人侍郎令，而兄子长倩为兵部侍郎同中书门下平章事；大雅为黄门侍郎，而彦博为中书舍人侍郎令。⑧“不复”句：苏轼自注：“子美诗云：权门多噂沓，且复寻诸孙。”

用旧韵送鲁元翰知洺州

我在东坡下，躬耕三亩园。君为尚书郎，坐拥百吏繁。鸣蛙与鼓吹，等是俗物喧。永谢十年旧，老死三家村。惟君绨袍信[①]，到我雀罗门。缅怀故人意，欲使薄夫敦。新年对宣室[②]，白首代尧言[③]。相逢问前辈，所见多后昆。道馆虽云乐，冷卿当复温[④]。还持刺史节，却驾朱轮轩。黄发方用事，白须宜少存。嗣圣真生知，拯民如救燔。初因羽渊魄，尽返湘江魂[⑤]。坐忧东郡决，老守思王尊[⑥]。北流桑柘没，故道尘埃翻。知君一寸心，可敌千步垣。流亡自栖止，老幼忘崩奔。得闲闭阁坐，勿使道眼浑。聊乘应舍筏[⑦]，直溯无生源[⑧]。归来成二老，夜榻当重论。

【注释】①绨袍信：战国时魏人范雎先事魏中大夫须贾，遭其毁谤，笞辱几死，后逃秦改名张禄，仕秦为相，权势显赫，魏闻秦将东伐，命须贾使秦，范雎乔装，敝衣相见，须贾不知，怜其寒而赠一绨袍，迨后知雎即秦相张禄，乃惶恐请罪，雎以贾尚有赠袍念旧之情，终宽释之，后多用为眷念故旧之典。②宣室：未央宫殿北，未央前殿正室也。③代尧言：苏轼为中书舍人，掌制诰，为皇帝代言之职。④冷卿：指玉牒所。⑤“初因”二句：时哲宗初登极，太母垂帘，悉罢新法，而元丰末年用事宰执皆斥逐，当时议新法不合被窜谪者，皆召还录用。⑥“坐忧”二句：《东都事略·鲁有开传》：“有开知冀州，河决小吴，水不至城下数里。有开议增筑护城隄，人皆谓初无水患，何以劳役焉？有开卒成之，明年河决水至，以有备无患。”元翰在冀州治河有成效，故借王尊事以美之。⑦应舍筏：《金刚经》：“如来常说：汝等比丘，知我说法，如筏喻者。法尚应舍，何况非法？”⑧无生：佛家以无生为荣。

次韵子由送陈侗知陕州[1]

谁能如铁牛，横身负黄河。滔天不能没，尺箠未易诃[2]。世俗自无常，徐公故逶迤[3]。别来不可说，事与浮云多。当时无限人，毁誉即墨阿[4]。虚声了无实，夜虫鸣机梭。相逢一笑外，奈此白发何。天骥皆籋云，长鸣饱刍禾。王庭旅百实[5]，大贝随弓戈[6]。君独一麾去，欲赓五袴歌。甘棠古乐国，白酒金叵罗。知君不久留，治行中新科。过客足嗔喜，东堂记分鹅[7]。此外但坐啸，后生工揣摩。

【注释】①陈侗：字成伯，莆田人。②尺箠：短鞭，比喻御事的权力。③徐公：徐邈。逶迤：雍容曲折之义。④“当时”二句：《史记·田敬仲完世家》：齐威王召即墨大夫，而语之曰：“自子之居即墨也，毁言日至。然吾使人视即墨，田野辟，民人给，官无留事，东方以宁，是子不事吾左右以求誉也。”封之万家。召阿大夫语之曰：“自子之守阿，誉言日闻。然使使视阿，田野不辟，民贫苦。昔日赵攻甄，子弗能救。卫取薛陵，子弗知。是子以币厚吾左右以求誉也。”是日烹之。⑤旅百：形容陈列之物众多。《国语·晋语四》：“楚成王以周礼享之，九献，庭实旅百。”⑥大贝：贝之一种，上古以为宝器。⑦“过客”二句：《晋书·刘毅传》：“字希乐，初，江州刺史庾悦，隆安中为司徒长史，曾至京口。毅时甚屯窭，先就府借东堂与亲故出射，而悦后与僚佐径来诣堂。毅告之，曰：‘毅屯否之人，合一射甚难。君于诸堂并可，望以今日见让。’悦不许，既而悦食鹅，毅求其余，悦又不答，毅尝衔之。义熙中，夺悦豫章，解其军府，使人微示其旨，悦忿惧而死。”

送程建用[1]

先生本舌耕[2]，文字浩千顷。空仓付公子，坐待发苕颖[3]。十年困新说[4]，儿女争捕影。凿垣种蒿蓬[5]，嘉谷谁复省。空余《南陔》意，太息北堂冷[6]。织屦随方进，采薪教韦逞[7]。辛勤守一经，菽水贤五鼎[8]。今年闻起废[9]，《鲁史》复光景。公子亦改官，三就繁马颈[10]。归来一笑粲，素发飒垂领。会看金花诏，汤沐奉朝请[11]。天公不吾欺，寿与龟鹤永。

【注释】①程建用：字彝仲，眉山人。②舌耕：王子年《拾遗记》：贾逵口授经文，献者积粟盈仓。或云：贾逵非力耕所得，诵经舌倦，世所谓舌耕。先生：指程建用之父。③公子：指程建用。苕颖：《文选·陆机〈文赋〉》：“或苕发颖竖，离众绝致。”吕向注：“谓思得妙音，辞若苕草华发，颖禾秀竖，与众辞离绝，致于精理。”后因以“苕颖”比喻意旨文辞之精妙特出者，或特出之事物。④新说：指王介甫《三经新义》，多言性命之说。⑤“凿垣”句：《庄子·庚桑楚篇》：“是其于辩也，将妄凿垣墙而植蓬蒿也。”⑥“空余”二句：《诗·南陔》：“孝子相戒以养也。”北堂：谓母也。⑦“织屦”二句：《晋书·列女传》：韦逞年少，母宋氏昼则樵采，夜则教逞，遂学成名立，仕苻坚为太常。⑧菽水：豆与水，指所食唯豆和水，形容生活清苦。⑨起废：重新起用已被贬黜的官。⑩繁马颈：即繁缨，古代天子、诸侯所用辂马的带饰。繁，马腹带；缨，马颈革。《礼记·礼器》：“大路繁缨一就，次路繁缨七就。”⑪汤沐：即汤沐邑。周代供诸侯朝见天子时住宿并沐浴斋戒的封地。后也指国君、皇后、公主等收取赋税的私邑。

送杨孟容[1]

我家峨眉阴[2]，与子同一邦。相望六十里，共饮玻璃江[3]。江山不违人，遍满千家窗。但苦窗中人，寸心不自降。子归治小国，洪钟噎微撞。我留侍玉座，弱步攲丰扛[4]。后生多高才，名与黄童双[5]。不肯入州府，故人余老庞。殷勤与问讯，爱惜霜眉庞[6]。何以待我归，寒醅发春缸。

【注释】①杨孟容：眉山人。②峨嵋阴：指眉州，在峨眉山之北。③玻璃江：即峨江。范成大《吴船录》："眉州城外，即玻璃江，冬时水色如此。"④攲：倾斜，倚。⑤黄童：指黄鲁直。⑥霜眉庞：言眉毛黑白杂色，形容老貌。

见子由与孔常父唱和诗[1]，辄次其韵。余昔在馆中，同舍出入，辄相聚饮酒赋诗，近岁不复讲，故终篇及之，庶几诸公稍复其旧，亦太平盛事也

君先鲁东家，门户照千古。文章故应尔，须鬣余似处。虽非蒙倛状[2]，尚肖历国苦。诵书口澜翻，布谷杂杜宇[3]。十年困奔走，栉沐饱风雨。吾道其非邪，野处岂兕虎[4]。灞陵闲老将，柏直口尚乳[5]。自君兄弟还，鼎立知有补[6]。蓬山耆旧散，故事谁删去。来迎冯翊传，出饯会稽组[7]。吾犹及前辈，诗酒盛册府[8]。愿君倡此风，扬觯斯杜举[9]。

【注释】①孔常父：名武仲，与兄经父，弟毅父皆以文声起，江右鼎

立，元祐时号“三孔”。②蒙倛：《荀子·非相》云：仲尼之状，面如蒙倛。倛，方相也。其首蒙茸然，故曰蒙倛。③布谷、杜宇：皆鸣声不停之禽，此赞常父。④“吾道”二句：《史记·孔子世家》：楚使人聘孔子，陈蔡大夫发徒役围孔子于野，不得行。孔子知弟子有愠心，乃召子路而问曰：“《诗》云：‘非兕非虎，率彼旷野。’吾道非邪？吾何为于此？”⑤“灞陵”二句：《汉书》：“魏王豹反，汉王问魏将谁也？”对曰：“柏直。”王曰：“是口尚有乳臭，不能当韩信。”⑥“自君”二句：黄鲁直云：二苏正连璧，三孔立分鼎。⑦“出饯”句：《汉书·朱买臣传》：“拜为会稽太守，衣故衣，怀其印绶，步归郡邸。入室中，守邸与共食，食且饱，少见其绶，守邸怪之，前引其绶，视其印，会稽太守章也。守邸惊，列中庭拜谒。”⑧册府：指三馆，藏书册之府。⑨杜举：《礼记·檀弓下》：春秋时，晋大夫知悼子卒，平公饮酒，击钟，宰夫杜蒉责以大臣丧日，不应举乐，平公引过自责，饮酒示罚，杜蒉洗而扬觯，平公曰：“如我死则必勿废斯爵也。”后因以称享宴礼毕而举杯为杜举，表明此杯乃昔者杜蒉之所举。

送顾子敦[1]奉使河朔

我友顾子敦，躯胆两俊伟。便便十围腹，不但贮书史。容君数百人，一笑万事已。十年卧江海，了不见愠喜。磨刀向猪羊，酾酒[2]会邻里。归来如一梦，丰颊愈茂美。平生批敕手，浓墨写黄纸[3]。会当勒燕然，廊庙登剑履[4]。翻然向河朔，坐念东郡水。河来屹不去，如尊乃勇耳[5]。

【注释】①顾子敦：顾临也，会稽人。②酾酒：斟酒。③“平生”二句：用李藩事。《旧唐书·李藩传》：李藩迁给事中，制敕有不可，遂于黄敕后批之。吏曰：“宜别连白纸。”藩曰：“别以白纸，是文状，岂曰批敕耶？”④“廊庙”句：指可带剑上殿。⑤“如尊”句：《汉书·王尊传》：为东平相，是时东平以至亲，骄奢不奉法，傅相连坐，尊视事，谓王曰：“尊来为相，人皆吊尊也，以尊不容朝廷，见使相王耳。天下皆言王勇，顾但负责，安能勇？如尊乃勇耳。”

次韵子由送家退翁知怀安军[1]

吾州同年友，粲若琴上星[2]。当时功名意，岂止拾紫青[3]。事既喜违愿，天或不假龄[4]。今如图中鹤，俯仰在一庭[5]。退翁守清约，霜菊有余馨。鼓笛方入破[6]，朱弦微莫听。西南正春旱，废沼黏枯萍。翩然一麾去，想见灵雨零[7]。我无谪仙句，待诏沉香亭。空骑内厩马，天仗随云軿。竟无丝毫补，眷焉谁汝令。永愧旧山叟，凭君寄丁宁[8]。

【注释】①家退翁：名定国。弟复礼，名安国。东坡、子由及退翁兄弟，少时皆尝从眉州刘微之。②琴上星：言同年友十三人也。③紫青：唐以金紫银青光禄大夫，皆为阶官。丞相太尉金紫，御史大夫银青，皆以印绶言。④天假：天赐给足够的年寿，谓能享其天年。⑤苏轼自注：“吾州同年友十三人，今存者六人而已，故有‘琴上星’‘图中鹤’之语。”⑥入破：唐宋大曲的专用语，大曲每套都有十余遍，归入散序、中序、破三大段，入破即为破这一段的第一遍，后借指乐声骤变为繁碎之音。⑦灵雨零：好雨徐徐而下。⑧旧山叟：指刘巨，字微之，公幼所从学者。丁宁：叮咛也。

诸公饯子敦，轼以病不往，复次前韵

君为江南英，面作河朔伟。人间一好汉，谁似张长史[1]。上书苦留君，言拙辄报已。置之勿复道，出处俱可喜。攀舆共六尺[2]，食肉飞万里。谁言远近殊，等是朝廷美。遥知送别处，醉墨争淋纸。我以病杜门[3]，商颂空振履[4]。后会知何日，一欢如覆水。善保千金躯，前言戏之耳[5]。

【注释】①张长史：《旧唐书·狄仁杰传》：武后问曰："朕要一好汉任使，有乎？"仁杰曰："荆州长史张柬之，其人虽老，宰相材也。若用之，必能尽节于国家。"②"攀舆"句：《汉书·袁盎传》："天子所与共六尺舆者，皆天下英豪。"③杜门：闭门。④"商颂"句：《庄子·让王篇》："曾子居卫，三日不举火，十年不制衣，曳屣而歌商颂，声满天地，若出金石。"⑤"善保"二句：元祐中，顾子敦有顾屠之号，以其极肥伟也。其后奉使河朔，居士有诗送之，子敦读之，颇不乐，所以苏轼复和前篇云此句。

送吕行甫司门倅河阳[1]

结交不在久，倾盖如平生。识子今几日，送别亦有情。子生公相家，高义久峥嵘。天才既超诣，世故亦屡更。譬如追风骥，岂免羁与缨[2]。念我山中人，久与麋鹿并。误出挂世网[3]，举动俗所惊。归田虽未果，已觉去就轻。河阳岂云远，出处恐异程。便当从此别，有酒无徒倾。

【注释】①吕行甫：名希彦，相门子，行义有过人者。生平藏墨，士大夫戏之为墨颠。②缨：马颈革。③世网：言尘俗。

和穆父新凉

家居妻儿号，出仕猿鹤怨。未能逐什一[1]，安敢抟九万。常恐樗栎身[2]，坐缠冠盖蔓。受知如负债，粗报乃焚券。但知眠牛衣，宁免刺虎圈。清风来既雨，新稻香可饭。紫蟹应已肥，白酒谁能劝。君今崔、蔡手[3]，政比赵、张健[4]。三公行可致，一语先自献。幸推江湖心，适我鱼鸟愿。

【注释】①什一：以十博一。《史记·越王勾践世家》："（范蠡）候时转物，逐什一之利。"后因以"什一"泛指经商。②樗栎：《庄子·逍遥游》："吾有大树，人谓之樗。其大本臃肿而不中绳墨，其小枝卷曲而不中规矩。立之途，匠者不顾。"后因以"樗栎"喻才能低下。③崔：指东汉崔瑗，字子玉。高于文词，尤善为书、记、箴、铭。诸能为文者，皆自以为弗及。蔡：指东汉蔡邕，字伯喈。博学，好词章、数术、天文，妙操音律。④张：指张敞。赵：指赵广汉。俱尹京兆，有能名，时穆父权开封尹，故以相况。

书晁补之所藏与可画竹三首

其一

与可画竹时，见竹不见人。岂独不见人，嗒然[1]遗其身。其身与竹化，无穷出清新。庄周世无有，谁知此疑神[2]。

【注释】①嗒然：形容身心俱遗、物我两忘的神态。②疑神：语出《庄子》："用志不分，乃疑于神。"

其二

若人今已无，此竹宁复有。那将春蚓笔[1]，画作风中柳。君看断崖上，瘦节蛟蛇走。何时此霜竿，复入江湖手。

【注释】①春蚓笔：形容灵巧柔美的画笔。

其三

晁子拙生事，举家闻食粥。朝来又绝倒[1]，谀墓得霜竹[2]。可怜先生盘，朝日照苜蓿。吾诗固云尔，可使食无肉[3]。

【注释】①绝倒：佩服之极。南朝宋刘义庆《世说新语·赏誉》："王平子迈世有儁才，少所推服，每闻卫玠言，辄叹息绝倒。"②谀墓：韩愈为人作墓志，多溢美之辞，后谓为人作墓志而称誉不实为"谀墓"。③苏轼自注："吾旧诗云：'可使食无肉，不可使居无竹。'"

书鄢陵王主簿所画折枝二首

其一

论画以形似，见与儿童邻。赋诗必此诗，定非知诗人。诗画本一律，天工与清新。边鸾雀写生[1]，赵昌花传神[2]。何如此两幅，疏淡含精匀。谁言一点红，解寄无边春。

【注释】①边鸾：唐京兆人。长于花鸟折枝，精妙之极。②赵昌：汉州人，善画花。每晨朝露下时，绕栏谛玩，手中调彩色写之，自号写生赵昌，人谓昌画染成，不布彩色，验之者以手扪摸，不为彩色所隐，乃真昌画也。

其二

瘦竹与幽人，幽花如处女。低昂枝上雀，摇荡花间雨。双翎决将起，众叶纷自举。可怜采花蜂，清蜜寄两股。若人富天巧，春色入毫楮[1]。悬知君能诗，寄声求妙语。

【注释】①此句谓写生作画。

故李诚之待制六丈挽词[1]

青青一寸松，中有梁栋姿。天骥堕地走，万里端可期。世无阿房宫，下建五丈旂[2]。又无穆天子，西征燕瑶池[3]。才大古难用，老死亦其宜。丈夫恐不免，岂患莫己知。公如松与骥，少小称伟奇。俯仰自廊庙，笑谈无羌夷。清朝竟不用，白首仍忧时。愿斩横行将[4]，请烹乾没儿[5]。言虽不见省，坐折奸雄窥。嗟我去公久，江湖生白髭。归来耆旧尽，零落存者谁。比公嵇中散，龙性不可羁[6]。疑公李北海，慷慨多雄词[7]。凄凉《五君咏》[8]，沉痛《八哀诗》[9]。邪正久乃明，人今属公思。九原不可作，千古有余悲。

【注释】①李诚之：名师中，应天府楚丘人。待制：官名。唐置。太宗即位，命京官五品以上，更宿中书、门下两省，以备访问。宋因其制，于殿、阁均设待制之官。②旂(qí)：古代画有两龙并在竿头悬铃的旗。秦始皇建阿房宫时，先作前殿阿房，东西五百步，南北五十丈，上可以坐万人，下可以建五丈旂。③"又无"二句：昔穆王肆意远游。升昆仑之丘，以观黄帝之宫，而封之以诒后世，遂宾于西王母，觞于瑶池之上，一日行万里。④"愿斩"句：《汉书》载：樊哙言："愿得十万众，横行匈奴中。"季布曰："哙可斩也，夫以高帝兵三十万余，困于平城，哙时亦在其中，今哙奈何以十万众横行匈奴中哉！"⑤乾没(mò)儿：指投机图利、侵吞公家或别人财物的人。⑥龙性：指颜延年作《五君咏》言嵇康云："鸾翮有时铩，龙性谁能驯。"⑦北海：指唐李邕，为北海太守，杜子美《八哀诗·赠秘书监江夏李公邕》云：忆昔李公存，词林有根柢。声华当健笔，洒落富清制。⑧《五君咏》：

五君指竹林七贤中的阮籍、嵇康、刘伶、阮咸、向秀也，山涛、王戎贵盛，被黜故不取。⑨《八哀诗》：杜子美所作。八哀指王思礼、李光弼、汝阳王琎、严武、李邕、苏源明、郑虔、张九龄。

送张天觉得山字

西登太行岭，北望清凉山①。晴空浮五髻②，晻霭卿云间。余光入岩石，神草出茅菅③。何人相指似，稍稍落人寰。能令堕指儿，虬髯茁冰颜。祝君如此草，为民已痌瘝④。我亦老且病，眼花腰脚顽。念当勤致此，莫作河东悭。

【注释】①清凉山：即五台山。②“晴空”句：《清凉山志》：“观国师云：五台者，表我大圣五智已圆，五眼已净。总五部之真秘，洞五阴之性源。故首戴五佛之冠，顶分五方之髻。运五乘之要，清五浊之灾。”③茅菅：五台山，有草药，名长松，亦名仙茅。④痌瘝(tōng guān)：原指病痛、疾苦，此谓关怀人民病痛、疾苦。

送欧阳辩监澶州酒①

汗血驾鼓车②，何从致千里？纷纷糟曲间③，欲试贤公子。君家江南英，濯足沧浪水④。却渡旧黄河，涨沙埋马耳。由来付造物，倚伏何穷已。当念楚子文，三仕无愠喜。

【注释】①欧阳辩：字季默，欧阳修少子。②汗血：名马。驾鼓车：谓大材小用。③糟曲：酒母，亦泛指酒。④沧浪：古水名。有汉水、汉水之别流、汉水之下流、夏水诸说。

昨见韩丞相言王定国[①]，今日玉堂独坐，有怀其人

昼卧玉堂上，微风举轻纨。铜瓶下碧井，百尺鸣飞澜。俯仰清梦余，爱此一掬寒。似予平生友，苦语凉肺肝。秀眉玉两颊，矫矫如翔鸾。置之江淮交，清诗洗江湍。红鳞对白酒，信美非所安。丞相功业成，还家酒杯宽。人间有此客，折简呼不难。相将扣东阁，起舞尽余欢。

【注释】①韩丞相：即韩绛，出王氏。王定国：名巩，乃绛之嫡表弟。巩屡为言者所排，而绛不能荐，故前者《和巩谢绛过饮》诗以寄意，此则巩之见排日益甚，而绛终不能有以安之。故苏轼有“置之江淮交，信美非所安”。盖谓绛已为自了汉，虽当苏轼面而念巩，亦无非杯酒余欢之所及，故云：“丞相功业成，还家酒杯宽。”

送家安国教授归成都[①]

别君二十载，坐失两鬓青。吾道虽艰难，斯文终典刑[②]。屡作退飞鹢，羞看干死萤。一落戎马间，五见霜叶零。夜谈空说剑，春梦犹横经。新科复旧贯[③]，童子方乞灵。须烦凌云手，去作入蜀星[④]。苍苔高昳室，古柏文翁庭[⑤]。初闻编简香，稍觉锋镝腥。岷峨有雏凤，梧竹养修翎。呜呼应嶰律，飞舞集虞廷[⑥]。吾侪便归老，亦足慰余龄。

【注释】①家安国：字复礼，眉山人，博学举进士。②典刑：旧法，常规。③“新科”句：《宋史·选举志》：熙宁改法，进士科罢诗赋、帖经、墨义，元祐初立经义、诗赋两科。自复诗赋，士多乡习，而专经者十无二三。④入蜀星：《后汉书·李郃传》：和帝分遣使者，微服单行，观采风谣。使者

二人，当到益都投郃侯舍时，夏夕露坐，郃指星示云："有二使星，向益州分野。"⑤高眹室：府学石室是也。文翁庭：古柏处是也。⑥"呜呼"二句：《吕氏春秋》：黄帝令伶伦取竹于嶰溪之谷，制十二筩，听凤凰之鸣，以别十二律。嶰律：嶰管吹奏的音律。虞廷：指虞舜的朝廷。相传虞舜为古代的圣明之主，故亦以"虞廷"为"圣朝"的代称。

柏石图诗 并叙

陈公弼家藏《柏石图》[①]，其子慥季常传宝之，东坡居士作诗，以为之铭。

柏生两石间，天命本如此。虽云生之艰，与石相终始。韩子俯仰人[②]，但爱平地美。土膏杂粪壤，成坏几何耳。君看此槎牙[③]，岂有可移理？苍龙转玉骨，黑虎抱金柅[④]。画师亦可人，使我毛发起。当年落笔意，正欲讥韩子。

【注释】①陈公弼：名希亮，眉之青神人，四子忱、恪、恂、慥。②韩子：指韩退之，曾写诗："柏生两石间，万岁终不大。"又云："柏移就平地，柏有伤根容。伤根柏不死，千丈日以至。"③槎牙：指树木枝杈歧出貌。④柅(nǐ)：塞于车轮下的制动之木，孔颖达疏引马融曰："柅者，在车之下，所以止轮，令不动者也。"

送周正孺知东川[①]

得郡书生荣，还家昔人重。而况东西川，千骑许上冢[②]。里门下车入，父老自惊耸[③]。端如何武贤[④]，不事长卿宠。清时养材杰，杞梓方培拥[⑤]。未应遗合抱[⑥]，取用及把拱[⑦]。如君尚出麾，顾我宜耕垄。告归谢先手[⑧]，求去悔不勇。岂云慕廉退，实自知衰冗。为君扫棠阴，画像或相踵[9]。

【注释】①周正孺：名尹。任御史，坐言茶事外补。②上冢：《汉书·叙传》：班伯为定襄太守，上书愿过故郡雁门，上父祖冢。有诏太守都尉以下会此州，人以为荣。③"里门"二句：《汉书·石奋传》："号万石君，少子内史庆醉归，入外门，不下车。万石君闻之，不食。庆肉袒谢请罪。万石君曰：'内史贵人，入闾里中，长老皆走匿，而内史坐车中自如，固当？'乃谢罢庆，后，庆及诸子入里门，趋至家。"④"端如"句：《汉书·何武传》："蜀郡郫县人也，弟显，家有市籍，租常不入县课，啬夫求商捕辱显家，武曰：'以吾家租赋徭役，不为众先，奉公吏不亦宜乎？'卒白太守，召商为吏，州里皆服焉。"⑤杞梓：谓良材。⑥合抱：本来形容树身之粗大，这里比喻人才。⑦把拱：尚未成材的树木。喻小的才能。⑧告归：告老归邑。⑨苏轼自注："蜀中太守，无不画像者。"

次前韵再送周正孺

东川得望郎[1]，坐与西争重。高风倾石室，旧学鄙文冢[2]。蜀人安使君，所至野不耸。竹马迎细侯[3]，大钱送刘宠[4]。遥知句溪路，老稚相扶拥。看画古丛祠，百怪朝幽拱。牛头与兜率[5]，云木蔚堆垄。醉乡追旧游，笔阵贾余勇[6]。聊将诗酒乐，一扫簿书冗。西风吹好句，珠玉本无踵[7]。

【注释】①"东川"句：周正孺时知东川。②文冢：埋葬文稿之处。苏轼自注："刘蜕《文冢铭》，在梓州。"唐刘蜕《梓州兜率寺文冢铭序》："文冢者，长沙刘蜕复愚为文，不忍弃其草，聚而封之也。"后用为典故。③"竹马"句：《后汉书·郭伋传》："字细侯，王莽时为并州牧，世祖十一年，又为并州牧，前在并州，素结恩德，及后始至，行部到西河美稷，有儿童数百，各骑竹马，道次迎拜。"④"大钱"句：《后汉书·循吏·刘宠传》：

“刘宠拜会稽太守，郡中大化。征为将作大匠。山阴县有五六老叟，庞眉皓发，自若邪山谷间出，人赍百钱以送宠，宠为人选一大钱受之。”⑤牛头、兜率：梓州二寺名。⑥贾余勇：语本《左传·成公二年》：“齐高固入晋师，桀石以投人，禽之，而乘其车，系桑本焉，以徇齐垒，曰：‘欲勇者，贾余余勇。’”后以“贾勇”为重振勇气的意思。⑦踵：脚跟。

送程七表弟知泗州[1]

江湖不在眼，尘土坐满颜。系舟清洛尾，初见淮南山。淮山相媚好，晓镜开烟鬟。持此娱使君，一笑簿领间[2]。使君如天马，朝燕暮荆蛮。时无王良手[3]，空老十二闲。聊当出毫末[4]，化服狡与顽[5]。勿谓无人知，古佛临清湾。赤子视万类[6]，流萍阅人寰[7]。但使可此人，余事真茅菅[8]。

【注释】①程七表弟：指程之邵，字懿叔。②簿领：谓官府记事的册或文书。《后汉书·南匈奴传》：“当决轻重，口白单于，无文书簿领焉。”③王良：春秋时善驭马者。④毫末：谓极细微。⑤化服：感化顺服。⑥赤子：比喻百姓、人民。⑦流萍：漂荡的浮萍。⑧茅菅：亦作“茆菅”。茅、菅二草，形相似，多并用以指野生杂草，亦喻微细。

送曹辅赴闽漕[1]

曹子本儒侠，笔势翻涛澜。往来戎马间，边风裂儒冠。诗成横槊里[2]，楯墨何曾干[3]。一旦事远游，红尘隔严滩。平生羊炙口，并海搜咸酸。一从荔支食，岂念苜蓿盘。我亦江海人，市朝非所安。常恐青霞志[4]，坐随白发阑。渊明赋归去，谈笑便解官。我今何为者，索身良独难。凭君问清淮，秋水今几竿。我舟何时发，霜露日已寒。

【注释】①曹辅：字子方，海陵人。②“诗成”句：言军旅途中，在马上横着长矛吟诗。多形容能文能武的豪迈潇洒风度。③楯墨：《北史·文苑传·荀济》：济初与梁武帝布衣交，知梁武当王，然负气不服，谓人曰：“会楯鼻上磨墨作檄文。”后以“楯墨”为文人从军研墨草檄的典故。④青霞志：喻高远的志趣。

次韵王郎子立风雨有感[①]

百年一俯仰[②]，寒暑相主客。稍增裘褐气，已觉团扇厄。不烦计荣辱，此丧彼有获。我琴终不败，无攫亦无醳[③]。后生不自牧[④]，呻吟空挟策。揠苗不待长，卖菜苦求益[⑤]。此郎独静退[⑥]，门外无行迹。但恐陶渊明，每为饥所迫。凄风弄衣结，小雪穿门席[⑦]。愿君付一笑，造物亦戏剧。朝来赋云梦[⑧]，笔落风雨疾。为君裁春衫，高会开桂籍[⑨]。

【注释】①王子立：名适，赵郡临城人。②俯仰：谓时间极短。③攫：抓取。醳(shì)：同“释”，释放。④自牧：自我修养。《易·谦》：“谦谦君子，卑以自牧。”⑤“卖菜”句：《后汉书·严光传》注：侯霸使西曹蜀侯子道奉书严光。子道求报，光曰：“我手不能书。”乃口授之，使者嫌少，可更足。光曰：“买菜乎？求益也。”⑥静退：指恬淡谦逊，不竞名利。⑦门席：《汉书·陈平传》：“家贫，负郭穷巷，以席为门，然多长者车辙。”⑧云梦：古薮泽名，汉魏之前所指云梦范围并不很大，后亦借指古代楚地。⑨桂籍：科举登第人员的名籍。

送周朝议守汉州

茶为西南病，岷俗记二李[①]。何人折其锋，矫矫六君子[②]。君家尤出力，流落初坐此。谓当收桑榆[③]，华发看剑履。胡为犯风雪，岁晚行未已。念归诚得计，顾自为谋耳。吾闻江汉间，疮痏有未起[④]。莫轻龚遂老，君王付尺箠[⑤]。召还当有诏，挽袖谢邻里。犹堪作水衡[⑥]，供张园林美。

【注释】①二李：苏轼自注："谓杞与稷也。"熙宁三年，朝廷依李杞等申请，榷川茶。《李稷传》云："初蜀茶额岁三十万，至稷加为五十万。"②六君子：苏轼自注："谓思道与侄正孺、张永徽、吴醇翁、吕元钧、宋文辅也。"③桑榆：比喻晚年，垂老之年。④"疮痏"句：言民因伤也。⑤"莫轻"二句：《汉书·龚遂传》："宣帝即位久之，渤海岁饥，盗贼并起，二千石不能禽制。上选能治者，丞相御史举遂为渤海太守。时遂年七十余，召见，形貌短小。宣帝望见，不副所闻，心内轻焉。谓遂曰：'君欲何以息其盗贼？'遂对曰：'欲使臣胜之邪，将安之也？'上答曰：'选用贤良，固欲安之。'遂曰：'治乱民，犹治乱绳，不可急也。愿无拘臣以文法，得一切便宜从事。'上许焉。至渤海，盗贼悉平。"⑥水衡：官名。

送千乘、千能两侄还乡

治生不求富，读书不求官。譬如饮不醉，陶然有余欢。君看庞德公，白首终泥蟠[①]。岂无子孙念，顾独贻以安。鹿门上冢回[②]，床下拜龙鸾。躬耕竟不起，耆旧节独完。念汝少多难，冰雪落绮纨。五子如一人，奉养真色难。烹鸡独馈母，自飧苜蓿盘[③]。口腹恐累人，宁我食无肝[④]。西来四千里，敝袍不言寒。秀眉似我兄，亦复心闲宽。忽然舍我去，岁晚留余酸。我岂轩冕人[⑤]，青云意先阑。汝归莳松菊，环以青琅玕。桤阴三年成[⑥]，可以挂我冠。清江入城郭，小圃生微澜。相从结茅舍，曝背谈金銮[⑦]。

【注释】①泥蟠：蟠屈在泥污中。亦比喻处在困厄之中。②鹿门：鹿门山之省称。后汉庞德公携妻子登鹿门山，采药不返。③“烹鸡”二句：《后汉书·郭太传》：茅容，字季伟，陈留人也。时避雨树下，危坐愈恭，林宗见之，而奇其异，遂与共言。因请寓宿。旦日，容杀鸡为馔，林宗谓为己设，既而以供其母，自以草蔬与客同饭。林宗起，拜之曰：“卿贤乎哉。”因劝令学，卒以成德。④“口腹”二句：《后汉书·周黄徐姜申屠列传》：“太原闽仲叔，客居安邑，老病家贫，不能得肉，日买猪肝一片。屠者或不肯与，安邑令闻，敕吏常给焉。仲叔怪而问之，知，乃叹曰：‘闵仲叔岂以口腹累安邑邪？’遂去客沛，以寿终。”⑤轩冕：古时大夫以上官员的车乘和冕服。借指官位爵禄。⑥“桤阴”句：宋祁《益部方物记》：“桤木蜀所宜，民家莳之，不三年可为薪。疾种亟取，里人利之。”⑦曝背：背朝烈日，借指耕作。

和黄鲁直效进士作二首

岁寒知松柏

龙蛰虽高卧，鸡鸣不废时[1]。炎凉徒自变，茂悦两相知[2]。已负栋梁质[3]，肯为儿女姿。那忧霜贸贸，未喜日迟迟。难与夏虫语，永无秋实悲。谁知此植物，亦解秉天彝[4]。

【注释】①龙蛰：谓阳气潜藏。此两句喻君子虽居乱世，不变改其节度。②茂悦：《文选》陆士衡《叹逝赋》：“信松茂而柏悦，嗟芝焚而蕙叹。”③“已负”句：《世说新语》：“孙兴公斋前种松一株，高世远时，邻居谓之曰：‘松树子非不楚楚可怜，但永无栋梁用耳。’”此苏轼反用其意。④秉天彝：顺合天道。彝，常理，常道。《诗·大雅·烝民》：“民之秉彝，好是懿德。”

款塞来享[1]

蠢尔氐羌国[2]，天诛亦久稽。既能知面内，不复议征西。斥堠销兵火[3]，边城息鼓鼙。输忠修贡职，弃过为黔黎[4]。雪满流沙静，云沉太白低。巍巍二圣治，盛德古难齐。

【注释】①元祐三年十二月二十八日，宋哲宗御延和殿，奏范镇新乐时，西夏方遣使款延州塞，故有此诗。款塞：叩塞门。谓外族前来通好。款，叩也。②蠢尔：无知蠢动貌。《诗经·小雅·采芑》："蠢尔蛮荆，大邦为仇。"③斥堠：指战场上用以了望敌情的土堡。④弃过：汉文帝《遣匈奴书》：朕与单于，共弃细过，偕之大道。黔黎：黔首黎民，指百姓。

书王定国所藏王晋卿画著色山二首[1]

其一

白发四老人，何曾在商颜[2]？烦君纸上影，照我胸中山。山中亦何有，木老土石顽。正赖天日光，涧谷纷斓斑。我心空无物，斯文何足关？君看古井水，万象自往还。

【注释】①此选其一，其二在七绝卷中。②四老人：指商山四皓。即秦末东园公、绮里季、夏黄公、甪里先生，避秦乱，隐商山，年皆八十有余，须眉皓白，时称商山四皓。高祖召，不应。后高祖欲废太子，吕后用留侯计，迎四皓，辅太子，遂使高祖辍废太子之议。

寄傲轩

先生英妙年，一扫千兔秃。仕进固有余，不肯践场屋[①]。通阛何所傲，傲名非傲俗。定知轩冕中[②]，享荣不偿辱。岂无自安计，得失犹转毂。先生独扬扬，忧患莫能渎[③]。得如虎挟乙[④]，失若龟藏六[⑤]。茅檐聊寄寓，俯仰亦自足。东坡无边春，方寸尽藏蓄。醉哦旁若无[⑥]，独侑一樽醁。床头车马道，残月挂疏木。朝客纷扰时，先生睡方熟。

【注释】①场屋：科举考试的地方，又称科场。②轩冕：古时大夫以上官员的车乘和冕服，借指官位爵禄。③渎：轻慢。④虎挟乙：《酉阳杂俎》：虎威如乙字，长一寸，在胁两旁皮下，皮内尾端亦有之，取佩之，临官而能威众，无官佩之，无憎疾者。虎威，虎身上一种骨头的名称。⑤龟藏六：谓龟遇危险便将头尾四足缩入甲中以避害，后因此比喻人的才智不外露或深居简出，以免招嫉惹祸。语本《杂阿含经》卷四三："过去世时，有河草中，有龟于中住止。时有野干饥行觅食。遥见龟虫，疾来捉取，龟虫见来，即便藏六。"⑥旁若无：谓旁若无人。

文登蓬莱阁下[①]，石壁千丈，为海浪所战，时有碎裂，淘洒岁久，皆圆熟可爱，土人谓此弹子涡也。取数百枚，以养石菖蒲，且作诗遗垂慈堂老人

蓬莱海上峰，玉立色不改。孤根捍滔天，云骨有破碎。阳侯杀廉角[②]，阴火发光彩。累累弹丸间，琐细或珠琲[③]。阎浮一沤耳[④]，真妄果安在？我持此石归，袖中有东海。垂慈老人眼，俯仰了大块。置之盆盎中，日与山对海。明年菖蒲根[⑤]，连络不可解。倘有蟠桃生，

旦暮犹可待。

【注释】①蓬莱阁:《名胜志》:在蓬莱县城北丹崖山,旧传汉武于此望海中蓬莱山。②阳侯:古代传说中的波涛之神。《战国策·韩策二》:“塞漏舟而轻阳侯之波,则舟覆矣。”廉角:棱角。亦用以喻方正的行为。③珠琲:珠串。多形容形似珠串的水珠等。④阎浮:亦作阎扶,梵语音译,大树名,此为“阎浮提”的省称,提为“提鞞波”之略,义译为州,洲上阎浮树最多,诗文中多指人世间。⑤菖蒲:多年生水生草本,有香气,根茎可入药。民间在端午节常用来和艾叶扎束,挂在门前。

次韵毛滂法曹感雨[1]

江南佳公子,遗我锦绣端。揽之温如春,公子焉得寒?兴雨自有时[2],肤寸便濛澒。敛藏以自润,牛斗何足干[3]。空庭月与影,强结三友欢。我岂不足欤,要此清团团。欲欢在一醉,常恐樽中干。舍酒尚可乐,明珠如弹丸。但恐千仞雀,匆匆发虚弹[4]。迨子闲暇时,种子田中丹。一朝涉世故,空腹容欺谩。我顷在东坡,秋菊为夕餐。永愧坡间人,布褐为我完。雪堂初覆瓦,上簟无下莞[5]。时时亦设客,每醉筒辄殚[6]。一笑便倾倒,五年得轻安。公子岂我徒,衣钵传一箪。定非郊与岛,笔势江河宽。悲吟古寺中,穿帷雪漫漫。他年记此味,芋火对懒残[7]。

【注释】①毛滂:字泽民。②兴雨:春雨也。《诗经·小雅·大田》:“有渰萋萋,兴雨祁祁。”③牛斗:指牛宿和斗宿。传说吴灭晋兴之际,牛斗之间常有紫气。雷焕告诉尚书张华,说是宝剑之气上冲于天,在豫东丰城。张华派雷为丰城令,得两剑,一名龙泉,一名太阿,两人各持其一。张华被诛后,失所持剑,后雷焕子持剑过延平津,剑入水,但见两龙各长数丈，光采照人。后常用以为典。④“但恐”二句：《庄子·让王篇》：“以隋侯之珠，弹千仞之雀，世必笑之。以其所用重而所要轻也。”⑤簟：席。莞：植物名。席子草。上面铺席下无草垫，谓居之简陋。语出《诗经·小雅·斯干》：“下莞上簟，乃安斯寝。”⑥筒辄殚：苏轼《答秦太虚书》云：“初到黄，廪入既绝，人口不少，私甚忧之。但痛自节俭，日用不过百五十。每月朔，便取四千五百钱，断为三十块，挂屋梁上。平旦用画叉挑取一块，即藏去叉，仍以大竹筒别贮用不尽者，以待宾客。”⑦懒残：《高僧传》：唐李泌尝于衡岳寺读书，察懒残所为，曰：“非凡人也。”聆其中夜梵唱，响彻山林，先悽怆而后喜悦，必谪堕之人，时将去矣，中夜潜往，谒焉。懒残命坐，发火取芋以啖之，曰：“慎勿多言，领十年宰相。”泌拜而退。懒残性懒而食残，故以为号。

送邓宗古还乡[1]

广汉有姜子，孝弟行里闾。赤眉虽豺虎，弛兵过其墟[2]。至今空清泉，无复双鲤鱼。南郑有李郃，妙得甘公书。夜坐指流星，惊倒两使车[3]。抱关不肯仕，布褐蒙璠玙[4]。西南固多士，君得二子余[5]。凛凛忠文公，搜士及樵渔。涧溪有幽讨，苹芷真嘉蔬。岁晚终不食，心恻当何如。

【注释】①邓宗古：简州阳安人。父死，自培土为坟，庐其侧，晨夕号恸，甘露降于墓木，里中号为邓孝子。②“广汉”四句：《后汉书·姜诗妻传》：赤眉散贼经诗里，驰兵而过，曰：“惊大孝，必触鬼神。”③“南郑”四句：言汉人李郃事。李郃，汉中南郑人，善河图风星。甘公，指甘德，掌著天文，与石申合著《甘石星经》一书。和帝即位，分遣使者，皆微服单行，各至州县，观采风谣。二人当到益部，投郃候舍，时夏夕露坐，郃因仰观，问曰：“二君发京师时，宁知朝廷遣二使耶？”二人默然，惊相视，曰：“不闻也。”问：“何以知之？”郃指星示云：“有二使星向益州分野，故知之耳。”

④“布褐”句：《老子》：圣人被褐怀玉。⑤“西南”二句：宗古事亲孝，亦精于星历之学，故用姜诗、李郃二人事。

参寥上人初得智果院，会者十六人，分韵赋诗，轼得心字

涨水返旧壑，飞云思故岑。念君忘家客，亦有怀归心。三间得幽寂，数步藏清深。攒金卢橘坞，散火杨梅林。茶笋尽禅味，松杉真法音[①]。云崖有浅井，玉醴常半寻[②]。遂名参寥泉，可濯幽人襟。相携横岭上，未觉衰年侵。一眼吞江湖，万象涵古今。愿君更小筑[③]，岁晚解我簪。

【注释】①法音：佛教语。解说佛法的声音。《法华经·譬喻品》：“我闻是法音，得所未曾有。”②玉醴：甘泉。汉扬雄《太玄赋》：“茹芝英以御饿兮，饮玉醴以解渴。”③小筑：指规棋小而比较雅致的住宅。多筑于幽静之处。

异鹊 并叙

熙宁中，柯侯仲常通守漳州[①]。以救饥得民。有二鹊栖其厅。事讫，侯之去，鹊亦送之，漳人异焉。为赋此诗。

昔我先君子，仁孝行于家。家有五亩园，么凤集桐花[②]。是时乌与鹊，巢鷇可俯拏[③]。忆我与诸儿，饲食观群呀。里人惊瑞异，野老笑而嗟。云此方乳哺，甚畏鸢与蛇。手足之所及，二物不敢加。主人若可信，众鸟不我遐[④]。故知中孚化，可及鱼与豭[⑤]。柯侯古循吏，悃愊真无华[⑥]。临漳所全活[⑦]，数等江干沙。仁心格异族，两鹊栖其衙。

但恨不能言，相对空楂楂。善恶以类应，古语良非夸。君看彼酷吏，所至号鬼车[8]。

【注释】①柯仲常：名述，南安人，知归安县。②“么凤”句：传说中凤凰常栖于梧桐树上。③鷇(kòu)：由母哺食的幼鸟。④“主人”二句：苏轼《杂说》云：“少时所居书堂前，有竹、柏、杂花，丛生满庭，众鸟巢其上。武阳君恶杀生，儿童婢仆皆不得捕取。数年间，鸟鹊皆巢于低枝，其鷇可俯而窥，又有桐花凤，四五日翔集其间。此鸟羽毛，至为珍异难见，而能驯扰，殊不畏人，闾里间见之，以为异事。”⑤中孚：卦名，卦形为兑下巽上。《易·中孚》：“中孚，豚鱼吉，利涉大川，利贞。”孔颖达疏：“信发于中，谓之中孚。”后因以“中孚”为诚信。⑥悃愊：至诚。《汉书·刘向传》：“论议正直，秉心有常，发愤悃愊，信有忧国之心。”悃愊无华：诚朴而不浮华。⑦全活：保全，救活。临漳：指柯仲常通守漳州。《汉书·成帝纪》：“遣使者循行郡国，务有以全活。”⑧鬼车：指鬼车鸟，传说中的怪鸟，俗称九头鸟，世传此鸟血滴人家，能为灾咎。

故周茂叔先生濂溪[1]

世俗眩名实[2]，至人疑有无。怒移水中蟹[3]，爱及屋上乌[4]。坐令此溪水，名与先生俱。先生本全德，廉退乃一隅。因抛彭泽米，偶似西山夫[5]。遂即世所知，以为溪之呼。先生岂我辈，造物乃其徒。应同柳州柳[6]，聊使愚溪愚[7]。

【注释】①周茂叔：即周敦颐，舂陵人。濂溪：苏轼自注：“溪在庐山下。”②名：百官号也。实：士才能也。③“怒移”句：《晋书·解系传》：张华、裴頠之被诛也。赵王伦、孙秀以宿憾收系兄弟。梁王肜救系等，伦怒曰：“我于水中见蟹且恶之，况此人兄弟轻我耶？”④“爱及”句：《尚书大传》曰：“武王登夏台以临殷民。周公旦曰：‘臣闻之，爱其人者，爱其屋上乌，憎其人者，憎其余胥。’”⑤西山夫：谓伯夷。《史记·伯夷列传》：“义不食周粟，饿死首阳山。”西山，即首阳山。⑥柳州柳：柳子厚为柳州刺史，世号柳柳州。⑦愚溪：柳子厚《愚溪对》略曰：“柳子名愚溪而居。五日，溪之神夜见梦曰：‘子何辱予，使予为愚耶？有其实者，名固从之，予固若是耶？’柳子曰：‘汝诚无其实，然以吾之愚而独好汝，汝恶得避是名耶？’”

卧病弥月，闻垂云花开，顺阇黎以诗见招①，次韵答之

道人心似水，不碍照花妍。宴座春强半，清阴月屡迁。平生无起灭②，一念有陈鲜。袅袅风枝举，离离日萼蔫③。病吟终少味，老醉不成颠。向必遨头出④，湖中有散仙。

【注释】①顺阇黎：即僧人清顺。②起灭：生灭。释迦偈：“诸行无常，是生灭法。生灭灭已，寂灭为乐。”③日萼：言花。④遨头：宋代成都自正月至四月浣花溪，太守出游，士女纵观，称太守为“遨头”。

卷六　五言古诗

雪后，便欲与同僚寻春。一病弥月，杂花都尽，独牡丹在尔。刘景文左藏和顺阇黎诗见赠，次韵答之

残花怨久病，剩雨泣余妍。不见双旌出[1]，空令九陌迁[2]。知君苦寂寞，妙语嚼芳鲜。浅紫从争发，浮红任蚤蔫。天葩尚青萼，国色待华颠。载酒邀诗将，臞儒不是仙[3]。

【注释】①双旌：唐代节度领刺史者出行时的仪仗。后泛指高官之仪仗。②苏轼自注："开园时，市井皆入。"③臞(qú)儒：瘦的儒者。含有隐居不仕之意。

连日与王忠玉、张全翁游西湖，访北山清顺、道潜二诗僧，登垂云亭，饮参寥泉，最后过唐州陈使君夜饮，忠玉有诗，次韵答之

北山非自高，千仞付我足。西湖亦何有，万象生我目。云深人在坞，风静响应谷。与君皆无心，信步行看竹。竹间逢诗鸣[1]，眼色夺湖渌。百篇成俯仰，二老相追逐[2]。故应千顷池，养此一双鹄。山高路已断，亭小膝屡促。夜寻三尺井[3]，渴饮半瓯玉。明朝闹丝管[4]，寒食杂歌哭。使君坐无聊，狂客来不速。载酒有鸱夷[5]，扣门非啄木。浮蛆滟金碗[6]，翠羽出华屋。须臾便陈迹，觉梦那可续。及君未渡江，过我勤秉烛。一笑换人爵[7]，百年终鬼录[8]。

【注释】①"竹间"句：指二诗僧也。②二老：指清顺、道潜。③三尺井：指参寥泉。④丝管：弦乐器和管乐器。泛指乐器。亦借指音乐。⑤鸱夷：指盛酒器。汉扬雄《酒赋》："鸱夷滑稽，腹大如壶。尽日盛酒，人复藉酤。"⑥浮蛆：浮在酒面上的泡沫或膏状物。⑦人爵：爵禄，指人所授予的爵位。《孟子·告子上》："孟子曰：有天爵者，有人爵者。仁义忠信，乐善不倦，此天爵也；公卿大夫，此人爵也。"⑧鬼录：迷信者所谓阴间死人的名簿。

题杨次公春兰

春兰如美人，不采羞自献。时闻风露香，蓬艾深不见。丹青写真色，欲补《离骚传》。对之如灵均[①]，冠佩不敢燕[②]。

【注释】①灵均：指屈原。《离骚》："名予曰正则兮，字予曰灵均。"②燕：通"宴"。宴见之意，即在皇帝公余时被召见。《汉书·汲黯传》：大将军青侍中，上踞厕视之。丞相宴见，或时不冠。至如见黯，不冠不见也。

次京师韵送表弟程懿叔赴夔州运判[①]

与子甥舅氏，摧颓各苍颜。并为东诸侯，长此佳江山。寒松无时花，安得插髻鬟。惟将老不死，一笑荣枯间。我甚似乐天，但无素与蛮[②]。挂冠及未耄[③]，当获一纪闲[④]。子亦拙进取，才高命坚顽。譬如万斛舟[⑤]，行此九折湾。仲氏新得道[⑥]，一沤目尘寰[⑦]。岁晚家乡路，莫遣生榛菅[⑧]。

【注释】①程懿叔：名之邵。苏轼表弟。②乐天：指白居易。素：指樊素。蛮：指小蛮。小蛮细腰善舞，樊素善歌。③挂冠：指辞官。耄：八十九十曰耄。④一纪：十二年，岁星一周为一纪。⑤万斛舟：谓重载之舟。⑥仲氏：兄弟或姐妹中排行第二者。此指程德孺。⑦“一沤”句：苏轼自注：“君之兄德孺，自云近于佛法有得。”沤(ōu)：水中浮泡。喻虚空无常的世事。⑧榛菅：丛生的茅草。

次韵刘景文登介亭

泽国梅雨余，衰年困蒸溽。高堂磨新砖，颇觉利腰足。松根百尺井，两绠飞净渌[①]。流觞聚儿童，一笑为捧腹。清风信可御，刚气在岩麓。始知共此世，物外无三伏。长歌入云去，不待弦管逐。西湖真西子，烟树点眉目。涛江少酝藉[②]，高浪翻雪屋。俯仰拊四海[③]，百世飞鸟速。远追钱氏余[④]，近吊祖侯躅[⑤]。吾生如寄耳，寸晷轻尺玉[⑥]。谁似刘将军，逸韵谢边幅。千言一挥手，五车不再读[⑦]。春岩彩鸡舞，月峡哀猿哭。朝先啼鴂起，暮与寒蛩续[⑧]。我老废吟哦，赖君时击触[⑨]。从今事远览，发轫此幽谷[⑩]。清游得三昧[⑪]，至乐谢五欲[⑫]。莫作狂道士，气压刘师服[⑬]。

【注释】①绠(gěng)：绳索。汲水器上的绳索。②酝藉：亦作“酝籍”。宽和有涵量。③俯仰：言时间极短。④钱氏余：指吴越王钱氏。⑤祖侯躅：指祖无择，字择之，蔡州人。英宗治平四年十月丁未，祖以右谏议大夫加龙图阁学士知杭州，尝作介亭于凤凰山。⑥寸晷：寸阴。《淮南子》：“圣人重寸之阴而轻尺璧。”⑦“千言”二句：谓奇才敏悟，过目不忘。⑧“朝先”二句：谓刘景文笃学苦吟。⑨击触：相打，碰撞。此言督促。⑩发轫：拿掉支住车轮的木头，使车前进。借指出发、起程，亦喻事物的开端。⑪三昧：佛教用语，此指奥妙、真谛。⑫五欲：佛教谓色、声、香、味、触五境生起的情欲。⑬“莫作”二句：韩退之《石鼎联句》序：狂道士轩辕弥明，与刘师服进士相识，刘与侯喜联石鼎句，弥明应之如响。二子思竭不能续，因起谢曰:“尊师非世人也。某等服矣,愿为弟子,不敢更论诗。”

袁公济和刘景文《登介亭》诗,复次韵答之

昏昏堕醉梦,奈此六月溽。君诗如清风,吹我朝睡足。登临得佳句,江白照湖渌。袖手独不言,默稿已在腹。是时风雨过,霭霭云归麓。疏星带微月,金火争见伏①。惜哉此清景,变灭不可逐。归来读君诗,耿耿犹在目。却思少年日,声价争场屋②。文如翻水成,赋作叉手速③。秋风起鸿雁,我亦继华躅。那知君蹭蹬,独泣荆山玉④。相见南新道,青衫垂破幅。早知事大谬⑤,恨不十年读。莫嫌冯唐老⑥,终胜贾谊哭⑦。今年复为僚,旧好许重续。升沉何足道,等是蛮与触⑧。共为湖山主,出入穷涧谷。众驰君不争,人弃我所欲。何时神武门,相约挂冠服。

【注释】①“金火”句:《历忌释》:“伏者,何也?金气伏藏之日也。四时代谢,皆以相生,立夏火代木,木生火。立秋金代火,金畏于火,故至庚日必伏。颜师古曰:‘阴气将起,迫于残阳而未得升,故为藏伏。’”②场屋:谓科场,科举考试的地方。③“文如”二句:《唐摭言》:“温庭筠作赋不起草,便笼袖凭案。每一韵成,则叉手一吟,故场中谓之温八叉。”④蹭蹬:谓困顿、失意。荆山玉:即和氏璧。⑤大谬:亦作“大缪”,大错。⑥冯唐:汉冯唐身历三朝,至武帝时,举为贤良,但唐已九十余岁,不能再做官了。⑦贾谊哭:《汉书·贾谊传》:“上疏陈政事,曰:‘有可为痛哭者一,流涕者二,长太息者六。’”⑧蛮与触:《庄子·则阳篇》:“有所谓蜗者,有国于蜗之左角,曰触氏;有国于蜗之右角,曰蛮氏。时相与争地而战,伏尸数万,逐北,旬有五日而后反。”

叶教授和溽字韵诗，复次韵为戏，记龙井之游

先生鲁诸儒，饮食清不溽[1]。空肠出秀句，吟嚼五味足。华堂闹丝管，眸子涨春渌。先生疾走避，面冷毒在腹。归来煮瓠叶[2]，弟子歌《旱麓》[3]。声淫及《灵台》，中有麀鹿伏[4]。功名一走兔，何用千人逐。故应容我辈，清坐时闭目。高亭石排衙，木杪挂飞屋[5]。我来无时节，客亦不待速。似闻雪髯叟，西岭访遗躅[6]。朝阳入潭洞，金碧涵水玉。泉扉夜不扃[7]，云袂本无幅。慈皇付宝偈，神侣得幽读。讷庵有老人[8]，宴坐天魔哭。时来献璎珞[9]，法供灯相续[10]。吾侪诗酒污，欲往无乃触。斋厨费晨炊，车骑满山谷。愿闻第一义，钵饭非所欲。便投切云冠，予幼好奇服[11]。

【注释】①溽：味浓厚。《礼记·儒行》：其居处不淫，其饮食不溽。②瓠叶：瓠瓜的叶。古人用为菜食和享祭。《诗·小雅·瓠叶》："幡幡瓠叶，采之亨之。"③《旱麓》：《诗·大雅》篇名。有"岂弟君子，遐不作人"句，意为"快乐平易的君子，培育人才往善迁"及"瞻彼旱麓，榛楛济济"。④《灵台》：亦《诗·大雅》篇名。中有"王在灵囿，麀鹿攸伏"句，意为"文王在灵囿中，母鹿悠游很从容"。⑤木杪：指树梢。⑥遗躅：足迹、踪迹，亦喻人的行为、业迹。⑦扃：闭。⑧讷庵有老人：指辩才法师。⑨璎珞：用珠玉穿成的装饰物，多用作颈饰。⑩灯相续：谓长明灯供。⑪"便投"二句：屈原《楚辞》："余幼好此奇服兮，年既老而不衰。带长剑之陆离兮，冠切云之崔嵬。"切云冠：高冠名。切云，上达青云，极言其高。

辩才老师退居龙井，不复出入。余往见之。尝出，至风篁岭。左右惊曰："远公复过虎溪矣。"辩才笑曰："杜子美不云乎：与子成二老，来往亦风流。"因作亭岭上，名曰过溪，亦曰二老。谨次辩才韵赋诗一首

日月转双毂，古今同一丘[①]。惟此鹤骨老，凛然不知秋。去住两无碍，人天争挽留。去如龙出山，雷雨卷潭湫。来如珠还浦，鱼鳖争骈头[②]。此生暂寄寓，常恐名实浮。我比陶令愧，师为远公优。送我还过溪，溪水当逆流。聊使此山人，永记二老游。大千在掌握[③]，宁有别离忧。

【注释】①"古今"句：《汉书·杨恽传》：古与今，如一丘之貉。②骈头：《周易·剥》："贯鱼以宫人宠，无不利。"王弼注："骈头相次，似贯鱼也。"③大千："大千世界"的省称。佛教语，后亦以指广阔无边的世界。

问渊明[①]

子知神非形，何复异人天。岂惟三才中，所在靡不然。我引而高之，则为日星悬。我散而卑之，宁非山与川。三皇虽云没[②]，至今在我前。八百要有终，彭祖非永年[③]。皇皇谋一醉，发此露槿妍[④]。有酒不辞醉，无酒斯饮泉。立善求我誉，饥人食馋涎。委运忧伤生[⑤]，忧去生亦迁。纵浪大化中[⑥]，正为化所缠。应尽便须尽，宁复事此言。

【注释】①苏轼自注："或曰：'东坡此诗与渊明相反，此非知言也。

盖亦相引以造于道者，未始相非也。元祐五年十月十四日。’”②三皇：传说中上古三帝王，指伏羲、神农、黄帝。③彭祖：传说中的人物。因封于彭，故称，传说他善养生，有导引之术，活到八百高龄。④槿：木槿，其花朝生暮落。⑤委运：随顺自然，听凭天命。⑥大化：谓化育万物，亦谓人生的重要变化，借指生命。

送程之邵签判赴阙[①]

夜光不自献，天骥良难知。从来一狐腋，或出五羖皮[②]。贤哉江东守，收此幕中奇[③]。无华岂易识，既得不自随。留君望此府，助我怜其衰。二年促膝语，一旦长揖辞。林深伏猛在，岸改潜珍移[④]。去此当安从，失君徒自悲。念君瑚琏质[⑤]，当今台阁宜。去矣会有合，岂当怀其私?

【注释】①程之邵：名遵彦。②五羖皮：五张公羊的皮。《史记·秦本纪》：“（秦缪公）闻百里奚贤，欲重赎之，恐楚人不与，乃使人谓楚曰：‘吾媵臣百里奚在焉，请以五羖羊皮赎之。’楚人遂与之。”后因以“五羖皮”比喻出身低贱之士或微贱之物。③“贤哉”二句：元祐三年六月，杨元素绘卒于杭，龙图阁待制熊伯通本自越移杭，自杭改江宁，苏轼继之，程是伯通罗致幕府，故有此言。④伏猛：言虎也。潜珍：言龙也。⑤瑚琏：古代宗庙中盛黍稷的祭器，用以比喻人有立朝执政的才能。

寄题梅宣义园亭

仙人子真后，还隐吴市门[①]。不惜十年力，治此五亩园。初期橘为奴，渐见桐有孙。清池压丘虎[②]，异石来湖鼋[③]。敞门无贵贱，遂性各琴樽。我本放浪人，家寄西南坤。敝庐虽尚在，小圃谁当樊[④]。羡君欲归去，柰此未报恩[5]。爱子幸僚友，久要疑弟昆。明年过君西，饮我空瓶盆。

【注释】①吴市：吴都之街市。此喻过着隐居、清静的生活。②丘虎：指虎丘山。③“异石”句：《吴郡志》：“太湖石出湖中之鼋山，莹洁可鉴，坚润如金石。”④樊：藩也。筑篱围绕。⑤柰(nài)：同“奈”。

滕达道挽词二首[1]

其一

先帝知公早，虚怀第一人。至今诗礼将[2]，独数武、宣臣。材大虽难用，时来亦少信。高平风烈在，威敏典刑新[3]。空试乘边策[4]，宁留相汉身[5]。凄凉旧部曲，泪湿冢前麟。

【注释】①滕达道：名甫，字元发。②诗礼将：言儒将。《左传·僖公二十七年》：“晋作三军，谋元帅。赵衰曰：‘郤縠可，臣亟闻其言矣，说礼乐而敦诗书。诗书，义之府也；礼乐，德之则也；德义，利之本也。君其试之。’乃使郤縠将中军。”③“高平”二句：苏轼自注：“公少受知于范希文、孙元规。”高平风烈：指范文正公也。孙沔字元规，会稽人。为人明敏果敢。仕终观文殿学士，谥号威敏。④乘：守。⑤“宁留”句：《汉书·王商传》：“河平四年，单于来朝，丞相商坐未央廷中，单于仰视商貌，大畏之。天子闻而叹曰：‘此真汉相矣！’”

其二

云梦连江雨，樊山落木秋。公方占贾鹏[1]，我正买龚牛。共有江湖乐，俱怀畎亩忧[2]。荆溪欲归老，浮玉偶同游[3]。肮脏仪刑在[4]，惊呼岁月遒。回头杂歌哭，挽语不成讴[5]。

【注释】①贾鹏：《汉书·贾谊传》：“为长沙傅三年，有鹏飞入谊舍，发书占之，谶言其度，曰：‘野鸟入室，主人将去。’”此苏轼与滕皆以论新法得罪，而拳拳忧国之意若一，故有此言。②畎亩：田地、田野，引申指民间。此有“身在畎亩，忧不忘君”之意。③浮玉：溪名。④肮脏：不洁，污秽。时王荆公不乐元发，故有此言。⑤讴：歌也。

熙宁中，轼通守此郡。除夜[1]，直都厅，因系皆满，日暮不得返舍，因题一诗于壁。今二十年矣，衰病之余，复忝郡寄，再经除夜，庭事萧然，三圄皆空。盖同僚之力，非拙朽所致，因和前篇呈公济、子侔二通守

前诗

除日当早归，官事乃见留。执笔对之泣，哀此系中囚[2]。小人营糇粮[3]，堕网不知羞。我亦恋薄禄，因循失归休。不须论贤愚，均是为食谋。谁能暂纵遣[4]，闵默愧前修[5]。

【注释】①除夜：指冬至前一日之夜。②“执笔”二句：《后汉书》：“盛吉拜廷尉。每至冬节，罪囚当断，其妻执烛，吉手执册笔，夫妻相向垂泣。”③糇粮：干粮。④纵遣：释放遣发。⑤闵默：忧伤貌。前修：犹先哲，前代的贤人。

今诗

山川不改旧，岁月逝肯留。百年一俯仰，五胜更王囚[①]。同僚比岑、范，德业前人羞。坐令老钝守，啸诺获少休[②]。却思二十年，出处非人谋。齿发付天公，缺坏不可修。

【注释】①王囚：阴阳五行家用语，犹兴衰。王，旺盛。囚，禁锢，引申为衰弱。②啸诺：《后汉书·党锢列传序》："汝南太守宗资任功曹范滂，南阳太守成瑨亦委功曹岑晊，二郡又为谣曰：'汝南太守范孟博，南阳宗资主画诺；南阳太守岑公孝，弘农成瑨但坐啸。'"谓为官不办事只坐啸画诺而已。后以"啸诺"喻为官清闲、无事可做。

次韵刘景文路分上元[①]

华灯閟艰岁[②]，冷月挂空府。三吴重时节，九陌自歌舞。云从月几望[③]，遂至一百五。嘉辰可屈指，乐事相继武[④]。今宵扫云阵，极目净天宇。嬉游各忘归，阗咽顷未睹[⑤]。飞毬互明灭[⑥]，激水相吞吐[⑦]。老去反儿童，归来尚铙鼓[⑧]。新年消暗雪，旧岁添丝缕[⑨]。何时九江城，相对两渔父[⑩]。

【注释】①路分：武职官名。②閟(bì)：隐藏、掩蔽之意。③月几望：指农历每月十四日。几，近。望，农历每月十五日。④继武：本意指足迹相接，此指乐事不断。⑤阗咽：堵塞，拥挤。⑥"飞毬"句：指焰火放时有的呈现出球状。⑦"激水"句：此指小灯。⑧铙鼓：泛指打击的乐器，此名词作动词用。⑨"旧岁"句：仇注杜诗引《岁时记》："魏、晋间宫中以红线量日影。冬至后，日影添长一线。"⑩苏轼自注："予旧欲卜居庐山，景文近买宅江州。"

次韵仲殊雪中游西湖二首

其一[①]

夜半幽梦觉，稍闻竹苇声[②]。起续冻折弦[③]，为鼓一再行[④]。曲终天自明，玉楼已峥嵘。有怀二三子，落笔先飞霙[⑤]。共为竹林会，身与孤鸿轻。秀语出寒饿，身穷诗乃亨[⑥]。禅老复何为，笑指孤烟生。我独念粲者[⑦]，谁与予目成[⑧]。

【注释】①“其二”见七律卷。②“夜半”二句：杜荀鹤诗云：“夜深知雪重，时闻折竹声。”③冻折弦：贾岛《朝饥》诗：“坐闻西床琴，冻折两三弦。”④“为鼓”句：即拨弄一两首曲子。行，即曲也。《史记·司马相如传》：卓氏请司马相如，酒酣，临邛令前奏琴，相如辞谢，为鼓一再行。⑤飞霙：即飞英。指飘舞的雪花。⑥“秀语”二句：欧阳修《梅圣俞诗集序》：“世谓诗人少达而多穷。盖世所传，多出于古穷人之辞，愈穷则愈工。然非诗能穷人，殆穷而后工也。”⑦粲者：美女。《诗·唐风·绸缪》：“今夕何夕，见此粲者。”⑧目成：通过眉目传情来结成亲好。《楚辞·九歌·少司命》：“满堂兮美人，忽独与余兮目成。”王文诰案：“仲殊初为诸生，工绮语，虽出家而结习未忘，故戏之也。”

送小本禅师赴法云[①]

寓形天宇间[②]，出处会有役[③]。澹然都无营，百年何由毕？山林等忧患，轩冕亦戏剧。我未即归休，师宁便安逸？王城满豪杰，议论纷黑白。圣谛第一义，对面谁不识[④]？师来亦何事，孤月挂空碧。是身如浮云，安得限南北[⑤]？出岫本无心，既雨归亦得[⑥]。珠泉有旧约，何年挂瓶锡?

【注释】①小本:即善本,开封人。《释氏稽古略》:"哲宗元祐五年八月,汴京法云寺法秀禅师入寂。诏杭州净慈寺善本禅师继席住持,赐号大通禅师,师嗣圆照禅师宗本,世谓之大小本焉。"②寓形:陶渊明《归去来兮辞》:"寓形宇内复几时。"天宇:天下。③出处:谓出仕与退隐。役:役使,差遣。④"圣谛"二句:《景德传灯录》:达摩西来,梁武帝问如何是圣谛第一义?答云:"廓然无圣。"又问:"对朕者谁?"答云:"不识。"⑤"是身"二句:引杜甫《别赞上人》诗句。⑥"出岫"二句:陶渊明《归去来兮辞》:"云无心以出岫。"岫(xiù):峰峦。此二句讲云本来无心出山,化作雨这种归宿也算是有所得了。

次韵曹子方龙山真觉院瑞香花①

幽香结浅紫,来自孤云岑②。骨香不自知,色浅意殊深。移栽青莲宇,遂冠薝卜林③。纫为楚臣珮,散落天女襟。君持风霜节④,耳冷歌笑音⑤。一逢兰蕙质,稍回铁石心⑥。置酒要妍暖,养花须晏阴⑦。及此阴晴间,恐致悭啬霖⑧。彩云知易散⑨,鹎鴂忧先吟⑩。明朝便陈迹,试著丹青临⑪。

【注释】①真觉院:《西湖游览志》:"龙山稍北为玉厨山,旧有真觉院。"②"幽香"二句:《冷斋夜话》:"瑞香花有黄紫二种,有紫瓣而缘金者,初产庐山,今处处有之。"岑:山峰。上讲浅紫色的瑞香花发出幽香,下句讲它来自于山中。③青莲寺:佛宫也。薝卜(zhān bǔ):梵语Campaka音译。义译为郁金花。④"君持"句:曹子方当时为运判,官制与使相同,诗故言"持节"。⑤耳冷:听觉不灵敏。⑥"一逢"二句:苏轼有《宝云真觉院赏瑞香西江月词戏曹子方》,云:"知君却是为情秾,怕见此花撩动。"即此诗意也。兰蕙:兰和蕙,皆香草,多连用以喻贤者。⑦妍暖:谓晴朗暖和。晏阴：柔和之阴，微阴。唐释仲休《花品》：“每至牡丹开月，多有轻云微雨，谓之养花天。”⑧悭啬霖：春雨稀少，故云吝啬之雨。俗谚有“春雨贵如油”之说。⑨“彩云”句：白居易《简简吟》：“大都好物不坚牢，彩云易散琉璃脆。”⑩鹈鴂(tí guì)：又作“鹈鴃”。鸟名，即杜鹃。《汉书·扬雄传上》：“徒恐鹈鴂之将鸣兮，顾先百草为不芳。”颜师古注：“鹈鴃鸟，一名鶗鴂，一名子规，一名杜鹃，常以立夏鸣，鸣则众芳皆歇。”苏诗此倒用，讲杜鹃知道百花将凋，彩云易散，因忧虑而先吟唱。⑪临：临摹意。“明朝”二句意即瑞香花很快要凋谢，现在赶快把它临摹下来。

留别蹇道士拱辰

黑月在浊水，何曾不清明[①]？寸田满荆棘，梨枣无从生。何时返吾真[②]，岁月今峥嵘。屡接方外士，早知俗缘轻。庚桑托鸡鹄，未肯化南荣[③]。晚识此道师，似有宿世情。笑指北山云，诃我不归耕。仙人汉阴、马，微服方地行[④]。咫尺不往见，烦子通姓名。愿持空手去，独控横江鲸[⑤]。

【注释】①黑月：即黑分。印度历法称太阴历的下半月。唐玄奘《大唐西域记·印度总述》：“月盈至满谓之白分，月亏至晦谓之黑分。”此二句王十朋注引赵次公曰：“夫水清而月明，则月现于水，此以形相观水月也。”②返吾真：复归本源，返归于自然。《说苑》：木偶人对土偶人说：“子，先土也，天大雨，水潦并至，子且必坏。”应曰：“吾坏乃反吾真也。”③“庚桑”二句：典见《庄子·庚桑楚》。庚桑即庚桑楚，是独得老子之道的弟子。南荣即南荣趎，向庚桑楚问道，庚桑楚回答：“奔蜂不能化藿蠋，越鸡不能伏鹄卵，鲁鸡固能矣。……今吾才小不足以化子，子胡不南见老子？”④“仙人”二句：《神仙传》：“马鸣生，其师授以《太清神丹经》三卷，不乐升天，但服半剂，为地仙。阴长生事马鸣生，亦授《太清神丹经》。合丹服半剂，即不升天，周行天下。”阴、马皆后汉时人。⑤控：引也。此讲不用网钓，空手捉鲸。

破琴诗 并叙[1]

旧说，房琯开元中尝宰卢氏，与道士邢和璞出游，过夏口村，入废佛寺，坐古松下，和璞使人凿地，得瓮中所藏娄师德与永禅师书，笑谓琯曰："颇忆此耶？"琯因怅然，悟前生之为永师也。故人柳子玉宝此画，云是唐本，宋复古所临者。元祐六年三月十九日，予自杭州还朝，宿吴淞江，梦长老仲殊挟琴过余，弹之有异声。就视，琴颇损，而有十三弦。予方叹息不已，殊曰："虽损，尚可修。"曰："奈十三弦何？"殊不答，诵诗云："度数形名本偶然，破琴今有十三弦。此生若遇邢和璞，方信秦筝是响泉。"予梦中了然，识其所谓，既觉而忘之。明日昼寝，复梦殊来理前语，再诵其诗。方惊觉而殊适至，意其非梦也。问之殊，盖不知。是岁六月，见子玉之子子文京师，求得其画，乃作诗并书所梦其上。子玉名瑾，善作诗及行草书。复古名迪，画山水草木，盖妙绝一时。仲殊本书生，弃家学佛，通脱无所著。皆奇士也。

破琴虽未修，中有琴意足。谁云十三弦，音节如佩玉[2]。新琴空高张，丝声不附木[3]。宛然七弦筝，动与世好逐[4]。陋矣房次律，因循堕流俗。悬知董庭兰，不识无弦曲[5]。

【注释】①王文诰案："琴梦、房图，渺不相涉，即以邢、董牵合，义不可通。此盖有难言事，欲后人发明之耳。"②"谁云"二句：王文诰案：此节以筝似琴自喻，谓自熙宁至元祐，屡被攻逐，虽破琴如故，而音节则不改也。③"丝声"句：何焯曰："丝声附木，用河东《筝郭师墓志》。"④"宛然"二句：王文诰案：此节以琴似筝喻刘挚，谓向者同一破琴，今虽新之，而丧其本质，故与我分驰也。⑤"陋矣"四句：房次律：唐代房琯的字。《旧唐书·房琯传》：琯为相，但与庶子刘秩、谏议李揖、何忌等高谈虚论，说释氏因果、老子虚无而已。此外，则听董庭兰弹琴。自是庭兰亦大招纳货贿，奸赃颇甚。此节以房琯为宰相忘却本来面目喻刘挚，而讥贾易、光庭不能始终以洛党攻我，乃甘心为庭兰卖其师，而自售取利，是亦新琴，非破琴也。

感旧诗 并叙

嘉祐中，予与子由同举制策，寓居怀远驿。时年二十六，而子由二十三耳。一日，秋风起，雨作，中夜翛然，始有感慨离合之意，自尔宦游四方，不相见者，十常七八。每夏秋之交，风雨作，木落草衰，辄悽然有此感，盖三十年矣。元丰中，谪居黄冈，而子由亦贬筠州，尝作诗以纪其事。元祐六年，予自杭州召还，寓居子由东府数月，复出领汝阴，时予年五十六矣。乃作诗留别子由而去。

床头枕驰道[①]，双阙夜未央[②]。车毂鸣枕中，客梦安得长？新秋入梧叶，风雨惊洞房[③]。独行残月影，怅焉感初凉。筮仕记怀远[④]，谪居念黄冈。一往三十年，此怀未始忘。扣门呼阿同[⑤]，安寝已太康。青山映华发，归计三月粮。我欲自汝阴，径上潼江章[⑥]。想见冰盘中，石蜜与柿霜[⑦]。怜子遇明主，忧患已再尝。报国何时毕，我心久已降[⑧]。

【注释】①“床头”句：王十朋注引赵次公曰：东府在驰道旁，故云“枕驰道”也。②双阙：指宫殿前两边高台上的楼观。此借指宫门。夜未央：夜未尽，谓夜深还未到天明。③前六句讲地处侵迫，为宰相所不容也。详参子由和作自注破琴一事。④筮仕：古人将出做官，卜问吉凶。此指初出做官。⑤阿同：苏轼自注：“子由，一字同叔。”⑥“我欲”二句：《唐书·地理志》：“颍州，汝阴郡。梓州，梓潼郡。”⑦石蜜、柿霜：苏轼自注：“予欲请东川而归。二物，皆东川所出。”⑧此诗前节，公自道其出入进退之迹。末四句，乃与子由嘱别之词也。“遇明主”指宣仁擢居政地，不是泛指。子由则刚登右辖，随又出待罪，继而又有奸臣蛇豕之攻，故云“忧患已再尝”。公初以亲嫌请郡，子由亦累章避兄。及公出，仍以亲嫌为名，子由心所不安，复请罢政，故作此诗以慰之。仁公之意，谓举朝嫉我者众，我已无意得政。而尔则视我为宜，幸而尔已得之，亦足行我之志，是尔事即我事也。若忧虑阻我进用而又复求去，其报国之心终不自了，是尔并不知我也。今我将请乡郡而归，不复更入尔，但自问此可忧之国，是何时了毕以复于我，是即我所藉手而中心藏之者，故曰“报国何时毕，我心久已降”也。

九月十五日，观月听琴西湖示坐客

白露下众草，碧空卷微云。孤光为谁来[①]，似为我与君。水天浮四座，河汉落酒樽。使我冰雪肠，不受曲糵醺[②]。尚恨琴有弦，出鱼乱湖纹[③]。哀弹奏旧曲，妙耳非昔闻。良时失俯仰，此见宁朝昏。悬知一生中，道眼无由浑。

【注释】①“孤光”句：刘禹锡诗：“西园花已尽，新月为谁来。”②曲糵：指酒。③“尚恨”二句：纪昀曰：“如此入琴，有神无迹。入俗手，非琴月对写，即另写琴声作一段矣。”

复次韵谢赵景贶、陈履常见和，兼简欧阳叔弼兄弟[①]

能诗李长吉[②]，识字扬子云[③]。端能望此府，坐啸获两君[④]。逝将江湖去，浮我五石樽。眷焉复少留，尚为世所醺。或劝莫作诗，儿辈工织纹[⑤]。朱弦寄三叹，未害俗耳闻。共寻两欧阳[⑥]，伐薪照黄昏。是家有甘井，汲多终不浑[⑦]。

【注释】①赵景贶：名令畤，后改字德麟。陈履常：家彭城，少而好学苦志。欧阳叔弼：名棐。欧阳季默：名辩。皆欧阳修之子。②李长吉：即李贺字长吉。七岁，以长短之制，名动京华。③扬子云：即扬雄，字子云，博通群籍，多识古文奇字。著有字书《方言》。④两君：指赵景贶、陈履常。⑤织纹：指罗织罪名的谗言。"或劝"二句意即苏轼赴杭州，文彦博苦劝不要再作诗。及归，遂有贾易、赵君锡以扬州诗有"山寺归来闻好语"之句，为闻神宗上仙之报而作的诬陷。⑥"共寻"句：欧阳叔弼、季默，此时正丁母艰居颍。⑦"是家"二句：此从欧阳修说叔弼、季默的家教、传承。

泛颍[1]

我性喜临水，得颍意甚奇。到官十日来，九日河之湄[2]。吏民笑相语，使君老而痴。使君实不痴，流水有令姿。绕郡十余里，不驶亦不迟[3]。上流直而清，下流曲而漪。画船俯明镜，笑问汝为谁。忽然生鳞甲[4]，乱我须与眉[5]。散为百东坡，顷刻复在兹。此岂水薄相，与我相娱嬉。声色与臭味，颠倒眩小儿。等是儿戏物，水中少磷缁[6]。赵、陈两欧阳[7]，同参天人师[8]。观妙各有得，共赋泛颍诗。

【注释】①颍：颍水。《水经注》：颍水东南入淮。《颍州志》：颍水，旧自黄河项城县界，流入州属颍上、太和等县，古语有"世乱颍水浊，世治颍水清"之句。②河之湄：河水边沿。《诗·秦风·蒹葭》："所谓伊人，在水之湄。"③"不驶"句：陶渊明《和胡西曹示顾贼曹》："蕤宾五月中，清朝起南飔。不驶亦不迟，飘飘吹我衣。"④鳞甲：白居易："伊水细浪鳞甲生。"⑤"乱我"句：《庄子·天道》："水静则明烛须眉。"⑥"等是"二句：因言临水，乃论玩水之好，贤于声色臭味之好也。磷缁：语出《论语·阳货》。磷，谓因磨而薄；缁，谓因染而黑。后因以比喻受外界条件的影响而起的变化。⑦赵：即赵景贶。陈：即陈履常。两欧阳：即欧阳叔弼兄弟。⑧天人师：释迦牟尼佛的别号。

赠朱逊之 并引[1]

元祐六年九月，与朱逊之会议于颍。或言洛人善接花，岁出新枝，而菊品尤多。逊之曰："菊当以黄为正，余可鄙也。"昔叔向闻鬷蔑一言，知其为人。予于逊之亦云。

黄花候秋节[2]，远自《夏小正》[3]。坤裳有正色[4]，鞠衣亦令名[5]。一从人伪胜，遂与天力争。易姓寓非族[6]，改颜随所令。新奇既易售，粹驳宜相倾[7]。疾恶逢伯厚，识真似渊明[8]。君言我所印，世论谁敢评。愿君为霜风，一扫紫与赪[9]。

【注释】①朱逊之：名勃。②黄花：菊花。《礼记·月令》："季秋之月，菊有黄花。"③《夏小正》：《大戴礼记》篇名，以虫鱼、草木正十二月之节候，起于夏后氏，故曰夏小正。《夏小正·九月》：荣鞠。鞠道菊。④坤裳：女式衣服以黄色为正色。《周易·坤》："六五，黄裳元吉。"⑤鞠衣：黄衣也。周官后妃之服，有鞠衣，鞠之花黄，黄，阴中之色，治蚕服鞠衣，阴事也。⑥非族：非同族之人。⑦粹：纯粹。驳：驳杂。相倾：互相排挤。《荀子·王霸》："粹而王，驳而霸，无一焉而亡。"⑧"识真"句：陶渊明诗："秋菊有佳色，裛露缀其英。泛此忘忧物，远我遗世情。"⑨"一扫"句：《宝椟记》："宣帝时，异国贡紫菊一茎，蔓延数亩，味甘，食者至死不饥渴。"

次韵赵景贶督两欧阳诗，破陈酒戒

商也哀未忘，岁月忽已秋。祥琴虽未调，余悲不敢留[1]。矧此乃韵语，未入金石流[2]。羲之生五子[3]，总角出银钩[4]。吾家有二许[5]，下笔两不休。君言不能诗，此语人信不[6]？千钟斯为尧，百榼斯为丘[7]。

陋矣陶士衡[8]，当以大白浮[9]。酒中那有失，醉则不惊鸥[10]。明当罚二子，已洗两玉舟[11]。

【注释】①“商也”四句：《礼记·檀弓》曰：子夏既除丧而见，予之琴。和之而不和，弹之而不成声。作而曰：“哀未忘也。先王制礼，勿敢过也。”②矧(shěn)：况且，而况。韵语：本指合韵律的文词，此处指诗。苏轼劝欧阳作诗。金石：指古代镌刻文字、颂功纪事的钟鼎碑碣之属。后用以比喻不朽。③五子：元之、凝之、徽之、操之、献之。《晋书·王羲之传》：“有七子，知名者五人。”④总角：古时儿童束发为两结，向上分开，形状如角，故称总角。后以总角指童年。银钩：比喻道媚刚劲的书法。⑤二许：大许苏瑰，小许指苏颋。《旧唐书》：苏瑰封许国公。子颋，袭父爵许国公。⑥自此以上，皆以督两欧阳诗也。⑦“千钟”二句：《后汉书·孔融传》：“曹操制酒禁，融频书争之，曰：‘尧不千钟，无以建太平；孔非百觚，无以堪上圣。’”榼(kē)：古代盛酒或贮水的器具。⑧陶士衡：即陶侃，字士衡。《晋书·陶侃传》：“侃每饮酒有定限，常欢有余而限已竭。(殷)浩等劝更少进，侃凄怀良久曰：‘年少曾有酒失，亡亲见约，故不敢逾。’”⑨大白：大酒杯。浮：原意罚饮。后以满饮或畅饮为浮白。⑩不惊鸥：《列子·黄帝篇》：海上之人有好鸥鸟者，每旦从鸥鸟游，至者百住而不止。⑪玉舟：指酒杯。又称“玉船”“玉酒船”。苏轼《与文与可书》云：“离浙已四年，向有浙物，已分散矣，有药玉船两支，献上。”

叔弼云：履常不饮，故不作诗。劝履常饮[1]

我本畏酒人，临觞未尝诉。平生坐诗穷，得句忍不吐。吐酒茹好诗，肝胃生滓污。用此较得丧，天岂不足付。吾侪非二物，岁月谁与度[2]？悄然得长愁，为计已大误。二欧非无诗，恨子不饮故。强为釂一酌[3]，将非作愁具。成言如皎日，援笔当自赋。他年五君咏，山王一时数。

【注释】①任渊《陈后山诗注》："时后山以持律不饮。"后山，陈履常之号。②"岁月"句：杜甫《有怀台州郑十八司户》诗："呼号傍孤城，岁月谁与度。"③釂(jiào)：饮尽杯中酒。

到颍未几，公帑已竭，斋厨索然，戏作[1]

我昔在东武，吏方谨新书[2]。斋空不知春[3]，客至先愁予。采杞聊自诳，食菊不敢余[4]。岁月今几何，齿发日向疏。幸此一郡老，依然十年初。梦饮本来空，真饱竟亦虚[5]。尚有赤脚婢，能烹赪尾鱼。心知皆梦耳，慎勿歌归欤。

【注释】①公帑(tǎng)：国库，公款。斋厨：寺庙的厨房。此指一般的厨房。②新书：言新法行减公使库钱也。③斋：指言公库。④"采杞"二句：苏轼曾作《后杞菊赋》，其叙曰："移守胶西，意且一饱。而斋厨索然，不堪其忧。日与通守刘君庭式，循古城废圃，求杞菊食之。"⑤"真饱"句：佛书《宝积经》：说食者竟无所饱，梦饱者竟无所得。

赠月长老[1]

天形倚一笠[2]，地水转两轮[3]。五帝之所运[4]，毫端栖一尘。功名半幅纸，儿女浪苦辛[5]。子有折足铛，中容五合陈[6]。十年此中过，却是英特人[7]。延我地炉坐，语软意甚真。白灰如积雪，中有红麒麟[8]。勿触红麒麟，作灰维那瞋[9]。拱手但默坐，墙壁徒谆谆。今宵恨客多，污子白氎巾[10]。后夜当独来，不须主与宾。蒲团坐纸帐，自要观我身[11]。

【注释】①月长老：指颍州僧。曾求苏轼作《法施堂铭》。②天形一笠：虞耸《穹天论》曰："天形如笠，而冒地之表。"③"地水"句：《晋书·天文志》引葛洪曰："《浑天仪注》云：天如鸡子，地如鸡中黄，天表里有水，天地各乘气而立，载水而行，周天三百六十五度四分度之一，中分之。则半覆地上，半绕地下，天转如毂之运也。"④"五帝"句：《庄子·秋水篇》：五帝之所运，三王之所争，尽此矣。一说五伯指春秋五霸，齐桓公、晋文公、秦穆公、宋襄公、楚庄王。⑤"功名"二句：《旧唐书·裴度传》：欲收天下忠义之心，唯有下半纸诏书。浪：白白地，徒然。⑥折足铛：又作"折足鎗（chēng）""折脚铛"。即断脚锅。陈：盖前汉太仓之粟陈陈相因也。大抵取其意足，言陈更不言粟。此乃歇后语式的诗句。⑦英特人：指才智杰出之人。⑧红麒麟：《语林》：羊琇捣炭屑，作兽形以温酒，洛下豪贵竞效之。⑨维：纲维，华言也；那：是梵语，译为知事，亦云悦众。维那：梵语Karmadand音译，"羯磨陀那"。意译"授事"，佛寺中一种僧职。管理僧众事务，位次于上座、寺主。⑩白氎（dié）巾：白色的细毛巾。⑪观我身：《维摩诘经》："世尊问维摩诘：'以何等观如来乎？'维摩诘言：'如自观身实相。'"

韩退之《孟郊墓铭》云："以昌其诗。"举此问王定国，当昌其身耶？抑昌其诗也？来诗下语未契，作此答之[①]

昌身如饱腹，饱尽还当饥。昌诗如膏面，为人作容姿。不如昌其气，郁郁老不衰。虽云老不衰，劫坏安所之[②]？不如昌其志，志一气自随。养之塞天地，孟轲不吾欺[③]。人言魏勃勇，股栗向小儿[④]。何如鲁连子，谈笑却秦师[⑤]。慎勿怨谤谗，乃我得道资[⑥]。淤泥出莲花，粪壤出菌芝。赖此善知识，使我枯生荑[⑦]。吾言岂须多，冷暖子自知[⑧]。

【注释】①孟郊：字东野，私谥贞曜，韩愈铭文曰："于戏贞曜，维执不猗，维出不訾，维卒不施，以昌其诗。"昌：使其兴盛发达。②劫坏：劫，劫波的简称。佛教名词。劫分为大劫、中劫、小劫。一大劫包括"成""住""坏""空"四个时期，通称"四劫"。到"坏劫"时，有水、火、风三灾出现，世界归于毁失，后人借指天灾人祸。安所之：到何处去？③"养之"二句：《孟子·公孙丑上》："我善养吾浩然之气……其为气也，至大至刚，以直养而无害，则塞于天地之间。"④"人言"二句：《史记·齐悼惠王世家》："灌婴在荥阳，闻魏勃本教齐王反，既诛吕氏，罢齐兵，使使召责问魏勃。勃曰：'失火之家，岂暇先言大人而后救火乎？'因退之，股战而栗，恐不能言者，终无他语。灌将军熟视笑曰：'人谓魏勃勇，妄庸人耳，何能为乎？'乃罢魏勃。"小儿：指灌婴。《史记·灌婴传》："虽少然数力战。"股栗：大腿发抖。形容恐惧之甚。⑤"何如"二句：《史记·鲁仲连传》：与新垣衍论秦称帝之害。新垣衍曰："吾请出，不敢复言帝秦。"秦将闻之，为之却军五十里。左思《咏史》："吾慕鲁仲连，谈笑却秦军。"⑥得道资：得道的资本。"慎勿"二句意即：千万不要怨恨别人的诽谤谗言，这就是为得道积累的资本。⑦枯生荑：《周易·大过》：枯杨生稊。老夫得其女妻，无不利。⑧"冷暖"句：《景德传灯录》：明上座语卢行者曰："今蒙指授入处，如人饮水，冷暖自知。"

送欧阳推官赴华州监酒[①]

我观文忠公，四子皆超越[②]。仲也珠径寸，照夜光如月[③]。好诗真脱兔，下笔先落鹘[④]。知音如周郎，议论亦英发[⑤]。文章乃余事，学道探玄窟。死为长白主，名字书绛阙[⑥]。伤心清颍尾[⑦]，已伴白鸥没。喜见三少年，俱有千里骨。千里不难到，莫遣历块蹶[⑧]。临分出苦语，愿子书之笏[⑨]。

【注释】①欧阳推官：欧阳修之孙，欧阳奕之子。监酒：监督造酒的官吏。②欧阳文忠公(修)四子：长名发，字伯和，进士出身，官至权少府监丞；次名奕，字仲纯；次棐；次辩。③"仲也"二句：《搜神记》：隋侯见大蛇被伤中断，以药封之。岁余，蛇衔珠以报。珠盈径寸，纯白，夜有光明，如月之照。谓之隋侯珠，又曰明月珠。④脱兔：脱逃之兔，喻行动迅速。落鹘：即鹘落，形容转动灵活。"好诗"二句乃兔起鹘落的活用，写诗下笔迅捷。⑤"议论"句：《三国志·吴志》：孙权论吕蒙曰："子明学问开益，筹略奇至，可以次于公瑾，但言议英发，不及之耳。"⑥"死为"二句：苏轼自注："熙宁之末，仲纯父见仆于京城之东，曰：吾梦道士持告身授吾曰：'上帝命汝为长白山主，此何祥也？'明年，仲纯父殁。"绛阙：宫殿寺观前的朱色门阙。⑦颍尾：《左传·昭公十二年注》："颍水之尾，在下蔡西。"⑧历块：形容疾速。《汉书·王褒传》："过都越国，蹶如历块。"颜师古注："如经历一块，言其疾速之甚。"⑨笏：《释名》："笏也，有教命及所启白，则书其上，备忽忘也。"

十月十四日以病在告，独酌

翠柏不知秋，空庭失摇落。幽人得嘉荫，露坐方独酌。月华稍澄穆，雾气尤清薄[①]。小儿亦何知，相语翁正乐。铜炉烧柏子，石鼎煮山药[②]。一杯赏月露，万角纷酬酢。此生独何幸，风缆欣初泊[③]。誓逃颜、跖网[④]，行赴松、乔约[⑤]。莫嫌风有待[⑥]，漫欲戏寥廓[⑦]。泠然心境空，仿佛来笙鹤[⑧]。

【注释】①澄穆：清和，清静。清薄：淡薄。②"铜炉"二句：欧阳修《奉使道中寄坦师》诗："夜燃柏子煮山药，忆此东望无时休。"③"风缆"句：韩愈诗："有如乘风船，一纵不可缆。"④"誓逃"句：《史记·伯夷传》："七十子之徒，仲尼独荐颜渊为好学，然回也屡空，糟糠不厌，而卒早夭。天之报施善人，其何如哉？盗跖日杀不辜，肝人之肉，暴戾恣睢，聚党数千人横行天下，竟以寿终，是遵何德哉？""余甚惑焉，傥所谓天道，是邪非邪？"⑤"行赴"句：《汉书·王褒传》："偃仰诎信若彭祖，呴嘘呼吸如乔、松。”乔：王乔。松，赤松子。⑥有待：古代道家哲学用语。有待意即需要依赖一定的条件。庄子认为世俗生活都是有待的、不自由的。而绝对的精神自由则是无待的。⑦寥廓：高远空旷。陆机《文赋》：“俯寂寞而无友，仰寥廓而莫承。”⑧笙鹤：指仙人乘骑之仙鹤。典见汉刘向《列仙传》。

独酌试药玉滑盏，有怀诸君子。明日望夜，月庭佳景不可失，作诗招之[1]

镕铅煮白石，作玉真自欺。琢削为酒杯，规摹定州瓷。荷心虽浅狭，镜面良渺弥[2]。持此寿佳客，到手不容辞。曹侯天下平[3]，定国岂其师？一饮至数石，温克颇似之[4]。风流越王孙[5]，诗酒屡出奇。喜我有此客，玉杯不徒施。请君诘欧、陈[6]，问疾来何迟？呼儿扫月榭[7]，扶病及良时。

【注释】①药玉：石料经药物煮炼后，色泽光润，称药玉，犹今之料玉。②渺弥：“水流旷远貌。”③曹侯：似指当时一官大理的姓曹的人。天下平：《史记·张释之传》：“廷尉，天下之平也。”平：公正，公平。④温克：《诗·小雅·小宛》：“人之齐圣，饮酒温克。”本指醉酒后能蕴藉自持，后来也指人有温和恭敬的态度。⑤越王孙：指赵景贶。他是越王之孙，华原公之子。⑥欧、陈：指欧阳兄弟与陈履常。⑦月榭：赏月的台阁。欧阳修诗：“能来解带相就饮，为子扫月开风榭。”

欧阳季默以油烟墨二丸见饷，各长寸许，戏作小诗

书窗拾轻煤[1]，佛帐扫余馥[2]。辛勤破千夜，收此一寸玉。痴人

畏老死，腐朽同草木。欲将东山松[3]，涅尽南山竹[4]。墨坚人苦脆，未用叹不足。且当注虫鱼，莫草三千牍[5]。

【注释】①轻煤：轻细的烟灰。古代的制墨精料。②“佛帐”句：讲佛灯及香积久之煤也。③东山松：《墨经》：兖、沂、登、密之间山，总谓之东山，自昔东山之松，色泽肥腻，性质沉重，品惟上上。④涅：在人身上刺涂黑色文字或图纹。后引申为书写。⑤“且当”二句：意即墨小仅可注虫鱼也。

明日复以大鱼为馈，重二十斤，且求诗，故复戏之

汉廷九尺人，谁似老方朔[1]。那将一寸金，令足三冬学[2]。饷鱼欲自洗，鳞尾光卓荦。我是骑鲸手，聊堪充鹿角[3]。

【注释】①“汉廷”二句：《汉书·东方朔传》：（朔）言上曰：“朱儒长三尺余，奉一囊粟，钱二百四十。臣朔长九尺余，亦奉一囊粟，钱二百四十。”②三冬：《汉书·东方朔传》上书曰：“臣年十二学书，三冬文史足用。”③鹿角：小鱼名。欧阳文忠公《奉答圣俞达头鱼之作》：“吾闻海之大，物类无穷极。毛鱼与鹿角，一龠数千百。”

和赵景贶栽桧

汝阴多老桧，处处屯苍云。地连丹砂井[1]，物化青牛君[2]。时有再生枝[3]，还作左纽纹[4]。王孙有古意，书室延清芬。应怜四孺子[5]，不堕凡木群。体备松柏姿[6]，气含芝术薰。初扶鹤立骨，未出龙缠筋。巢根白蚁乱，网叶秋虫纷。乃知蔽芾初，甚要封殖勤。他年皮三寸，狐鼠了不闻。

【注释】①汝阴：颍州也。颍州之东，与亳州接境。亳州老君观，有丹砂井，有桧，其文左纽，其枝枯而再生。②“物化”句：《玄中记》：千岁之树精，化为青羊；万岁之树精，化为青牛。秦始皇使人伐大树，有青牛跃出，入丰水中。③苏轼自注：“颍之灵坛观，有再生桧。”④“还作”句：范仲淹《太清宫九咏序》：“太清宫有左纽桧。”《青琐高议》：“亳州太清宫八桧，有左纽、炼丹等名。”⑤四孺子：杜甫有《种四小松》诗，而管子对齐侯之问苗，曰：苗始其少也，眴眴乎，何其孺子也。苏轼当日栽桧亦适有四，故云。⑥“体备”句：桧乃柏叶松身。

叶待制求先坟永慕亭诗[①]

灵区有异产，化国无潜珍[②]。承平百年间，簪缨半齐民[③]。建溪富奇伟，叶氏初隐沦[④]。森然见乔木，其下维德人。佳哉郁葱葱，气若凤与麟。联翩出儒将，岂惟十朱轮[⑤]。新松无鹿触[⑥]，旧柏有乌驯[⑦]。待公归上冢，泪叶乃肯春[⑧]。

【注释】①叶待制：名康直，字景温，建州人，此时官亳州。②化国：教化施行之国。③簪缨：古代官吏的冠饰。比喻显贵。齐民：此当平民讲。④隐沦：神人等级之一。后泛指神仙。⑤朱轮：古代王侯显贵所乘的车子。因用朱红漆轮，故称。⑥“新松”句：晋孝子许孜为母墓道植松，被鹿所触犯，许孜甚为悲痛，后鹿忽为猛兽所杀。事见《晋书·孝友传·许孜》。⑦“旧柏”句：《北史·萧放传》：萧放，字希逸。居丧，庐前有二慈乌来集，各据一树为巢。自午以前，驯庭饮啄；午后更不下树。每临时，舒翅悲鸣，全似哀泣。⑧泪叶：《晋书·孝友传·王裒》：王裒父仪为文帝司马，因直言被斩，裒庐于墓侧，旦夕拜跪，攀柏悲号，涕泪著树，树为之枯。苏诗反用此典。

与赵、陈同过欧阳叔弼新治小斋，戏作

江湖渺故国，风雨倾旧庐。东来三十年，愧此一束书。尺椽亦何有，而我常客居。羡君开此室，容膝真有余。拊床琴动摇，弄笔窗明虚。后夜龙作雨，天明雪填渠①。梦回闻剥啄，谁乎赵、陈、予②。添丁走沽酒③，通德起挽蔬。主孟当啗我④，玉鳞金尾鱼。一醉忘其家，此身自籧篨⑤。

【注释】①“后夜”二句：苏轼自注：“时方祷雨龙祠。作此句时，星斗灿然。四更风雨大至，明日乃雪。”②“梦回”二句：苏轼《颍州祷雨诗》云：（元祐六年十月二十六日，祷雨张龙公）“会景贶、履常、二欧阳子，作诗云：‘后夜龙作雨，天明雪填渠。梦回闻剥啄，谁呼赵、陈、予？’景贶抚掌曰：‘句法甚新，前人未有此法。’季默曰：‘有之。长官请客吏请客，目曰：主簿、少府、我。’即此语也。”③添丁：韩愈《寄卢仝》诗：“去岁生儿名添丁。”④主孟：晋大夫里克之妻。《国语·晋语》：“主孟啗我，我教兹暇豫事君。”后借指主人之妻。⑤籧篨(qú chú)：粗竹席。

欧阳叔弼见访，诵陶渊明事，叹其绝识。既去，感慨不已，而赋此诗①

渊明求县令，本缘食不足。束带向督邮②，小屈未为辱。翻然赋归去，岂不念穷独？重以五斗米，折腰营口腹③。云何元相国，万钟不满欲？胡椒铢两多，安用八百斛④？以此杀其身，何啻鹊抵玉⑤。往者不可悔，吾其反自烛。

【注释】①黄庭坚跋云：“东坡在颍州，因欧阳叔弼读《元载传》，

叹渊明之智，遂作此诗。”②束带：整饰官服，表示端庄。督邮：汉置，郡的重要属吏，代表太守督察县乡，宣达教令，兼司狱讼捕亡。唐以后废。《晋书·隐逸传·陶潜》：为彭泽令，郡遣督邮至县，吏白应束带见之，潜叹曰：“吾不能为五斗米折腰，拳拳事乡里小人邪！”义熙二年，解印去县，乃赋《归去来》。③“重以”二句：《晋书·隐逸传·陶潜》：谓亲朋曰：“聊欲弦歌，以为三径之资，可乎？”执事者闻之，以为彭泽令。④“胡椒”二句：《唐书》：元载，字公辅。代宗立，进中书侍郎。大历十二年赐自尽。籍其家，胡椒至八百石，它物称是。⑤鹊抵玉：《盐铁论·崇礼篇》：南越以孔雀珥门户，昆山之旁以玉璞抵乌鹊。抵，掷也，盖言玉之多也。今苏轼之意，譬以身徇货，犹以贵逐贱也。

祷雨张龙公，既应，刘景文有诗，次韵[1]

张公晚为龙，抑自龙中来[2]。伊昔风云会[3]，咄嗟潭洞开[4]。精诚苟可贯，宾主真相陪。洞箫振羽舞[5]，白酒浮云罍[6]。言从关州妃[7]，远去焦氏台[8]。倾倒瓶中雨[9]，一洗麦上埃。破旱不论功[10]，乘云却空回。嗟龙与我辈，用意岂远哉？使君今子义，英风冠东莱[11]。笑说龙为友，幽明莫相猜。

【注释】①张龙公：庙名。因传说张路斯化为龙而立，在今安徽西北部，淮河北岸，颍河下游。②“张公”二句：欧阳修《集古·跋尾》：《张龙公碑》，唐赵耕撰。云：君讳路斯，为宣城令，罢归，每夕出，常体冷且湿，夫人石氏异而询之。公曰：“吾龙也。”后与九子复为龙。③风云会：风云聚会。④咄嗟：犹呼吸之间，迅速意。潭洞：深洞。⑤羽舞：古代一种文舞，舞者执羽。常为祈雨舞。⑥云罍（léi）：饰有云状花纹的酒壶。唐太宗《帝京篇》之八：“玉酒泛云罍。”⑦关州妃：赵耕《张龙公碑》：颍上百社村人也，夫人关州石氏。⑧焦氏台：《集古录跋尾》：自景龙以来，颍人世祠之于焦氏台。⑨“倾倒”句：传说神仙行雨多从瓶中倾出一些即可。⑩破旱：

解除旱情。破，解除。⑪“使君”二句：此以三国太史慈为喻。太史慈，字子义，东莱黄人。最有胆烈。

以屏山赠欧阳叔弼

漫郎天骨清[①]，生与世俗异。学道新有得，为贫聊复仕。每于红尘中，常起青霞志。屏山辍赠子，莫遣污簪珥。寓目紫翠间，安眠本非睡。梦中化为鹤，飞入长松寺。

【注释】①漫郎：指唐元结。后借指放浪形骸不守世俗检束的文人。此指欧阳叔弼。

新渡寺席上，次赵景贶、陈履常韵，送欧阳叔弼。比来诸君唱和，叔弼但袖手傍睨而已。临别忽出一篇，颇有渊明风致，坐皆惊叹

神屠不目全[①]，妙额惟妆半[②]。更刀乃族庖[③]，倚市必丑悍。平生魏公筹[④]，忽斫郢人墁[⑤]。诗书亦何用，适道须此馆。多言虽数穷，微中或排难[⑥]。子诗如清风，翏翏发将旦[⑦]。胡为久闭匿，绮语真自患。许时笑我痴[⑧]，隔屋相咏叹[⑨]。竟识彦道不？绝叫呼百万。清朝固多士，人门子皆冠。莫言清颍水，从此隔河汉。异时我独来，得鱼杨柳贯。持归不忍食，尺素解凄断。中有清圆句，铜丸飞柘弹[⑩]。春愁结凌澌，正待一笑泮。百篇倘寄我，呻吟郑人缓。

【注释】①“神屠”句:《庄子·养生主》:庖丁为文惠君解牛,释刀对曰:“臣所好者道也,进乎技矣。始臣解牛之时,所见无非牛者。三年之后,未尝见全牛也。今臣以神遇而不以目视。”②妆半:《南史·后妃传》:梁元帝徐妃,以帝眇一目,每知帝将至,必为半面妆以俟。③族庖:一般的厨子。更刀:换刀。《庄子·养生主》:“良庖岁更刀,割也;族庖月更刀,折也。”④魏公筹:《晋书·魏舒传》:舒为钟毓长史,毓每与参佐射,舒常为画筹而已。后遇朋人不足,以舒满数。发无不中。⑤“忽斫”句:《庄子·徐无鬼》:“郢人垩漫其鼻端,若蝇翼,使匠石斫之。匠石运斤成风,听而斫之,尽垩而鼻不伤,郢人立不失容。”墁:涂抹。⑥微中:谈言微中。排难:排忧解难。⑦翏翏(liù):象声词,长风声。⑧许时:陈后主诗:“见面无多事,闻名尔许时。”⑨“隔屋”句:《晋书·顾恺之传》:“与谢瞻连省,夜于月下长咏,瞻每遥赞之,恺之弥自力忘倦,瞻将眠,令人代己,恺之不觉有异,遂申旦,时号痴绝。”⑩“铜丸”句:《西京杂记》:长安五陵人,以柘木为弹,真珠为丸,以弹鸟鹊。

次韵赵景贶春思,且怀吴越山水

岁华来无穷,老眼久已静。春风如系马[①],未动意先骋。西湖忽破碎,鸟落鱼动镜。萦城理枯渎,放闸起胶艇[②]。愿君营此乐,官事何时竟[③]。思吴信偶然,出处付前定。飘然不系舟,乘此无尽兴。醉翁行乐处,草木皆可敬。明朝游北渚,急扫黄叶径。白酒真到齐,红裙已放郑[④]。

【注释】①系马:《庄子·天道篇》:似系马而止也。②萦:回环缠绕。枯渎:干枯的渎水。胶艇:用胶粘合的船。③苏轼自注:“清河、西湖三闸,督君成之。”④苏轼自注:“酒尚有香泉一壶,为乐全先生服,不作乐也。”

次韵陈履常张公龙潭[1]

明经宣城宰，家此百尺澜。郑公不量力[2]，敢以非意干。玄黄杂两战[3]，绛青表双蟠[4]。烈气毙强敌，仁心恻饥寒。精诚祷必赴，苟简求亦难[5]。萧条麦麰枯，浩荡日月宽。念子无吏责，十日勤征鞍。春蔬得雨雪，少助先生盘。龙不惮往来，而我独宴安。闭阁默自责，神交清夜阑。

【注释】①苏轼元祐六年十月二十五日祈雨。《迎张龙公祝辞》云：谨请州学教授陈师道并遣承务郎迨，既祷而获。十一月十日，《祝辞》云：玉质金相，其重千钧。惠然肯来，期者四人。眷此行宫，为留浃辰。惟师道、迨，复饯公还。履常为教授，属以迎送龙公蜕骨。故诗云……元祐六年十一月五日，苏轼日书。②"郑公"句：《左传·隐公十一年》：息侯伐郑，郑伯与战，息败。君子知息之将亡也，不度德，不量力。③"玄黄"句：《易·坤上》："六龙战于野，其血玄黄。"④"明经"六句：苏轼自注："事见《龙公碑》。"唐赵耕《张龙公庙碑》云：讳路斯。隋初明经登第，为宣城令。罢归。每夕出，自戌至丑归。常体冷且湿，夫人石氏异而询之。公曰："吾龙也。蓼人郑祥远，亦龙也。据吾池，吾屡战未胜，明日取决，可令吾子挟弓矢射之。系鬣以青绡者，郑也；绛绡者，吾也。"子遂射中青绡，郑怒，东北去，投合肥西山以死。由是，公与九子俱复为龙。⑤苟简：草率而简略。

小饮西湖，怀欧阳叔弼兄弟，赠赵景贶、陈履常

岁暮自急景，我闲方缓觞[1]。欢饮西湖晚，步转北渚长[2]。地坐略少长[3]，意行无涧冈[4]。久知荠麦青，稍喜榆柳黄。盎盎春欲动，潋潋夜未央。水天鸥鹭静，月露松桧香。抚景方畹晚[5]，怀人重凄凉。岂无一老兵[6]，坐念两欧阳。我意正麋鹿，君材亦珪璋[7]。此会

不可再，此欢不可忘。

【注释】①缓觞：慢慢地饮酒。②北渚：靠在河北岸的小洲。《宋名臣言行录》：“晏元献守颍州，筑室北渚，以临西溪，名清涟阁。”③少长：老幼。王羲之《兰亭集序》：“群贤毕至，少长咸集。”④涧冈：涧谷与山岗。纪昀曰：十字写出萧散。⑤畹(wǎn)晚：日将暮，后喻人将老。⑥老兵：《晋书·谢奕传》：桓温辟奕司马，尝逼温饮，温走避之。奕遂引温一兵帅共饮，曰：“失一老兵，得一老兵，亦何所怪？”⑦“我意”句：谓立志隐居山林，与麋鹿为伍。李白《山人劝酒》：“各守麋鹿志，耻随龙虎争。”珪璋：比喻杰出的人才。

送王竦朝散赴阙[①]

我家衡山公[②]，清而畏人知。臧否不出口，默识如蓍龟[③]。擢子拱把中[④]，云有骥騄姿[⑤]。胡为三十载，尚作穷苦词？丈人不妄语[⑥]，未效此何疑。朅来清颍上，泪湿中郎诗[⑦]。怪我一年长，而作十年衰。同时几人在，岂敢怨白髭。愿言指松柏，永与霜雪期[⑧]。

【注释】①朝散(cháo sàn)：朝散大夫的省称。隋置。唐宋时文阶官之制，从五品下称朝散大夫。赴阙：入朝。②衡山公：苏轼自注：“伯父为衡州日，与君相知，有送行诗。”苏轼伯父苏涣，曾在衡州耒阳任官。③默识：暗中记住。蓍(shī)龟：古人以蓍草与龟甲占卜凶吉，因以指占卜。此借喻苏涣嘴上不说人好坏，内心知道得很清楚。就好像占卜一样准确。④擢：举拔，提升。拱把：《孟子注》：两手曰拱。一手曰把。指径围大如两手合围。后因以喻指弱小或成长初期。⑤骥騄：指良马。⑥妄语：虚妄不实的话。《梁书·良吏传·何远》：“每戏与人云：‘卿能得我一妄语，则谢卿以一缣。’众共伺之，不能记也。”⑦朅来：犹言去、离开。中郎：指苏轼的伯父苏涣。⑧愿言：思念殷切貌。与期：预先期待。松柏霜雪：皆喻高洁的情操。

次韵致政张朝奉，仍招晚饮

扫白非黄精[①]，轻身岂胡麻[②]？怪君仁而寿，未觉生有涯。曾经丹化米[③]，亲授枣如瓜。云蒸作雾楷[④]，火灭噀雨巴[⑤]。自此养铅鼎[⑥]，无穷走河车[⑦]。至今许玉斧[⑧]，犹事萼绿华[⑨]。我本三生人[⑩]，畴昔一念差。前生或草圣，习气余惊蛇[⑪]。儒臞谢赤松[⑫]，佛缚惭丹霞[⑬]。时时一篇出，扰扰四座哗。清诗得可惊，信美辞多夸。回车入官府，治具随贫家[⑭]。萍虀与豆粥，亦可成咄嗟[⑮]。

【注释】①扫白：除去白发。谓使白发转黑。黄精：药草名。《博物志》："天老谓黄帝曰：太阳之草名黄精，食之可以长生。"《本草纲目·草一·黄精》："为服食要药，故《别录》列于草部之首，仙家以为芝草之类，以其得坤土之精粹。故谓之黄精。"②胡麻：即芝麻。《本草纲目》："胡麻，状似狗虱而方茎，久服轻身不老。"③丹化米：《神仙传》：麻姑至蔡经家，时经弟妇新产，求少许米掷之堕地，谓以米袪其秽也。视其米，皆成丹砂。④云蒸：云气升腾。雾楷：《后汉书·张楷传》：楷字公超，性好道术，能作五里雾。时关西人裴优亦能为三里雾，自以不如楷。⑤"火灭"句：《后汉书·栾巴传注》：为尚书。正朝大会，巴独后到，又饮酒西南噀之。有司奏巴不敬。诏问巴。巴谢曰："臣本县成都失火，故因酒为雨而灭火。"诏问成都，成都答言："正旦失火，有雨从东北来，火乃息，雨皆酒臭。"⑥铅鼎：《仙传拾遗》：刘无名，有真人示以阳炉阴鼎柔金炼化水玉之方，伏汞炼铅成朱髓之诀，以铅为君，以汞为臣，八石为使，黄芽为田。⑦河车：指铅。道士炼丹的原料。白居易《天坛峰下赠杜录事》："河车九转宜精炼，火候三年在好看。"⑧许玉斧：许长史之子，群仙降其家，事出《真诰》。⑨苏轼自注："君曾见永州何仙姑，得药饵之，人疑其以此寿也，故有'丹化米''萼绿华'之句。皆女仙事。"萼绿华：传说中的女仙名，自言是九嶷山中得道女子罗郁。⑩三生：佛教语。谓前生、今生、来生。白居易诗："世说三生如不谬，共疑巢许是前身。"⑪草圣：钟繇。惊蛇：喻笔墨飞舞。韦续《书诀墨薮》：钟繇弟子宋翼，每画一波三折笔。作一戈，如百钧弩；作一点，如高峰坠石；作一放纵，如惊蛇入草。⑫儒臞(qú)：清瘦的儒者，含有隐居不仕之意。赤松：即赤松子。相传为上古时神仙。各家所载，事各异同。一说赤松子乃晋代得道成仙的黄初平。详见葛洪《神仙传》。⑬佛缚：《维摩诘经》：贪著禅味，是菩萨缚。⑭回车：回转其车。治具：设宴，备办酒席。⑮荠虀：即韭虀。食品名，用韭根麦苗杂拌捣制而成。咄嗟：指时间迅速。

赵景贶以诗求东斋榜铭。昨日闻都下寄酒来，戏和其韵，求分一壶作润笔也[1]

王孙天麒麟，眸子奥而澈。囊空学愈富，屋漏人更杰。我老书益放，笔落座争掣[2]。欲求东斋铭，要饮西湖雪。长瓶分未到，小砚干欲裂。不似淳于髡，一石要烛灭[3]。

【注释】①润笔：唐宋翰苑官草制除官公文，例奉润笔物。后来泛指付给作诗文书画之人的报酬。②“笔落”句：《晋书·王献之传》：七八岁时学书，羲之密从后掣其笔，不得，叹曰：“此儿后当复有大名。”③“不似”二句：《史记·滑稽列传·淳于髡》：齐威王问曰：“先生能饮几何而醉？”对曰：“臣饮一斗亦醉，一石亦醉。”威王曰：“先生饮一斗而醉，恶能饮一石哉？其说可得闻乎？”髡曰：“赐酒大王之前，执法在旁，御史在后，髡恐惧俯伏而饮，不过一斗径醉矣。……日暮酒阑，合尊促坐，男女同席，履舄交错。杯盘狼藉，堂上烛灭，主人留髡而送客，罗襦襟解，微闻芗泽，当此之时，髡心最欢，能饮一石。”

洞庭春色 并引

安定郡王以黄甘酿酒，谓之洞庭春色，色香味三绝。以饷其犹子德麟。德麟以饮余，为作此诗。醉后信笔，颇有沓拖风气[①]。

二年洞庭秋[②]，香雾长噀手[③]。今年洞庭春，玉色疑非酒。贤王文字饮，醉笔蛟龙走[④]。既醉念君醒，远饷为我寿。瓶开香浮座，盏凸光照牖。方倾安仁醽[⑤]，莫遣公远嗅[⑥]。要当立名字，未用问升斗。应呼钓诗钩[⑦]，亦号扫愁帚[⑧]。君知蒲萄恶，正是嫫母黝[⑨]。须君滟海杯，浇我谈天口[⑩]。

【注释】①安定郡王：名世准，字君平，兢畏端恪，内恕外严。赵德麟：旧字景贶。德麟字见于诗篇者自此始。②洞庭秋：言柑也。太湖洞庭山上出美柑，所谓"洞庭柑熟客分金"也。③噀(xùn)：含在口中而喷出。引申为环绕。④贤王：指安定郡王赵世准。"醉笔"句：酒喝微醉，笔势纵放，挥洒自如。⑤安仁醽：苏轼自注："潘岳《笙赋》云：披黄苞以授柑，倾缥瓷以酌醽。"潘岳，字安仁。醽(líng)：美酒。⑥苏轼自注："明皇食柑，凡千余枚，皆缺一瓣。问进柑使者，云：中途尝有道士嗅之。盖罗公远也。"⑦钓诗钩：酒的别名。言其能激起创作的灵感，故称。唐彦谦《索虾》诗："既名钓诗钓，又作钩诗钩。"⑧扫愁帚：李后主《中酒》诗：莫言滋味恶，一篲扫寒愁。⑨蒲萄：酒名。嫫母：丑妇人。黝：黑。⑩滟(yàn)：水盈溢貌。海杯：大酒杯。谈天：此作能言善辩讲。

送路都曹 并引[①]

乖崖公在蜀，有录曹参军，老病废事。公责之，曰："胡不归？"明日，参军求去，且以诗留别。其略曰："秋光都似宦情薄，山色不如归意浓。"公惊谢之，曰："吾过矣，同僚有诗人而我不知。"因留而慰荐之。予幼时闻父老言，恨不问其姓名。今都曹路公，以小疾求致仕，予诵此语留之，不可。乃采前人意，作诗送之。并邀赵德麟、陈履常同赋一篇。

积雪困桃李，春心谁为容[2]。淮光酿山色，先作归意浓。我亦倦游者[3]，君恩系疏慵[4]。欲留耿介士，伴我衰迟踪。吏课升斗积[5]，崎岖等铅舂[6]。那将露电身[7]，坐待收千钟[8]。结发空百战[9]，市人看先封。谁能搔白首，抱关望夕烽[10]。子意谅已成，我言宁复从。恨无乖崖老，一洗芥蒂胸。我田荆溪上[11]，伏腊亦粗供[12]。怀哉江南路，会作林下逢。

【注释】①路都曹：名紃，丹阳人。都曹，职官名。在宋代，军、州诸曹官，录事参军居首，称都曹。②谁为容："为谁容"的倒装。容，打扮。③倦游：厌倦游宦生涯。④疏慵：疏懒，懒散。⑤吏课：对官吏政绩的考核。⑥"吏课"二句：王十朋注引《汉书》："江都易王建，宫人有过者，髡钳，以铅杵舂，不中程辄掠。"此二句比喻曲折的官涯对人的折磨。⑦露电：朝露易干，闪电瞬失，此句比喻人生苦短。⑧千钟：指优厚的丰禄。⑨结发：束发。古代男子自成童开始束发，因以指初成年。西谚谓：中年人的战场。此句谓自成年后与各种人事进行多次搏斗，回头看来无不空也。⑩抱关：监门。借指小吏的职务，亦借指职位卑微。夕烽：边塞烽烟。在傍晚点燃。以报平安。纪昀曰："吏课"八句，代路语也。语相问答，而不标其人。⑪"我田"句：苏轼曾在常州宜兴县（即荆溪）买田，作归退之用。⑫伏腊：古代两种祭祀的名称。"伏"在夏季伏日，"腊"在农历十二月。粗供：粗陋的供品。

生日，蒙刘景文以古画松鹤为寿，且贶佳篇，次韵为谢[1]

问子一室间，宁有千里廓。尘心洗长松，远意发孤鹤。生朝得此寿，死籍疑可落[2]。微言在《参同》[3]，妙契藏九籥[4]。故人有奇趣，逸想寄幽壑[5]。霜枝谢寒暑，云翮无前却[6]。何须构明堂[7]，未羡巢阿阁[8]。缅怀别时语，复作数日恶[9]。诗腴固堪餐，字瘦还可愕[10]。

高标忽在眼，清梦了如昨[11]。君今哙等伍[12]，志与湛辈各[13]。岂待相愿言，方为不朽托。子云老执戟[14]，长孺终主爵[15]。吾当追松、乔，子亦鄙卫、霍[16]。

【注释】①贶：赐。②死籍：迷信认为死籍是阴司登录人死期的册籍。③《参同》：《参同契》的简称。又名《周易参同契》。旧题汉魏伯阳所作。以《周易》、黄老、炉火三家相参同，借《周易》爻象附合道家炼丹修养之说，为丹经之祖。④妙契：神妙的契合。九籥：道家藏经卷的器具。⑤逸想：超尘出世的思想。幽壑：深谷，深渊。⑥云翮：指凌云高飞的鸟。前却：进退。⑦构：建造。明堂：旧时看风水所用的术语。指墓前的所谓地气聚合的地方。⑧阿阁：四面都有檐霤的楼阁。⑨"缅怀"二句：王文诰案："此二句绝似季孙（刘景文）挽词，公与之至厚，故不觉其成谶也。"《晋书·王羲之传》："谢安尝谓羲之曰：'中年以来，伤于哀乐，与亲友别，辄作数日恶。'"恶：难受。⑩诗腴：诗的美好内容。愕：惊讶。⑪高标：此指清高脱俗之姿。因画松鹤而喻人。⑫"我今"句：《史记·淮阴侯列传》：韩信尝过樊将军哙，哙跪拜送迎，言称臣，曰："大王乃肯临臣！"信出门，笑曰："生乃与哙为伍！"⑬"志与"句：王十朋注引赵次公曰：押"志各"字韵，用"盍各言尔志"也。⑭子云：即扬雄字子云，《汉书》有传。执戟：秦汉时的宫廷侍卫官，因值勤时手持戟，故名。《史记·滑稽列传》："官不过侍郎，位不过执戟。"扬雄《解嘲》："位不过侍郎。"扬雄终老未作过执戟，此以执戟喻下位。⑮"长孺"句：《汉书·汲黯传》：字长孺。武帝召为主爵都尉，列为九卿。为人性倨，少礼，面折，不能容人之过。⑯"吾当"二句：讲我追慕松树、乔木的节操，你也自会鄙薄卫青、霍去病的功名，而不屑追求。苏轼此言针对刘景文是将门之后说的。

二鲜于君以诗文见寄，作诗为谢[1]

我怀元祐初，圭璋满清班[2]。维时南隆老[3]，奉使独未还。迂叟向我言[4]，青齐岁方艰。斯人乃德星，遣出虚、危间[5]。召用既晚矣，天命良复悭[⑥]。一朝失老骥，寂寞空帝闲。至今清夜梦，枕衾有余潸。喜闻二三子，结发师闵颜[⑦]。高论逼河汉[⑧]，清诗鸣佩环[⑨]。遥知三日雪，积玉埋崧山[⑩]。谁念此幽桂，坐蒙榛与菅。故人在颍尾，投诗清泠湾。

【注释】①二鲜于君：指谏议大夫鲜于子骏之子。②清班：清贵的官班。多指文学侍从一类臣子。③维时：当时，斯时。南隆：阆中也。鲜于子骏，阆中人。④迂叟：司马光自号迂叟。⑤"斯人"二句：苏轼自注："司马温公谓轼曰：'子骏，福星也。京东人困甚，且令彼往。'"虚、危：二十八宿的虚、危二宿。《汉书·地理志》：齐地，虚危之分野。⑥"召用"二句：《东都事略·鲜于侁传》："元祐中，召为太常少卿，拜左谏议大夫，除集贤修撰，出知陈州，卒年六十九。"悭：吝啬，悭吝。⑦"喜闻"二句：言二鲜于乃子骏之子，且从小就向闵子骞、颜回学习。⑧河汉：银河。《庄子·内篇》：吾惊怖其言，犹河汉而无极也。⑨佩环：欧阳修诗："意淡宜松鹤，诗清叩佩环。"⑩崧山：中岳嵩山。《淮海集·鲜于子骏行状》：子骏葬颍昌府阳翟县。按，崧山在阳翟县界，其诸子必家于此。

阅世堂诗赠任仲微[①]

任公镇西南，尝赠绕朝策[②]。当时若尽用，善阵无赫赫[③]。凄凉十年后，邪正久已白。却留封德彝[④]，天意吵难测。象贤真骥种[⑤]，号诉甘百谪。岂云报私仇，祸福指络脉。高才食旧德[⑥]，但恐里门窄。伤心千骑归，赠印黄壤隔。惟有庭前桧，阅世不改色。千年与井在，记此王粲宅[⑦]。

【注释】①任仲微：名大防。父名伋，号师中，卒于遂州，当途者以其既没，为使者地，仲微三诣阙上书陈冤状，狱不敢变，使者竟免。其事见秦观所作的《泸州使君任公墓表》。秦观所讲使者，即程之才也。之才字正辅，是东坡之内兄，又是亲姐夫。任师中尝为蔡州新息令，惠给鳏寡，邑人爱之，遂居于此。堂前有桧，直干苍然，乃以阅世名其堂。②绕朝策：事见《左传·文公十三年》：略谓：春秋晋大夫士会因事奔秦，为秦所用。晋人患秦之用士会，乃使魏寿余伪以魏叛而入秦，诱士会返晋，计得逞，士会欲行，秦大夫绕朝赠之以策，曰："子无谓秦无人，吾谋适不用也。"后来便以"绕朝策"比喻有先见的谋略。③"善阵"句：《孙子》："善用兵者，无赫赫之功。"因为"善阵者不战"。④"却留"句：意指程之才。⑤象贤：象其先父之贤耳。⑥食旧德：享受先人的德泽。⑦"千年"句：《云笈七签》：九井三桧，宛然常在。苏轼借以为喻，故并言与井在也。

新渡寺送任仲微

春阴欲落雪，野气方升云[1]。我游清颍尾，想见翠被君[2]。古来聚散地，与子复言分。倦游安税驾[3]，瘦田失归耘。独宿古寺中，荒鸡乱鸣群。送子以晓角，幽幽醒时闻[4]。

【注释】①"野气"句：韩愈《讼风伯》："山升云兮泽上气。"②翠被：翡翠制成的背帔。被，同"帔"。③"倦游"句：讲虽倦于官游，但哪里是归宿呢？税驾：犹解驾、停车。谓休息或归宿。④"幽幽"句：用孟郊诗。

送运判朱朝奉入蜀

霭霭青城云，娟娟峨嵋月。随我西北来，照我光不灭。我在尘土中，白云呼我归。我游江湖上，明月湿我衣。岷峨天一方，云月在我侧。谓是山中人，相望了不隔。梦寻西南路，默数长短亭[1]。似闻嘉陵江，跳波吹枕屏。送君无一物，清江饮君马。路穿慈竹林，父老拜马下。不用惊走藏，使者我友生。听讼如家人，细说为汝评。若逢山中友，问我归何日。为话腰脚轻，犹堪踏泉石。

【注释】①梦寻：六国时，张敏与高惠为友。每相思，敏于梦中往寻之，至半道，迷不知路，遂回。

病中夜读朱博士诗[1]

病眼乱灯火，细书数尘沙。君诗如秋露，净我空中花。古语多妙寄，可识不可夸[2]。巧笑在頩颊，哀音余掺挝[3]。曾坑一掬春[4]，紫饼供千家。悬知贵公子，醉眼无真茶。崎岖烂石上，得此一寸芽[5]。缄封勿浪出，汤老客未嘉[6]。

【注释】①朱博士：即朱逊之。②“病眼”六句：谓当眼昏病苦中，文书细字，如尘沙之烦碎。忽得朱君之诗，清冷如露，一扫病眼之昏花。其诗是古语，而中藏妙旨，可以默识，而不可以诵咏夸炫。③掺挝(càn zhuā)：古代乐奏中的一种击鼓。④曾坑：地名。在宋时福建建安北苑苏氏园的最高处。其地产茶，因亦以为茶名。⑤“崎岖”二句：陆羽《茶经》云：上者生烂石，中者生栎壤，下者生黄土。《茶论》云：白茶，自为一种，与常茶不同。其条敷阐，其叶莹薄，崖林之间，偶然生出。所生处，不过一二株耳。⑥“缄封”二句：《茶经》：三沸以上，水老，不可食。孟蜀人毛文赐《茶谱》：腾波鼓浪，水气全消，谓之老汤。

赵德麟饯饮湖上，舟中对月

老守惜春意，主人留客情。官馀闲日月，湖上好清明。新火发茶乳，温风散粥饧[1]。酒阑红杏闇，日落大堤平。清夜除灯坐，孤舟擘岸撑。逮君帻未堕[2]，对此月犹横。

【注释】①“新火”二句：白居易《清明日送韦侍御贬虔州》诗：“留饧和冷粥，出火煮新茶。”粥饧(xíng)：甜粥。②“逮君”句：王文诰注引《晋书》：庾敳，字子嵩。东海王越于众坐中问敳，敳颓然已醉，帻堕几上，以头就穿取。

和赵德麟送陈传道

二陈既妙士，两欧惟德人[1]。王孙乃龙种，世有籋云麟[2]。五君从我游，倾写出怪珍。俗物败人意，兹游实清醇。那知有聚散，佳梦失欠伸。我舟下清淮，沙水吹玉尘。君行踏晓月，疏木挂寸银。尚寄别后诗，剪刻淮南春。

【注释】①二陈：指陈传道、陈履常。两欧：指欧阳叔弼、季默也。②籋(niè)：通“蹑”，追踪。

上巳日，与二子迨、过游涂山、荆山，记所见

此生终安归，还轸天下半[1]。朅来乘樏庙[2]，复作微禹叹[3]。从祀及彼呱[4]，像设偶此粲[5]。秦祖当侑坐[6]，夏郊亦荐祼[7]。可怜淮海人，尚记弧矢旦[8]。荆山碧相照，楚水清可乱。刖人有余坑，美石肖温瓒[9]。龟泉木杪出，牛乳石池漫[10]。小儿强好古，侍史笑流汗。归时蝙蝠飞，炬火记远岸。

【注释】①还轸：犹回车，谓乘车周历各国。《国语·晋语四》：“还

轸诸侯，可谓穷困。”②朅（qiè）来：归来，来到。樏(léi)：登山用具。《尸子》卷下：“泽行乘舟，山行乘樏。”③苏轼自注：“昔自南河赴杭州过此，盖二十二年矣。”王文诰案：熙宁辛亥，公赴杭州，过此，有塗山诗，故此云“复作微禹叹”也。诗以“此生终安归”起，而有此自注，可见前之三往来、七往来及后之十往来，皆由攻法被出积算。而治平中之载丧过淮，不在数也。自辛亥计至元祐壬申，凡二十二年。“微禹，吾其鱼乎！”本为歌颂禹治水的功绩，谓如无禹治水，则人皆将成鱼。后成为颂扬功德的套语。④“从祀”句：苏轼自注：“有启庙。”《尚书·益稷》：“禹曰：予创若时，娶于塗山。辛壬癸甲，启呱呱而泣，予弗子，惟荒度土功。”⑤苏轼自注：“谓塗山氏。”⑥“秦祖”句：苏轼自注：“谓柏翳。”柏翳，舜时人，本称大费，也称伯益。古代嬴姓的祖先。相传他助禹治水有功，禹要让位给他，他避居箕山之北。⑦苏轼自注：“有鲧庙。”⑧“可怜”二句：苏轼自注：“淮南人相传，禹以六月六日生。是日，数万人会山上。虽传记不载，然相传如此。”《礼记·射义》：“男子生，桑弧蓬矢六，以射天地四方。”弧矢：弓箭。后因以喻生男孩。⑨“刖人”二句：苏轼自注：“荆山下有卞氏采玉坑，石色如玉，不受镵刻。取出山下，辄变色不复温莹。”刖人：断足为刖。典见刘向《新序》。⑩“龟泉”二句：苏轼自注：“龟泉，在荆山下，色白而甘，真陆羽所谓石池漫流者。有石记云：唐贞元中，随白龟流出。”木杪：树梢。

送陈伯修察院赴阙[①]

裕陵固天纵，笔有云汉姿[②]。尝重《连山》象[③]，不数《秋风辞》[④]。龙腾与虎变[⑤]，狸豹复何施[⑥]。我穷真有数，文字乃见知[⑦]。闻君射策日，妙语发畴咨[⑧]。一日喧万口，惊倒同舍儿。岂知二十年，道路犹迟迟。苦言如药石，瞑眩终见思[⑨]。屈伸反覆手，独于君可疑[⑩]。四门方穆穆[⑪]，行矣及此时。

【注释】①陈伯修：名师锡，建阳人。②裕陵：指神宗皇帝。天纵：

天所放任，意是上天赋予。后常用以谀美帝王。云汉：比喻美好的文章。此特赞神宗皇帝的笔墨。③《连山》：《易》名。夏曰《连山》，商曰《归藏》，周曰《周易》，其实一也。④《秋风辞》：《文选》：汉武帝幸河东，祠后土，与群臣饮燕，乃自作《秋风辞》曰："秋风起兮白云飞，草木黄落兮雁南归。""尝重"两句讲神宗经义取士，罢诗赋。⑤虎变：本指虎形花纹斑斓多彩。比喻因时制宜，革新创制，斐然可观。后以喻非常之人出处行动变化莫测。也用以喻文章的绮丽变化。⑥"狸豹"句：《扬子》：圣人虎别，君子豹别，辩人狸别。狸变则豹，豹变则虎。⑦"我穷"二句：《宋史·苏轼传》：尝召入对便殿，宣仁后曰："先帝每诵卿文章，必叹曰：'奇才，奇才！'但未及进用卿耳。"轼不觉哭失声。宣仁后与哲宗亦泣，左右皆感涕。因陈伯修亲见苏轼就逮事，故云"我穷真有数"。神宗讹闻公没于黄，方进食，投箸而起，叹曰："才难。"苏轼尝以入奏，曰："先皇帝道配周、孔、言成典谟，盖尝有才难之叹。"故又云"文字乃见知"也。⑧"闻君"二句：帝阅陈伯修文，屡读屡叹，顾侍臣曰："此必陈师锡文也。"启封，果然。擢为第三人。故有此语。射策：汉代考试取士方法之一。后来泛指应试。畴咨：访问、访求之意。⑨"一日"六句：讲陈伯修殿策时进献直言。瞑眩：指用药后而产生的头晕目眩的强烈反应。⑩"屈伸"二句：讲天下之理，有屈则有信，陈伯修久屈而不信，实乃为可疑者也。⑪"四门"句：《书·舜典》："宾于四门，四门穆穆。"指明堂四方的门端庄恭敬。

送张嘉父长官[①]

都城昔倾盖，骏马初服辀[②]。再见江湖间，秋鹰已离韝[③]。于今三会合，每进不少留。豫章既可识[④]，瑚琏谁当收[⑤]。微官有民社[⑥]，妙割无鸡牛。归来我益敬，器博用自周[⑦]。百年子初筵，我已迫旅酬[⑧]。但当记苦语，高节贯白头。

【注释】①张嘉父：即张大亨，字嘉父，吴兴人。②倾盖：原意车上的伞盖靠在一起。此指订交。马服辀(zhōu):服辕之马也。辀,车辕。③鞲鹰:谓调教于臂鞲上的鹰。④豫章:坚劲之木,最难长,其木生之时,杂在草莱,未易辨识。⑤瑚琏:皆宗庙礼器,用以比喻治国安邦之才。⑥民社:指州县等地方。⑦“归来”二句:《后汉书·伏湛传论》:“器博者无近用,道长者其功远。”⑧旅酬:筵将终而劝众人酒,谓之旅酬。

到官病倦,未尝会客,毛正仲惠茶,乃以端午小集石塔,戏作一诗为谢[①]

我生亦何须,一饱万想灭。胡为设方丈,养此肤寸舌[②]。尔来又衰病,过午食辄噎。谬为淮海帅,每愧厨传缺[③]。爨无欲清人,奉使免内热[④]。空烦赤泥印,远致紫玉玦[⑤]。为君伐羔豚,歌舞菰黍节[⑥]。禅窗丽午景,蜀井出冰雪[⑦]。坐客皆可人,鼎器手自洁[⑧]。金钗候汤眼,鱼蟹亦应诀。遂令色香味,一日备三绝。报君不虚授,知我非轻啜。

【注释】①毛正仲:毛渐,字正仲,第进士。哲宗朝,历江东两浙转运副使。②肤寸舌:张仪掉三寸舌,而《公羊》言“太山之云,肤寸而合”,这里是借字用法。肤寸,古长度单位。一指宽为寸,四指宽为肤。③厨传(chuán):古代供应过客食宿、车马的处所。④“爨无”二句:《庄子·人间世篇》:叶公子高将使齐,问于仲尼曰:“吾食也执粗而不臧,爨无欲清之人。今吾朝受命而夕饮冰,我其内热与?”此二句诗意:吃饭好坏不要求,虽受命而能免除内心的焦灼。⑤赤泥印:旧时酒坛封口多用之。紫玉玦:紫色的宝玉,古代以为祥瑞之物。⑥菰黍节:周处《风土记》:仲夏端午进筒粽,一名角黍,以菰叶裹黏米,以象阴阳相包。⑦“蜀井”句:扬州有蜀冈,冈上有井水,最宜煮茶。⑧“坐客”二句:《苕溪渔隐丛话》云:六一居士《尝新茶》诗云:泉甘器洁天色好,坐中拣择客亦嘉。东坡守维扬,于石塔

《试茶》诗：禅窗丽午影，蜀井出冰雪。坐客皆可人，鼎器手自洁。正谓谚云“三不点”也。

和陶饮酒二十首 并叙

吾饮酒至少，常以把盏为乐。往往颓然坐睡，人见其醉，而吾中了然，盖莫能名其为醉为醒也。在扬州时，饮酒过午，辄罢。客去，解衣盘礴，终日欢不足而适有余。因和渊明《饮酒》二十首，庶以彷佛其不可名者，示舍弟子由、晁无咎学士。

其一

我不如陶生，世事缠绵之。云何得一适，亦有如生时。寸田无荆棘，佳处正在兹。纵心与事往[①]，所遇无复疑。偶得酒中趣[②]，空杯亦常持[③]。

【注释】①纵心：《论语·为政》：“七十而纵心。”皇侃《论语集解义疏》：年至七十，习与性成，虽复放纵心意，而不逾越于法度也。②“偶得”句：李白《月下独酌》：“但得醉中趣，勿为醒者传。”③苏轼自道其实，好把盏而不能饮，见前引。

其二

二豪诋醉客[①]，气涌胸中山。澹然似冰释[②]，亦复在一言。啬气实其腹，云当享长年。少饮得径醉，此秘君勿传。

【注释】①“二豪”句：《晋书·刘伶传》：为《酒德颂》，曰：有贵介公子，搢绅处士，闻吾风声，议其所以，先生方捧罂承槽，衔杯漱醪，无思无虑，其乐陶陶，兀然而醉，恍尔而醒，二豪侍侧焉，如蜾蠃之与螟蛉。②濯然：消释貌。

其三

道丧士失己，出语辄不情。江左风流人[①]，醉中亦求名。渊明独清真，谈笑得此生[②]。身如受风竹，掩冉众叶惊。俯仰各有态，得酒诗自成。

【注释】①“江左”句：《南史·王俭传》：王尝谓人曰：“江左风流宰相，惟有谢安。”②得此生：陶渊明《饮酒》诗：“啸傲东轩下，聊复得此生。”

其四

蠢蠕食叶虫[①]，仰空慕高飞。一朝傅两翅，乃得黏网悲[②]。啁啾厌巢雀，沮泽疑可依[③]。赴水生两壳，遭闭何时归。二虫竟谁是，一笑百念衰。幸此未化间，有酒君莫违[④]。

【注释】①蠢蠕：言蠢动蠕动也。②“蠢蠕”二句：讲虫无翅慕高飞。“一朝”二句：讲有翅反而会有粘网之悲。③啁啾：鸟鸣声。沮泽：水草丛生的沼泽地带。④纪昀曰：“托兴深妙，而气息亦甚古。结二句，形神俱似。”

其五

小舟真一叶，下有暗浪喧。夜棹醉中发，不知枕几偏。天明问前路，已度千重山[①]。嗟我亦何为，此道常往还。未来宁早计，既往复何言[②]。

【注释】①王文诰案：以上六句，比也。下四句，清出本意。②“未来”二句：顺时听命之意。

其六

百年六十化，念念竟非是。是身如虚空，谁受誉与毁。得酒未举杯，丧我固忘尔[①]。倒床自甘寝，不择菅与绮[②]。

【注释】①丧我：忘我。见《庄子·齐物论篇》：“今者吾丧我，汝知之乎？”②菅：即菅草，比喻轻贱之物。

其七

顷者大雪年，海派翻玉英。有士常痛饮，饥寒见真情[①]。床头有败榼[②]，孤坐时一倾。未能平体粟，且复浇肠鸣。脱衣裹冻酒，每醉念此生。

【注释】①“顷者”四句：大雪中与客饮于尉氏，此嘉祐庚子年事。②榼(kē)：古代盛酒的器具。

其八

我坐华堂上，不改麋鹿姿[①]。时来蜀冈头，喜见霜松枝。心知百尺底，已结千岁奇。煌煌凌霄花[②]，缠绕复何为[③]？举觞酹其根，无事莫相羁[④]。

【注释】①麋鹿姿：山野人的模样。王文诰案：陶句无此华，亦无此野，妙甚。②凌霄花：白居易诗："有木名凌霄，擢秀非孤标。偶依一株树，遂抽百尺条。托根附树身，开花寄树梢。"③"缠绕"句：比吏事之烦也。④此章诗旨，谓不久还山，决意不复更入，群小无须相猜也。纪昀曰：气骨浑成，意思则森森芒角。

其九

芙蓉在秋水，时节自阖开。清风亦何意，入我芝兰怀。一随采折去，永与江湖乖[1]。断丝不复续，斗水何足栖。不如玉井莲，结根天池泥。感此每自慰，吾事幸不谐。醉中有归路[2]，了了初不迷。乘流且复逝，得坎吾当回[3]。

【注释】①"一随"二句：此暗用唐人记舟中得芙蓉花事。②"醉中"句：白居易《效陶潜体诗十六首》："处处去不得，却归酒中来。"③纪昀曰："刻意效古，而结处仍露本色。"

其十

篮舆兀醉守[1]，路转古城隅。酒力如过雨，清风消半途。前山正可数，后骑且勿驱[2]。我缘在东南，往寄白发余。遥知万松岭，下有三亩居[3]。

【注释】①篮舆：古代供人乘坐的交通工具。兀醉：兀然而醉，即昏沉貌。②"前山"二句：与韩愈诗"秋台风日迥，正好看前山"意境同，皆寄情物外，夷旷优游之情。③此诗与《小舟真一叶》一首同意。

其十一

民劳吏无德，岁美天有道。暑雨避麦秋，温风送蚕老。三咽初有闻，一溉未濡槁。诏书宽积欠，父老颜色好。再拜贺吾君，获此不贪宝[①]。颓然笑阮籍，醉几书谢表[②]。

【注释】①不贪宝：《左传·襄公十五年》：宋人或得玉，献诸子罕，弗受，曰："我以不贪为宝。"②"醉几"句：苏轼在杭，屡奏积欠，后有诏宽免积欠，皆苏公之力。

其十二

我梦入小学，自谓总角时[①]。不记有白发，犹诵论语辞。人间本儿戏，颠倒略似兹。惟有醉时真，空洞了无疑。坠车终无伤，庄叟不吾欺。呼儿具纸笔，醉语辄录之[②]。

【注释】①总角：结发。因状似两角，故名，此谓小孩。②王文诰案：一结入化，忘其为作诗。

其十三

醉中虽可乐，犹是生灭境。云何得此身，不醉亦不醒。痴如景升牛，莫保尻与领[①]。黠如东郭㕙，束缚作毛颖[②]。乃知嵇叔夜，非坐虎文炳[③]。

【注释】①"痴如"二句：《晋书·桓温传》：刘景升有千斤大牛，噉刍豆，十倍常牛，负重致远，曾不若一羸牸。魏武入荆州，以享军士。②"黠如”二句：韩愈《毛颖传》：“居东郭者曰㕙，将军拔其豪，载颖而归，聚其族而加束缚焉。”㕙(jùn)：狡兔，亦泛指兔。③“乃知”二句：《晋书·嵇康传》：字叔夜。美词气，有风仪。而土木形骸，不自藻饰。山涛将去选官，举康自代，康乃与涛书告绝。后为钟会谮而害之。纪昀曰：参以禅悦，全然本色，兴之所至，忽合忽离，非有意于似，亦非有意于不似。

其十四

我家小冯君[①]，天性颇醇至。清坐不饮酒，而能容我醉。归休要相依，谢病当以次。岂知山林士，骯髒乃尔贵。乞身当念早，过是恐少味[②]。

【**注释**】①小冯君：诗意谓子由也。②此诗陶意多于本色。

其十五

去乡三十年，风雨荒旧宅。惟存一束书，寄食无定迹。每用愧渊明，尚取禾三百。欣然六男子[①]，粗可传清白。于吾岂不多，何事复叹惜[②]？

【**注释**】①六男子：指苏子瞻三子：迈、迨、过；苏子由三子：迟、适、远。②“于吾”二句：渊明原诗末二句云：“若不委穷达，素抱深可惜。”纪昀曰：亦陶意居多。

其十六

哓哓六男子，弦诵各一经[①]。复生五丈夫，戢戢丁欲成[②]。归田了门户，与国充践更[③]。普儿初学语，玉骨开天庭。淮老如鹤雏，破壳已长鸣[4]。举酒属千里，一欢愧凡情。

【注释】①弦诵：古代授《诗》、学《诗》，配弦乐而歌者为弦歌，无乐而朗读者为诵。合称“弦诵”。后即用此泛指授业、诵读之事。②戢戢：密集貌。丁：旧时指到了服劳役年龄的人。③践更：古代的一种徭役。轮到的可以出钱雇人代替。受钱代人服役叫践更。④普儿、淮老：苏轼的两个孙子名。

其十七

淮海虽故楚，无复轻扬风[1]。斋厨圣贤杂，无事时一中。谁言大道远，正赖三杯通[2]。使君不夕坐[3]，衙门散刀弓。

【注释】①“淮海”二句：《史记·货殖列传》：自淮以北，西楚也，其俗剽轻。扬：指扬州。北据淮东南，至于海。②“谁言”二句：出李太白《月下独酌》诗：三杯通大道，一斗合自然。③夕坐：言晚衙也。

其十八

何人筑东台，一郡坐可得。亭亭古浮图[1]，独立表众惑[2]。芜城阅兴废[3]，雷塘几开塞[4]。明年起华堂，置酒吊亡国。无令竹西路，歌吹久寂默。

【注释】①浮图：梵语塔婆，即佛塔。②以上并指广陵也。③芜城：鲍照《芜城赋》：登广陵故城作。城，吴王濞所筑也。④雷塘：《唐书·地理志》：扬州江都县东十一里，有雷塘。贞观十八年，长史李袭誉引渠以溉田。

其十九

晁子天麒麟[①]，结交及未仕。高才固难及，雅志或类己。各怀伯业能[②]，共有丘明耻。歌呼时就君，指我醉乡里。吴公门下客，贾谊独见纪[③]。请作《鹏鸟赋》，我亦得坎止[④]。行乐当及时，绿发不可恃。

【注释】①晁子：晁无咎学士。②伯业能：《汉末英雄记》："魏太祖称，长大而能勤学者，惟吾与袁伯业耳。"③吴公：汉人，注④。苏轼借以自比。④"吴公"四句：《史记·贾谊传》：河南守吴公，闻其秀材，召置门下。文常征吴公为廷尉，乃言贾谊，召以为博士。后为长沙傅，有鹏飞入谊舍，赋以自广云：乘流则逝兮，得坻则止。

其二十

盖公偶谈道，齐相独识真。颓然不事事，客至先饮醇[①]。当时刘、项罢，四海疮痍新[②]。三杯洗战国，一斗消强秦。寂寞千载后，阳公嗣前尘。醉卧客怀中，言笑徒多勤[③]。我时阅旧史，独与三人亲[④]。未暇餐脱粟，苦心学平津[⑤]。草书亦何用，醉墨淋衣巾。一挥三十幅，持去听坐人[⑥]。

【注释】①"盖公"四句：《史记·曹参传》：为齐相国。胶西盖公为言治道贵清静而民自定。故相齐九年，齐国安定。及为宰相，日夜饮醇酒。卿大夫已下吏及宾客见参不事事，来者皆欲有言。至者，参辄饮以醇酒，醉而后去，终莫得开说。②"当时"二句：刘邦、项羽之间的战争刚结束，四海之内疮痍满目。疮痍：比喻战争留下的创伤与灾难。③"寂寞"四句：《唐书·阳城传》：为谏议大夫。日夜剧饮，客欲谏止者，阳城揣知其情，强饮客。客辞，即自引满，或先醉卧客怀中。④三人：疑是曹参、阳城与陶潜。⑤"未暇"

二句:《史记·公孙弘传》:弘为丞相,封平津侯,食一肉脱粟饭。脱粟:糙米。只去皮壳,不加精制的米。⑥“一挥”二句:《南史·齐高帝诸子传》:新浦侯子云,善草隶。百济使人求书,曰:“侍中尺牍之美,远流海外。今日所求,惟在名迹。”子云书三十纸与之。

次韵范淳甫送秦少章[①]

宿缘在江海,世网如予何[②]?西来庾公尘,已濯长淮波。十年淮海人,初见一麦禾。但欣争讼少,未觉舟车多。秦郎忽过我,赋诗如《卷阿》[③]。句法本黄子[④],二豪与揩磨[⑤]。嗟我久离群,逝将老西河[⑥]。后生多名士,欲荐空悲歌。小范真可人[⑦],独肯勤收罗。瘦马识騄耳[⑧],枯桐得云和[⑨]。近闻馆李生[⑩],病鹤借一柯[⑪]。赠行苦说我,妙语慰蹉跎[⑫]。西羌已解仇,烽火连朝那[⑬]。坐筹付公等[⑭],吾将寄潜沱[⑮]。

【注释】①范淳甫:《老学庵笔记》:“范祖禹,字淳,皆一字,交友以其难呼,故增父字。”苏轼作此诗,正是淳父官翰林时也。②宿缘:佛教谓前生的因缘。世网:比喻社会上法律礼教、伦理道德对人的束缚。《文选》陆士衡《赴洛道中作诗》诗:“借问子何之?世网婴我身。”③“秦郎”二句:《卷阿》之诗,言求贤用吉士,此必秦少章诗中劝苏轼荐贤,故下句多言荐拔之意也。④黄子:苏轼自注:“谓鲁直也。”即黄庭坚。⑤苏轼自注:“其兄少游与张文潜。”此两条公自注,一云皆《周益公题跋》中语,非公自注也。⑥“逝将”句:《礼记·檀弓上》:曾子谓子夏曰:“吾与子事夫子于洙泗之间,退而老于西河之上。”⑦小范:指范淳甫。其后苏轼在海南,又以淳甫之子为小范。⑧騄耳:穆天子骏马名。⑨云和:山名。古取所产之材制作琴瑟。后作为琴瑟琵琶等弦乐器的统称。杜甫诗:君不见前者摧折桐,百年死树中琴瑟。⑩李生:苏轼自注:“李廌方叔。”⑪借一柯:《成都纪》:李义府作《咏乌》诗曰:“上林如许树,不借一枝栖。”太宗曰:“将与卿全树,何止一枝。”⑫“赠行”二句:《续通鉴长编》:元祐七年四月,范祖禹荐苏轼文章为天下第一。苏轼此诗，暗指此也。⑬“西羌”二句：《续通鉴长编》：元祐七年四月西贼攻围环州，凡七日乃解去。《汉书·地理志》：安定郡朝那县，故戎那邑也。⑭坐筹：坐运筹策。谓坐在军帐内策划军事方略。⑮潜沱：成都水名。苏轼言吾将归休于此也。

次韵苏伯固游蜀冈，送李孝博奉使岭表[1]

新苗未没鹤[2]，老叶方翳蝉[3]。绿渠浸麻水，白板烧松烟。笑窥有红颊，醉卧皆华颠[4]。家家机杼鸣，树树梨枣悬。野无佩犊子[5]，府有骑鹤仙[6]。观风峤南使，出相山东贤[7]。渡江吊很石，过岭酌贪泉[8]。与君步徙倚，望彼修连娟[9]。愿及南枝谢，早随北雁翩。归来春酒熟，共看山樱然[10]。

【注释】①蜀冈：盛仪《维扬志》：蜀冈在江都县。西接仪真界。李孝博：字叔升。时自山阳守，以治行高第，即拜广东提点刑狱。②“新苗”句：韩愈《奉和虢州刘给事使君三堂新题二十一咏·稻畦》诗：“鱼肥知已秀，鹤没觉秋深。”③“老叶”句：《晋书·顾恺之传》：桓玄尝以一柳叶给恺之曰：“此蝉所翳叶也，取以自蔽，人不见己。”④华颠：白头。指年老。⑤佩犊：《汉书·循吏传·龚遂》：“遂见齐俗奢侈，好末技，不田作，乃躬率以俭约，劝民务农桑……民有带持刀剑者，使卖剑买牛，卖刀买犊，曰：‘何为带牛佩犊？’”后因以“佩犊”比喻弃官务农。⑥骑鹤：谓仙家、道士乘鹤云游。⑦观风：观察民情，了解施政得失。峤南：即岭南也。李孝搏，山东人，而又相家子，故云。⑧“过岭”句：《晋书·良吏·吴隐之传》：为广州刺史，未至州二十里，地名石门，有水曰贪泉，饮者怀无厌之欲。隐之既至，语其亲人曰：“不见可欲，使心不乱，越岭丧清，吾知之矣。”乃至泉所，酌而饮之，因赋诗曰：“古人云此水，一歃怀千金。试使夷齐饮，终当不易心。”⑨徙倚：犹徘徊、逡巡。连娟：纤弱，苗条。⑩山樱然：沈约诗：野棠开未落，山樱发欲然。

石塔寺 并引

世传王播“饭后钟”诗[1]，盖扬州石塔寺事也。相传如此，戏作此诗。

饥眼眩东西，诗肠忘早晏。虽知灯是火，不悟钟非饭[2]。山僧异漂母，但可供一莞[3]。何为二十年，记忆作此讪[4]。斋厨养若人，无益只贻患。乃知饭后钟，阇黎盖具眼[5]。

【注释】①王播：《唐书》有传。字明扬。其先太原人，《唐摭言》：王播少孤，尝客扬州惠照寺木兰院，随僧粥食。久之，僧颇厌。一日，播出，度未回而先饭，讫乃鸣钟鱼。后播镇江都，因访旧游，所题字皆纱罩之。因留诗曰：“上堂已了各西东，惭愧阇黎饭后钟。三十年来尘扑面，如今始得碧纱笼。”②“饥眼”四句：此诗意谓王播因饿而迷路，不知直往寺中；贪吟诗而失时，不知按时而往饭。谚云：早知灯是火，饭熟已多时。③漂母：《史记·淮阴侯传》：韩信家贫。至城下钓，有一漂母哀之，饭信，竟漂数十日。信曰：“吾必重报母。”母怒曰：“大丈夫不能自食，吾哀王孙而进食，岂望报乎？”一莞：一笑。④讪：毁谤。⑤“乃知”二句：《景德传灯录》：邓州丹霞禅师。有僧于山下见师。师问僧：“什么处宿？”云：“山下宿。”师曰：“什么处吃饭？”曰：“山下吃饭。”师曰：“将饭与阇黎吃，底人还具眼也无？”

送芝上人游庐山

二年阅三州[1]，我老不自惜。团团如磨牛，步步踏陈迹。岂知世外人，长与鱼鸟逸。老芝如云月，炯炯时一出。比年三见之，常若有所适。逝将走庐阜，计阔道逾密。吾生如寄耳，出处谁能必。江南千万峰，何处访子室②。

【注释】①“二年”句：苏轼元祐六年离杭，召为翰林承旨，是年又出守颍州，七年徙扬州，此诗乃七年作也，故云“二年阅三州”。②“何处”句：苏轼为芝上人（名昙秀）题“梦斋”二字榜，俾所至悬之，故云“何处访子室”也。

古别离送苏伯固

三度别君来，此别真迟暮。白尽老髭须，明日淮南去。酒罢月随人，泪湿花如雾①。后夜逐君还，梦绕湖边路。

【注释】①“泪湿”句：见杜子美《小寒食舟中作》诗：老年花似雾中看。

谷林堂

深谷下窈窕，高林合扶疏①。美哉新堂成，及此秋风初。我来适过雨，物至如娱予。稚竹真可人，霜节已专车②。老槐苦无赖③，风花欲填渠。山鸦争呼号，溪蝉独清虚。寄怀劳生外，得句幽梦余。古今正自同，岁月何必书④。

【注释】①扶疏：枝叶繁茂分披貌。②专车：占满一车。《孔子家语》：孔子曰：“昔禹致群神于会稽之山，防风氏后至，禹杀而戮之，其骨节专车。”③无赖：无所依靠。④此诗题新堂，不更作记，故云“岁月何必书”。与寻幽偶至，情事悬殊，不可同等而论。

九日次定国韵

朝菌无晦朔，蟪蛄疑春秋[1]。南柯已一世，我眠未转头[2]。仙人视吾曹，何异蜂蚁稠。不知蛮触氏，自有两国忧[3]。我观去来今，未始一念留。奔驰竟何得，而起无穷羞[4]。王郎误涉世，屡献久不酬[5]。黄金散行乐[6]，清诗出穷愁。俯仰四十年，始知此生浮。轩裳陈道路，往往儿童收。封侯起大第，或是君家驺。似闻负贩人，中有第一流[7]。炯然径寸珠，藏此百结裘[8]。意行无车马，倏忽略九州。邂逅独见之，天与非人谋。笑我方醉梦，衣冠戏沐猴[9]。力尽病骐骥，伎穷老伶优。北山有云根，寸田自可耰[10]。会当无何乡，同作逍遥游[11]。归来城郭是，空有累累丘[12]。

【注释】①“朝菌”二句：《庄子·逍遥游》：“朝菌不知晦朔，蟪蛄不知春秋。此小年也。”意为：朝生暮死的虫子不知道一个月的时光。春生夏死、夏生秋死的寒蝉，不知道一年的时光。这就是小年。②“南柯”二句：南柯一梦，典见《异闻记》。③“不知”二句：丑诋党患，可谓轻死生而忽富贵矣。自此以下，皆发明十五年中忧乐出处，与定国百念灰冷之意。④起羞：招致羞辱。⑤“王郎”二句：王定国事详参王文诰案。⑥“黄金”句：《古乐府》王褒《高句丽行》：“不惜黄金散尽，只畏白日蹉跎。”李白《将进酒歌》：“天生我材必有用，千金散尽行复来。”⑦第一流：《世说新语》：桓大司马下都，问刘真长曰：“闻会稽王语奇进，尔耶？”对曰：“极进，然是第二流中人耳。”桓曰：“第一流复是谁？”刘曰：“正是我辈。”⑧百结裘：补缀很多的衣服。⑨衣冠戏沐猴：给猕猴穿衣戴帽，进行戏耍。⑩耰(yōu)：此泛指耕种。⑪“会当”二句：《庄子·逍遥游》：“何不树之于无何有之乡，广莫之野，彷徨乎无为其侧。”⑫“归来”二句：《续搜神记》：辽东华表柱上，有鹤言曰：“有鸟有鸟丁令威，去家千年今始归。城郭如故人民非，何不学仙冢累累。”纪昀曰：“洒洒而来，却屈曲自如，无一沓语。”

次韵定国见寄

还朝如梦中，双阙眩金碧[①]。复穿鹓鹭行[②]，强寄麋鹿迹[③]。劳生苦昼短，展转不能夕[④]。默坐数更鼓，流水夜自逆。故人为我谋，此志何由毕。越吟知听否，谁念病庄舄[⑤]。

【注释】①双阙：本谓宫殿两边高台上的楼观，此借指宫殿。《文选·古诗》："两宫遥相望，双阙百尺余。"纪昀曰："十字神来，非阅历人不能道。"②鹓鹭行：鹓和鹭飞行有序，比喻班行有序的朝官。③麋鹿迹：比喻山野人的痕迹、模样。④"展转"句：魏裴让之《古乐府》云：展转不能寐，徒倚独披衣。⑤"越吟"二句：苏轼自注："时方请越。"《史记·陈轸传》："轸对秦惠王曰：'越人庄舄，仕楚执珪，有顷而病。'楚王曰：'舄，故越之鄙细人也。今仕楚执珪，贵富矣，亦思越不？'中谢对曰：'凡人之思故，在其病。彼思越则越声，不思越则楚声。使人往听之，犹尚越声也。'今臣虽弃逐之楚，岂能无秦声哉。"此二句讲：大家都忙着听生病的庄舄发出的呻吟是楚声、越声，又有谁会想到病人本身呢？

次韵钱穆父会饮

弹冠恨不早，挂冠常苦迟[①]。盛服每假寐[②]，角阙时伏思[③]。东门未祖道，西山空拄颐[④]。逝将江海去，安此麋鹿姿。要当谋三径，何暇择一枝[⑤]。与君几合散，得酒忘醇醨[⑥]。君谈似落屑，我饮如弈棋[⑦]。居官不任事，造物真见私。主人独贤劳，金谷方流驰[⑧]。行人亦结束，杕杜乃归期[⑨]。公卿虽少安，河流正东酾[⑩]。我得会稽去，方回良不痴。

【注释】①“弹冠”二句：讲作官被重用太晚，自己不能早遂归隐之志也太迟。弹冠：指作官。挂冠：指辞官。②“盛服”句：《左传·宣公二年》：晋灵公不君，赵宣子骤谏，公患之，使鉏麑贼之。晨往，寝门辟矣，盛服将朝，尚早，坐而假寐。麑退，叹而言曰：“不忘恭敬，民之主也。”③角阙：指帝阙之角也。伏思：人之将朝，至四角阙时，则再重复思之也。④拄颐：悠闲自得貌。⑤三径：代指归隐。⑥“与君”二句：元祐初，苏轼与钱穆父同在西掖，又同去杭、越，至是又同来朝。故云“几合散”。醇醨(lí)：厚酒与薄酒。⑦“我饮”句：苏轼自注：“世有作诗如弈棋，弈棋如饮酒，饮酒乃天戒之语。仆于棋、酒二事，俱不能也。”《遯斋闲览》云：子瞻尝自言，平生三不如人，谓著棋、吃酒、唱曲也。⑧“居官”四句：此时苏轼任兵部为闲曹，穆父任户部为大部，故云“居官不任事”。《晋书》载：刘惔卒，孙绰为之诔曰：“居官无官官之事，处事无事事之心。”金谷：指钱财与粮食。⑨“行人”二句：《诗·小雅·出车》以劳还；《诗·小雅·杕杜》以勤归。杕(dì)杜：特立孤生的棠梨树。题目是“会饮”，同席必不止苏与钱二人。此二句指同席其他人将赴外任，故而祝其归来。一说他人即蒋颖叔。⑩酾(shī)：分流，疏导。“公卿”二句指当朝文潞公、吕丞相力主黄河东流之议。故云。

郊祀庆成诗[①]

帝出乘昌运[②]，天心予太平。文章三代继，制作七年成[③]。大祀乾坤合[④]，刚辰日月明[⑤]。泰坛朝埽地[⑥]，魄宝夜垂精[⑦]。仰御圆苍盖，环观海岳城。北流吞朔易[⑧]，西极落欃枪[⑨]。升燎灵光答[⑩]，回銮瑞雾迎。需云遍枯槁，解雨达勾萌[⑪]。可颂非天德[⑫]，因箴亦下情。民言知有酌，帝谓本无声。富国由崇俭，祈年在好生[⑬]。无心斯格物[⑭]，克己自销兵。化国安新政，孤臣返旧耕。还将清庙什，留与野人赓[⑮]。

【注释】①元祐七年，哲宗合祭天地于圜丘，苏轼以兵部尚书为南郊卤簿使。先是朝饷八室，至神宗室，上涕洟不止。癸巳冬至，行礼，上致诚极恭。夜月澄爽，云物晏温，御楼肆赦，终日和妖，天意昭答。翌日风寒相属，时雪如期，宰执侍从，进诗以贺，盖此诗也。②昌运：兴隆的国运。③七年：哲宗皇帝继位之七年也。④“大祀”句：讲合祭天地。⑤刚辰：刚日。《礼记·曲礼上》：外事以刚日，内事以柔日。⑥泰坛：古代祭天之坛，在京城南部。⑦魄宝：指月亮。⑧“北流”句：《续资治通鉴长编》：是年十月辛酉，河复东流。而此言北流，实乃心中不以为然也。⑨欃(chán)枪：慧星的别名，古人认为凶星，主不吉。出则兵见也。⑩升燎：谓古代郊祭时燔燎升首。灵光：神异的光辉。⑪枯槁：指枯萎的草木。勾萌：草木发芽生长。⑫“可颂”句：意谓能够用文字表达歌颂的，已不是最高的德了。最高的德，并非文字所能尽述的。⑬祈年：祈祷丰年。好生：好生之德。⑭格物：推究事物的道理。⑮纪昀曰：“字字老重，不减唐人应制诗，而气脉生动则过之，此东坡敛才就法之作。”

次韵奉和钱穆父、蒋颖叔、王仲至诗四首

见和西湖月下听琴

谡谡松下风[1]，霭霭陇上云。聊将窃比我，不堪持寄君[2]。半生寓轩冕，一笑当琴樽。良辰饮文字，晤语无由醺。我有凤鸣枝[3]，背作蛇蚹纹[4]。月明委静照，心清得奇闻。当呼玉涧手[5]，一洗羯鼓昏。请歌《南风》曲[6]，犹作虞书浑[7]。

【注释】①谡谡(sù)：劲风声。②“不堪”句：陶弘景辞职入山，梁武诏不起，问山中何所有？答曰：“山中何所有？岭上多白云。只可自怡悦，不堪持寄君。”③凤鸣枝：琴也。《诗·大雅·卷阿》：凤皇鸣矣，于彼高冈。梧桐生矣，于彼朝阳。《诗传》云：“凤凰非梧桐不栖。”④蛇蚹纹：有断纹的古琴。其纹与蛇蜕脱下之纹相似，故称。《东坡题跋》：“知琴者，以蛇

蚴纹为古。”⑤苏轼自注：“家有雷琴甚奇古。玉涧道人崔闲，妙于雅声，当呼使弹。”⑥《南风》：古代乐曲名，相传为虞舜所作。⑦虞书：又作《虞典》，乃儒家经典作品。

顷年杨康功使高丽还，奏乞立海神庙于板桥。仆嫌其地湫隘，移书使迁之文登，因古庙而新之，杨竟不从。不知定国何从见此书，作诗称道不已。仆不能记其云何也，次韵答之[①]

退之仙人也，游戏于斯文。谈笑出奇伟，鼓舞南海神[②]。顷者三韩使[③]，几为蛟鳄吞。归来筑祠宇，要使百贾奔[④]。我欲迁其庙，下数浮空群[⑤]。移书竟不从，信非磊落人。公胡为拳拳，系此空中云[⑥]。作诗颂其美，何异刻剑痕。我今已括囊，象在六四坤[⑦]。

【注释】①杨康功：名景略，洛阳人。②“退之”四句：韩愈字退之，其《南海神庙碑》云：海于天地间，为物最钜，而南海神次最贵。在北、东、西三神、河伯之上，号为祝融。③三韩使：《后汉书·东夷传》：韩有三种，一曰马韩，二曰辰韩，三曰牟韩。④苏轼自注：“板桥，商贾所聚。”⑤苏轼自注：“谓登州海市。”⑥“系此”句：《景德传灯录》：南泉云，汝道空中一片云为复钉钉住，为复藤缆住？⑦“象在”句：《易·坤卦》：六四曰：括囊，无咎无誉。

仆所藏仇池石，希代之宝也。王晋卿以小诗借观，意在于夺。仆不敢不借，然以此诗先之

海石来珠宫[①]，秀色如蛾绿[②]。坡陀尺寸间[③]，宛转陵峦足。连

娟二华顶[4]，空洞三茅腹[5]。初疑仇池化[6]，又恐瀛州蹙[7]。殷勤峤南使[8]，馈饷淮东牧[9]。得之喜无寐，与汝交不渎[10]。盛以高丽盆，藉以文登玉[11]。幽光先五夜，冷气压三伏。老人生如寄，茅舍久未卜。一夫幸可致，千里常相逐。风流贵公子，窜谪武当谷[12]。见山应已厌，何事夺所欲？欲留嗟赵弱，宁许负秦曲。传观慎勿许，间道归应速[13]。

【注释】①海石：英石也。珠宫：以珠为宫，指海神宫殿。②蛾绿：古代妇女画眉毛的青黑的颜色。③坡陀：山坡。喻妇女两眉也。④二华：太华、少华二山。⑤三茅：一名句曲山，其腹中空虚，别有天地日月载在《真诰》，故言腹也。《真诰》：句曲之山，为大茅君、中茅君、小茅君三山焉。⑥“初疑”句：苏轼偶以仇池名其石而已，合前叙观之，且以盆水为仇池也，诗意甚明。⑦瀛州：传说中的仙山。⑧峤南：岭南。⑨淮东：此处即指扬州。苏轼自注：“仆在扬州，程德孺自岭南解官还，以此石见遗。”⑩不渎：不傲慢。⑪“盛以”二句：苏轼自注：“仆以高丽所饷大铜盆贮之。又以登州海石如碎玉者，附其足。”⑫武当谷：均州（今湖北省丹江口市）也。⑬“欲留”四句：《史记·蔺相如传》：赵惠文王得楚和氏璧，秦昭王愿以十五城请易璧。蔺相如曰：“秦强而赵弱，不可不与。”王曰：“取吾璧，不予吾城，奈何？”相如曰：“赵不许，曲在赵。赵予璧而秦不予城，曲在秦。均之二策，宁许以负秦曲。”于是遣相如奉璧奏秦王，度秦负约，乃使从者衣褐怀璧从径道亡，谓秦王曰：“臣恐见欺于王而负赵，故令人持璧归，间至赵矣。”

和叔盎画马

天骥德力备，马外龙麟中[1]。皇天不遣言，兀与图画同。驽骀[2]饱官粟，未受一洗空。十驾均一至，何事籥[3]云风？

【注释】①“天骥”二句：见《南秦录》。吕光讨西域平，上疏曰：“惟龟兹据三十六国之中，入其国城，天骥、龙麟。”②驽骀：指劣马。亦喻低劣的才能。③籋(niè)：通“蹑”，追踪之意。

卷七　五言古诗

王晋卿示诗，欲夺海石，钱穆父、王仲至、蒋颖叔皆次韵。穆、至二公以为不可许，独颖叔不然。今日颖叔见访，亲睹此石之妙，遂悔前语。仆以为晋卿岂可终闭不予者，若能以韩干二散马易之者，盖可许也。复次前韵

相如有家山①，缥缈在眉绿。谁云千里远，寄此一颦足。平生锦绣肠②，早岁藜苋腹③。从教四壁空，未遣两峰蹙。吾今况衰病，义不忘樵牧④。逝将仇池石，归泝岷山渎⑤。守子不贪宝⑥，完我无瑕玉。故人诗相戒，妙语予所伏⑦。一篇独异论⑧，三占从两卜⑨。君家画可数，天骥纷相逐。风鬉掠原野⑩，电尾捎涧谷⑪。君如许相易，是亦我所欲。今朝安西守⑫，来听《阳关曲》⑬。劝我留此峰，他日来不速⑭。

【注释】①家山：故乡。②“平生”句：李白《冬日于龙门送从弟京兆参军令问之淮南觐省序》：紫云仙季，有英风焉。吾家见之，常醉目吾曰：“兄心肝五脏皆锦绣邪？不然，何开口成文，挥翰雾散？”③藜苋：藜和苋。泛指贫者所食的粗劣菜蔬。④樵牧：樵夫与牧童。此喻贫贱之交。⑤泝(sù)：流。渎：犹江也，水也。⑥“守子”句：《左传·襄公十五年》：宋人或得玉，献诸子罕，子罕弗受。献玉者曰：“玉人以为宝也，故敢献之。”子罕曰：“吾以不贪为宝，尔以玉为宝，不若人有其宝。”⑦“妙语”句：指钱穆父、王仲至之不欲予也。害怕王氏意在于夺，现在看来，二君妙语要不幸而言中了，令人叹服。⑧“一篇”句：指蒋颖叔当时主张把宝石让王看，和大家见解不同。⑨“三占”句：《书·洪范》：三人占，则从二人之言。故以钱、王可从而蒋可违也。⑩鬉(zōng)：马鬃。柳子厚《龙城录》：宁王善画马，《六马滚尘图》内，明皇最眷爱玉面花鬉，谓无纤悉不备，风鬃雾鬣，信伟如也。⑪“电尾”句：韩偓诗：电尾烧黑云。捎：犹拂也。此四句讲：王晋卿所藏韩干马之精美精妙，也是稀世之宝也。你如果真是爱石如命，最好拿

画交换。这我也愿意。⑫安西守:《唐书·地理志》:洮州临洮郡有府,一名安西,此时蒋颖叔正出守熙河,故称之。⑬《阳关曲》:汉于敦煌郡龙勒县,置阳关、玉门关,后便也成了曲子名。颖叔将别而行,苏轼故有此语。⑭"劝我"二句:乃终之以遂悔前语也。

轼欲以石易画,晋卿难之。穆父欲兼取二物,颖叔欲焚画碎石,乃复次前韵,并解二诗之意

春冰无真坚,霜叶失故绿[1]。鷃疑鹏万里[2],蚿笑夔一足[3]。二豪争攘袂[4],先生一捧腹[5]。明镜既无台[6],净瓶何用蹙[7]?盆山不可隐,画马无由牧[8]。聊将置庭宇,何必弃沟渎。焚宝真爱宝,碎玉未忘玉[9]。久知公子贤[10],出语耆年伏[11]。欲观转物妙[12],故以求马卜[13]。维摩既复舍,天女还相逐。授之无尽灯[14],照此久幽谷。定心无一物,法乐胜五欲[15]。三峨吾乡里,万马君部曲[16]。卧云行归休[17],破贼见神速[18]。

【注释】①"春冰"二句:冰至春而必融化,叶至秋而必枯黄。此二句讲有形之物终会散亡。②"鷃疑"句:《庄子·逍遥游》:有溟海者,天池也,有鱼焉,其名为鲲,化而为鸟,其名为鹏,背若泰山,翼若垂天之云,抟扶摇羊角而上者九万里,斥鷃笑之曰:"彼且奚适也?我腾跃而上,不过数仞而下,翱翔蓬蒿之间,此亦飞之至也。"③"蚿笑"句:《庄子·秋水》:"夔谓蚿,吾以一足趻踔而行,子无如矣。今子之使万足,独奈何?蚿曰:"予动吾天机,而不知其所以然。"④二豪:指穆父、颖叔二人。攘袂:捋上衣袖。常形容奋起貌。⑤"先生"句:苏轼自谓捧腹一笑。⑥"明镜"句:《传灯录》:黄梅告众,各述一偈。上座神秀乃廊壁书云:"身是菩提树,心如明镜台。"慧能在碓坊,闻之曰:"美则美矣,了则未了。"于秀偈之侧写云:"菩提本无树,明镜亦非台。"⑦苏轼自注:"古'蹴'与'蹙'通。"蹴:踢。⑧"盆山"二句:字是全篇主脑,故末四句分承作结。无此关锁,则一

诗分作二首矣，苏轼只为诗立局，若必谓扫倒石画，此又小儿解也。⑨此诗分二截。以上答穆父、颖叔。⑩公子：指晋卿，以下皆与晋卿语。⑪耆年：老年人。⑫转物：《楞严经》云："众生皆转于物，若能转物，即同如来。"⑬求马：《庄子·田子方》：彼已尽矣。而女求之以为有，是求马于唐肆也。唐肆：空市场。⑭"授之"句：《维摩诘经》：魔波旬言："居士可舍此女一切所有，施于彼者，是为菩萨。"维摩诘言："我已舍矣，汝便将去。"于是诸女问维摩诘："我等云何止于魔宫？"维摩诘言："诸姊！有法门，名无尽灯。无尽灯者，譬如一灯燃，百千灯冥者皆明，明终不尽。"无尽灯：谓以一灯点燃千百盏灯。比喻以佛法度化无数众生。⑮法乐：佛教语。谓积德行善，耽味佛法之乐。⑯三峨：四川峨眉山有大峨、中峨、小峨三峰。苏轼家在四川眉山，故言。部曲：古代军队编制单位。大将军营五部，校尉一人；部有曲，曲有军候一人。⑰卧云：喻指隐居。归休：辞官退休。喻归隐。⑱苏轼自注："晋卿将种，常有此志。"王十朋注引赵次公曰"三峨吾乡里"，言真山；"万马君部曲"，言真马。我有真山，则将卧云；王有真马，则用破贼。如此假山不必爱，画马不必取也。王文诰案：所解是，但必如此说，则凡卞和之玉、隋侯之珠、羲之之书、道玄之画，皆得以饥不可食、寒不可衣之说废之矣。公诗但解二说，以为不必碎与焚也。入结又从前半生出，使三人合成一局。以是论诗，庶几与作者所见为近。

次丹元姚先生韵二首[①]

其一

浮生知几何，仅熟一釜羹[②]。那于俯仰间，用此委曲情[③]。自怜无他肠，偶亦得此生。悬知当去客[④]，中有不亡存。但恐宿缘重，每为习气昏。似闻梅子真，近在吴市门。未能肩拍洪[⑤]，但欲目击温。不敢叩门呼，恐作踰垣奔。且令绍介先[⑥]，徐以方便论[⑦]。

【注释】①唐宋之时，凡道人皆称先生，或带姓称某先生，又以其老者称老先生。姚先生名丹元，因王巩得近苏轼，本是京师富人王氏子，被父弃逐。事建隆观一道士，天资颇慧，因取道藏遍读，或能成诵。又多得其方术丹药。作诗，间有放浪奇谲语，故能成其说。浮沉淮南，屡易姓名。后复其姓名王绎。又易名元诚。力诋林灵素，为其毒死。②“浮生”二句：讲人生短暂到仅能做一顿饭的工夫。③“那于”二句：刘禹锡《桃源行》：“笑言委曲问人间。”俯仰间：喻短暂。委曲情：指顺适。④当去客：陶渊明诗：“家为逆旅舍，我如当去客。”⑤肩拍洪：郭璞《游仙》诗：“左把浮丘袖，右拍洪崖肩。”⑥绍介：介绍。⑦方便：佛教语。谓以灵活方式因人施教，使悟佛法真义。《法华经》：“以方便力，柔伏其心。“

其二

不学刘更生，黄金铸上方①。不学房次律，身事问颍阳②。王烈亦何人，叔夜未可量③。独见神山开，遽餐石髓香。至道尚听莹④，粗才终蹶张⑤。先生喜而笑，幅巾登我堂⑥。苦誓指黄壤⑦，要言刻青琅⑧。蓬莱在何许，弱水空相望⑨。且当从嵇、阮，聊复数山、王⑩。达人友四海⑪，曲士守一疆⑫。慎勿使形谍⑬，儿童惊夜光⑭。

[注释]①刘更生：刘向，字子政，本名更生，江苏沛县人。著有《新序》《说苑》等书。《汉书》：刘向得《枕中鸿宝苑秘书》，献之，言黄金可成。上令典上方铸作事，不验。下吏。上方：此指宫廷中主管膳食、方药的官署。②“不学”二句：段成式《酉阳杂俎》前集卷二《壶史》：邢和璞，偏得黄老之道，善心算，作《颍阳书疏》。房琯太尉祈邢等终身之事，邢言降魄之处，非馆非寺，非途非署。病起于鱼飧，休于龟兹板。后房琯至阆州，舍紫极宫，适雇工治木，问之道士，称龟兹板。房始忆邢之言。有顷，刺史具鲙邀房，房具白于刺史，且以龟兹板为托。其夕，病鲙而终。房次律：房琯，字次律。③叔夜：嵇康字，有奇才，博洽多闻。④听莹：疑惑不明貌。⑤蹶张：以脚踏强弩，使之张开。指强健有力。⑥幅巾：古代男子以全幅细绢裹

头的头巾。⑦“苦誓”句:《晋书·王羲之传》:“去会稽郡,于父母墓前自誓,朝廷以其誓苦,亦不复征之。”⑧青琅:即青琅玕,一种青色似珠玉的美石,是孔雀石的一种。⑨“蓬莱”二句:《续仙传》:谢自然曰:“每登玉霄峰,即见沧海,蓬莱亦应不远。”于是入海。遇一道士,笑谓曰:蓬莱隔弱水,此去三十万里,非仙莫到。”弱水:古代神话传说中称险恶难渡的河海。又见苏轼《金山妙高台》诗:“蓬莱不可到,弱水三万里。”⑩嵇、阮、山、王:分别为嵇康、阮藉、山涛、王戎。⑪达人:豁达豪放的人。⑫“曲士”句:《庄子·秋水》:“夏虫不可语于冰者,笃于时也;曲士不可语于道者,束于教也。”曲士:乡曲之士,比喻孤陋寡闻之人。⑬形谍:举动。⑭“儿童”句:韩愈《此日足可惜赠张籍》诗:“儿童畏雷电,鱼鳖惊夜光。”

送蒋颖叔帅熙河[1] 并引

颖叔出使临洮,轼与穆父、仲至同饯之,各赋诗一篇,以“今我来思”为韵,致遄归之意。轼得“我”字。

西方犹宿师[2],论将不及我[3]。苟无深入计,缓带我亦可[4]。承明正须君,文字粲藻火[5]。自荐虽云数,留行终不果。正坐喜论兵,临老付边锁[6]。新诗出谈笑,僚友困掀簸[7]。我欲歌《杕杜》[8],杨柳方婀娜[9]。边风事首虏[10],所得盖幺么[11]。愿为鲁连书,一射聊城笴[12]。阴功在不杀,结草酬魏颗[13]。

【注释】①蒋颖叔:名之奇。②宿师:驻扎军队。③纪昀曰:“起即伏结意,笔极恣意。”查初白谓:感慨之言,以滑稽出之,妙。④缓带:宽束衣带。形容悠闲自在,从容不迫。⑤藻火:古代官员衣服上所绣作为等差标志用的水藻及火焰形图纹。⑥付边锁:犹云寄北门锁钥也。⑦掀簸:颠簸,翻腾。⑧《杕杜》:《诗·小雅·杕杜》写劳役回返。⑨“杨柳”句:《诗·小雅·采薇》:“昔我往矣,杨柳依依。今我来思,雨雪霏霏。”⑩首虏:所获敌人的首级。⑪幺么:微小,细小。⑫“愿为”二句:《史记·鲁仲连传》：齐田单攻聊城岁余，士卒多死，而聊城不下。鲁连为书，约之矢以射城中，遗燕将。燕将见书，泣三日，乃自杀。聊城乱，田单遂屠聊城。笴(gǎn)：箭杆也。⑬“阴功”二句：《左传·宣公十五年》：“魏武子有嬖妾，无子。武子疾，命颗（武子之子）曰：‘必嫁是。’疾病，曰：‘必以为殉。’及卒，颗嫁之，曰：‘疾病则乱，吾从其治也。’及辅氏之役，颗见老人结草以亢杜回，杜回踬而颠，故获之。夜梦之曰：‘余，而所嫁妇人之父也。尔用先人之治命，余是以报。’”后因以“结草”为受厚恩而虽死犹报之典故。

次韵钱穆父、王仲至同赏田曹梅花

寒厅不知春，独立耿玉雪。闭门愁永夜，置酒及明发[①]。忽惊庭户晓，未受烟雨没。浮光风宛转，照影水方折[②]。鬓霜未易扫，眉斧真自伐[③]。惟当此花前，醉卧黄昏月[④]。

【注释】①明发：黎明，平明。②方折：指水流作直角转折。古代传说方折之水，其下有玉。③“鬓霜”二句：枚乘《七发》：“皓齿蛾眉，命曰伐性之斧。”④“惟当”二句：纪昀曰：“不著梅字，而神意是梅。”

送襄阳从事李友谅归钱塘[①]

居杭积五岁，自意本杭人。故山归无家，欲卜西湖邻。良田不难买，静士谁当亲。髯张既超然，老潜亦绝伦。李子冰玉姿，文行两清淳[②]。归从三人游，便足了此身。公堤不改昨，姥岭行开新[③]。幽梦随子去，松花落衣巾。

【注释】①李友谅：字叔益，钱塘人。②髯张：张弼，字秉道。本集

《与叶淳老、侯敦夫、张秉道同视新河，秉道有诗，次韵二首》云：“髯张乃我结袜生”，即其人也。老潜：疑是潜师，又曰参寥子。李子：即李友谅。③公堤：苏轼所筑，杭人谓之苏堤。姥岭：指天姥山。

送黄师是赴两浙宪[1]

世久无此士，我晚得王孙。宁非叔度家[2]，岂出次公门[3]。白首沉下吏，绿衣有公言[4]。哀哉吴越人，久为江湖吞。官自倒帑廪，饱不及黎元[5]。近闻海上港，渐出水底村。愿君五袴手，招此半菽魂[6]。一见刺史天[7]，稍忘狱吏尊[8]。会稽入吾手，镜湖小于盆[9]。比我东来时，无复疮痍存。

【注释】①黄师是：名寔，陈州人。②叔度：东汉征君黄宪，字叔度。③次公：汉循吏黄霸，字次公。④“白首”二句：苏轼的侍儿朝云曾问：“朝之诸公，迁擢不淹时，独黄师是昔为提刑，今又提刑，何也?”苏轼大笑，方作诗送之。当时有人不懂此二句，问苏轼，答：“吾家朝云每见师是，怪其官职不迁耳。”“绿衣”乃《诗》篇名，因妾服而后指妾。此指朝云。⑤帑廪：国库与粮仓。黎元：百姓。⑥五袴手：指实施善政的身手。半菽：谓半菜半粮。指粗劣的饭食。⑦刺史天：《后汉书》：苏章，字孺文。为冀州刺史，故人为清河太守。章行部按其奸赃，乃请太守，为设酒肴，陈平生之好，甚欢。太守喜曰：“人皆有一天，我独有二天。”章曰：“今夕苏孺文饮故人酒，私恩也；明日冀州刺史按事，公法也。”遂举正其罪。⑧狱吏尊：《史记》：周勃下廷尉，吏稍侵辱之，既出，曰“吾尝将百万军，安知狱吏之贵也。”⑨“会稽”二句：是时苏欲乞守越，末言水患消而湖水不泛滥也。

送范中济经略侍郎，分韵赋诗，以“元戎十乘以先启行”为韵，轼得“先”字，且赠以鱼枕杯四，马箠一

梁、李久乐祸[1]，自焚岂非天。两鼠斗穴中,一胜亦偶然[2]。谋初要百虑,善后乃万全。庙堂选世将，范氏真多贤[3]。仁风被宿麦[4]，绿浪摇秦川。号令耸毛羽，先声落虚弦。我家天一方,去路城西偏。投竿困障日，卖剑行归田。赠君荆鱼杯[5]，副以蜀马鞭。一醉可以起，毋令祖生先[6]。

【注释】①梁、李：指西夏二宗族也，西夏在唐赐姓李，则李继迁是已，在本朝赐姓赵，为赵元昊是已。其承袭者既姓赵，而其余宗族犹姓李焉。梁指其妻党。梁氏擅权，遂至弑立，故梁李有用兵相斗之祸。②前四句诗，正指元丰中事，详见《宋史》。③“范氏”句：范中济名子奇。五世祖仁恕，相蜀，因葬成都。祖雍字伯纯，始家河南。中济以荫签书并州判官事。其子坦字伯履，事徽宗。范氏几代镇患抚边，故言。④宿麦：隔年成熟的麦。⑤荆鱼杯：荆州出鱼枕，可为杯。⑥祖生先：《世说新语·赏誉下》注曰：“刘琨与亲旧书曰：‘吾枕戈待旦，志枭逆虏，常恐祖生(指祖逖)先吾著鞭耳。’”后以此作勉人奋进之典。

次韵王定国书丹元子宁极斋

仙人与吾辈，寓迹同一尘。何曾五浆馈[1]，但有争席人。宁极无常居[2]，此斋自随身。人那识郗鉴[3]，天不留封伦[4]。误落世网中，俗物愁我神。先生忽扣户，夜呼祁孔宾。便欲随子去，著书未绝麟[5]。愿挂神虎冠，往卜饮马邻[6]。王郎濯纨绮，意与陋巷亲[7]。南游苦不

早，倘及莼鲈新[8]。

【注释】①五浆馈：《庄子·列御寇》：吾尝食于十浆，而五浆生馈。后用此比喻受到过分的尊敬。②宁极：斋名。③郗鉴：字道徽，晋高平金乡人。东晋重臣，书法家。《晋书·郗鉴传》记载郗鉴永嘉伤乱哺育侄儿郗迈、外甥周翼的故事。④"天不留"句：封伦：字德彝。唐人诗：可怜贞观太平后，天且不留封德彝。⑤"便欲"二句：《左传·哀公十四年》：春，西狩获麟。杜预注曰：仲尼伤周道之不兴，感嘉瑞之无应，故因鲁《春秋》而修中兴之教，绝笔于获麟之一句。李白《古风》：希圣如有应，绝笔于获麟。⑥"往卜"句：苏州有饮马桥，因丹元子是苏州人而如是落笔。⑦"王郎"二句：讲王定国虽相家子，而能洗去骄贵之气，与平民相亲。⑧莼鲈：又作莼羹鲈脍。《晋书·文苑传·张翰》："翰因见秋风起，乃思吴中菰菜、莼羹、鲈鱼脍，曰：'人生贵得适志，何能羁官数千里以要名爵乎！'遂命驾而归。"后以此作为辞官思乡的典故。

王仲至侍郎见惠稚栝，种之礼曹北垣下，今百余日矣，蔚然有生意，喜而作诗

翠栝东南美，近生神岳阴[1]。惜哉不可致，霜根络云岑。仙风振高标，香实陨平林。偶随樗栎生[2]，不为樵牧侵。忽惊黄茅岭，稍出青玉针。好事虽力取，王城少知音。岂无换鹅手，但知觅来禽。高怀独夫子，一见捐橐金。得之喜不寐，赠我意殊深。公堂开后阁，凡木愧华簪。栽培一寸根，寄子百年心。常恐樊笼中，摧我鸾鹤襟。谁知积雨后，寒芒晓森森。恨我迫归老，不见汝十寻[3]。苍皮护玉骨[4]，旦暮视古今。何人风雨夜，卧听饥龙吟。

【注释】①栝：《本草纲目》：柏叶松身者，桧也。亦谓之栝。神岳：

指衡山。②樗栎：典见《庄子·逍遥游》。后以此喻才能低下。③寻：古代八尺为寻。④“苍皮”句：杜甫《桃竹杖引赠章留后》：苍波喷浸尺度足，斩根削皮如紫玉。

吴子野将出家，赠以扇山枕屏[1]

峨峨扇中山，绝壁信天剖。谁知大圆镜，衡霍入户牖[2]。得之老月师，画者一醉叟。常疑若人胸，自有云梦薮。千岩在掌握，用舍弹指久。低昂不自知，恨寄儿女手[3]。短屏虽曲折，高枕谢奔走。出家非今日，法水洗无垢。浮游云释峤[4]，宴坐柳生肘。忘怀紫翠间，相与到白首。

【注释】①吴子野：名复古，号麻田山人，所居名远游庵。潮阳人。②衡霍：衡山一名霍山。前四句写画中景。③儿女手：《后汉书·马援传》：“何能卧床上在儿女子手中耶？”④云释峤：韩愈诗：“恋池群鸭回，释峤孤云纵。”释峤：脱离开高山。

大行太皇太后高氏挽词二首

其一

至矣吾三后，功高汉已还。复推元祐冠，盖得永昭全[1]。有作犹非圣，无私乃是天。侍臣谈道要，家法信家传[2]。

【注释】①苏轼自注：“臣尝于经筵，论奏仁宗皇帝谥曰明孝：若明而不仁，则民畏而不爱；仁而不明，则民爱而不畏。今大行太皇太后，亦兼此二德，故天下思慕，庶几于仁宗也。”②苏轼自注：“宰相以下，尝于经筵论奏祖宗以来家法十余事，书于记注。”

其二

却狄安诸夏①，先王社稷臣②。固应祠百世，何止活千人③。定策天知我，忘家帝念亲④。万方何以报，得疾为勤民。

【注释】①却：退却。②先王：宣仁圣烈皇后曾祖高琼赠卫王。社稷臣：景德年间契丹入侵，高琼力主真宗亲征，遂败契丹，故称高为社稷臣。③活千人：《后汉书·后妃纪》：邓后，太傅禹之孙。父训卒后，后尝梦扪天。后叔父陔言：“尝闻活千人者，子孙有封，兄训为谒者，使修石臼河，岁活数千人，天道可信，家必蒙福。”④忘家：语出《汉书·贾谊传》：为人臣者，主耳忘身，国耳忘家，公耳忘私。

东府雨中别子由

庭下梧桐树，三年三见汝。前年适汝阴，见汝鸣秋雨。去年秋雨时，我自广陵归。今年中山去，白首归无期①。客去莫叹息，主人亦是客②。对床定悠悠，夜雨空萧瑟。起折梧桐枝，赠汝千里行。归来知健否？莫忘此时情③。

【注释】①汝阴：郡名，颍州汝阴郡（今安徽阜阳）。广陵：郡名。治所在今扬州市。中山：战国时为中山国，与六国并称。汉分赵巨鹿，置常山、中山二郡。城中有小山，故曰中山。魏道武改定州。治所相当于今河北定县。②“客去”二句：白居易《新乐府·杏为梁》：开府之堂将军宅，造未成时头已白。逆旅重居逆旅中，心是主人身是客。王文诰案：已上四句，断定后事。此非诗之谶也。盖其朝局已成必败之势也。③纪昀曰：愈琐屑，愈真至，愈曲折，愈爽朗，故是兴到之作。但此篇大有慨慷，故语亦激昂之甚，非兴到之谓也。

谢运使仲适座上送王敏仲北使[1]

冲风振河朔，飞雾失太行。相逢不相识，下马须眉黄。洗眼忽惊笑，见此玉节郎[2]。喜有贤主人，共惜残烛光[3]。聚散一梦中，人北雁南翔。吾生如寄耳，送老天一方。幸子遇明主，陈经入西厢[4]。归期不可缓，倚相宜在旁[5]。

【注释】①王敏仲：王古，字敏仲。《宋史》有传。②玉节：玉制的符节。古代天子、王侯的使者以之为凭。后来也指持节赴任的官员。③“共惜”句：杜甫《赠卫八处士》诗：今夕复何夕，共此灯烛光。④“陈经”句：指王敏仲在经筵。⑤倚相：楚国良史，能读《三坟》《五典》《八索》《九丘》。

刘丑厮诗

刘生望都民[1]，病羸寄空窑。有子曰丑厮，十二行操瓢[2]。播间得余粒[3]，雪中拾堕樵。饥饱共生死，水火同焚漂。病翁恃一褐，度此积雪宵。哀哉二暴客，掣去如饥鸮。翁既死于寒，客亦易此貂。崎岖走亭长，不惮雪径遥。我仇祝与苑[4]，物色同遮邀。行路为出涕，二客竟就枭。”譊譊诉我庭，慷慨惊吾僚。曰此可名寄，追配郴之荛。恨我非柳子，击节为尔谣。官赐二万钱，无家可归娇。为媾他日妇，婉然初垂髫。洗沐作小吏，裹头束其腰[5]。笔砚耕学苑，弓矛战天骄。壮大随尔好，忠孝福可徼。相国有折胁[6]，封侯或吹箫[7]。人事岂易料，勿轻此僬侥[8]。

【注释】①“刘生”句：定州有望都县。此句讲刘生籍贯。②操瓢：拿瓢，此指刘生十二岁行乞。③墦间：郭外冢间也。④祝与苑：两贼之姓也。⑤“洗沐”二句：柳宗元《童区寄传》：童寄是郴州荛牧的儿子，年十一被强人劫持，他用智慧把贼人杀死，告诉官府，刺史奇之，留为小吏，不肯。与之衣裳，护送还乡。⑥“相国”句：《史记》：范雎事须贾，因受猜忌被打断胁骨，后逃到秦国，拜为相。⑦“封侯”句：《史记》周勃微时，常以吹箫给丧事。后从高祖，封绛侯。⑧僬侥：古代传说中的矮子，因以为其国名。

紫团参寄王定国

谽谺土门口[1]，突兀太行顶[2]。岂惟团紫云，实自俯倒景。刚风被草木[3]，真气入苕颖[4]。旧闻人衔芝，生此羊肠岭[5]。纤攕虎豹鬣，蹙缩龙蛇瘦[6]。蚕头试小嚼[7]，龟息变方骋[8]。矧予明真子，已造浮玉境。清宵月挂户，半夜珠落井[9]。灰心宁复然，汗喘久已静[10]。东坡犹故目，北药致遗秉[11]。欲持三桠根[12]，往侑九转鼎[13]。为予置齿颊，岂不贤酒茗。

【注释】①谽谺（hān xiā）：中空貌。②“突兀”句：《本草纲目》注：人参生于潞州太行山上，谓之紫团参。③刚风：高天强劲之风。道家有“高处有万里刚风”之说。④苕颖：草花和禾穗。亦泛指植物的花、穗及其茎。⑤羊肠：《汉书·地理志》：上党壶关县，有羊肠阪。言山屈曲如羊肠之盘也。⑥纤攕：杜牧诗：纤攕整鬟迟。蹙缩：元稹诗：蹙缩又纵横。⑦蚕头：俗称人参如蚕头者最好。⑧龟息：以为龟睡时，气由耳出，因此长生。一说指呼吸调息如龟，不饮不食而能长生。⑨珠落井：以言咽纳也。《黄庭外景经》：抱玉怀珠和子室。注云：珠玉谓津液，室谓身也。令人炼津液，以理一身也。⑩“汗喘”句：《图经本草》：人参，大治喘。相传欲试人参者,使二人同走。一与人参含之,一不与。度走三五里许,其不含人参者必大喘,含者气息自如。⑪遗秉:借用《诗·小雅·大田》:“彼有遗秉,此有滞穗”之语。⑫《本草纲目》注:高丽人作《人参赞》曰:三桠五叶,背阳向阴,欲来求我,椵树相寻。⑬九转:《神仙传》:仙方有九品,其七名九转霜雪之丹。

立春日小集戏李端叔[①]

白发已十载,青春无一堪。不惊新岁换,聊于故人谈。牛健民声喜,鸦娇雪意酣。霏微不到地,和暖要宜蚕。岁月斜川似[②],风流曲水惭[③]。行吟老燕代,坐睡梦江潭[④]。丞掾颇哀援[⑤],歌呼谁怕参。衰怀久灰槁,习气尚馋贪。白啖本河朔,红消真剑南[⑥]。辛盘得青韭[⑦],腊酒是黄柑[⑧]。归卧灯残帐,醒闻叶打庵。须烦李居士,重说后三三[⑨]。

【注释】①李端叔:名之仪。沧州无棣人。②斜川:地名,在河南省郏县境。苏轼子苏过的居所名。苏过移家颍昌,营湖阴水竹数亩,名为小斜川,自号斜川居士,并名其所著曰《斜川集》。③曲水:郦道元《水经注》:宋元嘉十一年,以旧乐游苑地为曲水。武帝引流传酌,会者赋诗。④燕代:战国时燕国、代国所在地。泛指今河北西北部和山西东北部地区。江潭:江边。此二句言思念故乡之意。⑤丞掾:属官的泛称。哀援:《后汉书·马援传》:诸曹时白外事,援辄曰:“此丞掾之任,何足相烦?颇哀老子,使得遨游。”⑥白啖:有人认为是荔枝名,但不应产于河朔。红消:梨名。⑦“辛盘”句:民间风俗,立春日作五辛盘。一说:五辛盘,元日故事;七种菜,人日故事;春盘,立春故事。今苏轼诗以立春日作,当作春盘。⑧“腊酒”句:用黄柑酿酒,乃洞庭春色也。⑨后三三:端叔在定武幕中,特悦营妓董九,以九数相戏。

次韵李端叔谢送牛戬《鸳鸯竹石图》[①]

闻君谈西戎，废食忘早晚。王师本不陈[②]，贼垒何足刬。守边在得士[③]，此语要而简。知君论将口，似予识画眼。笑指尘壁间，此是老牛戬。平生师卫玠[④]，非意尝理遣。怱君定何人，未用市朝显。置之勿复道[⑤]，世俗固多舛。归去亦何须，单车度殽渑[⑥]。如虫得羽化，已脱安用茧。家书空万轴，凉暴困舒卷[⑦]。念当扫长物，闭息默自煖。此画聊付君，幽处得小展。新诗勿纵笔，群吠惊邑犬[⑧]。时来未可知，妙斫待轮扁[⑨]。

【注释】①牛戬：《图画见闻志》：道士牛戬，河内人。工画翎毛，多写斑鸠野鹊，但柘棘不甚精高。②“王师”句：《谷梁传·庄公八年》：善师者不陈，善陈者不战。“陈”通“阵”。③“守边”句：《史记·滑稽列传》：得士者强，失士者亡。④卫玠：《晋书》有传。卫玠，字叔宝，风神秀异，朗然照人。及长，好谈玄理。王澄每闻其言，叹息绝倒。时人语曰：卫玠谈道，平子（王澄字）绝倒。⑤“置之”句：《古诗十九首》：“弃捐勿复道。”⑥“归去”二句：陆士衡《吊魏武帝文》：咏归途以反旆，登崤渑而朅来。崤：古代九塞之一，在渑池县西。渑：渑池县。⑦“凉暴”句：《四民月令》：五月湿热，蠹虫生。书经夏不舒展者，必生虫。五月以后，七月前内，必须三次舒而卷之。法，要须天晴时，于大屋下风凉处，不见日曝，令干。乘热气卷，生虫弥速。⑧“群吠”句：《楚辞·九章》：邑犬群吠兮吠所怪。比喻谗毁贤能，不辨是非的盲从者。⑨“妙斫”句：《庄子·天道》篇：轮扁曰：“斫轮，徐则甘而不固，疾则苦而不入。不疾不徐，得之手而应之心，口不能言，有数存焉于其间。臣不能喻臣之子，臣之子不能受之于臣。”斫轮：后用以比喻经验丰富、水平高超。

次韵聪上人见寄

前身本同社，宿业独临边。一悟镜空老，始知圆泽贤[①]。归心忘犊佩，生术寄羊鞭[②]。不似欧阳子，空留六一泉[③]。

【注释】①圆泽：袁郊《甘泽谣》：李源与圆泽，为忘形之友，同至三峡，见一孕妇，圆泽曰："此某托身之所，后十二年，杭州相见。"是夕果卒，而妇生一子。源如期至杭访之，至天竺寺，忽闻葛洪川畔，牧童歌《竹枝》，隔溪呼源，乃圆泽也。②生术：长生之术。③"不似"二句：欧阳修虽不到杭州，而惠勤师思之，因所居有甘泉涌出，遂名之曰六一泉。六一：欧阳修自号六一居士。

三月二十日多叶杏盛开[①]

零露泫月蕊，温风散晴葩。春工了不睡，连夜开此花。芳心谁剪刻，天质自清华。恼客香有无，弄妆影横斜。中山古战国[②]，杀气浮高牙[③]。丛台余袨服[④]，易水雄悲笳[⑤]。自从此花开，玉肌洗尘沙。坐令游侠窟，化作温柔家[⑥]。我老念江海，不饮空咨嗟。刘郎归何日，红桃烁残霞。明年花开时，举酒望三巴[⑦]。

【注释】①多叶杏：《方舆胜览》：大兴府海云寺，有多叶杏三枝，名芙蓉杏。②中山：《太平寰宇记》：定州，战国时为中山国，后为魏所并，俄而复立，赵武灵王袭而灭之。③高牙：大纛；牙旗。④"丛台"句：《汉书·邹阳传》：全赵之时，武力鼎士，袨服丛台之下者，一旦成市，而不能止幽王之湛患。颜师古注曰：丛台，赵王之台也，在邯郸。⑤"易水"句：《史记·荆轲列传》：燕太子丹及宾客送之易水之上。高渐离击筑，荆轲和而歌，士皆垂泪涕泣。又前而歌曰：风萧萧兮易水寒，壮士一去兮不复还。纪昀曰：有此排宕，气脉乃阔。⑥“坐令”二句：游侠则勇暴，温柔则和粹，中庸言宽裕温柔，足以有容，此用温柔乡事。⑦苏轼自注：“盖欲请梓州而归也。”三巴：《三巴记》：阆水东南流，曲折三回，如巴字。一说汉益州牧刘璋，分巴郡为永宁、固陵、巴三郡。建安六年改固陵为巴东，改巴郡为巴西，改永宁为巴郡，合称三巴。

过汤阴市，得豌豆大麦粥，示三儿子

朔野方赤地，河堧但黄尘[①]。秋霖暗豆荚，夏旱臞麦人[②]。逆旅唱晨粥，行庖得时珍[③]。青斑照匕箸，脆响鸣牙龈。玉食谢故吏，风餐便逐臣。漂零竟何适，浩荡寄此身。争劝加餐食，实无负吏民。何当万里客，归及三年新[④]。

【注释】①河堧(ruán)：河边地。②臞(qú)：瘦弱。③行庖：本指旅途中的厨房，此指所传送的食品。④新：《左传·成公十年》：晋侯有疾，巫曰：“不食新矣。”杜预注：言公不得食新麦。

过高邮寄孙君孚[①]

过淮风气清，一洗尘埃容。水木渐幽茂，菰蒲杂游龙[②]。可怜夜合花，青枝散红茸。美人游不归，一笑谁当供。故园在何处，已偃手种松。我行忽失路[③]，归梦山千重。闻君有负郭，二顷收横从。卷野毕秋获，殷床闻夜舂[④]。乐哉何所忧，社酒粥面醲。宦游岂不好，毋令到千钟。

【注释】①孙君孚：名升，高邮人。②游龙：红草，因其放纵枝叶，故称。③“我行”句：自伤其行止蹭蹬，如失路。④秋获：秋季收割庄稼。殷床：夜晚舂杵声震动着床。殷：震动。

过庐山下 并引

予过庐山下，云物腾涌，默有祷焉。未午，众峰凛然，故作是诗。

乱云欲霾山，势与飘风南。群隮相应和，勇往争骖驔①。可怜荟蔚中，时出紫翠岚②。雁没失东岭，龙腾见西龛。一时供坐笑，百态变立谈，暴雨破坱圠③。清飙扫浑酣。廓然归何处，陋矣安足戡。亭亭紫霄峰，窈窈白石庵。五老数松雪，双溪落天潭④。虽云默祷应，顾有移文惭。

【注释】①隮(jī)：虹。骖驔：马奔跑貌。前四句描写云雾腾涌之状。②荟蔚：云雾弥漫貌。纪昀曰：从荟蔚之章化出，语意虽显而不露，用比故也。③坱圠(yǎng yà)：地势高低不平貌。坱：尘土。圠：山曲也。④五老：《庐山记》：太虚简寂观，宋陆先生隐居也。其间一峰秀卓者，曰紫霄峰。过白氏草堂，半山有二泉，出石间，名曰双玉涧。万寿院南三里，至下白石，又三里，至上白石。咏真洞天、五老峰，正在其后。

郁孤台①

八境见图画，郁孤如旧游②。山为翠浪涌，水作玉虹流③。日丽崆峒晓④，风酣章贡秋⑤。丹青未变叶，鳞甲欲生洲。岚气昏城树，滩声入市楼。烟云侵岭路，草木半炎州⑥。故国千峰外，高台十日留。他年三宿处，准拟系归舟⑦。

【注释】①苏轼自注："以下四首皆虔州。"②八境：指虔州八境。人画为图，苏轼曾赋诗，郁孤是其中一境。③玉虹：《搜神记》：孔子修《春秋》，制《孝经》，既成，白虹自上而下，化为黄玉。玉虹，即白虹。④崆峒：在虔州西之极处。一说在虔州城南六十里。⑤章贡：《水经注》：刘澄之曰："赣县东南有章水，西有贡水，县治二水之间，因以名县焉。"⑥炎州：指南方。古代认为南方属火。此二句讲岭南草木到虔州而止，虔州以北所未见也。⑦纪昀曰："不失古格，而时出新意，故佳。"

廉泉[1]

水性故自清，不清或挠之[2]。君看此廉泉，五色烂摩尼[3]。廉者为我廉，何以此名为。有廉则有贪，有慧则有痴。谁为柳宗元，孰是吴隐之[4]？渔父足岂洁[5]，许由耳何淄[6]？纷然立名字，此水了不知。毁誉有时尽，不知无尽时。朅来廉泉上，捋须看鬓眉。好在水中人，到处相娱嬉。

【注释】①廉泉：在虔州治东南角。报恩寺本张氏居，宋元嘉中，一夕霹雳，忽涌地为泉，当时郡守为政清廉，故名廉泉。②挠：搅动，拌和。③摩尼：梵语宝珠的译音。④"谁为"二句：柳宗元：字子厚，世号柳柳州。少精敏绝伦，为文卓伟精致。吴隐之：字处默，博涉文史，以儒雅标名。事母孝谨，及其执丧，哀毁过礼。⑤"渔父"句：《楚辞·渔父》：沧浪之水清兮，可以濯吾缨；沧浪之水浊兮，可以濯吾足。"⑥"许由"句：许由：字武仲，隐于沛泽之中，尧以天下让之，许由不欲闻，洗耳于颍水之滨。淄：通"缁"，黑色。此引申为染黑，污染之意。

尘外亭[1]

楚山澹无姿，赣水清可厉。散策尘外游，麾手谢此世[2]。山高惜人力，十步辄一憩。却立浮云端，俯视万井丽。幽人宴坐处，龙虎为斩薙[3]。马驹独何疑[4]，岂堕山鬼计。夜垣非助我，谬敬欲其逝[5]。戏留一转语，千载起攘袂[6]。

【注释】①尘外亭：见《虔州八境》诗注。②散策：拄杖散步。麾手：挥手。③斩薙：砍伐草木。以下八句，皆是马祖事。④"马驹"句：《传灯录》：六祖谓南岳曰："只此不污染，诸佛之所护。念般若多罗谶，汝足下出一马驹，踏杀天下人。"厥后江西遂传法，广布于天下，时号马祖。⑤"夜垣"二句：马祖始居此山，山鬼为筑垣，自谓修行不至，为鬼所识，乃舍去。苏轼诗语，高马祖一著也。⑥攘袂：捋袖。

过大庾岭

一念失垢污，身心洞清净。浩然天地间，惟我独也正。今日岭上行，身世永相忘。仙人拊我顶，结发授长生[1]。

【注释】①结发：束发。指初成年时。

南华寺[1]

云何见祖师？要识本来面[2]。亭亭塔中人[3]，问我何所见。可怜明上座，万法了一电。饮水既自知，指月无复眩[4]。我本修行人，三世积精炼。中间一念失，受此百年谴。抠衣礼真相[⑤]，感动泪雨霰。借师锡端泉[⑥]，洗我绮语砚[⑦]。

【注释】①南华寺：南华山南华寺，是六祖慧能之道场。②“云何”二句：《传灯录》：道明禅师闻五祖密付衣法与卢行者（后名六祖慧能），即蹑迹追逐。至大庾岭，曰：“我来求法，愿行者开示于我。”祖曰：“不思善，不思恶，正恁么时，阿那个是明上座本来面目。”师当下大悟。③塔：六祖塔也。塔中人：指六祖。④“饮水”二句：《楞严经》：如人以手指月示人，彼人因指当应看月，若复观指以月为体，此人岂惟亡失月轮，亦亡其指。⑤抠衣：提起衣服前襟，古人迎趋时的动作，表示恭敬。⑥溪端泉：指卓锡泉。《曹溪志》：卓锡泉，一名明通泉。凡泉脉枯，僧持祖衣往叩，即通流。⑦纪昀曰：“我本修行人”八句，此方是东坡游南华寺诗，不可移掇他人；是此时东坡游南华寺诗，不可移掇他时，此为诗中有人。

碧落洞[①]

槎牙乱峰合，晃荡绝壁横。遥知紫翠间，古来仙释并。阳崖射朝日，高处连玉京[②]。阴谷叩白月，梦中游化城[③]。果然石门开，中有银河倾。幽龛入窈窕，别户穿虚明[④]。泉流下珠琲，乳盖交缦缨[⑤]。我行畏人知，恐为仙者迎[⑥]。小语辄响答，空山白云惊。策杖归去来，治具烦方平[⑦]。

【注释】①苏轼自注：“在英州下十五里。”②阳崖：向阳的山崖。玉京：道家谓天帝所居之处。③“梦中”句：《法华经》：有一导师，以方便力化作一城，于是众人前入化城，生已度想，生安稳想。④“幽龛”二句：《一统志）：洞多悬石，如霓旌羽盖状，傍有小洞，号云华，深不可测。按诗所云“幽龛”“别户”，当指其处也。⑤缦缨：缦胡。指粗而没有文理的帽带，武士冠缨。⑥纪昀曰：“我行畏人知”六句，隐寄名盛招尤之慨，其词却浑而不露。⑦“治具”句:《神仙传》:王方平降蔡经家,须臾麻姑继至,再拜。方平行厨具食,皆金盘玉杯,多诸花果,芬香异常。擘脯食之,云是麟脯。

峡山寺①

天开清远峡②,地转凝碧湾③。我行无迟速,摄衣步孱颜④。山僧本幽独,乞食况未还。云碓水自舂⑤,松门风为关⑥。石泉解娱客,琴筑鸣空山。佳人剑翁孙⑦,游戏暂人间。忽忆啸云侣,赋诗留玉环⑧。林深不可见,雾雨霾髻鬟。

【注释】①苏轼自注:“传奇所记孙恪、袁氏事,即此寺。至今有人见白猿者。”②天开:上天予以开发。清远峡:一名中宿峡。崇山峻立,中贯江流。③凝碧湾:清远峡前有凝碧湾,其水绀碧。④摄衣:提衣。孱颜:高峻的山岭。⑤云碓:石碓。白居易《寻郭道士不遇》诗:“药炉有火丹应伏,云碓无人水自舂。”李白诗:“水舂云母碓。”⑥松门:此指以松为门。⑦“佳人”句:《吴越春秋》:越王请问剑术于处女,处女将见王,道逢袁公。问女:“闻子善剑?”女曰:“惟公所试。”公即挽林内之竹,操其本而刺处女。处女举杖击袁公。公即飞上树,化为白猿。⑧“忽忆”二句:《传奇》:广德中,有孙恪者,游洛中一大第,有袁氏女,遂纳为室。后十余年,挈至峡山寺。袁氏欣然,改服理鬟,诣老僧,乃持一碧玉环献僧,曰:“此是院中旧物。”僧初不晓,及斋罢,有野猿数十,悲啸扪萝而跃,袁氏恻然。俄,命笔题诗云:“刚被恩情役此心,无端变化几湮沉。不如逐伴归山去,长啸一声烟雾深。”乃掷笔于地,遂裂衣化为老猿,追啸者跃树而去。老僧方悟,曰:“乃贫道为沙弥时所养者。”碧玉环,本胡人所施,当时亦随猿颈而往。

试笔

子石如琢玉[1]，远烟真削黳[2]。入我病风手[3]，玄云洽渰萋萋。是中有何好，而我喜欲迷。既似蜡屐阮[4]，又如锻柳嵇[5]。醉笔得天全，宛宛天投蜺[6]。多谢中书君[7]，伴我此幽棲。

【注释】①子石：欧阳修《砚谱》：端石以子石为上。子石者，在大石中生，盖精石也。②黳(yī)：黑。③苏轼自注："古语云：磨墨如病风手。"④蜡屐阮：阮孚穿着以蜡涂的木屐。语出《晋书·阮咸传》与《世说新语·雅量》。后以此喻无所作为的悠闲生活。⑤锻柳嵇：《晋书·嵇康传》："性绝巧而好锻，宅中有一柳树甚茂，乃激水圜之，每夏月，居其下以锻。"因以喻隐居不仕，自食其力。⑥宛宛：盘旋屈曲貌。投蜺：指天降虹霓，示天下将乱。⑦中书君：毛笔的别称。

白水山佛迹岩[1]

何人守蓬莱，夜半失左股。浮山若鹏蹲，忽展垂天羽。根株互连络，崖峤争吞吐。神工自炉鞲，融液相缀补[2]。至今余隙罅，流出千斛乳。方其欲合时，天匠麾月斧[3]。帝觞分余沥[4]，山骨醉后土。峰峦尚开阖，涧谷犹呼舞[5]。海风吹未凝，古佛来布武[6]。当时汪罔氏[7]，投足不盖拇[8]。青莲虽不见，千古落花雨。双溪汇九折，万马腾一鼓。奔雷溅玉雪，潭洞开水府。潜鳞有饥蛟，掉尾取渴虎[9]。我来方醉后，濯足聊戏侮。回风卷飞雹，掠面过强弩[10]。山灵莫恶剧，微命安足赌[11]。此山吾欲老，慎勿厌求取。溪流变春酒，与我相宾主。当连青竹竿，下灌黄精圃[12]。

【注释】①苏轼自注："罗浮之东麓也，在惠州东北二十里。"②以上八句，开拓罗浮数百里境界，其意以为山灵如是作用，将于此结成白水山也。犹之阵雨未至，而云兴雷动，满天布势，皆题前之文。是为第一节。③纪昀曰：此一层，写得更满足，善于布势，工于设色。④余沥：剩酒。⑤以上八句，点明白水山，然不肯直叙，却又回绕上文而下，反复勾勒，以见造化结此奇境不易。此乃白水山正面。是为第二节。⑥布武：足迹分散不重叠，谓疾走。⑦汪罔：即汪芒，古国名。夏禹时，国君名防风，故地在今浙江省德清县武康镇。⑧拇：脚大指也。⑨《唐子西语录》：东坡诗，叙事言简而意尽。惠州有潭，潭有潜蛟，人未之信也，虎饮水其上，蛟尾而食之。俄而浮骨水上，人方知之。东坡以十字说尽。云："潜鳞有饥蛟，掉尾取渴虎。"虎著"渴"字，便知虎以饮水而召灾。言"饥"则知蛟食其肉矣。王文诰案：佛迹乃岩上之一物，不可与白水分驰，若亦作一节，其格即走，或突然增出，亦属凡笔。故于上二节，用"神工""天匠""帝觞""后土"等字，作为前导，于此引出佛迹，仍找足白水山也。此十二句为第三节，其下"我来""戏侮"二句，乃末节之提笔。"饥蛟""渴虎"，是叙白水之住处，界限甚明，但以"戏侮"二字作过脉，打成一片也。如谓"潜鳞""我来"四句当作一截，则前之格局皆乱，而后文亦脱，散漫不可收拾，读者慎勿为作者所欺。⑩纪昀曰：上半如此奇恣，下半如何收束，非此兀傲之气，撑拄不起。⑪"山灵"二句：全篇歇气，公凡长篇气脉太紧者，皆寓此法，但其余力又能管顾蛟虎，所以为奇。⑫黄精：名兔竹，一名垂珠。以上十二句，自"我来"起，自叙游事，仍用白水作结，以完章法，是为第四节。此乃本意，将拂迹搭入，随路带过，不作一节之确据。但此四节，特用意处处连络，光芒四射，不露四节之痕，使人读下，在处不可歇气，必读至终篇而止。此则白水之本状，而诗亦如之也。其中段落，本是难看，必须亲至其地而后有得。

咏汤泉[1]

积水焚大槐[2]，蓄油灾武库[3]。惊然丞相井[4]，疑浣将军布[5]。自怜耳目隘，未测阴阳故。郁攸火山烈，觱沸汤泉注。岂惟渴兽骇，坐使痴儿怖。安能长鱼鳖，仅可焊狐兔。山中惟木客，户外时芒屦。虽无倾城浴，幸免亡国污[6]。

【注释】①苏轼自注：“在白水山。”②“积水”句：《庄子·外物》：“水中有火，乃焚大槐。”③“积油”句：《博物志》：“积油满万石，则自然生火。武帝泰始中，武库火，积油所致。”④“惊然”句：《博物志》：“临邛火井，诸葛丞相往视之后，火转盛热。”⑤“疑浣”句：《三国志·魏书》裴松之注引《傅子》曰：“汉桓帝时，大将军梁冀，以火浣布为单衣，常大会宾客，冀阳争酒，失杯而污之，伪怒，解衣曰：‘烧之’。布得火，赫然如烧，凡布垢尽，火灭，粲然洁白。”⑥“虽无”二句：言杨贵妃华清出浴，唐明皇差点亡了国。

寄邓道士 并引[1]

罗浮山有野人，相传葛稚川之隶也[2]。邓道士守安，山中有道者也。尝于庵前见其足迹长二尺许。绍圣二年正月二日，予偶读韦苏州《寄全椒山中道士》[3]，诗云：“今朝郡斋冷，忽念山中客。涧底束荆薪，归来煮白石[4]。遥持一樽酒，远慰风雨夕。落叶满空山，何处寻行迹。”乃以酒一壶，依苏州韵，作诗寄之。

一杯罗浮春[5]，远饷采薇客[6]。遥知独酌罢，醉卧松下石。幽人不可见[7]，清啸闻月夕[8]。聊戏庵中人，空飞本无迹[9]。

【注释】①邓道士：名守安，字道立，时居罗浮山。据诗引，此诗作于宋哲宗绍圣二年(1095)正月二日。②罗浮山：山名，在今广东增城县西，当时属惠州（故治在今广东惠阳县西）。此山方五百里，瑰奇灵秀，为粤中名山，相传东晋葛洪得仙术于此。《元和郡县图志》：“山之西有浮山，盖蓬莱之一阜，浮海而至，与罗山并体，故曰罗浮。”葛稚川：即葛洪。隶：仆人。③韦苏州：即韦应物，中唐著名诗人，曾任苏州刺史，世称韦苏州。④煮白石：王十朋注引《抱朴子·内篇》云："引石散，以方寸匕投一斗白石，以水合煮之。立熟，如芋子，可食以当谷。"⑤罗浮春：苏轼自制酒名。因惠州有罗浮山，故云。⑥采薇客：据《史记·伯夷列传》，伯夷、叔齐曾隐居首阳山，义不吃周粟，采薇而食。后世遂以"采薇客"为隐士之代称，此指邓道士。⑦幽人：隐士。《文选》孔稚珪《北山移文》："或叹幽人长往，或怨王孙不游。"此幽人与下文"庵中人"均指邓道士。⑧清啸：犹清歌，清亮的歌声。啸：嘬口出声。《诗·召南·江有汜》："其啸也歌。"⑨空飞：鸟飞空中。此言邓道士的行踪如鸟飞空中一样，无迹可寻。

上元夜①

前年侍玉辇②，端门万枝灯③。璧月挂罘罳，珠星缀觚棱④。去年中山府，老病亦宵兴⑤。牙旗穿夜市，铁马响春冰⑥。今年江海上，云房寄山僧⑦。亦复举膏火，松间见层层。散策桄榔林⑧，林疏月鬅鬙⑨。使君置酒罢⑩，箫鼓转松陵。狂生来索酒⑪，一举辄数升。浩歌出门去，我亦归瞢腾⑫。

【注释】①上元：正月十五。苏轼自注："惠州作。"又据诗中有"前年侍玉辇""去年中山府""今年江海上"云云，此诗则作于绍圣二年正月十五日。②侍玉辇：指在京城。玉辇：皇帝的车驾。③端门：北宋都城汴京的宣德门。当时，上元之夜，皇帝登端门，以宴会群臣。④璧月、珠星：对月亮、星辰的美称，言其明润如珠玉。罘罳（fú sī）：交疏透孔的窗棂。宋程大昌《雍录》卷十《罘罳》："罘罳者，镂木为之，其中疏通，可以透明，或为方空，或为连琐，其状扶疏，故曰罘罳。"觚稜：殿堂屋角上的瓦脊，因成方角稜瓣之形，故名。⑤中山府：指定州，在今河北定县。⑥牙旗：大旗，古时将帅所建。唐封演《封氏闻见记》卷五："《诗》曰：'祈父，予王之爪牙。'祈父，司马，掌武备，象猛兽，以爪牙为卫，故军前大旗，谓之牙旗。……军中听号令必至牙旗之下。”铁马：备有铁甲的战马。此二句指苏轼帅定武军时事。⑦云房：筑于云雾缭绕之山的房舍，指出家人的居所。此时苏轼寓于嘉祐僧舍，故云“云房寄山僧。”⑧散策：放马徐行。桄榔：常绿乔木，产在热带、亚热带地区。⑨鬅鬙（péng sēng）：散乱的样子。⑩使君：苏轼自指。⑪狂生：苏轼自注：“贾道人也。”⑫瞢腾：神志不清，朦胧迷糊。韩偓《玉山樵人集·格卑》：“惆怅后尘流落尽，自抛怀抱醉瞢腾。”

正月二十四日，与儿子过、赖仙芝、王原秀才、僧昙颖、行全、道士何宗一同游罗浮道院及栖禅精舍，过作诗，和其韵，寄迈、迨一首[1]

断桥隔胜践[2]，脱屦欣小揭[3]。瘴花已繁红[4]，官柳犹疏细。斜川二三子，悼叹吾年逝[5]。凄凉罗浮馆，风壁颓雨砌。黄冠常苦饥[6]，迎客羞破袂。仙山在何许，归鹤时堕毳[7]。崎岖拾松黄[8]，欲救齿发弊。坐令禅客笑[9]，一梦等千岁。栖禅晚置酒，蛮果粲蕉荔[10]。齐厨釜无羹，野饷篮有蕙。嬉游趁时节，俯仰了此世[11]。犹当洗业障[12]，更作临水禊[13]。寄书阳羡儿，并语长头弟[14]。门户各努力，先期毕租税[15]。

【注释】①赖仙芝：虔州人，时从东坡游。王原：字子直，亦虔州人，号鹤田处士。昙颖、行全：均为罗浮宝积寺僧人。何宗一：广州人，何德顺之弟。栖禅：即栖禅寺。精舍：僧人、道士修炼居住之舍。过、迈、迨：均为苏轼之子。时苏过从轼在惠州，苏迈、苏迨在阳羡。此诗作于绍圣二年正月二十四日。②胜践：犹胜游，快意的游览。③揭：摄衣涉水曰揭。④瘴花：瘴气笼罩的花。⑤“斜川”二句：化用陶渊明《游斜川》序：“悲日月之遂往，悼吾年之不留。”逝：往。⑥黄冠：道士之冠，代指道士。《新唐书·李淳风传》载，淳风父李播，初仕隋，官高唐尉，后弃官为道士，自号黄冠子。⑦何许：犹言何处。归鹤：道士以鹤为坐骑，故以“归鹤”代指访仙归来。毳

(cuì)：本指鸟兽的细毛，此指道士的鬓发。此二句言道士访求仙山，但仙山飘渺无影，故及至归来时，鬓发已不时脱落。⑧松黄：松花上的黄粉。据说常吃能延年益寿。⑨坐令：致使，空使。禅客：僧人。⑩蛮果：产于蛮地的水果。惠州当时属荒蛮之地，故称。蕉荔：香蕉、荔枝。⑪俯仰：俯仰之间，形容短暂。⑫业障：妨碍修行的罪恶。⑬临水禊：临水而修禊事，以祓除不祥。⑭阳羡儿：指苏迈。长头弟：指苏迨。⑮王文诰注引纪昀曰："后四句，乍读似不贯，细玩语意，乃言在此甚适，不必更以为念，惟应专力持门户、办税租耳。"

和陶《归园田居》六首 并引①

三月四日，游白水山佛迹岩，沐浴于汤泉，晞发于悬瀑之下②，浩歌而归，肩舆却行③。以与客言，不觉至水北荔支浦上。晚日葱昽④，竹阴萧然，时荔子累累如芡实矣⑤。有父老年八十五，指以告余曰："及是可食，公能携酒来游乎？"意欣然许之。归卧既觉，闻儿子过诵渊明《归园田居》诗六首，乃悉次其韵。始，余在广陵和渊明《饮酒二十首》。今复为此，要当尽和其诗乃已耳。今书以寄妙总大士参寥子。

其一

环州多白水，际海皆苍山⑥。以彼无尽景，寓我有限年。东家著孔丘，西家著颜渊⑦。市为不二价，农为不争⑧。周公与管蔡，恨不茅三间⑧。我饱一饭足，薇蕨补食前⑨。门生馈薪米，救我厨无烟⑩。斗酒与只鸡，酣歌饯华颠⑪。禽鱼岂知道，我适物自闲。悠悠未必尔，聊乐我所然。

【注释】①此六首是绍圣二年三月，苏轼在惠州对陶渊明《归园田居》六首的和作。②晞发：晾发。晞：晾干。③肩舆：用人力抬扛的代步工具。却行：倒退而行。④葱昽：明丽貌。⑤芡实：芡：是一种水生植物，又名鸡头。种子名芡实，供食用或入药。⑥际海：滨海。⑦著：标举。此二句言当地人能循守儒家礼义道德。⑧周公：姓姬名旦。管蔡：管叔鲜与蔡叔度，与周公皆武王之弟。史载，武王死，成王幼，周公摄政。管蔡流言于国中曰："公将不利于孺子。"周公惧而避居东都。其后，成王迎公归。管蔡遂挟纣子武庚叛。周公出兵，平之。《宋书·武二王传论》曰："襄阳庞公谓刘表曰：'若使周公与管蔡处茅屋之下，食藜藿之羹，岂有若斯之难？'"盖为东坡所本。⑨薇蕨：两种野菜名，嫩叶均可食。⑩厨无烟：白居易《题李山人》："厨无烟火室无妻。"⑪华颠：白头。《后汉书·崔骃传》："唐且华颠以悟秦，甘罗童牙而报赵。"

其二

穷猿既投林，疲马初解鞅[①]。心空饱新得，境熟梦余想。江鸥渐驯集[②]，蜑叟已还往[③]。南池绿钱生[④]，北岭紫笋长[⑤]。提壶岂解饮，好语时见广。春江有佳句，我醉堕渺莽。

【注释】①穷猿投林：意谓遭危难的猿猴逃向森林。《晋书·李充传》："（褚）裒将许之为县，试问之。充曰：'穷猿投林，岂暇择木！'乃除剡县令。"鞅：套在马脖颈上的皮套。此二句言自己游罢归来，疲惫不堪。②渐驯集：意谓陆续还巢。驯：渐。集：鸟栖于木曰集。③蜑（dàn）叟：打鱼的老人。蜑：古时南方以舟楫为家、从事渔业的水上居民。宋陈师道《后山谈艺》卷四："二广居山谷间，不隶州县，谓之傜人，舟居谓之蜑人，岛居谓之黎人。"④绿钱：苔藓的别称。⑤紫笋：茶名。白居易《题周皓大夫新亭子二十二韵》："茶香飘紫笋，脍缕落红鳞。"

其三

新浴觉身轻，新沐感发稀[①]。风乎悬瀑下，却行咏而归[②]。仰观江摇山，俯见月在衣。步从父老语，有约吾敢违[③]。

【注释】①“新浴”二句：《楚辞·渔父》：“新沐者必弹冠，新浴者必振衣。”洗身曰浴，洗头曰沐。②“风乎”二句：《论语·先进》：“风乎舞雩，咏而归。”③步从：犹言随从，听从之意。敢：岂敢。

其四

老人八十余，不识城市娱。造物偶遗漏，同侪尽丘墟[1]。平生不渡江，水北有幽居[2]。手插荔支子，合抱三百株。莫言陈家紫[3]，甘冷恐不如。君来坐树下，饱食携其余[4]。归舍遗儿子，怀抱不可虚。有酒持饮我，不问钱有无[5]。

【注释】①造物：指造物主。同侪：同辈人。归丘墟：指死。丘墟：坟墓。此二句言，同辈人都死了，造物主独独遗漏了这位老人。②幽居：清幽的居所。③陈家紫：荔枝的品种之一。相传宋时福州有一陈姓人，所种荔枝为当地第一，备受推重。见蔡襄《荔枝谱》。④“君来”二句：《礼记·杂记下》：“君子既食，则裹其余乎？”为此二句所本。⑤王文诰曰：“此首代老人语。”

其五

坐倚朱藤杖，行歌《紫芝曲》[1]。不逢商山翁[2]，见此野老足。愿同荔支社，长作鸡黍局[3]。教我同光尘[4]，月固不胜烛[5]。霜飙散氛祲，廓然似朝旭[6]。

【注释】①《紫芝曲》：古歌名。相传为秦末商山四皓所作。歌词见《乐府诗集》卷五八。②商山翁：即商山四皓。相传秦末东园公、角里先生、绮里季、夏黄公避乱隐居商山，四人年皆八十有余，眉皓白，时称“商山四皓”。见《汉书·张良传》。这里代指老年隐士。③鸡黍：《论语·微子》

“子路从（孔子）而后，遇丈人，以杖荷篠。……止子路宿，杀鸡为黍而食之。”后遂以“鸡黍”指招待宾客的饭菜。以上二句言愿同老人常相往来。④同光尘：即同光和尘。⑤苏轼自注：“《庄子》云：‘月固不胜火。’郭象曰：‘大则暗，不若小而明。’陋哉！斯言也。予为更之曰：‘明于大者，必晦于小。月能烛天地而不能烛毫厘，此其所以不胜火也。然卒之火胜耶？月胜耶？’”⑥氛祲：不祥之气。此二句意谓：只要驱散了笼罩心头的不祥之气，心境就会像朝日一样廓然明朗。

其六

昔我在广陵[①]，怅望柴桑陌[②]。长吟《饮酒》诗[③]，颇获一笑适。当时已放浪，朝坐夕不夕[④]。矧今长闲人[⑤]，一劫展过隙[⑥]。江山互隐见，出没为我役。斜川追渊明[⑦]，东皋友王绩[⑧]。诗成竟何为，六博本无益[⑨]。

【注释】①广陵：地名，在今扬州。宋哲宗元祐七年(1092)二月，苏轼出任扬州太守，在扬州呆了近半年时间。②柴桑：指陶渊明的居里。陌：田间小路。颜延年《靖节征士诔》：“渊明卒于寻阳县柴桑里。”③《饮酒》诗：指陶渊明的《饮酒》二十首。④“朝坐”句：本《左传·成公十二年》：“百官承事，朝而不夕。”意谓不为官府事物所累。⑤矧：况且。⑥一劫：《隋书·经籍志》：“一成一败，谓之一劫。”过隙：即白马过隙，言时间短暂。⑦斜川：地名，在今江西星子县，庐山东南。陶渊明有《游斜川》诗。⑧东皋：地名，在今山西河津县。王绩晚年隐居东皋，自号东皋子。⑨六博：古代的一种博戏，共十二棋子，六黑六白，两人相博，每人六棋，故名。

次韵正辅表兄《江行见桃花》[①]

曲士赋《怀沙》，草木伤莽莽[②]。德人无荆棘，坐失岭峤阻。我兄瑚琏姿，流落瘴江浦。净眼见桃花[3]，纷纷堕红雨[4]。萧然振衣裓[5]，笑问散花女[6]。我观解语花，粉色如黄土。一言破千偈，况尔初不语[7]。可怜一转话[8]，他日如何举。故复此微吟，聊和鸥鸦橹[9]。江边闲草木，闲客当为主。尔来子美瘦[10]，正坐作诗苦。袖手焚笔砚[11]，清篇真漫与[12]。愿兄理北辕[13]，六辔去如组。上林桃花开，水暖鸿北翥[14]。

【注释】①正辅：即程之才，字正辅，苏轼母舅程浚之子，轼姊嫁之。查慎行注引《齐东野语》云："老苏与妻党程氏，大不咸，有《自尤》诗述其女事外家不得志以死，其怨隙不平久矣。其后东坡兄弟以念母之故，相与释憾。……坡之南迁，时宰闻其先世之隙，遂以正辅为本路宪将，使之甘心焉。而正辅反笃中外之义，周旋甚至，坡唱和中，亦可概见也。"王文诰云："考此诗乃作于释憾之始。"②曲士：指屈原。《楚辞·九章·怀沙》："陶陶孟夏兮，草木莽莽。伤怀永哀兮，汩徂南土。"③净眼：清净的法眼。④红雨：指飘落的桃花。李贺《将进酒》："况是青春日将暮，桃花乱落如红雨。"⑤萧然：超脱貌。衣裓：僧衣。⑥散花女：散花的天女。《维摩诘经·问疾品》："会中有一天女，以天花散诸菩萨，悉皆堕落。至大弟子，花著不堕。天女曰：'结习未尽，故花著身。'"⑦"一言"二句：偈：佛经中的颂词。王十朋注引赵次公曰："谓一言尚可以破千偈，况如维摩之默乎？"⑧一转话：王十朋注引赵次公曰："禅家谓一段话为一转语。"⑨鸥鸦：同"呕呀"，摇橹声。苏舜元《淮上喜雨联句》："繁声过沙头，上下讴哑橹。"此句言姑且和你赓和一首。⑩子美瘦：谓自己像杜甫当年一样老瘦。⑪焚笔砚：陆云《与兄机书》云："（崔）君苗能文，每见兄文，辄欲焚其笔砚。"⑫漫与：谓率意赋诗，并不刻意求工。杜甫《江上值水如海势，聊短述》："老去诗篇浑漫与，春来花鸟莫深愁。"⑬北辕：北行的车驾。《左传·宣公十二年》："王病之，告令尹，改乘辕而北之。"⑭翥（zhù）：飞。

次韵定慧钦长老见寄八首 并引[①]

苏州定慧长老守钦，使其徒卓契顺来惠州，问予安否，且寄《拟寒山十颂》[②]。语有璨、忍之通，而诗无岛、可之寒[③]。吾甚嘉之，为和八首。

其一

左角看破楚，南柯闻长滕[④]。钩帘归乳燕[⑤]，穴纸出痴蝇[⑥]。为鼠常留饭，怜蛾不点灯。崎岖真可笑[⑦]，我是小乘僧[⑧]。

【注释】①此八首是苏轼对苏州定慧寺守钦长老《拟寒山十颂》的和诗。②寒山：即寒山子，唐僧人。大历中，隐居天台翠屏山，此山又名寒岩，因自号寒山子。喜为诗。存诗三百余首，多类似佛家偈颂之作，后人辑为《寒山子诗集》。参见《景德传灯录》卷二七。③璨：指三祖僧璨镜智禅师。忍：指五祖弘忍大满禅师。岛：指贾岛，初为僧，名无本。可：即无可。④破楚：指刘邦在垓下击破项羽事。见《史记·项羽本纪》。长滕：指滕侯和薛侯争长事。见《左传·隐公十一年》。此二句言，刘邦破楚如蛮触相争，滕薛争长亦似南柯一梦。⑤“钩帘”句：杜甫《水阁朝霁奉简严云安》：“钩帘宿鹭起”。又《题桃树》：“帘户每宜通乳燕”。⑥“穴纸”句：王十朋注引《传灯录》：“古灵神赞禅师，其师在窗下看经。蜂子投窗纸求出，师睹之曰：‘世界如许广阔，不肯出，钻他故纸，驴年出得。”赵次公注曰：“古灵见窗上蝇，曰：‘空门不肯出，投窗也太痴，百年钻故纸，未见出头时。’”此句盖化用之。⑦崎岖：犹言坎坷，指处境艰难。王十朋注引林子仁曰：“李太白书云：白嵚崎历落，可笑人也。”⑧小乘：佛教的派别名。信奉《阿含经》等教典，重在自我解脱，以求证阿罗汉果为其止境，通过个人修行，入于涅槃，以免轮回之苦。

其二

铁桥本无柱，石楼岂有门[①]？舞空五色羽[②]，吠云千岁根[③]。松花酿仙酒，木客馈山飧[④]。我醉君且去，陶云吾亦云[⑤]。

【注释】①“铁桥“二句：王十朋注引赵次公曰：“此两句罗浮山事，而以禅语言之。山有铁桥石楼，故云‘本无柱’也。又有二石楼，而延祥寺在南楼之下，相传石楼有门可往，故云‘岂有门’也。”②五色羽：指五色雀。参见本集《题跋·书罗浮五色雀诗》。③千岁根：指枸杞。枸杞千岁，其根如犬之状。《续神仙传》：“朱孺子一日见二花犬，相趋入枸杞丛下，因异之，寻掘得二枸杞，根形状如犬。”④木客：传说为山中怪兽。形颇似人，手脚爪如钩。见《太平御览》卷八八四引邓德明《南康记》。馈山飧：谓送给山中人吃。⑤陶：指陶渊明。

其三

罗浮高万仞，下看扶桑卑[①]。默坐朱明洞[②]，玉池自生肥[③]。从来性坦率，醉语漏天机。相逢莫相问，我不记吾谁。

【注释】①扶桑：灌木名。一名朱槿，也叫佛桑。参见《正月二十六日，偶与数客野步嘉祐僧舍东南野人家，……作诗记之》注④。②朱明洞：洞名，在罗浮山麻姑峰北。③肥：水同源异流曰肥。

其四

幽人白骨观[①]，大士甘露灭[②]。根尘各清净[③]，心境两奇绝。真源未纯熟[④]，习气余陋劣。譬如已放鹰，中夜时掣绁[⑤]。

【注释】①白骨观：佛教言身是幻相，仅见白骨。《楞严经》："优波尼沙陀悟白骨微尘，归于空虚，谓之白骨观。"②甘露灭：也是佛教术语，甘露为涅槃之喻，得涅槃而灭生死，谓之甘露灭。《维摩诘经·佛国品》："始在佛树力降魔，得甘露灭觉道成。"③根尘：即六根六尘。佛教以眼、耳、鼻、舌、身、意为六根，以色、声、香、味、触、法为六尘。清净：佛教术语，谓远离罪恶与烦恼。④未纯熟：《维摩诘经》："久于佛道，心已纯淑。"则未纯熟盖谓参修不够久，领悟不够深。⑤"譬如"二句：王十朋注引赵次公曰："'已放鹰'之义，盖鹰养而未放，则犹未知鞲绁。已曾放之，每夜在博绁，辄有往意矣。绁所以系鹰。"

其五

谁言穷巷士[1]，乃窃造化权。所见皆我有，安居受其全[2]。戏作一篇书，千古发争端。儒墨起相杀[3]，予初本无言。

【注释】①穷巷士：居于陋巷的读书人。②"所见"二句：谓眼前万物，凡我见到的都归我所有，我可以全部安然接受。③"儒墨"句：查慎行注："《庄子·在宥》篇：'今世殊死者相枕也，桁杨者相推也，刑戮者相望也，而儒墨乃始离跂攘臂乎桎梏间。'又《天运》篇：'天下大骇，儒墨皆起。'"

其六

闲居蓄百毒[1]，救彼跛与盲[2]。依山作陶穴[3]，掩此暴骨横[4]。区区效一溉[5]，岂能济含生[6]。力恶不已出[7]，时哉非汝争。

【注释】①百毒：此指百药。②跛：指瘸子。盲：指瞎子。③陶穴：用砖砌成的洞穴，此指墓穴。④暴骨：暴露在外的尸骨。⑤区区：诗人的谦称。一溉：即一溉之功。嵇康《养生论》："夫为稼于汤之世，偏有一溉之功者，虽终归焦烂，必一溉者后枯，然则一溉之益，固不可诬也。"⑥含生：指有生命的。⑦"力恶"句：本《礼记·礼运》："大道之行，力恶其不出于身也，不必为己。"

其七

少壮欲及物①，老闲余此心②。微生山海间③，坐受瘴雾侵④。可怜邓道士⑤，摄衣问呻吟。覆舟却私渡，断桥费千金⑥。

【注释】①欲及物：想有所作为。②此心：指"欲及物"之心。③微生：细小的生命。④坐受：徒受。⑤邓道士：即邓守安。曾造桥，见《两桥》诗叙。⑥"覆舟"二句：是说邓道士冒着覆舟的危险，私自渡江来和我商议修建船桥的千金费用一事。

其八

净名毗耶中①，妙喜恒沙外②。初无来往相，二土同一在③。云何定慧师，尚欠行脚债④。请判维摩凭，一到东坡界⑤。

【注释】①净名：即维摩诘的义译。毗耶：古印度城名，相传维摩诘居住于此。②妙喜：东方佛国名。《维摩诘经》："佛言有国名妙喜，佛号无动，是维摩诘于彼国没而来生此。"③"二土"句：查慎行注引《维摩诘经》："维摩诘现神通力断，取妙喜世界置于此土，妙喜世界虽入此土，而不增减，于是世界亦不迫隘，如本无异。"④行脚债：行游四方的孽债。⑤东坡界：指惠州。

次韵程正辅游碧落洞[1]

空山不难到，绝境未易名。何时谪仙人，来作钧天声[2]。胸中几云梦[3]，余地多恢宏。长庚与北斗[4]，错落缀冠缨。黄公献紫芝[5]，赤松馈青精[6]。溪山久寂寞，请续《离骚经》。抱枝寒蜩咽[7]，绕耳飞蚊清。谪仙抚掌笑，笑此羽皇铭[8]。我顷尝独游，自适孤云情。吾今又继往，雾雨愁青冥。感君兄弟意，寻羊问初平[9]。玉床分箭镞[10]，不忍独长生。诗成辄寄我，妙绝陶、谢并[11]。孤鸿方避弋，老骥犹在坰[12]。鸟兽如可群，永寄槁木形。何山不堪隐，饮水自修龄[13]。

【注释】①王文诰谓此诗作于绍圣二年（1095）六月。碧落洞：在今广东英德县西南三十余里碧落岩下。②钧天声：天上的音乐。③云梦：即云梦泽，在今湖南、湖北一带。④长庚：即金星。⑤黄公：即夏黄公，商山四皓之一。秦末，他曾与甪里先生、绮里季、东园公三人隐居于商山，作《紫芝歌》。⑥赤松：即赤松子，传说中的上古仙人。青精：即青精饭。采南烛枝叶，以其汁浸米，蒸饭曝干，色碧青。道家谓久服可延寿益颜。⑦寒蜩：寒蝉。⑧羽皇铭：唐周夔，字羽皇，曾游碧落洞，作《到难》篇，后人刻之于石，故称羽皇铭。⑨初平：即皇初平。《太平广记》卷七引《神仙传》曰："皇初平，丹溪人也。年十五，家使牧羊。有道士将至金华山石室中。其兄初起，行山寻索初平，历年不得。后至金华山，与初平相见。语毕，问初平羊何在，初平曰：'羊在山东'，俱往看之，不见。初平叱曰：'羊起。'于是白石皆变为羊数万头。"⑩箭镞：即丹镞，指朱砂。见《追饯正辅表兄至博罗，赋诗为别》注⑫。⑪陶谢：陶渊明和谢灵运。⑫在坰：言其闲散也。《诗·鲁颂·駉》："駉駉牡马，在坰之野。"⑬修龄：延年益寿，长寿。

江涨用过韵[1]

草木生故墟，牛羊满空渎。春江围草市，夜浪浮竹屋。已连涨海白[2]，尚带霍山绿[3]。坎离更休王[4]，鱼鳖横陵陆[5]。得非昆仑囚，欲报陆浑衄[6]。行看北风竞[7]，来救南国蹙[8]。长驱连山烧，一扫含沙毒[9]。孤吟愍造化，何时停倚伏[10]。当怜水旱甿，不作舟车蓄[11]。江流倘席卷，社酒期茅缩[12]。

【注释】①此诗是绍圣二年（1095）春，惠州西江涨水时，苏轼依苏过诗韵而写。②涨海：即大涨海，南海的别称。《旧唐书·地理志》："海丰县南五十里，即涨海，渺漫无际。"③霍山：在今广东龙川县，是东江的发源地。《游名山记》云："秦时有霍龙者，龙川人，避乱隐此，遇真人授以金液还生丹，功成仙去。后人因以霍名山。"④坎离：本《易》二卦名，《说卦》云："坎为水，离为火。"此指水火。休王：《汉书音义》："五行有王相死囚休废，即五行相胜之意也。"⑤陵陆：陵指土山，陆指陆地。陵陆即山陵与平地。⑥陆浑：县名，在今河南嵩县东北。唐皇甫湜曾为陆浑令，有《山火》诗，韩愈和之，其诗盛陈山火之炽势，以为火官用事，而水官告之于天帝，帝谓之曰："此盖时行使然，汝于申酉之月，然后可聘。"乃溺火山之邑，已而囚火官于昆仑，以报怨也。衄：挫折，失败。⑦北风：北方的曲调。竞，强。《左传·襄公十八年》："晋人闻有楚师。师旷曰：'不害。吾骤歌北风，又歌南风，南风不竞。'"⑧南国蹙：楚国局促。《左传·成公十六年》："南国蹙，射其元，王中厥目。"⑨含沙：据《山海经》说，有一种叫蜮又名射工、射影的毒虫，居于水中，听到人声，以气为矢，因激水，或喷沙射人，人被射中皮肤即发疮，人的影子被射中也会害病。⑩倚伏：指祸福互相依存、影响。《老子》："祸兮福之所倚，福兮祸之所伏。"⑪"当怜"二句：王十朋注引《史记》曰："旱则资车，水则资舟，物之理也。"甿：农民，田夫。⑫社酒：社祭用的酒。茅缩：以茅缩酒。茅：菁茅。缩：同"湑（xǔ）"，滤去酒糟。

和陶《读〈山海经〉》 并引[1]

渊明《读〈山海经〉十三首》，其七皆仙语，余读《抱朴子》有所感[2]，用其韵赋之。

其一

今日天始霜，众木敛以疏。幽人掩关卧[3]，明景翻空庐[4]。开心无良友，寓眼得奇书[5]。建德有遗民，道远我无车。无粮食自足，岂谓谷与蔬[6]。愧此稚川翁[7]，千载与我俱。画我与渊明，可作三士图。学道虽恨晚，赋诗岂不如。

【注释】①此十三首是苏轼于绍圣二年秋，因读《抱朴子》有感，遂用陶渊明《读〈山海经〉》十三首》诗韵而写成。②《抱朴子》：晋葛洪撰。洪自号抱朴子，因名其书。《抱朴子》分内外两篇。内篇论神仙、炼丹、符箓等事，为道家言，共二十卷。外篇论时政得失、人事臧否，共五十卷。③掩关：关闭，关门。④明景：明亮的日光。⑤奇书：指《抱朴子》。⑥“建德”四句：本《庄子·山木》篇：“市南宜僚见鲁侯，鲁侯有忧色。市南子曰：‘……南越有邑焉，名为建德之国。其民愚而朴，少私而寡欲，知作而不知藏，与而不求其报。不知义之所适，不知礼之所将；猖狂妄行，乃蹈乎大方；其生可乐，其死可葬。吾愿君去国捐俗，与道相辅而行。’君曰：‘彼其道远而险，又有江山，我无舟车，奈何？’市南子曰：‘君无形倨，无留居，以为君车。’君曰：‘彼其道幽远而无人，吾谁与为邻？吾无粮，我无食，安得而至焉？’市南子曰：‘少君之费，寡君之欲，虽无粮而乃足。’”⑦稚川翁：即葛洪。洪字稚川。

其二

稚川虽独善[①]，爱物均孔、颜[②]。欲使蟪蛄流，知有龟鹤年[③]。辛勤破封蛰，苦语剧移山[④]。博哉无穷利，千载食此言[⑤]。

【注释】①独善：即独善其身。②孔、颜：孔子和颜渊。③蟪蛄：即寒蝉，春生夏死或夏生秋死。《庄子·逍遥游》："蟪蛄不知春秋。"龟鹤，古人认为二者均为长寿之物。按此二句本《抱朴子·论仙》篇："问者大笑曰：'古人学不求仙，言不语怪，杜彼异端，守此自然，推龟鹤为别类，以死生为朝暮也……而吾子乃欲延蟪蛄之寿，令有历纪之寿，养朝菌之荣，使累晦朔之积，不亦谬乎？'"④封蛰：封闭。剧：疾。此二句说的是愚公移山事。意思是河曲智叟苦口婆心劝愚公不要固执，但愚公还是不辞劳苦，要去削平太行、王屋二山。详见《列子·汤问》。⑤"博哉"句：本《左传·昭公三年》："君子曰：'仁人之言，其利博哉！'"食此言，即食其利。

其三

渊明虽中寿[①]，雅志仍丹丘[②]。远矣无怀民[③]，超然邈无俦。奇文出纩息[④]，岂复生死流。我欲作九原[⑤]，异世为三游[⑥]。

【注释】①中寿：次于上寿为中寿，说法不一。《左传·僖公三十二年》疏："中寿百。"《庄子·盗跖》以中寿为八十。《淮南子·原道》以中寿为七十。《抱朴子·至理》以中寿为六十。此处"中寿"指六十。《晋书·陶潜传》谓渊明卒时年六十三。②丹丘：神话中神仙所居之地，昼夜长明。《楚辞·远游》："仍羽人之丹丘兮，留不死之旧乡。"③无怀民：陶渊明《五柳先生传》："酣觞赋诗，以乐其志。无怀氏之民欤？葛天氏之民欤？"无怀氏、葛天氏，都是传说中的上古帝王名。④奇文：指陶渊明的《自祭文》。纩息：弥留之际。纩：丝绵絮。古时，人们往往在人将咽气时，用丝棉絮试测其有无气息，故以纩息指言弥留之际。⑤九原：山名，在今山西新绛县北。

这里在春秋时，为晋卿大夫的墓地，后世因称墓地为九原。⑥三游：三人共游。此指苏轼与陶渊明、葛洪三人志趣相投。

其四

子政洵奇逸[①]，妙算穷阴阳。淮南枕中诀[②]，养炼岁月长。岂伊臭浊中，争此顷刻光。安知青藜火[③]，丈人非中黄[④]。

【注释】①子政：刘向字。《汉书》有传。洵：确实。②"淮南"句：淮南：指淮南王刘安。《抱朴子·论仙》篇："作金皆在神仙集中，淮南王抄出，以作《鸿宝枕中书》，虽有其文，然皆秘其要。"③"安知"句：王嘉《拾遗记》："刘向正月十五夜，受书天禄阁。有老人著黄衣，植青藜杖，见向暗中诵书。老人吹杖端，烟然，因以照坐，与向说开辟以来，授以《五行》《洪范》之文。"为此句所出。④中黄：即中黄子，传说中的上古真人。《抱朴子·地真》篇："黄帝西见中黄子，受九加之方。"

其五

乱离弃弱女，破家割恩怜。宁知效龟息[①]，三岁号穷山[②]。长生定可学，当信仲弓言[③]。支床竟不死[④]，抱一无穷年[⑤]。

【注释】①龟息：道家语。谓呼吸调息如龟，不饮不食而能长生。《抱朴子·对俗》："《仙经》象龟之息，岂不有以乎？"②穷山：犹荒山。③仲弓：即陈仲弓。《抱朴子·对俗》："故太丘长颍川陈仲弓，笃论士也。撰《异闻记》云：'其郡人张广定者，遭乱常避地，有一女年四岁，不能步涉，又不可担负，计弃之固当饿死，不欲令其骸骨之露。村口有古大冢，上巅先穿穴，乃以器盛缒之，下此女于冢中，以数月许干饭及水浆与之，而舍去。候世平定，其间三年，广定乃得还乡里。欲收冢中所弃女骨，更殡埋之。广定往视，女故坐冢中，见其父母犹识之，甚喜。而父母犹初恐其鬼也，入就之，乃知其不死。问之从何得食，女言：‘粮初尽时，甚饥，见冢角有一物，伸颈吞气，试效之，转不复饥。日月为之，以至于今。父母去时所留衣被，自在冢中，不行往来，衣服不败，故不寒冻。’广定乃索女所言物，乃是一大龟耳。”④“支床”句：《抱朴子·对俗》：“《史记·龟策传》云：江淮间居人为儿时，以龟枝床，至后老死，家人移床而龟故生。”⑤抱一：道家谓道生于一，故称精思固守为抱一。

其六

二山在咫尺①，灵药非草木。玄芝生太元，黄精出长谷②。仙都浩如海，岂不供一浴③？何当从山火，束缊分寸烛④。

【注释】①二山：即下文所说的太元山和长谷山。②玄芝：一种仙草。黄精：草名。道家认为其得坤土之精粹，故名黄精。据说久服玄芝、黄精可轻身延年。太元、长谷：《抱朴子·微旨》：“夫太元之山，难知易求，不天不地，不沉不浮，玄芝万株，绛树时生，此一山也。长谷之山，杳杳巍巍，玄气飘飘，玉液霏霏，有道之士，登之不衰，采服黄精，以致天飞，此二山也。”③“仙都”二句：查慎行注引《仙家沐浴心经》：“沐浴内净者，虚心无垢；外净者，身垢尽除，存念真一，离诸色染。”④束缊：《汉书·蒯通传》记有寓言：齐母束缊成引火物，向邻家求乞火事。这里“束缊”即束缊乞火。缊：麻絮。分寸烛：借用邻烛分光之意。

其七

蜀士李八百①，穴居吴山阴②。默坐但形语③，从者纷如林④。其后有李宽，鸡鹄非同音⑤。口耳固多伪，识真要在心⑥。

【注释】①李八百：查慎行注引《神仙传》：“李八百，蜀人也。历世见之，时人计其年八百，因以为号。”②吴山：在今江苏吴县西南尧峰山东。

③形语：苏轼《怪石供》："海外有形语之国，口不能言，相喻以形，其以形语也。"④如林：言其多。⑤"鸡鹄"句：本《庄子·庚桑楚》："奔蜂不能化藿蠋，越鸡不能伏鹄卵，其德非不同也，其才固有巨小也。"⑥"口耳"二句：施元之注引《抱朴子》："吴大帝时，蜀人有李阿者，穴居不食，传世见之，号为八百岁。后有一人，姓李名宽，到吴而蜀语，能祝水治病，颇愈。于是远近翕然，谓宽为李阿，因共呼为李八百，而实非也。"

其八

黄花冒甘谷，灵根固深长[①]。廖井窖丹砂，红泉涌寻常[②]。二女戏口鼻，松膏以为粮[③]。闻此不能寐，起坐夜未央。

【注释】①黄花：菊花。甘谷：地名，在今河南内乡县东北。《抱朴子·仙药篇》："南阳郦县山中有甘谷水。谷水所以甘者，谷上左右，皆生甘菊，菊花堕其中，历世弥久，故水味为变。其临此谷中居民，皆不穿井，悉食甘谷水，食者无不老寿，得此菊力也。"②"廖井"二句：丹砂：朱砂。《抱朴子·仙药》："余亡祖鸿胪少卿曾为临沅令，云：'此县有廖氏家，世世寿考，或出百岁，或八九十。后徙去，子孙转多夭折。他人居其故宅，复如旧，后累世寿考。由此乃觉是宅之所为，而不知其何故。疑其井水殊赤，乃试掘井左右，得古人埋丹砂数十斛，去井数尺。此丹砂汁，因泉渐入井，是以饮其水而得寿。"③"二女"二句：《抱朴子·仙药》载，上党有赵瞿者，病癞历年，众治不愈。垂死。有仙人以一囊药物赐之曰："此是松脂耳，汝炼服之，可以长生不死。"瞿遂长服，年百七十，夜见面上有彩女二人，长二三寸，游戏口鼻之间，如是且一年。此女渐长大，出在其侧，又尝闻琴瑟之音，欣然独笑。在人间三百许年，色如少童，入抱犊山去。

其九

谈道鄙俗儒[①]，远自太史走[②]。仲尼实不死[③]，于圣亦何负。紫文出吴宫，丹雀本无有[④]。辽哉广桑君[⑤]，独显三季后。

【注释】①谈道：谈论大道。俗儒：浅陋迂腐的儒生。②太史走：指司马迁。司马迁在《报任少卿书》中称“太史公牛马走司马迁”，故云。③实不死：指飞升成仙。《抱朴子·辨问》：“必有若所云者，吾可以言周孔皆已升仙。”参见下注。④“紫文”二句：《抱朴子·辨问》：“吴王伐石以治宫室，而于合石之中，得紫文金简之书，不能读之。使使者持以问仲尼，而欺仲尼曰：‘吴王闲居，有赤雀衔书以置殿上，不知其义，故遂谘呈。’仲尼视之，曰：‘此乃灵宝之方，长生之法，禹之所服，隐在水邦，年齐天地，朝于紫庭者也。禹将仙化，封之名山石函之中，今乃赤雀衔之，殆天授也。’以此论之，是夏禹不死也。而仲尼又知之，安知仲尼不皆密修其道乎？”⑤广桑君：指孔子。道家传言孔子死后成了东海广桑山的真君。见《太平广记》卷十九引《神仙感遇传》。

其十

金丹不可成[①]，安期渺云海[②]。谁谓黄门妻[③]，至道乃近在。尸解竟不传[④]，化去空余悔。丹成亦安用，御气本无待[⑤]。

【注释】①金丹：古代方士炼金石为药，谓服之可以长生，是谓金丹。②安期：即安期生，先秦时方士。《史记·封禅书》记汉武帝以方士李少君言，遣使入海求蓬莱仙人安期生之属。后代传说颇多，为道家仙人名。③黄门妻：汉黄门郎程伟妻。④“尸解”句：尸解：道家认为修道者死后，留下形骸，魂魄散去成仙，称为尸解。《抱朴子·黄白》篇载，汉黄门郎程伟，好黄白术，娶妻得方家女。其妻能煎水银成银，伟欲从受之，妻谓其骨相不应得方，逼之不已。妻乃发狂而卒。⑤无待：不用任何凭借。《庄子·逍遥游》:“若夫乘天地之正,而御六气之辩,以游无穷者,彼且恶乎待哉?”

其十一

郑君故多方,元翁所亲指①。奇文二百篇,了未出生死②。素书在黄石③,岂敢辞跪履④。万法等成坏,金丹差可恃⑤。

【注释】①郑君:即郑隐。元翁:即葛玄,葛洪从祖。《晋书·葛洪传》载,洪从祖玄,“吴时学道得仙,以其炼丹秘术授弟子郑隐。洪就隐学,悉得其法焉。”②“奇文”二句:施元之注引《抱朴子》:“余晚充郑君门人,请见方书,先以道家训教戒,书近百卷,稍稍示余。余颇以其中疑事谘问之,郑君言:‘君才可教也,今当以佳书相示。’久之,渐得见短书,缣素所写者。积年之中,合集所见,二百许卷。”③《素书》:兵书名,旧题黄石公撰。黄石:即黄石公。④跪履:相传张良曾向黄石公进履,黄石公授之以《素书》。见《汉书·张良传》。查慎行注:“《抱朴子·至理》篇引孔安国《秘记》曰:‘张良得黄石公不死之法,不但兵法而已。’如安国之言,则良为得仙也。”⑤“万法”二句:施元之注引《抱朴子》:“《杂道书》卷卷有佳事,但当校其精粗,择所施行,若金丹一成,此辈一切不用也。”

其十二

古强本庸妄①,蔡诞亦夸士②。曼都斥仙人,谒帝轻举止③。学道未有得,自欺谁不尔。稚川亦隘人④,疏录此庸子。

【注释】①“古强”句:《抱朴子·祛惑》篇:“昔有古强者,服草木之方,又颇行容成玄素之法,年八十许,尚聪明不大羸老,时人便谓之为仙人。……而强曾略涉书记,颇识古事,自言已四千岁,敢为虚言,言之不怍。”②“蔡诞”句:《抱朴子·祛惑》篇:“五原有蔡诞者,好道而不得佳师,废弃家事,……因走之异界深山中,又不晓采掘诸草木药以辟谷者,但行卖薪以易衣食。如是三年，饥冻辛苦，人或识之，而诡不知也。久不堪而还家，黑瘦而骨立，不似人。其家问之，从何处来，竟不得邪。因欺家云，吾未能升天，但为地仙也。”③“曼都”二句：《抱朴子·祛惑》篇：“河东蒲坂有项曼都者，与一子入山学仙，十年而归家。家人问其故，曼都曰：‘在山中三年精思，有仙人来迎我，共乘龙而升天。及到天上，先过紫府，金床玉几，晃晃昱昱，真贵处也。仙人但以流霞一杯与我，饮之辄不饥渴。忽然思家，到天帝前，谒拜失仪，见斥来还。……’河东人因号曼都为斥仙人。”④隘人：见识浅陋之人。

其十三

东坡信畸人[①]，涉世真散材[②]。仇池有归路[③]，罗浮岂徒来？践蛇及茹蛊，心空了无猜[④]。携手葛与陶，归哉复归哉！

【注释】①畸人：奇特之人。《庄子·大宗师》：“畸人者，畸于人而侔于天。”②散材：散仙之材。③苏轼自注：“在颍州，梦至一官居，顾视堂上，榜曰仇池。觉而念之，仇池，武都氐故地，杨难当所保，余何为而居之？明日以问客，客有赵令畤者，曰：‘此乃福地小有洞天之附庸也。’杜子美盖云：‘万古仇池穴，潜通小有天。’”④“践蛇”二句：韩愈《忆昨行和张十一》：“践蛇茹蛊不择死，忽有飞诏从天来。伾文未揃崖州炽，虽得赦宥恒愁猜。”为此二句所化用。

和陶贫士七首 并引[①]

余迁惠州一年，衣食渐窘。重九伊迩，樽俎萧然。乃和渊明《贫士》七篇，以寄许下、高安、宜兴诸子侄[②]，并令过同作。

其一

长庚与残月，耿耿如相依。以我旦暮心，惜此须臾晖。青天无今古，谁知织鸟飞[3]。我欲作九原[4]，独与渊明归。俗子不自悼，顾忧斯人饥。堂堂谁有此[5]，千驷良可悲。

【注释】①此七首盖作于绍圣二年（1095）九月初。②“以寄”句：当时，苏辙之子苏迟、苏适在许州，苏远从子由在高安，苏轼之子苏迈、苏迨在宜兴。③织鸟：指太阳，言其往来如梭穿织。④九原：指墓地。见《和陶〈读山海经〉》其三注⑤。⑤“堂堂”句：《史记·齐世家》：“景公三十二年，彗星见。景公坐柏寝，叹曰：‘堂堂，谁有此乎？’”

其二

夷齐耻周粟，高歌诵虞轩[1]。产禄彼何人，能致绮与园[2]。古来避世士，死灰或余烟。末路益可羞，朱墨手自研[3]。渊明初亦仕，弦歌本诚言。不乐乃径归，视世羞独贤。

【注释】①夷齐：伯夷和叔齐。虞轩：虞舜和轩辕黄帝。《史记·伯夷列传》载，周武王灭纣后，“天下宗周，而伯夷、叔齐耻之，义不食周粟，隐于首阳山，采薇而食之。及饿且死，作歌，其辞曰：‘神农虞夏忽焉没兮，我安适归矣，吁嗟徂兮，命之衰矣。’”②产禄：吕产和吕禄。绮、园：即绮里季和东园公，代指商山四皓。《汉书·张良传》载，吕后曾令吕泽卑辞厚礼，迎此四人。吕泽，吕产之父。③朱墨：用朱砂制成的墨锭。

其三

谁谓渊明贫，尚有一素琴[1]。心闲手自适，寄此无穷音。佳辰爱重九，芳菊起自寻。疏巾叹虚漉[2]，尘爵笑空斟。忽饷二万钱，颜生良足钦。急送酒家保，勿违故人心[3]。

【注释】①素琴：不加装饰的琴。《晋书·陶潜传》："性不解音，而畜素琴一张。"②疏巾：指葛巾。虚虑：言无酒。滤：过滤酒糟。③"急送"二句：《南史·陶潜传》："颜延之在浔阳，与潜情款，后为始安郡，临去，留二万钱与潜，潜悉送酒家，稍就取酒。尝九月九日无酒，出宅边菊丛中，坐久之，逢王弘送酒至，即便就酌。逢其酒熟，取头上葛巾滤酒毕，还复著之。"

其四

人皆有耳目，夫子旷与娄[1]。弱毫写万象[2]，水镜无停酬[3]。闲居惜重九，感此岁月周。端如孔北海，只有樽空忧[4]。二子不并世[5]，高风两无俦。我后五百年，清梦未易求。

【注释】①旷：指师旷。春秋时晋国乐师，字子野。他生而目瞎，善辨声乐。娄：指离娄，古之明目者，也称离朱。相传他能视百步之外，见秋毫之末。②弱翰：毛笔。《古文苑》卷十扬雄《答刘歆书》："雄常把三寸弱翰，赍四尺油素，以问其异。"③水镜：指司马徽，字德操，汉末人。《三国志·蜀志·庞统传》注引《襄阳记》曰："庞德公语先主曰：'司马德操，人之水镜也。'"④"端如"二句：孔北海：指孔融，曾为北海太守，故称。《后汉书·孔融传》："性宽容少忌，好士，喜诱益后进。及退闲职，宾客日盈其门，常叹曰：'坐上客恒满，尊中酒不空，吾无忧矣。'"⑤二子：指陶渊明和孔融。

其五

芙蓉杂金菊，枝叶长阑干。遥怜退朝人，糕酒出大官[1]。岂知江海上，落英亦可餐[2]。典衣作重阳，徂岁惨将寒。无衣粟我肤[3]，无酒颦我颜[4]。贫居真可叹，二事长相关[5]。

【注释】①糕酒：花糕法酒。宋时，每至九月九日，朝廷以花糕法酒赐近臣。②“落英”句：《楚辞·离骚》：“夕餐秋菊之落英。”王文诰注引纪昀曰：“此句是以餐花为苦况，非以餐花为高致，观下六句可知。”③粟：疑当作“栗”字。④颦：皱眉。表示忧戚。⑤二事：指衣和酒二事。

其六

老詹亦白发[1]，相对垂霜蓬[2]。赋诗殊有味，涉世非所工。杖藜山谷间，状类渤海龚[3]。半道要我饮，意与王弘同[4]。有酒我自至，不须遣庞通[5]。门生与儿子，杖履聊相从[6]。

【注释】①老詹：指詹范。苏轼自注：“惠州太守詹范，字器之。”②霜蓬：指白发。李白《怨歌行》：“绿鬓成霜蓬。”③渤海龚：指龚遂，西汉山阳郡南平阳县人，字少卿。宣帝时，为渤海太守，时值饥荒，遂单车至郡，开仓济贫，劝民农桑，境内大治。④王弘：陶渊明同时人，曾任江州刺史。⑤庞通：陶渊明的朋友。⑥“门生”二句：《南史·陶潜传》：“江州刺史王弘欲识之，不能致也。潜尝往庐山，弘令潜故人庞通之赍酒具于半道栗里要之。潜有脚疾，使一门生二儿举篮舆，及至，欣然便相共饮酌，俄顷弘至，亦无忤也。”

其七

我家六儿子，流落三四州[1]。辛苦见不识，今与农圃俦。买田带修竹，筑室依清流。未能遗一力，分汝薪水忧[2]。坐念北归日，此劳未易酬。我独遗以安，鹿门有前修[3]。

【注释】①“我家”二句：六儿子：指苏轼之子苏迈、苏迨、苏过及苏辙之子苏迟、苏适和苏远。时苏迈、苏迨在宜兴，苏过从轼在惠州，苏迟、苏适在许州，苏远从辙在高安，故曰“流落三四州”。②“未能”二句：《南史·陶潜传》：“渊明为彭泽令，不以家累自随，送一力给其子，书曰：‘汝旦夕之费，自给为难，今遣此力，助汝薪水之劳。此亦人子也。可善遇之。’”此二句言自己未能像陶渊明一样，遣一仆夫为儿子分劳。③鹿门：即鹿门山，在今湖北襄阳市东南三十里。汉末庞德公入鹿门山采药不返，唐孟浩然亦隐居于此。

卷八　五言古诗

江月五首 并引[1]

岭南气候不常。吾尝曰：菊花开时乃重阳，凉天佳月即中秋。不须以日月为断也。今岁九月，残暑方退，既望之后，月出愈迟。予尝夜起登合江楼[2]，或与客游丰湖[3]，入栖禅寺，叩罗浮道院[4]，登逍遥堂[5]，逮晓乃归。杜子美云："四更山吐月，残夜水明楼。"此殆古今绝唱也。因其句作五首，仍以"残夜水明楼"为韵。

其一

一更山吐月，玉塔卧微澜[6]。正似西湖上，涌金门外看。冰轮横海阔[7]，香雾入楼寒。停鞭且莫上[8]，照我一杯残。

【注释】①此五首作于绍圣二年（1095）九月。②合江楼：查慎行注引《名胜志》曰："惠州城西，有石埭山，流泉溅沫若飞帘，其水泻入丰湖，即西湖也。宋知州陈蹿创筑亭馆，以增胜概。"合江楼盖即陈蹿所筑楼馆。③丰湖：林俛《丰湖集序》："湖之润溉田数百顷，苇藕蒲鱼之利岁数万，民之取于湖者，其施已丰，故曰丰湖。"④栖禅寺、罗浮道院：并在丰湖上。⑤逍遥堂：在丰湖芳华洲上。⑥玉塔：即大圣塔，在丰湖栖禅寺东南。⑦冰轮：指月亮。⑧停鞭：王十朋注引赵次公曰："停鞭，以言月御也。"意谓月亮的御者请放下鞭子，莫催月疾上。

其二

二更山吐月，幽人方独夜。可怜人与月，夜夜江楼下。风枝久未停，露草不可藉[1]。归来掩关卧[2]，唧唧虫夜话[3]。

【注释】①藉：动词，铺垫坐卧。②掩关：掩门插栓。③唧唧：虫鸣声。

其三

三更山吐月，栖鸟亦惊起。起寻梦中游，清绝正如此。驱云扫众宿[①]，俯仰迷空水。幸可饮我牛，不须违洗耳[②]。

【注释】①众宿：众星。②洗耳：王十朋注引《逸士传》："尧让天下于许由，许由逃之，巢父闻之洗其耳，樊仲父牵牛饮之，见巢父洗耳，乃驱牛而还，耻令牛饮其下流也。"一说见《高士传·许由》："尧让天下于许由……由不欲闻之，洗其耳于颍水滨时，其友巢父牵犊欲饮之，见由洗耳……巢父曰：'子若处高岸深谷，人道不通，谁能见子，子故浮游欲闻求其名誉，污吾犊口！'牵犊上流饮之。"

其四

四更山吐月，皎皎为谁明。幽人赴我约，坐待玉绳横[①]。野桥多断板，山寺有微行[②]。今夕定何夕，梦中游化城。

【注释】①玉绳：星名。《文选》张衡《西京赋》注："《春秋元命苞》曰：'玉衡北两星为玉绳。'"玉衡指北斗第五星。②微行：小路。

其五

五更山吐月，窗迥室幽幽[①]。玉钩还挂户[②]，江练却明楼[③]。星河澹欲晓[④]，鼓角冷知秋。不眠翻五咏，清切变蛮讴[⑤]。

【注释】①“窗迥”句：本韩愈诗：“虫鸣室幽幽，月吐窗冏冏。”迥：义同“冏”“炯”。②玉钩：弯月。③江练：江水，言其在月光照耀下，有如白练。④星河：指银河。澹：移动，流动。⑤清切：形容声音清彻。

闻正辅表兄将至，以诗迎之①

生逢尧舜仁，得作岭海游。虽怀跫然喜②，岂免跕堕忧③。暮雨侵重膇④，晓烟腾郁攸⑤。朝盘见蜜唧⑥，夜枕闻鸺鹠⑦。几欲烹郁屈⑧，固尝馔钩辀⑨。舌音渐獠变，面汗尝骍羞⑩。赖我存黄庭⑪，有时仍丹丘⑫。目听不任耳⑬，踵息殆废喉⑭。稍欣素月夜，遂度黄茅秋⑮。我兄清庙器⑯，持节瘴海头。萧然三家步⑰，横此万斛舟⑱。人言得汉吏，天遣活楚囚⑲。惠然再过我，乐哉十日留⑳。但恨参语贤㉑，忽潜九原幽。万里倘同归，两鳏当对耰㉒。强歌非真达，何必师庄周㉓。

【注释】①绍圣二年（1095）九月，苏轼听闻程正辅欲至惠州视察灾害，遂作此诗。②跫（qióng）然喜：跫然而喜。跫然：脚步声；喜貌。《庄子·徐无鬼》：“夫逃虚空者，藜藋柱乎鼪鼬之迳，踉位其空，闻人足音跫然而喜矣。又况乎昆弟亲戚之謦欬其侧者乎？”③跕（dié）：堕，坠落。《后汉书·马援传》：“下潦上雾，毒气熏蒸，仰视飞鸢跕跕堕水中。”因担心程正辅途中不安全，故言“岂免跕堕忧。”④重膇（zhuì）：足肿病。《左传·成公六年》：“民愁则垫隘，于是乎有沈溺重膇之疾。”注：“沈溺，湿病；重膇，足肿。”⑤郁攸：火气。《左传·哀公三年》：“济濡帷幕，郁攸从之。”⑥蜜唧：古时岭南人取初生鼠，饲之以蜜，宴时钉于席上，以筋挟取啖之，唧唧作声，故曰蜜唧。见唐张鷟《朝野佥载》。⑦鸺鹠：猫头鹰。⑧郁屈：指蛇。韩愈《初南食贻元十八协律》：“惟蛇旧所识，实惮口眼狞。开笼听其去，郁屈尚不平。”⑨钩辀（zhōu）：指鹧鸪。古人状其叫声为“格磔钩辀”。⑩“舌音”二句：言自己口音逐渐变成了蛮音，为此曾面汗耳赤，感到羞愧。獠：獠人，当时惠州的一种土著居民。⑪黄庭：道家以人之脑中、心中、脾中，或自然界之天中、人中、地中为黄庭。《云笈七签》卷十一《上清黄庭内景经·释题》：“黄者中央之色也，庭者四方之中也。外指事即天中、人中、地中；内指事即脑中、心中、脾中，故曰黄庭。”⑫仍丹丘：《楚辞·远游》：“仍羽人于丹丘兮，留不死之旧乡。”注云：“因就众仙于明光也。丹丘，昼夜常明也。”⑬“目听”句：典出《列子·仲尼》篇：“老聃之弟子有亢仓子者，得聃之道，能以耳视而目听。鲁侯闻之，使上卿厚而致之，卑词请问。亢仓子曰：‘传者之妄。我能视听不用耳目，不能易耳目之用。’”⑭“踵息”句：言恐怕呼息也不用喉咙了。踵：继。⑮黄茅秋：黄茅瘴气大作的秋天。查慎行注引《南方草木状》：“芒茅枯时，瘴疫大作，交、广皆尔也。土人呼曰黄茅瘴，又曰黄芒瘴。”⑯清庙器：宗庙的祭器，比喻可以担负国家重任的人。⑰三家步：王十朋注引赵次公曰：“广南谓江之浒，凡舟可縻而上下者曰步。出柳子厚《永州铁炉步志》。三家步，言其小也。”⑱万斛舟：可盛万斛之舟。⑲汉吏：指程正辅。楚囚：苏轼自称。⑳“惠然”二句：王文诰注：“此诗乃正辅再至往迎之作，故云‘惠然再过我’也。‘十日’乃追叙前至之十日，谓此时再至，仍当留十日也。’”㉑参语：《汉书·杨敞传》：“霍光遣田延年报敞以废昌邑王事，敞汗流浃背，不知所言。其夫人从东厢出，与敞及延年参语许诺。”注：“三人共言，故云参语也。”㉒苏轼自注：“轼丧妇已三年矣。正辅近亦有亡嫂之戚，故云。”㉓“强歌”二句：《庄子·至乐》：“庄子妻亡，惠子吊之，庄子方箕踞鼓盆而歌。”在苏轼看来，庄子的行为并非真正旷达，故云：“何必师庄周”。

和陶《己酉岁九月九日》 并引[①]

十月初吉[②]，菊始开，乃与客作重九，因次韵渊明《己酉岁九月九日》一首。胡广饮菊潭而寿[③]。然《李固传·赞》云：其视胡广，犹粪土也。[④]

今日我重九，谁谓秋冬交。黄花与我期，草中实后凋。香余白露干，色映青松高。怅望南阳野，古潭霏庆霄[⑤]。伯始真粪土，平生夏畦劳[6]。饮此亦何益，内热中自焦[7]。持我万家春[8]，一酹五柳陶[9]。夕英幸可掇，继此木兰朝[10]。

【注释】①此首作于绍圣二年(1095)十月。②初吉：农历每月初一至初七、八。古代分一月之日为四分，自朔至上弦为初吉，自上弦至望为既生霸，自望至下弦为既望，自下弦至晦为既死霸。③胡广：字伯始，东汉南郡华容人。《后汉书·胡广传》注引盛弘之《荆州记》："菊水出穰县。芳菊被涯，水极甘香。谷中皆饮此水，上寿百二十，七八十者犹以为夭。太尉胡广所患风疾，休沐南归，恒饮此水，后疾遂瘳，年八十二薨。"④李固：字子坚，东汉汉中南郑人。他在临终时，曾致信胡广、赵戒曰："何图一朝梁氏迷谬，公等曲从，以吉为凶，成事为败乎？汉家衰微，从此始矣。公等受主厚禄，颠而不扶，倾覆大事，后之良史，岂有所私？"云云。详见《后汉书·李固传》。⑤古潭：即菊潭，在今河南内乡县。霏：弥漫。庆霄：庆云，即五色祥云。⑥夏畦：夏天在田地里劳作的人。《孟子·滕文公下》："胁肩谄笑，病于夏畦。"⑦"内热"句：《左传·昭公元年》："女阳物而晦时，淫则生内热惑蛊之疾。"内热：病名。⑧万家春：酒名。施元之注："谓岭南万户酒。"⑨五柳陶：指陶渊明。他曾作《五柳先生传》，因以自况，故称。⑩"夕英"二句：本《楚辞·离骚》："朝饮木兰之坠露兮，夕餐秋菊之落英。"

正辅既见和，复次前韵，慰鼓盆，劝学佛[1]

稚川真长生，少从郑公游[2]。孝章偶不死，免为文举忧[3]。余龄会有适，独往岂相攸[4]。由来警露鹤[5]，不羡撮蚤鹠[6]。愿加视后鞭，同驾躅空辀[7]。宁餐堕齿堇[8]，勿忆齐眉羞[9]。何时遂纵壑[10]，归路同首丘[11]。东冈松柏老，西岭橘柚秋。著意寻弥明，长颈高结喉[12]。无心逐定远，燕颔飞虎头[13]。君方卒功名，一泛范蠡舟[14]。我亦沾霈渥，渐解钟仪囚[15]。宁须张子房，万户自择留[16]。犹胜嵇叔夜[17]，孤愤甘长幽。南窗可寄傲[18]，北山早归耰[19]。此语君勿疑，老彭跨商周[20]。

【注释】①此诗作于绍圣二年(1095)十月。次前韵:即次《闻正辅表兄将至,以诗迎之》韵。鼓盆:语出《庄子》,谓丧妻之忧。②稚川:葛洪字。郑公:即郑隐,洪曾师事之。参见本集《和陶读〈山海经〉》其十一注①。③孝章:盛宪字。文举:孔融字。《吴志·孙韶传》注引虞预《会稽典录》:“孙策平定吴会,诛其英豪。宪素有高名,策深忌之。初,宪与少府孔融善,融忧其不免祸,乃与曹公书……由是征为骑都尉。制命未至,果为权所害。”按,稚川、孝章为自喻,郑公、文举比正辅。④“余龄”二句:王十朋注引赵次公曰:“《诗·韩奕》篇:‘为韩姞相攸,莫如韩乐。’笺云:‘相,视;攸,所也。’今先生则言以兴有所适而独往矣,岂更相视其处所也。”⑤“由来”句:王十朋注引周处《风土记》:“白鹤性警。至八月白露降,流于草叶上,滴滴有声,即鸣。”⑥撮:抓取。蚤:跳蚤。鹠:鸺鹠,即猫头鹰。《庄子·秋水》:“鸱鸺夜撮蚤,察毫末,昼出瞋目而不见丘山,言殊性也。”鸱鸺即鸺鹠。⑦躅空辀:能在空中腾飞的车。躅空:腾空。辀:车辕。⑧堕齿董:《旧唐书·张果传》:“帝谓高力士曰:‘吾闻饮堇无苦者,奇士也。’时天寒,因取以饮果,三进,颓然,曰:‘非佳酒也。’乃寝。顷视齿燋缩,顾左右取铁如意击堕之,更出药傅其龂。良久,齿复生。”⑨“忽忆”句:是对正辅丧妇的劝慰。齐眉:即举案齐眉。《后汉书·梁鸿传》:“鸿为人赁舂。每归,妻为具食,不敢于鸿前仰视,举案齐眉。”羞:同馐。⑩纵壑:即如鱼纵壑,鱼纵游于大川,喻所至适意。王褒《圣主得贤臣颂》:“沛乎如巨鱼纵大壑。”⑪首丘:《礼记·檀弓上》:“礼,不忘其本。古之人有言曰:狐死正丘首,仁也。”此指不忘故土。⑫弥明:人名。韩愈《石鼎联句序》:“侯喜新有能诗声。夜与刘说诗,弥明在其侧。长颈而高结,喉中又作楚语。喜视之,若无人。”⑬定远:指定远侯班超。《后汉书·班超传》:“(班超)为人少有大志,不修细节。……其后行诣相者,曰:‘祭酒,布衣诸生耳!而当封侯万里之外。’超问其状,相者指曰:‘生燕颔、虎颈,飞而食肉,此万里侯相也。’”⑭范蠡:春秋时越国大夫。相传他辅佐越王勾践灭吴后,乃乘扁舟,游于江湖。见《史记·越世家》。⑮沾霈:犹言沾润,比喻受惠。李邕《谢上表》:“天地大德,含育及于昆虫;雨露深仁,沾霈及于萧艾。”渥:沾润。钟仪:春秋时楚国人,被晋国囚缚。事见《左传·成公九年》。是年九月，朝廷有诏大赦，故苏轼言“我亦沾霈渥，渐解钟仪囚。”⑯张子房：即张良。《汉书·张良传》：“高祖，欲封张良，令其自择齐三万户。良曰：‘始臣起下邳，与上会留，臣愿封留足矣。’”⑰嵇叔夜：即嵇康。他被钟会构陷下狱后，曾作《幽愤诗》，中有“仰慕严郑，乐道闲居”“昔惭柳惠，今愧孙登”之语，但终不免被杀。⑱寄傲：寄托傲世之情。陶渊明《归去来兮辞》：“倚南窗以寄傲，审容膝之易安。”⑲归耰：犹归耕，指辞官还乡。⑳老彭：即彭祖。传说中的人物，以长寿著称。《世本》：“彭祖在商为守藏史，在周为柱下史，年八百岁。”

与正辅游香积寺[1]

越山少松竹，常苦野火厄。此峰独苍然，感荷佛祖力。茯苓无人采，千岁化琥珀[2]。幽光发中夜，见者惟木客[3]。我岂无长镵[4]，真赝苦难识。灵苗与毒草[5]，疑似在毫发。把玩竟不食，弃置长太息。山僧类有道，辛苦常谷汲[6]。我惭作机舂[7]，凿破混沌穴[8]。幽寻恐不继，书板记岁月。

【注释】①香积寺：在惠州南博罗县西山下。此诗盖作于绍圣二年(1095)十月。②茯苓：一种菌类植物。寄生于山林松根，状如块球，可入药。琥珀：松柏树脂的化石，入药，也可作装饰物。《博物志·药物》引《神仙传》：“松柏脂入地，千年化为茯苓，茯苓化为琥珀。”③木客：伐木的人。④长镵(chán)：破土取药的工具。⑤灵苗：仙草。指茯苓。⑥谷汲：到山谷中汲水。⑦机舂：指碓磨。苏试曾劝博罗县令林抃作碓磨。见《游博罗香积寺·引》。⑧混沌穴：指地脉。

食槟榔[1]

月照无枝林[2]，夜栋立万础。眇眇云间扇[3]，荫此八月暑。上有垂房子[4]，下绕绛刺御[5]。风欺紫凤卵，雨暗苍龙乳[6]。裂包一堕地，还以皮自煮。北客初未谙，劝食俗难阻[7]。中虚畏泄气[8]，始嚼或半吐。吸津得微甘，著齿随亦苦[9]。面目太严冷，滋味绝媚妩[10]。诛彭勋可策[11]，推毂勇宜贾[12]。瘴风作坚顽，导利时有补[13]。药储固可尔，果录讵用许。先生失膏粱[14]，便腹委败鼓。日啖过一粒，肠胃为所侮。蛰雷殷脐肾[15]，藜藿腐亭午[16]。书灯看膏尽，钲漏历历数[17]。老眼怕少睡，竟使赤眥努[18]。渴思梅林咽[19]，饥念黄独举[20]。奈何农经中[21]，收此困羁旅。牛舌不饷人[22]，一斛肯多与[23]。乃知见本偏，但可酬恶语。

【注释】①槟榔：树名。果椭圆，橙红色，可食用，亦可入药。《太平御览》卷九七一引《南方草木状》："槟榔树，三月开花，仍连著实，大如鸡卵，十一月熟。"②无枝林：指槟榔树林。槟榔树直无枝条，故称。③云间扇：指槟榔叶。《南方草木状》："槟榔树……顶端有叶，叶似甘焦，风至独动，似举羽扇之扫天。"④垂房子：指槟榔果。《南方草木状》："（槟榔树）叶下系数房，房缀数十实。"⑤绛刺御：槟榔树下部有刺，呈绛色，似护卫树身一样，故云。⑥紫凤卵、苍龙乳：均指槟榔果。⑦俗难阻：《太平御览》卷九七一引《南中八郡志》："槟榔大如枣，色青似莲子，彼人以为贵。婚族好客，辄先进此物。若邂逅不设，用相嫌恨。"⑧中虚：中医上所说的一种疾病名，此指中虚之人。查慎行注："多食槟榔，令人破气。"⑨"吸津"二句：《南方草木状》："（槟榔）实大如桃李，味苦涩，剖其皮，鬻其肤，以扶留藤及古贲灰并食，则滑美，下气消谷。"⑩媚妩：美好。指味道极佳。⑪诛彭：本指汉高祖诛彭越。因彭越为汉高祖心腹之患。据《本草》，槟榔有"主治消谷逐水，除痰癖，杀三虫，宜利脏腑壅滞，破胸中气"的功效，故予以借用。⑫推毂：冯应榴《合注》："古乐府：肠中车轮转。故借用推毂字。"⑬"瘴风"二句：槟榔又名洗瘴丸，能祛瘴瘘，故言“利导有时补”。⑭先生：苏轼自称。失膏粱：膏粱本指精美的食物，苏轼被贬惠州，生活清苦，故曰“失膏粱”。⑮蛰雷：惊雷。殷：即殷殷，雷鸣声。此句言腹如雷鸣。⑯亭午：喻三丹田之中宫。⑰钲漏：即漏壶，古计时器，因其滴漏如叩钲之声，故称。⑱赤眥努：指眼睛发红。眥：眼框。努：同怒。⑲“渴思”句：用“望梅止渴”之典。《世说新语·假谲》：“魏武行役失汲道，军皆渴，乃令曰：‘前有大梅林，饶子，甘酸可以解渴。’士卒闻之，口皆出水，乘此得及前源。”⑳黄独：植物名。《本草》：名赭魁。别名土芋，土卵，土豆。因根唯一颗而色黄，故称黄独，可入药。举：起身。㉑农经：即《神农经》。㉒牛舌：即牛舌乳。梁刘孝绰有《咏有人乞牛舌乳，不付，因饷槟榔诗》，此句盖本此。㉓“一斛”句：用刘穆之事。《南史·刘穆之传》载，宋刘穆之贫时，从妻兄江氏乞槟榔。江曰：“槟榔消食，君乃常饥，何忽须此？”后尹丹阳，以金盘一斛夸示之。

小圃五咏[①]

人参

上党天下脊，辽东真井底[②]。玄泉倾海腴[③]，白露洒天醴。灵苗此孕毓[④]，肩股或具体[⑤]。移根到罗浮，越水灌清泚[⑥]。地殊风雨隔，臭味终祖祢[⑦]。青桠缀紫萼，圆实堕红米[⑧]。穷年生意足，黄土手自启。上药无炮炙，龁啮尽根柢[⑨]。开心定魂魄[⑩]，忧恚何足洗。糜身辅吾生，既食首重稽。

【注释】①此五首大概作于绍圣二年底。小圃：泛指罗浮山下的种药园圃。②上党：县名，治所在今山西长治。辽东：郡名，治所在今辽宁辽阳市。查慎行注：“《本草别录》：‘人参生上党山谷及辽东。’陶弘景曰：上党在冀州西南，次用高丽者，即辽东。”③海腴：人参的别名。④孕毓：即孕育。⑤“肩股”句：言人参有的已具人形。⑥清泚：清澈，明净。⑦祖祢：

宗之所出曰祖，次祖曰祢。终祖祢：言其相近，差别不大。⑧“青桠”二句：王十朋注引《本草图经》曰：“人参初生，小者一桠五叶，年深者生四桠各五叶，中心一茎，有花细小如粟，蕊如丝，紫白色，秋后结子如大豆，生青，熟红，自落。”⑨龁啮：咬吃。⑩“开心”句：王十朋注：“人参主安精神，定魂魄，开心益智。”

地黄

地黄饷老马[①]，可使光鉴人。吾闻乐天语[②]，喻马施之身。我衰正伏枥[③]，垂耳气不振。移栽附沃壤，蕃茂争新春[④]。沉水得稚根，重汤养陈薪[⑤]。投以东阿清[⑥]，和以北海醇[⑦]。崖蜜助甘冷[⑧]，山姜发芳辛[⑨]。融为寒食饧[⑩]，咽作瑞露珍[⑪]。丹田自宿火[⑫]，渴肺还生津[⑬]。愿饷内热子[⑭]，一洗胸中尘。

【注释】①地黄：一种药用植物。据《抱朴子·仙药》载：韩子冶尝以地黄哺五十岁老马，生三驹，百三十岁乃死。②乐天语：白居易有《采地黄者》诗：“凌晨荷锄去，薄暮不盈筐。携来朱家门，卖马白面郎。与君啖肥马，可使照地光。愿易马残粟，救此苦饥肠。”③伏枥：伏枥的老马，为苏轼自喻。④蕃茂：繁茂。此句王十朋注引赵次公曰：“言以水沉而试之也。《本草》注引《日华子》云：生者（新鲜的地黄）以水浸验，浮者名天黄，半浮半沉者名人黄，沉者名地黄，其沉者佳也。”⑤重汤：赵次公曰：“于鼎釜水中，更以器盛水而煮，谓之重汤。”⑥东阿清：即东阿胶。王十朋注：“陶隐居云：阿胶出东阿，其用皮有老少，则胶有清浊。”⑦北海醇：北海产的美酒。⑧崖蜜：蜂在崖石上所作的蜜。《本草》：“崖蜜生南方岩岭间，入药最胜。”⑨山姜：植物名。一名苍术。嵇含《南方草木状》：“山姜花，茎叶即姜也。根不堪食。于叶间吐花，作穗如麦粒，软红色，煎服之，治冷气甚效。”⑩饧：《释名》：“餹之清者为饧。”⑪瑞露：指酒。李厚注：“《纂异记》：田璆、邓诏逢二书生，谓曰：‘我有瑞露之酒，酿于百花之中。’马饮，其味甘香也。”⑫“丹田”句：查慎行注：“《本草》：地黄性泥，得砂仁窜和，和五脏之气，归宿丹田。”⑬渴肺：即肺渴。李厚注：“《天宝遗事》：“杨贵妃含津以解肺渴。”⑭内热子：患内热的人。内热，病名。

枸杞

神药不自閟，罗生满山泽[①]。日有牛羊忧，岁有野火厄。越俗不好事，过眼等茨棘[②]。青荑春自长[③]，绛珠烂莫摘[④]。短篱护新植，紫笋生卧节[⑤]。根茎与花实，收拾无弃物[⑥]。大将玄吾鬓[⑦]，小则饷我客。似闻朱明洞[⑧]，中有千岁质。灵厖或夜吠[⑨]，可见不可索。仙人倘许我，借杖扶衰疾[⑩]。

【注释】①“神药”二句：神药：指枸杞。閟（bì）：神秘。《本草别录》：“枸杞生常山平泽及诸丘陵阪岸。”②等茨棘：视同茨棘。茨棘：蒺藜。③青荑：青苗。草初长曰荑。④绛珠：枸杞紫花实，故称其实为绛珠。⑤紫笋：茶名。生卧节：谓在其旁生长。⑥“根茎”二句：《证类本草》：“枸杞，冬采根，春夏采叶，秋采茎实。”故言根茎花实皆无弃物。⑦玄吾鬓：使我鬓发变黑。王十朋注：“《药性论》：枸杞变白（发），明目。”⑧朱明洞：洞名，在罗浮山麻姑峰北。⑨灵厖：神犬。据说千年的枸杞，其根如犬形。刘禹锡《楚州开元寺北院，枸杞临井，繁茂可观，群贤赋诗，因以继和》：“枝繁本是仙人杖，根老新成瑞犬形。”⑩杖：仙人杖，枸杞的别名。扶衰疾：《神农本草经》：“枸杞久服，轻身不老。”故云。

甘菊[①]

越山春始寒，霜菊晚愈好。朝来出细粟，稍觉芳岁老[②]。孤根荫长松，独秀无众草[③]。晨光虽照耀，秋雨半摧倒。先生卧不出，黄叶纷可扫[④]。无人送酒壶，空腹嚼珠宝[⑤]。香风入牙颊，楚些发天藻[⑥]。新荑蔚已满，宿根寒不槁。扬扬弄芳蝶[⑦]，生死何足道。颇讶昌黎翁，恨尔生不早[8]。

【注释】①甘菊：菊花的一种，其气香而味甘，故称。甘菊可食，入药。道家认为久服能轻身延年。②芳岁老：谓一年将尽。芳岁，对岁月的美称。③“孤根”二句：本《左传·襄公二十九年》：“松柏之下，其草不植，而菊生其下，可谓独秀矣。”④黄叶：指菊花。⑤珠宝：冯应榴注：“《本草》注：菊有一种，开小花，瓣下如小珠子，谓之珠子菊，入药亦佳。”⑥楚些：《楚辞·招魂》句尾皆有“些(suò)”字，为楚人习用的语气词，后因以泛指楚地的乐调或《楚辞》。这里指《楚辞·离骚》。天藻：天之华藻。指《离骚》所云“夕餐秋菊之落英”。⑦扬扬：得意貌。⑧昌黎翁：指韩愈。愈郡望为昌黎，其《秋怀诗》云：“鲜鲜霜中菊，既晚何用好。扬扬寻芳蝶，尔生还不早。”

薏苡[1]

伏波饭薏苡，御瘴传神良[2]。能除五溪毒[3]，不救谗言伤[4]。谗言风雨过，瘴疠久亦亡。两俱不足治，但爱草木长。草木各有宜，珍产骈南荒[5]。绛囊悬荔支[6]，雪粉剖桄榔[7]。不谓蓬荻姿[8]，中有药与粮。舂为芡珠圆，炊作菰米香[9]。子美拾橡栗[10]，黄精诳空肠。今吾独何者，玉粒照座光。

【注释】①薏苡(yì yǐ)：植物名，属禾本科。花生于叶腋，果实椭圆，果仁叫薏米，白色，可杂米作粥饭或磨面，又入药。《神农本草经》曰：“薏苡味苦，微寒，主风湿痹，下气，除筋骨邪气，久服轻身益气。”②伏波：指伏波将军马援。《后汉书·马援传》：“初，援在交阯，常饵薏苡实，用能轻身省欲，以胜瘴气。”③五溪：《水经注》云：“武陵有五溪，谓雄溪、樠溪、酉溪、无溪、辰溪，悉是蛮夷所居。”在今湖南、贵州交界一带。五溪毒：指瘴气。马援曾征平五溪蛮。④“不救”句：《马援传》云：“南方薏苡实大，援欲以为种，军(自交阯)还，载之一车，时人以为南土珍怪……

及卒后，有上书谮之者，以为前所载还，皆明珠文犀。马武与於陵侯侯昱等，皆以章言其状，帝益怒。援妻孥惶惧，不敢以丧还旧茔。”此句即指此。⑤南荒：南方荒远之地，此指惠州。⑥绛囊：绛色的袋子。蔡襄《兴化军曹殿丞寄荔支》：“厚叶纤枝杂绛囊，使君分寄驿人忙。”⑦“雪粉”句：李厚注：《临海异物志》：“桄榔皮中有白粉，似糯米粆及麦面，可作饼饵。”⑧蓬莸姿：指薏苡。⑨芡：一种水生植物，又名鸡头，种子名芡实，圆如珠。菰：植物名，生于河边、陂泽，可作蔬菜，其实如米，可作饭，称雕胡米。⑩“子美”句：子美：杜甫字。其《乾元中寓居同谷县作歌七首》：“岁拾橡栗随狙公，天寒日暮山谷里。”

雨后行菜圃[1]

梦回闻雨声，喜我菜甲长。平明江路湿，并岸飞两桨。天公真富有，乳膏泻黄壤[2]。霜根一蕃滋[3]，风叶渐俯仰。未任筐筥载[4]，已作杯盘想。艰难生理窄[5]，一味敢专飨。小摘饭山僧，清安寄真赏。芥蓝如菌蕈[6]，脆美牙颊响。白菘类羔豚[7]，冒土出蹯掌[8]。谁能视火候，小灶当自养。

【注释】①此诗作于绍圣二年(1095)底。②乳膏：指雨水。③蕃滋：繁衍滋长。④筥：圆形的竹筐。⑤生理：谋生之道。杜甫《引水》：“人生留滞生理难，斗水何直百忧宽。”⑥芥蓝：此指芥苔，即芥心的嫩苔。菌蕈：陈仁玉《菌谱》：“芝菌最为上品，蕈凡九种，味极香美。”⑦白菘：白菜。羔豚：羔指小羊，豚指小猪。⑧蹯掌：兽足。

残腊独出二首[1]

其一

幽寻本无事，独往意自长。钓鱼丰乐桥，采杞逍遥堂[2]。罗浮春欲动，云日有清光。处处野梅开，家家腊酒香[3]。路逢眇道士[4]，疑是左元放[5]。我欲从之语，恐复化为羊[6]。

【注释】①此二首作于绍圣二年（1095）底。残腊：腊月的尽头。②丰乐桥、逍遥堂：均在惠州丰湖。③腊酒：腊月酿制的米酒。④眇道士：眼睛失明的道士。⑤左元放：即左慈。《太平广记》卷十一引《神仙传》云："（左慈）入东吴。有徐堕者，有道术，居丹徒，慈过之。堕门下有宾客，车牛六七乘，欺慈云：'徐公不在。'慈知客欺之，便去。客即……报徐公：'有一老翁眇目，吾见其不急之人，因欺之云公不在。……'公曰："咄，咄！此是左公过我，汝曹那得欺之。'"⑥化为羊：指左慈化羊。《神仙传》载，曹操欲杀左慈，"慈走入群羊中，而追者不分，乃数本羊，果余一口，乃知是慈化为羊也。"

其二

江边有微行[1]，诘曲背城市[2]。平湖春草合，步到栖禅寺[3]。堂空不见人，老稚掩关睡。所营在一食[4]，食已宁复事。客来岂无得，施子净扫地[5]。风松独不静，送我作鼓吹[6]。

【注释】①微行：小道，小路。②诘曲：弯曲，曲折。③栖禅寺：在惠州丰湖上。④营：求。⑤施子：佛教寺院称布施者为施主，这里施子是苏轼自称。⑥鼓吹：本为军中之乐，这里是音乐的意思。

和陶《咏二疏》[1]

二疏事汉时，迹寓心已去[2]。许侯何足道[3]，宁识此高趣。可怜魏丞相，免冠谢陋举[4]。中兴多名臣[5]，有道独两傅[6]。世途方毂击[7]，谁肯行此路[8]。是身如委蜕[9]，未蜕何所顾。已蜕则两忘，身后谁毁誉。所以遗子孙，买田岂先务[10]。我尝游东海[11]，所历若有素。神交久从君，屡梦今乃悟。渊明作诗意，妙想非俗虑。庶几二大夫，见微而知著[12]。

【注释】①此诗作于绍圣三年（1096）。二疏：即疏广和疏受，受为广侄，西汉东海兰陵（今山东枣庄市东南）人。②“二疏”二句：意即身在朝廷，心已归隐。③许侯：指平恩侯许伯，汉宣帝许皇后之父。④魏丞相：指宣帝时丞相魏相。《汉书·疏广传》载，宣帝地节三年（公元前67年），立皇太子，以疏广为太子太傅，广兄子受为太子少傅。太子外祖父特进平恩侯许伯以为太子少傅，白使其弟许舜监护太子家。宣帝问疏广，广对曰：“太子国储副君，师友必于天下英俊，不宜独亲外家许氏。且太子自有太傅少傅，官属已备，今复使舜护太子家，视陋，非所以广太子德于天下也。”宣帝善其言，以语丞相魏相，相免冠谢曰：“此非臣等所及。”在位五年，叔侄俱移病乞归。⑤“中兴”句：《汉书·丙吉魏相传赞》：“孝宣中兴，丙魏有声。”丙，指丙吉。⑥二傅：指二疏。⑦毂击：来往车辆车毂互相撞击。形容热中仕途的人很多。⑧此路：归隐之路。⑨委蜕：给予蜕变之形。《庄子·知北游》：“生非汝有，是天地之委和也；性命非汝有，是天地之委顺也；孙子非汝有，是天地之委蜕也。”⑩“所以”二句：《汉书·疏广传》载，疏广既归乡里，居岁余，其子孙托族人劝疏广买田宅。广曰：“贤而多财，则损其志；愚而多财，则益其过。且夫富者，众人之怨也。吾既亡以教化子孙，不欲其过而生怨。”于是族人悦服。⑪尝游东海：苏轼自杭州移知密州时，道出海州。海州即汉东海，二疏故里。“尝游东海”盖指此。⑫见微知著：见到一点苗头就能知道其实质。《越绝书》：“圣人见微知著，睹始知终。”

和陶《咏三良》①

此生太山重，忽作鸿毛遗②。三子死一言③，所死良已微④。贤哉晏平仲⑤，事君不以私。我岂犬马哉，从君求盖帷⑥。杀身固有道，大节要不亏。君为社稷死，我则同其归⑦。顾命有治乱，臣子得从违⑧。魏颗真孝爱，三良安足希⑨。仕宦岂不荣，有时缠忧悲。所以靖节翁⑩，服此黔娄衣⑪。

【注释】①此诗作于绍圣三年（1096）。三良：秦穆公臣子子车氏的三个儿子奄息、仲行和针虎。②“此生”二句本司马迁《报任少卿书》：“人固有一死，或重于泰山，或轻于鸿毛，用之所趋异也。”③死一言：为一言而死。《史记·秦本纪》《正义》引应劭曰：“秦穆公与群臣饮酒酣，公曰：‘生共此乐，死共此哀。’于是奄息、仲行、针虎许诺。及公薨，皆从死。”④良已微：确实微不足道。⑤晏平仲：即晏婴，字平仲，春秋时齐国人，曾相齐景公，以节俭力行，名显诸侯。⑥“我岂”二句：本《礼记·檀弓下》：“仲尼之畜狗死，使子贡埋之，曰：‘敝帷不弃，为埋马也，敝盖不弃，为埋狗也。’”帷指车帐，盖指车盖。⑦“君为”二句：《左传·襄公二十五年》载，齐国大臣崔杼杀了无道的齐庄公，当时晏婴就在崔氏门外，手下人问他是死难、逃走，还是回家？晏婴说：“君死，安归？君民者，岂为陵民？社稷是主。臣君者，岂为其口实？社稷是养。故君为社稷死，则死之；为社稷亡，则亡之。若为己死而为己亡，非其私昵，谁敢任之？且人有君而弑之，吾焉得死之，而焉得亡之？将庸何归？”门启而入，枕尸股而哭，兴，三踊而出。⑧“顾命”二句：顾命：临终遗命。治乱：治指清醒时说的话，乱指神志不清时说的话，详见下注。此二句言君父的临终遗命，有的是清醒时说的，有的是昏迷中说的，做臣子的执行时要顺从清醒的话，拒绝昏迷的话。⑨魏颗：春秋时晋国大夫，魏武子之子。《左传·宣公十五年》：“初，魏武子有嬖妾，无子。武子疾，命颗曰：‘必嫁是。’疾病，则曰：‘必以为殉。及卒，颗嫁之，曰：‘疾病则乱，吾从其治也。’”魏颗能对魏武子的话有所从，有所违，故苏轼云“真孝爱”；而“三良”则未能做到这一点，故云“安足希”。⑩靖节翁：指陶渊明。渊明死后，他的朋友颜延之私谥曰靖节先生。⑪黔娄：春秋时鲁国人（一说齐国人），终生修身洁节，不求进于诸侯。家里穷，死后停尸窗口，“覆以布被，覆头则足见，覆足则头见。”见皇甫谧《高士传》。陶渊明《咏贫士》其四：“安贫守贱者，自古有黔娄。好爵吾不荣，厚馈吾不酬。一旦寿命尽，弊服仍不周。”

和陶《咏荆轲》[①]

秦如马后牛，吕氏非复嬴[②]。天欲厚其毒[③]，假手李客卿[④]。功成志自满，积恶如陵京[⑤]。灭身会有时，徐观可安行。沙丘一狼狈[⑥]，笑落冠与缨。太子不少忍[⑦]，顾非万人英[⑧]。魏韩裂智伯，肘足本无声[⑨]。胡为弃成谋，托国此狂生[⑩]。荆轲不足说，田子老可惊[⑪]。燕赵多奇士[⑫]，惜哉亦虚名。杀父囚其母[⑬]，此岂容天庭。亡秦只三户[⑭]，况我数十城。渐离虽不伤[⑮]，陛戟加周营[⑯]。至今天下人，愍燕欲其成。废书一太息，可见千古情。

【注释】①此诗作于绍圣三年（1096）。②秦：此指秦始皇嬴政。马后牛：《晋书·元帝纪》：“初，《玄石图》有‘牛继马后’，故宣帝深忌牛氏，而以毒酒鸩其将牛金。而恭王妃夏侯氏竟通小吏牛氏而生元帝。”吕氏：指吕不韦。嬴：秦国宗族姓氏。《史记·吕不韦列传》及《秦本纪》载，秦庄襄王子楚质于赵时，吕不韦把已怀孕在身的姬妾献给子楚，生子政。此二句言秦始皇并不是嬴氏的真正嗣子，而是如晋元帝司马睿为牛氏之后一样，是吕不韦的孽种。③厚其毒：增加其恶迹。《左传·昭公四年》：“楚王方侈，天或者欲逞其心，以厚其毒而降之罚，未可知也。”④李客卿：即李斯。《史记·李斯列传》载，李斯是楚国上蔡人，后为秦相吕不韦舍人，因以得说秦始皇，拜为客卿。秦始皇采纳他的计谋，兼并了天下。⑤“陵京”句：此句言罪恶像山一样巨大。陵：土山。京：高冈。⑥沙丘：地名。在今河北平乡县东北。秦始皇于三十八年七月，崩于沙丘平台。狼狈：狼狈不堪。《秦始皇本纪》载，始皇死后，“丞相李斯为上崩在外，恐诸公子及天下有变，乃秘之，不发丧。……会暑，上辒车臭，乃诏从官令车载一石鲍鱼，以乱其臭。”⑦太子：指燕太子丹。丹质于秦时，不为秦王礼遇，“死而亡归”，遂求荆轲刺杀秦王，故曰“不少忍”。⑧万人英：智慧超过万人谓之英。指人中豪杰。⑨韩：指韩康子。魏：指魏桓子。他们与智伯、赵襄子都是晋国的国卿。《史记·魏世家》载，智伯率韩、魏之兵围攻赵襄子于晋阳，“魏桓子肘韩康子，韩康子履魏桓子，肘足接于车上，而智氏地分，身死国亡，为天下笑。”⑩成谋：指燕太子丹质于秦，两国和平相处之谋。此狂生：指荆轲。⑪田子：即田光。老可惊：盖指田光自杀以激荆轲事。见《史记·荆轲列传》。⑫“燕赵”句：《汉书·江充传》：武帝谓左右曰：“燕赵固多奇士。”⑬“杀父”句：《史记·秦始皇本纪》载，始皇平定嫪毐之乱后，吕不韦惧罪饮鸩而死，太后被囚禁于咸阳宫。⑭“亡秦”句：《汉书·项籍传》：“楚虽三户，亡秦必楚。”⑮渐离：即高渐离。渐离与荆轲同去刺杀秦始皇，始皇惜其善于击筑，赦之。后渐离以铅置筑中，举筑扑秦始皇，不中，被杀。⑯“陛戟”句：言自荆轲刺杀秦始皇后，历代的君王就在宫殿的台阶下加强了戒备。陛：宫殿的台阶。戟：兵器的一种，泛指兵器。

次韵高要令刘湜《峡山寺见寄》[①]

新闻妙无多，旧学闲可束[②]。犹当隐季主[③]，未遽逃梅福[④]。空肠吐余思，静似蚕缀簇[⑤]。寸田结初果[⑥]，秀若铜生绿[⑦]。荆棘扫诚尽[⑧]，梨枣忧不熟[⑨]。高人宁铸金，下士乃服玉[⑩]。君看岭峤隘[⑪]，我欲巾笥蓄[⑫]。曾攀罗浮顶，亦到朱明谷[⑬]。旋观真历块[⑭]，归卧甘破屋。故人老犹仕[⑮]，世味薄如縠[⑯]。偶从越女笑[⑰]，不怕蛮江浴。惊闻尺书到[⑱]，喜有新诗辱[⑲]。应怜五管客[⑳]，曾作八州督[㉑]。骨销谗口铄[㉒]，胆破狱吏酷[㉓]。陇云不易寄，江月乃可掬。遥知清远寺，不称空洞腹。蹇驴步武碎[㉔]，短瑟弦柱促。仰看泉落佩，俯听石响毂[㉕]。千峰泻清驶[26]，一往无回躅[27]。狂雷失晤语，过电不容目[28]。要知僧长饥，正坐山少肉[29]。人间无南北，蜗角空出缩[30]。仇池九十九[31]，嵩少三十六[32]。天人同一梦，仙凡无两录。陋邦真可老[33]，生理亦粗足[34]。便回爇天焰，长作照海烛[35]。

【注释】①此诗作于绍圣三年（1096）。高要：县名，治所在今广东肇庆市。峡山寺：即清远峡飞来寺。②東：犹言東之高阁。③季主：即司马季主，汉初的卜者，曾隐于长安市。见《史记·日者列传》。④梅福：汉九江寿春人。王莽专政时，弃妻子九江，后有人遇福于会稽，已变名姓为吴门卒。见《汉书》本传。⑤蚕缀簇：蚕在箭簇上。形容临危不乱。簇：箭头。道家认为要吐息练气，须空其肠腹，抛去杂念，做到处乱不惊。⑥寸田：道家称心为心田，心位于胸中方寸之地，故称寸田。结初果：指初结元胎。⑦铜生绿：王十朋注："《本草》注：生熟铜皆有青，即是铜之精华。"⑧荆棘：比喻杂念。本集《和陶饮酒诗》："寸田无荆棘，佳处正在兹。"⑨梨枣：比喻元精、元胎。⑩高人：指修道高深的人。铸金：即炼丹。下士：和"高人"相对而言，指修炼较浅的人。道家认为服金丹则寿如金，服玉则寿如玉。⑪岭峤：五岭的别称，亦泛指岭南之山。⑫巾笥：用巾覆盖的箱箧。《庄子·秋水》："吾闻楚有神龟，死已三千岁矣，王巾笥而藏之庙堂之上。"⑬朱明谷：在罗浮山麻姑峰北朱明洞下。⑭"旋观"句：言所经历之地，回头看看，不过如土块而已。⑮故人：指刘湜。湜为苏轼友，故称。⑯縠：细薄的皱纱。⑰越女：越地之女，古时越地多出美女。韩愈曾有诗言："洪涛春天禹穴幽，越女一笑三年留。"此句盖本此。⑱尺书：尺素书。指刘湜的来信。⑲辱：谦词，意即不以把新写的诗寄给我为辱。⑳五管客：《旧唐书》载，高宗永徽以后，以广、桂、容、邕、安南皆隶广府，谓之五府节度使，名岭南五管。此时苏轼任宁远军节度副使惠州安置，故称五管客。㉑八州督：《晋书·陶侃传》载，侃尝如厕，见一人朱衣介帻敛板曰："君后当为公，位至八州都督。"苏轼曾先后出任密、徐、湖、登、杭、颍、扬、定八州太守，故称。㉒"骨销"句：《文选》邹阳《狱中上书自明》："众口铄金，积毁销骨。"为此句所本。㉓胆破：《南史·王融传》载，王融因矫诏立竟陵王萧子良被赐死后，鼓成其事的太学生魏准惊惧而死，举体皆青，时人以为胆破。以上二句乌台诗案事。㉔蹇驴：跛足驴。步武：脚步。碎：细小。指行走不快。㉕石响毂：谓泉水落到石上发出的声响如同车毂相击一样。㉖"千峰"句：查慎行注："本集《峡山寺题名》云：'溪水太峻，当作一闸，若夏积水暴，为启闭之节，用阴阳家说，寺当少富云。''千峰泻清驶'以下六句，隐寓此意。"㉗回躅：回旋。㉘狂雷：比喻溪水响声之猛。过电：比喻溪水流势之急。㉙"要知"二句：王十朋注："《传灯录》：司马头陀自湖南来，百丈谓之曰：'老僧欲住沩山，可乎？'对曰：'沩山奇绝，可聚千五百众，然非和尚所住。'百丈云：'何也？'对云：'和尚是骨人，彼是肉山，设居之徒，不盈千百矣。'"㉚蜗角：蜗牛之角，比喻极小的境地。以上二句言人间不论南北，到哪里都同出入蜗角一样。㉛苏轼自注："仇池有九十九泉，余尝梦至，有诗。"㉜苏轼自注："子由近买田阳翟，北望嵩少，甚近。"嵩少：指嵩山的少室山。㉝陋邦：荒僻的地方，指惠州。㉞生理：犹生计。粗足：粗略满足，大致过得去。㉟苏轼自注："'爇天焰'见退之诗。近黄鲁直寄诗云'莲花合里一寸烛，牝马海中烧百川。'鲁直盖近有得也。"爇(ruò)天焰：燃烧的天火。海：指气海。查慎行注："(尹真人服元气法)云：'气海者，水归于海，故名气海。既知气海，以心守之，能下照，是心守海也。"

和郭功甫韵送芝道人游隐静[1]

观音妙智力[2]，应感随缘度。芝师访东坡[3]，宁辞万里步。道义妙相契[4]，十年同去住。行穷半世间，又欲浮杯渡[5]。我愿焚囊钵[6]，不作陈俗具[7]。会取却归时，只是而今路。

【注释】①此诗和《赠昙秀》作于同时。郭功甫：苏轼的朋友，时在惠州。隐静：即隐静寺，在安徽当涂。②妙智力：言佛具有不可思议的智与力。③芝师：芝道人，即芝上人昙秀。④妙相契：谓非常默契。⑤浮杯渡：唐许浑《乘月棹舟送大历寺灵聪上人不及》："杯浮野渡鱼龙远，锡响空山虎豹惊。”指远去云游。⑥囊：囊袋。钵：钵盂。古时和尚云游，往往持钵携囊。《景德传灯录》载，有僧问守清禅师：“如何是和尚家风？”曰：“一瓶一钵，到处是生涯。”⑦陈俗：一作“尘俗”，疑是。

和陶《移居》二首 并引[1]

去岁三月，自水东嘉祐寺迁居合江楼。迨今一年[2]，多病鲜欢[3]，颇怀水东之乐。得归善县后隙地数亩[4]，父老云：“此古白鹤观也。”意欣然，欲居之，乃和此诗。

其一

昔我初来时，水东有幽宅[5]。晨与鸦鹊朝，暮与牛羊夕。谁令迁近市[6]，日有造请役[7]。歌呼杂闾巷[8]，鼓角鸣枕席[9]。出门无所诣[10]，乐事非宿昔。病瘦独弥年[11]，束薪与谁析[12]。

【注释】①此二首作于绍圣三年（1096）。②迨今：犹迄今。迨：同“逮”，及，到。③鲜欢：少欢。④归善县：故城在今广东惠阳县东北五里。隙地：空地。⑤幽宅：指嘉祐寺。⑥近市：靠近市集。此指合江楼。⑦“日有”句：言天天都有人前来打搅的麻烦。造请：前来请示。役：劳役，指麻烦。⑧闾巷：里巷。⑨鼓角：战鼓和号角。⑩诣：至。⑪弥年：整一年。《迁居·引》：“绍圣二年三月十九日，复迁于合江楼。三年四月二十日，复归于嘉枯寺。”⑫束薪：指柴薪。析：劈开。《诗·齐风·南山》：“析薪如之何？匪斧不克。”

其二

洄潭转碕岸[1]，我作《江郊》诗。今为一廛氓[2]，此邦乃得之。葺为无邪斋[3]，思我无所思[4]。古观废已久，白鹤归何时。我岂丁令威，千岁复还兹[5]。江山朝福地[6]，古人不我欺。

【注释】①洄潭：水流回旋的潭。碕岸：曲岸。《江郊》诗云："碕岸斗入，洄潭轮转。"②一廛氓：有一居所的人。《孟子·滕文公上》："远方之人，闻君行仁政，愿受一廛而为氓。"一廛：一夫所居之地。③葺（qì）：用茅草覆盖屋顶，即修筑之义。无邪斋：即思无邪斋，在白鹤新居。④"思我"句：本集《思无邪斋铭》叙："有思，皆邪也；无思，则土木也。吾何自得道，其惟有思而无所思乎？"⑤丁令威：传说中的仙人。《搜神后记》："丁令威，本辽东人，学道于灵虚山。后化鹤归辽，集城门华表柱。时有少年，举弓欲射之，鹤乃飞，徘徊空中而言曰：'有鸟有鸟丁令威，去家千年今始归。城郭如故人民非，何不学仙冢垒垒。'遂高上冲天。"⑥福地：神仙所居之地。道家有三十六洞天、七十二福地之说。

迁居 并引[1]

吾绍圣元年十月二日至惠州，寓居合江楼。是月十八日，迁于嘉祐寺。二年三月十九日，复迁于合江楼。三年四月二十日，复归于嘉祐寺。时方卜筑白鹤峰之上。新居成，庶几其少安乎？

前年家水东[2]，回首夕阳丽。去年家水西[3]，湿面春雨细。东西两无择，缘尽我辄逝[4]。今年复东徙，旧馆聊一憩。已买白鹤峰[5]，规作终老计[6]。长江在北户[7]，雪浪舞吾砌[8]。青山满墙头[9]，鬖髿几云髻[10]。虽惭抱朴子[11]，金鼎陋蝉蜕[12]。犹贤柳柳州[13]，庙俎荐丹荔[14]。吾生本无待，俯仰了此世[15]。念念自成劫，尘尘各有际[16]。下观生物息[17]，相吹等蚊蚋[18]。

【注释】①据《诗引》，此诗作于绍圣三年（1096）四月。②水东：指嘉祐寺。嘉祐寺在归善县后。惠州人以归善为水东，故云。③水西：指合江楼。合江楼在惠州府东江口，惠州人以惠州府为水西，故云。④逝：去，离开。⑤白鹤峰：危太朴《东坡书院记》："白鹤峰，在归善县北十余步，下临大江，远瞰数百里，惠之胜处也。"⑥规：规划。⑦长江：言江之长，指东江。⑧雪浪：江浪。舞吾砌：形容其近在户外。砌：台阶。⑨满墙头：形容墙外青山多而近。⑩鬌鬌(wǒ duǒ)：即鬌鬌髻，又称堕马髻，妇女的一种发式，因发髻梳得倾斜在一侧，故名。⑪抱朴子：即晋葛洪。抱朴子是其道号。⑫金鼎：道家炼丹之器。蝉蜕：仙家尸解之称。⑬贤：贤于，胜过。柳柳州：唐柳宗元曾做过柳州刺史，有德于民，世称柳柳州。⑭俎：祭器。荐：陈献。柳州有罗池庙，即当地人纪念柳宗元的柳侯祠。宗元死后，韩愈曾为撰《柳州罗池庙碑》，有"荔子丹兮蕉黄，杂肴蔬兮进侯堂"之句，这时用其词意。以上四句是说，我虽不能像葛洪仙去，总还好过柳宗元，他虽被立庙，受祭祀，但究竟死了。这里隐用《庄子·秋水》"神龟"之喻，不愿"死为留骨而贵"，情愿"生而曳尾于涂中"。⑮俯仰：俯仰之间，形容时间短暂。⑯"念念"二句：均用佛家语。念念成劫，言时光疾逝。尘尘有际，言处处有世界。⑰生物息：《庄子·逍遥游》："生物之以息相吹也。"生物：指各种有生命的东西。息：指有生命的东西呼吸所产生的气息。吹，呼吸。⑱等蚊蚋：极言微小。蚋(ruì)：蚊类小虫。

和陶《桃花源》 并引[①]

世传桃源事，多过其实。考渊明所记，止言先世避秦乱来此，则渔人所见，似是其子孙，非秦人不死者也。又云杀鸡作食，岂有仙而杀者乎？旧说南阳有菊水[②]，水甘而芳，民居三十余家，饮其水，皆寿，或至百二三十岁。蜀青城山老人村[③]，有见五世孙者，道极险远，生不识盐醯[④]，而溪中多枸杞，根如龙蛇，饮其水，故寿。近岁道稍通，渐通致五味[⑤]，而寿益衰，桃源盖此比也欤？使武陵太守得而至焉[⑥]，则已化为争夺之场久矣。尝意天壤间[⑦]，若此者甚众，不独桃源。予在颍州，梦至一官府，人物与俗间无异，而山川清远，有足乐者。顾视堂上，榜曰仇池⑧。觉而念之，仇池，武都氐故地⑨，杨难当所保⑩，余何为居之。明日，以问客。客有赵令畤德麟者(11)，曰："公何问此？此乃福地，小有洞天之附庸也。杜子美盖云：万古仇池穴，潜通小有天。"他日，工部侍郎王钦臣仲至谓余曰(12)："吾尝奉使过仇池，有九十九泉，万山环之，可以避世，如桃源也。"

凡圣无异居，清浊共此世。心闲偶自见，念起忽已逝。欲知真一处⑬，要使六用废⑭。桃源信不远，杖藜可小憩。躬耕任地力⑮，绝学抱天艺。臂鸡有时鸣⑯，尻驾无可税⑰。苓龟亦晨吸⑱，杞狗或夜吠⑲。耘樵得甘芳⑳，龁啮谢炮制㉑。子骥虽形隔㉒，渊明已心诣。高山不难越，浅水何足厉㉓。不如我仇池，高举复几岁。从来一生死㉔，近又等痴慧㉕。蒲涧安期境㉖，罗浮稚川界㉗。梦往从之游，神交发吾蔽。桃花满庭下，流水在户外，却笑逃秦人㉘，有畏非真契。

【注释】①王文诰曰："据石刻，公书此诗叙，遗卓契顺，后云：'绍圣三年，岁在丙子，清和月，眉山苏轼录于惠州白鹤峰新居思无邪斋，以遗卓契顺。'是时，公方营新居，故即云新居耳。……由是考之，有此叙即有此诗，且尚在绍圣丙子四月前之作。"②菊水：即甘谷水。谷上生菊，菊花时堕水中，故云。见《和陶读〈山海经〉》其八注①。③青城山：在今四川灌县西南。相传此山因群峰环卫，状若城郭，围绕空隙，故名青城。为岷山第一峰，天下第五洞天。④醯（xī）：醋。⑤致五味：吃到五味。五味：指甜、酸、苦、辣、咸。泛指各种味道。⑥武陵太守：指陶渊明《桃花源记》中所假说的武陵太守。⑦意：念，想。⑧榜：标，题名。仇池：池名，在今甘肃成县仇池山上。魏晋之世，氐人首领杨氏世居此。⑨武都氐：也称杨氏，氐人的一支，因据武都而得名。武都：故城在今甘肃成县西三十里。⑩杨难当：晋时杨氏的酋长。保：据。⑪赵令畤：字德麟，苏轼的朋友。《宋史》有传。⑫王钦臣：字仲至，也是苏轼的朋友，《宋史》有传。⑬真一：道家指保持本性，自然无为。陶弘景《真诰》卷二："专守真一者，则头发不白，秃者更轸。"⑭六用：佛教语，即六根之功用。《楞严经》："反流全一，六用不行。”⑮任：听凭。地力：土地的生产能力。《周礼·地官》：“以任地力，以均地贡。”⑯臂鸡：《庄子·大宗师》：“化予之左臂以为鸡，予因以求时夜。”⑰尻驾：《庄子·大宗师》：“浸假而化予之尻以为轮，以神为马，予因以乘之，岂更驾哉！”设想以尻作车驾，谓以神行，不假外力。税：通“脱”。⑱苓龟：即茯苓，最佳者呈龟形，故名。据说千年的茯苓能像龟一样吐息。⑲杞狗：即枸杞。据说千年的枸杞能化作狗，学狗吠。⑳耘：指耕作者。樵：指打柴者。甘芳：指苓龟和杞狗。㉑龁啮：生吃。炮制：用烘炒法把中药炼制成精品或脱去毒性。㉒子骥：刘子骥。南阳人，晋太元年间著名隐士，好游山泽。《晋书》有传。《桃花源记》：“南阳刘子骥，高尚士也，闻之，欣然规往。”形隔：盖指刘子骥向往仙境，落于形迹。㉓厉：行，这里也是“越”的意思。㉔一生死：即齐生死。王羲之《兰亭集序》：“固知一死生为虚诞。”㉕等痴慧：视痴与慧相同。痴：意痴。慧：智慧。㉖蒲涧：菖蒲涧。苏轼自注：“在广州。”安期：安期生，传说的上古仙人。《岭表录异》：“菖蒲涧，在广州城之东北十五里，涧中生菖蒲，多是一寸十二节，山半有菖蒲观，跨水有王舄阁，即安期生上升之地。”㉗“罗浮”句：《罗浮山记》：“葛稚川入罗浮炼丹，弟子从之者五百余人，置观四所，今丹灶存焉。”㉘逃秦人：《桃花源记》：“自云先世避秦时乱，率妻子邑人，来此绝境，不复出焉。”

两桥诗 并引[①]

惠州之东，江溪合流，有桥，多废坏，以小舟渡。罗浮道士邓守安，始作浮桥。以四十舟为二十舫[②]，铁锁石碇[③]，随水涨落，榜曰东新桥。州西丰湖上，有长桥，屡作屡坏。栖禅院僧希固筑进两岸，为飞楼九间，尽用石盐木[④]，坚若铁石，榜曰西新桥。皆以绍圣三年六月毕工，作二诗落之。

东新桥

群鲸贯铁索[5]，背负横空霓[6]。首摇翻雪江[7]，尾插崩云溪。机牙任信缩[8]，涨落随高低。辘轳卷巨绠[9]，青蛟挂长堤[10]。奔舟免狂触，脱筏防撞挤。一桥何足云，讙传广东西[11]。父老有不识，喜笑争攀跻。鱼龙亦惊逃，雷雹生马蹄[12]。嗟此病涉久，公私困留稽[13]。奸民食此险，出没如凫鹥[14]。似卖失船壶[15]，如去登楼梯。不知百年来，几人陨沙泥。岂知涛澜上，安若堂与闺。往来无晨夜，醉病休扶携。使君饮我言，妙割无牛鸡[16]。不云二子劳，叹我捐腰犀[17]。我亦寿使君，一言听扶藜[18]。常当修未坏，勿使后噬脐[19]。

【注释】①此二首作于绍圣三年（1096）六月。②舫：两船相并曰舫。③石碇：系船的石墩。④石盐木：南方树名。坚实经久，不易为虫蛀腐蚀。⑤群鲸：指四十舟。⑥横空霓：指东新桥。⑦翻雪：滚浪。⑧机牙：本指弩上发箭的含矢之处和钩弦制动的机件，这里比喻桥的关键部位。信：通“伸”。⑨巨绠：长绳，指铁索。⑩青蛟：比喻东新桥。⑪讙（huān）传：高兴地广为传播。讙：同“欢”。⑫雷雹：打雷下雹，形容前来观看新桥的人所骑马的蹄声。⑬留稽：即稽留，延滞。⑭凫鹥：水鸟。凫：野鸭。鹥：鸥鸟。⑮失船：失去控制的船，指翻船。壶：指浮环，浮水用具，相当于今天的救生圈之类。⑯“使君”二句：言使君设宴款待我，虽未宰杀牛鸡，但酒宴依然办得很精妙。言：语助词。⑰苏轼自注：“二子造桥，余尝助施犀带。”二子：指邓守安和僧希固。⑱扶藜：拄藜杖之人。苏轼自指。⑲噬脐：用嘴咬断自己的脐带。表示后悔。《左传·庄公六年》：“若不早图，后君噬脐，其及图之乎？”

西新桥

昔桥本千柱，挂湖如断霓[1]。浮梁陷积淖[2]，破板随奔溪。笑看远岸没，坐觉孤城低。聊因三农隙[3]，稍进百步堤。炎州无坚植[4]，潦水轻推挤。千年谁在者，铁柱罗浮西。独有石盐木，白蚁不敢跻。似开铜驼峰，如凿铁马蹄。岌岌类鞭石[5]，山川非会稽[6]。嗟我久阁笔[7]，不书纸尾鹥[8]。萧然无尺箠，欲构飞空梯。百夫下一杙[9]，椓此百尺泥[10]。探囊赖故侯，宝钱出金闺[11]。父老喜云集，箪壶无空携[12]。三日饮不散，杀尽西村鸡。似闻百岁前，海近湖有犀[13]。那知陵谷变[14]，枯渎生茭藜[15]。后来勿忘今，冬涉水过脐。

【注释】①挂湖：悬于湖上。湖：指丰湖。②浮梁：浮桥的桥梁。积淖：淤泥。③三农：指平地、山、泽。亦可指春、夏、秋三个农时。④炎州：《楚辞·远游》："嘉南州之炎德兮，丽桂树之冬荣。"后因以泛指南海之州为炎州。此指惠州。坚植：一作"坚石"。⑤岌岌：高耸貌。鞭石：王十朋注："《三齐略记》：秦始皇作石桥于海上，欲过海观日出处。有神人驱石下海，石去不速，神人鞭之，乃流血。"⑥非会稽：秦始皇所作石桥，在会稽郡。故言"非会稽"。⑦阁笔：即搁笔。⑧纸尾鹥：书帖的一种。赵次公注："法帖中有王氏一帖，最后大书一鹥字，相传此帖之珍，所酬至五十万余。"⑨杙：木椿。⑩苏轼自注："桥柱石礎之下，皆有坚木，椓入泥中丈余，谓之顶椿。⑪苏轼自注："子由之妇史，顷入内，得赐黄金钱数千助施。"⑫箪：指食器。壶：指酒器。⑬苏轼自注："桥下旧名鳄湖，盖尝有鲛鳄之类。"犀：指鲛鳄。⑭陵谷变：高下变换位置。《诗·小雅·十月之交》："百川沸腾，山冢崒崩。高峰为谷，深谷为陵。"⑮茭：茭白。藜：草本植物，嫩叶可食。

丙子重九二首[1]

其一

三年瘴海上[2]，越峤真我家[3]。登山作重九，蛮菊秋未花[4]。惟有黄茅浪，堆垅生坳窊[⑤]。蜑酒蘖众毒[⑥]，酸甜如梨樝。何以侑一樽[⑦]，邻翁馈蛙蛇。亦复强取醉，欢谣杂悲嗟[⑧]。今年吁恶岁，僵仆如乱麻[⑨]。此会我虽健，狂风卷朝霞[⑩]。使我如霜月，孤光挂天涯。西湖不欲往[⑪]，暮树号寒鸦[⑫]。

【注释】①此二首作于绍圣三年（1096）九月。丙子：即绍圣三年。②瘴海：瘴气笼罩之海，指南海。此指惠州，以其近南海，故言。苏轼自绍圣元年被贬为宁远节度副使惠州安置，于此时正三年。③越峤：越地之山。亦代指惠州。④蛮菊：蛮地的菊花。当时惠州尚是荒蛮之地。⑤堆垅：高土。坳窊：低佳。窊：通"洼"。以上二句言高丘和低洼中的黄茅，在风的吹拂下，如同波浪翻动一样。⑥蜑酒：蜑人酿制的酒。蘖：酒曲，此作动词用。众毒：犹言众药。⑦侑：助，劝。侑樽：即劝酒。⑧欢谣：欢歌。⑨僵仆：犹言死亡。如乱麻：言其众多。⑩"此会"二句：言在死人如乱麻的今年，我虽然健活了下来，但朝云却未能闯过。朝霞：借言朝云。⑪西湖：指丰湖。⑫"暮树"句：施元之注："此句指朝云也。朝云葬栖禅寺，墓在西湖上。"

其二

穷途不择友，过眼如乱云。余子谁复数，坐阅两使君[①]。共饮去年堂，俯看秋水纹。此水与此人，相追两沄沄[②]。老去各休息，造化嗟长勤。佳哉此令节，不惜与了分。何以娱我客，游鱼在清濆[③]。水师三百指[④]，铁网欲掩群。获多虽一快，买放尤可欣[⑤]。此乐真不朽，明年我归耘[⑥]。

【注释】①两使君：指詹范和方子容。二人相继为惠州太守，故言"两使君"。②沄沄：本指水流浩荡的样子，此言相去遥远。③清濆：清波。④水师：水兵。三百指：三十人。⑤买放：言把所捕的鱼买下放生。⑥归耘：辞官回乡。

和陶《乞食》[①]

庄周昔贷粟，犹欲舂脱之[②]。鲁公亦乞米，炊煮尚不辞[③]。渊明端乞食，亦不避嗟来[④]。呜呼天下士，死生寄一杯。斗水何所直[⑤]，远汲苦姜诗[⑥]。幸有余薪米，养此老不才[⑦]。至味久不坏，可为子孙贻。

【注释】①王文诰认为此诗大致作于绍圣三年(1096)。②“庄周”二句：庄周：即庄子。据《庄子·外物》：“庄周家贫，故往贷粟于监河侯。”至于“舂脱”之事，不见记载，当是苏轼想象之词。③鲁公：即颜真卿。真卿曾被封为鲁郡公。颜真卿曾向李太保写信借米，见《颜鲁公文集》卷十一《与李太保帖》，此帖被人称为《乞米帖》。至于“不辞炊煮”事，亦当是苏轼想象之词。④嗟来：即嗟来之食。《礼记·檀弓下》：“齐大饥，黔敖为食于路，以待饿者。有饿者来，黔敖左奉食，右执饮，曰：‘嗟，来食。’扬其目而视之，曰：‘予惟不食嗟来之食，以至于斯也。’”陶渊明写有《乞食》诗，但无食嗟来之食事。此亦苏轼想象之词。⑤直：同“值”。⑥姜诗：东汉广汉人。《后汉书·烈女传》：“诗事母至孝，妻奉顺尤笃。母好饮江水，水去舍六里，妻常溯流而汲。……其子(指姜诗)后因远汲溺死，妻恐姑哀伤，不敢言，而托以行学不在。”⑦老不才：苏轼自指。

和陶《和胡西曾示顾贼曹》[①]

长春如稚女[②]，飘飖倚轻飔[③]。卯酒晕玉颊，红绡卷生衣[④]。低颜香自敛，含睇意颇微[⑤]。宁当娣黄菊[⑥]，未肯姒戎葵[⑦]。谁言此弱质，阅世观盛衰。頩然疑薄怒[⑧]，沃盥未可挥[⑨]。瘴雨吹蛮风，凋零岂容迟[⑩]。老人不解饮，短句余清悲[⑪]。

【注释】①此诗盖作于绍圣三年(1096)。王文诰曰:“此诗悼朝云也。”②长春:即长春花。③飘飖:同“飘摇”。轻飔:即轻风。飔:疾风。④卯酒:清晨(卯时)饮的酒。玉颊:玉颜。红绡:红色的绸子。生衣:绢制的夏衣。此二句比喻长春花色泽红艳。⑤含睇:含情而视。⑥娣:古时称妹妹或丈夫的弟妇为娣。⑦姒:古时称姐姐或丈夫的嫂子为姒。戎葵:又名蜀葵或胡葵,是一种花名。⑧頩然:敛容貌。薄怒:微怒。宋玉《神女赋》:“頩薄怒以自持兮,曾不可乎犯干。”⑨沃盥:以手浇水而洗。《左传·僖公二十三年》载,晋公子重耳之秦,“秦伯纳女五人,怀嬴与焉。奉匜沃盥,既而挥之。怒曰:‘秦晋匹也,何以卑我!’公子惧,降服而囚。”以上二句言长春花不可轻薄对待。⑩岂容迟:言凋零的时间岂容推迟。⑪清悲:凄凉悲伤。按全篇以长春花喻朝云,在对长春花的吟咏中,寄托了对朝云的深切悼念之情,不可仅作咏物诗看待。

次韵子由所居六咏[1]

其一

堂前种山丹[2],错落马脑盘[3]。堂后种秋菊,碎金收辟寒[4]。草木如有情,慰此芳岁阑[5]。幽人正独乐,不知行路难。

【注释】①此六首作于绍圣三年(1096)。②山丹:花名。③马脑盘:用玛瑙制作的盘。马脑:同“玛瑙”。④“碎金”句:言服食菊花,以辟祛寒气。碎金:指菊瓣。⑤阑:将尽。

其二

诗人故多感,花发忆两京[1]。石榴有正色,玉树真虚名[2]。粲粲秋菊花[3]，卓为霜中英。萸盘照重九[4]，缬蕊两鲜明[5]。

【注释】①“诗人”二句：杜甫《立春》：“春日春盘细生菜，忽忆两京梅发时。”为此二句所本。②“玉树”句：玉树：槐树，此指槐花。赵次公曰：“此暗使扬雄事，雄作《甘泉赋》云：翠玉树之青葱。晋左思诋雄，以为生非其壤，虚而无证。今先生以子由庭下之花，有名玉树者，乃借左思论扬雄玉树之名为虚，故云‘真虚名’耳。”③粲粲：明艳貌。④萸盘：即茱萸盘。盛茱萸的盘子。⑤缬蕊：令人眼花缭乱的花蕊。

其三

幽居有古意，义井分西墙[1]。谁云三伏热，止须一杯凉[2]。先生坐忍渴[3]，群嚣自披猖[4]。众散徐酌饮，逡巡味尤长[5]。

【注释】①义井：供人共用的井。②止须：只须。③坐：徒，独。④群嚣：众人喧哗吵闹。披猖：猖獗，猖狂。韩愈《此日足可惜一首赠张籍》：“纷纷百家起，诡怪相披猖。”⑤“众散”二句：此用阮瞻典。《晋书》本传：“瞻常群行，冒热渴甚。逆旅有井，众人竞趋之。瞻独逡巡在后，须饮者毕乃进。”

其四

先生饭土增[1]，无物与刘叉。何以娱醉客，时嗅砌下花。井水分西邻，竹阴借东家。萧然行脚僧[2]，一身寄天涯。

【注释】①土增：盛食物的瓦器。《墨子·节用中》：“饭于土增。”②行脚僧：苏轼自指。本集《与广西宪曹司勋五首》：“某惟少子随侍，全是一行脚僧，但吃些酒肉耳。”

其五

东斋手植柏，今复几尺长。知有桓司马，榛茅为遮藏[1]。近闻南台松，新枝出余僵[2]。年来此怀抱，岂复惊凡亡。

【注释】①桓司马：指春秋时宋国的司马桓魋。《史记·孔子世家》："孔子适宋，与弟子习礼大树下。宋司马桓魋欲杀孔子，拔其树。"榛茅：杂草。此二句言，恐怕有桓司马那样的人砍伐手植之柏，故用茅草加以遮护。②余僵：剩下的枯枝。

其六

新居已覆瓦[1]，无复风雨忧。桤栽与笼竹，小诗亦可求[2]。尚欲烦贰师，刺山出飞流[3]。应须凿百尺，两绠载一牛[4]。

【注释】①新居：指白鹤新居。②"桤栽"二句：杜甫《堂成》："桤林碍日吟风叶，笼竹和烟滴露梢。"桤栽：指桤树。③贰师：指汉贰师将军李广利。《后汉书·耿恭传》："昔贰师将军拔佩刀刺山，飞泉涌出。"④"应须"二句：查慎行注："先生新居白鹤峰将成，尚未凿井，故此诗云然。"

和陶《酬刘柴桑》[1]

红薯与紫芽[2]，远插墙四周。且放幽兰春，莫争霜菊秋。穷冬出瓮盎，磊落胜农畴[3]。淇上白玉延[4]，能复过此不？一饱忘故山，不思马少游[5]。

【注释】①此诗作于绍圣三年(1096)冬。②红薯：红色的薯芋。薯芋，即山药。根似羊蹄，可食，亦可入药。紫芽：指兰花。鲍照《代白纻曲》："含桃江萼兰紫芽。"③磊落：错落分明貌。农畴：农田。④苏轼自注："淇上出山药，一名玉延。"白玉延：即白色的薯芋。⑤马少游：东汉伏波将军马援从弟，他以功名利禄为苦事，曾劝马援当满足于温饱，见《后汉书·马援传》。

和陶《岁暮作和张常侍》 并引[1]

十二月二十五日，酒尽，取米欲酿，米亦竭。时吴远游、陆道士皆客于余[2]，因读陶渊明《岁暮和张常侍》诗，亦以无酒为叹，乃用其韵赠二子。

我生有天禄[3]，玄膺流玉泉[4]。何事陶彭泽[3]，乏酒每形言。仙人与道士，自养岂在繁。但使荆棘除，不忧梨枣愆[6]。我年六十一，颓景薄西山[7]。岁暮似有得，稍觉散亡还。有如千丈松，常苦弱蔓缠。养我岁寒枝，会有解脱年。米尽初不知，但怪饥鼠迁[8]。二子真我客，不醉亦陶然[9]。

【注释】①此诗作于绍圣三年(1096)十二月。②吴远游：名复古，字子野，号麻田山人，潮阳人。因居远游庵，故称。陆道士：名惟忠，字子厚，眉山人。③天禄：指酒。《汉书·食货志》："酒者，天之美禄。"④玄膺：喉中央。《云笈七签》卷十二："玄膺气管受精府。"注："喉中之央为玄膺"。玉泉：指美酒。亦可指口中津液。⑤陶彭泽：即陶渊明，因做过彭泽县令，故称。⑥梨枣：旧时多用梨木、枣木刻版印书，故以"梨枣"为出版的代称。愆：错。此言因文字获罪。⑦颓景：即夕阳。扬雄《反离骚》："恐日薄于西山。"⑧但怪：只怪。迁：搬移。⑨陶然：自得的样子。

白鹤山新居，凿井四十尺，遇磐石，石尽，乃得泉[1]

海国困蒸溽[2]，新居利高寒。以彼陟降劳，易此寝处干。但苦江路峻，常惭汲腰酸。矻矻烦四夫[3]，硗硗斫层峦[4]。弥旬得寻丈[5]，下有青石磐。终日但迸火，何时见飞澜[6]。丰我粲与醪[7]，利汝椎与钻。山石有时尽，我意殊未阑[8]。今朝僮仆喜，黄土复可抟。晨瓶得雪乳，暮瓮停冰湍[9]。我生类如此，何适不艰难。一勺亦天赐，曲肱有余欢[10]。

【注释】①此诗作于绍圣四年（1097）二月。②海国：濒海之地，指惠州。蒸溽：湿热。③矻矻（kū）：勤劳不懈的样子。④硗硗（qiāo）：坚硬的样子。斫：本指用刀斧砍，这里有挖凿之意。⑤弥旬：满一旬，即十天。寻丈：一丈左右。八尺曰寻。⑥飞澜：飞溅的泉水，指井水。⑦粲：精米。醪：酒醪，指美酒。粲与醪指酒食。⑧阑：尽。⑨雪乳、冰湍：指清澈的井水。⑩曲肱：指曲肱为枕而睡。

种茶[1]

松间旅生茶[2]，已与松俱瘦。茨棘尚未容[3]，蒙翳争交构[4]。天公所遗弃，百岁仍稚幼。紫笋虽不长[5]，孤根乃独寿。移栽白鹤岭，土软春雨后。弥旬得连阴[6]，似许晚遂茂[7]。能忘流转苦，戢戢出鸟咮[8]。未任供舂磨，且可资摘嗅。千团输太官[9]，百饼衒私斗[10]。何如此一啜，有味出吾囿。

【注释】①此首作于绍圣四年（1097）春。②旅生：野生，寄生。③茨棘：蒺藜。④蒙翳：覆盖。交构：交合。⑤紫笋：茶名。陆羽《茶经》：“紫者上，绿者次；笋者上，芽者次。”⑥连阴：即连阴天，指接连多日阴雨的天气。⑦遂茂：遂长茂盛。⑧戢戢：密集貌。鸟咮：茶名。李厚注引《茶谱》：“蜀州雀舌、鸟嘴、麦颗，盖取其嫩芽所造，以其芽似之也。”鸟咮即鸟嘴。⑨太官：官名，主管天子饮食。此句言将茶叶制成团状，献给太官，以供皇帝品尝。⑩私斗：私相斗茶。此句言或者将茶叶制成饼状，互相炫耀，以斗茶取胜。

和陶《止酒》 并引①

丁丑岁，予谪海南，子由亦贬雷州。五月十一日，相遇于藤，同行至雷。六月十一日，相别，渡海。余时病痔呻吟②，子由亦终夕不寐。因诵渊明诗，劝余止酒③。乃和原韵，因以赠别，庶几真止矣！

时来与物逝，路穷非我止。与子各意行④，同落百蛮里⑤。萧然两别驾，各携一稚子⑥。子室有孟光⑦，我室惟法喜⑧。相逢山谷间，一月同卧起。茫茫海南北，精亦足生理⑨。劝我师渊明，力薄且为己。微痾坐杯酌⑩，止酒则瘳矣⑪。望道虽未济，隐约见津涘⑫。从今东坡室，不立杜康祀⑬。

【注释】①据诗《引》，此首作于绍圣四年（1097）六月。②病痔：生了痔疮。③止酒：停止饮酒，即断酒。④意行：言随意而行，犹信步。刘禹锡《蛮子歌》：“腰斧上高山，意行无旧路。”⑤百蛮里：百蛮所居之地。百蛮：指南方各少数民族。班固《东都赋》：“内抚诸夏，外绥百蛮。”时苏轼谪居海南，苏辙亦贬于雷州，此二地均为少数民族所居，故称。⑥“萧然”二句：两别驾：时苏轼被贬为琼州别驾，苏辙被贬为化州别驾。二人赴任时，轼携少子苏过，辙携少子苏远，故云“各携一稚子。”⑦孟光：汉时梁鸿的妻子。这里指苏辙的妻子史氏。时苏辙与史夫人及苏远，均自筠州迁雷州。⑧法喜：佛家言，闻佛法而生欢喜心。本集《赠王仲素寺丞》：“虽无孔方兄，顾有法喜妻。”此谓自己夫人已殁，喜闻佛法，不欲再娶。⑨生理：谋生之理，即生计。⑩微疴：小病，即《引》中所言的“病痔”。⑪瘳：痊愈。⑫津涘：水边。⑬杜康：周时人，传说他善酿酒。不立杜康祀：即不为杜康立祀，指断酒。

行琼、儋间，肩舆坐睡。梦中得句云：“千山动鳞甲，万谷酣笙钟。”觉而遇清风急雨，戏作此数句[1]

四州环一岛[2]，百洞蟠其中。我行西北隅，如度月半弓[3]。登高望中原，但见积水空[4]。此生当安归，四顾真途穷。眇观大瀛海[5]，坐咏谈天翁[6]。茫茫太仓中，一米谁雌雄[7]。幽怀忽破散[8]，永啸来天风[9]。千山动鳞甲，万谷酣笙钟。安知非群仙，钧天宴未终[10]。喜我归有期，举酒属青童[11]。急雨岂无意，催诗走群龙。梦云忽变色，笑电亦改容。应怪东坡老，颜衰语徒工。久矣此妙声[12]，不闻蓬莱宫[13]。

【注释】①此首是绍圣四年（1097）六月，作者和苏辙在藤州分别后，前赴贬所昌化军（今海南儋县），行至琼州和儋县间所作。肩舆：用人力抬扛的代步工具。②四州：王十朋注引赵次公曰：“四州，言琼、崖、儋、万也。”一岛：即今海南岛。王文诰曰：‘四州环一岛’者，谓五指山生黎据其中，而四州在四隅也。”③“我行”二句：言所行路线。王文诰曰：“自琼州西路，至北为儋，又极北为崖。公但由澄迈至儋而止，故云‘如度半月弓’，像其形也。”④积水空：言茫茫的积水空阔无际。查慎行注：“《外纪》：东坡在儋州，自书云：‘吾始至南海，环视天水无际，凄然伤之，曰，何时得出此岛也。已而思之，天地在积水中，九州在大瀛海中，中国在少海中，有生孰不在岛者？”⑤大瀛海：浩瀚的海洋。《史记·孟子荀卿列传》：“中国曰赤县神州，内自有九州，……中国外如赤县神州者九，乃所谓九州也。于是有裨海环之，人民禽兽，莫能相通，乃有大瀛海环其外，天地之际焉。”⑥谈天翁：指驺衍，战国时人，详见《史记》本传。⑦“茫茫”二句：本《庄子·秋水》：“计中国之在海内，不似稊米之在太仓中乎？”太仓：

大仓库。⑧幽怀：苦闷的情怀。破散：犹言消散。⑨永啸：一作“咏啸”。⑩钧天：中央之天，天帝所居。《史记·扁鹊传》：“赵简子寤，语诸大夫曰：‘我之帝所甚乐，与百神游于钧天，广乐九奏万舞，不类三代之乐，其声动心。’”⑪青童：仙童。⑫妙声：美妙的音乐。刘桢《赠五官中郎将》：“清歌制妙声。”⑬蓬莱宫：泛指神仙的居所。

次前韵寄子由[1]

我少即多难，邅回一生中[2]。百年不易满，寸寸弯强弓。老矣复何言，荣辱今两空。泥洹尚一路[3]，所向余皆穷。似闻崆峒西，仇池迎此翁[4]。胡为适南海，复驾垂天雄[5]。下视九万里，浩浩皆积风[6]。回望古合州，属此琉璃钟[7]。离别何足道，我生岂有终。渡海十年归，方镜照两童[8]。还乡亦何有，暂假壶公龙[9]。峨眉向我笑，锦水为君容[10]。天人巧相胜，不独数子工。指点昔游处，蒿莱生故宫[11]。

【注释】①此首用《行琼、儋间，肩舆坐睡。梦中得句云：千山动鳞甲，万谷酣笙钟。觉而遇清风急雨，戏作此数句》韵，盖亦同时所作。②邅回：徘徊，回环不进的样子。③苏轼自注：“古语云：十方薄伽梵，一路涅槃门。”泥洹：即涅槃。晋慧远《沙门不敬王者论》：“不以情累其生，则其生可灭，不以生累其神，则其神可冥。冥神绝境，故谓之泥洹。”④崆峒：山名，在今甘肃平凉市西。仇池：山名，又名百顷山，在今甘肃成县西。仇池在崆峒山西。此翁：苏轼自谓。此二句言仿佛听到崆峒山之西，仇池山的仙人要来迎接自己。可参《和陶〈读山海经〉》其十三。⑤垂天雄：指雄性的大鹏。《庄子·逍遥游》：“鹏之背，不知其几千里也。怒而飞，其翼若垂天之云。是鸟也，海运则将徙于南冥。”⑥“下视”二句：《庄子·逍遥游》：“鹏之徙于南冥也，水击三千里，抟扶摇而上者九万里。”又云：“风云积也不厚，则其负大翼也无力，故九万里则风斯在下矣。”此二句本此。⑦古合州：即雷州。琉璃钟：酒杯。李贺《将进酒》：“琉璃钟，琥珀浓，小槽酒滴真珠红。”这里代指酒。此二句指苏辙劝苏轼断酒事。⑧“方镜”句：童：同“瞳。”王注丁惠安曰：“《西京杂记》：高祖初入咸阳宫，周行府库，有方镜广四尺，高五尺九寸，表里有明，人直来，照之，影则倒见；以手扪心而来，则见五脏；有病，则知病之所在。”⑨壶公龙：道家传说，东汉费长房从壶公学仙，辞归，壶公给他一枝竹杖，说骑着它即可回家。长房到家后将其投入葛陵，杖化为龙。见《后汉书·费长房传》。后因以称竹杖为壶龙公。⑩锦水：水名，在今成都市西。据说锦工所织之锦，在此水中洗濯后，色泽就特别鲜明。见《水经注·锦水》。⑪故宫：即“昔游处”。指苏轼出仕前，和苏辙所游之地。王文诰谓此诗及前一首“本旨以不归为归，犹言此区区形迹之累，不足以囿我也。”

和陶还旧居① 梦归惠州白鹤山居作②

痿人常念起③，夫我岂忘归。不敢梦故山，恐兴坟墓悲④。生世本暂寓，此身念念非。鹅城亦何有⑤，偶拾鹤毳遗⑥。穷鱼守故沼，聚沫犹相依⑦。大儿当门户⑧，时节供丁推⑨。梦与邻翁言，悯默怜我衰。往来付造物，未用相招麾⑩。

【注释】①此首盖作于绍圣四年（1097）七月初。②“梦归”九字：一说为苏轼题下自注，疑是。③痿人：得痿痹症的人。《史记·韩信卢绾列传》：“仆之思归，如痿人不忘起，盲者不忘视也，势不可耳。”柳宗元《种仙灵毗》：“痿者不忘起，穷者宁复言。”④坟墓悲：指对亡父亡母的悲思之情。⑤鹅城：指惠州。相传初立州时，有木鹅浮至江上，因号鹅城。⑥鹤毳：鹤毛。毳：鸟兽的细毛。⑦穷鱼：枯泽中的鱼。《庄子·大宗师》：“泉涸，鱼相与处于陆，相呴以湿，相濡以沫。”⑧大儿：指苏迈。当门户：持门户。时苏轼盖留苏迈在白鹤新居，故云。⑨丁推：宋敏求《春明退朝录》：“吴正肃言律令有丁推。推字不通少壮之意，当是丁稚。唐以高宗讳避之，损其点划尔。”⑩麾：通“挥”。

和陶《连雨独饮》二首 并引①

吾谪海南，尽卖酒器，以供衣食。独有一荷叶杯②，工制美妙，留以自娱。乃和渊明《连雨独饮》。

其一

平生我与尔③，举意辄相然④。岂止磁石针，虽合犹有间。此外一子由，出处同遍仙④。晚景最可惜⑥，分飞海南天⑦。纠缠不吾欺⑧，宁此忧患先。顾引一杯酒，谁谓无往还。寄语海北人⑨，今日为何年。醉里有独觉，梦中无杂言。

【注释】①此二首作于绍圣四年（1097）七月。②荷叶杯：形似荷叶的酒杯。③尔：指荷叶杯。④相然：一作“自然”。⑤遍仙：同“蹁跹”，本谓旋转舞动貌，这里有亦步亦趋之意。⑥晚景：老景，指晚年。⑦“分飞”句：时苏轼为琼州别驾，安置于昌化军，苏辙为化州别驾，安置于雷州，故言“分飞海南天”。⑧纠缠：本指绳索，这里是缠绕联结的意思。《史记·贾谊传》：“夫祸之与福兮，何异纠缠。”《集解》：“祸福相为表里，如纠缠绳索相附会也。”⑨海北人：指在雷州的苏辙。

其二

阿堵不解醉①，谁欤此颓然②。误入无功乡③，掉臂嵇、阮间④。饮中八仙人⑤，与我俱得仙。渊明岂知道，醉语忽谈天。偶见此物真，遂超天地先⑥。醉醒可还酒，此觉无所还。清风洗徂暑⑦，连雨催丰年。床头伯雅君⑧，此子可与言。

【注释】①阿堵：这一个。指荷叶杯。②颓然：酒醉貌。③无功乡：指酒乡。无功：隋唐间隐士王绩字。绩以嗜酒著称。④嵇、阮：嵇康和阮籍，均为竹林七贤中的人物，亦以嗜酒著称。⑤饮中八仙人：指唐时贺知章、李琎、李适之、崔宗之、苏晋、李白、张旭、焦遂八人。他们豪饮不羁，时人称为饮中八仙。杜甫有《饮中八仙歌》。⑥此物：指酒。遂超：一作“遂趋”。陶渊明《连雨独饮》：“故老赠余酒，乃言饮得仙。试酌百情远，重觞忽忘天。天岂去此哉，任真无所先。”可与以上四句相参阅。⑦徂暑：盛暑。《诗·小雅·四月》：“四月维夏，六月徂暑。”笺曰：“徂，犹始也。四月立夏矣，至六月乃始盛暑。”⑧伯雅君：指酒器。施元之注：“魏文帝《典论》：“刘表子好酒，为三爵，大曰伯雅，受七升；次曰仲雅，受五升；次曰季雅，受三升。”

和陶示周掾祖谢[1] 游城东学舍作[2]

闻有古学舍，窃怀渊明欣[3]。摄衣造两塾[4]，窥户无一人。邦风方杞夷[5]，庙貌犹殷因[6]。先生馔已缺，弟子散莫臻[7]。忍饥坐谈道，嗟我亦晚闻。永言百世祀[8]，未补平生勤。今此复何国，岂与陈、蔡邻[9]。永愧虞仲翔[10]，弦歌沧海滨。

【注释】①此诗一题作《和陶示周续之、祖企、谢景夷三郎》，盖苏轼于绍圣四年（1097）七月，至儋州后不久所作。②游城东学舍作：此六字一说为题下苏轼自注，疑是。③渊明欣：陶渊明《五柳先生传》：“好读书，不求甚解，每有会意，便欣然忘食。”④摄衣：提起衣襟。造：至。⑤杞夷：《左传·僖公二十三年》：“杞成公卒。书曰子。杞，夷也。”代指蛮夷。⑥殷因：即因殷，因袭殷商的形式。⑦臻：至。⑧祀：祭祀。⑨陈、蔡：古时二国名。⑩虞仲翔：名翻，三国时吴人。《吴志》本传云：“（翻）徙交州，虽处罪放而讲学不倦，门徒常数百人。”

籴米①

籴米买束薪②，百物资之市③。不缘耕樵得④，饱食殊少味。再拜请邦君⑤，愿受一廛地@。知非笑昨梦⑦，食力免内愧⑧。春秧几时花，夏稗忽已穟⑨。怅焉抚耒耜⑩，谁复识此意。

【注释】①此诗作于绍圣四年（1097）七月以后。②束薪，《诗·王风·扬之水》："扬之水，不流束薪"。两广各地买柴是论"把"（一捆）的，恰是"束薪"。③资：仰给。④不缘：不由。此句言不由自己劳动所得。⑤邦君：指地方长官。⑥一廛地：《孟子·滕文公上》："愿受一廛而为氓。"这里是说自己愿在当地落户。⑦知非：知过去错误。陶渊明《归去来兮辞》："觉今是而昨非。"⑧食力：自食其力。内愧：内心惭愧。⑨穟：同"穗"，结实。⑩耒耜：耕作用的农具。

和陶赴假江陵夜行① 郊行步月作②

缺月不早出，长林踏青冥。犬吠主人怒，愧此闾里情。怪我夜不归，茜袂窥柴荆③。云间与地上，待我两友生④。惊鹊再三起，树端已微明。白露净原野，始觉丘陵平。暗蛩方夜绩⑤，孤萤亦宵征⑥。归来闭户坐，寸田且默耕。莫赴花月期⑦，免为诗酒萦。诗人如布谷，聒聒常自名。

【注释】①此诗作于绍圣四年（1097）八月。②郊行步月作：此五字，一说是题下苏轼自注。③茜袂：绛色的衣袖。指上文所说的主人。茜：《广韵》："茜，草名，可染绛色。"④"云间"二句：暗用李白《月下独酌》其一："举杯邀明月，对影成三人"之意。⑤蛩（qióng）：即蟋蟀。⑥萤：即萤火虫。宵征：夜间飞行。⑦花月：施元之注："韩退之诗：有时醉花月，清唱高且绵。"

和陶九日闲居 并引[1]

明日重九，雨甚，展转不能寐。起，索酒，和渊明一篇，醉熟昏然[2]，殆不能佳也。

九日独何日，欣然惬平生。四时靡不佳，乐此古所名。龙山忆孟子[3]，栗里怀渊明[4]。鲜鲜霜菊艳[5]，溜溜糟床声[6]。闲居知令节[7]，乐事满余龄[8]。登高望云海，醉觉三山倾。长歌振履商[9]，起舞带索荣[10]。坎坷识天意，淹留见人情[11]。但愿饱秔稌[12]，年年乐秋成。

【注释】①此首作于绍圣四年（1097）九月初八。②醉熟：酣醉。一作"熟醉"。③龙山：山名，在今湖北江陵县西北十五里。孟子：即孟嘉，字万年，陶渊明外祖父。陶渊明《晋故征西大将军长史孟府君传》："九月九日，（桓）温游龙山，参佐并集，四弟二甥咸在坐。时佐吏并著戎服，有风吹君帽堕落，温目左右及宾客勿言，以观其举止。君初不自觉，良久如厕。温命取以还之。廷尉太原孙盛，为谘议参军，时在坐，温授纸笔令嘲之。文成示温，温以著坐处。君归，见嘲笑而请笔作答，了不容思，文辞超卓，四座叹之。"④栗里：地名，在今江西九江市西南。《南史·陶潜传》："潜尝往庐山，（江州刺史王）弘令潜故人庞通之赍酒具于半道栗里要之。潜有脚疾，使一门生二儿举篮舆。及至，欣然便共饮酌，俄顷弘至，亦无忤也。"⑤鲜鲜：光亮貌。韩愈《秋怀》："鲜鲜霜中菊，既晚何用好。"⑥溜溜：水流滴声。糟床：榨酒器具。陆龟蒙《看压新醅寄怀袭美》："晓压糟床渐有声，旋如荒涧野泉清。"⑦令节：佳节，即重九。⑧余龄：余年，指晚年。⑨振履：曳履作声。郑崇在汉哀帝时为尚书仆射，常求见哀帝进行规谏，他去时曳革履，人还未到，哀帝即识之。后因以"振覆"指向皇帝进谏。商：傅商，傅太后从弟。郑崇曾谏阻封商。见《汉书·郑崇传》。⑩带索：

以绳索作腰带。荣：指荣启期，春秋时隐士。《列子·天瑞》篇："孔子游于太山，见荣启期行乎郕之野，鹿裘带索，鼓琴而歌。"⑪淹留：滞留，久留。⑫秔稌：指稻米。

和陶拟古九首[①]

其一

有客叩我门，系马门前柳。庭空鸟雀散，门闭客立久。主人枕书卧，梦我平生友。忽闻剥啄声[②]，惊散一杯酒。倒裳起谢客[③]，梦觉两愧负。坐谈杂今古，不答颜愈厚[④]。问我何处来，我来无何有[⑤]。

【注释】①此九首作于绍圣四年（1097）秋冬之际。②剥啄声：敲门声。③倒裳：穿颠倒了衣裳，表示匆忙。④颜愈厚：即脸皮更厚。《诗·小雅·巧言》："巧言如簧，颜之厚矣。"⑤无何有：犹言无所有。此指无何有之乡。《庄子·逍遥游》："今子有大树，患其无用，何不树之无何有之乡。"

其二

酒尽君可起，我歌已三终[①]。由来竹林人，不数涛与戎[⑦]。有酒从孟公[③]，慎勿从扬雄[④]。崎岖颂沙麓[⑤]，尘埃污西风。昔我未尝达，今者亦安穷。穷达不到处，我在阿堵中[⑥]。

【注释】①三终：古乐章以奏诗一篇为一终，每次奏乐共三终。《礼记·乡饮酒义》："间歌三终，合乐三终。"疏曰："每一篇而一终，一歌则一吹也。"②竹林人：指竹林七贤，即阮籍、嵇康、刘伶、向秀、阮咸、山涛和王戎。山涛和王戎入晋后，致位显要，为后人所讥，故此言"不数"。③孟公：指孟嘉。陶渊明《孟府君传》："（君）好酣饮，逾多不乱。至于任怀得意，融然远寄，傍若无人。（桓）温尝问君：‘酒有何好，而卿嗜之？’君笑而答曰：‘明公但不得酒中趣尔。’”④扬雄：字子云，西汉人，《汉书》有传。他曾作《酒赋》，对嗜酒的汉成帝进行讽谕。⑤颂沙麓：指扬雄为汉元帝王皇后作诔事。《汉书·元后传》载，元后死后，王莽诏扬雄作诔曰：“太阴之精，沙麓之灵，作合于汉，配元生成（帝）。”⑥阿堵：这一个，指酒。

其三

客去室幽幽①，服鸟来座隅⑦。引吭伸两翅③，太息意不舒。吾生如寄耳，何者为吾庐。去此复何之，少安与汝居。夜中闻长啸，月露荒榛芜。无问亦无答，吉凶两何如④。

【注释】①幽幽：幽暗貌。②服鸟：即鹏鸟，猫头鹰。相传是一种不祥之鸟，入人住室，则主人将去。见《文选》贾谊《鹏鸟赋》。③引吭：伸颈放声。④“无问”二句：《鹏鸟赋》：“野鸟入室兮，主人将去。请问于鹏兮，予去何之？吉乎告我，凶言其灾。”此二句盖化用之。

其四

少年好远游，荡志隘八荒①。九夷为藩篱②，四海环我堂。卢生与若士④，何足期渺茫。稍喜海南州，自古无战场。奇峰望黎母④，何异嵩与邙⑤。飞泉泻万仞，舞鹤双低昂。分□未入海⑥，膏泽弥此方。芋魁倘可饱⑦，无肉亦奚伤。

【注释】①八荒：八方荒远之地，泛指八方。②九夷：九州边夷之地，泛指九州。③卢生：即卢敖。施元之注：“《神仙传》：若士谓卢敖曰：‘吾方与汗漫期于九垓之外，不可久驻。’乃竦身入云中。”④黎母：即黎母山。查慎行注：“《名胜志》：山在琼州府定安县南。一云，婺女星常降此山，名黎婺。一云，昔雷摄一蛇卵，在山中，生一女，有交趾蛮过海采香，因与结配，其后子孙众多，是为黎人之祖，故曰黎母。”⑤嵩与邙：嵩山和北邙山。嵩山在今河南登封县境。北邙山在今河南洛阳市北。⑥分泝：一作“分流”。泝：古“流”字。查慎行注：“《琼州志》：昌江在昌化县城南十里，源自五指山。至侯村，分南北二派。南江西流，经赤坎村，会海潮成港。北江绕县南流，西至泥浦，与潮相汇，径入海。”⑦芋魁：芋根，芋头。

其五

冯冼古烈妇，翁媪国于兹①。策勋梁武后②，开府隋文时③。三世更险易④，一心无磷缁⑤。锦繖平积乱⑥，犀渠破余疑⑦。庙貌空复存⑧，碑版漫无辞⑨。我欲作铭志，慰此父老思。遗民不可问，偻句莫予欺⑩。犦牲菌鸡卜⑪，我当一访之。铜鼓壶卢笙⑫，歌此送迎诗。

【注释】①冯冼：指梁高凉太守冯宝妻冼氏。翁媪：指冯宝和冼氏夫妻二人。兹：指海南。《北史·列女传》：“谯国夫人冼氏，世为南越首领。在父母家，抚循部众，能压服诸越，海南儋耳归附者千余洞。梁大同初，高凉太守冯宝聘以为妻。高州刺史李迁仕反，夫人击之，大捷。及宝卒，岭表大乱，夫人怀集百越，数州晏然。”②策勋：记功于策。此指以功册封。梁武后，指陈武帝时。《北史·列女传》：“陈永定二年，广州刺史欧阳纥反，夫人发兵拒境，诏使持节册夫人为高凉郡太夫人，一如刺史之仪。”③开府：开建府署，辟置僚属。《北史·列女传》：“陈亡，隋文帝安抚岭外。晋王广遣陈主遗书，谕以归化，以犀杖兵符为信。夫人验知，尽日恸哭。册夫人为宋康郡夫人。”④三世：指梁、陈、隋三代。⑤磷缁：《论语·阳货》：“不曰坚乎？磨而不磷；不曰白乎？涅而不缁。”磷：指因磨而致薄损；缁：谓因染而变黑。后因以磷缁比喻受环境影响而发生变化。⑥锦繖：即锦伞。《北史·列女传》：“王仲宣反，夫人进兵至南海，亲被甲，乘介马，张锦伞，领彀骑，卫诏使裴矩巡抚诸州，岭表遂定，封谯国夫人。”⑦犀渠：用犀牛皮制成的盾牌。此指犀杖兵符。破余疑：破除疑虑。参见注③。⑧庙貌：宗庙中供奉的先祖形像。此指冯冼遗像。⑨碑板：指刻于石上的记载文字，即碑文。漫：磨灭，泯灭。⑩偻句：即偻佝，脊背向前弯曲，指当地的老人。⑪犦牲：以犦牛为牲。鸡卜：古代占卜之法。《史记·武帝本纪》《正义》："鸡卜法用鸡一，狗一，生，祝愿讫。即杀鸡狗煮熟，又祭。独取鸡两眼，骨上自有孔裂，似人物形则吉，不足则凶。"张说《宋公遗爱碑颂》："犦牛牲兮菌鸡卜，神降福兮公寿考。"⑫铜鼓：用铜铸成的鼓。施元之注："《岭表录异》：蛮夷之乐，有铜鼓，形如腰鼓。"壶卢笙：即葫芦笙，用葫芦制的笙。

其六

沉香作庭燎[①]，甲煎粉相和[②]。岂若炷微火[③]，萦烟袅清歌。贪人无饥饱，胡椒亦求多。朱、刘两狂子，陨坠如风花[④]。本欲竭泽渔，奈此明年何[⑤]。

【注释】①沉香：香木。木材和树脂可供细工用材及薰香料。其色黑芳香，脂膏凝结为块，入水能沉，故名沉香。庭燎：大烛。②甲煎：香名，又称甲香。《唐本草》谓取蠡类之甲，烧灰合香，和腊可制口脂，磨碎成散则为粉。③炷：点燃。④朱、刘：朱初平和刘谊，与苏轼同时人。苏轼自注："朱初平、刘谊欲冠带黎人，以取水沉耳。"⑤"本欲"二句：本《吕氏春秋·义赏》："晋文公将与楚人战于城濮。雍季曰：'竭泽而渔，岂不获得，而明年无鱼。'"

其七

鸡窠养鹤发[①]，及与唐人游。来孙亦垂白[②]，颇识李崖州[③]。再逢卢与丁[④]，阅世真东流[⑤]。斯人今在亡，未遽掩一丘[⑥]。我师吴季子，守节到晚周[⑦]。一见春秋末[⑧]，渺焉不可求[⑨]。

【注释】①"鸡窠"句：施元之注："钱希白《洞微志》：太平兴国中，李守忠为承旨，奉使南方。过海至琼州界，道逢一翁，自称杨遐举，年八十一，邀守忠诣所居。见其父曰叔连，年一百二十二；又见其祖曰宋卿，年一百九十五。语次，其梁上鸡窠中，有一小儿出头下视。宋卿曰：‘此吾前代祖也。不语不食，不知其年，朔望取下，子孙列拜而已。’”②来孙：《尔雅·释亲》：“曾孙之子曰玄孙，玄孙之子曰来孙。”此指杨宋卿。③李崖州：即李德裕，字文饶。历相文宗、武宗，拜太尉，进封赵国公。宣宗大中二年，贬崖州司户参军。《洞微志》：“李守忠见宋卿，访及往时韦执谊、李德裕二相经由。宋卿曰：‘李太尉到朱崖，虽不多时，尚时时令人北去买药。某时，某以小吏，亦三献厨料于太尉。观太尉方正端重，实为名相，虽迁降南荒茅茨之下，了无介怀。’”④再逢：谓杨宋卿再逢卢、丁。卢与丁：指卢多逊和丁谓。二人皆北宋前期人，先后被贬为崖州司户参军，《宋史》都有传。⑤阅世：经历时世。东流：东去的流水，比喻时光消逝。⑥斯人：这些人。指李德裕和卢多逊、丁谓三人。掩一丘：埋于一丘之中。此二句承“来孙”口吻而言，是说李崖州与卢、丁二人或存或亡，但他们是不可相提并论的。⑦吴季子：指春秋时吴国的公子季札。其父吴王寿梦以季札贤，欲传国于他。季札坚辞不受，故屈狐庸言于赵襄子曰：“季子守节者也，虽有国不立。”见《左传·襄公三十一年》。⑧“一见”句：谓延州来季子救陈事，见《左传·哀公十年》。⑨“渺焉”句：关于来季子救陈事，杜预认为来季子即季札，孙毓认为此来季子未必季札本人，可能是受封于延州来州的子孙。故此言：“渺焉不可求。”

其八

城南有荒池，琐细谁复采①。幽姿小芙蕖②，香色独未改。欲为中州信，浩荡绝云海。遥知玉井莲③，落蕊不相待。攀跻及少壮，已失那容悔④。

【注释】①琐细：细小。②芙蕖：荷花。查慎行注：“《名胜志》：儋州城南有桄榔庵，庵前有清水池，池中荷花，四季不绝，腊月尤胜。”③玉井莲：韩愈《古意》：“太华峰头玉井莲，开花十丈藕如船。”④攀跻：攀升。此二句即“少壮不努力，老大徒伤悲”之意。

其九

黎山有幽子[①]，形槁神独完。负薪入城市，笑我儒衣冠。生不闻诗书，岂知有孔、颜[②]。翛然独往来[③]，荣辱未易关。日暮鸟兽散，家在孤云端。问答了不通，叹息指屡弹。似言君贵人[④]，草莽栖龙鸾。遗我古贝布[⑤]，海风今岁寒。

【注释】①幽子：隐士。②孔、颜：孔子和颜回。③翛（xiāo）然：自得超然的样子。④君：指苏轼。⑤古贝布：用古贝纺线织成的布。古贝：即木棉。一作“吉贝”。

和陶东方有一士[①]

瓶居本近危，甑坠知不完[②]。梦求亡楚弓，笑解适越冠[③]。忽然返自照，识我本来颜。归路在脚底，殽潼失重关[④]。屡从渊明游，云山出毫端[⑤]。借君无弦琴[⑥]，寓我非指弹[⑦]。岂惟舞独鹤，便可摄飞鸾。还将岭茅瘴，一洗月阙寒[⑧]。

【注释】①此诗和《和陶拟古九首》盖作于同时。②甑：古时的陶制炊具，底有孔，放在鬲上蒸食物。③适越冠：《庄子·逍遥游》：“宋人资章甫而适诸越，越人断发文身，无所用之。”④殽潼：殽山和潼关。⑤毫端：笔端。⑥无弦琴：《晋书·隐逸传·陶潜》：“（陶潜）性不解音，而蓄素琴一张，弦徽不具。”⑦非指弹：《庄子·齐物论》：“以指喻指之非指，不若以非指喻指之非指。”⑧苏轼自注：“此东方一士，正渊明也。不知从之游者谁乎？若了得此一段，我即渊明，渊明即我也。”

和陶怨诗示庞邓[1]

当欢有余乐，在戚亦颓然[2]。渊明得此理，安处故有年。嗟我与先生，所赋良奇偏[3]。人间少宜适，惟有归耘田[4]。我昔堕轩冕[5]，毫厘真市廛[6]。困来卧重裀[7]，忧愧自不眠。如今破茅屋，一夕或三迁。风雨睡不知，黄叶满枕前。宁当出怨句，惨惨如孤烟[8]。但恨不早悟，犹推渊明贤。

【注释】①此诗作于绍圣四年（1097）十月。一题作《和陶怨诗楚调示庞主薄邓治中》。②颓然：败兴的样子。③奇偏：偏于一方，与众不同。柳宗元《乞巧文》："胡为赋授，有此奇偏。"④耘田：耕田。指辞官回乡。⑤轩冕：卿大夫的轩车和冕服。指官位爵禄。⑥市廛：《孟子·公孙丑上》："市，廛而不征。"本指在市场上供给储存货物的屋舍、场地，于交易前不征收货物税。后用以指商店集中的处所。谢灵运《山居赋》："山居良有异乎市廛。"⑦重裀：两层厚软的坐席、床褥。⑧孤烟：杜牧《华清宫》："孤烟知客恨。"

和陶杂诗十一首[1]

其一

斜日照孤隙[2]，始知空有尘。微风动众窍[3]，谁信我忘身。一笑问儿子[4]，与汝定何亲。从我来海南，幽绝无四邻。耿耿如缺月[5]，独与长庚晨[6]。此道固应尔，不当怨尤人[7]。

【注释】①此十一首作于绍圣四年（1097）冬。②孤隙：独孔。③众窍：众孔。④儿子：指苏过。⑤耿耿：明亮貌。⑥长庚：长庚星，即金星。⑦怨尤人：即怨天尤人。

其二

故山不可到[1]，飞梦隔五岭[2]。真游有黄庭[3]，闭目寓两景[4]。室空无可照，火灭膏自冷[5]。披衣起视夜，海阔河汉永[6]。西窗半明月，散乱梧楸影[7]。良辰不可系[8]，逝水无留骋[9]。我苗期后枯，持此一念静。

【注释】①故山：指苏轼的故乡眉山。②五岭：山名。最早见于《汉书·张耳传》。具体所指说法不一。这里似是交趾、合浦界上的五岭，见《张耳传》服虔注，但岭名不详。③真游：犹言仙游。黄庭：《黄庭经》的简称。④两景：《黄庭经》中有《内景经》和《外景经》，故称“两景”。⑤膏：油脂。⑥河汉：银河。⑦梧楸：梧桐树和楸树。⑧系：拴住。⑨留骋：一作“由骋”。

其三

真人有妙观[1]，俗子多妄量[2]。区区劝粒食，此岂知子房[3]。我非徒跣相[4]，终老怀未央[5]。兔死缚淮阴[6]，狗功指平阳[7]。哀哉亦何羞，世路皆羊肠[8]。

【注释】①真人：道家称存养本性的得道之人为真人。妙观：奇妙的景观，指有不同凡俗之处。②俗子：与“真人”对称，指世俗之人。妄量：妄加揣测。③区区：殷勤的样子。子房：张良字。《史记·留侯世家》：“留侯学辟谷，道引轻身。吕后德留侯，乃强食之。”④徒跣相：指萧何。《汉书·萧何传》：“（何）为相国，下廷尉，数日赦出，何徒跣入谢。”徒跣：赤着脚。⑤未央：汉未央宫。《汉书·高祖纪》：“七年，萧何治未央宫。

上徙都长安。”⑥淮阴：指淮阴侯韩信。《汉书·韩信传》：“上令武士缚（信）载后车。信曰：‘果若人言，狡兔死，良狗烹。’遂械信至雒阳，赦以为淮阴侯。”⑦平阳：指平阳侯曹参。《汉书·萧何传》：“上曰：‘今诸君徒能得走兽耳，功狗也；至如萧何发纵指示，功人也。’列侯毕已受封，奏位次，皆曰：‘平阳侯曹参宜第一。’上善鄂千秋言，乃令何第一。”⑧羊肠：阪名。在今山西静乐县镜。《楚辞·大招》：“西薄羊肠，东穷海只。”洪兴祖《补注》：“《战国策》云：‘羊肠，赵险塞名，山形屈辟，状如羊肠。’”这里喻指崎岖曲折的小径。

其四

相如偶一官，嗤鄙蜀父老①。不记犊鼻时，涤器混佣保②。著书曾几何，渴肺灰土燥③。琴台有遗魄④，笑我归不早。作书遗故人，皎皎我怀抱⑤。余生幸无愧，可与君平道⑥。

【注释】①相如：即司马相如。嗤鄙：讥笑，瞧不起。此二句盖指司马相如为郎，奉使西南，喻告巴蜀民事。详见《史记》本传。②犊鼻：即犊鼻裈，指围裙，或说是短裤。佣保：雇工。《史记·司马相如列传》：“相如与（卓文君）俱之临邛，尽卖其车骑，买一酒舍酤酒，而令文君当垆。相如身自著犊鼻裈，与佣保杂作，涤器于市中。”③“著书”二句：《司马相如传》：“相如口吃而善著书，常有消渴疾。”④琴台：查慎行注：“王褒《益州记》：相如宅，在笮桥北。李膺云：市桥西二百步，得相如旧宅，南有琴台故墟。”⑤皎皎：明洁貌。⑥君平：即严君平，西汉隐士。《汉书》卷七十二载，汉成帝时，蜀人严君平“卜筮于成都市，以为‘卜筮者贱业，而可以惠众人。有邪恶非正之问，则依蓍龟为言利害。’”

其五

孟德黠老狐①，奸言嗾鸿豫②。哀哉丧乱世，枭鸾各腾翥③。逝者知几人，文举独不去[④]。天方斫汉室[⑤]，岂计一郗虑。昆虫正相啮[⑥]，乃比蔺相如[⑦]。我知公所坐，大名难久住[⑧]。细德方险微[⑨]，岂有容公处。既往不可悔，庶为来者惧[⑩]。

【注释】①孟德：曹操字。黠，狡黠。②嗾（sǒu）：唆使，挑动指示别人做坏事。鸿豫：郗虑字。曹操曾指使郗虑奏免孔融官职。见下注。③枭：猫头鹰。鸾：凤鸟。腾翥：腾飞。贾谊《吊屈原赋》："呜呼哀哉，逢时不祥。鸾凤伏窜兮，鸱枭翱翔。"此二句盖本之。④文举：孔融字。⑤斫：砍伐，这里是灭亡的意思。⑥啮：咬。孔融《报曹公书》："至于轻弱薄劣，犹昆虫之相啮，适足还害其身，诚无所至也。"⑦蔺相如：战国时赵国贤臣。《史记》有传。《后汉书·孔融传》：曹操"以融名重天下，外相容忍，而潜忌正义，虑鲠大业。山阳郗虑承望风旨，以微法奏免融官。因显明雠怨，操故书激励融：'……昔廉（颇）、蔺（相如）小国之臣，犹能相下。……国家东迁，文举盛叹鸿豫名实相副，综达经学，出于郑玄，又明《司马法》，鸿豫亦称文举奇逸博闻，诚怪今者与始相违。'"操既积嫌忌，而郗虑复构成其罪，遂令丞相军谋祭酒路粹枉状奏融，下狱弃市。⑧"大名"句：《史记·越世家》："大名之下，难以久居。"⑨细德：卑劣的品德。⑩王文诰曰："此以孔融自慨，乃十一首之正面诗。"

其六

博大古真人，老聃、关尹喜[①]。独立万物表，长生乃余事。稚川差可近[②]，倘有接物意[③]。我顷登罗浮[④]，物色恐相值。徘徊朱明洞[⑤]，沙水自清驶[⑥]。满把菖蒲根[⑦]，叹息复弃置。

【注释】①老聃：即老子。相传老子姓李名聃。关尹喜，与老子同时的函谷关尹，名喜。《庄子·天下篇》："关尹、老聃，古之博大真人哉！"②稚川：晋葛洪字。《晋书》有传。③接物意：指关怀尘事之意。④罗浮：即罗浮山。⑤朱明洞：在罗浮山麻姑峰下。⑥"沙水"句：谓清澈的沙水自然流动。

⑦菖蒲：草名。据说久服能使白发变黑，落齿再生。

其七

蓝乔近得道[①]，常苦世褊迫[②]。西游王屋山[③]，不践长安陌。尔来宁复见，鸟道度太白[④]。昔与吴远游[⑤]，同藏一瓢窄。潮阳隔云海，岁晚倘见客[⑥]。伐薪供养火[⑦]，看作栖凤宅。

【注释】①蓝乔：施元之注引宋郑总《蓝乔传》："乔字子升，循州龙川人。母陈氏，祷罗浮山而孕。年十二，已能为诗文，求道书读之。辞母之江淮，抵京师，七年而归。语母曰：'儿所以复返者，念母故也。'瓢中出丹一粒，馈焉。以黄金数斤遗母，曰：'是真气所成。'潮州人吴子野遇之于京师，方大暑，同登汴桥买瓜。乔曰：'尘埃污吾瓜，当于水中啖尔。'自掷于河，至夜不出。吴候其邸，则已酣寝，始知乔已得道，遂与执爨。语人曰：'吾罗浮仙人也，由此升天矣。'一日，蹑风云而上征，官中历历闻笙箫声，犹长吟李太白诗云：下窥夫子不可及，矫首相思空断肠。"②褊迫：狭小，局促。③王屋山：山名。在今河南济源市西北八十里处。④"尔来"二句：李白《蜀道难》："西当太白有鸟道，可以横绝峨嵋巅。"太白：即太白山。在今陕西眉县东南。⑤吴远游：即吴子野。⑥"潮阳"二句：王文诰注："时吴子野在桂管曹子方处。据此句，必得子野近耗，知其已在归途，将不归潮阳，而就近渡海矣。"⑦"伐薪"句：查慎行注："孙思邈七返丹砂法，用六一泥固脐讫，以文火渐养，烧至六七日，即武火，一日成。如此七转堪服。其火每转，须减损之，不减，恐药不佳也。"

其八

南荣晚闻道，未肯化庚桑[①]。陶顽铸强犷，枉费尘与糠。越子古成之，韩生教休粮[③]。参同得灵钥，九锁启伯阳。鹅城见诸孙[⑤]，贫苦我为伤。空余焦先室[⑥]，不传元化方[⑦]。遗像似李白，一奠临江觞[⑧]。

【注释】①南荣：即南荣趎（chú），庚桑楚的弟子，姓南荣，名趎。庚桑：人名，姓庚桑，名楚，相传为老聃的弟子。南荣趎不能被庚桑楚感化之事，见《庄子·庚桑楚》。②“陶顽”二句：言陶制铸造愚顽强犷之人，不过是枉费尘垢秕糠而已。《庄子·逍遥游》：“是其尘垢秕糟，将犹陶铸尧舜者也。”③韩生：即韩咏。冯应榴《合注》：“《惠州府志》：古成之，字亚奭，河源人。五季末，避地增城，尝结庐罗浮山，力学不怠，端拱初登第，名在十九。初调元氏尉，改知益都县。淳化三年，召试馆职，除秘书省校书郎。张咏知益州，辟知绵州魏城县，再令绵竹，惠政不衰。初，成之道由潭州，遇异人韩咏，邀以仙术。答曰：‘亲老禄仕，长生非所愿也。’及登第，咏复邀之，不为动。至是，叹曰：‘今亲没，何以仕为？’慨然赋《思罗浮》诗，未几卒于官。”休粮：指辟谷术。④“参同”二句：施元之注：“《神仙传》：魏伯阳得神丹玄奥之理，显微阐幽，著《参同契》三卷。《隐丹经》：金匮九龠，有九转丹法。龠，所以藏书也。”⑤鹅城：指惠州。诸孙：指古成之的诸孙。⑥焦先：三国时隐士，字孝烈，河东人。汉末尝于荒野河边结草庐独居，见人不语，冬夏不着衣，卧不设席，满身垢污，数日始一食，传说死时已百余岁。见《魏志·管宁传》注引皇甫谧《高士传》。⑦元化：华佗字。《后汉书》本传载，华佗精于方药，曹操收付狱，杀之。“临死，出一卷书，与狱吏曰：‘此可以活人。’吏畏法不敢受，佗索火烧之。”⑧一尊：即一樽，一杯酒。

其九

余龄难把玩[①]，妙解寄笔端[②]。常恐抱永叹，不及丘明、迁[③]。亲友复劝我，放心饯华颠[④]。虚名非我有，至味知谁餐[⑤]。思我无所思，安能观诸缘。已矣复何叹，旧说《易》两篇[⑥]。

【注释】①余龄：剩下的岁月，即余年。把玩：持玩，赏玩。②妙解：精妙的见解。③丘明：左丘明。迁：司马迁。④华颠：白头。⑤至味：最好的美味。⑥“旧说”句：冯应榴《合注》：“指所著《易传》，见于由所撰墓志铭。”王文诰曰：“此首道传经之志，下首任传经之责，相为表里。”

其十

申、韩本自圣[①]，陋古不复稽。巨君纵独欲，借经作岩崖[②]。遂令青衿子[③]，珠璧人人怀[④]。凿齿井蛙耳，信谓天可弥[⑤]。大道久分裂，破碎日愈离。我如终不言，谁悟角与羁[⑥]。吾琴岂得已，昭氏有成亏[⑦]。

【注释】①“申、韩”二句：申、韩：申不害和韩非子。二人都是先秦法家代表人物。《史记·申韩列传》谓二人之学，皆“本于黄老而主刑名”，故言“本自圣”。②巨君：王莽字。《汉书·王莽传》：“莽奏起明堂、辟雍、灵台，得筑舍万区，作市常满仓，制度甚盛。立《乐经》，益博士员，经各五人。征天下通一艺教授十一人以上，有逸《礼》、古《书》《毛诗》《周官》《尔雅》、天文、图谶、钟律、月令、兵法、《史篇》文字，通知其意者皆诣公车。”③青衿子：《诗·郑风·子衿》：“青青子衿，悠悠我心。”《传》：“青衿，青领也，学子之所服。”后称读书人为青衿子。④“珠璧”句：曹植《与杨德祖书》：“人人自谓握灵蛇之珠，家家自谓抱荆山之玉。”此句用其意。⑤“凿齿”句：凿齿：指习凿齿。《晋书·习凿齿传》载，释道安“自北至荆州，与凿齿初相见。道安曰：‘弥天释道安。’凿齿曰：‘四海习凿齿。’”此二句盖指此。⑥“我如”二句：查慎行注：“《礼记·内则》：‘三月之末，择日剪发为鬌，男角女羁。’疏云：‘夹囟两旁当角之处，留发不剪，一综一横曰午。今女剪发，留其顶上，纵横各一，相交通达，故曰午达。不如两角相对，但纵横各一在顶上，故曰羁。羁者，只也。”⑦“吾琴”二句：《庄子·齐物论》：“有成与亏，故昭氏之鼓琴也；无成与亏，故昭氏之不鼓琴也。”此句本之。昭氏：即昭文，以善于弹琴著称。

其十一

我昔登朐山[1]，出日观沧凉[2]。欲济东海县，恨无石桥梁。今兹黎母国[3]，何异于公乡[4]。蠔浦既黏山[5]，暑路亦飞霜[6]。所欣非自誷，不怨道里长。

【注释】①朐山：又称马耳山，在今江苏东海县南四里。秦始皇东巡，立石东海上朐界中，以为秦东门。②出日，一作“日出”。沧凉：凉爽。《列子·汤问》载，孔子东游，见两小儿辩斗。一儿曰：“日初出，沧沧凉凉，及至日中，如探汤。”③黎母国：指儋州。④于公乡：即东海县。于公：即汉于定国之父，东海郯人。于公曾为县狱吏，为孝妇窦氏洗冤，郡人为他立祠。见《汉书·于定国传》。⑤蠔：牡蛎。施元之注：“《番禺杂编》：蠔壳，即牡蛎也。中有肉，随其房大小，有高四五尺者，水底见之如山岸，呼为蠔山。韩退之《初南食贻元十八协律》诗：蠔相黏为山。”⑥“暑路”句：张融《海赋》：“积雪中春，飞霜暑路。”

卷九 五言古诗

次韵子由月季花再生[①]

幽芳本长春[②]，暂瘁如蚀月[③]。且当付造物，未易料枯枿[④]。也知宿根深[⑤]，便作紫笋茁。乘时出婉娩[⑥]，为我暖栗冽[⑦]。先生早贵重[⑧]，庙论推英拔[⑨]。而今城东瓜，不记召南茇[⑩]。陋居有远寄，小圃无阔蹑[⑪]。还为久处计，坐待行年匝[⑫]。腊果缀梅枝，春杯浮竹叶[⑬]。谁言一萌动，已觉万木活。聊将玉蕊新[⑭]，插向纶巾折[⑮]。

【注释】①此诗作于绍圣四年(1097)冬。②长春：即长春花。③瘁：病。④枯枿(niè)：一作“槎枿”。槎枿，树木砍后的再生枝。斜斫曰槎，斩而复生曰枿。⑤宿根：隔年之根。⑥婉娩：柔顺貌。此指嫩枝。⑦栗冽：指寒气。⑧先生：指子由。⑨庙论：即朝论。英拔：英俊挺拔。超群出众之意。⑩召南茇：《诗·周南·甘棠》：“蔽芾甘棠，勿翦勿伐，召伯所茇。”召南：即召伯。茇：草舍。⑪阔蹑：犹言阔步，大步走。⑫苏轼自注：“子由明年六十。”匝：周。行年匝：指六十岁。⑬竹叶：即竹叶青，酒名。⑭玉蕊：苏轼自注：“世谓此玫瑰花也。”⑮纶巾：古时用青丝带编的头巾。施元之注：“《后汉书·郭太传》：尝遇雨，巾一角垫，时人乃故折巾一角，以为林宗巾。”则纶巾折，即林宗巾。

和陶《田舍始春怀古》二首 并引[①]

儋人黎子云兄弟，居城东南，躬农圃之劳。偶与军使张中同访之[②]。居临大池，水木幽茂。坐客欲为醵钱作屋[③]，予亦欣然同之[④]。名其屋曰载酒堂，用渊明《始春怀古田舍》韵。

其一

退居有成言，垂老竟未践。何曾渊明归，屡作敬通免[⑤]。休闲等一味[⑥]，妄想生愧腼[⑦]。聊将自知明，稍积在家善。城东两黎子[⑧]，室迩人自远[⑨]。呼我钓其池，人鱼两忘反[⑩]。使君亦命驾[⑪]，恨子林塘浅。

【注释】①此二诗作于绍圣四年（1097）冬。②张中：苏轼同僚，时为建昌军使。③醵（jù）钱：凑钱。④同之：一作“许之”。⑤敬通：冯衍字。施元之注：“《后汉书·冯衍传》：字敬通。为曲阳令，论功当封，以谗毁，故赏不行。帝将召见，王护等排间，由此得罪。显宗即位，又多短衍以文过其实，遂废于家。”⑥休闲：辞官闲居。⑦苏轼自注：“渊明本用缅字，今聊取其同音字。”愧腼：羞愧。腼：面惭。⑧两黎子：即黎子云与其兄弟。⑨迩：近。⑩“人鱼”句：白乐天《渭上偶钓》：“况我垂钓意，人鱼又兼忘。”此句本之。⑪使君：指张中。

其二

茅茨破不补[①]，嗟子乃尔贫。菜肥人愈瘦，灶闲井常勤[②]。我欲致薄少[③]，解衣劝坐人。临池作虚堂[④]，雨急瓦声新。客来有美载，果熟多幽欣。丹荔破玉肤，黄柑溢芳津[⑤]。借我三亩地，结茅为子邻。鴂舌倘可学[⑥]，化为黎母民。

【注释】①茅茨：茅屋。此指黎子云兄弟的居室。②“灶闲”句：言黎子云兄弟贫穷至极，惟饮水而已。③薄少：微薄之物。韩愈《寄卢仝》：“时致薄少助祭祀。”④虚堂：虚室，即清静之室。⑤芳津：芳香的柑汁。⑥鴂舌：《孟子·滕文公上》：“今也南蛮鴂舌之人，非先王之道。”这里，鴂舌指黎人的语言。

和陶《赠羊长史》 并引[1]

得郑嘉会靖老书[2]，欲于海舶载书千余卷见借。因读渊明《赠羊长史》诗云："愚生三季后，慨然念黄虞[3]。得知千载事，上赖古人书。"次其韵，以谢郑君。

我非皇甫谧[4]，门人如挚虞[5]。不持两鸱酒，肯借一车书[6]。欲令海外士，观经似鸿都[7]。结发事文史，俯仰六十踰[8]。老马不耐放，长鸣思服舆[9]。故知根尘在[10]，未免病药俱。念君千里足，历块犹踟蹰[11]。好学真伯业[12]，比肩可相如[13]。此书久已熟[14]，救我今荒芜。顾惭桑榆迫[15]，久厌诗书娱。奏赋病未能，草玄老更疏[16]。犹当距杨墨[17]，稍欲惩荆舒[18]。

【注释】①此诗作于绍圣四年（1097）冬。②郑嘉会靖老：郑靖，字嘉会。时在惠州为官。③黄虞：黄帝和虞舜，都是传说中的上古帝王。④皇甫谧：字士安，西晋安定郡朝那县人，自号玄晏先生。他耽嗜典籍，时人谓之"书淫"，而终生不仕。⑤挚虞：字仲治，西晋京兆长安人。虞少事皇甫谧，才学通博，为西晋名士。《晋书》有传。⑥"不持"二句：《晋书·皇甫谧传》："自表就（武帝）借书，帝送一车书与之。"鸱：盛酒器，即鸱夷。《东皇杂录》："借书馈酒一瓻，还书亦馈酒一瓻。"瓻：同"鸱"。⑦鸿都：指鸿都学士。《后汉书·灵帝纪》："光和元年二月，始置鸿都门学生。"注曰："鸿都，门名也，于内置学。时其中诸生，皆敕州、郡。三公举召能为尺牍辞赋及工书鸟篆者相课试，至千人焉。"⑧六十踰：过了六十年。时苏轼六十岁，故言。⑨"老马"二句：施元之注："《战国策》：楚客谓春申君曰：'昔骐骥驾盐车，上吴坂，迁延负辕而不能进。遇伯乐，解而趣之，于是仰而鸣，以伯乐之知己也。今仆厄居之日久矣，君独无意使仆为君长鸣乎？"放：闲放。服舆：指驾车。⑩根尘：佛家以眼、耳、鼻、舌、身、意为六根，色、声、香、味、触、法为六尘，合称根尘。⑪历块：王褒《圣主得贤臣颂》："过都越国，蹶如历块。"言过都越国，疾如越过一小块土地。后遂以"历块"比喻疾速。⑫伯业：袁遗，字伯业。遗为汉末人，袁绍之从兄。曹操曾称"长大而能勤学者，惟吾与袁伯业耳。"⑬比肩：比肩而至，形容众多。相如：司马相如。⑭此书：指郑靖写的书信。⑮桑榆：指晚景。⑯"奏赋"二句：施注：《汉书·扬雄传》：从上甘泉还，奏赋以风哀帝，时草《太玄》，有以自守，泊如也。"⑰"犹当"句：施元之注："《扬子》：能言距杨、墨者，圣人之徒也。"杨墨：指杨墨之学。杨即杨朱，墨即墨子。⑱荆舒：语本《诗·鲁颂·閟宫》："戎狄是膺，荆舒是惩。"荆舒原指少数民族。此当是影射王安石之学。王安石初封舒国公，后改封荆国公。

入寺①

曳杖入寺门，辑杖挹世尊②。我是玉堂仙③，谪来海南村。多生宿业尽④，一气中夜存⑤。旦随老鸦起，饥食扶桑暾⑥。光圆摩尼珠⑦，照耀玻璃盆。来从佛印可⑧，稍觉魔忙奔⑨。闲看树转午，坐到钟鸣昏。敛收平生心，耿耿聊自温。

【注释】①此诗作于绍圣四年（1097）冬。②辑杖：敛杖。收杖于两手之间，不使拄地。挹：当作"揖"，拜。世尊：佛家对释迦牟尼的尊称。③玉堂：仙人所居之处。晋庾阐《游仙诗》："神岳竦丹霄，玉堂临雪岭。"④宿业：佛教指前世行善或作恶所造成而见于今世的后果。⑤一气：指元气。《楚辞·远游》："一气孔神兮，于中夜存。"⑥"饥食"句：赵次公曰："食扶桑暾，道家食日法也。"扶桑暾：日的光华。道家认为久食日月光华，可以成仙。⑦摩尼珠：佛家称宝珠为摩尼珠。《涅槃经》卷九："如摩尼珠，投之浊水，水即为清。"⑧佛印：佛家用语。印：决定不变之意。佛教徒奉佛法为最高准则，认为它是永不变易的，故名佛印。⑨王文诰曰："以上四句，谓光明透澈，无所不了也。凡学皆然，虽就佛说，不必皆佛理也。公无可与言，故就佛印可耳。”

谪居三适三首[①]

旦起理发

安眠海自运，浩浩朝黄宫[②]。日出露未晞[③]，郁郁濛霜松[④]。老栉从我久[⑤]，齿疏含清风[⑥]。一洗耳目明，习习万窍通[⑦]。少年苦嗜睡[⑧]，朝谒常匆匆[⑨]。爬搔未云足[⑩]，已困冠巾重。何异服辕马[⑪]，沙尘满风骢[⑫]。琱鞍响珂月[⑬]，实与杻械同[⑭]。解放不可期[⑮]，枯柳岂易逢[⑯]。谁能书此乐，献与腰金翁[⑰]。

【注释】①王文诰谓此三首作于绍圣四年（1097）冬。②“安眠”二句：黄宫：道家以脐下为丹田。脑顶为黄宫。此二句谓安眠时，体内的元气如同大海滚动一样，浩浩荡荡，直朝脑顶。③未晞：未干。《诗·秦风·蒹葭》：“蒹葭萋萋，白露未晞”④郁郁：茂盛的样子。⑤老栉：老旧的梳子。⑥齿疏：栉齿稀疏。⑦习习：风声。这里指梳理头发发出的声音。⑧少年：指苏过。⑨朝谒：早上来问安。⑩爬搔：指梳头。⑪服辕马：驾辕之马。⑫骢：马鬃。⑬珂月：赵次公曰：“珂月，言珂如月，意谓马衔饰也。”⑭杻（chǒu）械：手铐脚镣。在手曰杻，在足曰械。⑮解放：解脱释放。⑯枯柳：赵次公曰：“枯柳，言马痒磨树。先生尝有诗云：何异枯杨便马疥。”⑰腰金翁：腰中佩带金印的人。金：金印，秦汉时丞相腰金拖紫。这里似指当时的宰相章惇。

午窗坐睡

蒲团蟠两膝[①]，竹几阁双肘[②]。此间道路熟，径到无何有[③]。身心两不见，息息安且久。睡蛇本亦无[4]，何用钩与手。神凝疑夜禅，体适剧卯酒[5]。我生有定数[6]，禄尽空余寿。枯杨不飞花[7]，膏泽回衰朽[8]。谓我此为觉，物至了不受。谓我今方梦，此心初不垢。非梦亦非觉，请问希夷叟[9]。

【注释】①蒲团：用蒲编织成的圆垫，为僧人坐禅及跪拜时所用。②竹几：竹制的几案。阁：同“搁”。③无何有：无何有之乡。指梦乡。④睡蛇：道家认为，人熟睡后，魂魄就会化为像蛇一样的小虫，从鼻孔中出入。⑤剧：甚，极之意。卯酒：早晨喝的酒。⑥定数：一定的气数。刘峻《辨命论》：“荣悴有定数。”⑦“枯杨”句：王十朋注：“《周易·大过》：枯杨生华，何可久也？”⑧衰朽：指衰老的身体。⑨希夷叟：即陈抟，字图南，号希夷先生。赵次公注引《翰苑名谈》曰：“有衣冠子金励谒（希夷）先生，曰：‘励向游华（山），欲见先生，先生睡未觉，睡亦有道乎？’先生为诗曰：‘常人无所重，惟睡乃为重。举世皆为息，魂离神不动。觉来无所知，贪求心愈动。堪笑生地中，不知梦是梦。’”

夜卧濯足

长安大雪年[1]，束薪抱衾裯[2]。云安市无井，斗水宽百忧[3]。今我逃空谷[4]，孤城啸鸺鹠[5]。得米如得珠，食菜不敢留。况有松风声，釜鬲鸣飕飕[6]。瓦盎深及膝[7]，时复冷暖投。明灯一爪剪[8]，快若鹰辞鞲[9]。天低瘴云重[10]，地薄海气浮。土无重膇药[11]，独以薪水瘳[12]。谁能更包裹，冠履装沐猴[13]。

【注释】①王十朋注：“杜子美《前苦寒行》诗：“汉时长安雪一丈，牛马毛寒缩如蝟。”②衾裯：寝时覆体之具。衾：大被。裯：同“帱”，帐。③“云安”二句：本杜甫《引水》：“月峡瞿峡云作顶，乱石峥嵘俗无井。云安沽水奴仆悲，鱼复移居心力省。白帝城西万竹蟠，接筒引水喉不干。人生留滞生理难，斗水何直百忧宽。”云安：县名，在今四川云阳县。④空谷：

空寂的山谷。《庄子·徐无鬼》:“逃虚谷者,闻人足音,跫然而喜。”虚谷,即空谷。此指儋州。⑤鸺鹠:猫头鹰。⑥釜鬲:泛指烧水用的炊具。釜:无脚锅。鬲:曲脚鼎。⑦瓦盎:此指洗脚用的瓦盆。⑧爪剪:即剪爪,修指甲。《庄子·德充符》:“为天子之诸御,不爪剪,不穿耳。”⑨韝:革制的臂衣,打猎时用以停立猎鹰。⑩瘴云:含有瘴毒的云雾。⑪重膇:即肿腿,指双腿浮肿病。⑫瘳:病愈。⑬冠履:穿鞋戴帽。沐猴,猕猴。《史记·项羽本纪》:“人或说项王曰:‘关中阻山河四塞,地肥饶,可都以霸。’项王见秦宫室皆以烧残破,又心怀思欲东归,曰:‘富贵不归故乡,如衣绣夜行,谁知之者!’说者曰:‘人言楚人沐猴而冠者,果然!’项王闻之,烹说者。”此二句言,谁能像猕猴那样着衣戴帽,徒具人物,而不珍爱自己呢?

次韵子由浴罢①

理发千梳净,风晞胜汤沐②。闭息万窍通,雾散名干浴③。颓然语默丧,静见天地复④。时令具薪水,漫欲濯腰腹。陶匠不可求,盆斛何由足⑤。老鸡卧粪土,振羽双暝目。倦马骣风沙⑥,奋鬣一喷玉⑦。垢净各殊性,快惬聊自沃。云母透蜀纱,琉璃莹蕲竹⑧。稍能梦中觉⑨,渐使生处熟⑩。《楞严》在床头,妙偈时仰读。返流归照性⑪,独立遗所瞩。未知仰山禅⑫,已就季主卜⑬。安心会自得,助长毋相督。

【注释】①子由:苏辙字。②晞(xī):干燥。③干浴:按摩。《云笈七签》卷三二:“摩手令热,摩身体从上至下,名曰干浴。”④“颓然”二句:语默:谓说话或沉默。《易·系辞上》:“君子之道,或出或处,或默或语。”故又喻指出仕或隐居。此二句意谓衰老昏聩已不复计进退之利害,心神沉静可见天地之道。⑤苏轼自注:“海南无浴器,故常干浴而已。”⑥骣:《广韵》:“骣,陟扇切,马土浴也。”⑦喷玉:指马喷出白色的唾沫,意谓马匹雄壮威猛。⑧“云母”二句:言纱帐透亮色如云母,竹席晶莹如同琉璃。

⑨梦中觉：李白《与元丹丘方成寺谈玄作》诗：“茫茫大梦中，唯我独先觉。⑩生处熟：《景德传灯录》：“老宿有语：生疏处，常令热熟；热熟处，放令生疏。”⑪“返流”句：《楞严经》：“一源返根，六根皆照。”⑫仰山禅：据《景德传灯录》：“仰山问香严：‘近日见处如何？’香严曰：‘去年贫无卓锥之地，今年贫锥也无。’仰山曰：‘汝只得如来禅，未得祖师禅。’”⑬季主：司马季主，汉代卜筮者。见《史记·日者列传》。

借前韵贺子由生第四孙斗老

今日散幽忧，弹冠及新沐。况闻万里孙，已报三日浴。朋来四男子，大壮泰临复[①]。开书喜见面，未饮春生腹。无官一身轻，有子万事足。举家传吉梦，殊相惊凡目。烂烂开眼电，硗硗峙头玉[②]。但令强筋骨，可以耕衍沃[③]。不须富文章，端解耗纸竹[④]。君归定何日，我计久已熟。长留五车书[⑤]，要使九子读[⑥]。箪瓢有内乐[⑦]，轩冕无流瞩[⑧]。人言适似我[⑨]，穷达已可卜。早谋二顷田，莫待八州督[⑩]。

【注释】①“朋来”二句：《易·复卦》：“朋来无咎。”《易经》谓一阳生为复，二阳生为临，三阳生为泰，四阳生为大壮。男子属阳，子由生有四孙，故有“大壮临泰复”之语。②“硗硗”句：唐李贺《唐儿歌》：“头玉硗硗眉刷翠，杜郎生得真男子。”清王琦《汇解》：“头玉硗硗，谓头骨隆起也。”硗硗(qiāo)：隆起突出貌。头玉：如美玉一般的头骨。③衍沃：平坦肥沃的土地。④纸、竹：皆为书写材料。此句言只要能识字会写就行。⑤五车书：语出《庄子·天下》：“惠施多方，其书五车。”比喻书之多。⑥苏轼自注：“吾与子由共九孙男矣。”⑦箪瓢：语出《论语·雍也》：“子曰：‘贤哉，回也！一箪食，一瓢饮，在陋巷，人不堪其忧，回也不改其乐。’”内乐：发自内心的欢乐。《法言·学行》：“颜氏子之乐也内。”⑧轩冕：官宦的车马冠冕。流瞩：流连瞩目。此句言无意于仕途。⑨适：苏适，苏辙次子。斗老可能是他的儿子。⑩苏轼自注：“吾前后典八州。”

和陶形赠影[1]

天地有常运[2]，日月无闲时。孰居无事中，作止推行之[3]。细察我与汝，相因以成兹。忽然乘物化[4]，岂与生灭期。梦时我方寂，偃然无所思。胡为有哀乐，辄复随涟洏[5]。我舞汝凌乱[6]，相应不少疑。还将醉时语，答我梦中辞。

【注释】①陶渊明有《形赠影》《影答形》《神释》诗三首。②常运：运行的常规。③作止：运行和停止。以上四句语出《庄子·天运》："天其运乎？地其处乎？日月其争于所乎？孰主张是？孰维纲是？孰居无事，推而行是？"言天地有运行之常规，日月无休闲的时候，是谁安居无事在掌握推动着它们吗？④物化：事物的变化。《庄子·齐物论》："昔者庄周梦为蝴蝶，栩栩然蝴蝶也。自喻适志与！不知周也。俄然觉，则蘧蘧然周也。不知周之梦为蝴蝶与？蝴蝶之梦为周与？周与蝴蝶，则必有分矣。此之谓物化。"⑤涟洏(ér)：流泪貌。⑥"我舞"句：李白《月下独酌》诗："我歌月徘徊，我舞影凌乱。"

和陶影答形

丹青写君容，常恐画师拙。我依月灯出，相肖两奇绝。妍媸本在君[1]，我岂相媚悦。君如火上烟，火尽君乃别。我如镜中像，镜坏我不灭。虽云附阴晴，了不受寒热[2]。无心但因物[3]，万变岂有竭。醉醒皆梦耳，未用议优劣。

【注释】①妍媸(chī)：美貌与丑陋。②了：完全。③"无心"句：语出《庄子·秋水》："因其所大而大之，则万物莫不大；因其所小而小之，则万物莫不小……因其所有而有之，则万物莫不有；因其所无而无之，则万物莫不无……因其所然而然之，则万物莫不然；因其所非而非之，则万物莫不非。”此言自身本无主观成见，完全依外物情况而变化。

和陶神释

二子本无我[1]，其初因物著[2]。岂惟老变衰，念念不如故。知君非金石，安得长托附。莫从老君言，亦莫用佛语。仙山与佛国，终恐无是处。甚欲随陶翁，移家酒中住。醉醒要有尽，未易逃诸数[3]。平生逐儿戏，处处余作具[4]。所至人聚观，指目生毁誉。如今一弄火，好恶都焚去。既无负载劳，又无寇攘惧。仲尼晚乃觉，天下何思虑[5]。

【注释】①二子：指形与影。②“其初”句：言神本附著于形，形尽则神灭。③数：指命运或规律。④作具：工具，器械。不详此处具体谓何。⑤“仲尼”二句：《周易·系辞》：“子曰：天下何思何虑？天下同归而殊途，一致而百虑。天下何思何虑！”

和陶使都经钱溪 游城北谢氏废园作

乔木卷苍藤，浩浩崩云积[1]。谢家堂前燕，对语悲宿昔[2]。仰看桄榔树，玄鹤舞长翮[3]。新年结荔子，主人黄壤隔[4]。溪阴宜馆我，稍省薪水役。相如卖车骑，五亩亦可易[5]。但恐鵩鸟来[6]，此生还荡析[7]。谁能插篱槿[8]，护此残竹柏。

【注释】①崩云：形状碎裂之云。②“谢家”二句：唐刘禹锡《乌衣巷》诗：“旧时王谢堂前燕，飞入寻常百姓家。”谢氏园已荒废，不复宿昔荣华，故燕子相对悲语。③翮(hé)：鸟翅。④“主人”句：言庭园昔日主人已为隔世之人了。⑤"相如"二句：谓要效仿汉代司马相如卖掉车骑来换得五亩田地耕种。⑥鵩(fú)鸟：即猫头鹰。旧时以为不吉之鸟。⑦荡析：动荡离散。⑧槿(jǐn)：木槿，灌木，可条栽作篱笆墙。

和陶和刘柴桑①

万劫互起灭②，百年一踟躇③。漂流四十年，今乃言卜居④。且喜天壤间，一席亦吾庐。稍理兰桂丛，尽平狐兔墟。黄橼出旧枿⑤，紫茗抽新畬⑥。我本早衰人，不谓老更劬⑦。邦君助畚锸⑧，邻里通有无。竹屋从低深⑨，山窗自明疏⑩。一饱便终日，高眠忘百须。自笑四壁空，无妻老相如⑪。

【注释】①陶渊明有《和刘柴桑》五言诗，此乃步其韵而和之。②"万劫"句：万劫：佛教语，佛经称世界从生成到毁灭的过程为一劫，生灭一万次即万劫，犹万世。起灭：亦为佛教语，简言之即产生与消灭。此句言万世交互产生消亡。③"百年"句：言百年不过一踟蹰之间，极言其短暂。④卜居：择地而居。⑤黄橼(yuán)：即香橼，常绿小乔木或大灌木，叶小卵圆形，总状花序，果实长圆形，黄色，似柑桔。枿(niè)：树木砍伐后留下的根株。⑥茗：茶。新畬(yú)：开垦过两三年以上的熟地。⑦劬(qú)：劳苦。⑧邦君：称州郡守宰，此指张中。助畚锸：畚锸皆工具。此言张中来帮助干活。⑨从：听凭、任凭。⑩明疏：明朗。⑪相如：汉代司马相如。

新居

朝阳入北林，竹树散疏影。短篱寻丈间①，寄我无穷境。旧居无一席，逐客犹遭屏②。结茅得兹地，翳翳村巷永。数朝风雨凉，畦菊发新颖。俯仰可卒岁[③]，何必谋二顷。

【注释】①寻：一般为八尺。寻丈泛指丈把长。②逐客：遭贬斥放逐之人，作者自谓。苏轼初到儋耳时，客赁官舍居住，后董必察访广西，遣人逐出。③俯仰：俯仰之间，喻时间短暂。卒岁：犹度日。

迁居之夕，闻邻舍儿诵书，欣然而作

幽居乱蛙黾[①]，生理半人禽[②]。跫然已可喜，况闻弦诵音[③]。儿声自圆美，谁家两青衿[④]。且欣集齐咻[⑤]，未敢笑越吟[⑥]。九龄起韶石[⑦]，姜子家日南[⑧]。吾道无南北[⑨]，安知不生今[⑩]。海阔尚挂斗[⑪]，天高欲横参[⑫]。荆榛短墙缺，灯火破屋深。引书与相和[⑬]，置酒仍独斟。可以侑我醉[⑭]，琅然如玉琴。

【注释】①幽居：僻静的住处。蛙黾：即蛙。②“生理”句：言偏居荒蛮之地，过着禽兽一般的生活。③跫(qióng)然：欢喜貌。弦诵音：读书声。④青衿：青色的衣领。代指读书人。《诗·郑风·子衿》：“青青子衿，悠悠我心。”毛传：“青衿，青领也。学子之所服。”北齐·颜之推《颜氏家训·书证》：“按：古者，斜领下连于衿，故谓领为衿。”青衿为学子所服，故沿称读书人或秀才为“青衿”。⑤集：一作“习”，疑是。齐咻(xiū)：《孟子·滕文公下》：“一齐人傅之，众楚人咻之。”本谓一个齐人教楚大夫之子学习齐国话，却有很多楚国人打扰。这里“齐咻”是指邻舍儿用官话读书。咻：喧闹声。⑥越吟：越国人的方音。指邻舍儿读的音调。⑦九龄：唐朝开元年间宰相，为韶州曲江县人。⑧姜子：姜公辅，唐朝爱州日南人，为德宗器重。⑨“吾道”句：据《景德传灯录》：“第二十三祖问庐居士曰：‘岭南无佛性，若何为得？’佛曰：‘人即有南北，佛性岂然。’”⑩“安知”句：言佛性无南北之事安知不再现于今日。意即安知邻舍二子不是张九龄、姜公辅重生呢？⑪斗：北斗星。⑫参(shēn)：参星，二十八宿之一，西方白虎七宿的末一宿，即猎户座的七颗亮星。⑬引书：“引”谓引吭，即拉开嗓子读书，与邻居儿之读书声互相应和。⑩侑(yòu)：劝勉。“侑我醉”“如玉琴”皆指邻舍儿之诵书声。

宥老楮[1]

我墙东北隅，张王维老榖[2]。树先樗栎大，叶等桑柘沃。流膏马乳涨[3]，堕子杨梅熟[4]。胡为寻丈地，养此不材木。蹶之得舆薪[5]，规以种松菊[6]。静言求其用[7]，略数得五六。肤为蔡侯纸[8]，子入《桐君录》[9]。黄缯练成素[10]，黝面颒作玉[11]。灌洒蒸生菌[12]，腐余光吐烛[13]。虽无傲霜节，幸免狂酲毒[14]。孤根信微陋，生理有倚伏[15]。投斧为赋诗，德怨聊相赎[16]。

【注释】①宥(yòu)：宽宥，原谅。作者院内有一楮(chǔ)树要伐去，作此文字求其原谅。②张王(zhàng wàng)：旺盛。维：助词，无义。榖：又名榖实，即楮树。③“流膏”句：楮树有白汁似乳，故云。④“堕子”句：魏张揖《汉书注》：“杨梅，其实似榖子。”⑤蹶：伐倒。⑥规：规划。⑦静言：静心，仔细。《诗·邶风·柏舟》：“静言思之，不能奋飞。”余冠英注：“静言，犹静然，就是仔细地。”⑧肤：树皮。蔡侯纸：纸相传为东汉蔡伦所造，故称。查慎行引陆玑《诗疏》云：“江南人绩其皮以为布，又捣以为纸，谓之榖皮纸，洁白光辉，其里甚好。陶弘景曰：南人呼蔔纸，亦为楮纸。”⑨“子入”句：据《唐书·艺文志》，有《桐君药录》三卷，记楮实正赤时，收取其子，阴干用之。⑩黄缯：黄绢。练：煮生丝使之洁白。⑪黝面：黑脸。颒(huì)：洗脸。据旧注，楮树子可以洗脸，有滋肤养颜之功用。⑫蒸生菌：查慎行注引《广州记》：“其木腐后成菌耳，味甚佳好。”⑬“腐余”句：此言最后无用的枝条还可以点火照亮。⑭“幸免”句：据《庄子·人间世》，南伯子綦游商丘，见一棵大树，干枝弯曲不堪使用，而叶子有毒，舔一下口舌溃烂，闻一闻便要大醉三日不醒。酲(chéng)：酒醉。⑮倚伏：《老子》

“祸兮福之所倚，福兮祸之所伏。”倚：倚托。伏：隐藏。意谓祸福相互依存转化。⑯赎：抵消。

和陶西田获早稻[1] 并引

小圃栽植渐成，取渊明诗有及草木蔬谷者五篇，次其韵。

蓬头三獠奴[2]，谁谓愿且端[3]。晨兴洒扫罢，饱食不自安。愿治此圃畦，少资主游观[4]。昼功不自觉，夜气乃潜还。早韭欲争春，晚菘先破寒[5]。人间无正味，美好出艰难。早知农圃乐，岂有非意干。尚恨不持锄，未免骍我颜[6]。此心苟未降，何适不间关[7]。休去复歇去[8]，菜食何所叹。

【注释】①陶渊明有诗《庚戌岁九月中于西田获早稻》。②獠：又作僚，古代华南及西南地区的少数民族。獠奴：原指作为家奴的僚人。杜甫有《示獠奴阿段》诗，宋黄鹤题注：“獠奴，公之隶人，以夔州獠种为家僮耳。”亦泛指家仆。③愿：朴实、敦厚。端：正直。④游观：犹游览。此言种菜聊备观赏。⑤菘(sōng)：白菜。早韭、晚菘：《南史·周颙传》：“文惠太子问颙菜食何味最胜，颙曰：‘春初早韭，秋末晚菘。’”⑥骍(xīng)：赤色，此言因羞愧而脸红。⑦间关：转动自如。此二句言只要心守正道而不改变，到哪里不能悠然自如呢？⑧“休去”句：《景德传灯录》：“有僧入室，石霜云：休去歇去，古庙香炉去，一条白练去。”

和陶下潠田舍获[1]

聚粪西垣下，凿泉东垣隈。劳辱何时休[2]，宴安不可怀。天公岂相喜，雨霁与意谐。黄菘养土膏[3]，老楮生树鸡[4]。未忍便烹煮，绕观日百回。跨海得远信，冰盘鸣玉哀[5]。茵蔯点脍缕[6]，照坐如花开。一与蜑叟醉[7]，苍颜两摧颓。齿根日浮动，自与粱肉乖[8]。食菜岂不足，呼儿拆鸡栖。

【注释】①陶渊明有诗《丙辰岁八月中于下潠田舍获》。②劳辱：犹劳苦。③黄菘：明李时珍《本草纲目·菜一·菘》："菘，即今人呼为白菜者……燕京圃人又以马粪入窖壅培，不见风日，长出苗叶皆嫩黄色，脆美无滓，谓之黄芽菜，豪贵以为佳品。"黄菘，疑即此黄芽菜。土膏：土壤中的养分。此句言黄菘自土肥中培养而生。④树鸡：木耳。冯应榴合注引《本草》："木耳名树鸡……《广菌谱》：木菌，即木耳，亦名木纵。南楚人谓鸡为纵，树鸡曰纵，因味似也。"⑤鸣玉哀：杜甫《又于韦处乞大邑瓷碗》诗："大邑烧瓷轻且坚，扣如哀玉锦城传。"⑥茵蔯(chén)：亦作茵陈。蒿的一种，全草有香气，可入药。脍缕：肉丝。⑦蜑(dàn)：南方水上居民。⑧粱肉：精美的肉食。乖：违背。此言因牙齿松动不能吃肉。

和陶戴主簿[1]

海南无冬夏，安知岁将穷。时时小摇落[2]，荣悴俯仰中[3]。上天信包荒[4]，佳植无由丰[5]。鉏耰代肃杀[6]，有择非霜风。手栽兰与菊，侑我清宴终[7]。撷芳眼已明[8]，饮酒腹尚冲[9]。草去土自隤，井深墙愈隆。勿笑一亩园，蚁垤齐衡、嵩[10]。

【注释】①陶渊明有诗《五月旦作和戴主簿》。②摇落：草木落叶。③荣悴：草木的荣枯。此二句言海南草木随时掉落生出，荣枯代谢很快。④包荒：《易·泰》："包荒，用冯河，不遐遗。"王弼注："能包含荒秽，受纳冯河者也。"此处义为包容广大。⑤"佳植"句：言美好的植物不经栽培就长得很繁茂。⑥鉏耰(chú yōu)：鉏：即锄。耰：状如槌，用以击碎土块，平地与覆种。此处泛指耕种。肃杀：指秋冬的寒冷荒凉。⑦清宴：清雅的宴集。此言栽兰菊与清宴助兴。⑧撷(xié)：采摘。⑨冲：冲和，淡泊平和。⑩蚁垤(dié):蚂蚁洞周围的小土堆。衡、嵩:衡山与嵩山。此言在自己眼中,一亩之园并不小。

和陶游斜川[①] 正月五日,与儿子过出游作

谪居澹无事,何异老且休[②]。虽过靖节年[③],未失斜川游。春江渌未波,人卧船自流。我本无所适,泛泛随鸣鸥。中流遇洑洄[④],舍舟步层丘。有口可与饮,何必逢我俦[⑤]。过子诗似翁,我唱而辄酬。未知陶彭泽[⑥],颇有此乐不。问点尔何如[⑦],不与圣同忧。问翁何所笑,不为由与求[⑧]。

【注释】①陶渊明有《游斜川》诗。②休:休息,指罢官家居。③靖节:陶渊明的私谥。陶游斜川时年五十,苏作此诗时年五十八。④洑(fú)洄:盘旋的水流。⑤我俦(chóu):我辈,我们同样的人。⑥陶彭泽:陶渊明曾任彭泽令,故称。⑦点:孔子弟子曾点,字皙(xī)。孔子一次问弟子子路(由)、冉有(求)、曾皙各人的志向,肯定和赞赏了曾皙的回答。⑧由与求:指子由与冉求。

子由生日

上天不难知,好恶与我一。方其未定间,人力破阴骘[①]。小忍待其定,报应真可必。季氏生而仁[②],观过见其实[③]。端如柳下惠,焉往不三黜[④]。天有时而定,寿考未易毕。儿孙七男子[⑤],次第皆逢吉。遥知设罗门[⑥],独掩悬磬室[⑦]。回思十年事,无愧箧中笔。但愿白发兄,年年作生日。

【注释】①阴骘(zhì)：默默地使其安定。《书·洪范》："惟天阴骘下民。"孔传："骘，定也。天不言，而默定下民。"②季氏：此指苏辙。苏氏本兄弟三人，长男生而夭亡。二、三男即轼与辙。③"观过"句：《论语·里仁》："人之过也，各于其党。观过，斯知仁矣。"后以"观过知仁"谓察看一个人所犯过错的性质，就可以了解他的为人。此句及上句即由此演化而来。④"端如"二句：《论语·微子》："柳下惠为士师，三黜。人曰：'子未可以去乎？'曰：'直道而事人，焉往而不三黜？'"后以"三黜"形容仕途坎坷。⑤苏轼自注："子由三子四孙。"⑥设罗门：言门可设罗捕雀，极其冷落。⑦悬磬室：《国语·鲁语上》："室如悬磬，野无青草，何恃而不恐？"形容空无所有，极为贫困。

以黄子木柱杖为子由生日之寿[1]

灵寿扶孔光[2]，菊潭饮伯始[3]。虽云闲草木，岂乐蒙此耻[4]。一时偶收用，千载相瘢疻[5]。海南无嘉植，野果名黄子。坚瘦多节目[6]，天材任操倚[7]。嗟我始剪裁，世用或缘此[8]。贵从老夫手，往配先生几[9]。相从归故山[10]，不愧仙人杞[11]。

【注释】①黄子：一种野桔。施元之注引《香禺杂编·黄子类》："交州子桔属也，淡黄色。"②灵寿：树名。《山海经·海内经》："灵寿实华。"郭璞注："灵寿，木名也，似竹，有枝节。"陆玑《毛诗草木鸟兽虫鱼疏·其柽其椐》："椐，樻。节中肿，似扶老。今灵寿是也。今人以为马鞭及杖。弘农共北山有之。"亦借指手杖。据《汉书·孔光传》，太后赐孔光灵寿杖。唐颜师古注："木似竹，有枝节，长不过八九尺，围三四寸。自然有合杖制，不须削治也。"③"菊潭"句：据盛弘之《荆州记》："菊水出穰县，芳菊被涯，水极甘香，谷中饮此水，上寿百二十，七八十者犹以为夭。太尉胡广患风疾，休沐南归，常饮此水，后疾遂瘳，年八十二乃薨。广，字伯始。"④"虽云"二句：王十朋注引赵次公曰："孔光、胡广二人，皆畏懦谄谀之人，故云草木蒙耻。⑤瘢疻：冯应榴合注："《说文》：'瘢，痍也；疻，殴伤也。'诗意言相诟病也。"言木、水偶然被畏懦谄谀之人所用，便落下千年的坏名声。⑥节目：树木生杈而纹理纠结不顺之处。⑦天材：天然的形状。⑧"世用"句：言世人或许要相沿以此为杖了。⑨先生：指苏辙。几：几案。几杖为古代老者常用之具，故曰"往配"。⑩故山：家乡。⑪仙人杞：查慎行注引《抱朴子》："枸杞，一名仙人杖。"

和陶与殷晋安别[①] 送昌化军使张中[②]

孤生知永弃[③]，末路嗟长勤[④]。久安儋耳陋，日与雕题亲[⑤]。海国此奇士，官居我东邻。卯酒无虚日[⑥]，夜碁有达晨。小瓮多自酿，一瓢时见分[⑦]。仍将对床梦，伴我五更春[⑧]。暂聚水上萍，忽散风中云。恐无再见日，笑谈来生因[⑨]。空吟清诗送，不救归装贫[⑩]。

【注释】①陶渊明有诗《与殷晋安别》。②昌化军：查慎行注引《九域志》："广南西路昌化军，唐儋州昌化郡，本朝熙宁六年废为军，治宜伦县。东至琼州二百十里，西至海十里，南至崖州四百八十里。"张中：开封人，熙宁进士，此时罢任昌化军军使，苏轼作诗相送。③孤生：孤陋之人，谦词。谓张中抛下自己永远别去。④长勤：长久辛劳。⑤雕题：即在额上刺花纹，为旧时南方少数民族的一种习俗。题：指额头。⑥卯酒：早晨喝的酒。卯谓卯时。⑦"一瓢"句：谓有时一瓢酒俩人分开喝，言关系之亲密。⑧对床：对床而卧。此二句言两人友情给自己留下美好的回忆。⑨因：因果。⑩"空吟"二句：言自己只能空吟诗句相送，经济上却无力资助。

赠郑清叟秀才[①]

风涛战扶胥，海贼横泥子[②]。胡为犯二怖，博此一笑喜[③]。问君奚所欲，欲谈仁义耳。我才不逮人④，所有聊足已。安能相付与⑤，过听君误矣⑥。霜风扫瘴毒，冬日稍清美⑦。年来万事足，所欠惟一死。澹然两无求⑧，滑净空棐几⑨。

【注释】①郑清叟：事迹未详。据王文诰《案》，郑君俊敏笃学，因循州太守周彦质，往见苏轼于海南，苏轼作此诗赠之。②“风涛”二句：王十朋注引赵次公曰：“扶胥、泥子，皆经海之处也。”又王文诰辑注：“南海大良堡，本盗薮也，前明破黄萧养，始以其地设顺德县。去县数十里地，曰紫泥，与番禺石壁接壤，设紫泥司巡检。其地水道丛杂，越扶胥为捷径，今之奸民偷漏洋税者，必自石壁窜紫泥。是紫泥当作子泥，即古之泥子。”③“胡为”二句：王文诰辑注：此二句谓不避风涛海贼之险，以至于儋也。④逮(dài)：赶上。此言自己才干不及别人。⑤相付与：指学问上给与帮助。⑥过听：误听。⑦“冬日”句：海南气候冬天最佳。⑧两无求：谓作者与郑秀才皆不向对方谋求什么好处。⑨棐几：棐木做的几案，亦泛指几案。

和陶王抚军座送客① 再送张中

胸中有佳处，海瘴不能腓②。三年无所愧，十口今同归。汝去莫相怜，我生本无依③。相从大块中④，几合几分违。莫作往来相，而生爱见悲。悠悠含山日⑤，炯炯留清辉。悬知冬夜长⑥，不恨晨光迟。梦中与汝别，作诗记忘遗。

【注释】①陶渊明有诗《于王抚军座送客》。②腓(féi)：病痛、危害。③“汝去”二句：言张中不要怜惜自己而只管离去，自己这一辈子本没有什么依托。④大块：大自然。《庄子·齐物论》：“夫大块噫气，其名为风。”成玄英疏：“大块者，造物之名，亦自然之称也。”⑤含山日：衔着西山的太阳。即落日。⑥悬知：预知，料想。

和陶答庞参军[1] 三送张中

留灯坐达晓[2]，要与影晤言[3]。下帷对古人[4]，何暇复窥园[5]。使君本学武[6]，少诵《十三篇》[7]。颇能口击贼[8]，戈戟亦森然[9]。才智谁不如，功名叹无缘。独来向我说，愤懑当奚宣[10]。一见胜百闻，往鏖皋兰山[11]。白衣挟三矢[12]，趁此征辽年。

【注释】①陶渊明有诗《答庞参军》。②留灯：谓不熄灯。③要(yāo)：邀。④下帷：放下室内的帷幕。本指教书，后亦指闭门苦读。此言读书与古人往来。⑤窥园：观赏园景。《汉书·董仲舒传》："(仲舒)下帷讲诵，弟子传以久次相授业，或莫见其面。盖三年不窥园，其精如此。"唐颜师古注："虽有园圃，不窥视之，言专学也。"⑥使君：称州郡长官，张中任军使，故称。⑦《十三篇》：《孙武兵法》为十三篇，故为其代称。⑧口击贼：用言辞诛伐贼人。⑨"戈戟"句：言张中为人有锋芒而颇难犯。《晋书·裴楷传》："常目钟会，如观武库森森，但见矛戟在前。"⑩"愤懑"句：谓满腔愤懑又向谁去宣泄呢？奚：谁。⑪"往鏖"句：皋兰山：在今甘肃兰州市南。此用《汉书·霍去病传》故事："转战六日，过焉支山千有余里，合短兵，鏖皋兰下。"⑫"白衣"句：施元之注引《旧唐书·薛仁贵传》："天子征辽，仁贵著白衣，自标显，所向披靡。又九姓众来挑战。仁贵发三矢，辄杀三人。"

夜烧松明火[1]

岁暮风雨交，客舍凄薄寒[2]。夜烧松明火，照室红龙鸾[3]。快焰初煌煌[4]，碧烟稍团团。幽人忽富贵[5]，蕙帐芬椒兰[6]。珠煤缀屋角[7]，香湉流铜盘[8]。坐看十八公[9]，俯仰灰烬残[10]。齐奴朝爨蜡[11]，莱公夜长叹[12]。海康无此物，烛尽更未阑[13]。

【注释】①松明：松树细条编成的火把。②客舍：在外地寄居之房舍。③龙鸾：即龙凤。此言松明火照室红光缭绕。④快焰：谓轻快跳跃的火焰。煌煌：明亮貌。⑤“幽人”句：幽人：幽居之人。作者自谓。火光照室红通通一片辉煌，故言。⑥蕙：香草。蕙帐：帐之美称。椒兰：椒与兰，皆芳香植物。⑦珠煤：油烟凝成的水珠。⑧湝：苏轼自注：“香湝，松沥也。”明李时珍《本草纲目·木一·松》：“松湝，音诣，火烧松枝取液也。”即松枝燃烧时流出的汁液。⑨十八公：“松”字拆开为十、八、公三字，故称。《艺文类聚》卷八十八引晋张勃《吴录》：“丁固梦松树生其腹上。人谓曰：‘松字，十八公也。后十八年，其为公乎！”⑩俯仰：形容时间短暂。⑪“齐奴”句：齐奴：西晋富豪石崇小字齐奴，性奢侈，曾与王恺斗富，以蜡烛代薪柴。事见《晋书·石崇传》。⑫“莱公”句：莱公：指寇准。据欧阳修《归田录》：“寇莱公自少年富贵，不点油灯。虽寝，亦然烛达旦。每罢官去后，人至官舍，见厕溷间烛泪在地，往往成堆。”此言叹寇准夜间点蜡烛之奢侈。⑬“海康”二句：海康：雷州海康郡，在今广东雷州半岛。寇准被贬，终老此地。此二句言海康如无松明照亮，夜不到头蜡烛就燃尽了。因此时已不复昔日富贵。

贫家净扫地

贫家净扫地，贫女好梳头。下士晚闻道[①]，聊以拙自修[②]。叩门有佳客，一饭相邀留。舂炊勿草草[③]，此客未易媮[④]。慎勿用劳薪[⑤]，感我如薰莸[⑥]。德人抱衡石[⑦]，铢黍安可廋[⑧]。

【注释】①下士：才德较差的人。②以拙自修：以勤补拙之意。③舂炊：舂粮做饭。④媮(tōu)：轻视，怠慢。⑤劳薪：《世说新语·术解》：“荀勖尝在晋武帝坐上食笋进饭，谓在坐人曰：‘此是劳薪炊也。’坐者未之信，密遣问之，实用故车脚。”车脚即车轮，是车子最出力的部位，后被劈为烧柴，故名劳薪。⑥薰：香草名。莸(yóu)：草名，似细芦，生水边，有恶臭。后常以薰莸喻好坏、善恶、贤愚等。《左传·僖公四年》："一薰一莸，十年尚犹有臭。"杜预注："薰，香草；莸，臭草。"⑦德人：有德之人。抱：持、掌握。衡石：秤。⑧铢黍：二者皆为最小的度量衡单位，铢为一两的二十四分之一；黍本为一种农作物，又称黄米，取中等子粒作为制定度量衡的标准，一黍纵长为长度的一分，一千二百黍为容量的一合。铢黍比喻极细微之物。廋(sōu)：藏匿。

五色雀 并引

海南有五色雀，常以两绛者为长，进止必随焉。俗谓之凤凰云。久旱而见辄雨，潦则反是。吾卜居儋耳城南，尝一至庭下。今日又见之进士黎子云及其弟威家。既去，吾举酒祝曰："若为吾来者，当再集也。"已而果然，乃为赋诗。

粲粲五色羽，炎方凤之徒①。青黄缟玄服，翼卫两绂朱②。仁心知闵农，常告雨霁符③。我穷惟四壁，破屋无瞻乌④。惠然此粲者，来集竹与梧⑤。锵鸣如玉佩⑥，意欲相嬉娱。寂寞两黎生，食菜真臞儒⑦。小圃散春物，野桃陈雪肤⑧。举杯得一笑，见此红鸾雏。高情如飞仙，未易握粟呼⑨。胡为去复来，眷眷岂属吾。回翔天壤间，何必怀此都。

【注释】①炎方：南方。此指海南。②两绂朱：即《引》中所言的"两绛者"。③符：信符。此有消息之意。④"破屋"句：瞻乌：泛指富人屋上的乌鸦。《诗·小雅·正月》："瞻乌爰止，于谁之屋。"《传》："富人之屋，乌所集也。"今"破屋"，故言"无瞻乌"。⑤"来集"句：集：鸟栖于树曰集。据说凤凰非梧不集，非竹不食。⑥锵鸣：《左传·庄公二十二年》："凤凰于飞，和鸣锵锵。"⑦臞儒：清瘦的儒者。言其安贫乐道。⑧雪肤：喻花。⑨握粟：《诗·小雅·小宛》："握粟出卜，自何能谷？"本谓手握粟米去占卜，以求吉凶。此指祈求神明保佑，去凶赐吉。

安期生 并引

安期生，世知其为仙者也。然太史公曰："蒯通善齐人安期生，生尝以策干项羽，羽不能用，羽欲封此两人，两人终不肯受，亡去②。"予每读此，未尝不废书而叹。嗟乎！仙者非斯人而谁为之？故意战国之士，如鲁连、虞卿皆得道者欤③？

安期本策士，平日交蒯通。尝干重瞳子④，不见隆准公⑤。应如鲁仲连，抵掌吐长虹⑥。难堪踞床洗⑦，宁挹扛鼎雄⑧。事既两大缪，飘然蹑遗风⑨。乃知经世士，出世或乘龙。岂比山泽臞⑩，忍饥啖柏松。纵使偶不死，正堪为仆僮。茂陵秋风客⑪，望祖犹蚁蜂⑫。海上如瓜枣，可闻不可逢⑬。

【注释】①安期生：战国时齐地方士。《史记·乐毅列传》称他从河上丈人受黄老学，数传至盖公，为曹参师。《封禅书》记李少君言其为蓬莱仙人。刘向《列仙传》言其卖药东海边，曾与秦始皇共语，时人皆言其已千岁。后世传说更多，一般视之为道家的仙人名。②太史公：指司马迁。他所说的"蒯通善齐人安期生"云云，见《史记·田儋列传》。蒯通：秦汉之际范阳人。本名彻，因避汉武帝讳，《史记》《汉书》皆作通。他以善辩著名，有权变。《汉书》有传。③鲁连：即鲁仲连，战国齐人，高蹈不仕，喜为人排忧解难。《史记》有传。虞卿：战国时游说之士，为赵上卿，故称虞卿，《史记》亦有传。④重瞳子：指项羽。《史记·项羽本纪》："又闻羽亦重瞳子。"⑤隆准公：指刘邦。《史记·高祖本纪》："高祖（刘邦）为人，隆准而龙颜。"⑥抵掌：击掌而谈之意。鲁仲连尝折辛垣衍帝秦之议，见《史记》本传。⑦难堪：难以忍受。踞床洗：指刘邦。刘邦曾踞床，令两女子洗足，而见郦食其，食其长揖不拜。⑧扛鼎雄：项羽力能扛鼎，因以代指项羽。⑨蹑（niè）：通"蹑"。⑩山泽臞：隐居山泽之士。⑪茂陵秋风客：汉武帝陵曰茂陵，又尝作《秋风辞》，因以代指汉武帝。⑫"望祖"句：王十朋注引赵次公曰："'祖'字言高祖也，意谓高祖尚不得见安期，而况武帝哉！"⑬"海上”二句：《史记·封禅书》载，李少君对汉武帝说：“臣尝游海上，见安期生。安期生食巨枣，大如瓜。”又言：“安期生仙者，通蓬莱中，合则见人，不合则隐。”

和陶郭主簿二首 并引

清明日闻过诵书，声节闲美。感念少时，怅焉追怀先君宫师之遗意，且念淮、德二幼孙。无以自遣，乃和渊明二篇，随意所寓，无复伦次也。

其一

今日复何日，高槐布初阴。良辰非虚名，清和盈我襟①。孺子卷书坐，诵诗如鼓琴。却去四十年②，玉颜如汝今。闭户未尝出，出为邻里钦。家世事酌古，百史手自斟。当年二老人，喜我作此音。淮、德入我梦，角羁未胜簪③。孺子笑问我，君何念之深。

【注释】①清和：天气清明和暖。②却去：倒退。③角羁：《礼记·内则》：“三月之末，择日剪发为鬌，男角女羁。”后以“角羁”指古代童稚头顶两两相对的束羁。

其二

雀鷇含淳音，竹萌抱静节①。诵我先君诗，肝肺为澄澈。犹如鸣鹤和②，未作获麟绝③。愿因骑鲸李④，追此御风列⑤。丈夫贵出世，功名岂人杰。家书三万卷，独取《服食诀》⑥。地行即空飞，何必挟日月。

【注释】①苏轼自注："此两句，先君少时诗，失其全首。"雀鷇：幼雀。鷇：初生的小鸟。竹萌：笋的别称。②"犹如"句：《易·中孚》："鸣鹤在阴，其子和之。"③获麟：指春秋鲁哀公十四年猎获麒麟事。相传孔子作《春秋》至此而辍笔。后喻指著作的绝笔。④骑鲸李：指李白。李白曾自称"海上骑鲸客"。⑤御风列：指列子。《庄子·逍遥游》："夫列子御风而行，泠然善也。"⑥《服食诀》：道家讲述服食要诀的书。

司命宫杨道士息轩

无事此静坐，一日似两日。若活七十年，便是百四十。黄金几时成，白发日夜出。开眼三千秋，速如驹过隙。是故东坡老，贵汝一念息。时来登此轩，目送过海席[①]。家山归未能，题诗寄屋壁。

【注释】①海席：《文选》木华《海赋注》引刘熙《释名》曰：随风张幔曰帆，或以席为之，故曰帆席也。

和陶始经曲阿

虞人非其招[①]，欲往畏简书。穆生责醴酒[②]，先见我不如。江左古弱国，强臣擅天衢[③]。渊明堕诗酒，遂与功名疏。我生值良时，朱金义当纡[④]。天命适如此，幸收废弃余。独有愧此翁，大名难久居。不思牺牛龟[⑤]，兼取熊掌鱼。北郊有大赉[⑥]，南冠解囚拘。眷言罗浮下，白鹤返故庐。

【注释】①虞人：古代掌山泽苑囿之官。②穆生：汉代鲁人。楚元王刘交敬礼穆生，常为设醴，后交孙戊嗣立，忘设醴，穆生知其意怠，遂去。

③天衢：京都。此指朝廷政权。④“朱金”句：扬雄《法言·学行》：“使我纡朱怀金，其乐不可量也。”纡朱怀金，即佩朱绶，怀金印。形容身居高位。⑤牺牛龟：《庄子·列御寇》：“子见夫牺牛乎？衣以文绣，食以刍菽，及其牵而入于太庙，虽欲为孤犊，其可得乎？”又《庄子·外物》：“神龟能见梦于元君，而不能避余且之网，知能七十二钻而无遗策，不能避刳肠之患。”⑥大赍：犹重赏。《论语·尧曰》引《尚书》：“周有大赍，善人是富。”

别海南黎民表

我本海南民，寄生西蜀州。忽然跨海去[①]，譬如事远游。平生生死梦，三者无劣优。知君不再见，欲去且少留。

【注释】①跨海去：指离开海南北归。

余来儋耳，得吠狗，曰乌觜，甚猛而驯，随予迁合浦，过澄迈，泅而济，路人皆惊，戏为作此诗[①]

乌喙本海獒[②]，幸我为之主。食余已瓠肥[③]，终不忧鼎俎。昼驯识宾客，夜悍为门户。知我当北还，掉尾喜欲舞。跳踉趁童仆，吐舌喘汗雨。长桥不肯蹑，径渡清深浦。拍浮似鹅鸭，登岸剧虓虎[④]。盗肉亦小疵，鞭箠当贯汝[⑤]。再拜谢厚恩，天不遗言语。何当寄家书，黄耳定乃祖。

【注释】①乌觜：犬名。因其体黑嘴尖，故名。②獒：狗四尺为獒。③瓠肥：《史记·张丞相列传》：“（张苍）身长大，肥白如瓠。”后以“瓠肥”喻白胖。④虓(xiāo)虎：咆哮怒吼的虎。⑤贳(shì)：赦免，宽纵。

自雷适廉，宿于兴廉村净行院

荒凉海南北，佛舍如鸡栖[①]。忽行榕林中，跨空飞栱枅[②]。当门洌碧井，洗我两足泥。高堂磨新砖，洞户分角圭[③]。倒床便甘寝[④]，鼻息如虹霓。童仆不肯去，我为半日稽。晨登一叶舟，醉兀十里溪。醒来知何处，归路老更迷。

【注释】①鸡栖：鸡栖息之所，鸡窝。②栱枅(gǒng jī)：柱上横木，借指屋宇。③角圭：有楞角的圭玉。比喻楞角分明。④甘寝：犹言酣睡。

廉州龙眼，质味殊绝，可敌荔支

龙眼与荔支，异出同父祖。端如甘与橘，未易相可否。异哉西海滨，琪树罗玄圃[①]。累累似桃李，一一流膏乳。坐疑星陨空，又恐珠还浦。图经未尝说[②]，玉食远莫数。独使皴皮生，弄色映雕俎[③]。蛮荒非汝辱，幸免妃子污[④]。

【注释】①琪树：神话中的玉树。玄圃：神话中位于昆仑山上的神仙居所。②图经：附有图画、地图的书籍或地理志。韩愈诗："愿借图经将入界，每逢佳处便开看。"③雕俎：刻有花纹的陈置食物的礼器。④妃子：杨贵妃。杨贵妃好荔枝，岁取于涪州，以致渔阳之难，则于荔支为污矣。

梅圣俞之客欧阳晦夫，使工画茅庵，已居其中，一琴横床而已。曹子方作诗四韵，仆和之云

寂寞王子猷，回船剡溪路。超遥戴安道，雪夕谁与度[①]。倒披王恭氅[②]，半掩袁安户[③]。应调折弦琴，自和撚须句[④]。

【注释】①"寂寞"四句：《世说新语·任诞》："王子猷居山阴，夜大雪……忽忆戴安道。时戴在剡，即便夜乘小船就之，经宿方至，造门不前而返。人问其故，王曰：'吾本乘兴而行，兴尽而返，何必见戴？'"②王恭氅：《晋书·王恭传》载，王恭尝披鹤裘涉雪而行。③"半掩"句：汉时袁安未达时，洛阳大雪，人多乞食，安独僵卧不起，洛阳令按行至安门，见而贤之，举为孝廉，除阴平长、任城令。④撚(niǎn)须：谓推敲诗句而捋须吟哦。

琴枕

清眸作金徽[①]，素齿为玉轸[②]。响泉竟何用[③]，金带常苦窘。斓斑渍珠泪，宛转堆云鬓。君若安七弦[④]，应弹卓氏引[⑤]。

【注释】①金徽：指用金属镶制的琴面音位标识。②玉轸：玉制的琴柱。③响泉：古琴名。④七弦：指七弦琴。⑤卓氏引：冯应榴注："弹琴九引：一曰烈女引，二曰伯妃引，三曰贞女引，四曰思归引，五曰霹雳引，六曰走马引，七曰箜篌引，八曰琴引，九曰楚引。《史记·司马相如列传》："临邛令前奏琴，曰：'窃闻长卿好之，愿以自娱。'相如辞谢，为鼓一再行。是时，卓王孙有女文君新寡，好音，故相如缪与令相重，而以琴心挑之。"

留别廉守

编萑以苴猪[1]，墐涂以涂之[2]。小饼如嚼月，中有酥与饴[3]。悬知合浦人，长诵东坡诗。好在真一酒，为我醉宗资。

【注释】①萑：芦苇类植物。苴(jū)：包裹。②“墐涂”句：《礼记·内则》篇：“炮取豚，若将刲之、刳之，实枣于其腹中，编萑以苴之，涂之以谨（墐）涂炮之。③“小饼”二句：《言行录》：“丁晋公与杨大年抛令。大年云：有酒如线，遇针则见。晋公云：有饼如月，遇食则缺。”

藤州江上夜起对月，赠邵道士[1]

江月照我心，江水洗我肝。端如径寸珠，堕此白玉盘[2]。我心本如此，月满江不湍[3]。起舞者谁欤，莫作三人看[4]。峤南瘴疠地[5]，有此江月寒。乃知天壤间，何人不清安。床头有白酒，盎若白露漙[6]。独醉还独醒，夜气清漫漫。仍呼邵道士，取琴月下弹。相将乘一叶，夜下苍梧滩[7]。

【注释】①邵道士：即邵彦肃。②端如：犹如之意。径寸珠：直径一寸的珠。白玉盘：指圆月。③湍(tuān)：急流。以上六句意谓满月照江水，犹如寸珠落玉盘，我心如秋天的满月一样皎洁，如浩翰的江水一样舒缓。④“起舞”二句：李太白《月下独酌》诗：“举杯邀明月，对影成三人。”“我歌月徘徊，我舞影零乱”。此二句盖本之。欤：表示疑问语气。⑤峤南：岭南。瘴疠：因感受瘴气而生的疾病。⑥盎：洋溢貌。漙(tuán)：盛多貌。⑦苍梧：郡名。治所在今广西梧州市。

徐元用使君与其子端常邀仆与小儿过同游东山浮金堂，戏作此诗[1]

昔与徐使君，共赏钱塘春。爱此小天竺[2]，时来中圣人[3]。松如迁客老[4]，酒似使君醇[5]。系舟藤城下，弄月镡江滨[6]。江月夜夜好，云山朝朝新[7]。使君有令子，真是石麒麟。我子乃散材，有如木轮囷[8]。二老白接䍦[9]，两郎乌角巾。醉卧松下石，扶归江上津。浮桥半没水，揭此碧鳞鳞[10]。

【注释】①徐元用：名畴。苏轼在杭州时，徐元用为仁和县令。②小天竺：指浮金堂。王十朋注引赵次公曰："杭州佛寺，有上下两天竺。意即今浮金堂之景稍似之，故有小之称也。"③"昔与"四句：记钱塘旧事。称使君，因为此时徐为藤守。使君：汉时称刺史为使君。后也用来尊称州、郡长官。④迁客：指遭贬逐谪迁之人。⑤"酒似"句：《梁书》载：顾宪之为建康令，清俭强力，甚得民和。故京师饮酒者得醇旨，辄号为"顾建康"，言酒清且美也。⑥镡江：在藤县东南。⑦"江月"二句：陈后主诗："璧月夜夜满，琼树朝朝新。"⑧散材：无用之木。典见《庄子·人间世》。轮囷：盘曲貌。⑨接䍦：帽名，古代头巾的一种。⑩揭(qì)：提起衣裳。

将至广州，用过韵，寄迈、迨二子

皇天遣出家，临老乃学道。北归为儿子，破戒堪一笑。披云见天眼[1]，回首失海潦。蛮唱与黎歌，余音犹杳杳。大儿牧众稚，四岁守孤峤[2]。次子病学医，三折乃粗晓[3]。小儿耕且养，得暇为书绕[4]。我亦困诗酒，去道愈茫渺。纷纷何时定，所至皆可老。莫为柳仪曹[5]，诗书教氓獠[6]。亦莫事登陟[7]，溪山有何好。安居与我游，闭户净洒扫。

【注释】①天眼：佛教所说五眼之一，能透视六道、远近、上下、内外及未来等。②此联讲苏迈留家于惠，凡四年也。③此联讲苏迨居阳羡，因病学医。④耕且养：《汉书·艺文志》："古之学者耕且养，三年而通一艺。"耕：耕田，务农。养：养亲。⑤柳仪曹：指柳宗元。魏有仪曹郎，唐改为礼部。柳宗元贞元中曾任礼部员外郎，故其诗中每称柳仪曹。⑥"诗书"句：韩愈《柳子厚墓志铭》云："衡湘以南为进士者，皆以子厚为师，其经承子厚口讲指画为文词者，悉有法度可观。"氓獠：古代称我国南方少数民族人民。⑦"亦莫"句：柳宗元在永州，有西山而下八记；其在柳州，又有记柳州山水近治可游者。登陟：登高，登上。

和黄秀才鉴空阁[1]

明月本自明，无心孰为境。挂空如水鉴[2]，写此山河影[3]。我观大瀛海，巨浸与天永。九州居其间，无异蛇盘镜[4]。空水两无质，相照但耿耿。妄云桂兔蟆，俗说皆可屏[5]。我游鉴空阁，缺月正凄冷。黄子寒无衣，对月句愈警[6]。借君方诸泪[7]，一沐管城颖[4]。谁言小丛林[9]，清绝冠五岭[10]。

【注释】①黄秀才：即黄明达。②水鉴：明澈如水之映照，故称。③《酉阳杂俎》载佛氏言："月中所有，乃大地山河影也。"④蛇盘镜：唐钟辂《前定录·袁孝叔》载，有老父授袁孝叔书一编云："君之寿与位尽具于此，事已前定……但受一命，即开一幅。"每之任，视书无差。后秩满归阌乡别墅，晨起欲就巾栉，忽有物坠镜中，类蛇而有四足，孝叔惊仆，数日卒。其妻阅留书，犹余半轴，乃开视之，惟有空纸数幅，画一蛇盘镜中。后用为事乃前定之典。苏轼用此典乃取具象而弃意象也。⑤"妄云"二句：俗传月中有桂树、月兔、蟾蜍（又叫虾蟆）。故苏轼云"妄云""可屏"。⑥"我游"四句：讲使者去后，月上复入鉴空阁，与黄秀才赏月对句，黄"对月句愈警"。一说时当在十一月初五六日，一说当为十月二十五六也。⑦方诸：古代在月下承露取水的器具。语出《淮南子·览冥训》。陆龟蒙《自遣》诗之十五："月娥如有相思泪，只待方诸寄两行。"⑧管城颖：犹笔颖，指笔头。⑨丛林：佛教多指僧众居住的处所。后来泛称寺院为丛林。⑩五岭：众说不一，一说指大庾岭、越城岭、骑田岭、萌渚岭、都庞岭。一说大庾、始安、临贺、桂阳、揭阳五岭。

追和沈辽赠南华诗[1]

善哉彼上人[2]，了知明镜台。欢然不我厌，肯致远公杯[3]。莞尔无心云，胡为出岫来。一堂安寂灭，卒岁扃苍苔[4]。

【注释】①沈辽：字叡达，沈遘之弟。②上人：对和尚的尊称。③远公杯：晋义熙间，和尚慧远结白莲社，书招陶潜。陶曰："弟子性嗜酒，若许饮，即往矣。"慧远许之。④扃(jiōng)：关闭。

狄韶州煮蔓菁芦菔羹[1]

我昔在田间，寒庖有珍烹。常支折脚鼎，自煮花蔓菁。中年失此味，想像如隔生。谁知南岳老，解作东坡羹[2]。中有芦菔根，尚含晓露清。勿语贵公子，从渠醉羶腥[3]。

【注释】①蔓菁：即芜菁。俗称大头菜，块根肉质，花黄色，块根可做蔬菜。芦菔：即萝卜。②东坡羹：苏轼自名其羹也。见文集《东坡羹引》云："东坡居士所煮菜羹，不用鱼肉五味，有自然之甘。其法以菘若蔓菁、若芦菔、若荠，揉洗去汁，下菜汤中，入生米为糁，入少生姜，以油盘复之其上，炊饭如常法，饭熟，羹亦烂可食。③羶腥：泛指鱼肉类食物。

余昔过岭而南，题诗龙泉钟上，今复过而北，次前韵

秋风卷黄落[1]，朝雨洗绿净。人贪归路好，节近中原正。下岭独徐行，艰险未敢忘。遥知叔孙子，已致鲁诸生[2]。

【注释】①“秋风”句：《礼记·月令》：“季秋之月，草木黄落。”②叔孙子：指汉人叔孙通。叔孙通率其弟子入仕汉朝，鲁有两生不肯同行，叔孙通讥其为“鄙儒”，不知迎合世俗。此诗作于徽宗建中初，韩、曾二相专政，收罗元祐党人，独东坡兄弟受冷落，末句以鲁两生喻自家兄弟，寓意在于朝廷不能尽用人才。

乞数珠赠南禅湜老

从君觅数珠，老境仗消遣。未能转千佛，且从千佛转[1]。儒生推变化，《乾》策数大衍[2]。道士守玄牝，龙虎看舒卷[3]。我老安能为，万劫付一喘。默坐阅尘界，往来八十反[4]。区区我所寄，蹙缩蚕在茧。适从海上回，蓬莱又清浅。

【注释】①“未能”二句：《翻译名义》载：“转佛，心中化他之法，度入他心，名转法轮。”②大衍：指用大数以演卦。大：大数。衍：演化。③玄牝：道家指衍生万物的本源。龙虎：指金和木。④“往来”句：《法苑珠林》有一坏、二空、三成、四住之说，其中又各分二十小劫，总为八十小劫，始为一大水火劫。

再用数珠韵赠湜老

嗣宗虽不言，叔宝犹理遣[①]。东坡但熟睡，一夕一展转。南迁昔虞翻[②]，却扫今冯衍。古佛既手提[③]，诸方皆席卷。当年清隐老，鹤瘦龟不喘[④]。和我弹丸诗，百发亦百反。耆年日凋丧，但有犊角茧。时来窥方丈，共笑虎毛浅[⑤]。

【注释】①叔宝：卫玠，字叔宝。《晋书》有传。②虞翻：三国吴人，屡次犯颜谏争，被贬徙交州。③"古佛"句：《传灯录》载："手提诸佛，直见本来面目，诸方尊宿，无能出其右。"④"鹤瘦"句：白居易《赠王山人》诗："夜后不闻龟喘息，秋来惟长鹤精神。"⑤虎毛浅：虎毛不厚。

和犹子迟赠孙志举

轩裳大炉鞴，陶冶一世人[①]。从横落模范，谁复甘饥贫。可怜方回痴，初不疑嘉宾[②]。颇念怀祖黠，嗔儿与兵姻[③]。失身堕浩渺，投老无涯垠[④]。回看十年旧，谁似数子真。孙郎表独立，霜戟交重闉。深居不汝觌，岂问亲与邻。连枝皆秀杰，英气推伯仁[⑤]。我从海外归，喜及崆峒春[⑥]。新年得异书，西郭有逸民[⑦]。小孙又过我，欢若平生亲。清诗五百言，句句皆绝伦。养火虽未伏，要是丹砂银[⑧]。我家六男子[⑨]，朴学非时新。诗词各璀璨，老语徒周谆。愿言敦宿好，永与竹林均。六子岂可忘，从我屡厄陈。

【注释】①轩：车。裳：衣服。炉：燃火之炉。鞴：扇风之具。陶：埏土为器。冶：铸金为器。②"可怜"二句：《晋书》载，郗愔字方回，子超字嘉宾。子超与桓温同党，因郗愔忠于王室，不告知他内情。子超死后，郗愔哀悼成疾。其门生都与桓温密谋，郗愔于是大怒说："小子死，恨晚矣。"③"颇念"二句：《晋书》载：王述字怀祖，其子坦之为桓温长史。桓温向坦之为子求婚，坦之回家后向父亲说了桓温的意思，王述大怒说："汝竟痴耶，讵可畏温面而以女妻兵也？"④"失身"二句：意谓相比之下，自己不善于图谋富贵，以致于流落边区。⑤"连枝"句：伯仁：晋人周浚长子周顗字，此指孙志举的弟兄孙志康。苏轼知贡举日，孙志康名列第六，殿试仍居第六。⑥崆峒：虔州有崆峒山，此指虔州。⑦苏轼自注："阳行先以《登真隐诀》见借。"⑧丹砂银：丹砂伏火冶炼而制成白银。⑨"我家"句：指轼三子：迈、迨、过；苏辙三子：迟、适、远。

南禅长老和诗不已，故作《六虫篇》答之

凤凰览德辉，远引不待遣。鷾鸸恋庭宇[①]，倏忽来千转[②]。那将坐井蛙，而比谈天衍[③]。蠹鱼著文字[④]，槁死犹遭卷。老牛疲耕作，见月亦妄喘[⑤]。东坡方三问，南禅已五反。老人但目击，侍者应足茧。最后《六虫篇》，深寄恨语浅。

【注释】①鷾鸸（yì ér）：即燕子。②"倏忽"句：《庄子·田子方》："千转万变而不穷。"③谈天衍：即战国齐人邹衍，因谈论闳大不经的阴阳之说，故称。④蠹鱼：虫名，常蛀蚀衣服书籍，体小，外形似鱼，故名。⑤"老牛"二句：南方水牛怕热，见月疑是日，所以见月则喘。

用前韵再和孙志举

人众者胜天，天定亦胜人。邓通岂不富[①]，郭解安得贫[②]。惊飞贺厦燕[③]，走散入幕宾[④]。醉眠中山酒[⑤]，梦结南柯姻[⑥]。宠辱能几何，悲欢浩无垠。回视人间世，了无一事真[⑦]。洒扫古玉局，香火通

帝闉[8]。我室思无邪，我堂德有邻[9]。所至为乡里，事贤友其仁。之子富经术，蔚如井大春[10]。蜿蟺楚南极，淑气生此民。唱高和自寡，非我谁当亲。譬彼嶰谷竹[11]，剪裁待伶伦[12]。俗学吁可鄙，纸缯配刍银[13]。聊将调痴鬼，亦复争华新。愿子事笃实，浮言扫谵谆[14]。穷通付造物，得丧理本均。期子如太仓，会当发陈陈。

【注释】①邓通：汉人，得宠于文帝，赐给蜀地严道铜山，可自铸钱，因之邓氏钱满天下。②郭解：汉人，少时常以细事杀人，或为人报仇。铸钱掘墓，作奸劫掠，不可胜数。及年长，又变节为俭，以德报怨，仗义不伐，人争慕附，徒党甚众。③贺厦燕：大厦成而燕雀来贺。语出《淮南子》。④“走散”句：《晋书》载：桓温心怀不轨，郗超为之合谋，谢安与王坦之曾到桓温处论事，桓温令郗超暗卧帐中旁听，风吹帐开，谢安笑说：郗超可谓是幕帐中的宾客。⑤中山酒：酒名，又名千日酒。⑥“梦结”句：唐李公佐作《南柯太守传》，叙述淳于棼梦到大槐安国，娶了公主，当了南柯太守，荣华富贵。以后率师出征战败，公主也死，遭到国王疑忌，被贬归，至此梦醒。寓言比喻富贵得失无常，后也称梦境为南柯。⑦“了无”句：《法华经》曰：“唯此一事实，余二则非真。”⑧“洒扫”二句：自言已得到玉局观的任命。⑨“我室”二句：自命其斋室为“思无邪”，命其堂屋为“德无邻”。⑩“之子”二句：《后汉书》载，井丹字大春，博通《五经》。⑪嶰谷竹：相传黄帝命伶伦取嶰谷之竹作乐器，后因泛称箫笛等乐器为嶰竹。⑫伶伦：相传为黄帝时的乐官。⑬“俗学”二句：比喻以纸为缯，以刍为银，指俗学之无实。⑭谵：有病而狂言称“谵”。

崔文学甲携文见过，萧然有出尘之姿，问之，则孙介夫之甥也。故复用前韵，赋一篇，示志举

象服盛簪珥[1]，岂是邢夫人。敝衣破冠履，可怜范叔贫[2]。君看崔员外，晚就观国宾[3]。当年颇赫赫，翁妪争为姻。蹭蹬阻风水[4]，

横斜挂边垠[5]。青衫映白发，今似梅子真。道存百无害，甘守吴市阓。自言总角岁，慈母为择邻。邦人惊似舅，矫矫恶不仁。诗文非他师[6]，家法乃富春。岂非空同秀[7]，为国产隽民。挺然齐鲁生，近出姬姜亲。为文不在多，一颂了伯伦[8]。清诗要锻炼，乃得铅中银[9]。自我迁岭外，七见槐火新[10]。著书已绝笔，一默含千谆。蒉桴和苇籥[11]，天节非人均[12]。时时自娱嬉，岂为俗子陈。

【注释】①象服：古代后妃及诸侯夫人以绘画为饰之服。簪珥：发簪和耳饰。②范叔：指战国魏人范雎，字叔。③观国宾：杜甫《奉赠韦左丞丈二十二韵》诗："甫昔少年日，早弃观国宾。"④"蹭蹬"句：本指海水近陆，水势渐次削弱之貌，比喻人的困顿失意。⑤"横斜"句：言余星零落，不当天心，而挂于边角。⑥他师：更以他人为师。⑦空同：同"崆峒"，虔州山名。⑧伯伦：晋人刘伶字。⑨铅中银：《宝藏论》载：银有十七种，唯有至药银、山泽银、草砂银、母砂银、黑铅银是真品。铅中银：即以铅再三煎炼方成。⑩"七见"句：言七见清明时节。相传古时清明时节以槐树等木柴燃烧，以防时疫。⑪"蒉桴"句：据《礼记·明堂位》载，蒉桴、土鼓、苇籥，是伊耆氏的乐器。⑫天节：自然之乐。人均：人为之乐。

虔州吕倚承事，年八十三，读书作诗不已，好收古今帖，贫甚，至食不足

扬雄老无子，冯衍终不遇。不识孔方兄[1]，但有灵照女[2]。家藏古今帖，墨色照箱筥。饥来据空案，一字不堪煮。枯肠五千卷，磊落相撑拄。吟为蜩蛩声[3]，时有岛、可句[4]。为语里长者，德齿敬已古。如翁有几人，薄少可时助。

【注释】①孔方兄：钱的别名。古钱币中多有方孔，人们又亲之如兄，

故称。②灵照女:《传灯录》载,庞蕴居士有女名灵照。吕倚年八十余,也唯有一女。③蜩:蝉的别名。蛩:指蟋蟀。④“时有”句:指贾岛、可明二人之诗,诗意皆清而苦。

刘壮舆长官是是堂

闲燕言仁义[1],是非安可无。非非义之属,是是仁之徒。非非近乎讪,是是近乎谀。当为感麟翁,善恶分锱铢[2]。抑为阮嗣宗,臧否两含糊[3]。刘君有家学,三世道益孤。陈古以刺今,䌷史行天诛[4]。皎如大明镜,百陋逢一姝[5]。鹗立时四顾,何由扰群狐。作堂名是是,自说行坦途。孜孜称善人,不善自远徂[6]。愿君置座右,此语禹所谟[7]。

【注释】①闲燕:清净。意谓清净方可言仁义。②“当为”二句:指孔子作《春秋》。传说孔子作《春秋》,绝笔于获麟,后因称《春秋》为麟经。锱铢:比喻轻微、细小。③“抑为”二句:三国魏人阮籍,字嗣宗,博览群书,尤好老庄,因对现实不满,纵酒谈玄,不评论时事,不臧否人物,以求自全。④䌷:缀集。⑤姝:美好。⑥徂:往,到。⑦“愿君”二句:谓当以堂名“是是”作为座右铭,向禹学习。

梦中作寄朱行中

舜不作六器[1],谁知贵玙璠[2]。哀哉楚狂士,抱璞号空山。相如起睨柱[3],头璧与俱还。何如郑子产,有礼国自闲。虽微韩宣子,鄙夫亦辞环[4]。至今不贪宝,凛然照尘寰。

【注释】①六器:《周礼·春官大宗伯》载,以玉作六器,用于对天地四方行礼。②玙璠(yú fán):美玉名,也比喻美好的品德或人物。③睨:斜视。④“虽微”二句:据《左传·昭公十六年》载,晋国韩宣子有玉环,其中一块在郑国商人手中,韩宣子向郑国索求,子产不同意,说:“大国之求,无理以斥之,何厌之有?”宣子私见子产,说:“你让我舍弃玉环,实际是赐给我金玉良言,而免我一死,敢不拜谢。”

答径山琳长老

与君皆丙子[①],各已三万日。一日一千偈[②],电往那容诘。大患缘有身,无身则无疾。平生笑罗什,神咒真浪出[③]。

【注释】①“与君”句:苏轼生于景祐三年,即丙子年。②偈:佛经中的颂词,多以三言、四言、五言、六言、七言以至多言为句,四句合为一偈。③“平生”二句:《晋书》载,鸠摩罗什临终前,觉身体不适,就口出三番神咒,令外国弟子诵颂以自救,未及致力,又突觉病危,于是强力与众僧告别。苏轼病危时,琳长老也曾来给他说佛经颂词,故云。

严颜碑[①]

先生反刘璋,兵意颇不义。孔明古豪杰,何乃为此事[②]。刘璋固庸主,谁为死不二[③]。严子独何贤,谈笑傲碪几[④]。国亡君已执,嗟子死谁为。何人刻山石,使我空涕泪。吁嗟断头将[⑤],千古为病悸[⑥]。

【注释】①严颜碑:苏轼自注:“在忠州。颜即巴郡太守,事见《蜀志·张飞传》。”遗址在今四川忠县西五十里。②刘璋:汉末益州牧。据《蜀志》本传载,刘璋遣法正迎先主刘备入川,法正献益州可取之策,刘备遂陈兵益州，围成都，璋降。③“谁为”句：即有谁为刘璋而死呢？死不二：唯有死的选择而无第二条道路可走。④椹（zhēn）：“砧”的异体字，砧板。此处指砧斧，即砧板和斧钺，为古代杀人的刑具。几：此指放杀人刑具的案几。⑤“吁嗟”句：《蜀志·张飞传》载，张飞至江州破璋将巴郡太守严颜，生擒之。飞问颜何以不降，颜曰：“我州但有断头将军，无有降将军也。”⑥病悸：犹心惊。《汉书·田延年传》：“使我至今病悸。”注：“悸，心动也。”

永安宫①

千古陵谷变②，故宫安得存？徘徊问耆老，惟有永安门。游人杂楚蜀，车马晚喧喧。不见重楼好，谁知昔人尊？吁嗟蜀先主，兵败此亡魂。只应法正死，使公去遭燔③。

【注释】①永安宫：苏轼自注：“今夔之永安门，即宫之遗址也。”遗址在今四川奉节县。②陵谷变：《诗·小雅·十月之交》：“高岸为谷，深谷为陵。”比喻世事变化。③法正：字孝直，右扶风郿县人。刘备伐吴败后，诸葛亮叹曰：“法孝直若在，则能制主上，令不东行。”燔（fán）：焚烧。指吴将陆逊火烧刘备连营事。

获鬼章二十韵①

青唐有逋寇②，白首已穷妖。窃据临洮郡，潜通讲講桥③。庙谋周召虎，边帅汉班超④。坚垒千兵破，连航一炬烧。擒奸从窟穴，奏捷上烟霄。诡异人图像，欢娱路载谣。干诛非一事，伐叛自先朝⑤。取道经陵寝，前期告庙祧⑥。西来闻几日，面缚见今朝。二圣临云陛，千官溢海潮。载囚车轣辘[7]，失主马萧条。横拜如蹲犬，胡装尚衣貂。理卿辞具服[8]，译长舌初调[9]。缓死恩殊厚，求生尾屡摇。慈仁逢太母，宽厚载唐尧。赤手真擒虎，和羹未赐枭[10]。藁街虚授首，东市偶全腰。困兽何须杀，遗雏或可招[11]。威声西振夏，武节北通辽。帝道有强弱，天时或长消。羌情防报复，军胜忌矜骄[12]。慎重关西将，奇功勿再要。

【注释】①鬼章：西北少数民族首领名，即青宜结鬼章。宋哲宗元祐二年四月，鬼章子结呧龊寇临洮，八月，岷州将种谊复临洮，擒鬼章，十一月，献鬼章于崇政殿。此诗盖作于是时。②逋寇：指温逋奇。《东都事略》："真宗朝，以西蕃唃厮啰为邈川首领，以温逋奇为归化将军。后温逋奇谋乱，唃厮啰杀之，而改涖青唐，故当时又呼青唐羌。"③講渚桥：当在今甘肃临夏南。④召虎：周宣王卿士，曾南平荆蛮之乱。班超：东汉定远侯，曾西定西域之叛。这里均比喻种谊。⑤"干诛"二句：化用杜甫《归梦》："偷生唯一老，伐叛已三朝。"⑥"取道"二句：《画墁集·种谊墓志》："鬼章就执，捷报至，奏告裕陵，以鬼章槛送京师。"《周礼·天官》："前期十日。"⑦"载囚"句：《续通鉴长编》："元祐二年十月，诏鬼章易槛车，护送大理寺，劾治以闻。引见，准辟囚例押入殿，以吕公著奏，鬼章始下狱也。"⑧理卿：《宋史·职官志》："大理寺，元丰官制，行卿一人，少卿二人。"⑨译长：掌管翻译的长官。⑩"和羹"句：汉东观故事，令郡国送枭，五月五日为枭羹，赐百官。⑪藁街、东市：，均指行刑的场所。《汉书·陈汤传》："斩郅支首，及名王以下，宜悬头藁街。"《史记·袁盎晁错列传》："衣朝衣，斩东市。"⑫"羌情"二句：苏轼《乞诏边吏无进取及论鬼章事宜劄子》云："窃闻朝论，谓鬼章犯顺，罪当该死，然譬之鸟兽，不足深责。其子孙部族，犹足以陆梁于边，全其首领，以累其心，以为重质，庶获其用。"

题李伯时《渊明东篱图》

彼哉嵇阮曹，终以明自膏[1]。靖节固昭旷[2]，归来侣蓬蒿。新霜著疏柳，大风起江涛。东篱理黄菊，意不在芳醪[3]。白衣挈壶至，径醉还游遨。悠然见南山[4]，意与秋气高。

【注释】①嵇阮：嵇康和阮籍。自膏：即膏火自煎之意。②靖节：即靖节徵士，指陶渊明。③芳醪：芳香的美酒。④“悠然”句：陶渊明《饮酒》其五：“采菊东篱下，悠然见南山。”

闻潮阳吴子野出家[1]

予昔少年日，气盖里闾侠。自言似剧孟[2]，叩门知缓急。千金已散尽，白首空四壁。烈士叹暮年，老骥悲伏枥。妻孥真敝屣，脱弃何足惜[3]。四大犹幻座[4]，衣冠矧外物[5]。一朝发无上[6]，愿老灵山宅[7]。世事子如何，禅心久空寂。世间出世间[8]，此道无两得。故应入枯槁[9]，习气要除拂。丈夫生岂易，趣舍志匪石[10]。当为狮子吼[11]，佛法无南北[12]。

【注释】①潮阳：地名，即今广东潮阳县。吴子野：名复古，字子野。②剧孟：《汉书·游侠传》：“剧孟者，洛阳人也。周人以商贾为资，剧孟以侠显，大类朱家，而好博，多少年之戏。”③“妻孥”句：《史记·封禅书》：“汉武帝曰：嗟乎，吾诚得如黄帝，吾视去妻子如脱屣耳。”④“四大”句：《圆觉经》：“四大和合，实同幻化。四缘假合，妄有六根。”⑤矧（shěn）：况且。⑥无上：《法华经》：“无上两足尊。”《楞严经》：“反闻闻自性，性成无上道。”⑦灵山宅：《释典》：“佛国有五精舍，其一为灵鹫山。”⑧“世间”句：《起信论》：“世间根，本味禅。出世根，本净禅。出世口，无漏禅。出世间，上上禅。”⑨枯槁：《后汉书》：“遂乃荣华丘壑，甘足枯槁。”⑩匪石：比喻不可改变。《诗·邶风·柏舟》：“我心匪石，不可转也。”⑪狮子吼：《涅槃经》：“佛说偈言，狮子一吼众兽伏，金刚一杵群峰碎。修罗无数一轮降，世间黑暗一日破。”⑫“佛法”句：《传灯录》：“梁武通天元年，达摩来自西土，为初祖，慧可为二祖，僧璨为三祖，道信为四祖，弘忍为五祖，慧能为六祖。自中华五祖之下，曹溪六祖为南宗，神秀大师为北宗。”又，六祖曰：“人有南北，佛性岂然。”

戏足柳公权联句 并引

宋玉对楚王：“此独大王之雄风也，庶人安得而共之？”讥楚王知己而不知人也。柳公权小子与文宗联句，有美而无箴，故为足成其篇云。

人皆苦炎热，我爱夏日长。薰风自南来[1]，殿阁生微凉。一为居所移[2]，苦乐永相忘。愿言均此施，清阴分四方。

【注释】①薰风：和暖的风。指初夏时的东南风。②“一为”句：《孟子·尽心上》：“孟子自范之齐，望见齐王之子，喟然叹曰：‘居移气，养移体，大哉居乎！夫非尽人之子与？’”

颜阖[1]

颜阖古有道，躬耕自衣食。区区鲁小邦，不足隐明德。轺车来我门[2]，聘币继金璧。出门应使者，耕稼不谋国。但疑误将命，非敢惮行役。使者反锡命[3]，户庭空履迹。薄俗徇世荣，截趾履之适。所重易所轻，隋珠弹飞翼。伊人畏照影，独往就阴息[4]。鼎俎荐忠贤，谁能死燔炙[5]。念彼藏衣冠，安知获尧客。

【注释】①冯应榴《合注》云："《山谷外集》亦有《颜阖》诗，前十二句与先生诗大略同。……窃疑此篇是山谷诗，后十句乃后来改定。"颜阖：战国时鲁人，鲁国国君使使者持币以请，颜阖辞币不仕。详见《庄子·让王篇》。②轺(yáo)车：使节所用之车。丘迟《与陈伯之书》："乘轺建节，奉疆埸之任。"刘良注："轺，使车也。"③锡命：天子有所赐予的诏命。《易·师》："王三锡命。"孔颖达疏："三锡命者，以其有功，故王三加锡命。"④"伊人"二句：《庄子·渔父篇》："人有畏影恶迹而去之，走者举足愈数而迹愈多，不知处阴以休影，虚静以息迹，愚亦甚矣。"⑤燔炙：烧与烤。亦泛指烹煮。

和寄天选长官[1]

寓形宇宙间，佚我方以老。流光安足恃，百岁同过鸟。顷予萦网罗，文采缘自表[2]。自古山林人，何曾识机巧。但记寒岩翁，论心秋月皎。黄香十年旧，禅学参众妙。虚怀养天和，肯徇奔走闹。官居职事理，晨起何用早。桐阴满西斋，叱吏供洒扫。眷予东南来，野饭煮芹蓼。葆光既清高[3]，令尹亦高蹈[4]。相将古寺行，软语颓晚照。公家有畸人，虚缘能自保。卜筑嵩山阳，何当从结好。中山饶胜景，一览未易了。何时命巾车[5]，共陟云外峤。翻思筋力疲，不复追踊跳。公诗拟《南山》[6]，雄拔千丈峭。形容逼天真，邂逅识其要。藩篱吾未窥，敢议穷阃奥[7]。

【注释】①冯应榴《合注》云："《参寥集》有《次韵阳翟尉黄天选见寄》诗，即此篇也。"②自表：自示其独特别致。③葆光：隐蔽其光辉，比喻才智不外露。《庄子·齐物论》:“注焉而不满,酌焉而不竭,而不知其所由来,此之谓葆光。”④高蹈:举足顿地。《左传·哀公二十一年》:“鲁人之皋,数年不觉,使我高蹈。”此指脱离尘世。⑤巾车:指有帷幕的车子。晋陶潜《归去来辞》:“或命巾车,或棹孤舟。”⑥《南山》:韩退之有《南山》诗,共一百零二韵。⑦奥:《尔雅》:“西南隅谓之奥。”《汉书·班固传》:“究先圣之壸奥。”

数日前,梦一僧出二镜求诗,僧以镜置日中,其影甚异,其一如芭蕉,其一如莲花,梦中与作诗

君家有二镜,光景如湛卢[①]。或长如芭蕉,或圆如芙蕖。飞电著子壁,明月入我庐。月下合三璧,日月跳明珠。问子是非我,我是非文殊[②]。

【注释】①湛卢:宝剑名。《越绝书》:“欧冶乃因天之精神,悉其伎巧,造为大刑三,小刑二。一曰湛卢,二曰纯钩,三曰胜邪,四曰鱼肠,五曰巨阙。”②“我是”句:《楞严经》:“如汝文殊,更有文殊,是文殊者,为无文殊。如第二月,谁为是月,又谁非月,又于自心现大圆镜。”

次韵黄鲁直书伯时画王摩诘

前身陶彭泽[①],后身韦苏州[②]。欲觅王右丞[③],还向五字求[④]。诗人与画手,兰菊芳春秋。又恐两皆是,分身来入流。

【注释】①陶彭泽:陶渊明做过彭泽县令,后人因以称陶彭泽。②韦苏州:即韦应物,因做过苏州刺史,世称韦苏州。③王右丞:即王维,字摩

诰，官尚书右丞。④五字：指五言诗，王维与陶、韦皆长五言诗。

梦雪

残杯失春温，破被生夜悄。开门万山白，俯仰同一照。虽时出圭角[①]，固自绝瑕窍[②]。儿童勿惊怪，调汝得一笑。

【注释】①圭角：圭的棱角，泛指棱角，比喻锋芒。②瑕窍：玉上的裂缝、裂口。

登庐山

读书庐山中，作郡庐山下[①]。平湖浸山脚，云峰对虚榭。红蕖纷欲落[②]，白鸟时来下。犹思隐居胜，乱石惊湍泻。

【注释】①作郡：指担任一郡长官，治理地方。②红蕖：指红莲。

送虢令赵荐

嗟我去国久，得君如得归。今君舍我去，从此故人稀。不惜故人稀，但恐晤语非。佳人西方子，佩服贝与玑。宛兮若处女，未始识户扉。何必识户扉，潜玉有光辉[①]。

【注释】①潜玉：指含而未露的才华。陶潜《感士不遇赋序》："或潜玉于当年。"

送司勋子才丈赴梓州[1]

别日已苦迫，见日未可期。曷不惜此日，相从把酒卮。人生初甚乐，譬若枰上棋。纵横听汝手，聚散岂吾知。胡为复嗟叹，实恨相识迟。念昔非亲旧，闻名自童儿。不见常隐忧，见之百忧披。相从未云几，别泪遽已垂。有如云间鹤，影过落寒池。举头已千里，可见不可追。我本蜀诸生，能言公少时。初为成都掾，治狱官苦卑。高才绝伦辈，邦伯忘等夷。是时最少年，白皙未有髭。风流能痛饮，敏捷好论诗。勇于韝上鹰[2]，不啻囊中锥。去蜀曾未久，得县复来眉。簿书纷满前，指画涣无疑。一年吏已服，渐能省鞭笞。二年民尽信，不复烦文移。三年厌闲寂，终日事桐丝。客来投其辖，醉倒不容辞。至今三十年，父老犹嗟咨。东川晚乃至，观者塞路岐。但见东人喜，不知西人悲。如今又继往，人事亦可奇。嗟此信偶然，或云数使之。王城多高爵，要路人争驰。公来席未暖，去不淅晨炊。屡为蜀人得，毋乃天见私。吾徒本学道，穷达理素推。况为二千石，所至可乐嬉。细思为县日，宾友存者谁。或终卧茅屋，或去悬金龟[3]。或已登鬼籍，墓木如门楣。感时何倏忽，抚旧应涕洟。紫绶著更好，红颜蔚不衰。权奇玉勒马，阿那胡琴姬[4]。逢人可与乐，慎勿苦相思。

【注释】①司勋：官名。《周礼》：夏官之属，主管功赏之事。北周因周制置司勋，掌六勋之事。隋置司勋侍郎，属吏部。唐宋时改为郎中，明清称稽勋司，清末废。②韝(gōu)：革制臂套。③悬金龟：指出仕做官。金龟：金印龟钮。唐宋时，三品以上官员之佩饰。④阿那：柔弱貌，柔美貌。

送宋君用游辇下

暴雨涨荒溪，尺水生洪流。中有泼泼鲤，泛然方快游。安知赤日烁，沸浪生浮沤[①]。石密岸狭束，鳞鬣窘若囚。一失在藻乐，遂有辙鲋忧[②]。誓将泛江湖，雪此煦沫羞[③]。江湖与荒溪，巨细虽不侔。此流彼之派，联接讵阻修。超然奋跃去，势若鹰离韝。浮沉谢群蛙，窟穴依长洲。洗濯沮洳泥[④]，被服白纹裘。谁知岁月久，湧浪生咽喉。赖尔溪中物，虽困有远谋。不似沼沚间[⑤]，回合狱万鲰[⑥]。纵知有江湖，绵绵隔山丘。人生岂异此，穷达皆有由。吾乡广平君，少与轻薄游。堆金等屋梁，穲稏百顷秋[⑦]。朝筵罗红颜，夜庖炙肥牛。落魄穷书生，多以金帛收。高赀一朝尽，里巷谁青眸。儿女号饥寒，亲友寡馈赒。中夜起长叹，慷慨商声讴。我非田农家，安能事粗耰[⑧]。又非将帅种，不惯挥戈矛[⑨]。平生负壮气，岂可遂尔休。今我中丞公，位隆职兼优。官爵连九族，一门千骅骝。虽云富贵殊，敢以贫贱投。姻戚苦未远，我困岂我醜[⑩]。八月秋风高，驾言动轻辀。将行来告别，求赠安敢廋。嗟子穷已甚，倚伏理亦周。溪鱼解如此，况子知公侯。马壮仆正健，去去其无留。

【注释】①浮沤(ōu)：水面上的泡沫。因其易生易灭，常比喻变化无常的世事和短暂的生命。②辙鲋忧：《庄子·外物篇》："车辙之中有鲋鱼，周问之，对曰：'我东海之波臣，君岂有升斗之水而活我哉？'"③煦(xǔ)沫：指在困境中互相帮助。《庄子·大宗师》："泉涸，鱼相与处于陆，相呴以湿，相濡以沫。"④沮洳泥：低湿之地的泥。⑤沼沚：池塘，亦借指积水坑。⑥鲰(zōu)：小鱼。《史记·货殖列传》："鲰千石，鲍千钧。"⑦穲稏：稻名。韦庄《稻田》诗："绿波春浪满前陂，极目连云穲稏肥。"⑧粗耰(chú yōu)：泛指农具。⑨戈矛：戈和矛，泛指兵器。《诗·秦风·无衣》："王于兴师，修我戈矛，与子同仇。"⑩醜(chǒu)：《诗》毛传："醜，弃也。"郑玄笺："醜，亦恶也。"孔颖达疏："醜与丑，古今字。丑恶可弃之物，故《传》以为弃。"

富阳道中[1]

清晨振衣起，起步方池侧。徘徊俯丹楹，到影见攲仄[2]。不识陶靖节[3]，定非风尘格。遥怀谢灵运，本自林泉客。予生忽世事，不以形为役，顾彼冕弁人[4]，冕弁非予适。

【注释】①富阳：县名，在浙江省杭州市西南部，钱塘江流贯。②攲(qī)仄：倾斜。柳宗元《万石亭记》："攲仄以入"。③陶靖节：即陶渊明。④冕弁：冕和弁。均为古代帝王、诸侯、卿、大夫所戴的礼帽。此指仕宦者。

戏作切语竹诗[1]

隐约安幽奥[2]，萧骚雪薮西[3]。交加工结构[4]，茂密渺冥迷[5]。引叶油云远，攒丛聚族齐。奔鞭进壁背[6]，脱箨吐天梯[7]。烟篠散孙息[8]，高竿拱桷枅[9]。漏阑零露落，庭度独蜩啼。扫洗修纤笋，窥看诘曲溪。玲珑绿醽醴[10]，邂逅盍闲携。

【注释】①切语：用双声或叠韵字组成词句。②奥：指屋的西南角。《尔雅》："西南隅谓之奥。"③萧骚，形容风吹树木的声音。④交加：互相交错。⑤冥迷：阴暗迷茫。⑥奔鞭：纵横的竹根。⑦脱箨(tuò)：生出的笋壳。天梯：古人想象中登天的梯子。⑧篠(xiǎo)：小竹，细竹。⑨桷枅(jué jī)：桷：方形的椽子。枅：柱上方木。此指横平可做桷枅的枝干。⑩醽醴(líng lǐ)美酒。

鼠须笔[1]

太仓失陈红[2]，狡穴得余腐。既兴丞相叹[3]，又发廷尉怒[4]。磔肉饲饥猫，分髯杂霜兔。插架刀槊健，落纸龙蛇惊。物理未易诘，时来即所遇。穿墉何卑微[5]，托此得佳誉。

【注释】①鼠须笔：用鼠须制成的一种毛笔。②陈红：指陈年的谷物。③丞相叹：《史记·李斯传》曾载李斯见厕所中老鼠和粮仓中老鼠之迥然不同，发感慨曰："人之贤不肖，譬如鼠矣。在所自处耳。"后李斯为秦丞相。④廷尉怒：《汉书·张汤传》：曾载张汤幼时，鼠偷肉，汤即掘洞得鼠与肉，对鼠施以酷刑。后汤为汉廷尉。⑤穿墉(yōng)：穿墙。《诗·召南》："谁谓鼠无牙，何以穿我墉？"

待旦

梦破山骨冷，扶桑未放晓[1]。披衣坐虚堂，缺月犹皎皎。扬泉漱寒冽，激齿冰雪绕。百体喜坚壮[2]，万象觉情悄[3]。簪履事朝谒，神魂飞窅渺[4]。龛灯蚌珠剖，炉穗玉绝袅。浮念恍已消，真庭谅非杳[5]。须臾雰霞起，赫奕射林表[6]。高树引凉蝉，深枝啅栖鸟。二虫彼何为，逐动自纷扰。悠悠天宇内，岂复论大小。覆盎舞醯鸡[7]，浓昏恣飞绕。定知达观士，方寸常了了[8]。世无陶靖节，此乐知者少。

【注释】①扶桑：传说日出于扶桑之下，拂其树梢而升，因谓为日出处。此代指太阳。②百体：身体的各个部分。③万象：宇宙间一切事物和景色。④窅(yǎo)：深远。⑤真庭：神仙之殿庭。⑥赫奕：光辉炫耀貌。⑦覆盎：倒置的盆类盛器。醯(xī)鸡：即蠛蠓。古人以为是酒醋上的白霉变成。⑧方寸：指心思、心绪。

丰年有高廪诗[①]

颂声歌盛旦，多黍乐丰年。近见藏高廪，遥知熟大田。在畴纷已获，如阜隐相连[②]。《鲁史》详而记[③]，神仓赋且全[④]。舂人洪蓄积[⑤]，祖庙享恭虔。圣后忧农切[⑥]，宜哉报自天。

【注释】①廪(lǐn)：粮仓。②阜：土山。如阜：喻指谷垛像山一样。③《鲁史》：指《春秋》。《春秋》屡记丰收年景。④神仓：古时祭祀所用物品的存放处所。《礼记·月令》："藏帝籍之收于神仓，祗敬必饬。"⑤舂人：古代祭祀、宴飨时负责供应米物的官。⑥"圣后"句：《战国策·赵策》载，赵威后问齐使，首问收成，次问百姓，最后问齐王。

端砚诗

披云离北岩[①]，度岭入中夏。重藉剪楚茅[②]，方函斫英槚[③]。骚坛意莫逆[④]，匠石语□奓。匪亟劳运斤，如带防毁铐[⑤]。砺□□□□，观隅整同厦。津津剖马肝[⑥]，索索模羊鲊[⑦]。气逼松滋豪，烟联雪涛姹[⑧]。登堂却蹒跚，饮水何甜閜[⑨]。守墨面宜黔，含贞口终哑。静惟有寿焉，玷尚可磨也。《鲁史》记获麟，晋帖题裹鲊[⑩]。供给到唐文，护持等商斝[⑪]。眉形空爱纤[⑫]，风字仍嫌哆[⑬]。载观七八评，咸本六一写[⑭]。退然敢摩肩[⑯]，信矣俱出跨。始知尹公他，不媚王孙贾。铭诗与器传，篆刻当碑打。严韵拾孑遗，微才任聊且。

【注释】①北岩：《端溪砚谱》："北壁石，泉生其中，润可知矣。南壁石，即泉半浸者，稍不及北壁。"②藉：荐，草垫。《易·大过》："藉用白茅。"指用洁白之茅垫祭品。③斫：砍削。槚：即楸，树木名。《左传·襄公二年》："穆姜使择美槚，以自为榇与颂琴。"④骚坛：诗坛。⑤毁铐：《唐书·柳浑传》:“玉工为帝作带,误毁一銙。”⑥津津:充溢貌。《庄子》:“郁郁乎!然而其中津津乎犹有恶也。”⑦索索:恐惧貌、颤抖貌。《易经·震》:“震索索,视矍矍。”觟:羊生角者。⑧松滋:言墨。雪涛:言水。⑨銗閭:犹闪烁。杜甫《朝献太清宫赋》:“仡神光而甜间。”⑩“晋帖”句:晋王羲之有《裹鲊帖》。⑪斝(jiǎ):古代用青铜制成的贮酒器。⑫“眉形”句:此言砚有如眉形者。⑬风字:《砚谱》载有王右军风字砚,又宣和初,御府降样造形,若风字。⑭六一:指六一居士欧阳修。故下一联作谦词。⑮摩肩:比肩。

醉中题鲛绡诗[1]

天地虽虚廓,惟海为最大。圣王皆祀事,位尊河伯拜[2]。祝融为异号[3],恍惚聚百怪[4]。二气变流光,万里风云快。灵旗摇红纛[5],赤虬喷滂湃[6]。家近玉皇楼,彤光照世界。若得明月珠,可偿逐客债。

【注释】①鲛绡:薄绢、轻纱。②河伯:河神。③祝融:南海之神。韩愈《南海神庙碑》:考于传记,而南海神次最贵,在北东西三神河伯之上,号为祝融。”④百怪:韩愈《南海神庙碑》:“海之百灵秘怪,恍惚毕出。”⑤纛(dào):古代军队里的大旗。⑥赤虬:赤色虬龙。张正见《神仙篇》:“东海还驭赤虬来。”

双井白龙[1]

岩泉未入井,蒙然冒沙石。泉嫩石为厌。石老生罅隙。异哉寸波中,露此横海脊。先生酌泉笑,泉秀神龙蛰。举手玉筯插,忽去银钉掷。大身何时布,大翮翔霹雳。谁言鹏背大,更觉宇宙窄。

【注释】①《冷斋夜话》:“南海城中有两井,相近咫只而异味,号双井。井源出岩石罅中。东坡酌水,异之,曰:‘吾寻白龙不见,今知家此水中乎?’同游怪问其故。曰:‘白龙当为东坡出,请徐待之。’俄见其脊尾如银蛇状。忽水澜,有云气浮水面,举首如插玉筯,乃泳而去。”

卷十　七言古诗

郭纶[1]

河西猛士无人识，日暮津亭阅过船。路人但觉骢马瘦，不知铁槊大如椽[2]。因言西方久不战[3]，截发愿作万骑先[4]。我当凭轼与寓目[5]，看君飞矢集蛮毡[6]。

【注释】①苏轼自注："纶本河西弓箭手，屡战有功，不赏。自黎州都监官满，贫不能归。今权嘉州监税。"②前四句写英雄失路之状。③西方久不战：仁宗康定元年(1040)九月，三川寨被侵，因郭纶借调防守而无恙。④截发：《晋书·陶侃传》载：王贡挑战，陶侃谕之，截发为信。⑤凭轼与寓目：《左传·僖公二十八年》：晋侯等在城濮驻扎，楚子玉派遣斗勃请战，说："请与君之士戏，君凭轼而观之，得臣与寓目焉。"意即请和君王的斗士作角力游戏，君王靠在车横板上观看，得臣可以陪同君王一同观看。⑥飞矢集蛮毡：意即飞箭都射在毡庐之上。

犍为王氏书楼[1]

树林幽翠满山谷，楼观突兀起江滨。云是昔人藏书处，磊落万卷今生尘。江边日出红雾散，绮窗画阁青氛氲。山猿悲啸谷泉响，野鸟嘐戛岩花春。借问主人今何在？被甲远戍长苦辛。先登搏战事斩级[2]，区区何者为三坟[3]。书生古亦有战阵，葛巾羽扇挥三军[4]。古人不见悲世俗，回首苍山空白云。

【注释】①犍(qián)为：县名，在四川南部，岷江与马边河在境内汇合。犍为县北百里有书楼山，书楼主人为蜀人王齐万，当时寓居此地。②"先登"句：《史记·樊哙传》：攻城先登，斩首二十三级。③三坟：相传是古书名。常与“五典”并提。④葛巾羽扇:《世语》:诸葛武侯独乘素舆,葛巾毛扇,指麾三军。

江上看山

船上看山如走马,倏忽过去数百群①。前山槎牙忽变态,后岭杂沓如惊奔。仰看微径斜缭绕,上有行人高缥缈。舟中举手欲与言,孤帆南去如飞鸟②。

【注释】①“倏忽”句:倏忽:《庄子·应帝王》:“南海之帝为倏,北海之帝为忽。”此句用杜甫《前出塞》:“隔河见胡骑,倏忽数百群”典。②“孤帆”句:用独孤及《送卢秀才擢第归长沙》诗句:“风帆若鸟飞。”

舟中听大人弹琴

弹琴江浦夜漏永,敛衽窃听独激昂①。风松瀑布已清绝,更爱玉珮声琅珰②。自从郑卫乱雅乐,古器残缺世已忘。千家寥落独琴在,有如老仙不死阅兴亡。世人不容独反古,强以新曲求铿锵。微音淡弄忽变转,数声浮脆如笙簧③。无情枯木今尚尔,何况古意堕渺茫!江空月出人响绝,夜阑更请弹《文王》④。

【注释】①敛袵:同“敛衽”。整理衣襟,以示恭敬。②琅珰:玉珮响的声音。③“微音”二句:专指泛音。王文诰案:凡琴曲起结入慢,多用泛音,或为缓急之变,或为跌荡之终,或因实以间虚,或以其流走不定,而夹入破之,所用至广,即“数声浮脆”是也。④《文王》:古琴调有《文王操》。

留题仙都观[1]

山前江水流浩浩，山上苍苍松柏老[2]。舟中行客去纷纷，古今换易如秋草。空山楼观何峥嵘，真人王远、阴长生[3]。飞符御气朝百灵，悟道不复诵《黄庭》[4]。龙车虎驾来下迎[5]，去如旋风抟紫清。真人厌世不回顾，世间生死如朝暮。学仙度世岂无人？餐霞绝粒长苦辛[6]。安得独从逍遥君，泠然乘风驾浮云，超世无有我独存。

【注释】①仙都观：在丰都县平都山，位于四川省东部、长江北岸。②“山上”句：《书鲍静传》：余尝游忠州丰都观，古松柏数千株，皆百围。③王远：字方平。知天下盛衰之期，九州吉凶之事，汉孝桓帝数征不出。阴长生：新野人，与王远二人皆在此山学道得仙。④《黄庭》：即《黄庭经》，道教经名，全称为《太上黄庭内景经》《太上黄庭外景经》，阐述道家养生修炼的道理。⑤龙车虎驾：传说不一，概言乘龙驾虎意。⑥餐霞：曹植《驱车篇》：“餐霞漱沆瀣。”绝粒：孙绰《游天台山赋》：“绝粒茹芝者。”

游三游洞[1]

冻雨霏霏半成雪，游人履冻苍苔滑。不辞携被岩底眠，洞口云深夜无月。

【注释】①白乐天《诗序》云：“予自江州司马授忠州刺史，祗命之郡，与知退会于夷陵。翌日，微之返棹，送予至下牢戍，闻石间泉声，因舍棹，步入缺岸，水石相薄，磷磷凿凿，跳珠溅玉，惊动耳目，各赋古调二十韵，书于石壁。以吾三人始游，故因名三游洞。洞在峡州上二十里北峰下两崖相嵚间。”苏老泉有诗：“天寒二子苦求去，吾欲居之亦不能。”子由诗：“昔年有迁客，携手过嵌岩，去我岁已百，游人忽复三。”

黄牛庙[1]

江边石壁高无路，上有黄牛不服箱[2]。庙前行客拜且舞，击鼓吹箫屠白羊。山下耕牛苦硗确[3]，两角磨崖四蹄湿。青刍半束长苦饥，仰看黄牛安可及。

【注释】①黄牛庙：黄牛山下，有滩名黄牛滩。黄牛峡上，有沼川庙，黄牛之神庙也。②不服箱：不负载车箱。《诗·小雅·大东》："睆彼牵牛，不以服箱"。服：负之假借字。箱：大车之箱也。③硗确：土地坚硬而瘠薄。

江上值雪，效欧阳体，限不以盐玉鹤鹭絮蝶飞舞之类为比，仍不使皓白洁素等字，次子由韵[1]

缩颈夜眠如冻龟，雪来惟有客先知。江边晓起浩无际，树杪风多寒更吹。青山有似少年子，一夕变尽沧浪髭。方知阳气在流水，沙上盈尺江无澌。随风颠倒纷不择，下满坑谷高陵危。江空野阔落不见，入户但觉轻丝丝。沾裳细看巧刻镂，岂有一一天工为？霍然一挥遍九野，吁此权柄谁执持。世间苦乐知有几，今我幸免沾肤肌。山夫只见压樵担，岂知带酒飘歌儿。天王临轩喜有麦，宰相献寿嘉及时。冻吟书生笔欲折，夜织贫女寒无帏。高人著屐踏冷冽[2]，飘拂巾帽真仙姿。野僧斫路出门去，寒液满鼻清淋漓。洒袍入袖湿靴底，亦有执板趋阶墀。舟中行客何所爱，愿得猎骑当风披。草中咻咻有寒兔，孤隼下击千夫驰。敲冰煮鹿最可乐，我虽不饮强倒卮。楚人自古好弋猎，谁能往者我欲随。纷纭旋转从满面，马上操笔为赋之。

【注释】①限不以……为比：这是古代文人为显示文字工夫与描写能力，给自己的有意限定，逼自己比物象形不落俗套。有点类似古人写诗用险韵。②“高人”句：褚少孙补《史记·滑稽列传》：齐东郭先生，久待诏公车，贫困饥寒，衣敝，履不完，行雪中，履有上无下，足尽践地，道中人笑之。

竹枝歌[①] 并引

《竹枝歌》本楚声，幽怨恻怛，若有所深悲者。岂亦往者之所见有足怨者与？夫伤二妃而哀屈原，思怀王而怜项羽，此亦楚人之意相传而然者。且其山川风俗鄙野勤苦之态，固已见于前人之作与今子由之诗。故特缘楚人畴昔之意，为一篇九章，以补其所未道者。

苍梧山高湘水深[②]，中原北望度千岑[③]。帝子南游飘不返[④]，惟有苍苍枫桂林。枫叶萧萧桂叶碧，万里远来超莫及。乘龙上天去无踪，草木无情空寄泣[⑤]。水滨击鼓何喧阗？相将扣水求屈原。屈原已死今千载，满船哀唱似当年。海滨长鲸径千尺，食人为粮安可入？招君不归海水深，海鱼岂解哀忠直[⑥]？吁嗟忠直死无人，可怜怀王西入秦。秦关已闭无归日，章华不复见车轮[⑦]。君王去时箫鼓咽，父老送君车轴折[⑧]。千里逃归迷故乡，南公哀痛弹长铗。三户亡秦信不虚[⑨]，一朝兵起尽欢呼。当时项羽年最少，提剑本是耕田夫。横行天下竟何事，弃马乌江马垂涕。项王已死无故人，首入汉庭身委地。富贵荣华岂足多，至今惟有冢嵯峨。故国凄凉人事改，楚乡千古为悲歌[⑩]。

【注释】①竹枝歌：即竹枝，又叫竹枝词、竹枝曲。属乐府《近代曲》之一。本为巴渝一带民歌，唐诗人刘禹锡据以改作新词，多言蜀中风景与男女恋情，后人起而效之。形式为七言绝句，语言通俗，音调轻快。②苍梧：郡名，汉置。治所在广西梧州市。湘水：桂林全州分水岭下，即湘漓二水，东自海隅至此，分南北而离也。北为湘水，南为漓水。③岑：小而高的山，此指山。④“帝子”句:言“舜南巡,葬于苍梧,尧二女娥皇、女英泪下沾竹。”(见《述异记》)一云:女见舜死,从之不及,溺死沅湘之间。⑤“乘龙”二句:《汉书·郊祀志上》:“黄帝采首山铜,铸鼎于荆山下。鼎既成,有龙垂胡须下迎黄帝。黄帝上骑,群臣后宫从上龙七十余人,龙乃上去。余小臣不得上,乃悉持龙须,龙须拔坠,坠黄帝之弓。百姓仰望黄帝既上天,乃抱其弓与龙须号。”⑥鲸:崔豹《古今注》:海鱼也。大者长千里,小者数十丈,一生数万子。此数句乃用屈原之《招魂》,意为屈原招魂。⑦“秦关”二句:《史记·屈原传》:“时秦昭王与楚婚,欲与怀王会。怀王欲行,屈平曰:‘秦,虎狼之国,不可信。不如毋行。’怀王稚子子兰劝王行。入武关,秦伏兵绝其后,因留怀王,以求割地。怀王怒,不听,亡走赵,赵不内,复之秦,竟死于秦而归葬。”章华:又叫章华台,楚离宫名。《左传·昭公七年》:“楚子成章华之台,愿与诸侯落之。”杜预注:“台今在华容城内。”《水经·沔水注》:“台高十丈,基广十五丈。”⑧“父老”句:《汉书·临江闵王荣传》:“上(孝景皇帝)征荣。荣行,祖于江陵北门。既上车,轴折车废。江陵父老流涕窃言曰:‘吾王不反矣!’”⑨“三户亡秦”句:《史记·项羽本纪》:“夫秦灭六国,楚最无罪,自怀王入秦不反,楚人怜之至今,故楚南公曰:‘楚虽三户,亡秦必楚也。’”⑩后三首典见《史记·项羽本纪》。本组诗前二首伤二妃,三、四哀屈原,五、六思怀王,七、八怜项羽,第九首总结。纪晓岚评曰:势须有一总收,音节酷似《汾阴行》,其声哀曼动人。

渚宫①

渚宫寂寞依古郢②,楚地荒茫非故基。二王台阁已卤莽③,何况远问纵横时。楚王猎罢击灵鼓④,猛士操舟张水嬉⑤。钓鱼不复数鱼鳖,大鼎千石烹蛟螭。当时郢人架宫殿⑥,意思绝妙般与倕⑦。飞楼百尺照湖水,上有燕赵千蛾眉。临风扬扬意自得,长使宋玉作楚辞⑧。秦兵西来取钟簴⑨,故宫禾黍秋离离。千年壮观不可复,今之存者盖已卑。池空野迥楼阁小,惟有深竹藏狐狸⑩。台中绛帐谁复见⑪,台下野水浮清漪。绿窗朱户春昼闭，想见深屋弹朱丝。腐儒亦解爱声色，何用白首谈孔、姬[12]。沙泉半涸草堂在，破窗无纸风飕飕。陈公踪迹最未远[13]，七瑞寥落今何之[14]？百年人事知几变，直恐荒废成空陂。谁能为我访遗迹，草间应有湘东碑。

【注释】①渚宫：《蜀监》："江陵有津乡故城，在今江陵县东，渚宫即其地。"春秋楚成王所建，为楚之别宫。故址在今湖北江陵城内。②古郢：古都邑名，在今湖北江陵西北。春秋楚文王定都于此。③"二王"句：苏轼自注："湘东王、高氏"。湘东王即梁萧绎，后在江陵称帝，为元帝。高氏事无可考。④灵鼓：六面鼓。《周礼·地官·鼓人》："以灵鼓鼓社祭。"郑玄注："灵鼓，六面鼓也。"⑤张水嬉：张协《七命》："乘凫舟兮为水嬉。"⑥"当时"句：《渚宫旧事》："灵王作倾宫，三年未息，而为章华之台。翟人来朝，王夸之，与客登章华之台，三休乃至。"⑦般与倕：鲁班（公输般）和尧舜时巧匠倕的并称。后世泛指能工巧匠。⑧宋玉：屈原弟子，楚大夫，战国时辞赋家。曾与楚襄王游于云梦之台，望高唐之观，因作《高唐赋》。另作有《九辩》。⑨簴(jù)：悬挂钟磬架子上的立柱。⑩"唯有"句：元稹：《连昌宫词》："连昌宫中满宫竹""夜夜狐狸上门屋"。⑪绛帐：《荆州记》："府城西南有马融绛帐台，与渚宫不远。"据记载，在鼓角楼，是马融教授弟子的地方。⑫孔、姬：指孔子、周公。⑬陈公：陈尧咨。天禧中，以右正言知制诰，出守荆南。⑭七瑞：《南史》：梁元帝讳绎，字世诚，小字七瑞，梁武帝第七子也。十三年封湘东王。

大雪独留尉氏[1]，有客入驿，呼与饮，至醉。诘旦客南去，竟不知其谁

古驿无人雪满庭，有客冒雪来自北。纷纷笠上已盈寸，下马登堂面苍黑。苦寒有酒不能饮，见之何必问相识。我酌徐徐不满觥，看客倒尽不留涩。千门昼闭行路绝，相与笑语不知夕。醉中不复问姓

名，上马忽去横短策[2]。

【注释】①尉氏：春秋郑国尉氏邑，秦置县。在河南省中部，贾鲁河流贯。②短策：小马鞭。

辛丑十一月十九日，既与子由别于郑州西门之外[1]，马上赋诗一篇寄之

不饮胡为醉兀兀[2]，此心已逐归鞍发。归人犹自念庭闱[3]，今我何以慰寂寞。登高回首坡垅隔，但见乌帽出复没[4]。苦寒念尔衣裘薄，独骑瘦马踏残月[5]。路人行歌居人乐，童仆怪我苦凄恻。亦知人生要有别，但恐岁月去飘忽[6]。寒灯相对记畴昔，夜雨何时听萧瑟[7]。君知此意不可忘，慎勿苦爱高官职[8]。

【注释】①辛丑：即嘉祐六年（1061）。郑州：《元和郡县志》：春秋郑国，晋置荥阳郡，开皇三年改郑州，贞观七年自武牢移于今地。东至汴京一百四十里。②兀兀：昏沉貌。白居易《对酒》："所以刘阮辈，终年醉兀兀。"③归人：指子由。庭闱：旧指父母住的地方，借指父母。④"登高"二句：别后回望子由状。⑤"苦寒"二句：白居易诗：如何为不念，马瘦衣裳单。⑥飘忽：轻快、迅疾貌。⑦"寒灯"二句：纪昀曰："收笔处又绕一波，高手总不使直笔。"⑧苏轼自注："尝有夜雨对床之言，故云尔。"韦苏州《示全真元常》诗："宁知风雨夜，复此对床眠。"子由与苏轼在怀远驿尝读书诗，至此句，恻然感之，乃相约早退，共为闲居之乐，正在京师同侍老泉时近事，故今诗及之。其后，子由与苏轼彭城相会，作二小诗，其一曰："逍遥堂后千寻木，长送中宵风雨声。误喜对床寻旧约，不知漂泊在彭城。"至先生《东府雨中别子由》诗："对床空悠悠，夜雨今萧瑟。"盖皆感叹追旧之言也。

郿坞[1]

衣中甲厚行何惧？坞里金多退足凭[2]。毕竟英雄谁得似？脐脂自照不须灯[3]。

【注释】①郿坞：在陕西眉县东北。②“坞里”句：《后汉书·董卓传》：筑坞于郡，积谷为三十储。自云：“事成，雄踞天下；不成，守此足以毕老。”③“脐脂”句：《后汉书·董卓传》：尸卓于市。天时始热，卓素充肥，脂流于地，守尸吏然火置卓脐中，光明达曙，如是者积日。

凤翔八观[1] 并叙

《凤翔八观》诗，记可观者八也。昔司马子长登会稽，探禹穴，不远千里；而李太白亦以七泽之观至荆州。二子盖悲世悼俗，自伤不见古人，而欲一观其遗迹，故其勤如此。凤翔当秦、蜀之交，士大夫之所朝夕往来。此八观者，又皆跬步可至，而好事者有不能遍观焉，故作诗以告欲观而不知者。

其一 石鼓歌[2]

冬十二月岁辛丑，我初从政见鲁叟[3]。旧闻石鼓今见之，文字郁律蛟蛇走。细观初以指画肚[4]，欲读嗟如箝在口[5]。韩公好古生已迟[6]，我今况又百年后。强寻偏傍推点画，时得一二遗八九。我车既攻马亦同，其鱼维鱮贯之柳[7]。古器纵横犹识鼎，众星错落仅名斗[8]。模糊半已隐瘢胝[9]，诘曲犹能辨跟肘。娟娟缺月隐云雾，濯濯嘉禾秀稂莠[10]。漂流百战偶然存，独立千载谁与友。上追轩、颉相唯诺，下揖冰、斯同鷇彀[11]。忆昔周宣歌《鸿雁》[12]，当时籀史变蝌蚪[13]。厌乱人方思圣贤，中兴天为生耆耇[14]。东征徐虏阚虓虎[15]，北伏犬戎随指嗾。象胥杂沓贡狼鹿，方、召联翩赐圭卣[16]。遂因鼓鼙思将帅，岂为考击烦矇瞍。何人作颂比《嵩高》？万古斯文齐岣嵝[17]。勋劳至大不矜伐，文、武未远犹忠厚。欲寻年岁无甲乙，岂有名字记谁某？自从周衰更七国，竟使秦人有九有。扫除诗书诵法律，投弃俎豆陈鞭杻。当年何人佐祖龙[18]，上蔡公子牵黄狗[19]。登山刻石颂功烈，后者无继前无偶。皆云皇帝巡四国，烹灭强暴救黔首。六经既已委灰尘，此鼓亦当遭击掊。传闻九鼎沦泗上，欲使万夫沉水取[20]。暴君纵欲穷人力，神物义不污秦垢。是时石鼓何处避，无乃天工令鬼守。兴亡百变物自闲，富贵一朝名不朽。细思物理坐叹息，人生安得如汝寿[21]？

【注释】①凤翔：汉为右扶风，唐武德元年为岐州，至德元载改凤翔郡，乾元元年改府。②石鼓：东周初秦国刻石。形略像鼓，共有十个，上刻籀文四言诗，现存北京故宫博物馆。文记述秦国国君的游猎情况。后世亦称为“猎碣”。唐初在天兴（今宝鸡市）三畤原出土。杜甫、韩愈等都有诗篇题咏。现在一石字已磨灭，余九石也有残缺。③鲁叟：指孔子。④以指画肚：虞世南学书，尝于被下，以指画肚。⑤“欲读”句：欧阳修诗：“有口欲说嗟如箝。”苏轼此讲言读之难也。⑥“韩公”句：韩愈《石鼓歌》：“嗟余好古生苦晚，对此涕泪双滂沱。”⑦苏轼自注：“其词云：‘我车既攻，我马既同。’又云：‘其鱼维何，维鱮维鲤。何以贯之？维扬与柳。惟此六名可读，余多不可通。’”⑧“古器”二句：比喻众字不认，独识六句，如古器唯识鼎，众星仅知北斗耳。⑨瘢(bān)：创伤或疮疖等痊愈后留下的疤痕。胝(zhī)：胼胝，俗称“老茧”。全句讲字中已半漫灭缺损者，犹如疮痏之瘢痕，手间之胼胝。⑩“娟娟”二句：比喻仅存之字如云雾中的缺月，稂莠间的嘉禾也。⑪轩：轩辕也。颉：苍颉也。冰：李阳冰也。斯：李斯也。鷇彀(kòu gòu)：待哺食的雏鸟。彀：乳。⑫纪昀曰：“歌《鸿雁》与石鼓无涉，只图与蝌蚪作对，未免凑泊。”所论非是。此句特出周宣，乃提笔也。

使他人为之，必要将当时劳来还定、无不得所之意承明，此则得过便过，其捷如风。公此类大篇，大率用单行法，读者惟当以气胜求之。如或截出一句，求其一二字疵累。此非知诗者也。李太白不怕疵累，而杜子美最忌疵累，此天工人巧，势不能合者。朱彝尊七古以杜法行李笔，前人未尝无此志，而始终不能者，正以逐句撮出似杜，而一串读下，不似李也。公诗未尝无李、杜，而妙在下笔不必定似李、杜。故自叙云：未尝有作文之意，而所作名多。当以是参之。⑬“当时”句：籀：籀文，又叫“籀书”“大篆”。因著录于《史籀篇》而得名。石鼓文即所存籀文的代表。秦焚先典而古文绝。汉鲁共王坏孔子宅，得《尚书》《春秋》《论语》《孝经》，时已不复知古文，故谓之科斗书。⑭耇耇(gǒu)：年高的德者。⑮阚虓虎：《诗·大雅·常武》：“阚如虓虎。”勇猛如怒吼的虎。虓(xiāo)：虎叫。⑯象胥：古代接待四方使者的官员。方、召：指方叔、召虎。⑰《嵩高》：《诗·大雅》篇名。《礼记·孔子闲居》：“其在《诗》曰：‘嵩高维岳，峻极于天。’”嵩高，又为嵩山别名。岣嵝：衡山七十二峰之一，古来称作衡山之峰。⑱“当年”句：《史记·秦始皇本纪》：始皇三十六年秋，使者从关东夜过华阴平舒道，有人持璧遮使者曰：“为吾遗滈池君，今年祖龙死。”使者问其故，忽不见。使者奉璧具以闻。始皇默然良久，曰：“山鬼固不过知一岁事也。”退，言曰：“祖龙者，人之先也。”使御府视璧，乃二十八年行渡江所沉璧也。⑲“上蔡”句：上蔡公子：指李斯。李斯就刑前对儿子说：“吾欲与若复牵黄犬，俱出上蔡东门逐狡兔，岂可得乎？”⑳“传闻”二句：《史记·秦始皇本纪》：始皇还，过彭城，斋戒祷祠，欲出周鼎于泗水，使千人没水求之，弗得。㉑王文诰曰：虽四句煞尾，而兴亡分结中二段。“物闲”收起一段，只七字了当，故其余意无穷，诗完而气犹未尽，此其才局天成，不可以力争也。起叙见鼓，极力铺排，仍不犯实。忽用“上追”“下揖”二句一束，乃开拓周、秦二段之根，其必用周、秦分段者，不但鼓之盛衰得失可兴可感，本意以秦之暴虐形周之忠厚，秦固有诗书之毁，而文字石刻独盛于秦，明取此巧，以周、秦串作，一反一正之间，处处皆《石鼓文》地位矣。“歌鸿雁”句开拓中兴全段，紧接史籀，其法至密。此系大篇，断无逐句皆石鼓之理，且此句借点歌字，顺手又开发作“歌”，并非闲笔，故通篇“歌”字不再见也。

其四 维摩像，唐杨惠之塑，在天柱寺[①]

昔者子舆病且死，其友子祀往问之。跰跹鉴井自叹息，造物将安以我为[②]。今观古塑维摩像，病骨磊嵬如枯龟。乃知至人外生死，此身变化浮云随。世人岂不硕且好，身虽未病心已疲。此叟神完中有恃，谈笑可却千熊罴。当其在时或问法，俯首无言心自知。至今遗像兀不语。与昔未死无增亏。田翁里妇那肯顾，时有野鼠衔其髭。见之使人每自失，谁能与诘无言师[③]？

【注释】①杨惠之：与吴道子同师张僧繇，号为画友。天柱寺：在凤翔县东北。②“昔者”四句：《庄子·大宗师》：“子舆有病，子祀往问之。曰：‘伟哉，夫造物者，将以予为此拘拘也。’曲偻发背，上有五管，卧隐于齐，肩高于顶，句赘指天，阴阳之气有沴，其心闲而无事，跰跹而鉴于井。曰：‘嗟乎，夫造物者，又将以予为此拘拘也。’”③纪昀曰：纯用一掀一落之法，故单行而不直不板。

和子由踏青

东风陌上惊微尘，游人初乐岁华新。人闲正好路傍饮，麦短未怕游车轮。城中居人厌城郭，喧阗晓出空四邻。歌鼓惊山草木动，箪瓢散野乌鸢驯。何人聚众称道人，遮道卖符色怒嗔：“宜蚕使汝茧如瓮[①]，宜畜使汝羊如麕[②]。”路人未必信此语，强为买服禳新春。道人得钱径沽酒，醉倒自谓吾符神。

【注释】①“宜蚕”句：《太平广记》：园客者，济阴人。尝种五色香草，积数十年，服食其实。忽有五色蛾集香草上，客收而荐之以布，生华蚕焉。至蚕出时，有一女，自来助客养蚕，亦以香草饲之，得茧百十头。茧大如瓮，每一茧缲六七日乃尽，缲讫俱去。②麕(jūn)：同“麇”，即獐子。

和子由蚕市[1]

蜀人衣食常苦艰，蜀人游乐不知还。千人耕种万人食[2]，一年辛苦一春闲。闲时尚以蚕为市，共忘辛苦逐欣欢。去年霜降斫秋荻，今年箔积如连山。破瓢为轮土为釜，争买不啻金与纨[3]。忆昔与子皆童丱[4]，年年废书走市观。市人争夸斗巧智，野人喑哑遭欺谩[5]。诗来使我感旧事，不悲去国悲流年。

【注释】①《栾城集》原题《记岁首乡俗寄子瞻二首》，一曰《踏青》，二曰《蚕市》。②“千人”句：王符《潜夫论·浮侈》：“一夫耕，百人食之；一妇桑，百人衣之。以一奉百，孰能供之？”《汉书·贾谊传》：“一人耕之，十人聚而食之，欲天下亡饥，不可得也。”③荻、箔：乃养蚕之具。瓢轮、土釜：乃缲丝之物。争买者，以急于用，所以甚于金也。④童丱(guàn)：幼童。丱：幼童两角束发之状。⑤喑哑：此指不善言辞。

记所见开元寺吴道子画佛灭度，以答子由

西方真人谁所见？衣被七宝从双狻[1]。当时修道颇辛苦，柳生两肘乌巢肩[2]。初如濛濛隐山玉，渐如濯濯出水莲。道成一旦就空灭，奔会四海悲人天。翔禽哀响动林谷，兽鬼踯躅泪迸泉[3]。庞眉深目彼谁子，绕床弹指性自圆[4]。隐如寒月堕清昼，空有孤光留故躔[5]。春游古寺拂尘壁，遗像久此霾香烟。画师不复写名姓，皆云道子口所传。纵横固已蔑孙、邓[6]，有如巨鳄吞小鲜。来诗所夸孰与此[7]，安

得携挂其旁观[8]。

【注释】①七宝：据《翻译名义集·七宝》载："凡有二种，一者七种珍宝，二者七种王宝。"佛经中说法不一，不具引。狻(suān)：狻猊，即狮子。②柳生两肘：《庄子·至乐》：支离叔与滑介叔观于冥伯之丘，昆仑之虚，黄帝之所休，俄而柳生其左肘。王维《能禅师碑铭》：莲花承足，杨枝生肘。③踯躅：徘徊不进貌。泪迸泉：杜甫《杜鹃》诗："泪下如迸泉。"④自"当时修道"至此，以铺陈佛灭度时事也。⑤月堕清昼：比喻佛之灭度。光留故躔：比喻佛虽寂灭而犹在。盖月之昼隐非亡故也。躔：日月星辰运行的轨迹。⑥孙、邓：孙知微，字太古，通义彭山人，凡画圣像，必先斋戒疏瀹，方始援毫。邓隐：梓州人，工杂画，兼佛像鬼神。⑦来诗所夸：指子由《题画文殊普贤》诗也。⑧"安得"句：子由来诗云："吾兄子瞻苦好异，败缯破纸收明鲜。自从西行止得此，试与记录一代观。"

二十七日，自阳平至斜谷，宿于南山中蟠龙寺[1]

横槎晚渡碧涧口[2]，骑马夜入南山谷。谷中暗水响泷泷，岭上疏星明煜煜[3]。寺藏岩底千万仞，路转山腰三百曲。风生饥虎啸空林，月黑惊麏窜修竹。入门突兀见深殿[4]，照佛青荧有残烛。愧无酒食待游人[5]，旋斫杉松煮溪蔌[6]。板阁独眠惊旅枕，木鱼晓动随僧粥[7]。起观万瓦郁参差，目乱千岩散红绿[8]。门前商贾负椒荈[9]，山后咫尺连巴蜀。何时归耕江上田，一夜心逐南飞鹄?

【注释】①蟠龙寺：在郿县西南三十里。②横槎：韦应物诗：风雨倒横槎。③泷泷：水声。煜煜：明亮貌。④突兀：杜甫《宿赞上人房》："夜深殿突兀，风动金锒铛。"⑤"愧无"句：讲寺僧致谦词。⑥"旋斫"句：述寺僧勤供客人。⑦以上自日暮写到黎明，与《夜投竹林寺》诗是同一章法。⑧千岩绿：指南山。千岩红：指蟠龙寺。目乱散：是晓色也。深黑到寺，都无所见，至是一切皆见，而时方早起，故目为之炫也。⑨椒：指花椒、胡椒，也指蔬菜类的辣椒。荈：晚采的茶。

将往终南和子由见寄

人生百年寄鬓须，富贵何啻葭中莩[①]。惟将翰墨留染濡，绝胜醉倒蛾眉扶[②]。我今废学如寒竽[③]，久不吹之涩欲无。岁云暮矣嗟几余，欲往南溪侣禽鱼。秋风吹雨凉生肤，夜长耿耿添漏壶。穷年弄笔衫袖乌，古人有之我愿如。终朝危坐学僧趺，闭门不出闲履凫。下视官爵如泥淤，嗟我何为久踟蹰。岁月岂肯与汝居，仆夫起餐秣吾驹[④]。

【**注释**】①葭莩：芦苇里面的薄膜，比喻淡薄的亲戚，可有可无也。②蛾眉：《诗·硕人》："螓首蛾眉。"后喻美女。③寒竽：久被冷落不吹奏的竽。④"仆夫"句：韩愈《送李愿归盘谷序》云："膏吾车兮秣吾马。"又《天星送杨凝郎中贺正》诗："仆夫起餐车载脂。"

二月十六日，与张、李二君游南溪[①]，醉后相与解衣濯足，因咏韩公《山石》之篇，慨然知其所以乐，而忘其在数百年之外也。次其韵

终南太白横翠微，自我不见心南飞。行穿古县并山麓，野水清滑溪鱼肥。须臾渡溪踏乱石，山光渐近行人稀。穷探愈好去愈锐，意未满足枵如饥[②]。忽闻奔泉响巨碓，隐隐百步摇窗扉[③]。跳波溅沫不可向，散为白雾纷霏霏。醉中相与弃拘束，顾劝二子解带围。褰裳试入插两足[④]，飞浪激起冲人衣。君看麋鹿隐丰草，岂羡玉勒黄金鞿。人生何以易此乐，天下谁肯从我归？

【注释】①张：张杲之，任监承事。李：李彭年。②枵(xiāo)：本指中心空虚的树根，引申为空虚。③"隐隐"句：讲溪堂情景。苏轼曾与张杲之泛舟南溪，尝留宿于此，有《溪堂》诗。④褰裳：撩起下裳。《诗·郑风·褰裳》："子惠思我，褰裳涉溱。"

渼陂鱼[①]

霜筠细破为双掩，中有长鱼如卧剑[②]。紫荇穿腮气惨凄，红鳞照座光磨闪。携来虽远鬣尚动，烹不待熟指先染。坐客相看为解颜，香粳饱送如填堑[③]。早岁尝为荆渚客[④]，黄鱼屡食沙头店[⑤]。滨江易采不复珍，盈尺辄弃无乃僭。自从西征复何有，欲致南烹嗟久欠。游鯈琐细空自腥，乱骨纵横动遭砭。故人远馈何以报，客俎久空惊忽赡。东道无辞信使频，西邻幸有庖齑酽[⑥]。

【注释】①苏轼自注："陂在鄠县。"渼陂：在鄠县西，产鱼，甚美，因名之。②长鱼如卧剑：孟浩然诗："游鱼拥剑来。"③如填堑：曹植诗："食若填巨壑。"④"早岁"句：苏轼应制科时，同子由侍父舟行适楚，是为荆楚客。⑤沙头店：即沙头镇中之店也，属荆南府。⑥齑(jī)：切碎的腌菜或酱菜。酽(yàn)：汁液浓。

司竹监烧苇园，因召都巡检柴贻勖左藏，以其徒会猎园下[①]

官园刈苇留枯槎[②]，深冬放火如红霞。枯槎烧尽有根在，春雨一洗皆萌芽。黄狐老兔最狡捷，卖侮百兽常矜夸。年年此厄竟不悟，但爱蒙密争来家。风回焰卷毛尾热，欲出已被苍鹰遮。野人来言此最乐，徒手晓出归满车。巡边将军在近邑，呼来飒飒从矛叉[③]。戍兵久闲可小试，战鼓虽冻犹堪挝。雄心欲搏南涧虎，阵势颇学常山蛇[④]。霜干火烈声爆野，飞走无路号且呀。迎人截来砉逢箭，避犬逸去穷投罝。击鲜走马殊未厌[⑤]，但恐落日催栖鸦。弊旗仆鼓坐数获，鞍挂雉兔肩分麚。主人置酒聚狂客，纷纷醉语晚更哗。燎毛燔肉不暇割，饮啖直欲追羲娲。青丘云梦古所咤，与此何啻百倍加。苦遭谏疏说夷羿，又被词客嘲淫奢[⑥]。岂如闲官走山邑，放旷不与趋朝衙。农工已毕岁云暮，车骑虽少宾殊嘉。酒酣上马去不告，猎猎霜风吹帽斜[⑦]。

【注释】①司竹监：掌植养园竹之事。②枯槎：老树的枝杈。③飒飒：屈原《九歌》："风飒飒兮木萧萧。"④常山蛇：《孙子》云："兵如常山之蛇，击其首则尾至，击其尾则首至。击其中则首尾俱至。"⑤击鲜：宰杀活的牧畜禽鱼，充作美食。⑥词客：指司马相如、扬雄。二人皆以赋的形式对当时淫靡奢侈之风有所讽谏。⑦全诗约分三段。第一段前十二句：起四句写烧苇，乃官司年例也；次四句入狡兔，预作悼叹之文；末四句点猎字，此三层如曲折流水缓缓道来。第二段自"巡边"句起，到"饮啖"句止，计十八句，至此烧苇会猎皆毕。第三段自"青丘"句到全诗结束，计十句，以余波作收煞也。纪昀曰："一路如骏马之下坡，须如此排宕盘旋，方收得住。"

谢苏自之惠酒

"高士例须怜麹蘖[①]"，此语常闻退之说。我今有说殆不然，麹蘖未必高士怜。醉者坠车庄生言，全酒未若全于天。达人本是不亏缺，何暇更求全处全[②]。景山沉迷阮籍傲[③]，毕卓盗窃刘伶颠[④]。贪狂嗜怪无足取，世俗喜异矜其贤。杜陵诗客尤可笑，罗列八子参群仙。流涎露顶置不说，为问底处能逃禅[⑤]？我今不饮非不饮，心月皎皎常孤圆[6]。有时客至亦为酌，琴虽未去聊忘弦[7]。吾宗先生有深意，百里双罂远将寄。且言“不饮固已高，举世皆同君独异。不如同异两俱冥[8]，得鹿亡羊等嬉戏[9]。决须饮此勿复辞，何用区区较醒醉[10]。”

【注释】①“高士”句：见韩愈《赠崔立之评事》诗。麴糵：酒母，后指酒。②“醉者”四句：《庄子·达生》：“夫醉者之坠车，虽疾不死，骨节与人同，而犯害与人异，其神全也。”又“彼得全于酒，而犹若是，况得全于天乎？”③“景山”句：《三国志·魏书》：徐邈，字景山。为尚书郎。时科禁酒，而邈私饮至于沉醉。《晋书·阮籍传》：傲然独得，任性不羁，嗜酒能啸。④毕卓：字茂世。晋太兴末为吏部郎，常饮酒废职。卓曾乘酒醉时盗酒，为掌酒者所缚。刘伶：常乘鹿车，携一壶酒，使人荷锸而随之，谓曰：“死便埋我。”其遗形骸如此。⑤“流涎”二句：杜甫《饮中八仙歌》：“道逢麴车口流涎，脱帽露顶王公前，醉中往往爱逃禅。”⑥“心月”句：《传灯录》：“心月孤圆，光吞万象。”⑦“有时”二句：《晋书·陶潜传》：性不解音，而畜素琴一张，弦徽不具，每朋酒之会，则抚而和之，曰：“但识琴中趣，何劳弦上声。”⑧纪昀曰：一路庄论，几无转身之地，忽化出此意作结，可谓辩才无碍。⑨得鹿：《列子·周穆王》：郑人遇骇鹿，御而击之，毙之，覆之以蕉。俄而遗其所藏之处，遂以为梦焉。顺途而咏其事。旁人有闻者，用其言而取之，告其室人曰：“向薪者梦得鹿而不知其处，吾今得之，彼直真梦者矣。”⑩“何用”句：《楚辞·渔父》：“众人皆醉我独醒。”

送任伋通判黄州兼寄其兄孜[1]

吾州之豪任公子，少年盛壮日千里[2]。无媒自进谁识之[3]，有才不用今老矣。别来十年学不厌[4]，读破万卷诗愈美[5]。黄州小郡夹溪谷，茅屋数家依竹苇[6]。知命无忧子何病，见贤不荐谁当耻。平泉老令更可悲[7]，六十青衫贫欲死。桐乡遗老至今泣[8]，颍川大姓谁能棰[9]？因君寄声问消息，莫对黄鹞矜爪觜[10]。

【注释】①任伋：字师中。任孜：字遵圣。兄弟二人皆当时名士，当时称大任，小任。眉山人。②“少年”句：《史记·荆轲传》：田光曰：骐骥盛壮之时，一日而驰千里；至其衰老，驽马先之。”③无媒自进：《战国策》：女无媒而嫁。④“别来”句：王文诰曰：“前以官师，《送任伋宰清江》诗，载入嘉祐五年庚子(1060)，乃本此句作十年别也（此诗作于熙宁二年己酉1069还朝后）。但自此以后，公子二任皆不复见矣。”⑤读破万卷：杜甫《赠韦左丞丈二十二韵》诗：“读书破万卷，下笔如有神。”⑥“黄州”二句：韩愈《送区册序》：“夹江荒茅篁竹之间，小吏十余家，皆鸟言夷面。”⑦平泉老令：指任孜，曾为平泉县令。⑧“桐乡”句：《汉书·循吏传》：“朱邑，字仲卿。病且死，嘱其子曰：‘我故为桐乡吏，其民爱我，必葬我桐乡。后世子孙奉尝我，不如桐乡民。’”⑨“颍川”句：《汉书·赵广汉传》：“迁颍川太守。郡大姓原、褚宗族横恣，宾客犯为盗贼，前二千石莫能擒制。广汉既至数月，诛原、褚首恶，郡中震栗。”箠：棰的异体字，杖刑。⑩“莫对”句：韩愈诗：“鲁连细而黠，有似黄鹞子。田巴兀老苍，怜汝矜爪觜。”

石苍舒醉墨堂[①]

人生识字忧患始，姓名粗记可以休[②]。何用草书夸神速[③]，开卷惝怳令人愁[④]。我尝好之每自笑，君有此病何能瘳。自言其中有至乐，适意无异逍遥游[⑤]。近者作堂名醉墨，如饮美酒消百忧。乃知柳子语不妄，病嗜土炭如珍羞[⑥]。君于此艺亦云至，堆墙败笔如山丘[⑦]。兴来一挥百纸尽，骏马倏忽踏九州[⑧]。我书意造本无法[⑨]，点画信手烦推求[⑩]。胡为议论独见假，只字片纸皆藏收。不减钟、张君自足[⑪]，下方罗、赵我亦优[⑫]。不须临池更苦学，完取绢素充衾裯[⑬]。

【注释】①石苍舒：字才美，京兆人。善行草，人谓得草圣三昧。官为承事郎，通判保安军，尝为丞相汲郡吕公微仲所荐，不达而卒。②“姓名”句：《史记》记载项羽年轻时学书学剑两不成，项梁怒之，项羽曰：“书足记姓名而已，不足学，学万人敌耳。”③“何用”句：杜甫《醉歌行》：“总角草书又神速，世上儿子徒纷纷。”④惝怳：张衡赋：“神惝怳以疑惑。”惝怳：失意貌。⑤至乐、逍遥游：《庄子》有“至乐”“逍遥游”二篇。⑥“乃知”二句：柳宗元《报崔黯秀才论为文书》云：“凡人好辞工书，皆病癖也。吾尝见病心腹人，有思啗土炭、嗜酸咸者，不得则大戚。观吾子之意，亦已戚矣。”⑦“堆墙”句：《唐国史补》：“长沙僧怀素，好草书，弃笔堆积，埋于山下，号曰笔冢。”⑧“兴来”二句：状草书之神速也。⑨意造：《南史·曹景宗传》：为人自恃尚胜，每作书字，有不解，不以问人，皆以意造。⑩信手：许瑶诗：醉来信手两三行。⑪“不减”句：《法帖》怀素书：王右军云：“吾真书过钟，而草故不减张。”仆以为真不如钟，草不及张。⑫“下方”句：晋罗叔景、赵元嗣与张伯英并时，见称于西州。⑬临池苦学：《三国·魏志·韦延传》裴松之注：张伯英家之衣帛，必书而后练，临池学书，池水尽黑。

王颐赴建州钱监求诗及草书[①]

我昔识子自武功[②]，寒厅夜语樽酒同[③]。酒阑烛尽语不尽[④]，倦仆立寐僵屏风[⑤]。丁宁劝学不死诀，自言亲受方瞳翁[⑥]。嗟予闻道不早悟，醉梦颠倒随盲聋。迩来忧患苦摧剥，意思萧索如霜蓬。羡君颜色愈少壮，外慕渐少由中充。河车挽水灌脑黑[⑦]，丹砂伏火入颊红。大梁相逢又东去，但道何日辞樊笼[⑧]。未能便乞勾漏令[⑨]，官曹似是锡与铜。留诗河上慰离别，草书未暇缘匆匆。

【注释】①王颐：太原人。建州：唐武德四年(621)置，治所在建安(今建瓯)。②武功：县名。在陕西省宝鸡市东郊，渭河北岸。③寒厅：韩愈《答张彻》诗：“勤来得晤语，勿惮宿寒厅。”④烛尽语不尽：《唐书·柳公权传》：“充翰林学士。文宗夜召对，烛穷而语未尽，宫人以蜡液濡纸继之。”⑤“倦仆”句：《汉书·陈咸传》：“万年尝病，召子咸教戒于床下，语至夜半，咸睡，头触屏风。”⑥方瞳：方形的瞳孔。方瞳翁：王嘉《拾遗记·周灵王》：“有黄发老叟五人……瞳子皆方，面色玉洁，手握青筠之杖，与聃共谈天地之数。”⑦河车：指铅，道士炼丹的原料。李白《金陵与诸贤送权十一序》：“尝采姹女于江华，收河车于清溪。”王琦注：“姹女，汞也；河车，铅也。”⑧樊笼：比喻受束缚不自由的境地。⑨勾漏：山名。在今广西北流县东北。为道家所传三十六小洞天的第二十二洞天。汉置勾漏县，隋废。《晋书·葛洪传》：“以年老，欲炼丹以祈遐寿，闻交阯出丹，求为勾漏令。”

次韵杨褒早春[1]

穷巷凄凉苦未和，君家庭院得春多。不辞瘦马冲残雪，来听佳人唱《踏莎》[2]。破恨径须烦麴糵[3]，增年谁复怨羲娥[4]。良辰乐事古难并[5]，白发青衫我亦歌[6]。细雨郊园聊种菜，冷官门户可张罗[7]。放朝三日君恩重[8]，睡美不知身在何[9]？

【注释】①杨褒：字之美，华阳人。嘉祐末为国子监直讲。此诗乃苏轼在京过杨褒家作。②《踏莎》：即《踏莎行》，曲牌名，代指乐曲。③麴糵：酒母，后世借指酒。④羲娥：日御羲和与月神嫦娥的并称，借指日月。此诗泛指岁月。⑤“良辰”句：谢灵运《拟魏太子邺中集诗序》：“天下良辰美景，赏心乐事，四者难并。”⑥“白发”句：白居易诗：“白发更添今日鬓，青衫不改去年身。”⑦“细雨”二句：《史记·汲郑列传》：“始翟公为廷尉，宾客阗门；及废，门外可设雀罗。”⑧放朝：凡盛暑、雨雪、泥潦，酌免群臣朝参，谓之“放朝”。白居易《雨雪放朝因怀微之》诗：“归骑纷纷满九衢，放朝三日为泥涂。”⑨睡美：杜甫《逼仄行》：“晓来急雨春风颠，睡美不闻钟鼓传。”

送安惇秀才失解西归[1]

旧书不厌百回读，熟读深思子自知。他年名宦恐不免，今日栖迟那可追。我昔家居断还往，著书不暇窥园葵[2]。曷来东游慕人爵[3]，弃去旧学从儿嬉。狂谋谬算百不遂，惟有霜鬓来如期。故山松柏皆手种，行且拱矣归何时[4]。万事早知皆有命，十年浪走宁非痴[5]。与君未可较得失，临别惟有长嗟咨。

【注释】①安惇：字处厚，广安军人。《宋史·奸臣传》有传。早年，安惇曾屡困场屋，后上舍及第。②“我昔”二句：《汉书·董仲舒传》载，孝景时董为博士，下帷讲诵，三年未窥园。③曷(hé)来：何来。曷通“曷”。④“行且”句：《左传·僖公三十二年》：秦穆公使孟明、西乞、白乙伐郑，蹇叔哭之。公曰：“尔何知？中寿，尔墓之木拱矣。”⑤“万事”二句：《南史·沈攸之传》：“攸之晚好读书，手不释卷……常叹曰：‘早知穷达有命，恨不十年读书。’”

送吕希道知和州[1]

去年送君守解梁，今年送君守历阳[2]。年年送人作太守[3]，坐受尘土堆胸肠。君家联翩三将相[4]，富贵未已今方将[5]。凤雏骥子生有种，毛骨往往传诸郎。观君崛郁负奇表，便合剑珮趋明光[6]。胡为小郡屡奔走，征马未解风帆张。我生本自便江海，忍耻来去犹彷徨。无言赠君有长叹，美哉河水空洋洋[7]。

【注释】①吕希道：字景纯，安徽寿州人。②解梁：古城名，春秋晋地。宋置解州。吕希道曾任解州太守。历阳：郡名。晋永兴元年置，治所在今和县。宋为和州，吕希道该年任此地太守。③“年年”句：《世说新语·任诞41注》：“襄阳罗友嗜酒，桓温虽以才学遇之，而谓其诞肆，非治民才，许而不用。后同府人有得郡者，温为席送别，友至尤晚，问之，友答曰：“民性饮道嗜味，昨奉教旨，乃是首旦出门，于中路逢一鬼，大见揶揄云：我只见汝送人作郡，何以不见人送汝作郡？民始怖终惭，回还以解，不觉成淹缓之罪。”温心颇愧焉。后以为襄阳太守。④“君家”句：《宋史·宰辅表》及《宰辅编年录》：吕希道伯曾祖吕蒙正封莱国公，祖吕夷简封申国公，父吕公绰龙图阁直学士、翰林侍读学士，叔吕公弼任枢密使。⑤将：大也。⑥剑珮趋明光：王昌龄《寄崔员外》：“我有故人曰凤皇，腰佩金玉趋明光。”西汉有明光宫。⑦“无言”二句：《史记·孔子世家》：孔子将西见赵简子，至于河，而闻窦鸣犊、舜华之死也。临河而叹曰：“美哉水，洋洋乎，丘之不济此，命也夫。”

送文与可出守陵州[①]

壁上墨君不解语[②]，见之尚有消百忧。而况我友似君者，素节凛凛欺霜秋[③]。清诗健笔何足数[④]，逍遥齐物追庄周[⑤]。夺官遣去不自觉[⑥]，晓梳脱发谁能收。江边乱山赤如赭，陵阳正在千山头。君知远别怀抱恶[⑦]，时遣墨君解我愁。

【注释】①文与可：名同，梓州永泰县人，皇祐元年及第。②墨君：墨竹的雅称。详见本集《墨君堂记》。③素节：清白的操守。④清诗：清新的诗篇。健笔：雄健的笔，借指雄健的文章或诗篇。⑤“逍遥”句：《庄子·内篇》有《逍遥游》篇，《齐物论》篇。⑥“夺官”句：范百禄《文与可墓志铭》：熙宁三年，知太常礼院时，执政欲兴事功，多更釐，附丽者众，公独远之。及与陈荐等议宗室袭封事，执据曲礼，坐夺一官，再请乡郡，以太常博士知陵州。⑦“君知”句：《晋书·王羲之传》：中年以来，伤于哀乐，与亲友别，辄作数日恶。

送蔡冠卿知饶州[1]

吾观蔡子与人游，掀豗笑语无不可[2]。平生傥荡不惊俗[3]，临事迂阔乃过我。横前坑穽众所畏[4]，布路金珠谁不裹[5]。尔来变化惊何速？昔号刚强今亦颇。怜君独守廷尉法[6]，晚岁却理鄱阳柂[7]。莫嗟天骥逐羸牛，欲试良玉须猛火[8]。世事徐观真梦寐，人生不信长轗轲[9]。知君决狱有阴功，他日老人酬魏颗[10]。

【注释】①蔡冠卿：字元辅，庆历六年进士，知鄢陵县，迁大理少卿。②掀豗(huī)：疑即“喧豗”，哄闹。豗：轰响。③傥荡：疏放无拘检。④坑穽(jǐng)：用以捕兽或擒敌的陷阱。常用来比喻害人的圈套。穽：阱的异体字。⑤布路：分路走散。《左传·襄公三十年》：“郑伯有嗜酒，为窟室，而夜饮酒，朝至未已……(朝者)皆自朝布路而罢。”⑥廷尉：秦官，掌刑辟，秩千石。《史记·张释之传》：张季为廷尉，曰：“廷尉，天下之平也，一倾，天下用法皆为轻重，民安所措其手足？”⑦柂(duò)：同“舵”。⑧“欲试”句：《淮南子》：“钟山之玉，炊以炉炭，三日三夜，而色泽不变，得天地之精也。”白居易诗：试玉要烧三日满。⑨轗轲(kǎn kē)：同“坎坷”，道路不平貌。⑩“知君”二句：《左传·宣公十五年》：魏武子有爱妾，无子。武子疾，命魏颗曰：“必嫁是。”疾病，则曰：“必以为殉。”及卒，颗嫁之，曰：“疾病则乱，吾从其治也。”及辅氏之役，颗见老人结草以亢杜回，回踬而颠，故获之。夜梦之曰：“余，而所嫁妇人之父也。尔用先人之治命，是以报。”

送刘道原归觐南康[1]

晏婴不满六尺长，高节万仞陵首阳[2]。青衫白发不自叹，富贵在天那得忙？十年闭户乐幽独，百金购书收散亡。朅来东观弄丹墨[3]，聊借旧史诛奸强[4]。孔融不肯下曹操，汲黯本自轻张汤[5]。虽无尺箠与寸刃，口吻排击含风霜[6]。自言静中阅世俗，有似不饮观酒狂。衣巾狼藉又屡舞，傍人大笑供千场[7]。交朋翩翩去略尽，惟吾与子犹彷徨。世人共弃君独厚，岂敢自爱恐子伤。朝来告别惊何速？归意已逐征鸿翔。匡庐先生古君子[8]，挂冠两纪鬓未苍。定将文度置膝上[9]，喜动邻里烹猪羊。君归为我道名姓，幅巾他日容登堂。

【注释】①刘道原：名恕，筠州人。②首阳山：伯夷、叔齐义不食周粟归隐之处。③“揭来”句：《后汉书·和帝纪》：永元十三年，幸东观，览书林，阅篇籍，博选术艺之士以充其官。④“聊借”句：韩愈《答崔立之书》：“将作唐之一经，垂之于无穷，诛奸谀于既死，发潜德之幽光。”⑤“孔融”二句：本事见《后汉书》《汉书》之传记。此乃以孔融、汲黯比道原，曹操、张汤况介甫。⑥“虽无”二句：特指刘道原而刺王安石之史实。尺箠：一尺之棰。⑦“傍人”句：李白诗：天公见玉女，大笑亿千场。⑧匡庐先生：即刘恕之父刘涣。《东都事略》：刘涣，字凝之。举进士，为颍上令，以刚直不屈，即弃官而归，家于庐山之阳，居三十年，寿终。⑨“定将”句：典见《晋书·王述传》：爱子坦之虽长大，犹抱置膝上。坦之，字文度。

陪欧阳公燕西湖[1]

谓公方壮须似雪，谓公已老光浮颊。朅来湖上饮美酒[2]，醉后剧谈犹激烈[3]。湖边草木新著霜，芙蓉晚菊争煌煌。插花起舞为公寿，公言百岁如风狂[4]。赤松共游也不恶[5]，谁能忍饥啖仙药。已将寿夭付天公，彼徒辛苦吾差乐[6]。城上乌栖暮霭生，银缸画烛照湖明。不辞歌诗劝公饮，坐无桓伊能抚筝[7]。

【注释】①欧阳公：即欧阳修。曾知颍州。爱其风土，因卜居于此。西湖：颍州西湖。②曷来：何来。③剧谈：侃侃畅谈。《汉书·扬雄传》："口吃，不能剧谈。"④如风狂：韩愈诗："男儿不再壮，百岁如风狂。"⑤赤松：传说中的神仙。《史记·留侯世家》："愿弃人间事，从赤松子游，乃学辟谷导引轻身。"⑥"彼徒"句：王文诰注："彼徒辛苦，指王安石也。"⑦桓伊：《晋书·桓伊传》谢安女婿王国宝，安恶其为人，每抑制之。孝武末年，国宝谗谀行于主相之间，嫌隙遂成。帝召伊饮，安侍坐。帝命伊吹笛，一弄，乃请以筝歌。伊抚筝而歌《怨诗》曰：'为君既不易，为臣良独难。忠信事不显，乃有见疑患。周旦佐文武，《金縢》功不刊。推心辅王政，二叔反流言。'声节慷慨，俯仰可观。安泣下沾襟，乃越席而就之，捋其须，曰：'使君于此不凡。'帝甚有愧色。"

次韵子由柳湖感物[1]

忆昔子美在东屯[2]，数间茅屋苍山根。嘲吟草木调蛮獠[3]，欲与猿鸟争啾喧。子今憔悴众所弃，驱马独出无往还。惟有柳湖万株柳，清阴与子供朝昏。胡为讥评不少借[4]，生意凌挫难为繁[5]。柳虽无言不解愠，世俗乍见应怃然[6]。娇姿共爱春濯濯[7]，岂问空腹修蛇蟠。朝看浓翠傲炎赫，夜爱疏影摇清圆。风翻雪阵春絮乱[8]，蠹响啄木秋声坚。四时盛衰各有态，摇落凄怆惊寒温。南山孤松积雪底，抱冻不死谁复贤？

【注释】①柳湖：在陈州城北。苏轼熙宁四年七月，出都赴陈州，至陈，与子由同游柳湖。②"忆昔"句：杜甫有《移居东屯》诗。东屯：今夔州故城之东。③蛮獠：旧时对西南方少数民族的蔑称。④"胡为"句：由子由《柳湖感物》诗意来。⑤"生意"句：庾信《枯树赋》：此树婆娑，生意尽矣。⑥怃然：怅然失意貌。⑦"娇姿"句：《晋书·王恭传》：恭美姿仪，或目之曰，濯濯如春月柳。⑧"风翻"句：《晋书·列女传》：雪骤下，谢安曰："何所似也？"道韫曰："未若柳絮因风起。"

泗州僧伽塔[1]

我昔南行舟系汴，逆风三日沙吹面。舟人共劝祷灵塔，香火未收旂脚转。回头顷刻失长桥，却到龟山未朝饭。至人无心何厚薄，我自怀私欣所便。耕田欲雨刈欲晴，去得顺风来者怨。若使人人祷辄遂，造物应须日千变。今我身世两悠悠，去无所逐来无恋。得行固愿留不恶，每到有求神亦倦。退之旧云三百尺，澄观所营今已换[2]。不嫌俗士污丹梯，一看云山绕淮甸[3]。

【注释】①泗州：北周末改安州置。治所在今江苏宿迁东南。僧伽：《宋高僧传》：葱岭北何国人也。何国在碎叶国东北，伽在本土，少而出家，始至西凉，次历江淮。当龙朔初，至临淮，就信义坊居人乞地，下标志之，穴土获古碑，乃齐香积寺，得金像，衣叶刻普照王佛字。……寂，归葬淮上。多于塔顶现小僧状。于是乞风者分风，求子者得子。太平兴国七年，敕重盖塔，务从高敞，加其层累。②“退之”二句：韩愈《送僧澄观》诗：僧伽后出淮泗上，势到众佛尤恢奇。清淮无波平如席，栏柱倾扶半天赤。火烧水转扫地空，突兀便高三百尺。借问经营本何人，道人澄观名籍籍。③丹梯：红色的台阶，比喻仕进之路，亦指寻仙访道之路。淮甸：淮河流域。

十月十六日记所见

风高月暗云水黄，淮阴夜发朝山阳[1]。山阳晓雾如细雨，炯炯初日寒无光。云收雾卷已亭午[2]，有风北来寒欲僵。忽惊飞雹穿户牖，迅驶不复容遮防。市人颠沛百贾乱，疾雷一声如颓墙。使君来呼晚置酒[3]，坐定已复日照廊。恍疑所见皆梦寐，百种变怪旋消亡。共言蛟龙厌旧穴[4]，鱼鳖随徙空陂塘[5]。愚儒无知守章句，论说黑白推何祥。惟有主人言可用，天寒欲雪饮此觞。

【注释】①山阳：《太平寰宇记》："楚州淮阴郡，理山阳县，本汉射阳县地，在射水之阳也，晋改射阳为山阳。②亭午：正午，中午。③使君：汉时称刺史为使君。此指楚州太守。④"共言"句：韩愈诗：天昏地黑蛟龙移，雷惊电击雌雄随。⑤陂塘：池塘。

游金山寺[1]

我家江水初发源[2]，宦游直送江入海。闻道潮头一丈高，天寒尚有沙痕在。中泠南畔石盘陀[3]，古来出没随涛波。试登绝顶望乡国，江南江北青山多。羁愁畏晚寻归楫[4]，山僧苦留看落日。微风万顷靴文细[5]，断霞半空鱼尾赤。是时江月初生魄[6]，二更月落天深黑。江心似有炬火明，飞焰照山栖乌惊[7]。怅然归卧心莫识，非鬼非人竟何物[8]。江山如此不归山，江神见怪惊我顽。我谢江神岂得已，有田不归如江水[9]。

【注释】①金山寺：旧名泽心寺，在润州城东南扬子江中，因头陀开山得金，故名金山寺。在今江苏镇江市。②"我家"句：《孔子家语》："孔子曰：江始于岷山，其源可以滥觞。"岷山在蜀郡，故苏轼有此言。③"中泠"：泉名，在今江苏镇江市西北金山下的长江中。相传其水烹茶最佳，有"天下第一泉"之称。今江苏沙涨，泉已没沙中。盘陀：石不平而高大貌。④归楫：归舟。⑤靴文：靴皮的花纹，喻细波微浪。⑥初生魄：月刚发出光亮来。魄：光亮。《尚书·武成》："月三日庚戌，柴望，大告武成，既生魄。"⑦"江心"二句：《岭表异物志》：海中遇阴晦，波如燃火，满海，以物击之，并散如星火，有月即不复见。⑧苏轼自注："是夜所见如此。"⑨"我谢"二句：《晋书·祖逖传》：元年，以逖为奋威将军，渡江，中流击楫而誓曰："祖逖不能清中原而复济者，有如大江。"谢：告诉。如江水：古人发誓，常以天、地、江水为证。此二句意即：我告诉江神，我受尽颠波仍不退隐，仍在外做官是不得已的，因我无田可耕，因而也无隐可归。

自金山放船至焦山[1]

金山楼观何眈眈？撞钟击鼓闻淮南。焦山何有有修竹，采薪汲水僧两三。云霾浪打人迹绝，时有沙户祈春蚕[2]。我来金山更留宿，而此不到心怀惭。同游兴尽决独往，赋命穷薄轻江潭。清晨无风浪自涌，中流歌啸倚半酣。老僧下山惊客至，迎笑喜作巴人谈[3]。自言久客忘乡井，只有弥勒为同龛[4]。困眠得就纸帐暖，饱食未厌山蔬甘。山林饥饿古亦有，无田不退宁非贪。展禽虽未三见黜[5]，叔夜自知七不堪[6]。行当投劾谢簪组[7]，为我佳处留茅庵。

【注释】①焦山：焦先所隐，故以为名。②苏轼自注："吴人谓水中可田者为沙。"③苏轼自注："焦山长老，中江人也。"④"自言"二句：《法帖·褚遂良传》：久弃尘滓，与弥勒同龛，一食清斋，六时禅诵。⑤"展禽"句：《左传·文公二年》："臧文仲下展禽。"杜预注：展禽，柳下惠也。文仲知柳下惠之贤，而使在下位。⑥"叔夜"句：嵇康（叔夜）《与山巨源绝交书》："有必不堪者七，甚不可者二。"⑦投劾：呈递弹劾自己的状文，古代弃官的一种方式。簪组：冠簪和冠带，借指官宦。

戏子由

宛丘先生长如丘[1]，宛丘学舍小如舟。常时低头诵经史，忽然欠伸屋打头[2]。斜风吹帷雨注面，先生不愧旁人羞。任从饱死笑方朔[3]，肯为雨立求秦优[4]。眼前勃蹊何足道，处置六凿须天游[5]。读书万卷不读律，致君尧舜知无术[⑥]。劝农冠盖闹如云，送老齑盐甘似蜜。门前万事不挂眼[⑦]，头虽长低气不屈。余杭别驾无功劳，画堂五丈容旂旐[⑧]。重楼跨空雨声远，屋多人少风骚骚。平生所惭今不耻，坐对疲氓更鞭箠[⑨]。道逢阳虎呼与言[⑩]，心知其非口诺唯[⑪]。居高志下真何益，气节消缩今无几。文章小技安足程，先生别驾旧齐名。如今衰老俱无用，付与时人分重轻[⑫]。

【注释】①“宛丘”句：宛丘：地名。古宛丘地为春秋时陈都，今河南省淮阳县。传县东南有宛丘，高二丈，但久已平没，不可考。子由时为学官，故称宛丘先生。丘乃土丘，因为子由身材高大，故有此谐谑。②欠伸：呵欠，伸腰。打：碰。③“任从”句：《汉书·东方朔传》：“侏儒饱欲死，臣朔饥欲死。”④“肯为”句：《史记·滑稽传》：优旃矮子，优人。始皇时，置酒而天雨。陛楯者皆沾寒，优旃见而哀之。居有顷，殿上上寿，优旃临槛大呼曰：“陛楯郎，汝虽长何益，幸雨立，我虽短也，幸休居。”于是始皇使陛循者得半相代。肯为：意岂肯为。此以秦优比幸臣。⑤“眼前”二句：《庄子·外物》篇：“心有天游，室无空虚，则妇姑勃蹊；心无天游，则六凿相攘。”勃蹊：吵架，争斗。六凿：六根。⑥“致君”句：杜甫诗：“致君尧舜上，再使风俗淳。”韩愈诗：“致君岂无术，自进诚独难。”⑦“送老”二句：韩愈诗：“吾老嗜读书，余事不挂眼。”不挂眼：不放在眼里。⑧“余杭”二句：《史记·秦始皇本纪》：作前殿阿房，上可以坐万人，下可建五丈旗。⑨“坐对”句：是时犯盐者，例皆徒配，得罪者岁万七千人，苏公执笔为之流涕。⑩“道逢”句：阳虎事见《论语·阳货篇》。⑪“心知”句：《世说新语》：何晏注《老子》未毕，见王弼，自说注《老子》旨。何意多所短，不复得作声，但应喏喏。⑫衰老俱无用：苏轼时年三十六，子由年三十三，正年轻，激愤之词。分重轻：评定优劣。

越州张中舍寿乐堂[①]

青山偃蹇如高人，常时不肯入官府。高人自与山有素，不待招邀满庭户。卧龙蟠屈半东州[②]，万室鳞鳞枕其股[③]。背之不见与无同，狐裘反衣无乃鲁[④]。张君眼力觑天奥，能遣荆棘化堂宇。持颐宴坐不出门，收揽奇秀得十五[⑤]。才多事少厌闲寂，卧看云烟变风雨。笋如玉箸椹如簪[⑥]，强饮且为山作主。不忧儿辈知此乐[⑦]，但恐造物怪多取。春浓睡足午窗明，想见新茶如泼乳[⑧]。

【注释】①张中舍：即张次山，字希元，建康人。寿乐堂：在判官厅事之西南。②"卧龙"句：元稹《州宅诗序》：越州子城，因种山之势，盘龙回抱，若卧龙形，故取以为名。越州在浙东，故称东州。③万室鳞鳞：屈原《九歌》："鱼鳞屋兮龙堂。"④"狐裘"句：《汉书·匡衡传》：杨兴说史高曰："富贵在身，而列士不誉，是有狐白之裘而反衣之也。"⑤得十五：《三国志·庞统传》：当今雅道陵迟，善人少而恶人多，今拔十失五，犹得其半。⑥"笋如"句：梁简文帝诗：金簪鬓下垂，玉箸衣前滴。⑦"不忧"句：《晋书·王羲之传》：谢安尝谓羲之曰："中年以来，伤于哀乐，与亲友别，辄作数日恶。"羲之曰："年在桑榆，自然至此，正赖丝竹陶写，恒恐儿辈觉，损其乐欢之趣。"⑧泼乳：越州所产日铸茶，据《茶苑总录》："汤少茶多则乳面聚。"

游径山[①]

众峰来自天目山，势若骏马奔平川。中途勒破千里足，金鞭玉镫相回旋。人言山住水亦住，下有万古蛟龙渊。道人天眼识王气[②]，结茅宴坐荒山巅。精诚贯山石为裂，天女下试颜如莲。寒窗暖足来朴朔[3]，夜钵咒水降蜿蜒[4]。雪眉老人朝叩门，愿为弟子长参禅[5]。尔来废兴三百载，奔走吴会输金钱。飞楼涌殿压山破，朝钟暮鼓惊龙眠。晴空仰见浮海蜃，落日下数投林鸢。有生共处覆载内，扰扰膏火同烹煎。近来愈觉世路隘[6]，每到宽处差安便。嗟余老矣百事废，却寻旧学心茫然。问龙乞水归洗眼[7]，欲看细字销残年。

【注释】①径山：指天目山东北峰，中间有径路通天目，故谓之径山。②天眼：又称天趣眼，佛教所说五眼之一，能透视六道、远近、上下、前后，内外及未来等。③朴朔：又作“扑渥”“扑握”。借指兔子。④“夜钵”句：《晋书·僧涉传》：“每旱，苻坚常使之咒龙请雨，俄而龙下钵中，天辄大雨。”⑤“雪眉”二句：《径山事状》：巾子山人拜法钦为师，赐名惠崇。另此二句典化用《宣室志》老人求孙思邈事，苏轼借指径山。⑥“近来”句：讽刺朝廷用人多刻薄褊隘之人。⑦“问龙”句：径山有洗眼池，昭明太子尝于此读书。又苏轼自注：龙井水，洗病眼有效。

孙莘老求墨妙亭诗[1]

兰亭茧纸入昭陵[2]，世间遗迹犹龙腾。颜公变法出新意[3]，细筋入骨如秋鹰。徐家父子亦秀绝[4]，字外出力中藏稜。峄山传刻典刑在[5]，千载笔法留阳冰[6]。杜陵评书贵瘦硬[7]，此论未公吾不凭。短长肥瘦各有态，玉环飞燕谁敢憎？吴兴太守真好古，购买断缺挥缣缯[8]。龟趺入座螭隐壁，空斋昼静闻登登[9]。奇踪散出走吴越，胜事传说夸友朋。书来乞诗要自写，为把栗尾书溪藤[10]。后来视今犹视昔，过眼百世如风灯。他年刘郎忆贺监[11]，还道同时须服膺。

【注释】①苏轼《墨妙亭记》云：“熙宁四年十一月，高邮孙莘老自广德移守吴兴。其明年二月，作墨妙亭于府第之北，逍遥堂之东，取凡境内自汉以来古文遗刻以实之。”②“兰亭”句：《法书苑》：王羲之《兰亭禊序》，真本以茧纸书，随唐太宗葬昭陵。③“颜公”句：《书断》：唐颜真卿书，雄秀独出，一变古法。④“徐家”句：徐浩父子皆工草隶，人状其书为：怒猊抉石，渴骥奔泉。⑤“峄山”句：指李斯作小篆，书《峄山碑》，其后石毁失，土人刻木代之。⑥“千载”句：《唐朝书评》：阳冰篆书，若古钗倚物，力有万钧，李斯之后，一人而已。⑦“杜陵”句：杜甫《李潮八分小篆歌》：书贵瘦硬方通神。亭中有颜、徐、李斯等石刻，故序言之。⑧缣缯：双丝织成的细娟。⑨龟趺：碑下的龟形石座。螭：古代传说中无角的龙。登登：打碑声。⑩栗尾：笔也。溪藤：剡溪纸也。⑪刘郎：指刘禹锡。贺监：指贺知章，贺尝官秘书监，晚年自号秘书外监。刘诗：“高楼贺监昔曾登，壁上笔纵龙虎腾。”

李公择求黄鹤楼诗，因记旧所闻于冯当世者[①]

黄鹤楼前月满川，抱关老卒饥不眠。夜闻三人笑语言，羽衣著屐响空山。非鬼非人意其仙，石扉三叩声清圆。洞中铿鈜落门关，缥缈入石如飞烟。鸡鸣月落风驭还，迎拜稽首愿执鞭。汝非其人骨腥羶，黄金乞得重莫肩。持归包裹敝席毡，夜穿茅屋光射天。里闾来观已变迁，似石非石铅非铅。或取而有众愤喧，讼归有司今几年。无功暴得喜欲颠，神人戏汝真可怜。愿君为考然不然，此语可信冯公传[②]。

【注释】①李公择：李常，字公择，建昌人。冯当世：冯京，字当世，江夏人。②此诗典见王巩《闻见近录》：守关老卒夜遇三道人，乞富贵，让抱洞石一块。明日视石，黄金也。骤富，后被发现，取石至郡，则金化矣。非金非石，非玉非铅。全诗便据此传说写来。

八月十日夜看月有怀子由并崔度贤良[①]

宛丘先生自不饱，更笑老崔穷百巧。一更相过三更归，古柏阴中看参昴[②]。去年举君苜蓿盘，夜倾闽酒赤如丹。今年还看去年月，露冷遥知范叔寒[③]。典衣自种一顷豆，那知积雨生科斗[④]。归来四壁草虫鸣，不如王江常饮酒[⑤]。

【注释】①崔度：时为陈州教授。②参昴：参星和昴星。看参昴：意即天将亮了。③范叔：战国魏人范雎，字叔。范叔寒：事见《史记·范雎传》，内有“范叔一寒如此哉”句。④“典衣”二句：讲豆田生虫之状。⑤苏轼自注：“王江，陈州道人。”

朱寿昌郎中，少不知母所在，刺血写经，求之五十年，去岁得之蜀中，以诗贺之[①]

嗟君七岁知念母，怜君壮大心愈苦。羡君临老得相逢，喜极无言泪如雨。不羡白衣作三公，不爱白日升青天，爱君五十著彩服，儿啼却得偿当年[②]。烹龙为炙玉为酒，鹤发初生千万寿。金花诏书锦作囊，白藤肩舆帘蹙绣[③]。感君离合我酸辛，此事今无古或闻[④]。长陵朅来见大姊[⑤]，仲孺岂意逢将军[⑥]，开皇苦桃空记面[⑦]，建中天子终不见[⑧]。西河郡守谁复讥[⑨]？颍谷封人羞自荐。

【注释】①朱寿昌：字康叔，扬州天长人。父巽，真宗朝为工部侍郎。寿昌生二岁，父守长安，出其母刘氏，嫁民间，有数子。寿昌得母时，刘氏年逾七十，居数岁，卒。②“爱君”二句：据载：老莱子年七十，著五色彩衣，戏舞于当庭，为小儿啼以悦亲。③叙寿昌事毕，下面写苏轼所感。

④“此事”句：苏轼用寿昌事贬李定。李定乃王安石提拔的台官，李尝不持母服，台谏、给舍皆论其不孝，不可用。王文诰曰：“是此二句信因李定发矣。前注疏漏，而公以此计构成台狱。不可以不详也。”⑤“长陵”句：引汉武帝亲迎同母异父姊事，见《汉书·外戚传》。⑥“仲孺”句：霍中孺以县吏，给事平阳侯家，与侍者卫少儿私通而生霍去病，不相闻久之。去病贵后至平阳迎中孺，因跪曰：“去病不早自知为大人遗体也。”事见《汉书·霍光传》。⑦“开皇”句：《隋书·外戚传》：“高祖（杨坚）外家吕氏，其族盖微，平齐之后，求访不知所在。至开皇初，济南郡上言，有男子吕永吉，自称有姑字苦桃，为杨忠妻。勘验知是舅子。始追赠……”⑧“建中”句：唐德宗母沈氏因安史之乱失所在，终未寻见。见《旧唐书》。⑨“西河郡守”句：吴起与母别，啮臂而盟：“起不为卿相，不复入卫。”母死，吴起未归。后仕魏为西河守。苏借刺李定。

盐官部役戏呈同事兼寄述古

新月照水水欲冰，夜霜穿屋衣生稜。野庐半与牛羊共，晓鼓却随鸦鹊兴。夜来履破裘穿缝，红颊曲眉应入梦。千夫在野口如林，岂不怀归畏嘲弄。我州贤将知人劳，已酿白酒买豚羔。耐寒努力归不远，两脚冻硬须公软[①]。

【注释】①“两脚”句：软脚，即为这些人接风洗尘，慰劳一下。典见《新唐书·外戚·杨国忠传》。

将之湖州戏赠莘老

余杭自是山水窟，仄闻吴兴更清绝。湖中橘林新著霜[①]，溪上苕花正浮雪。顾渚茶芽白于齿[②]，梅溪木瓜红胜颊[③]。吴儿脍缕薄欲飞，未去先说馋涎垂。亦知谢公到郡久，应怪杜牧寻春迟[4]。鬓丝只可对禅榻[5]，湖亭不用张水嬉。

【注释】①《避暑录话》："吴中橘惟洞庭东西两山最盛。"橘出洞庭，宋时洞庭属吴兴。②顾渚：即顾渚山，贞元以后，每岁以紫笋茶进奉。顾渚山在长兴县西北三十里。③梅溪：一名东海堰，在乌程县西南六十里。木瓜红胜颊：顾渚泉上有木瓜堂，其庭除列植木瓜，引泉。当地人埋其半于沙中，以纸镂花贴上，用溪水洒之，日晒乃红。④谢公：指谢安，曾为吴兴太守。"杜牧"句：杜牧作幕僚时，见一女妹，相约十年来守郡，不来，从所适。杜牧守湖州时，女已嫁三年矣。杜牧赋诗曰："自是寻春去较迟，不须惆怅怨芳时。"⑤"鬓丝"句：杜牧诗："今日鬓丝禅榻畔，茶烟轻飏落花风。"

画鱼歌[1]

天寒水落鱼在泥，短钩画水如耕犁[2]。渚蒲披折藻荇乱[3]，此意岂复遗鳅鲵？偶然信手皆虚击，本不辞劳几万一。一鱼中刃百鱼惊，虾蟹奔忙误跳掷。渔人养鱼如养雏，插竿冠笠惊鹈鹕。岂知白梃闹如雨[4]，搅水觅鱼嗟已疏。

【注释】①苏轼自注："湖州道中作。"画鱼：用有钩的杖划水取鱼。②画水：划水。③渚蒲：水中的蒲草。④白梃：大木棍。

和致仕张郎中春昼[1]

投绂归来万事轻，消磨未尽只风情[2]。旧因莼菜求长假[3]，新为杨枝作短行。不祷自安缘寿骨，深藏难没是诗名。浅斟杯酒红生颊，细琢歌词稳称声。蜗壳卜居心自放，蝇头写字眼能明。盛衰阅过君应笑，宠辱年来我亦平。跪履数从圯下老[4]，逸书闲问济南生[5]。东风屈指无多日，只恐先春鶗鴂鸣[6]。

【注释】①张郎中：张先，字子野，历官都官郎中。《春昼》乃其旧作。②投绂：弃去印绶，指辞官。③“旧因”句：《晋书·段灼传》：“取长假还乡里。”莼菜：水生宿根草本。春夏季采嫩叶作蔬菜。④“跪履”句：《史记·留侯世家》：汉张良游下邳圯上，遇一老者堕履圯下，命良取履，并长跪履之。后以“跪履”表示向长者虚心求教。⑤“逸书”句：《汉书·儒林传》：伏生，济南人。故为秦博士。秦时禁书，伏生壁藏之。⑥鶗鴂：杜鹃。《离骚》：“恐鶗鴂之先鸣”。

吴中田妇叹[1]

今年粳稻熟苦迟，庶见霜风来几时[2]。霜风来时雨如泻，杷头出菌镰生衣[3]。眼枯泪尽雨不尽[4]，忍见黄穗卧青泥！茅苫一月陇上宿[5]，天晴获稻随车归。汗流肩赪载入市，价贱乞与如糠粞。卖牛纳税拆屋炊，虑浅不及明年饥[6]。官今要钱不要米，西北万里招羌儿[7]。龚黄满朝人更苦，不如却作河伯妇[8]。

【注释】①苏轼自注：“和贾收韵。”②“庶见”句：差不多几天就是秋收时节了。③“杷头”句：连绵阴雨，农具因潮湿，久不使用已经发霉生锈了。杷：通“钯”。④“眼枯”句：参看杜甫诗“莫自使眼枯，收汝泪纵横。眼枯即见骨，天地终无情。”⑤“茅苫”句：在田里搭了一个茅草棚，住在那里救稻子。⑥“卖牛”二句：卖了牛去纳税，拆了屋来烧饭，只想救眼前之急。⑦“官今”二句：王安石的“新法”施行之后，国家赋税收钱不收米，造成钱荒米贱的局面。农民只好贱卖米换钱来纳税，结果钱米两空。此时神宗要灭西夏，采用王韶的“平戎三策”，化了不少钱粮去招抚沿边的羌人部落，所谓“熙河之役”正式开始。⑧“龚黄”二句：龚遂、黄霸是汉代著名官员。河伯妇：是《史记·西门豹传》里的故事。在这里龚、黄是说反话，“作河伯妇”是借用，等于说苦得无路可走，还不如干脆投江自尽。

游道场山何山[①]

道场山顶何山麓[②]，上彻云峰下幽谷。我从山水窟中来，尚爱此山看不足[③]。陂湖行尽白漫漫，青山忽作龙蛇盘。山高无风松自响，误认石齿号惊湍。山僧不放山泉出，屋底清池照瑶席。阶前合抱香入云，月里仙人亲手植[④]。出山回望翠云鬟，碧瓦朱栏缥缈间。白水田头问行路，小溪深处是何山。高人读书夜达旦[⑤]，至今山鹤鸣夜半。我今废学不归山，山中对酒空三叹。

【注释】①《吴兴掌故》：何山与道场山联接，为北一支。②何山：以何楷读书得名。③“尚爱”句：湖州有爱山书院，以此得名。④“月里”句：传说月中有桂树，故言。⑤“高人”句：高人：指何楷。楷尝读书此山，后为吴兴太守，以其居为寺而名其山。

至秀州，赠钱端公安道，并寄其弟惠山老[①]

鸳鸯湖边月如水，孤舟夜榜鸳鸯起[②]。平明系缆石桥亭，惭愧冒寒髯御史[③]。结交最晚情独厚，论心无数会有几？寂寞抱关叹萧生[④]，耆老执戟哀扬子[⑤]。怪君颜采却秀发，无乃迁谪反便美。天公欲困无奈何，世人共抑真疏矣。毘陵高山锡为骨，陆子遗味泉冰齿[⑥]。贤哉仲氏早拂衣，占断此山长洗耳。山头望湖光泼眼，山下濯足波生指。倘容逸少问金堂[⑦]，记与嵇康留石髓[⑧]。

【注释】①钱安道：钱颛，字安道，无锡人。端公：唐侍御史的俗称。惠山老：即钱道人。②鸳鸯湖：《南湖纪略》：鸳鸯湖，名南湖，在府城南。其禽多鸳鸯，故名。一曰两湖相丽，若鸳鸯然。③髯御史：钱安道多胡须而为御史，故称。④萧生：即萧望之。《汉书·萧望之传》：霍光秉政，丙吉荐王仲翁与萧望之等数人，皆召见。先是光挫败一起谋杀己案，后出入自备。吏民当见者，露索去刀兵，两吏挟持。望之“不愿见”。因不得用。三年间，仲翁至光禄大夫，望之以射策甲科为郎，署小苑东门候。仲翁出入，传呼甚宠，顾谓望之曰：“不肯碌碌，反抱关为”。望之曰：“各从其志。”⑤扬子：指扬雄。⑥毘陵：常州也。高山：惠山也。陆子：陆羽也。⑦逸少：王羲之字。⑧“记与”句：《晋书》：嵇康遇王烈，共入山。烈曾得石髓如饴，即自服半，余半与康，凝而为石。烈叹曰：“叔夜志趣非常而不遇，命也。”

往富阳、新城，李节推先行三日，留风水洞见待[1]

春山磔磔鸣春禽[2]，此间不可无我吟。路长漫漫傍江浦，此间不可无君语。金鲫池边不见君[3]，追君直过定山村。路人皆言君未远，骑马少年清且婉。风岩水穴旧闻名，只隔山溪夜不行。溪桥晓溜浮梅萼，知君系马岩花落。出城三日尚逶迟，妻孥怪骂归何时？世上小儿夸疾走[4]，如君相待今安有？

【注释】①李节推：即李佖，当时任杭州节度推官。②磔磔（zhé）：象声词。意为春禽磔磔鸣春山。③金鲫池：钱塘六和塔寺后池中有鱼如金色，故语。④“世上”句：讥世之小人多务急进也。

自普照游二庵

长松吟风晚雨细，东庵半掩两庵闭。山行尽日不逢人，裛裛野梅香入袂[①]。居僧笑我恋清景，自厌山深出无计。我虽爱山亦自笑，独往神伤后难继。不如西湖饮美酒，红杏碧桃香覆髻。作诗寄谢采薇翁[②]，本不避人那避世？

【注释】①裛裛：香气袭人貌。袂：衣袖。②采薇翁：《史记》：伯夷、叔齐，义不食周粟，隐于首阳山，采薇而食之。

薄命佳人[①]

双颊凝酥发抹漆，眼光入帘珠的皪[②]。故将白练作仙衣[③]，不许红膏污天质。吴音娇软带儿痴，无限闲愁总未知。自古佳人多命薄，闭门春尽杨花落。

【注释】①《清波杂志》：煇在建康，于老尼处得东坡元祐间绫帕子，上所书《薄命佳人》诗。尼时年八十余矣。②的皪：光亮、鲜明貌。③白练：《冷斋夜话》记：武则天长寿三（疑为“二”）年诏书曰：“一应天下尼，当用细白练为衣。”

于潜女

青裙缟袂于潜女[①]，两足如霜不穿屦。䯻沙鬓发丝穿柠[②]，蓬沓障前走风雨[③]。老濞宫妆传父祖[④]，至今遗民悲故主[⑤]。苕溪杨柳初飞絮[⑥]，照溪画眉渡溪去。逢郎樵归相媚妩[⑦]，不信姬姜有齐鲁[⑧]。

【注释】①缟袂：白色的长衣。屦(jù)：麻鞋。②“鳍沙”句：写于潜女梳头的样式。鳍沙：翘张，形容鬓发。丝穿柠：柠应作杼。发在银梳下，如丝穿在杼里。③蓬沓：于潜妇女头上插的大银栉（参看苏轼《于潜令刁同年野翁亭》诗自注）。走风雨：不避风雨。④“老濞”二句：讲这样的妆束源于吴越王钱氏。老濞：用汉代吴王刘濞指吴越王。⑤悲故主：思念钱氏，故传其妆束。⑥苕溪：水名，源出天目山，流经于潜。⑦相媚妩：相爱悦。⑧“不信”句：讲夫妇相爱，丈夫不信世间有比妻子更美的人。周代，太公姜尚封于齐，周公姬旦的儿子伯禽封于鲁，姬、姜遂成为妇女的美称。

虎跑泉[1]

亭亭石塔东峰上，此老初来百神仰。虎移泉眼趁行脚[2]，龙作浪花供抚掌[3]。至今游人盥濯罢，卧听空阶环玦响[4]。故知此老如此泉，莫作人间去来想[5]。

【注释】①“虎移”句：《杭州图经》：性空禅师尝居大慈，无水，或有神人告之，曰：“明日当有水矣。”是夜二虎跑地作穴，泉水涌出，因号虎跑泉。②行脚：脚不停地移动。③抚掌：犹言笑谈。④盥濯：洗涤。环玦：玉环和玉玦，并言佩玉。⑤“莫作”句：《维摩诘经》：维摩诘言：“断取三千大千世界，著右掌中，掷过恒沙世界之外，又复还置本处，不使人有往来想。”

宿海会寺[1]

篮舆三日山中行，山中信美少旷平[2]。下投黄泉上青冥，线路每与猿狖争[③]。重楼束缚遭涧坑，两股酸哀饥肠鸣。北渡飞桥踏彭铿，缭垣百步如古城[④]。大钟横撞千指迎[⑤]，高堂延客夜不扃。杉槽漆斛江河倾[⑥]，本来无垢洗更轻。倒床鼻息四邻惊[⑦]，紞如五鼓天未明[⑧]。木鱼呼粥亮且清[⑨]，不闻人声闻履声[⑩]。

【注释】①海会寺：在临安县西三里。②篮舆：古代供人乘坐的交通工具，形制不一。③青冥：指青幽高远之处，此指青天。猿狖：泛指猿猴。④彭铿：象声词。缭垣：围墙。⑤千指：形容人多。施元之注引《汉书·货殖传》：通都大邑，童手指千。⑥杉槽漆斛：谓浴室也。⑦“倒床”句：讲倒床便睡，酣声如雷，声惊四邻。⑧紞(dǎn)如：形容击鼓的声音。⑨木鱼：佛教法器。相传佛家谓鱼昼夜不合目，故刻木像鱼形，用以警戒僧众应昼夜忘寝而思道。木鱼有两种，此诗所写乃为挺直鱼形，粥饭或集合众僧时用之，故言“木鱼呼粥”。⑩“不闻”句：此禅家规矩也。

再游径山

老人登山汗如濯，倒床困卧呼不觉。觉来五鼓日三竿，始信孤云天一握[①]。平生未省出艰险，两足惯曾行荦确[②]。含晖亭上望东溟，凌霄峰头挹南岳[③]。共爱丝杉翠丝乱，谁见玉芝红玉琢[④]。白云何事自来往，明月长圆无晦朔[⑤]。冢上鸡鸣犹忆钦，山前凤舞远征璞[⑥]。雪窗驯兔元不死，烟岭孤猿苦难捉。从来白足傲死生[⑦]，不怕黄巾把刀槊。榻上双痕凛然在，剑头一吷何须角[⑧]。嗟我昏顽晚闻道，与世龃龉空多学。灵水先除眼界花[⑨]，清诗为洗心源浊。骚人未要逃竞病[⑩]，禅老但喜闻剥啄[⑪]。此生更得几回来，从今有暇无辞数。

【注释】①苏轼自注：“古语云：孤云两角，去天一握。”言极高也。②荦确：险峻不平貌。③“含晖”二句：东溟：东海。蔡襄《游径山记》：

“四面五峰，如手竖指，一峰南绝，卓为巨擘。”《径山志》：“五峰罗列，凌霄一峰，最高而秀。”④玉芝：芝草的一种，又称白芝。⑤苏轼自注：“山有白云峰、明月庵。”⑥钦：指钦禅师。说法时，常有白鸡来听。师往长安，鸡长鸣三日，不食而死。会有灵鸡冢。璞：郭璞也。⑦“从来”句：高僧昙始入道之后，大有殊迹，游化关中，足白于面，跣涉泥水，未尝沾污，天下咸呼白足。传说昙始和尚刀刃不能伤。⑧苏轼自注：“以上皆山中故事。”《径山事状》记载：第三代法济大师刚嗣法位，遇黄巢义军，法师晏坐不起，义军以剑挥禅座者再。见师神思湛然，巢之偏帅乃异之，献金宝再拜而去。吷(xuè)：以口吹物发出的细小声音。⑨苏轼自注：“龙井水，洗眼有效。”⑩竞病：南朝梁曹景宗，破魏而归，武帝于华光殿宴饮联句，令沈约赋韵。至景宗，韵已用尽，唯余竞病二字，景宗操笔立成一诗。后以“竞病”指作诗押险韵。⑪剥啄：象声词。指叩门声。韩愈《剥啄行》：“剥剥啄啄，有客至门。我不出应，客去而嗔。”

送杭州杜、戚、陈三掾罢官归乡[1]

秋风摵摵鸣枯蓼[2]，船阁荒村夜悄悄。正当逐客断肠时，君独歌呼醉连晓。老夫平生齐得丧，尚恋微官失轻矫[3]。君今憔悴归无食，五斗未可秋毫小[4]。君言失意能几时，月啖虾蟆行复皎[5]。杀人无验中不快，此恨终身恐难了。徇时所得无几何[6]，随手已遭忧患绕。期君正似种宿麦[7]，忍饥待食明年麨。

【注释】①《乌台诗案》：熙宁五年，杭州录事杜子方，司户陈珪、司理戚秉道，各为承勘本州姓裴人家女使夏沈香洗衣井旁，姓裴家小女孩在井内身死不明事。当时夏沈香只决臀杖二十板，放。后来本路提刑陈睦举驳上件公事，差秀州通判张若济重勘，决杀夏沈香，三官因此罢官，意陈睦举、张若济驳勘不当，致此三人无辜失官。②摵摵(shè)：象声词，叶落声也。枯蓼：枯萎的野草。③得丧：犹得失，指名利的得到与失去。轻矫：轻捷矫健。④秋毫小:《庄子·齐物论》:“天下莫大于秋毫之末,而泰山为小。”⑤“月啖”句:古传说,月蚀乃虾蟆精蔽月。比喻朝廷为小人所蒙蔽,故致使杜等人失官。⑥徇时:顺随时俗。⑦宿麦:隔年成熟的麦子。

和柳子玉喜雪次韵仍呈述古

诗翁爱酒常如渴,瓶尽欲沽囊已竭。灯青火冷不成眠,一夜撚须吟喜雪①。诗成就我觅欢处,我穷正与君仿佛。曷不走投陈孟公②,有酒醉君仍饱德③。琼瑶欲尽天应惜,更遣清光续残月④。安得佳人擢素手,笑捧玉碗两奇绝。艳歌一曲回阳春,坐使高堂生暖热。

【注释】①撚须:卢延让《苦吟》诗:“吟安一个字,撚断数茎须。”②陈孟公:《汉书·游侠·陈遵传》:“遵字孟公,嗜酒,每大饮,宾客满堂,辄关门,取客车辖投井中,虽有急,终不得去。③“有酒”句:《诗·大雅·既醉》:“既醉以酒,既饱以德。”又序:“既醉,太平也。醉酒饱德,人有士君子之行焉。”后用为酬谢主人宴饮之辞。④“琼瑶”二句:谓雪停后射出的清光如残月。琼瑶:喻雪。

和钱安道寄惠建茶①

我官于南今几时,尝尽溪茶与山茗。胸中似记故人面,口不能言心自省。为君细说我未暇,试评其略差可听②。建溪所产虽不同,一一天与君子性。森然可爱不可慢,骨清肉腻和且正。雪花雨脚何足道③,啜过始知真味永。纵复苦硬终可录,汲黯少戆宽饶猛④。草茶无赖空有名,高者妖邪次顽懭⑤。体轻虽复强浮沉,性滞偏工呕酸冷。其间绝品岂不佳，张禹纵贤非骨鲠[6]。葵花玉銙不易致[7]，道路幽险隔云岭。谁知使者来自西，开缄磊落收百饼。嗅香嚼味本非别，透纸自觉光炯炯。粃糠团凤友小龙[8]，奴隶日注臣双井[9]。收藏爱惜待佳客，不敢包裹钻权倖。此诗有味君勿传，空使时人怒生瘿[10]。

【注释】①钱安道：名顗。②此诗虽和寄茶，特有意搭入钱顗并作，故于首节提清脉络如此。③雪花、雨脚：谓茶。见《骈珠集》。④汲黯：《史记·汲黯传》：字长孺。上曰吾欲云云。黯对曰："陛下内多欲而外施仁义。奈何欲效唐虞之治乎？"上默然，怒，变色而罢朝。上退，谓左右曰："甚矣，汲黯之戆也。"宽饶：《汉书·盖宽饶传》：为司隶校尉，好言事，奸犯上意，自到北阙下。⑤草茶：烘烤而成的茶叶。与下面的团茶加工方法不同。"草茶"二句：讥世之小人，乍得权用，不知上下之分，若不谄媚妖邪，即须顽犷狠劣。⑥张禹：事见《汉书》。张禹以儒宗居相位，其醖藉可知也。然持禄保位，被阿谀之讥。骨鲠：比喻刚直的人。此二句亦讥世之小人，如张禹虽有学问，细行谨防，终非骨鲠之臣。⑦葵花玉銙：建安贡茶，方者为玉銙，圆者为葵花。葵花、玉銙乃其形制也。⑧团凤：团茶的一种，又称凤团。小龙，小品龙茶。庆历中，蔡君谟为福建转运使，始造小品龙茶以进，其品精绝，谓之小团。⑨日注双井：欧阳修《归田录》：草茶盛于两浙，两浙之品，日注为第一。自景祐以后，洪州双井白芽渐盛，近岁制作尤精，其品远出日注上。遂为草茶第一。日注、双井皆茶叶名。⑩瘿(yǐng)：囊状肿瘤。多生于颈部。最后四句亦讥世之小人，有以好茶钻贵要者，闻此诗当大怒也。

古缠头曲[1]

鹍弦铁拨世无有[2]，乐府旧工惟尚叟。一生喙硬眼无人，坐此困穷今白首。翠鬟女子年十七，指法已似呼韩妇[3]。轻帆渡海风掣回，满面尘沙和泪垢。青衫不逢湓浦客[4]，红袖漫插曹纲手[5]。尔来一见哀骀佗[⑥]，便著臂鞲躬井臼[⑦]。我惭贫病百不足，强对黄花饮白酒。转关、濩索动有神[⑧]，雷辊空堂战窗牖[⑨]。四弦一抹拥袂立[⑩]，再拜十分为我寿。世人只解锦缠头，与汝作诗传不朽。

【注释】①杜甫诗注：缠头以赏歌舞者。后来作为赠送艺人财物的通称。②鹍弦：用鹍鸡筋做的琵琶弦。铁拨：弹拨弦乐器的工具。因铁制成，故名。③呼韩妇：指王昭君。昭君嫁匈奴单于呼韩邪，故称。事见《汉书》。世传昭君善琵琶。④"青衫"句：白居易《琵琶行》序：送客湓浦口，闻舟中夜弹琵琶者，为作《琵琶行》。末云：就中泣下谁最多？江州司马青衫湿。⑤"红袖"句：《乐府杂录·琵琶》：曹纲善运拨如风雨，裴兴奴善于拢撚，人谓纲有右手，奴有左手。白居易诗：谁能截得曹纲手，插向重莲衣袖中？⑥哀骀佗：《庄子·德充符》：卫有恶人曰哀骀佗，妇人见之，请于父母曰："与为人妻，宁为夫子妾"者，十数而未止也。⑦臂鞲：臂衣，古人用以套于臂上者。⑧转关、濩索：乐府琵琶曲有《转关》《六幺》《濩索》《梁州》，皆其名也。⑨"雷辊"句：形容弹琵琶妙绝入神，如雷鸣空堂，震颤窗户。⑩四弦一抹：白居易《琵琶行》："曲声收拨当心画，四弦一声如裂帛。"

梅圣俞诗集中有毛长官者，今於潜令国华也。圣俞没十五年，而君犹为令，捕蝗至其邑，作诗戏之[①]

诗翁憔悴老一官[②]，厌见苜蓿堆青盘。归来羞涩对妻子，自比鲇鱼缘竹竿[③]。今君滞留生二毛[④]，饱听衙鼓眠黄紬[⑤]。更将嘲笑调朋友，人道猕猴骑土牛[⑥]。愿君恰似高常侍，暂为小邑仍刺史[⑦]。不愿君为孟浩然，却遭明主放还山[⑧]。宦游逢此岁年恶，飞蝗来时半天黑。羡君封境稻如云，蝗自识人人不识[⑨]。

【注释】①於潜令：於潜县令毛国华，字君宝，衢州毛尚书之孙也。

②“诗翁”句：梅圣俞以诗闻天下，晚年奉诏修唐书，书成未奏而卒。③“归来“二句：梅圣俞以诗知名，仕宦三十年，终不得一官职。及受敕修书，语其妻刁氏曰：“吾之修书，可谓猢狲入布袋矣。”妻对曰：“君之于仕宦，亦何异鲇鱼缘竹竿乎？”闻者以为名对。后以比喻上升艰难。④二毛：斑白的头发。⑤黄紬：黄绸。世传，太祖谓一县令曰：“谨勿于黄紬被底放衙。”⑥猕猴骑土牛：比喻晋升缓慢。⑦“愿君”二句：高适为封丘尉，有诗云：“乍可狂歌草泽中，宁堪作吏风尘下。只言小邑无所为，公门百事皆有期。”后镇成都，官至散骑常侍。⑧“不愿”二句：孟浩然因王维推荐，蒙皇上召见，命吟诗。孟曰：“不才明主弃，多病故人疏。”上曰：“朕未曾弃人，自是卿不求进。”命放归南山，此四句切诗题“犹为”“戏之”。⑨“宦游”四句：是说尽管仕途蹭蹬，但为政有清名，连蝗虫都知道，不来境内为害，故而使君治下“稻如云”。结尾极赞毛国华。

润州甘露寺弹筝

多景楼上弹神曲，欲断哀弦再三促①。江妃出听雾雨愁②，白浪翻空动浮玉③。唤取吾家双凤槽④，遣作三峡孤猿号。与君合奏芳春调，啄木飞来霜树杪⑤。

【注释】①“多景楼”二句：甘露寺有多景楼。孙巨源、王正仲与东坡同游多景楼。京师官伎皆在，而胡琴者，姿伎尤妙。三公皆一时英彦，境之胜，客之秀，伎之妙，真为稀遇。酒阑，巨源请于东坡曰：“残霞晚照，非奇词不尽。”遂作《采桑子》，所谓“多情多感仍多病，多景楼中”是也。②江妃：郭璞《江赋》：冯夷倚浪以傲睨，江妃含嚬而绵眇。③苏轼自注：“金山名”。④“唤取”句：苏轼此正与金家同行，故云：“唤取吾家”。而后有“与君合奏”之句，苏轼家有胡琴婢，能弹许多乐曲。⑤“啄木”句：欧阳修《于刘功曹家见杨直讲女奴弹琵琶戏作呈圣俞》诗云：“大弦声迟小弦促，十岁娇儿弹啄木。啄木不啄新生枝，惟啄槎牙枯树腹。啄木飞从何处来？花间叶底时丁丁。林空山静啄愈响，行人举头飞鸟惊。”

虎儿[①]

旧闻老蚌生明珠，未省老兔生於菟[②]。老兔自谓月中物，不骑快马骑蟾蜍。蟾蜍爬沙不肯行，坐令青衫垂白须[③]。於菟骏猛不类渠，指挥黄熊驾黑貙[④]。丹砂紫麝不用涂[⑤]，眼光百步走妖狐。妖狐莫夸智有余，不劳摇牙咀尔徒[⑥]。

【注释】①虎儿：子由第三子，名远，以甲寅年生，故名虎儿，远后改名逊。②老兔：子由卯生，秦汉后以十二生肖配十二地支，以兔为卯。故有此言。於菟：虎的别称，此指虎儿。③爬沙：在沙土地上爬行，即缓慢爬行。青衫：指卑微的官职。此四句说子由。④“指挥”句：《列子·黄帝》：黄帝与炎帝战于阪泉之野，帅熊罴狼豹貙虎为前驱。⑤“丹砂”句：旧俗小孩儿必涂丹砂紫麝，以避不祥。⑥《三国志·魏志·吴质传》注：吴质朝京师，诏上将军及特进以下皆会质所。时曹真肥，朱铄瘦，质召优伶，使说肥瘦。真恚，拔刀瞋目，言：“俳敢轻脱，吾斩尔。”遂骂坐。质按剑曰：“曹子丹，汝非屠几上肉，吴质吞尔不摇喉，咀尔不摇牙，何敢恃势骄耶？”后六句说虎儿，从於菟说开，不使一虎事。

铁沟行赠乔太博[①]

城东坡陇何所似？风吹海涛低复起。城中病守无所为，走马来寻铁沟水。铁沟水浅不容辀，恰似当年韩与侯[②]。有鱼无鱼何足道，驾言聊复写我忧[③]。孤村野店亦何有，欲发狂言须斗酒。山头落日侧金盆，倒著接䍦搔白首[④]。忽忆从军年少时，轻裘细马百不知[⑤]。臂弓腰箭南山下，追逐长杨射猎儿[⑥]。老去同君两憔悴，犯夜醉归人不避。明年定起故将军，未肯先诛霸陵尉[⑦]。

【注释】①陈沂《山东志》：铁沟水，源出烽火山，流经诸城县东北一十五里，入淮水。乔太博：名叙，字禹功。太博：太学博士或太常博士的简称，官名。②“铁沟”二句：韩愈诗：“温水微茫绝又流，深知车辙阔容辀”。辀(zhōu)：车。又，“吾党侯生字叔起，呼我持竿钓温水。”韩与侯：指韩愈与侯叔起。③驾言：本意乘车，后用以代指出游、出行。④“倒著”句：《晋书·山简传》：有童儿歌曰：“时时能骑马，倒著白接䍦。”倒著：将军帽等倒过来穿戴。接䍦：帽名。古代头巾的一种。⑤纪昀曰：文境开拓，音节亦直逼唐人。⑥“臂弓”二句：《汉书·扬雄传》：上将大夸胡人以多禽兽，命右扶风发民入南山，捕熊罴豪猪虎豹狖玃狐兔麋鹿，输长杨射熊馆。……上亲临观焉。雄从至射熊馆，还，上《长杨赋》以风谏。⑦“明年”二句：《史记·李将军列传》：广闲居时，曾因打猎被霸陵尉拦阻城外。李广后又提为右北平太守，请霸陵尉一同去任上，至军，斩之。苏轼这里反用此典。

送段屯田分得于字

劝农使者古大夫[①]，不惜春衫践泥涂。王事靡盬君甚劬[②]，奉常客卿虬两须[③]。东武县令天马驹[④]，泮宫先生非俗儒[⑤]。相与野饮四子俱，乐哉此乐城中无[⑥]。溪边策杖自携壶，腰笏不烦何易于[⑦]。胶西病守老且迂，空斋愁坐纷墨朱。四十岂不知头颅[⑧]，畏人不出何其愚！

【注释】①劝农使者：《宋史·食货志》：天禧四年，始诏诸路提点刑狱朝臣为劝农使，使臣为副使。此指段屯田。②“王事”句：《诗·唐风·鸨羽》：“王事靡盬(gǔ)，不能蓺稷黍。”王引之《经义述闻·毛诗上》：盬者，息也。王事靡盬者，即王事没有止息也。劬：劳苦。③奉常客卿：乔太博也。虬、须二字用《三国志·崔琰传》：对宾客虬须直视。④东武县令：

时为赵晦之，名昶。⑤泮宫：学官。泮宫先生指赵杲卿。赵杲卿当时任郡教授。⑥“乐哉”句：是日，苏轼独未出送，故有此句。⑦“腰笏”句：孙樵《书何易于》：何易于为益昌令，刺史崔朴常乘春，从宾客泛舟，索民挽舟。易于腰笏引舟上下，刺史惊问状。易于曰：“方春百姓不耕即蚕，隙不可夺，属令无事，可以充役。”刺史跳出舟，骑还去。⑧“四十”句：陶弘景《与从兄书》云：“昔仕宦，期四十左右作尚书郎，即抽簪高迈，今三十六方作奉朝请，头颅可知，不如早去。”苏轼丙子生，至乙卯，年恰四十。

次韵章传道喜雨[1]

去年夏旱秋不雨，海畔居民饮咸苦。今年春暖欲生蝝，地上戢戢多于土[2]。预忧一旦开两翅，口吻如风那肯吐？前时渡江入吴越，布阵横空如项羽[3]。农夫拱手但垂泣，人力区区固难御。扑缘鬃毛困牛马[4]，啖啮衣服穿房户。坐观不救亦何心，秉畀炎火传自古[5]。荷锄散掘谁敢后，得米济饥还小补。常山山神信英烈[6]，撝驾雷公诃电母[7]。应怜郡守老且愚，欲把疮痍手摩抚。山中归时风色变，中路已觉商羊舞[8]。夜窗骚骚闹松竹，朝畦泫泫流膏乳[9]。从来蝗旱必相资[10]，此事吾闻老农语。庶将积润扫遗孽，收拾丰岁还明主。县前已窖八千斛[11]，率以一升完一亩。更看蚕妇过初眠[12]，未用贺客来旁午[13]。先生笔力吾所畏，蹴踏鲍、谢跨徐、庾[14]。偶然谈笑得佳篇，便恐流传成乐府。陋邦一雨何足道，吾君盛德九州普。《中和》《乐职》几时作？试向诸生选何武[15]。

【注释】①苏轼自注：“祷常山而得。”②蝝(yuán)：未生翅的幼蝗。戢戢(jí)：密集貌。③苏轼自注：“去岁钱塘，见飞蝗自西北来，极可畏。”④扑缘：附着。⑤“秉畀”句：《诗·小雅·大田》：“去其螟螣，及其蟊贼，无害我田稚。田祖有神，秉畀炎火。”秉：拿。畀：给。炎火：大火。

⑥常山:《唐十道四蕃志》:密州常山,齐时祈雨常应,因以为名。⑦撝、呵:互文见义,指挥之意。⑧商羊:传说中的鸟名。传说大雨前,常屈一足起舞。典见《孔子家语·辨政》。⑨泫泫:水流动貌。⑩《五行志》:旱则鱼螺变为虫蝗。⑪苏轼自注:"今春及今,得蝗子八千余斛。"⑫苏轼自注:"蚕一眠,则蝗不复生矣。"⑬旁午:交错,纷繁。⑭蹴踏:本指行走、奔跑,此引申为赶上。鲍:鲍照。谢:谢眺。徐:徐凌。庾:庾信。⑮"《中和》"二句:《汉书》:益州刺史王襄,使王褒颂汉德,作《中和》《乐职》《宣布》诗三篇。何武年十四五,与人共习歌之。宣帝召见,曰:"此盛德之事,吾何足以当之。"

惜花[1]

吉祥寺中锦千堆[2],前年赏花真盛哉。道人劝我清明来,腰鼓百面如春雷,打彻凉州花自开[3]。沙河塘上插花回,醉倒不觉吴儿哈,岂知如今双鬓摧。城西古寺没蒿莱,有僧闭门手自栽,千枝万叶巧剪裁。就中一丛何所似,马瑙盘盛金缕杯。而我食菜方清斋[4],对花不饮花应猜。夜来雨雹如李梅,红残绿暗吁可哀[5]。

【注释】①惜牡丹花也。②苏轼自注:"钱塘花最盛处。"③"腰鼓"二句:南卓《羯鼓录》:玄宗尝遇二月初诘旦,宿雨初晴,景色明丽,小殿内庭,柳杏将吐,睹而叹曰:"对此景物,岂可不与他判断之乎?"高力士遣取羯鼓。上命临轩纵击一曲,名《春光好》。及顾柳、杏皆已发拆。上笑谓嫔御曰:"此一事,不唤我作天公,可乎?"④"而我"句:王文诰案:公时以旱蝗斋素。见《记年录》。⑤苏轼自注:"钱塘吉祥寺花为第一。壬子清明,赏会最盛,金盘彩篮以献于座者,五十三人。夜归沙河塘上,观者如山,尔后无复继也。今年,诸家园圃花亦极盛,而龙兴僧房一丛尤奇,但衰病牢落,自无以发兴耳。昨日雨雹,知此花之存者有几?可为太息也。

寄刘孝叔[1]

君王有意诛骄虏，椎破铜山铸铜虎[2]。联翩三十七将军，走马西来各开府[3]。南山伐木作车轴[4]，东海取鼍漫战鼓[5]。汗流奔走谁敢后，恐乏军兴污资斧[6]。保甲连村团未遍[7]，方田讼牒纷如雨[8]。尔来手实降新书，抉剔根株穷脉缕。诏书恻怛信深厚，吏能浅薄空劳苦[9]。平生学问只流俗[10]，众里笙竽谁比数[11]。忽令独奏《凤将雏》[12]，仓卒欲吹那得谱。况复连年苦饥馑，剥啮草木啖泥土。今年雨雪颇应时，又报蝗虫生翅股。忧来洗盏欲强醉，寂寞虚斋卧空甑。公厨十日不生烟，更望红裙踏筵舞。故人屡寄山中信，只有当归无别语。方将雀鼠偷太仓，未肯衣冠挂神武。吴兴丈人真得道，平日立朝非小补[13]。自从四方冠盖闹，归作二浙湖山主。高踪已自杂渔钓，大隐何曾弃簪组。去年相从殊未足[14]，问道已许谈其粗。逝将弃官往卒业，俗缘未尽那得睹？公家只在霅溪上，上有白云如白羽。应怜进退苦皇皇，更把安心教初祖[15]。

【注释】①刘孝叔：名述，湖州吴兴人。②“君王”二句：宋神宗即位，起用王安石。有诛灭西夏之意，并用种谔以开边隙。王安石迎合神宗，进言鞭笞四夷，必须财用丰裕，然后可以行其志。于是神宗一生，以理财为急，兵连祸结，南征西伐，几至于乱。故此诗开头两句即讲征伐之意。铜虎：即铜虎符。国家当发兵遣使者，至郡合虎符，符合乃听受之。铜山：汉邓通所铸钱处。③“走马”句：熙宁七年九月，诏开封府界河北京东西路置三十七将副，从枢副蔡挺之请，故云。④“南山”句：《续资治通鉴长编》：熙宁七年八月，遣内侍籍民车以备边，以沈括言而罢。十一月，令军器监具战车制度，疾速详定进呈。⑤“东海”句：《诗·大雅·灵台》：“鼍鼓逢逢，矇瞍奏公。”鼍(tuó)：即扬子鳄，皮坚，可作鼓面。⑥资斧：利斧。⑦“保甲”句：用典详见《宋史·兵志》。保甲乃宋熙宁变募兵之新制。后推及治理地方，察奸逐盗。结果保甲未能逐盗，反自为盗矣。⑧方田：《宋史·食货志》：方田之法，分五等以定税，则凡田方之角，立土为埄，植木以表之。分析典卖，官给契，县置簿，皆以今所方之田为正。⑨“诏书”二句：熙宁七年春，天大旱，神宗忧虑，欲罢保甲、方田等事。安石曰：“水旱常数，尧汤所不免，但当益修人事。”上曰：“此岂细事，朕今所以恐惧者，正为人事有所未修耳。”初，吕惠卿建为手实之法，使百姓自上其余产、财物，而官为注籍，奉使者至析秋毫，天下病之，至八年十月，乃罢。故云尔耳。抉剔：搜求挑取。恻怛：恻隐。⑩“平生”句：苏子由擢为条例司检详，与王安石议事多忤逆，罢免。上曰：“苏轼如何，可使代辙否？”安石曰：“轼兄弟学本流俗，朋比沮事，若朝廷不行先王之道，则能合流俗朋比之情。”是时，王安石对论其新政者，皆以流俗诋之也。苏轼以此反讽。⑪比数：考较计算。⑫《凤将雏》：吴兢《乐府古题要解》云：“《凤将雏》，汉世乐曲名也。晋应璩《百一》诗云：为作《陌上桑》，反言《凤将雏》。”⑬“吴兴”二句：《事实类苑》：刘孝叔吏部公述，深味道腴，东吴端清之士也。强仕之际，已恬于进，后将引年，方得请。⑭“去年”句：王文诰案：熙宁七年，公将赴密，《与李公择书》云：孝叔丈向有径山之约，今已不遂。其后虽重见于湖，而此约终不果引。故云：“去年相从殊未足”也。⑮王文诰案：时孝叔游心方外，特用“问道”句留作种子，便于此处收煞。否则，公既未退，而孝叔亦不出，此诗无结处矣。其问道一层，且是孝叔丈当日身分。诗法细密如此，若以谭空当一件事论，即大可笑矣。

张安道乐全堂[1]

列子御风殊不恶，犹被庄生讥数数[2]。步兵饮酒中散琴[3]，于此得全非至乐。乐全居士全于天[4]，维摩丈室空翛然。平生痛饮今不饮，无琴不独琴无弦。我公天与英雄表[5]，龙章凤姿照鱼鸟[6]。但令端委坐庙堂[7]，北狄西戎谈笑了。如今老去苦思归，小字亲书寄我诗。试问乐全全底事，无全何处更相亏[8]？

【注释】①张安道：名方平，有《自题乐全堂》诗。②“列子”二句：《庄子·逍遥游》：列子御风而行，泠然善也。旬有五日而后反。彼于致福者，未数数然也。数数：犹汲汲、迫切貌。③“步兵”句：庾信《咏怀》诗：“步兵未饮酒，中散未弹琴。索索无真气，昏昏有俗心。”阮籍曾为步兵校尉，嵇康拜中散大夫。阮为全身酣饮，嵇亦浊酒一杯，弹琴一曲，志意毕矣。④乐全居士：本集《张文定墓志》：晚自号乐全居士，有《乐全集》四十卷。⑤“我公”句：《世说新语·容止》：“魏武将见匈奴使，自以形陋，不足雄远国，使崔季珪代，帝自捉刀立床头。既毕，令间谍问曰：‘魏王何如？’匈奴使答：‘魏王雅望非常，然床头捉刀人，此乃英雄也。’魏武闻之，追杀此使。”⑥“龙章凤姿”句：《晋书·嵇康传》：康美词气，有风仪，而土木形骸，不自藻饰，人以为龙章凤姿，天质自然。龙章凤姿：谓风采不凡。⑦端委坐庙堂：《晋书·谢鲲传》：明帝在东宫，问曰：“论者以君方庾亮，自谓何如？”答曰：“端委庙堂，使百僚准则，则鲲不如亮；一丘一壑，自谓过之。”端委：本是古代礼服。此指整肃礼教和朝纲。⑧“试问”二句：《庄子·缮性》：“乐全之谓得志。古之所谓得志者，非轩冕之谓也，谓无以益其乐而已矣。”

和蒋夔寄茶

我生百事常随缘，四方水陆无不便。扁舟渡江适吴越，三年饮食穷芳鲜。金齑玉脍饭炊雪[①]，海螯江柱初脱泉[②]。临风饱食甘寝罢，一瓯花乳浮轻圆。自从舍舟入东武，沃野便到桑麻川[③]。剪毛胡羊大如马，谁记鹿角腥盘筵[④]。厨中蒸粟堆饭瓮[⑤]，大杓更取酸生涎[⑥]。柘罗铜碾弃不用[⑦]，脂麻白土须盆研[⑧]。故人犹作旧眼看，谓我好尚如当年。沙溪、北苑强分别[⑨]，水脚一线争谁先[⑩]。清诗两幅寄千里，紫金百饼费万钱。吟哦烹噍两奇绝，只恐偷乞烦封缠。老妻稚子不知爱，一半已入姜盐煎[⑪]。人生所遇无不可，南北嗜好知谁贤。

死生祸福久不择，更论甘苦争蚩妍。知君穷旅不自释，因诗寄谢聊相镌。

【注释】①金齑玉脍：《大业拾遗》：吴郡献松江鲈鱼脍，须八九月霜下之时。鲈鱼肉白如雪，取三尺以下者作之，以香柔花叶相间，和以细缕金橙食之，所谓金齑玉脍，东南之佳味也。②海螯：即蟹也。江柱：江瑶柱的简称。江瑶的肉柱，即江瑶的闭壳肌，是一种名贵海味。③桑麻川：苏轼《超然台记》："余自钱塘移守胶西，释舟楫之安，而服车马之劳；去雕墙之美，而蔽采椽之居；背湖山之观，而行桑麻之野。即此诗中意也。④鹿角：小鱼也。苏轼又诗云："聊将充鹿角。"⑤饭瓮：山东人埋肉于饭下而食之，谓之饭竟瓮。⑥苏轼自注："山东喜食粟饭，饮酸酱。"⑦"柘罗"句：蔡君谟《茶录》：茶罗以绝细为佳，罗底用东川鹅溪绢之密者，投汤中，揉洗以覆盖之。茶碾，以银或铁为之。黄金性柔，铜及碥石皆能生鉎，不入用。⑧"脂麻"句：四川人以脂麻白土煎茶。⑨"沙溪"句：丁谓《茶录》：北苑，里名。官焙曰龙焙，盖造御茶也。吕仲吉《茶记》：壑源其别有八，沙溪其一也。《避暑录话》：北苑茶土所产为曾坑，谓之正焙。非曾坑为沙溪，谓之外焙。按：壑源、沙溪，皆北苑地名也。⑩"水脚"句：蔡君谟《茶录》：建安斗试，以水痕先者为负，耐久者为胜。故较胜负之说曰：相去一水两水。⑪姜盐煎：即以姜盐煎茶，也是蜀中风俗。

注译本

蘇東坡全集

第四册

〔宋〕苏轼 著

毛德富等 主编

團结出版社

目　录

卷三十二　论

卷三十七 策

卷四十二 表状

卷三十二 论

论好德锡之福

昔圣人既陈五常之道，而病天下不能万世而常行也，故为之大中之教曰："贤者无所过，愚者无所不及。"足之为皇极，极之于人也，犹方之有矩也，犹圆之有规也，皆有以绳乎物者也。圣人安焉而入乎其中，贤者俯而就之，愚者跂而及之。圣人以为俯与跂者，皆非其自然，而犹有以强之者。故于皇极之中，又为之言曰："苟有过与不及，而要其终可以归皇极之道者。是皇极则已矣。"故《洪范》曰："凡厥庶民，有猷有为有守，汝则念之，不协于极，不罹于咎，皇则受之。"又悲天下有为善之心而不得为善之利也，有求中之志而不知求中之道也，故又为之言曰："而康而色，曰予攸好德，汝则锡之福，时人斯其惟皇之极。"圣人之待天下如此其广也，其诱天下之人不忍使之至于罪戾，如此其勤且备也。天下未有好德之实，而自言曰："予攸好德。"圣人以为是亦有好德之心矣，故受而爵禄之。天下之为善而未协于中也，则受而教诲之。

又恐夫民之愚而不我从也，故逊其言卑其色以下之。如是而不从，然后知其终不可以教诲矣。故又为之言曰："凡厥正人，既富方谷，汝弗能使有好于而家，时人斯其辜，于其无好德，汝虽锡之福，其作汝用咎。"且夫其始也，恐天下之人有可以至于皇极之道，而上之人不诱而教诲之也。故曰："予攸好德，汝则锡之福。"其终也，恐天下之以虚言而取其爵禄也。故曰"于其无好德，汝虽锡之福，其作汝用咎"。盖圣人之用心，忧其始之不幸，而惧其终之至于侥幸也。故其言如此之详备。

夫君子小人，不可以一道待也。故皇极之中，有待小人之道，不协于极，而犹受之。至于待君子之道，何其责之深也。曰："无偏无党，无反无侧；无有作好，无有作恶。而后可以合于皇极。"然则先王御天下之术，盖用此欤？

【译文】从前圣人已经设立了仁、义、礼、智、信五种道德，害怕天下人不能千秋万代永远实行，所以为他们制定了大中教化说：“贤明的人不要作过了头，愚蠢的人不要作不到。”这叫做最高的道德准则。准则对于人来说，就像画方形要用方尺，画圆形要用圆规一样，都是有什么用来作为事物准绳的。圣人的行为安然自适地进入到最高准则之中，贤明的人躬身顺从地俯就它，愚蠢的人踮起脚跟追随它。圣人认为俯就和踮足的作法，都不是他们的自然表现，仍然有使他们感到勉强的地方，所以在最高的准则里，又进一步为它补充说：“如果有做过头和做不到的，也可以宽容，关键是他最终可以符合最高准则，这是最高准则的要求。”所以以《洪范》里说：“凡是庶民百姓，都是有计谋有作为有操守，你们要牢记过一点，行为不合准则，但只要没有陷入犯罪的人，天子就宽容地。”又悲伤天下有作善事的心肠却得不到作善事的利益，有追求中庸之道的志向却不知道追求中庸之道的方法，所以又进一步陈述说：“假如有人和悦温顺地说，我所好的就是您所建立的道德规范，你就赐给他幸福，这样庶民百姓就会思念君主的法则。”圣人对待天下百姓的胸怀像这样宽广，他诱导天下人，不忍心让他们陷到罪恶里去，心情像这样勤奋殷切，办法像这样详备啊。天下的百姓并没有好德的实际行为，仅仅是自己说“我喜欢的是君王的道德规范”，圣人认为这也就具有好德的思想了，所以就宽容他并赐给他爵位俸禄。天下的百姓作善事但不合乎中庸之道，就宽容他并殷勤的教诲他们。

又担心那些愚昧的百姓不遵从自己，所以语言谦逊脸色谦卑地对待他们。像这样还不遵从，然后才确知他是最终也不可教诲了。所以对他们说：“凡是做官的人，既然富有经常的俸禄，假如你不能对国家作出贡献，人们就要责怪你，对于没有好德行的人，你即使赐给他幸福，那他一定还会给你带来危害。”况且当初的时候，圣人害怕天下人有可以达最高道德法则的，而在上位的人不能及时诱导教诲他们，所以说“我喜欢您的道德规范，你就赐给他幸福。”最后的时候，害怕天下的人用虚枉的言辞骗取爵位俸禄，所以说“对于没有好德行的人，你即使赐给他幸福，他还是会给你带来危害。”圣人的用心，既忧虑其当初可能不幸失去机遇，又害怕其最后侥幸骗取爵位俸禄，所以他的话说得这样详备。

君子和小人，不能用同一种方法对待，所以最高的准则之中，有对待小人的方法，不合乎准则要求，仍然宽容他。至于对待君子的方法，要求的是多么深切啊。说：“不要偏颇不正，不要违反王道违犯法度，不要私心偏好，不要为非作歹，然后可以合乎最高的道德准则。”既然这样，那么先王统治天下的方法，也许是从这里借鉴的吧？

论郑伯克段于鄢 隐元年

《春秋》之所深讥、圣人之所哀伤而不忍言者三：晋赵鞅帅师纳卫世子蒯聩于戚，齐国夏、卫石曼姑帅师围戚，而父子之恩绝；公与夫人姜氏遂如齐，而夫妇之道丧；郑伯克段于鄢，而兄弟之义亡。此三者，天下之大戚也。夫子伤之，而思其所以至此之由，故其言尤为深且远也。

且夫蒯聩之得罪于灵公，逐之可也，逐之而立其子，是召乱之道也。使辄上之不得从王父之言，下之不得从父之令者，灵公也。故书曰“晋赵鞅帅师纳卫世子蒯聩于戚”。蒯聩之不去世子者，是灵公不得乎逐之之道。灵公何以不得乎逐之之道？逐之而立其子也。鲁桓公千乘之君，而陷于一妇人之手，夫子以为文姜之不足讥，而伤乎桓公制之不以渐也，故书曰“公与夫人姜氏遂如齐”，言其祸自公作也。段之祸生于爱。郑庄公之爱其弟也，足以杀之耳。孟子曰：“舜封象于有庳，使之源源而来，不及以政。”孰知夫舜之爱其弟之深，而郑庄公贼之也。当太叔之据京城，取廪延以为己邑，虽舜复生，不能全兄弟之好，故书曰“郑伯克段于鄢”，而不曰“郑伯杀其弟段”。以为当斯时，虽圣人亦杀之而已矣。夫妇、父子、兄弟之亲，天下之至情也，而相残之祸至如此，夫岂一日之故哉!

《谷梁》曰：“克，能也。能杀也。不言杀，见段之有徒众也。段不称弟，不称公子，贱段而甚郑伯也。于鄢，远也。犹曰取之其母之怀中而杀之云尔。甚之也。然则为郑伯宜奈何，缓追逸贼，亲亲之道也。”呜呼!以兄弟之亲，至交兵而战，固亲亲之道绝已久矣。虽缓追逸贼，而其存者几何，故曰于斯时也，虽圣人亦杀之而已矣。然而圣人固不使至此也。《公羊传》曰：“母欲立之，已杀之，如勿与而已矣。”而又区区于当国内外之言，是何思之不远也。《左传》以为段不弟，故不称弟，如二君故曰克，称郑伯讥失教，求圣人之意，若《左氏》可以有取焉。

【译文】《春秋》里深刻讥刺、圣人哀伤却不忍心直言的三件事情：晋国赵鞅率领军队在戚地接纳卫国世子蒯聩，齐国国夏、卫国石曼姑率领军队围攻戚地，从此父子之间的恩情断绝；鲁桓公和夫人文姜到了齐国，从此夫妇之间的道德沦丧；郑伯在鄢打败了弟弟公叔段，从此兄弟之间的情义丧失。这三种情况，是天下最大的悲哀。孔子伤悼这些事，思虑造成这种结果的原由，所以他的话深沉而幽远。

蒯聩获罪于卫灵公，驱逐他就可以了，驱逐他却立他的儿子为国君，这是召致祸乱的作法。使得辄上不能听从祖父的遗言，下不能听从父亲训令的人，是卫灵公。所以《春秋》记载说：“晋赵鞅帅师纳卫世子蒯聩于戚。”蒯聩不去掉“世子”的称谓，是由于卫灵公没有得到驱逐他的正确作法。卫灵公为什么没有得到驱逐蒯聩的正确作法？是因为驱逐他却立他的儿子为国君。鲁桓公是一个大国的国君，却陷到一个妇人的手里，孔子认为文姜不值得讥刺，而悲伤鲁桓公驾驭她不从一开始做起，因此记载说：“公与夫人姜氏遂如齐”，说的是祸乱从鲁桓公身上发生的。公叔段的祸乱发生于溺爱。郑庄公溺爱他的弟弟，爱得足能够杀掉他罢了。孟子说：“舜分封他的弟弟象到有庳，让他经常来相见，不让他参与政事。”谁能知道舜亲爱的弟弟的深情，而郑庄公残害他的弟弟的用心？当公叔段占据京邑，取廪延作为自己的封邑的时候，即使舜复生人世，也不能保全兄弟之间的友好感情，所以《春秋》记载说："郑伯克段于鄢。"而不说"郑伯杀其弟公叔段。"以为正当这个时候，即使是圣人也要杀他而已。夫妇、父子、兄弟之间的亲情，是天下最深挚的感情，互相残害的祸患到这种地步，难道是一两天形成的缘故吗！

《谷梁传》说："'克'，是能的意思。能够杀掉他。不说杀，看到公叔段手下有徒众。公叔段不称'弟'字，不称'公子'，贬低公叔段并指出郑伯处心积虑陷害他弟弟行为太过分。'于鄢'，是说公叔段逃离已经很远了。犹如等于说从母亲怀中夺取婴儿杀死他云云，是说郑伯作的太过分。既然这样，那么作为郑伯此时应该怎么办呢：应该缓缓地追赶使敌人逃逸，这是体现兄弟情义的作法。"嗨！以兄弟这样的亲情，发展到互相交兵作战，兄弟之间的骨肉之情本来早就断绝了，即使是缓缓对追赶使敌人逃逸，所存留的兄弟亲情还有多少？所以说在这样的时候，即使是圣人也要杀死他而已。但是圣人本来也不能使事情发展到这种地步。《公羊传》说："母亲想要立公叔段为国君，自己去诛杀他，不如不亲自参与诛杀而已。"而又鄙陋地说些当国与否在国内杀还是在国外诛杀的话，这种考虑是何等地不深远。《左传》以为公叔段不像个弟弟，所以不说"弟"字，兄弟相争，如同两个国君，所以称之为"克"，把郑庄公称为"郑伯"，是讥刺他对弟弟有失教诲，探求圣人的意思，像《左传》的解释是可取的。

论郑伯以璧假许田 桓元年

郑伯以璧假许田，先儒之论多矣，而未得其正也。先儒皆知夫《春秋》立法之严，而不知其甚宽且恕也；皆知其讥不义，而不知其讥不义之所由起也。

郑伯以璧假许田者，讥隐而不讥桓也。始其谋以周公之许田而易泰山之祊者，谁也？受泰山之祊而入之者，谁也？隐既已与人谋而易之，又受泰山之祊而入之，然则为桓公者，不亦难乎！夫子知桓公之无以辞于郑也，故讥隐而不讥桓。何以言之？《隐八年》书曰“郑伯使宛来归祊”；又曰“庚寅，我入祊”。入祊云者，见鲁之果入泰山之祊也。则是隐公之罪既成而不可变矣。故《桓元年》书曰“郑伯以假璧许田”而已。夫许田之入郑，犹祊之入鲁也。书鲁之入祊，而不书郑之入许田，是不可以不求其说也。“郑伯使宛来归祊”、“庚寅我入祊”，见郑之来归，而鲁之入之也。“郑伯以璧假许田”者，见郑之来请，不见鲁之与之也。见郑之来请而不见鲁之与之者，见桓公之无以辞于郑也。呜呼，作而不义，使后世无以辞焉，则夫子之罪隐深矣。

夫善观《春秋》者，观其意之所向而得之，故虽夫子之复生，而无以易之也。《公羊》曰：“曷为系之许？近许也，讳取周田也。”《谷梁》曰：“假不言以；以，非假也。非假而曰假，讳易地也。”《春秋》之所为讳者三，为尊者讳敌，为亲者讳败，为贤者讳过。鲁，亲者也，非败之为讳，而取易之为讳，是夫子之私鲁也。

【译文】郑庄公用增加玉璧来交换许田，前代儒家学者的评论很多了，但没有得到正确的意旨。前代儒家学者都知道《春秋》记载史事立法很严，却不知道它很宽容很仁恕的一面；都知道它讥刺不义的行为，却不知道它讥刺不义从何而来的一面。

郑庄公用增加璧来交换许田的事，是讥刺鲁隐公而不是讥刺鲁桓公。当初谋划用周公的许田交换泰山的祊田的人，是谁呢？接受了泰山的祊田并归入自己国家的人，是谁呢？鲁隐公已经和人谋划并交换了它，又接受了泰山的祊田并把它归入自己国家，那么作为鲁桓公来说，不也就难以改变了吗？孔子知道鲁桓公没有什么办法推辞郑国，所以说记载这件事是讥刺鲁隐公而不是讥刺鲁桓公。凭什么这样说呢？《隐公八年》记载说：“郑伯派遣宛来致送祊地，”又说：“庚寅这一天，我接受了祊地。”说接受了祊地，可见鲁国果真把泰山的祊田归入自己国家。那么这是鲁隐公的罪过已经形成而不能改变的了。所以《桓公元年》记载说：“郑庄公用增加玉璧来交换许田”而已。许田归入郑国，就像祊田归入鲁国一样。记载鲁国归入祊田，却不记载郑国归入许田，这不可以不探求个说法。“郑伯派宛来致送祊田”，“庚寅这天我归入祊田，”可见郑国来致送，而鲁国把它归入自己国家。“郑伯用增加玉璧来交换许田”可以看到郑国来请求，看不出鲁国给予他。看出郑国来请求却看不出鲁国给予他们，可见鲁桓公没有什么理由推辞郑国。哎呀，做出这样不义的事，使后世没有理由推辞，那么孔子隐匿隐公的罪过是很深的了。

善于阅读《春秋》的人，观察它的意图所向可以得到真谛，所以即使孔子复生，也没有办法改变它。《公羊传》说：“为什么牵扯上许田，是因为靠近许田，忌讳取周的田邑。”《谷梁传》说：“说借许田不说以地交换许田，以地交换，就不是借用。不是借却说借，是忌讳拿天子的土地交换。”《春秋》里避讳的情况有三个，替尊贵的人避讳仇敌，替亲近的人避讳失败，替贤明的人避讳过错。鲁国，是孔子亲近的国家，不是为失败避讳，而是为交换天子土地的事来避讳，这是孔子偏爱鲁国。

论取郜大鼎于宋 桓二年

孔子何为而作《春秋》哉？举三代全盛之法，以治侥幸苟且之风，而归之于至正而已矣。三代之盛时，天子秉至公之义，而制诸侯之予夺，故勇者无所加乎怯，弱者无所畏乎强，匹夫怀璧而千乘之君莫之敢取焉。此王道之所由兴也。周衰，诸侯相并，而强有力者制其予夺，邾、莒、滕、薛之君，惴惴焉保其首领之不暇，而齐、晋、秦、楚有吞诸侯之心。孔子慨然叹曰：“久矣，诸侯之恣行也，后世将有王者作而不遇焉，命也。”故《春秋》之法，皆所以待后世王者之作而举行之也。钟鼎龟玉，天子之所以分诸侯，使诸侯相传而世守也。

《桓二年》：“取郜大鼎于宋。戊申，纳于太庙。”且夫鼎也，不幸使齐挈而有之，是齐鼎也，是百传而不易，未可知也。仲尼曰不然。是鼎也，何为而在鲁之太庙？曰：取之宋。宋安得之，曰：取之郜，故书曰郜鼎。郜之得是鼎也，得之天子。宋以不义取之，而又以与鲁也。后世有王者作，举《春秋》之法而行之，鲁将归之宋，宋将归之郜，而后已也。昔者子路问孔子所以为政之先，子曰："必也正名乎！"故《春秋》之法，尤谨于正名，至于一鼎之微而不敢忽焉。圣人之用意盖深如此。

夫以区区之鲁无故而得器，是召天下之争也。楚王求鼎于周，王曰："周不爱鼎，恐天下以器仇楚也。"鼎入宋而为宋，入鲁而为鲁，安知夫秦、晋、齐、楚之不动其心哉！故书曰郜鼎，明鲁之不得有以塞天下之争也。《谷梁传》曰："纳者，内弗受也。"以为周公不受也。又曰："号从中国，名从主人。"而《左氏》记臧哀伯之谏。愚于《公羊》有取焉，曰："器从名，地从主人。宋始以不义取之，故谓之郜鼎。至于地之与人则不然，俄而可以为其有矣。"善乎斯言，吾有取之。

【译文】孔子为什么要作《春秋》呢？举出三代时期全盛的法则，来救治侥幸苟且的社会风气，并使它归向至正罢了。三代的全盛时期，天子操持最公正的道义，来控制对诸侯的给予和夺取，所以勇敢的人对怯懦的人没有欺凌，软弱的人对强壮的人没有畏惧，平民百姓怀揣玉璧而拥有千辆战车的君主没有谁敢夺取它。这是王道兴起的缘由。周朝衰败以后，诸侯互相兼并，强大有力量的人控制着给予和夺取的大权，郝国、莒国、滕国、薛国的君主，惴惴不安地想保全自己的性命唯恐来不及，而齐国、晋国、秦国、楚国各自怀有吞并诸侯的野心。孔子感慨地叹气说："诸侯恣意横行已经很久了。后世将有行王道的人出现，但我遇不到他，这是命啊。"所以《春秋》的笔法，都是用来等待后世行王道的人出现并举用推行它。钟鼎龟玉，是天子用来分封诸侯，让诸侯世代相传永远保有的东西。

《桓公二年》记载："鲁国从宋国取郜大鼎，戊申这一天，纳入祖庙。”那个鼎，不幸被齐国挈取并占有它，就是齐国的鼎，这样百世相传而不改变，也是不可预知的。孔子说不对。这个鼎，为什么在鲁国的祖庙里？说：从宋国取来的。宋国从哪里得来的？说：从郜国得来。所以《春秋》记载称郜鼎。郜国得到这个鼎，是从天子那里得来。宋国用不道义的手段夺取了它，又把它给了鲁国。后世有行王道的人出现，举出《春秋》的笔法并推行它，鲁国将归还宋国，宋国将归还郜国，然后停止。从前子路问孔子治理国政先做什么，孔子说：“一定先确定名分！”所以《春秋》的笔法，尤其在正名方面谨严，甚至于一个鼎的名称这样的小事也不敢轻忽，圣人的用意大约像这样那么深远。

凭着小小的鲁国无故而得到重器，是在召致天下的争夺。楚国从周王朝求要鼎，周王说：“周不吝啬鼎，只是恐怕天下因为重器而仇恨楚国。鼎进入宋国就成为宋国的，进入鲁国就成为鲁国的，怎么知道那秦国、晋国、齐国、楚国不动心呢！所以《春秋》记载说郜鼎，明确鲁国不能占有来堵塞天下的争夺。《谷梁传》说：“纳入太庙的‘纳，是说庙内的太祖不接受。”认为周公不接受。又说：“物在中原国家就称中原国家的称号，名称依照制作的主人确定。”而《左传》记载了臧哀伯规谏鲁桓公的话。我觉得《公羊传》记载的比较可取。《公羊传》说：“器物从它的本名，土地从主人的名号。宋国开始用不道义的方式夺取那个鼎，所以《春秋》仍称它郜鼎。至于土地和人就不是这样，顷刻之间发生变化。名称也各随占有的人改变。”这话说得好，我采取这种说法。

论齐侯卫侯胥命于蒲 桓三年

荀卿有言曰：“《春秋》善胥命。《诗》非屡盟，其心一也。”敢试论之。

谨按《桓三年》书“齐侯、卫侯胥命于蒲”，说《春秋》者均曰近正。所谓近正者，以其近古之正也。古者相命而信，约言而退，未尝有歃血之盟也。今二国之君，诚信协同，约言而会，可谓近古之正者已。

何以言之？《春秋》之时，诸侯竞骛，争夺日寻，拂违王命，靡烂生聚，前日之和好，后日之战攻，曾何正之尚也。观二国之君胥命于蒲，自时厥后，不相侵伐，岂与夫前日之和好，后日之战攻者班也。故圣人于《春秋》止一书胥命而已。荀卿谓之善者，取诸此也。

然则齐也，卫也，圣人果善之乎？曰：非善也，直讥尔。曷讥尔？讥其非正也。《周礼》大宗伯掌六礼以诸侯见王为文，乃有春朝、夏宗、秋觐、冬遇、时会、众同之法，言诸侯非此六礼，罔得逾境而出矣。不识齐、卫之君，以春朝相命而出耶？以夏宗相命而出耶？或以秋觐相命而出耶？以冬遇相命而出耶？抑以时会相命而出耶？众同相命而出耶？非春朝、夏宗、秋觐、冬遇、时会、众同而出，则私相为会耳。私相为会，匹夫之举也。以匹夫之举，而谓之正，其可得乎？宜乎圣人大一王之法而诛之也。然而圣人之意，岂独诛齐、卫之君而已哉，所以正万世也。荀卿不原圣人书经之法，而徒信传者之说，以谓"《春秋》善胥命"，失之远矣。且《春秋》二百四十二年间，诸侯之贤者，固亦鲜矣，奚待于齐、卫之君而善其胥命耶？信斯言也，则奸人得以劝也，未尝闻圣人作《春秋》而劝奸人也。

【译文】荀子有句话说："《春秋》认为约言而不盟誓好。《诗经》非议屡次盟誓，其用心是一致的。"我冒昧地试论一下。

谨按《春秋·桓公三年》记载"齐侯和卫侯在蒲地约言而不盟誓"，评论《春秋》的人都说这样做接近道德规范。所谓接近道德规范，是因为接近古代的道德规范。古代相互的誓言就诚信无欺，相互约定的话就不违背，未曾有歃血盟誓的作法。现在这两个国家的君主，诚信协同，约言相会，可以说是接近古代的道德规范的。

为什么这样说它?《春秋》时期，诸侯竞争奔逐，你争我夺日逐一日，拂违天子的命令，使百姓暴尸靡烂，前一天彼此和好，后一天互相攻伐，竟然崇尚什么道德规范?看到这两个国家的君主在蒲地约言而不歃血盟誓，以那时到以后，彼此不再互相侵伐，岂能和那种前一天彼此和好，后一天互相攻伐的国君同类。所以圣人在《春秋》中只有一处记载约言而不盟誓的事而已。荀子称道好的原因，是从这里得来的。

既然这样，那么齐国也好，卫国也好，圣人果真认为他们好吗?说，不认为他们好，简直是讥刺罢了。讥刺他们什么?讥刺他们不合乎道德规范。《周礼》记载大宗伯掌管诸侯进见天子的六种礼仪，文辞中记载有春朝、夏宗、秋觐、冬遇、时会、众同等法规，说诸侯不是这六种礼仪，不得越出国境。不知齐国、卫国的国君，以春天朝见天子相互的约言而越出国境呢?还是以夏天朝见天子相约越出国境呢?或者是以秋天觐见天子相约越出国境呢?还是以冬天觐见天子相约越出国境呢?再或者是因为天子有事诸侯随时会见而相约越出国境呢?还是因为所有的诸侯一同按时朝拜天子而相约越出国境呢?并非因为春朝、夏宗、秋觐、冬遇、时会、众同的缘故而越出国境，那么就是私自相会罢了。私自相会，是平民百姓的举动。把平民百姓的举动称为合乎道德规范，难道可以吗?圣人推崇一代王朝的法典而指责他们是应该的。但是圣人的意图，难道仅仅指责齐国、卫国的君主而已吗?是用来匡正千秋万代啊。荀子不探究圣人书写经书方法的本原，却只相信传述经义人的话，认为“《春秋》认为约言而不歃血盟誓的作法好”，失掉本意太远了。况且《春秋》记载的二百四十二年间的人和事，诸侯中的贤明人，本来也太少了，怎能优待齐国、卫国的国君并认为他们的约言而不歃血盟誓的作法好呢?相信这样的话，那么奸邪的人得到鼓励，没曾听说过圣人作《春秋》而鼓励奸邪的人做坏事。

论谛于太庙用致夫人 僖八年

甚哉，去圣之久远，三《传》纷纷之不同，而莫或折之也。谛于太庙用致夫人。《左氏》曰：“禘而致哀姜，非礼也。凡夫人不薨于寝，不殡于庙，不赴于同，不祔于姑，则弗致也。”《公羊》曰：“夫人何以不氏，讥以妾为妻也。盖聘于楚而胁于齐，媵女之先至者也。”《谷梁》曰：成风也。“言夫人而不言氏姓，非夫人也，立妾之词，非正也。夫人之，我可以不夫人乎？夫人卒葬之，我可以不卒葬之乎？一则以宗庙临之而后贬焉，一则以外之弗夫人而见正焉。”

三家之说，《左氏》疏矣。夫人与公，一体也。有曰公曰夫人既葬，公以谥配公，夫人以谥配氏，此其不易之例也。盖有既葬称谥，而不称夫人者矣。天王使宰咺来归惠公仲子之赗，秦人来归僖公成风之襚，而未有不称谥而称夫人也。《公羊》之说，又非人情，无以信于后世。以齐楚之强，齐能胁鲁使以其媵女为夫人，而楚乃肯安然使其女降为妾哉？此甚可怪也。且夫成风之为夫人，非正也。《春秋》以为非正而不可以废焉，故与之不足之文而已矣。方其存也，不可以不称夫人而去其氏，及其没也，不可以不称谥而去其夫人。皆所以示不足于成风也。况乎禘周公而“用致”焉，则其罪固已不容于贬矣。故《公羊》曰：“用者，不宜用者也，致者，不宜致者也。禘用致夫人，非礼也。”

【译文】距离圣人久远，《春秋》三传的记载纷纷不同的事情，也太严重了，但是没有人来判断其中的正误。鲁国合祭周公的庙，把鲁国夫人的神主放到庙中并列其昭穆。这件事，《左传》说：“宗庙合祭，把哀姜的神主放在太庙里，这是不合乎礼的。凡是夫人如果不死在正房里，不停棺在祖庙里，不向同盟国发讣告，不陪祀祖姑，就不能把神主放到大庙里。”《公羊传》说：“夫人为什么不称她的姓氏，讥刺鲁国把侍妾当成正妻。鲁僖公本来聘娶楚女为妻，取齐女为媵姜，齐女先到鲁国，齐国就胁迫鲁国立齐女为嫡夫。”《谷梁传》说：夫人指的是鲁庄公的妻、鲁僖公的母亲成风。”称她为夫人而不称她的姓氏，因为她不是夫人，这是立妾为夫人的话，不合乎正道”。“国君把她当成夫人，我们记载这件事可以不把她写成夫人吗？国君用夫人之礼最后殡葬她，我们记载这件事可以不记载用夫人的礼数殡葬她吗？这样做，一来用宗庙来面地她然后贬抑国君不合正道，一来让别国的君主不称她为夫人来体现正道。”

以上三家之说，《左传》粗疏错漏了。夫人和公，本为一体，有称公称夫人的已经殡葬，公用谥号来配公，夫人用谥号来配夫人的姓氏，这是《春秋》不变的体例。有已经殡葬称谥号，而不称夫人的记载了，周平王派宰咺来赠送为鲁惠公和仲子送丧的表仪，秦国人来赠送装殓鲁僖公和其母成风的衣被，而没有不称谥号而称夫人的。《公羊传》的说法，也不合乎人情。不能取信后世。凭着齐国楚国的强大，齐国能够胁迫鲁国用作媵妾的女儿为夫人，而楚国竟然肯安心地使自己的女儿降为媵妾吗？况且成风作为夫人，不合乎正道。《春秋》以为不合乎正道又不能废掉她，所以给予不够资格的文辞而已。当她活着的时候，不能不称她夫人并且去掉她的姓氏，等到她死了以后，不能不称谥号并去掉夫人的称谓。却是用来表示成风不够资格。况且合祭周公却“用致夫人”，那罪过本来已经不是贬抑可以包容的了。所以《公羊传》说：“用是不应该用的意思，致是不应该致的意思。合祭太庙把夫人的神主放到庙里，是不合乎礼法的。”

论闰月不告朔犹朝于庙 文六年

《春秋》之文同，其所以为文异者，君子观其意之所在而已矣。先儒之“论闰月不告朔”者，牵乎“犹朝于庙”之说而莫能以自解也。《春秋》之所以书“犹”者二：曰如此而犹如此者，甚之之词也。“辛巳有事于太庙，仲遂卒于垂，壬午犹绎”是也。曰不如此犹如此者，牵之之词也。“不郊，犹三望”“闰月不告朔，犹朝于庙”是也。

夫子伤周道之残缺，而礼乐文章之坏也，故区区焉掇拾其遗亡，以为其全不可得而见矣，得见一二斯可矣。故书曰“犹朝于庙”者，伤其不告朔而幸其犹朝于庙也。夫子之时，告朔之礼亡矣，而有饩羊者存焉。夫子犹不忍去，以志周公之典，则其朝于庙者，乃不如饩羊之足存欤！《公羊传》曰：“曷为不言告朔？天无是月也。”《谷梁传》曰：“闰月者，附月之余日也。天子不以告朔而丧事不数也。”而皆曰“犹者，可以已也。”是以其幸之之词而为甚之之词，宜其为此异端之说也。且夫天子诸侯之所为告朔听政者，以为天欤？为民欤？天无是月而民无是月欤？彼其孝子之心，不欲因闰月以废丧纪，而人君乃欲假此以废政事欤？

夫周礼乐之衰，岂一日之故，有人焉开其端而莫之禁，故其渐遂至于扫地而不可救。《文十六年》：“夏五月，公四不视朔。”《公羊传》曰：“公有疾也。何言乎公有疾不视朔？自足公无疾不视朔也。”故夫有疾而不视朔者，无疾而不视朔之原也。闰月而不告朔者，常月而不告朔之端也。圣人忧焉，故谨而书之，所以记礼之所由废也。

《左氏传》曰：“闰以正时，时以作事，事以厚生，生民之道于是乎在。不告闰朔，弃时政也，何以为民？”而杜预以为虽朝于庙，则如勿朝，以释经之所书“犹”之意，是亦曲而不通矣。

【译文】《春秋》的文字相同，那些用来解释的文字意义不同的原因，是君子们考察那意旨所在时理解不同造成的。前代儒家学者的“论闰月不告朔”的话，牵强附会“犹朔于庙”的说法，却没有谁能够解释清楚是什么意思。《春秋》里书写“犹”字的用意有二：说“如此犹如此”，是表示重复过分的词。“辛巳这天，合祭太庙，仲遂在垂地去世，壬午这天仍然举行祭祀”是这样的。说“不如此而犹如此”，是表示庆幸喜悦的词。“不举行郊祭，却仍然能举行望祭三次”，“闰月不举行告朔的化式，仍旧能举行朝庙的仪式”是这样的。

孔子悲叹周朝的道德残缺，礼乐文章被破坏，所以小心谨慎地捡取那些被遗弃丧失的东西，认为通过遗失的可以看到全面的，即使看到其中的一二也可以。所以记载说“仍旧举行朝庙仪式”的原因，是忧虑他们闰月不举行告朔的仪式但庆幸他们仍旧能举行朝商的仪式。孔子的时代，告朔的礼法丧失了，但是仍有用活羊告朔的形式保存。孔子不忍心放弃，以便来体现周公创立的制度，那么他们朝庙的行为，就不如使用活羊告朔的开式能保存古仪吗？《公羊传》说：“为什么不说告朔的事，自然界没有这个月份。”《谷梁传》说：“闰月，是附在正常月份之余的时间凑成的月份。天子不举行告朔的仪式，是因为办理丧事这个月不必考虑吉凶。他们都说：“犹，是可以停止”。因此把表示庆幸的意思变成重复过分的意思，形成这种异端之说也就应该了。况且天子诸侯举行告朔听政的仪式，是为了老天还是为百姓呢？自然界没有这个月份，老百姓也就不用过这个月了吗？那些孝子们的心情，不想因为闰月而废弃治丧的规矩，国君竟想要借此来废弃政事吗？

周朝礼乐的衰败，哪里是一朝一夕形成的，有人开了个坏头却没有谁禁止它，所以它逐渐发展到破败无余的境地而无法挽救。《文公十六年》记载：“夏五月，文公四次没有在朔日听政。”《公羊传》说：“文公有病。为什么说文公有病就不在朔日听政？从这以后文公没有病也不在朔日听政。”所以那有病不视朔听政，是没病也不视朔听政的起源。闰月不告朔，是正常月份也不告朔的开端。圣人忧虑这件事，所以谨慎地记载它，用来标记礼仪为什么被废弃。

《左传》说：“闰月用来补正四时，根据四时来安排农事，农事合于时令可使百姓富裕，养活百姓的方法就在于这里。不举行闰月告朔仪式，是废弃了按时令施政的法则，怎么可以治理百姓？”杜预以为即使举行了朝庙的仪式，不如不举行，用来解释《春秋》经文所写的“犹”字的意思，这也是迂曲不通的。

论用郊 成十七年

先儒之论，或曰鲁郊僭也，《春秋》讥焉，非也。鲁郊僭也，而《春秋》之所讥者，当其罪也。赐鲁以天子之礼乐者，成王也。受天子之礼乐者，伯禽也。《春秋》之讥鲁郊也，上则讥成王，次则讥伯禽。成王、伯禽不见于《春秋》，而夫子无所致其讥也。无所致其讥而不讥焉，《春秋》之所以求信于天下也。夫以鲁而僭天子之郊，其罪恶如此之著也。夫子以为无所致其讥而不讥焉，则其讥之者，固天下之所用而信之也。

郊之书于《春秋》者，其类有三：书"卜郊不从乃免牲"者，讥卜常祀而不讥郊也。"鼷鼠食郊牛角"，"郊牛之口伤改卜牛"者，讥养牲之不谨而不讥郊也。书四月、五月、九月郊者，讥郊之不时而不讥郊也。非卜常祀，非养牲之不谨、非郊之不时则不书，不书则不讥也。禘帝于太庙者，为致夫人而书也。"有事于太庙"者，为仲遂卒而书也。《春秋》之书郊者，犹此而已，故曰不讥郊也。

郊祀者，先王之大典，而夫子不得见之于周也。故因鲁之所有天子之礼乐，而记郊之变焉耳。《成十七年》："九月辛丑，用郊。"《公羊传)曰："用者，不宜用者也。九月非所用郊也。"《谷梁传》曰："夏之始，犹可以承春。以秋之末，承春之始，盖不可矣。"且夫郊未有至九月者也。曰"用"者，著其不时之甚也。杜预以为用郊从史文，或说"用然后郊"者，皆无取焉。

【译文】前代儒家学者评论，有的人说鲁国郊祭的仪式越出规定范围，《春秋》对它表示讥刺，这种说法是不对的。鲁国郊祭僭越，而《春秋)所讥刺的，应当是它的罪恶。把天子的礼乐赐给鲁国的人，是周成王。接受天子礼乐的，是伯禽。《春秋》讥刺鲁国郊祭，向上是讥刺周成王，向下是讥刺伯禽。周成王和伯禽在《春秋》里没有出现，而孔子没有表示讥刺的地方，没有给予讥刺的地方就不讥刺，这是《春秋》用来取信天下的作法。凭着鲁国的地位僭越天子郊祭的礼仪其罪恶如此地昭彰者，孔子认为没有地方给予讥刺就不讥刺，那么讥刺的内容，本来就是天下所施行并且认为是可以相信的事情。

郊祭记载在《春秋》里的，有三类情况：记载“占卜郊祭日期都不吉利就不举行郊祭不宰杀牲体”的事情，讥刺占卜常规祭祀非礼而不是讥刺郊祭。“鼷鼠啃吃了备郊祭使用的牛角”，“郊祭已经确定的牛嘴受伤就改用他牛占卜”，讥刺保养牲体不谨慎而不是讥刺郊祭。记载四月、五月、九月举行郊祭的事情，讥刺郊祭不合时令而不是讥刺郊祭。如果不是占卜常规祭礼的吉凶，不是保养牲体不谨慎，不是郊祭不合时令就不记载，不记载就不讥刺。合祭太庙的事情，因为把夫人的神主放到太庙并列其昭穆而记载。有祭祀活动在太庙里，是因为仲遂死而记载。《春秋》里记载郊祭的事情，像这样而已，所以说不是讥刺郊祭。

郊祭，是先王的大典，孔子没有能在周朝见到，所以根据鲁国所拥有的天子赐给的礼乐，而记录郊祭的变化情况罢了。《成公十七年》：“九月辛丑这天，施行郊祭。”《公羊传》说：“用的意思，是不应该施行，九月不是施行郊祭的时令。”《谷梁传》说：“夏天的开始，还可以承继春天。用秋天的最后日子，承继春天的开始，是不可以的。”况且郊祭没有到九月举行的。说“用”郊的“用”，显明不合时令的严重程度。杜预以为用郊是遵从当时史官的文辞，有的人说用是然后郊祭的意思，都是不足取的。

论会于澶渊宋灾故 襄三十年

春秋之时，忠信之道缺，大国无厌而小国屡叛，朝战而夕盟，朝盟而夕会，夫子盖厌之矣。观周之盛时，大宗伯所制朝觐、会同之礼，各有远近之差，远不至于疏而相忘，近不至于数而相渎。春秋之际，何其乱也，故曰春秋之盟，无信盟也，春秋之会，无义会也。虽然，纷纷者，天下皆是也。夫子将讥之，而以为不可以胜讥之也，故择其甚者而讥焉。桓二年会于稷，以成宋乱。襄三十年会于澶渊，宋灾故。皆以深讥而切责之也。

《春秋》之书会多矣，书其所会而不书其所以会。书其所以会，桓之稷、襄之澶渊而已矣。宋督之乱，诸侯将讨之，桓公平之，不义孰甚焉？宋之灾，诸侯之大夫会，以谋归其财，既而无归，不信孰甚焉？非不义不信之甚，《春秋》之讥不至此也。《左氏》之论，得其正矣。皆诸侯之大夫，而书曰某人某人会于澶渊，宋灾故，尤之也。不书鲁大夫，讳之也。

且夫见邻国之灾，匍匐而救之者，仁人君子之心也。既言而忘之，既约而背之，委巷小人之事也。故书其始之为君子仁人之心，而后可以见后之为委巷小人之事。《春秋》之意，盖明白如此。而《公羊传》曰："会未有言其所为者，此言其所为何？录伯姬也。"且《春秋》为女子之不得其所而死，区区焉为人之死录之，是何夫子之志不广也！《谷梁》曰："不言灾故，则无以见其为善；澶渊之会，中国不侵夷狄，夷狄不入中国，无侵伐八年，善之也，晋赵武，楚屈建之力也。"如《谷梁》之说，宋之盟可谓善矣，其不曰息兵故，何也？呜呼！《左氏》得其正矣。

【译文】春秋时代，忠信之道败坏，大国贪得无厌而小国屡屡背叛，早晨互相争战，晚上彼此结盟；早晨互相结盟，晚上彼此会见。孔子讨厌这些事。看周朝全盛时期，大宗伯制定的朝觐、会同的礼法，各有远近的差别，远的不至于疏阔而彼此相忘，近的不至于频繁接触而互相轻慢。春秋之际，是多么混乱啊，所以说春秋时期的结盟，没有诚信的结盟；春秋时期的会见，没有讲信义的会见。虽然这样，纷纷扬扬的盟约誓辞天下到处都是这样。孔子将要讥刺他们，觉得不能全部讥刺过来，所以选择其中最严重的讥刺他们。鲁桓公二年鲁桓公和齐侯、陈侯、郑伯在稷地会见，来成全宋国的叛乱。鲁襄公三十年晋、齐、宋、卫、郑、曹、吕、邾、滕、薛、杞、小邾等国大夫在澶渊相会，为了宋国火灾的缘故。全都加以深切的讥刺和指责。

《春秋》记载会见的事很多了，记载他们相会却不记载他们为什么相会。记载他们为什么相会，仅仅桓公时诸侯的稷地相会、襄公时诸侯的大夫们在澶渊相会而已。宋国的华父督叛乱，诸侯们将要讨伐他，鲁桓公平定了这件事，不义的事哪一个比这历害？宋国发生火灾，诸侯的大夫们会见，来谋划致送给宋国财物，不久没有谁致送，不诚信的事哪一个比这历害？除非不讲情义不讲信用到极点，《春秋》的讥刺不至于如此。《左传》的评述得到了正确的结论。澶渊会见的人都是诸侯国的大夫，《春秋》里记载说某人某人在澶渊会见，因为宋国火灾的缘故，这是责怪他们。不记载鲁国大夫，是为鲁大夫避讳。

至于见到邻国发生火灾，匍匐地前去救它，这是仁人君子的心情。已经许诺随之忘掉它，已经订立盟约随之背弃它，这是民间小人做的事。所以记载他们开始是君子仁人的心情，而后可以看出后来做的是民间小人的事情。《春秋》的意思，像这样已经明明白白。而《公羊传》说："会见没有说过为什么事的，这是说出会见干什么是什么原因呢？是记录伯姬的事迹。"《春秋》为了女子不得其所而死，一本正经地记录它，这样说孔子的心胸是何等的不广阔！《谷梁传》说："不说因为火灾的缘故，就没有什么用来表现他们所做的善事。澶渊的会见，中原国家不侵伐夷狄，夷狄不进入中原国家，彼此八年没有互相侵伐的事，认为这样好，这是晋国赵武和楚国屈建的功劳。"如像《谷梁传》说的那样，宋国的这次盟会可以说是善事，但《春秋》不说是为了止息战争的缘故，为什么呢？哎！《左传》掌握了《春秋》的真正意旨。

论黑肱以滥来奔 昭三十一年

诸侯之义，守先君之封土，而不敢有失也，守天子之疆界，而不敢有过也。故夫以力而相夺，以兵而相侵者，《春秋》之所谓暴君也。侵之虽不以兵，夺之虽不以力，而得之不义者，《春秋》之所谓污君也。郑伯以璧假许田，晋侯使韩穿来言汶阳之田归之于齐，此诸侯之以不义而取鲁田者也。邾庶其以漆、闾丘来奔，莒牟夷以防、兹来奔，黑肱以滥来奔，此鲁之以不义而取诸侯之田者也。诸侯以不义而取鲁田，鲁以不义而取诸侯之田，皆不容于《春秋》者也。

夫子之于庶其、牟夷、黑肱也责之薄，而于鲁也罪之深。彼其窃邑叛君为穿窬之事。市人屠沽且羞言之，而安足以重辱君子之讥哉？夫鲁，周公之后，守天子之东藩，招聚小国叛亡之臣，与之为盗窃之事，孔子悲伤而悼痛之，故于三叛之人，具文直书而无隐讳之词，盖其罪鲁之深也。先儒之说，区区于叛人之过恶，其论固已狭矣。且夫《春秋》岂为穿窬盗窃之人而作哉？使天下之诸侯，皆莫肯容夫如此之人，而穿窬盗窃之事，将不禁而自绝，此《春秋》之所以用意于其本也。《左氏》曰："或求名而不得，或欲盖而名彰。书齐豹盗，三叛人名。"而《公羊》之说，最为疏谬，以为叔术之后而通滥于天下，故不系黑肱于邾。呜呼，谁谓孔子而贤叔术耶？

盖尝论之。黑肱之不系邾也，意其若栾盈之不系于晋欤？栾盈既奔齐，而还入曲沃以叛，故书曰"栾盈入于晋"。黑肱或者既绝于邾，而归窃其邑以叛欤？当时之简牍既亡，其详不可得而闻矣。然以类而求之，或亦然欤？《谷梁》曰："不言邾，别乎邾也；不言滥子，非天子之所封也。"此尤迂阔而不可用矣。

【译文】诸侯的道义，守卫先君分封的土地，不敢有所丢失，坚守天子的疆界，不敢有所越过。所以那些用武力相争夺，用军队相侵伐的人，是《春秋》中所说的暴君。侵伐不用军队，争夺不用武力，而靠不道义得到的人，是《春秋》里所说的昏庸暗昧的君主。郑伯用增加玉璧来交换许田，晋侯派韩穿来说鲁国汶阳的邑田归于齐国，这是诸侯以不道义的作法夺取鲁国的土地。邾国的庶其带着漆地和闾丘逃亡到鲁国，莒国的牟夷带了防地和兹地逃亡到鲁国，邾国的黑肱带着滥地逃亡到鲁国，这些都是鲁国以不道义的手段夺取诸侯的土地。诸侯以不道义的手段夺取鲁国的土地，鲁国以不道义的手段夺取诸侯的土地，都是《春秋》不能容忍的事情。

孔子对于庶其、牟夷、黑肱指责的轻，而对于鲁国指责的重。他们这几个人窃取本国的土地背叛本国的君主做出偷窃一样的事情，这是市井小人们尚且羞于谈论的，哪里值得辱没君子去讥刺他们呢？鲁国，是周公的后代，把守周天子的东边疆界，招聚小国叛亡的臣子，和他们做盗窃一样的事情，孔子为他们悲痛伤悼，所以对于这三个背叛国家的人，详细记载毫无隐讳之词，深深地指斥鲁国的罪过。前代的儒家学者，拘泥于背叛国家者的罪恶，他们的评论本来已经狭隘了。况且《春秋》哪里是为穿窬偷盗之类人而作的呢？假使天下的诸侯，都不肯容纳这样的人，那么穿窬偷盗的事情，将不禁止自己就会断绝。这是《春秋》从根本上着意的目的。《左传》说："有人求名而不加记载，有人想掩盖却明白地被记下名字。所以《春秋》记载卫国的齐豹为'盗'，记载这三个叛国者的名字。"而《公羊传》的说法，最为疏忽荒谬，以为邾国从叔术以后滥地独立通行天下，所以黑肱不挂名王邾国。嗨，谁说孔子认为叔术贤明呢？

我尝试着论述它。不把黑肱的名字挂在邾国，意思大概象栾盈不挂名在晋国一样吗？栾盈已经逃亡到齐国，回到晋国后带着曲沃背叛，所以记载说"栾盈进入晋国。"黑肱或者已经和邾国断绝关系，而回邾国窃取其封邑背叛吗？当时的书籍已经亡佚，详细情况不能听说了。但是根据同类的事情推求它，或者也是这样吗？《谷梁传》说："不称说邾国，和邾国有所区别，不说是滥子，是因为滥不是天子所封的国家。"这种说法尤为迂阔不可采取。

论春秋变周之文 何休解

三家之传，迂诞奇怪之说，《公羊》为多，而何休又从而附成之。后之言《春秋》者，黜周王鲁之学与夫谶纬之书者，皆祖《公羊》。《公羊》无明文，何休因其近似而附成之。愚以为何休，《公羊》之罪人也。凡所谓《春秋》“变周之文，从商之质”者，皆出于何氏，愚未尝观焉。滕侯、薛侯来朝。齐侯使其弟年来聘。何休曰：质家亲亲。故先滕侯而加录齐侯之母弟。且夫亲亲者，周道也。先宗盟而后异姓者，周制也。郑忽出奔卫。《公羊传》曰：“忽何以名？春秋伯、子、男一也。词无所贬。”何休曰：商爵三等，《春秋》变周五等之爵而从焉。《记》曰：“诸侯失地名。”而《文十二年》郕伯来奔，《公羊》亦曰：“何以不名？兄弟词也。”忽之出奔，其为失国，岂不甚明，而《春秋》独无贬焉。

虽然，《公羊》何为而为此说也？《春秋》未逾年之君皆称子，而忽独不然，此《公羊》之所以为此说也。且《春秋》之书，夫岂一概。卫宣未葬，而嗣子称侯以出会，书曰“及宋公、卫侯、燕人战”。郑忽外之无援，内之无党，一夫作难，奔走无告，郑人贱之，故赴以名，书曰“郑忽出奔卫。”卫侯未逾年之君也，郑忽亦未逾年之君也，因其自侯而侯之，因其自名而名之，皆所以变常而示讥也。且夫以例而求《春秋》者，乃愚儒之事也。孔子“行夏之时，乘殷之辂，服周之冕”，又曰“郁郁乎文哉，吾从周”。由此观之，夫子皆有取于三代，而周居多焉。况乎采周公之集以作《春秋》，而曰变周之文者，吾不信也。

【译文】三家的传文中，迂诞奇怪的说法，以《公羊传》为最多，而何休又随之附会促成它。后来说《春秋》的，贬黜周朝尊崇鲁国的学说和那些谶纬之书，全都取法《公羊传》。《公羊传》中没有明确文字记载的，何休就根据近似的特点而附会促成它。我认为何休，是《公羊传》的罪人。凡是说《春秋》变通周朝的礼乐仪制遵从商代的内容的，都出自何休，我未曾观察到。滕侯、薛侯来朝见。齐侯派他的弟弟夷仲年来聘问。何休说：质家亲其所当亲近的人。所以先记载滕侯而加意记载齐侯的同母弟。至于亲其应当亲近的人，这是周朝的礼法。先宗族盟国后异姓国，是周朝的制度。郑忽逃亡到卫国。《公羊传》说："为什么称郑忽的名？春秋伯、子、男是一致的，词语没有贬抑的意思。"何休说：商代爵位分三等，《春秋》变通周朝的五等爵位而从商代的爵位。"《礼记》说："诸侯如果失地就称名。"《文公十二年》载郕伯逃亡到鲁国，《公羊传》也说："为什么不称郕伯的名？是因为两国是同宗兄弟。"郑忽逃亡，他失掉国土，难道不是非常明白，而《春秋》单单不加贬抑他吗？

即使这样，《公羊传》凭什么持这种说法？《春秋》里即位没有超过一年的国君都称子，而唯独郑忽不是这样，这是《公羊传》持这种说法的原因。况且《春秋》的记载，岂能一概而论。卫宣公死后还没下葬，他的嗣子就称侯而出面会见，《春秋》记载说："和宋公、卫侯、燕人交战。"郑忽外面没有援助，国内没有同党，一夫作难，奔走无告，郑国人轻视他，所以发讣告称他的名，记载说："郑忽出奔卫。"卫侯是即位不超过一年的君主，郑忽也是即位不超过一年的君主，因为他自称为侯而称他为侯，因为他自己称名而称他的名，都是为了改变常规来表示讥刺。而且用个别例证来探究《春秋》的，是愚儒的事情。孔子"实行夏代历法，乘坐殷代的大车，戴着周代的礼帽"，又说："多么丰富多彩啊，我主张周朝的。"由此来看，孔子对于三代都有所取用，而周代的居多。况且采纳周公的文集来作《春秋》，却说是要变通周代的礼乐仪制，我不相信。

宋襄公论

鲁僖公二十二年冬十一月一日，己巳朔，宋公及楚人战于泓，宋师败绩。苏子曰：《春秋》书战，未有若此之严而尽也。宋公，天子之上公。宋，先代之后，于周为客，天子有事膰焉，有丧拜焉，非列国诸侯之所敢敌也。而曰"及楚人战于泓"。楚，夷狄之国，人微者之称，以天子之上公，而当夷狄之微者，至于败绩，宋公之罪，盖可见矣。而《公羊传》以为文王之战不过此，学者疑焉。故不可以不辩。

宋襄公非独行仁义而不终者也。以不仁之资，盗仁者之名尔。齐宣王有牵牛而过堂下者，曰：“牛何之？”曰：将以衅钟。”王曰：“舍之，吾不忍其觳觫，若无罪而就死地。”夫舍一牛，于德未有所损益者，而孟子与之以王。所谓以不忍人之心，行不忍人之政，三代之所共也。而宋襄公执鄫子用于次睢之社，君子杀一牛犹不忍，而宋公戕一国君若犬豕然，此而忍为之，天下孰有不忍者耶！泓之役，身败国衄，乃欲以不重伤，不禽二毛欺诸侯。人能殄其兄之臂以取食，而能忍饥于壶餐者，天下知其不情也。襄公能忍于鄫子，而不忍于重伤二毛，此岂可谓其情也哉？桓文之师，存亡继绝，犹不齿于仲尼之门，况用人于夷鬼以求霸，而谓王者之师，可乎？使鄫子有罪而讨之，虽声于诸侯而戮于社，天下不以为过。若以喜怒兴师，则秦穆公获晋侯，且犹释之，而况敢用诸淫昏之鬼乎？以愚观之，宋襄公，王莽之流。襄公以诸侯为可以名得，王莽以天下为可以文取也。其得丧小大不同，其不能欺天下则同也。其不鼓不成列，不能损襄公之虐。其抱孺子而泣，不能盖王莽之篡。使莽无成则宋襄公。使襄公得志，亦一莽也。

古人有言：“国王不成，其弊犹足以霸。”襄公行王者之师，犹足以当桓公之师，一战之余，救死扶伤不暇。此独妄庸耳。齐桓、晋文得管仲、子犯而兴，襄公有一子鱼不能用，岂可同日而语哉。自古失道之君，如是者多矣，死而论定。未有如宋襄公之欺于后世者也。

【译文】鲁僖公二十二年冬十一月初一，己巳这一天，宋襄公和楚国在泓地交战，宋国军队大败。苏子说：《春秋》记载战争，没有像这样严厉而详尽的。宋襄公，是天子的上公。宋国，是前代殷朝的后裔，在周朝算是宾客。周天子有祭祀活动就致送祭肉给他，有丧礼就礼拜他，不是一般列国诸侯敢于和他相比的。却说“和楚人在泓地交战”。楚国，是夷狄之国，人里面称为卑残的民族。凭着天子的上公身份，却和夷狄的微贱者对敌，以至于大败，宋襄公的罪过，也就清楚可见了。而《公羊传》却认为文王和商纣王之战不过如此，学者们对此有疑问，所以不可以不加以论辩。

宋襄公不仅仅是行仁义而不能善终的人。而是以不仁义的资质，盗取仁义的名声罢了。齐宣王时有牵牛路过堂前的人，说："牛牵到哪里去。"说："将要用来衅钟。"齐宣王说："放了它。我不忍心看它浑身颤抖，像没有罪而走向死地一样。"舍弃一头牛，对于品德没有减损或增益的地方，而孟子用王道来赞许他。所谓的不残忍的人心，推行不残忍的政治，是三代共同的特点。而宋襄公抓住鄫子杀死他用来祭祀次睢的土地神。君子杀掉一头牛尚且不忍心，而宋襄公杀戮一个国家的君主像猪狗一样用于祭祀，这样的事忍心地去作，天下哪里还有不忍心作的事。泓地的战败，身败国辱，竟想用不使受伤的人再受伤，不俘虏头发斑白的老年人的作法来欺骗诸侯。人能够扭动自己兄长的手臂夺他的食物却能在仅有一壶水泡饭的时候忍受饥饿而不吃的情况，天下人也知道那是不合情理的。宋襄公能够残忍地对待鄫子，却不忍心重伤敌人擒捉二毛，这难道可以说是合情合理吗？齐桓公、晋文公的军队，使灭亡的国家复存断绝的后嗣得续，仍然被仲尼的门徒所不齿。何况用人祭祀鬼神而求得称霸，却说是王者的军队可以吗？假使鄫子有罪而讨伐他，即使在诸侯中加以声讨并在社庙中杀戮，天下的人也不会认为错误。如果凭自己的喜怒兴师征伐，那么秦穆获取晋侯，尚且还能释放他，何况胆敢用人祭祀邪恶的鬼呢？让我来看，宋襄公，是王莽一类的人。宋襄公认为为诸侯可以凭仁义名得到，而王莽认为天下可以凭文诏获取。他们得失大小不同，但是他们不能欺骗天下的结果是相同的。宋襄公不去击鼓进攻没有列好阵势的敌人，但不能减损他的暴虐。王莽抱着孺子在郊庙告祷哭泣，不能掩盖他篡位的野心。假使王莽没有成功就和宋襄公一样，假使宋襄公得志，也是一个王莽。

古人有话："图谋成就王业没有成功。其流弊还足够成就霸业。"宋襄公如果是推行王道的军队，仍然足够抵挡齐桓公的军队，现在一战之后，救死扶伤都来不及。这仅仅是狂妄昏庸罢了。齐桓公、晋文公分别得到一个管仲和子犯而兴盛起来，宋襄公有一个子鱼却不能重用，这哪能可以和齐桓公、晋文公同日而语。自古失道的君主，像宋襄人这样的有很多了，死了以后其一生的好坏才能论定。但没有像宋襄公这样欺骗后世的人。

秦始皇帝论

昔者生民之初，不知所以养生之具，击搏挽裂与禽兽争一旦之命，惴惴焉朝不谋夕，忧死之不给，是故巧诈不生，而民无知。然圣人恶其无别而忧其无以生也，是以作为器用、耒耜、弓矢、舟车、网罟之类，莫不备至，使民乐生便利，役御万物而适其情，而民始有以极其口腹耳目之欲。器利用便而巧诈生，求得欲从而心志广，圣人又忧其桀猾变诈而难治也，是故制礼以反其初。礼者，所以反本复始也。

圣人非不知箕踞而坐，不揖而食，便于人情，而适于四体之安也。将必使之习为迂阔难行之节，宽衣博带。佩玉履舄，所以回翔容与而不可驰骤。上自朝廷，而下至于民，其所以视听其耳目者，莫不近迂阔。其衣以黼黻文章，其食以笾豆簠簋，其耕以井田，其进取选举以学校，其治民以诸侯，嫁娶死丧莫不有法，严之以鬼神，而重之以四时，所以使民自尊而不轻为奸。故曰：礼之近于人情者，非其至也。周公、孔子所以区区于升降揖让之间，丁宁反复而不敢失坠者，世俗之所谓迂阔，而不知夫圣人之权固在于此也。

自五帝三代相承而不敢破，至秦有天下，始皇帝以诈力而并诸侯，自以为智术之有余，而禹、汤、文、武之不知出此也，于是废诸侯、破井田，凡所以治天下者，一切出于便利，而不耻于无礼，决坏圣人之藩墙，而以利器明示天下。故自秦以来，天下惟知所以求生避死之具。而以礼者为无用赘疣之物。何者？其意以为生之无事乎礼也。苟生之无事乎礼，则凡可以得生者无所不为矣。呜呼！此秦之祸，所以至今而未息欤？

昔者始有书契，以科斗为文，而其后始有规矩摹画之迹，盖今所谓大小篆者。至秦而更以隶，其后日以变革，贵于速成，而从其易。又创为纸以易简策。是以天下簿书符檄，繁多委压，而吏不能究，奸人有以措其手足。如使今世而尚用古之篆书简策，则虽欲繁多，其势无由。由此观之，则凡所以便利天下者，是开诈伪之端也。嗟乎，秦既不可及矣，苟后之君子欲治天下，而惟便利之求，则是引民而日趋于诈也，悲夫。

【译文】从前百姓诞生之初，不知道用来养生的各种器物，用徒手搏击撕拉的办法和野兽拼命，心里常常惴惴不安，为死亡忧虑的时间都不足，因此机巧而伪诈的事情不发生，百姓也什么不懂。但是圣人讨厌他们没有分别，并且忧虑他们没有什么办法用来生存，因此制作了生活器皿、耒耜、弓箭、车船、兽网鱼网之类，生活用品没有哪一样不齐备，使百姓活得欢乐而使用便利，驾驭使役万物并使它们适合人的情性，而百姓也开始有了口腹耳目要求满足的欲望。器用便利机巧伪诈的事情就发生、求得的欲得满足了，心里的要求更多，圣人又忧虑他们狡猾变诈而难以治理，固此制定礼仪来使他们返回到当初没有机巧伪诈的状态。礼仪，是用来返回当初恢复本性的东西。

圣人并非不知道叉开腿坐着，不揖拜就食用，对人来讲是方便的，对身体来说是安适的。一定要使他们习惯迂阔而且难以实行的礼节，穿着宽大的礼服扎着宽宽的腹带，佩戴玉璧脚穿木底鞋，来盘桓徘徊而不能够奔跑。上自朝廷，下至百姓，让他们耳朵听的眼睛看的，没有哪一样不近于迂阔，衣服绣上错杂的花纹，食品用笾豆簠簋盛装，耕种的土地用井田别分，选拔官吏通过学校进行，治理百姓通过诸侯进行，婚丧嫁娶没有哪一样没有法度可依，用鬼神来整肃，用四时来重复强调。目的是让百姓人人自尊不敢轻易去干坏事。所以说，礼仪接近人情，不是它的终极目的。周公、孔子严谨执着地坚持升降揖让的仪礼，反复叮宁嘱咐不敢有差错的作法，是世俗所谓的迂阔，却不知圣人因事制宜的思想本来就在这里面了。

礼仪从五帝三代开始代代相承不敢破坏，一直到秦始皇拥有天下，秦始皇靠欺诈和武力兼并诸侯，自以为智术足够有余，连夏禹、商汤、周文王、周武王去都不能超出自己。于是废除诸侯分封制、废除了井田制，凡是可以用来统治天下的作法，一切从方便有利出发去采用，不认为无礼仪是可耻的，打破了圣人确定的疆域，用锋利的武器在天下炫耀。所以自秦朝统治以来、天下只知道用来避死求生的方法，而把礼仪看作是象赘疣一样无用的东西。为什么呢？他的心里认为礼仪对于人的生存没有什么关系。如果礼仪对于人生存没有什么关系，那么凡是可以得到生存的事情没有不可以去作的。哎！这是秦朝的祸患，到现在还没有止息的原因吗？

从前人们刚开始时使用书契，写的是蝌蚪文，其后才有了按规矩摹画的痕迹，这就是今天所说的大小篆。到秦代改用隶书，其后一天一天地变革，把迅速成功看成是可贵的，因而服从简易的作法。又创制纸张来替换简册。因此天下的书籍簿册，繁多积压，官吏不能深究其内容，使得奸邪小人从中做手脚。假使今世仍然使用古代的篆书简册，那么即使想要它繁多，那情势也是没有办法。由此来看，那么凡是用来使天下方便有利的作法，是为机巧伪诈开头。嗨，秦代已经赶不上了，如果后世的君子想要治理天下，寻求方便有利的作法，那这是带领百姓日益趋向伪诈，可悲啊。

汉高帝论

有进说于君者，因其君之资而为之说，则用力寡矣。人唯好善而求名，是故仁义可以诱而进，不义可以劫而退。若汉高帝起于草莽之中，徒手奋呼，而得天下，彼知天下之利害与兵之胜负而已，安知所谓仁义者哉？观其天资，固亦有合于仁义者，而不喜仁义之说，此如小人终日为不义，而至以不义说之，则亦怫然而怒。故当时之善说者，未尝敢言仁义与三代礼乐之教，亦惟曰如此而为利，此而为害，如此而可，如此而不可，然后高帝择其利与可者而从之，盖亦未尝迟疑。

天下既平，以爱故欲易太子，大臣叔孙通、周昌之徒力争之，不能得，用留侯计仅得之。盖读其书至此，未尝不太息，以为高帝最易晓者，苟有以当其心，彼无所不从，盍亦告之以吕后太子从帝起于布衣，以至于定天下，天下望以为君，虽不肖而大臣心欲之，如百岁后，谁肯北面事戚姬子乎？所谓爱之者，祇以祸之。嗟夫！无有以奚齐、卓子之所以死为高帝言者欤？叔孙通之徒，不足以知天下之大计，独有废嫡立庶之说，而欲持此以却之，此固高帝之所轻为也。人固有所不平，使如意为天子，惠帝为臣，绛、灌之徒，圜视而起，如意安得而有之？孰与其全安而不失为王之利也？如意之为王，而不免于死，则亦高帝之过矣。不少抑远之，以泄吕后不平之气，而又厚封焉，其为计不已疏乎？

或曰：吕后强悍，高帝恐其为变，故欲立赵王。此又不然。自高帝之时而言之，计吕后之年，当死于惠帝之手。吕后虽悍，亦不忍夺之其子以与侄。惠帝既死，而吕后始有邪谋，此出于无聊耳，而高帝安得逆知之！

且夫事君者，不能使其心知其所以然而乐从吾说，而欲以势夺之，亦已危矣。如留侯之计，高帝顾戚姬悲歌而不忍，特以其势不得不从，是以犹欲区区为赵王计，使周昌相之，此其心犹未悟，以为一强项之周昌，足以抗吕氏而捍赵王，不知周昌激其怒，而速之死耳。古之善原人情而深识天下之势者，无如高帝，然至此而惑，亦无有以告之者。悲夫！

【译文】有向国君进言的人，根据他的君主的才质性情对他进行游说，就会用力小。人只是好善而且求名，因此仁义可以诱导他使他前进，不仁义可以劫持他使他后退。像汉高祖在草莽中崛起，徒手奋臂高呼，最后取得天下，他只知道天下的利与害和战争的胜与负而已，哪里知道所谓的仁义？看他天生的才质性情，本来也有合乎仁义的地方，但却不喜欢仁义的说法，这和小人们终日做不义的事，至于用不义劝说他，就不高兴地发起怒来一样。所以当时善于游说的人，不曾敢言仁义的事情和三代时期的礼乐教化，也只是说这样做有利，那样做不利，这样做可以，那样做不可以，然后汉高帝选择有利和可行的听从他，也不曾迟疑不决过。

天下平定以后，因为喜爱的缘故想要替换太子，大臣叔孙通、周昌一般人极力谏争不能得到同意，后来用留侯张良的计策才得到不替换。历史记载读到这里，未尝不叹息，觉得汉高帝是最容易晓喻的人，如果有什么事合乎他的心意，他没有不听从的。为什么不告诉他吕后和太子跟随汉高帝从平民时崛起最后到平定天下，天下希望太子最后成为国君，即使他不成器，但大臣们心里希望这样，假如汉高帝百年以后，谁肯面朝北侍奉戚姬的儿子如意呢？喜爱戚姬的儿子如意的作法，恰恰是用来使他遭祸。嗨！当时没有用春秋鲁国奚齐和卓子为什么死的例子对汉高帝进言的人吗？叔孙通这班人，不能够了解天下的大计，仅仅有废嫡子立庶子不合礼法的理由，并且想持这个理由来使汉高帝让步，这些理由本来是汉高帝看轻不愿作的事情。人心本来就有不平的时候，假使如意为天子，汉惠帝为臣下，绛侯、灌婴这些人，圆瞪着眼睛奋起反对，如意怎么能拥有国家，这和安安全全地不失为侯王比较哪一个有利呢？如意作为侯王，却不免一死，那也是汉高帝的过错。一开始汉高帝不稍微抑制疏远他，来倾泄掉吕后的不平之气，却又优厚地封赏他，其图谋打算不是已经有疏漏了吗？

有的人说：吕后这个人强悍，汉高帝害怕她变乱，所以想立赵王如意为太子。这又不正确。从汉高帝的时候来说，计算吕后的年岁，应当死在惠帝之时。吕氏虽然强悍，也不会忍心夺取自己儿子皇位来让给侄子。惠帝死了以后，吕后才开始有邪谋，这是出于当时朝中没有依靠罢了，而这些事汉高帝怎么能预先知道。

况且事奉君主的人，不能使君主知道为什么这样并乐意听从自己的话，却想凭形势逼迫他，也已经危险了。像留侯张良的计策使汉高帝只能看着戚姬悲歌表示心中不忍，仅仅因为形势而汉高帝不得不听从，因此汉高帝还想执意替赵王如意打算，让周昌辅佐他，这说明他的心里还没有开窍，以为一个刚正不阿的周昌，足够抗衡吕后并捍卫赵王如意，不知道正是周昌激起吕后的愤怒，并加速赵王如意的死亡。古代善于体察人情而深刻了解天下大势的人，没有人比得上汉高帝，但他到这种地步仍然糊涂，也没有人用什么道理来禀告他。可悲啊！

魏武帝论

世之所谓智者，知天下之利害，而审乎计之得失，如斯而已矣。此其为智犹有所穷，唯见天下之利而为之，唯其害而不为，则是有时而穷焉，亦不能尽天下之利。古之所谓大智者，知天下利害得失之计，而权之以人。是故有所犯天下之至危，而卒以成大功者，此以其人权之。轻敌者败，重敌者无成功。何者？天下未尝有百全之利也，举事而待其百全，则必有所格，是故知吾之所以胜人，而人不知其所以胜我者，天下莫能敌之。

昔者晋荀息知虢公必不能用宫之奇，齐鲍叔知鲁君必不能用施伯，薛公知黥布必不出于上策，此三者，皆危道也，而直犯之，彼不知用其所长，又不知出吾之所忌，是故可以冒害而就利。自三代之亡，天下以诈力相并，其道术政教无以相过，而能者得之。当汉氏之衰，豪杰并起而图天下。二袁、董、吕，争为强暴，而孙权、刘备，又已区区于一隅，其用兵制胜，固不足以敌曹氏，然天下终于分裂，讫魏之世，而不能一。

盖尝试论之。魏武长于料事，而不长于料人。是故有所重发而丧其功，有所轻为而至于败。刘备有盖世之才，而无应卒之机。方其新破刘璋，蜀人未附，一日而四五惊，斩之不能禁。释此时不取，而其后遂至于不敢加兵者终其身。孙权勇而有谋，此不可以声势恐喝取也。魏武不用中原之长，而与之争于舟楫之间，一日一夜，行三百里以争利。犯此二败以攻孙权，是以丧师于赤壁，以成吴之强。且夫刘备可以急取，而不可以缓图。方其危疑之间，卷甲而趋之，虽兵法之所忌，可以得志。孙权者，可以计取，而不可以势破也，而欲以荆州新附之卒，乘胜而取之。彼非不知其难，特欲侥幸于权之不敢抗也。此用之于新造之蜀，乃可以逞。故夫魏武重发于刘备而丧其功，轻为于孙权而至于败。此不亦长于料事而不长于料人之过欤？

嗟夫，事之利害，计之得失，天下之能者举知之，知之而不能权之以人，则亦纷纷焉或胜或负，争为雄强，而未见其能一也。

【译文】世上所说的智慧的人，知道天下的利和害，并能审视计谋的得与失，如此而已。这样运用智慧仍然有窘迫不通的时候。只要见到天下有利的事就去做，只要是有害的就不去做，这样就会有时窘迫，也不能全部获得天下的好处。古代所说的有大智慧的人，知道天下利和害、得与失的计策，并能通过个人通权达变。因此有时虽然冒犯了天下最大危险，但最终能够成就大的功业，这是因为那个人变通了它。轻视敌人的失败，过分看重敌人的人不能成功。为什么呢？天下没有十全十美的利益，办事情却等待十全十美，就一定有阻碍，因此知道自己战胜敌人的办法，而敌人不知道战胜自己的办法的人，天下没有谁是他的对手。

从前晋国的荀息知道虢公一定不会采用宫之奇的劝告，因而借道攻打鲁国灭掉虢国，齐国的鲍叔知道鲁国国君一定不会采用施伯杀掉管仲的意见，因而救回了管仲，薛公知道黥布一定不会采用夺取崤山以东地区和汉朝抗衡的上策，因而被刘邦剿灭。这件事，荀息、鲍叔、薛公采用的都是危险的办法，并直接干犯对方，对方不知道运用自己的长处，又看不出自己所忌讳的事情，因此可以冒着危险去求得好处。自从三代灭亡以后，天下靠欺诈和武力互相兼并，他们的道术政治教化没有谁能彼此超过，有能力的人得到利益。当汉代衰败的时候，豪杰并起图谋天下，袁绍、袁术、董卓、吕布争着作强横凶暴的事，而孙权、刘备凭着小小边角地盘，他们在用兵制胜方面，本来不能够和曹操抗衡，但是天下终于鼎足三分，魏国直到最后，也未能统一。

这里我尝试着论述它。魏武帝曹操擅长推测事情，却不擅长推测人。因此有时慎重发兵却丧失成功的机会，有时轻易用武以至于失败。刘备有盖世之才，却无应付突变事件的机智。他刚刚攻破刘璋的时候，蜀地的臣民尚未归附，一天之内有四五次被士兵惊扰，斩杀他们也不能禁止。放弃这样的时机不去攻取，到最后竟至于终身不敢对蜀国加兵。孙权勇而有谋，这是不可以凭声势和恫吓攻取的。魏武帝不运用中原的长处，而和孙吴在舟船之间争锋，一天一夜跑三百里来争利。冒犯这两个失败的条件来攻打孙权，因此在赤壁丧失军队，来促成吴国的强盛。况且刘备可以急急地攻取，不可以慢慢地图谋。当他处在危难的时候，卷起铠甲轻装追赶，虽然是兵法忌讳的事，但最终可以满足意愿。孙权，可以用计攻取，而不可以凭军事形势击破，却想依靠荆州新归降的士卒，乘胜攻取。魏武帝并非不知道这样做的难处，仅仅是心里存有侥幸的想法认为孙权不敢抵抗。这种作法用于新建立的蜀国，就可以得逞。所以那魏武帝慎重发兵攻打刘备而丧失成功的机会，轻易用武攻打孙权而最终遭到失败。这不也就是擅长推测事而不擅长推测人的过失吗？

啊，事物的益处和害处，计议的成功与失败，天下超凡的人全都了解，虽然了解，但不能将这利害成败晓喻给人，那么天下仍旧纷纷乱乱你胜我败，争为强者，却从来没见有谁能统一天下。

伊尹论

办天下之大事者，有天下之大节者也。立天下之大节者，狭天下者也。夫以天下之大而不足以动其心，则天下之大节有不足立，而大事有不足办者矣。

今匹夫匹妇皆知洁廉忠信之为美也，使其果洁廉而忠信，则其智虑未始不如王公大人之能也，惟其所争者，止于箪食豆羹，而箪食豆羹足以动其心，则宜其智虑之不出乎此也。箪食豆羹，非其道不取，则一乡之人，莫敢以不正犯之矣。一乡之人莫敢以不正犯之，而不能办一乡之事者，未之有也。推此而上，其不取者愈大，则其所办者愈远矣。让天下与让箪食豆羹，无以异也。治天下与治一乡，亦无以异也。然而不能者，有所蔽也。天下之富，是箪食豆羹之积也。天下之大，是一乡之推也。非千金之子，不能运千金之资。贩夫贩妇，得一金而不知其所措，非智不若，所居之卑也。

孟子曰："伊尹耕于有莘之野，非其道也，非其义也，虽禄之天下，弗受也。"夫天下不能动其心，是故其才全。以其全才而制天下，是故临大事而不乱。古之君子，必有高世之行，非苟求为异而已。卿相之位，千金之富，有所不屑，将以自广其心，使穷达利害不能为之芥蒂，以全其才，而欲有所为耳。后之君子，盖亦尝有其志矣，得失乱其中，而荣辱夺其外，是以役役至于老死而不暇，亦足悲矣。孔子叙《书》至于舜、禹、皋陶相让之际，盖未尝不太息也。夫以朝廷之尊，而行匹夫之让，孔子安取哉？取其不汲汲于富贵，有以大服天下之心焉耳。

夫太甲之废，天下未尝有是，而伊尹始行之，天下不以为惊。以臣放君，天下不以为僭。既放而复立，太甲不以为专。何则？其素所不屑者，足以取信于天下也。彼其视天下渺然不足以动其心，而岂忍以废放其君求利也哉？

后之君子，蹈常而习故，惴惴焉惧不免于天下，一为希阔之行，则天下群起而诮之。不知求其素，而以为古今之变时有所不可者，亦已过矣夫。

【译文】治理天下大事的，是有天下大节操的人。确立天下大节操的，是把天下看得狭小的人，凭着这么大的一个天下却不能够动摇他的心，那么天下的大节操有不足够确立，而大事有不足够治理的情况。

现在平民百姓都知道廉洁忠信是美的，假如他们果真廉洁忠信，那么他们的才智谋虑并不是开始就不如王公大臣，只是他们所争的，只停留在一箪食物一豆汤羹上，而一箪食一豆羹足能使他们动心，那么他们的才智谋虑应该不超出这些。一箪食一豆羹，不合乎正道不取食，那么一乡的人，没有谁敢用不正当的手段干犯他。一乡的人，没有谁敢用不正当的手段干犯他，却不能治理一乡的事情的情况，是没有过的，据此向上推论，不合正道不取的东西越大，那和他所治理的事情就越大了。推让整个天下和推让一箪食一豆羹，性质上没有什么区别。治理整个天下和治理一个乡，也没有什么区别。然而做不到的，是因为有被埋没的时候。天下的财富，是一箪食一豆羹的积累。天下的广大，是一乡一乡的扩展。不是怀有千金的人，不能转运价值千金的货物，小商小贩得到一金就不知道如何处置，不是智力不如，是处的地位卑下造成的。

孟子说："伊尹在有莘之野耕作，不合乎正道，不合于正义，即使把整个天下作为俸禄给他，他也不接受。"整个天下不能使他动心，因此他的才能完备。凭着完备的才能来控制天下，因此面临重大事件不慌乱。古代的君子，一定有高出世俗的德行，并非苟且地求得与众不同而已。公卿将相的地位，千金的财富，有不屑一顾的时候，将用来扩大自己的胸怀，使得困扼得志利益危害不能在心中成为嫌隙，来保全自己的才能，而想着有所作为罢了。后来的君子们，大约也曾有这样的志向，得和失扰乱他们的内心，荣和辱改变他们的外表，因此像奴仆一样被使役终身至于老死都没有空闲，这也足够悲伤了。孔子编著的《尚书》涉及到舜、禹、皋陶互相谦让天下的时候，未尝不感慨叹息啊。凭朝廷的尊贵地位，去做平民百姓互相谦让的事情，孔子从中吸取了什么呢？吸取他们不急切追求富贵，有什么用来使天下人心服的东西罢了。

大甲作为国君被废，天下不曾有这样的事，伊尹开始这样做，天下不感到吃惊。凭着臣子的身份放逐他的国君，天下不认为是僭越，已经放逐而后又拥立他为国君，太甲不觉得伊尹专权。为什么呢？他平素不屑一顾的东西，足能够取信于天下。他平素对待天下像看不见似的没有动摇他的心，岂能忍心用废弃放逐他的国君来求得好处呢？

后来的君子，蹈袭常规墨守旧习，惴惴不安地害怕不能被天下理解，一做远离常规旧习的事，天下就群起讥诮他，不知道探求他的平素，却认为古今变化当时有不可以做的事情，这也已经过分了。

周公论

论周公者多异说，何也？周公居礼之变，而处圣人之不幸，宜乎说者之异也。凡周公之所为，亦不得已而已矣。若得已而不已，则周公安得而为之？成王幼不能为政，周公执其权，以王命赏罚天下，是周公不得已者，如此而已。

今儒者曰：周公践天子之位，称王而朝诸侯。则是岂不可以已耶？《书》曰："周公位冢宰，正百工。群叔流言。"又曰："召公为保，周公为师，相成王，为左右，召公不说。"又曰"周公曰"、"王若曰"，则是周公未尝践天子之位而称王也。周公称王，则成王宜何称？将亦称王耶，将不称耶？不称，则是废也。称王，则是二王也。而周公将何以安之？孔子曰："必也正名乎！"儒者之患，患在名实之不正。故亦有以文王为称王者，是以圣人为后世之僭君急于为王者也。天下虽乱，有王者在，而己自王，虽圣人不能以服天下。昔高帝击灭项籍，统一四海，诸侯大臣，相率而帝之，然且辞以不德。惟陈胜、吴广，乃嚣嚣乎急于自王。而谓文王亦为之耶？武王伐商，师渡孟津，会于牧野，其所以称先君之命命于诸侯者，盖犹曰文考而已。至于《武成》，既以柴望告天，百工奔走，受命于周，而后其称曰"我文考文王，克成厥勋。"由此观之，则是武王不敢一日妄尊其先君，而况于文王之自王乎？《诗》曰："虞芮质厥成，文王蹶厥生。”是亦追称而已矣。《史记》曰:“姬乎采芑,归乎田成子。”夫田常之时,安知其为成子而称之!故凡以文王、周公为称王者,皆过也。是资后世之篡君而为之借也。

陈贾问于孟子曰:“周公使管叔监商,管叔以商叛。知而使之,是不仁;不知,是不智。”孟子曰:“周公,弟也,管叔,兄也。周公之过,不亦宜乎!”从孟子之说,则是周公未免于有过也。夫管、蔡之叛,非逆也,是其智不足深知周公而已矣。周公之诛,非疾之也,其势不得不诛也。故管、蔡非所谓大恶也。兄弟之亲,而非有大恶,则其道不得不封。管、蔡之封,武王之世也。武王之世,未知有周公、成王之事。苟无周公、成王之事,则管、蔡何从而叛,周公何从而诛之?故曰:周公居礼之变,而处圣人之不幸也。

【译文】议论周公的人有很多不同的说法,是什么原因呢?周公处于礼法变动,而处在圣人发生不幸的时候,评说的人观点不同是应该的。凡是周公所做的事,也是不能不那样做而已。如果能够不那样做却去做,那么周公怎能去做呢?成王年幼不能处理政事,周公掌握成王的权柄,用成王的命令赏罚天下,这是周公不得不那样做的,如此而已。

现在的儒家学者说:周公登上天子的宝座,自称为王而使诸侯朝拜,这难道不能够不这样做吗?《尚书》说:“周公担任冢宰,掌管百官,管叔、蔡叔等人散布流言中伤周公。”又说:“周成王时,召公为大保,周公为太师,辅佐成王为左右大臣。召公不高兴。”又说“周公说”、“成王如果说”等等。这证明周公没曾登上天子的位置并称王。周公如果称王,那么成王应该如何称呼,也将称王呢,还是不称呢?不称为王,那就是被废弃了,如果也称王,那就是两个王。周公将用什么办法安置他?孔子说:“一定要纠正名分上用词不当的情况!”儒家学者的担忧,在于担忧名称和实际不符合,所以也有认为周文王是自称为王的。因此把圣人看成和后世篡位的君主急于称王一样的人。天下虽然混乱,有称王的人存在,自己如果称王,即使是圣人也不能服天下。从前汉高帝消灭了项羽，统一了天下，诸侯大臣，相互一起让他称帝，他尚且用没有德行推辞。只有陈胜、吴广，才吵吵闹闹地急着自称为王。却说文王也作这样的事吗？武王讨商纣王，军队渡过孟津，会合在牧野，他用自己父亲的名义命令诸侯的时候，仍然说"文考"而已。后来武功告成，举行柴祭和望祭上告苍天，百官们奔走忙碌，到周来接受王命，然后称说："我的文考文王，成就这个王业。"由此来看，可见武王不敢提前一天妄自尊称他的父亲，何况文王自己称王的事情呢？《诗经》说："虞芮争吵让文王来评定，文王的礼让感动他们的天性。"这也是追称为文王而已。《史记》里说："老妇人们采来的野菜，都送给了田成子。"田常活着的时候，哪里知道自己将来是田成子而自称！所以凡是认为文王、周公当时称王的都是错误的。这是帮助后世篡位的君主找借口。

陈贾问孟子说："周公派管叔监察商的后裔，管叔带领商的后裔反叛。周公知道他要反叛却派他去，这是不仁，不知道他会反叛，这是不智。"孟子说："周公是弟弟，管叔是兄长。周公有过错，不也应该吗？"听从孟子的说法，那么是周公免不了有过错。管叔、蔡叔的反叛，不是大逆不道，是他们的智慧不能够深刻了解周公而已。周公诛杀他们，并非痛恨他们，是形势所迫不得不诛。兄弟之间的亲情，如果没有大恶，那么按道理就不能不分封。管叔、蔡叔的封侯，是在武王之世，不知道有周公、成王的事情。如果没有周公、成王的事情，那么管叔、蔡叔从哪里反叛，周公又何从诛杀他们？所以说：周公处在礼法变动而圣人发生不幸的时候。

管仲论

尝读《周官》《司马法》，得军旅什伍之数。其后读管夷吾书，又得《管子》所以变周之制，盖王者之兵，出于不得已，而非以求胜敌也。故其为法，要以不可败而已。至于桓、文，非决胜无以定霸，故其法在必胜。繁而曲者，所以为不可败也。简而直者，所以为必胜也。周之制，万二千五百人而为军。万之有二千，二千之有五百，其数奇而不齐，唯其奇而不齐，是以知其所以为繁且曲也。

今夫天度三百六十，均之十二辰，辰得三十者，此其正也。五日四分之一者，此其奇也。使天度而无奇，则千载之日，虽妇人孺子，皆可以坐而计。唯其奇而不齐，是故巧历有所不能尽也。圣人知其然，故为之章、会、统、元以尽其数，以极其变。《司马法》曰："五人为伍，五伍为两，万二千五百人而为队，二百五十，十取三而为奇，其余七以为正，四奇四正，而八阵生焉。"夫以万二千五百人而均之八阵之中，宜其有奇而不齐者，是以多为之曲折，以尽其数，以极其变，钩联蟠踞，各有条理。故三代之兴，治其兵农军赋，皆数十百年而后得志于天下。自周之亡，秦汉阵法不复三代。其后诸葛孔明，独识其遗制，以为可用以取天下，然相持数岁，魏人不敢决战，而孔明亦卒无尺寸之功。岂八阵者，先王所以为不可败，而非以逐利争胜者耶！

若夫管仲之制其兵，可谓截然而易晓矣。三分其国，以为三军。五人为轨，轨有长；十轨为里，里有司；四里为连，连有长；十连为乡，乡有乡良人。三乡一帅。万人而为一军。公将其一，高子、国子将其二。三军三万人。如贯绳，如画棋局，疏畅洞达，虽有智者无所施其巧。故其法令简一，而民有余力以致其死。

昔者尝读《左氏春秋》，以为丘明最好兵法。盖三代之制，至于列国犹有存者，以区区之郑，而鱼丽鹅鹳之阵，见于其书。及至管仲相桓公，南伐楚，北伐孤竹，九合诸侯，威震天下，而其军垒阵法不少概见者，何哉？盖管仲欲以岁月服天下，故变古司马法而为是简略速胜之兵，是以莫得见其法也。其后吴、晋争长于黄池，王孙雒教夫差以三万人压晋垒而阵，百人为行，百行为阵，阵皆彻行，无有隐蔽，援桴而鼓之，勇怯尽应，三军皆哗，晋师大骇，卒以得志。

由此观之，不简而直，不可以决胜。深惟后世不达繁简之宜，以取败亡。而三代什伍之数，与管子所以治齐之兵者，虽不可尽用，而其近于繁而曲者，以之固守，近于简而直者，以之决战，则庶乎其不可败，而有所必胜矣。

【译文】曾经阅读《周官》和《司马法》，了解到军队基层编制的数目。其后读管夷吾的书，又了解到管子改变周朝制度的作法。称王天下的人出兵作战，是出于不得已，而不是为了求得战胜敌人。所以制定兵法，关键用来达到不败而已。至于齐桓公、晋文公，他们不决胜就没有办法来确定霸主地位，所以制定兵法在于必定胜利。兵法繁杂曲折，是用来做到不失败。兵法简单直接，是用来做到必胜。周朝的兵制，一万二千五百人为一军，一万零两千，两千又零五百，这个数是有零头而不齐整的数，只因为它是有零头而不齐整的，所以知道周代的兵法是繁杂而曲折的。

现在天的运行度数大致为三百六十度，平均分为十二辰，每辰得三十度，这是整数。余下的五天零四分之一天，这是余数。假使天的度数没有零头，那么一千年的天数，即使是妇人小孩，都可以坐在那里计算出来。只因为有零头而不齐整，所以精妙的历法有不能详尽的时候。圣人知道这个道理，所以为它制定了章、会、统、元等名目来穷尽它的数目和变化。《司马法》说：“五个人为一伍，五伍为一两，一万二千人五百人为一队，二百五十人，十人取出三人作为奇军，其余的七人作为正军，四个奇军四个正军合起来，八种兵阵就形成了。”把一万二千五百人平均分到八个兵阵之中，有余数而不齐整的现象是应该的，因此尽量地多加曲折，来穷尽它的数目，来极尽它的变化。全军互相钩连把持据守，各自有条理。所以三代的兴盛，在整治军事，农业和军赋等方面，都是几百年以后才在天下完成的。自从周朝灭亡，秦汉时期的阵法不再是三代的样子，其后诸葛亮独自记取三代的遗训，以为可以采用取得天下，但是相持了几年，魏人不敢和他决战，而诸葛亮到最后也没有一尺一寸的功绩。难道古代的八阵之法，先王用来保持不败，而并非用来逐利争胜的原因吗？

至于管仲规定他的兵制，可以说是分明而且容易理解的了。把全国分为三份，来编成三军。五个人为一轨，每轨设一个轨长。十轨为一里，每里设一个司掌管。四里为一连，每连设一个长官。十连为一乡，每乡设一个乡良人掌管。三乡设一个师。每万人为一军。国君率领一军，高子和国子率领另外二军。三军三万人。像穿在绳子上，像画的棋盘，通明畅达，即使是有智慧的人也没有地方施展其机巧。所以他的法令简略统一，而百姓有余力为国家效死。

从前我曾经读《左氏春秋》，以为左丘明最爱好兵法。三代的法度，到春秋列国时仍然有所保留，像小小的郑国，鱼丽、鹅鹳一类的阵法，出现在《左氏春秋》里。等到管仲辅佐齐桓公，向南讨伐楚国，向北讨伐孤竹国，九次会合诸侯，从而威震天下，而他的军垒阵法，竟然没有一点儿概略的记载，是什么原因呢？管仲想在短时间内征服天下，因此变通司马法而创制这种简略可以迅速取胜的兵法，因此没有谁能够见到他的兵法。其后吴国和晋国在黄池争夺霸主，王孙雒教夫差用三万人压住晋国的营垒来布阵，每一百人为一行，每一百行为一阵，每阵都用行贯通，没有隐蔽的地方。拿起鼓棰击鼓进攻，勇敢的和胆怯的人都一齐响应，三军将士一起呐喊，晋国的军队非常害怕，最后吴国取得了胜利。

由此来看，兵法如果不简略直接，就不能取胜。我深思后世不懂得兵法繁与简应当适当的道理，因此遭到失败。而三代的兵制，和管仲治理齐国的兵制，虽然不能够全部合用，但其中近于繁杂而曲折的，用来固守，近于简略而直接的，用来决战，那么差不多可以保持不败之地，并有必胜的机会。

士燮论

料敌势强弱，而知师之胜负，此将师之能也。不求一时之功，爱君以德，而全其宗嗣，此社稷之臣也。鄢陵之役，楚晨压晋师而陈。诸将请从之。范文子独不欲战，晋卒败楚，楚子伤目，子反殒命。范文子疑若懦而无谋者矣。然不及一年，三郤谋，厉公弑，胥童死，栾书、中行偃几不免于祸，晋国大乱，鄢陵之功，实使之然也。

有非常之人，然后有非常之功。非常之功，圣人所甚惧也。夜光之珠，明月之璧，无因而至前，匹夫犹或按剑，而况非常之功乎！故圣人必自反曰：此天之所以厚于我乎，抑天之祸余也？故虽有大功，而不忘戒惧。中常之主，锐于立事，忽于天戒，日寻干戈而残民以逞，天欲全之，则必折其萌芽，挫其锋芒，使其知所悔。天欲亡之，以美利诱之以得志，使之有功以骄士，玩于寇仇，而侮其民人，至于亡国杀身而不悟者，天绝之也。呜呼，小民之家，一朝而获千金，非有大祸，必有大咎。何则？彼之所获者，终日勤劳，不过数金耳。所得者微，故所用者狭。无故而得千金，岂不骄其志而丧其所守哉。由是言之，有天下者，得之艰难，则失之不易。得之既易，则失之亦然。汉高皇帝之得天下，亲冒矢石与秦、楚争，转战五年，未尝得志。既定天下，复有平城之围。故终其身不事远略，民亦不劳。继之文、景不言兵。唐太宗举晋阳之师，破窦建德，虏王世充，所过者下，易于破竹。然天下始定，外攘四夷，伐高昌，破突厥，终其身师旅不解，几至于乱者，以其亲见取天下之易也。

故兵之胜负，不足以为国之强弱，而足以为治乱之兆。盖有战胜而亡，有败而兴者矣。会稽之栖，而勾践以霸；黄池之会，而夫差以亡。有以使之也夫。昔虢公败戎于桑田，晋卜偃知其必亡，曰："是天夺之鉴而益其疾也。"晋果灭虢。此范文子所以不得不谏。谏而不纳，而又有功，敢逃其死哉！使其不死，则厉公逞志，必先图于范氏，赵盾之事可见矣。赵盾虽免于死，而不免于恶名，则范文子之智，过于赵宣子也远矣。

【译文】估量敌人的强弱，并知道军队胜负，这是将帅的能力。不贪求一时的功勋，用美德来爱护国君，并保全他的后嗣，这是国家的良臣。鄢陵战役，楚军清晨逼近晋军列阵。晋国诸将请求在楚军撤退时追击他们，唯独范文子不想和楚国交战，晋军最后打败了楚军，楚子的眼睛被射伤，楚臣子反自杀谢罪。范文子像懦迟疑弱没有谋略的人一样。但不到一年，晋国三郄被诛杀，晋厉公被杀害，胥童死去，栾书、中行偃几乎没能免除祸患，晋国大乱。鄢陵之役的战功，的确使晋国这样的。

有不同寻常的人，然后才有不同寻常的功绩。不同寻常的功绩，是圣人非常惧怕的事情。夜光珠，明月璧，毫无缘故地来到面前，平民百姓尚且按剑而不敢轻易取，何况不同寻常的功绩呢？所以圣人在不寻常的功绩面前一定自我反省说：这是上天厚待我呢，还是上天嫁祸我呢？所以虽然有大功，却不忘戒备恐惧。中等平常的君主，锐意建立功业，忽略上天的惩戒，每天寻找战争残害百姓来逞能，上天想要使他保全，就一定摧折他招致祸患的萌芽，挫败他锐意进取的锋芒，使他知道后悔的事情。上天想要使他灭亡，就用美好的利益引诱他得到成功，使他有功而对士人骄横，对敌人轻慢，侮辱他的百姓，最后到国家灭亡自身被杀而不觉悟，这是上天灭绝他。哎，小民百姓的家里，一朝之间获得千金，不是有大福分，就一定有大祸患。为什么呢？他获得的东西，终日勤劳，也不过才数金而已。获得的东西少，使用的地方就小。无故获得一千金，哪能不使自己的态度骄横丧失自己保守的本心呢？由此来说，拥有天下的人，得到天下艰难，那么失掉天下也不容易。得到它既然容易，那么失掉它也容易。汉高帝得天下的时候，亲身冒着矢石和秦朝、楚国争夺，转战五年，未曾获得成功。已经平定了天下，仍有在平城的被围困。所以他终身不在远方建立武功，百姓也不劳苦。汉文帝、汉景帝继承他也不谈军事。唐大宗率领晋阳的军队，击破窦建德，俘虏王世充，路过的地方全能攻下，和劈开竹子那样容易。但天下刚刚平定，对外抵御四方的少数民族，征伐高昌，击破突厥，终身在军旅之中没有松懈，几乎陷入变乱的原因，是他亲自看到取得天下的容易。

所以战争的胜负，不能够标志国家强弱，却能够显示国家治乱的征兆。大约已经有战胜了却随之灭亡，有战败了却随之兴盛的现象了。勾践有会稽之败，最后勾践成为霸主，夫差有黄池之会的胜利，最后夫差却灭亡。有原因使他们这样啊。从前虢公在桑田打败了戎人，晋国的卜偃知道他一定要灭亡，说：“这是上天夺去了他的镜子，并加重他的罪恶。”晋国后来果然灭掉了虢国。这是范文子不能不劝谏的原因，劝谏而不被采纳，反而取得战功，范文子岂敢逃避死亡。假使他不死，那么晋厉公满足自己的意愿，一定先图谋范文子，从赵盾的事件中可以看到这一点。赵盾虽然免去一死，但不能免去弑君的恶名，那么范文子的才智，超过赵盾很远了。

孙武论上

古之善言兵者，无出于孙子矣。利害之相权，奇正之相生，战守攻围之法，盖以百数，虽欲加之而不知所以加之矣。然其所短者，智有余而未知其所以用智，此岂非其所大阙欤？

夫兵无常形，而逆为之形，胜无常处，而多为之地。是以其说屡变而不同，纵横委曲，期于避害而就利，杂然举之，而听用者之自择也。是故不难于用，而难于择。择之为难者，何也？锐于西而忘于东，见其利而不见其所穷，得其一说，而不知其又有一说也。此岂非用智之难欤？

夫智本非所以教人，以智而教人者，是君子之急于有功也。变诈汩其外，而无守于其中，则是五尺童子皆欲为之，使人勇而不自知，贫而不顾，以陷于难，则有之矣。深山大泽，有天地之宝，无意于宝者得之。操舟子河，舟之逆顺，与水之曲折，忘于水者见之。是故惟天下之至廉为能贪，惟天下之至静为能勇，惟天下之至信为能诈。何者？不役于利也。夫不役于利，则其见之也明。见之也明，则其发之也果。

古之善用兵者，见其害而后见其利，见其败而后见其成。其心闲而无事，是以若此明也。不然，兵未交而先志于得，则将临事而惑，虽有大利，尚安得而见之！若夫圣人则不然。居天下于贪，而自居于廉，故天下之贪者，皆可得而用；居天下于勇，而自居于静，故天下之勇者，皆可得而役；居天下于诈，而自居于信，故天下之诈者，皆可得而使。天下之人欲有功于此，而即以此自居，则功不可得而成。是故君子居晦以御明，则明者毕见，居阴以御阳，则阳者毕赴。夫然后孙子之智，可得而用也。

《易》曰："介于石，不终日。贞吉。"君子方其未发也，介然如石之坚，若将终身有焉者；及其发也，不终日而作。故曰：不役于利，则其见之也明。见之也明，则其发之也果。今夫世俗之论则不然，曰：兵者，诡道也。非贪无以取，非勇无以得，非诈无以成。廉静而信者，无用于兵者也。嗟夫，世俗之说行，则天下纷纷乎如鸟兽之相搏，婴儿之相击，强者伤，弱者废，而天下之乱何从而已乎？

【译文】古代善于讲兵法的人，没有能超过孙武的。利和害的相互比较，奇和正的相互依存，交战坚守攻击围困的各种方法，大约有百十条，即使想增益它也不知道增益什么内容。但是他的短处，是智谋有余却不知道怎样运用智谋，这难道不是他的一大欠缺吗？

战争没有恒常的形态，就预先替它设计一个形态，胜利没有经常的处所，就为它设计一个环境。因此他的解说屡次变化而不同，纵横交错曲折辗转，期望避开祸害而获得好处，杂乱地列举各种方法，听凭使用的人去自己选择。因此不是难在使用上，而是难在选择上。选择成为困难的原因是什么呢？向西前进却忘了东面，见到好处却看不到难处，得到其中的一说却不知道它还有一说。这难道不是运用智谋的难处吗？

智谋本来不是用来教给人的东西，把智谋教给人的，这是君子急于有功的行为。变诈把表面现象扰乱，心中没有主守，那么五尺高的童子都想去做到它。让人勇敢不知道为什么勇敢，贪婪不顾，最后陷入灾难，这种情况是有的。深山大泽里，有天地之间的宝物，无意得到宝物的人能够得到它。在河里驾船，船在顺水还是逆水中行驶，船和水的曲折变化，忘记自己是在水里的人能够见到。因此只有做到天下最廉洁才算是能够贪，只有做到天下最平静才算是能够勇，只有做到天下最诚信才算是能够诈。为什么呢？不被利益所奴役的缘故。不被利益奴役，那么看问题就清楚，看问题清楚，那么举事就果断。

古代善于用兵的人，见到不利的因素然后看到有利的因素，看到失败而后看到成功。他们的心里闲适无事，因此看得像这样分明。不这样的话，还没开始交战先想到获取，那么将会临事迷惑，即使有再大的利益，还怎么能够见到！至于圣人则不是这样，使天下人去贪婪，自己清正廉洁，所以天下的贪婪者，都可以为我所用。使天下人去勇敢，自己闲适宁静，所以天下的贪婪者，都可以为我所用。使天下人去勇敢，自己闲适宁静，所以天下的勇敢者，都可以被我使役。让天下人去诈伪，自己诚信待人，所以天下的诈伪者，都可以被我驱使。天下的人想要在这些方面有功，并且就以这些行为自居，那就不可以成功。因此君子处于隐晦的地方来统治明显的事物，那么明显的事物全部显现在面前，处在阴暗处来驾驭露在外表的事物，那么露在表面的事都会奔赴而来。然后孙武的智谋，可以得到使用了。

《易经》说："介于石，不终日。贞吉。"君子当他未举事的时候，稳固如同盘石，好像一辈子不动一样；等到他举事的时候，用不了一天就奋然而起。所以说：不被利益所奴役，那么他看问题清楚，看问题清楚，那么他举事就果断。现在世俗的论点却不是这样，说：战争，靠的是诡诈之道。不贪婪就没有什么办法取得利益，不勇敢就没有办法取得胜利，不欺诈就没有什么办法获得成功。廉洁宁静而且诚信的作法，对于战争没有作用。嗨，世俗的说法流行，那么天下的人纷纷地像鸟兽一样互相搏斗，像小孩子一样互相击打，强壮的受伤，弱小的残废，天下的混乱到什么时候停止呢！

孙武论下

夫武，战国之将也，知为吴虑而已矣。是故以将用之则可，以君用之则不可。今其书十三篇，小至部曲、营垒、刍粮、器械之间，而不大过攻城、拔国、用间之际，盖亦尽于此矣。天子之兵，天下之势，武未及也。

其书曰："将能而君不御者胜。"为君而言者，有此而已。窃以为天子之兵，莫大于御将。天下之势，莫大于使天下乐战而不好战。夫天下之患，不在于寇贼，亦不在于敌国，患在于将帅之不力，而以寇贼敌国之势内邀其君。是故将帅多，而敌国愈强，兵加，而寇贼愈坚。敌国愈强，而寇贼欲坚，则将帅之权愈重。将帅之权愈重，则爵赏不得不加。夫如此，则是盗贼为君之患，而将帅利之；敌国为君之仇，而将帅幸之。举百倍之势，而立毫芒之功，以借其口，而邀利于其上，如此而天下不亡者，特有所待耳。

昔唐之乱，始于明皇，自肃宗复两京，而不能乘胜并力尽取河北之盗。德宗收潞、博，几定魏地，而不能斩田悦于孤穷之中。至于宪宗，天下略平矣，而其余孽之存者，终不能尽去。夫唐之所以屡兴而终莫之振者，何者？将帅之臣，养寇以自封也。故曰：天子之兵，莫大于御将。御将之术，开之以其所利，而授之以其所忌。如良医之药，乌喙蝮蝎，皆得自效于前，而不敢肆其毒。何者？授之以其所畏也。宪宗将讨刘辟，以为非高崇文则莫可用，而刘澭者，崇文之所忌也。故告之曰："辟之不克，将澭实汝代。"是以崇文决战，不旋踵擒刘辟，此天子御将之法也。

夫使天下乐战而不好战者，何也？天下不乐战，则不可与从事于危；好战，则不可与从事于安。昔秦人之法，使吏士自为战，战胜而利归于民，所得于敌者，即以有之。使民之所以养生送死者，非杀敌无由取也。故其民以好战并天下，而亦以亡。夫始皇虽已堕名城，杀豪杰，销锋镝，而民之好战之心，嚣然其未已也，是故不可与休息而至于亡。若夫王者之兵，要在于使之知爱其上而仇其敌，使之知其上之所以驱之于战者，凡皆以为我也。足以乐其战而甘其死。至于其战也，务胜敌而不务得财。其赏也，发公室而行之于庙。使其利不在于杀人，是故其民不志于好战。夫然后可以作之于安居之中，而休之于争夺之际。可与安,可与危,而不可与乱。此天下之势也。

【译文】孙武,是战国时期的将领,只知道为吴国谋虑而已。因此把他当作将来使用可以,把他当成国君使用就不可以。现存他的兵书十三篇,小到部曲、营垒、粮草、器械之类,大不过攻克城池、消灭敌国、使用离间之计一类,大约全部内容也就这些了。天子的用兵之法,天下的军事形势,孙武没有涉及到。

孙武的书里说:“将领贤能而国君不控制的军队取胜。”对于国君来说,有这样的作法就行了。我私下里认为天子的用兵之法,没有哪一个比控制将领重要的了。天下的军事形势,没有哪一个比让天下人乐于作战而不好战更重要的了。天下最大的祸患,不在寇贼方面,也不在敌国方面,患在将帅不得力,并用寇贼敌国的势力从他的国君那里谋取利益。因此将帅越多,敌国越强,士兵增加,而贼寇越坚。敌国越强,贼寇越坚,那么将帅的权势就越重。将帅的权势越重,那么爵封赏赐就不能不增加。像这样,即是盗贼成为国君的祸患,而将帅把它们作为利益;敌国成为国君的仇敌,而将帅感到高兴。发动一百倍的优势,立下豪芒般大小的功劳,来作借口,从他的国君那里谋取利益。像这样天下不灭亡的,仅仅是指日可待罢了。

从前唐朝的变乱,从唐玄宗开始。自从唐肃宗恢复两京,却不能乘胜合力全部消灭河北的叛贼。唐德宗恢复潞、博,差一点儿平定魏地,却不能在田悦孤立穷困的时候杀掉他。到唐宪宗的时候,天下大致平定,而贼寇余孽仍然存在,但始没有全部清除。唐代之所以屡次复兴但始终没有振作到底,原因是什么呢?作为将帅的臣子们,养着贼寇来使自己获得封赏啊。所以说:天子的用兵之法,没有哪一个比驾驭将帅重要,驾驭将帅的方法,用他希望得到的利益开导他,把他所忌讳的事交付他。像良医用药一样,乌喙蛇蝎,全部自己效力在面前,却不敢放纵他们的毒气,为什么呢?把所害怕的事情交待给他们的缘故。唐宪宗将要讨伐刘辟,觉得除非高崇文再没有谁可以任用,而刘澭是高崇文忌恨的人,所以唐宪宗告诉他说:“如果刘辟不能消灭,我将用刘澭代替你。”因此高崇文和刘辟决战,不到转脚的功夫擒住了刘辟，这是天子驾驭将帅的方法。

让天下人乐于作战而不好战的原因，是什么呢？天下人不乐于作战，就不能和他们一起处置危险的事，天下人好战，就不能和他们一起处置平安的事。从前秦朝的法令，让官吏士兵各自为战，战胜了利益归于百姓，从敌人那时获得的，就占有它。让百姓用来养老送死的东西，不通过杀敌就没有地方取得。所以他们的百姓凭着好战而兼并天下，也因为好战而最终灭亡。秦始皇虽然已经毁坏了名城，杀死了豪杰，熔化了兵器，但百姓的好战之心，轻狂浮燥地未能停止，因此不能休养生息而至于灭亡。至于王者的用兵之法，关键在于使百姓知道热爱他的君主而仇恨他的敌人，使他们知道他们的君主役使他们去作战的目的，全都是为自己。因此乐于参战并甘心效死。到了作战的时候，务必战胜敌人但不一定要获取财物。赏赐的时候，由公室颁发并在祖庙施行，使他们知道获利不在于杀人。因此他们的百姓不把好战作为志向。然后可以使他们在安居的条件下劳作，在争夺的时候休息。可以和他们共度平安，可以和他们共渡危难，但不可以让他们叛乱。这就是天下的形势。

子思论

昔者夫子之文章，非有意于为文，是以未尝立论也。所可得而言者，唯其归于至当，斯以为圣人而已矣。

夫子之道，可由而不可知，可言而不可议。此其不争为区区之论，以开是非之端，是以独得不废，以与天下后世为仁义礼乐之主。夫子既没，诸子之欲为书以传于后世者，其意旨存乎为文，汲汲乎惟恐其汩没而莫吾知也，是故皆喜立论。论立而争起。自孟子之后，至于荀卿、扬雄，皆务为相攻之说，其余不足数者纷纭于天下。

嗟夫，夫子之道，不幸而有老聃、庄周、杨朱、墨翟、田骈、慎到、申不害、韩非之徒，各持其私说以攻乎其外，天下方将惑之，而未知其所适从。奈何其弟子门人，又内自相攻而不决。千载之后，学者愈众，而夫子之道益晦而不明者，由此之故欤？

昔三子之争，起于孟子。孟子曰：“人之性善。”是以荀子曰：“人之性恶。”而扬子又曰：“人之性，善恶混。”孟子既已据其善，是故荀子不得不出于恶。人之性有善恶而已，二子既已据之，是以扬子亦不得不出于善恶混也。为论不求其精，而务以为异于人，则纷纷之说，未可以知其所止。

且夫夫子未尝言性也，盖亦尝言之矣，而未有必然之论也。孟子之所谓性善者，皆出于其师子思之书。子思之书，皆圣人之微言笃论，孟子得之而不善用之，能言其道而不知其所以为言之名，举天下之大，而必之以性善之论，昭昭乎自以为的于天下，使天下之过者，莫不欲援弓而射之。故夫二子之为异论者，皆孟子之过也。

若夫子思之论则不然。曰：“夫妇之愚，可以与知焉。及其至也，虽圣人亦有所不知焉。夫妇之不肖，可以能行焉。及其至也，虽圣人亦有所不能焉。”圣人之道，造端乎夫妇之所能行，而极乎圣人之所不能知。造端乎夫妇之所能行，是以天下无不可学。而极乎圣人之所不能知，是以学者不知其所穷。夫如是，则恻隐足以为仁，而仁不止于恻隐。羞恶足以为义，而义不止于羞恶。此不亦孟子之所以为性善之论欤？子思论圣人之道出于天下之所能行。而孟子论天下之人皆可以行圣人之道。此无以异者。而子思取必于圣人之道，孟子取必于天下之人。故夫后世之异议皆出于孟子。而子思之论，天下同是而莫或非焉。然后知子思之善为论也。

【译文】从前孔子的文章，并非有意于撰述，因此未曾立论。可以言说的内容，只要求归于至当，这就是圣人的作法而已。

孔子的学说，可以遵从却不可以通晓，可以述说却不可以评议。这是他不争着去作微不足道的论断，来开是非的头，因此能够独自不被废，从而为天下后世作为仁义礼乐的根本。孔子去世之后，诸子想通过著书来把孔子的学说传给后世，他们的思想都保存在各自的撰述中，汲汲乎唯恐埋没怕没有人知道自己。因此全都喜欢立论，论点建立起来，争辩随之而起。从孟子以后，一直到荀卿、扬雄，都致力于发表互相攻讦的观点，其余一些不上数的人纷纷在天下出现。

哎，孔子的学说，不幸有老聃、庄周、杨朱、墨翟、田骈、慎到、申不害、韩非这类人，各自拿自己的学说来在外部攻击，天下正要迷惑，不知道应该听从哪一个。无可奈何的是他的弟子门人，又在内部自相攻诘而不能解决。千载以后，学者越来越多，而孔子的学说越发隐晦不明，是因为这个缘故吗？

从前这三个人的争论，发起于孟子。孟子说："人的本性善良。"因此荀子说："人的本性丑恶。"而扬雄又说："人的本性，善和恶混在一起。"孟子已经坚持性善说，因此荀子不得不坚持性恶说。人的本性有善和恶两种而已，这两个人已经各自坚持它了，因此扬雄也就不得不坚持善恶混合说了。立论不求精要，却务必要标新立异不同旁人，那么纷纷乱乱的观点，不能知道什么时候停止。

况且孔子未曾谈到人的本性问题，即便也曾说过，也没有下一定怎样的结论。孟子所说的性善的论点，都是出自他的老师子思的书里。子思的书，都是圣人的微言笃论，孟子得到了它却不善于运用它，能够叙述子思的学说却不知道创立学说的名目，整个天下之大，一定要用性善的论点，把它作为一个非常显明的箭靶子树立起来，让天下路过的人，没有谁不拿起弓箭去射它。所以那两个人提不同论点，都是孟子的过错。

至于子思的论点则不是这样，他说："愚夫愚妇对于有些事也好像知道其美善，至于道的至极，即使是圣人也有所不知道的。不肖的匹夫匹妇，有时好像也能做到美善，至于道的至极，即使是圣人也有不能做到的时候。"圣人之道，发端于愚夫愚妇所能够实行，而其至极至于圣人也有不知道的。发端于愚夫愚妇能够实行，因此天下没有不可以学习的。道的至极圣人有不能知道的，因此学者不能知道它的尽头。如果像这样，那么恻隐之心足够成为仁，但仁不仅仅是恻隐。认为丑恶可羞足能够成为义，但义不仅仅有羞恶之心。这不也正是孟子所提出的性善论吗？子思论圣人之道出于天下之人能够实行，而孟子论的是天下之人都可以行圣人之道。这二者没有什么区别，但子思取的是一定为圣人之道天下人能行，而孟子取的是一定为天下之人能行。所以后世的异议都出自孟子。而子思的论点，天下共同认可没有谁非议。然后知道子思善于立论啊。

孟子论

昔者仲尼自卫返鲁，网罗三代之旧闻，盖经礼三百，曲礼三千，终年不能究其说。夫子谓子贡曰："赐，尔以吾为多学而识之者欤？非也，予一以贯之。"天下苦其难而莫之能用也，不知夫子之有以贯之也。是故尧、舜、禹、汤、文、武、周公之法度礼乐刑政，与当世之贤人君子百氏之书，百工之技艺，九州之内，四海之外，九夷八蛮之事，荒忽诞谩而不可考者，杂然皆列乎胸中，而有卓然不可乱者，此固有以一之也。是以博学而不乱，深思而不惑，非天下之至精，其孰能与于此？

盖尝求之于六经，至于《诗》与《春秋》之际，而后知圣人之道，始终本末，各有条理。夫王化之本，始于天下之易行。天下固知有父子也，父子不相贼，而足以为孝矣。天下固知有兄弟也，兄弟不相夺，而足以为悌矣。孝悌足而王道备，此固非有深远而难见，勤苦而难行者也。故《诗》之为教也，使人歌舞佚乐，无所不至，要在于不失正焉而已矣。虽然，圣人固有所甚畏也。一失容者，礼之所由废也。一失言者，义之所由亡也。君臣之相攘，上下之相残，天下大乱，未尝不始于此道。是故《春秋》力争于毫厘之间，而深明乎疑似之际，截然其有所必不可为也。不观于《诗》，无以见王道之易，不观于《春秋》，无以知王政之难。

自孔子没，诸子各以所闻著书，而皆不得其源流，故其言无有统要。若孟子，可谓深于《诗》而长于《春秋》者矣。其道始于至粗，而极于至精。充乎天地，放乎四海，而毫厘有所必计。至宽而不可犯，至密而可乐者，此其中必有所守，而后世或未之见也。

且孟子尝有言矣："人能充其无欲害人之心，而仁不可胜用也。人能充其无欲为穿窬之心，而义不可胜用也。士未可以言而言，是以言餂之也。可以言而不言，是以不言餂也。是皆穿窬之类也。"唯其不为穿窬也，而义至于不可胜用。唯其未可以言而言，可以言而不言也，而其罪遂至于穿窬。故曰：其道始于至粗，而极于至精。充乎天地，放乎四海，而毫厘有所必计。呜呼，此其所以为孟子欤！后之观孟子者，无观之他，亦观诸此而已矣。

【译文】从前孔子从卫国返回鲁国，网罗三代的旧闻，经礼三百，曲礼三千，终年不能深究其中的说法。孔子对子贡说："端木赐，你认为我是多多学习又能记得住的人吗？不是的，我有一个基本观念贯穿它。"天下都苦恼它太难而没有谁使用它，却不知道孔子有东西用来贯穿它。因此尧、舜、禹、商汤王、周文王、周武王、周公的法度礼乐刑律，和当代的贤人君子们的书籍，百工的技艺，九州之内，四海之外，九夷八蛮的事情，荒忽散乱而不可考的问题，芜杂繁多地全都排列在胸中，却又能卓然不可混乱，这本来是因为有一个基本观念贯穿它们的缘故。因此能够博学而不乱，深思而不惑，不是天下最精妙的东西贯穿这些，谁能让他达到这种地步？

曾经研究过六经，研究《诗经》和《春秋》的时候，然后知道圣人之道，始终本末，各有条理。君王德化的根本，开始于天下易于实行的事。天下人本来都知道有父子，父子不互相残害，就足能够体现孝道。天下本来都知道有兄弟，兄弟不互相侵夺，就足能够体现悌道。孝悌充足而王道就具备，这本来不是深远难以看到，勤苦难以实行的事。所以《诗经》进行教化，让人歌舞逸乐，无所不至。关键在于不失正道而已。虽然这样，圣人本来就有非常担心害怕的事情。一失掉仪容，礼义就随之废弃，一说错话，道义就随之丧失。君臣互相排斥，在上位的人和在下位的人互相残害，天下大乱，未尝不是从这种情况下开始的。所以《春秋》竭力对一笑一毫的差池加以争辨，彻底地分辨清楚相似的事情，界限分明地指出有一定不可去作的事情。不观览《诗经》，没有地方知道王道的容易。不观览《春秋》，没有地方知道君王政教的艰难。

自从孔子去世后，诸子各自凭自己的所闻著书立说，但都不能得到礼乐法度的源流，所以他们的言论没有纲领要点。像孟子，可以说对《诗经》研究精深而对《春秋》研究有专长的人了。他的学说从最粗疏的地方开始，最后达到最精深。充满天地，放置四海，对一丝一毫的问题一定加以计较。至宽却不可违犯，至深却可以让人欢乐，这其中一定也有操守的东西，而后世有些人没有看出来。

而且孟子曾经有话："人能够充满不想害人的心情，那么仁就不能用尽。人能够充满不想去偷窃的心情，那么义就不能用尽，士人不可以说却说，这是用话语诱取利益。可以说却不说，这是用不说话来诱取利益。这都是偷窃一类的作法。"只有他不作偷窃的事情，而义才达到取用不尽的地步。只要他不可以说却说，可以说却不说，那么他的罪过就和偷窃一样。所以说：他的学说从取粗疏的地方开始，最后达到最精深，充满天地，放置四海，对一丝一毫的问题都一定加以计较。哎，这就是他所以为孟子的原因吗！后来的观察孟子的人，不要观察其他，就观察他这些而已。

卷三十三　论

乐毅论

自知其可以王而王者，三王也。自知其不可以王而霸者，五霸也。或者之论曰："图王不成，其弊犹可以霸。"呜呼！使齐桓、晋文而行汤、武之事，将求亡之不暇，虽欲霸，可得乎？

夫王道者，不可以小用也。大用则王，小用则亡。昔者徐偃王、宋襄公尝行仁义矣，然终以亡其身、丧其国者，何哉？其所施者，未足以充其所求也。故夫有可以得天下之道，而无取天下之心，乃可与言王矣。范蠡、留侯，虽非汤、武之佐，然亦可谓刚毅果敢，卓然不惑，而能有所必为者也。观吴王困于姑苏之上，而求哀请命于勾践，勾践欲赦之，彼范蠡者独以为不可，援桴进兵，卒刎其颈。项籍之解而东，高帝亦欲罢兵归国，留侯谏曰："此天亡也，急击勿失。"此二人者，以为区区之仁义，不足以易吾之大计也。

嗟夫！乐毅战国之雄，未知大道，而窃尝闻之，则足以亡其身而已矣。论者以为燕惠王不肖，用反间，以骑劫代将，卒走乐生。此其所以无成者，出于不幸，而非用兵之罪。然当时使昭王尚在，反间不得行，乐毅终亦必败。何者？燕之并齐，非秦、楚、三晋之利。今以百万之师，攻两城之残寇，而数岁不决，师老于外，此必有乘其虚者矣。诸侯乘之于内，齐击之于外。当此时，虽太公、穰苴不能无败。然乐毅以百倍之众，数岁而不能下两城者，非其智力不足，盖欲以仁义服齐之民，故不忍急攻而至于此也。夫以齐人苦湣王之暴，乐毅苟退而休兵，治其政令，宽其赋役，反其田里，安其老幼，使齐人无复斗志，则田单者独谁与战哉！奈何以百万之师，相持而不决，此固所以使齐人得徐而为之谋也。

当战国时，兵强相吞者，岂独在我，以燕、齐之众压其城，而急攻之，可灭此而后食，其谁曰不可？呜呼！欲王则王，不王则审所处，无使两失焉而为天下笑也。

【译文】自己知道自己可以行王道就行王道的人，是古代的三王。自己知道自己可以成就霸业就成就霸业，是春秋时期的五霸。有人说：“谋求成就王业不能成功，其流弊仍然可以成就霸业。”嗨！假如让齐桓公、晋文公去推行商汤王、周武王的事业，那么将来不及寻求灭亡，即使想要成就霸业，可以得到吗？

王道，不可以在小处使用。在大处使用就可以称王，在小处使用就一定灭亡。从前徐偃王、宋襄公曾经施仁行义，但是最后自身死亡、国家沦丧的原因，是什么呢？他所施行的，不能够满足他所需求的。所以那种有可以取得天下的办法，却没有取得天下的野心的人，才可以和他说王道。范蠡、留侯张良，虽然不是商汤王、周武王的辅佐，但也可以说是刚毅果敢，独立超群临事不迷惑，并且能够在关键时刻坚决去做的人。吴王夫差被围困在姑苏台上的时候，向越王勾践哀告请求活命，勾践想要饶恕他，唯独那范蠡认为不可，操起鼓棰击鼓进军，终于使夫差自刎。项羽解兵东归的时候，汉高帝也想罢兵回归自己的封国，张良劝谏说：“这是上天灭亡项羽，加急进攻不要失去时机。”这两个人，认为小小的仁义，不足以改变自己的大计。

嗨！乐毅是战国时期的英雄，不懂得大的道理，却私下里听说一些浮浅的学说，因此就是够使自身灭亡而已。评论的人认为燕惠王不成器，中了敌人的反间计，用骑劫代替乐毅为统帅，最后使乐毅逃亡。他最终没有成功的原因，是出于不幸，而不是用兵的过失。但是当时即使燕昭王仍然活着，敌人的反间计不能得逞，乐毅终究也一定失败。燕国吞并齐国，并非对秦国、楚国以及三晋之地（韩国、赵国、魏国）有好处。现在凭着百万之师，围攻两个城池的残兵败将，却好几年没有攻克，军队在外面疲弊衰弱，这就一定有可以乘虚而入的机会。诸侯在国内乘机扰乱，齐国在国外乘机反击。正当这个时期，即使是姜大公、司马穰苴也不能不败。但是乐毅凭着超过敌人一百倍的兵力，好几年不能攻克那两座城池的原因，不是他的智力不足，大约是想用仁义之道来使齐国军民降服，所以不忍心加紧攻打而到这种地步。凭当时齐国人苦于齐湣王残暴的机会，乐毅如果后退罢兵，修治自己的政令法度，放宽赋税劳役，使齐国百姓回归田里，使齐国的老人孩子平安，让齐国人不再有斗志，那么田单独自和谁交战呢！怎么能凭着百万之师，相持数年不能攻克，这本来是用来使齐国人得到缓解而对他图谋的作法。

正当战国之际，军队强大互相吞并的国家，岂独燕国自己，用燕国、齐国的军队逼进那两座城池，并且加急进攻它，可以消灭之后再吃饭，谁难道说不行。嗨！想成就王业就去成就王业，如果不能成就王业就应该审视自己的处境，不要使自己两方面都失去而被天下人耻笑。

荀卿论

尝读《孔子世家》，观其言语文章，循循莫不有规矩，不敢放言高论，言必称先王，然后知圣人忧天下之深也。茫乎不知其畔岸，而非远也；浩乎不知其津涯，而非深也。其所言者，匹夫匹妇之所共知；而所行者，圣人有所不能尽也。呜呼！是亦足矣。使后世有能尽吾说者，虽为圣人无难，而不能者，不失为寡过而已矣。

子路之勇，子贡之辨，冉有之智，此三子者，皆天下之所谓难能而可贵者也。然三子者，每不为夫子之所悦。颜渊默然不见其所能，若无以异于众人者，而夫子亟称之。且夫学圣人者，岂必其言之云尔哉？亦观其意之所向而已。夫子以为后世必有不能行其说者矣，必有窃其说而为不义者矣。是故其言平易正直，而不敢为非常可喜之论，要在于不可易也。

昔者常怪李斯事荀卿，既而焚灭其书，大变古先圣王之法，于其师之道，不啻若寇仇。及今观荀卿之书，然后知李斯之所以事秦者，皆出于荀卿，而不足怪也。

荀卿者，喜为异说而不让，敢为高论而不顾者也。其言愚人之所惊，小人之所喜也。子思、孟轲，世之所谓贤人君子也。荀卿独曰："乱天下者，子思、孟轲也。"天下之人，如此其众也；仁人义士，如此其多也。荀卿独曰："人性恶。桀、纣，性也。尧、舜，伪也。"由是观之，意其为人必也刚愎不逊，而自许太过。彼李斯者，又特甚者耳。

今夫小人之为不善，犹必有所顾忌，是以夏、商之亡，桀、纣之残暴，而先王之法度、礼乐、刑政，犹未至于绝灭而不可考者，是桀、纣犹有所存而不敢尽废也。彼李斯者，独能奋而不顾，焚烧夫子之六经，烹灭三代之诸侯，破坏周公之井田，此亦必有所恃者矣。彼见其师历诋天下之贤人，以自是其愚，以为古先圣王皆不足法者。不知荀卿特以快一时之论，而荀卿亦不知其祸之至于此也。

其父杀人报仇，其子必且行劫。荀卿明王道，述礼乐，而李斯以其学乱天下，其高谈异论有以激之也。孔、孟之论，未尝异也，而天下卒无有及者。苟天下果无有及者，则尚安以求异为哉？

【译文】曾经读《孔子世家》，看其中的言语文章，没有哪些没有次序没有规矩，从不敢发表高论使语言放纵，说话就一定称先王，然后知道圣人对天下忧虑的深切程度。非常苍茫似乎不知道边际，却并非远不可及；非常浩渺似乎不知道涯岸，却并非深不可测。其中所说的话，是平民百姓都知道的，其中所推行的作法，是圣人不能完全做到的。嗨！这也就足够了。假如后世有能够全部按我的意见做的人，即使当圣人也没有难处，如果不能的话，不失为很少过失的人而已。

子路勇猛，子贡善辨，冉有智慧，这三个人，都是天下所谓难能可贵的人。但是这三个人，常常不被孔子喜欢。颜渊默默地看不出有什么才能，好像各方面和一般人没有什么差别，而孔子屡次称道他。况且学习圣人的人，难道一定看他的言辞如何如何吗？只要观察他的思想倾向而已。孔子认为后世一定有不能实行他的学说的人，一定有剽窃他的学说去做不义的事情的人，因此他的言辞平易正直，而不敢提出不平常的让一般人高兴的论点，关键在于使之不可改变。

从前曾奇怪李斯从师于荀卿，不久以后焚烧儒家的书籍，彻底改变古代圣人的法度，对于他的老师的儒家之道，无疑于像仇敌。等到现在观览荀卿的书，然后知道李斯用来侍奉秦国的方法策略全都是出自荀卿，而不值得奇怪了。

荀卿，是喜欢发表不同见解而不谦让，敢于大发议论而不顾及的人。他的话是使愚昧的人惊诧，小人们高兴的。子思、孟轲，是社会上所说的贤人君子，荀卿却说："扰乱天下的人，是子思，孟轲。"天下的人如此之多，仁人义士如此之众，荀卿却说："人的本性丑恶。桀和纣的行为，是出于本性。尧和舜的作法，是出于伪饰。"由此来看，猜想他的为人一定是刚愎自用傲慢不逊，并且自我推许大过分。那个李斯，又特别严重罢了。

观在那些小人们做不善的事，仍然一定有顾忌的东西，因此尽管夏朝、商朝灭亡，夏桀、商纣王残暴，但先王的法度、礼乐、刑律，仍然没到灭绝不可考究的地步，这是夏桀、商纣王仍旧有所保存而不敢全部废弃的结果。那个李斯，却能够奋而不顾焚烧孔子的六经，消灭三代以来的诸侯分封制、废除了周公创制的井田制，这也说明他一定有所怙恃的了。他看到他的老师一个接一个地诋毁天下的贤人，来肯定自己愚蠢的说法正确，认为古代先圣王都不值得效法。不知荀卿仅仅是让他的言论快意于当时，而荀卿也不知道他所造成的祸患最后达到这种地步。

一个人的父亲杀人报仇，那个人的儿子将来也一定会做抢劫的事。荀卿阐明王道，叙述礼乐，而李斯用他的学说使天下混乱，这是他的高谈异论对李斯有所激发的结果。孔子、孟子的言论，不曾有差别，而天下最终也没有赶上他们的人。如果天下果真没有赶得上他们的人，那么还有什么必要来求得不同呢？

韩非论

圣人之所为恶夫异端尽力而排之者，非异端之能乱天下，而天下之乱所由出也。昔周之衰，有老聃、庄周、列御寇之徒，更为虚无淡泊之言，而治其猖狂浮游之说，纷纷颠倒，而卒归于无有。由其道者，荡然莫得其当，是以忘乎富贵之乐，而齐乎死生之分，此不得志于天下，高世远举之人，所以放心而无忧。虽非圣人之道，而其用意，固亦无恶于天下。自老聃之死百余年，有商鞅、韩非著书，言治天下无若刑名之贤，及秦用之，终于胜、广之乱，教化不足，而法有余，秦以不祀，而天下被其毒。后世之学者，知申、韩之罪，而不知老聃、庄周之使然。

何者？仁义之道，起于夫妇、父子、兄弟相爱之间；而礼法刑政之原，出于君臣上下相忌之际。相爱则有所不忍，相忌则有所不敢。夫不敢与不忍之心合，而后圣人之道得存乎其中。今老聃、庄周论君臣、父子之间，泛泛乎若萍浮于江湖而适相值也。夫是以父不足爱，而君不足忌。不忌其君，不爱其父，则仁不足以怀，义不足以劝，礼乐不足以化。此四者皆不足用，而欲置天下于无有。夫无有，岂诚足以治天下哉！商鞅、韩非求为其说而不得，得其所以轻天下而齐万物之术，是以敢为残忍而无疑。

今夫不忍杀人而不足以为仁，而仁亦不足以治民；则是杀人不足以为不仁，而不仁亦不足以乱天下。如此，则举天下唯吾之所为，刀锯斧钺，何施而不可。昔者夫子未尝一日敢易其言。虽天下之小物，亦莫不有所畏。今其视天下眇然若不足为者，此其所以轻杀人欤！

太史迁曰：“申子卑卑，施于名实。韩子引绳墨，切事情，明是非，其极惨礉少恩，皆原于道德之意。”尝读而思之，事固有不相谋而相感者。庄、老之后，其祸为申、韩。由三代之衰至于今，凡所以乱圣人之道者，其弊固已多矣，而未知其所终，奈何其不为之所也。

【译文】圣人疾恨异端邪说并尽力排斥它的原因，并非是异端邪说能够扰乱天下，是因为它是天下混乱发生的源由。从前周朝衰落，有老聃、庄周、列御寇一类的人，更替着发表虚无谈泊的言论，并推行他们的猖狂浮浅的学说，纷纷乱乱颠倒是非，最后归于无有。遵由他们的理论体系，玄远广大没有谁得到其中的真谛，因此忘掉富贵的欢乐，把死和生看作是等同的，这是在天下不得志，超越远离世俗的人，用来放纵心意达到无忧的作法。虽然这不是圣人之道，但他们的用意，本来也无害于天下。自从老聃死后一百多年，有商鞅、韩非等人著书立说，他们说治理天下没有比刑名之学更好的了，在秦代用它来治理国家，在陈胜、吴广的叛乱中结束，对社会的教化不够，而法制有余，秦朝因此灭亡，而天下遭受它的毒害。后世的学者，知道这是申不害、韩非的罪孽，却不知道是老聃、庄周使他们这样。

为什么呢？仁义之道，兴起在夫妇、父子、兄弟相爱中，而礼法刑律的本原，出现在君臣上下相忌之间。彼此相爱就有不忍心的事情，相互忌惮就有不敢作的事情。不敢和不忍两种念头相合，尔后圣人之道就存在于其中了。现在老聃、庄周论述君臣、父子之间的关系，泛泛地就像浮萍飘浮在江湖正好相遇一样。因此父亲不值得去敬爱，君主不值得去忌惮。不忌惮他的君主，不爱他的父亲，那么仁不能够安抚人，义不能够勉励人，礼乐不能够感化人。这四方面都没有什么作用，那是想把天下放到无有的境地。无有，难道真能治理天下吗！商鞅、韩非探求他们的学说没有学到，学到了他们轻视天下齐同万物的方法，因此敢去作残忍的事而没有疑忌。

现在不忍心杀人不足以算是仁，而仁也不足以治理百姓，那么是说杀人不足以表明是不仁，而不仁也不足以扰乱天下。像这样的话，那整个天下都可以为所欲为，刀锯斧钺，用它们干什么不可以？从前孔子未曾一天改变自己的言论，即使是天下最小的事物，也没有哪一个不让人感到畏惧。现在看待天下眇然好像不足以治理似的，这难道是轻易杀人的理由吗！

司马迁说："申不害自强不息，致力于循名责实，韩非以法度为依据，决断事情，辩明是非，他的主张发展到严酷苛刻缺少恩德，他们的思想都是来源于老子的道德体系。"曾经阅读并思考这几句话，觉得事情本来有未曾互相谋议却互相感染的，庄子、老子之后，其祸害为申不害、韩非。从三代衰亡到现在、凡是用来扰乱圣人之道的思想学说，其中的流弊本来就很多了，却不能知道它们的结局，怎能不及早给他们安排个去处呢。

留侯论

古之所谓豪杰之士者，必有过人之节。人情有所不能忍者，匹夫见辱，拔剑而起，挺身而斗，此不足为勇也。天下有大勇者，卒然临之而不惊，无故加之而不怒，此其所挟持者甚大，而其志甚远也。

夫子房受书于圯上之老人也，其事甚怪，然亦安知其非秦之世有隐君子者出而试之？观其所以微见其意者，皆圣贤相与警戒之意。而世不察，以为鬼物，亦已过矣。且其意不在书。当韩之亡，秦之方盛也，以刀锯鼎镬待天下之士，其平居无罪夷灭者，不可胜数，虽有贲、育，无所复施。夫持法太急者，其锋不可犯，而其末可乘。子房不忍忿忿之心，以匹夫之力，而逞于一击之间。当此之时，子房之不死者，其间不能容发，盖亦已危矣。千金之子，不死于盗贼。何者？其身之可爱，而盗贼之不足以死也。子房以盖世之才，不为伊尹、太公之谋，而特出于荆轲、聂政之计，以侥幸于不死，此固圯上之老人所为深惜者也。是故倨傲鲜腆而深折之。彼其能有所忍也，然后可以就大事。故曰：孺子可教也。

楚庄王伐郑，郑伯肉袒牵羊以逆，庄王曰："其君能下人，必能信用其民矣。"遂舍之。勾践之困于会稽，而归臣妾于吴者，三年而不倦。且夫有报人之志，而不能下人者，是匹夫之刚也。夫老人者，以为子房才有余，而忧其度量之不足，故深折其少年刚锐之气，使之忍小忿而就大谋。何则？非有平生之素，卒然相遇于草野之间，而命以仆妾之役，油然而不怪者，此固秦皇之所不能惊，而项籍之所不能怒也。

观夫高祖之所以胜，而项籍之所以败者，在能忍与不能忍之间而已矣。项籍唯不能忍，是以百战百胜而轻用其锋。高祖忍之，养其全锋而待其弊。此子房教之也。当淮阴破齐而欲自王，高祖发怒，见于词色。由此观之，犹有刚强不忍之气，非子房其谁全之。

太史公疑子房以为魁梧奇伟，而其状貌乃如妇人女子，不称其志气。呜呼，此其所以为子房欤！

【译文】古代所说的英雄豪杰，一定有过人的节操。有一般的人情所不能忍受的情况，平民百姓被侮辱，就会拔剑而起，挺身搏斗，这不能算是勇敢。天下真正有大勇的人，意外事件突然降临而不惊慌，无故加以侮辱也不发怒，这是因为他的抱负非常大，他的志向非常高远的缘故。

张良从桥上老人那里得到兵书，这件事很奇怪。但是哪里知道那不是秦代隐居的君子有意出来考验他呢？看他用来隐约显示自己意图的，都是圣贤相互警戒的道理。而世人却不能明察，以为是鬼怪，这已经是错误了。而且圯上老人的用意不在于兵书。

正当韩国灭亡，秦国正强盛的时候，秦国用刀锯鼎镬等各种刑罚对待天下的士人，那些平白无故被杀戮的人，不可胜数，当时即使有孟贲、夏育那样的勇士，也没有地方施展他们的本领。执行法律过于急切的人，他的锋芒不可以去触犯，但他的衰落却有机可乘。张良不能忍受愤怒的心情，凭着匹夫的力量，逞强于一次搏击之中。当时，张良能够不死，在生和死之间不能容下一根头发，实在也太危险了。富贵人家的子弟，不死在盗贼的手里，这是为什么呢？知道自己的生命可爱，不值得和盗贼去拼死。张良凭着自己的盖世之才，不去效法伊尹、大公那样的大谋略，却想采取荆轲、聂政那样行刺的小计策，希望侥幸保住性命，这实在是桥上老人深深地为他惋惜的事情。因此桥上老人故意摆出高傲无礼的样子来狠狠挫折他。他如果能够忍受，然后才可以成就大事业。所以说：“你这小伙子是可以教诲的。”

楚庄王征伐郑国，郑伯袒身露体牵着羊去迎接他。楚庄王说：

“他们的国君能够屈已尊人，就一定会使百姓信任并乐于被他所用。”于是就收兵放弃征伐。勾践被围困在会稽山上，像臣妾一样到吴国作人质，三年不流露厌倦。至于有报仇的志向，却不能够屈已尊人，这是匹夫的刚强。桥上老人，认为张良才能有余，但担心他度量不足，所以才狠狠地挫伤他年轻人的刚强暴躁的脾气，让他忍耐小的愤怒而实现远大的谋略。为什么呢？平常素无交往，突然相遇在乡野之间，命令他去做仆役的事情，他却能泰然处之不觉得奇怪，这当然是秦始皇不能震惊，项羽也不能把他激怒的基础。

考察汉高祖之所以取胜，项羽之所以失败的原因，也是在能够忍耐和不能忍耐之间罢了。项羽只是由于不能忍耐，因此百战百胜而轻易地使用他的精锐力量。汉高祖能够忍耐，蓄养他的全部精锐力量来等待项羽疲弊。这是张良教给他这样做的。当淮阴侯韩信攻破齐国想要自立为齐王的时候，汉高祖大怒，已经表露在言辞和神色上了。由此看来，汉高祖仍然有刚强不能忍受的脾气，如果不是张良劝诫他，还有谁能成全他呢？

司马迁猜疑张良应该是身材魁梧相貌奇伟的人，实际上他的体态容貌竟然像妇人女子一样，这和他的志向气节很不相称。唉，这大概就是他之所以成为张良的原因吧！

贾谊论

非才之难，所以自用者实难。惜乎贾生王者之佐，而不能自用其才也。夫君子之所取者远，则必有所待；所就者大，则必有所忍。古之贤人，皆有可致之才，而卒不能行其万一者，未必皆其时君之罪，或者其自取也。

愚观贾生之论，如其所言，虽三代何以远过。得君如汉文，犹且以不用死。然则是天下无尧舜，终不可以有所为耶？仲尼圣人，历试于天下，苟非大无道之国，皆欲勉强扶持，庶几一日得行其道。将之荆，先之以子夏、申之以冉有。君子之欲得其君，如此其勤也。孟子去齐，三宿而后出昼，犹曰“王其庶几召我”。君子之不忍弃其君，如此其厚也。公孙丑问曰：“夫子何为不豫？”孟子曰：“方今天下，舍我其谁哉，而吾何为不豫？”君子之爱其身，如此其至也。夫如此而不用，然后知天下之果不足与有为，而可以无憾矣。若贾生者，非汉文之不用生，生之不能用汉文也。

夫绛侯亲握天子玺，而授之文帝，灌婴连兵数十万，以决刘、吕之雄雌。又皆高帝之旧将。此其君臣相得之分，岂特父子骨肉手足哉。贾生洛阳之少年，欲使其一朝之间，尽弃其旧而谋其新，亦已难矣。为贾生者，上得其君，下得其大臣如绛、灌之属，优游浸渍而深交之，使天子不疑，大臣不忌，然后举天下而唯吾之所欲为，不过十年，可以得志。安有立谈之间，而遽为人痛哭哉？观其过湘，为赋以吊屈原，纡郁愤闷，趯然有远举之志。其后卒以自伤哭泣，至于夭绝。是亦不善处穷者也。夫谋之一不见用，安知终不复用也？不知默默以待其变，而自残至此。呜呼！贾生志大而量小，才有余而识不足也。

古之人有高世之才，必有遗俗之累，是故非聪明睿哲不惑之主，则不能全其用。古今称苻坚得王猛于草茅之中，一朝尽斥去其旧臣，而与之谋。彼其匹夫略有天下之半，其以此哉。

愚深悲贾生之志，故备论之。亦使人君得如贾谊之臣，则知其有狷介之操，一不见用，则忧伤病沮，不能复振；而为贾生者，亦慎其所发哉。

【译文】困难的事情不在于有没有才能，而在于不由他人推荐却能使自己致用于世。可惜贾谊是辅佐帝王的人才，却不能发挥自己的才能。君子想要达到的目标长远，那么一定要有所等待，要成就的事业伟大，就一定要有所忍耐。古代的贤人，都有可以发挥作用的才能，有的人最终却不能施展自己才能的万分之一，其原因未必都是当时君主的过错，或许是他们自己造成的。

我看贾谊的议论，如果真像他说的那样，即使是夏、商、周三代又怎能远远地超过他的设想。遇到像汉文帝这样的君主，尚且因为不受重用而抑郁死去。那么是天下没有尧、舜那样的明君，就终生一不能有作为了吗？孔子是圣人，历经天下推行自己的主张，如果不是十分无道的国家，都想尽力去扶持它，希望有朝一日实行自己的主张。将要去楚国，先派子夏去说明自己的想法，接着让冉有重申自己的意见。君子为了得到了解自己的君主，就像这样的勤劳。孟子离开齐国的时候，在昼地停了三天才离去，他仍然说："齐王也许还会召见我。"君子不忍心舍弃他的君主，像这样的感情深厚。公孙丑问他说："先生为什么不高兴？"孟子说："当今天下，如果想治理好国家，除了我还有谁能够做到呢？我又怎么会不高兴？"君子爱惜自己，就像这样的周到。如果做到这一步还不被任用，然后才可以知道天下的确没有值得和他一样有作为的君主，因而也就没有遗憾。像贾谊这样的人，并非汉文帝不重用他，是他自己不能被汉文帝重用。

绛侯周勃曾经亲自捧着皇帝的玉玺，把它交给汉文帝，灌婴曾联合数十万军队，来决定刘、吕两家的胜负。他们又都是汉高祖刘邦的旧将。这说明他们之间相互投合的深厚关系，哪里仅仅是父子兄弟的骨肉关系可以比拟的呢？贾谊是洛阳的一个年轻人，想使汉文帝在一个早晨里，全部废弃旧政而谋用新政，这也太难了。为贾谊考虑，要想上得到君主的信任，下得到大臣的支持，对待周勃、灌婴这班人，就要从容渗透逐渐地和他们建立深厚的交情，让天子不怀疑自己，大臣们不妒忌自己，然后整个天下才能够照自己所想的去治理，不出十年，可以实现自己的报负。哪里有在短短的交谈之后，就急着对人痛哭？看他路过湘水，作赋来凭吊屈原，心中忧郁郁苦闷，心情激荡有远离尘世隐居下来的念头。其后始终因自我感伤而时常哭泣，以至短命早死。这就可见他不是一个善于对待逆境的人。谋略一次不被采用，怎么知道永远不再被采用呢？不知道默默地等待形势的变化，却自我摧残到这种地步。唉，贾谊志向远大而器量狭小，才能有余而见识不足。

古代的人有出类拔萃的才能，一定有超群脱俗带来的拖累，因此不是英明睿智不受蒙蔽的君主，就不能使自己全部发挥作用。古今的人都称道苻坚从平民中得到王猛，就一下子全部贬黜自己的旧臣，和王猛一起谋划国家大事。他一个平庸的人能在当时占据天下的一半，大概就是因为这个缘故吧。

我深深地惋惜贾谊未能实现自己的志向，因而对他的话详加评论。同时也想使君主知道得到像贾谊这样有才能的臣子，就应该知道他有孤高自爱不同流俗的操守，一旦不被不重用，就会忧郁伤感颓废沮丧，再也不能振作；而作为贾谊这样的人来说，也要慎重地对待自己的所作所为啊。

晁错论

天下之患，最不可为者，名为治平无事，而其实有不测之忧。坐观其变，而不为之所，则恐至于不可救。起而强为之，则天下狃于治平之安，而不吾信。唯仁人君子豪杰之士，为能出身为天下犯大难，以求成大功。此固非勉强期月之间，而苟以求名者之所能也。天下治平，无故而发大难之端，吾发之，吾能收之，然后有以辞于天下。事至而循循焉欲去之，使他人任其责，则天下之祸，必集于我。

昔者晁错尽忠为汉，谋弱山东之诸侯。山东诸侯并起，以诛错为名。而天子不察，以错为说。天悲错之以忠而受祸，而不知错之有以取之也。

古今立大事者，不唯有超世之才，亦必有坚忍不拔之志。昔禹之治水，凿龙门，决大河而放之海。方其功之未成也，盖亦有溃冒冲突可畏之患。唯能前知其当然，事至不惧，而徐为之所，是以得至于成功。

夫以七国之强而骤削之，其为变岂足怪哉！错不于此时捐其身，为天下当大难之冲，而制吴、楚之命，乃为自全之计，欲使天子自将，而己居守。且乎发七国之难者，谁乎？己欲求其名，安所逃其患。以自将之至危，与居守之至安，己为难首，择其至安，而遗天子以其至危，此忠臣义士所以愤惋而不平者也。当此之时，虽无袁盎，错亦不免于祸。何者？己欲居守，而使人主自将，以情而言，天子固已难之矣。而重违其议，是以袁盎之说，得行于其间。使吴、楚反，错以身任其危，日夜淬砺，东向而待之，使不至于累其君，则天子将恃之以为无恐，虽有百袁盎，可得而间哉？

嗟夫，世之君子，欲求非常之功，则无务为自全之计。使错自将而击吴、楚，未必无功。唯其欲自固其身，而天子不悦，奸臣得以乘其隙。错之所以自全者，乃其所以自祸欤！

【译文】天下的祸患，最难以处理的是，表面上平安无事，其实却有难以预测的隐忧。如果坐着观看它的发展变化，却不去采取相应的处理措施，那恐怕会发展到不可挽救的地步。但是如果起来硬去挽救它，那么天下的人由于习惯太平的安逸，又不会相信自己。只有仁人君子豪杰之士，算是能够挺身而出为天下冒大风险，来求得成就大的功业。这本来不是勉强在一个月内，而且想苟且获求个人名望的人所能做到的。天下太平无事，无故发起大灾难的事端，就要做到：我既然能够发起，我就能够收拾，然后有什么对天下人去说。假如事到临头就想一步步地躲开，让别人来承担责任，那么天下的祸患，就一定会集中到自己身上。

从前晁错为汉朝竭尽忠心，谋划削弱山东的诸侯王的势力。山东的诸侯一同起兵，以诛杀晁错为借口。天子没有察觉他们的意图，于是用杀晁错的办法来堵他们的嘴。天下人都为晁错竭尽忠心却遭受祸患而悲伤，却不知道晁错自己也有自取其咎的原因。

古代成就大事业的人，不光有出类拔萃的才能，也一定有坚韧不拔的意志。过去大禹治水，凿开龙门，疏道黄河使它流入大海。当他功业未成的时候，大概也有堤防被冲坏造成洪水泛滥的令人畏惧的灾祸。只是能够预先知道这种情况必然发生，事到临头毫不畏惧，从容地采取挽救的措施，因此能够最后获得成功。

凭着七国的强大想一下子削弱它们，那么它们发动叛乱难道还有什么可怪的呢！晁错不在这时挺身而出，为天下去挡住大难的冲击，消灭吴楚各国的军事力量，竟然作保全自己的打算，想使天子亲自率军出征，而自己在京城留守。再说使吴楚七国发难的人，是谁呢：自己想要求得功名，怎么逃避灾难。把率军出征的极端危险，和居京留守极端安全相比，自己是首先促使七国发难的人，却选择居京留守这种极端安全的作法，把率军出征的极端危险的事情推给天子，这是忠臣义士感到愤恨不平的原因。在当时，即使没有袁盎，晁错也难免杀身之祸。为什么呢？自己想居京城留守，却让天子亲自率军出征，从情理上说，天子本来就感到为难了。而又重视大臣们的意见不肯违背，因此袁盎的话，能够在中间起作用。假使吴楚反叛，晁错舍身承担危险的任务，日夜做好应战准备，面向东方严阵以待，使得事态不至于连累自己的君主，那么天子将会有所依靠而不恐惧，即使这时有一百个袁盎，能够从中离间吗？

嗨！世上的君子，想要求得不同寻常的功业，就不要专门去作保全自己的打算。假如晁错亲自率军讨伐吴楚，未必不能成功。唯独因为想保全自己，才使天子不高兴，使奸臣能够有机可乘。晁错用来保全自己的作法，才是他用来自取其祸的原因吧！

霍光论

古之人，惟汉武帝号知人。盖平生所用文武将帅、郡国边鄙之臣，左右侍从、阴阳律历博学之士，以至钱谷小吏、治刑狱、使绝域者，莫不获尽其才，而各当其处。然此犹有所试，其功效著见，天下之所共知而信者。至于霍光，先无尺寸之功，而才气术数，又非有以大过于群臣。而武帝擢之于稠人之中，付以天下后世之事。而霍光又能忘身一心，以辅幼主。处于废立之际，其举措甚闲而不乱。此其故何也?

夫欲有所立于天下,击搏进取以求非常之功者,则必有卓然可见之才,而后可以有望于其成。至于捍社稷,托幼子,此其难者不在乎才,而在乎节,不在乎节,而在乎气。天下固有能办其事者矣,然才高而位重,则有侥幸之心,以一时之功,而易万世之患,故曰“不在乎才,而在乎节”。古之人有失之者,司马仲达是也。天下亦有忠义之士,可托以死生之间,而不忍负者矣。然狷介廉洁,不为不义,则轻死而无谋,能杀其身,而不能全其国,故曰“不在乎节,而在乎气”。古之人有失之者,晋荀息是也。夫霍光者,才不足而节气有余,此武帝之所为取也。

《书》曰:“如有一介臣,断断兮,无他技。其心休休焉,其如有容。人之有技,若己有之。人之彦圣,其心好之,不啻若自其口出,是能容之。以保我严孙黎民。”嗟夫,此霍光之谓欤!使霍光而有他技,则其心安能休休焉容天下之才,而乐天下之彦圣,不忌不克,若自己出哉!

才者,争之端也。夫惟圣人在上,驱天下之人各走其职,而争用其长。苟以人臣之势,而居于廊庙之上,以捍卫幼冲之君,而以其区区之才,与天下争能,则奸臣小人有以乘其隙而夺其权矣。霍光以匹夫之微而操生杀之柄,威盖人主,而贵震于天下。其所以历事三日而终其身天下莫与争者,以其无他技,而武帝亦以此取之欤?

【译文】古代的人,只有汉武帝号称知人善任。他平生所任用的文臣武将、郡国边城的臣子,身边的侍从、阴阳律历博学的士人,以及管理钱谷的小吏、治理刑狱、出使外国的人,没有谁不是竭尽施展自己的才能,并各自适合他们的职事。然而这仍然有所试用,他们的功劳业绩显著,是天下共同了解并相信的。至于霍光,起先并无一点点功劳,而他的才气心机也并非有什么远远超过当时朝中的群臣。但是汉武帝把他从众人当中提拔上来,把天下后世的事托付给他。而霍光也能舍身忘己，一心一意来辅佐幼主。处在废昌邑王立汉宣帝的关头，他的举措非常从容而不慌乱。这是什么缘故呢？

想要在天下有成就，搏击进取来求得不寻常的功绩的人，就一定有超群脱俗显而易见的才能，然后有希望获得成功。至于捍卫社稷，辅佐幼主，他的难处不在于有才能，而在于有节操，不在于有节操，而在于有涵养。天下本来就有能够办事的人，但是由于才能超群地位显贵，就有侥幸取得功名的想法，凭着一时的功劳，而看轻危害万世的祸患，所以说“不在于有才能，而在于有节操。”古代的人有丧失这一点的，司马仲达就是这样。天下也有忠义之士，可以在生死之际把后事托付给他，而他不会忍心辜负你。但这种人洁身自好清正廉洁，不义的事坚决不做，因此可以轻易去死而缺少权谋，能够为正义杀身，却不能保全他的国家，所以说“不在于有节操，而在于有涵养。”古代的人有丧失这一点的，春秋晋国的荀息就是这样。霍光，才能不足而节操涵养有余，这是汉武帝重用他的原因。

《尚书》说：“如果有这样一位忠臣，忠实诚恳，没有别的本领。但他的心地宽厚，能够容人容物。人家有的本领，就像他自己的本领一样。别人品德高尚，他从内心喜欢，不仅仅在口头上称道，而且能够容纳他。这种宽洪大度的人是可以保住我的子孙和百姓幸福的。”哎，这说的就是霍光吧！假使霍光有其他的本事，那么他的心胸怎么能宽阔地容纳天下的有才人，怎么能喜欢天下品德高尚的人，不妒忌不凌犯，就像自己有才能有道德一样。

才能，是竞争的苗头。只有圣人在上，役使天下人各自为自己的职事奔走，争着发挥自己的长处。如果凭着臣子的势力，处在朝廷之上，来捍卫幼小的君主，靠自己微不足道的才华，来和天下竞争能力，那么奸臣小人就有机会钻空子来争夺那个权力了。霍光凭着平常人的卑微身份而掌握朝廷的生杀大权，威望盖过君主，而尊贵震动天下。他能够历事三个皇帝却终生天下人没有谁和他争权的原因，如若他没有别的本事，汉武帝也因此重用他吗？

扬雄论

昔之为性论者多矣，而不能定于一。始孟子以为善，而荀子以为恶，扬子以为善恶混。而韩愈者又取夫三子之说，而折之以孔子之论，离性以为三品，曰：“中人可以上下，而上智与下愚不移”。以为三子者，皆出乎其中，而遗其上下。而天下之所是者，于愈之说为多焉。

嗟夫，是未知乎所谓性者，而以夫才者言之。夫性与才相近而不同，其别不啻若白黑之异也。圣人之所与小人共之，而皆不能逃焉，是真所谓性也。而其才固将有所不同。今夫木，得土而后生，雨露风气之所养，畅然而遂茂者，是木之所同也，性也。而至于坚者为毂，柔者为轮；大者为楹，小者为桷。桷之不可以为楹，轮之不可以为毂，是岂其性之罪耶？天下之言性者，皆杂乎才而言之，是以纷纷而不能一也。

孔子所谓中人可以上下，而上智与下愚不移者，是论其才也。而罕于言性，则未尝断其善恶，曰“性相近也，习相远也。”而已。韩愈之说，则又有甚者，离性以为情，而合才以为性，是故其论终莫能通。彼以为性者，果泊然而无为耶，则不当复有善恶之说。苟性有善恶也，则夫所谓情者，乃吾所谓性也。人生而莫不有饥寒之患，牝牡之欲。今告乎人曰：饥而食，渴而饮，男女之欲，不出于人之性也，可乎？是天下知其不可也。圣人无是，无由以为圣；而小人无是，无由以为恶。圣人以其喜怒哀惧爱恶欲七者御之，而之乎善；小人以是七者御之，而之乎恶。由此观之，则夫善恶者，性之所能之，而非性之所能有也。且夫言性者，安以其善恶为哉！虽然，扬雄之论，则固已近之。曰：“人之性善恶混。修其善则为善人，修其恶则为恶人。”此其所以为异者，唯其不知性之不能以有夫善恶，而以为善恶之皆出乎性也而已。

夫太古之初，本非有善恶之论，唯天下之所同安者，圣人指以为善，而一人之所独乐者，则名以为恶。天下之人，固将即其所乐而行之，孰知夫圣人唯其一人之独乐不能胜天下之所同安，是以有善恶之辨。而诸子之意，将以善恶为人之私说，不已疏乎！而韩愈又欲以书传之所闻昔人之事迹，而折夫三子之论，区区乎以后稷之岐嶷，文王之不勤，瞽、鲧、管、蔡之迹而明之！圣人之论性也，将以尽万物之天理，与众人之所共知者，以折天下之疑。而韩愈欲以一人之才，定天下之性，且其言曰“今之言性者，皆杂乎佛、老。”愈之说，以为性之无与乎情，而喜怒哀乐皆非性者，是愈流入于佛、老而不自知也。

【译文】过去论述的人本性的人很多了，但始终不能有统一的定论。开始孟子认为性善，荀子认为性恶，扬雄认为善和恶混合在一起。唐代的韩愈取这三个人的说法，用孔子论述加以折中，分析人的本性有三等，说：“中等人可以成为上等人、下等人，而上等的智者和下等的愚人是不可改变的。”认为以上三个人，都是从中等人的角度出发，而遗漏了上等人和下等人。天下所认为正确的，以韩愈的说法为多数。

哎，这是不懂得什么是人的本性，而把才能当成人的本性来说的。人的本性和人的才能有相似之处但本质不同，它们的区别无异于像黑与白不同一样。圣人和小人共同具有，谁都不能避开的，是真正所说的性。而他们的才能本来就有不同。现在比方说那树，有了土地就生长，雨露风气滋润养育，就舒展茂盛，这是树木共同的特点，是本性。至于用坚硬的做车毂，柔软的做车轮，大的做柱子，小的做椽子。能做椽子的不能做成柱子，能做车轮的不能做成车毂，这难道是它的本性的罪过吗？天下谈论本性的，都掺杂着才能来说，因此众说纷纭不能统一。

孔子所说的中等人可以成为上等人或下等人，而且说只有上等的智者和下等的愚人是不能改变的话，是评论他们的才能。至于谈到人的本性，未曾论断它的善与恶，只是说："人的本性相近，因为习性不同而距离悬远而已。韩愈的说法，又有更过分的，他把人的本性又分析为情感，把情感和才能合起来看作是人的本性，因此他的论点始终不能圆通。他认为的本性，果真是静默自然恬淡无为的话，那就不应当再有善恶之说。如果人的本性有善和恶，那么所谓的情感，就是我所说的本性。人生没有谁没有饥寒的忧患，公牛和母牛的欲望，现在告诉人说：饿了就想吃食，渴了就想喝水，两性的情欲，不超出人的本性，可以吗？这是天下人都知道不可以的事情。圣人没有情感，没有途径成为圣人；小人没有情感，没有途径成为恶人。圣人用那喜怒哀惧赏恶欲七种情感控制自己，走向美善；小人也用这七种情感控制自己，却走向邪恶。由此来看，那么善和恶，是本性能够达到的，而不是本性所具有的。再说谈人的本性的人，怎么能用那善和恶来立论呢？虽然这样，扬雄的论述，还算是接近正确。他说："人的本性里善和恶混杂，推广修行善的一面就成为善人，推广扩大恶的一面就成为恶人。"这里作为差异的，只是他不知道人的本性不能有善恶之分，而认为善和恶都是出于人的本性而已。

远在上古的时候，本来没有善和恶的概念，只要是天下人共同安乐的事情，圣人指出说是善，而一个人独自欢乐的，就指出说是恶。天下人，本来就在作他们欢乐的事，谁知道那圣人正因为一个人独自欢乐不能胜过天下人共同安乐，所以有了善和恶的分别。而诸子们的意见，将认为性善和性恶是圣人的私说，不是已经远离了吗！而韩愈又想拿古代书传里传闻的古人事迹，来折中那三个人的论点，迂阔地用后稷幼年聪慧，文王不勤，瞽叟、鲧、管叔、蔡叔的行迹来申明它。圣人论述人性，将要用来穷尽万物的自然道理，和众人共同知晓的事情，来判断天下的疑难的问题。而韩愈想用一个人的才能，来定天下人的本性。而且他还说道："现在谈论人性的人，都夹杂着佛教和老子的学说。"韩愈的观点，认为人性不掺合情感，而喜怒哀乐全都不是人的本性，这是韩愈自己流入佛教和老子的学说中而不自知。

诸葛亮论

取之以仁义，守之以仁义者，周也。取之以诈力，守之以诈力者，秦也。以秦之所以取取之，以周之所以守守之者，汉也。仁义诈力杂用以取天下者，此孔明之所以失也。

曹操因衰乘危，得逞其奸，孔明耻之，欲信大义于天下。当此时，曹公威震四海，东据许、兖，南牧荆、豫，孔明之恃以胜之者，独以其区区之忠信，有以激天下之心耳。夫天下廉隅节概慷概死义之士，固非心服曹氏也，特以威劫而强臣之，闻孔明之风，宜其千里之外有响应者，如此则虽无措足之地，而天下固为之用矣。且夫杀一不辜而得天下，有所不为，而后天下忠臣义士乐为之死。刘表之丧，先主在荆州，孔明欲袭杀其孤，先主不忍也。其后刘璋以好逆之至蜀，不数月，扼其吭拊其背而夺之国。此其与曹操异者几希矣。曹、刘之不敌，天下之所共知也；言兵不若曹操之多，言地不若曹操之广，言战不若曹操之能，而有以一胜之者，区区之忠信也。孔明迁刘璋，既以失天下义士之望，乃始治兵振旅，为仁义之师，东向长驱，而欲天下响应，盖亦难矣。

曹操既死，子丕代立，当此之时，可以计破也。何者？操之临终，召丕而属之植，未尝不以谭、尚之戒也。而丕与植，终于相残如此。此其父子兄弟且为寇仇，而况能以得天下英雄之心哉？此有可间之势，不过捐数十万金，使其大臣骨肉内自相残，然后举兵而伐之，此高祖所以灭项籍也。孔明既不能全其信义，以服天下之心，又不能奋其智谋，以绝曹氏之手足，宜其屡战而屡却哉！

故夫敌有可间之势而不间者，汤、武行之为大义，非汤、武而行之为失机。此仁人君子之大患也。吕温以为孔明承桓、灵之后，不可强民以思汉，欲其播告天下之民，且曰“曹氏利汝吾事之，害汝吾诛之。”不知蜀之与魏，果有以大过之乎！苟无以大过之，而又决不能事魏，则天下安肯以空言竦动哉？呜呼！此书生之论，可言而不可用也。

【译文】靠仁义取得天下，靠仁义守卫天下的，是周朝。靠欺诈和武力取得天下，靠欺诈和武力守卫天下的，是秦朝。用秦朝夺取天下的手段取得天下，用周朝守卫天下的办法守卫天下的，是汉朝。仁义诈力杂用来取得天下，这是诸葛亮的失误。

曹操乘汉朝衰微之机。使他的奸诈得逞，诸葛亮感到可耻，想要在天下伸张大义。正当这个时候，曹操威震四海，东面占据许昌、兖州，南面拥有荆州、豫州，诸葛亮借以战胜他的，仅仅是自己的一点点忠信，来激发天下人的感情罢了。天下廉正节概慷慨勇于为道又献身的士人，本来并不心服曹操，仅仅被淫威劫持而勉强对他称臣，听说诸葛亮忠信的风范，在千里之外就响应他是必然的，这样，诸葛亮虽然当时没有立足之地，而天下本来就愿意为他所用。再说杀掉一个无辜的人而取得天下，也不去干这种事，然后天下的忠臣义士才乐意为他去死。刘表去世的时候，刘备在荆州，诸葛亮想趁机袭击刘表的遗孤，刘备不忍心。其后刘璋好意迎接他们到蜀地，不过几个月，就扼住刘璋的咽喉，击打刘璋的后背，而夺取他的国土。这种作法和曹操的行动几乎没有差异了。曹操和刘备相比，刘备不是对手，这是天下都知道的事实。论兵力刘备不如曹操众多，论土地刘备不如曹操广大，论作战刘备不如曹操有能力，却有偶尔战胜的时候，依靠的仅仅是一点点忠信。诸葛亮流放了刘璋，已经令天下的忠义之士失望，才开始整顿军队，为仁义之师，向东长驱进发，想让天下响应，也就困难了。

曹操死了以后，他的儿子曹丕代替他立为国君，正当这个时候，可以用计击破他。为什么呢？曹操临死的时候，召见曹丕把曹植托咐给他，未尝不以袁谭、袁尚兄弟相残的事告诫他。而曹丕和曹植，最后兄弟相残到这种程度。这时他们父子兄弟尚且成为寇仇，怎能得到天下英雄的忠心呢！这时有可以离间他们的机会，不过捐弃数十万金，就可以让他们大臣骨肉在内部自相残杀，然后起兵讨伐他们，这是汉高祖消灭项羽的办法。诸葛亮既不有保全自己的信义，来使天下心服，又不能施展自己的智谋，来断绝曹氏的手足，所以他屡战屡败是应该的了。

所以说敌人有可以离间的机会却不去离间，商汤王、周武王这样做是大义，不是商汤王、周武王却这样做是错失良机。这是仁人君子的大祸患。吕温认为诸葛亮承继汉桓帝、汉灵帝衰败之后，不可勉强百姓思念汉朝，想让他布告天下百姓，说“曹魏对你们有好处我事奉他，曹魏残害你们我诛杀他。”不知道蜀国和魏国比较，果真有远远超过的地方吗？如果没有什么远远超过地方，又决不能事奉魏国，那么天下怎么肯凭空话来竦动呢？唉！这是书生的论调，可以说说却不可以采用啊。

韩愈论

圣人之道，有趋其名而好之者，有安其实而乐之者。珠玑犀象，天下莫不好。奔走悉力，争斗夺取，其好之不可谓不至也。然不知其所以好之之实。至于粟米蔬肉，桑麻布帛，天下之人内之于口，而知其所以为美；被之于身，而知其所以为安。此非有所役乎其名也。

韩愈之于圣人之道，盖亦知好其名矣，而未能乐其实。何者？其为论甚高，其待孔子、孟轲甚尊，而拒杨、墨、佛、老甚严。此其用力，亦不可谓不至也。然其论至于理而不精，支离荡佚，往往自叛其说而不知。

昔者宰我、子贡、有若更称其师，以为生民以来未有如夫子之盛，虽尧舜之贤，亦所不及。其尊道好学，亦已至矣。然而君子不以为贵，曰：宰我、子贡、有若，智足以知圣人之污而已矣。若夫颜渊，岂亦云尔哉！盖亦曰“夫子循循焉善诱人”。由此观之，圣人之道，果不在于张而大之也。韩愈者，知好其名，而未能乐其实者也。

愈之《原人》曰："天者，日月星辰之主也。地者，山川草木之主也。人者，夷狄禽兽之主也。主而暴之，不得其为主之道也。是故圣人一视而同仁，笃近而举远。"夫圣人之所为异乎墨者，以其有别焉耳。今愈之言曰"一视同仁"，则是以待人之道待夷狄，待夷狄之道待禽兽也，而可乎？教之使有能，化之使有知，是待人之仁也。不薄其礼而致其情，不责其去而厚其来，是待夷狄之仁也。杀之以时，而用之有节，是待禽兽之仁也。若之何其一之！儒墨之相戾，不啻若胡越。而其疑似之间，相去不能以发。宜乎愈之以为一也。孔子曰："泛爱众而亲仁。"仁者之为亲，则是孔子不兼爱也。"祭如在，祭神如神在。"神不可知，而祭者之心以为如其存焉，则是孔子不明鬼也。

儒者之患，患在于论性。以为喜怒哀乐皆出于情，而非性之所有。夫有喜有怒，而后有仁义，有哀有乐，而后有礼乐。以为仁义礼乐皆出于情而非性，则是相率而叛圣人之数也。老子曰："能婴儿乎？"喜怒哀乐，苟不出乎性而出乎情，则是相率而为老子之"婴儿"也。

儒者或曰老、《易》，夫《易》，岂老子之徒欤？而儒者至有以老子说《易》，则是离性以为情者，其弊固至于此也。嗟夫，君子之为学，知其人之所长而不知其蔽，岂可谓善学耶？

【译文】对于圣人之道，有追求它的名称而爱好它的，有安于它的实质而以它为乐的。珠玑犀角象牙，天下没有谁不喜好它的。全力奔走搜求，明争暗斗夺取，那喜好的程度不能说不到极点了，但却不知道所以喜好它们的实质。至于粮米肉菜、桑麻布帛，天下的人把它们放到嘴里，知道它们的滋味甘美，穿到身上，知道它们使人安适，这并非是被它们的名称驱使才有这样的感觉。

韩愈对于圣人之道，大概也只知道喜好它的名称，却未能做到以它的实质为乐。为什么呢？他提出的理论格调非常高远，他对孔子、孟子非常尊崇，而批判杨朱、墨子、佛教、老子的学说非常严厉。这说明他对圣人之道的心力，也不说不到极点了。但是他的理论有思想却不精纯，支离破碎左右摇摆，往往自己违背自己的观点却不自知。

从前宰我、子贡和有若交替称颂他们的老师，以为人类诞生以来没有像孔子那样伟大的人，即使像尧舜那样贤明，也赶不上他。他们的尊道好学，也算已经到极点了。但是君子不认为他们可贵，说：宰我、子贡和有若，智慧足够了解孔子，即使有所夸大，（也不至于阿谀吹捧他们所敬爱的人）。至于颜渊，难道也这样吗？颜渊，对孔子评价说："先生善于有步骤地诱导我们。"由此来看，圣人之道，果真不在于如何张扬夸大。韩愈，是知道喜好它的名称，却未能以其实质为乐的人。

韩愈的《原人》中说："天，是日月星辰的主宰。地，是山川草木的主宰。人，是夷狄禽兽的主宰。主宰如果残暴对待它们，那是没有获得作为主宰应有的品德。因此圣人对待它们一视同仁，远的近的都诚恳对待。"圣人的学说和墨家学说的差异，在于有分别罢了。现在韩愈的话说"一视同仁"，那是用对待人的方法对待夷狄，用对待夷狄的方法对待禽兽，这样做可以吗？培养他们使他们有能力，教化他们使他们有智慧，这是对待人的仁德。不使礼仪减少但尽量表示同情，不谴责他们离去而厚待他们归服，这是对待夷狄的仁德。按照时节宰杀，使用它们有节度，这是对待禽兽的仁德。怎么能够一视同仁！儒家和墨家相背戾，无异于胡人和越人。而他们似乎相同的地方，相差不能容下一根头发。所以韩愈认为可以一视同仁是自然的。孔子说："泛爱大众，而亲近有仁德的人。"有仁德的人作为亲近的对象，这说明孔子不主张"兼爱"。"祭祀祖先就好像祖先真在那里，祭祀神灵就好像神灵真在那里。"神灵不能知道到底在不在，但祭祀的人心里，认为好像在那里一样，这说明孔子不主张"明鬼"。

儒家学者的过失，在于论述本性，以为喜怒哀乐全都出于情感，而不是人的本性所有的。人有喜怒，然后有仁义，有哀乐，然后有礼乐。认为仁义礼乐都是出于情感而不是本性，那是互相带领着背叛圣人的教导。老子说："能像婴儿一样无所欲吗？"喜怒哀乐，如果不是出自本性而是出自情感，那是互相带领着去当老子所说的"婴儿”。

有的儒家学者把老子的学说和《易经》相提并论。《易经》难道和老子的学说同类吗？而儒家学者甚至有用老子的学说来解释《易经》的，那么离析人性认为是情感的，其弊端原来就在这里。哎，君子求学，知道那个人的长处却不知道其中的弊端，怎么能说是善于学习呢？

思治论 嘉祐八年作

方今天下何病哉？其始不立，其卒不成。惟其不成，是以厌之而愈不立也。凡人之情，一举而无功则疑，再则倦，三则去之矣。今世之士，所以相顾而莫肯为者，非其无有忠义慷慨之志也，又非其才术谋虑不若人也。患在苦其难成而不复立。不知其所以不成者，罪在于不立也，苟立而成矣。

今世有三患而终莫能去，其所从起者，则五六十年矣。自宫室祷祠之役兴，钱币茶盐之法坏，加之以师旅，而天下常患无财。五六十年之间，下之所以游谈聚议，而上之所以变政易令以求丰财者，不可胜数矣，而财终不可丰。自澶渊之役，北虏虽求和，而终不得其要领，其后重之以西羌之变，而边陲不宁，二国益骄。以战则不胜，以守则不固，而天下常患无兵。五六十年之间，下之所以游谈聚议，而上之所以变政易令以求强兵者，不可胜数矣，而兵终不可强。自选举之格严，而吏拘于法，不志于功名。考功课吏之法坏，而贤者无所劝，不肖者无所惧，而天下常患无吏。五六十年之间，下之所以游谈聚议，而上之所以变政易令以求择吏者，不可胜数矣，而吏终不可择。财之不可丰，兵之不可强，吏之不可择，是岂真不可耶？故曰：其始不立，其卒不成。惟其不成，是以厌之而愈不立也。

夫所贵于立者，以其规摹先定也。古之君子，先定其规摹，而后从事，故其应也有候，而其成也有形。众人以为是汗漫不可知，而君子以为理之必然，如炊之无不熟，种之无不生也。是故其用力省而成功速。

昔者子太叔问政于子产。子产曰："政如农功，日夜以思之，思其始而图其终，朝夕而行之，行无越思，如农之有畔。"子产以为不思而行，与凡行而出于思之外者，如农之无畔也，其始虽勤，而终必弃之。今夫富人之营宫室也，必先料其赀财之丰约，以制宫室之大小，既内决于心，然后择工之良者。而用一人焉，必告之曰："吾将为屋若干，度用材几何？役夫几人？几日而成？土石材苇，吾于何取之？"其工之良者必告之曰："某所有木，某所有石，用材役人若干，某日而成。"主人率以听焉。及期而成，既成而不失当，则规摹之先定也。

今治天下则不然。百官有司，不知上之所欲为也，而人各有心。好大者欲王，好权者欲霸，而媮者欲休息。文吏之所至，则治刑狱；而聚敛之臣，则以货财为急。民不知其所适从也。及其发一政，则曰："姑试行之"而已，其济与否固未可知也。前之政未见其利害，而后之政复发矣。凡今之所谓新政者，听其始之议论，岂不甚美而可乐哉？然而布出于天下，而卒不知其所终。何则？其规摹不先定也。用舍系于好恶，而废兴决于众寡。故万全之利，以小不便而废者有之矣；百世之患，以小利而不顾者有之矣。所用之人无常责，而所发之政无成效。此犹适千里不赍粮，而假丐于途人；治病不知其所当用之药，而百药皆试，以侥幸于一物之中。欲三患之去，不可得也。

昔者太公治齐、周公治鲁，至于数十世之后，子孙之强弱，风俗之好恶，皆可得而逆知之。何者？其所施专一，则其势固有以使之也。管仲相桓公，自始为政而至于霸，其所施设，皆有方法。及其成功，皆知其所以然。至今可覆也。咎犯之在晋，范蠡之在越，文公、勾践尝欲用其民，而二臣皆以为未可。及其以为可用也，则破楚灭吴，如寄诸其邻而取之。此无他，见之明而策之熟也。

夫今之世，亦与明者熟策之而已。士争言曰：如是而财可丰，如是而兵可强，如是而吏可择。吾从其可行者而规摹之，发之以勇，守之以专，达之以强，日夜以求合于其所规摹之内，而无务出于其所规摹之外。其人专，其政一，然而不成者，未之有也。财之不丰，兵之不强，吏之不择，此三者，存亡之所从出，而天下之大事也。夫以天下之大事，而有一人焉，独擅而兼言之，则其所以治此三者之术，其得失固未可知也。虽不可知，而此三者决不可不治者可知也。

是故不可以无术。其术非难知而难听，非难听而难行，非难行而难收。孔子曰："好谋而成。"使好谋而不成，不如无谋。盖世有好剑者，聚天下之良金，铸之三年而成，以为吾剑天下莫敌也，剑成而狼戾缺折不可用。何者？是知铸而不知收也。今世之举事者，虽其甚小，而欲成之者常不过数人，欲坏之者常不可胜数。可成之功常难形，若不可成之状常先见。上之人方且眩瞀而不自信，又何暇及于收哉！

古之人，有犯其至难而图其至远者，彼独何术也？且非特圣人而已，商君之变秦法也，撄万人之怒，排举国之说，势如此其逆也。苏秦之为从也，合天下之异以为同，联六姓之疏以为亲，计如此其迂也。淮阴侯请于高帝，求三万人，愿以北举燕、赵，东击齐，南绝楚之粮道，而西会于荥阳。耿弇亦言于世祖，欲先定渔阳，取涿郡，还收富平而东下齐，世祖以落落难合。此皆赵人之都邑而谋人国，功如此其疏也。然而四子者行之若易然，出于其口，成于其手，以为既已许吾君，则亲挈而还之。今吾以自有之天下，而行吾所得为之事，其事又非有所拂逆于天下之意也，非有所待于人而后具也，如有财而自用之，有子而自教之耳。然而政出于天下，有出而无成者，五六十年于此矣。是何也？意者知出而不知收欤？非不知收，意者汗漫而无所收欤？故为之说曰：先定规摹而后从事。先定者，可以谋人；不先定者，自谋常不给，而况于谋人乎！

且今之世俗，则有所可患者。士大夫所以信服于朝廷者不笃，而皆好议论以务非其上，使人眩于是非，而不知其所从。从之，则事举无可为者；不从，则其所行者常多故而易败。夫所以多故而易败者，人各持其私意以贼之，议论胜于下，而幸其无功者众也。富人之谋利也常获，世以为福，非也。彼富人者，信于人素深，而服于人素厚，所为而莫或害之，所欲而莫或非之，事未成而众已先成之矣。夫事之行也有势，其成也有气。富人者，乘其势而袭其气也。欲事之易成，则先治其所以信服天下者。

天下之事，不可以力胜，力不可胜。则莫若从众。从众者，非以众多之口，而从其所不言而同然者，是真从众也。众多之口非果众也，特闻于吾耳而接于吾前，未有非其私说者也。于吾为众，于天下为寡。彼众之所不言而同然者，众多之口，举不乐也。以众多之口所不乐，而弃众之所不言而同然，则乐者寡而不乐者众矣。古之人常以从众得天下之心，而世之君子常以从众失之。不知夫古之人，其所从者非从其口，而从其所同然也：何以明之？世之所谓逆众敛怨而不可行者，莫若减任子。然不顾而行之者，五六年矣，而天下未尝有一言。何则？彼其口之所不乐，而心之所同然也。从其所同然而行之，若犹有言者，则可以勿恤矣。

故为之说曰：发之以勇，守之以专，达之以强。苟知此三者，非独为吾国而已，虽北取契丹可也。

【译文】当今天下的弊病是什么呢？开始不先确立目标措施，最后没能成功。只因为不成功，所以厌倦它就越发不能确立目标措施。一般人的心情，做什么事一旦不成功就开始怀疑，再去做就开始倦怠，第三次就放弃了。当今世上的士人，彼此你看我我看你却没有谁肯去卖力做事，不是他们没有忠义慷慨的志向，也不是他们的才能办法谋略不如人，症结在于心里有难以成功的苦恼和不能重新确立目标措施的忧虑。不知道他们不成功的原因，是不先确立目标措施的过失。如果目标措施确立了就可以成功了。

现在的社会有三个祸患始终不能摆脱，它们的出现，到现在五六十年了。自从宫室祠庙的劳役兴起，钱币茶盐的法度破坏，加上外族的侵略，天下常常忧虑没有财富。五六十年间，在下位的人游谈聚议发表见解，在上位的人变易政策法令来求得增加财富的作法，数都数不过来，而财富始终不能丰足。自从澶渊战役以来，北方的辽国虽然和我们讲和，但始终没能抓住关键彻底解决，其后又出现西羌之变，边陲不安宁，这两个敌国越发骄横。和他们交战却不能取胜，自己来防守也不稳固，天下常常忧虑没有精兵。五六十年间，在下位的人游谈聚议发表意见，在上位的人变易政策法令来求得强兵的作法，数也数不过来，但军事力量始终没有加强。自从科举的制度严格，官吏们拘于法律，不立志获取功名。考核政绩督察官吏的法律败坏，贤能的人得不到奖勉，不肖的人不感到畏惧，而天下常常忧虑没有好的官吏。五六十年间，在下位的人游谈聚议发表意见，在上位的人变易政策法令来求得选择好官吏的作法，数都数不过来，而好的官吏始终没有选拔出来。财物没能丰足，兵力没能加强，好的官吏没能选拔，这难道是真的不能吗？所以说：开始不先确立目标措施，最终不能成功，只因为不成功，所以厌倦它而越发不能确立目标措施了。

预先确立目标措施可贵的原因，是它预先确定规格程式。古代的君子，先确定规格程式，而后去做，所以应验有征兆，成功有影子。众人认为这样不着边际不能预知，而君子认为合乎情理必然如此，就像煮饭没有不熟，种庄稼没有不生长一样。所以用力省而成功快。

从前子太叔向子产请教治理国事。子产说：“治理国事如同农业生产，日日夜夜的思索，思索它的开始而打算它的结局，从早到晚按计划实行，行动不脱离计划，如同农田里有田埂一样。”子产认为不思考就实行，和泛泛去做脱离思考的计划之外的情况，就和农田里没有田埂一样，刚开始的时候虽然很勤劳，而最终却一定抛弃它们。现在富人家里营建房屋，一定先预算自己资财的丰约，来确定房屋的大小，已经在心里作出决定，然后选择一个优良的工匠，一定告诉他说：

“我将要营造若干，估计用木材多少，用劳役多少，多少天计划落成，土石木料芦苇等，我从哪里去取等等。”那个优良的工匠一定告诉他说：“什么地方有木料，什么地方有石料，用材料和工人多少，什么时间可以落成。”主人全都听从他的意见。到预定的期限完成，已经完成又能做到不失当，那是预先确定规格程式的结果。

现在治理天下却不这样。百官有司，不知道君上想要做的事是什么，各人揣着自己的心眼。好做大事的人企图称王，喜欢权谋的人企图称霸，而苟且怠情的人想要休息。文吏所到之处，就治理刑狱，而负责财政的臣子，就把财货当成急事去办。百姓不知自己应该遵从什么。等到朝廷颁布一项政令，就说：“姑且试行它”而已。而它的成功与否，本来就是不可知的。前一项项令没有显露出好坏，后一项政令又颁发了。凡是现在的所谓新政，听它起初的议论，难道不非常美好的并令人高兴吗？然而在天下传布以后，最终不知有什么结局。为什么呢？就因为没有预先确定规格程式。用和不用取决于感情的好恶，废弃和兴起取决于响应者的多少。所以本来有万全之利，因为小小的一点不便而废弃不用的有；本来是百世的祸患，因为小小的一点好处而不计后果的也有。任用的官吏没有固定的职责，颁发的政令没有成功的效用。这和到千里远的地方去不准备干粮，却向路人讨借一样；和治病不知道应当使用什么药，就各种各样的药全试着服用，希望某一种药侥幸好使一样。想要除掉前面提到的三种祸患，不能够做到。

从前姜太公治理齐国、周公治理鲁国，至于数十代以后，子孙的强弱，风俗的好坏，都可以预先知道。什么原因呢：他们的施政方针专一，那形势本来就有什么使它这样。管仲辅佐齐桓公，从开始执政到最后成为霸主，他所设立施行的政令，都有一定的方法，等到成功，都知道为什么会这样。至今可以审察。咎犯在晋国，范蠡在越国，晋文公、越王勾践曾经想驱使他们的百姓征战，这两个臣子都认为不可以，等到他们认为可以驱使，就一举击破楚军灭掉吴国，如同寄存在邻居家里去把它取回来一样。这没有别的，看得分明谋划精熟。

现在，也和看得分明的人一起精熟谋划而已。士人们争着说道：像这样做财富可以丰厚，像这样做兵力可以增强，像这样做官吏可以选拔。我听从其中可行的而确定规格程式，果决地颁发它，专一地施行它，用强硬手段而实现它，时时刻刻求得合乎当初确定的规模程式，坚决不能超出规格程式之外。负责的人专一，执行政令就一致，这样却不成功的事，是没有的。财物不丰足，兵力不增强，官吏不选择，这三种情况，是国家存亡的先兆，是天下的大事情。做为天下的大事，有一个人，独自操持并反复申说，那么他用来治理这三方面的办法，得和失本来不可预知。虽然不可预知，但这三方面问题不可不治理是可以知道的。

因此不能没有办法措施。那个办法措施并不难以知道却难以听从，并不难以听从却难以推行，并不难以推行却难以约束控制。孔子说：“善于谋略而能够完成。”假如善于谋略却不能完成，不如没有谋略。世上有喜欢剑的人，聚集天下最好的铁，铸造三年才铸成，认为我的剑天下没有对手，剑铸成却狼藉缺折不可用。为什么呢？这是光知道铸而不知道控制使用。现在世上的举事的人，即使事情非常小，想让它成功的常常屈指可数，想破坏它的常常数不胜数，能够成功的苗头难以体现，好像不能成功的状态常常先表现出来。在上位的人正眼睛昏花没有自信心，又哪里有时间顾及到如何以约束控制呢？

古代的人，有冒着最大的困难来图谋最远大的目标的，他靠的是什么办法呢？而且不仅仅圣人这样而已，商鞅改变秦国法令的时候，招致万人愤怒，排斥全国的非议，形势像这样背逆。苏秦游说合纵的时候，集中天下的不同来结为同盟，联合疏远的六姓国家来友好亲近，计策如此地迂阔。淮阴侯韩信向汉高祖请示，求三万人马，愿意率领他们向北平定燕、赵，向东攻击齐国，向南断绝楚国的粮道，向西和刘邦在荥阳会合。耿弇也和汉光武帝说，想先平定渔阳，夺取涿郡，回头收取富平而向东攻取齐地，汉光武帝认为疏阔难以实现。这些都是夺取别人都邑谋取别人国家的事情，计策如此地疏略。但是这四个人实行起来像很容易似的。从他们口中说出，在他们手里成功，以为既然答应自己的君主，就一定亲自提来交付给国君。现在我们用自己拥有的天下，推行我们自己能够做的事，那个事又并没有违背天下人的心意，也不用等待他人然后才能具备条件，如同自己有财物自己享用，自己有儿子自己教育他一样罢了。但是政令向天下发出，有发出却没有成效的情况，有五六十年了。这是为什么呢？我心里猜想是由于知道发出政令却不知道收束控制吗？并非不知道收束控制，猜想是由于不着边际不得要领而没法收束控制吗？所以针对这样的情况说道：先确定规格程式然后去做。先确定的话，可以思谋推行的人。不先确定，自己谋划常常不足，何况思谋人呢！

况且当今的世俗，有值得忧患的事情。士大夫们信服朝廷的态度不诚挚，都喜欢发表议论来非难他们的君上，使人在是非面前看不清楚，而不知道服从什么。听从在上位者的意见，那么事情发起没有可以做的；不听从，那么他们实行的作法常常多变故容易失败。多变故并容易失败的原因，是人人坚持各自的意见来败坏它，议论获得在下位者的支持，而希望不能成功的人多。富人谋取盈利常常能够得到，世人认为是他有福分，这是不对的。那些富人，平素对人很诚信，平素让人很服气，要干的事没有谁加害他，想做的事没有谁非难他，事情没成功大家先促成了。事情推行起来有优势，事情的成功有气势。富人们，乘着那种优势沿袭那种气势得以成功。想让事情容易成功，就要先培养用来让天下人信服的东西。

天下的人，不可以靠力量取胜。力量不可以取胜，那就没有什么比从众更好。所谓从众，不是听从众人的口头拥护，而是要听从那些口头上不说而心里和你想得一样众人，这是真正的从众。众人的口头拥护实在不算是众，仅仅是表现在面前把话传到我耳朵里，说的没有不是自私的话。对于我来说他们是众，对于天下人来说他们是寡。那些口头不说但心里和你想的一样的人，口头拥护你的所谓众人全不高兴。听从口头拥护心里不乐的众人，抛弃口头不说心里和你想的一样的众人，那么高兴的人少不高兴的人多了。古代的人，常常因为从众而得到天下的民心，而当世的君子，常常因为从众而失掉民心。不知道那古代的人，所听从的，不是听从他们口头上说的，而听从和自己想法相同的人。用什么来证明它？世人所说的违逆众人敛取怨恨而不可行的事情没有哪个像减除任子令。但朝廷不顾这样坚持实行，有五六年了。而天下人不曾有一句话。为什么呢？那是因为他们口头上不高兴，而心里想法相同。听从那些心里想的一样的人并实行自己的作法，如果还有话说，那就可以不忧虑了。

所以对这事论说道："靠果敢来发布政令，靠专人保持施行，靠强硬手段去实现。如果了解了这三点，不仅可以治理好我们国家，即使北取契丹也是可以的。

正统论三首 至和二年作

总论一

正统者，何耶？名耶，实耶？正统之说曰："正者，所以正天下之不正也；统者，所以合天下之不一也。"不幸有天子之实，而无其位，有天子之名，而无其德，是二人者立于天下，天下何正何一，而正统之论决矣。正统之为言，犹曰有天下云尔。人之得此名，而又有此实也，夫何议？

天下固有无其实而得其名者，圣人于此不得已焉，而不以实伤名。而名卒不能伤实，故名轻而实重。不以实伤名，故天下不争。名轻而实重，故天下趋于实。

天下有不肖而曰吾贤者矣，未有贱而曰吾贵者也。天下之争，自贤不肖始，圣人忧焉，不敢以乱贵贱，故天下知贤之不能夺贵。天下之贵者，圣人莫不贵之，恃有贤不肖存焉。轻以与人贵，而重以与人贤。天下然后知贵之不如贤，知贤之不能夺贵，故不争。知贵之不如贤，故趋于实。使天下不争而趋于实，是亦足矣。正统者，名之所在焉而已。名之所在，而不能有益乎其人，而后名轻。名轻而后实重。吾欲重天下之实，于是乎始轻。

正统听其自得者十，曰：尧、舜、夏、商、周、秦、汉、晋、隋、唐。予其可得者六以存教，曰：魏、梁、后唐、晋、汉、周。使夫尧舜三代之所以为贤于后世之君者，皆不在乎正统。故后世之君不以其道而得之者，亦无以为尧舜三代之比。于是乎实重。

【译文】正统是什么？是名呢，还是实呢？正统的解释说："所谓正，是用来匡正天下的不正；所谓统，是用来集中天下的不统一。"不幸有天子的实质，却没有天子的位置，或者有天子的名分，却没有天子的德行，这两种人立于天下，天下怎么匡正怎么统一，正统的说法定了。正统的意思，等于说拥有天下。人得到这个名分，又有这个实质，还议论什么？

天下本来就有无正统之实而得到正统之名的人，圣人对此也不得已，而不以实损伤名。名始终不能损伤实，所以名轻而实重。不以实损伤名，所以天下不争执。名轻而实重，所以天下趋于求实。

天下有不肖的人说我是贤明的人，没有卑贱的人说我是尊贵的人。天下的争执，从贤明和不肖开始，圣人忧虑这件事情，不敢使贵和贱的差别混清，所以天下人知道贤明也不能和尊贵等量齐观。天下尊贵的人，圣人没有谁不认为他尊贵，依靠的是有贤明和不肖的存在可以比较。轻易地给人以尊贵的名号，而慎重地称道人贤明。然后天下人知道尊贵不如贤明，知道贤明不能和尊贵等量齐观，所以没有争执。知道尊贵不如贤明，所以趋于求实。使天下人不争执而趋于求实，这也就足够了。所谓正统，是名称的体现而已。赋予它正统的名称，却不能对人有裨益，而后知道名称为轻。知道名称为轻而后知道实质重要。我想重视天下的实质，于是开始轻视虚名。

听凭自己的能力得到正统之名的有十个，叫做：尧、舜、夏、商、周、秦、汉、晋、隋、唐。认可它们能够得到正统之名来保存教令的有六个，叫做：曹魏、后梁、后唐、后晋、后汉、后周。尧舜及三代以后世君主贤明的地方，全不在于正统之名。所以后世的君主不用正统之名的，也没有什么用来和尧舜三代相比。于是我们看重实质。

辩论二

正统之论，起于欧阳子，而霸统之说，起于章子。二子之论，吾与欧阳子，故不得不与章子辨，以全欧阳子之说。欧阳子之说全，而吾之说又因以明。章子之说曰：“进秦、梁，得而未善也。进魏，非也。”是章子未知夫名实之所在也。夫所谓正统者，犹曰有天下云尔，名耳。正统者，果名也，又焉实之知？视天下之所同君而加之，又焉知其他？章子以为，魏不能一天下，不当与之统。夫魏虽不能一天下，而天下亦无有如魏之强者，吴虽存，非两立之势，奈何不与之统。章子之不绝五代也，亦徒以为天下无有与之敌者而已。今也绝魏，魏安得无辞哉！正统者，恶夫天下之无君而作也。故天下虽不合于一，而未至乎两立者，则君子不忍绝之于无君。且夫德同而力均，不臣焉可也。今以天下不幸而不合于一，德既无以相过，而弱者又不肯臣乎强，于是焉而不与之统，亦见其重天下之不幸，而助夫不臣者也。

章子曰：“乡人且耻与盗者偶，圣人岂得与篡君同名哉？”吾将曰：是乡人与是为盗者，民则皆民也，士则皆士也，大夫则皆大夫也，则亦与之皆坐乎？苟其势不得不与之皆坐，则乡人何耻耶？圣人得天下，篡君亦得天下，顾其势不得不与之同名，圣人何耻耶？吾将以圣人耻夫篡君，而篡君又焉能耻圣人哉？

章子曰：“君子大居正，而以不正人居之，是正不正之相去未能相远也。”且章子之所谓正者，何也？以一身之正为正耶，以天下有君为正耶？一身之正，是天下之私正也。天下有君，是天下之公正也。吾无取乎私正也。天下无君，篡君出而制天下，汤武既没，吾安所取正哉。故篡君者，亦当时之正而已。

章子曰：“祖与孙虽百岁，而子五十，则子不得为寿。汉与晋虽得天下，而魏不能一，则魏不得为有统。”吾将曰：其兄四十而死，则其弟五十为寿。弟为寿乎其兄，魏为有统乎当时而已。章子比之妇谓舅嬖妾为姑。吾将曰：舅则以为妻，而妇独奈何不以为姑乎？以妾为妻者，舅之过也。妇谓之姑，盖非妇罪也。举天下而授之魏、晋，是亦汉、魏之过而已矣。与之统者，独何罪乎？

虽然，欧阳子之论，犹有异乎吾说者。欧阳子之所与者，吾之所与也。欧阳子之所以与之者，非吾之所以与之也。欧阳子重与之，而吾轻与之。且其言曰：“秦、汉而下，正统屡绝，而得之者少。以其得之者少，故其为名甚尊而重也。”呜呼，吾不善夫少也。幸而得之者少，故有以尊重其名。不幸而皆得，欧阳子其敢有所不与耶？且其重之，则其施于篡君也，诚若过然，故章子有以启其说。夫以文王而终身不得，以魏、晋、梁而得之，果其为重也，则文王将有愧于魏、晋、梁焉。必也使夫正统者，不得为圣人之盛节，则得之为无益。是之为无益，故虽举而加之篡君，而不为过。使夫文王之所不得，而魏、晋、梁之所得者，皆吾之所轻者也，然后魏、晋、梁无以愧文王，而文王亦无所愧于魏、晋、梁焉。

【译文】正统的说法，起自欧阳子，而霸统的说法，起自章子。这两个人的说法，我赞同欧阳子，所以不能不和章子分辨清楚，来保全欧阳子的说法。欧阳子的说法得以保全，那么我的论点也因此得到发明。章子论述说：“进奉秦朝、梁朝为正统，是可以的，但不是好的正统。进奉魏国为正统，是不正确的。”这是章子不知道名和实的具体体现。所谓正统，等于说拥有天下，是名称。正统，果真是一个名称。又哪里需要知道实质！看到天下同样是国君就加上正统的名称，又哪里需要知道其他的。章子认为，魏国没能统一天下，不应当给他正统的名称。魏国虽然没能统一天下，而天下当时也没有像魏国那么强大的，吴国当时虽然存在，但和魏国不能构成相对抗的形势，怎么能不给它正统的称号。章子不否定五代，也仅仅因为天下当时没有和它们对敌的国家罢了。现在否定魏国，魏国怎能没有说辞呢！正统，是讨厌天下没有国君确定的，所以天下虽然没能归为一统，但不至于两雄并立的时候，君子就不忍心在没有统一的国君的情况下不要正统。至于德行相同力量均等，不向对方称臣是可以的。假如现在天下不幸没能统一，德行又没有谁能互相超过，而弱者又不肯向强者称臣，在这种前提下不给强者正统的名称，可见是加重天下的不幸，并帮助那些不称臣的人。

章子说："乡下人尚且认为和盗贼并列耻辱，圣人岂能和篡位的君子同名称呢？"我将要说：这个乡下人和这个作盗贼的人，是平民就都叫平民，是士人就都叫士人，是大夫就都叫大夫，那么也都和盗贼同名相称吧？如果那情势不能不让他们同名相称的话，那么乡下人有什么耻辱呢？圣人得到天下，篡位的君主也得到天下，看那情势不得不让他们同名称，圣人耻辱什么？吾将让圣人使篡位的君主耻辱，而篡位的君主又怎能使圣人耻辱呢！

章子说："君子尊崇处于正道的人，如果让不正当的人处于正统地位，这样正统和不正统之间没有什么差别了。"那么章子所说的正统，是什么呢？把一个人的正当看作正统呢？还是把天下有君主看作正统呢？一个人的正当，是天下人私有的正当，天下有君主，是天下公有的正统。我不采纳私有的正当。天下没有君主，篡位的君主出来控制天下，商汤王、周武王已经过世，我从哪里找正当的人当国君呢？所以篡位的君主，也是当时的正统而已。

章子说："祖父和孙子虽然都活到一百岁，但儿子活到五十岁，那么儿子不能算是长寿。汉朝和晋朝虽然得到天下，但是魏国不能统一，那么魏国不能算是正统。"我将要说：哥哥四十去岁去世，他的弟弟五十岁就算长寿，弟弟比哥哥长寿。魏国在当时算是正统而已。章子打比方说把魏国看作正统和儿媳称公公偏爱的侍妾为婆母一样。我将要说公公把妾当成妻子，那么儿媳怎能不把她当作婆母。把妾当成妻子，是公公的过错，媳妇称她为婆婆，不是媳妇的过错，把天下拿来传给魏和晋，这也是汉和魏的过错而已，给它正统的名称，又有什么过错呢？

虽然这样，欧阳子的说法，和我的观点还有些差异。欧阳子所给与正统名分的，我也给与。欧阳子给与的方式理由和我有所不同。欧阳子慎重给予，我轻易给予。而且欧阳子说道："秦、汉以后，正统屡次断绝，得到它的少，因为得到正统之名的少，所以作为正统这个名分非常尊贵重要。"哎，我不认为少好。幸而得到天下的少，所以有什么用来使这个名分尊贵重要。不幸都得到的话，欧阳子难道敢不给与这个名分吗？况且他慎重给予这个名分，那么用到篡位的君主身上，的确像是过分了，所以章子有什么用来发表自己的见解。凭着文王的贤明却终身没能得到天下，凭着魏、晋、梁的行为却得到，果真把它看得重要，那么文王就有愧于魏、晋、梁的国君了。一定要使那个正统的名分，不做到有圣人的节操，得到也没有益处。得到它也没有益处，所以即使拿它加给篡位的君主，也不算过错。让那文王没有得到的，而魏、晋、梁得到的，都是我所轻视的，然后魏、晋、梁没有什么用来使文王惭愧，而文王也面对魏、晋、梁不感到惭愧了。

辩论三

始终得其正，天下合于一，是二者，必以其道得之耶，亦或不以其道得之耶？病乎或者之不以其道得之也。于是乎举而归之名。欧阳子曰皆正统，是以名言者也。章子曰正统，又曰霸统，是以实言者也。欧阳子以名言而纯乎名。章子以实言而不尽乎实。

章子之意，以霸统重其实，而不知实之轻自霸统始。使天下之名皆不得过乎实者，因章子意也。天下之名果不过乎实也，则吾以章子为过乎圣人。圣人不得已则不能以实伤名，而章子则能之。且吾岂不知居得其正之为正，（如魏受之于汉，晋受之于魏。）不如至公大义之为正也哉？盖亦有不得已焉耳。如章子之说，吾将求其备。尧、舜以德，三代以德与功，汉、唐以功，秦、隋、后唐、晋、汉、周以力，晋、梁以弑。（不言魏者，因章子之说而与之辨。）以实言之，则德与功不如德，功不如德与功，力不如功，弑不如力，是尧、舜而下得统者，凡更四不如，而后至于晋、梁焉。而章予以为天下之实，尽于其正统、霸统之间矣。

欧阳子纯乎名，故不知实之所止。章子杂乎实，故虽晋、梁弑君之罪，天下所不容之恶，而其实反不过乎霸，彼其初得正统之虚名，而不测其实罪之所至也。章子则告之曰："尔，霸者也。"夫以弑君得天下而不失为霸，则章子之说，固便乎篡者也。夫章子岂曰弑君者其实止乎霸也哉，盖已举其实而著之名，虽欲复加之罪，而不可得也。

夫王者没而霸者有功于天下，吾以为在汉、唐为宜。必不得已而秦、隋、后唐、晋、汉、周得之，吾犹有憾焉，奈何其举而加之弑君之人乎。呜呼！吾不惜乎名而惜乎实也。霸之于王也，犹兄之于父也。闻天下之父尝有曰尧者，而曰必尧而后父，少不若尧而降为兄，则瞽、鲧惧至仆妾焉。天下将有降父而至于仆妾者，无怪也。从章子之说者，其弊固至乎此也。

故曰：莫若纯乎名。纯乎名，故晋、梁之得天下，其名曰正统，而其弑君之实，惟天下后世之所加，而吾不为之齐量焉，于是乎晋、梁之恶不胜诛于天下，实于此反不重乎？章子曰："尧、舜曰帝，三代曰王，夏曰氏，商、周曰人，古之人轻重其君有是也。"以为其霸统之说。夫执圣人之一端以借其口，夫何说而不可？吾亦将曰：孔子删《书》，而虞、夏、商、周皆曰书，汤武王、伯禽、秦穆公皆曰誓，以为吾皆曰正统之说，其谁曰不可。圣人之于实也，不伤其名而后从之，帝亦天子也，王亦天子也，氏亦人也，人亦氏也，夫何名之伤？若章子之所谓霸统者，伤乎名而丧乎实者也。

【译文】始终保持正道，天下归于统一，这两方面，一定用那正确的途径取得呢，还是不用正确的途径取得呢？担心有的人不用正确的途径取得，在这种前提下拿来赋予它一个名称。欧阳子说都是正统，这是用名称来说的。章子说正统，又说霸统，这是就实质来说的。欧阳子用名称说而名称是纯粹的，章子就实质说却不全是实质。

章子的意思，用霸统来概括是重视它的实质，却不知实质是以霸统的提出开始变轻。让天下的名称都不能超过实质，这是章子本来的意旨。天下的名称果真超不出实质的话，那么我认为章子超过了古代的圣人。圣人在不得已的时候不能因为实质损伤名称，而章子却能够这样。而且我难道不知道处在从正道得来的算是正统，（如魏国承继汉朝，晋朝承继魏国。）不如至公大义得到的算是正统吗！大概也有不得已的情况。照章子的说法，我将探求全面的内容。尧、舜靠的是仁德，夏、商、周三代靠的是仁德和武功，汉代、唐代靠的是武功，秦、隋、后唐、后晋、后汉、后周告小是诈力，晋、后梁靠的是弑君。（不谈魏，是要根据章子的说法和他辨论。）按照实质来说，靠仁德和武功的不如靠仁德的，靠武功的又不如靠仁德和武功的，靠诈力的不如靠武功的，靠弑君取天下的又不如靠诈力的。这样从尧舜以后得到帝统的，总共变了四次，一次不如一次，最后到晋代和后梁。而章子认为天下的实质，正统和霸统全包括了。

欧阳子的正统是纯粹的名称，所以不知道实质包涵的内容。章子把名和实混杂在一起，所以即使是晋、后梁的弑君之罪，天下不能容忍的罪恶，他的实质反而不过是霸。他们最初得到正统的虚名，却不验证他们实质罪恶所达到的程度。章子就告诉他们说："你，实质属于霸统。"凭着弑君得到天下却不失为霸统，那么章子的观点，本来就对篡位的人有好处了。章子难道说过弑君的人实质属于霸统了吗？已经列举了他们实质并用霸统来使他们名称显著，即使想再给他们加罪，却不可得到了。

行王道的人没世后推行霸道并有功于天下，我认为说汉代和唐代是合适的，必不得已让秦、隋、后唐、后晋、后汉、后周得到霸统的名称，我仍然感到遗憾，怎么能拿来加在弑君的人身上呢？哎！我不吝惜名称，吝惜的是实质。霸道相对于王道，就像兄长对于父亲一样。听说天下有一个父亲名叫尧，如果说一定是尧那样的人才算是父，稍微不如尧就降为兄，那瞽叟、鲧恐怕要降为仆妾了。天下有把父亲降为仆妾的，也就没有什么奇怪了，因为遵从章子的论法，它的流弊本来就达到这种程度。

所以说：没有什么把正统纯粹看作是名称更好。因为纯粹是名称，所以晋、后梁得天下，名义上是正统，但是他们弑君的实质，天下后世只管给他们加罪，我也不为他们裁决，在这种情况下晋、后梁的罪恶被天下严厉诛罚，实质在这时反而不是更重要了吗？章子说："尧、舜叫作帝，三代的国君人们叫作王、夏朝叫作氏，商和周的国君叫作人，古代的人对这些国君有的看轻有的看重就像这样。"用这些话来维护他的霸统的说法。拿圣人的一端来作为借口，怎么说不可以？我也将要说：孔子删定《尚书》，虞、夏、商、周都叫书，汤王、武王、伯禽、秦穆公都叫誓，用来维护我全是正统的说法，谁说不可以？圣人对于实质，在不损伤名称的前提下而后随从它，帝也是天子，王也是天子，氏也就是人，人也就是氏，名称有什么损伤。像章子所说的霸统，是既损伤名称又丧失了实质的论点。

大臣论上

以义正君而无害于国，可谓大臣矣。

天下不幸而无明君，使小人执其权，当此之时，天下之忠臣义士莫不欲奋臂而击之。夫小人者，必先得于其君而自固于天下，是故法不可击。击之而不胜身死，其祸止于一身。击之而胜，君臣不相安，天下必亡。是以《春秋》之法，不待君命而诛其侧之恶人，谓之叛。"晋赵鞅入于晋阳以叛"是也。

世之君子，将有志于天下，欲扶其衰而救其危者，必先计其后而为可居之功，其济不济则命也，是故功成而天下安之。今夫小人，君不诛而吾诛之，则是侵君之权，而不可居之功也。夫既已侵君之权，而能北面就人臣之位，使君不吾疑者，天下未尝有也。国之有小人，犹人之有瘿。人之瘿，必生于颈而附于咽，是以不可去。有贱丈夫者，不胜其忿而决去之，夫是以去疾而得死。汉之亡，唐之灭，由此之故也。自桓、灵之后，至于献帝，天下之权，归于内竖，贤人君子，进不容于朝，退不容于野，天下之怒，可谓极矣。当此之时，议者以为天下之患独在宦官，宦官去则天下无事。然窦武、何进之徒击之不胜，止于身死；袁绍击之而胜，汉遂以亡。唐之衰也，其迹亦大类此。自辅国、元振之后，天子之废立，听于宦官。当此之时，士大夫之论，亦惟宦官之为去也。然而李训、郑注、元载之徒，击之不胜，止于身死，至于崔昌遐击之而胜，唐亦以亡。

方其未去也，是累然者瘿而已矣。及其既去，则溃裂四出，而继之以死。何者？此侵君之权，而不可居之功也。且为人臣而不顾其君，捐其身于一决，以快天下之望，亦已危矣。故其成则为袁、为崔，败则为何、窦，为训、注。然则忠臣义士，亦奚取于此哉？夫窦武、何进之亡，天下悲之，以为不幸。然亦幸而不成，使其成也，二子者将何以居之。故曰：以义正君，而无害于国，可谓大臣矣。

【译文】用道义匡正国君并对国家没有危害，可以说是大臣了。

天下不幸没有明君，让小人执掌了国家的大权，正当这个时候，天下的忠臣义士没有谁不想奋臂击杀他。那个小人，一定是先得到他的国君的宠信并且自己在天下确定了稳固的地位，因此按照常规不可以击杀。击杀他不能取胜而身死，那祸殃集中在他一个人身上。击杀他取得成功，君臣之间不能相安无事，天下必然灭亡。因此《春秋》记载历史的法则，不等待国君的命令就诛杀他身边的恶人，叫做背叛。“晋国的赵鞅以背叛的名义进入晋阳”就是这样。

世上的君子，将要有志向对待天下，想要扶助衰微挽救危机，一定先考虑后果才去建立可以保得住的功勋，至于成功不成功那是命运，因此事情成功而天下平安。现在那些小人，国君不诛杀而我去诛杀他，那是侵夺了国君的权力，是不可以保住的功劳。既然已经侵夺了国君的权力，而且能够面向北俯俯贴贴地称臣，使国君不怀疑的人，天下不曾有过。国家有小人，就像人有颈瘤一样，一定长在脖领附在咽喉上，因此不可以去掉；有不懂事的人，不能忍受愤怒而挖去了它，因此病是去掉了却得到死的下场。汉朝的灭亡，唐朝的灭亡，就是这个缘故。自从汉桓帝、汉灵帝以后，一直是汉献帝，天下的大权，集中在朝内小人手里，贤人君子，仕进不被朝廷容纳，退隐不被乡间容纳，天下的愤怒，可以说到了极点了。当时，议论的人都认为天下的祸患仅仅在宦官身上，宦官除掉天下就无事了，但是窦武、何进一班人击杀他们没有成功，止于自身死亡，袁绍击杀他而取得胜利，汉朝就随之灭亡。唐朝衰败的时候，那情形和汉代大致相似。从李辅国、程元振之后，天子的废和立，全听凭宦官的摆布。当时，士大夫的看法，也认为只要除掉宦官就行。然而李训、郑注、元载一班人，击杀他们而且不能取胜，止于自身死亡，崔昌遐击杀他们并取得胜利，唐朝也因之灭亡。

当他们未被除去的时候，这是连结在颈上的颈瘤而已，等到已经除掉，就四下里溃烂裂开，而接着是灭亡。为什么呢？这是侵夺了君主的权力，并不能保持功劳。况且作为人臣却不顾及自己的国君，捐弃自身在一下子的决战之中，来使天下人的心情痛快，也已经够危险的了。所以成功就成为袁绍、成为崔昌遐那样的人，失败就成为何进、窦武，成为李训、郑注那样的人。既然这样忠臣义士，又为什么采取这种作法呢？窦武、何进的死亡，天下人认为可悲，认为不幸。但也庆幸他们没有成功，假使他们成功了，这两个人将怎样保持取得功劳？所以说：用道义匡正国君，并且对国家没有危害，可以说是大臣了。

大臣论下

天下之权，在于小人，君子之欲击之也，不亡其身，则亡其君。然则是小人者，终不可去乎？闻之曰：迫人者，其智浅；迫于人者，其智深。非才有不同，所居之势然也。古之为兵者，围师勿遏，穷寇勿迫，诚恐其知死而致力，则虽有众无所用之。故曰：“同舟而遇风，则吴越可使相救如左右手。”小人之心，自知其负天下之怨，而君子之莫吾赦也，则将日夜为计，以备一旦卒然不可测之患。今君子又从而疾恶之，是以其谋不得不深，其交不得不合。交合而谋深，则其致毒也忿戾而不可解。

故凡天下之患，起于小人，而成于君子之速之也。小人在内，君子在外，君子为客，小人为主。主未发而客先焉，则小人之词直，而君子之势近于不顺。直则可以欺众，而不顺则难以令其下。故昔之举事者，常以中道而众散，以至于败。则其理岂不甚明哉？

若夫智者则不然。内以自固其君子之交，而厚集其势；外以阳浮而不逆于小人之意，以待其间。宽之使不吾疾，狃之使不吾虑。啖之以利，以昏其智；顺适其意，以杀其怒。然后待其发而乘其隙，推其坠而挽其绝。故其用力也约，而无后患。莫为之先，故君不怒而势不逼。如此者，功成而天下安之。

今夫人小人急之则合，宽之则散，是从古以然也。见利不能不争，见患不能不避，无信不能不相诈，无礼不能不相渎。是故其交易间，其党易破也。而君子不务宽之以待其变，而急之以合其交，亦已过矣。君子小人，杂居而未决，为君子之计者，莫若深交而无为。苟不能深交而无为，则小人倒持其柄而乘吾隙。昔汉高之亡，以天下属平、勃。及高后临朝，擅王诸吕，废黜刘氏。平日纵酒无一言，及用陆贾计，以千金交欢绛侯，卒以此诛诸吕，定刘氏。使此二人者而不相能，则是将相相攻之不暇，而何暇及于刘、吕之存亡哉？

故其说曰：将相和调，则士豫附。士豫附，则天下虽有变而权不分。呜呼，知此，其足以为大臣矣夫！

【译文】天下的权柄，掌握小人手里，君子想要铲除他们，不使自身死亡，就使自己的国君灭亡。既然这样，这些小人，难道始终不可除掉吗？我听说："逼迫人的人，他的智术浮浅；役人逼迫的人，他的智术深沉。并非才能有所不同，所处的形势不同使他们这样。古代作战的人，包围敌军不完全堵绝，走投无路的敌寇不逼近追击。诚恐他们知道必死而拼死力反抗，那样虽然有很多人攻击也没有利用的机会。所以说："同坐一条船遇到大风，那么吴越一带的人可以使他们相救如同左右手一样。"小人的心里，自知辜负天下遭受怨恨，君子当中没有谁饶恕自己的，因此就日日夜夜作好打算，来防备突然发生的不可预料的祸患；现在君子们又紧跟着疾恨他们，因此他们的阴谋不得不隐深，他们的勾结不能不联合一致，勾结一致并且谋划隐深，那么他们尽力毒害天下蛮横不可缓解。

所以凡是天下的祸患，从小人身上发起，由于君子的催化作用而形成。小人在里面，君子在外面。君子为客，小人为主。主人没有发作而客人先发起攻击，那么小人的理由充足正当，而君子的情势接近于不合情理。理由正当就可以欺骗群众，不合情理就难以号令自己的手下。所以从前的举事者，常常因为半道上众人不支持，以至于失败，那么道理不是很明确了吗?

至于有智谋的人就不是这样。在内部自己加固君子之间的交情，在外面假意随和不违逆小人的心意，来等待可以利用的机会。宽容地对待他们使他们不疾恨自己，习惯地适应他们使他们不把自己放在心上。用私利使他们尝到些甜头，来麻痹他们的意志，顺适他们的心意，来减却他们的恼怒。然后等待他们阴谋发作时抓住他们的毛病，彻底地铲除他们。这样做用力省，并且没有后患。不在他们阴谋发动前予以攻击，所以君主不恼怒形势不逼迫。像这样的话，既能成功而天下又平安。

现在那些小人逼急了就互相勾结，宽缓地对待他们就互相离散，这是从古到现在都这样的。他们见到私利不能不争夺，见到祸患不能不躲避，没有诚信不能不互相欺诈，没有礼仪不能不互相轻慢，因此他们的勾结容易离间，他们结成的同党容易各个击破。而君子不采取宽缓的手段来等待他们的变故，却激发他们加紧勾结，也就错误了。君子小人，杂处在一起没有判别的时候，替君子考虑，没有什么比加深交往并无所作为更好。如果不能加深交往并无所作为，那么小人就会倒持权柄并利用我们的空隙。从前汉高祖去世，把天下嘱托给陈平和周勃。等到吕后临朝。擅自分封吕氏为王，废黜刘氏。陈平平日里一味纵酒没有一句话，等到采用陆贾的计策，用千金和绛侯周勃交欢，因此最终诛杀诸吕，安定了刘氏天下。假如这两个人不和睦亲善，那么将和相互相攻伐尚且来不及，哪里有时间顾及刘氏、吕氏的存亡呢？

所以说：将和相和睦协调，士人就心悦而归附，士人心悦而归附，那么天下即使有变故权力也不分散。哎，知道这些，大概足能成为大臣了。

卷三十四　论

续欧阳子朋党论

欧阳子曰："小人欲空人之国，必进朋党之说。"呜呼，国之将亡，此其征欤？祸莫大于权之移人，而君莫危于国之有党。有党则必争，争则小人者必胜，而权之所归也。君子安得不危哉？何以言之？君子以道事君，人主必敬之而疏。小人唯予言而莫予违，人主必狎之而亲。疏者易间，而亲者难睽也。而君子者，不得志则奉身而退，乐道不仕。小人者，不得志则侥幸复用，唯怨之报。此其所以必胜也。

盖尝论之。君子如嘉禾也，封殖之甚难，而去之甚易。小人如恶草也，不种而生，去之复蕃。世未有小人不除而治者也，然去之为最难。斥其一则援之者众，尽其类则众之致怨也深。小人复用而肆威，大者得志而窃国。善人为之扫地，世主为之屏息。譬断蛇不死，刺虎不毙，其伤人则愈多矣。齐田氏、鲁季孙是已。齐、鲁之执事，莫非田、季之党也。历数君不忘其诛，而卒之简公弑，昭、哀失国。小人之党，其不可除也如此。而汉党锢之狱，唐白马之祸，忠义之士，斥死无余，君子之党，其易尽也如此。使世主知易尽者之可戒，而不可除者之可惧，则有瘳矣。

且夫君子者，世无若是之多也；小人者，亦无若是之众也。凡才智之士，锐于功名而嗜于进取者，随所用耳。孔子曰："仁者安仁，智者利仁。"未必皆君子也。冉有从夫子则为门人之选，从季氏则为聚敛之臣。唐柳宗元、刘禹锡使不陷叔文之党，其高才绝学，亦足以为唐名臣矣。昔栾怀子得罪于晋，其党皆出奔。乐王鲋谓范宣子曰："盍反州绰、邢蒯？勇士也。"宣子曰："彼栾氏之勇也。余何获焉！"王鲋曰："子为彼栾氏，乃亦子之勇也。"呜呼，宣子蚤从王鲋之言，岂独获二子之勇，且安有曲沃之变哉？

愚以谓治道去泰甚耳。苟黜其首恶而贷其余，使才者不失富贵，不才者无所致憾，将为吾用之不暇，又何怨之报乎？人之所以为盗者，衣食不足耳。农夫市人，焉保其不为盗？而衣食既足，盗岂有不能返农夫市人也哉？故善除盗者，开其衣食之门，使复其业。善除小人者，诱以富贵之道，使隳其党。以力取威胜者，盖未尝不反为所噬也。

曹参之治齐曰："慎无扰狱市。"狱市，奸人之所容也。知此，亦庶几于善治矣。奸固不可长，而亦不可不容也。若奸无所容，君子岂久安之道哉！牛、李之党遍天下，而李德裕以一夫之力，欲穷其类而致之必死，此其所以不旋踵而罹仇人之祸也。奸臣复炽，忠义益衰。以力取威胜者，果不可耶！愚是以续欧阳子之说，而为君子小人之戒。

【译文】欧阳修说："小人想使国家空虚，一定进献关于朋党的说法。"哎，国家将要灭亡，这大概是一种征兆吧。祸患没有哪个比权力转移到别人手里更大的，而国君没有什么比国家有朋党更危险的了。有朋党就一定争权夺利，争权夺利中小人一定取胜，权力也就归于小人，君子怎能不危险呢！为什么这样说？君子凭正道事奉君主，君主一定敬重他但感情疏远。小人只要是我说的话从不违逆，君主一定习惯他而对他亲近。感情疏远容易离间，感情亲密难以违背。而君子，如果不得志就奉身退隐，以坚持正道为乐事而不出仕。小人呢，不得志就侥幸能够再被起用，争取报仇的机会，这是他们必胜的原因。

让我尝试着论述它。君子如同茁壮的禾苗，培殖它很困难，除去它却很容易。小人如同秽恶的野草，不栽种就生长，除掉后又繁茂起来。国家没有不把小人除掉就能治理好的，然而要除掉它们却极困难。斥逐其中的一个人的话，那么援助他的人很多，全部除掉那么众人的积怨就很深。小的复用以后就恣行淫威，大的得志以后就能够窃取国家。善良的人被清除无余，国君为之胆战心惊，呼气都不敢出。比如刺杀蛇或老虎没有杀死，它们伤害人就越发多了。齐国的田氏、鲁国的季孙氏就是这样。齐国和鲁国的执政者，都是田氏或季氏的党羽，经历了几代国君都没有忘记诛杀他们，而最后齐简公被杀，鲁昭公、鲁哀公失去国家。小人的朋党，如此地不容易除掉。而汉代的党锢之案，唐代的白马之祸，忠义之士，被斥逐杀死没有剩余，君子的朋党，如此地容易被除尽。假如君主知道君子的朋党容易除尽而引以为戒，小人的朋党不容易被除掉要感到畏惧，那么就有法救治了。

况且那君子，世上没有那么多；小人，也没有那么多。凡是有才智的士人，锐意进取热衷功名，随着任用他们的人心意而已。孔子说："有仁德的人安于仁，聪明的人利用仁。"说明未必都是君子。冉有跟从孔子就成为门人中的优秀人物，跟从季氏就成为帮助搜刮民财的家臣。唐代的柳宗元、刘禹锡假使不陷入王叔文的朋党之中，凭他们的高才绝学，也足够成为唐代的名臣了。从前栾怀子在晋国获罪，他的同党都出奔了，乐王鲋对范宣子说："为什么不让州绰、邢蒯回来？他们是勇士啊。"范宣子说："他们是栾氏的勇士，我能得到什么？"王鲋说："您如果做他们的栾氏，那就是您的勇士了。"哎！范宣子早听从乐王鲋的话，难道仅仅得到这两个勇士，而且哪里有后来曲沃的变故呢！

我认为治理的办法全部除掉大过分了。如果摈弃其中的首恶而宽恕其余的人，使有才智的人不失富贵，没有才智的人没有感到遗憾的地方，他们将会为我所用而来不及，又报什么仇呢！人去作盗贼的原因，是由于衣食不足罢了。农夫市人，怎能保证他们不作盗窃的事？但是衣食已经丰足，盗贼岂有不返回为农夫市人呢？所以善于铲除盗贼的人，打开他们取得衣食的大门，使他们回复到正当的生产上去。善于清除小人的人，引诱他们到取得富贵的道上，使他们毁坏小人的朋党。靠武力和威压取胜的人，未尝有不反被戕害的。

曹参治理齐国的时候说："要慎重，不要去干扰狱市那地方。"狱市，是坏人容身的地方。懂得这个道理，也就差不多是善于治理国家了。奸邪本来是不可助长的，但也不能不容纳他们。如果奸邪没有容身的地方，岂是君子治理国家的长久安全的办法。唐代牛僧孺、李宗闵的党徒遍布天下，而李德裕凭个人的力量，想要扫除他们的同伙并一定致于死地，这是他没多久就遭到仇人祸害的原因。奸臣重新强盛，忠义越发衰落。用武力和威压取胜，果真是不可以啊！我因此接续欧阳修的说法加以论述，以此作为君子小人的警戒。

屈到嗜芰论

屈到嗜芰，有疾，召其宗老而属之，曰："祭我必以芰。"及祥，宗老将荐芰，屈建命去之。君子曰："违而道。"唐柳宗元非之曰："屈子以礼之末，忍绝其父将死之言。且《礼》有：'斋之日，思其所乐，思其所嗜。'子木去芰，安得为道？"

甚矣，柳子之陋也。子木，楚卿之贤者也。夫岂不知为人子之道，事死如事生，况于将死丁宁之言，弃而不用，人情之所忍乎！是必有大不忍于此者而夺其情也。夫死生之际，圣人严之。薨于路寝，不死于妇人之手，至于结冠缨、启手足之末，不敢不勉。其于死生之变亦重矣。父子平日之言，可以恩掩义，至于死生至严之际，岂容以私害公乎？

曾子有疾，称君子之所贵乎道者三。孟僖子卒，使其子学礼于仲尼。管仲病，劝桓公去三竖。夫数君子之言，或主社稷，或勤于道德，或训其子孙，虽所趣不同，然皆笃于大义，不私其躬也如是。今赫赫楚国，若敖氏之贤，闻于诸侯，身为正卿，死不在民，而口腹是忧，其为陋亦甚矣。使子木行之，国人诵之，太史书之，天下后世不知夫子之贤，而唯陋是闻，子木其忍为此乎？故曰：是必有大不忍者而夺其情也。

然《礼》之所谓"思其所乐，思其所嗜"，此言人子追思之道也。曾皙嗜羊枣，而曾子不忍食。父没而不能读父之书，母没而不能执母之器，皆人子之情自然也。岂待父母之命耶？今荐芰之事，若出于子则可，自其父命，则为陋耳。岂可以饮食之故而成父莫大之陋乎！

曾子寝疾，曾元难于易箦。曾子曰："君子之爱人也以德，细人之爱人也以姑息。"若以柳子之言为然，是曾元为孝子，而曾子顾礼之末易箦于病革之中，为不仁之甚也。

中行偃死，视不可含，范宣子盥而抚之曰："事吴敢不如事主！"犹视。栾怀子曰："主苟终，所不嗣事于齐者，有如河。"乃瞑。呜呼，范宣子知事吴为忠于主，而不知报齐以成夫子忧国之美，其为忠则大矣。

古人以爱恶比美疢药石，曰："石犹生我。疢之美者，其毒滋多。"由是观之，柳子之爱屈到，是疢之美。子木之违父命，药石也哉。

【译文】屈到爱好吃菱角，有病的时候，召见他的主持礼乐的家臣嘱咐说："我死后祭祀我的时候一定用菱角。"等他死后举行祥祭的时候，主持礼乐的家臣将要进献菱角，屈建命令撤去它。君子说：违父命却合乎正道。唐代柳宗元非议他说："屈建根据礼议的微末细节，忍心违背他父亲将死时的话。况且《礼》有：'斋戒的日子，思念他生前喜欢的事，思念他生前嗜好的东西。'屈建撤掉他父亲嗜好的菱角，怎么能说是合乎正道？"

柳宗元的鄙陋，也太过分了。屈建，楚国国卿里的贤人。难道不知道作为人子的道理，事奉死者如同事奉生者，何况他父亲在临死时叮嘱的话，背弃不采纳，这是人情所能容忍的吗！这一定是有比这更大的不能容忍的事才违背那个常情。死生之际的事，圣人非常严肃地对待它。一定死在正寝里，不死在妇人的身边，至于结系帽缨，看看手脚这些微末小事，不敢不殷勤对待。对于死生的变故也算是很看重了。父子平时说的话，可以用恩爱来掩盖道义。到了死生至为严格的时候，岂能容忍以私害公呢？

曾参有病，称说君子对于道义的可贵作法有三种。孟僖子死，让他的儿子跟孔子学习礼。管仲病重，劝谏齐桓公除掉三个小人。这几个君子临终的话，有的主要考虑社稷，有的殷勤对待道德，有的教训子孙，虽然志趣不同，但是都对大义忠贞诚恳，不偏爱自身。现在赫赫有名的楚国，若敖氏的贤人，名望传闻诸侯，身为国家正卿，死的时候，考虑的不是百姓，而是忧虑自己吃的东西，他的鄙陋也太过分了。假使屈建遵从他父亲的话行事，国中的人传扬这事，太史记载这事，天下后人不知道屈到贤明，而只听说他的鄙陋，屈建难道忍心做这样的事吗？所以说：这一定是有更大的不忍心的事情才违背那个常情。

这样《礼记》所说的“思念他生前喜欢的事，思念他生前喜爱的东西。”是说人子追念缅怀的作法。曾皙喜爱吃羊枣，曾参不忍心吃。父亲去世不能读父亲读的书，母亲去世不能拿母用过的器物，这都是作为人子感情的自然流露，难道还要等待父母的命令吗？现在进献菱角的事，如果是儿于提出的还可以，如果出自父命，就算是鄙陋了。怎么可以因为饮食的小事来造成父亲莫大的鄙陋呢！

曾参卧病不起，曾元感到撤换床垫有困难。曾参说：“君子爱人用德行，小人爱人用无原则的宽容。”如果认为柳宗元的话正确，肯定曾元是孝子，而曾参在病危之中撤换床垫是顾及礼仪的微末小事，是非常不仁道的了。

晋国的荀偃死，眼睛不闭，口闭紧不能放进珠玉，范宣子为他盥洗并抚摸着他说：“我们事奉荀吴岂敢不如事奉您！”他眼睛仍然睁着。栾怀子说：“您如果死了，我们不继续从事齐国的事，有河神为证。”他的眼睛才闭上。哎，范宣子知道事奉荀吴是忠于荀偃，却不知道报复齐国来成全荀偃为国担忧的美德，他作为对国家的忠诚也就更突出了。

古人把爱和恶比成没有痛苦的病和使人痛苦的药石，说：“药石使人痛苦却能使我活下来，疾病没有痛苦，他的毒害更多。”由此来看，柳宗元爱屈到，是疾病没有痛苦一类。屈建违背父命，是药石一类啊。

上初即位论治道二首 代吕申公

道 德

人君以至诚为道，以至仁为德。守此二言，终身不易，尧舜之主也。至诚之外，更行他道，皆为非道。至仁之外，更作他德，皆为非德。

何谓至诚？上自大臣，下至小民，内自亲戚，外至四夷，皆推赤心以待之，不可以丝毫伪也。如此，则四海之内，亲之如父子，信之如心腹，未有父子相图、心腹相欺者，如此而天下之不治，未之有也。丝毫之伪，一萌于心，如人有病，先见于脉，如人饮酒、先见于色。声色动于几微之间，而猜阻行千里之外，强者为敌，弱者为怨，四海之内，如盗贼之憎主人，鸟兽之畏弋猎，则人主孤立而危亡至矣。何谓至仁？视臣如手足，视民如赤子，戢兵，省刑，时使，薄敛，行此六事而已矣。祸莫逆于好用兵，怨莫大于好起狱，灾莫深于兴土功，毒莫深于夺民利。此四者，陷民之坑阱，而伐国之斧钺也。去此四者，行彼六者，而仁不可胜用矣。《传》曰："至诚如神。"又曰："至仁无敌。"审能行之，当获四种福。以人事言之，则主逸而国安；以天道言之，则享年永而卜世长。此必然之理，古今已试之效也。

去圣益远，邪说滋炽，厌常道而求异术，文奸言以济暴行。为申、商之学者，则曰"人主不可以不学术数"；人主，天下之父也，为人父而用术于其子，可乎？为庄、老之学者，则曰"圣人不仁，以百姓为刍狗"；欲穷兵黩武，则曰"吾以威四夷而安中国"；欲烦刑多杀，则曰"吾以禁奸慝而全善人"；欲虐使厚敛，则曰"吾以强兵革而诛暴乱，虽若不仁而卒归于仁”。此皆亡国之言也。秦二世、王莽尝用之矣，皆以经术附会其说。

《书》曰：“惟辟作福，惟辟作威。”此言威福不可移于臣下也。欲威福不移于臣下，则莫若舍己而从众。众之所是，我则与之；众之所非，我则去之。夫众未有不公，而人君者，天下公议之主也。如此，则威福将安归乎？今之说者则不然，曰，人主不可以不作威福，于是违众而用己。己之耳目，终不能遍天下，要必资之于人，爱憎喜怒，各行其私，而浸润肤受之说行矣。然后从而赏罚之，虽名为人主之威福，而其实左右之私意也。奸人窃吾威福，而卖之于外，则权与人主侔矣。

《书》曰：“威克厥爱允济，爱克厥威允罔功。”威者，畏威之谓也。爱者，怀私之谓也。管仲曰：“畏威如疾，民之上也；从怀如流，民之下也。畏威之心，胜于私怀，则事无不成。”今之说者则不然，曰：“人君当使威刑胜于惠爱。”如是则予不如夺，生不如杀，尧不如桀，而幽、厉、桓、灵之君长有天下。此不可不辨也。

【译文】国君把至诚作为道，把至仁作为德，牢牢把握这两个方面，终身不改变，就是尧舜一样的君主。至诚之外，改行其他的道，都不是正经的道。至仁之外，变成其他的德，都不是正经的德。

什么叫至诚？上包括大臣，下包括百姓，内包括亲戚，外包括四夷，全都用赤诚之心对待他们，不可以用一丝一毫的虚假。像这样，那么四海之内，亲近你像父子关系，相信你如同心腹，没有父子之间互相图谋、心腹欺骗你的现象，这样做天下不还治理不好，是不曾有的事情。丝毫的虚假，在心里一萌发，如同人有疾病，先表现在脉搏上，如同人唱酒，先表现在脸色上。声音脸色的细微流露，猜疑就跑到千里之外，强大的和你为敌，弱小的对你怨恨，四海之内，如同盗贼憎恨主人，鸟兽害怕射猎一样，那么就会君主孤立而危亡临头了。什么叫至仁？看待臣子如同手足，看待百姓如同赤子，止息战乱，减省刑罚，按时遣使聘问，减轻赋税，实行这六件事而已。祸患没有哪个比好用兵更背戾的了，怨恨没有哪个比好起冤狱更大的了，灾殃没哪个比大兴土木工程更深重的了，毒害没有哪个比抢夺百姓的利益更深重的了。这四种情况，是陷害百姓的陷井，危害国家的斧钺。去掉这四种作法，实行那六种作法，那么仁义就不能够用尽了。《传》里说："至诚如神。"又说："至仁无敌。"能够周密地实行它，应当获得四种福分。就人事来说：君主安逸国家稳定；就天道来说，那就会健康长寿传国的世数久远。这是必然的道理，古今都已经验证过它的功效。

距离圣明越远，邪说就越发炽盛，厌倦常规而寻求不同的方法，文饰奸邪的言论来推行暴行。接受申不害、商鞅学说的人，就说"君主不可以不学习权术"，君主，是天下人的父亲，作为父亲却对他的子女们使用权术，这是可以的吗？研究庄子、老子学说的人，就说"圣人不必仁义，把百姓当成草和狗。"想要穷兵黜武，就说："我用来威振四夷而安定国家"；想使刑罚繁复多加杀戮，就说"我要用来禁止奸慝保全善人"；想要虐使百姓增加赋敛，就说"我要用来增加军备诛除暴乱，虽然好像不仁而最终归于仁义。"这些都是使国家灭亡的言论，秦二世、王莽曾经采用过，他们全都使用经术来附会自己的论点。

《尚书)说："只有天子才能给人幸福，只有天子才能给人惩罚。"这是说给人以幸福或惩罚的权力不能转移到臣下手上。想让给人幸福惩罚的权力不转移到臣下手上，那就没有什么比从众更好。众人认为正确的，我就赞许它；众人认为不正确的，我就排斥它。众人的看法没有不公正的，而君主，是公共议论的裁决者，像这样，给人幸福或惩罚的权力还能归向哪里呢？现在有些说法却不这样，说，君不可以不掌握给人幸福惩罚的权力，于是违背众人意见而自己决断。自己的耳目，到底也不能遍及天下，必须靠人帮助，爱憎喜怒，这些人各自根据自己的私心行事，关切利害的谗言逐渐地让人听信，然后根据谗言加以赏罚，虽然名义上是君主给予赏罚，而实际上是君主左右的人自己私下里的心意。奸邪小人窃取君主的赏罚大权，在外面卖弄施行，那么他们的权力和君主就完全相等了。

《尚书》说："如果威严战胜私惠就一定能够成功，如果私惠战胜威严，就确实不能成功。”威严，说的是畏惧威严。私惠，说的是对人私爱。管仲说：“畏惧威严如同畏惧疾病，是治理百姓的上策。听从私爱如同流水，是治民的下策。畏惧威严的心理，胜过听从私爱，那么事情没有不成功的。”现在的说法却不是这样，说：“君主应当让威刑胜过惠爱。”像这样就给予不如夺取，让他活不如让他死，尧不如夏桀，而周幽王、周厉王、汉桓帝、汉灵帝这些君主拥有天下。这是不可不分辨清楚的。

刑 政

《书》曰：“临下以简，御众以宽。”此百世不易之道也。昔汉高帝约法三章，萧何定律九篇而已。至于文、景，刑措不用。历魏至晋，条目滋章，断罪所用，至二万六千二百七十二条，而奸益不胜，民无所措手足。唐及五代止用律令，国初加以注疏，情文备矣。今《编敕》续降，动若牛毛，人之耳目所不能周，思虑所不能照，而法病矣。

臣愚谓当熟议而少宽之。人主前旒蔽明，黈纩塞聪，耳目所及，尚不敢尽，而况察人于耳目之外乎？今御史六察，专务钩考簿书，擿发细微，自三公九卿救过不暇。夫详于小，必略于大，其文密者，其实必疏。故近岁以来，水旱盗贼，四民流亡，边鄙不宁，皆不以责宰相，而尚书诸曹，文牍繁重，穷日之力，书纸尾不暇，此皆苛察之过也。不可以不变。

《易》曰：“理财正辞，禁民为非曰义。”先王之理财也，必继之以正辞，其辞正则其取之也义。三代之君食租衣税而已，是以辞正而民服。自汉以来，盐铁酒茗之禁，称贷榷易之利，皆心知其非而冒行之，故辞曲而民为盗。今欲严刑妄赏以去盗，不若捐利以予民，衣食足而盗贼自止。

夫兴利以聚财者，人臣之利也，非社稷之福。省费以养财者，社稷之福也，非人臣之利。何以言之？民者，国之本，而刑者民之贼。兴利以聚财，必先烦刑以贼民，国本摇矣，而言利之臣，先受其赏。近岁宫室城池之役，南蛮、西夏之师，车服器械之资，略计其费，不下五千万缗，求其所补，卒亦安在？若以此积粮，则沿边皆有九年之蓄，西夷北边，望而不敢近矣。赵充国有言："湟中谷斛八钱。吾谓籴三百万斛，羌人不敢动矣。"不待烦刑贼民，而边鄙以安。然为人臣之计，则无功可赏。故凡人臣欲兴利而不欲省费者，皆为身谋，非为社稷计也。人主不察，乃以社稷之深忧，而徇人臣之私计，岂不过甚矣哉。

【译文】《尚书》说："对待臣下简易不烦，统治百姓宽厚不苛。"这是一百代也不应改变的做法。从前汉高祖约法三章，萧何制定的法律也只有九篇而已。到了汉文帝、汉景帝时期，刑罚措置不用。经历魏国到晋朝，法律条目不断增多，判罪使用的，达到二万六千二百七十二条，奸邪越发不能除尽，而百姓连放手脚的地方都没有。唐及五代只使用法令，本朝初年对法令加以注疏，于是案情解释和法令原文更加详备了。现在《编敕》陆续颁布。条文动辄细如牛毛，人的耳目所及不能周全，思虑不能够知晓。而法令的弊病更大了。

我愚昧地觉得应当反复审论稍微放宽它。君主的冠冕前面重珠遮住眼睛，两条黄绵如丸挡住耳朵，眼睛耳朵涉及的无益言行，尚且不忍心全部看到听到，况且审察别人眼睛耳朵看到听到的呢。现在御史考察官吏六个方面，专门按法律簿籍来钩取考证，对细微的小事加以挑剔查明，自三公九卿以下挽救过失来不及。对于小事详尽，一定忽略大事，那条文细密，那实质一定粗疏。所以近年来，水灾旱灾和盗贼屡屡发生，士农工商四民到处流亡，边境不得安宁，全都不去责问宰相，而尚书诸曹，文书繁多，穷尽一天的力气，书写一纸都来不及，这都是苛察过失。不能不改变。

《易经》说："管理财务端正言辞，禁止百姓为非作歹叫做义。"先王管理时务的时候，一定用正当的言辞来继续说明，那个言辞正当那么取得财物就合乎义。三代的君主吃穿靠的是租税而已，因此言辞正当合理而百姓服气。从汉朝以来，盐铁酒茗的禁令，告贷专卖和利益，都知道那是错误的的却草率地推行它，因此言辞不正当，百姓作盗窃的事。现在想严加刑罚妄加赏赐来除去盗贼，不如放弃牟取专利把它还给百姓，百姓衣食丰足盗贼自然禁止。

征利聚财的作法，是人臣获得好处，不是国家得到好处。减省费用保养增财的作法，是国家获得幸福，不是人臣获取利益。为什么这样说呢？百姓是国家的基础，刑罚是百姓的戕贼。征利聚财，一定先使刑罚烦多来残害百姓，这样国家的基础动摇了。而谈征利的臣子，先受到奖赏。近年来宫室城池的徭役，南蛮、西夏侵略耗费的军费，车马服饰器城的资财，大略计算所支付的费用，不下五千万缗钱，求得补充的钱，最终从哪里出？如果用这些钱积贮粮食，那么沿边地方都可以有九年的积蓄，西边北边的敌人，只能远远看着而不敢接近。赵充国有句话说："湟中谷物每斛八钱，我说买进三百万斛，羌人不敢妄动了。"不需要烦刑残害百姓，而边境自然安宁。但替人臣考虑，就没有功劳可以赏赐了。所以凡是人臣想要征利聚财而不想减省费用的，都是替自身打算，不是替国家谋划。君主不能明察，竟用国家的隐忧，来顺从人臣个人的打算，难道不是大错误了吗？

论武王

武王克殷，以殷遗民封纣子武庚禄父，使其弟管叔鲜、蔡叔度相禄父治殷。武王崩，禄父与管、蔡作乱，成王命周公诛之，而立微子于宋。

苏子曰：武王，非圣人也。昔者孔子盖罪汤、武，顾自以为殷之子孙而周人也，故不敢，然数致意焉，曰："大哉，巍巍乎舜禹也。禹吾无间然。"其不足于汤、武也，亦明矣。曰："武尽美矣，未尽善也。"又曰："三分天下有其二，以服事殷，周之德，其可谓至德也已矣。”伯夷、叔齐之于武王也，盖谓之弑君，至耻之不食其粟，而孔子予之。其罪武王也甚矣。此孔氏之家法也。

世之君子，苟自孔氏，必守此法。国之存亡，民之死生，将于是乎在，其孰敢不严？而孟轲始乱之，曰：“吾闻武王诛独夫纣，未闻弑君也。”自是学者，以汤、武为圣人之正，若当然者，皆孔氏之罪人也。使当时有良史如董狐者，南巢之事，必以叛书；牧野之事，必以弑君。而汤、武仁人也，必将为法受恶。周公作《无逸》曰：“殷王中宗、高宗及祖甲，及我周文王，兹四人迪哲。”上不及汤，下不及武王，亦以是哉。文王之时，诸侯不求而自至，是以受命称王，行天子之事。周之王不王，不计纣之存亡也。使文王在，必不伐纣，纣不见伐，而以考终，或死于乱，殷人立君以事周，命为二王后以祀殷，君臣之道，岂不两全也哉？武王观兵于孟津而归，纣若不改过，则殷人改立君，武王之待殷，亦若是而已矣。天下无王，有圣人者出，而天下归之，圣人所不得辞也。而以兵取之，而放之，而杀之，可乎？汉末大乱，豪杰并起，荀文若，圣人之徒也，以为非曹操莫与定海内，故起而佐之；所以与操谋者，皆王者之事也。文若岂教操反者哉，以仁义救天下，天下既平，神器自至，将不得已而受之，不至，不取也。此文王之道，文若之心也。及操谋九锡，则文若死之。故吾尝以文若为圣人之徒者，以其才似张子房，而道似伯夷也。

杀其父，封其子，其子非人也，则可，使其子而果人也，则必死之。楚人将杀令尹子南，子南之子弃疾为王驭士，王泣而告之。既杀子南，其徒曰：“行乎？”曰：“吾与杀吾父，行将焉入？”“然则臣王乎？”曰：“弃父事仇，吾弗忍也。”遂缢而死。武王亲以黄钺斩纣，使武庚受封而不叛，岂复人也哉？故武庚之必叛，不待智者而后知也。武王之封武庚，盖亦不得已焉耳。

殷有天下六百年，贤圣之君六七作，纣虽无道，其故家遗俗未尽灭也，三分天下有其二，殷不伐周，而周伐之，诛其君，夷其社稷，诸侯必有不悦者，故封武庚以慰之，此岂武王之意哉？故曰：武王非圣人也。

【译文】周武王攻克了殷，把殷的遗民分封给纣王的儿子武庚禄父，让自己的弟弟管叔鲜和蔡叔度辅佐武庚禄父治理殷。武王去世，禄父和管叔、蔡叔作乱，周成王命周公诛杀他们，立微子作宋国的国君。

苏子说：周武王，不是圣人。以前孔子大约认为商汤王、周武王有罪，但是自己觉得是殷的子孙而现在是周朝的人，所以不敢。但是他屡次表示过这样的意思，说："崇高啊，舜和禹崇高的很呀。对于禹我没有批评的。"他认为商汤王、周武王做得不够，也很明显了。说："周武王的乐曲美极了，但还不十分好。"又说："周文王得了天下的三分之二，仍然向商纣王称臣，周朝的道德，可以说是最高的了。"伯夷、叔齐对于周武王，说他杀商纣王是弑君，甚至认为可耻而不食周粟，孔子赞许他们。这说明，孔子认为周武王有罪是很明显的了。以上这些就是孔子表达思想褒贬人物的方法。

世上的君子，如果是出自孔子的家门，一定坚持这种方法，国家的兴亡，人民的死生，将体现在这种方法中，难道谁敢不严格保持。从孟轲开始才混乱起来。孟子说："我听说诛杀了独夫纣王，没听说弑君。"从这以后，学者们把商汤王、周武王当成正宗的圣人，好像完全应当这样似的。这都是孔子的罪人。假如当时有像董狐一样的良史，那么商汤王流放夏桀王到南巢的事，一定记载为背叛；牧野之战杀死商纣王的事，一定记载为弑君。而商汤王、周武王是仁人，一定将因为史官的笔法遭受恶名。周公作《无逸》说："殷王中宗、高宗以及祖甲，到我们周文王，这四人是圣明的君主。"上没有谈及商汤王，下没有有谈及周武王，也是因为这个原因吧。周文王的时候，诸侯不用征召就自己到周朝，因此文王受天命而称王，行天子的事情。周文王称王不称王，都不关系纣王的存亡。假如当时文王存在，他一定不讨伐纣王，商纣王不被伐，或者寿终正寝，或者死于变乱，殷人自己拥立新的国君来臣事周，称作二王然后保存殷商的祭祀，君臣之道，岂不是两全了吗？周武王在孟津检阅军队后回来，纣王如果不改过的话，那么殷人就会改立新君，周武王等待殷商的形势变化，也像这样而已。天下没有君王，有圣人出现，而天下都归顺他，这是圣人不能推辞的事情。现在却靠武力攻取他，流放他，杀掉他，可以吗？汉代末年天下大乱，豪杰并起。荀彧，是圣人之徒，认为除非曹操没有谁能够安定天下，所以出来辅佐他；用来和曹操谋划的，都是行王道的事情。荀彧哪曾教过曹操反叛呢，靠仁义来救天下，天下平定以后，帝位自然就来了，将会不得已接受它，没有来到，就不去夺取。这是文王的作法，荀彧的本意。等到曹操谋取皇位，荀彧就为此自杀身死。所以我曾经认为荀彧是圣人之徒，因为他的才能像张良，而道德像伯夷。

杀死他的父亲，却分封他的儿子，他的儿子不是人，那是可以的，假如他的儿子果真是个人，就一定会为他父亲去死。楚国人将要杀令尹子南，子南的儿子弃疾是楚王的驾车人，楚王哭着把这事告诉他。已经杀了子南，弃疾的手下人问他说："你要逃亡吗？"弃疾说："我参与知道杀我的父亲，逃亡将进入到哪里去？"手下人说："既然这样那么还做君王的臣下吗？"弃疾说："丢掉父亲事奉仇人，我不能忍受这种情况。"就上吊死了。周武王亲自用黄钺斩了商纣王，假如武庚受封而不反叛，武庚难道还是人吗？所以武庚必然要反叛，不需要智慧的人指出就可以知道。周武王分封武庚，大约也是出于不得已罢了。

殷商拥有天下六百年，贤圣的君王有六七位，纣虽然无道，他的家风遗俗没能全部泯灭，周占有天下的三分之二，殷商没有讨伐周，周却征伐殷商，诛杀了它的国君，消灭了它的国家，诸侯中一定有不高兴的人，所以分封武庚来安慰他们，这哪里是周武王的本意呢？所以说：周武王不是圣人。

论养士

春秋之末，至于战国，诸侯卿相皆争养士。自谋夫说客、谈天雕龙、坚白同异之流，下至击剑、扛鼎、鸡鸣、狗盗之徒，莫不宾礼。靡衣玉食以馆于上者，何可胜数？越王勾践，有君子六千人。魏无忌、齐田文、赵胜、黄歇、吕不韦，皆有客三千人。而田文招致任侠奸人六万家于薛。齐稷下谈者亦千人。魏文侯、燕昭王、太子丹，皆致客无数。下至秦、汉之间，张耳、陈余号多士，宾客厮养，皆天下豪俊。而田横亦有士五百人。其略见于传记者如此，度其余当倍官吏而半农夫也。此皆奸民蠹国者，民何以支，而国何以堪乎？

苏子曰：此先王之所不能免也。国之有奸，犹鸟兽之有鸷猛，昆虫之有毒螫也。区处条理，使各安其处，则有之矣。锄而尽去之，则无是道也。吾考之世变，知六国之所以久存，而秦之所以速亡者，盖出于此，不可以不察也。夫智、勇、辩、力此四者，皆天民之秀杰也。类不能恶衣食以养于人，皆役人以自养者也。故先王分天下之富贵，与此四者共之。此四者不失职，则民靖矣。四者虽异，先王因俗设法，使出于一。三代以上，出于学。战国至秦，出于客。汉以后，出于郡县吏。魏、晋以来，出于九品中正。隋、唐至今，出于科举。虽不尽然，取其多者论之。六国之君，虐用其民，不减始皇、二世。然当是时，百姓无一人叛者，以凡民之秀杰者，多以客养之，不失职也。其力耕以奉上，皆椎鲁无能为者，虽欲怨叛，而莫为之先，此其所以少安而不即亡也。

始皇初欲逐客，用李斯之言而止。既并天下，则以客为无用，于是任法而不任人，谓民可以恃法而治，谓吏不必才取，能守吾法而已。故堕名城，杀豪杰，民之秀异者散而归田亩，向之食于四公子、吕不韦之徒者，皆安归哉！不知其能槁项黄馘而老死于布褐乎？抑将辍耕叹息以俟时也？秦之乱，虽成于二世，然使始皇知畏此四人者，有以处之，使不失职，秦之亡，不至若此之速也。纵百万虎狼于山林而饥渴之，不知其将噬人，世以始皇为智，吾不信也。

楚、汉之祸生民尽矣，豪杰宜无几，而代相陈豨，从车千乘，萧、曹为政，莫之禁也。至文、景、武帝之世，法令至密矣，然吴王濞、淮南、梁王、魏其、武安之流，皆争致宾客，世主不问也。岂惩秦之祸，以为爵禄不能尽縻天下之士，故少宽之，使得或出于此也耶?

若夫先王之政，则不然，曰："君子学道则爱人，小人学道则易使也。"呜呼，此岂秦、汉之所及也哉!

【译文】春秋末年，一直到战国时期，诸侯卿相都争着蓄养士子。上从谋夫说客、善于谈天说地、善于雕饰文章、论辨坚白同异的一类人，下到会击剑、能扛鼎、会学鸡叫、能像狗一样偷盗的一班人，没有哪一个不用宾客的礼节去对待。穿首华丽的衣服吃着珍美的食品住天上等宾馆里的人，哪里可以数得过来。越王勾践，有君子六千人。魏国的魏无忌、齐国的田文、赵国的赵胜、楚国的黄歇、秦国的吕不韦，都有食客三千人。而齐国的田文招致任侠的奸人六万家到薛地。齐国稷下专门游谈的也有一万人。魏文侯、燕昭王、燕太子丹，都招致宾客无数。往下到秦、汉之际、张耳、陈余号称多士人，宾客奴仆，都是天下的英雄豪杰。而田横也有死士五百人。大略见于史书的就像这样。估计他们这些人应当是官吏的一倍，是农夫的一半。这些人都是干犯百姓蛀蚀国家的人，百姓怎么支持，国家怎么忍受呢?

苏子说：这是先王不能免除的事情。国家有这样的奸邪之徒，就像鸟兽中有鸷禽猛兽，昆虫中有螫人咬人的毒虫一样。分别处置条理安排，让他们各自安心自己的位置，是有效的。全部铲除他们，就没有这样的作法。我考察世道的变化，知道六国之所以长久存在，而秦朝之所以迅速灭亡，原因大概就在这里，不可不仔细地审察。智慧、勇敢、善辩、有力气这四种人，都是百姓中的佼佼者。他们大抵不能穿破烂衣服吃粗劣食品地被人养活，都是役使他人来自取奉养的人。所以先王把富贵的人分配到天下各地，和这四种人一起来治理。这四种人不失职，那么百姓就安宁了。这四种人特点虽然不同，先王根据习俗设立法规使他们从同一个地方挑选出来。三代以上，从学校中选出。战国到秦，从宾客中选出。汉以后从郡县的官吏中选出。魏、晋以来，从九品中正制中选出。隋、唐到现在，从科举中选出。虽然不都是这样，取其大多数来说。六国的君主，虐待役使他们的百姓，不比秦始皇、秦二世差。但是当时，百姓没有一个人背叛他们，因为凡是百姓中的优秀俊杰的人，大多以宾客的形成奉养起来，不让他们失职。那些靠劳动耕种来奉养主上的，都是鲁钝没有能力的人，即使想怨恨叛乱，没有谁为他们带头，这是当时稍微安定不立即灭亡的原因。

秦始皇当初想驱逐宾客，听从李斯的话而停止。已经吞并了天下，就认为宾客没有用处了，于是任用法律而不再任用人，说百姓可以依靠法律来治理，说官吏不必靠才能取用，能够严守我的法律就可以。所以毁坏有名的都城，屠杀英雄豪杰，遣散百姓中优秀特异的人让他们回归到农业生产中去，从前寄食于战国四公子、吕不韦这些人的宾客们，都归往哪里？不知道他们能够颈项枯槁面黄肌瘦地老死在贫困中呢？还是将辍耕垅上、感慨叹息以等待时机呢？秦朝的变乱，虽然发生在秦二世的时候，但是假如秦始皇知道害怕这四种人，有什么办法安排处置他们，使他们不失职，秦朝的灭亡，不至于如此迅速。放纵百万虎狼到山林中使它们又饥又渴，不知道它们将要吃人。社会上认为秦始皇聪明智慧，我不相信。

楚、汉之争的祸患使百姓差不多死光了，英雄豪杰应该没有多少了，但是代相陈豨，跟从的车子有一千辆。萧何、曹参执政，没有什么办法禁止他。到汉文帝、汉景帝、汉武帝的时候，法令很多了，但吴王刘濞、淮南王、梁王、魏其侯、武安侯这些人，都争着招致宾客，当世的君主不过问。难道是鉴于秦朝的祸患，认为爵位俸禄不能够拴住天下的士人，所以稍微宽容他们，使他们这样做吗？

至于先王的政治措施，就不是这样，说：“君子学习了道德，就会有仁爱之心，小人学习了道德就容易使唤。”哎，这难道是秦朝、汉朝所能达到的吗！

论秦

秦始皇十八年，取韩。二十二年，取魏。二十五年，取赵，取楚。

二十六年，取燕，取齐。初并天下。

苏子曰：秦并天下，非有道也，特巧耳，非幸也。然吾以谓巧于取齐，而拙于取楚，其不败于楚者幸也。呜呼，秦之巧，亦创于智伯而已。魏、韩肘足接而智伯死。秦知创智伯，而诸侯终不知师魏、韩。秦并天下，不亦宜乎！

齐湣王死，法章立，君王后佐之，秦犹伐齐也。法章死，王建立六年而秦攻赵，齐、楚救之，赵乏食，请粟于齐，而齐不予，秦遂围邯郸，几亡赵，赵虽未亡，而齐之亡形成矣，秦人知之，故不加兵于齐者四十余年。夫以法章之才而秦伐之，建之不才而秦不伐，何也？太史公曰："君王后事秦谨，故不被兵。"夫秦欲并天下耳，岂以谨故置齐也哉？吾故曰"巧于取齐"者，所以大慰齐之心，而解三晋之交也。

齐、秦不两立，秦未尝须臾忘齐也，而四十余年不加兵者，岂其情乎？齐人不悟而与秦合，故秦得以其间取三晋。三晋亡，齐盖岌岌矣。方是时，犹有楚与燕。三国合，犹能以拒秦。秦大出兵伐楚，伐燕，而齐不救，故二国亡，而齐亦虏不阅岁，如晋取虞、虢也，可不谓巧乎？二国既灭，齐乃发兵守西界，不通秦使。呜呼，亦晚矣。秦初遣李信以二十万人取楚，不克，乃使王翦以六十万攻之，盖空国而战也。使齐有中主具臣，知亡之无日，而扫境以伐秦，以久安之齐，而入厌兵空虚之秦，覆秦如反掌也。故吾曰"拙于取楚"。

然则奈何？曰：古之取国者必有数。如取龆齿也，必以渐，故齿脱而儿不知。今秦易楚，以为足龆齿也可拔，遂抉其口，一拔而取之，儿必伤，吾指必啮。故秦之亡，幸也，非数也。吴为三军，迭出以肄楚，三年而入郢。晋之平吴，隋之平陈，皆以是物也。惟苻坚不然。使坚知出此，以百倍之众，为迭出之计，虽韩、白不能支，而况谢玄、牢之之流乎！吾以是知二秦之一律也。始皇幸胜而坚不幸耳。

【译文】秦始皇十八年，攻取了韩国。二十二年，攻取了魏国。

二十五年，攻取了赵国，攻取了楚国。二十六年，攻取了燕国，攻取了齐国。天下开始统一。

苏子说：秦国兼并天下，不是有正道，仅仅是方法巧妙罢了，不是幸运。但是我认为攻取齐国的办法巧妙，而攻取楚国的办法笨拙，他们没有被楚国打败的原因纯粹是侥幸。哎，秦的巧妙办法，也创始于晋国的智伯而已。魏桓子、韩康子联合反戈而智伯灭亡。秦国知道创始于智伯，而诸侯始终不知道师法魏和韩。秦国兼并天下，不也应该吗？

齐湣王死，法章即位，君王后辅佐他，秦国仍旧攻打齐国。法章死，王建即位六年而秦国攻打赵国，齐国和楚国援救他们。赵国缺乏粮食，向齐国请求援助，齐国不给。秦国随即就围攻赵国首都邯郸，差一点灭亡了赵国。赵国虽然没有灭亡，而齐国灭亡的局势形成了，秦国人知道这一点，所以此后不对齐国用兵有四十多年。凭着法章的才干，秦国讨伐他，王建没有才能，秦国不攻伐，这是什么原因呢？太史公说："君王后事奉秦国恭谨，所以没有遭到攻伐。"秦国想要并吞天下，岂能因为恭谨的缘故就放弃齐国不去攻取呢？我所以说"攻取齐国的办法巧妙"的原因，是秦国用不加兵的办法麻痹齐国人的意志，破坏韩、赵、魏三国的联盟。

齐国、秦国势不两立，秦国不曾一会儿忘掉齐国，四十多年不加兵攻打，难道合乎情理吗？齐国人不醒悟而和秦国联合，所以秦国能够趁机攻取韩、赵、魏三国。韩、赵、魏三国灭亡，齐国的命运也就岌岌可危了。正当这个时候，还有楚国和燕国存在。如果齐、楚、燕三国联合，仍然能够抗拒秦国。秦国大量出兵攻伐楚国，攻伐燕国，而齐国不去援救，所以这两个国家灭亡，齐国也不到一年被攻取，如同晋国攻取虞国、虢国一样，可以说办法不巧妙吗？燕国和楚国灭亡之后，齐国才发兵防守西边的疆界，不和秦国通使往来。哎，也晚了。秦国起初派遣李信率领二十万人攻打楚国，没有取胜，就派王翦率领六十万人攻打楚国，大约也是竭尽全国的力量出战了。假如齐国有中等才能的君主备位充数的庸臣，知道国家灭亡没有多久了，而倾国出动讨伐秦国，凭着长久安定的齐国，进入百姓厌战国内空虚的秦国，灭亡秦国如同反掌。所以我说“攻取楚国的办法笨拙。”

那么怎么办呢?说:古代攻取别人的国家一定要有技巧办法。如同拔取奶牙一样,一定要逐步摇动,所以奶牙脱落而儿童却不知道。现在秦国轻视楚国,认为这颗奶牙可以硬拔掉。于是就扒开他的嘴去拔,一下子拔取它,小孩一定受伤,我的手指一定被咬。所以秦国不灭亡,是侥幸,不是正确的技巧办法。吴国作三军。轮番出击来使楚国疲劳,三年后攻入楚国都城郢。晋朝平定吴国、隋朝平定陈朝,都采用这种作法。只有苻坚不这样。假如苻坚知道这样做,凭着比敌人多一百倍的军队,采用轮番出击的计策,即使是韩信、白起也不能应付,何况谢玄、刘牢之这班人!我因此知道这两个秦的作法是一样的,只不过秦始皇侥幸取胜而苻坚不幸罢了。

论鲁隐公

鲁隐公元年:“不书即位,摄也。”欧阳子曰:“隐公非摄也,使隐而果摄也,则《春秋》不书为公。《春秋》书为公,则隐非摄无疑也。”

苏子曰:非也,《春秋》信史也。隐摄而桓弑,著于史也详矣。周公摄而克复子者也,以周公薨,故不称王。隐公摄而不克复子者也,以鲁公薨,故称公。史有谥,国有庙,《春秋》独得不称公乎?

然则隐公之摄也,礼欤?曰:礼也。何自闻之?曰:闻之孔子。曾子问曰:“君薨而世子生,如之何?”孔子曰:“卿、大夫、士从摄主,北面于西阶南。”何谓摄主?曰:古者天子、诸侯、卿、大夫、士之世子未生,而死,则其弟若兄弟之子次当立者为摄主。子生而女也,则摄主立;男也,则摄主退。此之谓摄主。古之人有为之者,季康子是也。季桓子且死,命其臣正常曰:“南孺子之子男也,则以告而立之。女也,则肥也可。”桓子卒,康子即位。既葬,康子在朝,南氏生男。

正常载以如朝，告曰：“夫子有遗言，命其圉臣曰：‘南氏生男，则以告于君与大夫而立之。’今生矣，男也，敢告。”康子请退。康子之谓摄主，古之道也。孔子行之。

自秦、汉以来，不修是礼，而以母后摄。孔子曰：“惟女子与小人为难养也。”使与闻外事且不可，曰“牝鸡之晨，惟家之索”，而况可使摄位而临天下乎？女子为政而国安，惟齐之君王后，吾宋之曹、高、向也。盖亦千一矣。自东汉马、邓，不能无讥。而汉吕后、魏胡武灵、唐武氏之流，盖不胜其乱，王莽、杨坚遂因以易姓。由是观之，岂若摄主之庶几乎！使母后而可信也，则摄主何为而不可信？若均之不可信，则摄主取之，犹吾先君之子孙也，不犹愈于异姓之取哉！

或曰：君薨，百官总己以听于冢宰三年，安用摄主？曰：非此之谓也。嗣天子长矣，宅忧而未出令，则以礼从冢宰。若太子未生，生而弱未能君也，则三代之礼，孔子之学，决不以天下付异姓。其付之摄主也，夫岂非礼而周公行之欤？故隐公亦摄主也。

郑玄，儒之陋者也。其传摄主也，曰：“上卿代君听政者也。”使子生而女，则上卿岂继世者乎？苏子曰：摄主，先王之令典，孔子之法言也，而世不知，习见母后之摄也，而以为当然。故吾不可不论，以待后世之君子。

【译文】《左传》鲁隐公元年：“《春秋》没有记载鲁隐公即位，这是由于只是摄政。”欧阳修说：“鲁隐公不是摄政，假如鲁隐公真是摄政，那么《春秋》就不记载他为公。《春秋》既然记载他为公，那么鲁隐公不是摄政就没有疑问了。”

苏子说：这种说法不正确，《春秋》是一部信史。鲁隐公摄政桓公杀死他，在这部史书中记载的很详细。周公是摄政能够恢复先君之子君位的人，最后以周公的身份死，所以不称他为王。鲁隐公是摄政不能恢复先君之子君位的人，最后以鲁国国君的身份死，所以称他为公。史官对他有谥号，国家对他有庙号，《春秋》单单能不称他为公吗？

那么鲁隐公摄政，合乎礼法吗？说：合乎礼法。从哪里听说合乎礼法？说：从孔子那里听说。曾子问孔子说：“国君死嫡长子刚出生，怎么办？”孔说：“卿、大夫、士跟从摄主，面向北站在西阶的南侧。”什么叫摄主：说：古代天子、诸侯、卿、大夫、士的嫡长子没有出生，他们就去世了，就让他弟弟选择兄弟的儿子按次序应当拥立的人当摄主。孩子生下来是女的，那么摄主就正式即位，如果是男孩，摄主就退位，这就叫做摄主。古代有人这样做的，季康子就是这样。季桓子将死的时候，告诫他的臣子正常说：“南孺子生下的孩子是男的，就把他报告给朝廷并拥立他。如果是女孩，那么季康子就正式即位。”季桓子死后，季康子即位为摄主。季桓子已经下葬，季康子在朝廷上听政。南孺子生了个男孩。正常用车载着他到朝廷上去，告诉说：“季桓子临终有话，命令他的臣下说：‘南孺子生个男孩，就把他告诉给您和大夫们并拥立他为君主。’现在已经生了，是个男孩，冒昧地向您汇报。”季康子请求退位。季康子就是所说的摄主，这是古代的法规。孔子推行它。

自从秦、汉以来，不遵循这个礼法，而让母后摄政。孔子说：“只有女子和小人是难以同他们共处的。”让他们参与知道身外的事情尚且不可以，这叫作“如果母鸡在早晨打鸣，这个家庭就要败落了。”何况让他摄君位而君临天下呢？女子执政而国家安定的，只有战国时齐国的君王后，我们大宋朝的曹皇后、高皇后、向皇后。大约也就千分之一。自从东汉马皇后、邓皇后摄政，就不能不被讥刺。而汉代吕后、魏胡武灵、唐武则天之流，国家不能忍受她们造成的祸乱，王莽、杨坚也就因此篡夺了皇位。由此来看，哪里比得上古代采用摄主的礼法也许可以保住国家呢！假如母后可以相信，那么摄主为什么不可信。如果都不可相信，那么就采用摄主的作法，因为摄主，仍然是先君的子孙，不也比让异姓人来篡夺天下更好吗？

有的人说：君主去世，百官全都听命于冢宰三年，哪里用着摄主？说：这说的不是一回事。嗣位的天子已经成年，由于居丧而不能发布政令，那么按礼法由冢宰主事。如果太子没有出生，或者生下来了但弱小不能即君位，那么按照三代的礼法，孔子的学说，决不把天下交给异姓，把它交给摄主，难道不合礼法，周公能采用吗？所以说鲁隐公也是摄主。

郑玄，是儒家学者中鄙陋的人。他注释摄主，说：“摄主是上卿代替君主听政的人。”假如孩子生下来是女孩，那么上卿难道就继承君位吗？苏子说：摄主，是先王经典，孔子法言中规定的，社会上的人不了解、经常看到母后来摄政，因此认为应当这样。所以我不能不加以论辨，来等待后世的君主们审定。

论鲁隐公里克李斯郑小同王允之

公子翚请杀桓公以求太宰。隐公曰：“为其少故也。吾将授之矣。使营菟裘，吾将老焉。”翚惧，反谮公于桓公而杀之。

苏子曰：盗以兵拟人，人必杀之。夫岂独其所拟，途之人皆捕击之矣。途之人与盗非仇也，以为不击，则盗且并杀己也。隐公之智，曾不若途仇人，哀哉。隐公，惠公继室之子也。其为非嫡，与桓均耳，而长于桓。隐公追先君之志，而授国焉，可不谓仁乎？惜乎其不敏于智也。使隐公诛翚而让桓，虽夷、齐何以尚兹。

骊姬欲杀申生而难里克，则施优来之。二世欲杀扶苏而难李斯，则赵高来之。此二人之智，若出一人，而受祸亦不少异。里克不免于惠公之诛，李斯不免于二世之戮，皆无足哀者。吾独表而出之，以为世戒。君子之为仁义也，非有计于利害。然君子之所为，义利常兼，而小人反是。李斯听赵高之谋，非其本意，独畏蒙氏之夺其位，故勉而听高。使斯闻高之言，即召百官，陈六师而斩之，其德于扶苏，岂有既乎？何蒙氏之足忧？释此不为，而具五刑于市，非下愚而何？

呜呼，乱臣贼子，犹蝮蛇也。其所螫草木，犹足以杀人，况其所噬啮者欤？郑小同为高贵乡公侍中，尝诣司马师。师有密疏未屏也，如厕还，问小同："见吾疏乎？"曰："不见。"师曰："宁我负卿，无卿负我。"遂鸩之。王允之从王敦夜饮，辞醉先寝。敦与钱凤谋逆，允之已醒，悉闻其言，虑敦疑己，遂大吐，衣面皆污。敦果照视之，见允之卧吐中，乃已。哀哉小同，殆哉岌岌乎允之也。孔子曰："危邦不入，乱邦不居。"有以也夫。

吾读史得鲁隐公、晋里克、秦李斯、郑小同、王允之五人，感其所遇祸福如此，故特书其事。后之君子，可以览观焉。

【译文】公子翚请求杀掉鲁桓公来求得太宰的官职。隐公说："由于他年轻的缘故，所以我代为摄政，现在他长大成人，我打算把国君的位子交付给他。我让人在菟裘营造房屋，我将在那里养老了。"公子翚惧怕想杀桓公的事暴露，反过来到桓公那里陷害鲁隐公并最后杀掉他。

苏子说：盗贼用兵器比划人，被比划的人一定杀掉他。难道仅仅是被比划的人那样做，萍水相逢的路人也都要捕击他。路人和盗贼并非有仇，认为不击杀他的话，那么盗贼将要连自己一同杀害。隐公的智慧，竟然不如萍水相逢的路人，可悲啊。鲁隐公，是鲁惠公续娶的妻子的儿子，他不是正妻所生的嫡子，和鲁桓公是相等的，只是由于年长的缘故而摄政为君。鲁隐公追念先君的志愿，准备把君位交付给桓公，可以不说他仁德吗？可惜啊他不聪敏。假如鲁隐公当时诛杀公子翚并让位给鲁桓公，即使是伯夷、叔齐怎能比他更高尚？

骊姬想杀太子申生而害怕里克发难，就有施优为她谋划。秦二世想杀太子扶苏而害怕李斯发难，就有赵高来为他谋划。里克、李斯这两个人智慧，如同出于一个人，要遭受的祸殃也没有一点点差异。里克不免被晋惠公赐死，李斯也不免被秦二世杀戮，都没有什么值得悲哀的。我单单提出来，把它作为后世的鉴戒。君子实行仁义，并非对利和害有事先的考虑。但君子做的事情，仁义和利益常常兼备，而小人与之相反。李斯听从赵高的阴谋，并不是他的本意，仅仅是畏惧蒙恬夺去他丞相的官位，所以勉强服从赵高。假如李斯听到赵高阴谋篡改始皇遗诏的话，立即召集百官，陈列六军而斩杀赵高的话，那恩德对于扶苏，难道有完吗？蒙恬又值得忧虑什么？放弃这种做法不去做，最终在市井遭受五刑的惩处，不是下等愚蠢的人又是什么？

哎，乱臣贼子，就像蝮蛇一样，蝮蛇的毒刺到草木上，草木尚且能够杀人，何其被它亲口咬了呢？郑小同为魏高贵乡公的侍中，曾经去拜见司马师。司马师有秘密书信没有掩盖，从厕所回来，问郑小同："看了我写的信了吗？"郑小同说："没有看"。司马师说："宁肯让我辜负您，不让您辜负我。"就用药酒毒死了他。王允之跟随王敦晚上饮酒，推辞喝醉了先躺下睡觉。王敦和钱凤密谋反叛，王允之已经睡醒，全部听到他们的话。估计王敦会怀疑自己听到，就大吐起来，衣脸和脸上都沾满吐的东西。王敦果然用灯照着去看他，看见王允之躺在吐的东西之中，才停止对他加害。可悲啊郑小同，处在非常非常危险境地的王允之啊！孔子说："不进入危险的国家，不居住祸乱的国家。"这是有原因啊。

我读史书读到鲁隐公、晋里克、秦李斯以及郑小同、王允之五个人，感慨他们遭遇的祸和福像这样，所以特意记述他们的事。后来的君子们可以仔细看看。

论管仲

郑太子华言于齐桓公，请去三族而以郑为内臣。公将许之。管仲不可。公曰："诸侯有讨于郑，未捷，苟有衅，从之，不亦可乎？"管仲曰："君若绥之以德，加之以训辞，而率诸侯以讨郑，郑将覆亡之不暇，岂敢不惧。若总其罪人以临之，郑有辞矣。"公辞子华，郑伯乃受盟。

苏子曰：大哉，管仲之相桓公也。辞子华之请，而不违曹沫之盟，皆盛德之事也。齐可以王矣。恨其不学道，不自诚意正身以刑其国，使家有三归之病，而国有六嬖之国，故桓公不王。而孔子小之，然其予之也亦至矣。曰："桓公九合诸侯，不以兵车，管仲之力也。如其仁，如其仁。"曰"仲尼之徒，无道桓、文之事者"，孟子盖过矣。吾读《春秋》以下史，得七人焉，皆盛德之事，可以为万世法。又得八人焉，皆反是，可以为万事戒。故具论之。

太公之治齐也，举贤而尚功。周公曰："后世必有篡弑之臣。"天下诵之，齐其知之矣。田敬仲之始生也，周史筮之；其奔齐也，齐懿氏卜之，皆知其当有齐国。篡弑之疑，盖萃于敬仲矣。然桓公、管仲不以是废之，乃欲以为卿，非盛德能如此乎？故吾以谓楚成王知晋之必霸，而不杀重耳；汉高祖知东南之必乱，而不杀吴王濞；晋武帝闻齐王攸之言，而不杀刘元海；苻坚信王猛，而不杀慕容垂；唐明皇用张九龄，而不杀安禄山。皆盛德之事也。

而世之论者，则以谓此七人者，皆失于不杀以启乱。吾以谓不然。七人者，皆自有以致败亡，非不杀之过也。齐景公不繁刑重赋，虽有田氏，齐不可取。楚成王不用子玉，虽有晋文公，兵不败。汉景帝不害吴太子，不用晁错，虽有吴王濞，无自发。晋武帝不立孝惠，虽有刘元海，不能乱。苻坚不贪江左，虽有慕容垂，不敢叛。明皇不用李林甫、杨国忠，虽有安禄山，亦何能为？秦之由余，汉之金日磾，唐之李光弼、浑瑊之流，皆蕃种也，何负于中国哉，而独杀元海、禄山乎？且夫自今而言之，则元海、禄山，死有余罪；自当时言之，则不免为杀无罪。岂有天子杀无罪，而不得罪于天下者？上失其道，途之人皆敌国也。天下豪杰，其可胜既乎！

汉景帝以鞅鞅而杀周亚夫，曹操以名重而杀孔融。，晋文帝以卧龙而杀嵇康，晋景帝亦以名重而杀夏侯玄，宋明帝以族大而杀王彧，齐后主以谣言而杀斛律光，唐太宗以谶而杀李君羡，武后亦以谣言而杀裴炎。世皆以为非也。此八人者，当时之虑，岂非忧国备乱，与忧元海、禄山者同乎？久矣，世之以成败为是非也。

故凡嗜杀人者，必以邓侯不杀楚子为口实。以邓之微，无故杀大国之君，使楚人举国而仇之，其亡不愈速乎！吾以谓为天下如养生，忧国备乱如服药。养生者，不过慎起居饮食、节声色而已。节慎在未病之前，而服药在已病之后。今吾忧寒疾而先服乌喙，忧热疾而先服甘遂，则病未作而药已杀人矣。彼八人者，皆未病而服药者也。

【译文】郑国的太子华对齐桓公说。请齐桓公除掉郑国的泄氏、孔氏、子人氏三族而把郑国作为齐国的藩属。齐桓公将要答应他，管仲不同意。齐桓公说："诸侯讨伐郑国，没有取胜，现在幸好有隙可乘，听从他的话，不也可以吗？"管仲说："君王您如果用仁德来安抚他们，加上教育训导，他们不接受的话，再率领诸侯讨伐郑国，郑国将挽救危亡而来不及，岂敢不害怕？如果领着他的罪人以兵攻打郑国，郑国就有理了。"于是齐桓公辞谢了太子华，郑伯就和齐国订立了盟约。

苏子说：伟大呀，管仲辅佐齐桓公。辞掉太子华的请求，不违背和曹沫的盟约，全都是盛大美德的事情。齐国可以称王天下了。遗憾他不学习圣人之道，自己不诚心诚意端正自身来给国人作榜样，使自家有收取人民大量市租的毛病，国家有六个便嬖小人的祸患，所以齐桓公不能称王天下。孔子卑视他，但孔子赞许他也算到家了，说："齐桓公多次主持诸侯间的盟会，停止了战争，都是管仲的力量。这就是管仲的仁德，这就是管仲的二德。"说"孔子的门徒，没有传述齐桓公、晋文公事情的人"，孟子大概是说错了。我读《春秋》以下的史书，得到七个人，做的都是盛大美德的事情，可以成为万世的楷模。又得到八个人，作法和那七个人相反，可以成为万世的鉴戒。所以详尽地论述他。

姜太公治理齐国的时候，举用贤人崇尚功业。周公说："后世一定有篡位弑君的臣子。"周公的话天下传诵，齐国一定知道了。田敬仲刚出生的时候，周的史官给他卜筮，他逃亡到齐国，齐国的懿氏给他占卦，都知道他应当拥有齐国。篡位弑君的怀疑对象，大致集中在田敬仲身上。但是齐桓公、管仲不因此废弃不用，竟欲用他作卿。没有盛大的美德能够这样吗？所以我认为楚成王知道晋国将来一定称霸，却不杀重耳；汉高祖知道东南一定会叛乱，却不杀吴王刘濞；晋武帝听信齐王攸的话，不杀刘元海；苻坚相信王猛，而不杀慕容垂；唐明皇听信张九龄的话，而不杀安禄山。这些都是盛大美德的事情。

但是世上评论的人，都认为这七个人，都失误在不杀他们为叛乱开了个头。我认为这样说不对。这七个人，都自有招致败亡的原因，并非有不杀的过错。齐景公如果不加重刑罚和赋说，即使有田氏，齐国也不能被夺取。楚成王如果不用子玉为帅，即使有晋文公，楚国的军队也不能失败。汉景帝如果不杀害吴国的太子，不采用晁错的建议，即使有吴王刘濞，也没有地方发动叛乱。晋武帝如果不立孝惠，即使有刘元海，不能出现叛乱。苻坚如果不贪取江东的土地，即使有慕容垂，也不敢背叛。唐明皇不重用李林甫、杨国忠，即使有安禄山，又能有什么作为？秦国的由余，汉朝的金日磾，唐朝的李光弼、浑瑊之流，都是外国人，对于中原国家有什么辜负？却唯独要杀刘元海、安禄山呢？况且站在现在的角度来说，那么刘元海、安禄山死有余罪；就当时来说，就不免为杀害无罪的人。哪有天子杀害无辜，而不得罪天下人的？在上位的人失去他的正道，路途上的人都是敌国。天下的英雄豪杰，难道可以杀尽吗？

汉景帝因为态度不满意而杀掉周亚夫，曹操因为名气大大而杀掉孔融，晋文帝因为嵇康有卧龙之称而杀掉嵇康，晋景帝也因为名气大而杀掉夏侯玄，宋明帝因家族势力大而杀掉王彧，齐后主因为谣言而杀掉斛律光，唐太宗因为图谶而杀掉李君羡，武则天也因为谣言而杀掉裴炎。世人都认为他们的作法不对。这八个人，当时的考虑，难道不是忧虑国家前途防备变乱，和忧虑刘元海、安禄山这些人一样吗？时间长了，世人就以各自的成败来论是非了。

凡是喜爱杀人的人、一定用邓侯不杀楚子作为口实。凭着邓国的微弱，无故诛杀大国的君主，假如楚国人举国和他为敌，他的灭亡不是更加迅速了吗？我认为治理天下如同人们养生，忧虑国家的前途防备变乱如同服药。养生，不过是对自己的起居饮食谨慎，对于声色娱乐要有节制而已。节制谨慎在没发病之前，而服药在已经发病之后。现在我们担心得寒病就先服用乌头，担心患热病就先服用甘遂，那么病还没有发作而药已经杀人了。那八个人，都是没有发病先服药的人。

论孔子

鲁定公十二年，孔子言于公曰："臣无藏甲，大夫无百雉之城。"使仲由为季氏宰，将堕三都。于是叔孙氏先堕郈。季氏将堕费，公山弗狃、叔孙辄率费人袭公，公与三子入于季氏之宫。孔子命申句须、乐颀下伐之，费人北，二子奔齐。遂堕费。将堕成，公敛处父以成叛。公围成，弗克。或曰：殆哉，孔子之为政也，亦危而难成矣。孔融曰："古者王畿千里，寰内不以封建诸侯。"曹操疑其论建渐广，遂杀融。融特言之耳，安能为哉。操以为天子有千里之畿，将不利己，故杀之不旋踵。季氏亲逐昭公，公死于外，从公者皆不敢入，虽子家羁亦亡。季氏之忌克忮害如此，虽地势不及曹氏，然君臣相猜，盖不减操也。孔子安能以是时堕其名都，而出其藏甲也哉？考于《春秋》，方是时，三桓虽若不悦，然莫能违孔子也。以为孔子用事于鲁，得政于民，而三桓畏之欤？则季桓子受女乐也，孔子能却之矣。"彼妇之口，可以出走"，是孔子畏季氏，季氏不畏孔子也。夫孔子盍姑修其政刑，以俟三桓之隙也哉？

苏子曰：此孔子之所以圣也。盖田氏、六卿不服，则齐、晋无不亡之道。三桓不臣，则鲁无可治之理。孔子之用于世，其政无急于此者矣。彼晏婴者亦知之，曰："田氏之僭，惟礼可以已之。在礼，家施不及国，大夫不收公利。"齐景公曰："善哉，吾今而后知礼可以为国也。"婴能知之，而莫能为之。婴非不贤也，其浩然之气，以直养而无害，塞乎天地之间者，不及孔、孟也。孔子以羁旅之臣，得政期月，而能举治世之礼，以律亡国之臣，堕名都，出藏甲，而三桓不疑其害己，此必有不言而信，不怒而威者矣。孔子之圣，见于行事，至此为无疑也。婴之用于齐也，久于孔子；景公之信其臣也，愈于定公。而田氏之祸不少衰。吾是以知孔子之难也。孔子以哀公十六年卒，十四年，陈恒弑其君，孔子沐浴而朝，告于哀公，请讨之。吾是以知孔子之欲治列国之君臣，使如《春秋》之法者，至于老且死而不忘也。

或曰：孔子知哀公与三子之必不从，而以礼告也欤？曰：否。孔子实欲伐齐。孔子既告公，公曰："鲁为齐弱久矣，子之伐之，将若之何？"对曰："陈恒弑其君，民之不与者半。以鲁之众，加齐之半，可克也。"此岂礼告而已哉！哀公患三桓之逼，尝欲以越伐鲁而去之。夫以蛮夷伐国，民不与也，皋如、出公之事，断可见矣。岂若从孔子而伐齐乎？若从孔子而伐齐，则凡所以胜齐之道，孔子任之有余矣。既克田氏，则鲁之公室自张，三桓不治而自服矣。此孔子之志也。

【译文】鲁定公十二年，孔子对鲁定公说道："臣子不能藏有军队，大夫不能有超过三百丈的城邑。"让子路做季氏的冢宰，打算毁掉三座都邑。于是叔孙氏毁掉了郈。季氏打算毁掉费邑，公山不狃、叔孙辄率领费邑人袭击鲁定公，鲁定公和季孙等三个人躲进季孙氏的宫室。孔子命句须、乐颀下武子之台回击他们。费地人战败，公山不狃和叔孙辄逃亡到齐国。于是就毁掉了费邑。将要毁掉成邑，公敛处父带领成邑的人背叛。鲁定公围攻成邑，没有攻下来。有人说：危险啊，孔子执政治理国家，也够危险而且难以成功了。孔融说："古代王城附近的地域广阔千里，京都周围不封建诸侯。"曹操害怕他的论述建议逐渐广泛，于是就杀掉了他。孔融仅仅是说说而已，又怎能去实行呢？曹操以为天子有方圆千里的土地，将对自己不利，所以很快就杀掉他。季氏亲自驱逐鲁昭公，昭公死在国外，跟从昭公出亡的人都不敢回国，即使是子家羁也流亡在外。季氏忌贤姑能像这样，虽然地势不如曹操，但君臣互相猜忌，大约不比曹操差。孔子怎么能在这个时候毁掉他的名都，而让他交出暗藏军队呢！考证一下《春秋》，正当这个时候，三桓虽然不满意，但没有谁敢违背孔子。认为孔子在鲁国执政，得到百姓拥护，三桓畏惧他吗？那么季桓子接受齐国送来的歌姬舞女，孔子应该能让他推却了。那些妇人的歌喉，可以让孔子离职出走，这说明孔子害怕季氏，季氏不害怕孔子。孔子何不居且修治他的政教刑律，来等待三桓的可乘之机呢？

苏子说：这是孔子之所以为圣人的原因。齐国的田氏、晋国的六卿不服君命，那么齐国、晋国没有不亡的道理。三桓不对君主臣服，那鲁国没有可以治好的道理。孔子为世所用的时候，治理鲁国没有急于处理这方面的事情。那个晏婴也知道这些，他说："田氏僭越，只有礼可以阻止他。如果合乎礼，家族的施舍不能扩大到国内，大夫不占取公家的利益。"齐景公说："对啊。我从现在开始知道礼能够用来治理国家了。"晏婴能够知道这个道理，却不能做它。晏婴不是不贤明，他的正大刚直之气，用来直接教育培养而没有害处，充满天地之间，他不及孔子、孟子。孔子凭寄居作客的臣子身份，得到执政刚满一个月，能够举用治世的礼法，来限制亡国的臣子，毁掉有名的都邑，使臣子交出暗藏的武装，而三桓不怀疑他危害自己，这一定有不说话就有信用，不发怒就有威严的地方。孔子的圣明，见于他的行事，到这种地步算是没有疑问了。晏婴被齐国任用，时间比孔子在鲁国执政的时间长久；齐景公信任他的臣下，超过鲁定公。而齐国田氏的祸患没有稍微的衰减。我因此知道孔的艰难。孔子在鲁哀公十六年去世，哀公十四年，齐国陈恒杀了他的国君，孔子沐浴上朝，告诉鲁哀公，请求讨伐陈恒。我因此知道孔子想要治理各国的君臣，让他们合乎《春秋》的法则要求，一直到年老将要去世的时候也念念不忘。

有人说：孔子知道哀公和季孙氏三子一定不听从自己的意见，就用礼来告诉鲁哀公他们吗？说：不。孔子确实想讨伐齐国。孔子已经报告给鲁哀公，鲁哀公说："鲁国被齐国削弱的时间很久了，您要讨伐他们，将怎么办。"孔子回答说："陈恒杀了他的国君，百姓有一半不赞许他，用鲁国的全体民众，加上齐国的一半人，可以战胜他。"这哪里是用礼告诉他就停止了呢？鲁哀公忧虑三桓的逼迫，曾经想让越国攻打鲁国来除掉三桓。让蛮夷之人来讨伐自己国家，百姓不赞成，皋如和晋出公的事，非常明确可见了。哪里赶上得上听从孔子的意见讨伐齐国呢？如果听从孔子的话伐齐国，那么凡是用来战胜齐国的办法，孔子都可以任意运用它。打败田氏以后，鲁国的公室权力自然就会张大，三桓不用惩治就自然降服了。这是孔子的志愿。

论周东迁

太史公曰：学者皆称周伐纣，居洛邑。其实不然。武王营之，成王使召公卜居之，居九鼎焉。而周复都丰、镐，至犬戎败幽王，周乃东徒于洛。

苏子曰：周之失计，未有如东迁之缪者也。自平王至于亡，非有大无道者也。顗王之神圣，诸侯服享，然终以不振。则东迁之过也。昔武王克商，迁九鼎于洛邑，成王、周公复增营之。周公既没，盖君陈、毕公更居焉，以重王室而已。非有意于迁也。周公欲葬成周，而成王葬之毕，此岂有意于迁哉。

今夫富民之家，所以遗其子孙者，田宅而已，不幸而有败，至于乞假以生可也，然终不敢议田宅。今平王举文、武、成、康之业而大弃之，此一败而鬻田宅者也。夏、商之王，皆五六百年，其先王之德，无以过周，而后王之败，亦不减周幽、厉。然至于桀、纣而后亡。其未亡也，天下宗之，不如东周之名存而实亡也。是何也？则不鬻田宅之效也。

盘庚之迁也，复殷之旧也。古公迁于岐。方是时，周人如狄人也，逐水草而居，岂所难哉？卫文公东徙渡河，恃齐而存耳。齐迁临淄，晋迁于绛、于新田，皆其盛时，非有所畏也。其余避寇而迁都，未有不亡；虽不即亡，未有能复振者也。

春秋之时，楚大饥，群蛮叛之，申、息之北门不启。楚人谋徙于阪高。蒍贾曰："不可。我能往，寇亦有往。"于是乎以秦人、巴人灭庸，而楚始大。苏峻之乱，晋几亡矣，宗庙宫室，尽为灰烬。温峤欲迁都豫章，三吴之豪欲迁会稽，将从之矣，独王导不可，曰："金陵，王者之都也。王者不以丰俭移都。若弘卫文大帛之冠，何适而不可，不然，虽乐土为墟矣，且北寇方强，一旦示弱，窜于蛮越，望实皆丧矣。"乃不果迁，而晋复安。贤哉导也，可谓能定大事矣。嗟夫，平王之初，周虽不如楚之强，顾不愈于东晋之微乎？使平王有一王导，定不迁之计，收丰镐之遗民，而修文、武、成、康之政。以形势临东诸侯，齐、晋虽强，未敢贰也，而秦何自霸哉？

魏惠王畏秦，迁于大梁。楚昭王畏吴，迁于鄀。顷襄王畏秦。迁于陈。考烈王畏秦，迁于寿春。皆不复振，有亡征焉。东汉之末，董卓劫帝迁于长安，汉遂以亡。近世李景迁于豫章亦亡。吾故曰：周之失计，未有如东迁之缪者也。

【译文】大史公说：学者都说周讨伐纣以后，建都洛邑。其实不是这样。武王营建了洛邑，成王让召公占卜过，这才将九鼎安放到那里。周朝还是定都在丰邑、镐京的。直到犬戎打败周幽王，周朝才东迁到洛邑。

苏子说：周朝失策，没有比东迁要荒谬的了。从平王到周朝灭亡，没有大无道的君王。周灵王生而有须神奇聪明，诸侯顺服而享有国家，但周朝终究没有振兴。这就是东迁的过错。从前武王攻克商朝以后，把九鼎安放在洛邑，成王、周公又增建了洛邑。周公死了以后，君陈和毕公相继居住在那里，用来重视王室而已。可是周朝并非有意东迁。周公死后想要葬在成周，成王死后葬在毕邑，这难道是有意迁都吗？

现在那些富贵人家，准备留给子孙的，是田地房屋而已。不幸家境衰落，衰落到乞讨借贷维持生计，但始终不敢计议卖田鬻宅。现在平王拿文王、武王、成王、康王创下的基业，全部抛弃它，这是那种家境一衰败就卖田鬻宅一类的人。夏朝、商朝的天下，都五六百年，他们先王的仁德，不超过周朝的先王，而后来国君的败落，也不比周幽王、周厉王差，他们能最后到夏桀、商纣的时候灭亡。他们没灭亡的时候，天下归往顺服，不像东周那样名存实亡，这是什么原因呢？就是不卖田鬻宅的效果。

盘庚迁都，是恢复殷商的旧制。古公亶父迁到岐。那个时候，周人和狄人一样，都是寻求有水草的地方居住，哪里有什么灾难呢？卫文公东迁渡过黄河，是依靠齐国来保存自己罢了。齐国迁都到临淄，晋国迁都到绛、迁到新田，都是在国家兴盛的时候，并没有畏惧的敌人。其余的因为躲避敌寇而迁都的，没有不亡国的；即使不立刻亡国，也没有能再使国家振兴起来的。

春秋之时，楚国发生大饥荒，各少数民族都反叛楚国，申地和息地的北城门不敢开启。楚国人商量要迁到阪高去。蔿贾说："不行。我们能去，敌人也能去。"在这个时候楚人带领着秦军和巴的军队灭掉了庸国，而楚国从此成为大国。苏峻叛乱的时候，东晋几乎灭亡，京都的宗庙宫室，全都化为尽烬，温峤想把都城迁到豫章，三吴的豪门贵族想要迁到会稽去。将要听从他们的意见了，唯独王导说不行，说："金陵，是王者的都城。帝王不能因为丰俭而轻易迁都。如果要弘扬春秋卫文公戴粗布帽子的节俭精神，到哪里去不可以？不这样的话，即使是乐土也要成为废墟了。况且北方的敌寇正强盛，一旦表示软弱，逃窜到蛮越一带，声名和实质全都丧失了。"于是坚决不迁都，而晋国也随之恢复安定。贤明啊王导，可以说是能够决定大事的人。哎，平王初年，周王朝虽然没有后来楚国的强大，但不比衰微的东晋好一些吗？假如平王有一个王导那样的臣子，作出不迁都的决定，收拢丰邑、镐京的遗民，修治文王、武王、成王、康王的政治教化，靠地理形势来君临东方的诸侯，齐国、晋国虽然强大，也不敢对周王朝三心二意，而秦国到哪里去称霸呢？

魏惠王畏惧秦国，迁都到大梁。楚昭王畏惧吴国，迁都到鄀。楚顷襄王畏惧秦国，迁都到陈地。楚考烈王畏惧秦国，迁都到寿春。他们都不能重新振兴起来，而有灭亡的征兆。东汉末年，董卓劫持汉献帝迁都到长安，汉朝随着就灭亡了。近世李景迁都到豫章也随即灭亡。所以我说：周朝失策，没有比东迁更荒谬的了。

论范蠡

越既灭吴，范蠡以为勾践为人长颈鸟喙，可与共患难，不可与同安乐，乃以其私徒属浮海而行。至齐，以书遗大夫种曰：“蜚鸟尽，良弓藏；狡兔死，走狗烹。子可以去矣。”

苏子曰：范蠡独知相其君而已，以吾相蠡，蠡亦鸟喙也。夫好货，天下之贱士也。以蠡之贤，岂聚敛积实者，何至耕于海滨，父子力作，以营千金，屡散而复积，此何为者哉？岂非才有余而道不足，故功成、名遂、身退，而心终不能自放者乎？使勾践有大度，能始终用蠡，蠡亦非清净无为以老于越者也。吾故曰：蠡亦鸟喙者也。

鲁仲连既退秦军，平原君欲封连，以千金为寿。连笑曰：“所贵于天下士者，为人排难解纷而无所取也。即有取，是商贾之事。连不忍为也。”遂去，终身不复见。逃隐于海上，曰：“吾与其富贵而诎于人，宁贫贱而轻世肆志焉。”使范蠡之去如鲁仲连，则去圣人不远矣。呜呼，春秋以来用舍进退未有如范蠡之全者也，而不足于此，吾是以累叹而深悲焉。

【译文】越国已经灭掉了吴国，范蠡认为越王勾践长脖子尖嘴巴，可以和他共患难，不能和他同安乐，就带领他个人的手下飘洋过海。到达齐国，他给大人文种写了一封信说：“飞鸟灭绝，就把良弓收藏起来；狡兔死尽，就把猎狗烹食。您可以离开了。”

苏子说：范蠡光知道相看他的国君而已。让我来相看范蠡，范蠡也是尖嘴巴一类的人。喜爱财物，是天下卑贱的士人。凭着范蠡贤明，哪里是聚敛积蓄财富的人，怎么能达到在海边耕种，父子亲自劳作，来谋取千金，屡次散尽又重新积蓄的地步？这是为什么呢？难道不是才能有余而道德不足，所以功成名就以后，自己虽然退隐，但心里始终不能放弃尘世吗？假如勾践有大度，能够始终重用范蠡，范蠡也不是清净无为而老死越国的人。我因此说：范蠡也是尖嘴巴一样的人。

鲁仲连已经使秦军退走，平原君想要赏赐他，用千金给他祝寿。鲁仲连笑着说："天下杰出的士人之所以可贵，在于他能替人排忧解难而不取报酬，如果收取酬劳，那是商贾的事情，我鲁仲连不忍心这样做。"于是就离开平原君，终身不再和他会见。后来鲁仲连逃到海边隐居起来，说道："我与其富贵而屈身事奉人，宁肯贫贱反可以轻视世俗放任自己的意志啊。"假如范蠡的离去和鲁仲连一样，那么他离着圣人也就不远了。哎，春秋以来用世弃世进取退隐没有像范蠡做得那样圆满的人，却有这样的不足，因此我对他屡次叹息并深感惋惜。

论伍子胥

楚平王既杀伍奢、伍尚，而伍子胥亡入吴，事吴王阖闾。及楚平王卒，子昭王立。后，子胥与孙武兴兵及唐、蔡伐楚，夹汉水而阵，楚大败。于是吴王乘胜而前，五战遂至郢。楚昭王出亡。吴兵入郢。子胥求昭王，既不得，乃掘平王墓，出其尸，鞭之五百，以报父兄之仇。

苏子曰：子胥、种、蠡皆人杰，而扬雄曲士也。欲以区区之学，疵瑕此三人者。以三谏不去、鞭尸籍馆，为子胥之罪。以不强谏勾践，而栖之会稽，为种、蠡之过。雄闻古有三谏当去之说，即欲以律天下士，岂不陋哉！

三谏而去，为人臣交浅者言之，如宫之奇、泄冶乃可耳。至于子胥，吴之宗臣，与国存亡者也，去将安往哉？百谏不听，继之以死可也。孔子去鲁，未尝一谏，又安用三？父受诛，子复仇、礼也。生则斩首，死则鞭尸，发其至痛，无所择也。是以昔之君子，皆哀而恕之，雄独非人子乎？至於籍馆，阖闾与群臣之罪，非子胥意也。勾践困于会稽，乃能用二子。若先战而强谏以死之，则雄又当子胥之罪罪之矣。此皆儿童之见，无足论者。不忍三子之见诬，故为一言。

【译文】楚平王杀了伍奢、伍尚以后，伍子胥逃亡到吴国，事奉吴王阖闾。等到楚平亡去世，儿子楚昭王立为国君。后来，伍子胥和孙武出动军队和唐国、蔡国一起讨伐楚国，在汉水两岸排兵布阵，最后楚国大败。于是吴王胜前进，和楚军交战五次随后来到楚国首都郢。楚昭王被迫逃亡，吴国的军队进占郢都，伍子胥寻找楚昭王，没有得到，就挖开楚平王的坟墓，拖出他的尸体，用鞭子鞭打了五百下，来为自己的父亲和哥哥报仇。

苏子说：伍子胥、文种、范蠡都是人中豪杰，而扬雄是一个寡闻陋见的人，想凭自己微不是道的学识，来挑这三个人的毛病。认为进谏三次不被采纳却不能离去，鞭打楚平王的尸体，践踏楚国君臣的馆舍，是伍子胥的罪过。认为文种、范蠡不能极力劝谏越王勾践，致使越王勾践栖息会稽山，是文种、范蠡的过失。杨雄听说古代有三次进谏，不被采纳应当离去的说法，就想用来作为律例要求天下的士人，岂不是太鄙陋了吗！

三谏之后应当离去，是对那些臣下和国君交情浅的人说的，像宫之奇、泄冶一类人才可以采用。至于伍子胥，是吴国众所景仰的大臣，和国家共存亡的人，离去将前往哪里呢？进谏一百次不被接受，继而用一死就可以了。孔子离开鲁国，不曾有一次进谏，又哪里用得着三次。父亲遭到诛杀，儿子去报仇，这是礼仪。仇人活着就杀掉他的头，仇人如果死了就鞭打他的尸体，触击仇人最疼的地方，没有选择的。因此从前的君子们，都哀悯宽恕他，扬雄难道不是作人子的吗！至于践踏楚国君臣的馆舍，那是阖闾和群臣的罪过，不是伍子胥的意图。勾践被困在会稽山上，才能够信用文种和范蠡二人。如果作战之前极力劝谏并因此去死，那么扬雄又会用伍子胥的罪怪罪他们了。这都是儿童一般的见识，不值得理论。我不忍心这三个人被诬陷，所以替他们说句话。

论商鞅

商鞅用于秦，变法定令，行之十年，秦民大悦。道不拾遗，山无盗贼，家给人足，民勇于公战，怯于私斗，秦人富强，天子致胙于孝公，诸侯毕贺。

苏子曰：此皆战国之游士邪说诡论，而司马迁暗于大道，取以为史。吾尝以为迁有大罪二，其先黄老后六经，退处士进奸雄，盖其小小者耳。所谓大罪二，则论商鞅、桑弘羊之功也。自汉以来，学者耻言商鞅、桑弘羊，而世主独甘心焉，皆阳讳其名，而阴用其实，甚者则名实皆宗之，庶几其成功，此司马迁之罪也。

秦固天下之强国，而孝公亦有志之君也，修其政刑十年，不为声色畋游之所败，虽微商鞅，有不富强乎！秦之所以富强者，孝公敦本力穑之效，非鞅流血刻骨之功也。而秦之所以见疾于民，如豺虎毒药，一夫作难，而子孙无遗种，则鞅实使之。至于桑弘羊，斗筲之才，穿窬之智，无足言者。而迁之言曰"不加赋而上用足"。善乎，司马光之言也。曰："天下安有此理？天地所生财货百物，止有此数，不在民则在官。譬如雨泽，夏涝则秋旱。不加赋而上用足，不过设法阴夺民利，其害甚于加赋也。"二子之名在天下，如蛆蝇粪秽也，言之则污口舌，书之则污简牍。二子之术，用于世者，灭国残民，覆族亡躯者相踵也。而世主独甘心焉，何哉？乐其言之便己也。

夫尧、舜、禹、汤，世主之父师也。谏臣弼士，世主之药石也。恭敬慈俭，勤劳忧畏，世主之绳约也。今使世主日临父师而亲药石，履绳约，非其所乐也。故为商鞅、桑弘羊之术者，必先鄙尧笑舜而陋禹也。曰：所谓贤主者，专以天下适己而已。此世主所以人人甘心而不悟也。

世有食钟乳、乌喙而纵酒色以求长年者，盖始于何晏。晏少而富贵，故服寒食散以济其欲，无足怪者，彼之所为，足以杀身灭族者，日相继也，得死于服寒食散，岂不幸哉？而吾独何为效之。世之服寒食散疽背呕血者，相踵也，用商鞅、桑弘羊之术破国亡宗者，皆是也。然而终不悟者，乐其言之美便，而忘其祸之惨烈也。

【译文】商鞅被秦国重用，变更旧法制定新令，推行了十年，秦国的百姓非常喜悦，路上掉的东西没人捡，山林中没有盗贼，百姓家给人足，勇于为国家作战，怯于为个人争斗，秦国富强，周天子把祭肉赐给秦孝公，诸侯都来祝贺。

苏子说：这都是战国时期到处游说的策士们的邪说诡论，而司马迁不明大道，拿过来作为史实。我曾经认为司马迁有两项大罪，他把黄老之学列在前面，把六经摆在后面，贬乏处士推崇奸雄，那仅仅是小小的过错罢了。我所说的两项大罪，就是为商鞅、桑弘羊摆功。从汉代以来，学者都觉得谈论商鞅、桑弘羊可耻，而唯独作国君的人觉得称心如意，他们都表面避讳提他们的名称，而暗地里采纳他们实际做法，严重的则名称和实质都尊崇效法，希望能够成功。这是司马迁的罪过。

秦国本来就是天下的强国，而秦孝公也是有远大志向的君主。修治他的政教刑律十年，不让音乐美女田猎游乐一类事情败坏。即使没有商鞅，能不富强吗！秦国之所以富强，是因为秦孝公注重农业生产尽力耕作的结果，不是商鞅严刑峻法的功效。秦国后来之所以被百姓痛恨，像看待豺虎毒药一样，最后一夫作难，子孙荡灭无遗，其实是商鞅让它那样的。至于桑弘羊，才识短浅，智术狭小，没有值得称道的地方，而司马迁却说“不用增加赋税而国君财物丰足”。司马光说得好啊，他说：“天下哪有这个道理？天地所生的各种东西，都有定数，不在百姓手里就在官府手里。譬如雨水，夏天涝了秋天就旱。不增加赋税而国君财物丰足，不过是设法暗中夺取百姓的利益，那个危害比增加赋税要更加严重。”商鞅、桑弘羊这两个人的名字在天下，如同蛆虫苍蝇粪便秽便秽草一样，提起他们就玷污了口舌，记述他们就玷污了简牍。他们二人的权术，被世上采用的话，毁灭同家残害百姓，家族覆灭自身死亡的人将会一个接一个。唯独作国君的人感到称心如意，为什么呢？喜欢他们说的话对自己有利。

尧、舜、禹、汤，好此是作国君的人的前辈老师，直言规劝匡正过失的臣下好比药石。恭敬慈爱节俭，勤恳劳苦忧虑，是国君的行为规范。现在让国君每天面对老师亲近药石，行动遵守规范，不是他们高兴的事。所以推行商鞅、桑弘羊权术的人，一定先鄙视尧嘲笑舜而认为禹浅陋。说：所谓贤明的君主，专门让天下适合自己而已。这是世上作国君的人称心快意而不觉悟的原因。

世上有一边服钟乳、乌喙而一边纵情酒色来求得长寿的人，这大约是从何晏开始。何晏年少富贵，所以服用寒食散来帮助自己满足欲望，没有什么奇怪的。他的所做所为，足够杀身灭族的事情，一天天地积累增多，他能够死在服用寒食散上，难道不是幸运吗？而我们为什么效法他呢？世上服用寒石散后背生疮口吐鲜血的人一个接一个，用商鞅、桑弘羊的权术使国家破败家族灭亡的人都和服用寒食散的情况一样。然而始终不觉悟的原因，是喜欢他们的话好听对自己有利，却忘了祸殃的残酷猛烈啊。

论封建

秦初并天下，丞相绾等言，燕、齐、荆地远，不置王无以填之，请立诸子。始皇下其议，群臣皆以为便。廷尉斯曰：“周文、武所封子弟同姓甚众，然后属疏远，相攻击如仇雠，诸侯更相诛伐，天下弗能禁止，今海内赖陛下神灵一统，皆为郡县，诸子功臣以公赋税重赏赐之，甚足易制。天下无异意，则安宁之术也。置诸侯不便。”始皇曰：“天下共苦战斗不休，以有侯王。赖宗庙，天下初定，又复立国，是树兵也，而求其宁息，岂不难哉？廷尉议是。”分天下三十六郡，郡置守、尉、监。

苏子曰：圣人不能为时，亦不失时。时非圣人之所能为也，能不失时而已。三代之兴，诸侯无罪，不可夺削，因而君之，虽欲罢侯置守，可得乎？此所谓不能为时者也。周衰，诸侯相并，齐、晋、秦、楚皆千余里，其势足以建侯树屏，至于七国，皆称王行天子之事。然终不封诸侯、不立强家世卿者，以鲁三桓、晋六卿、齐田氏为戒也。久矣，世之畏诸侯之祸也，非独李斯、始皇知之。始皇既并天下、分郡邑，置守宰，理固当然，如冬裘夏葛，时之所宜，非人之私智独见也，所谓不失时者。

而学士大夫多非之。汉高又欲立六国后，张子房以为不可，世未有非之者。李斯之论，与子房何异？世特以成败为是非耳。高帝闻子房之言，吐哺骂郦生，知诸侯之不可复明矣。然卒王韩、彭、英、卢，岂独高帝，子房亦与焉。故柳宗元曰："封建非圣人意也，势也。"

昔之论封建者，曹元首、陆机、刘颂及唐太宗时魏征、李百药、颜师古，其后则刘秩、杜佑、柳宗元。宗元之论出，而诸子之论废矣，虽圣人复起，不能易也。故吾取其说而附益之，曰：凡有血气，必争，争必以利，利莫大于封建。封建者，争之端而乱之始也。自书契以来，臣弑其君，子弑其父，父子兄弟相贼杀，有不出于袭封而争位者乎？自三代圣人以礼乐教化天下，至刑措不用，然终不能已篡弑之祸。至汉以来，君臣父子相残虐者，皆诸侯王子孙。其余卿士大夫不世袭者，盖未尝有也。近世无复封建，则此祸几绝。仁人君子，忍复开之欤！故吾以李斯、始皇之言，柳宗元之论，当为万世法也。

【译文】秦国刚刚兼并了天下，丞相王绾等人说，燕国、齐国、楚国地方偏远，不设置诸侯王就没有办法镇服它们，请立皇子们为王。秦始皇把这个建议下交给群臣讨论，群臣都认为有利。廷尉李斯说："周文王、周武王分封子弟族人很多，然而后代疏远，互相攻击如同仇敌，诸侯互相讨伐，周天子不能禁止。现在全国依赖陛下的神灵已经统一，都设置为郡县，皇子功臣用国家赋说重重地赏赐他们，很容易控制了。天下没有异心，这是使国家安宁的策略。设置诸侯不利。"秦始皇说："天下都苦于战斗不休，就是因为有诸侯王。依靠祖宗神灵，天下刚刚平定，又再设置诸侯国，这是制造战争啊，而要求得安宁平静，岂不是困难吗？廷尉的意见是对的。”于是分天下为三十六郡，每个郡设置守、尉、监来管理。

苏子说：圣人不能够创造时势，也不丧失时势。时势不是圣人所能创造的，能够做到不丧失时势而已。三代兴盛的时候，各国诸侯没有罪过，不能夺取或削减他们的封国，因此他们作了诸侯国的国君，那时虽然想除诸侯设置郡守，可以得到吗？这就是所说的不能创造时势的情况。周朝衰落，诸侯互相吞并，齐国、晋国、秦国、楚国土地都有一千多里那么广阔，那形势足可以封建诸侯为自己树立屏障，到了七国争雄的时候，七国都分别称王行天子之事，但是他们也始终不封建诸侯。不培植强大的大夫和世卿的原因，是以鲁国的三桓、晋国的六卿、齐国的田氏为戒。世人畏惧诸侯的祸患很久了，不仅仅李斯、秦始皇知道这件事。秦始皇已经兼并了天下，把天下分为郡邑，在郡邑里设置守宰，按道理本来应该这样，这好比冬天穿裘皮衣服夏天穿葛衣一样，是时势要求必须做到合宜，并非是某个人才智和见识造成的，这是所谓的不失时势。

而学士大夫们大多非议李斯、秦始皇。汉高祖取得天下以后也想立六国的后代为诸侯，张良认为不可以，世人却没有非议他的。李斯的论点和张良有什么区别？世人仅仅是根据成败来确定是非罢了。汉高祖听了张良的意见，吐出口里的饭骂郦食其，知道诸侯不可以重新封建已经很明确了。但最后还是封了韩信、彭越、英布、卢绾等人为王。不仅仅是汉高祖，张良也赞同这件事。所以柳宗元说：“封建诸侯王不是圣人的用意，是时势造成的。”

从前评论封建诸侯的，有曹元首、陆机、刘颂以及唐太宗时的魏征、李百药、颜师古，其后则有刘秩、杜佑、柳宗元。柳宗元的论述问世以后，其他各位的论述就废弃了，即使圣人现在再起来，也不能改变了。所以我采用柳宗元的说法加以补充增益。说：凡是有血气的，一定会有争斗，争斗一定是因为利益，而没有什么比封建诸侯的利益更大的了。封建诸侯，是争斗的根源混乱的开始。自从有文字记载以来，臣子杀死国君，儿子杀害父亲，父子兄弟互相残害，有不是因为承袭封爵争夺地位的吗？从三代的圣人用礼乐教化天下，发展到刑罚措置不用，但是始终不能制止篡位弑上的祸患。到汉代以后，君臣父子互相残杀的，都是诸侯王的子孙。其余的卿、士大夫不能世袭的人、大约不曾有过篡位弑上的事。近世不再封建诸侯，那么这样祸患几乎断绝。仁人君子们，忍心再为篡位弑上开个头吗！所以我认为李斯、秦始皇的话，柳宗元的论述，应当成为万世的法则。

论始皇汉宣李斯

秦始皇时，赵高有罪，蒙毅按之当死，始皇赦而用之。长子扶苏好直谏，上怒，使监蒙恬兵于上郡。始皇东游会稽，并海走琅琊，少子胡亥、李斯、蒙毅、赵高从。道病，使蒙毅还祷山川，未及还，上崩。李斯、赵高矫诏立胡亥，杀扶苏、蒙恬、蒙毅，卒以亡秦。

苏子曰：始皇制天下轻重之势，使内外相形，以禁奸备乱者，可谓密矣。蒙恬将三十万人，威震北方，扶苏监其军，而蒙毅侍帏幄为谋臣，虽有大奸贼，敢睥睨其间哉？不幸道病，祷祠山川，尚有人也，而遣蒙毅，故高、斯得成其谋。始皇之遣毅，毅见始皇病，太子未立，而去左右，皆不可以言智。然天之亡人国，其祸败必出于智所不及。圣人为天下，不恃智以防乱，恃吾无致乱之道耳。始皇致乱之道，在用赵高。夫阉尹之祸，如毒药猛兽，未有不裂肝碎首者也。自书契以来，惟东汉吕强、后唐张承业二人，号称良善，岂可望一二于千万，以侥必亡之祸哉？然世主皆甘心而不悔，如汉桓、灵，唐肃、代，犹不足深怪。始皇、汉宣皆英主、亦湛于赵高、恭、显之祸。彼自以为聪明人杰也，奴仆薰腐之余何能为？及其亡国乱朝，乃与庸主不异。吾故表而出之，以戒后世人主如始皇、汉宣者。

或曰：李斯佐始皇定天下，不可谓不智。扶苏亲始皇子，秦人戴之久矣。陈胜假其名，犹足以乱天下，而蒙恬持重兵在外，使二人不即受诛，而复请之，则斯、高无遗类矣。以斯之智而不虑此，何哉？

苏子曰：呜呼，秦之失道，有自来矣，岂独始皇之罪？自商鞅变法，以殊死为轻典，以参夷为常法，人臣狼顾胁息，以得死为幸，何暇复请。方其法之行也，求无不获、禁无不止，鞅自以为轶尧、舜而驾汤、武矣。及其出亡而无所舍，然后知为法之弊。夫岂独鞅悔之，秦亦悔之矣。荆轲之变，持兵者熟视始皇环柱而走莫之救者，以秦法重故也。李斯之立胡亥，不复忌二人者，知法令之素行，而臣子之不敢复请也。二人之不敢复请，亦知始皇鸷悍而不可回也，岂料其伪也哉？周公曰："平易近民，民必归之。"孔子曰："有一言而可以终身行之者，其恕矣乎？"夫以忠恕为心，而以平易为政，则上易知而下易达，虽有卖国之奸，无所投其隙，仓卒之变，无自发焉。然其令行禁止，盖有不及商鞅者矣。而圣人终不以彼易此。鞅立信于徙木，立威于弃灰，刑其亲戚师傅，积威信之极。以至始皇，秦人视其君如雷电鬼神，不可测也。古者，公族有罪，三宥然后置刑。今至使人矫杀其太子而不忌，太子亦不敢请，则威信之过也。故夫以法毒天下者，未有不反中其身及其子孙者也。汉武、始皇，皆果于杀者也。故其子如扶苏之仁，则宁死而不请；如戾太子之悍，则宁反而不诉。知诉之必不察也。戾太子岂欲反者哉？计出于无聊也。故为二君之子者，有死与反而已。李斯之智，盖足以知扶苏之必不反也。吾又表而出之，以戒后世人主之果于杀者。

【译文】秦始皇时，赵高有罪，蒙毅按照法律判他死罪，秦始皇赦免了他并重新任用他。始皇的长子扶苏喜欢直言劝谏，始皇发怒，派他到上郡任蒙恬的监军。始皇东游会稽，沿海而上到琅琊山，少子胡亥以及李斯、赵高、蒙毅跟从。半道始皇发病，派蒙毅回去祭祀山川，蒙毅没等回来，秦始皇去世。李斯、赵高诈称皇帝遗诏立胡亥为太子，杀掉了扶苏、蒙恬、蒙毅，终于使秦朝灭亡。

苏子说：秦始皇控制天下轻重的形势，使内外互相监督比照，来禁绝奸邪防备叛乱的作法，可以说十分细密了。蒙恬率领三十万大军，威震北方，扶苏作为他的监军，蒙毅在幕帐中侍奉为谋臣，即使有大的奸贼，岂敢在他们中间窥视吗！不幸始皇途中生病，祭祀山川，还有其他人可以去，却派遣蒙毅，所以使赵高、李斯得以实现他们的阴谋。秦始皇派遣蒙毅祭祀山川的时候，蒙毅看到始皇病危，太子没有确立，就离开他身边，都不可以说是智慧。但是上天要灭亡他的国家，那祸殃一定出于智慧所不能达到的地方。圣人治理天下，不依靠智谋来防止暴乱，依靠自己不致于导致祸乱的作法罢了。秦始皇导致暴乱的作法，是任用赵高。主管宫室的宦官的祸乱，如同毒药猛兽，没有不裂人心肝碎人首的。自从有文字记载以来，只有东汉的吕强、后唐的张承业，被人称为良善的宦官，岂能希望千万个宦官像这一两个人一样，去招致必然灭亡的祸患呢？但是历代国君都觉得这些宦官称心如意而不知悔改，像汉桓帝、汉灵帝、唐肃宗、唐代宗，还不值得奇怪。秦始皇、汉宣帝都是英明的君主，也沉论于赵高、弘恭、石显的祸乱中。他们自以为是聪明的人中豪杰，宦官是受过腐刑的奴仆，又能干什么大事？等到他们使国家灭亡朝纲混乱，竟和平庸的君主没有差别。因此我把这件事表露出来，告诫后世像秦始皇、汉宣帝那样的国君。

有的人说：李斯辅佐秦始皇平定天下，不能说没有智谋。扶苏是始皇的亲生儿子，秦国人拥戴他的时间很久了。陈胜假借他的名声，尚且足以搅乱天下，蒙恬带领重兵在外戍守，假如这两个人不立即受死，再去诘问清楚，那么李斯、赵高就会死无遗类了。凭李斯的智慧却不考虑这些，为什么呢？

苏子说：哎，秦朝失道，是由来已久的，哪里仅仅是秦始皇的罪过？从商鞅变法以来，把斩首之刑作为为轻典，把诛灭三族作为常法，人臣胆战心惊大气不敢出，以能够正常死去作为幸事，哪里有时间再去诘问。当他的刑法推行的时候，求什么没有得不到的、禁什么没有不停止的，商鞅自以为超越尧、舜而凌驾汤、武了。等到他逃亡而无处容身的时候，这才知道自己制定的法令的弊病。难道仅仅商鞅后悔，整个秦国也都后悔。荆轲刺杀始皇的时候，手持兵器的人眼睁睁地看着始皇环绕着柱子逃跑却没有谁敢上前援救，这是因为秦国法令严厉的缘故。李斯拥立胡亥，不再顾忌扶苏、蒙恬二人的原因，是知道法令平素通行于世，臣子不敢诘问。这两个人不敢再诘问，也就知道始皇的凶猛严酷而不可挽回，哪里预料到诏命是虚假的呢？周公说："政务平易亲近民众，民众必然归向他。"孔子说："有一句可以终身奉行的话，大概就是'恕'了吧。"用忠恕作为本心的出发点，用平易去处理政务，那么在上位的人容易知道而在下位的人容易晓喻，即使有卖国的奸贼，也没有可乘之机，仓猝间发生的变故，也没有发生的缘由。但那令行禁止的程度，大约赶不上商鞅的法令有效。可是圣人终究也不会采用那种作法改变这种作法。商鞅用移动木头来取信于民，对弃灰于道路的人判刑来树立威严，惩处太子的太师大傅，威信积久渐成到了极点。到秦始皇的时候，秦国人看待他们国君如同雷电鬼神，对他的喜怒不能预测。古代的时候，公族有罪，宽容三次然后用刑。现在到了让人诈称君命杀死太子而无所忌惮，太子也不敢诘问，那就是淫威造成的过错。所以用法令毒害天下的，没有不反过来毒害自身及其子孙的。汉武帝、秦始皇，都是在杀戮方面果敢的人。所以他们的儿子像扶苏那样仁义，就宁死也不询问究竟，像戾太子那样强悍，就宁肯反叛也不申诉。知道申诉也一定不能得到明察。戾太子难道想谋反吗？只是出于无可奈何罢了。所以作这两个国君的儿子，只有死和反而已。李斯的智谋，足能知道扶苏一定不反叛。我又把这事表露出来，来告诫后世国君在杀戮方面果敢的人。

论项羽范增

汉用陈平计，间疏楚君臣。项羽疑范增与汉有私，稍夺其权，增大怒曰："天下事大定矣，君王自为之。愿赐骸骨归卒伍。"归未至彭城，疽发背死。

苏子曰：增之去善矣，不去，羽必杀增。独恨其不早耳。然则当以何事去？增劝羽杀沛公，羽不听，终以此失天下。当于是去耶？

曰：否。增之欲杀沛公，人臣之分也；羽之不杀，犹有君人之度也。增曷为以此去哉！《易》曰："知几其神乎？"《诗》曰："相彼雨雪，先集维霰。"增之去，当于羽杀卿子冠军时也。

陈涉之得民也，以项燕、扶苏。项氏之兴也，以立楚怀王孙心，而诸侯叛之也，以弑义帝。且义帝之立，增为谋主矣。义帝之存亡，岂独为楚之盛衰，亦增之所与同祸福也，未有义帝亡而增独能久存者也。羽之杀卿子冠军也，是弑义帝之兆也；其弑义帝，则疑增之本也。岂必待陈平哉？物必先腐也，而后虫生之；人必先疑也，而后谗人之。陈平虽智，安能间无疑之主哉。

吾尝论：义帝，天下之贤主也。独遣沛公入关，而不遣项羽，识卿子冠军于稠人之中，而擢以为上将，不贤而能如是乎？羽既矫杀卿子冠军，义帝必不能堪，非羽弑帝，则帝杀羽，不待智者而后知也。增始劝项梁立义帝，诸侯以此服从，中道而弑之，非增之意也。夫岂独非其意，将必力争而不听也。不用其言，而杀其所立，羽之疑增，必自是始矣。

方羽杀卿子冠军，增与羽比肩而事义帝，君臣之分未定也。为增计者，力能诛羽则诛之，不能则去之，岂不毅然大丈夫也哉？增年已七十，合则留，不合则去，不以此时明去就之分，而欲依羽以成功，陋矣。虽然，增，高帝之所畏也，增不去，项羽不亡。呜呼，增亦人杰也哉！

【译文】汉高祖采用陈平的计策，离间疏远楚国的君臣关系，项羽怀疑范增和汉高祖有私人交往，就逐渐去剥夺了他的权力。范增非常恼怒说："天下的大事已经定局了，君王您自己去干吧。希望还给我这把老骨头，让我回到家乡去。"在回去的路上，还没到彭城，后背上的恶疮发作而死去。

苏子说：范增离开项羽是正确的，如果不离开，项羽一定会杀掉范增。只是遗憾他没有早一点儿离开罢了。那么他就当因为什么事离开呢？范增曾劝项羽杀掉沛公，项羽没有听从，终于因此失去了天下。应当在这个时候离去吗？回答说：不是。范增想杀沛公，那是人臣的本分；项羽不杀，也还有点作人的君主的度量。范增怎么能在这样的时候离去呢？《易经》说："知道事物变化的微小征兆就是神明。"《诗经》说："看那下雪的景象，首先凝聚的是细小的雪珠。"范增离开，应当在项羽杀卿子冠军的时候。

陈涉能够得到民心，是借用了项燕和扶苏的名义。项氏的兴起，是因为拥立了楚怀王的孙子熊心，而诸侯背叛项羽，是因为他杀了义帝。义帝被拥立为君主，范增是主谋，义帝的存亡，难道仅仅关系到楚国的兴衰，也关系到范增的祸福，没有义帝死了而范增独自能够长久活着的道理。项羽杀卿子冠军，是杀义帝的先兆。他杀义帝，就是怀疑范增的开始。哪里一定要等待陈平去离间呢？物品一定是先腐烂了，然后才会生虫子；人一定先有了疑心，然后谗言才能钻进去。陈平虽然有智谋，又怎么能离间没有疑心的君主呢？

我曾经评论说：义帝，是天下贤明的君主。只是派遣沛公入关，而不派遣项羽，能够在众人之中识别卿子冠军，并提拔他为上将军，不贤明能够做到这一步吗？项羽既然假托义帝的命令杀了卿子冠军，义帝一定不能容忍，那么不是项羽杀义帝，就是义帝杀项羽，这是不用聪明的人来说也能知道的事情。范增当初劝项梁拥立义帝，诸侯也因此服从指挥，中途杀掉了他，不是范增本意。岂止不是本意，而且将一定极力争辩而项羽执意不听。不用范增的主张，并杀掉他所拥立的义帝，项羽怀疑范增，一定是从这个时候开始了。

当项羽杀卿子冠军时，范增和项羽平起平坐并肩侍奉义帝，君臣之间的名分还没有确定。为范增考虑的话，力量能够杀掉项羽就杀掉他，不能杀掉就离开他，难道不是果敢的大丈夫吗？范增当时年纪已经七十多岁了，能和项羽相合就留下来，不能相合就离去，不在这个时候明确自己的去留，却想依附项羽来成就功业，真是鄙陋啊。虽然这样，范增也还是汉高祖所畏惧的人，范增不离开项羽，项羽不会灭亡。哎，范增也算是人中的豪杰啊！

卷三十五　书义

乃言底可绩 《尚书》

巧言令色，帝之所畏也。故以言取人，自孔子不能无失。然圣贤之在下也，其道不效于民，其才不见于行事，非言无自出之。故以言取人者，圣人之所不能免也。纳之以言，试之以功，自尧舜以来，未之有改也。尧将禅舜也，曰："询事考言，乃言底可绩。"底之为言极也。《易》曰："穷理尽性，以至于命。"可谓极矣。君子之于事物也，原其始不要其终，知其一不知其二，见其偏不见其全，则利害相夺，华实相乱，乌能得事之真、见物之情也哉？故言可听而不可行，事可行而功不可成，功可成而民不可安，是功未始成也。舜、禹、皋陶之言，皆功成而民安之者也。

呜呼！极之为至德也久矣。箕子谓之皇极，子思谓之中庸。极则非中也，中则非极也，此昧者之论也。故世俗之学，以中庸为处可否之间，无过与不及之病而已，是近于乡原也。若夫达者之论则不然。曰："喜怒哀乐未发谓之中，发而皆中节谓之和。……致中和，天地位焉，万物育焉。"非舜、禹、皋陶之成功，其孰能与于此哉？故愚以谓穷理尽性，然后得事之真，见物之情。以之事天则天成，以之事地则地平，以之治人则人安。此舜、禹、皋陶之言，可以底绩者也。

【译文】对甜言蜜语，讨好献媚，做皇帝的总感到害怕而警惕。因此，依靠言辞来衡量择取人，从孔子那样的圣人直到百姓，没有不失误的。但是，当圣贤还被埋没在普通人中的时候，他的思想还没有在群众中产生功效，他的才干也还没有在实践中显现出来。这时候，他不依靠自己的言辞就不能使自己超群绝伦。因此，凭借言辞来择取人才，即使是圣人也不能舍弃这一方法。采纳某人的意见，检验它的功效，从尧舜直到如今，都没有改变这一方法。当尧禅位给舜时，对舜说:“考察你谋事言谈,把你的话彻底贯彻是可以有功绩的。”底的意思就是彻底。《周易》说:“穷理尽性,就可以知天命。”说的也是要彻底。道德修养高尚的人对于各种事物,如果只是探究它的起始却不把握它的终结,只知其一不知其二,只看见它的部分看不见它的全貌,那么,弊端就会损害利益,表面现象就会混淆实质,这怎么能得到事物的真情真像呢?因此说,言辞听起来很有道理却不能实行,事情能够实行却不能有功故,有功效却不能使百姓生活安定,这都是没有成功。而舜、禹、皋陶的话,却都是可以收到功效,使百姓生活安定的。

啊!彻底的精神被看作是一种最高的品德由来已久了。这种精神箕子称为“皇极”,子思称为“中庸”。对于中庸,愚昧的人认为,彻底就不是中庸,中庸就不能彻底。因而世俗认为中庸就是折中相反的意见,没有不足和过分这两种缺陷而已。这种论调实质上如同貌似忠厚的伪善者。至于深通道理的人,对于中庸的见解就和世俗完全不同。他们认为:“喜怒哀乐蕴含在内心称为中,喜怒哀乐表现得极其适度就称为和。……如果达到中和的境界,天地就有规律地运行,万物就可以蕃衍滋长。”如果不是象舜、禹、皋陶那样成就大功业的人,谁能达到这样的境界呢?因此我认为只有穷理尽性,才能获得对事物的本质的认识。用彻底的精神,透彻的认识去事奉上天,上天可以风和雨顺,使你获得成功;去事奉大地,大地可以平平稳稳,给你带来安定;去治理百姓,百姓就可以生活安定。这就是贯彻舜、禹、皋陶的话,可以获得大功绩的原因。

塈谗说殄行 《尚书》

《书》云:“朕塈谗说殄行。”传曰:君子之所为,为可传、为可继也。凡行之不可传、继者,皆殄行也。尧舜之所塈也。世衰道丧,士贵苟难而贱中庸,故邪慝者进焉。齐桓公欲用竖刁、易牙、开方三子,管仲曰:“三子者自刑以近君,去亲杀子以求合,皆非人情,难近。”桓公不听，卒以乱齐。齐桓，贤主也。管仲，信臣也。夫以贤主而不用信臣之言，岂非三子者似忠而难知也欤？甚矣，似之乱真也。故曰“恶紫”，谓其夺朱也；“恶莠”，谓其乱苗也；“恶乡原”，谓其乱德也。孟子忧之，故曰：“君子反经而已矣。”君子之所贵，必其可传、可继者也。是以谓之经。经者，常也。君子苟常之为贵，则彼苟难殄行，无为为之矣。苟难者无所获，殄行者无所利，则庶民并兴，巧者不能独进，拙者可以自效。吾虚心而察之，贤者可事，能者可使，而天下治矣。

【译文】《尚书》说：“我最讨厌说谗言和做坏事的人。”解释《尚书》的传义说：“君子的所做所为，都应具有垂范作用，可使后人效法继承。凡不能使后人效法继承的行为，都是绝行，是被尧、舜所痛恨的。”在道德沦丧的末世，士人往往看重侥幸难做的行为而轻视符合常理的行为，因此，奸邪之人往往趁机以侥幸难做的行为求得升迁。齐桓公想重用竖刁、易牙、开方三位小人。管仲进谏说：“这三个人用毁伤自身、杀害儿子、舍弃亲情的方式来取得国君您的信任，伴在您的近旁。这些行为都不合人之常情，接近、重用他们很不合适。”齐桓公不听管仲的劝告，终于导致齐国变乱。齐桓公是贤明的君主，管仲是受宠信的大臣，贤明的君主竟然不采纳宠信大臣的意见，难道不是由于这三个小人貌似忠诚太难以了解其本质吗？真是大厉害了啊！那貌似可以乱真呀！因此人常说：“厌恶紫色。”就是认为它超过了大红色；说：“厌恶莠草。”就是认为它混杂在秧苗中；说：“厌恶伪善者。”就是认为它造成了道德的混乱。孟子对此也感到忧虑，因此他说：“君子就是要返回到正道常规上。”君子看重的，一定是那些可以垂范后世，供人效法、传承的道德行为。正因为此，才把它称作常规。经的意思，就是常规。君子假如把常规看得很珍贵，那么侥幸难做的绝行就不会推行了。侥幸难做的绝行得不到利益、赞誉，那么百姓就会一起奋进，乖巧的人就不能投机独进，笨拙的人也能够贡献自己的力量。我虚心思考《尚书》这段话，感到贤者可以有所作为，有才能的也可以尽量发挥才干，天下也就达到大治了。

视远惟明听德惟聪 《尚书》

甚矣，耳目之为天下祸福也。《洪范》五事，为皇极之用，治乱之所由出，狂圣之所由分，风雨之所由作，五福六极之所由致。故颜渊问仁，孔子曰："非礼勿视，非礼勿听，非礼勿言，非礼勿动。"夫视听期于聪明而已，何与于礼？非礼勿视，非礼勿听，是礼也，何与于仁？曰：视听不以礼，则聪明之害物也甚于聋瞽。何以言之？明之过也，则无所不视，掩人之私，求人之所不及；聪之过也，则无所不听，浸润之谮，肤受之诉或行焉。此其害，岂特聋瞽而已哉？故圣人一之于礼，君臣上下，各视其所当视，各听其所当听，而仁不可胜用也。

太甲之复辟也，伊尹戒之曰："视远惟明，听德惟聪。"何谓远？何谓德？孔子曰："文武之道，未坠于地，在人，贤者识其大者，不贤者识其小者。"夫惟小之为知，又乌能及远哉？探夜光于东海者，不为鲵桓而回网罗；求合抱于邓林者，不以径寸而枉斧斤。苟志于远，必略近矣。故子张问明，孔子既告之以明，又告之以远。由此观之，视不及远者，不足为明也。梁惠王问利于孟子，孟子告以仁义，曰："王何必曰利。"夫言利者，其言未必不中也，然君子不听，曰："言利者，必小人也。"听其言行其事，行其事必近其人，小人日近，君子日疏，求国无危，不可得也。凡言苟出于利，虽中，小人也，况不中乎？苟出于德，虽失，犹君子也，况不失乎？由此观之，听不主于德者，非听也。

【译文】耳目和天下祸福的关系，是非常密切的呀！《尚书·洪范》所说的"貌、言、视、听、思"五事，是帝主统治天下所用的准则。治还是乱由此五事产生，是狂夫还是圣人也由此五事得以区分，风雨由此而产生，五福六凶也由此而招致。因此颜渊向孔子请教什么是仁的时候，孔子则回答说：“非礼勿视，非礼勿听，非礼勿言，非礼勿动。”视、听只要求聪、明罢了，和礼有什么关系？再说，“非礼勿视，非礼勿听”，讲的是礼，和仁有什么关系？孔子为什么用和视、听无关的礼来回答呢？让我来回答这个问题吧。如果视、听不用礼来统帅，那么具备聪明的耳目器官对于事物的损害就要超过瞎子、聋子。凭什么这样讲呢？明察的过失，在于它无所不视，以至于会突然揭发别人的隐私，苛求人干做不到的事情；信息灵通的过失，在于它无所不听，各种流言蜚语、毁谤谗言就会不胫而走。这种危害，难道不是比聋子、瞎子要厉害得多吗？因此圣人用礼来统帅视、听，君臣上下，各自看他应当看的，听他应当听的，这样，仁德就可以到处实行了。

当太甲恢复君位时，伊尹告诫他：“高瞻远瞩才是看得明，倾听德音才是听得清。”什么是远？什么是德？孔子说：“文王武王的德教，并没有失落，人人都会保存一些，只不过贤能的人保存着主要的精髓，不贤的人只保存着屑小的皮毛。”那些仅仅了解屑小皮毛的人，怎么能看得远呢？向东海探求夜光珠的人，不会因为鲸鲵盘桓就收回他的罗网，向森林探求合抱之材的人，也不会为细小的树木而挥动斧头。假如志存高远，就一定不计较近旁的细小事物。因此当子张向孔子请教什么是“明”的时候，孔子既告诉他什么叫“明”，又告诉他要看得远。由此来看，不能高瞻远瞩，就不能称为明。梁惠王向孟子请教“利”，孟子却以仁义来回答他，并且说：“王为什么一定要谈利呢？”谈论利的人，他的言谈，不一定不符合客观事实，但是君子却不愿听，认为“专谈利益的人，一定是小人。”听到某种言论并接受了它，就一定会去做那样的事情，做那样的事情就一定会接近那样的人。这样就会一天天地接近小人，一天天地疏远君子。像这样想求得国家没有危难是绝对不可能的。言论，假如是为阐发利，即使会切中事实，也仍然是小人，更何况这种言论往往不符合道理呢？言论，假如是为阐发道德，即使不符合事实，也仍然是君子，更何况这种言论往往都符合道理呢。由此来看，假如不用仁德来主宰听什么，怎样听，那就不是听。

终始惟一时乃日新 《尚书》

《易》曰:“天下之动,正夫一者也。”夫动者,不安者也。夫惟不安,故求安者而托焉。惟一者为能安。天地惟能一,故万物资生焉。日月惟能一,故天下资明焉。天一于覆,地一于载,日月一于照,圣人一于仁,非有二事也。昼夜之代谢,寒暑之往来,风雨之作止,未尝一日不变也。变而不失其常,晦而不失其明,杀而不害其生,岂非所谓一者常存而不变故耶!圣人亦然。以一为内,以变为外。或曰:圣人固多变也欤?不知其一也。惟能一,故能变。伊尹戒太甲曰:“今嗣王新服厥命,惟新厥德,终始惟一,时乃日新。”新与一,二者疑若相反然。请言其辨。物之无心者必一,水与鉴是也。水、鉴惟无心,故应万物之变。物之有心者必二,目与手是也。目、手惟有心,故不自信而托于度量权衡。己且不自信,又安能应物无方日新其德也哉。齐人为夹谷之会,曰:孔丘,儒者也。可劫以兵。不知其戮齐优如杀犬豕。此岂有二道哉,一于仁而已矣。孟子曰:“天下定于一。孰能一之?曰:不嗜杀人者。”愚故曰圣人一于仁。

【译文】《周易》说:“天下是变动的,但天下的正道又是恒一不动的。”变动,就是不安定。正因为不安定,所以要求安定才能存在。而只有恒一才能安定。天地能够恒一不变,因此万物才能产生。日月能够恒一不变,因此天下才有光明。天专一于覆盖,地专一于载物,日月专一于普照,圣人专一于仁德,它们都不再从事其他。昼夜交替,寒暑往来,风雨兴止,没有一天不是在变化着。但是,变化都不违背常规,晦暗却不妨碍复明,衰亡却不损害新生。这难道不是由于保存着恒一而不变吗?圣人也是这样,把恒一作为他内在的品格,把变化作为他外在的表现。也许有人说:圣人本来就是多变的吧?这种说法表明,说这种话的人并不了解圣人是恒一的。正因为圣人是恒一的,所以才能变化。伊尹曾告戒太甲说："君王如今新承天命，继承王位，应发扬德行，始终如一，日日革新。"革新与恒一，二者看似相反，其实是一致的。请让我来详述一下它们之间的关系。事物没有主观意志就一定恒一，水和镜子就是如此。正因为水和镜子没有主观意志，因此就能映照变化的万物。事物有主观意志，就如同两目和手，正因为两目和手有主观意志，因此反而不相信自己的感受，却要依赖尺子、量器等去衡量万物。自己都缺乏自信，又怎么能应对万物，日日革新其德行呢？齐人在夹谷的盟会上曾说："孔子是个儒者，可以依恃武力劫持他，逼他屈服。"却不曾料到孔子按照礼仪规则杀齐国奏淫乐的乐人如同杀猪狗一样，齐人反而被孔子的威仪所吓倒。这难道另有什么道术吗？不过是始终如一地恒守仁德罢了。孟子说："天下安定有赖于统一。谁能统一呢？回答说：不喜爱杀人的人。"因此我认为圣人恒守仁德。

王省惟岁 《尚书》

论尧、舜之德者，必曰无为。考之于经，质之于史，尧、舜之所为，卓然有见于世者，盖不可胜计也。其曰无为，何哉？古人有言曰："除日无岁。"又曰："日一日劳，考载曰功。"若尧、舜者，可谓功矣。岁者，月之积也。月者，日之积也。举岁则兼月，举月则兼日矣。日别而数之，则月不见；月别而数之，则岁不见。此岂日月之外，复有岁哉？日月之各一，人臣之劳也。岁岁并考，人君之功也。故《书》曰："王省惟岁，卿士惟月，师尹惟日。"此上下之分，烦简之宜也。禹之平水土，稷为之殖百谷，契为之敷五教，伯夷为之典三礼，皋陶为之平五刑，羲和为之历日月，尧舜果何为哉？今夫三百又六旬，分之以四时，配之以六甲，位之以十二子，散之以二十四气，裂之以七十二候，昼不可以并夜，寒不可以兼暑，则气果安在哉？惟其无在而不可名，寄之于人而已。不有此，所以为王省之功也。日不立则月不建，月不建则岁不成。师尹不官则卿士不治，卿士不治则王功废矣。故曰："庶民惟星。"星者，日月之所舍，所因以为寒暑风雨者也。民者，上之所托，所因以为号令赏罚者也。日月不自为风雨寒暑，因星而为节；君不自为号令赏罚，因民而为节。上执其要，下治其详，所谓岁月日时无易也。文王不兼庶狱，陈平不治钱谷，邴吉不问斗伤，此所谓不易者也。秦皇衡石程书，光武以吏事责三公，此易岁月而乱日时者也。治乱之效，亦可以概见矣。

【译文】凡论述尧、舜功德的人，一定说尧、舜无为而治。但考核经史典籍中的记载，尧、舜的所作所为，又都一一可见，数不胜数，被世人称道。可是人们又称尧舜无为而治天下，这到底是什么缘故呢？古人说："除了具体的一天天的日子外，就没有什么年岁的概念。"还说："一天天积累起来的劳苦经过考核就是功。"至于尧、舜，的确是创立了大功业的。年岁，是由月份积累而成。月份，是由日子积累而成。运用岁的概念，就包含了月份，运用月份的概念，就包含了日子。如果只计算具体的一个个的日子，那就没有了月份，如果只计算具体的一个个月份，那就没有了年岁。由此可见，具体的日子、月份之外，还哪里有什么年岁的概念呢？对于臣子，就考核他具体的一个个日子、一个个月份的劳动；对于君主，则要按年岁来察看他的功业。因此《尚书》说："考察君主的功业以年岁为时间单位，考察执政大臣以月份为单位，考察各级官吏以日子为单位。"上级的事情繁多，下级的事情简易，因此，考察的方式就应当有所区分。尧、舜治理天下，有大禹负责治水造田，有后稷负责养殖百谷，有契掌管教化，有伯夷掌管礼仪，皋陶掌管刑狱司法，羲和掌管天文历法。尧、舜还要具体做什么呢？这就比如一年当中有三百六十天，我们可以把它分成四季，还可以用十天干十二地支分配它们，形成甲子、甲戌、甲申、甲午、甲辰、甲寅的六甲循环；用二十四个节气、七十二候区分它的气候；再细分昼是昼、夜是夜、寒是寒、暑是暑。如此细细区分，那么一年的天气这个概念还会存在吗？作为抽象的概念，它让人感觉不到存在也无法具体说出来，但它的的确确和每个人有着切身的关系。尧、舜治理天下也是这样，只有用像年岁这样的大概念来考察。没有一个个具体的日子就没有月份，没有一个个的月份就没有年岁。各级官吏如果不尽职尽责，那么执政大臣就无法行政，执政大臣不行政，君王的功业也就毁败了。因此古人说："百姓就好像天上的星星。"星星，是日、月赖以运行，并形成风雨寒暑的凭借。百姓，是君王、官吏赖以存在，并施行赏罚号令的凭借。日、月不能脱离星星独自形成风雨寒暑，只能凭借星星来运行变化；君王不能脱离百姓独自发号施令，只能凭借百姓来施行治理。上级要把握着治国的方针大政，下级要推行治国的具体措施，这就好比年岁、月日、时刻不能改易一样。所以，周文王不会去处理百姓的具体诉讼，汉丞相陈平不会去征调钱、谷，邴吉不会去过问打架斗殴。他们只把握治国大计，不能改易去操力小事。秦始皇治国事事过问，以至每日的文书多得要用秤称用石量，汉光武帝拿下级官吏的职事去要求王公大臣，这就好比用岁月改换时日，只能造成混乱。治理的效果，也就可以知道其大概了。

作周恭先作周孚先 《尚书》

周之将兴，必有继天之王，建都邑，立藩辅，以定天命而宅民心，为子孙之师。亦必有命世之臣，考礼乐，修法令，以定国是而正风俗，为卿大夫之宗。然后可以世世垂拱仰成，虽有中主弱辅，而不至于乱。故曰："孺子来相宅，其大惇典商献民，乱为四方新辟，作周恭先。""予旦以多才，越御事，笃前人成烈，答其师，作周孚先。"国之所恃者，法与人也。《诗》曰："虽无老成人，尚有典刑。"故周公以谓惇典而用贤，可以定国，后之言恭者必稽焉。傅说有言："事不师古，以克永世，匪说攸闻。"今不师古，后不师今。故周公以谓我当与卿大夫笃前人成烈，以答众心，则后之言信者必师焉。夫以成王之贤，周公之圣，其所以为后世先者，不过于恭与信而已。

《诗》曰："自古在昔，先民有作。温恭朝夕，执事有恪。"闵马父曰："古之称恭者，曰自古，曰在昔，曰先民，其严如是。"愚以是知恭之大者，盖尧之允恭，孔子之温恭，非独恭世子之恭、楚共王之恭也。成王以是为后世先也，不亦宜乎。"大有上吉。履信思乎顺。又以尚贤也，是以自天佑之，吉无不利。"又曰："自古皆有死，民无信不立。"信之为德也，重于兵而急于食，周公以是为后世先也，不亦宜乎？

【译文】周朝将要兴旺发达时，一定有承继天命的君王，修建京都城邑，设立藩国辅佐，来安定天命人心，并作为子孙后代稳固的基业。也一定有称誉天下的贤臣，考订礼乐仪式，修定法令制度，制定治国方略，端正社会风俗，并作为后代大臣的法式楷模。这样，便可以世世代代垂衣拱手，不需劳神，只依靠现成的制度便可无为而治。即使后代有不够贤明的君臣，也不至于国政混乱。因此《尚书》说："作为幼子的周成王来考察在洛阳建都邑，向商朝的贤人隆重地举行礼仪，向各地推行新政，为我们周王朝后世子孙作出治国要恭敬的榜样。"又说："我周公旦率领众多的贤臣官吏，一定谨守先王前贤开创的功业，把它发扬光大，以不负众望，并为我们周王朝后世子孙作出治国要讲信用的榜样。"治理国家所依靠的，就是政策法令和贤人。《诗经》上说："即使没有经验丰富的人，但还有法令制度。"因此周公认为完善制度，起用贤人，就可以保证国家安定，那么后代懂得治国要恭敬的人就一定会效法我。殷商的贤人傅说讲过这样的话："做事情不效法古人而能够世代平安，这样的道理还没听说过。"今人不效法古人，后人就不会效法今人。因此周公认为自己应当率领贤臣官吏谨守先王开创的功业，以不负众望，那么后代懂得治国要守信用的人就一定会效法自己。成王那样贤能，周公那样贤明，他们之所以能成为后世的楷模，不过笃守了恭敬和信用而已。《诗经》上说："自古以来，前人已作出成功的榜样，我们执政办事，应该对前人的榜样，恭恭敬敬，时时刻刻地恪守。"古贤人闵马父说："自古以来对恭敬的认识，称作‘自古’，称作‘以往’，称作‘前人’，对于前人的尊敬，就是如此严肃。”我由此而知道恭敬的意义是多么深远广大，就是像尧、孔子那样诚信而恭敬、温和而恭敬。不仅仅是恭世子、楚共王那种一般意义的恭敬。周成王因此而成为后代的榜样，不是当之无愧吗？孔子说：“大有这个卦象是吉利的，就是由于践守信用因而才顺利，再加上尊敬贤能，因此上天便保佑他，处处吉利。”又说：“死生是自古以来就有的事，但是人如果不讲信用就无法立足于社会。”信义作为一种德行，比军事武装、吃饭穿衣还要重要，周公因此成为后代的榜样，不是当之无愧的吗？

惟圣罔念作狂惟狂克念作圣 《尚书》

毫末之木，有合抱之资，滥觞之水，有稽天之势，不可谓无是理也。理固有是，而物未必然。此众人之所以不信也。子思有言：“君子之道，始于夫妇之所能，其至也，虽圣人有不能。”故孟子曰：“人皆可以为尧舜。”人之能为尧舜，历千载而无有，故孟子之言，世未必信也。众人以迹求之，故未必信，君子以理推之，故知其有必然者矣。孔子曰：“惟上智与下愚不移。”而《书》曰：“惟圣罔念作狂，惟狂克念作圣。”此二言者，古今所不能一，而学者之所深疑也。请试论之：滥觞可以稽天，东海可以桑田，理有或然者。此狂圣念否之说也。江湖不可以徒涉，尺水不可以舟行，事有必然者。此愚智必然之辨也。夫言各有当也，达者不以失一害一，此之谓也。

太甲既立，不明，伊尹放之。使太甲粗可以不乱者，伊尹不废也。至于废，则其狂也审矣。然卒于为商宗。周公曰：“兹四人迪哲。”盖太甲与文王均焉。明皇开元之治，至于刑措，与夫三代何远。林甫之专，禄山之乱，民在涂炭，岂特狂者而已哉。由此观之，圣狂之相去，殆不容发矣。

【译文】细如毫发的树苗，具有长成双手合抱粗的大树的资质，仅能浮起酒杯的泉水，具有汇成水天相接的大河的势头。这不能说没有这样的道理。虽然有这样的道理，但事物未必都能如此发展，这也就是很多人不相信这道理的原因。子思说过：“君子的道德修养，最简单的，在夫妇之间就能做到，但它的最高境界，即使是圣人也难以达到。”因此孟子说“每个人都可以成为尧舜那样的人。”普通人能够成为尧舜，经历了千年没有见到一例，因此孟子的话，世人不一定相信。这是由于一般人用事实证明，所以就不一定相信；但有学识修养的人用道理去推论，因此知道孟子的话有正确性。孔子说：“社会上等阶层是明智的，社会下等阶层是愚昧的，这是永恒不变的道理。”《尚书》说：“圣人如果不一心向善就会成为狂夫，狂夫如果一心向善也能够成为圣人。”孔子和《尚书》所说的这两种道理，自古至今无法统一，因而学习的人总感到疑惑不解。请让我来对这两条道理解说一下：细小的泉水可以汇成滔天的大河，深邃的东海可以变成平整的桑田，从道理上说可以成立。这就如同《尚书》所说的狂夫圣人是否一心向善可以转换。江湖不能趟过去，尺把深的水无法行舟，这种必定的事实也就如同孔子所说的上智下愚的不可改变。这两种道理从各自的角度讲都是正确的，通达的人会全面理解，不会以此来否定彼，就是这种道理。

商朝的太甲登上君王之位后，很不贤明，辅佐大臣伊尹就流放了他。使太甲大致未乱国的原由，就是伊尹没有废掉他的王位。如果废掉了，那么太甲就一定会成为狂夫，这是毫无疑义的。大甲终于改过，成为商王朝的贤明君主。周公说：“太甲、中宗、高宗，武丁以及我们的周文王是四位贤哲之君。”后代对太甲的推崇如同周文王。唐玄宗开元年间，天下大治。各种政令措施，和夏、商、周的贤明君主差不多。但是李林甫专权，安禄山叛乱，生民涂炭，这难道仅仅是普通狂夫的作为吗？由此看来，圣人和狂夫之间的差距，恐怕是微乎其微的。

庶言同则绎 《尚书》

《书》曰："出入自尔师虞，庶言同则绎。"虞之为言度也，出纳之际，庶言之所在也，必得我师焉。夫言有同异，则听者有所考，言其利也，必有利之道；言其害也，必有致害之理。反复论辩廷议，而众决之，长者必伸，短者必屈焉；真者必遂，伪者必窒焉。故邪正之相攻，是非之相稽，非君子之所患。君子之所患者，庶言同而已。考同者莫若绎，古者谓䌷绎，䌷绎者必求其端，究其所终。《太甲》曰："有言逆于汝心，必求诸道。有言逊于汝志，必求诸非道。"《君陈》之所谓绎者，《太甲》之所谓求也。孙宝有言："周公大圣，召公大贤，犹不相说，著于经典，两不相损。"晋王导辅政，每与客言，举座称善。而王述责之曰："人非尧舜，安得每事尽善。"导亦敛衽谢之。古之君子，其畏同也如此。同而不绎，其患有不可胜言者矣。

【译文】《尚书·君陈》说："对征收和支出作出决策时，让众人发表意见再揣测裁断，众人意见如果相同就让他们充分陈述。"虞的意思就是度量。对征收支出作出决策时，在众人的意见中，一定能选择到老师。意见有相同、有不同，听意见的人就可以考察。说有利的，一定有获得利益的道理；说有害的，一定有招致祸害的理由。让他们在朝廷上反复辩论，由众人判定。那么理由充分的就一定理直气壮；理由不充分的，就一定理屈辞穷。说得正确的，一定言之成理；说得错误的，一定张口结舌。让错误和正确双方交锋，君子并不忧虑。君子忧虑的是众人意见完全一致。要考察一致的意见没有比让各人充分陈述更好的方法。古人把这称为䌷绎，䌷绎就是抽丝，抽丝一定要寻找丝头，直到把丝抽尽。让人充分陈述就如同抽丝，把话说尽，意见充分发表，就能看出结果。《尚书·太甲》说："如果有意见合乎或不合乎我的心意，就要去探求它是否合乎道理。"《君陈》中所说的绎，也就是《太甲》中所说的求。孙宝曾说："周公、召公那样的圣贤，还互相不喜欢，意见常常不一致，但他们的事业，彪炳史册，谁也不妨碍谁。”晋朝王导辅政，每每与宾客谈论，总是满座叫好，没有一个反对意见。王述便批评说：“你并不是尧舜那样的圣贤，怎么能每次都搏得满座叫好？”王导听后，立即整理衣襟，恭恭敬敬地向他表示感谢。古时候的君子，他们就是如此地害怕意见相同。意见相同时不充分陈述论证，那祸患是难以言说的。

唐虞稽古建官惟百夏商官倍亦克用乂 《尚书》

天下之事，古略而今详；天下之官，古寡而今众。圣人非有意于其间，势则然也。火化之始，燔黍捭豚，以为靡矣，至周而醯醢之属至百二十瓮。栋宇之始，茅茨采椽，以为泰矣，至周九尺之室，山节藻棁。圣人随世而为之节文，岂得已哉？《周书》曰：“唐虞稽古，建官惟百，夏、商官倍，亦克用乂。”圣人不以官之众寡论治乱者，以为治乱在德，而不在官之众寡也。《礼》曰：“夏后氏官五十，商二百，周三百。”与《周官》异，学者盖不取焉。夫唐虞建官百，简之至也。夏后氏安能减半而办，此理之必不然也。孔安国曰：“禹、汤建官二百，不及唐虞之清要。”荣古而陋今，学者之病也。自夏、商观之，则以官百为清要。自唐虞而上云鸟纪官之世而观之，则官百为陋矣。夫岂然哉？愚闻之叔向曰：“昔先王议事以制，不为刑辟。”故子产铸《刑书》，而叔向非之。夫子产之《刑书》，末世之先务也。然且得罪于叔向。是以知先王之法亦简矣。先王任人而不任法，劳于择人而佚于任使，故法可以简。法可以简，故宫可以省。古人有言：省官不如省事，省事不如清心。至矣。

【译文】天下的事情，古代简而后代繁。天下的官吏，古代少而后代多。并非圣人有意使古今有这样的差异，是形势发展造成这种情况。最初使用火时，吃烧熟的谷物肉类，就认为是奢侈了，但到了周代，朝廷的肉酱调料就达到一百二十大缸。最初建造房屋时，茅草屋顶，粗木椽子，就认为很过分了，但到了周代，建造的房屋高达九尺，雕刻斗拱，彩绘梁柱。圣人随着社会的发展而制定礼仪制度，难道是他们情愿这样吗?《周书》说:“唐尧虞舜，考核古制，设立官职，仅有一百。夏、商官职，多出一倍，虽不够精简，但也治理得很好。”圣人不以官职的多少来评价治理天下的好坏，是圣人认为治理得好不好关键在于德，而不在于官职的多少。《礼记》说:“夏王朝设立官职五十个，商王朝达到二百个，周王朝达到三百个。”《礼记》的记载与上述《尚书·周官》的记载不同，学者一般不采纳《礼记》的记载。唐尧虞舜设立一百个官职，已经是非常精简了，夏王朝怎么可能精减掉一半之数的官职来治理天下呢?这完全不符合道理。孔安国说:“禹、汤设立官职达二百个，不如唐尧虞舜精简得体。”推崇古代，鄙视后代，这是学者的通病。从夏、商的角度看，设立一百个官职就被认为精简得体，但如果从尧舜向上推，直到用云和鸟作为官职名号的黄帝、少白皋时代，从他们的角度看，设立一百个官职，那要被鄙视为官制臃肿的。难道不正是这样吗?我听说晋国的叔向说过:“前代的君王凭借制度讨论处理政事，不凭借刑法治国。”因此子产在鼎上铸刻《刑书》，以法治国，便遭到叔向的非议。子产铸刻《刑书》，是衰败的末世当务之急的措施，但却遭到叔向的责难。由此知道前代贤王的法令也是很简明的。前代君王依靠贤臣而不依靠刑法，致力于选拔人才而超脱于具体事物，因此法制可以很简明，因此官职就可以少设立。古人说过这样的话:少设官不如少生事端，少生事端不如清心寡欲。可谓是至理名言啊!

道有升降政由俗革 《尚书》

武王克商，武庚禄父不诛矣，而列为诸侯。周公相成王，武庚禄父叛，殷之顽民，相率为乱不诛也，而迁之洛邑。武王、周公，其可谓至德也已矣。曰:“群饮,汝勿佚,尽执拘以归于周,予其杀。”“商之工臣,乃湎于酒,勿庸杀之,姑惟教之。”非至德能如是乎。是以商之臣子心服而日化,至康王之世三十余年矣。世变风移,士君子出焉。故命毕公曰:“道由升降,政由俗革,不臧厥臧,民罔攸劝。”始则迁其顽者而教之,终则择其善者而用之。周之于商人也,可谓无负矣。夫道何常之有,应物而已矣。物隆则与之偕升,物污则与之偕降。夫政何常之有,因俗而已矣。俗善则养之以宽,俗顽则齐之以猛。自尧、舜以来,未之有改也。故齐太公因俗设教,则三月而治;鲁伯禽易俗变礼,则五月而定。三月之与五月,未足为迟速也,而后世盛衰出焉。以伯禽之贤,用周公之训,而犹若是。苟不逮伯禽者,其变易之患可胜言哉!

【译文】周武王推翻商朝之后,没有杀纣王的儿子武庚禄父,反而封他为诸侯。周公辅佐成王时,武庚禄父叛乱,殷商的顽固分子,跟着叛乱。周公不杀他们,把他们迁到了洛阳。周武王、周公,可称得上仁至义尽。周公说:“殷的顽固分子群聚饮酒,你们趁机把他们全部捕获,不要让他们漏网,然后押解到周的京都,我选择其中为首的杀掉。”以后又说:“殷商的臣子,受纣的影响,沉湎于酒,太放纵自己,不用杀他们,好好教育他们。”如果德行不是达到了最高境界能这样做吗?因此,殷商的臣子心诚悦服,每天受到教育感化,直到周康王时,延续了三十多年。终于随着社会风气的改善,从商的后代也产生了士君子。因而周康王便命令毕公:“天道有升有降,政令要根据民俗的变化而采取不同措施。百姓如果不把他们的好品德看作好品德,就无法鼓励他们培养好品德,因此,要表彰他们的好品德,起用他们中的贤才。”周王朝对殷商的遗民,最初把他们中的顽固分子迁到京都感化教育,最后又把他们中的贤才提拔起来重用,周王朝对于商的遗民,可以说没有一点对不住啊。天下的大道理哪有固定不变的,不过是要符合事物的变化。事物兴旺发达,道理也就流传发展,事物衰败损污,道理也就隐退停滞。政令哪有固定不变的,不过是要顺应民俗来施政。民俗好的时候就用宽厚的政令去发扬好风俗，民俗坏的时候就用严峻的政令去纠正坏风气。从尧、舜直到如今，实施政令的大方针都是如此，从没有不同的。所以姜太公顺应风俗制定政教方针，三个月国家便大治。鲁国开国君主伯禽治理国家，改变风俗礼仪，五个月国家大治。三个月和五个月，从治国上说，算不上什么时间差别，但到了后代，齐鲁两国的盛衰就由此产生了。凭着伯禽的贤明，执行周公的训导，治国的结果尚且如此，何况不如伯禽那样贤明，如变易风俗礼仪，那后患就无法用言语描述了。

论语义

观过斯知仁矣

孔子曰："人之过也，各于其党，观过，斯知仁矣。"自孔安国以下，解者未有得其本指者也。《礼》曰："与仁同功，其仁未可知也。与仁同过，然后其仁可知也。"闻之于师曰：此《论语》之义疏也。请得以论其详。人之难知也，江海不足以喻其深，山谷不足以配其险，浮云不足以比其变。扬雄有言："有人则作之，无人则辍之。"夫苟见其作，而不见其辍，虽盗跖为伯夷可也。然古有名知人者，其效如影响，其信如蓍龟，此何道也？故彼其观人也，亦多术矣。委之以利，以观其节；乘之以猝，以观其量；伺之以独，以观其守；惧之以敌，以观其气。故晋文公以壶飧得赵衰，郭林宗以破甑得孟敏，是岂一道也哉。夫与仁同功而谓之仁，则公孙之布被与子路之缊袍何异？陈仲子之螬李与颜渊之箪瓢何辨？何则？功者，人所趋也。过者，人所避也。审其趋避而真伪见矣。古人有言曰："鉏麑违命也，推其仁可以托国。"斯其为观过知仁也欤！

【译文】孔子说:“人难免有错误。不同类别,不同社会层次的人,错误的概念也有不同。看看一个人犯什么样的错误,就会知道这个人有没有仁德。”从孔安国以后,注解这句话的学者没有能真正说得清其真实含意的。《礼记》说:“取得成功而又符合仁德,还看不出来此人是否真正有仁德,犯了错误却是出于仁爱的本意,那就可以知道此人是否真正是有仁德了。”据老师说,《礼记》这句话是为《论语》作注脚的。请让我来详细论述一下这些话的意思。人是非常难了解的。江海无法比喻人心的深不可测,山谷不能比喻人心的阴暗险恶,浮云不能比喻人心的变化不定。扬雄说过这样的话:“人们总是在人面前做好事,人不知时就不会做好事。”假如只看见一个人作好事,看不见他不做好事,那么即使是大逆不道的盗跖也会被认作德行高尚的伯夷。但是那些自古以来有名的善于观察人的人,对人的观察、预言和评价往往极为准确,其效验简直如灵验的占卜,立竿见影。他们的奥妙是什么呢?原来他们观察人的方法有多种:让人面对财利的诱惑,来观察他的节操;让人面对突然的事变,来观察他的胸怀;让人处于没有监督的环境,来观察他的操守;让人面对强敌,来观察他的勇气。因而晋文公由一罐稀饭看出赵衰的才德,汉代的郭林宗由孟敏对摔破了甑的态度看出孟敏的胸襟,这不都是同样的道理吗?只从可以获得功利和赞誉的行为来评论是否具有仁德,那么假装廉洁的公孙弘使用布被和真正廉洁的子路穿着粗袍子还有什么不同?只知守着廉洁的形式饿得吞吃虫子吃剩的李子的陈仲子,和懂得廉洁的内涵甘愿粗茶淡饭的颜渊,他们之间的区别又在哪里呢?为什么这样说呢?因为功利和赞誉,是人们向往的;过失和批评,是人们躲避的。考察一个人为了仁德能否不避过失,不计功利,那么他是否真正具备仁德就清楚了。古人的话很有道理:“为了仁德敢于违背君命的鉏麑,如发扬他的仁德,就可委托给他治国大权。”这就是看一个人的过失,就能明白他是否具有仁德的道理吧?

君使臣以礼

君以利使臣，则其臣皆小人也，幸而得其人，亦不过健于才而薄于德者也。君以礼使臣，则其臣皆君子也，不幸而非其人，犹不失廉耻之士也。其臣皆君子，则事治而民安。士有廉耻，则临难不失其守。小人反是。故先王谨于礼。礼以钦为主，宜若近于弱，然而服暴者，莫若礼也。礼以文为饰，宜若近于伪，然而得情者，莫若礼也。哀公问："君使臣，臣事君，如之何？"孔子曰："君使臣以礼，臣事君以忠。"不有爵禄刑罚也乎？何为其专以礼使臣也？以爵禄而至者，贪利之人也，利尽则逝矣。以刑罚而用者，畏威之人也，威之所不及，则解矣。故莫若以礼。礼者，君臣之大义也，无时而已也。汉高祖以神武取天下，其得人可谓至矣。然恣慢而侮人，洗足箕踞，溺冠跨项，可谓无礼矣。故陈平论其臣，皆嗜利无耻者，以是进取可也，至于守成，则殆矣。高祖晚节不用叔孙通、陆贾，其祸岂可胜言哉。吕后之世，平、勃背约而王诸吕，几危刘氏，以廉耻不足故也。武帝踞厕而见卫青，不冠不见汲黯。青虽富贵，不改奴仆之姿，而黯社稷之臣也。武帝能礼之而不能用，可以太息矣。

【译文】君王如果用利来驱使臣下，那么他的臣子就会全都是小人。即使侥幸其中有少数人才，也不过是很有才干却缺乏德行。君王如果用礼来驱使臣，那么他的臣子就会都是君子。即使不幸遇到少数没有才能的人，也仍然具有节操。礼的核心是恭敬，因而理应看似软弱，但制服强暴，没有比礼更有力的。礼要用文辞来修饰，因而理应看似虚假，但沟通感情，没有比礼更有效的。鲁定公问孔子："国君应怎样驱使臣子，臣子应怎样事奉国君？"孔子回答说："国君用礼来驱使臣子，臣子事奉国君就忠心耿耿。"不是有官爵、俸禄、刑罚等等手段吗？为什么只用礼来使用臣子呢？这是因为由官爵利禄吸引来的人，都是贪利小人，没有利禄时，他们的动力也就没有了。由刑罚来驱使的人，都是畏惧权威的人，当权威不起作用时，他们就无所顾忌了。因此，这些手段比不上礼。礼，是君臣关系中的大义，没有一时一刻不发挥作用。汉高祖凭借他的神武夺得天下，他得到的人才称得上不可比拟。但他的为人，傲慢放肆，侮辱儒生，骑人脖子，往儒冠里撒尿，洗着脚待客，可称得上极端无礼。因而陈平评论他的臣子，都是些见利忘命的无耻之辈，用这些人夺取天下是可以的，但要保持政权，那就危险了。汉高祖到了晚年不重用叔孙通、陆贾这样的儒生，造成的祸害三言两语是说不尽的。吕后时代，陈平、周勃违背汉高祖的规定，封吕氏为王，几乎危及刘氏政权，原因就是满朝大臣缺少廉耻。汉武帝蹲在厕所接见卫青，但衣帽不端正就不敢见汲黯。就是因为卫青虽然富贵，在武帝面前仍然是奴仆，而汲黯却是有操守、有气节的国家栋梁。但汉武帝尊重汲黯却不能重用他，真让人长叹啊。

孟子义

以佚道使民以生道杀民

使民为农，民曰："是食我之道也。"使民为兵，民曰："是卫我之道也。"使民为城郭沟池，民曰："是域我之道也。"虽劳而不怨也。曰："盘庚之民，何以怨？""民可与乐成而不可与虑始，盖终于不怨也。"《诗》曰："昼尔于茅，宵尔索绹，亟其乘屋，其始播百谷。"可谓劳矣。然民岂不思之？曰："上之人果谁为也哉？"若夫田猎之娱，宴好之奉，上之人所自为之者，君子盖不以劳民也。古者水衡少府，天子之私藏。大司农钱，不以给共养劳费，共养劳费一出少府，为是也。孟子曰："以佚道使民，劳而不怨；以生道杀民，虽死不怨杀者。"以佚道使民，可也，以生道杀民，君子盖难言之。《易》曰：

"古之聪明睿智神武而不杀。"季康子曰:"如杀无道,以就有道,何如?"孔子曰:"子为政,焉用杀?"夫杀无道就有道,先王之所不免也,孔子讳之。然则杀者,君子之所难言也。

【译文】驱使百姓从事农耕,百姓认为"这是让我们吃上皈。"驱使百姓进行战争,百姓认为:"这是让我们保卫自己。"驱使百姓修建城墙护城河。百姓认为:"这是给我们确立居住地域。"做这些事情,百姓即使很辛苦也不会怨恨。古书上说:"盘庚的人民,哪里有怨恨呢?"又说:"可以和百姓们共享欢乐,却不要和他们共担忧患,原因就是为了最终使他们不怨恨。"《诗经》上说:"日日夜夜地清理修剪茅草,把它们用绳索编在一起,忙忙碌碌地修缮屋顶。冬季的事务刚忙完,又开始准备新的一年的播种。"这可称得上辛劳了。百姓难道不思考其中的道理吗?他们这样说:"社会上层的人又是为了谁呢?"至于打猎、宴饮这类娱乐活动,是在上位的人为自己举办的,有德行的人不会拿这些事情来辛苦百姓。古时候设立水衡和少府二个部门,就是专门掌管天子皇室的私藏钱财。负责国家财政的大司农掌管的钱财,不能用于天子皇室的消费,皇室的消费,都从少府开支。其原因,就是不能随便增加百姓的负担。孟子说:"在使百姓能生活安乐的原则下来役使百姓,百姓即使劳苦,也不会怨恨。在使百姓能生存的原则下来杀戮危害社会安定的罪人,那被杀的人虽然被杀也不会怨恨。"在使百姓能生活安乐的原则下来役使百姓,完全可行。但为使社会安定、维护百姓生存而杀人,作为统治者虽然可以做,却难以说出口。《周易》上说:"古时圣贤君王凭着英明智慧,神勇威武来统治,不用杀伐来统治。"季康子问孔子:"杀掉不法分子,让人们都遵纪守法,行吗?"孔子回答:"您执政,完全可以运用仁德,为什么要依靠杀伐呢?"杀掉不法分子让人们都遵纪守法,即使前代圣贤也不免这样做,但孔子却忌讳说穿。如此看来,杀人的事,的确是君子难以说出口的。

庄子解

广成子解

黄帝立为天子十九年，令行天下，闻广成子在于崆峒之山，故往见之，曰：“我闻吾子达于至道，敢问至道之精。吾欲取天地之精，以佐五谷，以养民人，吾又欲官阴阳，以遂群生，为之奈何？”

（解）道固有是也。然自是为之，则道不成。

【译文】黄帝做天子在位十九年，教令遍行天下，听说广成子居住在崆峒山，就去拜见他。黄帝问广成子：“我听说您精通最高深的道理，因而冒昧地来向您请教最高深的道理的精髓。我想摄取天地的精华，来助成五谷，养育百姓，我还想管理阴阳二气，来顺应万物，您看该怎样做呢？”

（解）的确有天下最高深的道理，但如果按照黄帝的想法去求道，那就得不到道。

广成子曰：而所欲问者，物之质也；而所欲官者，物之残也。

（解）得道者不问，问道者未得也。得道者无物无我，未得者固将先我而后物。夫苟得道，则我有余而物自足，岂固先之耶？今乃舍己而问物，恶其不情也。故曰：“而所欲问者，物之质也；而所欲官者，物之残也。”言其情，在于欲己长生，而外托于养民人、遂群生也。夫长生不死，岂非物之实，而所谓养民人、遂群生，岂非道之余乎！

【译文】广成子说：“你所要问的，是事物的实；而你所要管理的，是事物的残渣。

（解）掌握了道理的人，不会去问。问道理的人，就是还没有掌握道理。掌握道理的人心中物我两忘，毫无牵挂，没有掌握道理的人总是先考虑自身，然后想到他物。如掌握了道理，自身的受益已绰绰有余，对外在的事物也自然满足，还哪里要先己后物呢？如今黄帝却不关心自身，反而先问外物，广成子厌恶他不合乎先己后物的常情，不真诚。因此说："你所要问的，是事物的实质，而你所要管理的，是事物的残渣。"要说黄帝的真情，是想自己长生，却假托要养育百姓，顺应万物。长生不死，不正是万物的真情吗？所谓养育百姓，顺应万物，难道不是"道"的残渣吗？

"自而治天下也，云气不待族而雨，草木不待黄而落，日月之光益以荒矣。

（解）天作时雨，山川出云。云行雨施，而山川不以为劳者，以其不得已而后雨，非雨之也。春夏发生，秋冬黄落，而草木不以为病者，以其不得已而后落，非落之也。今云不待族而雨，草木不待黄而落，虽天地之精，不能供此有心之耗，故荒亡之符先见于日月，以一身占之，则耳目毛病矣。

【译文】"自从你治理天下，天下的云气尚未充分聚集就下了雨，地上的草木尚未萎黄就零落，日月的光芒一天天地暗淡。

（解）天空到一定时候就降雨，山川到一定时候就产生云气。山川生云，天空降雨，之所以不会有承受不住的现象，这是因为到一定时候，条件充分就不得不行云降雨，而不是强行降雨。春夏时节草木萌生成长，秋冬时节就枯黄凋落，草木并不会有生存危机的情况，这是因为按其生长规律，到季节不得不凋落，而不是强行使它凋落。现今云气没有凝聚就下雨，草木没有枯萎就凋落，即使是天地的精华，也承受不住这样的过度消耗，因此衰败灭亡的征兆，首先从日月暗淡表现出来。如果用人身比喻，就好比一个人的耳朵、眼睛首先出了先病。

“而佞人之心，翦翦者，又奚足以语至道。”

（解）真人之与佞人，犹谷之与稗也。所种者谷，虽瘠土堕农，不生稗也。所种者稗，虽美田疾耕，不生谷也。今始学道，而问已不情，佞伪之种，道何从生！

【译文】“你这般佞人的心境如此浅陋，又怎么能和你谈天下最高深的道理呢？”

（解）真诚的人和虚伪的人，就好比稻谷与稗草。种下去的是稻谷，即使是贫瘠的土壤，懒惰的农夫，稻谷仍然不会长成稗草。种下去的是稗草，即使是肥沃的田地，勤劳地耕作，稗草也仍然长不成稻谷。现今刚刚学道，提问已不发自内心，怀着这种虚伪的本意，哪里能学到真正的道理！

黄帝退，捐天下，筑特室，席白茅，闲居三月，复往邀之。广成子南首而卧，黄帝顺下风，膝行而进，再拜稽首而问曰：“闻吾子达于至道，敢问治身奈何而可以长久？”

（解）弃世独居，则先物后己之心，无所复施，故其问也情。

【译文】黄帝退下，抛弃天下政事，专门修筑一间房子，铺上白茅草，坐在上面闲居并参悟了三个月。然后再次拜见广成子。广成子面朝南睡在那儿，黄帝从下方匍匐过去，拜礼，三叩头。然后问广成子：“听说您通晓天下最高深的道理，因此冒昧地向您请教怎样可以修身养性以至长生不老？”

（解）抛弃世俗事物，独居参悟，这样，总是为俗务缠身顾不上自身的世俗心便渐渐没有了，因此，现在提出的问题才是一个人的真心话。

广成子蹶然而起曰：“善哉问乎！来！吾语汝至道。

（解）广成子至此，始以道语黄帝乎？曰：否。人如黄帝而不足以语道，则天下无足语者矣。吾观广成子之拒黄帝也，其语至道已悉矣。是以闲居三月而复往见，蹶然为之变，其受道岂始于此乎?

【译文】广成子猛地一下起身说道："问得好！来！我告诉你天下最高深的道理。

（解）广成子直到现在，才把最高深的道理告诉黄帝吗？并不是。如果像黄帝这样的人还不够资格听讲高深道理的话，那么普天下就没有人具备听讲的资格了。依我看广成子最初拒绝黄帝时，实际上已决定给它讲解高深道理了。因此黄帝闭门独居静修三个月再去拜见广成子，广成子便猛然改变态度，黄帝接受广成子传道怎么会是现在才开始呢?

"至道之精，窈窈冥冥；至道之极，昏昏默默。

（解）窈窈冥冥者，其状如登高望远，察千里之毫末；如临深俯幽，玩万仞之宝藏也。昏昏默默者，其状如枯木死灰，无可生可然之道也。曰：道止于此乎？曰：此窈冥昏默之状，乃致道之方也。如指以为道，则窈冥昏默者，可得为之道乎？人能弃世独居，体窈冥昏默之状，以入于精极之渊，本有不得于道者也。学道者患其散且伪也，故窈窈冥冥者，所以致一也；昏昏默默者，所以全真也。

【译文】"最高深的道理的精髓，就是深远暗昧深藏不露；最高深道理的极致，就是静默潜藏浑浑沌沌。

（解）深远暗昧的意思，就如同登高望远，看得清千里外的毫毛；如同俯视深幽的峡谷，摸得着谷底的宝藏。昏昏默默的意思，就如同枯木死灰，静默不动，毫无生机。那么，养生修道，就是达到这一境界吗？不，深远静默，混沌潜藏，只是修道的方法，并不是高深道理的内涵和境界。一个人弃世独居，达到深远暗昧、静默深藏的境界，就是由于他尚未得道，才想达到最精深极致的境界。修道之人最忌讳不专一、不真诚，因此，只有首先达到身心深远暗昧，才能专一，才能真诚。

“无视无听，抱神以静，形将自正。必静必清，无劳汝形，无摇汝精，乃可以长生。目无所见，耳无所闻，心无所知，汝神将守形，形乃长生。慎汝内，闭汝外，多知为败。

（解）自此以上，皆指实语，广成子提耳画一以教人者。无视无听，抱神以静，则无为也。心无所知，则无思也。必静必清，无劳汝形，无摇汝精，则无欲也。三者具而形神一，形神一而长生矣。内不慎，外不闭，二者不去，而形神离矣。或曰：广成子之于道，若是数数欤？曰：谷之不为稗，在种者一粒耳，何数不数之有？然力耕疾耘，不可废也。

【译文】“不要听、看身外的事物，静心专一保养自己的精神，你的形体自然就健康。精神清静，形体不劳累，精力不损耗，就可以长生。眼睛不去看身外之物，耳朵不去听世上噪音，心里不要存世间之念，你的精神就会和身体紧密结合，身体便会长生。要严密地保持你内心的虚无清静，彻底地摈弃你身外的一切纷扰，思虑多就会败坏你的修炼。

（解）这以上所说，都是广成子手把手、口对耳地亲自教人的实实在在的真心话。不听不看身外事物，静心专一地保养精神，这样就便可以无为。心里不存任何思想，这样可以毫无思虑。形体不劳累，精神不损耗，精神清静专一，这样就可以毫无欲念。做到了无为、无思虑、无欲念就可以形神合一，形神合一就可以长生了。如不严密地保持内心的清静，不彻底地摈弃身外的纷扰，那精神和形体就会分离。也许有人会说：广成子在修道方面，怎么这样细碎繁琐呢？并不是细碎繁琐。稻谷不会成为稗子，关键就是那一粒稻种。哪有什么繁琐的其他东西？但稻子要长成稻子，仍然离不开深耕细作。

“我为汝遂于大明之上矣，至彼至阳之原也；为汝入于窈冥之门矣，至彼至阴之原也。

（解）窈冥昏默，长生之本。长生之本既立，亦必有坚凝之者。二者如日月水火之用，所以修炼变化，坚气而凝物者也，盖必有方矣。然皆必至其极，不极不化也。

【译文】“我来帮助你到达最光明的境界，那是阳气的根源；我来帮助你进入最幽深的境界，那是阴气的根源。

（解）深远默藏是长生的根本。确立了长生的根本，就可以坚固不拔。深藏静默和坚固不拔如同日月水火的相辅相成，是用来修炼变化、坚气凝物的根本方法。但它们都有极致的境界，达不到极致境界就不会发生变化。

“天地有官，阴阳有藏。

（解）广成子以窈冥昏默立长生之本，以无思、无为、无欲去长生之害，又以至阴至阳坚凝之，吾事足于此矣。天地有官，自为我治之，阴阳有藏，自为我蓄之，为之者在我，成之者在彼。

【译文】“天地各有司职，阴阳各藏其处。”

（解）广成子用深远暗昧、静藏混沌来树立长生的根本，用无思虑、无作为、无欲念来去除长生的妨碍，又用阴、阳的极致来使长生之道坚固不拔，到此，修道的条件便完备了。这样，天地各有司职，都为我所用，阴阳各有所藏，都为我准备。修炼的是我，助我成功的却是它们。

“慎守汝身，物将自壮。

（解）言长生可必也，物岂有稚而不壮者哉？

【译文】“谨慎地守护你自身，万物自然便会昌盛。

（解）这句话的意思是既然自身可以长生不老，万物哪有不昌盛壮大的呢？

“我守其一，以处其和。故我修身千二百岁矣，吾形未尝衰。”黄帝再拜稽首曰：“广成子之谓天矣。”广成子曰：“来，余语汝。彼其物无穷，而人皆以为终；彼其物无测，而人皆以为极。

（解）物本无终极，其分也成也，其成也毁也。物未尝有死，故长生者物之固然，非我独有。我能守一而处和，故不见其分成与毁尔。

【译文】“我坚守最高深之道的纯一，把握着它的和谐，因此我已经修身达到了一千二百岁，至今我的形体一点儿没有衰老。”黄帝再次行三叩头拜礼，说：“广成子可称得上和天合而为一了。”广成子说：“来，我讲给你听。万物是无穷的，但人们都认为它有终结；万物是不可测的，但人们都认为它有极点。

（解）万物本来就是没有终极的，它们解体时也就是形成时，它们成功时也正是毁败时。万物不曾有过真正死，因此长生是物体的固有属性，并非只有我能做到。由于我做到了坚守纯一，保持与天地万物和谐，因此就看不到我的解体和形成、成功和毁败。

“得吾道者，上为皇而下为王。失吾道者，上见光而下见土。

（解）皇者其精也，王者其粗也。生者明，死者幽。幽者不知明，明者不知幽。

【译文】“学得我这一套修道的方法，上等的可以为皇，下等的则可以为王。学不到我的这套方法，上等的只可见到日月之光，下等的只能化为尘土。

（解）为皇的人得到“至道”的精髓，为王的只得到那“至道”的大概。活的人见光明，死的人归于幽暗，归于幽暗的见不到光明，见到光明的不知道什么是幽暗。

“今夫百昌皆生于土而反于土。故余将去汝，入无穷之门，以游无极之野。

（解）盖将有以示化去世、形解入土之意也欤？

【译文】“万物都生于土又重归于土，因此我将离你而去，进入到无穷无极的境界，到那里遨游。

（解）这大约是广成子要向黄帝示范脱离尘世、化解形体而重归于土吧？

“吾与日月参光，吾与天地为常，当我，缗乎！远我，昏乎！人其尽死而我独存乎！”

（解）南荣趎挟三人以见老子，老子诃之，则矍然自失，人我皆丧。夫挟人以往固非也，人我皆丧亦非也。故学道能尽死其人独存其我者盖寡矣。可见、可言、可取、可去者，皆人也，非我也。不可见、不可言、不可取、不可去者，是真我也。近是则智，远是则愚，得是则得道矣。故人其尽死而我独存者，此之谓也。古今语异，吾不知缗之所谓也。以文意求之，其犹曰明也欤？

【译文】“我和日月同光，我和天地合一。迎我而来，光明啊！远我而去，昏暗啊！人不免于死而我独存！”

（解）南荣趎挟带着三个人去见老子，老子呵斥他之后，南荣趎突然迷茫，既不知别人，也不知道自身。挟带着别人去学道的确不对，但迷茫得人我两不知也不对。因而学道能全部忘掉他人，仅知自身的向来很少。凡是可以看见的、可以言说的、可以拿取的、可以推却的、都属于他人，而不是自身。只有那不可见、不可言、不可拿取、不可推却的，才真正是自身的。能接近这一点才算聪慧，远离这点就是愚笨，能做到这一点就算是得道了。因此，所谓全部忘却他人，只知自身，说的就是这一番道理。古今语言不同，我不知道《庄子》中的

“缗”说的是什么意思，但从文意去推求，大约说的是光明吧？

三传义

问供养三德为善 《左传》

对：《易》者，圣人所以尽人情之变，而非所以求神于卜筮也。自孔子没，学者惑乎异端之说，而左丘明之论尤为可怪，使夫伏羲、文王、孔子所尽心焉者，流而入于卜筮之事，甚可悯也。若夫季友、竖牛之事，若亲见而指言之，固君子之所不取矣。虽然，南蒯之说，颇为近正。其卦遇《坤》之《比》，而其繇曰“黄裳元吉”。“黄者，中之色也；裳者，下之饰也；元者，善之长也。”夫以中庸之道，守之以谦抑之心，而行之以体仁之德，以为文王之兆，无以过此矣。虽然，君子视其人，观其德，而吉凶生焉。故南蒯之筮也，遇《坤》之《比》，而不祥莫大焉。且夫负贩之夫，朝而作，暮而息，其望不过一金之储。使之无故而得千金，则狂惑而丧志。夫以南蒯而得文王之兆，安得不狂惑而丧志哉？故曰：“供养三德为善。”又曰：“参成可筮。”而南蒯无以当之，所以使后世知夫卜筮之不可恃也。穆姜筮于东宫，遇《艮》之八。史曰：“是谓《艮》之《随》。”其繇曰“元亨利贞”。而穆姜亦知其无以当之。故左氏之论《易》，唯南蒯、穆姜之事为近正。而其余者，君子之所不取也。杜预之论得之矣，以为《洪范》稽疑之说，通龟筮以同卿士之数。学者观夫左氏之书，而正之以杜预之说，庶乎其可也。谨对。

【译文】答：圣人对于《周易》，利用它来穷究世事人情的万端变化，而不利用它来求神占卜。自从孔子去世之后，学者们被异端邪说所迷惑，不了解《周易》可说明人情的变化，却认为它的作用是求神占卜。左丘明的观点尤其怪异。这样，就使得创立和发展《周易》学说的伏羲、文王、孔子的本意遭到歪曲，把本来是阐明世间万物变化规律的《周易》，变成了求神问卜的占卦书。这真让人感到惋惜。至于季友、竖牛那样灵验的事，在《左传》中记载得好像亲眼目睹一样，有学识的人并不相信。尽管《左传》中有许多诸如此类的记载，但在记载南蒯占卜一事上，论述得比较正确。南蒯占卜，得遇《坤》之《比》卦。卦辞说："黄裳元吉。""黄，是象征着正中的颜色。裳，是下面衣服的装饰；元，表示为首的善行。"黄色，表示中庸之道；下衣，表示谦恭；为首的善行，就是推行仁德。具有中庸之道，又有谦虚的态度，去推行仁德。这样的卦象，是周文王的征兆，可说没有比这更吉利的卦象了。尽管卦象如此吉利。但有德行有学识的人观察人，重在观察他的道德人品，由此来判断吉凶。因此，南蒯虽然遇到了《坤》之《比》这样的吉卦，但却意味着他将要遇到莫大的祸害。这就好比终日辛劳的小商贩，他所追求的，仅仅是能积攒一点点金钱。如果平白无故地得千金而暴富，就一定会发狂变态。像南蒯这样的小人竟遇到周文王的卦兆，他怎么能不发狂变态呢？所以《左传》记载说："修养思诚、谦恭、仁德这三种品德才算是善。"又说："只有具备这三种品德才能符合这卦象。"但是南蒯没有一条符合的。《左传》记载这件事、这番话，就是要让后代的人们知道，不能依仗占卦去干不应干的事情。鲁宣公夫人穆姜在东宫卜筮，得到《艮》之《八》的卦象，太史说："这叫做《艮》之《随》卦。"卦辞说："元亨利贞。"这是非常吉利的卦象，但穆姜知道自己配不上这样约卦象。因此，《左传》中论述卜筮之事，只有对南蒯、穆姜的记载和论述比较正确，其余的有关记述，都不被有德行有学识的君子认同。杜预注《左传》时阐述的观点很正确，认为《洪范》九畴中"考证疑事"的条目，是通过龟筮占卜来偕同卿士的方法。学习《左传》的人，用杜预的观点去正确看待《左传》的有关记载，大概可以有所收获吧。恭敬地回答于此。

问小雅周之衰 《左传》

对:《诗》之中,唯周最备,而周之兴废,于《诗》为详。盖其道始于闺门父子之间,而施及乎君臣之际,以被冒乎天下者,存乎《二南》。后稷、公刘、文、武创业之艰难,而幽、厉失道之渐,存乎二《雅》。成王纂承文、武之烈,而礼乐文章之备,存乎《颂》。其愈衰愈削而至夷于诸侯者,存乎《王·黍离》。盖周道之盛衰,可以备见于此矣。《小雅》者,言王政之小,而兼陈乎其盛衰之际者也。夫幽、厉虽失道,文、武之业未坠,而宣王又从而中兴之,故虽怨刺并兴,而未列于《国风》者,以为犹有王政存焉。故曰:《小雅》者,兼乎周之盛衰者也。昔之言者,皆得其偏而未备也。季札观周乐,歌《小雅》,曰:"思而不贰,怨而不言,其周之衰乎?"《文中子》曰:"《小雅》乌乎衰?其周之盛乎?"札之所谓衰者,盖其当时亲见周道之衰,而不睹乎文、武、成、康之盛也。文中子之所谓盛者,言文、武、成之余烈,历数百年而未忘,虽其子孙之微,而天下犹或宗周也。故曰:二子者,皆得其偏而未备也。太史公曰:"《国风》好色而不淫,《小雅》怨诽而不乱。"当周之衰,虽君子不能无怨,要在不至于乱而已。《文中子》以为周之全盛,不已过乎。故通乎二子之说,而《小雅》之道备矣。谨对。

【译文】答:《诗经》中,周朝的诗最完备,周朝的兴亡,在《诗经》中反映得也最详尽。周朝治理天下的道理,从夫妻关系、父子感情开始,推延开来,直到君臣关系,并遍及天下。这些道理,在《周南》、《召南》中表现得最充分。后稷、公刘、文王、武王如何艰苦创业,而周厉王、周幽王如何昏愦暴虐,使周王朝逐渐衰败,这一切,都表现在《大雅》、《小雅》中。周成王如何继承文王、武王的功业,使周朝的礼乐制度完备,文化教育昌明,这一切,都表现在《周颂》

中。周王朝越来越衰败，以至沦落到诸侯国的地位，这个过程，表现在《王风·黍离》等诗篇中。从以上诗篇，可以充分看到整个周王朝的盛衰。《小雅》的意思，就是说周王朝的政治势力变得小了，但还处在盛衰之间。厉王、幽王虽然昏愦无道，但文王、武王的基业还未破坏，周宣王又曾有中兴之治，因此虽然有抱怨、讽刺的诗篇，但却未把这些诗列入《国风》的范畴，其原因，就是那时还保存着周王朝对整个天下的统治。因此说，《小雅》是反映周朝盛衰转换期的诗篇。过去谈论《诗经·小雅》的人，只有片面的认识，没有全面的观点。吴国的季札观赏周代的音乐，当听到《小雅》时，说："忧思而没有二心，怨恨而不发怨言，大概是周王朝衰落时的音乐吧？"《文中子》却说："《小雅》哪有衰落之音呢？它表现得不正是周王朝鼎盛的音乐吗？"季札说《小雅》有衰亡之音，大约是他正亲眼目睹周王朝的衰败，已看不到文王、武王、成王、康王时代的兴旺景象。文中子说《小雅》表现着兴旺，说的是文王、武王开创的功业，经历了几百年，人们仍念念不忘，尽管到了他们的子孙，周王朝已经衰微了，但天下人仍然对周王朝表示尊崇。因而我认为，季札、文中子二位，都有片面性，不够全面。太史公司马迁说："《国风》中的诗篇吟唱爱情但不淫荡，《小雅》中的诗篇怨恨讽刺但不动乱。"当周王朝衰败时，即使是君子也无法不抱怨，关键在于没有动乱。《文中子》却认为仍是鼎盛期，不是错的吗？因此要把他们二位的说法的长处兼采贯通，那么对《小雅》的思想主旨就能全面把握了。以上是我恭谨的答复。

问君子能补过 《左传》

对：甚哉，圣人待天下之通且恕也。朝而为盗跖，暮而为伯夷，圣人不弃也。孟僖子之过也，其悔亦晚矣。虽然，圣人不弃也。曰：犹愈乎卒而不知悔者也。孟僖子之过，可悲也已。仲尼之少也贱，天下莫知其为圣人。鲁人曰："此吾东家丘也。"又曰："此邹人之子也。"楚之子西，齐之晏婴，皆当时之所谓贤人君子也，其言曰：

“孔子之道，迂阔而不可用。”况夫三桓之间，而孰知夫有僖子之贤哉？僖子之病也，告其子曰：“孔丘，圣人之后也。其先正考甫三命益恭，而弗父何以有宋而授厉公。华父督之乱无罪而绝于宋，其后必有圣人。今孔丘博学而好礼，殆其是欤？尔必往师之以学礼。”呜呼，孔子用于鲁三月，而齐人畏其霸，以僖子之贤，而知夫子之为圣人也，使之未亡而授之以政，则鲁作东周矣。故曰：孟僖子之过，可悲也已。虽然，夫子之道充乎天下者，自僖子始。敬叔学乎仲尼，请于鲁君而与之车，使适周而观礼焉，而圣人之业，然后大备。僖子之功，虽不能用之于未亡之前，而犹有救之于已没之后。左丘明惧后世不知夫僖子之功也，故丁宁而称之，以为补过之君子。昔仲虺言汤之德曰：“改过不吝。”夫以圣人而不称其无过之为能，而称其改过之为善，然则补过者，圣人之徒欤？孟僖子者，圣人之徒也。谨对。

【译文】答：圣人对待天下人真是太通达，太宽恕了。假如一个人所作所为如同盗跖，即使他最终一刻变成了伯夷，圣人也不会不接受他。这里所记载的鲁国孟僖子有严重的过错，他悔过的虽然很晚，但圣人不会不接受他，而会说：比那些死不悔改的要强多了。孟僖子的过错，实在太可悲了。孔子年轻的时候，天下没有谁知道他是位圣人。鲁国的人说：“这是我们东邻的孔丘。”又说：“这是邹人的孩子。”即使像楚国的子西、齐国的晏婴当时所谓的贤人，也都说：“孔丘的那套道理，实在是迂阔不实用。”更何况在鲁国的三桓中，怎么会有孟僖子这样的贤人，知道孔子是圣人呢？孟僖子病重时，告诫他儿子说：“孔丘，是圣人的后代。他的祖先正考父曾被三次任命为辅佐大臣，却愈发恭谨。他的先祖弗父何曾具备任宋国国君的条件却把国君的位子让给了后来的宋厉公。但他的家族却在华父督叛乱时无罪而遭到灭亡。这样的家族的后代一定会产生圣人。如今孔丘学问渊博，精通礼仪，恐怕出圣人的命运要落到孔丘身上吧？你一定要去拜他为师，向他学习礼仪。”可叹啊！孔子在鲁国执政三个月，齐国人就怕鲁国成为霸主。那么凭着孟僖子的贤明，知道孔子将要成为圣人，如果在孟僖子未死时交给孔子执政大权，那鲁国就一定会变成东方的周天子了。因此我说：孟僖子的过失，实在太可悲了。尽管如此，孔夫子的学说能遍布天下，还是从孟僖子那儿开始推动的。他的儿子敬叔跟从孔子学礼，向鲁国国君请求车马到周王朝都城去观礼，从此孔子的圣人功业开始形成。孟僖子虽然没有在他活着时创下重用孔子的功劳，却在死后由于他及时改过得以补救。左丘明担心后人不知道孟僖子的这一功劳，因而认真仔细地记载此事，并对孟僖子赞扬，认为他是能改过补正的君子。过去仲虺曾这样评论商汤的品德："毫不留情地改正自己的过错。"对待商汤这样的圣人，不称颂他没有过错，却称颂他善于改正过错，这样看来，能够改正过错的人，也就属于圣人一类的人吧。因而孟僖子这样的人，是圣人一类的人。以上是我恭敬的答复。

问侵伐土地分民何以明正 《左传》

对：《三传》侵伐之例，非正也。《左氏》有钟鼓曰伐，无曰侵。《公羊》觕曰侵，精曰伐。《谷梁》包人民驱牛马曰侵，斩树木坏宫室曰伐。愚以谓有隙曰侵，有辞曰伐。齐桓公侵蔡，隙也。蔡溃，遂伐楚，辞也。司马九伐之法，负固不服则侵之，贼贤害民则伐之。然则负固不服者近乎隙，贼贤害民者近乎辞。周之衰也，诸侯相吞，而先王之疆理城郭盖坏矣，故侵伐之间，夫子尤谨而书之。盖古者有分土而无分民，诸侯之侵地者，犹不容于《春秋》，而况包人民驱牛马哉？桓公侵蔡，不书所侵之地者，侵之无辞也。楚子入陈，乡取一人，谓之夏州。《春秋》略而不书，以谓驱民之非正也。呜呼！春秋之际，非独诸侯之相侵也，晋侯取天子之田，而阳樊之人不服，愚又知春秋之不忍书乎此也。谨对。

【译文】答：《春秋三传》对于侵、伐的解说条例，都不是正确的。《左传》中说，出兵敌国有正当理由，奏鸣着钟鼓就叫伐；没有正当理由，不奏钟鼓就叫侵。《公羊传》说出兵敌国，未大动干戈，敌方已服，叫作侵；大动干戈，深入敌方腹地，叫作伐。《谷梁传》说，掠夺敌方的人民、牛马叫作侵；斩伐敌方树木、毁坏敌方宫室叫作伐。我认为正确的解释应当是：因与对方有矛盾，却又说不出口而进行的军事行动叫作侵，与对方有矛盾，可以公开问罪而进行的军事行动叫作伐。齐桓公入侵蔡国，就是虽有矛盾，却无法公开说出来。蔡国溃败后，齐桓公紧跟着攻打楚国，就是对楚国有公开问罪的理由。司马兵法里的九伐之法说，对依仗着优越的地形、牢固的城池而不服管治的，就入侵；对残害忠良百姓的，就征伐。那么这就是说，依仗有坚固的防御不服从管治也就类似有说不出口的矛盾，残害忠良百姓也就类似可公开问罪。周王朝衰败之后，诸侯相互吞并，当初周王朝制定的各国疆界、城郭制度全都遭到破坏，因而对于侵、伐的区别，孔夫子特别谨慎地区别记载。古代对于诸侯土地有疆界区分，对于人民则没有区分。诸侯间侵占对方的土地，还不能被《春秋》宽容，更何况掠夺对方的人民和马牛呢？齐桓公入侵蔡国，《春秋》没有书写侵占了多少土地，是由于入侵行为没有说得出口的理由。楚国国君入侵陈国，从每一乡取一人，组成一个新区域，叫作夏州。对这件事，《春秋》省略掉，没作记载，就是认为掠夺人民是不正当的。可叹啊！春秋时期，不仅仅是诸侯间互相侵夺。晋侯甚至侵夺周天子的田地，被侵占的阳樊人不服从晋国。我知道这是《春秋》不忍心记载这件事。以上是我的恭敬的答复。

问鲁犹三望 《谷梁传》

对：先儒论书“犹”之义，可以已也。愚以为不然。《春秋》之所以书“犹”者二：曰如此而犹如此者，甚之之辞也。“公子遂如齐，至黄乃复。辛巳，有事于太庙，仲遂卒于垂。壬午，犹绎，万入去籥”是也。曰不如此而如此者，幸之之辞也。“闰月不告月，犹朝于庙”“不郊，犹三望”是也。夫子伤周道之衰，礼乐文章之坏，而莫或救之也。故区区焉掇拾其遗亡，以为其全不可得而见矣，得见一二斯可矣，故“闰月不告月，犹朝于庙”者，悯其不告月而幸其犹朝于庙也。“不郊犹三望”者，伤其不郊而幸其犹三望也。夫郊祀者，先王之大典，而夫子不得亲见之于周也，故因鲁之所行郊祀之礼而备言之耳。《春秋》之书三望者，皆为不郊而书也。或“卜郊，不从，乃免牲，犹三望”，或“郊牛之口伤，改卜牛，牛死。乃不郊，犹三望”，或“鼷鼠食郊牛角，改卜牛，鼷鼠又食其角，乃免牛。不郊，犹三望”。《谷梁传》曰：“乃者，亡乎人之辞也。犹者，可以已之辞也。”且夫鲁虽不郊而犹有三望者存焉，此夫子之所以存周之遗典也。若曰可以已，则是周之遗典绝矣。或曰：鲁郊，僭也。而夫子何存焉？曰：鲁郊，僭也。而夫子不讥。夫子之所讥者，当其罪也。赐鲁以天子之礼乐者，成王也。受天子之礼乐者，伯禽也。《春秋》而讥鲁郊也，上则讥成王，次则讥伯禽。成王、伯禽不见于经，而夫子何讥焉？故曰“犹三望”者，所以存周之遗典也。范宁以三望为海、岱、淮。《公羊》以为泰山、河、海。而杜预之说最备，曰：分野之星，及国中山川，皆因郊而望祭之。此说宜可用。谨对。

【译文】答：前代儒师论述《春秋》中所写的“犹”的含义，可以停止争论了。我认为都不对，不必去说他们了。我认为《春秋》“犹”的含义有两种，凡是说如此这般却仍然如此这般的情况，那么句中所用的“犹”表示很过分。如下面的例子就是这样：“公子遂往齐国去，到了黄这个地方，因病半路又折了回来。辛巳这一天，在太庙有祭祀活动，公子遂却死在垂这个地方，作为执政大臣未能参加祭祀活动。但到了第二天，鲁国仍然在执政大臣缺席情况下举行绎祭，并在太庙举行祭祀的万舞，仅仅撤去了其中的籥舞。”另一种说法则是说不应该如此却仍然如此做了，那么句中所用的“犹”表示侥幸。如下面的例子就是这样：“闰月不举行告月之礼，幸亏仍然还要在太庙祭月”“不举行效祭，幸亏仍然举行祭祀山川的望祭。”孔夫子感伤周王朝的礼仪制度衰败崩毁，却没有谁来挽救。因此便尽心竭力地收拾整理遗存的礼仪制度，认为即便不能见到周王朝礼仪制度的全貌，哪怕见到其中的一两条也可以，因此便记录了“闰月不举行告月之礼，幸亏仍然还在太庙祭月。”一面感伤没有举行告月之礼，一面侥幸仍在太庙祭月。记录“不举行郊祭，幸亏仍举行祭祀山川的望祭”，也是一面感伤没有举行郊祭，一面侥幸仍举行祭祀山川的望祭。郊祭，是前代周天子的祭祀大典，孔夫子不能亲眼目睹周王朝当年壮观的礼仪大典，因而便借鲁国举行的郊礼来详细地述说这祭祀仪式。《春秋》中所记载的三望祭典，都是因为没有举行郊祭，仅仅举行了望祭才记录的。有的记作“占卜，看能否进行郊祭，不合适，便免却祭品，但仍举行了望祭。”有的记作“准备郊祭，但用来作祭品的牛的口烂了，改用别的牛，占卜一下，可用的牛又死了。于是便不举行郊祭，但仍举行了望祭。”有的记作“鼷鼠咬伤了用作郊祭的牛的角，只好占卜一下，改选别的牛，所改选的牛又被鼷鼠咬伤了角，只好不用牛作祭品，郊祭也不再举行。但仍然举行了望祭。”《谷梁传》说：“乃是表示没有的意思，犹是表示停止的意思。”鲁国虽然没有举行郊祭，但仍举行了望祭，这正是孔夫子记载这件事以使遗存的周王朝礼仪制度得以保存的用心。如果把“犹”解释成“停止”，那么文句的意思便成了要断绝周王朝的遗典了。又有人说：鲁国举行郊祭，是一种僭越的行为，但孔子却不批评。说这话的人不了解，孔子所批评的，都是罪有应得的。把天子所用的郊祭的礼仪制度赐给鲁国使用，这是周成王的特许。接受周天子赐予的，是周公之子——鲁国开国之君伯禽。如果《春秋》批评鲁国举行郊祭，那不成了上批周成王，下批鲁伯禽。何况周成王、鲁伯禽根本不出现在《春秋》中，孔子怎么去批评呢？因此说“仍举行望祭”，是孔子为使周王朝遗存的礼仪制度得以保存的良苦用心。给《谷梁传》作注的范宁认为望祭中祭祀的“三望”指的是海、泰山、淮河。《公羊传》认为三望指的是泰山、黄河、海。我认为杜预的说法最详尽，指的是鲁国的天文分野区域内的所有星星以及鲁国的所有山河，都要由于举行郊祭而举行望祭来祭祀。杜预的说法应当采纳。以上是我对此问题恭敬的答复。

问鲁作丘甲 《谷梁传》

对：先王之为天下也，不求民以其所不为，不强民以其所不能，故其民优游而乐易。周之盛时，其所以赋取于民者，莫不有法，故民不告劳，而上不阙用。及其衰也，诸侯恣行，其所以赋取于民者，唯其所欲，而刑罚随之，故其民至于穷而无告。夫民之为农，而责之以工也，是犹居山者而责之以舟楫也。鲁成公作丘甲，而《春秋》讥焉。《谷梁传》曰："古者农工各有职。甲，非人人之所能为也。丘作甲，非正也。"而杜预以为古者四丘为甸，甸出长毂一乘，戎马四匹，牛十二头，甲士三人，步卒七十二人，而鲁使丘出之也。夫四丘而后为甸，鲁虽重敛，安至于四倍而取之哉？哀公用田赋，曰：二，吾犹不足。而夫子讥其残民之甚。未有四倍而取者也。且夫变古易常者，《春秋》之所讥也。故书作三军、舍中军、初税亩、作丘甲、用田赋者，皆所以讥政令之所由变也。而《谷梁》、杜氏之说如此相戾，安得不辨其失而归之正哉？故愚曰《谷梁》之说是。谨对。

【译文】答：前代圣王治理天下，不去强求百姓去做他们不想做、不能做的事情，因此他们治理下的百姓生活从容不迫，较易治理。周王朝鼎盛时期，凡从百姓那里征敛来的财富，没有不合乎法律制度的，因此百姓不抱怨辛苦，朝廷官府也不缺乏供应。到了周王朝衰败时，诸侯为所欲为，凡是从百姓那里征敛的财富，只求满足自己的欲求，并且用刑罚来作为征敛的手段，因此百姓到了穷困又无处诉苦的地步。对于大多数务农百姓，像对待工商业者一样地征求，这就好比向山区的居民要求船桨。鲁成公实行丘甲制，向丘民百姓征发铠甲，于是《春秋》对他作了批评。《谷梁传》说："古时候农民、工匠各有各的职守。铠甲，并不是人人都能制作的，向农民征缴铠甲，不合正常的制度。"但杜预认为丘甲是指一丘出一甸的军役。古代居民制度四丘为一甸。军役制每甸出一辆战车，四匹战马，十二头牛，三名甲士，七十二名步卒。如今鲁国却让每一丘出以上的军役数。我认为四丘为一甸，即使鲁国赋役很重，怎么可能一下把赋役增加四倍？鲁哀公征发田赋，不愿用古制的十分之一征收法，说：十分二的征收我还不够用呢。对此，孔子批评他残害百姓太过分。由此看来，是不可能有四倍的赋役的。况且改变古代常规制度，是《春秋》的批评对象，因而《春秋》记载鲁国季氏编制三军、后来又压缩掉中军、实行初税亩、向农民征收铠甲、按田地交纳赋锐，都是由于政令不按周制任意变换才予以批评记载。《谷梁传》、杜预对“向农民征收铠甲”的解释相互对立，我们怎么能不对此问题认真辨正，给它作出正确的解释呢？因此我认为《谷梁传》的说法对。以上是我对此问题的恭敬的答复。

问雩月何以为正 《谷梁传》

经之书雩者二十一，传之发例者有三，其略见于僖十一年、成七年，其详则见于定元年。

对：雩者，先王所以存夫爱民之心而已也。天之应乎人君者，以其德，不以其言也。人君修其德，使之无愧乎其中，而又何祷也。虽然，当岁之旱也，圣人不忍安坐而视民之无告，故为之雩。雩者，先王之所以存夫爱人之心而已也。为传者不达乎此，而为是非纷纷之论，亦可笑矣。《谷梁传》曰：“月雩，正也。秋大雩，非正也。冬大雩，非正也。月雩之为正，何也？其时穷，人力尽，是月不雨，则无及矣。雩之必待其时穷，人力尽，何也？雩者，为旱请也。古人之重请。以为非让也。”呜呼，为民之父母，安视其急，而曰“毛泽未尽，人力未竭”，以行其区区之让哉？愚以为凡书雩者，记旱也。一月之旱，故雩书月。一时之旱，故雩书时。书雩之例，时、月而不日。唯昭公之末年，七月，上巳，人雩。季辛，又雩。而昭公之雩，非旱雩也。《公羊》以为又雩者，聚众以逐季氏。然则旱雩之例，亦可见矣。《传例》

曰：“凡灾异，历日者月，历月者时，历时者加日。”又：“雩，记旱也。旱，记灾也。”故愚以此为例。谨对。

【译文】《春秋》经记载求雨的雩祭共计二十一次，三传阐述《春秋》记载雩祭体例共计三次，有二次阐述得简略，见于僖公十一年、成公七年，有一次阐述得比较详尽，见于定公元年。

答：雩祭，不过是先王用以表示爱民之心罢了。上天的祥瑞和国君相应合的原因，在于国君的德行，而不在于他的言辞。那么，国君修养德行，内心无愧就行了，为什么又要祈祷求雨呢？话虽然这样说，但是当天大旱时，圣王不忍心无动于衷地眼看着百姓无可奈何地受旱灾煎熬，因此才举行求雨的雩祭。所以说雩祭只是表示前代圣王的爱民之心罢了。给《春秋》作传的不明白这一点，却发一通让人们争论是非的谬论，真是可笑。《谷梁传》说：“记载月份的雩祭，是正例。秋天大规模的雩祭，不是正例。冬天大规模的雩祭，也不是正例。为什么记载月份的雩祭是正例呢？是因为月末表示天时、人力都已穷尽，一个月不下雨，不祭告求雨，就无计可施了。雩祭为什么一定要等到天时、人力都穷尽时才举行呢？因为雩祭是由于旱才求雨的。古人把请求看得很重。举行雩祭，上天认为是在请求，而不是在责备。”这种说法可叹啊，做百姓的父母官，怎么能眼看着百姓危难，却认为天时未尽，还可能下毛毛雨，人力也还未竭，如匆忙去求雨，就会被看作责怪上天！我认为凡是记载雩祭，没有别的意思，就是为了记录旱灾。旱了一个月，就对这种雩祭记为月雩，旱了一个季节，就对这种雩祭记为时祭。记载雩祭的条例是：雩祭不记载具体的日期。只有昭公末年七月上辛日那天的雩祭记载了日期，季辛那天又举行雩祭，也记载了日期。但昭公举行的雩祭，不是因为旱灾而举行，《公羊传》认为是为了驱逐季氏，假借雩祭的名义，聚集百姓搞政治活动。由此看来，由于旱灾而举行的雩祭，其条例也就可知了。《传例》上说：“凡是有灾异之事，记载时，灾异持续多日，就记载是哪个月，持续数月，就记载是哪个季节，如果超过了一个季节，再加上日期。”又说：“记载雩祭，是为了记载旱灾。记载旱灾，是为了记载灾异。”所以，我认为这个条例的阐发才是对的。以上是我对这一问题的恭敬的答复。

问大夫无遂事 《公羊传》

对:《春秋》之书“遂”, 一也, 而有善恶存焉, 君子观其当时之实而已矣。利害出于一时, 而制之于千里之外, 当此之时而不“遂”, 君子以为固。上之不足以利国, 下之不足以利民, 可以复命而后请, 当此之时而“遂”, 君子以为专。专者, 固所贬也, 而固者, 亦所讥也。故曰:《春秋》之书“遂”一也, 而有善恶存焉, 君子观其当时之实而已矣。公子结媵陈人之妇于鄄, 遂及齐侯、宋公盟。《公羊传》曰:“媵不书, 此何以书? 以其有遂事书。大夫无遂事, 此其言遂何? 大夫出疆, 有可以安国家、利社稷, 则专之可也。”公子遂如周, 遂如晋。《公羊》亦曰:“大夫无遂事。此其言遂何? 公不得为政也。”其书“遂”一也, 而善恶如此之相远, 岂可以不察其实哉?《春秋》者, 后世所以学为臣之法也。谓“遂”之不讥, 则愚恐后之为臣者, 流而为专。谓“遂”之皆讥, 则愚恐后之为臣者, 执而为固。故曰: 观乎当时之实而已矣。西汉之法, 有矫诏之罪。而当时之名臣, 皆引此以为据。若汲黯开仓以赈饥民, 陈汤发兵以诛郅支, 若此者, 专之可也。不然, 获罪于《春秋》矣。谨对。

【译文】答:《春秋》虽然用同一个“于是就”记载史事, 但其中包含着对史事的善恶评价, 士君子们要从当时的史实去看所用的“于是就”的含意。利害祸福要靠当时做出决定, 却又远离上级在千里之外, 此时如果不立即决定, 世人君子就会认为死板固执。但如果是不能利国利民的事情, 又允许请示后再作决定, 这时却立即作出决定, 君子就认为这是专断。专断, 确实应批评, 但死板, 也应受到批评。因此说,《春秋》用同样一个“遂”字记载史事, 但其中包含着对史事的善恶评价, 士君子要从当时的史实去看所用“于是就”的含意。比如所记载的鲁大夫公子结送鲁女给陈国夫人做陪嫁，到鄄这个地方恰好赶上齐侯、宋公有盟誓活动，于是就改变计划，赶去参加盟会。《公羊传》评价这段记载，说：“送陪嫁女是不值得记载的，这里为什么记载？是因为发生了‘于是就’这样的临时决定的事。大夫是不能‘于是就’决定的，这里为何记载公子结‘于是就’如何如何呢？是因为大夫出国之后，如遇到可以给国家社稷带来利益的事情，那就可以专断。”再比如记载鲁国大夫公子遂到周王朝首都去，“于是就”自作决定去了晋国，《公羊传》评价这件事说：“大夫不能‘于是就’如何如何，这里为什么却说公子遂‘于是就’如何如何？那是要说明鲁国国君没有处理政事的实权。”这两处同样用了“于是就”，但对两件事的善恶评价完全不同，难道可以不细察这其中的事实吗？《春秋》这部书，是让后人学习做臣子的经典，如果说《春秋》使用‘于是就’不包含有批评的意义，那我担心后人做臣子，恐怕都会学着历史上的先例独断专行。如果说使用‘于是就’都包含有批评的意义，那我担心后人做臣子，又都会变得死板固执。因此说，要看当时的历史事实去看使用“于是就”的意思。西汉的法制有假托皇帝诏令这样的罪律。但当时的名臣假托皇帝诏令做正确事情，都取《春秋》用“于是就”的先例为自己做事的依据，比如汲黯开仓放粮解救饥民，陈汤发兵征讨郅支。像这类事情，是可以自作主张，当机立断的，否则，就会成为《春秋》的罪人了。以上是我对此问题的恭敬答复。

问定何以无正月 《公羊传》

对：始终授受之际，《春秋》之所甚谨也。无事而书首时，事在二月而书王二月，事在三月而书王三月者，例也。至于公之始年，虽有二月、三月之书，而又特书正月。隐元年：“春，王正月；三月，公及邾仪父盟于蔑。”庄元年：“春，王正月；二月，夫人孙于齐。”所以揭天子之正朔，而正诸侯之始也。《公羊传》曰：“缘民臣之心，不可一日无君。缘始终之义，一年不二君，不可旷年无君。”故诸侯皆逾年即位而书正月。定公元年书曰:“王三月,晋人执宋仲几于京师。”先儒疑焉,而未得其当也。尝试论之。《春秋》十有二公,其得终始之正而备即位之礼者四:文公、成公、襄公、哀公也。摄而立,不得备即位之礼者一,隐公也。先君不以其道终,而己不得备即位之礼者六:桓公、庄公、闵公、僖公、宣公、昭公也。先君不以其道终而又在外者二,庄公、定公也。在外逾年而后至者一,定公也。且夫先君虽在外不以其道终,然未尝有逾年而后至者,则是二百四十二年未尝一日无君,而定公之元年,鲁之统绝者自正月至于六月而后续也。正月者,正其君也。昭公未至,定公未立,季氏当国,而天子之正朔将谁正耶?此定之所以无正月也。《公羊传》曰:“正月者,正即位也。定无正月者,即位后也。定、哀多微辞。”而何休以为:“昭公出奔,国当绝,定公不得继体奉正,故讳为微词。”呜呼,昭公绝而定公又不得立,是鲁遂无君矣。《谷梁》以为:“昭无正终,故定无正始。”观庄公元年书正,则不言而知其妄矣。谨对。

【译文】答:对于国君的即位、终结、君位的交接,《春秋》作记载时是非常谨慎认真的。当一年开始没有什么大事发生时,记载一年的第一个时间,就用第一个大事的发生日,事情发生在二月就记为王二月,事情发生在三月就记为王三月,这是《春秋》的通例。至于鲁国国君即位年的开端,虽然也有事情发生在二月、三月而记为二月、三月,但又特地要记明正月。如隐公元年:“春天,周天子正月。三月,国君和邾仪父在蔑地会盟。”庄公元年:“春天,周天子正月。二月,国君的夫人出奔到了齐国。”这样记是为了揭示周天子是正统,诸侯要以天子的正统月历作为开端。《公羊传》说:“要顺应民心,国家不能一天没有国君。要顺应事物有始有终的道理,一年中不能有两个国君,也不能空着一年没有国君。”因此,诸侯即位后都要在其第一年记明“周天子正月”。但定公元年却记作:“周天子三月,晋人在周王朝首都抓获宋仲几。”前代儒师们对此感到疑惑,各种解释都没有切中实际。我试论如下。《春秋》共记述了十二代国君的历史。其中属于国君正常接续并完备地举行了即位之礼的国君有四位：文公、成公、襄公、哀公。先代理然后正式即位，但不能举行即位之礼的有一位——隐公。因前代君王非正常离位或死亡而接续君位并不能举行即位之礼的有六位：桓公、庄公、闵公、僖公、宣公、昭公。前代君王非正常离位或死亡而且又被迫外出，因此接续君位的有二位：庄公、定公。其中前代君王被迫外出超过一年以后才回来，因此接续君位的只有一位——定公。况且前代君王即使被迫外出离位死亡，但却不曾有超过一年才回来。这便是二百四十二年没有一天不曾有国君。唯有定公元年，鲁国君位断了继承者，从正月直到六月。正月的意思，就是表明国君的正统地位。定公元年的正月，昭公没有回来，定公没有即位，季氏把持着国家政权，那天子的正统性在鲁国怎么体现呢？这正是定公元年没有正月的原因。《公羊传》说："正月的意思，就是表明即君位的正统性。定公元年没有正月，是由于定公即位得太晚。《春秋》对定公、哀公时代充满了含蓄的批评。"何休认为："昭公出奔在外，国家社稷就意味断绝了，定公不能算继承了君位，也不算正统，因此《春秋》作了含蓄的批评。"可叹啊，昭公死了而定公又不能即位，这表明鲁国没有了国君。《谷梁传》认为："昭公非正常地完结，因而定公也是非正常地开始。"由此来看庄公元年记为正，那不用说也是不对的。以上是我对此问题的恭敬的答复。

问初税亩 《公羊传》

对：古者公田曰藉。藉，借也，言其借民力以治此也。《诗》曰："雨我公田，遂及我私。"言民之必先公田也。《传》曰："私田稼不善，则非吏；公田稼善民，则非民。"言上之必恤私田也。民先其公，而上恤其私，故民不劳而上足用也。宣公无恩信于民，民不肯尽力于公田，故按行择其善亩而税之。《公羊传》曰："税亩者何？履亩而税也。"夫民不尽力于公田者，上之过也。宣公不责己悔过，而择其善亩而税之，宜其民之谤讟而灾异之作也。税亩之明年冬，蝝生。

《公羊传》曰："蝝生不书，此何以书？幸之也。犹曰受之云尔。上变古易常，应是而有天灾，其诸则宜于此焉变矣。"何休以为宣公惧灾复古，故其后大有年。愚以为非也。按《春秋》书"作三军，"后又书"舍中军"。书"跻僖公"，后又书"从祀先公。"事之复正，未尝不书。宣公而果复古也，《春秋》当有不税亩之书。故何休之说，愚不信也。谨对。

【译文】答：古时候官家的田地叫做"藉"。藉，就是借的意思，意思是说借助民力耕种。《诗经》上说："雨降到了官家田里，于是也就降到了私人田里。"意思是说农民必须先把官家田种好。《谷梁传》说："私人田的庄稼耕种得不好，就要责备田官，官家田的庄稼耕种得不好，就要责备农民。"意思是说治国的人一定要关心爱护农民的私田。农民首先把官家田种好，而官方关心爱护农民的私田，这样，便能够使农民不感到辛苦而官方也有足够的费用。鲁宣公对百姓没有恩德，不讲信用，农民也就不肯尽心竭力地种好公田，因而鲁宣公便一一考察田地，选择肥沃的田地交给农民耕种，按每亩来计量、征收田税。《公羊传》说："什么叫税亩？按照亩数来计量、征收田税就叫税亩。"农民不肯尽心竭力耕种好官家田的原因，是官方不关心爱护农民的私田。鲁宣公不自我批评纠正错误，反而采取把好田交给农民，按亩数征收田税的措施，怪不得百姓怨声载道，老天降下灾祸。实行按亩征税的第二年冬天，蝗虫的幼虫成灾。《公羊传》说："蝗虫的幼虫成灾按例不记载，这里为何记载？那是幸灾乐祸。好像是在说'活该'。治国的人随便改变老祖宗的规矩，上天就降灾报应他，应该在受过惩罚之后悔过纠正。"何休认为宣公对天灾感到害怕，恢复了古制，所以第二年获得大丰收。我认为不是这样。《春秋》的体例，凡是纠正错误都予以记载，没有例外，。比如曾记载鲁国错误地"作三军"，后来又专门记载鲁国改正，"取消中军"。曾记载鲁国错误地"把僖公的牌位置于前一位国君闵公之上。"后又专门记载"按前代国君的先后顺序来放置牌位进行祭祀。"如果鲁宣公果真恢复古制，取消按亩征税的措施，那么《春秋》就一定会有后来不按亩征税的记载。所以说何休的说法，我不相信。以上是我对此问题恭敬的答复。

解

《易》解　十八变而成

四营为一变，三变而一爻，六爻为十八变也。三变之余而四数之，得九为老阳，得六为老阴，得七为少阳，得八为少阴。故曰：乾之策二百一十有六，坤之策百四十有四，取老而言也。凡九六为老，七八为少，其说未之闻也。或曰：阳极于九，其次则七也，极者为老，其次为少，则阴当老于十而少于八也。曰：阴不可加于阳，故十不用。十不用，犹当老于八而少于六也。则又曰：阳顺而上，其成数极于九；阴逆而下，其成数极于六。自下而上，阴阳均也。稚于子午，而壮于已亥，始于复姤，而终于乾坤者，阴犹阳也，曷尝有进阳而退阴与逆顺之别乎？且夫自然而然者，天地且不能知，而圣人岂得与于其间而制其予夺哉？惟唐一行之学则不然。以为《易》固言之矣，曰十有八变而成卦，八卦而小成，则十有八变之间有八卦焉。人莫之思也。变之初，有多少。其一变也，不五则九。其二与三也，不四则八。八与九为多，五与四为少。多少者，奇耦之象也。三变皆少，则乾之象也，乾所以为老阳，而四数其余得九，故以九名之。三变皆多，则坤之象也，坤所以为老阴，而四数其余得六，故以六名之。三变而少者一，则震、坎、艮之象也，震、坎、艮所以为少阳，而四数其余得七，故以七名之。三变而多者一，则巽、离、兑之象也，巽、离、兑所以为少阴，而四数其余得八，故以八名之。故七八九六者，因余数以名阴阳，而阴阳之所以为老少者，不在是而在乎三变之间，八卦之象也。此唐一行之学也。

【译文】用《周易》占卦，四度经营蓍策算作一变，经过三变便成一爻，一个卦象由六爻组成，六爻总计经过十八变。每一爻三变后的蓍策有四种可能；或余三十六策，或余三十二策，或余二十八策，或余二十四策。每四策一组，三十六策则九组，称为老阳。三十二策则八组，称为少阴。二十八策则七组，称为少阳，二十四策则六组，称为老阴。乾卦为六个老阳组成的爻，故计有二百一十六策。坤卦为六个老阴组成的爻，故计有一百四十四策。通常把九、六称为老，七、八称为少，对此所做透彻说解我还没有听到过。一种说法是：阳数最大的数是九，其次是七，最大的数便称作老，其次的便称作少。如果这么说，那么阴数最大的数是十，那应把十称为老，把其次的八称为少。又有人解说：因为阴数不能在阳数之上，所以不能把十作为阴数最大的数。如此说来，不把十作为老，那阴数最大的数是八，八应该作为老，六应该作为少。对此又有人解说：阳数是顺着向上，因而最大数是九，阴数是逆着向下，因而向下最极端的数是六。对这种解释我认为，自下而上的顺序，阴阳是一样的，子午时是幼小的，到已亥时便壮大了，阴阳都顺此方向。阴卦阳卦从复、姤二卦开始，直到乾、坤二卦，阴卦的顺序、过程如同阳卦一样，哪里有上述说法所谓的阳进阴退，一顺一逆的区别？更何况自然而然的事物，天地都不知道怎么回事，制定《周易》的圣人哪能人为制定规则强行干预客观世界呢？只有唐代一行和尚的《周易》学说和上述种种谬说不同。一行认为《易》中本已说的很清楚，说：经营蓍策经过十八变就成了卦，八卦便小成了，那么在十八变中间也含有八卦，不过人们都没有思索这一问题。从每变一开始，剩余的蓍策便有多和少的不同，第一变演完，蓍策总数有两种情况，或四十四策，或四十策，和原总蓍策四十九相比较，剩余的策数不是五便是九。第二变演完，蓍策数有三种情况，或四十策，或三十六策，或三十二策，和原蓍策四十四或四十相比较，剩余的策数不是四便是八。第三变演完，策数有四种情况，或三十六策，或三十二策，或二十八策，或二十四策，和原策数或四十，或三十六，或三十二相比较，剩余的策数不是四便是八。那么三变之中剩余的策数只有八、九、五、四。八、九为多，五、四为少，逢多为偶数之象，逢少为奇数之象。经过三变，如每一变剩余的策数都少，就是乾的卦象，因而便称为老阳，最后的策数当为三十六策，四策一组，九次数完，便以九为名称。如每一变剩余的策数都多，就是坤的卦象，因而便称为老阴，最后的策数当为二十四策，四策一组，六次数完，便以六为名称。如三变中有一变剩余的策数少，那就是震、坎、艮的卦象，因而便称为少阳，最后的策数当为二十八策，四策一组，七次数完，便以七为名称。如三变中有一变剩余的策数多，那就是巽、离、兑的卦象，因而便称为少阴，最后的策数当为三十二策，四策一组，八次数完，便以八为名称。所以七、八、九、六，都是由于最后的策数除以四得出的，奇数为阳，偶数为阴，它们各自的阴阳名称就是这样来的。阴阳中又分为老、少，是由于在三变当中遇到剩余的策数的多少不同，而且都和八卦的的卦象相合。这便是唐代一行和尚的八卦十八变学说。

迩英进读

汉高祖赦季布唐屈突通不降高祖

轼以谓汉高祖、唐高祖皆创业之贤君，季布、屈突通皆一时之烈丈夫。惟烈丈夫故能以身殉主，有死无二。惟贤君，故能推至公之心不以私怨杀士。此可以为万世臣主之法。

【译文】苏轼认为汉高祖、唐高祖都是创业贤君，季布、屈突通都是当时的刚强男子汉。正因为这二位是刚强男子汉，所以才能为了主子牺牲自己，至死忠心不变，不肯归服汉高祖、唐高祖。正因为那二位是贤明君主，所以才能从天下公理出发看待忠诚不二的刚烈之士，不因为自己的私愤杀忠诚之士。我苏轼认为这两位明君与那两位忠臣可以作为万代君臣关系的榜样。

汉宣帝诘责杜延年治郡不进

轼以谓古者贤君用人，无内外轻重之异，故虽杜延年名卿，不免出为边吏。治效不进，则诘责之；既进，则褒赏之。所以历试人才，考核事功盖如此。孝宣之治，优于孝文者以此也。马周谏唐太宗，亦以为言。治天下者，不可不知也。

【译文】苏轼认为：古时候贤明君主使用人才，没有看重朝廷内大臣，看轻地方官这样的差别，因此汉宣帝时的公卿大臣杜延年，也照样要去做边疆地方官。如果做地方官治理得不好，就责备他；治理得好，就奖励他。贤明的君主就是如此考察、使用人才，考核官吏政绩。汉宣帝治理天下比汉文帝治理得好，原因就在这里。唐代马周也曾以此向唐太宗提出过建议。所以我苏轼认为：治理天下者，不能不知道这一用人之道。

叔孙通不能致二生

轼以谓叔孙通制礼，虽不能如三代，然亦因时施宜，有补于世者。鲁二生非之，其言未必皆当，通以谓不知时变，亦宜矣。然谨按扬子《法言》：昔齐鲁有大臣，史失其名。或曰：如何其大也？曰，叔孙通欲制君臣之仪，聘先生于齐鲁，所不能致者二人。由此观之，大臣以道事君，不可则止。然后可以托六尺之孤，可以寄百里之命。若与时上下，随人俯仰，虽或适用于一时，何足谓之大臣、为社稷之卫哉？

【译文】苏轼认为：汉初叔孙通制定礼仪制度，虽然不如夏、商、周三代那么完备，但也顺应时代潮流制定出了合乎汉代的礼仪制度，对社会的稳定、发展很有帮助。但当时鲁国的两位儒生指责叔孙通制定的制度不合古制，他们的批评不一定都对，叔孙通认为这两位不懂得时代已发展变化，这很有道理。但翻阅扬雄的《法言》，却见他这样讲：过去齐鲁有大臣，史书没有记载他们的名字。有人问：这大臣有什么伟大的？回答说：当时叔孙通想制定君臣礼仪制度，从齐鲁聘请专家，但有两位请不到。这两位的伟大就表现在这里。由此看来，大臣事奉国君要有做人做事的原则，不符合原则就不做。只有这样，才能把托孤、出使这样的大事托付给他。如果随波逐流，见风使舵，即使当时顺心如意，哪里配称作大臣，被视为国家干城呢？

狄山论匈奴和亲

轼谨按，汉制，博士秩皆六百石耳。然朝廷有大事，必与丞相、御史、九卿、列侯同议可否。盖亲儒臣，尊经术，不以小臣而废其言。故狄山得与张汤争议上前。此人臣之所甚难，而人主之所欲闻也。温颜以来之，虚怀以受之，犹恐不敢言，又况如武帝作色凭怒，致之于死乎？故汤之用事，至使盗贼半天下，而汉室几乱，盖起于狄山之不容也。

【译文】苏轼论断如下：汉朝制度，博士的俸禄只有六百石。但如果朝廷有大事，一定也让博士参与，和丞相、御史、公卿、王侯一起讨论各种意见是否可行。这是因为信任儒臣，尊重经术，不因为博士官小而不听他们的意见。因此，博士狄山也能和大臣张汤在皇上面前争论。小官与大臣在皇上面前争论，这对于小臣来说是很难做到的，但君主却很愿听一听。作为皇上，和颜悦色地让小臣讲话，宽容大度地听小臣的意见，即使这样，也还担心小臣不敢讲，更何况汉武帝那样变脸发怒，最终置狄山于死地呢？因此可以推论，张汤擅权，致使盗贼遍地，汉朝几乎动乱，其根源，就是缘起于不容狄山发表不同意见。

文宗访郑公后得魏谟

轼观唐文宗览贞观事而思魏郑公之后，亦有意于善治矣。虽然，唐室凌迟，未易兴起，非高才伟人，无足以图之。而信训、注之狂谋，几陨宗社，良可叹已。至于奖魏谟之极谏，愿处于无过之地，亦贤君之用心也。

【译文】苏轼观览唐文宗的史事，认为：唐文宗览阅贞观之治以后，怀念郑国公魏征的后代，说明唐文宗很想把天下治理得好。尽管到唐文宗时唐王朝已经衰败，不容易兴旺发达，如果不是才能非凡的伟人，就不能把唐王朝振兴起来。但唐文宗还是想把天下治理好的，可惜他轻信李训、郑注的狂妄计谋，造成甘露之变，几乎使唐王朝灭亡，实在可叹。至于唐文宗奖励魏征的后代魏谟的严厉谏阻，希望自己能少犯错误，这也是贤明君主的用心。

张九龄不肯用张守珪牛仙客

轼窃谓士大夫砥砺名节，正色立朝，不务雷同以固禄位，非独人臣之私义，乃天下国家所恃以安者也。若名节一衰，忠信不闻，乱亡随之，捷如影响。西汉之末，敢言者惟王章、朱云二人。章死而云废，则公卿持禄保妻子如张禹、孔光之流耳。故王莽以斗筲穿窬之才，恣取神器如反掌。唐开元之末，大臣守正不回，惟张九龄一人。九龄即已忤旨罢相，明皇不复闻其过以致禄山之乱。治乱之机，可不慎哉？

【译文】苏轼个人见解如下：士大夫磨炼出重气节、重名誉的气质，在朝廷上严肃正直，不为保持官位而一味地附合别人，这不仅仅是作为臣子的个人名誉问题，而且是有关国家安危的大问题。如果士大夫不重视名誉、气节，在朝廷上就不会有忠诚正直的风气，那么动乱、亡国就立即如影随形般接踵而至。西汉末，朝廷中敢仗义直言的只有王章、朱云二人。王章因直言进谏被杀，朱云因批评佞臣被罢官，从此朝中公卿大臣都是只图保住自己官位、自家富贵的张禹、孔光那种人。因此，仅有“盗窃”本领的低贱的王莽，便趁机窃取国家政权，易如反掌。唐开元末，大臣中刚正不阿的只有张九龄一人。张九龄因不肯重用张守廷、牛仙客而得罪唐玄宗被罢免了宰相之后，唐玄宗再也听不到批评意见，终于导致安禄山叛乱。能不能容许反面意见，是国家治理还是动乱的关键，对此，难道能不慎重吗？

颜真卿守平原以抗安禄山

轼以谓古者任人，无内外轻重之异，故虽汉宣之急贤，萧望之之得君，犹更出治民，然后大用。非独以历试人材，亦所以维持四方，均内外之势也。唐开元、天宝间，重内轻外，当时公卿名臣，非以罪责不出守郡。虽藩镇帅守，自以为不如寺监之僚佐，故郡县多不得人。禄山之乱，河北二十四郡一朝降贼，独有一颜真卿，而明皇初不识也。此重内轻外之弊，不可不为鉴。

【译文】苏轼认为：古时候任用官吏，没有重视朝内官，轻视地方官这样的差异，因此，即使像汉宣帝当年那么急于得到贤臣，萧望之那样被汉宣帝信任，也还要让他出任地方官，考察他的实际才能，然后才在朝中重用。这不仅仅是为了考察人才，同时也是为了维持各地的安定，使朝中和地方的治理形势平衡发展。唐开元、天宝年间，看重朝中官，轻视地方官，当时的公卿名臣，不是因为犯了过失就不会出任地方官，即使是藩镇节度使那样的方面大帅，也自认为比不上朝中一个部门的副职。因此，人才都往朝中挤，地方官很少有合格的人才。安禄山发动叛乱，河北二十四个郡一夜之间都投降叛贼，只有一个颜真卿坚守平原郡，可唐玄宗当时根本不知道颜真卿这个人。这就是重视朝中官，轻视地方官的弊病，不能不把它作为后代的鉴戒。

汉武帝唐太宗优劣

轼以谓古之贤君，知直臣之难得，忠言之难闻，故生尽其用，殁思其言，想见其人，形于梦寐，亦可谓乐贤好德之主矣。汉武帝雄材大略，不减太宗。汲黯之贤，过虞世南。世南已死，太宗思之。汲黯尚存，武帝厌之。故太宗之治，几至刑措，而武帝之政，盗贼半天下，由此也夫！

【译文】苏轼认为：古时候的贤明君主，知道正直的臣子难于得到，逆耳的忠言难于听到，因此对于忠直之臣，总是在他活着时，尽量发挥他的作用，死后仍不忘他的话，思念他这个人。这样的君主称得上是注重品德修养、爱惜贤臣的君主。汉武帝雄才大略，和唐太宗差不多。汲黯德才兼备，超过虞世南。虞世南已死，唐太宗仍思念他，但汲黯还活着时，汉武帝已很讨厌他。因此唐太宗治理天下，太平得几乎用不着刑法，而汉武帝治理天下，却是遍地盗贼。二人治国的差别，大约就是对待贤臣的态度造成的吧！

进筵进记

书韩维读三朝宝训

秘书监侍讲傅尧俞始召赴资善堂，对迩英阁，尧俞致谢。上遣人宣召曰："卿以博学，参预讲筵，宜尊所闻，以辅不逮。"尧俞讲毕，曲谢。上复遣人宣谕："卿讲义渊博，多所发挥，良深嘉叹。"

是日，上读《三朝宝训》。至“天禧中，有二人犯罪，法当死。真宗皇帝恻然怜之，曰：‘此等安知法？杀之则不忍，舍之则无以励众。’乃使人持去，笞而遣之，以斩讫奏。又祀汾阴日，见一羊自掷道左，怪问之。曰：‘今日尚食杀其羔。’真宋惨然不乐。自是不杀羊羔。”资政殿学士韩维读毕，因奏言：“此特真宗皇帝小善尔。然推是心以及天下，则仁不可胜用也。真宗自澶渊之役却狄之后，十九年不言兵，而天下富。其源盖出于此。昔孟子论齐王不忍杀觳觫之牛，以为是心王。今恩足以及禽兽而不及于百姓，岂不能哉，盖不为耳。外人皆云：皇帝陛下仁孝发于天性，每行见昆虫蝼蚁，违而过之，且敕左右勿践履，此亦仁术也。臣愿陛下推此心以及百姓，则天下幸甚。”

某时为右史，奏曰：臣今月十五日侍迩英阁，窃见资政殿学士韩维因读《三朝宝训》，至真宗皇帝好生恶杀，因论皇帝陛下在宫中不忍践履虫蚁，其言深切，可以推明圣德，益增福寿。臣忝备位右史，谨书其事于册。又录一本上进，意望陛下采览，无忘此心，以广好生之德，臣不任大愿。

【译文】秘书监侍讲傅尧俞第一次被宋哲宗召见，前往皇宫内的资善堂，到了以后，傅尧俞对着迩英阁，致谢。宋哲宗派人告诉他：“由于你学识渊博，因此请你参与讲筵，皇上很尊重你的学识，请你讲解给皇上，补充皇上知识的欠缺。”傅尧俞讲解完以后，叩头谢恩。宋哲宗又派人告诉他：“你讲解的内容很渊博，发挥很好，令人赞叹。”

这一天，宋哲宗还读了《三朝宝训》。读到下面一段：“天禧年间，有两个人犯了罪，按照法律判决，应当处死。真宗皇帝顿生怜惜之心，说：‘这些人哪里懂得法律？因为无知而触犯了法律，杀了他们吧，实在不忍心；放了他们吧，法律还怎么来约束、激励民众？’就派人把他们带走，鞭打一顿后放了他们，回来报告说已经杀了。另外在祭祀汾水的那一天，看见一只羊在路边停留不去，真宗感到奇怪，就问左右的人，有人答道：‘今天祭祀时，杀了这只羊的羊羔。真宗听后，心情凄惨不乐。从此再也不杀羊羔。”资政殿学士韩维读完这一段后，就向宋哲宗进言：“这不过是真宗皇帝的小小善心而已。但是把这善心推广到普天之下，那么仁德就用之不尽。真宗皇帝自从澶渊一战击退辽兵后，十九年不谈论战争之事，天下因而富足。这太平昌盛的局面就是源出于真宗皇帝的小小善心。古时候孟子曾论证齐王不忍见到牛临死时发抖的样子，认为这种善心推广开来，可以称王。因此说恩德可以施给禽兽而不能施给人民，难道是做不到吗？只是不去做罢了。朝廷外的人都说，当今皇帝陛下的仁孝之心是出于天性，因为皇帝行走时每次看见蝼蚁昆虫，都要绕过去，并且命令左右之人不要踩着它们，这不也是仁义之道吗。我希望陛下把这善心推广给天下百姓，那普天之下都将感到幸福。”

我当时任右史官，于是便上奏：臣于本月十五日陪侍在迩英阁，见资政殿学士韩维由于读《三朝宝训）中真宗皇帝爱惜生命，讨厌杀戮，便趁机论述皇帝陛下在宫中不忍踩死虫蚁也是仁义之道，应当推广。韩维的话意义深远，能够使皇帝的圣德发扬光大，增福添寿。臣凑数占着右史的职位，便恭敬地把这件事记于史册。另抄录一本进献给皇上，希望陛下阅览采纳，不要忘了仁爱之心，以发扬爱惜生命的仁德。臣冒昧提出这个愿望，冒犯陛下，不敢承受。

卷三十六　策问

汉之变故有六 私试策问

问：人主莫不欲安存而恶危亡，然而其国常至于不可救者，何也？所忧者，非其所以乱与亡，而其所以乱与亡者，常出于其所不忧也。请借汉以言之。

昔者高帝之世，天下既平矣，当时之所忧者，韩、彭、英、卢而已。此四王者，皆不能终高帝之世，相继仆灭，而不复续。及至吕氏之祸，则犹异姓也。吕氏既已灭矣，而吴、楚之忧，几至于亡国。方韩、彭、吕氏之祸，唯恐同姓之不蕃炽、昌大也。然至其为变，则又过于异姓远矣。文、景之世，以为诸侯分裂破弱，则汉可以百世而无忧。至于武帝，诸侯之难少衰，而匈奴之患方炽，则又以为天下之忧，止于此矣。及昭、宣、元、成之世，诸侯王既已无足忧者，而匈奴又破灭，臣事于汉。然其所以卒至于中绝而不救，则其所不虑之王氏也。世祖既立，上惩韩、彭之难，中鉴七国之变，而下悼王氏之祸，于是尽侯诸将而不任以事，裁减同姓之封，而黜三公之权，以为前世之弊尽去矣。及其衰也，宦官之权盛，而党锢之难起，士大夫相与扼腕而游谈者，以为天子一日诛宦官而解党锢，则天下犹可以无事。于是外召诸将而内胁其君。宦官既诛无遗类，而董卓、曹操之徒，亦因以亡汉。

汉之所忧者凡六变，而其乱与亡，辄出于其所不忧，而终不可备。由此观之，治乱存亡之势，其皆有以取之欤？抑将不可推，如江河之徙移，其势自有以相激而不自知欤？其亦可以理推力救而莫之为也？今将使事至而应之，患至而为之谋，则天下之患，不可以胜防，而政化不可以胜变矣。则亦将朝文而暮质，忽宽而骤猛欤？意者亦有可以长守而不变，虽有小患而不足恤者欤？愿因论汉，而极言其所以然。

【译文】问：作为君主没有哪个不希望长治久安而讨厌动乱亡国，但是国家政权常出现不可挽救的情况，这是为什么呢？因为往往国君所忧虑的却不是乱与亡的原因，而乱与亡的根源，常常是他们未感到忧虑的。请允许我借用汉朝历史来阐述一下。

当汉高祖平定天下之后，当时最忧虑的，是韩信、彭越、英布、卢绾。这四个诸侯王，都在高祖在世时被相继消灭，并且再也没有类似四人的变乱。到了吕氏专权，成为祸患，也还是异姓作乱。吕氏被扑灭后，出现了同姓诸侯危及国家政权的吴楚之乱。当韩、彭、吕等异姓诸侯祸乱时，唯恐刘家宗室力量不强盛，等到发生吴楚之乱，这些同姓诸侯对于国家政权的危害，又远远超过了异姓诸侯。文帝、景帝时，平定吴楚之乱后，认为各诸侯国已分裂衰弱，对中央政权已没有危害，汉王朝可以世代代无忧无虑。到了汉武帝时代，虽然诸侯的威胁渐渐减弱，但匈奴的威胁却很严重，这时又以为天下最大的患祸，就是匈奴的侵扰。到昭帝、宣帝、元帝、成帝时，诸侯的祸患早已没有，匈奴又已被击破并降服了汉朝，但汉王朝却终于在此时不可挽救地断送了基业，那原因就是没有想到王莽是汉王朝的祸害。东汉光武帝恢复汉朝之后，把异姓、同姓诸侯叛乱，以及王莽篡位造成的祸害都作为鉴戒，于是便把有功的战将都封了侯却不给他们实权，又裁减同姓诸侯，并缩减公卿大臣的权力，认为这样就把前代的所有弊端都革除了，可以保证长治久安。到了东汉政权衰落时，宦官的权力变大，兴起迫害士大夫的党锢之祸。士大夫议论纷纷，愤恨不已，都认为只要汉天子诛灭宦官，解除党锢，那么天下仍然可以太平无事。于是士大夫把外地将领召进京师，挟持天子消灭宦官。结果彻底消灭了宦官，但董卓、曹操等人也趁机搅得汉朝亡了国。

汉朝忧虑的对象变了六次，但导致它动乱亡国的，却恰恰是它没有忧虑的，终于防不胜防。由此看来，那治乱存亡的大形势，究竟是可以预先作准备呢？还是无法预测，如同江河的改道一样，完全任意发展而无法了解？还是可以预测，可以挽救却没有去尽力做呢？如果现今什么事变来到就应付什么，什么祸患来到就处理什么，那么天下的祸患，简直防不胜防，政令措施也将变不胜变。就会早晨修文，晚上又求实，忽而政令宽容，突然又变得峻急。是否还有人认为应坚持某种政治局面决不改变，即使有小的祸患也不要管它呢？希望就汉朝历史来议论一下这个问题，把其中道理说透彻。

职官令录郡守而用弃材 私试策问

问：昔三代之际，公卿有生而为之者，士有至老而不迁者。官有常人，而人有常心。故为周公之公卿者，非周、召、毛、原，则王之子弟也。发于畎亩，起于匹夫，而至于公相，盖亦有几人而已。士之勤苦终身于学，讲肄道艺，而修其廉隅，以邀乡里之名者，不过以望乡大夫贤能之书。其选举而上，不过以为一命之士。其杰异者至于大夫，极矣。夫周之世，诸侯为政之卿，皆其世臣之子孙，则夫布衣之士，其进盖亦有所止也。当是之时，士皆安其习而乐其分，不倦于小官而挈为之，故其民事修而世务举。及其后世不然，使天下旅进而更为之，虽布衣之贤，得以骤进于朝廷，而士始有无厌之心矣。官事之不修，民事之不缉，非其不能，不屑为之也。先王之用人，欲其人人自喜，终老而不倦，是以能尽其才。今以凡人之才，而又加之以既倦之意，其为弊可胜言乎？今夫州县之吏，有故而不得改官者，盘桓于州县而不能去。久者不过以为职官令录，仕而达者，自县宰为郡之通守，自郡之通守以至郡守，为郡守而无他才能，则盘桓于太守而不得去。由此观之，是职官令录与郡守四者，为国家弃材之委，而仕不达者之所盘桓而无聊也。夫以太守之重，职官令录之近于民，而用弃材焉，使不达者盘桓于其职，此岂先王所以使人不倦之意欤？嗟夫，盖亦有不得已也。居今之势，何以使天下之士各安其分，而无轻于小官？何以使此四者流徙不倦，而无不自聊赖之意。其悉书于篇。

【译文】问：上古夏、商、周三代，公卿大臣世袭，有些人命中注定可以做公卿大臣，有些士子老死也没有升迁的可能。官职固定不变要授予某些人，人们也把这制度看作天经地义，没有非分之想。因此，周王朝的公卿，不是周、召、毛、原几个家族的嫡子，便是周天子的子弟。出身于普通百姓，兴旺于民间田亩，最终成为公卿宰相，不过极个别的少数几位。士子终身苦学，潜心学问，修养品德，以求得乡里的好名声，不过是为了乡大夫和社会贤达能给写上一封推荐书。其中幸而被选中的，也不过得一个下级官吏，其中特别杰出的，最高能做到大夫一级，那便到了顶了。整个周代，诸侯中的执政卿，都是贵族世袭子孙。出身低贱的贫士，即使很上进，也都适可而止。那个时代，士人都安心自己的职业，心甘情愿，非常本分。对做一个小官，不感到厌倦，兢兢业业，尽其职守。因而各阶层人民、各行各业积极从事自己的工作，社会繁荣兴旺。到了后来便不再如此，天下人的进取之意没有个满足，进了一步还要再进，即使出身贫寒的贤才，也能迅速升迁到朝廷大臣，从此士人便产生了不知足的欲望。以至于国家的事情没人谋划，百姓的事情没人操办，并不是在职的人没这个能力，而是他们不屑于去做，他们把精力都用到了自己仕途上。前代贤明君主用人，就是让人人喜欢自己的职位，老死也不感到厌倦，因此能让每个人在自己的职位上充分施展才干。如今在职的人，才干如普通人，却对职务感到厌倦，造成的政治弊端难以言喻。如今州县中官吏，因某些原因而无法升迁的，就只好在州县无聊地混下去，时间过长最多做个职官令录。其中仕途亨通的，可以由县长升为郡通守，有些可从通守升为郡守，到了郡守一级如没有什么才能，混得时间长就做个太守，再也升不上去。由此看来，从职官令录到太守这几级官吏，都是不同层次淘汰下来的人，在不同层次上同样是升迁不上去，在那里无聊地混日子的弃材。像大守那样重要的职务，职官令录那样接近百姓的职务，却都让被淘汰的弃材来承担，让升迁不上去的人在那里尸位素餐，这难道是前代贤君让官吏对职务不感到压倦的办法吗？唉！也实在是不得不这样啊。按今天的局势，该怎么样让天下之士都安心自己的职务，不轻视小官？改怎样使这四种行政官吏升降徙迁却不感到厌倦，没有混日子的想法呢？请答卷者把论述全都写成文章。

关中战守古今不同与夫用民兵储粟马之术 私试策问

问：古者师出受成于学，兵固学者之所宜知也。今关中之事，又诸君之所亲履而目见者。昔者六国之世，秦尽有今关中之地，地不加广也，而东备齐，南备楚，近则备韩、魏，远则备燕、赵，有敌国之忧，而无中原之助。然而当是时也，攘却西戎，至千余里。今也天下为一，独以关中之地西备羌戎，三方无敌国之忧，而又内引百郡以为助，惴惴焉自固之不暇。以百倍之势，而无昔人分毫之功，此不可不论也。

古之为兵者，戍其地则用其地之民，战其野则食其野之粟，守其国则乘其国之马，以是外被兵而内不知，此所以百战而不殆也。今则不然。戍边用东北之人，籴粮用内郡之钱，骑战用西羌之马，是以一郡用兵而百郡骚然，此又不可不论也。

昔者卫为狄所灭，齐桓公以车三十乘封文公于楚丘，及其末年，至三百乘。故其诗曰："匪直也人，秉心塞渊，騋牝三千。"以为资之四夷，则卫之所近者莫若狄。当是时也，狄与卫为仇雠，其势必不以马与卫，然则卫独以何术而能致马如此之多耶？今欲使被边之郡自用其民，自食其粟，自乘其马，而不得其术，故愿闻其详。

【译文】问：古时候把出征作战的军队要交给那学有所成的人，因此，战争知识本就应是学者要掌握的。如今关中的情况，又是各位实地亲眼观察过的。那么问你们下面问题。战国时期，秦国占据着如今的关中之地。地域不比如今大，但秦国当时东边要防备齐国，南边要防备楚国，近要防御韩、魏，远要防御燕、赵，只有敌国侵犯的忧患，却无来自中原的支援。但就是在那样形势下，秦国却能击败西戎，向西扩展疆域千余里。如今天下统一，仅仅用关中之地防御西边的羌戎，其余东、南、北三方没有任何敌国忧患，还可以从中原腹地得到百郡的支援，却危急得连自保都顾不上。凭今天超过当年秦国百倍的力量，却没有当年秦国分毫的功绩，这不能不认真讨论讨论。

古时候进行战争，驻守在哪个地方就用哪个地方的人民，在什么地方作战就吃什么地方的粮食，驻守在哪个地域就乘哪个地域的马，因此边外备战而内地感觉不到，这样便可以百战而无危害。如今却不是这样，守边用东北人，吃粮花内地的钱，战骑用西羌的马，因此一个边郡进行战争牵扯一百个郡而骚动不安，这个问题又不能不认真讨论讨论。

古时候卫国曾被狄人灭掉，齐桓公给了卫文公三十辆战车并把楚丘封给了他。到了卫文公末年，发展到了三百乘战车的实力。所以《诗经·鄘风·定之方中》歌颂道："这不是个庸君，他操得心能填满深渊，公马母马弄来了三千。"它认为这些马是从周围少数民族获得的，卫国离得最近的就是狄。那时候，狄和卫是敌对国家，按理一定不会给卫国战马，那么卫国是用什么方法能获得如此多的马呢？如今打算让边疆各郡县只使用本地的百姓，吃本地的粮食，骑本地的马来备战守疆，却找不到一个可行的方法。愿意详细听听答辩者的见解。

庙欲有主祭欲有尸 私试策问

问：三代之祭礼，其存者几希矣，其全固不可以一日而复。然今天下郡县通祀社稷、孔子、风伯、雨师与凡山川古圣贤之庙，此其礼尤急而不可阙者也。武王伐商，师渡盟津，有宗庙，有将舟。将舟，社主在焉。则是社稷有主也。古者师行载迁庙之主，无迁庙则以币玉，为庙不可一日虚主也。一日虚主犹不可，若无主而为庙，可乎？是凡庙皆当有主也。今郡县所祭，未尝有主，而皆有土木之像，夫像安出哉？古者祭莫不有尸，《诗》有灵星之尸，则祭无所不用尸也。祭而不用尸者，是始死之奠也。不然，则是祭殇也。今也举不用尸，则如勿祭而已矣。儒者治礼，至其变，尤谨严而详。今之变主为像与祭而无尸者，果谁始也？

古者坐于席，故笾豆之长短，簠簋之高下，适与人均。今土木之像，既已巍然于上，而列器皿于地。使鬼神不享，则不可知；若其享之，则是俯伏匍匐而就也。鬼神不能谆谆与人接也，故使尸嘏主人。今也无尸，而受胙于虚位，不亦鄙野可笑矣？夫今欲使庙皆有主，祭皆有尸，不知何道而可？愿从诸君讲求其遗制，合于古而便于今者。

【译文】问：上古夏、商、周三代的祭礼，遗存至今的差不多快没有了，那全套祭礼确实不可能一下就复原。但如今普天下的郡县祭祀社稷、孔子、风伯、雨师以及所有的供奉山川圣贤的神庙，这些祭礼必须尽快完备而不能使残缺。周武王攻打殷商时，军队从孟津渡河举行盟誓，还带有宗庙、将舟。将舟上供着社主。这表明社稷有主。古时候军队出征就载着迁庙的神主，没有迁庙就用币玉，这是因为宗庙里不能一天没有神主。庙里一天没有祭祀的主要对象还不可以，那根本没有神主而造个庙，怎么可以呢？这就是说庙都应有神主。如今各郡县进行的祭祀，却都没有神主，有的只是土木做成的神像，那像是如何产生的？表示什么？

古时候祭祀都有尸（译者按：尸是祭祀时代替祭祀对象接受祭祀的人），《诗经》里就有灵星之尸，那么祭祀就没有不用尸的。祭祀如果不用尸，那就是对刚死的人进行祭奠，否则就是祭祀未成年人。如今的祭祀全都不用尸，按祭礼规则就等于没有祭祀。儒士操持礼仪，遇到要对礼仪常规临时变动时，有一套特别严谨详尽的规定。如今把神主变为神像，祭祀却不用尸，这一套究竟从谁开始的？

古时候人们跪坐在坐席上，所以古代使用的笾豆、簠簋等器皿的长短、高低，恰好和人跪坐后的姿态相适应。如今庙中的土木神像高高在上，供奉给他们的器皿却都摆在地面。这是不让鬼神享受祭品吗？那就让人不可思议。如让鬼神享受祭品，那么鬼神便都要弯腰趴下去接受。再说，鬼神是不能和人亲近的，所以才找个人代祭祀的对象接受祭祀。如今却没有这代理人，让祭祀对象空着去接受祭祀，这不让人感到愚笨无知实在可笑吗？如今要让庙里都有神主，祭祀时都有受祭的代理人，不知道用什么方法可以做到这一点？希望各位研究探讨一下古代祭礼的遗制，并如何与今天的习惯相结合，使今天的祭祀既合于古制，又适合今人。

孔子赞《易》有申爻辞而无损益者 私试策问

问：《易》之为书，要以不可为必然可指之论也。其始有画而无文，后世圣人始为之辞，盖亦微见其端。而其或为仁，或为义，或小或大，则付之后世学者之分。然世益久远，则学者或入于邪说。故凡孔子之所为赞《易》者，特以防闲其邪说，使之纵横旁午要不失正，而非以为必然可指之论也。是故其用意广而其辞约。窃尝深观之，孔子盖有因爻辞而申言之，若无所损益于其辞之义者甚众。《比》之初六："有孚比之，无咎。有孚盈缶，终来，有它吉。象曰："《比》之初六，有它吉也。"《小畜》之初九："复自道，何其咎，吉。"象曰："复自道，其义吉也。"《损》之六四："损其疾，使遄有喜。"象曰："损其疾，亦可喜也。"《大有》之上九："自天祐之，吉，无不利。"象曰："大有上吉，自天祐也。"夫既已言之矣，而孔子又申言之，使无所损益于其辞之义，则孔子固多言也。乃孔子则有不胜言者。故愿与诸君论之。

【译文】问：《易》作为一部书，关键不能把它的言辞看作一定是指称的什么。《易》在最初只有笔划符号而没有文辞，后代圣人以后才给配上文辞，最初大约也只是微露端倪。至于爻和辞有的含有仁，有的含有义，有的意旨微妙，有的意旨深广，细分它的这些内涵，就由后代学者来做。但随着时代推移，距古代越来越久远，有些学者不免产生了邪说。所以凡是孔子称赞《易》的地方，都是特地防范邪说谬论的，以使对《易》的发挥不离开它的基本原理，而不能认为一定是指称什么。所以孔子对《周易》的论说，包涵的意义很深广而文辞却很简约。我曾深入考察过孔子对《周易》的论说，虽然孔子在爻辞基础上做了阐述，但有很多阐述好像对爻辞并没有增减什么内容。例如《比》卦的初六爻，卦辞说："有孚比之，无咎。有孚盈缶，终来，有它吉。"象辞说："比之初六，有它吉也。"再如《小畜》的初九爻，说："复自道，何其咎，吉。"象辞说："复自道，其义吉也。"再如《损》的六四爻："损其疾，使遄有喜。"象辞说"损其疾，亦可喜也。"再如《大有》的上九爻："自天祐之，吉，无不利。"象辞说："大有上吉，自天祐也。"以上这些例子说明，卦辞上已说得很明确，孔子又重新加以阐述，对原卦辞的意义丝毫没有增减，孔子确实重复一些无用的话。像这样重复啰嗦，那么孔子将会对《易》的内容怎么申说也说不尽。因此，希望和各位讨论一下这个问题。

赏功罚罪之疑 私试策问

问：古之为爵赏，所以待有功也。以为有功而后爵，天下必有遗善，是故有无功而爵者，六德六行以兴贤能是也。古之为刑罚，所以待有罪也。以为有罪而后罚，则天下必有遗恶，是故有无罪而罚者，行伪而坚，言伪而辩，学非而博，顺非而泽，以疑众杀是也。夫人之难知，自尧舜病之。惟幸其有功，故有以为赏之之名。惟因其有罪，故有以为罚之之状。而天下不争。今使无功之人，名之以某德而爵之，无罪之人，状之以某恶而诛之，则天下不知其所从，而上亦将既眊乱而丧其所守。然则古之人将何以处此欤？方今法令明具，政若画一，然犹有冒昧以侥幸，巧诋以出入者，又况无功而赏、无罪而罚欤？古之人将必有以处此也。

【译文】问：古时候实行奖励爵位的制度，是用来奖励有功之人的。同时认为如果只给有功人爵位，那么，天下一定会漏下一些有善行却没有立功的人得不到表彰，因此也有没立功却奖励给爵位的，这就是用六德六行为标准来提拔贤能之人。古时候实行刑律惩罚制度，是用来惩治有罪之人的。同时认为如果只惩罚触犯刑律的人，那么天下一定会漏掉一些有恶行却没有触犯刑律的人得不到惩罚，因此也有没犯法却给予惩治的，这就是那些行为蒙蔽人而又顽固不改，言语蒙蔽人而又花言巧语，学问很渊博却都是谬论，给人以恩泽笼络人心却都是不正当手段，这些人能迷惑民众，所以必须杀掉。人是最难了解的，从尧舜那时起就对此感到困恼。只有用赏有功罚有罪的办法才能使天下不争名誉。如今对无功之人，说因为他有某种优良品德而奖励给他爵位，对无罪之人，说因为他有某种恶劣的品行而杀掉他，这样的话，那天下人将不知该怎样为人行事，统治者也将糊涂迷乱不知该恪守什么规章制度。那么古人是如何处理这类问题的？如今法令制度明确而完备，政治措施统一而正确，即使这样，仍然有人侥幸骗取名誉奖励，诽谤诬陷使人受罚，更何况再实行无功而赏、无罪而罚的措施呢？古人一定有处理这类问题的好办法。

王弼引《论语》以解《易》其说当否 私试策问

问：圣人之言，各有方也。苟为不达，执其一方，而辄以为常，则天下之惑者，不可以胜原矣。昔者孔子以为丧欲速贫，死欲速朽，而有子以为非君子之言，乃孔子则有所由发也。善乎，有子之知孔子也。《语》曰：“禘自既灌而往者，吾不欲观之。”《易》曰：“观，盥而不荐。”《语》曰：“吾岂匏瓜也哉？安能系而不食？”《易》曰：“以杞匏瓜，有陨自天。”是二者其言则同，而其所以言者，可得为同欤？王弼之于《易》，可以为深矣，然因其言之适同，遂以为训，使学者不得不惑。亦不可不辨。

【译文】问：圣人的言论，各有自己的道理。如果不透彻明白，抓住一条道理，就认为是永恒的规律，那么天下的糊涂问题，将多得说不清。过去孔子说过，丢了官就快点贫穷，死了就快点腐烂，而有子认为这不是君子说的话，一定是孔子在特定背景下有针对性说的。令人赞叹啊！有子多么了解自己的老师孔子啊！《论语》中孔子说："鲁国举行禘祭，在灌这个仪式完了之后，再往下的仪式不合礼制，我就不想再看了。"《周易》说："观卦。观看祭祀举行盥洗的仪式后，荐的仪式就不必观看了。"《论语》说："我难道是匏瓜吗？怎么能光是挂着让看而不吃呢？"《周易》说："生长杞子的肥沃之地长出匏瓜，这是上天要陨灭人啊。"这两处《论语》《周易》的语句大致相同，但它们说话的背景难道也相同吗？王弼对于《周易》，研究得算很深了，但仅仅凭着《论语》《周易》语句相同，就拿《论语》来解说《周易》，使学者不能不感到疑惑。对此，不能不进行辨别分析。

诸子更相讥议 私试策问

问：古之作者，苟非圣人，皆有所偏。徇其偏则已流，废其长则已苛。二者皆非所谓善学也。君子以其身之正，知人之不正；以人之不正，知其身之有所未正也。既以正人，又反以正己，此所以寡过而成名也。昔者韩子论荀、杨之疵，而韩子之疵，有甚于荀、杨。荀卿讥六子之弊，而荀卿之弊不下于六子。班固之论子长也，以为是非谬于圣人；而范晔之论班固也，以为目见毫毛而不见睫。自今而观之，不知范氏之书，其果逃于目睫之论也欤？其未也？而莫或正之。故愿闻数子之得失。非务以相高而求胜，盖亦乐夫儒者之以道相正也。

【译文】问：古代的作者，假如不是圣人，那么他们作品中的观点难免有偏失。如听信他们的偏失之论就会流于世俗，但如果不看他们观点中的长处就太苛刻。这两种态度都不能被认为是善于学习的态度。君子要用自己的正确，去知道别人的不正确；要从别人不正确，看到自身也有类似的不正确。这样既正人，又正己，这是少犯错误最终在世上流传好名声的一种方法。过去韩非子曾评论荀子、杨朱的缺点，但韩非子自己的缺点比荀子、杨子还要过分。荀子批评战国六家学派的缺陷，但荀子自己的缺陷一点不比那六家少。班固评论司马迁，认为他的是非观有些不合贤人的标准；范晔评论班固，认为他看得见远处的毫毛却看不见近前的眼睫毛，认为他的《汉书》对接近班固时代的事评写得不够准确。从今天的观点看，不知道范晔的《后汉书》是否真的避免了看得清远处的毫毛看不见近旁的眼睫毛这样的缺陷呢？还是终究也没有避免呢？没有谁来对范晔的《后汉书》作出指正。因此，希望听听诸君对以上各作者的优缺点作出评价。不是一定要在他们之间比个高低，而是讨论一下如何用前代儒者各自的道理互相纠正。

人与法并用 私试策问

问：任人而不任法，则法简而人重；任法而不任人，则法繁而人轻。法简而人重，其弊也，请谒公行而威势下移；法繁而人轻，其弊也，人得苟免，而贤不肖均。此古今之通患也。夫欲人法并用，轻重相持，当安所折衷，使近古而宜今，有益而无损乎？今举于礼部者，皆用糊名易书之法，选于吏部者，皆用长守不易之格，六卿之长，不得一用其意，而胥吏奸人，皆出没其间。此岂治世之法哉？如使有司皆若唐以前，得自以其意进退天下士大夫，官吏恣擅，流言纷纭之害，将何以止之？夫古之人，何修而免于此？夫岂无术，不讲故也。愿闻其详。

【译文】问：治理天下，使用人而不使用法律，那么就会法律简明而个人的权势很重；使用法律而不使用人，那么就会法律繁琐而个人的权势很轻。法律简明，个人权势重，就会有国家政权的权威变成下面各级官吏的个人权威的弊病，导致投机钻营、巴结权贵的风气横行；法律繁琐，个人权势轻，就会有缺少识别人才机制的弊病，导致贤才庸人相提并论。这两种情况，是古今的通病。如果想做到用人和用法的平衡，避免上述两种弊病，该如何对上述两种情况折衷处理，发挥用人、用法的长处，既符合古代制度，又适合今天的现实，只有益处而无害处呢？

现今礼部科举考试时，采用密封姓名、重抄卷子的方法。吏部任免官员时，实行各级官长不能擅自改变任免决定的制度。各部最高官长，任何人不能用个人意见代替制度。法律制度十分严格健全。但是，恰恰在这严格健全的法律制度中，不断产生出奸臣小人。这难道是治理太平盛世的办法吗？但如果让各部门都采取唐代以前那种凭个人好恶就可以随便任免官吏的办法，那就会使各级官吏胡作非为，擅自专断，社会上也会流言蜚语盛行，并且没有什么办法制止这些祸害。那么古时候是用什么办法避免了上述的弊病呢？今天并不是找不到用人、用法最佳结合的方法，只是因为我们没有去研究。希望听听各位对此的高见。

汉唐不变秦隋之法近世乃欲以新易旧

永兴军秋试举人策问

问：昔汉受天下于秦，因秦之制而不害为汉。唐受天下于隋，因隋之制而不害为唐。汉之与秦，唐之与隋，其治乱安危至相远也，然而卒无所改易。又况于积安久治，其道固不事变也。世之君子，以为善人为邦百年，可以胜残去杀。病其说之不效，急于有功，而归咎于法制。是以频年遣使，冠盖相望于道，以求民之所患苦。罢去茶禁，归之于民，不以刑狱委任武吏，至于考功取士，皆有所损益。行之数年，卒未有其成，而纷纭之议，争以为不便。嗟乎，此符其小者耳。事之可变，将复有大于此者。今欲尽易天下之骄卒，以为府兵；尽驱天下之异教，以为齐民；尽覈天下之惰吏，以为考课；尽率天下之游手，以为农桑。其为拂世厉俗，非特如今之所行也。行其小者，且不能办，则其大者又安敢议？然则是终不可变欤？抑将变之而不得其术欤？将已得其术，而纷纭之议不足恤欤？无乃其道可变而不在其迹欤？所谓胜残去杀者，其卒无效欤？愿条其说。

【译文】问：历史上汉从秦得到了天下，遵循秦朝的制度但不影响它仍是汉朝。唐从隋取得了天下，遵循隋朝的制度但不影响它仍是唐朝。但汉朝和秦朝，唐朝和隋朝，它们的治乱安危却相差得很远，但汉唐对秦隋的制度却一点不做改变。更何况现今长治久安，治国之道本不需要去从事改变法制。当代有见识的君子，认为经过善良人治理国家上百年，教化的力量便能够战胜邪恶，用不着杀伐。但有人认为这种说法难以收到效果，急于有政绩，便把久不见效果归咎于现行的法制。因此近年来频繁往各地派遣官吏，调查百姓疾苦。罢除茶禁的法令，允许百姓买卖茶叶；不把刑狱之权交给武吏；对于考察选拔官员等制度，也都做了改革。这些措施推行了数年，却没有什么成效，于是各种批评议论纷起，指责改革不合适。唉！以上所说的各项，仅仅是细小问题，今天的政事需要改革的，还有比以上各项更大的问题。现今要彻底革除军制，把天下骄横的士卒编成府兵；彻底驱除各种异端邪说，让百姓的思想统一；对天下的庸官进行全面彻底的考核；让天下游手好闲的人全都去从事农业生产。坚决、严厉地端正社会风俗。以上这些重要的方面，和现今实行的改革是不相同的。但现今仅仅在小的方面做些变革，还不能贯彻，那上面所说的更重要更大的问题还哪里敢提起？这样的话，那么终究是无法变革吗？还是变革没有找到合适的方法呢？还是变革的方法是对的，不应去理睬各种各样的议论呢？或者是大方针应当改变而不在乎那些小措施？另外那种坚持推行百年善政就能够战胜邪恶，用不着杀伐的说法，是否真的就无效呢？希望各位对各种说法逐一分析。

勤而或治或乱断而或兴或衰信而或安或危

国学秋试策问

问：所贵乎学士大夫者，以其通古今而考成败也。昔之人尝有以是成者，我必袭之；尝有以是败者，我必反之。如是其可乎？昔之为人君者，患不能勤。然而或勤以治，亦或以乱。文王之日昃，汉宣之厉精，始皇之程书，隋文之传餐，其为勤一也。昔之为人君者，患不能断。然而或断以兴，亦或以衰。晋武之平吴，宪宗之征蔡，苻坚之南伐，宋文之北侵，其为断一也。昔之为人君者，患不能信其臣。然而或信以安，亦或以危。秦穆之于孟明，汉昭之于霍光，燕哙之于子之，德宗之于卢杞，其为信一也。此三者，皆人君之所难，有志之士所常咨嗟慕望，旷世而不获者也。然考此数君者，治乱、兴衰、安危之效，相反如此，岂可不求其故欤？夫贪慕其成功而为之，与惩其败而不为，此二者皆过也。学者将何取焉？按其已然之迹，而诋之也易；推其未然之理，而辨之也难。是以未及见其成功，则文王之勤，无以异于始皇。而方其未败也，苻坚之断，与晋武何以辨？请举此数君者得失之源所以相反之故，将详观焉。

【译文】问：把学士大夫看得很尊贵的原因，是他们博通古今而能考察历史上的成败。作为学士大夫，就要总结历史，前人曾凭借某种条件、采取某些措施获得了成功，我们一定要学习继承；前人曾因某种原因失败的，我们一定要反省，避免重蹈覆辙。这样做就可以了吗？历史上的国君，怕的是不能勤政。然而有的勤政，天下治理得太平；有的也勤政，却招致动乱亡国。如周文王天色已晚还顾不上吃饭，汉宣帝励精图治，秦始皇每日不倦地阅读大量文书，隋文帝勤政以至要下面把饭送到办公处。他们同样都非常勤政，但前二例治理得天下太平，后二例却为亡国埋下祸患。历史上的国君怕的是不果断。然而有的果断，带来兴旺发达；有的决断，却招致衰败。如晋武帝平定东吴，唐宪宗征伐蔡地的叛乱，前秦苻坚冒然南攻东晋，宋文帝轻率北伐北魏。他们同样都敢决断，前二例给国家带来昌盛，后二例却给国家带来灾难。历史上的国君，怕的是不能信任大臣。然而有的信任大臣，使国家安定；有的信任大臣，却使政权受到威胁。比如秦穆公信任孟明视，汉昭帝信任霍光，战国时的燕王哙信任子之，唐德宗信任卢杞。他们同样是信任大臣。但前二例信任的是贤臣，后二例信任的却是奸臣。以上勤政、果断、信任三条，是国君难于做到的，也是有志之士常常感叹、盼望一生也难于遇到的。但考察上述数位君王，虽然做到了勤政、果断、信任，但造成的太平还是动乱，兴旺还是衰败，安定还是危险的结果却恰恰相反，难道能不去探求一下其中的原因吗？如贪慕这三条可以成功就去努力实行，或鉴戒这三条可造成失败就不去实行，那都是错误的。那么学者该如何对待这三条呢？按照已形成的历史事实，去批评错误地勤政、决断、信任，那是很容易的；在没有形成事实时，仅从道理上去推论，那么分辨勤政、决断、信任的正误就很难了。因此假设没有看到成功时，周文王的勤政和秦始皇的勤政有什么差别？在没有看到失败时，苻坚的决断和晋武帝的决断又该如何分辨？请回答一下上述几位君王成功失败的根源以及所作所为相同，而结果相反究竟是什么原因，我将仔细看你们的答卷。

隋文帝户口之蕃仓廪府库之盛 国学秋试策问

问：古者以民之多寡，为国之贫富，故管仲以阴谋倾鲁梁之民，而商鞅亦招三晋之人以并诸侯。当周之盛时，其民物之数登于王府者，盖拜而受之。自汉以来，丁口之蕃息与仓廪府库之盛，莫如隋。其贡赋输籍之法，必有可观者。然学者以其得天下不以道，又不过再世而亡，是以鄙之而无传焉。子曰："不以人废言。"而况可以废一代之良法乎？文帝之初，有户三百六十余万，平陈所得又五十万。至大业之始，不及二十年，而增至八百九十余万者，何也？方是时，布帛之积，至于无所容；资储之在天下者，至不可胜数。及其败亡涂地，而洛口诸仓，犹足以致百万之众。其法岂可少哉、国家承平百年，户口之众，有过于隋。然以今之法观之，特便于徭役而已，国之贫富何与焉？非徒无益于富，又且以多为患。生之者寡，食之者众，是以公私枵然而百弊并生。夫立法创制，将以远迹三代，而曾隋氏之不及，此岂不可论其故哉？

【译文】问：古时候以人民的多少来衡量国家的贫富。因此管仲用阴谋把鲁梁的人民全都弄到了齐国，商鞅也把三晋的人民招到秦国，使秦国强大终于吞并了诸侯。当周朝鼎盛时，凡是民间交上来的物资收藏到王府并记载的，都要拜谢再接受。从汉朝以来，人民生育之多，仓库物资之盛，没有哪朝哪代比得上隋朝。隋朝收纳贡赋的制度，一定有可借鉴效法之处。但学者因为隋朝夺取天下的手段不够正当，又只存续了二代便灭亡了，所以轻视它的制度，因而便没能流传下来。孔子说："不要因为人的问题而不采纳他的合理意见。"更何况一个朝代的好制度怎么能舍弃呢？隋文帝初年，全国人口共计有三百六十多万户，平定陈朝后又增加了五十万户。到大业初年，经过不到二十年，全国人口便增加到了八百九十多万，是什么原因呢？那时，国库里的布帛，堆积得没有地方容纳；各种物资储备在民间的，更是多得无法计算。直到它彻底垮台之后，洛口等地仓库里的粮食物资，仍然够上百万人吃用。像这样善于收纳财物的制度措施，难道可以轻视吗？如今，国家已有百年的太平时期，户口之多，超过了隋朝。但看看今天的财赋制度，仅仅够支付徭役罢了，哪里谈得上国家富裕。不仅仅不富裕，而且还因为人口多而成了祸患。生产财富的人少，消费财富的人多，因此，无论公家还是民间，都十分空虚，造成百弊丛生。创立法规制度，是为了追寻夏商周三代的足迹，如今竟然连隋朝都不如，难道能不好好检讨一下原因吗？

师仁祖之忠厚法神考之励精 试馆职策问

问：《传》曰："秦失之强，周失之弱。"昔周公治鲁，亲亲而尊尊，至其后也，有寖微之忧。太公治齐，举贤而上功，而其末流，亦有争夺之祸。夫亲亲而尊尊，举贤而上功，三代之所共也。而齐鲁行之，皆不免于衰乱。其故何哉？国家承平百年，六圣相授，为治不同，同归于仁。今朝廷欲师仁祖之忠厚，而患百官有司不举其职，或至于媮，欲法神考之励精，而恐监司守令不识其意，流入于刻。夫使忠厚而不媮，励精而不刻，亦必有道矣。昔汉文宽仁长者，至于朝廷之间，耻言人过，而不闻其有怠废不举之病。宣帝综核名实，至于文学理法之士，咸精其能，而不闻其有督责过甚之失。何修何营可以及此？愿深明所以然之故，而条具所当行之事，悉著于篇，以备采择。

【译文】问：儒家经典的传注上说："秦朝的错误在于太强暴，周朝的错误在于太软弱。"当年周公治理鲁国，实行对亲人要亲近、对尊长要尊敬的仁义之道，到了他的后代，就产生了衰亡的忧患。姜太公治理齐国，实行推选贤才、崇尚功劳的政策，这一政策流传到最后，产生了内部争斗的祸乱。亲近亲人，尊敬尊长，推选贤才，崇尚功劳，这是夏、商、周三代的共同点。但齐鲁实行这些改革，却都不能免于动乱衰亡。这里面的原因是什么呢？如今国家享受太平已经百年，经过六代圣君传承，虽然治国的措施有所不同，但大方针都是实行仁政。如今朝廷想效法仁宗皇帝的忠厚，但担心各级官吏因皇帝忠厚便不尽心尽职，甚至于玩忽职守；想效法神宗皇帝奋发有为，又担心各级官吏不能一致，甚至苛求下级百姓。做到宽仁忠厚而下级又不玩忽职守，奋发有为而对下不过于苛求，一定有某种途径。当年汉文帝作为宽仁长者，在朝廷上从不说臣子的过错，但却没听说下属有怠慢失职的。汉宣帝要求名实相符，有什么名声就要做出什么成绩，各种文学理法之士，都充分发挥了自己的才能，但也没听说对下属有过分督促苛求的。他们是怎么修养怎么操办做到这一点的？希望能深入探究一下他们如何做到这一点的原因，并把我们应当如何做的各项措施一一写明，作成文章，以备采用。

两汉之政治 试馆职策问

问：古之君子，见礼而知俗，闻乐而知政，于以论兴亡之先后。考古以证今，盖学士大夫之职，而人主与群臣之所欲闻也。请借汉而论之。西汉十二世，而有道之君六，虽成、哀失德，祸不及民。宜其立国之势，强固不拔。而王莽以斗筲穿窬之才，谈笑而取之。东汉自安、顺以降，日趋于衰乱，而桓、灵之虐，甚于三季，其势宜易动，而董、吕、二袁皆以绝人之姿，欲取而不敢。曹操功盖天下，其才百倍王莽，尽其智力，终身莫能得。夫治乱相绝，而安危之效，相反如此。愿考其政，察其俗，悉陈其所以然者。

【译文】问：古时候的君子，看见礼仪就知道当地的风俗，听到音乐就知道一国的政治如何，并以此来论断一国兴亡的时间。考察古代兴亡，来推论当今的政治，这是学士大夫的职责，君王和朝廷大臣也愿意倾听。请诸位以汉朝为例来论述一下有关兴亡的问题。西汉共十二代皇帝，其中有六位治理天下确有章法。即使是成帝、哀帝缺少贤德，但朝廷的祸害并没有很连累百姓。应该说西汉立国以来形成的政治局势，非常强盛，牢固不拔。但王莽仅凭小偷般的低贱本领，轻轻松松便篡夺了政权。东汉从安帝、顺帝开始，一天天地走向衰落，动乱不已。到了桓帝、灵帝时，政治暴虐程度，超过了春秋时鲁国的三季。从大形势来说，国家政权很容易动摇，但董卓、吕布、袁绍袁术虽然都有超凡的本领，想篡夺政权却不敢下手。曹操功盖天下，他的才能超过王莽上百倍，但他竭尽毕生的才智，终究没有做成皇帝。两汉政权治乱完全不同，但造成的安危结果，却如此相反。请各位考察两汉政治状况和风俗习惯，陈述一下其中的原因。

冗官之弊水旱之灾河决之患 试馆职策问

问：国家及闲暇无事时，辟三馆以储士，既命丞弼之臣各举其所知，又诏有司发策而访焉，非独以观子大夫之能，抑亦欲闻天下之要务，决当今之滞论也。官冗之弊久矣，而近岁尤甚。文武之吏，待次于都下者，几数千人。坐视而不救欤？则下有食贫失职之叹。裁损入流、减削任子以救之欤？则上有伤恩失士之忧。河朔之民，不安其居久矣。一遇水旱，则扶老携幼，转徙而南。下令而禁之欤？则民违死而趋生，令必不行。听其南而不救欤？则河朔渐空，而流民聚于南方，有足忧者。河自近岁屡决而西，听其西而不塞欤？则泛滥千里，农民失业。塞而归之故道欤？则水未必听，或至于啮坏都邑。此三者，皆安危之所系，利害相持而未决者也。子大夫讲之熟矣。愿闻其说。

【译文】问：国家在闲暇无事时，让广文馆、大学馆、律学馆等三馆多招纳、储养士子，让他们向朝廷提供咨询意见。既让各部门官员尽量发表意见，又命令有关部门向士子们提出问题请他们回答，这不仅可以观察士大夫们的才能，也想以此来了解什么是天下最重要的事情，以便对一些争论不休的问题作出决断。比如冗官这积弊已很久了，近年来发展得特别厉害。文武官员，在京城等待授职的将近数千人。对此如果坐视不管，那么下面许多得不到任职的官员就会发出失业饿肚子的呼喊。如果裁减一些再授官职，那就难免会埋没人才，朝廷就会得到伤恩失士的名声，也令人忧愁。河北的百姓，早就无法在当地安居。一遇水旱灾害，就要扶老携幼，往南方逃荒。下令禁止不让他们往南迁吧，百姓是要逃离绝境、寻找生路的，决不会遵守禁令。听任他们往南迁移吧，那么河北一带就会变得人烟稀少，田园荒芜。而流民都聚集在南方，又会造成社会问题，同样令人担忧。黄河近年来屡次决口，向西泛滥，听任它往西流不堵塞吧，那就会泛滥千里，农民无法生活。堵住口子让它归于故道吧，河水未必驯服，而且可能会在其他地方决口，淹没城市。以上三项，都是当今有关国家安危的大问题，怎样处理都是利害参半，不容易决断。各位士大夫对这三个问题研究多年，愿听听各位的见解。

汉文帝之行事有可疑者三 省试策问

问：《孟子》曰："君仁莫不仁，君义莫不义，君正莫不正，一正君而国定。"君子之至于斯也，亦可谓用力省而成功博矣。陛下嗣位于今四年，未言而民信之，无为而天助之，虽群臣有司，不足以识知盛德之所在。然窃意其万一，殆专以仁孝礼义好生纳谏治天下也。子大夫生于此时，而又以德行道艺宾兴于廷，将必有意于《孟子》之言正君而国定。愿闻所谓一言而兴邦、修身而天下服者。

夫尧舜尚矣，学者无所复议。自汉以来，道德纯备，未有如文帝者也。今考其行事，而可疑者三。上林令，吏之不才，而虎圈啬夫，才之过人者。才者见而不录，不才者置而不问，则事之不废坏者有几？然则兵偃刑措，何从而致之？南越不臣，宠以使者；吴王不朝，赐以几杖。此与唐之陵夷，藩镇自立以邀旄钺者何异？不几于姑息苟简之政欤？《传》曰：三王臣主俱贤，五霸不及其臣。文帝不见贾生，自以为过之；既见，不如也。文帝岂霸者欤？帝自以为不如，而魏文帝乃以为过之，此又何也？抑过之为贤欤？将自谓不如为贤欤？汉文之所以为文，殆以是三者而可疑如此。故愿与子大夫论之，以待上问而发焉。

【译文】问：《孟子》中说："国君有了仁德，整个国家没有不讲仁德的；国君有了信义，整个国家没有不讲信义的；国君品行端正，整个国家的风气都是端正的，使国君的品行端正，国家就会安定。"统治者做到这一步，治理国家算得上用力很省，而成就的功业很多。陛下继承皇位到如今已经四年，没有说很多话但百姓很信任他，没有什么大的政治举措但上天帮助他，天下治理得太平无事。虽然满朝大臣各部门官员不能够知道皇帝的盛德具体表现在哪儿，但依我个人愚见所了解的一点点，大概是坚持用仁孝礼义来治天下、爱惜生命、听取建议吧。各位大夫生活在当今时代，在朝中又都以研究宣传德行道理为专职，一定对《孟子》中的话国君德行端正，国家就会安定有深刻的理解。想听听你们怎么用一言兴邦、修身而天下服的道理理解今天的情况。

尧舜时代距今已十分遥远了，学者们不需再讨论。只说从汉代至今，没有哪位皇帝比汉文帝的道德更纯备的。但如今考察一下汉文帝的所作所为，有三件事很让人疑惑。第一件，上林苑的长官，很无才能，但他属下看管虎圈的小吏，却具有非凡的才能。有才能的没有得到重用，没有才能的占着职位却无人过问。像这样用人该有多少事情会不办糟呢？然而战争不起，法律不用，天下大平，这样的大好政治形势是怎么得来的呢？第二件，南越王不向汉朝称臣，反而派遣使者去慰问他，助长他更加骄宠；吴王不来京师朝拜，反而赐给几杖，抬高他的地位。这和唐朝衰落时，各藩镇向中央要求自立为王，朝廷便默默答应有什么区别？不是和姑息养奸的政策差不多吗？第三件，儒家经典的传注中说：夏禹、商汤、周文王上古三王是君臣都很贤明，春秋五霸却是称霸的君主比不上辅佐的大臣。汉文帝未见贾谊的时候，自认为比贾谊贤能；见了之后，认为不如贾谊。文帝难道属于五霸那样水平的君主吗？汉文帝自认为不如贾谊，魏文帝却认为汉文帝比贾谊强，这是什么原因呢？是比贾谊强算是贤明呢？还是自认为不如算是贤明呢？汉文帝之所以被称为"文"，是他极其贤明，但从以上三条看，还是令人疑惑。因此愿与诸位大夫讨论以上问题。待皇上问起来时可以圆满地回答。

宰相不当以选举为嫌 省试策问

问:《易》曰:“神而明之,存乎其人。”《诗》曰:“无竞惟人,四方其训之。”文武之功,未有不以得人而成者也。仲尼,旅人也,而门人可使南面。重耳,亡公子也,而从者足以相国。汉之得人,胜于武、宣,皆拔之刍牧之中,而表之公卿之上。世主不以为疑,士大夫不以为嫌者,风俗厚而议论正也。宋蔡廓为吏部尚书,黄散以下,皆得自用,而廓以为薄己。今自宰相不得专选举,一命以上,皆付之定法,此何道也?昔常衮当国,虽尽公守法,而贤愚同滞,天下讥之。及崔贻孙相,不及一年,除吏八百,多其亲旧,号称得人。故建中之政,几同贞观。夫使宰相守法如常衮,则不免于贤愚同滞之讥;用人如贻孙,则必有威福下移之谤。欲望得人于微陋之中,而成功于绳墨之外,岂不难哉?子大夫学优而求用者也。当何施于今,而免于斯二者?愿极言之。

【译文】问:《周易》中说:“只有贤人能够透悟天道发扬推行它。”《诗经·大雅·抑》中说:“没有比贤人更强大的了。因为贤人能够教导四方人民。”纵观历史上的文治武功,没有不是由于得到贤人的支持而获得成功的。孔子是周游四方的人,但他的学生却具有登上执政大堂、面朝南发号施令的才干。重耳是流亡公子,但跟从他的人,个个都可以做一国的宰相。汉朝得到的贤人,比周武王、周宣王还要多,一个个都是从喂马牧牛的下层中发现提拔出来而成为职权重于公卿的执政大臣。但君主对他们毫不怀疑,士大夫对此也毫无不满。这是因为当时社会风气很敦厚,社会舆论对人才的评价很公正。南朝宋的蔡廓任吏部尚书,黄门郎以下的官职,都可以由他一人决定任免,即使如此,蔡廓还认为给予自己的权力太小。如今,上自宰相,任何一级官吏都不能擅自选拔任用官员,从最低级的国家正式官员以上的职务,都要按照国家规定的制度来考核任用。这样做的道理是什么呢？唐代中期常衮执政时，尽公守法，但他的官吏任用制度却非常死板，结果无论贤愚，一概不用，天下人都批评他。到了崔贻孙做宰相时，不到一年时间，竟然更换任用了八百多位官员，而任用的都是他的亲信故旧，号称能得到贤才。因而建中年间的政治，竟然和贞观之治差不多。假如使宰相像常衮一样尽公守法，那就免不了遭受无论贤愚一概不用这样的批评；假如使宰相像崔贻孙一样大胆用人，那就一定会招致威福下移这样的批评。想从底层选拔出贤才，从陈规之外求得成功，岂不是很难吗？各位大夫都是学识卓越并希望一展才能的。那么如今应当采取怎样的措施，才能免遭上述两种批评呢？希望各位畅所欲言。

省冗官裁奉给 省试策问

问：历观前世，天下初定，民始休息，下既厌乱而思静，上亦虚心而无作，是以公私富溢，刑罚清省。及其久安无变，则夸者喜名，智者贪功，生事以为乐，无病而自灸，则天下骚然，财屈力殚，而民始病矣。自汉以来，鲜不由此。汉初，置郡不过六十，而文、景之化，几致刑措。及唐中叶，列三百州，为千四百县，而政益荒。是时宿兵八十余万，民去为商贾，度为佛老，杂入科役，率常十五。天下常以劳苦之人三，奉坐待衣食之人七，流弊之极。至元和中，乃命段平仲、韦贯之、许孟容、李绛一切蠲减，凡省冗官八百员，吏千四百员，民以少纾，而上下相安，无刻核之怨。今朝廷无事，百有余年，虽六圣相授，求治如不及，而吏惰民劳，盖不胜弊。今者骄兵冗官之费，宗室贵戚之奉，边鄙将吏之给，盖十倍于往日矣。安视而不恤欤？则有民穷无告之忧。以义而裁之欤？则有拂逆人情之患。夫元和之世，彼四子者，何独能之？子大夫虽未仕，其详有所不知，而救此之道，当讲其要。愿悉著于篇。

【译文】问：纵观历史上各朝代，在刚刚取得天下时，人民刚刚得以休养生息，那时，百姓讨厌动乱，希望安宁，君王也欲念很少，不愿生事，因此，官府和民间都财富充实，天下安定，刑罚不用。经历长时期的安定之后，一些追求荣誉的人为了博取名誉，一些自以为聪明的人为了建功立业，便无事生非，以此为乐，结果便使得天下骚动，财力耗散，百姓也开始陷入生存危机。从汉朝到现在，各朝代很少不遵循这条规律的。汉代初年，只设立六十个郡，但文帝、景帝的教化，致使天下几乎不用刑罚。到了唐代中叶，竟然设立了三百州，一千四百个县，如此宠大的行政机构，政治却越来越无效。那时国家养了八十万军队，百姓当中有去做买卖的，有去当和尚道士的，有去干各类行当的，总计脱离农业生产的，大约占了十分之五。普天下生产劳动的人只占十分之三，坐等别人养活的却占了十分之七，社会弊病发展到了极限。到了唐宪宗元和年间，段平仲、韦贯之、许孟容、李绛等人采取精简措施，共裁减官员八百人，办事人员一千四百人，百姓才得以喘息，社会矛盾得以缓解，才没有了受压迫剥削的怨恨之气。如今朝廷没有重大事变也已经历了一百多年，虽然有前代六位圣君递相治理，似乎总感觉达不到天下大治，官吏懈怠，百姓劳苦，各种社会弊病难以消除。现今骄兵冗官的开支费用，加上皇亲国戚的各项消费，守边将士的财物供应，几乎是过去的十倍。对于这种生产者少、消费者多，冗官泛滥，财政拮据的状况，如坐视不管，那么百姓穷困无告，可能酿出大乱；如压缩裁减，那么不合官场人情，会激起官吏的反对。那么元和时代段、韦、许、李等四人怎么能做到呢？各位大夫虽然未任现职，不太了解政治详情，但要研究革除这弊端的方针和关键措施。请各位把自己的见解尽量写出来。

汉唐宗室之盛与本朝教养选举之法 省试宗室策问

问：昔周之盛时，其卿士皆周、召、毛、原，非王之伯叔父，则其子弟也。至两汉间，有若歆、向，世不乏人。而唐之宗室最近而易考，武略如道宗、孝恭，文章如白与贺者，不可以一二数。而以宰相进者，有九人焉。呜呼！何其盛也。建隆以来，不以吏事责宗子，虽有文武异才，终身不试。先帝独见远览，恩义并用，增修教养之法，肇开选举之路，盖十有余年矣。罢朝请而走郡县，释膏粱而治簿书者，固不为少，然名字暴著，可以追配古人者，盖未之见焉。意者谦畏慎默，而不自献欤？将教养选举之法，有所缺而未明欤？其悉著于篇，以俟采择。

【译文】问：周王朝最鼎盛时，朝中的执政卿士都是周天子本姓中的周、召、毛、原几家，他们不是周天子的伯叔父，便是周天子的子弟。两汉之间，有像刘歆、刘向一类的，各代都有不少。唐代宗室的情况距今天最近，也最易考察。李氏皇族中武略超群的像李道宗、孝恭王，文章盖世的，像李白、李贺等，都不在少数。而任宰相职的，竟有九人。啊！李氏皇族的人才真多啊！我们宋朝，从开国的建隆年开始，就不让赵氏皇族的人任政府官员，即使皇族中有出类拔萃的文武之才，也终身不任用。先帝具有远见卓识，对皇族子弟恩义并用，增设教养选举的制度，以不埋没皇族中的人才。教养选举法实行已有十几年。虽然皇族中确实已有不少人不再闲居享福，定时朝见皇帝而是甘愿到郡县任职，耗神办理公文。但建功立业，声誉卓著，能比得上古代贤人的，却还未见到。这究竟是皇族子弟个个都谦虚谨慎、不爱炫耀呢？还是教养选举法有不完备之处，致使埋没了人才呢？请各位把自己的见解都写出来，以供参考采纳。

五路之士

昔人有言，邹鲁守经学，齐楚多辨知，韩魏时有奇节。自汉以来，豪杰之士，多出山东山西。国家承平百年，文武并用，所以辅成人才者，可谓至矣。而五路学者，尚未逮古。岂山川气俗有今昔之殊？将教养课试之法未得其要？各以所习之经，闻于师者著于篇。

【译文】过去有这样的说法，邹鲁一带的学者钻研儒家经典，齐地和楚地的学者善于机变，韩魏的学者常常表现出非凡的气节。汉代以来，豪杰之士总是产生于太行山东西两侧的北方中原地带。如今国家已享有百年太平，文武贤才都得到任用，国家培育人才的办法称得上齐备。但上述五地的学者，却尚未比得上古人。难道是山川灵气古今不同吗？还是国家培育、选拔人才的制度不得要领？请各位根据自己的学识以及老师的传授把见解写出来。

农政

古者有劝农之官、力田之科，与孝弟同。而自汉以来，率用户口登耗，黜陟守宰。今民去南亩而游市井者，官不禁；载耒耜而适四方者，关不讥也。户口盈缩无复赏罚，此岂治世所当然耶？今欲依古义为农桑之政，计户口而为考课之法，而议者或以为无益有扰，有司惑焉，当何施而可？

【译文】古时候设有劝农官、力田科，和今天提倡、考察孝悌一样提倡、考察农业生产。汉代以来，一般用一地人口的增减为标准，考察决定当地官员的升降。现今农民脱离田地到城市谋生，官府不禁止；收藏起耒耜往四处迁移，关口不诘问。一地的人口增减不赏不罚，这难道是治世应当有的现象吗？如今打算按照古代的办法实行鼓励农桑的政策，计算户口的增减作为考核的标准，但有人认为这样做徒生麻烦没有什么好处，主管部门对此犹豫不决，究竟该怎么做才好呢？请回答。

礼刑

古者礼刑相为表里，礼之所去，刑之所取。《诗》曰：“淑问如皋陶，在泮献囚。”而汉之盛时，儒者皆以《春秋》断狱。今世因人以立事，因事以立法。事无穷而法日新，则唐之律令，有失于本矣，而况《礼》与《春秋》儒者之论乎？夫欲追世俗而忘返，则教化日微；泥经术而为断，则人情不安。愿闻所以折衷于斯二者。

【译文】古时候礼制和刑法互为表里，互相补充。礼制所排斥的，正是刑法要列入的。《诗经·鲁颂·泮水》中说：“在泮水献上俘虏，要像皋陶那样和气地讯问。”在汉朝鼎盛时，儒师们都依据《春秋》来处理官司，以使诉讼双方都接受教化。近代以来完全根据人的实际需要来决定做什么事，根据办事的需要来确定法律。由于事情是没有穷尽的，因此法律也就一再修订。这样，到了唐代，律令就逐渐丧失了它辅助教化的本质，更不用说与儒家的《礼》和《春秋》互为表里、互相补充的论点距离多么遥远了。如果只是根据世俗需要忘记了教化这一根本任务，那就会导致教化逐渐衰微。如果拘泥经术来处理官司，那就会不合实际使人心难服。希望听听各位意见究竟该如何折衷这两种做法。

古乐制度

问：圣人之治天下，使风淳俗美者，莫善于乐也。去圣既远，《咸》《茎》《韶》《濩》，间无遗声，所可见者周之制。而《周官》苦战国附益，传籍出暴秦之煨烬，其记载亡几，又复驳异难较。虽传称神瞽考中声以立钧出度，则律先于度；《周官》由嘉量然后见声，则量先于律。传载先王作七声，而《周官》之法则曰："黄钟为宫，大吕为角，大簇为徵，应钟为羽。"则声止于四而阙其三，律同其三而异其二。至于其间虽有制度，反复可见，而先儒说释，又加谬妄。歌奏二事而曰相通，其音果和耶？圜极两统皆有所避，其法果当耶？法之二三，乐不可正，后世虽欲淳天下风，美天下俗，将何以哉？

【译文】问：圣人治理天下，使社会风俗变得淳厚文明，最有效的方法就是运用音乐的教化作用。今天距离上古圣贤已很遥远，上古圣贤制定的《大咸》《五茎》《韶》《大濩》等圣乐没有传下一点片断，今天所能见到的，只有周代的乐制。但是记载周代乐制的《周官》一书既经过战国时人添补改动，又由于残暴的秦王朝曾经焚书毁坏，流传下来的经籍对周代乐制的记载比较少，而且其中又有许多难以辨别的错误。虽然古书记载说神瞽考定声律确定了调音的标准，那么据此可认为声律要先于音乐的标准。而《周官》记载声律是由最标准的调音器具确定的，那么据此可认为调音器具先于声律。再说古书记载古代圣王制定了七声，但《周官》所记载的乐制却说："黄钟为宫声，大吕为角声，太簇为徵声，应钟为羽声。"这样，只有四声却缺其他三声，而且所记载的乐律只有三个符合，有两个不符合。周代至今，虽然也有各种乐制，但先儒对这种种乐制的说解，又各不同，错误百出。比如歌唱和演奏是二码事却说是相通的，那么它们之间果然很和谐吗？圆极两统都有所避，那么这些规定果然很合适吗？许多音乐规则还不统一，乐制还无法确定，后代即使想以音乐来端正社会风俗，又该如何做呢？

汉封功臣

问：汉皇尝言运筹得子房，给馈饷得萧相国，而攻取以韩信，此其所以取天下。则诸臣就功，宜无与三杰比矣。及平定次功，何以守关为第一，是亦宜矣。于功次宜在子房、韩信，而良位乃居六十四，信复不为位次，乃用曹参次何。功出信下，则高祖当言战必胜攻必取在参矣。且十八侯功次，以周勃、樊哙、郦商、灌婴非次参为诸公上，宜若未安也。如张敖、奚涓、靳歙、王吸、薛欧、虫达辈非无显功于世，而先诸公，何谓也？且书丹血盟，山河并久，宜其次功无轻重差缪，乃可以安天下雄杰而无怨谋。岂张、奚辈大功在世而难于料耶？不然，何甚也？又高祖始封大侯不过万家，小者五六百户。及文、景世，诸侯号为强盛，乃大者至三四万户，小国者自倍耳。及功臣不能自终，七国谋衅，议者常咎高皇封国过制使然耳。《周礼》"公五百里"，盖不啻三四万户矣，奚至卒长久安宁，而汉易为闲隙耶？

【译文】问：汉高祖曾经说过我得天下，在战略策划方面靠的是张子房（张良），在后勤供应方面靠的是萧相国（萧何），在攻城战斗方面靠的是韩信，就是凭借这三位夺得天下的。那么，所有的文臣武将论功绩，应该没有比得上张良等三位的。但平定天下之后，按功劳排位次时，萧何因为守关有功排为第一，这是应该的。按功劳排，下面应该是张子房、韩信。但是张良却排在第六十四位，韩信后来竟然没排上位次。却让曹参排在萧何后面。曹参的功劳不如韩信，如果功劳比韩信大，那么汉高祖应当说战必胜攻必取没有比得上曹参的。再说十八侯的位次，像周勃、樊哙、郦商、灌婴等人如果不紧跟着曹参排在其他公位的前面，应该说很不合适。但是像张敖、奚涓、靳歙、王吸、薛欧、虫达等人并没有显赫的功劳却排在了其他功臣的前面，这是什么原因呢？况且写下丹书、歃血为盟，与汉家江山同存并久，应该按功排位不能有一点差错，才能让天下的英雄毫无抱怨。这样按功排位，难道是张敖、奚涓等人立有大功而一般人不了解、不能正确评价吗？否则的话，为什么功劳与位置有这么大的差距呢？另外，汉高祖最初封的大侯封地不过是万户，小侯只有五六百户。到了文帝、景帝时，诸侯都号称很强盛，大侯封地扩大到三四万户，小侯的封地也翻了一倍。后来，功臣因各种罪名都没有好结果，又发生了七国之乱。评论者都认为这是汉高祖错误地给予诸侯的封地过大造成的。但《周礼》上说“公的封地五百里”，这就不只三四万户，为什么周给诸侯的封地那么大却能保持长期稳定和太平，而汉却因此而招致祸乱呢？

复古

问：《春秋》之法，变古则讥之，复古则大之。明乎古之不可易，易则乱矣。观秦、汉之治，率然以其制易古之制，故卒以是至于败乱者，有由然矣。虽然，由秦、汉而下距至今，去古愈远，幸一旦思复，则又惧牵制泥古之失，否则《春秋》之所讥。然则果复之为可耶？抑亦从时之变为可也。幸究微以要圣人之中。

【译文】问：《春秋》的评论原则，对于改变古制的做法就批评，对于恢复发扬古制的就赞扬。由《春秋》的态度知道古制不能随便改变，改变就会发生动乱。观看秦、汉的制度，就是很轻率地自创制度而改变了古代制度，因此终于导致动乱并灭亡。其缘由就是上述的原因。尽管如此，从秦、汉发展到今天，距离古代已愈来愈远，今天如果再恢复古制，又担心会产生拘泥古制，不合现实；不恢复古制，就会遭到《春秋》所指责的那样批评。这样的话，究竟恢复古制为好呢？还是依据现实情况改制为好呢？希望各位能探究其中的精微以符合古代圣人的要求。

拟殿试策问

皇帝若曰：呜呼！维天佑民，实相乃后，锡以多士，咸造在廷，顾朕不德，何以至此？永惟子大夫释畎亩之安，轻千里之远而从朕游者，夫岂为利禄哉？闻之于师，而欲献之于君；修之于家，而欲刑之于国者，子大夫之本意也。朕愿闻之。朕即位改元，于今三年，纵未及孔子之有成，犹当庶几于子路之言有勇且知方者。而风俗未厚，刑政未清，阴阳未和，厥咎安在？朕虚心忘己以来众言，而朝廷阙失之政，斯民利害之实，有所未闻；含垢藏疾以待四夷，而羌戎未叙，兵不得解；施舍已责，捐利与民，而农民未安，商旅不行。此三者，朕之所疑，日夜以思而未获者也。其悉言之，无有所隐，朕将亲览焉。

【译文】神宗皇帝说：啊！上天保佑百姓、帮助君主，赐给我们很多贤士，都已服务于朝廷。我并没有什么贤德，如何得到上天的支持，网罗了这么多贤士呢？我常想：诸位大夫贤士抛弃安适的田园生活，不辞千里迢迢来到朝廷，哪里是为了谋取利禄？不过是从老师那儿学到了知识，便想把它奉献给国君社稷；修身治家取得了经验，便想把它推广到全国。这才是各位大夫贤士的本意。朕想听听各位对以下问题的意见：我即位改年号以来，已经三年，虽然尚未达到孔子所说的治理得很有成就那样的标准，却也接近子路所说的让人民精神振奋，明确了奋斗目标。但现在社会风俗还不敦厚，社会政治矛盾还未缓和，自然灾害还未消除。造成这些问题的根本症结是什么？朕虽然虚心采纳各类意见，但朝廷政治的过失、民间疾苦的实情，仍有许多不了解；虽然以宽厚容忍的态度对待周边少数民族，但他们仍然没有归服，战争不能平息；虽然已向人民施恩惠，让财利，但是农民仍不能安心耕作，商贩仍不积极活跃。这三条，是我最放不下心的，日夜思虑也找不到好的解决办法。请你们尽量发表意见，不要有所保留。朕将亲自阅读你们的奏议。

附: 杂策

禹之所以通水之法

自禹而下至于秦, 千有余年, 滨河之民, 班白而不识濡足之患。自汉而下至于今数千年, 河之为患, 绵绵而不绝。岂圣人之功烈, 至汉而熄哉? 方战国之用兵, 国于河之壖者, 三晋为多。而魏文侯时, 白圭治水, 最为有功, 而孟子讥其以邻国为壑。自是之后, 或决以攻, 或沟以守, 新防交兴, 而故道旋失。然圣人之迹, 尚可以访之于耆老。秦不亟治而遗患于汉, 汉之法又不足守。夫禹之时, 四渎唯河最难治。以难治之水, 而用不足守之法, 故历数千年而莫能以止也。圣人哀怜生民, 谋诸廊庙之上, 左右辅弼之臣, 又访诸布衣之间, 苟有所怀, 孰敢不尽? 盖陆人不能舟, 而没人未尝见舟而便操之, 亲被其患, 知之宜详。当今莫若访之海滨之老民, 而兴天下之水学。古者, 将有决塞之事, 必使通知经术之臣, 计其利害, 又使水工行视地势; 不得其工, 不可以济也。故夫三十余年之间, 而无一人能兴水利者, 其学亡也。《禹贡》之说, 非其详矣, 然而高下之势, 先后之次, 水之大小, 与其蓄泄之宜, 而致力之多少, 亦可以概见。大抵先其高而后低下, 始于北之冀州, 而东至于青、徐, 南至于荆、扬, 而西讫于梁、雍之间。江、河、淮、泗既平, 而衡、漳、泽水、伊、洛、瀍、涧之属, 亦从而治。浚畎浍, 导九川, 潴大野, 陂九泽, 而蓄泄之势便。兖州作十三载, 而嵎夷既略, 故其用力, 各有多少之宜, 此其凡也。孟子曰: "禹之治水也, 水由地中行。" 此禹之所以通其法也。愚窃以为治河之要, 宜推其理, 而酌之以人情。河水湍悍, 虽亦其性, 然非堤防激而作之, 其势不至如此。古者, 河之侧无居民, 弃其地以为水委。今也, 堤之而庐民其上, 所谓爱尺寸而忘千里也。故曰堤防省而水患衰，其理然也。

【译文】从大禹时代直到秦朝，约有一千多年，居住在黄河边的人民，直到头发花白也不曾经过齐滕深的水患。从汉代到如今，又有一千多年，但黄河水患，绵绵不断。难道是圣人的功业，到汉代便熄灭了吗？在战国时期，战争频繁，赵、魏、韩三国的国都，都设在黄河附近。魏文侯时，白圭治水很有功绩，但孟子批评他的治水方针，是把邻国当作沟壑。从那以后，各国之间有的决河水攻对方，有的挖沟堑防护自己，新修的堤防处处可见，黄河不再循故道奔流，故道也就废弃了。但是圣人治水的遗迹，仍然可从老人那里打听得到。到了秦朝，没有抓紧治理，结果遗患到汉朝，汉朝治水的办法又不足为训。从大禹时起，四条大河中就数黄河最难治。用汉朝那不足为训的方法去治难治的黄河，因此，虽经历了一千多年也没能把黄河治理好。圣人怜爱百姓，为了治好水，既和朝中辅佐大臣筹划商议，又向民间人士征求意见，人们如果有什么见解，谁还好意思不奉献出来？陆地上的人不会行舟，但是会潜水的人虽未见过舟船也能轻松地驾船，这是因为他们亲自感受到水的危险，对水最了解。所以当今最应当做的，是向海滨的老人征求意见，在全国提倡学习钻研水利。古时候，如果要治水，一定先让懂得经术的大臣，考虑权衡利弊得失，再让水利工程人员考察地势。如果没有精通工程的人，没有可行的工程设计，就不可能治好水。近三十多年，没有一个能兴修水利的人，原因是水利工程之学中断了。《禹贡》中对治水方法的记载，并不很详尽，但对于水的高低形势，治水的先后次序，水量的大小，以及如何蓄水，如何泄流，该用多少工程和人力，还可以从中知道大概。《禹贡》治水的原则是先治高处，后治低处，治水的范围，从北方的冀州到东方的青州、徐州，再到南方的荆州、扬州，西边到梁州、雍州。把长江、黄河、淮河、泗水几条主要大河治理好，衡水、漳水、泽水、伊河、洛河、瀍河、涧河等支流也就跟着治理好了。再疏通大大小小的水沟水渠、河川溪流，整治好大野等九大湖泊，发挥它们的蓄积、调节作用，这样，便在全国范围造成蓄积、排泄互相配套的水利形势。

并重点对兖州治理十三年，使山东沿海得以平定。因此说治水应该根据情况，确定用力多少的不同。以上便是《禹贡》治水的大致原则。孟子说："大禹治水，是让水在地面以下的河道中流。"这就是大禹精通治水的原因。我个人认为治河的关键，应该推演大禹的治水理论，并且考虑人的感情因素。黄河水湍急凶悍，虽然这是它的本性，但如果不是由于堤防的束缚、阻拦，使得它水势更大的话，是不应该如此凶悍湍急的。古时候，黄河两侧没有居民，有意放弃那些地方任凭河水浸漫。如今修筑堤防，让百姓在堤防旁边居住，使河水失去了泛滥的余地。这称得上是吝惜尺寸之地却忘记了千里土地。因此说，省去了堤防就减少了水患，那道理正是如此。

修废官举逸民

古者民群而归君，君择臣而教其民，其初盖甚简也。唐虞以来，颇可见矣。历夏、商至周，法令日滋，而官亦随益，故其数三百六十，盖亦有不得已也。《书》曰："唐虞稽古，建官惟百。"又曰："夏商官倍，亦克用乂。"其言官虽多于古，而天下亦以治也。周之衰也，宣王振之，号为中兴。而重黎之后失其守，而为司马氏，陵迟至孔子之时，周公之典盖坏矣。卿世卿，大夫世大夫，而贤者无以进。孔子慨然而叹，欲修废官、举逸民，以归天下之心，行四方之政，而《春秋》亦讥世禄之臣，盖伤时之至也。自秦更三代之制，官秩一变，汉循其旧，往往增置，历世沿袭，以至于今，遂为大备。愚恐冗局之耗民，而未知废官之可举也。然古之官，其名存其实亡者多矣。司农卿不责以金谷之虚赢，尚书令不问以百官之殿最，此岂非王体之重欤？国家自天圣中，诏天下以经术古文为事，自是博学之君子，莫不群进于有司。然所以待之之礼未尽，故洁廉难合之士，尚未尽出。今优其礼，而天下之逸民至矣。且夫山岩林谷之士，虽有豪杰之才，同未知有簿书吏事也，而刚毅讦直，不识讳忌，故先王置之拾遗补阙之间，此其属任之方也。噫，自孔子没，世之君子安其富贵，而不复思念天下有废而不修之官，逸而不举之民，今明策丁宁而求之，以发孔子千载之长忧，此天下幸也。

【译文】古时候百姓形成群体便产生了君王，君主选拔出臣子来管理、教导百姓。最初的官制非常简单。从唐尧虞舜以后，历代官制都可考察了解。经过夏朝、商朝直到周朝，政策法令一天天地增多，官职也随着增多，数量增加到三百六十，这也是由于不得不如此。《尚书》说："唐尧虞舜的古制，设立官职仅仅一百位。"又说："夏朝商朝的官职翻了一倍，但也能治理得天下太平。"这就是说官虽比古代增多了，但同样能把天下治理好。当周朝出现衰败的时候，周宣王重新振兴周朝，号称"中兴"。但在周宣王时，掌管典制的重黎氏的后代失去了官职，到晋国改为司马氏，从那以后周朝渐渐衰败。到了孔子时代，周公制定的典制大致崩溃了。此时，卿世袭卿的职位，大夫世袭大夫的职位，有才德的人便没有晋升进取之路。孔子对此很感慨，想修定并推行被废弃的古代官制，使被埋没在民间的贵族人才得到推荐、重用，使天下人心归服，全国政令畅达。孔子所修的《春秋》一书也批评靠世袭得到俸禄爵位的臣子，由此可见孔子对当时社会非常不满。秦朝改变夏商周三代沿袭的制度，官吏体制发生了彻底的变化。汉朝承袭秦朝的制度，又根据情况，不断增设。历代沿袭秦汉制度，发展到今天，官制已非常完善。我担心现存庞大的官僚制度已够消耗百姓了，便不去想废弃的古代官制是否需要修定采用。古代的官职，名存实亡的有很多，比如现今的司农卿只有名义，实质上根本不管钱财粮食的损益，尚书令不过问对百官的考核评级，这些难道不是最重要的治国大政方针吗？国家从天圣年间，诏令天下注重学习研究经术古文，从那以后，博学君子，大批地被有关部门起用，但接待任用他们的礼仪和政策尚不完备，因此一些清高的贤士仍然隐居着。如今制定优惠政策，天下的隐逸之士就会来朝廷尽力了。况且那些隐居在山林中的贤士，尽管有非凡的才能，但确实不熟悉写公文等具体的官府事务，而且性格刚毅耿直，不知忌讳，因此前代君王都把他们安置在只发表意见、不做具体事的拾遗补阙之职，这是正确的任用方针。

噫，从孔子死后，世上的君子安享富贵，不再考虑天下还有废弃不用的古代官制和隐居不仕的仁人贤士。现今制定明确的政策嘱咐各级官吏寻求这些隐士，以解孔子以来人世间千年的忧思，这是天下的大幸。

天子六军之制

《周礼》之言田、赋、夫、家、车、徒之数，圣王之制也。其言五等之君，封国之大小，非圣人之制也，战国所增之文也。何以言之？按郑氏说，武王之时，周地狭小，故诸侯之封，及百里而止。周公征伐不服，斥大中国，故大封诸侯，而诸公之地至五百里。不知武王之时，何国不服，而周公之所征伐者谁也？东征之役，见于《诗》《书》。岂其廓地千里，而史不载耶？此甚可疑也。周之初，诸侯八百，春秋之世，存者无数十。郑子产有言："古者大国百里，今晋、楚千乘，若无侵小，何以至此？"子产之博物，其言宜可信。先儒或以《周礼》为战国阴谋之书，亦有以也。《王制》：公侯百里，伯七十里，子男五十里，而孟子之说亦如此。此三代之通法。鲁之车千乘，僭也。《春秋》大蒐、大阅，皆以讥书。言其车之多、徒之众，非鲁之所宜有，故曰大也。夫周之制，四丘为甸，甸出长毂一乘，鲁之无千甸之封亦明矣。然公、车千乘之见于《诗》，何也？孟子曰："说诗者不以文害辞，不以辞害意。"天子之马止于十二闲，而《诗》有"騋牝三千"，美其富不讥其僭，不害其为诗也。夫千乘之积，虽为七万五千人，而有羡卒处其半焉。故三万者，公徒而已。鲁襄公之十一年，初作三军，僖公之世，未至于三万。愚又疑夫诗人张而大之也。

【译文】《周礼》中所说的交纳田赋的数目，按家庭所出的劳役数目，军队的车马、兵员数目，都符合圣王的制度。所说的公、侯、伯、子、男五等君王及其封国的大小，则不合圣王的制度，而是战国时期增添的文字。为什么这样说呢？按照郑玄注《周礼》的说法，周武王时，周的管辖地域还很狭小，所以分封诸侯，最大就是百里。周公征伐不服从周王朝的部落，扩大了中国的疆域，因此能够大封诸侯，最大的公爵的封国可达五百里。但不知周武王时哪些国家不服从周王朝，周公征伐的又是什么部落。周公东征的战争，《诗经》《尚书》等古籍中都有记载。难道像这样开拓疆域数千里的事情，史籍中会不记载吗？因此这种说法很让人怀疑。周王朝初期，有八百诸侯，春秋时期，只剩下几十个诸侯。郑国子产说过："古时候大诸侯国只有百里见方的土地，如今的晋国、楚国，都有上千辆的战车，如果不侵夺小国，怎么能扩张得这么大？"子产很博学，他的话应该是可信的。前代儒师有不少人认为《周礼》是战国时托古伪造的著作，这种说法也是有道理的。《礼记·王制》篇说：公侯的封地百里，伯七十里，子男五十里。孟子的说法与此相同。可见这是夏、商、周三代通行的制度。鲁国有战车千乘就不合圣王规定的制度。《春秋》中所记载的大规模检阅军队事件，都是持批评态度来记载的，说鲁国的战车多，兵员多，因为鲁国不应该有这么多，所以对鲁国检阅军队使用了"大"字。周的制度，四丘为一甸，每甸出一辆战车，一甸合井田制的六十四井，鲁国的封地显然没有一千甸，但却有千乘军队。关于鲁国的公车、千乘这样的词句《诗经》中也有，这是什么原因呢？孟子说："解说诗的不因为诗句的文字而妨碍理解词语，不因为词语妨碍理解诗意。"按制度，天子只应该有十二马厩的马，但《诗经》中却有"騋牝三千"这样的诗句，这是赞美马匹盛多而不是批评不合制度，这同样不影响这首诗是好诗。说鲁军队有千乘，计算起来该有七万五千人的军队，实际上其中有一半是非正式兵员。因此可知，国家的正规军人，只有三万。鲁襄公十一年，才第一次实行上、中、下三军制度。鲁僖公时，正规军还不到三万。据此，我怀疑《诗经》中记载鲁国军队千乘的诗句也是诗人的夸张说法。

休兵久矣而国益困

中国之有夷狄之患，犹人之有手足之疾也。不忍药石之苦，针砭之伤，一旦流而入于骨髓，则愚恐其苦之不止于药石，而伤之不止于针砭也。中国以禽兽视二虏，故每岁啖以厚利，使就羁绁。圣人之爱中国，而不欲残民之心，古未尝有矣。然夷狄贪惏，渐不可启，日富日骄，久亦难制。故自宝元以东，赋敛日繁，虽休兵十有余年，而民适以困者，潜削而小知也。昔先皇帝震怒，举大兵问罪匈奴，师不逾时，而丑虏就盟。西夏之役，边臣治兵振旅，不及数年，旋亦解甲。彼其时之费，与今无已之赂，不可以同日而语矣。天子恭俭，过于文、景；百官奉法，无敢逾僭，而二虏者实残吾民，此天下雄俊英伟之士，所以扼腕而太息也。且夫举天下之大而诛数县之虏，故上下交足，而内外莫不欢欣。弃有限之财，而塞无厌之心。故取于民者愈多，而藏于国者愈急。此天下之所明知而易达之理，惟上之人实图之。

【译文】中国有夷狄侵扰这样的忧患，好比人手脚有疾病。如果忍受不了药的苦味，针灸的刺痛，病情就会发展，深入到骨髓里，那么我担心那时苦楚不仅仅是药那么苦，伤痛不仅仅是针灸那样刺痛。中国把西、北的辽、西夏看作禽兽，因而每年送给他们丰厚的财物，以使他们服从中国。圣贤们爱中国，不想让百姓遭受痛苦的心情，任何一个朝代也比不上。但是夷狄非常贪婪，不能开启他们那贪婪的本性。一旦开启，他们就会得到的财物越多，对中国就越骄横，要求就越高。时间久了，就难以制服。因此从宝元年以来，向百姓征收的赋税越来越多，虽然有十多年没有战争，但百姓却逐渐贫困，国力逐渐削弱，而我们还感觉不到。过去先皇帝震怒，向辽国兴兵问罪，军队出征没有多久，敌寇便与我们讲和。和西夏的那场战争，守边将士军心振奋，讲究战术，仅仅几年，使结束了战争。那时耗费的财力，和如今无止境地送给敌虏的大量财物相比，不可同日而语。当今天子非常恭谨节俭，超过汉文帝、汉景帝；文武官又非常守法，没有敢违法越礼的，国家的政治形势非常好。而只有辽和西夏给人民带来危害，因而天下的英雄豪杰、有识之士对此没有不握拳叹息的。况且用全国的力量战胜占据几个县的敌寇，会使政府和民间都很满意，宫内和宫外都很欢欣。因为这是舍弃有限的财力，而堵住永不满足的贪婪之心。因此，用与敌寇作战的政策，从百姓那里收取的钱财越多，国库里的钱财增加就越快。这是天下都明白的道理，希望居高位者认真考虑。

关陇游民私铸钱与江淮漕卒为盗之由

三代之所以养民者备矣。农力耕而食，工作器而用，商贾资焉而通之于天下。其食无不义之食也，其器无不义之器也，商贾通之而不以不义资之也。夫以饮食器用之利，而皆以义得焉，使民之所以要利者，非义无由也。后之世，赋取无度，货币无法，义穷而诈胜。夫三代之民，非诚好义也，使天下之利皆出于义，而民莫不好也。后之所以使民要利者，非诈无由也。是故法令日滋而弊益烦，刑禁甚严而奸不可止。呜呼！久矣，其如此也。治其本，朝令而夕从；救其末，百世而不改也。

私铸之弊，始于钱轻，使钱之直若金之直，虽赏之不为也。今秦蜀之中，又裂纸以为币，符信一加，化土芥以为金玉。奈何其使民不奔而效之也。夫乐生而恶死者，天下之至情也，我且以死拘之，然犹相继而赴于市者，饥寒驱其中，而无以自生也。曰：等死耳，而或免焉。漕卒之恣，生于穷乏而无告。家乎舟楫之上，长子孙乎江淮之间，布褐不完，藜藿不给，大冬积雪，水之至涸，而龟手烂足者，累岁不得代。不为盗贼，无所逞志。若稍优其给而代其劳，宜亦衰息耳。

夫见利而不动者，伯夷、叔齐之事也。穷困而不为不义者，颜渊之事也。以伯夷、叔齐、颜渊之事而求之无知之民，亦已过矣。故夫廷尉、大农之所患者，非民之罪也，非兵之罪也，上之人之过也。

【译文】夏、商、周三代用来养民的方法十分完备。农民凭力气耕作获得粮食，工匠靠制造器用获取用具，商贾凭本钱流通天下的商品。农民的粮食没有用非法手段获得的，工匠的器具没有用非法手段制取的，商贾做买卖没有用非法资金的。提供饮食器具所获得的利润，都用合理合法的方式获取，这就使人民懂得获取利润，如不用合理合法的方法便没有其他途径。到了后代，赋税没有限度，货币没有标准规定，用合理合法的方式谋利行不通，而用欺诈的手段却能成功。三代的人民，并非真心喜欢合理合法地行事，而是天下的利益，都是由合理合法的途径获得的，因而人民没有不喜欢合理合法地行事的。而后代让人民获取利益，不用欺诈的手段就行不通，因此后代尽管法令一天天地增多，但弊病却越来越多；刑罚越来越严厉，但犯罪却制止不了。啊！这种情况由来已久了。如果从根本上治理，早晨发布政令，晚上就能见到效果，如果从表面治理，再经过一百代也改变不了。

私人铸钱的弊端，最初是因为钱本身的价值轻贱，如果让钱的价值等同于黄金的价值，即使奖励他，他也不敢铸造。现今秦蜀一带，又裁纸制造纸币，在纸上画上图案凭证，就能把不值一文的纸变成金玉般贵重，这怎么能不让百姓不趋之若鹜地仿效呢？喜欢生存、厌恶死亡，这是天下最普通的道理。对于私铸钱币的，用死罪去拘捕，私钱却仍然层出不穷地出现在市场上，那原因，是人们为饥寒所迫，没有别的生存手段。这些人认为：同样是死，但私造钱币，或许能逃脱刑捕，那就可以活下来了。运漕粮的士兵犯罪的原因，是穷困又无处诉说并获得解决。他们长年以舟船为家，在江河上生育子孙，连完整的粗布衣、粗劣的食物都没有。严冬积雪，河水枯涸，行船全凭人工，即使手足冻裂溃烂，也长年没有人替代。他们不去做盗贼，便没法实现他们生存的愿望。如果稍稍改善对他们的供应，找人替换一下工作，他们的叛乱，应该能平息。

见到利益而不动心，这是伯夷、叔齐才能做到的。穷困却不做不义的事，这是颜渊才能做到的。用伯夷、叔齐、颜渊做的事去要求无知的百姓，也太过分了。所以说廷尉、大农这些管司法、钱财的大臣们所忧虑的事情，并不是百姓的罪过，也不是漕运士兵的罪过，而是政府官员的过错。

卷三十七　策

策总叙

臣闻：有意而言，意尽而言止者，天下之至言也。盖有以一言而兴邦者，有三日言而不辍者。一言而兴邦，不以为少而加之毫毛；三日言而不辍，不以为多而损之一辞。古之言者，尽意而不求于言，信己而不役于人。三代之衰，学校废缺，圣人之道不明，而其所以犹贤于后世者，士未知有科举之利。故战国之际，其言语文章，虽不能尽通于圣人，而皆卓然近于可用，出于其意之所谓诚然者。自汉以来，世之儒者，忘己以徇人，务射策决科之学，其言虽不叛于圣人，而皆泛滥于辞章，不适于用。臣尝以为晁、董、公孙之流，皆有科举之累，故言有浮于其意，而意有不尽于其言。今陛下承百王之弊，立于极文之世，而以空言取天下之士，绳之以法度，考之于有司。臣愚不肖，诚恐天下之士，不获自尽。故尝深思极虑，率其意之所欲言者，为二十五篇，曰略、曰别、曰断。虽无足取者，而臣之区区，以为自始而行之，以次至于终篇，既明其略而治其别，然后断之于终，庶几有益于当世。

【译文】臣苏轼听说：有了想法才上言，想法说完了言语就停，这是天下最好的言论。有用一句话而振兴国家的，也有说三天还说不完的。一句话而能振兴国家，并不认为话太少而增加只言片语，三天还说不完的，也不因为话太多而减损一句半句。古代上言的人，只求把意思表达完备而不管言语多少，伸明自己的见解而不受别人的制约。三代衰败时期，学校荒废关闭，圣人大道不能彰明，而那时之所以还要比后世清平，是因为士子们并不知道通过科举可以做官。因此在战国时期，士子们的言语和文章，虽然不能完全与圣人之道相通，但都灿然可观，而且大多可以为当世所采用，因为那些言语文章都是发自一片赤诚之心。从汉代以来，世间的儒士们，忘掉自我因徇前人，汲汲于射策以决等第的学术之中，他们的言论虽然并没有与圣贤之意相违背，但大都着意于文章的辞采，不适合实际应用。我曾经认为晁错、董仲舒、公孙弘等人，都受到科举的牵累，所以言辞像是游离在本意之上，自己的心意又不能淋漓尽致地用言语表达出来。如今陛下上承诸侯分割的凋敝之余，立国在尊崇文治的时代，如果只凭空泛的议论来选取天下人才，再用法度的准则来要求他们，命有关部门来考察他们的政绩。以臣苏轼这样愚笨不堪的人看来，实在担心天下的人才，等不到朝廷任用就会自行消失殆尽。所以我曾苦苦思索，绞尽脑汁归纳自己想要献纳的言语为二十五篇，分别取名叫略、叫别、叫断，纵使是没有多少可取之处，然而臣下出于一片报效陛下的诚心，把它们从头写下来，依次写到最后一篇，略中说明事情的利害，别中阐述治理国家的策略，最后以断做为总结，或许对当今之事有一点补益。

策略一

臣闻：天下治乱，皆有常势。是以天下虽乱，而圣人以为无难者，其应之有术也。水旱盗贼，人民流离，是安之而已也；乱臣割据，四分五裂，是伐之而已也；权臣专制，擅作威福，是诛之而已也；四夷交侵，边鄙不宁，是攘之而已也。凡此数者，其于害民蠹国，为不浅矣。然其所以为害者有状，是故其所以救之者有方也。

天下之患，莫大于不知其然而然。不知其然而然者，是拱手而待乱也。国家无大兵革，几百年矣。天下有治平之名，而无治平之实；有可忧之势，而无可忧之形，此其有未测者也。方今天下，非有水旱盗贼人民流离之祸，而咨嗟怨愤，常若不安其生；非有乱臣割据，四分五裂之忧，而休养生息，常若不足于用；非有权臣专制擅作威福之弊，而上下不交，君臣不亲；非有四夷交侵边鄙不宁之灾，而中国皇皇，常有外忧。此臣所以大惑也。

今夫医之治病，切脉观色，听其声音，而知病之所由起。曰“此寒也”，“此热也”，或曰“此寒热之相搏也”，及其他，无不可为者。今且有人恍然而不乐，问其所苦，且不能自言，则其受病有深而不可测者矣。其言语饮食、起居动作，固无以异于常人，此庸医之所以为无足忧，而扁鹊、仓公之所以望而惊也。其病之所由起者深，则其所以治之者，固非卤莽因循苟且之所能去也。而天下之士，方且掇拾三代之遗文，补葺汉、唐之故事，以为区区之论，可以济世，不已疏乎？

方今之势，苟不能涤荡振刷，而卓然有所立，未见其可也。臣尝观西汉之衰，其君皆非有暴鸷淫虐之行，特以怠惰弛废，溺于宴安。畏期月之劳，而忘千载之患。是以日趋于亡而不自知也。夫君者，天也。仲尼赞《易》，称天之德曰：“天行健，君子以自强不息。”由此观之，天之所以刚健而不屈者，以其动而不息也。惟其动而不息，是以万物杂然各得其职而不乱。其光为日月，其文为星辰，其威为雷霆，其泽为雨露，皆生于动者也。使天而不知动，则其块然者将腐坏而不能自持，况能以御万物哉？苟天子一日赫然奋其刚健之威，使天下明知人主欲有所立，则智者愿效其谋，勇者乐致其死，纵横颠倒无所施而不可。苟人主不先自断于中，群臣虽有伊、吕、稷、契，无如之何。故臣特以人主自断而欲有所立为先，而后论所以为立之要云。

【译文】臣下听说：天下安定和动乱，都有固定的规律。因此天下虽然混乱，而圣人却认为不难治理。是因为他有足够的办法来应付这种局面。水旱灾害、盗贼充斥，人民流离失所，面对这种情况，采用安抚平定的办法就可以了；叛臣割据，各霸一方，国家四分五裂，面对这种情况，讨伐他们就可以了；奸臣专权，作威作福，面对这种情况，诛杀他就可以了；四境蛮夷更相入侵，边陲不得安宁，面对这种情况，出兵击退他们就可以了。以上种种灾乱，对百姓的残害，对国家的侵蚀，不能说不严重。然而它们造成危害的形式都很明显具体，因此对付它们以挽救国家和民众也就有切实可行的方法。

对国家危害最大的，是没看出有危害存在而实际上存在潜在的危险，看不出危害的存在而实有危险存在，只能是抱着手臂而等待混乱的发生。国家没有大规模的征战，至今已经将近一百年了。天下有政治清平的虚名，却没有政治清平的实质，有令人忧虑的潜在危险，却没有值得忧虑的具体表现，这就是说存在着不可预测的祸患。当今天下的形势，并没有水旱灾害、盗贼充斥以及人民流离失所的灾难，而人们却感叹怨愤，时常显出为生计感到不安的情绪；天下并没有叛臣割据、四分五裂的忧患，而休养生息，钱财谷物却时常显得不够用；朝廷之中并没有奸臣专权、作威作福的弊端，而朝中却人心不宁，君臣之间没有亲密无间之感；国家并没有四境蛮夷更相入侵、边陲不得安宁的祸乱，而国内人心慌慌，时常有外敌入侵的忧虑。这是臣下深感迷惘几个方面。

比如医师为人治病，切血脉，察面色，听声音，就会知道病是从何而起，确定说“你患的是寒症”，“你患的是热病”，或者说“你患的是寒热不调之症”。旁及其他病症，只要诊断准确，没有不能治疗的。如果有个人神思恍忽闷闷不乐，问他哪里不舒服，自己也说不清楚，那么他的病症恐怕就已经十分严重而复杂难测了。他的言谈饮食、坐卧行走，和正常人没有什么分别，这正是平庸的医师之所以认为无须担忧，而扁鹊、仓公之所以看罢病人便十分吃惊的原因。他的病症由来已深，所以要为他诊治，那就不是草草地按常见病下药就能治好的。如今天下的士子，正打算拾取三代时的文献，修补汉、唐以来的陈旧制度，认为这些凡庸的议论就可以于世有补，这不是太迂阔了吗？

当今的局势，如果不能冲荡陈旧的典制，超越古人有所创新，那就很难打开新的局面。臣下曾审视西汉衰败的原因，西汉的国君都没有残暴凶狠肆虐生民的行为，只不过因为懒惰而使朝廷纲纪崩坏，他们沉溺于享乐，因为惧怕一个月的操劳，却忘记了千年的遗患。因此一天天走向衰亡而自已却一无所知。国君，好比是天。孔子诠释《周易》中称天的仁德说：“天行于刚健之乾，居于君位而应自强不息。”由此看来，上天之所以刚强健壮而不屈的原因，是因为它永远运动，没有休止。正是由于它运动不止，所以地上纷繁的万物才能各司其职而不相紊乱。它的光芒就是日月，它的文彩就是星辰，它的威严就是雷霆，它的恩泽就是雨露，这些也都是从运动中产生。假如上天静止不动，那么它木然一物自己尚且必将腐烂败坏而不能保全，又怎么能再去驾御万物呢！如果天子有一天赫然地振奋他刚健光明的威仪，让天下士民明明白白地了解天子要有大的作为，那么智慧之士就愿意献出计谋，勇猛之士就乐于以死报效。这样，天下纵横捭阖，令行禁止，没有什么事情办不到。假如天子不能做到重大国策都先自行决断，那么群臣百官之中纵然有伊尹、吕望、后稷、契这样的治世能臣，也无所施展。所以臣下特别提出君主应当自行决断大事，打算有所作为为首要原则，其后再择要议论怎样才能有所作为。

策略二

天下无事久矣，以天子之仁圣，其欲有所立以为子孙万世之计至切也。特以为发而不中节，则天下或受其病，当宁而太息者，几年于此矣。盖自近岁，始柄用二三大臣，而天下皆洗心涤虑，以听朝廷之所为。然而数年之间，卒未有以大慰天下之望，此其故何也？二虏之大忧未去，而天下之治，终不可为也。

闻之师曰：“应敌不暇，不可以自完；自完不暇，不可以有所立。”自古创业之君，皆有敌国相持之忧。命将出师，兵交于外，而中不失其所以为国。故其兵可败，而其国不可动；其力可屈，而其气不可夺。

今天下一家，二虏且未动也，而吾君吾相终日皇皇焉应接之不暇，亦窃为执事者不取也。昔者大臣之议，不为长久之计，而用最下之策，是以岁出金缯数十百万，以啖二虏。此其既往之咎，不可追之悔也。而议者方将深罪当时之失，而不求后日之计，亦无益矣。臣虽不肖，窃论当今之弊。

盖古之为国者，不患有所费，而患费之无名；不患费之无名，而患事之不立。今一岁而费千万，是千万而已；事之不立，四海且不可保，而奚千万之足云哉。今者二虏不折一矢，不遗一镞，走一介之使，驰数乘之传，所过骚然，居人为之不宁。大抵皆有非常之辞，无厌之求，难塞之请，以观吾之所答。于是朝廷恟然，大臣会议。既而去未数月，边遽且复告至矣。由此观之，二虏之使未绝，则中国未知息肩之所，而况能有所立哉？臣故云：二虏之大忧未去，则天下之治终不可为也。

中书者，王政之所由出，天子之所与宰相论道经邦而不知其他者也。非至逸无以待天下之劳，非至静无以制天下之动。是故古之圣人，虽有大兵役、大兴作，百官奔走，各执其职，而中书之务，不至于纷纭。今者曾不得岁月之暇，则夫礼乐刑政教化之源，所以使天下回心而向道者，何时而议也？

千金之家，久而不治，使贩夫竖子，皆得执券以诛其所负。苟一朝发愤，倾囷倒廪以偿之，然后更为之计，则一簪之资，亦足以富，何遽至于皇皇哉？臣尝读《吴越世家》，观勾践困于会稽之上，而行成于吴，凡金玉女子所以为赂者，不可胜计。既反国，而吴之百役无不从者。使大夫女女于大夫，士女女于士，春秋贡献，不绝于吴府。尝窃怪其以蛮夷之国，承败亡之后，救死扶伤之余，而赂遗费耗又不可胜计如此，然卒以灭吴。则为国之患，果不在费也。彼其内外不相扰，是以能有所立。使范蠡、大夫种二人分国而制之。范蠡曰："四封之外，种不如蠡，使蠡主之。凡四封之外所以待吴者，种不知也。四封之内，蠡不如种，使种主之。凡四封之内所以强国富民者，蠡不知也。"二人者，各专其能，各致其力。是以不劳而灭吴。其所以赂遗于吴者，甚厚而有节也，是以财不匮。其所以听役于吴者，甚劳而有时也，是以本不摇。然后勾践得以安意肆志焉，而吴国固在其指掌中矣。

今以天下之大，而中书常有蛮夷之忧，宜其内治有不办者。故臣以为：治天下不若清中书之务。中书之务清，则天下之事不足办也。今夫天下之财，举归之司农；天下之狱，举归之廷尉；天下之兵，举归之枢密。而宰相特持其大纲，听其治要而责成焉耳。夫此三者，岂少于蛮夷哉？诚以为不足以累中书也。

今之所以待二虏者，失在于过重。古者有“行人”之官，掌四方宾客之政。当周之盛时，诸侯四朝，蛮夷戎狄，莫不来享。故“行人”之官，治其登降揖让之节，牲刍委积之数而已。至于周衰，诸侯争强，而行人之职，为难且重。春秋时，秦聘于晋，叔向命召行人子员。子朱曰：“朱也当御。”叔向曰：“秦、晋不和久矣，今日之事，幸而集，秦、晋赖之；不集，三军暴骨。”其后楚伍员奔吴，为吴行人以谋楚，而卒以入郢。西刘之兴，有“典属国”。故贾谊曰：“陛下试以臣为属国，请必系单于之颈而制其命，伏中行说而笞其背，举匈奴之众，惟上所令。”今若依仿行人、属国特建一官，重任而厚责之，使宰相于两制之中，举其可用者，而勿夺其权；使大司农以每岁所以馈于二虏者，限其常数，而豫为之备。其余者，朝廷不与知也。凡吾所以遣使于虏，与吾所以馆其使者，皆得以自择。而其非常之辞，无厌之求，难塞之请，亦得以自答。使其议不及于朝廷，而其闲暇，则收罗天下之俊才，治其战攻守御之策；兼听博采，以周知敌国之虚实。凡事之关于境外者，皆以付之。如此，则天子与宰相特因其能否，而定其黜陟，其实不亦甚简欤？

今自宰相以下，百官泛泛焉莫任其职。今举一人而授之，使日夜思所以待二虏，宜无不济者。然后得以安居静虑，求天下之大计，唯所欲为，将无不可者。

【译文】国家没有大的事变已经很久了，凭着天子的仁爱圣明，他想要使国家富强，把此事当做是子孙万代世世享国的大计，这样的心意是十分真切的。只是臣认为所发之声不中节律，那么国家可能就会遭到损害，万民百姓本当安宁却仍连连哀叹的情况，已经有好几年了。近年以来，朝廷开始启用两三位大臣，而天下万民都反省自己，洗去忧烦，来等待朝廷发布新的政令。然而数年之中，最终也没有能够给百姓以极大的宽慰，这是什么原因呢？契丹、西夏的威胁没有消除，那么天下安宁康乐的局面，便很难创建。

我曾听老师讲过："应付敌人还忙不过来，就不可能把自己的事情安顿好；自己的事情还没安顿好，就不可能有所创立。"自古以来创立基业的国君，都有和敌国对峙的困扰，任命将帅领兵出征，战争在边境展开，而朝廷内部仍井井有条，不停止国家正常的运转。所以军队可以战败，而国家不能动摇；武力可以暂居弱势，但志气不可丧失。

如今天下浑然为一，契丹、西夏还未敢妄动，而我国国君、我朝宰相却一天到晚惶惶不安，几乎是用尽全部心思，这样的做法，臣私下认为是不可取的。早年大臣们的议论，没有考虑到长久之计，而采用了最下策，因此每年以数百万之金帛，来喂养契丹和西夏。这毕竟是以往的失误，是不能再追悔的事。而议论此事的大臣们又打算深深反省以往的过失，不考虑所能带来的后果，这也不是上策，没什么益处。臣苏轼虽然愚蒙，还是想对当今的弊端发些议论。

古代治理国家的人，不怕费用巨大，只怕这些费用花得没有正当名目；不怕费用没有正当的名目，只怕钱财花费了却一事无成。如今一年就要花掉上千万钱，这么多钱已经花掉了，而事情并没有解决，国土还是不能保全，所以花上千万钱就够了吗？如今契丹和西夏不费一弓一箭，只派出一个使臣，驾着几辆传车，所过之处就一片骚然，居民为此而心神不宁。每当使者一来，大都带着耸人听闻的理由，永不满足的欲望，难以填塞的请求，来探测我朝的反应。一遇到这种局面，朝廷上下就一片紧张，大臣们煞费苦心反复议论应对之策。这一批使者刚刚离去没有几个月，而边关官吏就奏告说又一批使者来到了。由此看来，契丹和西夏的使者接连不断，那么中国就没有休息安宁的时候了，哪还有精力来考虑自己国家的事情啊？所以臣认为：契丹和西夏这两大忧患不除，那么天下大治是无法实现的。

中书省，是制定、发布朝廷政令的部门，是皇帝和宰相决定经邦治国大计而不管其他杂务的部门。这个部门如果不得空闲，就无法安排运筹天下的大政；如果不得安静，就无以应付国家可能发生的变动。因此古代的圣人治国，即使发生大规模的战争、兴作大规模的建造工程，朝廷百官前后奔走，各司其职。而中书省的工作，就不至于庞杂繁冗。如今中书省连一天空暇都没有，那么礼乐刑法政令教化的本源，敦促人们端正心思崇尚道德的大事，哪有时间顾及议论呢？

富有千金的家庭，如果长久不加管理，那么即使是商贩仆夫一流的人，都能手持债券向他讨取债务。但是有朝一日立志图强，把仓库储蓄倾尽还清债务，然后改变从前的做法，勤俭持家，艰苦奋斗，那么即使还剩一根簪子的家资，也足以致富，哪里就到了惶惶不可终日的地步？我曾阅读《吴越世家》，看到越王勾践被围困在会稽山上，不得已到吴国求降，那些金银玉器美女等用来贿赂吴国的，多得无法计数。当勾践得到赦免返回越国后，吴国要求的各种杂役没有不顺从的。让越国大夫的女儿配给吴国大夫为奴婢，越国士子的女儿配给吴国士子为奴婢。一年四季的贡品献纳，不断地输入吴国仓库。我曾奇怪越国以一个蛮夷小国，又处在惨败亡国之后，忙于救助伤者、抚慰死者的窘迫情况下，而贿赂贡献的耗费又如此巨大，竟然最终灭掉了吴国。看来国家的忧患，并不在于钱财的多少。越国国内上下一心，国外没有威胁干扰，所以能够振奋图强。勾践让范蠡、文种两人分别治理国家，范蠡说："对付境外的敌国，文种不如范蠡，应当让我范蠡主管这些事。因为在边境以外如何对付吴国，文种不了解。治理国家内部，范蠡不如文种，应该让文种主管这些事。因为边境之内如何增强国力使人民富裕起来，范蠡不了解。"两个人各自发挥特长，分别尽力。所以没有经过苦战就灭掉了吴国。越国用来贿赂吴国的财货，虽然十分丰厚，但总有一定的节制，所以越国的财力没有匮乏。越国用来为吴国服劳役的人，虽然十分劳苦但总有一定的期限，所以越国的根本没有动摇。这样，勾践才得以集中精力大力发展自己的国家，在这种形势下，吴国就已经控制在勾践的手心里了。

如今凭着我国这样一个大国，而中书省经常被蛮夷小国所困扰，难怪国内许多大事都来不及办理。所以臣苏轼认为：要想治理好国家，不如先清理中书省的管辖范围。中书省的事务减轻后，国家内部的大事就可以顺利地逐项办理了。如今把全国的财赋之事，全部归到司农寺；全国的刑狱之事，全部归到廷尉；全国的军队，全部归到枢密院。宰相只要在总体上权衡利害，分清各部门的职责并督促他们完成就可以了。这三方面的事务，难道比蛮夷外邦的事务少吗？我认为不必把这些事务都加给中书省。

如今朝廷在对付契丹和西夏的事务上所花费的精力太多。古时候有“行人”这个官职，掌管国外四邻事务。周朝兴盛时期，所有诸侯一年四次拜见天子，南方的蛮夷和北方的戎狄，没有一个不向天子纳贡。所以“行人”这个官，只负责他们朝拜的礼节，清点他们所贡献的牲畜和粮谷而已。到了周朝衰败，诸侯争霸的时候，“行人”这个官，就变得处境艰难而且事务繁重。春秋时期，秦国派使者到晋国去聘问，晋国大夫叔向命令召集行人的属官。子朱说：“该我当值。”叔向说：“秦、晋两国不相和睦已经很久了，今天这件事，如果处理得好，两国都会获得益处；如果处理不好，那么两国将士将死伤无数。”后来楚国将军伍员投奔吴国，担任了吴国的行人而图谋消灭楚国，最终攻入了楚国的郢都。西汉刘氏建国后，有“典属国”一职。所以贾谊说：“陛下如果能让臣担任典属国，臣一定会让单于俯首贴耳，听命于汉朝。稍有不恭即鞭打他的脊背，让所有的匈奴人，都绝对服从陛下的命令。”如今如果能模仿古代行人、典属国的制度特别设置这样一个官职，委以重任而严明赏罚，让宰相在相当于中书舍人和翰林学士这一级官吏中，选拔可以胜任此职的人，不要免除他原来担任的职务。命大司农把每年用于缴付给契丹和西夏的财货，确定一个数目，预先准备充足。剩余的事，朝廷就不用再过问。凡是我朝派往外邦的使者，和确定我朝接待他们使者的官吏，都由这个主管的官员自己选定。对于契丹和西夏所提超出常理的言辞，永不满足的欲望，难以填塞的要求，也都由出使者和接待者自行对答处理。不能把他们的要求和欲望都推给朝廷。平常闲暇的时间，就可以用来广泛搜求天下杰出的贤才，制定出征和守御的方略；广泛地听取各方人士的意见，详细地了解敌对之国的各方面情况。凡是涉及到境外的事务，都交给他来办。这样，天子和宰相只需要根据他的能力高低和功绩的大小，来决定他的贬谪和升迁，这不是非常简单了吗？

如今自宰相之下，直至百官，都只是泛泛地议论而没有人切实地担当起责任。如果推举一个人，把这些事都交给他，让他时时刻刻考虑怎样对付契丹和西夏，就没有办不好的事。这样天子就得以安然居于朝堂之上，静心思虑振兴国家的大事。天子想做的事，就没有办不成的。

策略三

臣闻圣王之治天下，使天下之事，各当其处而不相乱；天下之人，各安其分而不相躐。然后天子得优游无为而制其上。今也不然。夷狄抗衡，本非中国之大患，而每以累朝廷。是以徘徊扰攘，卒不能有所立。今委任而责成，使西北不过为未诛之寇，则中国固吾之中国，而安有不可为哉？于此之时，臣知天下之不足治也。

请言当今之势。夫天下有二患：有立法之弊，有任人之失。二者疑似而难明，此天下之所以乱也。当立法之弊也，其君必曰："吾用某也而天下不治，是某不可用也。"又从而易之。不知法之弊，而移咎于其人。及其用人之失也，又从而尤其法。法之变未有已也。如此，则虽至于覆败、死亡相继而不悟，岂足怪哉？

昔者汉兴，因秦以为治，刑法峻急，礼义消亡，天下荡然，恐后世无所执守，故贾谊、董仲舒咨嗟叹息，以立法更制为事。后世见二子之论，以为圣人治天下，凡皆如此。是以腐儒小生，皆欲妄有所变改，以惑乱世主。

臣窃以为当今之患，虽法令有所未安，而天下之所以不大治者，失在于任人，而非法制之罪也。国家法令凡几变矣，天下之不大治，其咎果安在哉？曩者大臣之议，患天下之士，其进不以道，而取之不精也，故为之法，曰中年而举，取旧数之半，而复明经之科；患天下之吏，无功而迁，取高位而不让也，故为之法，曰当迁者有司以闻，而自陈者为有罪。此二者，其名甚美，而其实非大有益也。而议者欲以此等致天下之大治，臣窃以为过矣。

夫法之于人，犹五声六律之于乐也。法之不能无奸，犹五声六律之不能无淫乐也。先王知其然，故存其大略，而付之于人。苟不至于害人，而不可强去者，皆不变也。故曰：失在任人而已。

夫有人而不用，与用而不行其言，行其言而不尽其心，其失一也。古之兴王，二人而已。汤以伊尹，武王以太公，皆捐天下以与之，而后伊、吕得捐其一身以经营天下。君不疑其臣，功成而无后患。是以知无不言，言无不行。其所欲用，虽其亲爱可也；其所欲诛，虽其仇隙可也。使其心无所顾忌，故能尽其才而责其成功。及至后世之君，始用区区之小数以绳天下之豪俊，故虽有国士，而莫为之用。

夫贤人君子之欲有所树立，以昭著不朽于后世者，甚于人君，顾恐功未及成而有所夺，只以速天下之乱耳。晁错之事，断可见矣。夫奋不顾一时之祸，决然徒欲以身试人主之威者，亦以其所挟者不甚大也，斯固未足与有为，而沉毅果敢之士，又必有待而后发。苟人主不先自去其不可测，而示其可信，则彼孰从而发哉？庆历中，天子急于求治，擢用元老，天下日夜望其成功。方其深思远虑而未有所发也，虽天子亦迟之。至其一旦发奋，条天下之利害，百未及一二，而举朝喧哗，以至于逐去，曾不旋踵。此天下之士，所以相戒而不敢深言也。

居今之势，而欲纳天下于至治，非大有所矫拂于世俗，不可以有成也。何者？天下独患柔弱而不振，怠惰而不肃，苟且偷安而不知长久之计。臣以为宜如诸葛亮之治蜀，王猛之治秦，使天下悚然，人人不敢饰非，务尽其心。凡此者，皆庸人之所大恶，而谗人之所由兴也。

是故先主拒关、张之间，而后孔明得以尽其才；苻坚斩樊世，逐仇腾，黜席宝，而后王猛得以毕其功。夫天下未尝无二子之才也，而人主思治又如此之勤，相须甚急。而相合甚难者，独患君不信其臣，而臣不测其君而已矣！惟天子一日慨然明告执政之臣所以欲为者，使知人主之深知之也而内为之信，然后敢有所发于外而不顾。不然，虽得贤人千万，一日百变法，天下益不可治。岁复一岁，而终无以大慰天下之望，岂不亦甚可惜哉？

【译文】臣听说圣明的君王治理天下，应该使天下的事务，各自保持独立而互不扰乱；天下的人，各自安守本分而互不侵夺。这样，天子才能够清闲无为，有条不紊地掌管国家。如今却不是这样。契丹和西夏与我朝抗衡，这本来并不是我朝最大的忧患，但却使朝廷疲于应付，使得国家不能振兴奋起，有所作为。如果派遣一个人专门处理这件事，那么契丹和西夏只不过是已被剿灭的敌国残余而已。如果用这种态度对待契丹和西夏，那么我国原本就是一个强大的国家，还有什么不能做好的事呢？在这个时候，臣下认为治理天下根本就费不了多少事。

臣苏轼请求陛下允许我论说当今的大势。天下有两大祸患：一是立法的弊端，一是任用官吏上的失误。这两者最易似是而非，难以明辨，这就是天下为什么会混乱的原因。定立法令上出观弊端时，天子一定会说："我任用了某人而天下并没有得到治理，这说明某人不能任用。"于是重新换人。不了解这是法令引出的弊端，却把失误推到了某人身上。到了用人不当时，又认为是法令不好。这样一来，法令的变更就没完没了了。事情到了这个地步，那么即使败国亡家，也未必能醒悟过来，也就不值得奇怪了！

当初汉朝兴立，按照秦朝的法令来治理国家，刑法苛暴，礼义消亡，天下一片萧条。这时，有人担心后来的天子没有可依循的政令，所以贾谊、董仲舒忧心忡忡，把定立新法变更旧制做为头等大事。后人见到他们两人的议论，认为圣人治理天下，都要像他们那样不断地修改政令。所以一些迂腐的儒生和急功近利的后起之辈，都想随意修改既行的法令，来达到他们迷惑天子、搅乱朝纲的目的。

臣私下认为当今的大患，虽然政令上还存在某些不足之处，可天下之所以没有达到大治的局面，失误在于任用大臣上，而并不是政令上的过失。国家的法令已经变动了好几次了，天下仍旧没能达到大治，其失误究竟在何处？根据以往大臣们议论，最担心的是天下人才的进用不是通过正常的渠道，选择任用也不精良，所以为此立了新法。规定中年才能参加科举考试，取用往年进士人数的一半，又恢复了明经科的考试；担心天下的官吏没有功绩就得到迁升，为了谋取高官而互不谦让，所以为此立了新法，规定官吏的升迁，应由有关部门公布他的政绩，自己申述的人被认为有罪。这两个法令，从表面看来很完美，但实际施行起来却未必有什么好处。议论此事的大臣想凭着这样的政令来达到天下大治，我认为是不可能的。

法令对于人来说，就像是音乐中的五声六律。法令不可能没有漏洞，就像是五声六律不可能不出现靡靡之音。先王明白这个道理，所以只粗略地制定一些原则，把它们公布给万民，只要不致于对人有所伤害，又不便强行去除的，都不轻易改变它。所以说：失误仅在于任用官吏。

有人才而不任用他，或虽然任用他却不采纳他的意见，或虽然采纳他的意见却不能完全地推行这些政策，这三者的失误是一样的。古代创立王业，不过一两个人才而已。汤是凭着伊尹，武王是凭着姜大公，这些帝王都敢于把整个天下交付给他们，这样，伊尹、吕尚就得以全身心地谋取或治理天下。君主不疑心他的臣下，这样，功业创立就不会留下后患。所以臣下能够做到凡是自己想到的没有不向君王提出来的，只要是提出来的就没有不实行的。他们想要任用的，纵然是自己至亲厚爱的人也不避讳；他们想要诛杀的，即使是他们的仇人也不防闲。他们心中没有顾忌，所以天子能够充分发挥他们的才智并督责他们成就功业。到了后代的君王，开始用琐碎的小事来管束防范天下的豪杰俊士。所以即使有杰出的人才，也无法发挥他们的才干。

贤人君子想要建立大的功业，以使自己的声名昭著、流传不朽，这种愿望比君王强烈得多。他们唯恐来不及成就功业就被剥夺权力，只能采取急功近利的方法，这就加速了天下的混乱。汉代晁错的事，就可以看得很清楚。那些不惜眼下就发生祸乱，以赌徒之心冒犯君主威严的人，他本人的才略并不很大，不值得委以重任。而那些沉着刚毅果决勇敢的士大夫，一定要等待时机才肯把自己的主张施之于世。如果天子不先把自己明确的态度表达出来，向臣下表示出自己的诚恳可信，那么真正的人才又怎能把才能施展出来呢？庆历年间，先皇帝急于把国家治理好，提拔重用了老臣，天下士民日日夜夜地盼望他有所建树。当他苦苦思索治国的长久之计，没有贸然行事时，连天子都感到他过于迟缓；等到他一旦奋起，提出疏理天下弊端的谋策，还没说出百条中的一两条时，大臣们便纷纷反对，直到把他赶出朝廷，竟然连一刻都不能容他。这就是天下的士子之所以互相告诫，万勿轻易议论朝廷大事的原因。

处在今天这样的形势下，想要使天下达到大治，如果不对世俗采取重大的变革，就不可能取得成功。为什么呢？国家最怕懦弱萎顿而不振奋，懒散怠惰而不整肃，苟且保持表面的安宁却不考虑国家的长远大计。臣下以为应该像诸葛亮治理蜀汉、王猛治理前秦那样，使天下士民感到有威严的压力，每个人都不敢粉饰自己的过错，都全心全意为国效力。而这恰恰是平庸小人最厌恶的事，也正是邪佞之辈产生的根源。

因此刘备约束住关羽和张飞之后，诸葛亮才得以完全发挥他的才能；苻坚杀死了樊世，驱逐了仇腾，罢黜了席宝之后，王猛才得以成就他的功绩。如今天下并不是没有具备这两个人的才智的人，而天子希望国家得到治理的愿望又是如此殷切，彼此借重的心情十分迫切。然而君臣合契如此之难，原因就是因为君主不信任他的臣子，而臣子也不了解君主的想法罢了！如果有朝一日天子明确地告诉执政大臣自己想要做什么，使大臣了解君主确实对自己深信不疑，内心也真正相信这一点，这之后，他就敢于放心大胆地把自己的治国方略付诸实行，而不再战战竞竞地有所顾虑。如果不能做到这一步，即使得到成千上万的贤臣，一天之内上百次改变法令，只能使天下更难治理。年复一年，最终也不可能给天下生民带来什么好处，这岂不是十分可惜的吗?

策略四

天子与执政之大臣,既已相得而无疑,可以尽其所怀,直己而行道。则夫当今之所宜先者,莫如破庸人之论,以开功名之门,而后天下可为也。夫治天下譬如治水。方其奔冲溃决,腾涌漂荡而不可禁止也,虽欲尽人力之所至,以求杀其尺寸之势而不可得;及其既衰且退也,骎骎乎若不足以终日。故夫善治水者,不惟有难杀之忧,而又有易衰之患。导之有方,决之有渐,疏其故而纳其新,使不至于壅阏腐败而无用。嗟夫,人知江河之有水患也,而以为沼沚之可以无忧,是乌知舟楫灌溉之利哉?

夫天下之未平,英雄豪杰之士,务以其所长,角奔而争利。惟恐天下一日无事也。是以人人各尽其材。虽不肖者,亦自淬励而不至于怠废。故其勇者相吞,智者相贼,使天下不安其生。为天下者,知夫大乱之本,起于智勇之士争利而无厌,是故天下既平,则削去其具,抑远天下刚健好名之士,而奖用柔懦谨畏之人,不过数十年,天下靡然无复往时之喜事也。于是能者不自愤发,而无以见其能,不能者益以弛废而无用。当是之时,人君欲有所为,而左右前后皆无足使者,是以纲纪日坏而不自知,此其为患,岂特英雄豪杰之士趑趄而已哉?

圣人则不然。当其久安于逸乐也,则以术起之,使天下之心翘翘然常喜于为善,是故能安而不衰。且夫人君之所恃以为天下者,天下皆为,而己不为。夫使天下皆为而己不为者,开其利害之端,而辨其荣辱之等,使之踊跃奔走,皆为我役而不辞,夫是以坐而收其功也。

如使天下皆欲不为而得,则天子谁与共天下哉?今者治平之日久矣，天下之患，正在此也。臣故曰：破庸人之论，开功名之门，而后天下可为也。

今夫庸人之论有二：其上之人务为宽深不测之量；而下之士好言中庸之道。此二者，皆庸人相与议论，举先贤之言，而猎取其近似者，以自解说其无能而已矣。

夫宽深不测之量，古人所以临大事而不乱，有以镇世俗之躁，盖非以隔绝上下之情，养尊而自安也。誉之则劝，非之则沮；闻善则喜，见恶则怒。此三代圣人之所共也，而后之君子，必曰：誉之不劝，非之不沮；闻善不喜，见恶不怒。斯以为不测之量，不已过乎？夫有劝有沮，有喜有怒，然后有间而可入；有间而可入，然后智者得为之谋，才者得为之用。后之君子，务为无间，夫天下谁能入之？

古之所谓中庸者，尽万物之理而不过，故亦曰皇极。夫极，尽也。后之所谓中庸者，循循焉为众人之所能为，斯以为中庸矣，此孔子、孟子之所谓乡原也。一乡皆称原人焉，无所往而不为原人。同乎流俗，合乎污世，曰：古之人何为踽踽凉凉？生斯世也，为斯世也，善斯可矣。谓其近于中庸而非，故曰“德之贼也”。孔子、孟子恶乡原之贼夫德也，欲得狂者而见之，狂者又不可得见；欲得狷者而见之，曰：“狂者进取，狷者有所不为也。”今日之患，惟不取狂者、狷者，皆取于乡原，是以若此靡靡不立也。孔子，子思之所从受中庸者也；孟子，子思所授以中庸者也。然皆欲得狂者、狷者而与之，然则淬励天下而作其怠惰，莫如狂者、狷者之贤也。臣故曰：破庸人之论，开功名之门，而后天下可为也。

【译文】天子和执政大臣互相信任之后，大臣就可以把自己的治国方略尽可能地施之于世，以身作则地推行这些政令。这样说来，当今最急切的事情，就是要驳倒平庸之辈的谬论，大开士民建立功业之门，能够如此，国家就很快可以得到治理了。治理天下就好像治理水患，当洪水奔涌冲决堤坝的时候，大水奔腾汹涌不能堵住，即使用尽一切办法，想扼住一尺一寸的水势，也是做不到的。等到水势衰落退去时，那小小的水流就像不足一天就要流尽。所以善于治水的人，不仅仅有遏止不住洪水的忧患，同时也有恐怕流水干涸的忧患。只有疏导合理，决放有度，及时地放掉旧水而引入新水，才能使它不至于淤在一处变成腐臭的死水而无法利用。啊，人们只知道大江大河容易发生水灾，而认为池沼不会给人带来烦忧。这能算是真正了解行舟通航和引水灌溉的益处吗？

天下没有平定时，英雄豪杰之辈，都凭着自己的所长，角逐奔走而争夺利益，惟恐天下有一天太平无事。所以每个人都尽力施展自己的才能。即使是那些平庸之辈，也懂得磨砺自己，使自己不至于因为懒惰而被世人遗弃。所以那些勇猛的人互相吞并，智慧的人互相摧残，致使天下黎民无法安心耕作。谋取天下的人知道：天下大乱的根源，是由于智慧勇猛的人争夺利益而不知满足，所以天下扫平之后，便会削去功臣的封爵，贬抑疏远天下刚猛强健喜好功名的人，而奖拔任用懦弱谨慎的人。不过几十年，天下人们都会变得平淡无奇，不再有往日那些喜欢生事的人了。于是有才能的人不再愤发图强，也就没有机会发现他的才能，没有才能的人更加放纵自己，不再努力，以至于废弃无用。这个时候，君主想要有所作为，而自己身边都是些不堪驱使的平庸之辈。因此国家的纲纪一天天败坏而难于觉察。由此而造成祸患，难道不是英雄豪杰之人徘徊顾盼的结果吗！

圣人却不是如此。当天下百姓长久地安逸享乐时，便采取一些手段启发他们，使天下万民的心里都主动地想着做些有用的事，所以能够使国家安定而长久保持蓬勃生气。况且君主是凭着万民百姓才占有天下的，让天下的人都去做有用的事，而自己不必亲自做。能让天下人都去做有用的事而自己不必去做，只要向万民讲清什么是利什么是害，讲清什么是荣什么是辱，使人们主动踊跃地奔走，都听从我的驱使而不辞劳苦，这就是人们常说的坐在朝堂之上就能收到国家大治的结果了。

如果使天下人都想不劳而获，那么天子和谁来共同拥有天下呢？如今天下安宁已经很久了，而国家最大的忧患恰恰就在这里。所以臣苏轼说：驳倒平庸之辈的谬论，大开士民建功立业之门。能够如此，天下就可以得到治理。

当前庸人的谬论有两个：官位高的人故意装出一副襟怀宽广表面镇定的样子；官位低的人喜好谈论中庸之道。这两种人，都是平庸之辈互相吹捧，截取古代圣贤的只言片语，提拔一些和自己相似的人，这只不过是用来掩盖自己的无能罢了。

所谓宽广的胸怀，是古人面临突然事变而镇定不乱，以此平定世俗的躁动，而绝不是用来隔绝天子与万民之间的通达，保住高位而苟且自安的。受到赞誉就更加自勉，受到责难就停止错误的行事；听到美好的事物就高兴，见到可恶的事物就愤怒。这是三代之时圣人们的共同之处。后来的君子们，却一定会说：受到赞誉也不自勉，受到责难也不停止自己的行事；听到美好的事物也不高兴，见到丑恶的事物也不愤怒。把这样的态度当做深不可测的宽广胸怀，这不是太荒唐了吗？有自勉有修正，有高兴有愤怒，才会有机会引进人才；有机会引进人才，然后有智慧的人就得以为他谋画，有才能的人就得以被他任用。后来的君子，务求使天子深不可测，那么天下还有谁能得到施展抱负的机会？

古代所谓的中庸之道，是充分了解万物的规律而不做过分的事，所以又称作皇极。极，就是尽。后来所谓的中庸之人，因循拘泥，只做些人人都能做到的事，这是把平庸当做中庸了，这实际上是孔子、孟子所说的乡原之徒。一乡之内都称为好人，他自己也处处表现为一个好人。这种人与世俗同流，与凡庸合污，只是说：古人为什么这样落落寡合呢？生在这个世界上，为这个世界做事，只要说得过去就行了。说这种话的人看起来好像合于中庸之道，所以说他们是“危害道德的人”。孔子、孟子厌恶那些老好人危害道德，想与狂放的人交往，而狂放的人又找不到。又想与狷介的人交往，他们说：“狂放的人勇于进取，狷介的人不愿表现自己。”今天的忧患，就在于不任用狂放或狷介的人，而任用的都是些老好人，因此国家的局面才如此萎靡不振。孔子，是使子思受到中庸教育的人；孟子，又是接受子思中庸思想教育的人。他们尚且都想得到狂放或狷介的人与他们交往。

那么，激励天下士民改变懒散怠惰的恶习，没有比狂放的人和狷介的人更合适的了。所以臣苏轼说：驳倒平庸之辈的谬论，大开建功立业之门。能够如此，天下就可以得到治理了。

策略五

其次莫若深结天下之心。臣闻天子者，以其一身寄之乎巍巍之上，以其一心运之乎茫茫之中。安而为太山，危而为累卵，其间不容毫厘。是故古之圣人，不恃其有可畏之资，而恃其有可爱之实；不恃其有不可拔之势，而恃其有不忍叛之心。何则？其所居者，天下之至危也。天子恃公卿以有其天下。公卿大夫士以至于民，转相属也，以有其富贵。苟不得其心，而欲羁之以区区之名，控之以不足恃之势者，其平居无事，犹有以相制。一旦有急，是皆行道之人，掉臂而去，尚安得而用之？

古之失天下者，皆非一日之故。其君臣之欢，去已久矣，适会其变，是以一散而不可复收。方其未也，天子甚尊，大夫士甚贱，奔走万里，无敢后先。俨然南面以临其臣，曰："天何言哉！"百官俯首就位，敛足而退，竞竞惟恐有罪，群臣相率为苟安之计。贤者既无所施其才，而愚者亦有所容其不肖。举天下之事，听其自为而已。及乎事出于非常，变起于不测，视天下莫与同其患。虽欲分国以与人，而且不及矣。秦二世、唐德宗，盖用此术以至于颠沛而不悟，岂不悲哉？

天下者，器也；天子者，有此器者也。器久不用，而置诸箧笥，则器与人不相习，是以扞格而难操。良工者，使手习知其器，而器亦习知其手。手与器相信而不相疑，夫是故所为而成也。天下之患，非经营祸乱之足忧，而养安无事之可畏。何者？惧其一旦至于扞格而难操也。昔之有天下者，日夜淬励其百官，抚摩其人民，为之朝聘会同燕享，以交诸侯之欢。岁时月朔，致民读法，饮酒蜡腊，以遂万民之情。有大事，自庶人以上，皆得至于外朝以尽其词。犹以为未也，而五载一巡守，朝诸侯于方岳之下，亲见其耆老贤士大夫，以周知天下之风俗。凡此者，非以为苟劳而已，将以驯致服习天下之心，使不至于扞格而难也。

及至后世，坏先王之法，安于逸乐，而恶闻其过。是以养尊而自高，务为深严，使天下拱手以貌相承，而心不服。其腐儒老生，又出而为之说曰：天子不可以妄有言也。史且书之，后世且以为讥。使其君臣相视而不相知，如此，则偶人而已矣。天下之心既已去，而伥伥焉抱其空器，不知英雄豪杰已议其后。

臣尝观西汉之初，高祖创业之际，事变之兴，亦已繁矣。而高祖以项氏创残之余，与信、布之徒争驰于中原。此六七公者，皆以绝人之姿，据有上地甲兵之众，其势足以为乱。然天下终以不摇，卒定于汉。而至于元、成、哀、平，四夷向风，兵革不试。而王莽一竖子乃举而移之，不用寸兵尺铁，而天下屏息，莫敢或争，此其故何也？创业之君，出于布衣，其大臣将相，皆有握手之欢，凡在朝廷者，皆尝试挤掇，以知其才之短长，彼其视天下如一身，苟有疾痛，其手足不期而自救。当此之时，虽有近忧，而无远患。及其子孙，生于深宫之中，而狃于富贵之势，尊卑阔绝，而上下之情疏，礼节繁多，而君臣之义薄。是故不为近忧，而常为远患。及其一旦，固已不可救矣。

圣人知其然，是以去苛礼而务至诚，黜虚名而求实效，不爱高位重禄以致山林之士，而欲闻切直不隐之言者，凡皆以通上下之情也。昔我太祖、太宗既有天下，法令简约，不为崖岸。当时大臣将相，皆得从容终日，欢如平生，下至士庶人，亦得以自效。故天下称其言至今，非有文采缘饰，而开心见诚，有以入人之深者。此英主之奇术，御天下之大权也。

方今治平之日久矣，臣愚以为宜日新盛德，以激昂天下久安怠惰之气，故陈其五事以备采择。

其一曰：将相之臣，天子所恃以为治者，宜日夜召论天下之大计，且以熟观其为人；其二曰：太守、刺史，天子所寄以远方之民者，其罢归，皆当问其所以为政，民情风俗之所安，亦以揣知其才之所堪；其三曰：左右扈从、侍读、侍讲之人，本以论说古今兴衰之大要，非以应故事备数而已，经籍之外，苟有以访之，无伤也；其四曰：吏民上书，苟小有可观者，宜皆召问优慰，以养其敢言之气；其五曰：天下之吏，自一命以上，虽其至贱，无以自通于朝廷，然人主之为，岂有所不可哉？察其善者，卒然召见之，使不知其所从来。如此，则远方之贱吏，亦务自激发为善，不以位卑禄薄无由自通于上而不修饰。使天下习知天子乐善亲贤恤民之心孜孜不倦如此，翕然皆有所感发，知爱于君而不可与为不善。亦将贤人众多，而奸吏衰少，刑法之外，有以大慰天下之心焉耳。

【译文】其次不如深深结交天下士民之心。臣听说：天子以一人之身而高居于万民之上，以他的一颗心而运动于茫茫四海之内。天子的身心安然，就像泰山一样稳固；天子的身心危险，就像把鸡蛋累起来一样危急，这其中容不得一丝差错。所以古代的圣人，并不凭借他们有令人畏服的外表，而是凭借自己有受人爱戴的实际；不凭借自己有不可摧毁的势力，而是凭借自己有使别人不忍反叛的仁义。为什么呢？因为天子的所在，是天下最高之处。天子凭借着王公卿相而占有天下。王公卿相、百官士子直至平民百姓，一层一层互相制约管束，这才有了他的尊贵。如果不能得到臣民的真心拥戴，而只想用一些微不足道的虚名来约束他们，用一些不足以依靠的权势来控制他们，平日里相安无事，还能够层层制约；一旦出现突发事变，他们就如同陌路之人，甩开胳膊扬长而去，哪里还能够驱使他们呢？

古代那些丧失天下的，都不是一天造成的。他们君臣之间的交谊，很久以前就没有了，所以一旦赶上突然的事变，就会骤然涣散而难以收拾。当国家还没有到这个地步时，天子十分尊贵，大臣和士子却十分卑贱，奔走不停，没有人敢落在人后。天子以一副尊严之态，面对百官，说：上天有何话说！百官只有低着头各就班位，收拢脚步而退出朝堂，战战竞竞惟恐有错，各自考虑保全自己的方法。贤能的人本已无法施展他们的才干，而平庸的人却找到了可以容纳自己的职位。天下所有的事，听任天子一人去处理而已。等到非常事件突然出现，事情起了意想不到的变化，再看天下的臣民，没有一个会跟他一同患难。到了那时，即使用分国裂土的办法奖励辅佐他的人，也来不及了。秦二世、唐德宗，都是由于独断专行而到了颠沛流离的地步，而自己还没有醒悟，岂不可悲?

国家，就好比是一件器物。天子，就好比是拥有这个器物的人。器具长久不使用，把它装在箱子里，那么这个器具和人就隔绝了，人也就不了解它的习性，所以别别扭扭地难以操作它。优秀的工匠，要让自己的手很熟悉这件器具，同时，器具也适应人手的操作。手和器具互相信赖而没有猜疑，这样做起事来就容易成功。国家的忧患，并不是有人制造混乱才值得担忧，其实表面的安定所造成的人心懒散更为可怕。为什么呢? 就是怕有朝一日天子与天下士民关系疏远，一旦发生意外就难以驾驭。往昔那些拥有天下的人，时时刻刻地激励他的臣子，安抚关怀他的黎民，为此而朝聘外国，宴请来宾，与诸侯结交盟好。每年按时地让民众诵读法令，制定饮酒之礼和四时的祭祀，来顺应万民的人情。朝廷发生重大变革，从普通百姓到各级官吏，都可以到朝廷的有关部门表达自己的意见。这样还认为不够周到，还要每隔五年巡视天下，在四岳之下会见诸侯，亲自接见各地德行高迈的长者，以全面地了解各地的民风民俗。所有这些做法，并不是徒劳的，是用来教化收服天下士民的心，使天子和臣民之间不至于互不了解而难以驱使。

到了后代，先王的成法被破坏了。君王安于闲散享乐，而厌恶听到臣下指责自己的过错。所以使自己拥有独一无二的尊严而高高在上，制定严格的律令，迫使天下人拱起双手做出恭敬臣服的姿态，但臣民心里对他却并不敬服。那些迂腐的儒者，又为此而替天子辨解说：天子不能随意发表意见。随便发表意见，史书将会记载，后世将会批评。如此，让君主和臣子相对而视却不能互相了解，这不过是木偶相对罢了。天下臣民的忠心已经没有了，还孤单单地抱住一个空空的器具，孰不知此时已经有英雄豪杰在谋取这个宝器了。

臣曾考察西汉初年的历史，汉高祖创立基业的时候，突然事变的发生，是很频繁的。汉高祖在项羽残害生民之后刚刚夺取政权，就与韩信、英布等人驰骋争战于中原之地。这六七个人，都凭着超越常人的才干，占据着一方土地，拥有为数众多的军队，他们的实力足以动摇天下。然而汉朝的政权最终并没有被动摇，还是汉高祖平定了他们。汉朝政权传了十几代，到了元帝、成帝、哀帝、平帝几朝，四方蛮夷闻风披靡，军队没有用武之地。而王莽一个平民小子，竟然不用一兵一卒就轻而易举地夺取了刘氏天下。普天下的臣民屏住呼吸，没有一个人敢于和他抗争。这是什么原因呢？创立基业的国君，出身于平民之中，与他任用的文臣武将，都是亲密无间的朋友，凡能够在朝为官的人，都是经过拣选，了解他们能力的高低。他们看重国家政权就像看重自己的身体一样，哪儿有病痛，手脚就会不知不觉地自动去救助。这个时候，虽然眼前有些麻烦，可却没有长远的忧患。到了他们的子孙，生长在深宫之内，又放不下富贵尊崇的架子。尊卑隔绝，上下之间的感情疏远；礼节格外繁琐，而君臣之间的情义淡薄。所以眼下虽然没有什么忧虑，却隐藏着长远的祸患。等到事变一旦发生，就已经无法挽救了。

圣人了解其中的规律，所以去除繁琐的礼节而力求真诚相待，废黜虚名但求实效，不吝惜高官厚禄以吸引山野乡间的贤德之人，想听到那些真挚直率不加隐讳的议论，这些都是为了通达君臣上下之间真实感情。当年我朝太祖、大宗皇帝夺取天下之后，法令简单明了，易于接受。文臣武将，都能够自始至终心情畅快，没有防范之心，君臣之间关系密切融洽。下到黎民百姓，也能够人人思进。所以天下士民至今称道太祖、大宗的言论，这些话并没有雕琢字句，但都是发自肺腑，出自诚信，很能深入人心的。这是英明君王所拥有的过人之术，是统治天下的重要手段。

如今安定和平已经很久了，以臣下之愚，认为应当更加光大仁义德化，来刺激振奋天下长治久安所造成的懒散怠惰的习气，因此陈述五件事以备天子选择施用：

第一件事是：文臣武将，是天子治理天下所倚仗的人，应该抓紧时机召集他们讨论治国的方针大计，并根据他们的表观来考察他们的为人；第二件事是：州郡的长官，是天子委派用以治理远方民众的人，他们卸职回朝活，都应当询问他们是如何治理民政的，百姓怎样才能安宁，也可以根据他们的回答来测试他们的才干适合于担任什么职务；第三件事是：天子身边的随从、侍读、侍讲等官员，本来是让他们论述古往今来兴亡盛衰的大致规律的，并不是让他们回答某些具体问题，得以充数就行。经典以外的事，如果也需要向他们咨询，也没什么妨碍，但一定要本末得宜；第四件事是：官员民众给朝廷上书，只要稍有一点合理之处，就应该召唤咨询并褒奖他们，以此来培养人们敢于进谏的勇气；第五件事是：天下的官吏，从刚刚进身仕途开始，尽管他们的地位很低，无法直接使朝廷了解自己，然而天子亲自过问，难道有什么不可以吗？考察其中那些忠善的官吏，突然地召他进见，使他并不知道天子究竟为什么要召他。这样，身处远地的小吏，也就会尽力地奋发向上，不再因为自己的地位低下俸禄微薄，没有机会得到朝廷的了解而放任自己。要让天下所有的人都知道天子喜爱善类亲近贤人体恤民情的心情是多么真诚迫切。这样一来，人们就会大大地受到感动，知道自己受到君王的爱护，从而不愿再做不好的事。也会使贤人越来越多，而奸滑的官吏越来越少。这就在刑罚法令的威慑之外，又增加了激发鼓舞天下士民之心的一个手段。

策别课百官一

臣闻为治有先后，有本末，向之所论者，当今之所宜先，而为治之大凡也。若夫事之利害，计之得失，臣请得列而言之。盖其总四，其别十七。一曰课百官；二曰安万民；三曰厚货财；四曰训兵旅。

课百官者，其别有六。

一曰厉法禁。

昔者圣人制为刑赏，知天下之乐乎赏而畏乎刑也。是故施其所乐者，自下而上。民有一介之善，不终朝而赏随之，是以下之为善者，足以知其无有不赏也。施其所畏者，自上而下。公卿大臣有毫发之罪，不终朝而罚随之，是以上之为不善者，亦足以知其无有不罚也。《诗》曰："刚亦不吐，柔亦不茹。"夫天下之所谓权豪贵显而难令者，此乃圣人之所借以徇天下也。舜诛四凶而天下服，何也？此四族者，天下之大族也。夫惟圣人为能击天下之大族，以服小民之心，故其刑罚至于措而不用。

周之衰也，商鞅、韩非峻刑酷法，以督责天下。然其所以为得者，用法始于贵戚大臣，而后及于疏贱，故能以其国霸。由此观之，商鞅、韩非之刑法，非舜之刑，而所以用刑者，舜之术也。后之庸人，不深原其本末，而猥以舜之用刑之术，与商鞅、韩非同类而弃之。法禁之不行，奸宄之不止，由此其故也。

今州县之吏，受赇而鬻狱，其罪至于除名，而其官不足以赎，则至于婴木索，受笞箠，此亦天下之至辱也。而士大夫或冒行之，何者？其心有所不服也。今夫大吏之为不善，非特簿书米盐出入之间也。其位愈尊，则其所害愈大；其权愈重，则其下愈不敢言。幸而有不畏强御之士，出力而排之，又幸而不为上下之所抑，以遂成其罪，则其官之所减者，至于罚金，盖无几矣。夫过恶暴著于天下，而罚不伤其毫毛；卤莽于公卿之间，而纤悉于州县之小吏。用法如此，宜其天下之不心服也。用法而不服其心，虽刀锯斧钺，犹将有所不避，而况于木索、笞棰哉？

方今法令至繁，观其所以堤防之具，一举足且入其中，而大吏犯之，不至于可畏。其故何也？天下之议者曰：古者之制，"刑不上大夫"，大臣不可以法加也。嗟夫！"刑不上大夫"者，岂曰大夫以上有罪而不刑欤？古之人君，责其公卿大臣至重，而待其士庶人至轻也。责之至重，故其所以约束之者愈宽；待之至轻，故其所以堤防之者甚密。夫所贵乎大臣者，惟不待约束，而后免于罪戾也。是故约束愈宽，而大臣益以畏法。何者？其心以为人君之不我疑而不忍欺也。苟幸其不疑而轻犯法，则固已不容于诛矣。故夫大夫以上有罪，不从于讯鞫论报，如士庶人之法。斯以为“刑不上大夫”而已矣。

天下之吏，自一命以上，其莅官临民苟有罪，皆书于其所谓“历”者，而至于馆阁之臣出为郡县者，则遂罢去。此真圣人之意，欲有以重责之也。奈何其与士庶人较罪之轻重，而又以其爵减耶？

夫律，有罪而得以首免者，所以开盗贼小人自新之途。而今之卿大夫有罪亦得以首免，是以盗贼小人待之欤？天下惟其无罪也，是以罚不可得而加。如知其有罪而特免其罚，则何以令天下？今夫大臣有不法，或者既已举之，而诏曰“勿推”，此何为者也？圣人为天下，岂容有此暧昧而不决？

故曰：厉法禁自大臣始，则小臣不犯矣。

【译文】臣苏轼听说治国大事有急有缓，有重要有次要。以上所论及的事，是当今应该急速办理的，也是治国的一些重大原则。如果说到事情的利害，计较它们的得失，臣苏轼请求能够逐项议论。总的说来有四大类，共十七条。第一类是督责百官；第二类是安抚黎民；第三类是积累财富；第四类是训练军队。

督责百官，分成六条来讲。

第一条是严肃法令。

古时候圣人制订处罚和奖赏的条令，是深知天下士民乐于接受奖赏而惧怕受到处罚。所以施行人们所乐意接受的奖赏，要自下而上。普通百姓有一点善行，马上就会有奖赏随之而来。因此广大民众中那些做善事的人，都知道这样做了不会得不到奖赏。施行人们所惧怕的刑罚，要自上而下。公卿大臣们即使有一丝一毫的罪过，马上就会有惩罚随之而来，因此居于高位而做坏事的人，也都知道做了坏事不会得不到惩罚。《诗经》说：“坚硬的东西也不吐出，柔软的东西也不咽下。”天下人们都说权臣豪强显贵难以控制，这样做正可以为圣人所用，制服他们，顺应天下人心。虞舜诛杀了四凶，天下敬服，为什么呢？因为这四个家族，是天下势力强大的家族。只有圣人才能够以制服天下的大族，来达到使小民心中畏服的目的，因此他们制定的刑罚，只用来防备而不经常使用。

周朝衰败之后，商鞅、韩非提倡用严酷的刑法来治理天下。他们所以得到成功的原因，就是首先对王公贵戚大臣施用刑罚，然后再推及到平民百姓，故而使他们的国家称霸于诸侯。由此看来，商鞅、韩非的刑法，虽然与舜的刑法内容不同，但用刑的方法和舜是一样的。后来的凡庸之人，不深入探究他们主张用刑的原因和用刑的方法，仅凭自己的短浅见识，认为舜的用刑之术，与商鞅、韩非差不多而否定它。法律禁令无法推行，奸邪伪恶不能禁绝，就是由此造成的。

如今州县的官员，当他受贿枉法时，就要受到除名杖配的惩罚。而当他的官爵不够用来赎罪时，就会被带上枷锁，受到鞭笞，这也算是天下人公认的奇耻大辱了。但士大夫中却依然有人敢于冒如此巨大的风险受贿。为什么呢？是他们心里有所不服。如今一些高官做坏事，就不仅仅是在簿书上的米盐出入之间做文章可比的了，他的地位越高，所造成的危害就越大；他的权力越重，属下就越不敢揭发他。假如有幸能碰上一个不畏强权的刚直之士敢于站出来，竭尽全力地制止他，又有幸没有到受上上下下的阻碍干扰，终于认定了他的罪行。那么他所受到的处罚，也不过就是罚金，即使是罚金，也是寥寥无几的。他的罪行重大，而所受到的处罚却不能损伤毫毛；在公卿将相之中施用刑罚如此草率，而对于州县小吏却如此严厉。这样运用法令，难怪天下的人心里都不服。施用刑罚而不能使人心服，即使是刀锯斧钺摆在面前，也会有人铤而走险，更何况是带上枷锁，受到鞭笞呢？

如今法律相当繁冗，如果逐条看那些处治条款，几乎一抬脚就会触犯律条，而那些高官犯了法，并不感到害怕，这是什么原因呢？天下议论此事的人都说：自古以来国家就有制度，说“刑不上大夫”，所以对待大臣不能用法律来制裁。唉！古人所说的“刑不上大夫”，难道是指大夫以上的高官犯了罪却不受惩罚吗？古代的君主，对他的王公卿相要求十分严格，而对待黎民百姓却十分宽松。严格要求大臣，针对他们的条法反到宽泛；对百姓宽松，针对他们所制定的条法反倒严密。所以使大臣们尊贵，只是希望他们不要靠条文的约束，才能避免犯罪。针对他们的约束越少，他们越是惧怕。为什么呢？因为他们心中知道君主不怀疑自己，也就不忍心欺蒙君主了。如果利用君主的不疑而轻易地违犯法律，那就不是受到诛杀就可以挽回声名的了。所以大夫以上的官员犯了罪，只是不按照对待平民的审讯程式罢了。这就是“刑不上大夫”的内涵。

天下的官吏，从进入仕途开始，他为官治民如果有过失，都要记录在“履历”上，而馆阁学士之臣出京担任州县官吏的，就要罢免他的学士之职。这才是圣人的真正用意，想要使他们更加自重自爱。为什么一定要和平民百姓比较罪行的轻重，还要削减他的爵禄呢？

按照法律，犯了罪允许自首而免于处罚，这就为强盗贼寇等小人开启了悔过自新的生路。而如今的公卿大夫犯了罪也可以用自首来免于处罚，这不是用对待盗贼的方法来对待官吏吗？天下士民只要没有犯罪，惩罚就不可能加在他们身上。如果知道他有罪而又轻易地免除对他的惩罚，那又凭什么来号令天下呢？如今大臣中犯了法的，有些已经被揭发出来了，可天子却下诏说“不予追究”，这是为什么呢？圣人治理国家，难道能容忍有这样不明不白的现象存在吗？

所以说：严明法律应该从朝廷大臣入手，那么其他官吏就不敢犯法了。

策别课百官二

其二曰抑侥幸。

夫所贵乎人君者，予夺自我，而不牵于众人之论也。天下之学者，莫不欲仕，仕者莫不欲贵。如从其欲，则举天下皆贵而后可。惟其不可从也，是故仕不可以轻得，而贵不可以易致。此非有所吝也。爵禄，出乎我者也。我以为可予而予之，我以为可夺而夺之。彼虽有言者，不足畏也。天下有可畏者：赋敛不可以不均，刑罚不可以不平，守令不可以不择。此诚足以致天下之安危而可畏者也。我欲慎爵赏、爱名器，而嚣嚣者以为不可，是乌足恤哉？

国家自近岁以来，吏多而阙少，率一官而三人共之，居者一人，去者一人，而伺之者又一人。是一官而有二人者无事而食也。且其莅官之日浅，而闲居之日长，以其莅官之所得，而为闲居仰给之资。是以贪吏常多而不可禁，此用人之大弊也。

古之用人者，取之至宽，而用之至狭。取之至宽，故贤者不隔；用之至狭，故不肖者无所容。《记》曰："司马辨论官材，论进士之贤者，以告于王，而定其论。论定然后官之，任官然后爵之，位定然后禄之。"然则是取之者未必用也。今之进士，自二人以下者皆试官。夫试之者，岂一定之谓哉？固将有所废置焉耳。国家取人，有制策，有进士，有明经，有诸科，有任子，有府史杂流。凡此者，虽众无害也。其终身进退之决，在乎召见改官之日。此尤不可以不爱惜慎重者也。今之议者，不过曰多其资考，而责之以举官之数。且彼有勉强而已，资考既足，而举官之数亦以及格，则将执文墨以取必于我，虽千百为辈，莫敢不尽与。臣窃以为今之患，正在于任法太过。是以为一定之制，使天下可以岁月必得，甚可惜也。

方今之便，莫若使吏六考以上，皆得以名闻于吏部。吏部以其资考之远近，举官之众寡，而次第其名。然后使一二大臣杂治之，参之以其才器之优劣而定其等。岁终而奏之，以诏天子废置。度天下之吏，每岁以物故罪免者几人，而增损其数，以所奏之等补之，及数而止，使其予夺亦杂出于贤不肖之间，而无有一定之制。则天下之吏，不敢有必得之心，将自奋厉磨淬，以求闻于时。而向之所谓用人之大弊者，将不劳而自去。

然而议者必曰：法不一定，而以才之优劣为差，则是好恶之私有以启之也。臣以为不然。夫法者，本以存其大纲，而其出入变化，固将付之于人。昔者唐有天下，举进士者，群至于有司之门。唐之制，惟有司之信也。是故有司得以搜罗天下之贤俊，而习知其为人。至于一日之试，则固已不取也。唐之得人，于斯为盛。今以名闻于吏部者，每岁不过数十百人，使一二大臣得以访问参考其才，虽有失者，盖已寡矣。如必曰任法而不任人，天下之人，必不可信。则夫一定之制，臣亦未知其果不可以为奸也。

【译文】第二条是抑制侥幸。

天子所以尊贵，就是因为他可以自行决定给予和夺取，而不受众人意见的左右。天下的读书人，没有一个不想进入仕途，进入仕途后，没有一个不想使自己的地位尊贵。如果顺着他们的意愿，那就得让所有的人都尊贵才行。正因为不能顺从他们的意愿，所以仕途就不能使人轻易进入，而尊贵也不能使人轻易达到。这并不是吝惜什么。爵位俸禄，出自我君主一人。我认为可以给予的才能给予他，我认为应当褫夺的就褫夺他。尽管他有怨言，也不值得畏惧。天下倒是有更值得畏惧的事：赋税不能不均衡，刑罚不能不公正，知州、县令不能不慎重选择。这些才是真正关乎天下安定或动乱，值得畏惧的大事。我想慎重地对待奖赏、珍视名位，而人情喧嚷认为不能这样，这有什么值得同情的呢？

国家从近些年来，官吏众多而职位有限，时常是一个职位而有三个人谋求它，在职的一个人，离任无事的一个人，而等待着补缺的还有一个人。这就造成一个职位却有两个人无事可做而白吃俸禄。况且他们任职的时间不长，而赋闲的日子倒不短，凭着他在官时的薪俸收入，做为闲居时的生活费用。因此贪官污吏时常出现而屡禁不止，这是用人制度上的一大弊端。

古代任用官吏，选取的范围十分宽泛，而任用时却十分严格。选拔范围宽范，所以贤能的人才不致于漏掉；任用官吏十分严格，所以平庸的人站不住脚。《礼记》中说："司马负责考察官吏的才干，论定所选人才中的特长所在，然后向王汇报，对所选之人予以确定。确定之后根据他们的特长授给他们官职，担任官职后根据政绩授给他们爵位，爵位确定之后再给他们俸禄。"这样看来，选拔上来的人未必一定要委任实职。如今的进士，前两名以下的都要试任某职。"试"，难道就是"一定"的意思吗？本来就应该是有取有不取。国家选拔人才的方法，有朝廷对策，有进士科，有明经科，有诸科，有任用高官子弟的制度，有高官自辟的僚属。以上种种，虽然途径很多，并没有什么害处。一个人一生仕途升迁的快慢，还在于朝廷召见并改迁官职的时候。这时千万不能不慎重考察而轻易授与官阶。如今议论官吏升迁的人，只不过说让他们多增加资历和考绩，并限定须有几名官吏荐举他。这样他们的精力就疲于应付这两项事务了。资历和考课资料既已齐全，把荐举他们的官吏数额也如数凑足，那么就理直气壮地求取官阶，认为非我莫属，即使是有成千上百这样的人，也没有哪个人敢于不除授。臣私下认为当今的忧患，正在于执行条法上太死板。如果把这些条文当做不可变更的法令，就会使官吏凭着混够规定的年限而得到官阶，这实在是太可惜了。

当今便捷的做法，不如使官吏经六次考课以上的，都把姓名交到吏部。吏部根据他们的资历高低，考课先后，以及推举他们的官吏多少，把他们排出次序。再派一两位大臣专门负责此事，参考他们的才干器识的优劣而定出等级。到了年底将这些资料上奏天子，做为天子奖拔和罢黜的根据。统计出天下官吏每年死亡、免官的人数，然后根据这个基数增减，以上奏资料中的人员的等次先后递补，补足原数即止，使得官吏的授予和斥退能够区别出贤与不贤，不定立僵死的制度。那么天下的官吏，谁也不敢存有必定获得晋升的希望，都会奋发有为，自强自励，以求美名流传于世。而上面所说的用人方面的重大弊端，将会不必明令取消而自行消亡。

然而议论此事的官员一定会说：如果没有一定的法规，单凭才能的高低优劣做为区别的标准，那么有人会凭着个人的好恶提拔官吏，结党营私的现象又会出现。臣苏轼以为不会如此。法令原本只是一个大纲而已，而其间千变万化的灵活之处，还必须要通过人来处理。当年唐朝夺取了天下，参加进士考试的人，成群结伙地拥到礼部门前。根据唐朝的制度，完全依照礼部的选取。因此礼部得以广泛搜罗天下贤人俊士，并深入了解他们的为人。至于一天之内的考试，则已经不足为据了。唐朝的选举方法，在当时可谓得到众多人才。如今有资格把姓名呈交给吏部的，每年不过几十上百人，命一两位大臣仔细考察测试他们的才能，纵然难免有失误，恐怕也是很少的。如果一定要强调只能按条令办事而不问人的优劣，认为天下的人都不能信任。那么所谓确定不移的制度，臣下也不敢说就一定能杜绝玩弄手段。

策别课百官三

其三日决壅蔽。

所贵乎朝廷清明而天下治平者，何也？天下不诉而无冤，不谒而得其所欲，此尧舜之盛也。其次不能无诉，诉而必见察；不能无谒，谒而必见省。使远方之贱吏，不知朝廷之高；而一介之小民，不识官府之难。而后天下治。

今夫一人之身，有一心两手而已。疾痛苛痒，动于百体之中，虽其甚微不足以为患，而手随至。夫手之至，岂其一一而听之心哉？心之所以素爱其身者深，而手之所以素听于心者熟。是故不待使令而卒然以自至。圣人之治天下，亦如此而已。百官之众，四海之广，使其关节脉理，相通为一。叩之而必闻，触之而必应。夫是以天下可使为一身。天子之贵，士民之贱，可使相爱。忧患可使同，缓急可使救。

今也不然，天下有不幸而诉其冤，如诉之于天；有不得已而谒其所欲，如谒之于鬼神。公卿大臣不能究其详悉，而付之于胥吏，故凡贿赂先至者，朝请而夕得，徒手而来者，终年而不获。至于故常之事，人之所当得而无疑者，莫不务为留滞，以待请属。举天下一毫之事，非金钱无以行之。

昔者汉、唐之弊，患法不明，而用之不密，使吏得以空虚无据之法而绳天下，故小人以无法为奸。今也法令明具，而用之至密，举天下惟法之知。所欲排者，有小不如法，而可指以为瑕；所欲与者，虽有乖戾，而可借法以为解。故小人以法为奸。

今天下所为多事者，岂事之诚多耶？吏欲有所鬻而未得，则新故相仍，纷然而不决，此王化之所以壅遏而不行也。昔桓、文之霸，百官承职，不待教令而办，四方之宾至，不求有司。王猛之治秦，事至纤悉，莫不尽举，而人不以为烦。盖史之所记：麻思还冀州，请于猛。猛曰："速装，行矣。"至暮而符下。及出关，郡县皆已被符。其令行禁止而无留事者，至于纤悉，莫不皆然。苻坚以戎狄之种，至为霸王，兵强国富，垂及升平者，猛之所为，固宜其然也。

今天下治安，大吏奉法，不敢顾私。而府史之属招权鬻法，长吏心知而不问，以为当然。此其弊有二而已。事繁而官不勤，故权在胥吏。欲无其弊也，莫如省事而厉精。省事莫如任人，厉精莫如自上率之。

今之所谓至繁，天下之事，关于其中，诉者之多，而谒者之众，莫如中书与三司。天下之事，分于百官，而中书听其治要。郡县之钱币制于转运使，而三司受其会计。此宜若不至于繁多。然中书不待奏课以定其黜陟而关预其事，则是不任有司也。三司之吏，推析赢虚至于毫毛以绳郡县，则是不任转运使也。故曰：省事莫蜖任人。

古之圣王，爱日以求治，辨色而视朝。苟少安焉而至于日出，则终日为之不给。以少而言之，一日而废一事，一月则可知也，一岁则事之积者不可胜数矣。欲事之无繁，则必劳于始而逸于终。晨兴而晏罢，天子未退，则宰相不敢归安丁私第；宰相日昃而不退，则百官莫不震悚尽力于王事，而不敢宴游。如此，则纤悉隐微莫不举矣。天子求治之勤，过于先王。而议者不称王季之晏朝，而称舜之无为；不论文王之日昃，而论始皇之量书。此何以率天下之怠耶？

臣故曰：厉精莫如自上率之，则壅蔽决矣。

【译文】第三条是排除阻碍蒙蔽。

百官清正廉明而天下承平无事是朝廷的可贵之处，为什么这样说呢？天下没有申诉的人和蒙受冤屈的人，没有请托就能办成自己想办的事，这是唐尧虞舜那个时代的盛况。次一等的情况是：不能使百姓没有申诉，有了申诉就一定会得到明察；不能杜绝请托，有了请托就一定能把事情办好。使身处偏远地方的小官，不认为朝廷高高在上；使一个普通的百姓，不感到官府办事的艰难。能做到这一步，天下也可以达到大治。

一个人的身体，有一颗心两只手而已。病痛搔痒，出现在身体各处，虽然这种痛痒很轻微，并不足以成为健康的威胁，而手一定会跟随而至。手的到来，难道每一次都是听从心的指使吗？心对自身的爱护可以说是最深的，而手听从心的调配已经精熟。所以还没得到心的使令便倏然间到了痛痒之处。圣人治理天下，也是这样的道理。众多的官吏，广袤的国土，使他们像身体四肢关节血脉肌理一样，融为有机的整体。敲击任何一处都能听到，触摸任何一处都能做出反应。所以天下可以比做人的躯体。尊贵的天子和卑贱的士民，都能互相爱护。发生忧患可使上下共同承担，有了急难可使万民相救。

如今却不是这样，天下人有冤屈要申诉，就如同向上天申诉那样难。有迫不得已而求人办事，就像是求鬼求神那样难。公卿大臣不能仔细地调查处理案件，把事情推给属吏。这样一来，凡是有贿赂事先送上来的，早晨有请求晚上就办到了；空着双手来办事的，一年也得不到答复。甚至于例行公事，人们照理应当毫无疑问得到的，没有一件不是故意拖着不办，等待人家送礼来。全国上下一丝一毫的小事，没有金钱贿赂就办不成。

以往汉、唐时代的弊端，在于法令不严明，而且应用不慎密，使官吏得以凭着空泛无实的法令来肆意荼毒天下，所以小人得以在没有法令的情况下作恶。如今法典律令明白详细，而且使用甚密，全国上下无不知法。权臣所要排挤的人，只要行为举动稍与法规不合，就可以指责他违犯了法令；权臣所要保护的人，虽然有违法的行为，也可以借法律条款为他解脱。所以小人得以在法令严密的情况下作恶。

如今天下的人都说要做的事太多，难道真是事情太多吗？官吏想要卖弄法律而未能得逞，那么新任官吏接过上任官吏的事，头绪纷繁而久久不能解决，这是朝廷的威严之所以被阻遏得不到推行的原因。当初齐桓公、晋文公称霸诸侯，百官各自恪守本职，不必听到命令才去办理；四面八方的宾客来到国中，不必层层请示才能办理。王猛治理前秦，哪怕是再细小的事，没有一件得不到处理，而官吏们并没有觉得烦苦。根据史书的记载：麻思想回冀州，向王猛请求。王猛说："赶快收拾行装上路吧。"到了黄昏时，通行的文书就发下来了。等到麻思出了关，沿途郡县都已收到了文书。其有令就行有禁就止，没有任何政事稽留，直到极小的事，没有一件不是如此。苻坚以一个异族后代，成为北方霸主，兵力强盛国家富足，差不多就要达到太平盛世了。王猛的所作所为，国家必然会出现这样的局面。

如今天下太平无事，大官遵守法令，不敢谋取私利。而官府衙门中的属官却把揽权力，贪赃卖法，长官心里明白而不过问，认为理所当然。这样做的弊端表现在两个方面，事务众多而长官不勤于政事，因此权力落在属官手中。想要杜绝此种弊端，不如减少事务使他们振奋精神。减少事务不如慎重地选择官吏，振奋精神不如从最上层做出表率。

如今所说的事务繁冗，是由于天下的事都汇聚到中央，申诉的人多，请托办事的人也多，没有比中书省和三司更忙乱不堪的。应当把天下的事分属百官，而中书省只负责总体控制调理，掌握要点。郡县的钱财币由转运使掌握，而三司只受理他们的收支帐目。这样的话，中书省和三司就不至于事情过于繁多。如今是中书省不等官吏考课资料呈递上来就决定对官员的升迁贬黜，这是不信任有关部门。三司的属官，把收入支出计算得十分精细，并以此来苛求州县官吏，这是不信任转运使。所以说：减省事务不如慎重地选择官吏。

古代的圣贤君王，热爱太阳是为了白天治理国事，分辨天色是为了早早上朝。如果稍微懒散一会儿而太阳升起，那么一天就觉得不够用。用最少的数量来计算，一天耽搁一件事，一个月耽误的事就可想而知，一年之中，积压的事务就多得数不清了。要想事务不致繁杂，就一定要及早开始辛劳，后来才会稍感轻松。早晨起来就要做事，到了晚上才可以做完。天子没有退朝，那么宰相就不敢回家休息；宰相到太阳落山没有离府，那么百官就没有一个不是竞竞业业地为国事劳作，而不敢饮宴游玩。如果能够这样，那么再微小的事也没有做不好的了。如今天子想要求得国家大治而付出的勤勉努力，已经超过了前朝帝王，而议论朝政的人不称赞周文王之父季历日落才退朝，却去称赞舜的无为而治；不谈论周文王直到日落还在辛劳，却去谈论秦始皇的悬石程书。这样怎能为改变天下百官的懒散做出表率？

所以臣苏轼说：振奋精神不如从最上层做出表率，这样，阻遏和蒙蔽就自然被排除了。

策别课百官四

其四曰专任使。

夫吏之与民，犹工人之操器。易器而操之，其始莫不龃龉而不相得。是故虽有长材异能之士，朝夕而去，则不如庸人之久且便也。自汉至今，言吏治者，皆推孝文之时，以为任人不可以仓卒而责其成效。又其三岁一迁，吏不可为长远之计，则其所施设一切出于苟简。此天下之士争以为言，而臣知其未可以卒行也。夫天下之吏，惟其病多而未有以处也，是以扰扰在此。如使五六年或七八年而后迁，则将有十年不得调者矣。朝廷方将减任子，清冗官，则其行之当有所待。而臣以为当今之弊，有甚不可者。

夫京兆府，天下之所观望而化，王政之所由始也。四方之冲，两河之交，舟车商贾之所聚，金玉锦绣之所积，故其民不知有耕稼织纴之劳；富贵之所移，货利之所眩，故其民不知有恭俭廉退之风；以书数为终身之能，以府史贱吏为乡党之荣，故其民不知有儒学讲习之贤。夫是以狱讼繁滋而奸不可止，为治者益以苟且，而不暇及于教化，四方观之，使风俗日以薄恶，未始不由此也。今夫为京兆者，戴星而出，见烛而入，案牍笞箠，交乎其前。拱手而待命者，足相蹑乎其庭；持词而求诉者，肩相摩乎其门。憧憧焉不知其为谁，一讯而去，得罪者不知其得罪之由，而无罪者亦不知其无罪之实。如此则刑之不服，赦之不悛，狱讼之繁，未有已也。

夫大司农者，天下之所以赢虚，外计之所从受命也。其财赋之出入，簿书之交错，纵横变化，足以为奸，而不可推究。上之人不能尽知而付吏。吏分职乎其中行，以数十百人，其耳目足以及吾之所不及，是以能者不过粗知其大纲，而不能惟吏之听。贿赂交乎其门，四方之有求者，聚乎其家。天下之人弊，无过此二者。

臣窃以为今省府之重，其择人宜精，其任人宜久。凡今之弊，皆不精不久之故。何则？天下之贤者，不可以多得。而贤者之中，求其治繁者，又不可以人人而能也。幸而有一人焉，又不久而去。夫世之君子，苟有志十天下，而欲为长远之计者，则其效不可以朝夕见，其始若迂阔，而其终必将有所可观。今期月不报政，则朝廷以为是无能为者，不待其成而去之。而其翕然见称于人者，又以为有功而擢为两府。然则是为省府者，能与不能，皆不得久也。夫以省府之繁，终岁不得休息。朝廷既以汲汲而去之，而其人亦莫不汲汲而求去。夫吏胥者，皆老于其局，长子孙于其中。以汲汲求去之人，而御长子孙之吏，此其相视，如主客之势，宜其奸弊不可得而去也。

省府之位，不为卑矣。苟有能者而老于此，不为不用矣。古之用人者，知其久劳于位，则时有以赐予劝奖之，以厉其心，不闻其骤迁以夺其成效。今天下之吏，纵未能一概久而不迁，至于省府，亦不可以仓卒而去。吏知其久居而不去也，则其欺诈固已少衰矣。而其人亦得深思熟虑周旋于其间，不过十年，将必有卓然可观者也。

【译文】第四条是使重要部门的官员得以久任。

官吏和民众，就像工人使用器具。换了一个器具使用，开始时没有不互相抵牾而感到不能得心应手的。所以虽然有才能超群的士子，在很短的时间就让他离任而去，还不如使用平庸之辈长久而且方便呢。从汉朝到如今，凡是议论吏治的人，都推崇汉孝文帝的时代，认为任用官吏不能迫使他在短时间里做出成效。还认为三年一任，官吏不可能做出长远的规划，因此他们所做的一切都难免苟且应付。这是天下官吏都感到不满，而我认为又不可能仓促间有所改观的。当今天下的官吏，弊病在于人数太多无处安置，所以纷纷攘攘，频繁更代。如果再让他们任职五六年或七八年后再改任，那么就会有等上十年也得不到职位的人。朝廷现在正在考虑减少高官子弟直接进入仕途的名额，清除多余的官吏，等到那时也许就可以实行这个政策了。而我认为当今的弊端，还有比这更紧迫的。

京师是全国上下仰观风化以为楷模的地方，也是朝廷政令发布的地方。它正当四方疆域的正中，两河交汇的所在。是舟船车辆商贾聚集之地，是金银珠宝玉器锦绣积蓄之处，所以那里的居民从不知道耕种纺织的劳苦；奢侈的生活影响着他们，财货的利益吸引着他们，因而那里的居民从不知道应该有谦恭节俭清廉退让的品德；把书画百技做为终身的技能，把在官府里当差做为向乡人夸耀的资本，所以那里的居民不知道有进入学校学习儒家经典的追求。因此尽管诉讼繁多而奸诈的行为却制止不住，治理京师的人也就越来越疲于应付，得过且过，无暇顾及教化民众，改变风俗。全国士民都盯着京师，因此，造成世俗风气一天比一天轻薄恶劣，不能说不是受京师的影响。如今任开封府尹的人，早晨顶着星星离开家门，晚上掌灯才能回到家中，一天到晚审案、宣判、鞭笞、捶打忙个不停。抱着双手等待发落的，一个挨着一个站在堂前；手拿状词等着告状的，一个接一个等在门外。头脑发昏，甚至弄不清他们究竟是谁，问一遍就打发走。获罪的人也不知他获罪理由，而无罪释放的人也不知他无罪的事实。这样下去，判了罪的心中不服，得到赦免的也不会改正，诉讼刑狱的繁杂，看来永无休止。

大司农是主管全国的收入支出、制定诸路转运使课税额度的部门。其间财物赋税的调进调出，帐目簿书繁复错杂，交叉纵横千般变化，很容易使人贪污，却又难以追查核实。主管长官不可能全部亲手处理，只能交付下属官吏。属官执掌某一部分权限的，就有几十上百人，他们所掌管的钱粮，是我们想都想不到的数目。所以再能干的人也只能粗略地了解大概，而不太能干的人，就只能听任属吏的欺蒙。贿赂的钱财堆满他们的家门，各地有求于他们的人，聚满他们的家中。天下最大的弊病，没有超过这两个部门的了。

臣苏轼私下认为当今对于事务最繁重的中书省和开封府两个部门，选择官员应该精干，他的任职期限应当长久。当今的弊病，都是因为选择官员不精干和职任不长久的缘故。为什么这样说呢？天下有才能的人，不可能比比皆是。而在这有限的人当中，能够得心应手地处理繁杂事务，又不是人人都能做到的。偶尔遇到这样一个人，又任职不久就离去了。世上贤能的人，如果他有志于治理天下，并想为天下大计做长远考虑，那么他的治理成效不可能在很短的时间里就显现出来。开始时可能显得很缓慢，可最终的收效一定会很可观。如今刚刚一个月没有上奏做出什么业绩，朝廷就认为他力不胜任，不等收到成效就把他调离。而那些初见成效被人称道的人，朝廷又认为他有功，很快地提拔他到朝中任职。凡在朝廷各部任职的人，不论他能与不能，都不会干得很久。因为省府事务繁剧，一年到头得不到休息。朝廷想把他们尽快调离，而他们本人也巴不得早早离去。官府中的属吏，大都是终生在一个部门中做事，他们的子孙也在其中任职。以那些时刻打算离任的长官，来管束盘根错节的家族势力，在这种形势下，属吏成了主人，长官成了客人。这就是奸诈的弊端不可能去除的原因。

省府官员的职位，已经不算低了。有才能的人终生担任这样的职务，也不算不被重用了。古代任用人才的人，了解他们长久任职的辛劳，于是经常用赏赐来奖励他们，用来激励他们不可懈怠，没听说用很快的迁升来破坏他已经取得的成效。如今全国的官吏，纵然不能让他们一概久任而不迁改，但是省府一级的官吏，不能仓促地把他们调离。如果官员知道他们会长久地居于此职，那么他们的欺诈就会有所收敛。他们也会对自己的职责深思熟虑，把事情处理得尽量完善。不超过十年，就一定会受到卓然可观的成效了。

策别课百官五

其五曰无责难。

无责难者，将有所深责也。昔者圣人之立法，使人可以过，而不可以不及。何则？其所求于人者，众人之所能也。天下有能为众人之所不能者，固无以加矣，而不能者不至于犯法。夫如此而犹有犯者，然后可以深惩而决去之。由此而言，则圣人之所以不责人之所不能者，将以深责乎人之所能也。后之立法者异于是。责人以其所不能，而其所能者，不深责也。是以其法不可行，而其事不立。

夫事不可以两立也，圣人知其然，是故有所取，必有所舍；有所禁，必有所宽。宽之则其禁必止，舍之则其取必得。今夫天下之吏不可以人人而知也，故使长吏举之。又恐其举之以私而不得其人也，故使长吏任之。他日有败事，则以连坐，其过重者其罚均。且夫人之难知，自尧舜病之矣，今日为善，而明日为恶，犹不可保，况于十数年之后，其幼者已壮，其壮者已老，而犹执其一时之言，使同被其罪，不已过乎？天下之人，仕而未得志也，莫不勉强为善以求举。惟其既已改官而无忧，是放荡然无所不至。方其在州县之中，长吏亲见其廉谨勤干之节，则其势不可以不举，彼又安知其终身之所为哉？故曰：今之法责人以其所不能者，谓此也。

一县之长，察一县之属；一郡之长，察一郡之属；职司者，察其属郡者也。此三者，其属无几耳。其贪其廉，其宽猛，其能与不能，不可谓不知也。今且有人牧牛羊者，而不知其肥瘠，是可复以为牧人欤？夫为长而属之不知，则此固可以罢免而无足惜者。今其属官有罪，而其长不即以闻，他日有以告者，则其长不过为失察；而去官者，又以不坐。夫失察，天下之微罪也。职司察其属郡，郡县各察其属，此非人之所不能，而罚之甚轻，亦可怪也。

今之世所以重发赃吏者，何也？夫吏之贪者，其始必诈廉以求举，举者皆王公贵人，其下者亦卿大夫之列，以身任之。居官者莫不爱其同类等夷之人，故其树根牢固而不可动，连坐者常六七人，甚者至十余人，此如盗贼质劫良民以求苟免耳。为法之弊，至于如此，亦可变矣。

如臣之策，以职司守令之罪罪举官，以举官之罪罪职司守令。今使举官与所举之罪均，纵又加之，举官亦无如之何，终不能逆知终身之廉者而后举，特推之于幸不幸而已。苟以其罪罪职司守令，彼其势诚有以督察之，臣知贪吏小人无容足之地，又何必于举官焉难之？

【译文】第五条是不要苛责难以做到的事。

所谓不要责难，恰恰是对官吏有严格的要求。往昔圣人订立法令，让人们可以超越它，而不能达不到它。为什么呢？圣人对人们的要求，是一般人都能够做到的。天下还有能做到一般人所做不到的事的人，对这种人当然无法责求，而对没有这种超常能力的普通人，只作一般的要求，就是要使他们不至于触犯法令。如果这样规定了之后还有敢于触犯法律的人，就可以重重地惩治他，坚决地除掉他了。由此说来，圣人之所以不责成人们去做那些做不到的事情，是用来更严格地要求人们把能做到的事做好。后世立法的人就不是这样。他们要求人们做那些难以做到的事，而对于人们都能做到的事，却不提出严格的要求。因此这些法令推行不下去，他们的事情也做不好。

事不可能两难并存，圣人知道其中的规律，所以有所获取，必然要有所舍弃；有所禁绝，一定要有所放宽。对某些方面有所放宽，所以在另一些方面有了禁令就必须严守，舍弃一些东西就必然要得到必须获得的东西。朝廷不可能对全国的官吏都有所了解，所以让他们的长官举荐他们。又恐怕他出于私心而推举自己所喜欢的人，不能得到真正的人才，所以又让推举他们的长官为他们做担保。日后这个被举荐的人犯了罪，那么举荐者要牵连治罪，所犯罪行严重的，给予的处罚都重。但人是很难了解的，从尧舜时就对这个问题感到棘手。一个人今天做好事，而明天就不能保证他不会做坏事，更何况谁又能保证他十几年之后不做坏事呢？那时青年已成为壮年，壮年已成为老年，却还坚持追究当时的举荐，使举荐者与被举荐者同时受到处罚，不是太过分了吗？天下的人，当了官还没有得到升迁时，没有一个不是勤勉自强、多做好事以求得到举荐。当他获得升迁而再无所图，没什么忧虑之事时，那些勉强装出来的行为就荡然无存，什么事都做得出来了。当他还在州县中任职时，长官亲眼看见他廉洁谨慎勤勉精干的优点，那么根据常理，就不可能不推举他，而他的长官又怎能知道他一生的所作所为呢？所以说：如今的法令是责成人去做那些不可能做到的事，就是指此而言。

一县的长官，考察一县的属官；一州的长官，考察一州的属官；一路的长官，考察所属州军的长官。这三个衙门，属官并没有几个。属官中谁贪婪谁清廉，谁平和谁苛酷，谁有才能谁没才能，不能说一无所知。好比有个牧羊人，不知道他所放牧的羊中哪一头肥哪一头瘦，这样的人还能当羊倌吗？担任长官而对他的属官没有了解，那么完全可以罢免他，不值得惋惜。如果他的属官犯了罪，而长官却没有立即向上司汇报，日后有别人告发，那么他的长官不过犯个失于觉察的错误。而离任以后的长官，又可以因不再居其位而不受牵连。失于觉察，可以说是很小的过失。路的长官考察所属州郡，州县长官分别考察他们的部属，这并不是常人做不到的事，而处罚却很轻微，也真令人感到奇怪。

当今之世很看重揭露赃官，为什么呢？官吏中那些贪婪者，他开始时一定是以伪装廉洁来求得举荐。举荐他们的人往往都是王公贵人，低一些的也都是公卿大夫一流的人，他们以自己的名誉来担保他。为官的没有一个不爱与自己志行节操相同的人，所以他们的根基十分牢固，不易动摇。牵连同罪的经常是六七个人，甚至多达十几个人，这真像盗贼劫持良民为人质以求侥幸免祸一样。法令中的弊端达到这种地步，也应该变一变了。

如果依臣苏轼的意见，应当把路、州、县长官失察应受的处罚用在举荐属官上，把举荐属官牵连应受的处罚用在失察上。如今使荐举官吏牵连应受的处罚和失察官吏应受的处罚看得同等轻重，即使把失察应受的处罚再加重一些，那么荐举官吏也还是不应该承担责任。总不能把人的一生都考察完毕，知道他的的确确是个廉正的人，再去举荐他吧，这恐怕只能靠自己的运气好不好了。如果按属官所犯的罪行向他们的上级官吏问罪，那么各级长官都会认真地督察下属，我认为这样就会使贪官污吏没有立足之地，又何必为难那些举荐人才的官吏呢？

策别课百官六

其六曰无沮善。

昔者先王之为天下，必使天下欣欣然常有无穷之心，力行不倦，而无自弃之意。夫惟自弃之人，则其为恶也，甚毒而不可解。是以圣人畏之，设为高位重禄以待能者，使天下皆得踊跃自奋，扳援而来。惟其才之不逮，力之不足，是以终不能至于其间，而非圣人塞其门、绝其途也。夫然，故一介之贱吏，闾阎之匹夫，莫不奔走于善，至于老死而不知休息，此圣人以术驱之也。

天下苟有甚恶而不可忍也，圣人既已绝之，则屏之远方，终身不齿。此非独不仁也，以为既已绝之，彼将一旦肆其愤毒，以残害吾民。是故绝之则不用，用之则不绝。既已绝之，又复用之，则是驱之于不善，而又假之以其具也。无所望而为善，无所爱惜而不为恶者，天下一人而已矣。以无所望之人，而责其为善；以无所爱惜之人，而求其不为恶，又付之以人民，则天下知其不可也。世之贤者，何常之有？或出于贾竖贱人，甚者至于盗贼，往往而是。而儒生贵族，世之所望为君子者，或至于放肆不轨，小民之不若。圣人知其然，是故不逆定于其始进之时，而徐观其所试之效，使天下无必得之由，亦无必不可得之道。天下知其不可以必得也，然后勉强于功名而不敢侥幸。知其不至于必不可得而可勉也，然后有以自慰其心，久而不懈。嗟夫！圣人之所以鼓舞天下，天下之人日化而不自知者，此其为术欤？

后之为政者则不然。与人以必得，而绝人以必不可得。此其意以为进贤而退不肖。然天下之弊莫甚于此。今夫制策之及等，进士之高第，皆以一日之间，而决取终身之富贵。此虽一时之文辞，而未知其临事之能否，则其用之不已太遽乎！

天下有用人而绝之者三：州县之吏，苟非有大过而不可复用，则其他犯法，皆可使竭力为善以自赎。而今世之法，一陷于罪戾，则终身不迁，使之不自聊赖而疾视其民，肆意妄行而无所顾惜。此其初未必小人也，不幸而陷于其中，途穷而无所入，则遂以自弃。府史贱吏，为国者知其不可阙也，是故岁久则补以外官。以其所从来之卑也，而限其所至，则其中虽有出群之才，终亦不得齿于士大夫之列。夫人出身而仕者，将以求贵也；贵不可得而至矣，则将惟富之求。此其势然也。如是，则虽至十鞭笞戮辱，而不足以禁其贪。故夫此二者，苟不可以遂弃，则宜有以少假之也。入赀而仕者，皆得补郡县之吏，彼知其终不得迁，亦将逞其一时之欲，无所不至。夫此，诚不可以迁也，则是用之之过而已。臣故曰：绝之则不用，用之则不绝。此三者之谓也。

【译文】第六条是不要阻碍行善。

以往的皇帝治理天下，一定要使天下人保持无尽的活力，孜孜不倦，而没有自暴自弃的想法，因为只有那些自暴自弃的人，他们做起坏事来，才特别肆意难以遏制。因此圣人对他们甚为担忧，设置高官厚禄来等待贤能的人。使天下人都能够振精神，激励自己，纷纷归向高官重禄。只是因为他们的才干不高，能力不强，所以最终也不可能得到这样的职位，而并不是圣人堵住仕进大门、阻绝仕进之路。也正是由于有了仕进的希望，所以哪怕是普通的小吏，乡间的平民，没有一个不趋向良善，直到老死也不懈怠，这就是圣人用道术来驱使士民。

如果天下出现了十分凶恶而不可容忍的人，圣人便杜绝他们的仕进之路，把他们流放到偏远之地，使他们永远得不到人的尊重。这并不是单独对他们不行仁义，而是认为既然堵绝了他们的仕进之路，他们一旦肆意地作恶，就会残害生民，所以既堵绝了他的仕途，就绝不再任用他，而如果想任用他，就不堵绝他的仕途。如果堵绝了他的仕进之路，又重新任用他，那就等于不但把他置于可以作恶的位置上，还把作恶的权柄也交给他。没有追求目的而为善，不是出于顾惜自己而不为恶的人，普天之下，只有天子一人而已。对于已经丧失了追求目的的人，责令他一定要为善，对于已经无需顾惜自己的人，责令他不去作恶，还把民众交给他们，那么，任何人都知道这是不行的。世上的贤人哪有什么常规，有的出于商贾贱民，有的甚至出于盗贼，这是常有的事。而儒者和贵族，即世人盼望成为君子的人，有些人到了放纵自己、肆意为恶的地步，就连平民也不如了。圣人知道这些道理，所以并不事先规定他们可以仕进的年龄，而是慢慢地观察他试官的业绩，使天下不存在一定会获得的好处，也不存在必然不能获得的好处。天下的人明白这些利益不可能必然得到，才能使他们孜孜不倦地追求功名，不敢存在丝毫的侥幸心理。明白这些利益不是必然不可能获得而自强不息，他就有了追求的动力，乃至于长久地不懈怠。啊！圣人用来鼓舞天下士民，天下士民日益受到教化而没有意识到，这不就是御人之术吗？

后代掌管天下的人不是这样。给人的是人们认为必然会得到的利益，堵绝的是人们认为必然得不到的利益。他的本意认为这样可以引进贤能排阻平庸。天下的弊病没有比这更严重的了。如今对答制策的上等，进士考试的高中，都是在一天之内就决定了一生的富贵。这只是一时所作的美好文章，并不知道他处理政事的能力高低。这样任用他，不是过于仓促草率了吗？

天下还有既被任用而又被堵绝了升迁之路的三种人：州县里的官吏，如果并没有重大过失而不能再用，那么其他犯有过失的人，也都可以使他们尽力改过来赎清罪过。而当今的法令，只要犯了过错，一辈子也得不到迁转，使他们失去了进取之心，从而仇视百姓，肆意作恶而不知收敛。这样的人当初未必是邪恶小人，不慎落入了犯罪的泥潭，前途暗淡又没有改过自新的可能，于是自暴自弃。衙门中的贱役，大臣们明白少不了他们，所以年头一长就让他们到州县里做官，因为他们起家微贱，故而限定他们不可能升得太高。这些人中即使有出类拔萃的人才，也终生不可能与士大夫同等看待。人们迈入仕途，就是打算求取尊贵，尊贵不可能达到，只能退而求富，这是情理之必然。即使是鞭抽棍打，甚至杀身的耻辱，也禁止不了他们的贪欲。所以以上两种人，如果不到了非要遗弃不可的地步，就应该多少给他们一些出路。那些用银钱买官入仕的，都只能补为州县的小吏，他们知道终生不会得到升迁，也只能抓住一切机会中饱私囊，什么坏事都做得出来。这样的人的确不能升迁，这应当说是用人制度的失误。所以臣苏轼说：堵绝他们的仕途就不要再任用他，任用他就不要堵绝他的仕进希望，就是指以上三种人。

卷三十八　策

策别安万民一

安万民者，其别有六。

一曰敦教化。

夫圣人之于天下，所恃以为牢固不拔者，在乎天下之民可与为善，而不可与为恶也。昔者三代之民，见危而授命，见利而不忘义。此非必有爵赏劝乎其前，而刑罚驱乎其后也。其心安于为善，而忸怩于不义，是故有所不为。夫民知有所不为，则天下不可以敌，甲兵不可以威，利禄不可以诱。可杀可辱、可饥可寒，而不可与叛。此三代之所以享国长久而不拔也。

及至秦、汉之世，其民见利而忘义，见危而不能授命。法禁之所不及，则巧伪变诈，无所不为，疾视其长上而幸其灾。因之以水旱，加之以盗贼，则天下枵然无复天子之民矣。世之儒者常有言曰："三代之时，其所以教民之具，甚详且密也。学校之制，射飨之节，冠婚丧祭之礼，粲然莫不有法。及至后世，教化之道衰，而尽废其具，是以若此无耻也。"然世之儒者，盖亦尝试以此等教天下之民矣，而卒以无效，使民好文而益，饰诈而相高，则有之矣，此亦儒者之过也。臣愚以为若此者，皆好古而无术，知有教化而不知名实之所存者也。实者所以信其名，而名者所以求其实也。有名而无实，则其名不行。有实而无名，则其实不长。凡今儒者之所论，皆其名也。

昔武王既克商，散财发粟，使天下知其不贪；礼下贤俊，使天下知其不骄；封先圣之后，使天下知其仁；诛飞廉、恶来，使天下知其义。如此，则其教化天下之实，固已立矣。天下耸然皆有忠信廉耻之心，然后文之以礼乐，教之以学校，观之以射飨，而谨之以冠婚丧祭。民是以目击而心谕，安行而自得也。及至秦、汉之世，专用法吏以督责其民，至于今千有余年，而民日以贪冒嗜利而无耻。儒者乃始以三代之礼所谓名者而绳之。彼见其登降揖让盘辟俯偻之容，则掩口而窃笑；闻钟鼓管磬希夷啴缓之音，则惊顾而不乐。如此，而欲望其迁善远罪，不已难乎？

臣愚以为宜先其实而后其名，择其近广人情者而先之。今夫民不知信，则不可与久居于安。民不知义，则不可与同处于危。平居则欺其吏，而有急则叛其君。此教比之实不至，天下之所以无变者，幸也。欲民之知信，则莫若务实其言，欲民之知义，则莫若务去其贪。往者河西用兵，而家人子弟皆籍以为军。其始也，官告以权时之宜，非久役者，事已当复尔业。少焉皆刺其额，无一人得免。自宝元以来，诸道以兵兴为辞而增赋者，至今皆不为除去。夫如是，将何以禁小民之诈欺哉！

夫所贵乎县官之尊者，为其恃于四海之富，而不争于锥刀之末也。其与民也优，其取利也缓。古之圣人，不得已而取，则时有所置，以明其不贪。何者？小民不知其说，而惟贪之知。今鸡鸣而起，百工杂作，匹夫人市，操挟尺寸，吏且随而税之，扼吭拊背，以收丝毫之利。古之设官者，求以裕民；今之设官者，求以胜民。赋敛有常限，而以先期为贤；出纳有常数，而以羡息为能。天地之间，苟可以取者，莫不有禁。求利太广，而用法太密，故民日驱于贪。臣愚以为难行之言，当有所必行；而可取之利，当有所不取。以教民信，而示之义。若曰“国用不足而未可以行”，则臣恐其失之多于得也。

【译文】安托万民之事，共有六条。

第一条是宏扬教化。

圣人统治天下，借以使国家牢不可破的，在于使天下约百姓做善事，而不去做恶事。三代时期的民众，遇到危难就舍命相助，看见利益也不忘信义。他们并不是因为面前有官爵赏赐的诱惑，后面有刑法惩治的威逼才这样做的。他们从心里愿意行善，而羞于不义，所以不肯做不义的事。百姓懂得不该做不义的事，那么国家就所向无敌，军队和武器威胁不了他们，高官和厚禄诱惑不了他们。他们可以被杀可以被辱、可以忍饥可以受寒，却不能使他们背叛。这就是三代之时所以政权稳固长久坚不可摧的原因。

到了秦代和汉代，国民见到利益就忘记信义，遇到危难就四分五裂。凡是法律稍有疏漏的地方，人们就会欺伪诈骗，无所不做，痛恨他们的长官而幸灾乐祸。再伴以水旱灾害，加上盗贼劫掠，那么天下空虚，不再有听命于天子的顺民了。世上的儒者经常这样说："三代之时，用来教导民众的方法详尽而又慎密。学校的制度，乡射宴会的规矩，冠婚丧祭的礼仪，明明白白，没有一件没有法规。到了后世，教化的风气渐渐衰退，于是把那些法令都废除了，所以人们才如此无耻。"然而世上的儒者们，也曾尝试过用这些方法教导天下民众，但始终不见成效，他们想使民众学习辞章，而民众却倒更加苟且狡诈，掩饰内心的伪诈而互相吹捧的情况倒是屡见不鲜，这真是儒者的过失。臣苏轼认为这些人虽然仰慕古人，而自己没有教化民众的能力，知道有教化的形式，不知道形式和实质是互相依存的。实质是形式的真正内涵，而形式是用以达到实贡的手段。只有形式而没有实质，那就是空洞的形式。只有实质而没有形式，那么实质也就失去了存在的依托。而现在儒者所谈论的一切，都集中于外在形式上。

过去周武王灭了商朝之后，散发钱米，让天下的人都了解他不贪婪；礼贤下士，让天下的人都了解他不骄横；封赠前朝圣贤的后代，让天下人都了解他的仁德；诛杀飞廉、恶来，让天下的人都了解他的信义。这样一来，他教化万民根基，就已经确立了。天下百姓都自我激励，具有了忠义诚信廉耻之心，然后用礼乐提高人们的教养，建立学校让人们接受教育，用乡射宴会使人知道什么是礼，用冠婚丧祭的仪制约束人们的行为。百姓亲眼见到而心领神会，习惯于遵循教化并从中获益。到了秦代和汉代，专一任用执法的官吏来督责民众，这种情况到现在已经一千多年，而民众却一天比一天贪婪好利而不知廉耻。儒者们开始用三代那些礼仪形式来约束人们。人们看到他们登堂下阶、盘旋舞蹈、弯腰拱背的怪模样，就忍不住捂起嘴偷偷地笑；

听到钟鼓箫磬、空灵缓慢的音乐，就茫然四顾而深感压抑。这样的做法，想要人们向往行善远离罪恶，不是太难了吗?

臣苏轼认为应该首究其实质，然后再考虑形式，选择那些合乎人情的首先推行。如今人们不懂得诚信，就不能与他们共享太平；人们不知道仁义，就不能与他们同赴危难。太平之时就欺骗官府，而有了急难就背叛国君。这是对人们的教化没有落到实处，天下没有因此而发生大的动乱，已经是万幸了。想要使人们知道诚信，就不如首先讲真话；想要使人们知道仁义，就不如彻夜消除贪婪。过去河西发生战争时，许多人家的子弟都被召入军队。开始时，官府告诉人们这只是应付一时的事变，不会让他们长久服役，战事完后就可以回来从事原来的职业。然而没过多久，却把他们刺了面额编入正规军队，没有一个人得以幸免。自宝元年间以来，各路都以发生战争为名增加赋税，至今战事早已完毕，却仍不免除。朝廷尚且如此不讲信誉，拿什么来禁止百姓的欺诈行为呢!

天子之所以地位尊贵，是因为他拥有四海之内的财富，而不必与百姓争夺一星半点的利益。他施与人民的惟恐太少，向人们收取财税时量力而行。古时的圣人，只有在不得已的情况下才稍取于民，即便如此，还要不时地为民众兴建道路、桥梁、学校等设施，来表明自己并不贪婪。为什么呢? 因为百姓不懂得什么理论，只看你贪与不贪。如今百姓鸡一叫就要起身，进行各种各样的劳作。百姓们进入集市，一尺一寸地丈量出售。而官吏随之而来，向他们征收税款，以至掐着他们的脖子，捶击他们的脊背，逼他们交出微薄的税利。古时设置官员的目的，是为了帮助百姓富裕；如今设置官员的目的，却是为了榨取民脂民膏以供自己挥霍。赋税的征收有固定的期限，朝廷却把提前收齐当做贤能；收入有固定的数额，朝廷却把超额征收当做干练。天地之间的物产，只要能够获取收入的，没有一项没有禁令。谋求获利的范围太广，而法禁涉及的方面太多，所以民众一天天趋向于贪。我认为难于兑现的诺言，应当一定兑现；而可以获取的利益，不要寸利必得。以此来引导民众走向诚信，并向他们示以朝廷的仁义。如果说“因为国用不足而不能这样做”，我担心如此下去损失会多于获取。

策别安万民二

其二曰賙劝亲睦。

夫民相与亲睦者，王道之始也。昔三代之制，画为井田，使其比闾族党，各相亲爱，有急相赒，有喜相庆，死丧相恤，疾病相养。是故其民安居无事，则往来欢欣，而狱讼不生；有寇而战，则同心并力，而缓急不离。自秦、汉以来，法令峻急，使民乖其亲爱欢欣之心，而为邻里告讦之俗。富人子壮则出分，贫人子壮则出赘。一国之俗，而家各有法。一家之法，而人各有心。纷纷乎散乱而不相属，是以礼让之风息，而争斗之狱繁。天下无事，则务为欺诈相倾以自成；天下有变，则流徙涣散相弃以自存。嗟夫！秦、汉以下，天下何其多故而难治也？此无他，民不爱其身，则轻犯法；轻犯法，则王政不行。欲民之爱其身，则莫若使其父子亲、兄弟和、妻子相好。夫民仰以事父母，旁以睦兄弟，而俯以恤妻子。则其所赖于生者重，而不忍以其身轻犯法。三代之政，莫尚于此矣。

今欲教民和亲，则其道必始于宗族。臣欲复古之小宗，以收天下不相亲属之心。古者有大宗、有小宗，故《礼》曰："别子为祖，继别为宗。继祢者为小宗。"有百世不迁之宗，有五世则迁之宗。百世不迁者，别子之后也。宗其继别子之所自出者，百世不迁者也；宗其继高祖者，五世则迁者也。古者诸侯之子弟，异姓之卿大大，始有家者，不敢祢其父，而自使其嫡子后之，则为大宗。族人宗之，虽百世而宗子死，则为之服齐衰九月。故曰："宗其继别子之所自出者，百世不迁者也："别子之庶子，又不得祢别子，而自使其嫡子为后，则为小宗。小宗五世之外则无服。其继祢者，亲兄弟为之服；其继祖者，从兄弟为之服；其继曾祖者，再从兄弟为之服；其继高祖者，三从兄弟为之服。其服大功九月。而高祖以外亲尽则易宗。故曰："宗其继高祖者，五世则迁者也。"小宗四，有继高祖者，有继曾祖若，有继祖者，有继祢者，与大宗为五，此所谓五宗也。古者立宗之道，嫡子既为宗，则其庶子之嫡子又各为其庶子之宗。其法止于四，而其实无穷。自秦、汉以来，天下无世卿，大宗之法不可以复立。而其可以收合天下之亲者，有小宗之法存，而莫之行，此甚可惜也。

今夫天下所以不重族者，有族而无宗也。有族而无宗，则族不可合。族不可合，则虽欲亲之而无由也。族人而不相亲，则忘其祖矣。今世之公卿大臣贤人君子之后，所以不能世其家如古之久远者，其族散而忘其祖也。故莫若复小宗，使族人相率而尊其宗子。宗子死，则为之加服，犯之则以其服坐。贫贱不敢轻，而富贵不敢以加之。冠婚必告，丧葬必赴。此非有所难行也。今夫良民之家，士大夫之族，亦未必无孝弟相亲之心，而族无宗子，莫为之纠率，其势不得相亲。是以世之人，有亲未尽而不相往来，冠婚不相告，死不相赴。而无知之民，遂至于父子异居，而兄弟相讼。然则王道何从而兴乎？

呜呼！世人之患，在于不务远见。古之圣人合族之法，近于迂阔，而行之期月，则望其有益。故夫小宗之法，非行之难，而在乎久而不怠也。天下之民，欲其忠厚和柔而易治，其必曰自小宗始矣。

【译文】第二条是鼓励人们相亲相爱。

民众之间能够和睦相处，这是统治万民的基础。过去三代时的制度，是把田地画分为井字形式，让亲子邻里之间相亲相爱，有了急难互相帮助，有了喜事互相庆贺，有人死丧互相抚恤，有人得病互相赡养。所以那时的人民在平安无事时，就来往聚会，没有争讼；敌寇入侵发生战斗时，就同心协力，团结一致。自从秦、汉以来，法令严峻苛急，使民众背离了相亲相爱互帮互助的美好传统，助长了邻里之间互相告发的风气。富裕人家的儿子长大了就分门另过，贫穷人家的儿子长大了就入赘女家。国中虽有风俗，而每家又有各自的规矩。家中虽有规矩，而每人却又有各自的打算。乱纷纷谁也不相关照，所以礼让的风气消失了，而争夺私利的诉讼日益增多。天下无事时，就互相欺诈倾压以满足自己；天下有变时，就流亡涣散互相抛弃以保存自己。唉！秦、汉以后，天下的变故何其多而难以治理啊！没有其他原因，都是由于人们不爱重自己，不把违犯法律看成是羞耻之举。人们轻视法律，那么朝廷政令就不能实行。要想使民众爱重自己，莫过于使他们父子相亲、兄弟融洽、妻子和好。民众能够孝敬父母，和睦兄弟，抚养妻子。那么依靠他生存的人很多，他就不忍心冒险轻易犯法。三代时的政治，没有比这个更重要了。

如今想教导民众和睦相亲，那么必须从宗族亲戚的关系入手。臣以为要恢复古礼所规定的小宗制度，以改变天下人不相亲相爱，不懂亲情的状况。古时候有大宗、有小宗，因此《礼记》中说："诸侯嫡长子以外的儿子各为一祖，他们的嫡长子为一族大宗，嫡长子以外的儿子则为小宗。"所以有一百代也不改变的宗亲，又有五代以后就不再论的宗亲。一百代也不改变的，指的是诸侯嫡长子以外各子所传的长子长孙。只要是由嫡长子传下的长子长孙，都是百代不变的血亲。而追溯到高祖才是嫡长相传，五代以后就不再以血亲论了。古代诸侯的子弟和异姓的卿大夫，能够有封邑的，都不敢妄称自己的父亲是嫡长相传，只能让自己的嫡长子继承爵位，他的嫡长子就又成了大宗。宗族中的人都尊他为一族之长，即使是百代之后的嫡孙死了，也要为他穿九个月的孝服。所以说"只要是由嫡长子所传下的长子长孙，都是百代不变的血亲"。嫡长子的庶孙又不得继嫡长子而立，只能使他的嫡长子为族上继承人，这就是小宗。小宗五代之后就不再为高祖以上的嫡传穿孝服了。在小宗一族中，父亲为嫡长的，兄弟都要服孝。祖父为嫡长的，叔伯兄弟要服孝。曾祖父为嫡长的，再叔伯兄弟要服孝。高祖为嫡长的，三叔伯兄弟要服孝。他们要穿九个月麻制的孝服。而高祖父以外的亲戚就改换了宗祖。所以说"追溯到高祖才是嫡长，五代以后就不再以血亲论了"。小宗共有四种，有高祖为嫡长相传的，有曾祖为嫡长相传的，有祖父嫡长相传的，有父亲为嫡长相传的，再加上大宗一支，总共有五，这就是所谓的五宗。古代确立宗族的原则是：嫡长子为大宗之后，那么他的庶子当中的嫡长子又分别为下一代庶子的大宗。其原则定在四代，然而实际上是大小宗相传永无止境。

自从秦、汉以来，天下不再有世代相传的卿大夫，因此大宗的宗法也就不能再存在下去。而在这个原则中，可以改变天下人不相亲爱，不懂亲情的，还有小宗之法留存于世，只是没有人实实在在地推行，这真是太可惜了。

如今天下人之所以并不看重宗族关系的原因，就是因为有族而没有宗。有族而没有宗，那么族人也就无法聚合。族人无法聚合，那么即使是想互相亲爱也找不到依据。族人不能互相亲爱，那也就等于忘记了祖先。如今公卿大臣、贤人君子的后代，之所以不能把他们的家族保持得像古人那样绵远，是因为族人四散而忘记了祖先，。所以不如恢复小宗制度，使一族之人都尊其嫡传长者为族长，嫡传的族长死后，族人要为他服孝，违犯族规的要按他的血缘远近论罪。使一族之内富贵之人不敢轻视贫贱之人。冠礼婚礼一定要遍告亲族，丧事葬事一定要共同参与。这并不是很难实行的。如今良善之民的家庭、士大夫的家族，也不一定就没有孝顺谦恭相亲相爱的心，可是家族中没有一个族长，就没有人来召集约束一族之人，人们不能互相亲敬也在情理之中。因此世上的人，有的没出五服就不再往来，冠礼婚礼不相转告，死丧之事不去吊哀，那些愚昧无知之民，甚而至于父子分居，兄弟互讼。事情到了这个地步，治国之道还哪能施行呢？

啊！世上人的忧患，就在于不往远处考虑。古代圣人聚合宗族的方法，看起来似乎不近情理，人们总想实行上一个月，就能见到收效。所以小宗制度，并不是推行它有什么困难，问题在于长久地坚持不能懈怠。对于天下的百姓，若想使他们变得忠诚敦厚，温良而易于管束，一定要从推行小宗制度开始。

策别安万民三

其三曰均户口。

夫中国之地，足以食中国之民有余也，而民常病于不足，何哉？

地无变迁，而民有聚散。聚则争于不足之中，而散则弃于有余之外。是故天下常有遗利，而民用不足。

昔者三代之制，度地以居民，民各以其夫家之众寡而受田于官，一夫而百亩。民不可以多得尺寸之地，而地亦不可以多得一介之民，故其民均而地有余。当周之时，四海之内，地方千里者九，而京师居其一，有田百同，而为九百万夫之地。山陵林麓，川泽沟渎，城郭宫室途巷，三分去一，为六百万夫之地。又以上、中、下田三等而通之，以再易为率，则王畿之内，足以食三百万之众。以九州言之，则是二千七百万夫之地也。而计之以下，农夫一夫之地而食五人，则是万有三千五百万人可以仰给于其中。当成、康刑措之后，其民极盛之时，九州之籍，不过千三万四千有余。夫地以十倍，而民居其一，故谷常有余，而地力不耗。何者？均之有术也。

自井田废，而天下之民，转徙无常。惟其所乐，则聚以成市，侧肩蹑踵，以争寻常；挈妻负子，以分升合，虽有丰年，而民无余蓄，一遇水旱，则弱者转于沟壑，而强者聚为盗贼。地非不足，而民非加多也，盖亦不得均民之术而已。

夫民之不均，其弊有二。上之人贱农而贵末，忽故而重新，则民不均。夫民之为农者，莫不重迁，其坟墓庐舍，桑麻果蔬，牛羊耒耜，皆为子孙百年之计。惟其百工技艺，无事种艺，游手浮食之民，然后可以怀轻资而极其所往。是故上之人贱农而贵末，则农人释其耒耜而游于四方，择其所乐而居之，其弊一也。

凡人之情，怠于久安，而谨于新集。水旱之后，盗贼之余，则莫不轻刑罚，薄税敛，省力役，以怀逋逃之民。而其久安而无变者，则不肯无故而加恤。是故上之人忽故而重新，则其民稍稍引去，聚于其所重之地，以至于众多而不能容，其弊二也。

臣欲去其二弊，而开其二利，以均斯民。昔者圣人之兴作也，必因人之情，故易为功；必因时之势，故易为力。今欲无故而迁徙安居之民，分多而益寡，则怨滂之门、盗贼之端，必起于此。未享其利，而先被其害。臣愚以为民之情，莫不怀土而重去。惟士大夫出身而仕者，狃于迁徙之乐，而忘其乡。昔汉之制，吏二千石皆徙诸陵。为今之计，可使天下之吏仕至某者，皆徙荆、襄、唐、邓、许、汝、陈、蔡之间，今士大夫无不乐居于此者，顾恐独往而不能济，彼见其侪类等夷之人莫不在焉，则其去惟恐后耳。此所谓因人之情。

夫天下不能岁岁而丰也，则必有饥馑流亡之所，民方其困急时，父子且不能相顾，又安知去乡之为戚哉？当此之时，募其乐徙者，而使所过廪之，费不甚厚，而民乐行。此所谓因时之势。

然此二者，皆授其田，贷其耕耘之具，而缓其租，然后可以固其意。夫如是，天下之民，其庶乎有息肩之渐也。

【译文】第三条是平均户口。

以中国土地之广袤，足够养活国民还有剩余，然而人民还是经常苦于吃不饱饭，这是为什么呢？土地并没有变化，而民众却有聚集有分散。人口聚集的地方土地不足，就会相互争夺，人口稀少的地方土地有余，就会荒废不耕，所以天下经常有未尽其用的利益，而百姓却感到衣食不足。

以往三代时的制度，是根据土地的多少而安置农民，农民各以其家人口的多少从官府那里接受分配的田地，一个男子一百亩地，每人都不能多得到一尺一寸的土地，而土地也不能多养一个人，因此人口均匀地分布，土地也有富余。周朝的时候，全国之内，面积达一千里的地方有九处，京师地区是其中之一，有田地一百个百里，就可以容纳九百万人口，山脉丘陵森林，大河沼泽沟渎，城郭宫室街巷，占去了三分之一，还可以供六百万农民耕种，把上、中、下三等田地都计在内，按照比例折算，那么京师附近，也是以养活三百万人。用九州之地来计算，就有容纳两千七百万农夫的田地，而且在计算之内的农夫一人之地可以养活五口人，那就有一亿三千五百万人不愁衣食。在周成王、周康王废止刑罚四十年后，天下人口最多的时候，九州之民加起来也不过只有一千零三万四千。以十倍的土地，而人口只有十分之一，因此粮食经常有余，地力也不致耗尽。这是为什么呢？是因为有办法使人口平均分布。

自从废除了井田制，天下民众的转移迁徙就没有规律了，他们喜欢什么地方，就聚集在那里形成市镇，摩肩继踵，争夺着尺丈之地；携妻带子，分食着升斗之粮。虽然也有丰收之年，可人民却没有积蓄的粮食。一遇到水旱之灾，那么年老体弱的人就饥饿致死，强壮的人就聚集为盗贼。这并不是田地不够种，人口也没有增多，只是因为没有能够使人口平均分布。

人口不能平均分布，造成的弊端有两个。治理民众的人看不起农业生产而重视工商，忽视根本而重视新巧，就会造成人口分布不均。民众中那些务农的人，没有一个不慎重地对待迁移，因为他们把祖坟房产，林木果实，庄稼蔬菜，牛马猪羊，犁耜锄耙，看成是子孙后代赖以生存的基业。只有那些凭着做工和手艺生活，不从事种植，优游散漫的人，才能够携带着轻便的资财想到哪里就到哪里。治民的人如果看不起农业只看重工商，那么农民就会丢弃他们的锄头也去周游四方，选择他们所喜欢的地方住下来，这是第一个弊病。

按照人之常情，长久安定就会怠惰，重新聚合就会谨慎。水旱灾害之后，盗贼抢掠之余，没有不减轻刑罚，减少税敛，减省劳役，用这些手段来安抚四处逃散的人民的。而在天下长治久安没有变故的时候，就想不到对人民加以抚存体恤。所以治民的人忽视根本而重视工商，农民们就会渐渐离开故土，聚集于他们认为理想的安身之处，以至使那里人口众多而难以容纳，这是第二个弊病。

臣苏轼认为应当革除这两大弊病，把它们转化成两个有利因素，让人民平均分布。以往圣人要想有什么重大行动，一定要顺应民情，所以很容易获得成功；一定要顺应时势，所以很容易得到民众的响应。如今想要无缘无故地迁徙安居的民众，分给他们更多的土地，而他们反倒会认为得不偿失，怨恨诽谤之门会由此而开，盗贼为乱的祸患会由此而起。还没有见到利益，首先会受到危害。我认为民众的心思，没有一个不是缅怀故土，不愿轻离。只有士大夫出而做官的人，才会对迁徙感到惬意，容易忘却自己的故土。过去汉朝的制度，官吏俸禄达到二千石的都要把家迁到帝王陵寝附近。为当今筹划，应当规定官阶达到一定级别的官吏，都迁到荆州、襄州、唐州、邓州、许州、汝州、陈州、蔡州一带，如今士大夫没有一个不愿意到那儿安家，只是担心单独前往而没有互相扶助的人，如果他们见到与自己相似的士族都到了那一带，那么肯定会争先恐后地要到那里去。这就是所谓顺应人情。

天下不能年年都丰收，那就必然会有发生饥荒和饥民流亡投靠的地方。当人们危困急难时，即使是父子之间也无力互相照顾，哪里还会留恋故土而不转徙他乡呢？在这个时候，召募那些愿意迁徙的人，同时命他们所到之处的官府救济他们，费用有限，民众也会乐意前往。这就是所谓顺应时势。

但是这两个方法，都应该分给他们田地，借给他们农具，并减缓他们的租税，这样才能使他们在那里坚持下去。如果这样做，天下的民众，差不多都能够有立足之地了。

策别安万民四

其四曰较赋役。

自两税之兴，因地之广狭瘠腴而制赋，因赋之多少而制役，其初盖甚均也。责之厚赋，则其财足以供；署之重役，则其力足以堪。何者？其轻重厚薄，一出于地，而不可易也。户无常赋，视地以为赋；人无常役，视赋以为役。是故贫者鬻田则赋轻，而富者加地则役重。此所以度民力之所胜，亦所以破兼并之门，而塞侥浇幸之源也。

及其后世，岁月既久，则小民稍稍为奸，度官吏耳目之所不及，则虽有法禁，公行而不忌。今夫一户之赋，官知其为赋之多少，而不知其为地之几何也。如此，则增损出入，惟其意之所为。官吏虽明，法禁虽严，而其势无由以止绝。且其为奸，常起于贸易之际。夫鬻田者，必穷迫之人，而所从鬻莆，必富厚有余之家。富者恃其有余而邀之，贫者迫于饥寒，而欲其速售，是故多取其地，而少入其赋，有田者，方其贫困之中，苟可以缓一时之急，则不暇计其他日之利害。故富者地日以益而赋不加多，贫者地日以削而赋不加少。又其奸民欲以计免于赋役者，割数亩之地，加之以数倍之赋，而收其少半之直，或者亦贪其直之微而取焉。是以数十年来，天下之赋，大抵淆乱，有兼并之族而赋甚轻，有贫弱之家而不免于重役，以至于破败流移而不知其所往，其赋存而其人亡者，天下皆是也。

夫天下不可以有侥幸也。天下有一人焉侥幸而免，则亦必有一人焉不幸而受其弊。今天下侥幸者如此之众，则其不幸而受其弊者从亦可知矣。三代之赋，以什一为轻。今之法，本不至于什一而取，然天下嗷嗷然以赋敛为病者，岂其岁久而奸生，偏重而不均，以至于此欤？虽然，天下皆知其为患而不能去。何者？势不可也。今欲按行其地之广狭瘠腴，而更制其赋之多寡，则奸吏因缘为贿赂之门，其广狭瘠腴，亦将一切出于其意之喜怒，则患益深，是故上大夫畏之而不敢议。而臣以为此最易见者，顾弗之察耳。

夫易田者必有契，契必有所直之数，具所直之数，必得其广狭瘠腴之实，而官必据其所直之数，而取其易田之税，是故欲知其地之广狭瘠腴，可以其税推也。久远者小可复知矣，其数十年之间，皆足以推较，求之故府，犹可得见。苟其税多者则知其直多，其直多者则知其田多且美也。如此，而其赋少，其役轻，则夫人亡而赋存者可以有均矣。鬻田者皆以其直之多少而给其赋，重为之禁，而使不敢以不实之直而书之契。则夫自今以往者，贸易之际，为奸者其少息矣。要以知凡地之所直，与凡赋之所宜多少，而以税参之。如此，则一持筹之吏坐于帐中，足以周知四境之虚实，不过数月，而民得以少苏。不然，十数年之后，将不胜其弊，重者日以轻，而轻者日以重，而未知其所终也。

【译文】第四条是平均赋税劳役。

自从两税制度开始实行，根据土地的多少和肥瘠的程度规定赋税，又根据赋税的多少来制定徭役，开始时还是比较合理的。被收取重赋的人，他的财产足以应付。被摊派重役的人，他的力量足以承担。为什么呢？因为赋税徭役的轻重厚薄，都是根据土地的多少肥瘠规定的，不可变更。每户没有固定的赋税，根据土地的多少规定赋税；每人没有固定的劳役负担，根据赋税的数量决定徭役。因此穷人出卖了土地就能减轻赋税，富人增加了土地就会增加徭役。这就是根据民众所能承受的限度制定赋税徭役，也是用来限制兼并的途径，堵塞侥幸的根源。

到了后世，时间过去很久，小民就渐渐狡诈起来，他们认为官吏不可能处处防范，因此虽然有法律条文的规定，却公然犯禁，毫不顾忌。如今一户的赋税，官府只知道他的税额是多少，而不知他到底有多少土地。这样一来，增减出入，就只能凭着自己的意愿来定。尽管官吏清明，法令严格，但是这种势头仍无法制止。而他们对官府的欺蒙，常常在买卖田地时就开始了。那些卖地的，一定是贫穷窘迫之人，而从他们手中买田的，一定是富足有余之家。富足的人仗恃自己有钱买入田地，贫穷的人迫于饥寒难耐，也想尽快成交。富者大量买入贫者的土地，却不负担他的赋税。卖田的人，当时处在贫困危急之中，只要能够解燃眉之急，就无暇顾及日后的危害。所以富者的地越来越多而赋税却不增多，贫者的地越来越少而赋税并不减少。还有些奸民绞尽脑汁逃避赋税和徭役，他们出卖几亩地，而将数倍于其地的赋税加在上面，只收取地价少半的价值，也会有贪图地价便宜的人将地买进。所以几十年来，天下的赋税，大都混乱不堪。那些兼并别人土地的大族只承担很轻的赋税，而那些贫困卖地之家却要担负繁重的徭役，甚至破产流亡而不知去向。官府的簿书中存有纳税人的户头却无人纳税的情况，比比皆是。

天下不能容忍侥幸者存在。国内只要有一个人侥幸逃避赋税，那么就一定会有另一个人不幸而受害。如今天下侥幸逃税的人如此众多，那么不幸而受害的人数也就可想而知了。三代时的赋税，官府收取十分之一，人民感到很轻松。而如今的法令，官府收取的总数还不足十分之一，人民却感到不堪重负，因而怨声载道。这难道不是因为年代久远而奸诈丛生，赋役轻重不均，才到了如此地步吗？尽管天下人都知道祸患的根源，却又不能去除，这是为什么呢？是因为大势已成，积重难返了。如今想再按照人们所拥有田地的多少、地力的肥瘠来改变每户的税额，又会给贪官污吏大开受贿之门，田地的大小肥瘦，全凭着奸吏的一句话，造成的祸患会更深，因此士大夫都惧怕这种情况而不敢轻易议论此事。我认为此种弊病是显而易见的，只不过不愿去直视它罢了。

买卖田产一定会有契约，契约上一定会写明买卖的价钱。根据这个地价，就可以推算出田地的大小、肥瘠，官府必然是依据那些田地的价值，来收取田产交易之税，因此想了解那些田产的大小肥瘠，可以根据交易税来推算确定。时间久远的已经不容易再核实了，但近几十年的买卖情况，还都能够推断确定，到官府档案中查寻，都是可以找到的。如果田产税多，就能知道田产价值高，田产价值高，就能知道田产数量多而且肥美。了解了这些后，就可以知道谁的赋税少，谁的劳役轻，那些虽然人已逃亡，但簿书中却还存留的税额，就可以摊到买地者的身上。卖田的人都要以地价的多少将应缴的赋税加入已出卖的田产中，官府要做出严格的规定，从而使他们不敢把不真实的价值写在地契上。那么从今往后，在土地交易时作假的人就会有所收敛。弄清田地的价值和应缴税额的多少，用田产税加以调节。这样一来，只要有一个拿着算盘的官吏坐在官衙之中，就可以详细了解境内交易的真假，用不了几个月，小民就可以得到一定的缓解。如果不这样做，十几年之后，其弊端就更难革除了，本应承担重赋人缴纳的税额越来越少，本应少缴税的人负担却越来越重，最终的结局会是如何，就很难想象了。

策别安万民五

其五曰教战守。

夫当今生民之患，果安在哉？在于知安而不知危，能逸而不能劳。此其患不见于今，将见于他日。今不为之计，其后将有所不可救者。昔者先王知兵之不可去也，是故天下虽平，不敢忘战。秋冬之隙，致民田猎以讲武，教之以进退坐作之方，使其耳目习于钟鼓旌旗之间而不乱，使其心志安于斩刈杀伐之际而不慑。是以虽有盗贼之变，而民不至于惊溃。及至后世，用迂儒之议，以去兵为王者之盛节，天下既定，则卷甲而藏之。数十年之后，甲兵顿弊，而人民日以安于佚乐。卒有盗贼之警，则相与恐惧讹言，不战而走。开元、天宝之际，天下岂不大治？惟其民安于太平之乐，酣豢于游戏酒食之间，其刚心勇气，消耗钝眊，痿蹶而不复振，是以区区之禄山一出而乘之，四方之民，兽奔鸟窜，乞为囚虏之不暇，天下分裂，而唐室因以微矣。

盖尝试论之。天下之势，譬如一身。王公贵人所以养其身者，岂不至哉？而其平居常苦于多疾。至于农夫小民，终岁劳苦，而未尝告疾，此其故何也？夫风雨霜露寒暑之变，此疾之所由生也。农夫小民，盛夏力作，而穷冬暴露，其筋骸之所冲犯，肌肤之所浸渍，轻霜露而狎风雨，是故寒暑不能为之毒。今王公贵人处于重屋之下，出则乘舆，风则袭裘，雨则御盖，凡所以虑患之具，莫不备至。畏之太甚，而养之太过，小不如意，则寒暑入之矣。是故善养身者，使之能逸而能劳，步趋动作，使其四体狃于寒暑之变，然后可以刚健强力，涉险而不伤。

夫民亦然。今者治平之日久，天下之人，骄惰脆弱，如妇人孺子不出于闺门，论战斗之事，则缩颈而股栗，闻盗贼之名，则掩耳而不愿听。而士大夫亦未尝言兵，以为生事扰民，渐不可长。此不亦畏之太甚而养之太过欤？且夫天下固有意外之患也，愚者见四方之无事，则以为变故无自而有，此亦不然矣。今国家所以奉西、北之虏者，岁以百万计，奉之者有限，而求之者无厌，此其势必至于战。战者，必然之势也。不先于我，则先于彼；不出于西，则出于北。所不可知者，有迟速远近，而要以不能免也。天下苟不免于用兵，而用之不以渐，使民于安乐无事之中，一旦出身而蹈死地，则其为患必有所不测。故曰：天下之民知安而不知危，能逸而不能劳。此臣所谓大患也。

臣欲使士大夫尊尚武勇，讲习兵法。庶人之在官者，教以行阵之节。役民之司盗者，授以击刺之术。每岁终则聚之郡府，如古都试之法，有胜负，有赏罚，而行之既久，则又以军法从事。然议者必以为无故而动民，又悚以军法，则民将不安。而臣以为此所以安民也。天下果未能去兵，则其一旦将以不教之民而驱之战。夫无故而动民，虽有小恐，然孰与夫一旦之危哉？今天下屯聚之兵，骄豪而多怨，陵压百姓而邀其上者，何故？此其心以为天下之知战者，惟我而已。如使平民皆习于兵，彼知有所敌，则固已破其奸谋，而折其骄气。利害之际，岂不亦甚明欤？

【译文】第五条是教导人民懂得征战和守卫。

如今百姓的忧患，究竟在哪里呢？就在于只知享乐而不知考虑隐藏的危机，只能享乐而不能吃苦练兵。这种祸患即使在当时看不出来，日后也会出观。如今不早为此做好打算，以后就会产生无可挽救的后果。古代圣王深知不能放弃武备，因此尽管天下太平，也不敢松懈军备。每年秋末冬初农闲时，集结百姓田猎以练习武艺，把攻、退、站、卧的基本方法教给他们，使他们习惯于钟鼓旌旗的指挥，以便真打起仗来不感到惊慌失措，使他们习惯于斩杀敌手，以便真打起仗来不感到畏惧。因此尽管发生盗贼叛乱，那么民众也不至于惊慌溃散。到了后世，采用了那些迂腐儒生建议，把削减武备做为王者的美好品德。几十年以后，武器铠甲都已锈蚀，百姓一天比一天安于享乐。一旦有了突然的变故，就非常惊恐互相传讹，不战而逃。开元、天宝年间，天下难道不是一片娱乐升平吗？正因为那时的百姓安于太平盛世的享乐，舒适地生活在吃喝玩乐之中，人们的刚强勇敢消磨殆尽，萎靡不振。因此一个小小的安禄山乘机而出，全国的百姓，像惊恐的鸟兽一样四处奔窜，争先恐后地乞求投降，天下分裂，而唐王朝也就因此衰落了。

愚臣试论教战守的道理。天下兴亡安危的大势，就像是人的身体。王公贵人对自己身体的保养，难道还不周到吗？但他们平时常常苦于多病。再看那些农夫小民，终年劳苦，但却从不生病，这是什么原因呢？风雨霜露寒暑的变化，是疾病产生的根源，农夫小民，盛夏时奋力劳作，隆冬时身体暴露，他们的筋骨经常冒着烈日寒风，肌肤经常被雨雪霜露所浸泡，然而他们对风雨霜露的侵袭都已习惯了，所以严寒酷暑不能对他们造成损害。如今王公贵人住在高大深邃的屋宇之中，出门就乘车，刮风时就穿上皮衣，下雨时就撑开伞盖，凡是可以保护自己的用具，没有一件不准备齐全。对外界风寒的畏惧太过分，对自己身体的保养也太过分，稍不注意，就会受风中暑。因此善于保养身体的人，应该使自己能逸能劳，经常锻炼身体，使身体习惯于寒暑的变化，然后才可以使身体刚健强力，经历各种侵袭而不致受害。

民众也是这样。如今太平的时间很长了，天下的人骄惰脆弱，就像妇人小孩足不出户，谈论起战争之事，就缩着脖子，双腿战栗。听见盗贼的名字，就捂住耳朵不愿意听。而那些士大夫也从不谈论战争之事，认为这是制造事端搔扰民众，此风不可长。这不也是对外界风寒的畏惧太过分而对自己的身体保养的太过分吗？再说国家总会有意外的事变，见识短浅的人见到眼下国内安定，就认为事变无从发生，这也是不正确的。如今国家用来供奉契丹和西夏的财货，每年数以百万计，供奉者的财力有限，而要求者贪得无厌，这样下去必然会引发战争。战争是必然的趋势。不是我们首先开战，就是他们首先开战，不是和西夏打，就是和契丹打。现在不能确定的，只是发生的时间快慢、地点远近而已，但战争肯定是不能避免的。国家如果免不了发生战争，又不能使人民逐渐地接受训练，使人民处于安乐无事之中，一旦使他们面对战争，其结果是不可设想的。所以说：天下民众只知安乐而不知危机，只能安逸而不能劳苦。这就是我所说的大患。

我认为应当使官吏们都重视鼓励勇敢和军备，讲论演习兵法。基层官吏，要把队列的节制调度教给他们，军队中防盗的，要把刺杀的本领教给他们。每年年底在州郡官衙集结，按古代总考的方法，让他们较量胜负，进行赏罚。经过较长时间的训练之后，又可以根据军法的规定要求他们。然而议论此事的人一定会说这是无故地扰乱民众，又加上军法约束，民众将会感到不安，而我以为只有这样才能安定民众。国家本来不能不打仗，一旦发生意外，就只能驱赶着没有经过训练的民众参加战斗，只是白白地去送死了。没发生战争就开始训练百姓，虽然会使百姓产生一些恐惧，但是与一旦束手就戮比起来哪个更危险？如今国家的军队，骄横霸道，动不动就怨气冲天。对下欺压百姓，对上强求要挟，为什么呢？这是因为他们心里认为天下懂得打仗的人只有自己。如果让百姓都习于作战，那么禁军们知道还有与自己一样懂得作战的人，这就足以击败他们的奸谋，摧折他们的骄横。教民战守的好处和专用禁军的害处，难道不是很明白了吗？

策别安万民六

其六曰去奸民。

自昔天下之乱，必生于治平之日，休养生息，而奸民得容于其间，蓄而不发，以待天下之衅。至于时有所激，势有所乘，则溃裂四出，不终朝而毒流于天下。圣人知其然，是故严法禁，督官吏，以司察天下之奸民而去之。

夫大乱之本，必起于小奸。惟其小而不足畏，是故其发也常至于乱天下。今夫世人之所忧以为可畏者，必曰豪侠大盗，此不知变者之说也。天下无小奸，则豪侠大盗无以为资。且以治平无事之时，虽欲为大盗，将安所容其身？而其残忍贪暴之心无所发泄，则亦时出为盗贼，聚为博弈，群饮于市肆，而叫号于郊野。小者呼鸡逐狗，大者椎牛发冢，无所不至，捐父母，弃妻孥，而相与嬉游。凡此者，举非小盗也。天下有衅，鉏耰棘矜相率而剽夺者，皆向之小盗也。

昔三代之圣王，果断而不疑，诛除击去，无有遗类，所以拥护良民而使安其居。及至后世，刑法日以深严，而去奸之法，乃不及于三代。何者？待其败露，自入于刑而后去也。夫为恶而不入于刑者，固已众矣。有终身为不义，而其罪不可指名以附于法者；有巧为规避，持吏短长而不可诘者。又有因缘幸会而免者。如必待其自入于刑，则其所去者盖无几耳。昔周之制，民以罪恶未丽于法而害于州里者，桎梏而坐诸嘉石，重罪役之期，以次轻之，其下罪三月役，使州里任之，然后宥而舍之。其化之不从，威之不格，患苦其乡之民，而未入于五刑者，谓之罢民。凡罢民，不使冠带而加明刑，任之以事，而不齿于乡党。由是观之，则周之盛时，日夜整齐其人民，而锄去其不善。譬如猎人，终日驰驱践蹂于草茅之中，搜求伏兔而搏之，不待其自投于网罗而后取也。夫然后小恶不容于乡，大恶不容于国，礼乐之所以易化，而法禁之所以易行者，由此之故也。

今天下久安，天子以仁恕为心，而士大夫一切以宽厚为称上意，而懦夫庸人，又有所侥幸，务出罪人。外以邀雪冤之赏，而内以待阴德之报。臣是以知天下颇有不诛之奸，将为子孙忧。宜明敕天下之吏，使以岁时纠察凶民，而徙其尤无良者，不必待其自入于刑，而间则命使出按郡县，有子不孝、有弟不悌、好讼而数犯法者，皆诛无赦。诛一乡之奸，则一乡之人悦；诛一国之奸，则一国之人悦。要以诛寡而悦众，则虽尧舜亦如此而已矣。

天下有三患，而蛮夷之忧不与焉。有内大臣之变，有外诸侯之叛，有匹夫群起之祸，此三者其势常相持。内大臣有权，则外诸侯不叛；外诸侯强，则匹夫群起之祸不作。今者内无权臣，外无强诸侯。而万世之后，其尤可忧者，奸民也。臣故曰：去奸民，以为安民之终云。

【译文】第六条是除去奸民。

自古以来天下的动乱，一定发生于太平之日，因为百姓休养生息，使奸民得以容身于其间，他们积蓄力量而不爆发，以等待天下发生事端之时，到了时机成熟，形势能够利用，就会像脓毒一样溃烂流出，一日之内就可以荼毒天下。圣人了解其中的规律，所以制定严格的法禁，督促各级官吏，以监察天下的奸民并消灭他们。

天下大乱的根源，总是起于小小的奸诈。正是因为它小而不认为可怕，所以它一旦爆发，往往足以大乱天下。如今世人所惧怕的，一定会说是豪侠大盗，这是不了解世事变化之人的说法。天下如果没有这看似很小的奸诈，那么豪侠大盗就没有可以借助的力量。况且在太平无事的时候，他们纵然想成为大盗，哪里能容许他们呢？他们残忍贪暴的心性无法发泄，就会不时地出来行窃打劫，聚众赌博，在集市上肆意狂饮，在乡郊野外狂吼乱叫。小盗偷鸡摸狗，大盗杀牛盗墓，无恶不作，他们抛弃父母，丢开妻子儿女，勾结在一起嬉闹浪游。凡是做这些事的人，都不是小盗。天下有了事变后，他们就像蒺藜般勾连绞结在一起，杀人越货，这些人都是过去的小盗。

过去三代的圣王，处事果断而不疑虑，对盗贼的诛杀，力求除恶务尽，以保护善良的百姓使他们能够安居乐业。到了后世，刑法渐渐严密，可是去除奸盗的法令，却比不上三代之时。为什么呢？是要等待他们败露，自己陷于刑律之后才把他们除去。做了坏事而不陷入刑律的人，就已经很多了。有的人终生都在做不义的事，可并不能明确指出他犯了哪条法令。有的人巧妙地躲避法令的惩治，捏着官吏的把柄，使官吏不敢追究他。还有因为赶上大赦而免于刑罚的人。如果一定要等他们自己陷入刑律，那么能够去除的就剩不了几个人了。以往周朝的制度，刁民有罪又没有触犯刑律，只要对州县民众有危害，就要带上枷锁坐在衙前石墩上示众，慎重地规定服苦役的期限，根据罪行的轻重依次递减，罪行最轻的也要服三个月苦役，让州官自行处罚，然后才能原谅释放他们。那些屡教不改，又不把刑律放在眼里，严重侵扰乡里百姓，又没有达到处以五种酷刑的人，古人称之为罢民。凡属罢民之徒，并不实实在在地给他们戴上刑具，只是让他们服贱役，让乡里之人都鄙弃他们。由此看来，周朝全盛时，日日夜夜教化管束天下人民，铲除那些不良之徒。好比是猎人，整日地在草地上驰骋践踏，搜求隐藏的兔子而捕杀它，而不是等待它自投罗网才捉取它。这样，小的罪恶不容于乡里，大的罪恶不容于国家。仁义礼乐之所以容易教化民众，法律禁令之所以得以畅行无阻，就是由于这样的原因。

如今天下长时期安定无事，天子以仁爱宽恕为本，而士大夫在所有事务上都采用宽厚的原则来满足天子的意愿，那些懦弱平庸的人，又带着侥幸的心理，只想开脱罪犯。外表上希望得到为民雪冤的奖赏，内心又期待着阴德的报应。臣因此知道天下有许多没有锄掉的奸民，将会成为后世子孙的忧患。应该明白地敕告天下官吏，使他们时刻纠察凶恶的奸民，把那些尤其不善的人流放到远地，不一定非要等他们自陷于刑律，这期间朝廷派遣使臣巡察郡县，有儿子不孝顺、有兄弟不和睦、喜好诉讼而屡次犯法的人，都要诛杀绝不宽赦。除掉一乡的奸贼，就会使一乡之人喜悦；除掉一国的奸贼，就会使一国之人喜悦。能做到诛杀少数而使多数人喜悦，那么就是尧舜也不过如此而已。

天下有三大祸患，蛮夷之忧不算在内。有朝廷内部大臣的宫廷政变，有朝廷之外诸侯的叛乱割据，有奸盗群起为乱之祸。这三者往往是互相制约的。朝廷内大臣有实权，那么各地的诸侯就不敢叛变。各地诸侯力量强大，那么盗贼群起的祸乱就不会发生。如今朝廷内部没有手握重权之臣，朝廷之外没有强大的诸侯。而万世之后，最值得忧虑的，就是奸民。所以臣苏轼说：除去奸民，并把它做为安定人民最可靠的手段。

策别厚货财一

厚货财者，其别有二。

一曰省费用。

•

夫天下未尝无财也。昔周之兴，文王、武王之国不过百里，当其受命，四方之君长交至于其廷，军旅四出，以征伐不义之诸侯，而未尝患无财。大此之时，关市无征，山泽不禁，取于民者不过什一，而财有余。及其衰也，内食千里之租，外取千八百国之贡，而不足于用。由此观之，夫财岂有多少哉？

人君之于天下，俯己以就人，则易为功；仰人以援己，则难为力。是故广取以给用，不如节用以廉取之为易也。臣请得以小民之家而推之。夫民方其穷困时，所望不过十金之资，计其衣食之费，妻子之奉，出入于十金之中，宽然而有余；及其一旦稍稍蓄聚，衣食既足，则心意之欲，日以渐广，所入益众，而所欲益以不给。不知罪其用之不节，而以为求之未至也。是以富而愈贪，求愈多而财愈不供，此其为惑，未可以知其所终也。盍亦反其始而思之，夫向者岂能寒而不衣、饥而不食乎？今天下汲汲乎以财之不足为病，何以异此？

国家创业之初，四方割据，中国之地至狭也。然岁岁出师以诛讨僭乱之国，南取荆、楚，西平巴蜀，而东下并、潞。其费用之多，又百倍于今可知也。然天下之士未尝思其始，而惴惴焉患今世之不足，则亦甚惑矣。

夫为国有三计：有万世之计；有一时之计；有不终月之计。古者三年耕必有一年之蓄，以三十年之通计，则可以九年无饥也。岁之所入，足用而有余。是以九年之蓄，常闲而无用。卒有水旱之变，盗贼之忧，则官可以自办而民不知。若此者，天不能使之灾，地不能使之贫，四夷盗贼不能使之困，此万世之计也。而其不能者，一岁之入，才足以为一岁之出；天下之产，仅足以供天下之用，其平居虽不至于虐取于民，而有急则不免于厚赋。故其国可静而不可动，可逸而不可劳，此亦一时之计也。至于最下而无谋者，量出以为入，用之不给，则取之益多。天下晏然，无大患难，而尽用衰世苟且之法，不知有急则将何以加之，此所谓不终月之计也。

今天下之利，莫不尽取；山陵林麓，莫不有禁。关有征，市有租，盐铁有榷，酒有课，茶有算。则凡衰世苟且之法，莫不尽用矣。譬之于人，其少壮之时，丰健勇武，然后可以望其无疾，以至于寿考。今未五六十，而衰老之候，具见而无遗，若八九十者，将何以待其后耶？然天下之人，方且穷思竭虑，以广求利之门，且人而不思，则以为费用不可复省，使天下而无盐铁酒茗之税，将不为国乎？臣有以知其不然也。天下之费，固有去之甚易而无损，存之甚难而无益者矣。臣不能尽知，请举其所闻，而其余可以类求焉。

夫无益之费，名重而实轻。以不急之实，而被之以莫大之名，是以疑而不敢去。三岁而郊，郊而赦，赦而赏，此县官有不得已者。天下吏士，数日而待赐，此诚不可以卒去。至于大吏，所谓股肱耳目，与县官同其忧乐者，此岂亦不得已而有所畏耶！天子有七庙，今又饰老、佛之宫，而为之祠，固已过矣。又使大臣以使领之，岁给以巨万计，此何为者也？天下之吏，为不少矣，将患未得其人。苟得其人，则凡民之利，莫不备举，而其患莫不尽去。今河水为患，不使滨河州郡之吏亲视其灾，而责之以救灾之术，徒为都水监。夫四方之水患，岂其一人坐筹于京师，而尽其利害？天下有转运使足矣，今江淮之间，又有发运，禄赐之厚，徒兵之众，其为费岂可胜计哉？盖尝闻之，里有蓄马者，患牧人欺之而盗其刍菽也，又使一人焉为之厩长，厩长立而马益癯。今为政不求其本，而治其末，自是而推之，天下无益之费，不为不多矣。

臣以为凡若此者，日求而去之，自毫厘以往，莫不有益。惟无轻其毫厘而积之，则天下庶乎少息也。

【译文】增加货财之事，共有两条。

第一条是节省费用。

天下不是没有财富。当年周刚刚立国的时候，周文王、周武王的国土不过方圆百里，当他们受命于天，掌管天下时，四面八方的侯王相继来到朝堂之中俯首称臣，军队四面出征，讨伐不愿臣服的诸侯，却从未发愁缺少钱财。那个时候，边关集市都不征收税款，山林湖泽也没有渔猎之禁，从民众那里得到的不过是他们收成的十分之一，而财力尚有盈余。到了周朝衰败的时候，收取王畿千里之内的租税，又获取一千八百诸侯的朝贡，还不够用。由此看来，财物哪里有多和少的标准呢！

君主治理天下，如果能自己俭朴而多施惠于民，就容易取得成功；仰仗着别人的供奉来满足自己，就很难使百姓畏服听命。因此广泛地索取以满足自己的需求，不如节约用度而减少索取更容易治好国家。臣苏轼请求用百姓之家为例来说明这个问题。人在穷困的时候，他所期望的不过是拥有十金之资，因为他计算家中衣食的需求，赡养妻子儿女的费用，不会超过十金之费，有了这些钱财，生活就宽松而有余；到他稍微有些积蓄，衣食已经满足，他心里的欲望就渐渐膨胀起来，收入越多，他的欲望就越不能满足。他不知道反省自己用度奢费，却认为赚的钱不够多。所以赚钱越多越贪婪，需求越多钱财越不够用，这就使他陷于困惑之中，不知道最终怎么办好。他为什么不想想当初，那时收入并不多，难道出现寒冷没有衣穿、饥饿没有饭吃的情况了吗？如今国家整天发愁财用不足，与这个人有什么不同呢？

国家创业之初，四方诸侯各霸一方，宋朝的疆域相当狭小。然而年年发兵讨伐不肯臣服的国家，南方攻取了荆、楚之地，西方扫平了后蜀孟氏，东面攻克了太原和潞州。所需费用之多，超过现在一百倍是无可辨驳的。然而天下的士子都不愿回想当初的情形，只是惴惴不安地忧虑当今用度不足，这也是十分糊涂的想法。

治理国家有三种方法：有的是做长远规划；有的只为一时打算；有的只是过一天算一天。古时候三年耕作一定会余出一年积蓄，用三十年来合计，就可以有九年不受饥饿的威胁了。每年的收入，足够本年的用度并且有余。因此那九年的积蓄常常闲置而无用，就是有水旱灾害突然发生，以及盗贼侵扰的忧患，官府也可以自行操办而不增加百姓的负担。如果能达到这种情况，天灾不能给国家带来危害，土地歉收不能使国家贫穷，外虏盗贼不能使国家困窘。这就是长远的规划。有的君王做不到这一步，一年的收入，只够一年的支出；全国的物产，仅够全国的人使用，平日虽然还不至于对人民横征暴敛，但是遇到紧急情况时就免不了增加赋税。因此国家只能平静而不能动乱，只能安逸而不能劳顿，这就是只为一时打算。至于才能最低下没有治国谋略的君王，根据支出来决定向人民收取多少租税，收入总是抵不住支出，因此向人民收取的租税就日益增多。这在天下太平时，还不至于造成多大的祸患，然而他所采用的都是末世应急的办法，不知道真有了急难时还能增加多少赋税，这就是所谓的过一天算一天。

如今天下所有能够获利之处，没有一处算计不到；高山丘陵森林平原，没有一处没有禁令。边关有关税，集市有租金，盐铁有专卖，酒水有重税，茶叶有垄断。凡是末世用过之应急之法，没有不用尽的了。这就像人一样，当他年富力强时，丰满健壮且勇敢威武，这才能希望他没有疾病，甚至能长寿。如今还没到五六十岁，衰老的状态就非常明显，像八九十岁的人，那还哪能指望此后能健康长寿呢？然而治国的人，还在绞尽脑汁来增加生利的门路。这些人也不好好考虑筹划一下，就认为如今国家各项费用不能再省，难道国家没有盐铁酒茶的重税，就不成为国家了吗？臣以为并非如此。国家的开支，本来就有很多是容易革除而无损于国，保存下来很困难却无益于国的。臣苏轼不可能全部了解，请求略举所听到的一些事加以论证，其他与之相类的事就可以推知了。

那些毫无意义的开支，听起来很必要，但实际上并没有必要。实际上并不急需，非要冠以堂皇的名义，因此人们虽然对此心怀疑虑却不敢制止。每三年进行一次郊祭，郊祭过后就要大赦，大赦之后就要封赏，这是天子出于不得已的原因非要支出的。全国的官吏将士，过不了多久就要等待赏赐，这的确不能立即取消。至于那些大官，就是所谓国家的股肱耳目之人，应该与天子同甘共苦的人，对他们难道也是因不得已而有所惧怕吗！天子有昭穆七庙，如今又在兴建道、佛两教的宫观寺庙，还要负责这些宫观寺庙的支出，这就太过分了。又命大臣以宫祠使的身份典领，每年支出数以万计的钱财，这到底是为什么呢？全国的官吏，已经不少了，还是苦于没有人才。如果真能得到人才，那么对百姓有益的政令，都能提出，而损害百姓利益的政令都会废除。如今黄河水泛滥成灾，不派临河州郡的官吏亲自去视察灾害的情况，安抚灾民，却要求他们提出救灾的方法。白白设置一个都水监，全国的水患，难道让一个人坐在京师筹划，就能把治理天下水患的良策构想出来？天下各路有转运使就足够了，如今江淮一带，又设置了发运使，捧禄赏赐之丰厚，所属吏卒之众多，耗费的钱财数得过来吗？我曾听说，乡间有一个养马的人，怕牧人欺骗自己盗窃草料，又派了一个人担任厩长。厩长来了而马却越来越瘦。如今治理天下不抓住根本，只注重那些细稍末节。以此推知，天下毫无意义的支出，不能说不多啊。

我认为凡如此类的情况，每天去除一点，从一丝一毫做起，长此以往，不会没有收效。只要不轻看这一丝一毫的积累，天下百姓或许会得到喘息之机。

策别厚货财二

其二曰定军制。

自三代之衰，井田废，兵农异处，兵不得休而为民，民不得息肩而无事于兵者，千有余年，而未有如今日之极者也。三代之制，不可复追矣。至于汉、唐，犹有可得而言者。

夫兵无事而食，则不可使聚，聚则不可使无事而食。此二者相胜而不可并行，其势然也。今夫有百顷之闲田，则足以牧马千驷，而不知其费。聚千驷之马，而输百顷之刍，则其费百倍，此易晓也。昔汉之制，有践更之卒，而无营田之兵，虽皆出于农夫，而方其为兵也，不知农夫之事，是故郡县无常屯之兵，而京师亦不过有南北军、期门、羽林而已。边境有事，诸侯有变，皆以虎符调发郡国之兵，至于事已而兵休，则涣然各复其故。是以其兵虽不知农，而天下不至于弊者，未尝聚也。唐有天下，置十六卫府兵，天下之府八百余所，而屯于关中者，至有五百，然皆无事则力耕而积谷，不惟以自赡养，而又有以广县官之储。是以兵虽聚于京师，而天下亦不至于弊者，未尝无事而食也。

今天下之兵，不耕而聚于京畿三辅者，以数十万计，皆仰给于县官。有汉、唐之患，而无汉、唐之利，择其偏而兼用之，是以兼受其弊而莫之分也。天下之财，近自淮甸，而远至于吴、蜀，凡舟车所至，人力所及，莫不尽取以归于京师。晏然无事，而赋敛之厚，至于不可复加，而三司之用，犹苦其不给。其弊皆起于不耕之兵聚于内，而食四方之贡赋。

非特如此而已，又有循环往来屯戍于郡县者。昔建国之初，所在分裂，拥兵而不服，太祖、太宗躬擐甲胄，力战而取之。既降其君，而籍其疆土矣，然其故基余孽犹有存者。上之人见天下之难合而恐其复发也，于是出禁兵以戍之。大自藩府，而小至于县镇，往往皆有京师之兵。由此观之，则是天下之地，一尺一寸，皆天子自为守也，而可以长久而不变乎？

费莫大于养兵，养兵之费，莫大于征行。今出禁兵而戍郡县，远者或者数千里，其月廪岁给之外，又日供其刍粮。三岁而一迁，往者纷纷，来者累累，虽不过数百为辈，而要其归，无以异于数十万之兵三岁而一出征也。农夫之力，安得不竭？馈运之卒，安得不疲？

且今天下未尝有战斗之事，武夫悍卒，非有劳伐可以邀其上之人，然皆不得为休息闲居无用之兵者，其意以为为天子出戍也。是故美衣丰食，开府库，辇金帛，若有所负，一逆其意，则欲群起而噪呼，此何为者也？天下一家，且数十百年矣。民之戴君，至于海隅，无以异于畿甸，亦不必举疑四方之兵而专信禁兵也。曩者蜀之有均贼，与近岁贝州之乱，未必非禁兵致之。

臣愚以为郡县之土兵，可以渐训而阴夺其权，则禁兵可以渐省而无用。天下武健，岂有常所哉？山川之所习，风气之所咻，四方之民一也。昔者战国尝用之矣。蜀人之怯懦，吴人之短小，均尝以抗衡于上国，夫安得禁兵而用之。今之土兵，所以钝弊劣弱而不振者，彼见郡县皆有禁兵，而待之异等，是以自弃于贱隶役夫之间，而将吏亦莫之训也。苟禁兵可以渐省，而以其资粮益优郡县之土兵，则彼固已欢欣踊跃出于意外，戴上之恩而愿效其力，又何遽不如禁兵耶？夫土兵日以多，禁兵日以少，天子扈从捍城之外，无所复用。如此，则内无屯聚仰给之费，而外无迁徙供亿之劳，费之省者，又已过半矣。

【译文】第二条是制定军制。

自从三代衰亡，井田制度废除，士兵和农夫的身份明显分开，士兵不能在无事时成为平民，平民也不能停止劳作而供养军队，这种情况至今已有一千多年了，但从没有像今天还样到达极限。三代时的制度，不可能再详细考证到底是个什么样子，但是汉朝和唐朝以来的制度，还是有文献可考的。

士兵不打仗而白白吃饭，就不能让他们聚集在一起，聚集在一起就不能让他们无事可做而白白吃饭。这两者单独看来都是可行的，但不能并行，这是大势之必然。如果有一百顷闲置的土地，足可以放牧一千匹马，也不觉得有多大花费。但是如果聚集了一千匹马，而供给它们一百顷土地上生长的刍草，那么这些花费就要增加一百倍，这是很容易明白的道理。过去汉朝的制度，有轮戍的士兵，而没有营田的军队，尽管他们都是来自农家，但他们一旦成为士兵，就不再承担农夫的义务，所以郡县没有常设的军队，而京师也不过只有南北军、期门军、羽林军而已。边境发生战事，诸侯发生叛乱，都是用虎符调集各郡国的军队。等到战事结束，军队的任务完毕，就仍旧分散回到原来的地方。所以尽管那些士兵不务农，而天下并没有因此而产生弊端，就是因为不使士兵们聚集在一起的缘故。唐朝夺取了天下之后，设置了十六卫府兵，天下的行兵有八百余处，而屯驻于关中一带的，就有五百处，在没有战事时，他们全都耕种田地积累粮谷，不仅仅用以养活自己，又可以增加官府的储备。因此军队虽然聚集于京师周围，而天下也没有因此产生弊端，就是因为朝廷从不让士兵们无事可做而白白吃饭。

如今天下的军队，不事耕作而聚集于京畿附近的，达几十万之多，全都靠官府供养。这就只有汉、唐时的弊端，而没有汉、唐时的益处，选择了两朝不利的一面合而用之，因此两朝的弊端搅在一起。天下的财物，近处取自淮河一带，远处取自吴越和蜀中。凡车船所能到达的地方，人力所能涉及的地方，没有一处的粮谷不是大量运往京师。在国家平安无事时，赋税的厚重，就到了无以复加的地步，而三司还发愁不够用。其中的弊病都是起于不事耕作的军队聚集在京师，需要各地大量的贡赋来供养他们。

不仅如此，国家还有一部分轮流屯戍在地方郡县的军队。我朝刚刚建国之时，各节度使分裂国家，拥兵自强，不服从中央。太祖、太宗亲自身披甲胄，奋力征战才夺取了天下。使那些割据的诸侯投降，并收取了他们的疆土，然而他们的老巢还有一些暗中不服从朝廷的势力。天子见到天下如此难于统一，恐怕分裂的局面再次出现，于是派出禁兵来驻守那些地方，大到名藩重镇，小到一县一镇，到处都有中央军队。由此看来，似乎天下的疆土，每尺每寸，都要由天子自己来守卫了。这种情况可以长久保持而不加变更吗?

国家财政的支出没有比供养军队花费更多了，供养军队的费用，没有比往来调防更耗费钱财了。如今使禁兵出外屯戍于郡县，最远的达到几千里。除了供给他们正常的津贴外，还需每日供给他们粮食草料。三年调防一次，纷纷攘攘地来，纷纷攘攘地去，虽然每支军队不过数百人，但总计起来，就与几十万的军队三年一次出征的耗费相当了。农民们的收获，怎么能不被搜刮干净?运输的脚夫，怎么能不疲劳不堪呢?

况且如今天下并没有战争发生，那些凶悍的士卒，并没有什么辛劳的征伐可以向上邀功。然而他们又确实都是不得休息没派上什么实际用场的士兵，他们认为自己是为天子而出戍。因此美衣丰食，打开府库，发放金帛，就像他们得到这些是理所当然的。稍微有一点没有满足他们，他们就会群起鼓噪，这是为什么呢?天下统一已经几十上百年了。民众对君王衷心拥戴，哪怕是天涯海角之民，与京城附近并没有什么两样，朝廷也不必怀疑外地的军队而只相信禁兵。过去蜀中王均和近年贝州戍卒的叛乱，未必不是由于禁兵所致。

臣苏轼认为郡县的土兵，可以逐渐地训练他们而不给他们过多的权力，那么就可以渐渐地减少禁兵。天下的武夫健卒，哪有固定的出处呢？山川的磨练，风气的陶冶，四方的民众均同一理。当年战国时就曾经得到过证明。凭着蜀人懦弱的性情，吴人短小的身材，都曾经与大国分庭抗礼，他们当时哪里有禁兵可用呢。如今的土兵，之所以顽钝疲弱而不能自振，是因为他们看见郡县到处都有禁兵，而待遇却差得很远，所以把自己看做贱隶役夫，而朝廷将帅官吏也不对他们进行正规训练。如果禁兵可以渐渐地省置，而把用来供养他们的资粮加给郡县的土兵，那么他们一定喜出望外，感戴皇上的恩德而愿意贡献自己的力量，又怎么知道他们不如禁兵呢？土兵渐渐增多，禁兵渐渐减少，那么天下除了殿庭仪卫和捍守京城之外，禁兵就再没有利的用处了。这样一来，京城就可以免除屯戍供给的费用，外路也没有了供养轮戍士兵的负担，军费的支出，就可以节省一大半。

策别训兵旅一

训兵旅者，其别有三。

一曰蓄材用。

夫今之所患兵弱而不振者，岂士卒寡少而不足使欤？器械钝弊而不足用欤？抑为城郭不足守欤？廪食不足给欤？此数者，皆非也。然所以弱而不振，则是无材用也。

夫国之有材，譬如山泽之有猛兽，江河之有蛟龙，伏乎其中而威见乎其外，悚然有所不可狎者。至于鳅蚖之所蟠，彘豚之所牧，虽千仞之山，百寻之溪，而人易之。何则？其见于外者不可欺也。天下之大，不可谓无人。朝廷之尊，百官之富，不可谓无才。然以区区之二虏，举数州之众，以临中国，抗天子之威，犯天下之怒，而其气未尝少衰，其词未尝少挫，则是其心无所畏也。主忧则臣辱，主辱则臣死。今朝廷之上，不能无忧，而大臣恬然未尝有拒绝之议，非不欲绝也，而未有以待之。则是朝廷无所恃也。缘边之民，四顾而战栗；牧马之士，不敢弯弓而北向。吏士未战而先期于败，则是民轻其上也。外之蛮夷无所畏，内之朝廷无所恃，而民又自轻其上，此犹足以为有人乎！

天下未尝无才，患所以求才之道不至。古之圣人，以无益之名，而致天下之实，以可见之实，而较天下之虚名。二者相为用而不可废。是故其始也，天下莫不纷然奔走从事于其间，而要之以其终，不肖者无以欺其上。此无他，先名而后实也。不先其名，而唯实之求，则来者寡。来者寡，则不可以有所择。以一旦之急，而用不择之人，则是不先名之过也。天子之所向，天下之所奔也。今夫孙、吴之书，其读之者，未必能战也。多言之士，喜论兵者，未必能用也。进之以武举，而试之以骑射，天下之奇才，未必至也。然将以求天下之实，则非此三者不可以致。以为未必然而弃之，则是其必然者，终不可得而见也。

往者西师之兴，其先也，惟不以虚名多致天下之才而择之，以待一旦之用。故其兵兴之际，四顾惶惑而不知所措。于是设武举，购方略，收勇悍之士，而开猖狂之言，不爱高爵重赏，以求强兵之术。当此之时，天下嚣然，莫不自以为知兵也。来者日多，而其言益以无据，至于临事，终不可用，执事之臣，亦遂厌之，而知其无益，故兵休之日，举从而废之。今之论者，以为武举、方略之类，适足以开侥幸之门，而天下之实才，终不可以求得。此二者，皆过也。夫既已用天下之虚名，而不较之以实，至其弊也，又举而废其名，使天下之士不复以兵术进，亦已过矣。

天下之实才，不可以求之于言语，又不可以较之于武力，独见之于战耳。战不可得而试也，是故见之于治兵。子玉治兵于蒍，终日而毕，鞭七人，贯三人耳。蒍贾观之，以为刚而无礼，知其必败。孙武始见，试以妇人，而犹足以取信于阖闾，使知其可用。故凡欲观将帅之才否，莫如治兵之不可欺也。今夫新募之兵，骄豪而难令，勇悍而不知战，此真足以观天下之才也。武举、方略之类以来之，新兵以试之。观其颜色和易，则足以见其气；约束坚明，则足以见其威；坐作进退，各得其所，则足以见其能。凡此者皆不可强也。故曰：先之以无益之虚名，而较之以可见之实。庶乎可得而用也。

【译文】训养军队，可分为三条。

第一条是积蓄人才。

如今朝廷对军队软弱不振深感担忧，是士兵的数量太少不够用呢？还是兵器钝弊不能用呢？或者是城郭不足以防守呢？还是军粮没有足够的供给呢？这几个方面都不是。军队之所以柔弱不振，是因为没有真正的人才可用。

国家有人才，就好像山林草泽中有猛兽，江河湖海里有蛟龙，它们伏于其中而威严显露于外，威风凛凛有不可欺侮的气势。那些泥鳅鳝鱼蟠卷的地方，那些猪羊放牧的地方，即使是千仞的高山，百丈的溪谷，而人们也能很容易地抓到它们。为什么呢？因为它们懦弱的外表不能给人以震慑。天下如此广大，不能说没有人才；朝廷如此尊严，百官如此众多，也不能说没有人才。然而以小小的契丹和西夏，只凭几个州的力量，就可以威胁中国，轻侮我朝天子的威严，干犯天下万民之怒，而他们的气焰从未收敛一点，他们的言词从未谦逊一点，就是因为他们心中无所畏惧。主上有忧患他的大臣就应该感到耻辱，主上受到海辱他的大臣就应该死节。如今朝廷之上，不能说没有忧患，而大臣们却若无其事从不敢拒绝契丹和西夏的无理要求，这并不是他们不想拒绝，而是感到朝廷的态度不明朗。这样一来，朝廷也就失去了倚恃。沿边地区的民众，向西一看就两腿战栗；牧马的战士，不敢弯弓向北指一下。官吏和士兵还没与敌人交战就先自气馁，这是民众轻慢朝廷。境外蛮夷无所畏惧，国内朝廷无所倚仗，而民众又轻慢朝廷，这还能认为国中有人吗！

然而天下并不是没有人才，只不过是用以求才的方法不当。古代的圣人，用毫无意义的名位，达到夺取天下的实际；又以可以见到的实利，来制定名位的高下。二者互相为用而不可偏废。所以他们治理天下，士子们没有一个不是汲汲于名利之间，而圣人又要求他们自始至终地忠于自己，那些能力不高的人就没有办法欺蒙他的君主。这并不算什么诀窍，不外是先确定名位而后才能使他们见到实利。不先确定他们的名位，只要求他们替朝廷出力，那么甘心为朝廷效力的人就会很少。甘心为朝廷效力的人少，那么供朝廷选择的人就更少了。一旦国家出现紧急情况，只能任用这些未经选择的人，这都是由于没有先给他们确立名位的过失。天下向往的东西，就是天下人要追求的东西。如今读孙子、吴起兵书的人，未必能指挥战斗。好说大话，喜欢议论战争的人，未必能够重用。用武举选拔人才，用骑射来测试他们的技艺，天下的奇才，未必能够为朝廷所获。然而要想求得保有天下的实际，不用这三种方法就不能得到人才。认为通过这三个途径得到的未必是真正的人才而抛弃他们，那么理想中的人才，最终还是得不到。

往年与西夏作战的时候，战前没有用名位多多地网罗天下人才加以选择，以防一旦发生紧急情况时任用他们。所以战事一开，朝廷四顾无人而感到不知所措，这才设置了武举，广求御敌方略，招徕勇猛的武士，使人们畅所欲言，朝廷不吝惜高爵重赏，一意求取增强武备之术。这个时候，天下士子人人磨拳擦掌，没有一个不自认为懂得兵法。入朝献策的人一天比一天多，可惜他们的话越来越脱离实际，一旦遇到战事，最终还是不能任用，执政的大臣，随之也就厌弃他们，知道他们没有用处，所以战事一停，就不再任用他们。如今议论武备的人，都提出应当用武举和测验技能等方法获取人才，这正好为侥幸之辈大开方便之门，而有真才实学的人，最终还是未能求得。这两种方法都存在严重的缺陷。既然已经确立了名位，又不能给他们实际的利益，等到发现他们不足为用，又把名位也废除了，使天下的士子不再凭借通晓军事而得以进用，这就显得过分了。

天下有实际才能的人，不能只听他说的有多好，也不能单纯看谁的武艺高强，而只能看他在战争中的表现。战争又不能用于试验人才，所以应该看他如何治理军队。子玉在蒍地训练军队，一天就把军队训得齐齐整整，他鞭打了七个人，穿了三个人的耳朵。蒍贾见到后，认为子玉刚猛而不懂得礼，知道他作战时一定会失败。孙武刚到吴国时，吴王把宫中的女子交给他做试验，而最终得到了吴王阖闾的信任，知道他可以重用。因此，要想考察将帅的才能高下，没有比让他训练军队更可靠的了。如今刚招来的新兵，骄任而难以管束，凶猛却不懂战术，对这些人的训练，最能发现真正懂得军事的将帅。通过武举和考察技艺、测试谋略的方法选择人才，用训练新兵的手段来检验他的才干。看他的面色平和，就足以知道他胸有浩气；看他对士卒管束严明，就是以知道他的威严；看他指挥前进和退却井井有条，就是以知道他有指挥才干。所有这一切，都不是可以强求的。所以说：古代的圣人，用毫无意义的名位，达到保有天下的实际。这种办法，很值得令人借鉴。

策别训兵旅二

其二曰练军实。

三代之兵，不待择而精，其故何也？兵出于农，有常数而无常人，国有事，要以一家而备一正卒，如斯而已矣。是故老者得以养，疾病者得以为闲民。而役于官者，莫不皆其壮子弟。故其无事而田猎，则未尝发老弱之民；师行而馈粮，则未尝食无用之卒。使之足轻险阻，而手易器械。聪明足以察旗鼓之节，强锐足以犯死伤之地，千乘之众，而人人足以自捍。故杀人少而成功多，费用省而兵卒强。

盖春秋之时，诸侯相并，天下百战，其经传所见谓之败绩者，如城濮、鄢陵之役，皆不过犯其偏师而猎其游卒，敛兵而退，未有僵尸百万流血于江河如后世之战者，何也？民各推其家之壮者以为兵，则其势不可得而多杀也。

及至后世，兵民既分，兵不得复而为民，于是始有老弱之卒。夫既已募民而为兵，其妻子屋庐，既已托于营伍之中，其姓名既已书于官府之籍，行不得为商，居不得为农，而仰食于官，至于衰老而无归，则其道诚不可弃去。是故无用之卒，虽薄其资粮，而皆廪之终身。凡民之生，自二十以上至于衰老，不过四十余年之间。勇锐强力之气足以犯坚冒刃者，不过二十余年。今廪之终身，则是一卒凡二十年无用而食于官也。自此而推之，养兵十万，则是五万人可去也；屯兵十年，则是五年为无益之费也。民者，天下之本；而财者，民之所以生也。有兵而不可使战，是谓弃财。不可使战而驱之战，是谓弃民。臣观秦、汉之后，天下何其残败之多耶！其弊皆起于分民而为兵。兵不得休，使老弱不堪之卒，拱手而就戮。故有以百万之众，而见屠于数千之兵者。其良将善用，不过以为饵，委之啖贼。嗟夫！三代之衰，民之无罪而死者，其不可胜数矣。

今天下募兵至多，往者陕西之役，举籍平民以为兵。继以明道、宝元之间，天下旱蝗，次及近岁青、齐之饥，与河朔之水灾，民急而为兵者，日以益众。举籍而按之，近世以来，募兵之多，无如今日。然皆老弱不教，不能当古之十五，而衣食之费，百倍于古。此甚非所以长久而不变者也。

凡民之为兵者，其类多非良民。方其少壮之时，博弈饮酒，不安于家，而后能捐其身。至其少衰而气沮，盖亦有悔而不可复者矣。臣以谓：五十以上，愿复而为民者，宜听；自今以往，民之愿为兵者，皆三十以下则收，限以十年而除其籍。民三十而为兵，十年而复归，其精力思虑，犹可以养生送死，为终身之计。使其应募之日，心知其不出十年，而为十年之计，则除其籍而不怨。以无用之兵终身坐食之费，而为重募，则应者必众。如此，县官长无老弱之兵，而民之不任战者，不至于无罪而死。彼皆知其不过十年而复为平民，则其自爱其身而重犯法，不至于叫呼无赖以自弃于凶人。

今夫天下之患，在于民不知兵，故兵常骄悍而民常怯；盗贼攻之而不能御，戎狄掠之而不能抗。今使民得更代而为兵，兵得复还而为民，则天下之知兵者众，而盗贼戎狄将有所忌。然犹有言者，将以为十年而代，故者已去而新者未教，则缓急有所不济。夫所谓十年而代者，岂举军而并去之？有始至者，有既久者，有将去者，有当代者，新故杂居而教之，则缓急可以无忧矣。

【译文】第二条是训练军队。

三代时期的士兵，不用选择就是精良的，原因何在呢？因为士兵是从农民中选拔出来的，有固定的编制而无固定的人员，国家有了战事，就要从每家选拔一名正式的兵卒，如此而已。因此老年人得到赡养，患病的人得以休息。而服役于官府的人，没有一个不是各家的精壮子弟。所以没有战事而田猎时，也从不用老弱之民，出师行军打仗运粮，也从不供养没用的士卒。使他们的脚能跋涉险阻，使他们的手能熟练地使用各种兵器。他们的耳目足以接受旗鼓的指挥，他们的强劲足以冲锋陷阵，面对强大的敌人，人人都能够自卫。因此虽然死伤少而成功多，费用节省而兵卒强壮。

春秋之时，诸侯互相兼并，天下混战。见于史书中记载的失败战役，比如城濮之战、鄢陵之战，都不过是击败了对方的溃师，抓获的也不过是对方的散兵游勇，对方就收兵而退，没有像后世的战争那样杀人百万流血成河的情况，为什么呢？这是因为民户各自推选自己家中的强壮者去当兵，在这种形势下不能让士兵过多地遭到杀戮。

到了后世，士兵和平民明显分开，士兵不能再成为平民，于是就开始有年老体弱的士卒。他们既已从平民中召募为兵，他们的妻子儿女居室，都已经寄托于行伍这个职业之中，他们的姓名已经被写在官府的档案里，出外不许为商，平居不许为农，只有仰仗官府，即使老死无家可归，他的身份也不能改变。因此无用的士卒，虽然得到的资粮比较微薄，但国家也要供养他们一生。大凡一个人的一生，从二十岁直到衰老，不过四十多年的时间。其中勇猛强健足以冲锋陷阵的时间，不过二十多年。如今终生供养他们，就是一名士卒要有二十年没有作用而仰食于官府。以此推算，养兵十万，就有五万人可以减掉；屯兵十年，就有五年是无益的花费。民众是天下的根本；而财物是民众赖以生存的东西。有士兵而不能用于战斗，就是丢弃财物；不能战斗却驱使他们去打仗，就是抛弃人民。臣苏轼研究了秦朝和汉朝之后的历史，天下血流成河的残酷战斗是何等频繁！其中的弊病都是起因于把民众分出来成为专职士兵。士兵得不到休息，老弱不堪的士卒，就只能拱手就戮。因此就发生了拥有上百万人的军队，却被只有几千人的军队残杀的情况。他们的将帅善用智谋，不过把他们做为钓饵，送给敌人屠杀。唉！三代风气已经衰亡了，民众无辜而死的人，多得不可胜数。

如今天下召募的士兵很多，过去陕西开战，大量从平民中招募士兵。接着在明道、宝元年间，天下旱蝗之灾，直到近年来青州、齐州一带的饥荒与河北的水灾，百姓被迫而当兵的，越来越多。根据户籍统计，近年以来，募兵数量之多，从没有超过今天的。然而大多是年老体弱不堪训练的人，十个人抵不上古代的五个人，而他们的衣食费用，却相当于古代的百倍。这实在是不能长久保持而不变革的。

凡百姓中当兵的人，多非善良之辈。在他们年轻时，赌博饮酒，不务正业，这样的人走投无路时才会去当兵。到了他们衰老无力的时候，也会后悔当初的选择，但却已无法恢复平民的身份了。臣苏轼认为：五十岁以上的在籍士兵，愿意恢复平民身份的人，应当准许；从今往后，平民中凡是自愿当兵的人，都要限在三十岁以下，限期十年然后削除他的军籍。平民三十当兵，服役十年后回家，他的精力还可以养生送死，为终身之计。让他从应募之日起，就知道自己当兵不会超过十年，而做好十年的打算，那么削除了他的军籍他也不会怨恨。用这些供养无用之兵终身的费用，用重金招募精壮人才，那么应募的人一定会很多。这样一来，天下永无年老体弱之兵，而那些不能胜任战斗的人，也不至于无辜送死。那些人都知道自己不过十年就会重新恢复平民身份，他们也就自珍自爱，不再轻易犯法，不至于自暴自弃把自己弃置于凶人之中。

如今天下的祸患，在于民众不懂得战斗。因此士兵才非常骄悍而民众却显得怯懦。盗贼进攻他们，他们不能抵御；戎狄劫掠他们，他们不能抵抗。如果让民众能够交替当兵，士兵也能恢复成为平民，那么天下会打仗的人就很多了，这样盗贼和戎狄就会有所顾忌。但还有人说：要是十年一换，老的已经离去而新的还未教练成熟，那么一旦有了突然事变就会来不及。所谓十年一换，难道是全军一并离去吗？有刚到的，有已经待了很久的，有将要离去的，有正在更换的，新老杂处而相互教习，那么一旦有了紧急事变就可以不必忧虑了。

策别训兵旅三

其三曰倡勇敢。

臣闻战以勇为主，以气为决。天子无皆勇之将，而将军无皆勇之士。是故致勇有术。致勇莫先乎倡，倡莫善乎私。此二者，兵之微权。英雄豪杰之士，所以阴用而不言于人，而人亦莫之识也。

臣请得以备言之。夫倡者，何也？气之先也。有人人之勇怯，有三军之勇怯。人人而较之，则勇怯之相去。若莛与楹。至于三军之勇怯，则一也。出于反覆之间，而差于豪厘之际，故其权在将与君。人固有暴猛兽而不操兵，出入于白刃之中而色不变者；有见虺蜴而却走，闻钟鼓之声而战栗者。是勇怯之不齐，至于如此。然闾阎之小民，争斗戏笑，卒然之间，而或至于杀人。当其发也，其心翻然，其色勃然，若不可以已者，虽天下之勇夫，无以过之。及其退而思其身，顾其妻子，未始不恻然悔也。此非必勇者也。气之所乘，则夺其性而忘其故。故古之善用兵者，用其翻然勃然于未悔之间；而其不善者，沮其翻然勃然之心，而开其自悔之意，则是不战而先自败也。故曰致勇有术。

致勇莫先乎倡。均是人也，皆食其食，皆任其事。天下有急，而有一人焉奋而争先而致其死，则翻然者众矣。弓矢相及，剑楯相搏，胜负之势，未有所决，而三军之士，属目于一夫之先登，则勃然者相继矣。天下之大，可以名劫也。三军之众，可以气使也。谚曰：“一人善射，百夫决拾。”苟有以发之，及其翻然勃然之间而用其锋，是之谓倡。

倡莫善乎私。天下之人，怯者居其百，勇者居其一，是勇者难得也。捐其妻子，弃其身以蹈白刃，是勇者难能也。以难得之人，行难能之事，此必有难报之恩者矣。天子必有所私之将，将军必有所私之士，视其勇者而阴厚之。人之有异材者，虽未有功，而其心莫不自异。自异而上不异之，则缓急不可以望其为倡。故凡缓急而肯为倡者，必其上之所异也。昔汉武帝欲观兵于四夷，以逞其无厌之求。不爱通侯之赏，以招勇士。风告天下，以求奋击之人，然卒无有应者。于是严刑峻法，致之死地，而听其以深入赎罪，使勉强不得已之人，驰骤于万死之地，是故其将降，其兵破败，而天下几至于不测。何者？先无所异之人，而望其为倡，不已难乎！

私者，天下之所恶也。然而为己而私之，则私不可用。为其贤于人而私之，则非私无以济。盖有无功而可赏，有罪而可赦者，凡所以愧其心而责其为倡也。天下之祸，莫大于上作而下不应。上作而下不应，则上亦将穷而自止。方西戎之叛也，天子非不欲赫然诛之，而将帅之臣，谨守封略，收视内顾，莫有一人先奋而致命，而士卒亦循循焉莫肯尽力，不得已而出，争先而归，故西戎得以肆其猖狂，而吾无以应，则其势不得不重赂而求和。其患起于天子无同忧之臣，而将军无心腹之士。西师之休，十有余年矣。用法益密，而进人益艰。贤者不见异，勇者不见私。天下务为奉法循令，要以如式而止，臣不知其缓急将谁为之倡哉？

【译文】第三条是提倡勇敢。

臣苏轼听说作战以勇猛为主，以气势决定胜负。天子不可能使所有的将领都勇猛果断，而将军也不可能使所有士兵都勇敢顽强。因此要想使人勇敢，要有一定的方法。让人勇敢一定要首先激励他们，激励他们莫如满足他们的私欲。这两点，是用兵的奥妙，英雄豪杰之士，都是暗地里使用这些方法，只是不对人明言，所以别人也就不了解了。

臣苏轼请求详细分析这件事。励，是指什么呢？是要使人们在战斗前鼓起勇气。有各人的勇敢和怯懦，有全军的勇敢和怯懦。人与人相比较，他们的勇敢和怯懦相差甚远，就好像草茎和楹柱。至于全军的勇敢和怯懦，则是一致的。它的变化往往产生在一瞬间，因此主动权掌握在将帅和君主手中。世上固然有赤手空拳力搏猛兽，出入于白刃之中而面色不变的人；也有看见蛇和蜥蜴就逃跑，听到钟鼓之声就战栗的人。所以勇怯的不同，会有如此大的差距。但街巷里的小民，争斗戏笑，仓卒之间，就可能失手杀人。当事情发生的时候，他心中怒气翻腾，他脸上勃然大怒，就像不能控制自己，在这个时候，就连天下最勇敢的人，也比不上他凶猛。但是当他反过来为自己想想，顾念他的妻子儿女时，就未必不恻然懊悔了。这种人不是真正勇敢的人。只是一时兴起，迷失了本性而忘掉了一切。所以古时候善于用兵的人，利用人们勃然大怒还没来得及后悔去冲锋陷阵；而那些不善于用兵的人，往往是阻遏了他们的凶猛，任凭他们产生后悔之心。那就是还没开战就先自败下阵来。所以说使人勇敢要有方法。

使人勇敢莫如首先激励他们。所有的人，都要吃饭，也都要承担责任。国家有了急难，只要有一个人奋力争先为此牺牲，那么就会有许多人跟上去。用弓箭互相射杀，拿剑盾互相搏击，在胜负的形势还未决出之际，全军的将士，都盯着于那个首先冲上去的人，这时大家都会紧紧跟上。天下之大，可以用名义来夺取；三军之众，可以用鼓舞士气使他们勇敢。民谣说："一人善于射箭，一百个人拾箭。"只要能够调动他们的勇气，使他们在勃然大怒之时而驱使他们，这就叫做激励。

激励他们莫如满足他们的私欲。天下的人，怯懦的有一百个，勇敢的才有一个，因此勇敢者非常难得。不顾妻子儿女，舍弃自身赴汤蹈火，这是勇敢者也难以做到的。以难以得到的人，去做难以做到的事，这一定是为了难以报答的恩情。天子一定要有自己所偏爱的将领，将军一定要有自己所偏爱的勇士，对那些勇敢者私下里给他好处。凡是有特殊才能的人，虽然还没显露出来，但他们心中没有一个不认为自己是最优秀的。自认为优秀而上司不以优秀的人才对待他，那么一旦出现紧急情况就不可能指望他身先士卒。所以凡是在紧急情况下肯于冲锋陷阵的，一定是上司平时对他偏爱的人。从前汉武帝想要在四方夷狄面前炫耀武力，以满足自己无厌的欲求。他不吝惜通侯的赏赐，用以招募勇士，布告天下，想求得拼死奋击的人，然而最终也没人响应。于是汉武帝就用严刑峻法，把那些将士致之死地，然后让他们深入敌国来赎罪，让这些勉强不得已的人，骤然处于必死之地，所以那些将领们就投降了，那些士兵也被击败了，国家几乎导致败亡。为什么呢？因为平常没有注意奖拔人？临时指望他们冲锋陷阵，这不是太难了吗！

偏爱，是天下人都厌恶的事。如果是为个人的私利而偏爱，那么偏爱就不可用。如果是为使他比别人更出色地完成任务而偏爱，那么不采用偏爱的方法就达不到目的。可以使人无功而受到赏赐，或是有罪而得到赦免，为的是让他产生愧疚之心而使他身先士卒。天下最大的祸患，没有比上面提倡而下面不响立更可悲的了。上面提倡而下面不响应，那么上面也会陷于困窘的境地而无所施为。当西夏反叛时，天子并不是不想光明正大地诛杀他们，但那些担任将帅的武臣们，谨守着封疆之地，一心顾恋妻子儿女，没有一个人肯于奋力致死，而那些士卒也不肯尽力，尽管天子不得已而出兵，但将士们争先逃回，因此西夏得以猖狂肆虐，而我朝却无力应付，在这种形势下不得不以重金求和。这个隐患起于没有为天子分担忧愁的大臣，而将军门也没有心腹之士。两方战事已停止十几年了，国家的法令越来越严密，而进用人才更加困难。有特殊才能的人也得不到什么持殊待遇，勇敢的人也得不到赏识。天下一定要遵循刻板的法令行事，一定要符合程式才能施行，臣不知道有了紧急情况谁能挺身而出？

卷三十九　策

策断一

二虏为中国患，至深远也。天下谋臣猛将，欲有所逞于西北者久矣。闻之兵法曰：“先为不可胜，以待敌之可胜。”向者，臣愚以为西北虽有可胜之形，而中国未有不可胜之备。故尝窃以为可特设一官，使独任其责，而执政之臣，得以专治内事。苟天下之弊，莫不尽去，纪纲修明，食足而兵强，百姓乐业，知爱其君，卓然有不可胜之备。如此，则臣固将备论而极言之。

夫天下将兴，其积必有源；天下将亡，其发必有门。圣人者，唯知其门而塞之。古之亡天下者四，而天子无道不与焉。盖有以诸侯强逼而至于亡者，周、唐是也；有以匹夫横行而至于亡者，秦是也；有以大臣执权而至于亡者，汉、魏是也；有以蛮夷内侵而至于亡者，二晋是也。（司马氏、石氏。）使此七代之君，皆能逆知其所由亡之门而塞之，则至于今可以不废。惟其讳亡而不为之备，或备之而不得其门，故祸发而不救。夫天子之势，蟠于天下而结于民心者甚厚，故其亡也，必有大隙焉，而日溃之。其窥之甚难，其取之甚密，旷日持久，然后可得而间，盖非有一日卒然不救之患也。是故圣人必于其全安甚盛之时，而塞其所由亡之门。

盖臣以为当今之患，外之可畏者，西戎、北狄；而内之可畏者，天子之民也。西戎、北狄，不足以为中国之人忧，而其动也，有以召内之祸。内之民实执其存亡之权，而不能独起，其发也必将待外之变。先之以戎狄，而继之以吾民，臣之所谓可畏者，在此而已。

昔者敌国之患，起于多求而小供，供者有倦而求者无厌。以有倦待无厌，而能久安于无事？天下未尝有也。故夫二虏之患，特有远近耳，而要以必至于战。敢问今之所以战者何也？其无乃出于仓卒而备于一时乎？且夫兵不素定，而出于一时，当其危疑扰攘之间，而吾不能自必，则权在敌。权在敌国，则吾欲战不能，欲休不可。进不能战，而退不能休，则其计将出于求和。求和而自我，则其所以为媾者必重。军旅之后，而继之以重媾，则国用不足。国用不足，则加赋于民。加赋而不已，则凡暴取豪夺之法，不得不施于今之世矣。天下一动，变生无方，国之大忧，将必在此。

盖尝闻之，用兵有权，权之所在，其国乃胜。是故国无大小，兵无强弱，有小国弱兵而见畏于天下者，权在焉耳。千钧之牛，制于三尺之童，弭耳而下之，曾不如狙猿之奋掷于山林，此其故何也？权在人也。我欲则战，不欲则守。战则天下莫能支，守则天下莫能窥。昔者秦尝用此矣。开关出兵以攻诸侯，则诸侯莫不愿割地而求和。诸侯割地而求和于秦，秦人未尝急于割地之利，若不得已而后应。故诸侯常欲和而秦常欲战。如此，则权固在秦矣。且秦非能强于天下之诸侯，秦惟能自必，而诸侯不能。是以天下百变，而卒归于秦。诸侯之利，固在从也。朝闻苏秦之说而合为从，暮闻张仪之计而散为横。秦则不然。横人之欲为横，从人之欲为从，皆使其自择而审处之。诸侯相顾，而终莫能自必，则权之在秦，不亦宜乎？

向者宝元、庆历之间，河西之役，可以见矣。其始也，不得已而后战；其终也，逆探其意而与之和，又从而厚馈之，惟恐其一日复战也。如此，则贼常欲战而我常欲和。贼非能常战也，特持其欲战之形，以乘吾欲和之势，屡用而屡得志，是以中国之大，而权不在焉。欲天下之安，则莫若使权在中国。欲权之在中国，则莫若先发而后罢。示之以不惮，形之以好战，而后天下之权，有所归矣。

今夫庸人之论，则曰勿为祸始。古之英雄之君，岂其乐祸而好杀？唐太宗既平天下，而又岁岁出师，以从事于夷狄，盖晚而不倦，暴露于千里之外，亲击高丽者再焉。凡此者，皆所以争先而处强也。当时群臣不能深明其意，以为敌国无衅而我则发之。夫为国者，使人备己，则权在我；而使己备人，则权在人。当太宗之时，四夷狼顾以备中国，故中国之权重。苟不先之，则彼或以执其权矣，而我又鳃鳃焉恶战而乐罢，使敌国知吾之所忌，而以是取必于吾。如此，则虽有天下，吾安得而为之？唐之衰也，惟其厌兵而畏战，一有败衄，则竞竞焉缩首而去之，是故奸臣执其权以要天子。及至宪宗，奋而不顾，虽小挫而不为之沮。当此之时，天下之权，在于朝廷。伐之则足以为威，舍之则足以为恩。臣故曰：先发而后罢，则权在我矣。

【译文】契丹和西夏是中国的大患，由来已久。国内的谋臣猛将，一直想到西北边境杀敌立功。我听兵法上说："首先要使自己不可战胜，再等待可以战胜敌人的机会。"过去，臣苏轼认为西北边疆虽然有取胜的希望，但我朝却没有不可战胜的准备。因此臣认为应当特设一个官职，使他单独承担这个责任。而执政大臣，就可得以专门治理国内的事。如果天下的弊端，能够全部除去，纪纲修明，粮食充足，兵马强壮，百姓安居乐业，懂得敬爱国君，这就是做好了不可战胜的准备。能做到这一点，那么微臣就可以详细论述这个问题了。

一个朝代将要兴起，它的积累一定是有源头的。一个朝代将要衰亡，它的统治也一定是有漏洞的。圣明的人，只有了解这个漏洞才能制止它。古代丧失国家政权的途径有四种，这其中不包括天子无道。有因为诸侯强逼而至于亡国的，周朝、唐朝都属于这种情况；有因为匹夫横行而至于亡国的，秦朝属于这种情况；有因为大臣专权而至于亡国的，汉朝、曹魏都属于这种情况；有因为蛮夷内侵而至于亡国的，东晋、西晋都属于这种情况。（司马氏、石氏。）假如这七代的君王，都能够事先了解他们所以亡国的漏洞而事先堵塞它，那么就是传到今天也可以不亡国。就是因为他们忌讳听到亡国的说法而不做好防备，或者虽然有所防备但不得要领，因此祸乱发生后就已无可挽救。天子的势力，盘根错节于天下而深得民心。所以他的灭亡，一定是与人民产生了巨大的隔阂，而渐渐导致灭亡。能够察觉到这种隔阂十分困难，百姓的疾苦也难以传到天子耳中，天长日久，君民之间就必然有了隔阂，并不是在一日之内突然发生了无可挽救的祸患。因此圣人必须在国家平安强盛的时候，就注意防微杜渐。

臣以为当今的祸患，来自外部的威胁，是契丹和西夏；来自国内的威胁，是天子的民众。契丹和西夏，不足以成为中国最大的忧患，但他们发动的战争，可以招致国内的灾祸。国内的民众才是真正掌握国家存亡之权的人。但他们不能独立起事，他们的行动必须有待于国外的变化。先是戎狄入侵，国内的民众就跟着造反，臣所说的国内威胁，就是指这种情况。

过去敌国造成的忧患，在于他们过多地索取而我朝无法满足他们的欲求，供给者疲于供给而索求者贪得无厌。以供给者的倦怠对待索求者的无厌，能够长久地相安无事吗？天下从没有这样的事。所以契丹和西夏的威胁，只是时间早晚罢了，肯定要导致战争。请问现在如果开战我朝有什么可以凭借的呢？该不会以一时之备而仓促应战吧？况且军队缺乏素养，临时出击，到了危急关头，我们就不可能拿出一个自主的战略方针，那么主动权就掌握在敌国手中。主动权在敌国，那么就会使我们想战不能，想守也做不到。进不能战，而退不能休，那么所能采取的只有求和。求和从我方提出，那么用来求和的代价就必然惨重。军事行动之后，接着付出重金，那么国家财政一定不够支出。国家财政入不敷出，就一定要向民众增加赋税。不断地增加人民的赋税，就会使各种巧取豪夺之法，不得不在当今之世重新施用。天下一旦动乱，什么情况都可能发生，国家最大的忧患，一定出在这里。

臣曾听说，用兵要有主动权，主动权在谁手中，谁的国家就能取得胜利。因此国家不分大小，军队不分强弱，有的国家虽小，军队也少，但却被天下人所畏惧，就是因为它操着主动权罢了。有千钧之力的壮牛，被三尺小童制服，牵着它的耳朵让它低下头来，这还不如跳荡在山林中的猿猴，这是什么缘故呢？因为主动权在人手中。我想打就打，我不想打就守。我想打就能使天下不能抵挡，我想守就能使天下不能觊觎。过去秦国就是这样的。只要它开关出兵进攻诸侯，就能使诸侯没有一个不割地而请和。诸侯割地而请和于秦，秦人却不急于贪图割地的便宜，像是不得已才勉强答应。所以诸侯经常处于求和的地位而秦国则采取出击的手段。这样一来，主动权就掌握在秦国手中了。秦国并不是比诸侯的力量更强大，它只是能做到自己采取主动，而诸侯却不能做到这一点。所以尽管天下千变万化，而最终被秦国统一。诸侯的有利之处，在于合纵。但是六国的国君时而听从苏秦的劝说而聚为合纵，时而听信张仪的计谋而散为连横。秦国就不是这样。主张连横的人想使他加入连横，主张合纵的人想使他加入合纵，就能使它自己选择而审度处理。六国诸侯互相观望，最终不能自己拿主意，那么主动权操在秦国手中，不是很明显的了吗？

当年宝元、庆历年间河西的战役，就可以看出来了。开始的时候，我朝出于不得已才应战。最后，顺从了对方的意志与他们讲和，又厚厚地馈赠财物，惟恐他们突然有一天再开战。这样一来，就成了敌寇常常想打而我朝常常请和。敌寇并不是能够经常发动战争的，只不过是凭着他们想要开战的形势，抓住我朝想要请和的弱点，屡次使用此计屡次都能得志。就是因为以我朝这样的大国，而主动权却不在自己手中。要想使天下平安，就不如控制主动权。要想控制主动权，就不如首先发动战争而最后罢兵。向对方显示我朝绝不畏惧他们，向他们示以好战的姿态，然后天下的主动权才能归还到我们手中。

如今庸人的议论，则是说不要首开祸端。古代雄武的君王，难道他们真是喜欢战争愿意杀人吗？唐太宗已经平定了天下，可还是年年出兵，征伐四方夷狄，直到晚年也不疲倦，露宿于千里之外，亲自挂帅，多次出击高丽国。这些行动，都是要争取主动而使自己处于强大的地位。当时的群臣不能了解其中的深意，认为敌国没有挑衅而我们就出兵攻打他们。统治国家的人，处于让别人防备自己的地位，那么主动权就在自己手中；处于使自己防备别人的地位，那么主动权就在别人手中。在唐太宗统治的时候，四方的敌国都像狼一样防备着中国，所以中国的主动权很大。如果不先攻击他们，那么让他们掌握了主动权，而自己又厌恶战争急于休兵，一旦敌国了解了我们的顾忌，就必将攻击我们。这样一来，虽然拥有天下，我们怎么能安心治理国家呢？到了唐朝衰落之时，就是因为国君不喜军备而惧怕战争，一遇到失败，就缩着脖子退回来，因此奸臣就掌握了主动权以要挟天子。到了唐宪宗时，他奋力自强无所顾忌，虽然遭受了一些挫折也毫不退缩。这个时候，天下的主动权，就掌握在朝廷手中了。讨伐别人足以显示朝廷的威风，宽赦他们足以显示朝廷的恩义。所以臣苏轼说：首先发动战争，最后罢兵，那么主动权就掌握在我们手中了。

策断二

臣闻用兵有可以逆为数十年之计者，有朝不可以谋夕者。攻守之方，战斗之术，一日百变，犹以为拙，若此者，朝不可以谋夕者也。古之欲谋人之国者，必有一定之计。勾践之取吴，秦之取诸侯，高祖之取项籍，皆得其至计而固执之。是故有利有不利，有进有退，百变而不同，而其一定之计未始易也。勾践之取吴，是骄之而已；秦之取诸侯，是散其从而已；高祖之取项籍，是间疏其君臣而已。此其至计不可易者，虽百年可知也。今天下晏然未有用兵之形，而臣以为必至于战，则其攻守之方，战斗之术，固未可以豫论而臆断也。然至于用兵之大计，所以固执而不变者，臣请得以豫言之。

夫西戎、北胡，皆为中国之患。而西戎之患小，北胡之患大。此天下之所明知也。管仲曰："攻坚则瑕者坚，攻瑕则坚者瑕。"故二者皆所以为忧。而臣以为兵之所加，宜先于西。故先论所以制御西戎之大略。

今夫邹与鲁战，则天下莫不以为鲁胜，大小之势异也。然而势有所激，则大者失其所以为大，而小者忘其所以为小，故有以邹胜鲁者矣。夫大有所短，小有所长，地广而备多，备多而力分，小国聚而大国分，则强弱之势，将有所反。大国之人，譬如千金之子，自重而多疑。小国之人，计穷而无所恃，则致死而不顾。是以小国常勇，而大国常怯。恃大而不戒，则轻战而屡败；知小而自畏，则深谋而必克。此又其理然也。夫民之所以守战至死而不去者，以其君臣上下欢欣相得之际也。国大则君尊而上下不交，将军贵而吏士不亲，法令繁而民无所措其手足。若夫小国之民，截然其若一家也，有忧则相恤，有急则相赴。凡此数者，是小国之所长，而大国之所短也。使大国而不用其所长，常出于其所短，虽百战而百屈，岂足怪哉？

且夫大国，则固有所长矣，长于战而不长于守。夫守者，出于不足而已。譬之于物，大而不用，则易以腐败，故凡击搏进取，所以用大也。孙武之法，十则围之，五则攻之，倍则分之，敌则能战之，少则能逃之，不若则能避之。自敌以上者，未尝有不战也。自敌以上而不战，则是以有余而用不足之计，固已失其所长矣。凡大国之所恃，吾能分兵，而彼不能分，吾能数出，而彼不能应。譬如千金之家，日出其财，以罔市利，而贩夫小民终莫能与之竞者，非智不若，其财少也。是故贩夫小民，虽有桀黠之才，过人之智，而其势不得不折而入于千金之家。何则？其所长者不可以与较也。

西戎之于中国，可谓小国矣。向者惟不用其所长，是以聚兵连年而终莫能服。今欲用吾之所长，则莫若数出，数出莫若分兵。臣之所谓分兵者，非分屯之谓也，分其居者与行者而已。今河西之戍卒，惟患其多，而莫之适用，故其便莫若分兵。使其十一而行，则一岁可以十出；十二而行，则一岁可以五出。十一而十出，十二而五出，则是一人而岁一出也。吾一岁而一出，彼一岁而十被兵焉，则众寡之不侔，劳逸之不敌，亦已明矣。夫用兵必出于敌人之所不能。我大而敌小，是故我能分而彼不能。此吴之所以肄楚，而隋之所以狃陈欤？夫御戎之术，不可以逆知其详，而其大略，臣未见有过此者也。

【译文】臣听说用兵有可以奠定数十年基业的，有早上保不了晚上的。总体攻守的战略，每次战役的战术，一日数变，还认为不够完美。像这样，就是早晨保不了晚上的。古时想要夺取别人国家的人，一定会有长远的战略计划。勾践夺取吴国，秦国吞并诸侯，汉高祖战胜项羽，都是事先筹划完备，然后一步一步地实行。所以尽管实行起来有胜利有失败，有前进有后退，千变万化，但他们的既定方针却从不改变。勾践夺取吴国，是使吴王骄奢淫逸；秦国吞并诸侯，是拆散六国的合纵；汉高祖战胜项羽，是离间他们君臣之间的关系。这就是他们不可改变的既定方针，尽管是千百年之后，人们也了解得一清二楚。如今天下平安，没有战争的迹象，而臣苏轼认为一定会有战争发生，做为战争总体攻守的战略，每次战役的战术，固然不可以预先议论和猜想，但是对长远的战略计划，即坚持不变的规划，臣苏轼请求能够预先议论。

契丹和西夏，都是中国的隐患。而西夏的危害小，契丹的危害大。这是全国所有的人都知道的。管仲说："攻击强大的敌人那么弱小者也会强大起来，攻击弱小的敌人那么强大者也会变得弱小。"因此二者都对国家有危害。而我认为战争的指向，应该先针对西夏。所以首先论述如何对付西夏的大略。

如果邹国与鲁国交战，那么天下没有一个人不认为鲁国会战胜，因为国家的大小悬殊很大。然而形势会发生变化，大国也会失去自己强大的基础，小国也会忘记自己的弱小，因此也会出现邹这样的小国战胜鲁这样的大国的现象。大有大的短处，小也有小的长处。大国地广需要防备的地方多，需要防备的地方多于是力量就会分散，小国的力量集中而大国的力量分散，那么强弱的形势，就会相反。大国的人，就像千金之家的贵公子，自重而多疑。小国的人，背水一战无所倚仗，那么就会置之死地而后生。因此小国的人常常勇敢，而大国的人却常常怯懦。仗着大国而不谨慎，就会轻易出战而多次失败；知道自己弱小而小心，就会深谋远虑而必胜。这也是另一番道理。民众所以能够坚守苦战至死不去，是因为君臣之间关系融洽亲密。国家大了君主就高高在上，君民之间难得交往，将军显贵就会使官吏士卒与之关系疏远，法令繁琐而百姓就手足无措。不像小国的民众，好像一家人一样，有了忧患就互相体恤，有了急难就互相救助。这些方面，都是小国的长处，却是大国的短处。假使大国不运用自己的长处，常常用自己的短处应敌，那么就是百战百败，又有什么奇怪的呢！

大国也有自己的长处，大国长于出击而不长于防守。防守，是出于不得已的事情。就像物体，体积大而不使用，就容易腐败。因此攻击搏斗进取，往往是强大一方所采用的手段。根据孙武子的兵法，十倍于敌就包围他，五倍于敌就进攻他，一倍于敌就分而击之，数量相等就与他拼搏，数量少于敌人就逃走，力量悬殊就避开对方。只要是与对方力量相等或强于对手的，没有不采取进攻策略的。与敌方力量相当或强于对手却不采取进攻的策略，就是有战胜敌人的余力却不去战胜敌人，这就是失去了自己的长处。凡大国所凭借的，是自己能够分兵，而对方不能分兵，自己能够多次出击，而对方疲于应付。就像富有千金的家庭，每天拿出部分钱财，以获取交易的利润，而小商小贩根本就无力与他们竞争，这并不是商贩们的智力低下，而是因为资财少。

因此那些小商小贩，尽管具有超凡的才能，过人的智慧，但他们还是不得不看着滚滚之利疏入千金之家。这是为什么呢？是因为自己无法与千金之家的长处相较量。

西夏对于中国，可以算得是小国了。过去我朝因为不能发挥自己的长处，因此连年出兵而始终不能征服对方。如今要想利用自己的长处，就不如多次出击，多次出击不如兵分多路。微臣所说的兵分多路，并不是指处处屯兵，而是让军队轮番休息和出征。如今黄河以西的戍卒，朝廷认为数量太多，而又不知如何使用。因此为了方便起见不如分兵。使他们每次有十分之一的人出征，那么一年就可以出兵十次；使他们每次有十分之二的人出征，那么一年就可以出兵五次。以十分之一的兵力出兵十次，十分之二的兵力出兵五次，那么就是一个人一年出征一次。我方的士卒一年出兵一次，对方一年而遭受十次攻击，众寡悬殊，劳逸不均，也就十分明显了。用兵之术一定要使敌人无法应付。我方强大而敌方弱小，所以我方能分而对方不能分。这就是吴国之所以打败楚国，而隋朝之所以消灭陈朝的原因吧？防御戎狄的策略，虽然不可能事先了解得十分详细，然而大的方略，微臣还从未见有比这更好的。

策断三

其次请论北狄之势。

古者匈奴之众，不过汉一大县。然所以能敌之者，其国无君臣上下朝觐会同之节，其民无谷米丝麻耕作织纴之劳。其法令以言语为约，故无文书符传之繁；其居处以逐水草为常，故无城郭邑居聚落守望之助；其旃裘肉酪，足以为养生送死之具。故战则人人自斗，败则驱牛羊远徙，不可得而破。盖非独古圣人法度之所不加，亦其天性之所安者，犹狙猿之不可使冠带，虎豹之不可被以羁绁也。故中行说教单于无爱汉物，所得缯絮，皆以驰草棘中，使衣裤弊裂，以示不如旃裘之坚善也；得汉食物皆去之，以示不如湩酪之便美也。由此观之，中国以法胜，而匈奴以无法胜。

圣人知其然，是故精修其法而谨守之，筑为城郭，堑为沟池，大仓廪，实府库，明烽燧，远斥堠，使民知金鼓进退坐作之节，胜不相先，败不相后。此其所以谨守其法而不敢失也。一失其法，则不如无法之为便也。故夫各辅其性而安其生，则中国与胡，本不能相犯。惟其不然，是故皆有以相制，胡人之不可从中国之法，犹中国之不可从胡人之无法也。

今夫佩玉服韨冕而垂旒者，此宗庙之服，所以登降揖让折旋俯仰为容者也，而不可以骑射。今夫蛮夷而用中国之法，岂能尽如中国哉？苟不能尽如中国，而杂用其法，则是佩玉服韨冕垂旒而欲以骑射也。昔吴之先，断发文身，与鱼鳖龙蛇居者数十世，而诸侯不敢窥也。其后楚春申公巫臣始教以乘车射御，使出兵侵楚，而阖庐、夫差又逞其无厌之求，开沟通水，与齐、晋争强，黄池之会，强自冠带，吴人不胜其弊，卒入于越。夫吴之所以强者，乃其所以亡也。何者？以蛮夷之资，而贪中国之美，宜其可得而图之哉！

西晋之亡也，匈奴、鲜卑、氐、羌之类，纷纭于中国，而其豪杰间起，为之君长，如刘元海、苻坚、石勒、慕容儁之俦，皆以绝异之姿，驱驾一时之贤俊，其强者至有天下太半，然终于覆亡相继，远者不过一传再传而灭，何也？其心固安于无法也，而束缚于中国之法。中国之人，固安于法也，而苦其无法。君臣相戾，上下相厌。是以虽建都邑，立宗庙，而其心岌岌然常若寄居于其间，而安能久乎？且人而弃其所得于天之分，未有不亡者也。

契丹自五代南侵，乘石晋之乱，奄至京邑，睹中原之富丽、庙社宫阙之壮而悦之，知不可以留也，故归而窃习焉。山前诸郡，既为所并，则中国士大夫有立其朝者矣。故其朝廷之仪，百官之号，文武选举之法，都邑郡县之制，以至于衣服饮食，皆杂取中国之象。然其父子聚居，贵壮而贱老，贪得而忘失，胜不相让、败不相救者犹在也。其中未能革其犬羊豺狼之性，而外牵于华人之法，此其所以自投于陷阱网罗之中。而中国之人，犹曰今之匈奴非古也，其措置规画，皆不复蛮夷之心，以为不可得而图之，亦过计矣。且夫天下固有沉谋阴计之士也。昔先王欲图大事，立奇功，则非斯人莫之与共。梁之尉缭，汉之陈平，皆以樽俎之间，而制敌国之命。此亦王者之心，期以纾天下之祸而已。

彼契丹者，有可乘之势三，而中国未之思焉，则亦足惜矣。臣观其朝廷百官之众，而中国士大夫交错于其间，固亦有贤俊慷慨不屈之士，而诟辱及于公卿，鞭扑行于殿陛，贵为将相，而不免囚徒之耻，宜其有惋愤郁结而思变者，特未有路耳。凡此皆可以致其心，虽不为吾用，亦以间疏其君臣。此由余之所以入秦也。幽燕之地，自古号多雄杰，名于图史者，往往而是。自宋之兴，所在贤俊，云合响应，无有远迩，皆欲洗濯磨淬以观上国之光，而此一方，独陷于非类。昔太宗皇帝亲征幽州，未克而班师，闻之谍者曰：幽州士民，谋欲执其帅以城降者，闻乘舆之还，无不泣下。且胡人以为诸郡之民，非其族类，故厚敛而虐使之，则其思内附之心，岂待深计哉？此又足为之谋也。使其上下相猜，君民相疑，然后可攻也。语有之曰："鼠不容穴，衔窭薮也。”彼僭立四郡，分置守宰，仓廪府库，莫不备具，有一旦之急，适足以自累，守之不能，弃之不忍，华夷杂居，易以生变。如此，则中国之长，足以有所施矣。

然非特如此而已也。中国不能谨守其法，彼慕中国之法，而不能纯用，是以胜负相持而未有决也。夫蛮夷者以力攻，以力守，以力战，顾力不能则逃。中国则不然。其守以形，其攻以势，其战以气，故百战而力有余。形者，有所不守，而敌人莫不忌也；势者，有所不攻，而敌人莫不惫也；气者，有所不战，而敌人莫不慑也。苟去此三者而角之于力，则中国固不敌矣。尚何云乎？惟国家留意其大者而为之计，其小者臣未敢言焉。

【译文】其次臣请求论述契丹的形势。

古时候匈奴的人数，不过相当于汉朝的一个大县。但是他们之所以能与汉朝抗衡，是因为他们国家没有君臣上下朝觐会同的繁文缛节，那里的人民没有谷米丝麻耕作纺织的辛劳。他们的法令以言语为约定，因此没有文书转达的复杂程序；他们的居处以找寻到的水草之地为家，因此没有城郭聚落的守卫警戒；他们穿皮衣吃肉酪，就足以养生送终。所以打起仗来可以各自为战，失败了就赶着牛羊远远迁徙，无法彻底消灭他们。不仅仅是古代的圣人无法以法度约束他们，也是因为他们的天性本来如此，就如同猿猴不可能让它穿衣戴帽，如同虎豹不可能被人驯服羁管。因此中行曾劝说单于不要喜爱汉人的物品，所得汉朝的丝帛绢缯，都扔到草丛中，把汉人的衣裤撕裂，以示这些东西不如皮衣坚固耐用；所得汉朝的食物都扔掉，以示这些东西不如肉酪方便可口。由此看来，中国以法律完善取胜，而匈奴以没有法律取胜。

圣人知道其中的道理，因此详尽地修改自己的法律而一思不苟地遵守它，筑成城郭，挖成壕池，扩大仓廪，充实府库，严明烽燧，延申斥堠，使民众懂得服从金鼓进退的指挥，得胜时不抢先，退败不争后。这就是谨守法令而不敢有失。一旦失掉常法，就不如无法更为方便了。所以汉人和匈奴各按自己的习性安于自己的生活,中国与胡虏,本来是不相侵犯的。正因为习性不司,所以各自都有胜过对方的优势,匈奴人不可能遵从中国的法令,就像中国人也不可能忍受匈奴人的没有法令一样。

佩玉的服装,垂旒的冠冕,是祭祀宗庙的礼服,是用来登堂降阶作揖礼让折旋俯仰显示身份的服饰,而不可以穿着它骑马射箭。如今蛮夷之人如果使用中国法令,难道能完全像中国吗?如果不能完全像中国,又杂以自己的法令,就成了穿着佩玉的服装,戴着垂旒的冠冕却要骑马射箭。过去吴国的先人,剪断头发在身上刺满花纹,与鱼鳖龙蛇共同居处了几十代,而诸侯不敢觊觎他们。后来楚春申公巫臣开始教给他们乘车射御,让他们出兵入侵楚国,而吴王阖庐、夫差又以其贪得无厌之心,开沟通水,与齐国、晋国争强争霸;黄池盟会时,让国中百姓也穿戴中原人的冠服,吴人深感不便,其国终于被越国灭掉。吴国所以强大的原因,也就是它所以灭亡的原因。为什么呢?就是他们想以蛮夷的本性,而贪图中原的美俗,这是他们能够奢望的吗?

西晋灭亡之后,匈奴、鲜卑、氐、羌之族,纷纭驰骋于中原,其间也不乏豪杰崛起,成为一国的君主,如刘元海、苻坚、石勒、慕容儁之辈,都是以超群的才能,驱使着一些当时的贤俊之人,其中强大的甚至得到了大半个天下,然而不久就相继灭亡,最长的也不过传了一代两代就灭亡了,这是为什么呢?因为他们已经习惯于没有法的状态,却又被中国的法律所束缚。中国的民众,已经习惯于有法可依,而对他们的无法行为感到不满。国君和臣民相互背离,互相厌弃。所以虽然他们修筑了都邑,建立了宗庙,但他们的心中经常像是暂时寄居在中原一样,能够长久吗?而且人抛弃了上天分给自己应得的那一份,没有不灭亡的。

契丹从五代时期向南入侵,乘着石晋作乱之机,杀进京城洛阳,亲眼目睹了中原的富丽、庙宇宫观的雄壮而仰慕这里的文化,知道自己无法留在此地,因此回去后偷偷地学习。山前各郡,都被契丹吞并,原来中国的士大夫有在他们朝中为官的人。所以朝廷的礼仪,百官的称号，文武选举的方法，都邑郡县的制度，甚至连衣服饮食，都向中国学习。然而他们父子聚居在一起，看重青壮年而轻视老年人，贪图利益而不计后果，胜利时不相谦让，失败时不相救助的习惯还存在。他们内心没能革除掉犬羊豺狼的习性，而外表上受华夏法律的约束，这就是他们自投于陷阱网罗之中的原因。而中原之民，却说今天的匈奴已不是古时的匈奴了，他们的措置规画，都不再有蛮夷之，认为不可能战胜他们，这真是太过虑了。况且天下原本就有深谋远虑的士子。当年先王想完成大业，建立奇功，因此不是这样的人就不与他共事。梁国的尉缭子，汉朝的陈平，都是在杯酒之间，就谋划出制服敌国的远略。这也正是王者的仁爱，期待他们平定天下的祸乱。

对于契丹，我认为有三处可乘之机，只是我朝没有仔细考虑，这是很可惜的。臣苏轼观察了他们朝中的百官，有些中国的士大夫也在其中任职，这些人中也不乏贤俊慷慨不屈之士，而契丹国主的侮辱谩骂及于公卿大臣，在殿阶之下鞭抽棍打已是常事，虽然贵为将相，竟不能避免囚徒般的耻辱，这其中应该有惋叹愤懑心情郁结而心怀异志的人，只不过他们没有找到门路罢了。凡是这种人都可以采取攻心之术，即使他们不能为我所用，也可以离间他们君臣之间的关系。这就是西戎的由余之所以到了秦国的原因。幽州燕山府一带，自古以来号称多出雄杰之士，留名于青史的人，比比皆是。自从宋朝兴起，那些地方的贤俊之士，云合响应，不分远近，都想洗心革面效命于大宋王朝，只有这一方土地，不幸沦陷于异族之手。当年太宗皇帝亲征幽州，未能攻克就班师回朝，听到探马们说：幽州的士民，图谋捉住他们的主帅举城投降的人，听说圣驾回朝时，没有一个人不掉下眼泪。就连契丹人也认为云中各郡的民众，不属于自己的民族，因此对他们加重赋税，虐待他们，那么他们想归附我朝之心，还用得着权衡深思吗？这又是我们能够利用的。让他们上下相猜，君民相疑，然后就可以攻打他们，常言说："老鼠不容于穴中，钻到了更局限的草垫里。"契丹人将此处分立四郡，分别署置了州守县令，仓廪府库，没有一处不设置齐全，一旦有突发事件，恰恰成为自己的累赘，守也守不了，放弃又不甘心，华人和蛮夷杂居一地，很容易发生变故。这样一来，我朝的长处，就可以发挥了。

然而并非只是这样就可以了。如果我朝不能谨守自己的法令，对方虽然仰慕中原王朝的法律，却又不能致用，所以胜负相持还是没有结果。蛮夷之人以力量进攻，以力量防守，以力量战斗。觉得力量不够了就逃走。中国就不是这样。可以凭借地形来防守，可以凭借强盛来进攻，可以凭借气势来战斗，所以连年征战仍有余力。我们占据着有利的地形，即使不加守备，敌人也不能不顾忌。我们凭借着强大的国力，即使不去进攻，敌人也不能不加防备。我们凭借着必胜的气势，即使不战，敌人也不能不感到威慑。如果放弃这三者而与对方角力，那么我朝就不敌对手了。那还能说什么呢？臣只是留意于国家大计，至于具体方面，臣就不敢胡言乱语了。

御试制科策一道 并策问

皇帝若曰：朕承祖宗之大统，先帝之休烈，深惟寡昧，未烛于理，志勤道远，治不加进。夙兴夜寐，于兹三纪。朕德有所未至，教有所未孚，阙政尚多，和气或戾。田野虽辟，民多无聊。边境虽安，兵不得撤。利入已浚，浮费弥广。军冗而未练，官冗而未澄。庠序比兴，礼乐未具。户罕可封之俗，士忽胥让之节。此所以讼未息于虞、芮，刑未措于成、康。意在位者不以教化为心，治民者多以文法为拘。禁防繁多，民不知避。叙法宽滥，吏不知惧。累系者众，愁叹者多。仍岁以来，灾异数见。六月壬子，日食于朔。淫雨过节，暖气不效。江河溃决，百川腾溢。永思厥咎，深切在予。变不虚生，缘政而起。五事之失，六沴之作，刘向所传，吕氏所纪，五行何修而得其性，四时何行而顺其令？非正阳之月，伐鼓救变，其合于经乎？方盛夏之时，论囚报重，其考于古乎？京师诸夏之表则，王教之渊源。百工淫巧无禁，豪右僭差不度。治当先内，或曰，何以为京师？政在擿奸，或曰，不可挠狱市。推寻前世，探观治迹。孝文尚老子，而天下富殖。孝武用儒术，而海内虚耗。道非有弊，治奚不同？王政所由，形于诗道。周公《豳》诗，王业也，而系之《国风》。宣王北伐，大事也，而载之《小雅》。周以冢宰制国用，唐以宰相兼度支。钱谷，大计也；兵师，大众也。何陈平之对，谓当责之内史？韦洪质之言，不宜兼于宰相？钱货之制，轻重之相权；命秩之差，虚实之相养。水旱蓄积之备，边陲守御之方；圜法有九府之名，乐语有五均之义。富人强国，尊君重朝。弭灾致祥，改薄从厚。此皆前世之急政，而当今之要务。子大夫其悉意以陈，毋悼后害。

臣谨对曰：臣闻天下无事，则公卿之言轻于鸿毛；天下有事，则匹夫之言重于泰山。非智育所不能，而明有所不察，缓急之势异也。方其无书也，虽齐桓之深信其臣，管仲之深得其君，以握手丁宁之间，将死深悲之言，而不能去其区区之三竖；及其有事且急也，虽唐代宗之庸，程元振之用事，柳伉之贱且疏，而一言以入之，不终朝而去其腹心之疾。夫言之于无事之世者，足以有所改为，而常患于不信；言之于有事之世者，易以见信，而常患于不及改为。此忠臣志士之所以深悲，天下之所以乱亡相寻，而世主之所以不悟也。今陛下处积安之时，乘不拔之势，拱手垂裳，而天下向风，动容变色，而海内震恐。虽有一事之失常，一物之不获，固未足以忧陛下也。所谓亲策贤良之士者，以应故事而已。岂以臣言为真足以有感于陛下耶？虽然，君以名求之，臣以实应之。陛下为是名也，臣敢不为是实也？

伏惟制策有念祖宗先帝大业之重，而自处于寡昧，以为“志勤道远，治不加进”。臣窃以为陛下即位以来，岁历三纪，更于事变，审于情伪，不为不熟矣。而“治不加进”，虽臣亦疑之。然以为“志勤道远”，则虽臣至愚，亦未敢以明诏为然也。

夫志有不勤而道无远。陛下苟知勤矣，则天下之事，灿然无不毕举，又安以访臣为哉？今也犹以道远为叹，则是陛下未知勤也。臣请言勤之说。

夫天以日运，故健；日月以日行，故明；水以日流，故不竭；人之四肢以日动，故无疾；器以日用，故不蠹。天下者，大器也，久置而不用，则委靡废放，日趋于弊而已矣，陛下深居法官之中，其忧勤而不息耶？臣不得而知也。其宴安而无为耶？臣不得而知也。然所以知道远之叹由陛下之上不勤者，诚见陛下以天下之大，欲轻赋税则财不足；欲威四夷则兵不强；欲兴利除害则无其人；欲敦世厉俗则无其具。大臣不过遵用故事，小臣不过谨守簿书。上下相安，以苟岁月。此臣所以妄论陛下之不勤也。

臣又窃闻之，自顷岁以来，大臣奏事，陛下无所诘问，直可之而已。臣始闻而大惧，以为不信。及退而观其效见，则臣亦不敢谓不信也。何则？人君之言，与士庶不同。言脱于口，而四方传之，捷于风雨。故太祖、太宗之世，天下皆讽诵其言语，以为耸动之具。今陛下之所震怒而赐谴者，何人也？合于圣意诱而进之者，何人也？所与朝夕论议深言者，何人也？越次躐等召而问迅之者，何人也？四者，臣皆未之闻焉。此臣所以妄论陛下之不勤也。

臣愿陛下条天下之事，其大者有几，可用之人有几。某事未治，某人未用。鸡鸣而起，曰：吾今日为某事，用某人。他日又曰：吾所为某事，其事果济矣乎？所用某人，其人果才矣乎？如是孜孜焉不违于心，屏去声色，放远善柔，亲近贤达，远览古今。凡此者勤之实也，而道何远乎？

伏惟制策有“夙兴夜寐，于今三纪。德有所未至，教有所未孚，阙政尚多，和气或戾，田野虽辟，民多无聊。边境虽安，兵不得撤。利入已浚，浮费弥广。军冗而未练，官冗而未澄。庠序比兴，礼乐夫具。户罕可封之俗，士忽胥让之节。此所以讼未息于虞、芮，刑未措于成、康。意在位者不以教化为心，治民者多以文法为拘。禁防繁多，民不知避。叙法宽滥，吏不知惧。累系者众，愁叹者多”。

凡此陛下之所忧数十条者，臣皆能为陛下历数而备言之。然而未敢为陛下道也。何者？陛下诚得御臣之术而固执之，则向之所忧数十条者，皆可以捐之大臣，而已不与。今陛下区区以向之数十条为己忧者，则是陛下未得御臣之术也。

天下所谓贤者，陛下既得而用之矣。方其未用也，常若有余；而其既用也，则常若不足。是岂其才之有变乎？古之用人者，日夜深提策之。武王用太公，其相与问答百余万言，今之《六韬》是也；桓公用管仲，其相与问答亦百余万言，今之《管子》是也。古之人君，其所以反覆穷究其臣者若此。今陛下默默而听其所为，则夫向之所忧数十条者无时而举矣。古之忠臣，其受任也，必先自度曰：吾能办是矣乎？度能办是也，则又曰：吾君能忘已而任我乎？能无以小人间我乎？度其能忘已而任我也，能无以小人间我也，然后受之。既已受之矣，则以身任天下之责而不辞，享天下之利而不愧。今也内不度已，外不度君，而轻受之。受之，而众不与也，则引身而求去。陛下又为美辞而遣之，加之重禄而慰之。夫引身而求退者，非果廉节而有让也。是邀君以自固也，是自明其非我之欲留以逃谤也，是不能办其事而以其忠遗后人也。陛下奈何听之？臣故曰：陛下未得御臣之术也。

若夫“德有所未至，教有所未孚”者，此实不至也。德之，必有以著其德之之形；教之，必有以显其教之之状。德之之形，莫著于轻赋；教之之状，莫显于去杀。此二者，今皆未能焉。故曰：实不至也。

夫以选举之重，而不取才行；官吏之众，而不行考课；农末之相倾，而平籴之法不立；贫富之相役，而占田之数无限。天下之阙政，则莫大乎此。而和气安得不戾乎？

“田野辟”者，民之所以富足之道也。其所以无聊，则吏政之过也。然臣闻天下之民，常偏聚而不均。吴、蜀有可耕之人，而无其地。荆、襄有可耕之地，而无其人。由此观之，则田野亦未可谓尽辟也。夫以吴、蜀、荆、襄之相形，而饥寒之民，终不能去狭而就宽者，世以为怀土而重迁，非也。行者无以相群，则不能行；居者无以相友，则不能居。若辈徙饥寒之民，则无不听矣。

“边境已安，而兵不得撤”者，有安之名，而无安之实也。臣欲小言之，则自以为愧；大言之，则世俗以为笑。臣请略言之。

古之制北狄者，未始不通西域。今之所以不能通者，是夏人为人障也。朝廷置灵武于度外，几百年矣。议者以为绝域异方，曾不敢近，而况于取之乎？然臣以为事势有不可不取者。不取灵武，则无以通西域。西域不通，则契丹之强，未有艾也。然灵武之所以不可取者，非以数郡之能抗吾中国，吾中国自困而不能举也。其所以自困而不能举者，以不生不息之财，养不耕不战之兵，块然如巨人之病腿，非不枵然大矣，而手足不能以自举。欲去是疾也，则莫若捐秦以委之，使秦人断然如战国之世，不待中国之援，而中国亦若未始有秦者。有战国之全利，而无战国之患，则夏人举矣。其便莫如稍徙缘边之民不能战守者于空闲之地，而以其地益募民为屯田。屯田之兵稍益，则向之戍卒可以稍减，使数岁之后，缘边之民，尽为耕战之夫，然后出兵以苦之，要以使之厌战而不能支，则折而归吾矣。如此，而北狄始有可制之渐，中国始有息肩之所。不然，将济师之不暇，而又何撤乎？

所谓“利入已浚而浮费弥广”者。臣窃以为外有不得已之二虏，内有得已而不已之后宫。后宫之费，不下一敌国。金玉锦绣之工，日作而不息，朝成夕毁，务以相新。主帑之吏，日夜储其精金良帛而别异之，以待仓卒之命，其为费岂可胜计哉？今不务去此等，而欲广求利之门，臣知所得之不如所丧也。

“军冗而未练”者，臣尝论之曰：此将不足恃之过也。然以其不足恃之故，而拥之以多兵，不搜去其无用，则多兵适所以为败也。

“官冗而未澄”者。臣尝论之曰：此审官吏部与职司无法之过也。夫审官吏部，是古考绩黜陟之所也。而特以日月为断。今纵未能复古，可略分其郡县，不以远近为差，而以难易为等，第其人之所堪，而别异之。才者常为其难，而不才者常为其易。及其当迁也，难者常速，而易者常久。然而为此者固有待也。使审官吏部与外之职司常相关通。而为职司者，不惟举有罪、察有功而已，必使尽第其属吏之所堪，以诏审官吏部。审官吏部常从内等其任使之难易，职司常从外第其人之优劣。才者常用，不才者常闲：则冗官可澄矣。

“庠序兴而礼乐未具”者。臣盖以为庠序者，礼乐既兴之所用，非所以兴礼乐也。今礼乐鄙野而未完，则庠序不知所以为教，又何以兴礼乐乎？如此而求其可封，责其胥让，将以息讼而措刑者，是却行而求前也。夫上之所向者，下之所趋也，而况从而赏之乎？上之所背者，下之所去也，而况从而罚之乎？陛下责在位者不务教化，而治民者多拘文法。臣不知朝廷所以为赏罚者，何也？无乃或以教化得罪而多以文法受赏欤？夫禁防未至于繁多，而民不知避者，吏以为市也。叙法不为宽滥，而吏不知惧者，不论其能否，而论其久近也。累系者众，愁叹者多，凡以此也。

伏惟制策有“仍岁以来，灾异数见。乃六月壬子，日食于朔。淫雨过节，暖气不效。江河溃决，百川腾溢。永思厥咎，深切在予。变不虚生，缘政而起”。此岂非陛下厌闻诸儒牵合之论，而欲闻其自然之说乎？臣不敢复取《洪范传》《五行志》以为对，直以意推之。

夫日食者，是阳气不能履险也。何谓阳气不能履险？臣闻五月二十三分月之二十，是为一交，交当朔则食。交者，是行道之险者也。然而或食或不食，则阳气之有强弱也。今有二人并行而犯雾露，其疾者，必其弱者也；其不疾者，必其强者也。道之险一也，而阳气之强弱异。故夫日之食，非食之日而后为食，其亏也久矣，特遇险而见焉。陛下勿以其未食也为无灾，而其既食而复也为免咎。臣以为未也，特出于险耳。夫淫雨大水者，是阳气融液汗漫而不能收也。诸儒或以为阴盛。臣请得以理折之。夫阳动而外，其于人也为嘘，嘘之气温然而为湿；阴动而内，其于人也为吸，吸之气冷然而为燥。以一人推天地，天地可见也。故春夏者，其一嘘也；秋冬者，其一吸也。夏则川泽洋溢，冬则水泉收缩，此燥湿之效也。是故阳气汗漫融液而不能收，则常为淫雨大水，犹人之嘘而不能吸也。今陛下以至仁柔天下，兵骄而益厚其赐，戎狄桀傲而益加其礼。荡然与天下为咻呴温暖之政，万事惰坏而终无威刑以坚凝之，亦如人之嘘而不能吸，此淫雨大水之所由作也。天地告戒之意，阴阳消复之理，殆无以易此矣！

而制策又有“五事之失，六沴之作，刘向所传，吕氏所纪，五行何修而得其性？四时何行而顺其令？非正阳之月，伐鼓救变，其合于经乎？方盛夏之时，论囚报重，其考于古乎？”此陛下畏天恐惧求端之过，而流入于迂儒之说，此皆愚臣之所学于师而不取者也。

夫五行之相沴，本不至于六。六沴者，起于诸儒欲以六极分配五行，于是始以皇极附益而为六。夫皇极者，五事皆得；不极者，五事皆失。非所以与五事并列而别为一者也。是故有眊而又有蒙，有极而无福，曰五福皆应，此亦自知其疏也。吕氏之时令，则柳宗元之论备矣。以为有可行者，有不可行者。其可行者，皆天事也；其不可行者，皆人事也。若夫禜社伐鼓，本非有益于救灾，特致其尊阳之意而已。《书》曰：“乃季秋月朔，辰弗集于房，瞽奏鼓，啬夫驰，庶人走。”由此言之，则亦何必正阳之月而后伐鼓救变如《左氏》之说乎？盛夏报囚，先儒固已论之，以为仲尼诛齐优之月，固君子之所无疑也。

伏惟制策有“京师诸夏之表则，王教之渊源，百工淫巧无禁，豪右僭差不度”。此在陛下身率之耳。后宫有大练之饰，则天下以罗纨为羞；大臣有脱粟之节，则四方以膏粱为污。虽无禁令，又何忧乎？

伏惟制策有“治当先内。或曰：何以为京师？政在擿奸。或曰：不可挠狱市”。此皆一偏之说，不可以不察也。夫见其一偏而辄举以为说，则天下之说，不可以胜举矣。自通人而言之，则曰：“治内所以为京师也；不挠狱市，所以为擿奸也。”如使不挠狱市而害其为擿奸，则夫曹参者，是为逋逃主也。

伏惟制策有“推寻前世，探观治迹，孝文尚老子，而天下富殖；孝武用儒术，而海内虚耗。道非有弊，治奚不同”。臣窃以为不然。孝文之所以为得者，是儒术略用也。其所以得而未尽者，是儒术略用而未纯也。而其所以为失者，则是用老也。何以言之？孝文得贾谊之说，然后待大臣有礼，御诸侯有术，而至于兴礼乐、系单于，则曰未暇。故曰“儒术略用而未纯”也。若夫用老之失，则有之矣。始以区区之仁，坏三代之肉刑，而易之以髡笞，髡笞不足以惩中罪，则又从而杀之。用老之失，岂不过甚矣哉？且夫孝武亦不可谓用儒之主也。博延方士，而多兴妖祠；大兴宫室，而甘心远略。此岂儒者教之？今夫有国者徒知徇其名而不考其实，见孝文之富殖，而以为老子之功；见孝武之虚耗，而以为儒者之罪，则过矣。此唐明皇之所以溺于宴安、彻去禁防，而为天宝之乱也。

伏惟制策有“王政所由，形于诗道。周公《豳》诗，王业也，而系之《国风》；宣王北伐，大事也，而载之《小雅》”。臣窃闻《豳》诗言后稷、公刘所以致王业之艰难者也。其后累世而至文王，文王之时，则王业既已大成矣。而其诗为《二南》。《二南》之诗犹列于《国风》。而至于《豳》，独何怪乎？昔季札观周乐，以为《大雅》曲而有直体，《小雅》思而不贰，怨而不言。夫曲而有直体者，宽而不流也；思而不贰，怨而不言者，狭而不迫也。由此观之，则《大雅》《小雅》之所以异者，取其辞之广狭，非取其事之大小也。

伏惟制策有“周以冢宰制国用，唐以宰相兼度支。钱谷，大计也；兵师，大众也。何陈平之对，谓当责之内史？韦洪质之言，不宜兼于宰相。”臣以为宰相虽不亲细务，至于钱谷兵师，固当制其赢虚利害。陈平所谓“责之内史”者，特以宰相不当治其簿书多少之数耳。昔唐之初，以郎官领度支而职事以治。及兵兴之后，始立使额，参佐既众，簿书益繁。百弊之源，自此而始。其后裴延龄、皇甫镈，皆以剥下媚上，至于希世用事。以宰相兼之，诚得防奸之要。而韦洪质之议，特以其权过重欤？故李德裕以为贱臣不当议令，臣常以为有宰相之风矣。

伏惟制策有“钱货之制，轻重之相权；命秩之差，虚实之相养。水旱蓄积之备，边陲守御之方。圜法有九府之名，乐语有五均之义”。此六者，亦方今之所当沦也。昔召穆公曰：“民患轻，则多作重以行之。若不堪重，则多作轻以行之。亦不废重。”轻可改而重不可废。不幸而过，宁失于重。此制钱货之本意也。命者，人君之所擅，出于口而无穷；秩者，民力之所供，取于府而有限。以无穷养有限，此虚实之相养也。水旱蓄积之备，则莫若复隋、唐之义仓。边陲守御之厅，则莫若依秦、汉之更卒。周官有太府、天府、泉府、玉府、内府、外府、职内、职金、职币，是谓九府，太公之所行以致富。古者天子取诸侯之土，以为国均，则市不二价，四民常均，是谓五均，献王之所致以为法。皆所以均民而富国也。凡陛下之所以策臣者，大略如此。

而于其末复策之曰“富人强国，尊君重朝。弭灾致祥，改薄从厚。此皆前世之急政，而当今之要务”。此臣有以知陛下之圣意，以为向之所以策臣者，各指其事，恐臣不得尽其辞，是以复举其大体而概问焉。又恐其不能切至也，故又诏之曰：“悉意以陈而无悼后害。”臣是以敢复进其猖狂之说。夫天下者，非君有也，天下使君主之耳。陛下念祖宗之重，思百姓之可畏，欲进一人，当同天下之所欲进；欲退一人，当同天下之所欲退。今者每进一人，则人相与诽曰，是进于某也，是某之所欲也；每退一人，则又相与诽曰，是出于某也，是某之所恶也。臣非敢以此为举信也。然而致此言者，则必有由矣。今无知之人，相与谤于道曰：圣人在上，而天下之所以不尽被其泽者，便嬖小人附于左右，而女谒盛于内也。为此言者固妄矣。然而天下或以为信者，何也？徒见谏官御史之言，矻矻乎难以入，以为必有间之者也。徒见蜀之美锦、越之奇器，不由方贡而入于官也。如此而向之所谓急政要务者，陛下何暇行之？臣不胜愤懑，谨复列之于末。惟陛下宽其万死，幸甚幸甚！谨对。

【译文】皇帝这样说："朕虽然继承了祖宗的江山和先皇帝的英烈，但自认为寡德蒙昧，对治国大道尚未精通。立志勤苦治国而任重道远，国家没有明显的变化，朕鸡鸣而起，深夜才睡，至今已经三十六年了。朕的仁德还不能算修美，教化还不能深入人心，朝政中的缺失还很多，融和之气还没有贯通。田地虽然得以垦殖，而百姓生活的较贫困。边境虽然没有战事，戍兵却不能立即撤离。赋税的收入已不算少，而浮靡的浪费还很严重。军队冗散缺乏训练，官吏众多尚未清理。学校刚刚恢复，而礼乐还没有具备。民间缺少淳美的习俗，士子轻视礼让的美德。这就造成了狱讼不减于春秋虞、芮二国，刑罚不少于周成、周康二王。朕意以为执政大臣没有把教化放在首位，治理民政的官吏大多拘泥于条格。防范百姓的律条繁多，人民不知怎样才能避祸。叙官的条令过于宽泛，官吏们不懂得谨慎修身。伤残的人不在少数，愁叹的人所在为多。近年以来，灾害屡屡发生。今年六月初一，又发生了日食。连绵阴雨早已超越了雨季，暑热之气久久不散。大江大河溃堤决口。国内的河流腾涌泛滥。朕多次反省这些过失，深深地责怪自身。灾变不会无缘无故地发生，都是德政有失而致。修身王事未能修美，水旱灾异接连发生，刘向早已有议论，而《吕氏春秋》也有明确的记载。五行怎样才能得其真性，四时怎样才能顺其节令？如果不在四月之时，击鼓求神，能算是合于古经吗？盛夏暑季，对囚徒的施以重弄，能算是参考古法吗？京城乃是诸路州军的表率，朝廷教化发出之地。百工的奸巧牟利屡禁不止，豪门大族的生活奢侈无度。治理国家，先要治理京城。有人说："何以称之为京师？就是要严惩不法之徒。有人说：不能滥用狱讼刑罚。推寻前代，研究前代君王的治迹。汉孝文帝崇尚老子，而天下富庶。汉孝武帝尊重儒学，而四海的富庶反被耗尽。治道并没有弊病，希图治理的心情也没有什么不同。朝廷大政的制定，应该体现出《诗经》所载之道。周公的《豳风》，歌咏的是圣王大业，却收录在《国风》之中。宣王北伐，是王朝的大事，却收录在《小雅》之内。西周以冢宰官管理国家的财政用度，唐朝以宰相兼管户部收支。钱粮谷米，是关于国家盛衰的大事；兵师军队，是关乎天下兴亡的大众。为什么汉陈平对策，认为应当责成内史掌管钱粮，唐韦洪质对策，认为宰相不该兼管钱粮？钱财的使用，要使轻币和重币交互为用；官吏秩禄的评定，要使虚职和实官互相借重。防备水旱灾伤的储备，守御边陲的方略，钱币的流通有古代九府的名目，论乐的言语有五声的准律。强国富民，尊重国君和朝廷，消除灾害求得吉祥，把浅薄的人情变得纯厚。所有这些，都是前朝着意治理之事，也是今天的当务之急。请大夫尽情陈述自己的意见，不要担心有所遗害。

臣苏轼恭谨地对答说："臣听说如果天下安宁，那么公卿的言语就轻如鸿毛；天下不安宁，那么匹夫的言语也重如泰山。这并不是公卿大臣们能力低下，察觉不到事物的好恶，而是由于事情没有到急切的地步。当下安宁的时候，即使是像齐桓公那样深深信赖大臣，像管仲那样深得国君的信任，在两人握手交谈之时，临终以言相劝，齐桓公仍未能断然除掉身边的几个侍臣；到了国事艰危之际，即使是像唐代宗那样庸君，程元振担任着宰相，而柳伉以微贱疏远的地位和身份，一句话奏上去，代宗便能在一日之内消除了心腹之患。那些在天下安宁时的进言，足以使事物发生很大的变化，然而很难让人相信；而天下危急时的进言，很容易得到君王的信任，却往往用之晚矣。这正是忠臣义士深深感到悲哀，天下之所以混乱衰亡循环往复，而君王之所以难以感悟的症结。如今陛下正处在日渐安宁的时代，乘着先皇帝创立的基业，无为而治，而天下人闻风归心，稍动颜色，而海内一片震惊。即使是有个别事务有所缺失，一民一夫陷于贫困，并不足以使陛下忧虑操劳。所谓亲自来策试贤良的士子，也是沿习前朝的故典。岂能把微臣的话当做足以感动陛下的言语？虽然如此，君王向微臣提出了策问，微臣也应该据所知而回答。陛下既然提出这样的问题，微臣岂敢不回答？

我见到策问中有感念继承祖宗基业责任重大，而自己又寡德蒙昧的话，认为"勤苦治国而任重道远，国家没有明显的变化"。臣私下认为陛下即位以来，刚刚三年，经历了一场大变，对事物的真伪明察秋毫，不能说不聪明睿智。所以说"国家没有明显的变化"，即使愚昧如微臣，也觉得不合于事实。而陛下认为“勤苦治国而任重道远”，微臣虽然十分愚钝，也不敢认为圣旨是正确的。

治国之志有勤有不勤，而治国之道没有远近。陛下如果懂得勤于国事，那么天下的事，没有一件得不到明显的治理，又何必向臣下咨访呢？如今以治国之道漫远而深深感叹，这说明陛下还没有真正了解什么是真正的勤。请允许微臣来解释什么是勤。

上天每天太阳运行，所以天行健；日月每天交替升空，所以人间有光明；河水日日不断地流淌，所以河流得以不枯竭；人的四肢天天运动，所以没有疾病；器皿每天都被人使用，所以得以不腐朽。天下，如同一个大器皿，如果久久地废置而不用，就会萎靡腐坏，一天比一天更不健全。陛下身处在百官环绕之内，是不是忧劳勤苦日夜不息呢？微臣无法得知。是不是养尊处优而无所用心呢？微臣也无法得知。然而臣之所以知道陛下发出“道远”的感叹是由于还不真正了解什么是“勤”，实在是见到了陛下把治理天下当做大事，想减轻赋税，朝廷的财用就会匮乏；想威加四夷邻国，而兵力不强；想兴利除害，苦于没有良才；想劝励世俗，又苦于没有方策。执政大臣不过是遵守既定法令行事，小官不过是谨慎地记录文书。上级下属两两相得，以此消磨日月，这是微臣妄言陛下还没有勤于国事的第一点。

微臣又听说，自近年以来，大臣们奏事，陛下从无追问，一概表示赞同。臣听说时大为惊惧，认为这万万不可能。但以后观察实际效果，又不敢说不相信。为什么呢？因为国君的话一旦出口，随即就会传遍四方，比风行雨落还要快。所以太祖、太宗两朝，天下万民都以他们的言语做为论辩的护国武器。如今陛下震怒谴责的，是什么人呢？符合陛下心意而引进重用的，又是什么人呢？得与朝夕深深议论朝廷大事的，是什么人呢？破格提升召入朝中咨询国事的，又是什么人呢？这四种人，臣都没有听到过。这是微臣妄言陛下还没有勤于国事的第二点。

微臣希望陛下能把天下的事条理清楚，其中重要的事有几件，可以重用的人有几个。某件事还没有治理，某个人还没有启用。鸡一叫就起来，对自己说：“我今天要做某件事，启用某个人。改日再说：我所做的某件事，那件事做好了吗？启用的某个人，那个人确实是人才吗？就这样孜孜不倦地按照自己的心意做，屏远音乐和美色，上承柔善之心，亲近贤达之人，上求古人的善政为榜样，下把今天的人事处理妥当。这些都是勤于国事的具体内容，这些事都做好，治道还有什么远的呢？

臣又见到制策中有“朕鸡鸣而起，深夜才睡，至今已经三年了。朕的仁德还不能算修美，教化还不能深入人心，朝政中的缺失还很多，融和之气还不有贯通。田地虽然得以垦殖，而百姓生活的较贫困。边境虽然没有战事，戍兵却不能立即撤离。赋税的收入已不算少，而浮靡的浪费还很严重。军队冗散缺乏训练，官吏众多尚未清理。学校刚刚恢复，而礼乐还没有具备。民间缺少淳美的习俗，士子轻视礼让的美德。这就造成了狱讼不减于春秋虞、芮二国，刑罚不少于周成、周康二王。朕意以为执政大臣没有把教化放在首位，治理民政的官吏大多拘泥于条格。防范百姓的律条繁多，人民不知怎样才能避祸。叙官的条令过于宽泛，官吏们不懂得谨慎修身。伤残的人不在少数，愁叹的人所在为多。”

以上陛下深所忧虑的几十条，微臣都能为陛下一一论说明白，只是不敢在陛下面前轻易启齿。为什么呢？如果陛下确实已掌握了驾驭臣下的方法并努力用于实际，那么上面所忧虑的几十条，都可以交付给执政大臣，自己不参与其中。如今陛下把上述几十条做为自己的忧虑，这说明陛下还没有掌握驾驭臣下的方法。

天下所谓的贤人，陛下已经得到并且重用他们了。当陛下还没有任用他们之前，他们的才干常常表现得用之不尽；一旦受到委用，却又显得才干平平。这难道是他们自身的才能有什么变化吗？古代任用贤者的人，日夜都要提醒警策他们。周武王任用姜太公，二人之间互相问答的有一百多万言，今天所见的《六韬》就是；齐桓公任用管仲，二人之间互相问答的也有一百多万言，今天所见的《管子》就是。古代的君王，他们反反复复地向臣子询问到了如此地步。如今陛厂沉默无言，听任他们自行其事，那么上述所忧虑的几十条永远也不会得到解决。古代的忠臣，他接受君王的委任，一定要先问问自己；我能做好这些事吗？自己估量着有这个能力，又会问自己：我的君王能放心大胆地任用我吗？能不以奸邪小人来阻遏我吗？估量着君王确能放心大胆地任用自己，的确不会让奸邪小人来阻遏自己，然后才能接受委任。一旦接受了委任，那就会肩负治理天下的重担而不辞劳苦，享受天下的供养而无愧于心。如今的大臣，对自己不考虑能否胜任，对国君不考虑是否信赖，轻易地接受委任。接受了委任，一旦众人不拥护，他就请求退身离去。在这种时候，陛下又授以美妙的词章送他离朝，加之以丰厚的秩禄来安慰他。这些请求退身离去的人，并不是有清廉的节操而逊让，只是向君王提出要挟进一步巩固自己，意在表明并不是自己要留在朝中，而是逃避小人的诽谤，实则是没有能力治理国事，而把遗患留给后任之人。陛下为什么要听信他们的话？所以臣认为：陛下还没有掌握用人的方法。

至于说："仁德还不能算修美，教化还不能深入人心"，这是由于德和化的实际还没能施之于人。以仁德对待万民，一定要有表现仁德的具体内容；教化万民，一定要教化的实际体现。仁德的具体内容，没有比减轻赋税更容易被人感受到的了；教化万民的体现，没有比减轻刑罚更得人心的了。这两个方面，如今都还没有做到。所以臣认为：德和化的实际还没能施之于人。

科举如此隆重，却不考察他们的才能和品行；官吏如此众多，却不对他们进行监督考课；商贾侵夺农夫的利益，而平粜的法令还没有定立；穷人被富人奴役，而占有田产的数额还没有加以限制。天下政令的缺失，没有比以上数项更大的了，祥和之气怎么不受阻遏呢？

"田地得以垦殖"，这是百姓走向富足的必由这路。之所以事与愿违，主要是官吏们的政令过于苛暴。然而臣听说天下的百姓，常常是人口分布不均。吴、蜀有许多种田的劳力，却没有那么多可供耕种的田地。湖北、湖南有很多可供耕种的田地，都没有那么多种田的劳力。由此看来，田地还不能说都已经得到了垦殖。吴、蜀和两湖相比，条件都差不多，饥寒交迫的民众，最终却不能离开人多地少之处到别处安家，世人都认为他们怀念故土不愿迁徙，臣以为并非如此。民众不能结伴成群，就无法迁徙；新居之处没有故友，就无法安居。如果能一个家族一个家族地迁徙饥寒的民众，那他们不会不听从的。

所谓“边境虽然没有战争，戍兵却不能立即撤离”，这是只有安宁的假象，而没有安宁的实质。微臣想稍做论述，感到心中有愧；长篇大论，又会受到世俗之人的嘲笑，臣请求言其大略。

古代用以制服北方戎狄的方略，没有一个不是从打通西域开始。如今之所以不有与西域相通，是由于西夏人从中阻隔。朝廷在边陲设置灵武郡，已经将近百年。议论此事的人认为那是绝险之地，连接近其地都不敢，更何况夺取它呢！然而微臣认为依势又不能不攻取灵武。如果不攻取灵武，就无法沟通西域。西域不能沟通，那么契丹的强盛，就得不到有效的遏制。然而灵武之所以不能攻取的原因，并不是由于那几个小郡就能与我朝抗衡，而是我朝自己把自己束缚起来，无法攻取此地。我朝自己束缚自己，无法攻取此地的原因，在于用无穷无尽的资财，供养着不耕不战的军队，臃肿得像巨人病脚，没法不成为自己的负担，致使手脚都不能自动。想除掉这样的疾患，就不如把秦地甩出去，使秦人如同回到战国之时，无法借助中原的援助，朝廷也像是从来不曾有这片土地。这样一来，我们即可收取战国时的利益，而避免了战国时六国分立的害处，那么西夏人也会高兴。此事要想处理得简捷，不如把边境一些不能战又不能守的人迁徙到空闲的荒地，再以此为基础召募民众垦殖屯田，屯田的士卒逐渐增多后，那么以往的戍卒数量就可以相应地减少，数年之后，沿边一带的民众，就都会成为既能耕田又能作战的人，然后再发兵围困西夏，使他们厌恶战争又无力自持，就会归服我朝。这样，北方的契丹才有可能被我朝制服，我朝的民众才可能真正得到休养生息。如若不这样做，往边境增派军队还忙不过来，又怎么撤兵呢？

所谓“赋税的收入已不算少，而浮靡的浪费还很严重”，臣私下认为如今境外有穷于应付的契丹和西夏，国内有能减少而没有减少的后宫。后宫的消费，不亚于一个敌国。打制金玉纺织丝帛的工匠，日复一日地加紧生产，早晨制成的物品，可能晚上就被毁弃了，因为后宫之人都竞相夸耀新奇精美。主管钱财的官吏，日复一日地储备精金美玉和锦绣丝缎，并且另立帐册，以应付临时的急用，这样造成的浪费还能数得清吗？如今假如不果断地制止这些浪费，只想广开进财之门，微臣知道获取的肯定不如浪费的多。

所谓“军队冗散缺乏训练”，微臣以前曾发表过议论说：这是由于将帅不足以倚仗所致。然而如今对这些不足倚仗的将帅，却授给他们众多的士卒，如果不能淘汰无用的将帅，那么使他们掌握重兵恰恰会导致更严重的损失。

所谓“官吏众多尚未清理”，微臣也曾发表过议论说：“这是由于负责审查官吏的吏部和负责推举官员的路司无法可依所致。负责审查官员的吏部，是上古考察政绩决定官吏升迁还是贬黜的部门，同时有时间的限定。如今纵然是不能完全恢复古法，还可以把郡县粗略地划分一下，不要以所处的远近为差等，而要以治理的难易为差等，根据官员的实际能力，分别授官。有才干的人可以把难治的郡县交给他们，才能不高的人可以把容易治理的郡县交给他们。等到他们说升迁的时候，治理特殊郡县者要提拔得快一些，治理一般郡县者就要相对慢一些。这样做的目的，是使官吏们得到不同的待遇。还要使负责审察官员的吏部和诸路的长官相互沟通。使诸路长官明白：他们的职责不仅仅是监察揭露犯罪的属官、考核举荐有业绩的属官而已。一定要让他们把自己的属官按能力的高下排出等次，送到吏部以备朝廷选用。负责审察官吏的吏部经常地根据自己了解的情况分别派给他们难易不同的郡县；诸路的长官经常地考核属官能力的高低。有才能的要多用，无才能的要使他们常常得不到官，这样一来，冗滥的官吏就可以清理了。

所谓“学校刚刚恢复，而礼乐还没有具备”，微臣认为：学校是在朝廷礼乐隆盛后才得尽其用，而不是借助学校来振兴礼乐。如今国家的礼制和乐制还很粗略不完备，所以学校不知道该如何教育生员，又怎么能振兴礼乐呢？这样的教育，而希图人们都懂礼，要求他们有谦让之风，并想以此来减少狱讼减轻刑罚，是倒着走路而希图前进。君王所提倡的，就是下民所趋从的，更何况随之还有奖赏呢？君王所贬抑的，就是下民所背弃的，更何况随之还有惩罚呢？陛下责怪执政大臣不重视对民众的教化，又责怪治理民政的官员拘泥条法。微臣反倒不明白朝廷之所以定立赏罚的政令又是什么？该不会是因为受到教化而犯罪、不守条法的人却能得到奖赏吧？防范的政令还不算繁多，而百姓不知躲避的原因，是官吏们把刑罚当成了现售的货物。叙百的条法不算宽泛荒滥，而官吏们并不警惧的原因，是朝廷不管他的能力高低，只看资历长短。陷于刑狱的人不在少数，愁叹的人所在为多，都是上述原因造成的。

臣又见到策问中有“近年以来，灾害屡屡发生。今年六月初一，又发生了日食。连绵阴雨早已超越了雨季，暑热之气久久不散。大江大河溃堤决口，国内的河流腾涌泛滥。朕多次反省这些过失，深深地责怪自身。灾变不会无缘无故地发生，都是德政有失而致”，这难道不是陛下不愿听诸儒引经据典之说，只想听那些本乎自然的议论的体现吗？微臣不敢再依照《尚书·洪范传》和史书的《五行志》来对答，就以自己的意见直接推论吧。

日食，是天上的阳气不能跨越凶险。什么叫阳气不能跨越凶险呢？臣听说五个月又二十三分月又二十分的一段时间，叫做一交。如果这一交恰逢到一个月的初一，那就会发生日食。所谓交，就是日行其道遇到了凶险。然而有时发生日食有时不发生日食，是因为阳气有时强有时弱。比如当今有两个人一同行走都经受了雾露，那么害病的，一定是身体羸弱的那个人。不害病的，一定是身体强健的那个人。道路上所遇到的凶险是相同的，而阳气的强弱有所不同。所以发生日食，不是到了该日食的那一天就会发生日食，它的阳气方缺已经很长时间了，只不过遇到了凶险就显露出来。陛下不要以为没有日食就不会发生灾变，日食结束后恢复原状就是免除了灾变。微臣认为绝非如此，只是看它的阳气是否遇到了凶险而已。天降大雨泛滥成灾，那是阳气化为水气过于浓郁而不可收止。有些儒者认为这是阴气太盛所致，臣苏轼请求用道理来辩驳。阳气运动于外，在人身上就表现为嘘气，嘘出的气潮暖，所以显得湿；阴气运动于内，在人身上就表现为吸气，吸进的气清爽，所以显得干燥。以一人之身而推论天地之理，那么天地运动的规律就显而易见了。所以春季和夏季，都好像人的嘘气；秋季和冬季，都好像人的吸气。夏天是河流薮泽大水漫漫，冬天里河水泉池干涸收缩，这是气候干湿的具体表现。因此阳气化为水气过于浓郁而不可收止，就常常凝聚成滂沱大雨，就像是人只嘘气而不吸气一样。如今陛下用最大的仁慈爱养天下，士卒骄横，赏赐他们的财货就特别丰厚。契丹西夏桀傲不驯，对他们的退让就无止休。普天之下，陛下一概施以温厚不责的仁政，致使万事废弛，而没有威严的刑罚来保障诸事的实施，这也就像是人只能嘘气而不能吸气，这也正是造成大雨淋漓的原因。天地神灵的警告，阴阳消失的道理，恐怕没有比之更显明的了。

制策中还有“五行怎样才能得其真性，四时怎样才能顺其节令？如果不在四月之时，击鼓求神，能算是合于古经吗？盛夏暑季，对囚徒的施以重罚，能算是参考古法吗”，这是陛下敬畏天神恐惧太甚，又受了那些迂腐儒生的蛊惑，这些也都是微臣从先生那里学过而扬弃了的。

五行错乱生态所造成的灾变，本不到六种。说是六种灾异，起源于前代儒生想用六极来均布五行，于是才加上皇极凑成六个数。所谓皇极，是指五行所主的五事都有所得；而不到此极，则五行所主的五事都有所失，并不能与五行相提并论而另立一目。因此有昏眊又有蒙昧，有皇极而没有一福与之相应，就说成是与五福都应验。这正说明先儒本身也了解自身的疏漏。《吕氏春秋》中所记的岁时节令，唐人柳宗元早已详细论述过了，他认为其所记之事有的可行，有的不可行。其中可行的，都是上天之事；那些不可行的，都是人间之事。比如击鼓求神，原本起不到救灾的作用，只不过表示自己尊重上天的心意罢了。《尚书》说：“在九月初一，日月会聚在房宿，乐官击鼓，财官取钱财资助人民，庶民则往来奔走救日食。”由此看来，又何必非要在正阳四月才击鼓救日，依照《左传》所说呢？盛夏暑季，对囚徒仍施重罚，前代儒者原已有过议论，认为孔子诛杀齐国优人的月份，君子们很早就有所怀疑。

微臣见到制策中又有“京城乃是诸路州军的表率，朝廷教化发出之地。百工的奸巧牟利屡禁不止，豪门大族的生活奢侈无度”，这就是在于陛下自身的表率如何。如果后宫都穿粗布的衣服，那么天下人就会把穿戴绫罗当做耻辱；执政大臣有吃粗粮的节操，那么天下人就会把吃佳肴美食当做耻辱。即使不制定什么法令，又有什么值得忧虑的呢？

臣见到制策中又有“治理国家，先要治理京城。有人说：“何以称之为京师？就是要严惩不法之徒。有人说：不能滥用狱讼刑罚”，这两种说法都洗得过于偏激，不能不明察。只考虑到一方的问题就以偏概全，那么治理天下的意见，就不如会有多少了。如果是通达事理的人，他应该说：“因为这里治理得好，所以才立为京城；因为没有废止狱讼刑罚，所以能够惩治奸邪之徒。”如果不阻止狱讼刑罚而妨害了惩治邪恶，那么曹参不也就成了逃犯的头目了吗？

微臣见到制策中有“推寻前代，研究前代君王的治迹。汉孝文帝崇尚老子，而天下富庶。汉孝武帝尊重儒学，而四海的富庶反被耗尽。治道并没有弊病，希图治理的心也没有什么不同”，臣私下认为事实并非如此。汉孝文帝之所以治国有成，是因为参用了儒家学说。而他之所以治国有成还不能称为大治，是因为反仅是参用儒学而没能尽用儒学。而他的失当之处，是因为用了老庄之说所致。为什么这样说呢？汉孝文帝采纳了贾谊的说法，所以以礼对待大臣，驾驭诸侯也颇为得法，而对于兴礼乐教化，制服单于，则没能顾及。所以说他是“仅仅参用儒学而没能尽用儒学”。说到他参用老庄学说的失误，却可以引举出来。刚开始他凭着君王的一点仁爱之心，废除了三代时使用的肉刑，而用髡刑和鞭笞来代替，髡刑和鞭笞不足以惩治较重的罪恶，于是又把他杀死。参用老庄学说所造成的失误，不是很显然的吗？况且汉孝武帝也不是全部采用儒学的君主，他极力网罗方士，大兴妖道神祠，大建宫室，而忽略国家的长远利益，这难道是儒家教给他的吗？如今享国的君主只看到表面现象而不考究他们的实质，见到孝文帝一朝天下富庶，就认为是用了老子学说而致；见到孝武帝一朝国力耗损，就认为是用了儒家学说的过失，这就太偏激了。这也是唐玄宗之所以沉溺于享乐之中，忽视了军防武备，从而导致天宝年间安史之乱的原因。

臣又见制策中有“朝廷大政的制定，应该体观出《诗经》所载之道。周公的《豳风》，歌咏的是圣王大业，却收录在《国风》之中。宣王北伐，是王朝的大事，却收录在《小雅》之内”，臣曾听说《豳风》之诗，是说后稷、公刘治理国家是如何地艰难。此后经过几代到了文王，文王的时代，国家已经得到很好的治理了。而歌颂文王的诗都在《周南》和《召南》，这两部分诗也排在《国风》中。这样看来，《豳》诗置于《国风》，有什么可奇怪的呢？当年季札观赏周朝音乐，认为《大雅》虽然意义屈曲但都有舒直的气象，《小雅》凄悱多感却不失忠诚，哀叹之情没有直言道出。所谓意义屈曲但有舒直气象，令人感到寓意深广但不失正道；凄悱多感却不失忠诚，哀叹之情不用直言道出，令人感到情感抑服但并不狭迫；由此看来，《大雅》和《小雅》的区别，只是用词语时有宽狭之分，并没有说大事入《大雅》，小事入《小雅》。

臣又见到制策中有“西周以冢宰官管理国家的财政用度，唐朝以宰相兼管户部收支。钱粮谷米，是关于国家盛衰的大事；兵师军队，是关乎天下兴亡的大众，为什么汉陈平对策，认为应当责成内史掌管钱粮，唐韦洪质对策，认为宰相不该兼管钱粮”，臣认为一国宰相虽然无须事必躬亲，但国家的财政和军队，当然应该掌握它的多少和虚实。陈平所说的“责成内史”，只是说宰相不该具体书写帐目的数字罢了。唐代初年时，以郎官掌管财政，事情也办得很好。等到战事一开，开始设置专使，属官很多，往来的簿书也越来越繁琐。一切的弊端，也就从此开始了。裴延龄、皇甫镈二人，都狠狠地刻剥民众而取媚于上，妄图沽名钓誉，求取高位。此后宰相兼管钱粮，确实收到了防范奸邪的效果。而韦洪质的议论，仅仅是认为宰相的权力过大了吧？。所以李德裕认为小臣不该议论朝廷政令，微臣时常感到他确实有宰相的风度。

臣见制策中还有“钱财的使用，要使轻币和重币交互为用；官吏秩禄的评定，要使虚职和实官互相借重；防备水旱灾伤的储备，守御边陲的方略，钱币的流通有古代九府的名目，论乐的言语有五声的准律”，这六个问题，也是当今很值得探讨的大事。当年召穆公曾说：“百姓感到钱不值钱时，就多制做些重币投入国中。如果他们对重币感到不方便时，便投些轻币于国中，但不能废止重币。”钱太轻可以改变，但重币不能废除。万一掌握不当，宁可多些重币。这是古代君王制作钱币的本意。官吏的秩命，掌握在君主的手中。只要君主开口，就可以无限地授与。而俸禄，则是百姓上供的财货，从官府中取出是有限的。用无限的授与反过来保证有限的供养，这就叫虚实相养。防备水旱灾伤的储备，不如恢复隋、唐两朝的义仓制度。守御边陲的方略，不如按照秦、汉两朝设巡防士卒。周官有太府、天府、泉府、玉府、内府、外府、职内、职金、职币，合称为九府，姜太公就是依靠这九府使天下富庶。古时候天子征召诸侯国的士子，这叫做国均，而市场上价格平稳，四方之民都感到物价平均，合起来叫做五均。将圣王的治国方略当做常法，都是使百姓共同富裕、使国家富强昌盛的上策。陛下用来策问微臣的，大致如上所述。

在策问的最后，陛下又说“强国富民，尊重国君和朝廷，消除灾害求得吉祥，把浅薄的人情变得纯厚。所有这些，都是前朝着意治理之事，也是今天的当务之急”。这些话使微臣了解到陛下的圣明之心，认为以前对臣的策问，是就事论事，惟恐微臣不能畅所欲言，所以又举其大要让臣论述。又恐怕微臣不能够切中要害，所以又告诫微臣说：“你可以畅所欲言，不要担心有什么遗患。”因此臣才敢呈上这篇冒昧猖狂的议论。天下并不是国君的天下，只不过是让国君主持天下罢了。陛下感念祖宗的重托，深思百姓之可畏，想要进用一个人，就希望得到天下人的认可；想要贬退一个人，也希望天下人都厌弃他。而如今每当进用一个人，人们就互相讥议说：他是某某人引进的，他是某某人器重的；每当贬退一个人，人们又互相讥议说：他是被某某人斥退的，他是被某某人憎恶的。微臣并不敢用这些话实指某人。然而既然如此议论，想必是有缘由的。如今无知之徒，在道路上互相谤诟说：“圣王在上，而天下人并没有都得到天子的恩泽，是因为邪佞小人包围在天子的身边，后宫和宦官在殿廷之内隐操朝政。说这些话的人，固然是口出妄言，然而天下就有人相信他们的话，这是为什么呢？人们见到谏官、御史的话很难传到天子耳中，就认为君臣之间一定有人从中阻隔；人们见到蜀地的美锦，越地的奇巧器物，不是出于地方的进献，却入于宫廷之中。这样的话，一向所说的急于治理的政事和紧要之事，陛下还哪里有功夫来考虑实施呢？微臣对这些蛊惑圣心的行为十分气愤，故将这些话附在策问之末。万望陛下宽敕臣的万死之罪，乃是臣的大幸！臣苏轼谨对。

拟进士对御试策　并引状问

右臣准宣命差赴集英殿编排举人试卷。窃见陛下始革旧制，以策试多士，厌闻诗赋无益之语，将求山林朴直之论。圣德广大，中外欢喜。而所试举人不能推原上意，皆以得失为虑，不敢指陈阙政，而阿谀顺旨者又卒据上第。陛下之所以求于人至深切矣，而下之报上者如此，臣窃深悲之。夫科场之文，风俗所系。所收者，天下莫不以为法；所弃者，天下莫不以为戒。昔祖宗之朝，崇尚辞律，则诗赋之士，曲尽其巧。自嘉祐以来，以古文为贵，则策论盛行于世，而诗赋几至于熄。何者？利之所在，人无不化。今始以策取士，而士之在甲科者，多以谄谀得之。天下观望，谁敢不然？臣恐自今以往，相师成风，虽直言之科，亦无敢以上直言进者。风俗一变，不可复返。正人衰微，则国随之，非复诗赋策论迭兴迭废之比也。是以不胜愤懑，退而拟进士对御试策一道。学术浅陋，不能尽知当世之切务，直载所闻。上将以推广圣言，庶有补于万一；下将以开示四方，使知陛下本不讳恶切直之言。风俗虽坏，犹可以少救。其所撰策，谨缮写投进。干冒天威，臣无任战恐待罪之至。

问：朕德不类，托于士民之上，所与待天下之治者，惟万方黎献之求，详延于廷，诹以世务，岂特考子大夫之所学，且以博朕之所闻。盖圣王之御天下也，百官得其职，万事得其序。有所不为，为之而无不成；有所不革，革之而无不服。田畴辟，沟洫治，草木畅茂，鸟兽鱼鳖无不得其性。其富足以备礼，其和足以广乐，其治足以致刑。子大夫以谓何施而可以臻此？方今之弊，可谓众矣。救之之术，必有本末；施之之宜，必有先后。子大夫之所宜知也。生民以来，所谓至治，必曰唐、虞、成、周之时，《诗》《书》所称，其迹可见。以至后世贤明之君，忠智之臣，相与忧勤，以营一代之业。虽未尽善，要其所以成就，亦必有可言者。其详著之，朕将亲览焉。

对：臣伏见陛下发德音，下明诏，以天下安危之至计，谋及于布衣之士。其求之不可谓不切，其好之不可谓不笃矣。然臣私有所忧者，不知陛下有以受之欤？《礼》曰："甘受和，白受彩。"故臣愿陛下先治其心，使虚一而静，然后忠言至计可得而入也。今臣窃恐陛下先入之言，已实其中；邪正之党，已贰其听；功利之说，已动其欲。则有皋陶、益、稷为之谋，亦无自入矣，而况于疏远愚陋者乎？此臣之所以大惧也。若乃尽言以招祸，触讳以忘躯，则非臣之所恤也。

圣策曰："圣王之御天下也，百官得其职，万事得其序。"臣以为陛下未知此也，足以所为颠倒失序如此。苟诚知之，曷不尊其所闻而行其所知欤？百官之所以得其职者，岂圣王人人而督责之；万事之所以得其序者，岂圣王事事而整齐之哉？亦因能以任职，因职以任事而已。官有常守谓之职，施有先后谓之序。今陛下使两府大臣侵三司财利之权，常平使者乱职司守令之治。刑狱旧法，不以付有司，而取决于执政之意；边鄙大虑，不以责帅臣，而听计于小吏之口。百官可谓失其职矣。王者之所宜先者德也，所宜后者刑也；所宜先者义也，所宜后者利也。而陛下易之，万事可谓失其序矣。然此犹其小者。其大者，则中书失其政也。宰相之职，古者所以论道经邦。今陛下但使奉行条例司文书而已。昔邴吉为丞相，萧望之为御史大夫。望之言阴阳不和，咎在臣等，而宣帝以为意轻丞相，终身薄之。今政事堂忿争相诟，流传都邑，以为口实，使天下何观焉？故臣愿陛下首还中书之政，则百官之职，万事之序，以次而得矣。

圣策曰"有所不为，为之而无不成；有所不革，革之而无不服"。陛下之及此言，是天下之福也。今日之患，正在于未成而为之，未服而革之耳。夫成事在理不在势，服人以诚不以言。理之所在，以为则成，以禁则止，以赏则劝，以言则信。古之人所以鼓舞天下，绥之斯来，动之斯和者，盖循理而已。今为政不务循理，而欲以人主之势，赏罚之威，胁而成之。夫以斧析薪，可谓必克矣，然不循其理，则斧可缺，薪不可破。是以不论尊卑，不计强弱，理之所在则成，理所不在则不成，可必也。今陛下使农民举息，与商贾争利，岂理也哉？而何怪其不成乎？《礼》曰："微之显，诚之不可掩也如此夫！"陛下苟诚心乎为民，则虽或谤之而人不信；苟诚心乎为利，则虽自解释而人不服。且事有决不可欺者。吏受贿枉法，人必谓之赃；非其有而取之，人必谓之盗。苟有其实，不敢辞其名。今青苗有二分之息，而不谓之放债取利，可乎？凡人为善，不自誉而人誉之；为恶，不自毁而人毁之。如使为善者必须自言而后信，则尧、舜、周、孔亦劳矣。今天下以为利，陛下以为义；天下以为害，陛下以为仁；天下以为贪，陛下以为廉。不胜其纷纭也，则使二三臣者，极其巧辩，以解答千万人之口；附会经典，造为文书，以晓告四方之人。四方之人，岂如婴儿鸟兽，而可以美言小数眩惑之哉？且夫未成而为之，则其弊必至于不敢为；未服而革之，则其弊必至于不敢革。盖世有好走马者，一为坠伤，则终身徒行。何者？慎重则必成，轻发则多败，此理之必然也。陛下若出于慎重，则屡作屡成，不惟人信之，陛下亦自信而日以勇矣；若出于轻发，则每举每败，不惟人不信，陛下亦自不信而日以怯矣。文宗始用训、注，其志岂浅也哉？而一经大变，则忧沮丧气，不能复振。文宗亦非有欠德，徒以好作而寡谋也。慎重者始若怯，终必勇。轻发者始若勇，终必怯。乃者横山之人，未尝一日而忘汉，虽五尺之童子知其可取，然自庆历以来，莫之敢发者，诚未有以善其后也。近者边臣不计其后，而遽发之。一发不中，则内帑之费以数百万计。而关辅之民困于飞挽者，三年而未已。虽天下之勇者，敢复为之欤？为之固不可，敢复言之欤？由此观之，则横山之功，是边臣欲速而坏之也。近者青苗之政，助役之法，均输之策，并军搜卒之令，卒然轻发，又甚于前日矣。虽陛下不恤人言，持之益坚，而势穷事碍，终亦必变。他日虽有良法美政，陛下能复自信乎？人君之患，在于乐因循而惮改作。今陛下春秋鼎盛，天锡勇智，此万世一时也。而群臣不能济之以慎重，养之以敦朴。譬如乘轻车，驭骏马，冒险夜行，而仆夫又从后鞭之，岂不殆哉？臣愿陛下解辔秣马，以须东方之明，而徐行于九轨之道，甚未晚也。

圣策曰“田畴辟，沟洫治，草木畅茂，鸟兽鱼鳖莫不各得其性”者，此百工有司之事也，曾何足以累陛下？陛下操其要，治其本，恭己无为，而物莫不尽其天理，以生以死。若夫百工有司之事，自宰相不屑为之，而况于陛下乎！

圣策曰“其富足以备礼，其和足以广乐，其治足以致刑。何施而可以臻此”。孔子曰：“百姓足，君孰与不足？”兔首瓠叶，可以行礼；扫地而祭，可以事天。礼之不备，非贫之罪也。管子曰：“仓廪实而知礼节。”臣不知陛下所谓富者，富民欤？抑富国欤？陆贾曰：“将相和调则士豫附。”刘向曰：“众贤和于朝，则万物和于野。”今朝廷可谓不和矣。其咎安在？陛下不返求其本，而欲以力胜之。力之不能胜众也久矣。古者刀锯在前，鼎镬在后，而士犹犯之，今陛下躬蹈尧舜，未尝诛一无罪。欲弭众言，不过斥逐异议之臣而更用人。必不忍行亡秦偶语之禁，起东汉党锢之狱，多士何畏而不言哉？臣恐逐者不已，而争者益多。烦言交攻，愈甚于今日矣。欲望致和而广乐，岂不疏哉？古之求治者，将以措刑也。今陛下求治则欲致刑，此又群臣误陛下也。臣知其说矣，是出于荀卿。荀卿喜为异论，至以人性为恶，则其言治世刑重亦宜矣。而说者又以为《书》称唐、虞之隆，刑故无小；而周之盛时，群饮者杀。臣请有以诘之：夏禹之时，大辟二百；周公之时，大辟五百，岂可谓周治而禹乱耶？秦为法及三族，汉除肉刑，岂可谓秦治而汉乱耶？致之言极也。天下幸而未治，使一日治安，陛下将变今之刑而用其极欤？天下几何其不叛也？徒闻其语而惧者已众矣。臣不意异端邪说惑误陛下，至于如此。且夫宥过无大，刑故无小，此用刑之常理也。至于今守之，岂独唐、虞之隆而周之盛时哉？所以诛群饮者，意其非独群饮而已，如今之法所谓夜聚晓散者，使后世不知其详而徒闻其语，则凡夜相过者，皆执而杀之，可乎？夫人相与饮酒而辄杀之，虽桀、纣之暴，不至于此，而谓周公行之欤？

圣策曰“方今之弊，可谓众矣。救之之术，必有本末，施之之宜，必有先后”。臣请论其本与其所宜先者，而陛下择焉。方今救弊之道，必先立事；立事之本，在于知人。则所施之宜，当先观大臣之知人与否耳。古之欲立非常之功者，必有知人之明，苟无知人之明，则循规矩，蹈绳墨，以求寡过。二者皆审于自知，而安于才分者也。道可以讲习而知，德可以勉强而能。惟知人之明不可学，必出于天资。如萧何之识韩信，此岂有法而可传者哉？以诸葛孔明之贤，而知人之明，则其所短，是以失之于马谡。而孔明亦审于自知，是以终身不敢用魏延。我仁祖之在位也，事无大小，一付之于法；人无贤不肖，一付之于公议。事已效而后行，人已试而后用。终不求非常之功者，诚以当时大臣不足以与于知人之明也。古之为医者，聆音察色，洞视五脏，则其治疾也，有剖胸决脾，洗濯胃肾之变。苟无其术，不敢行其事。今无知人之明，而欲立非常之功，解纵绳墨以慕古人，则是未能察脉而欲试华佗之方。其异于操刀而杀人者希矣。房琯之称刘秩，关播之用李元平是也，至今以为笑矣。陛下观今之大臣，为知人欤？为不知人欤？乃者擢用众才，皆其造室握手之人，要结审固而后敢用，盖以为其人可与勠力同心，共致太平。曾未安席，而交口攻之者，如蝟毛而起。陛下以此验之，其不知人也亦审矣。幸今天下无事，异同之论，不过渎乱圣听而已。若边隅有警，盗贼窃发，俯仰成败，呼吸变动，而所用之人，皆如今日，乍合乍散，临事解体，不可复知，则无乃误社稷欤？华佗不世出，天下未尝废医；萧何不世出，天下未尝废治。陛下必欲立非常之功，请待知人之佐。若犹未也，则亦诏左右之臣安分守法而已。

圣策曰“生民以来，称至治者，必曰唐、虞、成、周之世，《诗》《书》所称，其迹可见。以至后世贤明之君，忠智之臣，相与忧勤，以营一代之业。虽未尽善，然要其所以成就，亦必有可言者。其详著之”。臣以为此不可胜言也。其施设之方，各随其时而不可知。其所可知者，必畏天，必从众，必法祖宗。故其言曰：“戒之戒之。天惟显思，命不易哉。”又曰：“稽于众，舍己从人。”又曰：“丕显哉，文王谟。丕承哉，武王烈。”《诗》《书》所称，大略如此！未尝言天命不足畏，众言不足从，沮宗之法不足用也。苻坚用王猛，而樊世、仇腾、席宝不悦；魏郑公劝太宗以仁义，而封伦不信。凡今之人，欲陛下违众而自用者，必以此借口。而陛下所谓贤明忠智者，岂非意在于此等欤？臣愿考二人之所行，而求之于今，王猛岂尝设官而牟利，魏郑公岂尝贷钱而取息欤？且其不悦者，不过数人，固不害天下之信且服也。今天下有心者怨，有口者谤。古之君臣相与忧勤以营一代之业者，似不如此。古语曰：“百人之聚，未有不公。”而况天下乎！今天下非之，而陛下不回，臣不知所税驾矣。《诗》曰：“譬彼舟流，不知所届。心之忧矣，不遑假寐。”区区之忠，惟陛下察之。臣谨昧死上对。

【译文】以上是臣苏轼接受敕命去集英殿编排应考士子考试的试卷。我看到陛下开始革除旧的制度，用策论的方式来考察士子。厌恶听到那些于世无补的诗词歌赋，想要听到山林隐居之士朴素率直的议论。圣上英明仁德宽广，朝廷内外都很高兴。而那些参加考试的举子们却不能真正理解圣上的本意，都考虑自己仕途的得失，不敢评论朝廷的弊政，而且阿谀当朝，顺从权贵的人最终又能高居榜首。陛下对人才的渴求如此迫切，可下面的士大夫对朝廷的回报却又如此，臣苏轼为此感到深深的悲哀。科场的文章，是直接影响到世间文风的。科场选中的，天下没有不以它做为榜样的；科场所遗弃的，天下没有不以它做为借鉴的。前代祖宗之朝，崇尚诗词歌赋，那些写诗作赋之人，费尽心机使言辞奇巧。自从嘉祐年间以来，朝廷重视古文，于是策论又盛行于世，而诗词歌赋几乎消声匿迹。为什么呢？因为文章关乎到人们的切身利益，人们就不会不跟着风气走。如今开始以策论选取进士，而考中进士甲科的人，大多以谄媚阿谀得到高选。天下士子以他们为榜样，谁敢不这样做？臣苏轼恐怕自今以后，互相沿袭成为风气，就是直言极谏之科，也不再有敢以直言进献的了。风俗变成这样，就难于复返。正直的人衰败没落，那么国家也会随之而衰败没落，不再是诗词或策论这种文体形式上的兴废更替所能相比的。所以臣对这种局面非常气愤，退朝后起草了进士答对殿试策论一道。臣学识浅陋，不能完全了解当世最急切的政事，直接奏上自己的听闻。对上来说，可以推广圣上的本意，可能会对朝廷有万分之一的补益；对下可以晓谕四方的士子，让他们了解陛下本不忌讳直率的言论。风俗虽然已经败坏，但仍旧可以稍做补救。我把所撰写的策论，工整地缮写清楚，上呈朝廷，冒犯龙颜，臣不胜战栗恐惧，等待降罪。

问：朕以无德之身，托身为万民之主，有以待天下大治的方法，只有依赖四面八方贤人士子的议论。将他们延请到朝堂，向他们咨询治世之道。这岂只是考察你这位士大夫的学问？主要是使朕自己广听博闻。圣明的君主统御天下，要使百官各得其职，万事有伦有序。有些事可能不急于去做，但如果要做就没有做不成的；有些小弊未必急于变革，但如果想变革它就没有人心中不服。田地得到开垦，沟河得到治理，草木繁茂，鱼鳖鸟兽没有一种动物不随其性情。国家的富庶足以使礼毕备，国家的祥和足以使乐流传，国家的清明足以使刑狱减少，你认为施以什么样的政令才能达到这种地步？当今的弊病，可以说为数不少，想要探求治国之术，必须要了解其原委本末，要想施政取得收效，必须要分出主次先后，你应该明白这一点。自从天下有生民以来，一说到天下大治，一定会说到唐尧虞舜、成王周公之时，《诗经》《尚书》所记载的当时盛业，历历可见。到了后代，贤明的君主、忠诚智慧的大臣彼此一心，以经营一代伟业。虽然说不上尽善尽美，然而说到他们的成就，也一定有值得赞颂之处。你可以详细地呈上来，朕要亲自阅读。

答：臣恭听陛下发出圣明之旨，下达明白的诏示，把关乎天下安危的大计同平民之人磋商探讨，这说明天子对于人才的渴求，不能说不迫切，对人才的喜好，不能说不诚恳。然而臣苏轼私下所担忧的是，不知陛下接受了别人的意见没有？《礼记》说：“本身清纯才能接受五味，本身洁白才能接受五彩。”因此臣苏轼希望陛下首先清静自身，使自己的内心空虚而宁静，然后忠直的言论和利国的谋策才能进入陛下心中。如今臣恐怕有些先入之言，已充满了陛下的心中；邪正之间的争议，已搅乱了陛下的分辨力；有关功利的议论，已诱发了陛下的欲望。那么就是有皋陶、益、稷这样的能臣为陛下出谋划策，也无法被陛下接受，更何况那些疏远愚陋之人的意见呢？这就是臣下之所以非常惧怕的原因。如果畅所欲言而招致祸患，触动忌讳以忘却自身，那么就不是臣所能顾及的了。

陛下的策问说“圣明的君主统御天下，要使百官各得其职，万事有伦有序。”臣认为陛下并不真正懂得这个道理，因此把事情的主次颠倒了。如果真正懂得这番道理，为什么不遵从自己所听闻的而实行自己所了解的呢？百官之所以各得其职，难道是由于圣上挨个督促他们的结果吗？万事之所以运行有序，难道是圣上每件事都亲自规划的结果吗？不过是根据官吏的才能而任命他的职务，根据他的职务交付他承办的事情罢了。官员有他的日常工作，这就叫做职；办事有先有后，这就叫做序。如今陛下让两府大臣侵夺了三司掌管财货的权力，让常平使者搅乱了路司、太守、县令的正常管理。对于刑狱方面的事，不是交给有关部门按照法律处理，而是取决于执政大臣的意志；边关战守的重大决策，不是交给帅臣将官来决定，而是听从于身边小吏的意见。在这种情况下，百官可以说是丧失了自己正常的职守了。实行王道首先应该宣讲道德，最后不得已才使用刑罚；首先应该追求仁义，最后才讲究利益。然而陛下却改变了事情的先后，这样一来，万物就都失去了正常的秩序。然而这些还是小的方面。大的方面，则是中书令丧失了自己的职能。宰相的职位自古以来是论道经邦。如今陛下只让中书省执行制置三司条例司的文书而已。汉朝邴吉为丞相，萧望之为御史大夫。萧望之曾说：“阴阳不和，过错在我们这些人身上。”汉宣帝认为他是轻视丞相，此后终生看不起他。如今宰相与其他大臣在政事堂争吵对骂，此事古京城流传，成为笑柄，天下百姓会如何看待此事？因此臣希望陛下首先归还中书省的职权，那么百官的职能，万事的秩序，就都可以依次得到解决了。

陛下的策问说“有些事可能不急于去做，但如果要做就没有做不成的；有些小弊未必急于变革，但如果想变革它就没有人心中不服。”陛下能说出这样的话来，是天下百姓的福气。如今朝廷的危害，在于时机还未成熟就硬要做这件事，人心还未信服就硬要改革旧法。成就事业在于循理而不在权势，使人信服要靠诚恳而不在言语。行事合乎道理，做事就能够成功，发出禁令就能制止，实行奖赏就能达到劝谕的目的，说出话来就能令人信任，古代的圣人之所以能够鼓舞天下人心，对他们进行安抚就可以招徕他们，驱使他们也能够使他们尽心尽力的原因，就在于做事依照情理。如今治理政事的人不讲究情理，只想靠着君主的权势和赏罚的威严，威逼着人们去做事。用斧子劈木柴，可以说肯定能够劈开，然而如果不按照它的纹理，那么斧子可能卷了刃，而木柴还没有被劈开。因此不论尊贵卑贱，也不论强弱，谁有理就能成功，谁没有理则必然不能成功。如今陛下让农民向官府借贷，与商人争夺利益，这难道合乎情理吗？这样的政令不能收到治效，有什么可奇怪的呢？《礼记》说：“细微之处可以彰显，真诚不可能掩盖竟至如此！”陛下如果真心实意地为百姓着想，那么即使有人讥谤而民众也不会相信；如果一心一意地为自己谋利，那么即使是自己辩解民众也不会服气。何况万事都不可能蒙蔽世人，官吏贪赃枉法，人们肯定说他是赃官；不是自己的钱财而盗取它，人们肯定说他是盗贼。只要有了实际，就无法摆脱应得的名声。如今青苗法规定的利息是二分，而朝廷却说这不是放债谋利，这能行吗？人们做善事，不用自夸别人也会赞扬他；做恶事，自己不说别人也会指责他。如果要让做善事的人一定要自己申明后别人才能相信，那么尧、舜、周公、孔子也就白操劳了。如今天下人都认为是朝廷谋利，而陛下却说这是义举；天下人都认为这是弊政，而陛下却认为这是仁政；天下人都认为这是官府贪婪，而陛下却认为这是廉洁，纷纷纭纭总也辨不清楚，于是就让大臣们极尽巧言善辩之能事，以阻塞千万人的议论。引经据典，编成文书，以遍告四方之民。四方之民，难道像小孩子或鸟兽一样无知，可以用几句好话和小小的恩惠就能欺骗得了吗？况且世上有好骑马的人，一旦落马跌伤，则终身徒步行走，这是为什么呢？做事慎重就肯定能成功，做事轻率时常会失败，这是情理使然。陛下如果是慎重从事，就会做一件成一件，不仅是民众信任陛下，陛下也会自信而更加勇于做事。如果草率从事，就会做一件败一件，不仅仅是民众不信任，就是陛下自己也会失去自信，一天比一天更加怯懦。唐文宗开始时重用李训、郑注，他的志向难道小吗？但是一经受到挫折则忧愁沮丧，不能再振作起来。文宗并没有什么丧失仁德的地方，只是因为喜好有所作为却失于深谋远虑。处事谨慎的人开始时好像是显得有些怯懦，但最终一定是勇敢有为。轻易举事的人，开始时虽然显得非常勇敢，但最终必然会胆怯。过去横山寨的百姓，没有一天忘记自己是皇宋的臣民，连五尺高的小孩，也知道那些地方可以夺回。然而自从庆历年间以来，之所以没敢轻易发动战争，就是由于还没有想好收复这些疆土之后如何安置他们。近来守卫边疆的帅臣们，不考虑后果，急切地发动战事。战事一开而没能取胜，则国库的耗费就是数以百万计。关中一带的民夫为战争输送军需三年都没有完结。就是天下最勇敢的人，还敢重蹈复辙吗？做这件事固然不再可能，谁还敢再提这件事呢？由此看来，收复横山的战役，是边臣操之过急而导致失败。近来实行的青苗、助役、均输等政策，加上军队中严惩逃亡士卒的法令，骤然轻率地实行，又比前日横山之役更加轻举妄动。虽然陛下可以不听从别人的意见，坚持变法更加坚定，但是当形势的发展阻碍了变法的推行，最终也还是要改变做法的。如果以后再有了更好的政策法令，陛下还能如此自信吗？君主的缺陷，在于因循守旧而害怕改革。如今陛下年轻力壮，又天生神智勇武，这是千载难逢的大好时机。如果群臣不能帮助陛下采用谨慎的态度，不能促成陛下敦厚朴素的品德，就好像陛下乘着轻车，驾着快马，冒险夜行，而仆夫却还要从后面扬鞭催马，那还不是一定会翻车吗？臣希望陛下解开辔头，喂饱马匹，以待天亮之后，再慢行于宽敞的大道上，也误不了事。

陛下的策问说“田地得到开垦，沟河得到治理，草木繁茂，鱼鳖鸟兽没有一种动物不随其性情。”这些事都是有关部门的职任，哪里值得来烦劳陛下呢？陛下应该操持国家最重要的事情，治理国家的根本，修养自己，清静无为，这样一来，万物都会该生则生，当死则死，遵循自然。这些百工和有关部门的杂事，连宰相都不属于亲自过问，更何况陛下呢？

陛下的策问说“国家的富庶足以使礼毕备，国家的祥和足以使乐流传，国家的清明足以使刑狱减少，你认为施以什么样的政令才能达到这种地步”。孔子说：“百姓丰足了，国君怎么会不富足？”兔子的头颅和葫芦的叶子，也可以用于祭礼，把地扫干净，就可以祭祀上天。礼不完善，不是穷人本身的过错。管子说：“仓库充实了，人们就会讲究礼节。”臣不明白陛下所说的“富”，是富民呢？还是富国呢？陆贾说：“文臣和武将相处和谐，士子们就有所依托。”刘向说：“众多的贤人在朝堂中和睦相处，那么万物就会在田野中协调地生长。”如今朝廷可以说是很不和谐。过错在什么地方呢？陛下不反过来考察问题的实质，却想以强力来压制这些矛盾。压制的做法不能使众人心服，这种情况由来已久。古时候把刀锯放在面前，把汤锅放在背后来威胁人们，然而坚持正义的人仍然无所畏惧。如今陛下奉行尧舜的仁政，从来也不诛杀一个无罪的人。想平息众人的议论，不过是把那些持有异议的大臣逐出朝外而换用新人。陛下一定不会忍心实行暴秦道路以目的禁令，兴起东汉党锢之祸的冤狱，众多的士大夫有什么畏惧而不能申明自己的观点呢？臣恐怕尽管是没完没了地放逐大臣，而争论此事的人却会越来越多。唇枪舌剑互相攻击，会比现在更加激烈。离达到和平使大家安乐的愿望，岂不是更远了吗？古时候致力于天下大治的君王，都是想尽量地减少刑罚。如今陛下追求大治却想依赖刑罚，这又是某些大臣对陛下的误导。臣了解这个学说，是出于荀卿。荀卿喜好标新立异，甚至认为人性天生为恶，用他的理论解释治世使用重刑，也还说得过去。但进言的人又认为《尚书》上称赞尧、舜时天下大治，并没有废除刑法；而周朝强盛之时，在一起聚饮也要被判死刑。臣请求质问这些人：夏禹之时，受大辟之刑的有二百人；周公之时，受大辟之刑的有五百人，难道可以说周公时大治而夏禹时大乱吗？秦朝的法律规定犯法要诛连三族，汉朝则废除了肉刑，难道可以说秦朝大治而汉朝大乱吗？致的意思是指极限。如今天下幸亏还没有大治，如果有朝一日天下大治，陛下会把今天的刑罚加重到极点吗？这样的话，天下还会有几个人不反叛呢？只要听到那些话就感到惧怕的人已经很多了。臣没想到异端邪说对陛下的迷惑误导到了这个地步。况且宽赦罪罚和施用刑罚无所谓大小，这也是使用刑罚的常理。至于今天执行的法律，难道仅仅是尧、舜兴隆之时和周朝强盛之时之法律吗？那时之所以要诛杀群饮的人，恐怕他们不仅仅是聚众饮酒而已。如今我朝法律中所指的夜里聚合，早上分散的人，如果后世不了解现在的详细情况而只从字面上阅读这些条文，就成了凡在夜里互相来往的，都要抓起来杀掉，这样理解行吗？人们互相聚会饮酒就遭到杀戮，就连夏桀、商纣这样的暴君，也不至于这样做。难道周公会实行这样的法令吗？

陛下的策问说“当今的弊病，可以说为数不少，想要探求治国之术，必须要察其原委本末，要想施政取得收效，必须要分出主次先后”。臣苏轼请求论述治国的根本和应该优先解决的问题，以供陛下选择。当今去除弊病的方法，一定要首先确立自己追求的目标。确立目标的根本，在于了解所用之人。那么，所施行的政策当与不当，要首先观察所用的大臣是否善于知人。自古以来，想要建立盖世功名的人，一定具有知人之明，如果没有知人之明，就会循规蹈矩，墨守成规，以求减少自己的过失。这两种人都是了解自己，根据自己的才能做事的人。道理可以通过讲解学习而获知，德行可以通过勉励自强而具备，只有知人之明是不可以学得的，一定是出于天份。像萧何对韩信的了解，哪有规律可以传授与人呢？以诸葛亮那样的贤能之臣，在善于知人这方面，也有他的短处，所以因为错误地任用马谡而导致北伐失败。然而诸葛亮还算了解自己，所以他终生不敢任用魏延。我朝仁宗皇帝在位时，事情无论大小，全那根据法律办事；人无论贤与不贤，全部根据公议升降。事情有了成效，才广为推行；官员经过试用，才正式任命。始终不追求特殊功绩的原因，就是因为当时的大臣没有具备知人之明的。自古以来行医的人，聆听病人的声音，观察病人的面色，就洞晓了病人的五脏六腑，那么再着手对疾病进行治疗，采取剖胸切脾，洗胃濯肾等各种手段。如果不具备这样的能力，就不敢这样做。如今不具备知人之明，就想立盖世之功，不想墨守成规而想效法古人，就像是不会观色切脉却想成为华佗那样的神医，这就无异于操刀杀人。唐朝的房琯盛赞刘秩、关播重用李元平讨贼，就是如此，至今传为笑柄。陛下认为如今朝廷中的大臣，是有知人之明呢？还是没有知人之明？过去擢拔众官，都是登门入室，握手言欢的亲密之人，结识很久关系密切而才敢任用，就是认为这样的人可以与自己同心同德，共同创造太平盛世。如今这些被提拔的人，坐席未温，就反过来攻击提拔自己的人，像是刺猬毛那样扎人。陛下用这些事检验一下，大臣们没有知人之明就是显而易见的了。幸而当今天下无事，大臣们的是是非非，只不过是惑乱了圣上的心意而已。如果是边境紧张，盗贼蠢蠢欲动，情况十分危急的时候，所用的人都像今天这样的人，聚散无时，互不团结，遇到事情就会土崩瓦解，那不就贻误朝廷大事了吗？华佗并不是代代有之，而天下没有一天离得开医生；萧何也不是代代有之，而天下没有一天离得开治理。陛下一心想建立经天纬地的功业，那就要寻访有知人之明的辅臣。如果得不到这样的辅臣，也要诏敕大臣安于职事，奉公守法。

陛下的策问说“自从天下有生民以来，只要说到天下大治，一定会说到唐尧虞舜、成王周公之时，《诗经》《尚书》所记载的当时盛业，历历可见。到了后代，贤明的君主、忠诚智慧的大臣彼此一心，以经营一代伟业。虽然说不上尽善尽美，然而说到他们的成就，也一定有值得赞颂之处。你可以详细地呈上来”。微臣认为，这些伟业不是用语言能说清楚的。所施之政，所设之防，应该随着时代的不同而变革，不可能预先得知。事先能够知道的，就是一定要敬畏上天，一定要顺从民意，一定要效法祖宗。经典中说：“警惕啊警惕啊！上天是不可欺蒙的，天命是不可违逆的。”又说：“向众人征求意见，要约束自己尊重别人。”又说：“多么显明啊，文王的仁德。多么顺诚啊，武王的威烈。”《诗经》《尚书》所称赞的圣治，大概就是这样。从没有有一句话说天命不值得敬畏，公众的议论不值得采纳，祖宗的法度不值得遵守。当年苻坚任用王猛，而樊世、仇腾、席宝心中不快；郑国公魏征讽劝太宗施行仁义，而封伦不信任他。如今的人，想使陛下违背众人之心而为自己所用，一定要拿这两件事情做为借口。而陛下所说的贤明、忠诚、智虑的大臣，难道他的用心真的在于治好国家吗？微臣请求考察王猛、魏征的行事，与今人相比较，王猛曾经设置过专为牟取民利的官吗？魏征曾经高利贷钱而取民之利吗？况且对他们心怀不满的，不过几个人而已，根本不妨碍天下民众对他们的信任和敬服。如今天下有心的人就感到怨愤，有嘴的人都讥谤朝政。古代君臣齐心协力忧劳勤苦而经营一代伟业的，好像不是如此吧。古人说：“一百个人聚在一起议论一件事，就不会不公正。”更何况是天下人众口一词呢！如今天下人都认为新法不便，而陛下却执意坚持，微臣真不知道陛下将要走到何种地步。《诗经》说：“就像是在大河中行舟，不知道到哪里才能停止。心中时时忧虑啊，连觉也睡不着了。”臣这番区区忠诚之意，万望陛下明察。臣苏轼谨冒死上对。

卷四十　史评

尧逊位于许由

司马迁曰:“夫学者载籍极博,尤考信于六艺。《诗》《书》虽缺,然虞、夏之文可知也。尧将逊位于虞舜,舜、禹之间,岳牧咸荐,乃试之于位,典职数十年,功用既兴,然后授政。示天下重器,王者大统,传天下若斯之难也。而说者谓尧让天下于许由,许由不受,耻之逃隐。及夏之时,有卞随、务光者,此何以称焉?”东坡先生曰:士有箪食豆羹见于色者,自吾观之,亦不足信也。

【译文】司马迁说:“学者们记事的典籍虽然很多,但仍然要从六经(《诗》《书》《礼》《乐》《易》《春秋》)中寻求依据。《诗经》和《尚书》虽说有残缺,但是还可以从虞、夏两代的文献中查考清楚。唐尧将要退位的时候,把帝位让给虞舜,虞舜又让位给夏禹,这期间,四岳和十二牧也都来推荐,才把他放在一定的职位上试用,任职几十年,功绩已经建立,然后才授予政权。这表明天下是最贵重的宝器,帝王是最尊贵的地位,转让国家政权是如此地郑重其事。但传说唐尧把天下让给许由,许由不肯接受,认为那是一种耻辱,因而逃避隐居起来。到了夏朝的时候,又有卞随、务光这样的隐士。这将从何解说呢?”东坡先生苏轼说:在士阶层中,有不少人连一筐饭、一碗粥这样微小的利益都看得很重,在我看来,这些人也是不值得信任的。

巢由不可废

巢、由不受尧禅,尧、舜不害为正德。夷、齐不食周粟,汤、武不失为至仁。孔子不废是说,曰:“武尽美矣,未尽善也。”扬雄者独何人,乃敢废此,曰:“允哲尧禅舜,则不轻于由矣。”陋战斯言。

使夷、齐不经孔子，雄亦且废之矣。世主减知揖逊之水，尚污牛腹，则干戈之粟，岂能溷夷、齐之口乎？于以知圣人以位为械，以天下为牢，庶乎其不骄士矣！

【译文】巢父和许由不接受尧的让位，但他们这样做，并不妨碍尧与舜成为极其高尚的人。伯夷与叔齐不吃周朝的粮食，但商汤与周武王仍不失为具有崇高的仁义之心的人。孔子不废弃这种看法。只是说："周武王美极了，却还不够好。"扬雄是怎样一个人呢？唯独他竟敢否定这种看法，说："尧禅让给舜是诚信明哲之举，许由对这种作法并没有轻视。"这话说得太浅陋了！假如伯夷与叔齐不行孔子之道，扬雄必将会否定他们。国君如果知道辞让谦逊的言语会污染河水因而弄脏牛腹的话，又怎能用不义手段夺得的粮食去弄脏伯夷与叔齐的嘴呢？由此可知圣人把王位当作枷锁，把天下当作牢笼，他们差不多都没有在士人面前留露过骄傲的神情呀！

尧不诛四凶

《史记·舜本纪》："舜归而言于帝，请流共工于幽陵，以变北狄；放驩兜于崇山，以变南蛮；迁三苗于三危，以变西戎；殛鲧于羽山，以变东夷。"太史公多见先秦古书，故其言时有可考，以正自汉以来儒者之失。四族者，若皆穷奸极恶，则必见诛于尧之世，不待舜而后诛，明矣。屈原有云："鲧悻直以忘身。"则鲧盖刚而犯上者耳。若四族者，诚皆小人也，则安能用之以变四夷之俗哉！由此观之，则四族之诛，皆非诛死，亦不废弃，但迁之远方为要荒之君长耳。如《左氏》之所言，皆后世流传之过。若尧之世有大奸在朝而不能去，则尧不足为尧矣。

【译文】《史记·舜本纪》说："舜考察归来后对帝尧说，请求把共工流放到幽陵，让他去改变北狄；把驩兜放逐到崇山，让他去改变南蛮；把三苗贬谪到三危，让他去改变西戎；把鲧流放到羽山，让他去改变东夷。”太史公见过许多先秦时期的古书，经常有资料可供考核，他的言论是可靠的，能够订正从汉代以来儒家学者所记述的某些错误。共工等四种人，如果都凶狠残暴，无恶不作，那么必定在尧当世就被诛杀了，不必等待舜执政以后去诛杀，这是显而易见的。屈原曾说：“鲧刚愎自用而忘性命之危。”可知鲧原来是一个生性刚强、敢于冒犯上级的人。如果他们这四类人，确实都品质恶劣的话，又怎能用他们去改变四夷的风俗啊！据此来看，对四人的惩罚，既不是全都杀死，也不是弃置不用，而是把他们贬黜到遥远的地方，让他们去担任险要荒僻之地的首领罢了。像《左传》听记载的，都是当世之人流传的错误言论。如果尧执政的时期，朝廷上有极恶之人却没有得到清除，那么尧就不配做受人敬仰的尧了。

尧桀之民

尧之民，比屋可封；桀之民，比屋可诛。若信此说，则尧时诸侯满天下，桀时大辟遍四海也。

【译文】唐尧时期的人民，可封侯的比比皆是；夏桀时期的人民，该诛杀的比比皆是。如果相信这种说法，那么唐尧时期的诸侯就会布满天下，而夏桀时期判死刑的罪人也会遍布天下。

商人赏罚

《礼》云：“商人先罚而后赏。”而汉武策董仲舒云：“商人执五刑以督奸，伤肌肤以惩恶。”此百王之所同而独云尔者，汉儒之学，固有以商为厚于威而薄于恩也耶?

【译文】《礼记》记载道："商朝人注重惩罚而疏忽奖赏。"汉武帝策问董仲舒时说道："商朝人施行墨、劓、刖、宫、大辟等刑罚来监督坏人，弄伤皮肤肌肉以惩罚恶人。"实际上，前代先王都是这样做的，但汉武帝却唯独只提到商朝人，难道汉代的儒学本来就认为商朝人重视严刑而忽视恩德吗?

管仲分君谤

宋君夺民时以为台，而民非之，无忠臣以掩其过也。子罕释相而为司空，民非子罕而善其君。齐桓公宫中七市，女闾七百，国人非之，管仲故为三归之家，以掩桓公。此《战国策》之言也。苏子曰：管仲仁人也，《战国策》之言，庶几是乎！然世未有以为然者也。虽然，管仲之爱其君亦陋矣，不谏其过，而条分谤焉。或曰："管仲不可谏也。"苏子曰：用之则行，舍之则藏。谏而不听，不用而已矣。故孔子曰："管仲之器小战！"

【译文】宋平公占用百姓的生产时间，要他们修筑高台，百姓怨声载道。子罕放弃宰相之位而去担任司空之职，监督百姓筑台。百姓就不满子罕，而称誉宋平公。齐桓公在宫内开设七个市场，又在七个市场内弄来七百个歌妓，全国人都极为不满。管仲有意让桓公赏赐给他全国租税的一部分，使得自己与诸侯一样富豪，他用这个办法来掩饰桓公的错误，有意让群众的批评落在自己头上。以上的话出自于《战国策》。苏轼认为：管仲是具有仁德的人，《战国策》的这段话差不多是持这种观点吧！但是世上却没有人认为管仲的做法是正确的。即使认为管仲确有仁德，那么他热爱其国君的方式也还是让人觉得太鄙陋了。他没有规劝国君去改正错误，只是替国君分担百姓的指责而已。有人说："管仲没法规劝齐桓公。"苏轼却以为：国君用我呢，就干起来，不用我呢，就藏起来。如果向国君直言规劝，但他却没有听从，那就说明他不用自己，自己因此就该隐藏起来，但管仲却并没有这样做，所以孔子才会说："管仲的器量狭小啊！"

管仲无后

《左氏》云："管仲之世祀也宜哉！"谓其有礼也。而管子之后不复见于齐者。予读其书，大抵以鱼盐富齐耳。予然后知管子所以无后于齐者。孔子曰："管仲相桓公，九合诸侯，一匡天下。微管仲，吾其被发左衽矣。"又曰："桓公九合诸侯，不以兵车，管仲之力也。如其仁！如其仁！"夫以孔子称其仁，丘明称其为礼，然不救其无后，利之不可与民争也如此。桑弘羊灭族，韦坚、王鉷、杨慎矜、王涯之徒，皆不免于祸，孔循诛死，有以也夫。

【译文】《左传》曾说："管仲世世代代受到祭祀是多么恰当啊。"他认为管仲的行为符合礼仪。但是管仲的后人却没有再在齐国出现过。我读管仲的书，大致知道他是利用鱼盐等物产资源来使齐国富强的。这样我才了解了管仲在齐国没有后代的原因。孔子说过："管仲辅相桓公，使天下一切得到匡正。假若没有管仲，我们都会披散着头发，衣襟向左边开，沦为落后民族了。"又说："齐桓公多次主持诸侯间的盟会，停止了战争。都是管仲的力量。这就是管仲的仁德啊！这就是管仲的仁德啊！"左丘明称赞他的行为符合礼仪，但这些并不能帮助他在齐国延续后代，以此看来我们不有像他那样与百姓争夺利益。桑弘羊被诛灭全族，韦坚、王鉷、杨慎矜、王涯这些人都未能免除灾祸，孔循被诛杀，都是有缘故的啊！

楚子玉以兵多败

蔿贾论子玉，过三百乘必败。而郤克自谓不如先大夫，请八百乘。将以用寡为胜，抑以将多为贤也？如淮阴侯言多多益善，是用众亦不易。古人以兵多败者，不可胜数。如王寻、苻坚、哥舒翰者多矣。子玉刚而无礼，少与之兵，或能戒惧而不败耶？

【译文】蔿贾评论楚将子玉，说他不足以任大事，如果对外作战的军队超过三百乘时，他就必定失败。晋将郤克说自己的才干远不如其父郤缺等人，与齐国交战前请求国君给他八百乘。是指挥的人数少好呢？还是指挥的人数多好？比如淮阴侯韩信就对汉高祖刘邦说过“我带兵人数愈多就愈好”的话，看来将帅带兵多了也不容易。手下的兵多但仍打败仗的古代将领多得数不胜数，像王寻、苻坚，哥舒翰等许多人，都是如此。子玉刚愎自用，办事无礼，给他的军队即使少一些，他难道会因此加强警惕，有所畏惧，不再打败仗了吗？

孔子诛少正卯

孔子为鲁司寇，七日而诛少正卯。或以为太速。此叟盖自知其头方命薄，必不得久在相位，故汲汲及其未去发之。使更迟疑两三日，已为少正卯所图矣。

【译文】孔子担任鲁国司寇的第七天就把少正卯给杀了。有人认为这样做未免太快了点。大概孔子这老先生知道自己官运不好，在司寇的职位上肯定不长，所以就趁着还未被免职赶紧行动。假如他晚几天再行动，恐怕已被少正卯给谋算了。

颜回箪瓢

孔子称颜回屡空，至于箪食瓢饮，其为造物者费亦省矣。犹且不免于夭折。使回吃得两箪食几瓢饮，当更不活得二十九岁。然造物者辄支盗跖两日禄料，便足为回七十余年粮矣，但恐回不肯要耳。

【译文】孔子说颜回常常穷得没办法，到了每天只吃一竹筐饭、喝一瓢水的地步。他替造物主花费得也太少了。但他仍将不能免于早死的厄运。假使颜回每天吃两竹筐饭喝几瓢水，很可能连二十九岁都活不到，造物主要是能支取盗跖两天用的粮食给颜回，就够颜回吃七十多年了。只是恐怕颜回不肯要那些东西罢了。

宰我不叛

李斯上书谏二世，其略曰："田常为简公臣，布惠施德，下得百姓，上得群臣，阴取齐国，杀宰予于庭。"是宰予不从田常乱而灭其族。太史公载宰我为临淄大夫，与田常作乱，夷其族，孔子耻之。李斯事荀卿，去孔子不远，宜知其实。盖传者妄也。予尝病太史公言宰我与田常作乱夷其族，使吾先师之门乃有叛臣焉。天下通祀者容叛臣其间，岂非千载不蠲之惑也耶？近令儿子迈考阅旧书，究其所因，则宰我不叛，其验甚明。太史公固陋承疑，使宰我负冤千载，而吾师与蒙其垢，自兹一洗，亦古今之大快也。

【译文】李斯上书劝谏秦二世，大略说："田常是齐简公的大臣，能给予人们恩惠，因而在下得到了百姓的拥护，在上得到了群臣的支持。他暗中夺取了齐国的政权，并在朝廷上杀死了反对他的宰予。"看来是宰予不跟从田常一起叛乱而被田常诛杀家族的。司马迁却说宰我是临淄大夫，与田常一起发动叛乱，被灭掉了家族，孔子认为他很可耻。李斯侍奉荀卿，距离孔子的时代不远，应该了解实际情况。这大概是撰史者的错误。司马迁说宰我与田常发动叛乱被灭族，对此我曾加以批评，因为孔子的弟子中竟然会有叛乱的臣子，这是不可思议的。被天下共同祭祀的孔子当年却收留有可能成为叛臣的人作他的学生，这难道不是千年也难以祛除的疑惑吗？最近我命令儿子苏迈查读旧书，探究其中的原因。宰我没有叛乱，证据是很清楚的。司马迁见识鄙陋，承袭了令人疑惑的观点，不仅让宰我含冤千年，而且让我的先师孔子跟着被蒙上尘垢，现在经我洗雪，也当是古往今来的一件十分高兴的事情。

司马穰苴

《史记》："司马穰苴，齐景公时人也。"其事至伟，而左氏不载，予尝疑之。《战国策》："司马穰苴，为政者也，闵王杀之，大臣不亲。"则其去景公也远矣。太史公取《战国策》作《史记》，当以《战国策》为信。凡《史记》所书大事，而左氏无有者，皆可疑。如程婴、杵臼之类是也。穰苴之事不可诬，抑不在春秋之世，当更徐考之。

【译文】《史记》曾认为："司马穰苴是齐景公时期的人。"他的事迹极不平凡，但左丘明却没有对他加以记载，因此我曾对《史记》的这一说法表示过怀疑。《战国策》说："司马穰苴是执政的大臣，闵王把他杀掉了，大臣们不再亲近闵王。"可知司马穰苴生活的年代距离齐景公是很遥远的。太史公司马迁创作《史记》时采用了不少《战国策》的材料，可知他必定认为《战国策》的记载是真实可信的。《史记》所记的历史大事，如果左丘明未曾记载，那就值得人们加以怀疑。例如程婴、杵臼这些人的事迹就是如此。司马穰苴的事迹不可能是编造出来的，然而他却并非春秋时期的人物，对此我应当再进一步慢慢考证清楚。

孟尝君宾礼狗盗

孟尝君所宾礼者至于狗盗，皆以客礼食之，其取士亦陋矣。然微此二人，几不脱于死。当是时，虽道德礼义之士，无所用之。然道德礼义之士，当救之于未危，亦无用此士也。

【译文】孟尝君以宾客之礼接待的人中包括有偷狗的，他统统都以宾客之礼招待这类人吃饭。孟尝君选拔人才时也太缺乏见识了。但是如果没有学鸡鸣狗叫的那两人，他几乎逃脱不了死亡。而且在当时的情况下，即使有奉行道德礼义的人才，也会一筹莫展的。然而如果有了奉行道德礼义的人才，他们就会在孟尝君没有陷入险境之前就拯救他，这样他也就用不着这类鸡鸣狗盗之徒了。

颜斶巧贫

颜斶与齐王游，食必太牢，出必乘车，妻子衣服丽都。斶辞去，曰："玉生于山，制则破焉，非不宝贵也，然而太璞不完。士生于鄙野，推选则禄焉，非不尊达也，然而形神不全。斶愿得归，晚食以当肉，安步以当车，无罪以当贵，清静贞正以自娱。"嗟乎！战国之士，未有如鲁连、颜斶之贤者也，然而未闻道也。曰"晚食以当肉，安步以当车"，是犹有意于肉与车也。夫晚食自美，安步自适，取于美与适足矣，何以当肉与车为哉。虽然，斶可谓巧于居贫者也。未饥而食，虽八珍犹草木也。使草木如八珍，惟晚食为然。斶固巧矣，然非我之久于贫，不知斶之巧也。

【译文】颜斶与齐宣王交往时，齐王许诺让他食必美味，以车代步，夫人子女都能穿上华丽的衣服。颜斶辞射说："玉石本来生在山里，一经加工雕琢，就要破坏它的本色了。士人本来生在民间，受到推举提拔就能得到官位，当官并不显达，但会因此失去士人的本色而使他的思想与行为脱节。我情愿回家去，晚些吃饭，权当吃肉；徐行缓步，权当乘车；安分守法，权当富贵；清心寡欲，保持节操，自得其乐。"唉，战国的士阶层中，还没有像鲁仲连、颜斶这么贤良的，但他们仍没有得知真理。从顾斶说过的"晚些吃饭，权当吃肉，徐行缓步，权当乘车"的话语中，可以看出他对肉与车仍很在意。晚点吃饭的话，颜斶能获得品尝美味的感觉，步行走路时，他觉得十分地舒适。他得到美味与舒适就该满足了，何必又当作吃肉与乘车呢？尽管如此，颜斶仍然可称得上是善于对待贫困的人。不饿的时候吃饭，即使山珍海味也如草木般平淡；若让草木像山珍海味般有滋味，只有用晚点吃饭的方法才能做到。颜斶固然很聪明，但要不是我长久地生活于贫贱的环境中，也是不能了解他的聪明的。

田单火牛

田单使人食必祭，以致乌鸢。又设为神师。皆近儿戏，无益于事。盖先以疑似置齐人心中，则夜见火牛龙文，足以骇动取一时之胜。此其本意也。

【译文】田单让即墨城中的人每次吃饭的时候，必须祭祀祖先，留下的残余米饭，招来了乌鸦、老鹰冲下啄食。他又安排一个士兵装扮神师。这些作法都近乎儿戏，对战胜燕国军队没有帮助。田单大概是让齐人对神灵会保佑他们这一说法先有一个模糊的印象，到了夜攻燕军之时，齐人见到画着蛟龙图案、尾巴着火的牛时，就会诧异、震惊，以为神灵真在帮助他们，因而斗志倍增，很快就取得作战胜利。这才是田单的本来意图。

张仪欺楚

张仪欺楚王以商於之地六百里。既而曰："臣有奉邑六里。"此与儿戏无异。天下莫不疾张子之诈，而笑楚王之愚也。夫六百里岂足道哉？而张子又非楚之臣，为秦谋耳，何足深过。若后世之臣欺其君者，曰："行吾言，天下举安，四夷毕服，礼乐兴而刑罚措。"其君之所欲得者非特六百里也，而卒无丝毫之获。岂惟无获，其所丧已不可胜言矣。则其所以事君者，乃不如张仪之事楚。因读《晁错传》，书此。

【译文】张仪欺骗楚怀王，说秦国要把商於之地六百里送给楚国。不久又改口说："我说送给的土地面积是六里。"这与儿戏没有什么不同。天下人没有不恨张仪的欺诈，并嘲笑楚王的愚蠢的。那六百里土地怎值得一提呀！况且张仪又不是楚国的大臣，他是替秦国谋划罢了，怎可以深深地谴责他？像后世有些大臣欺骗他的国君，说："若按我的话行事，普天之下就会安定，周边约少数民族也全会顺从，礼乐得以兴盛，刑罚被废弃。"他的国君想要得到的，不只是六百里土地，结果却一无所获。恐怕不只是一无所获，此人对国家造成的损失已经说也说不完了。他愚弄国君所使用的欺骗手段，竟比张仪的还要恶劣。因为读《晁错传》，所以写下了这些。

商君功罪

商君之法，使民务本力农，勇于公战，怯于私斗，食足兵强，以成帝业。然其民见刑而不见德，知利而不知义，卒以此亡。故帝秦者商君也，亡秦者亦商君也。其生有南面之福，既足以报其帝秦之功矣；而死有车裂之祸，盖仅足以偿其亡秦之罚。理势自然，无足怪者。后之君子，有商君之罪，而无商君之功，飨商君之福，而未受其祸者，吾为之惧矣。元丰三年九月十五日，读《战国策》书。

【译文】商鞅的法令，是让人民致力于农业生产这个根本，为国家对外作战时奋勇争先，私人之间都害怕互相争斗。秦国因此粮食富足，军队强大，最终完成了称帝的事业。但秦国的百姓只见到刑法，却未见到德行，只知道争夺利益，却不知道追求仁义，最终因此而亡国。所以使秦国建立统一事业的是商鞅，使秦国灭亡的也是商鞅。他活着时有辅佐君主的福气，这已经可以报答他使秦国成就帝业的功勋了；他死时有被处以车裂之刑的灾祸，那大概仅仅能够抵偿他使秦国灭亡所应遭受的惩罚。后世有些号称君子的人，犯下商鞅那样的罪行，却没有建立商鞅那样的功勋，享有同商鞅一样的福气，却没有遭受同他一样的灾祸。我替他们感到恐惧了。宋神宗元丰三年九月十五日，我读《战国策》时有感而作。

王翦用兵

善用兵者，破敌国，当如小儿毁齿，以渐摇撼，而后取之，虽小痛而能堪也。若不以渐，一拔而得齿，则取齿适足以杀儿。王翦以六十万人取荆，此一拔取齿之道也。秦亦惫矣，二世而败，坐此也夫。

【译文】擅长指挥作战的将领，攻克敌人的国家时，应当像给小孩拔牙一样，先渐渐地摇晃，然后再拔下来，小孩虽感到有点痛，却还能够忍受。如果不是逐渐进行，而是一下子就把牙齿拔掉，那么这样的拔牙方法就恰好可以痛死小孩。王翦率领六十万大军攻克了楚国，其弊端与这种拔牙方法十分相似。秦朝的国力疲惫，传国两代就败亡了，大概正是因为这个缘故吧。

荀子疏谬

荀子有云："青出于蓝，而青于蓝，冰生于水，而寒于水。"故世之言弟子胜师者，辄以此为口实。此无异醉梦中语。青，即蓝也。冰，即水也。今酿米以为酒，杀羊豕以为膳羞，而曰："酒甘于米，膳羞美于羊豕，"虽儿童必皆笑之。而荀卿乃以为辩，信其醉梦颠倒之言。至以性为恶，其疏谬，大率皆此类也。

【译文】荀子曾说："青颜料是从蓝草中提取的，却比蓝草的颜色更深；冰是由水凝结成的，却比水更冷。"因此世上那些主张弟子能超过老师的人，总把这段话当作立论的根据。实际上，这段话与醉言梦语没有什么不同。青就是蓝，冰就是水。如今人们用米酿酒，杀掉羊与猪做成美食，如果有人说"酒比米甜，美食比羊与猪味道好"，那么即使是小孩子也会笑话他的。但荀子却把这些当成争辩的话，相信自己醉梦中说出的错乱之语是正确的。他还曾主张人性是恶的，大概是犯了与上述那些言论同样的错误。

陈平论全兵

匈奴围汉平城，陈平上言："胡者全兵，请令强弩傅两矢外向，徐行出围。"李奇注"全兵"云："惟弓矛，无杂仗也。"此说非是。使胡有杂仗，则傅矢外向之说，不得行欤！且奇何以知匈奴无杂仗也，匈奴特无弩尔。全兵者，言匈奴自战其地，不致死，不能与我行此危事也。

【译文】匈奴人包围了汉平城，陈平对汉高祖建议道："匈奴人要保全兵力，请陛下下令各个士兵在每一强弩上面向外装上两枝利箭，从容地突围出去。"李奇对"全兵"的解释是："只有弓与矛，没有配备复杂的兵器。"这种解释是不正确的。假如匈奴人拥有复杂的兵器，那么陈平所谓"傅矢外向"的建议，就行不通了。况且李奇怎么知道匈奴人没有配备复杂的兵器呢？实际上，匈奴人只是没有弩罢了。我认为"全兵"的意思是指匈奴人在自己的领地作战不愿损兵折将，因此他们与汉军作战时不肯冒这种风险。

赵尧真刀笔吏

方与公谓周昌之吏赵尧，年虽少，然奇士，"君必异之，且代君。"昌笑曰："尧刀笔吏耳，何至是！"居顷之，尧说高祖为赵王置贵强相，独昌为可。高祖用其策，尧竟代昌为御史大夫。吕后杀赵王，昌亦无能为，特谢病不朝耳。由是观之，尧特为此计规代昌耳，安能为高祖谋哉！其后，吕后怒尧为此计，亦抵尧罪。尧非独不能为高祖谋，其自谋亦不审矣。昌谓之刀笔吏，真不诬哉！

【译文】方与县的县令认为御史大夫周昌手下的官吏赵尧，年纪虽轻，却是一个不平常的人，他对周昌说："您对赵尧一定要另眼相待，他将取代您做御史大夫的。"周昌笑着说："赵尧只能当一名抄抄写写的办事人员罢了，怎能到这样的地位呢？"过了不久，赵尧说服汉高祖为赵王如意任命一位身份尊贵且性格刚强的国相，以保护赵王日后不被吕后谋害，还说唯独周昌才能胜任。高祖听从了他的建议，并提拔赵尧做了御史大夫。赵尧终于取代了周昌。吕后后来毒死赵王，周昌对此却无能为力，只是称病引退不上朝罢了。从赵王的这种悲惨结局当中，可以看出赵尧只是想方设法让自己来取代周昌罢了，难道他是在替高祖谋画吗？后来，吕后恼怒赵尧想出这样的计策，对他加以惩罚，抵偿了他应负的罪行。赵尧不但不能替高祖谋画，而且为自己考虑得也不周密。周昌说他只能做一名抄抄写写的办事人员，真不是诬蔑他啊！

郦寄幸免

班固有言："当孝文时，天下以郦寄为卖友。夫卖友者，谓见利而忘义也。若寄父为功臣而又执劫，摧吕禄，以安社稷，谊存君亲可也。"予曰：当是时，寄不得不卖友也。罪在于寄以功臣子而与国贼游，且相厚善也。石碏之子厚与州吁游，碏禁之不从，卒杀之。君子无所讥，曰"大义灭亲。"郦商之贤不及石碏，故寄得免于死，古之幸人也。而固又为洗卖友之秽，固之于义陋矣。

【译文】班固曾说："孝文帝在位时，天下人认为郦寄出卖了朋友。所谓出卖朋友，是指见到有利可图就不顾道义。那郦寄的父亲郦商是有功之臣，吕后死后，周勃胁制郦商，让他命令儿子郦寄去诱使吕禄交出兵权，离开北军，使周勃得以进入北军镇压了吕党，从而让国家的局面安定了下来。郦寄的行为，对国君和其父亲都存有道义，是该得到称赞的。"我却认为：在当时，郦寄不能不出卖朋友。他的罪过在于他身为功臣的儿子却与危害国家的坏人吕禄交往，而且互相之间的关系很好，友情深厚。春秋时期卫大夫石碏的儿子石厚与公子州吁交往，石碏加以禁止，石厚却不听从，结果石碏把他给杀了。有品行的人不仅不讥刺石碏，而夸他"大义灭亲。"郦商显然不如石碏贤德，所以郦寄才能保全性命，侥幸地活下来。然而班固却为郦寄洗刷出卖朋友的诬点，可知他对道义的认识是浅陋的呀。

穆生去楚王戊

楚元王敬礼穆生，每置酒，常为穆生设醴。及王戊即位，常设，后忘设焉。穆生退，曰："可以逝矣。醴酒不设，王之意怠。楚人将钳我于市。"称疾卧。申公与白生强起之，曰："独不念先王之德欤？今王一旦失小礼，何足至此。"穆生曰："君子见几而作，不俟终日。先王所以礼吾三人者，为道之存故也。今而忽之，是忘道也。忘道之人，胡可与久处？岂为区区之礼哉！"遂谢病去。申公、白生独留。王戊淫暴，与吴通谋，二人谏不听，衣之赭衣，使杵臼舂于市。申公愧之，归鲁教授，不出门。已而赵绾、王臧言于武帝，复以安车蒲轮召，卒坐臧事，病免，死。穆生远引于未萌之前，而申公眷恋于既悔之后。谓祸福皆天不可避就者，未必然也。可书之座右，为士君子终身之戒。

【译文】楚元王刘交敬重穆生，每次置办酒宴时，常常为穆生摆上甜酒。等到刘戊即楚王位，开始还经常为他摆上甜酒，后来就忘摆了。穆生回家后说："可以离开这里了。不摆甜酒，说明楚王对我的态度是轻慢的。不离开这儿，楚人将会对我施加用铁圈束颈的刑罚。"于是称病卧床不起。申公与白生来看望他，让他勉强起来，对他说："你难道就不想想先王刘交对你的恩德吗？现在的楚王只是一时在小节上无礼，你怎么可以这样计较呢？"穆生说："君子发现事情有了微妙的变化，就会当即立断，马上行动，不会整天犹豫等待的。先王对我们三个以礼相待，是因为他能保全道义的缘故。今王不注意礼节，就是对道义的怠慢。我们怎么能跟怠慢道义的人长久相处呢？我难道仅是为了小小的礼节吗？"于是称病辞职，离开了楚国。申公与白生独独留了下来。楚王刘戊果然渐渐地荒淫残暴，与吴王刘濞串通起来谋反。申公与白生加以劝谏，刘戊不仅不听从，反而让他们俩个穿上囚服，在集市上用棒槌捣臼舂米。申公认为很耻辱，就回到鲁国，传授学业，闭门不出。后来赵绾与王臧向汉武帝介绍他，于是他被武帝征召入京。王臧等人因得罪窦太后而入狱，被迫自杀。申公最终也因与王臧的关系而获罪。他由于病重被免予处罚，几年后便死去了。穆生在灾祸还未萌生之前就能远远地避开，但申生却在已经悔恨之后仍然眷顾留恋官职。有人说连老天都难以躲避或接近祸福，看来未必正确。士大夫可把上面这两句话抄在座位旁边，至死都要加以警戒。

汉武无秦穆之德

杞子自郑使告于秦，曰：“郑人使我掌其北门之管，若潜师以来，国可得也。”穆公访诸蹇叔。蹇叔曰：“劳师以袭远，非所闻也。师劳力竭，远主备之，勤而无取，必有悖心，且师行千里，其谁不知？”公辞焉。召孟明、西乞、白乙使出师于东门之外。蹇叔哭之，曰：“孟子，吾见师之出而不见其入也。”公使谓之，曰：“尔何知，中寿，尔墓之木拱矣。”蹇叔之子与师，哭而送之，曰：“晋人御师必于崤，崤有二陵焉。其南陵，夏后皋之墓也，其北陵，文王之所避风雨也。必死是间，余收尔骨焉。”汉武帝违韩安国而用王恢，然卒杀恢。是有秦穆公违蹇叔之罪，而无用孟明之德也。

【译文】杞子从郑国送信报告秦穆公，说：“郑国派我掌管国都北门的钥匙，要是秘密派兵来偷袭，郑国就是我们的了。”秦穆公向老臣蹇叔征求意见。蹇叔说：“调动大军去偷袭很远的国家，这样的事，我从来没有听说过。人马赶得精疲力尽，对方却早已有了防备，白白地兴师动众，毫无所得，士兵一定会反感。而且行军路线这么长，能瞒得住谁呢？”秦穆公没有听蹇叔的劝告。派孟明视、西乞术、白乙丙三个做主将，带领军队从国都东门出发。蹇叔流着眼泪对他们说："孟明啊，我眼看着大军出发，可不能够见到他们回来了啊！"秦穆公马上派人对蹇叔说："你这老糊涂懂得什么！如果你只活六七十岁的话，现在你墓上的树木已经粗得能用两手合抱。"蹇叔的儿子也在这支远征军里，老头儿又哭着送他道："晋军一定在崤山地区抗击我们。那里有两座山：南面一座有夏王皋的坟墓，北面一座是周文王避过风雨的地方，地势非常险恶。你们一定会死在这两山之间，让我到那里给你收尸吧。"汉武帝没有接受韩安国的劝告，任用王恢去攻打匈奴，但最终却因兵败杀掉了王恢。他这是犯下了秦穆公不听蹇叔劝告那样的罪过，但却没有秦穆公任用孟明视所表现出的德行。（按：孟明视打败仗回国后，秦穆公主动承担了战争失败的责任，不仅没杀孟明视，反而还让他官复了原职。）

王韩论兵

王恢与韩安国论击匈奴上前，至三乃复。安国初持不可击甚坚，后乃云："意者有他谬巧，可以擒之，则臣不可知也。"安国揣知上意所向，故自屈其议以信恢耳。不然，安国所论，殆天下所以存亡者，岂计于"谬巧"哉？安国少贬其论，兵连祸结，至汉几亡，可以为后世君子之戒。

【译文】王恢与韩安国在汉武帝面前议论是否该攻打匈奴，经过多次辩论才定下方案。韩安国起初主张不能攻击匈奴，态度非常坚决，后来却说："出主意的人是否能提出其他的看似巧妙实则荒谬的计策，可以把敌人擒获，就是我所不知道的了。"韩安国揣测汉武帝的意图，知道皇上倾向于王恢的看法，所以才不再坚持自己的意见，让王恢占了上风。不然的话，韩安国所论述的，差不多可以说是决定汉朝生死存亡的关键问题，他应该据理力争，毫不妥协，怎能让皇帝采纳看似巧妙实则荒谬的计策呢？韩安国稍微贬低自己的议论，结果导致战争不断，灾祸无穷，以致于使汉朝几乎灭亡，后世的君子应该引以为戒。

西汉风俗谄媚

西汉风俗谄媚，不为流俗所移，惟汲长孺耳。司马迁至伉简，然作《卫青传》，不名青，但谓之大将军；贾谊何等人也，而云爱幸于河南太守吴公。此等语甚可鄙，而迁不知，习俗使然也。本朝太宗时，士大夫亦有此风，至今未衰。吾尝发策学士院，问两汉所以亡者，难易相反，意在此也。而答者不能尽，吾亦尝于上前论之。

【译文】西汉社会流行阿谀逢迎的风气，能够不受这种不良风气影响的，只有汲黯一个人罢了。司马迁最有傲骨，但他所写的《卫青传》不称卫青的名，只叫他大将军。贾谊很了不起，却曾说自己被河南太守吴公所喜爱宠信。这样的话语让人十分鄙视，但司马迁他们却没有意识到。他们有如此言行是由社会风气所决定的。在我们大宋王朝的太宗时期，官员们中间也存在这种风气，而且到现在也未衰退。我曾在学士院出过试题，询问两汉灭亡的原因。西汉看似巩固，却灭亡得快，东汉看似衰败，却灭亡得慢，其道理就在这里，但答题的人却未能把道理讲透。我也曾在皇上面前论述过这个问题。

卫青奴才

汉武无道，无足观者。惟踞厕见卫青，不冠不见汲黯，为可佳尔。若青奴才，雅宜舐痔，踞厕见之，正其宜也。

【译文】汉武帝残酷暴虐，没有多少值得肯定的事迹。只有蹲在厕所里接见卫青，以及不戴好皇冠就不接见汲黯两件事，是值得赞扬的。像卫青这样趋炎附势的奴才，平时只适合干给别人舔痔疮的事。汉武帝蹲在厕所里召见他，这种见面方式对他恰好很合适。

司马相如创开西南夷路

司马长卿始以污行不齿于蜀人，既而以赋得幸天子，未能有所建明，立丝毫之善以自赎也。而创开西南夷逢君之恶，以患苦其父母之邦，乃复矜其车服节旄之美，使邦君负弩先驱，岂得诗人致恭桑梓、万石君父子下里门之义乎？卓王孙暴富迁虏也，故眩而喜耳。鲁多君子，何喜之有。

【译文】司马相如起初因为行为卑劣遭到了蜀地百姓的极端鄙视，后来虽然凭借辞赋得到汉武帝的宠幸，但他却没有建立什么功业，也没有做出任何微小的善事来赎回自己的过错。他首创开通西南夷道路的建议以逢迎汉武帝，结果增加了他家乡百姓的疾苦。他奉命出使巴蜀时，竟然一再炫耀自己的车马、章服以及旌节的华美，还让县令背负弓箭在前面引路，《诗经》的作者怀有对故乡的恭敬之情，万石君石奋父子一到茂陵的里门就赶紧下车，表现了他们的仁义之心，司马相如怎会具备这样高尚的品德呢？卓王孙被迁徙掳掠到临邛以后突然发财，所以他才会被司马相如所迷惑而喜欢他。鲁国多君子，司马相如又有什么值得人们喜欢的呢？

司马相如之谄死而不已

司马相如归临邛，令王吉谬为恭敬，日往朝相如，相如称病，使使者谢吉。及卓氏为具，相如又称病不往。吉自往迎相如。观吉意，欲与相如为率钱之会耳。而相如遂窃妻以逃，大可笑。其《谕蜀父老》，云以讽天子。以今观之，不独不能讽，殆几于劝矣。谄媚之意，死而不已，犹作《封禅书》。如相如，真可谓小人也哉！

【译文】司马相如回到临邛县，让县令王吉装着很恭敬的样子，每天去他家拜访他。相如起初还见他，后来就说病了，吩咐侍从，拒绝接见王吉。再到后来，卓王孙备了桌酒席筵请司马相如，他又称病拒绝。相如不到，王吉还亲自前往迎接。我看王吉的用意，是打算跟司马相如一起制造一个算计卓王孙钱财的机会，但司马相如却趁机娶卓文君为妻，与她私奔了，真是十分可笑。司马相如的《谕蜀父老》一文，说是讽谏天子的。但现在来看，文章不但没有起到讽谏的作用，反而近乎是劝说皇帝去犯错误。司马相如阿谀逢迎的意识，到死都未终止，死前不久，仍写了《封禅书》。像司马相如这样的，真可说是小人啊！

臞仙帖

司马相如谄事武帝，开西南夷之隙，及病且死，犹草《封禅书》，此所谓死而不已者耶！列仙之隐居草泽间，形容甚臞，此殆得道人也。而相如鄙之，作《大人赋》，不过欲以侈言广武帝意耳。夫所谓大人者，相如孺子，何足以知之！若贾生《鹏赋》，真知大人者也。庚辰八月二十二日。东坡书。

【译文】司马相如以谄媚之术侍奉汉武帝开通了西南夷的要道，等他病得快死的时候，还为武帝起草了《封禅书》，他就是人们所说的死不改悔的人吧。众多仙人隐居在山琼沼泽之中，形体容貌特别清瘦，仙人长得大概就是这种样子，但司马相如却鄙视这种长相，于是创作了《大人赋》，此赋不过是以夸张的言辞来膨胀汉武帝求仙的欲望罢了。司马相如这小子怎配知道德行高尚的人呢！像贾谊《鹏鸟赋》那样的作品，才算真正知道什么是德行高尚的人。元符三年八月二十二日，苏东坡记。

窦婴田蚡

窦婴，田蚡俱好儒术，推毂赵绾、王臧，迎鲁申公，欲设明堂，令列侯就国，除关，以礼为服制，欲以兴太平。会窦太后不悦，绾、臧下吏，婴、蚡皆罢。观婴、蚡所为，其名亦善矣。然婴既沾沾自喜，蚡又专为奸利，太平岂可以文致力成哉。申生始不能用穆生言，为楚人所辱，亦可以少惩矣。晚乃为婴、蚡起，又可以一笑。凤凰翔于千仞，乌鸢弹射不去，诚非虚语也。

【译文】窦婴和田蚡都喜好儒术，因此推举赵绾为御史大夫，王臧为郎中令。把鲁国的申公迎到京师来，准备设立明堂，让诸侯回到他们各自的封地去，取消关禁，按照古礼规定服制，用以表明太平气象。恰巧窦太后爱好黄老学说，对他们推崇儒术的做法很不高兴，便将赵绾、王臧抓进监狱，窦婴和田蚡也都被免职。我看了窦婴与田蚡的做为以后，觉得他们的名誉也算是好的了，但是窦婴有骄傲自满的缺点，喜欢自我欣赏，田蚡则专门好用不正当的手段谋求私利。太平气象难道能通过舞文弄法的行径来力求实现吗？申公起初不听穆生的劝告，结果被楚王刘戊羞辱，他因此应该稍微有所警戒了。但到了晚年，他竟然为了窦婴和田蚡又出来做官，再一次被人所嘲笑。人们常说：凤凰在高达千仞的天空中翱翔，远远地离开尘世，但乌鸦与老鹰却迷恋并贪图尘世的利益，即使人们用弹丸投射也不离去。这些话不是没有根据的。

汉武帝巫蛊事

汉武帝讳巫蛊之事，疾如仇雠。盖夫妇、君臣、父子之间，嗷嗷然不聊生矣。然《史记·封禅书》云：“丁夫人、雒洛虞初等，以方祠诅匈奴、大宛。”已且为巫蛊之魁，何以责其下？此最可笑云。

【译文】汉武帝忌讳人们行巫蛊之事，像痛恨仇敌一样痛恨这种行为。他的皇后陈阿娇、大臣公孙贺以及太子刘据，皆因巫蛊遇祸，被整得哀怨忧愁，没法活下去。但据《史记·封禅书》记载：“丁夫人、洛阳虞初等人，向某方立词，借此诅咒匈奴与大宛。”汉武帝自己尚且是行巫蛊之事的魁首，凭什么去责罚他下面的皇后、大臣及儿子呢？这是汉武帝让人可笑的地方。

霍光疏昌邑王之罪

观昌邑王与张敬语，真风狂不慧者尔，乌能为恶？废则已矣，何至诛其从官二百余人？以吾观之，其中从官，必有谋光者，光知之，故立废贺，非专以淫乱故也。二百人方诛，号呼于市曰：“当断不断，反受其乱。”此其有谋明矣。特其事秘密，无缘得之。著此者，亦欲后人微见其意也。武王数纣之罪，孔子犹且疑之。光等疏贺之恶，可尽信耶？

【译文】我读到昌邑王刘贺与张敞说的话时，觉得他确实是一位头脑颠狂的人，很不聪明，哪里能干出坏事来？霍光废掉他也就罢了，何至于要把他的二百多名的侍从官员给杀掉呢？我认为，在这些侍从官员中间，一定有图谋陷害霍光的人。霍光知道后，立即废掉刘贺，可见他这样做，并不是单纯因为刘贺荒淫无道的缘故。那二百多人被押赴刑场时，在街上哭喊着说："应当杀霍光时不当即立断，反而遭到他的残杀。"他们对霍光曾有所图谋是显然的了。只是霍光废掉刘贺是秘密完成的，对于事件的原委，别人没有机会知道。记述这段历史的人，之所以这样用笔，是想让后人隐约地了解他的意图。当初武王数说商纣王的罪状，孔子尚且还表示怀疑。霍光等人上疏陈述刘贺的罪恶，那些话难道可以全都相信吗？

赵充国用心可重

始予观充国策先零、匈奴情伪，曰："何其明也。"又观遣彫库行羌中告谕，阻辛武贤先攻罕、开，守便宜不出师。画屯田十二利，专务以恩信积谷招降，以谓此从容以义用兵，与夫逞诈谖疲人于一战者殊绝。最末，观其语将校曰："诸君皆便文自营耳，非为公家忠计也。"语郎中曰："是何言之不忠也？吾固以死守之。"语浩星赐曰："吾老矣，岂嫌伐一时事以欺明主哉！老臣不以余命为陛下言之，卒死，谁当复言之？"卒以其意白上云。呜呼，使有位君子皆用心如充国，则古今天下岂有不治者哉！尝观于内，公卿士大夫之议曰："法当然，奈何！"观于外，将之议曰："诏如是，不当违诏也。"凡在我，一入一出，未有止障也。脱有能言一事，其言不用，则矜语于人曰："某事吾尝言之，上不我用也。我则无负。"终不更犯颜色，往复论也，况于以死守而不欺，岂复有哉！而以余命受禄位者，并肩立也。岂特才不及充国，忠又不如，可叹也。夫充国之用心，人臣常道尔。然与充国同时在汉廷人，未闻皆然，而充国独然，故可重也。噫，今之人，不及往时远矣，则充国益可重也。予既观充国而感今之人，又观宣帝与之上下议论，而格排群疑用之，遂无劳兵下羌寇，不知其能功名，亦遇主然也。噫，宣帝、充国可重也，况三代君臣间哉！下不肯有欺上，上其容有间然乎？而观扬子云赞，不及此区区论功尔。功古今岂无大者哉，不若原其心以励事君也。班固又不出语。山东气俗，故著云尔。

【译文】我在《汉书·赵充国传》的开头读到他给汉宣帝分析先零羌与匈奴的客观形势时就赞叹道：“说得多么明白啊。”接着又读了下列内容，即派遣彫库到先零羌部落去传达汉代朝廷的政策；反对辛武贤提出的进攻罕、开羌的建议；他认为将军受命在外，要按具体情况行事，坚持自己反对出兵的主张；他还提出了屯田的十二点好处；他专门致力于在恩威德信及屯积谷粮方面下功夫，以此来感化羌人使他们归降。我因此认为赵充国是从容不迫地用仁义思想来指挥部队的将军，与那些弄虚作假、邀功请赏的人完全不同，那些人主张用速决战的方法来解决羌族问题，以致于使士卒陷入疲惫不堪之境。最后，我看到他对将校们说：“诸位只想照章办事，以求得自身的安全，而不是忠心地替国家考虑。”他对中郎将赵印说：“这话说得多么不忠心啊！我冒死也要坚持自己的意见。”他对浩星赐这样说：“我已经老了，爵位已到顶点。难道能为了避免自我吹嘘的嫌疑而去欺骗圣明的君主吗？老臣如不趁着风烛残年给皇上说明一下军事上的利弊得失，一旦突然死去，谁再来说这个话呢？”终于按照自己的意见向皇上作了奏报。唉！假如有官位的君子都能像赵充国这样为国家尽心尽力，那么古往今来的天下又怎能会不太平呢！我观察了朝廷中央部门的工作，听到公卿士大夫们议论道：“法律是这样规定的，我们能拿它怎么样呢？”我又对国家的地方政务加以观察，听到将领们议论道：“诏书是这样命令我的，我不应该违反诏书。”对于他们来说，不论是在中央做官还是在地方做官，向皇上建议都是没有什么障碍的。如果能向皇上有所建议而皇上又没有采纳，就骄傲地对别人说：“我曾向皇上建议过某事，皇上没有采纳我的意见，我没有对不起国家。”始终不敢去顶撞皇上，向他反复论述自己的意见，至于拼死坚持己见，不欺骗皇上，就更是做不到了。如今在暮年接受禄位的人，在朝廷上多得数不清，但他们却不仅才华不如赵充国，连忠诚也不如他，让人不能不感慨叹息。赵充国的用心是人臣应当遵守的一般原则罢了，但是与赵充国同时在汉朝朝廷的人臣中，却没听说有谁像他那样。只有赵充国自己那样做了，所以他的用心就值得人们重视。唉！现在的人跟过去的人相比的确是差远了，从这个意义上说，赵充国的用心就更加应该受到人们的重视。我了解赵充国的事迹以后不禁联想到现在的人，又看了汉宣帝跟他的多次辩论，得知汉宣帝能够力排众疑而采纳赵充国的建议，我因而明白赵充国在一般的情况下是得不到什么官职名位的，他之所以能得到，是因为他遇到了汉宣帝这样的明主。唉！汉宣帝与赵充国尚且应该重视，夏、商、周三代那些明君贤臣就更不用说了。在他们那里，做人臣的既然不肯欺骗君主，那么君主难道就能允许别人挑拨自己与贤臣的关系吗？我读了扬雄给赵充国写的赞语，觉得他对赵充国功绩的评价还不如我写得深刻，尽管我写得十分简略。古往今来难道会没有立大功的人吗？只是他们都不像赵充国这样能推心置腹地劝励、侍奉他的君主。班固也没有对他作出直接的评价。山东的社会风气鄙俗，所以我才写下了这些。

史彦辅论黄霸

吾先君友人史经臣彦辅，豪伟人也。尝云：“黄霸本尚教化，庶几于富，而教之者，乃复用乌攫肉，小数，陋矣。颍川凤凰，盖可疑也。霸以鶡为神雀，不知颍川之凤以何物为之？”虽近于戏，亦有理也，故记之。

【译文】我已故父亲的朋友史经臣，其字彦辅，是一位才智出众的人。他曾说：“黄霸原本崇尚教育感化，是一位希望百姓钱财多了以后再去教育他们的人。但他竟然又去使用“乌攫肉”的手段。这种手段堪称小的技能，是浅陋的。颍川出现凤凰之事，大概是可疑的。黄霸竟把鶡当作神雀，估计他也不知道颍川的凤凰到底是什么东西吧？”史彦辅对黄霸的评论虽然近乎戏言，但也有道理，所以我记录了下来。按：所谓“乌攫肉”，出于《汉书·黄霸传》所录的如下一则故事：当初，黄霸曾派一名小吏察访下情，小吏不敢舍邮亭，食于道旁，乌鸦啄走了他饭中的肉。黄霸偶然得知此事，待小吏回来拜见他时，便说：“辛苦了！你在路边吃饭，肉竟被乌鸦偷走了。”小吏大惊，以为黄霸对他的行为了如指掌，因而汇报下情时丝毫不敢有所隐瞒。

梁统议法

汉仍秦法，至重。高、惠固非虐主，然习所见以为常，不知其重也。至孝文始罢肉刑与参夷之诛，景帝复孥戮晁错，武帝暴戾有增无减，宣帝治尚严，因武帝之旧。至王嘉为相，始轻减法律，遂至东京，因而不改。班固不记其事，事见《梁统传》，固可谓疏略矣。嘉，贤相也。轻刑，又其盛德之事。可不记乎？统乃言高、惠、文、景、武、宣以重法兴，哀、平以轻法衰，因上言乞增重法律，赖当时不从其议。此如人少年时，不节酒色而安，老后虽节而病，便谓酒色足可以延年，可乎？统亦东京名臣，然一出此言，遂获罪于天。其子松、竦皆死非命，冀卒灭族。呜呼悲夫，戒哉！疏而不漏，可不惧乎？

【译文】汉朝沿袭了秦朝的法律，条令极其严厉。汉高祖与汉惠帝固然不是酷虐的君主，但却习惯把见到的视为平常，感觉不到法律的严厉。到了汉文帝才废除肉刑与一人犯罪诛杀三族的法令。景帝杀了晁错，又株连到他的妻子儿子。武帝的凶残有增无减，汉宣帝崇尚严刑，因袭了武帝的旧法。到王嘉担任宰相时，开始减轻法律，这样持续到了东汉时期，一直沿袭旧法，没有什么变化。班固没有记载王嘉的事迹，其事迹见于《后汉书·梁统传》。班固可真是不精细呀。王嘉是贤明的宰相。减轻刑法，又是表现他大德的事迹，难道可以不记载于史册吗？梁统竟然说高、惠、文、景、武、宣诸帝是因为实施严刑而使国家兴盛，而哀、平是因为实施宽刑而使国家衰落的，于是上书乞求加重法律的力度，幸亏当时皇帝没有听从他的建议。这就好像人在少年时期，对美酒与女色不加以节制但身体仍很健康，年纪大了虽然加以节制，身体却仍免不了生病，于是便说美酒与女色可以延长寿命，难道可以下这样的结论吗？梁统是东汉的名臣，但他一旦说出那样的话，就得罪了上天。他的儿子梁松、梁竦皆死于非命，玄孙梁冀最终被灭族。唉！让人悲伤啊！值得警惕啊！天网恢恢，疏而不漏，难道可以不惧怕吗？

元成诏语

楚孝王嚣被疾，成帝诏云："夫子所痛，'蔑之，命矣夫！'"东平王宇不得于太后，元帝诏曰："诸侯在位不骄，制节谨度，然后富贵离其身，而社稷可保。"皆与今《论语》《孝经》小异。"离"，附丽之"离"也。今作"不离"，疑为俗儒所增也。

【译文】楚孝王刘嚣患病，汉成帝下诏说："生病是孔子所悲痛的，他曾对病重的伯牛说：'没了这个人，这是命呀！'"，东平王刘宇对王太后不行孝道，元帝下诏说："诸侯在其位不应该自满自大，办事应该有所节制，谨慎地揣度，这样做了以后富贵才会附丽在他的身上，国家也才可以保全。"上述引语都与现在通行的《论语》与《孝经》有小的差别。"离"是"附丽"的"离"。现在通行的《孝经》写作"不离"，我怀疑是浅陋迂腐的儒生增添的。

直不疑买金偿亡

乐正子春曰："自吾母而不用吾情，吾安所用其情。"故不情者，君子之所甚恶也。虽若孝弟者，犹所不与。以德报怨，行之美者也。

然孔子不取者，以其不情也。直不疑买金偿亡，不辨盗嫂，亦士之高行矣。然非人情。其所以蒙垢受诬，非不求名也，求名之至者也。太史公窥见之，故其赞曰："塞侯微巧，周文处谄，君子讥之，为其近于佞也。"不疑蒙垢以求名，周文秽迹以求利，均以为佞。佞之为言智也。太史公之论，后世莫晓者，吾是以疏解之。

【译文】乐正子春曾说："如果我的母亲还不能得到我的真情，那么我还能向谁表达我的真情呢？"所以君子非常讨厌没有感情的人。即使是像乐正子春那样遵守孝悌之道的，如果行为不合乎真情，仍然不能被赞许。以德报怨是美好的行为，但是孔子却不赞成这种作法，原因就在于它不合乎真情。直不疑的同房有人请假回家，错拿走了同房郎官的黄金。黄金的主人猜测是直不疑偷走的，直不疑认错有这事，买黄金偿还了他。后来有人诽谤直不疑跟嫂子私通，他听说了，却始终不为自己辩白。上述二事也可算是士大夫的高尚行为了，然而却不合乎真情。直不疑之所以承受别人对他的怀疑与诬谄，并不是因为他不追求名声，而是因为他追求名声已到了登峰造极的地步。太史公司马迁看出直不疑行为的目的所在，因此在赞语中总结道："塞侯直不疑精妙机巧，而周文陷于阿谀，君子讥笑他们，是因为他们接近于奸巧谄媚。"直不疑靠蒙受耻辱来追求名声，周文则借助脏乱的衣服来追求利益。我认为他们都是巧言谄媚的人，只不过表现其谄媚的行为与言语都很聪明而已。后世没有一个人能明白太史公司马迁的议论，所以我才对他的话加以疏通与解释。

邳彤汉之元臣

王郎反河北，独巨鹿、信都为世祖坚守。世祖既得二郡，议者以谓可因二郡兵自送，还长安。惟邳彤不可，以为：若行此策，"岂徒空失河北，必更惊动三辅。公若无复征战之意，则虽信都之兵，犹难会也。何者？公既西，则邯郸之兵，不肯捐父母、背城主而千里送公，其离散逃亡可必也。”世祖感其言而止。苏子曰：此东汉兴亡之决，邳彤可谓汉之元臣也。景德契丹之役，群臣皆欲避狄江南、西蜀，莱公不可。武臣中独高琼与莱公意同耳。公既争之力，上曰：“卿文臣，岂能尽用兵之利？”莱公曰：“请召高琼。”琼至，乃言避狄为便。公大惊，以琼为悔也。已而徐言：“避狄固为安全，但恐扈驾之士，中路逃亡，无与俱西南者耳。”上乃大惊，始决意北征。琼之言，大略似邳彤，皆一代之雄杰也。

【译文】王郎在黄河以北的地区发动叛乱，唯独巨鹿、信都二郡被世祖刘秀坚守着。世祖占有这两个郡以后，谋士们都认为可以利用这两个郡的士卒保卫世祖，返回长安去。唯有邳彤表示反对，他认为若按这条计策行事，“难道仅仅是白白丢失黄河以北地区吗？那样还势必会惊动三辅地区百姓。您如果没有继续征战的打算，那么即使是信都的士卒也都难以聚合在一起了。为什么呢？因为您既然打算西返长安，那么邯郸的士卒是不肯抛弃父母，离开一城之主而远行千里去保卫您的，他们必定会离散逃跑。”世祖被他的话打动了，中止了西行的念头。苏轼认为：邳彤的这一番话决定了东汉的兴亡，邳彤称得上是东汉的大功臣。真宗景德元年，我军与契丹交战，众大臣都打算逃到江南或西蜀以避开敌人。莱国公寇准不同意。武将中唯独高琼与寇准意见相同。莱公费力加以争辩以后，皇上对他说：“您是文臣，怎能完全了解出兵的好处呢？”莱公回答道：“臣请求陛下召见高琼。”高琼到达以后，竟然对皇上说避开敌人是有利的。莱公非常吃惊，以为高琼反悔了。过一会儿，高琼却慢慢说道：“避开敌人固然是安全的，但只是恐怕护卫陛下的士卒半路逃跑，不肯跟陛下一起到西南去罢了。”皇上被他的一番话所深深打动，开始下决心征伐北方的敌人。高琼的话跟邳彤说的大致相似。他们都是一代才智杰出的人。

朱晖非张林均输说

东汉肃宗时，谷贵，经用不足。尚书张林请以布帛为租，官自煮盐，且行均输。独朱晖文季以为不可。事既寝，而陈事者复以为可行，帝颇然之。晖复独奏曰："王制，天子不言有无，诸侯不言多寡，食禄之家，不与百姓争利。今均输之法，与贾贩无异。盐利归官，则下人穷怨。布帛为租，则吏多奸盗，皆非明主所当行。"帝方以林言为然，发怒，切责诸尚书。晖等皆自系狱。三日，诏出之，曰："国家乐闻驳议，黄发无愆，诏书过也，何故自系？"晖等因称病笃，尚书令以下惶怖，谓晖曰："今林得谴，奈何称病，其祸不细！"晖曰："行年八十，蒙恩得在机密，当以死报。若心知不可，而顺指雷同，负臣子之义。今耳目无所闻见，伏待死命。"遂闭口不复言。诸尚书不知所为，乃共劾奏晖等。帝意解，寝其事。后数日，诏使直事郎问晖起居状，太医视疾，太官赐食，晖乃起。元祐七年七月二十一日，偶读《后汉书·朱文季传》，感叹不已。肃宗号称长者，诏书既已引罪而谢文季矣，诸尚书何怖之甚也。文季于此时强立不足多贵，而诸尚书为可笑也。云"其祸不细"，不知以何等为祸，盖以帝不悦后不甚进用为莫大之祸也。悲夫！

【译文】东汉肃宗时期，粮食价格很高，政府的经费不足。尚书张林请求用布帛代替田赋，官府亲自经营煮盐，并主张推行均输法。众臣中唯独朱晖表示反对。张林的方案虽然未被批准，但是为肃宗陈述事情的人却多次建议可以推行，肃宗因此开始赞赏张林的意见。朱晖于是又一次单独上奏道："按照王者的制度，天子不能谈利益的有无，诸侯不能讲利益的多寡。享受俸禄的官员，不能与百姓争夺利益。现在颁布的均输法，使得官府与商贩没有什么差别。盐利归属官府，百姓就会因贫穷而产生怨恨之情。用布帛代替田租，官吏就大多会成为奸诈的强盗。那些措施都不是英明的君主应当推行的。”肃宗当时已同意张林的方案，因此发了脾气，严厉谴责了诸位尚书。朱晖等人于是都主动将自己投入牢狱。入狱的第三天，肃宗下诏让他们出狱，并说：“帝王喜欢听到不同的意见。朱晖年纪大了，没有什么罪过。是我有了过失。你们为什么要囚禁自己呢？”朱晖等人于是声称病重，不去上朝了。尚书令以下的官员很害怕，对朱晖说：“张林已经被皇上责备了，你为什么还要称病不上朝呢？你将面临不小的灾祸啊！”朱晖回答道：“我八十岁了，承蒙皇恩才得以在机要部门工作，我应当以死来报答皇恩。如果我心里知道不该做某事，但却人云亦云，随声附和，就会辜负皇上对我的恩宠。现在我已经耳聋眼花，正趴在床上等待死亡的命运。”说完就闭嘴不言了。诸位尚书不知道该干什么好，竟然一起到皇帝跟前检举弹劾朱晖等人的罪状。肃宗的怒气消失了，没有追究此事。几天以后，肃宗命令直事郎去询问朱晖日常生活的情况，让太医去给他看病，派太官赐送给他食物。朱晖这才上朝了。元祐七年七月二十一日，我偶然读到《后汉书·朱文季传》，感叹不已。肃宗以年高有德而著名，他既然在诏书中承认了错误，并向朱晖道歉了，诸位尚书为什么还那样非常恐惧呢？朱晖在当时坚持己见，不值得我们去过多地赞扬，但诸位尚书的做法却让人感到可笑。他们对朱晖说：“你将面临不小的灾祸”，而实际上，他们并不懂得什么是灾祸，大概是把皇帝生气后不再重用他们当作最大的灾祸吧。可悲啊！

诸葛亮八阵

诸葛亮造八阵图于鱼复平沙之上，垒石为八行，相去二丈，桓温征谯纵，见之，曰：“此常山蛇势也。”文武皆莫识。吾尝过之。自山上俯视，百余丈，凡八行，为六十四蕝。蕝上圜，不见凸凹处，如日中盖影耳。就视皆卵石，漫漫不可辩。甚可怪也。

【译文】诸葛亮在鱼腹浦的沙原上摆下了八阵图。硕大的石块被排成八行，每行之间的距离是两丈。桓温征伐谯纵时，见到了八阵图，他说："这是古代常山蛇阵法。"他手下的文武官员都不认识。我也曾去探访过八阵图，从山上往下看，只见八阵图占地有一百多丈，一共八行，有六十四块表示位次的石头。这些石头的上方是圆形的，看不到凸凹地方，其形状没有任何死角，如正竿的日影被遮盖着一般。靠近八阵图，只见遍地都是卵石，辨认不出八阵图的图形。我感到非常奇怪。

曹袁兴亡

魏武帝既胜乌桓，曰："吾所以胜者，幸也。前谏我者，万全之计也。"乃赏谏者，曰："后勿难言。"袁绍既败于官渡，曰："诸人闻吾败，必相哀，惟田别驾不然，幸其言之中也。"乃杀丰。为明主谋而不忠，不惟无罪，乃有赏。为庸主谋而忠，赏固不可得，而祸随之。今吾知孟德、本初所以兴亡者。

【译文】魏武帝曹操战胜乌桓以后，说道："我之所以能够取胜，是因为侥幸啊。战前劝谏我的那些谋士，他们所提的才是万分周全的计策。"于是就奖赏那些谋士，并说："以后说话不必有所顾忌。"袁绍在官渡打败仗后，却说："这些人听说我打了败仗，一定会表示哀伤，唯独别驾田丰不会这样。他正为我的失败与他的预言相符而感到高兴。"于是就杀了田丰。为明主出谋划策，虽然对他并不忠诚，但明主却不但认为这些人是无罪的，甚至还给以奖赏。为庸主出谋划策，尽管忠心耿耿，却不但得不到奖赏，还会大祸临头。现在我知道曹操兴盛与袁绍败亡的原因所在了。

管幼安贤于荀孔

曹操既得志，士人靡然归之。自荀文若盛名，犹为之经营谋虑，一旦小异，便为谋杀，程昱、郭嘉之流，不足数也。孔文举奇逸博闻，志大而才疏，每所论建，辄中操意，况肯为用，然终亦不免。桓温谓孟嘉曰："人不可以无势，我能驾驭卿。"夫温之才，百倍于嘉，所以云尔者，自知其阴贼险狠，不为高人胜士所比数尔。管幼安怀宝遁世，就闲海表。其视曹操父子，真穿窬斗筲而已。既不可得而用，其可得而杀乎！予以谓贤于文若、文举远矣。绍圣二年十二月，与客饮，醉甚，归坐雕堂西阁，面仆案上。睡久惊觉，已三更矣。残烛耿然，偶取一册，视之，则《管幼安传》也。会有所感，不觉书此。眼花手软，不复成字。

【译文】曹操实现志愿以后，士人纷纷归附他。荀彧尽管有很大名望，也仍愿为他献计设谋，然而一旦他对曹操的篡位行动稍稍表示不满，就被曹操给谋杀了。程昱、郭嘉这类人是不值得数说的。孔融知道许多奇闻逸事，志气大而才能低，不过每次提出的主张，总能符合曹操的心意，况且他是愿意为曹操效力的，但最终也未能免于灾祸。桓温曾对孟嘉说："人不能没有权力。我就能让您按我的意志行事。"桓温的才能超出孟嘉百倍，他之所以说出这样的话，是因为他知道自己阴险狠毒，超越世俗的高明人士是不愿跟他同列的。管幼安才华横溢却不愿作官，跑到极偏远的地方隐居，过着闲适的生活。他认为曹氏父子实在跟偷窃之徒别无二致，觉得他们才识短浅，器量狭小。曹操已经不能得到并任用管幼安了，难道还能把他杀掉吗？我认为管幼安远远胜过荀彧与孔融。绍圣二年十二月某日，我与客人饮酒后，醉得非常厉害。回来后我坐在雕堂西阁里，把脸伏在书案上。睡了好长时间，惊醒过来，发现已是三更天了。这时残烛微亮，我随手取出一册书，一看，是《管幼安传》。读后我正好有所感触，不知不觉写下这些。我已经眼花手软，写不成字了。

周瑜雅量

曹公闻周瑜年少有美才，谓可游说动也。乃密下扬州，遣九江蒋干往见瑜。干有仪容，以才辩见称，独步江淮之间。乃布衣葛巾，自托私行，诣瑜。瑜出迎之，立谓干曰："子翼良苦，远涉江湖，为曹公作说客耶？"干曰："吾与足下州里，中间隔别，遥闻芳烈，故来叙阔，并观雅规，而云'说客'，无乃逆诈矣乎？"瑜曰："吾虽不及夔、旷，闻弦赏音，足知雅曲。"后三日，瑜请干同观营中，行视仓库军资器仗讫，还，饮燕，示之侍者服饰珍玩之物。因谓干曰："丈夫处世，遇知己之主，外托君臣之义，内结骨肉之恩，言行计从，祸福共之。假使苏、张更生，郦、陆复出，犹将抚其背而折其辞，岂足下小生所能移乎？"干笑而不言，遂称瑜雅量高致，非言辞所间。中州之士以此多之。苏子曰：曹孟德所用，皆为人役者也。以子房待文若，然终不免杀之，岂能用公瑾之流度外之士哉！

【译文】曹操听说周瑜年纪很轻就具备美好的才德，以为可以通过游说之辞打动他，使他归降，于是就秘密南下，到达扬州，派遣九江人蒋干前往东吴拜见周瑜。蒋干长得仪表堂堂，以才华横溢，能言善辩而著名，在江淮一带堪称杰出的人才。他于是就穿着平民的服装，自己假托私人出行，到周瑜那里去了。周瑜出来迎接，站着对蒋干说道："子翼实在是辛苦了。您跋山涉水，从老远赶来，难道是替曹操作说客的吗？"蒋干回答说："我与您是同乡故友，彼此分别了很长时间，我在远方听说过您那些美好的事迹，所以特地来与您诉说久别的情谊，并请您对我加以正确的引导，您却说我是说客，岂不是事先就猜疑我心存欺诈吗？"周瑜答道："我虽然不如夔与师旷那样善辨音乐，但只要一听到曲子，便能够判断出是否是高雅的乐调。"三天后，周瑜请蒋干与自己同到军营中参观，巡视了仓库中的军需物资及兵器以后，又一同返回大帐，设宴招待蒋干，还让他看了仆人们所佩带的珍宝，于是趁机对蒋干说道："大丈夫活在世上，遇到了了解自己的明主，真是莫大的幸事。我与明主名为君臣，实同骨肉，他对我是言听计从，我们祸福与共，假如苏秦与张仪再生，郦食其与陆贾复活，我也还将拍着他们的脊背，把他们说得无言以对。你小小的蒋干又怎能说服我改变立场呢？"蒋干笑了笑，没有回答，于是称赞周瑜气度不凡，有高尚的意趣，不是言语所能离间得了的。中原地区的人士因此纷纷赞扬周瑜。苏轼认为：曹操任用的都是被人所役使的人。他像刘邦对待张良一样对待荀彧，但最终还是把荀彧给杀了，他难道会任用周瑜这种局外人吗？

贾充叛魏

司马景王既执王凌而归，过贾逵庙，大呼曰："贾梁道，我大魏之忠臣也。"及景王病，见凌与逵共守，笞杀之。逵之子充乃叛魏事晋，首发成济之事。凌尝谓充："卿非贾梁道子耶？乃欲以国与人。"由此观之，逵之忠于魏久矣，充岂不知也耶？予乃知小人嗜利，利之所在，不难反父，父且不顾，不知人主亦安用此物？故亡晋者，卒充也。予少时尝戏作小诗云："嵇绍似康为有子，郗超叛鉴是无孙。而今更恨贾梁道，不杀公闾杀子元。"

【译文】司马师拘捕王凌后，派人押送他返回洛阳，途经贾逵庙，王凌大声喊道："贾梁道是我大魏的忠臣啊。"等司马师生病的时候，梦见自己被王凌与贾逵共同看守着，被他们用荆条鞭打而死。贾逵的儿子贾充竟然背叛曹魏而为司马氏服务，他首先催促成济去击杀高贵乡公。王凌曾对贾充说："你难道不是贾梁道的儿子吗？竟然打算把国家送给他人。"从王凌的话中可以得知，贾逵长久以来一直对曹魏忠心耿耿，贾充难道会不知道这点吗？我于是知道小人无不贪图利益，只要能获得利益，他们就是背叛父亲也不感到畏惧。对父亲尚且不关心，又怎会对皇帝尽忠？我不知道晋武帝怎么还会重用贾充这号人物？所以说使晋朝灭亡的人，最终仍是贾充。我小的时候曾以游戏之笔作如下一诗："嵇绍似康为有子，郗超叛鉴是无孙。而今更恨贾梁道，不杀公闾杀子元。"

唐彬

唐彬与王濬伐吴，为先驱，所至皆下。度孙皓必降，未至建邺二百里许，称疾不行。已而先到者争财，后到者争功，当时有识者，莫不高彬此举。予读《晋书》至此，未尝不废卷太息也。然本传云："武帝欲以彬及杨宗为监军，以问文立。立云：'彬多财欲，而宗嗜酒。'帝曰：'财欲可足，酒不可改。'遂用彬。"此言进退无据。岂有人如唐彬而贪财者？使诚贪财，乃远不如嗜酒，何可用也。文立者，独何人斯，安知非蔽贤者耶？

【译文】唐彬与王濬攻打吴国时，指挥的是前锋军，所到之处吴军均被战胜。他推测孙皓必会投降，所以走到离建邺还有大约二百里的地方，他就称病不再前进了。不久，那些先到建邺的将领争抢财物，后到建邺的将领则争夺功劳，当时有见识的人士无不称赞唐彬的这个举动。我读到《晋书》这个地方，没有一次不掩卷叹息。但是《晋书·唐彬传》却写道："晋武帝打算在唐彬与杨宗之间选择一人当监军，拿此事征询文立的意见，文立答道：'唐彬对财物有很大的欲望，杨宗的毛病是喜欢喝酒。'晋武帝听完后说道：'对财物的欲望是可以得到满足的，但贪酒的毛病却不好改掉。'于是就任用唐彬当监军。"晋武帝的这番话表明他办事不讲根据。难道像唐彬这样的人还会贪财吗？假如唐彬确实贪财，那他还远不如杨宗贪酒得好，怎能任用他呢？文立是怎样的一个人呢？怎么知道他不是在埋没贤才呢？

阮籍

“世之所谓君子者，惟法是修，惟礼是克。手执圭璧，足履绳墨。行欲为目前检，言欲为无穷则。少称乡党，长闻邻国。上欲图三公，下不失九州牧。独不见夫群虱之处裈中乎？逃乎深缝，匿乎败絮，自以为吉宅也。行不敢离缝际，动不敢出裈裆，自以为得绳墨也。然炎丘火流，焦邑灭都，群虱处于裈中不能出也。君子之处域内，何异夫虱之处裈中乎？”此阮籍之胸怀本趣也。籍未尝臧否人物，口不及世事，然礼法之士，疾之如仇雠，独赖司马景王保持之尔，其去死无几。以此论之，亦虱之出入往来于衣裈中间者也，安能笑裈中之藏乎？吾故书之，以为将来君子一笑。戊寅冬至日。

【译文】阮籍在《大人先生传》一文中曾说：“世人称为君子的那些人，对礼法是亲身实践的，绝对用礼制来约束自己。手里拿着圭璧，笔直走路。他们要使其行为成为当世的榜样，要使其言语成为后代人的准则。年少时，他们为家乡地方人士所赞美，而年长以后，他们则闻名于全国。其抱负是向上可到三公的地位，起码也要做九州牧。他们难道没有看见过虱子处在裤中吗？虱子逃到裤子的深缝中，藏在坏了的棉絮中，自以为找到了风水吉利的住宅。行动不敢离开裤缝裤裆，而自以为做得很对。然而当南方炎土热气如火焰般袭来，都市城邑全被烤焦，那些虱子就只能死在裤子里而出不来了。那些君子活在世界上，和虱子活在裤子里，又有什么不同呢！”这些话表明了阮籍心中本来的志趣所在。阮籍对当时的人物既不曾表扬也不曾否定，从不议论当时发生的任何事情，但是恪守礼法的人士，仍像恨仇人一样恨他。他处在死亡的边缘，唯独依赖司马师保护扶持他。根据上述史实可得出如下结论：阮籍也像那群虱子一样，是进出往来于衣裤中的人。他怎能嘲笑藏在裤裆中的那些君子呢？我因此记下以上文字，以博后世君子一笑。苏轼作于哲宗元符元年冬至。

阮籍求全

阮籍见张华《鷦鷯赋》，叹曰："此王佐才也。"观其志，独欲自全于祸福之间耳，何足为王佐才乎？华不从刘卞言，竟与贾氏之祸，畏八王之难，而不免伦、秀之害。此正求全之过，失《鷦鷯》之本意也。

【译文】阮籍读了张华的《鷦鷯赋》，叹息道："此人有辅佐君王的才能。"而我通过《鷦鷯赋》来观察张华的志向，却发现他只是想在祸与福之间保全自己罢了，怎么能说他有辅佐君王的才能呢？张华没有听从刘卞的建议，竟然参与了贾后发动的祸乱，他虽然畏惧八王所制造的灾难，但最终也未能避免司马伦、孙秀对他的陷害。这种悲剧结局正是他一味求全的过错所造成的，他早已忘掉了《鷦鷯赋》的本来意图。

刘伯伦非达

刘伯伦尝以锸自随，曰："死便埋我。"苏子曰：伯伦非达者也。棺椁衣衾，不害为达。苟为不然，死则已矣，何必更埋！

【译文】刘伯伦曾经让人拿着铁锹跟在自己后面，还对跟着的人说："如果我死了，就随手把我埋掉。"苏轼认为：刘伯伦不算通达的人，因为一切装敛死者的器物都不妨碍他成为通达的人。如果不这样想，那就该认识到，人死了便意谓着一切都结束了，何必还要把尸体埋掉呢！

晋武娶妇

晋武帝欲为太子娶妇，卫瓘曰：“贾氏女有五不可，青、黑、短、妒而无子。”竟为群臣所誉，取之，卒以亡晋。妇人黑、白、美、恶，人人知之，而爱其子，欲为娶好妇，且使多子者，人人同也。然至惑于众口，则颠倒错缪如此。俚语曰：“证龟成鳖。”此未足怪也。以此观之，当谓“证龟成舌”。小人之移也，使龟蛇易位，而况邪正之在其心，利害之在岁月后者耶？

【译文】晋武帝打算为太子娶妻，卫瓘对他说道：“贾充的女儿贾南风有五种缺点：皮肤黑、心眼儿坏，身材短，爱嫉妒，而且不会生孩子。”但这样的女子竟然得到众臣的一致称赞，成为太子妃，西晋最终因为她而亡了国。一个女子的皮肤是黑还是白，品德是好还是坏，这是人人都能够知道的。爱护自己的儿子，想让他娶一个贤惠的媳妇，而且希望儿媳妇会生很多孩子，凡是作父亲的，都会有这样想法。然而晋武帝却被众人所迷惑，到了头脑糊涂、是非不分的地步。俗话说：“把龟认成了鳖。”这是不值得奇怪的。由此看来，应当是“证龟成蛇”。小人能让人改变看法，甚至让人分不清龟与蛇，更何况贾南风当时把邪恶隐藏在内心，她对国家的危害是在以后的岁月中才表现出来的，这样晋武帝对她的品质就更不容易认清了。

卫瓘拊床

晋惠帝为太子，卫瓘欲陈启废之言，未敢发。会燕陵云台，瓘托醉跪帝前曰：“臣欲有所启。”欲言之而止者三，因以手拊床曰：“此座可惜。”帝意乃悟，曰：“公真大醉。”贾后由是怨瓘。此何等语，乃于众中言之，岂所谓“不密失身”者耶？以瓘之智，不宜暗此。此殆邓艾之冤，天夺其魄耳。

【译文】晋惠帝当太子的时候，卫瓘想向武帝陈述自己废太子的意见，但却一直不敢说。正好武帝在陵云台设宴，卫瓘假装喝醉，跪在武帝面前说：“臣想对陛下陈述自己的意见。”他欲言又止了三次，还是没敢说出来，就拍着床叹道：“这个座位可惜了呀。”武帝这才明白他了的意思，说：“您真大醉了。”贾后因此十分憎恨卫瓘。这是多么重要的话，卫瓘竟然敢在大庭广众之下说出来，他难道不是人们常说的“因未能保守机密而丧夫性命”的人吗？以卫瓘的智慧来看，他不应该不清楚这个道理。之所以会如此，大概是他当年冤枉了邓艾，上天因此夺走了他的魂魄吧。

石崇婢知人

王敦至石崇家，如厕，脱故着新，意色不怍。厕中婢曰：“此客必能作贼。”此婢乃知人，而崇令执事厕中，是殆无知耶？

【译文】王敦到石崇家作客，上厕所的时候，脱下自己身上的旧衣服，穿上石崇家的新衣服，一点没表露出惭愧的神情。厕所中的一位侍女说：“这位客人一定能作盗贼。”这位侍女能识别出人的贤愚善恶，但石崇却让她在厕所伺候客人，这大概是石崇没有知人之明的一种表现吧？

裴頠之谄

晋武帝探策，当亦如签也耶？武帝探策得“一”，盖神以实告。

裴頠谄对，士君子耻之，而史以为美谈。鄙哉！惠、怀、愍皆不终，牛系马后，岂及二王乎？

【译文】晋武帝抽取筹策来占卜国运，应当与今天的抽签一样吧？晋武帝所抽取的筹策上只有一个“一”字，这大概是神明把实情预告给他了。裴頠以谄媚之语解释这个“一”字，士君子认为他很可耻，但史书却视之为美谈。鄙陋啊！晋惠帝、怀帝与愍帝都不得善终，晋元帝实际上是牛氏的后代，哪里传到了第二代君王呢？

王衍之死

王夷甫既降石勒，自解无罪，且劝僭号。其女惠风，为愍怀太子妃。刘曜陷洛，以惠风赐其将乔属，属将妻之。惠风拔剑大骂而死。乃知夷甫之死，非独惭见晋公卿，乃当羞见其女也。

【译文】王夷甫向石勒投降以后，替自己辩解，称自己是无罪的，还劝石勒称帝。他的女儿名叫惠风，是愍怀太子的王妃。刘曜攻陷洛阳后，把惠风送给他的大将乔属，乔属即将娶她为妻。惠风大骂乔属，拔剑自杀身亡。我于是知道王夷甫死了以后到达阴间，不单单见到晋朝的公卿大臣会感到羞愧，甚至是见到自己的女儿也肯定会感到羞愧的。

孟嘉与谢安石相若

晋士浮虚无实用，然其间亦有不然者。如孟嘉生平无一事，然桓温谓嘉曰：“人不可以无势，我乃能驭驾卿。”桓温生平轻殷浩，岂妄许人者耶？乃知孟嘉若遇，当作谢安，谢安不遇，不过如孟嘉也。

【译文】晋朝的读书人浮华虚妄，没有实实在在的本领，但他们中间也有不这样的，例如孟嘉就是如此，他一生没有一件突出的事迹，但桓温却曾对孟嘉说："人不可以没有权力，我就能让您按我的意志办事。"桓温有生以来一直轻视殷浩，难道会胡乱夸奖别人吗？我于是知道孟嘉如果得到君王的信任，一定能立下谢安那样的伟业，而谢安如果没有得到君王的信任，也将会像孟嘉一样默默无闻。

贵戚专杀

王济以人乳蒸豚。王恺使妓吹笛，小失声韵，便杀之；使美人行酒，客饮不尽，亦杀之。时武帝尚在，而贵戚敢如此，以此知晋室之乱也久矣。

【译文】王济用人乳蒸小猪。王恺让歌妓吹笛，声调稍有不准，便杀掉她；他让美人给客人依次敬酒，客人如果没有把酒喝完，他就杀掉美人。当时武帝还活在人世，但这些显贵的外戚竟敢做出这样的事，我因此知道西晋的祸乱是由来已久的。

王述谓子痴

王坦之为桓温长史。温欲为子求婚于坦之。及还家省父，而述爱之，虽长大，犹抱置膝上。坦之因言温意，述大怒，即排下，曰："汝竟痴耶？讵可畏温面而以女妻兵也？"坦之乃辞以他故。温曰："此尊君不肯耳。"乃止。若以辞婚得罪于温，以至狼狈，则见述痴。若以婚姻从桓温者，则见坦之之痴。王述年迫悬车，上疏乞骸骨，曰："臣曾祖父魏司空昶白文皇帝曰：'昔与南阳宗世林，共为东宫官属。世林少得好名，州里瞻敬。及其年老，汲汲自谋，遂见废弃，时人咸共笑之。若天假其寿，致仕之年，不为此公婆娑之事。'其言慷慨，乃实训戒。"

【译文】王坦之曾任桓温的长史。桓温想为他的儿子向王坦之的女儿求婚。王坦之回家探望父亲王述，王述很喜爱他，虽然他已长大成人，仍把他抱起来，让他坐在自己的膝盖上。王坦之趁机把桓温的打算告诉王述，王述听后非常生气，立即把他推开，说道："你怎么竟然变得这么傻呢？怎能因为惧怕桓温就把自己的女儿嫁给一个士卒？"王坦之于是就以其他的原因婉言拒绝了桓温的求婚。桓温说："这是由于您父亲不答应罢了。"于是便不再提亲事。如果因拒绝桓温的求婚而得罪他，以至于落到狼狈的境地，那就可以看出王述是很傻的。如果同意了桓温的求婚，就让人感到王坦之是很傻的。王述年纪接近七十，向皇帝上疏请求辞官家居，说道："我的曾祖父王昶曾任魏国的司空，他对文皇帝说：'过去我与南阳人宗世林同在太子的东宫做官。宗世林年少的时候名声很好，州里人十分敬仰他。但他到了年老的时候，却急切地为自己谋求私利，结果被朝廷废弃不用，遭到了当时人的共同嘲笑。如果老天能让我活得更长一些，那么到了辞官家居的时候，我决不停留在职位上，干出宗世林那种事来！'他的话说得慷慨激昂，对于后人确实能起到教导告诫的作用。"

英雄自相服

桓温之所成，殆过于刘越石，而区区慕之者。英雄必自有以相服，初不以成败言耶？以此论之，光武之度，本不如玄德；唐文皇之英气，未必过刘寄奴也。

【译文】桓温成就的功业，大概超过了刘越石，但敬慕他的人却很少。英雄一定得有让人佩服的地方，本不该以成败论英雄吧？以此推论，光武帝刘秀的气度，原本是不如刘备的；而唐太宗在气概的威武上，则不一定能超过刘裕。

庾亮不从孔坦陶回言

庾亮召苏峻。孔坦与陶回共说王导："及峻未至，宜急断阜陵之界，守江西当利诸口，彼少我众，一战决矣。若峻未来，可往逼其城。今不先往，峻必先入，有夺人之心。"导然之。亮以为峻若径来，是袭朝廷虚也，不从。及峻将至，回又说亮："峻知石头有重戍，不敢直下，必向小丹阳南道步来。若以伏兵邀之，可一战而擒。"亮又不从。事见二人传。峻果由小丹阳，经秣陵，迷失道。逢郡人，执以为向导，夜行无部分。亮闻之，深悔。吾以谓召峻固失计，然若从二人言，犹不至覆国几于灭亡也。晁错削七国，大类此。亚夫犹能速驰，行入梁楚之郊，故汉不败。吾尝谓晁错能容忍七国，待事发而发，固上策。若不能忍决欲发者，自可召王濞入朝，仍发大兵随之。吴若不朝，便可进讨，则迅雷不及掩耳。吴破，则诸侯服矣，又当独罪状吴而不及余国。如李文饶辅车之诏，或分遣使者发其兵，诸国虽疑，亦不能一旦合从俱反也。错知吴必反，不先未削为反备，既反而后调兵食，又一旦而削七国，以合诸侯之交，此妄庸人也。

【译文】庾亮召唤苏峻回建康，孔坦与陶回共同向王导献计道："趁苏峻还未到达建康，应该及早封锁通往阜陵的道路，把守好位于长江以西的当利等苏峻必经之地，敌人兵少而我们兵多，一仗就能打败他们了。如果苏峻没来，可以派兵逼近其城。如果今天我们不先出发，苏峻就必定会抢先进入建康，造成人心惶惶的恶果。"王导同意这种看法。庾亮却认为苏峻如果直接来京，就会袭击朝廷的空虚之处，所以没有听从他们的建议。等苏峻即将到达京城的时候，孔坦又劝说庾亮道："苏峻知道石头城有重兵防守，不敢直接进攻，必定会从小丹阳的南路赶过来。如果我们在那里派一支伏兵迎候着他们，一仗下来就能擒获苏峻。"庾亮又没有听从。此事在《晋书》孔坦与陶回的传记中有记载。苏峻果然取道小丹阳，途径秣陵时迷了路。他们碰见一位当地人，抓来作了向导，夜里行军的时候始终未遇到伏兵。庾亮听说后非常后悔。我认为庾亮召苏峻进京固然是失策，但他如果能听从孔坦与陶回的建议，还是不至于使国家差点灭亡的。晁错削弱七国的前后情形，与此十分相似。周亚夫能够快速行动，赶到梁国与楚国的都城之外，所以国家才没有败亡。我曾认为晁错能容忍七国的不轨行径，等待叛乱发生了再派兵镇压，这种做法固然是上策。如果容忍不下去，打算派兵镇压，那就完全可以先召吴王刘濞入朝，随后调来大军做好准备。刘濞如果不进京，便可以前去讨伐他，造成迅雷不及掩耳之势，使他措手不及。吴国被击败了，其他的诸侯国自然也就不敢不服从了，朝廷就可以单独定吴国的罪，用不着惩罚其他的诸侯国了。或许可以像辅车李文饶所建议的那样，分别派遣使者到各诸侯国去征调他们的军队，各国即使怀疑，也难以在短时间内联合起来谋反。晁错既然知道吴国必定会谋反，他就不应该先去削减各国的封地，而是应该防备着吴国，一旦作乱便派兵消灭他们。晁错不是如此，而是在短时间内消减了七国的封地，造成各诸侯国联合起来谋反的局面，由此可知他是一个愚蠢的人。

郗方回郗嘉宾父子事

郗嘉宾既死，留其所与桓温密谋之事一箧，属其门生曰："若吾家君眠食大减，即出此。"方回见之，曰："是儿死已晚矣。"乃不复念。予读而悲之曰："士之所甚好者，名也。而爱莫加于父子。今嘉宾以父之故，而暴其恶名；方回以君之故，而不念其子。嘉宾可谓孝子，方回可谓忠臣也。悲夫！"或曰："嘉宾与桓温谋叛，而子以孝子称之，可乎？"曰："'采葑采菲，无以下体。'嘉宾之不忠，不待诛绝而明者。其孝可废乎？王述之子坦之，欲以女与桓温。述怒排坦之曰：‘汝真痴耶？乃欲以女与兵。’坦之是以不与桓温之祸。使郗氏父子能如此，吾无间然者矣。”

【译文】郗嘉宾死后，留下一箱与桓温秘密图谋篡位的书信，并在死前嘱咐他的门客说：“如果我父亲悲伤得茶饭不思，睡不好觉，你们就拿出这箱信让他看。”郗方回看了这些信，说道：“这小子早就该死了！”于是对儿子不再思念。我读到此处悲叹道：“读书人最重视的是名声，然而父子之间的亲情却是人间哪种感情都赶不上的。现在郗嘉宾为了父亲的缘故把自己的坏名声暴露出来；郗方回则为了忠君的缘故不再思念自己的儿子。郗嘉宾堪称是孝子，郗方回则堪称是忠臣。可悲啊！”有人对我说：“郗嘉宾与桓温一起图谋叛乱，但您却因为他是孝子而称赞他，这样做对吗？”我答道：“《诗经》有言：‘采葑采菲，无以下体。’郗嘉宾对皇帝不忠，人们用不着杀死他就能明白这一点。但我们难道能因此否定他的孝心吗？王述的儿子王坦之打算把女儿嫁给桓温的儿子，王述知道后生气地把王坦之推开，并说道：‘你真的变傻了吗？竟然要把女儿嫁给一个士卒！’王坦之因此才没有被桓温的祸乱殃及。假如郗氏父子能像他们这样，我就不用妄加议论了。”

郗超小人之孝

郗超虽为桓温腹心，以其父愔忠于王室，不令知之。将死，出一箱书，付门生，曰：“本欲焚之，恐公年尊，必以相伤为毙。我死后，公若大损眠食，可呈此箱。不尔，便烧之。”愔后果哀悼成疾。门生依旨呈之，则悉与温往返密计。愔大怒，曰：“小子死恨晚。”更不复哭。若方回者，可谓忠臣矣，当与石碏比。然郗超谓之不孝，可乎？使超知君子之孝，则不从温矣。东坡曰：小人之孝也。

【译文】郗超虽然是桓温的心腹，但因为父亲郗愔忠诚于皇帝，所以他没有让父亲知道自己与桓温一起所干的图谋篡位的事。等到他快死的时候，取出了一箱书信交给门客，并说：“我本来打算烧掉这些信，但又恐怕我的父亲年纪大了，必定会因我的死而伤心，以致损坏了身体。我死后，如果父亲吃不好饭，睡不好觉，你们就把这箱信交给他看。如果他吃饭与睡觉都未受影响的话，你们就把这些信烧掉。”郗超死后，郗愔果然因悼念儿子生了病。门客遵照郗超的意图把箱子交给郗愔，箱里装的全是郗超与桓温的来往信件，内容均是有关篡位的机密计划。郗愔看了以后非常生气，骂道：“我对这小子死得太晚而感到遗憾。”从此他就不再哭了。象郗愔这样的，可以被称为忠臣，应当把他跟石碏相提并论。但是能不能说郗超是不孝之子呢？假如郗超能懂得君子的孝道，那么他就不会跟桓温同流合污了。苏东坡认为：郗超遵奉的是小人的孝道。

晋宋之君与臣下争善

人君不得与臣下争善。同列争善犹以为妒，可以君父而妒臣子乎？晋、宋间，人主至与臣下争作诗写字，故鲍照多累句，王僧虔用拙笔书以避祸。悲夫，一至于此哉！汉文帝言：“久不见贾生，自以为过之，今乃不及。”非独无损于文帝，乃所以为文帝之盛德也。而魏明乃不能堪，遂作汉文胜贾生之论。此非独求胜其臣，乃与异代之臣争善。岂惟无人君之度，正如妒妇不独禁忌其夫，乃妒人之妾也。

【译文】国君不能与他下面的大臣争胜。与地位相等的人争胜，人们会说他忌妒别人。当国君的怎么可以去嫉妒臣子呢？晋宋期间，国君甚至在作诗与写字方面与大臣争胜，所以鲍照才会故意写出许多内容重复的诗句，王僧虔则有意识地使自己的字体显得笨拙，他们这样做的目的均是为了避免灾祸。可悲啊！竟然会出现这种情况！汉文帝曾说："我已经好久不见贾谊了，自己还以为学问超过了他，如今看来是赶不上他的。"汉文帝的这一番话不但不会损害他的名声，反而恰恰表现了他的大德。但魏明帝曹叡却不能忍受臣子的才能超过了君主，于是写了一篇文章，论述汉文帝胜过了贾谊。他这样做，表明他不仅与他的臣子争胜，甚至还与不跟他同一朝代的臣子争胜。他岂止是没有表现出国君应有的气度，正好像妒妇不但不让丈夫去接触别的女子，甚至竟然还会忌妒别人家的侍妾。

渊明非达

陶渊明作《无弦琴》诗云："但得琴中趣，何劳弦上声。"苏子曰：渊明非达者也。五音六律，不害为达，苟为不然，无琴可也，何独弦乎？

【译文】陶渊明曾写有《无弦琴》一诗，诗中说："但得琴中趣，何劳弦上声。"苏轼认为：陶渊明并不是一个豁达的人。各种各样的乐律并不妨碍人们成为豁达的人，如果不是这样，陶渊明就该连整个琴都不要，何必唯独不要琴弦呢？

王僧虔胡广美恶

王僧虔居建康禁中里马粪巷，子孙皆笃实谦和，时人称马粪诸王为长者。《东汉·赞》论李固云："视胡广、赵戒如粪土。"粪土云秽也，一经僧虔，便为佳号，而以比胡、赵，则粪有时而不幸。

【译文】王僧虔居住在建康城的禁中里马粪巷，他的子孙为人都很忠厚老实谦虚和蔼，当时人称赞住在马粪里的王氏一家都是谨厚的人。《后汉书·李固传》的赞语曾评论道："李固把胡广与赵戒看作粪土一般。"粪土是污秽之物，然而一旦与王僧虔有关联，便成为好听的称号，被李固用来比拟胡广与赵戒时，人们对"粪土"一词则极端厌恶，可见粪土有时是不幸的。

王景文

宋明帝诏答王景文，其略曰："有心于避祸，不若无心于任运。千仞之木，既摧于斧斤；一寸之草，亦悴于践踏。晋将毕万，七战皆获，死于牖下；蜀将费祎，从容坐谈，毙于刺客。故甘心于履危，未必逢祸；从意于处安，未必全福。"此言近于达者。然明帝竟杀景文，哀哉！景文之死也，诏言："朕不谓卿有罪，然吾不能独死，请子先之。"诏至，景文正与客棋，竟，敛子纳奁中，徐谓客曰："有诏，见赐以死。"酒至，未饮，门生焦度在侧，取酒抵地，曰："丈夫安能坐受死，州中文武，可以一奋。"景文曰："知卿至心，若见念者，为我百口计。"乃谓客曰："此酒不可相劝。"乃仰饮之。苏子曰：死生亦大矣，而景文安之，岂贪权窃国者乎？明帝可谓不知人者矣。

【译文】宋明帝下诏回答王景文，意思大概是说："有意避免灾祸，倒不如万事随心所欲，任其自然。千仞高的树木，仍能被斧头砍断；一寸矮的小草，也会因路人的践踏而枯萎。晋将毕万与敌人交战了七次，每次都被俘获，但他最终却死在窗下，得到了善终；蜀将费祎遇事从容不迫，闲坐谈论，但他结果却被刺客杀死。所以心甘情愿去冒险的人，未必就会大祸临头；过着遂心的安适生活，这样的人却未必能保全幸福。"这番话表明宋明帝差不多是一个通达事理的人，但他却干出了毒死王景文的事，多么可悲啊！王景文死前，宋明帝下诏说："我不认为您有罪，但我不愿单独死去，请您先死吧。"诏书送到王景文家中时，他正与客人下棋，下完后，他把棋子收到匣子里，慢慢对客人说道："皇上下诏把死亡赏赐给我了。"毒酒送过来，王景文还没喝下去，当时门客焦度在他的身边，一把取过酒杯，放到地下，对王景文说道："男子汉怎能白白坐着接受死亡。州中的文臣武将都愿意为您奋斗拼搏，与朝廷决一死战。"王景文答道："我懂得你对我的至诚之心，但我却不能照你的意见行事。以后如果你想念我了，就多替我一家百口人着想吧。"又对客人说："我不能劝你喝这种酒。"说完就仰头一饮而下。苏轼认为：死生对人来说是大事，但王景文却安之若素，他难道是贪婪权势、图谋篡位的人吗？明帝可说是识别不了贤愚善恶的人呀！

齐高帝欲等金土之价

齐高帝云："吾当使金土同价。"意则善矣，然物岂有此理者哉？孟子曰："物之不齐，物之情也。巨屦小屦同价，人岂为之哉！"而孟子亦自忘其为菽粟如水火之论。金之不可使贱如土，犹土之不可使贵如金也。

【译文】齐高帝曾说："我应当让金子与土价格相同。"这个意图确实是好的，但世上哪有这种道理呢？孟子认为："各种东西的品种质量不一致，这是自然的。大鞋和小鞋一样价钱，人难道肯干吗？"但孟子也忘了自己曾说过"豆子与谷子就像水火一样"的话。人们不能让金子似土一般的低贱，就像不能让土如金子般高贵一样。

刘沈认屐

《南史》刘凝之为人认所着屐，即予之。此人后得所失屐，送还，不肯复取。沈麟士亦为邻人认所着屐，麟士笑曰：“是卿屐耶？”即予之。邻人后得所失屐，送还之。麟士曰：“非卿屐耶？”笑而受之。此虽小节，然人处世，当如麟士，不当如凝之也。

【译文】《南史》曾记载如下一则故事，有人说刘凝之穿的木屐是他的，刘凝之立即把木屐脱下给他，后来这个人找到了自己丢掉的木屐，就把刘凝之的送还给他，但刘凝之却不肯再要了。沈麟土的邻居有一次也曾说沈麟士穿的是他的木屐，沈麟士笑着说：“这双木屐是您的吗？”当即把木屐脱下给他。他的邻居后来找到自己的木屐，就把沈麟士的送还给他，他说道：“这双木屐不是您的吗？”说完笑着把木屐收下了。这则故事表现的虽然只是他们两个人的小节，但人活在世上与别人交往时，就应该学习沈麟士，而不应该仿效刘凝之。

崔浩占星

天上失星，崔浩乃云：“当出东井。”已而果然。此所谓“亿则屡中”者耶？汉十月，五星聚东井。金、水常附日不远。而十月，日在箕、尾。此浩所以疑其妄。以予度之，十月为正，则十月乃今之八月耳。八月而得七月节，则日犹在翼、轸间，则金、水聚于井，亦不甚远。方是时，沛公未得天下，甘、石何意谄之？浩之说，未足信也。

【译文】天上消失了一颗星，崔浩推断道：“它应当在东面的井宿出现。”不久果然如此。他就是人们所说的“每次猜测总能猜中”的人吗？汉代的十月间，五大行星会聚于东边的井宿。金星与水星处在靠近太阳不大远的位置上。但是在十月份，太阳是位于箕宿与尾宿之间的。这就是崔浩怀疑那种说法是荒谬的原因所在。根据我的推测，汉代以十月为岁首，当时的十月实际上就是现在的八月。如果八月获得的是七月的节令，那么太阳就仍位于翼宿与轸宿之间，金星与水星会聚在井宿，离太阳并不太远。在那个时候，刘邦还未得到天下，甘公为什么要去巴结他呢？崔浩的说法是不值得相信的。

陈隋好乐

吹笛、弹琵琶、五弦及歌舞之技，自齐文襄以来好之。河清已后尤甚。后主惟赏胡戎乐，耽爱无已，于是繁手淫声，争新哀怨，故曹妙达、安马驹之徒，至有封王、开府者，遂服簪缨，而为伶人之事。后主亦能自度曲，亲执乐器，玩悦无倦，倚弦而歌，别采新声为《无愁曲》，音韵窈窕，极于哀思，使侍儿阉官辈齐唱和之，曲终乐阕，莫不殒涕。行幸道路，或时马上作之。乐往哀来，竟以亡国。炀帝不解音律，略不关怀。后大制艳曲，词极淫绮。令乐正白明达造新声，创《万岁乐》，《藏钩乐》《投壶乐》《舞席同心髻》《玉女行觞》《神仙留客》《掷砖续命》《斗鸡子》《斗百草》《泛龙舟》《还旧宫》《长乐苑》及《十二时》等曲，掩抑摧藏，哀音断绝。帝悦之不已，谓幸臣曰：“多弹曲者，如人多读书。读书多则能撰文，弹曲多则能造曲。”因语明达云：“陈氏褊陋，曹妙达犹封王，况我天下大同乎？”宋武帝既受禅，朝廷未备音乐，殷仲文以为言。帝曰：“日不暇给，且所不解。”仲文曰：“屡听自解。”帝曰：“政以解则好之，故不习。”观二主之言，兴亡之理，岂不明哉！

【译文】自北齐文襄帝以来，吹笛、弹琴琶、弹五弦琴以及表演歌舞等技艺就已经开始被人们所喜爱了，到武成帝河清年间以后，人们就更加喜爱了。陈后主只欣赏胡戎的音乐，沉浸其中，迷恋不已，于是社会上就开始出现变化复杂的演奏方法，靡靡之音风行起来，人们争相创作哀怨的新曲，所以像曹妙达和安马驹这类人，竟然有被封王或开建府属的，他们穿的是官员的服装，干的却是表演歌舞的事儿。

陈后主自己也会制曲，亲自弹奏乐器，愉快地欣赏，毫无倦意。他能随着曲子唱歌，还另外收集了一首新的曲子叫《无愁曲》，此曲音韵妖媚，极其哀怨，他让宫女及宦官一齐唱这支曲子，唱完以后，没有人不掉泪的。他在出外巡视的路上，还时常在马背上创作曲子。快乐过去后便是悲哀，陈后主因此而亡国。隋炀帝不懂音乐，开始对音乐丝毫也不关心。后来他创作了大量的艳曲，词语极其淫靡绮丽。他命令乐正白明达制作新的曲调，创作了《万岁乐》《藏钩乐》《投壶乐》《舞席同心髻》《玉女行觞》《神仙留客》《掷砖续命》《斗鸡子》《斗百草》《泛龙舟》《还旧宫》《长乐苑》以及《十二时》等曲子。这些曲子音调低沉，让人读了以后感到十分悲哀，心碎欲绝。隋炀帝非常喜爱这种音乐，对他的宠臣说：“多弹奏曲子的结果与多读书的结果是十分相似的。读书读的多了，就会写文章，弹曲弹的多了，就会制作曲子。”他还曾对白明达说：“陈后主的国土狭窄，尚且能把曹妙达封为王，更何况我的领土辽阔，社会太平，就更该如此了。”宋武帝刘裕通过禅让的方式得到天下以后，朝廷上一直没有演奏音乐，殷仲文把此事告诉宋武帝，宋武帝说：“我忙得很，没有空暇听音乐，况且我也不懂音乐。”殷仲文回答：“多听几遍，自然就懂了。”宋武帝说：“正因为懂得了便会更喜爱它，因此我才不学习音乐。”听了这两位君主的话以后，难道还会不明白国家兴亡的道理吗？

唐太宗借隋吏以杀兄弟

唐高祖起兵汾晋间，时子建成、元吉、楚哀王智云皆留河东护家。高祖起兵，乃密召之，隋购之急，建成、元吉能间道赴太原，智云幼，不能逃，为吏所诛。高祖以父子之故，不能少缓义师数日，以须建成等至乎？以此知为秦王所逼，高祖逼于裴寂乱宫之事，不暇复为三子性命计矣。太宗本谋于是时借隋吏以杀兄弟，其意甚明。新、旧史皆曲为太宗润饰杀兄弟事，然难以欺后世矣。建成、元吉之恶，亦孔子所谓下愚之归也欤？

【译文】唐高祖李渊在汾晋地区起兵反隋，当时他的儿子李建成、李元吉以及楚哀王李智云都正留在河东护卫家业。高祖起兵后才秘密地派人叫他们赶往太原，隋吏已对他们实行紧急悬赏搜捕，李元成、李元吉从小路赶到太原，而李智云年幼，未能逃走，被隋吏杀死。高祖难道就不能看在父子关系的情分上，把部队起义的日期推迟几天，等李建成他们赶到太原后再举事吗？因此可知他是被秦王李世民所逼迫而不得不举事的，高祖被裴寂在隋宫造反一事所逼迫，已经没有时间再去考虑三个儿子的性命问题了。唐太宗李世民本想在此时借隋吏之手杀掉三个兄弟，这个意图是十分明显的。《新唐书》与《旧唐书》都为太宗杀兄弟一事曲意地点缀修饰，但却难以欺骗后世之人。李建成与李元吉作恶多端，他们大概就是孔子所说的那种最愚蠢的人吧？

褚遂良以飞雉入宫为祥

唐太宗时，飞雉数集宫中。上以问褚遂良。良曰：“昔秦文公时，童子化为雉，雌鸣陈苍，雄鸣南阳。童子曰：‘得雄者王，得雌者霸。’文公得其雌，遂雄诸侯。光武得其雄，起南阳，有四海。陛下本封秦，故雌雄并见，以告明德。”上悦曰：“人不可以无学，遂良所谓多识君子哉。”予以谓秦雉，陈宝也，岂常雉乎？今见雉，即谓之宝，犹得白鱼，便自比武王，此谄佞之甚，愚瞽其君者，而太宗喜之，史不讥焉。野鸟无故数入宫中，此正灾异。使魏徵在，必以高宗鼎耳之祥谏也。遂良非不知此，舍鼎耳而取陈宝，非忠臣也。

【译文】唐太宗时期，曾有野鸡几次飞到皇宫，停留不走。太宗让褚遂良解释这一现象，褚遂良说：“当初在秦文公时期，有个小孩变成两只野鸡，雌的一只在陈苍鸣叫，雄的一只在南阳鸣叫。小孩说：‘得到雄鸡的人能够称王，得到雌鸡的人能够称霸。”秦文公得到了那只雌鸡，于是称雄于诸侯。光武帝得到了那只雄鸡，从南阳发兵，最终拥有了天下。陛下原本被封为秦王，所以雌鸡与雄鸡一起来见您，向您报告您所具备的完美的德行。”太宗高兴地说：“人不可不学习，褚遂良就是人们所说的见多识广的君子啊。”我认为秦文公得到的雉鸡就是神仙陈宝，它难道是一只普通的鸡吗？如今见到一只野鸡便说是宝物，就好像得到一只白鱼，便把自己比作武王。褚遂良阿谀取宠，手段极其卑鄙，他愚弄欺骗唐太宗，唐太宗不但意识不到，反而很喜欢他，史书对此也未加以指责。野鸟无缘无故地飞到宫中，实则预示了有灾异之事即将发生。当年殷高宗设鼎祭成汤，有飞雉升鼎耳而鸣，大臣祖乙认为这是灾异的征兆。假如魏徵还活着的话，必定会用此事以劝谏唐太宗。褚遂良并不是不知此事，但他不用此事而用神仙陈宝之事以讨好唐太宗，可知他并不是一名忠臣。

李靖李勃为唐腹心之病

昔袁盎论绛侯功臣，非社稷臣。此固有为而言也。然功臣、社稷之辩，不可不察也。汉之称社稷臣者，如周勃、汲黯、萧望之之流。三人者，非有长才也。勃以重厚安刘氏，黯以忠义弭淮南之谋，望之确然不夺于恭、显，孔子所谓大臣以道事君者耶？仆尝谓社稷之臣如腹心，功臣如手足。人有断一指与一足，未及于死也。腹心之病，则为膏肓，不可为也。李靖、李勣可谓功臣，终始为唐之元勋也。然其所为，止卫、霍、韩、彭之流尔。疆埸之事，夷狄内侮，能以少击众，使敌人望而畏之，此固任之有余矣。若社稷之寄，存亡之几，此两者，盖懵不知焉。太宗欲伐高丽，靖已老矣，而自请将兵，以坚太守黩武之志，几成不戢自焚之祸。高宗立武后，勣以陛下家事无问外人，武氏之祸，戮及襁褓，唐室不绝如线。则二人者，为腹心之病大矣。张释之戒啬夫之辩，使文帝终身为长者。魏元成折封伦之论，使太宗不失行仁义。孔子所谓有“一言而可以兴邦，一言而可以丧邦”者，岂其然乎？

【译文】当初袁盎在汉文帝面前评论周勃，说他只是功臣，而不是国家的重臣。这固然是针对周勃的缺点有感而发的，但他关于功臣与国家重臣的一番议论，却不能不仔细考察。汉代堪称国家重臣的，只有周勃、汲黯与萧望之这样一些人。要说起来，他们三个人并没有什么过人的才华，但周勃以刚强淳厚的性格使刘氏政权转危为安，汲黯凭借忠义使阴谋篡位的淮南王刘安不敢轻举妄动，萧望之则意志坚定，不向弘恭与石显屈服。他们大概就是孔子所说的以道义侍奉君主的大臣吧？我曾说过“国家的重臣就像心腹，功臣则像手足”的话。假如一个人被砍断了一根手指或一只脚，他是不至于死的。但如果心腹有了毛病，那就堪称病入膏肓，无法医治了。李靖与李勣可说是功臣，自始至终都是唐朝的元勋。但若考察他们的功绩，便知他们不过是属于卫青、霍去病、韩安国、彭越一类武将罢了。若遇到外敌入侵，他们俩能做到以少胜多，使敌人望而生畏，战场上的这类事对于他们而言，是能轻松胜任、游刃有余的，但若涉及国家命运及民族兴衰的政事，这两人就稀里糊涂，说不出什么有远见的话。唐太宗打算攻打高丽，李靖年纪已经很大了，却自动请求率兵前往，从而坚定了太宗滥用武力的决心，使国家几乎未能避免玩火自焚的祸害。高宗打算立武氏为后，以此征求李勣的意见，李勣却说这是陛下的家事，不必询问外人。武后造成的祸害甚至殃及到襁褓中的婴儿，唐王朝的命脉虽未断绝，但却已经像一根细线一样在勉强维系着。李靖与李勣两人真是唐王朝的心腹大病呀。张释之不同意让看管虎圈的啬夫当上林苑令，他告诫汉文帝的一番言论，使汉文帝终身成为一位长者。魏徵把封伦辩驳得无言以对，他的议论使唐太宗最终不失为一位仁义之君。孔子曾说：“一句话可以使国家兴盛，一句话也可以使国家灭亡。”难道不是这样的吗？

房琯之败

房次律败于陈涛斜。杀四万人，悲哉！古之言兵者，或取《通典》。《通典》虽杜佑所集，然其源出于刘秩，陈涛斜之败，秩有力焉。次律云："曳洛河虽多，安能当我刘秩！"挟区区之辩，以待曳洛河，疏矣。

【译文】房琯在咸阳陈涛斜大败，四万人被杀，可悲啊！古代谈兵的人，或许引用的是《通典》上的材料。《通典》虽然是杜佑撰写的，但它却是在刘秩《政典》的基础上扩充而成的，陈涛斜兵败一事，刘秩也负有很大责任。房琯说："曳洛河虽然有许多兵卒，但却怎能战胜我军一个刘秩！"房琯带着这种愚蠢的话去迎战曳洛河，真是大浅薄了。

韩愈优于扬雄

韩愈亦近世豪杰之士，如《原道》中言语，虽有疵病，然自孟子之后，能将许大见识，寻求古人，自亦难得。观其断曰："孟子醇乎醇；荀、扬择焉而不精，语焉不详。"若不是他有见识，岂千余年后便断得如此分明。如扬雄谓老子之言道德，则有取焉尔；至于搥提仁义，绝灭礼乐为无取。若以老子"剖斗折衡，而民不争，圣人不起，为救时反本"之言为无取，尚可恕；如老子言"失道而后德，失德而后仁，失仁而后义，失义而后礼，"则不识道已不成言语，却言其言道德则有取。扬子亦自不见此，其与韩愈相去远矣。

【译文】韩愈也是近代的一位豪杰，像他《原道》中的话语，虽然有些缺点，但他却能在孟子之后提出这么深刻的见解，我们即使从古人的书里寻找到这些话，也自然会感到十分难得。韩愈下结论道："孟子的学说是十分纯粹的，荀子与扬雄选择圣人之道加以学习，但却不够精通，他们虽然能说出圣人的观点，但却表述得不够详细。"如果韩愈不是很有见解的人，又怎能在一千多年以后仍将这些人剖析得如此明白。例如扬雄，他认为老子关于道德的论述是有可取之处的；至于老子鞭挞仁义并毁弃礼乐的主张，扬雄就认为不可取了。老子说："击破斗秤，人民就不争了。圣人不兴起来，就能挽救现实，反朴归真了。"扬雄如果认为这些话是不可取的，那么还是可以原谅他的。老子还曾说："失去了道而后才有德，失去了德而后才有仁，失去了仁而后才有义，失去了义而后才有礼。"扬雄不但不懂得道已经没法用语言表述出来了，而且反而说老子这些谈道德的话是有可取之处的。扬雄自然意识不到他的这些观点是错误的，他真是远远不如韩愈啊。

柳子厚论伊尹

圣人之所以能绝人者，不可以常情疑其有无。孔子为鲁司寇，堕郈、堕费，三桓不疑其害己。非孔子，能之乎？伊尹去亳适夏，既丑有夏，复归于亳。伊尹为政于商，既贰于夏矣，以桀之暴戾，处其执政而不疑，往来两国之间，而商人父师之。非圣人，能如是乎？是以废太甲，太甲不怨，复其位，太甲不疑。皆不可以常情断其有无也。后世惟诸葛孔明近之。玄德将死之言，乃真实语也。使孔明据刘禅位，蜀人岂有异词哉！元祐八年，读柳宗元《五就桀赞》，终篇皆妄，伊尹往来两国之间，岂其有意欲教诲桀而全其国耶？不然，汤之当王也久矣，伊尹何疑焉！桀能改过而免于讨，可庶几也。能用伊尹而得志于天下，虽至愚知其不然，宗元意欲以此自解其从王叔文之罪也。

【译文】圣人之所以比别人高明，就在于人们不可按照一般的情理去怀疑他是否别有用心。孔子做鲁国的司寇后，拆除了郈邑与费邑的城墙，季孙氏、孟叔氏与叔孙氏并不因此怀疑他会谋害自己。如果不是孔子，他们能这样吗？伊尹离开亳到达夏，看到夏桀的丑恶政治后，又重新回到亳。伊尹曾在商处理过政务，既然他对夏桀有过二心，按照常理，夏桀就会惩罚他，但是凶暴的夏桀却让他处在主持政务的高位上，并不怀疑他。伊尹来往于夏与商之间，商人像对待父亲与老师那样对待他。如果不是圣人，他们能像这样对待伊尹吗？所以伊尹废黜了大甲，太甲并不恨他。他后来又把政权重新交给太甲，太甲也并没有怀疑他。只要面对的是圣人，就都不可按照一般的常理去判断他是否会别有用心。到了后代，只有诸葛亮的人品跟伊尹与孔子相近。刘备临死时对诸葛亮说的一番话，是发自于肺腑的真心话，假如孔明因此真地占据了刘禅的帝位，蜀国人难道会有异议吗？我于元祐八年读到柳宗元的《五就桀赞》，发现这篇文章自始至终全是荒谬之论。伊尹来往于两国之间，难道是想教诲夏桀改掉恶行以保全他的国家吗？柳宗元的观点是不对的，因为商汤称王已有很长时间了，伊尹又怎会怀疑他呢？夏桀如果能够改正过失，从而避免别国对他的讨伐，柳宗元的观点差不多还能站住脚。夏桀一旦重用伊尹便可赢得天下人的拥护，即使最笨的人也知道这是不可能的。柳宗元曾因追随王叔文而获罪，他写这篇文章的用意是打算以此来为自己的罪行进行辩解。

柳子厚诞妄

柳宗元敢为诞妄，居之不疑。吕温为道州、衡州、及死，二州之人，哭之逾月，客舟之道于永者，必呱呱然。虽子产不至此，温何以得之。其称温之弟恭，亦贤豪绝人者。又云：“恭之妻，裴延龄之女也。”孰有士君子肯为裴延龄婿者乎？宗元与伾、叔文为交，盖亦不羞于延龄姻也。恭为延龄婿，不见于史，宜表而出之。事见《宗元文集·恭墓志》云。

【译文】柳宗元敢于写出一些荒诞不稽的事情来，并对这些事相信不疑。吕温曾做过道州与衡州的知州，柳宗元说他死了以后，两州的人民为他哭了一个多月，取道于永州的客船必定会传出呱呱的哭声。即使是子产也没有得到人民如此的爱戴，吕温又凭什么会得到呢？柳宗元称赞吕温的弟弟吕恭，说他是一位有德之士，才能远在一般人之上。柳宗元还说："吕恭的妻子是裴延龄的女儿。"哪一个正直的士君子愿做裴延龄的女婿呢？柳宗元跟王伾及王叔文交往过，大概他并不认为娶裴延龄的女儿是可耻的。吕恭是裴延龄的女婿，史书对此并未记载，我应该把它摘录出来加以显扬。此事见于《宗元文集·恭墓志》。

白乐天不欲伐淮蔡

吴元济以蔡叛，犯许、汝以惊东都，此不可不讨者也。当时议者欲置之，固为非策。然不得武、裴二杰士，事亦未易办也。白乐天岂庸人哉！然其议论，亦似欲置之者。其诗有《海图屏风》者，可见其意。且注云："时方讨淮、蔡叛。"吾以是知仁人君子之于兵，盖不忍轻用如此。淮、蔡且欲以德怀，况欲弊所恃以勤无用乎？悲夫，此未易与俗士谈也。

【译文】吴元济在蔡州发动叛乱，接着又侵扰许州与汝州一带，使东都洛阳的人民惊骇不已，对这样的叛贼不能不进行讨伐。当时有的大臣不主张讨伐吴元济，这固然不是良策，但如果没有武元衡与裴度这两位杰出的人士，讨吴之事的确不容易成功。白居易难道是一个平庸的人吗？但从他的议论中，可以看出他似乎不主张讨伐吴元济。他有一首《题海图屏风》的诗，就表现了这一意图。他还在诗后注道："当时正讨伐淮西与蔡州的叛贼。"我因此知道仁人君子就像这样下不了狠心去动用武力啊。对淮西与蔡州的叛贼，白居易尚且还打算用德行去感召他们，更何况让国家所依靠的军队疲惫不堪地去干一些没有功效的事情，他难道会同意吗？可悲啊！跟庸俗的人在一起是没法谈论这种问题的。

乐天论张平叔

乐天作《张平叔户部侍郎判度支制词》云："吾坐而决事，丞相以下，不过四五人，而主计之臣在焉。"以此知唐制，主计盖坐而论事也。不知四五人者悉何人？平叔议盐法，至为割剥，事见退之集。今乐天制词亦云："计能析秋毫，吏畏如夏日。"度其人必小人也。

【译文】白居易在他写的《张平叔户部侍郎判度支制词》中说："我陪侍皇上议论政事，决定计策，当时在场的除了丞相，还有其他四五个人，主计大臣也在场。"我因此知道唐代官制中的主计一职，其任务就是专门陪侍皇上议论政事，决定计策。但我却不知道白居易提到的那四五个人都是什么人？张平叔议论盐法，结果给百姓带来了极大的危害，此事在韩愈的文集中有记载。现在白居易的判词也说："计能析秋毫，吏畏如夏日。"因此我觉得张平叔一定是个小人。

刘禹锡文过不悛

刘禹锡既败，为书自解，言："王叔文实工言治道，能以口辩移人。既得用，所施为，人不以为当。太上久疾，宰相及用事者不得对。宫掖事秘，建桓立顺，功归贵臣，由是及贬。"《后汉·宦者传·论》云:“孙程定立顺之功,曹腾参建桓之策。”腾与梁冀比舍清河而立蠡吾,此汉之所以亡也,与广陵王监国事,岂可同日而语哉?禹锡乃敢以为比,以此知小人为奸,虽已败犹不悛也,其可复置之要地乎?因读《禹锡传》,有所感,书此。

【译文】刘禹锡遭贬以后,写文章替自己辩解,曾说:“王叔文确实能言善辩,提出了治国安邦之术,能说服别人改变主意。他被太上皇重用后,人们并不认为他推行的改革方案是得当的。太上皇患病的时间很长,宰相及当权者一直未能面陈国事。当今圣上即位的情形与东汉顺、桓二帝很相似,圣上认为功劳应属于那些拥立他的显贵的大臣,王叔文因此被贬。”《后汉书·宦者传·论》说:“宦官孙程立了拥立顺帝的大功,曹腾参加了拥立桓帝的谋划。”曹腾与梁冀不立清河王刘蒜而立蠡吾侯刘志为帝,直接导致了东汉的灭亡,刘禹锡怎能把这件事与广陵王李纯代替顺宗处理政务一事相提并论呢?刘禹锡竟敢打这种比方,不能不让人深思。我因而明白了一个道理:小人尽干坏事,即使失败了,他也仍然不思悔改。朝廷怎能把重要的职位重新交给这种人呢?读了《刘禹锡传》后有所感慨,故记下这些。

唐制乐律

唐初,即用隋乐。武德九年,始诏祖孝孙、宝琎等定乐。初,隋用黄钟一宫,惟击七钟,其五悬而不击,谓之哑钟。张文收乃依古断竹为十二律,与孝孙等次调五钟,叩之而应。由是十二钟皆用。至肃宗时,山东人魏延陵得律,因李辅国奏之,云:“太常乐调,皆不合黄钟,请悉更制诸钟磬。”帝以为然。乃悉取诸乐器摩刻之,二十五日而成。然以汉律考之,黄钟乃太簇也。当时议者,以为非是。唐用肃宗乐,以后政日急,民日困,俗日偷,以至于亡。以理推之,其所谓下者,乃中声也,悲夫!

【译文】唐初使用的仍是隋朝的乐律。一直到了武德九年，高祖才下诏命令祖孝孙、宝琎等人制定乐津。当初，隋朝用的是黄钟宫这个乐调，仅敲击七座钟，其它五座钟只是悬挂着，没有敲击，被称作哑钟。张文收于是依照古代的断简定出了十二律，他与祖孝孙等人依次把那五座钟的音律给调试出来，无论叩击哪座钟都能得到相应的回声。因此十二座钟都得到了使用。到了肃宗时期，山东人魏延陵得到了一套乐律，他通过李辅国上奏道："太常的乐调都与黄钟律不符，请陛下下令重新制作这些钟磬。"肃宗同意了。他们因此全部取出这些乐器加以磨削，二十五天以后，将新乐器赶制了出来。然而用汉朝乐律来考察唐朝乐律，发现它的黄钟律其实竟是大簇律。而当时议论此事的人，却并不这样认为。唐朝使用肃宗的乐律以后，政局一天比一天紧张，百姓一天比一天困苦，风俗一天比一天浇薄，以至于最后亡国。若按照乐理来推测的话，可知唐律所说的下声其实竟是中声。可悲啊！

历代世变

秦以暴虐，焚诗书而亡。汉兴鉴其弊，必尚宽德，崇经术之士，故儒者多。虽未知圣人，然学宗经师，有识义理者众。故王莽之乱，多守节之士。世祖继起，不得不废经术，褒尚名节之士。故东汉之士，多名节，知名节而不能节之以礼，遂至于苦节。苦节之士，有视死如归者。苦节既极，故晋、魏之士，变而为旷荡，尚浮虚而亡礼法，礼法既亡，与夷狄同，故五胡乱华。夷狄之乱已甚，必有英雄出而平之，故隋、唐混一天下。隋不可谓一天下，第能驱除耳。唐有天下，如贞观、开元间，虽号治平，然亦有夷狄之风。三纲不正，无父子、君臣、夫妇，其原始于太宗也。故其后世子孙，皆不可使。玄宗才使肃宗，便叛。肃宗才使永王璘，便反。君不君，臣不臣，故藩镇不宾，权臣跋扈，陵夷有五代之乱。汉之治过于唐矣，汉有纲正。因客有问十世可知，遂推此数论。

【译文】秦朝因为暴虐无道，焚烧诗书，所以最终灭亡了。汉朝兴国后借鉴了秦朝灭亡的教训，认识到必须崇尚宽厚的德政，尊重精通经学的人士，所以社会上出现了许多儒者。虽然这些人并不了解孔子的思想，但他们在学业上尊奉经师的教导，很多人都懂得义理。因此当王莽作乱的时候，涌现出了许多反对王莽的奉守节操的人士。东汉世祖即位后，不得不废弃经学，奖励那些追求名誉与节操的人，所以东汉人大多重视名誉与节操，然而他们虽然懂得去追求名誉与节操，但却不知道用礼法加以节制，这样就产生了一批“苦节”的人。所谓“苦节”就是历尽磨难仍守志不渝。“苦节”的人中有视死如归的。追求“苦节”的风气发展到极点以后，必然会被新的社会现象所代替。到了魏晋时期，社会风气果然有所变化，人们开始崇尚旷达的性情与不切实际的空论，把礼法扔到了一边儿。礼法既然被抛弃了，汉人与夷狄也就没有什么区别了，所以西晋末年才会出现匈奴、鲜卑、羯、氐、羌等五族长期扰乱中原和巴蜀地区的局面。夷狄作乱到了极点，必然会有英雄人物出来剿平他们，隋唐因此统一了天下。不过隋朝的天下还不能说是统一的，当时只是把夷狄赶走罢了。李唐王朝建立以后，在贞观与开元年间，虽然号称天下太平，但社会上仍流行着夷狄的风习。君为臣纲、父为子纲，夫为妻纲的三纲观念没有树立起来，父子、君臣与夫妇之间的礼节没有得到遵守。这些不良之风的根源可以归结到唐太宗身上，所以他的后世子孙都不能委以重任。玄宗刚任用肃宗，肃宗便发动政变起而代之，肃宗刚任用永王李璘，李璘便发动了叛乱，国君不像国君，臣子不像臣子，所以后来才会出现藩镇割据、权臣跋扈的现象。唐王朝衰落后，又产生了五代十国的混乱局世。汉朝比唐朝治理得好，其原因就在于汉人能够恪守三纲五常。因为有个客人向我询问这样一个问题，即从十个朝代的历史变迁中可以总结出哪些经验教训？我于是就给他阐述了以上这些观点。

淳于髡一石亦醉

淳于髡言一斗既醉，一石亦醉。至于州闾之会，男女杂坐，几于劝矣，而何讽之有。以吾观之，盖有微意。以多少之无常，知饮酒之非我，观变识妄，而平生之嗜，亦少衰矣。是以托于放荡之言，而能规荒主长夜之饮，世未有识其趣者。元祐六年六月十三日，偶读《史记》，书此。

【译文】淳于髡说他喝一斗酒会醉，喝一石酒也会醉。齐威王感到不解，淳于髡解释原因时里面有“乡里聚会，男女交错坐在一起”的话。他这样说，几乎等于是劝说齐威王去追求享乐，哪里有什么讽谏之意呢？而在我看来，他的话中确实有微妙的含意。他根据饮酒的多少来判断自己的德行，从酒量由少到多的变化中，看到了自己的错误所在，从而能稍稍减少自己平时的一些不良嗜好。因此他才会假托那些姿意放任的言论以规劝荒淫的齐威王不要通宵达旦地饮酒。元祐六年六月十三日，我偶然读了《史记·滑稽列传》，于是记下了这些。

汉高祖封羹颉侯

汉高祖微时，尝避事，时时与宾客过其丘嫂食。嫂厌叔与客来，阳为羹尽轑釜，客以故去。已而视其釜中有羹，由是怨嫂。及立齐、代王，而伯子独不侯。太上皇以为言。高祖曰：“非敢忘之也，为其母不长者。”封其子信为羹颉侯。高祖号为大度不记人过者。然不置轑釜之怨，独不畏太上皇缘此记分杯之语乎？

【译文】汉高祖还未显达的时候，曾失业，时时与宾客到大嫂家吃饭。大嫂讨厌小叔吃白食，当小叔与宾客来家时，嫂子假装羹汤已吃完，用饭勺刮锅，宾客因此都离去。不久他看到釜中还有羹汤，因此埋怨其嫂。后来高祖做了皇帝，分封儿子刘肥为齐王，分封次兄刘喜为代王，而独不封大哥的儿子。太上皇因此就讲话，高祖说："我并不是忘了封伯的儿子，只因为他的母亲不够资格作为一个长辈而已。"于是就封兄子信做羹颉侯。（秦汉相争时，项羽曾威胁刘邦，说要烹他的父亲，刘邦答语中有"希望你能分给我一杯羹"的话。）刘邦号称是度量很大、不计较别人错误的人，但他却一直对嫂子耿耿于怀。他这样做，难道就不害怕太上皇因此记住他曾说过的那句"分杯羹"的话吗？

相如《长门赋》

陈皇后废处长门宫，闻司马相如工为文，奉百金为相如、文君取酒。相如为作《长门赋》，以悟主上。皇后复得幸。予观汉武雄猜忍暴，而相如乃敢以微词亵慢及宫帏间。太史公一说李陵事，以为意沮贰师，遂下蚕室。陈皇后得罪，止坐卫子夫，子夫之爱，不减李夫人，岂区区贰师所能比乎？而于相如之赋，独不疑其有间于子夫者，岂非幸与不幸，固自有命欤？世以祸福论工拙，而以太史公不能保身于明哲者，皆非通论也。

【译文】陈皇后被废置在长门宫，听说司马相如擅长写文章，就以黄金百斤送给他和卓文君买酒。司马相如便为她创作《长门赋》以启发汉武帝，使她重新得到了宠幸。我认为汉武帝具有心雄、猜忌、残忍、暴虐的性格特点，但司马相如却竟敢用隐蔽的言辞轻慢武帝的后宫嫔妃。当初司马迁只是在武帝面前稍稍为李陵的事加以辩护，汉武帝便认为他有意败坏贰师将军李广利的名声，于是对他处以宫刑。卫子夫得到的宠爱，丝毫不亚于李夫人，难道小小的李广利能够与她相比吗？但汉武帝唯独不怀疑司马相如的辞赋有非议卫子夫的企图。司马相如与司马迁一个运气好，一个运气不好，他们难道不是本来就各有自己的天命吗？世人用祸福与否的标准来判断人是聪明还是笨拙，认为司马迁不能明智地保全自己，这些均非通达之论。

三国名臣

西汉之士多智谋，薄于名义。东京之士尚风节，短于权略。兼之者，三国名臣也。而孔明巍然三代王者之佐，未易以世论也。绍圣元年四月二十四日书。

【译文】西汉的官吏足智多谋，但缺乏好的名声与崇高的道义。东汉官吏崇尚风骨与气节，但他们短于谋略，缺乏应变能力。兼具上述二者长处的，是三国时期的一些著名的大臣。诸葛亮高高超出众人，具有辅佐夏、商、周三代帝王的才干，他没有被当今的评论所轻视。苏轼记于哲宗绍圣元年四月二十四日。

桓范奔曹爽

司马懿讨曹爽，桓范往奔之。懿谓蒋济曰："智囊往矣。"济曰："范则智矣，驽马恋栈豆，必不能用也。"范说爽移车驾幸许昌，招外兵，爽不从。范曰"所忧在兵食，而大司农印在吾许。"爽不能用。陈宫、吕布既擒，曹操谓宫曰："公台平生自谓智有余，今日何如？"宫曰："此子不用宫言，不然，未可知也。"仆尝论此二人，吕布、曹爽何许人也，而为之用，尚何言智乎？臧仲武曰："抑君似鼠。"此之谓智。元祐三年九月十八日书。

【译文】司马懿发动兵变以讨伐曹爽，桓范得知这一变故后，赶往高平陵去投奔曹爽。司马懿对蒋济说："智囊桓范到曹爽那里去了。"蒋济答道："桓范虽然有智慧，但曹爽目光短浅，只顾惜眼前小利，一定不会采用桓范的计策。"桓范劝曹爽奉天子去许昌，调发四方兵，可是曹爽不能听从。桓范说："让人忧虑的只是军队粮食的供给，而大司农的大印是在我们手里的。"曹爽仍然不能采用他的建议。陈宫与吕布被曹操擒获后，曹操对陈宫说："公台你平时常说自己的智慧绰绰有余，现在竟落到这种地步，又该怎么说呢？"陈宫回答道："吕布这小子不能采纳我陈宫的建议，不然的话，还不知谁胜谁败呢："我曾经评论过桓范与陈宫二人，吕布与曹爽均是没有远见的人，但桓、陈二人却为他们效力。怎能说有智慧呢？臧仲武对齐庄公说："国君您就像老鼠一样。"臧仲武这个人才可称得上有智慧。元祐三年九月十八日苏轼记。

荆轲卫生

荆轲慕燕丹之义，白虹贯日，太子畏之。卫先生为秦画长平之事，太白食昴，昭王疑之。夫精诚变天地而信不谕两主，岂不哀哉！

【译文】荆轲仰慕燕太子丹的情义去刺杀秦王，感动上天以致形似虹霓的日晕遮住了日光，燕太子丹害怕他反悔不敢前去；卫先生为秦国筹划乘长平大捷一举灭赵的良策，太白金星为之侵蚀昴宿，可是秦昭王却怀疑他。他们的精诚感动了天地，可是却偏偏不能取得两位君主的信任，这难道不是可悲哀的吗？

夏侯玄论乐毅

《魏氏春秋》云："夏侯玄著《乐毅》《张良》及《本无肉刑

论》，辞旨通达，传于世。”然以予观之，燕师之伐齐，犹未及桓文之举也，而以为几汤武，岂不过甚矣乎？初，玄好老、庄道德之言，与何晏等皆有盛名。然玄陷曹爽党中。玄亦不免李丰之祸。晏目玄以《易》之所谓深者，而玄目晏以神。及其遇祸，深与神皆安在乎？群儿妄作名字，自相刻画，类如此，可以发千载一笑。

【译文】《魏氏春秋》记载道：“夏侯玄创作了《乐毅》《张良》以及《本无肉刑论》等文章，言辞与宗旨通达旷远，在世上被人留传。”然而我却认为，燕国军队征伐齐国的功劳远不如齐桓公与晋文公所取得的功劳大，但夏侯玄却认为它几乎能跟汤武革命相媲美，难道不是太过分了吗？当初，夏侯玄喜好老子与庄子关于道德的言论，与何晏等人一样，在当时拥有很高的声望。但他后来却陷入曹爽集团之中，最终也未能免除李丰那样的祸害。何晏把夏侯玄看成《易经》所说的那种深远的人，夏侯玄则把何晏看成是玄妙的人，然而等他们一旦遭遇灾祸，所谓深远与玄妙又都在哪儿呢？如此互相吹捧，毫无愧色，使得千年以后的人也不能不嘲笑他们。

渊明无弦琴

旧说渊明不知音，蓄无弦琴以寄意，曰：“但得琴中趣，何劳弦上声。”此妄也。渊明自云“和以七弦”，岂得不知音，当是有琴而弦弊坏，不复更张，但抚弄以寄意，如此为得其真。其《自祭文》出妙语于纩息之余，岂死生之流乎？但恨其犹以生为寓，以死为真。嗟夫，先生岂真死独非寓乎？

【译文】过去有陶渊明不懂音乐的说法，因为他拥有一把无弦琴，常常抚弄以寄托情意，说：“但得琴中趣，何劳弦上声。”这种看法是错误的。陶渊明曾说过”用七弦琴伴奏”的话，怎么会不懂音乐呢？实际情况应是他有一把琴，但是琴弦断了，他却没有去换新弦，只是抚弄琴身以寄托情思，认为这样能够获得音乐的真意。他的《自祭文》妙语连篇，是他临终之际所写的，他难道会是齐生死的那类人吗？他还认为人的一生就像暂居旅店一样，死了以后才能到达真实的境界，我为他的这种认识感到遗憾。唉！陶渊明难道会认为人死了以后才能到达真实的境界而单单非难如寄的人生吗？

卷四十一　表状

密州谢上表

臣轼言：昨奉敕差知密州军州事，已于今月三日到任上讫。草芥贱微，敢干洪造。乾坤广大，曲遂私诚。受命抚躬，已自知于不称；入境问俗，又复过于所期。臣轼中谢。伏念臣家世至寒，性资甚下。学虽笃志，本先朝进士篆刻之文；论不适时，皆老生常谈陈腐之说。分于圣世，处以散材。一自离去阙庭，屡更岁籥。尘埃笔砚，渐忘旧学之渊源；奔走簿书，粗识小人之情伪。欲自试于民社，庶有助于涓埃。以为公朝，不废私愿。携孥上国，预忧桂玉之不充；请郡东方，实欲弟昆之相近。自惟何幸，动获所求。虽父兄所以处臣，其侥幸不过如此。虽云疏外，有此遭逢。此盖伏遇皇帝陛下躬上圣之资，建太平之业，以为人无贤愚，皆有可用。故虽如臣等辈，犹未尽捐。臣敢不仰仞至恩，益坚素守。推广中和之政，抚绥疲瘵之民。要使民之安臣，则为臣之报国。臣无任瞻天荷圣激切屏营之至。

【译文】臣苏轼言：昨奉敕命，差臣知密州军州事，臣已于本月初三到达任上。臣草芥贱微，怎敢冒犯天威。乾坤广大，委曲安排了对我的任命。受命反省，自知并不称职。入境询问当地情况，又超过了我所期望的。臣苏轼敬谢。回想起臣家世贫寒，秉性十分低下。学习虽然笃实用心，但这些内容本来都是先朝进士的篆刻之文；议论不合时势，都是些老生常谈的陈腐说教。身生圣明之世，却处于散才之地。自从离开朝廷，已经屡更年岁。笔砚上都落了尘埃，逐渐忘记了旧日所学知识的渊源所自；通过手中的公文，基本了解小人的真伪之情。指望通过提任地方职务，以有助于贡献自己的微薄之力。以此为公尽职，也不违背我个人的愿望。携妻子儿女上任，就先担忧不能取得好的成绩；请求任职于东方之郡，确实也是想使兄弟二人距离相近。自念多么荣幸，动获所求。即使父兄对待我，其侥幸之大也不过如此了。尽管是疏远的外人，却受到了如此恩宠。这是由于幸遇了皇帝陛下秉承上圣的天资，建立太平的基业，以为无论贤愚，都有可采用的地方。因而尽管像我这类人，也没有被全部遗弃。臣怎敢不向上感激至恩之遇，更加坚定地做好平常的工作。推广中和之政，抚绥疲病之民。要使得人民安于接受臣的教化，这就是臣报效国家的表现。臣感谢上天使我得到了圣上的恩德，不胜感到万分惶恐。

徐州谢上表

臣轼言：分符高密，已窃名邦；改命东徐，复尘督府。荷恩深厚，抚己兢惭。臣轼中谢。伏念臣奋身农亩，托迹书林。信道直前，曾无坎井之避；立朝寡助，谁为先后之容；向者屡献瞽言，仰尘圣鉴。岂有意于为异，盖笃信其所闻。顾惭迂阔之言，虽多而无益；惟有朴忠之素，既久而犹坚。远不忘君，未忍改其常度；言之无罪，实深恃于至仁。知臣者谓臣爱君，不知臣者谓臣多事。空怀此意，谁复见明？伏惟皇帝陛下，日月照临，乾坤覆焘。察孤危之易毁，谅拙直之无地。安全陋躯，畀付善地。民淳讼简，殊无施设之方；食足身闲，仰愧生成之赐。顾力报之无所，怀孤忠而自怜。

【译文】臣苏轼言：分领密州，已窃据了名邦之职；改任东边的徐州，更辱占了督府级的州职。受恩深厚，省己知惭。臣苏轼敬谢。回想起臣奋身于农亩之间，用心于书林之中。勇往直前，从来不避开路坎和陷井。立于朝中很少得到帮助，谁会先后出面说明我的情况？过去时常献上一些昏话，供圣上惠赐借鉴。怎敢故意标新立异，差不多都是我听到的真实情况。回过头来又惭愧自己的迂阔之言，虽多却无益。只有朴实忠诚之心，既长久而更坚定。远不忘君，不忍心改变自己的操守。上言议论没有罪过，的确深赖于圣上的至仁之德。了解我的认为我在爱君，不了解我的认为我多事。空怀此志，还有谁能向上说明我的真实思想。臣以为，皇帝陛下如日月普照，如乾坤覆载。明察孤危之人易于被毁谤，体谅拙直之人没有别的企图。保全我粗陋的身躯，安排我到善地任职。该州民淳讼简，很难找到有所作为的方法；微臣食足身闲，对上有愧于生成之赐。想起本愿努力报恩却无所事，就怀孤忠之心而自我怜悯。

徐州谢奖谕表

臣轼言：伏奉今月四日敕，以臣去岁修城捍水，粗免疏虞，特赐奖谕者。奔走服勤，人臣之常事；褒称劳勉，学者之至荣。

自惟何人，乃辱斯语。臣轼诚惶诚恐，稽首顿首。伏念臣学无师法，才与世疏。经术既已不深，吏事又其所短。累忝优寄，卒无异称。宽如定远之言，平平无取；拙比道州之政，下下宜然。乃者河决澶渊，毒流淮泗。百堵皆作，盖僚吏之劬劳；三板不沉，本朝廷之威德。而臣下掠众美，上贪天功。独窃玺书之荣，以为私室之宝。此盖伏遇皇帝陛下，天覆四海，子养万民。哀无辜之遭罹，特遣使以存问。既蠲免其赋调，又饮食其饥寒。所以录臣之微劳，盖将责臣之来效。臣敢不躬亲畚筑，益修今岁之防；安集流亡，尽复平时之业。庶殚朽钝，少补丝毫。臣无任。

【译文】臣苏轼言：奉本月初四敕令，因臣去年修城防水，稍抵了我的疏忽之过，特赐嘉奖。奔走勤职，这是人臣的本份。褒扬称赞，慰劳勉励，这是学者的至高荣誉。

自己是何等样人，能冒领这样的称赞。臣苏轼诚惶诚恐，叩头再叩头。回想起臣学无师法，才识与时世的要求相差很远。经学水平既不精深，吏事工作又是我的短处。累占优职，最终也没有令人称赞的政绩。散慢的情况如定远所说，平平淡淡无所取法。愚拙的治迹如道州之政，应该处于下下等。过去黄河决口澶渊，灾及淮泗地区。各处堵塞工役都已兴作，这都是官吏的辛劳之功。堵板不沉，这本来就是朝廷威德的作用。而我却下掠众美，上贪天功。独窃玺书表彰之荣，以此作为自家的珍宝。这都是由于幸遇了皇帝陛下，像上天一样覆盖四海，像对待儿子一样养育万民。哀怜无辜之人遭受灾难，特遣使者进行劳问。既蠲免其赋调之征，又提供给饥寒者饮食之物。之所以表彰臣的微劳之功，大概是要责成臣在将来取得成效。臣怎敢不亲自参加堤防修筑，进一步加强今年的河道防护。还要安集流亡之民，使他们尽复平时之业。期望用尽自己老朽愚钝的一份力量，稍有丝毫补益。臣无能。

徐州贺河平表

臣轼言：窃闻黄河决口已遂闭塞者。圣心独运，天眷莫违。庶邦子来，民罔告病。万杵雷动，役不逾时。遂消东北莫大之忧，然后麦禾可得而食。人无后患，喜若再生。臣轼中贺。伏以大河为灾，历世所病。禹治兖州之野，十有三载乃同。汉筑宣防之宫，二十余年而定。未有收狂澜于既溃，复故道于将堙。俯仰而成，神速若此。恭惟皇帝陛下，至仁博施，神智无方。达四聪以来众言，广大孝以安宗庙。水当润下，河不溢流。属岁久之无虞，故患生于所忽。方其决也，本吏失其防，而非天意。及其复也，盖天助有德，而非人功。振古所无，溥天同庆。维丰、沛之大泽，实汴、泗之所钟。伊昔横流，凛孤城之若块；迨兹平定，蔚秋稼以如云。害既广则利多，忧独深而喜倍。虽官守有限，不获趋外庭以称觞；而民意所同，亦能抒下情而作颂。臣无任。

【**译文**】臣苏轼言：听说黄河决口已被堵住。圣谟独运，天眷莫违。庶邦都来，民不言苦。万锤雷动，役不过时。于是消除了东北地区的极大忧患，使得麦苗能获丰收。人无后顾之忧，像再生一样高兴。

臣苏轼敬贺。大河为灾，是历代所患。大禹治理兖州的郊野，用了十三年时间才告完成。汉代构筑宣防之官，用了二十余年的时间落成。没有拦截狂澜于已溃之后，也没有在即将淹埋的河道上去恢复故道。工役很快完成，如此神速。臣以为，皇帝陛下至仁博施，神智无边。达四听以博采众言，广大孝道以安定宗庙。水当润下，河不溢流。由于时间长了不加以考虑，因而灾患就发生在疏忽之中。河之决口，本是官吏失于防护，并非天意。决口堵塞，水归主道，这是天助有德之举，而不是人为的功劳。亘古所无，普天同庆。丰、沛地区的大泽，的确是由汴水、泗水所灌注。过去河水横流，使孤城处于危险的境地。至此决口堵塞，秋稼生长如云朵一般。患害已广而利多，忧虑深而喜悦倍增。只因为官守所限，不能够到外边去称贺。但民意是同样高兴的，他们也会抒发他们自己的情感而作颂。臣无能。

湖州谢上表

臣轼言：蒙恩就移前件差遣，已于今月二十日到任上讫者。风俗阜安，在东南号为无事；山水清远，本朝廷所以优贤。顾惟何人，亦与兹选。臣轼中谢。伏念臣性资顽鄙，名迹堙微；议论阔疏，文学浅陋。凡人必有一得，而臣独无寸长。荷先帝之误恩，擢置三馆；蒙陛下之过听，付以两州。非不欲痛自激昂，少酬恩造。而才分所局，有过无功；法令具存，虽勤何补？罪固多矣，臣犹知之。夫何越次之名邦，更许借资而显授。顾惟无状，岂不知恩？此盖伏遇皇帝陛下，天覆群生，海涵万族。用人不求其备，嘉善而矜不能。知其愚不适时，难以追陪新进；察其老不生事，或能牧养小民。而臣顷在钱塘，乐其风土。鱼鸟之性，既自得于江湖；吴越之人，亦安臣之教令。敢不奉法勤职，息讼平刑。上以广朝廷之仁，下以慰父老之望。臣无任。

【译文】臣苏轼言：蒙恩改官差遣湖州，臣已于本月二十日到任。湖州风俗富裕安定，在东南地区号称无事之州。山清水秀，本是朝廷优待贤才的职任。我算什么人，也获此选。臣苏轼敬谢。回想起臣性情鄙陋，名声政迹微不可言。议论迂阔粗疏，学识浅陋。凡人都有一技之长，而臣却无任何长处。受先帝的误宠，提拔到三馆任职。蒙陛下听信虚名，交给两州之任。不是不想努力奋进，少报恩德。只是才力有限，有过无功。法令俱在，理当惩处，即使勤奋有何补益？罪过本来很多，臣也知道。凭什么越次担任名邦之职，又获准借资而显授高位。尽管无能，岂不知恩？这是由于幸遇了皇帝陛下，天覆群生，海涵万族。用人不求其才能具备，表扬好的而顾及不能的人。知道我愚腐不识时务，难以与其他人一同进升。察知我年老不多生事，或许能收养小民。而臣前时在钱塘，就乐其风土之美。鱼鸟之性，在江湖中就悠然自得。吴越之人，也安于听受臣的教令。怎敢不奉法勤政，息讼平刑。上以推广朝廷的仁义，下以满足父老百姓的愿望。臣无能。

到黄州谢表

臣轼言：去岁十二月二十九日，准敕责降臣检校尚书水部员外郎、充黄州团练副使本州安置不得佥书公事。臣已于今月一日到本州讫者。狂愚冒犯，固有常刑；仁圣矜怜，特从轻典。赦其必死，许以自新；祗服训辞，惟知感涕。中谢。优念臣早缘科第，误忝缙绅。亲逢睿哲之兴，遂有功名之意。亦尝召对便殿，考其所学之言；试守三州，观其所行之实。而臣用意过当，日趋于迷。赋命衰穷，天夺其魄；叛违义理，辜负恩私。茫如醉梦之中，不知言语之出。虽至仁屡赦，而众议不容。案罪责情，固宜伏斧锧于两观；推恩屈法，犹当御魑魅于三危。岂谓尚玷散员，更叨善地。投畀麏鼯之野，保全樗栎之生。臣虽至愚，岂不知幸？此盖伏遇皇帝陛下，德刑并用，善恶兼容。欲使法行而知恩，是用小惩而大诫。天地能覆载之，而不能容之于度外；父母能生育之，而不能出之于死中。伏惟此恩，何以为报？惟当蔬食没齿，杜门思愆。深悟积年之非，永为多士之戒。贪恋圣世，不敢杀身；庶几余生，未为弃物。若获尽力鞭箠之下，必将捐躯矢石之间。指天誓心，有死无易。臣无任。

【译文】臣苏轼言：去年十二月二十九日，按照敕令，责降臣为检校尚书水部员外郎、充黄州团练副使，安置于本州，不得签书政务公事。臣已于本月初一到达该州。臣狂妄愚昧，冒犯天威，固然应当受到法律的制裁。仁圣哀怜，特从轻罚。赦免必死之罪，准许我改过自新。恭受训辞，只知感激流涕。敬谢。回想起臣早就因为科考中第，误占官职。亲逢圣明时代的兴起，于是有追求功名的想法。也曾受召对答于便殿，考察我所学的知识。试着让我先后担任过三个州的长官，观察我为政的实际效果。但臣却用心过当，日益迷惑。命运衰困，天夺魂魄。违反义理，辜负圣上对我的恩德。茫茫然如醉梦之中，不知言语说什么好。虽圣上至仁屡屡宽赦，然而众议不容。按罪情处罚，固然应当被斩杀在两观。推恩屈法，也应该流放于三危。何曾想到既玷散官之职，又窃善地之任。如果投到兽鼠横行的荒野之地，保全臣没有才能的生命，那么臣虽至愚，能不知道这是幸运？这是由于幸遇了皇帝陛下，德刑并用，善恶兼容，要使法制推行而人们知恩，用小小惩罚而起到大诫的作用。天地能覆载，却不能容许跑出天地之外。父母能生育，却不能挽救于死亡之中。我受这样的恩德，用什么才能报答？只有一辈子用粗淡之食，闭门思过，深刻反省多年来的过错，永远为士人们留下一个教训。贪恋圣明之世，不敢杀身自亡。期望我的晚年，不致于成为废弃之物。如果能在极力鞭策之下工作，一定能够奋不顾身。指天发誓，这种信念至死不变。臣无能。

谢徐州失觉察妖贼放罪表

臣轼言：去年十二月十五日，准淮南转运司牒，奉圣旨，差官取勘臣前任知徐州日，不觉察百姓李铎、郭进等谋反事。臣寻具析在任日，曾选差沂州百姓程棐令缉捕凶逆贼人，致棐告获前件妖贼因依，乞勘会施行。至今年七月二日，复准转运司牒，坐准尚书刑部牒、奉圣旨，苏轼送尚书刑部，更不取勘。盗发所临，守臣固当重责；罪疑则赦，圣主所以广恩。自惊废逐之余，犹在愍怜之数。臣轼诚惶诚恐，顿首顿首。伏念臣早蒙殊遇，擢领大邦。上不能以道化民，达忠孝于所部；下不能以刑齐物，消奸宄于未萌。致使妄庸，敢图僭逆。原其不职，夫岂胜诛？况兹沟渎之中，重遇雷霆之谴。无官可削，抚己知危。至于捕斩群盗之功，乃是邻近一夫之力。靖言其始，偶出于臣。虽为国督奸，常怀此志。而因人成事，岂足言劳？勉自效于涓埃，庶少宽于斧钺。岂谓荡然之泽，许以勿推。收惊魄于散亡，假余生之晷刻。退思所自，为幸何多。此盖伏遇皇帝陛下，舞虞舜之干，示人不杀；祝成汤之网，与物求生。其间用刑，本不得已。稍有可赦，无不从宽。务在考实而原情，何尝记过而忘善？益悟向时之所坐，皆是微臣之自贻。感愧终身，论报无地。布衣蔬食，或未死于饥寒；石心木肠，誓不忘于忠义。臣无任。

【译文】臣苏轼言：去年十二月十五日，据淮南转运司的牒文称，遵照圣旨，差官查办臣先前担任徐州知州的时候，没能察觉百姓李铎、郭进等人谋反的事。臣接着写明了在任时的情况，当时曾选派沂州百姓程棐，令他缉捕凶恶的贼人，后来程棐捉获贼人上报，请求判决执行。到今年七月初二，又据转运司牒文称，依准尚书省刑部牒文，依照圣旨，苏轼送至尚书省刑部的报告不再对勘。盗贼发于所任地区，守臣固然应当重处。罪有疑问就予宽赦，圣主以此推广恩德。

自从废弃贬斥被惊吓之后，仍然在哀怜之列。臣苏轼诚惶诚恐，叩头再叩头。回想起臣早蒙特殊恩遇，提升掌管大郡。对上不能够以道化民，把忠孝之教传布到所管辖的各个地区；对下不能够用法律整治人民，消灭奸贼于未萌之时。致使狂妄平庸之辈，胆敢图谋作乱；追究其不称职的表现，诛杀哪够惩罚？何况身处沟渠之中，又遭到了雷霆般的沉重处罚。无官可削，反省自己便知处境危险。至于捕斩群盗的功劳，乃是临近地区一夫的力量。静下来回想当初的举措，也是出自臣的偶然决定。一定要为国督奸，这是臣常有的志向；而借别人之力以成就大事，何足称得上是自己的劳绩？只是献出自己微小的一份力量，以期望宽缓对我的处罚。哪想到圣上坦荡的恩泽，准许我不推让自己的劳绩。臣将把惊散的魂魄收回来，充分利用余生的一时一刻。退下来回想我的前前后后，所得到的侥幸是如何之多。这是由于幸遇了皇帝陛下，发扬虞舜的仁德，告示人们不提倡杀伐。继承汤王的法制，给与万物生存的时机。其间施用刑罚，本来就是处于不得已的情况下；只要有赦免的可能，都无不从宽。务必在于考察实际而符合情理，何曾记其过失的一面而忘掉其和善的一面？这使我更加觉悟到过去的所犯之罪，都是微臣自己所造成的。终身感激惭愧，无法报答。臣穿布衣，吃粗食，只要未死于饥寒，即使是石心木肠，也发誓不忘坚守忠义的信念。臣无能。

谢量移汝州表

臣轼言：伏奉正月二十五日诰命，特授臣汝州团练副使本州安置，不得佥书公事者。稍从内迁，示不终弃。罪已甘于万死，恩实出于再生。祗服训词，惟知感涕。臣轼诚惶诚恐，顿首顿首。伏念臣向者名过其实，食浮于人。兄弟并窃于贤科，衣冠或以为盛事。旋从册府，出领郡符。既无片善，可纪于丝毫。而以重罪，当膏于斧钺。虽蒙恩贷，有愧平生。只影自怜，命寄江湖之上；惊魂未定，梦游缧绁之中。憔悴非人，章狂失志。妻孥之所窃笑，亲友至于绝交。疾病连年，人皆相传为已死；饥寒并日，臣亦自厌其余生。岂谓草芥之贱微，尚烦朝廷之纪录。开其悯悔，许以甄收。此盖伏遇皇帝陛下，汤德日新，尧仁天覆。建原庙以安祖考，正六官而修典刑。百废具兴，多士爰集。弹冠结绶，共欣千载之逢；掩面向隅，不忍一夫之泣。故推涓滴，以及焦枯。顾惟效死之无门，杀身何益；更欲呼天而自列，尚口乃穷。徒有此心，期于异日。臣无任。

【译文】臣苏轼言：承奉正月二十五日诰命，特授臣为汝州团练副使，安置于本州，不得签书政务公事。稍向内地迁移，表示对我并不终身遗弃。罪过之大已甘心于万死，这时受恩实有再生之感。恭受训词，只知感激流涕。臣苏轼诚惶诚恐，叩头再叩头。回想起臣过去有空名而不符合实际，虚享食禄于众人之上。兄弟二人同窃贤科之位，衣冠官员有以此为盛事。接着就兼领册府之名，出任郡职。但没有任何好的地方，可以留下丝毫的记载。却因为犯了重罪，该受到最重的处罚。虽蒙恩赦免，终生有愧。孤单自怜，早已把命运寄托在江湖之上。惊散的魂魄还没有安定下来，梦幻仍处于系囚生活当中。憔悴已非人样，颠狂失去意志。妻子儿女私下耻笑，亲戚朋友都与我绝交。连年疾病，人们都传说我已死去；连日饥寒，臣也不想再活下去了。哪想到如草芥般贱微的人，还烦朝廷记册关心。开其关怀之恩，批准录用。这是由于幸遇了皇帝陛下，汤的美德日日新，尧的仁义像天一样覆盖。建立原庙以安置祖考之灵，厘正六官而整修典制。百废俱兴，众士汇集。弹冠帽，结绶带，共同欢庆这个千载难逢的时机。捂脸朝墙，不忍心让一人单独哭泣。所以把德泽分流，润及焦枯之草木。反省自己以死报效无门，杀身自尽又有何益。再想呼天而自陈，讲完为止。只有回报之心，期待来日实现。臣无能。

乞常州居住表

臣轼言：臣闻圣人之行法也，如雷霆之震草木，威怒虽甚，而归于欲其生；人主之罪人也，如父母之谴之孙，鞭挞虽严，而不忍致之死。臣漂流弃物，枯槁余生。泣血书词，呼天请命。愿回日月之照，一明葵藿之心。此言朝闻，夕死无憾。臣轼诚惶诚恐，顿首顿首。臣昔者尝对便殿，亲闻德音。似蒙圣知，不在人后。而狂狷妄发，上负恩私。既有司皆以为可诛，虽明主不得而独赦。一从吏议，坐废五年。积忧薰心，惊齿发之先变；抱恨刻骨，伤皮肉之仅存。近者蒙恩量移汝州，伏读训词，有“人材实难，弗忍终弃”之语。岂独知免于缧绁，亦将有望于桑榆。但未死亡，终见天日。岂敢复以迟暮为叹，更生侥觊之心？但以禄廪久空，衣食不继，累重道远，不免舟行。自离黄州，风涛惊恐，举家重病，一子丧亡。今虽已至泗州，而资用罄竭，去汝尚远，难于陆行。无屋可居，无田可食，二十余口，不知所归，饥寒之忧，近在朝夕。与其强颜忍耻干求于众人，不若归命投诚控告于君父。臣有薄田在常州宜兴县，粗给饘粥，欲望圣慈许于常州居住。又恐罪戾至重，未可听从便安，辄叙微劳，庶蒙恩贷。臣先任徐州日，以河水浸城，几至沦陷。臣日夜守捍，偶获安全，曾蒙朝廷降敕奖谕。又尝选用沂州百姓程棐，令购捕凶党，致获谋反妖贼李铎、郭进等一十七人，亦蒙圣恩保明放罪。皆臣子之常分，无涓埃之可言。冒昧自陈，出于穷迫。庶几因缘侥幸，功过相除。稍出羁囚，得从所便。

重念臣受性刚褊，赋命奇穷。既获罪于天，又无助于下。怨仇交积，罪恶横生。群言或起于爱憎，孤忠遂陷于疑似。中虽无愧，不敢自明。向非人主独赐保全，则臣之微生岂有今日？伏惟皇帝陛下，圣神天纵，文武生知。得天下之英才，已全三乐；跻斯民于仁寿，不弃一夫。勃然中兴。可谓尽善。而臣抱百年之永叹，悼一饱之无时。贫病交攻，死生莫保。虽凫雁飞集，何足计于江湖；而犬马盖帷，犹有求于君父。敢祈仁圣，少赐矜怜。臣见一面前去，至南京以来，听候朝旨。干冒天威，臣无任。

【译文】臣苏轼言：臣听说圣人执法，犹如疾雷威震草木，虽威怒的程度很厉害，最终却还是要让草木生长。人主治人之罪，就像父母责罚子孙，虽处罚严重，却并不忍心置他于死地。臣是漂流的废弃之物，枯朽余生。这里泣血书词，呼天请命。愿收回日月的光照，一明我葵、豆的花叶倾向太阳之心。这些话早晨奏报上知，晚上死去就无遗憾。臣苏轼诚惶诚恐，叩头再叩头。臣过去曾亲奉召命对答便殿，亲自听到了德音恩令。似乎承蒙圣上的知遇，并不在别人后面。但却放肆狂愚，对上有负给我的恩德。既然有关部门都认为我该杀，那么即使圣明的君主也不能独自宽赦我。完全按照官吏们的意见，使我得罪受贬被废弃五年。积忧伤心，惊怕使我齿先掉发先白。抱恨刻骨，痛心于仅存皮肉。近来蒙圣上之恩，准许我适当考虑移往汝州居住，我读圣上训词，其中有‘人才实在难得，不忍心终身遗弃”之语。由此便知道不仅要免去我囚徒的身份，而且也将有回归乡里的希望。只要不死，最终还会见到天日。这还怎么敢再为年老而叹息，重生侥幸乞求的心愿？只是由于俸禄食粮早已没有，衣食不继。再是路途遥远，不得不乘船而行，自离开黄州之后，由于受风涛的惊吓，全家人都得了重病，一个儿子病死。今已到泗州，但资用耗尽，离汝州还远，难以陆行。无屋可居，无田可耕食，全家二十余口，不知归往何处，受饥寒之苦，近在朝夕。与其强支脸面忍受耻辱去乞求众人，还不如听命真诚地去向君父诉告。臣有贫瘠的田地在常州宜兴县，若耕种差不多可有粥饭之食，盼望圣上准许我们全家到常州居住。又害怕因为臣罪恶深重，不能够随便自找安身之处，这里就诉说一下臣微小的劳绩，希望能蒙圣恩得到宽赦。臣早先在徐州任职的时候，因为黄河水流入城中，几乎要淹没了全城，臣为此日夜守护在外，最后徐州城万幸获得了安全，曾蒙朝廷下发敕令予以嘉奖。又曾经选用沂州百姓程棐，让他悬赏捕捉凶恶党贼，最后捉获谋反的妖贼李铎、郭进等十七人，臣也蒙圣上之恩保明免罪。这些都是臣所应该做的事情，称不上是什么微小之功。这里冒昧自陈劳绩，是出于穷迫无奈。期望能因为侥幸，使臣的功与过相互抵消。稍微改变我系囚的地位，能够答应我自处安便之地。

又回想起臣天性刚愚，生命坎坷。既得罪于上天，又无功于下民。仇怨交积，罪恶横生。众人的言论有的起于爱，有的起于憎，这使得臣的一味愚忠之心陷于是非难辨的境地。内心虽然无愧，也不敢为自己辨明。过去要不是人主独自赐恩保全臣的性命，臣的微弱生命哪能有今天？臣以为，皇帝陛下圣神天赋，文武生知。搜得天下的英才，已全三乐之美。升百姓于仁寿之地，不舍弃一个人。勃然中兴，可谓是尽善尽美。而臣却抱百年永远叹息的忧虑，哀伤没有一次饱饭的机会。贫病交加，生死难保。虽然鸭雁飞集，何足与江湖之大相比。犬马用具，还要索求于君父。谨乞求仁圣，少赐哀怜。臣现在一直向前行进，到达南京以后，听候朝旨。冒犯天威，臣无能。

到常州谢表二首

臣轼言：先蒙恩授汝州团练副使本州安置，寻上表乞于常州居住，奉圣旨，依所乞，臣已于今月二十二日到常州讫者。积衅难磨，未经洗涤。至仁易感，许即便安。祇荷宠灵，惟知感涕。中谢。伏念臣所犯罪戾，本合诛夷。向非先帝之至明，岂有余生于今日。衔恩未报，有志不从。已分没身，寄残骸于魑魅；敢期择地，收暮景于桑榆？此盖伏遇皇帝陛下，仁孝生知，聪明天纵。寅奉上帝之眷命，述修累圣之成谋。念此菅蒯之微，庶几簪履之旧。俾安田亩，稍出缧囚。饱食无思，但日陶于新化；杜门自省，当益念于往愆。臣无任。

【译文】臣苏轼言：臣先蒙恩授予汝州团练副使安置于本州，不久又上表请求居住常州，接奉圣旨，批准我的请求，臣已于本月二十二日来到常州。所积下的罪过难以磨灭，还未经清洗。圣上的大仁易于感发，准许我自便安身。恭受宠荣，只知感激涕流。敬谢。

回想起臣所犯之罪，本该处死。过去要不是先帝至明大德，我怎能活到今天？受恩未报，自己的志向未能实现。自己的一辈子已经完了，已把残骸寄托给了鬼怪。怎敢期望再选择安身之地，享受晚年的桑榆景色？这大概是由于幸遇了皇帝陛下，生知仁孝，天赋聪明。承接上帝的恩命，继修累朝的成业。考虑到臣小草般微贱，还希望能恢复穿戴簪覆的旧貌。使我安于田亩之间，稍微改变囚徒的处境。饱食无所虑，只是每天受新政的感化。闭门自我反省，应当更加追念已往的过错。臣无能。

臣轼言：先蒙恩授汝州团练副使本州安置，寻上表乞于常州居住，奉圣旨，依所乞，臣已于今月二十二日到常州讫者。罪大人微，自甘永弃。食贫口众，未免求安。忽奉俞音，出于独断。仰衔恩施，不觉涕零。中谢。伏念臣猥以凡材，早尘仕籍。生逢有作之圣，独抱不移之愚。废弃六年，已忘形于田野；溯沿万里，偶脱命于江潭。岂谓此生，得从所便。此盖伏遇太皇太后陛下，厚德载物，至仁代天。春生秋成，本无心于草木；风行雷动，自有信于虫鱼。致此幽顽，亦叨恩宥。耕川凿井，得渐齿于平民；碎首刳肝，尚未知其死所。臣无任。

【译文】臣苏轼言：臣先蒙恩授与汝州团练副使安置于本州，不久又上表请求居住常州，接奉圣旨，批准我的请求，臣已于本月二十二日来到常州。罪大恶极，自身微贱，甘被永远遗弃。生活贫困，人口又多，未免要向上请求保全。忽然接奉恩令，这是出于圣上的独自决断；上受恩施，禁不住感激流涕。敬谢。回想起臣苟且以平庸之才，早窃官位。生逢大有作为的圣君，独抱坚定不移的愚忠之心。被废弃有六年时间，长期在田野里已忘记了自己的形象；沿海万里之行，偶然活命于江湖之上。哪想到今生今世还能够得以自便。这都是由于幸遇了太皇太后陛下，厚德负载万物，至仁如天之大。春生秋成，本无心于关照草木生长。风行雷动，自然使虫鱼感受到信德。以致使我这样的愚昧之人，也辱占了如此恩宠。参加耕地凿井，使得我逐渐和平民一样。纵使碎首裂胆，尚不知道该死于何处。臣无能。

登州谢上表二首

臣轼言：伏奉告命，授臣朝奉郎、知登州军州事。臣已于今月十五日到任上讫者。登虽小郡，地号极边。自惊缧绁之余，忽有民社之寄。拜恩不次，陨涕何言。中谢。臣闻臣不密则失身，而臣无周身之智；人不可以无学，而臣有不学之愚。积此两愆，本当万死。坐受六年之谪，甘如五鼎之珍。击鼓登闻，止求自便。买田阳羡，誓毕此生。岂期枯朽之中，有此遭逢之异。收召魂魄，复为平人。洗濯瑕疵，尽还旧物。此盖伏遇皇帝陛下，内行曾、闵之孝，外发禹、汤之仁。日将旦而四海明，天方春而万物作。于其党而观过，谓臣或出于爱君。就所短而求长，知臣稍习于治郡。致兹异宠，骤及非才。恭惟先帝全臣于众怒必死之中，陛下起臣于散官永弃之地。没身难报，碎首为期。臣无任。

【译文】臣苏轼言：接受诰命，授臣为朝奉郎、知登州军州事。臣已于本月十五日到达任上。登州虽是小郡，其地方号称极边。自贬囚生活受惊怕之后，忽然有民社乡村之任。不次受恩，除了落泪感激无话可说。敬谢。臣听说臣下办事不周密就会失去职位，但我却没有保护自身的智慧。人不可以不学习，但我却有不知学习的愚昧。合此两罪，本该万死。因罪受贬斥六年时间，却甜如五鼎之赐的珍贵。击鼓报冤，只求自己自便生活。在阳羡买些田地，决心了此一生。哪想到在我枯朽之年，又有幸得到了这样特别的恩宠。收回了惊散的魂魄，又成了一般人。洗掉了旧错，全部恢复了旧职。这是由于幸遇了皇帝陛下，内行曾、闵之孝，外发禹、汤之仁。日将出而四海明，春将到而万物苏。从朋辈之中看我的过失，或许认为臣是爱君的。从我的短处中寻找长处，知道臣还比较懂得地方的治理。把这样的特殊宠命，很快安排到我这个没有才干的人身上。臣以为，先帝在激起众怒必置死地的处境中保全了我的性命，陛下把臣从闲散官位、永远废弃的处境中提拔上来，其恩德终生难报，一直努力到碎首的那一天。臣无能。

臣轼言：伏奉告命，授臣朝奉郎、知登州军州事。臣已于今月十五日到任上讫者。宠命过优，训词尤厚。非臣愚蠢，所克承当。臣轼诚惶诚恐，顿首顿首。臣所领州，下临涨海。人淳事简，地瘠民贫。入境问农，首见父老。载白扶杖，争来马前。皆云：“枯朽之余，死亡无日。虽在田野，亦有识知。恭闻圣母至明而慈，嗣皇至仁而孝。每下号令，人皆涕流。愿忍垂死之年，以待维新之政。”言虽甚拙，意则可知。见朝廷擢臣于久废之中，谓臣愚必有以少塞其责。或能推广上意，惠康小民。而臣天资钝顽，学问寡浅。心已耗于多难，才不周其一身。将何以上答圣知，下慰民愿？伏惟太皇太后陛下，以任姒之位，行尧舜之仁。勤邦俭家，永为百王之令典。时使薄敛，故得万国之欢心。岂烦爝火之微，更助日月之照。但知奉法，不敢求名。臣无任。

【译文】臣苏轼言：接受告命，授臣为朝奉郎、知登州军州事。臣已于本月十五日到达任上。宠命过优，训词尤厚，非臣的愚蠢之才能够胜任。臣苏轼诚惶诚恐，叩头再叩头。臣所领之州，紧临大海。人淳事简，地瘠民贫。入境就询问农事，首先问到父老乡亲。他们花发扶杖，争着来到我的马前。都说：“我们枯朽之年，不定哪天就会死去。虽在田野，也有分辨能力。恭闻圣母大明仁慈，嗣皇十分仁义孝顺。每每下发号令，使人人都感激流涕。但愿强忍着垂死之年，以等待革新之政。”言语虽然简朴，其心意可知。现在朝廷把臣从废弃的地位中提拔上来，认为臣的愚忠一定能稍补过失。或者能够推广圣上的恩德，使小民得惠安康。但臣却天生愚钝，学识浅薄。心力已损耗于多难的遭遇，才干已无力自保。这样将何以向上报答圣上的恩知，对下满足人民的意愿？臣以为，太皇太后陛下立于任姒之位，实行尧舜之仁。勤于邦政，节俭持家，永远执行百王的制度。经常实施薄赋政策，所以取得天下的欢心。这怎么用得着小火把的微光，去帮助日月的普照。只知道依法办事，不敢求取功名。臣无能。

辞免起居舍人第一状

右轼准阁门告报，已降告命，除臣依前官守起居舍人者。臣受材浅薄，临事迂疏。起于罪废之中，未有丝毫之效。骤升清职，必致烦言。愿回虚授之恩，庶免素餐之愧。所有告身，臣不敢祗受。

【译文】臣苏轼据阁门官告文得知，已发下任命书，授臣以前衔职不变担任起居舍人之职。臣才识浅薄，临事迂阔粗疏。从得罪被废的人中提拔上来，却没有丝毫功效。马上升为清高之职，一定会招致人们的议论。但愿收回虚授的恩命，以避免臣有尸位素餐的惭愧之感。所有任命文告，臣不敢恭受。

辞免起居舍人第二状

右臣近奏乞辞免起居舍人恩命，准尚书省札子，奉圣旨不许辞免者。天威在颜，不违咫尺。父命于子，惟所东西。况兹久废之余，敢有不回之意？伏念臣受性褊狷，赋命奇穷。既早窃于贤科，复滥登于册府。多取天下之公器，又处众人之所争。若此而全，从来未有。今者出于九死之地，始有再生之心。危迹粗安，惊魂未返。若骤膺非分之宠，恐别生意外之忧。纵无人灾，必有鬼责。伏望圣慈廓天地包函之量，推父母爱怜之心。知其实出于至诚，止欲自处于无过。追还新命，更选异材。使之识分以安身，孰与包羞而冒宠？再伸微恳，伏俟重诛。所有告身，臣不敢祗受。

【译文】微臣近日奏言，乞求辞免起居舍人的恩诏任命，后据尚书省的札子称，奉圣旨不准许辞免。天威在面前，不违背咫尺之命。父亲命令儿子，叫东即东，叫西即西。何况我是久已废弃的人，敢有不改变主意的想法？回想起臣天性粗陋，命运坎坷。及早窃居贤科，又辱登册府之职。多得天下的官位，又身处众人所争之地。在这种情况下而能自我保全，是从来未有的。现今出于九死一生之地，方又起再生之心。危迫的局面差不多转向安定，惊散的魂魄尚未收回。如果马上得到非分的宠荣，就恐怕别生意外的担忧。即使没有人为的灾难，一定也会受到鬼神的责罚。恭望圣上扩大包涵天地的度量，推广父母的爱怜之心。体谅我的确出于真诚之心，只想使自己处于不犯过错的环境之中。追回新的任命，再选有特殊才能的人。与其自愧而冒充荣职，何比得上让我知道本分而安身自养？再次申述小小的请求，等候重罚。所有任命文告，臣不敢恭受。

辞免中书舍人状

右臣准阁门告报，已降告命，除臣轼中书舍人者。伏念臣顷，自贬所起知登州，到州五日，而召以省郎，到省半月，而擢为右史。欲自勉强，少酬恩私。而才无他长，职有常守。出入禁闼，三月有余。考论事功，一毫无取。今又冒荣直授，躐众骤迁。非次之升，既难以处。不试而用，尤非所安。愿回异恩，免速官谤。所有告身，臣不敢祇受。

【译文】下臣据阁门官的告文得知，已发下任命书，除授臣苏轼为中书舍人。回想起臣前时自贬所起知登州，到州五日，又召用为省郎，到省半月，又提升为右史。要自己努力，多少报答对我的恩情。但才识没有别的特长，所任职务有正常的工作。出入禁宫，三个月有余。考论办事的功效，一无所取。今日却又冒领宠荣，直接授与中书舍人，践踏了光荣的职位，很快地得到升迁。越级提拔，已经难办。不事先考察就使用，尤感内疚。希望收回特殊恩命，以免招致众官的非议。所有任命文告，臣不敢恭受。

谢中书舍人表二首

臣轼言：伏奉制命，受臣试中书舍人，仍改赐章服者。右史记言，已尘高选。西垣视草，复玷近班。皆儒者之至荣，岂平生之所望？臣轼诚感诚惧，顿首顿首。窃以词命之职，古今所难。非独取之于文，盖将试之以事。至于机务，亦或与闻。虽四户擅权，非当时之公议。而五花判事，亦前代之美谈。及夫三字之除，乃是一切之政。但谓内朝之法从，安知宰相之属官。既任止于训词，故权移于胥史。恬不知怪，习为故常。先皇帝道冠百王，法垂万世。建六宫而修故事，辟三省以待异人。典章一新，名实皆正，遂申明于四禁，俾分领于六曹。远则追直阁之司，近则通检正之任。虽未闻政而闻事，盖须有德而有言。如臣之愚，无一而可。草创润色，既非郑国之材。除书德音，又乏唐人之誉。忽当此选，莫测其由。此盖伏遇皇帝陛下，将圣与仁，能哲而惠。虽在三年不言之际，已有十日并照之光。而臣日侍迩英，亲闻访道。仰天威之甚近，知圣鉴之难逃。谓臣尝受先朝之知，实无左右之助。弃瑕往昔，责效将来。臣敢不益励素心，无忘旧学。上体周公烦悉之诰，助成汉家深厚之文。苟无旷官，其敢言报。臣无任。

【译文】臣苏轼言：接受制书，授臣为试中书舍人，并赐与改换章服。臣为右史，掌管记言，已愧占了高职之选。在西垣起草诏谕，又辱居了近班之职。这些都是儒者的至荣之位，哪里是臣平生所敢希望得到的。臣苏轼诚感诚恐，叩头再叩头。臣以为文秘之职，古今难选。不仅要凭文词水平选用，而且还要考察他办事的效果。至于机政要务，也要让他参与一些。即使朝臣专权，这种任官法也不合当时公众的意见。而用各种人才担负职任，这也是前代的美谈。几个字的任命书一下，表明有关的一切事务都交给他办。只说是内朝的指派官，哪知他们就是宰相的属官。只任命他草拟训词，而其应有的权力已下移给吏人。还自以为是，不知事情不妥，习以为常。先皇帝治道冠于百王，法度流传万世。建立六宫体制，恢复旧有制度，开置三省机构，以备有特殊才能的人充职。制度一新，名与实都符合。于是就向宫禁官员申明，让他们分领省下的六曹之事。从过去遥远的制度来看，是理正了直属机构，从近来看是疏通了检正官的职任。没听说为政的好坏而只听说官制的变化，这都是由于必须先施德而后才能有称颂的言论。像臣这样的愚昧之人，无一可取之处。草拟润色文字，既不是郑国大夫的才识。书写德音诏令，又缺乏唐人的声望。忽然充当此选，弄不清其中的原因。这都是由于幸遇了皇帝陛下，神圣仁义，明智惠施。即使在登极前三年沉默不言时期，也已有十个太阳并照之光。臣每天侍奉在近旁，亲自听见了询访治道。上离天威甚近，知道难以逃出圣上明察的范围。说我曾经得到先朝的考察了解，但的确没有辅助之功。革除已往的过失，责成将来取得实效。臣怎敢不更加磨练自己的意志，不忘记运用旧日学到的知识。对上认真探究周公详细具体的诰词，对下以帮助撰成汉家风格敦厚的令文。如果没有不称职的事情，怎敢再提报恩。臣无能。

臣轼言：伏奉制命，授臣试中书舍人，仍改赐章服者。圣神独断，出成命于省中。衰病增光，溢虚名于朝右。训词之重，士论所荣。臣轼诚感诚惧，顿首顿首。臣闻有言逆心，此古人所以颠沛。积毁消骨，非圣主莫能保全。臣本受知于裕陵，亦尝见待于国士。嘉其好直，许以能文。虽窜谪流离之余，决无可用。而哀怜收拾之意，终不少衰。抱弓剑以长号，分簪履之永弃。岂期晚遇，又过初心。矧外制之深严，极西垣之清要。在唐之盛，以马周、岑文本为得人。近世所传，有杨亿、欧阳修之故事。不试而用，于今几人。遂超同列之先，远继前修之末。夫何顽钝，有此遭逢。此盖伏遇太皇太后陛下，忧国忘身，爱民如子。忧深故任其事者重，爱极故为之虑也长。敷求哲人，以遗嗣圣。所以兼收而并用，庶几有得于其间。臣敢不尽其所能，期于无愧。始终自誓，故常以道而事君。夷险不同，则必见危而授命。臣无任。

【译文】臣苏轼言：接受制书，授臣为试中书舍人，并赐与改换章服。神圣独自决断，已成的诰命从省中发出。臣衰病之人为之增光，提高虚名于朝廷要官之中。草拟训词的职任之重，是士人所公认的荣耀。臣苏轼诚惑诚恐，叩头再叩头。臣听说有言逆心，这也是古人所感到困顿的问题。多遭毁议，伤体杀身，不是圣主不能保全。臣的为人本来就已得到了神宗的了解，也曾经受到国士的尊待。称赞我喜欢直爽，称许我善于文辞。即使贬逐流离之后，已没有什么用处。皇上对我哀怜照顾的情绪，最终也一点儿没有减弱。抱着弓剑向天长号，把头簪与鞋子拿下永远扔掉。哪想到晚年又获恩遇，又超过了当初的期望。更何况草拟外制之职要求十分严格，是西垣最清高权要之职。在唐朝兴盛的时候，任用马周、岑文本便是得到了最佳人选。近世所传说的用人之事，有杨亿、欧阳修二人的例子。不考察就任用，至今为止才有几个人。而臣却超居同僚的前面，远与前贤相提并论。我多么愚拙，竟有如此荣幸。这都是由于幸遇了太皇太后陛下，忧国忘身，爱民如子。考虑得多，所以任命的职事就繁重。爱得深，所以为他打算的也就长远。广求贤才，以留传给后继之君。所以对人才兼收并取，希望从中有所收获。臣怎敢不充分发挥出自己的能力，以期望最后无愧于内心。自始至终自我发誓，无论何时，都要以道去奉事人君。局势产生变化，在危难之中定会不惜生命。臣无能。

辞免翰林学士第一状

右臣准阁门告报，已降告命，除臣翰林学士、知制诰者。臣窃谓自从西掖直迁内制，虽祖宗故事，而近岁以来少有此比，非高材、重德、雅望不在此选。臣自量三者皆不迨人，骤当殊擢，实不自安。伏望圣慈察臣至诚，非苟辞避。追还异恩，以厌公论。谨录奏闻。

【译文】下臣据阁门官告文得知，已发下任命书，授臣为翰林学士、知制诰。臣以为，自西掖官而直接晋升为内制官，即使说这是祖宗留下的惯例，但近年以来很少有同类的情况，不是有高才、重德、名望的人，不能充任此职。臣自己衡量，这三个方面都不如别人，而马上超升，实在心不自安。希望陛下、太皇太后理解臣的至诚之心，不是苟且故意回避。追回特殊的恩命，以满足公众的舆论。谨抄录奏上。

辞免翰林学士第二状

右臣近者奏乞辞免翰林学士、知制诰恩命，伏蒙降诏不允者。天地之恩，义无所谢。父母之训，理不可违。而臣至愚，尚守所见。再倾微恳，不避重诛。非独以学问荒唐，文词鄙浅，已试无效，如前所陈。实以劳旧尚多，必有积薪之诮。兄弟并进，岂无连茹之嫌。诚不自安，非敢矫饰。伏望圣慈亮其悃愊，特许追还。庶免人言，俾得自效。所有告命，臣不敢祗受。谨录奏闻。

【译文】下臣近日上奏，请求辞免关于翰林学士、知制诰的恩赐任命，后蒙下诏，不予批准。天地的恩命，义无推谢之理。

父母的训教，也没有违背的道理。但臣十分愚昧，仍然坚持自己的偏见。再次恳求，不怕重罚。这不仅是因为臣学问荒唐，文词鄙陋，已经试用而无效果，就像前时陈奏所说的那样，而且实在是因为功勋元老还都健在，我会招致后来居上的讥消。我们兄弟二人一起被进用，难道没有私情关系的嫌疑。实在心不自安，不敢自我高傲粉饰。希望陛下、太皇太后体谅我这至诚之心，特准许追回恩命。也期望避免人们由此所制造的议论，使我得以在现职上效劳。所有任命告文，臣不敢恭受。谨抄录奏上。

谢宣召入院状二首

右臣今月日西头供奉官充待诏董士隆至臣所居，奉宣圣旨，召臣入院充学士者。诏语春温，再命而伛。使华天降，一节以趋。在故事以尝闻，岂平生之敢望。省循非称，愧汗交深。窃以视草之官，自唐为盛。虽职亲事秘，号为北门学士之荣。而禄薄地寒，至有京兆掾曹之请。岂如圣代，一振儒风。非徒好爵之縻，兼享大烹之养。玉堂赐篆，仰淳化之弥文；宝带重金，佩元丰之新渥。既厚其礼，愈难其人。而臣以空疏冗散之材，衰病流离之后，生还万里，坐阅三迁。不缘左右之容，躐处贤豪之上。此盖伏遇皇帝陛下，生资文武，天胙圣神。虽亮阴不言，尚隐高宗之德。而小毖求助，已启成王之心。首择辅臣，次求法从。知人材之难得，采虚名而用臣。敢不益励初心，力图后效。才不逮古，虽惭内相之名。志常在民，庶免私人之诮。臣无任。

【译文】本月某日，西头供奉官充待诏职董士隆来到臣所居之处，奉命宣布圣旨，召臣入翰林院充任学士之职。诏语如春天般温暖，再次下令，臣恭敬从命。荣华天降，只想着赶快赴任。这样的任命，在旧例中曾经听到过，这难道是我一辈子敢期望的。审查自己的表现，资格不够，为此感到十分惭愧和流汗。臣以为草拟诏谕之官，自唐朝时就是名望之职。尽管职务亲近圣上，工作繁忙，仍号称是北门学士的荣耀。但俸禄微薄，经济贫寒，甚至有愿改任京兆地区小吏的请求。怎么比得我大宋时代，一振儒职之风。不仅地位高尚，而且俸禄优厚。赐与翰林院官印，上承淳化年间的右文政策；宝带重金的待遇，比元丰新制更添光彩。加厚了礼遇，就更难以抉择人选。而臣却以空疏无用的庸才，在衰老多病颠沛流离之后，从万里遥远的地方生还，坐享三次升迁之荣。没有巴结左右近臣，就跃居于贤才豪杰之上。这是由于幸遇了皇帝陛下，天生文武双全，上天给与了神圣之智。虽然太皇太后听政而不多言词，却隐藏着高宗的美德。求贤臣辅助为政，已上启了成王之心。首先选择辅助大臣，其次再选录其他之官。知晓人才难以得到，凭虚名而任用了臣。臣怎敢不更加坚定本有的意志，努力工作，以观后效。臣才不及古人，惭愧占居内相之名。心力永远用在民事上，以此来避免所谓自私自利的非议。臣无能。

右臣今月日西头供奉官充待诏董士隆至臣所居，奉宣圣旨，召臣入院充学士者。里巷传呼，亲临诏使。私庭望拜，恭被德音。人言稽古之荣，臣有素餐之愧。恳词虽至，成命莫回。伏以朝论所高，禁林为重。非徒翰墨之选，乃是将相之储。礼绝同僚，叹裴、李于座上。功成异域，得颇、牧于禁中。宜有异人，来膺此选。而臣颛愚自信，狂直不回。先帝怜其孤忠，欲召而未果。陛下出于独断，决用而无疑。曾未周岁，而阅三官。试以百为，而无一可。保全已幸，擢用何名。此盖伏遇太皇太后陛下，德协天人，心存社稷。受圣子之托天下，抱神孙而朝诸侯。巍巍其有成功，不见治迹。断断而无他技，专用老成。推其类以及臣，顾何能而在此。忠义之报，死生不移。臣无任。

【译文】本月某日，西头供奉官充待诏职董士隆来到臣所居之处，奉命宣布圣旨，召巨入翰林院充任学士之职。里巷人传说，圣上亲派使官到臣所宣诏任命。在私家望拜朝廷，恭敬地接受德音恩令。

人们称道按旧制任命的光荣，臣自己有尸位素餐之愧。恳求辞免的申请虽已奏上，但成命不准许收回。关于朝中议论所崇尚的职务，只以禁林官为重。这类官不仅是从事文词工作，而且也是将相选拔的后备之职。获礼遇高于同僚，却感叹裴垍、李吉甫这类人占居上位。人成大业于外地，却有廉颇、李牧这类人被任命为禁中之职。应该由有特殊才能、功德的人，来充任此职。而臣俗愚自信，狂妄直性不能回改。先帝可怜我的孤忠，想要召用而未能实现。陛下出于自我决定，坚决要召用不疑。还未一年，就变换三官。试用于各种工作，而无一成效。保全性命已是万幸，何谈再升。这都是由于幸遇了太皇太后陛下，恩德协和天人，一心致力于国家社稷。接受圣子之业治理天下，怀抱神孙朝见诸侯。成就的功业高大，却不见具体治迹。诚笃守善无他技能，专任用老成之人。推排类比而任用到臣，臣有何能而充任此职。尽忠义的回报之心，生死不移。臣无能。

谢翰林学士表二首

臣轼言：蒙恩除臣翰林学士、知制诰者。名微不称，宠至若惊。伏念臣经术空疏，吏能短浅。少年自守，无用于作新。去国生还，适逢于求旧。初何云补，遽辱甄收。此盖伏遇皇帝陛下，文武生知，聪明天纵。法乾坤之广运，体日月之照微。过采虚名，使陈薄技。敢不激昂晚节，砥砺初心。虽洪造之难酬，尽微生而后已。臣无任。

【译文】臣苏轼言：蒙恩授臣为翰林学士、知制诰。臣名声低微不配，受宠若惊。回想起自己经术空疏，为官的才能短浅。少年内向，不适用于改作之职。离开朝廷远放又得生还，适逢朝廷寻求旧臣。当初从政何谈上什么功效，就马上辱占官位。这都是由于幸遇了皇帝陛下，生知文武，天资聪明。效法乾坤的广大包容，体用日月普照之光。过于重视虚名，使我得以表现自己的小技。臣敢不在晚年勤奋工作，坚定自己的初愿。大恩难报，仍然要尽有生之力而后已。臣无能。

臣轼言：蒙恩除臣翰林学士、知制诰者。宠光逾分，荣愧交中。伏念臣本以疏愚，起于遐陋。学虽笃志，皆场屋之空文；言不适时，岂朝廷之通论。老于忧患，望绝缙绅。此盖伏遇太皇太后陛下，总览政纲，灼知治体。恢复祖宗之旧，兼收文武之资。过录愚忠，以敦薄俗。敢不临宠而惧，职思其忧。非敢有意于功名，庶几少逃于罪悔。臣无任。

【译文】臣苏轼言：蒙恩授臣为翰林学士、知制诰。受宠之光过分，臣心中荣愧兼有。自念臣本来因为空虚愚昧，把臣从遥远之地提拔上来。学业虽然专心，但都是书本空文。言论不合时势，这难道是朝廷中共有的言论。在忧患中衰老，对仕宦已经绝望。这都是由于幸遇了太皇太后陛下，总览政纲，灼知治体。继承祖宗以来的旧制，兼收文武之才。特别注重任用愚忠之人，以改良浅薄的习俗。臣怎敢不受宠而畏，认真考虑工作中的问题。不敢想着谋求功名，期望稍微免于自己的罪过和悔恨。臣无能。

谢赐对衣金带马表二首

臣轼言：伏奉圣慈，以臣入院，特赐衣一对，金腰带一条，金镀银鞍辔马一匹。被三品之服章，君子所以昭令德；分六闲之驵骏，朝廷所以旌有功。顾惟何人，亦与兹宠。拜恩俯偻，流汗交并。臣轼中谢。伏念臣人微地寒，性迂才短。袭布韦而自荐，偶忝缙绅；驾款段以言归，终安畎亩。岂谓便蕃之锡，萃于衰病之躯。此盖伏遇皇帝陛下，总览众工，财成大化，至诚乐与，有《缁衣》之好贤。俊民用章，无白驹于空谷。不遗寒陋，亦被光华。揽佩以思，遂识断金之义。举鞭自誓，敢忘希骥之心。臣无任。

【译文】臣苏轼言：蒙圣上之恩，让臣入翰林院任职，特赐给衣一套，金腰带一条，配有镀金银鞍和缰绳的马一匹。着三品等级的章服，使君子由此来显示自己的美德；分赐圈中的好马，朝廷以此来表彰有功之臣。看看我是什么样的人，也能受此宠幸。屈身拜恩，汗泪交流。臣苏轼敬谢。自想臣人微身贱，性情迂阔而才短。着粗劣衣服向上自荐，偶然窃居了官位；驾着行动迟缓的马就打算着回归乡里，最终安身于田亩之间。谁想到丰厚高贵之赐，就加在我这衰病之躯。这都是由于幸遇了皇帝陛下，总揽众才，使财物丰足，天下感化。至诚待人，乐于施与，有《缁衣》中所赞美的好贤之风。用法度教化人民，一点儿也不留空闲。不遗弃贱微的人，使他们也被光华照耀。总揽权纲，认真思考，于是悟出同心协力的道理。举鞭自誓，敢忘期望成为千里马的决心。臣无能。

臣轼言：伏蒙圣慈，以臣入院，特赐衣一对，金腰带一条，金镀银鞍辔马一匹。命服出笥，荣动搢绅。左骖在廷，光生徒驭。德不称物，愧无所容。臣轼中谢。伏念臣衰朽无功，蠢愚不学。已分鹈梁之刺，敢逃负乘之讥。再惟此恩，何自而至。此盖伏遇太皇太后陛下，至神广运，盛德兼容。躬周公之勤劳，而逸于委任。宝老氏之慈俭，而侈于礼贤。致此光荣，下及微陋。慨然揽辔，敢有意于澄清。束以立朝，尚可言于宾客。臣无任。

【译文】臣苏轼言：蒙圣上之恩，让臣入翰林院任职，特赐衣一套，金腰带一条，配有镀金的银鞍和缰绳的马一匹。章服出于府库，仕宦身上增荣。好马在场，一般的马身上生光。自己的品德与赐物的优待不相称，自愧无所容身。臣苏轼敬谢。回想臣衰朽无功，蠢愚无学。已承担不正当得官的讽刺，岂敢逃脱占居官位的指责。细想此恩，不知从何而来。这都是由于幸遇了太皇太后陛下，至神广运，盛德兼容。力行周公的勤劳，却以委任官职的形式使自己获得安逸。以老子的勤俭学说为宝，而不惜重财礼待贤士。把这样的光荣，也下延到浅陋之人。大度执政，臣怎敢打算一定要分辨清楚。只有谨慎立于朝中，才可以言于宾客。臣无能。

笏记二首

禁林之选，多士所荣。非独文章之工，俾专翰墨；当属典刑之老，以重朝廷。如臣空疏，岂宜尘冒。此盖伏遇皇帝陛下，刚健纯粹，缉熙光明。曲搜已弃之材，将建无穷之业。顾惭浅陋，将何补于盛明。惟有朴忠，誓不回于生死。臣无任。

【译文】宫廷禁林的职位，是士人们所感到光荣的。不仅善于文词的人可以让他专门从事语言艺术工作，那些精通典制刑法的老者更应该充任此职，以加重朝廷的威势。像臣这样空疏无能的人，怎么应该冒充此职。这都是由于幸遇了皇帝陛下，刚健纯粹，发扬光明。想尽办法搜取已遗弃的人才，将建立无穷的大业。只是臣为人浅陋，自感惭愧，该会对盛明之世有何补益。只有朴实忠诚，无论生死，誓不改心。臣无能。

西掖代言，已愧一时之高选；北门视草，又忝诸生之极荣。岂伊衰朽之余，有此遭逢之异。此盖伏遇太皇太后陛下，坤元利正，天造无私。靡求备于一人，将曲成于万物。文章小技，纵有效于涓埃。草木微生，终难酬于雨露。臣无任。

【译文】在西掖充当代言之职，已为一时的高选而感到惭愧；在北门行列草拟诏谕，又辱占了诸生所以为极荣的地位。如此衰残的老人，却受到了这样的殊荣。这都是由于幸遇了太皇太后陛下，天生正大光明，公正无私。不对我责备求全，将通过各种渠道使万物生化。文章小技，有功效也不过如尘土一般。草木这样微小的生物，终难报答雨露的滋润。臣无能。

辞免侍读状

右臣今月二十六日，准阁门告报，蒙恩除臣兼侍读者。入侍迩英，其选至重。非独分摘章句，实以仰备顾问。臣学术浅陋，恐非其人。况臣待罪禁林，初无吏责。又加廪赐之厚，盖负尸素之忧。伏望圣慈察其诚心，追回新命，以授能者。谨录奏闻，伏候敕旨。

【译文】下臣于本月十六日，据阁门官告文称，蒙恩授臣兼任侍读。入宫任职在陛下身边，这个位置最为重要。不仅是要解说语言章句，而且还要备圣上问询。臣学术浅陋，恐怕不是合适的人选。况且臣待罪于禁林之职，没有一点儿功效。再加上受到优厚的赏赐，更加有尸位素餐之忧。恳请圣上了解我的诚心，追回新下的任命，以授给有才能的人。谨抄录奏上，恭候圣旨。

谢除侍读表二首

臣轼言：今月一日蒙恩除臣兼侍读者。学术本疏，老复加于謇讷。官联愈近，职专在于讨论。退省其愚，莫知所措。中谢。伏以天威咫尺，顾末技以何施；圣敬日跻，岂群臣之可望。非张禹、宽中之笃学，无量、怀素之懿文，则何以奉天子五学之游，求王人多闻之益！如臣愚暗，何与选抡。此盖伏遇皇帝陛下，卓然生知，辅以好学。方高宗恭默之后，正宣帝励精之初。众论并陈，悉洞照其情伪。

陈编一览，已周知于废兴。察臣衰病而无求，庶可亲近而寡过。故兹拔用，骤及疲驽。臣敢不温故知新，粗办有司之职。见危致命，更输异日之忠。臣无任。

【译文】臣苏轼言：本月初一，蒙恩授臣兼任侍读官。臣学术粗浅，年老了反应更加迟钝。兼任此官更是近臣之职，其工作专门是解说章句。退下来自察臣的愚昧，不知所措。敬谢。上离天威咫尺之近，不知道臣的末技小能该如何发挥。圣上对臣的宠遇日日升高，这是群臣可以看到的。没有张禹、宽中的札实学问，无量、怀素的精美文辞，那么何以能承担备天子五学之问的职业，何以能使人君得到多闻的补益。像臣这样的愚昧，凭什么充选此职。这都是由于幸遇了皇帝陛下，生来伟大，再加上好学。当高宗继承祖上传统之后，效法宣帝之初的励精图治。众论并陈，能从中洞察一切真伪。所有议论观览一遍，就完全知晓兴废利害。了解臣衰病而没有别的乞求，就希望我任亲近之职而少犯过错。所以这样的选拔任用，很快就延及到了衰老之人。臣敢不温故而知新，差不多办好有关部门的工作。在危急的时候挺身而出，更加贡献出往日的忠诚。臣无能。

臣轼言：今月一日蒙恩除臣兼侍读者。北门视草，已叨儒者之极荣。西学上贤，复玷侍臣之高选。省循非称，愧汗交怀。中谢。窃惟讲读之臣，止以言语为职。考功课吏，无殿最之可书。陈善闭邪，有膏泽之潜润。岂臣愚陋，亦所克堪。此盖伏遇太皇太后陛下，忧思深长，德业久大。受先帝投艰之托，为神孙经远之谋。故选左右前后之人，罔非吉士。使知兴亡治乱之效，莫若多闻。谓臣虽无大过人之才，知臣粗有不欺君之实。故使朝夕，与于讨论。奉永日之清闲，未知所报；毕微生于尽瘁，终致此心。臣无任。

【译文】臣苏轼言：本月初一，蒙恩授臣兼任侍读官。在北门草拟诏谕，已窃居了儒者的极荣之职。西学上任贤职，又辱占了高位之选。对照自己并非相称，愧汗交感。敬谢。臣以为，讲读之臣，只以言语工作为职业。考察我过去为官的情况，没有功绩可书。陈述善的一面，避讳邪的一面，却得到了至高的恩惠。难道像臣如此愚昧浅陋，也能安心胜任。这都是由于幸遇了太皇太后陛下，顾虑长远，德业伟大。受先帝为难之托，为神孙长远打算。所以所选用的前后左右之人，没有不是能干的人士。要知兴亡治乱的利害，都比不上多听。了解臣虽然没有超人的才能，但也了解臣大概有不欺君的本质。因而让臣在朝夕的时间里，参与讨论章句。就是有了整天永远清闲的时间去思索，也不知道该如何去报答。在有生的时间里鞠躬尽瘁，最终能实现这个心愿。臣无能。

谢赐御书诗表

臣轼言：今月十五日，赐宴东宫，伏蒙圣恩，差中使就赐臣御书诗一首者。玉斝金尊，霈若云天之泽。宝章宸翰，焕乎奎壁之文。喜溢心颜，光生怀袖。臣轼诚感诚惧，顿首顿首。伏念臣猥缘末枝，获玷清流。早岁数奇，已老江湖之上。余生何幸，得依日月之光。入侍燕间，与闻讲学。卒桓荣之业，因人而成。登刘洎之床，则臣岂敢。夫何珍赐，亦及微躯。此盖伏遇皇帝陛下，道本生知，才惟天纵。文不数于游、夏，书已逼于钟、王。心慕手追，陋文皇之曲学。笔纵字大，笑宋武之未工。知臣遭遇之难，欲以显荣其老。镂之金石，庶传玩于人人。付与子孙，俾输忠于世世。臣无任。

【译文】臣苏轼言：本月十五日，在东宫赐请宴会，臣蒙圣上之恩，派中使官到跟前赐给圣上御书的诗一首。这是金玉之尊的财物，恩泽犹如云天降雨。珍贵的圣上翰墨，闪发出全壁手笔的光辉。喜悦溢出心颜，光芒生于怀袖。臣苏轼诚惶诚恐，叩头再叩头。想起臣主要是因为末技小能，才辱占了清流之职。前些年命运不好，事多不利，已衰老于江湖之上。而余生多么幸运，能够依附于日月之光。得以入侍朝宴中间，参与讲学的行列。完成桓荣的大业，这是靠别人的力量取得成功。若登居刘珦的床位，臣怎么敢为。多么珍贵的赐品，也给了臣这微躯之身。这都是由于幸遇了皇帝陛下，生知治世之根本，才识天成。文辞与子游、子夏差不多，书法已接近于钟繇、王羲之。心想手到，贱笑文皇的末学。用笔如神，耻笑宋武的不精。了解臣所受到的艰难，要在晚年使臣显出荣光。把它刻于金石之上，以传给后来的每个人欣赏。交付给后代子孙，让他们世世忠心。臣无能。

谢三伏早出院表

臣轼言：君逸臣劳，固上下之分。金伏火见，亦消长之常。乃缘异恩，而许夙退。中谢。伏念臣等误缘末技，待罪禁林。戴星而朝，虽粗输其勤拙；穷日之力，卒无补于丝毫。遽蒙假借之私，得遂委蛇之乐。此盖伏遇太皇太后陛下，严于恭己，恕以驭臣。事既省于清心，日自长于化国。朝而不夕，前追静治之风。伏当早归，下遂疏愚之性。臣无任。

【译文】臣苏轼言：君逸臣劳，这本来就是上与下的本分。金伏火现，这也是事物变化的规律。只因为特殊恩待，才准许及早出院休息。敬谢。回想起下臣等人错误的因为末学小技，待罪于禁林之职。天不明就入朝，只是为了略尽自己的愚拙之力；整日地工作，最后却无丝毫补益的地方。马上受到宽假的私人照顾，使我得到从容自得的乐趣。这大概是由于幸遇了太皇太后陛下，严于律己，宽以待臣。清心省事，国运自长。朝不等夕，赶前处理政务。伏热天早归，以满足我空疏愚拙的性情。臣无能。

谢除龙图阁学士表二首

臣轼言：伏蒙圣恩，以臣累章请郡，特除臣龙图阁学士、知杭州者。中禁宝储，上应奎壁之象；先朝谟训，远同河洛之符。

隶职其间，省躬非据。臣轼诚惶诚恐，顿首顿首。伏念臣学非有得，愚至不移。虽叨过实之名，卒无适用之器。少时忘意，盖尝有志于事功；晚岁积忧，但欲归安于田亩。属圣神之履运，荷识拔之非常。犹冀桑榆之收，遽迫犬马之疾。力求闲散，庶免颠挤。岂谓皇帝陛下圣度包荒，天慈委照。察其才有所短，不欲强置之禁严。知其进不由人，故特保全其终始。遂加此职，以贲其行。臣敢不仰缘末光，益励素守。往何适而不可，中无愧之为安。但未死亡，必期报塞。臣无任感天荷圣激切屏营之至。

【译文】臣苏轼言：蒙圣上之恩，由于臣多次上章请求转任郡职，特授予臣龙图阁学士、杭州知州。宫禁尊崇之位，上应奎壁之象。先朝训典，远同河洛之命。任职其中，对照自己资格不够。臣苏轼诚惶诚恐，叩头再叩头。回想起臣学无所得，至愚不移。虽忝居不合实际的官位，最终是无用之才。少时得意忘形，尝有志于建立功业；晚年多积忧虑，只想归安于田里。多亏圣上体察于下，被非常赏识和提拔。但仍希望回归乡里，因为害怕犬马之人会马上病危。极力请求闲散无事之职，以免于被别人排斥。没想到皇帝陛下圣神大度，包容荒野之人，上天的慈光委曲照下。了解我才力不足，不强安排在宫禁之列。知我上进不谋求别人的帮助，所以特保全我能有个好的结局。于是安排了我这样的职务，以刺激我的上进。臣怎敢不依赖这晚年圣上所给予的光明，更加勉励于自己以往的操守。勇往直前，什么事不可做，只要内心无愧便是自安。只要没死去，一定想着去回报恩德。臣感激上天给了我圣恩，不胜激励之至。

臣轼言：伏蒙圣恩，以臣累章请郡，特除臣龙图阁学士、知杭州者。北扉清密，久愧素餐。内阁深严，复膺殊宠。以荣为惧，有腼在颜。臣轼诚惶诚恐，顿首顿首。伏念臣赋命数奇，与人多忤。遭遇仁祖，忝窃贤科。继蒙英庙之深知，尤荷裕陵之见器。而流离若此，穷薄可知。晚亲日月之光，常恐瓶罍之溢。

故求闲散，以避灾迍。岂谓太皇太后陛下，天高听卑，坤厚载物。爱惜臣下，固无异于子孙。委任官师，本不分于中外。致兹衰病，不失清华。然臣辞宠而益荣，求闲而得剧。虽云稍远于争地，尚恐终非其久安。敢不磨钝自修，履冰知戒。庶全孤节，少答殊私。臣无任。

【译文】苏轼言：蒙圣上之恩，由于臣多次上章请求转任郡职，特授与臣龙图阁学士、杭州知州。在北扉清密之地任职，长久以来就因尸位素餐而感到内疚。内阁是深严之地，却又受到了这样特殊的宠爱。把荣誉当作恐惧，面显愧色。臣苏轼诚惶诚恐，叩头再叩头。回想起臣生命坎坷曲折，多与人不和。适逢仁宗之知，辱窃贤科之位。接着又得到了英宗的知遇，又受到了神宗的器重，而后来流落到了如此地步，我的命运穷薄可想而知。晚年又得到了日月之光，常恐瓶水往外溢出。所以乞求闲散之职，以摆脱灾难。哪想到太皇太后陛下，居天之高，听从卑下，大地深厚，满载万物。爱惜臣下，固然与子孙无异。委任官职，本来也不区分中外。到了如此衰病的年岁，却不失清高之荣职。然而臣推辞宠爱却更加荣耀，乞求闲官却得到繁职。尽管说这稍微远离了朝官争夺之地，但还恐怕不是永久的安身之所。臣怎敢不奋进自修，履于冰上而知道警戒。期望保持我晚年之节，略微报答对我的恩德。臣无能。

谢赐对衣金带马表二首

臣轼言：伏蒙圣慈，特赐衣一对，金腰带一条，金镀银鞍辔一副，马一匹者。出笥之珍，已华朽质。解骖之赐，益耀众观。顾惟何人，亦被兹宠。臣轼诚惶诚恐，顿首顿首。伏念臣少而拙讷，老益疏愚。山野之姿，非文绣之所及。疲驽之质，虽鞭策以何加，方祈冗散之安，更忝便蕃之锡。此盖伏遇皇帝陛下，缉熙儒术，网罗人材。不爱车服宠数之章，使为吏民瞻望之美。据鞍有愧，束衽知荣。敢不奉以牧民，永思去害之指。施之大邑，庶无学制之伤。臣无任。

【译文】臣苏轼言：蒙圣上之恩，特赐臣衣一对，金腰带一条，镀金银鞍和缰绳一副，马一匹。出府库中的珍物，使朽木生花。解下正在驾车的马予以赏赐，使众人看起来更加荣耀。看我是何等人，也能受到这样的宠爱。臣苏轼诚惶诚恐，叩头再叩头。回想起臣少时拙笨，老时更加浅陋。山野的性情，够不上文官之职。劣质的马匹，即使鞭策又有什么用。正祈求冗散官职以自处安心，却又辱得了珍品之赐。这都是由于幸遇了皇帝陛下，发扬儒术，网罗人才。不喜爱车服及宠爱物品的粉饰，用以作为官吏百姓的观望之美品。据鞍有愧，束衣知荣。怎敢不奉令治民，永远想着除害的方法。派我担任大州之职，期望不要出现练习裁制衣服的损失。臣无能。

臣轼言：伏蒙圣恩，特赐衣一对，金腰带一条，金镀银鞍辔一副，马一匹者。命服斯皇，《诗》咏周宣王之德。康侯用锡，《易》称王母之仁。惠泽所加，臣工知劝。臣轼诚惶诚恐，顿首顿首。伏念臣资材朽钝，学术空疏。矧兹衰病之余，岂复光华之羡。荷宠章之蕃庶，人以为荣。顾形影之支离，臣惟自愧。此盖伏遇太皇太后陛下，知人尧哲，遍物舜仁。时遣拾遗补过之臣，出为承流宣化之任。子衣安吉，不待请而得之。我马虺隤，盖知劳而赐者。敢不勉思忠荩，务报恩勤。永惟厩库之珍，莫非民力。无忘狱市之寄，以副上心。臣无任。

【译文】臣苏轼言：蒙圣上之恩，特赐臣衣一对，金腰带一条，镀金银鞍和缰绳一副，马一匹。章服出赐，就像《诗经》中歌颂的周宣之德。康侯用来赏赐，《易经》中称颂有王母之仁。惠泽所加，臣实知劝。臣苏轼诚惶诚恐，叩头再叩头。回想起臣本性愚拙，学术空疏。何况在这样衰病的晚年，又得到了令人羡慕的光华之位。所受宠爱之多，别人都以此感到荣耀。看看自己衰残的身体，只感惭愧。这都是由于幸遇了太皇太后陛下，知人如尧的明智，施恩万物如舜的仁义。时常派遣谏议之臣，出来担任掌管政务教化的职务。你的衣服舒适完好，而不等待奏请就可再得到。我的马疲极而病，就知道辛劳而再赐马匹。臣怎敢不努力想着尽忠尽责，务必报答圣上的恩德和无微不至的关怀。永远想着府库中的珍贵财物，没有不是出自民力的。不忘关于地方狱政事务的期望和重托，以最终符合圣上的用心。臣无能。

笏记六首

一

臣轼言：隶职宸居，承流阃寄。自知衰朽，有玷宠光。此盖伏遇皇帝陛下，总揽群材，靡遗片善。曲收顽钝，俾处清华。徒倾草木之心，莫报乾坤之施。臣无任。

【译文】臣苏轼言：兼职朝中之官，派遣州级之任。自知身体衰朽，辱占了宠光。这都是由于幸遇了皇帝陛下，总揽群才，不遗漏一丝的善良。委曲吸收了愚顽之人，使他处于清高的地位。只用尽自己的草木之心，仍报答不了所施与的乾坤大德。臣无能。

二

既尘美职，复玷名藩。荣宠过情，省循知愧。此盖伏遇太皇太后陛下，仁均动植，明烛幽微。特示宠章，以旌眷遇。恩勤莫报，生死难忘。臣无任。

【译文】既辱占了美职，又愧领了名州。荣宠过于所想，省察自己知道内疚。这都是由于幸遇了太皇太后陛下，仁义均施于动植物，明照幽暗中的微小之物。特用宠爱的礼遇，以表彰眷恋的人。恩德与关怀没法报答，无论生死都难以忘怀。臣无能。

三

臣蒙恩授翰林学士承旨、知制诰兼侍读者。出膺阃寄，入长禁林。皆儒者之极荣，岂驽材之所称。此盖伏遇皇帝陛下，法天凝命，稽古象贤。总揽群英，兼收小器。欲效涓尘之报，未知糜陨之期。臣无任感天荷圣激切屏营之至。

【译文】臣蒙恩授为翰林学士承旨、知制诰兼侍读。聘任重职，入长禁林。这些都是儒者的极荣之位，难道是臣的庸才所能称职。这都是由于幸遇了皇帝陛下，效法上天，制发命令，稽古右文，崇尚贤能。总揽群英，兼收小才。要用尽自己的微薄之力去报答，不知道身死于何时。臣感谢上天使我受到了圣上的恩遇，不胜激烈而迫切地感到万分恐惧。

四

臣蒙恩授翰林学士承旨、知制诰兼侍读者。出守无功，方期窜逐。召还何幸，复玷清华。此盖伏遇太皇太后坤载沉潜，母慈均一。既陶甄于顽矿，复封植于散材。誓卒余生，少图来效。臣无任感天荷圣激切屏营之至。

【译文】臣蒙恩授为翰林学士承旨、知制诰兼侍读。出守地方无功，正等待着被贬逐。召还回来有什么幸运，竟又辱玷了清高之名。这都是由于幸遇了太皇太后陛下，坤载沉潜的万物，母慈均一。既不计较愚顽无知，又培植于散材之地。誓用有生之年，来稍微谋求功效。臣感谢上天使我得到了圣上的恩遇，不胜激烈而迫切地感到万分恐惧。

五

荣兼两职，宠与六卿。岂伊衰朽之余，有此遭逢之异。此盖伏遇太皇太后陛下，坤元利正，天造无私。靡求备于一人，将曲成于万物。文章小技，纵有效于涓埃。草木微生，终难酬于雨露。臣无任。

【译文】荣兼两个馆职，对我的宠爱与六卿并列。大概到了衰老之年，却授与如此特别的荣职。这都是由于幸遇了太皇太后陛下，坤元正大，天造无私。不求备于一人，将曲成于万物。文章小技，充其量不过有微末之效。草木之类微小的生物，最终难以回报雨露的滋润。臣无能。

六

升荣秘殿，列职西清。并此光华，付之衰朽。此盖伏遇皇帝陛下，刚健纯粹，缉熙光明。曲搜已弃之材，将建无穷之业。顾惭浅陋，将何补于盛明。惟有朴忠，誓不回于生死。臣无任。

【译文】荣升秘殿之官，列居西清之职。所有这些光荣，都给了我这衰朽之人。这大概是由于幸遇了皇帝陛下，刚健纯粹，发扬光明。想尽办法搜寻废弃之材，以建立收益无穷的大业。看看自己的浅陋就觉惭愧，将如何去对盛明之政作出补益。只有朴实忠诚，无论生死誓不回心。臣无能。

杭州谢上表二首

臣轼言：伏奉制书，除臣龙图阁学士、知杭州，臣已于今月三日到任上讫者。始衰而病，岂非满溢之灾。乞越得杭，又过平生之望。臣轼诚惶诚恐，顿首顿首。伏念臣起自废黜，骤登禁严。毕命驱驰，未偿万一。怀安退缩，岂所当然。盖散材不任于斧斤，而病马空糜于刍粟。故求外补，以尽余年。岂期避宠而益荣，求闲而得剧。此盖伏遇皇帝陛下，刚健中正，缉熙光明。无为盖虞舜之仁，笃学有仲尼之智。而臣猥以末技，日奉讲帷。凛然威光，近在咫尺。惟古人责难之意，每不自量。方陛下好问之初，遽以疾去。推之理数，可谓奇穷。荷眷遇之不移，窃恩荣而愈重。虽雨露之施，初不择物。而犬马之报，期于杀身。臣无任。

【译文】臣苏轼言：奉制书之命，授臣为龙图阁学士、杭州知州，臣已于本月初三到任。身衰却又得病，这难道不是极大的灾难。乞任越州而得到杭州，又超过了我平生的希望。臣苏轼诚惶诚恐，叩头再叩头。回想起臣起自废黜之地，立登禁严之职。即使终生努力，也不能偿还万分之一的恩德。退缩自安，理所当然。质地松软的木材经不起斧头的砍劈，病马只能空耗粮草。所以我请求补职于外，以安度晚年。没想到逃避宠幸却更加荣耀，乞求闲职却得到了繁职。这都是由于幸遇了皇帝陛下，刚健中正，发扬光明。无为而治如虞舜的仁义，笃实好学有仲尼的智慧。但臣却苟且凭借末技小能，每天奉事讲读诗书。伟大的圣威之光，近在咫尺。只抱着古人责人完善的思想，每每不自量力。当陛下好学多问之初，就马上因病离去。推其道理，真可谓特别难堪。受圣上的眷恋优遇从不改变，窃取的恩荣更加重厚。只是雨露降施，一点儿也不选择物种。而犬马的报答，寄希望到杀身之时。臣无能。

臣轼言：伏奉制书，除臣龙图阁学士、知杭州，臣已于今月三日到任上讫者。入奉禁严，出膺方面。皆人臣之殊选，在儒者以尤荣。臣轼诚惶诚恐，顿首顿首。伏念臣受宠逾涯，积忧成疾。既思退就于安养，又欲少逃于满盈。仰荷至仁，曲从微愿。江山故国，所至如归。父老遗民，与臣相问。知朝廷辍近侍为太守，盖圣主视天下如一家。鞭扑未施，争讼几绝。臣之厚幸，岂易名言？此盖伏遇太皇太后陛下，天地之仁，贤愚兼取。日月之照，邪正自分。每包函其戆迂，欲保全其终始。兄弟孤立，尝亲奉于德音。死生不移，更誓坚于晚节。臣无任。

【译文】臣苏轼言：奉制书之命，授臣为龙图阁学士、杭州知州，臣已于本月初三到任。入任禁林之职，出授地方长官。这都是人臣的特殊职位，在儒士看来是荣耀的。臣苏轼诚惶诚恐，叩头再叩头。回想起臣受宠超越边际，积忧思成疾病。既想退下去安养晚年，又想减少自己的满盈之咎。上蒙至仁之心，设法满足我小小的意愿。江山故国依旧，所到之处如归乡之感。当地的父老乡亲，与臣互为问询。得知朝廷派近侍官为大守，大概认识到圣主把天下视为一家。刑罚未施，争讼的事情已几乎没有。臣所得到的优厚宠幸，怎能用语言来表达？这都是由于幸遇了太皇太后陛下，有天地之仁，贤愚兼收。在日月的光照之下，邪与正自然区分。每每包函愚昧，要保全我的终生。兄弟二人，都曾亲受德音恩令。生死不移，更加坚定保持晚年的节操。臣无能。

杭州谢放罪表二首

臣轼言：臣近以法外刺配本州百姓颜章、颜益二人，上章待罪，奉圣旨特放罪者。职在承宣，当遵三尺之约束。事关利害，辄从一切之便宜。曲荷天恩，不从吏议。臣轼诚惶诚恐，顿首顿首。伏念臣早缘刚拙，屡致忧虞。用之朝廷，则逆耳之奏形于言。施之郡县，则疾恶之心见于政。虽知难每以为戒，而临事不能自回。苟非日月之明，肝胆必照，则臣岂惟获罪于今日，久已见倾于众言。恭惟皇帝陛下，睿哲生知，清明旁达。委任群下，退托于不能。爱养成材，惟恐其有过。知臣欲去一方之积弊，须除二猾以示民，特屈宪章，以全器使。臣敢不省循过咎，祗服简书。眷此善良，自不犯于汉法。时有贷舍，用益广于尧仁。臣无任。

【译文】臣苏轼言：臣近来因为法外刺配本州百姓颜章、颜益二人，上奏章待罪，接受圣旨，特准免除我的罪过。职务在于承命宣教，应当遵守法律的约束。事关利害的问题，就便随宜行事。曲受天恩，才没有按一般官吏惩处。臣苏轼诚惶诚恐，叩头再叩头。回想起臣早先因为刚直愚拙，屡屡招致忧患。用于朝廷之上，听来逆耳的奏章表现于言语。施于郡县之下，憎恨邪恶之心表现于政务当中。虽然知道难以做到每事都进行劝戒，但临到事上自己却不能收回原来的想法。如果不是有日月的光明，肝胆必照，臣何止是今日犯罪，恐怕早已被众论所压倒。自思皇帝陛下天生神圣而明智，清明旁通。委任群下，想办法说服其就任。爱惜养护人才，唯恐其有过。知道臣消除一方积弊，一定要铲除两种奸猾之人以给百姓看，所以特意屈从规章，以充分发挥我的能力。臣怎敢不反省思过，恭行政令。体谅如此的善良之举，自然不违背汉法制度。及时赦免，以发扬光大尧的仁义。臣无能。

乱群之诛，不请而决。盖恩威之无素，致奸猾之敢行。方俟谴诃，岂期宽宥。臣轼诚惶诚恐，顿首顿首。伏以法吏网密，盖出于近年。守臣权轻，无甚于今日。观祖宗信任之意，以州郡责成于人。岂有不择师帅之良，但知绳墨之驭。若平居仅能守法，则缓急何以使民。顾臣不才，难以议此。恭惟太皇太后陛下，宽仁从众，信顺得天。推一身之至公，纳万方于无罪。而臣始终被遇，中外蒙恩。谓事有专而合宜，情无他而可恕。故加贷舍，以示宠绥。朝廷之明，粗以臣为可信。吏民自服，当不令而率从。臣无任。

【译文】对作乱群党进行处罚，不请示已做了裁决。这都是由于平常恩威施用不当，使奸猾之人胆敢妄行。臣正等待着责罚处理，怎敢期望宽赦。臣苏轼诚惶诚恐，叩头再叩头。臣以为，执法官吏所行法网严密，大概是近些年才有的事。守臣的权力轻，没有比今日更厉害的了。观祖宗信任官吏的本意，是把州郡政务完全责成给这些任职的人。哪有不选择良才的长官，而只知道用法网去驭民的。如果平时仅能做到守法，那么紧急时期何以调用民力。臣虽不才，也难以持这种思想。只有太皇太后陛下宽厚仁义，顺从民众意愿，守信和顺，得到了上天的帮助。把要求自己的至公原则推广到天下，包纳万方于无罪之中。而臣却始终受到礼遇，在朝内与朝外都蒙恩德。觉得事有专就合宜，情无他图就可宽恕。因而赦免了臣的罪过，以表示宠爱安抚之意。朝廷明察，认为臣基本可以信赖。官吏百姓自然悦服，应当不下命令都归附顺从。臣无能。

贺明堂赦书表二首

臣轼言：宗祀告成，修累朝之盛典。端门肆眚，答万宇之欢心。凡有识知，举增抃跃。臣轼诚欢诚喜，顿首顿首。窃谓祖宗恩信之所被，譬如天地寒暑之不差。将推作解之仁，必在当郊之岁。恭惟皇帝陛下，宪章六圣，左右三灵。上帝眷而风雨时，壬人去而蛮夷服。讲明大礼，对越昊天。怀柔百神，向用五福。大河修复，奏轨道于东流。藩邸顾怀，锡鸿名于西府。臣备员法从，待罪守臣。想闻路寝之鼓钟，曾叨奉引。嘉与海隅之草术，同被恩私。臣无任。

【译文】臣苏轼言：祭礼告成，这发扬了累朝以来的盛典制度。宫廷大赦，以回报天下万宇的欢心。凡是人类，都更增欢跃。臣苏轼实在欢喜，叩头再叩头。臣以为祖宗恩德信用所覆盖的，犹如天地寒暑的变化一点儿不差。将推广宏大的仁义，必在举行郊礼的当年。臣以为，皇帝陛下效法六圣之制，遵守三灵之政。上帝保佑而风雨适时，奸佞之人消迹而蛮夷顺服。讲明大礼，顺应昊天之意。怀柔百神，享用五福。大河修复，使之按轨道向东奔流。在宫中关怀天下，于西府加赐鸿名。臣备员差遣之官，待罪于守臣之位。想起听到宫室的钟鼓之声，就回忆起臣曾经被受召对于里面。嘉润海角的草木，我也同受恩德。臣无能。

臣轼言：严配礼成，民心知孝。好生德洽，天下归仁。凡蒙一洗之恩，举有惟新之喜。臣轼诚欢诚抃，顿首顿首。伏以功存庙社而辞其礼，泽及草木而讳其名。此圣人之所难，幸微生之亲见。恭惟太皇太后陛下，勋高任姒，道配唐虞。顾惟致治于和平，孰不归心于保佑？合宫均福，毕修累圣之文。会庆告成，不居先后之位。臣职叨禁从，身远阙庭。既欣涣汗之私，溥沾动植，更喜谦光之美，独冠古今。臣无任。

【译文】臣苏轼言：严配的大礼告成，民心知孝。珍惜生命，德泽均被，天下归仁。凡幸蒙一洗之恩，都会有清新之喜。臣苏轼实在高兴欢快，叩头再叩头。臣以为功在庙社而辞让礼庆，泽及草木而讳言称颂。这是圣人所难以做到的，幸而微小之人都亲眼看到。臣以为，太皇太后陛下功勋高于任姒，道德与唐尧、虞舜相配。像这样达到天下和平的大治，还有谁不归心于朝廷保佑的范围之内。合宫均福，完全效法了历代圣君的文德。适逢庆典告成，自己不占居先后之位。臣辱占禁从之职，身远朝廷。既高兴地自我流汗，泽润遍及动植物；又更高兴圣上自谦的德光之美，独冠于古今。臣无能。

谢赐历日诏书表二首

臣轼言：伏蒙圣恩，特赐臣诏书并元祐五年历日一卷者。论道调元，虽大臣之职；授时赋政，亦郡守之常。而臣供奉内朝，使指一道。居则代言而颂令，出则劝民以务农。沐此恩荣，敢忘奉顺。臣轼中谢。恭惟皇帝陛下，文明宪古，睿哲先天。历象教民，本尧舜之智。水旱罪己，盖禹汤之仁。固将推广其诚心，岂特奉行于故事。爰因岁首，已宣布于王言。孰谓民愚，咸识知于帝力。臣无任。

【译文】臣苏轼言：蒙圣上之恩，特赐臣诏书以及元祐五年历日一卷。论道改元，是大臣的职事；依时理政，也是郡守的常职。而臣兼领内朝之职，在外掌管一道之政。居朝则代言而颁令，出守则劝民以务农。沐浴如此恩荣，敢忘了奉令行事？臣苏轼敬谢。只有皇帝陛下文明之德恪守古制，先天神圣明知。依时教化人民，本于尧、舜的智慧。把水旱灾害归罪于自己，这是禹、汤兴起的原因。固然应当推广这种诚心，岂只是奉行旧制。因为时处岁首，已宣布了君王的诏令。谁说民愚，其实他们都十分了解帝王的用心。臣无能。

臣轼言：伏蒙圣恩，特赐臣诏书并元祐五年历日一卷者。窃惟稽古之君，必以授时为急。底日不失日，官既有常。先时不及时，罚在无赦。申以丁宁之诏，致其恻怛之诚。习见颁行，止谓有司之故事。考其情实，则本圣人之用心。臣轼中谢。恭维太皇太后陛下，元功在天，盛德冠古。顺帝之则，虽并用于恩威。与物为春，盖同归于仁厚。而臣入奉讲学，出牧农民。恭布诏书，悉传闾里。庶德音之昭格，致嗣岁之丰穰。臣无任。

【译文】臣苏轼言：蒙圣上之恩，特赐臣诏书及元祐五年历日一卷。臣以为考古行治的君王，一定以颁行历书为急务。把握时节合理安排，官政才能正常。先于时节或赶不上时节，就要受到不可赦免的惩罚。以叮咛之诏加以申明，使人们树立同情的诚心。平时所看到的历日的颁行，只以为是有关部门的常规旧事。若考察其内在意义，则本于圣人的良苦用心。臣苏轼敬谢。只有太皇太后陛下大功在天，盛德冠古。尽管恩威并用，也顺从帝王的规制。给万物带来春天，都同归于仁厚。臣入朝为讲读官，外出掌管百姓。恭敬地宣布诏书，使之传遍各个乡村。期望德音恩令发挥它应有的作用，为下一年度带来丰收。臣无能。

贺兴龙节表

臣轼言：天佑民而作君，惟德是辅。帝生商而立子，有开必先。

纳富寿于方来，实兆基于兹日。臣轼中贺。恭惟皇帝陛下，文思天纵，圣敬日跻。以若稽古之心，上遵王路。行不忍人之政，下酌民言。神听靖共，天寿平格。臣久尘法从，出领郡符。奉万年之觞，虽阻陪于下列；接千岁之统，犹及见于升平。草木之情，日月所照。臣无任。

【译文】臣苏轼言：上天保佑人民而立了他们的国君，国君只以德辅治其民。帝生商而立子，有了开头必定先行。纳长寿于将来，的确就是从这一天奠定了基础。臣苏轼敬贺。臣以为，皇帝陛下天资明智，受崇敬的地位日升。以那稽古之心，上遵王政；推行不忍心别人受疾苦的政治，下采民言。神听敬恭，天寿自有。臣早已忝居于禁从之职，又出领郡守。预祝万年之寿，尽管没能去朝廷作为陪臣。承接千年之统，依然能见到太平盛世。草木真情，由日月所照。臣无能。

贺坤成节表

臣轼言：仁惟天助，寿不假于祷祈；泽在民心，言自成于雅颂。恭临诞月，仰祝圣期。虽凡庶之何知，亦臣子之常分。中谢。恭惟太皇太后陛下，储神天地，托国祖宗。元勋本自于无心，神智实生于至静。同守大器，于兹六年。放亿万之羽毛，未若消兵以全赤子。饭无数之缁褐，岂如散廪以活饥民。臣躬领郡符，目睹兹事。载瞻象阙，阻奉瑶觞。嘉与海隅之人，同罄华封之祝。臣无任。

【译文】臣苏轼言：仁政只有天助，长寿不假借于祈祷；德泽润及民心，公论自然颂扬。恭临太皇太后诞生之月，向上祝福这个神圣的节日。尽管凡庸之人没有什么知识，这个节日的祝寿也是臣子所应该做的。敬谢。臣以为，太皇太后陛下神通天地，继承先祖托管国家。功勋来自无心谋取，神智生于至静之治。与皇帝陛下同守大政，至此已有六年。发放有亿万羽毛的箭，不如避免战争以保全赤子。让无数的贫民吃饱饭，怎比得上把库中的粮食散发出去救济饥民。臣亲领郡职，目睹此事。遥望朝廷，奉上美好的祝福。高兴地与海隅之人，共祝国家昌盛。臣无能。

辞免翰林学士承旨第一状

右臣今月二十八日奉敕，已除臣翰林学士承旨、左朝奉郎、知制诰，诏书到日，可依条交割公事讫，乘递马疾速发来赴阙。臣已于当日依条交割公事讫。伏念臣顷以两目昏暗，左臂不仁，坚辞禁林，得请便郡。庶缘静退，少养衰残。二年于兹，一事无补。才有限而难强，病不减而益增。但以东南连被灾伤，不敢陈乞别求安便。敢谓仁圣尚赐恩怜，召还故官，复加新宠。不惟朝廷公议未允，实亦衰病勉强不前。兼窃睹邸报，臣弟辙已除尚书右丞。兄居禁林，弟为执政。在公朝既合回避，于私门实惧满盈。计此误恩，必难安处。伏望圣慈除臣一郡，以息多言。臣见起发前去，至宿、泗间听候指挥。谨录奏闻，伏候敕旨。

【译文】下臣于本月二十八日接到敕令，说已经授臣为翰林学士承旨、左朝奉郎、知制诰，要求诏书到日，按规定把公事交割完毕后，乘递铺马快速到达朝中。臣已于当天按规定把公事手续交割完毕。考虑到臣前时因两目昏花，左臂活动不灵，坚决请求辞掉禁林之职，换差便郡之任。希望从此安静地从朝中退下来，以略养衰残之年。但任郡职二年，却一事无补。才力有限难以勉强，身病不减却又更加严重。只是由于东南地区连受灾害，不敢向上陈乞辞免职务，另求安闲。怎敢要求仁明的圣上再赐恩怜，召还朝中恢复我的旧官，再受新的宠爱。这不仅在朝廷公论上不恰当，确实也是由于臣体衰有病，勉强支持，不能前往就任。再加上臣看邸报上说，臣弟苏辙已被任命为尚书右丞。这样兄居禁林之职，弟为执政之官。在公朝上即应该回避，对于我们家族来说也的确害怕过于煊赫。考虑这样误加的恩惠，一定难以安下心来。恭望圣上授臣一郡之职，以平息诸多人的指责。臣现在就起程前往，到达宿、泗地区听候指示。谨抄录奏上，恭候敕旨。

辞免翰林学士承旨第二状

右臣近蒙恩除翰林学士承旨。臣以衰病不才，难居禁近，兼以弟辙忝与执政，理合回避，奏乞除臣一郡。今奉诏书，未赐开允。恩威之重，霈若雷雨，岂臣孱陋所敢固违？伏念臣自去阙庭，日加衰白。故疾不愈，旧学已荒。更冒宠荣，必速颠踬。而况清要之地，众所奔趋。兄弟迭居，势难安处。正使缘力辞而获谴，犹贤于忝冒而致灾。伏望圣慈察臣诚恳，特赐除臣知扬、越、陈、蔡一郡。臣今已到扬州，迤逦前去南京以来，听候指挥。干冒天威，臣无任战恐待罪之至。谨录奏闻，伏候敕旨。

【译文】下臣近日蒙恩被任命为翰林学士承旨。因为自己衰病不才，难居禁近之职，再加上弟弟苏辙占居了执政大臣之位，理当回避，已奏乞给臣一郡之官。现在接到诏书，不赐批准。圣上恩威之重，犹如雷雨之下，难道凭臣的低劣粗陋胆敢故意违命？回想起臣自离开朝宫以后，日益衰老苍白。旧病不愈，过去学的东西已经荒废。再冒占宠荣，一定加速跌倒。更何况这些清要之地，是人们所极力争夺的。兄弟二人重迭居于上位，其形势难以平安相处。假使能因为极力推辞而遭贬谴，也好于因窃取官职而招致灾难。恭望圣上体谅臣的诚恳之心，特赐臣在扬、越、陈、蔡诸州中任一个州的知州。臣今已到扬州，前去南京途中，听候指示。冒犯了天威，臣不胜万分发抖恐惧，等待罪罚。谨抄录奏上，恭候敕旨。

辞免翰林学士承旨第三状

右臣近蒙恩除翰林学士承旨。臣以衰病不才，难居禁近，兼以弟辙备位执政，理合回避。寻两次奏乞除臣一郡，准尚书省札子，三省同奉圣旨，依前降诏书不允者。臣之愚虑，终以弟辙亲嫌，于义未安。窃见仁宗朝王洙为学士，以其从子尧臣参知政事，故罢。臣今来欲乞依王洙故事回避，仍乞检会前奏，除臣扬、越、陈、蔡一郡。屡犯天威，臣无任战恐待罪之至。谨录奏闻，伏候敕旨。

【译文】下臣近日蒙恩被任命为翰林学士承旨。因为自己衰病不才，难居禁近之职，再加上弟弟苏辙备位执政官，理当回避。不久，又两次奏请安排臣担任一个郡的长官，据尚书省的札子称，三省共同接受圣旨，说是依照以前所下的诏书执行，不予批准。按臣的愚昧考虑，最终还是因为与弟苏辙有亲缘之嫌，从道理上也不合适。我知道仁宗朝王洙曾担任学士，因为当时他的侄子王尧臣是参知政事，所以罢去学士之职。臣现今请求依照王洙的旧例回避，同时请参照以前臣的奏文，在扬、越、陈、蔡诸州之内安排臣一个知州。屡次冒犯天威，臣不胜万分发抖恐惧，等待罪罚。谨抄录奏上，恭候敕旨。

乞候坤成节上寿讫复遂前请状

右臣近奏，乞依王洙故事罢翰林学士承旨，仍乞一郡。奉圣旨依累降指挥不允者。衔戴恩慈，怵迫威命。已经三却，其敢固违？已于今月二十九日赴阁门祇受告命讫。然臣衰病日加，心力难强，亲嫌之避，愚守不移。伏见坤成节在近，欲候上寿讫，复遂前请。勉强供职，庶表见臣子恭顺之心。逡巡力辞，盖终存典刑分义之守。谨录奏闻。谨奏。

【译文】下臣近日上奏，请求依照王洙的旧例，罢免我翰林学士承旨的职务，并请给一郡之任。后接圣旨，规定依照此前多次下发的诏令执行，不予批准。承蒙圣上的恩慈，惧怕迫以威命。已经三次不准，还敢执意违命？臣已于本月二十九日前赴阁门恭受命令。然而臣的身体日趋衰残，疾病日益加重，心力难以勉强，关于亲嫌的回避，这是愚臣坚定不移的考虑。坤成节即将到来，请求等到太皇太后的祝寿完毕之后，再答应我以前的奏请。勉强干好工作，以希望表现出臣子的恭敬孝顺之心。前后虽极力推辞，但最终还是要按规章干好自己的本职工作。谨抄录奏上。谨奏。

谢宣召再入学士院二首

右臣今月十一日翰林待诏梁迪至臣所居，奉宣圣旨，召臣入院充学士承旨者。使星下烛，生蓬荜之光华；天泽旁流，及桑榆之枯槁。国有用儒之盛，士知稽古之荣。伏以翰墨之林，号称内相。文章之外，不取他才。至于用人，可以观政。文武并用，或成颇牧之功。邪正杂居，至有伾文之患。惟贵且近，故难其人。而况金銮玉堂，亲被丝纶之密。北扉东阁，独称年德之高。必有异人，以齐众口。而臣本缘衰病，出守江湖。以一方凋弊之余，当二年水潦之厄。戴星而治，仅免流离。及瓜而还，恍如梦寐。交亲迎劳，都邑聚观。惊华发之半空，笑丹心之未折。宜投闲散，以养衰残。岂期过采于虚名，复使荣加于旧物？此盖伏遇皇帝陛下，德如乾健，明配日中。既祖述于尧仁，复躬行于舜孝。才难之叹，人诵斯言。缘先帝之德音，收孤臣于散地。言虽直而无罪，身愈远而益亲。委曲保全，始终录用。臣敢不更磨朽钝，少补涓埃？难得者时，未有捐躯之会。勿欺而犯，誓无患失之心。臣无任感天荷圣激切屏营之至。谨录奏谢以闻。谨奏。

【译文】本月十一日，翰林院待诏梁迪到臣的居所，奉命宣布圣旨，召臣入翰林院充任学士承旨之职。圣上派使者下照，使简陋的寒舍生出光辉。天泽旁流，润及桑榆之树的枯朽之木。国家有重用儒士的盛政，士人知稽古右文的荣耀。回想翰林院中从事语言工作之官，号称内相。除根据文章水平录用外，不选取有其他才能的人。从用人上，可以观察政治的好坏。文武并用，会有绝好的功效。邪正杂居，其结果会有文告堆积之患。高贵的近从之职，本来就难以得到合适人选。更何况翰林院这样的金玉宝地，亲管人才评审的繁密工作。北扉东阁之地，只能德高望重的人充选。一定要有特别的人才，才能满足舆论的要求。而臣本来就因为体衰多病，出守江湖之地。以这些地方困敝之后的形势，去对付两年的水涝灾害。披星戴月去治理，才仅仅扭转了百姓流离的局面。到被替代而还后，这一切都恍如梦幻。朋友亲属相迎问候，都邑人都会聚来这里观看。对华发脱落大半感到吃惊，自笑丹心尚未磨灭。应该找个闲散之职，以养衰残的晚年。哪想到朝廷过于听信虚名，又使荣宠加于我老朽之身？这都是由于幸遇了皇帝陛下，德如乾健，光明与午时日光相配。既继承了尧的仁义，又身体力行舜的孝顺。人才难得的感叹，这是人们所常发的。就是因为先帝的德音恩令，才把孤臣从闲散之地收用。言语虽然刚直却没有罪，身离朝廷越远反而越亲近。想方设法保全我，最终加以录用。臣怎敢不进一步努力学习工作，稍稍增加微小的报答？难得的是机会，没有为朝廷捐躯的时候。如果没有欺骗言行而导致了犯罪，臣发誓绝没有患失之心。臣感谢上天使我受到了圣上的恩待，不胜激烈而迫切地感到万分恐惧。谨抄录奏上。谨奏。

右臣今月十一日翰林待诏梁迪至臣所居，奉宣圣旨，召臣入院充学士承旨者。衰迟无用，宠既溢于当年。眷待有加，恩复隆于晚节。使华临贲，天语丁宁。耸里巷之惊观，叹朝廷之用旧。伏以禁林分直，法本六人。帝语亲承，旧惟一老。不缘名次之先后，断自上心之简求。冠内朝供奉之班，极儒者遭逢之盛。凡膺此选，宜得异材。而臣本以愚忠，累尘器使。初无已试之效，但有过实之名。千里阙庭，二年江海。忧深投杼，岂无三至之言？诏复赐环，不待一人之誉。此盖伏遇太皇太后陛下，道无私载，公生至明。以七年之照临，观群臣之邪正。知臣刚褊自用，虽有宽饶之狂。察臣忠鲠不移，庶几长孺之守。故还旧物，益茂新恩。臣敢不早夜以思。死生不易。虽桑榆之景，已迫残年。而犬马之心，犹思后效。

【译文】本月十一日，翰林院待诏梁迪到臣的居所，奉命宣布圣旨，召臣入翰林院充任学士承旨之职。臣已衰老迟钝没有用处，而所受的宠荣却胜于壮年。更加深了对我的眷待，在晚年又获取了崇高的恩遇。使者用华美的语言到舍宣布，用天语叮咛。激起了里巷之人的惊喜观看，感叹朝廷任用旧臣。在禁林之地翰林院分工的，依法本来是六人。帝诏亲命的，旧臣中只有我一个。这一任命，不依照名次先后，只是圣上的自我决断。名冠内朝的供奉官之班，是儒者职选中的极高荣誉。凡获此选，应该是具有特别才能的人。而臣本来就因为对朝廷的愚忠，多次愧占荣职。过去的工作没有一点实效，却只有不符合实际的虚名。远离朝廷千里，有两年时间在江海之边任职。深忧遭受谣言的攻击，怎能没有一些话传到朝廷里去？下诏又赐给我荣职，却不等待听取一个人对我的赞誉。这都是由于幸遇了太皇太后陛下，公正无私，天生至明。用七年时间听政，观察群臣中的邪与正。知道臣刚愎自用，即使有汉代大臣盖宽饶一样狂妄之心。体谅臣忠耿不移，期望能像汉代大臣韩安国一样忠于职守。所以加任旧职，增加新的恩惠。臣怎敢不日夜想着回报，无论生死都不改变。即使置身于桑树榆树的美景之中，自己毕竟已迫近衰残之年。而犬马之心，还想着在以后效劳。

谢赐对衣金带马状二首

右臣伏蒙圣慈以臣入院，特赐衣一对，金腰带一条，并鱼袋镀金银鞍辔马一匹者。汉宫三服，已分密丽之珍。唐监八坊，复下权奇之骏。拜嘉甚宠，省己何功。伏念臣受材迂疏，赋命寒蹇。幼师季路，止服组袍。长慕少游，欲乘下泽。目眩重金之耀，神惊《四牡》之良。俯仰自惟，周章失次。此盖伏遇皇帝陛下，忧勤黎庶，寤寐俊贤。故损厩库之储，以广英雄之彀。致兹孱陋，亦被宠光。臣敢不求称于衷，益鞭其后？薄德盛服，当戒《维鹈》之篇。强力安邦，庶几《有駜》之颂。臣无任感天荷圣激切屏营之至。谨录奏谢以闻。谨奏。

【译文】蒙圣上之恩，因臣入翰林院任职，特赐衣一对，金腰带一条，以及鱼袋和配有镀金银鞍、缰绳的马一匹。汉代官员的三服，已属于府库中的珍贵物品。唐代监下的八坊，仍再分配优质的马匹。所受嘉赐甚宠，更省自己有何功劳？回想起臣才识浅陋，天生穷苦。幼学子路，只穿粗劣衣服。长太后仰慕秦少游，想居于下等之地。目昏眩于重金的光芒之中，精神惊散于《四牡》所说的良马之下。晚年崇尚自守，生活已失去规律。这都是由于幸遇了皇帝陛下，关心下民，梦求俊贤。所以拿出府库中的积蓄赏赐给人，以使英雄充分张满弓弩。臣如此低劣粗陋，也受到这样的宠光。臣怎敢不忠心耿耿，在以后更加努力？薄德盛服，当以《维鹈》篇为戒。强力安邦，期望有《有駜》之颂。臣感谢上天使我受到了圣上的恩待，不胜激烈而迫切地感到万分恐惧。谨抄录奏上致谢。谨奏。

右臣伏蒙圣慈以臣入院，特赐衣一对，金腰带一条，并鱼袋金镀银鞍辔马一匹者。镂锡金轭，示有驰驱之劳。宝带袭衣，岂无约束之义？上既循名而责实，下当因物以贡诚。伏念臣少则贱贫，长而因阨。仲卿龙具，追晏子之一裘。伯厚鸡栖，陋景公之千驷。无功拜赐，服宠汗颜。顾惟何人，膺此异数。此盖伏遇太皇太后陛下，躬行慈俭，德贯天人。约于奉己，而侈于养贤。严于私亲，而宽于驭众。怜其朽钝，借以光华。臣敢不衣被训词，服勤鞭箠。惟德其物，永观不易之言。思马斯徂，更厉无邪之志。

【译文】蒙圣上之恩，因臣入翰林院任职，特赐衣一对，金腰带一条，鱼袋和配有镀金银鞍、缰绳的马一匹。赐给金银马具，以显示出我有来往奔走的劳苦。赐给宝带套衣，这难道没有约束我的意义？上面既然循名而责实，下面就应当根据赐物的等级贡献自己的诚心。回想起臣少时贫贱，长太后又多遭困厄。仲卿精良的衣物齐备，却要追求晏子的一裘之衣。伯厚居鸡栖之地，却轻贱景公的千马之荣。无功受赐，得宠汗颜。看看我是何人，能获得这样的特别恩待？这都是由于幸遇了太皇太后陛下，自身慈俭，德贯天人。约己自持，而不惜重金养贤。严于对待私家亲属，而宽以驾驭众人。可怜他们的年老迟钝，借给他们荣华之光。臣怎敢不牢记训词，辛勤努力？施德于下民，永远坚定不改变的誓言。想着马要为此尽终，更劝戒自己要保持无邪之志。

谢兼侍读表二首

臣轼言：今月四日，伏奉告命除臣兼侍读者。用非其分，宠至若惊。满溢之忧，逡巡莫避。臣某诚惶诚恐，顿首顿首。伏念臣与弟辙同登进士，并擢贤科。内外分掌于制书，先后迭居于翰苑。今臣以经史入侍，司言行于中。辙以丞辖立朝，督纲条于外。恭承明诏，不许固辞。以为兄弟之同升，自是朝廷之盛事。承明三人，仅比古人。

大雅一门，无惭旧史。人非木石，恩重丘山。恭惟太皇太后陛下，明极照临，忧深付托。欲为社稷之卫，莫如臣仆之贤。以帝尧之哲，而甚畏于壬人。以孔子之圣，而思见于狷者。致兹选擢，骤及迂愚。臣敢不淬励初心，激昂晚岁。誓坚必死之节，少报不赀之恩。臣无任感天荷圣激切屏营之至。谨奉表称谢以闻。臣某诚惶诚恐，顿首谨言。

【译文】臣苏轼言：本月初四，接受诰命授臣为侍读。用非所能，受宠若惊。恩重之忧，顷刻莫避。臣苏轼诚惶诚恐，叩头再叩头。回想起臣与弟苏辙同登进士，一起升至贤科。内外分掌制书工作，先后迭居于翰苑之职。今日臣以讲读经史之职入侍，掌管讨论言行于朝中。弟苏辙以丞辖之职立于朝中，掌管督察纲条于外。恭承明诏指示，不准许执意推辞。以为兄弟同升，自然也是朝廷中的一件盛事。蒙圣上之明，父子三人入朝为官，差不多比得上古人。一门家族获大雅之荣，无愧于旧史。人非木石，深知恩重如山。只有太皇太后陛下灿烂的光辉普照，深忧付托之任。认识到要维护国家社稷，没有比得上臣仆的贤能。凭帝尧的明智，可是很害怕奸佞之人。凭孔子的圣明，却想见一见狂狷之人。把这样的高选之位，很快安排给愚拙的我辈。臣怎敢不坚定最初的信念，在晚年激昂奋进。发誓坚定为之献身的决心，稍微报答报不清的恩德。臣感谢上天使我受到圣上的恩遇，不胜激烈而迫切地感到万分恐惧。谨上表致谢。臣苏轼诚惶诚恐，叩头谨言。

臣轼言：今月四日，伏奉告命除臣兼侍读者。叨承新命，祗服训词。薄技已穷，旧恩未替。臣某诚惶诚恐，顿首顿首。伏念臣志大而才短，论迂而性刚。以自用不回之心，处众人必争之地。不早退缩，安能保全？是以三年翰墨之林，屡遭飞语。再岁江湖之上，粗免烦言。岂此身愚智之殊，盖所居闲剧之致。臣之自处，何者为宜？而况讲读之司，帷幄最近。分章摘句，则何以报非常之知。因事献言，又必贻前日之患。虽仰恃天日之照，实常负冰渊之虞。恭惟皇帝陛下，大德庇民，小心顺帝。虽天覆地载，以圣不可知为神。而日就月将，以学而不厌为智。曲收旧物，以广多闻。臣敢不职思其忧，本无分于中外。欲报之德，誓不易于死生。臣无任感天荷圣激切屏营之至。谨奉表称谢以闻。臣某诚惶诚恐，顿首顿首。谨言。

【译文】臣苏轼言：本月初四，接受诰命，授臣为侍读。辱受新命，恭接训词。臣微薄小技已无所施，旧恩还未能报答。臣苏轼诚惶诚恐，叩头再叩头。回想起臣志大才疏，持论迂阔，性情刚直。凭着自以为是而从不改回的信念，处身于众人必争之地。若不及早退缩，何能保全性命？因而在翰林任职三年时间，屡遭飞语。两年在江湖之上任职，几乎避免了人们的指责。这难道是我自己特别愚昧无能的原因，大概是由于所居官位的高低所导致的。臣之行事，怎么做才算合适？况且，管讲读的机构，离圣上最近。如果分章摘句，则何以报答圣上对我非常之知的恩德。如果据事建议，又一定会像以前那样留下后患。尽管上恃天日之照，但的确常常有下临冰渊的担忧。臣以为，皇帝陛下大德庇民，小心顺应上帝。虽然天覆地载万事万物，但都以神圣而可知者为神灵。而一日日，一月月，都以学而不厌为大智之途。兼采各种旧资料，以扩大知识的范围。臣怎敢不深入考虑工作中的问题，不论牵涉朝内朝外的事。要报答恩德，无论生死，誓不变心。臣感谢上天使我受到圣上的恩遇，不胜激烈而迫切地感到万分恐惧。谨上表致谢。我诚惶诚恐，叩头再叩头。谨言。

谢三伏早休表二首

大火既中，三庚云伏。炎熹之病，贵贱所同。忽蒙退食之恩，遂失流金之酷。恭惟皇帝陛下，仁均动植，明烛幽微。上有无逸之勤，下无独贤之叹。臣等逢时多暇，窃禄安居。共扬扇暍之风，以安黎庶。更励饮冰之节，少答生成。臣等无任仰天荷圣激切屏营之至。

【译文】大火星至天空当中，三庚入伏。炎热之苦，贵贱所同。忽蒙早退休息自养的恩典，于是避免了工作中感受伏天的酷热。只有皇帝陛下仁均动植物，明照幽暗。上有无逸之勤，下无独贤之叹。下臣等人适逢好时候，多得假休，窃享俸禄，安居自养。共扬清凉之风，以安黎民百姓。更加持守饮冰享受时的节操，以稍微报答给与如此幸福的恩德。臣等人依赖上天受到了圣上的恩待，不胜激烈而迫切地感到万分恐惧。

星火见而金微，日方可畏。朝气锐而昼惰，恩获少休。上既知劳，下皆忘暑。恭惟太皇太后陛下，劳谦恭己，内恕及人。虽天地无一物之私，而父母有至诚之爱。臣等仰蒙宽假，动获便安。未明无颠倒之衣，省循何幸。夙退有委蛇之食，歌咏而归。臣等无任仰天荷圣激切屏营之至。

【译文】火星出现而金星隐微，太阳炎热可畏。持续高温使人昏昏沉沉，获恩准可以提前休息。在朝上知道辛勤工作，下来都忘了暑热。只有太皇太后陛下勤劳自谦，约束自己，宽恕别人。对天地无一物之私，对人民有父母至诚之爱。臣等人上蒙早休之准，经常获得自便安处。天不明不起床，看看自己多么幸福。早退后从容进食，欢快歌咏而归。臣等人依赖上天受到了圣上的恩待，不胜激烈而迫切地感到万分恐惧。

谢除龙图阁学士知颍州表二首

臣轼言：伏蒙圣恩，以臣累章乞郡，除臣龙图阁学士、知颍州者。引嫌求避，顾旧典之甚明。易职宠行，荷新恩之至厚。疏愚自省，惭悚交并。中谢。伏念臣学陋无闻，性迂难合。受四朝之知遇，窃五郡之蕃宣。吴会二年，但坐縻于廪禄。禁林数月，曾未补于丝毫。敢冀殊私，复还旧物？恭惟太皇太后陛下，仁涵动植，明烛幽微。知臣独受于圣知，欲使曲全于晚节。怜其无用，许以少安。凡力请八章而后从，使不为一乞而遽去。在臣进退，可谓光荣。虽老病怀归，已功名之无望。而衷诚思报，尚生死之不移。臣无任感天荷圣激切屏营之至。谨奉表称谢以闻。

【译文】臣苏轼言：蒙圣上之恩，因为臣多次上章请任郡职，授臣为龙图阁学士、颍州知州。因为亲嫌而请求回避，旧典上也十分明确。换职获宠恩行遣，所受到的新恩非常之厚。自省愚拙之才，感到既惭愧又恐惧地发抖。敬谢。回想起臣学识浅陋，性情迂阔，难与众合。受到四朝的了解和礼遇，窃居过五个郡的职务。在杭州两年，只是坐耗仓禄。在翰林数月，并未有丝毫补益。怎敢期望再对我特殊恩待，恢复授与旧等职务？只有太皇太后陛下仁盖天下动植物，明照幽暗。知道臣唯独获得圣上的了解和看重，设法保全我晚年的气节。哀怜我年老无用，准许我稍稍安养。使我在极力奏请八次之后才获准，不使我经一次乞请就马上批准离开。在臣的仕途进退当中，这可谓是光荣的。虽然臣老病怀归，对功名已经无望追求，但忠诚报恩的思想，仍生死不移。臣感谢上天使我受到了圣上的恩待，不胜激烈而迫切地感到万分恐惧。谨上表称谢。

臣轼言：伏蒙圣恩，以臣累章乞郡，除臣龙图阁学士、知颍州者。备员经席，幸依日月之光。引避亲嫌，实有简书之畏。恩还旧职，宠寄近蕃。衰朽增华，省循知愧。中谢。伏念臣生无他技，天与愚忠。虽所向之奇穷，独受知于仁圣。力求便郡，盖常怀老退之心。伏读训词，有“不为朕留”之语。殊私难报，危涕自零。恭惟皇帝陛下，缉熙光明，刚健笃实。方收文王之四友，以集孔子之大成。而臣苟念余生之安，莫伸一割之用。桑榆暮齿，恐遂赍志而莫偿。犬马微心，犹恐盖棺而后定。臣无任。

【译文】臣苏轼言：蒙圣上之恩，因为臣多次上章请任郡职，授臣为龙图阁学士、颍州知州。臣备员经席之职，是有幸依靠了日月之光。因回避亲嫌而引去，的确害怕有永远记载的惩罚。受恩再领了旧职，受宠差遣为近京的州官。使我这衰朽之人增光，省察自己内心知愧。敬谢。回想起臣平生没有别的技能，上天给了我愚忠之心。尽管所到之处很不受到众人的欢迎，但唯独得到仁宗的看重。极力求任便郡之职，是因为常有年老退休的想法。我读圣上的训词，有“何不为圣上留下来”的语句。对我的特殊恩德难以报答，不胜恐惧流涕。臣以为皇帝陛下发扬光明，刚健笃实。收揽文王的四友，以集孔子之大成。而臣却有苟且为晚年自养的考虑，不想着要去尽一份力量。死后归乡，恐怕会抱着报恩的志向而未能如愿。犬马之人的微小之心，仍害怕盖棺以后不好的定论。臣无能。

卷四十二 表状

谢赐对衣金带马状二首

右臣伏蒙圣慈，特赐臣对衣一袭，金腰带一条，银鞍辔马一匹者。锡之上驷，敢忘致远之劳。佩以良金，无复忘腰之适。执鞭请事，顾影知惭。恭惟皇帝陛下，禹俭中修，尧文外焕。长辔以御，率皆《四牡》之良。所宝惟贤，岂徒三品之贵？出捐车服，收辑事功。而臣衰不待年，宠常过分。枯羸之质，匪伊垂之而带有余。敛退之心，非敢后也而马不进。徒坚晚节，难报深恩。臣无任。

【译文】下臣承蒙圣上的优待，特赐给臣对衣一套，金腰带一条，配有银马鞍及缰绳的马一匹。赐我上等马匹，怎敢忘了跑远路的劳动。佩服上等金带，也不会忘了腰身的舒适。拿着马鞭去请求办事，看到影子就知道羞愧。只有皇帝陛下内学禹的节俭，外用尧的文治。用长长的缰绳驾驭天下，都象《四牡》诗所吟诵的那样美好。所宝贵的是任人唯贤，难道只有三品官位本身的高贵？拿出的是车马服饰，收到的是实际功效。臣虽老之将至，受宠却常常过分。衰弱的身体状况，不是自己所能改变的，却受到圣上的多多提携。收敛求退之心不敢比别人落后，但圣上的器重不容许我这样做。只坚守晚年的气节，难以报答深厚的恩德。臣无能。

右臣伏蒙圣慈，特赐臣对衣一袭，金腰带一条，银鞍辔马一匹者。出笥之珍，以旌有德。在坰之驷，岂及无功？而臣首尾四年，叨尘三锡。省躬内灼，服宠汗流。恭惟太皇太后陛下，慈俭自居，龙光四达。德被海宇，岂惟一袭之衣；恩结华夷，何止十围之带？群贤在驭，六辔自调。而臣顷以衰羸，止求安便。奉宣德意，庶几五裤之谣。收敛壮心，无复千里之志。更期力报，有愧空言。臣无任。

【译文】下臣承蒙圣上的优待，赐给臣对衣一套，金腰带一条，配有银马鞍及缰绳的马一匹。拿出府库中的这些珍宝之物，以表彰有德行的人。长期在郊野奔跑的良马，怎会能无功？而臣在前后四年之间，就辱受了三次赏赐。对照自己觉得内心焦急不安，倍受恩宠不禁满身流汗。只有太皇太后陛下自处慈善简朴，龙光四射。其恩德遍盖海宇，怎么仅仅会是一套衣服；其恩泽结华夏与边夷，何止是十围长的腰带？群贤不失驾驭，六根缰绳自然协调。而臣却很快就要衰老，只求个安心随便的去处。接受恩赐的命令，差不多是五裤之隔的乐歌。收敛自己的壮志之心，不再有长远千里的打算。仍期望努力报答恩德，对说空话感到羞愧。臣无能。

颍州谢到任表二首

臣轼言：伏蒙圣恩，除臣龙图阁学士、知颍州。臣已于今月二十二日到任讫者。避嫌引疾，惭无国士之风。揣分知难，粗守人臣之节。曲蒙温诏，遂假名邦。已见吏民，惟知感怍。臣某中谢。伏念臣早缘多难，无意轩裳。晚以虚名，偶尘侍从。虽云时可，每与愿违。既未决于归田，故力求于治郡。慈母爱子，但怜其无能。明君知臣，终护其所短。自欣投老，渐获安身。此盖伏遇太皇太后陛下，慈俭临民，刚柔布政。参天地而有信，喜怒不陈。体水镜之无心，忠邪自辨。致兹愚直，亦克保全。虽任职居官，无过人者。而见危授命，盖有志焉。臣无任。

【译文】臣苏轼言：蒙圣上之恩，任命臣为龙图阁学士、颍州知州。臣已于本月二十二日抵达任上。臣因怕猜疑而逃避，因病而引退，惭愧自己没有堂正士大夫的品质。揣度自己的本分知道事情难办，粗略地操持人臣的气节。委屈圣上下达温和的诏令，使臣担任颍州知州。已见到吏民百姓，只知道感动羞愧。臣轼敬谢。考虑到臣及早就蒙受多灾多难，已无意去追求车服官位。晚年凭着自己的虚名，偶然辱得了侍从之职。虽说与时势相适应，但每每与自己的愿望相违背。由于还没有作出回归乡里的决定，所以就力求要把郡事治理好。慈母爱子，只可怜他无能。明君知臣，最终还为他护短。自己欣愿退休告老，逐渐使自己的生活安定下来。这都是由于遇到了太皇太后陛下，慈善节俭以统治人民，施政刚柔相济。其信用上天大地为证，喜怒不表现于外。体察水镜照物不偏心，是忠是邪自然分辨。臣如此愚贱直率，也得以保全自己。虽然居官任职，却无过人之才。然而臣在自身危难之时接受任命，即应该有所作为。臣无能。

臣轼言：伏蒙圣恩，除臣龙图阁学士、知颍州。臣已于今月二十二日到任讫者。支郡责轻，未即满盈于小器。丰年事简，非徒饱暖于一家。览几席之溪湖，杂簿书于鱼鸟。平生所乐，临老获从。臣某诚惶诚恐，顿首顿首。伏以汝、颍为州，邦畿称首。土风备于南北，人物推于古今。宾主俱贤，盖宗资、范孟博之旧治。文献相续，有晏殊、欧阳修之遗风。顾臣何人，亦与兹选？此盖伏遇皇帝陛下，丕承六圣，总揽群英。生知仁孝之全，学识文武之大。谓臣簪履之旧物，尝忝帷幄之近臣。奉事七年，崎岖一节。意其忠义许国，故暂召还。察其老病畏人，复许补外。置之安地，养此散材。更少勉于桑榆，誓不忘于畎亩。臣无任。

【译文】臣苏轼言：蒙圣上之恩，任命臣为龙图阁学士、颍州知州。臣已于本月二十二日抵达任上。降至郡级任职的责罚较轻，还没有达到对小人的处罚程度。丰年事情简单，也不是只让一家饱暖。在溪湖之边设几案，在鱼鸟之间览簿书。平生所喜欢的，临老时候得到了满足。臣诚惶诚恐，叩头再叩头。臣以为汝州、颍州作为州，在州级行政区中居于重要地位。土风兼备南北，古今人才辈出。这里的宾主都是贤才，因为宗资、范孟博曾经治理过。这里的文化发展前后相继，具有晏殊、欧阳修的遗风。再看看臣是何人，也入选到这个行列？这都是由于幸遇了皇帝陛下，继承之前六位圣君的传统，总揽各类英才。生来就是仁孝双全，学识渊博，文武兼备。看看臣像发簪、鞋子一样的旧物，却也曾忝为朝廷里的近臣。奉事七年时间，不过是臣曲折生活中的一段。考虑到臣答应过要为国家尽忠尽义，因而暂且把我召还。又看到臣衰老病弱的令人害怕，方再准许我补任外职。放到安定的地方，以养活我这无用之才。这又稍稍激起我归乡的意志，誓不忘要回到田间里去劳动。臣无能。

同天节进绢表

伏以大人之德，莫得而名。万寿之觞，无物可称。前件绢，土地所出，赋租之余。敢输向日之诚，少备充庭之末。

【译文】臣以为伟大人物的品德，是无法用名来概括的。万岁的祝寿，是没有东西可以拿上来的。前面所进贡的绢布，本于土地所产，是租赋收入的剩余。谨以此进献，以表示我已往对朝廷的诚心，稍微地供朝廷储藏备用的不值得一提的东西。

上清储祥宫成贺德音表二首

臣轼言：伏睹九月二十七日德音，以上清储祥宫成，减决四京及诸道见禁罪人者。灵光下烛，庆新宫之落成。霈泽旁流，洗庶狱之多罪。散为和气，坐致丰年。臣某诚欢诚忭，顿首顿首。

臣闻舜禹之心，以奉先为孝本。释老之道，以损己为福田。永惟坤作之成，每辞天下之养。卑宫何陋，大练为安。故能捐万金之资，以成二圣之意。为国迎祥，而国无所费。与民祈福，而民不知劳。銮辂亲临，神灵昭格。睹士女之和会，既同其休。念囹圄之幽囚，或非其罪。用孚大号，以达惠心。恭惟太皇太后陛下，恭俭以仁，明哲作则。爱惜帑廪，不供浮费之私。重慎典刑，每存数赦之戒。一宽汤网，众识尧心。臣以从官，出临近甸。率吏民而拜庆，助父老之欢谣。永望阙庭，实同咫尺。臣无任。

【译文】臣苏轼言：看到九月二十七日下发的德音，因为上清储祥宫落成，减免处理四京地区及诸道现在囚禁的罪犯。圣上灵光下照，以庆祝新宫的落成。圣上恩泽遍流，以清洗天下监狱中的多罪之污。如此行于天下，便成和气，可以坐致丰年的到来。臣实在欢乐高兴，叩头再叩头。

我听说舜和禹的内心，是以继承先代传统作为行孝的根本。释教道教的宗旨，是以损害自己来造出福田。永远追求的是造化人类的成功，而不去关心对天下人的养育。自己的小住处多么简陋，却以大力练丹为安心。所以能捐出万金的资财，以实现皇上和太皇太后二圣筑宫的愿望。这为国家迎来吉祥，却对国家无所损费。给人民祈求幸福，而人民却不知劳累。圣上御驾亲临，神灵明落各处。看到士女都来聚会，她们也同贺吉祥。由此想到深囚监狱中的犯人，或许有的并没犯所定之罪。用下发德音诏令的形式表示信用，以起到恩惠深入人心的目的。只有太皇太后陛下肃敬自谦合乎仁的标准，行圣贤之道以身作则。爱惜府库财物，不供自己其它浮费之用。慎重使用刑法，每每有定数赦免的告诫。使得商汤的法网一下子放宽，众人知道圣上的帝尧之心。臣由近从之官，出外到近畿地区任职。率领吏民百姓．都叩拜庆贺，携助父老乡亲欢乐歌唱。永远望着朝中的殿庭，实在是距离很近。臣无能。

臣轼言：伏睹九月二十七日德音，以上清储祥宫成，减决四京及诸道见禁罪人者。琳馆告成，神人交庆。纶音下霈，过故尽除。臣某诚欢诚忭，顿首顿首。臣闻汉武筑通天之台，魏明作凌云之观。皆厉民而私己，或秘祝以蕲年。然犹形于咏歌，被之金石。而况文孙继志，神母考祥。追六圣之心，本枝百世。均万方之庆，图圄一空。岂惟洗濯于丹书，固已光华于青史。恭惟皇帝陛下，知人尧哲，克己禹勤。积德之宫，以文章为藻饰。庇民之厦，以仁义为基扃。眷朴斫之成能，亦圣神之余事。臣久参法从，夙侍经帏。乐石铭诗，虽幸执太史之笔。大圭荐祼，不获践属车之尘。徒与吏民，共兹庆泽。臣无任。

【译文】臣苏轼言：看到九月二十七日下发的德音，因为上清储祥宫落成，减免处理四京地区及诸道现在囚禁的罪犯。华丽的宫馆告成，神与人都相互庆贺。诏令下发，罪过尽除。臣实在欢乐高兴，叩头再叩头。臣听说过去汉武帝建筑通天之台，魏明帝建造凌云之观，都是盘剥人民之财而为自己私用，同时还暗里祝祷乞求年成好。然而这就像表面咏歌要普遍散发金石一样。更何况还要求后代子孙去继承先代的业绩，要求先代神灵去保佑吉祥。追念我朝六位圣君的心意，则有本有枝，可以百世流传。天下万方都在庆贺，牢狱为之一空。这怎么仅仅会是把史策的记载改变一新，而且本来也使史策记载增光生辉。臣以为皇帝陛下知人如帝尧一样聪敏，约束自己如大禹一样辛勤。积德之宫，用文采来修饰。保护人民的大厦，用仁义来奠基。回顾不多费就成大业的情况，这也是圣上神治额外所办的事。臣长久列居近从官，日常奉事在朝廷中。曾受为此撰写碑文，只是荣幸执掌了太史之笔。大恩大德施与下臣，臣没有因窃取高位而受到轻贱。臣与吏民百姓，共同庆贺这个恩泽下施的节日。臣无能。

贺兴龙节表

臣轼言：天佑我邦，祥开是日。山川贡瑞，日月增华。臣某诚欢诚忭，顿首顿首。伏以上圣所储，有慈俭不争之宝。舆情共献，盖忱勤无逸之龟。不待祷祠而求，自然天人之应。恭惟皇帝陛下，尧仁舜孝，禹勤汤宽。德莫大于好生，故以不杀为神武。道莫尊于问学，故以所闻为高明。敷锡庶民，向用五福。臣备员内阁，出守近畿。虽违咫尺天威，乃身在外。而上千万岁寿，此意则同。臣无任。

【译文】臣苏轼言：上天保佑我们的国家，使我们又迎来了这个吉祥的节日。山川为此散发瑞气，日月为此增辉。臣实在欢乐高兴，叩头再叩头。臣以为圣上的积储，都是些慈善节俭而不争的宝贵财富。舆论民情所献上的，皆为勤劳无逸之讽谏。不用到祠里祈祷请求，天与人自然响应。臣以为皇帝陛下，有尧的仁义和舜的孝心，有禹的勤劳和汤的宽厚。德行没有比爱惜生命更大的了，所以把不杀人当作神武之术。治道没有比问与学再尊贵的了，所以把多听言论作为高明的手段。惠赐天下的百姓，引导他们享受各种幸福。臣备员内阁之官，出任近京州职。只是与圣上天威有咫尺之隔，身处在外。但是为圣上千万岁祝寿，心意相同。臣无能。

贺驾幸太学表二首

臣轼言：恭闻十月十五日驾幸太学者。辇回原庙，既崇广孝之风。幄次儒宫，复示右文之化。礼行一日，风动四方。臣某诚欢诚忭，顿首顿首。臣闻五学之临，三代所共。盖天子不敢自圣，而盛德必有达尊。在汉永平，始举是礼。虽临雍拜老，有先王之规。而正坐自讲，非人主之事。岂如允哲，退托不能。奠爵伏兴，意默通于先圣。横经问难，言各尽于诸儒。恭惟皇帝陛下，文武宪邦，聪明齐圣。大度同符于艺祖，至仁追配于昭陵。爰举旧章，以兴盛节。臣早尘法从，久侍经帏。永矣驰诚，想闻合语于东序。斐然作颂，行观献馘于西戎。臣无任。

【译文】臣苏轼言：谨听说十月十五日圣上御驾临幸太学视察。这样御车回归另立的宗庙，就发扬光大了孝顺之风。回归文人的朝宫，就又表示出重视文化事业的政策。有一日的合礼行动，就波及震动四方各地。臣我实在欢乐高兴，叩头再叩头。臣听说圣上亲临各类学校视察，这是上古三代所共有的做法。大概天子不敢以圣贤自居，而盛大的德行一定会得到最高的尊崇。在汉代永平年间，开始举行这样的礼仪。虽然说亲临学校去拜会年长者，这也是先代帝王的传统。而端正坐着去自我讲习，却不是人主应做之事。哪有作为圣贤哲人，而不能够委屈自己。对文化事业的再度重视，其精神与先代圣人相通。所有学术问题的发问、质疑，都从诸儒那里得到了完备的回答。臣以为皇帝陛下，是文武兼用治理国家，智慧明达与圣人并列。大度为政相同于太祖的作风，至仁至义相比于仁宗的传统。再度采用旧章礼仪，以祝贺这一盛大节日。臣很早窃取了近从官之位，得以长时间事奉在朝宫中。臣将永远诚心努力，以共同谋求促进学校事业的发展。斐然作此颂词，以等待以后观看取得战败西夏的成果。臣无能。

臣轼言：恭闻十月十五日皇帝驾幸太学者。济济多士，灵承上帝之休。雍雍在宫，服膺文母之教。风传海宇，庆溢臣工。臣某诚欢诚忭，顿首顿首。臣闻学校太平之文，而以得士为实。经术致治之具，而以爱民为心。心既立而具乃行，实先充而文斯应。永惟坤载之厚，辅成天纵之能。惟使文子文孙莫不仁，故于先圣先师无所愧。恭惟太皇太后陛下，忧深祖构，德燕孙谋。黄裳之文，斧藻万物。青衿之政，长育群材。岂惟鼓舞于士夫，实亦光华于史册。臣冒荣滋久，被遇最深。外告成功，行喜鸦音之革。中修潜德，孰知麟趾之风。臣无任。

【译文】臣苏轼言：谨听说十月十五日皇帝御驾亲临太学视察。国家人才济济，神灵受到上帝的吉庆。注重学校设置，牢记文化根本的教育。传播于天下，欢庆的效果远远超过人为的作用。臣实在欢乐高兴，叩头再叩头。臣听说学校正常发展是表现于外的，而收到拥有人才的实际效果。用经术治理是手段，爱民才是中心思想。中心思想确立后手段才可以采用，实际工作做到后文化就会相应发展。大地永远有运载的厚恩，助有皇上天纵的聪明。只有使后代子孙都提倡仁义，才能无愧于先圣先师。臣以为太皇太后陛下，深入考虑继承祖宗传统，时刻想着为子孙后代打算。太子的文采，可以修饰万物。对读书人的政策，可以养育出各种人才。这难道仅仅是鼓舞了士大夫，而且的确也使得史策增光生辉。臣窃取宠荣为日已久，所受优遇最为深厚。太后为政外告成功，猫头鹰就变着声音祝贺。内修深德，谁都知道子孙的众多与贤能。臣无能。

谢赐历日表二首

迎日推策，虽曰百王之常。后天奉时，惟我二后之德。伏读诏旨，灼知圣心。中谢。伏以嗣岁将兴，旧章毕举。三朝受海内之图籍，《七月》陈王业之艰难。冬有祁寒，知民言之可畏。阳居大夏，识天道之至仁。故于颁朔之初，更下布新之诏。恭惟太皇太后陛下，视民如子，以国为家。振廪劝分，人自忘于艰岁。消兵去杀，天必报之丰年。臣敢不省事清心，贵农时之不夺。思患预备，期岁计之有余。庶竭微诚，少裨洪造。臣无任。

【译文】根据日期安排事情，这也是百王的常规。先安排一季的事情之后再去安排一天的事情，只有我二后的德行能这样做。臣读诏旨，明知圣上的内心。敬谢。来年将兴治，旧章都恢复执行。朝廷中收藏天下图籍，《七月》中诉说王业的艰难。冬有大寒，方知民言可畏。暑夏炎热，方觉天道最仁。所以在颁布新历之初，就下发新政之诏。只有太皇太后陛下，视民如子，以国为家。振救灾荒，劝勉本业，人们自然会忘记艰难的岁月。避免战争，不从事杀人活动，上天一定会用丰年来回报。臣怎敢不简省事情，清心为政，珍惜农时而不占用。考虑到患难就先行预防，期望年岁之计有所剩余。但愿用尽自己的微薄力量，对社会稍有补益。臣无能。

岁颁正朔，盖《春秋》统治之经；郡赐玺书，亦汉家宽大之诏。实为令典，岂是空文？臣某诚惶诚恐，顿首顿首。伏以望岁者生民之至情，畏天者人君之大戒。所以常言报应而不言时数，每奏水旱而不奏嘉祥。上有消复之心，下有燮调之道。固资共理，同底纯熙。恭惟皇帝陛下，祇敬三灵，忧勤万宇。为仁一日，自然天下之归。教民七年，岂无善人之效？臣敢不仰遵尧典，寅奉夏时。谨堤防沟洫之修，行劳来安定之政。庶殚绵力，少助至仁。臣无任。

【**译文**】每年颁布正朔历法，是《春秋》治理天下的常规；每郡赐给玉玺之书，也是汉家宽大的诏令。实在是法令典制，怎会是一纸空文？臣诚惶诚恐，叩头再叩头。臣以为，盼望新年的到来是生民百姓的真实情怀，害怕上天的惩罚是人君的大戒。所以常言说报应而不说时数的到来，每每上报水旱灾情而不报嘉祥之事。上下相辅，共理世事，一起达到美好的境界。臣以为，皇帝陛下恭敬对待神灵，为天下万宇之地忧虑操劳。一日为仁，天下自然归服。教养百姓七年时间，难道会没有使人为善的效果？臣怎敢不上遵尧的典制，敬奉夏所定的时节。注重堤防河海的修治，推行以勤劳取得安定的政治。希望发挥自己的绵薄之力，以稍助至仁之政。臣无能。

扬州谢到任表二首

臣轼言：伏蒙圣恩，除臣知扬州，臣已于今月二十六日到任讫者。支郡养痾，裁能免咎。通都移牧，自愧何功。屡玷恩荣，实深惭汗。臣某中谢。伏念臣早缘窃禄，稍习治民。在先帝朝，已历三州。近八年间，复忝四郡。平生所愿，满足无余。志大才疏，信天命而自遂。人微地重，恃圣眷以少安。恭惟太皇太后陛下，子惠万民，器使多士。以谓朝廷之德泽，付于郡县与监司。乃眷江淮之间，久罹水旱之苦。邻封二浙，饥疫相薰。积欠十年，丰凶皆病。臣敢不上推仁圣之意，下尽疲驽之心。庶复流亡，少宽忧轸。臣无任。

【译文】臣苏轼言：受圣上之恩，任命臣为扬州知州，臣已于本月二十六日到州任上。到地方支郡任职，才能免于灾患。这样安排我和其他知州平级的职任，我自愧有何功劳。多次玷污恩荣，着实深感负疚流汗。臣敬谢。考虑到臣很早窃取了禄位，才稍稍熟习了治民之道。在先帝之朝，已历任了三州之职。在近来的八年间，又愧得了四郡之职。平生的愿望，已得到了充分满足。

臣志大才疏，相信天命的安排而放任自己。自己微小而州任重大，依靠圣上的眷恋也得以稍稍安心。臣以为，太皇太后陛下像对待孩子一样加惠于万民，器重任用诸多的士大夫。把朝廷的德泽，都降付给地方的郡县与监司。还关心江淮之间的地区，长期遭受水旱之苦。邻近的两浙地区，饥疫相仍。累积欠收十年，丰足与贫困的百姓都要出现病患。臣怎敢不对上推广贤仁圣王的思想，对下用尽自己疲弱之马的心力。希望以此能招回流亡之民，稍微宽缓一下百姓的悲伤。臣无能。

一麾出守，方愧偷安。十国为连，复膺宠寄。恩荣既溢，惭汗靡宁。臣某中谢。伏念臣本以鲰生，冒居禁从。顷缘多病，力求颍尾之行。曾未半年，复有广陵之请。盖以鱼鸟之质，老于江湖之间。习与性成，乐居其旧。天从民欲，许择所安。恭惟皇帝陛下，钦明文思，刚健纯粹。天机默运，灼知万化之情。人材并收，各取一长之用。如臣衰朽，尚示遐遗。命至蹇而禄已盈，每怀忧惧。志虽大而才不副，莫报恩私。臣无任。

【译文】出守颍、扬，方以偷安为愧。且充任淮南东路钤辖，又受到宠信和寄重。所受恩荣广大，觉得惭愧汗流而心不自安。臣敬贺。考虑到臣本是乡曲之辈，却冒充禁从之官。前时因臣多病，极力请求颍州之职。还未过半年，又有扬州任职的请求。大概由于臣是鱼鸟的本性，想着就终老于江湖之间算了。臣的习惯与本性已经定型，喜欢恪守旧的观念。上天随从人们的意愿，准许他们选择自己的安身之地。臣以为，皇帝陛下贤明聪敏，刚健纯正。天赋的智慧，能灼见万物变化的规律。天下人才并收，能各用其一技之长。像臣这样的衰老之人，也没有被远远扔掉。身体已到了走不成路的地步，而得到的俸禄却很丰厚，每每为此感到忧虑恐惧。臣志向虽大而才能却达不到，没法回报对我的恩德。臣无能。

谢赐恤刑诏书表二首

臣轼言：伏蒙圣恩，赐臣钦恤行狱诏书一道者。时令举行，虽云故事。天心恻怛，本出至诚。德既洽于好生，民虽死而无憾。臣某诚惶诚惧，顿首顿首。伏以刻木画地，志士不居。铄石流金，平人犹病。宜轸圣神之念，实为哀敬之先。训诰丁宁，吏民感动。恭惟皇帝陛下，禹汤罪己，尧舜性仁。以不忍人之心，行若稽古之政。岂止缓狱，实期无刑。臣敢不推广上恩，厚风俗于无犯。申严法意，消盗贼于未萌。少假岁时，庶空囹圄。臣无任。

【译文】臣苏轼言：承蒙圣上的恩惠，赐给臣关于谨慎实施刑罚的诏书一道。及时下令执行，严格按照旧例办事。上天之心关怀罪人，本来就出自至诚之意。德泽覆盖到珍惜生命，人们即使因罪致死也无遗憾。臣轼诚惶诚恐，叩头再叩头。建筑用木头雕刻、地面用颜彩画成的处所，有志之士也不愿居住。有熔化金石的能力，一般人还要指出其中的毛病。应该体恤圣神怀恋的事情，这的确是首先要哀怜的事情。朝廷的训诰再三叮咛，官吏百姓都会为之感动。臣以为，皇帝陛下像夏禹、商汤一样苛责自己，像尧和舜一样性情仁厚。以不忍心别人疾苦之心，去推行先代圣贤帝王的政治。这难道只是宽缓刑罚，其实也是期望刑罚能放置不用。臣怎敢不推广圣上的恩德，以使百姓风俗纯厚而不犯法。申严法令精神，把盗贼杜绝于未发之时。稍给我一点时间，以希望取得狱无犯人的成效。臣无能。

暑雨其咨，既轸小民之病。麦秋已至，复虞轻系之淹。祗服训词，灼知天意。臣某中谢。伏以仁圣之德，哀矜为先。常内恕以及人，故深居而念远。斋戒处掩，则智暴露之勤。珍絺袢延，不忘累绁之苦。吏既罔懈，民知无冤。恭惟太皇太后陛下，事法祖宗，德参天地。凯风养物，散为扇暍之凉。灵雨应时，同沾执热之濯。臣敢不尽其哀敬，济以宽明。奉汉律之严，毋令瘐死。推慈母之意，务在平反。庶竭愚忠，少行德意。臣无任。

【译文】天气暑热，雨水大增，就担心天下小民蒙受灾难。麦季、秋季已经到来，又担心轻犯系囚久滞不决。恭敬诚服朝廷的宽刑训词，是乃灼知上天之意。臣辄敬谢。臣以为仁义圣贤的品德，是以哀怜为先。常常自己推及他人，所以居于深处而考虑长远。自己在房屋里修身反省，就知道野外劳作的辛苦。好吃好穿的生活，却不忘记劳动者的辛勤。官吏们都不懈怠，人民也感觉不到冤曲。臣以为，太皇太后陛下事法祖宗，恩德之大连接天地。和风养育万物，扩散以后就像暑天扇风一样凉快。神灵之雨下的及时，使天下人在炎热天都能得到清洗。臣怎敢不用尽自己的哀怜之心，从而达到宽缓开明。按照汉律的严格要求，不让狱囚因病而死。推广慈母的心意，对问题一定要公正处理。希望以此来尽到臣的愚忠，稍微替朝廷实施德泽恩意。臣无能。

贺立皇后表二首

臣轼言：伏睹制书，今月十六日皇后受册礼成者。缵女维莘，伣天之妹。事关庙社，喜溢人神。中贺。臣闻三代之兴，皆有内助。二南之化，实本人伦。维《关雎》正始之风，具《既醉》太平之福。民有所恃，邦其永昌。恭惟皇帝陛下自诚而明，惟睿作圣。辑宁夷夏，德既茂于治朝。辅顺阴阳，政兼修于内职。既膺大庆，益广至仁。下逮海隅，夫妇无有愁叹。上符天造，日月为之光明。受禄无疆，与民同乐。臣无任。

【译文】臣苏轼言：看到制书，知道本月十六日皇后接受册命的大礼完成。这件天大的好事，就像西周赢取莘国的太姒，她如同天上的仙子。事情关系到国家的庙社，在人神之间都充满喜悦。敬贺。臣听说上古三代的兴起，都是有内助的。《周南》《召南》的化育，的确都本于人伦道德。有《关雎》开始扶正的风气，具备《既醉》的太平之福。人民有所依恃，邦国永远昌盛。臣以为，皇帝陛下心诚而明达，聪智而神圣。安定中外的夏夷地区，德泽盛茂于所治的朝廷。使阴阳和顺，内外政治修明。在举行大庆之机，应该发扬光大至仁之意。下施推广到海隅边缘，使夫妇都没有忧愁叹息之感。对上符合天意，日月为之增光。受到的福禄没有边际，与人民同享快乐。臣无能。

吉日既涓，柔仪允正。谷圭往聘，象服来朝。中贺。臣闻周姜、任、姒之贤，位非皆极。汉阴、马、邓之贵，德或有惭。盛哉六礼之陈，袭此三宫之庆。恭惟太皇太后陛下，任付托之重，躬保佑之劳。公天下不私其亲，配宸极必先以德。徽音不坠，嗣成慈孝之风。仁寿无疆，坐享云来之养。臣限以官守，不获躬诣阙庭。臣无任。

【译文】吉日已经选定，示教作用也恰当地显示出来。官员来往聘问，贵妇人都穿着礼服前来朝拜。敬贺。臣听说周代姜、任、姒这些贤慧后妃，其位置都不是最高的。汉代阴、马、邓三位皇后贵盛之极，其德行却有可惭愧的地方。六礼的安排是多么盛大啊，才有今天这样三宫的庆贺。臣以为，太皇太后陛下接受托咐的重任，亲自去从事获得保佑的劳苦。以天下为公，不徇自己的私情，为朝廷的事情一定先考虑恩德的标准。德音的传统不绝，从而形成慈孝之风。万寿无疆，坐享多种财物的供养。臣由于职任所限，不能亲自去到朝廷。臣无能。

贺坤成节表

臣轼言：岁复六壬，袭嘉祥于太史。火流七月，纪令节于诗人。尽海宇之含生，举欣荣于兹日。臣某中贺。臣闻君以民为心体，天用民为聪明。未有心胖而体不纾，民悦而天不应。故好生恶杀，是为仁寿之基。捐利与民，斯获丰年之庆。恭惟太皇太后陛下，恭俭一德，勤劳百为。推天覆地载之心，阜成民物。尽父教母怜之道，诲养臣邻。共知难报之恩，必享无疆之福。臣以出守淮海，无由躬诣阙庭。臣无任。

【译文】臣苏轼言：年岁又到了六壬之日，符合太史记载的嘉祥之时。七月流火，正像诗人所记述的时节。天下所有的有生命者，都在欢度这个节日。臣轼敬贺。臣听说君王以人民作为自己的心和体，上天用人民作为判断是非的标准。没有心胖而体不安的，人民高兴而天不应的。所以说，珍惜生命，讨厌诛杀行为，这是安乐长寿的根本。把利益让给人民，才能有丰年的庆贺。臣以为，太皇太后陛下恭谨俭朴，品德如一，勤劳地什么事都做。用天覆地载之诚心，去养育众民万物。用尽父教母慈的诲养方法，去诲养大臣和他人。人们都共知有难以报答的恩德，就一定会有享不尽的幸福。臣由于外出到淮海地区任职，没有办法亲自到朝廷中去祝贺。臣无能。

谢除兵部尚书赐对衣金带马状二首

蒙恩赐臣衣一对，金带一条，并鱼袋、金镀银鞍辔马一匹者。盛服在躬，无复曳娄之叹。名驹出厩，遂忘奔走之劳。施重丘山，身轻毫末。伏念臣少贱而鄙，性椎少文。衣敝缊袍，未尝有耻。乘款段马，自以为安。岂意晚年，屡膺此宠。此盖伏遇皇帝陛下，绍隆景命，总揽群英。无竞维人，势已加于九鼎。惟德其物，恩有重于千金。臣敢不上体眷怀，勉思报称。赠绕朝之策，愧不能谋。振屈原之衣，期于自洁。臣无任。

【译文】蒙圣上之恩，赐给臣衣服一套，金带一条，还有鱼袋、备有镀金银鞍和缰绳的马一匹。好的衣服在我身上，就不再有拖拉之叹。名马出厩，就忘了奔跑之劳。所赐重如丘山，而我自身却轻如毫毛。臣少时卑贱，性情迟钝，不善于文词。穿粗劣的衣服，从来没有感觉到耻辱。乘用行路迟缓的马，自己觉得很方便。没想到到了晚年，却多次获得这样的宠荣。这都是由于幸遇了皇帝陛下，能够继承先代的传统，总揽各种英才。有所选拔地用人，其分量要重于九鼎。凡物施德，恩重于千金。臣怎敢不感受圣上的关怀，努力想着去回报。献上绕朝一样计策，还自愧考虑不周。震抖屈原之衣，期望洁身自好。臣无能。

伏以在笥之珍，本出于民力。脱骖之赐，以结于士心。顾臣何人，屡膺此宠。伏念臣学本为己，材不适时。乘伯厚之车，虽云疾恶。束公西之带，愧不能言。而二年之间，三拜是赐。此盖伏遇太皇太后陛下，心存社稷，德协天人。以长策驾驭四方，以盛德藩饰多士。故令衰朽，犹玷光华。岂曰无衣，盖独求于安吉；慨然揽辔，敢有志于澄清？臣无任。

【译文】臣以为，府库中的珍宝，本来都出自民力。把不用驾车的马匹用来赏赐，以团结士人的心。看看臣是何人，也能够多次获得这样的殊荣。考虑到臣的学习本来是为了自己，自身的才干不适应时势。乘用伯厚之车，还只说坏话。東公西之带，却自愧不能言。而在两年当中，三次受到这样的赏赐。这都是由于幸遇了太皇太后陛下，一心关怀国家社稷，德泽协和天人。以长鞭驾驭四方，盛德笼络诸多的士人。所以即使年老体衰，也辱得了这分光荣。难道能说无衣穿，大概只是以此来求得安定吉祥；一旦决定去握缰跑马，敢想着一定能够报答？臣无能。

谢兼侍读表二首

伏奉制书，除臣守兵部尚书兼侍读者。重地隆名，不择所付。清资厚禄，以养不才。中谢。伏念臣以草木之微，当天地之泽。七典名郡，再入翰林。两除尚书，三忝侍读。虽当世之豪杰，犹未易居。矧如臣之孤危，其何能副？恭惟皇帝陛下，圣神格物，文武宪邦。重离继明，何烦爝火之助。大厦既构，尚求一木之支。而臣白首复来，丹心已折。望西清之帷幄，久立彷徨。闻长乐之鼓钟，恍如梦寐。莫报丘山之施，犹贪顷刻之荣。臣无任。

【译文】奉制书之命，授臣为兵部尚书兼侍读。这是朝廷重地的崇望之职，选择我而我是不称职的。用这高上的等级和优厚的俸禄，来供养我这个无才之人。敬谢。考虑到臣是像草木一样微小人物，接受了如此像天地一样大的恩德。臣七次掌管名望州郡，又入翰林院任职。两次被授予尚书，三次愧当了侍读之职。这些高职，即使当代的豪杰之士也不容易得到。何况像臣这样的孤寒小人，其才何堪胜任？臣以为，皇帝陛下能用圣明神智去处理一切问题，文武兼用治理国家。继承发扬光明，何用烦劳小火把帮助。大厦已经建成，又何尝要求得一根木头支持。而作为臣来说，头发白了又来充职，赤子丹心已经消退。望着朝廷西清的官署，久久站立，彷徨不定。听到长乐器发出的钟鼓声，就恍惚如梦幻一般。不能回报如丘山一样的恩德，却又去贪得一时的崇荣。臣无能。

流汗恩荣，再辞莫获。强颜衰朽，一节以趋。臣轼中谢。恭惟先帝复六卿之名，本欲后人识三代之旧。古今殊制，闲剧异宜。武选隶于天官，兵政总于枢辅。故司马之职，独省文书。而师氏之官，职在论说。命臣兼领，圣意可知。恭惟太皇太后陛下，约己裕民，忘家忧国。知先王之兵，必本于道德，故以儒臣为七兵。知人主之学，必通于民情，故自郡守为五学。而臣迂疏，不可强合。早缘衰病，难以久居。终当自效于所长之间，或可报恩于未死之日。臣无任。

【译文】臣因受恩荣而羞愧地流汗，两次推辞未获批准。自身衰老，却强撑着脸面，保持高昂的激情去就职。臣轼敬谢。臣以为，先帝恢复六卿的职位，本来是要让人们知道上古三代的旧制。古今的制度不同，官职的轻闲和繁要也有所不同。武官的选举隶属于天官，兵政总管于枢密等有关机构。所以司马之职，只省察文书。而师氏这样的官，其职任在于论说。命令臣兼领此职，圣上的心意便可想而知。臣以为，太皇太后陛下约束自己，宽裕人民，忘记自己的小家而考虑大国家。知道先王的军政，必以道德为本，所以让儒臣统管七兵。知道人主的治学，必与民情相通，所以自郡守以下都设置五学。而臣学识粗浅，不能勉强要求符合一致的精神。早就因为年老体衰，难以久居官职。臣当永远努力做好自己的本职工作，或许可以在未死的时间里报答圣上的恩德。臣无能。

进郊祀庆成诗表

伏睹今月十四日郊祀礼成者。亲奠璧琮，始见天地。兼陈祖宗六庙之典，参用汉唐三代之文。夷夏来同，人神允答。臣某中贺。恭惟皇帝陛下，聿追来孝，对越在天。外修神考之文章，内服文母之慈俭。四方观礼，百辟宅心。雪止风恬，验神祇之来飨。云黄岁美，知丰凶之在人。臣以艺文，入侍帷幄。考事而知天意，陈诗以达民言。虽无足观，亦各其志。臣无任瞻天望圣惭惧屏营之至。所撰《郊祀庆成诗》一首，谨缮写陈表，上进以闻。

【译文】臣看到本月十四日南郊祭祀的大礼已经举行。郊礼上，圣上亲自用玉器祭奠，始显示出天地保佑之意。还摆出了祖宗六庙的典礼，参用了汉唐及三代的设置。夷人夏人同来，人和神都响应。臣苏轼敬贺。臣以为，皇帝陛下继承先代仁孝的传统，完全依照天意办事。外学神宗时的传统，内从文母的慈俭作风。四方之人都来观礼，百官心里安定。雪止风停，知道的神灵都恭敬前来享用祭品。云朵金黄，年时美好，便知是否丰收就在人事了。臣因为有一定文辞修养，才得以来朝中任职。考论事情而知道天意，陈上所作诗句以表达人民的心声。虽然不值得观览，但也反映出各自的志向。臣观望上天和圣上，不胜惭愧，万分恐惧。所撰《郊祀庆成诗》一首，这里谨写就陈表，以进奏给圣上。

谢除两职守礼部尚书表二首

伏蒙圣恩，除臣端明殿学士兼翰林侍读学士、守礼部尚书者。衰年自引，久抱此心。异数并加，实为非意。辞不获命，愧何以堪。

臣轼中谢。窃惟以殿命官，本缘麟趾之旧。因时修废，近正金华之名。历代所荣，于今为甚。自元丰之末官制以来，若非身兼数器之人，未有名冠两职之重。而况秩宗之任，邦礼是司。岂臣迂愚，所当兼领？此盖伏遇太皇太后陛下，忧深社稷，虑极安危。求忠臣于愚直之中，论治道于文字之外。知臣难进而易退，或非患失之鄙夫。故授以礼乐清闲之司，使专于论说琢磨之事。此恩难报。愿输岁月之勤。度己所宜，终遂江湖之请。臣无任。

【译文】蒙圣上之恩，任命臣为端明殿学士兼翰林侍读学士、任礼部尚书。到了晚年想自己引退，长久以来就抱有这样的想法。接连任命我特别的职务，这的确不是我的初衷。推辞又不准许，我惭愧自己何以胜任。臣苏轼敬谢。我私下里认为以殿名作为官称，这是很早一开始就有的制度。后来随着时代的变化又有废有改，才基本上成为正规的官名。历代所崇尚的官职，到了今天就更加优崇。自元丰末官制改革以来，如果不是身兼数职的人，没有名冠两个馆职之重的情况。何况这类重要的馆职，又是掌管与国家礼仪有关的事情。难道凭臣的迂阔和愚昧，能够兼领此职？这都是由于幸遇了太皇太后陛下，能够深为国家社稷担忧，能够充分考虑到安危关系。寻求忠臣于愚昧正直之中，探讨治道于文字之外。知道臣是难进易退之人，或许不是患得患失的鄙夫。所以授与礼乐清闲机构的官职，使我专掌探究论说语言艺术之事。此恩难以报答，但愿在以后的岁月里努力工作。衡量臣自己所适宜的事情，最终不过是实现回到江湖自由生活的愿望。臣无能。

备员西学，已愧空疏。易职东班，尤惊忝冒。遂领宗卿之事，并为儒者之荣。臣轼中谢。始臣之学也，以适用为本，而耻空言。故其任也，以及民为心，而惭尸禄。乃者屡请治郡，兼乞守边。欲及残年，少施实效。而有志莫遂，负愧何言。今乃以文字为官常，语言为职业。下无所见其能否，上无所考其幽明。循省初心，有腼面目。故于拜恩之日，少陈有益之言。

孔子曰："一言可以兴邦。"而孟子亦曰："一正君而天下定。"昔汉文帝悦张释之长者之言，则以德化民，辅成刑措之功。而孝景帝入晁错数术之语，则以智驭物，驯致七国之祸。乃知为国安危之本，只在听言得失之间。恭惟皇帝陛下，即位以来，学如不及，问道八年，寒暑不废。讲读之官，谈王而不谈霸，言义而不言利。八年之间，指陈至理，何啻千万。虽所论不同，然其要不出六事：一曰慈，二曰俭，三曰勤，四曰慎，五曰诚，六曰明。慈者，谓好生恶杀，不喜兵刑。俭者，谓约己省费，不伤民财。勤者，谓躬亲庶政，不迩声色。慎者，谓畏天法祖，不轻人言。诚者，谓推心待下，不用智数。明者，谓专信君子，不杂小人。此六者，皆先王之陈迹，老生之常谈。言无新奇，人所易忽。譬之饮膳，则为谷米羊豕，虽非异味，而有益于人。譬之药石，则为耆术参苓，虽无近效，而有益于命。若陛下信受此言，如御饮膳，如服药石，则天人自应，福禄难量，而臣等所学先王之道，亦不为无补于世。若陛下听而不受，受而不信。信而不行，如闻春禽之声、秋虫之鸣，过耳而已。则臣等虽三尺之喙，日诵五车之书，反不如医卜执技之流，薄书奔走之吏，其为尸素，死有余诛。伏望陛下一览臣言，少留圣意，天下幸甚。

【译文】备员西学之职，已自愧粗浅无能。改授东班之官，尤其感到不安和自惭。最后又兼领宗卿之事，升到儒者所具有的荣光。臣苏轼敬谢。当初臣的为学，是以实用为本，而以修习虚空的言论为耻辱。所以任官以后，以考虑民事作为自己的中心思想，以空占职位享用俸禄而感到惭愧。过去曾多次请求下到郡级任职，还请求到边区任职。这样做是打算到晚年的时候，能稍微干出点实效。但是有志向不能实现，自愧无话可说。今日乃以文字工作为官任常事，以谏议为职业。对下来说看不到我是否具有才能，对上来说弄不清我办事的清明与昏暗。回想对照我的初衷，自愧难以见人。因而我在拜官受恩之日，略微陈述一些有益的话。

孔子说过："一句话就可以使国家兴旺。"而孟子也说："君王一正则天下安定。"过去汉文帝高兴地采纳了张释之这位长者的话，就使得能够利用道德感化人民，相互配合取得了刑罚不用的功效。而孝景帝采纳了晁错的法术之言，就使得朝廷利用智术来驾驭万物，逐渐导致了七国之乱。由此可知，国家治理的安危问题，恰巧就在于采听劝言的得失之间。臣以为，自皇帝陛下即位以来，在这方面学习的情况是只怕得不到劝谏。询问治世之道，在这八年时间里，无论寒暑都不废弃。供讲解的官员，只谈王道而不谈霸道，只谈仁义而不谈功利。八年中间献上的至理名言，何止有千千万。尽管探讨的角度不同，但其大要不外乎六件事：一是慈，二是俭，三是勤，四是慎，五是诚，六是明。所谓慈，就是珍惜生命，讨厌诛杀，不提倡用兵用刑。所谓俭，就是约束自己，减省支出，不损耗民财。所谓勤，就是自己亲理各项政务，不迷心于声色。所谓慎，就是敬天法祖，不轻易采纳或摒弃别人的建议。所谓诚，就是真心待下，不利用权术。所谓明，就是专信君子之人，不受小人的干扰。这六个方面，都是先王为政的旧法，是老生常谈的问题。没有什么新奇之处，是人所容易忽视的。这就像生活中的饮食一样，谷米猪羊之类，虽然没有别致的味道，却有益于人的身体。就像有病服用药石一样，按传统的方法服用参苓之类的药，虽然不会很快见效，却有益于人的生命。如果陛下听信接受这样的话，那就像进用一般的饮食一样，服用一般的药物一样，这样天人就自然支持您，所带来的福禄难以估量。而且下臣之辈所学到的有关先王为政的学问，也不致于与世无补。如果陛下听信这样的话却不接受，或者接受了却不相信，或者相信了而不去这样做，就像听到春天鸟禽的叫声一样，听到秋天虫类的鸣声一样，过耳就忘，那么下臣之辈虽有三尺长的嘴巴，每天诵读五车之书，反而却不如那些行医占卜有小技的人，不如那些管理公文来回奔走的吏人，我等尸位素餐，死有余辜。恭望陛下能看一遍臣的建言，稍微留神一下圣上的心意，使天下获得大幸。

谢赐对衣金带马状二首

蒙恩赐衣一对，金带一条，并鱼袋金镀银鞍辔马一匹。服官奠篚，响动佩章。圉士效牵，光生鞯策。伏以三赐之重，莫隆于车马。五采之贵，兼施于衣裳。汝必有功，服之无致。而臣衰年弱干，固难强于驰驱。枯木朽株，本不愿于文绣。宠加意外，愧溢颜间。此盖伏遇皇帝陛下，因能任官，称物平施。操名器以励士，上有诚心。正衔勒以驭人，下无遗力。臣敢不思称其眼，益励厥躬？虽愧立朝，乏能言之近用。犹希辨道，输老智于暮年。臣无任。

【译文】蒙圣上之恩，赐给衣服一套，金带一条，另外还有鱼袋、备有镀金银鞍和缰绳的马一匹。服用官府中的珍品，使我的佩饰和章服响动。养马之士驭马，使马鞍垫子和马鞭子生辉。自念赏赐物品之重，没有超得过车马了。五彩的珍贵，也表现在衣饰上。你一定要有功，给你服用的东西才没有穷尽。但臣年老体衰，固然难以强勉来回办事。枯朽的木材，本不愿意再从事文职工作。施加的恩宠是我意想不到的，愧色溢于脸面。这都是由于幸遇了皇帝陛下，能因才任官，根据事物的特点合理利用。利用重职之名以激励士人，说明上有诚心。利用法禁以驾驭天下之人，使得下无遗力。臣怎敢不考虑工作与官位相称，使自己更加努力勤奋？虽然自愧担任朝中职务，担心自己的话很少能被朝廷采纳，但还是要探究治世之道，发挥出我晚年的智慧。臣无能。

蒙恩赐衣一对，金带一条，并鱼袋金镀银鞍辔马一匹。服章在笥，贲及衰残。衔勒过庭，喜先徒御。伏以物生有待，天施无穷。草木何知，冒庆云之渥采。鱼虾至陋，借沧海之荣光。虽若可观，终非其有。妻孥相顾，惊屡致于匪颁。道路窃窥，或反增于指目。此盖伏遇太皇太后陛下，聪明齐圣，陈锡载周。含垢匿瑕，而察于求贤。卑宫菲食，而侈于养士。士岂轻于千里，念非其人。言有重于兼金，当思所报。臣无任。

【译文】蒙圣上之恩，赐给衣服一套，金带一条，另外还有鱼袋、备有镀金银鞍和缰绳的马一匹。府库里的章服，拿出来赐给衰残之人。勒马过庭，高兴唯独自己能首先驾驭。万物的生成有个过程，上天施惠却没有穷尽。草木何曾知道，它愧受了祥瑞之云的浓郁色彩。鱼虾最为无知，它借用了沧海的荣光。这些东西的表面尽管说是可观的，但最终还不是它们自己所有。妻子儿女相互照顾，但在屡受惊恐的时候甚至于不顾老者。在道路上私下窥视，或许反而会增加别人的议论和注意。这都是由于幸遇了太皇太后陛下，聪明与圣人等列，拿物封赐与周代君王一样。对污秽能大度容忍，而明察于下寻求贤能的人。自己居食简朴，却不惜费用来供养士人。士人如果轻贱如此千里广大的恩德，他就不是合适的人选。太皇太后所说的话比上等金子还要贵重，臣下就应当想着如何去回报。臣无能。

定州谢到任表

兵民重寄，本御侮以折冲。疆场久安，但坐啸而画诺。才微禄厚，恩重命轻。臣轼中谢。伏念臣一去阙庭，三换符竹。坐席未暖，召节已行。筋力疲于往来，日月逝于道路。未经周岁，复典两曹。朝廷非不用臣，愚蠢自不安位。所宜窜逐，更冒宠荣。此盖伏遇皇帝陛下，离明正中，乾健独运。追述东朝之遗意。收此散材。眷言西学之旧臣，付之善地。致此衰朽，尚未弃捐。臣敢不勤恤民劳，密修边备？苟无大过，以及期年。渐还鱼鸟之乡，以毕桑榆之景。臣无任。

【译文】担负治兵保民的重任，这本来是抵御外侮的要职。由于疆场久安，只坐堂指示批文。臣才微禄厚，恩重命轻。臣苏轼敬谢。

回想起臣自离开朝廷之后，已经三换官职。坐席未暖，任命书就已下达。精力都耗于往来之间，时间都用于道路之上。还未满一年，又典领两曹之职。不是朝廷不任用下臣，只是由于愚蠢而自不安位。本来对臣应该加以流放，却又愧受宠荣。这都是由于幸遇了皇帝陛下，正大光明，干炼独运。追述太皇太后的遗恩，收用臣这样的散才。眷恋过去翰林里的旧臣，把我放在美好的地方。衰老到这样的程度，还没有被抛弃。臣怎敢不辛勤工作，体恤人民的劳苦，暗里整修边备？如果臣没有大的过失，请求让我任职一年。之后要逐渐回到鱼鸟之乡，以毕观家乡桑树、榆树的自然景色。臣无能。

慰正旦表

嗣岁将兴，虽有作新之庆。旧谷既没，共深追远之思。凡在照临，举增怀慕。臣轼中谢。恭惟皇帝陛下，道跻尧、禹，行比骞、参。方受图于三朝，明发不寐。念御帘于双日，孝思奈何。幸宽罔极之哀，少副有生之望。臣限以官守，不获躬诣阙庭。臣无任。

【译文】新年将要到来，因此有新年之庆。旧的一年已经过去，共同深切总结过去的经历。凡是圣上的所办之事，都共同十分感怀仰慕。臣轼敬谢。臣以为，皇帝陛下治术升至尧、禹，行为比闵子骞、曾参。从三朝那里接受的图文，明确发布出来而不私寐。追念即位时由太皇太后垂帘听政之日，想着孝顺却又能做什么。幸而提前出现没有定准的哀丧，才稍微实现了有生以来全权执政的愿望。臣因职任所限，不能亲自前往朝廷庆贺。臣无能。

谢赐历日表

夙颁温诏，宠拜新书。吏得承宣，民知早晚。臣轼中谢。臣闻言天道者有数，故闰以正时。训农事者在人，则王无罪岁。岂独典常之旧，必存忠利之心。恭惟皇帝陛下，辅相财成，聪明时宪。居德刑于冬夏，意与天同。暨声教于朔南，责在臣等。敢不时使薄敛，思患预防？勤恤鳏孤，幸流亡之尽复。兼明威惠，庶戎夏以皆安。臣无任。

【译文】早早颁发温和诏书，臣受宠拜受历日新书。官吏能够依此宣布政令，人民知道早晚时节。臣苏轼敬谢。臣听说，天体运行的周期是有固定时间的，所以采用加闰的方法以合乎时令。管理农事者在于人，因而君王不归罪于年岁的好坏。这仅仅是典章旧制，还一定要保持尽忠尽利之心。臣以为，皇帝陛下能与下臣结合为政，有所作为，聪敏明达，能及时采取政策。施恩德宽缓刑罚在冬夏之季，本意与上天相同。行教化于南北各地，这是下臣之辈的责任。怎敢不经常实施薄敛政策，考虑到祸患就加以预防？经常不忘体恤鳏寡之人，以期望流亡之民能全部回归。威惠并用，以期望各族百姓都能安定。臣无能。

慰宣仁圣烈皇后山陵礼毕表

恭闻今月七日，大行宣仁圣烈太皇太后山陵礼毕者。日月有时，义当即远。雨露既降，思则无穷。遥知穆穆之光，尚起皇皇之望。臣轼中谢。恭惟皇帝陛下，道循祖武，德契天心。大哉孔子之仁，泫然流涕。至矣显宗之孝，梦若平生。愿宽舜慕之心，少副尧封之祝。臣限以官守，不获躬诣阙庭。无任瞻天望圣激切屏营之至。

【译文】欣闻本月初七，关于宣仁圣烈太皇太后山陵落成的盛大典礼完毕。日月运行有固定的时间，理当从长远考虑。雨露已经普降，令人怀思无穷。遥知仪表美好、容止端慕之光，又起辉煌之望。臣苏轼敬谢。臣以为，皇帝陛下效法祖上的武智，美德契合天心。多么盛大啊孔子的仁义之道，令人伤心地流泪。高尚无比啊有汉明帝的孝道，梦见若平生一样。但愿光大舜的追慕之心，基本符合尧最后的嘱托。臣因官职所限，不能亲达朝廷。臣观望上天和圣上，不胜激烈而迫切地感到万分恐惧。

慰宣仁圣烈皇后祔庙礼毕表

恭闻今月十七日，宣仁圣烈皇后升祔礼毕者。反寝而虞，既尽饰终之典。宅神于庙，益隆追远之思。凡在照临，举增悲慕。臣轼中谢。窃以六朝继圣，并传家法之余。三后御帘，高出古人之右。逮此登配，廓然永怀。恭惟皇帝陛下，奉顺母慈，表章坤德。四谥哀荣之诏，简策有光。数诗挽饯之音，道涂垂涕。日月云远，典礼告成。愿宽无益之悲，少副有生之望。臣限以官守，不获躬诣阙庭。无任瞻天望圣激切屏营之至。

【译文】欣闻本月十七日，关于宣仁圣烈皇后附祭祖庙的典礼举行完毕。使归朝廷，娱乐安神，完备了丧葬之后的所有典礼。把神安于庙宅，更加增强了对慎终追远的怀念之情。对所有加惠顾念的往事，都更加悲伤和仰慕。臣苏轼敬谢。臣以为，我朝六位圣君都相互继承，并且传下了祖宗家法的传统。三位皇后垂帘听政，高出了古人之上。到这时升配祔庙，大家都永远怀念。臣以为，皇帝陛下奉行母亲的仁慈，发扬先祖的美德。四下哀丧之诏，史策增光。数发悼念之音，路人流涕。日月长远，典礼告成。但愿减少无益的悲哀，稍稍实现有生的愿望。臣因官职所限，不能亲达朝廷安慰。臣观望上天和圣上，不胜激烈而迫切地感到万分恐惧。

谢赐衣袄表

十一月九日，翰林医官王宗古至，伏蒙圣慈传宣存问，赐臣等敕及初冬衣袄者。齐官三服，已宽卒岁之忧。汉札十行，更佩先春之暖。恩均吏士，声动华夷。臣轼中谢。优以《礼》著始裘，《诗》歌无褐。边陲更戍，本为臣子之常。朔易早寒，特轸圣神之念。惟德其物，岂曰无衣？恭惟皇帝陛下，广运聪明，力行恭俭。威风旁振，方战栗于天骄。温诏下融，遂流澌于河冻。既无功而坐食，实有愧于解衣。敢不推广朝廷之仁，益收冻馁。申严祖宗之法，少肃惰偷。庶收汗马之劳，以解濡鹈之诮。臣无任。

【译文】十一月初九，翰林医官王宗古来到这里告知，臣承蒙陛下与太皇太后传旨问候，赐给臣等人敕令以及初冬的衣袄。所有官员都得到了全套衣服，这一年的穿衣就不用再担忧了。还有汉札十行之文，更添了来春先到有温暖。恩德均施于官吏士人，华夷各族为之感动。臣苏轼敬谢。《礼》记载始服裘衣之事，《诗》歌颂无褐衣之民。边陲轮流戍守，本来就是臣下之人的常职。天气变化及早寒冷，特悲伤神圣之灵的怀念。对万物施德，能说无衣穿？臣以为，皇帝陛下充分发挥聪敏明达之智，努力实施恭俭之政。威风振动四方，为上天的骄宠而感到发抖。温和的诏书使下面暖融融，于是使得河冰解冻畅流。没有功劳而坐享食用，解衣时的确感到惭愧。怎敢不发扬光大朝廷的仁治，更多地收来受冻挨饿的人。加强执行祖宗的法度，稍微整治不务正业的浮浪之人。期望以此来取得汗马功劳，以避免别人对柔顺鶨鸟的指责。臣无能。

到惠州谢表

先奉告命，落两职，追一官，以承议郎知英州军州事，续奉告命，责授臣宁远军节度副使惠州安置，已于今月二日到惠州公参讫者。仁圣曲全，本欲畀之民社。群言交击，必将致之死亡。尚荷宽恩，止投荒服。臣轼中谢。

伏念臣性资褊浅，学术荒唐。但守不移之愚，遂成难赦之咎。迹其狂妄，久合诛夷。方尚口乃穷之时，盖擢发莫数其罪。岂谓天幸，得存此生。此盖伏遇皇帝陛下，以大有为之资，行不忍人之政。汤网开其三面，舜干舞于两阶。念臣奉事有年，少加怜愍。知臣老死无日，不足诛锄。明降德音，许全余息。故使㾢櫝之马，犹获盖帷。觳觫之牛，得逭刀匕。臣敢不服膺严训，托命至仁。洗心自新，没齿无怨。但以瘴疠之地，魑魅为邻。衰疾交攻，无复首丘之望。精诚未泯，空余结草之忠。臣无任。

【译文】先接受一个诰命，罢去臣的两个馆职，降下一等官阶，以承议郎之阶知英州军州事，接着又接受一个告命，贬责授臣为宁远军节度副使，安置在惠州，臣已于本月初二到惠州与公署人员会面。大仁的圣上委曲保全我，本意是要让我回到民间。舆论纷纷指责我，一定要把我置之死地。承蒙宽恩，才只把我遣派到荒野地区。臣苏轼敬谢。

回想起臣资性鄙陋，学术荒唐。只是由于愚忠之心坚守不移，才导致了难赦的罪责。针对我狂妄的言行，早就应该杀头。当众口无话可说之时，大概我的罪过也难以算清。可以说是上天眷顾，才救活了我这条性命。这都是由于幸遇了皇帝陛下，以大有为的特质，推行宽容人的政治。商汤法网开放三面，虞舜举行兵舞于两阶。考虑到臣办事有些年岁，稍加怜悯。知道臣离死不远，不足以诛戮。明确下发德音，许全晚年之命。所以，使得疲劳颓丧的马儿，犹能获得不弃。惊恐发抖的牛，得以躲避刀锋。臣怎敢不严于职守，奉圣上之命推广仁义。清心自新，终生无怨。只是由于位处瘴气瘟疫之地，与鬼怪为邻。衰病交加，不再有归葬家乡之望。精诚之心未有泯灭，只是空有节草报恩的忠心。臣无能。

到昌化军谢表

今年四月十七日，奉被告命，责授臣琼州别驾昌化军安置，臣寻于当月十九日起离惠州，至七月二日已至昌化军讫者。并鬼门而东骛，浮瘴海以南迁。生无还期，死有余责。臣轼中谢。伏念臣顷缘际会，偶窃宠荣。曾无毫发之能，而有丘山之罪。宜三黜而未已，跨万里以独来。恩重命轻，咎深责浅。此盖伏遇皇帝陛下，尧文炳焕，汤德宽仁。赫日月之照临，廓天地之覆育。譬之蠕动，稍赐矜怜。俾就穷途，以安余命。而臣孤老无托，瘴疠交攻。子孙恸哭于江边，已为死别。魑魅逢迎于海外，宁许生还？念报德之何时，悼此心之永已。俯伏流涕，不知所云。臣无任。

【译文】今年四月十七日，接受告命，责授臣为琼州别驾，安置在昌化军，臣很快于当月十九日启程离开惠州，至七月初二到达昌化军。沿着诸多鬼门而东移，浮着瘴气海岸而南迁。生无还期，死有余辜。臣苏轼敬谢。自想起臣前时因逢机遇，偶然窃居宠荣之位。本人没有一点才干，却造成了如丘山一样的大罪。三次贬黜处置还有余罪，又跨万里被独自流落到这里。恩重命轻，罪大罚浅。这都是由于幸遇了皇帝陛下，发扬尧的文治，学习汤的宽仁。赫赫有日月的光照，总廓天地的覆盖和养育。就像对蠕虫的行动，稍赐哀怜之心。使其走上穷途末路，以打发它剩余的生命。对臣来说，年老孤独，无所依托，瘴气瘟疫交加于身。子孙悲痛地哭于江边，已作了死的道别。鬼怪在海外迎接，怎会准许我生还？自想不知何时能够报德，痛悼此心会由此永远消失。叩头流涕，不知道说什么好。臣无能。

提举玉局观谢表

臣先自昌化军贬所奉敕移廉州安置，又自廉州奉敕授臣舒州团练副使永州居住，今行至英州，又奉敕授臣朝奉郎、提举成都府玉局观在外州军任便居住者。七年远谪，不意自全。万里生还，适有天幸。骤从缧绁，复齿缙绅。臣轼中谢。伏念臣才不逮人，性多忤物。刚褊自用，可谓小忠。猖狂妄行，乃蹈大难。皆臣自取，不敢怨尤。会真人之勃兴，与万物而更始。而臣独在幽远，最为冥顽。迨兹起废之初，倍费生成之力。终蒙记录，不遂弃捐。此盖伏遇皇帝陛下，正位龙飞，对时虎变。神武不杀，岂非受命之符。清净无为，坐获消兵之福。聪明不作，邪正自分。使臣得同草木之微，共沾雷雨之泽。臣敢不益坚素守，深念往愆？没齿何求，不厌饭蔬之陋。盖棺未已，犹怀结草之忠。臣无任。

【译文】臣先接到敕令，自昌化军贬所移往廉州安置，又在廉州接到敕令，授臣舒州团练副使到永州居住，现在行进到英州，又接到敕令授臣朝奉郎、提举成都府玉局观，在外边的州军自便居住。发配远地七年时间，想不到又保全了自己的性命。从万里遥远的地方得以生还，是遇到了天大的运气。从旧日的禁囚，马上又上升到仕宦之列。臣苏轼敬谢。回想起臣才识比不上别人，性情多与人不和。刚愎自用，可以说是小忠之人。猖狂妄行，以致走上了大罪重罚的道路。

这些都是咎由自取，不敢怨恨别人。适逢真人勃兴，使万物生化重新开始。而臣独自在荒远的地方，最为愚钝无知。至此起用之初，倍费养育之力。最终蒙恩录列官籍，没有被遗弃。这都是由于幸遇了皇帝陛下，亲政之后充分发挥君王的作用，针对时势巧妙变化政策。神慧用武，不提倡斩杀政策，这难道不是接受恩命的福气。清净无为，坐取消灭战争的福效。聪明之智不用，邪正自然区分。使得臣能够同微小的草木一样，共同沾受雷雨之泽。臣怎敢不更加坚守自己的工作岗位，深刻反省已往的过失？一辈子何求，永远不会厌烦粗淡的饭菜。到盖棺时还不算完，仍然怀着报恩的忠心。臣无能。

慰皇太后上仙表

伏睹正月十四日，大行皇太后遗诰者。恸发六宫，悲缠九土。奉讳哀殒，不知所云。臣轼中谢。大行皇太后德冠三朝，化行四海。独决大策，措天下于太山之安。退避东朝，复明辟为万世之法。奄终寿禄，莫晓天心。恭惟皇帝陛下，仁孝自天，哀伤过礼。惟圣达节，岂复行曾、闵之难。以民为心，则当法舜、禹之大。愿少宽于追慕，庶下答于臣民。臣以外郡居住，不获奔赴阙庭，无任哀痛陨越之至。

【译文】臣看到正月十四日，举行皇太后遗诰的仪式。六宫悲痛，九土哀伤。得知皇太后仙逝，都不知说什么好。臣苏轼敬谢。大行皇太后德冠三朝，感化四海。独自作出重大决策，使天下局势十分安定。退处东朝之后，又明确树立了可行万世之法。寿禄终结，莫知天心如何。臣以为，皇帝陛下依天意行仁孝，哀伤之举超过了礼的规定。以圣王的明达德行为标准，就要推行曾、闵难为自己的政治。以人民为考虑的中心，就应当效法舜、禹的大德。希望减少一些思念悲哀之情，为下面的臣民多做一些实事。臣因为在外郡居住，不能够亲达朝廷哀悼，不胜万分悲痛。

代普宁王贺冬表四首

皇帝

七日来复，阳既进而岁功成。八风不奸，乐已调而君道得。惟圣在御，与天同符。恭惟皇帝陛下，嗣守洪基，丕承先志。法《小毖》以求助，期《既醉》之太平。渊默临朝，顺阳道之消长。清净为治，俾物类以昭苏。受福无疆，成功不宰。臣猥以暗弱，仰荷诲怜。敢先百辟之朝，以祝万年之寿。

【译文】七日来复，阳气进而岁功成。八音清纯，乐已协和而君道行。圣君在位，与天同步。只有皇帝陛下继承先代宏伟业绩，发扬先代优良传统。效法《小毖》中所说的求贤之助，期望《既醉》中所讲的太平之世。深沉静默立位执政，顺和阳道运行的消长。清净为治，使万物复苏。受福无边，成功永远。臣苟且以昏暗无能的表现，去求得给与教导和哀怜。谨敢先行到达百官的朝宫，去祝福万年之寿。

太皇太后

效五物以观云，咸知岁美。备八能而合乐，益验人和。顾兹百乐之生，实助两宫之庆。中贺。伏惟太皇太后陛下，至诚待物，博爱临民。保佑神孙，已致无为之治。守持大业，匪居不世之功。宜福禄之日来，与天地而同久。臣早被恩勤之赐，莫知补报之方。跪奉玉觞，仰祈眉寿。

【译文】察看五物上观天云，都知道年岁的美好。集合八方能士联合行乐，更说明人和。看看如此百乐的出现，的确是应和两宫的庆贺。敬贺。臣以为，太皇太后陛下至诚待物，博爱治民。保佑后代子孙，实行无为而治。操持大业，不因有盖世之功而自居。福禄将日益到来，与天地同长久。臣早已接受诸多恩赐，不知道如何弥补报答。跪着奉上玉觞之祝，向上祈祷陛下永远长寿。

皇太后

阳气应时，验灰轻而权拥。日表如度，知岁美而人和。庆自宫闱，泽流寰宇。中贺。伏惟皇太后陛下，性服慈俭，体安礼仪。同太姒之母周，慕涂山之兴夏。仰推圣子，坐底于成功。抑损外家，共陶于至化。得天人之共助，享福禄之无疆。臣猥以孱虚，夙承教育。敢效冈陵之祝，永同葵藿之倾。

【译文】阳气应时，表明炭轻而权重。日程表按原计划度过，知道年岁美好而政通人和。庆祝发自宫庭，恩泽遍布天下。敬贺。只有皇太后陛下性情慈俭，自身安于恪行礼仪。同太姒以慈母事周，仿涂山致力于兴夏。向上培养圣子，坐谋达到成功。限制减损外戚之事。共同致力于天下大治。得到天人的合力帮助，享受福禄没有边际。臣苟且以低贱虚浮之躯，早已蒙赐教育。谨敢献上像冈陵一样长久的祝福，永远像葵和豆的花叶一样倾向太阳。

皇太妃

玉律灰除，验阳微之协应。土圭景至，迎初日之舒长。福禄所钟，宫闱同庆。中贺。伏惟皇太妃殿下，夙彰懿德，早事先朝。仁孝外全，曲尽两宫之养。温文内备，下刑九御之风。茂对休辰，允绥眉寿。凡托庇休之赐，不胜颂咏之情。

【译文】玉律在，灰烬除，验证阳微的协和。土圭影至，迎接初升的太阳光辉长久。福禄所及，朝宫同庆。敬贺。臣以为，皇太妃殿下向来发扬美德，及早事奉先朝。仁孝全部表现于外，尽心致力于两宫的奉养。自身温文尔雅，下行九御之风。休闲时光尽心尽智，应当永远长寿。凡托福保命安身恩赐的，都不胜有颂扬之情。

谢御膳表

臣伏蒙圣恩，特赐宽假将理。今月七日，又再蒙中使临赐御膳，问其治疗之增损，督以朝参之日辰。臣下履渊冰，上负芒刺。蹄涔虽小，能延两耀之光。寸草何知，莫报三春之泽。正使豚鱼幽陋，木石坚顽，亦将激励忘躯、奔走赴职。而臣尚有无厌之请，敢守不移之愚。在法当诛，原情可悯。实以负薪之疾，积有岁时。勿药之祥，恐非旦夕。终愿江淮之一郡，以安犬马之余生。尚冀此身，未填沟壑。期于异日，别效涓涣。

【译文】臣蒙圣上之恩，特赐延长休息假日。本月初七，又再次蒙恩使中使官亲来赐我进参皇上用膳，询问治疗有关身体的好坏，督问朝参的日辰当否。臣如下履深渊之冰，上顶锋芒之刺。兽蹄迹中的积水虽少，却能反照出日月之光。寸草何能知道，它不能报答三月阳春的雨露。即使是猪鱼的无知，木石的坚硬，也将激励自己，不顾性命，快步奔上岗位。但臣尚有不厌其烦的请求，谨敢坚守永不改变的愚愿。依法当诛，据情可悯。实在是由于积劳成疾，已经有很长时间。不用药的好日子，恐怕不会旦夕到来。最终还是希望能到江淮地区的一个郡任职，以安稳度过我这犬马之人的晚年。还希望我的身躯，不致于被填入沟壑。期望在以后的时间里，能再献出自己的微薄之力。

代滕达道景灵宫奉安表

衣冠出游，巍乎宫阙之盛。祖考来格，灿然日月之明。新礼光前，弥文范后。继以作解之雷雨，仍收绘像之子孙。耸观华夷，沦浃枯朽。窃以祀无丰昵，祭不欲疏。自仁率亲，故同宫而合享。惟圣作则，实考古而便今。庶民子来，五福交应。蔚山河之增气，纷岳渎以来朝。仙木蟠根，五圣既联于龙衮。灵芝擢秀，九茎复出于斋房。恭惟皇帝陛下，舜孝格天，尧文冠古。损益汉唐之典故，润色祖宗之规摹。寿考万年，永作人神之主。本支百世，共承宗庙之休。臣出守远方，阻观盛礼。会祠坛下，莫睹烨然之光。留滞周南，窃兴命也之叹。

【译文】衣冠楚楚，一起出游，多么可观啊宫廷盛况。祖上神灵都来参与，光辉灿烂的日月之光。新典礼光照前程，弥漫的文化气息为后世树立榜样。就如使上天雷雨作下，为后世子孙绘出了美好的印象。华夷各族看到后为之惊叹，年老体衰者也沾荣光。臣以为，祀礼的举办不能因亲近而太丰厚，祭祀也不能太疏阔。以仁义来团结亲族，所以整个朝宫一条心。只以圣上为榜样，的确起到利用古制而便利今天的作用。老百姓都人心归附，各种幸福就相互来到。使壮丽山河增添瑞气，使五岳四渎之神都来朝会。使仙木扎根，五圣龙衣联合。使灵芝争秀，其九茎再出现于斋房之中。臣以为，皇帝陛下像舜的孝心同天大，像尧的文德冠古今。改革汉唐旧制，完善祖宗法度。寿命万年，永远充当人神的主人。本支繁衍百世，共同继承宗庙大业。臣出任远方之职，不得观看如此盛大的典礼。在坛下祠中庆贺，却看不到大典的灿烂之光。留滞于周南地区，私下便发出生命该如此的感叹。

代滕达道湖州谢上表

郡压五湖，城交二水。既先世旧居之地，亦年少初仕之邦。

父老纵观，不谓微臣之尚在。吏民感涕，共知洪造之难酬。中谢。臣闻忠臣可使死封疆，而不能受无根之谤议。志士本不求富贵，而不能安有道之贱贫。况臣早蒙希世之恩，常有捐躯之意。

岂容暧昧，略不辨明？然疑似之难知，实古今之通患。汉文帝，贤君也，而不能信贾生之屈。尹吉甫，慈父也，而不能雪伯奇之冤。此小人谮夫所以得志而欺天，忠臣孝子所以抱恨而入地。况臣结累朝之深怨，无半面之先容。而诉章朝闻，恩诏夕下。历数千载，唯臣一人。此盖伏遇皇帝陛下，妙物言神，睿思作圣。谓天盖远，以穷呼而必闻。如日之明，虽浸润而不受。念兹七年之厄，收之九死之余。臣敢不更励初心，驯图后效？老当益壮，未甘结草之幽途。死且不辞，尚欲据鞍于前殿。

【译文】湖州郡压太湖，城交苕溪、余不溪。既是先世的旧居之地，也是早年最初为官的地方。父老乡亲来回了解，都不知道微臣尚在。官吏百姓感怀流涕，都知道达到如此伟大的地步，恩德难报。敬谢。臣听说，忠臣可以让他为镇守边疆而献身，却不能让他承受没有根据的非议。有志之士本来不追求富贵，却不能让他安心于守道而无所追求的贫贱。何况臣又早已荣得稀世之恩，常有为之献身的打算。怎能容忍别人罗织罪名，而丝毫不去申辩？

然而似是而非的问题难以昭知天下，这的确是古今的通病。汉文帝是贤明的君主，却不能相信贾生的冤屈。尹吉甫是慈祥的父亲，却不能昭雪伯奇之冤。这就是小人和制造谤言的人之所以得志而欺骗上天，忠臣孝子之所以含恨入地的原因。更何况，臣从前几朝以来已结下了深怨，没有一半脸面可以出现于世。臣控诉的奏章早间报上，圣上宽恩的诏令晚间就下达。这种情况，数千年以来，只有臣一个人。这都是由于幸遇了皇帝陛下，体知万物奥妙而神奇，明敏的智慧起了圣贤的作用。天下之大，高声呼唤却都一定听到。就如太阳的光明，虽天降雨雪而丝毫不受影响。回想起这七年的遭遇，只剩下九死一生的活命。臣敢不更加坚定最初的信念，尽快考虑在以后的日子里干出实效？老当益壮，不甘心到死的时候再报答深厚的恩德。死之尚且不推辞，还要奋力在前面奔马效劳。

同天节功德疏表

伏以累圣储休，上天垂祐。乃逢纯乾之月，肇兴出震之祥。

恭惟皇帝陛下，以尧舜生知之资，承祖宗积治之庆。《大有》上吉，天人之助已明。《既醉》太平，圣贤之福诚备。至于臣子之私愿，是为草木之微情。幸同海表之民，共罄封人之祝。

【译文】由于历代圣君都保持良好的传统，使得上天一直保佑我们。适逢纯乾的四月，兴起了出震的祥瑞。

臣以为，皇帝陛下凭借自己的尧舜天资，继承祖宗以来长期治理而奠定的大业。就像《大有》所说的大吉，天人共助已十分明确。就像《既醉》所说的太平，圣贤的福禄着实完备。至于臣下个人的私愿，只是草木之类的微小情感。庆幸与海内外的人民一起，共同祝愿国家的兴旺。

上皇帝贺正表

东方发律，气迎万物之新。南面受图，礼勤三朝之始。惟圣时宪，自天降康。恭惟皇帝陛下，文武生知，圣神天纵。旧邦新命，既光启于前人。大德小心，以昭事于上帝。臣久尘从橐，外领藩符。敢倾葵藿之心，仰献松椿之寿。

【译文】东方发出音律，阴阳之气迎接万物的新生。面南受图，重礼庆祝三朝的新起点。圣王以时经邦，自上天降下安康。臣以为，皇帝陛下天生文武双全，圣明神智天作保佑。旧国家新时期的开始，即是承启了前人之光。大德施政小心为治，在上帝跟前表明这些事实。臣长时间愧占近从之职，外面领郡级之事。谨敢以葵和豆花叶永向太阳之心，向上祝愿陛下有松树、椿树之寿。

杭州贺冬表二首

月临天统，首冠于三正。气应黄钟，复来于七日。君道浸长，阳德光亨。恭惟皇帝陛下，清明在躬，仁孝遍物。垂衣南面，天何言而四时成。问孝西清，日将旦而群阴伏。蛮夷奔走，年谷顺成。岂惟四海之欢心，自识三灵之阴赞。臣祗膺诏命，恪守郡符。身虽在于江湖，颜不忘于咫尺。敢同率土，惟祝后天。

【译文】月临天统，首冠于三正之位。阴阳之气对应黄钟，六爻复来于七日。君道渐渐长久，享用阳德无穷之光。臣以为，皇帝陛下自身清明，仁孝之心遍及万物。端正衣冠南面而治，天无什么话说而四季正常运行。承问孝道于西清之宫，时日将晓而万物自然屈服。蛮夷之人奔走四方，年谷自然丰收。这只是由于四海之内皆欢心，自然领会三位神灵在阴间的贺赞。臣恭受诏命，恪守郡职。虽然身处江湖之间，脸面上始终不忘与朝廷咫尺之近。谨敢同所在地区的人们一起，共同祝贺后天的昌盛。

消长有时，候微阳之来复。贤愚同庆，知君子之汇征。德化所加，神人并应。恭惟太皇太后陛下，睿明天纵，慈俭身先。振海岳以不倾，地无私载。顺阴阳之自化，天且不违。成功已陋于汉、唐，论德盖高于任、姒。黄云可望，共沾至治之祥。彤史何知，莫赞无为之德。臣备员法从，祗役海隅。东阁拜章，阻陪于百辟。南山献寿，徒颂于万年。

【译文】阴阳之气消长有时，等待微阳的复来。贤人愚人同庆，知道君子之人都齐心协力。恩德化施万物，神与人一并响应。臣以为，太皇太后陛下聪敏天助，自身先行慈俭之举。振动海岳之神无所倾向，大地为公没有私载之物。和顺阴阳之气的自然变化，天意不违。成就之业差不多比于汉、唐，恩德高于任、姒。黄云的吉兆指日可望，共同享用大治的祥瑞。彤史何知，不称颂这无为之德。臣备员差遣的州官，恭敬地在海域之滨服役。在东阁拜呈奏章，限于官守不能与朝中百官并列相庆。在南山献祭长寿，只祝愿万年长青。

上皇帝贺冬表

《易》称来复，盖知天地之心。《礼》戒无为，以待阴阳之定。恭惟皇帝陛下，尧仁冠古，舜孝通神。种德兆民，躬行文景之俭。游心六艺，灼和周、孔之情。人既和而岁自丰，天不违而寿无极。臣久缘衰病，待罪江湖。莫瞻北极之光，但罄南山之祝。

【译文】《易》中称阴阳周而复始之变，大概知晓天地之心。《礼》以清净无为为戒，以等待阴阳之气的稳定。臣以为，皇帝陛下如尧的仁德冠盖古今，舜的孝心通达神灵。下施恩德给人民带来幸福，亲行汉代文帝、景帝的节俭之政。潜心六艺学问，灼知周公、孔子心思。人既协和而年岁自然丰收，上天不违背意愿而长寿无疆。臣早就由于体衰有病的原因，待罪于江湖之上。不看北极之光，只祝南山之寿。

上太皇太后贺正表

尧历授时，夏正建统。气迎交泰之会，祥应重明之朝。恭惟太皇太后陛下，道无能名，德博而化。天人所助，本羲《易》之《益》《谦》。慈俭不居，得老氏之三宝。时逢吉旦，福集清宫。臣职守江湖，心驰象魏。天威咫尺，想闻清跸之音。眉寿万年，远奉称觞之庆。

【译文】尧历确定时节，夏小正建立统序。阴阳之气交汇于太平之日，祥瑞之兆聚应于再度光明之朝。臣以为，太皇太后陛下治世之道不能用名来称说，德泽广博而感化万民。天人相助，本于上古历官所作《易》中的《益》和《谦》。自不满足于慈俭之风，领会了老子的三宝之说。时逢良辰吉日，福禄会集清宫。臣职守于江湖之地，心驰朝宫。离天威只有咫尺之近，想到了听到了帝王出行的声音。长寿万年，在远处举杯祝愿。

举黄庭坚自代状

蒙恩除臣翰林学士。伏见某官黄某，孝友之行，追配古人。瑰玮之文，妙绝当世。举以自代，实允公议。

【译文】蒙圣上之恩，授臣为翰林学士。我了解某官黄庭坚其人，孝顺爱友之行，向上可以与古人相比。华美的文辞，妙绝当世。我举荐他以代替我的职位，这实在也符合众人的意愿。

英州谢上表

罪盈义绝，诛九族以犹轻。威震怒行，置一州而大幸。惊魂方散，感涕徒零。伏念臣草芥贱儒，岷峨冷族。袭先人之素业，借一第以窃名。虽幼岁勤劳，实学圣人之大道。而终身穷薄，常为天下之罪人。先帝全臣于众怒必死之中，陛下起臣于散官永弃之地。恩深报蔑，每忧天地之难欺。福眇祸多，是亦古今之罕有。自悲弃物，犹欲吁天。惟上圣纂宗庙之图，方太母听帘帷之政。招延俊乂，登进老成。何期章句之謏才，使掌丝纶之要职。凡一时黜陟进退之众，皆两宫威福赏罚之公。既在代言，敢思逃责？苟不能敷扬上意，尊朝廷于日月之明，则何以耸动四方，鼓号令于雷霆之震？固当昭陈功伐，直喻正邪。岂臣愚敢有于私心，盖王言不可以匿旨。当时之天夺其魄，但谓守官。今日之臣肆其言，期于心戮。赖父母之深悯，免子弟之偕诛。罪虽骇于听闻，怒终归于宽宥。不独再生于东市，犹令尸禄于南州。累岁宠荣，固已太过。此时窜责，诚所宜然。瘴海炎陬，去若清凉之地。苍颜素发，谁怜衰暮之年？恩重丘山，感藏骨髓。此盖伏遇皇帝陛下，智惟天锡，行自生知。巍巍继六圣之神休，孜孜尽三宫之孝养。深原心迹，曲示哀矜。臣实何人，恩常异众？在先朝偶脱于诛戮，故此日复烦于典刑。顽戾如斯，生存何面。臣敢不噬脐悔过，吞舌知非。革再三而不改之愆，庶万一有善终之望。杀身莫喻，敢怀穷困之忧。守土非轻，尚孜遐荒之俗。傥先朝露之化，永惟结草之忠。臣无任。

【译文】臣罪恶满盈，恩义已绝，杀灭九族，处罚犹轻。上威震动，发怒行遣，把我放在一州之职，实乃大幸。受惊怕的魂魄散去之后，只有感激流涕。自想起臣是一个草芥般的低贱儒生，出身于岷峨地区的孤寒家族。凭着承习先人的旧业学问，才假借一第之中来窃取官名。只是由于幼年勤劳，才真正学得了圣人的大道学问。但是终身穷困浅薄，常常成为天下的罪人。先帝把臣的性命从众人怨怒要置之死地的环境中保全下来，陛下把臣从闲散永弃的职位上提拔上来。恩深报浅，每每担心对天地是难以欺骗的。臣福少祸多，这也是古今所少有的。因被遗弃而自我悲伤，还想呼天求应。幸逢圣上继承宗庙传下来的伟业，太皇太后垂帘听政。召用贤逸之士，提拔老成之人。为何指望精熟章句的小才，去掌握繁重事务的要职。凡当时对众人的黜升进退，都是陛下、太皇太后两宫威福赏罚的公正处理。既然在代言人的职位，怎敢想着去逃脱指责？如果不能发扬圣上的恩意，执行朝廷日月之明的法度，那么何以会能振动四方之人，在雷霆作响之时发号施令？固然应当明确宣布赏罚的等级，公开正邪的标准。臣虽愚昧敢有自私之心，对君王的命令是不能够隐瞒其精神的。当时的上天夺走了魂魄，官员们只说让我守于官职。而今日之臣却出言放肆，其目的是一定要杀掉我。依赖圣上父母的深深怜悯，才免于我们子弟一同被杀。罪行虽然骇人听闻，但人们的怒气最终还是归于缓和谅解。不仅令臣再生于东市，而且还让臣坐食官俸于南州。多年来所受的宠荣，本来就已十分过分。这个时候的放逐贬斥，实在也是理所当然。瘴气近海的炎热角落之地，去到那里有清凉之感。臣苍黄的脸色，花白的头发，有谁会哀怜这衰朽的老年？朝廷恩重如山，感激之情深藏骨髓。这大概是由于幸遇了皇帝陛下，天赐聪智，生知德行。大度继承以前六圣的神治业绩，孜孜不倦去履行对三宫的孝顺和养育。精思用心，设法考虑哀怜下人。臣真的是何等人士，所受的恩惠常常与众人不同？在先朝时偶然逃脱了杀头之罪，因而今日又烦劳再用典刑。臣顽固肆虐如此，还有什么脸面再活下来。臣怎敢不后悔知过，吞舌知非。革除再三而不改悔的罪过，期望能有万一善终的希望。杀身就无话可说，还敢有穷困的担忧。所守之州地位非轻，要精心治理这遐荒之俗。倘或先行朝廷雨露的教化，永守知恩图报的忠心。臣无能。

移廉州谢上表

使命远临，初闻丧胆。诏词温厚，亟返惊魂。拜望阙庭，喜溢颜面。否极泰遇，虽物理之常然。昔弃今收，岂罪余之敢望？伏膺知幸，挥涕无从。中谢。伏念臣顷以狂愚，遽遭谴责。荷先朝之厚德，宽萧律之重诛。投界遐荒，幸逃鼎镬。风波万里，顾衰病以何堪。烟瘴五年，赖喘息之犹在。怜之者嗟其已甚，嫉之者恨其太轻。考图经止曰海隅，其风土疑非人世。食有并日，衣无御冬。凄凉百端，颠踬万状。恍若醉梦，已无意于生还。岂谓优容，许承恩而近徙？虽云侥幸，实有夤缘。此盖伏遇皇帝陛下，道本生知，圣由天纵。旧劳于外，爰及小人之依。堪家多艰，鉴于先帝之德。奉圣母之慈训，择正人而与居。凡有嘉谋，出于睿断。悯臣以孤忠援寡，察臣以众忌获愆。许以更新，庶其改过。虽天地有化育之德，不能使臣之再生。虽父母有鞠育之恩，不能全臣于必死。报期碎首，言岂渝心。濯去泥涂，已有遭逢之便。扩开云日，复观于变之时。此生敢更求荣，处己但知缄口。臣无任。

【译文】朝命从老远送达，刚听说就为之丧胆，十分害怕。诏词温和朴厚，惊散的魂魄马上又收了回来。拜望朝宫，喜溢于色。否极泰来，这是事物变化的常理。往日遗弃，今日收用，凭臣的罪过之大还敢有别的期望？受命知幸，除了洒泪不知道该做什么好。敬谢。自想起臣前时狂妄愚昧，很快招致了众人的指责。依赖先朝的厚德，才宽缓了法律对我的重刑处罚。投逐到遥远的荒野，万幸逃脱了刑罚。涉万里风波，回顾我这衰病之躯不知道何以忍受。在烟瘴之气的环境中五年时间，幸赖仍然有喘息之生。可怜我的人叹息处罚大重，妒嫉我的人怨恨处罚太轻。考地理图经只说这是海隅，而其风土状况令人觉得好像并非人世。食有几天粮，衣无御冬寒。一身凄凉，残破万状。恍若身处醉梦之中，已不想着再度生还。可谓是优待宽容，准许我接受恩德，向内陆迁移。虽说是侥幸，实有攀附圣恩的原因。这大概是由于幸遇了皇帝陛下，治世之道本来就生而有知，聪敏天助。旧日辛劳于外，考虑到小人的依存。得知家中多难，鉴用先帝的恩德。奉承圣母的仁慈训诰，选择合适的人而给他官位。凡有好的决策，都是出自圣上英明的判断。怜悯臣因孤掷忠心很少外援，明察臣因众人忌妒而遭受罪名。准许臣重新做起，期望改变已有的过错。即使天地有生化养育之恩，也不能使臣性命再生。即使父母有辛勤养育之恩，也不能保全臣必死的性命。期望以粉身碎骨来报答，所说的话怎能违背内心。洗去污泥，已逢改过自新的时机。扩开云朵见大阳，再试看新变化时期的到来。此生何敢再求荣耀，为人处世只知道要缄默不言。臣无能。

谢量移永州表

海上囚拘，分安死所。天边涣汗，诏许生还。驻世之魂，自招合浦。感恩之泪，欲涨溟波。中谢。伏念臣生而愚朴，少也艰勤。伥伥而行，不知所届。冲冲而活，何以为生？言则招尤，动常速祸。顾已于时龃龉，使人费力保全。仁宗之朝早得名，神考之朝终见贷。谓宜饰躬自省，去恶莫为。而乃肆言元祐之间，放意太平之际。凡获不虞之誉，宜任非常之辜。过既暴闻，众知不赦。先皇帝明罚敕法，使万里以思愆。今天子发政施仁，无一夫之失所。凡在名籍，举赐洗湔。俾离一海之中，复至五岭之外。拜天恩之优厚，知圣化之密庸。挈是破家，航以一苇。蛟鳄潜底，风涛不惊。遂齐编户之民，不为异域之鬼。视偕飞走，施谢乾坤。天日弥高，徒极驰心于魏阙。乡关入望，尚期归骨于眉山。残生无与于杀身，余识终同于结草。

【译文】海上系囚，理当安分于终死之所。在天边流汗，下诏准许我生还。使在世的魂魄，自行会集。感恩之泪，欲使长远的水波上涨。敬谢。想起臣生而愚拙，少时也艰苦辛劳。迷茫而行，不知有所限制。心神不定，不知道何以为生？言则招致罪过，动则常常引来灾祸。看看自己与时人的意见往往不合，致使得烦用人力去保全自己。仁宗朝早得罪名，神宗朝终被宽赦。认为自己应该修养自省，改掉过错不要再犯。但在元祐期间却出言放肆，在太平之际却任意妄为。凡获想不到的赞誉，都应该承担不同寻常的罪过。过错已经暴露于外界，众人都知道不可赦免。先皇帝明敕处罚，使我在万里之外反省过错。今日天子发政施仁，使天下无一罪人流离失所。凡在处罚名籍的人，都赐给一次洗礼。使我离开环海之岛，又到了五岭之外的地区。拜谢天恩的优厚，深知圣明感化的潜在作用。携着这个破家，以一苇为船航行以往。蛟龙鳄鱼潜入水底，风涛不来影响。于是就成了编户齐民，不再成为异域的鬼怪。旧日的陪伴都已飞走，应该感谢乾坤之助。天日更高，自己的心独飞往朝宫。家乡之地列入了希望之中，还期盼着归葬眉山之土。晚年没有被杀身，所有的想法最终还是知恩图报。

谢复赐看坟寺表

名书罪籍，惭负明时。思念私茔，特还旧刹。九泉受赐，荒陇生光。伏念臣早以空疏，叨居近密。始终无补，愚不自量。恩礼误加，骤及既往。一被党人之目，上遗先臣之忧。旧恩已移，没齿何觊。岂谓诏书一出，旧物复还。山陇绝刍牧之虞，松檽变焦枯之色。骨肉感涕，里巷咨嗟。伏遇皇帝陛下，性仁无私，圣孝不匮。览二帝初潜之地，动一夫失所之怀。号令所加，存殁咸赖。臣衰病已久，报国之日不长。子孙在前，教忠之心未替。

【译文】名列于罪人之籍，自愧有负盛明之世。思念私家祖茔，特还旧剎之地。入九泉之人受赐，使荒芜地陇上生光。回想起臣很早就凭借空疏之才，窃居近密之职。却始终无补于世，愚昧而不自量力。恩礼误加，很快就使我达到了既往的荣耀。一开始被党派之人指斥以后，就在上面为先臣留下了后顾之忧。旧时的恩宠已经过去，一辈子还能有什么追求。这可谓是诏书一出，旧宠复还。山陇打消可来放牧的担忧，松树、木贾树变换焦枯之色。骨肉感激流涕，里巷之人为之称叹。这都是由于幸遇了皇帝陛下，性情宽仁无私，圣上的孝德不绝。游览二帝最初下榻之地，感动地表现出对一夫流离失所的关怀。发布号令所施下的恩德，活着的人和死了的人都共同依赖。臣体衰多病已久，报效国家的时日不长。子孙还要在以后生活，我教育他们对朝廷忠心耿耿的基本思想没有改变。

徐州贺改元表

祗勤国本，已获顺成之年。奉若天休，更新统始之序。庆均夷夏，欢洽神人。中谢。切以为政急于爱民，改元所以表信。非有年无以致家给人足，非盛德无以贻时和岁丰。鸿惟徽称，独冠前代。恭惟皇帝陛下，和布治法，底修事功。辟土而任三农，顺时而佐五谷。天用眷佑，秋常大登。蜡通八方之神，民足四釜之养。乃顺休命，著为始年。臣等均被至恩，共膺优禄。祗奉诏诰，更形颂言。非特降康，已类商王之福。行观嗣岁，复兴周室之隆。

【译文】恭勤治理国家的根本大事，已到了自然改元之年。奉迎上天的吉日，更新统年之序。夷夏均庆，神人合欢。敬谢。臣以为，为政的急务在于爱民，改元是为了表示信任。没有丰收之年就不能使家给人足，没有盛大的恩德就不能使岁和年丰。鸿鸟的美称，独冠于前代。臣认为，皇帝陛下宣布治国法则，达到修成功绩。开辟土地而发展农业，顺应时节而帮助五谷种植。上天关心保佑，秋粮常大获丰收。沟通八方之神，人民生活富足。顺和上天吉日之命，改元起年。下臣均受至高的恩德，共享优厚的俸禄。恭受诏诰之文，这里就再呈颂扬之言。这不仅仅是降下安康，而且已类似于商王的福气。走着试看改元的来年，再兴犹如周代的昌盛。

登州谢宣召赴阙表

仕路崎岖，群言摧沮。虽死生不变乎己，况用舍岂累其怀？中谢。臣草野微生，雕虫末学。昔从仁庙，误蒙拔擢之恩。旋至神宗，亦荷优嘉之礼。祇合俯身从众，卑论趋时。奈何明不自知，谏于未信？屡遭尤谴，实自己为。力常勉于苟安，悔欲追而何及。以此迁延岁月，荏苒尘埃。望已绝于朝端，志必期于老死。此盖皇帝陛下，躬成王之幼，赖文母之贤。辅成天纵之才，训导日跻之圣。斯民多幸，神断至公。凡所有为，稍复用旧。况秉节推忠之士，将欲甄收。而作新立法之人，旋行降黜。如臣者擢从远郡，俯居大邦。岂意寒灰之复燃，试其驽马之再驾。每思至此，其念尤深。敢不云云。

【译文】仕路崎岖，群言交攻。即使生死都不会改变自己的意志，更何况用罗织罪名的手段怎会累累挫伤我的感情？敬谢。臣是草野小生，雕虫末学。过去从事于仁宗朝，误蒙圣上提拔之恩。接着到了神宗朝，也接受了优厚嘉奖之礼。只应当俯身随众，抑制自己的言论屈和时势。为什么明白的事情自己却不知道，要去劝谏不能实现的问题。屡遭责罚，实际是自己做出来的。把精力应当用于苟安的生活，不然追悔又何及。因为此事拖延岁月，把时间都花费在道路上。朝廷再用的希望已经灭绝，一心只期待着年老终死。这大概是由于幸遇了皇帝陛下，自身像成王一样年幼，依仗太皇太后的贤德。辅以天助之才，训导日日进步的贤士。下民多幸，神断至公。凡要有所作为，都要再用一些旧人。况且对那些秉直忠心的士人，都要选择收用。而对那些所谓更新立法的人，就很快加以贬黜。如臣之人，也被提拔为远郡之官，掌管大邦。是不是让我寒灰复燃，试着让我这劣质马再去驾车。每想到这里，不免有很深的思索。敢不说出这些话来。

杭州贺兴龙节表

帝武造周，已肇兴王之迹。日符胙汉，实开受命之祥。弥月载临，普天同庆。中贺。恭惟皇帝陛下，体乾刚粹，稽古温文。信顺尚贤，已获三灵之助。神武不杀，益修六圣之仁。愿承天休，永作神主。臣叨尘法从，出守郡章。身在江湖，梦想钧天之奏。心同葵藿，远倾向日之诚。

【译文】武王造就周朝，已开辟了兴王的业绩。符命祐汉，实开受命的吉祥。上下万物，普天同庆。敬贺。臣以为，皇帝陛下体态刚粹，稽古右文。乐纳劝言，崇尚贤才，已得到三宫神灵的协助。神运用武，不尚杀伐，发扬光大了先祖六圣的仁义。但愿承继上天的吉祥，永远作神的主人。臣忝列侍从中，外出掌管郡政。身在江湖，梦想呈上如天之重的贺奏。心同葵和豆的花叶一样，永远保持倾向太阳的忠诚。

贺正表二首

献岁发春，天有信于生物。盛德在木，君无为而法天。嘉与含生，日陶至化。中贺。恭惟皇帝陛下，肇修人纪，祗畏天明。日月运行，物被无私之照。雷风鼓舞，民知不杀之威。有万斯年，惟一厥德。臣久尘从橐，出领蕃符。身寄江湖之间，神驰卫仗之下。

【译文】旧岁过去，新春到来，天不失信，仍然使万物生长。盛德在于木德，君主无为而治，敬法上天。美好同春天一起来到，日益发扬光大。敬贺。臣以为，皇帝陛下创修人伦法度，敬畏上天之明。日月运行，使万物均受到无私的光照。雷风为之鼓舞，人民知道朝廷的不杀之威。但愿有一万年，都保持这样的德政。臣自愧久居差派之官，出领郡级职务。身处江湖之间，神已驰向朝宫卫仗之下。

若考箕畴，正月为王极之象。玩占羲易，三阳为交泰之期。顺履春朝，诞膺天禄。中贺。恭惟太皇太后陛下，道高载籍，恩浃含生。进贤退愚，蛮夷率服。下贱以贵，施舍自平。臣出领郡符，承宣天泽。吏民鼓舞，共瞻崇庆之光。海宇骏奔，永托坤元之载。

【译文】如果考察箕星所处的天区位置，正月是王极之象。研究伏羲所演就的周易，三阳为交泰之期。顺履春朝，诞受天禄。敬贺。臣以为，太皇太后陛下治术高于典制，恩德润泽万物。进贤退愚，蛮夷悦服。使贫贱成为富有，施舍自然均平。臣出领郡级之职，承担布施上天的恩泽。官吏百姓欢心鼓舞，共享崇庆之光。广阔海宇，永远托福大地之载。

贺冬表

消长有时，德刑并用。庆一阳之来复，知万物之向荣。中贺。恭惟太皇太后陛下，道配皇王，化行夷夏。以用人而考治忽，自正身而刑家邦。何劳五物之占，坐知岁美。不待八音之奏，始验人和。臣率职海壖，驰诚天阙。默诵万年之庆，远同百辟之欢。

【译文】季节消长有时，为治德刑并用。庆祝一阳的再来，知道万物都欣欣向荣。敬贺。臣以为，太皇太后陛下治道与皇王相配，恩德化行夷夏。依靠利用人才的方式而考察为政得失，端正自己而依法治国。如何要烦劳对五谷的占卜，坐着便可知道年岁丰盈。不等待八音齐奏，便可验证人和。臣职守于海域，赤诚之心已飞向朝宫。默默地祝愿万年之庆，同遥远的百官一样欢乐。

乞常州居住表

团练副使、本州安置不得签书公事、骑都尉臣苏轼。右臣向以狂妄得罪，伏蒙圣恩，赐以余生，处之善地。岁月未几，又蒙收录，量移近郡。再生之赐，万死难酬。臣以家贫累重，须至乘船赴安置所。自离黄州，风涛惊恐，举家重病，幼子丧亡。今虽已至扬州，而费用竭罄，无以出陆。又汝州别无田业，可以为生，犬马之忧，饥寒为急。窃谓朝廷至仁，既已全其性命，必亦怜其失所。臣先有薄田，在常州宜兴县，粗给馆粥，欲望圣慈特许于常州居住。若罪戾之余，稍获全济，则捐躯论报，有死不回。臣今来不敢住滞，一面前去至南京以来听候指挥。干犯天威，臣无任俯伏待罪战恐之至。谨录奏闻，伏候敕旨。元丰七年十月十九日，汝州团练副使、本州安置不得签书公事、骑都尉臣苏轼状奏。

【译文】汝州团练副使、本州安置不得签书公事、骑都尉臣苏轼。臣因为狂妄而招致罪错，蒙圣上恩德，让我活了下来，并把我安排在一个对自己有益的地方。没有经历多少岁月，又蒙圣上恩德，调我到距京城较近的州郡。圣上对我再生之恩，万死也难报答。臣由于家贫人多，需要乘船走水路去安置我的地方。自从离开黄州，一路上颇多磨难，遭遇风涛，使人惊恐，全家都染上重病，小儿子在路上死去。如今虽然已到扬州，但路费已全部用完。没有供走陆路的费用。另外我在汝州没有田产可以维持生计，现在困扰着我的忧虑，就是最紧迫的衣食问题。我原有一些薄田，在常州宜兴县，基本可以糊口，因而盼望皇上皇太后特许我住在常州。我这罪人的余生，稍能得到皇上皇太后的关照，那么誓死不敢停留不前。自己将独身前往南京去听候朝廷的指挥。我这样冒犯圣上，非常非常地惊恐不安，待罪奏报，听候皇上的敕旨。元丰七年十月十九日，汝州团练副使、本州安置不得签书公事、骑都尉臣苏轼状奏。

目　录

卷十一　七言古诗

卷十四 古诗

卷十七 七言绝句

卷十八 七言绝句

卷十九 七言绝句

卷二十 五言律诗

卷二十一 七言律诗

卷十一　七言古诗

赵郎中见和，戏复答之[1]

赵子吟诗如泼水[2]，一挥三百六十字[3]。奈何效我欲寻医，恰似西施藏白地[4]。赵子饮酒如淋灰[5]，一年十万八千杯。若不令君早入务，饮竭东海生黄埃。我衰临政多缪错，羡君精采如秋鹗[6]。颇哀老子令日饮[7]，为君坐啸主画诺[8]。

【注释】①赵郎中：赵成伯，苏轼在密州的僚属。②"赵子"句：典出韩愈的《寄崔二十六立之》诗："文如翻水成，初不用意写。"③"一挥"句：说赵和诗共有三百六十字。④"恰似"句：典出白居易《简简吟》："十三行坐事调品，不肯迷头白地藏。"⑤淋灰：即灰酒。⑥鹗：鱼鹰。⑦"颇哀"句：《后汉书·马援传》载，马援为陇西太守时，"任吏以职，但总大体而已。宾客故人，日满其门。诸曹时白外事，辄曰：'此丞、掾之任，何足相烦？颇哀老子，使得遨游。若大姓侵小民，黠羌欲旅距，此乃太守事耳。'"⑧坐啸：撒手不管。画诺：签字。《后汉书·党锢传》载，南阳人宗资为汝阳太守时，委任功曹范滂处理政务；弘农人成瑨为南阳太守时，亦委政事于功曹岑晊。当时二郡作歌说："汝南太守范孟博（滂字孟博），南阳宗资主画诺。南阳太守岑公孝（晊字公孝），弘农成瑨但坐啸。"

送碧香酒与赵明叔教授[1]

闻君有妇贤且廉，劝君慎勿为楚相[2]。不羡紫驼分御食[3]，自遣赤脚沽村酿[4]。嗟君老狂不知愧，更吟丑妇恶嘲谤。诸生闻语定失笑，冬暖号寒卧无帐。碧香近出帝子家[5]，鹅儿破壳酥流盎。不学刘伶独自饮，一壶往助齐眉饷[6]。

【注释】①赵明叔：名杲卿，密州教授。②“劝君”句：用楚相孙叔敖身后凄凉的典故。③紫驼分御食：杜甫《丽人行》：“紫驼之峰出翠釜，水精之盘行素鳞。”④赤脚：指奴婢。韩愈《寄卢仝》：“一婢赤脚老无齿。”村酿：村酒。⑤“碧香”句：王十朋注引赵次公曰：“谓王驸马家造碧香酒也。”⑥齐眉：东汉孟光侍奉丈夫梁鸿饮食时，每每举案齐眉，后称恩爱夫妻为齐眉。

赵既见和复次韵答之

长安小吏天所放，日夜歌呼和丞相[①]。岂知后世有阿瞒[②]，北海樽前捉私酿[③]。先生未出禁酒国[④]，诗语孤高常近谤。几回无酒欲沽君，却畏有司书簿帐[⑤]。酸寒可笑分一斗[⑥]，日饮无何足袁盎[⑦]。更将险语压衰翁[⑧]，只恐自是台无饷。

【注释】①天所放：即天放，放任自然。丞相：指曹参。《汉书·曹参传》载，曹参代萧何为丞相后，与属下小吏日夜饮酒。②阿瞒：曹操。苏轼自注：“曹公自言参之后。”③北海：指孔融，融曾为北海相。《后汉书·孔融传》：“曹操以年饥兵兴，表制酒禁，融频书争之，多侮慢之辞。”④禁酒国：当时朝廷严令民间造酒，密州在禁区之内，故称。又，卢仝《叹昨日》：“何时出得禁酒国，满瓮酿酒曝背眠。”盖为此句所本。⑤苏轼自注：“近制，公使酒过数，法甚重。”⑥“酸寒”句：暗用陈叔达日给王绩一斗酒故事，详见《旧唐书·王绩传》。⑦袁盎：字丝，西汉文景时人。《汉书·袁盎传》：“南方卑湿，丝能日饮。”⑧衰翁：苏轼自指。

赵郎中往莒县，逾月而归，复以一壶遗之，仍用前韵[①]

东邻主人游不归，悲歌夜夜闻舂相[②]。门前人闹马嘶急，一家喜气如春酿。王事何曾怨独贤[③]，室人岂忍交谪谤[④]。大儿踉跄越门限，小儿咿哑语绣帐。定教舞袖彻伊凉，更想夜庖鸣瓮盎[⑤]。题诗送酒君勿诮[⑥]，免使退之嘲一饷[⑦]。

【注释】①莒(jǔ)县：在今山东。②舂相：以歌伴杵声，此句是形容家人盼赵归家的迫切之情。③"王事"句：《诗经·小雅·北山》："王事靡盬，……我从事独贤。"④室人：妻子。谪谤：指责。《诗·邶风·北门》："王事敦我，政事一埤益我，我入自外，室人交遍谪我。"⑤庖：厨房。瓮：盛酒的陶器。⑥诮(qiào)：责备。⑦退之：韩愈，字退之。韩愈《醉赠张秘书》诗："长安众富儿，盘馔罗膻荤。虽得一饷乐，有如聚飞蚊。"

留别释迦院牡丹呈赵倅[①]

春风小院却来时，壁间惟见使君诗[②]。应问使君何处去，凭花说与春风知。年年岁岁何穷已，花似今年人老矣。去年崔护若重来[③]，前度刘郎在千里[④]。

【注释】①释迦院：查慎行注引田汝成曰："吴山宝成寺，晋天福中建，名释迦院。"王文诰驳之。而王文诰未言释迦院何指。此诗施元之既编于密州卷，又次在留别密州各诗后，当亦为密州留别诗，则释迦院盖为密州某寺院。②使君：苏轼自指。③崔护：唐诗人。据《本事诗》载：崔护清明游城南，至一庄院，叩门求饮，有女子与之，且倚桃树含情凝视崔。来年清明崔复至，门墙如故，而已闭锁。崔因题诗曰：“去年今日此门中，人面桃花相映红。人面只今何处去，桃花依旧笑春风。”④前度刘郎：用刘禹锡再游玄都观赏桃花之典。这里以刘禹锡喻自已。“去年”二句谓若有故人来访，已已远在千里之外。

次韵子由与颜长道同游百步洪，相地筑亭种柳[1]

平明坐衙不暖席[2]，归来闭阁闲终日。卧闻客至倒屣迎[3]，两眼蒙笼余睡色。城东泗水步可到，路转河洪翻雪白。安得青丝络骏马，蹙踏飞波柳阴下[4]。奋身三丈两蹄间，振鬣长鸣声自干[5]。少年狂兴久已谢，但忆嘉陵绕剑关[6]。剑关大道车方轨[7]，君自不去归何难。山中故人应大笑，筑室种柳何时还。

【注释】①颜长道：名复，鲁人颜子四十八世孙。百步洪：在徐州城东南，为徐州名胜。②平明：天大亮的时候。③倒屣迎：急于出迎，把鞋穿倒。④蹙(cù)：紧迫。⑤干：指嘶声直彻云天。⑥嘉陵：嘉陵江。剑关：剑门关。⑦方轨：两车并行。

送颜复兼寄王巩[1]

彭城官居冷如水[2]，谁从我游颜氏子。我衰且病君亦穷，衰穷相守正其理。胡为一朝舍我去，轻衫触热行千里[3]。问君无乃求之与，答我不然聊尔耳。京师万事日日新，故人如故今有几。君知牛行相君宅[4]，扣门但觅王居士[5]。清诗草圣俱入妙，别后寄我书连纸。苦恨相思不相见，约我重阳嗅霜蕊[6]。君归可唤与俱来，未应指目妨进拟[7]。太一老仙闲不出[8]，踵门问道今时矣[9]。因行过我路几何，愿君推挽加鞭箠[⑩]。吾侪一醉岂易得，买羊酿酒从今始[⑪]。

【注释】①颜复：字长道。山东颜子四十八世孙，曾为太常博士。王巩：字定国，有诗才。②彭城：即徐州，时苏轼任徐州太守。③触热：冒着炎热。④牛行：牛行街（在东京），王巩祖父旦，曾任相国，居此，故言。⑤居士：古称有才德而隐居不仕的人。这里指王巩。⑥霜蕊：菊花。⑦"未应"句：劝王巩既因事已勒停不能进拟，就到徐州一游而无所妨碍。⑧苏轼自注："张安道为太一宫使。"太一老仙：即张安道，为王巩岳父。⑨踵门：犹言入门。《庄子·达生篇》："有孙休者，踵门而诧子扁庆子。"⑩推挽：推拉。《左传·襄公十四年》："臧孙说，谓其人曰：'卫君必入。夫二子者或挽之，或推之，欲无入，得乎？'"⑪"买羊"句：用韩愈诗"买羊沽酒谢不敏"。

蝎虎[①]

黄鸡啄蝎如啄黍，窗间守宫称蝎虎。暗中缴尾伺飞虫，巧捷功夫在腰膂[②]。跂跂脉脉善缘壁[③]，陋质从来谁比数。今年岁旱号蜥蜴，狂走儿童闹歌舞。能衔渠水作冰雹，便向蛟龙觅云雨。守宫努力搏苍蝇[④]，明年岁旱当求汝。

【注释】①《续通鉴长编》："熙宁十年三月，内出蜥蜴祈雨法，试之果验。诏附宰鹅祈雨法颁行之。"这首诗是苏轼针对这种祈雨法的颁行而作。②膂(lǚ)：脊骨。③跂(qí)跂脉脉：虫子爬行的样子。④守宫：指蝎虎。

代书答梁先

此身与世真悠悠，苍颜华发谁汝留。强名太守古徐州，忘归不如楚沐猴。鲁人岂独不知丘[①]，蹀藉夫子无罪尤[②]。异哉梁子清而修，不远千里从我游。瞭然正色悬双眸[3]，世之所驰子独不。一经通明传节侯[4]，小楷精绝规摹欧[5]。我衰废学懒且婾[6]，畏见问事贾长头。别来红叶黄花秋，夜梦见之起坐愁。遗我驳石盆与瓯[7]，黑质白章声琳球[8]。谓言山石生涧沟，追琢尚可王公羞。感子佳意能无酬，反将木瓜报珍投。学如富贾在博收，仰取俯拾无遗筹[9]。道大如天不可求[10]，修其可见致其幽。愿子笃实慎勿浮，发愤忘食乐忘忧。

【注释】①“鲁人”句：《家语》：“鲁人不识孔子圣人，乃曰：‘彼东家丘者，吾知之矣。’”②蹸藉：《庄子·让王篇》：“夫子再逐于鲁，杀夫子者无罪，藉夫子者无禁。”蹸(lìn)，同“躏”，蹂躏，践踏。藉(jí)，践踏，欺凌。③瞭(liǎo)：眼珠明亮。④节侯：指韦贤。《汉书·韦贤传》：“号称邹鲁大儒，薨，谥节侯。”⑤苏轼自注：“梁生学欧阳公书。”⑥婾(tōu)：同“偷”，苟且。⑦驳石：杂色石头。瓯：小盆。⑧琳球：玉器撞击声。⑨遗筹：犹言遗漏。筹，计数的用具。⑩“道大”句：《孔子家语》：“诸弟子之言孔子，曰：‘道大不可容。’”《论语》：“曰：‘如天之不可阶而升也。’”

河复 并叙

熙宁十年秋，河决澶渊[1]。注钜野[2]，入淮、泗，自澶、魏以北皆绝流，而济、楚大被其害[3]。彭门城下水二丈八尺，七十余日不退。吏民疲于守御。十月十三日，澶州大风终日[4]。既止，而河流一枝已复故道。闻之喜甚，庶几可塞乎[5]？乃作《河复》诗，歌之道路，以致民愿而迎神休，盖守土者之志也。

君不见西汉元光、元封间[6]，河决瓠子二十年[7]。钜野东倾淮泗满，楚人恣食黄河鳣[8]。万里沙回封禅罢[9]，初遣越巫沉白马。河公未许人力穷，薪刍万计随流下[10]。吾君盛德如唐尧，百神受职河神骄[11]。帝遣风师下约束，北流夜起澶州桥。东风吹冻收微渌，神功不用淇园竹。楚人种麦满河淤，仰看浮槎栖古木[12]。

【注释】①澶(chán)渊：古湖泊名，在今河南省濮阳市西。②钜野：古湖泽名。在今山东巨野县北。③楚：应为“济楚”，即今山东西南部、南部等地。④澶州：辖境相当于今河南省清丰及濮阳东北。⑤庶几：差不多。⑥元光、元封：均汉武帝年号。⑦瓠(hù)子：瓠子河。在河南濮阳市北。⑧鳣：古书上指鲟一类的鱼。⑨万里沙：王十朋注引师民瞻曰：“万里沙，神祠也，在莱州掖县。”⑩“万里”四句：《汉书·沟洫志》：“孝武帝元光中，河决于瓠子东南。后二十余年，上既封禅，巡祭山川。……于是，上以用事万里沙，则还自临决河。沉白马玉璧。令群臣从官自将军以下皆负薪寘决河。是时，东郡烧草，以故薪柴少，而下淇园之竹以为揵。帝悼功之不成，作歌曰：‘皇谓河公兮何不仁。’”⑪百神受职：《礼记·礼运》：“礼行于郊，而百神受职焉。”⑫浮槎：柳宗元诗：“渡头水落村径成，撩乱浮槎在高树。”槎(chá)，木筏。

韩干马十四匹

二马并驱攒八蹄[1]，二马宛颈鬃尾齐[2]。一马任前双举后[3]，一马却避长鸣嘶。老髯奚官骑且顾[4]，前身作马通马语。后有八匹饮且行，微流赴吻若有声[5]。前者既济出林鹤[6]，后者欲涉鹤俯啄。最后一匹马中龙，不嘶不动尾摇风。韩生画马真是马，苏子作诗如见画。世无伯乐亦无韩，此诗此画谁当看。

【注释】①攒(cuán)：聚在一起。②宛：弯曲。鬃(zōng)：马鬃。③“一马任前”句：《韩非子》：“伯乐教二人相踶马，……一人举踶马，其一人从后而循之，三抚其尻而马不踶，此自以为失相。其一人曰：‘子非失相也，此其为马也，踒肩而肿膝。夫踶马也者，举后而任前，肿膝不可任也，故后不举。’”④奚官：养马的役者。⑤吻：嘴唇。⑥济：渡。

赠写御容妙善师①

忆昔射策干先皇②，珠帘翠幄分两厢③。紫衣中使下传诏④，跪奉冉冉闻天香。仰观眩晃目生晕，但见晓色开扶桑⑤。迎阳晚出步就坐，绛纱玉斧光照廊⑥。野人不识日月角⑦，仿佛尚记重瞳光⑧。三年归来真一梦，桥山松桧凄风霜⑨。天容玉色谁敢画⑩，老师古寺昼闭房。梦中神授心有得，觉来信手笔已忘。幅巾常服俨不动⑪，孤臣入门涕自滂。元老侑坐须眉古⑫，虎臣立侍冠剑长。平生惯写龙凤质，肯顾草间猿与獐。都人踏破铁门限⑬，黄金白璧空堆床。尔来摹写亦到我，谓是先帝白发郎。不须览镜坐自了，明年乞身归故乡⑭。

【注释】①妙善：冯应榴《合注》："妙善，邓椿《画继》作妙善。"②"忆昔"句：苏轼于北宋仁宗嘉祐六年，应制科入第三等，授大理寺评事。"射策干先皇"即指此。③幄(wò)：帐幕。④中使：《后汉书·宦者张让传》："凡诏所征求，皆令西园驺密约敕，号曰中使。"⑤扶桑：《淮南子》："日出于旸谷，拂于扶桑。"⑥绛(jiàng)：深红色。玉斧：北宋皇宫旧制，皇帝所到之处，皆持玉斧。此处说的是当年宋仁宗巡视考场的情景。⑦野人：苏轼自谦。日月角：朱建平《相书》："额有龙犀入发，左角日，右角月，有者王天下。"⑧重瞳：《帝王世纪》："舜目重瞳。"⑨桥山：《史记·五帝本纪》："黄帝崩，葬桥山。"此句是说苏轼赴凤翔任职一年多后，宋仁宗逝去。⑩天容玉色：指皇帝的容颜。⑪俨(yǎn)：庄重。⑫侑坐：陪坐。⑬门限：门槛。此句形容求妙善画师作画的人很多。⑭乞身：杜甫诗："上疏乞骸骨，黄冠归故乡。"

答吕梁仲屯田①

乱山合沓围彭门②，官居独在悬水村。居民萧条杂麋鹿，小市冷落无鸡豚。黄河西来初不觉，但讶清泗奔流浑。夜闻沙岸鸣瓮盎[3]，晓看雪浪浮鹏鲲。吕梁自古喉吻地[4]，万顷一抹何由吞。坐观入市卷闾井，吏民走尽余王尊[5]。计穷路断欲安适，吟诗破屋愁鸢蹲[6]。岁寒霜重水归壑，但见屋瓦留沙痕。入城相对如梦寐，我亦仅免为鱼鼋。旋呼歌舞杂诙笑，不惜饮釂空瓶盆。念君官舍冰雪冷，新诗美酒聊相温。人生如寄何不乐，任使绛蜡烧黄昏[7]。宣房未筑淮泗满[8]，故道堙灭疮痍存。明年劳苦应更甚，我当畚锸先黥髡[9]。付君万指伐顽石，千锤雷动苍山根。高城如铁洪口快[10]，谈笑却扫看崩奔。农夫掉臂免狼顾[11]，秋谷布野如云屯。还须更置软脚酒，为君击鼓行金樽。

【注释】①吕梁：指徐州城外的吕梁洪。屯田：职官名。②沓(tà)：众多的样子。③鸣瓮盎：韩愈诗："余澜怒不已，喧聒鸣瓮盎。"④"吕梁"句：《水经》：吕梁乃自古黄河喉襟唇吻之地。⑤"吏民"句：《汉书·王尊传》："迁东郡太守，河水盛溢，泛浸瓠子金堤，老弱奔走。尊投沉白马，祀水神河伯。……堤坏，吏民奔走，惟一主簿泣在尊旁，立不动，而水波稍却回还。"⑥鸢(yuān)：一种鹰。⑦绛蜡：即绛纱系臂。《晋书·胡贵嫔传》："泰始九年，帝多简良家子女以充内职，自择其美者以绛纱系臂。"后用作歌咏嫔妃宫女的典故。⑧宣房：亦作"宣防"，宫名。汉武帝元光中，黄河在瓠子决口，决口堵塞后，武帝筑宣房宫。其址在今河南濮阳。⑨畚(běn)：用蒲草编织的盛物工具。锸(chā)：铁锹。黥(qíng)：古代的一种刑法，用刀刺面额，再涂上墨，也叫"墨刑"。髡(kūn)：古代的一种剃去头发的刑罚。⑩"高城"句：用杜甫诗："大城铁不如。"⑪狼顾：《汉书·食货志》："失食不雨，民且狼顾。"

答孔周翰求书与诗

身闲曷不长闭口[1]，天寒正好深藏手。吟诗写字有底忙[2]，未脱多生宿尘垢。不蒙讥诃子厚疾[3]，反更刻画无盐丑[4]。征西自有家鸡肥，太白应惊饭山瘦[5]。与君相从知几日，东风待得花开否？拨弃万事勿复谈，百觚之后那辞酒[6]。

【注释】①“身闲”句：傅玄《口铭》：“病从口入，患从口出。闭口则无事，而身得长闲矣，非谨而何。”曷，何。②底忙：犹言甚忙、何忙。③讥：诃，非难，指责。子厚疾：柳宗元《报崔黯秀才论为文书》：“凡人好辞工书者，皆病癖也。吾不幸早得二病，……思易吾病，不亦惑乎。”④“反更”句：《晋书·周顗传》：“庾亮尝谓顗曰：‘诸人咸以君方乐广。’顗曰：‘何乃刻画无盐，唐突西子？’”无盐，战国时丑女。⑤“太白”句：李白诗：“饭颗山头逢杜甫，头戴笠子日卓午。借问别来太瘦生，总为从前作诗苦。”饭山，即饭颗山，传说为长安的山名。后用为讥人作诗拘谨艰涩的典故。⑥觚：一种酒器。

送李公恕赴阙[1]

君才有如切玉刀，见之凛凛寒生毛。愿随壮士斩蛟蜃，不愿腰间缠锦绦。用违其才志不展，坐与胥史同疲劳。忽然眉上有黄气[2]，吾君渐欲收英髦。立谈左右皆动色，一语径破千言牢[3]。我顷分符在东武[4]，脱略万事惟嬉遨。尽坏屏障通内外[5]，仍呼骑曹为马曹[6]。君为使者见不问，反更对饮持双螯。酒酣箕坐语惊众，杂以嘲讽穷诗骚。世上小儿多忌讳，独能容我真贤豪。为我买田临汶水，逝将归去诛蓬蒿。安能终老尘土下，俯仰随人如桔槔[7]。

【注释】①李公恕时为京东转运判官，召赴阙。②眉上有黄气：《玉管照神书》：“黄色，喜征。”韩退之《郾城晚饮奉赠副使马侍郎及冯、李二员外》诗：“城上赤云呈胜气，眉间黄色见归期。”③“一语”句：韩退之

《平淮西碑》："万口和附，并为一谈，牢不可破。"④"我顷"句：汉文帝为竹使符，与太守分之。苏轼此时为密州太守，故自称"分符在东武"。东武指密州。⑤"尽坏"句：《晋书·阮籍传》："文帝辅政，籍尝从容言于帝曰：'籍曾游东平，乐其风土。'帝大悦，即拜东平相。籍乘驴到郡，坏府舍屏障，使内外相望，法令清简，旬日而还。"⑥"仍呼"句：《晋书·王徽之传》："王徽之为桓冲骑兵参军使，冲问：'卿署何曹？'对曰：'似是马曹。'又问：'管几马？'曰：'不知马，何由知数？'又问：'马比死多少？'曰：'未知生，焉知死？'"⑦"俯仰"句：《庄子·天运》："子独不见夫桔槔者乎？引之则俯，舍之则仰。"

春菜

蔓菁宿根已生叶，韭芽戴土拳如蕨①。烂蒸香荠白鱼肥，碎点青蒿凉饼滑。宿酒初消春睡起，细履幽畦掇芳辣。茵陈甘菊不负渠，鲙缕堆盘纤手抹②。北方苦寒今未已，雪底波棱如铁甲③。岂如吾蜀富冬蔬，霜叶露芽寒更茁。久抛菘葛犹细事，苦笋江豚那忍说。明年投劾径须归，莫待齿摇并发脱。

【注释】①拳：屈曲貌。②自首句至此，具数蜀中春菜，意谓江北苦寒，春时菜不可食。③波棱：《本草纲目》："波棱，一名赤根菜，八九月种者，可备冬食。"

章质夫寄惠《崔徽真》①

玉钗半脱云垂耳，亭亭芙蓉在秋水。当时薄命一酸辛，千古华堂奉君子。水边何处无丽人，近前试看丞相嗔②。不如丹青不解语③，世间言语原非真。知君被恼更愁绝，卷赠老夫惊老拙。为君援笔赋梅花，未害广平心似铁。

【注释】①崔徽：元微之《崔徽传》云：崔徽，蒲女也。裴敬中使蒲，徽一见动情，不能忍。敬中使回，徽以不得从为恨。久之，成疾，写真以寄裴，且曰："崔徽一旦不及画中人矣。"②"水边"二句：杜子美《丽人行》："三月三日天气新，长安水边多丽人……炙手可热势绝伦，慎莫近前丞相嗔。"③解语：《杨贵妃遗事》："太液池有千叶白莲数枝盛开，帝与贵戚宴赏，帝指责妃示左右，曰：'争如我解语花？'"

送孔郎中赴陕郊[1]

惊风击面黄沙走，西出崤、函脱尘垢[2]。使君来自古徐州[3]，声震河潼殷关右[4]。十里长亭闻鼓角，一川秀色明花柳。北临飞槛卷黄流，南望青山如岘首[5]。东风吹开锦绣谷，渌水翻动蒲萄酒[6]。讼庭生草数开樽[7]，过客如云牢闭口[8]。

【注释】①《东都事略》："孔周翰历知蕲、密、陕、扬、洪、兖六州。"此则自密移陕时也。②崤：谓二崤山，在河南洛宁县。函：谓函谷关，在新安县。③古徐州：谓彭城。时自彭城而往，故云古徐州。④河潼：黄河、潼关。《元和郡县志》："潼关在华阴县东北关西一里，有潼水。"⑤岘首：《名胜志》："岘山在陕州灵宝县东，以形似襄阳岘山，故名。"⑥蒲萄酒：钱希白《南部新书》："太宗破高昌，收马乳葡萄，种于苑，并得酒法，仍自损益之，造酒成绿色，长安始识其味。"⑦讼庭生草：《隋书·刘旷传》："为平乡令，风教大洽，狱中无系囚，争讼绝息，囹圄尽皆生草，庭可张罗。"⑧"过客"句：韩退之《与华州李尚书书》："接过客俗子，绝口不挂时事；务为崇深，以拒止嫉妒之口。"

与梁左藏会饮傅国博家[①]

将军破贼自草檄，论诗说剑俱第一。彭城老守本虚名，识字劣能欺项籍[②]。风流别驾贵公子，欲把笙歌暖锋镝[③]。红旆朝开猛士噪[④]，翠帷暮卷佳人出[⑤]。东堂醉卧呼不起，啼鸟落花春寂寂。试教长笛傍耳根，一声吹裂阶前石。

【注释】①梁左藏：即梁交。左藏，官名。傅国博：即傅裼，官国子博士，时为徐州通判。②“识字”句：《史记·项羽本纪》：“项籍少时，学书不成……曰：‘书足以记名姓而已。’……”③“欲把”句：白乐天《奉送三兄》诗：“少年曾管二千兵，昼听笙歌夜斫营。”④“红旆”句：白乐天《过温尚书旧庄》诗：“白石清泉抛济口，碧幢红旆照河阳。”⑤“翠帷”句：柳子厚《浑鸿胪宅闻歌》诗：“翠帷双卷出倾城。”

约公择饮是日大风

先生生长匡庐山[①]，山中读书三十年[②]。旧闻饮水师颜渊[③]，不知治剧乃所便[④]。偷儿夜探黑白丸[⑤]，奋髯忽逢朱子元[⑥]。半年群盗诛七百，谁信家书藏九千。春风无事秋月闲，红妆执乐豪且妍。紫衫玉带两部全[⑦]，琵琶一抹四十弦，客来留饮不计钱[⑧]。齐人爱公如子产[⑨]，儿啼卧路呼不还[⑩]。我惭山郡空留连，牙兵部吏笑我寒，邀公饮酒公无难。约束官奴买花钿，薰衣理发夜不眠。晓来颠风尘暗天，我思其由岂坐悭[⑪]。作诗愧谢公笑欢，归来瑟缩愈不安[⑫]。要当啖公八百里[⑬]，豪气一洗儒生酸。

【注释】①“先生”句：周景式《庐山记》曰：“匡俗，周威王时人，生而神灵，庐于此山，世称庐君，故山取号焉。”②“山中”句：苏轼《李氏山房藏书记》：“李公择少时，读书于庐山五老峰下白石庵之僧舍。公择既去，而山中人指其居为李氏山房，藏书凡九千余卷。”③颜渊：名回，字子渊，孔子弟子。《论语·雍也》：“子曰：‘贤哉！回也。一箪食，一瓢饮，在陋巷，人不堪其忧，回也不改其乐。贤哉，回也！’”④治剧：《汉书·尹赏传》：“薛宣奏赏能治剧。”⑤夜探黑白丸：《汉书·尹赏传》：“永始、元延间，长安中奸猾浸多。闾里少年，群辈杀吏，受赇报仇，相与探丸为弹。得赤丸者，斫武吏；得黑丸者，斫文吏；白丸者，主治丧。”⑥朱子元：《汉书·朱博传》：“朱博，字子元。”⑦“紫衫”句：《唐书·礼乐志》：“《庆善乐》，舞四人，紫袍，白裤。又，乐工少年文玉带，立左右。”⑧客非泛指，乃苏轼自述过齐州时也。⑨“齐人”句：《韩诗外传》：“子产之治郑，一年而负罚之过省，二年而刑杀之罪亡，三年而库无拘人。故民归之如水就下，爱之如孝子敬父母。”⑩儿啼：《史记·循吏传》：“子产治郑，二十六年而死。丁壮号哭，老人儿啼。”⑪悭：吝啬。《文酒清话》：“东京周默未尝作东道，一日，请客，时久旱，忽风雨交作。宋温以诗戏之曰：‘骄阳为戾已成灾，赖有开筵周秀才。莫道上天无感应，故交风雨一齐来。’盖谚有‘悭值风，啬值雨’之说也。”⑫自“我惭山郡”句至此，皆自述饮公择事。⑬八百里：《晋书·王济传》：“王恺以帝舅奢豪，有牛名‘八百里’……济请以钱十万与牛对射而赌之。济一发破的，因据胡床，叱左右速探牛心来。须臾而至，一割便去。”

芙蓉城 并叙

世传王迥子高与仙人周瑶英游芙蓉城。元丰元年三月，余始识子高。问之，信然。乃作此诗，极其情而归之正，亦变风止乎礼义之意也①。

芙蓉城中花冥冥，谁其主者石与丁②。珠帘玉案翡翠屏，霞舒云卷千娉婷。中有一人长眉青，炯如微云淡疏星。往来三世空炼形③，竟坐误读《黄庭经》④。天门夜开飞爽灵⑤，无复白日乘云軿。俗缘千劫磨不尽⑥，翠被冷落凄余馨。因过缑山朝帝廷⑦，夜闻笙箫弭节听。飘然而来谁使令，皎如明月入窗棂。忽然而去不可执，寒衾虚幌风泠泠。仙宫洞房本不扃，梦中同蹑凤凰翎。径度万里如奔霆，玉楼浮空耸亭亭。天书云篆谁所铭，绕楼飞步高竛竮[8]。仙风锵然韵流铃，蘧蘧形开如酒醒[9]。芳卿寄谢空丁宁，一朝覆水不返瓶，罗巾别泪空荧荧。春风花开秋叶零，世间罗绮纷膻腥。此身流浪随沧溟，偶然相值两浮萍。愿君收视观三庭，勿与嘉谷生蝗螟[10]。从渠一念三千龄[11]，下作人间尹与邢[12]。

【注释】①胡微之《芙蓉城传》谓：王迥子高，曾梦随一仙女游芙蓉城。②石：谓石曼卿。丁：谓丁度。③炼形：《真诰》："魏夫人云：'死经太阴、暂过三官者，肉脱脉散……七魄营侍、三魂守宅者，或三二十年，复质成形，胜于昔容，名炼形。'"④《黄庭经》：道经名。《集仙录》："谢自然日诵《黄庭经》十遍。诵时，有二童子侍立，每十遍，即将向上界去。东华夫人曰：'诵经先读《外篇》，大都精思讲读者获福，粗行者招罪。'"⑤爽灵：《太微灵书》："人有三魂，一曰爽灵，二曰台光，三曰幽精。"⑥"俗缘"句：《逸史》："许浑暴卒，三日寤，而题诗云：'晓入瑶台露气清，坐中唯有许飞琼。尘心未尽俗缘在，十里下山空月明。'"⑦缑山：刘向《列仙诗》："王子乔好吹笙，作凤凰鸣，道士浮丘公接上嵩山。三十余年后，求之于山，见桓良曰：'告我家，七月七日，待我于缑氏山头。'至期，果乘白鹤驻山岭，举手谢时人而去。"⑧竛竮：即伶俜。⑨形开：《庄子·齐物论》："其寐也魂交，其觉也形开。"蘧蘧(qú qú)：有形貌。⑩"勿与"句：《黄庭内景经》："三庭嘉谷生蝗螟。"⑪"从渠"句：《神仙传》："马明生随神女还岱，见安期生语神女曰：'昔与女郎游于安息西海之际，忆此，已三千年矣。'"⑫尹、邢：皆汉武帝妃。

续丽人行 并引

李仲谋家有周昉画背面欠伸内人，极精。戏作此诗[1]。

深宫无人春日长，沉香亭北百花香[2]。美人睡起薄梳洗，燕舞莺啼空断肠。画工欲画无穷意，背立东风初破睡。若教回首却嫣然，阳城、下蔡俱风靡[3]。杜陵饥客眼长寒[4]，蹇驴破帽随金鞍[5]。隔花临水时一见，只许腰肢背后看。心醉归来茅屋底，方信人间有西子。君不见孟光举案与眉齐，何曾背面伤春啼？

【注释】①周昉：生卒年不详，唐画家，字景玄，又字仲朗，京兆人。擅画人物，尤工仕女。②“沉香亭”句：唐开元中，禁中种牡丹，植于兴庆池东沉香亭前。③“阳城”句：宋玉《登徒子好色赋》：“东家之子，嫣然一笑，惑阳城，迷下蔡。”按：阳城、下蔡，二县名，楚之贵介公子所封。④“杜陵”句：杜子美《忆昔行》诗：“秋山眼冷魂未归。”⑤“蹇驴”句：用杜子美诗《奉赠韦左丞丈二十二韵》之“骑驴十三载，旅食京华春”意。

起伏龙行 并叙

徐州城东二十里，有石潭。父老云：“与泗水通，增损清浊，相应不差，时有河鱼出焉。”元丰元年春旱，或云置虎头潭中，可以致雷雨。用其说作《起伏龙行》。

何年白竹千钧弩，射杀南山雪毛虎[1]。至今颅骨带霜牙，尚作四海毛虫祖。东方久旱千里赤，三月行人口生土。碧潭近在古城东，神物所蟠谁敢侮。上敧苍石拥岩窦，下应清河通水府。眼光作电走金蛇，鼻息为云擢烟缕。当年负图传帝命，左右羲轩诏神禹[2]。尔来怀宝但贪眠，满腹雷霆瘖不吐。赤龙白虎战明日[3]，倒卷黄河作飞雨。嗟我岂乐斗两雄，有事径须烦一怒[4]。

【注释】①“何年”二句：《后汉书·南蛮传》：“秦昭王时，有一白虎常从群虎数游秦、蜀、巴、汉之境。昭王重募国中能杀虎者，时有巴郡阆中夷人，能作白竹之弩，登楼射杀白虎。”②“当年”二句：《帝王世纪》载：龙马出图于河，伏羲观之以画八卦。羲轩：伏羲。神禹：大禹。③“赤龙”句：苏轼自注：“是月丙辰，明日庚寅。”辰为龙、寅为虎，故用赤龙白虎之说。又：《尚书故实》：“南中久旱，以长绳系虎头骨，投有龙处，入水，即数人牵制不定。俄顷，云起潭中，雨亦随降。”④一怒：《洞庭灵姻传》：“洞庭龙君谓柳毅曰：‘钱塘君，我爱弟也。其勇过人，尧遭洪水九年，乃此子一怒耳。’”

次韵答刘泾

吟诗莫作秋虫声，天公怪汝钩物情，使汝未老华发生。芝兰得雨蔚青青，何用自燔以出馨。细书千纸杂真行[①]，新音百变口如莺。异义蜂起弟子争，舌翻涛澜卷齐城[②]。万卷堆胸兀相撑，以病为乐子未惊。我有至味非煎烹，是中之乐吁难名。绿槐如山暗广庭，飞虫绕耳细而清。败席展转卧见经，亦自不嫌翠织成。意行信足无沟坑，不识五郎呼作卿[③]。吏民哀我老不明，相戒无复烦鞭刑[④]。时临泗水照星星[⑤]，微风不起镜面平。安得一舟如叶轻，卧闻邮签报水程。莼羹羊酪不须评，一饱且救饥肠鸣。

【注释】①杂真行：《法书苑》：“晋世以来，工书者多以行书著名，兼真者谓之真行，带草者谓之行草。”②“舌翻”句：《汉书·蒯通传》：“郦生一士，伏轼掉三寸舌，下齐七十余城。”③“不识”句：《唐书·宋璟传》：“朝廷以易之等内宠，不名其官，呼易之五郎，昌宗六郎。郑善果谓璟曰：‘公奈何谓五郎为卿？’璟曰：‘以官正当为卿，君非其家奴，何郎之云？’”按：时张易之、张昌宗因宠幸官居高位，如故之卿。④“吏民”二句：《唐书·徐有功传》：“补蒲州司法参军。为政仁，不忍杖罚，民服其恩，更相约曰：‘犯徐参军杖者，必斥之。’讫代，不辱一人。”⑤星星：谓白发。谢灵运《游南亭》诗：“戚戚感物叹，星星白发垂。”

和子由送将官梁左藏仲通

雨足谁言春麦短，城坚不怕秋涛卷。日长惟有睡相宜，半脱纱巾落纨扇。芳草不除当户长，珍禽独下无人见。觉来身世都是梦，坐久枕痕犹著面。城西忽报故人来，急扫风轩炊麦饭①。伏波论兵初矍铄②，中散谈仙更清远③。南都从事亦学道④，不惜肠空夸脑满⑤。问羊他日到金华⑥，应许相将游阆苑⑦。

【注释】①麦饭：苏轼自注："徐州所出。"②"伏波"句：《后汉书·马援传》："拜伏波将军。刘尚击五溪蛮，军没。马援请行，时年六十二。帝愍其老，未许之。援曰：'臣尚能披甲上马。'帝令试之……笑曰：'矍铄哉！是翁也！'"③"中散"句：《晋书·嵇康传》："嵇康与魏婚，拜中散大夫。……以为神仙禀之自然，非积学所得。至于导养得理，则安期、彭祖之论可及。"④"南都"句：是时，子由从张文定签书南京判官……尝云："学道三十年，今始粗闻道也。"⑤肠空夸脑满：道家云：欲得不死，肠中无滓；欲得不老，还精补脑。⑥"问羊"句：苏轼自注："黄初平之兄，寻其弟于金华山。"按：《神仙传》："黄初平，年十五，家使牧羊。有道士见其良谨，将至金华山石室中四十余年。其兄初起寻索得见，问羊何在，初平曰：'近在山东。'往视之，但见白石。初平叱曰：'羊起！'白石皆变为羊数万头。"⑦阆苑：《集仙录》："西王母居阆风之苑。"

次韵秦观秀才见赠。秦与孙莘老、李公择甚熟，将入京应举

夜光明月非所投①，逢年遇合百无忧②。将军百战竟不侯③，伯郎一斗得凉州④。翘关、负重君无力⑤，十年不入纷华域。故人坐上

见君文[⑥]，谓是古人吁莫测。新诗说尽万物情，硬黄小字临黄庭[⑦]。故人已去君未到[⑧]，空吟河畔草青青。谁谓他乡各异县，天遣君来破吾愿[⑨]。一闻君语识君心，短李髯孙眼中见[⑩]。江湖放浪久全真，忽然一鸣惊倒人[⑪]。纵横所值无不可，知君不怕新书新[⑫]。千金敝帚那堪换[⑬]，我亦淹留岂长算。山中既未决同归，我聊尔耳君其漫[⑭]。

【注释】①“夜光”句：邹阳《狱中上梁王书》：“明月之珠，夜光之璧，以暗投人于道路，人无不按剑相眄者。何则？无因而至前也。”②逢年遇合：《史记·佞幸传》：“力田不如逢年，善仕不如遇合。”③“将军”句：《史记·李将军列传》：“广尝与望气王朔燕语，曰：‘自汉击匈奴，而广未尝不在其中，而诸部校尉以下，才能不及中人，然以击胡军功取侯者数十人。而广不为后人，然无尺寸之功以得封邑者，何也？岂吾相不当侯邪？且固命也？’”④“伯郎”句：《三辅决录》：孟佗，字伯郎。以葡萄酒一斗遗张让，即拜凉州刺史。⑤翘关、负重：《唐书·选举志》：“长安二年，始置武举，有马枪、翘关、负重、身材之选。”⑥故人：谓李公择。⑦硬黄：唐法帖，皆硬黄纸临本。⑧“故人已去”句：谓李公择已去，而少游未至。⑨“谁谓”二句：《文选·古乐府·饮马长城窟行》：“青青河畔草，绵绵思远道。他乡各异县，辗转不相见。”⑩短李：谓李公择。髯孙：谓孙莘老。李身矮，孙髯长。⑪“忽然”句：《史记·楚世家》：“庄王曰：‘三年不飞，飞将冲天；三年不鸣，鸣将惊人。’”⑫新书新：谓王介甫《新学经义》之说。⑬“千金”句：《文选·论文》：“夫人善于自见，而文非一体，鲜能备善，是以各以所长，相轻所短。里语曰：‘家有敝帚，享之千金。’斯不自见之患也。”⑭漫：指任意而为。《唐书·元结传》：“自称浪士。及有官，人以为浪者亦漫为官乎？呼为漫郎。”

仆曩于长安陈汉卿家见吴道子画佛，碎烂可惜。其后十余年，复见之于鲜于子骏家，则已装背完好。子骏以见遗，作诗谢之①

贵人金多身复闲，争买书画不计钱。已将铁石充逸少②，更补朱繇为道玄③。烟薰屋漏装玉轴，鹿皮苍璧知谁贤④。吴生画佛本神授，梦中化作飞空仙。觉来落笔不经意，神妙独到秋毫颠。昔我长安见此画，叹息至宝空潸然。素丝断续不忍看，已作蝴蝶飞联翩。君能收拾为补缀，体质散落嗟神全。志公仿佛见刀尺⑤，修罗天女犹雄妍⑥。如观老杜飞鸟句，脱字欲补知无缘⑦。问君乞得良有意，欲将俗眼为洗湔。贵人一见定羞怍，锦囊千纸何足捐。不须更用博麻缕⑧，付与一炬随飞烟。

【注释】①陈汉卿：字师黯，阆中人。好古书奇画，每倾赀购之。鲜于子骏：时为京东路转运使。②铁石：苏轼自注："殷铁石，梁武帝时人。今法帖大王书中有铁石字。"③苏轼自注："世所收吴道子画，多朱繇笔也。"④鹿皮苍璧：《汉书·食货志》："武帝告白鹿皮币，令王侯朝觐必以荐璧。颜异曰：'今王侯朝贺以苍璧，直数千，而其皮荐反四十万，本末不相称。'"⑤"志公"句：《景德传灯录》："宝志禅师，宋太始初，忽举止无定，饮食无时，发长数寸，徒跣执锡，杖头擐剪刀、尺、铜鉴，或挂一两尺帛，或歌或咏，词如谶记，士庶皆共事之。"⑥"修罗"句：《维摩诘经》注："阿修罗，男丑女端正，有大势力，常与天共斗。此神果根最胜，邻次诸天，而非天也。"⑦"如观"二句：《六一诗话》："陈舍人从易……偶得《杜集》旧本，文多脱误。至《送蔡都尉诗》，云'身轻一鸟'，其下脱一字。陈公因与数客各用一字补之。或云'疾'，或云'落'，或云'起'，或云'下'。其后得一善本，乃是'身轻一鸟过'。陈公叹服，以为虽一字，诸君亦不能到也。"⑧博麻缕：言贵人所蓄书画多赝物，不值一钱，不足以博麻缕，只宜付之一炬而已。

次韵舒教授寄李公择

草书妙绝吾所兄，真书小低犹抗行[1]。论文作诗俱不敌，看君谈笑收降旌。去年逾月方出昼[2]，为君剧饮几濡首[3]。今年过我虽少留，寂寞陶潜方止酒[4]。别时流涕揽君须，悬知此欢堕空虚。松下纵横余屐齿，门前轣辘想君车[5]。怪君一身都是德，近之清润沦肌骨[6]。细思还有可恨时，不许蓝桥见倾国[7]。

【注释】①抗行：《晋书·王羲之传》："每自称，我书比钟繇当抗行、比张芝草当雁行也。"②苏轼自注："予去年留齐月余。"③"为君"句：《易·未济》："上九，象曰饮酒濡首，亦不知节也。"④"寂寞"句：苏轼自注："此行公择病酒，多不饮。"按：陶潜《止酒》诗："始觉止酒善，今朝真止矣。"⑤轣辘：《博雅》："车轨道谓之轣辘。"⑥"怪君"二句：《礼记·大学》："富润屋，德润身。"《汉书·董仲舒传》："使之浃于肌肤，沦于骨髓。"⑦"不许"句：苏轼自注："公择有婢名云英，屡欲出，不果。"又据裴铏《传奇》：裴航过蓝桥驿，渴而求饮，有美女馈浆，如玉液。裴爱而欲娶之。

次韵答舒教授观余所藏墨

异时长笑王会稽[1]，野鹜膻腥污刀几。暮年却得庾安西，自厌家鸡题六纸[2]。二子风流冠当代，顾与儿童争愠喜。秦王十八已龙飞[3]，嗜好晚将蛇蚓比。我生百事不挂眼[4]，时人谬说云工此。世间有癖念谁无，倾身障簏尤堪鄙。人生当著几緉屐[5]，定心肯为微物起。此墨足支三十年，但恐风霜侵发齿。非人磨墨墨磨人[6]，瓶应未罄罍先耻[⑦]。逝将振衣归故国，数亩荒园自锄理。作书寄君君莫笑，但觅来禽与青李[⑧]。一螺点漆便有余，万灶烧松何处使。君不见永宁第中捣龙麝[⑨]，列屋闲居清且美。倒晕连眉秀岭浮[⑩]，双鸦画鬓香云委。时闻五斛赐蛾绿[⑪]，不惜千金求獭髓[⑫]。闻君此诗当大笑，寒窗冷砚冰生水。

【注释】①异时：谓从前。王会稽：王羲之。②“暮年”二句：《柳子厚集》有《殷贤戏批书后寄刘连州并示孟仑二童》诗一首，其下注云：“家有右军书，每纸背庾翼题云：‘王会稽六纸，二月三十日。’”而其诗云：“书成欲寄庾安西，纸背应劳手自题。闻道近来诸子弟，临池寻已厌家鸡。”③“秦王”句：白乐天《长庆集·七德舞》：“太宗十八举义兵，白旄黄钺定两京。”按：武德元年，李世民进封秦王。④挂眼：留意，重视。韩退之诗：“我老嗜读书，余事不挂眼。”⑤“人生”句：《晋书·阮孚传》：“孚性好屐……或诣孚，正见自蜡屐，因自叹曰：‘未知一生当著几緉屐。’”⑥“非人”句：苏轼尝曰：“吾有佳墨七十丸，而犹求取不已，不近愚耶？石昌言蓄廷珪墨，不许人磨，或曰：‘子不磨墨，墨当磨子。’今昌言墓木拱矣，墨故无恙。”见《东坡题跋》。⑦“瓶应”句：《诗·小雅·蓼莪》：“瓶之罄矣，维罍之耻。”⑧来禽与青李：《淳化阁帖》共收王羲之书四百六十五帖，《青李来禽帖》为其中之一。⑨永宁第：唐永宁里之府第谓李驸马府第。其家多藏墨。⑩倒晕：眉名。⑪“时闻”句：《大业拾遗记》：“炀帝宫女，争画长蛾，司宫吏日纳螺子黛五斛，号为蛾绿。”⑫“不惜”句：《酉阳杂俎》：“吴孙和宠邓夫人，尝醉舞如意，误伤邓颊……命太医合药，医言得白獭髓杂玉与琥珀屑，当灭痕。”

答范淳甫[①]

吾州下邑生刘季[②]，谁数区区张与李[③]。重瞳遗迹已尘埃，惟有黄楼临泗水[④]。而今太守老且寒，侠气不洗儒生酸。犹胜白门穷吕布，欲将鞍马事曹瞒[5]。

【注释】①范淳甫：名祖禹，成都华阳人。②“吾州”句：苏轼为徐州太守，故称吾州。汉高祖，姓刘，字季，丰邑人。徐州有丰县，故云下邑。③张与李：苏轼自注：“来诗有张仆射、李临淮之句。”按：谓张建封、李光弼。④苏轼自注：“郡有厅事，俗谓霸王厅。相传不可坐，仆拆之以盖黄楼。”⑤“犹胜”二句：《三国志·吕布传》：“布……登白门楼，兵围急，乃下降……布请曰：‘明公所患，不过于布，今已服矣……明公将步，令布将骑，天下不足定也。’……刘备进曰：‘明公不见布事丁建阳、董太师乎？’操颔之……缢杀布。”

次韵答王定国

每得君诗如得书，宣心写妙书不如。眼前百种无不有，知君一以诗驱除。传闻都下十日雨，青泥没马街生鱼。旧雨来人今不来[1]，悠然独酌卧清虚[2]。我虽作郡古云乐，山川信美非吾庐[3]。愿君不废重九约，念此衰冷勤呵嘘。

【注释】①“旧雨”句：杜子美《秋述》：“杜子卧病长安旅次，多雨生鱼，青苔及榻。常时车马之客，旧雨来，今雨不来。”②苏轼自注：“堂名。”③“山川”句：杜子美《五盘》诗：“成都万事好，岂若归吾庐。”

送将官梁左藏赴莫州[1]

燕南垂，赵北际，其间不合大如砺。至今父老哀公孙，蒸土为城铁作门[2]。城中积谷三百万，猛将如云骄不战。一旦鼓角鸣地中，帐下美人空掩面[3]。岂如千骑平时来，笑谈謦欬生风雷[4]。葛巾羽扇红尘静，投壶雅歌清燕开[5]。东方健儿虓虎样，泣涕怀思廉耻将。彭城老守亦凄然，不见君家雪儿唱[6]。

【注释】①莫州：《太平寰宇记》："河北道莫州文安郡，领莫县、任丘、长丰三县。"②"至今"二句：《水经注》："夏州统万城，蒸土加功，雉堞虽久，崇墉若新。"《太平御览》引《郡国志》："莫县有易京城，公孙瓒筑京以自固，围堑十重，以铁为门。"③"城中"四句：《后汉书·公孙瓒传》："有童谣曰：'燕南垂，赵北际，中央不合大如砺，唯有此中可避世。'瓒以为易地当之……乃居高京，以铁为门。……曰：'……不如休兵力耕，以救凶年。积谷三百万斛。足以待天下之变。'建安三年，袁绍攻瓒。瓒遗子续书曰：'袁氏之攻，状如鬼神，梯冲舞吾楼上，鼓角鸣于地中。'及战败，乃悉缢其姊妹妻子，然后引火自焚。"④謦欬(qǐng kài)：咳嗽声。⑤投壶雅歌：《后汉书·祭遵传》："遵为将军，取士皆用儒术，对酒设乐，必雅歌投壶。"⑥"不见"句：王子韶《鸡跖集》："雪儿，李密歌姬也。每见宾僚文章有奇丽者，即付使歌之。"

中秋见月和子由

明月未出群山高，瑞光万丈生白毫。一杯未尽银阙涌，乱云脱坏如崩涛。谁为天公洗眸子，应费明河千斛水。遂令冷看世间人，照我湛然心不起。西南火星如弹丸，角尾奕奕苍龙蟠[1]。今宵注眼看不见，更许萤火争清寒。何人舣舟临古汴[2]，千灯夜作鱼龙变。曲折无心逐浪花，低昂赴节随歌板[3]。青荧灭没转山前，浪飐风回岂复坚。明月易低人易散，归来呼酒更重看。堂前月色愈清好，咽咽寒螿鸣露草。卷帘推户寂无人，窗下咿哑惟楚老[4]。南都从事莫羞贫[5]，对月题诗有几人？明朝人事随日出，恍然一梦瑶台客[6]。

【注释】①角尾：二十八宿中的角、尾二星，属东方苍龙七宿。“西南”二句及下面二句言平时灿烂的星宿，在明月照耀下，暗然失色。②舣舟：停舟靠岸。③苏轼自注：“是夜，贾客舟中放水灯。”以上四句描写中秋夜放舟灯、赏歌舞的欢庆场面。④楚老：苏轼自注：“近有一孙，名楚老。”⑤南都从事：指苏辙，苏辙当时在南都任职。苏辙原诗中有“南都从事老更贫，羞见青天月照人”句。⑥“明朝”二句：言今夕如羽化登仙，明朝又人事纷扰。

九日黄楼作[1]

去年重阳不可说，南城夜半千沤发。水穿城下作雷鸣，泥满城头飞雨滑。黄花白酒无人问，日暮归来洗靴袜[2]。岂知还复有今年，把盏对花容一呷。莫嫌酒薄红粉陋，终胜泥中千柄锸。黄楼新成壁未干，清河已落霜初杀。朝来白雾如细雨，南山不见千寻刹。楼前便作海茫茫，楼下空闻橹鸦轧[3]。薄寒中人老可畏，热酒浇肠气先压。烟消日出见渔村，远水鳞鳞山齾齾[4]。诗人猛士杂龙虎[5]，楚舞吴歌乱鹅鸭。一杯相属君勿辞，此景何殊泛清雪[6]。

【注释】①黄楼：苏轼于熙宁十年（公元1079年）出任徐州太守。秋，洪水围徐州。水退后，苏轼在城东门上修造黄楼，以土克水，而土为黄色，故取名黄楼。此诗作于发水后第二年，志抗水护城事。②以上记叙去年抗洪水护城情景。③鸦轧：象声词。摇橹的声音。④齾齾(yà　yà)：山峦参差起伏。⑤苏轼自注：“坐客三十余人，多知名之士。”⑥雪(zhá)：雨水声。

次韵王巩独眠

居士身心如槁木，旅馆孤眠体生粟[1]。谁能相思琢白玉[2]，服药千朝偿一宿[3]。天寒日短银灯续，欲往从之车脱轴。何人吹断参差竹[4]，泗水茫茫鸭头绿。

【注释】①体生粟：指因寒冷而皮肤上生鸡皮疙瘩。②白玉：喻指尊贵的身体。③“服药”句：语出《神仙传》：彭祖曰：“上士别床，中士异被。服药百裹，不如独卧。”④参差竹：指笙箫。

登云龙山[1]

醉中走上黄茅冈[2]，满冈乱石如群羊。冈头醉倒石作床，仰看白云天茫茫，歌声落谷秋风长。路人举首东南望，拍手大笑使君狂。

【注释】①云龙山：在徐州城东。元丰元年九月十七日，苏轼与张天骥、颜复、王巩始登此山。②黄茅冈：在云龙山北。

次韵僧潜见赠[1]

道人胸中水镜清，万象起灭无逃形。独依古寺种秋菊，要伴骚人餐落英[2]。人间底处有南北[3]，纷纷鸿雁何曾冥。闭门坐穴一禅榻，头上岁月空峥嵘。今年偶出为求法，欲与慧剑加砻硎[4]。云衲新磨山水出，霜髭不剪儿童惊。公侯欲识不可得，故知倚市无倾城[5]。秋风吹梦过淮水，想见橘柚垂空庭。故人各在天一角，相望落落如晨星。彭城老守何足顾[6]，枣林桑野相邀迎。千山不惮荒店远，两脚欲趁飞猱轻。多生绮语磨不尽，尚有宛转诗人情[7]。猿吟鹤唳本无意，不知下有行人行。空阶夜雨自清绝，谁使掩抑啼孤惸[8]。我欲仙山掇瑶草，倾筐坐叹何时盈。簿书鞭扑昼填委，煮茗烧栗宜宵征。乞取摩尼照浊水，共看落月金盆倾[9]。

【注释】①僧潜：僧道潜，字参寥。精通佛经，擅长诗文。与苏轼关系很密切。②“独依”二句：《离骚》：“夕餐秋菊之落英。”③底处：何处。④慧剑：指佛经所称的智慧剑。砻硎(lóng xíng)：磨石。此句言欲磨砺慧剑，培养修行。⑤“云衲”四句：描写道潜的装束形貌。⑥彭城老守：苏轼自称，时任徐州太守。⑦“尚有”句：道潜诗作颇得苏轼赞赏。⑧孤惸(qióng)：孤独。以上四句形容道潜诗作情致妙绝，使行旅孤客，闻之凄惋。⑨“乞取”二句：化用杜甫《赠蜀僧闾丘师兄》诗意。杜诗：“夜阑接软语，落月如金盆。惟有摩尼珠，可照浊水源。”

次韵潜师放鱼

法师说法临泗水，无数天花随麈尾。劝将净业种西方[1]，莫待梦中呼起起[2]。哀哉若鱼竟坐口，远愧知几穆生醴[3]。况逢孟简对卢仝[4]，不怕校人欺子美[5]。疲民尚作鱼尾赤[6]，数罟未除吾颡泚[7]。法师自有衣中珠，不用辛苦泥沙底[8]。

【注释】①净业：佛家语。清净的善业。②呼起起：僧释对将死之人作忏悔求福时所呼之语。③几：征兆。穆生醴：穆生事楚元王，元王敬礼穆生，穆生虽不饮酒，每宴，仍置酒于穆生席。元王逝，其子戊嗣位，忘置酒。穆生知王戊非礼贱贤，必将及难，故及时而退。④“况逢”句：唐孟简与卢仝游北湖，尽买渔人所获鱼，放之，卢仝作《观放鱼歌》。⑤子美：春秋郑大夫子产。《孟子·万章上》记载：有人送给子产活鱼，子产让校人放生，校人吃掉后欺骗子产说，已经放生了。子产听后说：“得其所哉！”⑥鱼尾赤：据《诗·周南·汝坟》郑玄笺：“君子仕于乱世，其颜色瘦病，如鱼劳则尾赤。”⑦数罟：细密的鱼网。颡泚：额头出汗。颡，额。泚，出汗的样子。

语出《孟子·滕文公上》，意谓内心惭愧，惶恐以至额头出汗。此二句由鱼劳尾赤，以仁慈放生鱼讥讽当时政治，不顾百姓疲病。行青苗：助役等法，如密网取鱼。⑧“法师自有”二句：谓法师衣中自有明珠，不需要所放鱼辛辛苦苦到水中泥沙里觅明珠报恩。“衣中珠”见《楞严经》，鱼衔珠报恩见《三秦记》。

夜过舒尧文戏作[1]

先生堂前霜月苦，弟子读书喧两庑。推门入室书纵横，蜡纸灯笼晃云母[2]。先生骨清少眠卧，长夜默坐数更鼓。耐寒石砚欲生冰，得火铜瓶如过雨。郎君欲出先自赞[3]，坐客敛衽谁敢侮[4]。明朝阮籍过阿戎[5]，应作羲之羡怀祖[6]。

【注释】①舒尧文：即舒焕。时任徐州教授。②“蜡纸”句：云母片可作灯饰。③郎君：指舒尧文之子。此以东方朔自赞喻舒氏子。自赞：自进。④敛衽：表示对人尊敬。⑤阿戎：王戎。《晋书·王戎传》：“阮籍素与王浑为友。浑子戎，年十五，少籍二十岁，而籍与之交。籍每过浑，俄顷，辄去过视戎。良久，然后出，谓浑曰：‘濬冲清赏，非卿伦也，共卿言，不如共阿戎谈。’”⑥羲之：王羲之。怀祖：王述，字怀祖。王述才能不如王羲之，而位在王羲之上，王羲之认为是王述之子王坦之比自己的儿子强。见《晋书·王羲之传》。

百步洪二首[1] 并叙

王定国访余于彭城。一日，棹小舟，与颜长道携盼、英、卿三子游泗水。北上圣女山，南下百步洪，吹笛饮酒，乘月而归。余时以事不得往。夜著羽衣，伫立于黄楼上，相视而笑，以为李太白死，世间无此乐三百余年矣。定国既去逾月，余复与参寥师放舟洪下，追怀曩游，已为陈迹，喟然而叹。故作二诗，一以遗参寥，一以寄定国，且示颜长道、舒尧文，邀同赋云。

其一

长洪斗落生跳波，轻舟南下如投梭。水师绝叫凫雁起，乱石一线争磋磨。有如兔走鹰隼落，骏马下注千丈坡。断弦离柱箭脱手，飞电过隙珠翻荷。四山眩转风掠耳，但见流沫生千涡[②]。崄中得乐虽一快，何异水伯夸秋河[③]。我生乘化日夜逝，坐觉一念逾新罗[④]。纷纷争夺醉梦里，岂信荆棘埋铜驼[⑤]。觉来俯仰失千劫，回视此水殊委蛇。君看岸边苍石上，古来篙眼如蜂窠。但应此心无所住，造物虽驶如吾何？回船上马各归去，多言譊譊师所呵[⑥]。

【注释】①百步洪：徐州胜景。在徐州城东南二里。水流湍急，乱石激涛。②以上描述百步洪水势迅急。③“崄中”二句：《庄子·秋水》：秋水时至，百川灌河，河伯欣然自喜，以为天下之美尽在己。④“坐觉”句：《景德传灯录》：新罗国在海外，一念即可逾。⑤荆棘埋铜驼：晋代索靖预知天下将大乱，指洛阳宫门铜驼叹曰：“会见汝在荆棘中。”二句言世俗人只知争夺，不知兴亡变乱规律。⑥譊譊(náo)：争辩、论辩，喧闹嘈杂。

其二

佳人未肯回秋波，幼舆欲语防飞梭[①]。轻舟弄水买一笑，醉中荡桨肩相磨。不学长安闾里侠，貂裘夜走胭脂坡[②]。独将诗句拟鲍、谢[③]，涉江共采秋江荷。不知诗中道何语，但觉两颊生微涡[④]。我时羽服黄楼上，坐见织女初斜河。归来笛声满山谷，明月正照金叵罗[⑤]。

奈何舍我入尘土，扰扰毛群欺卧驼[⑥]。不念空斋老病叟，退食谁与同委蛇[⑦]。时来洪上看遗迹，忍见屐齿青苔窠。诗成不觉双泪下，悲吟相对惟羊、何[⑧]。欲遣佳人寄锦字，夜寒手冷无人呵。

【注释】①幼舆：晋谢鲲字。《晋书·谢鲲传》：谢鲲见邻家女美，挑之，女投梭，折其两齿。②胭脂坡：李濂《汴京遗迹志》载：胭脂坡在开封府城西北，朝暮斜晖照之如胭脂，故名。③鲍、谢：一说为鲍照、谢灵运，一说为鲍照、谢朓。④"独将"四句：言王、颜以才学诗句博红颜欢喜。⑤金叵罗：酒器。⑥毛群：兽类。⑦委蛇(yí)：雍容自得的样子。语出《诗·召南·羔羊》："委蛇委蛇，自公退食。"退食：退朝回家吃饭。⑧羊、何：羊璿之、何长瑜。此喻指舒尧文、颜长道。

次韵舒尧文祈雪雾猪泉

长笑蛇医一寸腹[①]，衔水吐雹何时足。苍鹅无罪亦可怜，斩颈横盘不敢哭[②]。岂知泉下有猪龙，卧枕雷车踏阴轴[③]。前年太守为旱请，雨点随人如撒菽[④]。太守归国龙归泉，至今人咏淇园绿。我今又复罹此旱，凛凛疲民在沟渎。却寻旧迹叩神泉，坐客仍携王子渊[⑤]。看草《中和》《乐职》颂[⑥]，新声妙语慰华颠。晓来泉上东风急，须上冰珠老蛟泣。怪词欲逼龙飞起，险韵不量吾所及。行看积雪厚埋牛，谁与春工掀百蛰。此时还复借君诗，余力汰辀仍贯笠[⑦]。挥毫落纸勿言疲，惊龙再起震失匙。

【注释】①蛇医：蝾螈，两栖动物。传说是龙的亲家，用来祈雨有灵验。②"苍鹅"二句：古代祈雨法常杀白鹅，取其血奠之。③阴轴：地轴。④苏轼自注："傅钦之曾祷此泉得雨。"⑤王子渊：即王褒字子渊。此以王子渊比舒尧文。苏轼自注："钦之时客，惟舒在矣。"⑥"看草"句：汉代文学家王褒曾为益州刺史王襄作《中和》《乐职》诗。歌颂王政中和、在官者乐其职。后用为称颂太守。⑦“汰辀”句:《左传·宣公四年》载:越椒攻楚王,射王,汰辀,……又射,汰辀,以贯笠毂。汰辀:箭矢力劲,越过车辕。贯笠毂:射穿了车盖的中轴。此句指才力强盛。

石炭[①] 并引

彭城旧无石炭。元丰元年十二月,始遣人访获于州之西南白土镇之北。以冶铁作兵,犀利胜常云。

君不见前年雨雪行人断,城中居民风裂骭[②]。湿薪半束抱衾裯,日暮敲门无处换。岂料山中有遗宝,磊落如䃜万车炭[③]。流膏迸液无人知[④],阵阵腥风自吹散。根苗一发浩无际,万人鼓舞千人看。投泥泼水愈光明,烁玉流金见精悍[⑤]。南山栗林渐可息[⑥],北山顽矿何劳锻。为君铸作百炼刀,要斩长鲸为万段。

【注释】①石炭:煤。②骭(gàn):小腿。③䃜(yī):黑色美石。④流膏:《管子》:民得其饶,是谓流膏。⑤“投泥”二句:写煤炭的热能。⑥栗:木名。栗木为烧炭用材。

月夜与客饮杏花下[①]

杏花飞帘散余春,明月入户寻幽人。褰衣步月踏花影,炯如流水涵青苹。花间置酒清香发,争挽长条落香雪[②]。山城酒薄不堪饮,劝君且吸杯中月。洞箫声断月明中,惟忧月落酒杯空。明朝卷地春风恶,但见绿叶栖残红。

【注释】①据王十朋注引苏轼《诗话》云："仆在徐州，王子立、子敏皆馆于官舍。蜀人张师厚来过，二王方年少，吹洞箫，饮酒杏花下。"知诗中客指张师厚。②香雪：指飞落的杏花。

雪斋[1]

君不见峨眉山西雪千里，北望成都如井底。春风百日吹不消，五月行人如冻蚁。纷纷市人争夺中，谁信言公似赞公[2]。人间热恼无处洗，故向西斋作雪峰。我梦扁舟入吴越，长廊静院灯如月。开门不见人与牛[3]，惟见空庭满山雪。

【注释】①苏轼自注："杭僧法言，作雪山于斋中。"按：据秦观《雪斋记》，雪斋为杭州法惠院僧法言所居东轩。法言在此斋院中凿水池、垒石山，又于石山草木上洒粉，似飞雪之积。苏轼时任杭州通判，访法言，见此而爱之，以为法言所为，虽类儿童嬉戏而意趣湛妙，可以发人佳兴。故为之题曰雪斋。此诗作于事后四年，以为纪念。②言公：指法言。赞公：指当年与杜甫交往的秦州大云寺主持。杜甫《别赞上人》诗："赞公释门者，放逐来上国。"③苏轼自注："言有诗见寄云：'林下闲看水牯牛。'"

作书寄王晋卿，忽忆前年寒食北城之游，走笔为此诗[1]

北城寒食烟火微，落花胡蝶作团飞。王孙出游乐忘归，门前骢马紫金鞿[2]。吹笙帐底烟霏霏，行人举头谁敢睎。扣门狂客君不麾，更遣倾城出翠帷。书生老眼省见稀，画图但觉周昉肥[3]。别来春物已再菲，西望不见红日围。何时东山歌《采薇》[4]，把盏一听《金缕衣》[5]。

【注释】①王晋卿：名诜。为魏国贤惠公主驸马。仰慕东坡，相与游从。此诗作于元丰二年（1079年）寒食节。寒食：清明节前三日禁火，唯食冷餐，故曰寒食。②韂：马嚼子。③周昉肥：唐画家，善画人物，所画仕女多丰腴。首句至此，皆为追忆前年寒食游宴情景。④东山歌《采薇》：《诗经》有《东山》《采薇》二诗。《东山》述东征之事。《采薇》三章，皆有“曰归曰归”句。此处借指何时重回京都与王诜再会。⑤《金缕衣》：曲名。

舟中夜起[1]

微风萧萧吹菰蒲，开门看雨月满湖。舟人水鸟两同梦，大鱼惊窜如奔狐。夜深人物不相管，我独形影相嬉娱[2]。暗潮生渚吊寒蚓，落月挂柳看悬蛛。此生忽忽忧患里，清境过眼能须臾[3]。鸡鸣钟动百鸟散，船头击鼓还相呼。

【注释】①这首诗作于赴湖州任途中。时在元丰二年(1079年)四月。②“微风”六句：写夜里在舟上看到的景物。③“暗潮”四句：表达了苏轼当时的人生思想。

大风留金山两日[1]

塔上一铃独自语：“明日颠风当断渡。”朝来白浪打苍崖，倒射轩窗作飞雨。龙骧万斛不敢过[2]，渔舟一叶从掀舞。细思城市有底忙，却笑蛟龙为谁怒。无事久留童仆怪，此风聊得妻孥许。灊山道人独何事[3]，夜半不眠听粥鼓[4]。

【注释】①这首诗作于赴湖州任途中。金山：金山寺。②龙骧万斛：

巨舟。③灊山道人：指参寥。参寥称灊山道人。灊通潜。时秦观、参寥与苏轼同行。④粥鼓：僧寺开饭时击的鼓声。

次韵秦太虚见戏耳聋

君不见诗人借车无可载[①]，留得一钱何足赖。晚年更似杜陵翁，右臂虽存耳先聩[②]。人将蚁动作牛斗[③]，我觉风雷真一噫。闻尘扫尽根性空[④]，不须更枕清流派。大朴初散失浑沌[⑤]，六凿相攘更胜败。眼花乱坠酒生风，口业不停诗有债。君知五蕴皆是贼[⑥]，人生一病今先差[⑦]。但恐此心终未了，不见不闻还是碍。今君疑我特佯聋，故作嘲诗穷崄怪。须防额痒出三耳[⑧]，莫放笔端风雨快。

【注释】①诗人借车无可载：孟郊《移居》诗："借车载家具，家具少于车。"②"晚年"二句：杜甫《清明》诗："此身飘泊苦西东，右臂偏枯半耳聋。"③蚁动作牛斗：《晋书·殷仲堪传》："尝患身聪，闻床下蚁动，谓之牛斗。"④"闻尘"句：此用佛家语。《楞言经》："人有六根，出生六尘。"六尘之一为闻尘。⑤大朴：太朴。《庄子》：倏与忽相遇于浑沌之地，谋报浑沌之德，曰：人皆有七窍，而浑沌无有。尝试为之凿七窍，日凿一窍，七日而浑沌死。⑥五蕴：佛家语。指色、受、想、行、识五者假合而成的身心。⑦差：通"瘥"，病愈。⑧额痒出三耳：张君房《脞说》："隋董慎为冥府追为右曹从事，仍辟常州秀才张审通管记。慎令为判，申天府。有黄衫人持天符云：'所申不当。'慎大怒，呼左右，取方寸肉塞其一耳。审通遂再判之。后有天符来云：'甚允当。'慎喜，命左右割去耳肉，令一小儿擘为耳，安于额上，曰：'塞君一耳，与君三耳，可乎！'审通复活。后数日，觉额痒，涌出一耳，尤聪。时人笑曰：'天有九头鸟，地有三耳秀才。'"

送刘寺丞赴余姚[1]

中和堂后石楠树[2]，与君对床听夜雨。玉笙哀怨不逢人[3]，但见香烟横碧缕。讴吟思归出无计[4]，坐想蟋蟀空房语。明朝开锁放观潮[5]，豪气正与潮争怒。银山动地君不看[6]，独爱清香生云雾[7]。别来聚散如宿昔，城郭空存鹤飞去。我老人间万事休，君亦洗心从佛祖。手香新写《法界观》[8]，眼净不觑登伽女[9]。余姚古县亦何有，龙井白泉甘胜乳。千金买断顾渚春[10]，似与越人降日注[11]。

【注释】①刘寺丞：刘撝。寺丞为其官名。②中和堂：在杭州。为进士考试之处。苏轼任杭州通判时，于熙宁五年（1072年）主杭州秋试，时刘撝为考官。③“玉笙”句：苏轼当时在杭州曾作诗，有“玉笙哀怨弄初凉”句。此句回忆当时作诗情景。④“讴吟”句：古时科考纪律严明，考官在考试期间封闭不得外出。⑤“明朝”句：指考试结束放榜后观钱塘潮。放榜日恰为八月十六日，钱塘大潮正盛时。⑥银山动地：指大潮气势。⑦以上皆为追忆当年和刘撝主考时相处的情形。⑧“手香”句：刘撝曾手写《华严经》八十一卷。⑨登伽女：佛经中所说的淫女摩登伽女的省称。⑩顾渚春：茶中佳品，产于湖州顾渚。⑪降日注：胜过日注茶。日注，茶名，日注茶号称两浙第一。

王巩清虚堂[1]

清虚堂里王居士，闭眼观心如止水[2]。水中照见万象空，敢问堂中谁隐几[3]？吴兴太守老且病[4]，堆案满前长渴睡。愿君勿笑反自观，梦幻去来殊未已。长疑安石恐不免[5]，未信犀首终无事[6]。勿将一念住清虚，居士与我盖同耳。

【注释】①清虚堂：王巩所筑堂室，取清虚寡欲之意。堂在开封府城东。②“闭眼”句：谓王巩观心自修。止水可以鉴照。③隐几：伏倚着几案凝神冥想。④吴兴太守：苏轼自指。时苏轼任湖州知州。⑤安石：东晋谢安，字安石。谢安隐居不出仕，其妻问安真的就不仕吗？谢安回答：“恐不免耳。”⑥犀首：战国时魏人公孙衍，陈轸问他为何好饮，他回答：“无事也。”“长疑”二句以历史人物说明清虚静守事实上是做不到的。

送渊师归径山[①]

我昔尝为径山客，至今诗笔余山色[②]。师住此山三十年，妙语应须得山骨[③]。溪城六月水云蒸，飞蚊猛捷如花鹰[④]。羡师方丈冰雪冷，兰膏不动长明灯[⑤]。山中故人知我至，争来问讯今何似。为言百事不如人，两眼犹能书细字[⑥]。

【注释】①渊师：澄慧大师。径山：在浙江余杭西北，为天目山的东北峰。②“至今”句：言径山景色佳绝，留下极深的印象和诗作素材。③得山骨：言得到径山的气韵真髓。④“飞蚊”句：湖州一带有花脚蚊，很猛毒。⑤兰膏：用泽兰子炼制的油脂，点灯用。“羡师”二句言澄慧大师的禅房住处十分阴凉幽暗。⑥苏轼自注：“径山夏无蚊。余旧诗云：‘问龙乞水归洗眼，欲看细字销残年。’”

次韵周开祖长官见寄[①]

俯仰东西阅数州[②]，老于歧路岂伶优[③]。初闻父老推谢令，旋见儿童迎细侯[④]。政拙年年祈水旱，民劳处处避嘲讴[⑤]。河吞巨野那容塞[⑥]，盗入蒙山不易搜[⑦]。仕道固应惭孔、孟，扶颠未可责由、求[⑧]。

渐谋田舍犹怀禄，未脱风涛且傍洲[9]。惘惘可怜真丧狗[10]，时时相触是虚舟[11]。朅来震泽都如梦[12]，只有苕溪可倚楼[13]。斋酿酸甜如蜜水[14]，乐工零落似风鸥。远思颜、柳并诸谢[15]，近忆张、陈与老刘[16]。风定轩窗飞豹脚[17]，雨余栏槛上蜗牛。旧游到处皆苍藓，同甲惟君尚黑头[18]。忆昔湖山共寻胜，相逢杯酒两忘忧。醉看梅雪清香过，夜棹风船骇汗流[19]。百首共成山上集，三人同作月中游[20]。海南未起垂天翼[21]，涧底仍依径寸庥[22]。已许秋风归过我，预忧诗笔老难酬。此生岁月行飘忽，晚节功名亦谬悠[23]。犀首正缘无事饮[24]，冯驩应为有鱼留[25]。从今更踏青州曲，薄酒知君笑督邮[26]。

【注释】①周开祖：周邠。时任乐清令。有诗寄苏轼，苏轼和之。②“俯仰”句：言已曾各处任职。③伶优：优伶，戏子。此苏轼自比，如到各处演戏的戏子。④“初闻”二句：言已所到任职，其政皆得民心。细侯：东汉郭伋字细侯。为并州牧，到任时，有数百儿童骑竹马道旁迎候。⑤“政拙”二句：言已所施政尚有力不及处。⑥“河吞”句：指任徐州太守时曾遭大洪水。⑦“盗入”句：指密州太守任上事。⑧“扶颠”句：子路、冉有为季氏宰，未能阻止季氏伐颛臾。孔子责备他俩“颠而不扶”。详见《论语·季氏》。此反用。言已力所不及并非已责。⑨“渐谋”二句：言尚未能脱官场及俗心。⑩“惘惘”句：《史记·孔子世家》，用孔子不得志于诸侯如丧家犬自喻。⑪触是虚舟：即虚舟相触，见《庄子·山木》。此以虚舟相触为喻，说明己胸襟旷达。⑫震泽：太湖古称震泽。⑬苕溪：在湖州。言湖州山水可寄情志。⑭斋酿：自制的米酒。⑮颜：指颜真卿。柳：指柳恽。诸谢：指东晋谢家子弟。皆曾游玩湖州山水。⑯苏轼自注：“谓张子野、陈令举、刘孝叔也。”张子野，张先。陈令举，陈舜俞。刘孝叔，刘述。⑰苏轼自注：“湖多蚊。土人云，豹脚者尤毒。”⑱同甲：同年龄。⑲“夜棹”句：谓夜驾舟游乐遇风浪。⑳“忆昔”六句：忆昔日游宴诗会。㉑“海南”句：言周邠未能得志如鲲鹏冲天。“垂天翼”语出《庄子·逍遥游》：“(鹏)怒而飞，其翼若垂天之云。”㉒“涧底”句：言周怀才不遇，受到压抑，如涧底青松被山顶径寸苗遮蔽。庥(xīu)：荫庇。语出左思《咏史》诗。㉓“此生”二句：谓不必拘谨于晚节功名。㉔“犀首”句：以犀首因无事而好饮为喻自比。犀首之典见《王巩清虚堂》注。㉕“冯驩”句：以冯驩弹铗为喻比周邠。冯驩弹铗，事见《战国策·齐策》。㉖“从今”二句：以纵酒表现其旷达。青州曲、督邮，皆用《世说新语》桓温主簿鉴别酒的故事。青州曲，即青州从事，指好酒。督邮，即平原督邮，指薄酒。

与胡祠部游法华山①

陂湖欲尽山为界，始见寒泉落高派②。道人未放泉出山，曲折虚堂泻清快③。使君年老尚儿戏，绿棹红船舞澎湃。一笑翻杯水溅裙，余欢濯足波生隘。长松挽天龙起立④，苍藤倒谷云崩坏。仰穿蒙密得清旷⑤，一览震泽吁可怪⑥。谁云四万八千顷，渺渺东尽日所晒。归途十里尽风荷，清唱一声闻《露薤》⑦。嗟予少小慕真隐，白发青衫天所械⑧。忽逢佳士与名山，何异枯杨便马疥⑨。君犹鸾鹤偶飘堕，六翮如云岂长铩⑩。不将新句纪兹游，恐负山中清净债⑪。

【注释】①祠部：祠部郎中、员外郎的省称。法华山：在湖州吴兴境内。②陂湖：湖泽。高派：从高处落下的溪流。③“道人”二句：写山涧环绕寺院。④挽天：直指天空。此句写松树姿势。⑤蒙密：树丛茂密。⑥“一览”句：法华寺最高处有临湖亭，可俯瞰太湖。⑦《露薤》：曲名。苏轼自注：“是日，乐工有作此声者。”⑧“嗟予”二句：言已夙志在归隐，却始终困厄在仕途上做个小官。⑨枯杨便马疥：枯死的杨树方便生疥的马蹭痒。⑩铩：剪去羽毛。“君犹”二句言胡祠部不会久居下位。⑪“不将”二句：劝胡写诗记游。

又次前韵赠贾耘老

具区吞灭三州界[1]，浩浩汤汤纳千派[2]。从来不著万斛船。一叶渔舟恣奔快。仙坛古洞不可到，空听余澜鸣湃湃[3]。今朝偶上法华岭，纵观始觉人寰隘[4]。山头卧碣吊孤冢[5]，下有至人僵不坏。空余白棘网秋虫，无复青莲出幽怪[6]。我来徙倚长松下，欲掘茯苓亲洗晒。闻道山中富奇药，往往灵芝杂葵薤[7]。诗人空腹待黄精[8]，生事只看长柄械[9]。今年大熟期一饱，食叶微虫真癣疥[10]。白花半落紫穟香[11]，攘臂欲助磨镰铩。安得山泉变春酒，与子一洗寻常债。

【**注释**】①具区：太湖古称具区泽。②千派：千条河流。③以上写太湖的气势。④人寰隘：人世间狭小。⑤碣：石碑。法华寺有唐大光和尚《神异碑》，记神异之人。⑥苏轼自注："事见本院碑。"施元之注云："湖州法华山，昔有樵人入山，得青莲一枝，掘地视之，下有石匣，中藏一童子，舌根不坏，花自舌出。是人生持诵《法华经》，致此胜果，故以名其山。事具寺碑。"⑦葵薤：这里指一般菜蔬。⑧黄精：中草药名。⑨苏轼自注："杜子美诗云：'长镵长镵白木柄，我生托子以为命。'""生事"句言能否掘得黄精等奇物，只看长柄器具了。⑩苏轼自注："贾云：'今岁有小虫食稻叶，不甚为害。'"⑪穟：稻穗的芒刺。此以紫穟代指稻穗。白花：稻花。

赵阅道高斋[1]

见公奔走谓公劳，闻公引退云公高。公心底处有高下，梦幻去来随所遭[2]。不知高斋竟何义，此名之设缘吾曹[3]。公年四十已得道，俗缘未尽余伊皋[4]。功名富贵皆逆旅[5]，黄金知系何人袍。超然已了一大事，挂冠而去真秋毫[6]。坐看猿猱落罝罔，两手未肯置所操[7]。

乃知贤达与愚陋，岂直相去九牛毛。长松百尺不自觉，企而羡者蓬与蒿。我欲赢粮往问道[8]，未应举臂辞卢敖[9]。

【注释】①赵阅道：赵抃，字阅道。其致仕归老前，在杭州城东建高斋，后出任杭州太守者多居之。②“见公”四句：称誉赵抃风操。③“不知”二句：点明高斋的修造是为鼓励后任杭州太守气节要高尚。④伊皋：伊尹和皋陶，夏、商的贤相。此句言赵抃虽已致仕，但仍有伊尹、皋陶般的治国能力。⑤逆旅：旅居。⑥“功名”四句：言赵抃气度旷达超脱。极轻松自然地挂冠致仕。⑦罝(jū)：捕兔之网。罔：同“网”。“坐看”二句言另一种人如猿猱，落入名利网即不可解脱。⑧赢粮：带上干粮。⑨卢敖：《淮南子》载，卢敖游历北海，遇一高士，卢敖自谓能眼观六合之外，高士举臂告辞入云端，卢敖寻视不见。自知道行相差很远。此以卢敖、高士为喻，言己如卢敖，如去向赵问道，希望赵不要像若士那样举臂而辞。

己未十月十五日，狱中恭闻太皇太后不豫，有赦，作诗[1]

庭柏阴阴昼掩门，乌知有赦闹黄昏[2]。汉宫自种三生福，楚客还招九死魂[3]。纵有锄犁及田亩，已无面目见丘园[4]。只应圣主如尧舜，犹许先生作正言。

【注释】①不豫：天子病重的讳称。此指曹太后。②乌：乌鹊。③“汉宫”二句：谓侥幸不死。④丘园：故乡。意谓无面见故乡父老。

过新息留示乡人任师中[1]

昔年尝羡任夫子，卜居新息临淮水[2]。怪君便尔忘故乡，稻熟鱼肥信清美。竹陂雁起天为黑[3]，桐柏烟横山半紫[4]。知君坐受儿女困[5]，悔不先归弄清泚。尘埃我亦失收身，此行蹭蹬尤可鄙。寄食方将依白足，附书未免烦黄耳。往虽不及来有年，诏恩倘许归田里。却下关山入蔡州，为买乌犍三百尾[6]。

【注释】①苏轼自注："任时知泸州，亦坐事对狱。"②"昔年"二句：苏辙《栾城集》云："任师中，讳伋，世家眉山，吾先君子之友人也。始为新息令，知其民之爱之，买田而居。"③竹陂：苏轼自注："小竹陂在县北。"④桐柏：苏轼自注："桐柏庙在县南。"纪昀谓"竹陂"二句，寓言任之狱事，受人障蔽，以雁与烟比小人也。⑤坐受儿女困：《史记·淮阴侯传》："吕后使武士缚信。信曰：'吾悔不用蒯通之计，乃为儿女子所诈。'"⑥乌犍：苏轼自注："黄州出水牛。"

定惠院寓居月夜偶出[1]

幽人无事不出门，偶逐东风转良夜[2]。参差玉宇飞木末，缭绕香烟来月下。江云有态清自媚，竹露无声浩如泻。已惊弱柳万丝垂，尚有残梅一枝亚。清诗独吟还自和，白酒已尽谁能借。不惜青春忽忽过，但恐欢意年年谢。自知醉耳爱松风[3]，会拣霜林结茅舍。浮浮大甑长炊玉，溜溜小槽如压蔗。饮中真味老更浓，醉里狂言醒可怕。闭门谢客对妻子，倒冠落佩从嘲骂。

【注释】①定惠院：《名胜志》："定惠院，在黄冈县东南。"②良夜：深夜。③爱松风：《南史·陶弘景传》："特爱松风，庭院皆植松，每闻其响，欣然为乐。"

次韵前篇

去年花落在徐州，对月酣歌美清夜[1]。今年黄州见花发，小院闭门风露下。万事如花不可期，余年似酒那禁泻。忆昔扁舟溯巴峡[2]，落帆樊口高桅亚[3]。长江衮衮空自流，白发纷纷宁少借。竟无五亩继沮溺[4]，空有千篇凌鲍谢[5]。至今归计负云山，未免孤衾眠客舍。少年辛苦真食蓼[6]，老境安闲如啖蔗。饥寒未至且安居，忧患已空犹梦怕。穿花踏月饮村酒，免使醉归官长骂。

【注释】①苏轼自注："去年徐州花下对月，与张师厚、王子立兄弟饮酒，作苹字韵诗。"②溯：逆水而上。此句言治平三年丙午事。③樊口：苏轼自注："樊口，在黄州南岸。"④沮、溺：谓长沮、桀溺，春秋时二隐士。⑤鲍、谢：谓鲍照、谢灵运。⑥"少年"句：白乐天诗："何异食蓼虫，不知苦是苦。"

安国寺寻春

卧闻百舌呼春风[1]，起寻花柳村村同。城南古寺修竹合，小房曲槛攲深红。看花叹老忆年少，对酒思家愁老翁。病眼不羞云母乱，鬓丝强理茶烟中。遥知二月王城外[2]，玉仙、洪福花如海[3]。薄罗匀雾盖新妆，快马争风鸣杂佩。玉川先生真可怜，一生耽酒终无钱[4]。病过春风九十日，独抱添丁看花发[5]。

【注释】①百舌：鸟名。杜子美《百舌》诗："百舌来何处，重重只报春。"②王城：即开封。③玉仙：吕希哲《家塾记》："玉仙观，在京城宣化门外。有陈道士者，修葺亭台，栽种花木甚盛。"洪福：《汴京遗迹志》："洪福寺有二，其一在开封城西金水河北，其一在东北沙窝冈。"④"玉川”二句：卢仝诗：“天下薄夫苦耽酒，玉川先生也耽酒。薄夫有钱恣张乐，先生无钱养恬漠。有钱无钱俱可怜，百年骤过如流川。”⑤添丁：卢仝有子名添丁。此用指小儿。

寓居定惠院之东，杂花满山，有海棠一株，土人不知贵也

江城地瘴蕃草木，只有名花苦幽独。嫣然一笑竹篱间，桃李漫山总粗俗。也知造物有深意，故遣佳人在空谷①。自然富贵出天姿，不待金盘荐华屋。朱唇得酒晕生脸，翠袖卷纱红映肉。林深雾暗晓光迟，日暖风轻春睡足②。雨中有泪亦凄怆，月下无人更清淑。先生食饱无一事，散步逍遥自扪腹。不问人家与僧舍，拄杖敲门看修竹。忽逢绝艳照衰朽，叹息无言揩病目。陋邦何处得此花，无乃好事移西蜀。寸根千里不易致，衔子飞来定鸿鹄。天涯流落俱可念，为饮一樽歌此曲。明朝酒醒还独来，雪落纷纷那忍触③。

【注释】①佳人在空谷：杜子美《佳人》诗：“绝代有佳人，幽居在空谷。”②“日暖”句：《明皇杂录》：“上皇尝登沉香亭，召妃子，妃子时卯醉未醒。高力士从侍儿扶掖而至。上皇笑曰：‘岂是妃子醉耶？海棠睡未足耳。’”③纪昀曰：“纯以海棠自寓，风姿高秀，兴象深微。”

次韵乐著作野步①

老来几不辨西东，秋后霜林且强红②。眼晕见花真是病，耳虚闻蚁定非聪。酒醒不觉春强半，睡起常惊日过中。植杖偶逢为黍客，披衣闲咏舞雩风。仰看落蕊收松粉，俯见新芽摘杞丛。楚雨还昏云

梦泽，吴潮不到武昌宫[3]。废兴古郡诗无数，寂寞闲窗《易》粗通[4]。解组归来成二老，风流他日与君同。

【注释】①乐著作：即乐京，曾任著作佐郎。苏轼在黄州时，乐京监黄州酒税。②“老来”二句：白乐天诗云：“醉貌如霜叶，虽红不是春。”此二句形容自己衰老。③武昌宫：苏轼自注：“黄州对岸武昌县，有孙权故宫。”④“寂寞”句：苏轼在黄州时，曾著《易传》九卷。

王齐万秀才寓居武昌县刘郎洑，正与伍洲相对，伍子胥奔吴所从渡江也[1]

君家稻田冠西蜀，捣玉扬珠三万斛。塞江流柿起书楼[2]，碧瓦朱栏照山谷。倾家取乐不论命[3]，散尽黄金如转烛[4]。惟余旧书一百车，方舟载入荆江曲。江上青山亦何有，伍洲遥望刘郎薮。明朝寒食当过君，请杀耕牛压私酒[5]。与君饮酒细论文，酒酣访古江之渍。仲谋、公瑾不须吊[6]，一酹波神英烈君[7]。

【注释】①王齐万：字子辩，嘉州犍为人。刘郎洑：地名。《名胜志》：“旧传孙权迎蜀先主于此。或曰：旧名流浪，后讹为刘郎。”②“塞江”句：《晋书·王濬传》：“武帝谋伐吴，濬造船于蜀，木柿蔽江而下。”《唐书·李磎传》：“聚书至万卷，时人号李书楼。”③倾家取乐：陶渊明《杂诗》：“倾家持作乐，竟此岁月驶。”④“散尽”句：李太白《将进酒》：“天生我材必有用，千金散尽还复来。”杜子美《佳人》诗：“万事随转烛。”⑤“请杀”句：当时黄州酒禁严甚，故并以杀牛为戏语，并非真有其事。⑥仲谋、公瑾：《三国志》：“孙权，字仲谋；周瑜，字公瑾。”⑦英烈君：苏轼自注：“杭州伍子胥庙封英烈王。”

石芝 并引

元丰三年五月十一日癸酉，夜梦游何人家。开堂西门，有小园、古井。井上皆苍石。石上生紫藤如龙蛇，枝叶如赤箭。主人言，此石芝也。余率尔折食一枝，众皆惊笑。其味如鸡苏[1]而甘。明日作此诗。

空堂明月清且新，幽人睡息来初匀。了然非梦亦非觉，有人夜呼祁孔宾[2]。披衣相从到何许，朱栏碧井开琼户。忽惊石上堆龙蛇，玉芝紫笋生无数。锵然敲折青珊瑚，味如蜜藕和鸡苏。主人相顾一抚掌，满堂坐客皆卢胡[3]。亦知洞府嘲轻脱[4]，终胜嵇康羡王烈[5]。神山一合五百年，风吹石髓坚如铁[6]。

【注释】①鸡苏：《本草》：鸡苏，其叶辛香，可以烹鸡，故名。②“有人”句：《晋书·祁嘉传》：“祁嘉，字孔宾。清贫好学，年二十余，夜，忽窗中有声呼曰：‘祁孔宾，祁孔宾，隐去来，隐去来！修饰人世，甚苦不可谐。所得未毛铢，所丧如山崖。’旦而逃去。”③卢胡：笑貌。④轻脱：《左传·僖公三十三年》：“王孙满曰：‘轻则寡谋，无礼则脱。’”⑤“终胜”句：《神仙传》：“王烈，字长休。嵇叔夜甚敬爱之。烈独之太行山中，见山破，石裂数百丈，两畔皆是青石，石中有一穴，青泥流出如髓。烈取泥试丸之，随手坚凝，气如粳米饭，嚼之。因携少许与叔夜，叔夜取而视之，已成青石，击之，琤琤如铜声。叔夜即与烈往视之，断山已复如故。”⑥“神山”二句：《神仙传》：“王烈语弟子曰：‘《神仙经》云，神山五百年辄开，其中石髓出，得而服之，寿与天相毕。’”

武昌铜剑歌 并引

供奉官郑文，尝官于武昌。江岸裂，出古铜剑，文得之以遗余。冶铸精巧，非锻冶所成者。

雨余江清风卷沙，雷公蹑云捕黄蛇[1]。蛇行空中如枉矢[2]，电光煜煜烧蛇尾。或投以块铿有声，雷飞上天蛇入水。水上青山如削铁，神物欲出山自裂。细看两胁生碧花，犹是西江老蛟血[3]。苏子得之何所为，蒯缑弹铗咏新诗[4]。君不见凌烟功臣长九尺[5]，腰间玉具高拄颐[6]。

【注释】①"雨余"二句：《广异记》："唐开元末，太原武胜之为宣州司士，知静江军事。……滩中见雷公践微云，逐小黄蛇，盘绕滩上。静江之夫戏以石投之，中蛇，锵然作金声。雷公乃飞去。使人往视之，得一铜剑，有文曰'许旌阳斩蛟第三剑'云。"②枉矢：《晋书·天文志》："枉矢，状类大流星。"③西江老蛟血：相传许旌阳斩蛟于洪州。见注①。④蒯缑(kuǎi gōu)：以绳缠剑柄。⑤"君不见"句：唐太宗建凌烟阁，绘功臣像于其上。⑥玉具：剑名。

与子由同游寒溪西山[1]

散人出入无町畦[2]，朝游湖北暮淮西。高安酒官虽未上[3]，两脚垂欲穿尘泥[4]。与君聚散若云雨，共惜此日相提携。千摇万兀到樊口，一箭放溜先凫鹥。层层草木暗西岭，浏浏霜雪鸣寒溪[5]。空山古寺亦何有，归路万顷青玻璃。我今漂泊等鸿雁，江南江北无常栖。幅巾不拟过城市，欲踏径路开新蹊[6]。却忧别后不忍到，见子行迹空余凄。吾侪流落岂天意，自坐迂阔非人挤。行逢山水辄羞叹，此去未免勤盐齑。何当一遇李八百[7]，相哀白发分刀圭。

【注释】①寒溪西山：在武昌县，属湖北路。②无町畦：谓无威仪。《庄子·人间世》："彼且为无町畦，亦与之为无町畦……达之入于无疵。"③"高安"句：《颍滨遗老传》云："子瞻以诗得罪朝廷，辙从坐谪监筠州盐酒税。"未上，谓未到任。④"两脚"句：杜子美《九日寄岑参》诗：

“出门复入门，两脚但如旧。所向泥活活，思君令人瘦。”⑤西岭、寒溪：皆在黄州对岸。⑥苏轼自注：“路有直入寒溪不过武昌者。”⑦李八百：苏轼自注：“李八百宅在筠州，古老相传，能拄拐日八百里。”

陈季常自岐亭见访，郡中及旧州诸豪争欲邀致之，戏作陈孟公诗一首[①]

孟公好饮宁论斗[②]，醉后关门防客走[③]。不妨闲过左阿君[④]，百谪终为贤太守[⑤]。老居闾里自浮沉，笑问伯松何苦心[⑥]。忽然载酒从陋巷，为爱扬雄作《酒箴》[⑦]。长安富儿求一过，千金寿君君笑唾。汝家安得客孟公，从来只识陈惊坐[⑧]。

【注释】①岐亭：《九域志》：“淮南西路黄州，治黄冈县。麻城，在州北一百七十五里，四乡有岐亭镇。”②此篇全用陈遵（孟公）事比陈季常，别取他事足成之。③“孟公”二句：《汉书·游侠传》：“陈遵嗜酒，每大饮，宾客满堂，辄关门，取客车辖投井中，虽有急，终不得去。”④“不妨”句：《汉书·游侠传》：“（陈遵）过寡妇左阿君，置酒歌讴，遵起舞跳梁，顿仆坐上，暮因留宿。”⑤“百谪”句：《汉书·游侠传》：“（陈遵）放纵不拘，……又日出醉归，曹事数废。西曹以故事谪之，侍曹辄诣寺舍白遵，曰：‘陈卿今日以某事谪。’遵曰：‘满百乃相闻。’故事，有百谪者斥。满百，西曹请斥。大司徒马宫大儒优士，又重遵，谓西曹：‘此人大度士，奈何以小文责之？’乃举遵能治三辅剧县，补郁夷令。”⑥“老居”二句：《汉书·游侠传》：“（遵）常谓张竦（伯松）：‘……足下讽诵经书，苦身自约，不敢差跌。而我放意自恣，浮沉俗间，官爵功名，不减于子，而差独乐，顾不优邪？’”⑦“为爱”句：扬雄作《酒箴》以讽谏成帝，末云：“酒何过乎？”遵大喜之。见《汉书·游侠传》。⑧“汝家”二句：《汉书·游侠传》：“（陈遵）所到，衣冠怀之，惟恐在后。时列侯有与遵同姓字者，每至人门，曰‘陈孟公’。坐中莫不震动。既至而非，因号其人曰‘陈惊坐’云。”

铁拄杖 并叙

柳真龄字安期，闽人也。家宝一铁拄杖，如柳栗木，牙节宛转天成，中空有簧，行辄微响。柳云：得之浙中。相传王审知以遗钱镠，镠以赐一僧。柳偶得之以遗余，作此诗谢之[1]。

柳公手中黑蛇滑，千年老根生乳节。忽闻铿然爪甲声，四坐惊顾知是铁。含簧腹中细泉语，迸火石上飞星裂。公言此物老有神，自昔闽王饷吴越。不知流落几人手，坐看变灭如春雪。忽然赠我意安在，两脚未许甘衰歇。便寻辙迹访崆峒[2]，径渡洞庭探禹穴[3]。披榛觅药采芝菌，刺虎鏦蛟擉蛇蝎[4]。会教化作两钱锥[5]，归来见公未华发。问我铁君无恙否[6]，取出摩挲向公说。

【注释】①王审知：字信通，光州固始人也。《五代史·闽世家》："唐以福州为武威军，拜审知为节度使，封琅邪王。"②"便寻"句：《老子》："善行无辙迹。"《庄子·在宥》："黄帝闻广成子在于崆峒之上，故往见之。"③禹穴：相传禹巡狩至会稽而崩，因葬焉。上有孔穴，民间云："禹入此穴。"④鏦(cōng)：撞也。擉(chuò)：刺也。⑤两钱锥：《说苑》："干将、莫邪，……此至利也，然以之补履，曾不如两钱之锥。"⑥"问我"句：《桂苑丛谈》："李德裕赠僧方竹杖。及再见，问：'杖无恙否？'曰：'已规而漆之矣。'公嗟惋久之。"

任师中挽词[1]

大任刚烈世无有，疾恶如风朱伯厚。小任温毅老更文，聪明慈爱小冯君。两任才行不须说，畴昔并友吾先人。相看半作晨星没，可怜太白配残月。大任先去冢未干，小任相继呼不还。强寄一樽生死别，樽中有泪酒应酸。贵贱贤愚同尽耳②，君今不尽缘贤子③。人间得丧了无凭，只有天公终可倚。

【注释】①任师中：名伋。兄遵圣，名孜。眉人敬之，号二任。②"贵贱"句：白乐天诗："贤愚贵贱同归尽，北邙冢墓高嵯峨。"③"君今"句：师中之子名大防，字仲微。师中之孙名谅，字子谅。年十四，冠乡书，登高第，为龙图阁直学士，修国史。

四时词四首

其一

春云阴阴雪欲落，东风和冷惊帘幕。渐看远水绿生漪，未放小桃红入萼。佳人瘦尽雪肤肌，眉敛春愁知为谁①。深院无人剪刀响，应将白纻作春衣②。

【注释】①"眉敛"句：白乐天《长安春》诗："满眼春愁销不得。"②"深院"二句：张籍《白纻歌》："皎皎白纻白且鲜，将作春衣称少年。裁缝长短不能定，自持刀尺向姑前。"

其二

垂柳阴阴日初永，蔗浆酪粉金盘冷①。帘额低垂紫燕忙，蜜脾已满黄蜂静②。高楼睡起翠眉嚬，枕破斜红未肯匀。玉腕半揎云碧袖③，楼前知有断肠人。

【注释】①蔗浆：取蔗汁以为饮也。②"蜜脾"句：欧阳修《山斋戏书绝句》:“蜜脾未满蜂采花。”③玉腕:《丽情集·真珠传》:“牛丞相婢曰真珠。卢肇赋诗曰:‘知道相公怜玉腕,强将纤手整金钗。’”

其三

新愁旧恨眉生绿,粉汗余香在蕲竹[1]。象床素手熨寒衣[2],烁烁风灯动华屋。夜香烧罢掩重扃,香雾空濛月满庭。抱琴转轴无人见,门外空闻裂帛声[3]。

【注释】①蕲竹:谓竹席。②“象床”句:杜子美《白丝行》:“象床玉手乱殷红,万草千花动凝碧。美人细意熨贴平,裁缝灭尽针线迹。”③“门外”句:白乐天《琵琶行》:“曲终收拨当心画,四弦一声如裂帛。”

其四

霜叶萧萧鸣屋角,黄昏斗觉罗衾薄。夜风摇动镇帷犀,酒醒梦回闻雪落。起来呵手画双鸦[1],醉脸轻匀衬眼霞。真态生香谁画得[2],玉如纤手嗅梅花。

【注释】①画双鸦:虞世南《应诏嘲司花女》诗:“学画鸦黄半未成。”②“真态”句:薛能诗:“活色生香第一流。”

二虫

君不见,水马儿[1],步步逆流水。大江东流日千里,此虫趯趯长在此。君不见,鶂滥堆[2],决起随冲风[3]。随风一去宿何许,逆风还落蓬蒿中。二虫愚智俱莫测,江边一笑无人识。

【注释】①水马儿：水中昆虫，未详。②鶗滥堆：空中飞虫，未详。《韵语阳秋》："阿滥堆，明皇御玉笛，将其声翻为曲，左右皆能传唱。"③决（jué）：疾速貌。《庄子·逍遥游》："我决起而飞。"

徐使君分新火[1]

临皋亭中一危坐，三见清明改新火[2]。沟中枯木应笑人，钻斫不然谁似我。黄州使君怜久病，分我五更红一朵。从来破釜跃江鱼，只有清诗嘲饭颗[3]。起携蜡炬绕空室，欲事烹煎无一可。为公分作无尽灯，照破十方昏暗锁[4]。

【注释】①新火：《周礼》有"四时变国火"之礼。唐时于清明取榆柳之火以赐近臣，谓之分新火。②"三见"句：《咸镐故事》："清明日，尚食内园官小儿于殿前斗钻新火。先进者，赐绢三匹，碗一口，寻以新火赐宰臣以下。"③嘲饭颗：相传李白有《讥杜甫》诗："饭颗山头逢杜甫，头戴笠子日卓午。借问别来太瘦生，总为从前作诗苦。"④"为公"二句：《涅盘经》："一轮降世间，黑暗一日破。"《传灯录》："日月星光及火珠灯炬等光，皆能破除昏暗，是名外光明。"

蜜酒歌 并叙

西蜀道士杨世昌[1]，善作蜜酒，绝醇酽。余既得其方，作此歌以遗之。

真珠为浆玉为醴[2]，六月田夫汗流泚。不如春瓮自生香，蜂为耕耘花作米。一日小沸鱼吐沫，二日眩转清光活。三日开瓮香满城，快泻银瓶不须拨。百钱一斗浓无声，甘露微浊醍醐清[3]。君不见南园采花蜂似雨，天教酿酒醉先生。先生年来穷到骨，问人乞米何曾得。世间万事真悠悠，蜜蜂大胜监河侯[4]。

【注释】①杨世昌：字子京，绵竹武都山道士。②“真珠”句：珍珠，喻米；玉，喻面饼。③醍醐：《楞严经》：“酥酪醍醐，名为上味。”④监河侯：庄周家贫，故往贷粟于监河侯，监河侯婉拒之。见《庄子·外物》。

又一首答二犹子与王郎见和[1]

脯青苔，炙青蒲。烂蒸鹅鸭乃瓠壶[2]，煮豆作乳脂为酥。高烧油烛斟蜜酒，贫家百物初何有。古来百巧出穷人，搜罗假合乱天真[3]。诗书与我为曲糵，酝酿老夫成搢绅。质非文是终难久[4]，脱冠还作扶犁叟。不如蜜酒无燠寒，冬不加甜夏不酸。老夫作诗殊少味，爱此三篇如酒美。封胡羯末已可怜，不知更有王郎子[5]。

【注释】①二犹子：谓侄苏迟、苏适。王郎：谓子由婿王子立。②“烂蒸”句：《卢氏杂说》：“郑余庆召亲朋官数人会食。呼左右曰：‘处方厨家，烂蒸去毛，勿拗折项。’诸人相顾，以为必蒸鹅鸭之类。良久就餐，每人前下粟饭一碗，蒸葫芦一枚。”③“古来”句：以苔为脯，以蒲为炙，以瓠为鹅鸭，以豆为乳，以脂为酥，以油为烛，以蜜为酒，皆百巧之所为也。④质非文是：扬雄《法言》：“其文是也，其质非也，羊质而虎皮也。”⑤“封胡”二句：《晋书》：“谢奕女道韫，初适王凝之，还，甚不乐，安曰：‘王郎，逸少子，不恶。汝何恨也？’答曰：‘一门叔父，则有阿大、中郎；群从兄弟，复有封胡、遏末。不意天壤之中，乃有王郎。’封，谓谢韶；胡，谓谢朗；羯，谓谢玄；末为谢川。皆其小字也。”

次韵孔毅父久旱已而甚雨三首

其一

饥人忽梦饭甑溢[①]，梦中一饱百忧失[②]。只知梦饱本来空，未悟真饥定何物。我生无田食破砚[③]，尔来砚枯磨不出。去年太岁空在酉[④]，傍舍壶浆不容乞。今年旱势复如此，岁晚何以黔吾突。青天荡荡呼不闻，况欲稽首号泥佛。瓮中蜥蜴尤可笑，跂跂脉脉何等秩。阴阳有时雨有数，民是天民天自恤。我虽穷苦不如人，要亦自是民之一。形容可似丧家狗，未肯弭耳争投骨[⑤]。倒冠落帻谢朋友，独与蚊雷共圭荜[⑥]。故人嗔我不开门，君视我门谁肯屈？可怜明月如泼水，夜半清光翻我室。风从南来非雨候[⑦]，且为疲人洗蒸郁。褰裳一和快哉谣[⑧]，未暇饥寒念明日。

【注释】①“饥人”句：白乐天《寄行简》诗：“渴人多梦饮，饥人多梦飧。”②“梦中”句：黄鲁直云：“饥人常梦饱，病人常梦医。”③食破砚：唐人语，意谓靠笔砚吃饭。④“去年”句：马总《意林》引袁准《正书》：“太岁在酉，乞浆得酒。”古以岁在酉年为丰年，而元丰四年为辛酉年，却大旱。⑤弭（zhé）：耳竖貌。⑥蚊雷：《汉书·中山靖王传》：“聚蚊成雷。”圭荜：《左传·襄公十年》：“王叔之宰曰：‘荜门圭窦之人。’”⑦“风从”句：《天官书》：“风从南方来，大旱。”⑧褰裳：《诗·郑风·褰裳》：“褰裳涉溱。”褰，通“褰”。

其二

去年东坡拾瓦砾，自种黄桑三百尺。今年刈草盖雪堂[①]，日炙风吹面如墨。平生懒惰今始悔，老大劝农天所直。沛然例赐三尺雨，造物无心恍难测。四方上下同一云[2]，甘霔不为龙所隔[3]。蓬蒿下湿迎晓耒，灯火新凉催夜织。老夫作罢得甘寝，卧听墙东人响屐。奔流未已坑谷平，折苇枯荷恣漂溺。腐儒粗粝支百年[4]，力耕不受众目怜[5]。破陂漏水不耐旱，人力未至求天全。会当作塘径千步，横断西北遮山泉。四邻相率助举杵，人人知我囊无钱。明年共看决渠雨，饥饱在我宁关天。谁能伴我田间饮，醉倒惟有支头砖。

【注释】①“今年”句：苏轼《拟斜川》云：“元丰壬戌之春，余躬耕于东坡，筑雪堂居之。”②“四方”句：《诗·小雅·信南山》：“上天同云。”③苏轼自注：“俗有分龙日。”④“腐儒”句：杜子美《有客》诗：“百年粗粝腐儒餐。”⑤“力耕”句：杜子美《赠李十五丈别》诗：“不闻八尺躯，常受众目怜。”

其三

天公号令不再出[1]，十日愁霖并为一[2]。君家有田水冒田，我家无田忧入室。不如西州杨道士，万里随身惟两膝。沿流不恶溯亦佳，一叶扁舟任飘突。山芎麦曲都不用，泥行露宿终无疾。夜来饥肠如转雷，旅愁非酒不可开。杨生自言识音律，洞箫入手清且哀。不须更待秋井塌，见人白骨方衔杯[3]。

【注释】①天公号令：《后汉书·蔡邕传》：“风者，天之号令也。”②愁霖：梁元帝《纂要》：“久雨曰苦雨，亦曰愁霖。”③“不须”二句：杜子美《苏端薛复筵简薛华醉歌》：“忽忆雨时秋井塌，古人白骨生苍苔，如何不饮令心哀！”

卷十二　七言古诗

次韵孔毅父集古人句见赠五首

其一

羡君戏集他人诗，指呼市人如使儿。天边鸿鹄不易得，便令作对随家鸡[①]。退之惊笑子美泣，问君久假何时归。世间好句世人共[②]，明月自满千家墀。

【注释】①“天边”二句：谓市人不可使之如儿，鸿鹄不可与家鸡作对，犹古人诗句有美恶工拙，不可混杂。②“世间”句：苏轼曾对欧阳修诵文与可诗：“美人却扇坐，羞落庭下花。”欧公云：“此非与可诗，世间原有此句，与可拾得耳。”

其二

紫驼之峰人莫识，杂以鸡豚真可惜。今君坐致五侯鲭[①]，尽是猩唇与熊白[②]。路傍拾得半段枪，何必开炉铸矛戟。用之如何在我耳，入手当令君丧魄。

【注释】①“今君”句：《西京杂记》：“五侯不相能，宾客不相往来。娄护、丰辩传食五侯间，各得其欢心，竞致奇膳，护乃合以为鲭，世称五侯鲭，以为珍味。”②猩唇：《吕氏春秋》：“伊尹论汤曰：‘肉之美者，猩猩之唇。’”熊白：熊脂也。

其三

天下几人学杜甫，谁得其皮与其骨[①]？划如太华当我前，跛牂欲上惊嵱崒[2]。名章俊语纷交衡，无人巧会当时情。前生子美只君是，信手拈得俱天成。

【注释】①“谁得”句：《景德传灯录》：“达摩欲西返天竺，谓道副曰：‘汝得吾皮。’谓尼总持曰：‘汝得吾肉。’谓道育曰：‘汝得吾骨。’最后慧可依位而立，师曰：‘汝得吾髓。’乃付法。”②嵱崒(qiú zú)：陡峭貌。班固《西都赋》云：“岩峻嵱崒。”

其四

诗人雕刻闲草木，搜抉肝肾神应哭[1]。不如默诵千万首，左抽右取谈笑足。夜吟石鼎声悲秋，可怜好事刘与侯[2]。何当一醉百不问，我欲眠矣君归休。

【注释】①“搜抉”句：谓作诗过于伤神。②“夜吟”二句：韩退之《石鼎联句序》：“刘师服、侯喜与道士轩辕弥明同宿。喜夜与师服说诗，视弥明若无人。弥明忽轩衣张眉，指炉中石鼎曰：‘子云能诗，能与我赋此乎？’刘即援笔题其首句，传于喜。道士哑然笑，即袖手竦肩高吟。初不似经意，诗旨有似讥喜。二子每营度欲出口吻，声鸣益悲，竟亦不能奇。”

其五

膏明兰臭俱自焚，象牙翠羽戕其身[1]。多言自古为数穷[2]，微中有时堪解纷。痴人但数羊羔儿，不知何者是左慈[3]。千章万句卒非我，急走捉君应已迟。

【注释】①“象牙”句：《左传·襄公二十四年》：“象有齿以焚其身，贿也。”《异物志》：“翠鸟形似燕，翡赤而翠青，人取其羽以为饰。”②“多言”句：《老子》：“多言数穷，不如守中。”③“痴人”二句：《后汉书·左慈传》:“曹操欲收杀之,逢慈于阳城山头,遂走入羊群,操知不可得。”

孔毅父以诗戒饮酒,问买田,且乞墨竹,次其韵

酒中真复有何好,孟生虽贤未闻道。醉时万虑一扫空,醒后纷纷如宿草。十年揩洗见真妄,石女无儿焦谷槁①。此身何异贮酒瓶,满辄予人空自倒。武昌痛饮岂吾意,性不违人遭客恼②。君家长松十亩阴,借我一庵聊洗心。我田方寸耕不尽③,何用百顷糜千金。枕书熟睡呼不起,好学怜君工杂拟④。且将墨竹换新诗,润色何须待东里⑤。

【注释】①“石女”句:《维摩诘经》:“文殊师利问维摩诘言:‘菩萨云,何观于众生?’维摩诘言:‘如焦谷芽,如石女儿。’”②“性不”句:嵇康《幽愤》诗:“性不伤物,频致怨憎。”③方寸耕不尽:《列子·仲尼》:“方寸之地虚矣。”④杂拟:《文选·杂拟诗注》云:“杂,谓非一类;拟,比古志以明今情。”⑤“润色”句:《论语·宪问》:“子曰:‘为命,裨谌草创之,世叔讨论之,行人子羽修饰之,东里子产润色之。’”

和蔡景繁海州石室①

芙蓉仙人旧游处②,苍藤翠壁初无路。戏将桃核裹黄泥,石间散掷如风雨。坐令空山出锦绣,倚天照海花无数③。花间石室可容车,流苏宝盖窥灵宇。何年霹雳起神物,玉棺飞出王乔墓④。当时醉卧动千日,至今石缝余糟醑⑤。仙人一去五十年,花老室空谁作主。手植数松今偃盖,苍髯白甲低琼户。我来取酒酹先生,后车仍载胡琴女⑥。一声冰铁散岩谷,海为澜翻松为舞。尔来心赏复何人,持节

中郎醉无伍[⑦]。独临断岸呼日出，红波碧巘相吞吐。径寻我语觅余声，拄杖彭铿叩铜鼓。长篇小字远相寄，一唱三叹神凄楚。江风海雨入牙颊[⑧]，似听石室胡琴语。我今老病不出门，海山岩洞知何许。门外桃花自开落，床头酒瓮生尘土。前年开合放柳枝[⑨]，今年洗心归佛祖。梦中旧事时一笑，坐觉俯仰成今古。愿君不用刻此诗，东海桑田真旦暮[⑩]。

【注释】①蔡景繁：名承禧，与苏轼同年登第。②芙蓉仙人：苏轼自注："石曼卿也。"《六一诗话》："曼卿自少以诗酒豪放自得，气貌伟然，诗格奇峭，又工于书，体兼颜、柳。曼卿卒后，故人有见之者，恍惚如梦中。言：'我今为鬼仙也，所主芙蓉城。'"③"戏将"四句：《欧阳公诗话》："石曼卿通判海州。以山岭高峻，人路不通，了无花卉点缀映照，使人以泥裹桃核为弹，抛掷于山岭之上。一二岁间，花发满山，烂如锦绣。"④"何年"二句：《后汉书·王乔传》："乔为叶令，天降玉棺于堂前，吏人推排，终不摇动。乔曰：'天帝独召我耶？'乃沐浴寝其中，盖便立覆。宿昔葬于城东，而土自成坟。"⑤"当时"二句：《博物志》："昔刘玄石于中山酒家沽酒，酒家与千日酒，而忘言其节度。归至家，当醉，家人以为死，权葬之。酒家计千日满，往视之，开棺，始醒。"⑥"后车"句：苏轼《答景繁帖》云："朐山临海石室，信如所论。前某尝携家一游，时家有胡琴婢，犹室中作《濩索》《凉州》，凛然有冰车铁马之声。"⑦持节中郎：蔡星繁时漕淮南，故云持节中郎。⑧"江风"句：《松陵诗集·添渔具诗序》："江风海雨，槭槭生齿牙间，真世外渔者之才也。"⑨"前年"句：白乐天《不能忘情吟序》："乐天既老，又病风，乃录家事，会经费，去长物。妓有樊素者……善唱《杨枝》，人多以曲名名之。……将放之。"⑩东海桑田：《神仙传》："麻姑谓王方平曰：'接待以来，已见东海三为桑田。'"

生日，王郎以诗见庆，次其韵，并寄茶二十一片[①]

《折杨》新曲万人趋，独和先生《于蔿于》[②]。但信椟藏终自售，岂知碗脱本无橅[③]。朅从冰叟来游宦，肯伴臞仙亦号儒[④]。棠棣并为天下士[⑤]，芙蓉曾到海边郛。不嫌雾谷霾松柏，终恐虹梁荷栋桴[⑥]。高论无穷如锯屑[⑦]，小诗有味似连珠[⑧]。感君生日遥称寿，祝我余年老不枯。未办报君青玉案，建溪新饼截云腴。

【注释】①王郎：即子由婿王子立。②《于蔿于》：《唐书·元德秀传》："玄宗酺五风楼下，命三百里县令、刺史，各以声乐集。……德秀时为鲁山令，惟乐工数十人，联袂而歌《于蔿于》。……帝闻异之，叹曰：'贤人之言哉？'"③碗脱：《朝野佥载》："武后时，宫中谣曰：'把推侍御史，碗脱校书郎。'"④臞仙：司马相如《大人赋序》："以为列仙之傳，居山泽间，形容甚臞，此非帝王之仙意也。乃作《大人赋》。"⑤棠棣：谓王郎之兄子高、弟子敏。⑥桴：曲栋。⑦"高论"句：《晋书·胡毋辅之传》："字彦国。王澄尝与人书曰：'彦国吐佳言，如锯木屑，霏霏不绝。'"⑧连珠：文章体裁名。傅玄《连珠序》：其文体，词丽而言约……欲使历历如贯珠，易睹而可悦，故谓之连珠也。

和秦太虚梅花

西湖处士骨应槁[①]，只有此诗君压倒。东坡先生心已灰，为爱君诗被花恼。多情立马待黄昏，残雪消迟月出早。江头千树春欲暗，竹外一枝斜更好[②]。孤山山下醉眠处，点缀裙腰纷不扫[③]。万里春随逐客来，十年花送佳人老。去年花开我已病，今年对花还草草。不知风雨卷春归，收拾余香还昇昊[④]。

【注释】①“西湖”句：欧阳修《归田录》：“处士林逋，居于杭州西湖之孤山，善为诗。”②“竹外”句：林逋诗：“屋檐斜入一枝低。”③裙腰：白乐天《杭州春望》诗：“谁开湖寺西南路，草绿裙腰一道斜。”④畀昊：《诗·小雅·巷伯》：“投畀有昊。”

再和潜师

化工未议苏群槁，先向寒梅一倾倒。江南无雪春瘴生，为散冰花除热恼。风清月落无人见，洗妆自趁霜钟早[①]。惟有飞来双白鹭[②]，玉羽琼枝斗清好。吴山道人心似水，眼净尘空无可扫。故将妙语寄多情，横机欲试东坡老。东坡习气除未尽，时复长篇书小草。且撼长条餐落英，忍饥未拟穷呼昊[③]。

【注释】①霜钟：李贺诗云：“今朝画眉早，不待景阳钟。”②“惟有”句：杜子美《铜官渚守风》诗：“飞来双白鹤，过去杳难攀。”③昊：泛指天。《史记·屈原传》：“人穷则反本，故劳苦倦极未尝不呼天也。”

上巳日，与二三子携酒出游，随所见辄作数句。明日集之为诗，故辞无伦次

薄云霏霏不成雨，杖藜晓入千花坞。柯丘海棠吾有诗，独笑深林谁敢侮。三杯卯酒人径醉，一枕春眠日亭午。竹间老人不读书，留我闭门谁教汝[①]。出檐丛枳十围大，写真素壁千蛟舞[②]。东坡作塘今几尺[③]，携酒一劳农工苦。却寻流水出东门，坏垣古堑花无主。卧开桃李为谁妍，对立鸡鹊相媚妩[④]。开樽藉草劝行路，不惜春衫污泥土。褰裳共过春草亭，扣门却入韩家圃[⑤]。辘轳绳断井深碧，秋千挂

索人何所。映帘空复小桃枝，乞浆不见应门女。南上古台临断岸，雪阵翻空迷仰俯。故人馈我玉叶羹，水冷烟消谁为煮。崎岖束缊下荒径，娅姹隔花闻好语。更随落景尽余樽，却傍孤城得僧宇。主人劝我洗足眠，倒床不必闻钟鼓。明朝门外泥一尺，始悟三更雨如许。平生所向无一遂，兹游何事天不阻。固知我友不终穷，岂弟君子神所予[6]。

【注释】①“竹间”二句：《晋书·王徽之传》：“吴中士大夫家有好竹，欲观之，便出造竹下，讽啸良久……将出，主人闭门。徽之赏之，尽欢而去。”②“出檐”二句：《东坡图》：“柯丘南尚氏家，有丛枳甚大，公尝自为图之。”③塘：在东坡雪堂下。④鸡鹳：鸟名。似凫，脚高，毛冠。⑤“褰裳”二句：《东坡图》：“春草亭、韩家圃，皆在东门外。”⑥“岂弟”句：《诗·大雅·旱麓》：“岂弟君子，神所劳矣。”

过江夜行武昌山上，闻黄州鼓角[1]

清风弄水月衔山，幽人夜度吴王岘[2]。黄州鼓角亦多情，送我南来不辞远。江南又闻出塞曲[3]，半杂江声作悲健。谁言万方声一概[4]，鼍愤龙愁为余变。我记江边枯柳树，未死相逢真识面。他年一叶溯江来，还吹此曲相迎饯。

【注释】①《梁溪漫志》：“东坡去黄，夜行武昌，回望东坡，闻黄州鼓角，凄然泣下。”②吴王岘：在武昌西山九曲亭下。③出塞曲：《晋书·刘畴传》：“曾避乱坞壁，贾胡数百欲害之，畴无惧色，援笳而吹之，为《出塞》《入塞》之声，以动其游客之思。于是群胡皆垂泣而去。”④万方声一概：杜子美《秦州杂诗》：“鼓角缘边郡，川原欲夜时。万方声一概，吾道竟何之。”

自兴国往筠，宿石田驿南二十五里野人舍[1]

溪上青山三百叠，快马轻衫来一抹。倚山修竹有人家，横道清泉知我渴。芒鞋竹杖自轻软，蒲荐松床亦香滑。夜深风露满中庭，惟见孤萤自开阖。

【注释】①《九域志》：“江南西路有兴国军。”《太平寰宇记》：“筠州北至奉新县一百五里。”《名胜志》：“石田驿，在兴国州治南。”

将至筠，先寄迟、适、远三犹子[1]

露宿风餐六百里，明朝饮马南江水。未见丰盈犀角儿[2]，先逢玉雪王郎子[3]。对床欲作连夜语，念汝还须戴星起[4]。夜来梦见小于菟[5]，犹是髧髦垂两耳[6]。忆过济南春未动，三子出迎残雪里。我时移守古河东，酒肉淋漓浑舍喜。而今憔悴一羸马，逆旅担夫相汝尔。出城见我定惊嗟，身健穷愁不须耻。我为乃翁留十日[7]，掣电一欢何足恃[8]。惟当火急作新诗，一醉两翁胜酒美。

【注释】①迟、适、远：皆苏辙之子、苏轼之侄。②犀角儿：《国语》：“史伯曰：‘今王恶角犀牛盈，而近顽童穷固。’”③王郎子：苏轼自注：“时道逢王郎于建昌，方北行也。”按：即子由婿王子立。④戴星起：《吕氏春秋》：“宓子贱治单父，弹鸣琴，身不下堂，而单父治。巫马期戴星出入，日夜不居，而单父亦治。”⑤苏轼自注：“远小名虎儿。”⑥髧髦：《诗·鄘风·柏舟》：“髧彼两髦。”⑦乃翁：汝父也。⑧掣电：极言时间之短。

别子由三首兼别迟

其一

知君念我欲别难，我今此别非他日。风里杨花虽未定，雨中荷叶终不湿。三年磨我费百书，一见何止得双璧。愿君亦莫嗟留滞[①]，六十小劫风雨疾[②]。

【注释】①“愿君”句：《汉书·司马迁传》：“天子始建汉家之封，太史公留滞周南，不得与从事，发愤且卒。”②六十小劫：《法华经》：“佛所护念六十小劫，不起于座。”

其二

先君昔爱洛城居[①]，我今亦过嵩山麓。水南卜筑吾岂敢，试向伊川买修竹[②]。又闻缑山好泉眼[③]，傍市穿林泻冰玉。遥想茅轩照水开，两翁相对清如鹄。

【注释】①先君：指苏询。苏辙《卜居赋序》：“昔余先君，以布衣学四方。尝过洛阳，爱其山川，慨然有卜居意，而贫不能遂。”②伊川：即伊河。《元和郡县志》：“洛阳三川，伊、洛、河也。”③缑山：《河南志》：“缑氏山有佛光寺，又有甘泉。”

其三

两翁归隐非难事，惟要传家好儿子。忆昔汝翁如汝长，笔头一落三千字。世人闻此皆大笑，慎勿生儿两翁似。不知樗栎荐明堂[①]，何似盐车压千里[②]。

【注释】①“不知”句：言不材者进用。②“何似”句：《荀子》：“骥一日而千里，今谓以千里之腾跃而困压于盐车也。”

郭祥正家，醉画竹石壁上，郭作诗为谢，且遗二古铜剑[①]

空肠得酒芒角出，肝肺槎牙生竹石。森然欲作不可回，吐向君家雪色壁。平生好诗仍好画，书墙涴壁长遭骂。不瞋不骂喜有余，世间谁复如君者。一双铜剑秋水光[②]，两首新诗争剑铓。剑在床头诗在手，不知谁作蛟龙吼[③]。

【注释】①郭祥正：字功甫，当涂人，善诗。②秋水：白乐天《李都尉古剑》诗：“湛然玉匣中，秋水澄不流。”③蛟龙吼：杜子美《相从歌》：“把臂开樽饮我酒，酒酣击剑蛟龙吼。”

龙尾砚歌 并引

余旧作《凤咮石砚铭》，其略云：“苏子一见名凤咮，坐令龙尾羞牛后[①]。”已而求砚于歙，歙人云：子自有凤咮，何以此为？盖不能平也。奉议郎方君彦德，有龙尾大砚，奇甚。谓余若能作诗，少解前语者，当奉饷。乃作此诗。

黄琮白琥天不惜[②]，顾恐贪夫死怀璧[③]。君看龙尾岂石材，玉德金声寓于石。与天作石来几时，与人作砚初不辞。诗成鲍、谢石何与，笔落钟、王砚不知[④]。锦茵玉匣俱尘垢，捣练支床亦何有。况瞋苏子凤咮铭，戏语相嘲作牛后。碧天照水风吹云，明窗大几清无尘。

我生天地一闲物[5]，苏子亦是支离人[6]。粗言细语都不择，春蚓秋蛇随意画。愿从苏子老东坡，仁者不用生分别。

【注释】①“坐令”句：《史记·苏秦传》：“谚曰：宁为鸡口，毋为牛后。”②“黄琮”句：《周礼·春官》：“以玉作六器，以礼天地四方，以黄琮礼地，以白琥礼西方。”③“顾恐”句：《左传·桓公十年》：“虞叔有玉，虞公求旃，弗献。既而悔之，曰：‘周谚有之：匹夫无罪，怀璧其罪。吾焉用此？其以贾害也。’乃献之。”④鲍：鲍照。谢：谢灵运。钟：钟繇。王：王羲之。⑤“我生”句以下：皆以砚的口气说话。⑥支离：扬雄《法言·五百》：“支离，盖所以为简易也。”

张近几仲有龙尾子石砚，以铜剑易之[1]

我家铜剑如赤蛇，君家石砚苍璧椭而洼。君持我剑向何许，大明宫里玉佩鸣冲牙[2]。我得君砚亦安用，雪堂窗下《尔雅》笺虫虾[3]。二物与人初不异，飘落高下随风花[4]。蒯缑玉具皆外物，视草草《玄》无等差[5]。君不见秦赵城易璧，指图睨柱相矜夸[6]。又不见二生妾换马，骄鸣啜泣思其家[7]。不如无情两相与，永以为好譬之桃李与琼华[8]。

【注释】①龙尾子石：欧阳修《砚谱》：“子石者，在大石中生，盖精石也。”②冲牙：《礼记·玉藻》：“凡带必有佩玉，佩玉有冲牙。”③《尔雅》：韩退之《读皇甫湜公安园池诗书其后》诗：“《尔雅》注虫鱼，定非磊落人。”④随风花：《南史·范缜传》：“人生如树花同发，随风而坠。”⑤视草：《翰林志》：“玄宗召张说等入禁中，谓之翰林待诏。或诏从中出，虽宸翰所挥，亦资其检讨，谓之视草。”草《玄》：《汉书·扬雄传》：“哀帝时，丁、傅、董贤用事，诸附离之者，或起家至二千石。时雄方草《太玄》，有以自守，泊如也。”⑥“君不见”二句：谓和氏璧，见《史记·廉颇蔺相如列传》。⑦“又不见”二句：李玫《异闻实录》：“酒徒鲍生多声妓，外弟韦生好乘马。一日，相遇，即饮酒，乃以女妓善四弦者换紫叱拨。……鲍既以妾换马，妾歌曰：‘风飐荷珠难暂圆，多情信有短姻缘。西楼今夜三更月，还照离人泣断弦。’”⑧桃李与琼华：《诗·卫风·木瓜》：“投我以木桃，报之以琼瑶。……投我以木李，报之以琼玖。匪报也，永以为好也。”

张作诗送砚反剑，乃和其诗，卒以剑归之

赠君长铗君当歌，每食无鱼叹委蛇。一朝得见暴公子，櫑具欲与冠争峨[1]。岂比杜陵贫病叟，终日长镵随短蓑。斩蛟刺虎老无力，带牛佩犊吏所诃[2]。故将换砚岂无意，恐君雕琢伤天和。作诗反剑亦何谓，知君欲以诗相磨。报章苦恨无好语，试向君砚求余波。诗成剑往砚应笑，那将屋漏供悬河。

【注释】①“一朝”二句：《汉书·隽不疑传》：“暴胜之为直指使者，至渤海，闻不疑贤，请与相见。不疑冠进贤冠，带櫑具剑，盛服上谒，曰：‘窃伏海濒闻暴公子威名旧矣。’”②“带牛”句：《汉书·龚遂传》：“（遂）为渤海太守，遗书敕郡县：‘诸持锄钩田器者，皆为良民，吏毋得问；持兵者乃为盗贼。’民有带持刀剑者，使卖剑买牛，卖刀买犊，曰：‘何为带牛佩犊？’”

眉子石砚歌赠胡訚

君不见成都画手开十眉，横云却月争新奇[1]。游人指点小颦处，中有渔阳胡马嘶[2]。又不见王孙青琐横双碧，肠断浮空远山色[3]。书生性命何足论，坐费千金买消渴[4]。尔来丧乱愁天公，谪向君家书砚中。小窗虚幌相妩媚，令君晓梦生春红。毗耶居士谈空处[5]，结习已

空花不住。试教天女为磨铅[6]，千偈澜翻无一语[7]。

【注释】①“君不见”二句：《天宝遗事》：“明皇避安禄山难，幸成都，令画工作《十眉图》。”《潜确类书》载《十眉图》曰：“鸳鸯、小山、五岳、三峰、垂珠、却月、分梢、逐烟、横云、倒晕。”②小颦：杨妃之眉。渔阳胡马：谓安禄山之叛。③“肠断”句：《西京杂记》：“（卓王孙之女）文君姣好，眉色如望远山。”④“书生”二句：《西京杂记》：“司马长卿素有消渴疾，悦文君色，遂以发痼疾。乃作《美人赋》，欲以自刺而终不能改，卒以此疾至死。”⑤毗耶：《翻译名义》：“毗耶离，此云广博严净。其国宽平，城邑华丽，故名。”⑥磨铅：杜牧诗：“磨铅勘《玉杯》。”⑦千偈：《晋书》：“鸠摩罗什日诵千偈。”

送沈逵赴广南

嗟我与君皆丙子，四十九年穷不死[1]。君随幕府战西羌，夜渡冰河斫云垒。飞尘涨天箭洒甲，归对妻孥真梦耳。我谪黄冈四五年，孤舟出没烟波里。故人不复通问讯，疾病饥寒疑死矣。相逢握手一大笑，白发苍颜略相似。我方北渡脱重江，君复南行轻万里。功名如幻何足计，学道有牙真可喜。勾漏丹砂已付君[2]，汝阳瓮盎吾何耻[3]。君归赴我鸡黍约[4]，买田筑室从今始。

【注释】①“嗟我”二句：苏轼以景祐三年岁在丙子十二月辛丑十九日生。②勾漏丹砂：《晋书·葛供传》：“以年老欲炼丹以祈遐寿，闻交趾出丹，求为勾漏令。……帝从之。”③瓮盎：状瘿瘤之大。欧阳修《汝瘿答仲仪》诗：“君嗟汝瘿多，谁谓汝土恶。汝瘿虽云苦，汝民居自乐。”④“君归”句：《后汉书》：“山阳范式，字巨卿。与汝南张元伯为友。春别京师，以秋为期。至九月十五日，元伯白母，杀鸡和黍，以待巨卿。母曰：‘山阳去此千里，何可必也？’元伯曰：‘巨卿信士，不失期者。’言未绝而果至。”

豆粥

君不见滹沱流澌车折轴，公孙仓皇奉豆粥。湿薪破灶自燎衣，饥寒顿解刘文叔[①]。又不见金谷敲冰草木春，帐下烹煎皆美人。萍齑豆粥不传法，咄嗟而办石季伦[②]。干戈未解身如寄，声色相缠心已醉。身心颠倒不自知，更识人间有真味？岂如江头千顷雪色芦，茅檐出没晨烟孤。地碓舂秔光似玉，沙瓶煮豆软如酥。我老此身无著处，卖书来问东家住[③]。卧听鸡鸣粥熟时，蓬头曳履君家去。

【注释】①“公孙”三句：《后汉书·冯异传》：“异，字公孙。王郎起，光武自蓟东南驰，晨夜草舍。至饶阳芜蒌亭，时天寒烈，众皆饥疲，异上豆粥。明旦，光武谓诸将曰：‘昨得公孙豆粥，饥寒俱解。’及至南宫，遇大风雨……光武对灶燎衣。”光武，字文叔。②“又不见”四句：《晋书·石崇传》：“为客作豆粥，咄嗟便办。……王恺不能及，每以此为恨。乃密货崇帐下，问其所以。……崇后知之，因杀所告者。”③“卖书”句：杜子美《陪郑广文游何将军山林》：“尽拈书籍卖，来问尔东家。”

秦少游梦发殡而葬之者，云是刘发之柩。是岁发首荐，秦以诗贺之，刘泾亦作。因次其韵

君看三代士执雉，本以杀身为小补[①]。居官死职战死绥[②]，梦尸得官真古语[③]。五行胜己斯为官[④]，官如草木吾如土[⑤]。仕而未禄犹宾客，待以纯臣盖非古。馈焉曰献称寡君[⑥]，岂比公卿相尔汝。世衰道微士失已，得丧悲欢反其故。草袍芦箠相妩媚，饮食嬉游事群聚。曲江船舫月灯毬[⑦]，是谓舞殡而歌墓。看花走马到东野[⑧]，余子纷纷何足数。二生年少两豪逸，诗酒不知轩冕苦[⑨]。故令将仕梦发棺，劝

子勿为官所腐。涂车刍灵皆假设[10]，著眼细看君勿误。时来聊复一飞鸣，进隐不须烦伍举[11]。

【注释】①士执雉：《周礼·春官·大宗伯》："以禽作六挚，以等诸臣；卿执羔，大夫执雁，士执雉。"疏云："雉取其守介而死，不失其节。"②"居官"句：《礼》："战者，将死鼓，御死辔。"③梦尸得官：《晋书·殷浩传》："浩曰：'官本臭腐，故将得官而梦尸；钱本粪土，故将得钱而梦秽。'时人以为名言。"④"五行"句：《珞琭子》："人命五行，克我者为官。"⑤"官如"句：草属乙卯，木属甲寅，皆戊已之官也。五行胜已，犹草木之胜土，此即官也。下句自释上句。⑥"馈焉"句：《礼记·檀弓下》："仕而未有禄者，君有馈焉曰献，使焉曰寡君。违而君薨，弗为服焉。"⑦"曲江"句：《唐摭言》："新进士，宴名有月灯打毬。又曲江亭子进士开宴，既撤馔，则移乐泛舟，率为常例。"⑧"看花"句：《竹坡诗话》："东野《下第》诗云：'弃置复弃置，情如刀剑伤。'及登第，则自谓：'春风得意马蹄疾，一日看尽长安花。'一第之得失，喜忧至于如此，宜其虽得之而不能享也。"⑨轩冕苦：《庄子·缮性》："轩冕在身，非性命也。"⑩涂车刍灵：《礼记·檀弓下》："涂车、刍灵，自古有之，明器之道也。"⑪"时来"二句：《史记·楚世家》："庄王即位三年，日夜为乐，令国中曰：'敢谏者死。'伍举入谏，愿有进隐，曰：'有鸟在于阜，三年不飞不鸣，是何鸟也？'王曰：'三年不飞，飞则冲天；三年不鸣，鸣则惊人。举退矣，吾知之矣。'"

赠潘谷[1]

潘郎晓踏河阳春，明珠白璧惊市人[2]。那知望拜马蹄下，胸中一斛泥与尘。何似墨潘穿破褐，琅琅翠饼敲玄笏[3]。布衫漆黑手如龟，未害冰壶贮秋月。世人重耳轻目前，区区张、李争媸妍[4]。一朝入海寻李白，空看人间画墨仙。

【注释】①潘谷：《墨史》："潘谷，伊、洛间墨师也。"②"潘郎"二句：《晋书·潘岳传》："岳美姿仪，少时，常挟弹出洛阳道，妇人遇之者，皆连手萦绕，投之以果，遂满车而归。"③玄笏：宋人言墨，皆以笏计。④张、李：张，张遇；李，李庭珪。皆北宋制墨师。

蒜山松林中可卜居，余欲僦其地。地属金山，故作此诗与金山元长老[①]

魏王大瓠无人识，种成何翅实五石。不辞破作两大樽，只忧水浅江湖窄[②]。我材濩落本无用[③]，虚名惊世终何益。东方先生好自誉[④]，孟贲、子路并为一。杜陵布衣老且愚，信口自比契与稷[⑤]。暮年欲学柳下惠[⑥]，嗜好酸咸不相入[⑦]。金山也是不羁人，早岁闻名晚相得。我醉而嬉欲仙去，傍人笑倒山谓实。问我此生何所归，笑指浮休百年宅。蒜山幸有闲田地，招此无家一房客。

【注释】①蒜山：曾彦和《润州类集》："蒜山在江上，说者云，山多泽蒜，故名。"一说，蒜当作筹算之算。周瑜、诸葛亮尝会此山，议拒曹操，后有赤壁之胜，时人以为其多算，故名。《元和郡县志》："蒜山在丹徒县西，临江绝壁。"②"魏王"四句：《庄子·逍遥游》："今子有五石之瓠，何不虑以为大樽，而浮于江湖，而忧其瓠落无所容，则夫子犹有蓬之心也夫。"③濩落：大而无用之貌。④"东方先生"句：《汉书·东方朔传》："武帝初即位，朔上书，文辞不逊，高自称誉，上伟之。"又"上笑曰：'使自责乃反自誉。'"⑤"杜陵"二句：杜子美《赴奉先县咏怀五百字》："杜陵有布衣，老大意转拙。许身一何愚，窃比稷与契。"⑥"暮年"句：学柳下惠，谓不辞小官，又为士师三黜。⑦"嗜好"句：韩退之《酬司门卢四兄云夫院长望秋作》诗："云夫吾兄有狂气，嗜好与俗殊酸咸。"

苏子容母陈夫人挽词[1]

苏、陈甥舅真冰玉[2]，正始风流起颓俗。夫人高节称其家，凛凛寒松映修竹。鸡鸣为善日日新，八十三年如一晨。岂惟家室宜寿母，实与朝廷生异人。忘躯徇国乃吾子，三仕何曾知愠喜[3]。不须拥笏强垂鱼[4]，我视去来皆梦尔。诵诗相挽真区区，墓碑千字多遗余。他年太史取家传，知有班昭续《汉书》[5]。

【注释】①苏子容：即苏颂，字子容，南安人。苏颂母，龙图阁直学士陈从易女。②甥：谓子婿。舅：谓妇翁。此句谓妇翁冰清，女婿玉润。因言玉润，则以卫玠喻之，故次句言正始风流。③“忘躯”二句：谓苏颂对宦海沉浮不以为意。④“不须”句：韩退之《曹成王碑》云：“王之遭诬在理，念太妃老，将惊而戚，出则囚服就辩，入则拥笏垂鱼。”⑤班昭续《汉书》：《后汉书·列女传》：“曹世叔妻，班彪之女也。名昭，字惠。……兄固著《汉书》，其《八表》及《天文志》，未及竟而卒。和帝诏昭就东观藏书阁，踵而成之。”

元丰七年十一月十三日，与几先自竹西来访庆老，不见，独与徐君卿供奉、蟾知客东阁道话久之[1]

卷卷长廊走黄叶，席帘垂地香烟歇。主人待来终不来，火红销尽灰如雪。

【注释】①苏轼自注：“惠州追录。”

蔡景繁官舍小阁

使君不独东南美，典型尚记先君子。戏嘲王叟短辕车[1]，肯为徐郎书纸尾？三年弭节江湖上，千首放怀风月里。手开西阁坐虚明，目净东溪照清泚。素琴浊酒容一榻，落霞孤鹜供千里[2]。大舫何时系门柳？小诗屡欲书窗纸。文昌新构满鹓鸾[3]，都邑正喧收杞梓[4]。相逢一醉岂有命，南来寂寞君归矣。

【**注释**】①“戏嘲”句：《晋书》：“王导，字茂弘。妻曹氏，性妒，导甚惮之，乃密营别馆以处众妾。曹氏知，将往焉。导恐妾被辱，遽令命驾，犹恐迟之，以所执麈尾柄驱牛而进。蔡谟闻之，戏导曰：‘朝廷欲加公九锡。’导弗之觉，但谦退而已。谟曰：‘不闻余物，惟有短辕犊车，长柄麈尾。’”②落霞孤鹜：王勃《滕王阁序》：“落霞与孤鹜齐飞，秋水共长天一色。”③文昌：《唐书·百官志》：“光宅元年，改尚书省曰文昌台。”④“都邑”句：韩退之《送张道士》诗：“况当营都邑，杞梓用不疑。”

次韵王定国南迁回见寄

土晕铜花蚀秋水[1]，要须悍石相砻砥。十年冰蘖战膏粱[2]，万里烟波濯纨绮。归来诗思转清激，百丈空潭数鲂鲤。逝将桂浦撷兰荪，不记槐堂收剑履[3]。却思庾岭今何在，更说彭城真梦耳[4]。君知先竭是甘井[5]，我愿得全如苦李。妄心不复九回肠，至道终当三洗髓[6]。广陵阳羡何足较[7]？只有无何真我里[8]。乐全老子今禅伯[9]，掣电机锋不容拟。心通岂复问云何，印可聊须答如是[10]。相逢为我话留滞，桃花春涨孤舟起。

【注释】①秋水：喻剑。②冰蘖：以喻清苦。白乐天诗："三年为刺史，饮冰复食蘖。"③槐堂：定国家有三槐堂。④苏轼自注："来诗述彭城旧游。"⑤先竭是甘井：《庄子·山木》："直木先伐，甘井先竭。"⑥三洗髓：《太平广记》："东方朔元封中游鸿濛之泽，忽遇老母，采桑于白海之滨。俄有黄眉翁，指母以语朔曰：'昔为吾妻，托形于太白之精，今汝亦此星之精也。吾却食吞气，已九千余年，目中瞳子，皆有青光，能见幽隐之物，三千年一返骨洗髓，二千年一剥皮伐毛，吾生已三洗髓、五伐毛矣。'"⑦苏轼自注："余买田阳羡，来诗以为不如广陵。"⑧"只有"句：《庄子·应帝王》："出六极之外，而游无何有之乡。"⑨乐全：苏轼自注："谓张安道也，号乐全先生。定国，其婿也。"⑩印可：《维摩诘经》："能如是宴坐者，佛所印可。"

龟山辩才师

此生念念浮云改，寄语长淮今好在。故人宴坐虹梁南[①]，新河巧出龟山背[②]。木鱼呼客振林莽，铁凤横空飞彩绘[③]。忽惊堂宇变雄深，坐觉风雷生謦欬[④]。羡师游戏浮沤间，笑我荣枯弹指内[⑤]。尝茶看画亦不恶，问法求诗了无碍。千里孤帆又独来，五年一梦谁相对[⑥]。何当来世结香火，永与名山供井硙[⑦]。

【注释】①虹梁：如虹之梁。《元和郡县志》："宿州虹县，音贡。汉旧县，属沛郡，唐属泗州。县临汴河。"②龟山：《泗州图经》："龟山在盱眙县东北。……新河在龟山南。"③铁凤：庭中长竿。④謦欬(qǐng kài)：咳嗽。借指谈笑。⑤弹指：《维摩诘经》："度千百劫，犹如弹指。"⑥五年：苏轼自元丰己未过此，至是年甲子，已过五年。⑦井硙：《高僧传》："忍师问慧能曰：'汝作何功德？'能曰：'愿竭力抱石而舂，供众而已。'"

寄蕲簟与蒲传正[1]

兰溪美箭不成笛[2]，离离玉箸排霜脊。千沟万缕自生风，入手未开先惨慄[3]。公家列屋闲蛾眉，珠帘不动花阴移。雾帐银床初破睡，牙签玉局坐弹棋[4]。东坡病叟长羁旅，冻卧饥吟似饥鼠。倚赖春风洗破衾，一夜雪寒披故絮。火冷灯青谁复知，孤舟儿女自嚘咿。皇天何时反炎燠，愧此八尺黄琉璃。愿君净扫清香阁，卧听风漪声满榻[5]。习习还从两腋生，请公乘此朝阊阖[6]。

【注释】①蒲传正：名宗孟，阆州新井人。②兰溪：在蕲州蕲水县，产竹，本是笛材，而以之为蕲。③惨慄：《文选·古诗》："孟冬寒气至，北风何惨慄。"④弹棋：沈括《梦溪笔谈》云："《西京杂记》：汉元帝为弹棋之戏。有谱一卷，盖唐人所为。"⑤风漪：韩退之《郑群赠簟》诗："谁谓故人知我意，卷送八尺含风漪。"又云："携来当昼不得卧，一府传看黄琉璃。"⑥阊阖：天门。《汉书·司马相如传》："排阊阖，入帝宫。"

观杭州钤辖欧育刀剑战袍

青绫衲衫暖衬甲，红线勒帛光绕胁。秃襟小袖雕鹘盘，大刀长剑龙蛇柙。两军鼓噪屋瓦坠[1]，红尘白羽纷相杂。将军恩重此身轻，笑履锋铓如一插。书生只肯坐帷幄[2]，谈笑毫端弄生杀。叫呼击鼓催上竿，猛士应怜小儿黠[3]。试问黄河夜偷渡，掠面惊沙寒霎霎。何如大舰日高眠，一枕清风过苕霅。

【注释】①"两军"句：《后汉书·光武帝纪》："城中亦鼓噪而出，中外合势，震呼动天地。会大风，屋瓦皆飞。"②帷幄：谓军帐。③黠：聪慧、狡猾。韩退之诗:“鲁连细而黠。”

寄吴德仁兼简陈季常[1]

东坡先生无一钱,十年家火烧凡铅。黄金可成河可塞[2],只有霜鬓无由玄。龙丘居士亦可怜,谈空说有夜不眠。忽闻河东狮子吼,拄杖落手心茫然[3]。谁似濮阳公子贤,饮酒食肉自得仙。平生寓物不留物,在家学得忘家禅。门前罢亚十顷田,清溪绕屋花连天。溪堂醉卧呼不醒[4],落花如雪春风颠[5]。我游兰溪访清泉[6],已办布袜青行缠。稽山不是无贺老,我自兴尽回酒船。恨君不识颜平原[7],恨我不识元鲁山[8]。铜驼陌上会相见[9],握手一笑三千年。

【注释】①吴德仁:即吴瑛,字德仁,蕲春人,仕至虞部员外郎。②“黄金”句:《汉书·效祀志》:“栾大言:‘臣之师曰,黄金可成,而河决可塞,不死之药可得,仙人可致也。’”③狮子吼:佛说狮吼,皆喻法也。④溪堂:《名胜志》:“溪堂,在蕲州治南。”至和中,吴瑛隐居于此。⑤“落花”句:《吴大夫墓志》:“有薄田,临溪筑室,种花酿酒,家事一不问。宾客有至者,与之饮,必尽醉。公或醉卧花间,客去亦不问。”⑥兰溪:《苕溪渔隐丛话》载:“东坡云:‘黄州东南三十里为沙湖,予将置田其间,因往相田。得疾,闻庞安常善医,遂往求疗,与之同游清泉寺。’”⑦颜平原:《唐书》:“颜真卿为平原太守,安禄山反,河朔尽陷,唯真卿城守具备。玄宗闻之,喜曰:‘朕不识真卿何如人,所为乃若此!’”⑧元鲁山:《唐书》:“元德秀,字紫芝。为鲁山令。苏源明谓人曰:‘吾不幸生衰俗,所不耻者,识元紫芝也。’”⑨“铜驼陌”句:《太平寰宇记》:“洛阳铜驼街。”陆机《洛阳记》云:“汉铸铜驼二枚,在宫南四会号头,夹路相对。俗语曰:‘金马门外聚君贤,铜驼街上集少年。’言人物之盛也。”

题王逸少帖

颠张、醉素两秃翁[①]，追逐世好称书工。何曾梦见王与钟[②]，妄自粉饰欺盲聋[③]。有如市娼抹青红，妖歌嫚舞眩儿童。谢家夫人澹丰容，萧然自有林下风[④]。天门荡荡惊跳龙[⑤]，出林飞鸟一扫空[⑥]。为君草书续其终，待我他日不匆匆[⑦]。

【注释】①“颠张”句：颠张，张旭也。醉素，僧怀素也。两秃翁，一言无发，一言为僧削发。②王：王羲之也。钟：钟繇也。③“妄自”句：或谓颠张、醉素为书家魔道。④“谢家”二句：《世说新语·贤媛》：“谢遏绝重其姊，张玄常称其妹，欲以敌之。有济尼者，并游张、谢二家。人问其优劣，答曰：‘王夫人神情散朗，故有林下风气。顾家妇清心玉映，自是闺房之秀。’”王夫人，即谢道韫。⑤跳龙：梁武帝《书评》，谓王右军书字势雄强，如龙跳天门，虎卧凤阁。⑥飞鸟：《书评》：“张旭草书如惊蛇入草，飞鸟出林。”⑦“为君”二句：《书苑菁华》：“弘农张芝善草书，每书云，匆匆不暇草书。”

书林逋诗后

吴侬生长湖山曲，呼吸湖光饮山绿。不论世外隐君子，佣儿贩妇皆冰玉。先生可是绝俗人，神清骨冷无由俗[①]。我不识君曾梦见，瞳子瞭然光可烛[②]。遗篇妙字处处有[③]，步绕西湖看不足。诗如东野不言寒[④]，书似西台差少肉[⑤]。平生高节已难继，将死微言犹可录。自言不作封禅书[⑥]，更肯悲吟白头曲。我笑吴人不好事，好作祠堂傍修竹。不然配食水仙王，一盏寒泉荐秋菊[⑦]。

【注释】①神清骨冷：《晋书·卫玠传》：“叔宝神清骨冷。”②瞭然：明亮貌。皇甫湜《顾况集序》：“湜以童子见君扬州，眸子瞭然。”③“遗篇”句：《隆平集》：“林逋喜为诗，澄浃峭特多奇句。既就稿，辄弃之。好事者往往窃记，所传尚三百余首。”④东野：孟郊。苏轼《祭柳子玉文》尝言“郊寒岛瘦”。⑤西台：谓李建中。李尝分司御史台，故云。⑥苏轼自注：“逋临终诗云：‘茂陵他日求遗草，犹喜初无封禅书。’”⑦苏轼自注：“湖上有水仙王庙。”

云师无著自金陵来，见余广陵，且遗余《支遁鹰马图》。将归，以诗送之，且还其画

道人自嫌三世将[①]，弃家十年今始壮。玉骨犹含富贵余，漆瞳已照人天上[②]。去年相见古长干[③]，众中矫矫如翔鸾。今年过我竹西寺，病瘦已作霜松寒。朱颜不办供岁月，风中蒿火汤中雪。好问君家黄面翁，乞得摩尼照生灭[④]。莫学王郎与支遁，臂鹰走马怜神骏[⑤]。还君画图君自收，不如木人骑土牛[⑥]。

【注释】①三世将：《史记·王翦传》：“为将三世者必败，以其所杀伐多矣，其后受其不祥。”②漆瞳：《江左名士传》：“杜宏治目如点漆。”③长干：地名。在今江苏江宁县。④摩尼：《善信经》：“明月珠、摩尼珠，多在龙胸中。”⑤“臂鹰”句：《世说新语·言语》：“支道林常养数匹马，或言道人畜马不韵，支曰：‘贫道重其神骏。’”⑥“不如”句：谓画中鹰马，无所用之。

次韵答贾耘老

五年一梦南司州[①]，饥寒疾病为子忧。东来六月井无水，仰看

古堰横奔牛[②]。平生管鲍子知我[③]，今日陈蔡谁从丘[④]。夜航争路泥水涩，牵挽直欲来瓜洲。自言"嗜酒得风痺[⑤]，故乡不敢居温柔。空将泛爱救沟壑[⑥]，衰病不复从前乐。今年太守真卧龙[⑦]，笑语炎天出冰雹。时低九尺苍须髯，过我三间小池阁[⑧]。故人改观争来贺[⑨]，小儿不信犹疑错[⑩]。"为君置酒饮且哦，草间秋虫亦能歌[⑪]。可怜老骥真老矣，无心更秣天山禾[⑫]。

【注释】①南司州：即黄州。北齐武帝时于黄陂县置南司州。②奔牛：常州、润州之间有奔牛闸。③"平生"句：《史记·管晏列传》："管仲曰：'……生我者父母，知我者鲍子也。'"④"今日"句：孔子名丘，曾被困于陈、蔡。⑤"自言"句以下至"过我三间小池阁"句，皆代贾收语也。⑥"空将"句：杜甫《暮秋枉裴道州手札，率尔遣兴，寄近呈苏涣侍御》诗："虚名但蒙寒温问，泛爱不救沟壑辱。"⑦太守：谓滕元发。自此以下四句，乃代贾收述元发过访水阁。⑧小池阁：贾收所居，名浮辉阁。⑨故人：苏轼自谓。时苏轼已复朝奉郎，故曰"改观"。⑩"小儿"句：苏轼《与滕达道书》云："舍弟召命，盖虚传耳。凡此，皆追、过所未信也。"⑪"草间"句：谓即使不出仕，亦无妨于吟咏。⑫天山禾：韩愈《咏驽骥》诗："饥食玉山禾。"

送杨杰 并叙[①]

无为子尝奉使登太山绝顶，鸡一鸣，见日出。又尝以事过华山，重九日饮酒莲华峰上。今乃奉诏与高丽僧统游钱塘[②]，皆以王事而从方外之乐。善哉！未曾有也。作是诗以送之。

天门夜上宾出日[③]，万里红波半天赤。归来平地看跳丸，一点黄金铸秋橘[④]。太华峰头作重九，天风吹滟黄花酒。浩歌驰下腰带鞓[⑤]，醉舞崩崖一挥手。神游八极万缘虚，下视蚊雷隐污渠[⑥]。大千一息八十返，笑厉东海骑鲸鱼[⑦]。三韩王子西求法[⑧]，凿齿弥天两勍敌[⑨]。

过江风急浪如山，寄语舟人好看客。

【注释】①杨杰：字次公，无为（今安徽无为县）人，自号无为子。②高丽僧统：指高丽僧人义无。③天门：指泰山峰顶南天门。④“归来”二句：《抱朴子·微旨篇》：“始青之下，月与日两半，同升合成一。出彼玉池，入金室，大如弹丸，黄如橘。”⑤浩歌：放声高歌。腰带鞓：华山地名。⑥蚊雷：蚊群飞时所发出的巨大声音。⑦厉：河水深及腰部，可以涉过之处。《诗·卫风·有狐》：“有狐绥绥，在彼淇厉。”郑玄笺：“厉，深可厉之者。”亦指涉水。⑧三韩：汉时朝鲜南部有马韩、辰韩、弁韩，合称三韩，后以指朝鲜。⑨凿齿弥天：指东晋的习凿齿和道安和尚。道安和尚曾对习凿齿自称“弥天释道安”，习凿齿自称“四海习凿齿”以对之。此喻指杨杰和义天和尚。

再过超然台赠太守霍翔

昔饮雩泉别常山[①]，天寒岁在龙蛇间[②]。山中儿童拍手笑，问我西去何当还。十年不赴竹马约，扁舟独与渔蓑闲。重来父老喜我在，扶挈老幼相遮攀。当时襁褓皆七尺，而我安得留朱颜。问今太守为谁欤？护羌充国鬓未斑[③]。躬持牛酒劳行役，无复杞菊嘲寒悭[④]。超然置酒寻旧迹，尚有诗赋镵坚顽[⑤]。孤云落日在马耳，照耀金碧开烟鬟。郑淇自古北流水[⑥]，跳波下濑鸣玦环。愿公谈笑作石埭[⑦]，坐使城郭生溪湾。

【注释】①雩（yú）泉：泉名。在山东省诸城市西南常山上，宋熙宁八年，苏轼守密州，祷雨于此而应，故名。②龙蛇间：苏轼于熙宁九年十二月罢密州任，时正在丙辰、丁巳年之间，故称龙蛇间。③苏轼自注：“霍翔自言：在熙河作屯田有功。”护羌充国：西汉护羌校尉赵充国曾平定羌戎，以屯田御敌有功。此以赵充国喻霍翔，而霍翔方年盛，故曰“鬓未斑”。④“无复”句：苏轼曾作《后杞菊赋》：以讥其使库之俭陋。⑤镵坚顽：刻于石上。⑥郏淇：《水经注》："郏淇之水出西南常山，东北流注滩。滩自箕县北经东武县西北流，合郏淇之水。"⑦石埭：石筑的堤岸。

鳆鱼行

渐台人散长弓射，初啖鳆鱼人未识①。西陵衰老穗帐空，肯向北河亲馈食②。两雄一律盗汉家③，嗜好亦若肩相差。食每对之先太息，不因噎呕缘疮痂④。中间霸据关梁隔，一枚何啻千金直。百年南北鲑菜通，往往残余饱臧获⑤。东随海舶号倭螺，异方珍宝来更多。磨沙瀹沈成大胾⑥，剖蚌作脯分余波。君不闻蓬莱阁下驼碁岛⑦，八月边风备胡獠。船舶跋浪鼋鼍震，长镵⑧铲处崖谷倒。膳夫善治荐华堂，坐令雕俎生辉光。肉芝石耳⑨不足数，醋芼鱼皮真倚墙。中都贵人珍此味，糟浥油藏能远致⑩。割肥方厌万钱厨，决眥可醒千日醉⑪。三韩使者金鼎来，方奁馈送烦舆台。辽东太守远自献，临淄掾吏谁为材⑫。吾生东归收一斛，苞苴未肯钻华屋。分送羹材作眼明⑬，却取细书防老读⑭。

【注释】①渐台：汉王莽所筑高台，因建于大池中，故称。渐，浸也。《汉书·王莽传》：莽就车，之渐台，欲阻池水，犹抱持符命、威斗。军人入殿中，呼曰："反虏王莽安在？"有美人出房，曰："在渐台。"众兵追之，围数百重，台上亦弓弩与相射，稍稍落去。矢尽，无以复射，短兵接。又，初，莽忧懑不能食，饮酒，鳆鱼。鳆鱼：鲍鱼。②西陵：曹操墓田。操临终遗令施繐帐于铜雀台上，使宫人歌吹帐中，望吾西陵墓田。③两雄：指王莽、曹操。苏轼自注："莽、操皆嗜鳆鱼。"④疮痂：《宋书·刘穆之传》："邕所至嗜食疮痂，以为味似鳆鱼。"⑤臧获：古时对奴婢的贱称。⑥瀹（yuè）：浸渍。胾(zì)：切成大块的肉。⑦"君不闻"句：《方舆记》："蓬莱阁，在登州丹崖山驼碁岛。"⑧长镵(chán)：古代的一种掘土器。装上弯曲的长柄,用以掘土。⑨石耳:一名灵芝。⑩糟浥:《本草纲目》:吴越人以糟决明为美品。⑪决眥:指眼睛瞪得很大,似乎眼眶要裂开一样。⑫临淄掾吏:《后汉书·吴良传》:"齐国临淄人,为郡吏。太守曾赐良鳆鱼百枚。"⑬眼明:《本草纲目》:"鳆鱼,治青盲失精。"⑭细书:字体很小的书。

登州海市 并叙

予闻登州海市旧矣。父老云:尝出于春夏,今岁晚不复见矣。予到官五日而去,以不见为恨。祷于海神广德王之庙,明日见焉,乃作此诗[①]。

东方云海空复空,群仙出没空明中。荡摇浮世生万象,岂有贝阙藏珠宫。心知所见皆幻影,敢以耳目烦神工。岁寒水冷天地闭,为我起蛰鞭鱼龙[②]。重楼翠阜出霜晓[③],异事惊倒百岁翁。人间所得容力取,世外无物谁为雄。率然有请不我拒[④],信我人厄非天穷[⑤]。潮阳太守南迁归,喜见石廪堆祝融[⑥]。自言正直动山鬼,岂知造物哀龙钟。伸眉一笑岂易得[⑦],神之报汝亦已丰。斜阳万里孤鸟没,但见碧海磨青铜[⑧]。新诗绮语亦安用,相与变灭随东风。

【注释】①此诗作于元丰八年(1085)十月登州任上。②岁寒水冷:时在十月,已近岁暮,故称"岁寒水冷"。③阜(fù):山。④率然:轻举之貌。⑤人厄:人为的困苦、灾难。⑥石廪:山峰名。衡山五峰之一。因形似仓廪而得名。韩愈被贬潮阳,及归,有《谒衡岳庙遂宿岳寺题门楼》云:"须臾静扫众峰出,仰见突兀撑青空。紫盖连延接天柱,石廪腾掷堆祝融。"⑦伸眉:谓解脱愁苦。⑧"但见"句:言远望碧海如镜,与天相连。

送戴蒙赴成都玉局观[1]，将老焉

拾遗被酒行歌处[2]，野梅官柳西郊路[3]。闻道华阳版籍中[4]，至今尚有城南杜[5]。我欲归寻万里桥，水花风叶暮萧萧。芋魁径尺谁能尽，桤木三年已足烧[6]。百岁风狂定何有，羡君今作峨眉叟。纵未家生执戟郎[7]，也应世出埋轮守[8]。莫欺老病未归身，玉局他年第几人。会待子猷清兴发，还须雪夜去寻君[9]。

【注释】①玉局观：宋代著名的道观，在今四川成都市北。②拾遗：这里指杜甫，杜甫曾作左拾遗。被酒：为酒所醉。③“野梅”句：杜甫曾有《西郊》诗：“时出碧鸡坊，西郊向草堂。市桥官柳细，江路野梅香。”④版：户籍。⑤城南杜：城南姓杜之人。⑥“桤木”句：蜀人以桤木为薪，种之三年，即可作薪材。⑦执戟郎：指扬雄，成都郫人，执戟为郎。⑧埋轮守：东汉顺帝时，大将军梁冀专政，朝政腐败，汉安元年选派张纲等八人巡视全国，纠察吏治，余人皆受命之部，而纲独埋其车轮于洛阳都亭，曰：“豺狼当路，安问狐狸？”遂上书弹劾梁冀，揭露其罪恶，京都为之震动，后以“埋轮”为不畏权贵、直言正谏之典。⑨“会待”二句：晋王子猷曾雪夜兴发，忽忆戴安道，遂冒雪驾舟访戴。此以王子猷自比，以戴安道喻戴蒙，谓有朝一日将往成都访戴蒙。以此表达与戴的友情。

送陈睦知潭州

华清缥缈浮高栋[1]，上有缬林藏石瓮[2]。一杯此地初识君，千岩夜上同飞鞚[3]。君时年少面如玉，一饮百觚嫌未痛[4]。白鹿泉头山月出，寒光泼眼如流汞。朝元阁上酒醒时，卧听风銮鸣铁凤。旧游空在人何处，二十三年真一梦。我得生还雪髯满，君亦老嫌金带重。有如社燕与秋鸿[5]，相逢未稳还相送。洞庭青草渺无际，天柱紫盖森欲动。湖南万古一长嗟[6]，付与骚人发嘲弄。

【注释】①华清：长安骊山下的华清宫。高栋：这里指华清宫一带的宫殿。②缬林：秋季叶红，树林呈红色，故称。一般指枫林。③飞鞚：谓策马飞驰。④痛：这里指痛快、酣畅淋漓。⑤社燕：燕子春社时来，秋社时去，故称社燕。社燕、秋鸿，皆为候鸟，往返迁徙。古人常以此喻指仕宦生涯的飘泊不定。⑥"湖南"句：杜甫《祠南夕望》诗："湖南清绝地，万古一长嗟。"

用前韵答西掖诸公见和

双猊蟠础龙缠栋[1]，金井辘轳鸣晓瓮。小殿垂帘白玉钩，大宛立仗朱丝鞚[2]。风驭宾天云雨隔，孤臣忍泪肝肠痛。羡君意气风生座，落笔纵横盘走汞[3]。上樽日日泻黄封[4]，赐茗时时开小凤[5]。闭门怜我老太玄，给札看君赋云梦。金奏不知江海眩[6]，木瓜屡费瑶琼重[7]。岂惟蹇步苦追攀，已觉侍史疲奔送。春还宫柳腰支活[8]，水入御沟鳞甲动。借君妙语发春容[9]，顾我风琴不成弄。

【注释】①"双猊"句：描写禁殿的柱础和梁栋。②鞚(kòng)：马笼头。③盘走汞：犹盘中走丸，丸之走盘，横斜圆直，计于临时。④上樽：赐上樽酒。泻：撕，破。黄封：指黄封印。黄纸或黄绢所制的皇家封条。用于封酒坛。⑤小凤：又"小凤团""小团"，宋代作为贡品的精制茶叶，以模压成凤纹，故名。⑥金奏：敲击钟镈以奏乐。常用以指庙堂音乐。⑦瑶琼：《诗·卫风·木瓜》："投我以木瓜，报之以琼琚。"⑧腰支活：形容柳枝袅袅拂动如女子腰肢。支，肢。⑨春容：声音悠扬洪亮。

送表弟程六知楚州

炯炯明珠照双璧，当年三老苏、程、石[①]。里人下道避鸠杖[②]，刺史迎门倒凫舄[③]。我时与子皆儿童，狂走从人觅梨栗。健如黄犊不可恃，隙过白驹那暇惜。醴泉寺古垂橘柚[④]，石头山高暗松栎。诸孙相逢万里外，一笑未解千忧集。子方得郡古山阳，老手生风谢刀笔。我正含毫紫微阁[⑤]，病眼昏花困书檄。莫教印绶系余年，去扫坟墓当有日。功成头白早归来，共藉梨花作寒食。

【注释】①苏、程、石：苏指苏轼的祖父苏序，程指苏轼外祖程文应，即程六之祖。石指石昌言之父，苏轼曾作《跋老苏送石昌言北使文》。昌言名扬休，善为诗，有名当时。②鸠杖：杖头刻有鸠形的拐杖。应劭《风俗通》云："此鸠杖常赐于老者。"③凫舄(xì)：传说东汉明帝时叶县令王乔有神术，尝化两舄为双凫，乘之至京师。后因专用为县令的舄。倒凫舄：倒屣相迎。④醴泉：眉州山名。⑤紫微阁：指翰林院。苏轼时为翰林学士。

送王伯敭守虢

华山东麓秦遗民，当时依山来避秦。至今风俗含古意，柔桑绿水招行人。行人掉臂不回首，争入崤函土囊口[①]。惟有使君千里来，欲饮三堂无事酒[②]。三堂本来一事无，日长睡起闻投壶。床头砚石开云月[③]，涧底松根斸雪腴。山棚盗散人安寝[④]，劝买耕牛发陈廪。归来只作水衡卿[⑤]，我欲携壶就君饮。

【注释】①崤函：崤山和函谷关，自古为险要的关隘。函谷东起崤山，故以并称。②三堂：唐虢州（今河南灵宝南）刺史宅中庭园名。以屡经文士题咏而著名。③“床头”句：虢地出月石砚屏并茯苓。④山棚：唐代东都西南山区的民户。以射猎为生，无定居，俗称山棚。⑤水衡卿：即水衡都尉，官名。

武昌西山 并叙

嘉祐中，翰林学士承旨邓公圣求[1]为武昌令。常游寒溪西山，山中人至今能言之。轼谪居黄冈，与武昌相望，亦常往来溪山间。元祐元年十一月二十九日，考试馆职，与圣求会宿玉堂，偶话旧事。圣求尝作《元次山洼尊铭》刻之岩石。因为此诗，请圣求同赋。当以遗邑人，使刻之铭侧。

春江渌涨蒲萄醅[2]，武昌官柳知谁栽。忆从樊口载春酒，步上西山寻野梅。西山一上十五里，风驾两腋飞崔嵬[3]。同游困卧九曲岭，褰衣独到吴王台[4]。中原北望在何许，但见落日低黄埃。归来解剑亭前路[5]，苍崖半入云涛堆。浪翁醉处今尚在[6]，石臼抔饮无樽罍[7]。尔来古意谁复嗣，公有妙语留山隈。至今好事除草棘，常恐野火烧苍苔。当时相望不可见，玉堂正对金銮开[8]。岂知白首同夜直，卧看椽烛高花摧。江边晓梦忽惊断，铜环玉锁鸣春雷。山人帐空猿鹤怨，江湖水生鸿雁来[9]。请公作诗寄父老，往和万壑松风哀。

【注释】①邓公：指邓润甫，字温伯，建昌人。后改字圣求。②蒲萄醅：葡萄酒。此指春江水碧，春色醉人，有如葡萄美酒。③崔嵬：山顶。《诗·小雅·谷风》：“习习谷风，维山崔嵬。”毛传：“崔嵬，山巅也。”④褰(qiān)衣：用手提起衣。⑤解剑亭：在今武昌。⑥浪翁：本为唐元结文中杜撰之名，后人亦用之指元结。⑦樽罍：樽与罍皆盛酒器，罍似坛，亦指饮酒。⑧玉堂：官署名。汉侍中有玉堂署，宋以后翰林院亦称玉堂。⑨“山人”二句：谓如今自己和邓圣求二人均已离开武昌西山，西山空有当年的鸿雁往来、猿鹤啼鸣。

西山诗和者三十余人，再用前韵为谢

朱颜发过如春醅[①]，胸中梨枣初未栽。丹砂未易扫白发，赤松却欲参黄梅。寒溪本自远公社[②]，白莲翠竹依崔嵬。当时石泉照金像，神光夜发如五台[③]。饮泉鉴面得真意，坐视万物皆浮埃。欲收暮景返田里，远溯江水穷离堆[④]。还朝岂独羞老病，自叹才尽倾空罍。诸公渠渠若夏屋[⑤]，吞吐风月清隅隈[⑥]。我如废井久不食，古甃缺落生阴苔。数诗往复相感发，汲新除旧寒光开。遥知二月春江阔，雪浪倒卷云峰摧。石中无声水亦静，云何解转空山雷[⑦]。欲就诸公评此语，要识忧喜何从来。愿求南宗一勺水[⑧]，往与屈、贾湔余哀[⑨]。

【注释】①春醅：犹春醁。唐人之酒多以“春”命名。故以“春醁”泛指美酒。这里意为饮美酒。②远公社：指慧远在庐山所结的白莲社。③“当时”二句：陈舜俞《庐山记》：“晋陶侃为广州刺史，海滨渔人，常见夜有光焰，网之，得金文殊菩萨像，以送武昌寒溪寺。”五台：五台山为文殊之佛山，此以五台代指文殊。④离堆：《汉书·沟洫志》：“蜀守李冰凿离堆，避沫水之害，穿二江成都中。”⑤渠渠若夏屋：《诗·秦风·权舆》：“于我乎！夏屋渠渠。”夏屋：大屋。渠渠：形容宽阔。⑥隅隈：角落和弯曲之处。⑦苏轼自注：“韦应物诗：水性本云静，石中固无声。如何两相激，雷转空山惊。”⑧南宗：我国佛教禅宗中的一个派别。佛教禅宗自五祖弘忍之后，分为南北二宗：南宗为六祖慧能所创，主张“顿悟说”，行于南方；北宗为神秀所创，主张“渐悟说”，行于北方。⑨屈、贾：屈指屈原，贾指贾谊。湔(jiān)：洗雪，清除。

虢国夫人夜游图

佳人自鞚玉花骢，翩如惊燕蹋飞龙。金鞭争道宝钗落，何人先入明光宫。宫中羯鼓催花柳[1]，玉奴弦索花奴手。坐中八姨真贵人[2]，走马来看不动尘。明眸皓齿谁复见，只有丹青余泪痕。人间俯仰成今古，吴公台下雷塘路[3]。当时亦笑张丽华，不知门外韩擒虎。

【注释】①羯鼓：《羯鼓录》："明皇酷不好琴，尝听弹琴，未及毕，叱琴者出，曰：'召花奴将羯鼓来，为我解秽。'"②八姨：指秦国夫人。③吴公台：扬州吴公台，以陈将吴明澈得名，在江都县西。雷塘在县东北十里。炀帝初葬吴公台下，唐平江南，改葬雷塘。

赵令晏崔白大图幅径三丈[1]

扶桑大茧如瓮盎[2]，天女织绡云汉上。往来不遣凤衔梭，谁能鼓臂投三丈[3]。人间刀尺不敢裁，丹青付与濠梁崔[4]。风蒲半折寒雁起，竹间的皪横江梅[5]。画堂粉壁翻云幕[6]，十里江天无处著。好卧元龙百尺楼[7]，笑看江水拍天流[8]。

【注释】①崔白：字子西，濠梁人，工画花竹翎毛。②盎(àng)：盆类盛器。大腹而敛口。③鼓臂：犹振臂。"往来"二句谓织成如此大幅绢绡，只能凭凤衔梭，不能凭人力。④濠梁崔：指崔白。⑤的皪(lì)：光亮、鲜明貌。⑥云幕：汉成帝所造宫名。⑦元龙百尺楼：《三国志·魏志·陈登传》："(刘备)曰：'君(许汜)求田问舍，言无可采，是元龙所讳也，何缘当与君语？如小人，欲卧百尺楼上，卧君于地，何但上下床之间邪？'"后借指抒发壮怀的登临处。⑧江水拍天流：刘禹锡《竹枝词》："蜀江春水拍山流。"

次韵三舍人省上[1]

纷纷荣瘁何能久[2]，云雨从来翻覆手[3]。恍如一梦堕枕中，却见三贤起江右[4]。嗟君妙质皆瑚琏[5]，顾我虚名但箕斗[6]。明朝冠盖蔚相望，共扈翠辇朝宣光[7]。武皇已老白云乡，正与群帝骖龙翔，独留杞梓扶明堂[8]。

【注释】①苏轼自注："三月二十九日作。明日，驾幸景灵宫。"三舍人：指曾任中书舍人的刘攽、曾肇、孔文仲。省：中书省。三人曾在中省书作唱和诗。苏轼此诗次其韵。②荣瘁：犹盛衰。③"云雨"句：杜甫《贫交行》："翻手作云覆作雨。"因用云雨比喻人情世态反覆无常。④三贤：指刘、曾、孔三人。江右：江西。苏轼自注："曾子开、刘贡父、孔经父，皆江西人。"⑤瑚琏：瑚、琏皆宗庙礼器，用以比喻治国安邦之才。《论语·公治长》："子贡问曰：'赐也何如？'子曰：'女器也。'曰：'何器也？'曰：'瑚琏也。'"⑥箕斗：二星名。即箕宿与斗宿。《诗·小雅·大东》："维南有箕，不可以播扬；维北有斗，不可以挹酒浆。"后因以"箕斗"比喻虚有其名。⑦扈：随从，护卫。宣光：指供奉宋神宗的宣光殿。⑧杞梓：杞和梓。两木皆良材。这里比喻优秀人才。

偶与客饮，孔常父见访。方设席延请，忽上马驰去，已而有诗，戏用其韵答之

扬雄他文不皆奇，独称观瓶居井眉[1]。酒客法士两小儿，陈遵、张竦何曾知[2]。主人有酒君独辞，蟹螯何不左手持。岂复见吾衡气机[3]，遣人追君君绝驰。尽力去花君自痴，醍醐与酒同一卮[4]，请君更问文殊师[5]。

【注释】①观瓶居井眉：语本扬雄《酒箴》："子犹瓶矣。观瓶之居，居井之眉。处高临深，动而近危。"井眉，亦作井湄，井口的边沿。②法士：指崇尚礼法之士。《汉书·陈遵传》："遵与张竦，俱以列侯归长安。竦居贫，无宾客，时时好事者从之论道经书，而遵车骑满门。扬雄作《酒箴》，

曰:‘子犹瓶矣。观瓶之居,居井之眉。自用如此,不如鸱夷。’遵大喜之,谓竦曰:‘吾与尔犹是。’”③衡气机:谓气度持平的机兆。④醍醐:原为从酥酪中提取出的油,这里是佛教用语,比喻佛性。⑤文殊师:佛教菩萨名。文殊师利或曼殊室利的省称。意译为“妙吉祥”“妙德”等。

送宋构朝散知彭州迎侍二亲[①]

东来谁迎使君车,知是丈人屋上乌[②]。丈人今年二毛初[③],登楼上马不用扶。使君负弩为前驱,蜀人不复谈相如[④]。老幼化服[⑤]一事无,有鞭不施安用蒲。春波如天涨平湖,鞓红照坐香生肤[⑥]。桊韝上寿白玉壶[⑦],公堂登歌《凤将雏》[⑧]。诸孙欢笑争挽须,蜀人画作西湖图。

【注释】①宋构:字承之,成都人。朝散:朝散大夫、朝散郎的省称。②丈人屋上乌:杜甫《奉赠射洪李四丈明府》诗:“丈人屋上乌,人好乌亦好。”③二毛初:谓头白有二色。④“使君”二句:《汉书·司马相如传》:“司马相如为中郎将,使西南夷。至蜀,太守以下郊迎,县令负弩先驱,蜀人以为宠。”此言宋朝散迎二亲,为之负弩前驱,言其父母之荣耀。⑤化服:感化顺服。⑥鞓(tīng)红:牡丹的一种。⑦桊韝(juǎn gōu):卷束衣袖并加臂套。⑧公堂:原为古代君主的厅堂,这里泛指一般厅堂。

郭熙画秋山平远[①]

玉堂昼掩春日闲[②],中有郭熙画春山[③]。鸣鸠乳燕初睡起,白波青嶂非人间。离离短幅开平远[④],漠漠疏林寄秋晚[⑤]。恰似江南送客时,中流回头望云巘[⑥]。伊川佚老鬓如霜[⑦],卧看秋山思洛阳。为君纸尾作行草，炯如嵩洛浮秋光[8]。我从公游如一日，不觉青山映黄发。为画龙门八节滩[9]，待向伊川买泉石。

【注释】①苏轼自注："文潞公为跋尾。"②玉堂：官署名。汉侍中有玉堂署，宋以后翰林院亦称玉堂。③郭熙：河阳人，工画山水寒林。曾作《春江晚景图》。④平远：山水画的一种取景方法，自近山望远山，意境绵邈旷远。郭熙曾说："山有三远：自山下而仰山颠，谓之'高远'；自山前而窥山后，谓之'深远'；自近山而望远山，谓之'平远'。"⑤漠漠：广阔貌。⑥巘(yǎn)：山，山顶。⑦伊川佚老：指文潞公。⑧嵩洛：嵩山、洛水。⑨八节滩：在今河南洛阳市附近。唐白居易《开龙门八节石滩诗序》："东都龙门潭之南，有八节滩、九峭石。"

赠李道士 并叙

驾部员外郎李君宗固，景祐中良吏也。守汉州。有道士尹可元，精练善画，以遗火得罪[1]，当死。君缓其狱，会赦，获免。时可元年八十一，自誓且死，必为李氏子以报。可元既死二十余年，而君子世昌之妇，梦可元入其室，生子曰得柔，小名蜀孙。幼而善画。既长，读《庄》《老》，喜之，遂为道士，赐号妙应。事母以孝谨闻。其写真，盖妙绝一时云。

世人只数曹将军[2]，谁知虎头非痴人[3]。腰间大羽何足道[4]，颊上三毛自有神[5]。平生狎侮诸公子[6]，戏著幼舆岩石里[7]。故教世世作黄冠[8]，布袜青鞋弄云水。千年鼻祖守关门，一念还为李耳孙[9]。香火旧缘何日尽，丹青余习至今存。五十之年初过二，衰颜记我今如此。他时要指集贤人，知是香山老居士[10]。

【注释】①遗火：失火。②曹将军：指曹霸，魏曹髦之后，髦画称于后代，霸在开元中，已得名，每诏画御马及功臣像，官至左武卫将军。③虎头：指顾恺之，字长康，小字虎头，丹青传写，莫不妙绝。人称顾恺之为痴绝。④大羽：即大羽箭，一种四羽长箭。杜甫曾写诗赠曹霸，有“大羽箭”之语。⑤三毛：顾恺之为裴叔则作画，颊上益三毛，更传裴叔则其人神韵。⑥狎侮：轻慢侮弄。⑦“戏著”句：顾恺之画谢幼舆在岩石里，人问其故，顾曰：“谢云一丘一壑，自谓过之，此子宜置丘壑中。”⑧黄冠：道士之冠。⑨千年鼻祖：指尹喜。李耳：指老聃。《史记·老子传》：“姓李氏，名耳。为周守藏室史，周衰，遂去。至关，关令尹喜，强令著书。”诗序谓李道士前生亦姓尹，后为李氏生，而皆为道士，故用尹喜、李耳事。⑩集贤：集贤殿书院的省称。香山老居士：指白居易。白居易曾写诗云：“昔作少学士，图形入集贤。今为老居士，写貌寄香山。”

次韵米黻二王书跋尾[1]

其一

三馆曝书防蠹毁[2]，得见《来禽》与《青李》。秋蛇春蚓久相杂，野鹜家鸡定谁美。玉函金篇天上来[3]，紫衣敕使亲临启。纷纶过眼未易识，磊落挂壁空云委[4]。归来妙意独追求，坐想蓬山二十秋。怪君何处得此本，上有桓玄寒具油[5]。巧偷豪夺古来有，一笑谁似痴虎头[6]。君不见长安永宁里，王家破垣谁复修[7]。

【注释】①米黻：襄阳人，字元章。善书画。二王：王羲之、王献之。②三馆：唐有弘文（亦称昭文）、集贤、史馆三馆。负责藏书、校书、修史等事项。宋因之，三馆合一，并在崇文院中。③玉函：玉制的匣子。金篇：镶金的管乐器。④云委：如云之委积。极言其多。⑤寒具：《续晋阳秋》：“桓玄好蓄法书名画，客至，常出而观。客食寒具，油污其画，后遂不设寒具。”⑥“巧偷”二句：顾恺之尝以一厨画糊题其前，寄桓玄。玄发其厨，后窃取，恺之见封题如初，但失其画，直云妙画通灵，变化而去，亦犹人之登仙，了无怪色。痴虎头：指顾恺之。⑦“君不见”二句：《唐书·王涯传》：“李训败，涯就诛。涯居永宁里，前世名书画，凿垣纳之，重复秘固，至是为人破垣，剔取奁轴金玉，而弃其书画于道。”

其二

元章作书日千纸，平生自苦谁与美。画地为饼未必似，要令痴儿出馋水。锦囊玉轴来无趾[1]，粲然夺真疑圣智[2]。忍饥看书泪如洗，至今鲁公余《乞米》[3]。

【注释】①趾：踪迹。②“粲然”句：《韵语阳秋》：米元章书画奇绝，从人借古本，自临拓。临竟，并与临本真本还其家，令自择其一，而其家不能辨也。③《乞米》：即《乞米帖》。唐颜真卿向李太保借米的信。后戏称向人借货的书牍。

九月十五日，迩英讲《论语》，终篇，赐执政讲读史官燕于东宫。又遣中使就赐御书诗各一首。臣轼得《紫薇花》绝句，其词云：“丝纶阁下文书静，钟鼓楼中刻漏长。独坐黄昏谁是伴，紫薇花对紫薇郎。”翼日，各以表谢，又进诗一篇。臣轼诗云[1]

绣裳画衮云垂地[2]，不作成王剪桐戏[3]。日高黄伞下西清[4]，风动槐龙舞交翠[5]。壁中蠹简今千年，漆书科斗光射天[6]。诸儒不复忧吻燥，东宫赐酒如流泉。酒酣复拜千金赐，一纸惊鸾回凤字[7]。苍颜白发便生光，袖有骊珠三十四[8]。归来车马已喧阗，争看银钩墨色鲜。人间一日传万口，喜见云章第一篇[9]。玉堂画掩文书静，铃索不摇钟漏永。莫言弄笔数行书，须信时平由主圣。犬羊散尽沙漠空，捷烽夜到甘泉宫[⑩]。似闻指挥筑上郡，已觉谈笑无西戎[⑪]。文思天子师文母[⑫]，终闭玉关辞马武[⑬]。小臣愿对紫薇花，试草尺书招赞普[⑭]。

【注释】①迩英："迩英阁"的省称，宋代禁苑宫殿名。取亲近英才之义。《紫薇花》绝句：唐白居易所作。丝纶阁：古代撰拟朝廷诏令的地方。②绣裳：彩色下衣。古代官员的礼服。③"不作"句：《吕氏春秋》："成王与叔虞燕居，援桐叶以剪珪，曰：'以此封汝。'周公曰：'天子无戏言。'遂封叔虞于唐焉。"④西清：西厢清闲之处。⑤苏轼自注："迩英阁前有双槐，樛枝属地，如龙形。"⑥漆书：用漆书写的竹木简。科斗：指科斗文字，我国古代字体之一。以其笔划头圆大、尾细长、状似蝌蚪而得名。⑦惊鸾回凤：形容哲宗所赐书字体优美飘逸。⑧苏轼自注："臣所赐诗并题目及臣姓名，凡三十四字。"⑨苏轼自注："上前此，未尝以御书赐群臣。"⑩甘泉宫：汉代宫殿名。故址在今陕西淳化甘泉山。⑪苏轼自注："时熙河新获鬼章。是日，泾原复奏，夏贼数十万人皆遁去。"⑫文思：指才智与道德。古代专用以称颂帝王。文母：言太皇太后。《后汉书·臧宫传》："时匈奴饥疫，宫与杨虚侯马武上书，愿得五千骑兵以立功，诏辞不许。"⑬苏轼自注："谨案，唐制：翰林学士带知制诰，许缀中书舍人班。今臣以知制诰待罪禁林，故得以紫薇为故事。"⑭赞普：吐蕃君号。

上韩持国

韩氏三虎秉枢极[①]，中有一虎似伟节[②]。端居隐几学无心[③]，夙驾入朝常正色。犯时独行太崀嵑[④]，回天不忌真药石[⑤]。辇致归来荷二圣，推排[⑥]使至有众力。吾侪小人但饱饭，不有君子何能国[⑦]？西湖醉卧春水船，如何为人作丰年[⑧]。

【注释】①韩氏三虎：韩维，字持国。其兄韩绛，字子华。弟韩缜，字玉汝。先后同在枢府。②伟节：指汉贾彪。贾彪字伟节，颍川定陵人。彪兄弟三人，并有高名，而彪最优，故天下称曰：贾氏三虎，伟节最怒。③隐几：靠着几案，伏在几案上。④崀嵋：盘曲貌。⑤回天：指有挽救危难、纠正错误的政治魄力。药石：指谏言如草药砭石。⑥推排：排斥，排挤。⑦国：此用为动词，治国。⑧丰年：丰年玉。《世说新语·赏誉》："世称庾文康为丰年玉。"后多用以比喻可贵的人才。

送乔仝寄贺君六首 并叙

旧闻靖长官、贺水部，皆唐末五代人，得道不死。章圣皇帝东封[①]，有谒于道左者，其谒云：晋水部员外郎贺亢。再拜而去，上不知也。已而阅谒，见之，大惊，物色求之，不可得。天圣初，又使其弟子喻澄者诣阙进佛道像，直数千万。张公安道与澄游，具得其事。又有乔仝者，少得大风疾，几死。贺使学道，今年八十，益壮盛。人无复见贺者，而仝数见之。元祐二年十二月，仝来京师十许日。余留之，不可，曰：贺以上元期我于蒙山。又曰：吾师尝游密州，识君于常山道上，意若喜君者。作是诗以送之，且作五绝句以寄贺[②]。

君年二十美且都[③]，初得恶疾堕眉须。红颜白发惊妻孥[④]，览镜自嫌欲弃躯。结茅穷山啖松腴[⑤]，路逢逃秦博士卢[⑥]。方瞳照野清而癯[⑦]，再拜未起烦一呼。觉知此身了非吾，炯然莲花出泥涂。随师东游渡潍邦[⑧]，山头见我两轮朱。岂知仙人混屠沽[⑨]，尔来八十胸垂胡。上山如飞嗔人扶，东归有约不敢渝[⑩]。新年当参老仙儒，秋风西来下双凫，得枣如瓜分我无[⑪]？

【注释】①章圣皇帝：即宋真宗。东封：指宋真宗大中祥符年间封禅泰山。②其余五首绝句见本书七绝部分。③君：指乔仝。都：优美貌。④妻孥：妻和儿女。⑤松腴：松脂，学仙之人认为常服松脂可以长生。⑥"路逢"句：《列仙传》："卢敖，秦始皇召以为博士，使求神仙。一去而不返。"⑦方瞳：方目。⑧苏轼自注："潍、郏，密州二水名。"⑨屠沽：宰牲和卖酒。泛指职业微贱的人。⑩渝：错过。⑪枣如瓜：《史记·封禅书》："李少君曰：尝游海上，见安期生，食臣枣，大如瓜。"

次韵黄鲁直画马试院中作

少年鞍马勤远行，卧闻龁草风雨声[①]，见此忽思短策横[②]。十年髀肉磨欲透[③]，那更陪君作诗瘦[④]，不如芋魁归饭豆。门前欲嘶御史骢[⑤]，诏恩三日休老翁[⑥]，羡君怀中双橘红[⑦]。

【注释】①龁草风雨声：指马吃草时发出的声音很像风雨之声。②短策：短马鞭。③髀肉：大腿上的肉。骑马的人，大腿常会磨烂。④作诗瘦：崔浩爱吟咏，一日病起，友人戏之曰："非子病如此，乃子苦吟诗瘦也。"后遂为口实。⑤欲嘶御史骢：黄庭坚《题太学试院》云："是日，待御史日晏不来。盖奏号之后，必待御史至，然后拆卷，故云。"⑥诏恩三日：旧制，省试官出院，给假三日。⑦"羡君"句：苏轼自注："黄有老母。"《三国志·吴志》："陆绩年六岁，见袁术。术出橘，绩怀三枚去。拜辞堕地，术谓曰：'陆郎作宾客而怀橘乎？'答曰：'欲归老母。'术大奇之。"

余与李廌方叔相知久矣，领贡举事，而李不得第，愧甚，作诗送之[①]

与君相从非一日，笔势翩翩疑可识[②]。平生谩说古战场，过眼终迷日五色[③]。我惭不出君大笑，行止皆天子何责。青袍白纻五千人[④]，知子无怨亦无德。买羊酤酒谢玉川[⑤]，为我醉倒春风前。归家但草凌云赋，我相夫子非癯仙[⑥]。

【注释】①李廌：字方叔。领贡举：指主持科举考试。②“笔势”句：苏轼《与李方叔书》谓李方叔“笔势翩翩，有可以追古作者之道”。③终迷日五色：《唐摭言》：“李缪公贞元中试《日有五色赋》，其破题曰：德动天鉴，祥开日华。翼日，无名。杨于陵不平，携之以诣主文，曰：‘当今场中，若有此赋，侍郎何以待之？’主文曰：‘非状元不可也。’于陵曰：‘苟如此，侍郎已遗贤矣。’主文因致谢，于凌请擢为状元。”④白纻：白衣。古代士人未得功名时所穿衣服。⑤玉川：本为井名。在河南济源县泷水北。唐卢仝喜饮茶，尝汲井泉煎著，因自号“玉川子”。后世诗文中常以“玉川”代称茶。⑥癯(qú)仙：隐居山泽的术士。

噶石庵戏赠湛庵主[1]

保康桥上夜观灯[2]，喝石岩前夏饮冰。莫把山林笑朝市，老夫手里有乌藤。

【注释】①苏轼自注：“湛，相国寺僧也。”②保康桥：在今开封市。

戏用晁补之韵

昔我尝陪醉翁醉，今君但吟诗老诗[1]。清诗咀嚼那得饱，瘦竹潇洒令人饥。试问凤凰饥食竹[2]，何如驽马肥苜蓿。知君忍饥空诵诗，口颊澜翻如布谷。

【注释】①醉翁：指欧阳修。诗老：指梅圣俞。②“试问”句：《庄子·秋水篇》：“鹓鶵非梧桐不止，非练实不食。”鹓鶵(yuān chú)，传说中鸾凤一类的鸟。练实，竹实。

和张耒高丽松扇[①]

可怜堂堂十八公[②]，老死不入明光宫。万牛不来难自献，裁作团团手中扇。屈身蒙垢君一洗，挂名君家诗集里。犹胜汉宫悲婕妤[③]，网虫不见乘鸾子。

【注释】①张耒：楚州淮阴人。从苏辙学，轼亦深知之。高丽松扇：《高丽图经》云："松扇，取松之柔条，细削成缕，捶压成线，而后织成。"②十八公：即"松"，指高丽松扇。③婕妤：即班婕妤，汉成帝妃。相传失宠后，曾作《团扇诗》，借秋扇的遭际比况自己的不幸。

戏书李伯时画御马好头赤[①]

山西战马饥无肉，夜嚼长秸如嚼竹。蹄间三丈是徐行，不信天山有坑谷。岂如厩马好头赤，立仗归来卧斜日。莫教优孟卜葬地，厚衣薪槱入铜历[②]。

【注释】①好头赤：良马名。李伯时《天马跋》："……秦马好头赤，九岁，四尺六寸。"②"莫教"二句：《史记·滑稽列传》：楚庄王有爱马，病肥死，欲以大夫礼葬之，左右争之，以为不可。王下令曰："敢以马谏者，罪至死。"优孟闻之，入殿门大哭，王惊问其故。优孟曰："以大夫礼葬之薄，请以人君礼葬之。"王曰："寡人之过，一至此乎？为之奈何？"优孟曰："请为大王六畜葬之，以垅为椁，铜历为棺。赍以姜枣，荐以木兰，祭以粮稻，衣以火光，葬之于人腹肠。"于是王乃使以马属太官。槱(yǒu)：聚集木柴以备燃烧。

庆源宣义王丈，以累举得官，为洪雅主薄，雅州户掾。遇吏民如家人，人安乐之。既谢事，居眉之青神瑞草桥，放怀自得。有书来求红带。既以遗之，且作诗为戏，请黄鲁直、秦少游各为赋一首，为老人光华[1]

青衫半作霜叶枯[2]，遇民如儿吏如奴。吏民莫作官长看，我是识字耕田夫。妻啼儿号刺史怒，时有野人来挽须[3]。拂衣自注下下考[4]，芋魁饭豆吾岂无[5]。归来瑞草桥边路，独游还佩平生壶。慈姥岩前自唤渡，青衣江畔人争扶。今年蚕市数州集，中有遗民怀袴襦[6]。邑中之黔相指似[7]，白髯红带老不癯。我欲西归卜邻舍，隔墙拊掌容歌呼。不学山、王乘驷马[8]，回头空指黄公垆[9]。

【注释】①庆源：东坡之叔丈人，初名群，字子众。宣义：宣义郎的省称。王群当时任宣义郎一职。青神：汉南安县地，后周置青神县。昔蚕农氏衣青衣以劝农桑，县盖取此为名。②青衫：唐制，文官八品、九品服以青。故称低级官吏为青衫。③野人：山野之人。此指道士一类的出家人。④下下考：官吏考核评级若干等，下下为最末一等，唐阳城在官吏考核时曾自我鉴定为"考下下"。此以阳城喻王群。⑤芋魁饭豆：喻食物粗劣。⑥袴襦：《后汉书·廉范传》："迁蜀郡太守……百姓为便，乃歌之曰：'廉叔度，来何暮，不禁火，民安作，平生无襦今无袴。'"后遂以"袴襦"指地方官吏的善政。⑦邑中之黔：《左传·襄公十七年》："宋皇国父为太宰，为平公筑台，妨于农收，子罕请俟农功之毕，公弗许。筑者讴曰：'泽门之皙，实兴我役，邑中之黔，实慰我心。'"后因以"邑中之黔"为恤民循吏的典故。⑧山、王：指竹林七贤中的山涛、王戎，以贵显被黜。⑨黄公垆：《世说新语》："王戎为尚书令，著公服，乘轺车，经黄公酒垆。"

次前韵送程六表弟

君家兄弟真连璧，门十朱轮家万石[①]。竹使犹分刺史符[②]，上方行赐尚书舄[③]。前年持节发仓廪，到处卖刀收茧栗[④]。归来闭口不论功，却走渡江谁复惜。君才不用如涧松[⑤]，我老得全犹社栎[⑥]。青衫莫厌百僚底[⑦]，白首上有千薪积[⑧]。忆昔江湖一钓舟，无数云山供点笔[⑨]。未应便障西风扇，只恐先移北山檄。凭君寄谢江南叟，念我空见长安日。浮江溯蜀有成言[⑩]，江水在此吾不食[⑪]。

【注释】①朱轮：古代王侯显贵所乘的车子。因用朱红漆轮，故称。②竹使：即竹使符，汉时竹制的信符。右留京师，左与郡国。凡发兵用铜虎符，其作征调用竹使符。③舄(xì)：古代一种以木为复底的鞋。④茧栗：形容牛角初生之状。言其形甚小，如茧似栗，亦借指牛犊。⑤涧松：涧谷底部的松树，多喻德才高而官位卑的人。⑥社栎：《庄子·人间世》："匠石之齐，至于曲辕。见栎社树，其大蔽牛，絜之百围，匠石不顾。……"后以"社栎"谓里中不材之木。喻无所可用。⑦百僚：百官。⑧千薪积：《汉书·汲黯传》："陛下用群臣，如积薪耳，后来者居上。"故用"千薪积"喻选用人才后来居上。⑨点笔：犹染翰。⑩成言：订约。⑪食：食言。《晋书》：桓玄曰："江水在此，朕不食言。"

书《黄庭内景经》尾 并叙

余既书《黄庭内景经》[①]，以赠葆光道师。而龙眠居士复为作经相其前，而画余二人像其后。笔势隽妙，遂为希世之宝。嗟叹不足，故复赞之。

太上虚皇出灵篇，黄庭真人舞胎仙[②]。髯耆两卿相后前[③]，丱妙夹侍清且妍[4]。十有二神服锐坚[5]，巍巍堂堂人中天。问我何修果此缘，是心朝空夕了然[6]，恐非其人世莫传。殿以二士苍鹄骞[7]，南随道师历山渊。山人迎笑喜我还，问谁遣化老龙眠。

【注释】①《黄庭内景经》：道教的经典著作。其有句云："上清紫霞虚皇前。"此经以虚无为主。②胎仙：道教神名。《黄庭内景经·上清章》："琴心三叠舞胎仙。"务成子注："胎仙即胎灵大神，亦曰胎真，居明堂中。"③髯耆两卿：指苏辙、黄庭坚。两人诗皆前字韵。④丱(guàn)妙：丱，原为古时儿童束发成两角的样子，后借指幼童。⑤十有二神：据务成子《内景经》注云："景者，神也。其经有十三神，皆身中之内景名字，谓发神、脑神、眼神、鼻、耳、舌、齿、心、肺、肝、肾、脾、胆神也。"诗中十二，当作十三。⑥了然：明白，领悟。⑦二士：指苏轼和葆光道师。苍鹄：鸟名。

送蹇道士归庐山[1]

物之有知盖恃息[2]，孰居无事使出入[3]？心无天游室不空，六凿相攘妇争席[4]。法师逃人入庐山，山中无人自往还。往者一空还者失，此身正在无还间。绵绵不绝微风里，内外丹成一弹指[5]。人间俯仰三千秋，骑鹤归来与子游。

【注释】①蹇道士：名拱辰，字翊之。②"物之"句：《庄子·外物篇》："物之有知者恃息，其不殷，非天之罪。"其意为：有知觉的物类依赖气息，气息不畅盛，不是天然的过失。③"孰居"句：《庄子·天运篇》："孰居无事推而行是？孰居无事淫乐而劝是？孰居无事而披拂是？"其意为："（天在运转）有谁安居无事而推动着？（天降云雨）有谁安居无事过分求乐而去助成它？（风在飘游）有谁安居无事而去吹动它？"④六凿：指耳、目等六孔。《庄子·寓言篇》：其往也，舍者避席；其反也，舍者与之争席矣。⑤内外丹：道家以阳龙阴虚，木液金精，二气交会练而成者，谓之外丹。含和练藏，吐故纳新，上入泥丸，下注丹田，修运不息，朝于绛官，采于玉石，以哺百神，谓之内丹。

木山 并叙

吾先君子尝蓄木山三峰，且为之记与诗。诗人梅二丈圣俞，见而赋之。今三十年矣，而犹子千乘，又得五峰，益奇。因次圣俞韵，使并刻之其侧。

木生不愿回万牛，愿终天年仆沙洲[1]。时来幸逢河伯秋[2]，掀然见怪推不流。蓬婆雪岭巧雕锼[3]，蛰虫行蚁为豪酋[4]。阿咸大胆忽持去[5]，河伯好事不汝尤。城中古沼浸坤轴[6]，一林瘦竹吾菟裘[7]。二顷良田不难买，三年桤木行可槱[8]。会将白发对苍巘，鲁人不厌东家丘[9]。

【注释】①天年：自然的寿数。②河伯：传说中的水神。③蓬婆雪岭：蜀所近吐蕃之山名。雕锼：雕刻。④蛰虫：冬季有冬眠习性的虫。行蚁：排列成行的蚂蚁。豪酋：酋长，首领。⑤阿咸：阮咸，竹林七贤之一，阮籍之侄。此借指堂侄苏千乘。⑥坤轴：古人想象中的地轴。⑦菟裘：地名。在今山东省泗水县。《左传·隐公十一年》："羽父请杀桓公，以求太宰。公曰：'为其少故也，吾将受之矣。使营菟裘，吾将老焉。'"后因以称告老退隐的居处。⑧槱(yǒu)：聚集木柴。比喻国家选拔贤才。⑨东家丘：据《孔子家语》载，孔丘的西邻不知孔丘的才学出众，轻蔑地称之为"东家丘"。后常用为才高而不被世人所识者的典故。

王晋卿作《烟江叠嶂图》，仆赋诗十四韵，晋卿和之，语特奇丽。因复次韵，不独纪其诗画之美，亦为道其出处契阔之故，而终之以不忘在莒之戒，亦朋友忠爱之义也

山中举头望日边，长安不见空云烟。归来长安望山上，时移世改应潸然①。管弦去尽宾客散，惟有马埒编金泉②。渥洼③故自千里足，要饱风雪轻山川。屈居华屋啗枣脯，十年俯仰龙旗前④。却因瘦病出奇骨，盐车之厄宁非天⑤。风流文采磨不尽，水墨自与诗争妍。画山何必山中人，田歌自古非知田。郑虔三绝君有二⑥，笔势挽回三百年。欲将岩谷乱窈窕，眉峰修嫮夸连娟⑦。人间何有春一梦，此身将老蚕三眠⑧。山中幽绝不可久，要作平地家居仙。能令水石长在眼，非君好我当谁缘。愿君终不忘在莒⑨，乐时更赋《囚山篇》⑩。

【注释】①潸然：流泪貌。②马埒：习射之驰道。两边有界限，使不致跑出道外。③渥洼：水名。在今甘肃省安西县境，传说产神马之处。亦指代神马。④“屈居”句：《史记·滑稽列传》：“楚庄王有爱马，衣以文绣，置之华屋之下，席以露床，啖以枣脯。”龙旗：画有两龙蟠结的旗帜。天子仪仗之一，亦借指天子。⑤盐车之厄：谓以良马拉运载盐的车子。⑥“郑虔”句：唐朝郑虔诗书画俱佳，自称“郑虔三绝”。此苏轼极赞王诗与画。⑦嫮(hù)：美好貌。⑧三眠：蚕初生至成蛹，蜕皮三四次。蜕皮时不食不动，成睡眠状态。第三次蜕皮谓之三眠。比喻老来衰弱。⑨无忘在莒：刘向《新序》：“齐桓公与管仲饮，管仲上寿曰：‘愿君无忘出奔于莒地，臣亦无忘束缚于鲁也。’”⑩苏轼自注：“柳子厚有《囚山赋》。”

兴龙节侍宴前一日，微雪，与子由同访王定国，小饮清虚堂。定国出数诗，皆佳，而五言尤奇。子由又言：昔与孙巨源同过定国，感念存没，悲叹久之。夜归，稍醒，各赋一篇，明日朝中以示定国也

天风淅淅飞玉沙[1]，诏恩归沐休早衙[2]。遥知清虚堂里雪，正似薝蔔林中花[3]。出门自笑无所诣[4]，呼酒持劝惟君家。踏冰凌兢[5]战疲马，扣门剥啄惊寒鸦[6]。羡君五字入诗律，欲与六出争天葩[7]。头风已倩檄手愈[8]，背痒却得仙爪爬。银瓶泻油浮蚁酒[9]，紫碗铺粟盘龙茶[10]。幅巾起作鸜鹆舞，叠鼓谁掺渔阳挝[11]。九衢灯火杂梦寐，十年聚散空咨嗟[12]。明朝握手殿门外，共看银阙暾朝霞[13]。

【注释】①淅淅：象声词，风雨声。②归沐：休息洗沐。③薝蔔(zhān bǔ)：梵语。又译作瞻卜伽、旃波迦、瞻波等。义译为郁金花。④诣：到，之。⑤凌兢：形容寒凉。⑥剥啄：象声词，敲门。⑦六出：指雪花，雪花六角，因以为雪的别名。⑧头风：头痛。《三国志·魏志·陈琳传》注引《典略》："琳作诸书及檄，草成呈太祖。太祖先苦头风，是日疾发，卧读琳所作，翕然而起曰：'此愈我病。'"檄手：指陈琳，后泛指文章高手。⑨浮蚁：酒面上的浮沫。⑩碗：一种敞口而深的器皿。⑪渔阳挝：即"渔阳掺挝"，鼓曲名。《后汉书·文苑传下·祢衡》："次至衡，衡方为《渔阳掺挝》，蹀躞而前，容态有异，声节悲壮，听者莫不慷慨。"⑫咨嗟：叹息。⑬银阙：道家谓天上有白玉京，为仙人或天帝所居。

和王晋卿送梅花次韵

东坡先生未归时，自种来禽与青李[1]。五年不踏江头路，梦逐东

风泛苹芷。江梅山杏为谁容，独笑依依临野水。此间风物君未识[2]，花浪翻天雪相激。明年我复在江湖，知君对花三叹息。

【注释】①来禽：果名，即沙果，也称花红。②风物：风光景物，也指风俗物产。

东川清丝寄鲁冀州，戏赠

鹅溪清丝清如冰[1]，上有千岁交枝藤。藤生谷底饱风雪，岁晚忽作龙蛇升[2]。嗟我虽为老侍从，骨寒只受布与缯。床头锦衾未还客[3]，坐觉芒刺在背膺。岂如髯卿晚乃贵，福禄正似川方增[4]。醉中倒著紫绮裘[5]，下有半臂出缥绫[6]。封题不敢妄裁剪，刀尺自有佳人能。遥知千骑出清晓，积雪未放浮尘兴。白须红带柳丝下，老弱空巷人相登。但放奇纹出领袖[7]，吾髯虽老无人憎[8]。

【注释】①鹅溪：蜀东川溪名。清丝：绫绢名。②“上有”三句：言清丝织成的绫绢，其纹作交枝老藤形，夭矫如龙蛇。③“床头”句：此自嘲清贫。④“福禄”句：《诗·小雅·天保》：“如山如阜，如冈如陵。如川之方至，以莫不增。”意为：福禄就如大河奔流而至，会更大更盛。⑤紫绮裘：显贵之服。⑥半臂：短袖或无袖上衣。缥：青白色，淡青色。⑦领袖：这里指衣服的领子和袖子。⑧“吾髯”句：韩退之诗：“我齿豁可鄙，君颜老可憎。”

寄蔡子华

故人送我东来时，手栽荔子待我归。荔子已丹吾发白，犹作江南来归客。江南春尽水如天[1]，肠断西湖春水船。想见青衣江畔路，白鱼紫笋不论钱[2]。霜髯三老如霜桧，旧交零落今谁辈[3]。莫从唐举问封侯[4]，但遣麻姑更爬背[5]。

【注释】①水如天：谓水之明净。②青衣江：苏轼故乡在青衣江畔。“想见”二句写致仕归乡之思。③零落：飘零，流落。④唐举：战国时善相术士。《史记·蔡泽传》：尝从唐举相，举熟视而笑曰：“吾闻圣人不相，殆先生乎？”泽知举戏之，乃曰：“富贵吾所自有，所不知者寿也。愿闻之。”举曰：“从今以往，四十三岁。”泽笑谢而去，谓其御者曰：“揖让人主之前，食肉富贵，四十三年足矣。”⑤麻姑：中国古代神话中的女仙。葛洪《神仙传》说她为建昌人，修道牟州东南姑余山。东汉桓帝时应王方平之召，降于蔡经家，年十八九，能掷米成珠。她的手指像鸟爪，蔡经见后曾想：“背大痒时，得此爪以爬背，当佳。”后代文人常用作典故。

送南屏谦师 并引

南屏谦师妙于茶事，自云：得之于心，应之于手，非可以言传学到者。十二月二十七日，闻轼游落星，远来设茶，作此诗赠之。

道人晓出南屏山，来试点茶三昧手[1]。忽惊午盏兔毛斑[2]，打作春瓮鹅儿酒。天台乳花世不见[3]，玉川风腋今安有。先生有意续《茶经》，会使老谦名不朽。

【注释】①三昧：奥妙，决窍。《优古堂诗话》：“谦师妙于茶事，东坡赠之诗。刘贡父亦赠诗云：泻汤夺得茶三昧，觅句还窥诗一斑。”②兔毛斑：一种茶名。兔毛，细嫩的茶叶上的白毫，借指茶叶。③乳花：烹茶时所起的乳白泡沫。

和公济饮湖上

昨夜醉归还独寝，晓来宿雨鸣孤枕。扁舟小棹截湖来，正见青山驳云锦。须知老人兴不浅，莫学公荣不共饮[①]。与君歌鼓乐丰年，唤取千夫食陈廪。

【注释】①“莫学”句：王戎弱冠诣阮籍，刘公荣在坐。阮谓王曰：“我有二斗美酒，当与君共饮，彼公荣者无预焉。”或问之，阮答曰：“胜公荣者，不得不与饮酒；不如公荣者，不可不与饮酒，惟公荣不可与饮酒。”

介亭饯杨杰次公[①]

篮舆西出登山门[②]，嘉与我友寻仙村。丹青明灭风篁岭，环珮空响桃花源[③]。前朝欲上已蜡屐[④]，黑云白雨如倾盆。今晨积雾卷千里，岂畏触热生病根[⑤]。在家头陀无为子[⑥]，久与青山为弟昆[⑦]。孤峰尽处亦何有，西湖镜天江抹坤。临高挥手谢好住，清风万壑传其言。风回响答君听取，我亦到处随君轩。

【注释】①杨杰：字次公，号无为子。②篮舆：古代供人乘坐的交通工具，形制不一，一般以人力抬着行走，类似后世的轿子。③苏轼自注：“郡人谓介亭山下为桃源路。”丹青明灭：丹青这里指青山峻岭，明灭指山路斗折蛇行，忽隐忽现。环珮：这里是指山水潺谖，如环交错之声。④蜡屐：涂蜡的木屐，形容山路之滑。⑤触热：杜甫《贻华阳柳少府》诗：“自非晓相访，触热生病根。”⑥头陀：梵文音泽，意为“抖擞”，即去掉尘垢烦恼，因用以称僧人。⑦昆：《尔雅》：“昆，兄也，今江东人通言昆。”

安州老人食蜜歌[①]

安州老人心似铁，老人心肝小儿舌[②]。不食五谷惟食蜜，笑指蜜蜂作檀越[③]。蜜中有诗人不知，千花百草争含姿。老人咀嚼时一吐，还引世间痴小儿。小儿得诗如得蜜，蜜中有药治百疾。正当狂走捉风时，一笑看诗百忧失。东坡先生取人廉，几人相欢几人嫌。恰似饮茶甘苦杂，不如食蜜中边甜[④]。因君寄与双龙饼，镜空一照双龙影。三吴六月水如汤[⑤]，老人心似双龙井。

【注释】①苏轼自注："赠僧仲殊。"僧仲殊，安州人，居钱塘，为诗敏捷立成，而工妙绝人远甚。常啖蜜。②小儿舌：《山海经》："黄山有鸟，人舌，能言，名曰鹦鹉。"后以小儿舌称鹦鹉舌，谓善言。③檀越：梵语的音译，施主。④"不如"句：苏轼自注："佛云：'吾言譬如食蜜，中边皆甜。'"《四十二章经》：若有人得道，犹如食蜜，中边皆甜。⑤三吴：地名，所指不一，宋指苏州、常州、湖州三地。一般意义上的三吴是指吴郡、吴兴郡和会稽郡。

送张嘉州

少年不愿万户侯，亦不愿识韩荆州[①]。颇愿身为汉嘉守，载酒时作凌云游。虚名无用今白首，梦中却到龙泓口。浮云轩冕何足言[②]，惟有江山难入手。峨眉山月半轮秋，影入平羌江水流[③]。谪仙此语谁解道，请君见月时登楼。笑谈万事真何有，一时付与东岩酒[④]。归来还受一大钱，好意莫违黄发叟。

【注释】①"少年"二句：李太白《与韩荆州朝宗书》："闻天下谈士

相聚而言曰：‘生不愿封万户侯，但愿一识韩荆州。’”②轩冕：古时大夫以上官员的车乘和冕服，这里借指官位爵禄。③“峨眉”二句：出自李白《峨眉山月歌》。④东岩酒：东岩在嘉州佛峡。泉水清洌，适宜酿酒。苏轼自注：“佛峡人家白酒旧有名。”

送江公著知吉州[1]

三吴行尽千山水，犹道桐庐更清美。岂惟浊世隐狂奴，时平亦出佳公子。初冠惠文读《城旦》[2]，晚入奉常陪剑履[3]。方将华省起弹冠[4]，忽忆钓台归洗耳[5]。未应良木弃大匠[6]，要使名驹试千里。奉亲官舍当有择，得郡江南差可喜。白粲连樯一万艘[7]，红妆执乐三千指。簿书期会得余闲[8]，亦念人生行乐耳[9]。

【注释】①江公著：字晦叔，桐庐人，举进士。②惠文：即惠文冠，又为法冠‘柱后惠文’的省称。因以指代法禁。《城旦》：刑书。③奉常：《汉书·百官表》：奉常，秦官也，景帝改曰太常。掌宗庙礼仪，兼掌选试博士。剑履：又作剑履上殿。经帝王特许，重臣上朝时可不解剑，不脱履，以示殊荣。④华省：指清贵者的官署。弹冠：弹冠相庆。⑤“忽忆”句：典见《后汉书·严光传》。指隐者垂钓羞听俗务。⑥“未应”句：韩愈《送张道士》诗：“大匠无弃材，寻尺各有施。”苏轼反用此诗。⑦白粲：白米。樯：桅杆。⑧簿书：官署中的文书簿册。期会：指在规定的期限内实施政令。⑨苏轼自注：“二耳义不同，故得重用。”

与叶淳老、侯敦夫、张秉道同相视新河，秉道有诗，次韵二首[1]

其一

君不见元帅府前罗万戟，涛头未顺千弩射[2]。至今凤皇山下路，长借一箭开两翼。我凿西湖还旧观，一眼已尽西南碧[3]。又将回夺浮山险[4]，千艘夜下无南北。坐陈三策本人谋，惟留一诺待我画[5]。老病思归真暂寓，功名如幻终何得。从来自笑画蛇足，此事何殊食鸡肋。怜君嗜好更迂阔，得我新诗喜折屐[6]。江湖粗了我径归，余事后来当润色[7]。一庵闲卧洞霄宫[8]，井有丹砂水长赤[9]。

【注释】①叶淳老：名温叟。张秉道：名弼，杭人，苏轼屡称髯张者也。②"君不见"二句：《吴越备史》云：梁开平四年，武肃王钱氏始筑捍海塘，复建候潮、通江等城门。江涛昼夜冲击，版筑不就，王命强弩五百，以射潮头。又亲筑胥山祠，既而潮头遂趋西凌，城基始定。③"我凿"二句：苏轼《杭州乞度牒开西湖状》："辄已差官打量葑田，自四月二十八日兴工，半年之间，见西湖复唐之旧，环三十里，际山为岸。"后人称之"苏公堤"。④浮山：在钱塘旧治东南四十里。苏轼《疏河奏略》："潮水自海门来，势若雷霆，而浮山峙于江中，以乱潮水。潮水洄洑激射，其怒自倍，沙碛转移，状若鬼神。虽舟师渔人，不能测其浅深也。"⑤"坐陈"二句：苏轼守杭，三次兴修水利，皆采众议而成。⑥折屐：形容狂喜。典出《晋书·谢安传》：谢玄大败苻坚。谢安听到这大好消息，表面上安之若素，继续下棋。棋罢，回屋时，因后抑不住内心狂喜，在过门坎时把木制的鞋折断了。⑦"江湖"二句：苏轼等多方斟察，方案初定，正待实施，已闻召还消息，虽诏命未下，实不复任其责。故有"径归""余事"云云。⑧"一庵"句：讲将乞宫观而去。⑨"井有"句：《抱朴子》："葛稚川祖为临沅令，县民有世年百岁者，因徙所居，子孙多夭。他人居其宅，复世享寿。有井水殊赤，令疑有丹药，浚井求之，果得丹砂数十斛。”

其二

荆溪父老愁三害，下斩长蛟本无赖[1]。平生倔强韩退之，文字犹为鳄鱼戒[2]。石门之役万金耳，首鼠不为吾已隘[3]。江湖开塞古有数，两鹊飞来告成坏。劝农使者非常人，一言已破黎民骇[4]。上饶使君更超轶[5]，坐睨浮山如累块[6]。髯张乃我结袜生[7]，诗酒沐漓出狂怪。我作水衡生作丞[8]，他日归朝同此拜。

【注释】①“荆溪”二句：《晋书·周处传》：（周处）义兴阳羡人也。自知为人所恶，谓父老曰：“今时和岁丰，何苦不乐？”父老叹曰：“三害未除：南山白额猛兽，长桥下蛟，并子为三矣。”处曰：“吾能除之。”乃入山射杀猛兽，投水搏蛟，经三日三夜，杀蛟而返。遂励志好学，期年州府交辟。②“平生”二句：韩愈性格质直刚强，任潮州刺史，因鳄鱼为害，故作文戒之，鳄于是西迁。③首鼠不为：迟疑不决。④劝农使者：指地方官。非常人：《汉书·司马相如传》：世必有非常之人，然后有非常之事。故曰非常之原，黎民惧焉。此指叶温叟。⑤上饶使君：指侯敦夫。侯时以水官出知信州，上饶郡乃信州所属。超轶：高超不同凡俗。⑥累块：堆积的土块。⑦髯张：指张秉道。结袜：典出《史记·张释之传》。后用此典作为士大夫屈身致事长者、或士人蔑视权贵之典。⑧“我作”句：《汉书·龚遂传》：龚遂为渤海太守。上遣使者征遂。议曹王生曰：“天子即问君何以治渤海，宜曰皆圣主之德，非小臣之力也。”遂受其言。既至前，上果问以治状，遂对如王生言。天子笑曰：“君安得长者之言而称之？”遂曰：“乃臣议曹教戒臣也。”上以遂年老，拜为水衡都尉，议曹王生为水衡丞，以褒显遂云。苏轼这里借典比喻他二人工作配合得很默契。

卷十三　七言古诗

棕笋[1] 并叙

棕笋，状如鱼，剖之得鱼子，味如苦笋而加甘芳。蜀人以馔佛，僧甚贵之，而南方不知也。笋生肤毳中，盖花之方孕者。正二月间可剥取，过此，苦涩不可食矣。取之无害於木，而宜于饮食。法当蒸熟，所施略与笋同。蜜煮酢浸，可致千里外。今以饷殊长老。

赠君木鱼三百尾，中有鹅黄子鱼子。夜叉剖瘿欲分甘[2]，箨龙藏头敢言美[3]。愿随蔬果得自用，勿使山林空老死。问君何事食木鱼，烹不能鸣固其理[4]。

【注释】①棕笋：棕榈的花苞。②夜叉：棕榈顶端枝叶分披，状如夜叉，故云。《唐摭言》：王璘诗：芍药花开菩萨面，棕榈叶散夜叉头。③箨龙：竹笋的异名。④"问君"二句：《庄子·山木篇》：夫子出于山，舍于故人之家。故人喜，命竖子杀雁而烹之。竖子请曰："其一能鸣，其一不能鸣，请奚杀？"主人曰："杀不能鸣者。"

西湖秋涸，东池鱼窘甚。因会客，呼网师迁之西池，为一笑之乐。夜归，被酒不能寐，戏作放鱼一首

东池浮萍半黏块，裂碧跳青出鱼背。西池秋水尚涵空，舞阔摇深吹荇带[1]。吾僚有意为迁居，老守纵馋那忍脍。纵横争看银刀出[2]，瀺灂初惊玉花碎[3]。但愁数罟损鳞鬣[4]，未信长堤隔涛濑。濊濊发发须臾间[5]，圉圉洋洋寻丈外[6]。安知中无蛟龙种，尚恐或有风云会。明年春水涨西湖，好去相忘渺淮海。

【注释】①“东池”二句：写东池水涸鱼窘。“西池”二句：写西池水阔可供鱼逍遥。②银刀出：白鱼上跳之状。③瀺灂(chán zhuó)：水波貌。玉花：鱼口所吐沫之状。④罟：网的总称。鳞鬣：代称龙。此代称鱼。⑤濊濊(huò huò)：鱼网入水声。发发(bō bō)：鱼跃声，一说众多貌。⑥圉圉：困而未舒貌。洋洋：舒缓摇尾之貌。

复次放鱼韵，答赵承议、陈教授[1]

扰扰万生同大块，抢榆不羡培风背[2]。青丘已吞云梦芥[3]，黄河复缭天门带。长讥韩子隘且陋，一饱鲸鲵何足脍[4]。东坡也是可怜人，披抉泥沙收细碎[5]。逝将归修八节滩[6]，又欲往钓七里濑[7]。正似此鱼逃网中，未与造物游数外。且将新句调二子[8]，湖上秋高风月会。为君更唤木肠儿，脚扣两舷歌《小海》[9]。

【注释】①赵承议：名令畤，初字景贶。时以承议郎为颍州签判。陈教授：指陈师道，字履常，一字无己，彭城人。②大块：大自然，大地。抢榆：语出《庄子·逍遥游》，后以“抢榆”借指仅能短程飞掠的小鸟。亦喻胸无大志和胸无大志者。培风：犹乘风。培，凭也，乘也。语亦出《庄子·逍遥游》。③青丘：传说中的海外国名。泛指边远蛮荒之国。④“长讥”二句：韩愈诗：巨缗东钓倘可期，与子共饱鲸鱼脍。⑤披抉：拨开挑剔。细碎：琐碎，细小。⑥八节滩：东都（今河南省洛阳市）龙门潭之南，有八节滩。⑦七里濑：顾野王《舆地志》：七里濑在东阳江下，与严陵濑相接。⑧二子：指赵、陈。⑨“为君”二句：《晋书·隐逸传》：贾充谓夏统曰：“颇能作卿土地间曲否？”统曰：“伍子胥见戮投海，国人痛其忠烈，为作《小海唱》，今欲歌之。”众人佥曰：“善。”统于是以足叩船，引声喉转，清激慷慨，风至雨集，雷电昼冥，王公以下皆恐，止之乃已。充使妓女之徒，服袿褐，炫金翠，绕其船三帀，统危坐若无所闻。充曰：“此吴儿，木人石心也。”

六观堂老人草书[1]

物生有象象乃滋[2]，梦、幻无根成斯须[3]。方其梦时了非无[4]，泡、影一失俯仰殊。清露未晞电已徂，此灭灭尽乃真吾[5]。云如死灰实不枯，逢场作戏三昧俱。化身为医忘其躯，草书非学聊自娱。落笔已唤周越奴[6]，苍鼠奋髯饮松腴[7]，剡藤玉版开雪肤[8]。游龙天飞万人呼[9]，莫作羞涩羊氏姝[10]。

【注释】①苏轼自注："六观，取《金刚经》梦、幻等六物也。老人，僧了性。精于医而善草书，下笔有远韵，而人莫知贵，故作此诗。"②"物生"句：《左传·僖公十五年》：韩简曰："龟，象也；筮，数也。物生而后有象，象而后有滋，滋而后有数。"此句意即：事物生长以后才有形象，有形象以后才能滋长。③斯须：须臾，片刻。④"方其"句：《圆觉经》：如梦中人，梦时非无。及至于醒，了无所得。⑤"此灭"句：佛偈云：如梦、幻、泡、影，如露亦如电，此所谓六观也。此诗从首句至此，历数六观，以切题目。晞：干。徂：阻。⑥周越奴：周越善草书，而不及怀素。唤作奴。苏轼不喜周越草书，尝跋怀素帖云：书极不佳，用笔意趣乃似周越之险劣。⑦苍鼠髯：指鼠须笔，犹如今天有狼毫笔。松腴：是一种墨，此句意用鼠须笔蘸松腴墨汁。⑧剡藤玉版：一种好纸，此纸用剡溪之藤作纸，其佳者名玉版。雪肤：比喻纸白。⑨"游龙"句：讲笔势飘若游云，矫若惊龙。杜甫诗："身轻一鸟过，枪急万人呼。"⑩羊氏：韦续《书诀墨薮》：梁武帝评羊欣书，如大家婢作夫人，虽加位遇，而举止羞涩、终不似真也。

聚星堂雪[1] 并引

元祐六年十一月一日，祷雨张龙公，得小雪，与客会饮聚星堂。忽忆欧阳文忠公作守时，雪中约客赋诗，禁体物语，於艰难中特出奇丽。尔来四十余年，莫有继者。仆以老门生继公后，虽不足追配先生，而宾客之美，殆不减当时。公之二子，又适在郡，故辄举前令，各赋一篇。

窗前暗响鸣枯叶，龙公试手初行雪。映空先集疑有无，作态斜飞正愁绝。众宾起舞风竹乱，老守先醉霜松折。恨无翠袖点横斜，只有微灯照明灭[②]。归来尚喜更鼓永，晨起不待铃索掣[③]。未嫌长夜作衣棱，却怕初阳生眼缬[④]。欲浮大白追余赏[⑤]，幸有回飙惊落屑[⑥]。模糊桧顶独多时，历乱瓦沟裁一瞥[⑦]。汝南先贤有故事[⑧]，醉翁诗话谁续说[⑨]。当时号令君听取，白战不许持寸铁[⑩]。

【注释】①聚星堂：欧阳修守颍州之时，筑聚星堂。与人唱和。苏轼时在颍州，欲继踵前贤，故有此作。②“只有”句：白居易《送兄弟回雪夜》：“对雪画寒灰，残灯明复灭。”③铃索掣：铃索即系铃的绳索。唐制，翰林院禁署严密，内外不得随意出入，须掣铃索以传呼或通报。④衣棱：衣角。眼缬：眼花。⑤浮大白：大杯喝酒。⑥落屑：《晋书·胡毋辅之传》：“吐佳言如锯木屑。”⑦历乱：烂漫。瓦沟：瓦楞之间的泄水沟。裁：采摘。⑧汝南先贤：《三国志》多引《汝南先贤传》。辖今河南、安徽各一部分。⑨醉翁诗话：欧阳修著有《六一诗话》。《诗话》自醉翁始，今举欧阳修前令，故云尔。⑩“当时”二句：《文选·答苏武书》：兵尽矢穷，人无尺铁，犹复徒首奋呼，争为先登。纪昀曰：句句恰是小雪，体物神妙，不愧名篇。

喜刘景文至[①]

天明小儿更传呼[②]，髯刘已到城南隅[③]。尺书真是髯手迹[④]，起坐熨眼知有无[⑤]。今人不作古人事，今世有此古丈夫。我闻其来喜欲舞，病自能起不用扶。江淮旱久尘土恶，朝来清雨濯鬓须。相看握手了无事，千里一笑毋乃迂。平生所乐在吴会[⑥]，老死欲葬杭与苏。过江西来二百日，冷落山水愁吴姝。新堤旧井各无恙[⑦]，参寥六一岂念吾[⑧]。别后新诗巧摹写，袖中知有钱塘湖[⑨]。

【注释】①王文诰案：公既荐刘景文，由是得换文资，除知隰州。时景文赴隰州任，因过公也。②纪昀曰：从旁面写出，愈加飞动，多少交情，都在无字句处。今详玩诗意，是时公尚未起，而举家轰成一片，此"小儿"，指迨与过也。"喜"字从此入手，乃据事直起，非旁面也。③"髯刘"句：乃小孩传呼之法也，传神。④尺书：简牍，此指在刘景文前面有人先送来一简短书信，说要来拜访苏轼。据送信人讲，此时估计已走到"城南隅"了。⑤"尺书"二句：写既闻其至，复见其书，而反疑是梦，皆喜极之词也。细密此层，乃知其首下"天明"二字，已立意写到此地位矣。⑥吴会（kuài）：东汉分会稽郡为吴、会稽二郡，并称吴会。此泛称此两郡故地为吴会。⑦新堤：指刚建筑好的苏公堤。旧井：指所治唐六井。⑧参寥、六一：二泉名。苏轼分别为其写有《泉铭》，此皆杭州故事。⑨"别后"二句：纪昀曰：一笔勒转，轻妙之至。

送欧阳季默赴阙[①]

先生岂止一怀祖，郎君不减王文度[②]。膝上几日今白须[③]，令我眼中见此父。汝南相从三晦朔[④]，君去苦早我来暮。霜风凄紧正脱木，颍水清浅可立鹭。莫辞白酒泻香泉[⑤]，已觉扁舟掠新渡。坐看士衡执别手，更遣梦得出奇句[⑥]。郎君可是凭库人[⑦]，乃使騄骥随蹇步[⑧]。置之行矣无足道，贤愚岂在遇不遇[⑨]。

【注释】①季默终母丧，时赴阙指射差遣。②先生：指欧阳修。郎君：指季默。据《晋书·王述传》《王坦之传》《王羲之传》：王述字怀祖，爱其子坦之（字文度），虽长大，犹抱置膝上。时人语曰："江东独步王文度。"王羲之曾谓诸子曰："吾不减怀祖，而位遇悬邈，当由汝等不及坦之故耶！"③白须：《晋书》：王彪之年二十，须鬓皓白，时人谓之王白须。此指季默已白须了。④三晦朔：三个月。农历初一叫朔，最后一天叫晦，一晦朔是一个月。⑤"莫辞"句：是时苏轼有此酒，其后只一瓶矣。⑥士衡：即晋陆机字士衡，陆云之兄。意为欧阳叔弼与之别也。梦得：即刘禹锡字梦得，意谓刘景文必有送行诗也。⑦筦库：亦作“管库”。管理仓库。季默尝以宣德郎监澶州酒税。⑧騄骥：俊马。⑨“贤愚”句：《汉书·扬雄传》：“君子得时则大行，不得时则龙蛇。遇不遇命也，何必湛身哉？”

用前韵作雪诗留景文[①]

万松岭上黄千叶[②]，载酒年年踏松雪。刘郎去后谁复来，花下有人心断绝。东斋夜坐搜雪句，两手龟坼霜须折[③]。无情岂亦畏嘲弄，穿帘入户吹灯灭。纷纷儿女争所似，碧海长鲸君未掣[④]。朝来云汉接天流，顾我小诗如点缬[⑤]。欧阳、赵、陈在户外[⑥]，急扫中庭铺木屑[⑦]。交游虽似雪柏坚，聚散行作风花瞥[⑧]。晴光融作一尺泥，归有何事真无说。泥干路稳放君去，莫倚马蹄如踣铁[⑨]。

【注释】①按《长公外纪》，元祐五年，东坡守钱塘，景文为东南将领，佐公开西湖，日由万松岭以至新堤，故在颍州和诗及之。“前韵”指前面《聚星堂雪》诗韵。②“万松岭”句：苏轼《蜡梅》诗云：“君不见万松岭上黄千叶，玉蕊檀心两奇绝。”此也应指蜡梅。③两手龟坼：《庄子·逍遥游》，注云：“其药能令手不拘坼也。”龟坼(guī chè)：手足皮肤冻裂。霜须折：唐诗：吟安一个字，撚断数茎须。④“碧海”句：杜甫《戏为六绝句》：或看翡翠兰苕上，未掣鲸鱼碧海中。⑤点缬：点点彩色花纹。比喻诗如绣绵。⑥欧阳、赵、陈：指欧阳叔弼、赵令畤、陈履常。⑦中庭铺木屑：本屑铺厅阶，以防湿滑。⑧“交游”二句：扼要顿住“雪”字，便落“留”字，然气势直下如风，骤读之不见也。⑨踣(bó)铁：踩踏铁器。比喻马蹄坚硬有力。

次前韵送刘景文[1]

白云在天不可呼，明月岂肯留庭隅？怪君西行八百里[2]，清坐十日一事无。路人不识呼尚书，但见凛凛雄千夫[3]。岂知入骨爱诗酒，醉倒正欲蛾眉扶。一篇向人写肝肺，四海知我霜鬓须[4]。欧阳、赵、陈皆我有，岂谓夫子驾复迂。尔来又见三黜柳[5]，共此暖热餐毡苏[6]。酒肴酸薄红粉暗，只有颍水清而姝。一朝寂寞风雨散，对影谁念月与吾[7]。何时归帆溯江水，春酒一变甘棠湖[8]。

【注释】①前韵：指《喜刘景文至》诗韵。②西行八百里：此诗送刘景文西去任隰州知府，故云“西行八百里”。③苏轼自注：“君一马两仆，率然相访。逆旅多呼尚书，意谓君都头也。”④苏轼自注：“君前有诗见寄云：四海共知霜鬓满，重阳曾插菊花无。”⑤三黜柳：言柳戒之也。⑥餐毡苏：指苏武出使匈奴，被留十九年。曾被幽禁于大窖中，“绝不饮食。天雨雪，武卧啮雪于旃毛并咽之，数日不死（《汉书·苏建传》）”。⑦“一朝”二句：苏轼自注：“郡中，日以欧阳叔弼、赵景贶、陈履常相从，而景文复至。不数日，柳戒之亦见过。宾客之盛，顷所未有。然不数日，叔弼、景文、戒之皆去矣。”苏诗意：朋友离去，无人赋诗。自己也没有情趣像李白《月下独酌》那样，说什么“对影成三人”。⑧苏轼自注：“景文近卜居九江，近甘棠湖。”

蜡梅一首赠赵景贶

天工点酥作梅花，此有蜡梅禅老家。蜜蜂采花作黄蜡，取蜡为花亦其物。天工变化谁得知，我亦儿嬉作小诗。君不见万松岭上黄千叶[1]，玉蕊檀心两奇绝[2]。醉中不觉度千山，夜闻梅香失醉眠。归来却梦寻花去，梦里花仙觅奇句。此间风物属诗人，我老不饮当付君。君行适吴我适越[3]，笑指西湖作衣钵。

【注释】①万松岭：在杭州。②“玉蕊”句：《冷斋夜话》：蜡梅花黄白，酷似蜜脾，檀心为上，磬口次之，以子种出不经接者又次之。③“君行”句：苏轼将有会稽之请。

阎立本《职贡图》[1]

贞观之德来万邦，浩如沧海吞河江，音容伧狞服奇厖[2]。横绝岭海逾涛泷[3]，珍禽瑰产争牵扛，名王解辫却盖幢[4]。粉本遗墨开明窗[5]，我喟而作心未降，魏征封伦恨不双[6]。

【注释】①阎立本：唐代著名画家，官至宰相。②伧狞：粗野、粗恶貌。服奇厖：犹今日云奇装异服。③涛泷(lóng)：急流大波。④解辫：解散发辫。此指改用汉人的服饰表示归诚。⑤粉本：画稿。《画断》：唐明皇令吴道子往貌嘉陵山水，回奏云：“臣无粉本，并记在心。”图之，一日而成。⑥“魏征”句：《唐书·魏征传》：帝尝叹曰：“今大乱之后，其难治乎？”征曰：“大乱之易治，譬饥人之易食也。”封德彝曰：“不然，秦任法律，汉杂霸道。征书生，好虚论，徒乱国家，不可听。”征曰：“五帝三皇不易民以教。”帝纳之不疑。至是天下大治。蛮夷君长，袭衣冠，带刀宿卫。东薄海，南逾岭，户阖不闭，行旅不赍粮，取给于道。帝曰：“行仁义既效矣，惜不令封德彝见之。”封德彝，名伦。

次韵王滁州见寄[1]

斯人何似似春雨，歌舞农夫怨行路[2]。君看永叔与元之[3]，坎轲一生遭口语。两翁当年鬓未丝，玉堂挥翰手如飞。教得滁人解吟咏，至今里巷嘲轻肥[④]。君家联翩尽卿相[⑤]，独来坐啸溪山上。笑捐浮利一鸡肋，多取清名几熊掌。丈夫自重贵难售，两翁今与青山久。后来太守更风流，要伴前人作诗瘦。我倦承明苦求出，到处遗踪寻六一。凭君试与问琅邪[⑥]，许我来游莫难色。

【注释】①王滁州：名诏，字景献，河南人。②"斯人"二句：柯其楷云：唐太宗谓许敬宗曰："朕观诸卿中，惟卿最贤。有人言卿之过者，何也？"敬宗对曰："春雨如膏，农人喜其润泽，行人恶其泥泞。"③永叔与元之：欧阳修、王禹称（字元之）并曾知滁州。④轻肥："轻裘肥马"的略语。形容富贵豪华的生活。语出《论语·雍也》："赤之适齐也，乘肥马，衣轻裘。"⑤"君家"句：王诏官至工部尚书。祖父王化基、伯父王举正，再世参政事。父亲王举元官天章阁待制。故有此语。⑥琅邪：滁州山名，在今安徽滁州市。

次韵晁无咎学士相迎[①]

少年独识晁新城[②]，闭门却扫卷旆旌。胸中自有谈天口[③]，坐却秦军发墨守[④]。有子不为谋置锥[⑤]，虹霓吞吐忘寒饥。端如太史牛马走[⑥]，严、徐不敢连尻脽[⑦]。徘回未用疑相待，枉尺知君有家戒。避人聊复去瀛洲[⑧]，伴我真能老淮海[⑨]。梦中仇池千仞岩，便欲揽我青霞幨[⑩]。且须还家与妇计，我本归路连西南。老来饮酒无人佐，独看红药倾白堕[⑪]。每到平山忆醉翁[⑫]，悬知他日君思我。路傍小儿笑相逢，齐歌万事转头空。赖有风流贤别驾，犹堪十里卷春风。

【注释】①晁无咎：名补之，济州巨野人。②晁新城：即晁君成，晁补之的父亲，因官新城令而叫晁新城。苏轼《晁君成诗叙》云："余官于杭，新城令晁端友者，君子人也。与之游三年，而不知其能为文与诗。从仕二十三年，而后改官以殁。”③谈天口：形容人能言善辩。④坐却秦军：鲁仲连对辛垣衍讲秦不可帝之事，秦军闻之，却三十里。墨守：战国时，墨翟善于守城。后因称善于防守为墨翟之守，简称墨守。⑤置锥：《庄子·杂篇》：尧舜有天下，子孙无置锥之地。⑥太史牛马走：司马迁《报任安书》：太史公牛马走。太史公是司马迁之父司马炎。自谓其是太史公牛马之仆而已。⑦严、徐：严安、徐乐。尻脽(kāo shuí)：臀部。⑧瀛洲：唐太宗为网罗人才，设置文学馆，任命杜如晦、房玄龄等十八名文官为学士，轮流宿于馆中。暇日，访以政事，讨论典籍。又命阎立本画像，褚亮作赞，题名字爵里，号“十八学士”。时人慕之，谓“登瀛洲”。后来诗文中常用此典比喻士人获得殊荣，如入仙境。⑨“伴我”句：讲晁无咎任扬州倅(副职)也。⑩幨(chān)：床帐。⑪白堕：酿酒人名。后代指酒，犹如杜康。⑫平山：平山堂，在扬州大明寺，欧阳修修建。

次韵徐仲车①

恶衣恶食诗愈好，恰似霜松啭春鸟。苍蝇莫乱远鸡声②，世上谁如公觉早。八年看我走三州③，月自当空水自流。人间扰扰真蝼蚁，应笑人呼作斗牛。

【注释】①徐仲车：名徐积，北宋名士。仲车苦学，乔母尽力，行年四十，不婚不仕。苏轼自注：“仲车，耳聋。”②“苍蝇”句：《诗·齐风·鸡鸣》：“匪鸡则鸣，苍蝇之声。”注：苍蝇之声，有似远鸡之鸣。③“八年”句：苏轼自注：“元丰八年，予赴登州，元祐四年赴杭州，今赴扬州，皆见仲车。”

轼在颍州与赵德麟同治西湖，未成，改扬州。三月十六日湖成，德麟有诗见怀，次其韵

太山秋毫两无穷[1]，巨细本出相形中[2]。大千起灭一尘里，未觉杭颍谁雌雄[3]。我在钱塘拓湖渌，大堤士女争昌丰。六桥横绝天汉上[4]，北山始与南屏通。忽惊二十五万丈，老葑席卷苍云空[5]。朅来颍尾弄秋色，一水萦带昭灵宫[6]。坐思吴越不可到，借君月斧修朣胧。二十四桥亦何有，换此十顷玻璃风。雷塘水干禾黍满，宝钗耕出余鸾龙[7]。明年诗客来吊古，伴我霜夜号秋虫[8]。

【注释】①“太山”句：《庄子·齐物论》：是亦一无穷，非亦一无穷。②相形：互相形成。《老子》：物，形之势，成之言。因巨而有细，因细而有巨，特相形耳。③“未觉”句：苏轼自注：“来诗云：与杭争雄。”杭、颍皆有西湖。东坡连守二州。④“六桥”句：苏轼建堤疏流，跨流为桥者凡六，并在今苏公堤上。⑤“忽惊”二句：苏轼《杭州乞度牒开西湖状》云：自国初以来，稍废不治，水涸草生，渐成葑田。熙宁中，湖之葑合者，盖十二三耳，至今遂塞其半，打量湖上葑田，计二十五万余丈，度用二十余万工。⑥昭灵宫：东坡《昭灵侯庙碑》：自景龙以来，颍人世祠之于焦氏台。熙宁中，诏封公昭灵侯。⑦“雷塘”二句：雷塘在扬州东北十里，炀帝葬处。炀帝平昔游之，多从宫人，故时耕出宝钗焉。鸾龙：则宝钗之饰也。⑧苏轼自注：“德麟见约，来扬寄居，亦有意求扬倅。”

再次韵德麟新开西湖

使君不用山鞠穷，饥民自逃泥水中。欲将百渎起凶岁[1]，免使甔石愁扬雄[2]。西湖虽小亦西子[3]，萦流作态清而丰。千夫余力起三闸，焦陂下与长淮通[4]。十年憔悴尘土窟，清澜一洗啼痕空。王孙本

自有仙骨，平生宿卫明光宫。一行作吏人不识，正似云月初朦胧。时临此水照冰雪，莫遣白发生秋风。定须却致两黄鹄，新与上帝开濯龙。湖成君归侍帝侧，灯花已缀钗头虫。

【注释】①苏轼自注："去岁颍州灾伤，予奏乞罢黄河夫万人，开本州沟，从之。以余力作三闸，通焦陂水，浚西湖。"②甔石(dān—)：指少量的粮食。扬雄清净寡欲，家无甔不之储，晏如也。③"西湖"句：苏轼把杭州西湖比西子，今又比颍州西湖。④焦陂：《颍州志》：焦陂在州南四十里。

闻林夫当徙灵隐寺寓居，戏作灵隐前一首[1]

灵隐前，天竺后，两涧春淙一灵鹫[2]。不知水从何处来，跳波赴壑如奔雷。无情有意两莫测，肯向冷泉亭下相萦回。我在钱塘六百日，山中暂来不暖席[3]。今君欲作灵隐居，葛衣草屦随僧蔬。能与冷泉作主一百日，不用二十四考书中书[4]。

【注释】①林夫：即唐坰，字林夫。②"灵隐前"三句：《释氏稽古略》：西天竺惠理法师，于晋咸和中至杭州，见山岩秀丽，曰："吾国中天竺灵鹫山之十小岭，不知何年飞来？"有洞，旧有白猿，呼之，应声而出。人始信之。师即其地建两刹，先灵鹫，后灵隐。③暖席：把座位坐热。④二十四考书中书：《唐书》：郭子仪以身为天下安危者二十年，校中书令考二十四。

送晁美叔发运右司年兄赴阙[1]

我年二十无朋俦，当时四海一子由。君来扣门如有求，颀然鹤骨清而修[2]。"醉翁遣我从子游，翁如退之蹈轲、丘[3]，尚欲放子出一头[4]"。酒醒梦断四十秋。病鹤不病骨愈虬，惟有我颜老可羞。醉翁宾客散九州，几人白发还相收。我如怀祖拙自谋，正作尚书已过优[5]。君求会稽实良筹，往看万壑争交流[6]。

【注释】①苏轼受知于欧阳修，在嘉祐丁酉，晁美叔与公同年，定交即在此时。②颀然：修长貌。清而修：言其身之秀且长也。③退之：韩愈字。轲：孟轲。丘：孔丘。④"尚欲"句：苏轼自注："嘉祐初，轼与子由寓兴国浴室，美叔忽见访。云：'吾从欧阳公游久矣。公令我来，与子定交。谓子必名世，老夫亦须放他出一头地。'"⑤"我如"二句：苏轼引此事，盖已闻召还消息。⑥苏轼自注："美叔方乞越。"

送程德林赴真州[1]

君为县令元丰中，吏贪功利以病农。君欲言之路无从，移书谏臣以自通[2]，元丰天子为改容。我时匹马江西东，问之逆旅言颇同。老人爱君如刘宠[3]，小儿敬君如鲁恭[4]。尔来明目达四聪，收拾驵骏冀北空[5]。君为赤令有古风[6]，政声直入明光宫。天厩如海养群龙，并收其子岂不公[7]，白沙何必烦此翁[8]。

【注释】①程德林：名筠，与苏轼同年。②谏臣：苏轼自注："谏臣蹇授之也。"③刘宠：《诗·颂》："龙""宠"通用。苏轼诗亦作平押。④"小儿"句：《后汉书·鲁恭传》：拜中牟令。郡国螟伤稼，不入中牟。河南尹袁安使仁恕掾肥亲往廉之。恭随行阡陌，俱坐桑下，有雉过，止其傍。傍有儿童，亲曰："儿何不捕之？"儿言"雉方将雏"。亲瞿然而起，曰："虫不犯境，此一异也；化及鸟兽，此二异也；竖子有仁心，此三异也。"还府，具以状白安。⑤驵(zǎng)骏：马健壮貌。⑥赤令：指京师所治县的县令。⑦苏轼自注："君之子祁举制策。文学行义，为时所称。"⑧白沙：指真州，唐永正县白沙镇。

召还至都门先寄子由[1]

老身倦马河堤永，踏尽黄榆绿槐影。荒鸡号月未三更，客梦还家时一顷。归老江湖无岁月，未填沟壑犹朝请[2]。黄门殿中奏事罢，诏许来迎先出省[3]。已飞青盖在河梁[4]，定饷黄封兼赐茗[5]。远来无物可相赠，一味丰年说淮颍。

【注释】①苏轼知扬州，未阅岁，以兵部尚书召还兼侍读。时子由奉诏出迎，故寄以诗。②填沟壑：谓填尸于沟壑。死的婉辞。③“黄门”二句：言子由时为门下侍郎也，唐改门下省为黄门省。④青盖：青色伞盖。宋制：宰相执政，许张青盖。⑤黄封：御赐的黄封酒。

次韵范纯父涵星砚、月石风林屏诗

月次于房历三星[1]，斗牛不神箕独灵[2]。簸摇桑榆尽西靡[3]，影落苏子砚与屏。天工与我两厌事，孰居无事为此形[4]。与君持橐侍帷幄[5]，同到温室观尧蓂[6]。自怜太史牛马走，伎等卜祝均倡伶[7]。欲留衣冠挂神武[8]，便击云水归南溟[9]。陶泓不称管城沐[10]，醉石可助平泉醒[11]。故持二物与夫子，欲使妙质留天庭。但令滋液到枯槁，勿遣光景生晦冥。上书挂名岂待我[12]，独立自可当雷霆[13]。我时醉眠风林下，夜与渔火同青荧[14]。抚物怀人应独叹，作诗寄子谁当听。

【注释】①“月次”句：《汉书·律历志》：月在房五度，后三日，合辰在斗前一度。此句意即：月在房宿之位，已过心宿三星，房宿在天市垣的西南角，而心宿又在房宿偏西南一点，从星象起句，表时间。②“斗牛”句：韩愈《三星行》云：“我生之辰，月宿南斗。牛奋其角，箕张其口。牛不见服箱，斗不挹酒浆。箕独有神灵，无时停簸扬。”《史记·天官书》中说：“箕为敖客曰口舌。”后来把箕星比作谮人弄舌、拨弄是非者，这种人在现实中很有市场，常是阴谋得逞，故曰“箕独灵”。③簸摇：拨弄，动摇。桑榆：桑树和榆树。尽西靡：全部西向而倒，意即一面倒。④孰居无事：《庄子·天运》：“天其运乎？地其处乎？日月其争于所乎？孰居无事推而行是？”⑤持橐：又称“持橐簪笔”，谓侍从之臣携带书和笔，以备顾问。帷幄：指天子决策之处或将帅的幕府、军帐。⑥温室：宫殿名。《汉宫阁记》：未央宫，有宣明、长年、温室、昆德四殿。尧蓂：相传帝尧阶前所生的瑞草。此草每月朔日生一荚，至月半，积至十五荚。十六日起，日落一荚。月末而尽。小建则余一荚，萎而不落。因亦以指时序、光阴。⑦“自怜”二句：司马迁《报任安书》：“仆之先人，非有剖符丹书之功，文史星历，近乎卜祝之间，固主上所戏弄，倡优所畜，流俗之所轻也。”⑧“欲留”句：《南史·陶弘景传》：齐高帝作相，引为诸王侍读，除奉朝请。永明十年，脱朝服挂神武门上，表辞录，诏许之。⑨“便击”句：《庄子·逍遥游》中典，指归隐意。⑩“陶泓”句：韩愈《毛颖传》：秦始皇使蒙恬赐之汤沐，封诸管城，与绛人陈玄、弘农陶泓及会稽褚先生友善，相推致，出处必偕。⑪“醉石”句：《唐余录》：李德裕于平泉别墅，采天下珍木怪石，为园池之玩。有醒酒石，德裕尤在所宝异，醉即踞之。⑫“上书”句：晁以道《客语》云：范纯父元祐末与东坡数上疏论事，尝约各草一疏。东坡访纯父，求所作疏先观，遂书名于未，云：轼不复自为疏矣。纯父再三求观，竟不肯出，云：无以易公者。⑬“独立”句：《旧唐书》：归登为右拾遗。时裴延龄以奸佞有恩，欲为相。阳城上疏切直，德宗怒。右补阙熊执易等，亦以危言忤旨。初，执易草疏，示登，登愕然曰：“愿寄名雷霆之下，安忍令足下独当？”⑭青荧：青光闪映貌。

次韵吴传正枯木歌[1]

天公水墨自奇绝，瘦竹枯松写残月。梦回疏影在东窗，惊怪霜枝连夜发[2]。生成变坏一弹指，乃知造物初无物。古来画师非俗士，妙想实与诗同出。龙眠居士本诗人[3]，能使龙池飞霹雳。君虽不作丹青手，诗眼亦自工识拔[4]。龙眠胸中有千驷，不独画肉兼画骨[5]。但当与作少陵诗，或自与居拈秃笔。东南山水相招呼，万象入我摩尼珠[6]。尽将书画散朋友，独与长铗归来乎。

【注释】①吴传正：名安诗。父吴充神宗朝曾任宰相。②连夜发：《卓异记》：唐则天天授二年十二月，尝游上苑，遣使宣诏曰：明朝游上苑，火急报春知。花须连夜发，莫待晓风吹。于是，凌晨，名花瑞草，布苑而开。群臣咸服其异。③龙眠居士：李伯时。④识拔：赏识并提拔。⑤“不独”句：意即李伯时之画，犹如米元章之书，不必以名节绳之。⑥“万象”句：《圆觉经》：譬如清净摩尼宝珠，映于五色，随方各见。

书丹元子所示《李太白真》

天人几何同一沤[1]，谪仙非谪乃其游。麾斥八极隘九州[2]，化为两鸟鸣相酬[3]，一鸣一止三千秋[4]。开元有道为少留，縻之不可矧肯求。西望太白横峨岷，眼高四海空无人。大儿汾阳中令君[5]，小儿天台坐忘身[6]。平生不识高将军[7]，手污吾足乃敢瞋[8]，作诗一笑君应闻。

【注释】①沤：虚空无常的世事。②“麾斥”句：《庄子·田子方》：伯昏无人曰：“夫至人者，上窥青天，下潜黄泉，挥斥八极，神气不变。”麾斥：即挥斥，放纵、奔放意。隘：控制、限制。③“化为”句：此引李白《大鹏赋序》：著《大鹏遇希有鸟赋》以自广。④“一鸣”句：韩愈诗：“双鸟海外来，飞飞到中州。一鸟集城市，一鸟巢岩幽。不得相伴鸣，尔来三千秋。还当三千秋，更起鸣相酬。”韩愈此诗或以为言佛，或以为言李、杜。苏轼借来当言李、杜无疑。⑤汾阳中令君：指郭子仪。《唐书·李白传》：初游并州，见郭子仪奇之。子仪尝犯法，李白为其救免。及白坐永王璘败，当诛，子仪请解官以赎。子仪为中书令，封汾阳王。“中书令”旧每有称“中令”者。⑥天台：指司马承祯。李白《大鹏赋序》：“予昔于江陵见天台司马子微，谓余有仙风道骨，可与神游八极之表。”“大儿”“小儿”乃东汉祢衡语。⑦高将军：高力士，开元初，加右监门卫将军，天宝七载，加骠骑大将军。⑧“手污”句：《唐书·李白传》：尝侍帝醉，使高力士脱靴，力士素贵，耻之，摘其诗以激杨妃，帝欲官，白妃，辄阻之。此诗题太白，苏轼亦颇有自诩之意，可见其命意不凡。

次韵滕大夫三首[1]

雪浪石[2]

太行西来万马屯，势与岱岳争雄尊[3]。飞狐上党天下脊[4]，半掩落日先黄昏。削成山东二百郡[5]，气压代北三家村[6]。千峰右卷矗牙帐[7]，崩崖凿断开土门[8]。朅来城下作飞石，一炮惊落天骄魂[9]。承平百年烽燧冷，此物僵卧枯榆根。画师争摹雪浪势，天工不见雷斧痕。离堆四面绕江水[10]，坐无蜀士谁与论。老翁儿戏作飞雨，把酒坐看珠跳盆。此身自幻孰非梦，故国山水聊心存。

【注释】①滕大夫：名兴公，字希靖，海陵人，曾任定武倅。②雪浪石：苏轼《雪浪斋铭引》云：“予于中山后圃得黑石，白脉，如蜀孙位、孙知微所画石间奔流，尽水之变。又得白石曲阳，为大盆以盛之，激水其上，名其室曰雪浪斋。”③岱岳：指泰山。④飞狐：亦谓飞狐道。要隘名，在今河北省涞源县北蔚县南。两崖峭立，一线微通，迤逦蜿蜒，百有余里。为古代河北平原与北方边郡间的交通咽喉。上党：战国韩地，后属赵。秦置上党郡，隋置上党县，即今山西长治市。《释名》：“党，所也，在山上。其所最高，故曰上党。”脊：指物体中间高起部分。⑤山东：太行山以东。山东二百郡，正指太行以东冀州之域。⑥代北：指燕、赵以往之地，定州在代之北，故云。⑦牙帐：将帅所居的营帐。前建牙旗，故名。⑧土门：《太平寰宇记》：井陉口今名土门口，即太行八陉之第五陉也。⑨朅来：来到。⑩离堆：《汉书·沟洫志》：蜀守李冰凿离碓，避沫水之害。

石芝 并引①

予尝梦食石芝，作诗记之。今乃真得石芝于海上，子由和前诗见寄。予顷在京师，有凿井得如小儿手以献者。臂指皆具，肤理若生。予闻之隐者，此肉芝也。与子由烹而食之。追记其事，复次前韵。

土中一掌婴儿新，爪指良是肌骨匀。见之怖走谁敢食，天赐我尔不及宾。旌阳、远游同一许，长史、玉斧皆门户②。我家韦布三百年，只有阴功不知数。跪陈八簋加六瑚③，化人视之真块苏。肉芝烹熟石芝老，笑唾熊掌嚬雕胡④。老蚕作茧何时脱，梦想至人空激烈。古来大药不可求⑤，真契当如磁石铁⑥。

【注释】①石芝：《抱朴子》：石芝生于海隅名山，赤者如珊瑚，白者如截肪，黑者如泽漆，青者如翠羽，黄者如紫金，皆光明洞澈如坚冰。②“旌阳”二句：《总仙传》：许真君，名逊，汝南人。世慕道，为旌阳县尹。又，许迈得道盖竹山，为地行仙。迈字远游。又，许穆为晋护军长史，入华阳洞得道，为左卿仙侯。穆第三子翙，小名玉斧，为帝侍晨也。此其皆族人也。③八簋(guǐ)：簋为古代祭祀宴享时盛黍稷或食品用的圆口圈足器皿。周制：天子八簋。六瑚：商代盛黍稷的六祭器。瑚，祭器名。④嚬(pín)：张口，此引申为张口吃。雕胡：茭白子实，即菰米。煮熟为雕胡饭。⑤“古来”句：白居易诗：神仙但闻说，灵药不可求。⑥真契：知己，意趣相投者。

鹤叹

园中有鹤驯可呼[①]，我欲呼之立坐隅。鹤有难色侧睨予，岂欲臆对如鹏乎[②]？我生如寄良畸孤，三尺长胫阁瘦躯[③]。俯啄少许便有余，何至以身为子娱？驱之上堂立斯须[④]，投以饼饵视若无。戛然长鸣乃下趋，难进易退我不如[⑤]。

【注释】①纪昀曰：纯是自托，末以一语点睛，笔墨特为奇恣。②“鹤有”二句：贾谊《鹏鸟赋》：“鹏乃叹息，举首奋翼。口不能言，请对以臆。”睨予：斜视着我。③“三尺”句：眉山唐子西博士论文云：“东坡居士作《病鹤》诗，尝写‘三尺长胫瘦躯’，缺其一字，使任德翁辈下之，凡数字，东坡徐出其稿，盖‘阁’字也。此字既出，俨然如见病鹤矣。”阁：架起，支撑。④斯须：须臾，片刻。⑤纪昀曰：竟住，妙。再赘衍，使入香山门径。

次韵子由清汶老龙珠丹

天公不解防痴龙[①]，玉函宝方出龙宫[②]。雷霆下索无处避，逃入先生衣袂中[③]。先生不作金椎袖，玩世徜徉隐屠酒[④]。夜光明月空自投，一锻何劳纬萧手[⑤]。黄门寡好心易足[⑥]，荆棘不生梨枣熟。玄珠白璧两无求，无胫金丹来入腹[⑦]。区区分别笑乐天，那知空门不是仙[⑧]。

【注释】①痴龙：刘义庆《幽明录》：洛下一洞穴，深不可测，有人堕穴中，入一都，郛郭台榭，悉以金块为饰，人皆长三丈。因告饥馁，长人指中庭柏树下一羊，令跪捋羊须。初得一珠，长人取之，次捋一珠，亦取之。后得一珠，令取啖之，甚得疗饥。还问张华。华曰：“是昆仑山下地仙九馆，羊名为痴龙。”②玉函宝方：医书名，晋葛洪撰。《续仙传》：孙思邈取《龙宫药方》三十首，历试神效，著《千金方》三十卷，散龙宫方在其内。③“雷霆”二句：《僧史》：僧闻禅师住邵武山中，一日，有老人来谒闻，曰：“我龙也，以行雨不职，上天有罚当死，赖道力可脱。”俄失所在。闻视坐榻旁有小蛇尺许，延缘入袖中，屈蟠。暮夜，风雷挟坐榻，电碎雨射，山岳为摇，而闻危坐不倾。达旦，晴霁，垂袖，蛇堕地而去。④金椎袖：藏铁锤的袖子，指宽大的袖子。徜徉：安闲自得貌。屠酒：宰牲场与酒市，此指平民所居的地方。⑤纬萧：编织蒿草。典出《庄子·列御寇》。后作安贫乐道者的典型。阮籍《咏怀》之五九：“河上有丈人，纬萧弃明珠。”⑥黄门：《唐书·百官志》：门下侍郎。龙朔二年，改黄门侍郎。按：子由时为门下侍郎。⑦“无胫”句：《灵枢经》：扁鹊注曰：化灵为姹女之胞，十月分胎，状如紫金丹。⑧“区区”二句：白居易诗：吾学空门非学仙，恐君此说是虚传。海山不是吾归处，归即应归兜率天。

次韵子由书清汶老所传《秦湘二女图》

春风消冰失瑶玉，我本无身安有触①。羊生得妇如得风②，握手一笑未为辱。先生室中无天游，珮环何处鸣风瓯③。随魔未必皆魔女，但与分灯遣归去④。胡为写真传世人，更要维摩一转语⑤。丹元茅茨只三间⑥，太极老人时往还。检点凡心早除拂，方平神鞭常使物⑦。

【注释】①“我本”句：《楞严经》：即触非身，即身非触，身触二相，元无处所。②羊生：晋羊权也。③“珮环”句：《赵飞燕外传》：帝于太液池，作千人之舟，后歌《归风送远》之曲，帝以文犀簪击玉瓯，倚后歌。④“随魔”二句：《维摩诘经》：天女闻言，已礼维摩诘足，随魔还宫。⑤转语：佛教语。禅宗谓拨转心机，使之恍然大悟的机锋话语。⑥茅茨：茅草盖的屋顶，此代指茅屋。⑦“方平”句：《神仙传》：麻姑鸟爪，蔡经见之，心念背痒时得此爪爬。王方平牵经鞭之，但见鞭著经背，亦不见有人持鞭，方平曰："吾鞭亦不可妄得也。"

送曾仲锡通判如京师

边城岁暮多风雪，强压春醪与君别。玉帐夜谈霜月苦[①]，铁骑晓出冰河裂。断蓬飞叶卷黄沙，只有千林鬃松花[②]。应为王孙朝上国，珠幢玉节与排衙。左援公孝右孟博，我居其间啸且诺。仆夫为我催归来，要与北海春水争先回。

【注释】①玉帐：将军帐也。②鬃（méng）松花：雾淞。王十朋注引李厚曰："曾子固云：齐地寒甚，夜气如雾，凝于木上。旦起，视之如雪，日出飘满阶庭，尤为可爱，齐人谓之雾淞。"鬃松花，疑即此者也。

子由生日，以檀香观音像及新合印香银篆盘为寿

旃檀婆律海外芬[①]，西山老脐柏所薰[②]。香螺脱黡来相群[③]，能结缥缈风中云[④]。一灯如萤起微焚，何时度尽缪篆纹[⑤]。缭绕无穷合复分，绵绵浮空散氤氲，东坡持是寿卯君[⑥]。君少与我师皇坟，旁资老聃释迦文[⑦]。共厄中年点蝇蚊，晚遇斯须何足云。君方论道承华勋，我亦旗鼓严中军[⑧]。国恩未报敢不勤，但愿不为世所醺，尔来白发不可耘。问君何时返乡枌[⑨]，收拾散亡理放纷。此心实与香俱君，闻思大士应已闻[⑩]。

【注释】①旃檀：檀香。婆律：龙脑香，亦名冰片。《酉阳杂俎》：龙脑香树，出婆利国，树高八九丈，瘦者出龙脑香，肥者出婆律膏。②脐柏：《唐·本草》：麝生益州，形似獐，常食柏叶。水麝脐，其香尤美。③香螺脱黡：甲香也。能聚众香。④句句有意象，读者自可体会。⑤缪篆纹：谓篆文屈曲缠绕，所以摹印章也。⑥卯君：指子由。⑦皇坟：传说三皇时候的典籍。老聃：老子，道家祖师。释迦：释迦牟尼，佛教的开创人。⑧"我亦"句：苏轼自言帅定州事。⑨乡枌：乡曲，故乡。⑩焄(xūn)：同"熏"。烧炙意。

子由新修汝州龙兴寺吴画壁[①]

丹青久衰工不艺，人物尤难到今世。每摹市井作公卿，画手悬知是徒隶[②]。吴生已与不传死，那复典刑留近岁。人间几处变西方，尽作波涛翻海势[③]。细观手面分转侧，妙算毫厘得天契。始知真放本精微，不比狂花生客慧[④]。似闻遗墨留汝海[⑤]，古壁蜗涎可垂涕[⑥]。力捐金帛扶栋宇，错落浮云卷新霁。使君坐啸清梦余，几叠衣纹数衿袂。他年吊古知有人，姓名聊记东坡弟。

【注释】①《韵语阳秋》：汝州龙兴寺，吴道子画两壁。一壁作维摩示疾，文殊来问，天女散花；一壁作太子游四门，释迦降魔。笔法奇绝。《宋史·哲宗本纪》：绍圣元年二月，以邓润甫为尚书右丞，三月，苏辙罢知汝州。此时曾施百缣修建汝州龙兴寺吴画壁。②悬知：料想，预知。徒隶：刑徒奴隶、服劳役的犯人。③"人间"二句：此讲画西方变相也。见苏轼《凤翔八观·王维吴道子画》诗："浩如海波翻"，与此诗同意。④狂花：不依时序而开的花。纪昀曰：至言可佩，于此知诗家好喜作迷离惝恍语，及喜作豪横语者，皆狂花客慧耳。⑤汝海：汝水的别称，此代指汝州。⑥蜗涎：蜗行所分泌的黏液。此指吴画壁年久失修状。

六月七日泊金陵，阻风，得钟山泉公书，寄诗为谢[1]

今日江头天色恶，炮车云起风欲作[2]。独望钟山唤宝公，林间白塔如孤鹤[3]。宝公骨冷唤不闻，却有老泉来唤人[4]。电眸虎齿霹雳舌[5]，为余吹散千峰云。南行万里亦何事，一酌曹溪知水味。他年若画蒋山图[6]，为作泉公唤居士。

【注释】①泉公：《传灯录》：蒋山佛慧禅师，名法泉。生随州时氏。出家，博极群书，过目成诵，号雅泉万卷。熙宁中，住钟山。②炮车云：《唐国史补》云：暴风之候，有抛车云。《王直方诗话》：舟人占风，若炮车云起，急避之。③"独望"二句：《僧史》：宝公大士，讳宝志。手足鹰爪。初，建康朱氏妇闻儿啼鹰巢中，梯树得之，养以为子。七岁，依钟山僧俭出家。梁天监初，卓锡于钟山，十三年入灭。葬定林寺前独龙冈，建塔五层，塔前建开善寺，敕王筠撰碑文。④老泉：显指东坡，而非东坡之父苏洵。⑤"电眸"句：喻雷鸣电闪。⑥蒋山：《艺文类聚》引徐爰《释门略》曰：建康北十余里有钟山，旧名金陵山。汉末金陵尉蒋子文，讨贼战亡，灵发于山，因立蒋侯祠，故世号曰蒋山。

秧马歌 并引

过庐陵，见宣德郎致仕曾君安止[1]。出所作《禾谱》，文既温雅，事亦详实。惜其有所缺，不谱农器也。予昔游武昌，见农夫皆骑秧马。以榆枣为腹欲其滑，以楸桐为背欲其轻。腹如小舟，昂其首尾；背如覆瓦，以便两髀。雀跃於泥中，系束藁其首以缚秧。日行千畦，较之伛偻而作者，劳佚相绝矣。《史记》禹乘四载，"泥行乘橇"。解者曰：

"檇形如箕，擿行泥上。"岂秧马之类乎？作《秧马歌》一首，附于《禾谱》之末云[2]。

春云濛濛雨凄凄[3]，春秧欲老翠剡齐[4]。嗟我妇子行水泥[5]，朝分一垅暮千畦。腰如箜篌首啄鸡[6]，筋烦骨殆声酸嘶[7]。我有桐马手自提，头尻轩昂腹胁低。背如覆瓦去角圭[8]，以我两足为四蹄。耸踊滑汰如凫鹥[9]，纤纤束藁亦可赍[10]。何用繁缨与月题[11]，却从畦东走畦西。山城欲闭闻鼓鼙，忽作的卢跃檀溪[12]。归来挂壁从高栖，了无刍秣饥不啼。少壮骑汝逮老黧，何曾蹶轶防颠隮[13]。锦鞯公子朝金闺[14]，笑我一生蹋牛犁，不知自有木駃騠[15]。

【注释】①曾安止：字移忠。②《周益公题跋》云：东坡年五十九，南迁过太和县，作《秧马歌》赠曾移忠。心声心画，惟意所适，殆是得意之作。既到岭南，往往录示邑宰。近岁，移忠侄孙名之谨者，已谱农器，成公素志，余尝为之序，其与《禾谱》并传无疑。③"春云"句：《说文》："濛，微雨也。"又云："凄，云雨起也。"④剡：削。⑤"嗟我"句：《诗·豳风·七月》："嗟我妇子，曰为改岁。"妇子：老婆和孩子。⑥箜篌：乐器名，似筝而腰曲。⑦此几句讲不用桐马稻田劳作之苦状。⑧角圭：尖棱。⑨滑汰：谓泥泞滑溜。凫鹥：野鸭和鸥鸟。⑩束藁(gǎo)：捆绑好的稻或麦杆。赍(jī)：借助，凭借。⑪繁缨：古代天子、诸侯所用辂马的带饰。繁，马腹带；缨，马颈革。月题：马额上的佩饰。其形似月。⑫"忽作"句：《水经注》云：檀溪水出柳子山，下两分，北迳檀溪水。刘备乘的卢，坠于斯溪。一水东南出，即襄水。⑬蹶轶：失足，跌倒。颠隮：困顿挫折。⑭锦鞯：锦制的衬托马鞍的坐垫。也代指装饰华美的马匹。金闺：金马门。亦代指朝廷。⑮駃騠(jué tí)：骏马名。纪昀曰：奇器以奇语写之，笔笔欲活。

月华寺[1]

天公胡为不自怜，结土融石为铜山[2]。万人采斫富媪泣[3]，只有金帛资豪奸。脱身献佛意可料，一瓦坐待千金还。月华三火岂天意，至今茇舍依榛菅[4]。僧言此地本龙象[5]，兴废反掌曾何艰。高严夜吐金碧气，晓得异石青斓斑。坑流窟发钱涌地，暮施百镒朝千镮。此山出宝以自贼，地脉已断天应悭[6]。我愿铜山化南亩[7]，烂漫黍麦苏惸鳏。道人修道要底物，破铛煮饭茅三间[8]。

【注释】①月华寺：苏轼自注："寺邻岑水场，施者皆坑户也。百年间，盖三焚矣。"翁方纲注："寺去曹溪三十里，在韶郡南百里，正岑水场之地。"②"结土"句："结""融"字，借使"结而为山，融而为川"句式。③富媪泣：富有的土地因受到众人砍、削而哭泣。媪，老母，坤为母，地为坤，故称土地媪。④茇(bá)舍：言军队芟除草莽，即于野地宿息。榛菅：丛生的茅草。⑤龙象：龙与象。水行中龙力大，陆行中象力大。故释氏用以喻诸阿罗汉中修行勇猛有大能力者。月华寺，智药三藏真身在焉，故有龙、象之语。⑥自贼：自己伤害自己。"地脉"句：《史记》：蒙恬曰："恬罪固当死矣。起临洮属之辽东，城堑万余里，此其中不能无绝地脉者。"⑦南亩：谓农田。南坡向阳，利于农物生长，古人田土多向南开辟，故称。⑧破铛：破锅。

游罗浮山一首示儿子过

人间有此白玉京[1]，罗浮见日鸡一鸣[2]。南楼未必齐日观，郁仪自欲朝朱明[3]。东坡之师抱朴老，真契久已交前生。玉堂金马久流落，寸田尺宅今归耕。道华亦尝啖一枣[4]，契虚正欲仇三彭[5]。铁桥石柱连空横[6]，杖藜欲趁飞猱轻。云溪夜逢瘖虎伏[7]，斗坛昼出铜龙狞[8]。小儿少年有奇志，中宵起坐存黄庭[9]。近者戏作凌云赋，笔势仿佛《离骚经》。负书从我盍归去，群仙正草《新宫铭》[10]。汝应奴隶蔡少霞，我亦季孟山玄卿[11]。还须略报老同叔，赢粮万里寻初平[12]。

【注释】①白玉京：指天帝所居之处。唐李白《经乱离后，天恩流夜郎，忆旧游书怀赠江夏韦太守良宰》："天上白玉京，十二楼五城。"②纪昀曰："笔笔警拔，大题目自不敢草草。"③苏轼自注："刘梦得有诗，记罗浮夜半见日事。山不甚高，而夜见日，甚可异也。山有二石楼。今延祥寺在南楼下，朱明洞在冲虚观后，云是蓬莱第七洞天。"郁仪：奔日之仙也。④"道华"句：苏轼自注："唐永乐道士侯道华，窃食邓天师药，仙去。永乐有无核枣，人不可得，道华独得之。予在岐下，亦尝得食一枚。"⑤"契虚"句：苏轼自注："唐僧契虚，遇人导游稚川仙府。真人问曰：'汝绝三彭之仇乎？'契虚不能答。"⑥铁桥石柱：苏轼自注："山有铁桥石柱，人罕至者。"⑦瘖虎：苏轼自注："山有哑虎巡山。"《山志》：哑虎洞，在朱明洞侧。有黄野人者，得葛洪遗丹，服之成仙，哑虎为之守门。⑧铜龙：苏轼自注："冲虚观后，有朱真人朝斗坛。近于坛上，获铜龙六、铜鱼一。"⑨"中宵"句：《黄庭内景经》云："脾神常在守魂停，昼夜存之可长生。注云：魂停，即黄庭也。"⑩《新宫铭》：载于宋洪迈《容斋随笔》。文长，不录。⑪苏轼自注："唐有梦书《新宫铭》者，云紫阳真人山玄卿撰。又有蔡少霞者，梦人造书碑，其末题云，五云书阁吏蔡少霞书。"⑫老同叔：苏轼自注："子由一字同叔。"

寓居合江楼

海山葱昽气佳哉①，二江合处朱楼开②。蓬莱方丈应不远，肯为苏子浮江来③。江风初凉睡正美，楼上啼鸦呼我起。我今身世两相违，西流白日东流水。楼中老人日清新，天上岂有痴仙人④。三山咫尺不归去⑤，一杯付与罗浮春⑥。

【注释】①葱昽（lóng）：明丽貌。②"二江"句：点题。指东江与西江的汇合处，即惠州城东的东门楼，名合江楼。③纪昀曰："起势超忽，以下亦音节谐雅，虽无深意而自佳。"④"天上"句：《续仙传》：侯道华好子、史，手不释卷。众或问之：“要此何为？”答曰：“天上无愚懵仙人。”⑤三山：指蓬莱、方丈、瀛洲。⑥罗浮春：苏轼自注：“予家酿酒，名罗浮春。”

十一月二十六日，松风亭下，梅花盛开[1]

春风岭上淮南村[2]，昔年梅花曾断魂[3]。岂知流落复相见，蛮风蜑雨愁黄昏[4]。长条半落荔支浦[5]，卧树独秀桄榔园。岂惟幽光留夜色，直恐冷艳排冬温。松风亭下荆棘里，两株玉蕊明朝暾[6]。海南仙云娇堕砌，月下缟衣来扣门[7]。酒醒梦觉起绕树，妙意有在终无言。先生独饮勿叹息，幸有落月窥清樽。

【**注释**】①松风亭：亭在山上，与嘉祐寺相近。苏轼当时住在寺中，常常在亭下。山在归善县西沿江一面，今亭址已不可考。②春风岭：《方舆胜览》：春风岭，在麻城县治东岭上，多梅，故名。③“昔年”句：苏轼自注：“予昔赴黄州，春风岭上见梅花，有两绝句。明年正月，往岐亭道上，赋诗云：‘去年今日关山路，细雨梅花正断魂。’”④蛮风蜑雨：同“蛮风瘴雨”“蛮烟瘴雨”。指南方少数民族地区山林中的烟雨瘴气及河海上的暴雨。蜑（dàn），中国古代南方少数民族。⑤“长条”句：《一统志》：广州府城东，有荔支洲，周回五十里，南海刘氏，尝创昌华苑于其上。⑥玉蕊：即玉蕊花，又名琼花。苏轼借此花比喻梅花之白。朝暾：早晨的太阳。⑦堕砌：堆垛重叠之意。缟衣：白色的衣服。此下即咏赵师雄事。

再用前韵

罗浮山下梅花村[1]，玉雪为骨冰为魂。纷纷初疑月挂树，耿耿独与参横昏[2]。先生索居江海上，悄如病鹤栖荒园。天香国艳肯相顾，知我酒熟诗清温。蓬莱宫中花鸟使[3]，绿衣倒挂扶桑暾[4]。抱丛窥我方醉卧，故遣啄木先敲门。麻姑过君急扫洒[5]，鸟能歌舞花能言。酒醒人散山寂寂，惟有落蕊黏空樽。

【注释】①“罗浮山”句：《名胜志》：飞来峰在罗浮山东南，有梅花村，隋赵师雄过此，见美人淡妆素服，遂与其饮醉，及醒，乃在梅花树下。②参横：参星横斜，指夜深。③花鸟使：《唐书·吕向传》：开元十年，召入翰林，时帝岁遣使采择天下姝好，内之后宫，号花鸟使。向因奏《美人赋》以讽。纪昀曰：“忽作幻语，善于摆脱。”④“绿衣”句：苏轼自注：“岭南珍禽，有倒挂子，绿毛红喙，如鹦鹉而小，自东海来，非尘埃中物也。”上句写所闻，下句道所见。一虚一实，借作抑扬。⑤麻姑：神话中仙女名。事见葛洪著《神仙传》。前面讲绿衣脱翠羽，这里讲麻姑脱美人。脱，即像一个模子脱胎出来意。

花落复次前韵

玉妃谪堕烟雨村，先生作诗与招魂。人间草木非我对，奔月偶桂成幽昏[1]。暗香入户寻短梦，青子缀枝留小园。披衣连夜唤客饮，雪肤满地聊相温。松明照坐愁不睡，井华入腹清而暾[2]。先生来年六十化，道眼已入不二门。多情好事余习气，惜花未忍都无言。留连一物吾过矣，笑领百罚空罍樽[3]。

【注释】①奔月：指嫦娥偷吃了羿的不死之药而奔月宫。偶桂成幽昏：嫦娥与桂成为配偶。②井华：清晨初汲之水。《本草纲目》：井花水，令人好颜色，与诸水有异，井中平旦第一汲者。③罍（léi）樽：饰有云雷状花纹的酒樽。

追饯正辅表兄至博罗，赋诗为别[①]

孤臣南游堕黄菅[②]，君亦何事来牧蛮[③]。舣舟蜑户龙冈窟[④]，置酒椰叶桄榔间。高谈已笑衰语陋，杰句尤觉清诗孱。博罗小县僧舍古[⑤]，我不忍去君忘还。君应回望秦与楚[⑥]，梦涉汉水愁秦关。我亦坐念高安客[⑦]，神游黄蘖参洞山[⑧]。何时旷荡洗瑕谪[⑨]，与君归驾相追攀。梨花寒食隔江路[⑩]，两山遥对双烟鬟。归耕不用一钱物，惟要两脚飞孱颜。玉床丹镞记分我[⑪]，助我金鼎光斓斑[⑫]。

【注释】①博罗：县名，在今广东博罗县。②孤臣：苏轼自指。黄菅：即黄茅，草名。当时惠州人盖房多用此草，故代指惠州。③牧蛮：指程正辅提刑粤中一事。④舣舟：停船靠岸。龙冈：地名。王十朋注引赵次公曰："龙冈，惠州江之处所也。"⑤僧舍：指博罗香积寺。⑥秦与楚：秦指程之邵，字懿叔，是时主管秦蜀茶马。楚指之元，字德孺，是时知楚州。二人均为程正辅之弟。⑦高安客：指苏辙。时苏辙任筠州监酒，而筠州的治所在高安（今江西高安市），故称。⑧黄蘖：指道全禅师。洞山：指克文禅师。此句谓子由与二禅师交游。王文诰注："子由有《洞山文长老语录叙》及《洞山、黄蘖二禅师相访》诗，并载《栾城集》，乃子由筠州监酒时相与往还者也。"⑨旷荡：空阔无边，比喻皇恩浩荡。瑕谪：玉上的斑痕。比喻自己的过失。⑩寒食：节气名，在清明前一天。古人从这天起，三日不生火做饭，故称寒食。寒食前后，梨花开放。⑪丹镞：指朱砂。据说辰州所产的朱砂"生石上，若箭簇，紫黯铁而光明莹彻者，真辰砂也"。见《本草图经》。⑫金鼎：指炼丹所用的鼎。

再用前韵[①]

乐天双鬓如霜菅，始知谢遣素与蛮[②]。我兄绿发蔚如故，已了梦幻齐人间。蛾眉劝酒聊尔耳，处仲太忍茂弘孱[3]。三杯径醉便归卧，海上知复几往还。连娟六幺趁蹋鞠[4]，杳眇三叠萦《阳关》[5]。酒醒梦断何所有，落花流水空青山。忽惊铙鼓发夜半，明月不许幽人攀。赠行无物惟一语，莫遣瘴雾侵云鬟。罗浮道人一倾盖[6]，欲系白日留君颜。应知我是香案吏，他年许缀蓬莱班[7]。

【注释】①此首用韵同《追饯正辅表兄至博罗，赋诗为别》，故题作《再用前韵》，盖作于同时。②谢遣：辞去，遣去。素与蛮：樊素和小蛮。唐代孟棨《本事诗》："白尚书（白居易）姬人樊素善歌，妓人小蛮善舞。尝为诗曰：'樱桃樊素口，杨柳小蛮腰。'"③蛾眉：指美人。处仲：王敦字。茂弘：王导字。《世说新语·汰侈篇》："石崇每要客燕集，常令美人行酒。客饮酒不尽者，使黄门交斩美人。王丞相（导）与大将军（敦）尝共诣崇，丞相素不能饮，辄自勉强，至于沉醉。每至大将军，固不饮以观其变，已斩三人，颜色如故，尚不肯饮。丞相让之，大将军曰：'自杀伊家人，何预卿事！'"④连娟：女子身材苗条曰连娟，代指美人。六幺：唐琵琶曲名。白居易《琵琶行》："初为《霓裳》后《六幺》。"本名录要，后讹为绿要或绿腰或六幺。见唐段安节《琵琶录》及宋王灼《碧鸡漫志》。蹋鞠：即蹴鞠，古时的一种习武之戏。《史记·苏秦列传》《集解》引刘向《别录》曰："蹋鞠，兵势也，所以练武士，知有材也，皆因嬉戏而讲练之。"⑤杳眇：深远貌。《阳关三叠》：曲调名，又名《渭城曲》。唐王维有《送元二使安西》诗，后入乐府，以为送别曲。反复诵唱，谓之阳关三叠。可参见本集《题跋·记〈阳关〉第四声》。⑥罗浮道人：指邓守安。时见程正辅于博罗，方议建惠州船桥事。⑦蓬莱：即蓬莱山，相传为仙人居住之所，在东海之中。此句谓他年我或许能加入蓬莱仙人之列。

游博罗香积寺 并引[1]

寺去县七里，三山犬牙[2]，夹道皆美田，麦禾甚茂。寺下溪水，可作碓磨[3]。若筑塘百步闸而落之，可转两轮举四杵也。以属县令林抃[4]，使督成之。

二年流落蛙鱼乡[5]，朝来喜见麦吐芒。东风摇波舞净绿，初日泫露酣娇黄[6]。汪汪春泥已没膝，剡剡秋谷初分秧[7]。谁言万里出无友，见此二美喜欲狂[8]。三山屏拥僧舍小，一溪雷转松阴凉[9]。要令水力供臼磨，与相地脉增堤防。霏霏落雪看收面，隐隐叠鼓闻舂糠。散流一啜云子白[10]，炊裂十字琼肌香[11]。岂惟牢九荐古味[12]，要使真一流天浆[13]。诗成捧腹便绝倒，书生说食真膏肓[14]。

【注释】①香积寺：在惠州南博罗县西山下。此首盖苏轼送程正辅至香积寺，游寺后所作。②三山：即大北山、象头山、白水山。在东江南。③碓磨：水磨。利用水利舂米的装置。④林抃：字天和，时任博罗县令。⑤蛙鱼乡：多蛙和鱼的地方。⑥泫露：滴露。娇黄：小麦在旭日照耀之下，金光闪闪，故称。⑦剡(yǎn)剡：尖尖。⑧二美：指麦与禾。⑨雷转：谓转动的声音如同雷鸣。⑩云子：神仙服食之物。《汉武帝内传》："北陵绿阜太上之药，风实、云子，玉津、金浆。"枚乘《七发》："抟之不解，一啜而散。"杜甫《与鄠县源大少府宴渼陂，得寒字》："饭抄云子白，瓜嚼水精寒。"此句盖从此化出。⑪炊裂十字：《晋书·何曾传》载，何曾生性豪奢，"每燕见，不食太官所设，帝辄命取其食。蒸饼上不坼作十字，不食也"。⑫牢九：食品名。即蒸饼，或说为包子，又说为汤团。⑬真一：真一酒。王十朋注引赵次公曰："此言造真一酒法，用麦与禾也。"⑭膏肓：古代医学称心脏下部为膏，隔膜为肓。这里有不可救药之意。

四月十一日初食荔支[1]

南村诸杨北村卢[2]，白华青叶冬不枯。垂黄缀紫烟雨里[3]，特与荔子为先驱[4]。海山仙人降罗襦，红纱中单白玉肤[5]。不须更待妃子笑[6]，风骨自是倾城姝。不知天公有意无，遣此尤物生海隅[7]。云山得伴松桧老[8]，霜雪自困楂梨粗[9]。先生洗盏酌桂醑[10]，冰盘荐此赪虬珠。似开江鳐斫玉柱，更洗河豚烹腹腴[11]。我生涉世本为口，一官久已轻莼鲈。人间何者非梦幻，南来万里真良图。

【注释】①此首作于绍圣二年四月。②杨：杨梅。卢：卢橘，即枇杷。③垂黄缀紫：形容杨卢的花叶果实。④“特与”句：杨梅、卢橘开花结果在荔支之前，故云“为先驱”。⑤中单：内衣。⑥妃子：指唐玄宗的妃子杨玉环。杨贵妃喜食荔支，常命专人以快马自四川向长安驰送。⑦尤物：本指绝色的美人，这里指荔支，言其绝好难得。⑧“云山”句：据《梁溪漫志》：“松桧之间，杂植荔支，取其枝叶阴覆。”⑨“霜雪”句：言楂子、梨子困于霜雪，果实味粗。楂：楂子，一种酸果。⑩桂醑：肉桂酒。⑪苏轼自注：“予尝谓荔支厚味，高格两绝，果中无比，惟江鳐柱，河豚鱼近之耳。”

荔支叹[1]

十里一置飞尘灰[2]，五里一堠兵火催[3]。颠阬仆谷相枕藉[4]，知是荔支龙眼来[5]。飞车跨山鹘横海[6]，风枝露叶如新采。宫中美人一破颜，惊尘溅血流千载[7]。永元荔支来交州[8]，天宝岁贡取之涪[9]。至今欲食林甫肉[10]，无人举觞酹伯游[11]。我愿天公怜赤子[12]，莫生尤物为疮痏[13]。雨顺风调百谷登，民不饥寒为上瑞[14]。君不见武夷溪边粟粒芽[15]，前丁后蔡相笼加[16]。争新买宠各出意，今年斗品充官茶[17]。吾君所乏岂此物，致养口体何陋耶？洛阳相君忠孝家[18]，可怜亦进姚黄花[19]。

【注释】①此首与《四月十一日初食荔支》作于同时或稍后。②置：古代的驿站，差官歇脚换马的地方。飞尘灰：指人马奔驰，尘土飞扬。③堠（hòu）：古时记里程的土堆，这里也指驿站。兵火催：形容赶路紧迫，有如兵火。④颠、仆：皆摔倒之义。阬：同“坑”。枕籍：死伤的人相枕而卧，倒在一起。⑤龙眼：桂圆。⑥飞车：神话传说中一种能“从风运行”的车子。鹘(gǔ)：一种海鸟，古时海船常刻之，这里指快船。此句言为了早日送到荔支，不惜想尽种种办法。⑦破颜：犹开颜，露出笑容。此二句言为了博得美人喜欢，不惜使百姓溅血遭殃，千年以来，莫不如此。⑧永元：汉和帝年号。交州：今广东、广西南部及越南北部一带。⑨天宝：唐玄宗年号。涪(fú)：涪州，在今四川涪陵。⑩林甫：即李林甫，天宝时的奸相。他一意逢迎，对进贡荔支事毫不谏阻，故百姓欲食其肉。⑪酹：将酒倒到地上，古代的一种祭仪。伯游：唐羌的字。他曾上书谏汉和帝进贡荔支。按，苏轼自注：“汉永元中，交州进荔支、龙眼。十里一置，五里一堠，奔腾死亡，罹猛兽毒虫之害者无数。唐羌，字伯游，为临武长，上书言状，和帝罢之。唐天宝中，盖取涪州荔支，自子午谷路进入。”⑫赤子：初生婴儿皮肤红色，故称。这里代指百姓。⑬疮痏(wěi)：疮疤，借指祸害。⑭上瑞：最大的祥瑞。⑮武夷：山名，在福建，著名的产茶区。粟粒芽：初春的芽茶，小如粟粒，是茶中极品。⑯丁：指丁谓，字谓之，真宗时宰相，封晋国公。蔡：指蔡襄，字君谟，官至端明殿学士。笼加：笼装进贡，先后相继。苏轼自注：“大小龙茶，始于丁晋公，而成于蔡君谟。欧阳永叔闻君谟进小龙团，惊叹曰：‘君谟士人也，何至作此事！’”⑰苏轼自注：“今年闽中监司，乞进斗茶，许之。”斗品：可供斗比的茶中精品。宋时有斗茶之风，这里是说贡茶者“争新买宠”。官茶：向官家进贡的茶。⑱洛阳相君：指钱惟演。因其晚年曾以中书门下平章事留守洛阳，故称。钱惟演是吴越王钱俶的儿子，钱俶主动降宋，被宋太宗称为“以忠孝而保社稷”，故说他是忠孝家。⑲可怜：可惜。含有轻蔑之意。姚黄花：牡丹花中的极品，其最初由姚姓培养出来，色黄，故称。按，苏轼自注：“洛阳贡花，自钱惟演始。”

同正辅表兄游白水山[①]

伟哉造物真豪纵，攫土抟沙为此弄。劈开翠峡走云雷，截破奔流作潭洞[②]。因随化人履巨迹[③]，得与仙兄蹑飞鞚[④]。曳杖不知岩谷深，穿云但觉衣裘重。坐看惊鸟救霜叶，知有老蛟蟠石瓮[5]。金沙玉砾粲可数，古镜宝奁寒不动。念兄独立与世疏，绝境难到惟我共。永辞角上两蛮触[6]，一洗胸中九云梦。浮来山高回望失[7]，武陵路绝无人送[8]。筠篮撷翠爪甲香[9]，素绠分碧银瓶冻[10]。归路霏霏汤谷暗[11]，野堂活活神泉涌[12]。解衣浴此无垢人，身轻可试云间风。

【注释】①白水山：在罗浮山之西。②潭洞：深洞。此二句写白水山瀑布。③化人：佛教谓神、佛变形为人，以化度众生者，为化人。巨迹：白水山有大足迹，世谓之佛迹。④仙兄：对道士的尊称。仙兄与化人都是指称程正辅。飞鞚：驾驭快马。鞚，马络头。⑤蟠：盘曲。石瓮：石洞。⑥蛮触：《庄子·则阳》："有国于蜗之左角者，曰触氏；有国于蜗之右角者，曰蛮氏。时相与争地而战，伏尸数万。"后称由于细小之事而起争端为蛮触之争。程正辅于苏轼为表兄，又是苏轼的姐夫。但苏轼之姊嫁到程家后，可能未遇善待，郁郁而死。因此二人之间原有旧怨，是时方释前嫌，故有"永辞"云云。⑦浮来山：即罗浮山，相传是从东海飘浮而来的，故称。⑧武陵：谓桃源。陶渊明作《桃花源记》，言武陵县有桃花源，故"武陵"在此指代桃源。⑨筠篮：用筠竹（斑竹）做成的篮子。撷翠：摘取花草。爪甲：手指。⑩素绠：白色的汲水绳。⑪霏霏：烟云弥漫的样子。汤谷：本是神话中日出之处。这里泛指山谷。⑫活活：水流声。

次韵正辅同游白水山[1]

只知楚越为天涯，不知肝胆非一家。此身如线自萦绕，左旋右转随缫车[2]。误抛山林入朝市，平地咫尺千褒斜[3]。欲以稚川隐罗浮[4]，先与灵运开永嘉[5]。首参虞舜款韶石[6]，次谒六祖登南华[7]。仙山一见五色羽[8]，雪树两摘南枝花[9]。赤鱼白蟹箸屡下，黄柑绿橘笾常加[10]。糖霜不待蜀客寄[11]，荔枝莫信闽人夸。恣倾白蜜收五棱[12]，细斸黄土栽三桠[13]。朱明洞里得灵草，翩然放杖凌苍霞[14]。岂无轩车驾熟鹿，亦有鼓吹号寒蛙。山人劝酒不用勺，石上自有樽罍洼[15]。径从此路朝玉阙[16]，千里莫遣毫厘差。故人日夜望我归，相迎欲到长风沙[17]。岂知乘槎天女侧，独倚云机看织纱[18]。世间谁似老兄弟，笃爱不复相疵瑕[19]。相携行到水穷处，庶几一见留子嗟[20]。千年枸杞常夜吠，无数草棘工藏遮。但令凡心一洗濯，神人仙药不我遐。山中归来万想灭，岂复回顾双云鸦[21]。

【注释】①此首与《同正辅表兄游白水山》作于同时。②缫（sāo）车：缫丝用具，因有轮旋转以收丝，故谓之车。③褒斜：古通道名，在今陕西西南，为沿褒水、斜水所形成的河谷。全长四百七十里，通道山势险峻，极难行走。④稚川：葛洪字，洪晚年隐居于罗浮山。⑤灵运：即谢灵运。谢灵运任永嘉太守时，为游山水，伐木开路。见《南史》本传。⑥韶石：山石名，在今广东韶关市北，相传舜南巡登此石，奏（韶）乐，故名。⑦六祖：即六祖禅师慧能。南华：山名，在今广东曲江县南六十里。唐仪凤初，慧能传法于此。⑧仙山：指罗浮山。五色羽：即五色雀。参见本集《题跋·书罗浮五色雀诗》。⑨雪树：即梅树。南枝花：即梅花。⑩笾：古时祭祀燕享时用以盛果脯的竹编食器，形制如豆，容四升。这里指盛柑橘的食器。⑪糖霜：用甘蔗熬制而成的糖。东蜀梓州盛产，惠州亦产，故“不待蜀客寄”。⑫五棱：即羊桃。羊桃四面起脊，用刀断之，则片片皆有五角，故名五棱。五棱产于岭南及闽中，能避岚瘴之毒，其味初酸，以蜜渍之，甘酢而美。⑬斸：挖，掘。三桠：指人参。苏轼自注：“正辅分人参一苗，归种韶阳。来诗本用磴字，惠州无书，不见此字所出，故且从木奉和。”⑭苍霞：犹言云霞。⑮樽罍：都是盛酒器。樽罍洼：即以石上凹陷之处作盛酒器。⑯玉阙：指仙人的宫阙。⑰长风沙：又名长风夹，在今安徽安庆市东五十里的江边。李白《长干行》：“相迎不道远，直至长风沙。”⑱槎：木筏。《博物志》：“天河与海通，有居海岛者，每年见浮槎来往不失期。人异之，遂赍粮乘槎，忽至一处，望宫中多织妇，俄见一丈夫牵牛渚次饮之，后复还，至蜀，问严君平。君平曰：‘某年月日，有客星犯牛渚。’计年月，正是此人到天河时也。”⑲疵瑕：微小的缺点。这里是挑剔之意。⑳子嗟：即咨嗟，叹息。㉑云鸦：即云鬟雅鬓，指失偶事。

赠昙秀[①]

白云出山初无心，栖乌何必恋旧林[②]。道人偶爱山水故[③]，纵步不知湖岭深[④]。空岩已礼百千相，曹溪更欲瞻遗像[⑤]。要知水味孰冷煖，始信梦时非幻妄。袖中忽出贝叶书[⑥]，中有璧月缀星珠。人间胜绝略已遍[⑦]，匡庐南岭并西湖[⑧]。西湖北望三千里，大堤冉冉横秋水[⑨]。诵师佳句说南屏，瘴云应逐秋风靡。胡为只作十日欢，杖策复寻归路难。留师笋蕨不足道[⑩]，怅望荔子何时丹。

【注释】①王文诰认为此诗作于绍圣三年春末。昙秀：即芝上人，扬州僧人。苏轼守扬州时，和昙秀有诗唱和。是时，秀来惠州探望苏轼，轼作此诗赠之。②“白云”二句：陶渊明《归去来兮辞》：“云无心以出岫，鸟倦飞而知还。”为此二句所本。③道人：指昙秀。④纵步：犹言云游。⑤曹溪：地名，在今广东韶州市东南。遗像：指六祖慧能的法像。慧能曾在曹溪建南华寺，开坛讲经。⑥贝叶书：指佛经。《酉阳杂俎》：“贝多树叶，出摩伽佗国，西土用以写经，长六七丈，终冬不凋。”⑦胜绝：指景色绝美之地。⑧匡庐：庐山。⑨冉冉：修长貌。⑩笋蕨：笋指竹笋，蕨指蕨菜。泛指一般的饭食。

赠陈守道[①]

一气混沦生复生[②]，有形有心即有情。共见利欲饮食事，各有爪牙头角争。争时怒发霹雳火[③]，险处直在嵌岩坑[④]。人伪相加有余怨，天真丧尽无纯诚[⑤]。徒自取先用极力，谁知所得皆空名。少微处士松柏寒[⑥]，蓬莱真人冰玉清[⑦]。山是心兮海为腹，阳为神兮阴为精。渴饮灵泉水[⑧]，饥食玉树枝[⑨]。白虎化坎青龙离[⑩]，锁禁姹女关婴儿[11]。楼台十二红玻璃[12]，木公金母相东西[13]。纯铅真汞星光辉[14]，乌升兔降无年期[15]。停颜却老只如此[16]，哀哉世人迷不迷。

【注释】①此诗作于绍圣三年。②一气：即元气。混沦：流转。冯注引《越绝书》："道生气，气生阴，阴生阳，阳生天地。天地立，然后有四时而万物备。"③霹雳火：打雷时所引发的闪电。这里形容怒气之大。④嵌岩坑：即山洞。⑤纯诚：犹真诚。⑥少微处士：查慎行注："《云笈七签》：陈少微，字子明。"松柏寒：比喻志操坚贞。⑦蓬莱真人：居住在蓬莱山上的仙人。冰玉清：比喻节操纯洁。⑧灵泉：神泉。⑨玉树：神话中的树名。⑩"白虎"句：查注："本集《寄予由龙虎坎离说》云：龙者，汞也，精也，血也，出于肾而肝藏之，坎之物也。虎者，铅也，气也，力也，出于心而肺生之，离之物也。青龙属东，白虎属西，此其正也。更历分布者，青龙建纬于西，白虎建纬于卯，刑德并会，而龙虎欢喜，颠倒相见，以主生为德。若龙东虎西，定位各居，自生自旺，则二物相竞，以主杀为刑。"⑪姹女、婴儿：道家以汞为姹女，以铅为婴儿。⑫楼台十二：即十二楼台，指喉咙。红玻璃：红色的天然水晶石。此指红色的丹药。⑬木公金母：查注："《参同契》注云：慈母云金，金生坎水，水即金公，水称孝子。严父云木，木生砂汞，子又生孙，子继孙踵。《西王母传》云：在昔道气凝寂，湛体无为，将欲启迪元功，化生万物，先以东华至真之气，化而生木公，又以西华至妙之气，化而生金母。"⑭纯铅真汞：查注："《参同契》：癸为真铅，壬为真汞。"⑮乌升兔降：查注："《玄奥集》：日中乌，比心中之液也。月中兔，比肾中之气也。"《金丹歌》云："若也知时能运用，金乌玉兔自西东。"⑯停颜：即驻颜，使容颜不衰老。却老：防止衰老，延长寿命。

辨道歌[1]

北方正气名祛邪，东郊西应归中华[2]。离南为室坎为家[3]，先凝白雪生黄芽[4]。黄河流驾紫河车[5]，水精池产红莲花[6]。赤龙腾霄惊盘蛇，姹女含笑婴儿呀[7]。十二楼瞰灵泉注[8]，华池玉液阴交加[9]。子驰午前无停差[10]，三田聚宝真生涯[11]。龟精凤髓填谽谺[12]，天地骇有鬼神嗟。一丹休别内外砂[13]，长修久饵须升遐[14]。肠中澄结无余柤[15]，俗骨变换颜如葩。哀哉世人争齿牙，指伪为真正为哇[16]。轻肥甘美形骄奢，谲诡诈妄言矜夸。游鱼在网兔在罝[17]，一气顿尽犹呕哑[18]。余生所托诚栖槎，九原枯髀如乱麻[19]。胡不断众如镆铘[20]，空与利名交撑拏。胡不腾踏如文騧[21]，可惜贪爱相漫洿[22]。真心道意非不嘉，餐金闲暇非虚哗[23]。何须横议相疵瘕[24]，众口并发鸣群鸦。安知聚散同鱼虾，自缠如茧居如蜗。日怀嗔喜甘笼筊[25]，其去死地犹猎貑[26]。吾恨尔见有所遮，海波或至惊井蛙。乌轮即晚蟾影斜[27]，吾时俱睹超云霞。

【注释】①此首诗作于绍圣三年。②“北方”二句：查慎行注：“《参同契》：众邪辟除，正气常存。注云：北方坎位，乃真铅所居之本乡，居于此，则金木火三方之正气，如水之朝宗。《玄奥集》：北方正气，日月为轮，搬水运火，昼夜无停。”按道家内丹派把人的五脏以五行分作五个方位，北方肾，东方肝，西方肺，南方心，中宫为脾胃。此二句大意是说：经过修炼的人，五脏六腑，都归存正气，此犹如堂堂中华，东郊西陲之人，皆来归顺。③“离南”句：查注：“《参同契》注：子居北，北乃坎之正位。午居南，南乃离之正位。”此句言正气以心、肾为家室。④白雪：指玉津，即唾液。黄芽：指肾中的元气。⑤“黄河”句：查注：“《参同契》：北方河车。注云：水多居北，搬运而南，使水自下升，载宝而上，如河车之运，故云河车。”此句言坎离交媾生黄芽之后，使新生之正气在人体循环，纳入丹田。⑥水精池：指心宫。查注：“《云笈七签》：凡欲胎息，先丹田，次存五脏，心如红莲花，未开下垂。《黄庭经》：心部之宫莲含华。注云：心藏之质，象莲花之未开也。”⑦姹女：离卦的阴符称姹女，在人体代心。婴儿：坎卦的阳符称婴儿，在人体代肾，故《金丹大成集》云：“婴儿在肾，姹女在心。”⑧十二楼：指喉咙。查注：“《玄奥集》：何谓十二楼？答曰：人之喉咙管，有十二节是也。”灵泉注：即灵泉水。⑨华池：即舌下。玉液：即唾液。⑩子驰午前：

一作“子驰午行”，当是。此句言当在子午二时行功。⑪三田：查注：“《玄奥集》：脑为上田，心为中田，气海为下田。”⑫龟精凤髓：查注：“《玄奥集》：龟精凤髓，兔髓乌肝，先天地精，不过真铅真汞交结而成。”谽谺(hān xiā)：本指山谷空阔的样子。这里指丹鼎。⑬内外砂：即内丹和外丹。冯注：“《仙经》：道家用金色的药石于鼎，以水火炼之成丹，为外丹。口吐浊气，曰吐故，鼻纳清气，曰纳新，为内丹。”⑭升遐：指飞升成仙。⑮澄结：澄清凝结。租：同“沮”，沮格，阻止。⑯哇：淫哇，此与“正”相对，即淫邪之意。⑰罝：捕兔的网。⑱呕哑：繁杂乱声。⑲枯髀：即枯骨。⑳镆铘：同“莫邪”，宝剑名。㉑騧(guā)：黑嘴的黄毛马。㉒漫洿：随意妄为。洿，漫，即散漫。㉓虚哗：空自喧闹，胡闹。㉔横议：肆意议论。疵瘕：小缺点。这里是指摘的意思。㉕笼篓：笼子。篓，鸟笼。㉖豭：大猪。㉗乌轮：指太阳。蟾影：指月亮。

吾谪海南，子由雷州，被命即行，了不相知。至梧，乃闻其尚在藤也，旦夕当追及，作此诗示之[①]

九疑联绵属衡湘[②]，苍梧独在天一方。孤城吹角烟树里，落日未落江苍茫[③]。幽人拊枕坐叹息[④]，我行忽至舜所藏[⑤]。江边父老能说子[⑥]，白须红颊如君长[⑦]。莫嫌琼雷隔云海，圣恩尚许遥相望。平生学道真实意，岂与穷达俱存亡。天其以我为箕子[⑧]，要使此意留要荒[⑨]。他年谁作舆地志，海南万里真吾乡。

【注释】①绍圣四年(1097)四月，苏轼被贬为琼州别驾，奉命自惠州移昌化军（今海南儋县）安置。同时，苏辙也被贬为化州（今广东化县）别驾，安置于雷州（今广东海康、遂溪）。苏轼行至苍梧（今广西梧州）时，听说苏辙还在藤州（今广西藤县），遂作此诗。②九疑：山名，在今湖南南部。联绵：即连绵，绵延不断。③落日：一作“落月”。④幽人：本指隐士，这里是作者自谓。意不限于隐士，有“逐臣”的意思。⑤舜所藏：指苍梧。

藏：葬的讳称。相传舜南巡至苍梧而死，葬在那里。⑥子：指苏辙。⑦"白须"句：是江边父老说苏辙面貌、身材的话。君：指苏辙。长，言其身高。⑧箕子：殷末的贤臣，殷亡后受封于今朝鲜。这里是苏轼自比，因二者都远居异城。⑨要荒：要服和荒服。古时将京畿之外的领地，分为五服，即甸服、侯服、绥服、要服、荒服，分别统治。约五百里为一服，要、荒二服距京畿最远。这里泛指边远地区。

夜梦 并引[①]

七月十三日，至儋州十余日矣[②]，澹然无一事。学道未至，静极生愁。夜梦如此，不免以书自怡。

夜梦嬉游童子如，父师检责惊走书[③]。计功当毕《春秋》余[④]，今乃粗及桓、庄初。怛然悸寤心不舒[⑤]，起坐有如挂钩鱼。我生纷纷婴百缘[⑥]，气固多习独此偏[⑦]。弃书事君四十年[⑧]，仕不顾留书绕缠。自视汝与丘孰贤，《易》韦三绝丘犹然[⑨]，如我当以犀革编[⑩]。

【注释】①此诗作于绍圣四年七月。②据本集《谢表》，苏轼至昌化军（即儋州），时在七月初二至十三日，已十一天了。③走书：疾书。④计功：考核，检查。⑤怛然：惊悸的样子。悸寤：惊醒。⑥婴：同"萦"，缠绕。⑦此：指学道。偏：少。⑧"弃书"句：苏轼以嘉祐二年中第，至绍圣四年贬儋耳，正四十年。⑨"《易》韦"句：王十朋注："《史记》：孔子晚而喜《易》，读《易》韦编三绝。"韦：去毛熟治的皮革。古时无纸，以竹简写书，用皮绳编缀，故曰韦编。⑩犀革：犀牛皮。此指用犀牛皮制成的绳。

闻子由瘦[①]

五日一见花猪肉[②]，十日一遇黄鸡粥。土人顿顿食薯芋，荐以薰鼠烧蝙蝠。旧闻蜜唧尝呕吐[3]，稍近虾蟆缘习俗。十年京国厌肥羜[4]，日日烝花压红玉。从来此腹负将军[5]，今者固宜安脱粟。人言天下无正味，蝍蛆未遽贤麋鹿[6]。海康别驾复何为[7]，帽宽带落惊童仆。相看会作两臞仙[8]，还乡定可骑黄鹄[9]。

【注释】①此首作于绍圣四年。题下苏轼自注："儋耳至难得肉食。"②花猪：冯应榴《合注》："《本草》注：猪生岭南者，白而肥。又云：花猪不可食。"③蜜唧：古时岭南人取初生鼠，饲之以蜜，宴时钉于席上，以箸挟取啖之，唧唧作声，故曰蜜唧。④肥羜：《诗·小雅·伐木》："既有肥羜，以速诸父。"疏："《释畜》云：'未成羊曰羜。'郭璞曰：'今呼俗五月羔为羜。'"⑤苏轼自注："俗谚云：大将军食饱扪腹而叹曰：'我不负汝。'左右曰：'将军固不负此腹，此腹负将军，未尝出少智虑也。'"⑥蝍蛆：蜈蚣。《庄子·齐物论》："民食刍豢，麋鹿食荐，蝍且甘带，鸱鸦嗜鼠，四者孰知正味？"⑦海康别驾：指苏辙。海康，即雷州。⑧两臞仙：两位消瘦的仙人，此指辙和自己。臞(qú)，同"癯"，消瘦。⑨"还乡"句：《汉书·西域传》："乌孙公主悲愁，为歌曰：'居常土思兮心内伤，愿为黄鹄兮归故乡。'"

独觉[1]

瘴雾三年恬不怪[2]，反畏北风生体疥[3]。朝来缩颈似寒鸦，焰火生薪聊一快。红波翻屋春风起[4]，先生默坐春风里。浮空眼缬散云霞[5]，无数心花发桃李[6]。倏然独觉午窗明[7]，欲觉犹闻醉鼾声。回首向来萧瑟处[8]，也无风雨也无晴。

【注释】①此诗作于绍圣四年冬。②恬不怪：恬淡而不知怪。③生体疥：即体生疥。《礼记·月令》："仲冬行春令，民多疥疠。"疥，即疥疠，皮肤病名。④红波：言风吹红花，有如波浪。⑤眼缬：眼发花。庾信《夜听捣衣》："花鬟醉眼缬，龙子细文红。"⑥"无数"句：查慎行注："《圆觉经序》：心花发明。《道家元气论》：气运息调，荣枝叶也；性情心悦，开花也；留精固胎，结实也。"⑦倏然：疾速的样子。⑧向来：先前。

过于海舶，得迈寄书、酒[1]。作诗，远和之，皆粲然可观。子有书相庆也，因用其韵赋一篇，并寄诸子侄

我似老牛鞭不动，雨滑泥深四蹄重。汝如黄犊走却来，海阔山高百程送。庶几门户有八慈[2]，不恨居邻无二仲[3]。他年汝曹笏满床[4]，中夜起舞踏破瓮[5]。会当洗眼看腾跃，莫指痴腹笑空洞。誉儿虽是两翁癖，积德已自三世种。岂惟万一许生还，尚恐九十烦珍从[6]。六子晨耕箪瓢出，众妇夜绩灯火共。春秋古史乃家法[7]，诗笔《离骚》亦时用。但令文字还照世，粪土腐余安足梦[8]。

【注释】①过：苏过。苏轼第三子，字叔党。迈：苏迈。苏轼长子，字伯达。②庶几：有幸。八慈：东汉时荀淑有子八人，皆名声卓著，时称八龙。又因八人皆以"慈"为字，故又称八慈。③二仲：指汉代羊仲、裘仲。《初学记》卷十八引汉赵岐《三辅决录》："蒋诩字元卿，舍中三径，唯羊仲、裘仲从之游。二仲皆推廉逃名。"后用以泛称廉洁隐退之士。④"他年"句：据《唐书·崔琳传》："每岁时宴于家，以一榻置笏，犹重积其上。"笏：为官员上朝时所执用以记事的手板。笏满床：意谓家中做官的人多。⑤"中夜"句：据旧注，有一人家贫，唯有一瓮，夜守之以寝。某夜，忽思如得富贵，当广置田宅，多蓄声妓，高车大盖，无不备置，反复之，不觉欢乐起舞，遂将瓮踏破。⑥珍从：谓携带珍馐美味探望老人。语出《礼记·王制》："九十者，天子欲有问焉，则就其室，以珍从。"⑦古史：苏辙认为司马迁《史记》浅近疏略，故据其史料而作《古史》。⑧粪土腐余：此处喻功名富贵乃身外之物。

赠李兕彦威秀才

魏王大瓢实五石，种成濩落将安适[①]。可怜公子持十牛，海上三年竟何得。先生少负不羁才，从军数到单于台。天山直欲三箭取[②]，白衣将军何人哉？夜逢怪石曾饮羽[③]，戏中戟枝何足数。誓将马革裹尸还，肯学班超苦儿女。封侯卫、霍知几许[④]，老矣先生困羁旅。酒酣聊复说平生，结袜犹堪一再鼓。弃书捐剑学万人[⑤]，纨袴儒冠皆误身。穷途政似不龟手[⑥]，与世羞为西子颦。如今惟有谈天口，云梦胸中吞八九。世间万事寄黄粱，且与先生说乌有。

【注释】①濩落：沦落失意。②“天山”句：《新唐书·薛仁贵传》：“仁贵发三矢，辄杀三人，于是虏气慑，皆降……军中歌曰：‘将军三箭定天山，壮士长歌入汉关。’”后以此谓大将武艺高强，声威服人。③“夜逢”句：《史记·李广传》：“广出猎，见草中石，以为虎而射之，中石没镞，视之，石也，因复更射之，不入矣。”④“封侯”句：《汉书·卫青霍去病传》：“封青为长平侯，封去病为冠军侯。”⑤“弃书”句：《汉书·项籍传》：“籍少时学书不成，去，学剑，又不成，去。梁怒之。籍曰：‘书足记姓名而已。剑，一人敌，不足学，学万人敌。’”⑥不龟手：《庄子·逍遥游》：“宋人有善为不龟手之药者，世世以洴澼洸为事。”

葛延之赠龟冠

南海神龟三千岁，兆协朋从生庆喜[①]。智能周物不周身[②]，未免人钻七十二。谁能用尔作小冠，岣嵝耳孙创其制[③]。吾今此去宁复来，欲慰相思时整视。

【注释】①朋从：《易·咸》："憧憧往来，朋从尔思。"谓同类相从。②周身：保全自身。③岣（gǒu lǒu）：衡山七十二峰之一，为衡山主峰，故衡山又名岣嵝山。古代传说禹曾在此得金简玉书。鲁迅《汉文学史纲要》："岣嵝禹书，伪造不足论。"耳孙：玄孙之曾孙也。常指后代远系子孙。

真一酒歌[1] 并引

布算以步五星[2]，不如仰观之捷；吹律以求中声，不如耳齐之审。铅汞以为药，策《易》以候火，不如天造之真也。是故神宅空乐出虚蹋鞠者以气升[3]，孰能推是类以求天造之药乎？于此有物，其名曰真一[4]。远游先生方治此道，不饮不食，而饮此酒，食此药，居此堂。予亦窃其一二，故作《真一之歌》。其词曰：

空中细茎插天芒[5]，不生沮泽生陵冈。涉阅四气更六阳[6]，森然不受螟与蝗。飞龙御月作秋凉，苍波改色屯云黄[7]。天旋雷动玉尘香，起溲十裂照坐光[8]。跏趺牛噍安且详[9]，动摇天关出琼浆。壬公飞空丁女藏[10]，三伏遇井了不尝。酿为真一和而庄，三杯俨如侍君王。湛然寂照非楚狂，终身不入无功乡[11]。

【注释】①真一酒：酒名。苏东坡居岭南时自酿酒。其《真一酒》诗引："米、麦、水三一而已。此东坡先生真一酒也。"②布算：布筹运算。徐干《中论》："圣王之造历数也，原星辰之迭中，布算以追之。"③蹋鞠：古代一种用于习武、健身和娱乐的踢球运动。④真一：道教名词，本指保持本性，自然无为。后多用以指养生的方法。⑤"空中"句：麦熟昂头，故芒可云插天也。此诗通首皆指麦言之。⑥"涉阅"句：麦以九月种，四月熟，涉阅四气者，谓九月霜降、立冬，十月小雪、大雪也。更六阳者，谓自十一月一阳生，至四月为六阳也。此以通言麦凡经历八月而熟耳。⑦"苍波"句：麦青谓之波。稍老则谓之苍波，稍熟则又如黄云之屯也。⑧十裂：指熟透的蒸饼上裂开的十字状纹。⑨“踟趺”句:《楞严经》:有牛呞病,同吐而噍也。《缘觉经》:佛在衹洹,有一比丘,患牛呞病,为长者轻笑。佛为置数珠,令密诵咒,长者子后遇之,知其诵经,遂绝轻笑。⑩“壬公”句:壬公言水也,丁女言火也。⑪此篇大意,取道家三一还丹之诀,借题以寓言。“空中细茎插天芒”以下六句,言麦得四时之气以成,故性温和也。“天旋雷动玉尘香”二句,屑麦造曲法也。“踟趺牛噍安且详”至末,杂记蒸米酿酒,及酿成后,品格香味饮之可解渴而不可醉也。

欧阳晦夫惠琴枕

中郎不眠仰看屋,得此古椽围尺竹[1]。轮囷濩落非笛材[2],剖作袖琴徽轸足。流传几处到渊明,卧枕纶巾酒新漉。《孤鸾》《别鹄》谁复闻[3],鼻息齁齁自成曲。

【注释】①“中郎”二句:伏滔《蔡邕长笛赋序》曰:“蔡邕避难江南,宿于柯亭。柯亭之观,以竹为椽。邕仰而眄之曰:‘良竹也。’取以为笛,奇声独绝,历代传之。”中郎:指蔡邕。邕曾任中郎将,故称。②轮囷:屈曲貌。③《孤鸾》《别鹄》:古琴曲名。陶渊明诗:知我故来意,取琴为我弹。上弦惊《别鹤》,下弦操《孤鸾》。

欧阳晦夫遗接䍦、琴枕,戏作此诗谢之[1]

携儿过岭今七年,晚途更著黎衣冠[2]。白头穿林要藤帽[3],赤脚渡水须花缦。不愁故人惊绝倒,但使俚俗相恬安。见君合浦如梦寐,挽须握手俱汍澜。妻缝接䍦雾縠细[4],儿送琴枕冰徽寒。无弦且寄陶令意[5],倒载犹作山公看[6]。我怀汝阴六一老[7],眉宇秀发如春峦。羽衣鹤氅古仙伯,岌岌两柱扶霜纨。至今画像作此服,凛如退之加渥丹[⑧]。尔来前辈皆鬼录，我亦带脱巾攲宽。作诗颇似六一语，往往亦带梅翁酸[⑨]。

【注释】①接篱：帽名，古代头巾的一种。②黎衣冠：指穿戴黎族的服饰。黎，谓生黎也。儋州之俗，呼山岭为黎，而人居其间，号曰生黎。③“白头”句：《番禺杂编》：生黎人用藤织裹头。④雾縠：薄雾般的轻纱。⑤陶令：指晋陶潜。陶潜曾任彭泽令，故称。⑥山公：指晋山简，性嗜酒。刘义庆《世说新语·任诞》：“山季伦为荆州，时出酣畅。人为之歌曰：‘山公时一醉，径造高阳池。日莫倒载归，茗酊无所知。复能乘骏马，倒著白接篱。’”⑦六一老：指欧阳修。⑧渥丹：润泽光艳的朱砂。多形容红润的面色。魏泰《东轩笔录》：“晏公一日见韩愈画像，语坐客曰：‘此貌大类欧阳修，安知修非愈之后也？’”⑨梅翁：指梅圣俞。

瓶笙[①] 并引

庚辰八月二十八日，刘几仲饯饮东坡。中觞闻笙箫声，杳杳若在云霄间，抑扬往返，粗中音节。徐而察之，则出于双瓶，水火相得，自然吟啸，盖食顷乃已。坐客惊叹，得未曾有，请作《瓶笙》诗记之。

孤松吟风细泠泠，独茧长缫[②]女娲笙[③]。陋哉石鼎逢弥明，蚯蚓窍作苍蝇声。瓶中宫商自相赓[④]，昭文[⑤]无亏亦无成。东坡醉熟呼不醒，但云作劳吾耳鸣[⑥]。

【注释】①瓶笙：古时以瓶煎茶，微沸时发音如吹笙，故称。②独茧长缫：《神仙传》：园客养蚕成五色，独茧缫之，经月不绝。③女娲笙：相传女娲创制笙簧。见《世本》。④赓：继续，连续。⑤昭文：显扬文采。⑥“但云”句：《晋书·载记》：“石勒力耕，每闻鞞铎之声，归告其母，母曰：‘作劳耳鸣，非不祥也。’”

周教授索枸杞，因以诗赠，录呈广倅萧大夫

邺侯藏书手不触[①]，嗟我嗜书终日读。短檠照字细如毛[②]，怪底昏花悬两目[③]。扶衰赖有王母杖，名字于今挂仙录[④]。荒城古堑草露寒，碧叶丛低红菽粟。春根夏苗秋著子[⑤]，尽付天随耻充腹[⑥]。兰伤桂折缘有用，尔独何损丹其族？赠君慎勿比薏苡[⑦]，采之终日不盈匊[⑧]。外泽中干非尔俦[⑨]，敛藏更借秋阳曝。鸡壅桔梗一称帝[⑩]，堇也虽尊等臣仆[⑪]。时复论功不汝遗，异时谨事东篱菊。

【注释】①邺侯：唐李泌贞元三年，拜中书侍郎、同中书门下平章事，累封邺县侯，家富藏书。后用以称美他人藏书众多之典。②短檠：短烛台，矮灯台。③怪底：难怪之意。④“扶衰”二句：从枸杞的功能补肾益精，养肝明目转下。⑤“春根”句：正面写枸杞生长之处，季节及特征。《本草》：枸杞，冬采根，春夏采叶，秋采茎实。⑥“尽付”句：《唐书·陆龟蒙传》：字鲁望。居松江甫里，时谓江湖散人，或号天随子。所居前后皆树以杞菊，以供杯案。⑦薏苡(yì yǐ)：植物名。子粒含淀粉，供食用、酿酒，并入药。常食可以轻身省欲，并能防瘴气。⑧“采之”句：指采整整一天还采不到一捧。⑨外泽中干：《甘泽谣》：许云封曰：“竹生未期而伐，外泽中干，受气不全。”⑩“鸡壅”句：《本草》：芡，一名鸡壅，即鸡头草。桔梗，名梗草。《庄子·徐无鬼》：“药也，其实堇也，桔梗也，鸡壅也，豕零也。是时为帝者也，何可胜言？”陆佃释云：此言贵贱更事也。当其时，所需则贵，虽用而缓则贱。⑪堇：毒草，乃乌头之苗。

韦偃牧马图[①]

神工妙技帝所收，江都、曹、韩逝莫留[②]。人间画马惟韦侯，当年为谁扫骅骝。至今霜蹄踏长楸[③]，圉人困卧沙垅头[④]。沙苑茫茫蒺

藜秋[5]，风鬉雾鬣寒飕飕。龙种尚与驽骀游[6]，长秸短豆岂我羞。八銮六辔非马谋，古来西山与东丘[7]。

【注释】①韦偃牧马图：朱景公《唐朝名画录》：韦偃，京兆人。寓蜀，善画山水、竹树、人物，以戏笔点缀鞍马，千变万态，曲尽其妙，韩干之匹也。②江都：今扬州市。江都王：指李绪擅长画马而被封为江都王。所画马叫“江都马”。江都王与曹霸、韩干三人，皆以画马名世，继者有韦偃焉。因“帝所收”（天帝所收去），故“逝莫留”（逝去而没有留在人间）。③“至今”句：杜甫《题壁上韦偃画马歌》：“韦侯别我有所适，知我怜渠画无敌。戏拈秃笔扫骅骝，欻见骐驎出东壁。一匹龁草一匹嘶，坐看千里当霜蹄。”霜蹄：指马蹄。译本《庄子·马蹄》：“马蹄可以践霜雪。”长楸：高大的楸树。古代常种于道旁。④圉人：掌管养马放牧的事。⑤沙苑：一名沙阜，在同州冯翊县南，其地宜六畜，置沙苑监。⑥驽骀：劣马。杜甫《李鄠县丈人胡马行》：“一闻说尽急难材，转益愁向驽骀辈。始知神龙别有种，不比俗马空多肉。”⑦西山：伯夷也。东丘：盗跖也。《庄子·骈拇篇》：伯夷死名于首阳之下，盗跖死利于东陵之上。

广州何道士众妙堂[1]

湛然无观古真人[2]，我独观此众妙门。夫物芸芸各归根[3]，众中得一道乃存。道人晨起开东轩，趺坐一醉扶桑暾[4]。余光照我玻璃盆，倒射窗几清而温。欲收月魄餐日魂，我自日月谁使吞[5]。

【注释】①何道士：名德顺，即崇道大师也。宋大中祥符间，改唐开元观为天庆观，观内有众妙堂。②湛然：《景德传灯录》：不离当处常湛然，觅即知君不可见。③芸芸：《老子》：夫物芸芸，各复归其根。④扶桑：传说日出的地方。暾：日出貌。⑤“我自”句：《黄庭内景经》：出日入月呼吸存。注云：日月者，阴阳之精也。左出右入，身有阴阳之气，法象天地，出为呼，入为吸，呼吸之间，心乃存之。

虔州景德寺荣师湛然堂[1]

卓然精明念不起，兀然灰槁照不灭[2]。方定之时慧在定，定慧寂照非两法[3]。妙湛总持不动尊[4]，默然真入不二门。语息则默非对语[5]，此话要将《周易》论。诸方人人把雷电，不容细看真头面。欲知妙湛与总持，更问江东三语掾[6]。

【注释】①景德寺：寺名，在虔州城东南角，南朝刘宋时建，旧名天安寺。地势平旷，梵宇壮丽，有房二千六百间，佛像万余尊。②“卓然”二句：卓然精明而念不起，兀然灰槁而照不灭，二法相反，实质却是相同的。③寂照：《楞严经》注：即寂而照曰妙明，即照而寂曰明妙，寂则三谛俱寂，明则三谛俱照。④“妙湛”句：《楞严经》注：妙湛，赞真谛般若德；总持，赞俗谛解脱德；不动，赞中谛法身德。即三而一，故曰“妙湛”；即一而三，故曰“总持”；非三非一，故曰“不动”。⑤“语息”句：声发则为语声，止则为默，非语者终不默，非默者终不语，二者本不相对。⑥三语掾：典出《世说新语·文学》：王衍问阮修，儒家提倡名教，老庄宣扬自然，两者的差别究竟何在？阮修答道：“将无同（大约差不多）。”王衍听了很赞赏，就聘他作自己的属员，时人称修为“三语掾”。掾，古代官府属员的通称。后来便把“三语掾”作为对幕府官、属员的赞美之词。

张竞辰永康所居万卷堂

君家四壁如相如，卷藏天禄吞石渠[1]。岂惟邺侯三万轴，家有世南行秘书[2]。儿童拍手笑何事？笑人空腹谈经义[3]。未许中郎得异书，且共扬雄说奇字。清江萦山碧玉环[4]，下有老龙千古闲。知君好事家有酒，化为老人夜扣关。留侯之孙书满腹，玉函宝方何用读[5]？濠梁空复五车多[6]，圯上从来一编足[7]。

【注释】①天禄、石渠：均是汉代阁名、藏书之处。这里说卷吞，表明张氏（张熙明）藏书丰富。②世南行秘书：据《国朝杂事》载：唐太宗出幸，有的请求载着书籍出去，太宗说："不须，虞世南在此，行秘书也。"③空腹谈经义：指宋代新学。④"清江"句：刘禹锡诗有：竹含天籁清商乐，水绕亭台碧玉环。⑤玉函：玉制的书套。⑥濠梁：《庄子·秋水》记庄子与惠施游于濠梁之上，看到鱼儿从容出游，就辩论鱼是否知乐，后因以濠梁或濠上指闲游论辩之所。⑦圯上：即桥上。

次韵黄夷仲茶磨[1]

前人初用茗饮时[2]，煮之无问叶与骨。寖穷厥味臼始用[3]，复计其初碾方出[4]。计尽功极至于磨，信哉智者能创物[5]。破槽折杵向墙角，亦其遭遇有伸屈。岁久讲求知处所，佳者出自衡山窟。巴蜀石工强镌凿[6]，理疏性软良可咄。予家江阳远莫致，尘土何人为拔拂。

【注释】①黄夷仲：即黄廉，字夷仲，黄山谷之叔。山谷集中有《叔父夷仲行状》：元祐元年，按察成都等路茶事。二年，权发遣都大茶马。②"前人"句：《茶经》：其名，一曰茶，二曰槚，三曰蔎，四曰茗，五曰荈。郭璞云：早取为茶，晚取为茗。③臼：《茶经》：杵臼，一曰碓，惟恒用者佳。④碾：《茶经》：碾以橘木为之，次以梨、桑、桐、柘为之。内圆而外方。长九寸，阔一寸七分。⑤智者能创物：《周礼·考工记》：知者创物，巧者述之、守之，世谓之工。⑥镌（juān）：凿、开掘义。

庞公

襄阳庞公少检束[①]，白发不髡亦不俗[②]。世所奔趋我独弃，我已有余彼不足[③]。鹿门有月树下行，虎溪无风舟上宿。不识当时捕鱼客[④]，但爱长康画金粟[⑤]。杜口如今不复言，庞公为人不曲局[⑥]。东西有人问老翁，为道明灯照华屋。

【注释】①“襄阳”句：韩退之诗：“近邻李、杜无检束。”②髡：剔发。③“世所”二句：暗用“世皆遗之以危，今独遗之以安”意。④捕鱼客：《桃花源记》：武陵人，捕鱼为业。捕鱼客即指此。⑤“但爱”句：《名画记》：“顾恺之，字长康。于瓦棺寺北殿内，画维摩居士。画毕，光辉月余。”杜诗《送许八拾遗归江宁》：虎头金粟影，神妙独难忘。⑥曲局：《诗·小雅·采绿》：“予发曲局。”传：“局，卷也。”

戏书

五言七言正儿戏，三行两行亦偶尔。我性不饮只解醉，正如春风弄群卉。四十年来同幻事，老去何须别愚智。古人不住亦不灭[①]，我今不作亦不止[②]。寄语悠悠世上人，浪生浪死一埃尘[③]。洗墨无池笔无冢[④]，聊尔作戏悦我神。

【注释】①“古人”句：《唯识论》：生相谓本无今有，住相谓生位暂停，异相谓住别前后，灭相谓暂有还无。②“我今”句：《圆觉经》：云何四病？一者作病，二者任病，三者止病，四者灭病。③浪生浪死：佛经：流浪生死。④“洗墨”句：《豫章志》：临川墨池，王羲之学书处。至今池水尽黑。

清远舟中寄耘老[1]

小寒初度梅花岭[2]，万壑千岩背人境。清远聊为泛宅行[3]，一梦分明堕乡井。觉来满眼是湖山，鸭绿波摇凤凰影。海陵居士无云梯，岁晚结庐苕水湄。山腰自悬苍玉佩[4]，野马不受黄金羁[5]。门前车盖猎猎走[6]，笑倚清流数鬓丝。汀洲相见春风起，白苹吹花覆苕水。万里飘蓬未得归，目断沧浪泪如洗。北雁南来遗素书，苦言大浸没我庐[7]。清斋十日不然鼎，曲突往往巢龟鱼[8]。今年玉粒贱如水，青铜欲买囊已虚。人生百年如寄耳，七十朱颜能有几。有子休论贤与愚，倪生枉欲带经锄[9]。天南看取东坡叟，可是平生废读书。

【注释】①清远：宋广州清远县（今广东清远）。耘老：即贾耘老，名收，乌程人。《苕溪渔隐》谓耘老人有水阁于苕溪上。②梅花岭：《南安志》：大庾岭，其上多植梅花，又名梅岭。③泛宅：指各处飘泊，居无定处。④苍玉佩：道经：太上玉佩金铛。⑤黄金羁：吴均诗：白马黄金羁。⑥猎猎：李太白《永王东巡歌》：云旗猎猎过浔阳。⑦大浸：大水、湖泽。⑧“清斋”二句：谓生活贫寒，常常断炊。⑨“倪生”句：《汉书·倪宽传》：受业孔安国。贫无资用，尝为弟子都养。时行赁作，带经而锄。

奉和成伯大雨中会客解嘲

乐事难并真实语[1]，坐排用意多乖误。兴来取次或成欢，瓦钩却胜黄金注[2]。我生祸患久不择，肯为一时风雨阻？天公变化岂有常[3]，明月行看照归路。

【注释】①乐事难并：指欢乐的事情难以同时出现。②“瓦钩”句：

《庄子·达生篇》：以瓦注者巧，以钩注者惮，以黄金注者殙，其巧一也，而有所矜，则重外也。凡外重者内拙。③“天公”句：《酉阳杂俎》：天公姓张名坚，渔阳人。乘白龙，振策登天。

送冯判官之昌国[①]

斩蛟将军飞上天[②]，十年海水生红烟。惊涛怒浪尽壁立，楼橹万艘屯战船。兰山摇动秀山舞，小白桃花半吞吐。鸱夷不裹壮士尸[③]，白日貔貅雄帅府[④]。长鲸东来驱海鳝[⑤]，天吴九首龟六眸[⑥]。锯牙凿齿烂如雪，屠杀小民如有仇。春雷一震海帖伏，龙变海鱼安海族。鱼盐生计稍得苏[⑦]，职贡重修远岛服[⑧]。判官家世忠孝门[⑨]，独松节士之奇孙。经纶手段饱周孔[⑩]，岂与弓马同等伦[⑪]。昼穷经史夜兵律，麟角凤毛多异质。直将仁义化笞榜[⑫]，羞与奸赃[⑬]竞刀笔。吾闻判官昔佐元戎幕，三军进退出筹度[⑭]。使移韬略事刑名[⑮]，坐使剽游归礼乐[⑯]。凤凰池[⑰]，麒麟阁[⑱]，酬德报功殊不薄。九天雨露圣恩深，万里扶摇云外廓。

【注释】①昌国：《宋史·地理志》：昌国县，熙宁六年析鄞县地置。②斩蛟：斩杀蛟龙。春秋楚次非斩绕船两蛟，见《吕氏春秋》。③鸱夷：革囊。《史记·伍子胥列传》：“吴王闻之大怒，乃取子胥尸，盛以鸱夷革，浮之江中。”④貔貅(pí xiū)：古籍中的两种猛兽。徐珂《清稗类钞·动物·貔貅》：“貔貅，形似虎，或曰似熊，毛色灰白，辽东人谓之白熊。雄者曰貔，雌者曰貅，故古人多连举之。”⑤鳝：通“鳅”。⑥天吴：水神名。《山海经·海外东经》：“朝阳之谷，神曰天吴，是为水伯。”⑦苏：复苏。⑧职贡：古代称藩属或外国对于朝廷按时的贡纳。⑨判官：古代官名。⑩周孔：周公和孔子的合称。⑪弓马：骑射。亦泛指武事。⑫笞榜：犹“笞搒”，拷打。⑬奸赃：谓不法受贿。⑭筹度：运筹谋略。⑮刑名：刑律。⑯剽游：剽悍野蛮之人。⑰凤凰池：唐以宰相称同中书门下平章事，故多以“凤凰池”指宰相职位。⑱麒麟阁：汉代阁名。汉宣帝时曾图霍光等十一功臣像于阁上。以表扬其功绩。后多以画像于“麒麟阁”表示卓越功勋和最高荣誉。

与郭生游寒溪，主簿吴亮置酒，郭生喜作挽歌，酒酣发声，坐为凄然。郭生言吾恨无佳词。因为略改乐天《寒食》诗歌之，坐客有泣者。其词曰[1]

乌啼鹊噪昏乔木，清明寒食谁家哭。风吹旷野纸钱飞，古墓累累春草绿。棠梨花映白杨路，尽是死生离别处。冥漠重泉哭不闻[2]，萧萧暮雨人归去[3]。

【注释】①主簿：官名。②冥漠、重泉：皆指阴间。③白乐天《寒食野望吟》起句云：秋墟郭门外，寒食谁家哭。先生所改，止此二句。又“白杨路”，乐天诗作“白杨树”。

醉睡者[1]

有道难行不如醉，有口难言不如睡。先生醉卧此石间，万古无人知此意。

【注释】①醉睡者：苏轼自谓。

王晋卿得破墨[①]三昧，又尝闻祖师第一义，故画邢和璞、房次律论前生图，以寄其高趣。东坡居士即作《破琴》诗以记异梦矣，复说偈[②]云。

前梦后梦真是一，彼幻此幻非有二。正好长松水石间，更忆前生后生[③]事。

【注释】①破墨：中国山水画中一种渲染水墨的技法。此代指绘画。②偈(jì)：梵语“偈陀”的简称，即佛经中的唱颂词。③前生后生：佛教语。佛教有生死轮回之说。

自题临文与可画竹

石室先生清兴动[①]，落笔纵横飞小凤。借君妙意写筼筜[②]，留与诗人发吟讽。

【注释】①石室先生：指文与可。②筼筜(yún dāng)：竹子名。《异物志》：“筼筜生水边，长数丈，围一尺五六寸，一节相去六七尺，或相去一丈，庐陵界有之。”

送别

鸭头春水浓如染，水面桃花弄春脸[①]。衰翁送客水边行[②]，沙衬马蹄乌帽点[③]。昂头问客几时归，客道秋风黄叶飞。系马绿杨开口笑，傍山依约见斜晖④。

【注释】①"鸭头"二句：首句写水绿，次句写水红。②衰翁：犹言老翁。盖苏轼自谓。③乌帽：即乌纱帽，官服。乌帽点：描绘马行时马背上的"衰翁"一步一点头。④依约：犹隐约。斜晖：傍晚太阳的余晖。

卷十四　古诗

仙都山鹿

日月何促促，尘世苦局束。仙子去无踪，故山遗白鹿。仙人已去鹿无家，孤栖怅望层城霞[①]。至今闻有游洞客，夜来江市叫平沙。长松千树风萧瑟，仙宫去人无咫尺。夜鸣白鹿安在哉？满山秋草无行迹。

【注释】①层城：神话中的地名，在昆仑山上。

昭君村[①]

昭君本楚人，艳色照江水。楚人不敢娶，谓是汉妃子。谁知去乡国，万里为胡鬼[②]。人言生女作门楣[③]，昭君当时忧色衰[④]。古来人事尽如此，反复纵横安可知。

【注释】①昭君：即王昭君，名嫱，南郡秭归人。秭归东北四十里，有昭君村。②胡鬼：白乐天《昭君》诗曰："生为汉宫妃，死作胡地鬼。"③"人言"句：乐史《太真外传》：贵妃宠信时，童谣有曰："男不封侯女作妃，君看女却作门楣。"④忧色衰：《韩非子·说难》：及弥子色衰爱驰，得罪于君。

息壤诗[①] 并叙

《淮南子》曰：鲧湮洪水，盗帝之息壤，帝使祝融杀之于羽渊。

今荆州南门外，有状若屋宇，陷入地中，而犹见其脊者。傍有石，记云：不可犯。畚锸所及，辄复如故。又颇以致雷雨，岁大旱，屡发有应。予感之，乃为作诗。其辞曰：

帝息此壤，以藩幽台。有神司之，随取而培。帝敕下民，无敢或开。惟帝不言，以雷以雨。惟民知之，幸帝之怒。帝茫不知，谁敢以告。帝怒不常，下土是震。使民前知，是役于民。无是坟者，谁取谁干。惟其的之，是以射之。

【注释】①息壤：传说中一种能自己生长、永不耗减的土壤。《山海经·海内经》："洪水滔天，鲧窃帝之息壤，以湮洪水。"

襄阳古乐府三首

野鹰来[1]

野鹰来，万山下[2]。荒山无食鹰苦饥，飞来为尔系彩丝[3]。北原有兔老且白，年年养子秋食菽。我欲击之不可得，年深兔老鹰力弱。野鹰来，城东有台高崔巍。台中公子著皮袖，东望万里心悠哉。心悠哉，鹰何在！嗟尔公子归无劳，使鹰可呼亦凡曹，天阴月黑狐夜嗥。

【注释】①野鹰来：《水经注》："汉水南有层台，号曰景升台，盖刘表治襄阳之所筑。表好鹰，尝登此台，歌《野鹰来》曲，其声韵似孟达《上堵吟》矣。"②万山：《图经》："万山在襄阳城西，相传郑交甫所见游女，居此山之下。"③"荒山"二句：《晋书·载记·慕容垂》卷一百二十三："权翼谏（秦王坚）曰：'垂爪牙名将，所谓今之韩白，世豪东夏，志不为人用。……且垂犹鹰也，饥则附人，饱便高扬，遇风尘之会，必有凌霄之志，惟宜急其羁绊。'"

上堵吟[1]

台上有客吟秋风，悲声萧散飘入空。台边游女来窃听，欲学声同意不同。君悲竟何事，千里金城两稚子。白马为塞凤为关，山川无人空自闲。我悲亦何苦，江水冬更深，鳊鱼冷难捕。悠悠江上听歌人，不知我意徒悲辛[2]。

【注释】①上堵吟：《水经注》：堵阳县，堵水出焉，有白马塞。孟达为新城守，登之而叹曰："刘封、申耽据金城千里而更失之乎？"为《上堵吟》，音韵哀切，有恻人心。今水次尚歌之。堵水，着入沔者也。②纪昀曰：此首有太白之意。

襄阳乐[1]

使君未来襄阳愁，提戈入市裹毡裘。自从毡裘南渡沔，襄阳无事多春游。襄阳春游乐何许，岘山之阳汉江浦。使君朱旆来翻翻，人道使君似羊、杜[2]。道边逢人问洛阳[3]，中原苦战春田荒。北人闻道襄阳乐，目送飞鸿应断肠[4]。

【注释】①襄阳乐：《南史·刘道产传》："道产初为无锡令，后为雍州刺史，领宁蛮校尉，加都督兼襄阳太守。善于临职，在雍部政绩尤著，蛮夷前后不受化者皆顺服。百姓乐业，由此有《襄阳乐歌》，自道产始也。"②羊、杜：羊祜、杜预皆镇襄阳，有政声。③洛阳：《汉书·地理志》：河南郡，高帝更名洛阳。④"目送"句：《晋书·顾恺之传》："恺之每重嵇康四言诗，因为之图。恒云：'手挥五弦易，目送归鸿难。'"

新渠诗 并叙

庚子正月，予过唐州。太守赵侯，始复三陂、疏召渠，招怀远人，散耕于唐。予方为旅人，不得亲执壶浆箪食，以与侯劝逆四方之来者，独为《新渠》诗五章，以告于道路，致侯之意。其词曰：

新渠之水，其来舒舒。溢流于野，至于通衢。渠成如神，民始不知。问谁为之，邦君赵侯①。

新渠之田，在渠左右。渠来奕奕，如赴如凑。如云斯积，如屋斯溜。嗟唐之人，始识秔稌②。

新渠之民，自淮及潭③。挈其妇姑，或走而颠。王命赵侯，宥我新民。无与王事，以讫七年。

侯谓新民，尔既来止。其归尔邑，告尔邻里。良田千万，尔择尔取。尔耕尔食，遂为尔有④。

筑室于唐，孔硕且坚。生为唐民，饱粥与饘⑤。死葬于唐，祭有鸡豚。天子有命，我惟尔安⑥。

【注释】①赵侯：指唐州太守赵尚宽。赵任太守时，共修水利，修复当地三大陂池，疏浚一渠。②秔稌（jīng tú）：粳稻。以上二章，向唐州当地土著居民致意。③潭：江南道有潭州。④“新渠之民”以下二章：向迁移来唐州的居民致意。新民：新迁来之民。⑤饘(zhān)：稠粥。⑥“筑室”章：总结全篇。

凤翔八观

其三　王维吴道子画

何处访吴画？普门与开元①。开元有东塔，摩诘留手痕②。吾观画品中，莫如二子尊[3]。道子实雄放，浩如海波翻。当其下手风雨快，笔所未到气已吞[4]。亭亭双林间[5]，彩晕扶桑暾[6]。中有至人谈寂灭[7]，悟者悲涕迷者手自扪。蛮君鬼伯千万万[8]，相排竞进头如鼋。摩诘本诗老，佩芷袭芳荪[9]。今观此壁画，亦若其诗清且敦。祇园弟子尽鹤骨[10]，心如死灰不复温。门前两丛竹，雪节贯霜根。交柯乱叶动无数，一一皆可寻其源。吴生虽妙绝，犹以画工论。摩诘得之于象外[11]，有如仙翮谢笼樊[12]。吾观二子皆神俊，又于维也敛衽无间言[13]。

【注释】①吴画：吴道子的画。普门、开元：二寺名。②摩诘：王维的字。③"吾观"二句：唐朱景元《画断》以道子为神品，上上；摩诘为妙品，上上。此二句乃东坡总评吴、王。④气：气势。吞：包笼压倒。⑤双林：指拘尸那城双娑罗树。释迦死在那里。⑥"彩晕"句：说佛的圆光像扶桑初日的光彩那样。扶桑：日所出之处。暾：日光也。⑦谈寂灭：谈说佛教超脱生死之意。⑧蛮君、鬼伯：据佛家传说，释迦圆寂时，诸鬼王、诸天王都来到。⑨芷、荪：皆香草名，比喻王维品德高尚。⑩祇园：祇树给孤独园的简称。乃佛之居舍。佛书云：佛说于祇树园也。鹤骨：神貌清癯绝俗。⑪之：指画的妙处。象外：具象之外，不为具象所囿。⑫仙翮：仙禽。谢：离开、离去意。⑬敛衽：整敛衣襟表示尊重。

其八 秦穆公墓

橐泉在城东，墓在城中无百步。乃知昔未有此城，秦人以泉识公墓。昔公生不诛孟明[1]，岂有死之日而忍用其良[2]？乃知三子徇公意，亦如齐之二子从田横[3]。古人感一饭，尚能杀其身。今人不复见此等，乃以所见疑古人。古人不可望，今人益可伤。

【注释】①"昔公"句：典见《左传·文公元年》：殽之役，晋人既归秦师，秦大夫及左右皆言于秦伯曰："是败也，孟明之罪也，必杀之。"秦伯曰："是孤之罪也，孤实贪以祸夫子，夫子何罪？"复使为政。②良：三良，秦之三贤臣。《左传·文公六年》讲秦穆公死后，让子车氏的三个儿子殉葬，而且这三人是秦国的优秀人物。③“亦如”句：典见《史记》《汉书》，略谓：楚汉相争，田氏自立齐王。后被汉军所破，投奔彭越，汉朝建立，率徒党五百余人逃往海岛，刘邦命他到洛阳，田横因不愿称臣，中途自杀。刘邦当为感动，以王者之礼葬田横，并拜随田横的二人为都尉。田横葬后，二人也自杀从田横。

太白词① 并叙

岐下频年大旱，祷于太白山辄应，故作《迎送神辞》一篇五章。

其一

雷阗阗②，山昼晦。风振野，神将驾。载云罕③，从玉虬④。旱既甚，蹷往救⑤，道阻修兮。

【注释】①太白山：在郿县（今眉县，在陕西省中部偏西）。此诗乃苏轼代太守宋选所作。②阗阗：象声词，形容击鼓、雷声较大的声音。《楚辞·九歌》：“雷填填兮雨冥冥。”③云罕(hǎn)：同“云罕”，旌旗。④玉虬：玉龙。⑤蹷（jué）：同“蹶”。倒也。

其二

旌旗翻，疑有无。日惨变，神在涂。飞赤篆①，诉阊阖②。走阴符，行羽檄，万灵集兮③。

【注释】①赤篆：旧时道士的符篆。因用朱笔书写，笔画屈曲如篆，故称。②阊阖：传说中的天门。③阴符：古兵书名。见《战国策》。羽檄：古代军事文书，插鸟羽以示紧急。万灵：众神。

其三

风为幄，云为盖。满堂烂[1]，神既至。纷醉饱，锡以雨。百川溢，施沟渠，歌且舞兮。

【注释】①满堂烂：《楚辞·九歌》："满堂兮美人。"又："烂昭昭兮未央。"

其四

骑裔裔[1]，车班班。鼓箫悲，神欲还。轰振凯，隐林谷。执妖厉，归献馘，千里肃兮。

【注释】①裔裔：形容队伍络绎不绝以次渐进。

其五

神之来，怅何晚。山重复，路幽远。神之去，飘莫追。德未报，民之思，永万祀兮。

送刘攽倅海陵[1]

君不见阮嗣宗臧否不挂口[2]，莫夸舌在齿牙牢[3]，是中惟可饮醇酒。读书不用多，作诗不须工。海边无事日日醉[4]，梦魂不到蓬莱宫[5]。

秋风昨夜入庭树[6]，莼丝未老君先去。君先去[7]，几时回？刘郎应白发，桃花开不开[8]？

【注释】①刘攽：字贡父，临江新喻人。倅(cuì)：副职。②阮嗣宗：即阮籍。阮籍口不臧否人物是历史上有名的典故，苏轼借来讥新法也不容人直言。③夸舌在：典见《史记·张仪传》。又韩愈《赠刘师服》诗："羡君齿牙牢且洁，大肉硬饼如刀截。"④"海边"句：杜甫《曲江》："朝回日日典春衣，每日江头尽醉归。"⑤蓬莱宫：相传渤海有三神山者：蓬莱、方丈、瀛洲。贡父时从馆阁谪官，其题壁诗，有"却从云气望蓬莱"句。⑥"秋风"句：刘禹锡《秋风引》："何处秋风至，萧萧送雁群。朝来入庭树，孤客最先闻。"又《团扇歌》："秋风入庭树，从此不相见。"⑦君先去：《晋书·张翰传》：张在齐王冏军中任职，因见秋风起，乃思吴中菰菜、莼羹、鲈鱼脍，曰："人生贵得适志，何能羁宦数千里，以要名爵乎？"遂命驾而归。⑧"刘郎"二句：刘禹锡诗："玄都观里桃千树，尽是刘郎去后栽。"

欧阳少师令赋所蓄石屏

何人遗公石屏风，上有水墨希微踪。不画长林与巨植，独画峨嵋山西雪岭上万岁不老之孤松。崖崩涧绝可望不可到，孤烟落日相溟濛。含风偃蹇得真态[1]，刻画始信天有工。我恐毕宏、韦偃死葬虢山下，骨可朽烂心难穷[2]。神机巧思无所发，化为烟霏沦石中。古来画师非俗士，摹写物象略与诗人同。愿公作诗慰不遇，无使二子含愤泣幽宫[3]。

【注释】①偃蹇：高耸貌。②"我恐"二句：杜甫《戏为韦偃双松图歌》："天下几人画古松，毕宏已老韦偃少。"《历代名画记》：毕宏，大历二年为给事中，画松石于左省厅壁，好事者皆以诗咏之。韦偃工老松、异石，咫尺千寻，骈柯攒影。③幽宫：王维《过秦皇墓》："古墓成苍岭，幽宫向紫台。"

腊日游孤山，访惠勤、惠思二僧[①]

天欲雪，云满湖，楼台明灭山有无。水清石出鱼可数，林深无人鸟相呼。腊日不归对妻孥，名寻道人实自娱。道人之居在何许？宝云山前路盘纡[②]。孤山孤绝谁肯庐，道人有道山不孤。纸窗竹屋深自暖，拥褐坐睡依团蒲。天寒路远愁仆夫，整驾催归及未晡。出山回望云木合，但见野鹘盘浮图[③]。兹游淡薄欢有余，到家恍如梦蘧蘧。作诗火急追亡逋，清景一失后难摹。

【注释】①西湖僧惠勤能文会诗，苏轼昔曾为《山中乐》三章以赠之。此次到官三日，便访勤于孤山之下，遂赋此诗。②宝云山：《图经》云：宝云寺，乾德二年，吴越王钱氏建，寺有宝云庵山。盘纡：回绕曲折。③浮图：梵语音译，此指佛塔。

李杞寺丞见和前篇，复用元韵答之[①]

兽在薮，鱼在湖，一入池槛归期无。误随弓旌落尘土，坐使鞭箠环呻呼。追胥连保罪及孥[②]，百日愁叹一日娱。白云旧有终老约，朱绶岂合山人纡。人生何者非蘧庐，故山鹤怨秋猿孤。何时自驾鹿车去[③]，扫除白发烦菖蒲[④]。麻鞋短后随猎夫，射弋狐兔供朝晡[⑤]。陶潜自作《五柳传》[⑥]，潘阆画入三峰图[⑦]。吾年凛凛今几余，知非不去惭卫蘧[⑧]。岁荒无术归亡逋，鹄则易画虎难摹[⑨]。

【注释】①李杞：字坚甫。熙宁七年，以三司判官提举成都茶事。初立茶法，禁止民间私卖。苏诗有“茶为西南害，岷俗记二李，谓杞与稷也”。②苏轼自注：“近屡获盐贼，皆坐同保，徙其家。”追胥：逐冠捕盗。③鹿车：小车。《晋书》：刘伶常乘鹿车。俗说鹿车窄小，裁容一鹿。④扫除白发：杜甫《丈人山》：“扫除白发黄精在，君看他时冰雪容。”菖蒲：植物名。《水经注·伊水》：“石上菖蒲，一寸九节，为药最妙，服久化仙。”⑤朝晡：指一日两餐。⑥《五柳传》：陶渊明著《五柳先生传》以自况。⑦“潘阆”句：潘阆诗：“高爱三峰插太虚，昂头仰望倒骑驴。旁人大笑从他笑，终拟移家向此尽。”好事者画为图。⑧卫蘧：蘧瑗，春秋时卫人。《淮南子》：蘧伯玉年五十，而知四十九年非，何者？先者难为和，而后者易为攻也。⑨“鹄则”句：《后汉书·马援传》：（援）诫兄子严敦书曰：效龙伯高不得，犹为谨敕之士，所谓刻鹄不成尚类鹜者也；效杜季良不得，陷为天下轻薄子，所谓画虎不成反类狗者也。

再和

东望海，西望湖，山平水远细欲无。野人疏狂逐渔钓，刺史宽大容歌呼[①]。君恩饱暖及尔孥[②]，才者不闲拙者娱。穿岩度岭脚力健，未厌山水相萦纡。三百六十古精庐[③]，出游无伴篮舆孤[④]。作诗虽未造藩阈[⑤]，破闷岂不贤摴蒱[⑥]。君才敏赡兼百夫，朝作千篇日未晡。朅来湖上得佳句，从此不看营丘图[⑦]。知君箧椟富有余，莫惜锦绣偿菅蕿。穷多斗险谁先逋，赌取名画不用摹[⑧]。

【**注释**】①刺史：指杭州太守沈立。②“君恩”句：白居易诗：“历想为官日，无如刺史时。欢娱接宾客，饱暖及妻儿。”③精庐：佛寺，僧舍。《西湖游览志余》：杭州内外及湖山之间，唐以前为三百六十寺，及钱氏立国后，增为四百八十。④篮舆：古代供人乘坐的交通工具。形制不一，一般以人力抬着行走。⑤藩阈(yù)：界域、门槛。此作诗指不入门。⑥摴蒱(chū pú)：古代博戏名，后为掷骰的泛称。⑦营丘图：营丘人李成。以画山水名，自号李营丘。⑧“穷多”二句：韩愈《画记》：独孤生申叔者，始得此画，而与余弹棋，余幸胜而获焉。明年至河阳，座有赵侍御者见之，蹶然进曰：“噫，余之手摹也，亡之且二十年矣。”余感赵君之事，因以赠之。

游灵隐寺，得来诗，复用前韵①

君不见，钱塘湖，钱王壮观今已无②。屋堆黄金斗量珠，运尽不劳折简呼③。四方宦游散其孥，宫阙留与闲人娱。盛衰哀乐两须臾，何用多忧心郁纡。溪山处处皆可庐，最爱灵隐飞来孤④。乔松百尺苍髯须，扰扰下笑柳与蒲⑤。高堂会食罗千夫，撞钟击鼓喧朝晡。凝香方丈眠氍毹，绝胜絮被缝海图。清风徐来惊睡余，遂超羲皇傲几蘧⑥。归时栖鸦正毕逋，孤烟落日不可摹⑦。

【注释】①灵隐山：以许由、葛洪皆隐此山，入去忘归，本名稽留山，今立寺，名灵隐寺。②“钱王”句：《五代史·吴越世家》：钱氏自唐末有国，兼有两浙几百年。宋兴，俶朝太祖，厚礼遣还国。太平兴国三年，诏俶来朝，俶举族归于京师，国除。③折简：折半之简。简，竹简，言其礼轻。④“最爱”句：晏殊《舆地志》：晋咸和元年，西天僧慧理叹曰：“此是中天竺国灵鹫山之小岭，不知何年飞来。佛在世日，多为仙灵之所隐，今此亦复尔耶？”因挂锡造灵隐寺，号飞来峰。⑤柳与蒲：《晋书·顾悦之传》：与简文同年，而发早白，帝问其故。对曰：“松柏之姿，经霜犹茂；蒲柳之质，望秋先零。”⑥几蘧：传说中的古帝王名。⑦王文诰曰：此四诗（即《腊日游孤山访惠勤惠思二僧》以下四诗），乃公初至西湖之作，特意就湖摹写景物，确是西湖神气，非此湖不足以当之。若置之他处，气体皆不类，其前后集中亦少此一派也，久读当自知之。

雨中游天竺灵感观音院[1]

蚕欲老，麦半黄，前山后山雨浪浪[2]。农夫辍耒女废筐[3]，白衣仙人在高堂[4]。

【注释】①灵感观音院：《图经》：晋天福四年，僧道翊一夕见山间光明，往视之，得奇木，乃命匠者孔仁谦刻观音像。治平中，郡守蔡襄表其异事上之，赐"灵感观音院"额。②浪浪：雨水下流的样子。③辍耒（lěi）：放下犁子。即停下农活。废筐：即放下手中干活的筐子，因雨而停止劳作。④白衣仙人：观世音菩萨常著白衣，坐白莲中，故称。农民望晴，菩萨不灵。

和蔡准郎中见邀游西湖三首[1]

其一

夏潦涨湖深更幽[2]，西风落木芙蓉秋。飞雪暗天云拂地，新蒲出水柳映洲[3]。湖上四时看不足，惟有人生飘若浮。解颜一笑岂易得，主人有酒君应留。君不见钱塘游宦客，朝推囚，暮决狱[4]，不因人唤何时休。

【注释】①蔡准：蔡京之父，官侍郎。②夏潦(liáo)：夏季因久雨而形成的大水。③"夏潦"四句：写夏秋冬春四时景。④推囚：审问犯人。决狱：判决狱讼。

其二

城市不识江湖幽，如与蟪蛄语春秋[1]。试令江湖处城市，却似麋鹿游汀洲[②]。高人无心无不可，得坎且止乘流浮。公卿故旧留不得，遇所得意终年留[③]。君不见抛官彭泽令，琴无弦，巾有酒，醉欲眠时遣客休[④]。

【注释】①“如与”句：《庄子·逍遥游》：“朝菌不知晦朔，蟪蛄不知春秋。”蟪蛄(huì gū)：蝉的一种。雄的腹部有发音器，夏末自早到晚鸣叫不停。②汀洲：水中小洲。③“遇所”句：范传正《李翰林新墓碑》：偶乘扁舟，一日千里，或遇胜景，终年不移。④“君不见”四句：陶渊明为彭泽令，不为五斗米折腰而辞官。性不解音，而畜素琴一张，弦徽不具。每朋酒之会。则抚而和之。郡将候潜，逢其酒熟，取头上葛巾漉酒，毕，还复著之。

其三

田间决水鸣幽幽，插秧未遍麦已秋[①]。相携烧笋苦竹寺[②]，却下踏藕荷花洲。船头斫鲜细缕缕，船尾炊玉香浮浮。临风饱食得甘寝[③]，肯使细故胸中留？君不见壮士憔悴时，饥谋食，渴谋饮，功名有时无罢休。

【注释】①麦已秋：麦已熟。②“相携”句：《咸淳临安志》：苦淳，端午前多充馈遗，以其性凉也。③甘寝：静卧，安睡。

和欧阳少师寄赵少师次韵

朱门有遗啄，千里来燕雀。公家冷如冰，百呼无一诺。平生亲友半迁逝，公虽不怪旁人愕。世事如今腊酒浓，交情自古春云薄。二公凛凛和非同，畴昔心亲岂貌从？白须相映松间鹤，清句更酬雪里鸿。何日扬雄一廛足，却追范蠡五湖中[①]。

【注释】①“何日”二句：扬雄住岷山之阳，曰郫，有田一廛，有宅一区，范蠡泛扁舟浮于江湖。指二老退职后的生活、居住及散淡人生。全诗谨严而不局促，清利而不浅薄，自是用意之作。

试院煎茶

蟹眼已过鱼眼生[1]，飕飕欲作松风鸣。蒙茸出磨细珠落，眩转绕瓯飞雪轻。银瓶泻汤夸第二[2]，未识古人煎水意[3]。君不见昔时李生好客手自煎，贵从活火发新泉[4]。又不见今时潞公煎茶学西蜀，定州花瓷琢红玉。我今贫病常苦饥，分无玉碗捧蛾眉。且学公家作茗饮，砖炉石铫行相随。不用撑肠拄腹文字五千卷，但愿一瓯常及睡足日高时[5]。

【注释】①蟹眼、鱼眼：蔡君谟作《茶辨》，辨水泉、煎饮等，极为详备，有蟹眼、鱼眼、用汤之法。②“银瓶”句：平时点茶，先略倾瓶中汤，再第二次倒进水，谓之第二汤也。一说此处茶第二。③苏轼自注：“煎水不煎茶。”④“君不见”二句：《因话录》李约嗜茶，能自煎，谓人曰：“茶须缓火炙，活火煎。”活火：炭之有焰方炽者。⑤“但愿”句：卢仝《走笔谢孟谏议寄新茶》诗：“日高丈五睡正浓，军将打门惊周公。”

催试官考较戏作[1]

八月十五夜，月色随处好。不择茅檐与市楼，况我官居似蓬岛。凤咮堂前野橘香[2]，剑潭桥畔秋荷老。八月十八潮，壮观天下无。鲲鹏水击三千里[3]，组练长驱十万夫。红旗青盖互明灭[4]，黑沙白浪相吞屠。人生会合古难必，此景此行那两得。愿君闻此添蜡烛，门外白袍如立鹄[5]。

【注释】①吴自牧《梦梁录》:“八月十五日,放贡举应试。诸州郡及各路运司,并于此日放试。”宋时定制,放榜在中秋日。以这首诗考之,这一年八月十七日才出榜,故苏轼“催”之。②凤咮堂:在凤凰山下。咮(zhòu):鸟嘴。③“鲲鹏”句:《庄子·逍遥游》:“北冥有鱼,其名为鲲。化而为鸟,其名为鹏。鹏之徒于南冥也,水击三千里。”④红旗青盖:弄潮之场面。⑤“门外”句:宋仍唐制:有官者服皂袍,无官者白袍。鹄:箭靶子。

梵天寺见僧守诠小诗清婉可爱,次韵[1]

但闻烟外钟,不见烟中寺。幽人行未已,草露湿芒屦[2]。惟应山头月,夜夜照来去。

【注释】①梵天寺:在凤凰山。②芒屦(jù):芒鞋、草鞋。

听贤琴师

大弦春温和且平,小弦廉折亮以清。平生未识宫与角,但闻牛鸣盎中雉登木[1]。门前剥啄谁叩门,山僧未闲君勿嗔。归家且觅千斛水,净洗从前筝笛耳。

【注释】①“平生”二句:《管子·地员篇》:“凡听宫如牛鸣窌中,……凡听角如雉登木以鸣,音疾以清。”意即凡是听“宫”声,就好像地窖里的牛鸣,凡是听“角”声,就好像山鸡在树上鸣唱,声音又快又清。

再用前韵寄莘老

君不见夷甫开三窟[①]，不如长康号痴绝[②]。痴人自得终天年，智士死智罪莫雪。困穷谁要卿料理，举头看山笏拄颊。野凫翅重自不飞，黄鹄何事两翼垂[③]？泥中相从岂得久，今我不往行恐迟。江夏无双应未去[④]，恨无文字相娱嬉。

【注释】①“君不见”句：《晋书·王衍传》：字夷甫，“居宰辅之重，不以经国为念，而思自全之计。”“乃以弟澄为荆州，族弟敦为青州。因谓澄、敦曰：‘荆州有江汉之固，青州有负海之险，卿二人在外，而吾留此，足以为三窟矣。’识者鄙之。”②长康：顾恺之，字长康。俗传其三绝：才绝、画绝、痴绝。参看《晋书》本传。③野凫：东坡自喻。黄鹄：指孙莘老。④江夏无双：《后汉书·文苑·黄香传》：字文强，江夏安陆人，博学经典，究精道术，能文章，京师号曰：“天下无双，江夏黄童。”此以黄童比黄庭坚。黄庭坚，孙莘老之爱婿。

鸦种麦行

霜林老鸦闲无用，畦东拾麦畦西种。畦西种得青猗猗，畦东已作牛尾稀[①]。明年麦熟芒攒槊，农夫未食鸦先啄。徐行俯仰若自矜，鼓翅跳踉上牛角。忆昔舜耕历山鸟为耘，如今老鸦种麦更辛勤[②]。农夫罗拜鸦飞起，劝农使者来行水。

【注释】①“霜林”四句：纯乎古意，有此起句，后半触手皆成奇语。②“如今”句：《笠泽丛书》：世谓舜之在下，田于历山，象为之耕，鸟为之耘，圣德感召也。

法惠寺横翠阁[1]

朝见吴山横，暮见吴山纵[2]。吴山故多态，转折为君容。幽人起朱阁，空洞更无物。惟有千步冈，东西作帘额[3]。春来故国归无期，人言秋悲春更悲。已泛平湖思濯锦，更看横翠忆峨眉[4]。雕栏能得几时好，不独凭栏人易老。百年兴废更堪哀，悬知草莽化池台[5]。游人寻我旧游处，但觅吴山横处来。

【注释】①法惠寺：旧名兴庆寺，后改法惠寺，在杭州。②吴山：一名胥山又名城隍山。“朝见”二句意思是白天看见的吴山是长长一横，黑夜里看不周全，只见高高的一堆。③千步冈：指吴山。“惟有”二句意思是阁里什么陈设都没有，只有一座山挡在窗外，好像是一块从东到西的遮窗帘子。④“已泛”二句：看见眼前景物，想起故乡四川的锦江和峨眉山。⑤草莽化池台：即“池台化草莽”。意谓亭台楼榭却变化作牛羊野。

月兔茶[1]

环非环，玦非玦，中有迷离玉兔儿。一似佳人裙上月，月圆还缺缺还圆，此月一缺圆何年？君不见斗茶公子不忍斗小团[2]，上有双衔绶带双飞鸾。

【注释】①月兔茶：涪洲废都濡县产。②斗茶：比赛茶的优劣。

于潜令刁同年野翁亭[1]

山翁不出山，溪翁长在溪[2]。不如野翁来往溪山间，上友麋鹿下凫鹜。问翁"何所乐，三年不去烦推挤"？翁言"此间亦有乐，非丝非竹非蛾眉。山人醉后铁冠落，溪女笑时银栉低"。我来观政问风谣，皆云"吠犬足生氂[3]。但恐此翁一旦舍此去，长使山人索寞溪女啼[4]"。

【注释】①于潜县：在杭州西二百零三里。刁同年：刁璹，与东坡同年。野翁亭：在县西北。②苏轼自注："前二令作二翁亭。"山翁亭：在县圃东山白云庵之侧。溪翁亭：在县西北之潘洲。③吠犬足生氂：《后汉书·岑彭传》：岑熙为魏郡太守，舆人歌之，曰："我有枳棘，岑君伐之；我有蟊贼，岑君遏之；吠犬不惊，足下生氂。"氂(máo)：长毛。④苏轼自注："天目山唐道士，常冠铁冠。于潜妇女皆插大银栉，长尺许，谓之蓬沓。"索寞：寂寞无聊。

于潜僧绿筠轩[1]

可使食无肉，不可使居无竹[2]。无肉令人瘦，无竹令人俗。人瘦尚可肥，俗士不可医。旁人笑此言，似高还似痴。若对此君仍大嚼[3]，世间那有扬州鹤[4]。

【注释】①于潜僧：名孜，字惠觉。绿筠轩：寂照寺，在于潜县南二里丰国乡。寺旧有绿筠轩，后徙县斋。②"不可"句：《晋书·王徽之传》：尝寄居空斋中，便令种竹，或问其故，徽之但啸咏指竹曰："何可一日无此君？"③大嚼：曹植《与吴季重书》：过屠门而大嚼，虽不得肉，贵且快意。④扬州鹤：《殷芸小说》：有客相从，各言所志，或愿为扬州刺史，或愿多赀财，或愿骑鹤上升。其一人曰："腰缠十万贯，骑鹤上扬州。"盖欲兼三人之所欲也。

与临安令宗人同年剧饮[1]

我虽不解饮，把盏欢意足。试呼白发感秋人[2]，令唱黄鸡催晓曲[3]。与君登科如隔晨，敝袍霜叶空残绿[4]。如今莫问老与少，儿子森森如立竹[5]。黄鸡催晓不须愁，老尽世人非我独。

【注释】①临安令：苏舜举，字世美，时为临安令。宗人：同族人。同年：古代科举考试同科中式者的互称。②"试呼"句：白居易有诗《初见白发感秋》。③黄鸡催晓曲：白居易诗：谁道使君不解歌，听唱黄鸡与白日。黄鸡催晓丑时鸣，白日催年酉时没。④"与君"二句：言与苏同年登科事犹如昨日，可眼下穿着破旧的袍子，像经过霜的叶子只留下残绿。⑤"如今"二句讲：不管怎么说，有一点值得欣慰，儿子都长大成人了。

东阳水乐亭[1]

君不学白公引泾东注渭，五斗黄泥一钟水[2]。又不学哥舒横行西海头，归来羯鼓打凉州[3]。但向空山石壁下，爱此有声无用之清流[4]。流泉无弦石无窍，强名水乐人人笑[5]。惯见山僧已厌听，多情海月空留照。洞庭不复来轩辕，至今鱼龙舞钧天[6]。闻道磬襄东入海，遗声恐在海山间。锵然涧谷含宫徵，节奏未成君独喜。不须写入薰风弦[7]，纵有此声无此耳。

【注释】①苏轼自注："为东阳令王都官概作。"《东坡志林》云：

“钱塘东南皆有水乐洞，泉流空岩中，自然宫商。”②“君不学”二句：《汉书·沟洫志》：赵中大夫白公复奏穿渠。引泾水注渭中，袤二百里，溉田四千五百余顷。民得其饶，歌之曰：“举锸为云，决渠为雨。泾水一石，其泥数斗。”③“又不学”二句：李白《答王十二寒夜独酌有怀》：“君不能学哥舒，横行青海夜带刀，西屠石堡取紫袍。”哥舒翰世居安西，封凉国公。凉州：曲名。唐代以州名作曲名者很多。④“爱此”句：《因话录》：“李勉奉使至陕州硖石县，爱渠水清流，旬日忘发。”⑤强名：勉强称作。⑥“洞庭”二句：《庄子·天运》：“黄帝张《咸池》之乐于洞庭之野。”又《至乐》：“咸池九韶之乐，张之洞庭之野，鸟闻之而飞，兽闻之而走，鱼闻之而下入。”轩辕：黄帝，轩辕氏。钧天：钧天广乐的略语，指天上的音乐。⑦薰风弦：《孔子家语》：舜作五弦之琴，以歌南风。曰：“南风之薰兮，可以解吾民之愠兮。”

胡穆秀才遗古铜器，似鼎而小，上有两柱，可以覆而不蹶，以为鼎则不足，疑其饮器也。胡有诗，答之[1]

只耳兽啮环，长唇鹅擘喙。三趾下锐春蒲短，两柱高张秋菌细。君看翻覆俯仰间，覆成三角翻两髻[2]。古书虽满腹[3]，苟有用我亦随世。嗟君一见呼作鼎，才注升合已漂逝。不如学鸱夷[4]，尽日盛酒真良计。

【注释】①铜器：即古爵也。②“覆成”句：描摹大爵的形状。③苏轼自注：“有古篆五字不可识。”④鸱夷：酒器。扬雄《酒箴》：“鸱夷滑稽，腹大如壶。尽日盛酒，人复借酤。”

青牛岭高绝处，有小寺，人迹罕到[1]

暮归走马沙河塘，炉烟袅袅十里香。朝行曳杖青牛岭，寒泉咽咽千山静。君勿笑老僧，耳聋唤不闻，百年俱是可怜人[2]。明朝且复城中去，白云却在题诗处。

【注释】①青牛岭：在新城县西七十里南新乡，旧名宝福山。②“百年”句：卢仝诗：有钱无钱俱可怜，百年骤过如流川。

赠写真何充秀才[1]

君不见潞州别驾眼如电，左手挂弓横撚箭[2]。又不见雪中骑驴孟浩然，皱眉吟诗肩耸山[3]。饥寒富贵两安在，空有遗像留人间。此身常拟同外物，浮云变化无踪迹。问君何苦写我真，君言好之聊自适。黄冠野服山家容，意欲置我山岩中。勋名将相今何限，往写褒公与鄂公[4]。

【注释】①何充：字浩然。工写真，苏州人。②“君不见”二句：唐明皇英武善射，初封临淄王，为潞州别驾。明皇有一目微斜，故作横撚箭之状。③“又不见”二句：唐彦谦《忆孟浩然》诗：“郊外凌竞西复东，雪晴驴背兴无穷。句搜明月梨花内，趣入春风柳絮中。”则襄阳驴寻诗事，当时已传之矣。④褒公：段志玄。鄂公：尉迟敬德也。

苏州姚氏三瑞堂[①]

君不见董召南，隐居行义孝且慈，天公亦恐无人知。故令鸡狗相哺儿，又令韩老为作诗[②]。尔来三百年，名与淮水东南驰。此人世不乏，此事亦时有。枫桥三瑞皆目见[③]，天意宛在虞鳏后[④]。惟有此诗非昔人，君更往求无价手。

【注释】①苏轼自注："姚氏世以孝称。"②"君不见"五句：韩愈《嗟哉董生行》：寿州属县有安丰。唐贞元时县人董生召南隐居行义于其中。又曰："嗟哉董生孝且慈，人不识，惟有天翁知。生祥下瑞无休期，家有乳狗出求食。鸡来哺其儿，啄啄庭中拾虫蚁，哺之不食鸣声悲。彷徨踯躅久不去，以翼来覆待狗归。"③枫桥三瑞：《吴郡图经》：枫桥，在吴县西九里。三瑞堂，在枫桥，孝子姚淳所居。④虞鳏：指虞舜。《书·尧典》：有鳏在下，曰虞舜。盖姚氏所自出。

莫笑银杯小答乔太博

陶潜一县令，独饮仍独醒。犹将公田二顷五十亩，种秫作酒不种秔。我今号为二千石，岁酿百石何以醉宾客[①]？请君莫笑银杯小，尔来岁旱东海窄。会当拂衣归故丘，作书贷粟监河侯[②]。万斛船中著美酒，与君一生长拍浮[③]。

【注释】①"我今"二句：王文诰案：时减削公使钱太甚，及造酒不得过百石，诗意专指此事。故题曰"莫笑银杯小"也。②"作书"句：《庄子·外物》：庄周家贫，故往贷粟于监河侯。③"万斛"二句：《晋书·毕卓传》：尝谓人曰："得酒满数百斛船，四时甘味置两头。右手持酒杯，左手持蟹螯。拍浮酒船中，便足了一生矣。”

薄薄酒二首 并引

胶西先生赵明叔[①]，家贫，好饮，不择酒而醉。常云：“薄薄酒，胜茶汤；丑丑妇，胜空房。”其言虽俚，而近乎达，故推而广之，以补东州之乐府。既又以为未也，复自和一篇，聊以发览者之一噱云尔。

其一

薄薄酒，胜茶汤；粗粗布，胜无裳。丑妻恶妾胜空房。五更待漏靴满霜[②]，不如三伏日高睡足北窗凉。珠襦玉柙万人相送归北邙[③]，不如悬鹑百结独坐负朝阳[④]。生前富贵，死后文章。百年瞬息万世忙，夷、齐、盗跖俱亡羊[⑤]，不如眼前一醉是非忧乐两都忘。

【注释】①赵朋叔：名杲卿，密州行贡进士。②“五更”句：讲百官早朝的辛苦。③珠襦玉柙：帝王贵族的殓服。北邙：北邙山，在河南洛阳市东北，王公贵族多葬于此。④悬鹑百结：即破烂不堪、补了很多补丁的衣服。⑤夷、齐：即伯夷、叔齐，其二人在周武王平殷后，逃到首阳山，宁死不食周粟。盗跖：春秋时大盗。

其二

薄薄酒，饮两钟；粗粗布，著两重。美恶虽异醉暖同，丑妻恶妾寿乃公。隐居求志义之从，本不计较东华尘土北窗风[①]。百年虽长要有终，富死未必输生穷。但恐珠玉留君容，千载不朽遭樊崇[②]。文章自足欺盲聋[③]，谁使一朝富贵面发红。达人自达酒何功，世间是非忧乐本来空。

【注释】①东华：东华门，百官入朝出入的门。②樊崇：东汉末年赤眉军领袖，曾火烧长安，挖掘陵园。③“文章”句：出自《庄子·逍遥游》：“瞽者无以与乎文章，聋者无以与乎钟鼓。”

大雪，青州道上有怀东武园亭，寄交代孔周翰[1]

超然台上雪[2]，城郭山川两奇绝。海风吹碎碧琉璃，时见三山白银阙[3]。盖公堂前雪，绿窗朱户相明灭。堂中美人雪争妍，粲然一笑玉齿颊。就中山堂雪更奇，青松怪石乱琼丝。惟有使君游不归[4]，五更马上愁敛眉。君不见淮西李常侍，夜入蔡州缚取吴元济[5]。又不见襄阳孟浩然，长安道上骑驴吟雪诗[6]。何当闭门饮美酒，无人毁誉河东守[7]。

【注释】①青州：今山东青州市。孔周翰：孔子四十五代孙孔道辅之子。②超然台：苏轼修葺的密州城上旧台，取名“超然台”。③“时见”句：见《史记·封禅书》：“三神山，其物禽兽尽白，而黄金银为宫阙。”④使君：汉代对太守的美称，此指知州。⑤“君不见”二句：讲唐代李愬雪夜奇袭蔡州生擒吴元济一事。⑥孟浩然：唐代诗人。⑦“何当”二句：出自《史记》：季布为河东守。孝文时，人有言其贤，召欲以为御史大夫。复有言其勇，使酒难近，至留邸一月见罢。布进曰：“陛下以一人誉而召臣，以一人毁而去臣，臣恐天下有识者闻之，有以窥陛下也。”

书韩干《牧马图》[①]

南山之下，汧渭之间[②]。想见开元天宝年，八坊分屯隘秦川[③]，四十万匹如云烟。骓、駓、骃、骆、骊、骝、騵。白鱼、赤兔、骍、騜、駽[④]，龙颅凤颈狞且妍[⑤]，奇姿逸德隐驽顽。碧眼胡儿手足鲜，岁时剪刷供帝闲[⑥]。柘袍临池侍三千[⑦]，红妆照日光流渊，楼下玉螭吐清寒[⑧]。往来蹙踏生飞湍[⑨]，众工舐笔和朱铅。先生曹霸弟子韩[⑩]，厩马多肉尻脽圆[⑪]，肉中画骨夸尤难。金羁玉勒绣罗鞍，鞭箠刻烙伤天全[⑫]，不如此图近自然。平沙细草荒芊绵[⑬]，惊鸿脱兔争后先。王良挟策飞上天[⑭]，何必俯首服短辕[⑮]。

【注释】①韩干：唐代画家，以画马著称。②汧(qiān)：汧河，在陕西省，流入渭河。③八坊：唐代监牧八处养马之所。《新唐书·兵志》："八坊，……八坊之田千二百三十顷，募民耕之，以给刍秣。"④骓(zhuī)：毛色苍白混杂的马。駓(pī)：毛色黄白混杂的马。骃(yīn)：浅黑带白色的马。骆(luò)：黑鬃的白马。骝(liú)：黑鬃黑尾巴的红马。騵：白腹马。白鱼：眼似鱼目的马。赤兔：毛色赤红的马。骍：毛色赤黄的马。騜：毛色黄白的马。駽(hàn)：长毛马。⑤"龙颅"句：形容马的俊美。⑥帝闲：皇帝的马厩。⑦柘袍：《唐六典》记载："隋文帝服柘黄袍及巾带听朝，至今遂以为常。"三千：即指后宫佳丽三千人。⑧螭(chī)：传说中没有角的龙，古代建筑常用它的形状作装饰。⑨蹙(cù)：紧迫。⑩曹霸：唐代画家，曾为韩干师。⑪尻(kāo)：屁股。⑫箠(chuí)：鞭子，鞭打。⑬芊(qiān)绵：草木茂密繁盛的样子。⑭王良：古代善于御马的人。⑮"何必"句：表明了苏东坡傲视群小的傲骨。

和李邦直沂山祈雨有应[①]

高田生黄埃，下田生苍耳[②]。苍耳亦已无，更问麦有几。蛟龙睡足亦解惭，二麦枯时雨如洗[3]。不知雨从何处来，但闻吕梁、百步声如雷[4]。试上城南望城北，际天菽粟青成堆[5]。饥火烧肠作牛吼，不知待得秋成否[6]？半年不雨坐龙慵，共怨天公不怨龙[7]。今朝一雨聊自赎，龙神社鬼各言功[8]。无功日盗太仓谷，嗟我与龙同此责[9]。劝农使者不汝容[10]，因君作诗先自劾[11]。

【注释】①沂山：在今山东省中部，又称东泰山。②苍耳：《本草》："苍耳，一名胡枲，一名地葵。"③二麦：大麦、小麦。④吕梁、百步：指徐州境内的吕梁洪、百步洪。⑤菽：豆类的总称。粟：谷子。⑥秋成：秋收。⑦天公：这里暗指天子。⑧龙神社鬼：暗指执政大臣及百执事。此处是讽大臣不尽职，不能燮理阴阳，却使人怨天子。⑨"无功"二句：这是苏轼自责无功受禄，与龙无异之意。⑩劝农使者：指李邦直，时李邦直为京东提刑，也称劝农使。⑪劾（hé）：揭发罪状。

颜乐亭诗 并叙

颜子之故居所谓陋巷者[1]，有井存焉，而不在颜氏久矣。胶西太守孔君宗翰，始得其地，浚治其井，作亭于其上，命之曰颜乐。昔夫子以箪食瓢饮贤颜子[2]，而韩子乃以为哲人之细事。何哉？苏子曰：古之观人也，必于小者观之，其大者容有伪焉。人能碎千金之璧，不能无失声于破釜；能搏猛虎，不能无变色于蜂虿[3]。孰知箪食瓢饮之为哲人之大事乎？乃作《颜乐亭诗》以遗孔君，正韩子之说，且用以自警云。

天生烝民[4]，为之鼻口。美者可嚼，芬者可嗅。美必有恶，芬必有臭。我无天游，六凿交斗[5]。骛而不返[6]，跬步商受。伟哉先师，安此微陋。孟贲股栗[7]，虎豹却走。眇然其身，中亦何有？我求至乐，千载无偶。执瓢从之，忽焉在后。

【注释】①颜子：颜回，字子渊。孔子学生。②“昔夫子”句：见《论语·雍也》：“一箪食，一瓢饮，在陋苍，人不堪其忧，回也不改其乐，贤哉回也！”③虿(chài)：蝎子一类的毒虫。④烝(zhēng)：众，多。⑤六凿：指耳目等六孔。语出《庄子·外物》：“心无天游，则六凿相攘。”天游：放任自然。⑥骛(wù)：乱跑。⑦孟贲(bēn)：战国时勇士。

答王巩[1]

汴泗绕吾城[2]，城坚如削铁。中有李临淮[3]，号令肝胆裂。古来彭城守，未省怕恶客[4]。恶客云是谁？祥符相公孙[5]。是家豪逸生有种，千金一掷颇黎盆[6]。连车载酒来，不饮外酒嫌其村。子有千瓶酒，我有万株菊。任子满头插，团团见花不见目。醉中插花归，花重压折轴。问客何所须[7]？客言我爱山，青山自绕郭，不要买山钱。此外有黄楼，楼下一河水，美哉洋洋乎，可以疗饥并洗耳。彭城之游乐复乐，客恶何如主人恶。

【注释】①苏轼自注：“巩将见过，有诗，自谓恶客，戏之。”②汴泗：汴水、泗水。汴水、泗水环绕徐州城，苏轼时任徐州太守。③李临淮：指唐代名将李光弼，曾封为临淮郡王，拜东都留守，临淮郡当时归徐州。④彭城：徐州古称彭城。恶客：酗酒之人。⑤祥符相公孙：王巩祖父王旦在宋真宗景德、祥符年间曾任宰相。⑥颇黎：玻璃。⑦疗饥：乐道忘饥。

李思训画《长江绝岛图》[1]

山苍苍，水茫茫，大孤小孤江中央[2]。崖崩路绝猿鸟去，惟有乔木搀天长[3]。客舟何处来？棹歌中流声抑扬。沙平风软望不到，孤山久与船低昂。峨峨两烟鬟[4]，晓镜开新妆。舟中贾客莫漫狂，小姑前年嫁彭郎[5]。

【注释】①李思训：唐代画家，其山水画颇有盛名。②大孤小孤：山名。皆在长江中。大孤山又名鞋山。位于鄱阳湖口与长江交界处，横扼湖口，孤峰独耸。小孤山又名小姑山、髻山。在安徽省宿松县东南。屹立江中。二山皆为形胜之地。③搀：插入。④“峨峨”四句：用拟人手法，以大姑、小姑喻大小孤山。二山耸立江中，形似鬟髻，山色青翠。⑤“小姑”句：欧阳修《归田录》：“江南有大小孤山，而世俗转‘孤’为‘姑’。江侧有一石矶，渭之澎浪矶，遂转为彭郎矶。云：彭郎，小姑婿也。”

五禽言五首 并叙

梅圣俞尝作《四禽言》。余谪黄州，寓居定惠院。绕舍皆茂林修竹，荒池蒲苇。春夏之交，鸣鸟百族，土人多以其声之似者名之，遂用圣俞体作《五禽言》。

其一

使君向蕲州，更唱蕲州鬼[1]。我不识使君，宁知使君死。人生作鬼会不免，使君已老知何晚[2]。

【注释】①“使君”二句：《宋史·王禹偁传》载，王禹偁咸平初年出知黄州，四年徙蕲州，王禹偁上表谢，有“宣室鬼神之问，不望生还；茂陵封禅之书，止其身后”之语。果然至郡未逾月而去世。②苏轼自注：“王元之自黄移蕲州，闻啼鸟。问其名，或对曰：‘此名蕲州鬼。’元之大恶之，果卒于蕲。”

其二

昨夜南山雨，西溪不可渡。溪边布谷儿，劝我脱破裤。不辞脱裤溪水寒，水中照见催租瘢[1]。

【注释】①“不辞”二句：苏轼自注：“土人谓布谷为脱却破裤。”催租瘢：指农民被逼租时受到拷打，身上留下的伤瘢。

其三

去年麦不熟，挟弹规我肉。今年麦上场，处处有残粟。丰年无象何处寻，听取林间快活吟[1]。

【注释】①苏轼自注：“此鸟声云：麦饭熟，即快活。”

其四

力作力作[1]，蚕丝一百箔[2]。垅上麦头昂，林间桑子落。愿侬一箔千两丝，缫丝得蛹饲尔雏[3]。

【注释】①力作：努力劳作。②箔：养蚕用的竹席或竹筛子。③苏轼自注：“此鸟声云：蚕丝一百箔。”

其五

姑恶，姑恶。姑不恶，妾命薄。君不见东海孝妇死作三年乾[1]，不如广汉庞姑去却还[2]。

【注释】①“君不见”句：传说东海有寡妇周青，为侍奉婆婆矢志不嫁，婆婆遂自缢而死。其小姑告官，诬嫂以杀人之罪，问官不察，竟判周青死刑。临刑时，周青指着身边竹竿对人说：倘我无罪，血当沿竿往上倒流。其言果然应验，而东海地方大旱三年。②苏轼自注：“姑恶，水鸟也。俗云妇以姑虐死，故其声云。”

和何长官六言次韵五首

其一

作邑君真伯厚[1]，去官我岂曼容[2]。一廛[3]愿托仁政，六字难赓变风。

【注释】①作邑：做县令。②曼容：邴曼容。《汉书·两龚传》载，琅邪邴汉，兄子曼容，为官不肯过六百石，辄自劾去。③一廛：古时一夫所居之地。

其二

五噫已出东洛[1]，三复愿比南容[2]。学道未逢潘盎[3]，草书犹似杨风[4]。

【注释】①五噫：指《五噫歌》。《后汉书·梁鸿传》：“因东出关，过京师，作《五噫》之歌，曰：‘陟彼北芒兮，噫！顾览帝京兮，噫！宫阙崔巍兮，噫！民之劬劳兮，噫！辽辽未央兮，噫！’”②“三复”句：《论语·先进》：“南容三复白圭，孔子以其兄之子妻之。”何晏集解引孔安国曰：“《诗》云：‘白圭之玷，尚可磨也；斯言之玷，不可为也。’南容读《诗》至此，三反复之，是其心慎言也。”③苏轼自注：“南海谓狂为盎。潘，近世得道者也。”④苏轼自注：“杨凝式也。”

其三

石渠何须反顾[1]，水驿幸足相容[2]。长江大欲见庇，探支八月凉风[3]。

【注释】①石渠：石渠阁，西汉皇室藏书之处，在长安未央宫殿北。②水驿：水路驿站。③探支：预支。

其四

清风初号地籁[1]，明月自写天容。贫家何以娱客？但知抹月批风[2]。

【注释】①地籁：风吹大地的孔穴而发出的声响。②抹月批风：用风月当菜肴。家贫无以待客的戏言。

其五

青山自是绝色[1]，无人谁与为容[2]。说向市朝公子，何殊马耳东风[3]。

【注释】①绝色：极美的颜色。②谁与为容：为谁打扮。③马耳东风：东风吹过马耳。比喻充耳不闻、无动于衷或互不相干。李白《答王十二寒夜独酌有怀》：“世人闻此皆掉头，有如东风吹马耳。”

渔父四首

其一

渔父饮，谁家去，鱼蟹一时分付。酒无多少醉为期[①]，彼此不论钱数。

【注释】①“酒无”句：《南史·陶潜传》：“或置酒而招之，造饮辄尽，期在必醉。”

其二

渔父醉，蓑衣舞[①]，醉里却寻归路。轻舟短棹任横斜，醒后不知何处。

【注释】①蓑衣舞：孟郊诗：“独速舞短蓑。”

其三

渔父醒，春江午，梦断落花飞絮。酒醒还醉醉还醒[①]，一笑人间今古。

【注释】①“酒醒”句：用白乐天《醉吟先生传》。

其四

渔父笑，轻鸥举，漠漠一江风雨[①]。江边骑马是官人，借我孤舟南渡。

【注释】①漠漠：杜子美《滟滪》诗："江天漠漠鸟飞去。"

奉敕祭西太一和韩川韵四首[①]

其一

圣主新除秘祝[②]，侍臣来乞丰年[③]。寿宫神君欲至，夜半灵风肃然[④]。

【注释】①西太一：西太一宫。《宋史·礼志》："国初，太一坛，在国门之东郊。熙宁中，司天正周琮上言：'五福太一，自雍熙元年入东南巽位，时修东太一宫。天圣七年，入西南坤位，修西太一宫。'"②秘祝：官名。《史记》：汉文帝十三年，诏曰："盖闻祸自怨起，而福由德兴，今秘祝之官，移过于下，以彰吾之不德，朕甚不取，其除之。"③乞丰年：祠部每岁立春，祭东太一宫，立夏、立冬祭中太一宫，立秋祭西太一宫。④"寿宫"二句：《汉书·郊祀志》：武帝置寿宫神君，神君最贵者曰太一，其佐曰太禁、司命之属，皆从之。非可得见，闻其言，言与人音等，时去时来，来则风肃然。

其二

玉玺亲题御笔，金童来侍天香[①]。礼罢祝融参乘[②]，前驱已过衡湘。

【注释】①金童：道家有所谓散花玉女、侍香金童。②祝融：南方之神，南海之神。《管子·五行》："得奢龙而辩于东方，得祝融而辩于南方。"

其三

解剑独行残月[1]，披衣困卧清风。梦蝶犹飞旅枕，粥鱼已响枯桐[2]。

【注释】①解剑：指辞官。②“粥鱼”句：《晋书·张华传》：“临平岸，出一石鼓，槌之无声。华曰：‘取蜀中桐材，刻为鱼形，扣之，则鸣矣。’如其言，果声闻数里。”

其四

陂水初含晓渌[1]，稻花半作秋香。皂盖却迎朝日[2]，红云正绕宫墙[3]。

【注释】①晓渌：清澈之意。②皂盖：古代官员所用的黑色篷伞。《后汉书·舆服志上》：“中二千石、二千石皆皂盖。”③红云：大片红花。

西太一见王荆公旧诗，偶次其韵二首

其一

秋早川原净丽，雨余风日清酣。从此归耕剑外[1]，何人送我池南[2]。

【注释】①归耕：指辞官回乡。剑外：指眉山，苏轼故乡。②池：凤凰池。代指京城。

其二

但有樽中若下[①]，何须墓上征西[②]。闻道乌衣巷口[③]，而今烟草萋迷。

【注释】①若下：酒名，《初学记》卷八引晋张勃《吴录》："长城若下酒有名。溪南曰上若，北曰下若，并有村，村人取若下水以酿酒，醇美胜云阳。"②"何须"句：《三国志·魏武纪注》："后征为都尉，及迁为典军校尉，意遂，更欲为国家讨贼立功，欲望封侯，作征西将军，然后题墓道，言：'汉故征西将军曹侯之墓。'此其志也。"③乌衣巷口：在金陵，西晋王、谢二族所居之地。

和黄鲁直烧香二首

其一

四句烧香偈子[①]，随香遍满东南。不是闻思所及[②]，且令鼻观先参[③]。

【注释】①偈子：梵语"偈佗"的又称。即佛经中的唱颂词。每句三字、四字，五、六、七、以至多字不等，通常以四句为一偈。②闻思：《楞严经》：观音由闻思修入三摩地，佛书称观世音为闻思大士。③鼻观：佛教观想法，观鼻端白，谓之鼻观。《楞严经》：孙陀罗难陀而白佛，言世尊教我及俱絺罗观鼻端白，我即谛观，经三七日，见鼻中气出入如烟，烟相渐消，鼻息成白。

其二

万卷明窗小字，眼花只有斓斑。一炷烟消火冷[1]，半生身老心闲。

【注释】①“一炷”句：《楞严经》：“香严童子白佛言：见诸比丘烧沉水香，香气寂然，来入鼻中，非木非空，非烟非火，去无所著，来无所从，由是意销，得香严号。”

再和二首

其一

置酒未逢休沐[1]，便同越北燕南[2]。且复歌呼相和，隔墙知是曹参。

【注释】①休沐：休息洗沐，犹休假。②越北燕南：谢灵运《答慧琳问》：“南向可以造越，背北可以弃燕，信燕北越南矣。”此苏轼反用其意。

其二

丹青已是前世，竹石时窥一斑[1]。五字当还靖节[2]，数行谁似高闲[3]。

【注释】①竹石：竹与石。②靖节：即陶潜。③高：即高闲上人。韩愈《高闲上人序》：“往时张旭善草书，变动犹鬼神，不可端倪，今闲之于草书，有旭之心哉。”

次韵子由书李伯时所藏韩干马

潭潭古屋云幕垂[①]，省中文书如乱丝。忽见伯时画天马，朔风胡沙生落锥[②]。天马西来从西极[③]，势与落日争分驰。龙膺豹股头八尺[④]，奋迅不受人间羁。元狩虎脊聊可友[⑤]，开元玉花何足奇[⑥]。伯时有道真吏隐，饮啄不羡山梁雌[⑦]。丹青弄笔聊尔耳，意在万里谁知之。干惟画肉不画骨？而况失实空留皮。烦君巧说腹中事[⑧]，妙语欲遣黄泉知。君不见韩生自言无所学，厩马万匹皆吾师[⑨]。

【注释】①潭潭：深广貌。②锥：谓笔锋。③“天马”句：《史记·乐书》：武帝伐大宛，得千里马，作歌曰：“天马来兮从西极，经万里兮归有德。”④膺：胸。⑤虎脊：骏马名。《汉书·礼乐志》：“元狩三年，马生渥洼水中，作《天马歌》曰：‘天马徕，出泉水。虎脊两，化若鬼。’”⑥开元玉花：杜甫《丹青引赠曹将军霸》诗：“先帝天马玉花骢，画工如山貌不同。”⑦饮啄：饮水啄食。语本《庄子·养生主》：“泽雉十步一啄，百步一饮。”喻自由自在地生活。⑧“烦君”句：《后汉书·祢衡传》：“衡为作书记，轻重疏密，各得体宜。黄祖持其手，曰：‘处士，此正得祖意，如祖腹中之所欲言也。’”⑨“君不见”二句：《名画记》：上令韩干师陈闳，怪其不同。干曰：“臣自有师，陛下内厩马，皆臣师也。”

虚飘飘[①]

虚飘飘，画檐蛛结网，银汉鹊成桥。尘渍雨桐叶，霜飞风柳条。露凝残点见红日，星曳余光横碧霄[②]。虚飘飘，比浮名利犹坚牢。

【注释】①此诗为苏轼和黄鲁直所作，秦少游亦有诗和之。②碧霄：天空。

书王定国所藏《烟江叠嶂图》[①]

江上愁心千叠山，浮空积翠如云烟。山耶云耶远莫知，烟空云散山依然[②]。但见两崖苍苍暗绝谷，中有百道飞来泉。萦林络石隐复见，下赴谷口为奔川。川平山开林麓断，小桥野店依山前。行人稍度乔木外，渔舟一叶江吞天[③]。使君何从得此本，点缀毫末分清妍[④]。不知人间何处有此境，径欲往买二顷田。君不见武昌樊口幽绝处，东坡先生留五年。春风摇江天漠漠，暮云卷雨山娟娟[⑤]。丹枫翻鸦伴水宿[⑥]，长松落雪惊醉眠。桃花流水在人世，武陵岂必皆神仙[⑦]。江山清空我尘土[⑧]，虽有去路寻无缘[⑨]。还君此画三叹息，山中故人应有招我归来篇[⑩]。

【注释】①《烟江叠嶂图》：苏轼自注："王晋卿画。"②"江上"四句：描写画中奇情幻景。③以上十二句皆道画中之景。④清妍：美好。⑤山娟娟：山色明媚貌。⑥水宿：栖息于水为水宿，此指在舟中或水边过夜。⑦"桃花"二句：韩愈曾有《桃花源图歌》："神仙有无何渺茫，桃源之说诚荒唐。世俗宁知伪与真，至今传者武陵人。"⑧清空：谓天空洁净清朗。⑨"虽有"句：陶渊明《桃花源记》载：武陵人既出，诣太守说如此，太守即遣人随其往寻，遂迷不复得路。⑩招我归来篇：陶潜有《归去来兮辞》，左思有《招隐》诗。

仲天贶、王元直自眉山来，见余钱塘，留半岁。既行，作绝句五首送之[1]

其一

仲君岂弟多学[2]，王子清修寡言。病后空惊鹤瘦，时来或作鹏骞[3]。

【注释】①王元直：即王箴，苏轼内弟。②岂弟(kǎi tì)：和乐平易。《诗·小雅·蓼萧》："既见君子，孔燕岂弟。"③鹏骞：大鹏高飞。比喻奋发有为，仕途得意。

其二

海角烦君远访[1]，江源与我同来。剩作数诗相送，莫教万里空回。

【注释】①海角：沿海僻远之地。白乐天《春生》诗："海角天涯遍始休。"

其三

三人一旦同行[1]，留下高斋月明[2]。遥想扁舟京口，尚余孤枕潮声。

【注释】①三人一旦同行：苏轼自注："二子与秦少章同寓高斋，复同舟北行。"②高斋：叶梦得《避暑录话》云："钱塘州宅之东，清暑堂之后，旧据城闉，横为屋五间，下瞰虚白堂，不甚高大，而最超出州宅及园圃之中，故为州者多居之，谓之高斋。”

其四

更欲留君久住，念君去国弥年。空使犀颅玉颊[1]，长怀髯舅凄然[2]。

【注释】①犀颅玉颊：东坡自谓诸子。②髯舅：指王元直。

其五

为余远致殷勤，瑞草桥边老人。红带雅宜华发[1]，白醪光泛新春[2]。

【注释】①红带：王庆源以恩榜得官，居于青神，来从东坡求红带，坡作长篇并带赠之。②白醪：糯米甜酒。

次韵刘景文送钱蒙仲三首

其一

谁识天闲老骥，不争日暮长途[1]。送尽青云九子[2]，归去扁舟五湖。

【注释】①“不争”句：杜甫《江汉》诗：古来存老马，不必取长途。②青云九子：指钱蒙仲。《老学庵笔记》：“钱穆父风姿甚美，有九子。都下九子母祠，作一巾纻美丈夫，坐于西偏，俗以为九子母之夫。都下谓穆父为九子母夫。”

其二

寄语竹林社友，同书桂籍天伦[1]。王郎独为鬼录[2]，世间无此玉人。

【注释】①天伦：兄弟。②王郎：指子由婿王子立，新逝，故云“王郎独为鬼录”。

其三

五字古原春草[1]，千金汉殿长门[2]。经纬尚余三策[3]，典刑留与诸孙[4]。

【注释】①“五字”句：指白居易所作《原上草》诗。②“千金”句：司马长卿《长门赋序》云：孝武陈皇后时得幸。颇妒，别在长门宫，愁闷悲思。闻相如天下工为文，奉金百斤，为相如、文君取酒，因于解悲愁之词，而相如为文以寤主上，后复得幸。③经纬：指文章。策：策论。④典刑：亦作典型，谓旧法、常规。《诗·大雅·荡》：“虽无老成人，尚有典刑。”郑玄笺：“犹有常事故法，可案用也。”

次韵子由书王晋卿画山水二首

其一

老去君空见画，梦中我亦曾游。桃花纵落谁见，水到人间伏流[1]。

【注释】①伏流：指水在地下流动。

刘景文家藏乐天《身心问答》三首，戏书一绝其后

渊明形神自我[①]，乐天身心相物[②]。而今月下三人，他日当成几佛[③]。

【注释】①“渊明”句：陶渊明有《形赠影》《影答形》《神释》三首，序云：贵贱贤愚，莫不营营以惜生，斯甚惑焉。故极陈形影之苦，言神辨自然以释之，好事君子，共取其心焉。②“乐天”句：白乐天《自戏三绝句》序云：闲卧独吟，无人酬和。聊假身心相戏，往复偶成三章。③当成几佛：《楞严经》：身眼两觉，应有二知，即汝一身，应成两佛。

忆江南寄纯如五首

其一

楚水别来十载，蜀山望断千重。毕竟拟为伧父[①]，凭君说与吴侬[②]。

【注释】①伧父：晋南北朝时，南人讥北人粗鄙，蔑称之为“伧父”。②吴侬：吴地自称曰侬，称人曰渠侬、个侬、他侬。因称人多用侬字，故以“吴侬”指吴人。

其二

湖目也堪供眼[①]，木奴自足为生[②]。若话三吴胜事，不惟千里[③]莼羹。

【注释】①湖目：莲子的异名。②木奴：柑橘树的别称。③千里：《渔隐丛话》：千里，湖名。

其三

人在画屏中住，客依明月边游。未卜柴桑旧宅，须乘五湖扁舟[①]。

【注释】①乘五湖扁舟：《后汉书·隗嚣传》：方望以书辞嚣曰："范蠡收责勾践。乘扁舟于五湖。"

其四

生计曾无聚沫[①]，孤踪谩有清风。治产犹嫌范蠡[②]，携孥颇笑梁鸿[③]。

【注释】①聚沫：《列子·汤问篇》：詹何曰："鱼见臣之钓饵，犹沉埃聚沫，吞之不疑。"②"治产"句：《史记·货殖列传》：范蠡治产积居，与时逐而不责于人。③"携孥"句：《后汉书·逸民传·梁鸿》载，鸿字伯鸾，有高节，久不娶，同县有孟氏女，……择对不嫁，至年三十。女曰："欲得贤如梁伯鸾者。"鸿闻而聘之。后二人避祸去吴。鸿为人舂米，归家。孟光为之备食，举案齐眉。

其五

弱累已偿俗尽，老身将伴僧居。未许季鹰高洁，秋风直为鲈鱼[①]。

【注释】①"未许"二句：《世说新语》："张季鹰，辟齐王东曹掾，在洛。见秋风起，因思吴中菰菜羹、鲈鱼脍，曰：'人生贵得适意尔，何能羁宦数千里以要名爵？’遂命驾便归。”

轼近以月石砚屏献子功中书公，复以涵星砚献纯父侍讲。子功有诗，纯父未也。复以月石风林屏赠之，谨和子功诗，并求纯父数句[1]

紫潭出玄云[2]，翳我潭中星[3]。独有潭上月，倒挂紫翠屏[4]。我老不看书，默坐养此昏花睛。时时一开眼，见此云月眼自明。久知世界一泡影，大小真伪何足评。笑彼三子欧、梅、苏，无事自作雪羽争[5]。故将屏砚送两范，要使珠璧栖窗棂[6]。大范忽长谣，语出月胁令人惊[7]。小范当继之，说破星心如鸡鸣。床头复一月，下有风林横[8]。急送小范家，护此涵星泓。愿从少陵博一句，山木尽与洪涛倾[9]。

【注释】①子功：范百禄字子功，元祐中拜中书侍郎。其侄祖禹，字纯父，时任侍讲学士。②紫潭：言砚。玄云：言墨。③翳（yì）：遮蔽。④“倒挂”句：《志林》：月石屏真者必平，然多不员，员而平，注满而不出者，此至难得也。⑤雪羽：指白色的羽毛，欧阳永叔、苏子美皆有《月石砚屏》诗。梅圣俞《读月石屏诗》云：予观二人作诗论月石，月在天上，石在山下，安得石上有月迹？至矣欧阳公，知不可诘，不竟述，欲使来者默自识。苏子苦豪迈，何用强引犀角、蚌蛤巧擗折？欧阳文忠公《鸦石屏歌》：“晨光入林众鸟惊，腷膊群飞鸦乱鸣。穿林四散投空去，黄口巢中饥待哺。雌者下啄雄高盘，雄雌相呼飞复还。”“笑彼”二句谓诗文乃意兴所至，不必字字穿凿，落到实处。⑥珠璧：《汉书·律历志》：“日月如合璧，五星如连珠。”⑦长谣：放声高歌。月胁：比喻险奥的意境。皇甫湜《顾况集序》云：偏于逸歌长句，骏发踔厉，往往若穿天心、出月胁，意外惊人语，非寻常所能及，最为快也。⑧“床头”二句：言月石风林屏。⑨“愿从”二句：杜子美《戏题王宰画山水图歌》云：“舟人渔子入浦溆，山木尽亚洪涛风。”

仍言月石风林屏。

书晁说文《考牧图》后

我昔在田间，但知羊与牛。川平牛背稳，如驾百斛舟。舟行无人岸自移，我卧读书牛不知。前有百尾羊，听我鞭声如鼓鼙[①]。我鞭不妄发，视其后者而鞭之。泽中草木长，草长病牛羊。寻山跨坑谷，腾趠筋骨强[②]。烟蓑雨笠长林下，老去而今空见画。世间马耳射东风[③]，悔不长作多牛翁。

【注释】①鼓鼙：古代军中常用的乐器。指大鼓和小鼓。②腾趠(chuō)：腾跃。③马耳射东风：东风吹过马耳。比喻充耳不闻、无动于衷或互不相干。

丹元子示诗，飘飘然有谪仙风气，吴传正继作，复次其韵

飞仙[①]亦偶然，脱命瞬息中。惟诗不可拟，如写天日容[②]。梦中哦七言，玉丹已入怀。一语遭绰虐，失身堕蓬莱。蓬莱至今空，护短不养才。上界足官府，谪仙应退休。可怜吴与苏，肮脏[③]雪满头。雪满头，终当却与丹元子，笑指东海乘桴浮。

【注释】①飞仙：会飞的仙人。②天日容：韩愈《进撰平淮西碑文表》：乾坤之容，日月之光，知其不可绘画也。③肮脏：污秽，不干净。

仆所至未尝出游。过长芦，闻复禅病甚，不可不一问。既见，则有间矣。明日阻风，复留，见之。作三绝句呈闻复，并请转呈参寥子，各赋数首

其一

亦知壶子不死[①]，敢问老聃所游[②]。瑟瑟寒松露骨，眈眈病虎垂头。

【注释】①“亦知”句：见《庄子·应帝王篇》：郑有神巫曰季咸，列子与之见壶子。出而谓列子曰：“嘻，子之先生死矣，弗活矣。”列子入，泣涕沾襟，以告壶子。壶子曰：“乡吾示之以地文，是殆见吾杜德机也。”②“敢问”句：见《庄子·田子方篇》：孔子见老聃，老聃新沐，曰：“吾游心于物之初。”

其二

莫言西蜀万里，且到南华一游[①]。扶病江边送客，杖拏浦口回头。

【注释】①南华：指韶州南华寺。因唐代慧能居此而知名。

其三

老去此生一诀，兴来明日重游。卧闻三老白事[①]，半夜南风打头[②]。

【注释】①三老：川峡呼艄公篙手为三老。白事：陈说事情。②南风

打头:《猗觉寮杂记》:风之逆者,舟人谓之打头风。

江郊 并引

惠州归善县治之北,数百步抵江,少西有盘石小潭,可以垂钓。作《江郊》诗云。

江郊葱昽[1],云水蒨绚[2]。碕岸斗入[3],洄潭轮转。先生悦之,布席闲燕[4]。初日下照,潜鳞俯见。意钓忘鱼,乐此竿线[5]。优哉悠哉,玩物之变。

【注释】①葱昽:明丽貌。②蒨绚:鲜明绚丽。③碕(qí)岸:曲折的河岸。④闲燕:指安静、清净的地方。⑤"意钓"二句:《唐书·张志和传》:每垂钓不设饵,志不在鱼也。

和陶时运四首 并引[1]

丁丑二月十四日,白鹤峰新居成,自嘉祐寺迁入。咏渊明《时运》诗云:"斯晨斯夕,言息其庐。"似为余发也。乃次其韵。长子迈,与余别三年矣[2],挈携诸孙,万里远至。老朽忧患之余,不能无欣然。

其一

我卜我居,居非一朝。龟不吾欺,食此江郊[3]。废井已塞,乔木干霄[4]。昔人伊何,谁其裔苗[5]?

【注释】①此四首作于绍圣四年二月。②与余别三年:苏轼被贬惠州时，苏迈寄居在宜兴阳羡，至此时，方授韶州仁化令，携带家眷赴任，途中去看望苏轼，故云“与余别三年矣”。③龟：指龟卜。食：食墨，龟卜的术语。古时龟卜兆与墨画重合叫“食墨”，为吉兆。张衡《东京赋》：“召伯相宅，卜惟洛食。”李善注引薛综曰：“食谓吉兆。”④干霄：犹凌云，极言其高。⑤裔苗：即苗裔后代。

其二

下有澄潭[①]，可饮可濯。江山千里，供我遐瞩[②]。木固无胫，瓦岂有足。陶匠自至[③]，啸歌相乐。

【注释】①澄潭：清澈的潭水。②遐瞩：远望。③陶匠：制陶器的工匠。此指修筑新居的工匠。

其三

我视此邦，如洙如沂[①]。邦人劝我，老矣安归。自我幽独，倚门或挥[②]。岂无亲友，云散莫追[③]。

【注释】①洙：洙水。沂：沂水。查慎行注：“如洙如沂，谓如在邹鲁之邦也。”邹为孟子的故乡，鲁为孔子的故乡，邹鲁之邦即文化昌盛之地。②“自我”二句：言自我来到惠州总是幽处独居，或倚门而望，心情不能平静。挥：交挥，形容心情不能平静。陶渊明《时运》：“寤寐交挥。”③云散：如云离散。王粲《赠蔡子笃》：“风流云散，一别如雨。”

其四

旦朝丁丁[①]，谁款我庐[②]。子孙远至，笑语纷如[③]。剪鬃垂髫，覆此瓠壶[④]。三年一梦，乃复见余。

【注释】①旦朝：早晨。丁丁：敲门声。②款：叩示。③纷如：纷杂的样子。④剪鬏（cài）、垂髫：都是儿童的装束，代指诸孙。鬏，髫带，也叫覆巾。瓠壶：盛酒的瓦壶。此二句言诸孙天真烂漫，互相嬉戏，以至弄翻酒壶。

和陶答庞参军六首 并引[1]

周循州彦质，在郡二年，书问无虚日。罢归过惠，为余留半月。既别，和此诗追送之。

其一

我见异人，且得异书[2]。挟书从人，何适不娱？罗浮之趾，卜我新居。子非玄德，三顾我庐[3]。

【注释】①此六首作于绍圣四年春。②异人：指周彦质。异书：指周彦质的书信。③玄德：刘备字玄德。刘备曾三顾茅庐，延请诸葛亮。见《蜀志·诸葛亮传》。

其二

旨酒荔蕉[1]，绝甘分珍[2]。虽云晚接[3]，数面自亲。海隅一笑[4]，岂云无人？无酒酤我，或乞其邻[5]。

【注释】①旨酒：美酒。荔蕉：荔枝和香蕉。②绝甘分珍：言周彦质将甘美珍奇的物品分给自己食用。甘，指旨酒。珍，指荔蕉。③晚接：相接迟晚。④海隅：海边，指惠州。⑤其邻：指林行婆家。

其三

将行复止，眷言孜孜[①]。苟有于中，倾倒出之。奕奕千言[②]，粲焉陈诗。觞行笔落，了不容思[③]。

【注释】①孜孜：勤勉不怠的样子。②奕奕：盛多的样子。③觞行：即行觞，指喝酒。了不容思：不加思索。陶渊明《晋故征西大将军长史孟府君传》："请笔作客，了不容思。"

其四

丱妙侍侧[①]，两髦丫分[②]。歌舞寿我，永为欢欣。曲终凄然，仰视浮云。此曲此声，何时复闻[③]。

【注释】①丱（guàn）妙：指周彦质临行之时，送给苏轼小丫环。②髦：发至眉曰髦。丫：《广韵》："丫，象物开之形。"此句言券妙的头发丫分齐眉。③"此曲"二句：杜甫《赠花卿》："此曲只应天上有，人间能得几回闻。"此二句化用之。

其五

击鼓其镗[①]，船开橹鸣[②]。顾我而言，雨泣载零[③]。子卿白首，当还西京[④]。辽东万里，亦归管宁[⑤]。

【注释】①镗：鼓鸣声。《诗·邶风·击鼓》："击鼓其镗，踊跃用兵。"②橹：船浆。杜甫《送王十六判官》："鸣橹已沙头。"③雨泣：泪落如雨。载：语助词。零：落。④子卿：苏武字子卿。《汉书·苏武传》："（苏武）在匈奴十九岁，始以强壮出，及还，须鬓尽白。”西京：长安，西汉都城。⑤管宁：字幼安，曹魏时人。《魏志》本传载，管宁“初至辽东，公孙度虚馆以候之。文帝即位。征宁，遂将家属浮海还郡”。

其六

感子至意，托辞西风。吾生一尘，寓形空中。愿言谦亨，君子有终[1]。功名在子，何异我躬。

【注释】①“愿言”二句：《易·谦》：“谦，亨，君子有终。”意即筮得谦卦，亨通，君子有美好的结局。这里是对周彦质的祝愿。

和陶劝农六首 并引[1]

海南多荒田，俗以贸香为业[2]，所产秔稌[3]，不足于食，乃以薯芋杂米作粥糜以取饱[4]。予既哀之，乃和渊明《劝农》诗，以告其有知者。

其一

咨尔汉黎[5]，均是一民。鄙夷不训[6]，夫岂其真。怨愤劫质[7]，寻戈相因[8]。欺谩莫诉[9]，曲自我人。

【注释】①此诗作于绍圣四年七月以后。查注引《栾城后集·次韵诗叙》云：“子瞻和渊明《劝农》诗六首，哀儋耳之不耕。”②香：指香料。③秔稌：指水稻。④薯芋：《南方草木状》：珠崖之地，人皆不业耕稼，惟掘地种甘薯，秋熟收之。蒸晒，切如米粒，以充粮粮，是谓薯粮。《本草》：薯芋，一名土薯，即山药也。因唐代宗名预，改为薯药，又因宋英宗名曙，改为山药。⑤咨：嗟。汉黎：汉人和黎人。黎人指古时居住在海南岛黎母山周围的少数民族。⑥鄙夷：鄙视，瞧不起。不训：不雅训，指未服教化。韩愈《柳州罗池庙碑记》："柳侯为州，不鄙夷其民，动以礼法。"⑦劫质：劫持人质，借以勒索。《后汉书·桥玄传》："凡有劫质，皆并杀之，不得赎以财宝，开张奸路。"⑧寻戈：言寻干戈以相攻杀。相因：相继。《左传·昭公元年》："日寻干戈以相征讨。"⑨欺谩：诳骗，轻慢。韩愈《谢自然》："逶迤不复振，后世恣欺谩。"

其二

天祸尔土[1]，不麦不稷。民无用物，珍怪是直[2]。播厥熏木[3]，腐余是穑[4]。贪夫污吏，鹰挚狼食[5]。

【注释】①尔土：指海南。②珍怪：奇珍异物。直：一作"植"，又作"殖"。③熏木：香。④穑：稼穑，指耕作。⑤鹰挚：即鹰击毛挚。《史记·义纵传》："纵以鹰击毛挚为治。"《集解》："徐广曰：莺鸟将击，必张羽毛也。"狼食：如狼猎食。均喻为政酷烈。

其三

岂无良田，膴膴平陆[1]。兽踪交缔[2]，鸟喙谐穆[3]。惊麇朝射[4]，猛豨夜逐。芋羹薯糜，以饱耆宿[5]。

【注释】①膴膴：肥沃。平陆：指田野。《诗·大雅·绵》："周原膴膴，堇荼如饴。"②交缔：交结。缔，结而不可解者曰缔。③谐穆：和睦。④麇：獐子。豨：大野猪。⑤耆宿：老人。

其四

听我苦言[1]，其福永久。利尔耡耜[2]，好尔邻偶[3]。斩艾蓬藋[4]，南东其亩[5]。父兄搢梃[6]，以抶游手[7]。

【注释】①苦言：犹良言。②耡耜：耕作时用的农具。耡，同“锄”。耜，耒耜。③邻偶：邻居。④斩艾：斩杀，指消除。艾：同“刈”。蓬藋：蓬蒿灰藋，泛指野草。《左传·昭公十六年》：“庸次比耦，以艾杀此地，斩之蓬蒿藜藋，而共处之。”⑤南东其亩：《诗·小雅·信南山》：“我疆我理，南东其亩。”林义光《诗经通解》：“亩有东有南，从土宜也。”⑥搢梃：拿着木棒。⑦抶(chì)：鞭打，惩罚。游手：指游手好闲的子弟。

其五

天不假易[1]，亦不汝匮[2]。春无遗勤[3]，秋有厚冀[4]。云举雨决，妇姑毕至[5]。我良孝爱，袒跣何愧[6]。

【注释】①天不假易：言天道不相宽纵。假易：犹宽纵。②匮：赐予。③无遗勤：不忘勤劳。④厚冀：丰厚的希望，指厚报。⑤妇姑：媳妇和婆子。⑥袒跣：袒身赤脚。

其六

逸谚戏侮[1]，博弈顽鄙[2]。投之生黎[3]，俾勿冠履[4]。霜降稻实，千箱一轨[5]。大作尔社[6]，一醉醇美[7]。

【注释】①逸：指贪图安逸。谚：指贪图享乐。戏侮：嘲弄轻侮。《尚书·无逸》：“相小人，厥父母勤劳稼穑，厥子乃不知稼穑之艰难，乃逸乃谚。既诞，否则侮厥父母曰：‘昔之人无闻知。’”即此句之意。②博奕：下棋。顽鄙：愚顽鄙陋。③生黎：施元之注：“《番禺杂编》：黎人在海南山洞中，一曰熟黎，亦供州县之役。又有生黎，所居洞深百余里。善登木，如猿猱。”④俾：使。⑤千箱：言准备千个车厢，以装稻实。《诗·小雅·甫田》：

"乃求千斯仓，乃求万斯箱，黍稷稻粱，农夫之庆。"一轨：同轨。此句言全海南就会取得大丰收。⑥社：此指秋日的社祭。⑦醇美：指美酒。

和陶停云四首[①] 并引

自立冬以来，风雨无虚日。海道断绝，不得子由书。乃和渊明《停云》诗以寄。

其一

停云在空，黯其将雨[②]。嗟我怀人[③]，道修且阻[④]。眷此区区[⑤]，俯仰再抚[⑥]。良辰过鸟，逝不我伫[⑦]。

【注释】①此四首作于绍圣四年冬。②黯：昏暗。③怀人：所思念之人。④修：长，指遥远。阻：险阻。⑤区区：思念。繁钦《定情诗》："何以致区区，耳中双明珠。"⑥俯仰：俯仰之间，比喻时间短暂。⑦伫：久立。此为等待之意。

其二

飓作海浑[①]，天水溟濛[②]。云屯九河[③]，雪立三江[④]。我不出门，寤寐北窗。念彼海康[⑤]，神驰往从。

【注释】①飓：飓风，指飴风。海浑：即海运，海水翻动。②溟濛：模糊不清。③九河：古时黄河自孟津而北，分为九道，故名。《书·禹贡》："九河既道。"注引《尔雅》："徒骇一，太史二，马颊三，覆釜四，胡苏五，简六，絜七，钩盘八，鬲津九。"一说，九河即天河。④三江：即李仙江、阿墨江和把边江。《普洱府志》:“李仙江在城南三百五十里,合阿墨、把边二江,南入交趾。”⑤海康:指苏辙。时苏辙为化州别驾,安置雷州。雷州即海康。故代指苏辙。

其三

凛然清癯[①],落其骄荣[②]。馈莫化之,廓兮忘情。万里迟子[③],晨兴宵征[④]。远虎在侧[⑤],以宁先生[⑥]。

【注释】①清癯:清瘦。②骄荣:骄傲虚荣。③迟子:指苏辙之子苏迟。④晨兴:晨起。宵征:夜行。⑤远虎:指苏辙之子苏远。远:小字虎儿。⑥先生:指苏辙。

其四

对弈未终,摧然斧柯[①]。再游兰亭,默数永和[②]。梦幻去来,谁少谁多。弹指太息[③],浮云几何。

【注释】①“对弈”二句:《述异记》:“信安郡有石室山,王质入其室,见童对棋。质观之局未终,视其执斧柯,已朽烂矣。”冯应榴《合注》:“摧,疑当作‘漼’。《水经注》云:王质斧柯,漼然烂尽。”②“再游”二句:宋姚宽《西溪丛话》:“考兰亭之会,自王羲之、谢安四十二人。后唐大历中,朱迪、吕谓、吴筠、章八元等三十七人,经兰亭故址联句,有‘赏是文词会,欢同癸五年’之句,东坡和陶,必用此事也。”永和:晋穆帝年号。永和九年王羲之和谢安等人在兰亭聚会,吟诗唱和,羲之有《兰亭集序》。③弹指:弹指之间,比喻时光过得极快。

观棋 并引

予素不解棋。尝独游庐山白鹤观。观中人皆阖户昼寝，独闻棋声于古松流水之间，意欣然喜之。自尔欲学，然终不解也。儿子过乃粗能者，儋守张中日从之戏，予亦隅坐①，竟日不以为厌也。

五老峰前，白鹤遗址。长松荫庭，风日清美。我时独游，不逢一士。谁欤棋者，户外屦二②。不闻人声，时闻落子。纹枰坐对③，谁究此味。空钩意钓，岂在鲂鲤④。小儿近道⑤，剥啄信指⑥。胜固欣然，败亦可喜。优战游哉，聊复尔耳⑦。

【注释】①隅坐：在一旁坐。②屦二：鞋子两双，指对奕者。③纹枰(píng)：棋盘。④“空钩”二句：言意在以棋怡情，不在输赢。⑤近道：谓棋技已入门，粗通。⑥剥啄：下棋落子之声。信指：犹信手。⑦聊复尔耳：犹言姑且如此而已。

洞酌亭 并引

琼山郡东，众泉觱发①，然皆冽而不食。丁丑岁六月，南迁过琼，始得双泉之甘于城之东北隅，以告其人。自是汲者常满。泉相去咫尺而异味。庚辰岁六月十七日，迁于合浦，复过之。太守承议郎陆公，求泉上之亭名与诗。名之曰洞酌②，其诗曰：

洞酌彼两泉，挹彼注兹。一瓶之中，有渑有淄③。以瀹以烹④，众喊莫齐⑤。自江徂海，浩然无私。岂弟君子，江海是仪。既味我泉，亦哜我诗⑥。

【注释】①觱发(bì)：觱沸。泉涌出貌。②泂酌：谓从远处酌取。《诗·大雅·泂酌》："泂酌彼行潦，挹彼注兹。"③"一瓶"二句：《水经注》：淄水出泰山莱芜县原山。《春列释例》：渑水，出临淄县北。淄、渑水异味，即合则难别也。④瀹(yuè)：煮。⑤臧：尝其味也。⑥哜(jì)：浅尝，微尝。

何公桥[1]

天壤之间，水居其多。人之往来，如鹈在河。顺水而行，云驰鸟疾。维水之利，千里咫尺。乱流而涉，过膝则止。维水之害，咫尺千里。沔彼滥觞[2]，蛙跳鲦游。溢而怀山，神禹所忧。岂无一木，支此大坏。舞于盘涡[3]，冰折雷解。坐使此邦，画为两州。鸡犬相闻[4]，胡越莫救[5]。允毅何公，甚勇于仁。始作石梁，其艰其勤。将作复止，更此百难。公心如铁，非石则坚。公以身先，民以悦使。老壮负石，如负其子。疏为玉虹[6]，隐为金堤[7]。直栏横槛，百贾所栖。我来与公，同载而出。欢呼填道，抱其马足[8]。我叹而言，视此滔滔。未见刚者，孰为此桥。愿公千岁，与桥寿考[9]。持节复来，以慰父老。如朱仲卿，食于桐乡[10]。我作铭诗，子孙不忘。

【注释】①何公桥：洪迈《容斋三笔》卷十一："英州小市，江水贯其中。旧架木为桥，每不过数年，辄为湍潦所坏。郡守建安何智甫，始叠石为之。方成，而东坡还自海外，何求文以记。坡作四言诗一首，凡五十六句。"②沔(miǎn)：水流满貌。③盘涡：水旋流形成的深涡。④鸡犬相闻：语出《老子》："甘其食，美其服，安其居，乐其俗。邻国相望，鸡犬之声相闻，民至老死不相往来。"⑤胡越：比喻疏远隔离。胡地在北，越在南，故有此说。⑥玉虹：此喻石拱桥。⑦金堤：坚固的堤堰，后作为堤堰的美称。"疏""隐"二字对出，"疏"，开浚、开通意。"隐"，通"偃"，堵塞之意。⑧抱其马足：《后汉书·班超传》：超还至于阗，王侯以下皆号泣，曰："依汉使如父母。”互抱超马脚，不得行。⑨寿考：长寿意。⑩朱仲卿：汉代循吏朱邑。典见班固《汉书·循吏传·朱邑》：“（朱邑）少时为舒桐乡啬夫，廉平不苛，未尝笞辱人，存问耆老孤寡，遇之有恩，所部吏民爱敬焉。……初邑病且死，嘱其子曰：‘我故为桐乡吏，其民爱我，必葬我桐乡。后世子孙奉尝我，不如桐乡民。’及死，其子葬之桐乡西郭外，民果共为邑起冢立祠，岁时祠祭。”后因以为官吏在任时行惠政，有道爱之典。

美哉一首送韦城主簿欧阳君

美哉水，洋洋乎，我怀先生，送之子于城隅。洋洋乎，美哉水，我送之子，至于新渡①。念彼嵩雒②，眷焉西顾，之子于迈，至于白马。白马旧邦，其构维新，邦人流涕，画舫之孙。相其口髯，尚克似之，先生遗民，之子往字③。

【注释】①新渡：寺名。②嵩：即嵩山。雒：通“洛”，指洛阳一带。③诗意盖以文忠公曾官滑州，故云先生之遗民，而其后人主簿君，又往抚字之也。

和陶归去来兮辞 并引

子瞻谪居昌化，追和渊明《归去来辞》。盖以无何有之乡为家，虽在海外，未尝不归云尔。

归去来兮，吾方南迁安得归①。卧江海之澒洞②，吊鼓角之凄悲。迹泥蟠而愈深，时电往而莫追③。怀西南之归路，梦良是而觉非④。悟此生之何常，犹寒暑之异衣。岂袭裘而念葛，盖得裲而丧微⑤。我归甚易，匪驰匪奔。俯仰还家，下车阖门。藩垣虽缺，堂室故存。挹吾天醴，注之洼尊[⑥]。饮月露以洗心[⑦]，湌朝霞而眩颜[⑧]。混客主而为一，俾妇姑之相安[⑨]。知盗窃之何有，乃掊门而折关。廓圜镜以外照[⑩]，纳万象而中观[⑪]。治废井以晨汲，滃百泉之夜还。守静极以自作[⑫]，时爵跃而鲵桓[⑬]。归去来兮，请终老于斯游。我先人之敝庐，复舍此而焉求？均海南与漠北，挈往来而无忧。畸人告予以一言，非八卦与九畴。方饥须粮，已济无舟。忽人牛之皆丧，但乔木与高丘。警六用之无成，自一根之返流。望故家而永息，曷中道之三休。已矣乎！吾生有命归有时，我初无行亦无留。驾言随子听所之，岂以师南华而废从安期？谓汤稼之终枯，遂不溉而不耔。师渊明之雅放，和百篇之新诗。赋《归来》之清引，我其后身盖无疑。

【注释】①“吾方”句：韩退之《复志赋》：“从伯氏以南迁。”②澒洞：杜子美《自京赴奉先县咏怀》诗：“忧端齐终南，澒洞不可掇。”③电往：王逸《荔枝赋》：“飞匡上下，电往景还。”《宋书·乐志·白纻歌》：“人生世间如电过。”④“梦良”句：《圆觉经》：“如梦中人，梦时非无；及至于醒，了无所得。”⑤觕：《广韵》：“觕，仓胡切，物不精也。”⑥洼尊：白乐天《双石》诗：“洼尊酌未空。”⑦饮月露：《庄子·逍遥游篇》：“藐姑射之山，有神人居焉，吸风而饮露。”⑧湌朝霞：《列仙传》：“陵阳子春食朝霞，夏食沆瀣。”⑨妇姑：《庄子》：“心有天游，室无空虚，则妇姑勃溪。”⑩圜镜：《楞严经》：“六根圆通，明照无二，含十方界，立大圆镜。”⑪万象：刘禹锡《楚望赋》：“万象起灭，森来贶予。”⑫“守静”句：《老子》：“致虚极，守静笃。万物并作，吾以观其复。”⑬鲵桓：《应帝王篇》：“鲵桓之审为渊，止水之审为渊。”

数日前，梦人示余一卷文字，大略若谕马者，用“吃蹶”[1]两字，梦中甚赏之，觉而忘其余，戏作数语足之

天骥虽老，举鞭脱逸。交驰蚁封[2]，步中衡石。旁睨驽骀，丰肉灭节。徐行方轨，动辄吃蹶。天资相绝，未易致诘[3]。

【注释】①吃蹶：倾跌。②蚁封：即蚁垤，蚁穴外隆起的小土堆。③诘：究问，推究。

题王维画

摩诘本词客，亦自名画师。平生出入辋川上，鸟飞鱼泳嫌人知。山光盎盎著眉睫，水声活活流肝脾。行吟坐咏皆自见，飘然不作世俗辞。高情不尽落缣素[1]，连山绝涧开重帷。百年流落存一二，锦囊玉轴酬不赀[2]。谁令食肉贵公子，不觉祖父驱熊罴。细毡净几读文史，落笔璀璨传新诗。青山长江岂君事，一挥水墨光淋漓。手中五尺小横卷，天末万里分毫厘。谪官南出止均、颍，此心通达无不之[3]。归来缠裹任纨绮[4]，天马性在终难羁[5]。人言摩诘是初世，欲从顾老痴不痴。桓公、崔公不可与，但可与我宽衰迟。

【注释】①缣素：细绢。可供书画。晋葛洪《抱朴子·遐览》：“缣素所写者，积年之中，合集所见当出二百许卷。”②赀(zī)：价值，价格。③之：往。④“归来”句：《后汉书·董卓传》：以布缠裹。⑤天马：神马。《汉书·礼乐志》：“太一况，天马下，沾赤汗，沫流赭。”此指才气横逸，不受拘束。

咏怪石

家有粗险石，植之疏竹轩。人皆喜寻玩，吾独思弃捐。以其无所用，晓夕空崭然①。碪础则甲斮②，砥砚乃枯顽。于缴不可碆③，以碑不可镌。凡此六用无一取，令人争免长物观。谁知兹石本灵怪，忽从梦中至吾前。初来若奇鬼，肩股何孱颜。渐闻碚礌④声，久乃辨其言。云："我石之精，愤子辱我欲一宣。天地之生我，族类广且蕃⑤。子向所称用者六，星罗雹布盈溪山⑥。伤残破碎为世役，虽有小用乌足贤？如我之徒亦甚寡，往往挂名经史间。居海岱者充禹贡⑦，雅与铅松相差肩。处魏榆者白昼语，意欲警惧骄君悛⑧。或在骊山拒强秦，万牛汗喘力莫牵⑨。或从扬州感卢老，代我问答多雄篇⑩。子今我得岂无益，震霆凛霜我不迁。雕不加文磨不莹，子盍节概如我坚⑪。以是赠子岂不伟，何必责我区区焉。"吾闻石言愧且谢，丑状欻去不可攀⑫。骇然觉坐想其语，勉书此诗席之端。

【注释】①崭然：突出的样子。韩愈《柳子厚墓志铭》："崭然见头角。"②碪：捣衣石。础：柱下石礅。斮：断也。③"于缴"句：《史记·楚世家》：碆新缴。徐广曰："以石傅弋缴曰碆。"缴：系着丝绳的箭。④碚礌：《广韵》："石落也。"⑤蕃：多。⑥"星罗"句：言其多。⑦《禹贡》：为《尚书》中一篇，文中以名山、大川为各州疆界，将中国划分为九州。⑧魏榆：《左传·昭公八年》："春，石言于晋。魏榆、师旷曰：'作事不时。……则有非言之物而言。今宫室崇侈，民力凋尽，……石言，不亦宜乎？'"⑨"或在"二句：《长安志》："很石，在临潼县东十里，形似龟。初，始皇之葬，远采此石，将致之骊山，至此，不复动。石崇一丈八尺，周十八步。"⑩"或从"二句：卢仝有《萧宅二三子赠答》诗，序云："萧才子将卖扬州宅。玉川子客杨州，馆萧未售之宅，与砌下二三子酬酢。"其诗有《客赠石》《石让竹》《石请客》《石答竹》诸篇，共二十首。⑪节概：气节，节操。⑫欻(xū)：忽然，速疾。

山行见月四言

吟哦傲兀[①]，仰晤岩月。遇巘迎崖[②]，银刓玉啮[③]。源鱼噞喁[④]，岸雁鶃卼[⑤]。卧玩我语，聱牙岌嶪[⑥]。

【注释】①傲兀：傲岸，高傲。②巘（yǎn）：山顶。③刓(wán)：削去棱角，引申为圆。啮（niè）：侵蚀。④噞喁(yǎn yóng)：鱼口开合貌。⑤鶃卼(niè wù)：动摇不安貌。⑥岌嶪（jí yè）：高峻貌。

《鸣泉思》，思君子也。君子抱道且殆，而时弗与，民咸思之。鸣泉故基堙圮殆尽，眉山苏轼搔首踟蹰，作《鸣泉思》以思之[①]

鸣泉鸣泉，经云而潺湲[②]。拔为毛骨者修竹，蒸为云气者霏烟。山夔莫能隐其怪[③]，野翟讵敢藏其奸。茅庐肃肃，昔有人焉。其高如山，其清如泉。其心金与玉，其道砥与弦[④]。执德没世[⑤]，落月入地；英名皎然，阳曦丽天。旧隐寂寂，新篁娟娟[⑥]。思彼君子，我心如悬。谷鸟在上，岩花炫前。鸣泉鸣泉，使我菀结而华颠[⑦]。

【注释】①抱道：持守正道。堙圮：堵塞毁坏。②潺湲：水流貌。③山夔：传说中的山中独脚怪兽。④砥：磨刀石。此言其道坦荡如砥，耿直若弦。⑤执德：固守仁德，遵守道德规范。⑥篁(huáng)：竹。娟娟：秀美貌。⑦菀结(wǎn)：郁结。谓思积于中而不得发泄。

《归来引》送王子立归筠州[1]

归去来兮，世不汝求胡不归？汹北望之横流兮[2]，渺西顾之尘霏[3]。纷野马之决骤兮[4]，幸余首之未鞿。出彭城而南骛[5]兮，眷丘陇而增欷[6]。乱清淮而俯鉴兮，惊昔容之是非。念东坡之遗老兮，轻千里而款余扉[7]。共雪堂之清夜兮，揽明月之余辉。曾鸡黍之未熟兮[8]，叹空室之伊威[9]。我挽袖而莫留兮，仆夫在门歌《式微》[10]。归去来兮，路渺渺其何极。将税驾于何许兮？北江之南，南江之北。于此有人兮，俨峨峨其丰硕[11]。孰居约而尔肥兮？非糠覈其何食[12]。久抱一而不试兮[13]，愈温温而自克。吾居世之荒浪兮，视昏昏而听默默。非之子莫振吾过兮，久不见恐自贼。吾欲往而道无由兮，子何畏而不即[14]？将以彼为玉人兮，以子为之璞也[15]。

【注释】①王子立：名适，子由之婿。②汹：水小腾涌貌。③尘霏：飞扬的尘土。④决骤：迅速奔跑。⑤骛：驰行。⑥增欷：更加悲伤。⑦款：扣，敲。⑧"曾鸡黍"句：孟浩然《过故人庄》："故人具鸡黍，邀我至田家。"⑨伊威：虫名。⑩《式微》：《诗·邶风·式微》："式微，式微！胡不归？"⑪俨：庄重。韩愈《南山诗》："或俨若峨冠。"峨峨：盛壮，盛美。⑫糠覈：指粗劣的食物。《史记·陈丞相世家》："人或谓陈平曰：'贫何食而肥若是？'其嫂……曰：'亦食糠核耳。'"⑬抱一：道家谓专精固守不失其道。⑭不即：《诗经·郑风·东门之墠》："岂不尔思？子不我即。"表达思念之情。⑮自"于此有人"以下，言子由也。

黄泥坂词[1]

出临皋而东骛兮[2]，并丛祠而北转。走雪堂之陂陀兮[3]，历黄泥之长坂。大江汹以左缭兮，渺云涛之舒卷。草木层累而右附兮[4]，蔚柯匠之葱蒨[5]。余旦往而夕还兮，步徙倚而盘桓[6]。虽信美而不可居兮，苟娱余于一眄[7]。余幼好此奇服兮，袭前人之诡幻。老更变而自哂兮，悟惊俗之来患。释宝璐而被缯絮兮[8]，杂市人而无辨。路悠悠其莫往来兮，守一席而穷年。时游步而远览兮，路穷尽而旋反。朝嬉黄泥之白云兮，暮宿雪堂之青烟。喜鱼鸟之莫余惊兮，幸樵苏之我嫚[9]。初被酒以行歌兮，忽放杖而醉偃。草为茵而块为枕兮[10]，穆华堂之清晏。纷坠露之湿衣兮，升素月之团团。感父老之呼觉兮，恐牛羊之予践。于是蹶然而起[11]，起而歌曰：月明兮星稀，迎余往兮饯余归。岁既宴兮草木腓[12]，归来归来兮，黄泥不可以久嬉。

【注释】①黄泥坂：在黄州。②临皋：亭名。骛：驰行。③陂陀：倾斜貌。《楚辞·招魂》："文异豹饰，侍陂陀些。"④层累：重叠。⑤葱蒨：草木青翠茂盛貌。⑥徙倚：徘徊。《楚辞·远游》："步徙倚而遥思兮。"⑦眄(miǎn)：斜视。⑧缯絮：指缯帛丝绵所制衣服。《楚辞·九章》："被明月兮佩宝璐。"白居易诗："缯絮足御寒。何必锦绣文。"⑨樵苏：打柴割草的人。嫚：迟缓，懈怠。⑩茵：褥子，衬垫。此句言以草为席，以土块为枕。⑪蹶然：疾起貌。⑫腓(féi)：枯萎。

清溪词[1]

大江南兮九华西，泛秋浦兮乱清溪。水渺渺兮山无蹊[2]，路重复兮居者迷。烂青红兮粲高低，松十里兮稻千畦。山无人兮云朝跻[3]，霭濛濛兮渰凄凄。啸林谷兮号水泥，走鼪鼯兮下凫鹥[4]。忽孤垒兮隐重堤，杳冥茫兮闻犬鸡。郁万瓦兮鸟翼齐[5]，浮轩楹兮飞栱枅。雁南归兮寒蜩嘶[6]，弄秋水兮挹玻璃[7]。朝市合兮杂髦龀[8]，挟箪瓢兮佩锄犁。鸟兽散兮相扶携，隐惊雷兮骛长霓。望翠微兮古招提[9]，挂本杪兮翔云梯。若有人兮怅幽栖，石为门兮云为闺。块虚堂兮法喜妻[⑩]，呼猿狙兮子鹿麛。我欲往兮奉杖藜，独长啸兮谢阮、嵇[⑪]。

【注释】①清溪：在池州。②蹊：道路。③跻(jī)：升。④鼪：指黄鼠狼。鼯：指鼯鼠。凫鹥：泛指水鸟。⑤鸟翼：鸟的翅膀。比喻栋上布列的屋椽。《诗经·小雅·斯干》："如鸟斯翼。"⑥寒蜩：寒蝉。⑦玻璃：古为玉名，此比喻平静澄澈的水面。⑧髦：同"耄"，指年老人的头发。齯：老人牙齿落尽后更生的细齿。⑨招提：梵语音译，其义为"四方"。四方之僧称为招提僧，四方僧之住所称为招提僧坊。魏太武始光二年，造伽蓝，创立招提之名。⑩法喜：佛教语。谓闻见、参悟佛法而产生的喜悦。《维摩诘经·佛道品》："法喜以为妻，慈悲心为女。"⑪阮、嵇：指阮籍、嵇康，皆魏晋时不拘礼法之名士。

梦中赋裙带

百叠漪漪风皱[①]，六铢縰縰云轻[②]。植立含风[③]广殿[④]，微闻环珮摇声。

【注释】①"百叠"句：江淹《镜论语》：石青红兮百叠。《飞燕外传》：后歌《归风送远》之曲，帝遣冯无方持后裙，风止，裙为之绉。他日宫姝或襞裙为绉，号留仙裙。②"六铢"句：《博异志》：六铢者，天人衣。宋玉《高唐赋》：縰縰莘莘。注：众多之貌。③含风：指飘举之态。④广殿：宽广的宫殿。

六言乐语[①]

桃园未必无杏，银矿终须有铅。荇[②]带岂能拦浪，藕花却解留莲。

【注释】①乐语：文体名。宋宫廷演剧，命词臣作乐语，使伶人歌唱。先为对偶韵文，后附以诗，也有不附诗的。后遂成为文体，各作家常有所作。②荇(xìng)：多年生水生草木植物。

自题金山画像[1]

心似已灰之木，身如不系之舟[2]。问汝平生功业，黄州、惠州、儋州[3]。

【注释】①自题金山画像：《金山志》：李龙眠画子瞻像，留金山寺，后东坡过金山，自题。②不系之舟：比喻飘泊不定。③黄州、惠州、儋州：三地皆为东坡贬谪之地。

上清词[1]

南山之幽，云冥冥兮。孰居此者？帝侧之神君。君胡为兮山之幽，顾宫殿兮久淹留。又曷为一朝去此而不顾兮，悲此空山之人也。来不可得而知兮，去固不可得而讯也[2]。君之来兮天门空，从千骑兮驾飞龙。隶辰星兮役太岁[3]，俨昼降兮雷隆隆[4]。朝发轸兮帝庭[5]，夕弭节兮山宫[6]。懫有妖兮虐下土[7]，精为星兮气为虹。爰流血之滂沛兮[8]，又嗜虐疠与螟虫[9]。啸盲风而涕淫雨兮[10]，时又吐旱火之爞融[11]。衔帝命以下讨兮，建千仞之修锋。乘飞霆而追逸景兮[12]，歙砉扫灭而无踪[13]。忽崩播其来会兮，走海岳之神公[14]。龙车兽鬼不知其数兮，旗纛晻霭而冥蒙[15]。渐俯伛以旅进兮[16]，锵剑佩之相砻[17]。司杀生之必信兮，知上帝之不汝容[18]。既约束以反职兮，退战慄而愈恭。泽充塞于四海兮，独澹然其无功。君之去兮天门开，款阊阖兮朝玉台[19]。群仙迎兮塞云汉，俨前导兮纷后陪。历玉阶兮帝迎劳，君良苦兮马瘏颓[20]。闵人世兮迫隘，陈下土兮帝所哀。返琼官之嵯峨兮[21]，役万灵之喧瘏[22]。默清净以无为兮，时节狩于斗魁[23]。诣通明而献黜陟兮，轶荡荡其无回。忽表里之焕霍兮，光下烛于九垓[24]。时游目以下览兮，五岳为豆，四溟为杯。俯故宫之千柱兮，若毫端之集埃。来非以为乐兮，去非以为悲。谓神君之既返兮，曾颜咫尺之不违[25]。升秘殿以内悸兮[26]，魂凛凛而上驰。忽寤寐以有得兮，敢沐浴而献辞。是耶非耶，臣不可得而知也。

【注释】①上清：宫名。《宋史·礼志》：铸神霄九鼎，奉安于上清宝箓宫。②讯：问。③隶：役使。太岁：古代天文学中假设的岁星。④俨：宛如，十分像。⑤轸（zhěn）：车子。⑥弭节：驻节，停车。节，车行的节度。⑦懥：恨。⑧滂沛：广大众多貌。⑨虐疠：疟疾，疟疫。⑩盲风：疾风。⑪爞融(chóng)：犹爞爞，薰也。⑫逸景：逾迈的日影。曹子建《与吴质书》："面有逸景之速。"⑬歘砉（xī huā）：迅速貌。⑭神公：对神仙的敬称。《易林》：骑龙乘凤，上见神公。⑮晻(yǎn)霭：荫蔽貌，重叠貌。⑯俯伛：《左传·昭公七年》：鼎铭曰：再命而伛，三命而俯。旅进：一同前进。《国语》："吾不欲匹夫之勇也，欲其旅进旅退。"⑰砻(lóng)：磨。⑱不汝容：不容汝。即不容你。⑲阊阖：传说中的天门。玉台：传说中天帝的居处。《汉书·礼乐志》："游阊阖，观玉台。"⑳瘏(huī)：通"虺"。疲极而病。㉑嵯峨(cuó)：高峻貌。㉒喧瘏：喧闹。㉓斗魁：指北斗七星之第一至第四星，即枢、璇、玑、权。㉔九垓：九州，指天。《文选·司马相如〈封禅文〉》："上畅九垓。"㉕曾颜：曾参和颜回的合称。皆孔子弟子，以德行著称。㉖秘殿：奥深的宫殿。

山坡陀[1]行

山坡陀兮下属江，势崖绝兮游波所荡如颓墙[2]。松茀律兮百尺旁[3]，拔此惊葛藟之[4]。上不见日兮下可依，吾曳杖兮吾僮亦吾之书随。藐余望兮水中泜[5]，欣然而长者黄冠而羽衣。澣颐坦腹盘石箕坐兮[6]，山亦有趾安不危，四无人兮可忘饥。仙人偓佺自言其居瑶之圃[7]，一日一夜飞相往来不可数。使其开口言兮，岂惟河汉无极惊余心[8]。默不言兮，蹇昭氏之不鼓琴。憺将山河与日月长在，若有人兮，梦中仇池我归路[9]。此非小有兮，噫乎何以乐此而不去。昔余游于葛天兮[10]，身非陶氏犹与偕。乘渺茫良未果兮，仆夫悲余马怀[11]。聊逍遥兮容与[12]，晞余发兮兰之渚[13]。余论世兮千载一人犹并时，余行诘曲兮欲知余者稀[14]。峨峨洋洋余方乐兮[15]，譬余系舟于水，鱼潜鸟举亦不知。何必每念辄得，应余若响，坐有如此兮人子期。

【注释】①坡陀：山势起伏貌。②颓墙：倒塌的墙垣。③茀律(fú)：曲折貌。④葛藟：植物名，落叶木质藤本。⑤泜：此同“坻”。⑥澣颐：澣，同“浣”。颐，指下巴。澣颐犹言洗脸。⑦偓佺：古传说中的仙人名。《搜神记》：“偓佺者，槐山采药父也，好食松实，能飞行。”⑧“岂惟”句：《庄子·逍遥游》：“吾惊其言，犹河汉而无极也。”⑨仇池：山名。在甘肃省，山有东西两门。盘道可登，上有水池，故名。⑩葛天：传说为远古时期的部落名。⑪“仆夫”句：此用《离骚》句。怀，怀恋。⑫容与：从容闲舒。此句全用《九歌》。⑬晞：晾干。《九歌》：“晞汝发兮阳之阿。”⑭诘曲：屈曲，屈折。⑮峨峨洋洋：本形容音乐高亢奔放，此形容欢乐之态。《列子·汤问》：“峨峨兮若泰山。……洋洋兮若江河。”

醉翁操[1] 并引

琅邪幽谷，山水奇丽；泉鸣空涧，若中音会。醉翁喜之[2]，把酒临听，辄欣然忘归。既去十余年，而好奇之士沈遵闻之[3]，往游焉。以琴写其声，曰《醉翁操》。节奏疏宕而音指华畅，知琴者以为绝伦。然有其声而无其辞，翁虽为作歌，而与琴声不合，又依楚辞作《醉翁引》，好事者亦倚其辞以制曲，虽粗合均度，而琴声为辞所绳约[4]，非天成也。后三十余年，翁既捐馆舍，而遵亦殁久矣。有庐山玉涧道人崔闲，特妙于琴。恨此曲之无词，乃谱其声，而请于东坡居士以补之云。

琅然，清圆，谁弹，响空山，无言。惟翁醉中和其天[5]。月明风露娟娟，人未眠，荷蒉过山前[6]，曰有心也哉此贤。醉翁啸咏，声和流泉。醉翁去后，空有朝吟夜怨，山有时而童颠[7]，水有时而回川。思翁无岁年，翁今为飞仙，此意在人间，试听徽外三两弦[8]。

【注释】①操：琴曲。琴操亦古诗之流。②醉翁：指欧阳修，庆历中，修谪守滁州，自号醉翁。③沈遵：时为太常博士。④绳约：绳索。比喻拘束、约束。⑤中和：中庸之道的主要内容。儒家认为能“致中和”，则天地万物各得其所，达于和谐境界。⑥荷蒉：《论语》：“子击磬于卫，有荷蒉而过孔氏之门者。曰：‘有心哉，击磬乎！’”后用为隐士之典。⑦童颠：秃顶。指山光秃貌。⑧徽：琴徽弦的绳。此代指琴。

失题三首

其一

木落沙明秋浦，云卧烟淡潇湘。曾学扁舟范蠡[1]，五湖深处鸣榔[2]。

【注释】①"曾学"句:《史记·货殖列传》:"范蠡即雪会稽之耻,……乃乘扁舟浮于江湖。"②鸣榔:敲击船舷使作声。用以惊鱼,使入网中,或为歌声之节。

其二

望断水云千里,横空一抹晴岚[1]。不见邯郸归路[2],梦中略到江南。

【注释】①晴岚:晴日山中的雾气。②邯郸路:比喻虚幻之路。唐沈既济《枕中记》载:卢生在邯郸客店中遇道士吕翁,用其所受瓷枕,睡梦中历数十年富贵荣华。及醒,店主炊黄粱未熟。

其三

公子只应见画,此中我独知津[1]。写到水穷天杪[2],定非尘土间人。

【注释】①知津:认识渡口,犹言识途。②天杪:天际。

龙山补亡 并引

丙子九日,客有言龙山会,风吹孟嘉帽落,桓温使孙盛为文嘲之。嘉作《解嘲》,辞致超逸,四座惊叹。恨今世不见其文,因戏为补之[1]。

其一

征西天府[2]，重九令节。驾言龙山，宴凯群哲[3]。壶歌雅奏，缓带轻帢[4]。胡为中觞[5]，一笑粲发。楩楠竞秀，榆柳独脱。骥騄交骛[6]，驽蹇先蹶[7]。楚狂醉乱，陨帽莫觉[8]。戎服囚首，枯颅茁发。惟明将军，度量豁达。容此下士，颠倒冠袜。宰夫扬觯[9]，兕觥举罚。请歌《相鼠》[10]，以侑此爵[11]。

【注释】①《晋书·孟嘉传》：为征西桓温参军，温甚重之。九月九日，温宴龙山，寮佐毕集。时佐吏并著戎服，有风至，吹嘉帽，堕落，嘉不之觉。温使左右勿言，欲观其举止，嘉良久如厕，温令取还之，命孙盛作文嘲嘉，著嘉坐处。嘉还见，即答之，其文甚美，四坐嗟叹。②征西：时桓温任征西大将军，开府，驻徐州。徐州号称天下雄国，故称“征西天府”。③凯：乐也。④帢(qià)：便帽。⑤中觞：宴饮之中。晋陶潜《游斜川》诗：“中觞纵遥情，忘彼千载忧。”⑥骥騄：代指良马。⑦驽蹇：指劣马。⑧陨帽：帽脱落。⑨宰夫：古代掌管膳食的小吏。⑩《相鼠》：《诗》小序：《相鼠》，刺无礼也。⑪侑(yoù)：劝。

其二

吾闻君子，蹈常履素[1]。晦明风雨，不改其度。平生丘壑，散发箕踞[2]。坠车天全，颠沛何惧。腰适忘带[3]，足适忘屦[4]。不知有我，帽复奚数。流水莫系，浮云暂寓。飘然随风，非去非取。我冠明月，佩服宝璐。不缨而结[5]，不簪而附[6]。歌诗宁择，请饮《相鼠》。罚此陋人，俾出童羖[7]。

【注释】①蹈常：按照法规办事。履素：品行素洁。②散发箕踞：谓不拘小节。③腰适忘带：张衡《七辩》：衣解忘带。④屦(jù)：鞋。⑤结缨：系好帽带。⑥附簪：佩带发簪。⑦童羖：无角的公羊。

卷十五　五言绝句

过安乐山，闻山上木叶有文，如道士篆符，云此山乃张道陵所寓二首

其二①

真人已不死②，外慕堕空虚。犹余好名意，满树写天书③。

【注释】①其一见七绝部分。②"真人"句：《庄子·大宗师篇》："古之真人，不知说生，不知恶死，其出不䜣，其入不距，翛然而往，翛然而来已矣。③"满树"句：写时人对道教的迷狂。

次韵子由岐下诗① 并引

予既至岐下逾月，于其廨宇之北隙地为亭。亭前为横池，长三丈。池上为短桥，属之堂。分堂之北厦为轩窗曲槛，俯瞰池上。出堂而南，为过廊，以属之厅。廊之两傍，各为一小池。三池皆引汧水，种莲养鱼于其中。池边有桃、李、杏、梨、枣、樱桃、石榴、樗、槐、松、桧、柳三十余株。又以斗酒易牡丹一丛于亭之北。子由以诗见寄，次韵和答，凡二十一首。

【注释】①纪昀曰："五绝分章，模山范水，如画家之有尺幅小景，其格倡自辋川。尔后辗转相摹，渐成窠臼，流连光景，作似尽不尽，似解不解之语，千人可共一诗，一诗可题千处，桃花作饭，转归尘劫。此非创始者过，而依草附木者过也。此二十一首，要自我行我法，固知豪杰之士，必不依托门户以炫俗也。

北亭[1]

谁人筑短墙，横绝拥吾堂。不作新亭槛，幽花为谁香[2]？

【注释】①北亭：即喜雨亭。②苏轼自注："旧堂北有墙，予始去之为亭。"

短桥

谁能铺白簟，永日卧朱桥。树影栏边转，波光版底摇。

双池

汧流入城郭[1]，亹亹渡千家[2]。不见双池水，长漂十里花。

【注释】①汧流：汧水，出汧县蒲谷乡弦中谷。②亹亹(wěi)：行进、流动貌。

桃花

争开不待叶，密缀欲无条。傍沼人窥鉴，惊鱼水溅桥。

梨

霜降红梨熟，柔柯已不胜。未尝蠲夏渴，长见助春冰。

枣

居人几番老，枣树未成槎。汝长才堪轴，吾归已及瓜[1]。

【注释】①苏轼自注：枣树至难长。

樱桃

独绕樱桃树，酒醒喉肺干。莫除枝上露，从向口中溥。

石榴

风流意不尽，独自送残芳。色作裙腰染，名随酒盏狂[1]。

【注释】①苏轼自注：酒名有“石榴”。

樗

自昔为神树[1]，空闻蜩鶊鸣。社公烦见辍，为尔致羊羹[2]。

【注释】①神树：这里指社树。古时封土为社，随其地种植的树木称社树。②苏轼自注：“樗(chū)，旧为土地庙所蔽，余始迁庙墙北。”

槐

采撷殊未厌，忽然已成阴。蝉鸣看不见，鹤立赴还深[1]。

【注释】①苏轼自注:“上有野鹤三四。”

桧

强致南山树,来经渭水滩。生成未有意,鸦鹊莫相干。

松

依依古松子,郁郁绿毛身。每长须成节,明年渐庇人。

柳

今年手自栽,问我何年去?他年我复来,摇落伤人意。

留题石经院三首[①]

其一

葱蒨门前路[②],行穿翠密中[③]。却来堂上看,岩谷意无穷。

【注释】①石经院,在台头寺中。北宋熙宁十年八月四日,苏轼与苏辙同来此游,写诗三首。②葱蒨(qiàn):草木青翠茂盛的样子。③翠密:绿色繁茂的山林。

其二

夭矫庭中桧[①],枯枝鹊踏消。瘦皮缠鹤骨,高顶转龙腰[②]。

【注释】①桧(guì):常绿乔木,也叫刺柏。②“瘦皮”二句:形容此树的生动姿态。

其三

窈窕山头井[①],潜通伏涧清[②]。欲知深几许,听放辘轳声。

【注释】①“窈窕”句:《名胜志》载:“石佛井,在云龙山顶,云气出其中,去地可七百余尺。”②“潜通”句:出自杜甫诗:“万古仇池穴,潜通小有天。”言井水与涧水相通。

题云龙草堂石磬[①]

折为督邮腰[②],悬作山人室。殊非濮上音[③],信是泗滨石[④]。

【注释】①云龙:云龙山,在徐州。②“折为”句:此用陶渊明羞为督邮折腰的典故。③濮上:古卫地。指濮水之滨。濮上音:《史记·乐书》:“桑间濮上之音,亡国之音也,其政散,其民流,诬上行私而不可止。”④泗滨石:泗水之滨产磬石。

书泗州孙景山西轩[①]

落日明孤塔,青山绕病身。知君向西望,不愧塔中人[②]。

【注释】①孙景山:名奕。与苏氏兄弟交往颇深。②“知君”二句:孙景山西轩朝西,轩中所望,主要景色为僧伽塔。僧伽为西域名僧,唐龙朔年间来中国,在泗州建寺。世称其为观音大士化身。

雩上访道人不遇[1]

花光红满栏，草色绿无岸。不逢青眼人[2]，长歌白石涧。

【注释】①雩(zhà)：指雩溪。在今浙江吴兴县。②青眼：语出《晋书·阮籍传》，阮籍能为青白眼，见礼俗之士，以白眼对之。善遇者，则以青眼对之。

吴江岸[1]

晓色兼秋色，蝉声杂鸟声。壮怀销铄尽，回首尚心惊[2]。

【注释】①吴江岸，介于吴淞江、太湖之间，岸东为江，岸西为湖。此诗为苏轼赴台狱过吴江所作。②“壮怀”二句：写赴狱的惊恐心态。

初入庐山三首

其一

青山若无素，偃蹇不相亲[1]。要识庐山面，他年是故人[2]。

【注释】①偃蹇：高耸。②苏轼自注：“山南，山面也。”

其二

自昔怀清赏[①]，神游杳霭间[②]。如今不是梦，真个在庐山。

【注释】①清赏：指幽雅的景致。②杳霭：形容幽深渺茫，云雾缥缈。

其三

芒鞋青竹杖[①]，自挂百钱游。可怪深山里，人人识故侯[②]。

【注释】①芒鞋：也叫芒鞵，用芒茎外皮编织成的鞋。②故侯：指作者自己。

次荆公韵四绝[①]

其四

甲第非真有[②]，闲花亦偶栽。聊为清净供，却对道人开[③]。

【注释】①其一、二、三见七绝部分。《临川集·池上看金沙花数枝过酴醾架盛开四首》其一云："酴醾一架最先来，夹水金沙次第栽。浓绿扶疏云对起，醉红撩乱雪争开。"其二云："午阴宽占一方苔，映水前年坐看栽。红蕊似嫌尘染污，青条飞上别枝开。"其三云："北山输绿涨横陂，直堑回塘滟滟时。细数落花因坐久，缓寻芳草得归迟。"其四云："故作酴醾架，金沙只漫栽。似矜颜色好，飞度雪前开。"②甲第：旧时豪门贵族的宅第。③苏轼自注："公病后，舍宅作寺。"

雍秀才画草虫八物[①]

促织[②]

月丛号耿耿[③]，露叶泣溥溥[④]。夜长不自暖，那忧公子寒。

【注释】①《画继》："雍秀才，不知何许人，坡有咏所画草虫八物诗。"②促织，蟋蟀。③耿耿，形容月光明亮。④溥溥：形容珠圆润。

蜣螂[①]

洪钟起暗室，飘瓦落空庭。谁言转丸手[②]，能作殷床声[③]。

【注释】①蜣螂：也称"蜣螂"，俗称屎壳郎。②转丸手：蜣螂能将粪滚成球形，故称转丸手。③殷：震动声。

天水牛[①]

两角徒自长，空飞不服箱[②]。为牛竟何事，利吻穴枯桑。

【注释】①《本草纲目》："天牛，一名天水牛，又名八角儿，头有黑角如八字。"②服箱：驾车。

蝎虎[①]

跂跂有足蛇[②]，脉脉无角龙[③]。为虎君勿笑，食尽虿尾虫[④]。

【注释】①《埤雅》："蜥蜴十二时变色，有蛇医之号，俗谓之蝎虎。”②跂跂：形容虫爬行的样子。③脉脉：默默。④虿尾虫：蝎子。

蜗牛

腥涎不满壳①，聊足以自濡。升高不知回，竟作黏壁枯。

【注释】①腥涎：指蜗牛行进时分泌的粘液体。

书文与可墨竹 并叙

亡友文与可有四绝，诗一，楚辞二，草书三，画四。与可尝云：世无知我者，惟子瞻一见，识吾妙处。既没七年，睹其遗迹，而作是诗。

笔与子皆逝，诗今谁为新？空遗运斤质①，却吊断弦人②。

【注释】①运斤质：原为挥动斧头砍削，此喻技艺高超。②“却吊”句：《吕氏春秋》：“钟子期死，伯牙破琴绝弦，终身不复鼓琴，以为世无足为知音者。”此苏轼比己与文与可。

次周焘韵 并叙

周焘游天竺，观激水，作诗云：“拳石耆婆色两青①，竹龙驱水转山鸣。夜深不见跳珠碎，疑是檐间滴雨声。”东坡和之。

道眼转丹青②，常于寂处鸣③。早知雨是水，不作两般声。

【注释】①拳石：指园林假山。耆婆:梵语音译，印度古代名医。精药理，后被尊为神，此指耆婆像。②道眼：佛教语。指能洞察一切，辨别真妄的眼力。③“常于”句:《楞严偈》:“声无既无灭,声有亦非生,生灭二圆离,是则常真实。”

书刘景文所藏宗少文《一笔画》[1]

宛转回文锦,萦盈连理花。何须郭忠恕,匹素画缫车[2]。

【注释】①宗少文:即宗炳,南阳涅阳人,善画,好山水,凡所游历,皆图于壁。②郭忠恕:《图画见闻志》:“郭忠恕,字恕先,洛阳人,善画,有设纨素求为图画者,必怒而去。乘兴即自为之。岐有富人子,喜画,曰设几案绢素。忠恕画一丱角小童持线车,纸穷处,作风鸢。中引一线,长数丈。富家子不以为奇,遂谢绝。”

元祐五年十二月十二日,同景文、义伯、圣途、次元、伯固、蒙仲游七宝寺,题竹上

结根岂殊众[1],修柯独出林。孤高不可恃,岁晚霜风侵。

【注释】①殊众:不同于众。王维诗:“贱日岂殊众,贵来方悟稀。”

过杞赠马梦得

万古仇池穴,归心负雪堂[1]。殷勤竹里梦,犹自数山、王[2]。

【注释】①“归心”句:马梦得从公游,至是已三十四年,其黄州东坡

雪堂，皆马佐公为之。②山、王：指山涛和王戎，皆“竹林七贤”中人物。

寄虎儿[①]

独倚桄榔[②]树，闲挑荜拨[③]根。谋生看拙否，送老此蛮村。

【注释】①虎儿：即苏远，苏辙之子，小名虎儿，乃黄师是婿，时与其妇从谪筠州。②桄榔：亦作“桄榔”，木名。③筚拨：多年生藤本植物。《本草图经》：荜拨生波斯国，今岭南有之，多生竹林内，正月发苗作丛，高三四尺。

儋耳山[①]

突兀隘空虚[②]，他山总不如。君看道傍石，尽是补天余[③]。

【注释】①儋耳山：又名松林山、藤山，在今海南儋县。此篇盖绍圣四年六月底，苏轼前赴贬所昌化军，行至儋耳山时所作。②突兀：高峻貌。隘：险要。空虚：犹空廓。③补天余：谓女娲补天所剩下的。

曹溪夜观《传灯录》，灯花落一僧字上，口占

山堂夜岑寂，灯下看《传灯》。不觉灯花落，荼毗一个僧[①]。

【注释】①荼毗（pí）：佛教语。意为焚烧，指僧人死后将尸体火化。

泗州过仓中刘景文老兄戏赠一绝

既聚伏波米[①]，还数魏舒筹[②]。应笑苏夫子，侥幸得湖州[③]。

【注释】：①伏波米：指东汉伏波将军马援南征交阯时，所食的薏苡实。见《后汉书·马援传)。②《晋书·魏舒传》：舒为钟毓长史。毓每与参佐射，舒常为画筹而已。后遇朋人不足，以舒满数。毓初不知其善射。舒容范闲雅，发无不中，举坐愕然，莫有敌者。毓谢而叹曰："吾之不足以尽卿才，有如此射矣，岂一事哉！"③此乃苏轼自徐移湖时所作。

常山赠刘鎡[①]

刘侯年少日，骏马拊便面[②]。援弓雁自落[③]，不待白羽贯。

【注释】①元丰八年（1085）十月作于密州。②"骏马"句：《汉书·张敞传》：走马章台街，使御史驱，自以便面拊马。便面，所以障面，盖扇之类也。亦曰屏面。③"援弓"句："虚弦落雁"，用《战国策》更羸事。

三萼牡丹[①]

风雨何年别，留真向此邦。至今遗恨在，巧过不成双。

【注释】①萼：花萼。位于花的外围。

赠包安静先生茶二首

其一

皓色生瓯面[①]，堪称雪见羞[②]。东坡调诗腹，今夜睡应休[③]。

【注释】①瓯：杯，盅。此指茶具。②雪见羞：言其极白，为雪所不及。曹唐《勗剑》：“古物神光雪见羞，未能擎出恐泉流。”③东坡自注：“偶于精蓝中，遇故人烹日注茶，故记之。”

其二

建茶三十片[①]，不审味如何。奉赠包居士，僧房战睡魔。

【注释】①建茶：《茶经》“历代贡茶，皆以建宁为上。”《国史补》：“建州有先春龙焙。”

戏赠田辨之琴姬

流水随弦滑，清风入指寒。坐中有狂客，莫近绣帘弹[①]。

【注释】①“坐中”二句：此暗用司马相如琴心挑卓文君事。《辨音集》：“李龟年在岐王宅，闻绣帘内弹琴，曰：‘此秦声’，良久，又曰：‘此楚声’。主人问之，前弹者陇西沈妍，后弹者扬州薛满。二妓惊服。”

北山广智大师，回自都下，过期而归，时率开祖、无悔同访之，因留渌净堂竹鹤二绝[①]

其一

渌净堂前竹，秋期赴白云[②]。不知缘底事[③]，一日可无君。

【注释】①广智：失考。无悔：即李行中，字无悔，霅川人。徙居淞江，高尚不仕。②秋期：指七夕。牛郎织女约会之期。③缘底：因何，为什么。

其二

渌净堂前鹤，孤栖守竹轩。胸中无限事，恨汝不能言。

访散老不遇[①]

君来不遇我，我到不逢君。古殿依修柏[②]，寒花对暮云。

【注释】①散老：生平事迹不详。②修：长，高。

出局偶书[①]

急景归来早，穷阴晚不开。倾杯不能饮，留待卯君来[②]。

【注释】①出局：离官署回家。查慎行注："《外集》先生自题此诗后云：今日局中出早，阴晦欲雪，而子由在户部晚出，作此数句。"②卯君：子由己卯生，故苏轼称之卯君。

和芝上人竹轩[①]

洞外复空中，千千万万同[②]。劳师唱竹颂，知是阿谁风。

【注释】①芝上人：即昙秀。先生守扬州，有唱和诗。②千千万万：王充《论衡》："春观万物之生，秋观其成，天地为之乎？物自然也，如谓天地为之，宜用手，天地安得万万千千手并为万万千千物乎？"

戏赠秀老[①]

拆却相公庵，泥却驸马竹[②]。天下人总知，流入《传灯录》[③]。

【注释】①秀老：即昙秀长老。②"拆却"二句：冯应榴《合注》："二句义未详。《五灯会元》：黄檗禅师有'推倒慈氏楼，拆却空王殿'之语，先生句调本此。"③《传灯录》：即《景德传灯录》。宋释道原撰。传灯：佛家称传法为传灯，言佛法如明灯，能破除迷暗。

半月泉[①]

苏轼、曹辅、刘季孙、鲍懋、郑嘉会、苏固同游，元祐六年三月十一日。

请得一日假，来游半月泉。何人施大手，擘破水中天[2]。

【注释】①半月泉：泉名。在湖州北郭外。②擘(bò)破：分开，剖裂。

慈云四景[1]

甘露泉[2]

阶下有龙潭，一泓寒且碧。不须抚两掌，流出仙人液。

【注释】①《咸淳临安志》："慈云院在新门外，显德年建，名慈济。大中祥符二年改慈云。"②甘露：《慈云寺志》：唐兴元元年开井建市，题名甘露，周显德二年，名慈济。

白云居[1]

禅居何所有？户牖白云分。直待谭玄后[2]，相随花雨纷[3]。

【注释】①《慈云寺志》：宋大中祥符二年，公主清裕修光明忏，感白鹦翔云异瑞。②谭玄：即谈玄。《世说新语》：王夷甫容貌整丽，妙于谈玄。③"相随"句：佛教传说：佛祖讲经，感动天神，诸天各色香花，纷纷下坠。

娑罗树

谁从五竺国，分得一枝来[1]。秀出重楼外，专除世上埃。

【注释】①五竺国:《旧唐书·西戎传》:天竺国,即汉之身毒国。或云,婆罗门地也。其中分为五天竺。昔有婆罗门领徒千人,肄业于树下。

鹦鹉院

古院枫篁里,寥寥隔市喧。仙禽发异响,惊起老僧禅。

卷十六　七言绝句

过安乐山，闻山上木叶有文，如道士篆符，云此山乃张道陵所寓二首[①]

其一

天师化去知何在，玉印相传世共珍[②]。故国子孙今尚死，满山秋叶岂能神。

【注释】①安乐山：泸州合江县，旧名安乐县。安乐山，在县东八十三里，以此取名。张道陵：原名张陵，东汉沛国丰（今江苏丰县）人，创五斗米教，世称“张天师”。②“天师”二句：张道陵为西汉开国功臣张良八世孙。《张真人传》：道陵所遗经诀，符章，印剑，授子孙世守之。

其二　见五绝部分

巫山庙上下数十里，有乌鸢无数，取食于行舟之上，舟人以神之故，亦不敢害[①]

群飞来去噪行人[②]，得食无忧便可驯。江上饥乌无足怪，野鹰何事亦频频。

【注释】①《吴船录》：“凝真观前有驯鸦，客舟将来，则迓于数里之外；舟过亦送数里，土人谓之神鸦。”②“群飞”句：韩愈文：一斥不复，群飞刺天。

读《开元天宝遗事》[1]三首

其一

姚、宋亡来事事生[2]，一官铢重万人轻。朔方老将风流在，不取西蕃石堡城[3]。

【注释】①《开元天宝遗事》：五代王仁裕撰。②姚、宋：指姚崇、宋璟。元稹《连昌宫词》："开元之末姚宋死，朝廷渐渐由妃子。"③"朔方"二句：《旧唐书·王忠嗣传》：玄宗方事石堡城，诏问攻取之略，忠嗣奏云：石堡险固，若顿兵坚城之下，恐所得不如所失。玄宗不快。会董延光献策，请下石堡城，诏忠嗣分兵应接之，忠嗣僶俛而从。（无功）。其后哥舒翰大举兵，拔之，死者大半，竟如忠嗣之言。

其二

潭里舟船百倍多[1]，广陵铜器越溪罗[2]。三郎官爵如泥土[3]，争唱《弘农得宝歌》[4]。

【注释】①"潭里"句：《旧唐书·韦坚传》：天宝元年，擢陕郡太守，水陆转运使，拥渭水作兴城堰。于长乐坡下，浐水之上架苑墙，东面有望春楼，楼下穿广运潭，以通舟楫，二年而成。②"广陵"句：《通鉴》：天宝二年三月，上幸望春楼观新潭。韦坚以新船数百艘，扁榜郡名，各陈郡中珍货于船背。陕尉崔成甫，著锦半臂，缺胯绿衫以裼之，红袙首，居前船，唱《得宝歌》，使美妇百人盛饰和之，连樯数里。坚跪进诸郡轻货，似上百年牙盘食。上置宴，竟口而罢。观者山集，四月，加坚在散骑常侍，名其潭曰广运。③三郎：李隆基小名三郎。④"争唱"句：《旧唐书·韦坚传》：先是，人间戏唱歌词曰：得体纥那也，纥囊得体耶？潭里舟船闹，扬州铜器多。

三郎当殿坐，看唱《得体歌》。至开元二十九年，田同秀上言：见玄元皇帝，云，有宝符在陕州桃林县尹新宅。发中使求得之，改桃林县为灵宝。及潭成，县尉崔成甫，翻出此词，使妇人唱之，言：得宝弘农野，弘农得宝耶。

其三

琵琶弦急衮梁州[①]，羯鼓声高舞臂鞲。破费八姨三百万，大唐天子要缠头[⑦]。

【注释】①梁州：曲名，本"凉州曲"，后转为"梁州曲"。郑处晦《明皇杂录》："上自蜀归，乘月登楼，命歌《凉州》，即贵妃所制。"②"破费"二句：《太真外传》：八姨为秦国夫人，上《羯鼓曲》，罢。上戏曰："阿瞒乐籍，今日幸得供养，夫人，请一缠头。"秦国曰："岂有大唐天子阿姨无钱用耶。"遂出三百万为一局焉。"缠头"，旧俗，赏歌舞人，以锦彩置之头上。

九月中曾题二小诗于南溪竹上，既而忘之，昨日再游，见而录之

其一[①]

湖上萧萧疏雨过，山头霭霭暮云横。陂塘水落荷将尽，城市人归虎欲行。

【注释】①其二乃五言绝句，见五绝部分。

授经台[1]

剑舞有神通草圣[2]，海山无事化琴工[3]。此台一览秦川小，不待传经意已空[4]。

【注释】①授经台：此乃《自清平镇游楼观、五郡、大秦、延生、仙游，往返四日，得十一诗，寄子由同作》组诗中一首。苏轼自注："乃南山一峰耳，非复有筑处。"授经台：在风翔城南，崇圣观在其侧。尹喜既见老子，授五千言，退而居此。②"剑舞"句：《国史补》：张旭善草书，自言吾见公主担夫争道，而得笔法之意。后见公孙氏舞剑器而得其神。人谓张旭草圣。③"海山"句：《乐府解题》言《水仙操》曰：伯牙学琴于成连先生，三年不成。成连云："吾师方子春，今在东海中，能移人情。"乃与伯牙俱往，至蓬莱山，留宿伯牙，曰："子居习之，吾将迎师。"刺船而去，旬日不返。伯牙延望无人，但闻海水澒洞崩坼之声，山林窅冥，群鸟悲号，怆然叹曰："先生将移我情。"乃援琴而歌，曲终，成连刺船迎之而返。伯牙遂为天下妙矣。④"此台"二句：《列仙传》：尹喜既见老子，授之五千言。喜退而书之，名曰《道德经》。此授经之实征也。诗意以登此台之高旷，如观剑舞而通草圣之神，在海山而得弹琴之妙，岂有文字相传哉。故曰：不待传经意已空。

骊山三绝句[1]

其一

功成惟欲善持盈，可叹前王恃太平。辛苦骊山山下土，阿房才废又华清[2]。

【注释】①骊山：在陕西昭应县东南二里，温汤出山下。三首皆咏唐玄宗。故首章言华清，次章言上皇，末章言朝元。②阿房：《元和郡县志》：阿房宫。在长安县西北十四里。秦始皇筑阿房宫，十五年始成，以在山阿之旁，故名。华清：开元十年建，初名温泉宫，天宝六载改华清宫。明皇每岁十月往幸，岁尽乃归。

其二

几变雕墙几变灰，举烽指鹿事悠哉[1]。上皇不念前车戒，却怨骊山是祸胎[2]。

【注释】①"举烽"句：周幽王举烽火会诸侯，以博褒姒千金一笑。赵高指鹿为马，以欺秦二世。事俱见《史记》。②"上皇"二句：《汉书·贾谊传》："前车覆，后车戒。"枚乘《上书谏吴王》："福生有基，祸生有胎。"

其三

海中方士觅三山[1]，万古明知去不还。咫尺秦陵是商鉴[2]，朝元何必苦跻攀[3]？

【注释】①"海中"句：秦始皇东游海上，命方士寻找三神山。方士：古代好讲神仙方术的人，如秦始皇时"入海求仙"的徐福，汉文帝时"望气取鼎"的新垣平，汉武帝时主张"祠灶"的李少君，自言能"致鬼"见李夫人的齐人少翁。三山：又叫三神山。古代传说东海中有蓬莱，方丈、瀛洲三山，为神仙所在。②秦陵：即始皇陵，在长安县东八里，费工耗时，劳民伤财，民怨沸腾。商鉴：犹殷鉴。原意是殷人灭夏，殷人的子孙应该以夏的灭亡作为借鉴。后来泛指可为后人借鉴的往事。③"朝元"句：唐明皇作朝元阁于骊山，朝元阁宋时犹存，苏轼罢凤翔任至长安，与陈睦游骊山，饮于朝元阁上，乃赋诗时也。

入馆

黄省文书分道山[①]，静传钟鼓建章闲[②]。天边玉树西风起，知有新秋到世间。

【注释】①黄省：《唐书·百官志》注："门下省，开元元年曰黄门省。五年，复黄门省为门下省。"②建章：建章宫，此泛指宫殿。

濠州七绝[①]

塗山[②]

川锁支祁水尚浑[③]，地埋汪罔骨应存[④]。樵苏已入黄能庙[⑤]，乌鹊犹朝禹会村[⑥]。

【注释】①濠州：州名。隋开皇二年(582)改西楚州置，因濠水为名。治所在今凤阳东。②苏轼自注："下有鲧庙，山前有禹会村。"③支祁：《古岳渎经》记大禹治水时，淮水中有小怪名无支祁，形若猿猱。④汪罔：禹会诸侯于塗山，防风氏后至，禹杀而戮之。其骨节专车。防风，汪罔氏之君也，守封禺之山。⑤黄能：舜殛鲧于羽山，其神化为黄熊，入于羽渊。《国语》作"黄能"。能，三足鳖也。⑥禹会村：塗山西有禹会村，山麓有鲧庙。

彭祖庙[①]

跨历商周看盛衰[②]，欲将齿发斗蛇龟[③]。空餐云母连山尽，不见蟠桃著子时。

【注释】①苏轼自注："有云母山，云：彭祖所采服也。"彭祖庙，在濠州子城上东北角。②跨历商周：《神仙传》：彭祖姓篯(jiān)名铿，帝颛顼之玄孙也。至殷末已七百六十七岁，故云跨历商周。③蛇龟：皆寿者也。④云母山：在临淮县南四十里，山出云母。县西有庆寿坊，以彭篯尝寓此。

逍遥台[①]

常怪刘伶死便埋[②]，岂伊忘死未忘骸？乌鸢夺得与蝼蚁[③]，谁信先生无此怀。

【注释】①苏轼自注："庄子祠堂在开元寺，即墓为堂也。"②刘伶死便埋：《东坡志林》：伯伦非达者也，棺槨衣衾，不害为达，苟为不然，死则死矣，何必更埋？③"乌鸢"句：《庄子·列御寇》：将死，弟子欲厚葬之，曰："吾恐乌鸢食夫子也。"庄子曰："在上为乌鸢食，在下为蝼蚁食，夺彼与此，何其偏也。"

观鱼台[①]

欲将同异较锱铢，肝胆犹能楚越如[②]。若信万殊归一理，子今知我我知鱼[③]。

【注释】①观鱼台：在凤阳县城东十五里濠水上。庄子与惠子观鱼即此。②"肝胆"句：《庄子·德充符》：自其异者视之，肝胆楚越也；自其同者视之，万物皆一也。"③"若信"二句：《庄子·秋水》篇：庄子与惠子游于濠梁之上。庄子曰："儵鱼出游从容，是鱼乐也。"惠子曰："子非鱼，安知鱼之乐？"庄子曰："子非我，安知我不知鱼之乐？"又曰："既已知吾知之而问我，我知之濠上也。"

虞姬墓[1]

帐下佳人拭泪痕，门前壮士气如云。仓黄不负君王意，只有虞姬与郑君[2]。

【注释】①虞姬墓：在定远县南六十里，高六丈。②郑君：见《史记·项羽本纪》。郑君曾事项羽，籍死而属汉。高祖令项羽旧臣叫项羽的小名“籍”，郑君不忘故旧，独不叫。叫“籍”名者为大夫，郑君被逐。

四望亭[1]

颓垣破础没柴荆，故老犹言短李亭[2]。敢请使君重起废，落霞孤鹜换新铭[3]。

【注释】①苏轼自注：“太和中，刺史刘嗣之立。李绅以太子宾客分司东都，过濠为作记，记今存而亭废者数年矣。②短李：《新唐书·李绅传》：为人短小精悍，于诗最有名，时号短李。③起废：重新建树，恢复已被废置的事和物。落霞孤鹜：唐王勃《滕王阁序》：“落霞与孤鹜齐飞。”

浮山洞[1]

人言洞府是鳌宫，升降随波与海通。共坐船中那得见，乾坤浮水水浮空[2]。

【注释】①苏轼自注：“洞在淮上，夏潦不能及，而冬不加高，故人疑其浮也。”②“乾坤”句：杜甫诗：“乾坤日夜浮。”《晋书·天文志》：“黄帝书曰：天在地外，水在天外，水浮天而载地者也。”

初到杭州寄子由二绝

其一

眼看时事力难任[①]，贪恋君恩退未能[②]。迟钝终须投劾去[③]，使君何日换聋丞[④]。

【注释】①"眼看"句：《乌台诗案》：熙宁四年十二月内，《初到杭州寄子由》诗"眼看时事"云云，意谓新法青苗、助役等事，烦杂不可辨，亦言己才力不能胜任也。②"贪恋"句：白居易诗：未报皇恩归未得，惭君为寄《北山文》。③投劾：自己递文弹劾自己，意即辞官。④聋丞：《汉书·循吏·黄霸传》：许丞老，病聋，督邮白欲逐之。霸曰："许丞虽老，尚能拜起送迎，正颇重听，何伤？"后以"聋丞"为地方副佐之称。苏诗自指。

其二

圣明宽大许全身[①]，衰病摧颓自畏人[②]。莫上冈头苦相望，吾方祭灶请比邻[③]。

【注释】①"圣明"句：林希《野史》云：王安石恨怒苏轼，欲害之，未有以发。会诏近侍举谏官，范镇荐轼，谢景温劾轼，向丁父忧归蜀，往还多乘舟载物，货卖私盐等事。安石大喜。事下八路，按问水行及陆行所历州县，令具所差借兵夫及柁工询问，卖盐卒无其实。眉州兵夫乃迎候新守，因送轼至京。既无以坐轼，会轼请外，例当作州，巧抑其资，以为杭倅。士论无不薄景温云。②摧颓：困顿，失意。③祭灶请比邻：《汉书·孙宝传》："张忠为御史大夫，辟孙宝为属，欲令授子经。宝自劾去。后属主簿，徙入舍，祭灶请比邻。"

雨中明庆赏牡丹[①]

霏霏雨露作清妍，烁烁明灯照欲然。明日春阴花未老，故应未忍著酥煎[②]。

【注释】①明庆寺：在杭州市木子巷北。②“明日”二句：《洛阳贵尚录》：孟蜀时，兵部贰卿李昊，每牡丹花开，分遗亲友，以金凤笺成歌诗以致之。又以兴平酥同赠，花谢时煎食之。

吉祥寺赏牡丹[①]

人老簪花不自羞，花应羞上老人头。醉归扶路人应笑[②]，十里珠帘半上钩[③]。

【注释】①本集《牡丹记叙》云：“熙宁五年三月二十三日，予从太守沈公，观花于吉祥寺僧守璘之圃。”吉祥寺：在安国坊。②醉归扶路：《晋书·谢安传》云：羊昙尝因石头大醉，扶路唱乐，不觉至西州门。③“十里”句：杜牧诗：“春风十里扬州路，卷上珠帘总不如。”白居易诗：“洞户斜开扇，疏帘半上钩。”

吉祥寺僧求阁名

过眼荣枯电与风，久长那得似花红。上人宴坐观空阁[①]，观色观空色即空[②]。

【注释】①上人：《翻译名义》：律云，瓶沙王称佛弟子为上人。宴坐：《维摩经》：不于三界现身意，是为宴坐。不起灭定而现诸威仪，是为宴坐。②“观色”句：《般若心经》：“色不异空，空不异色，色即是空，空即是色。”

六月二十七日望湖楼醉书五绝[①]

其一

黑云翻墨未遮山，白雨跳珠乱入船[②]。卷地风来忽吹散，望湖楼下水如天[③]。

【注释】①望湖楼：一名看经楼，在昭庆寺前。②“黑云”二句：黑云未遮山，白雨已入船，可见雨之急。③水如天：借水写天，天放晴，故水天一色。

其二

放生鱼鳖逐人来[①]，无主荷花到处开[②]。水枕能令山俯仰，风船解与月徘徊。

【注释】①“放生”句：天禧四年，太子太保判杭州，王钦若奏以西湖为放生池，禁捕鱼鸟，为人主祈福。②无主：杜甫《江畔独步寻花》：“桃花一簇开无主。”③“水枕”句：意为躺在船里看山，不觉得水波起落，只见山头忽上忽下。水枕：等于说是载在水面上的枕头。

其三

乌菱白芡不论钱，乱系青菰裹绿盘[①]。忽忆尝新会灵观[②]，滞留江海得加餐。

【注释】①菱：菱角。芡：又名鸡头，食用有粉芡。菰：菰首，即平时食用的茭白。果实又叫菰米，一名雕胡米。②“忽忆”句：旧时在京师会灵观都争着买吃尝新。现在遍地都是，多得可当饭吃。

其四

献花游女木兰桡[①]，细雨斜风湿翠翘。无限芳洲生杜若[②]，吴儿不识楚辞招。

【注释】①木兰桡：木兰船，船的美称。②杜若：香草名。

其五

未成小隐聊中隐[①]，可得长闲胜暂闲。我本无家更安往，故乡无此好湖山。

【注释】①中隐：白居易《中隐》：大隐住朝市，小隐入丘樊。丘樊太冷落，朝市太嚣喧。不如作中隐，隐在留司官。似出复似处，非忙亦非闲。唯此中隐士，致身吉且安。

夜泛西湖五绝

其一

新月生魄迹未安，才破五六渐盘桓。今夜吐艳如半璧[①]，游人得向三更看。

【注释】①如半壁：讲月初的月亮未满，“如半壁”。

其二

三更向阑月渐垂，欲落未落景特奇。明朝人事谁料得，看到苍龙西没时[1]。

【注释】①苍龙：角亢之宿，夜半而没。又古代二十八宿中东方七宿的总称。

其三

苍龙已没牛斗横，东方芒角升长庚[1]。渔人收筒及未晓，船过惟有菰蒲声[2]。

【注释】①牛斗、长庚：都是星名。横：横斜。星座移动，表示时间很晚了。芒角：是辰的光芒。②菰蒲：菰和蒲，多年生水生植物。苏轼自注：“湖上禁渔，皆盗钓者也。”

其四

菰蒲无边水茫茫，荷花夜开风露香。渐见灯明出远寺，更待月黑看湖光[1]。

【注释】①湖光：周密《癸辛杂识》：“西湖四圣观前，每至昏后，有一灯浮水上。其色青红，自施食亭南至西泠桥复回。风雨中光愈盛，月明则稍淡，雷电之时，则与电争光闪烁。余之所居，在积庆山巅，每夕观之无少差，凡看二十余年矣。

其五

湖光非鬼亦非仙，风恬浪静光满川。须臾两两入寺去，就视不见空茫然。

沈谏议召游湖，不赴。明日得双莲于北山下，作一绝诗献沈。既见和，又别作一首，因用其韵[1]

其一

湖上棠阴手自栽，问公更得几回来[2]？水仙亦恐公归去[3]，故遣双莲一夜开。

【注释】①沈谏议：即沈立，字立之，历阳人，官右谏议大夫，熙宁四年正月，知杭州。②“问公”句：沈立之不久当替，故有此问。③水仙：湖上有水仙王庙。

其二

诏书行捧缕金笺[1]，乐府应歌《相府莲》[2]。莫忘今年花发处，西湖西畔北山前。

【注释】①缕金笺：《宋史·职官志》：文武官，绫纸五种，分十二等。一二等，滴粉镂金花，锦褾韬，色带。②《相府莲》：《国史补》：于司空以乐府有《想夫怜》，其名不雅，将改之。客有笑者曰：“南朝相府曾有瑞莲，故歌《相府莲》，自是后人语讹，相承不改耳。”

望海楼晚景五绝[1]

其一

海上涛头一线来[2]，楼前指顾雪成堆[3]。从今潮上君须上，更看银山二十回。

【注释】①望海楼：《杭州图经》：东楼，一名望海楼。在旧治中和堂北，凤凰山半，故见潮也。诗乃在监试闱中作。②一线：卢肇《海潮赋》："夹群山而远入，射一线而中投。"③指顾：指点顾盼之间，形容时间短暂、迅速。雪成堆：指浪涛，与"堆起千堆雪"同。

其二

横风吹雨入楼斜，壮观应须好句夸。雨过潮平江海碧，电光时掣紫金蛇[1]。

【注释】①"电光"句：白居易诗："蛇腾电掣光。"

其三

青山断处塔层层，隔岸人家唤欲应。江上秋风晚来急，为传钟鼓到西兴[1]。

【注释】①西兴：浙江萧山近江边处。

其四

楼下谁家烧夜香，玉笙哀怨弄初凉。临风有客吟秋扇，拜月无人见晚妆[1]。

【注释】①“拜月”句：司空图诗：“晚妆留拜月，卷上水精帘。”

其五

沙河灯火照山红，歌鼓喧呼笑语中。为问少年心在否？角巾敧侧鬓如蓬[1]。

【注释】①角巾：方巾，古代隐士冠饰，借指隐士。敧侧：倾斜。

八月十七日，复登望海楼，自和前篇。是日榜出，余与试官两人复留五首

其一

楼上烟云怪不来，楼前飞纸落成堆[1]。非关文字须重看，却被江山未放回。

【注释】①“楼前”句：《全唐诗话》：中宗正月晦日，幸昆明池。群臣应制百余篇，帐殿前结彩楼，命上官昭容选一篇为新曲。须臾，纸落如飞，惟沈、宋诗不下。移时，一纸飞坠，乃沈诗也。评曰：二诗工力悉敌，沈诗落句词气已竭，宋诗犹陡健，举。沈乃伏，不敢复争。

其二

眼昏烛暗细行斜，考阅精强外已夸。明日失杯君莫怪，早知安足不成蛇[⑦]。

【注释】①“明日”二句：此用“画蛇添足”典。

其三

乱山遮晓拥千层，睡美初凉撼不应。昨夜酒行君屡叹，定知归梦到吴兴[①]。

【注释】①吴兴：试官刘抟，吴兴（湖州）人也，故云。

其四

天台桂子为谁香，倦听空阶点夜凉。赖有明朝看潮在，万人空巷斗新妆。

其五

秋花不见眼花红[①]，身在孤舟兀兀中。细雨作寒知有意，未教金菊出蒿蓬。

【注释】①“秋花”句：指举子在试院眼昏灯暗，只见眼花乱飞，而不见秋花点点。

和沈立之留别二首

其一

而今父老千行泪，一似当时去越时[1]。不用镌碑颂遗爱，丈人清德畏人知[2]。

【注释】①去越时：《咸淳临安志》载：熙宁三年十二月，赵抃自杭徙知青州。是月庚申，和州人沈立自越移杭。五年壬子，沈立又任审官西院，福州人陈襄代杭州职务。②“丈人”句：《世说新语》注引《晋阳秋》云：胡威为徐州。世祖谓威曰：“卿清孰与父？”对曰：“臣不如也。臣父清，畏人知；臣清，畏人不知。”

其二

卧闻铙鼓送归艎[1]，梦里匆匆共一觞。试问别来愁几许？春江万斛若为量[2]。

【注释】①归艎：归舟。②苏轼自注：“去时，予在试院。”此二句化用李后主词意“问君能有几多愁，却似一江春水向东流。”又庾信《愁赋》：“岂将一寸心，能容万斛愁。”

和陈述古拒霜花[1]

千林扫作一番黄，只有芙蓉独自芳。唤作拒霜知未称[2]，细思却是最宜霜。

【注释】①陈述古：名襄。熙宁五年五月，陈述古自陈州尚书刑部郎中移知杭州，七年六月，移知应天府。②拒霜：《本草纲目》：芙蓉，一名拒霜，艳如荷花，八九月始开，故名拒霜。

盐官绝句四首

南寺千佛阁

古邑居民半海涛，师来构筑便能高。千金用尽身无事，坐看香烟绕白毫。

北寺悟空禅师塔[1]

已将世界等微尘[2]，空里浮花梦里身[3]。岂为龙颜更分别，只应天眼识天人[4]。

【注释】①苏轼自注："名齐安。宣宗微时，师知其非凡人。"南寺即庆善寺，在盐官县西南二百步。北寺即安国寺，在县西北。②微尘：《法华经》：三千大千世界，抹为微尘。③"空里"句：《华严经》：如目翳人，见空中花。④"只应"句：喻齐安识宣宗于微时。

塔前古桧[1]

当年双桧是双童，相对无言老更恭。庭雪到腰埋不死[2]，如今化作两苍龙。

【注释】①《石林避暑录》："悟空禅师塔前桧，亦唐物。徽宗诏取之。桧大不可越桥梁，乃以大舟泛海，出楚州以入汴。行一日，张帆，风猛，桧枝与帆低昂不可制，舟与人皆没。"②"庭雪"句：二祖名惠可，以求佛法，夜立中庭，雪齐于腰。

僧爽白鸡[①]

断尾雄鸡本畏烹[②]，年来听法伴修行。还须却置莲花漏[③]，老怯风霜恐不鸣。

【注释】①苏轼自注："养二十余年，尝在坐侧听经。"②"断尾"句：《左传·昭公二十二年》：宾孟适郊，见雄鸡自断其尾。问之，侍者曰："自惮其牺也。"③置莲花漏：慧远法师在山中，置莲花漏，眂其早晚，以为行道之节。

六和寺冲师闸山溪为水轩

欲放清溪自在流，忍教冰雪落沙洲。出山定被江潮涴[①]，能为山僧更少留。

【注释】①"出山"句：杜甫《佳人》诗："在山泉水清，出山泉水浊。"涴(wò)：污染，弄脏。

冬至日独游吉祥寺[①]

井底微阳回未回，萧萧寒雨湿枯荄[②]。何人更似苏夫子，不是花时肯独来?

【注释】①《西湖游览志》:自观桥南至众安桥街,东有安国坊,宋时有吉祥寺,治平二年改广福,中有牡丹。②微阳:阳气始生。《逸周书·周月》:“微阳动于黄泉。”枯荄:干枯的草根。

后十余日复至

东君意浅著寒梅,千朵深红未暇裁[1]。安得道人殷七七,不论时节遣花开[2]。

【注释】①东君:此指司春之神。浅著寒梅:言其意浅也。千朵深红:则讲吉祥寺的牡丹。②“安得”二句:王注厚曰:《续仙传》:殷七七,字文祥。周宝移镇浙西,七七忽到鹤林寺。杜鹃花高丈余,宝一日谓七七曰:“鹤林之花,天下奇绝,尝闻能开非时之花,今重九将近,能副此日否?”七七诺之。乃前二日往鹤林宿焉。中夜,女子来谓七七曰:“妾为上玄所命,下司此花,然此花在人间已逾百年,非久,即归阆苑去,今与道者共开之。”于是女子倏然不见。及九日,烂漫如春。其后兵火焚寺,树失根株。

戏赠

惆怅沙河十里春,一番花老一番新。小楼依旧斜阳里,不见楼中垂手人[1]。

【注释】①垂手人:通晓舞乐之人。《古乐府》:舞有大垂手,小垂手。

和人求笔迹

麦光铺几净无瑕[①]，入夜青灯照眼花。从此剡藤真可吊[②]，半纡春蚓绾秋蛇[③]。

【注释】①麦光：纸名。②“从此”句：唐舒元舆作《吊剡溪藤文》言今之世错为文者，皆夭阏剡溪藤之流也。剡藤可作纸。③“半纡”句：唐太宗论萧子云出：行行若萦春蚓，字字如绾秋蛇。讽刺其无骨力也。

赠孙莘老七绝

其一

嗟予与子久离群，耳冷心灰百不闻。若对青山谈世事，当须举白便浮君[①]。

【注释】①“若对”二句：在座有孙觉（湖州知州），故云不谈世事，如有谈者，罚酒一大杯。白：杯名，代指酒。概不便谈世事也。

其二

天目山前绿浸裙[①]，碧澜堂上看衔舻[②]。作隄捍水非吾事，闲送苕溪入太湖[③]。

【注释】①绿浸裙：山木葱郁，掩盖衣襟。②衔舻：船连着船。③苕溪：《舆地志》：苕溪，一源自天目，一源自独松岭，合浮玉山水，至吴兴，入太湖。此首苏轼为先曾言水利不便，却被转运司差往相度隄岸，意言本非兴水利之人，以讥讽时世与昔不同，水利不便而然也。

其三

夜来雨洗碧巑岏[1]，浪涌云屯绕郭寒。闻有弁山何处是[2]，为君四面意求看。

【注释】①巑岏：高耸貌。②弁山：一名卞山，本名土山。山石莹然如玉。

其四

夜桥灯火照溪明，欲放扁舟取次行。暂借官奴遣吹笛，明朝新月到三更。

其五

三年京国厌藜蒿，长羡淮鱼压楚糟[1]。今日骆驼桥下泊，恣看修网出银刀[2]。

【注释】①藜蒿：粗劣的饭菜。楚糟：楚地用糟腌制的食物。②骆驼桥：唐垂拱元年造，以形似骆驼背，名之。

其六

乌程霜稻袭人香[1]，酿作春风霅水光[2]。时复中之徐邈圣[3]，无多酌我次公狂[4]。

【注释】①乌程：地名，亦是酒名。②霅水：水名，在湖州市南。霅溪，也是旧吴兴县别称。③“时复”句：三国时徐邈嗜酒，沉醉后曰中圣人。事见《三国志·魏志》。④次公狂：《汉书·盖宽饶传》：盖宽饶，字次公，时称酒狂。

其七

去年腊日访孤山，曾借僧窗半日闲。不为思归对妻子，道人有约径须还。

王复秀才所居双桧二首[1]

其一

吴王池馆遍重城，闲草幽花不记名。青盖一归无觅处[2]，只留双桧待升平。

【注释】①王复：钱塘人。②青盖：《晋书·陈训传》：孙皓时，钱塘湖开。或言天下当太平，青盖入洛阳。皓以问训，训曰：“臣止能望气，不能达湖之开塞。”退而告其友曰：“青盖入洛，将有舆榇衔璧之事。”寻而吴亡。

其二

凛然相对敢相欺，直干凌空未要奇。根到九泉无曲处[1]，世间惟有蛰龙知[2]。

【注释】①“根到”句：王安石“不知龙向此中蟠”句，苏轼所本，其后鞫案，即举安石以对。②蛰龙：蛰伏的龙。又喻隐匿的志士。

上元过祥符僧可久房，萧然无灯火[1]

门前歌舞斗分明，一室清风冷欲冰[2]。不把疏璃闲照佛，始知无尽本无灯。

【注释】①西湖的和尚能够作诗的，熙宁年间有清顺（字怡然）、可久（字逸老）两人。苏轼元夕九曲观灯（见《祥符寺九曲观灯》），弃从者独行，入可久室，了无灯火，但闻郁金花余香，叹仰留诗。②“门前”二句：前写九曲观灯热闹景象，后写可久室内的清冷。

饮湖上初晴后雨二首

其一

朝曦迎客艳重冈，晚雨留人入醉乡。此意自佳君不会，一杯当属水仙王[1]。

【注释】①苏轼自注：“湖上有水仙王庙。”在西湖第三桥北。

其二

水光潋滟晴方好，山色空濛雨亦奇[1]。若把西湖比西子，淡妆浓抹总相宜。

【注释】①潋滟(liàn yàn):形容水盈溢波动。空濛,迷茫,若有若无。

富阳妙庭观董双成故宅,发地得丹鼎,覆以铜盘,承以琉璃盆,盆既破碎,丹亦为人争夺持去,今独盘鼎在耳[①],二首

其一

人去山空鹤不归[②],丹亡鼎在世徒悲。可怜九转功成后,却把飞升乞内芝[③]。

【注释】①妙庭观:在富阳县西十五里,世传乃董双成故宅。②“人去”句:传说仙人归乡多变鹤,故此指董双成。③“却把”句:典见《宣室志》:“他年炼得药,留著与内芝。”内芝是道长周悟先的仆人侯道华的别名。

其二

琉璃击碎走金丹,无复神光发旧坛。时有世人来舐鼎,欲随鸡犬事刘安[①]。

【注释】①“时有”句:《神仙传》汉淮南王刘安临仙去,余药在庭中,鸡犬舐啄之,尽得升天。故鸡鸣天上,犬吠云中。

山村五绝

其一

竹篱茅屋趁溪斜，春入山村处处花。无象太平还有象[①]，孤烟起处是人家。

【注释】①无象太平：谓太平盛世并无一定标志。后以“太平无象”讽刺统治者粉饰太平。

其二

烟雨濛濛鸡犬声，有生何处不安生？但令黄犊无人佩[①]，布谷何劳也劝耕[②]。

【注释】①“但令”句：《汉书·龚遂传》：渤海太守龚遂教人民卖掉剑买牛，卖掉刀买犊，去参加农业生产。并且说：“何为带牛佩犊？”②布谷：鸟名。谷雨以后开始叫。声音像是：“布谷，布谷”，所以农民叫它为催耕鸟。《乌台诗案》：《山村》第二首，言是时贩私盐者多带刀仗，故取前汉龚遂事，意谓但将盐法宽平，令人不带刀剑而买牛买犊，则自力耕不劳劝督，以讥讽朝廷盐法太峻不便也。

其三

老翁七十自腰镰，惭愧春山笋蕨甜[①]。岂是闻韶解忘味，迩来三月食无盐[②]。

【注释】①“老翁”二句：是说七十岁的老人腰里带着镰刀到山中去割笋蕨以充饥。②“岂是”二句：是说哪里是像孔子听《韶》乐而三月不知肉味一样，山民因盐价昂贵，已经很长时间没有吃盐了。

其四

杖藜裹饭去匆匆[①]，过眼青钱转手空[②]。赢得儿童语音好，一年强半在城中[③]。

【注释】①杖藜：拄着手杖。裹饭：携带着饭食。②“过眼”句：发散的青苗钱转手即空。③“赢得”二句：乡村之人，一年两度夏秋税，又数度请纳和预买钱，现在更添青苗、助役钱，因此庄家子弟多在城中，不著次第，只学得城中语音而已。此诗似讥讽朝廷新法青苗，助役不便。

其五

窃禄忘归我自羞，丰年底事汝忧愁[①]。不须更待飞鸢堕，方念平生马少游[②]。

【注释】①“窃禄”二句：因时政之弊，苏轼曾约苏辙解组归田。我：苏轼自指。汝：指子由。②“不须”二句：典见《后汉书·马援传》。马少游：马援从弟。曾劝马援急流勇退。

赠别

青鸟衔巾久欲飞[①]，黄莺别主更悲啼[②]。殷勤莫忘分携处，湖水东边凤岭西。

【注释】①“青鸟”句：典见《太平广记》引《汉武故事》。杜甫《丽人行》云：“杨花雪落覆白苹，青鸟飞去衔红巾。”②“黄莺”句：唐戎昱爱歌妓，而不敢留，为歌词送之：“好去春风湖上亭，柳条藤蔓系离情。黄莺久住浑相识，欲别频啼四五声。”

次韵代留别

绛蜡烧残玉斝飞[1]，离歌唱彻万行啼。他年一舸鸱夷去，应记侬家旧住西[2]。

【注释】①玉斝(jiǎ)：古酒器名。②“他年”二句：意即他年范蠡驾一叶扁舟而去时，还应该记得侬家过去住在西边。鸱夷：即鸱夷子皮，范蠡浮海出齐时所易之名。

吉祥寺花将落而述古不至[1]

今岁东风巧剪裁，含情只待使君来。对花无信花应恨，直恐明年便不开。

【注释】①吉祥寺花：指吉祥寺中的牡丹花。

述古闻之，明日即至，坐上复用前韵同赋

仙衣不用剪刀裁，国色初酣卯酒来[1]。太守问花花有语，为君零落为君开。

【注释】①卯酒：早晨喝的酒。

宝山昼睡山[1]

七尺顽躯走世尘，十围便腹贮天真。此中空洞浑无物，何止容君数百人[2]？

【注释】①宝山：在吴山之南。②苏轼自题此诗后曰：余在钱塘，一日昼寝于宝山僧舍，起题壁。其后有数小子亦题名壁上。见者乃谓予诮之也。周伯仁所谓君者，乃王茂弘之流，岂此辈哉？

席上代人赠别三首

其一

凄音怨乱不成歌，纵使重来奈老何。泪眼无穷似梅雨[1]，一番匀了一番多。

【注释】①梅雨：指初夏产生在江淮流域持续较长的阴雨天气。

其二

天上麒麟岂混尘[1]，笼中翡翠不由身[2]。那知昨夜香闺里，更有偷啼暗别人。

【注释】①天上麒麟:《南史·徐陵传》:徐陵母臧氏,尝梦五色云化为凤,集左肩上,已而诞陵。年数岁,家人携以候宝志,志摩其顶曰:"天上石麒麟也。"②翡翠:鸟名。笼中翡翠:即笼中之鸟也。

其三

莲子劈开须见臆[1],楸枰著尽更无期[2]。破衫却有重逢处[3],一饭何曾忘却时[4]。

【注释】①"莲子"句:此吴歌格,借字寓意也。莲子心曰薏,以薏谐臆。臆:心间,此指心。②楸枰:即棋盘。更无期:以棋谐期。期:盼也。③重逢:也是谐音。④忘却时:忘却思。

唐道人言,天目山上俯视雷雨,每大雷电,但闻云中如婴儿声,殊不闻雷震也[1]

已外浮名更外身,区区雷电若为神。山头只作婴儿看,无限人间失箸人[2]。

【注释】①唐道人:字子霞。曾作《天目山真境录》。②失箸人:典见《三国志·蜀志》。曹操说刘备与自己二人乃当世英雄,刘备当时吓得筷子掉在地上,此时正好有雷声,便巧借闻雷掩饰过去。此处化用此典写当地自然现象。

追和子由去岁试举人洛下所寄五首
暴雨初晴楼上晚景

其一

秋后风光雨后山，满城流水碧潺潺。烟云好处无多子①，及取昏鸦未到间②。

【注释】①无多子：没有多少。②昏鸦：杜甫诗《对雪》："无人竭浮蚁，有待至昏鸦。"诗尾自注云：何逊诗曰：城阴度堑黑，昏鸦接翅归。

其二

洛邑从来天地中①，嵩高苍翠北邙红②。风流耆旧消磨尽，只有青山对病翁③。

【注释】①"洛邑"句：洛阳自古以来便居天地之正中。洛邑：此指洛阳。②嵩高：嵩山。北邙：北邙山，在郑州，即今黄河游览区一带。苍翠：指嵩高树色。红：指北邙尘埃。③苏轼自注："谓富公也。"富公，名弼，字彦国，河南人。熙宁二年八月，以病辞位，归洛养病，故言。

其三

白汗翻浆午景前①，雨余风物便萧然②。应倾半熟鹅黄酒③，照见新晴水碧天。

【注释】①白汗：因劳累、惊恐、紧张而流的汗，虚汗。翻浆：春暖解冻时地面或道路表面发生裂纹并渗出水和泥浆。这里形容暴雨下到地面上的情景。刚开始像人出的虚汗，继而便如水浆翻滚。②萧然：空寂。此句似说暴雨过后，风物显得很是空寂。③鹅黄酒：杜甫《舟前小鹅儿》："鹅儿黄似酒，对酒爱鹅黄。"后因以"鹅黄酒"泛指好酒。

其四

疾雷破屋雨翻河[①]，一扫清风未觉多。应似画师吴道子，高堂巨壁写降魔[②]。

【注释】①"疾雷"句：《庄子·齐物论》："疾雷破山，风振海，而不能惊。"②吴道子：名道玄，唐代著名画家，尤其擅长模写鬼神。降魔，是吴以此为题材画的巨幅。内容见《传灯录》。

其五

客路三年不见山[①]，上楼相对梦魂间。明朝却踏红尘去[②]，羞向清伊照病颜[③]。

【注释】①"客路"句：子由以熙宁三年庚戌，任陈州学官，至五年壬子，至洛试举人，故有此句也。②红尘：佛道称之的人世，俗世。白居易《咏拙》："亦曾举两足，学人踏红尘。"③清伊：清澈的伊水。

佛日山荣长老方丈五绝[①]

其一

陶令思归久未成[②]，远公不出但闻名[③]。山中只有苍髯叟[④]，数里萧萧管送迎。

【注释】①佛日山：在母山之东北，中有佛日净慧寺。②陶令：陶渊明，曾任彭泽县令，故称。③远公：晋高僧慧远，居庐山东林寺，世称远公。《庐山记》："远公送客，来尝过虎溪，过则虎辄簇鸣。"④苍髯叟：《高僧传》：东晋法潜，隐剡山，或问曰："山中胜友者谁？"则指松曰："苍髯叟也。"

其二

千株玉槊挽云立，一穗珠旒落镜寒①。何处霜眉碧眼客②，结为三友冷相看④。

【注释】①玉槊：指竹。珠旒（liú）：比喻为瀑布。②霜眉碧眼客：指荣长老。③三友：古人所指不一：或指琴，酒，诗；或指月，梅，杖；或指松，竹，梅；或指梅，竹，石；或指本身与其他二物共为三友。此似言后者：长老、石与竹。

其三

东麓云根露角牙①，细泉幽咽走金沙②。不堪土肉埋山骨③，未放苍龙浴渥洼④。

【注释】①云根：唐人多使"云根"字为石。②幽咽：谓声音低沉，轻微。这里形容水声。金沙：金沙泉，在仁和县永和乡。③"不堪"句：《博物志》：地以名山为辅佐，石为之骨，土为之肉。④渥洼：水名，传说产神马之处。唐卢纶诗：渥洼龙种散云时，千里繁花乍别离。《咸淳临安志》引《祥符志》云：黄鹤山，在佛日山之北，高百余丈，巅有龙池，一名渥洼，出云必雨。

其四

食罢茶瓯未要深[1]，清风一榻抵千金。腹摇鼻息庭花落[2]，还尽平生未足心。

【注释】①“食罢”句：白居易诗：食罢一觉睡，起来两瓯茶。②“腹摇”句：是讲大腹便便，鼻息酣酣，庭花纷纷落。

其五

日射回廊午枕明[1]，水沉销尽碧烟横[2]。山人睡觉无人见，只有飞蚊绕鬓鸣。

【注释】①“日射”句：是讲太阳的光线把回廊上午睡的枕头都照射得非常明亮。②水沉：即沉香。碧烟：青色的烟雾。横：充满。

吊天竺海月辩师三首[1]

其一

欲寻遗迹强沾裳，本自无生可得亡[2]。今夜生公讲堂月，满庭依旧冷如霜[3]。

【注释】①海月辩师：名慧辩，华亭人。熙宁六年(1073)七月十七日圆寂。②“本自”句：张湛《列子注》：“本自无生，故曰不死。”③“今夜”二句：刘禹锡诗曰：“生公说法鬼神听，身后空堂夜不扃。高坐寂寥尘漠漠，一方明月可中庭。”生公：晋高僧竺道生的尊称。

其二

生死犹如臂屈伸，情钟我辈一酸辛[①]。乐天不是蓬莱客[②]，凭仗西方作主人[③]。

【注释】①情钟我辈：《晋书·王衍传》：王衍曰：“圣人忘情，最下不及于情，情之所钟，正在我辈。”②“乐天”句：白居易诗云：“海山不是吾归处，归则须归兜率天。”③“凭仗”句：白居易诗云：“不须惆怅从师去，先请西方作主人。”凭仗：依靠，依赖。

其三

欲访浮云起灭因[①]，无缘却见梦中身。安心好住王文度[②]，此理何须更问人。

【注释】①灭：佛教语，灭度，涅槃的意译。此指海月辩师的死亡。②王文度：王坦之，字文度。与沙门竺法师甚厚，每共论幽明报应，便要先死者当报其事。后经年，师忽来云：“贫道已死，罪福皆不虚，惟当勤修道德，以升济神明耳。”言讫，不见。

八月十五日看潮五绝

其一

定知玉兔十分圆[①]，已作霜风九月寒。寄语重门休上钥，夜潮留向月中看。

【注释】①玉兔：《五经通义》：月中有兔与蟾蜍。此指月亮。

其二[1]

万人鼓噪慑吴侬[2]，犹是浮江老阿童。欲识潮头高几许，越山浑在浪花中。

【注释】①此首写吴人看潮的壮观、热闹的场面。②鼓噪：又作鼓譟，喧嚷。吴侬：指吴人。

其三

江边身世两悠悠，久与沧波共白头[1]。造物亦知人易老，故教江水向西流[2]。

【注释】①“久与”句：白居易诗：“愁见风行舟又起，白头浪里白头人。”②“故教”句：枚乘《七发》：“江水逆流，海水上潮。”江水本来向东流，潮自海门逆入，江势不能敌，往往随潮西流。

其四

吴儿生长狎涛渊[1]，冒利轻生不自怜。东海若知明主意，应教斥卤变桑田[2]。

【注释】①“吴儿”句：《左传·昭公三年》：郑子产曰：“火烈，民望而畏之，故鲜死焉；水弱，民狎而玩之，则多死焉。”②苏轼自注：“是时新有旨禁弄潮。”斥卤：盐碱地。

其五

江神河伯两醯鸡[①]，海若东来气吐霓[②]。安得夫差水犀手，三千强弩射潮低[③]。

【注释】①醯鸡：即蠛蠓。古人以为是酒醋上的白霉所变。很小的虫子。②“海若”句：典见《庄子·秋水》。③苏轼自注：“吴越王尝以弓弩射潮头，与海神战，自尔水不近城。”

临安三绝

将军树[①]

阿坚泽畔菰蒲节[②]，玄德墙头羽葆桑[③]。不会世间闲草木，与人何事管兴亡？

【注释】①将军树：《五代史·吴越世家》：临安里中有大树，钱镠幼时与群儿戏树下。及贵，归宴故老，山林皆覆以锦，号其树曰衣锦将军。②“阿坚”句：晋时苻坚家中池泽里，蒲生长五丈，五节，如竹形。③“玄德”句：《三国·蜀志·先主传》：刘备字玄德。舍东南角篱上，有桑树高五丈余，遥望见童童如小车盖。刘备儿时曾言：“吾必当乘此羽葆盖车。”羽葆：即羽葆盖车，又作羽盖车，或简作羽葆。指帝王仪仗中以鸟羽联缀为饰的华盖车。后亦泛指天子。

锦溪[①]

楚人休笑沐猴冠[②]，越俗徒夸翁子贤[③]。五百年间异人出[④]，尽将锦锈裹山川[⑤]。

【注释】①锦溪：一名石镜溪，在临安县东南一里。②“楚人”句：《史记·项羽本纪》：人或说项羽都关中，项羽曰：“富贵不归故乡，如衣锦夜行。”说者曰：“人言楚人沐猴而冠，果然。”③翁子：朱买臣，字翁子。④“五百”句：郭璞《杭州歌》末句云：“五百年生异姓王。”自东晋至五代钱镠时，适当五百年。⑤“尽将”句：吴越王钱镠荣归故里，大宴乡亲，自昔游钓之所，尽蒙以锦绣。

石镜[①]

山鸡舞破半岩云，菱叶开残野水春[②]。应笑武都山下土，枉教明月殉佳人[③]。

【注释】①石镜：山谦之《吴兴记》：临安县东五里石镜山东，有石镜一所，径二尺四寸，甚清亮。②“山鸡”二句：《异苑》：魏武时，南方献山鸡，以大镜著其前，鸡鉴形而舞不止。菱叶：因镜子又名菱花，故以此代镜子。③“应笑”二句：《成都纪》：武都山，丈夫化为女子，颜色美绝，盖山精也。蜀王纳以为妃，无几，物故。乃发卒武都担土，葬于成都郭中，号武担山，以石作镜一枚，表其墓。

陌上花三首 并引

游九仙山，闻里中儿歌《陌上花》。父老云：“吴越王妃，每岁春必归临安，王以书遗妃曰：“陌上花开，可缓缓归矣。”吴人用其语为歌，含思宛转，听之凄然，而其词鄙野，为易之云。

其一

陌上花开蝴蝶飞，江山犹是昔人非。遗民几度垂垂老[1]，游女长歌缓缓归。

【注释】①垂垂：渐渐。此诗写相思宛转多情。

其二

陌上山花无数开，路人争看翠軿来[1]。若为留得堂堂去[2]，且更从教缓缓回。

【注释】①翠軿(pínɡ)：古时贵族妇女乘用的翠帷车。軿：有帷盖、帷幕的车子。②堂堂去：唐薛能诗："青春背我堂堂去，白发催人故故生。"

其三

生前富贵草头露[1]，身后风流陌上花[2]。已作迟迟君去鲁，犹教缓缓妾还家。

【注释】①"生前"句：杜甫《送孔巢父谢病归游江东兼呈李白》诗："惜君只欲苦死留，富贵何如草头露。"②"生后"句：《晋书·张翰传》："使我有身后名，不如即时一杯酒。

九日，舟中望见有美堂上鲁少卿饮，以诗戏之，二首[①]

其一

指点云间数点红，笙歌正拥紫髯翁[②]。谁知爱酒龙山客[③]，却在渔舟一叶中。

【注释】①鲁少卿：指鲁有开，字元翰。以从父宗道荫入官。②紫髯翁：指鲁少卿。写其在酒席场上。③爱酒龙山客：指孟嘉。《晋书·孟嘉传》：嘉为桓温参军，好酣饮，虽多不乱。

其二

西阁珠帘卷落晖[①]，水沉烟断珮声微。遥知通德凄凉甚，拥髻无言怨未归[②]。

【注释】①珠帘卷落晖：王勃《滕王阁》诗："珠帘暮卷西山雨。"②"遥知"二句：伶玄（字子于）《赵飞燕外传自序》云：子于买妾樊通德，颇能言飞燕姊弟故事。子于语通德曰："斯人俱灰灭矣，当时疲精力，驰骛嗜欲蛊惑之事，宁知终归荒田野草乎？"通德占袖，顾示烛影，以手拥髻，悽然泣下，不胜其悲。《长公外纪》云：时鲁元翰使事已完，不还朝，家有美妾，东坡故戏之。

游诸佛舍，一日饮酽茶七盏，戏书勤师壁

示病维摩元不病[①]，在家灵运已忘家[②]。何须魏帝一丸药[③]，且

尽卢仝七碗茶[④]。

【注释】①“示病”句:《维摩诘经》:维摩诘言:“从痴有爱,则我病生;以一切众生病,是故我病;若一切众生得不病者,则我病灭。”②“在家”句:《传灯录》:鸟窠禅师曰:“汝若了净智妙圆体自空寂,即真出家,何假外相?汝当为在家菩萨戒施俱修,如谢灵运之流也。”③魏帝一丸药:魏文帝《折杨柳行》:“与我一丸药,光耀有五色。服之四五日,身体生羽翼。”④卢仝七碗茶:卢仝《走笔谢孟谏议寄新茶》诗:“一碗喉吻润,二碗破孤闷;三碗搜枯肠,惟有文字五千卷;四碗发轻汗,平生不平事,尽向毛孔散;五碗肌骨清,六碗通仙灵;七碗吃不得也,惟觉两腋习习清风生。”

元翰少卿宠惠谷帘水一器、龙团二枚,仍以新诗为贶。叹味不已,次韵奉和[①]

岩垂匹练千丝落[②],雷起双龙万物春。此水此茶俱第一,共成三绝鉴中人。

【注释】①元翰:鲁有开字,见前。谷帘水:在南康府城西,泉水如帘,布岩而下者,三十余派,陆羽品其味,当天下第一。②匹练:白绢,此形容瀑布。

书双竹湛师房二首[①]

其一

我本西湖一钓舟,意嫌高屋冷飕飕。羡师此室才方丈,一炷清香尽日留。

【注释】①双竹：寺名，即杭州广严寺，有双竹相比而生，因又名双竹寺。

其二

暮鼓朝钟自击撞，闭门孤枕对残缸[1]。白灰旋拨通红火，卧听萧萧雨打窗。

【注释】①残缸：油尽将熄的灯。

和述古冬日牡丹四首

其一

一朵妖红翠欲流[1]，春光回照雪霜羞。化工只欲呈新巧，不放闲花得少休。

【注释】①翠：鲜明貌，非颜色也。《老学庵笔记》：东坡《牡丹》等，初不晓"翠欲流"为何语。及游成都，有大署市肆，曰"鲜翠红纸铺。"问士人，乃知蜀语"鲜翠"犹言鲜明也。东坡盖用乡语。

其二

花开时节雨连风[1]，却向霜余染烂红。漏泄春光私一物[2]，此心未信出天工。

【注释】①“花开”句：指春季多风雨。②漏泄春光：透漏春天的信息。

其三

当时只道鹤林仙，解遣秋光发杜鹃[1]。谁信诗能回造化，真教霜枿放春妍[2]。

【注释】①“当时”二句：《容斋随笔》：“鹤林寺杜鹃，乃今映山红，又名红踯躅。”寺在今江苏镇江市南郊。周亮工《书影》：“鹤林寺杜鹃花，春开最盛。”②霜枿：叶子枯萎的枝系，树木。

其四

不分清霜入小园，故将诗律变寒暄[1]。使君欲见蓝关咏，更倩韩郎为染根[2]。

【注释】①“故将”句：点染题“和”字，情致洒然。②“使君”二句：王注谟曰：韩湘，愈之侄孙也。自言：“解造逡巡酒，能开顷刻花。”愈曰：“子岂能夺造化而开花乎？”湘乃聚土，以盆覆之。俄而举盆，有碧牡丹二朵，叶有小金字云：云横秦岭家何在，雪拥蓝关马不前。愈后谪潮州，至蓝关遇雪，乃悟。今集有《示侄孙湘》诗，第三联是也。

观子玉郎中草圣

柳侯运笔如电闪，子云寒悴羊欣俭[1]。百斛明珠便可扛[2]，此书非我谁能双？

【注释】①柳侯：指柳公权的书法。子云寒悴：唐太宗论萧子云的书法。寒悴：比喻风格瘦硬寒峭。羊欣俭：梁武帝评羊欣的书法。②“百斛”句：韩愈诗：“龙文百斛鼎，笔力可独扛。”

柳氏二外甥求笔迹二首[1]

其一

退笔如山未足珍[2]，读书万卷始通神。君家自有元和脚[3]，莫厌家鸡更问人[4]。

【注释】①柳氏二甥：长名闳，字展如；次名闢，东坡先生妹婿柳仲远之子。②退笔：即秃笔，用旧的笔。③元和脚：柳公权，在唐元和间，书有名。刘禹锡戏称柳宗元的书法为“元和脚”。后亦戏称柳公权的书法。柳子玉善草书，故前有诗《观子玉草圣》。二甥乃柳子玉之孙。④家鸡：比喻家传的书法技艺。

其二

一纸行书两绝诗，遂良须鬓已成丝[1]。何当火急传家法，欲见诚悬笔谏时[2]。

【注释】①“遂良”句：褚遂良有一帖云：“即日，遂良须发尽白。”②诚悬：柳公权，字诚悬。穆宗问公权用笔法。对曰：“心正则笔正，笔正，乃可法矣。”时帝荒纵，故公权及之。帝改容，悟其笔谏也。

成都进士杜暹伯升出家，名法通，往来吴中

欲识当年杜伯升，飘然云水一孤僧。若教俯首随缰锁①，料得如今似我能②。

【注释】①缰锁：缰绳和锁链。比喻拘束，不自由。②苏轼自注：“柳子玉云：通若及第，不过似我。”杜伯升当时没有取得进士及第称号。唐宋时发解举子皆称进士，殿试取士，为及第出身。

子玉以诗见邀，同刁丈游金山

君年甲子未相逢，难向人前说老翁。更有方瞳八十一①，奋衣矍铄走山中②。

【注释】①“更有”句：刁景纯长东坡四十二岁，见本集祭文中。熙宁甲寅(1074)，东坡年三十九，则刁年八十一矣。方瞳：方形的瞳孔。古人以为此乃长寿之相。②矍铄：形容老人目光炯炯，精神健旺。

送柳子玉赴灵仙

世事方艰便猛回，此心未老已先灰。何时梦入真君殿①，也学传呼观主来。

【注释】①“何时”句：《文集·杂记》云：“子玉尝梦赴司命真君召，未几，果有监灵仙观之命。”

监洞霄宫俞康直郎中所居四咏

退圃

百丈休牵上濑船[1]，一钩归钓缩头鳊[2]。园中草木春无数，只有黄杨厄闰年[3]。

【注释】①上濑船：言难进也。②缩头鳊：又叫缩项鳊，以肥美著名。③苏轼自注："俗说，黄杨一岁长一寸，遇闰退三寸。"

逸堂

新第谁来作并邻，旧官宁复忆星辰[1]。请君置酒吾当贺，知向江湖拜散人[2]。

【注释】①"旧官"句：刘禹锡诗："朝驱旌旆行时令，夜见星辰忆旧官。"②"知向"句：《唐书·陆龟蒙传》：时谓江湖散人。诗云："官家未识活苍生，诏赐江湖散人号。"

遯轩

冠盖相望起隐沦[1]，先生那得老江村。古来真遯何曾遯[2]，笑杀踰垣与闭门[3]。

【注释】①"冠盖"句：意为官宦之家来源于隐居者。②遯：同"遁"。③踰：同"逾"，翻过墙头。王文诰案：四诗不脱下一字，此首以闭门扣住"轩"字，其用泄柳，非手滑也，然一气读下，却将此意瞒过，特指出之。

远楼

西山烟雨卷疏帘，北户星河落短檐[1]。不独江天解空阔，地偏心远似陶潜[2]。

【注释】①北户：向北开的门。元稹诗："星河似向檐前落。"②"地偏"句：陶潜诗："结庐在人境，而无车马喧。问君何能尔？心远地自偏。"

常州太平寺观牡丹

武林千叶照观空[1]，别后湖山几信风[2]。自笑眼花红绿眩，还将白首对鞓红。

【注释】①观空：杭州吉祥寺阁名。②信风：《岁时广记》：江南自初春至初夏，五日一番风候，谓之花信风。梅花风最先，楝花风最后，凡二十四番。

游太平寺净土院，观牡丹，中有淡黄一朵，特奇，为作小诗

醉中眼缬自斓斑[1]，天雨曼陀照玉盘[2]。一朵淡黄微拂掠，鞓红、魏紫不须看[3]。

【注释】①眼缬（xié）：眼发花时出现在眼前的星星点点。多形容醉眼，故称"自斓斑"。②天雨曼陀：《法华经》：佛说法已入于无义量处三

味，是时，天雨曼陀罗花。此二句讲醉眼中的牡丹花。③鞓红、魏紫：牡丹的两个品种。

次韵沈长官三首

其一

家山何在两忘归，杯酒相逢慎勿违。不独饭山嘲我瘦，也应糠覈怪君肥[1]。

【注释】①糠覈（hé）：指粗劣的食物。《汉书·陈平传》：陈平为人长大美色。或谓平贫，何食而肥？其嫂疾平之不亲家生产，曰："亦食糠覈耳。"

其二

男婚已毕女将归，累尽身轻志莫违[1]。闻道山中食无肉，玉池清水自生肥[2]。

【注释】①"累尽"句：谢灵运《辨宗论》："累尽则无，诚如符契。"②"玉池"句：《黄庭外景经》："丹田之中精气微，玉池清水上生肥。"

其三

造物知吾久念归，似怜衰病不相违。风来震泽帆初饱，雨入松江水渐肥[1]。

【注释】①震泽：吴南太湖名。帆饱、水肥：皆方言也。帆饱：指船帆受风足而帆腹鼓得满满的，像吃饱了一样。

戏书吴江三贤画像三首①

其一

谁将射御教吴儿，长笑申公为夏姬②。却遣姑苏有麋鹿③，更怜夫子得西施④。

【注释】①三贤：越上将军范蠡，江东步兵张翰，追赠右补阙陆龟蒙。②"谁将"二句：见《左传·成公二年》事。③"却遣"句：《史记·淮南传》：王召伍被与谋，曰："将军上。"被怅然曰："臣闻子胥谏吴王，吴王不用，乃曰臣今见麋鹿游姑苏之台也。今臣亦见宫中生荆棘，露沾衣也。"④苏轼自注："范蠡。"此诗以巫臣比范蠡，以夏姬比西施。

其二

浮世功劳食与眠，季鹰真得水中仙。不须更说知机早，直为鲈鱼也自贤①。

【注释】①苏轼自注："张翰。"张翰，字季鹰。齐王冏辟为大司马东曹掾。冏时执权，翰因见秋风起，乃思吴中菰菜，莼羹，鲈鱼脍，曰：'人生贵得适志，何能羁宦数千里以要名爵乎？"遂命驾而归，俄而冏败，人皆谓之见机。

其三

千首文章二顷田，囊中未有一钱看。却因养得能言鸭①，惊破王孙金弹丸[②]。

【注释】①能言鸭：陆龟蒙有斗鸭一栏，颇极驯养。一旦，驿使过焉，挟弹毙其尤者。龟蒙曰："此鸭善人言，见欲附苏州上进，使者奈何毙之？"使人惧，尽与囊中金以窒其口。徐使问人语之状。龟蒙曰："能自呼名耳。"②苏轼自注："陆龟蒙。"王孙金弹丸：《西京杂记》：韩嫣好弹，以金为丸，所失者日有十余。长安为之语曰："若饥寒，逐金丸。"京师之童，每闻嫣出，辄随之，望弹之所落而拾焉。

李行中秀才醉眠亭三首[①]

其一

已向闲中作地仙[②]，更于酒里得天全。从教世路风波恶，贺监偏工水底眠[③]。

【注释】①李行中：字无悔，霅川人。徙居淞江，居于醉眠亭。②地仙：比喻闲散享乐的人。③贺监：贺知章。杜甫《饮中八仙歌》："知章骑马似乘船，眼花落井水底眠。

其二

君且归休我欲眠[①]，人言此语出天然。醉中对客眠何害，须信陶潜未若贤。

【注释】①"君且"句：李白《山中与幽人独酌》："我醉欲眠君且去，明朝有意抱琴来。"

其三

孝先风味也堪怜，肯为周公昼日眠[1]。枕曲先生犹笑汝，枉将空腹贮遗编[2]。

【注释】①“孝先”二句：《后汉书·文苑传》：边韶字孝先，陈留人。曾昼日假卧，弟子私嘲之。韶潜闻，应时对曰：“边为姓，孝先字，腹便便，五经笥。但欲眠，思经事。寐与周公通梦，静与孔子同意。师而可嘲，出何典记？”嘲者大惭。②“枕曲”二句：刘伶《酒德颂》：“先生于是方捧罂承槽，衔杯漱醪，奋髯箕踞，枕曲藉糟。”

回先生过湖州东林沈氏，饮醉，以石榴皮书其家东老庵之壁云：“西邻已富忧不足，东老虽贫乐有余。白酒酿来因好客，黄金散尽为收书。”西蜀和仲，闻而次其韵三首。东老，沈氏之老自谓也，湖人因以名之。其子偕作诗，有可观者[1]

其一

世俗何知贫是病[2]，神仙可学道之余[3]。但知白酒留佳客，不问黄公觅《素书》[4]。

【注释】①沈氏：名思，字持正，隐于东林，因以东老名焉。能酿十八仙白酒。一日，有客自称回道人，长揖东老曰：“知君白酒新熟，愿求一醉否？”公命之坐，与饮，自日中至暮，殊无酒色。临行，用石榴皮写诗于壁上。②“世俗”句:《史记·原宪传》:子贡过原宪,宪摄敝衣冠见。子贡曰:“夫子岂病乎?”宪曰:“贫也,非病也。”③“神仙”句:唐天师著《神仙可学论》一卷。④“不问”句:《史记·留侯世家》:圯下进履。赐一编书,曰:“读此则为王者师矣。十三年,孺子见我济北穀城山下。黄石即我矣。”徐师川曰:黄石公有《素书》三卷。

其二

符离道士晨兴际[①],华岳先生尸解余[②]。忽见黄庭丹篆句[③],犹传青纸小朱书[④]。

【注释】①“符离”句:宿州符离县天庆观宁道士者,少年谭老、庄,极可采。宁云:道中卖菜人,仪状雄伟。常此游息。一日,于扉上题二绝句而去。书为大篆,体法极异。或曰:“此洞宾先生所书也。”郡人争刳之以治疾,字字刳痕深寸余。②华岳先生:即陈抟,居华山云台观。预知死日。死七日,有五色云,蔽塞洞口,经月不散。按道书,人死形如生,足皮不青恶,目光不毁,头发尽脱,皆尸解也。③“忽见”句:吕洞宾诗云:“肘传丹篆千年术,口诵《黄庭》两卷经。”④“犹传”句:《神仙传》华阳处士李奇自言:开元中,郎官尝至抟斋中,以朱书青纸诗,令小童赍于抟,抟与唱和交友焉。

其三

凄凉雨露三年后[①],仿佛尘埃数字余。至用榴皮缘底事,中书君岂不中书[②]?

【注释】①“凄凉”句:《侯鲭录》:熙宁七年,东坡过晋陵,遇东老之子道其事,时东老已没三年矣。故起句云然。②“中书”句:韩愈《毛颖传》:颖拜中书令,上尝呼为中书君。后因进见,见其发秃,又摹画不称上意。上嘻笑曰:“中书君老而秃,不任吾用。吾谓君中书,君今不中书邪?”

中书君：后成为毛笔的代称。

单同年求德兴俞氏聚远楼诗三首[①]

其一

云山烟水苦难亲，野草幽花各自春。赖有高楼能聚远，一时收拾与闲人[②]。

【注释】①单同年：即单锡，宜兴人。②前二句写远：山有云，水有烟，远见之，故云“苦难亲。”第三句总，第四句放。

其二

无限青山散不收，云奔浪卷入帘钩[①]。直将眼力为疆界，何啻人间万户侯。

【注释】①帘钩：卷帘所用的钩子。前二句亦从聚远入手。第一首明点楼，此首以帘钩暗点楼。

其三

闻说楼居似地仙，不知门外有尘寰。幽人隐几寂无语，心在飞鸿灭没间[①]。

【注释】①飞鸿灭没：刘禹锡：“送飞鸿之灭没。”灭没：形容迅速，极快。

次韵孙巨源寄涟水李、盛二著作，并以见寄五绝[①]

其一

南岳诸刘岂易逢[②]，相望无复马牛风。山公虽见无多子[③]，社燕何由恋塞鸿[④]？

【注释】①《元和郡县志》：宋置东海郡，隋废，郡属海州，改涟水，因界有涟水，故名。盛著作即盛侨。②南岳诸刘：借言刘贡父，刘莘老。③山公：即山涛，字巨源。苏轼借以指孙巨源。④苏轼自注："昔与巨源，刘贡父，刘莘老相遇于广陵。自尔契阔，惟巨源近者复相见于京口。"苏轼多有诗云："有如社燕与秋鸿，相逢未稳还相送。"（《送陈睦知谭州》）社燕：燕子春社时来，秋社时走，故称。秋鸿：秋天的鸿雁。古诗文中常以其象征离别。

其二

高才晚岁终难进，勇退当年正急流。不独二疏为可慕[①]，他时当有景孙楼[②]。

【注释】①二疏：指汉宣帝时名臣疏广与侄儿疏受。广为太傅，受为少傅，同时以年老乞骸骨，时人贤之。②苏轼自注："巨源近离东海，郡有景疏楼。"石刻云：宋叶祖洽慕二疏之贤而建。疏广、疏受皆东海人也。

其三

漱石先生难可意[①]，啮毡校尉久无朋[②]。应知客路愁无奈，故遣吟诗调李陵[3]。

【注释】①苏轼自注："谓巨源。"《晋书·孙楚传》：少时欲隐居，谓（王）济曰："当欲枕石漱流。"误云"漱石枕流。"济曰："流非可枕，石非可漱。"楚曰："所以枕流，欲洗其耳；所以漱石，欲砺其齿。"②苏轼自注："自谓。"啮毡：咬吞毡毛充饥，比喻坚贞不屈。③苏轼自谓："谓李君也。"

其四

云雨休排神女车[1]，忠州老病畏人夸。诗豪正值安仁在[2]，空看河阳满县花[3]。

【注释】①"云雨"句：白居易从江州司马易忠州，道过巫山，或题诗于庙云：为报巫山神女道，速排云雨待清诗。②诗豪：白居易推刘禹锡为诗豪。③苏轼自注："盛为邑宰。"安仁：潘岳，字安仁。为河阳令，种桃李花，人号曰河阳一县花。盛侨也正作邑宰，故有比此。

其五

胶西未到吾能说[1]，桑柘禾麻不见春[2]。不羡京尘骑马客，羡他淮月弄舟人。

【注释】①胶西：古地名，密州。②桑柘：桑木和柘木。

王莽[1]

汉家殊未识经纶，入手功名事事新。百尺穿成连夜井[2]，千金购得解飞人[3]。

【注释】①熙宁七年四月，王安石罢相，荐吕惠卿参知政事。吕惠卿既得政，苟可陷安石者，无所不至。苏轼作诗二首（此首与下一首《董卓》），正吕惠卿起王安国狱之时也。②“百尺”句：《汉书·王莽传》：宗室广饶侯刘京上书，言：齐郡临淄县昌兴亭长辛当一暮数梦，曰：“吾，天公使也。天公使我告亭长曰：‘摄皇帝当为真。’即不信我，此亭中当有新井。”亭长晨起视亭中，诚有新井，入地且百尺。此句讽刺王安石求水利。③“千金”句：《汉书·王莽传》：王莽博募有奇技术可以攻匈奴者，或言能飞，一日千里，可窥匈奴，莽试之，知其不可用，苟欲获其名，皆拜为理军，赐以车马，待发。此句讽刺王安石开边隙。

董卓

公业平时劝用儒，诸公何事起相图[①]。只言天下无健者，岂信车中有布乎[②]？

【注释】①公业：姓郑名泰，字公业。董卓初入朝，周珌、伍琼等劝董用善士儒人，卓虽无道，而犹任性矫情，擢用群士。袁绍等各兴兵讨卓，周珌、伍琼欲内应举兵相图。卓遂杀伍、周。事见《后汉书·董卓传》。②“只言”二句：王允与吕布谋诛董卓，有人书吕字于布上，负而行于市，歌曰：“布乎。”有告卓者，卓不悟。此诗讥王安石信任的人背叛他。此用吕布指吕惠卿。

答陈述古二首

其一

漫说山东第二州[①]，枣林桑泊负春游[②]。城西亦有红千叶，人老簪花却自羞[③]。

【注释】①山东第二州：指密州。②桑泊：见徐爰《释问》。③“人老”句：苏轼在杭州时，诗有“人老簪花不自羞”之句，故此云然。

其二

小桃破萼未胜春[①]，罗绮丛中第一人。闻道使君归去后[②]，舞衫歌扇总成尘[③]。

【注释】①破萼：即破蕾，花蕾绽开。②“闻道”句：查注：本集有《送述古迓元素·诉衷情词》一首，述古去杭，在先生未赴密州之前。③苏轼自注：“陈有小妓，述古称之。”成尘：生成尘土。此指舞衫、歌扇的各种舞姿动作所带动的尘土。

和张子野见寄三绝句[①]

过旧游

前生我已到杭州，到处长如到处游[②]。更欲洞霄为隐吏，一庵闲地且相留。

【注释】①自此题后，未再见与张子野唱和诗。②“前生”二句：苏轼《答钱塘主簿陈师仲书》：“一岁率常四五梦至西湖上，此殆世俗所谓前缘者。在杭州，尝游寿圣院，入门便悟曾到，能言其院后堂殿山石处。故诗中有‘前生已到’之语。”

见题壁

狂吟跌宕无风雅，醉墨淋漓不整齐。应为诗人一回顾，山僧未忍扫黄泥[①]。

【注释】①“山僧”句：此乃“随手便遣黄土扫，痴心更望碧纱笼”之意。

竹阁见忆

柏堂南畔竹如云，此阁何人是主人？但遣先生披鹤氅[①]，不须更画乐天真[②]。

【注释】①披鹤氅：《世说新语·企羡》：“孟昶未达时，家在京口。尝见王恭乘高舆，披鹤氅裘。于时微雪，昶于篱间窥之，叹曰：‘此真神仙中人。’”②真：写真，肖像。竹阁有白乐天祠堂。后为广化寺。

送赵寺丞寄陈海州[①]

景疏楼上唤蛾眉，君到应先诵此诗[②]。若见孟公投辖饮[③]，莫忘冲雪送君时。

【注释】①此时赵晦之罢东武令，归涟水也。②“景疏”二句：指前所题《景疏楼》诗也。③孟公投辖饮：用陈孟公事，切陈海州也。

光禄庵二首

其一

文章恨不见文园，礼乐方将访石泉[①]。何事庵中著光禄，枉教闲处笔如椽[②]。

【注释】①石泉：冯应榴注引《唐书》：田游岩频召不出。高宗幸嵩山，亲至其门，游岩野服出拜。帝问："先生比佳否？"对曰："臣所谓泉石膏肓，烟霞痼疾。"②笔如椽：《晋书·王珣传》：王珣，孝武时为仆射，梦人以大笔如椽与之。既觉，语人云："此当有大手笔事。"俄而帝崩，哀册谥议，皆珣所草。

其二

城中太守的何人，林下先生非我身。若向庵中觅光禄，雪中履迹镜中真[①]。

【注释】①"雪中"句：即镜花水月之意。

卷十七　七言绝句

和文与可洋川园池三十首[1]

湖桥

朱栏画柱照湖明，白葛乌纱曳履行。桥下龟鱼晚无数，识君拄杖过桥声。

【注释】①文与可：名同，北宋熙宁年间任职洋川，与苏东坡常有诗词唱和；洋川即今陕西省洋县。

横湖[1]

贪看翠盖拥红妆[2]，不觉湖边一夜霜。卷却天机云锦段[3]，从教匹练写秋光[4]。

【注释】①横湖：在洋川城西，因远望如匹练横陈，故名横湖。②翠盖、红妆：即荷花的叶与花。③天机云锦段：天然织就的云锦。云锦喻指荷花。④匹练：喻横湖。

书轩

雨昏石砚寒云色，风动牙签乱叶声[1]。庭下已生书带草，使君疑是郑康成[2]。

【注释】①牙签，旧时藏书者系于书函上做作为标志，以便翻检的牙制签牌。②“庭下”二句：出自《三齐记略》：“郑司农常居不其城南山中教授。所居山下，草如薤，长尺余，坚韧异常，时人名康成书带草。”

冰池

不嫌冰雪绕池看，谁似诗人巧耐寒[1]。记取羲之洗砚处，碧琉璃下黑蛟蟠[2]。

【注释】①诗人：指文与可，此句出自杜甫《人日》诗："胜里金花巧耐寒。"②"记取"二句：说的是晋书法家王羲之因在池边洗砚，池水变黑的典故。黑蛟蟠：水中盘伏的黑蛟龙，比喻墨染池水。

竹坞

晚节先生道转孤，岁寒惟有竹相娱[1]。粗才杜牧真堪笑，唤作军中十万夫[2]。

【注释】①"晚节"句：施元之注引谢灵运诗：晚节值众贤。此二句反用谢诗意，谓晚节不同俗，道虽孤，却如岁寒之竹。②粗才：犹庸才。唐盛时，内重外轻，任一方军政事务的官员被视为粗才。《北梦琐言》："唐自大中以来，以兵为戏，廊庙之上，耻言韬略"。杜牧：晚唐诗人，曾注曹操所定《孙子兵法》十三篇，感于藩镇跋扈和外族攻掠，以济世之才自负。

荻蒲

雨折霜干不耐秋，白花黄叶使人愁[1]。月明小艇湖边宿，便是江南鹦鹉洲[2]。

【注释】①"雨折"二句：写荻蒲在寒秋中的衰败景象。②鹦鹉洲：在今武汉西南长江之中。《后汉书》："黄祖为江夏太守，时长子射大会宾客，有献鹦鹉于此洲者，故为名。”

蓼屿

秋归南浦蟪蛄鸣[①]，霜落横湖沙水清。卧雨幽花无限思，抱从寒蝶不胜情[②]。

【注释】①南浦：西南的水滨之地，泛指送别之地。蟪蛄，一种比较小的蝉。②“卧雨”二句：以幽花、寒蝶抒写秋思。

望云楼[①]

阴晴朝暮几回新，已向虚空付此身[②]。出本无心归亦好[③]，白云还似望云人。

【注释】①望云楼：唐时洋川名胜，唐德宗曾游历题字。②虚空：出自《华严经》：“处世界如虚空，如莲花不著水。”③“出本”句：出自陶渊明《归去来辞》，“云无心而出岫”。

天汉台

漾水东流旧见经[①]，银潢左界上通灵[②]。此台试向天文觅，阁道中间第几星[③]。

【注释】①漾水：出自汉中，为汉水上源。经：即《书》。②银潢：银河。③阁道：星官名。《史记·天官书》：“(紫宫)后六星绝汉抵营室，曰阁道。”

待月台

月与高人本有期，挂檐低户映蛾眉[①]。只从昨夜十分满，渐觉冰轮出海迟[②]。

【注释】①“月与”二句：出自鲍照《玩月城西门廨中》诗：“末映东北墀，娟娟似蛾眉。”②冰轮：月亮。

二乐榭[①]

此间真趣岂容谈，二乐并君已是三。仁智更烦诃妄见，坐令鲁叟作瞿昙[②]。

【注释】①二乐榭：《名胜志》：“在洋州郡圃北隅。”②鲁叟：孔子。瞿昙：释迦牟尼。苏轼自注：“来诗云：二见因妄生。”

灙泉亭[①]

闻道池亭胜两川，应须烂醉答云烟。劝君多拣长腰米[②]，消破亭中万斛泉。

【注释】①灙泉亭：汉中名胜。②长腰米：汉中所产好米。

吏隐亭[①]

纵横忧患满人间，颇怪先生日日闲[②]。昨夜清风眠北牖，朝来爽气在西山。

【注释】①施元之注:“吏隐出《汝南先贤传》郑钦事。”②“纵横”二句:苏轼与文与可同为太守,文与可闲适,苏轼忧患,故苏轼有此语。

霜筠亭[1]

解箨新篁不自持[2],婵娟已有岁寒姿[3]。要看凛凛霜前意,须待秋风粉落时。

【注释】①筠(yún):竹子。②箨(tuò):竹笋一层一层的外皮。篁:泛指竹子。③婵娟:美好的样子。

无言亭

殷勤稽首维摩诘[1],敢问如何是法门[2]。弹指未终千偈了,向人还道本无言[3]。

【注释】①稽首:古时的一种礼节。跪下,拱手至地,头也至地。②法门:佛教徒称修行者所入之门。③“弹指”二句:是说维摩诘以默然来表示对其理义的体会。偈(jì):佛经中的唱词。

露香亭

亭下佳人锦绣衣,满身璎珞缀明玑[1]。晚香消歇无寻处,花已飘零露已晞[2]。

【注释】①“亭下”二句:是形容露香亭风景的秀丽。锦绣衣:出自《庐山记》:“由天地直下十五里,洞名锦绣谷。三四月间,红紫匝地,如被锦绣。”璎珞:古代用珠玉穿成的戴在颈项上的装饰品。玑:不圆的珠子。②晞:露水被日光晒干。

涵虚亭

水轩花榭两争妍，秋月春风各自偏[1]。惟有此亭无一物，坐观万景得天全[2]。

【注释】①“水轩”二句：是说轩在水旁，榭在花上，因此风景各有其偏。②“惟有”二句：以涵虚亭之名而言禅理。涵虚，即不着一物之意。

溪光亭

决去湖波尚有情，却随初日动檐楹[1]。溪光自古无人画，凭仗新诗与写成。

【注释】①“决去”二句：是说已决湖为溪，其波随日而动，在檐楹间恋恋有情。

过溪亭

身轻步稳去忘归，四柱亭前野彴微[1]。忽悟过溪还一笑[2]，水禽惊落翠毛衣。

【注释】①彴：独木桥。②“忽悟”句：出自《莲社高贤传》：“陆修静，吴兴人，早为道士，置馆庐山。时远法师居东林，其处流泉匝寺，下入于溪。每送客至此，辄有虎号鸣，因名虎溪。后送客未尝过。独陶渊明与修静至，语道契合，不赏过溪，因相与大笑。”

披锦亭

烟红露绿晓风香，燕舞莺啼春日长。谁道使君贫且老[①]，绣屏锦帐咽笙簧[②]。

【注释】①使君：汉代对州刺史的称谓，后代用来尊称州郡长官。②“绣屏”句：是形容花香鸟语的自然景致。

禊亭[①]

曲池流水细鳞鳞，高会传觞似洛滨[②]。红粉翠娥应不要[③]，画船来往胜于人。

【注释】①禊：古代在春秋两季在水边祭祀以清除“妖邪”的一种迷信活动。②“曲池”二句：《水经注》：“旧乐游苑，宋元嘉十一年，以其地为曲水，文帝引流转酌赋诗。”洛滨：洛水之滨。③红粉翠娥：美女。

菡萏亭[①]

日日移床趁下风[②]，清香不断思何穷。若为化作龟千岁，巢向田田乱叶中[③]。

【注释】①菡萏：荷花。②“日日”句：出自庾信诗：“隔花遥劝酒，就水更移床。”③“若为”二句：出自《抱朴子》：“千岁龟，浮于莲叶之上，或在从蓍之下。”

荼蘼洞[1]

长忆故山寒食夜[2]，野荼蘼发暗香来。分无素手簪罗髻，且折霜蕤浸玉醅[3]。

【注释】①荼蘼：落叶小灌木，花白色，有香气，供观赏。②寒食：唐宋时的节令，在仲春。③“分无”二句：是讲思念故乡的妻妾。分(fèn)：情分。蕤(ruí)：草木花垂之貌。醅：没过滤的酒。

筼筜谷[1]

汉川修竹贱如蓬[2]，斤斧何曾赦箨龙[3]。料得清贫馋太守，渭滨千亩在胸中[4]。

【注释】①筼筜：生长在水边的大竹子。②蓬：蓬草。③箨龙：竹笋。④“料得”二句：是笑谈文与可喜食竹笋。

寒芦港

溶溶晴港漾春晖，芦笋生时柳絮飞。还有江南风物否？桃花流水紫鱼肥[1]。

【注释】①鮆(cǐ)：身体侧扁的一种鱼，也叫刀鱼。此句出自张志和《渔父词》：“桃花流水鳜鱼肥。”

野人庐

少年辛苦事犁锄，刚厌青山绕故居。老觉华堂无意味，却须时到野人庐[①]。

【注释】①此诗是讲虽然为官却思野乐之意。

此君庵

寄语庵前抱节君[①]，与君到处合相亲。写真虽是文夫子[②]，我亦真堂作记人[③]。

【注释】①抱节君：即竹子。②写真：作画，这里指文与可画竹。③“我亦”句：讲的是苏东坡为文与可画竹作《墨君堂记》。

金橙径

金橙纵复里人知，不见鲈鱼价自低[①]。须是松江烟雨里，小船烧薤捣香齑[②]。

【注释】①金橙：金黄色的小橙，比金桔略大，果酸而皮香，可制成齑，与鱼脍同食，称“金齑玉脍”，为美食。二句言家乡的人虽然知金橙价值，但若无鲈鱼为脍，价值就低。②薤(xiè)：蔬菜的一种。齑(jī)：用捣碎的果蔬，拌以醋、酱制成的调味品。

南园

不种夭桃与绿杨，使君应欲候农桑。春畦雨过罗纨腻[①]，夏垅风来饼饵香[②]。

【注释】①罗纨：很轻很细丝织品。②饼饵：一种麦豆做成的食物。

北园

汉水巴山乐有余，一麾从此首归途[①]。北园草木凭君问[②]，许我他年作主无?

【注释】①麾：指挥作战用的旗子。此句出自杜牧诗："欲把一麾江海去。"②凭：请。

奉和成伯兼戏禹功[①]

金钱石竹道傍秋[②]，翠黛红裙马上讴[③]。无限小儿齐拍手，山公又作习池游[④]。

【注释】①成伯：赵成伯。禹功：乔禹功。赵、乔皆苏轼当时僚属。②金钱：金钱花。③翠黛红裙：即歌妓。④"无限"二句：出自《襄阳记》："汉侍中习郁于岘山南作鱼池。……山简每临此地，未尝不大醉而还，曰：'此是我高阳池也。'襄阳小儿歌之曰：'山公时一醉，径造高阳池。日暮倒载归，酩酊无所知。'"

和鲁人孔周翰题诗二首 并引[①]

孔周翰尝为仙源令[②]，中秋夜以事留于东武官舍中[③]。时陈君宗古、任君建中皆在郡。其后十七年中秋，周翰持节过郡，而二君已亡。感时怀旧，留诗于壁。又其后五年中秋，轼与客饮于超然台上，闻周翰乞此郡。客有诵其诗者，乃次其韵二篇，以为他日一笑。

其一

坏壁题诗已五年[4]，故人风物两依然。定知来岁中秋月，又照先生枕麴眠[5]。

【注释】①孔周翰：名宗翰，孔子四十五代孙孔道辅之子。②仙源：《宋史·地理志》载："仙源，魏曲阜县，大中祥符五年改。《礼志》载："孔氏子孙，知仙源县事。"③东武：指密州，密州为古东武郡。④坏壁题诗：即孔宗翰在东武官舍中的题诗。⑤枕麴眠：谓酒醉。

其二

更邀明月说明年，记取孤吟孟浩然[1]。此去宦游如传舍[2]，拣枝惊鹊几时眠[3]。

【注释】①孟浩然：唐诗人。此句出自《孟襄阳集序》："闲游秘省，秋月新霁，诸英华赋诗作会。浩然句曰：'微云淡河汉，疏雨滴梧桐。'举坐嗟其清绝，咸搁笔不复为继。"②宦游：在外做官。传舍：驿舍，客舍。③"拣枝"句：出自刘禹锡诗："玉树客栖莫拣枝。"

别东武流杯[1]

莫笑官居如传舍，故应人世等浮云。百年父老知谁在，惟有双松识使君[2]。

【注释】①东武：密州为古代东武郡。流杯：三月上巳水边祓除。此指密州祓除之处，在县西北柳林河。②“惟有”句：出自韩愈《蓝田县丞厅壁记》：“对树二松，日吟哦其间。”

和孔密州五绝[①]

见邸家园留题[②]

大旆传闻载酒过[③]，小诗未忍著砖磨[④]。阳关三叠君须秘，除却胶西不解歌[⑤]。

【注释】①孔密州：即孔宗翰。②邸：姓氏。汉代邸杜曾任上郡太守。邸家园：为邸氏园林。③旆（pèi）：泛指旌旗。④砖磨：即磨砖成镜，比喻徒劳无益，事不能成。《五灯会元》卷三《南岳怀让禅师》：“磨砖既不成镜，坐禅岂得作佛。”⑤“阳关”二句：出自《东坡志林》卷三：“旧传《阳关三叠》，……余在密州，有文勋长官以事至密，自云得古本《阳关》，其声宛转凄断，不类向之所闻，每句皆再唱，而第一句不叠，乃知唐本之三叠盖如此。”阳关：歌曲名。胶西：郡国名。辖境约今山东胶河以西，即密州。末句意谓阳关三叠的唱法只有任过密州太守的苏轼和孔周翰知道。

春步西园见寄

岁岁开园成故事[①]，年年行乐不辜春。今年太守尤难继，慈爱聪明惠利人[②]。

【注释】①“岁岁”句：在宋代，州守每年二月开园，散酒食给当地父老。②“今年”二句：出自《汉书·冯奉世传》：“子九人。野王为上郡太守；立，为五原太守，后徙上郡，治行略与野王似。吏民嘉美相代为太守，歌之曰：‘大冯君，小冯君，兄弟接踵相因循，聪明贤知惠吏民……。’”

东栏梨花

梨花淡白柳深青，柳絮飞时花满城。惆怅东栏二株雪[1]，人生看得几清明？

【注释】①“惆怅”句：出自韩愈诗：“走马西城惆怅归，不忍千株雪相映。”

和流杯石上草书小诗

蜂腰鹤膝嘲希逸[1]，春蚓秋蛇病子云[2]。醉里自书醒自笑[3]，如今二绝更逢君[4]。

【注释】①蜂腰鹤膝：《南史·齐·陆厥传》：“永明时，盛为文章。……约等文皆用四声制韵，有平头、上尾、蜂腰、鹤膝。五字之中，音韵悉异，两句之内，角徵不同，世呼为永明体。”希逸：南朝宋谢庄，字希逸。②“春蚓”句：出自《晋书·王羲之传》：“制曰：‘萧子云近出，擅名江表，然仅得成书，无丈夫之气，行行若萦春蚓，字字如绾秋蛇。”③“醉里”句：出自《李白传》：“唐张旭每大醉，或以头濡墨而书，既醒，自视以为神，不可复得也。”④二绝：《南史·顾野王传》：“宣城王为杨州起斋，野王画，王褒书赞，时称为二绝。”此句中是苏轼自指所诗所书。

堂后白牡丹

城西千叶岂不好，笑舞春风醉脸丹。何似后堂冰玉洁[1]，游蜂非意不相干[2]。

【注释】①苏轼自注："孔颇有声妓，而客无见者。"②"何似"句：出自韩愈《戏题牡丹》："双燕无机还拂掠，游蜂多思正经营。"

和赵郎中见戏二首[1]

其一

燕子人亡三百秋[2]，卷帘那复似扬州。西行未必能胜此[3]，空唱崔徽上白楼[4]。

【注释】①苏轼自注："赵以徐妓不如东武，诗中见戏，云'只有当时燕子楼。'"②"燕子"句：出自白居易《燕子楼诗序》："徐州故尚书张建封，爱妓曰盼盼。张既没，第中有小楼名燕子，盼盼念旧爱不肯嫁，居是楼十余年，幽独块然。"③"西行"句：是说到河中去未必比徐州强。④"空唱"句见《王文诰辑注》："裴钦中以兴元幕使河中，与徽（崔徽）相从者累月。钦中使罢，徽不能从，情怀怨抑。后数月，东川幕白知退将自何中归。徽乃托人写真，因捧书谓知退曰："为妾谓裴郎，崔徽一旦不及卷中人，徽且为郎死矣。"明日，遂疾，发狂。白楼：在河中府城之西北。

其二

我击藤床君唱歌，明年六十奈君何[1]。醉颠只要装风景，莫向人前自洗磨。

【注释】①苏轼自注："赵每醉歌毕，辄曰：'明年六十矣。'"

子由将赴南都，与余会宿于逍遥堂，作两绝句，读之殆不可为怀，因和其诗以自解。余观子由，自少旷达，天资近道，又得至人养生长年之诀，而余亦窃闻其一二。以为今者宦游相别之日浅，而异时退休相从之日长，既以自解，且以慰子由云[1]

其一

别期渐近不堪闻，风雨萧萧已断魂。犹胜相逢不相识，形容变尽语音存[2]。

【注释】①此诗作于熙宁十年(1077)八月。苏辙将赴南京(今商丘)任签书判官。时轼兄弟在徐州逍遥堂欢聚百余日，行将别离，苏辙作诗，倍生别离之感，苏轼和诗以宽慰之。②“犹胜”二句：以东汉夏馥毁容逃匿，与弟相逢事比苏氏兄弟之聚散，以宽慰子由。夏馥事见《后汉书·党锢传》：“夏馥为党魁，及张俭等亡命，皆被收考。辞所连引，布遍天下。馥乃自剪须变形，隐匿姓名，为冶家佣。亲突烟炭，形貌毁瘁，人无知者。弟静，遇馥不识，闻其言声，乃觉而拜之。”

其二

但令朱雀长金花[1]，此别还同一转车[2]。五百年间谁复在？会看铜狄两咨嗟[3]。

【注释】①“但令”句：出自阴真君《金液还丹歌》：“北方正气为河车，东方甲乙成丹砂。两情合养归一体，朱雀调护生金花。”②“此别”

句：出自贾岛诗："碌碌复碌碌，百年双转毂。"③"五百"二句：出自《后汉书·苏子训传》："人于长安东霸城见之，与一老翁，共摩挲铜人，相谓曰：'适见铸此，而已近五百岁矣。'"

阳关词三首

其一 赠张继愿

受降城下紫髯郎[1]。戏马台前古战场[2]。恨君不取契丹首[3]，金甲牙旗归故乡。

【注释】①受降城：《旧唐书》："神龙三年，张仁愿于河北筑三受降城，首尾相应，以绝南寇之路。"②戏马台：在徐州彭城县，项羽所筑。③契丹：古代少数民族，建辽朝与北宋并立。

其二 答李公择[1]

济南春好雪初晴，行到龙山马足轻[2]。使君莫忘霅溪女，时作《阳关》肠断声[3]。

【注释】①时李公择自湖州移济南上任。②龙山：济南当时有龙山镇。③霅（zhà）溪：在湖州。④"使君"二句：谓李公择离湖州任，湖州女思恋之。"时作"句：化用李商隐诗："断肠声里唱阳关。"

其三 中秋月

暮云收尽溢清寒，银汉无声转玉盘[1]。此生此夜不长好，明月明年何处看。

【注释】①玉盘：月亮。李白诗："小时不识月，唤作白玉盘。"

和孔周翰二绝

其一 再观邸园留题

小园香雾晓蒙笼，醉守狂词未必工[①]。鲁叟录《诗》应有取[②]，曲收彤管邶、鄘风[③]。

【注释】①"醉守"句：指以前的和诗。②鲁叟：指孔子。此处借"鲁叟"以喻孔周翰。③"曲收"句：出自《诗经·邶风·静女》："静女其娈，贻我彤管"。娈(luán)，美好。彤管，赤笔管。

其二 观静观堂效韦苏州诗[①]

弱羽巢林在一枝[②]，幽人蜗舍两相宜[③]。乐天长短三千首[④]，却爱韦郎五字诗[⑤]。

【注释】①韦苏州：即韦应物，唐代诗人，因曾任职苏州，人称韦苏州。②"弱羽"句：出自《唐语林》："贞观中，蜀人李义府，八岁号神童。至京师，太宗在上林苑，便对。有得乌者，上赐义府，义府登时进诗曰：'日里扬朝彩，琴中伴夜啼。上林多许树，不借一枝栖。'上笑曰：'朕以全树借汝。'后相高宗。③"幽人"句：出自《魏略》："焦先，字孝然。自作一瓜牛庐，净扫其中，呻吟独语。"④乐天：即白居易。《白氏文集记》："乐天有文集七帙，合六十七卷，凡三千四百十七首。"⑤"却爱"句：此诗出自《旧唐书》白居易《与元微之书》："韦苏州歌行，才丽之外，颇近兴讽。其五言诗，又高雅闲澹，自成一家之体。今之秉笔者，谁能及之。”

登望谼亭[1]

河涨西来失旧谼，孤城浑在水光中[2]。忽然归壑无寻处，千里禾麻一半空[3]。

【注释】①谼(hóng)：大山谷。此诗作于熙宁十年十月，徐州大水之后。苏轼登望谼亭，作诗述灾后所见。②“河涨”二句：写水围徐州时的情景。③“千里”句：言水灾后损失严重。

《虔州八境图》八首 并引

《南康八境图》者，太守孔君之所作也。君既作石城[1]，即其城上楼观台榭之所见而作是图也。东望七闽，南望五岭，览群山之参差，俯章、贡之奔流。云烟出没，草木蕃丽，邑屋相望，鸡犬之声相闻。观此图也，可以茫然而思，粲然而笑，慨然而叹矣。苏子曰：此南康之一境也，何从而八乎？所自观之者异也。且子不见夫日乎？其旦如盘，其中如珠，其夕如破璧。此岂三日也哉？苟知夫境之为八也，则凡寒暑、朝夕、雨旸、晦冥之异，坐作、行立、哀乐、喜怒之变，接于吾目而感于吾心者，有不可胜数者矣，岂特八乎？如知夫八之出乎一也，则夫四海之外，诙诡谲怪，《禹贡》之所书，邹衍之所谈，相如之所赋，虽有千万，未有不一者也。后之君子，必将有感于斯焉。乃作诗八章，题之图上。

其一

坐看奔湍绕石楼[1]，使君高会百无忧。三犀窃鄙秦太守[2]，八咏聊同沈隐侯[3]。

【注释】①石楼：《宋史·孔宗翰传》："知虔州。城滨章贡两江。岁为水啮，伐石为址，冶铁锢之。由是屹然，诏书褒美。"②秦太守：秦时李冰为蜀守，作石犀三，以压水精。杜子美《石犀行》云："君不见秦时蜀太守，刻石立作三犀牛。"③"八咏"句：《婺州图经》："八咏楼，在州南。碑，宋沈约文。"按：沈约谥"隐"，故称"沈隐侯"，集中有《东阳八咏》。

其二

涛头寂寞打城还，章贡台前暮霭寒[1]。倦客登临无限思，孤云落日是长安。

【注释】①"涛头"二句：《太平寰宇记》："贡水，源出雩都县新乐山；章水，源出大庾县聂都山；至赣县合流为赣水。"赵抃《章贡台记》略云：水别二派，合流城郭，于文为赣。予嘉祐六年出守，间为游观。治西北隅有野景亭旧址，于是复台其上，以新其名为章贡，盖不失实也。

其三

白鹊楼前翠作堆[1]，萦云岭路若为开。故人应在千山外，不寄梅花远信来[2]。

【注释】①"白鹊楼"句：《赣州志》："八景台，在郡治东北，下瞰奔流。白鹊楼，在八景台北。"赵清献《章贡台记》云："望阙，郁孤，轩豁于前；皂盖、白鹊，瞰临左右。”②“故人”二句：《荆州记》：“陆凯与范晔相善，自江南寄梅一枝，诣长安与晔，并赠诗曰：‘折花逢驿使，聊赠一枝春。’”

其四

朱楼深处日微明，皂盖归时酒半醒。薄暮渔樵人去尽，碧溪青嶂绕螺亭①。

【注释】①螺亭：《述异记》：“螺亭在南康郡。昔有贞女，采螺为业，曾宿此亭，螺啖其肉，故号螺亭。”

其五

使君那暇日参禅①，一望丛林一怅然。成佛莫教灵运后②，著鞭从使祖生先③。

【注释】①参禅：《景德传灯录》：“江西道，一禅师姓马氏。开元中，习禅定于衡岳……次至南康龚公山。”②“成佛”句：王注引《南史》曰：“会稽太守孟顗，事佛精勤，而为谢灵运所轻。尝谓顗曰：‘得道应须慧业，生天当在灵运前，成佛必在灵运后。’”③“著鞭”句：《晋书·刘琨传》：“刘琨为并州刺史，与范阳祖逖为友，闻逖被用，与亲故书曰：‘吾枕戈待旦，志枭逆虏，尝恐祖生先吾著鞭。’”

其六

却从尘外望尘中①，无限楼台烟雨濛②。山水照人迷向背，只寻孤塔认西东③。

【注释】①尘外：《虔州志》："马祖岩上有马禅关及云端、驹岩、一憩、尘外四亭。"②"无限"句：杜牧《江南春》诗："南朝四百八十寺，多少楼台烟雨中。"③"只寻"句：《释氏稽古略》："马祖于贞元中示寂。元和八年。赐谥大寂禅师，塔曰大庄严之塔。"

其七

云烟缥缈郁孤台[1]，积翠浮空雨半开。想见之罘观海市[2]，绛宫明灭是蓬莱。

【注释】①郁孤台：《名胜志》："郁孤台，一名贺兰山，在府治。丽谯坤维，百步隆阜，郁然孤峙，故名。"②之罘：山名，在登州牟平县中。海市：时时有云气，如宫室台观，城堞人物，车马冠盖，谓之海市。

其八

回峰乱嶂郁参差，云外高人世得知。谁向空山弄明月，山中木客解吟诗[1]。

【注释】①"谁向"二句：徐铉《小说》云：鄱阳山中有木客，自言秦时造阿房宫采木者也。食木实，遂得不死，时就民间酤酒酣饮。为诗一章云："酒尽君莫酤，壶倾我当发。城市多嚣尘，还山拜明月。"

寒食日答李公择三绝次韵

其一

从来苏、李得名双[1]，只恐全齐笑陋邦。诗似悬河供不办[2]，故欺张籍陇头泷[3]。

【注释】①苏、李：西汉苏武、李陵能诗，谓之苏、李。唐苏味道、李峤俱以文章显，时号苏、李。又唐苏颋、李乂亦号苏、李。②供不办：谓诗才敏捷，左右供事之人书写不及。③张籍陇头泷：韩退之《病中赠张十八》诗："君乃昆仑渠，籍乃岭头泷。

其二

簿书鼛鼓不知春[1]，佳句相呼赖故人。寒食德公方上冢，归来谁主复谁宾。

【注释】①《周礼·地官》："以鼛鼓鼓役事。"

其三

巡城已困尘埃眯，执扑仍遭虮虱缘[1]。欲脱布衫携素手[2]，试开病眼点黄连[3]。

【注释】①执扑：《周礼·夏官》："司空执扑。"按：李公择至徐时，苏轼方督城工于外。②苏轼自注："来诗谓仆布衫督役。"③"试开"句：《本草》："黄连……点眼赤。"谓督役尘埃中致疾也。

闻李公择饮傅国博家大醉二首

其一

儿童拍手闹黄昏，应笑山公醉习园[1]。纵使先生能一石，主人未肯独留髡[②]。

【注释】①“儿童”二句：李太白《襄阳歌》：“襄阳小儿齐拍手，拦街争唱白铜鞮。傍人借问笑何事，笑杀山公醉似泥。”②“纵使”二句：《史记·淳于髡传》：“髡曰：‘日暮酒阑，合尊促坐，男女同席……主人留髡而送客……当此之时，髡心最欢，能饮一石。’”

其二

不肯惺惺骑马回，玉山知为玉人颓[①]。紫云有语君知否？莫唤分司御史来[②]。

【注释】①“不肯”二句：刘禹锡《扬州春夜》诗：“寂寂独看金烬落，纷纷只见玉山颓。自羞不是高阳侣，一夜惺惺骑马回。”②《唐阙记》载：“杜牧既为御史，久之，分务洛阳。时李司徒愿罢镇闲居……尝宴客，女伎百余人，皆殊色。牧瞪目注视，问李公：‘闻有紫云者孰是？宜以见惠。’……朗吟而起，曰：‘华堂今日绮筵开，谁唤分司御史来？忽发狂言惊满座，两行红粉一时回。’意气闲逸，傍若无人。”

傅子美召公择饮，偶以病不及往，公择有诗，次韵[①]

樊素、阿蛮皆已出，使君应作玉筝歌[②]。可怜病士西窗下，一夜丹田手自摩。

【注释】①子美：即傅国博字也。②玉筝：常建诗：“开帘弹玉筝。”

观子美病中作，嗟叹不足，因次韵

百尺长松涧下摧[①]，知君此意为谁来。霜枝半折孤根出，尚有狂风急雨催。

【注释】①“百尺”句：左太冲《咏史》诗：“郁郁涧底松，离离山上苗。以彼径寸茎，荫此百尺条。”

文与可有诗见寄云：待将一段鹅溪绢，扫取寒梢万尺长。次韵答之

为爱鹅溪白茧光[①]，扫残鸡距紫毫芒[②]。世间那有千寻竹，月落庭空影许长。

【注释】①鹅溪：任渊《山谷内集注》：“鹅溪，今在潼川，画绢所出。”②“扫残”句：白乐天《鸡距笔赋》：“足之健兮有鸡足，毛之劲兮有兔毛。就足之中奋发者利距，在毛之内秀出者长毫。合为乎笔，正得其要。”

次韵参寥师寄秦太虚三绝句，时秦君举进士不得

其一

秦郎文字固超然，汉武凭虚意欲仙[①]。底事秋来不得解，定中

试与问诸天[2]。

【注释】①“秦郎”二句：此用汉武帝阅司马相如《大人赋》后，飘飘欲仙的典故为喻，言秦观文才高妙。②“定中”句：此用刘禹锡诗“支郎天眼定中观”意，谓科举成败不由人力。

其二

一尾追风抹万蹄，昆仑玄圃谓朝隮[1]。回看世上无伯乐，却道盐车胜月题[2]。

【注释】①昆仑玄圃：传说中昆仑山顶的神仙居处。朝隮：早晨升起的云霞。此二句形容骏马飞驰，速度极快，到了昆仑以西看朝霞。②盐车：语出《战国策·楚策四》。伯乐见千里马负盐车，大恸。月题：马额上的佩饰。此二句言不给千里马佩月题却使之负盐车。

其三

得丧秋毫久已冥，不须闻此气峥嵘。何妨却伴参寥子，无数新诗咳唾成[1]。

【注释】①这首诗鼓励秦观不必计较科举成败，要发挥自己的才华，创作新诗。

送蜀人张师厚赴殿试二首

其一

忘归不觉鬓毛斑，好事乡人尚往还。断岭不遮西望眼，送君直过楚王山[1]。

【注释】①楚王山：即徐州桓山，因山中有楚元王墓，故一名楚王山。

其二

云龙山下试春衣[1]，放鹤亭前送落晖[2]。一色杏花三十里，新郎君去马如飞[3]。

【注释】①云龙山：在徐州城东，云龙山下指徐州。春衣：春天穿的夹衣。②放鹤亭：在云龙山。③新郎君：对新进士的称呼。马如飞：指喜报飞来。

次韵田国博部夫南京见寄二绝[1]

其一

岁月翩翩下坂轮[2]，归来杏子已生人。深红落尽东风恶，柳絮榆钱不当春[3]。

【注释】①田国博：田叔通。时以国子博士督部夫役，故称田国博部夫。②“岁月”句：此言岁月飞驰，如轮下坡坂。③此诗以暮春景寄喻行役之感。

其二

火冷饧稀杏粥稠[1]，青裙缟袂饷田头。大夫行役家人怨，应羡居乡马少游[2]。

【注释】①“火冷”句：大麦杏粥加饧糖为寒食时食物。《玉烛宝典》：“寒食煮大麦粥，研杏仁为酪，别造饧沃之。”②马少游：东汉人，以功名利禄为苦事。

再次韵答田国博部夫还二首[1]

其一

西部黄土没车轮，满面风埃笑路人。已放役夫三万指[2]，从教积雨洗残春。

【注释】①此二首诗继前二首而作，时田叔通已督役罢还徐州。②三万指：古代计算役夫数目，常以手指数为计量单位。此三万指为虚数。

其二

枝上稀疏地上稠，忍看红糁落墙头[1]。风流别乘多才思[2]，归趁西园秉烛游[3]。

【注释】①“枝上”二句：描写花落春尽的景色。②别乘：别驾。别驾为汉魏州郡副职。田叔通时任徐州通判。③秉烛游：秉烛夜游，谓及时行乐。

过泗上喜见张嘉父二首[1]

其一

眉间冰雪照淮明[2]，笔下波澜老欲平。直得全生如许妙，不知形谍已多名[3]。

【注释】①泗上：泗水岸边。张嘉父：名大亨。曾向苏轼问过学。②“眉间”句：写张嘉父的高洁气韵。③形谍：行为举止。“直得”二句：说张嘉父不重名利，务在保全生命真价值，但其行为举止已得很高声誉。

其二

空翠娱人意自还，明窗一榻共秋闲[1]。会知名利不到处，定把清觞属此山[2]。

【注释】①“空翠”二句：描绘张嘉父所居环境清幽。②“会知”二句：言举酒对山，胸无名利，写张嘉父澹泊明志。

次韵关令送鱼[1]

举网惊呼得巨鱼，馋涎不易忍流酥。更烦赤脚长须老，来趁西风十幅蒲[②]。

【注释】①关令：关景仁。②十幅蒲：指大帆。古代船帆以蒲编织。幅为量词。

与王郎夜饮井水[①]

吴兴六月水泉温，千顷菰蒲聚斗蚊[②]。此井独能深一丈，凛然如我亦如君[③]。

【注释】①王郎：苏辙女婿王子立。时从苏轼在吴兴。②“千顷”句：以蚊聚温水喻世俗之人皆趋炎附势。③“此井”二句：以此井水凛冽喻苏轼、王郎气节凛然。

次韵章子厚飞英留题[①]

款段曾陪马少游[②]，而今人在凤麟洲[③]。黄公酒肆如重过，杳杳白苹天尽头[④]。

【注释】①章子厚：章惇，字子厚。②“款段”句：以马援志在功名，其从弟马少游淡于名利为喻，言苏轼与章惇关系密切，志趣不同。款段：骑马行走稳缓的样子。马援认为人生一世，当衣食足，乘下泽车，御款段马。苏轼与章惇曾同游终南。③凤麟洲：东方朔《十洲记》：“凤麟洲在西海之中。”原指仙人所居，后借喻翰林院。时章惇任翰林学士，故称。④“黄公”二句：王戎任尚书令后，经过黄公酒肆感慨昔日曾与嵇康、阮籍等在此酣饮，今日嵇、阮皆已不在，酒肆虽近在眼前，却如远在天边。

梅花二首

其一

春来幽谷水潺潺，的皪梅花草棘间[1]。一夜东风吹石裂，半随飞雪度关山[2]。

【注释】①的皪(lì)：鲜明貌。②“半随”句：《齐安拾遗》：“关山岐亭路，有春风岭，东坡有《梅花》诗。”

其二

何人把酒慰深幽？开自无聊落更愁[1]。幸有清溪三百曲，不辞相送到黄州。

【注释】①“开自”句：王褒《九歌》：“思君兮无聊。”

陈季常所蓄《朱陈村嫁娶图》二首[1]

其一

何年顾、陆丹青手[2]，画作《朱陈嫁娶图》。闻道一村惟两姓，不将门户买崔、卢[3]。

【注释】①陈季常：名慥，眉山人，苏轼文友。②顾：谓顾恺之。陆：谓陆探微。③“不将”句：《唐书·高士廉传》：“太宗以山东士人尚阀阅，嫁娶必多取资，故人谓之卖昏。……帝曰：‘我于崔、卢、李、郑无嫌，今谋士劳臣，何容纳货旧门，向声背实，买昏为荣耶？’”

其二

我是朱陈旧使君[1]，劝农曾入杏花村[2]。而今风物那堪画，县吏催租夜打门。

【注释】①苏轼自注：“朱陈村，在徐州萧县。”②杏花村：《名胜志》：“朱陈村，距萧县东南百里。杏花村与朱陈村相连。”

少年时，尝过一村院。见壁上有诗，云：“夜凉疑有雨，院静似无僧。”不知何人诗也。宿黄州禅智寺，寺僧皆不在，夜半雨作，偶记此诗，故作一绝[1]

佛灯渐暗饥鼠出，山雨忽来修竹鸣。知是何人旧诗句，已应知我此时情。

【注释】①潘阆《夏日宿西禅寺》诗：“此地绝炎蒸，深疑到不能。夜凉如有雨，院静似无僧。枕润连云石，窗虚照佛灯。浮生多贱骨，时日恐难胜。”

次韵乐著作送酒

少年多病怯杯觞，老去方知此味长。万斛羁愁都似雪[1]，一壶春酒若为汤[2]。

【注释】①"万斛"句：庾信《愁赋》："惟将一寸心，贮此万斛愁。"②"一壶"句：枚乘《七发》："小饭大歠，如汤沃雪。"

次韵乐著作天庆观醮[1]

浊世纷纷肯下临，梦寻飞步五云深。无因上到通明殿，只许微闻玉珮音[2]。

【注释】①天庆观：宋时，凡州、军皆有天庆观，有司祝圣处也。②通明殿：王钦若《翊圣保德传》："真君曰：'上帝在无上天，为诸天之尊，常升金殿，殿之光明照于帝身，身之光明照于金殿，光明通彻，无所不照，故曰通明殿。'"

武昌酌菩萨泉送王子立[1]

送行无酒亦无钱，劝尔一杯菩萨泉。何处低头不见我[2]，四方同此水中天。

【注释】①时王子立自筠州回徐秋试，始至黄州。②"何处"句：犹言皆当以菩萨作如是观。

闻捷

元丰四年十二月二十日，谒王文父于江南。坐上，得陈季常书报：是月四日，种谔领兵深入，破杀西夏六万余人，获马五千匹。众喜忭唱乐，各饮一巨觥。

闻说官军取乞闾[1]，将军旗鼓捷如神。故知无定河边柳，得共中原雪絮春。

【注释】①乞闾：《元和郡县志》："银州，注闾阴县，周保定二年置银州，因谷为名。旧有人牧骢于此谷。虏语，骢马为乞银。"又云：无定河自夏州界流入，则乞闾当作乞银也。

记梦回文二首 并叙

十二月二十五日，大雪始晴。梦人以雪水烹小团茶，使美人歌以饮。余梦中为作《回文》诗，觉而记其一句云：乱点余花唾碧衫。意用飞燕唾花故事也。乃续之，为二绝句云。

其一

酡颜玉碗捧纤纤[1]，乱点余花唾碧衫[2]。歌咽水云凝静院，梦惊松雪落空岩。

【注释】①酡颜：宋玉《招魂》："美人既醉，朱颜酡些。"②"乱点"句：《赵飞燕外传》："后与其妹倢伃坐，后误唾倢伃袖。倢伃曰：'姊唾染人绀袖，正似石上花，假令尚方为之，未能如此衣之华。'以为石华广袖。"

其二

空花落尽酒顺缸[1]，日上山融雪涨红。红焙浅瓯新火活，龙团小碾斗晴窗。

【注释】①空花：谓雪。言自空而落。

李委吹笛 并引

元丰五年十二月十九日，东坡生日。置酒赤壁矶下，踞高峰，俯鹘巢。酒酣，笛声起于江上。客有郭、古二生[1]，颇知音，谓坡曰："笛声有新意，非俗工也。"使人问之，则进士李委，闻坡生日，作新曲曰《鹤南飞》以献。呼之使前，则青巾紫裘腰笛而已。既奏新曲，又快作数弄，嘹然有穿云裂石之声。坐客皆引满醉倒，委袖出嘉纸一幅，曰："吾无求于公，得一绝句足矣。"坡笑而从之。

山头孤鹤向南飞，载我南游到九疑。下界何人也吹笛，可怜时复犯龟兹[2]。

【注释】①郭：谓郭兴宗。古：谓古耕道。②犯：词曲之名。龟兹：汉时西域国名，在今新疆库车县境。

蜀僧明操思归书龙丘子壁

久厌劳生能几日，莫将归思扰衰年。片云会得无心否[1]？南北东西只一天。

【注释】①"片云"句：《传灯录》："惠忠国师，自受心印。肃宗上元二年赴京，帝问师在曹溪得何法，师曰：'陛下见空中一片云么？'"

南堂五首[1]

其一

江上西山半隐堤，此邦台馆一时西。南堂独有西南向[2]，卧看千帆落浅溪。

【注释】①苏轼《与蔡景繁书》云："临皋南畔，竟添却屋三间，极虚敞，便夏，蒙赐不浅。"又书云："近葺小屋，强名南堂。暑月少舒，蒙德殊厚，小诗五绝，乞不示人。"②"南堂"句：《东坡图》云："南堂在州治南一里，俯临大江。"

其二

暮年眼力嗟犹在，多病颠毛却未华。故作明窗书小字，更开幽室养丹砂[1]。

【注释】①"更开"句：苏轼《与王定国书》云："近有人惠丹砂少许，光采甚奇，固不敢服，然其人教以养火，观其变化，聊以悦神度日。"

其三

他时夜雨困移床，坐厌愁声点客肠[1]。一听南堂新瓦响，似闻东坞小荷香。

【注释】①点：此字亦犹李贺诗"吴霜点归鬓"也。

其四

山家为割千房蜜[①]，稚子新畦五亩蔬。更有南堂堪著客，不忧门外故人车。

【注释】①“山家”句：杜子美《秋野》诗：“风落收松子，天寒割蜜房。”

其五

扫地焚香闭阁眠，簟纹如水帐如烟[①]。客来梦觉知何处，挂起西窗浪接天。

【注释】①帐如烟：尉迟偓《中朝故事》：“路岩籍没，有蚊帐一顶，轻密如烟，人疑其鲛绡也。”

子由作二颂，颂石台长老问公手写《莲经》[①]，字如黑蚁，且诵万遍，胁不至席二十余年。予亦作二首

其一

眼前扰扰黑蚍蜉[②]，口角霏霏白唾珠[③]。要识吾师无碍处[④]，试将烧却看嗔无。

【注释】①问公：成都吴氏子，弃俗出家，手书《法华经》，虽老而精

进不倦。②蚍蜉：即蚂蚁。③唾珠：《庄子·秋水》："子不见夫唾者乎？喷则大者如珠，小者如雾。"④无碍：《维摩经》："辩才无碍，游戏神通。"

其二

眼睛心地两虚圆，胁不沾床二十年[①]。谁信吾师非不睡，睡蛇已死得安眠[②]。

【注释】①"胁不沾床"句：《传灯录》："第十祖本名难生，后值伏驮尊者执侍左右，未尝睡眠，谓其胁不至席，号胁尊者。"②"睡蛇"句：苏轼《戏吴子野》诗云："饥火尽时无内热，睡蛇死后得安眠。"

橄榄

纷纷青子落红盐[①]，正味森森苦且严。待得微甘回齿颊，已输崖蜜十分甜[②]。

【注释】①"纷纷"句：《旧叟诗话》："范景仁云：'橄榄木高大难采，以盐擦木身，则实自落。'"②崖蜜：《演繁露》："蜂之酿蜜，即峻崖悬置其窠，是名崖蜜。"

东坡

雨洗东坡月色清，市人行尽野人行。莫嫌荦确坡头路[①]，自爱铿然曳杖声。

【注释】①荦确：道路不平貌。

海棠

东风袅袅泛崇光[1]，香雾空濛月转廊。只恐夜深花睡去，故烧高烛照红妆[2]。

【注释】①“东风”句：宋玉《招魂》：“光风转蕙，泛崇兰些。”②“只恐”二句：李义山诗：“客散酒醒深夜后，更持红烛赏残花。”此诗末句正从此二句脱出。

刘监仓家煎米粉作饼子，余云为甚酥。潘邠老家造逡巡酒，余饮之，云：莫作醋，错著水来否？后数日，携家饮郊外，因作小诗戏刘公，求之[1]

野饮花间百物无，杖头惟挂一葫芦。已倾潘子错著水，更觅君家为甚酥[2]。

【注释】①刘监仓：名唐年，时为黄州主簿。潘邠老：名大临，故闽人，后家黄州，得句法于苏轼。②“已倾”二句：《竹坡诗话》：“东坡在黄州时，尝赴何秀才会，食油果甚酥。因问主人：‘此名为何？’主人对以‘无名’。东坡又问：‘为甚酥？’坐客皆曰：‘是可以为名矣。’”又：潘长官以东坡不能饮，每为设醴。坡笑曰：‘此必错著水也。’他日忽思油果，作小诗求之。”

和参寥[1]

芥舟只合在坳堂[2]，纸帐心期老孟光。不道山人今忽去，晓猿啼处月茫茫。

【注释】①《参寥集·留别雪堂呈子瞻》诗云："策杖南来寄雪堂，眼看花絮又风光。主人今是天涯客，明日孤帆下淼茫。"②"芥舟"句：《庄子·逍遥游》："覆杯水于坳堂之上，则芥为之舟，置杯焉则胶，水浅而舟大也。"

世传徐凝《瀑布》诗云："一条界破青山色。"至为尘陋。又伪作乐天诗称美此句，有"赛不得"之语。乐天虽涉浅易，然岂至是哉！乃戏作一绝[1]

帝遣银河一派垂，古来惟有谪仙河[2]。飞流溅沫知多少，不与徐凝洗恶诗。

【注释】①《东坡诗话》云："仆初入庐山，有以陈令举《庐山记》见寄者。且行且读，见其中有徐凝、李白之诗，不觉失笑。开先寺主求诗，为作此一绝。"②"古来"句：李太白《望庐山瀑布》诗云："日照香炉生紫烟，遥看瀑布挂前川。飞流直下三千尺，疑是银河落九天。"

子由在筠作《东轩记》，或戏之为东轩长老。其婿曹焕往筠，余作一绝句送曹以戏子由。曹过庐山，以示圆通慎长老。慎欣然亦作一绝，送客出门，归入室，趺坐化去。子由闻之，乃作二绝，一以答余，一以答慎。明年余过圆通，始得其详。乃追次慎韵[①]

其一

君到高安几日回，一时斗擞旧尘埃。赠君一笼牢收取，盛取东轩长老来[②]。

【注释】①“东轩长老未相逢，已见黄州一信通。何必扬眉资目击，须知千里事同风。”苏轼自注：“慎老和余诗。”“东轩只似虚空样，何处人家笼解盛。纵使盛来无处著，雪堂自有老师兄。”苏轼自注：“子由答余诗。”“担头挑得黄州笼，行过圆通一笑开。却到山前人已寂，亦无一物可担回。”苏轼自注：“子由答慎诗。”②苏轼自注：“予送曹诗。”

其二

大士何曾有生死[①]，小儒底处觅穷通。偶留一吷千山上，散作人间万窍风[②]。

【注释】①大士：谓慎长老。②苏轼自注：“予次慎韵。”

余过温泉，壁上有诗云：直待众生总无垢，我方清冷混常流。问人，云：长老可遵作。遵已退居圆通，亦作一绝

石龙有口口无根，自在流泉谁吐吞[1]。若信众生本无垢，此泉何处觅寒温[2]。

【注释】①“石龙“二句：《庐山纪事》：“温泉寺，僧常凿石为龙首以出泉，今废。”②《东坡诗话》：“游汤泉，览留题百余首，独爱遵师一偈云：‘禅庭谁立石龙头，龙口汤泉沸不休。’”其下二句，即题中所载。

书李公择白石山房[1]

偶寻流水上崔嵬，五老苍颜一笑开[2]。若见谪仙烦寄语，匡山头白早归来[3]。

【注释】①《庐山纪事》：“含鄱口西为宝陀岩，有僧舍，曰楞伽院，内有白石庵，即李公择读书处也。”②五老：《太平寰宇记》：“五老峰，在庐山东，悬崖突出，如五人罗列之状。”③“匡山”句：匡山，即庐山。《庐山纪事》：“旧名匡庐山，避宋太祖讳，改康山。”杜子美《不见》诗：“匡山读书处，头白好归来。”

赠东林总长老[1]

溪声便是广长舌，山色岂非清净身[2]。夜来八万四千偈[3]，他日如何举似人[4]。

【注释】①《庐山志》:“繙经台南下为东林寺。”东林旧为房居,其后朝旨改为禅寺,命僧常总住持。②广长舌、清净身:《法华经》:“世尊现大神力,出广长舌,清净法身。”③八万四千偈:《楞严经》:“等八万四千清净宝目,八万四千烁迦逻首,八万四千陀罗臂,皆记佛法门之数。”④举似人:《传灯录·省念禅师传》:“到处举似人。”

题西林壁[1]

横看成岭侧成峰,远近高低总不同。不识庐山真面目,只缘身在此山中。

【注释】①西林:即西林寺。《庐山纪事》:“远公塔西北为香谷,南下为西林寺,故沙门竺昙现之禅室。”

次荆公韵四绝

其一

青李扶疏禽自来[2],清真逸少手亲栽[9]。深红浅紫从争发,雪白鹅黄也斗开。

【注释】①其四见五绝部分。②“青李”句:王羲之有《青李来禽帖》。来禽,即今之林禽也,以其食美,禽来食之,故曰来禽。③清真逸少:李太白《王右军》:“右军本清真,潇洒在风尘。”

其二

斫竹穿花破绿苔，小诗端为觅桤栽。细看造物初无物[①]，春到江南花自开。

【注释】①造物初无物：郭象《庄子序》："庄生上知造物无物，下知有物之自造也。"

其三

骑驴渺渺入荒陂，想见先生未病时。劝我试求三亩宅，从公已觉十年迟[①]。

【注释】①"从公"句：介甫得诗曰："十年前后我便不厮争。"

次韵致远

长笑右军称草圣[①]，不如东野以诗鸣。乐天自爱吟淮月[⑨]，怀祖无劳听角声。

【注释】①右军称草圣：《宣和书谱》："王羲之善隶、草，为今昔之冠，然其得名，乃专以草圣。"②"乐天"句：白乐天《渡淮》诗："淮水东南阔，无风渡亦难。清流宜映月，今夜重吟看。"

题孙思邈真[1]

先生一去五百载，犹在峨眉西崦中[2]。自为天仙足官府，不应尸解坐虻虫[4]。

【注释】①《旧唐书·孙思邈传》："孙思邈，京兆华原人。周宣帝时，隐居太白山。隋文帝征为国子博士，称疾不起。唐高宗召见，赐鄱阳公主邑宅以居焉。……注《老子》《庄子》，撰《千金方》。"②"先生"二句：《杜阳编》："明皇西幸，梦一叟再拜于前，曰：'臣孙思邈也，庐于峨眉山有年矣。今闻銮驾至蜀，故来候谒。"③"自为"二句：《仙传拾遗·孙思邈》："尝有神仙降，谓曰：'尔所著《千金方》，济人之功，亦已广矣，而以物命为药，害物亦多，必为尸解之仙，不得白日轻举矣。'其后，思邈取草木之药，以代虫虻水蛭之命，作《千金方翼》三十篇，每篇有《龙宫仙方》一首，行之于世。"

戏作鮰鱼一绝[1]

粉红石首仍无骨[2]，雪白河豚不药人[3]。寄语天公与河伯，何妨乞与水精鳞。

【注释】①鮰：《本草》云："鮠，今作鮰。"②石首：鱼名。产于海中，以头中有骨两枚，色白，大如豆，坚如石，故名。③河豚：内脏有毒。④河伯：抱朴子·释鬼》："冯夷以八月上庚日渡河，溺死，天帝署为河伯。"

次韵答宝觉[1]

芒鞋竹杖布行缠[2]，遮莫千山更万山[3]。从来无脚不解滑，谁信石头行路难[4]。

【注释】①宝觉：金陵定林寺僧，王荆公诗友。②行缠：即绑腿。③遮莫：《通雅》："遮莫，犹言尽教也。"④"从来"二句：《传灯录》："邓隐峰辞马祖，马祖云：'什么处去？'对云：'石头去。'师云：'石头路滑。'"

以玉带施元长老，元以衲裙相报，次韵二首[1]

其一

病骨难堪玉带围，钝根仍落箭锋机[2]。欲教乞食歌姬院[3]，故与云山旧衲衣[4]。

【注释】①元长老：《金山志》："了元佛印禅师，字觉老。……神宗赐高丽磨衲金钵，以旌师德。"②"病骨"二句：佛印禅师住持金山寺时，苏轼便服入方丈。师云："此间无坐处。"苏轼戏云："暂借和尚四大，用作禅床。"师曰："山僧有一转语，言下即答。当从所请；如稍涉拟议，则所系玉带，愿留以镇山门。"苏轼便解带置几上。师云："山僧四大本空，五蕴非有，欲于何处坐？"苏轼拟议未即答，师急呼侍者云："收此玉带，永镇山门。"苏轼笑而与之。师遂取衲裙相报，因有二绝，公次韵答之。③"欲教"句：《北梦琐言》："裴休尝披毳衲于歌姬院，持钵乞食，自言曰：'不为俗情所染，可以说法度人。'"④"故与"句：谓了元以衲裙相报。

其二

此带阅人如传舍，流传到我亦悠哉。锦袍错落差相称，乞与佯狂老万回[①]。

【注释】①“锦袍”二句：唐武后曾赐万回和尚锦袍玉带。

金山梦中作

江东贾客木绵裘[①]，会散金山月满楼。夜半潮来风又熟[②]，卧吹萧管到扬州。

【注释】①木绵裘：《番禺杂编》：“木绵先花后叶，紫赤色，大如碗。二月三月间，花。既谢，蕊为绵，有壳盛之，彼人绩为衣裘。”②风又熟：《海录碎事》引熊孺登诗：“水生风熟布帆新。”纪昀曰：“今海船犹有风熟之语，盖风之初作转移不定，过一日不转，谓之风熟。”

广陵后园题扇子[①]

露叶风枝晓自匀，绿阴青子净无尘。闲吟“绕屋扶疏”句，须信渊明是可人。

【注释】①《邵氏闻见后录》：“吕申公帅维扬，东坡自黄移汝，经由见之。申公置酒，酒罢行后圃中。东坡即几案间笔墨，书歌者团扇。”

别择公[1]

黍离不复闵宗周[2]，何暇雷塘吊一丘[3]。若问西来师祖意，竹西歌吹是扬州[4]。

【注释】①《栾城集》云："子瞻与长老择师相遇于竹西石塔之间，屡以绝句赠之。"②"黍离"句：《毛诗序》："《黍离》，闵宗周也。周大夫行役至于宗周，过故宗庙宫室，尽为禾黍。闵周室之颠覆，彷徨不忍去，而作是诗也。"③"何暇"句：《一统志》："炀帝冢在扬州府城北雷塘。"④竹西：《一统志》："竹西亭，在府城东北。"

邵伯梵行寺山茶[1]

山茶相对阿谁栽，细雨无人我独来。说似与君君不会，烂红如火雪中开。

【注释】①《名胜志》："邵伯湖，在江都县北四十五里。……上有邵伯镇，有梵行寺院。"

和王胜之三首[1]

其一

城上湖光暖欲波，美人唱我踏春歌。鲁公宾客皆诗酒，谁是神仙张志和[2]。

【注释】①王胜之于元丰七年秋，自江宁移守南郡。②张志和：徐献宗《吴兴掌故集》："志和，字子同，婺州人。……李德裕称其隐而有名，显而无事，不穷不达，严光之比。"

其二

齐酿如渑涨绿波[1]，公诗句句可弦歌。流觞曲水无多日，更作新诗继永和。

【注释】①"齐酿"句：李太白诗："春风东来忽相过，金樽绿酒生微波。"

其三

要知太守怜孤客，不惜阳春和俚歌。坐睡樽前呼不应[1]，为公雕琢损天和。

【注释】①"坐睡"句：《后汉书·刘宽传》："灵帝每引见宽，常令讲经，宽尝于坐被酒睡伏。"

春日

鸣鸠乳燕寂无声[1]，日射西窗泼眼明。午醉醒来无一事，只将春睡赏春晴。

【注释】①鸣鸠乳燕：杜子美《题省中院壁》："鸣鸠乳燕青春深。"

过文觉显公房[1]

斓斑碎玉养菖蒲，一勺清泉满石盂。净几明窗书小楷，便同《尔雅》注虫鱼。

【注释】①此诗一作《过扬州寿宁文觉显公房》。

归宜兴，留题竹西寺三首[1]

其一

十年归梦寄西风，此去真为田舍翁[2]。剩觅蜀冈新井水，要携乡味过江东[3]。

【注释】①竹西寺：在常州。②西风：言欲归西川也。田舍翁：言有田在常州也。③“剩觅”二句：竹西寺，山上有井，其水味如蜀江，号曰蜀冈，故谓之乡味。过江东，言赴常州。

其二

道人劝饮鸡苏水[1]，童子能煎莺粟汤[2]。暂借藤床与瓦枕，莫教辜负竹风凉。

【注释】①鸡苏：紫苏生水中者名水苏，一名鸡苏。②莺粟：《本草》：“莺粟名罂子粟，秋种冬生，嫩苗作蔬甚佳。”

其三

此生已觉都无事，今岁仍逢大有年[1]。山寺归来闻好语，野花啼鸟亦欣然[2]。

【注释】①大有年：《谷梁传·宣公十六年》："五谷大熟，为大有年。"②"野花"句：王维《既蒙有罪，旋复拜官，伏感圣恩，窃书鄙意，兼奉简新除使君等诸公》诗云："花迎喜气皆知笑，鸟识欢心亦解歌。"

与孟震同游常州僧舍三首[1]

其一

年来转觉此生浮，又作三吴浪漫游。忽见东平孟君子[2]，梦中相对说黄州。

【注释】①孟震：字亨之，郓州人。②孟君子：指孟震。《君子泉铭》序云："孟君亨之，笃学而力行。克有常德，信于朋友，一时皆称之曰：'此君子也。'因号之孟君子。"

其二

湛湛清池五月寒[1]，小山无数碧巑岏。稚杉戢戢三千本，且作凌云合抱看。

【注释】①五月寒：谓不应寒而寒。②巑岏：山直立排列貌。③戢戢：多貌。

其三

知君此去便归耕，笑指孤舟一叶轻。待向三茅乞灵雨[1]，半篙流水送君行。

【注释】①三茅：《神仙传》："大茅君名盈，次弟名固，小弟名衷。太上老君拜盈为司命真君，固为定箓君，衷为保命君，故曰三茅君。"

常州太平寺法华院薝蔔亭醉题

六花薝蔔林间佛，九节菖蒲石上仙[1]。何似东坡铁拄杖，一时惊散野狐禅。

【注释】①"九节"句：《抱朴子》："菖蒲须得生石上，一寸九节已上紫花者尤善。韩终服之十三年，身生毛。"古诗中曾有："石上生菖蒲，一寸八九节，仙人劝我餐，令我好颜色。"之句。

赠常州报恩长老二首[1]

其一

碧玉碗盛红玛瑙，井华水养石菖蒲[2]。也知法供无穷尽，试问禅师得饱无。

【注释】①史能之《咸淳毗陵志》："感慈寺，本显庆寺，一名报恩，在武进县东八里。"②井华水：《本草》注："井华水，平旦第一汲者是。"

其二

荐福老怀真巧便[1]，净慈两本更尖新[2]。凭师为作铁门限，准备人间请话人。

【注释】①荐福：《咸淳临安志》："荐福寺，在盐官县西三十六里。"老怀：即天衣禅师。《释氏稽古略》："天衣禅师名义怀，天圣间试经得度。"②两本：为宗本、善本法师。《五灯会元》："慧林圆照禅师宗本，世称大本。……谒天衣禅师，悟旨，开法平江瑞光寺。熙宁中，陈襄守杭，请师移住净慈。"又《续灯录》："杭州净慈善本禅师……元丰中，住双林，迁净慈，世称小本。"

溪阴堂

白水满时双鹭下[1]，绿槐高处一蝉吟。酒醒门外三竿日，卧看溪南十亩阴。

【注释】①白水：泛指清水。晋潘岳《在怀县作》诗之二："白水过庭激，绿槐夹门植。"

余将赴文登，过广陵，而择老移住石塔，相送竹西亭下，留诗为别[①]

竹西失却上方老[②]，石塔还逢惠照师[③]。我亦化身东海去[④]，姓名莫遣世人知。

【注释】择老：即无择长老。②竹西亭：在江都县东，一名上方禅智寺。③石塔：在今扬州市内。④化身：佛三身之一。三身为法身、报身、化身。

赠王寂

与君暂别不须嗟，俯仰归来鬓未华。记取江南烟雨里，青山断处是君家。

元丰七年，有诏京东、淮南筑高丽亭馆，密、海二州，骚然有逃亡者。明年，轼过之，叹其壮丽，留一绝云

檐楹飞舞垣墙外，桑柘萧条斤斧余[①]。尽赐昆邪作奴婢[②]，不知偿得此人无？

【注释】①桑柘：指桑树与拓树。②“尽赐”句：《汉书·汲黯传》：“匈奴浑邪王来降，贾人与市者，坐当死五百余人。黯入，见高门，曰：‘夫

匈奴攻当路塞，绝和亲，中国举兵诛之，死伤不可胜计，而费以钜百万数。臣愚以为陛下得胡人，皆以为奴婢，赐从军死者家。’”苏轼用此典以喻高丽亭馆之事。

怀仁令陈德任新作占山亭二绝

其一

尚父提封海岱间[①]，南征惟到穆陵关。谁知海上诗狂客，占得胶西一半山[②]。

【注释】①尚父：指周吕望，辅佐周武王灭商后被封于齐。②“占得”句：密州有胶西县，苏轼曾知密州，故有此言。

其二

我是胶西旧使君[①]，此山仍合与君分。故应窃比山中相[②]，时作新诗寄白云。

【注释】①“我是”句：苏轼曾守密州，故言。②山中相：冯应榴注引《南史》：陶弘景止句曲山，自号华阳陶隐居。梁武帝既早与之游，及即位，恩礼愈笃，书问不绝，时人谓为山中宰相。此为苏轼自比。

杂诗

昔日双鸦照浅眉[①]，如今婀娜绿云垂。蓬莱老守明朝去[②]，肠断帘间綷縩时[3]。

【注释】①双鸦：指少女双髻。②蓬莱老守：苏轼自谓，轼曾为登州守，登州有蓬莱阁。③綷縩：衣声也。

惠崇《春江晚景》二首[1]

其一

竹外桃花三两枝，春江水暖鸭先知。蒌蒿满地芦芽短，正是河豚欲上时[2]。

【注释】①惠崇：建阳人。《图绘宝鉴》说他“工画鹅、鸭、鹭鸶”，《图画见闻志》说他“尤工小景，为寒汀远渚，潇洒虚旷之象，人所难到。”据诗可知，苏轼所题惠崇的这两幅画，其一是鸭戏图，其二是飞雁图。②“正是”句：春江水发，河豚鱼倒向上游，渔人谓之“抢上水”。

其二

两两归鸿欲破群，依依还似北归人。遥知朔漠多风雪[1]，更待江南半月春。

【注释】①朔漠：泛指北方沙漠地带。

卷十八　七言绝句

元祐元年二月八日，朝退，独在起居院读《汉书·儒林传》，感申公故事，作小诗一绝

寂寞申公谢客时，自言已见穆生机。绾、臧下吏明堂废，又作龙钟病免归①。

【注释】①"绾、臧下吏"二句：《汉书·儒林传》：申公，鲁人也，少与楚元王交，俱事齐人浮丘伯。伯在长安，元王遣子郢与申公俱卒学。元王薨，郢嗣立为楚王，令申公传太子戊。戊不好学，病申公。及戊立为王，胥靡申公。申公愧之，归鲁，退居家教，终身不出门，复谢宾客。兰陵王臧及代赵绾从受《诗》。绾、臧请立明堂，以朝诸侯，不能就其事，乃言师申公。于是上使使束帛加璧……迎申公。至，见上，上问治乱之事。申公时已八十余，对曰："为治不在多言，顾力行何如耳。"上默然。窦太后喜《老子》言，不悦儒术。得绾、臧之过，以让上。上因废明堂事，下绾、臧吏，皆自杀。申公亦病免归，数年卒。

戏周正孺二绝

其一

折臂三公未可知①，会当千镒访权奇②。劝君鬻骆犹闲事，肠断闺中杨柳枝。

【注释】①"折臂"句：《晋书·羊祜传》："有善相墓者，言祜祖墓所，有帝王气，若凿之则无后。祜遂凿之，相者曰：'犹出折臂三公。'祜竟

坠马折臂，位至三公而无子。”时正孺坠马伤手，故苏轼用以比之。②千镒访权奇：《太公六韬》：“商王拘周伯昌于羑里，太公以金千镒，求天下珍物，以免君之罪，于是得犬戎氏文马名鸡斯之乘，以献商王。”③“劝君”二句：唐白居易年老病风，将放歌妓樊素，卖所乘骆马，园人牵马出门，马眷恋反顾长嘶。素闻而泣下，婉娈有辞。白氏闻素言恻然，乃作《不能忘情吟》，有云：“鬻骆马兮放《杨柳枝》，掩翠黛兮顿金羁。”后遂用为典实。《杨柳枝》为樊素善唱之曲。

其二

天厩新颁玉鼻骍[①]，故人共敝亦常情。相如虽老犹能赋，换马还应继二生。

【注释】①玉鼻骍：名贵之马。马赤苍色曰骍。元祐元年，苏轼初入玉堂，上赐玉鼻骍。

走笔谢吕行甫惠子鱼

卧沙细肋吾方厌[①]，通印长鱼谁肯分。好事东平贵公子，贵人不与与苏君。

【注释】①细肋：即肋鱼，因其小而称细肋。

轼以去岁春夏，侍立迩英[①]，而秋冬之交，子由相继入侍，次韵绝句四首，各述所怀

其一

曈曈日脚晓犹清[②]，细细槐花暖欲零。坐阅诸公半廊庙[③]，时看黄色起天庭。

【注释】①迩英：指迩英阁，前有槐树，状如龙蛇。②曈曈：日出貌。③苏轼自注“仆射吕公，门下韩公，右丞刘公，皆自讲席大用。”吕公指吕公著，韩公指韩维，刘公指刘挚。

其二

上尊初破早朝寒[①]，茗碗仍濡讲舌干[②]。陛楯诸郎空雨立，故应惭悔不儒冠。

【注释】①上尊：即上尊酒，上等酒。②濡：浸润，沾湿。

其三

两鹤摧颓病不言，年来相继亦乘轩[①]。误闻九奏聊飞舞[②]，可得徘徊为啄吞[③]。

【注释】①“两鹤”二句：《左传·闵公二年》：“卫懿公好鹤，鹤有乘轩者。”②九奏聊飞舞：《史记·乐书》：师旷鼓琴，一奏有玄鹤二八，集

乎廊门；再奏之，延颈而鸣，舒翼而舞。③“可得”句：《艺文类聚·白鹤古诗》云：“五里一反顾，六里一徘徊。吾欲衔汝去，口噤不能开。”

其四

微生偶脱风波地[1]，晚岁犹存铁石心。定似香山老居士[2]，世缘终浅道根深[3]。

【注释】①风波地：言世事变幻莫测。②香山居士：指白居易，晚年号香山，以儒教饰其身，佛教治其心，道教养其寿。③苏轼自注“乐天自江州司马除忠州刺史，旋以主客郎中知制诰，遂拜中书舍人。轼虽不敢自比，然谪居黄州，起知文登，召为仪曹，遂忝侍从，出处老少，大略相似，庶几复享此翁晚节闲适之乐焉。”

金门寺中见李西台与二钱[1]唱和四绝句，戏用其韵跋之

其一

帝城春日帽檐斜[2]，二陆初来尚忆家[3]。未肯将盐下莼菜[4]，已应知雪似杨花。

【注释】①苏轼自注：“惟演、易。”李西台：名建中，字得中，蜀人。②“帝城”句：白乐天诗：“何处春深好，春深学士家。相逢不敢揖，彼此帽低斜。”③二陆：指陆机和其弟陆云。④“未肯”句：王文诰注引《晋书》：“陆机尝诣王济，济指羊酪谓机曰：‘卿吴中何以敌此？’答曰：‘千里莼羹，未下盐豉。’时人以为名对。”

其二

平生贺老惯乘舟[①]，骑马风前怕打头。欲问君王乞符竹，但忧无蟹有监州[②]。

【注释】：①贺老：指贺知章，杜甫《饮中八仙歌》云："知章骑马似乘船。"②苏轼自注："皆世所传钱氏故事"。有钱昆少卿者，家世余杭人也，嗜蟹，尝求补外郡，人问所欲何州？曰："但得有螃蟹无通判处则可矣。"

其三

西台妙迹继杨风[①]，无限龙蛇洛寺中。一纸清诗吊兴废，尘埃零落梵王宫。

【注释】①苏轼自注："凝式"。西台：指李建中，直集贤院，为西台御史。善古文八分行书，尝得古文《孝经》，研习临学，遂尽其势。杨凝式善行草，西洛寺观二百余处，题写几遍，时人以杨风呼之。

其四

五季文章堕劫灰[①]，升平格力未全回[②]。故知前辈宗徐、庾[③]，数首风流似玉台[④]。

【注释】①五季：指后梁、后唐、后晋、后汉、后周五代。②格力：诗文的格调，气势。③徐、庾：指徐陵和庾信，其文并绮艳，世称徐、庾体。当时后进，竟相模范。④玉台：指《玉台新咏》。

书皇亲画扇

十年江海寄浮沉，梦绕江南黄苇林。谁谓风流贵公子，笔端还有五湖心[①]。

【注释】①五湖心：谓隐退江湖之志。

书李世南所画秋景二首

其一

野水参差落涨痕，疏林攲倒出霜根。扁舟一棹归何处[①]，家在江南黄叶村。

【注释】①棹：同"棹"，船桨。

其二

人间斤斧日创夷[①]，谁见龙蛇百尺姿[②]。不是溪山成独往，何人解作挂猿枝。

【注释】①斤斧：斧头，亦可作请人修改诗文的敬辞。创夷：疮痍。②龙蛇百尺姿：指枯枝交错，犹同蛇状。

次韵宋肇惠澄心纸二首[1]

其一

诗老囊空一不留[2]，百番曾作百金收[3]。知君也厌雕肝肾[4]，分我江南数斛愁。

【注释】①宋肇：字懋宗。澄心纸：江南李后主所制。②诗老：指梅圣俞。③苏轼自注："永叔以澄心百幅遗圣俞，圣俞有诗。"梅圣俞《永叔寄澄心堂纸二幅》诗云："江南李氏有国日，百金不许市一枚。"又《答宋次道寄澄心堂纸百幅》诗云："五六年前吾永叔，赠余两轴令宝之。我不善书心每愧，君又何此百幅遗。"④雕肝肾：雕肝琢肾，比喻写作时用尽心思，反复推敲，刻意求工。

其二

君家家学陋相如[1]，宜与诸儒论石渠[2]。古纸无多更分我，自应给札奏新书。

【注释】①君家家学：宋肇，盖子京家，子京好险涩之语，故有此言。②石渠：指石渠阁，西汉皇室藏书之处，在长安未央宫殿北。《汉书·儒林传·施雠》："甘露中，与五经诸儒，杂论同异于石渠阁。"

郭熙秋山平远二首

其一

目尽孤鸿落照边，遥知风雨不同川。此间有句无人识，送与襄阳孟浩然。

其二

木落骚人已怨秋，不堪平远发诗愁。要看万壑争流处，他日终烦顾虎头[①]。

【注释】①顾虎头：晋顾恺之小字虎头。

谢王泽州寄长松兼简张天觉二首

其一

莫道长松浪得名[①]，能教覆额两眉青[②]。便将径寸同千尺，知有奇功似茯苓。

【注释】①长松：长松草。《本草》：“长松产古松下，服之长年，功同松脂及仙茅。”②两眉青：指将双眉染成青色。

其二

凭君说与埋轮使[①]，速寄长松作解嘲[②]。无复青黏和漆叶，枉将钟乳敌仙茅[③]。

【注释】①苏轼自注“送张天觉诗，有‘埋轮’及‘河东悭’之语。”埋轮使：指东汉时张纲。埋轮：为不畏权贵，直言正谏之典。②解嘲：扬雄曾作《解嘲》一文。③仙茅：药草名，久服长生。

送乔仝寄贺君六首 并叙

其二

生长兵间早脱身，晚为元祐太平人。不惊渤海桑田变，来看龟蒙漏泽春[①]。

【注释】①龟蒙漏泽：龟蒙：即龟山、蒙山。龟山，在兖州泗水县；蒙山，在沂州费县。龟山西南，十余里有漏泽，泽有五穴，春夏积水，秋冬漏竭，将漏之时，先有声，居人扈穴取鱼，随种麦，比水至，麦已收矣。

其三

曾谒东封玉辂尘[①]，幅巾短褐亦逡巡。行宫夜奏空名姓，怅望云霞缥缈人。

【注释】①玉辂：古代帝王所乘之车，以玉为饰。东封：汉司马相如临终前作《封禅文》，盛颂汉德宏大，请武帝东幸封泰山，禅梁父，以彰功业。相如卒后八年，武帝从其言，东至泰山行封禅事。后因以“东封”谓帝王行封禅事，昭告天下太平。

其四

垂老区区岂为身，微言一发重千钧[①]。始知不见高皇帝，正似商山四老人[②]。

【注释】①“微言”句：即四皓对高祖有誉太子仁孝之语也。②商山四老人：指商山四皓，即：秦末东园公、绮里季、夏黄公、甪里先生，避秦乱，隐商山，年皆八十有余，须眉皓白，时称商山四皓。高祖召，不应。后高祖欲废太子，吕后用留侯计，迎四皓，辅太子，遂使高祖辍废太子之议。

其五

旧闻父老晋郎官，已作飞腾变化看。闻道东蒙有居处，愿供薪水看烧丹[①]。

【注释】①晋郎：指晋陶潜。陶为彭泽令，不以家累自随。送一力给其子，书曰：“汝旦夕之费，自给为难，今遣此力，助汝薪水之劳，此亦人子也，可善遇之。”

其六

千古风浪贺季真，最怜嗜酒谪仙人[①]。狂吟醉舞知无益，粟饭藜羹问养神。

【注释】①贺季真：即贺知章。谪仙人：即李白。李白有《对酒忆贺监》诗，云："四明有狂客，风流贺季真。长安一相见，呼我谪仙人。"

和子由除夜元日省宿致斋三首

其一

江湖流落岂关天，禁省相望亦偶然[1]。等是新年未相见，此身应坐不归田。

【注释】①禁省：禁中，省中。指皇宫。

其二

白发苍颜五十三，家人强遣试春衫。朝回两袖天香满，头上银幡笑阿咸[1]。

【注释】①银幡：指元日皇上所赐。阿咸：三国魏阮籍侄阮咸，有才名，后因称侄为"阿咸"。文中阿咸指子由诸郎。

其三

当年踏月走东风[1]，坐看春闱锁醉翁[2]。白发门生几人在，却将新句调儿童。

【注释】①东风：春风。②醉翁：欧阳修也。嘉祐二年，欧阳修与韩子华、王禹玉、范景仁、梅公仪同知礼部贡举，辟梅圣俞为小试官，凡锁院五十日。

韩康公坐上侍儿求书扇上二首

其一

窗摇细浪鱼吹日，手弄黄花蝶透衣[①]。不觉春风吹涌醒，空教明月照人归。

【注释】①“窗摇”二句：杜甫《城西陂泛舟》诗：“鱼吹细浪摇歌扇，燕蹴飞花落舞筵。”细浪：微小的波纹。

其二

一一窗扉面水开，更于何处觅蓬莱。天香[①]满袖人知否，曾到旃檀[②]小殿来。

【注释】①天香：这里指宫廷中用的薰香。②旃(zhān)檀：即檀香。

次韵答张天觉二首

其一

车轻马稳辔衔坚，但有蚊虻喜扑缘。截断口前君莫问，人间差乐胜巢仙[①]。

【注释】①韩愈《记梦》诗：“口前截断第二句，绰虐顾我颜不欢。乃知仙人未贤圣，护短凭愚邀我敬。我能屈曲自世间，安能从汝巢神仙？”

其二

驭风骑气我何劳，且要长松作土毛[1]。亦如诃佛丹霞老[2]，却向清凉礼白毫[3]。

【注释】①土毛：本指土地上生长的五谷、桑麻、菜蔬等植物，后亦泛指土产。②诃佛丹霞老：丹霞禅师于慧林寺，遇天大寒，师取木佛烧之，院主诃之。③清凉：指清凉山。白毫：即白毫相，如来三十二相之一。佛教传说世尊眉间有白色毫毛，右旋宛转，如日正中，放之则有光明，名“白毫相。”

书艾宣画四首[1]

竹鹤

此君何处不相宜，况有能言老令威。谁识长身古君子，犹将缁布缘深衣[2]。

【注释】①艾宣：工画花竹翎毛，孤标高致，别见风规。②缁布缘深衣：形容鹤之状，其身白而黑喙于外。

黄精鹿[1]

太华西南第几峰，落花流水自重重。幽人只采黄精云，不见春山鹿养茸。

【注释】①黄精：药草名。多年生草本，中医以根茎入药。久服，轻身延年。凡取鹿茸，以黄精自然汁浸两昼夜，免渴人。

杏花白鹇

天工剪刻为谁妍，抱蕊游蜂自作团。把酒惜春都是梦，不如闲客此闲看[1]。

【注释】①闲客：指白鹇。李昉以国相致仕，所居畜五禽，皆以客为名。白鹇曰闲客，鹭鸶曰雪客，鹤曰仙客，孔雀曰南客，鹦鹉曰陇客。

莲龟

半脱莲房露压攲，绿荷深处有游龟，只应翡翠兰苕上，独见玄夫曝日时[1]。

【注释】①玄夫：指龟。王伯大音释引孙汝听曰："玄夫，大灵龟，以其巾衣玄，故曰玄夫。"

谢宋汉杰惠李承晏墨[1]

老松烧尽结轻花，妙法来从北李家[2]。翠色冷光何所似，墙东鬒发堕寒鸦[3]。

【注释】①宋汉杰：宋子房，字汉杰，郑州荥阳人。②"老松"二句：此处用典《见闻录》：唐李超，易水人。与子庭珪亡至歙州，其地多松，因留居，以墨名家。其坚如玉，其纹如犀。③墙东：言墙东之女子，邻家之女。

鬒发堕寒鸦：言其发乌黑发亮，光可鉴人。

送钱穆父出守越州绝句二首

其一

簿书常苦百忧集，樽酒今应一笑开。京兆从教思广汉[①]，会稽聊喜得方回[②]。

【注释】①“京兆”句：《汉书·赵广汉传》：赵广汉以萧望之劾，下廷尉狱，吏民守阙号泣者数万人，或愿代赵京兆死，使得牧养小民。广汉竟坐要斩。广汉为京兆尹廉明，威制豪强，小民得职，百姓追思。②方回：郗愔字方回。《晋书·郗超传》：“郗愔在北府，徐州人多劲悍，桓温恒云，京口酒可饮，兵可用。深不欲愔居之。而愔暗于事机，遣笺诣温，欲共奖王室。超取视，寸寸毁裂，乃更作笺，自陈老病，甚不堪人间，乞闲地自养，温得笺大喜，即转愔为会稽太守。”

其二

若耶溪水云门寺[①]，贺监荷花空自开。我恨今犹在泥滓，劝君莫棹酒船回。

【注释】①若耶溪：在会稽县东南二十八公里。

书林次中所得李伯时《归去来》《阳关》二图后

其一

不见何戡唱《渭城》[①]，旧人空数米嘉荣。龙眠独识殷勤处[②]，画出阳关意外声。

【注释】①何戡：唐长庆时著名歌者。刘禹锡《与歌者何戡》诗："旧人惟有何戡在，更与殷勤唱《渭城》。"后亦借指遭逢世乱后幸存的歌者。②龙眠：李伯时自号龙眠居士。

其二

两本新图宝墨香，樽前独唱《小秦王》[①]。为君翻作《归来引》[②]，不学《阳关》空断肠。

【注释】①《小秦王》：曲名。《曲谱》："《小秦王》入腔，即《阳关》也"。②《归来引》：苏轼所作《哨遍》，即《归来引》。

题李伯时画《赵景仁琴鹤图》二首

其一

清献先生无一钱，故应琴鹤是家传[①]。谁知默鼓无弦曲，时向珠宫舞幻仙。

【注释】①清献先生：即赵景仁。谥曰清献。他以清德服一世，平生蓄雷氏琴一张，鹤与白龟各一。

其二

丑石寒松未易亲，聊将短曲调长人。乘轩故自非明眼[1]，终日僛僛舞爨薪[2]。

【注释】①明眼：比喻对事物观察得很清楚，有见识。②僛僛(qī qī)：醉舞欹斜貌。《诗·小雅·宾之初筵》："宾既醉止，载号载呶。乱我笾豆，屡舞僛僛。"爨(cuàn)薪：谓灶下烧残的良木。《后汉书·蔡邕传》："吴人有烧桐以爨者，邕闻火烈之声。知其良木。因请而裁为琴，果有美音。"后以"爨下薪"比喻幸免于难的良材。

王晋卿所藏《著色山》二首

其一

缥缈营丘水墨仙[1]，浮空出没有无间。迩来一变风流尽，谁见将军著色山[2]？

【注释】①营丘：指李成，字咸熙。唐宗室。嗜酒，善弈琴，妙画山水。②将军：指李思训。其画称一时之妙，官至右武卫大将军。子昭道，变父之势，妙又过之。世言山水者，称大李将军，小李将军。

其二

荦确何人似退之[1]，意行无路欲从谁。宿云解驳晨光漏[2]，独见山红涧碧时。

【注释】①荦确：亦作："荦硞"，怪石嶙峋貌。②解駮：亦作解驳。离散间杂貌，韩退之《南海神庙碑》："云阴解駮，日光穿漏。"

次韵王晋卿惠花栽，栽所寓张退傅第中[1]

坐来念念失前人，共向空中寓一尘[2]。若问此花谁是主？天教闲客管青春。

【注释】①张退傅：即张士逊，光化军（治所在今湖北老河口市）人。士逊以太傅归老，自号退傅。②一尘：韩退之诗："下视寓九州，一尘集豪端。"

书王定国所藏王晋卿画《著色山》二首

其二

君归岭北初逢雪，我亦江南五见春。寄语风流王武子[1]，三人俱是识山人[2]。

【注释】①王武子：即王济，字武子。《晋书·王济传》："少有逸才，风姿英爽，气盖一时。"此以比王定国。②"三人"句：苏轼谪黄州五年，定国宾州三年，晋卿均州三年，故有此句。

呈定国

旧病应逢医口药[1]，新妆渐画入时眉[2]。信知诗是穷人物，近觉王郎不作诗。

【注释】①旧病：此暗用柳子厚《报崔黯秀才论为文书》："凡人好辞工书，皆病癖也。"句。②"新妆"句：朱庆馀诗："妆罢低声问夫婿，画眉深浅入时无？"此句盖化用之。

同秦仲二子雨中游宝山

平明已报百吏散[1]，半日来陪二子闲。立鹊低昂烟雨里[2]，行人出没树林间。

【注释】①平明：犹黎明，天刚亮的时候。②"立鹊"句：《东方朔外传》："武帝宴坐，朔执戟在殿阶旁，屈指独语。上从殿上见朔，呼问之。对曰：'殿后柏树上，有鹊立枯枝上，东向而鸣。'"

与莫同年雨中饮湖上[1]

到处相逢是偶然，梦中相对各华颠[2]。还来一醉西湖雨，不见跳珠十五年[3]。

【注释】①莫同年：即莫君陈，字和中，与轼同年。②华颠：头发花白。③跳珠：指雨珠。苏轼为杭州通判时，有诗云："黑云翻墨未遮山，白雨跳珠乱入船。”故有此句。

次韵王忠玉游虎丘绝句三首

其一

当年大白此相浮，老守娱宾得二丘[①]。白发重来故人尽，空余丛桂小山幽。

【注释】①苏轼自注：“郡人有间丘公。太守王规父尝云：‘不谒虎丘，即谒间丘。’规父，忠玉伯父也。”大白：大酒杯。汉刘向《说苑·善说》：“魏文侯与大夫饮酒，使公乘不仁为觞政，曰：‘饮不釂者，浮以大白。’”

其二

青盖红旗映玉山，新诗小草落玄泉[①]。风流使者[②]人争看，知有真娘立道边[③]。

【注释】①玄泉：指瀑布。玄通“悬”。②风流使者：刘禹锡《泰娘歌》：“风流太守韦尚书，路傍忽见停隼旗。”这里指王忠玉，时任提点两浙西路刑狱。③苏轼自注：“虎丘中路有真娘墓。”真娘：吴国之佳丽。文士游此者，多有篇咏。

其三

舞衫歌扇转头空，只有青山杳霭中。若共吴王斗百草[①]，使君未敢借惊鸿[②]。

【注释】①斗百草：一种古代游戏。竞采花草，比赛多寡优劣，常于端午行之。南朝梁宗懔《荆楚岁时记》："五月五日，四民并蹋百草，又有斗百草之戏。"②惊鸿：刘禹锡《泰娘歌》："舞学惊鸿水榭春，歌撩上客兰堂暮。"

和钱四寄其弟龢

再见涛头涌玉轮[1]，烦君久驻浙江春[2]。年来总作维摩病[3]，堪笑东西二老人[4]。

【注释】①玉轮：月亮。②浙江：指越州。③维摩病：《维摩经·文殊师利问疾品》载："佛在昆耶离城庵摩罗园，城中五百长者子至佛所请说法时，居士维摩诘故意称病不去。佛遣舍利弗及文殊师利等问疾。文殊问：'居士是疾何所因起？'维摩诘答曰：'一切众生病，是故我病；若一切众生得不病者，则我病灭。'"后用"维摩病"谓佛教徒生病。④东西二老人：指苏轼和穆父，越居浙东，杭居浙西，而二者为郡守，故曰。

次韵子由使契丹至涿州见寄四首

其一

老人痴钝已逃寒，子复辞行理亦难[1]。要到卢龙看古塞[2]，投文易水吊燕丹[3]。

【注释】①苏轼自注"余昔年辞免使北。"②卢龙：古地名。③"投文”句:《史记·燕世家》:“秦兵临易水,祸且至,太子丹使荆轲袭刺秦王,秦王杀轲击燕,燕斩丹以献。”

其二

胡羊代马得安眠①,穷发之南共一天②。又见子卿持汉节③,遥知遗老泣山前④。

【注释】①胡羊:指产于胡地的羊。今亦称绵羊为“胡羊”。代马:代地所产的良马。代:代郡。后泛指北方边塞地区。②穷发:极北不毛之地。《庄子·逍遥游》:“穷发之北有冥海者,天池也。”③子卿:苏武,字子卿。④遗老泣山前:后晋石敬瑭割燕云十六州以赂契丹,皆在燕山后,故云“遗老泣山前。”

其三

毡毳年来亦甚都①,时时鴂舌问三苏②。那知老病浑无用,欲向君王乞镜湖③。

【注释】①毡毳:我国古代北方及西南少数民族所穿的毛织服装。这里借指北狄。②苏辙自注:“余与子由入京时,北使已问所在。后余馆伴,北使屡诵三苏文。”③镜湖:汉永和五年,太守马臻主持修建镜湖,在山阴、会稽两县界。唐贺知章致仕,唐玄宗赐镜湖之一段作为专门的“放生池”。这里以“乞镜湖”为致仕请老之说。

其四

始忆庚寅降屈原①,旋看蜡凤戏僧虔②。随翁万里心如铁③,此子何劳为买田④。

【注释】①庚寅降屈原：屈原《离骚》曰："摄提贞于孟陬兮，惟庚寅吾以降。"②蜡凤：蜡泪制的凤凰。南朝齐王僧绰采蜡烛珠为凤凰，一说为王僧虔。后用为少年嬉游之典。③苏轼自注："时犹子迟侍行。"④"此子"句：《汉书》："以好畤田地善，往家焉。有五男，乃出所使越橐中装，卖千金。分其子，子二百金，令为生产。"

书刘景文左藏所藏王子敬贴

家鸡野鹜同登俎，春蚓秋蛇总入奁。君家两行十二字，气压邺侯三万签[1]。

【注释】①邺侯：唐李泌拜中书侍郎，同中书门下平章事，累封邺县侯。李泌父承休，聚书二万余卷，戒子孙不许出门，有求读者，别院供饭。邺侯家多书，故有此句。

又和景文韵

牡丹松桧一时栽[1]，付与春风自在开。试问壁间题字客，几人不为看花来。

【注释】①松桧：松树及桧树。

西湖寿星院此君轩

卧听谡谡碎龙鳞[1]，俯看苍苍立玉身。一舸鸱夷江海去，尚余君子六千人②。

【注释】①谡(sù)谡：劲风声。龙鳞：幼竹。幼竹有箨，如龙鳞状。②“一舸”二句：《史记·越王勾践世家》：“用范蠡计，发习流二千人，教士四万人，君子六千人，诸御千人伐吴。勾践竟灭吴。范蠡乃与其私徒属乘舟，浮海出齐，变姓名，自谓鸱夷子皮。”这里以六千君子来喻竹。

游中峰杯泉

石眼杯泉举世无①，要知杯渡是凡夫②。可怜狡狯维摩老，戏取江湖入钵盂③。

【注释】①杯泉：泉名，在葛岭寿星院中。②杯渡：《高僧传》：晋杯渡者，不知其姓名，常乘木杯渡河。③“可怜”二句：《维摩经》：“维摩以四大海水，入一毛孔中。”此二句盖指此。

菩提寺南漪堂杜鹃花

南漪杜鹃天下无，披香殿上红氍毹①。鹤林兵火真一梦②，不归阆苑归西湖。

【注释】①氍毹(qú shū)：一种毛织或毛与其它材料混织的毯子。可用作地毯、壁毯等。②鹤林：即鹤林寺。在今江苏省镇江市南郊，始建于晋代。南朝宋武帝刘裕微时曾游于此。

寒具①

纤手搓来玉数寻，碧油轻蘸嫩黄深。夜来春睡浓于酒，压褊佳人缠臂金②。

【注释】①苏轼自注：“乃捻头，出刘禹锡《嘉话》。”寒具：一种油炸的面食。②缠臂金：指手镯。

次韵钱穆父紫薇花二首

其一

虚白堂前合抱花①，秋风落日照横斜。阅人此地知多少，物化无涯生有涯②。

【注释】①苏轼自注：“虚白堂前紫薇两株，俗云乐天所注。”白乐天有诗云：虚白堂前衙退后，更无一事到中心。②“物化”句：《庄子·刻意》篇：“圣人之生也天行，其死也物化。”又《养生主》篇：“吾生也有涯，而知也无涯，以有涯随无涯，殆已。”

其二

折得芳蕤两眼花①，题诗相报字倾斜。箧中尚有丝纶句，坐觉天光照海涯②。

【注释】①芳蕤：盛开而下垂的花。②苏轼自注“乐天诗云：丝纶阁下文章静，钟鼓楼中刻漏长。独坐黄昏谁是伴？紫薇花对紫微郎。上尝书此以赐轼。”

绝句

春来濯濯江边柳[①]，秋后离离湖上花。不羡千金买歌舞，一篇珠玉是生涯[②]。

【注释】①濯濯：明净、清朗貌。②珠玉：指好的文章。

次韵景文山堂听筝三首

其一

忽忆韩公二妙姝[①]，琵琶筝韵落空无。犹胜江左狂灵运，空斗东昏百草须[②]。

【注释】①韩公二妙姝：韩愈有二妾，名绛桃、柳枝。韩曾有诗云：“不见园花兼巷柳，马头惟有月团团。”②“犹胜”二句：《晋阳秋》：“谢灵运髭美，临刑，因施作南海祇洹寺维摩诘像髭。齐东昏侯与宫人斗百草，剔取灵运髭法。”斗百草：古时一种游戏。

其二

马上胡琴塞上姝，郑中丞后有人无[①]。诗成桦烛飘金烬，八尺英公欲燎须[②]。

【注释】①马上胡琴：指琵琶。郑中丞：唐官人，以弹小忽雷擅名。②“八尺”句：言筝曲弹奏之高妙。

其三

荻花枫叶忆秦姝，切切么弦细欲无。莫把胡琴挑醉客，回看霜戟褚公须[1]。

【注释】①《南史·褚彦回传》：“山阴公主淫恣，窥见彦回，悦之，以白帝。帝令彦回西上阁宿，公主夜就之，从夕至晓，彦回不为移志。公主曰：‘君须髯如戟，何无丈夫意？’彦回曰：‘回虽不敏，何敢首为乱阶。’”

赠刘景文[1]

荷尽已无擎雨盖，菊残犹有傲霜枝。一年好景君须记，最是橙黄橘绿时。

【注释】①此首写初冬景色。

偶于龙井辩才处得歙砚，甚奇，作小诗[1]

罗细无纹角浪平，半丸犀璧浦云泓[2]。午窗睡起人初静，时听西风拉瑟声。

【注释】①歙砚：江西省婺源县歙溪所产的石砚。婺源古属歙州，故名。歙砚又称婺源砚、龙尾砚，始制于唐开元间。石质坚韧润密，不吸水，发墨不伤毫。造型典雅浑朴，与端砚并称于世。②半丸：指半圆形。

次韵杨公济奉议梅花十首[1]

其一

梅梢春色弄微和，作意南枝剪刻多。月黑林间逢缟袂[2]，霸陵醉尉误谁何[3]。

【注释】①杨公济：即杨蟠，章安人。嘉祐时诗人。②缟袂：白衣。亦借喻白色花卉。③谁何：此谓盘诘查问。

其二

相逢月下是瑶台，藉草清樽连夜开[1]。明日酒醒应满地，空令饥鹤啄莓苔。

【注释】①藉：盛、多之意。

其三

绿发寻春湖畔回[1]，万松岭上一枝开。而今纵老霜根在，得见刘郎又独来[2]。

【注释】①绿发：乌黑而有光泽的头发，此借言年轻人。②唐刘禹锡《元和十年自朗州至京戏赠看花诸君子》诗："玄都观里桃千树，尽是刘郎去后栽。"此为禹锡自称。后其《再游玄都观绝句》："种桃道士归何处？前度刘郎今又来！”

其四

月地云阶漫一樽，玉奴终不负东昏[①]。临春、结绮荒荆棘[②]，谁信幽香是返魂。

【注释】①“玉奴”句：《南史·王茂传》：东昏妃潘氏玉儿，有国色，武帝将留之。王茂曰：“亡齐者此物，恐贻外议。”帝乃出之。军主田安启求为妇，玉儿义不受辱，乃自缢。②临春、结绮：与望仙阁为陈后主之三阁名也。

其五

日出冰澌散水花[①]，野梅官柳渐攲斜。西郊欲就诗人饮，黄四娘东子美家[②]。

【注释】①冰澌：解冻时流动的冰。②诗人：指杜甫。其作《江上独步寻花》诗云：黄四娘家花满蹊，千朵万朵压枝低。

其六

君知早落坐先开，莫著新诗句句催。岭北霜枝最多思，忍寒留待使君来。

其七

冰盘未荐含酸子，雪岭先看耐冻枝。应笑春风木芍药[①]，丰肌弱骨要人医。

【注释】①木芍药：指牡丹。

其八

寒雀喧喧冻不飞，绕林空啅未开枝。多情好与风流伴，不到双双燕语时。

【注释】①啅：鸟鸣。

其九

鲛绡剪碎玉簪轻[1]，檀晕妆成雪月明[2]。肯伴老人春一醉，悬知欲落更多情。

【注释】①鲛绡：传说中鲛人所织的绡。亦借指薄绢、轻纱。②檀晕：形容浅赭色。与妇女眉旁的晕色相似，故称。

其十

缟裙练帨玉川家[1]，肝胆清新冷不邪。秾李争春犹辨此，更教踏雪看梅花。

【注释】①练帨：白色佩巾。

谢关景仁送红梅栽二首

其一

年年芳信负红梅[1]，江畔垂垂又欲开。珍重多情关令尹，直和根拨送春来。

【注释】①芳信：花开的讯息。春日百花盛开，因亦以指春的消息。

其二

为君栽向南堂下，记取他年著子时。酸酽不堪调众口，使君风味好攒眉[1]。

【注释】①攒眉：皱起眉头。不快或痛苦的神态。

游宝云寺，得唐彦猷为杭州日送客舟中手书一绝句云："山雨霏微不满空，画船来往疾轻鸿。谁知独卧朱帘里，一榻无尘四面风。"明日，送彦猷之子垌赴鄂州，舟中遇微雨，感叹前事，因和其韵，作两首送之，且归其书唐氏

其一

二妙凋零笔法空[1]，忽惊云海戏群鸿。清诗不敢私囊箧，人道

黄门有父风[2]。

【注释】①二妙：指彦猷兄弟。②“人道”句：《晋书·卫瓘传》：子恒为黄门郎，善草隶书。苏轼自注：“黄门，卫恒也。”

其二

出处荣枯一笑空，十年社燕与秋鸿[1]。谁知白首长河路，还卧当时送客风。

【注释】①社燕：燕子春社时来，秋社时去，故有“社燕”之称。

再和杨公济梅花十绝

其一

一枝风物便清和[1]，看尽千林未觉多。结习已空从著袂，不须天女问云何[2]。

【注释】①风物：指风光景物，此指梅花。②“结习”二句：《维摩诘经·观众生品》：“时维摩诘室有一天女，见诸大人，闻所说法，便现其身，即以天花散诸菩萨大弟子上。花至诸菩萨，即皆堕落，至大弟子便著不堕……结习未尽，花著身耳；结习尽者，花不著也。”结习：佛教中称烦恼。

其二

天教桃李作舆台[1]，故遣寒梅第一开。凭仗幽人收艾蒳[2]，国香和雨入青苔。

【注释】①舆台：古代十等人中两个低微等级的名称。舆为第六等，台为第十等。泛指操贱役者，奴仆。②艾蒳：即“艾纳”，古松、梅等树皮上生出的一种莓苔，有香气。

其三

白发思家万里回，小轩临水为花开。故应剩作诗千首，知是多情得得来[①]。

【注释】①得得：施注《五代史补》：僧名贯休。入蜀，献王建诗曰：“一瓶一钵垂垂老，万水千山得得来。”建大悦，因号得得和尚。

其四

人去残英满酒樽，不堪细雨湿黄昏。夜寒那得穿花蝶，知是风流楚客魂。

其五

春入西湖到处花，裙腰芳草抱山斜。盈盈解佩临烟浦，脉脉当垆傍酒家[①]

【注释】①“盈盈”二句：《汉书·司马相如传》：文君与相如，俱之临邛，尽卖车骑，贳酒舍，乃令文君当垆。《文选·古诗》云：盈盈一水间，脉脉不得语。

其六

莫向霜晨怨未开，白头朝夕自相催。斩新一朵含风露[①]，恰似西厢待月来[②]。

【注释】①斩新：崭新，全新。②“恰是”句：《会真记》：莺莺诗：待月西厢下，迎风户半开。拂墙花影动，疑是玉人来。

其七

洗尽铅华见雪肌，要将真色斗生枝。檀心已作龙涎吐[①]，玉颊何劳獭髓医[②]。

【注释】①龙涎：即龙涎香。抹鱼鲸病胃的分泌物。为黄、灰乃至黑色的腊状物质，香气持久，是极名贵的香料。②獭髓：《拾遗记》：孙和悦邓夫人，常置膝上。和舞水精如意，误伤夫人颊，血流污袴。命太医合药，曰：“得白獭髓，杂玉与琥珀屑，当灭此痕。”

其八

湖面初惊片片飞，樽前吹折最繁枝。何人会得春风意，怕见梅黄雨细时。

其九

长恨漫天柳絮轻，只将飞舞占清明。寒梅似与春相避，未解无私造物情。

其十

北客南来岂是家，醉看参月半横斜。他年欲识吴姬面[1]，秉烛三更对此花。

【注释】①吴姬：吴地的美女。

次韵参寥咏雪

朝来处处白毡铺，楼阁山川尽一如。总是烂银并白玉，不知奇货有谁居[1]。

【注释】①“不知”句：《史记·吕不韦传》：“子楚不得意，不韦贾邯郸，见而怜之，曰：“此奇货可居。”

书《浑令公燕鱼朝恩图》[1]

咸宁英气似汾阳[2]，夜饮军容出红妆。不须缠头万匹锦，知君未办作吕强[3]。

【注释】①浑令公：指浑瑊。②咸宁：指浑瑊。浑瑊由楼烦郡王徙咸宁，改封为咸宁郡王。汾阳：指郭子仪，被封为汾阳郡王。③“不须”二句：吕强当东汉时，为中常侍。曾上疏极论外戚贵倖，奢丽过礼，迥非宦寺所及。朝恩方心营奢僭，世传其就汾阳一宴，锦彩缠头以数万计，直欲与王公戚里夸多斗靡。

予去杭十六年而复来，留二年而去。平生自觉出处老少，粗似乐天，虽才名相远，而安分寡求，亦庶几焉。三月六日，来别南北山诸道人，而下天竺惠净师以丑石赠行，作三绝句

其一

当年衫鬓两青青，强说重临慰别情。衰发只今无可白，故应相对话来生。

其二

出处依稀似乐天，敢将衰朽较前贤。便从洛社休官去，犹有闲居二十年①。

【注释】①“便从”二句：白乐天休官于洛，所居履道里，疏沼种树，构石楼于香山，凿八节滩，自号醉吟先生。晚与僧如满结香火社，文酒娱乐二十年。

其三

在郡依前六百中，山中不记几回来①。还将天竺一峰去②，欲把云根到处载。

【注释】①“在郡”二句：白乐天《留题天竺、灵隐两寺》诗云：“在郡六百日，入山十二回”。②“还将”句：白乐天罢杭。有诗云：三年为刺史，

饮冰复食蘖。唯向天竺山，取得两片石。

元祐六年六月，自杭州召还，汶公馆我于东堂，阅旧诗卷，次诸公韵三首

其一

半熟黄粱日未斜，玉堂阴合手栽花。却寻三十年前味，未饭钟时已饭茶[1]。

【注释】①"却寻"二句：此处用典，见《摭言》：唐王播少贫，客扬州木兰院，随僧斋，僧厌之。及播至，已饭矣。后二纪，播出镇是邦，向所题字已碧纱笼其上矣。乃题二绝，一云"上堂已了各西东，惭愧阇黎饭后钟。三十年来尘扑面，如今始得碧纱笼。"

其二

梦觉还惊屧响廊[1]，故人来炷影前香。鬓须白尽成何事，一帖空存老遂良[2]。

【注释】①屧响廊：亦作响屧廊。春秋时吴宫廊名。廊中地面用梓木板铺成，行走有声。②苏轼自注："法帖中，有褚遂良书云：即日，遂良须发尽白。"

其三

尺一东来唤我归[1]，衰年已迫故山期。文章曹植今堪笑[2]，却卷

波澜入小诗。

【注释】①尺一：言天子之诏也。汉制，尺一之板，以写诏书。②苏轼先乞戍边不允，及入见，知宣仁意不可回，不得已赴阁门拜命，再入翰林，兼迩英讲读。故以文章曹植为喻。

书《破琴诗》后 并叙

余作《破琴诗》[1]，求得宋复古画邢和璞于柳仲远。仲远以此本托王晋卿临写为短轴，名为《邢房悟前生图》，作诗题其上。

此身何物不堪为，逆旅浮云自不知。偶见一张闲故纸，便疑身是永禅师。

【注释】①“余作”句：元丰末，司马光力引刘挚，以其攻安石也。及光没，遂执政，至是入相。然挚自结党以来，非复前之为挚，而宣仁进之不已，则主光言也。此即《破琴诗》之来历。

次韵子由书王晋卿画山水二首

其二

山人昔与云俱出，俗驾今随水不回[1]。赖我胸中有佳处，一樽时对画图开。

【注释】①俗驾：世俗人。驾，车驾，借指人。

又书王晋卿画四首

山阴陈迹[1]

当年不识此清真，强把先生拟季伦[2]。等是人间一陈迹，聚蚊金谷本何人。

【注释】①越州山阴县有兰渚，渚有亭焉。王羲之与群贤于此祓禊，和《兰亭记序》。中有“俯仰之间，已为陈迹”之语。故云山阴陈迹。②季伦：即石崇，曾建金谷园。

雪溪乘兴[1]

溪山雪月两佳哉，宾主谈锋夜转雷。犹言不见戴安道，为问适从何处来？

【注释】①此用王徽之雪夜访戴安道事。“王徽之居山阴，夜大雪……忽忆戴安道，时戴在剡，即便夜乘小船就之。经宿方至，造门不前而返，人问其故，王曰：‘吾本乘兴而行，兴尽而返，何必见戴？”语出自南朝宋刘义庆《世说新语·任诞》。

四明狂客[1]

毫端偶集一微尘，何处溪山非此身。狂客思归便归去，要求敕赐枉天真。

【注释】①四明狂客：唐贺知章，字季真。越州永兴人，性放旷，善谈说，开元中迁太子宾客，兼秘书监。晚年尤加纵诞，自号四明狂客，又称秘书外监。

西塞风雨[1]

斜风细雨到来时，我本无家何处归。仰看云天真箬笠，旋收江海入蓑衣。

【注释】①西塞：指胡州磁湖镇道士矶。唐张志和游钓于此，有《西塞山渔父词》。

题王晋卿画后

丑石半蹲山下虎[1]，长松倒卧水中龙。试君眼力看多少，数到云峰第几重。

【注释】①“丑石”句：《汉书·李广传》：广出猎，见草中石，以为虎而射之，中石没镞。此苏轼以虎喻石。

听武道士弹贺若

清风终日自开帘，凉月今宵肯挂檐。琴里若能知贺若[1]，诗中定合爱陶潜。

【注释】①贺若：琴曲名。相传出于唐代琴师贺若夷，或云出于隋代贺若弼，故名，亦借指弼或夷。

送欧阳主簿赴官韦城四首[①]

其一

凤雏骥子日相高，白发苍颜笑我曹[②]。读遍牙签三万轴[③]，却来小邑试牛刀。

【注释】①欧阳主簿：名宪，欧阳修长子伯和子。韦城：即白马县，为宋代滑州州治，今河南滑县。②曹：辈也。③牙签：此指书籍。

其二

出处年来恨不齐，一樽临水记分携[①]。江湖咫尺吾将老，汝颍东流子却西。

【注释】①分携：即分别，别离。

其三

白马津头春水来[①]，白鱼犹喜似江淮。使君已复冰堂酒[②]，更望重新画舫斋[③]。

【注释】①白马津：《九域志》：滑州黎阳津，一名白马津。②冰堂酒：古代美酒名。产于滑州。③画舫：装饰华美的游船。

其四

道傍垂白定沾布[①]，正似当年绿发新。故国依然乔木在[②]，典刑复见老成人[3]。

【注释】①垂白：指白发下垂。②乔木：《孟子·梁惠王下》：所谓故国者，非谓有乔木之谓也，有世臣之谓也。”后以“乔木”为形容故国或故里的典故。③典刑：谓旧法，常规。《诗·大雅·荡》：“虽无老成人，尚有典刑。”郑玄笺：“犹有常事故法可案用也。”

臂痛谒告，作三绝句示四君子

其一

公退清闲如致仕[1]，酒余欢适似还乡。不妨更有安心病，卧看萦帘一炷香。

【注释】①致仕：致仕官的简称。因年老或衰病而辞去职务的官员。《通典·职官十五》：“诸执事官七十听致仕……其五品以上籍年虽少，形容衰老者，亦听致仕。”

其二

心有何求遣病安，年来古井不生澜。只愁戏瓦闲童子，却作泠泠一水看[1]。

【注释】①“只愁”二句：此处用典，见《楞严经》：“我有弟子窥窗观室，惟见清水，遍在室中。童稚无知，取一瓦砾投于水内，激水作声。我出定后，顿觉心痛，我则告言，汝更见水，除去瓦砾，童子奉教，开门除之，我后出定，身质如初。”

其三

小阁低窗卧晏温[1]，了然非默亦非言。维摩示病吾真病，谁识东坡不二门。

【注释】①宴温：《史记·汉武帝纪》："至中山，晏温，有黄云盖焉。"如淳曰："三辅谓日出清济为晏，晏而温也。"指天气晴暖。

西湖戏作一绝

一士千金未易偿[1]，我从陈、赵两欧阳。举鞭拍手笑山简，只有并州一葛强[2]。

【注释】①"一士"句：王十朋注引赵次公《后汉书》："子贡曰：'宁丧千金，无失士心。则一士比千金为多矣。'"②"举鞭"二句：《晋书·山简传》："儿童歌之曰：'举鞭向葛疆，何如并州儿。'疆家在并州，山简爱将也。"案，疆应为彊，盖形近而误。

次韵赵德麟雪中惜梅且饷柑酒三首

其一

千花未分出梅余，遣雪摧残计已疏。卧闻点滴如秋雨，知是东风为扫除[1]。

【注释】①扫除：清除，廓清，荡涤。

其二

阆苑千葩映玉宸[1]，人间只有此花新。飞霙要欲先桃李，散作千林火迫春[2]。

【注释】①玉宸：原指天官，此指皇帝的宫殿。②火迫：急忙之谓。此诗言梅花飞霙，又欲急作桃李之春。

其三

蹀躞娇黄不受鞿[1]，东风暗与色香归。偶逢白堕争春手[2]，遣入王孙玉斝飞[3]。

【注释】①娇黄：指柑桔。②白堕：人名。北魏杨衒之《洛阳伽蓝记·法云诗》："河东人刘白堕善能酿酒，季夏六月，时暑赫晞，以瓮贮酒，暴于日中，经一旬，其酒不动，饮之香美而醉，经月不醒。"后因用作美酒的别称。③玉斝(jiǎ)：古代酒器。有把手，两柱，三足，圆口，上有纹饰，供盛酒与温酒用，盛行于殷代和西周初期，后借指酒杯。

淮上早发

澹月倾云晓角衰[1]，小风吹水碧鳞开。此生定向江湖老，默数淮中十往来。

【注释】①澹月：清淡的月光，亦指月亮。

次韵德麟西湖新成见怀绝句

壶中春色饮中仙[1]，骑鹤东来独惆然。犹有赵、陈同李、郭[2]，不妨同泛过湖船。

【注释】①苏轼自注："谓洞庭春色也。"②李、郭：王注李厚曰《后汉书》：郭林宗游洛阳，见李膺，膺大奇之，遂相友善。后归乡里，衣冠诸儒送至河上，车数千辆，林宗惟与膺同舟而济，众宾望之，以为神仙。

太夫人以无咎生日置酒留余，夜归，书小诗贺上[1]

寿樽余沥到朋簪[2]，要与郎君语夜深。敢问阿婆开后阁[3]，井中车辖任浮沉。

【注释】①太夫人：指晁无咎之母杨氏。②朋簪：指朋辈。语本《易·豫》："大有得，勿疑，朋盍簪。"孔颖达疏："盍，合也；簪，疾也。若有不疑于物，以信待之，则众阴群朋合聚而疾来也。"③阁：应为"閤"，大门旁的小门。

山光寺送客回，次芝上人韵

闹里清游借隙光，醉时真境发天藏[1]。梦回拾得吹来句，十里南风草木香。

【注释】①天藏：天然之府藏。

予少年颇知种松，手植数万株，皆中梁柱矣。都梁山中见杜舆秀才[1]，求学其法，戏赠二首

其一

露宿泥行草棘中，十年春雨养髯龙[2]。如今尺五城南杜[3]，欲问东坡学种松。

【注释】①杜舆：字子师，盱眙人。②髯龙：此指松树。③尺五：杜子美《赠韦七赞善》诗：“时论同归尺五天”。

其二

君方扫雪收松子，我已开榛得茯苓[1]。为问何如插杨柳，明年飞絮作浮萍。

【注释】①榛：落叶灌木。花黄褐色，果实叫榛子，果皮坚硬，果仁可食。《诗经·邶风·简兮》：“山有榛，隰有苓。”

余旧在钱塘，同苏伯固开西湖，今方请越，戏谓伯固，可复来开镜湖耶？伯固有诗，因次韵

已分江湖送此生，会稽行复得岑成。镜湖席卷八百里[1]，坐啸因君又得名。

【注释】①镜湖：古代长江以南的大型农田水利工程之一，在今浙江

绍兴会稽山北麓。东汉永和五年会稽太守马臻主持下修建。因水平如镜，故名。

次韵秦少游、王仲至元日立春三首

其一

省事天公厌两回，新年春日并相催。殷勤更下山阴雪[1]，要与梅花作伴来。

【注释】①山阴：县名，东晋时南迁士人多居于此，在今浙江省绍兴市。《世说新语·任诞》："王子猷居山阴。"

其二

已卯嘉辰寿阿同[1]，愿渠无过亦无功。明年春日江湖上，回首觚稜一梦中[2]。

【注释】①苏轼自注："子由，一字同叔，元日已卯，渠本命也。"②觚稜：亦作"觚棱"，宫阙上转角处的瓦脊成方角稜瓣之形。此借指京城。

其三

词锋虽作楚骚寒，德意还同汉诏宽。好遣秦郎供帖子[1]，尽驱春色入毫端[2]。

【注释】①秦郎：指秦少游。②苏轼自注："立春日，翰林学士供诗帖子。"

上元侍饮楼上三首呈同列[1]

其一

澹月疏星绕建章[2]，仙风吹下御炉香。侍臣鹄立通明殿，一朵红云捧玉皇[3]。

【注释】①上元：节日名。俗以农历正月十五为上元节，也叫元宵节。②建章：宫殿名。汉武帝时，柏梁灾，于是作建章宫，度为千门万户。③红云捧玉皇：《翼圣传》："玉帝坐处，常有红云拥之，虽真仙亦不得见其面也。"

其二

薄雪初消野未耕，卖薪买酒看升平。吾君勤俭倡优拙[1]，自是丰年有笑声。

【注释】①倡优拙：《史记·范雎传》："楚之铁剑利而倡优拙，夫铁剑利则士勇，倡优拙则思虑远。"

其三

老病行穿万马群，九衢人散月纷纷。归来一盏残灯在，犹有传柑遗细君[1]。

【注释】①苏轼自注："侍饮楼上，则贵戚争以黄柑遗近臣，谓之传柑，听携以归，盖故事也。"细君：古代诸侯之妻。后为妻的通称。《汉书·东方朔传》：伏日，诏赐从官肉。朔独拔剑割肉，大官奏之。……朔曰：拔剑割肉，一何壮也！割之不多，又何廉也！归遗细君，又何仁也。

戏答王都尉传柑

侍史传柑玉座傍[1]，人间草木尽天浆。寄与维摩三十颗，不知薝蔔是余香[2]。

【注释】①传柑：亦作“传甘”。北宋上元夜宫中宴近臣，贵戚宫人以黄柑相赠，谓之“传柑”。②苏轼自注：“举轻明重，维摩犹三十枚。”维摩：维摩诘的省称，意译为“净名”，佛经中人名。

再送二首

其一

使君九万击鹏鲲，肯为阳关一断魂。不用宽心九千里，安西都护国西门[1]。

【注释】①安西都护：《唐会要》：贞观十四年，侯君集平高昌，于西州置安西都护府，治交河城。

其二

余刃西屠横海鲲[1]，应余诗谶是游魂。归来趁别陶弘景[2]，看挂衣冠神武门。

【注释】①余刃：《庄子·养生主》："恢恢乎，其于游刃，必有余地矣。"②陶弘景：此苏轼自谓。神武门，古宫门名。即南朝时建康皇宫西首之神虎门。唐初因避太祖李虎讳而改"虎"为"武"或"兽"。相传南朝梁陶弘景曾在此门挂衣冠而上书辞禄。

次韵钱穆父马上寄蒋颖叔二首

其一

玉关不用一丸泥①，自有长城鸟鼠西②。剩与故人寻土物，腊糟红曲寄驼蹄③。

【注释】①一丸泥：《后汉书·隗嚣传》：隗嚣将王元说嚣曰："臣请以一丸泥，为大王东封函谷关。"②鸟鼠：山名，又名鸟鼠同穴山。③红曲：一种调制食品的材料，可供制造红糟，红酒及红腐乳等。

其二

多买黄封作洗泥①，使君来自陇山西。高才得兔人人羡，争欲寻踪觅旧蹄②。

【注释】①黄封：酒名。宋代官酿，因用黄罗帕或黄纸封口，故名。后泛指酒。②"高材"二句：《庄子·外物》："筌者，所以在鱼，得鱼而忘筌，蹄者，所以在兔，得兔而忘蹄。"

七年九月，自广陵召还，复馆于浴室东堂。八年六月，乞会稽，将去，汶公乞诗，乃复用前韵三首

其一

乞郡三章字半斜[1]，庙堂传笑眼昏花。上人问我迟留意，待赐头纲八饼茶[2]。

【注释】①乞郡三章：指《任兵部尚书乞外郡劄子》《辞两职并乞郡劄子》《乞越州劄子》共三章。②苏轼自注："尚书学士得赐头纲龙茶一斤，八饼，今年纲到最迟。"

其二

梦绕吴山却月廊，白梅卢橘觉犹香[1]。会稽且作须臾意[2]，从此归田策最良。

【注释】①苏轼自注："杭州梵天寺，有月廊数百间，寺中多白杨梅卢橘。"②须臾：优游自得。《仪礼·燕礼》：寡君有不腆之酒，以请君子之与寡君须臾焉，使某也以请。

其三

东南此去几时归，倦鸟孤云岂有期。断送一生消底物[1]，三年光景六篇诗。

【注释】①底物：何物，何事。

赠王靓

何人生得宁馨子[①]，今夜初逢掣笔郎[②]。莫怪围棋忘瓜葛[③]，已能作赋继《灵光》[④]。

【注释】①宁馨子：晋宋时俗语，犹言这样的孩子。宁馨子，此指王衍。后用为对孩子的美称，犹言好孩子。②掣笔郎：此指晋代王羲之之子王献之，后以“掣笔郎”称誉幼年善于学书者。③《世说新语》：王长豫幼便和令，丞相爱恣甚笃。每共围棊，丞相欲举行，长豫按指不听。丞相笑曰：“讵得尔？相与似有瓜葛。”④《灵光》：《文选注》：王延寿，字文考。有隽才，游鲁，作《灵光殿赋》。后蔡邕亦造此赋，未成。此四句皆用王姓事。

题毛女真[①]

雾鬓风鬟木叶衣，山川良是昔人非[②]。只应闲过商颜老[③]，独自吹箫月下归。

【注释】①毛女：传说中得道于华山的仙女。汉刘向《列仙传·毛女》：“毛女者，字玉姜，在华阴山中。猎师世世见之，形体生毛，自言秦始皇宫人也，秦坏，流亡入山避难，遇者十谷春，教食松叶，遂不饥寒，身轻如飞，百七十余年，所止岩中有鼓琴声云。”②“山川”句：《神仙传》：苏仙公化白鹤，来桂阳郡。以爪攫楼板，以漆书云：“城郭是，人民非，三百甲子一来归。”③商颜老：指商山四皓，因避秦乱，逃匿山中。

三月二十日开园三首

其一

雪髯霜鬓语伧狞[①]，淡荡园林取次行。要识将军不凡意[②]，从来只啜小人羹[③]。

【注释】①伧狞：亦作“伧佇”，形容声音粗俗杂乱。②将军：定州兼安抚使马步军都总管，故诗中得自称将军。③苏轼自注：“是日散父老酒食。”

其二

西园牡龠夜沉沉[①]，尚有游人卧柳阴。鹤睡觉时风露下，落花飞絮满衣襟。

【注释】①牡龠：亦作“牡钥”，门闩，锁钥。

其三

郁郁苍髯真道友，丝丝红萼是乡人[①]。何时翠竹江村路，送我柴门月色新。

【注释】①苏轼自注：“苍髯，松也。红萼，海棠也。”

临城道中作 并引

余初赴中山，连日风埃，未尝了了见太行也。令将适岭表，颇以是为恨。过临城、内丘，天气忽清彻。西望太行，草木可数，冈峦北走，崖谷秀杰。忽悟叹曰：吾南迁其速返乎？退之衡山之祥也。书以付迈，使志之。

逐客何人著眼看，太行千里送征鞍。未应愚谷能留柳[1]，可独衡山解识韩。

【注释】①愚谷能留柳：柳宗元《愚溪诗序》：“余以愚触罪，谪潇水上，爱是溪，家焉。古有愚公谷，故更之为愚溪。”

予前后守、倅余杭，凡五年。夏秋之间，蒸热不可过。独中和堂东南颊，下瞰海门，洞视万里，三伏常萧然也。绍圣元年六月，舟行赴岭外，热甚。忽忆此处，而作是诗

忠孝王家千柱宫[1]，东坡作吏五年中。中和堂上东南颊，独有人间万里风。

【注释】①忠孝王：指吴越王钱俶，太平兴国三年举族归朝。卒，谥忠懿。②颊：指宫室之房。

慈湖夹阻风五首

其一

捍索桅竿立啸空[1]，篙师酣寝浪花中。故应菅蒯知心腹[2]，弱缆能争万里风。

【注释】①捍索：桅杆两边的绳索。船行驶时下垂，停泊时用以揽船。②菅蒯：茅草之类，可编绳索。亦喻微贱的人或物。

其二

此生归路愈茫然，无数青山水拍天。犹有小船来卖饼，喜闻墟落在山前[1]。

【注释】①墟落：此指村落。

其三

我行都是退之诗，真有人家水半扉。千顷桑麻在船底，空余石发挂鱼衣[1]。

【注释】①石发：生于水边石上的苔藻。《初学记》卷二七引晋周处《风土记》："石发，水苔也，青绿色，皆生于石也。"

其四

日轮亭午汗珠融[1]，谁识南讹长养功[2]。暴雨过云聊一快，未妨明月却当空。

【注释】①亭午：《太平御览》：（日）在午曰亭午。②南讹，亦作“南韦”“南伪”。指夏时耕作及劝农等事。《尚书·尧典》：“申命羲叔，宅南交，平秩南讹，敬致。”孔传：“讹，化也。掌夏之官，平叙南方化育之事。”

其五

卧看落月横千丈，起唤清风得半帆[1]。且并水村攲侧过，人间何处不巉岩[2]。

【注释】①唤清风：是江湖间舟子之常事，彼中舟子善相风，舟行则呼风以饱帆。②巉岩：险峻之貌。

宿建封寺，晓登尽善亭，望韶石三首

其一

双阙浮光照短亭[1]，至今猿鸟啸青荧[2]。君王自此西巡狩，再使鱼龙舞洞庭。

【注释】①双阙：《水经注》：韶石对峙，似双阙，又有凤阁、毬门之名。②青荧：指青光闪映貌，喻水珠。

其二

蜀人文赋楚人辞，尧在崇山舜九疑[1]。圣主若非真得道，南来万里亦何为？

【注释】①崇山：帝尧葬于其阳。九疑：山名，在湖南宁远县南，舜所葬也。

其三

岭海东南月窟西[1]，功成天已锡玄圭[2]。此方定是神仙宅，禹亦东来隐会稽[3]。

【注释】①月窟：亦作“月蝴”，传说月的归宿处。《汉武帝内传》：“仰上升绛庭，下游月窟阿。”《文选·扬雄〈长杨赋〉》：“西厌月蝴，东震日域。”刘良注：“月窟，月出穴也，在西。”②玄圭：亦作“玄珪”。一种黑色玉器，上尖下方，古代用以赏赐建立特殊功绩的人。③会稽：《帝王世纪》：“禹崩于会稽，葬于会稽山阴县之南，今山上有禹冢。”

卷十九　七言绝句

送惠州押监[1]

一声鸣雁破江云，万叶梧桐卷露银[2]。我自飘零足羁旅，更堪晚秋送行人[3]。

【注释】①押监：即兵马监押的简称。宋州府武官名。掌管本城屯驻、兵甲、训练差使之事。本集有《与惠州都监尺牍》一文，可参。②露银：即银露，白露。③更堪：再加上。

送佛面杖与罗浮长老[1]

十方三界世尊面[2]，都在东坡掌握中[3]。送与罗浮德长老，携归万窍总号风。

【注释】①佛面杖：用佛面竹制成的手杖。佛面竹，江南竹的变种，竹纹像人面的轮廓，故名。罗浮长老：即诗中所说的德长老。②十方：八方加上、下为十方。三界：佛教把生死流转的人世间分为三界，即欲界，色界，无色界。世尊：佛家对释迦牟尼的尊称。③掌握：手掌。比喻在所控制的范围内。

食荔支[1]

罗浮山下四时春，卢橘杨梅次第新[2]。日啖荔支三百颗[3]，不辞长作岭南人。

【注释】①此诗作于绍圣三年四月。原与《食荔支并诗》置于一处，题作《食荔支二首并引》，因非同体，故分之。②次第：依次。③啖：食，吃。

撷菜[1] 并引

吾借王参军地种菜，不及半亩，而吾与过子终年饱饫[2]。夜半饮醉，无以解酒，辄撷菜煮之。味含土膏，气饱风露，虽梁肉不能及也。人生须底物[3]，而更贪耶？乃作四句。

秋来霜露满东园，芦菔生儿芥有孙[4]。我与何曾同一饱[5]，不知何苦食鸡豚。

【注释】①此诗作于绍圣三年秋。②饱饫（yù）：饱足。③底物：何物，甚物。④芦菔：即萝蔔，也名"莱菔"。种类繁多，块根供蔬食，子入药。芥：即芥蓝，蔬菜名。⑤何曾：晋人，官至司空。他生性奢豪，务在华侈，日食万钱，犹言无处下箸。《晋书》有传。

纵笔[1]

白头萧散满霜风[2]，小阁藤床寄病容[3]。报道先生春睡美[4]，道人轻打五更钟。

【注释】①此诗作于绍圣四年。据宋曾季狸《艇斋诗话》："东坡海外《上梁文口号》曰：'为报先生春睡美。'章子厚（当时的宰相）见之，遂再贬儋耳，以为安稳，故再迁也。"②萧散：离散。③藤床：藤制之床。④春睡美：王文诰曰："公祠有睡美处三间，在朝云祠旁，最为幽胜。"按，朝云卒于三年七月，此言春睡，当在四年春。

三月二十九日二首

其一

南岭过云开紫翠，北江飞雨送凄凉。酒醒梦回春尽日，闭门隐几坐烧香[2]。

【注释】①此二首作于绍圣四年三月底。②隐几：倚着几案。《庄子·徐无鬼》："南伯子綦隐几而坐，仰天而嘘。"隐：倚，靠着。

其二

门外橘花犹的皪[1]，墙头荔子已斓斑[2]。树暗草深人静处，卷帘攲枕卧看山[3]。

【注释】①的皪(lì)：光亮鲜明貌。司马相如《上林赋》："明月珠子，的皪江靡。"②斓斑：即斑斓，灿烂多彩貌。③攲枕：斜倚着枕头。

过子忽出新意，以山芋作玉糁羹，色香味皆奇绝。天上酥陀则不可知，人间决无此味也

香似龙涎仍酽白[1]，味如牛乳更全清。莫将南海金齑脍，轻比东坡玉糁羹。

【注释】①龙涎：即龙涎香。为抹香鲸病胃的分泌物，蜡状，呈黄、灰

或黑色，极名贵之香料。仍：并且。酽白：纯白。②金齑脍：与“酥陀”皆言仙界之美味。

被酒独行，遍至子云、威、徽、先觉四黎之舍，三首[1]

其一

半醒半醉问诸黎，竹刺藤梢步步迷。但寻牛矢[2]觅归路，家在牛栏西复西。

【注释】①子云、威、徽、先觉四黎：四位黎姓友人。③牛矢：牛屎。

其二

总角黎家三四童[1]，口吹葱叶送迎翁。莫作天涯万里意，溪边自有舞雩风[2]。

【注释】①总角：总：聚拢。古时儿童束发为两结，向上分开，形状如角，故称总角。②舞雩风：语出《论语·先进》：“（曾点）曰：‘莫（暮）春者，春服既成，冠者五六人，童子六七人，浴乎沂，风乎舞雩，咏而归。’”风：吹风、乘凉。舞雩：古时的求雨坛。这是曾点谈他的治国理想，描绘了一幅四海清晏、怡然自乐的太平景象。此二句意谓不要认为身在万里天涯，其实随处都可自得其乐。

其三

符老风情奈老何[1]，朱颜减尽鬓丝多。投梭每困东邻女[2]，换扇惟逢春梦婆[3]。

【注释】①符老：符林秀才。风情：风采，神情。②投梭：语出《晋书·谢鲲传》："邻家高氏女有美色，鲲尝挑之，女投梭，折其两齿。"后以此称女子抗拒调情。东邻：语出战国楚宋玉《登徒子好色赋》："楚国之丽者，莫若臣里，臣里之美者，莫若臣东家之子。"后以"东邻"为美女的代称。此句乃是对符林的戏言。③苏轼自注：是日，复见符林秀才，言换扇之事。春梦婆：施元之注引赵令畤《侯鲭录》："东坡在昌化，尝负大瓢行歌田间，有老妇年七十，谓坡云：'内翰昔日富贵，一场春梦。'坡然之。里人呼此媪为春梦婆。"

纵笔三首

其一

寂寂东坡一病翁，白须萧散满霜风。小儿误喜朱颜在，一笑那知是酒红[1]。

【注释】①"小儿"二句：言作者因饮酒脸色泛红，小儿误认为是健康之色而喜，作者对此付之一笑。小儿：指苏过，轼第三子。时随轼在岭南。

其二

父老争看乌角巾[1]，应缘曾现宰官身[2]。溪边古路三叉口，独立斜阳数过人。

【注释】①乌角巾：葛制黑色有折角的头巾，常为隐士所戴。唐·杜甫《南郊》诗："锦里先生乌角巾，园收芋栗未全贫。"仇兆鳌注："角巾，隐士之冠。”②应缘：偶然应了因缘。宰官身：《法华经》说妙音菩萨曾现宰官身说法。作者因作宰官，所以借此自喻。

其三

北船不到米如珠，醉饱萧条半月无[1]。明日东家当祭灶，只鸡斗酒定膰吾[2]。

【注释】①萧条：犹逍遥，悠闲貌。②膰(fán)：祭祀用的烤肉。此言定请他去吃烤肉。

题过所画枯木竹石三首

其一

老可能为竹写真[1]，小坡今与石传神[2]。山僧自觉菩提长，心境都将付卧轮[3]。

【注释】①老可：指文与可。②小坡：指苏轼之子苏过，苏过，当时被人称作小东坡。③“山僧”二句：《传灯录》：有僧举卧轮禅师偈云：“卧轮有伎俩，能断百思想，对境心不起，菩提日日长。”六祖闻之，曰：“此偈未明心地。”因示偈曰：“慧能没伎俩，不断百思想。对境心数起，菩提作么长。”

其二

散木支离得自全，交柯蚴蟉欲相缠[1]。不须更说能鸣雁[2]，要以空中得尽年。

【注释】①蚴蟉(yòu liào)：树木盘曲纠结貌。②能鸣雁：《庄子·山木篇》：弟子问于庄子曰："昨日山中之木，以不材得终其天年，今主人之雁，以不材死，先生将何处？"庄子笑曰："周将处夫材与不材之间，似之而非也，故未免乎累。"

其三

倦看涩勒暗蛮村[1]，乱棘孤藤束瘴根。惟有长身六君子[2]，猗猗犹得似淇园[3]。

【注释】①涩勒：岭南竹名。②长身六君子：指竹。③淇园：古代卫国园林名。产竹。

答海上翁

山翁不复见新诗，疑是河南石壁曦。海水岂容鲸饮尽，然犀[1]何处觅琼枝。

【注释】①然犀：传说点燃犀牛角可以照见水中之怪物。

次韵子由赠吴子野先生二绝句

其一

马迹车轮满四方，若为闭著小茅堂。仙心欲捉左元放[1]，痴疾还同顾长康[2]。

【注释】①左元放：《后汉书·左慈传》：左慈，字元放。曹操因坐上欲收杀之。慈乃却入壁中。或见于市者，又捕之。而市人皆变形与慈同，莫知谁是。后人逢慈于阳城山头，因复逐之，遂入走羊群，莫知所取。②顾长康：即顾恺之。《晋书·顾恺之传》："恺之在桓温府，常云：'恺之体中痴黠各半，……'故俗传恺之有三绝：才绝、画绝、痴绝。后以"痴绝"为藏拙或不合流俗之典。

其二

江令苍苔围故宅，谢家语燕集华堂[1]。先生笑说江南事，只有青山绕建康[2]。

【注释】①江令：江总也，为陈中书令。谢家：谢安之族也。刘禹锡《金陵五题》其一《江令宅》云："南朝词臣北朝客，归来唯见秦淮碧。池台竹树三亩余，至今人道江家宅。"其一《乌衣巷》："朱雀桥边野草花，乌衣巷口夕阳斜。旧时王谢堂前燕，飞入寻常百姓家。"②建康：即今南京。

澄迈驿通潮阁二首[1]

其一

倦客愁闻归路遥，眼明飞阁俯长桥。贪看白鹭横秋浦，不觉青林没晚潮。

【注释】①澄迈：《太平寰宇记》：澄迈县，在旧崖州西九十里，隋置县，以迈山为名。通潮阁：在澄迈县西。

其二

余生欲老海南村，帝遣巫阳招我魂[1]。杳杳天低鹘没处，青山一发是中原[2]。

【注释】①巫阳：传说中的女巫。《楚辞·招魂》："帝告巫阳曰：'有人在下，我欲辅之。魂魄离散，汝筮予之。'"②一发：形容远山微茫。

雨夜宿净行院

芒鞋不踏利名场[1]，一叶轻舟寄淼茫。林下对床听夜雨，静无灯火照凄凉。

【注释】①芒鞋：用芒茎外皮编织成的鞋。亦泛指草鞋。

合浦愈上人，以诗名岭外。将访道南岳，留诗壁上云："闲伴孤云自在飞。"东坡居士过其精舍，戏和其韵[1]

孤云出岫岂求伴，锡杖凌空自要飞。为问庭松尚西指，不知老奘几时归[2]。

【注释】①合浦：《舆地广记》：广南西路廉州，领县二，其一为合浦。②"为问"二句：《大唐新语》："玄奘法师，西域取经，以手摩灵岩寺松树，曰：'吾西去，汝可西长，若吾归，即东南，使吾弟子知之。'乃去，其枝年年西指，长数丈。一年忽东向。弟子曰：'吾师归矣。'乃迎之，果至，后号为摩顶松。”

书韩干二马

赤髯碧眼老鲜卑[①]，回策如萦独善骑[②]。赭白紫骝俱绝世[③]，马中湛岳有妍姿[④]。

【注释】①赤髯碧眼：红胡子绿眼睛。旧时形容胡人，此指鲜卑人。②回策如萦：挥动马鞭，回旋如绕。③赭（zhě）白：毛色赤白相间的骏马。紫骝：古骏马名。④湛：晋代夏侯湛。岳：晋代潘岳。二人皆美容观。时人谓之连璧。

往年宿瓜步，梦中得小绝，录示谢民师[①]

吴塞蒹葭空碧海，隋宫杨柳只金堤[②]。春风自恨无情水，吹得东流竟日西[③]。

【注释】①谢民师：谢举廉，字民师，新喻人。此时，谢民师为广州推官。②“吴塞”二句：比喻小人虽得志一时，而终必身败名裂也。③“梦中”二句：苏轼后遇广州朱行中于浈阳，且以民师为托，有班斤郢斫之誉，亦其爱重之矣。品味此诗，苏轼担心民师年少，或者害怕其才美而不进于德，故托旧梦勉励他。想把他引导到清流一途。苏轼以后作诗，大多有意晦之，不容探讨，不可不知。

跋王进叔所藏画五首[1]

徐熙杏花[2]

江左风流王谢家[3]，尽携书画到天涯。却因梅雨丹青暗[4]，洗出徐熙落墨花[5]。

【注释】①此五首，约昀以为皆有寓讽，一自寓，二刺小人，三乡思，四刺小人乘时得进，五怨而太怒。王进叔时为岭南监司。②徐熙：《事实类苑》：国初，布衣江南徐熙，与伪蜀翰林待诏黄筌，皆以善画著名。后江南平，徐熙至京师，送图画院。黄筌妙在傅色，用笔极细，殆不见墨迹。徐熙以墨笔画画，略施丹粉，别有生动之意。黄筌恶其胜己，言徐熙画粗恶不入格，罢之。③风流王谢：此借指王进叔也。④“却因”句：指广南有黄梅雨，最损书画。⑤“洗出”句：《图画见闻志》徐熙意出古今。徐铉曰：落墨为格，杂彩副之，迹与色不相隐映也。

赵昌四季[1]

芍药

倚竹佳人翠袖长，天寒犹著薄罗裳。扬州近日红千叶[2]，自是风流时世妆[3]。

【注释】①赵昌：工画花果，名推独秀，技亦难偕。②“扬州”句：《东坡志林》：扬州芍药为天下冠。蔡繁卿为守，始作万花会，以御爱红为第一。③“自是”句：《因话录》崔枢夫人汉家整肃，贵贱皆不许时世妆，而时世妆之状，则斜红不晕也。白居易诗：“时世妆，时世妆，自出城中传四方。”时世妆：即相当于今日流行时装也。

踯躅[①]

枫林翠壁楚江边[②]，踯躅千层不忍看[③]。开卷便知归路近，剑南樵叟为施丹[④]。

【注释】①踯躅：杜鹃花的别名，又名山石榴、映山红。②枫林：即枫树林。枫叶至秋而变红，甚美。③踯躅千层：韩愈诗：踯蹰红千层。④剑南樵叟：赵昌自号剑南樵客。一说赵昌自称剑南樵人。纪昀曰：此首独用赋体，但寓乡心，并无别意。

寒菊

轻肌弱骨散幽葩，真是青裙两髻丫。便有佳名配黄菊，应缘霜后苦无花[①]。

【注释】①"便有"二句：元稹《菊花》诗："不是花中偏爱菊，此花开后更无花。"

山茶

游蜂掠尽粉丝黄，落蕊犹收蜜露香。待得春风几枝在，年来杀菽有飞霜[①]。

【注释】①"待得"二句：山茶开于雪中，其至春时，在者能几，而有杀菽之霜，故不能多枝留待春时。以比遭谪之人，不能再被春和也。

题灵峰寺壁

灵峰山上宝陀寺[①]，白发东坡又到来。前世德云今我是[②]，依稀犹记妙高台[③]。

【注释】①灵峰山：《广州志》：灵峰山，一名灵洲山，在城西六十五里，郁水出其下。山上有宝陀寺、妙高台，以院中有宝陀佛名焉。②德云：佛经中人名。善财童子所参的五十三善知识之一。“今我是”者，谓前世有德云，而今我亦复如是。③“依稀”句：德云比丘，居胜乐国妙峰山上，事见《华严经》。南都有妙峰亭，而子诗云：“我登妙峰亭，欲访德云师。”润州金山有妙高台，而苏轼诗曰：“中有妙高台，云峰自孤起。”又曰：“何须寻德云，即此比丘是，”则二山山亭与台所以得名者，皆以其孤峰，遂取胜乐之妙峰名名耳。惟其得妙峰，妙高高名，故二公又遂用德云为事实耳。

东坡居士过龙光，求大竹作肩舆，得两竿。南华珪首座，方受请为此山长老。乃留一偈院中，须其至，授之，以为他时语录中第一问[1]

斫得龙光竹两竿，持归岭北万人看。竹中一滴曹溪水[2]，涨起西江十八滩[3]。

【注释】①龙光：寺名。王文诰按当在南安军岭下。②曹溪：水名，在广东曲江县东南双峰山下。唐仪凤中，邑人曹叔良舍宅建宝林寺，故名曹溪，以禅宗六祖慧能在曹溪宝林寺演法，曹溪遂为禅宗别号。此诗因竹以寓禅。③西江十八滩：在虔州。

赠岭上老人[1]

鹤骨霜髯心已灰，青松合抱手亲栽。问翁大庾岭头住[2]，曾见南迁几个回？

【注释】①岭上老人：《独醒杂志》载，东坡遇赦北还，至庾岭上，休于村店，遇一老翁，老翁知道东坡身份后，向前作揖，说：“我听说别人百般陷害您，今日北归，是天祐善人。”东坡笑而谢之，作此诗。②大庾岭：简称庾岭，一名梅岭，为五岭之一。

赠岭上梅

梅花开尽百花开，过尽行人君不来。不趁青梅尝煮酒[①]，要看细雨熟黄梅。

【注释】①青梅煮酒：古代一种煮酒法。

予初谪岭南，过田氏水阁，东南一峰，丰下锐上，俚人谓之鸡笼山，予更名独秀峰。今复过之，戏留一绝[①]

倚天巉绝玉浮图[②]，肯与彭郎作小姑[③]。独秀江南知有意，要三二别四三壶[④]。

【注释】①据《安南志》载：南康县治东七十步，有苏步坊，苏子瞻南迁经此，过田如鳌六经堂留题，因名。②巉：险峻的样子。浮图：佛教术语，意为塔，东坡于此以山比塔。③彭郎、小姑：江南有两山，突出于江中，古传为二孤山，后讹为大姑、小姑山。洞庭湖下有一洲，风涛激之，则隐隐作响，古称猛浪矶，后讹为彭郎矶，又生出小姑嫁彭郎的传说。④二别：指大别山、小别山；三壶：指传说中的海上三神山：方丈、蓬莱和瀛洲。

画车二首

其一

何人画此双轮车，便是当年攲器图。上易下难须审细，左提右挈免疏虞。

【注释】①攲器：一种倾斜易覆的器具。

其二

九衢歌舞颂王明，谁恻寒泉独自清。赖有千车能散福，化为膏雨满重城[①]。

【注释】①“赖有”二句：意即所画之车运水入城。

绝句

柴桑春晚思依依，屋角鸣鸠雨欲飞[①]。昨日已收寒食火[②]，吹花风起却添衣。

【注释】①鸣鸠：即斑鸠。②“昨日”句：是清明节以后所作之诗。

次韵郭功甫观予画雪雀有感二首

其一

早知臭腐即神奇，海北天南总是归。九万里风安税驾[①]，云鹏今悔不卑飞。

【注释】①税驾：犹解驾，停车。谓休息或归宿。

其二

可怜倦鸟不知时，空羡骑鲸得所归[①]。玉局西南天一角[②]，万人沙苑看孤飞。

【注释】①骑鲸：骑大鱼，后指隐遁或游仙。②玉局：道观名，位于今四川成都。苏轼曾任祠官玉局观提举。

次韵法芝举旧诗一首

春来何处不归鸿，非复羸牛踏旧踪。但愿老师心似月，谁家甕里不相逢[①]。

【注释】①"谁家"句：《山谷集》引《高僧传》载：揭起醋甕见天下，天下元来在甕中，甕中元来有天下。

戏赠孙公素

披扇当年笑温峤[1]，握刀晚岁战刘郎[2]，不须戚戚如冯衍，便舆时时说李阳[3]。

【注释】①温峤：晋人，字太真。②"握刀"句：《三国志·法正传》载：孙权以妹妻先主刘备，其妹才捷刚猛，有其兄之风，侍婢百余人，皆亲执刀侍立，刘备每次往，内心常怕。③李阳：据《世说新语》载，李阳为幽州刺史，京都大侠。

睡起，闻米元章冒热到东园送麦门冬饮子

一枕清风直万钱，无人肯买北窗眠。开心暖胃门冬饮[1]，知是东坡手自煎。

【注释】①门冬：即麦门冬，草名，根似麦而有须，凌冬不凋，故称。根可入药，主治心胃病。

戏作贾梁道诗 并引[1]

王凌谓贾充曰[2]："汝非贾梁道之子耶？乃欲以国与人。"由是观之，梁道之忠於魏也久矣。司马景王既执凌归，过梁道庙，凌大呼曰："我亦大魏之忠臣也。"及司马景王病，见凌与梁道守而杀之[3]。二人者，可谓忠义之至，精贯于神明矣，然梁道之灵，独不能已其子充之奸，至使首发成济之事[4]，此又理之不可晓者也。故予戏作诗云。

嵇绍似康为有子[5]，郗超叛鉴是无孙[6]。如今更恨贾梁道，不杀公闾杀子元[7]。

【注释】①贾梁道：即贾逵，字梁道，曹魏时河东襄陵人。官至豫州刺史，谥曰肃侯。《魏志》有传。②王凌：字彦云，曹魏时太原祁人，官至太尉。后因欲立楚王曹彪都许昌，为司马懿所杀。《魏志》有传。贾充：字公闾，贾逵之子。③司马景王：即司马师，字子元，司马懿之子。梁道庙，《魏志》本传载，贾逵死后，“豫州吏民追思之，为刻石立祠。”其祠址在河南项城。《魏志·王凌传》注引干宝《晋记》：“凌到项，见贾逵祠在水侧，凌呼曰：‘贾梁道，王凌固忠于魏之社稷者，唯尔有神，知之。’其年八月，太傅（指司马懿）有疾，梦凌、逵为疠，甚恶之，遂薨。”案，“执凌”者为司马懿，凌逵“守而杀之”者亦为司马懿，此言司马景王，当是苏轼误记。④已：止。成济之事：指成济杀魏帝曹髦之事。《晋书·贾充传》：“高贵乡公（曹髦）之攻相府（司马昭之府）也，充率公距战于南阙。军将败，成济谓充曰：‘今日之事何如？’充曰：‘公养汝，正拟今日，复何疑。’济于是抽戈犯陛。”⑤嵇绍：字延祖，嵇康之子。晋惠帝永安元年(304)七月，东海王司马越等挟晋惠帝讨皇太帝司马颖，颖将石超破之于荡阳。时嵇绍随帝北征，王师败绩时，百官及侍卫莫不溃散，唯绍以身捍卫，血溅帝侧。时人视为“忠君”典范，见《晋书·忠义传》。⑥郗超：字景兴，一字嘉宾，东晋高平金乡人。其祖父郗鉴忠于晋室，曾同陶侃一道平定了祖约、苏峻之乱。郗超曾协助桓温图谋不轨，未能如同乃祖一样忠于晋室，故言“无孙”。详见《晋书·郗鉴传》。

留题徐氏花园二首

其一

莫寻群玉山头路，莫看刘郎观里花[1]。但解闭门留我住，主人休问是谁家。

【注释】①刘郎观里花：唐刘禹锡元和十年写《玄都观看花》诗，经十四年重游玄都观，作《再游玄都观》诗，诗中有“种桃道士归何处？前度刘郎今又来”句。二诗均刺权贵。

其二

退之身外无穷事，子美樽前欲尽花[1]。更有多情君未识，不随柳絮落人家。

【注释】①退之：即韩愈。子美：即杜甫。退之诗有“莫忧世事兼身事”句。子美《绝句漫兴》诗“莫思身外无穷事，且尽生前有限杯”句。且有《曲江》诗：“且看欲尽花经眼，莫厌伤多酒入唇。”

游灵隐寺戏赠开轩李居士[1]

推倒垣墙也不难，一轩复作两轩看。若教从此成千里，巧历如今也被漫[2]。

【注释】①灵隐寺：东晋咸和年间始建，在今浙江杭州市西北灵隐山麓。开轩：《咸淳临安志》：“开轩，在合涧桥西北。元祐中有李居士者居此，与东坡往还。据考可能为李佖也。②巧历：即精于历算的人。

钱道人有诗云“直须认取主人翁”，作两绝戏之

其一

首断故应无断者[1]，冰销那复有冰知[2]。主人若苦令侬认，认主人人竟是谁。

【注释】①“首断”句：《圆觉经》云：“菩萨常觉不住，照与照者，同时寂灭。譬如有人自断其首，首已断，故无能断者，则以碍心自灭诸碍，碍已断灭，无灭碍者。碍：有限制、阻挡、妨碍、牵挂义。”②“冰销”句：《圆觉经》云：“善男子，若心照一切，觉者皆为尘垢，觉所觉者不离尘，故如汤消冰，无别有冰，知冰销者存我觉我，亦复如是。”《传灯录》：“譬如寒月，水结为冰，及至暖时，冰释为水。”

其二

有主还须更有宾，不如无镜自无尘[1]。只从半夜安心后，失却当前觉痛人[2]。

【注释】①“不如”句：六祖偈云：菩萨本无树，明镜亦非台。本来无一物，何处惹尘埃？②“只从”二句：《楞严经》：“毕陵伽婆蹉言：毒刺伤足，举身疼痛，觉清无觉。”又尧卿曰：“慧可大师，父感异光照室，母因怀妊。及长，名之曰光。后于寂默中倏见一神人示语。翼日，觉头痛如刺，空中有声云：‘此乃换骨，非常痛也。’其师视其顶骨，如五峰秀出，乃曰：‘神令汝南者，斯则少林达摩大士，汝之师也。’光后果造于少室，参达摩，传衣得法。”

成伯家宴，造坐无由，辄欲效颦而酒已尽，入夜，不欲烦扰，戏作小诗，求数酌而已

道士令严难继和，僧伽帽小却空回①。隔篱不唤邻翁饮，抱瓮须防吏部来②。

【注释】①僧伽帽：即僧帽。僧伽，原指出家佛教徒四人以上组成的团体，后单个和尚也称僧伽，简称僧。回：有旋转，环绕意。②"隔篱"二句：苏轼自注："道士令，悦神乐中所谓离而复合者。杜诗云：有与邻翁相对饮，隔篱呼取尽余杯。"吏部：旧官制六部之一。魏晋以后置尚书等官，主管官吏任免，考课，升降，调动等。此指成伯。

成伯席上赠所出妓川人杨姐

坐来真个好相宜①，深注唇儿浅画眉②。须信杨家佳丽种，洛川自有浴妃池③。

【注释】①"坐来"句：梁简文帝诗：春风本自奇，杨柳最相宜。②"深注"句：白居易诗：乌膏注唇唇似泥，双眉画作八字低。③"洛川"句：《一统志》：杨妃池，在灌县。妃父玄琰为蜀司户，生妃于此。洛：当作"灌"。

次韵回文三首[1]

其一

春机满织回文锦[2]，粉泪挥残露井桐[3]。人远寄情书字小，柳丝低日晚庭空。

【注释】①回文：回环往复读之，均能成诵。②“春机”句：徐陵《中妇织流黄》：“春机当户前。”此为织璇机图的布机。回文锦：织锦图上的回文诗。③粉泪：李端《妾薄命》：“惟余坏粉泪。”露井：陆龟蒙诗：“朱阁前头露井多，碧梧桐下美人过。”

其二

红笺短写空深恨[1]，锦句新翻欲断肠。风叶落残惊梦蝶，戍边回雁寄情郎[2]。

【注释】①红笺：韩翃诗：“红笺色夺风流座。”②“戍边”句：元稹诗：“怅望悲回雁。”韩偓诗：“书中说却平生事，犹疑未满情郎意。”

其三

羞云敛惨伤春暮，细缕诗成织意深。头畔枕屏山掩恨[1]，日昏尘暗玉窗琴[2]。

【注释】①掩：遮蔽。②玉窗：窗的美称。

附江南本织锦图上回文原作三首[①]

其一

春晚落花余碧草[②]，夜凉低月半枯桐。人随远雁边城暮，雨映疏帘绣阁空。

【注释】①回文诗，起于窦滔妻苏氏，于锦上织成之。见《晋书·列女传》。②碧草：杜甫《蜀相》诗：映阶碧草自春色。

其二

红手素丝千字锦[①]，故人新曲九回肠[②]。风吹絮雪愁萦骨，泪洒缣书恨见郎。

【注释】①千字锦：即回文锦。②九回肠：司马迁《报任安书》："肠一日而九回。"

其三

羞看一首回文锦，锦似文君别恨深[①]。头白自吟悲赋客，断肠愁是断弦琴[②]。

【注释】①文君：卓文君，司马相如之妻。《西京杂记》："司马相如将聘茂陵女子为妾，卓文君作《白头吟》以自绝，相如乃止。"②"断肠"句：《后汉书·蔡琰传》注引刘昭《幼童传》："邕故断琴一弦，问之，琰曰：'第四弦！'"

题沈君琴

武昌主簿吴亮君采，携其友人沈君十二琴之说，与高斋先生空同子之文太平之颂以示予。予不识沈君，而读其书，乃得其义趣，如见其人，如闻其十二琴之声。予昔从高斋先生游，尝见其宝一琴，无铭无识，不知其何代物也。请以告二子，使从先生求观之此十二琴者，待其琴而后和。元丰六年闰六月。

若言琴上有琴声，放在匣中何不鸣？若言声在指头上，何不于君指上听①。

【注释】①“若言”四句：《楞严经》：“譬如琴瑟，箜篌，琵琶，虽有妙音，若无妙指，终不能发。汝与众生，亦复如是。又偈云：声无既无灭，声有亦非生。生灭二缘离，是则常真实。”此诗宗旨，大约本此。

洗儿戏作①

人皆养子望聪明，我被聪明误一生。惟愿孩儿愚且鲁，无灾无难到公卿。

【注释】①此诗当是苏遁生时所作，诗中有愤世嫉俗之意。《东京梦华录》：“生子满月，为洗儿会。”

赠江州景德长老①

白足高僧解达观，安排春事满幽栏。不须天女来相试，总把空花眼里看。

【注释】①景德长老：曾子固《江州景德寺新戒坛记》云："初，景德寺几废，僧智暹不舍昼夜之勤，凡二十年，为佛殿，山门、两廊、钟楼与戒坛，统为屋若干区，费钱二十余万。"疑为其人。

送范德孺

渐觉东风料峭寒[1]，青蒿黄韭试春盘。遥想庆州千嶂里，暮云衰草雪漫漫。

【注释】①料峭寒：即春寒。料峭：形容微寒。

次韵子由题《憩寂图》后[1]

东坡虽是湖洲派，竹石风流各一时。前世画师今姓李，不妨还作辋川诗。

【注释】①《东坡题跋》首云："元祐元年正月十二日，苏子瞻、李伯时为柳仲远作《松石图》。仲远取杜子美诗"松根胡僧憩寂寞，宠眉皓首无住著。偏袒右肩露双脚，叶里松子僧前落。"之句，复求伯时画此数句为《憩寂图》。子由题云：东坡自作苍苍石，留取长松待伯时。只有两人嫌未足，兼收前世杜陵诗。因次其韵，曰：'东坡虽是湖州派'云云。文与可尝云：'老夫墨竹一派，近在徐州。吾竹虽不及，石似过之。'"

和钱四寄其弟龢

老来日月似车轮，此去知逢几个春。昨夜冰花犹作柱，晓来梅子已生人[1]。

【注释】①生人：养育人。

病后醉中

病为兀兀安身物[1]，酒作逢逢入脑声[2]。堪笑钱塘十万户，官家付与老书生。

【注释】①兀兀：痴呆貌。②逢逢：象声词，常形容鼓声。

此君轩

云幢烟节十洲人[1]，犀甲檀枪百万军。翳荟丛生何足道[2]，此君真是此君君[3]。

【注释】①云幢：旧时用为仪仗的一种饰有云形图案的旗帜。十洲人：言人众多。包何有诗：云山百越路，市井十洲人。②翳荟：草木茂盛的样子。张华《鹪鹩赋》：翳荟蒙笼。③“此君”句：言竹之发生，必有所以为之主者。犹《庄子·齐物论》所云：“其有真君存焉。”《庄子·天地》篇又云：“可以为众父而不可以为众父父。”即此君君同意。

参寥惠杨梅

新居未换一根椽，只有杨梅不直钱。莫共金家斗甘苦[1]，参寥不是老婆禅[2]。

【注释】①“莫共”句：《咸淳临安志》：南山近端峰石坞内，有一老妪，姓金，其家杨梅甚盛，俗称杨梅坞，所谓金婆杨梅是也。②老婆禅：佛教语。谓禅师苦口婆心，多方说教，反复叮咛如老婆婆。

书辨才白云堂壁

不辞清晓扣松扉，却值支公久不归[1]。山鸟不鸣天欲雪，卷帘惟见白云飞。

【注释】①支公：李太白诗：谈玄乃支公。

醉题信夫方丈[1]

鹤作精神松作筋，阶庭兰玉一时春。愿君且住三千岁，长与东坡作主人。

【注释】①此诗盖苏轼出守杭州时所作。信夫方丈事迹失考。

散郎亭

法花下有散郎亭，老树荒崖如有情。欢戚已随时事去，壁间只有古人名。

【注释】①法花：疑为寺名。

惠州灵惠院，壁间画一仰面向天醉僧，云是蜀僧隐峦所作，题诗于其下[1]

直视无前气吐虹，五湖三岛在胸中。相逢莫怪不相揖，只见山僧不见公。

【注释】①此诗一题云《题灵峰寺壁》。

过黎君郊居

半园荒草没佳蔬，煮得占禾半是薯[1]。万事思量都是错，不知还叩仲尼居。

【注释】①薯：薯芋。

南华老师示四韵，事忙，姑以一偈答之

恶业相缠五十年，常行八棒十三禅[1]。却著衲衣归玉局[2]，自疑身是五通仙。

【注释】①“常行”句：《传灯录》：僧问闽山令含禅师，明明不会，乞师指示。师曰：“作么生，是你明明不会底事？”僧曰：“学人不会。”师曰：“八棒十三。”②“却著”句：时东坡以提举玉局观归自南。

梦中绝句

楸树高花欲插天[1]，暖风迟日共茫然。落英满地君方见，惆怅春光又一年。

【注释】①楸：《尔雅》：“叶小而散，榎；叶大而散，楸。”《诗眼》：“楸，将夏乃繁。”

书黄筌画《翎毛花蝶图》二首[1]

其一

短翎长喙喜喧卑，曳练双翔亦自奇。赖有黄鹂斗嬛好，独依藓石立多时。

【注释】①黄筌：字要叔，五代时蜀人。善丹青，尤好花竹翎毛。

其二

绿阴青子已愁人，忍见中庭燕麦新。怊怅刘郎今自首[①]，时来看卷觅余春。

【注释】①怊怅：犹惆怅。《楚辞·九辩》："心摇悦而日幸兮，然怊怅而无冀。"刘郎：指刘禹锡。

寒食夜

漏声透入碧窗纱，人静鞦韆影半斜[①]。沉麝不烧金鸭冷[②]，淡云笼月照梨花。

【注释】①鞦韆：即秋千。②金鸭：金属制鸭形焚香器。

陆莲庵

何妨红粉唱迎仙，来伴山僧到处禅。陆地生花安足怪，而今更有火中莲[①]。

【注释】①火中莲：《维摩诘经·佛道品》："火中生莲华，是可谓希有。在欲而行禅，希有亦如是。"后因以"火中莲"喻虽身处烦恼中而能解脱，达到清凉境界。

书寄韵

已将镜镊投诸地，喜见苍颜白发新。历数三朝轩冕客[1]，色声谁是独完人。

【注释】①三朝：指前后三代君主统治的时期。此指为官日久。

谒敦诗先生因留一绝

凛凛人言君似雪[1]，我言凛凛雪如君。时人尽怪苏司业，不解将钱与广文。[2]

【注释】①凛凛：威严而使人敬畏的样子。②广文：指清苦闲散的儒学教官。

绝句二首

其一

峨峨叠石立何孤，赖有萧萧翠竹俱。日暮无人鸥鸟散，空留野水伴寒芦。

【注释】①峨峨：高貌。《文选·〈楚辞·招魂〉》："增冰峨峨，飞雪千里些。"吕向注："峨峨，高貌。"

其二

漠漠秋高露气清[1]，新蒲倚石近溪生，夜来雨后西风急，静向窗前似有声。

【注释】①漠漠：广阔的样子。

春夜

春宵一刻值千金，花有清香月有阴。歌管楼台声细细，秋千院落夜沉沉[1]。

【注释】①秋千：《天宝遗事》载：宫中寒食，竟立秋千，令宫嫔等嬉笑宴乐。明皇呼为半仙戏。

四十年前元夕，与故人夜游，得此句[1]

午夜胧胧淡月黄，梦回犹有暗尘香。纵横满地霜槐影，寂寞莲灯半在亡。

【注释】①元夕：旧称农历正月十五为上元节，是夜称元夕。

题李景元画[1]

闻说神仙郭恕先[2]，醉中狂笔势澜翻。百年寥落何人在，只有华亭李景元。

【注释】①李景元：即李甲，字景元，自号华亭逸人，善丹青，北宋时人。邓椿《画继》谓他“作逸笔翎毛，有意外趣。”②郭恕先：即郭忠恕，字恕先。北宋初年洛阳人。善画，相传死后葬时，其体轻若蝉蜕。

又答毡帐[1]

卧病经旬减带围，清樽忘却故人期。莫嫌雪里闲毡帐，作事犹来未合时。

【注释】①毡帐：毡制的帐篷。古代北方游牧民族以其为居室。

寿阳岸下[1]

街东街西翠幄成，池南池北绿钱生。幽人独来带残酒，偶听黄鹂第一声[2]。

【注释】①寿阳：指寿州。②“幽人”二句：《云仙杂记》：戴颙春日携双柑斗酒，人问何之？曰：“往听黄鹂声。”

春日与闲山居士小饮

一杯连坐两髯棋，数片深红入座飞。十分潋滟[1]君休赤，且看桃花好面皮。

【注释】①潋滟：光耀貌。唐卢纶《上巳日陪齐相公花楼宴》诗：“树色参差绿，湖光潋滟明。”

村醪二尊献张平阳

其一

万户春浓酒似油[1]，想须百瓮到床头。主人日饮三千客，应笑穷官送督邮[2]。

【注释】①万户春：苏东坡在岭南时所酿酒名。②督邮：官名。汉置，郡的重要属吏，代表太守督察县乡，宣达教令，兼司狱讼捕亡。唐以后废。

谢张太原送蒲桃[1]

冷官门户日萧条，亲旧音书半寂寥。惟有太原张县令，年年专遣送蒲桃。

【注释】①张太原：名字失考。蒲桃：即葡萄。

读《晋史》

沧海横流血作津，犬羊角出竞称真[1]。中原岂是无豪杰，天遣群雄杀晋人。

【注释】①犬羊：旧时对外敌的蔑称。

读《王衍传》[1]

文非经国武非英，终日虚谈取盛名。至竟开门延羯寇[2]，始知清论误苍生。

【注释】①王衍：晋人。曾补元城令，终日清谈，而县务亦理。累居显职。后进之士，莫不景慕仿效，矜高浮诞，遂成风俗焉。②羯：我国古代民族名。东晋时，羯人石勒在黄河流域建立后赵，为十六国之一。

读后魏《贺狄干传》[1]

羊犬争雄宇内残，文风犹自到长安。当时枉被诗书误，惟有鲜卑贺狄干。

【注释】①贺狄干：《北史·魏·贺狄干传》：家本小族，世为将。道武帝普封功臣，狄干虽为姚兴所留，遥赐爵襄武侯。及狄干至，帝见其语言衣服类中国，以为慕而习之，故忿焉，既而杀之。

题双竹堂壁

江上樯竿[1]一百尺，山中楼台十二重。山僧楼上望江上，遥指樯竿笑杀侬。

【注释】①樯竿：船桅杆。刘禹锡《淮阳行》："好日起樯竿，乌飞惊五两。"

风水洞闻二禽

林外一声青竹笋，坐间半醉白头翁。春山最好不归去，惭愧春禽解劝侬[1]。

【注释】①"春山"二句：古人以为杜鹃声酷似人言"不如归去"，因用为催人归家之词。宋范仲淹《越上闻子规》诗："春山无限好，犹道不如归。"

天圣二僧皆蜀人，不见，留二绝

其一

家山忘了脚腾腾[1]，试作巴谈却解譍[2]。不为游人问乡里，岂知身是锦城僧[3]。

【注释】①腾腾：舒缓貌，悠闲貌。②譍：通"应"，答应，答话。③锦城：地名，即今四川成都。

其二

方丈门开怪不迎，给孤[1]邀供未还城。兴来且作寻安道[2]，醉后何须觅老兵。

【注释】①给孤："给孤独园"的省称。佛教圣地名。用作佛寺的代称。②安道：指戴安道。③老兵：指阮籍。

和吴少卿绝句

欲伴骚人赋百篇，归心要及菊花前。明朝知覆谁家瓿，犹有桓谭道必传[1]。

【注释】①"明朝"二句：《汉书·扬雄传·赞》："钜鹿侯芭从雄受《太玄》《法言》，刘歆亦尝观之，谓雄曰："空自苦，吾恐后人用覆酱瓿也。"雄笑而不应，年七十一，卒。大司空王邑、纳言严尤闻雄死，谓桓谭曰："子常称扬雄书，岂能传于后世乎？"谭曰："必传，顾君与谭不及见也。"

欲往湖州见孙莘老[1]，别公辅、希元、彦远、醇之、穆仲

秋来欲见紫髯翁，待得梅花细萼红。记取上元灯火夜，道人犹在水晶宫[2]。

【注释】①湖州：州名。隋时置州，因地滨太湖得名。②水晶宫：苏州、湖州一带的美称。

过潍州驿，见蔡君谟题诗壁上云："绰约新娇生眼底，逡巡旧事[1]上眉尖。春来试问愁多少，得似春潮夜夜添。"不知为谁而作也，和一首

长垂玉箸残妆脸[2]，肯为金钗露指尖。万斛闲愁何日尽[3]，一分真态更难添。

【注释】①逡巡旧事：指萦绕不断的往事。②玉箸：玉做的筷子。此用来指美女的眼泪。白居易《题山石榴花》诗：露销妆脸泪初干。③斛：量器名，亦容量单位。万斛极言其多。

黄州春日杂书四绝[1]

其一

楚乡春冷早梅天[2]，柳色波光已斗妍。淮上雁行皆北向，可无消息到侬边[3]。

【注释】①黄州：地名，在今湖北长江以北。②楚乡：指楚地。在今湖北、湖南一带。③侬(nóng)：我。

其二

中州腊尽春犹浅[①]，只有梅花最可怜[②]。坐遣牡丹成俗物，丰肌弱骨不成妍。

【注释】①腊尽：指岁末。②可怜：可爱。

其三

清晓披衣寻杖藜[①]，隔墙已见最繁枝。老人无计酬清丽[②]，夜就寒光读《楚辞》。

【注释】①杖藜：拐杖。宋秦观《宁浦书事》诗之五："身与杖藜为二，对月和影成三。"②清丽：清新华美。陆机《文赋》："清丽芊锦。"

其四

病腹难堪七椀茶[①]，晓窗睡起日西斜。贫无隙地栽桃李，日日门前看卖花。

【注释】①七椀茶：唐卢仝《走笔谢孟谏议寄新茶》诗："一椀喉吻润，……六椀通仙灵，七椀吃不得也。惟觉两腋习习清风生。"言饮茶不须七椀即通仙灵，极赞茶之妙用。后即以"七椀茶"作为称颂饮茶的典实。

送酒与崔诚老[①]

雪堂居士醉方熟[②]，玉涧山人冷不眠。送与安州泼醅酒[③]，从今三日是三年。

【注释】①崔诚老：名闲，号玉涧道人。工于琴，先生自书此诗，云：“夜来一笑之欢。岂可多得？今日雪堂得无少寂寞耶？往安州玉泉一酌，果子少许，夜琴一弄，谁与同者，莫是木上坐否？小诗漫往。”②雪堂居士：苏轼自谓。③醅（pēi）酒：未滤去糟的酒。

忆黄州梅花五绝

其一

郝城山下梅花树[①]，腊月江风好在无？争似姑山寻绰约[②]，四时常见雪肌肤。

【注释】①郝城：《水经注》：江水又东迳郝县故城南。楚宣王灭郝，徙城于此。《太平寰宇记》：黄州东南一百三十里，临江，与武昌相对，有古郝城。②姑山：即姑射山。《庄子·逍遥游》：“藐姑射之山，有神人居焉，肌肤若冰雪，绰约若处子。”

其二

一枝价重万琼琚[①]，直恐姑山雪不如。尽爱丹铅竞时好[②]，不如风雪养天姝[③]。

【注释】①琼琚：美玉。②丹铅：此指敷丹调粉，即妆粉。③天姝：天赋之姿容美丽。

其三

虽老于梅心未衰，今朝谁赠楚江枝[①]。旋倾尊酒临清影，正是吴姬一笑时[②]。

【注释】①楚江：楚境内的河流。②吴姬：吴地的美女。

其四

不用相催已白头，一生判却见花羞。扬州何逊吟情苦[①]，不枉清香与破愁[②]。

【注释】①“扬州”句：梁诗人何逊曾作《扬州法曹梅花盛开》诗：“兔园标物序，惊时最是梅。衔霜当路发，映雪拟寒开。枝横却月观，花绕凌风台。朝洒长门泣，夕驻临邛杯。应知早飘落，故逐上春来。”杜甫有诗云：“东阁官梅动诗兴，还如何逊在扬州。”②破愁：消解忧愁。

其五

玉琢青枝蕊缀金，仙肌不怕苦寒侵。淮阳城里娟娟月[①]，樊口江边耿耿参[②]。

【注释】①淮阳：古地名。在今河南一带。②樊口：古地名。在今湖北省。耿耿：明亮貌。参：星名，二十八宿之一。

试院观伯时画马绝句

竹头抢地风不举[1]，文书堆案睡自语。看马欲骣骡顿风尘[2]，亦思归家洗袍袴[3]。

【注释】①抢地：触地。②骣：马卧在地上打滚。顿风尘：今北方骡马，卧浴土中，起立时，必自抖擞，以去尘埃，当即所谓顿尘也。③袍袴(kù)：代指衣物。

觅俞俊笔

笔工近岁说吴、俞[1]，李、葛虚名总不如[2]。虽是玉堂挥翰手，自怜白首尚抄书[3]。

【注释】①吴：广陵人吴政。俞：即俞俊。②李：笔工李文政。葛：宣城诸葛氏。③抄书：《世说新语》：戴安道就范宣学，范读书亦读书，范抄书亦抄书。

书李宗晟《水帘图》[1]

宗晟一轴《水帘图》，寄与南舒李大夫[2]。未向林泉归得去，炎天酷日且令无。

【注释】①李宗晟：夏文彦《图绘宝鉴》：李宗晟，鄜畤人。工画山水寒林。②李大夫：李龙眠，即李公麟，著名画家。

书《龙马图》

先皇御马三千匹，仗下曾骑玉骆骢[①]。金鼎丹成龙亦化[②]，圉人空栈泣西风[③]。

【注释】①玉骆骢：骏马名。②金鼎：指道士炼丹之鼎炉。龙亦化：指龙飞升。比喻马神奇。③圉(yǔ)人：官名，掌管养马放牧等事。亦指养马的人。

皎然禅师《赠吴凭处士》诗云："世人不知心是道，只言道在西方妙。还如瞽者望长安[①]，长安在东向西笑。"东坡居士代答云

寒时便具热时风，饥汉那知食药功。莫怪禅师向西笑，缘师身在长安东。

【注释】①瞽者：眼盲之人。

灯花一首赠王十六

金粟钗头次第多[①]，起看缺月带斜河。悬知瑞草桥边夜[②]，笑指灯花说老坡。

【注释】①金粟：用来比喻灯花。钗头：钗的首端，此指钗。②瑞草桥：蜀人王庆源所居。

约吴远游与姜君弼吃蕈馒头[1]

天下风流笋饼餤[2]，人间济楚蕈馒头[3]。事须莫与谬汉吃[4]，送与麻田吴远游。

【注释】①蕈(xùn)：菌类植物。②餤：同“啖”，吃。③济楚：美好。柳咏《木兰花》词：“心娘自小能歌舞，举意动容皆济楚。”④谬汉：笨汉。

除夕，访子野食烧芋，戏作

松风溜溜作春寒，伴我饥肠响夜阑[1]。牛粪火中烧芋子，山人更吃懒残残[2]。

【注释】①夜阑：夜深。②山人：指李泌。懒残：唐衡岳寺僧明瓒，性疏懒而好食残余饭菜，人以懒残称之。李泌读书寺中，以为非凡人，中夜往谒。明瓒发火取芋以啖之，曰：“慎勿多言，领取十年宰相。”泌拜而退。

北归度岭寄子由

青松盈尺间香梅[1]，尽是先生去后栽。应笑来时无一物，手携拄杖却空回。

【注释】①盈尺：满一尺。指树围满一尺。

韩干马[1]

少陵翰墨无形画，韩干丹青不语诗。此画此诗真已矣，人间驽骥漫争驰[2]。

【注释】①韩干：唐著名画家，尤擅画马。②驽骥：驽，劣马。骥，好马。

送煮菜赠包安静先生

野菜此出珍又珍，送与西邻病酒人[1]。便须起来和热吃，不消洗面裹头巾。

【注释】①病酒：犹醉酒。

王定国自彭城往南都，时子由在宋幕，求家书，仆醉不能作，独以一绝句与之

王郎西去路漫漫，野店无人霜月寒。泪尽粉笺书不得[1]，凭君送与卯君看[2]。

【注释】①笺：信纸。②卯君：指子由。子由小名卯君。

赠黄州官妓[1]

东坡五载黄州住，何事无言及李宜。却似西川杜工部，海棠虽好不吟诗[2]。

【注释】①《庚溪诗话》：东坡谪齐安时，乐籍中有李宜者，色艺不下他妓。他妓因宴席中有得诗曲者，宜以语讷，不能有所请，人皆咎之。坡将移临汝，下饮饯处，宜哀鸣力请，坡半醉，笑谓之。②“却似”二句：李玉中云：王禹偁诗话，少陵在蜀并无一诗话著海棠，以其生母名也。

题领巾绝句[1]

临池妙墨出元常[2]，弄玉娇姿笑柳娘[3]。吟看屡曾惊太傅，断弦何必试中郎。

【注释】①领巾：披或系在脖子上的织品。②元常：指钟繇，其字元常。③柳娘：《桂苑丛谈》：妇人有柳青娘，一时之妙也。

书裙带绝句

任从洒满翻香缕[1]，不愿书来系彩笺。半接西湖横绿草，双垂南浦拂红莲[2]。

【注释】①香缕：袅袅升腾的香气。②“双垂”句：庾信诗：莲浦落红衣。储光羲诗：悠悠泛绿水，去摘浦中莲。

张无尽过黄州，徐君猷为守，有四侍人，姓为孙、姜、阎、齐，适张夫人携其一往婿家，既暮复还，乃阎姬也，最为徐所宠，因书绝句云[1]

玉笋纤纤揭绣帘，一心偷看绿萝尖。使君三尺毬头帽，须信从来只有檐[2]。

【注释】①张无尽：即张天觉，有《无尽集》。②檐：含双关意，以檐明喻阎，指阎姬也。

题铜陵陈公园双池诗[1]

其一

南北檐楹照绿波，濯缨洗耳不须多[2]。天空月满宜登眺，看取青铜两处磨。

【注释】①《名胜志》：铜陵县东北隅，有陈公园，园内有双池，苏子瞻、黄鲁直常游。②濯缨：洗濯冠缨。《孟子·离娄上》："沧浪之不清兮，可以濯我缨。"后以之喻超脱尘世，操守高洁。

其二

落帆重到古铜官[1]，长是江风阻往还。要似谪仙迴舞袖，千年醉拂五松山[2]。

【注释】①铜官山：在铜陵县十里，泉源冬夏不绝。②五松山：在铜官西南。旧有松，五枝，翠色参天。李白曾诗：我来五松下，置酒穷跻攀。

无题

帘卷窗穿户不扃[1]，隙尘风叶任纵横。幽人睡足谁呼觉，攲枕床前有月明。

【注释】①扃(jiōng)：关闭。②攲枕：斜靠着枕头。攲：古通“倚”。

水月寺[1]

千尺长松挂薜萝[2]，梯云岭上一声歌。湖山深秀有何处，水月池中桂影多。

【注释】①水月寺：《武林梵志》：头陀庵，在慈云岭下华津洞侧，本宋赵翼王园。有仙人棋台，旁为梯云岭。……旧有水月寺，元末毁。有水月池，灵固石。②薜萝：薜荔和女萝。常攀缘于山野林木或屋壁之上。

题清淮楼

观鱼惠子台芜没[1]，梦蝶庄生冢木秋。惟有清淮供四望，年年依旧背城流。

【注释】①观鱼惠子：《庄子·秋水》："庄子与惠子游于濠梁之上，庄子曰：'鯈鱼出游从容，是鱼之乐也。'惠子曰：'子非鱼，安知鱼之乐？'庄子曰：'子非我，安知我不知鱼之乐？'"②梦蝶庄生：《庄子·齐物论》："昔者庄周梦为蝴蝶，栩栩然蝴蝶也；自喻适志与，不知周也。俄然觉，则蘧蘧然周也。"

戏答佛印[1]

远公沽酒饮陶潜[2]，佛印烧猪待子瞻。采得百花成蜜后[3]，不知辛苦为谁甜。

【注释】①《竹坡诗话》：东坡喜食烧猪，佛印住金山时，每烧猪以待其来。一日，为人窃食，东坡戏作小诗。②远公：晋高僧慧远，居庐山东林寺，世人称为远公。清秦朝釪《消寒诗话》四一："远公置酒，佛印烧猪，真正名士，佛亦当少恕。"③"采得"二句：原为罗隐《蜂》中成句，苏轼借用以戏答佛印。

来鹤亭[1]

鸿渐偏宜丹凤南[2]，冠霞帔月影毵毵[3]。酒酣亭上来看舞，有客新名唤作耽[4]。

【注释】①来鹤亭：亭在汴城，近陈州门内，蔡河东畔。②鸿渐：出于《易》。谓鸿鹄飞翔从低到高，循序渐进。③毵毵(sān)：散乱貌。④耽：袁彦道，名耽。

刘顗宫苑，退老于庐山石碑庵。
顗陕西人，本进士换武，家有声伎

其一

山西旧将本书生[①]，归老岩间未厌兵[②]。卧闻布水中宵起[③]，错认边风万马声[④]。

【注释】①“山西”句：《汉书·赵充国传》：“秦汉以来，山东出相，山西出将。”此指刘顗由进士换武。②厌兵：《后汉书·光武帝记》：“在兵间，久厌武事。”③布水：《庐山记》：山南山北有瀑布泉者，无虑十余处，山南又有布水庵。④边风：边地的风。杜甫：“八月边风高。”

其二

雕弓挂壁耻言勋[①]，笑入渔樵便作群。五马亲来看射虎，不愁醉尉恼将军[②]。

【注释】①勋：功勋。《唐·房玄龄传》：“帝定祸乱，而房、杜不言功。”②“不愁”句：《史记·李广传》：“屏野居蓝田南山中射猎。尝夜从一骑出，从人田间饮。还至霸陵亭，霸陵尉醉，呵止广。广骑曰：‘故李将军。’尉曰：‘今将军尚不得夜行，何乃故也！’广宿亭下。广即请霸陵尉与俱，至军而斩之。”

其三

肩舆已弃蹑风骓[①]，旧物犹存杨柳枝[②]。一曲清商近尤好[③]，五

陵豪气未全衰[4]。

【注释】①肩舆：用人抬的代步工具。骓：苍白杂色骏马。②杨柳枝：白居易《不能忘情吟》：妓有樊素，善唱《杨柳枝》词，人多以曲名名之。③“一曲”句：《晋书·孟嘉传》：桓温问：“听妓，丝不如竹，竹不如肉，何谓也？”嘉答曰：“渐近使之然。”④五陵豪气：谓高门贵族的豪迈气概。

牡丹

小槛徘徊日自斜，只愁春尽委泥沙[1]。丹青欲写倾城色，世上今无杨子华[2]。

【注释】①委泥沙：弃身于泥沙。②杨子华：《历代名画记》：北齐杨子华，任直阁将军员外散骑常侍，天下号为画圣。

莲

城中担上卖莲房[1]，未抵西湖泛野航[2]。旋折荷花剥莲子，露为风味月为香。

【注释】①莲房：莲蓬。②野航：农家小船。杜甫《南邻》诗：“野航恰受两三人。”

失题二首

其一

足蹑平都古洞天[1]，此身不觉到云间。抬眸四顾乾坤阔[2]，日月星辰任我攀。

【注释】①平都：即平都山。②乾坤：指天地。

其二

平都天下古名山，自信山中岁月闲。午梦任随鸠唤觉，早朝又听鹿催班[1]。

【注释】①催班：催促上朝。

雪诗八首

其一

石泉冻合竹无风[1]，夜色沉沉万镜空。试向静中闲侧耳，隔窗撩乱扑春虫。声

【注释】①冻合：冻结。

其二

闲来披氅学王恭[1]，姑射群仙邂逅逢[2]。只为肌肤酷相似，绕庭无处觅行踪。色

【注释】①王恭：《晋书·王恭传》载晋王恭尝披鹤裘涉雪而行。孟昶窥之，叹曰："此真神仙中人也。"②"姑射"句：《庄子·逍遥游》："藐姑射之山，有神人居焉，肌肤若冰雪，绰约若处子。"

其三

半夜欺陵范叔袍[1]，更兼风力助威豪。地炉火暖犹无奈，怪得山林酒价高。气

【注释】①范叔袍：范叔：战国魏人范睢，字叔。因受魏中大夫须贾诬陷而更名至秦，位至卿相。后魏闻秦将伐韩魏，使须贾赴秦。范睢布衣微行，至客馆见须贾。须贾不知秦相张禄即范睢也，取一绨袍赐之。旋知真相，乃肉袒膝行，趋前请罪。范睢数其罪有三，然以绨袍之赠，尚有故人之意，赦而释之。唐高适《咏史》："尚有绨袍赠，应怜范叔寒，不知天下士，犹作布衣看。"

其四

儿童龟手握轻明，渐碾枪旗入鼎烹[1]。拟欲为之修《水记》，惠山泉冷酿泉清[2]。味

【注释】①枪旗：成品绿茶之一。芽尖细如枪，叶开展如旗，故名。②惠山：在江苏省无锡市西郊。江南名山之一，以泉水著名，有天下第二泉

及龙眼泉等十多处，泉水泡茶清醇可口。

其五

天工呈瑞足人心，平地今闻一尺深。此为丰年报消息，满田何止万黄金。富

其六

海风吹浪去无边，倏忽凝为万顷田。五月凉尘渴人肺，不知价值几多钱。贵

其七

高下横斜薄又浓，破窗疏户苦相攻。莫言造物浑无意[1]，好丑都来失旧容。势

【注释】①造物：特指创造万物的神。《庄子·大宗师》："伟哉，夫造物者将以予为此拘拘也。"

其八

万石千钧积累成，未应忽此一毫轻。寒松瘦竹元清劲[1]，昨夜分明闻折声。力

【注释】①清劲：清秀有力。

失题

其二

浮云有意藏山顶，流水无声入稻田，古木微风时起籁[①]，诸峰落日尽藏烟。

【注释】①籁：自然界的声响。

戏答佛印偈

百千灯作一灯光，尽是恒沙妙法王[①]。是故东坡不敢惜，借君四大作禅床[②]。

【注释】①恒沙：即恒河沙。佛教语《金刚经·无为福胜分》："以七宝满尔所恒河沙数三千大千世界，以用布施。"②四大：佛教以地、水、火、风为四大。认为四者分别包含坚、湿、暖、动四种性能，人身即由此构成。

过都昌[①]

鄱阳湖上都昌县，灯火楼台一万家。水隔南山人不渡，东风吹老碧桃花。

【注释】①都昌：县名。唐置，在江西省北部，濒临鄱阳湖。

无题七绝一首

春风寂寂夜寥寥[①]，一望苍苔雪影遥。何处幽香飞几片，只宜月色带花飘。

【注释】①寥寥：空寂貌。

卷二十　五言律诗

泊南井口，期任遵圣长官，到晚不及见，复来[1]

江上有微径，深榛烟雨埋[2]。崎岖欲取别，不见又重来。下马未及语，固已慰长怀。江湖涉浩渺，安得与之偕。

【注释】①任遵圣：任孜，字遵圣，眉山人。以学问气节雄乡闾，名声与苏洵相上下。仕至光禄寺丞。时任平泉令，故称为长官。泊南井口：在今四川江安县。②“深榛”句：韦应物诗云：一郡荆榛寒雨中。

涪州得山胡次子由韵[1]

终日锁筠笼，回头惜翠茸[2]。谁知声嚄嚄[3]，亦自意重重。夜宿烟生浦，朝鸣日上峰。故巢何足恋，鹰隼岂能容。

【注释】①山胡：苏轼自注：“山胡善鸣出黔中。”涪州：古巴国，今重庆市涪陵区。子由：苏轼的弟弟苏辙，字子由。二人合称苏氏兄弟。与其父苏洵合称三苏。②翠茸：翠羽。③嚄嚄(huò)：鸟鸣声。

荆州十首[1]

其一

游人出三峡[2]，楚地尽平川。北客随南贾，吴樯间蜀船。江侵平野断，风卷白沙旋。欲问兴亡意，重城自古坚[3]。

【注释】①此十首乃宋仁宗嘉祐五年(1060)正月，苏轼与苏辙侍奉其父苏洵从荆州游大梁时所作。纪昀评曰：“篇章字句，多含古法，此东坡刻意摹杜之作，意思纯是《秦州杂诗》。”②三峡：瞿塘峡，巫峡和西陵峡的合称。③此首是组诗的总起。

其二

南方旧战国，惨澹意犹存。慷慨因刘表[①]，凄凉为屈原。废城犹带井，古姓聚成村[②]。亦解观形胜，升平不敢论[③]。

【注释】①刘表：东汉末山阳高平（今山东鱼台东北）人，字景升。汉远支皇族，任荆州刺史、荆州牧。死后，子刘琮降曹。②古姓：据《太平寰宇记》：“武昌郡六姓：吴、伍、程、史、龙、郢；武陵郡三姓；卞、伍、龚。皆载山南东道荆州下。”村：多以同姓聚。③纪昀曰：“结即高常侍‘岂无安边策，诸将已承恩’意。”

其三

楚地阔无边[①]，苍茫万顷连。耕牛未尝汗，投种去如捐。农事谁当劝，民愚亦可怜。平生事游惰，那得怨凶年。

【注释】①“楚地”句：《元和郡县志》：“春秋以来，楚国之都，谓之郢都，西接巴巫，东连云梦，亦一都会之所。”

其四

朱槛城东角，高王此望沙[①]。江山非一国[②]，烽火畏三巴[③]。战骨沦秋草[④]，危楼倚断霞。百年豪杰尽，扰扰见鱼虾[⑤]。

【注释】①高王：指高从海，曾为荆南节度使，封渤海王。改封南平王。望沙：望沙楼，在城东南，高氏所建，后更名仲宣楼。②“江山”句：冯应榴注《五代史》：南汉与闽、蜀皆称帝，高从海所向称臣，苏轼故有此言。③三巴：指巴郡、巴东、巴西。常璩《华阳国志》：刘璋改永宁为巴郡，以固陵为巴东，徙庞羲为巴西太守，是为三巴。④“战骨”句：江淹《恨赋》：“试望平原，蔓草萦骨，拱木敛魂。”又张籍《关山月》诗：“年年战骨多秋草。”⑤“百年”二句：查慎行注云：“百年以来，战骨已销，孤城犹在，千秋形胜之区，惟‘危楼倚断霞’耳。一时豪杰自命者，细琐么髍(mó)，无足比数。‘鱼虾扰扰’一语，说得五代君臣及僭号诸国可怜，可悯，可鄙，可羞，又无论孱弱之高氏也。”

其五

沙头烟漠漠①，来往厌喧卑②。野市分獐闹，官船过渡迟。游人多问卜，伧叟尽携龟。日暮江天静，无人唱楚辞③。

【注释】①沙头：沙头市，在江陵县东南十五里。②喧卑：喧闹低下。③“游人”四句：白天携龟、问卜，喧闹沸腾，日暮寂静，再也听不到古风之楚辞。讽刺此地古风已茫然无存矣。

其六

太守王夫子，山东老俊髦。壮年闻猛烈，白首见雄豪。食雁君应厌①，驱车我正劳。中书有安石，慎勿赋《离骚》②。

【注释】①食雁：《后汉书·王符传》：皇甫规解官回乡，有乡人因行贿得雁门太守职者，也去职还家。这个乡人求见皇甫规，规卧不迎。见面时问老乡：“卿前在郡食雁美乎？”②安石：指谢安，字安石。此诗绾结得好。章法生动，学杜诗得法。

其七

残腊多风雪，荆人重岁时[1]。客心何草草，里巷自嬉嬉。爆竹惊邻鬼，驱傩聚小儿。故人应念我，相望各天涯[2]。

【注释】①“荆人”句：泛言荆人很重视时、节，与后“爆竹惊邻鬼”相呼应。②“故人”二句：纪昀曰：“不脱自己，方不是泛陈风土。”

其八

江水深成窟，潜鱼大似犀。赤鳞如琥珀，老枕胜玻璃[1]。上客举雕俎，佳人摇翠篦。登庖更作器，何以免屠刲[2]。

【注释】①老枕：《尔雅》：鱼枕谓之丁。注云：枕在鱼头骨中，形似篆出丁字。温庭筠《春江花月夜词》：“玻璃枕上闻天鸡。”②屠刲：宰割杀戮。

其九

北雁来南国，依依似旅人。纵横遭折翼，感恻为沾巾[1]。平日谁能挹，高飞不可驯[2]。故人持赠我，三嗅若为珍。

【注释】①“北雁”四句：纪昀曰：“有意无意，映带生情。”②“高飞”句：《九城志》：韩凭妻何氏美，宋康王欲之，何氏歌曰：“南山有鸟，北山张罗，鸟自高飞，罗当奈何？”

其十

柳门京国道[1]，驱马及春阳。野火烧枯草，东风动绿芒。北行连许邓[2]，南去极衡湘[3]。楚境横天下，怀王信弱王[4]。

【注释】①柳门：唐吴融《留献荆南成相公》："行行柳门路，回首下离东。"②许邓：许州（今许昌市），邓州。③衡湘：衡山和湘水的并称，均在今湖南省境。④纪昀曰：此首总收结句，寓自负之意，此犹少年初出意气方盛之时也。黄州以后，无复此种议论矣。

竹叶酒

楚人汲汉水，酿酒古宜城[1]。春风吹酒熟[2]，犹似汉江清。耆旧人何在，丘坟应已平[3]。惟余竹叶在，留此千古情。

【注释】①宜城：宋襄阳属县，在府南九十五里。本楚之鄢都，天宝元年改宜城县，故城在今县南。其地出美酒，即竹叶酒。②"春风"句：梁元帝诗：宜城酿酒今朝熟。③"丘坟"句：江淹《恨赋》："琴瑟灭兮丘垄平。"

鳊鱼

晓日照江水，游鱼似玉瓶。谁言解缩项[1]，贪饵每遭烹。杜老当年意，临流忆孟生[2]。吾今又悲子，辍箸涕纵横。

【注释】①"谁言"句：《襄阳耆旧传》：岘山下，汉水中，出鳊鱼，极肥美。宋张敬儿为刺史，作六橹船献齐高帝曰："奉槎头缩项鳊一千八百头。"②"杜老"二句：杜老，杜甫。孟生，孟浩然。杜子美《解闷》诗："复忆襄阳孟浩然，清诗句句尽堪传。即今耆旧无新语，漫钓槎头缩项鳊。"

太白山下早行，至横渠镇，书崇寿院壁[①]

马上续残梦，不知朝日升。乱山横翠嶂，落月澹孤灯。奔走烦邮吏，安闲愧老僧。再游应眷眷，聊亦记吾曾。

【注释】①崇寿院：在郿县（现改为眉县）东五十里横渠镇南。

中隐堂诗 并叙

岐山宰王君绅，其祖故蜀人也。避乱来长安，而遂家焉。其居第园圃，有名长安城中，号中隐堂者是也。予之长安，王君以书戒其子弟邀予游，且乞诗甚勤，因为作此五篇。

其一

去蜀初逃难，游秦遂不归。园荒乔木老，堂在昔人非[①]。凿石清泉激，开门野鹤飞。退居吾久念，长恐此心违[②]。

【注释】①昔人：《栾城集·次韵中隐堂》诗，有"唐朝卿相宅，此外更应无，试问归登物，林间翠石孤"句。又自注：或云此即归登宅，但公意借以言王君之祖。②此篇以言王君之祖自蜀而来长安也。杜子美诗："翻用寸心违。"

其二

径转如修蟒，坡垂似伏鳌。树从何代有，人与此堂高[①]。好古嗟生晚[②]，偷闲厌久劳。王孙早归隐，尘土污君袍[③]。

【注释】①有杜诗之神韵，非寻常抄袭杜诗者比。②“好古”句：韩愈《石鼓》诗：“嗟予好古生苦晚。”③此篇以招王公之归也。《楚辞·招隐士》：“王逊游兮不归。”韩愈诗：“勿使尘土污。”白居易诗：“青袍尘土涴。”

其三

二月惊梅晚，幽香此地无[①]。依依慰远客，皎皎似吴姝。不恨故园隔，空嗟芳岁徂。春深桃杏乱，笑汝益羁孤[②]。

【注释】①“二月”二句：王注尧卿曰：“长安梅花最少，而开又晚，着气候稍晚所致，不独梅耳。”②此篇专咏梅花，结句言“汝”乃梅也。

其四

翠石如鹦鹉，何年别海壖[①]。贡随南使远，载压渭舟偏。已伴乔松老，那知故国迁[②]。金人解辞汉，汝独不潸然[③]？

【注释】①壖(ruán)：城郭旁或河边的空地。此指海边地。②“已伴”二句：意即此石乃汉唐故苑中物，所以云耳。③“金人”二句：李贺有《金铜仙人辞汉歌》，其序云：“宫官既拆盘，仙人临载，乃潸然泣下，盖汉武铸金铜仙人，捧盘承露，魏明八年取归洛也。”

其五

都城更几姓[①]，到处有残碑。古隧埋蝌蚪，崩崖露伏龟[②]。安排壮亭榭，收拾费金赀[③]。岣嵝何须到，韩公浪自悲[④]。

【注释】①“都城”句：言王朝更替，江山易主不知凡几也。②前几句讲中隐堂中有很多历史古迹。然是残碑颓垣。为下文写王君整修中隐堂作过渡。蝌蚪：古文也。伏龟：碑座也。③“安排”二句：归结中隐堂，已在首联安根，诗乃双管并下，非专咏碑也。④“岣嵝”二句：韩愈诗：“岣嵝山尖神禹碑，……我来咨嗟涕涟洏。”岣嵝峰，在衡州（今衡阳市）城北五十二里。结句谓韩若至此，则可悲可咏者尚多，苏乃以韩自况也。

扶风天和寺[①]

远望若可爱，朱栏碧瓦沟。聊为一驻足，且慰百回头[②]。水落见山石，尘高昏市楼。临风莫长啸，遗响浩难收。

【注释】①天和寺：在扶风县之南山。②“聊为”二句：道其登攀不易，非见道之言也。

自清平镇游楼观、五郡、大秦、延生、仙游，往返四日，得十一诗，寄子由同作

大秦寺

晃荡平川尽，坡陀翠麓横[①]。忽逢孤塔迥，独向乱山明。信足幽

寻远[2]，临风却立惊。原田浩如海[3]，滚滚尽东倾。

【注释】①坡陀：不平之貌。②“信足”句：李白诗：幽寻无前期，乘兴不觉远。③原：周原，在岐山之南。

仙游潭[1]

翠壁下无路，何年雷雨穿？光摇岩上寺，深到影中天。我欲然犀看[2]，龙应抱宝眠[3]。谁能孤石上，危坐试僧禅？

【注释】①苏轼自注：“潭上有寺二。一在潭北，循黑水而上，为东路，至南寺。渡黑水西里余，从马北上，为西路，至北寺。东路险，不可骑马，而西路隔潭，潭水深不可测，上以一木为桥，不敢过。故南寺有塔，望之可爱而终不能到。”②然犀：传说点燃犀牛角可以照见水中之怪物。③“龙应”句：裴硎《传奇》载：周邯有奴，善入水，名曰水精。相州八角井，夜常有光如虹，邯命水精入井，良久，出曰：“有一黄龙，极大，抱数颗明珠熟寐。”

南寺

东去愁攀石，西来怯渡桥。碧潭如见试，白塔苦相招。野馈惭微薄[1]，村沽慰寂寥。路穷斤斧绝，松桂得干霄。

【注释】①野馈：给在田野耕作的人送饭。

北寺

唐初传有此，乱后不留碑。畏虎关门早，无村得米迟[1]。山泉自入瓮，野桂不胜炊[2]。信美那能久，应先学忍饥。

【注释】①“畏虎”二句：杜甫诗：小寺常争米，孤城早闭门。②“野桂”句：王注引《战国策》曰：苏秦对楚王曰：“楚国之食贵于玉，薪贵于桂，谒在难得见，如鬼王难得见如天爷。今令臣食玉炊桂，因鬼见帝爷。”

马融石室

未应将军聘，初从季直游。绛纱生不识[1]，苍石尚能留。岂害依梁冀，何须困李侯[2]。吾诗慎勿刻，猿鹤为君羞[3]。

【注释】①“绛纱”句：《后汉书·马融传》：挚恂隐于南山，融从其游学，博通经籍。大将军邓鹭闻融名，召为舍人，不应命。尝坐高堂，施绛纱帐前授生徒，后列女乐。挚恂，字季直。②“岂害”二句：《后汉书·吴祐传》：梁冀诬李固，马融在坐，为冀章草。祐谓融曰：“李公之罪，成于卿手，李公即诛，卿何面目见天下之人乎？”③“猿鹤”句：《后汉书·马融传》：融为梁冀草奏李固，以此为正直所羞。

玉女洞

洞里吹箫子，终年守独幽。石泉为晓镜，山月当帘钩[1]。岁晚杉枫尽，人归雾雨愁。送迎应鄙陋，谁继楚臣讴[2]？

【注释】①“山月”句：杜甫《月》诗：尘匣元开镜，风帘自上钩。②楚臣：指屈原。

大老寺竹间阁子[1]

残花带叶暗，新笋出林香。但见竹阴绿，不知汧水黄[2]。树高倾陇鸟，池浚落河鲂[3]。栽种良辛苦，孤僧瘦欲尪[4]。

【注释】①竹阁：在凤翔城东北五里，唐光启中李茂贞建，后为大老寺。②汧水：在县西二十里，由汧阳县（今千阳县）西又南流入宝鸡。③“池浚”句：《诗·陈风·衡门》：“岂其食鱼，必河之鲂。”④尪(wāng)：瘦弱意。

亡伯提刑郎中挽诗二首，甲辰十二月八日凤翔官舍书

其一

才贤世有几，廊庙忍轻遗？公在不早用，人今方见思[①]。故山松郁郁，旧吏印累累。惟有桐乡老[②]，闻名尚涕洟[③]。

【注释】①亡伯：苏涣。苏廷评之次子，苏轼之二伯。苏轼写有《苏廷评行状》，苏辙写有《伯父墓表》。《行状》云：“涣以进士得官，所至有美称，及去，人常思思，或以比汉循吏。”“墓表”云：“子产有言，政如农功，日夜思之，行无越思，如农之有畔。公为政近之。故其所至必有功，其去必见思。”②桐乡老：指蔡子华、王淮奇、惟简诸人。③涕洟：涕泪俱下。

其二

挥手都门别，朱颜鬓未霜[①]。至今如梦寐，未信有存亡。后事书千纸[②]，新坟天一方[③]。谁能悲楚相，抵掌悟君王[④]？

【注释】①“挥手”二句：嘉祐六年辛丑(1061)之秋，苏轼与中都公别于京师，时年六十一，次年，以暴疾卒于官。②“后事”句：《墓表》云：为诗得千余篇，题其编曰南麾退翁。杂文书启草奏若干卷；记平生所莅岁月

爵士一卷，曰《苏氏怀章记》。③“新坟”句：《墓表》：治平二年二月戊申，葬于眉山永寿乡高迁里。公为诗，正不欺等营葬时也。④“谁能”二句：用优孟事，据此，则不欺，不疑，时犹未仕，且患贫也。

绿筠亭[①]

爱竹能延客，求诗剩挂墙。风梢千纛乱[②]，月影万夫长。谷鸟惊棋响，山蜂识酒香。只应陶靖节，会听北窗凉[③]。

【注释】①绿筠堂：一作绿筠亭。苏轼自云：“此吾乡人梁处士之居也。”②“风梢”句：纛：军中或仪仗队之大旗。此形容竹叶。宋宋子京诗：概竹生烟纛。③“只应”二句：陶靖节，即陶渊明。《晋书·陶潜传》：“尝言夏月虚闲，高卧北窗之下，清风飒至，自谓羲皇上人。”又李白诗：“何处闻秋风，脩脩北窗竹。”

次韵子由初到陈州二首

其一

道丧虽云久，吾犹及老成。如今各衰晚，那更治刑名[①]。懒惰便樗散[②]，疏狂托圣明。阿奴须碌碌，门户要全生[③]。

【注释】①刑名：即“刑名之学”战国时以申不害为代表的学派。主张循名责实，慎赏明罚。②樗(chū)散：樗木为散材，比喻不为世用。③“阿奴”二句：《晋书·列女传》：周顗之母李络秀，三子成人后并显，曰无忧矣！二子嵩曰：“恐不如尊旨。伯仁（顗之字）好乘人之弊，非自全之道。嵩性抗直，亦不容于世。惟阿奴碌碌，当在阿母目下耳！”

其二

旧隐三年别，杉松好在不？我今尚眷眷，此意恐悠悠[①]。闭户时寻梦[②]，无人可说愁。还来送别处，双泪寄南州。

【注释】①悠悠：《诗经·郑风·子衿》："青青子衿，悠悠我心。"②寻梦：纪昀曰：昌谷诗："楚魂寻梦风飒然。"二字本此。

和刘道原寄张师民

仁义大捷径，诗书一旅亭。相夸绶若若[①]，犹诵麦青青。腐鼠何劳吓[②]，高鸿本自冥。颠狂不用唤，酒尽渐须醒[③]。

【注释】①"相夸"句：《汉书·石显传》：显与牢梁、五鹿充宗结为党友，诸附倚者，皆得宠位。民歌之曰："牢邪石邪，五鹿客邪，印何累累，绶若若邪。"讲其兼官据势也。②"腐鼠"句：典出《庄子·秋水篇》。③此诗讥朝廷用人，以仁义为捷径，以诗书为逆旅但为印绶爵禄所诱。则假《六经》以进，如庄子所谓"儒以诗礼发冢"，故云"麦青青"。又云：小人之顾禄，如鸱鸢以腐鼠吓鸿鹄，其溺于利，如人之醉于酒，酒尽则自醒也。

答任师中次韵[①]

闲里有深趣，常忧儿辈知。已成归蜀计，谁借买山赀[②]。世事久已谢，故人犹见思。平生不饮酒，对子敢论诗？

【注释】①苏轼自注："来诗劝以诗酒自娱。"②赀：通"资"。买山赀，即买山钱。王注厚曰：《南史》：王秀之为晋平太守，期年求还，曰："吾山赀已足，岂可久留以妨贤路？"

风水洞二首和李节推[①]

其一

风转鸣空穴，泉幽泻石门。虚心闻地籁[②]，妄意觅桃源[③]。过客诗难好，居僧语不繁。归瓶得冰雪，清冷慰文园[④]。

【注释】①风水洞：在今浙江杭州市西南。洞极大，流水不竭，洞顶又有一洞，清风微出，故知风水洞。②地籁：风吹天地的孔穴而发出的声音。③妄意：随意。觅桃源：见陶渊明《桃花源记》。④文园：即司马相如。司马相如有消渴病（即今糖尿病），拜为孝文园令。另"其二见七律部分"。

独游富阳普照寺[①]

富春真古邑，此寺亦唐余。鹤老依乔木，龙归护赐书[②]。连筒春水远[③]，出谷晚钟疏。欲继江潮韵[④]，何人为起予。

【注释】①普照寺：唐朝旧寺，后废。石晋天福七年，重建。②"鹤老"二句：写普照寺枕高山，就如鹤老依乔水，山坳有龙潭涧水横流，有桥亭，有御书阁，则比喻为龙归护赐书。赐书：君王赐与的书籍。③连筒：凿通大竹之节，使头尾相接而汲引泉水。④"欲继"句：宋之问游江南灵隐寺，夜月澄明，独行廊下，因吟曰："鹫岭郁岧嶤，龙宫锁寂寥。"沈思久之，不就。有老僧坐大禅床，曰："何吟之苦？何不道'楼观沧海日，门听浙江潮’。”川宋叹警策。逮明访之，不复见。寺僧知者曰：“此骆宾王也。”

过广爱寺，见三学演师，观杨惠之塑宝山、朱瑶画文殊、普贤三首[1]

其一

寓世身如梦，安闲日似年。败蒲翻覆卧，破裓再三连[2]。劝客眠风竹，长斋饮石泉。回头万事错，自笑觉师贤[3]。

【注释】①此应是“和子由过……”《翻译名义》云：“三学法，世尊立教，法有三焉，一者戒律，二者禅定，三者智慧。”杨惠之于河南府广爱寺三门上塑五百罗汉及山亭院楞伽山。朱瑶，字温琪，唐末人。学吴道子笔迹。知名，工画佛道。②裓（gé）：僧道所着的法衣。③师：指“三学演师”之师，见前。此诗借“三学演师”题材写人世的虚无感。

其二

妙迹苦难导，兹山见几层。乱峰螺髻出[1]，绝涧阵云崩。措意元同画，观空欲问僧。莫教林下意，终老叹何曾[2]。

【注释】①螺髻：比喻耸起如髻的峰峦。②“莫教”二句：《云溪友议》：江西韦大夫丹《与东林僧灵澈》诗云：“已为平子归休计，五老岩前必共闻。”澈公奉酬曰：“相逢尽道休官去，林下何曾见一人。”此诗主要描写杨惠之塑宝山事，前四句赞叹杨之雕技高超，后四句由此发出感叹与感想。

其三

朱瑶唐晚辈，得法尚雄深。满寺空遗迹，何人识苦心[1]。长廊攲雨脚[2]，破壁撼钟音。成坏无穷事[3]，他年复吊今[4]。

【注释】①“何人”句：杜甫诗：“更觉良工心独苦。”②攲：斜。雨脚：即雨。杜甫诗：“雨脚如麻未断绝。”③“成坏”句：唐杜甫诗：“莫思身外无穷事，且乐生前有限杯。”④“他年”句：王羲之《兰亭序》：后之视今，亦犹今之视昔。全诗主要写唐画家朱瑶画文殊、普贤于洛中广爱诗。

游鹤林、招隐二首

其一

郊原雨初霁，春物有余妍[1]。古寺满修竹，深林闻杜鹃[2]。睡余柳花堕，目眩山樱然。西窗有病客，危坐看香烟[3]。

【注释】①余妍：体态无限娇美。②“古寺”二句：纪昀曰：不减曲径通幽之句。③此首游鹤林寺。

其二

行歌白云岭，坐咏修竹林。风轻花自落[1]，日薄山半阴[2]。涧草谁复识，闻香杳难寻。时见城市人[3]，幽居惜未深。

【注释】①“风轻”句：陈谢贞诗：风定花犹落。②“日薄”句：纪昀曰：“此联亦直逼唐人。”③此首游招隐寺。

刘孝叔会虎丘，时王规父斋素祈雨，不至，二首[①]

其一

白简威犹凛，青山兴已浓[②]。鹤闲云作氅，驼卧草埋峰[③]。跪履若可教[④]，卜邻应见容。因公问回老[⑤]，何处定相逢[⑥]。

【注释】①刘述：字孝叔，湖州人。神宗朝为御史，上疏劾王安石，出知江州。故有“白简”“青山”之句。②白简：古时弹劾官员的奏章。③“鹤闲”二句：写刘遭贬谪，故云“鹤闲”“驼卧”。④跪履：圯上老者让张良给其穿鞋事。⑤回老：王注次公曰：后有回先生诗是也。或言吕洞宾易性为回处士，回字乃吕耳。⑥王文诰案：全作皆因孝叔领祠而发，结二句，皆湖州也。

其二

太常斋未解，不肯对纤秾[①]。只遣三千履，来游十二峰[②]。林空答清唱，潭净写衰容。归去瑶台路，还应月下逢[③]。

【注释】①“太常”二句：《后汉书·周泽传》：周泽，字樨都，为太常，卧病斋官。其妻哀泽老病，窥问所苦。泽大怒，以妻干犯斋禁，遂收送诏狱。当世疑其诡激，时人为之语曰：“生世不谐，作太常妻，一岁三百六十日，三百五十九日斋。”注云：一日不斋醉如泥。纤秾，盛美貌，此代指美妻。②“只遣”二句：王文诰案：是日，规父盛宴两公于虎丘，移传厨为大会，而自以斋素不到，遣幕僚代为主人，故有此四句。十二峰，只取与“纤秾”相映，以比虎丘，盖是日苏州名妓毕集。③“归去”二句：李白《清平调》：“若非群玉山头见，会向瑶台月下逢。”

和段屯田荆林馆

南山有佳色，无人空自奇。清诗为题品，草木变芬菲。谢女得秀句，留待中郎归[1]。便当勤鞭策，仆倦马亦饥。

【注释】①苏轼自注："段有侄女在密州。"此诗以谢道韫比段屯田侄女。

出城送客，不及，步至溪上，二首

其一

送客客已去，寻花花未开。未能城里去，且复水边来。父老借问我，使君安在哉？今年好雨雪，会见麦千堆[1]。

【注释】①"父老"四句：纪昀曰：如此写"步"字神妙。

其二

春来六十日，笑口几回开[1]。会作堂堂去，何妨得得来。倦游行老矣，旧隐赋归哉。东望峨眉小，庐山翠作堆[2]。

【注释】①"春来"二句：白居易诗："青春只有九十日，不开口笑是痴人。"②"东望"二句：苏轼自注："郡东庐山，绝类峨眉而小。"

留别雩泉[1]

举酒属雩泉，白发日夜新。何时泉中天，复照泉上人？二年饮泉水，鱼鸟亦相亲[2]。还将弄泉手，遮日向西秦[3]。

【注释】①雩(yú)泉：在密州常山。其泉长年不涸，清凉滑甘。当地人常至常山此泉求雨故曰“雩泉”。②“何时”四句：写对雩泉的留恋之情。③“遮日”句：苏轼将离密州，西赴河中府。故称。

与梁先、舒焕泛舟，得临、酿字，二首[1]

其一

彭城古战国[2]，孤客倦登临。汴泗交流处[3]，清潭百丈深。故人轻千里，足茧来相寻[4]。何以娱嘉客，潭水洗君心[5]。

【注释】①梁先：字吉老。时从苏轼游。舒焕：字尧文，时为徐州教授。②彭城：即徐州。③汴泗：《名胜志》载：“泗水源出山东泗水县，南流过沛县，至徐州在北，合汴水，循城东南达淮。”④足茧：长途跋涉使脚生老茧。⑤此首写给梁先。

其二

老守厌簿书[1]，先生罢函丈[2]。风流魏晋间[3]，谈笑羲皇上[4]。河洪忽已过，水色绿可酿。君无轻此乐[5]，此乐清且放。

【注释】①簿书：官署中的文书簿册。②函丈：《礼记·曲礼上》：“若非饮食之客，则布席，席间函丈。”郑玄注：“谓讲问之客也。”此句是说舒焕。③“风流”句：魏、晋文士清谈，慕达节，视名教吏事为俗。④羲皇上：伏羲和黄帝以前的人，喻悠闲自适的人。⑤此首写给舒焕。

送杨奉礼[①]

谱牒推关右[②]，风流出靖恭[③]。时情任险陂，家法故雍容[④]。南去河千顷[⑤]，余惟酒一钟。更谁哀老子，令得放疏慵。

【注释】①奉礼：职官名。即太常寺奉礼郎。②谱牒：有关族谱的书籍。关右：关西。杨氏自汉代即为关西望族。③靖恭：长安靖恭里。《长安志》：“靖恭杨家，为冠盖盛族。”以上二句赞杨氏家族。④“时情”二句：言杨家无论世情如何，其大家气度不改。⑤苏轼自注：“大水中相别。”

访张山人得山中字二首[①]

其一

鱼龙随水落，猿鹤喜君还。旧隐丘墟外，新堂紫翠间[②]。野麋驯杖履，幽桂山榛菅。洒扫门前路，山公亦爱山[③]。

【注释】①张山人：张天骥。②“旧隐”二句：此指熙宁十年徐州大水后，张天骥新迁于东山麓。③苏轼自注：“张故居为大水所坏，新卜此室故居之东。”

其二

万木锁云龙[1]，天留与戴公[2]。路迷山向背，人在瀼西东[3]。荠麦余春雪，樱桃落晚风。入城都不记，归路醉眠中。

【注释】①云龙：苏轼自注："山名。"云龙指云龙山。②戴公：一说指晋戴逵。一说指戴颙。此以戴公喻张山人。③瀼：瀼水在重庆奉节县。杜甫《夔州歌》："瀼西瀼东一万家，江北江南春冬花。"此以杜诗为喻。

送胡掾[1]

乱叶和凄雨，投空如散丝。流年一如此，游子去何之[2]。节义古所重，艰危方自兹。他年著清德，仍复畏人知[3]。

【注释】①胡掾：胡允文之子胡公达，时任徐州狱掾，其父允文病亡，奉丧归里，苏轼作诗送之。②何之：到哪里去。③"他年"二句：其父胡允文曾任陕州太守，有政声。此鼓励胡公达发扬其父风范。

和田国博喜雪[1]

畴昔月如昼，晚来云暗天。玉花飞半夜，翠浪舞明年。螟螣无遗种[2]，流亡稍占田。岁丰君不乐，钟磬几时编[3]。

【注释】①田国博：字叔通。时以国子博士任徐州通判。②螟螣：泛指田中害虫。《诗·小雅·大田》："去其螟螣。"③"岁丰"二句：苏轼自注："田有服，不乐。"据此，知田叔通在守丧期，不得奏乐。

宋复古画《潇湘晚景图》三首[1]

其一

西征忆南国，堂上画潇湘[2]。照眼云山出，浮空野水长[3]。旧游心自省，信手笔都忘[4]。会有衡阳客，来看意渺茫。

【注释】①宋复古：名迪，善画山水。②西征：晋潘岳有《西征赋》，记述游历所见。宋迪所画潇湘山水，亦游历所见，此以潘岳《西征赋》喻宋画。③“照眼”二句：写画面景色。④“旧游”二句：写宋复古作画时神情贯注。

其二[1]

落落君怀抱，山川自屈蟠。经营初有适，挥洒不应难[2]。江市人家少，烟村古木攒[3]。知君有幽意，细细为寻看。

【注释】①此诗谓宋迪山川在胸，精通画法，所画挥洒自如，且有深幽之意。②“落落”四句：写宋精通画法，技法高妙。③“江市”二句：为画面景色。

其三

咫尺殊非少，阴晴自不齐。径蟠趋后崦，水会赴前溪[1]。自说非人意，曾经入马蹄[2]。他年宦游处，应指剑山西[3]。

【注释】①“径蟠”二句：描述画面上山径盘绕，溪水回流。②“自说”二句：谓宋所画皆亲身所历。③“他年”二句：谓苏轼被宋迪山水图征服，劝宋到苏轼故乡一游，再作蜀山水图。

过淮三首赠景山兼寄子由[1]

其一

好在长淮水，十年三往来[2]。功名真已矣，归计亦悠哉。今日风怜客，平时浪作堆。晚来洪泽口，捍索响如雷[3]。

【注释】①景山：孙景山，名奕，与苏氏兄弟交往颇深。此诗作于赴湖州途中，路经淮河时。②“好在”二句：苏轼自熙宁四年出任杭州通判，至该年出任湖州太守，曾三次往来淮河上。③捍索：船上的缆索。

其二

过淮山渐好，松桧亦苍然。霭霭藏孤寺，泠泠出细泉。故人真吏隐[1]，小槛带岩偏[2]。却望临淮市，东风语笑传。

【注释】①“故人”句：指诗题中的孙景山。②“小槛”句：谓庭园依着山岩远离闹市。

其三

回首睢阳幕[1]，簿书高没人[2]。何时桐柏水，一洗庾公尘[3]。此去渐佳境，独游长惨神[4]。待君诗百首，来写浙西春[5]。

【注释】①睢阳：指南京应天府（今河南商丘市南），因睢水在其南。②“回首”二句：指其弟子由。子由时任南京幕僚，忙于处理公文。③庾公：

指东晋庾亮。④“此去”二句：谓江南景色佳胜，但远离亲人，美景徒增伤感。⑤“待君”二句：寄托希望，盼子由去湖州拜访，共写佳篇。

乘舟过贾收水阁，收不在，见其子，三首[①]

其一

爱酒陶元亮，能诗张志和。青山来水槛，白雨满渔蓑。泪垢添丁面[②]，贫低举案蛾[③]。不知何处乐，竟夕独酣歌。

【注释】①处士贾收在苕溪上筑有水阁，名浮晖阁。②添丁：指贾收的儿子。唐处士卢仝的儿子名“添丁”，其诗云：“莫恼添丁郎，泪子作面垢。”③举案蛾：指贾收的妻妾。

其二

袅袅风蒲乱，猗猗水荇长。小舟浮鸭绿[①]，大杓泻鹅黄[②]。得意诗酒社，终身鱼稻乡。乐哉无一事，何处不清凉。

【注释】①鸭绿：水色翠幽如鸭头色。②鹅黄：指酒。唐宋有鹅黄酒，色澄黄而味醇。大杓酌酒：语出《晋书·阮咸传》。阮咸“不复用杯觞斟酌，以大盆盛酒，大酌更饮”。

其三

曳杖青苔岸，系船枯柳根。德公方上冢，季路独留言[①]。已占蒲鱼港，更开松菊园。从兹来往数，儿女自应门。

【注释】①季路：即子路。语出《论语·微子》。子路路遇隐者，见其二子。子路辞别而返，不见隐者，留言于其子。

雨晴后，步至四望亭下鱼池上[①]，遂自乾明寺前东冈上归，二首

其一

雨过浮萍合，蛙声满四邻。海棠真一梦，梅子欲尝新。拄杖闲挑菜，秋千不见人。殷勤木芍药[②]，独自殿余春[③]。

【注释】①四望亭：在今湖北省黄冈市黄州区。②木芍药：《开元天宝遗事》载：“禁中呼木芍药为牡丹。”③殿：居后而出众。

其二

高亭废已久，下有种鱼塘。暮色千山入，春风百草香[①]。市桥人寂寂，古寺竹苍苍。鹳鹤来何处，号鸣满夕阳。

【注释】①“春风”句：出自杜甫《绝句》诗：“迟日江山丽，春风花草香。”

次韵陈四雪中赏梅[①]

腊酒诗催熟，寒梅雪斗新。杜陵休叹老[②]，韦曲已先春[③]。独秀惊凡目，遗英卧逸民。高歌对三白[④]，迟暮慰安仁[⑤]。

【注释】①陈四：即陈季常。②杜陵：杜甫自称杜陵野老。③韦曲：杜甫《奉陪郑附马韦曲》诗："韦曲花无赖，家家恼杀人。"仇兆鳌注："《杜臆》：韦曲，在京城三十里，贵家园亭，侯王别墅，多在于此，乃行乐之胜地也。"④三白：下三次雪。古人认为，下三次雪对小麦生长有益。⑤安仁：潘岳字安仁。

次韵和王巩六首

其三

欲结千年实，先摧二月花。故教穷到骨[1]，要使寿无涯[2]。久已逃天网，何须服日华。宾州在何处[3]，为子上栖霞[4]。

【注释】①穷到骨：贫穷至极。杜甫《又呈吴郎》："已诉征求贫到骨，正思戎马泪盈巾。"②"要使"句：韩愈《奉和杜相公太清宫纪事陈诚上李相公十六韵》："垂祥纷可录，俾寿浩无涯。"③宾州：地名，辖境相当今广西宾阳县一带。④栖霞：苏轼自注："楼名。"许端夫《齐安拾遗》："栖霞楼在郡城最高处，江淮绝境也。"

其四

邻里有异趣，何妨倾盖新[1]。殊方君莫厌[2]，数面自成亲[3]。默坐无余事，回光照此身[4]。他年赤墀下[5]，玉立看垂绅[6]。

【注释】①倾盖新：指初次相逢。②殊方：远方，异域。《西都赋》："殊方异类，至于万里。"③数面：多次见面。陶渊明《答庞参军》序："数面成亲旧，况其情过此者乎？"④回光：喻病人垂死时精神突然兴奋的现象。⑤赤墀：皇宫中的台阶。《汉书·梅福传》："登文石之陛，涉赤墀之涂。”⑥玉立：挺拔，矗立。

正月一日，雪中过淮谒客回，作二首

其一

十里清淮上，长堤转雪龙。冰崖落屐齿[1]，风叶乱裘茸[2]。万顷穿银海[3]，千寻[4]度玉峰。从来修月手[5]，合在广寒宫[6]。

【注释】①屐齿：孟郊《听琴》：“定步屐齿深。”②“风叶”句：杜甫《对雪》：“随风且间叶，带雨不成花。”③银海：雪海。④寻：古代长度单位，八尺为寻。⑤“从来”句：《酉阳杂俎》：“郑仁本表弟与王秀才游山迷路，见一人枕一襆而坐，因问之。云：君知月乃七宝合成乎？常有八万三千户修之，我其一也。因开襆示之，有斤凿数事，玉屑饭两裹。分遗郑曰：‘食此可无疾。’”⑥广寒宫：传说唐玄宗于八月望日游月中，见一大宫府，榜曰：“广寒清虚之府。”后人因称月宫为广寒宫。

其二

攒眉有底恨[1]，得句不妨清。霁雾开寒谷[2]，饥鸦舞雪城。桥声春市散，塔影暮淮平。不用残灯火，船窗夜自明。

【注释】①攒眉：紧蹙双眉。②霁雾：正在消散的云雾。

神宗皇帝挽词三首[1]

其一

文武固天纵，钦明又日新。化民何止圣，妙物独称神[2]。政已三王上，言皆六籍醇[3]。巍巍本无象[4]，刻画愧孤臣[5]。

【注释】①神宗：宋神宗赵顼。②妙物：神化万物。《易·说卦》："神也者，妙万物而为言者也。"③六籍：六经。班固《东都赋》："盖六籍所不能谈，前圣靡得言焉。"李善注："六籍，六经也。"④无象：《老子》："是谓无象之象。"⑤刻画：精细的描写。

其二

未易名尧德，何须数舜功[1]。小心仍致孝，余事及平戎[2]。典礼从周旧，官仪与汉隆[3]。谁知本无作[4]，千古自承风[5]。

【注释】①舜功：《左传·文公十八年》："史克曰：'舜有大功，二十而为天子。'"②"余事"句：《庄子·让王》："帝王之功，圣人之余事也，非所以完身养生也。"③"典礼"二句：《后汉书·光武帝纪》："不图今日复见汉官威仪。"④无作：顺应自然，不求兴作。《庄子·知北游篇》："至人无为，大圣不作。"⑤承风：接受教化。

其三

接统真千岁[1]，膺期止一章[2]。周南稍留滞[3]，宣室遂凄凉。病马空嘶枥，枯葵已泫霜[4]。余生卧江海，归梦泣嵩邙[5]。

【注释】①接统：指继业。《汉书·司马迁传》："太史公执迁手而泣，曰：'今天子接千岁之统封泰山，而予不得从行，是命也夫，命也夫。'"②膺期：指承受天命。《后汉书·律历志》："闰七而尽，其岁十九，名之曰章。"神宗在位十九年，故曰止一章。③"周南"句：《汉书·司马迁传》："是岁天子始建汉家之封，而太史公留滞周南（今河南洛阳之南），不得与从事。"④泫霜：降霜。⑤嵩邙：嵩山和北邙山。

同年程筠德林求先坟二诗[1]

思成堂

宰树连山谷[2]，祠堂照路隅。养松无触鹿[3]，助祭有驯乌[4]。归梦先寒食，儿啼到白须[5]。遥知邻里化，醉叟道争扶[6]。

【注释】①程筠：字德林，与苏轼同年及第。②宰树：坟墓上的树木。宰同"冢"。③触鹿：《晋书·孝友传·许孜》载，许孜父母亡后，亲自负土筑坟，列植松柏。"时有鹿犯其松栽，孜悲叹曰：'鹿独不念我乎？'明日，忽见鹿为猛兽所杀，置于所犯栽下。"后因以"触鹿"谓孝感所至，墓地无奔走撞犯之患。④驯乌：驯服的乌鸦。刘向《古孝子传·文让》："巴郡文让养母至孝。母死，不用僮仆之力，兄弟二人营筑其坟。坟土未足，耕一亩地为壤，暂归取粮。群乌数千衔所作壤以著坟上，俄而成坟。"后以"驯乌"为表彰人尽孝道的典故。⑤"归梦"二句：言程筠于寒食之夜即梦归父母祠堂，以致哀思。⑥"遥知"二句：言程筠的孝行可感化邻里，醉酒的老人，也有人争相扶持。

归真亭

旧笑桓司马[1]，今师郑大夫[2]。不知徂岁月，空觉老楸梧[3]。祭礼传家法，阡名载版图。会看千字诔，木杪见龟趺[4]。

【注释】①桓司马：即桓温，曾任大司马，故称。据《晋书·桓温传》载，温母孔氏卒后，温上疏解职，未获许。及葬毕视事，即欲修复园陵，移都洛阳，不能为母守孝，故笑之。②郑大夫：指春秋时郑国的祭仲，一说指子产。相传其坟连山体南北之正而斜东北，向新郑城，意不忘本。见《晋书·杜预传》。此句言程筠为母修归真亭的方位也是指向故乡。③楸梧：楸树和梧桐，古人往往在丘坟上栽种这两种树。④龟趺：碑座，指墓碑。

再过常山和昔年留别诗

伛偻山前叟[1]，迎我如迎新。那知梦幼躯，念念非昔人。江湖久放浪，朝市谁相亲[2]。却寻泉源去，桃花应避秦。

【注释】①伛偻：指驼背。②朝市：朝廷和市集，此泛指名利之场，尘世。

和蒋发运[1]

夜语翻千偈[2]，书来又一言。此身真佛祖，何处不羲轩[3]。船稳江吹坐，楼空月入樽。遥知思我处，醉墨在颓垣[4]。

【注释】①蒋发运：名之奇，字颖叔，宜兴人。②偈(jì)：梵语“偈佗”的简称，即佛经中的唱颂词，通常以四句为一偈。亦多指释家隽永的诗作。③羲轩：伏羲氏和轩辕氏（黄帝）的并称。④醉墨：谓醉中所作的诗画。

道者院池上作[1]

下马逢佳客，携壶傍小池。清风乱荷叶，细雨出鱼儿。井好能冰齿，茶甘不上眉。归途更萧瑟，真个解催诗。

【注释】①道者院：在郑州门外五里。

次韵朱光庭喜雨

久苦赵盾日[1]，欣逢传说霖。坐知千里足，初觉两河深。破屋常持伞，无薪欲爨琴[2]。清诗似《庭燎》，虽美未忘箴[3]。

【注释】①赵盾日：《左传·文公七年》："丰舒问于贾季曰：'赵衰，赵盾孰贤？'对曰：'赵衰，冬日之日也；赵盾，夏日之日也。'"杜预注："冬日可爱，夏日可畏。"后因以"赵盾日"为夏天烈日之代称。②爨(cuàn)：焚烧。③箴(zhēn)：规谏，告劝。

狄咏石屏[1]

霏霏点轻素，渺渺开重阴。风花乱紫翠，雪外有烟林。雪近势方壮，林远意殊深。会有无事人，支颐识此心[2]。

【注释】①狄咏：字子雅，枢密使武襄公青之子，元祐元年十二月五日，苏轼与咏同馆北客。②支颐：以手托下巴状。

雪林砚屏率鲁直同赋

西山无时春，巉岩锁顽阴。分明倚天壁[1]，点缀无风林。物固为人出，兴谁于此深。穷奇真自蠹[2]，诗句且娱心。

【注释】①天壁：高耸入天的崖壁。极言山崖峭壁之高。②蠹：蛀蚀，败坏。

韩康公挽词三首[1]

其一

故国非乔木[2]，兴王有世臣。嗟余后死者，犹及老成人。德业经文武[3]，风流表搢绅。空余行乐地，处处泣遗民。

【注释】①韩康公：名绛，字子华。②“故国”句：《孟子·梁惠王下》：“所谓故国者，非谓有乔木之谓也，有世臣之谓也。”赵岐注：“所谓是旧国也者，非但见其有高大树木也，当有累世修德之臣，常能辅其君以道，乃为旧国可法则也。”后因以“乔木”为形容故国或故里的典实。③德业：德行及功业。《周易·系辞上》：“可久则贤人之德，可大则贤人之业。”

其二

再世忠清德，三朝翊赞勋[1]。功成不归国，就访敢忘君。旧学严诗律，余威靖塞氛[2]。何当继《韩奕》[3]，故吏总能文。

【注释】①三朝：谓绛历事仁宗、英宗、神宗。②靖：安定，平安。③《韩奕》：周宣王锡命韩侯之诗。

其三

西第开东阁，初筵点后尘。笙歌邀白发，灯火乐青春。扶路三更罢，回头一梦新。赋诗犹墨湿[1]，所卷独沾巾。

【注释】①墨湿：谓墨迹未干。

和王晋卿题李伯时画马

督邮有良民，不为君所奇。顾收纸上影，骏骨何由归[1]。一朝见萦策，蚁封惊肉飞[2]。岂惟马不遇，人已半生痴[3]。

【注释】①“顾收”二句：《会稽典录》：“孔融〈与曹公书〉云：燕君市骏马之骨，非欲以骋道里，乃当以招绝足也。”②蚁封：蚁巢上隆起的小土堆。③半生痴：《晋书·王湛传》载，王湛少有识度，少言语，兄弟宗族皆以为痴，兄子济之。济尝诣湛，济有从马，绝难乘。济问湛曰：“叔颇好骑不？”湛曰：“亦好之。”因骑此马，姿容既妙，回策如萦，善骑者无以过之。又济所乘马，甚爱之。湛曰：“此马虽快，然力薄不堪苦行。近见督邮马当胜，但刍秣不至耳。”济试养之，而与己马等。湛又曰：“马任重方知之，平路无以别也。”于是当蚁封内试之。济马果踬，而督邮马如常。济益叹异，还白其父曰：“济始得一叔。”武帝亦以湛为痴，每见济，辄调之曰：“卿家痴叔死未？”济曰：“臣叔不痴。”因称其美。苏轼通篇以王湛、王济比王晋卿而戏之也。

次韵黄鲁直嘲小德。小德，鲁直子。其母微，故其诗云：解著《潜夫论》，不妨无外家

进馔客争起，小儿那可涯。莫欺东方星，三五自横斜[①]。名驹已汗血，老蚌空泥沙[②]。但使伯仁长，还兴络秀家[③]。

【注释】①“莫欺”二句：《诗·召南·小星》：“嘒彼小星。”嘒，微貌。小星，众无名者，三心五噣，四时更见。②“名驹”二句：蔡邕《青衣赋》：“金生砂砾，珠出蚌泥，叹兹窈窕，产于卑微。”此以名驹、珍珠比小德。③“但使”二句：《晋书·列女传》：“周顗母李络秀，少时在室。顗父浚为安东将军，出猎遇雨，止络秀家……求秀为妾，父兄不许秀曰：‘门户殄瘁，何惜一女？若连姻贵族，将来庶有大益矣。’父兄许之，遂生顗及嵩、漠。而顗等既长。络秀谓之曰：‘我屈节为汝家作妾，门户计耳，汝不与我家为亲亲者，吾亦何惜余年？’顗等从命，由此李氏遂得为方雅之族。”顗，字伯仁。

次韵黄鲁直戏赠

昨夜试微凉，汗衾初退红[①]。我愿偕秋风，随身入房栊。君王不好事，只作好惊鸿[②]。细看卷虿尾[③]，我家真栗蓬[④]。

【注释】①退红：浅红。《杨妃外传》：“杨贵妃每夏日，常衣轻绢，汗出红腻而多香，拭于巾帕，其色桃红。”苏轼用此言天凉汗出少。②君王：指唐明皇。明皇尝与妃斗茶，顾诸王，戏曰：“此梅精也。吹白玉笛，作《惊鸿舞》，一座光辉，斗茶今又胜我矣。”③虿(chài)：即虿发，语衣《诗·小雅·都人士》：“彼君子女，卷发如虿。”郑玄笺：“虿，螫虫也。尾末揵然，似妇人发末曲上卷然。”后用以称女子头发末梢上卷的发型，亦

泛指蜷曲的头发。④栗蓬：栗子的外刺苞。

次韵王晋卿上元侍宴端门

月上九门开，星河绕露台。君方枕中梦，我亦化人来①。光动仙球縋，香余步辇回②。相从穿万马，衰病若为陪。

【注释】①化人：佛教谓佛、菩萨变化为人，以化度众生者，此苏轼自喻。②“光动”二句：宋俗，上元、端门放灯，至夜阑，采上縋下仙球，则天子乘步辇还内。

哭王子立，次儿子迨韵三首

其一

彭城初识子，照眼白而长。异梦成先兆①，清言得未尝②。岂惟知礼意，遂欲补诗亡③。咄咄真相逼，诸生敢雁行。

【注释】①“异梦”句：苏轼自注：“余为密州，子立未尝相识，忽告同舍生，曰：‘吾梦为密州婿，何也？’已而果以子由之子妻之。”②清言：指高雅的言论。③“岂惟”二句：苏轼自注：“子立能诗，而有礼学。”

其二

非无伯鸾志①，独有子云悲②。恨子非天合③，犹能使我思。儿曹莫凄恸，老眼欲枯萎。会哭皆豪杰④，谁为感旧诗⑤。

【注释】①伯鸾：梁鸿字。《后汉书·梁鸿传》："（鸿）家贫而尚节介，乡里势家，慕其高节，多欲女之，鸿并绝不娶。同县孟氏女，状肥丑而黑，择对不嫁，鸿闻而聘之。共入霸陵山中，以耕织为业，咏诗书，弹琴以自娱，仰慕前世高士而作颂。"②子云：扬雄字。子云尝曰："育而不苗者，吾家之童乌乎？"卒以无子。东坡志子立墓云：享年三十五，一女初，晬，有遗腹子裔。③天合：父子兄弟之属。④苏轼自注："子立与黄鲁直、张文潜、晁无咎、秦少游、陈无已皆友善。"⑤旧诗：指向子期为追思嵇康、吕安曩昔游宴之好所作的《思旧赋》。

其三

龙困尝鱼服①，羊偎或虎蒙②。匆匆成鬼录，愦愦到天公③。偶落藩墙上，同游羿彀中④。回看十年事，黄叶卷秋风。

【注释】①"龙困"句：汉刘向《说苑·正谏》："昔白龙下清冷之渊，化为鱼，渔者豫且射中其目。"此句比喻贵人微服出行，恐有不测之虞。②"羊偎"句：指羊质虎皮。③愦愦：烦闷，忧愁貌。④羿彀：羿的弓矢所及。语出《庄子·德充符》："游于羿之彀中，中央者，中地也。然而不中者，命也。"后以羿彀指世网或人间的危机。

次韵詹适宣德小饮巽亭

君方梦谪仙①，我亦吊文园②。江上同三黜，天涯共一樽。涛雷殷白昼，梅雪耿黄昏③。归去多情雨，应随御史轩④。

【注释】①"君方"句：苏轼自注："来诗记李白郎官湖事。"见李太白《泛沔州城南郎官湖》诗并序。②文园：指汉司马相如，相如曾任文园令，"常有消渴疾"，因此称病闲居。苏轼用此有归乡之意。③耿：光明，照耀。④御史轩：苏轼自注："詹为御史台主簿。"

怡然以垂云新茶见饷，报以大龙团，仍戏作小诗[①]

妙供来香积，珍烹具太官[②]。拣芽分雀舌[③]，赐茗出龙团。晓日云庵暖，春风浴殿寒[④]。聊将试道眼[⑤]，莫作两般看。

【注释】①垂云，大龙团：茶名。②太官：官名。秦有太官令。丞，属少府。两汉因之。掌皇帝膳食及宴享之事。北魏时太官掌百官之馔，属光禄卿，北齐、隋、唐因之。宋代以后，皇帝膳食归尚食局，太官只掌祭物。③拣芽，雀舌：皆嫩茶名。④浴殿：即宫中浴室，唐代皇帝常在这里召见文人学士。⑤道眼：佛教语，指能洞察一切，辨别真妄的眼力。

真觉院有洛花，花时不暇往，四月十八日，与刘景文同往赏枇杷

绿暗迎初夏，红残不及春。魏花非老伴[①]，卢橘是乡人[②]。井落依山尽，岩崖发兴新。岁寒君记取，松雪看苍鳞。

【注释】①魏花：牡丹中，千叶者谓之魏花，肉红花出于魏相仁溥家。②卢橘：指枇杷。

观台

三界无所住[①]，一台聊自宁。尘劳付白骨，寂照起黄庭[②]。残磬风

中袅，孤灯雪后青。须防童子戏，投瓦犯清冷[3]。

【注释】①三界：佛教指众生轮回的欲界、色界和无色界。②黄庭：指中央。《黄庭内景经》务成子题解："黄者，中央之色也；庭者，四方之中也。外指事即天中、人中、地中，内指事即脑中、心中、脾中，故曰黄庭。"一说黄庭为体中的虚拟之所。③"须防"二句：《楞严经》："月光童子，修习水观，室中安禅。有弟子窥窗观室，唯见清水。童稚无知，取一瓦砾投于水内，激水作声，出定心痛，后入定时，童子奉教除去瓦砾，身质如初。"

题杨次公蕙

蕙本兰之族，依然臭味同。曾为水仙佩，相识《楚辞》中[1]。幻色虽非实，真香亦竟空。云何起微馥，鼻观已先通。

【注释】①"相识"句：屈原《楚辞》："余既滋兰之九畹兮，又树蕙之百亩。"

和刘景文雪

占雨又得雪，龟宁欺我哉[1]？似知吾辈喜，故及醉中来。童子愁冰砚，佳人苦胶杯。那堪李常侍，入蔡夜衔枚[2]。

【注释】①"龟宁"句：《左传·昭公二十五年》：臧昭伯如晋，臧会窃其宝龟偻句，以卜为信与僭吉，曰："偻句不余欺也。"偻句，龟所出地名。②"那堪"二句：《唐书·李愬传》：讨吴元济，夜半，昌雪入驻元济外宅。蔡史惊曰："城陷矣。"元济尚不信，及闻号令曰："常侍传语。"始惊曰："何常侍得至于此？"蔡，指蔡州。衔枚，横衔于口中，以防喧哗或叫喊。

枚，形如筷子，两端有带，可系于颈上。

次韵奉和钱穆父、蒋颖叔、王仲至诗四首

藉田

窃脂方纪瑞[①]，布谷未催耕。鱼沫依苹渚[②]，蜗涎上彩楹。江湖来梦寐，蓑笠负平生。琴里思归曲，因君一再行[③]。

【注释】①窃脂：鸟名。即桑扈。《尔雅·释鸟》："桑扈，窃脂。"郭璞注："俗谓之青雀，觜曲食肉，好盗脂膏，因名云。"②鱼沫：鱼所吐之水沫。③其他三首因体裁不同，分置他处。

次韵蒋颖叔二首

凝祥池

似知金马客[①]，时梦碧鸡坊[②]。冰雪消残腊，烟波写故乡[③]。鸣銮自容与，立马久回翔[④]。乞与三韩使，新图到乐浪[⑤]。

【注释】①金马：《后汉书·马援传》：武帝时，善相马者东门京铸作铜马法献之。有诏立马于鲁班门外，更名鲁班门曰金马门。②碧鸡坊：街巷名。在今四川省成都市。唐诗妓薛涛曾住此。其地所种海棠特富艳。③"烟波"句：《史记·秦始皇本记》：秦皇每破诸侯之国，命工人写其宫室于宫中。④容与、回翔：皆徘徊之意。⑤"乞与"二句：苏轼自注："时高丽使在都下，每至胜境，辄图画以归。"三韩，汉时朝鲜南部有马韩、辰韩、弁辰，合称三韩。后以指朝鲜。《史记》：元封三年，朝鲜人来降，遂定其地，

立为真番、临屯、玄菟、乐浪四郡。按另一首见七律部分。

南康望湖亭[1]

八月渡长湖，萧条万象疏。秋风片帆急，暮霭一山孤。许国心犹在，康时术已虚。岷峨家万里[2]，投老得归无。

【注释】①望湖亭：《江西志》：南昌吴城驿，有吴城山，山有望湖亭。②岷峨：岷山和峨眉山的并称。南朝梁江淹《建平王让右将军荆州刺史表》："水交沅沣，山通岷峨，襟带百县，萦抱七州。"诗中特指峨眉山。

发广州

朝市日已远，此身良自如。三杯软饱后[1]，一枕黑甜余[2]。蒲涧疏钟外，黄湾落木初[3]。天涯未觉远，处处各樵渔。

【注释】①软饱：苏轼自注："浙人谓饮酒为软饱。"②黑甜：苏轼自注："俗谓睡为黑甜。"③黄湾：黄木湾。韩退之《南海神庙碑》云：在广州治之东南，海道八十里，扶胥之口，黄木之湾。

无题

六秩行当启[1]，区中缘更疏。不贪为我宝，安步当君车[2]。故国多乔木，先人有敝庐[3]。暂将闲送老，不著一行书。

【注释】①秩：十年为一秩。苏轼写此诗已五十九岁，故称六秩。

②“安步”句：《战国策·齐策四》：晚食以当肉，安步以当车，无罪以当贵。
③“先人”句：《檀弓》：君之臣免于罪，则有先人之敝庐在，君无所辱命。

龙尾石砚寄犹子远[1]

皎皎穿云月，青春出水荷。文章工点黯[2]，忠义老研磨[3]。伟节何须怒，宽饶要少和[4]。吾衰安用此，寄与小东坡[5]。

【注释】①龙尾石砚：即龙尾砚，是歙砚的上品。因产于今江西婺源县龙尾山，而得名。犹子：《礼记·檀弓上》：“丧服，兄弟之子，犹子也。盖引而进之也。”本指丧服而言，谓为己之子期，兄弟之子亦为期。后来固称兄弟之子为犹子。远：即苏远，苏辙之子。②点黯（niǎn捻）：草书笔势。《晋书·卫恒传》引崔瑗《草书势》：“或黝黭点黯，状似连珠，绝而不离。”③研磨：犹言磨练。④宽饶：即盖宽饶，西汉时人。王十朋注引《汉书》曰：“盖宽饶自认行清能高，而为凡庸所越，愈失意不快，数上疏谏争。太子庶子王生高宽饶节，而非其如此，予书宽饶，不纳。竟被害。”⑤小东坡：指苏远。苏轼自注：“远为人类予。”

新年五首[1]

其一

晓雨暗人日[2]，春愁连上元[3]。水生挑菜渚[4]，烟湿落梅村[5]。小市人归尽，孤舟鹤踏翻。犹堪慰寂寞，渔火乱黄昏[6]。

【注释】①此五首作于绍圣三年(1096)正月，时苏轼在惠州。②人日：正月初七。《太平御览》卷三十引《荆楚岁时记》：“正月七日为人日。以七种菜为羹，剪彩为人，或镂金箔为人，以帖屏风，亦戴之头鬓。”③上元：正月十五。古时以正月十五为上元、七月十五为中元、十月十五为下元。④挑菜渚：举行挑菜活动的洲渚。唐宋风俗。每年二月初二为挑菜节，士民都要到水边拾菜游观。渚，水中的小块陆地。⑤落梅村：梅花坠落的村庄。和挑菜渚的具体所在不详，或为泛指。⑥渔火：渔家的灯火。

其二

北渚集群鹭，新年何所之。尽归乔木寺，分占结巢枝。生物会有役[①]，谋身各及时。何当禁毕弋[②]，看引雪衣儿[③]。

【注释】①有役：有职司。②毕弋：毕，用以捕捉禽兽的长柄网。弋，系有丝绳可以回收的箭。这里“毕弋”作动词用，即捕射的意思。③雪衣儿：相传杨贵妃有一只鹦鹉名雪衣娘。这里，雪衣儿指白鹭。

其三

海国空自煖[①]，春山无限清。冰溪结瘴雨，雪菌到江城[②]。更待轻雷发，先催冻笋生[③]。丰湖有藤菜[④]，似可敌莼羹[⑤]。

【注释】①海国：指惠州。惠州濒临南海。故称。②江城：亦指惠州。③冻笋：冻结泥土中的竹笋。④丰湖：在惠州西郊，当地产藤菜有名。藤菜：即燕脂菜，味滑美。类莼菜。⑤“似可”句：晋张翰在洛阳，见秋风起，便想起故乡江南的美味莼菜羹和鲈鱼脍。后人以“莼脍之思”表示怀乡，思归。这里反用其意，意谓惠州好，惠州藤菜亦好，抵得上故乡。

其四

小邑浮桥外[1]，青山石岸东。茶枪烧后有[2]，麦浪水前空。万户不禁酒，三年真识翁[3]。结茅来此住[4]，岁晚有无同。

【注释】①浮桥：用船、筏或浮箱联结而成的桥。②茶枪：茶芽。唐陆龟蒙《奉酬袭美先辈吴中苦雨一百韵》："茶枪露中撷。"注："茶萼未展者曰枪，已展者曰旗。"③三年：苏轼自绍圣元年被贬惠州，至此已三年。④结茅：犹结庐，指建住舍。时苏轼始营白鹤新居。故言。

其五

荔子几时熟，花头今已繁。探春先拣树[1]，买夏欲论园[2]。居士常携客[3]，参军许叩门[4]。明年更有味，怀抱带诸孙[5]。

【注释】①探春：唐宋风俗，都邑士女在正月十五收灯后，争先到郊外宴游，叫探春。此指正月十五以后。拣树：查慎行注："《荔枝谱》：'初著花时，商人计林断之以立券，若后丰寡，商人知之。'"②"买夏"句：言到了夏天荔枝成熟时，商人要根据所拣的荔枝园林来收买。③居士：苏轼自称。④参军：即周参军。查慎行注："公自注：周参军家多荔枝。"⑤"明年"二句：王十明注："公时命迈指射粤中差遣，故云然也。明年，迈赴仁化令，为例所格，遂自南龙江至惠州。"

二月八日，与黄焘、僧昙颖过逍遥堂何道士宗一问疾[1]

安心守玄牝[2]，闭眼觅黄庭[3]。问疾来三士[4]，浇愁有半瓶[5]。风松时落蕊，病鹤不梳翎[⑥]。樽空我归去，山月照君醒。

【注释】①此诗作于绍圣三年。黄焘：时为惠州推官。昙颖：罗浮山宝积寺僧人。逍遥堂：在丰湖方华洲上。何道士：名宗一，广州人，时居逍遥堂。②玄牝：赵次公注："盖道家谓玄牝，鼻口两窍也。"道家认为口和鼻是天地元气往来之处，故要"安心守"。③黄庭：此指典庭元王，在命门下。道家认为严守黄庭元五，可使神气不散。④三士：指黄焘、昙颖和苏轼自己。⑤浇愁：解除愁闷。半瓶：具体所指不详。⑥"病鹤"句：鹤在风动时，往往梳理羽毛，因病，故不梳。这里比何宗一因生病，顾不上修饰自己了。

食荔枝二首 并引[①]

惠州太守东堂，祠故相陈文惠公[②]。堂下有公手植荔枝一株，郡人谓之将军树。今岁大熟，赏啖之余，下逮吏卒。其高不可致者，纵猿取之。

其一

丞相祠堂下，将军大树旁。炎云骈火实[③]，瑞露酎天浆[④]。烂紫垂先熟，高红挂远扬[⑤]。分甘遍铃下[⑥]，也到黑衣郎[⑦]。

【注释】①此诗作于绍圣三年四月。其二见七绝部分。②陈文惠公：即陈尧佐，字希元。仁宗时，任参知政事，卒后，谥文惠。《宋史》有传。③"炎云"句：韩愈《游青龙寺赠崔大补阙》："然云烧树火实骈"，形容成熟的荔枝挂满树枝，把树衬得一片火红。火实，指荔枝。④"瑞露"句：极言荔枝味美，食之如酎瑞露天浆。⑤远扬：指伸出很远的荔枝枝条。《诗·豳风·七月》："取彼斧斨，以伐远扬。"⑥分甘：指分食荔枝。铃下：《后汉书·周纡传》注引《汉官仪》曰："铃下，侍阁辟车。"此指吏卒。⑦黑衣郎：指猿。《宣室志》："张长史质凶屋以居，睹黑衣人树上掷瓦见击，其弟射杀之，乃猿耳。”

海上道人传以神守气诀[1]

但向起时作，还于作处收。蛟龙莫放睡，雷雨直须休。要会无穷火，尝观不尽油。夜深人散后，惟有一灯留。

【注释】①海上道人：名姓不详。盖苏轼在惠州结识的道人。查慎行注引黄庭坚《题跋》云：“东坡先生好道术，闻辄行之，但不久又弃去。尝有海上人评东坡云，真蓬莱、瀛洲、方丈谪仙人也。”

另据石刻本，苏轼自书此诗后云：“丁丑正月十九日，录示子野，向尝论其详矣。”按丁丑为绍圣四年。

去岁，与子野游逍遥堂。日欲没，因并西山叩罗浮道院，至已二鼓矣。遂宿于西堂。今岁索居儋耳，子野复来相见，作诗赠之[1]

往岁追欢地，寒窗梦不成。笑谈惊半夜，风雨暗长檠[2]。鸡唱山椒晓[3]，钟鸣霜外声。只今那复见[4]，仿佛似三生。

【注释】①子野：吴子野。并(bàng)：通“傍”。依傍，挨着。②檠(qíng)：烛台或灯台，亦指灯烛。③山椒：山顶。《文选·谢庄〈月赋〉》：“菊散芳于山椒，雁流哀于江濑。”李善注：“山椒，山顶也。”④只今：如今。

倦夜

倦枕厌长夜，小窗终未明。孤村一犬吠，残月几人行。衰鬓久已白，旅怀空自清。荒园有络纬[1]，虚织竟何成。

【注释】①络纬：蟋蟀、莎鸡一类昆虫，鸣叫如纺车纺纱之声。末二句寄寓了作者一生无所成就的慨叹。

归去来集字十首 并引

予喜读渊明《归去来辞》，因集其字为十诗，令儿曹诵之，号《归去来集字》云。

其一

命驾欲何向，欣欣春木荣。世人无往复，乡老有将迎。云内流泉远，风前飞鸟轻。相携就衡宇[1]，酌酒话交情。

【注释】①衡宇：横木为门的房屋。指简陋的房屋。陶渊明《归去来辞》："乃瞻衡宇，载欣载奔。"

其二

涉世恨形役[1]，告休成老夫。良欣就归路，不复向迷途。去去径犹菊，行行田欲芜。情亲有还往，清酒引樽壶。

【注释】①形役：谓为形骸所拘束、役使。犹言被功名利禄所牵制，支配。晋陶潜《归去来辞》：“既自以心为形役，奚惆怅而独悲。”

其三

与世不相入，膝琴聊自欢。风光归笑傲，云物寄游观。言话审无倦[①]，心怀良独安。东皋清有趣，植杖日盘桓[②]。

【注释】①审：确实，果真。②植杖：拄杖。盘桓：徘徊，逗留。

其四

云岫不知远，巾车行复前[①]。仆夫寻老木，童子引清泉。矫首独傲世，委心还乐天[②]。农夫告春事，扶老向良田。

【注释】①巾车：指有帷幕的车子。陶渊明《归去来辞》：“或命巾车，或棹孤舟。”②委心：随心之自然。陶渊明《归去来辞》：“寓形宇内复几时，曷不委心任去留？”

其五

世事非吾事，驾言归路寻[①]。向时迷有命，今日悟无心。庭内菊归酒，窗前风入琴。寓形知已老，犹未倦登临。

【注释】①驾言：驾，乘车；言，语助词，陶渊明《归去来辞》：“世与我而相违，复驾言兮焉求。”

其六

富贵良非愿，乡关归去休。携琴已寻壑，载酒复经丘。翳翳景将入[1]，涓涓泉欲流。老农人不乐，我独与之游。

【注释】①翳翳(yì yì)：草木繁茂成荫貌。

其七

觞酒命童仆，言归无复留。轻车寻绝壑，孤棹入清流。乘化欲安命[1]，息交还绝游。琴书乐三径[2]，老矣亦何求。

【注释】①乘化：顺随自然。化，造化。陶渊明《归去来兮辞》："聊乘化以归尽，乐夫天命复奚疑。"②三径：晋赵岐《三辅决录·逃名》："蒋诩归乡里，荆棘塞门。舍中有三径，不出，惟求仲、羊仲从之游。"后以"三径"指归隐者的家园。陶渊明《归去来辞》："三径就荒，松菊犹存。"

其八

归去复归去，帝乡安可期[1]。鸟还知已倦，云出欲何之。入室还携幼，临流亦赋诗。春风吹独往，不是傲亲知。

【注释】①帝乡：天宫，仙乡。

其九

役役倦人事，来归车载奔。征夫问前路[1]，稚子候衡门[2]。入息亦诗策，出游常酒樽。交亲书已绝，云壑自相存。

【注释】①征夫：远行的人，陶渊明《归去来辞》："问征夫以前路，恨晨光之熹微。"②衡门：横木为门。指简陋的房屋。

其十

寄傲疑今是，求荣感昨非。聊欣樽有酒，不恨室无衣。丘壑世情远，田园生事微。柯庭还独眄[1]，时有鸟归飞。

【注释】①柯庭：枝条横交的庭院。眄(miǎn)：看，望。

和孙叔静兄弟李端叔唱和[1]

病骨瘦欲折，霜髯籋更疏。喜闻新国政[2]，兼得故人书[3]。秉烛真如梦，倾杯不敢余。天涯老兄弟，怀抱几时摅[4]。

【注释】①孙叔静：名鼛，钱塘人。②新国政：指言建中靖国时也。③"兼得"句：指孙叔静代致李端叔书也。苏轼后来回书，亦交叔静递去。合诗题考之，故人即端叔无疑也。④摅(shū)：抒发，表达意。

广倅萧大夫借前韵见赠，复和答之，二首[1]

其一

生还粗胜虞[2]，早退不如疏[3]。垂死初闻道[4]，平生误信书[5]。风涛惊夜半，疾病送灾余。赖有萧夫子，忧怀得少摅[6]。

【注释】①萧大夫：即萧世范字器之，嘉祐进士，通判虔州、广州，迁广西转运判官。在广州时与苏轼有交游。②虞：指虞翻事，因酒失被孙权谪放交州，在此十余年，卒。详见《三国志·吴书·虞翻传》。苏轼虽远谪，犹得生还，故曰“粗胜虞”。③疏：《汉书·疏广传》：疏广与侄儿疏受，同为太子师傅。在位五年，激流勇退，以病退。④“垂死”句：到老年才闻大道。⑤“平生”句：柳宗元诗：“信书成自误，经事渐知非。”⑥此首夫子自谓，下首述赠答之意。

其二

心闲诗自放，笔老语翻疏。赠我皆强韵[①]，知君得异书。滔滔沮叟是，绰绰孟生余[②]。一笑沧溟侧[③]，应无愤可摅。

【注释】①强韵：险韵，生僻少用的韵。②“滔滔”二句：以《论语》《孟子》二书事联用。沮叟：指长沮，见《论语·微子》。“孟生”句见《孟子·公孙丑下》。二句意为：在像洪水一样的坏东西到处都是的年代，长沮这老头隐退田野是值得肯定的。在有官守不得不尽职，有言责不得不尽言的位置上，常常处在一个既尽不了职，又负不了责的两难处境，而无官无责的孟夫子的进退，就显得宽舒而又有回旋余地。③沧溟：大海。

次韵江晦叔二首

其一

人老家何在？龙眠雨未惊。酒船回太白，稚子候渊明[①]。幸与登仙郭，同依坐啸成。小楼看月上，剧饮到参横[②]。

【注释】①“稚子”句：陶渊明《归去来辞》有：僮仆欢迎，稚子候门。②参横：参星已落，形容夜深。

其二

钟鼓江南岸，归来梦自惊。浮云时事改，孤月此心明。雨已倾盆落，诗仍翻水成。二江争送客，木杪看桥横[1]。

【注释】①木杪：木末，树端。

器之好谈禅，不喜游山，山中笋出，戏语器之可同参玉版长老，作此诗

丛林真百丈，法嗣有横枝。不怕石头路，来参玉版师[1]。聊凭柏树子，与问箨龙儿[2]。瓦砾犹能说，此君那不知。

【注释】①玉版师：《冷斋夜话》载：苏轼邀刘安世食竹笋，味道胜过一般，安世问此笋何名，苏轼回答说："即玉版师，此老善说法。"借玉版师之名，以喻竹笋。②箨龙：竹笋名。

嘲子由[1]

堆几尽埃简，攻之如蠹虫[2]。谁知圣人意，不尽书籍中。曲尽弦犹在，器成机见空。妙哉斫轮手，堂下笑桓公[3]。

【注释】①子由：苏辙字，另字同叔，号颍滨遗老，苏轼之弟。②蠹(dù)：蛀虫。③斫(zhuó)：砍，削。通常指把木头砍削成器物。《庄子·天道篇》："桓公读书于堂上。轮扁斫轮于堂下，释椎凿而上，问曰：'公之所

读为何言耶？’公曰：‘圣人之言也。’曰：‘圣人在乎？’公曰：‘已死矣。’曰：‘古之人与其不可传也死矣。然则君之所读者，古人之糟魄已夫！’”魄，通“粕”。

半山亭[①]

登岭势巍巍，莲峰太华齐[②]。凭栏红日早，回首白云低[③]。松柏月中老，猿猴物外啼。禅师吟绝后，千古指人迷。

【注释】①半山亭：《六朝事迹》：“报宁禅寺，由城东门至蒋山，此半道也，故今亦名半山寺。”②“登岭”二句：《山海经》：“太华山在华阳，即西岳也。石壁直上如削成，最著者曰莲花、明星、天女三峰。”③“回首”句：寇准《吟华山》诗：“只有天在上，更无山与齐，举头红日近，回首白云低。”

过海得子由书

经过废来久，有弟忽相求[①]。门外三竿日，江关一叶秋。萧疏悲白发，漫浪散穷愁。世事江声外，吾生幸自休。

【注释】①相求：《易·乾·文言》：“同声相应，同气相求。”

和张均题峡山

孤舟转岩曲[①]，古诗出云坳。岸迫鸟声合，水平山影交。堂虚泉漱玉[②]，砌静笋遗苞。我为图名利，无因此结茅。

【注释】①岩曲：山的曲折处，南朝梁沈约《游钟山诗应西阳王教》之四：“八解鸣涧流，四禅隐岩曲。”②“堂虚”句：陆士衡诗：“飞泉漱鸣玉。”

题女唱驿[1]

揽辔金房道，崎岖难具陈。浮岚常作雨，冷气不知春。少见宽平路，多逢臃肿民[2]。欲知何处远，巫峡是西邻。

【注释】①女唱驿：《水经注》：江水又东，巫溪水注之。又迳琵琶峡。本志云：琵琶峰下女子皆善吹笛，嫁时，群女子治具吹笛，唱竹枝词送之。女唱驿之名，盖本于此。②臃肿：痈疽，肌肉肿胀。《战国策·韩策三》：“人之所以善扁鹊者，为有臃肿也。”

晚游城西开善院，泛舟暮归，二首

其一

晚照余乔木[1]，前村起夕烟。棋声虚阁上，酒味早霜前。远谪何须恨，来游不偶然。风光类吾土，乃是蜀江边。

【注释】①晚照：夕阳的余晖。

其二

放船江濑浅[1]，城郭近连村。水槛松筠静[2]，市桥灯火繁。谁家挂鱼网，小舫系柴门[3]。卜筑计未定[4]，何妨试买园。

【注释】①江濑：江滩上的急流。②水槛(jiàn)：水边的栏杆。③小舫：小船。④卜筑：择地建筑住宅。

和王定国

离歌添唧唧[①]，古曲拟行行[②]。不作相随燕，空吟久住莺。瞢腾君上马[③]，寂寞我回城。明日东门外，空舟独自横。

【注释】①唧唧：叹息声。②行行：行，走的意思。《古诗十九首》之一："行行重行行，与君生别离。"③瞢(méng)腾：同"懵腾"。指迷迷糊糊。

和晁美叔老兄[①]

反观皆自直，相诋竟谁谀。事过始堪笑，梦中今了无。珍才尚空谷，瘦马正长途[②]。未识造物意，茫然同一炉。

【注释】①晁美叔：苏轼同年进士。②珍才：喻美叔也。珍才空谷，以况美叔在闲郡。瘦马，自谓也。

暮归

牛羊久已下，寂寞掩柴扉。水鹊鸣城堞[①]，飞萤上戟衣[②]。夜凉江海近，天阔斗牛微[③]。何日招舟子，寒江北渡归。

【注释】①城堞(dié):城上呈齿形的矮墙,亦称女墙。②戟衣:戟套。③斗牛:星宿名,指斗星和牛星。

牡丹和韵

光风为花好,奕奕弄清温[①]。撩理莺情趣[②],留连蝶梦魂。饮酣浮倒晕[③],舞倦怯新翻。水竹傍○意,明红似故园。

【注释】①清温:清新温和。②撩理:逗引。③倒晕:花瓣一般近萼处色深,至瓣尖渐浅。若近萼处色浅,至其末反深者,称为倒晕。

过金山寺一首

明月妙高台,盘涡月照开。琳宫龙久住[①],珠树鹤能来[②]。云雾空中绕,帆樯槛外回。无言卷石小,江左拟蓬莱。

【注释】①琳宫:指仙宫。此为对金山寺的美称。②珠树:神话,传说中的仙树。为对树的美称。

卷二十一　七言律诗

渝州寄王道矩[①]

曾闻五月到渝州，水拍长亭砌下流。惟有梦魂长缭绕，共论唐史更绸缪。舟经故国岁时改，霜落寒江波浪收。归梦不成冬夜永，厌闻船上报更筹[②]。

【注释】①渝州：州名。秦置巴郡，汉曰江州，汉末曰永宁，梁曰楚州，隋曰渝州。治所在巴县（今重庆市）。王道矩，青神县（属今四川省眉山市，岷江中游）人。②更筹：古代夜间计时报更的竹签。

望夫台[①]

山头孤石远亭亭，江转船回石似屏。可怜千古长如昨，船去船来自不停。浩浩长江赴沧海，纷纷过客似浮萍[②]。谁能坐待山月出，照见寒影高伶俜[③]？

【注释】①望夫台：苏轼自注："在忠州南数十里。"望夫台的传说不一一云：昔人往楚，累岁不还，其妻登山望之，久乃化为石。②浮萍：形容人的行踪不定。③伶俜：孤单貌。潘岳《寡妇赋》："少伶俜而偏孤兮。"

和子由渑池怀旧[①]

人生到处知何似？应似飞鸿踏雪泥。泥上偶然留指爪，鸿飞那复计东西[②]。老僧已死成新塔，坏壁无由见旧题[③]。往日崎岖还记否，路长人困蹇驴嘶[④]。

【注释】①渑池：古县名，在河南省西北部。古秦、赵所合之地。城北有仰韶村，出土新石器时代文化著名。②“人生”四句：“雪泥鸿爪”因苏轼比喻精当而成为后代成语。本指鸿雁在雪地上走过的留下的脚印，后喻事情过后遗留下的痕迹。③“老僧”二句：子由《栾城集·怀渑池寄子瞻兄》诗自注云：“昔与子瞻应举，过宿县中寺舍，题老僧奉闲之壁。”过去和尚死后，将遗体烧化，把骨灰放到新建塔中。④“往日”二句：苏轼自注：“往岁，马死于二陵，骑驴至渑池。”二陵在河南崤山，在渑池西。纪昀曰：前四名单行入律，唐人旧格，而意境恣逸，则东坡之本色。

新葺小园二首

其一

短竹萧萧倚北墙，斩茅披棘见幽芳。使君尚许分池绿[1]，邻舍何妨借树凉[2]。亦有杏花充窈窕，更烦莺舌奏铿锵。身闲酒美谁来劝，坐看花光照水光。

【注释】①使君：指宋选。《次韵子由岐下诗叙》：“各为一小池，三池皆引汧水。”盖此水引于府廨。②邻舍：指东邻。借树凉：谓邻多白杨。

其二

三年辄去岂无乡，种树穿池亦漫忙[1]。暂赏不须心汲汲，再来惟恐鬓苍苍。应成庾信吟枯柳[2]，谁记山公醉夕阳。去后莫忧人剪伐，西邻幸许庇甘棠[3]。

【注释】①池：《次韵子由除日见寄》云：“北池近所凿，中有汧水碧。”即此池水也。②“应成”句：庾信《枯树赋》：“昔年杨柳，依依汉南。”③“西邻”句：签判廨宇，在府之东，故以宋选为西邻也。如府帅已是陈公弼，即无幸庇之词矣。

留题延生观后山上小堂[1]

溪山愈好意无厌，上到巉巉第几尖。深谷野禽毛羽怪，上方仙子鬓眉纤[2]。不惭弄玉骑丹凤[3]，应逐嫦娥驾老蟾[4]。涧草岩花自无主，晚来蝴蝶入疏帘。

【注释】①见苏轼《壬寅二月……作诗五百言……》注20。②上方仙子：指唐玉真公主。③“不惭”句：《列仙传》：萧史善吹箫，秦穆公以女弄玉妻之，遂教弄玉吹箫作凤鸣。一旦，弄玉乘凤，萧史乘龙，升天而去。④“应逐”句：见《淮南子》：“羿请不死之药于西王母，姮娥窃之奔月，姮娥，羿妻也。服药得仙，奔入月中为月精。”韩愈作《毛颖传》，戏言兔窃嫦娥骑蟾蜍，而苏诗又云嫦娥驾老蟾，显系戏说，以对“骑凤”事。

留题仙游潭中兴寺。寺东有玉女洞，洞南有马融读书石室。过潭而南，山石益奇。潭上有桥，畏其险，不敢渡

清潭百尺皎无泥，山木阴阴谷鸟啼。蜀客曾游明月峡[1]，秦人今在武陵溪[2]。独攀书室窥岩窦[3]，还访仙姝款石闺[4]。犹有爱山心未至，不将双脚踏飞梯。

【注释】①蜀客：诗人自谓。明月峡：《华阳国志》：“巴郡江州县，有明月峡。”②“秦人”句：桃源渔人故事。③书室：《元和郡县志》：马融读书台，在盩厔县东北二十七里。马融，扶风人。④仙姝：指玉妇。石闺：指

玉女洞。

楼观[1]

门前古碣卧斜阳，阅世如流事可伤。长有游人悲晋惠，强修遗庙学秦皇。丹砂久窖井水赤[2]，白术谁烧厨灶香[3]？闻道神仙亦相过，只疑田叟是庚桑[4]。

【注释】①苏轼自注："秦始皇立老子庙于观南。晋惠始修此庙。"楼观：在盩厔县东三十七里，本周康王大夫尹喜宅也。②"丹砂"句：《抱朴子》：临沅县有廖氏，家世世寿考，后徒去，子孙转夭折。他人居其故宅，复如旧。后累世寿考，疑其井水殊赤，乃试掘井在右，得古人埋丹砂数十斛，丹汁因泉渐入井，是以饮其水而得寿。③白术：《本草纲目·术》条下注：陶隐居引《仙经》云，术能除恶气，弭灾沴。亦云焚芝术，避荤膻。④庚桑：见《庄子·庚桑楚篇》："老聃之役，有庚桑楚者，偏得老聃之道，以北居畏垒之山。"

石鼻城[1]

平时战国今无在[2]，陌上征夫自不闲。北客初来试新险，蜀人从此送残山[3]。独穿暗月朦胧里，愁渡奔河苍茫间。渐入西南风景变，道边修竹水潺潺。

【注释】①石鼻城：在汧水之北，南去陈仓三十里。②战国：交战之国。指蜀与魏。《水经注》云：魏明常遣太原郝昭营陈仓城，成，诸葛亮围之，不下。③"北客"二句：自北而来入蜀者，至此渐入山，故曰"试新险"。自蜀而趋京洛者，至此已出山，故曰"送残山"。此二句写得自然贴切。

真兴寺阁祷雨

太守亲从千骑祷[1]，神翁远借一杯清[2]。云阴黯黯将嘘遍，雨意昏昏欲酝成。已觉微风吹袂冷，不堪残日傍山明[3]。今年秋熟君知否，应向江南饱食粳。

【注释】①太守：宋选。此诗乃苏轼从宋选祷雨作。②神翁：太白山神也。时方往取湫水，故云远借一杯也。③“云阴”四句：谓湫水将至，雨未下而天色惨变也。

壬寅重九，不预会，独游普门寺僧阁，有怀子由[1]

花开酒美盍言归，来看南山冷翠微。忆弟泪如云不散，望乡心与雁南飞。明年纵健人应老，昨日追欢意已违。不向秋风强吹帽[2]，秦人不笑楚人讥。

【注释】①普门寺：唐建，金大定六年（1166）重修。在凤翔府东门外。②“不向”句：《晋书》：孟嘉为桓温参军。九日，温宴龙山，僚佐毕集。有风至，吹嘉帽堕落，嘉不之觉。温使左右勿言，欲观其举止。

九月二十日微雪，怀子由弟二首

其一

岐阳九月天微雪[1]，已作萧条岁暮心。短日送寒砧杵急[2]，冷官无事屋庐深[3]。愁肠别后能消酒，白发秋来已上簪[4]。近买貂裘堪出塞，忽思乘传问西琛[5]。

【注释】①岐阳：汉为右扶风，后魏置岐山，西魏改为岐阳郡，唐为凤翔府。②砧杵：捣衣石和棒槌。③冷官：公务很少的官职，即无事官。④“白发”句：杜甫：“白发不胜簪。”⑤乘传：言奉王命出差。传，传车。西琛：《诗·鲁颂·泮水》：“憬彼淮夷，来献其琛。”此借指西夏。

其二

江上同舟诗满箧[1]，郑西分马涕垂膺[2]。未成报国惭书剑[3]，岂不怀归畏友朋[4]。官舍度秋惊岁晚，寺楼见雪与谁登。遥知读《易》东窗下[5]，车马敲门定不應[6]。

【注释】①“江上”句：言昔与子由趋京师，泛舟而往，一路写诗很多，后结为《南行集》。②郑西：郑西门。当时京都开封城门之一，即西门，亦称郑门，即通向郑州州门。③“未成”句：赵次公曰：昔郑生攻书，学剑两不成。④“岂不”句：《左传·庄公二十二年》：“《诗》云，岂不怀归，畏此友朋。”⑤“遥知”句：苏籀（子由之孙）《双溪集》载子由言：先君晚岁读《易》，玩其爻象，以观其辞，皆迎刃而解。又云：作《易传》，未完，命二子述其志。初，二公少年，皆名《易说》，既而东坡成书，公乃送所解与坡，今《蒙卦》独是公解。⑥應(yīng)：通“应”，应答之意。

与李彭年同送崔岐归二曲，马上口占[1]

霜干木落爱秦川，兴发身轻逐鸟翩。贪看暮山忘远近，强陪归客更留连。貂裘犯雪观形胜[2]，骏马随鹰搏野鲜。为问南溪李夫子，壮心应未逐流年[3]。

【注释】①李彭年：即李庠，字彭年。时监太平官。又《乌台诗案》有李庠者，别一人，时彭年已故矣。二曲：即盩厔县。②“貂裘”句：参看《微雪怀子由》诗中“貂裘出塞”句。③“为问”二句：苏轼后有《与监承事书》云：“旧与李庠彭年一诗，彭年读之，盖泪下也。斯人有才而病废，故多慷慨。”所指彭年泪下，即“为问”一联也。

病中闻子由得告不赴商州三首[①]

其一

病中闻汝免来商，旅雁何时更著行[②]。远别不知官爵好，思归苦觉岁年长。著书多暇真良计，从宦无功漫去乡。惟有王城最堪隐[③]，万人如海一身藏。

【注释】①子由除商州推官，而知制诰王介甫犹不肯撰辞，告未即下，故先生自去年十一月，先赴凤翔。至今年秋，子由方告下，而以傍无侍子，乃奏乞养亲三年，此所以得告而不赴也。②“病中”二句：商州，虽属山南西道，而在凤翔之东南，子由若赴商州可以到凤翔，今既不然，是为羁旅之雁，不着行矣。③王城堪隐：劝慰子由在京城未来商州也。王城，京城，此指汴京。

其二

近从章子闻渠说[①]，苦道商人望汝来。说客有灵惭直道[②]，逋翁久没厌凡才[③]。夷音仅可通名姓[④]，瘿俗无由辨颈腮[⑤]。答策不堪宜落此[⑥]，上书求免亦何哉[⑦]。

【注释】①章子：苏轼自注：“章子，惇也。”《宋史》：章惇，字子厚，浦城人。章为商令，苏为凤翔节度判官，二人相得甚欢。②说客：指张仪。直道讲子由。③逋翁：商山四皓也。避秦，隐于商山。④“夷音”句：商山之人，语如夷人，言谈仅可略知名姓。⑤瘿(yǐng)：中医学病名。商州人因水土多瘿病，颈与腮都分辨不出来了。⑥“答策”句：苏辙《栾城集·策》略云：“今疲民咨嗟，不安其生，而宫中无益之用，不为限极，所欲则给，不问无有。司会不敢争，大臣不敢谏。陛下外有北狄、西戎，而又内自为一阱，以耗其所遗余，恐以此获谤，而民心不归也。”苏辙之《答策》引起上司不满。故“不堪”故“宜落此”也，此也是劝解语。⑦“上书”句：苏辙年二十三岁时，直言上书，畅论得失，辙自谓必见黜，考官力主黜之，皇上则不许，曰：“以直言召人，而以直弃之，天下谓我何？”宰相无奈，置之下第，除商州推官。

其三

辞官不出意谁知，敢向清时怨位卑[①]。万事悠悠付杯酒，流年冉冉入霜髭[②]。策曾忤世人嫌汝，《易》可忘忧家有师。此外知心更谁是，梦魂相觅苦参差[③]。

【注释】①清时：犹清世，太平之世。②“万事”二句：王文诰云：“凡此等句，皆说得伤筋动骨，但看去不觉耳。”③“梦魂”句：《韩非子》：六国时，张敏与高惠二人为友。每相思不能得见，敏便于梦中往寻，但行至半道，即迷不知路，遂回。刘禹锡诗：“梦寻归路多参差。”

题宝鸡县斯飞阁[①]

西南归路远萧条，倚槛魂飞不可招。野阔牛羊同雁鹜，天长草树接云霄。昏昏水气浮山麓，泛泛春风弄麦苗。谁使爱官轻去国，此身无计老渔樵[②]。

【注释】①斯飞阁：在县治西南。②此诗怀宋选之去也。

重游终南，子由以诗见寄，次韵

去年新柳报春回，今日残花覆绿苔。溪上有堂还独宿[1]，谁人无事肯重来？古琴弹罢风吹座，山阁醒时月照杯。懒不作诗君错料，旧逋应许过时陪[2]。

【注释】①溪堂：在南溪之上。②“旧逋”句：子由所寄诗云：“定邀道士弹鸣鹿，谁与溪堂共酒杯。应有新诗还寄我，与君和取当游陪。”

和子由寒食

寒食今年二月晦[1]，树林深翠已生烟。绕城骏马谁能借，到处名园意尽便。但挂酒壶那计盏，偶题诗句不须编。忽闻啼鵙惊羁旅[2]，江上何人治废田。

【注释】①寒食：节日名，在清明前一日或二日。在此日禁火冷食，相沿成俗晦，阴历月终。晦：月尽日称晦。②鵙(jú)：鸟名，即鶗鴂，俗称杜鹃。

次韵子由以诗见报编礼公借雷琴记旧曲

琴上遗声久不弹，琴中古意本长存。苦心欲记常迷旧，信指如归自著痕。应有仙人依树听[1]，空教瘦鹤舞风寒[2]。谁知千里溪堂夜，时引惊猿撼竹轩[3]。

【注释】①"应有"句：《太平御览》引《东阳记》曰：王质入山伐木，见童子弹琴，质因留跌斧柯而听之。俄顷，起所坐，斧柯烂尽。②"空教"句：《韩非子》：卫灵公之晋，平公觞之。灵公起，召师旷援琴抚之。师旷曰："此清商也，不如清徵。"师旷援琴而鼓，一奏之，有玄鹤二八，道南方来，再奏之而列，三奏之延颈而鸣，舒翼而舞，音中宫商。③"谁知"二句：苏轼自注："过终南日，令道士赵宗有弹琴溪堂。"

七月二十四日，以久不雨，出祷磻溪。是日宿虢县。二十五日晚，自虢县渡渭，宿于僧舍曾阁。阁故曾氏所建也。夜久不寐，见壁间有前县令赵荐留名，有怀其人[1]

龛灯明灭欲三更，攲枕无人梦自惊[2]。深谷留风终夜响，乱山衔月半床明[3]。故人渐远无消息，古寺空来看姓名。欲向磻溪问姜叟，仆夫屡报斗杓倾[4]。

【注释】①磻（pán）溪：水名，在今陕西宝鸡市境。相传吕尚垂钓于此而遇周文王。后人把吕尚尊为磻溪神。②"攲枕"句：《烟花录》载陈后主诗云："午醉醒来晚，无人梦自惊。"③"深谷"二句：写景入神，皆随手触发而毫不费力，独此集为擅场。故黄庭坚每谓是不食烟火人语也。④斗杓：又称斗柄，即北斗七星中第五至第七（玉衡、开阳、摇光）三星。按王文诰曰：道尽当官行役之苦。盖祭祷必在黎明，又必以五更前往，故夜久而不能寐也，不寐则起而闲行，始见题壁作诗，既而犹未五更，因以屡问仆夫，而山中并无更漏可听，故惟以斗杓为验也。

二十六日五更起行，至磻溪，天未明

夜入磻溪如入峡，照山炬火落惊猿。山头孤月耿犹在，石上寒波晓更喧。至人旧隐白云合[1]，神物已化遗踪蜿。安得梦随霹雳驾[2]，马上倾倒天瓢翻[3]？

【注释】①至人旧隐：指姜太公。②霹雳驾：《酉阳杂俎》：李鄘在北都介休县，百姓送解牒，夜止晋祠宇下。夜半，有人叩门云："介休王暂借霹雳车至介休收麦。"……次日，介休大雷雨，损麦千余倾。③"马上"句：传说李卫公（靖）微时，路迷，宿龙宫，龙宫夫人夜半请行雨命。请雨器。乃一小瓶子，系于鞍前。戒曰："郎乘马，即取瓶中水一滴滴马鬃上，慎勿多也。"

十二月十四日夜微雪，明日早往南溪，小酌至晚

南溪得雪真无价，走马来看及未消。独自披榛寻履迹[1]，最先犯晓过朱桥。谁怜屋破眠无处[2]，坐觉村饥语不嚣[3]。惟有暮鸦知客意，惊飞千片落寒条。

【注释】①"独自"句：晋赵景真《与嵇茂齐书》曰：涉泽求溪，披榛觅路。履迹，盖用东郭先生雪中履迹也。②"谁怜"句：境用杜甫《茅屋为秋风所破歌》。③村饥语不嚣：杜牧诗：泽阔鸟来迟，村饥人语早。

溪堂留题[1]

三径萦回草树蒙，忽惊初日上千峰。平湖种稻如西蜀，高阁连

云似渚宫[2]。残雪照山光耿耿，轻冰笼水暗溶溶。溪边野鹤冲人起，飞入南山第几重。

【注释】①溪堂：在终南山之南溪。壬寅(1062)二月，公与张杲之泛舟南溪，留宿于溪堂。②渚宫：苏轼有诗，见前。

次韵子由种菜久旱不生

新春阶下笋芽生，厨里霜虀倒旧罂[1]。时绕麦田求野荠，强为僧舍煮山羹。园无雨润何须叹，身与时违合退耕[2]。欲看年华自有处[3]，鬓间秋色两三茎[4]。

【注释】①"厨里"句：子由诗云："园中汲水乱瓶罂。"指南园也。②"园无"二句：子由诗云："强有人功趋节令，怅无甘雨困耘耕。"苏轼此联由此答也。③"欲看"句：庾信《竹杖赋》："年华未暮。"④"鬓间"句：子由诗云："家居闲暇厌长日，欲看年华上菜茎。"

自清平镇游楼观、五郡、大秦、延生、仙游，往返四日，得十一诗，寄子由同作

楼观

鸟噪猿呼昼闭门，寂寥谁识古皇尊。青牛久已辞辕轭[1]，白鹤时来访子孙[2]。山近朔风吹积雪[3]，天寒落日淡孤村。道人应怪游人众，汲尽阶前井水浑。

【注释】①"青牛"句：《史记·老子传》司马贞《索隐》引汉刘向《列

仙传》:“老子西游,关令尹喜望见有紫气浮关,而老子果乘青牛而过也。”青牛后成为道士之坐骑。此青牛常年在观中,想是久已离开辕轭了吧!②“白鹤”句:《搜神后记》:丁令威化鹤归了东,集华表柱,言曰:“有鸟有鸟丁令威,去家千年今始归。城郭如故人民非,何不学仙冢累累。”③“山近”句:《古乐府》:“朔风吹积雪。”

五郡[1]

古观正依林麓断,居民来就水泉甘。乱溪赴渭争趋北,飞鸟迎山不复南[2]。羽客衣冠朝上象,野人香火祝春蚕。汝师岂解言符命,山鬼何知托老聃[3]。

【注释】①五郡:《名胜志》:“县有五郡城,旧说有兄弟五人并居此,后为道观,唐明皇竖碑。”②“乱溪”二句:苏轼《石鼻城》诗:“北客初来试新险,蜀人从此送残山。”二诗合观,可知此诗在写山川形胜。③“汝师”二句:苏轼自注:“观有《明皇碑》,言梦老子告以享国长久之意。”按其余九首,因体裁不一,各置他处。

周公庙,庙在岐山西北七八里,庙后百许步,有泉依山,涌冽异常,国史所谓“润德泉世乱则竭”者也[1]

吾今那复梦周公,尚喜秋来过故宫。翠凤旧依山硉兀[2],清泉长与世穷通。至今游客伤离黍[3],故国诸生咏雨濛[4]。牛酒不来乌鸟散[5],白杨无数暮号风。

【注释】①润德泉世乱则竭:《湘山野录》云:雍熙二年,凤翔奏:岐山县周公庙有泉涌出。相传时平则流,时乱则竭。至大中年复流,赐号润德泉，后又涸。今其泉复涌，澄甘莹洁。太宗嘉之。②硉(lù)兀：岩石突兀貌。③“至今”句：《诗·王风·黍离》：“彼黍离离，彼稷之苗。”诗序谓为周大夫过故都，见宗庙宫室长满了禾黍，有感而作。④“故国”句：《诗·豳风·东山》：“我来自东，零雨其濛。”《东山》是咏周公东征事的。⑤朱酒：牺牲和酒醴。“牛酒不来”，言久已无祀。

次韵和子由闻子善射

中朝鸾鹭自振振，岂信边隅事执蕡①。共怪书生能破的，也如骁将解论文。穿杨自笑非猿臂②，射隼长思逐马军。观汝长身最堪学，定如髯羽便超群③。

【注释】①鸾鹭：鸾与鹭，常用以指高贵者。振振：群飞貌。蕡(fén)：大鼓，古代军中所用。②穿杨：即百步穿杨，极言射技之精。典出《战国策·西周策》。猿臂：讲李广善射，如猿臂通肩也。事见《史记》《汉书》之李广传记。③髯羽：指关羽，美髯公，故称。

次韵和子由欲得骊山澄泥砚

举世争称邺瓦坚①，一枚不换百金颁。岂知好事王夫子②，自采临潼绣岭山。经火尚含泉脉暖③，吊秦应有泪痕潸。封题寄去吾无用，近日从戎拟学班④。

【注释】①“举世”句：胡仔《苕溪渔隐丛话》：“铜雀台瓦砚，以古物而见贵于世。”邺：魏都，故城在今河北临漳县西。②王夫子：王熙。字正父，时为武功县令。苏轼后来与熙云：“我昔识子自武功。”③泉脉暖：指临潼之温泉也。④“近日”句：班超投笔从戎事见《后汉书·班超传》。

和子由木山引水[①]二首

其一

蜀江久不见沧浪，江上枯槎远可将。去国尚能三犊载[②]，汲泉何爱一夫忙。崎岖好事人应笑，冷淡为欢意自长。遥想纳凉清夜永，窗前微月照汪汪。

【注释】①此即官师所有木山三峰也，时在京师南园。②“去国”句：欧阳修《菱溪大石》诗：“爱之远徙向幽谷，曳以三犊载两轮。”

其二

千年古木卧无梢，浪卷沙翻去似瓢。几度过秋生藓晕，至今流润应江潮。泫然疑有蛟龙吐，断处人言霹雳焦[①]。材大古来无适用[②]，不须郁郁慕山苗[③]。

【注释】①“断处”句：柳宗元《霹雳琴赞引》：“始枯桐生石上，说者言，蛟龙伏其窾。一夕，暴震，火之，焚至旦乃已。其余硿然倒卧道上，超道人取以为三琴。”②“材大”句：杜甫《古柏行》：“志士幽人莫怨嗟，古来材大难为用。”③“不须”句：左思《咏史》：“郁郁涧底松，离离山上苗。以彼径寸茎，荫此百尺条。”

寄题兴州晁太守新开古东池[①]

百亩清池傍郭斜，居人行乐路人夸。自言官长如灵运，能使江山似永嘉[②]。纵饮座中遗白帢[③]，幽寻尽处见桃花[④]。不堪山鸟号归去[5]，长遣王孙苦忆家。

【注释】①兴州：西魏废帝二年(553)改东益州置。治所在汉曲。辖境约略于今陕西略阳县地。晁太守：名仲约。②“自言”二句：《宋书》：“谢灵运为永嘉太守，郡有名山水，素所爱好。遂肆意游遨，所至辄为诗咏，以致其意。”③白帢(qià)：白帽。魏初有白帢之制，犹白纶巾也。④“幽寻”句：典出陶渊明《桃花源记》：“晋武陵人，捕鱼为业，缘溪行，逢桃花林。”⑤“不堪”句：山鸟，指杜鹃，一名子规。子规啼云：不如归去。

和董传留别

粗缯大布裹生涯[1]，腹有诗书气自华。厌伴老儒烹瓠叶[2]，强随举子踏槐花[3]。囊空不办寻春马，眼乱行看择婿车[4]。得意犹堪夸世俗，诏黄新湿字如鸦[5]。

【注释】①粗缯：粗制的丝织品。②瓠叶(hù)：瓠瓜的叶子，古人用为菜食和享祭。③踏槐花：《南部新书》记载：长安举子自六月后，落第者不出京，谓之过夏。多借静坊庙院作新文章，曰夏课。时语曰：槐花黄，举子忙。④“眼乱”句：《唐摭言》：曲江之宴，行市罗列，长安几于半空。公卿家率以其日择选东床，车马阗塞，不可殚述。董传未娶，故有此言。⑤诏黄：即诏书，因用黄纸书写，故称。

华阴寄子由[1]

三年无日不思归，梦里还家旋觉非。腊酒送寒催去国[2]，东风吹雪满征衣。三峰已过天浮翠[3]，四扇行看日照扉。里堠消磨不禁尽[4]，速携家饷劳骖騑[5]。

【注释】①华阴：在陕西省东部、渭河下游，陇海铁路横贯。县南“西岳”华山，为名胜。②腊酒：岑参诗：“腊酒饮未尽。”③三峰：太华三峰：莲华、松桧、毛女三峰。④里堠：又作“里候”。古代道旁分程记里所设的土堆，犹今之里程碑也。⑤骖騑(cān fēi)：驾在服马两侧的马，后指驾车之马。

夜直秘阁呈王敏甫

蓬瀛宫阙隔埃氛[1]，帝乐天香似许闻。瓦弄寒晖鸳卧月，楼生晴霭凤盘云[2]。共谁交臂论今古，只有闲心对此君[3]。大隐本来无境界[4]，北山猿鹤漫移文。

【注释】①埃氛：尘埃弥漫的大气，喻污浊的尘世。②“瓦弄”二句：《唐文粹》李庾《东都赋》：“鸳瓦鳞翠。”鲍照诗：“凤楼十二重。”③“共谁”二句：《九州春秋》：韩遂、樊稠交臂相加，共语良久。此君：指酒。④“大隐”句：白居易诗：“大隐住朝市。”

赠蔡茂先

京城三日雨留人[1]，吴市门前访子真[2]。赤脚长须俱好事，新诗软语坐生春。邺侯久有牙签富[3]，太史犹探禹穴新[4]。不惜为君挥尺素[5]，却忧善守备三邻[6]。

【注释】①“京城”句：《东都事略》：治平二年八月庚寅，大雨，诏曰：比年以来，水潦为沴，京师室庐，垫伤被溺者众，大田之稼，害于有秋。②子真：汉褒中人郑朴的字。居谷口，世称谷口子真。修道守默，汉成帝时大将军王凤礼聘之，不应。耕于岩石之下，名动京师。③邺侯：唐李泌。牙签：本是插在书卷中的标识。以便翻检。因是牙骨等制成的签牌，故称。这里借指书籍。因李泌家藏书达三万卷，故后也多以之喻藏书之富。韩愈诗：“邺侯家多书，插架三万轴。一一悬牙签，新若手未触。”④太史：指司马迁《史记太史公自序》：“迁……年十岁则诵古文。二十而南游江、淮，上会稽，探禹穴。”文书，兼管国家典籍和天文。此联既是从首句“三日雨”生出，又是讲蔡茂先示牛事也。⑤尺素：古代用帛书写，通常长一尺，故称写文章所用的短笺为“尺素”。⑥“却忧”句：《左传·昭公七年》：君其备御三邻，慎守宝矣。备御：防备。

次韵柳子玉见寄[①]

薄雷轻雨晓晴初[②]，陌上春泥未溅裾。行乐及时虽有酒，出门无侣漫看书。遥知寒食催归骑，定把鸱夷载后车[③]。他日见邀须强起，不应辞病似相如[④]。

【注释】①柳子玉：名瑾，吴人，与王安石同年。其子仲远，为中都公婿，苏轼之妹婿也。②“薄雷”句：沈佺期诗云：“流涧含轻雨，虚岩应薄雷。”③鸱夷：指盛酒器。扬雄《酒箴》：“鸱夷滑稽，腹如大壶。尽日盛酒，人复借酤。”宋司马光《柳溪对雪》时：“鸱夷赊美酒，油壁击轻车。”④“他日”二句：《史记·司马相如传》：司马相如素与临邛令王吉相善。临邛中多富人，卓王孙与程郑乃相谓曰：“令有贵客，为具召之。”并召令。令既至，卓氏客以百数。长卿谢病不能临，临邛令不敢尝食，自往迎相如。相如不得已，强往，一坐尽倾。

次韵王诲夜坐[①]

爱君东阁能延客[②]，顾我闲官不计员。策杖频过知未厌，卜居相近岂辞迁[3]。莫将诗句惊摇落，渐喜樽罍省扑缘[4]。待约月明池上宿，夜深同看水中天[5]。

【注释】①王诲：字规父。熙宁中为苏州守。②东阁：《汉书·公孙弘传》：起徒步数年，至宰相封侯，于是起客馆，开东阁，以延贤人。③策杖：拄杖。也称杖策。卜居：择地居住。④摇落：凋残，零落。樽罍：古代盛酒的酒器。⑤"夜深"句：李白诗："人乘海上月，帆落湖中天。"

宋叔达家听琵琶[1]

数弦已品龙香拨[2]，半面犹遮凤尾槽[3]。新曲从翻《玉连锁》[4]，旧声终爱《郁轮袍》[5]。梦回只记归舟字[6]，赋罢双垂紫锦绦。何异乌孙送公主[7]，碧天无际雁行高。

【注释】①宋道，字叔达，河南人。少孤力学，登进士甲科。②龙香：香木名。郑嵎《津阳门》诗："玉奴琵琶龙香拨，倚歌促酒声娇悲。"龙香拨是用龙香木料制成的拨子。用以弹奏月琴、琵琶等弦乐器。③半面犹遮：白居易诗：犹抱琵琶半遮面。④《玉连锁》：古曲名。⑤《郁轮袍》：《广林记》：王维微时，为岐王所知。将应举，王令作琵琶新曲引。至公主家，维自弹，主问何曲？曰："郁轮袍也。"主大爱之。是年遂为举首。⑥"梦回"句：《太平广记》载：卢生邀李生于北亭小酎，引一女子弹箜篌佐酒。李生视箜篌上朱字云：天际识归舟，云间辨江树。李生其年往汴，陆长源以女嫁之。既婚，颇类北亭子所睹者，复解箜篌，果有朱书字，视之，"天际"之诗两句也。⑦"何异"句：汉遣乌孙公主嫁昆弥，念其行道思慕，使工人知音者，载琴、筝、筑、箜篌之属，作马上之乐，以方语目之，故云琵琶。

傅尧俞济源草堂[①]

微官共有田园兴，老罢方寻隐退庐。栽种成阴十年事，仓黄求买百金无。先生卜筑临清济[②]，乔木如今似画图。邻里亦知偏爱竹，春来相与护龙雏[③]。

【注释】①傅尧俞：字钦之，济源有别业。②济：水名。《洞天福地记》："济渎源出王屋山，名沇水，系清源王所理。"③龙雏：指笋。赞宁《笋谱》："俗间呼笋为龙孙。"卢仝诗："竹林吾最惜，新笋好看守。"

陆龙图诜挽词[①]

挺然直节庇峨岷，谋道从来不计身。属纩家无十金产，过车巷哭六州民[②]。尘埃辇寺三年别，樽俎岐阳一梦新[③]。他日思贤见遗像，不论宿草更沾巾。

【注释】①诜：即陆诜，字介夫，余杭人。以龙图阁直学士右谏议大夫集英殿修撰知成都府。②六州民：诜历桂、延、秦凤、晋、真定、成都六州。秦凤未上而改命。纩(kuàng)：絮衣服的新丝绵。③"尘埃"二句：苏轼与介夫相别于京师，会于凤翔，故诗言及此。

胡完夫母周夫人挽词[①]

《柏舟》高节冠乡邻[②]，绛帐清风耸搢绅[③]。岂似凡人但慈母，能令孝子作忠臣。当年织屦随方进[④]，晚节称觞见伯仁。回首悲凉便陈迹，凯风吹尽棘成薪[⑤]。

【注释】①胡完夫：名宗愈，晋陵人，胡宿弟之子也，举进士甲科。②《诗·柏舟》：共姜自誓也。卫世子共伯蚤死，其妻守义，父母欲夺而嫁之，誓而勿许。③绛帐：《晋书·列女传》：韦逞母宋氏，父授以《周官》音义。逞仕苻坚为太常，坚尝幸太学，问博士经典时，博士卢壶曰："惟《周官礼注》未有其师，自非此母，无可以传授后生。"于是就宋氏家立讲堂，隔绛纱幔受业。④"当年"句：《汉书·翟方进传》：欲西至京师受经，母怜其幼，随之长安，织屦以给方进读。⑤"凯风"句：《诗·邶风·凯风》："凯风自南，吹彼棘薪。母氏圣善，我无令人。"

次韵柳子玉过陈绝粮二首

其一

风雨萧萧夜晦迷，不须鸣叫强知时①。多才久被天公怪，阙食惟应爨妇知。杜叟挽衣那及胫②，颜公食粥敢言炊③。诗人情味真尝遍，试问于今底处亏？

【注释】①"风雨"二句：《诗·郑风·风雨》："风雨潇潇，鸡鸣胶胶。""风雨如晦，鸡鸣不已。"②"杜叟"句：杜甫《乾元中寓居同谷县》诗："黄独无苗山雪盛，短衣数挽不掩胫。"胫(jìng)：人的小腿。③"颜公"句：颜真卿《乞米帖》：拙于生事，举家食粥，来已数月，今又罄竭，只益忧煎。

其二

如我自观犹可厌，非君谁复肯相寻。图书跌宕悲年老①，灯火青荧语夜深②。早岁便怀齐物志，微官敢有济时心③？南行千里成何事，一听秋涛万鼓音。

【注释】①图书跌宕：江淹《恨赋》："脱略公卿，跌宕文史。"②青荧：灯烛光也。黄庭坚诗：儿女灯前语夜深。纪昀曰：澹语传神。③齐物：春秋、战国时老庄学派的一种哲学思想。以为宇宙间一切事物，如生死寿夭是非得失，物我有无，都应当同等看待，这一思想集中反映在《庄子·齐物论》中。敢：怎敢，岂敢意。

出颍口初见淮山，是日至寿州

我行日夜向江海，枫叶芦花秋兴长[1]。长淮忽迷天远近，青山久与船低昂。寿州已见白石塔，短棹未转黄茅冈[2]。波平风软望不到，故人久立烟苍茫。

【注释】①"枫叶"句：白居易《琵琶行》：枫叶荻花秋瑟瑟。②黄茅冈：长有黄茅草的冈子。

寿州李定少卿出饯城东龙潭上

山鸦噪处古灵湫[1]，乱沫浮涎绕客舟。未暇燃犀照奇鬼[2]，欲将烧燕出潜虬[3]。使君惜别催歌管[4]，村巷惊呼聚獲猴[5]。此地他年颂遗爱[6]，观鱼并记老庄周。

【注释】①灵湫：深潭，大水池。古时以为大池中往往多灵物，故称。②燃犀：南朝宋刘敬叔《异苑》卷七："晋温峤至牛渚矶，闻水底有音乐之声，水深不可测。传言下多怪物，乃燃犀角而照之。须臾，水族覆火，奇形异状。"后以"燃犀"为烛照水下鳞介之怪的典故。③烧燕：烤熟的燕肉。

传说龙嗜食之。潜虬：潜龙，喻有才德而未为世所重用者。④使君：汉以后对州郡长官的尊称。此指李定。⑤玃(jué)：大母猴。⑥遗爱：指有高尚德行，被人敬爱和怀念的人。

龟山

我生飘荡去何求[①]，再过龟山岁五周[②]。身行万里半天下，僧卧一庵初白头[③]。地隔中原劳北望，潮连沧海欲东游[④]。元嘉旧事无人记，故垒摧颓今在不[⑤]？

【注释】①“我生”句：可与《泗州僧伽塔》：“去无所逐来无恋”参读。②“再过”句：苏轼自治平丙午秋中载丧归蜀过此，至是熙宁辛亥九月再过，凡六年中，扣足五周确不可易。③“身行”二句：五周飘荡，名场所致。再遇庵僧，头已初白。④“地隔”二句：借形势以发挥，上句即“浮云蔽日”意，下句即“乘桴浮海”意。皆有意运用空灵，故人不觉也。其下但借本地一事，轻轻一问作收，全篇并无吊古之意，并亦无暇吊古也。⑤“元嘉”二句：苏轼自注：“宋文帝遣将拒魏太武，筑城此山。”元嘉：宋文帝年号也。

次韵柳子玉二首

地炉

细声蚯蚓发银瓶[①]，拥褐横眠天未明[②]。衰鬓镊残攲雪领，壮心降尽倒风旌[③]。自称丹灶锱铢火[④]，倦听山城长短更。闻道床头惟竹几，夫人应不解卿卿[⑤]。

【注释】①“细声”句：韩愈《石鼎联句》：“时于蚯蚓窍，微作苍蝇鸣。”银瓶：银质的瓶。②褐：粗布衣服。③“壮心”句：《史记·苏秦传》：齐王曰：“寡人心摇摇如悬旌。”④丹灶：炼丹用的炉灶。⑤竹几：苏轼自注：“俗谓竹几为竹夫人。”

纸帐[1]

乱文龟壳细相连[2]，惯卧青绫恐未便[3]。洁似僧巾白氎布[4]，暖于蛮帐紫茸毡。锦衾速卷持还客，破屋那愁仰见天。但恐娇儿还恶睡，夜深踏裂不成眠[5]。

【注释】①纸帐：以藤皮茧纸缝制的帐子。②“乱文”句：言纸也，故云“乱文龟壳”。下三句全靠此句领起。③青绫：青色的有花纹的丝织物。古时贵族常用以制被服帷帐。④白氎布：细绵布。⑤“但恐”二句：杜甫《茅屋为秋风所破歌》：“布衾多年冷似铁，娇儿恶卧踏里裂。”

姚屯田挽词

京口年来耆旧衰，高人沦丧路人悲[1]。空闻韦叟一经在[2]，不见恬侯万石时[3]。贫病只知为善乐[4]，逍遥却恨弃官迟[5]。七年一别真如梦，犹记萧然瘦鹤姿[6]。

【注释】①“高人”句：刘禹锡诗：贵人沦落路人哀。②“空闻”句：《汉书·韦贤传》：宣帝初即位，贤以先帝师为丞相。少子玄成复以明经位至丞相。故邹鲁谚曰：“遗子黄金满籯，不如一经。”③“不见”句：《汉书·石奋传》：景帝曰：“石君及四子皆二千石，人居尊宠，乃举集其门。”凡号奋为万石君。少子庆为相，谥恬侯。④“贫病”句：《后汉书·东平宪王传》：显宗诏曰：“日者问东平王处家何等最乐？王言为善最乐。”⑤“逍遥”句：《后汉书·赵温传》：初为京北郡丞，叹曰：“大丈夫当雄飞，安能雌伏？”遂弃官去。⑥“犹记”句：白居易：“病瘦形如鹤。”

和刘道原见寄

敢向清时怨不容①，直嗟吾道与君东②。坐谈足使淮南惧③，归去方知冀北空④。独鹤不须惊夜旦，群乌未可辨雌雄⑤。庐山自古不到处，得与幽人子细穷。

【注释】①“敢向”句：《孔子家语》：颜回曰：“不容何病，不容然后见君子。”②“直嗟”句：《后汉书·郑玄传》：玄从马融受业毕，辞归。融喟然曰：“郑生今去，吾道东矣。”本谓已之学术向东流播。后因用为感叹已之学术东流或同道东去的语典。③“坐谈”句：典见《汉书·汲黯传》，时有“汲黯在朝，淮南寝谋”语，苏公用此乃喻当时：以汲黯比道原，以淮南喻介甫也。④“归去”句：韩愈《送温造赴河阳军序》：“伯乐一过冀北之野，而马群遂空。”苏公以此言朝中无人矣。⑤“群乌”句：《诗·小雅·正月》：具曰予圣，谁知乌之雌雄？苏公意谓今日进用之人，君子小人杂处，如乌不可辨雌雄也。

和刘道原咏史

仲尼忧世接舆狂，臧谷虽殊竟两亡①。吴客漫陈豪士赋②，桓侯初笑越人方③。名高不朽终安用④？日饮无何计亦良。独掩陈编吊兴废，窗前山雨夜浪浪⑤。

【注释】①“臧谷”句：《庄子·骈拇篇》：臧与谷二人，相与牧羊，而俱亡其羊。臧则挟策读书，谷则博塞以游。事业不同，其于亡羊均也。②吴客：指陆机。《晋书·陆机传》：陆机，吴郡人也。齐王冏既矜功自伐，受爵不让，机恶之，作《豪士赋》以刺焉。③“桓侯”句：事见《史记·扁鹊传》：扁鹊，姓秦氏，名越人。与人论方直言病之所在，不待切脉望色听声写形。过齐，与齐桓侯看病，不应，果死。④“名高”句：《晋书·张翰传》：张曰：使我有身后名，不如即时一杯酒。⑤浪浪：流貌。此形容雨水倾注。韩愈赋：雨浪浪其不止，云浩浩其常浮。

送张职方吉甫赴闽漕六和寺中作[1]

羡君超然鸾鹤姿，江湖欲下还飞去。空使吴儿怨不留[2]，青山漫漫七闽路[3]。门前江水去掀天，寺后清池碧玉环。君如大江日千里，我如此水千山底[4]。

【注释】①张吉甫：任兵部职方郎中，从六品。②“空使”句：似指张初授江南官，即改除闽漕，故云。吴儿：吴中少年，此泛指吴人。③七闽：指古代居住在今福建省和浙江省南部的闽人，因分为七族，故称，后称福建省为闽或七闽。④此水：指水和寺后面的池水。暗喻自己伏处下位，一步不可行也。

和子由柳湖久涸，忽有水，开元寺山茶旧无花，今岁盛开二首

其一

太昊祠东铁墓西[1]，一樽曾与子同携[2]。回瞻郡阁遥飞槛，北望樯竿半隐堤。饭豆羹藜思两鹄[3]，饮河噀水赖长霓。如今胜事无人共，花下壶卢鸟劝提[4]。

【注释】①太昊祠和铁墓：皆在陈州。②“一樽”句：苏轼过陈州，与子由同游柳湖。③“饭豆”句：《汉书·翟方进传》：字子威。初，汝南有鸿隙大陂，郡以为饶，方进为相，奏罢之。王莽时，常苦旱，郡中追怨。谣曰：“坏陂谁？翟子威，饭我豆食羹芋魁。反乎覆，陂当复，谁云者？两黄鹄。”④提壶卢：鸟语也。

其二

长明灯下石栏干①，长共松杉守岁寒。叶厚有棱犀甲健②，花深少态鹤头丹。久陪方丈曼陀雨③，羞对先生苜蓿盘④。雪里盛开知有意，明年开后更谁看。

【注释】①长明灯：昼夜不息的油灯。②犀甲：犀牛皮制的铠甲。犀皮不常有，或用牛皮，也叫犀甲。③曼陀雨：《法华经》：天雨曼陀罗华。④“羞对”句：薛令之为东宫侍读，时官僚闲谈，以诗自悼云：“朝日上团团，照见先生盘。盘中何所有，苜蓿长阑干。”此指子由为学官也。

和欧阳少师会老堂次韵

一时冠盖尽严、终，旧德年来岂易逢①。闻道堂中延盖叟，定应床下拜梁松②。蠹鱼自晒闲箱箧，科斗长收古鼎钟。我欲弃官重问道③，寸筳何以得春容④。

【注释】①“一时”二句：欧阳修与赵概同朝为宦，相处甚欢。二人退休后，熙宁壬子(1072)赵概从南京访欧阳于颖州，时吕正献任颖州守。吕学士宴二公，欧阳作口号：“金马玉堂三学业，清风明月两闲人。”一二句用“一时冠盖”引出赵概。三句“盖叟”即指赵也。②梁松：《后汉书》：马援有疾，梁松候之拜床下，援不答，曰：“我乃松父友也。虽贵，何得失其序乎？”梁松，喻后进，此指吕正献。③“我欲”句：写欧阳的学问及“会老堂”。④寸莛：一寸长的草茎，寸莛撞巨钟，岂能发音声？春容：重撞击也。意即很难。

是日宿水陆寺，寄北山清顺僧二首[①]

其一

草没河堤雨暗村，寺藏修竹不知门。拾薪煮药怜僧病，扫地焚香净客魂。农事未休侵小雪，佛灯初上报黄昏。年来渐识幽居味，思与高人对榻论[②]。

【**注释**】①水陆院：在清湖桥，今废。东坡督开汤镇运河，宿此。西湖僧清顺，字颐然，清苦多佳句，东坡与游，多唱和。②高人：指清顺。前六句，东坡自道；后二名结入清顺。

其二

长嫌钟鼓聒湖山，此境萧条却自然。乞食绕村真为饱，无言对客本非禅。披榛觅路冲泥入，洗足关门听雨眠[①]。遥想后身穷贾岛，夜寒应耸作诗肩。

【**注释**】①“披榛”二句：题曰：“是日”，必当有此事，方有此语。

送张轩民寺丞赴省试[①]

龙飞甲子尽豪英[②]，尝喜吾犹及老成。人竞春兰笑秋菊，天教明月伴长庚[③]。传家各自闻诗礼，与子相逢亦弟兄。洗眼上林看跃马，贺诗先到古宣城[④]。

【注释】①寺丞：官署中的佐吏。②龙飞：《易·乾》："飞龙在天，利见大人。"孔疏："若圣人有龙位，飞腾而居天位。"遂以"龙飞"为帝王的兴起或即位。甲子，乃仁宗即位改元"天圣"之次年。③长庚：太白星也。韩愈诗：东方半明大星没，独有太白配残月。④苏轼自注："伯父与太平州张侍读同年，此其子。"

和邵同年戏赠贾收秀才三首[①]

其一

倾盖相欢一笑中，从来未省马牛风[②]。卜邻尚可容三径[③]，投社终当作两翁。古意已将兰缉佩，招词闲咏桂生丛。此身自断天休问[④]，白发年来渐不公。

【注释】①邵同年：即邵迎，字茂城，高邮人。贾收，字耘老，乌程人。②倾盖：车上的伞盖靠在一起，指交厚或初相逢便订交。二句用交往甚密，不知道保持距离。③三径：归隐者的家园。④"此身"句：杜甫诗：自断此生休问天。

其二

朝见新荑出旧槎[①]，骚人孤愤苦思家。五噫处士太穷约[②]，三赋先生多诞夸[③]。帐外鹤鸣奁有镜[④]，筒中钱尽案无鲑[⑤]。玉川何日朝金阙，白昼关门守夜叉[⑥]。

【注释】①苏轼自注:“时贾欲再娶。”则诗意皆涉夫妇事也。新荑出旧槎:使枯杨生荑之意即老夫娶少妻。②五噫歌:相传当东汉梁鸿所作。全诗五句句末均用“噫”字。③三赋先生:指司马相如《子虚赋》《上林赋》《大人赋》。④“帐外”句:用温峤事,合娶妇事。⑤筒中钱尽:王注张孝祥曰:先生《答秦太虚书》曰:初到黄,痛自节俭,日用不得过百五十,仍以大竹筒别贮;用不尽者,以待宾客,此贾耘老法也。鲑(xié):鱼类菜肴的总称。⑥“玉川”二句:《齐东野语》:贾耘老隐苕城南横塘上,晚娶真氏,人谓贾秀才娶真县君,以为笑。

其三

生涯到处似樯乌[①],科第无心摘颔须[②]。黄帽刺船忘岁月,白衣担酒慰鳏孤。狙公欺病来分栗[③],水伯知馋为出鲈。莫向洞庭歌楚曲,烟波渺渺正愁予[④]。

【注释】①樯乌:桅杆上的乌形风向仪,比喻飘忽不定的生活。②“科第”句:韩愈诗:“连年收科第,若摘颔底须。”③“狙公”句:《庄子·齐物论》:狙公分栗朝三暮四,众狙皆怒。若朝四暮三,众狙皆悦。④“烟波”句:《九歌》:帝子降兮北渚,目渺渺兮愁予。

莘老葺天庆观小园,有亭北向,道士山宗说乞名与诗

春风欲动北风微,归雁亭边送雁归[①]。蜀客南游家最远,吴山寒尽雪先晞。扁舟去后花絮乱,五马来时宾从非[②]。惟有道人应不忘,抱琴无语立斜晖。

【注释】①归雁亭:孙莘老作。道士乞名,东坡以归雁名之,盖自寓

思归之义。②五马：太守之别称。汉制，太守驷马，其有加秩中二千石者，乃右骖，故以五马为太守美称。

秀州报本禅院乡僧文长老方丈

万里家山一梦中，吴音渐已变儿童。每逢蜀叟谈终日，便觉峨眉翠扫空。师已忘言真有道，我除搜句百无功。明年采药天台去，更欲题诗满浙东[1]。

【注释】①“更欲”句：杜甫《题郑县亭子》：更欲题诗满青竹。

祥符寺九曲观灯[1]

纱笼擎烛逢门入，银叶烧香见客邀[2]。金鼎转丹光吐夜，宝珠穿蚁闹连朝[3]。波翻焰里元相激，鱼舞汤中不畏焦[4]。明日酒醒空想像，清吟半逐梦魂销。

【注释】①祥符寺：在杭州城北。钱塘门外有九曲路。②银叶：用银片制成的熏笼。③“金鼎”二句：描写九曲路上观灯之情形。④“鱼舞”句：把鱼放在盛满水的琉璃灯中，一边点灯，一边是鱼游其中，鱼并不怕烧焦了。

正月二十一日病后，述古邀往城外寻春

屋上山禽苦唤人，槛前冰沼忽生鳞[1]。老来厌伴红裙醉，病起空惊白发新[2]。卧听使君鸣鼓角[3]，试呼稚子整冠巾。曲栏幽榭终寒窘，一看郊原浩荡春。

【注释】①“槛前”句：沼池中水波涣然，呈鱼鳞状。②红裙：指美女。白发新：指新添的白发。③“卧听”句：《晋书·王羲之传》：王述居母丧，王羲之代述，止一吊，遂不重诣。述每闻角声，谓羲之当侯己，辄洒扫而待之，如此者累年，而羲之竟不顾。此处借来比喻生病中的苏轼对老朋友的热念之情。

有以官法酒见饷者，因用前韵，求述古为移厨饮湖上[①]

喜逢门外白衣人[②]，欲脍湖中赤玉鳞。游舫已妆吴榜稳，舞衫初试越罗新[③]。欲将渔钓追黄帽，未要靴刀抹绛巾[④]。芳意十分强半在，为君先踏水边春。

【注释】①法酒：泛指官迁宴饭时所饮的酒。②白衣人：用作朋友赠酒或饮酒的典故。故下句言脍鱼作下酒菜。③吴榜：船。吴乃地名，借指南方。吴榜越船。越罗：越地所产的丝织品。④黄帽：船夫，有时借指船。抹绛巾：即红抹额，用红布勒头。

风水洞二首和李节推[①]

其二

山前乳水隔尘凡[②]，山上仙风舞桧杉。细细龙鳞生乱石，团团羊角转空岩[③]。冯夷窟宅非梁栋[④]，御寇车舆谢辔衔[⑤]。世事渐艰吾欲去，永随二子脱讥谗[⑥]。

【注释】①“其一”见五律部分。②乳水：像乳汁一样的泉水。③羊角：风也。《庄子》：搏扶摇羊角而上者九万里。④冯夷：传说中的黄河之神，即河伯也泛指水神。⑤御寇：即列御寇。相传为战国郑人，属道家之流。⑥《列子·黄帝篇》，讲列子拜老商氏为师，与伯高子为友，学得了二位先生的道术，驾御风云返回。此诗讲世态可厌，欲从冯夷之水居，御寇之风驭，为可以脱讥谗。《乌台诗案》：《游风水洞》云：“世事渐艰吾欲去。”意谓行新法之后，世事日益艰难，小人争进，各务谗毁。轼度思之，不可心合，又不可以容，故欲弃官卜隐居之地也。

新城道中二首[1]

其一

东风知我欲山行，吹断檐间积雨声。岭上晴云披絮帽[2]，树头初日挂[3]铜钲。野桃含笑竹篱短，溪柳自摇沙水清。西崦人家应最乐[4]，煮芹烧笋饷春耕[5]。

【注释】①新城，三国时置县名，今属浙江桐庐县。②晴云披絮帽：以絮喻云。絮帽：白丝绵制的头巾。③铜钲：铜罗，以钲喻日。“东风”四句讲早发新城。④西崦(yān)：西山。⑤“野桃”四句：讲行及半道，时已饷耕也。

其二

身世悠悠我此行，溪边委辔听溪声。散材[1]畏见搜林斧，疲马思闻卷旆钲[2]。细雨足时茶户喜，乱山深处长官清。人间岐路知多少，试向桑田问耦耕[3]。

【注释】①散材：无用之材。②旆(pèi)：泛指旌旗。“身世”四句讲时到中午，山行渐疲，寄慨于行役中。③“细雨”四句：进行近新城，山城在望，以题属道中，故就道中结煞也。

癸丑春分后雪

雪入春分省见稀，半开桃李不胜威。应惭落地梅花识，却作漫天柳絮飞①。不分东君专节物，故将新巧发阴机②。从今造物尤难料，更暖须留御腊衣。

【注释】①“应惭”二句：世传王淡交雪句：似梅花落地，如柳絮因风。②节物：各个季节的风物景色。阴机：机巧，机谋。

同曾元恕游龙山，吕穆仲不至①

青春不觉老朱颜，强半销磨簿领间②。愁客倦吟花似酒，佳人休唱日衔山③。共知寒食明朝过，且赴僧窗半日闲。命驾吕安邀不至④，浴沂曾点暮方还⑤。

【注释】①龙山：一名卧龙山，离杭州十里，在嘉会门外。曾孝章，字元恕。吕穆仲此时正任杭州察推。②簿领：指官府记事的簿册或文书。③日衔山：李白《乌栖曲》：“吴歌楚舞欢未毕，青山欲衔半边日。”④“命驾”句：《晋书》：吕安服稽康高致，每一相思，辄千里命驾，康友而善之。⑤浴沂：语见《论语·先进》。曾点谈自己的理想是：莫春者，春服既成，冠者五六人，童子六七人，浴乎沂，风乎舞雩，咏而归。后世多用“浴沂”比喻一种怡然处世的高尚情操。

寒食未明至湖上，太守未来，两县令先在

城头月落尚啼乌，乌榜红舷早满湖[①]。鼓吹未容迎五马，水云先已飏双凫[②]。映山黄帽螭头舫，夹道青烟鹊尾炉[③]。老病逢春只思睡，独求僧榻寄须臾。

【注释】①乌榜红舷：游湖之船。②古有“太守五马”之说，此以“五马”戏代太守。故后之以“双凫”指两县令。③螭头舫：船头刻有螭首的船。鹊尾炉：《海录碎事》引《法苑珠林》云：“香炉有柄，曰鹊尾炉。”

次韵孙莘老见赠。时莘老移庐州，因以别之

炉锤一手赋形殊，造化无心敢忘渠[①]。我本疏顽固当尔，子犹沦落况其余。龚、黄侧畔难言政[②]，罗、赵前头且眩书[③]。惟有阳关一杯酒，殷勤重唱赠离居[④]。

【注释】①炉锤：喻冶炼锻造。“炉锤”二句：云赋命各殊，不敢怨望也。②龚：即龚遂，渤海太守。黄：即黄霸，颍川太守，二人见循吏。③“罗、赵”句：苏轼自注：“莘老见称政事与书，而莘老书至不工。”葛立方《韵语阳秋》：世世言恶札者，必曰罗、赵，东坡此讥莘老书法不工。罗赵：晋罗晖与赵袭的并称。④“殷勤”句：李白《代寄情人》楚词体云：“使青鸟兮衔书，恨独宿兮离居。”

李钤辖座上分题戴花[①]

二八佳人细马驮，十千美酒渭城歌[②]。帘前柳絮惊春晚，头上

花枝奈老何。露湿醉巾香掩冉，月明归路影婆娑。绿珠吹笛何时见[3]？欲把斜红插皂罗[4]。

【注释】①钤辖：《宋史·职官志》：总管钤辖司，掌军旅屯戍，营防、守御之政令，或一州一路，有兼二路三路者。②细马：指良马。渭城歌：指王维诗："渭城朝雨浥轻尘，客舍青青柳色新。"③绿珠：石崇妓，善吹笛。④皂罗：以一种色黑质薄的丝织品制成的头巾。

自昌化双溪馆下步寻溪源，至治平寺[1]，二首

其一

乱山滴翠衣裘重，双涧响空窗户摇。饱食不嫌溪笋瘦，穿林闲觅野芎苗。却悉县令知游寺，尚喜渔人争渡桥。正似醴泉山下路[2]，桑枝刺眼麦齐腰。

【注释】①昌化县：在杭州西二百里。双溪馆：在昌化县治前。治平：在昌化县西一里。②醴泉山：在眉州治西八里，环绕州城。山关有八角井，清甘如醴，故名。

其二

每见田园辄自招，倦飞不拟控扶摇[1]。共疑杨恽非锄豆[2]，谁信刘章解立苗[3]。老去尚贪彭泽米[4]，梦归时到锦江桥[5]。宦游莫作无家客，举族长悬似细腰。

【注释】①"每见"二句：意即陶潜《归去来辞》："鸟倦飞而知还。"②"共疑"句：《汉书·杨恽传》：杨恽失爵位，家居治产业；起室宅，

以财自娱。他在《报孙会宗书》中说："是故身率妻子，戮力耕桑，灌园治产。"③"谁信"句：《史记·齐悼惠世家》：朱虚侯刘章，仇刘氏不得职，常入侍高后燕饮，进曰："请为太后言耕田歌。"高后曰："若生而为王子，安知田乎？"章曰："深耕溉种，立苗欲疏，非其种者，锄而去之。"吕后嘿然。④彭泽米：《晋书·陶潜传》：（陶渊明）为彭泽令。在县，公田悉令种秫，妻子固请种秔。乃以一顷五十亩种秫，五十亩种秔。⑤锦江桥：在成都大慈寺前，所过石桥是也。

会客有美堂，周邠长官与数僧同泛湖往北山，湖中闻堂上歌笑声，以诗见寄，因和二首，时周有服[1]

其一

蔼蔼君诗似岭云，从来不许醉红裙[2]。不知野屐穿山翠，惟见轻桡破浪纹。颇忆呼卢袁彦道[3]，难邀骂座灌将军[4]。晚风落日元无主，不惜清凉与子分。

【注释】①有服：居丧。②蔼蔼：云烟密集貌。君诗：指周邠《簪屣》诗。红裙：代指美人。③"颇忆"句：《晋书》：袁耽，字彦道。桓温少时游于博徒，资产俱尽，欲求济于耽，而耽在艰。遂变服怀布帽，随温与债主戏。素有艺名，债者闻之而不相识，谓曰："卿当不办作袁彦道也。"遂就局，十万一掷，直上百万。耽投马绝叫，探布帽掷地，曰："竟识袁彦道否？"④"难邀"句：苏轼自注："皆取其有服也。"典见《史记》灌夫骂座时亦在服中，故有比喻。

其二

载酒无人过子云[1]，掩关昼卧客书裙[2]。歌喉不共听珠贯[3]，醉面何因作缬纹[4]。僧侣且陪香火社，诗坛欲敛鹳鹅军[5]。凭君遍绕湖边寺，涨绿晴来已十分[6]。

【注释】①“载酒”句：扬雄，字子云，家贫，嗜酒。人希至其门。时有好事者，载酒肴从游学。②“掩关”句：《南史》：羊欣长肃书。父不疑为乌程令。羊欣年十二，吴兴太守王献之甚知爱之。羊欣尝夏月，穿新绢裙昼寝，献之入县见之，书裙数幅而去。③珠贯：犹贯珠，言声音感动人。白居易诗：“何郎小妓歌喉好，严老呼为一串珠。”④缬纹：酒后脸上呈现的红晕。⑤鹳鹅军：列阵的军队。⑥涨绿：谓充满绿色。

立秋日祷雨，宿灵隐寺，同周、徐二令

百重堆案掣身闲[1]，一叶秋声对榻眠。床下雪霜侵户月[2]，枕中琴筑落阶泉。崎岖世味尝应遍，寂寞山栖老渐便[3]。惟有悯农心尚在，起占云汉更茫然[4]。

【注释】①堆案：堆积案头，指文书甚多。掣：牵制。②“床下”句：意为床下侵户月，疑是雪与霜。③山栖：隐居于山中。④“惟有”二句：时旱盼雨，故晚上起来仰视天河，望其雨水。

病中独游净慈，谒本长老。周长官以诗见寄，仍邀游灵隐，因次韵答之[1]

卧闻禅老入南山，净扫清风五百间[2]。我与世疏宜独往[3]，君缘诗好不容攀。自知乐事年年减，难得高人日日闲。欲问云公觅心地[4]，要知何处是无还[5]。

【注释】①本长老：此时净慈寺有两个本长老，此指大本：圆照禅师宗本，姓管，熙宁中住净慈寺。②五百间：当即田字殿。《咸淳临安志》：净慈寺有五百罗汉堂。③“我与”句：周长官邠云：窃闻子瞻学士，昨日飘然单乘，独出南屏，旋至北山……④云公：即德云，此以德云喻宗本。⑤苏轼自注：“《楞严经》云：我今示汝无所还地。”

病中祖塔院[1]

紫李黄瓜村路香，乌纱白葛道衣凉[2]。闭门野寺松阴转，攲枕风轩客梦长。因病得闲殊不恶，安心是药更无方。道人不惜阶前水，借与匏樽自在尝[3]。

【注释】①祖塔院：《杭州图经》：“祖塔法云院，开成二年唐文宗建。”②白葛：白夏布。③匏樽：又作“匏尊”。匏制的酒樽，也泛指饮具。匏：葫芦的一种。

孤山二咏 并引

孤山有陈时柏二株。其一为人所薪，山下老人自为儿时，已见其枯矣，然坚悍如金石，愈于未枯者。僧志诠作堂于其侧，名之曰柏堂。堂与白公居易竹阁相连属。余作二诗以纪之。

柏堂

道人手种几生前[1]，鹤骨龙筋尚宛然[2]。双干一先神物化，九朝三见太平年[3]。忽惊华构依岩出[4]，乞与佳名到处传。此柏未枯君记取，灰心聊伴小乘禅[5]。

【注释】①道人，指言志诠。“手种几生前”乃诗人之高意也。②鹤骨龙筋：瘦挺虬曲貌。③九朝：谓陈、隋、唐、梁、后唐、晋、汉、周及宋。三见太平：似指隋、唐与宋朝。④华构：壮丽的建筑物。⑤小乘禅：《释典》：阿罗汉果，独了生死。不度众生，故名小乘，如车乘之小者，仅能自载。

竹阁

海山兜率两茫然[①]，古寺无人竹满轩。白鹤不留归后语，苍龙犹是种时孙[②]。两丛恰似萧郎笔[③]，十亩空怀渭上村[④]。欲把新诗问遗像[⑤]，病维摩诘更无言。

【注释】①“海山”句：卢子《唐逸史》：会昌元年，有海商遭风，至蓬莱山，官内一院扃锁，云是白乐天院。故白公《答客说》诗云：“海山不是吾归处，归即应归兜率天。”海山，即蓬莱山。兜率，指兜率天：梵语音译，佛都谓天分许多层，第四层叫兜率天。②苍龙：指竹子。③“两丛”句：白居易《画竹歌》：“萧郎下笔独逼真，森森两丛十五茎。”萧悦，唐人，善画竹。④“十亩”句：《史记·货殖传》：“渭川千亩竹，其人与千户侯等。”白居易《退居渭上村》：“圣代元和岁，闲居渭水阳。”⑤遗像：竹阁有白居易遗像。

与述古自有美堂乘月夜归

娟娟云月稍侵轩，潋潋星河半隐山。鱼钥未收清夜永，凤箫犹在翠微间[①]。凄风瑟缩经弦柱，香雾凄迷著髻鬟[②]。共喜使君能鼓乐，万人争看火城还[③]。

【注释】①鱼钥：鱼形的锁。凤箫：《荀子》：凤凰秋秋，其声若箫。

翠微：指青翠掩映的山腰幽深处。②凄风：寒风。凄迷：悲凉怅惘。③火城：每元日、冬至立仗，大官皆备珂伞，列烛有至五六百炬，谓之火城，见《国史补》。

有美堂暴雨

游人脚底一声雷①，满座顽云拨不开②。天外黑风吹海立，浙东飞雨过江来③。十分潋滟金樽凸，千杖敲铿羯鼓催④。唤起谪仙泉洒面⑤，倒倾鲛室泻琼瑰⑥。

【注释】①脚底一声雷：俗说高雷无雨，故雷自地震，即暴雨前之雷鸣也。②顽云：密布不散的乌云。③“游人”二句：写震雷、浓云。“天外”二句：写暴风、骤雨。气势雄峻。④“千杖”句：《唐语林》：李龟年善打羯鼓，明皇问：“卿打多少杖？”对曰：“臣打五千杖讫。”⑤“唤起”句：《唐书·李白传》：贺知章一见，呼为谪仙，玄宗坐沈香亭，欲得白为乐章，召入，而白已醉，左右以水洒面，稍解，援笔成文。⑥鲛室：谓鲛人水中居室。琼瑰：泛指珠玉。“唤起”二句比喻暴雨之状。

登玲珑山①

何年僵立两苍龙，瘦脊盘盘尚倚空。翠浪舞翻红罢亚②，白云穿破碧玲珑。三休亭上工延月，九折岩前巧贮风③。脚力尽时山更好，莫将有限趁无穷。

【注释】①玲珑山：在临安县西十二里，两山屹起，盘屈凡九折，上通绝顶名曰九折岩。南行百许步，有亭，下瞰百里山，名曰三休亭。②罢亚：本是稻名，此指稻多貌。《齐民要术》有赤芒稻。故曰“红罢亚”。③“三休”二句：工、巧同义词，取眼前景，寓玲珑意。

宿九仙山[1]

风流王谢古仙真，一去空山五百春。玉室金堂余汉士，桃花流水失秦人。因眠一榻香凝帐，梦绕千岩冷逼身。夜半老僧呼客起，云峰缺处涌冰轮[2]。

【注释】①九仙山：苏轼自注：“九仙谓左元放、许迈、王、谢之流。”九仙山在临安县西十二里，东晋葛洪、许迈炼丹之地。②冰轮：王注林致约曰：“今寺中有冰轮阁。”

汪覃秀才久留山中，以诗见寄，次其韵

季子应嗔不下机[1]，弃家来伴碧云师。中秋冷坐无因醉，半月长斋未肯辞。掷简摇毫无忤色[2]，投名入社有新诗。飞腾桂籍他年事[3]，莫忘山中采药时[4]。

【注释】①“季子”句：苏秦，字季子。说秦不行返回家中妻子不下机，嫂子不做饭。见《战国策》《史记》。②苏轼自注：“汪善书，托写诸人诗。”③飞腾桂籍：世以登科与折桂。④“莫忘”句：后汉韦著入云阳山，采药不反。见《韦彪传》。

洞霄宫[1]

上帝高居愍世顽，故留琼馆在凡间[2]。青山九锁不易到[3]，作者

七人相对闲[4]。庭下流泉翠蛟舞[5]，洞中飞鼠白鸦翻[6]。长松怪石宜霜鬓，不用金丹苦驻颜。

【注释】①洞霄宫：在杭州余杭县南十八里。②愍：怜悯，哀怜。“上帝”二句讲，因为上帝怜悯人间，所以留洞霄宫在凡间。③“青山”句：《咸淳临安志》：“九锁山，其势折所。”④作者七人：苏轼自注：“《论语》云：作者七人矣。今监官凡七人。”⑤“庭下”句：《洞天记》：翠蛟亭，在洞霄宫门外三十余步。⑥飞鼠白鸦：即白蝙蝠。

初自径山归，述古召饮介亭，以病先起

西风初作十分凉，喜见新橙透甲香。迟暮赏尽惊节物[1]，登临病眼怯秋光。惯眠处士云庵里[2]，倦醉佳人锦瑟旁[3]。犹有梦回清兴在，卧闻归路乐声长。

【注释】①节物：各个季节的风物景光。②“惯眠”句：唐方干处士，尝居云庵，有《云庵集》行于世，唐末五代人也。③“倦醉”句：杜甫《曲江对雨》：“何时诏此金钱会，暂醉佳人锦瑟旁。”

明日重九，亦以病不赴述古会，再用前韵

月入秋帏病枕凉，霜飞夜簟故衾香。可怜吹帽狂司马[1]，空对亲春老孟光[2]。不作雍容倾坐上[3]，翻成肮脏倚门旁[4]。人间此会论今古，细看茱萸感叹长[5]。

【注释】①狂司马：《晋书·谢奕传》：谢奕，字无奕，与桓温善。温辟为安西司马，奕尝逼温饮酒。温走入南康主门避之。主曰：“君若无狂司

马，我何由得相见？”②“空对”句：《谷梁传·文公十三年》：“礼，宗庙之事，君亲割，夫人亲舂，敬之至也。”亲舂(chōng)：亲自用杵臼捣去谷物的皮壳，喻亲自操作。孟光、梁鸿，古代夫妇相敬如宾的典范。③“不作”句：司马相如车骑雍容闲雅蜀都，一座尽倾。详见《史记》。④“翻成”句：赵壹《刺世疾邪赋》：“伊优北堂上，肮脏倚门边。”⑤茱萸：植物名。香气辛烈，可入药。古俗九月九日重阳节，佩茱萸能祛邪辟恶。

九日，寻臻阇黎，遂泛小舟至勤师院，二首[1]

其一

白发长嫌岁月侵，病眸兼怕酒杯深。南屏老宿闲相过[2]，东阁郎君懒重寻[3]。试碾露芽烹白雪[4]，休拈霜蕊嚼黄金。扁舟又截平湖去，欲访孤山支道林[5]。

【注释】①阇(dū)黎：又作阇梨，高僧意，亦泛指僧。②“南屏”句：《教苑遗事》：熙宁五年，实相法师梵臻，移居南屏兴教寺。③东阁：古代称宰相招致、款待宾客的地方。④露芽：茶名。⑤支道林：即支遁，字道林，姓关氏。谢安与之游甚厚。

其二

湖上青山翠作堆，葱葱郁郁气佳哉。笙歌丛里抽身出，云水光中洗眼来。白足赤髭迎我笑[1]，拒霜黄菊为谁开？明年桑苎煎茶处，忆著衰翁首重回[2]。

【注释】①白足、赤髭：都指高僧。②“明年”二句：苏轼自注：“皎然有《九日与陆羽煎茶》诗。羽自号桑苎翁。余来年九日，去此久矣。”

次韵周长官寿星院同钱鲁少卿[1]

琉璃百顷水仙家，风静湖平响钓车[2]。寂历疏松攲晚照，伶俜寒蝶抱秋花[3]。困眠不觉依蒲褐，归路相将踏桂华[4]。更著纶巾披鹤氅，他年应作画图夸[5]。

【注释】①寿星院：在杭州葛岭，天福八年建。②琉璃百顷：此形容西湖之水。杜甫《渼陂行》：天地黯惨忽异色，波涛万顷堆琉璃。钓车：又叫钓鱼车，一种钓具。上有轮子缠络钓丝，既可放远，也可迅速收回。③寂历：凋零疏落。伶俜：飘泊貌。④桂华：指月。⑤“他年”句：今日之事，将来相论会有人把它画作图画来进行传说。

次韵述古过周长官夜饮

二更铙鼓动诸邻，百首新诗间八珍[1]。已遣乱蛙成两部[2]，更邀明月作三人。云烟湖寺家家境，灯火沙河夜夜春[3]。曷不劝公勤秉烛，老来光景似奔轮[4]。

【注释】①铙鼓：乐器中鼓的一种。八珍：泛指珍贵食品。②“已遣”句：《南史》：孔珪，字德璋。不乐世务，门庭之内，草莱不翦。中有蛙鸣，或问之曰：“欲为陈蕃乎？”珪笑答曰：“我以此当两部鼓吹，何必效蕃。”③“灯火”句：白居易《正月十五日夜月》：“灯火家家市，笙歌处处楼。”④“曷不”二句：意人生苦短，如下坡之奔轮，应秉烛夜游。

述古以诗见责屡不赴会，复次前韵

我生孤僻本无邻，老病年来益自珍。肯对红裙辞白酒，但愁新进笑陈人[①]。北山怨鹤休惊夜，南亩巾车欲及春[②]。多谢清时屡推毂[③]，豨膏那解转方轮[④]。

【注释】①陈人：旧人，故人。②“南亩”句：陶渊明《归去来辞》：“农人告余以春及，将有事于西畴。或命巾车，或棹孤舟。”③清时：清平之时，指太平盛世。推毂：荐举，援引。④“豨膏”句：苏轼自注：“来诗有：‘云霄蒲轮’之句。”豨（xī）膏：猪的脂肪。方轮：方形的轮。

贺陈述古弟章生子

郁葱佳气夜充闾[①]，始见徐卿第二雏[②]。甚欲去为汤饼客[③]，惟愁错写弄麞书[④]。参军新妇贤相敌[⑤]，阿大中郎喜有余[⑥]。我亦从来识英物，试教啼看定何如[⑦]。

【注释】①充闾：《晋书·贾充传》：“贾逵晚始生充，言后当有充闾之庆，故以为名字焉。”后人用“充闾”作为贺人生子，光大门庭的贺词。②“始见”句：杜甫《徐卿二子歌》：“徐卿二子生绝奇。”又同上诗云：丈夫生儿有如此二雏者，名位岂肯卑微休。③汤饼：即古时汤饼会，旧俗寿辰及小孩出生的第三天或满月、周岁时举行的庆贺宴会。汤饼有长寿之意。④弄麞：亦作“弄獐”，皆为“弄璋”之讹。因以嘲笑写错别字。⑤“参军”句：《晋书·列女·钟氏传》：王浑妻钟琰生济。浑尝共琰坐。济趋庭而过，浑欣然曰：“生子如此足慰人心。”琰笑曰：“若使新妇得配参军，生子故不啻如此。”参军：谓浑之弟沦也。沦字太冲，年二十五卒。⑥阿大、中郎：《晋书·列女·谢氏传》：谢道韫初适王凝之，甚不乐，谢安问：“如何恨也？”答曰：“一门叔父，则有阿大、中郎……”苏诗以述古比谢安。⑦“我亦”二句：《晋书·桓温传》：桓温生未期（不满周岁），太原温峤见之，曰：“此儿有奇骨，可试使啼。”及闻其声，曰：“真英物也。”桓温父母因峤所赏，故遂名之曰温。

赠治《易》僧智周

寒窗孤坐冻生瓶[①]，尚把遗编照露萤[②]。阁束九师新得妙[③]，梦吞三画旧通灵[④]。断弦挂壁知音丧[⑤]，挥麈空山乱石听[⑥]。斋罢何须更临水[⑦]，胸中自有洗心经。

【注释】①冻生瓶：唐郑綮诗：冻瓶粘柱础。②照露萤：《晋书·车胤传》：字武子，恭勤不倦，博学多通。家贫不常得油，夏月则练囊盛数十萤火以照书，以夜继日焉。③九师：《汉书·艺文志》：淮南王刘安聘明《易》者九人，号九师。因称《易经》学者为九师，此指智周。④“梦吞”句：《三国志·吴书·虞翻传》：虞翻立《易》注，奏上曰：“臣居郡吏陈桃梦臣与道士相遇，布《易》六爻，挠其三以饮臣，臣乞尽吞之。道士言《易》道在天，三爻足矣。”通灵：通于神灵。⑤苏轼自注：“师与契嵩深相知，时已逝矣。”契嵩，字仲灵，藤州人。熙宁四年没于灵隐之翠微堂。⑥“挥麈”句：生法师讲经，人无信者，后聚石为徒，与谈至理，石皆若点头。⑦“斋罢”句：《晋书·艺术·佛图澄传》：佛图澄尝斋时，平旦至流水侧，从腹旁孔中引出五脏六腑洗之，讫，还纳腹中。

张子野年八十五，尚闻买妾。述古令作诗[①]

锦里先生自笑狂[②]，莫欺九尺鬓眉苍。诗人老去莺莺在[③]，公子归来燕燕忙[④]。柱下相君犹有齿[⑤]，江南刺史已无肠[⑥]。平生谬作安昌客，略遣彭宣到后堂[⑦]。

【注释】①张先：字子野，湖州乌程人，能诗善词。年逾八十，家犹蓄声妓。②“锦里”句：杜甫有“锦里先生乌角巾”句，锦里，即锦城，后为成都代称。昔日钱王亦曾赐杭州为“衣锦城”，故苏轼特借此比张先。③“诗人”句：元稹《莺莺传》述张生与莺莺故事，把张先比为张生。④“公子”句：一说张祜妾名燕燕。一说汉成帝微行，与张放俱，人称张公子，上见赵飞燕而悦之。童谣曰：燕燕，尾涎涎，张公子，时相见。⑤“柱下”句：《汉书·张苍传》：张苍老年，口中无齿，食乳，女子为乳母，妻妾以百数，年百余岁乃卒。⑥无肠：无肠可断。白居易《山游示小妓》：“莫唱杨柳枝，无肠与君断。”⑦“平生”二句：《汉书·张禹传》：张禹弟子尤著者，彭宣、戴崇。禹心亲爱崇，敬宣而疏之。崇每候禹，常责师宜置酒设乐与弟子相娱。禹将崇入后堂饮食，妇女相对，优人管弦铿锵极乐，昏夜乃罢。而宣之来也，禹见之于便坐，讲论经义，日晏赐食，不过一肉，卮酒相对。宣未尝得至后堂。禹封安昌侯。

宝山新开径

藤梢橘刺元无路，竹杖棕鞋不用扶[①]。风自远来闻笑语，水分流处见江湖。回观佛国青螺髻[②]，踏遍仙人碧玉壶[③]。野客归时山月上，棠梨叶战暝禽呼[④]。

【注释】①棕(zōng)鞋：用棕丝制的鞋。②佛国青螺髻：《南史·扶南国传》：梁武帝改造阿育王佛塔，出旧塔下舍利及佛爪发。发青绀色，众僧人以手伸之，随手长短，放之则旋屈为蠡形。③仙人碧玉壶：《神仙传》：费长房为沛掾，有壶公来卖药，常悬一空壶于坐上，日入之后，辄跳入壶中。长房随公，试展足，则亦入壶，见楼观五色，重门阁道。公语长房曰：“我神仙人也，见谪，暂还人间耳。”④“棠梨”句：白居易诗：“天寒野旷何处宿？棠梨叶战风飕飕。”

李颀秀才善画山，以两轴见寄，仍有诗，次韵答之[①]

平生自是个中人[②]，欲向渔舟便写真。诗句对君难出手[③]，云泉劝我早抽身[④]。年来白发惊秋速，长恐青山与世新。从此北归休怅望，囊中收得武林春[⑤]。

【注释】①李颀：字粹老。少举进士，得官，弃去，为道人。遍历湖、湘，晚乐吴中山水。善丹青，间作小诗。东坡倅杭，粹老以一画，诗付樵者，令俟坡出投之。坡展诗画，即散问西湖名僧辈，方知粹老，久之偶会于僧舍，相得甚欢。②个中人：此中人，局中人。常指深悟其理或亲历其境者。③对君难出手：粹老作画不为人特作，故世绝少。每画能尽物之变，且秀润简远。苏轼故言“对君难出手”。④云泉：白云泉。白居易诗：宜当早罢去，收取云泉身。⑤武林春：借指避世隐居的地方。

夜至永乐文长老院，文时卧病退院[①]

夜闻巴叟卧荒村，来打三更月下门[②]。往事过年如昨日，此身未死得重论。老非怀土情相得，病不开堂道益尊[③]。惟有孤栖旧时鹤，举头见客似长言。

【注释】①永乐乡：在秀水县西北十五里。②“来打”句：贾岛诗：“鸟宿池边树，僧敲月下门。”③开堂：佛教语，指开坛说法。

钱安道席上令歌者道服[1]

乌府先生铁作肝[2]，霜风卷地不知寒。犹嫌白发年前少，故点红灯雪里看。他日卜邻先有约，待君投劾我休官[3]。如今且作华阳服[4]，醉唱侬家七返丹[5]。

【注释】①道服：僧道的服装。②“乌府”句：钱顗曾为乌程令，故戏称乌府先生。后又升御史，上疏论新法。谪衢州盐税。时人称其铁肝御史。③投劾：递呈弹劾自己的状文，古代弃官的一种方法。④华阳洞：传说中神仙所居的洞府。华阳服此指道服。⑤七返丹：也作七返还丹。即七返灵砂。道家所谓可以起死回生的灵丹。

惠山谒钱道人，烹小龙团，登绝顶，望太湖[1]

踏遍江南南岸山，逢山未免更流连。独携天上小团月，来试人间第二泉。石路萦回九龙脊[2]，水光翻动五湖天。孙登无语空归去[3]，半岭松声万壑传。

【注释】①钱道人：即钱安道之弟。②九龙脊：《太平寰宇记》：九龙山亦曰冠龙山。陆羽《游惠山寺记》：山有九陇，若龙之偃卧然。③孙登：字公和。隐居郡北山土窑。作炭人与语，不应，阮籍与语亦不应。嵇康又从之游三年，问其所图，终不答，康每叹息。见《晋书·隐逸·孙登传》。

除夜野宿常州城外二首

其一

行歌野哭两堪悲[1]，远火低星渐向微。病眼不眠非守岁[2]，乡音无伴苦思归。重衾脚冷知霜重[3]，新沐头轻感发稀。多谢残灯不嫌客，孤舟一夜许相依。

【注释】①行歌：边行走边唱歌。②守岁：阴历除夕终夜不睡，以迎侯新年的到来。③“重衾”句：张华诗：重衾无暖气。

其二

南来三见岁云徂[1]，直恐终身走道途。老去怕看新历日，退归拟学旧桃符[2]。烟花已作青春意，霜雪偏寻病客须。但把穷愁博长健，不辞最后饮屠苏[3]。

【注释】①“南来”句：杜甫《今夕行》诗：今夕何夕岁云徂。云徂：云飞行向前，徂，往也。②桃符：古代挂在大门上的两块画着神荼、郁垒二神的桃木板，以为能压邪。③屠苏：药酒名。古代风俗，于农历正月初一饮屠苏酒：“俗以小者得岁，故先酒贺之，老者失时，故后饮。”（《时镜新书》）。顾况诗：“手把屠苏让少年。”苏辙诗：“年年最后饮屠苏，不觉年来七十余。”清马之鹏诗：“添年便惜年华减，饮罢屠苏转叹歔。”皆苏东坡最后二句意。

元日过丹阳，明日立春，寄鲁元翰

堆盘红缕细茵陈[①]，巧与椒花两斗新[②]。竹马异时宁信老[③]，土牛明日莫辞春[④]。西湖弄水犹应早，北寺观灯欲及辰[⑤]。白发苍颜谁肯记，晓来频嚏为何人[⑥]。

【注释】①“堆盘”句：《风土记》：“元日造五辛盘。”堆盘即指此。五辛乃用葱、蒜、韭、蓼蒿、芥五种辛物做成的菜肴。五辛所以发五脏气。茵陈：蒿类的一种。全草有香气。可入药。②椒花：即花椒，具有香气，也可供药用。③竹马：小儿之戏。白居易诗：“一看竹马戏，每忆童騃时。”④土牛：用泥土制的牛。立春时造土牛以劝农耕。象征春耕开始。⑤北寺：在润州，上元灯节最盛，故言。⑥频嚏：《汉书·艺文志》有《嚏耳鸣杂占》十六卷。宋马永卿言：俗说“以人嚏喷为人说”，盖古语也。今俗人嚏则云“人道我”。

刁同年草堂

不用长竿矫绣衣[①]，南园北第两参差[②]。青山有约长当户，流水无情自入池。岁久酴醾浑欲合[③]，春来杨柳不胜垂[④]。主人不用匆匆去，正是红梅著子时。

【注释】①“不用”句：《晋书·阮咸传》：“咸与籍居道南，诸阮居道北，北阮富而南阮贫。七月七日，北阮盛晒衣服，皆锦绮灿目。咸以竿挂大布犊鼻于庭，人或怪之，答曰：‘未能免俗，聊复尔耳！’”②南园：即抗风轩，在广州市南。明初中叶有前后五子唱酬于此，写诗力去宋元风习，以上追三唐为指归。北第：靠近北阙的宅第，后以此指功居的宅第。典见《汉书·夏侯婴传》。参差：不齐貌。③酴醾(tú mí)：本酒名，以花颜色似之，故取以为花名。④“春来”句：刘禹锡诗：数枝杨柳不胜春。

刁景纯赏瑞香花，忆先朝侍宴，次韵[①]

上苑夭桃自作行，刘郎去后几回芳[②]。厌从年少追新赏，闲对宫花识旧香。欲赠佳人非泛洧[③]，好纫幽佩吊沉湘[④]。鹤林神女无消息[⑤]，为问何年返帝乡[⑥]。

【注释】①刁约：字景纯，宣州人。久在三馆，亦名士，晚年筑室润州，号藏春坞。瑞香花，紫而香烈，非群芳之比。②上苑：皇家的园林。刘郎：刘禹锡。有诗：“尽是刘郎去后栽。”③《诗·溱洧》：“伊其相谑，赠之以芍药。”④纫：搓，捻。幽佩：用幽兰连缀而成的，佩饰。吊沉湘，因屈原沉在湘水，故而吊之。⑤“鹤林”句：《古今诗话》：润州鹤林寺杜鹃花，相传唐贞观中，外国僧种之钵盂中，自天台携来。⑥纪晓岚曰：“后四句，寓兴深微，置之《玉溪生集》中，不复可辨。”

同柳子玉游鹤林、招隐，醉归，呈景纯[①]

花时腊酒照人光，归路春风洒面凉。刘氏宅边霜竹老[②]，戴公山下野桃香[③]。岩头匹练兼天净，泉底真珠溅客忙[④]。安得道人携笛去，一声吹裂翠崖冈[⑤]。

【注释】①鹤林：竹林寺。招隐山：在丹徒县西南九里，隐士戴颙之所居。②刘氏：指刘惔，一说乃刘裕。③戴公山：《南史》记：戴颙世居剡县，衡阳王镇京口，颙来止黄鹤山。文帝每欲见之，尝谓黄门侍郎张敷曰：“吾东巡之日，当宴戴公山下。”④“岩头”二句：《名胜志》：招隐寺有真珠、鹿迹二泉。此二句意即：岩头溪水像一匹白色的熟绢，明净的天空反照进去。真珠泉底喷出的小沫像真珠一样溅到客人的耳上。⑤“安得”二句：《查注》：“《春渚纪闻》云：蘧家藏公墨本，诗后注云：昔有善笛者，能为穿云裂石之声。别不用事也。”

景纯见和，复次韵赠之，二首

其一

解组归来道益光[1]，坐看百物自炎凉。卷帘堂上檀槽闹[2]，送客林间桦烛香[3]。浅量已愁当酒怯，非才犹觉和诗忙。何人贪佩黄金印[4]，千柱耽耽琐北冈。

【注释】①解组：即解绶，辞官。②檀槽：檀木制成的琵琶、琴等弦乐器上架弦的槽格。此指琵琶等乐器。③桦烛：用桦木皮卷成的烛。④“何人”句：李白《别内赴征》：“归时倘佩黄金印，莫学苏秦不下机。”

其二

人间膏火正争光，每到藏春得暂凉[1]。多事始知田舍好，凶年偏觉野蔬香。溪山胜画徒能说，来往如梭为底忙。老去此身无处著，为翁栽插万松冈[2]。

【注释】①“每到”句：景纯有藏春坞。欧阳修题诗云：欲借青春藏向此，须知白首尚多情。②万松冈：王注尧卿曰：藏春坞前一冈，皆松林，命曰万松冈。

柳子玉亦见和，因以送之，兼寄其兄子璋道人

不羡腰金照地光[①]，暂时假面弄西凉[②]。晴窗咽日肝肠暖[③]，古殿朝真屦袖香[④]。说静故知犹有动，无闲底处更求忙？先生官罢乘风去[⑤]，何用区区赋“陟冈”[⑥]。

【注释】①腰金：古代朝官的腰带，按品级镶以不同的金饰。品级高者亦以纯金制成。后因以泛指身居显要。②“暂时”句：白居易诗：西凉伎，西凉伎，假面胡人弄狮子。③咽日：吞服太阳精气。为道家修养之法。④朝真(cháo)：道家修炼养性之术，犹佛家之坐禅。⑤先生：柳子玉时必已闻灵仙之命，诗以送之，则“先生”字指子玉也。⑥陟冈：《诗经·周南·卷耳》：“陟彼高冈。”用此切朋友间的思念。

子玉家宴，用前韵见寄，复答之

自酌金樽劝孟光，更教长笛奏伊凉[①]。牵衣男女绕太白，扇枕郎君烦阿香[②]。诗病逢春转深痼，愁魔得酒暂奔忙。醒时情味吾能说，日在西南白草冈[③]。

【注释】①“更教”句：苏轼自注：“子玉家有笛妓。”伊凉：即伊州、凉州，皆地区而又古曲名也。此作曲名讲。②扇枕：《东观汉记》：黄香事母至孝，夏天扇枕，冬天则温席。③“日在”句：似即白日西驰之意。

景纯复以二篇，一言其亡兄与伯父同年之契，一言今者唱酬之意，仍次其韵[①]

其一

灵寿扶来似孔光[②]，感时怀旧一悲凉。蟾枝不独同攀桂[③]，鸡舌还应共赐香[④]。等是浮休无得丧[⑤]，粗分忧乐有闲忙。年来世事如波浪，郁郁谁知柏在冈[⑥]。

【注释】①景纯之兄名绎，伯父名涣。②“灵寿”句：《汉书·孔光传》：太后赐灵寿杖。师古曰：灵寿木，似竹，有节，长不过八九尺，自然合杖制，不须削治也。③“蟾枝”句：指景纯一家不止一人折桂者。古时科举得意乃叫折桂。④“鸡舌”句：苏轼自注：“亦同为郎。”《汉官仪》：“尚书郎含鸡舌香奏事。”鸡舌香即丁香。⑤“等是”句：《庄子·刻意》：“其生若浮，其死若休。”此句意，等生死的话，亡也算不得是丧。⑥“年来”二句：韩愈诗：“浪波沄沄去，松柏在高冈。”

其二

屡把铅刀齿步光[①]，更遭华衮[②]照厖凉。苏门山上莫长啸，薝蔔[③]林中无别香。烛烬已残中夜刻，槐花还似昔年忙[④]。背城借一吾何敢[⑤]，慎莫樽前替戾冈[⑥]。

【注释】①“屡把”句：《诗话总龟》：“坡公和冈字，至第七篇‘屡把铅刀齿步光’，乃用曹子建《七启》中‘步光之剑，华藻繁缛’。虽第一韵众人所更易，而七篇未尝改，又贯穿精绝如此。”步光：古宝剑名。②华衮：古代王公贵族的多彩的礼服。常用以表示极高的荣宠。③薝蔔(zhān bǔ)：梵语campaka音译，义译为郁金花。其花六出，天下之至香。④“槐花”句：

古代进士每以八月投牒赴举，时为之语曰：槐花黄，举子忙。⑤“背城”句：《左传·成公二年》：齐宾媚人曰：“请收合余烬，背城借一。”背城借一：背靠自己的城墙决一死战。⑥替戾冈：此羯语，出的意思。典见《晋书·佛图澄传》。此处用来，借言不敢再出和篇了。

书普慈长老壁[①]

普慈寺后千竿竹，醉里曾看碧玉椽。倦客再游行老矣，高僧一笑故依然[②]。久参白足知禅味[③]，苦厌黄公聒昼眠[④]。惟有两株红百叶[⑤]，晚来犹得向人妍。

【注释】①普慈长老：苏轼自注：“志诚。”②“倦客”二句：纪昀曰：“文句极其自然，无宋人文句之野气。”③白足：白足和尚，见前注。④黄公：苏轼自注：“鸟名。”指黄鹂。⑤王注尧卿曰：“江、浙间有花，谓之百叶红。”

刁景纯席上和谢生二首

其一

误入仙人碧玉壶[①]，一欢那复问亲疏。杯盘狼藉吾何敢[②]，车骑雍容子甚都。此夜新声闻北里[③]，他年故事记南徐[④]。欲穷风月三千界[⑤]，愿化天人百亿躯[⑥]。

【注释】①“误入”句：《神仙传》：费长房为沛掾，壶公来卖药，尝悬一空壶于坐上，日入之后，辄跳入壶中。积久，语房曰：“卿便可效我跳。”长房依言，已入，见仙宫世界，楼观重门阁道。公语长房曰：“我仙人也，见责，因谪人间耳。”②“杯盘”句：《史记·淳于髡传》：“杯盘狼藉，堂上烛灭，主人留髡而送客。”③北里：古舞曲名。后称委靡粗俗的曲乐。④南徐：即润州。《南史》：徐君蒨善弦歌，好声色，载妓，肆意游行荆楚山川，时襄阳鱼弘亦以豪俊称。于是府中谣曰：北路鱼，南路徐。⑤三千界：三千大千世界的省称。佛教名词，亦泛指宇宙。⑥“愿化”句：柳宗元诗：若为化得身千亿，散上峰头望故乡。

其二

纵饮谁能问挈壶[①]，不知门外晓星疏。绮罗胜事齐三阁[②]，宾主谈锋敌两都[③]。榻畔烟花尝叹杜，海中童丱尚追徐[④]。无多酌我君须听，醉后粗狂胆满躯。

【注释】①“纵饮”句：《周礼·夏官》：有挈壶氏，诗盖言不必问漏之深浅也，即不问时间早晚。②“绮罗”句：《南史》：陈后主于光昭殿前，起临春、结绮、望仙三阁。后主自居临春，张贵妃居结绮，龚、孔二贵嫔居望仙，并复道交相往来。③两都：班固《两都赋》设西都宾、东都主人，以相辨答。④童丱(guàn)：幼童。《汉书·伍被传》：秦又使徐福入海求仙药，多赍珍宝，童男女三千人，五种百工而行。徐福得平原广泽。止，王，不来。白居易诗：“童男丱女舟中老。”

注译本

蘇東坡全集

第七册

〔宋〕苏轼 著

毛德富等 主编

團結出版社

目　录

卷六十三　尺牍

卷六十四　尺牍

卷六十五　尺牍

卷六十六　尺牍

卷六十七　尺牍

卷六十八　尺牍

卷六十九 尺牍

卷七十 尺牍

卷七十一 尺牍

卷六十三　尺牍

与司马温公五首 以下徐州

春末，景仁丈自洛还，伏辱赐教，副以《超然》雄篇，喜忭累日。寻以出京无暇，比到官，随分纷冗，久稽裁谢，悚怍无已。比日，不审台候何如？某强颜苟禄，忝窃中，所愧于左右者多矣。未涯瞻奉，惟冀为国自重。谨奉启问。

【译文】暮春时节，景仁老大人从洛阳回来，承蒙您赐函指教，并附上《超然》鸿篇巨制，我读后，欢喜了好多天。不久因我离开京城开封，一点空都没有，等到到徐州任上，随着就有许多官场事须办，以致直到目前才写信致谢，实在很惶恐不安。近日，不知您近况如何？我厚着脸皮在官场中混碗饭吃，惭愧弄个小官做做，在您面前真有点感到脸红。没空去拜望您，只有希望您为国自己保重。谨恭敬地写信向您问好。

二

某再启。《超然》之作，不惟不肖托附以为宠，遂使东方陋州，以为不朽之美事，然所以奖与则过矣。久不见公新文，忽领《独乐园记》，诵味不已，辄不自揆，作一诗，聊发一笑耳。彭城佳山水，鱼蟹侔江湖，争讼寂然，盗贼衰少，聊可藏拙。但朋游阔远，舍弟非久赴任，益岑寂也。

【译文】我再陈述。您的《超然》佳作，不只使我这愚拙无能的人也荣幸地被写在那上面，因而得以托附为荣耀，而且能使东方这个简陋的小州城，传为千古不朽的美谈。然而您对我太过奖了。很久没读到您的新作，忽然接到您的大作《独乐园记》，诵读玩味，爱不释手。我却不自量，冒昧写一诗陈上，聊引您笑笑罢了。我现任的徐州这个地方，山水皆美，鱼鳖虾蟹和江湖上一样多，打官司告状的少，盗贼也不多，似乎适合我这个笨人来做官。所惜者，朋友异地，我弟苏辙不久也要赴任，这就使我更加寂寞了。

三 黄州

谪居穷陋，如在井底，杳不知京洛之耗，不审迩日寝食何如？某以愚昧获罪，咎自己招，无足言者，但波及左右，为恨殊深，虽高风伟度，非此细故所能尘垢，然某思之，不啻芒背尔。寓居去江干无十步，风涛烟雨，晓夕百变，江南诸山，在几席上，此幸未始有也。虽有窘乏之忧，顾亦布褐藜藿而已。瞻晤无期，临书惘然，伏乞以时善加调护。

【译文】我降职流放到偏僻的此地，就像生活在井底下，丝毫不知开封洛阳的消息，不晓得您近来吃饭睡觉情况如何？我因懵懂无知被判有罪，灾祸是自己招来的，这又有什么话说的，但牵连到他人，使我非常痛恨自己。虽然人家高风亮节，气度惊人，不会因为受到一点连累就失去光辉，然我细想毕竟因我之故。每一想到这点，就仿佛背上有针刺扎的一样。我住处离江边没十步远，风卷涛声，烟雨蒙蒙，一日内气象万千，江南岸群山，就仿佛在面前的几席上，这种幸运过去不曾有。虽然缺这少那的，不免穷得忧愁，也不过穿粗麻衣，吃野草粗食而已。拜见会晤无期，写到这不免为之怅惘。敬盼按时把自己调护好。

四 以下俱登州

某顿首。孟冬，薄寒。伏惟门下侍郎台候万福。某即日蒙恩，罪戾之余，宠命逾分，区区尺书，岂足上谢。又不敢废此小礼，进退恐栗。未缘趋侍，伏冀上为宗社精调寝兴，下情祝颂之至。谨奉启，不宣。

【译文】我顿首。初冬有些微寒。敬祈门下侍郎台端永远幸福。我即日蒙恩起用，获罪以后，恩赏超过我所望，这几行信函写得再好，哪足以表达谢意。却又不敢把这小的礼节省略了，进退恐惧战栗。没有机会能去您那侍奉。敬希您上为国家精心调护起居饮食，我在这衷心对您祝福。谨恭敬陈上，余不多言。

五

某启。去岁临去黄州，尝奉短启。尔后行役无定，因循至今，闻公登庸，特与小民同增鼓舞而已。亦不敢上问，想识此意。

【译文】我敬述。去年当离开黄州时，曾寄去很短的书函。从那以后，行踪没有定处，迟迟延延到今天，才拿起笔来给您修书问候。闻听您被提拔受重用，我特和登州众百姓一齐欢欣鼓舞。我也不敢问朝内情况，想您会理解我。

上韩魏公一首

轼再拜。近得秦中故人书，报进士董传三月中病死。轼往岁官岐下，始识传，至今七八年，知之熟矣。其为人，不通晓世事，然酷嗜读书。其文字萧然有出尘之姿，至诗与楚词，则求之于世可与传比者，不过数人。此固不待轼言，公自知之。然传尝望公不为力致一官，轼私心以为公非有所爱也，知传所禀赋至薄，不任官耳。今年正月，轼过岐下，而传居丧二曲，使人问讯其家，而传径至长安，见轼于传舍，道其饥寒穷苦之状，以为几死者数矣，赖公而存。“又且荐我于朝。吾平生无妻，近有彭驾部者，闻公荐我，许嫁我其妹。若免丧得一官，又且有妻，不虚作一世人，皆公之赐。”轼既为传喜，且私忧之。此二事，生人之常理，而在传则为非常之福，恐不能就。今传果死，悲夫。书生之穷薄，至于如此其极耶!

夫传之才器，固不通于世用，然譬之象犀珠玉，虽无补于饥寒，要不可使在涂泥中，此公所以终荐传也。今父子暴骨僧寺中，孀母弱弟，自谋口腹不暇，决不能葬。轼与之故旧在京师者数人，相与出钱赙其家，而气力微薄，不能有所济，甚可悯也。公若犹怜之，不敢望其他，度可以葬传者足矣。陈绎学士，当往泾州，而宋迪度支在岐下，公若有以赐之，轼且敛众人之赙，并以予陈而致之宋，使葬之，有余，以予其家。传平生所为文，当使人就其家取之，若获，当献诸公。干冒左右，无任战越。

【译文】我苏轼再拜。近日接到陕西旧相识的信，得知进士董传三月中病故。我过去在陕西做官，认识了董传，到现在已七八年，对他很熟。他为人，不通达世事人情，可是非常酷爱读书，是个书呆子。他写的文章词气清寂有不食人间烟火的味道。至于他的诗与楚词，在当今能和他相比者，不过几个人。这固不待我说，公自知之。但是董传曾抱怨您不为他谋一官，我私心认为您不是对官职有什么舍不得，而是董传禀赋的才能，不适于作官。今年正月，我路过陕西岐山县，而董传在二曲守丧，不治外事。派人到他家探问情况，于是董传就直接到了长安，在一个旅店见到了我，叙述他啼饥号寒，穷愁潦倒的情况，几乎死了好几回，靠您挽救才活下来。接着说：“又把我推荐到朝廷。我没娶过老婆，有一位彭驾部，听说您推荐我去做官，就把他妹嫁给了我。我免丧弄个官做，又侥幸娶个妻，没有算白来世上一场，这都是您赐予的。”他说过这些话后，我既为董传高兴，又为他忧愁。做官娶妻，皆为世上人应有之事，而对董传来说，就是不一般的福，恐怕不能享受。而今董传果然死掉。可悲呀！书生的命穷而且薄，竟然穷薄到了极点。

说起董传的才学作为，确实不合于世用，然而就同象牙、犀角、珍珠、宝玉，虽然不能挡饥，不能御寒，可不能弃在泥涂中，这就是您所以推荐董传为官的道理。今父子陈尸在寺庙里，守寡的母亲孤弱的弟弟，连吃饭都困难，绝对没钱去安葬。我与董传的故旧在京城的数人，互相凑点钱给董传孀母弱弟办理丧事，可是我们力量有限，凑的钱不多，解决不了多大问题，太可怜了。您倘若怜惜董传，不敢盼您给多的，只求能够埋掉他就好了。陈绎学士，要从泾州经过，宋迪度支目前在岐下，您若能赏赐钱，我就将收取众人救助的安葬费，都交给陈绎而转交给宋迪，由宋迪拿这些钱去安葬。花剩下的，都交给董传的家属。董传平生的著述，当派人到他家拿来，若拿来，当献给您。非常大胆地冒犯了您，浑身战栗得不得了。

与王荆公二首

某启。某游门下久矣，然未尝得如此行，朝夕闻所未闻，慰幸之极。已别经宿，怅仰不可言。伏惟台候康胜，不敢重上谒。伏冀顺时为国自重。不宣。

【译文】我敬述。我出入您门庭向您学习已有很长时间。但都没有像此行这样，朝夕听您的宏论，实在是闻所未闻的，欣慰欢快到了极点。离开您已经一夜了，怅惘和仰望不可言。伏思您健康安吉，您非常忙，我不敢重新拜见您以打扰您。敬希您时时为国保重自己。余言不叙。

二 离黄州

某顿首再拜特进大观文相公执事。某近者经由，屡获请见，存抚教诲，恩意甚厚。别来切计台候万福。某始欲买田金陵，庶几得陪杖屦，老于钟山之下。既已不遂，今仪真一住，又已二十日，日以求田为事，然成否未可知也。若幸而成，扁舟往来，见公不难矣。向屡言高邮进士秦观太虚，公亦粗知其人，今得其诗文数十首，拜呈。词格高下，固无以逃于左右，独其行义修饬，才敏过人，有志于忠义者，某请以身任之。此外，博综史传，通晓佛书，讲习医药，明练法律，若此类，未易一二数也。才难之叹，古今共之，如观等辈，实不易得。愿公少借齿牙，使增重于世，其他无所望也。秋气日佳，微恙颇已失去否？伏冀自重。不宣。

【译文】我叩头又拜特进大观文相公执事：我近来经过不止一次蒙您接见，对我安抚指教，恩德情意甚厚。分别之后，恳切祝您多福无灾。我开始想在南京买田，也许可以能陪您扶杖漫步，老于长江边的钟山脚下。既然已经不能做到，目下在仪真，一住又是二十天，天天想买田，能否买到手难以预料。倘若侥幸买好田，驾一叶小舟拜访，见您就很容易了。过去我屡次向您谈及江苏高邮进士姓秦名观字太虚的，您也大概知道此人的情形。今天得到他的诗文数十篇，恭敬呈送给您看。以您的鉴赏慧眼，秦观的词风高低，您一眼就可看出。唯独他力行忠义谨慎修养，才思敏捷，有志于讲求仁义等事，我可担保不错。此外，博览史书人物传，通晓佛经，讲习医理，通达法律，诸如此类，他无不了解。古今都一样感叹人才难得，像秦观这类的人才，实在为数不多。愿您多少为之推赞几句，使他能为世人所看重，别的不求您再说什么。金秋季节，气候温和，不知贵体微恙业已痊愈否？敬希您多加保重。余言不叙。

上吕相公一首

轼昨日面论邢夔事。愚意本谓邢鼻是平人，邢夔妄意其为盗杀之，苟用犯时不知勿论法，深恐今后欲杀人者，皆因其疑似而杀，但云“我意汝是盗”即免矣。公言此自是谋杀，若不勘出此情，安用勘司！轼归而念公言，既心服矣，然念近者西京奏秦课儿于大醉不省记中，打杀南贵，就缚，至醒，取众证为定，作可悯奏，已得旨贷命，而门下别取旨断死。窃闻舆议，亦恐贷之启奸，若杀人者得以醉免，为害大矣。轼始者亦以为然，固已书过录黄，再用公昨日之言思之，若今后实醉不醒而杀，其情可悯，可以原贷，若托醉而杀，自是谋杀，有勘司在。邢夔犯时不知，秦课儿醉不省记，皆在可悯之科，而邢夔臀杖编管，秦课儿决杀，似轻重相远，情有未安。人命至重，若公以为然，文字尚在尚书省，可追改也。

【译文】我昨天谈论邢夔一案。照我愚笨的看法，邢鼻是平民百姓，邢夔胡乱猜他是强盗，竟将他杀了，倘以邢夔打死时不知他不是强盗，可以不按杀人偿命论处，我深恐今后想杀人者，均可借口怀疑你是强盗便可杀人，杀了后只说句“我看你是强盗”就可免赔命。您说这就是谋杀，倘不查出实情，要检查机关何用！我回去想到您所说的话，当然心服。然而念及近来西京奏上一本，说秦课儿于大醉糊涂时，打死南贵，被捕，酒醒时，取得众人的证据为定，作为可以同情的案子上报，业已得旨予以饶恕，而您的门下官员则依据另旨判秦课儿死刑。我听到舆论意见，也怕对秦课儿免于死刑将开了恶例，如果杀人能以醉免，其害无穷。我开始也以为这是对的，业已在太守正堂记录在案，但反复思考您昨日的话，如果今后实实在在因醉不醒而杀，情属可怜，可以饶恕；倘是借醉酒之故而杀，显系谋杀，有检查机关可以验证。邢夔杀人时不知其为好人，秦课儿醉糊涂了，皆属判决时可予同情。而邢夔结案时，不过是用杖打了屁股，除去名籍，发放州郡，编入该地户籍，并由地方官吏加以管束。秦课儿则处以死刑。二人判罪相差甚远，似轻重悬殊，情有未安。人命关天，倘您以为我的话可取，案卷还在京城的尚书省，可以重判此案。

与张太保安道一首 翰林

某以不善俯仰，屡致纷纷，想已闻其详。近者凡四请郡，杜门待命，几二十日。文母英圣，深照情伪，德音琅然，中外耸服，几至有所行遣，而诸公燮和之。数日有旨，与言者数君皆促供职，明日皆当见。盖不敢坚卧，嫌若复伸前请尔。蒙知爱之深，不敢不尽，幸为察之。褊浅多忤，有愧教诲之素，临书悒悒。

【译文】我因为不善于随波逐流，随机应变，与世浮沉，一再在官场上倒霉碰壁，您身为参知政事，掌握实权，想您已听说得比较详细。近来共四次请求调放外任，关门等候通知快廿天了。文母英明圣断，对忠诚或奸诈，明察秋毫，德高之音如日在天，朝野叹服。对我欲有所谴责，而诸公和您为我说话。好几天有了圣旨，为我说话的几位大臣都请我上任，明天都当见。可不能再借故不起，以免有复申上次请求的嫌疑。蒙慷慨有威望的您厚爱，不敢不向您诉衷肠，请您亮察为幸。我气量狭浅多得罪人，有愧于您平时的教诲，写到这里不免感到忧闷难受。

答范蜀公十一首 徐州

前日辱书，并新诗累幅，词格清美，钦味不释手。属使者交至纷纷，无暇裁答，后时再领手教，愧悚无地。比日起居何如？未由披奉，万万以时自重。

【译文】前天承蒙您赐函，和很多页新诗，读起来诗句清新爽美，反复玩味，爱不释手。信使接连一个一个来，忙于应付，的确没时间裁纸回信。后来再接到您的亲笔函，惭愧惶恐得无地自容。近日起居怎么样，因无暇不能写信奉问，请您千万时时自己保重。

二 以下俱黄州

李成伯长官至，辱书，承起居佳胜，甚慰驰仰。新居已成，池圃胜绝，朋旧子舍皆在，人间之乐，复有过此者乎？某凡百粗遣，春夏间，多患疮及赤目，杜门谢客，而传者遂云物故，以为左右忧。闻李长官说，以为一笑，平生所得毁誉，殆皆此类也。何时获奉几杖。临书惘惘。

【译文】李成伯长官到来，蒙您赐函，知您起居平安好极了，对您的驰念仰慕，得到了很大的安慰。新住处已建成，池塘园圃十分幽雅，亲朋故旧和儿子的房屋都在，人间之乐，还有能超过这个的吗？我一切都还可以，得过且过。春夏之间，关门不见客，因生了很多疮，又害了眼，患了红眼病，于是就有人传说我死了，以至让您对我忧愁。听李长官说到此事，不觉笑起来。我平时所得到的毁谤和称道，几乎都是这类捕风捉影之谈。什么时候能侍奉您说说话散散步，还说不了。写到这里十分惆怅。

三

蒙示谕，欲为卜邻，此平生之至愿也。寄身函丈之侧，旦夕闻道，又况忝姻戚之末，而风物之美，足以终老，幸甚！幸甚！但囊中止有数百千，已令儿子持往荆渚，买一小庄子矣，恨闻命之后。然京师尚有少房缗，若果许为指挥从者干当，卖此业，可得八百余千，不识可纳左右否？所赐手书，小字如芒，知公目益明，此大庆也。某早衰多病，近日亦能屏去百事，澹泊自持，亦便佳健，异日必能陪从也。

【译文】承蒙您指示说，想和我做邻居，这是我平生最大的愿望。我能身在尊敬的您身旁，早晚听您谈真理之道，何况能同您是亲戚，住在山水秀丽的地方，完全可以安度晚年，真是太好了！太好了！可惜我袋里止有数百贯，已叫儿子拿着这钱往荆州，买个小庄子。恨此事在接到您指示后。然而京城尚有我少量房钱，如若许做随从的人办理，卖掉房产，可以获得八百余贯。不识这点钱可否交给您？您赐的书信，字小得像麦芒，可见您的眼睛非常好，这是天大的好事。我早衰多病，近来也能不过问各种事，对世事无所求，视名利为身外物，也就安好而健康，将来必能陪伴您。

四

承别纸示谕："曲蘖有毒，平地生出醉乡；土偶作祟，眼前妄见佛国。"公欲哀而救之，问所以救者。小子何人，顾不敢不对。公方立仁义以为城池，操诗书以为干橹，则舟中之人，尽为敌国，虽公盛德，小子亦未知胜负所在。愿公宴坐静室，常作是念，观彼能惑之性，安所从生；又观公欲救之心，作何形段。此犹不立，彼复何依？虽黄面瞿昙，亦当敛衽，而况学之者耶！聊复信笔，以发公千里一笑而已。

【译文】承您用另一纸示知："酒有毒汁，平地能出现醉乡；土偶像作怪，眼前妄现佛国。"您想哀而救之，问我如何能救。我这个小人物，不敢不对。您将树立仁义以为防守的城池，操纵诗书作为战斗兵器，视船上的人，都是敌国。虽您德高望重，我这个小人物不知谁胜谁败。我很愿您安坐在一间僻静的小屋里，常作这样一个念头，静静观察那能被迷惑的性情，从何而生；再看您想搭救的心，作何手段。欲救的心，不能有把握树立起来，那被迷惑的本性如何能控制住。倘能立起救心，虽黄脸释迦牟尼佛，也当卷起衣袖而拜，而况学此道的人？姑且这样随笔一写，以引起千里之外的您一笑而已。

五

某□启。去岁附张生书，谓甚的而不达，何也？某颠仆罪戾，世所鄙远，而丈丈独赐收录，欲令撰先府君墓碑，至为荣幸，复何可否之间？而不肖平生不作墓志及碑者，非特执守私意，盖有先戒也。反复计虑，愧汗而已。仁明洞照，必深识其意。所赐五体书，谨为子孙之藏，幸甚！幸甚！无缘躬伏门下道所以然者，皇恐之至。

【译文】我陈述：去年函中所附张生之信，说表述得非常确切，但有一点还不甚通达。为什么这样说？因为我坐过牢贬过官历尽坎坷有罪，世俗之人鄙视我远离我，可您独赐收录我的文字，并想让我为已故的令尊大人写墓碑，这当然很荣幸，我怎么会又想写又不想写呢？我这样德薄能鲜的人平生所以不给人写墓志和碑者，并非特别坚持己见，是因为接受过去的教训而有所警戒。一而再再而三地考虑，使我非常惭愧脸上羞得出汗罢了。您是最仁慈贤明眼光锐利的人，必定能深明我的真心，不至误解我。您所赐五体书，我一定叫子孙谨慎收藏。太幸运了！大幸运了！没有机会亲自到尊府门前说明我的内心实况，恐惧不安到了极点。

六 以下俱翰林

日望旌旆之至，不敢复上问，不谓高怀超然，不屑世故，坚卧莫致，有识怅惘。然孤风凛然，足以下激颓靡，虽非落落可指之功，其于二圣忠厚之治，所补多矣。比日履兹寒凝，台候何如？未由瞻奉，伏冀万万为国自重。

【译文】天天盼您的旌旗到来，传来朝廷的佳音，不敢再去探听消息。您胸怀超迈，不屑于求名利，闭门无所求，使有识之士感到难解和怅惘。然而这样做，孤高的风格令人敬畏，足以激励官场上颓败疲靡不振的风尚，虽不是豁达大方值得人称道的功，这却与我朝中二圣宣仁高皇后和宋哲宗提倡忠厚治国，大有补益。近来遇到这严寒封冻的季节，您感到如何？不能拜望奉问，敬希千万要为国自己保重。

七

某碌碌无补，久窃非据，又舍弟继进，皆以疏愚处必争之地。公议未厌，岂可久安。非远，当乞一郡以自效。或得过谒，少闻诲语，大幸也。始者，窃意丈丈绝意轩冕，然犹当强到阙，一见嗣圣，今乃确然如此，殊乖素望，然士大夫甚高此举也。冗中，不尽区区。

【译文】我平庸无能于事无补，长期担任自己不称职的职务，弟弟又跟我一起升迁，都是以愚拙荒疏处在钩心斗角的官场。众官对此议论纷纷，再待下去，岂能久安。不要远方，只求给一州郡之职来报效。或得前去拜见，稍听您的教诲，也是一大幸事。起初，私下认为老丈绝决官爵禄位，然而还当强勉到宫中面见新登基的皇帝。而今您乃确实这样做了，虽然违背了您平素的愿望，不过朝野有识之士很重视您的举动。琐事萦身，我说不尽的话就此打住。

八

伏承归政得请，恩礼优异，伏惟庆慰。公孤风亮节，久信天下，而有识今日，尤复归心。勉强暂起，以慰二圣之望；幡然复退，以安无穷之福。出处之间，雍容自得，真可以为后世法矣。官守所縻，不获躬诣，谨奉手启，区区万一。

【译文】您承皇帝归政的邀请，恩泽礼遇都十分突出，实在值得欢庆自慰。您不同凡响的孤高风格和白璧般的节操，久为天下人所信赖，而今天下有识之士，尤为趋向您。勉强上朝，是为了安慰皇帝和嗣圣；迅即辞退，以享无穷之福。面君辞君，一进一退，威仪大方，从容不迫，真正能为天下后世榜样。官守牵制着我，不能亲自去拜见，谨奉上我的亲笔函，不能表达我对您敬仰于万一。

九

今晚忽得报，承子丰承事遽至大故，闻之悲痛，殆不可言。美才懿行，期之远到，今乃止此，士友所共痛惜。而况姻戚之厚，悲惋可量！丈丈高年，罹此苦毒，有识忧悬。伏惟高明，痛以理遣，割难忍之爱，上为朝廷，下为子孙亲友自重。不胜缕缕。

【译文】今晚忽然接到凶信，承子丰承事突然死去，听到后悲痛得几乎说不出话来。绝世的才华，美好的德行，期望他有大的作为，而今竟如此结果，朋亲故旧所共痛惜。何况您我至厚的姻亲，悲愤岂可以量！老丈年事已高，遭此奇痛，可以想见您的痛苦，令人不安。敬祈您高超智明，能用理智排遣痛苦，割弃实难忍受的爱子之心，上为国家，下为子孙亲友自重。痛惜之情甚多，不能一一细述。

十

近者，子丰携长子承务见过，见其风骨秀整，闻向下二子益奇。死生寿夭皆常事，惟有后可以少慰。丈丈意幸以此自遣也。

【译文】近来，子丰携长子承务到我这来，见他神清气秀，听说他另二个儿子更奇。人的生与死，寿长与寿短皆是世间常有也是必有的事，没什么大不了的，唯独有了后人可以多少得点安慰。老丈幸能以此排遣不愉快的事为好。

十一

子功、淳父皆欲谒告省觐，某恨不同往，晓解左右。临书凄怆。

【译文】子功、淳父都想告假探望叩见您，遗憾的是我不能跟同一块去，以便对您劝慰。写到这心里不胜痛苦悲凉。

与范子功六首 登州还朝

违阔岁月，书问不继，自咎之深，殆无所容。伏惟盛德雅度，有以容之。比日窃计镇抚之暇，台候万福。某蒙庇粗遣，骤迁过分，备员无补，惟雅眷有以教督之，乃幸。毒热，伏冀顺时为国自重。

【译文】分别已久，去信稀少，深深地责备自己起来，几乎无地自容。敬希您美好的品德高雅的度量不予计较，而加以宽容。近日我琢磨着您坐镇一方抚问百姓之余，您会非常幸福的。我蒙您关照一切都还过得去，提拔太快，凑个数，却办不了什么事，只有和您眷顾不时地加以指教督正，实在是幸运。目下天气灼热烤人，敬希时时为国自己保重。

二 登州还朝

久疏上问，愧仰增剧。承轩旆将至，起居佳胜，欣慰不已。暂还旧席，即膺柄用，舆议所属，小子得少托余庇，尤为厚幸。区区即遂面究。

【译文】很久没去信奉问，惭愧之心，景仰之意与日俱增。而今您快要到了，想您日常生活非常之好，我欢欣安慰得不得了。您暂任旧职，不日即为皇帝信任而掌握大权，这是众望所归。我这个晚辈也可稍得您的一点庇护，尤为大幸。我即将去当面请教。

三 以下俱扬州还朝

见舍弟说，知得雍信，幼孙夭逝，闻之怛然。便欲往见，从者已散去。窃想慈念之深，不能无动，然竟亦何益？惟千万以理照遣，旦夕面究。

【译文】见到我的胞弟，知他接着雍信，雍的幼孙夭死，听到这个消息，我心里忧伤。本想去看看，跟从的人已散去。我想您慈念得很深，不能不终日伤悲，然而久悲不已，能有何益。唯望千万以死生难免之理来排遣忧愁。我打算就去和您面谈。

四

辱教，承晚来起居佳胜，团茶及匣子香药夹等已领，珍感！珍感！栗子之求，不太廉乎！便不得更送一个笓离耶？呵呵。

【译文】承蒙指教，想您晚来过得非常好。团茶饼卸木匣香药夹等已收到，感戴不可言，固当珍惜之！一定珍惜！索要栗子，不是太便宜了吗？还不如更送一个取虾的笓离呢？呵呵。

五

宿来起居佳胜。已驰简邀伯扬，来日会启圣，公能枉辔，甚幸。子由明日奠酹后，便往启圣，公可到彼早食也。某略到押赐处，便往。

【译文】您昨日起居挺好。我已去函邀请伯扬，来日到启圣处相会，您能枉驾赶到，就幸运了。舍弟子由明天祭祀奠酒后，便往启圣处，您可到启圣处用早餐。我到押赐处停不多大一会，便往那里。

六

广严之会，谨如教，计必请陈四也。分惠佳茅，感感。独饮一杯，遂醉，书不成字。

【译文】广严盛会，恭谨地照您吩咐，预计一定请陈四。把美好佳茅，分些给我享受，非常感谢。自己独饮一杯，就醉醺醺的，手颤抖得写不成字。

与范子丰八首 以下俱徐州

伏审子丰南宫殊捷，庆忭可量。即日想已唱第，必在高等。期集之暇，起居佳胜。某更五七日溯汴。愈远左右，临书怅然。惟祈慎重，别膺亨宠。

【译文】敬悉子丰在我朝皇室子弟的学塾考试获胜，庆贺欢呼可以想见。当日想已发榜，必名列前茅。聚集赴考的余暇，饮食起居都好。我过五七日即搭船逆流而去汴。离您越远，执笔写信时不禁怅惘。但求您慎重努力应考，能享受御林宴更好。

二

小事拜闻，欲乞东南一郡。闻四明明年四月成资，尚未除人，托为问看，回书一报。前所托殊不蒙留意，恐非久，东南遂请，逾难望矣。无乃求备之过乎？然亦慎不可泛爱轻取也。人还，且略亦谕。

【译文】我有小事求您打听一下，想求到江浙一个州郡任职。听说浙江四明县明年四月有空缺，尚未定人，请您在朝中打听一下，找找门路，回信一封。上次托您，您没很留意，这次求托四明事，恐不能长久，怕别人也谋此差。别人一下手，东南四明就会被别人谋去，到那时，就更加没希望了。这也许对您有点苛求吧？然而谋职一事，也切不可一般地跑跑而想轻易弄到手。人回来，请简略地示知。

三

近专人奉状，达否？即日起居何如，贵眷各安，局事渐清简否？某幸无恙。水旱相继，流亡盗贼并起，决口未塞，河水日增，劳苦纷纷，何时定乎？近乞四明，不知可得否？不尔，但得江淮间一小郡，皆所乐，更不敢有择也。子丰能为一言于诸公间乎？试留意。人还，仍乞一报，幸甚。奉见无期，惟万万以时自重。

【译文】近派专人送上一函，收到否？当前饮食起居好吗？您的宝眷都安康吗？工作渐渐是不是忙得好些？我幸而平安无事。无奈年景不好，水灾、旱灾连续不断，逃荒要饭不断，盗贼并起，又溃决的堤口未堵塞，洪水暴涨，劳苦情况纷纷出现，何时得以平定？近来我想到浙江四明工作，不悉能谋到否？倘若谋不到，能得到江淮间一小县，也非常乐意，更不敢挑挑拣拣。子丰在各朝臣间能为我活动活动，美言一两句否？请留意。我派的人回来，仍求回个信，幸甚。拜见无期，唯万万以时刻自己保重为要。

四

稍不通问，伏想起居佳胜。侍郎丈必在郊外过夏，台候必更康安。某此与幼累如常。八月、九月间，秋水既过彭城，城下彻备。高丽使已还。四明可以易守，当更理前请也。会合杳未有涯，万万自重。

【译文】近来没多去函问候，想您日常生活很好。侍郎老先生一定在郊外渡夏，他必然更平安健康。我在这与妻儿老小和往常一样平安。八九月间，秋水曾经经过彭城，城下布置了严密的防洪准备。高丽派来的使臣已回。四明可以调换官员，自当继续维持以前的请求。您我相会遥遥无期，请您万万自我保重。

五

南方夏热，殊非中原之比。入秋，稍得清凉，然夏田旱损七八。盐法更变，课入不登，虽闲局，不免以此为累。自余粗如常也。子中、子老顷在左右，今已赴官未？何时参候，北望，不胜驰情。

【译文】南方夏天甚热，绝非中原可比。到了秋天，才稍微凉快一点，然而夏田却旱坏了十分之七八。上级改变了盐法，税却收不上来。我虽干的闲差事，仍不免被天旱和税难收所拖累。我目下大致和往常差不多。子中、子老还在您那，而今走马上任没有？什么时候能参见、问候您。朝北方望，控制不住对您神往。

六

新珠想日长进，爱婿无恙，甚望丈人高等待乞利市也。纳银一笏，托用买圆熟珠子二千枚，少钱，告那出，便纳上。婚嫁所须不可，奈何，甚非情愿。幸留意承问。似叔颇长成。每日作诗读史，但蒙拙少训督耳。内孙想益聪淑，诸郎娘各计安也。

【译文】想新珠一天一天长进，爱婿平安清吉，极盼丈人高静候吉利的到来。交给您一个手板那样长的银子，托您代买圆熟的珠子两千枚，钱不够，告那出，便照样交上。婚嫁所须不能尽量满足，有什么办法，实在是不得已而为之。请留意答问。似叔长成得快，每日作诗读史，颇不闲暇，可惜启蒙老师愚拙少训导。内孙想更加聪慧，诸郎娘想也都安康。

七 以下黄州

黄州少西山麓，斗入江中，石室如丹。《传》云：‘曹公败所’所谓赤壁者。或曰：非也。时曹公败归华容路，路多泥泞，使老弱先行，践之而过，曰：‘刘备智过人而见事迟，华容夹道皆葭苇，使纵火，则吾无遗类矣。’今赤壁少西对岸，即华容镇，庶几是也。然岳州复有华容县，竟不知孰是？今日李委秀才来相别，因以小舟载酒饮赤壁下。李善吹笛，酒酣作数弄，风起水涌，大鱼皆出。山上有栖鹘，亦惊起。坐念孟德、公瑾，如昨日耳。适会范子丰兄弟来求书字，遂书以与之。李字公达云。元丰六年八月五日。

【译文】黄州稍往西有一山脚，陡然伸到江里面去，巨石构成的洞室呈深红色。《传》云：“曹公败所”，所谓赤壁者。有人却说：这不是曹操吃败仗的赤壁。当时曹操兵败，狼狈逃窜，往华容路上奔命。

路途满是泥泞，就命老弱先走，踩泥而过，说：“刘备智慧过人而缺乏预见，华容小路两侧皆葭苇，倘在我军路过此路时，点火烧葭苇，那我全军就要葬身此地。”今赤壁稍西山对岸，即华容镇，也许曹操败在此。然而岳州又有华容县，竟不知是湖北黄冈的赤壁，抑或岳州那一带的赤壁为曹操兵败之地？今天李秀才来告别，我就驾一叶小舟载着酒饮于赤壁下。李委的笛子吹得好，酒喝足了，他就吹起数弄笛子。微风乍起，水波相涌，水声笛声激起动物的神经，大鱼跳出，山上有沉睡的鹘鸟，也惊动飞翔。我在舟中坐念曹孟德、周公瑾的赤壁鏖兵，似乎是昨天发生的事，适当子丰兄弟求书字，于是就书写给他。李字公达云。宋元丰六年八月五日。

八

临皋亭下不数十步，便是大江，其半是峨眉雪水，吾饮食沐浴皆取焉，何必归乡哉！江山风月，本无常主，闲者便是主人。问范子丰新第园池，与此孰胜？所不如者，上无两税及助役钱耳。

【译文】临皋亭下不到数十步便是浩荡长江，一半江水是峨嵋山上流过来的雪水，我饮食洗澡都取的是此水，岂不跟家乡一样，何必还要回我家乡呢！江山风光月色，本无永久的主人，闲时欣赏它，享受它，痴爱它便是它的主人。问范子丰新建豪华住宅园林池沼，和此地的山水比起来哪个好。我这天然的赤壁所不如者，只是没有夏秋两季官府派收的两税和宋神宗熙宁三年实行的助役钱罢了。

答范纯夫十一首 湖州

向者深望轩从一来。人还，领手教，知径赴治，实增怅惘。比日起居佳胜。日对五老，想有佳思。此间湖山信美，而衰病不堪烦，但有归蜀之兴耳。未由会集，千万以时自爱。

【译文】前些时亟盼您乘坐的车子来。派去的人回来，接读您的亲笔函，知您直接赴任，实增惆怅。近日想您日常生活非常安适，每天面对庐山五老峰，当有佳思出现，从而引发诗兴。我住的这个地方湖山的确美，却不堪衰病的烦扰，不免触动了回四川老家的思绪。不能和您会晤，千万时时自己爱护。

二 翰林

三辱示谕，鄙意不移。公休之馈，人子之心也；不肖之辞，夙昔之分也。某已领其意而辞其物，物有齐量，意岂有穷哉！昔人已聘还圭璋，庶几此义。

【译文】蒙您三次告知，我有想法不会改变。公休馈赠礼物，是人子之心；我这个无能人的辞谢，是我一贯坚持的分内事。我业已领其心意，而辞谢其礼物，礼物的价值可以衡量，心意的分量却无法衡量。往昔就有过心领其意而退还贵重的圭璋玉器，就近乎这个意思。

三 以下俱扬州

到颍半年，始此上问，懒慢之罪，踧踖无地。中间辱书及承拜命贰卿，亦深庆慰。然公议望公在禁林，想即有此拜也。春暖，起居何如？某移广陵，甚幸。舍弟欲某一到都下乞见，而行路既稍迂，而老病务省事，且自颍入淮矣。不克一别，临书惘惘。

【译文】到颍州半年，才在这写信问候，懒疏怠慢之罪，惊惧到无地自容。这其间蒙您赐函和您提升侍郎，都值得大大庆贺喜慰。然而朝中一致认为您应在朝廷，料想会有这次拜官。目下春暖花开季节，您饮食起居怎样？我调到扬州任职，十分幸运。我的胞弟子由要我一齐到京城求您接见，可惜行路曲折绕远，而我老且病总想省事，且我自颍州到淮南已好些时候了，故不能见一面而别，显然感到很不是滋味。

四

某衰病日侵，而使客旁午，高丽复至，公私劳弊，殆不能堪。但以连岁灾伤，不敢别乞小郡。然来年阙食之忧，未知攸济，日俟罪谴而已。李唐夫一宅甚安，沉酣江山，旬日忘归，非久赴任也。

【译文】我衰病缠身，派来办公务的使客却络绎不绝，高丽使节又来了，公私操劳，几乎受不了。但以连年遭灾，不敢别求调到他县，以免遭到误解。然而来年缺食的忧愁，还束手无策，未知所济，天天等着谴责罢了。李唐夫一宅甚为平安，沉醉于山间林下，十天就不知道回家，他不久就要到职赴任。

五

轼启。别后不一奉书，懒慢之罪，未有以自解，然别时亦先自陈矣。比日履兹初冬，起居佳胜。中间屡闻进拜，喜抃可量。与子功同侍迩英，此最缙绅之所荣慕。又闻有旨许讲罢奏事，想日有补正也。未缘会合，千万为国自重。轼再拜醇夫给事侍讲阁下。九月二十七日。

【译文】我陈述。别后一直未给您去信，疏懒傲慢之罪，确实难以开脱，然而分别时也先向您说了。近日进入冬季，想您生活过得挺好。其间听说您屡屡升迁，欢呼喜悦之情可以想象得到。您与范子功同任迩英殿侍讲，这最为缙绅所羡慕。又听说圣旨允许讲罢奏事，对皇帝想日有补正了。没缘和您会晤，请您千万为国自重。我再拜纯夫给事侍讲阁下。九月二十七日。

六

奉书不数，愧仰可知。辱手教，且审起居佳胜，为慰。某凡百粗遣，闻天官之除，老病有加，那复堪此。即当力辞，乞闲郡尔。侧聆大用，以快群望。未间，千万以时自重。不宣。

【译文】给您奉上的信不多，惭愧景仰可以想见。蒙您亲笔写信，得悉您起居平安为慰。我凡事得过且过，不甚认真。听说朝廷要我去做吏部官，老病增加，哪堪此重任。我一定要坚辞，只要到一个闲散的小县去干就满足了。从旁闻知您被大用，真是大快人心。未能相见以前，请你千万时时自重。余言不叙。

七

《忠文公碑》，固所愿托附，但平生本不为此，中间数公盖不得已，不欲卒负初心。自出都后，更不作不写，已辞数家矣。如大观其一也。今不可复写，千万亮察。鲁直日会，且致区区。两辱书皆未答，直懒尔，别无说。然鲁直不容我，谁复能容我者？

【译文】《忠文公碑》，本来是我答应愿意为所托附写的碑文，但平生本不想给人家写碑文或墓志，中间数位名人乃不得已而为之，不愿委屈本来打算。自离开京城后，更不作不写，已辞退好几家。如大观就是其中之一。今不能再写，请千万知道我的难处而加以亮察。

您和黄鲁直近日见面，请致我的问候。两次承他赐函皆没回信，完全因为懒，找不出什么借口。然而鲁直要是不谅解我，又有谁能谅解我呢？

八

前日见报，知新拜，即欲奉书为贺。又恐草草，念行役间迫猝，未能便如礼，故不免发数字，想不深讶。不寐之喜，岂独以乐正好善之故耶？更不必尽谈。公议所属，想公有以处之矣。私意但望公不力辞，若又力辞，乃似辞难矣。余亦见子由书中。乍热，起居如何？乍远，千万为道自爱。

【译文】前日见报，知您被授予新官，当时就想发函祝贺。又怕仓卒执笔，写得不尽人意。请念动身上路时间紧迫急促，未能按照礼节而行，故不免写少许字，想您不会吃惊。兴奋得睡不着，岂仅仅是周朝乐官的头目乐正好善的原因？这不便于详谈。公议推举您，想您只好去就新职。我看您不要尽力推辞，如果尽力推辞，就好像在推辞承担困难的责任。其余的话，亦见给子由弟的信。天气乍热，您饮食起居都很好吗？初次我俩隔得远，千万为正义之道而自爱。

九 赴定州

所示连日入问圣候，极是！极是！见说执政逐日入问，宗室亦逐日问候也。已将简报钱尹，令府中差人遍报诸公矣。

【译文】您来函说连日到宫中向皇帝问候，非常对！非常对！听说丞相天天问候，皇帝的本家人也天天问候。已将简报钱尹，令府中差人遍报各位王公大臣了。

十 惠州

某谪居瘴乡，惟尽绝欲念，为万金之良药。公久知之，不在多嘱也。子由极安常，燕坐胎息而已。有一书，附纳。长子迈自宜兴挈两房来，已到循州，一行并安。过近往迎之，得耗，旦夕到此。某见独守舍耳。次子迨在许下。子由长子名迟者，官满来筠省觐，亦不久到。恐要知。六郎妇与二孙并安健。过去日，留一书并数品药在此，今附何秀才去。如闻公目疾尚未平，幸勿过服凉药。暗室瞑坐数息，药功何缘及此。两承惠锡器，极荷意重。丹霞观张天师遗迹，傥有良药异事乎？令子不及别书，侍奉外多慰。子功之丧，忽已除祥，哀哉，奈何。诸子想各已之官，某孙妇甚长成，旦夕到此矣。

【译文】我贬官降职到惠州这个南方山林间湿热蒸郁致人疾病的瘴乡，只有彻底消除不求名利和人我之间一切想法看法，才是万金买不来的良药。您早知道，恕不多言。我的兄弟苏辙正常，每日闲坐闭目，养神而已。他有一封信给您，附装在我这次给您的信里。长子迈从宜兴携带两房家眷来，业已到达循州，一行非常平安。我的儿苏过最近要去迎接，得到消息，不久就要抵达。我现在独自住在家。我次子苏迨在许昌。舍弟子由的长子苏迟，官任满期来筠州探省会晤，也不久就到。恐怕您要知道的是：六郎妇与二孙都安康。儿子苏过迎接他哥嫂时，留下一信和数品药在此，今让何秀才捎去。似乎听说您害了眼病还未好，幸而还没过服凉药。闭目坐在不见光线屋，数鼻息的出入，使心恬静宁一，药功怎么能赶上这个作法。两次承您送给锡器，非常感激您情意重。丹霞观张天师遗迹，有良药这种怪事吗？令子不及别书，侍奉外多感到安慰。子功去世后，岁月匆匆，已是除去丧服之时，太叫人悲哀了，徒唤奈何。诸子想各已去做官，我的孙妇已长成，很快就到这。

十一 惠州

丁丑二月十四日，白鹤峰新居成，自嘉祐寺迁入。咏渊明《时运》诗曰："斯晨斯夕，言息其庐。"似为予发也。长子迈与予别三年，携诸孙万里远至，老朽忧患之余，不能无欣然，乃次其韵："我卜我居，居匪一朝。龟不吾欺，食此江郊。废井已塞，乔木干霄。昔我伊何，谁其裔苗。下有澄潭，可漱可濯。江山千里，供我遐瞩。木固无胫，瓦岂有足。陶匠自至，笑歌相乐。我视此邦，如洙如沂，邦人劝我，老我安归。自我幽独，倚门或麾。岂无亲友，云散莫追。旦朝丁丁，谁款我庐。子孙远至，笑语纷如。剪鬃垂结，覆此瓠壶。三年一梦，乃复见予。"予在都下，每谒范纯夫，子孙环绕，投纸笔求作字。每调之曰："诉旱乎？诉涝乎？"今皆在万里，欲复见此，岂可得乎？有来请纯夫书，因录此数纸寄之。丁丑闰三月五日。多难畏人，此诗慎勿示人也。

【译文】丁丑年二月十四日，白鹤峰新居建筑竣工，我就从嘉祐寺迁进。吟咏陶渊明《时运》诗曰："这个早晨，这个晚上，我就要在这个草庐里安身了。"好像这个就是为我写的。长子苏迈与我分别三年，带着两房家眷和诸孙由万里外远来，我这个衰迈的人历经忧患之后，不能不高兴，于是就步渊明的韵而咏曰："我选择我的住处，并非只住一天。在这里乌龟不欺侮我，就在这江郊而食。废井已塞，周围高大的乔木直插云天。过去我从哪来，谁的后裔。下有碧清的潭水，可以漱口又可洗濯。江山千里，供我远远凭眺。木当然没腿，瓦岂有足，泥瓦匠木匠一来，树木灰瓦一备齐，就动工修建。笑声歌声相互斗乐。我看待这个地方，如同孔子的家乡。士人劝我好好在这住，我老了能往哪去。我孤独在这生活，靠着门或者挥手向飞禽。我并非没亲友，可惜他们都云散四方，难见。天亮不久听到敲门声，谁款我茅屋。子孙远远来了，笑语一阵子一阵子出现。剪掉马鬃，盖这瓠芦壶屋。

三年一梦，子孙们又见到我。”

我在京城，每与范纯夫会晤，子孙环绕，舒纸笔求写字。每逗着玩说：“诉旱灾呢？还是诉涝灾呢？”而今他们都在万里外，想再见此，哪能见的着？有人欲捎给纯夫书，因录此数纸寄之。丁丑闫三月五日。屡遭祸患，惧怕人言这诗请谨慎收藏，不要给人看。

与范元长十三首 以下俱儋耳

某慰疏言，不意凶变。先公内翰，遽捐馆舍，闻讣恸绝。天之丧予，一至於是，生意尽矣。伏惟至孝承务元长昆仲，孝诚深至，追慕罔极。何辜于天，罹此祸酷，荼毒如昨，奄易寒暑，哀毁日深，奈何！奈何！某谪籍所拘，莫由往吊，永望长号，此怀难谕。谨奉手疏上慰。不次，谨疏。

【译文】我慰问敬告：没料到遭遇巨大不幸的事，您先父翰林学士，忽然离开人世，一听说报丧，我几乎痛心昏迷得快要死去。为什么苍天对我残酷不仁到这种地步，我真是活不下去了。我恭敬地默想料理后事最仁孝的范承务元长弟兄，真是诚实孝敬到了极点。我有哪个地方得罪了上天，前些时竟遭受如此毒祸，而今又遭到您亡亲如此人间惨祸，这才不过是一年时间。我因哀痛您父亲去世以致愤不欲生形象变了样，光剩下骨头架子，这样下去，怎么活呀！怎么活呀！我发配充军到海南岛的儋耳，人身不得自由，没法悼念您先父在天之灵，只有永望亡灵而哀呼，此情难以言状。谨去函对您说，盼您办丧时节哀保重。因哀痛而语无伦次，谨奉告。

二

流离僵仆，九死之余，又闻淳夫先公倾逝，痛毒之深，不可云谕。久欲奉疏，不遇便人，又举动艰碍，忧畏日深。今兹书问，亦未必达，且略致区区耳。

【译文】流放远离困顿颠沛以致僵卧于地，难以存活，快要死去而又勉强活过来，在这种情况下，又接到您父淳夫先生溘然长逝的噩耗，悲痛怨恨之深，难以用言语表达。早就想寄信劝告，可没遇着合适的人捎去。而我自己又处在被贬官流放的境地，忧愁害怕的心情与日俱增。现在我寄给您慰问的函件，您不一定能收到，这不过表达我一点哀伤的小意思。

三

先公已矣，惟望昆仲自立，不坠门户。千万留意其大者远者，勿徇一至之哀，致无益之毁。与先公相照，谁复如某者。此非苟相劝勉而已，切深体此意。余不敢尽言。

【译文】您父业已去世，只望您弟兄能够自己站稳脚跟，不辱没您家门户。千万注意事情大的方面远的方面，不可曲从一时到来的悲痛，招致无益的身体毁伤。与您父相对照，谁能像我处境那样不幸。这并不是只为了相互安慰劝勉，切望您能细心深深体察我的意思。其余请原谅我不敢把话说完。

四

先公论往古事著述多矣，想一一宝藏，此岂复待鄙言耶？某当遣人致奠，海外困苦，不能如意，又不敢作奠文，想蒙哀恕也。归葬知未得请，苦痛之极，惟千万宽中顺变。此中百事，远不及雷、化，百忧所集，亦强自遣也。

【译文】您亡父议论古代兴衰事迹的著述非常之多，想您都将它收藏保存好，这岂有必要叫我再去啰嗦呢？我本当派人去奠祭您亡父，无奈飘摇在海外十分困苦，心有余而力不足。又不敢作奠祭的悼词，想您知道我的处境，定会体谅同情我。您想回家安葬您亡父，知道未被批准，一定非常痛苦，只望您千万放开怀，灵活应变。我在这所遇到的各种事，远远赶不上雷化二州的情况。我的忧愁真是太多了，只好自己排遣吧。

五

圣善郡君，不敢拜慰疏言。侍次，乞致区区。沉香少许，望於内翰灵几焚之。表末友一恸之意而已。

【译文】聪明贤良的郡君，我不敢恭敬地表达安慰的诚意。您在一旁侍奉的时候，求您代为致这点小意思。奉上一点沉香，求在翰林学士灵台前烧一下。聊表我这个微不足道的老友一番哀恸之意。

六

孙行者至，得书，承孝履如宜，阖宅皆安，感慰之极。所谕《传》，初不待君言，心许吾亡友久矣。平生不作负心事，未死要不食言，然今则不可。九死之余，忧畏百端，想蒙矜察。不即副来意，临纸哀噎。海外粗闻新政，有识感涕。灵几傥遂北辕乎？未间，千万节哀自重。毒热，挥汗奉疏，不次。

【译文】孙行者到，收阅来函。承您孝行非常得当，全家都安，感激欣慰到了极点。您所说为您亡父作传，起初不用您说，我内心打算为我亡友作传的心早已有了。我一生不做亏良心事，只要还活着，就绝不食言。然而目下却办不到，因为我经过九死一生后，既忧愁不安又恐惧百端，我想您会亮察。不能立刻达到您所盼望的来意，临纸不由得抽泣悲哀。我在海南岛听说实行新政，有识之士无不感激涕零。灵柩能往北运回吗？未能相见以前，您务必要节哀自己善于保重。天气炎热，擦着满身汗给您写信，其余的话不再一一写了。

七

圣善郡君，承起居佳适，因侍次，致下悬。乞为骨肉保爱宽怀，以待北归也。子进诸舅，曾得安讯否？

【译文】聪明贤良的郡君，请代为问起居安泰，在您侍候时，代臻恳切的心意。求她为骨肉保护健康，凡事想开些，以待我离开海南回大陆时，能够会晤。子进诸舅，您是不是听到他们平安的消息？

八

毒暑，远惟孝履如宜。海外粗闻近事，南来诸人，恐有北辕之渐，而吾友翰林公，独隔幽显，言之痛裂忘生。矧昆仲纯笃之性，感恸摧割，如何可言，柰何！柰何！老朽一言，非苟以相宽者。先公清德绝识，高文博学，非独今世所无，古人亦罕有能兼者，岂世间混混生死流转之人哉？其超然世表，如仙佛之所言者必矣。况其平生自有以表见于无穷者，岂必区区较量顷刻之寿否耶？此理卓然，唯昆仲深自爱。得归，亦勿亟遽，俟秋稍凉而行为佳。某深欲一见左右，赴合浦，不惜数舍之迂，但再三思虑，不敢尔，必深察。临行，预有书相报。热甚，万万节哀自重。

【译文】热死人的伏天，我想您在远方依旧很好地行孝道。在海南岛听到最近的传闻，我们这些被贬职流放的人，恐有赦罪释放回归大陆的可能。可惜吾友翰林公偏偏离开人世，说起来真叫人痛不欲生。何况您弟兄极为孝敬翰林公，你们的悲哀忧伤往哪说起，太苦啦！太苦啦！我的这一番话，不只是对你们宽慰。令尊大人德高有远见卓识，胸藏万卷，不只当代难寻，古人亦少有能企及的，哪里是世上糊里糊涂生死转换的那种人。他超然世外，恐怕是如仙如佛的人吧？况他平生已经有很大建树，不朽之章已传留下来，何必计较早晚离开人间？这个道理很明显，唯有您弟兄能深深明白并加以自爱。你们护灵回去，也不必太急，等到入秋稍微凉快而走为好。我多么想去看看你们，到合浦，不惜数十里之远，可是想来想去，还是怕遭政治麻烦，不敢去。这点苦衷，你们会深深亮察。临走，事前当有信通知一下。这一带正酷热，千万要克制丧父之哀，以善自保重。

九 以下俱北归

到雷获所留书，承车从盘桓此邦，以须一见，而某滞留不时至，遂尔远别，且不获一恸几筵之前者，非爱数舍之劳也，以困危多畏故尔。此老谬之罪，想矜察。比日孝履如宜否？方此炎暑，万里扶护，哀苦劳艰，如何可言。忝亲友之末，不能匍匐赴救，已矣，不复云也。独前所见委文字，不敢不留意，今托少游议其详。余惟节哀慎重。某不敢拜状郡君，惟千万俯为存没宽心自重。乞呈此纸令弟，不殊此意。

【译文】到雷州得到您留下的函，知道您一行人逗遛此地，邀我见一面，可我遇事停留，没按时赶到，于是您就远别，我不能沉痛悼念灵台之前，不是怕数十里路上的奔劳，而是因我这被贬谪之人正遭危困，非常怕事。是我这个老糊涂的罪，想您会怜察。近来您行孝合不合宜？时当毒热的暑季，万里护灵而行，那种哀苦辛劳无比艰难的情景，又怎么能说得完。我作为一名亲友，不能竭力去救，算了，不再说啦，实在有愧。唯独前些时您所叫我作的哀惋文章，岂敢不留意，今委托秦少游详细论述。其他则盼您节哀，平平安安护灵安抵目的地。我不便向府上亲致函问候郡君，唯有祈求减少悲痛，为活着的，为去世的，都能宽心不为忧愁所困倒，务期善自保重。此信求您转交令弟一阅，不再另写信致意。

十

某如闻有移黄之命，若果尔，当自梧至广，须惠州骨肉到同往。计公昆仲扶护舟行当过黄，又恐公在淮南路行，不由江西，即不过黄，又不知某能及公之前到黄乎？漂零江海，身非已有，未知归宿之地，其敢必会见之日耶？惟昆仲金石乃心，困而不折，庶几先公之风没而不亡也。临纸哽塞，言不尽意。

【译文】我似听说有移到黄州安置之说，假如果真这样，那就应当从梧州到广东，等惠州骨肉一到就同行。估计您弟兄扶柩行船当经过黄州。又恐在淮南那条路上走，不途经江西，就不会路过黄州。再说还不知我能否赶到您亡父灵柩之前到黄州。江海飘零，身不由己，行路不定，受官家支派，我未知何处是归宿，哪敢定必然会见之日？唯有您弟兄有金石样的心，百折不挠，这样一来，您先父的遗风也就会没而不亡了。写到这里悲伤得言语哽咽，说不出写不好，言不尽意，就此止住。

十一

过雷州，奉书必达。到容南，知昆仲皆苦瘴痢，又闻寻已痊损，不知即日何如？扶护哀痛，且须勉强开解，卑心忧悬，书不能尽。奉嘱之意，唯深察此心，哀哉少游，痛哉少游，遂丧此杰耶！赖昆仲之力，不甚狼狈。某日夜前去，十六七间可到梧。若少留，一见尤幸。某到梧，当留以待惠州人至，同沂贺江也。速遣此人奉书，不谨，千万恕察。不宣。

【译文】路过雷州，寄奉给您的信必定到达。到了容南，知您弟兄受了南方山林间湿热蒸郁致人疾病的瘴气，得了痢疾，又听说很快就渐渐好了。不知眼下健康如何？扶护灵柩而行，是十分哀痛艰苦的事，必须自我开解。我这颗卑微的心，十分忧念悬挂，笔墨无法形容。嘱咐您深察我心。哀哉秦少游！痛哉秦少游！竟死此一杰出人才，太可惜了。端赖你弟兄的力量予以料理，不太差。我日夜兼程前往，十六七号左右可以到梧州。您倘能稍留，我们见见面就太好了。

我到梧州，当留下来，等待惠州的家人来，一齐向贺江进发，速派此人给您送信，旅途匆匆，未暇细想，不恭谨，千万恕谅。余言后叙。

十二

永州人来，辱书，承孝履粗遣，甚慰思仰。比谓至梧州追及，又将相从溯贺江，已而水干无舟，遂作番禺之行。与公隔绝，不得一拜先公及少游之灵，为大恨也。同贬先逝者十人，圣政日新，天下归仁，惟逝者不可及，如先公及少游，真为异代之宝也。徒有仆辈，何用，言之痛陨何及。某即度庾岭，欲径归许昌与舍弟处。必遂，一见昆仲。未间，惟万万强食自重。

【译文】永州来人，捎来您赐的书信。承蒙尽考心，我一切尚可甚慰相思和仰望。近来说到梧州可以赶上你们，又能相从共沿贺江逆流而上，不久水干无船可乘，于是我就去了广州。与各位遥遥相隔，不得一拜您先父和秦少游的亡灵，是世间的大遗憾。当年和我同贬谪海南岛而先去世者计十人。我朝皇帝推行了新政，天下都受仁政的好处。但已死的人再也不能复生，如先公和少游，确实是一代瑰宝。光有我这些人，又有何用？说起这事真是叫人对死者痛伤不及。

我马上就要翻过大庾岭，打算直达许昌与舍弟会晤。必能一见您弟兄。未相见以前，您弟兄万万强迫自己多加餐，多保重。

十三

某忽有玉局之除，可为归田之渐矣。痛哲人云亡，诵殄瘁之章，如何可言。早收拾事迹，编次著撰，相见日以见授也。处度因会，多方勉之，以不坠门户为急。监司无与相知者，及毛君亦不识，未敢便发书。前路问人有可宛转为言者，专在意也。漂流江湖，未能赴救，已为惭负。有银五两，为少游斋僧，托送与处度也。承中间郡君服药，疾势不轻，且喜安复。因侍次，致恳，千万宽中保卫为请。不宣。

【译文】朝廷忽然任命我到成都任玉局观提举，管理药市，我就可以渐渐告老归田了。哀痛才能见识出众的人相继去世，读《诗经·大雅》贤人奔亡，邦国将尽困病一章，没有什么可说的。早收拾各种事迹，编书著述，与您相见时再授给您。处度因会，多想办法勉励他，以不玷污门户最为要紧。我不认识监司的人，那位毛君也不识。不便给他们去信。往前走时问人有会宛转说话的，特别留意一下。我在江湖上漂流奔走，不能前去赴救，那也就很惭愧了。现有银钱五两，托人送给处度，可施与僧人来为秦少游超度亡魂。承中间郡君服药，看来病不轻，所喜者已康复。在您侍奉中间，请代致恳切问好，千万宽心保养为最要紧。余言不尽。

与苏子容二首 离黄州

某顿首。违去左右，已逾周岁矣，怀仰之心，惟日深剧。比来伏计机务多暇，台候胜常。向闻登擢，常附启事，少致区区，想获闻彻。未由趋侍，伏望为国保重。不宣。

【译文】我叩头。久离您，已一年了，怀念仰望的心情，越来越深刻加剧。近来估计您掌理军国大事多有闲空，您比往常更好。前此听说您拜命除授要职，曾附上一贺“启”，稍致我的祝贺，谅您已知。我不能前去侍奉，敬望为国多加保重。余不一一。

二 离黄州

某顿首。广陵令侄出所赐教，劳问备至，感戴无量。兼闻比来台候康胜，以慰下情。某欲径往毗陵，而河水未通，留家仪真，轻舟独行耳。未即伏谒门下，岂胜驰仰。乍热，伏冀为道自重。谨奉手启。不宣。

【译文】我叩头。扬州令侄交出您的赐教，您对我关心很周到了，感恩戴德真是难以计量。兼闻您近来健康非常之好，我实在感到莫大的欣慰。我想直往常州，而河水不通，把家安排在仪真，荡轻舟而独行。未能立即伏见您的门下，说不尽对您驰念仰望。天气刚热，敬希为立身行事之正道而自重。谨奉二亲笔函。余不多言。

与刘贡父七首 以下俱余州

某启。久不奉书，直是懒堕耳，更无可藉口。蒙问所以然，但有愧悚。厚薄之说既无有，公荣之比亦不然，老兄吾所畏者，公荣何足道哉。人心真不可放纵，闲散既久，毛发许事，便自不堪，欲写此书久矣，可笑！可笑！兄被命还史局，甚慰物论，然此事当专以相付，乃为当耳。示谕，三宿恋恋，人情之常，谁能免者。然吏民之去公尤难耳。何日遂行，惟万万以时自重。谨奉启。

【译文】我陈述。久未奉函问好，的确是懒惰，更无可借口。蒙问我所以然，别无话说，只有惭愧和惶恐。既没有厚薄之说，也没必要和公荣比。老兄我所怕的，公荣何足道哉。人心真不可放纵，闲散既久，毛发般的小事，便无法忍受。欲写这封信久矣，就因为一懒惯了，便不想动手，可笑！可笑！兄受命还到官修史书的机构，很能使众人的议论得到满足。然而这件事要集中精力对付，才适当。蒙告知，三夜相处，甚为恋恋，人情之常，谁能不恋。然而下属官吏与百姓离开您尤为难舍。何日动身起步，只有万万时时自重。谨奉书以告。

二

某启。向闻贡父离曹州，递中附问，必已转达。即日，不审起居何如？闻罢史局，佐天府，众人为公不平。某以为文字议论，是非予夺，难与人合，甚於世事。南司廨舍甚佳，浮沉簿书间，未必不佳也。至於进退毁誉，固无足言者。贡父聪明洞达，况更练世故，岂待言者耶！但区区之心，不能不云尔。某蒙庇无恙，但秋来水患，仅免为鱼，而明年之忧，方未可测。或教别乞郡脱去，又恐遗患后人，为识者所讥。已附诏使奏牍，乞以石瓮城脚，周回一丈，其役甚大且艰，但成则百余年利也。此去又须昼夜劳苦，半年乃成。成后丐一宫观，渐谋归田耳。穷蹇迂拙，所值如此，奈何！奈何！何时面言，以散蕴结。乍寒，惟万万自重。不宣。

【译文】我陈述。前听说贡父离开曹州，在驿递的书信中附笔向您问好，必已转达给您。不知您近日起居饮食如何。闻您被罢了史馆的职务，调任去管朝廷的仓库，大家为您鸣不平。我认为评论文章，是是非非，该给该夺，意见难与人合，比世上事还难定。而今您在那宽敞的南司官署里工作，浮沉官署中的文书簿册间，未必不好。至于升也好降也好，诋毁也罢，赞赏也罢，都不值得一谈。您聪明洞达，更熟谙世故，岂等我来说！但我的心意，不能不表白一番。我蒙您关怀，一切都好。但我在徐州，秋天遭水灾，差一点喂了鱼。而明年有无水患，现在还说不定。有人教调到其他郡县去，又怕遗患给后来的人，为有识之士所讥笑。皇帝颁发诏书的使臣来，我已附上奏牍，乞用石砖砌城脚，周围一丈。这工程既大且艰巨，如果成功则保百余年没事。此工程又须昼夜劳苦半年才能建成。成后乞求建一宫观，渐谋辞官归田之计。我穷困迟钝，遭遇就是这样。有什么办法！有什么办法！什么时候能面谈，以散胸中郁闷愁结。天初冷，请万万自己保重。不详言。

三

某启。示及回文小阕，律度精致，不失雍容，欲和殆不可及，已授歌者矣。王寺丞信有所得，亦颇传下至术，有诗赠之，写呈，为一笑。老弟亦稍知此，而子由尤为留意。淡於嗜好，行之有常，此其所得也。吾侪於此事，不患不得其诀及得而不晓，但患守之不坚，而贼之者未净尽耳。如何？子由已赴南都，十六日行矣。

【译文】我陈述。您函中的回文小曲，格律很精密，不失雍容华贵，想和一曲，几几乎不可及，已交给歌女去习唱。王寺丞信有所得，也传了一些，绝妙的秘术，我写了一首赠诗，现呈您一阅，供一笑。老弟也稍知此，而子由对此类养身之术特别留意。对各种嗜好淡泊，持之以恒地去做，这样就有所得。我辈对这类事，不患不得其诀窍及得了诀窍而弄不明白，但患不能坚守，而贼害者未消除净尽。您看是否这样？子由已去南都，十六日启程。

四

某启。近辱教，并和王仲素诗，读之欣然有得也。久不裁谢，为愧多矣。向时令押纲人候信者附书信，不审达否？即日起居佳胜。诗格愈奇古，可令令子录示数十首否？仆蒙恩粗遣，水退城全，暂获息肩。然来岁之忧，方未可量。虽知议闭曹村口，然不敢便恃其不来。

有一事，须至干清听：去岁，曾擘画作石岸，用钱二万九千五百余贯，夫一万五百余人，粮七千八百余硕，于十月内申诏使，仍乞于十二月已前画旨，乃可干办。雇募人匠，计置物料，正月初下手，四五月间可了。虽费用稍广，然可保万全，百年之利也。今已涉春，杳未闻耗，计日月已迫，必难办集。又闻有旨下淮南、京东，起夫往澶州，其势必无邻郡人夫可以见及。（前来本州，下南京沂、宿等州差夫八千人，并本州差夫三千五百人，共役一月可毕。）以此知前来石岸文字必不遂矣。

今别相度，裁减作木岸，工费仅减一半，用夫六千七百余人，（仍差三千五百余人，以常平钱召募。）粮四千三百余硕，钱一万四千余贯，虽非经久必安之策，然亦足以支持岁月，待河流之复道也。若此策又不行，则吾州之忧，亦未可量矣。

今寄奏检一本奉呈，告贡父与令侄仲冯力言之。此事必在户房，可以出力。万一不当手，亦告仲冯力借一言，此事决不可缓。若更下所属相度，往反取旨，则无及矣。况所乞止百余纸祠部，其余本州皆已有备。若作而不当，徐行遣官吏，亦未晚。惟便得指挥，闰月初便可下手为佳。

某岂晓土功水利者乎？职事所迫，不得不尔，每自笑也。若朝廷选得一健吏善兴利除害者见代，一郡之幸也。然不敢自乞，嫌于避事尔。言轻不足以取信，惟念此一城生聚，必不忍弃为鱼鳖也。仆于朝中，谁为可诉者，惟贡父相爱，必能为致力。仍乞为调其可否，详录,付去。人回。不胜日夜之望。未缘会面,万万以时自重。人行,奉启。不宣。

【译文】我陈述。近蒙赐教,并和王仲素诗,读后欣喜大有收获。很久没有裁纸答谢,确实惭愧得很。前些时令押运纲的人候信时附上书信。不晓得交给您否?想您当日起居一切都安好。您的诗更加奇古,可否叫令子录示数十首给我?我蒙恩派遣来徐州,率领百姓抗洪保城,水退城未淹,我暂卸除责任。然而来年的洪水怎么办呢?还未可量,虽知大家议论要封闭曹村口,然不敢便可恃仗洪水不会再来。

有一事须至干渎清听:去年曾筹画作石岸,用钱二万九千五百余贯,夫一万五百余人,粮七千八百余石,于十月内申报诏使,希望能在十二月之前画旨,这样才可以顺利进行。雇募人匠,计置物料,正月初动工,四五月间可完工。虽费用稍大,然可保万全,百年之大计和大利。而今已到了春天,杳无音信。计日月已迫近,势难办到。又听说有旨下淮南、京东,起夫往澶州,这样一来,必无邻郡人夫可以调来参加徐州的水利工程。(能来本徐州,下南京沂、宿等州民工八千名,并本州民工三千五百人,共同干一个月,即可完工。)以此知前说的石岸工程就泡汤了。

今又想出新的工程方案,裁减原有的,改为建木岸,工费仅减一半,用夫六千七百余人,(本州仍出民佚三千五百余人,用常平仓的钱招募。)粮四千三百余硕,钱一万四千余贯,虽不是经久必安之策,然亦足以支持岁月,待河流之复道也。我想倘若这个工程计划又不被批准,那我徐州的后患就无穷了。

今奏一本于朝廷,告诉贡父与令侄仲冯在朝中尽力争取,此工程只有户部可以出力。万一不当手,也告仲冯亟力活动,说明此事决不可缓。倘若交给下级考察研究,公文往返,相互推诿,不知到何年何月。况所请止乞祠部百余缗,其余本州皆准备好。倘若认为我们做得不当,不妨派其他官吏,也不算晚。要是得到指挥,闰月初便可动工为好。

我岂是晓土功水利的人?职务在身,不得不学着干,每自笑也。

倘若朝廷选得一兴利除害的健吏代我接任徐州，才真正是一郡人的幸运。但不敢自己请求派官替代我，免得说我想逃避在徐州防水灾的工作。我人微言轻不足以取信，只念此一城繁殖人口，蓄聚物质，必不忍弃为鱼鳖也。仆在朝中，谁是可以让我反映情况的？只有贡父不弃，一定能为我帮忙，求求情看能否把我调动一下。详细情况纪录付去，不胜日夜期盼。未有机会相聚，千万时时保重。人将去，谨陈述如上。余言不叙。

五 以下俱翰林

久阔暂聚，复此违异，怅惘至今。公私纷纷，有失驰问，辱书，感怍无量。字画妍紧，及问来使，云，尊貌比初下车时晰且泽矣，闻之喜甚。比来起居想益佳。何日归觐，慰士大夫之望。未间，万万为时自重，不宣。

【译文】久别暂聚，正是高兴时，又拜别了，到今天还感到惆怅难安。公私两方面事缠身，有失向您修书问安。今又蒙您先来示谕，感激与惭愧交之。您的书法绘画妍紧拔群，问来的人说，尊貌比初到时白净而又润泽，听到我愉快极了。近来您日常生活想更好。何日晋京朝圣，以慰社会知名人士。在未相见以前，万万时刻自己保重。余言不尽。

六

某忝冒过甚，出于素奖。然迂拙多忤，而处争地，不敢作久安计，兄当有以教督之。血指汗颜，旁观之诮，奈何！奈何！举官之事，有司逃失行之罪，归咎于兄。清明在上，岂可容此，小子何与焉。茯苓、松脂虽乏近效，而岁计有余，未可弃也。默坐反照，瞑目数息，当记别时语耶？

【译文】我冒失过甚，出于平素称赞。然而迂呆多直，易于触犯人，当处于钩心斗角之地时，则不敢作久安计。您当有以教督我。我自知有所短，常感羞愧，而旁观的人竟然讥笑。奈何！奈何！推举别人作官，有关方面逃失察之罪，以致所举的官不当，把责任推到您身上。苍天在上，岂能容忍这种颠倒黑白的事。与我这微不足道的人有什么关系。茯苓、松脂虽然服之不能立即见效，而长久计算起来却有效，不能丢弃。默坐反看，闭目细数鼻息的出入次数，当记别时您说的屏除杂念法。

七

某江湖之人，久留辇下，如在樊笼，岂复有佳思也。人情责望百端，而衰病不能应副，动是罪戾。故人知我，想复见怜耶？后会未可期，临书怅惘，禅理气术，比来加进否？世间关身事，特有此耳，愿更着鞭，区区之祷也。

【译文】我是江湖飘蓬人，长期住在京城，如鸟关在樊笼一样，哪还能有神思佳绪。人家对我百般责怪，时放冷枪，而我衰病之身委实穷于应付，动辄得咎。老友知我，想能怜我。后会不好说明在何时，执笔写到这，不由怅惘。佛家讲究清静寂定的气术，近来您又有增进吗？世间关乎身家性命的事，将有禅理的指导，愿更着先鞭，此乃我小小的祷告。

与曾子固一首

轼叩头泣血言。轼负罪至大，苟生朝夕，不自屏窜，辄通书问于朋友故旧之门者。伏念轼逮事祖父，祖父之没，轼年十二矣，尚能记忆其为人。又尝见先君欲求人为撰墓碣，虽不指言所属，然私揣其意，欲得子固之文也。京师人事扰扰，而先君亦不自料止于此。呜呼，轼尚忍言之！今年四月，轼既护丧还家，未葬，偶与弟辙阅家中旧书，见先君子自疏录祖父事迹数纸，似欲为行状未成者，知其意未尝不在于此也。因自思念，恐亦一旦卒然，则先君之意，永已不遂。谨即其遗书，粗加整齐为行状，以授同年兄邓君文约，以告于下执事。伏惟哀怜而幸诺之。岂惟罪逆遗孤之幸，抑先君有知，实宠绥之。轼不任哀祈恳切之至。

【译文】我叩头哀伤之极。我负罪太大，天天苟且偷生，得过且过，不自屏弃逃窜，动不动就向朋友故旧们写信问好。转念我幼事祖父，祖父去世时，我十二岁，还能记忆其为人。又曾见先父想求人给先祖父写碑文，虽未说明请谁写，然私下揣摩他的意图，是想得您的鸿文。京城人事纷扰，关系错综复杂，而先父也没想到他会在这辞世。唉呀，提起这些伤心事，我哪还忍心说！今年四月，我送先父灵柩回四川眉山县，未葬，偶和弟苏辙翻阅家中旧书，见先父分条记录祖父生平事迹数纸，好像要记先祖父生平概况而没写成的样子，知他的意未尝不想为死者留下文字记载。因而自己就想，恐怕也一旦遭遇不测而亡，则先父欲得子固之文，永远不能实现。谨就先父书面遗嘱，大抵地整理为行状，即生平事迹梗概，交给同榜考取的邓文约，以告诉您。伏思您能哀怜而答应我的请求，这就不只是负罪的我的大幸，而且先父地下有知，将荣耀地安息。我不胜哀求恳切之至。

与曾子宣十三首 登州还朝

某启。流落江湖，晚获叨遇，惟公照知，如一日也。孤愚寡与，日亲高谊，谓得永久，不谓尚烦藩翰之寄。违阔以来，思仰日深。特辱书教，伏承履兹初凉，台候万福，欣慰之极。二圣思治，求人如不及，公岂久外。惟千万顺时为国自爱。不宣。

【译文】我陈述。我流落江湖，晚获得幸遇；只有您深知我，有相见恨晚之感。孤愚寡交的我，日亲您高厚的情谊，以为可以长久，没想到您出任边陲之地。分别以来，思念仰望与日俱增。特蒙您赐教，想您在这暑往秋来乍凉的时候，您非常幸福，我欣慰到了极点。二圣都很思治，求人才就怕求不到，您岂会久在外任。盼千万随时为国自己保重。余言不尽。

二 以下俱翰林

某启。日欲作《塔记》，未尝忘也。而别后纷纷，实无少暇。既请宽限而自违之，惭悚无地。数日来，方免得详定役法，自此庶有少闲，得应命也。屡烦诲谕，知罪深矣。

【译文】我陈述。天天想到您叫我写的《塔记》，一时一刻都没忘。而与您分别后诸事繁忙，的确没稍闲过。既请宽限我时日而又自食其言，真是惭愧惶恐得无地自容。数天以来，才免得详定役法，这样才得稍闲暇，那就可以动笔写了。不断烦您教诲示知，知我确实不该。

三

某启。上党、雁门出一草药，名长松，治大风，气味芳烈，亦可作汤常服。近岁河东人多以为饷，若不甚难致，乞为求一斤许。仍恕造次。

【译文】我陈述。山西上党、雁门一带出一种草药，名叫长松，治麻风病，气味芳香，也可煮成汤常服。近年来河东人多用来充军粮，倘不很难弄，求您给我捎一斤。仍请您原谅我的鲁莽请求。

四

某再拜启。张悴损其父应之名谷者，欧阳文忠公之友也。文行清修，有古人风，而仕不遂。损亦守家法，令子弟也。与之久故，幸得在左右，想蒙顾眄。适有少冗，而张悴行速，不尽区区。非久，别奉状。不宣。

【译文】我再拜说。张悴损其父名谷字应之，是欧阳文忠公的朋友。文章品行清纯修美，有古人风致，而宦却不遂心。其子损很守家法，好子弟呀。我与他相交已久，幸亏在您面前，想已蒙您关照。适有少量杂事，而张悴行动快可以去办，要不多久我就要给您写报告。余言不尽。

五

某启。涉暑疲病，久阙上问，曲蒙存录。远赐手教，感怍深至。比日镇抚多暇，起居清胜。某托庇粗如，直舍块处，游从稀少，西望旌棨，临书惘惘。伏暑尚炽，伏惟顺序保练，少慰下情。不宣。

【译文】我陈述。我到暑期感到疲病，久缺问候，蒙您曲意将我关怀录用。承远赐亲笔函，非常感谢和有愧，近日您镇守边关多暇，想饮食起居都清吉平安。我托您关照一切如常，在直学士院舍独处，交往的人很少，西望您在边关驰骋疆场的情景，执笔给您写信时，不免惆怅。伏天正是极热时，敬思顺时保重操练，稍慰下情。不尽所言。

六

某蒙庇如昨，幸与子开同省，孤拙当有依赖，幸甚！幸甚！衮衮过日，无毫发之补，甚不自安。又未敢乞郡。何时款奉，少尽所怀，临书惘惘。寄惠长松、榛实、天花菜，皆珍异之品，捧当感怍。

【译文】我蒙您关照一如既往，幸和子开同在官署任职，孤拙当有所依仗。幸甚！幸甚！过了一天又一天，没丝毫补益，很不安。又不敢求调到郡。何时能殷勤款待您，稍吐心中积攒的话，临写信时不胜惆怅。寄赐的长松、榛实、天花菜，均属珍品。受之实为感激有愧。

七

某启。辱教，伏承台候万福，为慰。《塔记》非敢慢，盖供职数日，职事如麻，归即为词头所迫，率常以半夜乃息，五更复起，实未有余力。乞限一月，所敢食言者有如河，愿公一笑而恕之。旦夕当卜一邂逅而别。

【译文】我陈述。承您指教，敬祝您多福，为慰。《塔记》岂敢拖延不写，才上任没几天，事乱如麻，归来即忙于写代朝廷命官任职的旨意，经常半夜睡，五更即起，实没有余力。求您宽限一月，我敢食言有河为证，愿公一笑而谅解。早晚之间当择一偶然相见而别。

八

某启。昨日又辱宠顾，感幸殊深。仍审台候康胜，为慰。《塔记》重承来谕，敢不禀命。承借发愿文，幸得敬阅。人还，迫夜奉谢。

【译文】我陈述。昨天又蒙您抬爱光顾，感激荣幸非常深。仍盼您健康为慰。《塔记》重蒙告知，岂敢不遵命。承您借发愿文，幸而敬读。来人回去，连夜看完奉谢。

九

某启。昨天辱台旆临顾，不及拜迎，方欲裁谢不敏，遽枉手教，感悚无地。且审比日起居佳胜。启行有日，终当卜一邂逅，续驰问次。人还，草草，不宣。

【译文】我陈述。昨天蒙您台驾光临，不及拜迎。方想笺致谢不敏，遽蒙来示，感激惶愧无地自容。想您近日起居安好。您行日，终当卜一偶然见然相见机会，续弛问候。来人还回，草草写几句，余言不尽。

十

某再启。退辱示谕，读之汗流洽背，非所以全芘不肖也。《塔记》如河之誓，岂敢复渝，惟深察之。

【译文】我陈述。归蒙告知，读时汗流浃背，这可不是答应写《塔记》的有河为证的誓言，岂敢又改动。请深察之。

十一

某深欲往会，属以约数相知在净因矣，不罪！不罪！后旬更不敢有所如，谨俟命耳。来日必获望见，并留面谢，悚息！悚息！

【译文】我很想赴会，说明约请几个相知在净因寺，勿罪！勿罪！后十天更不敢放自己去，谨候您的吩咐。来日必获见您，并留面谢，惭愧喘息！惭愧喘息！

十二

某再启。自公之西，有识日望诏还，岂独契爱之末。边落宁肃，公岂久外哉！示谕《塔记》，久不驰纳，愧悚之极。乞少宽之，秋凉下笔也。亲家柳子良宣德赴潞幕，获在属城，知幸！知幸！谨奉手启，冗迫，不尽区区。

【译文】我陈述。自您去西，有识之士日日盼着诏书命您回还，岂独是我这个志趣投合的人。边境宁静时，您岂能久于外任。告知《塔记》久不驰交于您，恐惧惭愧到了极点。求稍宽谅，秋凉动笔写。亲家柳子良到宣德赴潞幕，恰在是您管辖的城池，太幸运了！太幸运了！谨呈上亲笔所写，杂事牵身，我的意思不能全写出。

十三 南迁

某本不敢通问，特承不鄙废放，手书存问，乃敢裁谢万一。《塔记》久草下，因循未曾附上。今不敢复寄，异时万一北归，或可录呈，为一笑也。旦夕离南郡，西望怅然，言不能尽意。

【译文】我本不敢相互通讯，特别蒙您不鄙弃我这个被流放无用的人，亲笔写书信慰问我，才敢回信感谢于万一。《塔记》久已脱稿，因循迟延没有附上。而今不敢再寄，将来万一我回北边，或可录好呈上，为一笑也。不久我就要离开南郡，西望怅惘，言不能尽意。

与刘仲冯六首 徐州

某启。早秋微凉。伏惟机务多暇，台候万福。高才盛德，进贰西府，有识共庆，岂惟区区契旧之末。未缘伏谒门下，但有驰仰。伏冀顺时为国保练。不宣。

【译文】我陈述。早秋微凉。敬思您执掌军国大事多暇，台端万福。您才华高超品德盛大，掌枢秘院副职，有识者无不庆贺，岂只是我这个相知的人。没机缘拜见您门下，但常驰念仰望。敬希时时为国保重锻炼。书不尽言。

二 扬州

某拜违期岁，衰病疲曳，书问不继，愧负深矣，到扬数病在告，出辄困於迎送，犹幸岁得半熟，公私省力，可以少安，皆德庇所逮也。

【译文】我拜别一年，衰病疲乏难行，未能修书问候，愧疚负罪太深了。到了扬州数病在身，出就困于迎来送往，还幸今年收成半熟，人有吃的了，公私皆省力，可以稍安，这都是您的威德庇护所及。

三 以下俱定州

某启。近奉赐教，奖予过重，感怍不已。比日机务多暇，台候胜常。某蒙庇如昨，未缘接侍，但有驰仰。乍暄，伏冀为国自重。谨奉手启，不宣。

【译文】我陈述。近来接到您赐函指教，奖我过重，感激愧惧不已。近日想您掌握军国大事多暇，一切比往日好。我承蒙您关照依旧，虽未有机会侍奉您，但无时不驰念仰望。天气刚和暖，敬希为国自己保重。谨亲笔陈述，不尽所言。

四

某再启。将官杜宗辅，讷于言词，而治军严整，有足观者。趋阙参见，幸略赐问，当备驱使也。

【译文】我陈述。将官杜宗辅，虽然言辞短拙，但是治军却严整有足观。他赴京求见，倘承幸略加赐问，当可备驱使。

五

某启。近将官赴阙，附状，不审已开览否？比日履兹薄暑，台候何似。某蒙庇粗遣。民虽饥乏，盗窃衰止。若旦夕得一麦熟，遂大稔矣。未缘瞻望，伏冀为国自重。不宣。

【译文】我陈述。近日将官赴京，我所附呈文，不知已开览否？近日处此初夏，您近况如何？我托你的福还算过得去，民虽粮食不够吃，但盗窃却不多了。倘不久得一麦熟，于是就成为大丰年。没有机会瞻仰看望您，敬希为国自己保重。余言不尽。

六

某近奏弓箭社事，必已降下。旦夕又当奏乞修军营。频渎朝听，悚息待罪。利害具状中，此不缕陈。邻近诸路，皆时有北贼，小小不申报者尤多，民甚患之。惟武定一路绝无者，以有弓箭社人故也。近承指挥开禁山事，此正事，本司举察，方欲从长酌中处置奏闻次，走马者闻之，遂以为己见耳。此弊所从来远矣。起税为永业者，已数百家，若骤以法绳治，起遣其人，搔扰失业，有足虑者。自某到任后，斫伐开耕者四五火，无不依法编管。前此皆置而不问，纵有本县寨解到，亦平治小了耳。其人开耕已成业者，见别作擘画，旦夕回申次。

【译文】我近来奏弓箭社事，必已降下。早晚又将上奏乞修军营。频繁干涉渎亵朝廷，我已恐惧屏息待罪。其中利害关系都已写在奏疏中，这里就不一一陈述了。我州邻近诸路，皆常常有北贼出没，小股不申报者尤其多，百姓们都怕。只有武定一路绝无盗贼，因有弓箭社人在。近承指挥开禁山事，是事。本州官举行调察，才能从长斟酌，想出处置办法，以便奏闻朝廷，疾驱者听说，就以为是我个人私见。此弊产生由来已久。起税为永业者已达数百家，倘若马上用法绳治，把起税者就要撵走，骚扰不堪，造成大批失业，这是很值得忧虑的。自我到任后，砍伐树开耕田有四五伙，无不按照规定加以编制管理。以前皆置而不问，纵有本县山寨解到闹磨擦的人，亦调解小了耳。其中开耕已成业者，见别作规画，不久就回奏申报。

卷六十四　尺牍

与滕达道六十八首 杭倅

某启。近因使还，奉状必达。比日想惟轩旆已达太原，镇抚之余，起居佳胜。某此月出都，今已达泗上，淮山照眼，渐闻吴歌楚语，此乐公当见羡也。吴中有干，幸不外。方暑，千万为时自重。

【译文】我陈述。近因经您处去的使者回去，我奉上的呈文必定到您那了。近日想您已抵达太原，镇抚边关之余，日常生活一定很好。我本月离开封，今已到达泗县。淮南群山照眼明，渐渐听到江南的吴歌楚语，我这种快乐您一定会羡慕的。东吴一带您有何公干，请不要见外对我说。刚跨入夏天，千万时时自己保重。

二 以下俱密州

某再启。东武今岁蝗灾尤甚，而官吏多方绳以微文，蠲放绝少。自到任，不住有人户告诉，既非检复之时，已奏乞体量减放，仍已申闻去讫，或更得明公一言，尤幸也。新法，队伍已团结次，然有州县不得干预之说，自古岂有郡守而不得管兵者？其他不便，未可以一二数也。咫尺无缘一见，以尽所怀。昨日得舍弟书，王殿丞又恐却赴任，果尔，则辟命又未可知也。穷蹇图事，无适而不龃龉，好笑！好笑！

【译文】我再陈述。东武今年蝗灾非常凶，而官吏多方用含糊的言语加以遮盖少报灾情，因而田地赋税减免很少。自我到任，不断有民户向我反映，既不是检验复查之时，已奏请体量减免，我仍旧向朝廷申报减免，要是能得到您说一句话，那就太幸运了。新法，队伍已团结中，然而有州县不得干预之说，自古以来哪有郡守不能管兵的呢？

新法其他不便，就不必一个一个去说了。您我离得很近，却没机会见一面，互吐衷肠。昨天接到苏辙的信，王殿丞又恐怕推却上任，真是这样，那君命该是什么样，就不问可知了。穷困之人想办个事，干什么都很不顺利，好笑！好笑！

三

某启。新法，将官所管兵，更不差出，而本州武卫差在巡检者千余人，若抽还，则威勇、忠果之类，必填不足。已申安抚司去讫，为论列也。

【译文】我陈述。新法，将官管辖的兵，不得抽调出去，而本州属军事编制的武卫差在巡逻州邑的巡检者一千多人，若抽走千余人，那巡检的威勇、忠果一类的兵，必定填不足。我已向安抚司申报去了，做了详尽的论证。

四

某启。违远已久，瞻仰日深。即辰履凝冱，台候何如。某孤拙无状，得在麾下，盖天幸也。但门庭咫尺，无缘驰候，岂胜怅然。唯冀上为庙社，益加自重。谨奉启上谢。不宣。

【译文】我陈述。离别已久，仰望您越来越深。即日遇着封冻，您近况如何我孤独拙笨无善可述，得在您指挥下，这真是天幸。但您我门庭很近，却没机会去问候，岂不令人怅惘。唯希上为宗庙社稷，更加自重。谨奉函上谢。不详说。

五

某再拜。舍弟仰玷辟书，荷恩至深。不唯得所托附以为光宠，又兄弟久别，得少相近，私喜殊深，但未知可决得否？渠朝中更无人，可与问逐，明公怜之，少为留意，当不难得也。久违左右，所怀千万，非书所能尽也。

【译文】我再拜。我的胞弟子由仰望征召文书，感恩十分深。他不止得您托附以为光宠，又兄弟久别，很少接近，私自大高兴了，但不知能一定做到否？弟在朝廷没有什么人，您能同情，稍加留神，当不难办。久离开您，时时挂怀，非笔墨所能表达。

六 以下俱徐州

某启。辄有少事奉白。向在密州，有都巡检王述崇班者，以逾滥体量致仕，不得荫子，述乃庆历名将王仲宝之孙，咸之子。咸为盐贼李小三所杀，述不肯发丧，手擒此贼，刳心祭其父，乃肯成服。仆具以此奏，其略云："忠孝，臣子之大节，逾滥，武夫之小过。舍小录大，先王之政也。"先帝为特官其子璋。璋有武干，慷慨有父风，而颇畏法。今闻其在公部内巡盐，料未有人知之。愿公呼来与语，若果可采，望特与提拔剪拂，异日必亦一快辣将官也。想知我之深，不罪造次。

【译文】我陈述。现有小事向您表白。以往在密州，有名都巡检王述字崇班者，因违抗法度去除职务，不得庇荫其子，王述是我朝庆历名将王仲之孙，王咸之子。王咸为盐贼李小三所杀，王述不肯发丧，亲手抓住杀父贼，开腹挖心以祭奠他亡父，才为其父穿上丧服。我以此事上奏，大略说："忠孝，臣子之大节，逾滥，武夫之小过。舍小过而取大节，是先王的一贯政策。”先帝为此特让王述的儿子王璋荫官。王璋有武艺，慷慨有父风，而对法律很怕。我现在听说他在您部下巡盐，恐怕没谁知道他。愿您将他喊来谈谈，若认为可取，望特提拔推举，将来必是一快辣将官。想您对我最了解，不以我越礼而加罪。

七

某启。示谕宜甫梦遇于传有无，某闻见不广，何足取正。然冷暖自知，殆未可以前人之有无为证也。自闻此事，而士大夫多异论，意谓涂中必一见，得相参扣，竟不果。此意众生缠绕爱贼，故为饥火所烧。然其间自有烧不着处，一念清净，便不复食，亦理之常，无足怪者。方其不食，不可强使食，犹其方食，不可强使不食也。此间何必生异论乎！愿公以食不食为旦暮，以仕不仕为寒暑，此外默而识之。若以不食为胜解，则与异论者相去无几矣。偶蒙下问，辄此奉启而已。不罪。

【译文】我陈述。您信中部宜甫梦遇之事在传书中有无记载，我闻见不广，哪可以判断有无。然而冷暖自知，似乎不能以前人说有就有，说无就无为证。自听说这事，士大夫多与我意见不同，认为途中必一见，得相参验，竟没有见到。我认为这是芸芸众生为贪欲困扰，故而为饥火所烧。可在这当中有烧不着的地方，一念清净，便不再吃，也是理之常，不足以为怪。当他不吃时，不可强使食，要是正在吃，不可强使不食。这里何必说别的什么呢？愿以吃不吃为定早晚，以做事不做事定寒暑，除此以外默而识之。倘以不食为胜解，则与那些士大夫的见解差不多了。偶蒙您不耻下问，我就说以上看法。请勿罪。

八

某欲面见一言者，盖谓吾侪新法之初，辄守偏见，至有异同之论。虽此心耿耿，归于忧国，而所言差谬，少有中理者。今圣德日新，众化大成，回视向之所执，益觉疏矣。若变志易守以求进取，固所不敢，若哓哓不已，则忧患愈深。公此行尚深示知，非静退意，但以老病衰晚，旧臣之心，欲一望清光而已。如此，恐必获一对。公之至意，无乃出于此乎？辄恃深眷，信笔直突，千万恕之。死罪。

【译文】我欲面见要说的，是吾辈在推行新法的初期，即守偏见，以至有不同的意见。虽然是出于忧国的一片忠诚，但所言差谬，合理的却很少。而今皇帝的德行天天进步，教化百姓，取得很大成绩，回过头来去看过去吾辈所坚持的，更觉不切实际。假若改变志向更换作法以求进步，固然不敢，若争辩不已，国家的危机就更加深重了。您这次进京还盼深深地告诉我，希望不是向政府要求辞官归田，但您当是向朝廷表示作为老病衰残的旧臣，这次进京不过是想见皇帝罢了。这样看来，您一定会得到皇帝的召见。您的至意，不就是这样吗？承蒙您关心爱护，我就提笔直说，千万恕之，死罪。

九

安道公殆是一代异人，示谕，极慰喜！慰喜！

【译文】安道公大概是一代特殊的人，您的来示，非常叫人高兴！高兴！

十 以下俱黄州

某启。别来忽复中夏。永日杜门，思仰无穷。比来起居何如？张奉议来，稍获闻问，甚慰所望。府第已成，雄冠荆楚，足使来者想见公之风度。无缘一寓目，但有企想。乍热，惟冀顺时为国自重。因杨道士行，奉启上问。不宣。

【译文】我陈述。自别以来，忽然又到了仲夏。整天关着门，思念和仰望无穷。近来起居怎么样？张奉议来，稍得到您的情况，很能安慰我的期望。您壮丽新居，雄冠荆州江楚一带，足以使观的人想见您的风度。我无机会去游览，但却延颈远望。刚热，唯希为国善自保重。因杨道士去，奉函问好。余言不尽。

十一

某启。冗迫，不时上状。伏想台候胜常。某蒙庇如昨。未还老哲，舆论缺然。更冀为国顺时自重。区区，不宣。

【译文】我陈述。琐事缠身，未能经常奉函问好。想您诸事比往常好。我承蒙您庇护像过去一样。您这老成练达的人未能还朝为官，众人不免惋惜。更盼您顺时多加保重。区区心意，不多叙。

十二

某启。乍冷，共惟台候万福。近因还使，拜状必达。某蒙庇如昨。废放虽久，忧畏不衰，见且杜门以全衰拙，诸不烦垂念。何时展奉。临纸菀结，尚冀以时自重，少慰区区。奉启上问。不宣。

【译文】我陈述。天气才冷，共祝您多福。近因您派来的人转回，我写的拜呈必然到达您那。我托您的福依旧。我被废弃流放，时间虽长，但忧惧之情却仍然不衰，现在关起门来以保全衰拙的老身，不烦您悬念。何时展拜奉见您，临到写这信时，不免情绪郁结，还期您时时善自保重，少慰区区之心。写此问候。余言不尽。

十三

某启。孟震亨之朝散，与之黄州故人，相得极欢。今致仕在部下，且乞照管，其人真君子也。

【译文】我陈述。孟震亨离开朝廷后，与黄州相识的人，相处得非常欢乐。今辞官后在您部下，且求照看，这个人是真正的君子。

十四

某启。专使，辱示手书。且审比日台候康胜，甚慰下情。某蒙庇如昨，但旬日来亲客数人相过，又李公择在此，不免往还纷纷，裁谢少稽，谅未深讶。未缘展奉，惟冀顺时为国自重。谨奉手启上问，不宣。

【译文】我陈述。您派专人来，承您亲笔的指示。且知近日您很康健，很使我得到安慰。我托您的福一切如旧，但十日来亲朋数人来访，又李公择在此，不免往还纷纷，写信稍迟，想您不会惊怪。没机会向您见面承教，惟希随时为国善自保重。谨奉亲笔问好信给您，余言不宣。

十五

某再启。蜀僧遂获大字以归，不肖增重矣。感怍之至。萧相楼诗固见之，子由又说楼之雄杰，称公之风烈。记文固愿挂名，岂复以鄙拙为解。但得罪以来，未尝敢作文字。《经藏记》皆迦语，想酝酿无由，故敢出之。若此文，当更俟年载间为之，如何？仲殊气诀，必得其详，许传授，莫大之赐也。此道人久欲游庐山，不知有行期未？若蒙他一见过，又望外之喜也。数年来，觉衰，不免回向此道矣。不一一。

【译文】我再陈述。四川和尚得到大字而归，我这个不贤明的人增加身份了。感激到了极点。萧相楼的诗本来就看到过，子由又说楼诗很雄放杰出，您的诗风采刚烈。记文当然愿意署上我的名，岂能用我鄙俗愚拙为借口不署名。但朝廷将我定罪以来，再不敢作文字。《经藏记》都是佛语，想别人在这方面罗织罪名难找理由，故而敢写。像与上述说的记文，当更等些年再写，如何？仲殊的气诀，您必得其详，允许流传，真莫大之功。这位仲殊道人久想游庐山，不知他定何时去？倘蒙他一见，我将喜出望外。数年来，觉我气力已衰，不免向往此道。余不一一。

十六

某恃旧眷，辄复少恳，本州卒孟承议震，老成佳士。有一子应武举，未有举主，欲出门下，辄纳其家状，幸许其进，特为收录。孟卒以未尝拜见，不敢便上状。其子颇有学行，更乞详酌。累有干渎，悚息不可言。不一一。

【译文】我承您旧有关切，就很少恳求，本州孟承议震，人很志诚老实。他有一子想应武举，没推荐的人，欲望出您门下，于是我就收下他的家世表，幸蒙您让他进入您门下，特为收录。孟承议因未见过您，不敢对您上状。其子颇有学问操行，更请详酌。累次冒犯您，悚惧难以为言。余不一一。

十七

某启。孟生还，领书教，并赐大字二墨，喜出望外。从游不厌，而不得公大字，以为阙典，故辄见意始望数字耳，岂敢觊许大卷乎？张君又有假虎之说，每不敢当。公若不嫌，有何不可。比日台候何如？李婴长官乞告改葬，过府欲求防护数人，乞不阻。乍暄，万乞为国自重。冗中，不宣。

【译文】我陈述。孟生来，领来函赐教，并赐大字二墨，真是喜出望外。跟从您交游，您从不厌倦，而不得您大字，这是个缺典。所以见您本意只望见您几个字，哪敢期望得到大卷？张君又称我为假虎，恕不敢当。您若是不嫌，有何不可。近日您情况如何？李婴长官乞告改葬，到尊府上打算找几位防护的人，求您答应。天气乍暖，千万求您为国自己保重。因我很忙，就写在这打住。

十八

某启。专人复来，承已过信阳，跋涉风雨，从者劳矣。比日起居何如？某比谓公有境上之约，必由黄陂遂径来此，拙于筹量，遂失一见，愧恨可知。然所言者，岂有他哉，徒欲望见颜色，以慰区区。且欲劝公屏黜浮幻，厚自辅养而已。想必深照此诚。人还，匆匆，不宣。

【译文】我陈述。专人又来，他已过信阳，跋山涉水，风雨奔波，这位从者也真够辛苦的了。近日饮食起居如何？我近来以为您有境上的约，必经黄陂就直往来这，我拙于筹划，于是就失掉一见，愧惭悔恨可知。然而所以想见您，别无原因，只是想目睹尊颜，以安慰我渴望之心而已。且欲劝您去却空幻之思，加强自己辅养，想您会深照此番诚意。您派的人回去，匆匆写此函。余言不尽。

十九

某启。近专人还，奉状必达。比日台候何如？连月阴雨，旅怀索寞，望德驰情，如何可言。尚冀保练，以慰微愿。因孟生行，少奉区区，不宣。

【译文】我陈述。近派来我这的专人回去，我奉上的函件必达您手。近日您近况如何？连月阴雨，旅中心情冷落寂寞，望您高德驰念，不知怎么说好。还希保重以慰我微小的心愿。因孟生去您那，少奉一点敬意，余言不尽。

二十

某启。知前事尚未已，言既非实，终当别白，但目前纷纷，众所共叹也。然平生学道，专以待外物之变，非意之来，正须理遣耳。若缘此得暂休逸，乃公之雅意也。黄当江路，过往不绝，语言之间，人情难测，不若称病不见为良计。二年不知出此，今始行之耳。西事得其详乎？虽废弃，未忘为国家虑也。此的信，可示其略否？书不能尽区区。

【译文】我陈述。得知前我被贬黄州还未全了，言既非事实，终当别论，但是目前议论纷纷，众所共叹也。然而我平生读书学立身处世之道，专以待外物之变，非常之来，正须以练达之理来排遣。若因此得暂时安逸，是您的雅意。黄州当长江航运要道，来往之人不绝，说话举止之间，人心难以揣测，不若装病不见为妙策。两年没有离开这个地方，今始离开。西边战事得到详细情况没有？我虽流放到这，却无时不为国家忧。这方面的情况，可略述一点否？此书函不足表达我心意。

二十一

某闲废无所用心，专治经书。一二年间，欲了却《论语》《书》《易》，舍弟已了却《春秋》《诗》。虽拙学，然自谓颇正古今之误，粗有益於世，瞑目无憾也。又往往自笑不会取快活，真是措大余业。闻令子手笔甚高，见其字，想见其人超然者也。

【译文】我流放闲居无所事事，专研究经书。一二年想研究完《论语》《书》《易》，舍弟已研究完《春秋》《诗》。我虽拙笨，然自认为颇能纠正古今之误，略对世上有益，死后无憾。又往往自笑不会寻快活，真是贫寒的读书人遗留的功业。听说令子手笔甚高，看他的字，可以想见他的为人很超然。

二十二

某启。专使至，远辱手诲累幅，伏读感慰。所喜比来起居康胜，不足云也。某凡百如常，杜门谢客已旬日矣。承见教，益务闭藏而已。近得筠州舍弟书，教以省事，若能省之又省，使终日无一语一事，则其中自有至乐，殆不可名。此法奇秘，惟不肖与公共之，不可广也。画本亦可摹，为省事故，亦纳去耳。今却付来使，不罪。吴画谩附去。冬至后，斋居四十九日，亦无所行运，聊自反照而已。愿公深自爱养。区区难尽言，想识此意也。

【译文】我陈述。您派的专人来，远蒙您亲笔写的教诲数页，拜读后感激安慰。所喜近来起居康健，不用说了。我凡百事如常，关门不见客已十天了。蒙您指示，更加要深居简出不与外人接触为好。近得筠州胞弟来函，教我省事，若能省之又省，终日无一语无一事，则孤独之中自有至乐，几几乎不可形容。这法奇秘，唯我和您共有，不能外传。画本也可摹画，为省事免招麻烦，也藏起来了。今却将画本交与来人，请您不要怪罪我。吴画随附与来人。冬至后，斋居不出四十九日，说无所动笔写，以求反思而已。愿您深自爱养。我却难以把心话里说完，想您一定谅解我深识我的隐衷。

二十三

某近张实处蒙寄贶四壶，今又拜赐，虽知不违条，然屡为烦费，已不惶矣。酒味极佳，此间不可仿佛也。

【译文】我近在张实处得到您赐给的四壶，今天又拜受您赐予的，虽知不违背律条，然屡次蒙您麻烦花费，已不惊慌了。酒味极美，此间找不到这种酒。

二十四

某启。所示文字，辄以意裁减其冗，别录一本，因公之成，又稍加节略尔。不知如何？漕司根鞠捃摭微琐，于公尤为便也。缘此圣主皎然，知公无过矣。非特不足恤，乃可喜也。但静以待命，如乞养疾之类，亦恐不宜。荷异眷，不敢不尽。璋师《罗汉堂记》，俟试思量仍作伽语，莫不妨否？然废人之文章，未必喜之。如何？

【译文】我陈述。您交给我拜读的文章，就以我的意见去掉多余的，别录一本，因公之成，又加以节略。不知尊意如何？转运使根究搜索滋生琐碎事，对您还有些便当。因为当代皇帝圣明，知您无过。

不只不可忧，我反而认为值得一喜。只须静以等侯皇帝旨意，如乞病养，我恐不大适宜。蒙您对我特别恩遇，所以不敢不对您畅所欲言。璋师《罗汉堂记》，待我想想，还打算仍作佛语，这不妨碍吧？然而废人如我的文章，未必受欢迎。您说怎么办？

二十五

某启。公忠义皎然，天日共照。又旧德重望，举动当为世法，不宜以小事纷然自辨。若如来谕，引罪而乞宽司僚，于义甚善，卑意如此。

【译文】我陈述。您忠义皎皎，天日都看得清楚。又德高望重，一举一动当为天下法，不适于因小事而自辨。如像来谕，宜引罪而乞宽谅司僚，这样会更好些，卑意是这样。

二十六

某到黄陂，闻公初五日便发，由信阳路赴阙，然数日如有所失也。欲便归黄州，又雨雪间作。向僧房中明窗下，拥数块熟炭，读《前汉书·戾太子传赞》，深爱之。反复数过，知班孟坚非庸人也。方感叹中，而公书适至，意思豁然。稍晴暖，当阳罗江上放舟还黄也。

【译文】我到黄陂，听说您初五日便启程，经信阳一路去开封，然数日来我像失去了什么似的。我想回黄州，又雨雪交加。向和尚房间明窗下，坐在熟炭边，读《前汉书·戾太子传赞》，越读越不舍得丢。反复读去，知班孟坚非等闲之辈。正感叹中，而您的来函到，内容明畅显豁。等待天稍晴暖，当阳罗江上驾一叶小舟回黄州。

二十七

某启。近日人还，奉状必达。雪后寒苦，伏想起居佳胜。岁复行尽，展奉何时，旅怀索然，但有倾系。尚冀为时自重，别膺新祉。

【译文】我陈述。近日您派的人回去，奉上的函必然到达。雪后奇寒，想您饮食起居都好。今到岁尾，不知何时能对您展拜奉看，旅途上情怀萧索，只有对您的倾慕系心。还希为时代自己保重，另任新职。

二十八

某再拜。见戒不为外境所夺，佩此至言，何时忘乎？王经臣者，观其语论微似飒飒，然其言未足全信也。所传小词，为伪托者，察之。然自此亦不可不密也。回文比来甚奇，尝恨其主不称。若归吾人，真可喜，可谓得其所哉，亦须出也。元素若果来，一段奇事，当预以一书约之。今携俊生来，一夔足矣。冗迫，久不上状，伏想台候胜常。某蒙庇如昨，未还老哲，舆望缺然。更冀顺时为国自重。

【译文】我再一次拜。蒙你告诫我不要受外界干扰，这确实是一句至理名言，我很佩服，何时能忘？王经臣这人，听他的言论似乎像风雨声连绵不断，然而他的话未足全信也。所传小词，是伪托的，可察一下。然而往后也不可不密也。回文近来甚奇，尝恨写它的人不相称。若叫我们写，太可喜，可谓适得其所，理应写出来。元素如果真能来，的确是一件奇妙的事，当用一书写之，今携后生来，真是实才，有一个就够了。因为琐事多，久未奉函致问，想您一切都好。我托您的福，一切如旧。您这贤明长者未能回归应有的职位，舆论为之遗憾。

更希顺时为国善自保重。

二十九

某启。示谕夏中微恙，即日想全清快。近闻元素开阁放出四人，此最卫生之妙策。其一姓郭者，见在野夫处，元素欲醒，而野夫方醉尔。颁示二小团皆新奇，苏合酒亦佳绝。每蒙辍惠，惭感可量。今日见报蒲传正般出天寿院，何耶？张梦得尝见之，佳士！佳士！

【译文】我陈述。您告知夏天得了点小病，当日就想您已完全清凉爽快。近闻元素开了楼阁放出四人，此最能保全生命的妙计。其一姓郭的，现在野夫那里。元素想醒，而野夫刚醉。您赏赐二小米团子都新奇，苏合酒也妙极了。每接受您惠赠物品，惭愧与感激可量。今日见报蒲传正搬出天寿院，为何？张梦得曾见到他。品行端正的人！才学兼优的人！

三十

屡枉专使，感愧无量。兼审比来尊体胜常，以慰下情。某近绝佳健。见教如元素黜罢，薄有所悟，遂绝此事，仍不复念。方知此中有无量乐，回顾未绝，乃无量苦。辱公厚念，故尽以奉闻也。晚景若不打叠此事，则大错，虽二十四州铁打不就矣。既欲发一笑，且欲少补左右耳。不罪！不罪！

【译文】屡次您屈驾派专使来，惭愧与感激真是难以计量。兼知您近来尊体比往常好，足以使我快慰。我近来也很健康。见您提到元素黜罢，稍有所悟，于是绝不提此事，仍不再念。方知此中，真快乐无比，回顾未绝，乃无量苦。蒙公厚念，故什么认识都向您说。晚景要不收拾此事，那就是大错，即使是二十四州铁打也打不就了。既欲发您一笑，也想对您稍有助益。勿罪！勿罪！

三十一

公解印入觐，当过岐亭故县，预以书见约，轻骑走见，极不难。慎勿枉道见过，相深识此意。乍冷，万乞自重。

【译文】您罢官朝见皇帝，当经过岐亭故县，请先用信通知我，我将轻装骑着马极快地和您会晤，一点也不难。慎勿走他道错相见机会，想您会深解这个意思。天气刚冷，求您千万保重。

三十二 以下俱离黄州

某启。仆买田阳羡，当告圣主哀怜余生，许于此安置。幸而许者，遂筑室荆溪之上而老矣。仆当闭户不出，君当扁舟过我。醉甚，书不成字。

【译文】我陈述。我在阳羡买田，当哀告皇帝可怜我这忧患下的剩余生命，许在阳羡渡过。幸而准许，当在荆溪上建屋而过残年。我当闭户不出门，您当驾小舟到我那。喝酒太多了，写得不像个字。

三十三

某晚生，蒙公不鄙与游，又令与立字，似涉僭易，愿公自命，却示及作《字说》，乃宠幸也。

【译文】我晚辈的，蒙您不嫌弃而与交往，又令我给您的大名之后再立个字，似乎超出我的本分，愿您自己去做吧，却来示叫我作《字说》，真对我是宠爱和荣幸。

三十四

某再拜。承示喻盛字，见耘老，云改作达道，不知尚未定耶？欲令重议。此朋友之事，某于公为晚辈，岂敢当此。然公有命不敢违，当徐思之。先以书布闻左右，然后敢作说也。惶恐！惶恐！

【译文】我再拜。承您指示为尊名命美好字，见耘老，叫改作达道，不知还未定下来？您想叫重议一下。此为您和耘老是朋友间事，我在您跟前是晚辈，岂敢参加重议。然而公有命不敢违，我当继续考虑这个问题。先以信奉告您，然后才敢重议此事。惶恐！惶恐！

三十五

某启。久不奉状，愧仰日深。辱专人手书，具审比来台候胜常，感慰兼集。自闻公得吴兴，日望一见于中涂，而所至以贱累不安，迟留就医，竟失一婴儿。又老境所迫，归计茫然，故所至求田问舍，然卒无成。十四日决当离此，真州更不敢住。恐真守坚留，当住一日。不知公犹能少留，以须一见否？死罪！死罪！若到扬，闻公犹在，亦须当轻舟往见也。若又失此期，则遂远别矣。渐凉，惟顺时为国自重。人还，谨奉状布谢，不宣。

【译文】我敬述。久没奉函致问，惭愧仰望日渐加深，承蒙您派专人送来您亲笔函，得知您近来身体胜于往常，既感且慰。从听说您到了吴兴，天天盼望和您在路上相会。而所到之处，我因妻子有病，迟留就医，竟然死掉一婴儿。加老境所迫，回四川老家因种种原因不可能，故而到哪就求田好有饭吃，谋房子好藏身，然而都没弄成。十四日决当离开这，真州更不敢住。怕的是真州太守坚留，我当住一日。不知您还能稍留，必须会晤否？死罪！死罪！若到扬州，听说您犹在，我也要驾一叶小舟去拜访您。若又失掉这次约会，于是就和您远别了。天气渐渐冷了，只有祝您依照季节为国善自保重。您派的专人回去，谨奉上书信以致谢意。余言不叙。

三十六

某去岁所买田，已旱损一半，更十日不雨，则已矣。奇穷所向如此，可笑！可笑！耘老远去，此意岂可忘。老病憔悴，得公厚顾，翘然增气也。

【译文】我去年买田，已旱坏一半，经十天无雨，就要干死了。走背运从来都是如此，可笑！可笑！耘老远走，此意怎能忘。老病瘦弱不堪，得到您的厚重照顾帮助，不由得昂然增加了我的精神气势。

三十七

某启。迭蒙遣人赐书，忧爱厚甚，感怍不已。比日履兹新凉，台候胜常，深慰下情。丧子之戚，寻已忘之矣。此身如电泡，况其余乎？闻今日渡江，恨不飞去。风逆不敢渡，又与一人期于真州，有少急切之干，度非十九日不可离真。早发暮可见，公以二十日行，犹可趁上官日也。不知能少留否？若得略见，喜幸不可言也。余冀为时自重。

【译文】我敬述。屡次蒙您派人赐书，忧愁和爱抚都很显著，感激和惭愧不止。近来天气初寒，您福体比往常好，使我非常欣慰。丧子之悲，很快就忘掉了。我这身如电火，转眼即逝，何况其他？听说您今天渡江，恨不得马上飞到您身旁。顶着风不敢渡江，又与一人期于真州，稍有急切的公干，估计非十九日不离真州。早上发船，晚上即见，公以二十日走，还可赶上您未上任时。不知能稍留否？倘能略见，真是说不出的喜幸。余希为时自己保重。

三十八

某到此，时见荆公，甚喜，时诵诗说佛也。公莫略往一见和甫否？余非面莫能尽。某近到筠见子由，他亦得旨指射近地差遣，想今已得替矣。吴兴风物，足慰雅怀。郡人有贾收耘老者，有行义，极能诗，公择、子厚皆礼异之，某尤与之熟，愿公时一顾，慰其牢落也。近过文肃公楼，徘徊怀想风度，不能去。某至楚、泗间，欲入一文字，乞于常州住。若幸得请，则扁舟谒公有期矣。

【译文】我到这，常见荆公，非常高兴，常诵诗说佛。您不略去一见和甫否？除非面谈不能尽兴。我到筠州见到子由，他也得旨指定近地差遣，想现在已经上任。吴兴风光，足慰您高雅胸怀。郡人有贾收耘老的人，品行高又好义，很擅长诗，子厚、公择都尊重他。我对他非常熟，愿您常一见，以抚慰他无所寄托的胸怀。我近过文肃公楼，徘徊留连，怀想他的风度，舍不得走。我到楚、泗间，欲上奏当今皇帝，求让我在常州住。倘若批准，那就驾小舟拜见您有期了。

三十九

某启。别后，不意遽闻国故，哀号追慕，迨今未已。惟公忠孝体国，受恩尤异，悲苦之怀，必万常人。比日起居何如？某旦夕过江，径往毗陵，相去益近，时得上问也。为时自重。不宣。

【译文】我敬述。分别以后，不意忽然听说国丧，哀呼追念思慕，到今天还未止。想您对待国家尽忠孝，受皇恩尤其大，悲苦之思，要超过常人。近日起居如何？我早晚就过江，直达毗陵，相距更近，时时可以去问好。希时加保重。余言不尽。

四十

某再启。承差人送到定国书，所报未必是实也。都下喜妄传事，而此君又不审。乃四月十七日发来邸报，至今不说，是可疑也。一夫进退何足道，所喜保马户导洛堆垛皆罢，茶盐之类，亦有的耗矣。二圣之德日新，可贺！可贺！令子各安胜，未及报状也。

【译文】我再敬述。承蒙派人送到王定国函，函内所报未必是事实。都城喜欢传播小道消息，而此君又不是亲见。乃四月十七日发来朝廷邸报，到现在不说，就大有可疑。一个人进退有什么了不起，所喜的是保马户引导洛水通汴河，城市商品的堆垛皆罢，茶盐之类，也有可靠的消息。二圣之德日新，可贺！可贺！令子各非常安好，没来得及早报告情况。

四十一

某启。耘老至，又辱手书，及耘老道起居之详，感慰不可言。某留家仪真，独来常，以河未通，致公见思之深。又有旧约，便当往见，而家无壮子弟，须却还般挈，定居后，一日可到也，惟深察。近日京口时有差除，或云当时亦未是实计。当先起老镐，仆或得连茹耶？惠贶三十壶，携归饷妇矣。余耘老能道，不宣。某顿首。

【译文】我敬述。耘老来了，又读到您亲笔函，及耘老说您饮食起居的详细，感激和安慰真是说不尽。我留家仪真，独来常州，因河未通，致使公深深地思念我。又是旧日和您约好的，便应去见您，而家里没有强壮子弟，须却还搬挈，待我定居后，一天就到了，请您深深亮察。近来京口时有差除，有人说当时也并不是实计，当先起老镐，仆或得连茹？您赐赠的三十壶，带回家给家里妇女喝了。其余耘老能向您说个明白，这里就不再啰嗦了。我叩头。

四十二

闻张郎已授得发勾，春中赴上，安道必与之俱来。某若得旨，当与之联舟而南，穷困之中，一段乐事，古今罕有也。不知遂此意否。秦太虚言，公有意拆却逍遥堂横廊，切谓宜且留之，想未必尔，聊且言之。明年见公，当馆于此。公雅度宏伟，欲其轩豁，卑意又欲其窈窕深密也。如何？不罪造次。

【译文】听说张郎业已官授发勾，仲春时节赴任，张安道必然跟他一块来。我倘若得皇帝的旨意，当与他们一块联舟南行，这也是穷困之中一段快活事，古今少见。不知能否实现这个乐事。秦太虚说，您有意拆掉逍遥堂横廊，我看暂且留住它，想未必能做到，姑且说说。明年见您，当住在这里。您雅度宏伟，想让逍遥堂更加轩豁畅亮，我的意思是喜欢逍遥堂深邃幽密。如何？勿罪鲁莽。

四十三

四声可罢之，万一浮沉，反为患也。幸深思之。不罪。

【译文】四声可罢之，万一失意，倒成为祸患。幸好好想想。勿罪。

四十四

某再启。近在扬州入一文字，乞常州住，如向所面议。若未有报，至南都再当一入也。承郡事颇繁齐整，想亦期月之劳尔。微疾虽无大患，然愿公无忽之，常作猛兽毒药血盆脓囊观，乃可，勿孤吾党之望而快群小之志也。情切言尽，必恕其拙，幸甚。

【译文】我再陈述。近在扬州给朝廷写了个申请，求在常州住，如同过去和您面商的。若不批复，到南都再写个申请。听说您的郡事虽很繁重但却井然有序，想必花费了您个把月的辛劳。您的微疾虽没大患，然而愿您不要忽视，常将它当作猛兽毒药血盆脓包看待，才好，不要辜负我党之望而快群小的志气。情切言尽，必能原谅我愚拙，幸甚。

四十五

某启。一别四年，流离契阔，不谓复得见公。执手恍然，不觉涕下。风俗日恶，忠义寂寥，见公使人，差增气也。别来情怀不佳，忽得来教，甚解郁郁。且审起居佳胜，为慰。某以少事，更数日，方北去。宜兴田已问去。若得稍佳者，当扁舟径往视之，遂一至湖。见公固所愿，然事有可虑者，恐未能往也。若得请居常，则固当至治下，搅扰公数月也。未间，惟万万为时自重。

【译文】我陈述。分别至今已有四年，我经历了流放迁徙种种辛苦，不想又见到了您。握手神情恍忽，不觉泪流。风俗一天一天变坏，忠义之士日益少见。看您健康，略使人精神振奋。别来情怀不佳，忽得您的来示，颇能解我郁闷之气。得知您起居安好，为慰。我因有事，过几天，才北去。在宜兴买田已派人问去。倘若得到稍好的，当扁州径往去察一下，于是就顺路拐到湖州去。见您是从来所愿的，然而有可担忧的事，恐怕去不了。如果请居常州，则理当至治下，就要打扰数月了。未相见之前，唯盼为时善自保重。

四十六

某再启。别谕，具感知爱之深，一一佩刻。董田已遣人去问，宜兴亲情若果尔，当乘舟径往成之。然公欲某到吴兴，则恐难为，不欲尽谈，唯深察之。到南都，欲一状申礼曹。凡刊行文字，皆先毁板，如所教也。有监酒高侍禁永康者，与之外姻，闻亦甚谨干，望略照庇，如察其可以剪拂，又幸也。

【译文】我再敬述。您另来示，足感对我知爱太深了，一一佩服刻记在我心。董田已遣人去询问，宜兴亲情若果真这样，我当乘船径往办成。您要我到吴兴，则怕难为，在这不想详谈，唯独盼您深察。到南都打算写一状请礼曹。凡刊行文章后，皆先毁板，如您所指教的。有监酒高侍禁永康者，我与他是外姻，听说也甚谨慎能干，望略照庇，如察他可以向上推举，又一幸事。

四十七 以下俱赴登州

某启。前蒙惠建茗，甚荷。醉中裁谢不及，愧悚之极。登州见阙，不敢久住，远接人到，便行。会合邈未有期，不免怅惘。舍弟召命，盖虚传耳。君实恩礼既异，责望又重，不易！不易！某旧有《独乐园》诗云：“儿童诵君实，走卒称司马。持此将安归，造物不我舍。”今日类诗谶矣。见报，中宪言玉汝右揆，当世见在告，必知之。京东有干，幸示喻。

【译文】我陈述。前蒙您赠建茗茶叶，很感激。我醉了酒，来不及回函，惭愧恐惧到了极点。登州现在空缺，不敢久住，远处来接的人一到便动身。与您相会渺茫没有定期，不免心中很惆怅。皇帝召见舍弟子由，不过是谣传。司马君实恩德礼遇既不同一般，可责望也重，不容易！不容易！我旧有《独乐园》诗云："儿童背诵司马君实，差役称赞司马光。持这独乐园诗将安归，上天不会厌弃我。"今日看这诗的隐语竟不幸而言中。见朝廷邸报，中宪说韩缜任尚书右仆射，冯京现在休假，必定知道内部消息。您京东有公干，请示知。

四十八

某启。专使至，辱手诲，伏承起居佳胜，大慰驰仰。某受命已一月，甚欲速去，而远接人未至，船亦未足，督之矣。向虽有十日之约，势不可住，愧负无限。区区之学，顷亦试之矣。竟无丝毫之补，复此强颜，归于无成，徒为纷纷，益可愧也。心之伊郁，非面莫能道，想识此意。唯万万为人自重。人还，奉启上谢，不宣。

【译文】我陈述。您派的专人到达，读您亲笔写的教诲，得知您饮食起居十分好，大大地安慰了我的驰念和仰望。我受命已经一个月，十分想快去，而远方来接的人未到，船也不够，已经催促了。过去虽然和您有十日的约会，现在形势不允许我住下来，惭愧与负疚兼而有之。我的一点学问，刻下已试出来了。与世无丝毫之补，在这勉强表示欣悦，其实一事无成，白白让人纷纷议论，更加惭愧。我心忧郁，非向您面对面不能说，想您能体谅我的意思。唯望您万万善自保重。您派来的专人回去，奉函上谢，余言不叙。

四十九

某启。承专人借示李成《十幅图》，遂得纵观，幸甚！幸甚！且暂借留，令李明者用公所教法试摹看，只恐多累笔耳。此本真奇绝，须当爱护也。月十日后，当于徐守处借人赍纳。

【译文】我陈述。蒙您派人送来我所借的李成《十幅图》，于是我得以放眼观看，太幸运了！太幸运了！我想暂借留，令李明者用您所教的方法试着摹写看，只怕累赘笔墨多。这图真奇绝，一定用心爱护。月十日后，当在徐守处借人送纳。

五十

某启。前者使还，醉中裁谢，极於散慢，至今恐愧。不审比日台候何似？某已被命，实奖借之素。已奏候远接人，计不过七月中下旬行。伏恐知之。士论望公入觐，久未闻，何也？想亦不远。无由面别，瞻望惋怅，溽暑方炽，万冀顺时为国自重。不宣。

【译文】我陈述。前者派的人回去，醉中写信致谢，极为散漫不恭，到今天还惶恐惭愧。不知您近况如何？我已被命去登州，实为素来推奖所致。已上奏候远接人，伏望不过七月中下旬走。这恐怕您知道了。士大夫议论望您进京见皇帝，久没听说您有行动，为什么？我想也不会要多久。没法面别，瞻仰翘望不多叙。不胜惋惜怅惘。酷暑正厉害，至希按照气候为国自我保重。

五十一

许为置朱红累子，不知曾令作否？若得之，携以北行，幸甚。如不及已，亦非急务，不罪。

【译文】您许代我置办朱红多层食品盒，不知曾叫人做没做？若做好了，我将带着它北上，幸甚。如果没有做完，也不是什么急事，请勿罪。

五十二 以下俱登州

某启。入春来，连日雨，今日忽晴快。所居江山爽秀，怅然怀公，不知颇作乐否？近得安道公及张郎书，甚安健。子由想已过矣。青州资深，相见极欢。今日赴其盛会也。闲恐要知。

【译文】我陈述。立春以后，连续阴雨，今天忽然放晴。我的住处，江山爽朗锦秀，心情怅惘地怀念您，不知您快乐是不快乐？近日得安道公及张郎函，知道他们甚安健。子由弟想已去了。青州的阅历声望都很深，相见时必然会很快活。今天我赴他们盛会。您闲恐想知道这事。

五十三

某再拜。自承哀疚，日欲拜疏，以不审知从者所至，以故至今。日月如昨，忽复徂暑。伏惟追慕摧切，触物增恸，奈何！奈何！即日伏料孝履支福。明公声望隐然，虽未柄用，坐镇一方，犹足以携持人心。今兹退归，有识所共叹，而孤拙无状，尤为失巨庇也。唯冀节哀自重，少慰区区。谨奉手启上问。不次。

【译文】我再拜。自听到您的哀痛，天天想奉书劝慰，因不知您在哪里，以至拖到今天。日月好像是昨天的样子，其实忽又夏天来了。

惟思您追慕哀切，触景生悲。奈何！奈何！即日想您行孝得福。您声望暂时不为人知，虽然执掌权柄，坐镇一方，仍足以为天下人所心服。而今退归居丧，有识者所共叹，而我孤拙无成就，尤为失巨大的庇护。唯希节哀善自保重，稍慰我心。谨奉我亲笔函给您。言语不按寻常的次序。

五十四

某启。少悬布闻，不罪！不罪！某好携具野饮，欲问公求朱红累子两卓二十四隔者，极为左右费，然遂成藉草之兴，为赐亦不浅也。有便望颁示，悚息。

【译文】我陈述。少问您近况，勿罪！勿罪！我好携带餐具野炊，想问公求朱红色多层食盒两卓二十四隔者，太让您花费了，然而您成全了枕垫草的兴趣，为赐当然不浅，遇便盼赐示，由不得恐惧叹息。

五十五

某本作此书，托一同人带去，既而其人却留滞淮南，近复带还，岂胜惭悚。今复附上前疏，贵察其非懈怠也。忽然秋尽，起居何似？向承示谕斤斧鄙词，非见爱之深，岂能尔耶？向示自有一本，云“且斗尊前见在身”，恐闲知之东方有干，乞示下。

【译文】我本写此函，托一同人带去，不久这人却留滞淮南，近又带给我，我的惭愧与恐惧该多厉害。今再附上前被人带去的函件，请查我非是懈怠。忽然秋去，起居如何？过去承蒙您指正我的文词，不是您见爱之深，岂能这样？过去您指示自有一本，云“且斗尊前见在身”，恐您闲时会想起这句。您东方有公干，乞求来示说明。

五十六

某干求累子，已蒙佳惠，又为别造朱红，尤为奇妙。物意两重，何以克当。捧领讫，感愧无量。旧者昨寄在常州，令子由带入京。俟到，不日便持上也。

【译文】我求您给我置办多层食品盒，已经得到，又给我别造朱红穗放在食盒上，那就太好看了。物品与佳意两者都重，我怎么担当得起。捧领罢，感激与惭愧真是没法说。旧的食盒前日寄放在常州，让子由带到开封。等侯一到，马上会交给您。

五十七

鳆鱼三百枚，黑金棋子一副，天麻煎一篰，聊为土物，不罪浼触。令子思渴，冗中，不及别启。

【译文】鲍鱼三百条，铁制棋子一副，天麻煎一小篓，聊为土物，勿罪请求您收下。非常惦念您的儿子，因匆忙中，来不及另外写信。

五十八

某感时气，卧疾逾月，今已全安。但幼累更卧，尚纷纷也。杨道人名世昌，绵竹人，多艺。然可闲考验，亦足以遣滞也。留此几一年，与之稍熟，恐要知。

【译文】我染上流行病，卧病在床已超过一月，今已完全好了。但家里小儿女和妻也害了流行病，纷纷卧病在床。杨道人名世昌，绵竹人，多才艺。您不妨闲时试他，他可以解个闷。留我这快一年，与他稍熟，恐怕您想知道，故而相告。

五十九

所有二赋，稍晴，写得寄上。次只有近寄潘谷求墨一诗，录呈，可以发笑也。衲衣寻得，不用更寻。累卓感留意，悚怍之甚。甘子已拜赐矣。北方有干，幸示谕。

【译文】我作的二赋，稍微天晴，写好寄上。其次只有近寄潘谷求墨一诗，抄录寄呈，可发您一笑。和尚衣已寻得，不用更寻。家中老小承蒙关心，恐惧惭愧得很。美好食物已拜领。北方您有什么公干，请告知。

六十

某屏居如昨，舍弟子由得安问，此外不烦远念。久不朝觐，缘此得望见清光，想足慰公至意，其他无足云者。贵眷令子，各计安胜。月中前，急足远寄，必已收得。略示谕。

【译文】我退居照旧，胞弟子由很平安，此外不劳您远远挂念。您久不来朝廷，这次能因此面君，想足下安慰您一番诚意，其他就不值得说了。您和家属和孩子各祝安好。月中前，派人速送去东西，必定您收到了，请略告知。

六十一 登州还朝

某启。此去见有方药可以起公之微疾者，专为访之，如所谕也。四月中所报及却罢之由，未闻其实，到都下当驰白也。

【译文】我陈述。我这次去见有中草药方可以治疗您的贵恙的，专门去访察一下，如您所指示的。四月中向您说的不允许我辞退的情况，未听到实在信，到了开封将马上向您报知。

六十二 以下俱南省

某慰言。不意祸故，奄及闺阁，闻问怛然，悲惋不已。窃惟恩义之重，哀痛难堪。日月如昨，屡易弦望。追恸无及，触物增感。奈何！奈何！未由躬话吊问，临纸哽塞。谨奉疏陈慰。谨疏。

【译文】我慰问的话。没想到祸殃，波及闺阁，听说后十分伤心，悲痛哀惋不止。我想您对我恩义特重，我就更加哀痛得受不了。一切都好像昨天才发生一样，不断地月缺月圆。追思哀痛不止，触景伤悲。奈何！奈何！我不能亲自去吊问，写到这悲泣得气都堵住了。谨奉书信慰问。谨白。

六十三

某启。敬闻郡封倾逝，悲怆无量，恨不躬往慰问，但以至理宽譬左右也。平日学道，熟观真妄，正为今日，但当审察本心，无为客尘幻垢所污。况公望重中外，今者人物雕丧，耆老殆尽，切须自爱。若使缠绵留恋，不即一刀两段，乃是世俗常态，非所望于杰人也。愿三复此语而已。余非面能尽。

【译文】惊闻您的夫人刚去世，我悲痛难受不止，恨不能亲自去慰问，但我想用真正的道理宽慰劝解您。我辈平日习学立身之道，熟观真理与谬理，正是为了今日能用它。应当审查本心，不要为旅途风尘和幻灭的东西所蒙蔽。况您声望为中外所知，而今多少杰出人物逝去，有德望的老人已凋谢得差不多了，您务必要自爱。要是缠绵留恋已去世的，不能一刀两段，这就是世俗常态，这不是我所望于您这样的人杰。愿您再三考虑这话好了。其余非当面不能说清楚。

六十四

某以馆伴北使半月，比出，方闻公有闺中之戚。慰问后时，本欲别作令子昆仲慰疏，秦君行速，作书未及，惟千万节哀以慰亲意也。相次别奉状。

【译文】我以馆职身份陪伴北国使者半月，刚出，才听说您有丧妻的哀伤。慰问迟了，本想另写令子弟兄慰问函，秦君急着走，写信来不及，惟盼千万节哀以慰亲人之意。以后陆续再写信。

六十五 以下俱翰林

某启。迫冗，稍疏上问，愧仰增极。切想下车以来，静治多暇，有以自适。即日履兹酷暑，台候何似。某忝冒过分，非提奖有素，何以及此。明公旧德伟望，尚在外服，舆论未允。伏冀以时倍加保啬，以慰区区。不宣。

【译文】我陈述。因为琐事缠身，稍问候减少，惭愧与仰望非常多。恳切想您上任以来，静治有空闲，得以安然无事。目前正遇酷暑，您近况如何。我冒犯过分，不是您提拔与奖励有素，我何以会这样。您旧有很高的德望，还在外省任职，公众认为不得当。敬希时时加倍保重珍惜，以慰我心。余不再叙。

六十六

某启。近数奉状，一一闻达。比日切惟镇莅多暇，台候万福。某蒙庇粗遣，但躐次骤进，处必争之地，非久安计，但脱去无由，公必念之。蒙惠地黄煎，扶衰之要药。若续寄，尤幸。

【译文】我陈述。近来奉上数问安函，听说您都收到了。近日想您镇守一方有空，贵体多福。我托您的福还过得去，只是超越等级的冒进，处京城这个必争之地，难以长久安身。但想离开又无理由，您必挂念。蒙您赏赐的地黄煎，扶衰的好药。若续寄来，更加幸运。

六十七

某再启。瀛州之命，既以先讳为辞，想当易地耶？所云杭已除，元素计必闻之矣。佳梦，岂特公爱我之深，发于想念尔。批示党人，甚堪一笑而已。子由除户侍，方欲辞免也。闲恐知之。孔经甫外制，顾将军夕拜，张仲举待制，皆恐要知。广大格岂敢望李憨子耶？然亦有一长从来，不敢使悻及赖耳，想当一笑。寄惠地黄煎，感服厚念。

【译文】我陈述。命我在文学馆工作，既然我以先父为理由，想能将我调到另外地方？您所说已将我调到杭州任职，估计元素必定听说了。您做了好梦，岂只是您爱我太深，实发于想念的缘故。您若告诉我党之人，甚堪一笑而已。子由已命当户部侍郎，正想辞掉它。当您闲暇时，恐怕必然知道。孔经甫掌握皇帝诰命，顾将军夕拜，张仲举等侯皇帝诏令，皆恐怕是您要知道的。广大格岂敢盼李憨子来？然而也有一长从来，不敢行使侥幸和图赖，看到这里，您会一笑。寄赐地黄煎，深感对我太厚念了。

六十八

某启。部民董迁，笃学能文，下笔不凡，非复世俗气韵。如请见，愿加奖励，遂成就之。其兄复溱，学道屏居，不与俗交，其文亦秀迈可观。皆公所欲知者，故敢以闻。近因亲情王承议行，托附书信，必达。某衰病短才，任用过量，论议疏阔，所向难合，日俟汰遣而已。辱知之厚，故粗及之。

【译文】我陈述。您部下的百姓董迁，好学能写文章，下笔如有神，不再是世俗气韵。如请见，愿您加以奖励，于是就可以成就他。他的哥哥董复溱，隐居学道，不与世俗人往来，他的文章也清秀豪迈可观。都是您所想知道的，故而敢奉告。近因亲情王承议离开，托他捎带的书信，必然您会收到。我衰弱才短，任用超过了我的能力，议论疏阔，与人很难投合，日等告老退居而已。承您是知交，故略提及。

与李公择十七首 杭倅

某已过满。苏明之来。近闻明之已除台直，果尔，替期未可决也。霅上主人如不厌客，当去叨聒。闻已举姚掾，非老兄风义，谁肯举此孤寒木讷之士也哉！闻往来者奉谈不容口，足为交游之庆。《墨妙堂记》并诗，各告求数本。向时莘老屡寄，然皆墨淡不光，告令指挥如法打。道场何山，时复一游否？某虽未得即替，然更得于西湖过一秋，亦自是好事。景色如此，去将安往，但有著衣吃饭处，得住且住也。但恨舍弟相远，然亦频得信，亦甚好，恐要知。

【译文】我已任满。苏明之来。近闻明之已命为御史台台直，果然这样，谁来替我到杭州任职，则不可定。霅上主人如不厌客，我当去和他聊聊。听说您已推举姚掾，不是老兄风度义气，谁肯举这位贫穷势孤，说话迟钝的人！听说往来的和他谈话时非口说所能尽，这就足为交游值得庆贺的。《墨妙堂记》并诗，各向您求几本。过去莘老屡寄诗来，然皆墨淡不光，请叫指挥照老办法制作。何山作道场，时再一游吗？我虽没立即有接替人，然更能在西湖过一秋，也自是好事。这样好的景色，离开又到哪里去呢，只要穿衣吃饭处，得住且住的好。只恨子由弟相去太远，然也不断得到他的信，也很好。恐怕这些都是您要知道的。

二 离杭倅

某顿首。某忝命皆出推借，知幸！知幸！始者深欲一到吴兴，缘舍弟在济南，须一往见之，然后赴任。济南路由清河，而冬深即当冻合，须急去乃可行，遂不得一去别。所怀千万，非书所能尽也。

【译文】我叩头。我被任命皆出推举凭借，知幸！知幸！开始极想一到吴兴，因子由胞弟在济南，须去和他会见，然后赴任。到济南须经过清河，而清河到冬季就封冻了，须急忙赶去乃可，这样，就不能到吴兴告别了。我非常怀念您，不是这封信能说得完的。

三

某再拜。孝叔丈向有径山之约，今已不遂。无缘一别，且乞致意。陈令举有书来云，相次去奉谒相聚，必款东莱。所乏茶与柑橙，而君地生焉，可各致少许为贶。若要瓜齑，到任后当寄献。呵呵。李君行时，不及奉书，兼醉后挥抹，殊鲜礼。悚！悚！

【译文】我再拜。孝叔老丈向有径山之约，今已无法实践诺言。没机会拜别，求您向他致歉意。陈令举有信来说，相约去奉并相聚，必款待东莱。但缺少茶与柑橙，而您处就生长这物品，可各给予少许为赠送礼物。若要瓜与腌菜，我到任后将寄献。呵呵！李君走时，来不及奉函，兼醉后涂抹，非常少礼。怕！怕！

四 赴密州

某已到扬州，此行天幸，既得李端叔与老兄，又途中与完夫、正仲、巨源相会，所至辄作数剧饮笑乐。人生如此有几，未知他日能复继此否？乍尔睽违，临纸于邑。

【译文】我已到扬州，这次北上真是天幸，既能与李端叔以及老兄握手道别；又途中与完夫、正仲、巨源会晤，所到之处辄作数次开怀畅饮与寻欢作乐。人生能有几次这样快活，不晓得他日能再这样否？刚刚分别，写到这不免伤心不已。

五 以下俱徐州

某顿首。久不得来诲，亦稍忧悬，料公必不暇尔。近领手教，果尔劫劫，殊不及为郡之乐。比日起居佳胜否？贵眷各无恙，且喜九郎壮健胜往日，深可庆。某辄有一孙，体甚硕重，决可以扶犁荷锄，想公亦为我喜也。八月十二日生，名楚老。六郎不见，应举得失如何？迈往南京，为舍弟此月十一日嫁一女与文与可子，呼去干事。宪局寻常少事，何为乃尔纷纷，想不常如此也。

【译文】我叩头。好久没得到您赐教，也稍忧悬，预料您必然很忙。近接您亲笔函，果然天天奔竞，大不如做州官省事。近来日常生活很好吗？宝眷都平安无事，且喜令九郎长得结结实实，超过往日，太可喜了。我就有一个孙，体颇肥硕，定能够扶犁扛锄头，想您也为我高兴。八月十二日生，名叫楚老。六郎未见，赴京赶考成败如何？我的长子苏迈到南京去了，为舍弟本月十一日嫁一女与文与可子，迈到南京帮嫁女的忙。执法当局寻常事并不多，为什么这样闹纷纷得忙，我想不会常常这样吧。

六

某再拜。舍弟得信，无恙。但因议公事，为一倅所怒，日夜欲倾之，念脱去未能尔。子由拙直之性，想深知之，非公孰能见容者，然实无他尔。而人或不亮。牢落如此，为一农夫而不可得，岂复有意与人争乎？亦不足言，聊可一笑而已。

【译文】我再拜。接舍弟子由函，知他无恙。但因议论公事，为他的副职所怒，日夜想倾陷排挤他，子由想摆脱那里工作，还没办到。子由拙朴率直之性，想您深知之，除是您，谁能容他，然而他实不含他意，而人或不亮察。他无所寄托到这种地步，想当个农夫也办不到，他岂有意和人争上下？也不用多说，聊供您一笑而已。

七

子由近为栖贤僧作《僧堂记》，读之凛然，觉崩崖飞瀑，逼人寒冽也。

【译文】子由近来给栖贤僧作《僧堂记》，读后令人敬畏，觉得如崩裂的山崖疾泻的瀑布，逼人浑身寒冷。

八 以下俱黄州

某启。春夏多苦疮疖、赤目，因此杜门省事。而传者遂云病甚者，至云已死，实无甚恙。今已颇健，然犹欲谢客，恐传者复云云以为公忧，故详之。郑公虽已逾八旬，然耆旧雕丧，想当为国凄怆。公择、莘老进用，皆可喜。然亦汇征之渐，殆恐未尔知首，料台阁殊不闻，果尔，甚可喜。元素若能力止其行，极佳，亦当走书道此也。所要新诗，实无一字，小词，墨竹之类，皆不复措思，惟于饱食甘寝中得少三昧，一笑！一笑！文编一阅，洒然自失，濯喧埃而起衰思也。

【译文】我陈述。我春夏季节好长疮、害红眼，所以关门不见客，省掉是非。而好事者就说我病得不得了，甚至谣传我已死，其实我没什么大不了的病。而今健康颇不错，然而还想谢客人，是因为怕多嘴多舌的人又乱传开了，使您老忧愁我健康不好，所以详细告知。郑公虽已年过八十岁，然年高有望的人去世，想您我当为国忧伤怆凉。公择、莘老进用，都觉得可喜。然而这虽然是任用贤良人才的开始，只怕是未必能真重用，估计台阁的长官并不知道这回事，如果这样，太值得高兴了。元素若能劝阻公择、莘老不去，那就太好了，您也该快来信告诉我。您所要新诗，我实没写一字，小词、墨竹等等，都还没构思，只有在饱食睡得美时，才能体味其中的精微哲理。一笑！一笑！文编我已看过了，不觉洒然自失，的确可以洗濯喧闹的尘埃而唤起衰弱的思绪。

九

某再拜。谕养生之法，虽壮年好访问此术，更何所得。然比年流落瘴地，苦无他疾，似亦得其力尔。大约安心调气，节食少欲，思过半矣，余不足言。某见在东坡，作陂种稻。劳苦之中，亦自有乐事。

有屋五间，果菜十数畦，桑百余本，身耕妻蚕，聊以卒岁也。

【译文】我再拜。我所理解的养生方法，虽然到了四十岁上下我好访问这种技术，哪里能得到。近年来流落南方瘴地，什么病没有，似亦得养生之力。大约思无杂质安下心来，饮食有节制，清淡少欲，也就差不多了，其他不必提。我眼下在东坡，筑圩埂种稻，虽是很劳苦，却也苦中有乐。筑室五间，果菜十数小方块地，桑百余棵。我种地，妻养蚕，勉强度过一年。

十

某顿首，知治行窘用不易。仆行年五十，始知作活。大要是悭尔，而文以美名，谓之俭素。然吾侪为之，则不类俗人，真可谓淡而有味者。又《诗》云："不戢不难，受福不那。"口体之欲，何穷之有，每加节俭，亦是惜福延寿之道，此似鄙俗，且出于不得已。然自谓长策，不敢独用，故献之左右。住京师，尤宜用此策也。一笑！一笑！

【译文】我叩头。我知在生活上十分节俭使用并不容易。我活到五十岁，才知如何营谋生活。大概是吝啬，而把它说得好听一点，叫做节省。然我辈这样做，和那悭吝鬼截然不同，真可以说是淡而有味的呀。又《诗》云："积聚财物，不随便使用，受神福就必然多。"人的口与身体的欲望，哪有穷尽？每加节俭，也是惜福延寿的根本。此话虽且鄙俗气，但出于不得已。然而我认为这是立身处世的长策，不敢专享，故敬献给您。住在京城，更应用此策。一笑！一笑！

十一

某启。示及新诗，皆有远别惘然之意，虽兄之爱我厚，然仆本以铁心石肠待公，何乃尔耶？吾侪虽老且穷，而道理贯心肝，忠义填骨髓，直须谈笑于死生之际，若见仆困穷便相于邑，则与不学道者大不相远矣。兄造道深，中必不尔，出于相好之笃而已。然朋友之义，专务规谏，辄以狂言广兄之意尔。兄虽怀坎壈于时，遇事有可尊主泽民者，便忘躯为之，祸福得丧，付与造物。非兄，仆岂发此！看讫，便火之，不知者以为诟病也。

【译文】我陈述。您赐给我的新诗，含惜远别多伤感之意，虽然您待我很好，然而我却以铁石心肠待您，何以要这样做？吾辈虽老且穷，正大光明的道理横贯心肝，忠义这信念入骨髓，应当在生死关头谈笑风生，倘若见我困穷便叹息悲伤，则和不学道的世俗之辈没什么差别。您对道理的修养很深，当然不会像世俗之辈，所以有远别伤心语，出于您我之间的感情变深厚。然而做朋友之道是，用忠贞之言劝诫对方，我说的狂言不过宽慰您的心。您虽目下困顿不得志，可遇事能忠君爱民的，便不惜付出生命去做，祸福得丧，付之于天。不是因为您我何必发这番议论！此函看罢，请立即烧掉，以免有人认为我是恶意指责侮辱人。

十二

某启。近领手教，极慰想念。比日起居何如？秋色佳哉，想有以为乐。人生唯寒食、重九，慎不可虚掷，四时之美，无如此节者矣。寄示妙药、刀鞘，并已领。近有潮州人寄一物，其上云扶劣膏，不言所用。状如羊脂而颇坚，盛竹筒中，公识此物否？味其名，必佳物也。若识之，当详以示，可分去，或为问习南海物者。料公亦不久有别命。如未，冬间又得一见，孤旅之幸。乍冷，万万自摄。

【译文】我陈述。近接您亲笔赐教，极慰想念。近来起居饮食如何？秋天景色十分好，想您一定会很快乐。人生在世，只有寒食节、重阳节，万不可虚度。一年四节，数这两节日气候好。寄的妙药、刀鞘，并已领到。近来潮州人给我寄一物，物名叫扶劣膏，不言做何用。外形像羊脂而颇坚，装在竹筒内，您认不认得这个东西？细品它的名字，必然是好东西。您如识之，当详细来函说明，可以给您一些，或者您问熟识南海物的。我估计您不久另有任命。如果没有，冬天又能见一面，这也是我这个孤独游子之幸。天刚寒，万万自己保重。

十三

某启。杜门谢客，甚安适。气术又近得其简妙者，早来此面传，不可独不死也。子由无恙，十月丧其小女，三岁矣。屡有此戚，固难为情，须能自解尔。所谕曹光州亲情，与卑意会，已作书问子由，次第必成也。凫脺纳少许去，然终未知其实，不知所谕果然否，犹赖不曾经服食也。效刘十五体，作回文《菩萨蛮》四首寄去，为一笑。不知公曾见刘十五词否？刘造此样见寄，今失之矣。得渠消息否？莘老必时得书，在徐乐乎？

【译文】我陈述。关门不出，辞谢宾客，非常安适。近来您的气功术数又得到巧妙的没有？早来这教我，不能独自不死。舍弟子由很平安，十月死掉三岁的小女。常有这种悲伤事，固然令人不安，但须自己宽解自己。您所说曹光州欲联亲一事，与我的意见相合，已写信问子由，顷刻必能说成。野鸭子脂肠我收了少许，然而终未知其实，不知所说果然是那样否，只因为不曾吃过这东西。仿效刘十五体，作回文《菩萨蛮》四首寄去，供一笑。不知您见过刘十五词否？刘造十五词寄给我，我把它丢了。得到他的消息没有？你一定常接到莘老的信，他在徐怏怏不乐吗？

十四

某启。累获来教，佩戴至意。比日起居佳胜。雪屡作，足慰劝耕之怀。昨日船到，送惠木奴人瓮，算已作三百疋绢看矣。新岁不及奉觞，唯祝晚途遇合，使退耕穷士与民物并受其赐也。寒苦，万万自重。

【译文】我陈述。屡蒙您赐教，敬佩与感戴您至诚厚意。想您近来起居甚好。最近常下雪，足慰劝耕之人。昨天船到，送木奴人瓮，一木奴即柑橘算一匹绢，当已作三百匹绢对待。新年不能对您祝酒，唯祝你我晚年相会，使退耕的我与民物同时受您的恩赐。目前天冷极了，万万自己保重。

十五

与可之亡，不惟痛其令德不寿，又哀其极贫，后事索然。而子由婿其少子，颇有及我之累。所幸其子贤而文，久远却不复忧，唯目下不可不助他尔。

【译文】文与可的死，不只痛他的美德不长寿，又哀他很贫，后事几乎无钱办。而子由的女儿与他的小儿做亲，颇受我这八当介绍人之累。所好的是文的儿子贤德而有文才。将来却不为他担忧，只是眼前不能不帮助他。

十六 以下俱北还

某启。逆风数日，为左右滞留，而孤旅蒙幸多矣。但以多别，得一见风度，亦不复以别去为戚也。比日伏惟起居佳胜。小舟阻风浪，罄室此依，又费照遣矣。古帖纳上。余万万善爱。不宣。

【译文】我陈述。数日遇着迎头风，为您款留，而孤旅蒙幸多了。但以多别，得一见您的风度，也不再以别去而忧伤。近日想您起居甚好。小船被风浪所阻，依居空屋，又费照料派遣。古帖交上。盼万万善自爱护。余言不叙。

十七

某启。两日连见，匆匆竟何言。暄和，起居何如？夷中送王徐州诗，有见及语。方是时，人以相识为讳，欲一见面道此为笑，竟不见，可太息也。适所白，是宗人棫，雅州幕。不一一。

【译文】我陈述。接连两天相会，急忙忙竟说了什么。天气暖和起来，起居如何？夷中写的送王徐州诗，内有见及的话。当那个时候，人最怕说和谁认识了，想一见面说相识来取笑，竟然没见，可令人叹气。刚才所说，是宗人棫，雅州幕。不一一。

与钱穆父二十八首 南省

某启。久以使客纷纷，不奉书，愧仰不可言。辱手教，且审台候胜常。爱子襁负夭丧，想深痛割，惟深照浮幻，一洗无益之悲，至望！至望！

【译文】我陈述。很久以来因为使客连续不断地来，未能奉函问好，愧悔与仰望难以表述。蒙您写信赐教，并且知您比往常还要好。您的心爱儿子幼小夭亡，想您痛苦到了极点，惟愿您深照空幻不切实际的妄说，一洗想再狠也无益之悲，至望！至望！

二 以下俱翰林

某启。前日辱书及次公到，颇闻动止之详，慰浣无量。微疾想由不忌口所致，果尔，幸深戒之。某亦病寒嗽，逾月不除，衰老有疾难愈。岂复如昔时耶？承和揉菊词，次公处幸见之。未由会合，千万顺候自重。匆匆，奉启。

【译文】我陈述。前日蒙您赐函和次公到，颇能了解您动止的详情，非常欣慰。您的小病大约因不忌口而得，如果这样，请深以为戒。我也得了遇冷就咳嗽病，过了一月还没好，衰老之人有病难好，岂能像过去年轻时候一样？承您和我的揉菊词，在次公那里见到。未能和您会见，千万依着季节善自保重。急忙写成，敬述。

三

某启。辱书，伏承比来尊体安佳，甚慰所望。毒暑不可过，使客纷纷然，殆不能堪。数日以热毒发疮数处，且告谒休养，以备坤成终日之劳也。奉羡清闲，独无此福。惠茶既丰且精，除寄与子由外，不敢妄以饮客，如来教也。然细思之，子由既作台官，亦不合与吃。薛能所谓“赖有诗情”尔。呵呵。公久外，召还当在旦夕，扫榻奉候矣。不宣。

【译文】我陈述。蒙您赐函，知您近来尊体健康，足以慰我平日所盼望的。酷热的天气很难过，使者不断来，几乎受不了。好些天因毒热发疮数处，故告病休养，以防备坤成终日辛劳受不了。很欣羡您清闲，我没这个福。您赠我的茶既多且精美，除寄给舍弟子由外，不敢随便待客，像您来函所说。然而仔细一想，子由既作御史，也不该吃这茶。薛能所谓饮如此香茶“得有诗情”的人。呵呵。您做外任官，皇帝召调您回就恐怕要不久，我将扫榻接待您。余言不叙。

四

某启。长至祝颂之意则深矣，不敢上状，惧烦回答。辱手简，甚荷知照。比日起居佳胜。河间之命，料必难辞，日企来音，少慰久阔。未间，万乞为国自重。不宣。

【译文】我陈述。您来函向我祝福的用意很深，不敢给您函谢，怕您又忙着回答。蒙您寄来信札，非常蒙您关照。您近来起居一定安好。您任命去河间，估计必定推辞不了，日日盼望您来函，稍慰久别思念。来相见以前，务盼为国自己保重。不尽所言。

五

某近得家报，王郎子立暴卒于奉符，为之数日悲恸，在告亦缘此也。此君受知于公，想亦为之凄惋。子由远使归来，闻之，烦恼可知。子立只一女子，竟无儿，可伤！可伤！冗中，来使告回，不一一。

【译文】我近来接家报，王郎子立忽然死在接受符命之时，数日以来为他悲伤，我因此也就告假休息了。此君受知于您，想您也会忧伤愤惋。子由弟远使回来，听说这事，可以想见他一定很烦恼。子立只一女，并无儿，可悲伤！可悲伤！繁忙的我，因来使要回去，就不一一叙述了。

六

某启。两日台候何如？知药力已行，必遂轻安。饮食不减否？何日可出，告令郎写一二字示下。不宣。

【译文】我陈述。两天来您好吗？我想药力已达到，必定会病减轻而安适。饮食没减吧？什么时候能出来，告令郎写一二字给我。余言不叙。

七

某启。辱示雄篇，古人所谓味无穷而炙逾出者，不肖何敢庶几乎？然三五日间，当试和谢也。入夜布启，草略，不宣。

【译文】我陈述。蒙您寄来雄篇，诚如古人所说的烧烤的是火候而流溢出来的味却是无穷，我怎能近乎这？然过三五天，当试着和答一下。夜间奉答，草草写数句，余言不尽。

八 以下俱杭州

某启。多日不上问，辱书，感慰之至。比日起居益佳，微疾已痊复。新诗妙曲，得于敲榜间，欣承加惠也。辄复一篇，惟不示人为望。雅奏已行遣，因毁所集也。知之。冬来，全少事，时复开樽湖上，但少佳客尔。未由会集，千万以时保卫。不宣。

【译文】我陈述。很多天没向您奉问，承您赐函，感激欣慰到极点。近日起居益佳，微疾想已康复。新诗妙曲，得自敲击摇动的船棹，欣喜您命我看。我就也写一篇，请不要给人看为盼。雅诗曲已为人所传唱，因而毁掉集存的。告知你。入冬以来，政务清闲，时常在湖上聚饮，可惜佳客太少。未能和您会晤，千万随时保卫。余言不叙。

九

承录示元之诗，旧虽曾见之，今得公亲书，甚喜。令跋尾。诗词如此，岂敢挂名其间。呵呵。惠示江瑶，极鲜，庶得大嚼，甚快。北方书问几绝，况有苞苴见及乎？昨日忽得两壶，谨分其一，不罪微浼。某再拜。

【译文】承录示元的诗，过去虽曾见过，今接到您亲笔函，非常高兴。命我给诗的最后略加评介。如此好的诗词，我岂敢挂名其间。哈哈。承您惠寄的江瑶，其肉味鲜美，得以大饱口福，太痛快了。北方书函几几乎断绝，但有馈赠的礼物收到吗？我昨日忽得两壶，谨分一半与您，请不要怪我轻微的请求。我再拜。

十

令子不及奉书，昨日与杨次公书，有少事托面白，必达。春夏之交，米价必大长，可畏。公必有以待之，幸预以教我。数郡闭籴，大为杭病，江东尤为害也。屡移不报，录得其榜，已削去。依条，灾伤免力胜。民甚悦，恐知。杭酥不佳，已督之矣。

【译文】对您的公子不及写信，昨天与杨次公信，有一点事委托当面说，必然会收到。春夏间青黄不接时。米价必暴涨，太可怕了。您必有妙法对待，请预先能教我。浙江数郡停止卖粮，就使杭州缺粮难办，江东受害更大。屡次去了公文，均未得回答，记录在榜上，又削去。依照政府规定，灾伤要免征收运粮船税。对此，百姓高兴恐怕您知道这点。杭州酥果不大好，已督导他们。

十一

今日得宪檄，亦以闽盗恐轶至衢、睦，为戒，度亦未遽尔也。惟浙西数郡，水潦既甚，而七月二十一、二、三三日大雨暴风，几至扫尽。灾伤既不减去岁，而常平之备已空。此忧在仆与中玉。事有当面议不可以尺书尽者，屡以此意招之，绝不蒙留意云。冬初方过，浙西虽子功旦夕到，然此大事，得聚议乃济。数舍之劳，譬如来一看潮，亦自佳事，试告公以此意劝之，勿云仆言也。如何？如何？吾侪作事，十分周备，仅可免过，小有不至，议者应不见置也。米方稍平，更一月必贵。日夜望中玉来。放脚手粜得十余万石，相次漕司争粜军粮及上供，必大翔涌。其他合行遣事，未易一一遽言。愿公因会度，可言即言之。幸甚！幸甚！此事，某已两削矣。诸公虽未必喜，然度无不行下之理。

【译文】今天接到提点刑狱公事的晓喻文书，也以福建巨盗恐侵犯到衢州、睦州，为戒，预料不会那么快。只是浙西数郡，水涝太厉害。而七月二十一、二、三三日大雨狂风，扫尽多少房屋树木，灾伤既比去年严重，而用于控制平均粮价的粮仓业已空荡。这种忧虑在仆与中玉。事情需要当面议不可以靠信函公文说清楚的，屡次用这个意思揭示，丝毫不蒙留意。目下初冬才过，浙西虽然范子功不久就来，然而这样大事，需开会商议才行。数十里的路途奔劳，就当做来看钱塘江湖，也是一件快活事，我试着告诉您以这番意思去劝导一下，不要说这是我说的。怎么样？怎么样？吾辈办事，非常细致周详，仅仅能避他人指责，稍有不到处，议论的人就会抓住不放。米价刚刚稍稍平稳，过一月必贵。

我天天望中玉来。放开手脚籴米十余万石，接着漕运的诸道转运使必然争籴军粮和上供，米价必然大飞涨。其他应该考虑办的事，不便一一都说到。愿您会谈时，能说则说。幸甚！幸甚！这件事我已两度上书。诸公虽未必喜，然而我估计他们不会不考虑我的建议赈灾措施。

十二

某蒙令子寄示五赋，幸甚，且为矩范也。后举又预高等矣。近本州举子数百人来陈状，以习赋者多，乞发解各立分数，已为削去矣。闲知之。小儿差遣，蒙留意，以递中间之矣。非久得报，即驰白也。悚息！悚息！

【译文】我承蒙您公子寄来五篇赋，太好了，可为典范。尔后他要再考，将名列前茅。近来本州举子数万人来呈交报告，因为习赋的人多，求发遣解送至京，已将合格者选入。顺便告诉您我的小儿子差遣，请您关照，已在递驿的书信中间到了。不要很久就能得到消息，到时马上告诉您。惶恐喘息！惶恐喘息！

十三

迈拙而愿，既备门下人，又日夕左右，想蒙提诲如子侄，不在区区干祷也。乍到颍，不能无少冗。速遣此人，未能尽意。令子相见都下，不款曲，计今已赴任矣。

【译文】我的长子苏迈愚拙而朴实，既充当您面前跑腿的人，又早晚在您跟前，想蒙您提携教导像对待自己的颍子侄一样，不用我祈祷了。刚到颍州，不能没有少量杂事。火速派迈儿去，未能尽自己心意。令公子在京城相会，没有能殷勤接待，大约现在已经赴任了。

十四

新刻特蒙颁惠，不胜珍感。竹萌亦佳贶，取荀簟菘心与鳜相对，清水煮熟，用姜芦服自然汁及酒三物等，入少盐，渐渐点洒之，过熟可食。不敢独味此，请依法作，与老嫂共之。呵呵。

【译文】您新刻的作品特别承您赐给我，非常珍惜和感激。竹芽也是给我的好赏赐，取竹笋、簟竹、青菜心与鳜鱼相和一起，用清水煮熟，再用姜、萝卜的自然汁和酒，加点盐，慢慢点洒在上面，过熟就可食。我不敢独享受这，请您照此作法，与老嫂共享用。哈哈。

十五 颍州

蒙仲过此，以急欲省觐，不敢攀留，甚愧。闻试得甚佳，旦夕驰贺也。两小儿本令闲看场屋，今日榜出皆捷，新学妨占解名，可愧也。

【译文】蒙您二公子经过这，因他急欲归家探亲，不敢挽留他住，非常惭愧。听说考试考得很好，不久将奉函祝贺。我的两小儿本是叫他闲看考试场所，今日张榜被录取，新学误占解元的名额，可愧也。

十六 扬州

某启。示谕丽使裁减事，既不出船，何用借买许多什物？已令本州一一依仿裁定矣，幸甚！幸甚！条式指定事，即未敢擅减，知之。稍暇，别奉状。不罪。

【译文】轼言。奉指示，裁减丽使事，今裁减示臣不出那多船，何用借买许多物品。已令本州一一仿照旧例裁定了，幸甚！幸甚！条款上指定的，当不敢擅自裁减，特告知。等有空，再另奉告。请勿罪。

十七 以下俱扬州还朝

某启。匿犀伏蜃之句，所不到也。钦羡！钦羡！

【译文】我陈述。额上的骨头隆起隐于发内和潜藏着大蛤蜊的句子，平常人写不出来。佩服！佩服！

十八

某启。多日不接奉，思企之深。伏计台候日就康复。欲往见，恐倦接客。乞此示数字。炷艾，必得力也。新诗想多有。不一一。

【译文】我陈述。多天没接到来示，思念仰慕很深。想您贵体日渐康复。想去看您，怕您没精力接待。求您写几个字。以艾草烧，必得效。想您一定写了很多新诗。不多叙。

十九

子功数日不相见，省中殊岑寂也。公何日可出乎？

【译文】范子功数天没见到，在宫廷之中任职非常沉寂吧。您什么时候能出来?

二十

某近蒙回教，令记新斋，恐必不堪用，然亦当试抒思也。曾干告丰令郭蜓、支使孟易一京削，恐新年求者必多，略乞记录。令子必已到，温秀老成，真远器也。冗迫，不尽区区。

【译文】我近蒙回复，命记新斋，恐做必不堪用，然而我也当试抒写一下。曾干告丰县令郭蜓、支使官孟易一个京官的候补位置。恐新年求的人必多，略求记录。令公子必到，看他温和清秀端庄老成，真不同凡响。杂事忙，话难以尽述。

二十一

某启。多日不接奉，思企不可言。辱教字，承起居佳胜。浴会不得暇赴，盖除夜有婚会，两日纷纷也。嘉篇幸蒙录示，“愁人泪眼”之句，读之惘然。公达者，何用久尔戚戚。嘉节，且一笑为乐，区区之祝也。

【译文】我陈述。多天没接指教，思念与仰慕非常之深。蒙赐教，想您起居甚好。浴堂这会无暇奉陪，因除夕夜有喜期，得两天凑热闹。您的杰作幸承您录示，“愁人泪眼”之句，读之伤愁。您是很达观的人，何需要这样长远的悲怆。佳节，且一笑高兴起来，这是不才对您的衷心祝福。

二十二

某启。前日辱简，以妻孥皆病不即答，悚息！悚息！阴雨，起居何似？寄颖叔诗，和得，纳去。与公咫尺胡越，何论颖叔也。可叹！可叹！某一章未允，方再上也。不一一。

【译文】我陈述。前日蒙您赐函，以妻子儿女都病，没即时奉答，惶恐叹息！惶恐叹息！天气阴雨，起居如何？寄颖叔诗，和好，纳去。与您近在咫尺却隔得很远，何论颖叔离我们远。可叹！可叹！我一篇就写得不怎么样，正再上一篇。不再详说。

二十三

某启。伏承莅事之初，虽稍劳神，而吏民欣悚，实为盛事。无由诣贺，但有企渴。辱简，且审起居佳胜。余俟八日廷中可谈。

【译文】我陈述。想您刚上任不久，虽事忙多劳神一些，而吏员百姓欢欣有所惧，实在是好事。没时间去恭贺，只有企仰渴望思念。承您来示，得知您起居甚好。其他的话等到八日廷中再谈。

二十四

某启。辱示，承起居佳胜，熙帅，鄙意亦欲饯之。公用二日即当趋赴，元日殿门外更议之也。惠贶山芋柑梨，感刻之至。匆匆布谢，不谨。

【译文】我陈述。接到来信，得知您起居甚好。熙元帅，我想为他饯行。公用二日即当前去，初一在宫殿门外再详议。您赐赠山芋柑梨，铭感刻骨到极点。匆匆道谢，恕不恭谨。

二十五

某启。伏暑，伏想起居康胜。老妇病稍加，某亦自伤暑，殊无聊，遂且谒告免词事也。一诗谩呈。电扫庭讼，响答诗简，亦数年来故事也。呵呵。草，不谨。

【译文】我陈述。时当炎暑，想您起居安好。我的老妻病稍重，我也中了暑，很是无聊，于是告假免掉应酬笔墨。我的一首诗漫呈于您。急忙忙问完官司，大声地吟诗，和答朋友的诗，这也是数年的老作法。哈哈。潦草不恭，恕不谨。

二十六

某启。知盛会早散，能过家庖煮菜夜话否？匆匆，不罪。

【译文】我陈述。知您参加的盛会早散，能到我家厨煮菜夜话吗？匆匆，请勿罪。

二十七

某启。辱简，承起居佳胜。所约，敢不如教。绝早到门，惟少设食，了两碑也。醵饯用二十四，谨诺。

【译文】我陈述。您亲笔函收到，想您起居甚好。所约，我敢不来吗。一大早到您的门口，唯独少设“食了”两碑也。凑饮酒吃饭钱二十四，我一定如约。

二十八 赴定州

某启。昨日远勤，从者草草就别，慨怅不已。使至，又辱手诲，仍以高篇宠行，读之增恨怆也。欲和答，人客如织，当俟前路。惠茶，已戒儿曹别藏之矣，非良辰佳客，不轻啜也。令子昆仲，特烦远至，感怍不已。所欲言，非可以笔墨既，想已目击，自余惟若时自爱而已。不宣。

【译文】我陈述。昨天我远行，跟从的人慌慌张张就走了，真令我感慨惆怅不止。您派的人来，又接到您亲笔赐教，仍以高篇赞赏我的远行，读后增凄怆。本想和答。客来乱如麻，只好等待以后。您赐的茶，已叫儿辈藏之，不遇到好时光贵客，不轻易喝它。令子弟兄，特烦远来，感激惭愧不止。我想说的，不是笔墨能形容的了。令子已亲眼看到，希望顺应天道自爱自重而已。余言不叙。

与李伯时一首

辱手示及惠新酝，感愧殊深。即日起居佳胜。《洗玉池铭》，更写得小字一本，比之大字者稍精。请用陈伯修之说，更刻于石柱上为佳。人还，奉谢。

【译文】蒙您亲笔指示和赠与新酒，感激惭愧非常深。想您眼下起居非常好。《洗玉池铭》，更写得小字一本，比那大字的稍精。请用陈伯修的话，更刻在石柱上为好。人还回，特此申谢。

与郭功父七首 以下俱杭悴

昨日承顾访，殊慰久阔。经夕起居佳否？某出院本欲往见，以下痢乏力未果，想未讶也。略奉启，布谢万一。

【译文】昨天承您关照来，非常慰我久别的思念。经夜起居好吗？我出院本想去见，以痢疾四肢软弱无力未成，想您不至怪我。略奉告，志谢万一。

二

久别，忽得瞻奉，喜慰可量。既以不出，又数日卧病，遂阻言笑，愧悚不可言。稍凉，起居佳否？某下痢虽止，尚羸茶也。谨奉启布谢。

【译文】久别，忽然得瞻仰奉看，欣喜与宽慰可以想见。既因没出门，加上卧病数天，于是难以和您相见交欢，惭愧与恐惧难以言状。稍凉，您起居如何？我下痢虽止住，还衰弱无力。谨奉函鸣谢。

三

儿子归来，别无可为土物，御笔一双，赐墨一圭，新茶两饼，皆得之大臣家真物也。不罪浼渎。

【译文】吾儿回家，别无可为土物，皇帝用的笔一双，赐墨一锭，新茶两饼，皆得之大臣家真物。请不要怪我轻慢送与您。

四

辱访临，感怍。独以匆遽为恨，迫行不往谢，惟宽恕。乍热，万万自重。不宣。

【译文】承您屈驾来访，既感且愧。独因来去匆匆，未能长谈为恨，因为我急着走不能去您那，请宽恕。天气刚热，千万自己保重。不详说。

五

别来瞻仰无穷。风雪凝寒，从者勤矣。辱书，承起居甚佳。为使者即至，必且暂还，惟万万自重。

【译文】分别后无时无刻不想见到您。风雪交加，十分苦寒，随从来的人够辛苦了。承您赐函，想您日常生活很好。为派来的使者就到，我必定暂还，唯万万您自己保重。

六 以下北归

昨辱宠临，久不闻语，殊出意表。盖所谓得未曾有也。经宿起居佳胜。闲居致厚馈，拜赐惭感。只今上谒次，一肉足矣，幸不置酒。

【译文】昨天蒙您光降，久不听您高论，非常出我意外。这就是所谓得到未曾有也。经一夜想您起居安好。我在闲居时得您赠送的厚礼，收到后十分惭愧感激。只今拜望您时，有一肉就足够了，望不要备酒。

七

某今日私忌，未敢上谒。辱诗和呈，为一笑。青皮一斤，不以饷公，则无与尝者矣。

【译文】我今天私忌，不敢去拜见您。我和了您赐给我看一诗，今呈上供一笑。又敬送一斤青橘皮与您，不用它赠送您，则没人和我一起享用了。

卷六十五　尺牍

与文与可三首 以下俱徐州

与可抱才不试，循道弥久，尚未闻大用。公议不厌，计当在即。然廊庙间谁为恤公议者乎？老兄既不计较，但乍失为郡之乐，而有桂玉之困，又却不见使者嘴面，得失相乘除，亦略相当也。彭门无事，甚可乐，但未知今夏得免水患否？子由频得书，甚安。示谕秋冬过亲，甚幸！甚幸！令嗣昆仲各计安胜，为学想皆成就矣。

【译文】与可您是大有才华的人而不试，遵循常道造诣很深，还未听说在用您。公众舆论不满，估计当很快考虑您的事。然而朝廷中谁个能重视公众舆论？老兄既不计较，虽然乍失做州官的快活，而有生活费用的困扰，不过却不看派来使者的嘴脸，计算一失一得，两者就差不多了。我在徐州任上，清静无为，甚快乐，但不知今夏能免除水患否？常接子由弟的来函，他甚好。他说秋冬间将女儿嫁与令公子。幸甚！幸甚！令嗣弟兄想都安康，学习都有成就了吧。

二

离浙中已四年，向亦有少浙物，久已分散零落矣。有药玉船两只，献上，恰好吻酌，不通客矣。呵呵，杭州故人颇多，致之不难，当续营之。但恐得后不肯将盛作见借也。

【译文】离开浙江已四年了，过去也有少量浙江土物，久已散失，剩下很少了。目下有以茶煮石而成，色泽如玉，制作形状像船的酒杯两只，献给您，恰好供给您吻酌酒，我就再没有待客的好酒杯了。哈哈。我在杭州故人颇多，想寻这类土物不难，当继续寻找。但怕我给您后，不肯将这类名贵土物见借了。

三

近屡于相识处见与可近作墨竹，惟劣弟只得一竿，未说《字说》润笔，只到处作记作赞，备员火下，亦合剩得几纸。专令此人去请，幸毋久秘。不尔，不惟到处乱画，题云与可笔，亦当执所惠绝句过状索二百五十疋也。呵呵。

【译文】我近来常在相识友人处看到与可的近作墨竹画，惟我只得到钩着色的偃竹，且不说我为与可写《字说》的润笔，单就我为与可画作而写的杂文，如文与可墨竹屏风赞，文与可画墨竹赞，石室先生画竹赞等，在与可手下充当一名为画作文的小兵，也该多得几张画。现在专门派人去求画，幸勿久久闭而不给。否则，我不但要到处乱画墨竹，题上你的名字，还要将您寄给我的绝句作为证据先告发您，并索取二百五十匹绢。哈哈。

与文郎一首 黄州

不审荼毒以来，气力何似。变故如昨，两易晦朔，追慕无穷，奈何！奈何！中前人还，辱书，重增哽咽。吾亲孝诚深笃，若不少节哀摧，惟意所及，不以后事为念，何以仰慰堂上之心。惟万万宽中强食。

【译文】不知你遭受意外祸害以来，气力如何。变故好像前天才发生一样，两月以来，追思仰慕不止，奈何！奈何！其中前有人回来，见到你函，重增忧伤。你孝训令先父十分诚笃，你不节哀忍泪，一味思父，不以活着的家内人为念，何以能上慰令堂大人。惟盼千万宽心强吃些饭。

与王定国四十一首 以下俱黄州

某启。自到黄州，即属岸人日伺舟驭消耗。忽领手教，顿解忧悬。仍审比来体气清强，且能自适，至慰。知未决东西，计其迂直险易，相去必不悬绝，而得一见，乃是不肖大幸，不识果安从。某寓一僧舍，随僧蔬食，甚自幸也。感恩念咎之外，灰心杜口，不曾看谒人。所云出入，盖往村寺沐浴，及寻溪旁谷钓鱼采药，聊以自娱耳。

【译文】我陈述。我到达黄州就靠了岸。正月初七日守候驾舟人的消息，忽然接到您的亲笔指教，顿时化解了我对您的忧思和挂念。仍然知您近来贵体清健，且能适应气候水土，非常安慰。知您还没决定将您安排在哪，估计您我之间或迂回直达或险阻或平坦，相隔不会太远，而能彼此相见，则是我的大幸，不识果能安置从所愿否。我住黄州和尚的房子，随着和尚吃素淡饭，还算不错，感谢皇恩回想自己过错之外，心灰意懒，三缄我口，不和人接触。您函中问我天天干什么，我就是到和尚庙里洗洗身上，找溪水处钓鱼，和到山谷里采药，聊以消磨光阴。

二

某启。罪大责轻，得此甚幸，未尝戚戚。但知识数十人缘我得罪，而定国为某所累尤深，流落荒服，亲爱隔阔。每念至此，觉心肺间便有汤火芒刺。今得来教，既不见弃绝，而能以道自遣，无丝发蒂芥，然后知定国为可人，而不肖他日犹得以衰颜白发厕宾客之末也。甚幸！甚幸！恐从者不由此过，故专遣人致区区。惟愿定国深自爱重，仍以戒我者自戒而已。临书悒悒，不知此人到江，犹及见仙舟否？匆匆，不宣。

【译文】我陈述。我罪甚大却受责罚轻，把我流放到黄州，已属比较幸运的，故而未曾忧愁。但与我交往的数十人，因受我牵连而获罪，而您受我连累最深，以至流放到偏僻地方，与家里人隔绝，每想到这，便觉心肺间有如热汤烈火，芒刺在背。今天接到来示，对我既不弃绝，反而能以通达大道理自我排遣，无一丝一毫内心疙瘩，然后知您的确叫人佩服和敬重，而我将来还能以衰颜白发置身您的众宾客的末座。大幸运了！太幸运了！恐跟从您的人不经过这，所以才专门派人表达我对您的负疚与感激。唯愿您格外爱惜和自重，仍以告诫我的话也用以自诫。写到这，不由得忧伤，不知我派去的人到江边，还能见到您的船否？匆匆写此，不详言。

三

某启。扬州有侍其太保者，官于瘴地十余年，北归面色红润，无一点瘴气，只是用摩脚心法耳。此法，定国自已行之，更请加功不废。每日饮少酒，调节饮食，常令胃气壮健。安道软朱砂膏，某在湖州服数两，甚觉有益。到彼可久服。子由昨来陈相别，面色殊清润，目光炯然，夜中行气脐腹间，隆隆如雷声。其所行持，亦吾辈所常论者，但此君有志节能力行耳。粉白黛绿者，俱是火宅中狐狸、射干之流，愿深以道眼看破。此外有一事，须少俭啬，勿轻用钱物。一是远地，恐万一阙乏不继。二是灾难中节用自贬，亦消厄致福之一端。所怀千万，书不能尽一二也。

【译文】我陈述。扬州有侍从大臣太保的人。在南方烟瘴之地做官十余年，回到北方却红光满面，没丝毫瘴气，是他用了摩揉脚心法。这个法，请您自己试试，更请加倍用功，坚持不懈。并请每天饮少量酒，可以调剂节制饮食，这样，就可以常令胃气壮健。张安道的软朱砂膏，我在湖州吃了几两，觉得很不错。您到那可常服。舍弟子由昨天从陈州来辞别，面色很清朗和润，目光炯然有神，夜晚在肚脐和腹部进行气功，有如隆隆的雷声响。他进行的这种气功，也是我们所常谈到的，只是他有毅力能常行不断。那些搽着脂粉，面如白玉，黛画眉鬓，黑而光净的美女，都是佛家所说的情爱火坑中的狐狸精、准狐狸之类，愿您以有识的明眼看破。此外又有一件事，须稍节俭，不要轻易用钱物。一是远地，恐万一缺住钱，没法张罗。二是灾难中节俭降低生活水平，以示自贬，也是消灾得福的一个做法。怀念您有千言万语要说，就简要说到这。

四

某启。宾州必薄有瘴气，非有道者处之，安能心体泰健以俟否亨耶！定国必不以流落为戚戚，仆不复忧此。但恐风情不节，或能使腠理虚怯以感外邪。此语甚蠢而情到，愿君深思先构付属之重，痛自爱身啬气。旧既勤于道引服食，今宜倍加功。不知有的便可留桂府否？

【译文】我陈述。宾州必定稍有南方热蒸的瘴气，非有修养者生活在其间，如何能心灵身体安泰健康以等候亨通的命运到来呢！您必不会因为流放而忧伤，我在这一点上不会对您有忧虑。但我怕您情欲缺乏控制，或能使肌肉的骨架发虚，易感外来的疾病。这话虽蠢愚而爱护您的深情却是实在的。愿您深思先辈托付之重，痛下决心，爱护身体，节省元气。您过去既勤于服食，而今最好在这方面加倍用功。不知有善辨之人留在贵府否？

五

某启。君本无罪，为仆所累尔。想非久必渐移善地也。仆甚顽健，居处食物皆不恶。但平生不营生计，贱累即至，何所仰给。须至远迹颜渊、原宪，以度余生。命分如此，亦何复忧虑。在彭城作黄楼，今得黄州，欲换武，遂作团练，皆先谶。因来书及之，又得一笑也。子由不住得书，必已出大江，食口如林，五女未嫁，比仆又是不易人也。奈何！奈何！惠京法二壶，感愧之至。欲求土物为信，仆既索然，而黄又陋甚，竟无可持去，好笑！好笑！儿子迈亦在此，不敢令拜伏，恐烦渎也。承新诗甚多，无缘得见，耿耿。仆不复作，此时复看诗而已。

【译文】我陈述。您本无罪，可惜受了我的牵连。料想要不多久一定会渐移好一点的地方。我很顽强健康，住的吃的都不坏。但我平生不善于料理生活，我的家属马上就来了，一家人的生活有什么来源。看样子，要远追踪颜回、原宪的榜样度过余生。命该这样，又何所忧虑。在彭城作黄楼，今发配到黄州；想弃文学武，于是作了团练副使。此皆昔日在徐州所为，今在黄州得到应验。因来函提到这，故说到聊共一笑。子由舍弟常有信来，必已过大江，吃饭的人多，五个女儿都未婚，和我比起来，日子还要难过。奈何！奈何！您送给我京法两个壶，我感激惭愧到了极点。想用黄州土物回送，我既经济拮据，而黄州又贫陋得很，竟没什么可送给您，好笑！好笑！我儿苏迈也在这，不敢叫他写函向您问安，怕烦劳轻慢您。您作很多新诗，没机会见着，心里很不宁贴。我不再写东西，这时又看诗而已。

六

某作书了，欲遣人至江州。李奉职言，定国必已从江西行，必不及矣。故复写此纸，递中发去。闻得此中次第，人皆言西江渐近上水，石湍激，险恶不可名，大不如衡、潭之善安。然业已至彼，不可复回也。若于临江军出陆，乃长策也。贵眷不多，不可谓山溪之险而避陆行之劳也。众议如此，切请子细问人，毋以不赀之躯，轻犯忧患也。前书所忧，惟恐定国不能爱身啬色，愿常置此书于座右。如君美材多文，忠孝天禀，但不至死，必有用于时。虽贤者明了，不待鄙言，但目前日见可欲而不动心，大是难事。又寻常人失意无聊中，多以声色自遣。定国奇特之人，勿袭此态。相知之深，不觉言语直突，恐欲知。他日不讶也。

【译文】我写了信，想派遣人到江州。李奉职说，您一定已从江西走了，恐怕必赶不上了。故又写此函，在驿递中发去。我听说此中情况是，人都说西江渐近上游，山石激起急流的水，险恶的要命，大约走衡阳，长沙一路为好。然而业已到那了，不可能再折回。倘若从临江军登陆而行，乃是长策。您的家眷不多，要顾及山溪之险而避走陆路之劳。大家都这样说，务必您要仔细寻问，不要以千金贵重之体，轻冒危险。前封信中所担心的，是怕您不能爱身少接近女色，愿常放此信于座右。像您这样才华横溢，文思泉涌，天赋的忠孝心肠，倘能活下去，一定在世上大有作为。任何一个贤达的人都看清这点，不用我多说。但目前日见所喜欢的而不动心，大是难事。何况普通人失意无聊中，多半寄情于声歌美色。您是奇特有志节的人，不学世俗之态。您我相知太深了，不觉说出率直唐突的话，恐怕是您想知道的。日后不会感到惊讶。

七

某受张公知遇至深。罪废，累辱其门下，独不复摈绝否？如何！如何！想时得安问，贵眷在彼必安。

【译文】我受张安道赏识和重用非常深。我被流放，屡次使其门下客受辱，独不被安道公弃绝否？如何！如何！想您常向他问安，您的宝眷在他那必安。

八

某再拜。递中领手教，知已到官无恙，自处泰然，顿解忧悬。又知摄二千石，风采震于殊俗，一段奇事也。某羁寓粗遣，但八月中丧一老乳母。子由到筠，亦抛却一女子，年十二矣。悼念未衰，复闻堂兄中舍卒于成都。异乡罹此，触物凄感，奈何！奈何！

近颇知养生，亦自觉薄有所得，见者皆言道貌与往日殊别，更相阔数年，索我阆风之上矣。兼画得寒林墨竹，已入神品，行草尤工，只是诗笔殊退也。不知何故？张公比得书无恙，但以厚之去妇，家事无人干，颇牢落。子由在筠，甚苦局事烦碎，深羡老兄之安逸也。非久冬至，已借得天庆观道堂三间，燕坐其中，谢客四十九日。虽不能如张公之不语，然亦常阖户反视，想当有深益也。

定国所寄临江军书，久已收得。二书反复议论及处忧患者甚详，既以解忧，又以洗我昏蒙，所得不少也。然所谓"非苟知之，亦允蹈之"者，愿公尝诵此语也。杜子美在困穷之中，一饮一食，未尝忘君，诗人以来，一人而已。今见定国，每有书皆有感恩念咎之语，甚得诗人之本意。仆虽不肖，亦尝庶几仿佛于此也。

文字与诗，皆不复作。近为葬老乳母，作一志文，公又求某书，辄书此奉寄。今日马铺李孝基送君谟石刻一卷来，其后有定国题字，又动我相思之怀，作恶久之。数日前，发勾沈达过此，亦云与定国熟，船中会话半夜，强半是说定国。

近有人惠丹砂少许，光彩甚奇，固不敢服。然其人教以养火，观其变化，聊以怡神遣日。宾去桂不甚远，朱砂若易致，或为致数两，因寄示，稍难即罢，非急用也。穷荒之中，恐亦有一二奇士，当以冷眼阴求之。大抵道士非金丹不能解化，而丹材多出南荒，故葛稚川乞岣嵝令，竟化于广州，不可不留意也。陈璞一月前，直往筠州看子由，亦粗传要妙，云非久当来此。此人不惟有道术，其与人有情义，久要不忘如此，亦自可重。道术多方，难得其要，然以某观之，惟能静心闭目，以渐习之，但闭得百十息，为益甚大。寻常静夜，以脉候得百二三十至，乃是百二三十息尔。数为之，似觉有功。幸信此语，使真气云行体中，瘴冷安能近人也。

知有煞卖鹅鸭甚便，此间无有，但买斫脔鱼及猪羊獐雁，亦足矣。廪入虽不继，痛自节俭，每日限用百五十，自月朔日取钱四千五百足，系作三十块，挂屋梁上，平明以画杈子挑取一块，即藏去杈子，以大竹筒别贮用不尽者，可谓至俭。然犹每日一肉，盖此间物贱故也。囊中所有，可支一年以上，至时别作相度，日下未须虑也。儿子正如所料，不肯出官，非复小补也。信笔乱书，无复伦次，不觉累幅。书到此，恰二鼓，室前霜月满空，想识我此怀也。言不可尽，惟万万保啬而已。

【译文】我再拜。在驿站传递中拜读您的亲笔函，得悉您平平安安到了任所，自己处之泰然，立刻解除了我的担忧与悬念。又知您月有二千石的收入，风度神采惊动特殊风俗的南方，真乃一段奇事。我仍然困顿在流放地混日子，可是八月中有一老乳母去世，舍弟子由到筠州，十二岁的女儿死掉了。正在悼念未停时，又听说堂兄中舍死于成都。流落在异乡，遇到接二连三的不幸，不免看到什么都感伤，奈何！奈何！

近来我颇知养生之法，也自觉稍有所得，见我的人都说我的容貌与过去大不相同，要是再久别几年，将要到仙人所居的昆仑山之巅去找我了。我画的寒林墨竹，可以说已列入神品，我写的行书和草书特别有功夫，只是诗写的有退步。不知为什么会这样？张公来函，得知他无恙，但因为厚之失去妇，家中事没人操持，却无所寄托。舍弟子由在筠州，非常苦于政事烦琐，反倒羡慕您目下安逸。不久冬天快到了，已借好天庆观道堂三间，闲坐其中，四十九天不见客，虽不能如张安道的不说话，然而却常关起门来独自回看，想会大有益处。

您在江西临江军所寄的信，早收到。两封信反复谈到身在忧患中如何自处很详细，既可解忧，又能去除我的昏蒙，得益很多。然而您所说的“不是如果所明白的事，也姑且去实行，不通就随它”，愿您牢记这个话。杜甫处在困穷难堪的境地，喝水吃饭，没有忘了君王，在这以前的诗人，只有他做到这点。今看您，每来信均有感君思念自己有错的话，深得诗人的本意。我虽不才，也常几几乎和这差不多。

文章与诗，我都没作。近来因为葬老乳母，我写了一篇墓志，您找我要近作，我就把这写好奉上。今天马铺做过光禄卿的李孝基送来蔡襄的石刻一卷来，后有您的题辞，又引动我对您的思念，好长时间很难受。数天以前，发勾官沈达来我处，也说与您熟，我和他在船中谈了半夜话，大半是说到您。

近日有人送我一点丹砂，光彩很奇，本不敢服。然这位先生教我以火炉丹砂，火的变化，姑且可以用来提神消磨时间。宾州离桂林不很远，倘若容易弄到朱砂，或给我弄数两，顺带寄来，不好弄就罢，因不急用。穷苦荒凉的地方，怕也有一二奇才异能的人，当用冷眼观察暗中寻求。大抵道士非吃金丹不能肉体解脱，而丹砂多出自南方荒凉之地，所以葛洪求做产州砂的勾漏山的官，最终死在广州，不可不留意。一月以前，陈璞直往筠州看望子由，也略传了一些丹砂的妙用，说不久当来这。这人不只有道术，他与人还很讲情义，如此久约不忘，也很可重。炼丹的道术虽多，难得它的要领。然而依我看来，只有能闰日静心养神，渐渐练习，但闭得百十气息，为益极大。寻常深夜按着脉候得百二三十跳动，就是百二三十气息。数次这样做，似乎觉着有好处。幸而您能信这个话，使真气如云行天空一样，在身体上流通遍，瘴冷之气安能侵害贵体。

知道您处宰卖鹅鸭很便当，黄州没有，但买去掉鱼鳞的块鱼和猪、羊、獐、雁，也就感到满足了。朝廷发给的粮米之类虽不多，但我能狠狠节俭，每日限用一百五十钱，从每月初一取钱四千五百整，系作三十块，挂屋梁上，天亮用画杈子挑取一块，就将杈子藏起来，用大竹筒收贮用不完的，可称得上是最俭省的。即令这样，然还每天有肉吃，因为这里物价很便宜。囊袋里收存的，可用一年以上，至一年后别作打算，眼前不须过虑。儿子正如您所料，不肯去做官，不再能有小补。提起笔来乱写一气，没有伦次，不觉写有数页。写到此，恰深夜二更，屋前霜月满空，想您了解我这时的胸怀。余言难尽。只希您千万，保气戒色。

九

桂砂如不难得，致十余两尤佳。如费力，一两不须致也。

【译文】桂林丹砂如不难得，请您最好给我弄十来两。假如费力，一两也别给我搞。

十

某启。近附桂州递奉书，必达。迩来江淮间酷暑，殆非人所堪，况於岭外乎？惟道怀清旷，必有以解烦释滞者。入秋以来，翛然清远，计尊候安胜。仆凡百如昨，不烦念及。子由在高安，不住得书，无恙。近亦有南都来者云，张公及贵聚并安。见报，举者更宜省事缄口。区区之至，不罪！不罪！马朝请过此，议论脱然，必知所以待定国者。展奉未可期，惟万万自重。不一一。

【译文】轼言近来附上往桂林驿递的信，想必到达。最近江淮间热死人，几乎不是人所能忍受的，何况您是在岭外呢？只您的道德情怀清远旷达，必能用以解烦释闷。进入秋季以来，自然超脱清闲自在，想您平安得很。我一如往常，不必劳您远念。舍弟子由在高安，不断有信来，平安无事。近有从南京来的人说，张安道公及贵眷都平安，见到判决，举报的人更宜省事封住口了。区区所言，勿罪！勿罪！马朝请经过这，说话超脱，必知所以待您的情况。见面不知在何日，惟希您千万自己保重。余不一一。

十一

某启。马公过此嘉便，无好物寄去，收拾得茶少许，谩充信而已。新诗文近日必更多。君学术日益，如川之方增，幸更著鞭多读书史，仍手自抄为妙。造次！造次！某自谪居以来，可了得《易传》九卷，《论语说》五卷，今又下手作《书传》。迂拙之学，聊以遣日，且以为子孙藏耳。子由亦了却《诗传》，又成《春秋集传》。闲知之，为一笑耳。桂州递中有和仲奉和诗四首，不知到未？且一报之。

【译文】我陈述。马公经过这顺便，无好物捎给您，收拾得少许茶叶，轻慢地充信而已。您作的新诗文必更多。您的学术日有进展，如同河的水势正涨，更盼您能早着手多读书史，仍然亲手抄为妙。鲁莽！鲁莽！我从贬官发配以来，研究过《易传》九卷，《论语说》五卷，而今又下手作《书传》。我这个迂拙人作学问，聊以消磨时光，且以为子孙将来能学能收藏。舍弟子由也研究完《诗传》，又弄完《春秋集传》。您闲暇知之，供一笑罢了。往桂州驿传的书信中有和仲奉和诗四首，不知到未到？姑且一报。

十二

某递中领书及新诗，感慰无穷。得知君无恙，久居蛮夷中，不郁郁足矣，其他不足云也。马处厚行，曾奉书，必便达。不知今者为在何许，且盘桓桂州耶？为遂还任耶？重九登栖霞楼，望君凄然，歌《千秋岁》，满座识与不识，皆怀君。遂作一词云："霜降水痕收，浅碧鳞鳞欲见洲。酒力渐消风力软，飕飕。破帽多情却恋头。佳节若为酬。但把清樽断送秋。万事回头都是梦，休休。明日黄花蝶也愁。”其卒章，则徐州逍遥堂中夜与君和诗也。来诗要我画竹，此竟安用，勉为君作一纸奉寄。子由甚安。吾侪何尝不禅，而今乃始疑子由之禅为鬼为佛，何耶？丹砂若果可致，为便寄示。吾药奇甚，聊以为闲中诡异之观，决不敢服也。张公久不得书，彼必得安问。乍冷，万万以时自重。夜坐，醉中作此书，仍以君遗我墨书也。不宣。

【译文】我收到您递中的信和新诗，感激和欣慰无穷。得知您平安无事，久居蛮夷地区，不忧郁已经不错了，其他就不值得一提了。马处厚走，曾托他捎信，必便达。不知他现在在何方，是在桂林逗留？还是已经还任？我重阳节登栖霞楼，遥念您很悲伤，歌《千秋岁》词调，满坐认不认识您，都怀念您。于是我作一词说："霜华已降，水痕渐少，碧鳞鳞的水波非常浅，几乎快要看到水中露出的地。酒劲渐消风很柔软，晚秋已现出凉飕飕的寒意。戴上破帽却舍不得丢。重阳佳节如此为酬。只把杯酒送走金秋。回头看万事岂不都是梦，完了，完了。明天西风下的黄花瘦损，蝶也发愁。”该词末尾，就是在徐州逍遥堂半夜与您和的诗。您寄的诗要我画竹，要这有什么用，勉强为您作一纸奉寄。子由很平安。吾辈何尝不像佛教一样具有清静寂定的心境，而今才疑子由之禅为鬼为佛，又是为什么？丹砂若能弄到，顺便寄一点。吾用药非常奇，姑且用为闲中奇异之观，决不敢吃。久未接到张安道公的信，他必然得您问安。天刚冷，千万顺时自己保重。夜坐，醉中写此信，仍用您送给我的墨写的。余言不尽。

十三

某启。如闻晋卿已召还都，月给百千，其女泣诉，圣主为恻然也。恐要知。来诗愈奇，欲和，又不欲频频破戒。自到此，惟以书史为乐，比从仕废学，少免荒唐也。近于侧左得荒地数十亩，买牛一具，躬耕其中。今岁旱，米贵甚。近日方得雨，日夜垦辟，欲种麦，虽劳苦却亦有味。邻曲相逢欣欣，欲自号鏖糟陂里陶靖节，如何？君数书，笔法渐逼晋人，吾笔法亦少进耶？画不能皆好，醉后画得一二十纸中，时有一纸可观，然多为人持去，于君岂复有爱，但卒急画不成也。今后当有醉笔，嘉者聚之，以须的信寄去也。

【译文】我陈述。似听说王诜已召还京城，每月给他一百贯，他的女儿哭诉，皇帝也动起恻隐之心来。这恐怕是您想知道的。您的来诗更加奇，想和，又不想一再破近不作诗之戒。我自到黄州，从书史中寻快活，比做官忘了学，可少免荒唐事。近来在屋旁左边取得数十亩荒地，买一具牛，躬耕荒地。今年旱，米奇贵。近来得到雨，日夜开辟垦荒，打算种麦，虽然劳苦，但颇有味。邻居相逢很高兴，我想自号为水草泥淖地陶渊明，如何？您的几次书法，笔法渐逼晋代人，我的书法笔法也稍有进步吗？我的画不能都好，醉后，画的一二十张画，时有一张画得可以，然而多被人拿走了，对您怎能舍不得，但太急促画不好。今后当有醉笔，好的聚在一块，以俟可掌的信使寄去。

十四

《耕荒田》诗有云："家童烧枯草，走报暗井出。一饱未敢期，瓢饮已可必。"又有云："刮毛龟背上，何日得成毡。"此句可以发万里一笑也。故以填此空纸。

【译文】我的《耕荒田》诗有这话："家里儿童烧荒地的枯草，他走来报信说发现一口暗井。开这荒地有没有收成不敢说，但用瓢饮枯井的水，看样子是必有的。"又有两句诗："在乌龟背上刮毛来制毡，何日能制成。"这句可以发远在万里之外的您一笑，所以填这张空纸。

十五

某启。昨日递中得子由书，封示定国手简，承已到江西，尊体佳健。忠信之心，天日所照，既遂生还，晚途际遇未可量也。容采老少比旧不带黄茅气色否？呵呵。前此发书，并令子由转去，必达。来教云，此月五六可到九江，而子由书十一月方达。今且谩遣人，不知犹及见否？无缘一的为贺，引领神驰，惟万万自爱。速遣此人，书不能尽言，递中续上问也。不宣。

【译文】我陈述。昨天驿递中接到子由的来函？内封有定国的手简，知您已到江西，贵体康健您的忠君诚信之心，天上太阳照得清清楚楚，既能活着回来，后来的好遭遇，就不可测量了。您和家人容貌光采不像过去那样带黄茅气色吧？哈哈。前些时给您写信，并请子由转去，必定您接到了吧。来函说，此月初五、六可到九江，而子由的信十一月才到。如今再派人去，不知还能否见到你？无机会一见为贺，引领神驰，不禁非常思念，唯盼千万自己善加爱护。速派这个人，余言不尽，以后在驿站传递中继续奉问。不详说。

十六 以下俱离黄州

某启。今日景繁到泗州，转示十月二十三日所惠书并新诗六首、妙曲一首，大慰所怀。河冻胶舟，咫尺千里，意思牢落可知。得此佳作，终日喜快，滞懑冰释，幸甚！幸甚！某往扬州，入一文字，乞常州住。得耗，奏邸拘微文，不肯投进，已别作一状，遣人入京投下。近在常州宜兴，买得一小庄子，岁可得百余硕，似可足食。非不知扬州之美，穷猿投林，不暇择木也。黄师是遣人往南都，故急作此书，仍和得一诗为谢，他未暇也。新济甚浅，冻不可行，旦夕水到即起，恐须至正初方有水也。不知至时公在宋否？某若得请，或附宣献公舟尾南来，不尔，遂溯水至西都，出陆赴汝也。然欲葬却乳母（子由乳母）。乃行。即南都亦须住一月。入夜，倦迫，不尽意。惟万万自重。

【译文】我陈述。今天景繁到泗州，转示十月二十三日您的赐函并新诗六首、妙曲一首，大大慰我对您的怀念。河水封冻，舟不能行，近在咫尺却有远隔千里之感，无所寄托的失落情绪可以想见。得您的大作，终日欢快，积攒的忧闷完全消除，幸甚！幸甚！我往扬州，上表求在常州住。得消息，奏邸已将我对皇帝上的表扣压起来，不肯往上投，我已别作一状，派人进京投下。我近在常州宜兴，买得一小庄子，一年可得百余石粮食，似可够吃。非不知扬州景物美，穷猴子急于找树林投，没有空时间寻觅好的树林。黄师是派人往南阳，故急写此信，仍和一诗为谢，其他则没时间做。新济水很浅，结冰后不便行，早晚有水即起船，恐怕到正月初才有水。不知我到时，您还在宋否？我上的表若蒙批准，或者就附宣献公的舟尾南下，不然，溯流而上到洛阳，走陆路赴汝州。然想葬却乳母（子由乳母）才行。到了南阳也须住一月。天黑了，疲倦得很，书不尽意。惟盼万万自己保重。

十七

某顿首。先帝升遐，天下所共哀慕，而不肖与公，蒙恩尤深，因宜作挽，少陈万一。然有所不敢者尔，必深悉此意。无状坐废，众欲置之死，而先帝独哀之，而今而后，谁复出我于沟渎者。已矣，归耕没齿而已。

【译文】我叩头。神宗先帝驾崩，天下人共哀慕，而我与您，受恩特别深，当作挽联，少表示感激皇恩于万一。然而却有所不敢这样作，想您必深知此意。无端被废，很多人想置我于死地，而先帝独同情，而今而后，谁再把我从深沟中搭救出来。完了，归耕田园到死罢了。

十八

某启。张公壅嗽，经月未已，虽饮食不退，然亦微瘦。数日来亦渐损，想必无虑。然有书宜令劝固胃气，勿服疏利药，仆屡以劝之。仍劝夏秋间，先多作善事，斋僧、施贫之类，然后开眼。公后日相见时，亦可以此劝之。旦夕遂与之别，情味极不佳。公得暇早来，与之相聚，若得此间一差遣，亦非小补也。留意！留意！

【译文】我陈述。张公犯肺气肿之类的病，一月未愈，虽吃饭还好，然而却微瘦。数日来病渐轻，想必无虑。然您有函宜劝他加固胃气，不要吃泻药，我也常劝他。仍劝夏秋间，先多作善事供和尚吃饭，救济穷人之类，然后睁眼看看。您后天相见时，也可用这些话劝。早晚就要与他别，情味很不好。您有空早来，与他相聚，若能在这里谋到一份差使，也非小补之事。留意！留意！

十九 以下俱翰林

某启。数日闻舟驭入城，适患疮，未溃，坐起无聊，不克修问，不审起居何如？既无由往见，而公又未朝觐，企渴不可言。当以酒洗泥，而久在告，酒尽，只有大小团密云五饼、双井一饼，亦为高人无泥可洗尔。呵呵，病中，不尽区区。

【译文】我陈述。数日前就听说船开进城，当时我正患疮，疮未出头，坐着站着都不好接，未能修书奉问，不了解您饮食起居如何？既无法去见您，而您又未去见皇帝，我对您企仰渴望难以表述。我应用酒给您接风洗尘，而我久在休假期间，酒已喝尽，只有大小团密云五饼，双井茶一饼奉送给您，也因为高雅人士无尘可洗。哈哈。病中，我的话就说到这。

二十

数日卧病在告。不审起居佳否？知今日会两婿，清虚阴森，正好剧饮，坐无狂客，冰玉相对，得无少澹否？扶病暂起，见与子由简大骂，书尺往还，正是扰人可憎之物，公乃以此为喜怒乎？仙人王远云，得此书，当复剧口大骂之，固应尔。然而不可以徒骂也。知公澹甚，往发一笑。张卜七必在坐，幸伸意。

【译文】好些天，来我休假到卧病在家。不知您起居好吗？知您今日与两婿相会，清虚堂里阴森幽暗，正好在那开怀畅饮，坐中没有放荡不羁的人，岳父冰洁，女婿玉润，能不稍嫌淡泊宁静吗？我病未好为勉强起来行动，见给子由的手简还放在那，由不得骂，就想到书信，正是扰人可恶的东西，您会以这为喜怒吗？东汉桓帝时成仙的远方平说，得此信，当该张口大骂，乃应当做的事。然而不可以仅仅骂。知您非常淡泊无事，写此供您一笑。张安道的儿子十七必定也在清虚堂饮酒，请代我问好。

二十一 以下俱颍州

某启。久不奉状，辱书，感慰之至。比日起居何如？谤焰已息，端居委命，甚善。然所云百念灰灭，万事懒作，则亦过矣。丈夫功名在晚节者甚多，定国岂愧古人哉！某未尝求事，但事入手，即不以大小为之。在杭所施，亦何足道，但无所愧恨而已。过蒙示谕，惭汗。若使定国居此，所为当便惊人，亦岂特止此而已。本州职官董华，密人也，能道公政事，叹服不已，但恨公命未通尔。但静以待之，勿令中涂龃龉，自然获济。如国手棋，不烦大段用意，终局便须赢也，未由会见，千万保重。不宣。

【译文】我陈述。久未修书问候，反承您来示，感激欣慰之至。近日起居如何？攻击毁谤已经终止，您正襟危坐委之于命运，很好。然而您说百念俱灰，样样事都消沉不想作，这就过分了，丈夫功名在晚些时候有成就的甚多，您岂愧古人呢！我未尝找工作，但工作到手，不论大小都去做。我在杭州又有什么值得说的，做这些事无惭愧汗颜而已。承蒙过奖，令我惭愧汗颜。若使您在杭州，一定做得更惊人，岂止做我做的那点事。本州的属吏董华，密州人，能详说您做官的措施，佩服不止，但中恨命运未通罢了。但静以等待时机，不要在中途被梗塞不顺所阻止，船到桥头自然直。如国中棋艺能手，不烦全局大段用意，终局定会赢棋。未能会见，您千万保重。不详叙。

二十二

某启。前日欲附南京书，来人不告而去，因循至今。比日起居何如？张丈且喜少安。且令安乐几年，慰四方士大夫心，岂非好事。近日都下，又一场纷纷，何时定乎？颍虽闲僻，去都下近，亲知多特来相看者，殊倦于应接，更思远去而未能也。未缘言面，千万保啬。不一一。

【译文】我陈述。前天您的来人忽然不告而回南京，想托他给您捎封信没做到，以至因循到今才给您去信。近日起居怎么样？张安道老丈且喜稍安。且希望他能安乐几年，慰四方士大夫心，能说不是好事。近来京城官场，又一场争夺权利闹纷纷，何时能平定？颍虽闲静偏僻，离京城近，亲朋多特来相看，殊倦于应酬接待，更想离京城远而未能。没机会面叙，盼您千万保护身体少近女色。不细述。

二十三

某启。近遣人奉书，未达间，领来诲，伏承起居佳胜。旋得厚之书，知从者入都，想已还宋矣。某见报移郓，老病岂堪此剧郡。方欲力辞而请越，不惟适江湖之思，又免过都纷纷，未知允否。老境欲少安，何时定乎？未由言面，菀结可知。乍暖，千万保练。不一。

【译文】我陈述。近来派人送去的信还没到，就又收到您的赐教，想您起居非常好。才得厚之的信，知随从的人已进京，想已回到宋州。我见邸报知道调到郓城，我这个老病的人岂堪到繁杂的县城工作。正想力辞而将我调到江浙，不唯满足了我留恋江湖的心愿，又避免过京城的纷纷闹攘，不知允不允许？老境想稍安，何时能定呢？未能面谈，忧悒可以想见。天刚暖和，千万保重练身。不详说。

二十四

某启。人来，辱书，并三诗，伏读感慰，仍审起居佳胜。报张公卧矣，不胜忧悬。急要文集，不敢不付。在杭二年，到京数月，无顷刻暇时。公属我，文集当有所删润，虽不肖岂敢如此，然公知我之深，举世无比，安敢复存形迹，实欲仰副公意万一，故不敢草草编录。到颍，方有少暇，正欲编次，而遽索去，不敢不付。且乞定国一言检阅，既了，仍以相付，幸也。千万保爱。不宣。

【译文】我陈述。您派的人来，承蒙您赐教，并三首诗，恭读后又感激又欣慰，仍想您起居安好。提到张公卧床不起，不胜忧思与悬念。急要文集，不敢不付。我在杭州二年，留京数月，没片刻闲的时候。您吩咐我，文集当有所删简润色，虽我岂敢这样做，然而您知我最深，世上人无法比，安敢还存表面虚礼，实想仰望领会您的意于万一，所以不敢急急忙忙去编录。我到颍州，才有点空，正想编录，被急要去，不敢不给。且求您逐字检阅，弄完了，仍交给我为幸。千万保重爱护。不详说。

二十五

某启。别来纷纷，未即奉状。两辱手教，感愧深矣。且审比来起居佳胜，为慰！为慰！公失郡去国，士友所叹。然自是计少安，其他无足言者。某已得颍州，极慰所欲，但不副张公之意。盖旬日前得子开书，极来相祷，方安于彼，不欲移也，故不敢乞。闻张公已安，庆慰无量。会合未可期，惟千万保啬。不宣。

【译文】我陈述。别后事情杂乱繁忙，未能立即奉函问候。两次接到您亲笔函，感激惭愧太很了。想您起居安好，为慰！为慰！您失掉郡又不在朝廷任职，知识阶层和朋友都为之感叹。然自此估计您稍安，其他还有什么说的呢。我已到颍州上任，感到十分满足，但不符张公的心意。因十天前得曾子开的信，极来相劝告，我才安心，不想调别处去，故不敢请调。闻张公已平安，真是说不完的欢庆与安慰。会晤未有期，乞千万保重贵体。不详说。

二十六

某启。自公去后，事尤可骇。平生亲友，言语往还之间，动成坑阱，极纷纷也。不敢复形于纸笔，不过旬日，自闻之矣。得颍藏拙，余年之幸也。自是刳心钳口矣。此身于我稍切，须是安处，千万相信。日与乐全翁游，当熟讲此理也。某甚欲得南都，而侄女子在子开家，亦有书来，云子开欲之，故不请。想识此意。

【译文】我陈述。自您走后，事更加令人惊骇。平生亲友，言语往还之间，动不动就成为陷阱，极为紊乱。再不敢用纸笔写了，不要十天，您会听到这方面事。赴颍州任，可以藏拙，实为晚年之幸。从今往后，挖出心封住嘴为妙。只有此身于我稍切，需要平平安安，千万相信我会这样做。天天与乐全老人游，当熟讲这个道理。我很想到南阳，而侄女子在子开家，也有函来，说子开愿我在颍州，所以不请求改调。想您知道我的意思。

二十七

某启。数辱书，一一收领。亦一上状，知已达。风俗恶甚，朋旧反眼，不可复测，故不欲奉书，畏浮沉尔。不罪！不罪！比日起居佳胜。公敝屣浮名，一寄之天，不过淮上上回文，以无为有尔。然亦未必如此，但恐流俗观望，复作两楹之说，皆不足道也。某所被谤，仁圣在上，不明而明，殊无分毫之损。但怜彼二子者，遂与舒亶、李定同传尔，亦不足云，可默勿语也。余惟千万保爱。不宣。

【译文】我陈述。数次蒙您赐函，均收到。也给您去过一函，想已达。目下风俗太坏，朋友旧相识，说翻脸就翻脸，不可理解，所以不想给您去函，怕遭麻烦。请勿罪！勿罪！想您近日起居安好。您视虚名如破鞋，一切听之于天，不过淮上上次给您的函，以无当做有了。然而亦未必如此，只怕世俗的人，又作骑墙派的说法，都不值得一谈。我被人毁谤，有圣明君王在上，不用辨而自明，伤不了我一根毫毛。但可怜那两人，与舒亶、李定同为世人不耻，也不足道，可静观不语。其余盼望千万保重爱护自己。不多说。

二十八

某启。平生欲著一书，少自表见于来世，因循未成。两儿子粗有文章材性，未暇督教之。从来颇识长年养生妙理，亦未下手。三者皆大事，今得汝阴，无事，或可成，定国必贺我也。言此者，亦欲公从事于此尔。书至此，中心欣跃，如有所得。平生相知，不敢独飨，当领此意，不复念余事也。

【译文】我陈述。平生欲著一本书，多少自己表见于后世，拖到如今未写成。两儿子还有一些文章悟性，没空多督导教诲。从来知道一些长年养生妙理，也没下手去做。三样都是大事，今托您的福，没多的事，也许可以着手办了，您必对我恭贺。言这些，也想您也跟我一样从事于此。写到这，中心欣喜跳跃，如有所得。平生和您最知心。不敢独自享受，您当领此意，您我不必再念其他事了。

二十九

公自此无忧患矣，不须复过虑。《砚铭》，到颍当寄上也。

【译文】您到这没忧患了，无须又想的很多。《砚铭》刻文，我到颍州当寄上。

三十

某启。辱书，具审起居佳胜。诬罔已辨，有识稍慰。宠示二诗，读之耸然。醉翁有言："穷者后工。"今公自将达而诗益工，何也？莫是作诗数篇以饷穷鬼耶？喜不寐。诗甚欲和，又碍亲嫌，皆可一笑也。张公今虽微瘦，然论古今益明，不惟识虑过人，定国亦可见矣。人事纷纷，书不尽言，非面莫究。

【译文】我陈述。蒙您赐函，完全知道您起居安好。对您种种毁谤不实之词已戳穿，熟悉您的人都感到安慰。承您给我看的两首诗，读后毛发悚然。醉翁欧阳修说，文人处境困穷，诗就写得好。现在您超脱达观而写真心就将有力度，耐寻味。为什么？莫不是吟数篇诗以赠送穷鬼？喜欢得睡不着。本想和您的两首诗，又为了碍于您我是亲戚之嫌，均可付之一笑。张安道公今虽微瘦，然而论古今益明，不只是他的识见超过常人，您会有这样看法的。人事关系复杂，无法全把心思写出来，非面谈不能说清楚。

三十一

某甚欲赴乐全之约，请南都，而子开有书切戒不可。又侄女亦有书云，舅姑方安于彼，不可夺也，故不欲请。承乐全乃尔见望，读之极不皇，且为致此恳，余具公书矣。定国云有二诗，元不封示，何也？公平生不慎口，好面折人，别后深觉斯人极力奉挤。公临行时，亦自觉仆始信之可骇也。

【译文】我非常想赴乐全居士之约，请调南阳，而曾子开有信极力劝阻。又侄女有信云，舅姑才在颍州住安身，不要强勉他们走，所以我没请调南阳。承蒙乐全居士如此期望我去，读起来很不安。且请您致恳谢，其他都在给您的信中说明了。您有二诗，原没封固，为什么？您平生嘴不谨慎，当面好指责人的过失，别后深觉这个人极力陷害。您辞别时也发觉我开始信的可怕情况。

三十二 以下离颍州

某启。高休至，辱书忱爱矣。比日起居何如？书意欲一相见，固鄙怀至愿，但不如彼此省事之为愈也。御瘴之术惟绝欲练气一事，本自衰晚当然。初不为御瘴而作也。某其余坦然无疑，鸡猪鱼蒜，遇着便吃，生病老死，符到便奉行，此法差似简要也，君实尝云："王定国瘴烟窟里五年，面如红玉。"不知道，能如此乎？老人知道，则不如公，顽愚即过之。朝夕离南都，别上状。愈远，加爱。不宣。

【译文】我陈述。高休来了，承蒙来示忧而且爱。近日起居如何？您来函说想互相见面，这本是我最希望的，但不如彼此省事为好。防御瘴气的妙法只有绝欲练气一样，根本一衰，什么病就会到来，初不为御瘴而作。我其他坦然无疑，鸡猪鱼蒜，见着就吃。生病老死，闫王的符命一到便奉行，此法非常简要。司马光说："王定国在广西瘴烟窟里混五年，满面红光。"如果不是懂得道术，能这样吗？老朽在懂得道术方面，则不如您，而老顽愚却超过了你。不久离南阳，再给您奉函。分别越远越想念。余不多言。

三十三

某启。别来三辱书，劳问之厚，复过畴昔矣。衰缪日退，而公相好日加，所未谕也。又中间一书，引物连类，如见当世大贤。意谓是封题之误，必非见与者，而其后姓字则我也，尤所不谕。然三复其文，词韵甚美，正似苏州。何充画真，虽不全似，而笔墨之精，已可奇也，谨当收藏，以俟讲此者而与之。如何？如何？公行复旧官矣，差遣亦必自如意。可喜！可喜！但此去不知会合何日，不能无耿耿也。真赞辄作得数句，如何？可用，即令一善写小字人代书绢上可也。张公《集引》、厚之《字说》皆未作，别后日纷纷，可厌！可厌！神膏方纳上，余勤勤自爱。

【译文】我陈述。别后蒙您三次赐函，烦问的深厚情谊，又过往昔。您说衰落日减少，而相交的好友却日多，这我不解。又中间一函，导引物而连及同类，如见当世大贤。意以为是封面题词之误，必不是送给您的人，而末后的落款却是我，更使我不解。然而我反复看这文，词藻非常漂亮，正似唐朝韦应物。最善画像的何充所画的像，虽不太像，而笔墨的精细，已足称奇。我谨慎收藏，以等讲画者而与他。如何？如何？您将恢复旧官，所派官职也必定令您满意。可喜！可喜！但您此行不知何日能见面，我不免心中不平静。您的画像赞已作得数句，怎么样？可用，就叫一善写小字人代书绢上即可。张安道公的《集引》，他儿子厚之的《字说》都没作，别后杂事繁多，讨厌！讨厌！神膏才交上，余盼您勤劳自己爱护。

三十四 扬州

张公所戒，深中吾病，虽甚顽狠，岂忍不听，愿为致此意也。公向令作《滕达道埋铭》，已诺之，其家作行状送至此矣。又欲作《孙公神道碑》，皆不敢违。只告密之，勿令人知是某作，仍勿令以润笔见遗，乃敢闻命。来诗甚奇，真得冲替气力也。呵呵。故后诗未及和。朝夕别遣人，并致糟淮，白所欲宜兴田。某岂敢有爱于此等，然此田见元主昏赖。某见有公文在浙漕处理会，未见了绝，当亦申都省也。田在深山中，去市七十里，但便于亲情蒋君勾当尔。不知在公时，蒋能如此干否？更筹之。

【译文】张安道公所当诫的，深深地说到我的短处，虽然此病顽固得很，我岂忍不听，愿您代我向他致此意。您过去叫我作《滕达道埋铭》，已答应写，他家将他的人品和事迹已送到这。又想作《孙公神道碑》，我都不敢不作。只求您保密，不要叫人知道我作的，仍请不要叫送酬劳的东西给我，这样我才敢写。来诗奇得很，您真得冲替的气力。哈哈。故后来的诗没来得及和。不久我将另派人，并向淮南转运司申请，想购宜兴田。我岂敢有爱这个田，差因此田原主人昏赖。我见有公文在浙江转运司处理，未见解决，我也当申报尚书省。宜兴田在深山中，离城七十里，但便于和亲戚蒋君联系。不知在您面前，蒋能这样干否？再筹划。

三十五 以下俱赴定州

某启。示教，承起居佳胜。子由疾少间，惠药，感刻。二方谨秘之。五方续写得，纳上。祝鮀卫子鱼，贤者也，佞才也？以为佞人，盖流俗之误。山梁雌雉，子路以馈孔子。孔子知子路将不得其死，雉亦好斗，斗丧其生。故曰："色斯举矣，翔而后集。"若此雉，岂时之罪哉。其余义尽于文，初无注解焉，或留意少试。仆子不肯，已遣回，一面商量，可公意即可也。李希元已付一简与子中矣。某适与安国说，欲来早略到净因，今又头昏，去否未可知。旱疠将作，人多不安。将爱！将爱！

【译文】我陈述。接到您的赐教。候您起居安好。子由的疾病好了一点，您寄的药，太感激了。两药方谨秘藏。另外五个药方续写好，纳上。春秋时代卫国的祝鮀字子鱼，是贤人，还是善以巧言献媚的人？把他作为巧言献媚者，是世俗的错误观点。子路抓住了雌雉送给孔子。孔子知子路将不会好死，野鸡也好斗，斗丧其命。所以说："见颜色不善，就离开它。"像这个野鸡，岂时之罪呢。其他都含义在文里，起初无注解，或留意少试一下。我的孩子不肯，已遣送回，一面商量，可您意即可。李希元已交给一封信给子中了。我适与您说，想来早大略就到净因寺，今天我又头昏，去不去还不一定。旱季瘟疫快流行，人多恐惧不安。将爱惜！将爱惜！

三十六

某启。近者崇庆大故，中外哀慕，想同此悲痛。某蒙被知遇，尤增殒灭。人来，领书，承起居无恙。某本自月初赴任，今须俟殿攒毕，乃敢朝辞，后会何时，临书怆恨。惟万万自重。

【译文】我陈述。近来宣仁皇后驾崩，朝野一致悲哀悼念，想您我同此悲痛。我蒙宣仁皇后知遇，更增想死的心。您派的人来，收到您赐函，想您起居安康。我本该这年九月赴定州任，今须等在宫殿停柩事完，才敢面辞。何时再会，写到这悲怆恨别，惟希您千万自己保重。

三十七

某启。疲曳之余，即困睡尔。寻酒对菊，岂复梦见。君真世外人也。诗亦奇，欲和而未暇。使事始欲辞免，又若无说，然衰病极畏此。后日未可预刻，至时驰问也。

【译文】我陈述。疲倦已极，就困睡了。对菊找酒喝，岂又梦见。您真正是世外人。诗也奇，想和而暂时没空。出使的事开始就想辞免，又好像没什么理由，衰病之人最怕这种差事。后日不可预料，到时候急去问问。

三十八

某启。甘草，已如所谕削去矣。参四板，聊致远诚，并一诗为笑。雪浪斋亦求一篇，为塞上华宠。厚之本欲作书，适有少冗，又笔冻甚，俟稍和暇也。幸致意。

【译文】我陈述。甘草，已如您所告知的削去了。参四板送去，聊表示我的远方诚意，并一诗为笑。雪浪斋也求一篇，为他的边塞华宠。我想给厚之写信，适有少量杂事牵挂，又因笔冻僵发不开，等天气稍暖和有空再写。幸致意。

三十九

某启。辱教，承起居佳胜。昨夕黄昏径睡，五更马上赏嘉月尔。事已，一笑。出疆已有旨，完夫同行也。别纸已领。

【译文】我陈述。来示收到，想您起居安好。昨天黄昏时就睡了，五更起来骑在马上赏天上皓月。事情完了，供一笑。朝廷已有令，将我责授宁远军节度使惠州安置，这次又是小儿子完夫和我同行。您写的别诉已心领神会。

四十 以下俱惠州

某启。递中忽领三月五日手教，喜知尊候佳胜，贵眷各康健，并解悬情，幸甚。一官为贫，更无可择。知生计渐有涯，可喜！可喜！某到此八月，独与幼子一人、三庖者来。凡百不失所。风土不甚恶。某既缘此绝弃世故，身心俱安，而小儿亦遂超然物外，非此父不生此子也。呵呵。书中所谕，甚感至意，不替畴昔而加厚也。幸甚！幸甚！子由不住得书，极自适，道气有成矣。余无足道者，南北去住定有命，此心亦不念归，明年买田筑室，作惠州人矣。伏暑中，万万加爱。不宣。

【译文】我陈述。在驿站传递中，忽接到您三月五日亲笔函，喜知您很安好，您的宝眷各各健康，一并解除了我的挂念，幸甚。做一个贫官，更没有别的可选择。知生计渐渐有个止境，可喜！可喜！我八月到这，独独与小儿子、三个火夫来。凡百事不感到困难。风俗习惯和地理环境均可以。我因此绝弃世故，身心都感到安适，而小儿于是也超然物外，非此父不生此子也。哈哈。您信中所说，我非常感激您的诚意。比昔日的情意还要加厚。幸甚！幸甚！不断得到子由的信，他极能适意而过，学道气有成了。其他没有什么称述的。到南住还是到北方住，这都是命注定，我这颗心也不念回，明年打算买田盖房子，做惠州人。时当暑季，万万加倍爱护。不详说。

四十一

某一味绝学无忧，归根守一，乃无一可守。此外皆是幻。此道勿谓渺漫，信能如此，日有所得，更做没用处，亦须作地行仙，但屈滞从狗窦中过尔。勿说与人，但欲老弟知其略尔。问所欲干，实无可上烦者。必欲寄信，只多寄好干枣、人参为望。如无的便，亦不须差人，岂可以口腹万里劳人哉。所云作书自辩者，亦未敢便尔。“不怨天，不尤人，下学而上达，知我者，其天乎？”张十七绝不闻消耗，怀仰乐全之旧德，故欲其一箴之否？

【译文】我一味认为宏伟独到的学术是没有忧虑的，归根到底在执一，又无一可守。此外都是空幻。不要认为此道浩漫无际，倘能这样，天天有所得，更假定没用，也可做人世间的仙人，可惜屈居下位，从狗洞经过。此话不要对人说，但要对老弟说个大概。您问我想干什么，实在没有可对您的说。您必想寄东西，只多寄好干枣、人参为好。如无顺便的人来，也不须派人，岂可因为吃的东西叫人家从万里路上带来。您所说叫我写东西辩白一下，我也不敢就这样做。“不怨天，不怨人，下学而上达，知我者其天乎？”张十七近况一点也不知道，怀念仰望张乐全之恩德，所以想他可否再对我规诫？

答黄鲁直五首 以下俱徐州

轼顿首再拜鲁直教授长官足下。轼始见足下诗文于孙莘老之坐上，耸然异之，以为非今世之人也。莘老言："此人，人知之者尚少，子可为称扬其名。"轼笑曰："此人如精金美玉，不即人而人即之，将逃名而不可得，何以我称扬为？"然观其文以求其为人，必轻外物而自重者，今之君子莫能用也。其后过李公择于济南，则见足下之诗文愈多，而得其为人益详，意其超逸绝尘，独立万物之表，驭风骑气，以与造物者游，非独今世之君子所不能用，虽如轼之放浪自弃，与世阔疏者，亦莫得而友也。今者辱书词累幅，执礼恭甚，如见所畏者，何哉？轼方以此求交于足下，而惧其不可得，岂意得此于足下乎？喜愧之怀，殆不可胜。然自入夏以来，家人辈更卧病，忽忽至今，裁答甚缓，想未深讶也。《古风》二首，托物引类，真得古诗人之风，而轼非其人也。聊复次韵，以为一笑。秋暑，不审起居何如？未由会见，万万以时自重。

【译文】我叩头再拜鲁直教授长官足下。我开始见您诗文是在孙莘老的座上，不觉惊动而称赞，认为不是当代人能作出来的。莘老说："鲁直，人知他的还很少，您可以给他宣扬一下。"我笑道："这人像是最精萃的金玉，不近人而人靠近他，想没名声而办不到，又何必要我去称扬他？"然而看您的诗文以推断您的为人，必然是藐视世间其他事而非常自重的人，而今的掌权人不会用您的。之后在济南拜李公择时，看到足下的诗文更多，得知您的为人更详，意识到您是出群超众，不着尘埃，超然万物之外，驾驭风控制气，以与天地同游，非独当今有权人不能用，虽如我这个放纵不受拘束又自弃，与世疏阔放达者，也不能交为朋友。而今承您寄来书词累幅，非常恭敬，如见所怕的人，为什么？我正要去求交于足下，还怕不能成功，谁料到在这拜识了您？喜悦惭愧的心情，几乎克制不住。然而进入夏天以来，家里人更病得卧床不起，不觉到了今天，回信太晚，想您不至很惊讶。《古风》二首，借物寄情，深得古诗人之旨意，而我不是古诗人。姑且和您的诗并用您的诗韵而写，以博一笑。秋热季节，不知您起居如何？不能会见，万万随时自重。

二

某启。晁君骚词，细看甚奇丽，信其家多异材耶？然有少意，欲鲁直以己意微箴之。凡人文字，当务使平和，至足之余，溢为怪奇，盖出于不得已也。晁文奇丽似差早，然不可直云尔。非谓避讳也，恐伤其迈往之气，当为朋友讲磨之语乃宜。不知以为然否？不宣。

【译文】我陈述。晁补之君寄来的楚辞骚体文，仔细看非常奇丽，怪不得他家多异彩纷呈的人材？然而我略有意见，希望鲁直用化我的话复变为自己的话对他稍加劝诫。大凡人写文章，应务必求平易和畅，等到老练成熟，水满外流，流为怪奇，乃出于不得已而为之。晁的文章怪奇峭丽似乎过早，这话可不能直接了当对晁说。这并非要把自己的话隐藏起来不说，以免伤害他勇往直前的气概。您说对吗？就此打住。

三 翰林

某启。前日文潜、无咎见临，卧病久之，闻欲牵公见过，所深愿也。便欲作书奉屈，而两日坐处苦一疮，极痛，至今未穴，殊无聊赖。得教并诗，慰喜不已。疮两日当穴，又数日可无苦。诸公自可准法来问疾，然欲来，当先见语。公择舅作宪，甚可喜，因见，为道区区。君实尝言，破题当似“日五色”，莫作“运启元圣，天临兆民”

也。余非面不尽。

【译文】我陈述。前天文潜、无咎来临，我卧床不起已久，听说想找您来晤，这是我最大心愿。我便想写函屈驾前来，而两日坐处生一疮非常疼，至今还未找到可以进行针灸的部位进行针灸，内心非常空虚无寄托。接到信和诗，喜悦安慰不止。疮两天当针灸，又有数天没苦。诸公自可依法来问病，然要来，当先告知一下。李公择舅任淮南西路提点刑狱，非常可喜，倘若见面，请为我致贺意。司马君实曾说，作诗赋起首几句当似“日照五色非常简明生动”，莫作“鸿运动大圣人，天临众黎民”之类。其他非面谈不能尽兴。

四 以下俱惠州

某启。方惠州遣人致所惠书，承中途相见，尊候甚安。即日想已达黔中，不审起居何如，土风何似？或云大率似长沙，审尔，亦不甚恶也。惠州已久安之矣。度黔亦无不可处之道也。闻行橐无一钱，涂中颇有知义者，能相济否？某虽未至此，然亦近之矣。水到渠成，不须预虑。数日来苦痔疾，百药不效，遂断肉菜五味，日食淡面两碗，胡麻、茯苓炒数杯。其戒又严於鲁直。虽未能作自誓文，且日戒一日，庶几能终之，非特愈痔，所得多矣。子由得书，甚能有味於枯槁也。文潜在宣极安，少游谪居甚自得，淳父亦然，皆可喜。独元老奄忽，为之流涕。病剧久矣，想非由远谪也。隔绝，书问难继，惟倍祝保爱。不宣。

【译文】我陈述。正当惠州遣去的人致您的来示，承蒙中途赐见，知尊驾非常安康。想您当天已经到达黔州，不知起居如何，当地风俗有什么不同？或说大概像长沙，真这样，也不太差。惠州我已久安住了。估计黔中也没有不可住的情况。听说您没一点盘缠，途中颇有好义的人，能接济一点吗？我虽没到地步，然而也差不多了。船到桥头自然直，无须过虑。数日来为痔疮所苦，各种药用了都无效，于是就断肉菜和酸辣苦味咸，日吃淡面两碗，胡麻，茯苓数杯。这种忌口严厉又超过您。虽没能作自誓文，但能日戒一日，庶几能终之，不只能治好痔疮，且于其他也有好处。接到舍弟子由信，知他甚能适应贫困憔悴的生活。张文潜在宣州极安适，少游被发配至边地依旧悠然自得，范淳父也是如此，都令人欣喜。唯独佛印禅师忽然死掉，不禁令人泪下。病重已久，想不是仅仅因为把他发配到远处所致。隔得太远，难通音问，只有加倍祝您保重爱护。不详说。

五

某有侄婿王郎，名庠，荣州人。文行皆超然，笔力有余，出语不凡，可收为吾党也。自蜀遣人来惠，云：“鲁直在黔，决当往见，求书为先容。”嘉其有奇志，故为作书。然旧闻其太夫人多病，未易远去，谩为一言。眉人有程遵诲者，亦奇士，文益老，王郎盖师之。此两人有致穷之具，而与不肖为亲，又欲往求黄鲁直，其穷殆未易量也。

【译文】我有侄婿王郎，名庠，荣州人。文章德行皆超凡，笔力强劲，措词不一般，可列入我们志同道合的人。自四川派人来惠州找我，说：“鲁直在黔州，我一定要去拜访他，求您写函推荐。”我赞赏他有大志，故而修书事先告知。然过去听说他老母亲多病，不便远走，随便说一下。四川眉山有个程遵诲，也是位奇士，文笔更加老练，王郎曾以他为师。此二人有致穷之本性，而与我是亲戚，又想去拜见您，那他俩的穷真是不可计量。

答秦太虚七首 以下密州

某启。别后数辱书，既冗懒且无便，不一裁答，愧悚之至。参寥至，颇闻动止，为慰。然见解榜，不见太虚名字，甚惋叹也。此不足为太虚损益，但吊有司之不幸尔。即日起居何如？参寥真可人，太虚所与之，不妄矣。何时复见，临纸惘惘，惟万万自爱而已。谨奉手启上问。诸事可问参寥而知，入夜，困倦，书不详悉。程文甚美。信非当世君子之所取也。仆去替不远，尚未知后任所在，意欲东南一郡尔。得之，当遂相见。

【译文】我陈述。别后数次蒙您来信，我既疏懒且没便人。没能回答，惭愧恐惧到了极点。参寥来了，颇了解您的情况，为慰。然而见乡试发的榜，不见太虚的名，非常惋惜叹息。这不足为您增加什么失掉什么，但痛感考官失掉真才的不幸。当前情况如何？参寥和尚是个可人意的人，您结交他，不至有差错。何时能再见您，写到这不禁怅惘，只有盼您千万自己爱护。谨将我亲笔写的话奉问。诸事问寥就知道。到了夜晚，很困倦，不能详写。您依照程式写的文章非常好，的确非当前考官能有慧眼识别出来。我离接任我的官要不多久了，还不知我以后到哪上任，我自己很想去东南方向工作。倘能去成，那我们就会相见了。

二

某昨夜偶与客饮酒数杯，灯下作李端叔书，又作太虚书，便睡。今日取二书复视，端叔书犹粗整齐，而太虚书乃尔杂乱，信昨夜之醉甚也。本欲别写，又念欲使太虚于千里之外，一见我醉态而笑也。无事时寄一字，甚慰寂寥。不宣。

【译文】我昨夜偶与来客饮数杯酒，灯下给李端叔写信，又给您写信，写完就睡了。今日拿这两信再看，给端叔的信还大致整齐，而给您的信如此杂乱，确实是昨夜晚醉得太厉害了。本想重写，又念想使太虚于千里外，一见我醉态而笑起来。您无事时能寄一字，就足能慰我寂寥。不详叙。

三 湖州

某启。昨晚知从者当往何山。辱示，方悟以雨辍行，悔今日不相从也。闻只今遂行，故不敢奉谒。分韵诗语，益妙，得之殊喜。拙诗令儿子录呈。暑湿，惟万万慎护，早还为佳。不一一。

【译文】我陈述。昨夜晚得知您随从的人当往哪个山，承您来信，才明白因雨未去，后悔今天我不该没有相从去。听说您今天就走，所以没敢奉看。分捻给我的诗韵，更妙，得到后特别喜欢。我作的诗令儿子录呈。夏天潮湿，请您万万谨慎爱护，早点回来为好。不多说。

四 黄州

轼启。五月末，舍弟来，得手书，劳问甚厚，日欲裁谢，因循至今，递中复辱教，感愧益甚。比日履兹初寒，起居何如？轼寓居粗遣，但舍弟初到筠州，即丧一女子，而轼亦丧一老乳母，悼念未衰，又得乡信，堂兄中舍九月中逝去。异乡衰病，触目凄感，念人命脆弱如此。又承见喻，中间得疾不轻，且喜复健。

吾侪渐衰，不可复作少年调度，当速用道书方士之言，厚自养炼。谪居无事，颇窥其一二。已借得本州天庆观道堂三间，冬至后，当入此室，四十九日乃出，自非废放，安得就此。太虚他日一为仕宦所縻，欲求四十九日闲，岂可复得耶？当及今为之。但择平时所谓简要易行者，日夜为之，寝食之外，不治他事，但满此期，根本立矣。此后纵复出从人事，事已则心返，自不能废矣。此书到日，恐已不及，然亦不须用冬至也。

寄示诗文，皆超然胜绝，亹亹焉来逼人矣。如我辈，亦不劳逼也。太虚未免求禄仕，方应举求之，应举不可必。窃为君谋，宜多著书，如所示论兵及盗贼等数篇，但似此得数十首，皆卓然有可用之实者，不须及时事也。但旋作此书，亦不可废应举，此书若成，聊复相示，当有知君者，想喻此意也。

公择近过此，相聚数日，说太虚不离口。莘老未尝得书，知未暇通问。程公辟须其子履中哀词，轼本自求作，今岂可食言。但得罪以来，不复作文字，自持颇严，若复一作，则决坏藩墙，今后仍复衮衮多言矣。

初到黄，廪入既绝，人口不少，私甚忧之，但痛自节俭，日用不得过百五十，每月朔便取四千五百钱，断为三十块，挂屋梁上，平旦用画叉挑取一块，即藏去叉，仍以大竹筒别贮用不尽者，以待宾客，此贾耘老法也。度囊中尚可支一岁有余，至时，别作经画，水到渠成，不须预虑。以此，胸中都无一事。

所居对岸武昌，山水绝佳。有蜀人王生在邑中，往往为风涛所隔，不能即归，则王生能为杀鸡炊黍，至数日不厌。又有潘生者，作酒店樊口，棹小舟径至店下，村酒亦自醇酽。柑橘椑柿极多，大芋长尺余，不减蜀中。外县米斗二十，有水路可致。羊肉如北方，猪、牛、獐、鹿如土，鱼、蟹不论钱。岐亭监酒胡定之，载书万卷随行，喜借人看。黄州曹官数人，皆家善庖馔，喜作会。太虚视此数事，吾事岂不既济矣乎！欲与太虚言者无穷，但纸尽耳。展读至此，想见掀髯一笑也。

子骏固吾所畏，其子亦可喜，曾与相见否？此中有黄冈少府张舜臣者，其兄尧臣，皆云与太虚相熟。儿子每蒙批问，适会葬老乳母，今勾当作坟，未暇拜书。岁晚苦寒，惟万万自重。李端叔一书，托为达之。夜中微被酒，书不成字，不罪！不罪！不宣。轼再拜。

【译文】我陈述。五月底，舍弟子由来黄州，接到您亲笔函，烦您询问非常情厚，天天说要回信道谢，拖延到目前，驿递中又传来您的信，感激与惭愧更甚。近来天气转寒，饮食起居如何？我住在黄州虚度光阴，但舍弟初到筠州，就丧一女，而我也丧一乳母，正在哀悼还没减轻时，又接到家乡信，堂兄中舍九月中逝去。我流落在异乡身体病衰，触目都感凄凉，念人命说完就完了。又承您告知，您中间得相当重的病，且喜已经康复。

我辈渐衰，不能再用年少时的做法，当快用道家的书籍和方士之言，加倍修炼。我降职到黄州居住以来，颇能得其一二要领。已借得本州天庆观道堂三间，冬至后，就进道堂，四十九日才出，要不是把我发配到这，如何能做到这点。将来您一旦被做官的事缠身，想得四十九日闲空，岂能复得呢？应当现在就做一下。只择平时所说的简要易行的，日夜去干，寝食之外，一切事都不干，但满此期，根本就树立了。此后纵又出从事任何工作，事情一办完，则心就收回来，什么时候也不会改变这情况。这封信到您手，恐怕已经来不及，然而也不一定要从冬至这天开始。

您寄来的诗文，都超然卓绝，来势逼人。像我们这些人，也不必劳驾来逼。您未免要求官做，才在应举上求之，应举不可必。我为君谋，宜多著书，如给我看的论兵及盗贼篇，只要像这样得数十首，均卓然有可用之实，无须谈时事。但立即作这书，也不可废科举，此书若成，聊给我看，当有能理解的人，想明白这个意见。

李公择近来经过这，聚会数日，说您不离口。未尝接到莘老来函，知他无暇通音讯。程公辟须其子履中哀词，我本自己请求作的，现在怎能说了不算。但我有罪以来，就不再作文章，自己坚持非常严，若再一作，则决坏藩篱围墙，今后仍又连续不断费口舌。

初到黄州，官府供给口粮既绝，吃饭的人却不少，私心非常忧愁。但痛下决心，狠狠节俭，日用不得过一百五十文，每月初一便取四千五百钱，断为三十块，挂屋梁上，早晨用画叉挑取一块，即藏去叉，仍用大竹筒别贮用不完的，以待宾客，这就是贾耘老的过日子法。估计囊袋里尚可支一年有余，至时，别作筹画，船到桥头自然直，没有过不去的事。因此，我胸中无一事挂住。

我所住对岸武昌，山水如画。有四川王生住在城内，我往往为风涛阻隔，不能当时回来，则王生能宰鸡做饭，连住数日不烦。又有潘生在樊口开酒店，驾小舟径至店下，村酒也醇酽芳香。柑橘、椑柿非常多，大芋长尺余，不比四川的差。外县米每斗二十文，从水路运来。羊肉如北方，猪、羊、獐、鹿多如土，鱼、蟹不值钱。岐亭监酒胡定之，载书万卷随行，喜借书与人看。黄州的属官数人，皆家善烹调，喜邀人聚会。您看这几样事，吾等岂不可过得去吗！想和您说的实在太多了，惜纸有限。看到这里，想见您会掀胡子笑开了。

鲜于子骏固是我所敬畏的，其子亦可喜，您曾与他们相见没有？此间有黄冈县尉张舜臣，其兄尧臣，都说与您熟。每蒙您问及儿子，正逢着埋葬老乳母，今勾当坐坟，没时间奉函问候。年终奇冷，惟盼千万自己珍重。李端叔一函，托您代交一下。夜里酒喝多一点，写的不像字，勿罪！勿罪！不详说。我再拜。

五 离黄州

某启。别后欲奉书，纷纷无暇，且谓即见无所事书，而日复一日，遂以至今。叠辱手教，具闻动止甚慰。某宜兴已得少田，至扬附递，乞居常。仍遣一侄孙子赍钱往宜兴纳官（盖官田也），须其还，乃行。而至今未来，计亦无他，特其子母难别尔。见舣舟竹西待之，不过更三两日必至，必能于冬至前及见公也。小儿子不厉事，亦微忧，故不欲舍之前去。迟见之意，殆以日为岁也。传神奇妙之极，赞若思得之，当奉呈也。余非面不尽。不一一。

【译文】我陈述。别后欲奉函，天天忙着没空，且以为马上见面没有什么事写，而过了一天又一天，于是拖到今天。屡次承您来函，知您的情况非常安慰。我在宜兴已得少量田，到了扬州附上表状交给驿递，求居常州，仍派一侄孙子持着钱往宜兴交官（盖官田也），等他还，就去。而至今未来，看来没有别的原因，特因为母子难别尔。您见有船掌岸，请在扬州甘泉县的竹子西亭等候，不过再三两日必定到达，必能于冬至前见到您。小儿子没经过事，也多少有点担忧，也不想舍他前去。迟见到您，有度日如年之感。画像传神奇妙极啦。赞要是想好了，当奉呈给您。余非见面说不清楚。不详说。

六 以下俱北归

某书已封讫，乃得移廉之命，故复作此纸，治装十日可办，但须得泉人许九船，即牢稳可恃。余蛋船多不堪。而许见在外邑未还，须至少留待之，约此月二十五六间方可登舟。并海岸行一日，至石排，相风色过渡，一日至递角场。但相风难克日尔。有书托吴君，雇二十壮夫来递角场相等，但请雇下，未要发来，至渡海前一两日，当别遣人去报也。若得及见少游，即大幸也。今有一书与唐君，内有儿子书，托渠转附去，料舍弟已行矣。余非面莫究。

【译文】我写的信已封粘罢，才得到将我移廉州安置的诏命，所以又写此信，整理行装约十日可以办好，但须得泉人许九船，就牢靠可依赖。其余蛋民的船多不堪用。而许目下在外地未回来，必须至少留待之，大约这个月二十五六间方可登舟。并海岸行一日，至石排，看风向过渡，一天至递角场。但看风难刮一整天。有信托吴君，雇二十名壮汉子来递角场等，只请雇好，不要发来，到渡海前一两天，当另派人去报。若能见到您，那是大幸。今有一函与唐君，内有儿子的信，托他转附去，料舍弟子由已动身了。余非见面不细说。

七

某启。近累得书教，海外孤老，志节朽败，何意复接平生钦友。伏阅妙迹，凛凛有生意，幸甚！幸甚！比日毒暑，尊候佳否？前所闻果的否？若信然，得文字后，亦须得半月乃行。自此径乘蛋船至徐闻出路，不知犹及一见否？示谕二范之贤，不惟喜公得婿小范，且以庆吾友梦得之有子为不死也。言之泪落不已。过蒙许与，恐不副所期，实能躬劳辱以佚厥考尔。令子想大成，曾寄所作来否？借一二亦佳。文潜、无咎得消耗否？鲁直云，宣义监鄂酒。吴子野自五羊来云，温公赠太尉，曾子宣右揆。的否未可知也。廉州若得安居，取小子一房来，终焉可也。生如暂寓，亦何所择。果行，冲冒慎重。

【译文】我陈述。近来迭次收到您的来函，我这个海外孤独老人，志节已老趋朽败，何意复遇到平生最钦敬的人。敬阅您的笔迹，可敬畏而有兴趣，幸甚！幸甚！近日毒热，您很好吗？前所听说的果真确实吗？若准确，得文字后，亦须得半月才行。自我这径直乘蛋民的船到徐闻出路，不知还能一见否？来函提及二范的贤德，不唯高兴您得小范做婿，且能庆贺吾友梦得有子为不死也。言之珠泪如雨。过蒙您推许，恐不符您所期望的，实能亲自经历劳辱损以其身。令公子想已大成，曾寄所作来了吗？借一二给我看也好。张文潜、晁无咎有消息没有？鲁直来函说，他为宣义郎监鄂酒。吴子野自五羊来说，温公赠太尉，曾布拜右仆射兼中书侍郎。是否可靠不可知。廉州倘得，取小子一房来，就老死在那也可以。生命如暂时住在一个地方，又何须择。果行，冲冒慎重。

答张文潜四首 以下俱惠州

某启。久不奉书，忽辱专人手教，伏读感叹。且审为郡多暇，起居佳胜，至慰！至慰！疾久已扫除，但凡害生者无复有，则真气日滋骨髓，余益形神，卓然复壮，无三年之功也。某清净独居，一年有半尔。已有所觉，此理易晓无疑也。然绝欲，天下之难事也，殆似断肉。今使人一生食菜，必不肯。且断肉百日，似易听也，百日之后，复展百日，以及暮年，几忘肉矣。但且立期展限，决有成也。已验之，方思以奉传，想识此意也。蒙远致儿子书信，感激不可言。子由在筠，甚自适，养气存神，几于有成，吾侪殆不如也。闻淳父、鲁直远贬，为之凄然。此等必皆有以处之也。某见寓监司行馆，下临二江，有楼，刘梦得《楚望赋》句句是也。瘴疠虽薄有，然不恶，与小儿不曾病也。过甚有干蛊之才，举业亦少进，侍其父亦然。恐欲知之，解忧尔。会合未期，临书怅惘。惟万为道自重。不宣。

【译文】我陈述：久未奉函问候您，承蒙您派专人送来亲笔函，拜读后感激叹服。且知您在润州任上得闲，起居非常好。至慰！至慰！病久已扫除，但凡危害生命的不再有，则真气日渗透于骨髓，其余增益于形体精神，卓然又壮实起来，这种变化还没三年的功夫。然这清净独居，一年半了。我已有所觉，这个道理易晓没一点可怀疑的。然而绝欲，天下之难事，几乎像断肉。而今要使一个人只吃蔬菜，他一定不答应。不过说只断肉一百天，似乎容易做到，百日之后，再延长百日，直到他老年，就几乎忘掉肉了。看来立期后逐渐像这样延长期限，决对有效。我经过实验，才想奉告于您，想能理解我的意思。蒙您远远传来儿子书信，感激得太很了。子由弟在筠州，很安然，他涵养自己的气存自己的精神，几几乎快要成功了，我们大概赶上不他。听说范淳父、黄鲁直贬官到远地，不由得凄然伤神。他俩必皆善于对待这个事。我现住转运使署中的合江楼，下临两条江，有座楼，刘梦得（楚望赋）所描写的情况就是这个所在。瘴气虽有一些，然而不大恶，我与小儿不曾生病。苏过颇有能矫正父母之过百处事有才能，他的应付科举的志业也少有进展，侍奉我也是这样。这恐是您想知道的，可以解您为我担的忧。会晤不知在什么时候，写到这里不禁神伤不快。希您千万为公正之道自己保重。不多说。

二

某启。屏居荒服，真无一物为信。有桄榔方杖一枚，前此土人不知以为杖也。勿诮微陋，收其远意尔。荔枝正出林下，恣食亦一快也。罗浮曾一游，每出劳人，不如闭户之有味也。术不辍服。无咎竟坐修造，不肖累之也，愧作。家有婢，能造酒，极佳，全似王晋卿家碧香，但乏可与饮者尔。罗浮有道士邓守安，虽朴野，养练有功，至行清苦，常欲济人，深可钦爱。见邀之在此，又颇集医药，极有益也。曾子开、陆农师俱不免，以知默定非智力所能避就也。小儿承问，不欲令拜状烦览也。

【译文】我陈述。退居边陲，真无一物可以为凭证。有桄榔香木方杖一枚，以前当地人不知可以做手杖。不要笑这个东西微陋，不过这表示我的远意。荔枝正出在槟榔乔木下面，大吃也是一快活事。我曾到罗浮一游，每每感到劳累不堪，不如在家闭户有味。白术不停服。晁补之竟因而坐修造，实为我所连累，惭愧不安。我家有侍女，能酿酒，味极美，与王晋卿家的碧香没两样，但缺少可一同饮的人。罗浮山有道士邓欲助人，深可饮佩与敬爱。现在把他邀在这，又颇集医药，非常有益。曾子开、陆农师俱不免，以此知默定非有知识所能避免与趋向。承蒙您问小儿，不想叫他写信，又烦您去看。

三

少游得信否？奉亲必不失所。

【译文】少游接到信没有？侍奉老人必不使其失所。

四

来兵王告者，极忠厚。方某流离道路时，告奉事无少懈，又不惮万里再来，非独走卒中无有也。愿公以某之故，少优假之，置一好科坐处。当时与同来者顾成，亦极小心。今来江海者，亦谨恪。远来极不易，可念。愧愧。

【译文】派到您那儿去的兵王告，非常忠厚。当我流离道路时，得他一路照料没有一点松懈，又不惮万里一路来照料，非独在足卒中少见，在其他人中也不多。愿您看我的情分稍优待之，安排个好差事。同王告一块去的顾成，也十分小心。今来江海者，也谨慎恭敬。远来您那很不易，可念他。惭愧。

答李端叔十首 翰林

辱书，并示伯时所画地藏。某本无此学，安能知其所得于古者为谁何，但知其为轶妙而造神，能于道子之外，探顾、陆古意耳。公与伯时想皆期我于度数之表，故特相示耶？有近评吴画百十字，辄封呈，并画纳上。

【译文】承蒙您赐函，并给我看伯时所画的地藏王像。我对画学本无研究，如何能知道伯时所画地藏王是师法的哪位古人呢，只其十分传神，能于吴道子之外，探顾恺之、陆探微的古意。您和伯时想皆期望我能说出画面的深刻内涵，故而特意相告吗？有近评吴道子所画百十字，就将它封呈，并画送您给看。

二 定州

某启。辱简，承起居佳胜。近读近稿，讽味达晨，辄附小诗。更蒙酬和，益深感叹，朝夕就局中会话也。

【译文】我陈述。蒙您来信，得知您起居安好。近读您的近稿，讽咏玩味到天明，辄附小诗。更承蒙您酬和我的诗，更加感激叹服，早晚凑时间在翰林院的书艺局面谈。

三 以下俱北归

某年六十五矣，体力毛发，正与年相称，或得复与公相见，亦未可知。已前者皆梦，已后者独非梦乎？置之不足道也。所喜者，海南了得《易》《书》《论语》传数十卷，似有益于骨朽后人耳目也。少游遂死于道路，哀哉！痛哉！世岂复有斯人乎？端叔亦老矣。迨云须发已皓然，然颜极丹且渥，仆亦如此尔。各宜閟啬，庶复相见也。儿侄辈在治下，频与教督之，有一书，幸送与。醉中不成字。不罪！不罪！

【译文】我已经六十五岁了，体力毛发，正与我的年纪相称，或能再与您相见，也说不定。以前是场梦，以后能不是梦吗？这些都放在一边，不值一谈。所高兴的是，我在海南研究完《易》《书》《论语》传数十卷，似乎对我离开人世的后人有点用处。秦少游在又移衡州的路上不幸死了，哀哉！痛哉！世上岂能再有这样的人吗？您也老了。苏迨说您须发皆白，然面貌红而有光泽，我也这样。各宜闭门养神，庶几能再相见。儿侄们在您管辖下，请多多督教，有一函，幸而送上。醉酒写不成字。勿罪勿罪。

四

某启。辱书多矣，无不达者，然终不一答，非独衰病简懒之过，实以罪垢深重，不忍更以无益寒温之问玷累知交。然竟不免累公，惭负不可言。比日计赴颍昌。伏惟起居佳胜，眷聚各安健。某移永州，过五羊，径渡大庾，至吉出陆，去长沙至永。荷叔静诸人照管，不甚失所。叔静拏舟相送数十里，大浪中作此书，无他祝，惟保爱之外，酌酒与妇饮，尚胜俗侣对。梅二丈诗云尔。

【译文】我陈述。您所赐几函均已收到，然而终没回信，不独是衰病疏懒的过错，实因罪孽深重，不忍再以无益的问寒问暖，玷污连累知交。然而竟不免连累您，惭愧负疚不可言状。近日打算赴颍昌。想您近来起居安好，宝眷各安康。我被安排到永州，路过五羊，径渡大庾岭，至江西吉水才离开陆路，去长沙到永州。承蒙叔静诸人照管，没有走错路。叔静指引舟相送数十里，大浪中写这封信，无他祝，祝保重爱护之外，酌酒与妻饮，尚胜情妇对。这是梅二丈的诗中语。

五

某启。近托孙叔静奉书，远递得达否？比来尊体何如？眷聚各计康胜。某蒙恩复旧职，秩领真祠，世间美事，岂复有过此者乎？伏惟君恩之重，不可量数，遥知朋友为我喜而不寐也。今已到虔州，即往淮浙间居，度多在毗陵也。子由闻已归许，秉烛相对，非梦而何？

一书乞便送与，余惟自爱。

【译文】我陈述。近托孙叔静奉上一函，远由驿递寄上的信已经到达没有？近来尊体如何？宝眷想各安康。我蒙恩复朝奉郎，提举成都府玉局观，世间美事，岂有比这还好的吗？恭思君恩之重，难以量计，遥知朋友为我喜而难入睡。今天已到江西赣州，不久就往淮南江浙间居住，估计多在毗陵。听说子由已到许昌，拿着灯烛相对，不是梦是什么？一函求您顺便送给他。其余希自己爱护。

六

子由近得书，度已至岳矣。养炼极有功，可喜！可喜！三儿子在此，甚安健，不敢令拜状。黄鲁直、张文潜、晁无咎各得信否？文潜旧疾，必已全愈乎？

【译文】近接子由函，估计他已到岳州了。知道你养身炼气非常有功，可喜！可喜！三儿子在这，甚安健，不敢令拜述请状。黄鲁直、张文潜、晁无咎各得信了吗？文潜旧病，必已全好了吗？

七

朝云者，死于惠久矣。别后学书，颇有楷法。亦学佛，临去，诵《六如偈》以绝。葬之惠州栖禅寺，僧作亭覆之，榜曰六如亭。最荷夫人垂顾，故详及之。得此书后，幸作数字寄永递，仍取儿侄辈一书为幸。

【译文】我的妾王朝云，早在惠州就死了。别后她习学书法，颇有成就。她也学佛，临死，诵六如偈而绝命。葬于惠州栖禅寺，僧作亭复之，横额为六如亭。最蒙尊夫人垂怜关顾，所以详述一下。您接到这封函，请写几句驿递中寄永州，仍得到儿侄辈一函为幸。

八

某启。承谕，长安君偶患臂痛不能举，某于钱昌武朝议处传得一方，云其初本施渥寺丞者，因寓居京师甜水巷，见一乞儿，两足拳弯，捺履行。渥常以饮食钱物遗之，凡期年不衰。寻赴任，数年而还。复就曩居，则乞儿已不见矣。一日见之于相国寺前，行走如风，惊问之，则曰："遇人传两药方，服一料而能行。"因以其方授渥，以传昌武。昌武本患两臂重痛，举不能过耳，服之立效。其后传数人，皆神妙。但手足上疾皆可服，不拘男子妇人。秘之。其方元只是《王氏博济方》中方，但人不知尔。《博济方》误以虎胫为脑。便请长安君合服，必验。

【译文】我陈述。承蒙示知，长安君偶患臂痛不能举动，我在朝议大夫钱昌武处传得一方，钱说此方起初得之于寺丞施渥，因住在京城甜水巷，见一乞丐，两脚拳弯，按着鞋匐在地上挪移而走。施渥常施舍饮食钱物于他，整年就是这样。不久施渥赴任，数年才还。又住在过去住的地方，则乞儿见不着了。有一天在相国寺前见着了，行走如风一样快，惊问他，则说："遇人传两个药方，服了一料药而能行。"将这药方传给渥，施渥又传给钱昌武。昌武本患两臂重痛，举不过他的耳，一吃这药，立刻见效。以后传几人，都神妙无比。凡是手脚上病都能服，不问男女。这方要保秘。该方原是《王氏博济方》中方，但人不知道。《博济方》误以虎腿为脑，便请长安君合服，必能见效。

九

某启；阔别八年，岂谓复有见日！渐近中原，辱书尤数，喜出望外。比日起居佳胜，某已得舟，决归许，如所教。而长者遽舍去，深以为恨。见报，除辇运，似亦不恶。近日除目，时有如人所料者。则此后端叔必已信眉矣乎？但老境少安，余皆不足道。乍热，万万以时自爱。不宣。

【译文】我陈述。阔别八年，谁知还有相见的一天！渐渐走近中原，接到您的函更多，真是喜出望外。近日起居安好。我已经觅着船，决计归许昌，诚如您所说的。而长辈忽然离我们而逝，非常引以为恨。见告知，除宫中运输外，其他似不甚差。近日有人事任免，时有如人所料的情况。则此后您一定能够得志吧？而今我老境少安，余皆不足道。天气乍热，万万请顺时自己爱护。不详说。

十

某本以囊装罄尽，而子由亦久困无余，故欲就食淮浙。已而深念老境，知有几日，不可复作多处。又得子由书，及见教语，尤切至，已决归许下矣。但须至少留仪真，令儿子往宜兴，刮刷变转，往还须月余，约至许下，已七月矣。去岁在廉州，托孙叔静寄书及小诗，达否？叔静云：端叔一生坎坷，晚节益牢落。正赖鱼轩贤德，能委曲相顺，适以忘百忧。此岂细事，不尔，人生岂复有佳味乎？叔静姻友，想得其详，故辄以奉庆。忝契，不罪！不罪！

【译文】我本因囊袋空空，而子由弟也久已穷困，所以想在淮浙谋生。旋即深念我俩老境，知能活几天，不当又作多处。又得子由信，及您指教，非常恳切，已决计归许昌。但须到仪真少留一时，命儿子往宜兴。变卖筹措，往还得月把，大约到许昌，已七月了。去年在廉州，托孙叔静寄书和小诗，收到否？叔静说：端叔一生不得志，晚年更失意无所寄托。正赖尊夫人贤德，能委曲柔顺，足以忘百忧。这哪能是小事，不尔，人生岂能有好味受吗？叔静和您是姻友，想得其详，所以就向您祝贺。您我相交甚深，不罪！不罪！

与赵德麟十七首 以下俱杭州

候吏来，特承书教，礼意兼重，感怍不已。比日起居何如？养疴便郡，得亲宗彦，幸甚。行役迫遽，裁谢草略，想蒙恕察。

【译文】等候您的吏来，特蒙您赐教，礼物与情意皆重，感激惭愧不止。近来起居如何？我养病在近便而事简的郡，得以亲近您同族同宗的杰出人士，太幸运了。我即将远行，谢函草草不恭，想蒙宽恕亮察。

二

明守一书，托为致之。育王大觉禅师，仁庙旧所礼遇。尝见御笔赐偈颂，其略云："伏睹大觉禅师"，其敬之如此。今闻其困于小人之言，几不安其居。可叹！可叹！太守聪明老成，必能安全之。愿公因语款曲一言。正使凡僧，犹当以仁庙之故加礼，而况其人道德文采推重一时乎？此老今年八十二，若不安全，当使何往，恐朝廷闻之，亦未必喜也。某方与撰《宸奎阁记》，旦夕附去，公若见此老，且为致意。

【译文】英明太守一书，托您交给他。育王大觉禅师，旧所以礼相待的人：尝见御笔赐词，其略云："敬看大觉禅师"，分明是这样被敬重。而今听说大觉禅师困于小人的胡言，竟日日不安。可叹！可叹！太守聪明老成，必能安全之，求公因便美言两句，正使凡僧，还当仁宗之故给以礼遇，而况该僧道德文采推重一时呢？此老现年八十二，倘若他不安居，当叫他到哪去，恐朝廷听说，也未必高兴。我正在写《宸奎阁记》，早晚捎去，您若见此老，且请代为致意。

三 以下俱颍州

人来，辱书。伏审履兹畏暑，起居佳胜，为慰。见念之深，正如怀仰之意。不肖独赖晁无咎在此，方忧其去，若果得德麟为代，真天假老拙也。既未欲来此寄居，常令为于高邮寻安下处，续当驰报也。未间，万万自重。

【译文】有人来，捎来您的书信。想您处此炎暑，起居安好，为慰。见您念我之深，正如我怀仰您一样的很。我独赖晁无咎在此，正愁着他去，若果得您来替代，真天助老拙。既不来这寄居，常令在高邮寻找住的地方，续当驰报。未相见前，万万自己保重。

四

别后思仰不可言。窃计起居佳胜。得舍弟书，奉太夫人久服药，近已康复，伏惟欢庆。到郡两月，公私劳冗，有稽上问，想未深责。会合未期，惟冀侍奉外，千万保重。

【译文】别后思念仰望不可言。我想您起居好极。得舍弟信，知奉太夫人久服药，近来已经康复，不胜欢庆。我到颍州两月，公私都忙个不停，拖延问好，想未深责。相见不可期，唯希您侍奉外，千万保重。

五

昨日幸接笑语，今日知举挂，闻之后时，不及往慰，悚息！悚息！三日臂痛，今日幸减；录旧诗一篇奉呈。闻公亦欲借示诗稿，幸付去人。上清宫成而有德音，意谓守臣当有贺表，如何？如何？谋之于公，幸略垂示。

【译文】昨天幸和您说说笑笑。今天知道把您撤职了，我知道消息迟，没前去安慰，惶恐叹息！惶恐叹息！三天臂痛，今天好一点。录旧诗一首奉呈。听说您也想将诗给我看，幸交给去的人。上清宫道观建成而有皇帝恩诏，意谓守土之臣当上书颂扬，如何？如何？请教您。幸回指示。

六

某启。数日不接，思渴之至。冲冒风雪，起居何如？端居者知愧矣。佛陀波利之虐，一至此耶？乃知退之排斥，不为无理也。呵呵。酒二壶迎劳。唯加鞭！加鞭！

【译文】我陈述。数日未见您，思念渴慕之极。您冲风冒雪，起居如何？我坐在屋里知道惭愧的呀。释迦牟尼的花树能遍熏忉利天宫的肆虐骗人，竟这样厉害吗？乃知韩愈斥佛教，不是没有道理的。呵呵。备酒二壶迎接犒劳您，请加油！加油！

七

《字说》改多，写了纳去。背时两叶，实糊合之，仍用皂绫夹褾纪之。一片皂绫夹之裱两面也。仍请前后各着一空叶。

【译文】《字说》改多，写了交上。不合时宜两叶，实糊合一起。仍用皂绫夹裱纪之。（用一块黑绫子夹合裱糊两面。）仍请前后各放一空叶。

八

某启。钦服下风，为日久矣。迟暮相从，倾盖如故。非独气类自然，抑亦夙昔缘契。人来，辱手教，得闻起居佳胜，堂上康福，感慰深矣。某凡百如昨，又得无咎相切磨之，幸德麟替后，想必有殊命。万一尚未，一来为无咎交承亦佳。又闻欲寄居此间，可先示谕也。万万自重。不宣。

【译文】我陈述。对您仰佩，业已很久。我和您晚年交往，一见如故。不只是意气相投，也因为昔日有缘分。您派的人来，看您亲笔函，得知您起居安好，老父母健康幸福，感激与安慰大深了。我一切照常，又得到无咎相互切磨商量，幸您后续，想我必有不同寻常的命。万一尚不能做到，一来为无咎相交的继承人也好。又听说您想寄住在这，可先示知。请您万万自己保重。余不多言。

九 以下俱赴扬州

惠示二诗，伏读慰抃不可言。某途中及到此，绝少暇，止有数首，不佳。又未有工夫录去，容稍积多，并奉呈也。今且次韵二首，为一笑。

【译文】您赐赏的两首诗，读后安慰欢喜得不得了。我途中和到此，很少有闲空，止有数首，不好。又没时间录好呈上，容稍积累多一点，一并奉呈。今且将次韵二首呈上，供一笑。

十

某启。宦游无定，得友君子，又复别去，怅惘可量。数日窃想起居佳胜。到寿淮山，渐有佳思。懒不作诗，亦无人唱和也。乍远，万万自重。不宣。

【译文】我陈述。长年做官各处飘荡不定，能跟您相交，又再分别，怅惘可知。数日我想您起居安好。到寿春俯览群山，渐有佳思。懒而不想写诗，也因无人唱和。离您越走越远，千万自己珍重。不多言。

十一

淮南夏颇熟，然积欠为害，疾瘵殆未有安理。浙西疲甚，岁事亦未可知，余非书所能尽。德麟孤风超然，顾少贬以忍济为念。必亮此意。此中有干，幸示及。杭州买物人已回，内中所欠俞君钱，此有便，当先为寄还之。如遣还之，可速示，免重寄也。滑盏，得钱都正书，已琢磨，兼与钱讫。非久必寄来，即附上。

【译文】淮南夏颇熟，然而历次所欠的款项叫农民难过，疾病几乎未有治理。浙西农民疲困已极，岁事也难得说。其他也写不胜写。您孤傲风度不随流俗，盼您自贬一下以忍为念。想您必能亮解我意。这里您有什么事要办，幸来函说明。杭州买物人已回，内中所欠俞君钱，这里有便人去，当先为寄还给他。如您已派人还了，请速来函说，以免重寄。光滑小酒杯，得钱都正书，已琢磨，兼给了钱。不久必寄来，即附上。

十二

文广狱断敕下，可略示也，李尉推恩有耗否？尹遇案必已上。古人云：雷霆之下，恐难独当，愿挂一名。以今观之，此人真难得也，亦勿深怪之。知颍尾夏田损半，秋有望否？淮南东西秋夏皆大熟，亦一乐土也。狱官不惟庇为前勘，乃是深为不待结案而移司者周虑也。若勘作故出，则指挥移司官不得不问。上下欺罔，不得不令人愤愤，某亦无由入文字。亦有以论之，恐不济事，太息而已。

【译文】文广狱宣判的皇帝令已下，可略告知我。李尉得将己恩推及子弟事有消息吗？尹遇的案必已上告。古人说疾雷之下，恐难独当，他却挂一名。从现在看来，此人真难得也，也不要怪他。知阜阳一带夏田损坏一半，秋季是否有望？淮南东西秋夏皆大熟，显系一乐土。狱官不只庇护前勘，乃是多一事不如少一事，深为不待他重新审理，将现成的结案而移交于上司所忧虑。他若勘察原案是重罪轻判，则指挥移司官不得不问。上下欺罔，不得不令人愤愤，我也无理由过问这事。纵想插手，谅也无济于事，我只好长太息。

十三 以下俱扬州还朝

某启。鲁直寄书来，甚安，并得少双井，今附纳上。蒙惠奇茗，绝妙。因见太守，为致意。为适病在告，数日未果。奉书，要《临淄堂记》，秋凉稍暇，可作也。月老亦致意。热甚，又多病。未暇作《法施堂铭》。不一一。

【译文】我陈述。鲁直来函，知他甚安，并收到他赠与的少量双井茶，今附赠与您。承您赐与的奇茗，真是太妙了。您见太守，请为我致意：适当我病求休假，数日未有结果。来示要《临淄堂记》，等秋凉有空，可以作。媒人也请致意。热得很，又多病，没空作《法施堂铭》。不多说。

十四

某启。近承专使手书，为使者云，往西洛，还当取书，故未答。辱教字，具审起居佳胜，感慰兼集。公未及解去，与俗子久处，良不易。然有忍乃济，愿以不见不同无尽待之。某到此半月，无可乐者。过大礼，即重乞会稽尔。无缘面谢，幸恕草草。

【译文】我陈述。近接到您专使送来的亲笔函，因为专使说，往西洛，还当取函，所以没有回复。蒙赐教，知您起居好极了，感激与欣慰都有。公来即去职，与俗子久处，很不容易。然而有忍乃成，愿以不见不同如佛法所说的无穷无尽待之。我到这半月，没有可乐的。过了朝廷的大礼，即重求调到会稽去。没机会面谢，原谅我写得草率。

十五

累辱手教，感慰无量。比日起居佳胜。大礼日近，随分冗迫，未得即见贤者，深增怅惘也。乍寒，万万以时自重。

【译文】迭蒙您亲笔赐教，感激欣慰得很。近日起居安好。隆重的礼仪日近，随大家一齐忙得很，未能见您，非常惆怅。天气刚冷。万万顺时保重。

十六

纷纷尚未暇往见，思企之极。阴寒，起居佳胜否？甘醴佳贶，辄践前言。作赋，可转呈安定否？无事见临，幸甚。

【译文】天天忙着还没空去见您，思念企仰到了极点。天阴寒：起居饮食都好吗？厚赠美酒，就实践前言。作一赋，可以转呈安定否？无事见临，幸甚。

十七

辱教，承台候佳胜。拙疾犹未退，尚潮热恶寒也。来日必赴盛会，未得，后日犹恐当谒告也。厚意甚宠，适会如此，非所愿。幸千万加恕。子由固当驰赴也。穆公且喜渐安。卧病，书此不谨。

【译文】承蒙赐教，得知您非常惬意。我的病还未退，仍忌热恶寒。来日必赴盛会，未做到，后天还怕要告假。您意对我非常好，适遇到这样情况，诚非所愿。请您千万宽恕。子由弟固当驰赴会。穆公且喜日渐安康。我卧病在床，书此不恭谨。

卷六十六　尺牍

与钱济明十六首 以下俱赴定州

某启。别后至今，遂不上问，想察其家私忧患也。远辱专使惠书，且审侍奉起居康胜，感慰兼集。老妻奄忽，遂已半年，衰病岂复以此汩缠。但晚景牢落，亦人情之不免。重烦慰谕，铭佩何言。然公亦自有爱女之戚而不知，奉疏后时，惭负不已。出守中山，谓有缓带之乐，而边政颓坏，不堪开眼，颇费锄治。近日逃军衰止，盗贼皆出疆矣。幕客得李端叔，极有助。闻两浙连熟，呻吟疮痍，遂一洗矣。何时会合，临书惘惘，惟倍加爱啬，以副所愿。

【译文】轼言。自分别到现在，居然也没有向你问候过，想必你能体察我家事的困扰。有劳你从远方专门差人送信来，并知道你一切都好，心中感激而又宽慰。老妻亡故，已经半年，衰病之身怎能再经受此事烦扰。但晚年境况孤单，也是难免的人之常情：又麻烦你来信慰问，让我感激得不知说什么好。然而你自己也有丧失爱女的悲哀而我却不知道，很晚才给你去信，惭愧不已。我出京到中山赴任，本以为可以享受悠然安闲之乐，但边境防务颓坏，简直不堪入目，治理起来很费气力。近来逃兵逐渐止息，盗贼都跑到境外去了。得到一位幕僚李端叔，对我极有帮助。听说两浙地区接连丰收，饥民的呻吟哀号之声，可以消除了。不知何日能相见，写到这里不免怅惘思念之情，希望多加保重，以满足我的心愿。

二

寄惠洞庭珍苞，穷塞所不识，分饷将吏，并戴佳贶也。无以为报，亲书《松醪》一赋为信，想发一笑也。近得单季隐书云，公有一痫药方，极神奇。某长孙有此疾，多年不痊，可见传否？如许，望递中示及。

【译文】寄来的洞庭湖美味瓜果，这里贫穷闭塞都没见过，分给将吏们吃，大家都感谢你这美好赠物。没什么东西可以回报，亲手写下一篇《松醪赋》作为书信，希望能使你开颜一笑。最近接到单季隐的信，说你有一个治羊角疯病的药方，极为神奇。我的长孙有这种病，多年治不好，能否传授给我？如应允，望来信抄写给我。

三

某启。久不奉书，盖无便，亦懒怠之故，未深讶否？比日起居何如？某与贱累如昔。曾托施宣德附书及《遗教经》跋尾，必达也。吴江宦况如何？僚佐有佳士否？垂虹闻以复旧，信否？旅寓，不觉岁复尽。江上久居益可乐，但终未有少田，生事漂游无根尔。儿子明年二月赴德兴，人口渐少，当稍息肩。余无可虑。会合何时，万万自爱。不宣。因便往三衢，奉启。

【译文】轼言。很久没给你去信了，因为没有顺便的人，也因为我的懒惰，该不会太怪罪我吧？近日身体怎样？我与家眷和过去一样。曾经托施宣德郎给你捎去信和《遗教经》跋尾，想必已送到。在吴江作官的情况如何？下属当中有没有才能出众的人？垂虹亭所说已经恢复原貌，是真的吗？旅居在外，不觉一年又快过完。长时期在江上过日子增加了不少乐趣，只是终究没有一点儿田产，一生漂泊没有根基啊。我的儿子明年二月到德兴去，家里人口越来越少，也能稍微歇歇了。别的没什么可担心的。不知什么时候能见面，请万万自己保重。不多叙。因为有人顺便到三衢去，就捎上这封信。

四 以下俱惠州

某启。专人远辱书，存问加厚，感悚无已。比日郡事余暇，起居何如？某到贬所，阖门省愆之外，无一事也。瘴乡风土，不问可知，少年或可久居，老者殊畏之。唯绝嗜欲、节饮食，可以不死，此言已书之绅矣。余则信命而已。近来亲旧书问已绝，理势应尔。济明独加于旧，高义凛然，固出天资，但愧不肖何以得此。会合无期，临纸怆恨，惟祝倍万保重。不宣。

【译文】轼言。承蒙专程派人从远方送信来，问候的情义如此深厚，令我感激惶恐不已。近来州郡公事之余，生活怎么样？我到被贬黜之地以后，除了闭门反省罪过之外，再没别的事可干。瘴疠之乡的风土怎样，不用问就知道，年轻人或许可以长期居住，老年人尤为害怕。只有断绝嗜好欲望、节制饮食，才可以活下去，这话我已经铭记在心了。其他一切则听天由命而已。近来亲朋故旧之间的书信往来已经断绝，这也是情理之中的事。独有你济明不忘旧友，高义凛然，这固然出于你的天性，只是令人惭愧的是像我这样的人怎配得到如此厚爱呢。不知何日才能见面，面对书信心中凄怆若失，只有祝愿你加倍保重。不多叙。

五

某启。近在吴子野处领来教，尚稽答谢，悚息之至。远蒙差人，固佩荷契义矣，而卓契顺者，又可奇也。无以答其意，与写数纸，公可取一阅也。寄惠白术，极所欲得也。笺格甚高，想见风裁。回信唯有紫团参一板，疑可以奉亲故，不以微鲜为愧也。两儿子曾拜见否？凡百想有以训之。幼子过相随，甚于事，且不废学。蒙令子惠书，回答简率，一一封内，必不罪也。岭南家家造酒，近得一桂香酒法，酿成不减王晋卿家碧香，亦谪居一喜事也。有一颂，亲作小字录呈。勿示人，千万！千万！

【译文】轼言。近来在吴子野那里收到你的信，还拖着没有回复，实在令人惶恐不安。承蒙你老远派人来，本来已经蒙受到你的情义，而你派来的卓契顺这个人，又散不一般。没有什么能够报答你的情意，给你写了几张字，你可拿去一看。寄来的白术，正是我极想得到的。你书信的格调很高，读了就可以想见作者的风采。回礼只有一板紫团参相送，或许可以送给亲戚朋友，我也就不因为东西微薄而惭愧了。我的两个儿子是否已经去拜见过你了？想必总会给他们一些教诲。小儿子苏过跟着我，很会办事，而且没有荒废学业。承蒙你的公子来信，我的回信很简单，都一一封在回信里了，想必不会怪罪。岭南这里家家都造酒，最近学到一个造桂香酒的方法，酿成以后不次于王晋卿家的碧香酒，这也算是谪居中的一件喜事吧。写了一首颂，用小字亲手抄录给你。请不要让别人看，千万！千万！

六 以下俱北归

某启。去年海南得所寄异士太清中丹一丸，即时服之，下丹田休休焉。数日后，又得迨赍来手书。今又领教诲及近诗数纸，高妙绝俗，想见谪居以来，探道著书，云升川增，可慕可畏、可叹可贺也。及录示训词，诲以所不及，此曾子所谓爱人以德者，敬遵用不敢忘。幸甚！幸甚！

【译文】轼言。去年在海南收到你寄的一丸异士太清中丹，当时就服用了，下到丹田之处安闲舒适。几天后，儿子苏迨又带回来你的书信。如今又收到你的信和不少新近诗作，高妙不同凡响。推想你自从贬谪闲居以来，求道著书，道行学问如同云彩升腾河水上涨，真是可慕可贵、可叹可贺啊。至于那些抄录下来寄给我的话，用我还做不到的来教导我，这正是曾子所谓用仁德来爱人的行为，我一定遵照奉行不敢忘记。幸甚！幸甚！

七

某启。忽闻公有闺门之戚，悲惋不已。贤淑令人久同忧患，乍失内助，哀痛何堪。人生此苦，十人而九，结发偕老，殆无而仅有也。惟深照痛遣，勿留胸次。令子哀疚难堪，惟当勉为亲庭节哀摧慕。本欲作慰疏，适旅中有少纷冗，灯下倦息，不能及也。千万恕察。某若居住常，即自与公相聚；若常不可居，亦须到润与程德孺相见。公若枉驾一至金山，又幸也。

【译文】轼言。忽然听说你有丧妻之哀，令我悲痛不已。贤夫人长期以来和你共患难，突然失去这位贤内助，这样的哀痛怎能承受。人生的这种苦处，十人中有九人都要碰上，所谓白头到老，恐怕是绝无仅有的啊。希望能深明此理，竭力排遣哀痛，不要留在心里。你的公子悲痛难耐，希望劝劝他为父节哀，本想作一封慰问的信，正好旅途中有些事情，晚上坐在灯下感到疲劳，就不能写了，请千万体察恕罪。我如果能住在常州，就自然能和你相聚；如果不能住在常州，也一定到润州和程德孺相见。你如果能屈尊到金山一趟，就又是我的幸运了。

八

某启。人来，领手教及二诗，乃信北归灾退，并获此佳宠，幸甚！幸甚！又知诗人穷而后工，然诗语明练，无衰惫气，如季札者听之，亦有以知君之晚节也。比日起居佳胜。某此去不住滞，然风水难必期，公闲居难以远涉，须某到真遣人奉约，与德孺同来金山乃幸也。所怀未易尽言，并俟面陈。余惟万万自重。

【译文】轼言。你派的人到了，收到你的信和两首诗，这才相信我这次北归灾难已经消退，并得到如此恩遇，十分荣幸！十分荣幸！又知道诗人命运坎坷然后才能把诗写好，而你的诗明快练达，没有衰颓疲惫的气息，如果让古时的季札来听，也能够据此知道你的晚节如何了。问近来身体安好。我这一路上不停留，但走水路受风势水情影响难以预料行程，你避人独居，也不便远行，得等我到真州后派人给你送信，你和德孺都来金山，这样才好。心里话难以说完，都留着面谈吧。其他则希望万万保重。

九

某启：得来书，乃知廖明略复官，参寥落发，张嘉父《春秋》博士，皆一时庆幸，独吾济明尚未，何也？想必在旦夕。因见参寥复服，恨定慧钦老早世，然彼视世梦幻，安以复服为！闻儿子迨道其化于寿州时，甚奇特，想闻其详。乃知小人能坏其衣服尔。至于其不可坏者，乃当缘厄而愈胜也。旧有诗八首寄之，已写付卓契顺，临发，乃取而焚之，盖亦知其必厄于此等也。今录呈济明，可为写于旧居，亦挂剑徐君之墓也。钦诗乃极佳，寻本未获。有法嗣否？当载之其语录中；契顺又不知安在矣，吾济明刻舟求剑，皆可笑者也。

【译文】轼言。收到来信，才知道廖明略官复原职，参寥落发为僧，张嘉父作了《春秋》博士，都是这一时期的好事，只有我和济明还没有轮上，这是为什么呢？想必只是早晚的事吧。因为看到参寥复官，遗憾定慧寺的钦长老去世太早，然而参寥既然是视人世如梦幻，还为何要复官呢！听儿子苏迨说他在寿州出家时，情况很奇特，想知道一下具体经过。由此而知小人只能伤害别人的躯体，至于他伤害不了的精神，却是越经磨难越强大啊。以前曾有八首诗想寄给钦长老，已经写好交给卓契顺了，临到他走时，我又要回来烧了，就是知道会被这种人从中使坏。如今抄录下来寄给你，可为我写在钦长老的旧居上，这也是季札挂剑于徐国国君之墓，不忘旧友的意思吧。钦长老的诗极好，找它的原稿却没找到。他是否有了衣钵传人？应当把这些记在他的语录中。契顺又不知道在哪儿了，我和济明刻舟求剑，都是可笑的人啊。

十

某已到虔州，二月十间方离此。此行决往常州居住，不知郡中有屋可僦可典买者否？如无可居，即欲往真州、舒州，皆可。如闻常之东门外，有裴氏宅出卖，（虔守霍子侔大夫言。）告公令一干事人与问当，若果可居，为问其直几何，度力所及，即径往议之。俟至金陵，别遣人咨禀也。若遂此事，与公杖履往来，乐此余年，践《哀词》中始愿也。张嘉父今安在？想日益不止。涂中闻秦少游奄忽，为天下惜此人物，哀痛至今。闻鲁直、无咎皆起，而公独为猘子所齧，尚栖迟田间。圣主天纵，幽部毕照，公岂久废者，惟万万宽中自爱。

【译文】我已经到了虔州，二月初十左右才离开这里。我这一趟决定到常州去居住了，不知道那里有没有可租赁或者可以典买的房子？如果没房子可住，我就想到真州、舒州，都可以。听说常州东门外，有一家姓裴的要卖宅子，（虔州守令霍子侔大夫说的。）请你派一个会办事的人替我问一下，如果那地方真可以住，替我问一下价钱要多少，我估计自己的财力如能达到，就直接去找房主面议。等到了金陵以后，再另派人到你那儿去咨询禀告。这事如能办成，你我就可以柱杖漫步往来，快乐地度过晚年，实现《哀词》中当初的心愿了。张嘉父现在在哪儿？越来越抑制不住对他的思念。在路上听说秦少游去世，为天下人可惜这个难得的人物，到现在一直哀痛不止。听说鲁直、无咎都被起用，而你却被疯狗所咬，还在家闲居。但皇上英明，洞察一切，你岂能长久被废弃不用呢。希望千万要宽心自爱。

十一

示谕孙君宅子，甚感其厚意，且为多谢上元令侄，行见之矣。王、范二君处，皆当力言也。刘道人若能同济明来会，深所望。未敢奉书，且为致此意。裴家宅子果如何？

【译文】承你对我说到孙君的宅子，非常感激你对我的深厚情意，并请替我多谢上元令侄，快要见到他了。王、范二位那里，也都需要你尽力说话。刘道人如果能和你一起来会面，那是我非常盼望的事。不敢随便给他写信，请代我向他表示我的意思。裴家的宅子到底怎么样？

十二

居常之计，本已定矣，为子由书来，苦劝归许，以此胸中殊未定，当俟面议决之。

【译文】在常州定居的打算，本来已经决定了，因为子由来信，苦苦劝我回许州，因此心里一点儿也拿不定主意了，等咱们见面商量再决定吧。

十三

某启。蒙示喻，昨日所得过矣。思无邪，吾子自有，老拙何为者。神药希代之宝，理贯幽明，未敢轻议，少留谛观，俟从者见临，乃面论也。

【译文】轼言。承蒙你告知，昨天我所得到的过于优厚了。心中无杂念，是你本来如此，和老朽我又有什么关系呢。神药是稀世之宝，性理贯通天地阴阳，我不敢轻易议论。稍等一下仔细观察，等以后你到这里，再当面讨论吧。

十四

妙啜见分，幸甚。所问已得其端，通缓颊否？不倦，日例见顾为望。

【译文】你把这些好吃的东西分给我品尝，十分荣幸。所问的事情已经知道缘由了，是否已找人说情了？如果不累的话，盼望每天都能照常来一趟。

十五

家有黄筌画龙，拔起两山间，阴威凛然。旧作郡时，常以祈雨，有应，今夕具香烛试祷之。济明虽家居，必不废闵雨意，可来燔一炷香否？旧所藏画，今正曝凉之，只今来闲看否？

【译文】我家有一张黄筌画的龙，腾起在两山之间，气势阴森威武。以前我作郡守时，经常用它祈雨，屡有应验，今天晚上备下香烛再试着祈祷一下。济明你虽然无官职闲居在家，也一定不会不关心天总不下雨的事，能不能也来烧一柱香呢？我平时所收藏的画，现在正拿出来晾晒，今天就来看看好吗？

十六

某一夜发热不可言，齿间出血如蚯蚓者无数，迨晓乃止，困惫之甚。细察疾状，专是热毒，根源不浅，当专用清凉药。已令用人参、茯苓、麦门冬三味煮浓汁，渴即少啜之，余药皆罢也。庄生云："闻在宥天下，未闻治天下也。"如此不愈则天也，非吾过矣。杨评事谩与一来亦佳，到此，诸亲知所饷无一留者，独拜蒸作之馈，切望止此而已。

【译文】我昨天一夜发烧，难受得没法说，牙缝间流出许多像蚯蚓一样的血丝，快到天亮才止住，疲倦之极。仔细检查病症，完全是由于热毒，病源不浅，应该专门服用清凉药。我已叫人用人参、茯苓、麦门冬三味药煮成浓汁，只要渴了就少喝上一点儿，其他的药都不用了。庄子说过："只听说使天下放任自在，没有听说过要管治天下的。"如果我这样再不好转，那就是天要如此，不是我的错了。杨评事能和你一起来一趟也好。我到这里以后，众亲友所馈赠的礼物没有留下一件，只领受下了蒸的面食，要带东西来的话，希望仅限于这些。

答廖明略二首 以下俱北归

远去左右，俯仰十年，相与更此百罹，非复人事。置之，勿污笔墨可也。所幸平安，复见天日。彼数子者何辜，独先朝露，吾侪皆可庆，宁复戚戚于既往哉！公议皎然，荣辱竟安在？其余梦幻去来，何啻蚊虻之过目前也。矧公才学过人远甚，虽欲忘世而世不我忘，晚节功名，直恐不免尔。老朽欲屏归田里，犹或得见。蜂蚁之微，寻已变灭，终不足道。区区爱仰，念有以广公之意者。切欲作启事上答，冗迫不能就，惟深亮之。

【译文】自从远别阁下，一晃就是十年，共同经历了百般磨难，不再涉及人事纠纷。不提它了，不要玷污了笔墨。值得庆幸的是平安无事，又能重见天日。那几位有什么罪过，却早早去世，相比之下我们这些人都值得庆幸，怎能总为以往的事忧戚呢！你的话把道理说得非常明白，荣辱到底又在哪里呢？其余的事都像梦幻一样来来去去，与蚊虻从眼前飞过有什么区别。何况你的才学远远超过常人，即使想忘掉这个社会而社会也忘不掉你，晚年的功名，只怕是免不了的。我打算退隐家乡，也许能和你相见。一些事情不过像蜂蚁那样渺小，转瞬即逝，到底不值得一提。我这一点儿爱慕敬仰之情，希望能够宽一宽你的心。早就想给你去信，一直忙着未能写成，希望多多包涵。

二

衰陋之甚，惟有归田杜门面壁，更无余事。示谕极过当，读之悚汗。毗陵异政，谣颂蔼然，至今不忘。为民除秽，以至虿尾，吴越户知之，此非特儿子能言也。圣主明如日月，行遂展庆，众论如此。目昏不能多书，悚怍不已。

【译文】我已衰老鄙陋不堪，只有还乡关门面壁而坐，再也做不了其他什么事了。您在信中对我过分赞誉，读了使人汗颜。您在毗陵的优异政绩，在民谣里到处传颂，百姓至今不忘。您为民革除了弊政，彻底拔去了祸根，吴越之地人人皆知，这不只是我儿子这么说。圣上的英明如同日月，不久就要向您致贺荣升了，众人也都是这么说的。目昏不能多写，惶恐惭愧不已。

与陈伯修五首 以下俱杭州

辱书，承孝履如宜。日月如昨，奄换新岁，追慕摧怛，愈远无及，奈何。未缘面慰，伏冀简哀自重。不宣。

【译文】承蒙来信，知居丧期间安好。时光还如同昨天，转眼又是一年，追忆逝者痛心伤怀，但已离我们远去追赶不上了，实已无可奈何。没有机会当面慰问，请节哀保重。不赘述。

二

盐官尉以阻节诉灾，致邑民纷然喧讼，不得不问。然已州罚讫，奏知而已。承谕及，幸悉！幸悉！

【译文】因为盐官尉阻拦民众向上诉说灾情，致使百姓群起喧闹，不得不过问。但州里已经处罚过了，只要上报朝廷知道就是了。承蒙来信说到，故说明原由，希望你能了解。

三 以下俱惠州

某启。久不通问，愧仰深矣。远辱专使手书，眷念之重，不减畴昔，幸甚！幸甚！比日履兹暑溽，起居佳胜。始闻出使畿甸，旋又移守解梁。伯修平生厄滞，得丧毫末，本不足云，但恨材用不展，有孤天授。今兹小试，已恨迟暮，惟勉之一日千里，副士友之望也。秋热，万万以时保重。不宣。

【译文】轼言：很久没有去信问候，惭愧与思念之情都很深，承蒙派人远道送信来，关怀的深情，不减以往，幸甚！幸甚！近来临此湿热天气，愿身体安好。开始听说你要出使京畿地区，不久又改派知解梁，伯修你这一辈子总是不顺当，要说得失如同毫毛一般轻微，本不值得一提，只是遗憾才能不能得以施展，辜负了上天赐与的才干。如今才算是小小的试用，遗憾已是太晚，希望以一日千里来自勉，不负士人朋友们的期望。入秋尚热，望万万随时保重。不多叙。

四

某谪居粗遣。筠州时得书，甚安。长子已授仁化令，今挈家来矣。某以买地结茅，为终焉之计，独未瓷墓尔。行亦当作杜门绝念，犹治少饮食，欲于适口。近又丧一庖婢，乃悟此事亦有分定，遂不复择，脱粟连毛，遇辄尽之尔。惠示佳茗，极感厚意，然亦安所施之。扇子极妙，奉养村陋，凡百不能称也。佩公高义，不忘于心。千里劳人，以致口腹之养，甚非所安也。

【译文】我遭贬后对付过日子。经常收到子由从筠州寄来的信，他很好。我的大儿子已被任命为仁化县令，如今带着他的家眷到这儿来了。我已经在这儿买地盖房，作老死此地的打算了，只剩还没有造墓而已。本打算关起门来断绝一切念头，还要少做些饮食，要尽量适合口味。最近家里又死了一个做饭的婢女，于是我悟出这事是命中注定，我的饭吃到头了，所以也就不再挑食了，不管是粗糙的米带毛的肉，碰上什么都统统吃下去。你惠赠我好茶，使我十分感谢你的厚意，但我哪里用得上喝这样的好茶呢。扇子也极好，但让我这村夫使用，怎么说也不相称。感佩你的深情厚意，我心中铭记不忘，千里之外派人来，送来吃的东西，很让我心里不安啊。

五

某近日甚能刳心省事，不独省外事也，几于寂然无念矣。所谓诗文之类，皆不复经心，亦自不能措辞矣。辱示清风堂石刻，幸得荣观，仍传之好事以为美谈。然竟无一字少答来贶，公见知之深，必识鄙意也。新居在一峰上，父老云，古白鹤观基也。下临大江，见数百里间。柳子厚云：“孰使予乐居夷而忘故土者，非兹丘也欤？”只此便是东坡新文也。谭文之，南方之瑚琏杞梓也，恨老尔，颇相欢否？毛泽民高文，恨知之者少，公能援达之乎？徐得之书信已领，当递中答谢也。

【译文】我近来很能够摒弃杂念减少事务，不光能减少身外之事，几乎连心里也没有任何念头了。所谓诗文一类的东西，都再也不往心里去了，也写不出什么东西了。承蒙给我看清风堂石刻，十分荣幸，并把它传给喜欢此事的人看作为美谈。但并没有对你所寄来的东西写一个字表示谢意，你了解我很深，一定能明白我的意思。我的新居在一座山上，当地父老们说，这里是古时候白鹤观的旧址。下面临着大江，数百里以内都能看到。柳子厚曾说："是什么让我乐于居住蛮夷之地而忘记故土，难道不是这座小丘吗？"这也就是我在此处的新文章了。谭文之，是南方的优秀人物，可惜已老了，和你很合得来吧？毛泽民文章很好，可惜了解他的人太少，你能否举荐他一下呢？徐得之的书信已收到，我会给他写信答谢的。

答陈履常二首 以下俱密州

吴中屡得瞻见，时以余弃，洗濯蒙鄙；别来仰伫日深，递中首辱教尺，感服良厚，即日履兹酷暑，起居何如？贵眷令子各佳胜。披奉杳然，临纸怅惘，惟冀为时调护。

【译文】在吴中屡次幸会，时常用您的教诲启发，来清除自己的蒙昧鄙陋。分别后仰慕思念之情日益加深，从驿递接到您首封来信，使我感激不尽。近来临此酷热天气，身体怎样？问宝眷贵子各安康。相见无期，写到此处心中怅惘思念，还望时时注意调理护养。

二

远承寄贶诗刻，读之洒然，如闻玉音，何幸获此荣观！不独以见作者之格，且足以知风政之多暇，而高躅之难继也。辄和《光禄庵二绝》，聊以寄钦羡之怀，一笑投之可也。所须接骨丹方，谨录呈。高密连年旱蝗，应副朔方百须，纷然疲茶，日俟汰逐。企仰仙馆，如在云汉矣。因风，不吝诲字。

【译文】承蒙从远方寄来诗的刻本，读了使人精神爽朗，如闻美玉之音，能看到它是何等荣幸，不光可以看出作者的格调不凡，而且足以了解作者处理政务优有余裕，高雅的品位难以为继啊。大胆以《光禄庵》两首绝句唱和，聊以寄托钦敬仰慕的情怀，看过可以一笑而扔掉它。您所要的接骨丹药方，谨抄录寄去。高密这里连年旱灾蝗灾，支付朔方需要的各类物资，繁多的事务使人疲惫不堪，天天都在等着被除名斥逐。仰望您的所在，感觉如同在云汉之间。方便时，望不吝赐教。

与鲜于子骏三首 以下俱密州

久不奉状，方深愧悚，递中伏辱手教，并新文石刻等，疾读，喜快无量。即辰起居佳否？公文学德度，宜在朝廷，久此外远何也？然闻一路蒙被仁政，不尔，吏民皆在倒悬中也。况乡井坟墓在焉，计居之甚以为乐。某到郡正一年，诸况粗遣，岁凶民贫，力所无如之何者多矣。然在己者未尝敢行所愧也，如此而已。忝厚眷，故及。未缘瞻奉，惟冀以时自重。不宣。

【译文】久不去信，正深感惭愧惶恐。接到您通过驿递寄来的信，并寄来新作的文章石刻等，一口气读完，感到欢喜快活无比。近日身体可好？以您的道德素养，理应在朝内为官，为何这么长时期地外放到边远地区呢？然而我也听说您一路所到之处百姓无不蒙受恩惠，如不是您到那地方去，那里的百姓们还会处于困苦之中啊。何况乡井祖宗坟墓都在那里，想必在那里很是快乐。我到任整一年，各种情况马马虎虎，收成不好人民贫困，力所不及的事情多了。只是我自身未敢做过内心有愧的事，如此而已。蒙您厚爱，所以才说到这些。没有机会见面，希望应时保重。不详述。

二

忝厚眷，不敢用启状，必不深讶。所惠诗文，皆萧然有远古风味。然此风之亡也久矣，欲以求合世俗之耳目，则疏矣。但时独于闲处开看，未尝以示人，盖知爱之者绝少也。所索拙诗，岂敢措手，然不可不作，特未暇耳。近却颇作小词，虽无柳七郎风味，亦自是一家。呵呵。数日前，猎于郊外，所获颇多。作得一阕，令东州壮士抵掌顿足而歌之，吹笛击鼓以为节，颇壮观也。写呈取笑。

【译文】蒙您厚爱，不敢用启表述感激之情，想必不会多怪罪。所惠赠的诗文，潇洒悠远很有远古的风味。然而这种格调失传已久了，如果想用它来迎合世俗的口味，便显得迂阔了。不过闲时常常独自观赏，并不曾拿给别人看，因为知道喜欢它的人太少了。您想要我的诗，我怎么敢随便写呢，然而又不能不写几首，只是没有空闲罢了。近来仅写了几首小词，虽说没有柳七郎的风味，也算是自成一家吧。哈哈。几天前，到郊外打猎，收获不小。作了一首词，让一帮东方壮士拍掌顿脚地咏唱，吹笛击鼓作为伴奏，情景颇为壮观。写下来博你一笑。

三

故人刘格，字道纯。故友刘恕道原之亲弟。读书强记辨博，文词粲然可观，而立节强鲠，吏事亦健，君实颇知之，余人未识也。欲告子骏与一差遣，收置门下，公若可以踏逐辟召，幸先之，敢保称职也。旦夕归南康军待阙，公若有以处之，他必愿就也。某非私之也，为时惜才也。

【译文】友人刘格，字道纯。是我的老朋友刘恕、字道原的亲弟弟。他读书广博，记忆力强，文章写得漂亮，而且为人刚正耿直，办公事也有能力，司马君实很了解他，别人却不知道他的才干。想请你给他派个差使，收在你的门下，你如果认为可以征召起用，请早点儿给他安排一下，我敢担保他一定会称职的。他不久要回南康军去等候派遣，你那儿如有地方安排他，他一定乐意前去。我这样做不是出于私情，而是为社会着想爱惜他的才干啊。

与欧阳仲纯五首 以下俱徐州

去岁城东，屡获陪从，蒙益既多，乐亦无量。既别，U苦贱事，不克驰问，惭负不可言；即日起居何如？见报，除审簿，信否？殊不知即日从者所在，徒有仰咏。某蒙庇粗遣。彭门本无一事，足以藏拙。河水一至，事无不有，中间几殆者数矣，必以闻之。今方稍安，而夏秋之患未可量，盖命穷所至感召，此何时复得一笑之乐也。近诗数首，聊以破颜。余寒，万万以时自重。

【译文】去年在城东，曾有多次交往，使我受益不浅，也感到快乐无穷。分别之后，每天忙于杂务，不能前往问候，惭愧负疚得很。近日身体怎样？看到朝报，见你被任命为审簿，确实吗？竟不知当年的朋友在哪里，空作思慕吟咏。我托你的福还过得可以。彭门本没有什么棘手的事务，足以掩盖我这做官的庸碌无能。但黄河大水一到，什么事都会发生，其间有几次都差一点儿出危险，想必你已都听说了。如今才稍稍安定，但夏秋季的危险尚不可预测，这大概是我倒霉命运的感应，什么时候才能再得到欢笑的欢乐呢。近来写诗数首，寄去聊博一笑。天气尚有余寒。千万应时保重。

二

伯仲、叔弼昆仲各计安胜。杨掾行速，未及拜书，乞道下悬。子由在南都，时得书，无恙。彭城最处下流，水患甲于东北。奏乞钱与夫为夏秋之备，数章皆不报。曹河若可塞，固大善，不尔，仓卒之间，不免调急夫使系省钱，岂暇复禀命乎？所费必多，而为备不如先事之精也。人微言轻，信命而已。仲纯知我之深者，聊复及之。

【译文】伯仲、叔弼弟兄俩想必都好。杨曹官走得急，没来得及给你带信，还求你见谅。子由在南都，时常有信来，他很好。彭城处在最下游，水患在东北地区最为严重。过去曾经上奏请求调拨款项和民夫以备夏秋汛情时用，几道奏章都没有批复。曹河如果能够堵上，固然会很好，不然，临时仓猝之中，不免要调用应急的夫役和系省钱，哪儿还来得及上报呢？这样花费一定更多，而效果却不如事先有准备更好。我人微言轻，只能听天由命了。仲纯你对我是很了解的，顺便说到这里吧。

三

去春寄舍国门，屡辱临顾，喜慰无量。别来逾年，奔走俗状，未尝通问，瞻企徒深。即日履此烦暑，起居何如？眷爱各安否？传闻车马已到宛丘，相去甚近，书问自此可时相及矣。千万顺时珍重。

【译文】去年春天我在京城外寄居时，承蒙你屡次光临看顾，感到无限欣喜宽慰。分别后已过一年，我到处庸庸碌碌地奔波，从没有向你问候过，加深了我的思念之情。近日经历这样的酷暑天气，身体怎么样？家人都好吗？听说你已经到了宛丘，离这里很近，从此以后就可以经常书信往来了。望千万顺应时序多加保重。

四

崔度者，顷年在陈，与之甚熟。今作过海之行，妻子仍在陈学，幸略与垂顾。

【译文】有个叫崔度的，往年我在陈州时，和他很熟。如今他要远行海外，而他的妻子还在陈州的学校，希望你能多少给予照顾。

五

伯仲兄闻监西岸，已视事未？叔弼近托孙元忠附书季默，今安在？因风无惜惠问。宛丘谁与往还？有可与语者否？

【译文】听说伯仲兄要督察西岸，已经到任了吗？叔弼近来托孙元忠给季默捎信，如今他在哪里？方便时请问候他。在宛丘和谁交往？有谈得来的人吗？

与眉守黎希声三首 以下俱徐州

倾向已久，展奉无由。窃计比日履兹酷暑，起居佳胜。某占籍部中，不获俯伏门下，一修桑梓之仪，瞻望铃斋，岂胜怀仰。伏惟顺时为民自爱。

【译文】倾慕向往已久，一直没有机会去拜见。惦念近来临此酷暑天气，您身体可安康。我在京中朝内任职，无缘到您门下，以行乡谊之礼，瞻望您的所在，心怀不胜景仰之意。望顺应时宜为了百姓多多保重。

二

去岁王秀才西归，奉状必达，即日远想起居佳胜。承朝廷俯徇民欲，有旨借留，虽滞留高步，士论未厌，而乡闾之庆，特以自私而已。然山水之秀，园亭之胜，士人之众多，食物之便美，计公亦自乐之忘归也。某久去坟墓，贪禄忘家，念之辄面热，但差使南北，不敢自择尔。何时复得一笑为乐？尚冀为时自重。

【译文】去年王秀才西归故乡，托他捎的信想必已经送到，即日遥祝身体安好。承蒙朝廷俯顺民意，下旨把您留住，虽说耽误了您的前程，士人舆论为此遗憾，而当地人的庆贺，不过是从他们自己的私利出发而已。但是那里山水的秀丽，园亭的优美，士人的众多，食物的方便可口，想必您也就乐之忘归了。我久别故里，贪图禄位而忘了家乡，每每想起来就脸上发烧，只是无论南北都是朝廷差遣，不敢自己选择罢了。什么时候才能享受相聚欢笑之快乐呢？还望随时保重。

三

向自密将赴河中，至陈桥，受命改差彭城。便欲赴任，以儿子娶妇，暂留城东景仁园中。旦夕自汴东去，逾远风问，可胜怅然。坟墓每烦戒敕，惟增感噎。堂兄欲葬祖坟，为诸房众多，某既不敢果决，恐众意难允也，乞知之。

【译文】不久前从密州将要到河中赴任，走到陈桥驿时，接到朝廷改派我前往彭城的命令。便打算立时去那里赴任，因为儿子要娶媳妇，因此暂时在城东范景仁园中留下。马上就要从汴京东去，离您愈来愈远了，心中不胜怅惘。家乡的坟墓总麻烦您照顾，只能使我增加感激之情。我的堂兄想葬入祖坟，因为本家的很多，我到了儿也不敢一个人决定，恐怕大家难以答应，请您知道一下这件事。

与张嘉父七首

某启。都下纷纷，不遂款奉，别来思渴深矣。比日起居何如？某凡百粗遣，汝阴僻陋，但一味闲，真衰病所乐也。合会未期，千万保重。不宣。

【译文】轼言。在京中忙乱纷扰，没机会相见，分别后十分思念。近日身体可好？我一切都还凑合，汝阴荒僻落后，只是非常清闲，对衰老多病之人真是个好地方。不知何时能相见，千万保重。不多叙。

二

某启：今日与嘉父道别，浩然笑仆醉后草书，虽不通他心，信手乱书，亦有祸福也。公少年高才，不患不达，但志于存养，孟子所谓“心勿忘，勿助长”者，此当铭之坐右。世人学道，非助长也，则忘而已矣。仆少时曾作《杂说》一首送叔毅，其首云“曷尝观于富人之稼者”是也，愿一阅之。承过听，见语甚重，不敢不尽。

【译文】轼言。今天与你道别，浩然笑我醉后的草书，虽没有别的用意，但信手乱写，也会招致祸患啊。你少年高才，不怕不能发达，只是要志于存心养性，孟子所说的“心勿忘，勿助长”这句话，应当作为座右铭。世上的人学习儒家之道，不是一心为作官而努力，就是忘了学习的目的。我年轻时曾作过一篇《杂说》送给叔毅，那开头说：“曷尝观于富人之稼者”就是这个意思，希望能看一看。承蒙错爱，你说得那么恳切，我不敢不说出心里话。

三

某启。君为狱吏，人命至重，愿深加意。大寒大暑，囚人求死不获，及病者多，为吏卒所不视，有非病而致死者。仆为郡守，未尝不躬亲按视。若能留意于此，远到之福也。

【译文】轼言。你担任狱吏，人命至关重要，希望能多多留意，大寒大暑的时候，犯人求死都得不到，得病的人很多，狱吏们都不管不问，也有没病而死的。我当郡守，无不亲自按察巡视。你如果能在这方面留心，一定是深远的福份啊。

四

某启。君年少气盛，但愿积学，不忧无人知，譬如农夫，是穮是蓘，虽有饥馑，必有丰年；敢以为赠。

【译文】轼言。阁下年少气盛，但愿能够积累学问，不怕没有人了解赏识。就像农夫一样，只管耕耘劳作，虽然也会遇上饥荒，但早晚一定会有丰收。谨以此言赠送。

五

某启。公文章自已得之于心，应之于手矣。譬之百货，自有定价，岂小子区区所能贵贱哉。“潜虽伏矣，亦孔之章。”足下虽欲不闻于人，不可得。愿自信不疑而已。

【译文】轼言。你的文章本来已经能够从心里生出，用手表达自如了，难道是一些小人所能随意褒贬的吗。《诗经》上说：“虽然潜于深水，依旧明白可见。”阁下即使想不让人知道，也是办不到的，但愿你自己能对此深信不疑。

六

某启。借示赋论诸文，遂得厌观，殊发老思。西汉一首尤精确。文帝不诛七国，世未有知其说者，独张安道尝言之于神考，其疏，人亦莫之见也。今公所论，若合符节，非学识至到，不能及此。仰钦！仰钦！

【译文】轼言。你来信让我看你所作的赋，并借此对文章进行评论，使我得以饱览，对我这老脑筋很有启发。其中西汉一首尤其精到准确。文帝不诛灭七国，世人没有知道这种观点的，只有张安道曾对神宗皇帝讲过，他的奏章，谁也没有见过。今天你的议论，和他当初说的一模一样，不是学识到了家，达不到这水平。佩服！佩服！

七 惠州

某启。久不奉书，过辱不遗，远枉教尺，且审起居佳胜，感慰交集。著述想日益富。示谕治《春秋》学，此儒者本务，又何疑焉。然此书自有妙用，学者罕能领会，多求之绳约中，乃近法家者流，苛细缴绕，竟亦何用。惟丘明识其妙用，然不肯尽谈，微见端兆，欲使学者自求之，故仆以为难，未敢轻论也。凡人为文，至老，多有所悔。仆尝悔其少作矣，若著成一家之言，则不容有所悔。当且博观而约取，如富人之筑大第，储其材用，既足而后成之，然后为得也。愚意如此，不知是否。夜寒，笔冻眼昏，不罪！不罪！春首，惟千万自重。不宣。

【译文】轼言。很久没给你去信了，承蒙你没有忘了我，这么远给我送信来，知道你身体安好，感激宽慰之情交集。想必你的著述日益增多了。来信告诉我你要研究《春秋》，这是儒生的本份，又有什么可疑虑的呢。然而此书自有妙用，学习它的人很少能有领会的，多从法度律条角度探究，就近于法家一流了，严苛琐碎纠缠不清，这样学还有什么用呢。只有左丘明懂得《春秋》的妙用，但他又不肯都说出来，只在《左传》中露出一点苗头儿，意思是想让学习它的人自己去探求，所以我认为难学，不敢轻易议论啊。大凡人写作诗文，到老时，多有所后悔。我曾经后悔个人的创见太少，如果著书能成就一家独有的言论，就决不会再有什么可后悔的。写文章应该多看少取，就像富人盖大宅子，尽量地储备材料，备足以后再动工，然后才能成功。我是这么看，不知对不对。夜间寒冷，笔尖上冻，老眼昏花，勿怪罪！勿怪罪！初春时节，望千万保重。不多叙。

与陈季常十六首 以下俱黄州

某启。昨日人还，拜书，想已达。今日见马铺报，公择二十一日入光州界，计今已在光。辄于太守处借人持书约会于岐亭。某决用初一日早离州，初二日晚必造门，此会殆为希有。然第一请公勿杀物命，更与公择一简邀之，尤妙。人速，不尽所怀，恕之。不宣。

【译文】轼言：昨天来人返回，我有信奉上，想已到达。今天见马铺报，知道公择于二十一日进入光州地界，算起来如今已在光州了。我现在就在太守那儿借人带上书信和你在岐亭约会。我定下在初一早上离开黄州，初二晚间一定到你门上，此次会面可算稀有。然而最要紧的是请你不要杀生，再给公择写封信邀他来，那就更好了。人马上就到，来不及把心里话说完，请原谅。不多叙。

二

早来宿酒殊昏倦，得佳篇一洗，幸甚。昨日醉中口占，忘之矣。写一首为笑。

【译文】早晨因为昨晚饮酒昏沉倦怠，被你送来的佳作，中洗干净，实在有幸：昨天醉酒时口占的诗句，已经忘掉了。写下一首博取一笑。

三

近因往螺师店看田，既至境上，潘尉与庞医来相会，因视臂肿，云非风气，乃药石毒也，非针去之，恐作疮乃已。遂相率往麻桥庞家，住数日，针疗。寻如其言，得愈矣。归家，领所惠书及药，并荷忧爱之深至，仍审比来起居佳安。曾青、老翁须、《传灯录》皆已领，一一感佩。《五代史》亦收得。所看田乃不甚佳，且罢之。蕲水溪山，乃尔秀邃耶！宠医熟接之，乃奇士。知新屋近撰《本草尔雅》（谓一物而多名也）。见刘颂具说，深欲走观。近得公择书，云四月中乃到此。想季常未遽北行，当与之偕往耳。非久，太守处借人遣赍家传去。别细奉书。

【译文】近来因为到螺师店去看一块想买的田，到那地界以后，潘县尉和宠医生来见面。于是就让庞医生诊视了我这臂肿病，庞医生说这不是风气，而是药石之毒，如不用针灸消除，恐怕一定要憋出大疮才会好。于是我们就一起去了麻桥庞家，住了几天，用针灸治疗。很快证实了他的话，胳膊治好了。到家以后，收到你的信和药，以及你深厚的情义，知道你近来身体安好。曾青、老翁须、《传灯录》都已收到，一并致谢。《五代史》也收到了。去看的田却不太好，暂且算了吧。蕲水的山水，竟是那么秀丽幽深啊！和庞医生接触多了，才知道是个不平凡的人。听说新屋最近撰写了《本草尔雅》（是说一种药物而有多种名称的）。碰到刘颂，他给我详细介绍，很想去看一看。近来收到公择的信，说他四月到这里。我想你不会马上北行，应该和他一起上路。要不了多久，我从太守那儿借人让他把给你写的家传送去。其他再写信细说。

四

柴炭已领，感怍！感怍！东坡昨日立木，殊耽耽也。

【译文】送来的柴炭已收下，感激惭愧！感激惭愧！昨天在东坡上种了树，特别小心地看护着。

五

王家人力来，及专人，并获二缄。及承雄篇赞咏，异梦证成仙果，甚喜幸也。某虽窃食灵芝，而君为国铸造，药力纵在君前，阴功必在君后也。呵呵。但累书听流言以诬平人，不得无折损也。悬弧之日，请一书示谕，当作贺诗，切祝！切祝！比日起居佳否？何日决可一游郡城？企望日深矣。临皋虽有一室，可憩从者，但西日可畏。承天极相近，或门前一大舸亦可居，到后相度。未间，万万以时自重。

【译文】王家的仆人和你专门派的人都到了，一并收到两封信。并承蒙你的雄篇巨制对我赞扬歌颂，异梦被你修成成仙的结局，真太可喜可贺了。我虽然偷吃了灵芝，而你却为国家炼造灵丹，药力纵使在你之前，阴功一定在你之后啊。哈哈。只是屡次信中听信流言蜚语而说无罪之人的坏话，不能不折损你的阴功啊。家中生儿子时，请来信告知，我会写首贺诗的。深深致贺！深深致贺！近来身体好吗？什么时候定下日子游一游郡城？对你日益想望啊。临皋那儿虽然有间房子，可以让相从的人歇息，但晒得要命。承天家离那儿很近，或者门前面有条大船也可以居住，到那儿看情况再说吧。未来之前，望万万顺应时序保重自己。

六

欲借《易》家文字及《史记》索隐、正义。如许，告季常为带来。季常未尝为王公屈，今乃特欲为我入州，州中士大夫闻之耸然，使不肖增重矣；不知果能命驾否？舂瓮但不惜，不须更为遗恨也。

【译文】想跟你借《易》一类的书籍以及《史记》索隐、正义。如蒙应允，请你给我带来。季常你不曾屈服于王公贵人，如今却特地要为我而到黄州一行，黄州的士大夫听说后感到震惊，增添了我的光彩。不知道果真能来吗？一定要和你开怀畅饮，不要再留下什么遗憾啊。

七

郑巡检到，领手教。具审到家尊履康胜，羁孤结恋之怀，至今未平也。数日前，率然与道源过江，游寒溪西山，奇胜殆过于所闻。独以坐无狂先生，为深憾耳。呵呵。示谕武昌田，曲尽利害，非老成人，吾岂得闻此。送还人诸物已领。《易》义须更半年功夫练之，乃可出。想秋末相见，必得拜呈也。近得李长吉二诗，录去，幸秘之。目疾必已差，茂木清荫，自可愈此。余惟万万顺时自重。

【译文】郑巡检到这里，送来了你的信。知道你烈家后贵体安康。孤身流放中结交的友情，使我至今心潮难平。几天前，我和道源冒然过江，游览了寒溪西山，其景色之美丽恐怕要超过耳闻。只是因为座中缺少了你这位狂先生，深为遗憾。哈哈。来信所说武昌那块田的事，把利害分析得十分透彻，如果不是你富有经验，我怎么能知道这些呢。你让回来的人带回来的东西已经收到。《易》的含意必须再经半年功夫琢磨，才能悟出来；估计秋末相见时，一定可以奉还。近来得到李长吉两首诗，抄下来送去，希望不要让别人知道。你的眼病想必已经好了吧，茂密的林木和清凉的树荫，可以治眼病。其余希望你万万顺应时序自己保重。

八

示喻武昌一策，不劳营为，坐减半费，此真上策也。然某所虑，又恐好事君子，便加粉饰，云擅去安置所而居于别路，传闻京师，非细事也。虽复往来无常，然多言者何所不至。若大霈之后，恩旨稍宽，或可图此。更希为深虑之，仍且密之为上。

【译文】你让我在武昌买田的意见，可以不用我操劳，平白减少一半费用，实在是上策。然而我的顾虑，是又怕那些好事的先生们，对此加以夸大歪曲，说我是擅自离开被安置的地方而到其他路居住，这话如果传到京城，就不是小事啊。虽说我平时也是跑来跑去，并不在一个固定的地方居住，但爱造谣生事的人什么事做不出来呢。如果大赦之后，皇上下旨对我稍为宽大，或许可以再做这件事。希望你能再多加考虑，还是不要让别人知道为好。

九

稍不奉书，渴仰殊深。辱书，承起居佳胜。新居渐毕工，甚慰想望。数日得“君”字韵诗，茫然不知醉中拜书道何等语也。老媳妇云“一绝乞秀英君”，大为愧悚，真所谓醉时是醒时语也。蒙不深罪，甚幸。

虽知来篇非实语，犹且收执，庶几万一。莫更要写脊记否？呵呵。柳簿云某奉讶者，不知得之于谁，安有此理。来书“雄冠”之语，亦无人见。但有答柳二书云，陈季常要写脊记，欲与写云。文武寀寮，常居禄位，亦如与季常书作戏耳，何名为讶哉！想公必不以介意，不答最妙。日夜望季常入州，但可惜公择将至，若不争数日，而吾三人者不一相聚剧饮数日，为可惜耳。有人往舒，五七日必回，可见其的。若不来，续以书布闻。茶臼更留作样几日。近者新阕甚多，篇篇皆奇。迟公来此，口以传授。余惟万万自爱。

【译文】几天见不到你的信，就思念得厉害。承蒙来信，得知身体安好。我的新居快要完工了，愿望也得到了满足。几天前写一首“君”字韵的诗，喝醉了酒糊里糊涂不知道回信给你写了些什么话，老妻说我写的是“一绝乞秀英君”，叫我大为惭愧惶恐，真所谓是喝醉时说的是清醒的话啊。承蒙你不多怪罪，很是幸运。

虽然知道来信中说的不是当真的话，我还是把它收存起来，说不定万一成了事实。是不是还要再写个脊记呢？哈哈。柳主簿说我奉承的事，不知从谁那儿听到的，哪有这道理呢！来信中“雄冠”等话，也没人看到，只有给柳二的回信中说，陈季常要我给他写脊记，我打算给他写这些话。文武官僚，大家都在官场上混，也都有像和你写信开个玩笑一样的事，怎么能叫奉承呢！想必你对这事也不会太介意，不理他最好。日夜盼望季常你到这里来，可惜公择马上要到，如要不差这几天，我们仨不在一块儿好好喝上几天，那真是遗憾了。这里有人到舒州去，过五六天一定会回来，到时候就知道实信儿了。如果公择不来，我再给你去信告知。茶臼我再留几天做样子。近来我作了不少新词，篇篇都很新奇，等你来这里后，我亲口给你念诵。其余希望万万自己保重。

十

叠辱来贶，且喜尊体已全康复。然不受尽言，遂欲闻公，何也？公养生之效，岁有成绩，今又示病弥月，虽使皋陶听之，未易半反。公之养生，正如小子之圆觉，可谓“害脚法师鹦鹉禅，五通气球黄门妾”也。至祷。

【译文】承蒙多次来信，且喜你贵体已经完全康复。然而心里有话，就想对你说，为什么呢？我看你养生的结果，每年都有成绩，可如今却整月地闹病，这事即使让皋陶来审理，也难以替你辩护平反。你的养生之道，正和我的圆觉修行一样，可说是“害脚法师鹦鹉禅，五通气球黄门妾”啊。真诚地为你祝祷。

十一

孙臣源之侄，甚佳士，兼甚仰盛德，云当去请见。某告以季常不蓄乌巾十余年矣，又不欲便裹帽奉谒，他必自去见公也。镇中得一好官人，亦非细事。叔宣书已附去。西方多事，此君却了得，莫遂奋起否？见报，赵二罢相州取勘，他称病乞不下狱，不知为何事，私甚忧之，公闻其详否？又报舒宣乞郡。闲知之。

【译文】孙巨源的侄子，是个很不错的人，又对你十分仰慕，说要去见你。我告诉他说，季常不当隐士已经十几年了，又不想以平民身份见官，可他一定会自己去见你的。镇上能得一个好官，也不算小事。叔直的信已带去。西部边境多事，而此人却很有本事，莫不会有所作为吧？见朝报，说赵二被罢免相州的官职进行审理，他说他有病要求不要把他下狱，不知是犯了什么事，我很替他担忧，你知道这事的详情吗？朝报上又说舒亶要求出京到州郡任职。随便扯这些。

十二

候马铺行，奉书未达。间领来诲，具审起居佳胜，至慰！至慰！答京洛书，过当！过当！此何足称。先生笃于风义，至自割瘦胫以啖我，可谓至矣。然以化不为鹭鹚者，则恐未能也。彼不相知者，视仆之饥饱，如观越人之肥瘠耳，虽象亦未易化也。乡谚有云“缺口，镊子”者，公识之乎？想当拊掌绝倒。知过节入州，甚幸。未间，万万自重。（缺口镊子者，取一毛不拔。恐未常闻，故及。）

【译文】一直在等马铺出发，所以信还未送到。最近接到你来信，知道你身体安好，得到很大安慰。回复京洛的书信，实在过奖了，这有什么值得说的呢。先生重于情义，简直是割自己瘦腿上的肉让我吃，为朋友真是到了顶了。然而所谓不向太贫穷的人募化，就未必正确了。那些并不投合的人，看我的饥饱，就像看一个毫不相关者的肥瘦一样，这种人即使肥得如同大象，也难以向他们募化啊。这里民间有句谚语叫作“缺口镊子”，你听说过吗？想必你听了一定会拍着巴掌笑倒了人。知道你过节要到州里来，很感到幸运。未到来期间，请万万保重。（所谓缺口镊子，取一毛不拔之意。恐怕你没听说过，所以写出来。）

十三

别后凡四辱书，一一领厚意。具审起居佳胜，为慰。又惠新词，句句警拔，诗人之雄，非小词也。但豪放太过，恐造物者不容人如此快活，一枕无碍睡，辄亦得之耳。公无多奈我何，呵呵。所要谢章寄去。闻车马早晚北来，恐此书到日，已在道矣。故不觌缕。

【译文】分别以后承蒙你四次来信，一一拜领你的深情厚意。知道你身体安好，心里很是宽慰。又惠赠我新词，句句警策拔俗，显示出诗人的大气派，而不同纤巧的词作。但是豪放太过份，恐怕造物主不容许人如此快活，一觉睡到头儿，一首词就出来了。你们写不出来又能把我怎么样，哈哈。所要的谢章寄去听说你早晚要往北来，恐怕这封信到时，你已经在路上了，所以就不啰嗦了。

十四

置中叠辱手示，并惠果羞，感愧增剧。《酒隐堂诗》，当涂中抒思，不敢草草作。公是大檀越，岂容复换牌也。一笑。

【译文】承蒙你多次来信，又惠赠果品，让我更加感激惭愧。至于《酒隐堂诗》，得在路上好好构思，不敢草草对付。你是大施主，怎能让你再换牌呢。说句笑话。

十五 翰林

某局事虽清简，而京辇之下，岂有闲人，不觉劫劫过日，劳而无补，颜发苍然，见必笑也。子由同省，日夕相对，此为厚幸。公小疾虽平，不可忽。“善言不离口，善药不离手。”此乃古人之要言，可书之座右也。药物有彼中难得须此干置者，千万不外。如闻公有意入京，不知几时可来，如得一会，何幸如之。柳一已在此，一访，值出，未见也。僦居在蒲池寺，去此稍远。数日颇有新事，左揆已出陈州，君实代之，蹇老知和州，授之庐签，余不能尽报去。刘莘老中丞旦夕授也，黄安中龙直知越州。静庵不管闲事，最妙！最妙！

【译文】我在官署中的事虽然也简单，但京都之中，岂有闲人，不觉每天也在忙忙碌碌中度过，劳而无功，面色衰老，头发苍白，你见了一定会笑话我的。我和子由同在一个部门，早晚都见面，这是最值得庆幸的事。你的小病虽然好了，但不可大意。“善言不离口，善药不离手。”这是古人的至理名言，可把它作为座右铭啊，你有在那儿买不到的药而需要在这儿买的，千万不要见外；好像听说你有进京的意思，不知什么时候能来，如能见上一面，那该多么好啊。柳一已经在这里了，我去拜访过一次，碰上他出门，没能见着。他在蒲池寺租房居住，离我的住处稍远。这几天很有一些新事，左仆射蔡确出知陈州，司马君实接替了他的职务，蹇老作了和州知州，授之作了庐州签事，其他不能一一跟你说了，刘莘老马上要被授以中丞之职，黄安中龙直作越州知州，静庵不管闲事，最妙！最妙！

十六 惠州

轼启。惠兵还，辱得季常手书累幅，审知近日尊候安胜，择、括等三凤毛皆安，为学日益，喜慰无量。轼罪大责薄，圣恩不赀，知幸念咎之外，了无丝发挂心，置之不足复道也。自当涂闻命，便遣骨肉还阳羡，独与幼子过及老云并二老婢共吾过岭。到惠将半年，风土食物不恶，吏民相待甚厚。孔子云：“虽蛮貊之邦，行矣。”岂欺我哉！自数年来，颇知内外丹要处。冒昧厚禄，负苛重寄，决无成理。自失官后，便觉三山跬步，云汉咫尺，此未易遽言也。所以云云者，欲季常安心家居，勿轻出入。老劣不烦过虑，决须幅巾草履相从于林下也。亦莫遣人来，彼此须髯如戟，莫作儿女态也。在定日作《松醪赋》一首，今写寄择等，庶以发后生妙思，着鞭一跃，当撞破烟楼也。长子迈作吏，颇有父风。二子作诗骚殊胜，咄咄皆有跨灶之兴，想季常读此，捧腹绝倒也。今日游白水佛迹山，山上布水悬三十仞，雷轰电散，未易名状，大略如项羽破章邯时也。自山中归，得来书，灯下裁答，信笔而书，纸尽乃已。托郡中作皮筒送去。想黄人见轼书，必不沉坠也。子由在筠，极安。处此者，与轼无异也，书云，老躯极健，度去死远在。读之三复，喜可知也。吾侪但断却少年时无状一事，诚是，然他未及。子由近见人说，颜状如四十岁人，信此事不辜负人也。不宣。轼再拜。

【译文】轼言。惠州去的兵士回来，收到你的信好几张，知道近来你身体安好。择、括等三位贵子也都好，钻研学业每天都有长进，让我欢喜宽慰不尽。我罪大罚轻，皇上对我恩德不浅，我除了知道自己幸运、记住自己的罪过以外，什么事也不往心里去，把它们都扔在一边不值得再提了。我自从在当涂接到朝廷改派惠州的命令后，便打发家人回阳羡，只有小儿子苏过与老妾朝云及两个老女用人和我一起过岭南下。到惠州将近半年了，这里的风土民情及吃的都不错，官吏百姓对我也都很好。孔子说："即使是蛮夷之邦，只要言行忠信笃敬，也照样行得通。"难道是骗我们的吗！自从这几年以来，很体会出一些炼内外丹的关键，如果食取厚禄，位居高官，决没有能修炼成的道理。自从丢了官职以后，便觉得三山仙界只有半步之近，云端天上不过咫尺之遥，这些体会不容易说完啊。之所以说这些，是希望你能安心在家，不要轻易外出奔波。至于我不用多操心，已经打定主意布巾草鞋和朋友一起在林下悠闲度日了。你也不要派人来，我们都是胡子一大把，不要再儿女情长了。在定州时我作过一首《松醪赋》，如今抄写下来寄给择他们几个孩子，希望能启发他们的文思，加鞭一跃，就会超过他们的父辈了。我的大儿子苏迈作官，很有他父亲的风范。二儿子诗写得最好，咄咄逼人有超过我的苗头。想必你看了这些，会捧着肚子乐坏的。今天我游览了白水佛迹山，山上的瀑布有二三十丈高，气势如雷鸣电闪，难以形容，大概和当年项羽大破章邯一样：从山里回来后，见到你的信，就在灯下写回信，信笔而写，把纸写完为止。托郡里作皮筒送去，想必黄州人见了我的信，一定不会沉坠啊。子由在筠州，十分安宁，对待我以上所说的事，态度和我没什么不同。他来信说，他的老身子骨很结实，估计离死远着呢。我连读了三遍，其欣喜可以想见。他又说我们只要不做年轻时那些不检点的事，这是不错的，然而其他的没有说到。近来听别人说，子由的样子就像四十岁的人，就知道这种处世方式不会辜负人意啊。不多叙。轼再拜。

答毛泽民七首 以下翰林

轼启。比日酷暑，不审起居何如？顷承示长笺及诗文一轴，日欲裁谢，因循至今，悚息。今时为文者至多，可喜者亦众，然求如足下闲暇自得、清美可口者，实少也。敬佩厚赐，不敢独飨，当出之知者。世间唯名实不可欺。文章如金玉，各有定价。先后进相汲引，因其言以信于世，则有之矣。至其品目高下，盖付之众口，决非一夫所能抑扬。轼于黄鲁直、张文潜辈数子，特先识之耳。始诵其文，盖疑信者相半，久乃自定，翕然称之，轼岂能为之轻重哉！非独轼如此，虽向之前辈，亦不过如此也。而况外物之进退，此在造物者，非轼事。辱见贶之重，不敢不尽。承不久出都，尚得一见否？

【译文】轼言。近来天气酷热，不知身体如何？不久前收到你的长笺及诗文一轴，每天都想着致信答谢，因疏懒一直拖到今天，惶恐不已。如今作文章的人多得很，成绩可喜者也不少，然而想找像先生这样悠闲自得、清美可口的文章，却实在少有。承蒙赏光把大作寄我，我不敢独自享用，应当把它拿出来让能了解的知音共赏。世上只有名和实不能够造假骗人。文章好比金玉，各有一定的价值。先后成名的人互相提携，借助别人的赞誉而文章为世人信服，这种事是有的。至于他文章品级的高下，要众人说了才算，决不是一个人所能够随便抬高贬低的。我对于黄鲁直、张文潜等数人，只不过先发现他们罢了。众人开始读他们的文章时，怀疑和肯定的各占一半，很久以后才自然论定，对他们一致称赞，我哪里能起什么作用呢！不光是我如此，即使过去的前辈，也不过如此啊。何况功名利禄的进退得失，完全掌握在造物者手中，不是我的事情蒙你厚赐诗文，不敢言而不尽。知你不久将要出京，不知能否一见？

二

再辱示手教，伏审酷热起居清胜。见谕，某何敢当，徐思之，当不尔。非足下相期之远，某安得闻此言，感愧深矣。体中微不佳，奉答草草。

【译文】蒙你再次来信，得知你在此酷暑中身体安好。拜读来信所言，我如何敢当，慢慢想来，理应不是那样。不是阁下对我的期望那样高，我怎能听到这样的良言，感激惭愧至极。身体稍有不适，所以草草回信。

三 以下俱惠州

某启。公素人来，得书累幅。既闻起居之详，又获新诗一篇，及公素寄示《双石堂记》。居夷久矣，不意复闻韶濩之余音，喜慰之极，无以云喻。久废笔砚，不敢继和，必识此意。会合无期，临书惘惘。秋暑，万万以时自厚。不宣。

【译文】轼言。公素派的人到此，收到你的数页长信。既得知你近来的详细情况，又得到新诗一篇，以及公素寄来的《双石堂记》；久居蛮夷之地，不料又听到这高雅之声，欢喜欣慰之极，没有什么语言可以形容：很久不摸笔砚了，所以也不敢和你的诗，你一定会知道我的意思。不知何时才能见面，写到此处心中怅惘。秋天暑热，万万应时保重。不多叙。

四

某寓居粗遣，本带一幼子来。今者长子又授韶州仁化令，冬中当挈家来。至此，某又已买得数亩地，在白鹤峰上，古白鹤观基也。已令斫木陶瓦，作屋二十间，今冬成。去七十无几，矧未能必至耶，更欲何之！以此神气粗定，他无足为故人念者。圣主方设科求宏词，倘有意乎？

【译文】我寄居此地，凑合过日子。原来带来一个小儿子，如今大儿子又被委任为韶州仁化县令，冬季里要带他的家属到这儿来。自从到这儿以后，我已经又买了几亩地，在白鹤峰上面，是古时白鹤观的旧址。已经让人伐木烧瓦，盖房子二十间，今年冬天能够落成。我离七十岁没有几年了，何况也不一定能活到七十，还想到哪里去呢！因此也就基本上心神安定了。其他没什么值得老朋友挂念的。皇上正在设立科目求取博学宏词的人才，你是否有意去试一下呢？

五

新居在大江上，风云百变，足娱老人也。有一书斋名“思无邪斋”，闲知之。

【译文】我的新居座落在大江边上，风云百般变化，足以让我这老人开心。我有一个书斋起名叫“思无邪斋”，也顺便告诉你。

六

某启。寄示奇茗，极精而丰，南来未始得也。亦时复有山僧逸民，可与同赏，此外但缄而藏之尔。佩荷厚意，永以为好。

【译文】轼言。寄来的好茶，味道极其精美丰厚，我到南方来后还从没有喝到过。什么时候家里来了山僧隐士，可以拿出来和他们一同品尝，此外就包好藏起来了。铭记你的深情厚意，永远把它作为我们友好的见证。

七

《秋兴》之作，追配骚人矣，不肖何足以窥其粗。遇不遇固自有定数，向非厄穷无聊，何以发此奇思，以自表于世耶？敬佩来贶，传之知音，感愧之极。数日适苦壅嗽，殆不可堪，强作报，灭裂。死罪！死罪！

【译文】你的《秋兴》诗作，可以上和古诗人相匹配了，我这愚笨之人能看出什么名堂呢。官运通不通自有命中注定，以前的诗人如果不是碰上厄运穷困无奈，怎么能生出这种奇妙念头，拿什么在世上宣扬自己呢。感谢你的赠诗，传授给知音，令我感激惭愧之极。几天来我正被涌痰咳嗽所苦，几乎难以忍受，勉强支撑着回信，写得极为草率。死罪！死罪！

与何正通三首

某启：辱书，承起居佳胜。乡校淹留，然使徐之士子识文章瑰伟之气，非小补也。某又复西上，纷纷无补，甚愧朋友矣。乍冷，万万以时自重。不宣。

【译文】轼言：承蒙来信，知身体安康。你虽说不走运窝在乡间学校里，然而能使徐州的读书人了解到文章的璀灿宏伟之气，对社会的补益就不小我又要再次西上，整日忙忙碌碌没帮过你什么，对朋友很是惭愧。天气忽然转冷，千万随时保重。不多叙。

二

某启。张圣途来，稍闻动止为慰。退之所叹，乃今见之。大匠旁观，愧汗深矣。行役匆匆，不尽区区。

【译文】轼言。张圣途来这里，使我多少了解到你的近况，心中稍安。韩愈所感叹之事，今天算是看到了。技艺高超者闲置旁观，令我这笨拙之人惭愧汗颜之极。匆忙上路，不及多叙。

三

某启。忝命假守，出于奖庇，礼当诣谢，以衰病疲曳，不给于力，愧悚而已。乍热，起居佳胜。登舟迫遽，不果造谢，益增仰恋。尚冀顺时为国自厚。谨奉启，不宣。

【译文】轼言。我这次充任代理郡守，实在是出于您的夸赞，托您的福，按礼节应当登门道谢，因为衰老疲惫，气力跟不上，只有惭愧惶恐而已。天气突然转热，问身体安好。要赶着上船，未能登门道谢，更增添了景仰依恋之情。还望顺应时序为国保重。谨写此信，不多叙。

答陈传道五首 杭州

某启。久不接奉，思仰不可言。辱专人以书为贶，礼意兼重，捧领惕然；且审比来起居佳胜，少慰驰想。某以衰病，难于供职，故坚乞一闲郡，不谓更得烦剧。然已得请，不敢更有所择，但有废旷不治之忧尔。而来书乃有遇不遇之说，甚非所以安全不肖也，某凡百无取，入为侍从，出为方面，此而不遇，复以何者为遇乎！舟中倦暑无聊，来使立告回，区区百不尽一。乍远，唯千万自爱。不宣。

【译文】轼言。久不通音讯，内心有说不出的思念。承派专人来赠书，礼物情义兼重，手捧赐书，惶恐感激。知道你近来身体安好，多少抚慰了我思念之情。我由于衰弱多病，难于供职，所以坚决请求到一个清闲的州郡任职，不料又被派到政务繁重之处。然而请调已经获准，不敢再作选择，只能担忧政事有所荒废而已了。而来信中有我得志不得志的议论，这就不是让我平安无事的话了。我本一无可取，可是在朝为皇上侍从，出朝为州郡长官，这还算不得志，什么才叫得志呢！船上疲倦暑热无聊，派来的信使立等着回去，不能表达我心情的百分之一。乍然远别，希望千万自己保重。不多叙。

二 以下俱扬州

某启。衰朽何所取，而传道昆仲过听，相厚如此。数日前，履常谒告，自徐来宋相别。王八子安偕来，方同舟东下，至宿而归。又承传道亦欲至灵壁，以部役沂上，不果。佩荷此意。何时可忘。又承以近诗一册为赐，笔老而思深，蕲配古人，非求合于世俗者也。幸甚！幸甚！钱唐诗皆率然信笔，一一烦收禄，衹以暴其短尔。某方病市人逐于利，好刊某拙文，欲毁其板，矧欲更令人刊耶！当俟稍暇，尽取旧诗文，存其不甚恶者，为一集。以公过取其言，当令人录一本奉寄。今所示者，不唯有脱误，其间亦有他人文也。

【译文】轼言。老朽有什么可取之处，竟蒙传道兄如此错爱，对我这样友好。几天前，履常请假，从徐州来宋州送别。王老八子安一道来了，刚刚和他同船东下，到宿州他才折回去。又承蒙您也要来灵壁，因为在沂河上有公务，未能如愿。领受这深情厚意，何时能忘！又承蒙您赐以近来诗作一册，文笔老到而思想深刻，意在与古人之作相配，而不是为了追求迎合世俗之人。幸甚！幸甚！我在杭州的诗都是随便涂写，烦你一一收录，不过是正好暴露了我的短处罢了。我现在头痛社会上的人们为了获利，喜欢刻印我的诗文，我正想稍过些时，搜取我所有的旧诗文，留下不太低劣的，合为二集。因为您过分错爱，我会让人抄录一本奉寄。现在拿给我看的，不光有脱漏错误，中间还有别人的诗文。

三

某启。知日课一诗，甚善。此技虽高才，非甚习不能工也。圣俞昔常如此。某近绝不作诗，盖有以，非面莫究。顷作神道碑、墓志数篇。碑盖被旨作，而志文以景仁丈世契不得辞。欲写呈，又未有暇，闻都下已开板，想即见之也。某顷伴虏使，颇能诵某文字，以知虏中皆有中原文字，故为此碑，（谓富公碑也。）欲使虏知通好用兵利害之所在也。昔年在南京，亦尝言此事，故终之。

李六丈文集引，得闲当作。向所示集，古文留子由处，有书令检送也。

【译文】轼言。知道你每天研习一首诗，很好。作诗的技巧即使是才华出众，不是非常熟练也不能把诗作好。梅圣俞以前就是这么做的。我近来绝对不作诗，这是有原因的，不是当面交谈就别追问了。近来写了几篇神道碑、墓志，碑文是奉圣旨而作，而志文则因为景仁先生是世交的关系不好推辞。想抄录下来给你寄去，又没有空闲，听说京中已经开板付印，想必你很快就会看到。我最近曾陪同辽国使臣，他很能背诵一些我写的东西，因此知道辽国都有中原的文字，所以写这碑文，（指富公碑。）想以此让辽人知道友好和交兵的利害关系所在啊。以前在南京时，也曾说过此事，所以把它办完。

李六丈的文集引文，有空了我会写的。以前你让我看的集子，古文留在子由那里，你如果来信要就让他给你寄去。

四

某启。久不上问，愧负深矣。忽枉手讯，劳来勤甚，夙昔之好，不替有加。兼审比来起居佳胜，感慰兼集。诸新旧诗，幸得竟览，不意余生复见斯作。古人日远，俗学衰陋，作者风气，犹存君家伯仲间。见近报，履常作正字，伯仲介特之操，处穷益励，时流孰知之者？用是占之，知公议少伸也耶！传道岂久淹管库者。未由面谈，惟冀厚自爱重而已。

【译文】轼言。很久没有去信问候，十分惭愧负疚。忽然接到你的来信，如此经常地慰问我，可见从前的友好之情，有增无减。另外也得知你近来身体安好，心中交织感激宽慰之情。你的各新旧诗作，我已拜读完了，不料在我晚年的最后时光又能看到这样的诗作。古人离我们越来越远了，世俗学问衰败鄙陋，卓越诗人的风度气象，还存在于你们家兄弟之间。最近见到朝报，履常被任命为正字。像你们弟兄那样孤高的操行，越是处于穷困越能自励，眼下流俗之人谁能了解呢？以现在这事来看，是公众的舆论稍得伸张了吧！传道你岂能是长久管理仓库的人呢。没有机会面谈，只望能自己多多保重。

五 北归

来诗欲和数首，以速发此介，故未暇。闲居亦有少述作，何日得见昆仲，稍出之也。宫观之命，已过忝矣。此外只有归田为急。承见教，想识此怀。履常未及拜书，因家讯道区区。

【译文】你寄来的诗我想和上几首，因为急着打发送信人上路，所以就顾不上了。我闲居时也多少写点东西，什么时候能见到老弟，拿出来给你看。宫观使的任命，对我就已经是过分抬举了。此外只有回家种田是当务之急。承蒙来信指教，想必了解我的心意。履常那里我未能写信，请你写家信时传达我的问候。

答李方叔十七首 以下俱黄州

某启。久不奉书问为愧。递中辱手书，劳慰益厚，无状何以致足下拳拳之不忘如此。比日起居何如？今岁暑毒十倍常年。雨昼夜不止者十余日，门外水天相接，今虽已晴，下潦上蒸，病夫气息而已。想足下闭门著述，自有乐事，间从诸英唱和谈论，此又可羡也。何时得会合，惟万万自重。不宣。

【译文】轼言。惭愧很久没给你写信问候了。驿递送来你的信，你对我的关切更为深厚了，我怎么能劳阁下如此念念不忘呢。近来身体如何？今年夏天天气比往年热十倍。这里的雨已有十几天日夜下个不停了，门外水天相连，今天虽然已经放晴，但下边的水气受上边太阳蒸晒，我这病人难受得只剩下喘气而已。想象阁下闭门著书，自有一番乐趣，并时而和众精英人物唱和谈论，这又多么令人羡慕啊。不知何时才能相见，希望千万保重。不赘述。

二

秋试时，不审已从吉未？若可以下文字，须望鼎甲之捷也。暑中既不饮酒，无缘作字，时有一二，辄为人取去，无以塞好事之意，亦不愿足下如此癖好也。近获一铜镜，如漆色，光明冷彻。背有铭云：“汉有善铜出白阳，取为镜，清如明，左龙右虎辅之。”字体杂篆隶，真汉时字也。白阳不知所在，岂南阳白水阳乎？“如”字应作“而”字使耳。“左龙右虎”皆未甚晓，更闲，为考之。

【译文】到秋季科考时，不知是否丧礼已毕？如果可以参试，想必可望高中前三名。热天里既不饮酒，也就没有缘由写字，偶而写一两次，总是被人拿去，手里没有什么可以满足你的心意，也不希望阁下有这样的癖好。近来得到一面铜镜，颜色如漆，光亮冷彻。背面有铭文写着：“汉有善铜出白阳，取为镜，清如明，左龙右虎辅之。”字体篆隶夹杂，真是汉代的文字，白阳不知在哪里，难道是南阳的白水之阳吗？“如”字应该当“而”字使用。“左龙右虎”都不清楚是什么意思，以后闲了，再作考证。

三

侄婿王适子立，近过此，往彭城取解，或场屋相见。其人可与讲论，词学德性，皆过人也。其弟名通，字子敏，亦不甚相远。承问及儿子，属令干事，未及奉书，王文甫已与简，令持前所留奉纳矣。

【译文】我的侄婿王适，字子立，最近从这里过，到彭城集中然后进京考进士，或许你可在考场上见到他。这人你可以和他多谈谈，他的学问道德都超过一般人。他弟弟叫王通，字子敏，和他也差不多。承蒙你问候我的儿子，让他办事，没来及给你去信。已经给王文甫去了信，让他把以前留下东西给你送去。

四

某启。辱书累数百言，反复寻味，词气甚伟，虽不肖亦已粗识君子志义所在。然仆以愚不闻过，故至黜辱如此。若犹哀怜之，当痛加责让，以感厉其意，庶几改往修来，以尽余年。今乃粉饰刻画，是益其疾也，愧悚！愧悚！承持制甚苦，哀慕良深。便欲走诣，而自谪官以来，不复与往还庆吊，杜门省愆而已。谨遣小儿问左右，当以亮察。不宣。

【译文】轼言。承蒙你写来的数百言的长信，反复地品读，词气很是雄壮，即使我这愚笨之人也多少能从中看出君子的志气节义。然而我却因为愚笨不正视自己的过失，所以以至遭到如此贬谪之辱。如果先生还可怜爱护我，应该对我痛加责备，来启发我认识错误，以期弃旧图新，度过余生。如今却为我粉饰辨解，这是增加我的罪过啊，使我惭愧惶恐！惭愧惶恐！知道你守丧很苦，心里十分悲痛。便想去看望你，但自从我罢官以来，就没有参与过别人婚丧嫁娶之事，只是闭门反省自己的罪过而已。谨派小儿去慰问先生，希望能够体察原谅。不多叙。

五 以下俱翰林

某启。承示新文，如子骏行状，丰容隽壮，甚可贵也。有文如此，何忧不达！相知之久，当与朋友共之。至于富贵，则有命矣，非绵力所能必致。姑务安贫守道，使志业益充，自当有获。鄙言拙直，久乃信尔。照察，幸甚。

【译文】轼言。承蒙给我看你新作的文章，就像子骏的长相，英俊高大，十分值得赞赏。有这样的文章，还愁不能发达吗！咱们这么长时间的交情了，应该和朋友共享此欢乐。至于能否富贵，则由天命决定，不是我这微薄之力所办得到的。姑且先一心安贫守道，使自己的道德学业更加充实，自然会有收获。我的话拙笨直率，但时间长了就可得到证实。望明察，不多叙。

六

某启。久别，音问缺然。忽承惠教，愧仰何胜。秋暑未过，起居何如？未由会见，万万顺时珍重，匆匆上谢，不宣。

【译文】轼言。分别很长时间了，一直没有去信问候。忽然收到你来信，令我惭愧不已。秋季的暑热还未过完，身体怎样？没有机会见面，望万万顺应时序自己珍重。匆匆表示谢意，不多叙。

七

某启。专人辱启事长书，及手简累幅，意贶甚厚，非所敢当。又蒙教以不逮，非君子直亮，期人之远，何以及此。然衰病之余，岂任此责，愧悚之极。比日起居佳胜。惠示狨皮等物，皆所不敢当，礼曹之传，盖妄也。信篭元不发，却付来人。盖近日亲知所寄惠，一切辞之，非独于左右也。千万恕察。知非久入京见访，幸甚。未间，千万珍重。不宣。

【译文】轼言。承蒙派专人送来长篇的启事，另有书信数页，情义深厚，实在是不敢当。又承蒙你教诲我做些做不到的事，如果不是具有君子的正直实在，对人抱有远大期望，怎会这样。然而我这样的衰病之人，怎能担当起这样的重任呢，实在叫人惭愧之极。问近日身体安好。惠赠金丝猴皮等物，都是我不敢收的，礼部的传闻，也是靠不住的。篓子的确都没有打开，退还来人带回。近来亲友所送的东西，统统都谢绝了，不只是对先生这样。请千万原谅体察。知道你不久要进京到我这儿来，非常荣幸。未见面期间，望千万珍重。不多叙。

八

某启。叠辱手教，愧荷不已。雪寒，起居佳胜。示喻，固识孝心深切。然某从来不独不书、不作铭、志，但缘子孙欲追述祖考而作者，皆未尝措手也。近日与温公作行状书墓志者，独以公尝为先妣墓铭，不可不报尔。其他决不为，所辞者多矣，不可独应命。想必得罪左右，然公度某无他意，意尽于此矣。悚息！悚息！

【译文】轼言。承蒙多次来信，令我惭愧不已。下雪天寒，问身体安康。看了你的来信，的确知道你是尽孝心切，但是我从来不光不摹写、不撰述墓铭、墓志，只要是因为子孙后人要追述其先人的文字，我都没有插过手。近来为司马温公撰写行状摹写墓志，只是因为温公曾经为先母写过墓铭，我不能不回报罢了。其他人的决不写，所推辞掉的多了，所以不好只答应你一个。想必要对不起先生了，不过你要理解我没有其他的意思，所有的用意都在这儿说出来了。惶恐！惶恐！

九

某再启。承遂举十丧，哀劳极矣。此古人之事，复见于君，恨不能兼助尔。不易！不易！阡表既与墓志异名而同实，固难如教，不罪！不罪！某暮归困甚，来人又立行，不复泠缕。悚息！悚息！

【译文】轼再言。得知你办了家中十个人的丧葬之事，哀痛劳累之极。这都是古代仁人所行之事，今天又在你身上体现出来，可惜不能帮助你，你实在是不容易！不容易！阡表既和墓志名称不同而实际一样，所以我就无法按你的意思去办，勿怪罪！勿怪罪！我晚上回家累得厉害，来人又马上要回去，就不再啰嗦了。惶恐！惶恐！

十

某启。昨日辱书，不即答为愧。乍晴，孝履安稳。所示，反复思之，亦欲有以少慰孝子之心，而某所不敢作者，非独铭志而已，至于诗赋赞咏之类，但涉文字者，举不敢下笔也。忧患之余，畏怯弥甚，必望有以亮之。少选，更令儿子去面述。不一一。

【译文】轼言。昨天承蒙来信，惭愧没有及时回复。天刚放晴，问守孝期间安好。你来信所说，我反复思量，也想做点什么来宽慰你这做孝子的心情，然而我不敢写的，不光是墓铭墓志而已，直到诗赋赞咏之类，只要涉及文字的，全都不敢下笔。经历一场挫折之后，我更加怕事了，希望你一定要能谅解。过一会儿，我再叫儿子去向你面述。这里就不一一多说了。

十一

前日所贶高文，极为奇丽。但过相粉饰，深非所望，殆是益其病尔。无由往谢，悚汗不已。

【译文】前天让我所看你的大作，极为新奇华美，只是对我夸赞过份，很违背我的心愿，怕是更增添了我的罪过而已。没有机会去道谢，惭愧汗颜不已。

十二

某启。近者虽获屡见，迫于多故，不尽区区。别来辱书，且喜体中佳胜。某方杜门请郡，章四上，未允，方更请尔。会见未可期，惟千万顺时自爱。不宣。

【译文】轼言。近来虽然屡次见面，由于种种原因，没能好好交谈。分别后承蒙你来信，且喜你身体安康。我现在闭门在家，请求朝廷外放我任州郡官职，奏章上了四次，未蒙应允，正打算再次申请。何时见面难以预料，希望千万顺应时序自己保重。不多叙。

十三

某以虚名过实，士大夫不察，责望逾涯，朽钝不能副其求，复致纷纷，欲自致省静寡过之地，以全余年，不知果得此愿否。故人见爱以德，不应更虚华粉饰以重其不幸。承示喻，但有愧汗尔。

【译文】我因为虚名大于实际，士大夫们不明白，对我的要求指望太过分，而我衰朽愚钝不能满足要求，便招致许多麻烦，我想自己找一个省心安静少出过错的地方任职，以安度余年，不知能不能满足这个愿望。老朋友和我友善是建立在道德的基础上，不应该再用虚夸吹捧来增加我的不幸。承蒙来信，我只有惭愧汗颜而已。

十四

某启。前日辱访，客众，不及款话，两三日又无缘接奉，思念不可言。手教为贶，惭感无量。苦寒，诸况如何？常日不独以禁令不得瞻奉，又以差馆伴，纷纷殊不暇也。衰病疲曳，欲脱而不可得，可胜叹耶！人还，不一一。

【译文】轼言。前天蒙你来探访，因为客人太多，没顾上和你好好说话，两三天内又没有机会见面，心里有说不出的思念。承蒙来信，令我惭愧感动不尽。天气寒冷，你各种情况怎样？平时不光因为禁令不能相见，又因为被派去陪同外来宾客，忙忙碌碌没一点儿空闲。衰老多病疲惫不堪，想不干也办不到，怎不令人感叹呢！来人要走，不一一详述。

十五

某启。连日殿门祗候，不果致问。辱简，承起居佳胜。来日行香罢，又须一吊康公，晚乃归。方叔能枉访夜话为别，甚幸。余留面尽。

【译文】轼言。连日来在殿门作祗候，没能够向你问候。承蒙来信，得知身体安好。过几天行香以后，还要祭奠一下康公，晚上才能回去。你如果能来家里夜话一场分别，将不胜荣幸。其他留着见面再说。

十六 以下俱北归

比年于稠人中，骤得张、秦、黄、晁及方叔、履常辈，意谓天不爱宝，其获盖未艾也。比来经涉世故，间关四方，更欲求其似，邈不可得。以此知人决不徒出，不有益于今，必有觉于后，决不碌碌与草木同腐也。追、过皆不废学，可令参侍几砚。

【译文】过去几年来在稠人广众当中，接连得到张、秦、黄、晁以及方叔、履常等人物，以为上天不吝惜把人才送到人间，这种发现恐怕是方兴未艾。近来经历世故，辗转四方，再想寻求这一类人物，却渺茫不可得了。因此得知人才决不是白出的，不是有益于当代，就一定能启发后人，决不会庸庸碌碌和草木一样腐烂掉的。我的孩子苏迨、苏过都没有荒废学业，可以让他们在几砚旁服侍学习。

十七

某启。比辱手教，迩来所履如何？某自恨不以一身塞罪，坐累朋友。如方叔飘然一布衣，亦几不免。纯甫、少游，又安所获罪于天，遂断弃其命。言之何益，付之清议而已。忧患虽已过，更宜掩口以安晚节也。不讶！不讶！

【译文】轼言。近日承蒙来信，最近生活怎么样？我恨自己不能独自承当罪责，牵连了朋友。像方叔你一个普通百姓，也几乎不能幸免。纯甫、少游又何曾得罪了上天呢，也丢了性命。说这些有什么好处呢，把它交给舆论来评议算了。忧患虽然已经过去，更应当闭上嘴以求晚年平安啊。勿须惊诧！勿须惊诧！

与刘壮舆六首

某启。久阔，但有怀企，窃惟起居佳胜。便欲造门，以器之率入山，还当奉谒。谨奉启候问，匆匆，不宣。

【译文】轼言。分别已久，心中唯有怀念企盼之情，想必身体安康。本打算到你府上去，因为器之领我们进山，等回来后一定去拜访。

暂仅去信问候，匆匆，不多叙。

二

某昨夜苦热减衣，晨起得头痛病，故不出见客，然疾亦不甚也。方令小儿研墨为君写数大字。旋得来教及纸，因尽付去。恐墓表小字中亦有题目，则额上恐不当复云墓表，故别写四大字，以备或用也。舍弟所作词，当续写去。人还，匆匆。

【译文】我因昨夜太热脱了衣服，早上起来得了头痛病，所以没有出来见客，但病也不算重。刚才让小儿研墨给你写了几个大字。不一会儿接到你的来信和纸张，就写好一起叫人拿去。恐怕墓表的小字中也有题目，那样上额怕不宜再写上墓表二字，因此另外写了四个大字，以备另有所用。我弟弟所写的词，我会在以后写下送去。来人要走，匆匆写这几句。

三

旦来枕上，读所借文篇，释然遂不知头痛所在。曹公所云，信非虚语。然陈琳岂能及君耶！

【译文】早晨躺在枕头上，读你给我看的文章，头痛病一下子不知到哪里去了。曹操所说文章能治病的话，的确不是虚言假语，然而陈琳怎能赶得上你呢！

四 以下俱北归

某启。辱手教，仍以茶簟为贶，契义之重，理无可辞。但北归以来，故人所饷皆辞之。敬受茶一袋以拜意。此陆宣公故事，想不讶也。仍寝来命，幸甚。

【译文】轼言。承蒙来信，又赠送茶叶和竹席，情义之重，按理说不该推辞。只是自从北归以来，老朋友们所赠送的东西都谢绝了，所以只能接受一袋茶叶以领受你的情义。这是陆宣公所做过的事，想必你不会见怪吧。未能从命，万望恕罪。

五

诗文二卷并纳上，后诗已别写在卷。后检得旧本，改定数字。

【译文】诗文两卷一并呈上，后来作的诗已经另外写在书卷上。后来翻检看到旧本子，改正了几个字。

六

某疾虽轻，然头痛畏风也。承与李君同见过，不果见，不深讶否？悚息！悚息！来日若无风，当侵夜发去，更不及走别。一诗，取笑。

【译文】我的病虽然不重，但是头痛怕风。承蒙你和李君一道驾临，却没能见着，该不会太怪罪吧？心中实在惶恐不安！过两天如果没有大风，就要连夜上路，来不及去向你道别了。写去一首诗，博你一笑。

与潘彦明十首 离黄州

别来思念不去心，远想起居佳安，眷爱各无恙。不见黄榜，未敢驰贺，想必高捷也。某两曾奉书，达否？屡梦东坡笑语，觉后惘然也。已买得宜兴一小庄，且乞居彼，遂为常人矣。公必已赴省试。谩发此书，不复覼缕。惟千万保爱。

【译文】自别后心中思念之情不断，遥想你身体安好，家眷也都康健。没有见到黄榜，不敢派人去道贺，想必已经高中了。我曾两次捎信给你，是否接到？屡次梦见咱们一起在东坡谈笑，醒后倍觉怅惘。我已在宜兴买下一处小小住宅，准备向朝廷要求到那里居住，以后就做普通百姓了。想必你一定已去参加省试了。草草写成此信，不再啰嗦。希望千万保重。

二 以下俱登州还朝

行役无定，久不奉书。至登州，领所惠书，承起居佳胜，甚慰思企。到郡席不暖，复蒙诏追，勉强奔走，愧叹不已。缅怀旧游，殆不胜情。承太夫人尊候如昨。昌言令兄亦蒙惠书，冗甚，未及答。且申意毅甫、兴宗、公颐，各为致区区。余万万自重。

【译文】因公务在外漂泊不定，很久没有给你去信了。到登州后，收到你的信，知道身体安好，使我这思念之心得到很大宽慰。我到登州后座位还没有暖热，就又接到朝廷圣旨召我回京，我勉力而为跑来跑去，惭愧感叹不已。怀念旧日朋友，情思难禁。敬悉令堂大人情况一如既往。我也接到你哥哥昌言的信，太忙，还没顾上回信。并请致意毅甫、兴宗、公颐，向他们各位传达我的心意。望千万保重。

三

少事奉闻，吴待制谪居于彼，想不免牢落，望诸君一往见之，诸事与照管。某向者流落，非诸君相伴，何以度日。雪堂如要偃息，且与打摸相伴，使忘迁谪之意，亦诸君风义也。不罪！不罪！

【译文】很少给你去信，吴待制被贬谪住在你们那地方，想必他不免寂寞冷落，希望各位能去看他一下，各种事情给予关照。我以前遭贬流落，不是各位相陪伴，怎么过日子呢。雪堂如果要被免官流放，也请你们帮他打点行李陪他二陪，使他忘了贬谪的痛苦，这也是你们各位的一片情义啊。勿怪罪！勿怪罪！

四

辱书，喜承起居佳胜，眷聚各佳。某老病还朝，不为久计，已乞郡矣。何时扁舟还乡，一过旧栖，溷乱故人，旬日而去，言之怅然。大热，千万保爱。

【译文】承蒙来信，欣闻你身体安康，眷属也都很好。我年老多病又回到朝廷，也不做长远打算，已经请求外放到州郡去任职了。什么时候驾一叶小舟回家乡，随便再走访一下旧日住过的地方，搅扰老朋友们，过上十天半月再走，说起来不免心中怅然若失。天气太热，千万保重。

五

久不闻问，方增渴仰。忽领手字，方知丈丈倾逝，闻之，悲怛不可言。比日追慕之余，孝履且支持否？某衰病怀归，梦想江上，又闻耆旧凋丧，可胜凄惋。未由往慰，惟冀节哀自重，以毕后事。

【译文】久不通信往来，正增添了我的思念之情。忽然接到来信，才知道令尊大人去世了，听说此事，使我悲痛难言。近来追悼先人之余，是否能支撑着把丧事办下来？我衰老多病，渴望回乡，做梦都在江上的归舟中，又听说有德长者谢世，怎能禁凄切哀惋之情。没有机会去面见安慰，只希望能节哀保重，以便把后事办完。

六

东坡甚烦葺治，乳媪坟亦蒙留意，感戴不可言。令子各计安，宝儿想见颀然矣。郭兴宗旧疾，必全平愈。酒坊果如意否？韩氏园亭，曾与葺乎？若果有亭榭佳者，可以小图示及，当为作名写牌，然非华事者，则不足名也。张医博计安胜。一场灾患，且喜无事。风颠不少减否？何亲必安。竹园复增葺否？以上诸人，各为再三申意。仆暂出苟禄耳，终不久客尘间，东坡不可令荒芜，终当作主，与诸君游，如昔日也。愿遍致此意。

【译文】东坡很麻烦你修整，乳母的坟也承蒙你照看，令我感激之情难以表达。孩子们想必都好吧，宝儿肯定个子已经很高了。郭兴宗的旧病，一定全好了。酒坊能让你满意吗？韩氏的园亭，是否你也参与修葺了？如果亭榭有造得好的，可画成小图寄给我看，我要给它起名并题写匾额，但如果这园子没有你的事，我也就用不着给它起名了。想必张医博也好吧。经历了一场灾患，且喜没出什么大事。疯颠病稍轻了吧？何姓亲家一定可以安心了。竹园又增建修整了吗？以上所说的各位，请代我向他们各自多多致意。我只是暂时出来吃吃官饭，终究不会久留仕途，所以不可让东坡荒芜了，终究我还要作它的主人，和从前一样，与诸位一同游赏啊。希望向其他人传达我的意思。

七

近附黄兵书必达。比日孝履何如？刘全父来，颇闻动止，殊慰想念。京尘衮衮无佳思，缅怀昔游，怅惘而已。昌言及诸故人皆未及书，必察其少暇，伸意！伸意！乍暄，千万节哀自重。

【译文】最近让黄州士兵捎去的信想必已送到。近来办理丧事期间身体怎样？刘全父来这里，听到了你的一些情况，抚慰了我这思念之情。世俗之事络绎不绝，让人心绪不佳，缅怀昔日朋友，心中只有怅惘之情。昌言以及其他旧时朋友我都没有给他们写信，要知道我实在没有空闲，请你一定替我解释一下！天气初暖，请千万节哀保重。

八 杭州

久不奉书，切惟起居佳胜。老拙凡百如旧。出守旧治，颇得湖山之乐。但岁灾伤，拯救劳弊，无复齐安放怀自得之娱也。彦明与故人诸公颇见念否？何时会合，临纸惘惘。新春，万万自重。

【译文】很久没有去信了，想必身体安好。老朽一切照旧。出京到自己以前任职的地方作知州，颇得到一番湖山的乐趣。只是每年都有灾情，忙于救灾劳累不堪，不再有太平安定时放宽心怀悠然自得的欢乐了。彦明你和诸位老朋友是不是很想我呢？不知何时才能见面，写到这里心情怅惘。当此新春之际，望万万保重。

九

两儿子新妇，各为老乳母任氏作烧化衣服几件，敢烦长者丁嘱一干人，令剩买纸钱数束，仍厚铺薪刍于坟前，一酹而烧之，勿触动为佳。恃眷念之深，必不罪。干浼，悚息！悚息！

【译文】我两个儿子的媳妇，各自给老乳母任氏做了几件烧化的衣服，麻烦先生吩咐一些人，让他们再买上几捆纸钱，把坟前的柴草铺厚一些，洒酒祭奠一下就烧了，不要翻动它为好。蒙你对我如此关爱，一定不会怪罪。拜托了。惶恐！惶恐！

十 颍州

辱书，感慰无量。比日起居何如？别来不觉九年，衰病有加，归休何日？往来纷纷，徒有愧叹。知东坡甚葺治，故人仍复往还其间否？会合无期，临纸怅惘。

【译文】承蒙来信，使我无限感激宽慰。近来身体怎样？分别不觉已经九年了，我更加衰老多病，什么时候才能告老回乡呢？我在这世上忙忙碌碌跑来跑去，一事无成，空有惭愧叹息。

知道东坡修整得很好，旧日朋友们还到那儿去玩吗？不知何时才能相见，写到这里心中怅惘。

卷六十七　尺牍

答庞安常三首 以下俱登州还朝

久不为问，思企日深。过辱存记，远枉书教。具闻起居佳胜，感慰兼集。惠示《伤寒论》，真得古圣贤救人之意，岂独为传世不朽之资，盖已义贯幽明矣。谨当为作题首一篇寄去，方苦多事，故未能便付去人，然亦不久作也。老倦甚矣，秋初决当求去。未知何日会见，临书惘惘，惟万万以时自爱。

【译文】很久未给你去信了，越来越思念盼望。承蒙你惦念，从远方来信。听说一切都好，感念宽慰之情交集。你给我看的大作《伤寒论》，真是继承了古代圣贤治病救人的意愿，岂只是传世不朽的一本书，恐怕其仁义已经贯通人世与鬼神了。我应为它作一篇前言寄去，只是眼下苦于太忙，所以还不能马上写好交给前去的人，但也不会拖太久的。我感到衰老疲惫得很，到秋初一定要求辞职。不知何日才能相见，面对书信心神怅然，望千万随时自己保重。

二

人生浮脆，何者为可恃，如君能著书传后有几？念此，便当为作数百字，仍欲送杭州开板也。知之。

【译文】人生虚幻脆弱，有什么东西能够靠得住呢，像您这样能著书立说传之后世的有几人？考虑到这一层，就写上几百字，并打算送到杭州去开板付印。告知此事。

三 翰林

端居静念，思五脏皆止一，而肾独有二，盖万物之所终始，生之所出，死之所入也。故《太玄》“罔、直、蒙、酋、冥”。罔为冬，直为春，蒙为夏，酋为秋，冥复为冬，则此理也。人之四肢九窍，凡两者，皆水属也。两肾、两足、两外肾、两手、两目、两鼻，皆水之所升降出入也。手、足、外肾，旧说固与肾相表里，而鼻与目，皆古未之言也，岂亦有之，而仆观书少不见耶？以理推之，此两者其液皆咸，非水而何？仆以为不得此理，则内丹不成，此又未易以笔墨究也。古人作明目方，皆先养肾水，而以心火暖之，以脾固之。脾气盛则水不下泄，心气下则水上行，水不下泄而上行，目安得不明哉？孙思邈用磁石为主，而以朱砂、神曲佐之，岂此理也夫。安常博极群书，又善穷物理，当为仆思之。是否，一报。某书。

【译文】平日里沉思默念，思量人的五脏都只有一个，而唯独肾脏有两个，大概与万物都有初生和终结之处一样，是生所产生的地方，死所归结的地方。所以《太玄》所谓“罔、直、蒙、酋、冥”。罔为冬，直为春，蒙为夏，酋为秋，冥又为冬，就是这个道理啊。人的四肢九窍，凡是成双的，都和水有关。一双肾、一双脚、一双外肾、一双手、一双眼、一双鼻孔，都是水升降出入之处。手、脚、外肾，以前的说法已经和肾相互关联，而鼻和眼，都是古人没有说过的，难道也曾说过，而是我看书少没有见到呢？用道理来推论，鼻与眼流出的液体都是咸的，不属水又属什么呢？我认为不懂这个道理，就修炼不成内丹，而这道理是不容易用笔墨谈清楚的。古人发明的明目方法，都是先养肾水，而用心火来暖它，用脾来稳固它。脾的气旺盛水就会不下泄，心气向下水就向上行，水不下泄而向上行，目怎么能不明呢？孙思邈用磁石为主，而用朱砂、神曲辅助，恐怕就是这个道理吧。安常你读书极为渊博，又善于穷究事物原理，应为我思考一下这个问题。对还是错，来信说一下。苏轼写。

与王元直二首 黄州

黄州真在井底，杳不闻乡国信息，不审比日起居何如，郎娘各安否？此中凡百粗遣，江边弄水挑菜，便过一日。每见一邸报，须数人下狱得罪。方朝廷综核名实，虽才者犹不堪其任，况仆顽钝如此，其废弃固宜。但犹有少望，或圣恩许归田里，得款段一仆，与子众丈、杨宗文之流，往来瑞草桥，夜还何村，与君对坐庄门吃瓜子炒豆，不知当复有此日否？存道奄忽，使我至今酸辛，其家亦安在？人还，详示数字。馀惟万万保爱。

【译文】黄州这地方真像处在井底，一点儿也听不到家乡的消息，不知近日身体怎样，孩子们都好吗？这里什么事都还算凑合，在江边打打水挑挑菜，便打发掉一天日子。每次看到邸报，总要有几个人获罪下狱。如今朝廷用人都严格考核，即使有才干的还难以胜任工作，何况像我这样顽劣愚钝的呢，所以被废黜流放本来就是应该的。只是还有一点儿愿望，或许皇上开恩准许我回家乡，能有一匹马一个仆人，和子众先生、杨宗文等人，往来于瑞草桥，夜晚回到何村与你在庄门对坐吃瓜子炒豆，不知道能否再有这样的日子？杨存道去世，使我至今心中酸楚，他的家现在何处？派去的送信人回来时，请详细给我写封信捎回。其余的就是希望你千万保重。

二 杭州

别久，思咏春深，不审起居佳否，眷爱各康胜。某与二十七娘甚安，小添、寄叔并无恙。新珠必甚长成，诸亲各安。旅宦寡悰，思归未由，岂胜怅怅。某为权倖所疾久矣，然捃摭无获，徒劳掀搅，取笑四方耳。不烦远忧，未缘会聚，惟冀以时珍卫。

【译文】分别已久，思念之情深厚，不知身体是否安好，家眷是否都康健。我和二十七娘都很好。小添、寄叔也都平安。新珠一定长很大了吧，各位亲属都好吧。离家在外做官缺少欢乐，想回家总没有机会，怎禁这思念怅惘之情。我被一些得势小人忌恨已经很久，但他们到处搜罗我的罪状却一无所获，只是白白瞎折腾，让天下人笑话而已。不必在远方为我担忧。没有机会团聚，希望随时珍重。

与王文甫二首 黄州

数日，不审尊候何如？前蒙恩量移汝州，比欲乞依旧黄州住，细思罪大责轻，君恩至厚，不可不奔赴。数日念之，行计决矣。见已射得一舟，不出此月下旬起发，沿流入淮，泝汴至雍丘、陈留间，出陆，至汝。劳费百端，势不得已。本意终老江湖，与公扁舟往来，而事与心违，何胜慨叹。计公闻之，亦凄然也。甚有事欲面话，治行殊未集，冗迫之甚，公能两三日间特一见访乎？至望！至望！元弼药并书，乞便与送达。三五日间，买得瓷器，更烦差人，得否？

【译文】几天来，不知你的情况怎样？此前承蒙皇上恩典从轻发落改在汝州，近来想请求仍旧在黄州住，但是细想起来我罪过大而责罚轻，君主恩德如此深厚，不可不前往。几天来一直考虑此事，走的打算已定下来了。现在已经雇了一条船，不出这个月的下旬就出发，顺流入淮河，逆汴河而上到雍丘、陈留之间，上岸走陆路到汝州。费这么大的事，也是不得已。我本来的打算是终老江湖，和你驾着小船往来，而事与愿违，真令人感慨叹息。估计你听到此事，心里也会感到凄凉。很有些事想当面交谈，行装一点儿还没收拾，时间又紧得很，你能在两三天内来我这儿一趟吗？切盼！切盼！给元弼的药和信，也请你送去。三五天内，如能买来瓷器，还要请你派人跑一趟，不知行不行?

二 登州还朝

多时不奉书,思仰不去心。比日履兹酷暑,体中佳胜。数日,以伏暑下府,初安乏力,而潘二丈速行,略奉此数字,殊不尽意。《西山》诗一册,当今能文之士,多在其间。并拙诗亲写与邓圣求诗同纳上。或能为入石安溪,亦佳,不然,写放壁中可也。

【译文】多日未给你去信,心中一直牵挂。近日临此酷暑,问身体安好。几天来,因身体刚刚消除暑热之气,稍微感觉安适但仍乏力,而潘二丈马上要出发,就赶紧写几句,不能说尽想说的话。这一册《西山诗》,将当今能文之士的作品,都收录在内。我的拙诗也抄录下来和邓圣求的一并寄上。如果能在安溪刻石,当然更好。不然的话,把它们抄在墙上也行。

与程正辅七十一首 以下俱惠州

某启。近闻使旆少留番禺,方欲上问,侯长官来,伏承传诲,意旨甚厚,感怍深矣。比日履兹新春,起居佳胜;知车骑不久东按,倘获一见,慰幸可量。未间,伏冀万万以时自重。谨奉手启。不宣。

【译文】轼言。近来听说车驾要在番禺暂停,正打算上书问候,碰上侯晋叔长官来,承蒙你托他捎信,情意深厚,使我十分感激惭愧。近来临此新春,祝身体安好。知道你的车驾不久将要向东巡行,如果能见上一面,该多么欣慰荣幸。未见面期间,望万万应时保重。呈上我的书信。不多叙。

二

某再启。窜逐海上，诸况可知。闻老兄来，颇有佳思。昔人以三十年为一世，今吾老兄弟，不相从四十二年矣，念此，令人凄断。不知兄果能为弟一来否？然亦有少拜闻。某获谴至重，自到此旬日，便杜门自屏，虽本郡守，亦不往拜其辱，良以近臣得罪，省躬念咎，不得不尔。老兄到此，恐亦不敢出迎。若以骨肉之爱，不责末礼而屈临之，馀生之幸，非所敢望也。其馀区区，殆非纸墨所能尽，惟千万照悉而已。德孺、懿叔久不闻耗，想频得安问。八郎、九郎亦然。令子几人侍行？若巡按必同行，因得一见，又幸。舍弟近得书，云在湖口见令子新妇，亦具道尊意，感服不可言。

【译文】轼再言。我被流放到海外，各种情况可想而知。听说老兄到这里来，心情就有所好转。古人把三十年叫作一世，如今我们老兄弟俩，不在一起已经是四十二年了，想到这里，让人悲伤断肠。不知道老兄真能为我来一趟吗？我也有一些话要对你说。我因为受的处罚很重，所以自从到这里十来天之内，一直闭门断绝与人往来，即使是本州的长官来看我，我也不去回拜，这都是因为接近我往往要获罪，反省到自己的罪过，不得不这样罢了。老兄到这儿以后，恐怕我也不敢出门迎接。你如果能念及骨肉间的情爱，不讲求细微的礼节而屈尊光临，那么就是我不敢想象的余生之幸。其他的话，恐怕就不是笔墨所能够写完的了，只希望你千万要理解我的意思。很久没有听到德孺、懿叔的消息了，想必你经常和他们通信吧。八郎、九郎的情况也是很久没有听到了。你的孩子有几个陪你同行？如果巡按真的和你同行，因此能够见上一面，又是一件幸运的事。近来收到我弟弟的信，说他在湖口见到了你的儿子和他的新媳妇，他们也都传达了你的意思，令我感激难言。

三

某启。专人至，承赐教累幅，感慰兼极。比日履兹春阳，尊体佳胜。知春夏间方按行此邦，岂胜系望。韶州风物甚美。园亭德孺所治，殊可喜。但不知有可与为乐者否。未披奉间，更冀若时保练。不宣。

【译文】轼言。你派的专人到了，承蒙你写来数页长信，令我感激宽慰之极。近日临此阳春天气，问贵体安康。得知你要到春夏之间才能到此巡行，怎禁得住这思念之情。韶州的风光物产都很好。园亭是德孺修造的，尤为可爱。只是不知道有没有可以在一起取乐的人。未能见面期间，还望能顺应时令多多保重。不多叙。

四

某启。老兄近日酒量如何？弟终日把盏，积计不过五银盏尔。然近得一酿法，绝奇，色香味皆疑于官法矣。使旆来此有期，当预醞也。向在中山，创作松醪，有一赋，闲录呈，以发一笑也。

【译文】轼言，老兄近来的酒量怎么样？我一天到晚端着酒杯，但加起来也不过五银盏而已。然而我近来学到一个酿酒的方法，奇妙极了，色香味都和用官家的方法造出来的不同。你的车驾早晚要到，我会预先把酒酿上。以前我在中山府时，酿造松醪酒，曾写过一篇赋，闲时抄下给你寄去，以博取你一笑。

五

某启，数日闻使旆来此，喜慰不可言。方欲遣人奉状，遽捧手教，感愧兼集。比日涉履风涛，起居佳胜。旦日瞻奉，并陈区区。人还，手状。不宣。

【译文】轼言。几天前听说你的车驾到要这里，欢喜欣慰之情不可言状。正要派人去给你送信，却突然接到你的来信，令我感激惭愧交集。近日经历风涛之险，问身体安好。等明日见面，再一并畅谈心里话。来人要走，写上几句。不多叙。

六

轼深欲出迎郊外，业已杜门，知兄知爱之深，必不责此，然愧悚甚矣。专令小儿去舟次也。知十秀才侍行，喜得会见，不及别奉书。轼再启。

【译文】我很想到郊外去迎接你，无奈早已经闭门不出了，知道老兄非常了解喜欢我，一定不会责备我不去接驾的，然而也叫我惭愧惶恐之极了。专门派小儿子到你船上迎接。得知十秀才陪你出行，很高兴能见他一面，来不及另给他写信了。轼再言。

七

某启昨日辱临，款语倾尽，感慰深矣。经宿起居佳胜。所贶皆珍奇，物意两重，敢不拜赐。少顷面谢。人还，不宣。

【译文】轼言。昨天大驾光临，畅谈了心里话，得到很大的宽慰，这一夜以来身体还好吧。所惠赠的物品都是珍奇，东西和情意都很贵重，怎敢不拜谢收下。等一会儿我要去当面道谢。来人要回去，不及多叙。

八

某启。谪居穷寂，谁复顾者。兄不惜数舍之劳，以成十日之会，惟此恩意，如何可忘。别后不免数日牢落，窃惟尊怀亦怅然也。但痴望沛泽北归，将复会见尔。到广少留否？比日起居如何？某到家无恙，不烦念及。未参候间，万万若时自重。不宣。

【译文】轼言。我遭贬黜居住荒远之地，穷困孤寂，有谁来关心我呢。老兄不惜跋涉数日的劳累，到此和我连日欢聚，这样的深情厚意，叫我怎能忘记。分别以后心里不免有好几天感到寂寞冷落，想必你心中也会因此怅惘啊。只是痴情盼望朝廷能恩准我北归，到那时将再次见面。到广州以后是否稍作停留？近来身体如何？我到家后没什么不舒服，不劳你挂念。未能再次见面期间，望万万顺应时序自己保重。不多叙。

九

某启。两甥相聚多日，备见孝义之诚，深慰所望。未暇别书，悉之！悉之！儿子适令干少事，未及拜状。辄已和得《白水山》诗，录呈为笑。并乱做得《香积》数句，同附上；前本并纳去。“砸”字辄用“桠”字，盖攀例也，呵呵。

【译文】轼言。和两个外甥相聚多日，彻底领略了他们的孝义之情，心中很是宽慰。没时间另给他们写信，还望能够理解！我的儿子我正派他去做些事情，没来及让他给你写信。我已经和了一首你的《白水山》诗，抄下来送给你以博一笑。并胡乱做成几句《香积》诗，一同附上。以前的本子一并送去。“砸”字都写作“桠”，是沿用已有的成例。哈哈。

十

某启。近检法行，奉书，未达间，伏蒙赐教，并寄惠柑子，此中虽有，似此佳者即不识也。但十有一二坏尔。谨如教略尝，不多啖也。比日还府以来，起居佳胜。某与儿子如昨，不烦念及。大郎、三郎有近耗未？岁暮无缘会合，惟冀若时珍练，区区不宣。

【译文】轼言。近来检法之官离开这里，托他给你捎信，还未到时，接到你的来信，和寄赠的柑子，这里虽然也有，但像这么好的还没有见过。只是十个里头有一两个坏的。按照你的嘱咐多少尝了一点儿，没有多吃。近日回到州里以来，身体可好。我和儿子一切如旧，不劳牵挂。大郎、三郎近来有没有消息？快到年底了没有机会见面，只望顺应时序多加珍重。心中的话不再多叙。

十一

某启。和示《香积》诗，真得渊明体也。某喜用陶韵作诗，前后盖有四五十首，不知老兄要录何者？待稍闲，编成一轴附上也，只告不示人尔。

【译文】轼言。你让我所看你唱和我的《香积》诗，真是得到了渊明体的真髓。我喜欢用陶渊明诗的韵作诗，前后大概写有四五十首，不知道老兄要我给你抄录哪一首？稍过些时，我把它编成一卷送去，只是希望你不要让别人看罢了。

十二

某启。忽复残腊，会合无缘，不能无天末流离之念也。急足回，辱书，具审尊体康胜。仍示佳句五章，字字新奇，叹咏不已。老嫂奄隔，更此徂岁，想更凄断，然终无益，惟日远日忘，为得理也。某近苦痔，殊无聊，杜门谢客，兀坐尔。新春，为国自爱，早膺北归殊宠。不宣。

【译文】轼言。一晃又到了年底，相见无缘，叫人不能没有天涯流落的感觉啊。驿站的快递回来，接到你的信，得知你贵体安康。所赠我的五首诗，字字新奇，令我叹赏吟诵不止。老嫂去世，又当此岁末之际，想更让人凄切肠断，但老这样想也到底于事无补，只有让自己把它日益淡忘，才是正确对待的态度。我近来受痔疮的折磨，真是无可奈何，每日闭门谢客，独自枯坐而已。新春将临，望为国保重，早日承当北归入朝担当重任的荣耀。不多叙。

十三

某睹近事，已绝北归之望，然中心甚安之。未说妙理达观，但譬如元是惠州秀才，累举不第，有何不可。知之免忧。诗屡和，韵崄又已更老手五赓，殆难措辞也，亦苦痔无情思尔。惠黄雀，感愧！感愧！子由一书，告早入皮筒，幸甚！幸甚！

【译文】我观察近来的事态，知道已断绝了北归的希望，然而心里却很平静。不敢说是明理达观，只好比自己原是惠州本地一个秀才，屡考不中，便在这儿待一辈子，有何不可呢？看到这一层，就免除了心中的烦恼。你的诗我屡次想唱和，但本来诗韵就极窄，又经过精于此道的人三番五次应和过，恐怕就难再下笔了，另外也是受痔疮的折磨没有作诗的情绪。蒙你惠赠黄雀，感谢惭愧！感谢惭愧！给子由那封信，希望能早点儿装进皮筒寄去，拜托！拜托！

十四

某启。残腊只数日，感念聚散，不能无异乡之叹。不审兄诸况如何，子舍已到否？新年不获奉觞，惟祝早膺召命。未间，更乞为时自重。不宣。

【译文】轼言。残冬只剩下几天了，想到数年来的聚散离合，不能不叫人生出身在异乡的叹息。不知老兄近来各方面都怎么样，子舍已经到了没有？新年不能去给你敬酒了，唯祝愿早日承担朝廷的重任。在此期间，还望顺应时令自己保重。不多叙。

十五

轼近以痔疾发歇不定，亦颇无聊，故未和近诗也。郡中急足，有书并顾掾寄碑文，达否？成都宝月大师孙法舟者，远来相看，过筠，带子由一书来。他由循州行，故不得面达。今附上。轼再拜。

【译文】我近来因为痔疮时好时歹，很是无奈，所以没有应和你近来的诗作。州里的急递信差去那里，有我一封信和顾掾吏所寄的碑文，不知收到没有？成都的宝月大师的孙子法舟，远道来看我，路过筠州，带来子由的一封信。他从循州走，所以不能面交给你。如今也随我的信捎去。轼再拜。

十六

某启。人来，辱书。伏承履兹新春，起居佳胜。至孝通直已还左右，感慰良深。且闻有北辕之耗，尤副卑望。咏史诗等高绝，每篇乃是一论，屈滞他作绝句也。前后惠诗皆未和，非敢懒也。盖子由近有书，深戒作诗，其言切至，云当焚砚弃笔，不但作而不出也。不忍违其忧爱之意，故遂不作一字，惟深察。吾兄近诗益工，孟德有言："老而能学，惟吾与袁伯业。"此事不独今人不能，古人亦自少也。未拜命间，频示数字，慰此牢落。馀惟万万为时自重。不宣。

【译文】轼言。你派的人来，信收到。得知临此新春之际，身体安好。程至孝通直郎已回到你身边，使我感到很大宽慰。并且得知你有了北归的消息，更是满足了我的心愿。你的咏史诗等作品高妙绝伦，每篇都是一篇议论文，使其他人的绝句相形见绌。前后赠的诗我都没有应和，并不是敢偷懒，是因为子由近来来信，一再告诫我不要作诗，话说得非常恳切，说我应该把笔砚焚烧丢弃，而不仅是写了东西不拿出来。我不忍心违背他对我担忧爱护的心意，因此不再写一个字，希望你能理解。老兄近来的诗更见功夫了，曹孟德说过："老了还能学习的人，只有我和袁伯业。"看来这种事不光今人做不到，古人也是少有的。在还没有接到还朝的召命期间，希望能多给我写几回信，抚慰一下我这空虚寂寞的心。其余望万万顺应时序自己保重。不多叙。

十七

寄贶酥梨、猫笋、五味煎、榴、枣等北方珍奇，物意两重，感佩无穷。轼近来眠食颇佳，痔疾亦渐去矣。兄去此后，恐寓行衙亦非久安之计，意欲结茅水东山上，但未有佳处，当徐择尔。侄孙既丧母，当令长子迈来此指射差遣，因挈小儿子房下来。次子迨，且令试法赴举也，恐欲知之。今有一书与迈，辄已作兄封题，乞令本司邸吏分明付之，迈必已到都下也。不罪！不罪！轼再拜。

【译文】寄来所赠的酥梨、猫笋、五味煎、石榴、枣等北方的珍奇果品，实在是东西与情意都很厚重，叫我感激不尽。我近来睡觉吃饭都很好，痔疮也慢慢好起来了。老兄走后，我恐怕寄居在行衙也不是长治久安的办法，想在水东山上盖几间茅屋，只是没有合适的地方，得慢慢找一个。侄孙既然丧母，我会叫大儿子苏迈来这里指派差遣人料理，所以带着小儿子子房来了。二儿子苏迨，暂且让他去参加法律考试以备科考，怕你想知道此事，故告知。如今有一封信给苏迈，已擅自用老兄的名子签封，请你派你本官署驻京机构的办事人明确交给他，苏迈必定已经到京城了。勿怪罪！勿怪罪！苏轼再拜。

十八

某启。本州黄焘推官，实甚廉干，郡中殊赖之。不知今岁举削能及之否？孤进无缘自达，不免僭言，不罪！不罪！博罗正月一日夜忽失火，一邑皆为灰烬，公私荡然。林令在式假，高簿权县。飓风猛烈，人力不加，众所知也。百姓千人，皆露宿沙滩，可知！可知！盖屋固未能，茅竹皆不可得，一壶千金之时，黄焘擘划得竹三万竿往济之，极可佳。火后事极多，林令有心力，可委。他在式假，自不当坐此。愿兄专牒此子，令修复公宇、仓库之类，及存抚被灾之民，弹压寇贼，则小民受赐矣。又，起造物料，若不依实价和买而行科配，则害民又甚于火矣。愿兄严切约束本州，或更关牒漕司，依实支破，或专委黄推官提举点检催促及觉察科配。幸恕僭易。黄焘有一申状，为催促广州检昙颖公案，附来人去此文字。盖广州不应副，非本官拖延也。至孝通直蒙惠书，极于感慰，深欲裁答，为连写数书，灯下目昏，容后信也。不罪！不罪！六郎亦蒙问及，不殊此意。惟千万节哀自重。幸恕简略。

【译文】轼言。本州的推官黄焘，实在非常廉洁干练，州里的事情多亏了他。不知今年向朝廷举荐京官会不会提到他？我看他政绩突出而没有能力自己取得升迁，不免说句超过本份的话，勿怪罪！勿怪罪！

博罗县正月初一夜里忽然失火，整个县城化为灰烬，无论公私财产荡然无存。当时林县令正在照例休假，高主簿代理县里事务。飓风猛烈，人力无法抗拒，这是众所周知的。上千的百姓都露宿在沙滩上，其惨状可知！别说房子盖不起来，连茅草竹杆也弄不到，在这寸草千金的时候，黄燾筹措到三万根竹子来解救他们，实在是难得。火灾以后要办的事极多，林县令有能力，可以信托。他在休官假，不应该负责任。希望老兄能专门下道公文给他，委派他修复官署、仓库之类，以及慰问抚恤受灾的民众，镇压盗贼，这样小民就蒙受了你的恩惠了。另外，建造房屋的用料，如果不按实价公平交易而实行强行摊派，那么对民众的危害又甚于火灾了。但愿老兄严格切实地约束本州，或再下公文交待转运使司，一定要按实价向百姓支付，或者专门委派黄推官掌管检查催促以及纠察摊派行为。望能恕我冒昧。黄燾有一份申状，是催促广州察验昙颖的案件文卷的事，顺便交来人带去。这事是因为广州不处理，不是他本人拖延。蒙至孝通直郎给我来信，非常感激，很想写信答谢，因为连写了几封，在灯下眼睛发昏，请允许我以后再写。勿怪罪！勿怪罪！也承蒙六郎问到我，同样表示感谢。望千万节哀保重。请原谅我写得这么简略。

十九

正辅要墨竹，固不惜，为近年不画，笔生，往往画不成。候有佳者，当寄上也。

【译文】正辅你想要我画的墨竹，本不是我舍不得，只因为近年来一直不画，手生了，往往画不成。等以后有画得好的了，一定给你寄去。

二十

某启。近因人来，附状，必达。比日伏惟尊体佳胜，眷聚各康宁。某凡百如昨，北徙已绝望，作久计矣。宝月师孙法舟来，子由有书，并刘朝奉书，今附舟去。宝月已化矣。舟甚佳士，语论通贯，可喜！可喜！开岁忽将一月，瞻奉无时，临书惘惘。兄北归，别得近耗否？惟万万自重。冗中奉启，不宣。

【译文】轼言。最近你那里有人来，让他捎信回去，想必已收到，近来想必贵体安好，眷属也都康宁。我一切如旧，北归已经绝望，在此作长远打算了。宝月法师的徒孙法舟来这里，子由有封信，另外还有刘朝奉的信，现在交给法舟给你带去。宝月法师已经圆寂。法舟是个很有才干的人，议论极有条理，可喜！可喜！新年快过去一个月了，没有机会见面，写到此处心情怅惘。老兄北归后，又得到近什么新消息没有？望万万自己保重。繁忙时给你写信，不多叙了。

二十一

某启。近乡僧法舟行，奉状必达。惠州急足还，辱手教，且审起居佳胜，感慰交集。宠示诗域醉乡二首，格力益清茂。深欲继作，不惟高韵难攀，又子由及诸相识皆有书，痛戒作诗，（有说不欲详言。）其言甚切，不可不遵用。空被来贶，但惭汗而已。兄欲写陶体诗，不敢奉违，今写在扬州日二十首寄上，亦乞不示人也。未由会合，日听召音而已。馀惟万万若时自重。

【译文】轼言。近来家乡的一个僧人法舟到你那里去，我给你的信想必已收到。惠州的快递信差回来，接到你的来信，知道你身体安好，感激宽慰之情交集。给我看的诗域醉乡两首诗，格调气势更加高洁纯美。很想应和一首，但不光是你的诗用韵高妙难以企及，另外子由和一些朋友都有来信，竭力劝阻我不要作诗。（有话不想细说了。）他们的话都很中肯，不能不听从。白白承蒙你赠诗，只有惭愧汗颜而已。老兄想让我给你书写陶体诗，不敢违命，如今书写我在扬州时作的二十首寄去，还请求不要让别人看。没有机会见面，每天都在听着你召唤的声音而已。其他则希望你万万顺应时令自己保重。

二十二

某启。承服温胃药，旧疾失去，伏惟庆慰。反复寻究，此至言也。拙恙亦当服温平行气药尔。德孺书信已领，尚未闻所授，岂到阙当留乎？兄亦归觐尔，何用更求外补。惠及佳面，感怍。适有河源干菌少许，并香篆一枚，颇大，谩纳去，作笑。有肉苁蓉，因便寄示少许，无即已也。侯晋叔，实佳士，颇有文采气节。恐兄不久归阙，此人疑不当遗也，故略为记之。不罪！不罪！

【译文】轼言。得知你吃了温胃药，旧病痊愈，使我感到庆幸欣慰。我反复考虑，觉得这真是至理名言；我的病也该吃些温平行气的药。德孺的信已收到，还没听说他要被任什么官职，难道到朝廷后就被搁置起来了吗？你也是从外地刚回京，为什么要求到外地任职呢。惠赠我这么好的面粉，令我感激惭愧。正巧我这儿有少许河源的干菌，还有一枚香篆，很大，随便给你送去，不好意思了。你如果有肉苁蓉，趁方便就给我寄一点儿，没有就算了。侯晋叔实在是个品学优良的人，很有文采气节。估计你不久就要回京，此人恐怕不应当被朝廷遗忘，所以多少跟你说一下。勿怪罪！勿怪罪！

二十三

少恳冒闻。向所见海会长老，甚不易得。院子亦渐兴葺，已建法堂甚宏壮，某亦助三十缗足，令起寝堂，岁终当完备也。院旁有一陂，诘曲群山间，长一里有馀。意欲买此陂，（属百姓见说数十千可得。）稍加葺筑，作一放生池。囊中已竭，辄欲缘化。老兄及子由齐出十五千足，某亦竭力共成此事。所活鳞介，岁有数万矣。老大没用处，犹欲作少有为功德，不知兄意如何？如可，便乞附至。不罪！不罪！

【译文】有件小事要拜求，请原谅我的冒犯。以前所遇见的海会长老，很是难得。现在院子正在逐步修整，已经建造的法堂很是宏伟雄壮，我也捐助了满满三十缗，让盖寝堂，年底就会完工。院子旁边有一块坡地，曲折地处在群山之间，长有一里多。我想买下这块坡地，（最近听百姓们说几十贯就可以买下来。）稍微加以整治，修一个放生池。但我已囊中空空，就想化点儿缘。老兄和子由都出满十五贯，我也尽全力来把这事办成。这样每年救活的鱼鳖之类，就会有好几万啊。我老了没什么用处了，还想多少做点儿积德的事，不知老兄的意思如何？如果能答应我的要求，便请把钱随信捎来。勿怪罪！勿怪罪！

二十四

此中湖鱼之利，下塘常为启闭之所，岁终竭泽而取，略无脱者。今若作放生池，但牢筑下塘，永不开口，水涨溢，即听其自在出入，则所活不赀矣。

【译文】这儿湖里捕鱼的习惯，是在水塘下游处设一个开闭的闸门，到年底开闸把水放开来捕取，鱼一条也跑不掉。如今如果造一座放生池，只要把水塘下游堤岸筑牢，永远不打开口子，涨水时溢出来，就听任鱼鳖自由出入，这样能救活的就不在少数了。

二十五

某启。往还接奉，其乐无量。既别，甚凄断，亦不可言也。旦夕到广，想不留两日。尊候必佳健。十郎侍行不易。六郎甚渴一见也。某到家无恙，乞不赐念。惟万万为时自重。不宣。

【译文】轼言。咱们往返见面，真是其乐无穷。分别以后，感觉很是凄凉，也是难以言状的。你马上就要到广州了，想必会停留两天。贵体一定康健吧。十郎在路上陪你不容易。我也很想见六郎一面啊。我到家后身体很好，请不要牵挂我。望万万顺应时令自己保重。不多叙。

二十六

某别时饮，过数日，病酒昏昏，如梦中也。且速发此书，不周谨，恕恕。家酿，尝之微酸，不敢寄去。二诗，以发一笑，幸读讫，便毁之也。

【译文】我在咱们分别时喝约酒，过了几天，还是昏昏沉沉的，好像在梦中一样。暂且先赶紧把这封信寄去，不能周密严谨，望恕罪。家里造的酒，我尝了一下有点儿酸，不敢给你寄去。寄去两首诗，让你笑一笑，希望看完后，就烧了它。

二十七

某启。老兄留意浮桥事，公私蒙利，未易遽数。本州申漕司，乞支阜民监买粪土钱，若蒙支与，则邓道士者可以力募缘成之矣。告与一言，某不当僭管，但目见冬有覆溺之忧，太守见祷，故不忍默也。但邓君肯管，其工必坚久也。不罪！不罪！仍乞密之，勿云出于老弟也。

【译文】轼言。老兄关心造浮桥的事，使得无论公私都蒙受了利益，好处不是一下子能够说完的。本州向转运使司申报，请求支取阜民监的买粪土钱，如果能够支给，那么邓道士可以出力去化缘募捐把事办成。我只是对你说一说，知道我自己不该多管，只是眼看冬天有塌陷的危险，知州也来求我，所以不忍心默不作声啊。只要邓先生肯管这事，桥的质量一定可以坚固持久。勿怪罪！勿怪罪！还请你对此保密，不要说是我老弟的主意。

二十八

某前日留博罗一日，再见邓道士，所闻别无异者，方欲邀来郡中款问也。续寄丹砂已领，感愧之极。某于大丹未明了，直欲以此砂试煮炼，万一伏火，亦恐成药尔。成否当续布闻。顷得七哥书，递中已附谢也。六郎、十郎各计安，未及别书。所要书字墨竹，固不惜，徐寄去也。外曾祖遗事录呈。不一一。

【译文】我前天在博罗县停留了一日，又见到邓道士，没有听到什么不一样的话，正想把他请到惠州来好好询问一下。你又寄来的丹砂已收到，感激惭愧之极。我对于大丹不了解，想直接用这丹砂试验煮炼，万一火候不到，恐怕也能炼成药。能不能炼成我会再告诉你。最近接到七哥的信，已经通过驿递附信道谢了。六郎、十郎想必都好，没能给他们另写信。所要的书法和墨竹，决不是舍不得，以后会寄去的。外曾祖父的遗事写好寄去。不一一详述。

二十九

某近因宜兴回人卓契顺者奉状，想达视览。即日起居佳胜，老嫂诸侄各计康靖。某与幼子亦如昨。迁居已八日，坐享安便，知愧！知愧！非兄巨庇，何以得此。未由面谢，临纸怅仰。乍暄，万万为国自重。不宣。

【译文】我近来托回宜兴的卓契顺给你捎信，想必已经看到了。问近来身体安好，老嫂和各位侄子也都健康平安。我和小儿子也一如既往。搬家已经八天了，坐享安逸方便，知愧！知愧！不是靠您老兄的大力相助，怎么能有这样的好事。没有机会当面道谢，写到此处不觉怅惘思念。天气乍暖，望万万为国保重。不多叙。

三十

某启。本州近申乞支阜民监粪土钱用修桥，未蒙指挥告与漕使一言。此桥不成，公私皆病，敢望留意。近又体问得一事，本州诸军，多阙营房，多二人共一间，极不聊生。其馀即散居市井间，赁屋而已。不惟费耗，军人因此窘急作过，又本都无缘部辖，靡所不为，公私之害，可胜言哉。某得罪居此，岂敢僭管官事，但此事俗吏所忽，莫教生出一事，即悔无及也。兄弟之情不可隐，故具别纸冒闻，千万亮其本心恕罪，幸甚。此数十年积弊，难以责俗吏，非老兄才气，常欲追配古人，即劣弟亦不轻发也。然千万密之，若少漏泄，即劣弟居此不安矣。告老兄作一手书，说与二漕，但只云指使蓝生经过廉得。或更以一书与詹守，稍假借之，令尽力为妙。自兄过此，詹亦知惧厉精也。

本州管六头项兵，却一半无营房。其间有营房者，皆两人住一间，颇不聊生。其馀只在民间赁屋散住，每月出赁房钱百五十至三百。其间赁官屋者，即于月粮钱内刻。（非官中指挥，盖掠房钱者，自擅如此。）不惟军人缘此贫乏，又都将上下，无繇部辖，饮博逾违，急即逃走作贼，民不安居。又军妻缘此犯奸者众。远方吏不得人，从来如此，非今官吏之过也。问得，数十年来如此矣。约度大略，少三百来间好屋。若与擘划砖瓦，官自烧，林木亦可下县采斫。（只恐难为足用。）又阜民废监，亦有木植，此外官买足之。度三百间瓦屋，每间可用三贯省钱，不过千缗，此事可了。愿兄与漕司商量，先行文字下本州作访。闻惠州自来军人阙少营房，多在民间赁居。又广州、泉州、信州三处，差来客军，各无营房。本州清化一指挥，虽有营房一二十间，又每年遭水，军人家累难为存活，深为不便。令本州知州职官都监，子细勘会逐一指挥去处，及少营房数目，子细画一开具，若干指挥全无营房，见今若干兵士赁屋，各具见今赁屋人数供申，及相度未有营房指挥，合于何处起造营房。及清化指挥，年年遭水，合与不合迁移，如合迁移，即今来已废阜民监地位可与，不可迁就。仍约度合用砖瓦材料人工钱数，先将本州见有砖瓦材料豁除外，仍更具管下县分，有无可以采斫材木去处，兼见差是何人，如何采斫，及相度添置瓦窑，差兵匠烧变。本州皆荒茅地，虽有主，百姓自来不采茅，官若日差兵士数十人，专留充烧瓦之用，于公私并无妨害；此外，只具合支宫中见钱的确数目供申，仍于本州应系诸般钱物内划支拨，系提、转、提举司钱物具若干数目供申。若似此行遣，料得不过支转运司钱四五百贯。思量此事，若不稍处置，致稍有意外之患，则于监司诸公，岂得为稳便。然此事积弊久矣，非今官吏之过。切告吾兄，勿怪责此中官吏，万告！万告！如以卑言为然，及漕司商量得行，即须专差一精干官吏来此，与权都监王约者（此子甚勤干。）同干之。今且体问得逐营事件如后。

一、本州管澄海两指挥，禁军皆有营房，不外住。然皆是废茅屋，常忧火烛，亦当为瓦屋。又本营逐年多有水患，亦当相度，合如何疏理沟渎或筑防，令军人安居。

一、清化指挥见管二百三十人，只有官屋二十间。见有五十五人兵级，在外赁屋住。及年年遭水，及地僻远，并无篱墙，不可不迁，若迁于废阜监，极为稳便。

一、牢城指挥见管二百六十人，只有官屋四十间，二人共一间。外有三十六人兵级，见赁屋住。

一、泉州客军一百五人，并无营房，只有官屋三间，馀并赁屋住。

一、信州客军九十六人，见管营房七间。

一、广州客军九十人，元因岑探反后添差，不曾与置营房。此等客军，多在知州都监及场务地分窠坐，故只于窠坐处宿食，以此不肯赁屋居住。然体访得客军既无营房，才有病患，易得失所，是致死损人众，不可不为动心。

江海之间，寇攘渊薮。近日盐贼，幸而皆已获，不尔岂细故哉。谪居之人，只愿安帖。如惠州兵卫单寡，厂无城郭，奸盗所窥，又若营房不立，军政堕坏，安知无大奸生心乎？此孤旅之人，所以辄贡缕言也。与指使蓝生语，觉似了了，可令来此与王约者同干否？不揆僭言，非兄莫能容之。然此本乞一详览，便付火，虽二外甥，亦勿令见。若人知其自劣弟出，大不可不可。

【译文】轼言。本州近来申请用支付给予阜民监的粪土钱来修桥，未能得到指挥使的帮助，在转运使那儿说句话。这桥如果修不成，对公对私都不利，希望你能关心一下。近来又探问到一件事，本州各部分军队，多数缺少营房，大多为两人带家属合住一间，生活极为不便。其他无房住的人就散居在市民当中，租赁房子居住。这样不仅浪费开支，军人也会因为生活逼迫而为非作歹，本地区都里又无权管辖，所以他们便无所不为，对于国家与百姓的危害，真是难以说尽啊。我是有罪贬居在这儿的人，怎敢多管官家的事，只是这事被那些庸碌的官吏忽视，如果发生了什么意外的事情，就后悔不及了。以你我兄弟之间的情意，此事不可隐瞒，故另外附信冒昧告知你，望千万体察我的本心而原谅我，就幸运之至了。这事情是几十年的积弊，难以要求现任的庸碌官吏来改变，如果不是像老兄这样的才气，又经常以古代贤人为榜样，那么愚弟也不敢轻易说出这话来。然而还是希望千万保密，如果稍有泄漏，那么愚弟在这里就住不安稳了。希望老兄写封亲笔信，告诉两位转运使，只说是指使蓝生路过时察访到的情况。或者再写封信给詹知州，多少也借助一下他，使他也能尽力才好。自从老兄从这里经过以后，詹也知道戒惧并且做事努力了。

本州管辖六个部分的军队，却一半没有营房。其中有营房的，都是两人带家属住一间，生活很不便。其余的人只能在民间赁房散住，每月要出房租一百五十到三百。其中租赁官家房屋的，就在他们每月的口粮钱内扣除。（不是官府的指挥使，而是克扣房钱的人自己这么干的。）不仅是军人因此而贫困，还有各都的大小军官，没有人管束，于是酗酒赌博违犯禁令，事发了就逃走作了土匪，搅得百姓不能安居。另外军人妻子因此犯奸淫罪的也很多。边远地区所用官吏不当，从来就是种情况，并非现今官吏的过失。通过询问得知，几十年以来就是这样了。大概估计，缺少三百来间好房子。如果替他们筹划砖瓦，官方自己烧制，树木也可以派到县里采伐。（只怕数量不够用。）另外已经废弃的阜民监，也有一些树木可用，此外官府再采买补足。估计三百间瓦房，每间花费不到三贯钱，总共不过三千贯，就可以办成此事。希望老兄和转运使商量，先下文书到本州调查咨询。听说惠州军人从来缺少营房，大多在民间租赁居住，还有广州、泉州、信州三处，派来的外地客军，都没有营房。本州清化县的一处指挥，虽然有一二十间营房，但每年遭水淹，军人及家属难以生活，极为不便。要令本州知州都监等官员，仔细审议核查每一处指挥的位置，以及缺少营房的数目，仔细作一个统计，比如有多少指挥完全没有营房，现今有多少兵士租房居住。逐个开列现今租房者的人数上报，并考察估量那些没有营房的指挥，在什么地方修建营房合适。还有清化县指挥，年年遭水灾，该不该迁移，如果该迁，那么现今废弃的阜民监地址可以拨给他们，不能凑合。还要估算一下共用多少砖瓦材料和人工钱数，先把本州现有的砖瓦材料扣除掉，再交给管辖内县分备办，有没有采伐材木的地方，以及现在派遣的什么人，如何采伐，还有估算添置砖瓦窑，派兵士工匠烧制。本州到处都有荒芜茅草地，虽说都有主人，百姓却从来不去割茅草，官府如果每天派几十个兵士去割取，专门留作烧瓦使用，对公对私都没有妨害。除此而外，只需把要在官府支钱的准确数目统计申报，在本州与此有关的财物名目中节约些拨发，把归提刑使、转运使、提举司管的钱物的需用数目统计申报。如果照这样办理，估计不过支取转运司四五百贯钱就行了。我考虑这个事，如果不稍稍处理一下的话，万一出点儿麻烦，对各监司的官员来说，能有什么好处。然而这事积弊已久，不是现在官吏的过失，恳切禀告老兄，不要责怪这里的官吏，千万拜求！千万拜求！如果认为我说的有道理，以及和转运使商量可以行得通，就需要专门派一名精干的官吏来这里，和代理都监一个叫王约的（这人很勤勉干练。）一起办理。现在暂且把探问得来的逐个营房的情况报告如下。

一、本州管辖下的澄海县两指挥，禁军们都有营房，不在外面住。但都是废旧茅草屋，经常担心灯火引起火灾，应该换成瓦房。另外本营每年大多都发生水灾，也应当考虑安排，该怎样疏理沟渠或者修筑堤坝，好让军人安居。

一、清化县指挥现管辖二百三十人，只有官屋二十间。现有五十五名士兵和下级军官，在外边赁房子住。再者官屋也是年年遭水淹，又地处偏远，没有院墙，不能不迁移，如果能迁到废弃的阜民监，极为稳妥便利。

一、牢城指挥现管辖二百六十人，只有官屋四十间，二人合住一间。另外有三十六名士兵和下级军官，现在租房居住。

一、泉州外来的客军一百零五人，没有营房，只有三间官屋，其他人都租房居住。

一、信州客军九十六人，现有管下营房七间。

一、广州客军九十人，原本是因为岑探造反而后来添置的，不曾给他们修建过营房。这样的客军，大多在知州都监以及场务所在地安顿，所以只在安顿处吃住，并因此不肯去租房居住。然而探访得知，客军因为没有营房，一旦有了伤病意外，往往没有容身之地，这样造成大量人员死亡损失，不能不好好考虑考虑。

江河湖海之间，是匪盗聚积的地方。近来作乱的盐户，幸而都被擒获，不然这能不酿成大祸吗。作为被贬黜流放的人，我只求平安无事。像惠州那样军事守备单薄，毫无城墙防务，被奸邪贼寇窥视，又像现在这样营房不能建立，军纪政令败坏，怎知道没有巨奸大贼会生出什么心思呢？这就是我这个孤身在外之人，所要奉告一言半语的原因啊。我曾与指使蓝生谈话，感觉他好像是个明白人，可不可以让他来这里与王约一块儿办事？我不自量说一些超越本分的话，不是老兄没有人能够容忍。然而这封信请仔细看过，便用火烧掉，即便是两位外甥，也不要叫他们看见。如果让人知道这是我写的，绝对是不可以不可以。

三十一

某启。近指使还左右，奉书必已闻达。比日履兹炎燠，尊体佳胜。某蒙庇如昨。筠州时得信，甚安。暑雨不常，蒸烧可厌，曲江想少清爽否？何时会合，少解驰结。尚冀保练，姑慰愿言。因柯推官行，奉启上问。不宣。

再启。桥钱必不足用，学钱且告老兄留取。切告！切告！前所问者，已得实状，本州必已申去，盖亦只止是矣。

【译文】轼言。最近指使回到你那里，我的信想必已收到。近来临此炎热天气，问贵体安康。我托你的福一切照旧。我经常接到子由从筠州来的信，他很好。热天的雨没有规律，蒸闷灼热令人讨厌，曲江那里想会稍微清爽一些吧？什么时候才能见面，以宽解我的想望之情。还望保重锻练，以抚慰我殷切的思念之情。趁柯推官要到你那儿去，托他带这封信向你问候。不多叙。

又言。修桥的钱一定不够用，还望老兄能把学钱留存下来。恳求！恳求！以前所问的事，已经得知实情，本州官员必定已经申报上去，恐怕事情也就是那样了。

三十二

某启。近苦痔疾逾旬，牢落可知，今渐安矣，不烦深念。荔枝正熟，就林恣食，亦一快也，恨不同尝。六郎、十郎昆仲各安。知六郎已拜恩命，深增庆忭。病倦，未及别启。兼十郎要字，尚未暇写，不讶！不讶！岐下、湖北想频得信。

【译文】轼言。近来遭受痔疮折磨十天有余，孤寂难耐可想而知，如今逐渐平复了，不劳你多挂念。现在荔枝正熟，到荔枝树林中去敞开了吃，也是一件痛快事啊，遗憾不能和你一起同尝。六郎、十郎兄弟们都好吧？知道六郎已被任命为官，叫人深为庆幸喜悦。因有病怠倦，未能另写信道贺。还有十郎给我要字，也没有功夫写，莫要惊怪！莫要惊怪！想必你经常从岐下、湖北得到书信吧。

三十三

某启。柯推良吏，冠一郡也。兄许一纸乞济其垂成，他虽细满内太守一削，恐以他年及不使，若非兄特达，谁复成之。某不合僭言，实见其有风力廉干，可惜其去，故为一言也。切望！切望！若非公论以柯为可举，某亦不敢频烦，乞恕察。

【译文】轼言。柯推官是个优秀官吏，一郡内无人能比得上。求老兄给他写封信最后助他成功，他虽然任期已满并进入补太守之缺的预备名额，但也怕以后有变故而落空。如果不是老兄专门推荐，谁又能成全此事呢。我太不该说超越本份的话，实在是看他有气魄，廉洁干练，而为他的离职感到可惜，所以想为他说句话啊。切盼！切盼！如果不是公众舆论都认为柯应该被推举，我也不敢屡次打扰你，还望能原谅体察。

三十四

近酿酒，甚酽白而醇美。或教入大麦蘖，而此中绝无大麦。如韶州有此物，因便人为置数斗。不罪！不罪！

【译文】近来我酿造的酒，颜色非常纯白而味道醇美。有人叫我放进些大麦芽，而这里根本没有大麦。如果韶州有这东西，请凑个方便的人给我买几斗捎来。勿怪罪！勿怪罪！

三十五

某启。违别忽复数月，思仰日积。递中辱书，伏审尊体佳胜，甚慰驰想。示谕《碧落洞》诗，却未寄贶，必封书时忘之也。窃望寄示。老弟却曾有一诗，今录呈，乞勿示人也。惠贶新茶，极为佳品，感佩之至。未由会见，万万为国自重。

【译文】轼言。分别后一晃几个月过去了，思念之情一天天增长。蒙你寄信来，得知贵体安好，使我得到很大安慰。信中说要给我寄《碧落洞》诗，但却没有寄来，一定是封信时候忘了装进去了。希望给我寄来。我倒是曾写过一首诗，如今抄录下来呈上，请你不要让别人看。惠赠的新茶，实在是上等品种，令我感激之极。没有机会见面，望万万为国保重。

三十六

某启。近因柯推行，奉状必达。示谕修桥事，问得才元，行牒已到本州，差官估所费，盖八九百千。除有不系省诸般钱外，犹少四五百千。除有不系省诸般外，于法当提、转分认。见说估得却是的确合用之数，若减省，即做不成，纵成，不坚久矣，体问是实。然老弟以卑见度之，恐不能成。何者？吏暗而孱，胥狡而横，若上司应副，破许多钱，必四六分入公私下头，做成一坐河楼桥也。必矣！必矣！才元必欲成之，选一健干吏令来权签判，专了此事。不宜，且勿应副此钱，但令只严切指挥，且令牢系添修竹浮桥也。竹贱易成，创新不过二十千，一两月修一次，每次不过费三千，惟频修为要。前日指挥使去时，曾拜闻营房事，后来思之，亦与此同，度官吏必了不得也。深不欲言，恐误老兄事，故冒言，千万密之。与才元言，但只作兄意也。至恳！至恳！

【译文】轼言。近来柯推官到你那里去，托他捎信，想必已经送到。你对我所说修桥之事，我问了才元，知道下发的公文已经到了本州，差派的官吏估算工程的费用，大概要八九百贯。而现有的除了不归三司、户部支配的钱之外，还缺少四五百贯。除去现有的不归三司、户部支配的钱物以外，余下的按规定应该由提刑、转运司分摊。听说现在估算的开支倒的确是实在数目，如果再减省，桥便修不成。即使修成了，也不坚固耐久。经调察了解这也是实情。然而依我的愚见推测，恐怕不能完成。为什么呢？因为官吏糊涂而懦弱，下边的办事人狡猾而强横，如果有上司供应，就要耗费许多钱财，而且大半都会落入私人腰包，修成一座河楼桥了，必定无疑！必定无疑！才元如果一定要办成此事，就挑选一名勇健干练的官员来代理签判，专门完成这件事。如果不合适，就先不要拨这笔款，只命令他严格指挥，并令牢系添修一座竹浮桥。（竹子便宜，容易修成，修新桥不过二十贯钱，只是一定要经常维修。）前些天指挥使去你那儿时，曾托他向你转告营房的事，后来再三考虑此事，还是这种看法，估计官吏一定办不成。本来很不愿多嘴，但又怕误了老兄的事，所以冒昧进言，请千万替我保密。和才元说起这事，只说是老兄自己的主意。切切！切切！

三十七

某启：伏暑，切惟起居清胜。某凡百如昨。近指使、柯推及郡中买药兵士三次奉状，一一达否？十郎递中书未到。新什此篇尤有功，咄咄逼鲍、谢矣。不觉起予，故和一诗，以致钦叹之意，幸勿广示人也。未由瞻奉，万万以时保练，鏖汗不谨。

【译文】轼言。天气酷热，想必身体安爽。我一切情况依旧。最近曾陆续让指使、柯推官以及郡中去买药的兵士三次给你捎信，是否都一一送到了？十郎寄来的信还未收到。新的作品中以这篇尤其见功力，气势咄咄逼近鲍、谢了。不觉启发了我，所以也和上一首诗，以表达钦佩叹赏之意，希望不要随便让人看。没有机会见面，望万万顺应时序保重身体。大汗淋漓，礼数不周了。

三十八

德孺、懿叔近得耗否？子由频得安问，云亦有书至兄处，达否？邓道士州中住两月，已归山。究其所得，亦无他奇，但归根宁极，造次颠倒，心未尝离尔。此士信能力行，又笃信不欺，常欲损己济物，发于至诚也。知之！知之！

【译文】近来得到德孺、懿叔的消息了吗？我经常得到子由的问候，他说他也有信给你，收到了吗？邓道士在州里住了两个月，已经回山里去了。探究他的道行，也没有其他的奇特之处，只是精神归于本原，达到极宁静的境界，任凭外界如何匆忙错乱，内心从来不离本真。这个人的确能够把理论付诸实践，又忠于信仰而不欺诈，经常想要亏损自己帮助别人，都是出于真心实意啊。告知此事！告知此事！

三十九

某启；专人辱书，感慰无量。比日履兹新凉，尊体何如？某一向苦痔疾，发歇未定，殊无聊也。所谕退闲之乐，固终身无厌，但道气未胜，宿疾尚缠，想亦灾数。或言冬深当出厄，傥尔时勿药乎？何时一迓来旆，少解羁闲。万万以时自重。不宣。

【译文】轼言。蒙你专门派人送信来，使我无限感激宽慰。近来天气刚转凉爽，不知贵体可好？我一直受痔疮的折磨，发作停歇没有个准儿，真是无奈得很啊。你对我所说要安享无官居闲的乐趣，我固然对此终生不厌，只是修行的功夫还不到家，又被旧病缠身，想来这也是命定之灾。有人说我到深冬会解脱灾祸，或许到那时就会痊愈吧？什么时候才能迎接你的车驾，以稍宽解我飘落困厄之情。望万万顺应时序保重。不多叙。

四十

某启。近因蜀使奉状，必达。惠新茶绝品，石耳异味，感荷之极也。扇二十柄，书画殆遍，然终不佳，病倦少思也。《遗事》更少凉写纳。懿叔近得书，甚安。德孺久不闻耗也。令子各计安，未及别书。小儿荷问及，宜兴两儿服阕后欲南来。又赦后痴望量移稍北，不知可望否。兄闻众议如何，有所闻批示也。报言者论寿州配买茶一事，已施行仁圣之意，亦可仰测万一也。

【译文】轼言。近来托蜀地的使者给你捎信，想必已收到。惠赠的新茶是绝妙上品，石耳也是珍异佳肴，令我感激之极。二十柄扇子，我几乎全部写画了一个遍，然而到了儿也没有一幅中意的，恐怕是因病怠倦缺乏灵感的缘故。等天再稍凉快些便把《遗事》写好送去。近来收到懿叔的信，他很好。德孺的消息很久没有听到了。你的孩子们都好吧，没能给他们另写信。蒙你问及我的孩子，在宜兴的两个孩子丧服期满后打算到南方来。另外朝廷大赦以后我又妄想能被酌情准许稍稍北移，不知能否有希望。你听到众人对此是何议论，听到什么请写信告诉我。朝报载谏官议论寿州配买茶的事情，已经按皇帝的意思施行了，从这里也可以多少看出一点儿朝廷的意向。

四十一

广倅书报，近日飓风异常，公私屋倒二千馀间，大木尽拔。乾明诃子树已倒，此四百年物也。父老云，平生未见此异。老兄莫缘此一到南海拊视为佳，惠人亦望使车一到。若早来，民受赐多矣。必察此意。狱事辱老兄按正，远近心服，暗缪之人，亦缘兄免此冤债，当没齿荷戴，乃更恨耶！好笑！好笑！

【译文】广州通判来信说，近日飓风之大异乎寻常，公私房舍已被刮倒两千多间，大树也都被连根拔出。乾明寺的诃子树已被刮倒，这是四百年前的东西了。父老们都说，一辈子也没见过这么大的风。老兄不如因此到南海来巡视一趟为好，惠州人也在盼望你的车驾光临。你如果能早一些到来，百姓就能大大受到你的恩惠了。你一定要了解我的心意。刑狱之事蒙老兄按察勘正，远近之人无不心悦诚服，我这愚妄之人，也全仗老兄得以保全，应当终生感戴，哪里有什么怨恨呢！好笑！好笑！

四十二

某启。昨日附来使上状，必达。稍凉，起居佳胜。见严推，言邑君尝服药，寻已平愈，今想益康健。秋色渐佳，惟冀倍加寝膳。不宣。

【译文】轼言。昨天托来人给你捎回信，想必已送到。天气渐凉，问身体安康。我见到严推官，他说邑君曾经服药，很快病已痊愈，如今想必更加康健。秋天的景色越来越美，希望多增加饮食睡眠。不多叙。

四十三

某启。严令清约，恤民之心，必蒙顾虑也。有两事托面闻，幸恕草次。

【译文】轼言。老兄的政令严明简要，我体恤百姓的心意，你一定会加以考虑。我有两件事拜托，需要当面告知，望能原谅我的草率鲁莽。

四十四

某启。近奉慰，必已达。比日悼念之馀，起居如宜。吾兄学道久矣，必不使无益之悲久留怀抱。但劣弟未克面论，不免悬情，惟深察此理，宽中强饭。不胜区区，再奉手启布闻。不宣。

【译文】轼言。近来寄去慰问书信，想必已经收到。近日哀悼思念之余，生活还好吧。老兄修习道行那么长时间了，一定不会让无益的悲痛长久地留在心里。只是愚弟未能和你当面论说，不免心中牵挂，希望能深切体察这道理，放宽心努力进食。怀着我这难以尽述的心意，再次奉上书信表示我的意思。不多叙。

四十五

某启。知已登舟岁巡连州，切望不惜数日之劳，一游罗浮。家居悒悒，触物增怀，不如且徜徉山水间散此伊郁也。仍望先令人来约，径去山下伺候也。少事干告，此中太守已借数人白直，仅足使令，欲更告兄，辄借两人，如许，即乞彼中先减两白直，却牒州差两厢军借使也。不罪！不罪！

【译文】轼言。得知你已登船到连州进行一年一度的巡视。希望你一定要不惜几天的劳累，到罗浮山一游。闲居家中心情郁闷，碰到什么事更容易增添心中的不快，不如且到山水之间徜徉来消散心中的抑郁之气。还望你能先派人来约定，我好直接去山下等候。有点儿事要打扰禀告，我已经在这儿的太守处借了几个使唤人，但只够平日使用，想再禀告老兄，向你借两个人，如能答应，就请在你那里减去两个使唤人，再通知州里派两名厢军来借我使用。勿怪罪！勿怪罪！

四十六

某启。近两奉状，必相继尘闻。比来切惟尊候康安。闺门之戚，想已平遣。前云过重九启行，计已在涂，罗浮之游，果如约否？不胜颙望。馀暑跋涉，惟冀若时自重。不宣。

【译文】轼言。近来去了两封信，估计一定已经相继收到。最近想必贵体安康。丧妻的悲痛，想必也已经平复。以前你说你过了重阳节就启行，估计现在已经在路上了，罗浮山之游，是否已经如约成行了？不胜盼望之情。在尚有余热的天气中跋涉，还望顺应时序自己保重。不多叙。

四十七

某目见之事，恐可以助仁政之万一，故敢僭言。不罪！不罪！

今来秋大熟，米贱已伤农矣。所纳秋米六万三千馀石，而漕府乃令五万以上折纳见钱，馀纳正色，虽许下户取便纳钱，然纳米不得过五千硕元科之数，则取便之说，乃空言尔。岭南钱荒久矣，今年又起纳役钱，见今质库皆闭。连车整船，载米入城，掉臂不顾，不知如何了得赋税役钱去。朝廷新行役法，监司宜共将傍人户令易为征催，准条支移折变，委转运司相视收成丰歉，务从民便。据此敕意，即是丰则约米，歉则约钱。今乃反之，岂为稳便。闻范君指挥，非傅同年意也。本州詹守，极有恤民之意，闻说申乞第二等以下人户纳钱与米，并从其便，不知元科米数。此实一州人户众愿，非詹守私意，及非专斗要计会多纳米也。望兄力赐一言，特从其请，及乞提、转共行一条，戒约州县大估米价，以致百姓重困，须得依在市见卖实直。如牒到日，已估价太高者，许依实改正，庶几疲民尽沾实惠。切望兄留意，仍密之，勿令人知自弟出也，千万！千万！问得本州支米，每年不过九千，若五万全纳正色，则有积弊之忧；若以积滞之故，年年多纳钱，少纳米，则农民益困，岭南之大患也。（见说广东诸郡，皆患米多支少。）请兄与诸公商量，具此利害，共入一奏，乞今后应役人、公人庸钱及重法钱并一半折米，却以见钱还运司，则公税皆便，免得税米积滞，年年抑勒人户多纳见钱，此大利也。但当立条，常令提举、提刑司常切觉察转运司及州县大估米价及支恶弱米，免亏损役人、公人，则尽善矣。

本州申乞桩定第一等丁米，二万九千馀硕，并须得纳见钱。其馀第一等税米，及第二等以下丁、税米，共约计三万四千馀硕，任从民便，纳钱纳米。近下零碎者，多愿纳钱，且以少计之，三万四千硕中，必有一万以上硕纳见钱矣，与漕司元科数目不大相悬，而第二等以下户，皆得任便，不拘元科数目，人情必大悦。奈何！一年役钱及重法等钱，共计支一万三千四百馀贯，若一半折支米，即是每年有六千七百贯钱折米，米每斗极贵时，不过折五十，约计折支，得一万三千馀硕也。

大郎兄弟有来耗未？六郎、十郎侍下孝履如何？不及作书，且乞宽节哀思，强食自爱。宜兴一书，烦为入一皮角递。儿子辈开岁前皆入京授差遣，此书告为便发，庶速得达也。不罪！不罪！

【译文】我眼下所看到的一些事，说出来恐怕多少对老兄的仁政有少许补益，所以大胆非份妄言。勿怪罪！勿怪罪！今年秋季大丰收，米价太贱已经损害了农民。百姓所应交纳秋季稻米为六万三千余石。而转运司却下令五万石以上要折变为现钱交纳，其余的才按规定交纳稻米，虽然也允许贫困户可以随意交钱或交米，但交米不准超过原所征收的五千石的数量，这样所谓随意之说，成了一句空话。岭南缺少现钱已经多年了，今年又新规定要交纳役钱，如今当铺因缺现钱也全都关了门。农民整车整船地运米进城寻求买主，但都甩手而去，无人问津，农民不知怎样才能弄到钱来交纳赋税役钱。按朝廷新颁行的役法，监司应该都来帮助民户以方便征收，按照条例实行支移折变，并委派转运司根据收成丰欠的情况，务必要与民方便。根据朝廷这种精神，就应该是丰收了就征米，欠收了就收钱。如今却反其道而行之，难道能合适吗。听说这事是由范君指挥，并非傅同年的意思。本州的詹知州，极有体恤百姓之心，听说他申请要求让第二等以下的民户按自己的意愿来交纳现钱或是稻米，而不管原来科派的米的数量。这实在是一州民户的心愿，不是詹知州个人的意思，也并不是非要把持着升斗账本盘算着多收点儿米。希望老兄给尽力说句话，特地恩准詹知州的申请，以及请求提刑司、转运司共同行施这条意见，告戒约束各州县不得高估米价，以致大大伤害了百姓，而必须根据市场上的现行米价来定价格。如果公文发下来时，有的地方已经把米价估得太高，就准许他们按实价改正，这样可望疲惫贫困的百姓都受到好处。切望老兄关注此事，并替我保密，不要让人知道这主意是出自我，千万！千万！打听到本州支付用米，每年不过九千石，如果全按正常规定交纳五万石，就会有堆积过剩的忧患；而因为怕过剩的缘故，年年都让百姓多交纳现钱，少交米，那么农民就会更加困苦，这是岭南地区的大弊病啊。（听说广东各州郡，都是苦于交米多而实际支用少。）请老兄和各位大人商量，详细陈说其中利害，共同上奏朝廷，请求从今以后应该把服役的、办公事的人工钱以及重法钱的一半折合成稻米付给，却把省下的一半现钱交给运转司，这样就无不便于朝廷税收，免得交纳的税米积压，而年年逼迫着民户多交现钱，这样就大大有利了。只是应当立下条文，经常让提举、提刑司切实督察，防止转运司及各州县高估米价以及支付粗劣米，以免亏损了服役的人、办公事的人，这样就完善了。

本州向上申报，请求规定封桩库的第一等丁米，为二万九千余石，并且必须要折合现钱交纳。剩下的第一等税米，以及第二等以下丁、税米，一共大约合计三万四千余石，就听凭百姓自便，交纳现钱或者交纳稻米。近来那些下等户交纳数额少的，多愿交纳现钱，姑且往少里计算，三万四千石中，必定会有一万石以上会按现钱交纳，这和转运司原本科派的数目相差不大，而第二等以下的民户，都应该让其随意，不限于原来科派的定额，这样人心一定会大为欢悦。怎么样！一年中役钱和重法等钱，共计要支付出一万三千四百多贯，如果一半折合成米支付，这样就是每年有六千七百贯钱折成了稻米，米最贵时，每斗不过折合五十文钱，大约计算一下折合支付，有一万三千余石。

大郎兄弟们有信来吗？六郎、十郎守孝期间情况怎样？来不及另写信，并请你宽心节哀，努力进食，保重自己。我给宜兴家中那封信，麻烦你用皮角递寄去。那里的孩子们新年都要进京去被授以官职，所以这封信请你替我寄去，以便能早点儿到达。勿怪罪！勿怪罪！

四十八

某启。自闻尊嫂倾背，三发慰书矣。比日起居何如，怀抱渐开否？倾仰之至，辄有少意，不胜私忧过计之心，故复发此书，必加恕亮，馀无异前恳也。不宣。

【译文】轼言。自从听说尊嫂去世，已经三次去信慰问了。近来身体怎样，心情已经宽解了吗？倾慕敬仰之至，总有些放心不下，难禁担忧过虑的心情，所以又寄去这封信，望你一定对我宽恕谅解，其他和我以前的恳求无异。不多叙。

四十九

某今日伏读赦书，有责降官量移指挥，自惟无状恐可该此恩命，庶几复得生见岭北江山矣，幸甚。

又见赦文云："访闻诸路转运司，有折科二税过重，致民间输纳倍费，涉于掊克者，令提举司举察，关提、转先次改正，依条折科讫奏。"此一节非常赦语，必是圣主新意。主上自躬听断以来，事从仁恕。如孙载不奏灾伤冲替，庐、寿等州罢配买茶之类，皆非有司所及。乃天衷英发，恤民之深意，恨远不尽闻。然亦得北方故人书，皆云仁圣日跻，兼有昭、裕二陵德美。某虽废弃，曾忝侍从，大恩未报，死不敢忘，闻此美政，不胜踊跃。正辅忠爱之深，想同此意。

然惠州近日科折秫米一事，正违着此赦文，甚可惧也。赦文云："访闻折科二税过重，致民间倍费，涉于掊克者，令觉察改正。"今惠州秋田大熟，米贱伤农，而秋米六万馀硕，九分二厘以下纳人户卖米，（众人皆云今年米实无价，若官中价钱紧急，人户更不敢惜米，得钱便卖，下稍不过三十文足。）二斗已上，方纳得一斗。岂非赦文所谓折科过重，使民倍费者乎？谓之掊克，显见圣意疾之甚矣。赦文榜在衢路，读者已有此谤，可不惧乎？

谨按《编敕》，支移折变，令转运司相视丰歉，务从民便。详此敕意，专务便民，丰则纳米，歉则纳钱。今乃返之，违条甚矣。某切谓提刑、提举司当依赦文检坐此条，改正施行。

昨日惠守詹君，申转运司乞指定第一等丁米二万九千馀硕纳钱，其馀第一等以下税米及第二等以下米三万馀硕，并从民便，任纳米钱。（詹欲某与兄一言，时已致书具论矣。）此虽少苏疲民，然亦未依得今来赦敕也。如赦敕意，第一等人户，岂可令倍费乎？某恃兄洞照，不避僭易，请兄与傅、萧二公面议，共行下一文字云："所有今年折科秋米，并只依见在市卖实直估定。其第五等人户，并听情愿，任纳钱米，更不拘前来元科数目。"如此，方依得今来赦文外编敕指挥，而一路之民遂少纾也。

但闻得东路州郡，大率米多支少，故运司常有积滞腐败之忧，不可不为之深虑。若能权利害之轻重，取舍从宜，则拘多补少，固自有术，何至作此违条害民之事乎？昨日书中所陈役人见钱，奏乞一半折米，此公私两利之策也。大凡人户，去州县远者，及下户税米零碎者，皆愿纳钱。只为州郡估得价高，大抵官吏皆畏惧上司，但加三以上估价。滑胥俗吏，结为一片，靡不如此。须是上司痛加约束，则此风庶几或可革也。致人户只愿纳米。今运司既患米多支少，归于腐败，所损不小，即须权此利害。不知估价稍低，而常得见钱，以救运司阙乏，与空估高价，而令人户只愿纳米，积滞腐败，终为粪土者，得失孰多？若能痛加打骂郡中俗吏，令中平估价，则人户必有大半愿纳钱者。岂非运司大利乎？今惠州每年支米，不过九千，九千之外，累百钜万，虽未腐败，而无可支遣，与粪土何异。若上等人户，必欲纳又不失高价，则须是州县盲枷瞎棒，以膏血偿填，纵忍为之，奈赦文何！

某不避僭易，欲兄专为此一到广州，与傅、萧面议，反复究竟，权利害。二公皆仁人君子也，必商量得成。即愿三司连衔入一文字，专牒逐州知道，大略云：今年秋熟，恐米贱伤农，所以听从民便，任纳钱米。又缘逐州米多支少，恐有腐败积滞之忧，深虑仓专斗级等，意欲多纳正色，用倖计会司属及行人等高估米价，令人户纳钱倍费，只愿纳米，致将来纳多支少，积滞腐败，不委逐官专切觉察，须管一依见在市卖中价，不得辄有丝毫加抬，仍具结罪保明申上。如牒来到日，已曾高估者，许改正裁减，务令便民讫。申其高估干系人，并与免罪。如经逐官保明后，却察探得知依旧高抬大估，比见卖直价有加分文，致人户不愿纳钱，将来积滞官米，即官吏并须勘奏，乞行朝典。若蒙采用刍荛，一路生灵受赐也。

恃眷知，如此率易，死罪！死罪！此事切勿令人知出不肖之言也。切告！切告！

【译文】我今天恭读朝廷的赦书，上面有被贬谪的官员可以酌情安排一条，自忖我恐怕会受到此项恩遇，也许我可以活着再看到岭北的江山了，实在太幸运了。

又看到赦文上说："经访察得知各路转运司，有的折变、科敷二税过重，致使民间纳税加倍，变成搜刮民财，令提举常平司负责检举督察，安排提刑司、转运司首先改正，按朝廷条例收取折变、科敷完毕奏上。"这一段不是一般的赦语，一定是圣主的新意。主上自从亲自处理政务以来，一切事情都从仁德宽恕出发。比如孙载不奏报灾情被降职，庐、寿等州郡免除配买茶之类事情，都不是下面有关部门官员所能做到的。这实在是出于圣明的天意，体恤百姓的深刻用心，只恨相距遥远不能全部听到。然而也收到北方故人的书信，都说皇上的仁德圣明日益进升，兼有仁宗、神宗二帝的仁德善美。我虽被贬黜，但也曾跟从过皇帝左右，大恩未报，死不敢忘，听到皇帝如此德政，不胜欢欣鼓舞。正辅你忠贞爱君如此深厚，想必和我有同感。

然而惠州近来征收折变秋米一事，正违反了这道赦文，很堪忧虑啊。赦文说："访察得知折变、科敷二税过重，致使民间纳税加倍，变成了搜刮民财，命令检察改正。"如今惠州秋季大丰收，米贱伤农，而应交纳的秋米六万多石中，十成有九成二以上的民户要卖米交钱，（大家都说今年米实在没有价钱，如果官府钱要得紧，百姓们就不敢吝惜自己的米，给钱就卖，这样最少的一斗米不过卖足三十文钱。）这样实际要卖两斗以上的米，才能交纳一斗的米钱，这岂不是赦文中所说的折变征税过重，而使百姓交纳加倍吗？说这是搜刮民财，显而易见圣上对此是深恶痛绝的。赦文张贴在大路旁，看到的人已有此批评，能不叫人戒惧吗？

按照《编敕》所说，支移和折变的具体实行，让转运司根据丰收或欠收的情况而定，一定要与民方便。推究敕文的用意，是一心致力于方便民众，丰收了就交米，欠收了就交钱。如今却反其道而行，也太违背赦文的精神了。我个人认为提刑司、提举司应当依照赦文检察落实这一条，改正施行。

前几天惠州知州詹君，上报转运司要求指定第一等户丁米二万九千余石交纳现钱，其余第一等户以下税米及第二等户以下的米三万余石，都听凭百姓自便，任凭交纳米、钱都行。（詹知州要我在老兄这儿说句话，我当时已经去信详细说了此事。）这建议虽说可以稍微宽解一下贫困的百姓，然而还不算符合如今下来的赦文啊。如按照赦文的意思，第一等的民户，岂能让他们加倍纳税吗？我仗恃你对我十分了解，所以不避冒昧妄言，请老兄与傅、萧二位大人面议，共同下一道告示说：“所有今年折变交纳的秋米，都只按现行市场实价估算确定。凡第五等民户，都听凭自愿，随意交纳钱或米，也不限于以前原来规定的数目。”这样，才能符合如今下发的赦文，而一路的百姓才能得以宽解。

但是我也听说东路各州郡，大都是收交的米多而官府支用少，所以转运司常担忧会因堆积而腐烂，不能不好好考虑一下。如果能够权衡利害的轻重，根据便宜定取舍，那么取多补少，本来会自有办法，何至于做出这样违犯条令危害百姓的事情呢？（昨天我信中所说支付服役人的现钱，奏请一半折合成米付给，这是公私两利的办法啊。）大凡是离州县所在地远的民户，以及交纳稻米很少的下等户，都愿意交纳现钱。只是因为州郡把米价估得太高，（一般官吏都害怕上司，都加上三成来估价。那些奸滑庸碌的办事人员，勾结在一起，无不如此。必须要上司严加约束，那么这风气或许还可以革除。）致使民户只愿交米。如今转运司既怕收米多支用少，最终造成腐烂，所造成的损失不小，就需要权衡这利害。不知道把米价估得稍低一些，而常能得到现钱，以补救转运司的缺乏，这和只管高估米价，而造成民户只愿意交米，以致堆积腐烂，最终变成粪土相比，哪个更为合适呢？如果能严厉地打骂州郡中的庸碌办事人员，让他们公平地估量米价，那么民户中一定会大半愿意交钱的，这岂不是对转运司大为有利的事情吗？如今惠州每年开支用米，不超过九千石，九千石之外，成千上万的稻米，虽然还没有腐烂，然而却没有可用的地方，这和粪土又有什么区别呢。如果上等民户一定交纳现钱又必须交高价，那一定是州县里用枷杖威逼的结果，用民众的膏血来充填赋税，纵然忍心这么干，又把朝廷赦文置于何处呢！

我不避冒昧妄言，想请老兄专门为此到广州来一趟。和傅燮、萧世京二人面议，反复研究，权衡利害。这二位都是仁人君子，扣定会商量成。希望三个部门能联名发个文告，专门通知各州知道，大意说：今年秋季丰收，恐怕米贱伤农，所以听凭民众随意，任意交纳钱或稻米。又因为各州米收的多支出少，恐怕有腐烂积压的忧虑，又深怕仓库管理人员私自把持规定米的等级，想多收取稻米，以侥幸取非法所得，而下属的吏员办事人又高估米价，使得民户交钱成倍地高于应交数目，所以民户只愿交米，以致造成以后交纳的米多而支用的少，积压腐烂，不光各处挨个儿专门切实地检查，必须全部按照现行的市价，不得私自有丝毫的加抬价格行为，还要向上立保承担责任。如果上边公文发下来时，已经高估了米价的，准许其改正裁减，务必让便利百姓为止。申诫与高估米价有关之人，一律不予追究罪过。如果经过逐级保证以后，却被查出仍旧高估米价，比现卖的价格高出分文，致使民户不愿交钱，将来造成官米积压，各级官吏就必须将此事报告，请求予以法办。如果承蒙采纳我的意见，一路之内的生灵都会蒙受恩惠。

仗恃你对我的爱护了解，所以如此轻率大胆，死罪！死罪！这事千万不要让人知道是出于我的建议。千万！千万！

五十

某启。近四奉状，必一一达。比日起居何似？闻东行已决，但未闻离五羊的日，故未敢往迎，旦夕闻的耗，即轻舟径前也。区区并俟面道。不宣。

【译文】轼言。近来四次给你去信，想必都一一收到。近日身体如何？听说你已决定要到东边巡行，只是还没听说离开广州的准确日子，所以没敢前去迎接，早晚只要一听到你的准确消息，一定马上驾着快船直接前去迎接。区区心意一并留待面谈。不多叙。

五十一

某启。罗浮之游，不知先往而后入州耶？抑俟回日也？弟惟兄马首之视，无不可者。旦日乘舫，径至泊头以来也。匆匆，未能尽意。

【译文】轼言。罗浮山之游，不知你是先去游览后到州里来呢？还是等从州里回去时再去游览呢？愚弟惟仁兄之命是从，怎样安排都没什么不可以的。明日乘船，直接到码头去迎接。时间匆忙，未能尽意。

五十二

某启。多日不上问，但积驰仰。不审比来尊候何似，眷聚各佳否？德孺、懿叔想时有安问。某蒙庇粗遣，子由亦安。秋凉使旆出按否？倘又一见，何幸如之。未间，万冀自重。不宣。

【译文】轼言。多日没有向你问候了，使我徒然增添思念之情。不知道近来贵体如何？家人都好吗？想必德孺、懿叔时常给你去信吧。我托老兄的福还算凑合，子由也安好。秋天凉爽时你的车驾是否要出去巡察？如果能再见上一面，该是多么荣幸。在此期间，望万万保重。不多叙。

五十三

轼旧苦痔疾，盖二十一年矣。近日忽大作，百药不效，虽知不能为甚害，然痛楚无聊两月馀，颇亦难当。出于无计，遂欲休粮以清净胜之，则又未能遽尔，但择其近似者，断酒断肉，断盐酢酱菜，凡有味物，皆断，又断粳米饭，惟食淡面一味。其间更食胡麻、伏苓麨少许取饱。胡麻，黑脂麻是也，去皮，九蒸曝白。伏苓去皮，捣罗入少白蜜，为麨，杂胡麻食之，甚美。如此服食已多日，气力不衰，而痔渐退。久不退转，辅以少气术，其效殆未易量也。此事极难忍，方勉力必行之。惟患无好白伏苓，不用赤者。告兄为于韶、英、南雄寻买得十来斤，乃足用，不足且旋致之，亦可。已一面于广州买去。此药时有伪者，柳子云尽老芋是也。若有松根贯之，却是伏神，亦与伏苓同，可用，惟乞辨其伪者。频有干烦，实为老病切要用者，敢望留念。幸甚！幸甚！轼再拜。

蜜，此中无，有亦多伪。如有真者，更求少许。既绝肉五味，只啖此麨及淡面，更不消别药，百病自去。此长年之真诀，但易知而难行尔。弟发得志愿甚坚，恐是因灾致福也。

【译文】我很早就受痔疮之苦，已经二十一年了。近来忽然猛烈发作，用什么药都不见效，虽然也知道不会有大的危害，但疼痛无奈两个多月，也实在是难忍。出于无奈，于是打算停止，吃粮食用腹内清净来克制它，却又不能一下子做到，只能选择近似的做法，先断酒断肉，断盐醋酱菜，凡是有味的食物，全都断掉，又断了粳米饭，只食淡面一种饭食。在此其间还食用少量的胡麻、伏苓炒熟磨成的米粉充饥。胡麻，就是黑芝麻，把它去皮，多次蒸过后再晒白。伏苓也要去皮，捣碎过箩后放进少量白蜜，做成炒面，搀着胡麻一块吃，味道好极了。这样进食已经多日了，身上气力并未衰减，而痔疮已逐渐消退。身体历久不衰，再多少用气功辅助，其功效恐怕是难以估量的。这事极难忍受，我正在努力实行。只愁没有好白伏苓，不能要红的。告知老兄替我在韶州、英德、南雄等地寻找买下十来斤，这样才能够用，如没那么多，就分几次买到寄来也行。我也另外到广州去买了。这种药有时有假货，就像柳子所说都是老芋头。如果中间有松根贯穿，就是伏神，也和伏苓一栏，可以服用，希望买时能识别假货。屡次打扰，实在是因为衰老多病急切要使用的缘故，还望能为我，留心此事。幸甚！幸甚！苏轼再拜。

蜂蜜，这里没有，有了也多是假的。你如果有真蜜，再向你少要点儿。既然断绝了肉食荤腥，只吃这炒面和淡面，更不用别的什么药，百病自然消除，这是长寿的真正诀窍，只是易懂难行罢了。我下了决心非常坚定，恐怕这是因祸得福了。

五十四

某再启。承谕，感念至泣下，老弟亦免如此蕴结之怀，非一见，终不能解也。见劝作诗，本亦无固必，自懒作尔。如此候虫时鸣，自鸣而已，何所损益！不必作，不必不作也。吾兄作一两篇见寄，当次韵尔。兼寄佳酿川芎，大济所用，物意两重，增感激也。问所干，亦别无事，恐三四月间，告求一两般家人至筠及常州。至时，当拜书干扣也。

【译文】轼再言。承蒙指教，使我感激泪下，我也解开了心里这个疙瘩，如果不是见上了一面，终究是解不开的。你劝我作诗，我对此本来无可无不可，只是懒得动手罢了。像候虫一样到时候叫叫，不过自己叫自己听罢了，对社会有什么影响！所以不一定非写，也不一定非不写。老兄写上一两篇寄来，我会依韵奉和的。你又寄来好酒和川芎，大有用处，物品情义两重，增加了我感激之情。你问我都做些什么事，我也没有做什么，恐怕到三四月间，要求你派一些家中仆人到筠州和常州去。到那时，我会写信拜访的。

五十五

某近颇好丹药，不惟有意于却老，亦欲玩物之变，以自娱也。闻曲江诸场，亦有老翁须，生银是也，甚贵，难得，兄试为体问，如可求，买得五六两为佳。若费力难求即已，非急用也。不罪！不罪！

【译文】我近来很喜欢炼丹药，不光是为了服丹防老，也是想玩赏一下物体的变幻，以此来自娱。听说曲江的一些集市上，也有老翁须，就是银矿石，很贵，难以得到，老兄试着替我打听一下，如果还可以买，就买上五六两为好。如果很费劲难以弄到就作罢，并不是急用的东西。勿怪罪！勿怪罪！

五十六

某慰疏言。不意变故，表嫂寿安县君遽捐馆舍，闻讣悲怛，感涕并怀。切惟恩义深笃，追悼割裂，哀痛难堪，日月流速，奄毕七供，感动逾远，奈何！某限以谪居，莫缘奔诣吊问，愧恨千万。幸冀省节悲悼，强食自重。不胜区区，谨奉疏慰。不次，谨疏。

【译文】轼安慰劝言，想不到出此意外，表嫂寿安县君突然去世，听到这噩耗悲痛难忍，感伤落泪。想你们夫妻感情深笃，一定会追思悼念心痛欲裂，哀痛难忍，日月流逝得很快，转眼七供全部完毕，伤感逝者日益远离，奈何！我受被贬黜身份的限制，不能前去吊唁慰问，实在万般愧恨。还望能节制悲痛，勉强进食保重自己。这点儿心意难以尽述，谨写此信以劝慰。不能多叙，谨上。

五十七

某启。不谓尊嫂忽罹此祸，惟兄四十年恩好，所谓老身长子者，此情岂易割舍。然万般追悼，于亡者了无丝毫之益，而于身有不赀之忧，不即拂除，譬之露电，殆非所望于明哲也。谴地不敢辄舍去，无缘面析此理，愿兄深照痛遣，勿留丝毫胸中也。惟有速作佛事，升济幽明，此不可不信也，惟速为妙。老弟前年悼亡，亦只汲汲于此事，亦不必尽之。佛僧拯贫苦尤佳，但发为亡者意，则俯仰之间，便贯幽显也。忝至眷，必不讶。草次。

【译文】轼言。不料尊嫂忽然遭此祸患，想老兄四十年的恩爱情义，所谓自己已老，儿子已长大，过了一辈子了，这样的感情怎容易割舍得下。然而无论如何追思痛悼，对于死者没有丝毫补益，而对自己却有不小的害处，不马上排除这种情绪，把此事看作露水闪电那样转瞬即逝，恐怕就不合于对明哲之人的期望了。我处于被贬谪之地不敢擅自离开，没有机缘和老兄当面探讨这道理，但愿老兄深明此理，彻底排除悲痛情绪，不要在胸中留下一丝一毫。只有赶快作佛事，才能超度亡灵，这事不可不相信啊，而且以快为好。我前年追悼亡人，也是只顾忙着办佛事，当然也不必办那么周严。佛僧拯救贫困痛苦之事尤为有效，只要一产生思念亡者的念头，那么一眨眼的功夫，便可以沟通阴阳二界了。承蒙你待我至为亲近，一定不会惊怪我说的话。草草写成。

五十八

某辄附上绫、刻丝各一疋，用与表嫂斋僧，表区区微意，不罪！不罪！淡面经月，疾不减却，稍肉食，近却颇安。天凉灾退，自然安适，茯苓亦不服食也。承寄遗并蜜已领，极佳。近严推官者，托口陈二事，曾道便人寄书画扇子去，必达。八十哥化去，感念畴昔，为之出涕。史嗣立宅表姊二十一县君，亦有事羁寓岭海，那堪时时闻此。知兄已出巡，千万勿惮远，一来游罗浮，弟候闻来耗，便去山下奉候。表侄必未到，且请决意一来。恐明年兄必北归，无由来也。

【译文】我冒昧捎去上绫、刻丝各一疋，用来给表嫂打发作法事的僧人，以表示我一点儿小意思，勿怪罪！勿怪罪！吃了个把月淡面，病状没有减轻，倒是多少吃了点儿肉食，近来却身体很好。天气凉爽灾病消退，自然就会安然舒适，茯苓也不用吃了。承蒙你寄来的东西和蜂蜜，都已拜领，好极了。近来有个严推官，托我向你说两件事，曾托顺路人捎去书画扇子，想必已送到。八十哥去世，感慨念及往事，为此而下泪。史嗣立宅表姐二十一县君，也因为出了事寄寓在岭南海隅，叫人哪里受得了时时听到这种消息。知道老兄已经出巡，千万不要怕路远，来罗浮山游览一遭，我一听到你到来的消息，便到山下去迎候。表侄一定没有来，也请他下决心来一趟。恐怕老兄明年一定要北归，那就没有机会再来了。

五十九

《遗事》已用澄心纸、廷珪墨写成，纳去。尉掾子孙一句，不须出，彼自不知也。必欲去者，摹刻时落之。并有《江月》五首，录呈为一笑。吾侪老矣，不宜久郁，时以诗酒自娱为佳。亡者俯仰之间，知在何方世界，而吾方悲恋不已，岂非系风捕影之流哉！

【译文】《遗事》已经用澄心纸、廷珪墨写好了，送去。其中尉掾子孙一句话，不必去掉，别人本来也就不知道。如果一定要去掉，摹刻时不要就是了。同时写有五首《江月》诗，抄下来寄去供你一笑。我们这些人都老了，不宜长期心情郁闷，应该时常以赋诗饮酒自娱为好。死去的人一眨眼功夫，知道往哪方世界去了呢，而我们还在这儿悲痛怀恋不止，岂不是成了系风捕影一流的人了吗！

六十

轼启。别后因本州便人一次上状，并《香积》诗，必已达尊览。两辱赐教，具审起居佳胜，甚慰驰仰。轼入冬，眠食甚佳，几席之下，澄江碧色，鸥鹭翔集，鱼虾出没，有足乐者。又时走湖上，观作新桥。掩骼之事，亦有条理，皆粗慰人意。盖优哉游哉，聊以卒岁，知之，免忧。葬钱亦已如请。比来数事，皆蒙赐左右，此邦老稚，共荷戴也。乍寒，万万自重，不宣。轼再拜正辅提刑大夫兄阁下。

【译文】轼言。分别以后，曾趁本州一个顺路人给你捎过一次信，同时还有《香积》诗，想必你已看到了。承蒙两次来信，得知你身体安好，使我得到很大宽慰。我从入冬以后，睡眠吃饭都很好，住在江边高处，几案枕席之下，江水澄清碧绿，鸥鹭群聚飞翔，鱼虾出没，有足以使人快乐之处。又经常到湖边走走，观看修造新桥。掩埋尸骨的事情，也有了头绪，这些事都还能令人宽慰。我现在是优哉游哉，姑且以此打发日子，告诉你知道，免为我担忧。我需要的丧葬费用也依照我想要的如数得到。近来的几件事，皆出于老兄所赐，这里的老少百姓，都对你感恩戴德。天气忽然转冷，望万万保重，不多叙。轼再拜正辅提刑大夫老兄阁下。

六十一

轼启。长至伊迩，不获称觞，祝颂之怀，难以言谕。比日起居增胜。宪掾顾君至，辱手书，感慰倍常。顾君信佳士，伯乐之厩，固无凡足也。老弟凡百如昨，但痔疾不免时作。自至日便杜门不见客，不看书，凡事皆废，但晓夕默作小乘定，虽非至道，亦且休息。平生劳弊，且作少期百日。兄忧爱之深，故白其详，不须语人也。所谓以得为失者，梦幻颠倒，类皆如此尔。未由瞻奉，万万若时自重。不宣。轼再拜正辅提刑大夫兄。十一月十日。

【译文】轼言。冬至日将近，没有机会给你祝酒，向你祝福的心情，难以用言语表达。问近日身体康健。你的下属顾君到这儿来，捎来你的信，使我倍加感激宽慰。顾君的确是个人才，真是伯乐的马棚里，没有平凡的马啊。我一切如旧，只是痔疮不时发作。从到这里那天起我就闭门不见客，不看书，什么事都不干，只在一早一晚静默做小乘禅定，虽说不上是什么高妙之道，也算是一种休息。一辈子劳累不堪，暂且可望夕歇息百十天，因老兄对我深为关怀爱护，所以给你说说详情，不必对外人说。所谓以得为失这种事，梦幻颠倒，都象这一样罢了。没有机会见面，望万万顺应时序自己保重。不多叙。轼再拜正辅提刑大夫老兄。十一月十日。

六十二

某启。蒙惠冠簪甚奇，即日服之，但衰朽不称尔。全面极佳，感怍之至。岑茶已领。杭人送到《表忠观碑》，装背作五大轴，辄送上。老兄请挂之高堂素壁，时一睨之，如与老弟相见也。附顾君的信，封角草草，不讶！不讶！升卿之间，已答之矣，已白顾君其详。轼再拜。

【译文】轼言。承蒙惠赠冠簪甚为奇特，我当天就戴上了，只是因为衰老不堪，用着已经不相称了。所赠全面极好，令我感激之至。岑茶也已收到。杭州的人送来《表忠观碑》，我把它装裱成五大轴，冒昧送去。请老兄挂在高堂白墙上，时不时瞟上一眼，就如同和老弟见面一样了。附上顾君的确实消息，信封得很草率，勿惊怪！勿惊怪！升卿所问之事，已经回答他了，并已告诉了顾君详情。轼再拜。

六十三

轼启。别来三得书教，眷抚愈重，感慰深矣。想已达韶，起居佳胜。《桃花诗》再蒙颁示，诵咏不能释手。“菅”字韵拙句，特蒙垂和，句句奇警，谨用降服，幸甚！幸甚！《一字》虽戏剧，亦人所不逮也。轼凡百如昨，二九日迁入行衙。再会未期，惟望顺时为国自重。因苏州卓行者奉问，不宣。轼再拜正辅提刑大夫执事。三月十七日。

【译文】轼言。自分别以后三次收到你来信，对我的关心爱护更加深厚了。令我十分感激。想必你已经回到韶州，身体安好。蒙你又让我看你所作《桃花诗》，使我看了反复诵读不能放手。我的拙诗中的“菅”字韵诗，蒙你相和，可谓句句奇特警拔，使我因此心悦诚服，幸甚！幸甚！《一字诗》虽说是游戏文字，也是一般人所难以企及的。我一切照常，十八日搬进行衙。不知何时才能再见，只希望你能顺应时序为国保重。托苏州的卓契顺行者向你问候，不多叙。轼再拜正辅提刑大夫大人，三月十七日。

六十四

三诗因感微物，以寄妙理，读之倏然自失。以病未得和，愧怍。执政小简，中近人之病。听不听在他，兄不可不言也。如闻前削监事，亦颇行，是否？寄惠大黄丸等，糟姜、法鱼、麦蘖，并已捧领，感荷！感荷！

【译文】你所作的三首诗都是感应于微小的事物，以寄托微妙之理，读了使人超脱而若有所失。因为有病而未能唱和，惭愧。执政大人的短文，说中了皇上亲近人的毛病，听不听在他，老兄不可不说话。听说以前所说要削减监事之事，已经施行，确实吗？惠赠的大黄丸等药物，以及糟姜、风干鱼片、酒曲，都已经收到，感激！感激！

六十五

近得柳仲远书，报妹子小二娘四月十九日有事于定州。柳见作定签也。远地闻此，情怀割裂。闲报之尔。

【译文】近来收到柳仲远的信，告知妹妹小二娘四月十九日在定州有了事情，柳仲远现在在定州作签判。在远方听到这消息，心中思念难过。顺便说与你知道。

六十六

某启。闻归艎到岸，喜不自胜。辱手教，承起居佳适。值夜乏人，未可前诣。新诗辄次韵，取笑！取笑！前本附纳，匆匆。

【译文】轼言。听说你归来的船靠了岸，欢喜难禁。承蒙来信，知身体安适。夜里没人供使唤，不能前去迎接。所作新诗冒昧步你的诗韵，取笑了！取笑了！以前的本子顺带送去，匆匆。

六十七

某启。漂泊海上，一笑之乐固不易得，况义兼亲友如公之重者乎！但治具过厚，惭悚不已。经宿尊体佳胜。承即解舟，恨不克追饯。涉履慎重，早还为望。不宣。

【译文】轼言。漂泊海边的日子，破颜一笑的快乐本来就不易得到，何况和你这样兼有亲友关系的重要人物一起欢聚呢！只是款待过于优厚，令我惭愧惶恐不已。问这几天贵体安好。知道你就要解船起航，恨不能前去饯行。望旅途小心，早日到家为盼。不多叙。

六十八

河源事，上下缪悠而已。有一信篭并书，欲附至子由处，辄以上干，然不须专差人，但与寻便附达，或转托洪、吉间相识达之。其中乃是子由生日香合等。他是二月二十日生，得前此到为佳也。不罪！不罪！

【译文】河源的事，是上下都在弄虚作假罢了。我这儿有一个信篓和一封信，想捎到子由那里，又要麻烦你了；然而不必专门派人，只要找个顺便的人捎去就是了，或者转托洪州、吉州那里的熟人转交给他。篓子里装的是子由生日香盒等东西。他是二月二十日生，能在这以前送到，为好。勿怪罪！勿怪罪！

六十九

河南兄弟已归左右，想哀慕之极，切希为亲自宽也。近有慰疏，未暇别纸。

【译文】河南兄弟已经回到你身边，想必你悲痛思念之极，真切期望你能为了双亲自己宽解保重。最近我写有吊唁信，顾不上再另写信了。

七十

蜜极佳，荔枝蒙颁赐，谨附谢。恳苏州钱倅，差一般家人，又借惠力院一行者契顺，来与宜兴通问。万里劳人，甚愧其意。因令附此书，或略赐照管，幸甚。卒子与借请少许，甚幸！甚幸！

【译文】你送的蜂蜜极好，又蒙你赠送荔枝，谨表示谢意。我恳请苏州的钱通判，给我派来几个家中仆人使唤，又借惠力寺院的一位僧人卓契顺，来和宜兴那里通消息。烦劳人家万里奔波，心里很过意不去。就让他给你带这封信去，如能略加关照，实在荣幸之至。你那里的兵士我请求再少用上几天。甚幸！甚幸！

七十一

广州多松脂，闳甫尝买，用桑皮灰炼得甚精，因话告求数斤。仍告正辅与买生者十斤，因便寄示舶上。硫黄如不难得，亦告为买通明者数斤，欲以合药散。铁炉鏊，可作时罗夹子者，亦告为致一副中样者。三物，皆此中无有也。不罪！

【译文】广州松脂很多，闳甫曾经买过，用桑皮灰炼得很纯净，捎话求我给他买几斤。所以禀告老兄给我买十斤生的，趁方便用船捎来。硫黄如果不难弄到，也请你给我买几斤透明的，我想用它来配制药散。有能作时罗夹子的铁炉鏊，也请替我买一副中等的。这三样东西，都是这地方没有的。勿怪罪！

与程全父十二首 以下俱惠州

某启。去岁过治下，幸获接奉，别后有阙上问，过沐存记，远辱手教，且审起居佳安，感慰兼集。长笺见宠，礼意过当，非衰老者所宜承当。伏读，愧汗而已。未由会见，万万以时自重。不宣。

【译文】轼言。去年从你管辖的地面路过，有幸会面，分别后未能及时问候，承蒙你挂念，从远方来信，知道你身体安好，感激宽慰之情汇集于心。蒙见爱给我写这么长的信，过份有礼了，不是我这老朽所应当承受的。敬读来信，让我惭愧汗颜。没有机会见面，万万随时保重。不多叙。

二

某乏人写公状，幸恕简略。示谕固合如命，但罪废闲冷，众所鄙远，决无响应之理。近发书，多不答，未欲频渎也。幸矜察，愧愧。

【译文】我这不中用的人给你写信，请原谅我礼数不周。你所说之事我本应从命，只是我是个因获罪而废弃闲置的人，为众人所鄙视疏远，所以决没有跟从响应的道理。近来我拆阅来信，大都不作回复，就是不想屡屡冒犯亵渎。望能体谅明察，惭愧。

三

新诗过蒙宠示，格律深妙，非浅学所能仿佛，叹诵不已。老拙无以答厚意，但藏之，永以为好尔。匆匆，不谨。

【译文】承蒙给我展示您的新诗，其格调气韵之深邃高妙，不是才学浅薄者所能类比的，令我赞叹诵读不已。老朽没什么可以答谢你的厚意，只有把它珍藏起来，永远作为友好的纪念。匆匆，失敬了。

四

某启。新诗幸得熟览，至于钦诵。老病废学，无以少答重意，愧怍而已。

【译文】轼言。你的新诗我已熟读，以至可以背诵。我衰老多病荒废了学业，写不出什么来多少答谢你的深情厚意，只有惭愧惶恐而已。

五

别纸示喻，具晓所示。田地问得，郡中犹取文字未了，切不可问也。感挂意，悚息！悚息！老拙慕道，空能诵《楞严》言语，而实无所得，见贤者得之，便能发明如此。颂语精妙，过辱开示，感怍不已。

【译文】你另外的信中所说，我都已明白。有关田地的事，已经访到了，不过尚未从州里取回有关契约，就不可再问了。感谢你的挂念，惶恐！惶恐！老朽仰慕佛理，只是空会背《楞严经》的词句，而实际并不解其意，看到贤德之人一旦明白其意，便能有如此的阐发。你所作颂语十分精到高妙。蒙赏光给我看，感激惭愧不已。

六

令子先辈辱访及，客众不及款语。少事干烦，过河源日，告仲意仙尉差一人押木匠作头王皋暂到郡外，令计料数间屋材，惟速为妙。为家私纷冗，不及写书，千万勿罪！勿罪！蒋生所斫木，亦告略督之。江君访别，本欲作书，醉熟手软，不能多书，独遣此纸而已。

【译文】你的公子到我家来探访，因为客人多没能和他好好谈话。有件事要麻烦你，过河源县时，请转告县尉带木匠头目王皋暂到郡外，让他计算一下盖几间房所需要的材料，越快越好。因为家务事繁多，来不及再写信，千万不要怪罪！不要怪罪！蒋生砍树的事，已告诉诉了他，让他略微督促着点儿。江先生来访告别后，本想写封信，但因为喝醉了酒手发软，不能多写，就写这封信算了。

七

某启。龙眼晚实愈佳，特蒙分惠，感怍不已。钱数封呈，烦聒，增悚！增悚！白鹤峰新居成，当从天侔求数色果木，太大则难活，太小则老人不能待，当酌中者，又须土礁稍大不伤根者为佳。不罪！不罪！

柑橘、柚、荔枝、杨梅、枇杷、松柏、含笑、栀子。

谩写此数品，不必皆有，仍告书记其东西。十二月七日

【译文】轼言。龙眼晚熟的更好，承蒙你特地让我分享，令我感激惭愧不已。钱算好封上给你送去，麻烦了，实在让我心里不安！我在白鹤峰的新居盖好后，想跟你要几种果树苗，太小了难栽活，太大了老年人等不及结果，要挑些中等的，还要带的土疙瘩稍大不伤根的为好。勿怪罪！勿怪罪！

柑橘、柚、荔枝、杨梅、枇杷、松柏、含笑、栀子。

随便写上几种，不一定都要不可，给你写信记下这些东西。十二月七日。

八

令子先辈辱书及新诗，感慰弥甚，笔力益进，家有哲匠矣，何复下问乎？老病百事皆废，尤倦写书，故止附此纸尔，不别缄也。不

罪！不罪！

【译文】你的公子给我来信并寄上新作的诗，看后更觉感慨宽慰，贵公子的笔力更加长进了，你们家出了大文豪了，何须再下问鄙人呢？我衰老多病什么事都干不成了，尤其害怕抄写东西，所以只附上这张纸，不另给他写信了。勿怪罪！勿怪罪！

九 以下俱儋耳

某启。别遽逾年，海外穷独，人事断绝，莫由通问。舶到，忽枉教音，喜慰不可言。仍审起居清安，眷爱各佳。某与儿子粗无病，但黎、蜒杂居，无复人理，资养所给，求辄无有。初至，僦官屋数椽，近复遭追逐，不免买地结茅，仅免露处，而囊为一空。困厄之中，何所不有。置之不足道也，聊为一笑而已。平生旧交，岂复梦见，怀想清游，时诵佳句，以解牢落。此外，万万以时自重。舶回，匆匆布谢。

【译文】轼言。分别后一晃就一年多了，海外穷荒孤独，与人断绝来往，没有机会通信。有船到，忽然收到你的信，欣喜宽慰之情不可言喻。得知你身体安泰，家中其他人也都很好。我和孩子基本没什么病，但和黎人、蜒人杂居在一起，不是人过的日子，一切生活用品，要什么没什么。刚来时，租了几间官家的房子，近来又被赶出来，少不了还要买地盖茅屋，仅仅能免于露宿，而兜里的钱也花光了。困苦厄运之中，什么倒霉的事没有呢。把它扔在一边儿不值得说了，姑且置之一笑而已。平生的朋友，哪里还能梦见，只能靠回忆清雅的游赏，时常吟诵美好的诗句，来宽解这寂寞冷落的情怀。另外，希望你万万随时保重。船要回去，匆匆写这些以表谢意。

十

某再启。阁下才气秀发，当为时用久矣，遐荒安可淹驻，想益辅以学以昌其诗乎？仆焚笔砚已五年，尚寄味此学。随行有《陶渊明集》，陶写伊郁，正赖此尔。有新作，递中示数首，乃珍惠也。山川风气能清佳否？孰与惠州比？此间海气郁蒸不可言，引领素秋，以日为岁也。寄贶佳酒，岂惟海南所无，殆二广未尝见也。副以糖冰精面等物，一一铭佩，非眷存至厚，何以得此，悚怍之至。此间纸不堪覆瓿，携来者已竭。有便，可寄百十枚否？不必甚佳者。不罪！不罪！

【译文】轼再言。阁下才气挺秀焕发，早就该被这时代重用了，怎么能久留在这荒远之地呢，是老天想让你再增长些学问把诗写得更好吗？我焚笔毁砚已经五年了，也还是在诗文上寄托着情趣。我在旅途上带着《陶渊明集》，消解郁闷的心情，正是靠了它啊。你如有新诗，来信时寄几首，就是给我的最好礼物。你现在那里的山川气候还好吗？和惠州比起来怎么样？这地方海气蒸腾难以言状，伸着脖子盼望秋天，度日如年啊。所寄赠的美酒，不光是海南所无，恐怕两广也都见不到。另外还有冰糖精面等东西，一一领受铭谢，不是对我关爱如此深厚，怎么会这么做呢，令我惶恐惭愧之至。这里的纸粗劣不堪，带来的已经用完。如果方便的话，能否寄上百十枚？不必要太好的。勿怪罪！勿怪罪！

十一

某启。便舟来，辱书。问讯既厚矣，又惠近诗一轴，为赐尤重。流转海外，如逃空谷，既无与晤语者，又书籍举无有，惟陶渊明一集，柳子厚诗文数策，常置左右，目为二友。近又辱来贶，清深温丽，与陶、柳真为三友矣。此道比来几熄，海北亦岂有语此者耶？新春，伏想起居佳胜。某与小儿亦粗遣，困穷日甚，亲友皆疏绝矣，公独收恤加旧，此古人所难也。感怍不可言，惟万万以时自爱为祝。舶回，奉启，布谢万一。不宣。

【译文】轼言。有顺路的船来，捎来你的信。来信问候已经情意深厚了，又赠我一卷你的新诗作，更是厚重的奖赏。我流离辗转海外，如同逃到荒山野谷，既没有可以交谈的人，又什么书都看不到，只有陶渊明的诗一集，柳子厚的诗文几本，经常放在身边，把它们视为二友。如今又蒙你赐诗，格调清越深邃温厚华美，与陶、柳二书合起来堪称三友了。诗文之道，近来几乎已经湮灭，海北还有谈论这个的吗？新春之际，想必你身体安好。我和孩子也都凑合，只是日益穷困，亲友也都疏远断绝音讯了，只有你对我的关爱更胜于往日，这是连古人都难于做到的啊。感激惭愧之情不可言状，唯祝愿万万顺应时序自己保重。船要回去，奉上这封信，向你表示我的一点儿感激之情。不多叙。

十二

某启。久不得毗陵信，如闻浙中去岁不甚熟，曾得家信否？彼土出药否？有易致者，不拘名物，为寄少许。此间举无有，得者即为希奇也。间或有粗药，以授病者，入口如神，盖未尝识尔。

【译文】轼言。很久没有接到毗陵来的信了，好像听说浙江去年收成不大好，你曾收到家信了吗？你那地方出不出草药？如有容易弄到的，不管是什么名堂，请给我少寄些来。这里什么药都没有，能得到无论什么都算是稀罕物了。间或这里也有些草药，拿给病人吃，一入口就有神效，只是不知是什么药。

卷六十八　尺牍

与程秀才三首 以下俱儋耳

某启。去岁僧舍屡会，当时不知为乐，今者海外岂复梦见。聚散忧乐，如反覆手，幸而此身尚健。得来讯，喜侍下清安。知有爱子之戚，襁褓泡幻，不须深留恋也。仆离惠州后，大儿房下亦失一男孙，亦悲怆久之，今则已矣。此间食无肉，病无药，居无室，出无友，冬无炭，夏无寒泉，然亦未易悉数，大率皆无耳。惟有一幸，无甚瘴也。近与小儿子结茅数椽居之，仅庇风雨，然劳费已不赀矣。赖十数学生助工作，躬泥水之役，愧之不可言也。尚有此身，付与造物，听其运转，流行坎止，无不可者。故人知之，免忧。乍热，万万自爱。不宣。

【译文】轼言。去年在寺院屡次会面，当时体会不到其快乐，如今身在海外就是做梦也见不到当时的情景了。人生的聚散忧乐，如同反掌之间，幸而现在人还健在。听到你的音讯，很高兴你清平安宁。听说你有失去爱子的不幸，但刚生下的孩子能否成活本就难说，不必太过于留恋。我离开惠州后，大儿子家里也死了一个孙子，也是悲伤了很长时间，如今心情已经平复。这里吃饭没有肉，生病没有药，居住无房舍，出门无朋友，冬天没有炭火，夏天没有清凉泉水，然而这些不易尽数，大致是该有的都没有。只有一个好处，就是没有什么瘴气，最近和小儿子搭了几间茅草房居住，只能避避风雨，然而已经花去了不少气力钱财了。靠十几个学生帮忙，亲自下手干泥水活，实在惭愧难言啊。如今还剩下这副身躯，交付给造物主，听凭其安排，是顺流而行还是遇险而止，怎么样都可以。让老朋友知道我的情况，不要为我担忧。天气突然转热，千万保重。不多叙。

二

近得吴子野书，甚安。陆道士竟以疾不起，葬于河源矣。前会岂非梦耶？仆既病倦不出，出亦无与往还者，阖门面壁而已。新居在军城南，极湫隘，粗有竹树，烟雨濛晦，真蜒坞獠洞也。惠酒佳绝。旧在惠州，以梅醞为冠，此又远过之。牢落中得一醉之适，非小补也。

【译文】近来收到吴子野的信，他很好。陆道士竟然因病而去世，已经葬在河源了。以前的聚会岂不是像一场梦一样了吗？我抱病倦怠足不出户，即使出门也没有交往的人，所以只是关起门来面对墙壁而已。我的新居在军城以南，十分低矮狭小，四周多少有些竹子树木，烟雨迷茫，真像野人住的洞穴一样。你所赠的酒好极了。以前在惠州时，以梅子酿的酒为最好，这酒又远远超过它。空虚寂寞中能享受一醉的欢乐，补益可不小啊。

三

儿子到此，抄得《唐书》一部，又借得《前汉》欲抄。若了此二书，便是穷儿暴富也。呵呵。老拙亦欲为此，而目昏心疲，不能自苦，故乐以此告壮者尔。纸、茗佳惠，感怍！感怍！丈丈惠药、米、酱、姜、糖等皆已拜赐矣。江君先辱书，深欲裁谢，连写数书，倦甚，且为多谢不敏也。

【译文】儿子到这儿来，抄了一部《唐书》，又借了一部《前汉书》打算抄写。如果把这两部书完成，就算是穷小子暴富了。哈哈。老朽也想抄写，但是眼花精神不济，不能再吃这份儿苦，所以也乐得把这事儿交给年轻人。蒙赠纸张、茶叶，十分感激！十分感激！您惠赠的药、米、酱、姜、糖等都已收下了。江君先前来了一封信，很想回信答谢，因已连写了几封信，疲累不堪，未能写成，请暂代我向他表示歉意。

与林天和二十四首 以下俱惠州

某启。近辱手书，冗中，不果即答，悚息。春寒，想体中佳胜。火后，凡百劳神，勤民之意，计不倦也。未由披奉，万万自重。不宣。

【译文】轼言。最近承蒙来信，因繁忙，没能立即回信，心中不安。眼下正是春寒，想必身体安好。火灾后，劳心费神的事很多，料想你正在不倦地为民操劳。没有机会相见，请千万保重。不多叙。

二

某启。专人辱书，具审起居佳胜，为慰。春物益妍，时复寻赏否？想亦以少雨轸怀也。未由往见，万万若时爱摄。不宣。

【译文】轼言。承蒙派专人来送信，知道你身体安好，使我得到很大安慰。春天的景色更加美好了，有时是否也出来赏玩一下呢？想必你也在为天旱少雨而忧心吧。没有机会去看望你，望万万顺应时序注意调养。不多叙。

三

某启。多日不奉书，思抑之至。伏暑，尊候何如？惠贶荔子极佳，郡中极少得，与数客同食，幸甚！幸甚！未由会合，万万以时自重。

【译文】轼言。很多天没给你去信了，十分想念，天气炎热，贵体可安康？惠赠的荔枝好吃极了，惠州这里极为难得，我和几位客人一起食用，实在荣幸！实在荣幸！没有机会见面，望万万应时保重。

四

某启。近数奉书，想皆达。雨后晴和，起居佳胜。花木悉佳品，又根拨不伤，遂成幽居之趣。荷雅意无穷，未即面谢为愧。人还，匆匆，不宣。

【译文】轼言。近来曾几次给你去信，想必都已收到。雨后天气晴好，问身体安康。你所赠花木都是好品种，根部也都很规整没有受伤，它们已成为我这偏僻住处的乐趣。领受你这许多美意，很惭愧没能及时去当面道谢。来人等着回去，匆忙写上几句，不多叙。

五

花木栽，感留意惠贶。鹿肉尤增惭荷。某又上。

【译文】送来的花木都已栽上，感谢你对我的关心与厚赠。所赠鹿肉更使我惭愧感激。轼又言。

六

某启。昨日辱访别，尤荷厚眷。老病龙钟，不果诣送，愧负多矣。经夕起居何如？果成行未？忘己为民，谁如君者！愿益进此道，譬如农夫不以水旱而废穮蓘也。此外，万万自重。

【译文】轼言。昨天承蒙你来向我告别，更让我感受到你对我深厚的关爱。我年老多病，不能前去送行，非常惭愧抱歉。昨天夜里过得怎么样？今天成行了没有？忘掉自己而一心为民，谁能像你这样呢！但愿你能再接再励，就像农夫不会因为有水旱之灾而放弃耕耘一样。除此而外，望万万保重。

七

某启。辱教，承微恙已平，起居轻安，甚慰驰仰。暑雨不常，官事疲勩，摄卫为艰，惟加意节调，以时休息为佳也。匆匆，不宣。

【译文】轼言。承蒙来信，得知你的小病已好，身体康健，使我这思念之情得到很大宽慰。热天的雨没有规律，公务劳累辛苦，身体很难保养，望注意调理，按时休息为好。匆忙，不及多叙。

八

某启。近辱过访，病中恨不款奉。人来，枉手教，具审起居佳胜，至慰！至慰！旦夕中秋，想复佳风月，莫由陪接，但增怅仰也。乍凉，千万自重。

【译文】轼言。最近承蒙你来探访，遗憾因患病不能好好接待。派来的人到了，信收到，知道你身体安好，心里十分宽慰！马上就到中秋节了，想必又是一番美好景色，没有机会去侍奉陪伴，只能增加我思念的怅惘。天气突然转凉，千万保重。

九

某启。从者往还见过，皆不款奉，愧仰可胜。辱书，承起居佳胜。闻还邑以来，老稚鼓舞。数日调治，想复清暇矣。岁暮，万万自重。

【译文】轼言。你几次来探访，都未能见上面，惭愧并想念得不行。承蒙来信，知道你身体安好。听说自你回到县里以后，老少百姓都欢欣鼓舞。经过几天的治理整顿，地方上想必已经清静无事了。年底到了，万万保重。

十

小儿往循已数月矣，贱累闰月初可到此。新居旦夕毕工，承问及，感感。领书，及惠笋蕨，益用愧感。闻相度移邑，果否？

【译文】我的小儿子去循州已经几个月了，我的家属闰月初可以到这里。新居马上就要完工了，承蒙你问起，十分感谢。收到来信，以及惠赠的竹笋蕨菜，更加使我惭愧感激。听说你要调到其他县去，是真的吗？

十一

某启。辱手教，伏承起居佳胜，甚慰驰仰。承问贱累，正月末已到赣上矣，闰月上旬必到此也。考室劳费，乃老业也，旦夕迁入。未由会面，万万以时自重。

【译文】轼言。承蒙来信，得知你身体安好，受到很大安慰。蒙你问起我的家属，他们正月底已经到了赣江上了，闰月上旬一定会到这里。盖这房子花费不少精力和钱财，这就是我一辈子置下的产业了，很快就会搬进去了。没有机会见面，望万万顺应时令自己保重。

十二

某启。辱书，承起居佳胜。示谕幼累已到，诚流寓中一喜事，然老稚纷纷，口众食贫，向之孤寂，未必不佳也。可以一笑。蒸郁未解，万万自重。

【译文】轼言。承蒙来信，得知身体安好。蒙你告知我的家眷已到，这的确算是流放生活中的一件喜事，然而老的少的乱纷纷一大堆，人多花销大，相比之下，以前一个人孤寂的日子，未必就不好。以此博你一笑。闷热的天气还没有过去，望万万自己保重。

十三

骨肉远至，重为左右费，羊面、鲈鱼，已拜赐矣，感怍之至。

【译文】我的亲属从远方来，又劳你破费，送来的羊面、鲈鱼，我都收下了，感激惭愧之极。

十四

某启。辱手教，承起居佳胜。久以冗率，有阙驰问，愧念深矣。承惠龙眼、牙蕉，皆郡中所乏，感怍之至。未由瞻奉，万万自重。

【译文】轼言。承蒙来信，得知你身体安康。因为繁忙粗率，很长时间没有问候你了，令我非常惭愧思念。蒙惠赠龙眼、牙蕉，这些都是州中所缺少的东西，感激惭愧之极。没有机会见面，望万万自己保重。

十五

高君一卧遂不救，深可伤念。其家不失所否？瘴疫横流，僵仆者不可胜计，奈何！奈何！某亦旬浃之间，丧两女使，况味牢落，又有此狼狈，想闻之亦为怃然也。

【译文】高君一病倒居然再没有救过来，真叫人伤心。他的家人生活不至于没有着落吧？瘴气瘟疫到处流行，倒地死去.的人不计其数，怎么办！怎么办！我家也是在十来天里头，连死了两个女仆，在这孤苦寂寞的情况下，又遇上这种倒霉事，想必您听到以后心里也会难过。

十六

某启。人来，辱书，具审比日尊候佳胜，甚慰所望。加减秧马，曲尽其用，非抚字究心，何以得此！已具白太守矣。乍热，万以时加啬。不宣。

【译文】轼言。你派的人到了，信已收到，详知近日贵体安康，使我得到很大安慰。你对秧马进行改造，使它使用起来得心应手，不是一心为民操劳，怎能够做到这一步！我已经把这情况向知州报告了。天气突然转热，望千万随时注意身体。不多叙。

十七

某启。人来，辱手教，具审起居佳胜。吏民畏爱，谣颂布闻，甚慰所望。秧马聊助美政万一尔，何足云乎。承示喻，愧悚之至。僧磨已成，秋凉当往观也。毒热，万万为民自爱。不宣。

【译文】轼言。你派的人来此，信已收到，得知你身体安好。吏民对你敬畏爱戴，歌颂你的民谣到处流传，使我得到很大安慰。我所介绍使用的秧马，不过为你卓越的政绩帮一点儿小忙，哪里值得一提呢。蒙你提及，真叫我惭愧惶恐之极。僧磨已经告成，等秋天凉快了就去看看。天气酷热，望万万为民自己保重。不多叙。

十八

某启。比日蒸热，体中佳否？承惠杨梅，感佩之至。闻山姜花欲出，录梦得诗去，庶致此馈也。呵呵。丰乐桥数木匠请假暂归，多日不至，敢烦指挥勾押送来为幸。

【译文】轼言。近来天气蒸热，身体好吗？蒙惠赠杨梅，感激不尽。听说山姜花要开，录下刘梦得所作的一首诗寄去，或许可以答谢你馈赠的杨梅。哈哈。修丰乐桥的木匠有几个暂时请假回家，结果多日不回来，麻烦你派人把他们强行带回，为盼。

十九

某启。近日辱书，伏承别后起居佳胜，甚慰驰仰。数夕月色清绝，恨不对酌，想亦顾影独饮而已。未即披奉，万万自重。不宣。

【译文】轼言。近日蒙你来信，知道自从分别以后你身体安康，使我这思念之情得到很大宽解。连着几夜月色清朗，遗憾是咱们不能相对畅饮，想必你也是看着自己的影子独自饮酒而已。不能很快见面，望万万自己保重。不多叙。

二十

某启。人还，奉书必达。即候渐凉，起居佳否？叠烦颐旨，感怍交深，未缘面谢，惟祝若时自重。不宣。

【译文】轼言。来人已回去，想必信已收到。近日气候渐凉，身体还好吗？屡次烦你向我表示好意，使我感激惭愧之情交织，没有机会面谢，只有祝愿你顺应时序自己保重。不多叙。

二十一

某启。秋高气爽，伏计尊候清胜。公宇已就，想日有佳思。未缘披奉，万万以时珍啬。不宣。

【译文】轼言。秋高气爽，想必贵体安康。你的公署已经完工，想必每天都有良好的心情。没有机会见面，望万万顺应时令珍爱自己。不多叙。

二十二

某启。前日人回，裁谢必达。比日履兹薄冷，起居佳否？未缘展奉，但有翘想。尚冀保卫。区区之至，不宣。

【译文】轼言。前天来人返回，想必已收到我的回信。近来历此微寒天气，身体可好？没有机会见面，只有翘首想望。还望保重身体。顺致微薄的心意，不多叙。

二十三

某启。近奉状，知入山未还。即日想已还治，起居佳否？往来冲冒，然胜游计不为劳也。未瞻奉间，更乞若时自重。不宣。

【译文】轼言。最近接到你的信，知道你进山还没回来。今天估计已经回到官署，身体还好吧？来回路途艰险，但浏览美丽的风光恐怕就不觉得劳累了。未见面期间，还望顺应时令自己保重。不多叙。

二十四

某启。昨日江干邂逅，未尽所怀。来日欲奉屈早膳，庶少款曲。阙人，不获躬诣，不罪。

【译文】轼言。昨天在江边和你不期而遇，没有能够畅谈。过几天想请你屈尊到我这来吃早饭，也算略表心意吧。因缺人陪同，不能亲自到府上恭请，请勿怪罪。

与冯祖仁十一首 以下俱北归

某慰疏言。承艰疚，退居久矣，日月逾迈，哀痛理极。未尝获陈区区，少解思慕万一，实以漂寓穷荒，人事断绝，非敢慢也。比辱手疏，且审孝履支持，廓然逾远，追恸何及。伏冀俯顺变礼，宽中强食。谨奉启疏上慰，不次。

【译文】轼宽慰劝解。听说你有丧亲之忧，退职居丧已久，过了这么长时间，已经尽了哀痛之礼。我没有机会向你表达心迹，以多少抒发一些思慕之情，实在是因为漂泊寄寓穷荒之地，断绝了人际交往，并不敢有所怠慢。近承蒙来信，知道你服丧期间身体还好。逝者已经远去，追念恸哭又怎能挽回。希望能顺应变通之礼，放宽心勉强进食。谨奉上此信以表劝慰，不详述。

二

某启。蒙示长笺，灿然累幅，光彩下烛，衰朽增华。但以未拜告命，不敢具启答谢，感怍不可云喻。老瘁不复畴昔，但偶未死耳。水道间关寸进，更二十日，方至曲江，首当诣宇下。区区不究，乏人写大状，不罪。手拙简略，不次。

【译文】轼言。承蒙寄来长信，一幅幅光华灿烂，令烛光为之暗淡，连我这老朽也增了光。只是没有接到朝廷诏令，不敢用启的形式答谢，感激惭愧之情难以形容。老朽已不能和以前相比，只是赶巧没有死罢了。水路辗转难行，要经过二十天，才能到曲江，到时一定先到府上拜谒。我这无能之人写这样庄重的文字，请勿怪罪。手笨而书信粗略，不详述。

三

某启。昨日辱远迓，喜慰难名。客散已夜，不能造门。早来又闻已走松楸，未敢上谒。领手教，愧悚无地。至节，想惟孝思难堪，奈何！奈何！来晚当往慰。不宣。

【译文】轼言。昨天承蒙你远道来迎接，欢喜宽慰之情难以名状。我这里客人散去后已是夜晚，不能去拜访了。今天早上又听说你到坟上去了，不敢到那里去见你。又接到你的来信，令我惭愧惶恐无地自容。节气已到，想必是思念先人悲痛难奈，奈何！奈何！明天晚上我会去慰问。不多叙。

四

节辰蒙惠羊边、酒壶，仁者之馈，谨以荐先，感佩不可言也。

【译文】过节那天蒙你惠赠羊边、酒壶，这是仁义之人的馈赠，我谨以它们祭祀祖先，感激之情难以言状。

五

某启。辱手教，承晚来起居佳胜。惠示珠榄，顷所未见，非独下视沙糖矣，想当一笑。匆匆，不宣。

【译文】轼言。承蒙来信，得知你身体安好。所惠赠的珠榄，是我近来还没有见过的好东西，其甜美不光是沙糖无法相比了，想必也会让你一笑。匆匆，不多叙。

六

某启。前日辱下顾，尚未果走谢，悚息不已。捧手教，承起居佳胜。卑体尚未甚清快，坐阻谈对，为怅惘也。惠示妙剂，获之喜甚，从此衰疾有瘳矣。人还，不宣。

【译文】轼言。前天承蒙你来看我，还没顾上去登门道谢，心中惶恐不已。收到你的信，得知你身体安好。我身上的病还没有好利索，为此而不能和你在一起谈论，心里感到怅然若失。蒙你给我说了一个好药方，得到它十分高兴，从此我这病就有痊愈的希望了。来人要回去，不多叙了。

七

某启。辱手教，具审尊体佳胜，甚慰驰仰。拙疾亦渐平矣，来日当出诣。番烧羊蒙珍惠，下逮童稚矣。谨奉启谢，不宣。

【译文】轼言。承蒙来信，得知你贵体安康，大大抚慰了我这思念之情。我的病也渐渐好起来了，过两天会出门去看你。蒙你惠赠番烧羊，连孩子们也都享受了一番。谨以此信作为答谢，不多叙。

八

两日冗迫，不果诣见。伏计孝履如宜。欲告借前日盛会时作包子厨人一日，告白朝散，绝早遣至。不罪！不罪！家人辈欲游南山，祖仁若无事，可能同到彼闲行否？

【译文】两天来一直忙，未能去拜访。想必办理丧事期间一切都好。我想借用一天前天聚会时蒸包子那个厨子，禀告你知道，请你叫他一大早儿来我这儿。勿怪罪！勿怪罪！我家里的人想浏览南山，祖仁你如果没什么事，可不可以一块儿到那里闲逛一下呢？

九

辱回教，及蒙以岩砚、法醑、嘉蔬、珍果等为饷，已捧领讫，顾无以当之。适苦嗽，昏倦，裁谢草草。

【译文】承蒙你回信，并蒙你惠赠岩砚、陈年美酒、鲜美的蔬菜、珍奇的水果，我已经都敬领了，只是觉得实在是受之有愧。我正为在咳嗽而难受，昏沉困倦，所以只能草草写几句作为答谢。

十

昨日奉辞，瞻恋殊甚。日来孝履佳否？先什辄已题跋。鹤、鹿、马三轴，迫行不暇题，谨同纳上。祖仁方在疚，更不烦远出，昨所云金山之行，可罢也。乍远，保重。

【译文】昨天接到你的信，更增添了我的思念之情。今天办理丧事还好吧？你先前给我的诗文我已经写了题跋，鹤、鹿、马三轴画，因为忙于上路就来不及题写了，把它们和题过的诗文一同奉还。祖仁你正在居丧期间，更不能劳你远送，以前所约定要去金山的事，可以作罢了。刚刚远别，望保重。

十一

某启。辱笺教累幅，文义灿然，礼意兼重，非老朽所敢当，藏之巾笥，以为光宠，幸甚！比日孝履何如？到韶累日，疲于人事，又苦河鱼之疾，少留调理乃行。益远，极瞻系也。岁暮，更惟节哀自重。

【译文】轼言。承蒙你寄来数页长信，文辞灿烂，情礼兼重，不是老朽所敢于承当的，我将把它好好保存起来，作为我的荣耀，实在是荣幸！近来居丧时期情况怎么样？我到韶州已经几天了，为人事应酬劳累不堪，又苦于肚子闹病，所以稍作停留调理一下再走，越走越远了，心中极为牵挂。年底到了，更希望你节哀自重。

与章质夫三首 黄州

某启。承喻慎静以处忧患，非心爱我之深，何以及此，谨置之座右也。《柳花》词妙绝，使来者何以措词！本不敢继作，又思公正柳花飞时出巡按，坐想四子，闭门愁断，故写其意，次韵一首寄去，亦告不以示人也。《七夕》词亦录呈。药方付徐令去，惟细辨。覆盆子若不真，即无效。前者路傍摘者，此土人谓之插秧莓，三四月花，五六月熟，其子酸甜可食，当阴干其子用之。今市人卖者，乃是花鸦莓，九月熟，与《本草》所说不同，不可妄用。想篭子已寄君猷矣。

【译文】轼言。承蒙告知我用谨慎沉静来度过忧患，不是心中深深爱护我，怎能如此关切呢，我一定要把它作为我的座右铭。你的《柳花》词真是妙绝，这个题目让以后的人还能再写什么呢！我本不敢续写，又思量你正当柳花飘飞时出京巡行按察，因此又想到那四位先生，闭门愁绝，所以为了表达这种心情，步其韵作一首寄去，并告诉请你不要拿给别人看。《七夕》词抄录呈上。药方已交徐县令捎去，希望你仔细明辨。覆盆子如果不真，就没有药效。以前在路边摘的，本地人叫做插秧莓，三四月开花，五六月成熟，它的子酸甜可食，应当把它的子阴干了再服用。如今市上卖的是花鸦莓，九月成熟，与《本草》所说的不一样，不可乱用。想必篓子已经寄给君猷了。

二 以下俱惠州

某启。伏承被召，移漕六路，舆论所期，虽未厌满，而脱屣炎州，归觐阙庭，兹可庆也。比日启途之暇，起居佳胜。某谪籍所拘，未由攀饯，北望旌驭，此怀可知。伏冀若时为国保重而已。谨奉手启代违，不宣。

【译文】轼言。听说朝廷下诏，改任你为六路都转运使，这是舆论所盼望的，虽说还不能尽如人意，但毕竟是脱离了炎热的地方，回到朝廷去，这也是可庆贺的事了。近来临启程之日，问身体安好。我受贬黜身份的约束，不能去给你饯行，北望你的车驾，这种心情可想而知。希望顺应时令为国保重。谨以书信代替话别，不多叙。

三

某启。近承手书，以侍者化去，曲垂开喻，感佩深矣。比来皆已忘去，凡百粗遣。但方营新居，费用百端，独力干办，尤为疲劇，冬末乃毕工。尔时遂杜门默坐，虽邻不觌。荷公忧爱之深，恐欲知其略也。万一有南来便人，为致人参、干枣数斤，朝夕所须也。不罪！不罪！

【译文】轼言。最近承蒙你来信，因为我的老乳母去世，多承您开导劝说，十分感激。近来都已淡忘了，一切都还过得去。只是刚盖了新居，花费很多，独自经营操办，特别劳累辛苦，冬末才完工。那时候就闭门静坐，就是邻居也不来往。蒙你对我关怀爱护情深，怕你想了解一下大概情况，就说了这些。万一有南来方便的人，请让捎来些人参、几斤干枣，这些都是每天离不了的东西。勿怪罪！勿怪罪！

与章子厚二首 以下俱黄州

某启。仆居东坡，作陂种稻，有田五十亩，身耕妻蚕，聊以卒岁。昨日一牛病几死，牛医不识其状，而老妻识之，曰："此牛发豆斑疮也，法当以青蒿粥啖之。"用其言而效。勿谓仆谪居之后，一向便作村舍翁，老妻犹解接黑牡丹也。言此，发公千里一笑。

【译文】轼言。我住在东坡，开辟水田种稻子，有田五十亩，我自己耕种妻子养蚕，聊以度日。昨天一头牛差点儿病死，牛医看不出它的病因，而老妻看出来了，说："这牛是发豆斑疮，办法是用青蒿粥喂它。"按她说的做便见了效。不要说我被贬谪居之后，一向只是作乡巴佬，老妻还懂医牛病啊。说这些，以博你在千里之外一笑。

二

某启。闲居无人写得公状及圆封，又且不便于邮筒，不以为简慢也。丈丈尊候闻愈康健，不敢拜书。江淮间岁丰物贱，百须易致，但贫窭所迫，营干自费力耳。舍弟自南都来，挈贱累缭绕江淮，百日至此，相聚旬日，即赴任到筠。不数日，丧一女，情怀可知。碎累满眼，比某尤为贫困也。荷公忧念，聊复及之耳。其馀，非尺书所能尽也。

【译文】轼言。无职闲居没人写公状和圆封，又不便于用邮竹筒投递，并非有意怠慢不去信问候。听说你更加康健，谨写此信。江淮之间五谷丰登物价低贱，生活用品容易买到，只是我迫于贫困，维持生活也就很吃力。我弟弟从南阳来，带着我的家属在江淮间绕了不少路，走了百日才到此，相聚了十来天，他就到筠州上任去了。到那儿不几天，就死了个女儿，他的心情可以想见。满眼都是烦恼的事，比我更加贫困啊。蒙你关心，姑且说到这里罢。其他的事，不是这短短一封信所能说完的。

与章子平十二首 以下俱杭州

某启。咫尺不时上问，特枉手书，愧汗不已。比日起居何如？某老病日增，殊厌繁剧，方艰食中，未敢乞闲郡，日俟谴逐尔。未由面言，临纸惘惘。千万为国自爱。不宣。

【译文】轼言。相距咫尺而不能及时问候，却蒙你来信，惭愧汗颜不已。近日身体如何？我日渐老病，尤其厌烦繁重的事务，这里正在闹饥荒，不敢向朝廷乞求改派闲散州郡，每天在等待朝廷贬谪我而已。没有机会面谈，写到了这里心中怅惘。千万为国保重。不多叙。

二

某启。久阔，幸经过一见，殊慰瞻仰。违去未几，复深驰系。比日伏惟起居佳胜。到官数月，公私衮衮，殆非衰病所堪。然湖山风物依然，足慰迟暮也。未由接奉，千万为国自重。不宣。

【译文】轼言。分别日久，幸而在你路过时到此一见，宽慰了我这想望之情。分手不久，便又深深思念。近来想必身体安好。我到任已经几个月了，公事私事忙忙碌碌，恐怕不是我这衰老多病之人所能承受的。然而湖山风光还仍旧那么美丽，足以使我这老朽得到安慰。没有机会见面，望你千万为国保重。不多叙。

三

某启。稍疏上问，伏惟台候万福。积雨不少，害稼否？想极忧劳。杭虽多高原，已厌水矣。未缘瞻奉，惟剧思仰。毒暑，万万自重。挥汗，恕不谨。

【译文】轼言。很少向你问候，想必你吉祥多福。多日来一直下雨，庄稼是否受到了危害？想必你因此极为忧虑操劳。杭州虽然有很多高地，但也雨水过多了。没有机会见面，令我非常思念。天气酷热，望万万自己保重。汗流不止，恕不恭敬。

四

某启。杨同年至，出所教赐，且审比日起居佳胜，感慰兼极。某百凡如昨。秋暑向衰，官事亦渐简，差有可乐。湖山之胜，恨不与老兄共之也，金鱼池上，数寺亦洁雅，未宜嫌弃。馀非书所能究。

【译文】轼言。和我同年中进士的杨先生到这里，带来了你的信，得知你近来身体安好，使我感激宽慰之极。我一切都和过去一样。秋天的热劲儿快下去了，官署中的事情逐渐减少，这些还都能叫人高兴。湖山的美景，恨不能和老兄一起赏玩。金鱼池旁边，有几座寺院也还清洁雅致，不应该嫌弃而不到此一游啊。其他就不是这封信所能说完的了。

五

某再启。前日曲蒙厚待，感怍兼至。辄有小恳拜闻，本州于潜县柳豫，极有文行，近丁忧贫甚，食口至众，无所归，可代曾君管秀学否？闻曾君不久服阕入京，如未有人，幸留此阙也。此人词学甚富，而内行过人，诚可以表帅学者。率意干闻，必不深讶，可否，略示谕。

【译文】轼再次禀告。前些天承蒙你的款待，令我感激而又惭愧。冒昧有一个小小的要求告诉你，本州于潜县有一个柳豫，极富于文才和德行，最近丧亲又穷得厉害，家里人口很多，生活没有着落，你看他能不能代替一下曾管秀先生在学校的职位？听说曾先生不久丧服期满后要进京，如果还没有人顶替他，希望能留下这个空缺。柳豫这人词章学问很好，平日的操行优于常人，的确可以作为学生的表率。冒昧和你说这件事，想必你不会过于怪罪，这事是否可以，望你告知。

六

某少事试干闻。京口有陈辅之秀才，学行甚高，诗文皆过人。与王荆公最雅素，荆公用事，他绝不自通，及公退居金陵，日与之唱和。孤介寡合，不娶不仕，近古独行。然贫甚，薪水不给。窃恐贵郡未有学官，可请此人否，如何？乞示及。月给几何，度其可足，即当发书邀之。如已有人，或别有所碍，即已。哀其孤高穷苦，故谩为之一言。不罪！不罪！

【译文】我有一点儿事想跟你说一下。京口有个陈辅之秀才，学问和人品都很好，诗词文章也都超过常人。他和王荆公平时交情最好，可王荆公当权时，他和王断绝来往，等到荆公罢官住在金陵，他却和荆公每天以诗唱和。他孤苦耿直落落寡合，不娶妻不作官，行为近于古人而不同流俗。然而却穷得厉害，生活无着。我想贵郡恐怕还没有主持学务的人，是否可以请这人任职，你认为怎么样？望告知。每月约薪金有多少，估计可以供给他生活的话，就可以去信邀请他。如果位置已经有人占了，或者有什么别的不便，那就算了。我可怜他孤高穷苦，所以才随便为他说句话。勿怪罪！勿怪罪！

七

某再启。叠蒙示谕，但得吾兄不见罪，幸矣，岂复有他哉！某自是平生坎坷动致烦言者，吾兄不复云尔，读之不觉绝倒也。舍弟孤拙，岂堪居此官，但力辞不得免尔。承谕及，感怍！感怍！船子甚荷留念，已差人咨请，知之。

【译文】轼再次禀告。蒙你屡次来信对我讲，只要老兄不怪罪我，我就感到荣幸了，难道还会有其他的想法吗！我本来就是个平生坎坷动不动就遭到指责的人，老兄却避而不谈，读了信不觉笑弯了腰。我的弟弟孤独笨拙，哪里做得了这样的官职，只不过拚命推辞却推不掉罢了。承蒙你说起，感激惭愧！感激惭愧！那船夫多蒙你关心，我已派人拿公文去请他了，告知此事。

八

葑葑初无用，近以湖心叠出一路，长八百八十丈，阔五丈，颇消散此物，相次开路西葑田。想有馀可为田者，当如教揭榜示之。

【译文】湖中的茭白根起初好像没有什么用处，近来把它铺在湖心里，长起来以后，就在湖中铺出来一条路，长八百八十丈，阔五丈，用这种方法很能把这种东西消耗掉，而且利用它逐渐在路西开发出一些葑田。如果湖中还有剩余的茭白根可以用来造田，我会照您所说张榜公布此事。

九

某疏拙多忤，吾兄知之旧矣。然中实无他，久亦自信。示谕别纸，读之甚惶恐。某接契末非一日，岂复以人上浮言为事，而况无有耶？此必告者过也。当路纷纷，易得嗔喜，愿彼此一切勿听而已。馀非面不究。令子辱访，不尽款曲。悚息！悚息！

【译文】我这人粗心拙笨，做事多忤逆世人，这是老兄早就知道的。然而我自己心里实在没有什么别的不良企图，这样时间长了自己也就心安理得了。你另附纸告诉我那件事，我读了感到很惶恐不安。我和你交往不是一天两天了，我怎么会因为别人说一句没根据的话就当作一回的事，更何况别人本来就没有说呢？这一定是传话人的错。大路上各种传闻纷纷扬扬，喜怒容易受其影响，但愿我们什么也不要去听信就是了。其他的不见面不再细说了。你的公子光临我这里，没能好好招待，惶恐！惶恐！

十

某启。公见劝开西湖，今已下手成伦理矣，想不惜见助。赃罚船子，告为尽数铲刷，多多益佳，约用四百只也。仍告差人驾来，本州诸般全，然阙兵也。至恳！至恳！

【译文】轼言。你鼓励我开挖西湖，现在已经动手并有了头绪了，想必你一定会不惜帮助我的。被罚款追赃那些船户，请把他们全部搜罗起来，多多益善，大约需要四百只船。请你派人把船驾来，本州什么都有，就是缺少兵士啊。非常恳切！非常恳切！

十一

某启。昨日远烦从者，感愧之极。辱书，承起居佳胜。渡江非今晚即来晨，岂可再烦枉顾。贶鹅肉，极济所乏，遂与安国、几先同飧。乍远，千万保爱。不宣。

【译文】轼言。前些天劳驾你远道跑来，感动惭愧之极。承蒙来信，得知你身体安康。我不在今晚就在明晨渡江，怎能再劳你屈驾前来。惠赠的鹅肉，真是雪里送炭，当时就和安国、几先一同享用了。一下子远离，望千万保重。不多叙。

十二

某启。久别，复此邂逅为喜。病疮，不果往见，只今解去，岂胜怅惘。子由寄今年赐茗，辄分一团，愧微少也，二陈恨不一见之，且为致区区。乍远，千万自爱。

【译文】轼言。分别多日，可喜如今不期而遇。我因为长疮，不能去看你，如今解缆开船离别而去，令人不胜怅惘。子由寄来今年朝廷赏赐的茶叶，冒昧分送你一团，惭愧太微薄了。二陈遗憾不能见上一面，请为我传达问候。一下子远离，望千万自己保重。

与章致平二首 以下俱北归

某顿首致平学士。某自仪真得暑毒，困卧如昏醉中。到京口，自太守以下，皆不能见，茫然不知致平在此，得书，乃渐醒悟。伏读来教，感叹不已。某与丞相定交四十馀年，虽中间出处稍异，交情固无所增损也。闻其高年，寄迹海隅，此怀可知。但以往者，更说何益，惟论其未然者而已。主上至仁至信，草木豚鱼所知也。“建中靖国”之意，可恃以安。又海康风土不甚恶，寒热皆适中。舶到时，四方物多有，若昆仲先于闽客、广舟准备，备家常要用药百千去，自治之馀，亦可以及邻里乡党。又丞相知养内外丹久矣，所以未成者，正坐大用故也，今兹闲放，正宜成此。然只可自内养丹，切不可服外物也。（舒州李惟熙丹，化铁成金，可谓至矣，服之皆生胎发，然卒为痈疽大患，皆耳目所接，戒之！戒之！）某在海外，曾作《续养生论》一首，甚欲写寄，病因未能，到毗陵，定叠检获，当录呈也。所云穆卜，反复究绎，必是误听。纷纷见及已多矣，得安此行，为幸！为幸！更徐听其审。又见今病状，死生未可必。自半月来，日食米不半合，见食却饱。今且速归毗陵，聊自憩。此我里，庶几且少休，不即死。书至此，困惫放笔，太息而已。某顿首再拜致平学士阁下。六月十四日。

【译文】苏轼给致平学士叩首。我自从在仪真中暑，一直躺卧着如同在昏醉之中。到京口以后，自太守以下，都未能去见面，糊里糊涂也不知你在这里，收到你的信，才算醒悟过来。拜读来信，感叹不已。我与令尊章丞相交友四十余年，虽然这中间各人出仕或隐退稍有不同，交情却没有受什么影响。听说他那么大年纪，竟然漂泊在海边，这心情可想而知。只是以往的事，再说有何用处，只说那以后的事吧。皇上无上仁德信义，连草木畜鱼也都知晓。年号取“建中靖国”，显示了朝廷的治国用意，看来可以指望安定国家。另外海康的风土不算太恶劣，寒热也都适中。货船到时，四方物品大多都有，如果老弟能赶在福建客户、广东商船之前准备，预备多种家常用药前去，自用之余，还可以惠及邻里乡党。再者丞相早就知道养内外之丹，之所以未能炼成，只因为身负重任，如今闲散安置，正该成就此事。然而只可自体内养丹，切不可服用外物。（舒州李惟熙的丹，可以化铁成金，可算是到顶了，吃了的人都能长出胎发，可是最终都酿成生毒疮的大祸，这都是亲眼见亲耳闻，千万小心！千万小心！）我在海外，曾作《续养生论》一首，很想写下来寄给你，因为生病未能如愿，到了毗陵安顿住翻检出来，一定抄录下来呈送。所说卜问吉凶之事，经反复推究演绎，认为必定是听错了。碰到这一类事多了，此行能够平安，就算是幸运！幸运！以后再慢慢细听其详吧。另者眼下我这病情，死活不一定。自半月以来，一天吃米不足半合，看见饭就饱了。如今暂且速回毗陵，先作休息。这里就是我的家了，希望能少事休息，不马上死去。写到这里，因劳累疲惫搁笔，只能长叹而已。苏轼叩头再拜致平学士阁下。六月十四日。

二

《续养生论》乃有遇而作，“论”即是方，非如中散泛论也。白术一味，（舒州买者，每两二百足，细碎而有两丝，舒人亦珍之。然其膏润肥厚，远不及宣、湖所出，每裹二斤，五六百足，极肥美，当用此耳。若世所谓茅术，不可用。）细捣为末，馀筋滓难捣者弃之，或留作香。其细末曝日中，时以井花水洒润之，则膏液自上。谨视其和合，即入木臼杵数千下，便丸，如梧桐子大。（不入一物。）此必是仙方。日以井花水咽百丸，渐加至三百丸，益多尤佳。此非有仙骨者不传。《续养生论》尤为异书，然要以口授其详也。

【译文】我的《续养生论》是有所际遇而写成，“论”就是具体的药方，不是像嵇康那样泛泛而谈。白术一味，（舒州买到的，每两满二百，细碎而有两根丝，舒州人也很珍视它。但要论润泽肥厚，远比不上宣州、湖州所出产的，每包二斤，满五、六百，极为肥美，应当用这一种。像世上所说的茅术，不可用。）细细捣碎成末，剩下难捣碎的筋络碎渣扔掉，或者留着做香。捣碎的细末在太阳下晒，并经常用清晨打的井水洒上滋润它，这样自然就会出汁液。留心观察什么时候调和粘乎了，就拿进木臼中捣数千下，搓成丸，和梧桐子大小一样。（里面什么也不搀。)这绝对是仙方。每天用清晨打的井水咽下一百丸，逐渐增加到三百丸，多吃点儿效果更好。这个方子没有仙骨的人，不要传给他。《续养生论》尤其是部奇异的书，然而主要还得靠口头传授其详细内容。

与人一首

某再启。比来道气如何？用新术有验否？何生写真，逮十分矣，非公与子中指擿，亦不至是也。感服！感服！所云观音验已久，公何知之晚，丘诵之久矣。一笑！一笑！令侄节推甚安，幕中极烦他也。

【译文】轼再言。近来修炼的功夫如何？运用新方术有效验吗？何生的画像，真是十分到家了，若不是您和子中指正，也到不了这程度。感叹佩服！感叹佩服！所说的观音灵验是很早的事了，您怎么这么晚才听到呢，我已念诵很久了。一笑！一笑！令侄节度推官很好，衙署里的事极为烦劳他啊。

与蹇授之六首 以下俱黄州

某慰疏言。不意变故，令阁盛年遽至倾殒，闻问悲愕，如何可言。窃惟感悼之深，触物增恸。日月逝矣，追想无及，奈何！奈何！未缘诣慰，但增哽塞。谨奉启少布区区。不宣。

【译文】轼宽慰告言。不料突生变故，尊夫人正值盛年而突然去世，听说后悲伤惊愕，不知说什么才好。可以想见您伤感痛悼之深切，触物而增悲恸之情。过去的岁月已逝，已经追想不回了，奈何！奈何！没有机会当面慰问，只有更增添我的悲痛。谨去信稍表心意。不多叙。

二

某启。得季常书，知公有闺门之戚，内外积庆，淑德著闻，乃遽尔耶？公去亲远，动以贻忧为念，千万麾遣，无令生疾。此区区至意，惟聪明察之。季常悲恨甚矣，亦常以书痛解之。适苦目疾，上问极草草，不罪！不罪！舍弟每有书来，甚荷德庇。尊丈待制必频得信，因家书为道区区。

【译文】轼言。接到季常的信，知道您有丧妻之痛，尊夫人内外行善积德，以贤淑仁德著称，怎么突然就这样了呢？您远离父母，做什么事都要考虑别为以后留下忧患，请千万驱散悲痛，不要闹出病来。我内心的深意，希望您能明白。季常悲恨之极，我也常写信劝导他。碰上我害眼病，给您写信很是草率简单，勿怪罪！勿怪罪！我弟弟常来信，很感激对他的恩惠。您一定会常接到令尊待制大人约信，请在家信中代我致意。

三

某欲一奉见，岂徒然哉，深有所欲陈者，而竟不遂，可胜叹耶！子由在部下，甚幸，但去替不远耳。辄有一书及少信烦从吏，甚不当尔，恃眷故，必不深责。季常可劝之一起，深欲图其见坐处也。一噱。

【译文】我想去拜见您一下，难道是毫无来由的吗，我很有些话要向您叙说，可竟然不能如愿，怎能不叫人感叹呢！子由在您的管辖之下，真是幸运，只是离任满不远了。冒昧有一些书信要麻烦您的手下人转递，原本很不该这样做，仗恃您的关爱，一定不会对我过于责备。您可以劝季常也出来做些事情，我很想看他是如何做官行事的。博你一笑。

四

某启。前日已奉书。昨日食后，垂欲上马赴约，忽儿妇眩倒，不省人者久之，救疗至今，虽稍愈，尚昏昏也。小儿辈未更事，义难舍之远去，遂成失言。想仁心必恕其不得已也，然愧负深矣。乍暖，起居何如？闲废之人，径往一见，谓必得之，乃尔龃龉，人事真不可必也。后会何可复期，惟万万为国自重。谨奉手启，不宣。

【译文】轼言。前些天已接到您的信。昨天吃过饭以后，将要上马赴约，忽然我的儿媳昏倒了，半天不省人事，救治到现在，虽说稍为好转，还是昏昏沉沉的。孩子们没有经过这样的事，不好丢下他们远去，所以没能兑现自己的诺言。想必您的仁德之心一定能宽恕我这不得已的行为，然而我自己却深感惭愧负疚。天气突然转暖，身体怎样？我这废弃闲着没事儿的人，只是到您那里去见一面，心想这一定能办到，却居然这么不顺利，可见世上的事儿真不敢保证啊。什么时候才能再约定以后会面的日子呢，希望万万为国保重。谨奉上此信，不多叙。

五

不得一见而别，私意甚不足。人常蔽于安逸，而达于忧患，愿深照此理。况美材令问，岂久弃者耶！

【译文】分别时未能见上一面，心里很是遗憾。人常常是安逸时糊涂，而忧患时达观，望能深察这道理。何况优秀的人材美好的名声，难道是会被长久抛弃的吗！

六

某启。江上一别，今几年矣，不谓尚蒙存记，手书见及，感愧不可言。冲涉薄寒，起居佳安，甚慰所望。承奉使江表，乡闾之末，亦窃以为宠，但罪废之馀，不敢复自比数故旧。书词过重，只益惶悚。旦夕恐遂一见，惟冀顺候自重。谨奉启。不宣。

【译文】轼言。自从江上一别，至今几乎一年了，不想还蒙您惦念，给我来信，令我感激惭愧难言。在这微寒天气里，您身体安好，使我心里十分宽慰。您奉旨出使江南，作为您的同乡，也引以为荣，只是我这因罪被废黜之人，不敢再以旧时的朋友自居了。来信中过于夸奖，只能增加我的惶恐不安。早晚恐怕要见上一面，希望顺应时令自己保重。谨奉上这封信。不多叙。

与张君子五首 以下俱杭州

某启。别后公私纷冗，有阙上问，敢谓存记，远枉书教，奖与隆重，足为衰朽之光。比日履兹寒凝，起居佳胜。某凡百粗遣，但杭之烦剧，非抱病守拙者所堪，行丐闲散，以避纷纷耳。湖山虽胜游，而浙民饥歉，公帑窘迫，到郡但闭阁清坐而已，甚不为过往所悦。然老倦谋退，岂复以毁誉为怀。公知照之深，聊复及此。未由展会，尚冀为国自爱。不宣。

【译文】轼言。自分别后因公私事务繁忙，未能有所问候，却承蒙您惦记，从远方来信，盛情鼓励夸赞，实在是老朽的荣幸。近日临此严寒，身体可安好。我的各种情况都还算凑合，但杭州的职事繁重，不是一个抱病而无才的人所能胜任的，我打算取一个闲散的州郡，以避人世间的纷乱。这里的山水虽然为游玩胜地，只是浙江百姓饥饿贫困，官府财政困难，我到任后只是闭门闲坐而已，因不能招待过往的上下官员，便很不被他们喜欢。然而我年老倦怠打算辞官，哪里还再把毁谤赞誉之事放在心上。您对我了解很深，所以才说到这些。没有机会见面，尚希望为国保重。不多叙。

二

某春来多病，时复谒告，乞宣城，或一宫观差遣。盖拙者虽在远外，尚忝剧郡，故不为用事者所容。近者言陈师道，因复见及。又去年黥二凶人，一路为之肃然，今乃为其所讼，盖必有使之者，不然，顽民不知为此也。以此，不得不为求闲散以避其锋。素荷知照，聊复及之，亦恐都下相识，不知其由，以为无故复求退，欲公粗知其心耳。

【译文】我从春天以来多次患病，曾屡次告假，并且请求改派到宣城，或者担任一个宫观使的闲差事。因为我这愚笨的人虽然远离京都，却仍然主管着一个大州郡，所以不能被当权者宽容。近来有人指责陈师道，结果又牵连到我。另外去年我给两个恶人施了黥刑，结果一路之内社会秩序稳定，如今又被他二人上告，恐怕一定是有唆使他们的人，不然的话，这愚昧的百姓是不知道这么干的。为此，不得不要求做一名闲散官以躲避当权者的锋芒。平素多蒙你了解关照，姑且说到这些，也是恐怕京中的熟人不知道原因，以为我是无缘无故又要求辞官，想让你大概了解一下我的意思。

三

某承欲令写先茔神道碑，如公家世，不肖以得附托为宠，更复何辞。但从来不写，除诏旨外，只写景仁一志，以尽先人研席之旧，义均兄弟，故不得免，其馀皆辞之矣。今若为公家写，则见罪者必众，唯深察悚息。不肖为俗所憎，独公相视亲厚，岂复惜一运笔，但业已辞他人，嫌若有所择耳。千万见恕。惠贶小团佳醞，物意两重，捧领惭荷。

【译文】承蒙你让我给你先人坟墓撰写神道碑，像你这样的家世，把这件事交给我是我莫大的荣幸，还有什么说的呢。但我从来是不写的，除了奉朝廷诏命以外，只为范景仁写过一次墓志，因为他是先父的旧友，情同兄弟，所以无法避免，其他人的都推辞掉了。如今要是为你家写了，那么一定会得罪很多人，希望能深知我惶恐的心情。我被世人憎恶，只有你对我情义深厚，哪里能在乎动一动笔呢，但是已经推辞了别人，就得避一避看人下菜的嫌疑。请千万原谅。惠赠的小团茶及美酒，东西情意两重，拜领不胜惭愧。

四

某守郡粗遣，去国稍久，矧怀家弟，老病岂不念归，但闻以眷知之深，颇为当路所忌，纵复归觐，不免侧目，忧患愈深，不若在外之安也。蒙念最深，故及此，幸密之。

【译文】轼言。我在郡守的位置上凑合任职，离开京都时间长了，何况也想念我的弟弟，我衰老多病怎能不想回京，但是听说正因为我深受皇上关心爱护，很受当权者的忌恨，即使回到朝内，不免被他侧目而视，祸患更深，不如在外边安全。承蒙你对我关切最深，所以说到这些，希望不要让人知道。

五

某启。别纸示喻，爱念之深，欲其归阙。某之思念家弟，怀仰亲友，岂无归意。但在内实无丝毫补报，而为郡粗可及民。又自顾衰老，岂能复与人计较长短是非，招怨取谤耶？若缄口随众，又非平生本意。计之熟矣，以此不如且在外也。子由想亦不久须出，则归亦谁从。浙西灾伤殊甚，不减熙宁，然备御之方，亦粗设矣。俟到夏，流殍不大作，则别乞一小僻郡，少安衰拙也。蒙知照之深，故覼缕。因见晋卿道此，亦佳。冗懒殊甚，不别拜书，想不罪也。惠贶团茗御香，皆所难得，感佩之至。

【译文】轼启。蒙另来信告知，知道你对我深为关爱惦念，盼望我能回到朝廷去。我想念我的弟弟，也怀念京中亲友，怎能没有回去的意思。只是我留在朝内丝毫不能报效朝廷，而在地方州郡还多少可以为百姓做点事儿。又眼看自己已经衰老，怎么还能够再去和别人计较长短是非，而招惹怨怒毁谤呢？如果什么事都闭口不谈随大流，又不合我平生的本性。反复考虑，觉得因此不如暂且在外面。子由想必不久也要出京，这样我就是回去又有谁相伴呢。浙江西部灾情尤为严重，不减于熙宁年间，然而救灾的措施，已经大体安排好了。等到夏天，灾民饿死的情况不太严重时，我再要求改派到一个偏僻的小州郡，也使我这衰老拙笨之人稍稍安心。承蒙你对我深为了解，所以就罗嗦了这么多。要是见到晋卿，跟他说说这事也好。我又忙又懒，就不再另外给他写信了，想必他也不会怪罪。惠赠的团茶御香，都是难得的好东西，十分感激。

与杨元素十七首 以下俱黄州

某启。忽闻舟驭至鄂，喜不自胜；想见笑语，发于寤寐。寻遣人驰书，未达间，令弟庆基来，闻已往安州，怅然失望，至今情况不佳；想公爱我之深，亦自悔之也。比日起居佳胜。与元法相聚之乐，独不得与樽俎之间，想孜孜见说而已。然领手教累幅，及见和新词，差以喜慰。乍寒冲涉，保练为祷。不宣。

【译文】轼言。忽听说你的船到了鄂州，喜不自胜。睡梦中和你相见，不由笑出声来。不久就派人给你送信，还未送到时，令弟庆基到这边来，说你已往安州去了，使我怅然失望，至今心情不佳。想你关爱我之深切，你也会感到遗憾吧。近日来身体可好。只有我不能参与你们的欢宴，和元法他们相聚的欢乐，我只能凭想像和耳闻了。不过接到你的长信，以及唱和的新词，也让我感觉欣喜宽慰了。天气乍寒，谨祝保重。不多叙。

二

轼启。近两辱手教，以多病不即裁谢，愧悚殊深。比日伏惟履兹溽暑，台候清胜。轼病后百事灰心，虽无复世乐，然内外廓然，稍获轻安。何时瞻奉，略道所以然者。未间，伏惟为时自重。谨奉手启，不宣。轼顿首再拜元素内翰老兄执事。六月三日。

【译文】轼言。近天承蒙你两次来信，因为身体多病不能当时回信作答，特别感到惭愧惶恐。近日在这样湿热的天气里，你的身体可好。我得病以后对一切事情都心灰意懒，虽然再没有了日常的快乐，但自己从内心到外表都干净坦荡，所以多少也得到了一些安慰。什么时候见面，再和你谈谈这事情的由来。在此期间，还望顺应时令自己保重。谨奉上此信，不多叙。轼叩头再拜元素翰林学士老兄阁下。六月三日。

三

涉暑疲倦，书问稍缺，愧仰无量。比日起居胜常。近领手诲，承小疾尽去，体力加健，此大庆也。更望倍加保啬，侧听严召，以慰舆论。

【译文】生活在热天里疲倦不堪，书信问候有些少了，心里非常惭愧和想念。问近日身体胜于往常。近来收到来信，得知小病彻底痊愈，体力更加康健，这是大大值得庆幸的事啊。更希望能加倍保养爱护身体，恭听君命征召，以满足众人的愿望。

四

承令弟见访，岸下无泊处，又苦风雨，匆匆解去，至今不足。示谕田事，方忧见罪，乃蒙留念如此，感幸不可言。某都不知彼中事，但公意所可，无不便者。军屯之东三百石者便，为下状，甚佳。李教授之兄又云，官务相近有一庄，大佳。此彭寺丞见报，亦闲与问看。今日章质夫之子过此，已托于舟中载二百千省上纳。到，乞与留下。果蒙公见念，令有归老之资，异日公为苍生复起，当却为公葺治田园，以报今日之赐也。适新旧守到、发，冗甚，不一一。

【译文】承蒙令弟光临，江边没有可以停船的地方，又遭风雨侵袭，便匆匆解船离去，令我至今心里还感到遗憾。你说到为我买田的事，我正担心你会责怪我，不料却蒙你对我如此关心，感激庆幸不可言喻。我一点儿也不懂那些事，只要你觉得可以，就没有什么不行的。军屯以东那三百石田如果可以，就给我订下契约，很好。李教授的哥哥又说，贸税官署附近有一处庄子，非常合适，这是彭寺丞说过的，也请有空时去给我看看。今天章质夫的儿子从这儿过，我已托他在船上带近二百贯钱交给你。船到以后，请你把钱留下。如果承蒙你关爱，帮我买下田产，使我有了告老回乡的依托，以后你为了百姓再度复出为官时，我要为你修理整治田园，来报答你今日对我的恩惠。赶上新旧知州的到任、离任，忙得很，不能一一详述。

五

示谕，秀才唐君许为留念，兼令干人久远干之，幸甚！幸甚！某未能去，此间更无人可以往干，必须至奉烦唐君也。未尝相识，便蒙开许，必以元素之故也。深欲作书为谢，适冗甚，非久，别附问，且乞道区区。天觉、彭寺丞皆蒙书示，亦未及奉启，乞致下悫。

【译文】蒙来信告知，秀才唐先生许诺为我操心帮忙，又派差役跑远路去办理，实在是荣幸之至！荣幸之至！我自己不能去，我这里也更是没有人可以去办，所以必须请你转告唐先生帮忙。我和他还不曾认识，就承蒙他许诺帮忙，一定是因为元素你的面子啊。很想写封信向他道谢，碰上眼下太忙，也不便拖延，就在此另附问候，并请你代我向他致意。天觉、彭寺丞的信都收到了，也都还没顾上回信，请替我表示歉意。

六

轼启。递中领手教，伏审台候佳胜，为慰。轼凡百如旧，近又大霈，庶几得归农乎？公决起典郡，无疑也。近嘉州魏秀才兄弟行，附手问，不审得达否？岁行尽，伏惟顺时为人自重。不宣。轼再拜元素内翰尊兄。十二月十五日。

【译文】轼言。接到你寄来的信，得知你身体安康，使我得到安慰。我一切如常，近来皇上又大赦天下，或许我可以回家务农了吧？你一定也会复出为郡守，这是毫无疑问的。近来嘉州魏秀才兄弟出门，请他们带去书信问候，不知收到没有？一年快要过完，希望顺应时令为民自己保重。不多叙。轼再拜元素翰林学士尊兄。十二月十五日。

七

笔冻，写不成字，不罪！不罪！舍弟近得书，无恙，不知相去几里，但递中书须半月乃至也。奇方承录示，感戴不可言，固当珍秘也。近一相识，录得明公所编《本事曲子》，足广奇闻，以为闲居之鼓吹也。然切谓宜更广之，但嘱知识间令各记所闻，即所载日益广矣。辄献三事，更乞拣择。传到百四十许曲，不知传得足否？

【译文】笔冻住了，写不成字，勿怪罪！勿怪罪！我最近收到弟弟的来信，他很好，不知道离他有多远，光是投递的书信也必须半个月才能到我这儿。蒙你给我抄录寄来这难得的药方，感激之情不可言喻，我一定要把它小心收藏好。近来有一个熟人，抄录了你所编写的《本事曲子》，这足以使我增广奇闻，并把这些曲子用来在平日闲居时弹唱。然而依我看应该再把它增广，只要告知相识的朋友各人随时把听到的曲子记下来，那么记载的曲子自然会日益增多了。擅自献上三首，请你选择采用。已经记录了一百四十来首曲子，不是记录的是否够了？

八

近于城中葺一荒园，手种菜果以自娱。陈季常者，近在州界百四十里住，时复来往。伯诚亲弟近问之，云不曾参拜。其人甚奇伟，得其一词，以助《本事》。

【译文】近来在城里修整了一处荒园，亲手栽种蔬菜瓜果自娱。陈季常这个人，近在离州界一百四十里的地方居住，我时常和他来往。我近来问了伯诚的亲弟弟，他说还不曾去拜见过他。这人很奇特雄壮，我得到他一首词，用来补益你的《本事曲子》。

九

承示谕，定襄胡家田，公与唐彦议之，必无遗策，小子坐享成熟，知幸！知幸！近答唐君书，并和“红”字韵诗，必皆达矣。胡田先佃后买，所谓抱桥澡浴，把揽放船也。呵呵。凡事既不免干渎左右，乞一面裁之，不须问某也。尚有二百千省，若须使，乞示谕，求便附去。见陈季常慥，云京师见任郎中其孚之子，欲卖荆南头湖庄子，去府五六十里，有田五百来石，厥直六百千，先只要二百来千，馀可迤逦还，不知信否？又见乐宣德，言此田甚好，但税稍重。告为问看。彭寺丞之流，近日更不敢托他也。浼乱尊听，负荆不了也。

【译文】承来信告知，胡定襄家田地之事，有你和唐彦商量着办，一定不会有什么失算之处，我现在坐享其成，知道是大大的有幸啊！近来回复唐先生的信，与和他“红”字韵的诗，想必都已经送到了。胡家的田先租种后买下，这正是像所谓抱着桥墩洗澡、系着缆绳开船一样保险啊。哈哈。既然是什么事都不免麻烦阁下，那就干脆请你一人决断，不必再问我了。我还有近二百贯钱，如果要使用，望告知，我凑个方便捎去。见到陈季常陈慥，他说，现在在京中作郎中的其孚的儿子，要卖荆南头湖庄子，离黄州城五六十里处，有田五百来石，值钱六百贯，事先只收取二百贯左右，剩下的可以陆续偿还，不知这事是否靠得住？又见到乐宣德，他也说这田很好，只是税稍嫌重。请你找人替我询问查看。彭寺丞这样的人，现在是再也不敢托他帮忙了。搅扰了你的清静，吃罪不起啊。

十 赴登州

专人至，辱长笺为贶，礼意两过，契故不浅，乃尔见疏，悚息！悚息！比日起居何如？登州谢章未上，不敢致启事，近所传，盖非实也。未由合并，千万顺时保爱。人还，适在瓜洲道中。裁谢不如礼。

【译文】你派来的专人到了，承蒙惠赐长信，礼节和情意都过重了，我们的交情不浅，怎么能这样见外呢，惶恐！惶恐！近来身体怎样？我还未就任登州知州之事向朝廷上谢章，所以不敢给你用启的形式，近来的传闻，恐怕都不是真的。没有机会相聚，望千万顺应时令保重。来人回去时，我正在瓜洲的路上。我这答谢就不合礼节了。

十一 以下俱登州还朝

陈主簿人还，领手教。伏承比日台候万福，深慰驰仰。人物丰盛，池馆清丽，足供啸咏之乐。数日来，人皆云公移徐州，虽未是实语，然理当如此，惟汲汲行复迁擢矣。某本欲秋间往见，而汝州之行，度不可免。见治装舟行，自洛阳出陆百八十里至汝，虽缭绕遭回，然久困，资用殆尽，决不能陆行耳。无缘诣别，惟望顺时为国自重。

【译文】陈主簿回来，捎来了你的信。得知近来吉祥多福，使我受到很大的安慰。京中人物众多，池塘馆阁清雅秀丽，足以使人享受到在此间长啸吟咏的快乐。几天以来，人们都传说你要改任徐州，虽然不是真的，但按理说却应该如此，想必你也就快要升迁了。我本打算在秋天里去见你，但汝州这一趟，恐怕是免不了的。现在正在打点行装准备坐船走，从洛阳上岸走一百八十里到汝州，虽说这样来回拐来拐去，然而因为我穷困已久，钱也快要花光，所以决不能走陆路了。没有机会去当面话别，只有希望你顺应时令为国保重。

十二

城南有亚父冢，然非也，冢在居巢。城北有刘子政墓，昔欲为起一祠堂，以水大不果。公若有馀力，为成之，亦佳。城西有楚元王墓，曾出猎至其下。石佛山亦佳观。

【译文】城南有亚父范增的墓，但不是真的，真墓在居巢。城北有刘子政的墓，以前我曾打算为它修建一个祠堂，因为水发得太大没有如愿。你如果有余力，为它修造一个，也是好事。城西有楚元王的墓，我曾在出城打猎时到过那里。石佛山也是一处不错的景观。

十三

奉别忽将二载，未尝定居。到阙以来，人事衮衮，不皇上问，愧仰深矣。比日切想起居佳胜。近闻小人辄黩左右，此何品类也，乃敢如此！信知囷中，无种不有。想以道眼观之，何啻蚊虻，一笑可也。知故旧皆已还朝，坐念老兄独在江湖，未免慨叹也。更冀顺时为国自重。冗迫，不详及。

【译文】分别一晃将近两年了，我一直就没有安顿下来过。到朝廷以后，各种事情忙忙碌碌，没有硕上问候你，非常惭愧思念。近来想必身体安康。这些天听说一些小人总是在攻击阁下，这些人是什么东西，竟敢如此！真体会到人在不走运时，什么倒霉事都会发生。想必你用慧眼看这一切，和蚊虫有何区别，可以付之一笑。得知以前的旧友都已回到朝廷，因此念及老兄独自留在民间，未免令人感慨叹息啊！还希望你顺应时令为国保重。事务繁忙，不再详述。

十四

忝命过分，皆出素奖，碌碌无补，日忧愧耳。舍弟适患赤目，未能上状，又适得乡信，堂兄承议名不疑丧亡，悲痛中，不能尽区区，恕之！恕之！都下有干，示及。

【译文】我充任现职实在是超越了我的本分，这都是出于各位平素鼓励夸赞的结果，而我却碌碌无为，对国家没有什么补益，每天无不感到忧虑惭愧啊。我弟弟正患红眼病，没能够写信，又碰上家乡来信，我的堂兄承议郎（名叫不疑。）死了，悲痛当中，不能详尽叙说，恕罪！恕罪！你在京中如有什么事，请告知。

十五

陈佥主簿，闻公已荐之，感戴之怀，如亲受赐也。幸为始终成之。此人实无他肠，可保信也。不罪。

【译文】听说你已经荐举了陈佥主簿，我心里的感激，就好像是我自己蒙受了你的恩惠一样。多亏你自始至终促成了这件事。这个人实在是没有别的心思，我可以担保他是个诚信的人。勿怪罪。

十六 以下俱翰林

向驰贺缄，及因李教授行附问，各已达否？比日履兹微凉，台候何似？某蒙庇粗遣。如闻公欲一谒元老，果否？不若遂游庐阜，况职当按行，他日世事，一复奉诿，欲为此行，岂可得哉？馀惟万万为人自重。

【译文】前些日子送去的贺信，以及李教授走时托他带的信，是否都已收到？近来天气微凉，身体情况怎样？我托你的福还算可以。听说你要去谒见一下元老，是真的吗？我看不如顺便游一下庐山，何况依你的职守也该去巡行一趟，以后的世事难测，一旦调离，再想作此游，哪儿还办得到呢？其余只望万万为民自己保重。

十七

某近数章请郡，未允。数日来，杜门待命，期于必得耳。公必闻其略，盖为台谏所不容也。昔之君子，惟荆是师；今之君子，惟温是随。所随不同，其为随一也。老弟与温相知至深，始终无间，然多不随耳。致此烦言，盖始于此。然进退得丧，齐之久矣，皆不足道。老兄相知之深，恐愿闻之，不须为人言也。令子必得信，计安。

【译文】我近来上了几道奏章要求外放到州郡任职，还没有得到朝廷批准。几天以来，我在家关起房门等待命令，料想一定会等到。你一定也听到个大概了，那是因为御史台和谏院容不得我啊。以前的君子们，只知道以王荆公为师；现在的君子们，只知道追随司马温公。他们追随的人虽不同，其一味追随的行为是一样的。老弟我和温公交情可算很深了，始终没有隔阂，但一般并不追随他。对你说的这些不满的话，都是出于对这种情况看不惯。然而对于进退得失，我早就把它们看作一回事儿了，都不值得一提。老兄和我交情深，恐怕愿意听一听，不必对外人说了。你一定接到你公子的信了，想必他一切好吧。

与林子中五首 以下俱扬州

某启。近遣人奉书，必达。乍暖，台候佳胜。某被命维扬，差复相近，颇以为喜。召命过我，当为十日留也。未间，万万自重。不宣。

【译文】轼言。近日派人送信去，想必已送到。天气乍暖，问贵体安康。我受命任扬州知州，和你离得比较近，很为此而高兴。你应召路过我这里时，一定要住上十天。未见面期间，万万保重。不多叙。

二

某启。以病在告，不与朝会，莫克望见，瞻企之极。前日辱手教，不即答，悚息！悚息！比来起居何如？二图奇妙绝世，辄作二绝句其后，答去。幸批一二字，要知达也。匆匆，不宣。

【译文】轼言。因为有病休假，没有参加朝见皇上，未能见面，十分想念。前些天蒙你来信，没有及时回复，令我惶恐不安！近来身体如何？所寄的两张画奇妙之极，世上少有，大胆作两首绝句附在后面，作为回复寄去。希望你能批上一二个字，望明察此意。匆匆，不多叙。

三

某启。惠贶二团，领意至厚，感怍无已。所要鸡肠草，未有生者。此有一惑炉火人收得少许，纳去，老兄亦有此惑故耶。邦直耽此极深，仆有一方，遂为取去，可就问传取也。奇绝！奇绝！消硇，雌相伏者。写书至此，忽见报，当使高丽。方喜得人，又见辞免，何也？不知得请否？此本劣弟差遣，遂为老兄所挽，然比公之还，仆亦不患贫矣。呵呵。且寄数字，贵知此行果决如何，若不能免，遂浮沧海、观日出，使绝域知有林夫子，亦人生一段美事也。

【译文】轼言。惠赠两饼团茶，使我领受您的深情厚意，感激惭愧不已。你所要的鸡肠草，没有活的。这里有一个迷恋炼丹的人搜集了一点儿，给你送去，因为老兄也有此迷恋啊。邦直对此十分沉迷，我有一个丹方，被他拿去了，你可到他那儿叫他传给你。奇妙之极！奇妙之极！（消硇，用雌黄来降报。）信写到这里，忽然看到朝报，让你出使高丽。正为朝廷找到了合适的人才而欣喜，又听到你推辞的消息，为什么呢？不知是否批准了你的请求？这本是愚弟的差事，却被你老兄弄去了，但等你出使回来，我也就不怕贫穷了。哈哈。先写去这几句，想知道这次你是否决心前去，如果不能免，那么就浮沧海、观日出，让天边的人都知道有个林夫子，也是人生的一段美事啊。

四

某启。承别纸示喻，知大事虽已毕，而聚族至众，费用不赀。吾兄平时仅足衣食，况经此变故，窘迫可知。闻之但办得空忧，可量愧叹。昆仲才行，岂久困者，天下何尝有饥寒官人耶？惟宽怀顺变而已。故人勉强一慰，此乃世俗之常，悲何知之晚耶！所要元素方，本非亲授于元素，盖往岁得之于一道人，后以与单骧，骧以传与可，与可云试之有验，仍云元素，即此方也；某即不曾验，今纳元初传本去，恐未能有益，而先奉糜垂竭之囊也。又初传者，若非绝世隐沦之人为之，恐有灾患，不敢不纳去，又不敢不奉闻，慎之！慎之！某在京师，已断作诗，近日又却时复为之，盖无以遣怀耳。固未尝留本，今蒙见索，容少暇也。

【译文】轼言。承你另附信告知，知道大事虽然已经办完，但本家族的人来了很多，花费不少。老兄平时也仅仅能顾住穿衣吃饭，何况家里经历这一场变故，经济困窘可以想见。听说后我只能白难过帮不上忙，惭愧之情可想而知。以老兄的才智德行，岂能是久被埋没的人，天底下何曾有受饥寒的做官人呢？希望你能放宽心顺应时变才是。老熟人出于不得已去劝慰一下，这是世俗的常情，可悲的是怎么这么晚才知道这道理呢？你所要的杨元素的方子，本不是我直接给元素，那是前些年我从一个道人那里得来，后来我给了单骧，他给了文与可，与可试过觉得有效验，才告诉了元素，就是这个方子。我却没有试过，如今把原来初传的本子送去，恐怕对你不一定有什么益处，却先把你本不富裕的钱袋掏空了。另外初传的方子，如果不是绝世隐居的高士所传写，恐怕用它会有灾祸，我不敢不送去，也不敢不把情况告诉你，小心！小心！我在京城时，已不再作诗，近来却时不时又写一点儿，只是因为没什么办法抒发情怀而已。本来没留底稿，现在你既然索要，请等我稍有功夫再说吧。

五

某启。子中既忧居，情味可知，又加以贫乏，而值此时，百事难碍，奈何！近得正仲书，亦如此。此乃吾曹分限，殆不可逃也。某始到此，俸亦粗给，为欲聘一外生，亦忙窘。此事亦不足言，要亦不至饥寒。近日逐出数讲僧，别请长老，此亦小事，系何休戚，而文移问难如织。今差人请瑞光本师，见说已有人向道此僧不赴，是何闲事！但欲沮此公耳。请子中缓颊，力为致之。有一别纸，或可示本也。其馀非面不悉。

【译文】轼言。手中你既有丧事，心情可想而知，何况又加上家中贫困，碰上这个时候，办什么事都有困难障碍，如何是好！近来收到正仲的信，他的情况也是如此。我看这是我们这些人命中注定，恐怕是逃不过去的啊。我刚到这里，薪俸也是勉强够用，为了想打发一个外甥女出嫁，经济上也很吃紧。这种事本不值一提，总之还不至于饥寒。近来斥逐了几名讲经的僧人，另外请了高僧，这本是小事，何关大局，而居然责问的文书一道又一道。如今差人去请瑞光寺宗本禅师，听说已有人去找这僧人，叫他不要来，这都叫什么事儿呢！只是想坏了这僧人的事罢了。请你在中间说合一下，使使劲儿促成这事。另有一封信，或许可以拿给宗本法师看看。其他的事不面见不能详述。

与晁美叔二首 以下俱徐州

某启。自别，两辱存问，荷眷契之厚，无以为喻。日欲裁谢，而拙钝懒放，因循至今。计明哲雅量，不深谴过，而自讼亦久矣。即日不审尊履何如？某此无恙，但奉行新政，多不如法。勘劾相寻，日俟汰遣耳。若得放归，过淮，必遂候见。未间，为国自重。谨奉手启居，不宣。

【译文】轼言。自分别之后，承蒙两次问候我，蒙受你关爱之深厚，难以用言语表达。天天都打算回信答谢，然而因拙笨疏懒，延误至今。知道你贤明大度，不会过多责备我，而我也已自责很久了。近日不知贵体可好？我这里一切都好，只是奉行新政，多不能合乎要求。弹劾我的人接连不断，我是每天在等着裁汰发落而已。如能放我回乡，路过淮地，一定去拜见你。未见面期间，请为国保重。谨呈此信问候，不多叙。

二

某再拜。向承出按淮甸，不即具贺幅者，以吾兄素性亮直，而此职多有可愧者，计非所乐耳。然仁者于此时力行宽大之政，少纾吏民于网罗中，亦所益不少。此中常赋之外，征敛杂出，而盐禁繁密，急于兵火，民既无告，吏亦仅且免罪，益苟简矣。向闻吾兄议论，颇与时辈不合，今兹躬履其事，必有可观者矣。令兄佳士，久淹，诸兄自亦知之。

【译文】轼再拜。不久前听说你奉旨出京巡察淮河流域，我之所以没有写信祝贺，是因为老兄性格历来光明正直，而这个职务常有许多令人惭愧的地方，估计它不会让你乐意接受罢了。然而仁德之人能在这任上致力于实行宽大政策，使处于沉重负担压迫下的百姓稍松一口气儿，也算做了不少好事。这里在正常的赋税之外，各种征收层出不穷，而禁私盐的法令繁多细密，执行得比军令还要峻急，不光百姓无处诉说，下层官吏也才仅能免于治罪，所以执法办事便更草率简单了。一向听到老兄的议论，颇与眼下一般人不同，如今亲身碰上这事，想必一定会做出出色的成绩。你的哥哥是位才德优良之士，久被埋没，其他诸位兄长的情况我自然也都知道。

与杨康功三首 黄州

某启。浙右之别，遂失上问，至今想必察其情也。特枉书问，感愧兼集。比日起居何如？众论翕然，知忠信之可恃，名实之相副也。雅故之末，欣慰可量。未缘趋奉，惟冀顺时为国自重。不宣。

【译文】轼言。自浙西分别后，未能去信问候，如今想必您已知其中缘由了。承蒙您的来信，感激惭愧交集。近来身体如何？公论一致，知道您的忠信是可靠的，名实是相符的。作为旧友，欣慰之情可以想见。没有机会前往拜见，希望顺应时序为国保重。不多叙。

二 离黄州

某启。自闻国恤，哀慕摧殒，不知所措。惟公忠孝体国，想同此情。某无状，自取大戾，非先帝哀矜，岂有今日矣。谁复知我者，公知之深，故及此耳。嗣皇继圣，圣化日新，勉就功业，遂康斯民，知识之望也。

【译文】轼言。自从听说皇上驾崩，哀伤思念体力不支，不知如何是好。您秉性忠孝一心为国，想必与我心情一样。我这个人很不像话，自己犯下大罪，不是先帝怜悯，我哪里能有今天呢。另外谁是了解我的人呢，只有您了解我最深透，所以和您说到这些。新继位的皇上，圣明的教化日新月异，努力成就功业，造福万民，这正是我们大家的心愿啊。

三 赴登州

两日大风，孤舟掀舞雪浪中，但阖户拥衾，瞑目块坐耳。杨次公惠醖一壶，少酌径醉。醉中与公作得《醉道士石诗》，托楚守寄去，一笑。某有三儿，其次者十六岁矣，颇知作诗，今日忽吟《淮口遇风》一篇，粗可观，戏为和之，并以奉呈。子由过彼，可出示之，令发一笑也。

【译文】两天来一直刮大风，江上孤舟在白浪中上下颠簸，我只有关起门围上被子，闭上眼睛独自枯坐而已。杨次公送来一壶酒，少喝了一点儿就醉了。醉酒时为你作了一首《醉道士石诗》，托楚地郡守寄去，博你一笑。我有三个儿子，老二已经十六岁了，多少也懂得作诗，今天忽然吟诵了一首《淮口遇风》，凑合能看，我就闹着玩儿和了一首，一并寄给你。子由从你那儿路过时，可以拿出来让他看看，叫他笑一笑。

与李昭玘一首 黄州

某启。无便，久不奉书。王子中来，且出所惠书，益知动止之详，为慰无量。比日尊体何如？既拜赐雪堂新诗，又获观负日轩诸诗文，耳目眩骇，不能窥其浅深矣。老病废学已久，而此心犹在，观足下新制，及鲁直、无咎、明略等诸人唱和，于拙者便可阁笔，不复措词。近有李豸者，阳翟人，虽狂气未除，而笔势澜翻，已有漂砂走石之势，常识之否？子中殊长进，皆左右之赐也。何时一笑？未间，惟万万自重。徐人还，匆匆奉启。不宣。

【译文】轼言。因没有机会，很久没有去信了。王子中来这里，带来你的信，知道你近来的详细情况，心里得到无限宽慰。近日贵体如何？既拜读了你的雪堂新诗，又看到你的负日轩诸诗文，使我耳目眩迷震骇，竟然已看不出其深浅了。我年老多病荒废学业已久，而好学之心尚在，看了先生的新作，以及黄鲁直、晁无咎、寥明略等人的唱和，觉得才拙的人可以放下笔，不能再写什么了。近来有一位叫李豸的，阳翟人，虽然还未去掉狂傲之气，但笔下气势波澜壮阔，已具有飞沙走石的气象，不知你是否认得他？子中特别有长进，这都是你教导的结果。何时才能在一起乐一乐？未见面期间，望千万保重。徐州来人要走，匆匆写成此信。不多叙。

答刘元忠四首 以下俱杭州

专人辱书，承昆仲远寄诗文，读之喜慰，殆不可言，喜谏议公之有子也。比日雪寒，起居佳否？诗文皆大佳，然法曹君所制尤佳也。为之不已，何所不至！辄出一诗为谢，取笑！取笑！未由披奉，千万节哀自重。

【译文】专门派人来送信，并承蒙你远寄诗文，读罢喜悦宽慰之情，几乎难以言状，庆幸谏议大人有了你这样的好儿子。近日下雪天寒，身体可好？所作诗文都很好，而法曹先生所写的尤其好。如此锲而不舍，什么样的境界达不到呢！斗胆拿出一首作为答谢，见笑！见笑！没有机会见面，请千万节哀保重。

二

闻爱弟倾逝，手足之痛，如何可言，奈何！奈何！盛德之后，何乃止此！寿夭默定，非追悼所及，千万宽中自爱而已。无由面慰，临纸哽塞。

【译文】听说你的爱弟去世，丧失手足的哀痛，说什么是好呢，奈何！奈何！大仁大德之人的后人，怎能落得这样的结果呢！人的寿命长短都在冥冥之中决定，不是追忆悼念所能补救的，千万要放宽心自己保重。没有机会当面慰问，写到此处呜咽哽塞。

三

先公传久欲作，以官事衮衮未暇，成当即寄去也。所要“白云居士”字，不知足下自谓耶，抑为他人求也？既不识其人，不欲便写；若乃是自谓，则未愿足下为此名号也。必亮此言。黄素却写一绝句纳去。不讶。

【译文】你先父的传记我早就打算写了，只因公务繁忙没有功夫，写成后会马上给你寄去。你所要我写的“白云居士”几个字，不知是阁下的自称呢，还是为别人要的呢？我既不了解这个人，就不好给他写；如果是你自称，那么我不希望阁下取这么一个名号。希望一定要谅解我的话。用黄绢写下一首绝句送去。请勿怪罪。

四 儋耳

某启。近别，伏惟起居安胜。短笺不尽意，察之。柳伯通因会，为致区区。欧阳秀才寘谈道甚妙，可与闲游。怀思文忠公，爱其屋上乌，况族子弟之佳者乎！馀惟万万若时自重。不宣。

【译文】轼言。近日分别，想必身体安好。短信不能尽意，望你能理解。柳伯通要去见你，会向你传达我的意思。秀才欧阳寘谈道十分高妙，你可和他交往。怀念你父亲文忠公，爱屋尚且及乌，何况是他家子弟中之皎皎者呢！其他的只望你千万顺时自己保重。不多叙。

与蔡景繁十四首 以下俱黄州

自闻车马出使，私幸得托迹部中，欲少布区区，又念以重罪废斥，不敢复自比数于士友间，但愧缩而已。岂意仁人矜闵，尚赐记录，手书存问，不替畴昔，感悚不可言也。比日履兹烦暑，尊体何如？无缘少奉教诲，临书怅惘，尚冀以时保颐，少慰拳拳。

【译文】自从听说你的车驾出使，我有幸得以在你治下寄身，本想向你问候，又考虑自己是犯罪被贬斥之人，不敢再和士大夫朋友并列，只有抱愧夹起尾巴做人而已。岂料仁德之人慈爱怜悯，还把我记在心里，并且亲自写信来回候，不减当年的情份，使我感动惶恐难以用语言表述。近日临此暑热，尊体如何？没有机缘而很少能得到你的教诲，写到此处心中怅惘，还望随时注意保养，以稍宽慰我心。

二

近奉书，想必达。比日不审履兹隆暑，尊体何如？某卧病半年，终未清快。近复以风毒攻右目，几至失明，信是罪重责轻，召灾未已。杜门僧斋，百想灰灭，登览游从之适，一切罢矣。知爱之深，辄以布闻，何日少获。瞻望前尘，惟万万为时自重。

【译文】近日曾去一信，想必已经收到。近来不知临此酷暑，贵体怎样？我已有病卧床半年，始终没有彻底痊愈。近来又因为毒攻右眼，几乎失明，实在这是因为我罪过大而责罚轻，招灾还不到头。闭门在僧房中，万念俱灭，游览山水与朋友往来等乐趣，一切都已免除了。知道你对我关爱深切，大胆向你写信告知，何时才能多少得到一些欢聚的乐趣呢。瞻望前尘往事，希望万万为国自己保重。

三

某谪居幽陋，每辱存问，漂落之馀，恃以少安。今者又遂一见，慰幸多矣。冲涉薄寒，起居何如？区区之素，即获面既。

【译文】我遭贬谪居于鄙陋之处，蒙你屡次问候，漂零沦落之后，靠你的关怀使我得到少许安慰。如今又见到了你，更让我感到宽慰与荣幸。在这微寒的天气里，身体怎么样？我这区区情怀，马上就可以向你当面倾诉了。

四

颁示新词。此古人长短句诗也。得之惊喜，试勉继之，晚即面呈。

【译文】给我看的你的新作之词，这是古人的长短句那样水平的诗作啊。看到后让我十分惊喜，试着勉强和一首，今晚当面给你呈上。

五

违阔数日，凄恋不去心。切惟顾爱之厚，想时亦反顾也。比来跋履之暇，起居何如？某蒙庇如昨。度公能复来，当在明年秋矣。某杜门谢客，以寂嘿为乐耳。乍远，万乞为国自重。

【译文】分别数日，心中不断凄凄怀念之情。以你对我的关怀爱护，想必也会时时回想。近来辛劳奔波之余，身体如何？我托你的福一切如旧。估计你能再来时，要到明年秋天了。我闭门独处，谢绝来客，以沉默为快乐。猛然离别远去，万望为国自己保重。

六

凡百如常。至后杜门壁观，虽妻子无几见，况他人乎？然云蓝小袖者，近辄生一子，想闻之一拊掌也。惠及人参，感感。海上奇观，恨不与公同游。东海县一帆可到，闻益奇伟，曩恨不一往也。公尝往否？大篇或可追赋，果寄示，幸甚！幸甚！

【译文】我的一切照旧。到此以后关门面壁，即使老婆孩子也没见过几次，何况别人呢？然而云蓝小袖，一亲近就生下一个儿子，想必你听说了一定会拍掌而笑。蒙惠赠人参，十分感激。海上奇观，遗憾不能和你一同去游赏。东海挂一张帆便可以到，听说更为雄奇壮观，从前一直遗憾不能去一趟，你曾去过吗？你写下的长篇巨制一定可以和前人的赋相比了，写成后请寄给我看，幸甚！幸甚！

七

前日亲见许少张暴卒，数日间，又闻董义夫化去。人命脆促，真在呼吸间耶？益令人厌薄世故也。少张徒步奔丧，死之日囊橐罄然，殆无以殓。其弟麻城令尤贫，云无寸垅可归，想公闻之凄恻也。料朝廷亦怜之。如公言重，可为一言否？辄此僭言，不深谴否？

【译文】前些天亲眼看到许少张暴死，几天后，又听说董义夫死去。人的生命脆弱短促，真是在呼吸之间就完结了吗？想起这更让人厌恶看轻世上的俗事了。少张徒步回去奔丧，死的时候囊空如洗，几乎没钱下葬。他作麻城县令的劳弟更穷，据说退职回家没有寸土可以安身。想必你听了以后会难过的。料想朝廷也会怜悯他们。如果你的话还有份量，能否替他们说句话？冒昧说了不该我说的话，你不会过于责怪吧？

八

特承寄惠奇篇，伏读惊耸。李白自言“名章俊语，络绎间起”，正如此耳。谨已和一首，并藏笥中，为不肖光宠，异日当奉呈也。坐废以来，不惟人嫌，私亦自鄙。不谓公顾待如此，当何以为报！冬至后，便杜门谢客，斋居小室，气味深美。坐念公行役之劳，以增永叹。春间行部若果至此，当有少要事面闻。近见一僧甚异，其所得深远矣。非书所能一一。

【译文】承蒙特地寄来你不同凡响的诗作，拜读惊叹不已。李白所说“名章俊语，络绎间起”，你的诗正是如此。现在我已经和了一首，一并收藏在箱子里，作为我的荣耀，改天送去给你看。我自从遭贬黜以来，不光是别人嫌弃，自己也看不起自己。不料你却这样关心照顾我，该拿什么报答你呢！冬至以后，我便闭门谢客，闲居小室之内，意趣非常美妙。因思念你公务的辛劳，所以不免感叹。春天下来巡视时如果真到这里，我有一些重要事要和你面谈。近来见到一个僧人很是奇异，看来他的道行不浅。心里话不是这封信所能一一尽述的。

九

承爱女微疾，今必已全安矣。某病咳逾月不已，虽无可忧之状，而无谬甚矣。临皋南畔，竟添却屋三间，极虚敞便夏，蒙赐不浅。朐山临海石室，信如所谕。前某尝携家一游，时家有胡琴婢，就室中作《濩索凉州》，凛然有冰车铁马之声。婢去久矣，因公复起一念，果若游此，当有新篇。果尔者，亦当破戒奉和也，呵呵。

【译文】听说你的爱女有点儿小病，想必现在已经全好了吧。我咳嗽了一个多月还不好，虽说没有什么可担扰的症状，但是叫人心烦透了。临皋南岸，居然添了三间房舍，极为空敞适合夏天居住，这多亏了你的帮助。朐山的临海石室，就像你说的一样。前些天我曾带着家人到那里游览了一番，当时家里有一个会奏胡琴的婢女，在室内弹奏了《濩索凉州》一曲，使人觉得冷飕飕有冰车铁马之声。这个婢女离开我家已很久了，因为你的缘故又起了个念头，如果咱们一同游览此处，你一定会有新诗作的。果真如此，我也该破戒奉和一首。哈哈。

十

近专人还，奉状必达。忽复中夏，永日杜门，无如思渴仰何！不审履兹薄热，起居何似？向须画扇，比已绝笔。昨日忽饮数酌，醉甚，正如公传舍中见饮时状也。不觉书画十扇皆遍，笔迹粗略，大不佳，真坏却也。适会人便寄去，为一笑耳。

【译文】最近你派来的人回去，想必我的回信已经送到。忽然又到了夏天，我一天到晚闭门不出，但怎能阻止对你的思念之情呢！不知在这微热的天气中，你的身体怎样？以前爱在扇上作画，近来已经停笔了。昨天忽然喝了几杯，醉得厉害，正像你在传舍里请我喝酒那次的状态一样。不知不觉把十张扇面都画遍，笔迹粗略，画得很不好，真想毁掉算了。碰上有人去便给你捎去，博取一笑罢了。

十一

黄陂新令李吁到未几，其声蔼然，与之语，格韵殊高。比来所见，纵小有才，多俗吏。侪辈如此人殆难得。公好人物，故辄不自外耳。近葺小屋，强名“南堂”，暑月少舒，蒙德殊厚。小诗五绝，乞不示人。

【译文】黄陂新县令李吁到任不久，名声鹊起。和他交谈，感觉他的修养非常高。近来所看到的官吏，即使小有才干，也大多属于俗吏。象李吁这样的人恐怕是太难得了。你喜好人才，所以对你就冒昧不见外了。最近修造了小屋，勉强称之为“南堂”，热天住在这会稍舒服一些，多亏了你的帮助啊。寄去一首五言绝句小诗，请不要给别人看。

十二

辱书，伏承尊体佳胜。惊闻爱女遽弃左右，切惟悲悼之切，痛割难堪，奈何！奈何！情爱著人如黐胶油腻，急手解雪，尚为沾染，若又反复寻绎，便缠绕人矣。区区，愿公深照，一付维摩、庄周令处置为佳也。劣弟久病，终未甚清快。或传已物故，故人皆有书惊问，真尔犹不恤，况谩传耶！无由面谈，为耿耿耳。何时当复迎谒？未间，惟万万为国自重。

【译文】承蒙来信，得知贵体安康。惊闻你的爱女突然去世，想你一定悲痛哀伤之极，难以忍受这失去亲人的打击，奈何！奈何！情爱对于人就像木胶油腻，快速清洗，尚且被沾染，如果又反复追思，便把人缠绕上难以解脱了。我这点儿心意，希望你能深切理解，本着佛家、道家的精神处置此事为好。我的病很久了，一直没有好利索，有人传说我已经去世，所以有不少人来询问此事，真的还不用去顾及，何况是谣传呢！没有机会当面交谈，深为遗憾。什么时候才能见面？未见面期间，望万万为国保重。

十三

近来颇佳健，一病半年，无所不有，今又一时失去，无分毫在者。足明忧喜浮幻，举非真实，因此颇知卫生之经，平日妄念杂好，扫地尽矣。公比来诸况何如？铲刷之来，不少劳乎？思渴之至，非笔墨所能尽也。

【译文】我近来身体很健康，一病半年，什么毛病都来了，现在又一下子全好了，一点儿毛病也没有留下。可见造成人忧愁欢喜的东西都是虚幻的，全都不真实，所以很让我体会到了养生之道，平日的非份念头、乱七八糟的嗜好，全被扫除干净。你近来各种情况怎样？这一向忙于清查治理，够劳累了吧？思念之极，不是笔墨所能写完的。

十四

《西阁》诗不敢不作，然未敢便写板上也。阁名亦思之，未有佳者。蔡谟、蔡廓，名父子也，晋、宋间第一流，辄以仰比公家，不知可否？徐秀才前曾面闻，留此书，令请见。此人有心胆，重气义，试收录之，异日或有用也。公许密石砚，若有馀者可辍，即付徐可也。

【译文】《西阁》诗我不敢不写，然而不敢便直接写在板上。阁的名子也想过，没有更好的。蔡谟、蔡廓，是有名气的父子俩，晋、宋之间的第一流人物，我大胆用来比附你的家族，不知是否可以？徐秀才这个人我以前曾经当面和你说起过，留着你这封信，我让他去见你。这人有头脑胆略，重视气节，不妨试着收留录用一下，以后或许有用的。你曾许诺给我密石砚，如果有富余的可以出让，就交给徐秀才好了。

卷六十九　尺牘

与刘器之二首 黄州

辱书，极论内外丹事，劣弟初不及此，受赐多矣。辄拜呈《方丈铭》一首，更告与敲琢。看唐彦道处，亦有一赞，并为看过。因家兄龟年行，奉启。半醉中，书字不谨。

【译文】承蒙您来信，畅论道家内丹与外丹之事，拙弟以前没有涉及过这些，真是受益匪浅。现敬呈一首《方丈铭》，请您给予指正。我见唐彦道那里，也有一篇赞文，一并看过。因家兄龟年将要上路，特致信给您。半醉之中，字迹潦草，失敬。

二 北归

志仲本以乌丝栏求某录杂诗耳，某自出意，欲与写《广成子解》篇。舟中热倦，遂忘之，然此意终在也，今岂可食言哉！病不能作志仲书，乞封此纸去。

【译文】钱志仲本打算让我用乌丝栏纸笺抄些杂诗，我却自作主张，想为他写《广成子解》。当时舟中困热倦乏，就把这件事忘了，但这种想法却始终还在，现在怎能食言呢！因为有病，我不能为志仲作书，希望您能让他看看这封信。

答杨君素三首 以下俱杭倅

久不奉书，递中领来教，欣承起居佳胜，眷爱各无恙。奉别忽四年，薄廪维绊，归计未成，怀想亲旧，可胜惋叹。吾丈优游自得，心恬体舒，必享龟鹤之寿。劣侄与时龃龉，终当舍去，相从林下也。

【译文】很长时间没给您写信，今有信使来，承蒙您指教，很高兴知道您生活安好，家中也平安无事。转眼间一别四年，俸禄微薄，回家的打算终未成行，每每怀想起亲戚朋友，都禁不住怅然叹息。您老悠然自乐，心身舒畅安适，一定会享龟鹤之高寿。拙侄我与时不合，终究应当弃世而去，和您一起归隐山林。

二

奉别忽二十年，思仰日深，书问不继，每以为愧。比日动止何似？子侄十九兄弟远来，得闻尊体康健异常，不胜庆慰。知骑驴出入，步履如飞，能登木自采荔枝，此希世奇事也。虽寿考自天，亦是身心空闲，自然得道也。某衰倦早白，日夜怀归，会见之期，想亦不远。更望顺时自重，少慰区区。因孙宣德归，附手启上问。

【译文】分别一晃二十年，我对您的思念与仰慕之情，日渐加深，却很少给您写信，每每令我惭愧。近来身体怎样？十九兄弟远道而来，得知您非常健康，很令人欣慰。听说您骑驴出入，步履轻捷如飞，且能自己上树攀摘荔枝，这真是世间少有的事啊。即使寿命在天，也是您性情淡泊闲适，自然得道的结果。我衰老困倦，两鬓早白，日夜想念着归去，与您相见的日子，大概不会太远了。更希望您能顺应天时，多多保重，也让我稍稍感到安慰。因孙宣德回去，顺便捎去此信，表达我对您的问候。

三 登州还朝

某去乡二十一年，里中尊宿，零落殆尽，惟公龟鹤不老，松柏益茂，此大庆也。无以表意，辄送暖脚铜缶一枚。每夜热汤注满，密塞其口，仍以布单裹之，可以达旦不冷也。道气想不假此，聊致区区之意而已。令子三七秀才及外甥十一郎，各计安。

【译文】我离开家乡二十一年了，乡里德高望重的前辈，也已经大多下世了，只有您老仍享龟鹤之寿，如松柏愈发茂盛，这真是人之大福啊。我没什么可表心意，就送给您一枚暖脚铜器，每天晚上用热水注满，将口塞紧仍用布单裹好，这样直到天亮水都不凉。您道气旺盛想来不用此物，只不过表达我的一片心意罢了。顺致令郎三七秀才和外甥十一郎安好。

与周开祖四首 以下俱密州

某忝命皆出奖借，寻自杭至吴兴见公择，而元素、子野、孝叔、令举皆在湖，燕集甚盛，深以开祖不在坐为恨。别后，每到佳山水处，未尝不怀想谈笑。出京北去，风俗既椎鲁，而游从诗酒如开祖者，岂可复得。乃知向者之乐，不可得而继也。令举特来钱塘相别，遂见送至湖。久在吴中，别去，真作数日恶。然诗人不在，大家省得三五十首唱酬，亦非细事。

【译文】我能够外出做官，都是承蒙您的提携，不久前我从杭州到吴兴去见李公择，而杨元素、张子野、刘孝叔、陈令举都在那里，真是盛会空前，但却以您没有在坐而深感遗憾。与您分别以后，每到山水秀丽的地方，未曾不想起我们在一起谈笑的情景。出京都往北，民风渐趋朴实鲁直，而唱和诗酒交游如开祖之人，又怎能再遇到呢。才知道以往的乐趣，已无缘重享了。令举特地来钱塘相别，又送我至吴兴。在吴地呆久了，离去时，才感到给人家添了不少麻烦。然而诗人您不在，大家又彼此省却了三五十首的唱和，也不是一件小事。

二

递中辱书教累幅，如接笑语。即日，远想起居佳胜。某此无恙，已被旨移河中府，候替人，十二月上旬中行，相去益远矣，往日相从湖山之景，何缘复有。别后百事纷纷，皆不足道。惟令举逝去，令人不复有意于兹世。细想此公所以不寿者而不可得，不免为之出涕。读所示祭文，纪述略尽其美，甚善。其家能入石否？亦欲作一首哀词，未暇也。当作寄去。开祖笔力颇长，魏武所谓“老而能学，惟予与袁伯业”，真难得也。寄示山图，欲寻善本而不可得者。新诗清绝，辄和两首取笑。浩然亭欲续和寄去。今日大雪，与客饮于玉山堂。适遣人往舍弟处，遂作此书。手冷，殊不成字，惟冀自重而已。

【译文】承蒙您长信指教，仿佛又听到了您的笑声。现在，遥想您一切平安。我这里也很好，已蒙旨前往河中府，现正等替任的人，我十二月上旬中离开密州，离您也更远了。往日一起游览湖光山色的情景，何时能再有呢。别后诸事繁忙，都不值得一提。只有陈令举下世，令人也不愿再苟活下去。每当想到他的短寿和他难得的才华，禁不住泪流满面。拜读了您所作的记述祭文，已详尽论述了他完美的一生，我非常满意。不知他的家人是否愿意将此文付印？我也想作一首哀词，没来得及，是应当写一首寄去的。开祖您擅长文章，魏武帝所说的“老而能学，惟予与袁伯业”，真是难得呵。您寄来的山水画作，正是我苦苦寻觅而没有得到的珍品。您最近写的诗清新绝妙，我就唱和两首，以博一笑。关于浩然亭的诗等我和后寄去。今日大雪弥漫，正与客人在玉山堂饮酒。恰好派人往子由那里，就给您写了这封信。手冷写不成字，望您能多多保重。

三 以下俱湖州

久别思渴，不言可知。一路候问来耗。忽辱教，喜慰良深。乍寒，起居佳胜。承脱湖北之行而得乐清，正如舍鱼而取熊掌，甚可贺也。某忝命，甚便其私，即遂面话，此不尽怀。

【译文】分别很久了，对您的渴念之情。不说您也会知道。一路上打探着您的消息。忽然接到您的来信，欣喜至极。天气变冷，一切可好。我已离开湖北而到乐清任职，这正如舍鱼而取熊掌，真值得庆贺。我有辱圣命，不过此行也正合我的意思，马上就要见面了，这里不再多写。

四

长篇奇妙。无状，每蒙存录如此之厚，但赐多而报寡，故人知其惭拙，必不罪也。今辄和一首，少谢不敏，且资一笑。惠及海味，珍感。来人遽还，未有以报，但愧作无穷。到郡不见令举，此恨何极。尝奠其殡，不觉一恸。有刻石，必见之，更不录呈。有干，一一示及。李无悔近见访，留此旬余，亦许秋凉再过也。

【译文】您的长篇大作神奇绝妙。非常惭愧，每每承蒙您念记着我并写那么多的信来，只是得您赐予多而却很少给您回报，老朋友知道我的惭愧与愚笨，一定不会怪罪。现在就唱和一首诗，为我的拙笨与懒散道歉，并且仅博一笑。您送来的海味，太珍贵了，我非常感动。来人即刻动身，我没有什么回送给您，令人惭愧得很。到郡中已见不到了令举，这令人多么遗憾啊。我曾经奠祭过他的亡灵，不觉又悲伤起来。我这里有刻石的本子，您一定会见到，不再另外抄录给您。如有事，请一一告知。李无悔不久前来访，在这里逗留十多天，也许到了秋凉时再来。

答舒尧文二首 湖州

轼顿首。轼天资懒慢，自少年筋力有余时，已不喜应接人事。其于酬酢往反，盖尝和矣，而未尝敢倡也。近日加之衰病，向所谓和者，又不能给，虽知其势必为人所怪怒，但弛废之心，不能自克。闻足下之贤久矣，又知守官不甚相远，加之往来者，具道足下，虽未相识，而相与之意甚厚。亦欲作一书相闻，然操笔复止者数矣。因与贾君饮，出足下送行一绝句，其语有见及者，醉中率尔和答，醒后不复记忆其中道何等语也。忽辱手示，乃知有“公沙”之语，惘然如梦中事，愧赧不已。足下文章之美，固已超轶世俗而追配古人矣。岂仆荒唐无实横得声名者所得眩乎，何其称述之过也。其词则信美矣，岂效邹衍、相如高谈驰骛，不顾其实，苟欲托仆以发其宏丽新语耶？欧阳公，天人也。恐未易过，非独不肖所不敢当也。天之生斯人也，意其甚难，非且使之休息千百年，恐未能复生斯人也。世人或自以为似之，或至以为过之，非狂则愚而已。何缘会面一笑为乐。朱支使行，匆遽裁谢，草草。

【译文】苏轼顿首。我天资懒慢，自从年少精力有余时，已不擅长待人接物。至于往返酬答，也曾经参与过一些，但从未敢积极首倡。近些天加上衰弱多病，以前那些需要参与的场合，也没有精力了，虽然知道这种情形一定会被人责怪，只是我松散的心情已久，又不能克制自己。听说您的大名已经很久了，又知道我们相距不太远，加上中间交往的人，都经常提起您，即使没有见面，但与您却神交已久了。我也曾很想给您写封信，以取得联系，但每次都是提起笔又放下了。一次，因与贾君一起饮酒，看到您一首送行的绝句，其中的诗句触动了我的情怀，醉中就粗率地作了和答，醒来后已不记得当时说些什么了。忽然接到您的来信，才知道有“公沙”的诗句，怅然如梦中之事，令人惭愧不已。您的文章之美，本来已超越了今世而直追配古人了。像我们这些荒唐无实徒有虚名之辈怎能够沾沾自喜呢，您对我的称赞实在太过了。您的词也确实优美，怎能像邹衍、相如那样高谈阔论，不着边际呢，难道您还想让我再发什么宏论奇语吗？欧阳修先生，是天才。恐怕不容易超过，不只是我等所不敢当。上天生这样的奇才，想来是很难的，不让它休息千百年，恐怕是不会再生有这样的人的。世间有的人自以为像他，有的人甚至认为超过了他，这不是疯癫就是愚蠢罢了。何时有缘见面一笑。朱支使将要上路，匆匆给您回信，失敬。

二 黄州

轼启：午睡昏昏，使者及门，授教及诗，振衣起观，顿尔醒快，若清风之来得当之也。大抵词律庄重，叙事精致，要非嚣浮之作。昔先零侵汉西疆，而赵充国请行；吐谷浑不贡于唐，而文皇临朝叹息，思起李靖为将，乃知老将自不同也。晋师一胜城濮，则屹然而霸，虽齐、陈大国，莫不服焉。今日鲁直之于诗是已。公自于彼乞盟可也，奈何欲为两属之国，则牺牲玉帛焉得而给诸？不敢当！不敢当！即承来命，少资嗢噱。

【译文】苏轼致言：午睡头昏，信使来到门前，送来您的书信和诗作，便整衣拜读，顿时清醒过来，像迎面吹来一阵清风。大致词律庄严郑重，叙事精巧细致，决不是喧哗浮靡之作。古时先零侵犯汉朝西边的领土，赵充国就请命出征；吐谷浑不向唐朝纳贡，文皇帝在朝廷上叹息，就想到起用李靖为将，才知道老将仍不减当年。晋国军队在城濮一战而胜，从此成就了霸业，即使齐、陈大国，不敢不臣服。现在鲁直就是诗坛的霸主，先生您向他投献就可以了，怎么能在苏黄之间顾盼呢，您哪里有那么多的财物供奉给我们呢？不敢当！不敢当！就连忙给您回信，给您开个玩笑。

答毕仲举二首 黄州

轼启。奉别忽十余年，愚瞽顿仆，不复自比于朋友，不谓故人尚尔记录，远枉手教，存问甚厚，且审比来起居佳胜，感慰不可言。罗山素号善地，不应有瘴疠，岂岁时适尔。既无所失亡，而有得于齐宠辱、忘得丧者，是天相子也。仆既以任意直前不用长者所教以触罪罟，然祸福要不可推避，初不论巧拙也。黄州滨江带山，既适耳目之好，而生事百须，亦不难致，早寝晚起，又不知所谓祸福果安在哉？偶读《战国策》，见处士颜斶之语“晚食以当肉”，欣然而笑。若斶者，可谓巧于居贫者也。菜羹菽黍，差饥而食，其味与八珍等；而既饱之余，刍豢满前，惟恐其不持去也。美恶在我，何与于物。所云读佛书及合药救人二事，以为闲居之赐甚厚。佛书旧亦尝看，但暗塞不能通其妙，独时取其粗浅假说以自洗濯，若农夫之去草，旋去旋生，虽若无益，然终愈于不去也。若世之君子，所谓超然玄悟者，仆不识也。往时陈述古好论禅，自以为至矣，而鄙仆所言为浅陋。仆尝语述古，公之所谈，譬之饮食龙肉也，而仆之所学，猪肉也，猪之与龙，则有间矣，然公终日说龙肉，不如仆之食猪肉实美而真饱也。不知君所得于佛书者果何耶？为出生死、超三乘，遂作佛乎？抑尚与仆辈俯仰也？学佛老者，本期于静而达，静似懒，达似放，学者或未至其所期，而先得其所似，不为无害。仆常以此自疑，故亦以为献。来书云，处世得安稳无病，粗衣饱饭，不造冤业，乃为至足。三复斯言，感叹无穷。世人所作，举足动念，无非是业，不必刑杀无罪，取非其有，然后为冤业也。无缘面论，以当一笑而已。

【译文】苏轼致言：与您分别后转眼间已十多年了，我老眼昏花，困窘潦倒，不能再和老朋友相比，没想到老朋友还记得我，承蒙您从远方写信来，思念问候如此深切，并且知道您近来生活很好，感激与欣慰之情不可言说。罗山向来被称作好地方，不应该有疟疾瘟疫等病，难道是时令所致吗？既然没有失去什么，而有得于忘记宠辱得失，是上天帮助您啊。我已经因任性固执不听长者的教诲而犯下罪过，然而祸患总不能避免，开始时是不论机巧与笨拙的。黄州依山傍水，既可以投合我的耳目所好，又很方便得到生活中所用的东西，早睡晚起，又不知道所谓的祸福到底是否真的还在？偶然阅读《战国策》，看到隐士颜斶的话“晚食以当肉”，会心地笑了。像颜斶这样的人，可谓是巧于在贫困中生活的。粗茶淡饭，等到饿时再吃，那味道和八珍一样美；如果饱了以后，即使佳肴美味摆满桌前，也惟恐他们不快些拿走。喜欢厌恶全在于我心，何必受外物的影响呢。您所说的读佛书与合药救人二事，我以为您闲居时的收获不少。佛书以前也曾经爱看，只是我愚笨而不能通晓其中的妙处，仅常取其中粗浅浮泛的言说来洗涤自己的灵魂，像农夫除草一样，除了还长，即使没有什么补益，但终究要比不除好得多。像当今的各位，所谓的超然物外奥妙悟透之人，我都不认识他们。过去陈述古喜好谈禅，自以为达到了那种境界，而认为我的话很浅陋。我曾经对他说，您所谈的，好像是谈吃龙肉，而我所学的，则如吃猪肉，猪和龙之间，则相差太远了，但是您整天谈龙肉，不如我吃猪肉实际而味道鲜美，能真正吃饱。不知您从佛书那里得到什么真谛？是为了悟透生死、超脱三界，随即成佛吗？或者还与我们这些人相同呢？学佛老之说的人，本来希望在静思中以求达观，静思看上去像懒散，达观则看来如放纵，学的人有的还没有达到那种境界，而先作到了相像，我认为这不是没有害处的。我常因此而怀疑，所以也就把这种想法告诉您。您的来信说，处世最好平安无事，粗衣淡饭，不造冤孽，就足够了。我再三地考虑这些话，无限地感叹。世人所作的一切，行动与思考，无非都是罪过，不必枉杀无罪，占取不是自己所该有的东西，这样就造下了冤孽。没机会当面向您述说，仅作一笑罢了。

二 北归

适辱从者临贶书教，礼意兼重，殆非不肖所堪。书词高妙，伏读增叹，病不能冠带，遂不果见，愧悚无地。

【译文】正好承蒙您让从人送来书信，礼意并重，恐怕不是我所能承受的。您所作的词高超绝妙，拜读之后，令人感叹不已。因病不能外出，就无法相见，真令人惭愧得无地自容。

与杜子师四首 黄州

某启：辱书，承晚来起居佳胜。示及画图，览之愧汗，不惟犯孟子、柳宗元之禁，又使多言者得造风波，甚非相爱之道也。谨却封纳。从者已多日离亲侧，唯以早还为宜。进道外，千万倍加爱养。入夜，草草。不宣。

【译文】苏轼致言：承蒙您来信，知道您近来生活平安。您送来的图画，看完后令人汗颜，不只触犯了孟子、柳宗元的禁忌，又给了那些爱搬弄是非的人制造风波的机会，这真不是您关心爱护我的好方法。现特奉还给您。从人已离开亲人很多天了，我希望还是早早回去为最好。精进道业之外，还望保重自己的身体。夜深了，匆匆致信给您。不一一细说。

二 扬州

某启：辱书，因循不即裁谢。专人惠简，只增愧悚。比日起居佳胜。某今晚到泗州，来日随早晚行，不出十六七日到扬。如欲相见，可少留相待，或附客舟沿路邂逅也。若已由天长路奔还，即不及矣。惟千万保爱，更进学术以就远业。不宣。

【译文】苏轼致言：承蒙您来信，没来得及回信道谢。您派专人送信，只能增添我的惭愧。近来生活很好。我今晚到达泗州，明天很快地就接着走，不出十六七天就到了扬州。如果想相见，可少住几天相待，或坐船沿路等侯。您若从天长路回来，就等不着我了。但愿您能保重自己，使学术取得更大的进步，以成就远大的事业。不一一细说。

三 惠州

某启：贬窜皆愚暗自取，罪大罚轻，感恩念咎之外，略不置胸中也。得丧常理，正如子师及第落解尔。如别纸所谕，甚非见爱之道。此等语切冀默之。余非面莫悉。

【译文】苏轼致言：我遭到贬谪都是自己愚笨不能明察的结果，罪责深重而惩罚轻微，感激圣恩反省过失之外，其它都不放在心上了。得失乃是常理，正如您及第或落榜一样。正如别的信上说的，这不是您关爱我的好方法。这些话我希望您不要说与别人。其余的只有到见面再说。

四 北归

某启：泗上为别，忽已八年，思企深矣。专人辱手书，承起居佳福，至慰。某已到仪真少干，当留旬日。舍弟欲同居颍昌，月末遂北上矣。非久会面，欣惬之极。人还，谨奉启。不宣。

【译文】苏轼致言：泗州一别，转瞬已经八年，思念之情颇深。承蒙您派专人送信来，知道您生活非常幸福，真让我欣慰极了。我已到仪真，有些杂事，应当停留十来天。子由让我一同到颍昌居住，打算月末就北上了。我们不久就能见面，令人无限欣喜。来人回去，特致信给您。不一一细说。

与郑靖老四首 以下儋耳

某启：近舶人回，奉状必达。比日起居佳胜，贵眷令子各安。某与过亦幸如昨。初赁官屋数间居之，既不可住，又不欲与官员相交涉。近买地起屋五间一灶头，在南污池之侧，茂木之下，亦萧然可以杜门面壁少体也。但劳费窘迫尔。此中枯寂，殆非人世，然居之甚安。诸史满前，甚有与语者也。借书，则日与小儿编排整齐之，以须异日归之左右也。小客王介石者，有士君子之趣。起屋一行，介石躬其劳辱，甚于家隶，然无丝发之求也。愿公念之，有可照庇之者，幸不惜也。死罪！死罪！柯仲常有旧契，因见道区区。余万万顺候自重。

【译文】苏轼致言：不久前有人乘船回去，回信一定会收到。近来您生活平安，家眷及令子都好。我与过也仍同往常。起先租了几间官房来住，不能住以后，又不想和当地官员交涉，最近买了一片地盖了五间房和一个厨灶。在南污池的旁边，大树之下，也可以闭门面壁安静地闲居一段时间了。只是耗费了不少精力和财力。此中的孤独大概不是人间所有的，但我却平静地住下来。各种史书摆满桌前，有很多可以说话的前贤。借了许多书，每天和小儿子编排整齐，等待着来天归还给他们。年轻的客人王介石，有士人君子的情致。在我造屋的时候，他亲来帮忙，比家里的仆人还要辛苦，但没有丝毫的要求。希望您记住他，有能够照顾他的地方，希望不要吝惜。该死！该死！柯仲常有旧交情，见面代为致意。其余请您顺应时令多多保重。

二

迈后来相见否？久不得其书，闻过房下卧病，正月尚未得耗，亦忧之。公为取一书，附琼州海舶或来人之便，封题与琼州倅黄宣义托转达，幸甚也。见说琼州不论时节有人船便也。《众妙堂记》一本，寄上。本不欲作，适有此梦，梦中语皆有妙理，皆实云尔，仆不更一字也。不欲隐没之，又皆养生事，无可酝酿者，故出之也。

【译文】苏迈后来与您相见没有？很长时间没有接到他的信，听说苏过在房中卧病，到正月还没有消息，也非常担心。请您写封信，让琼州海船或来人顺便捎来，信封上写托琼州丞黄宣义转给我就可以了。听说琼州不论时节都有人船过海。送给您一本《众妙堂记》。本来不想写在这封信上，正好有这样一个梦，梦中的话都含有很多深奥的道理，也都是真实的情况，我一个字也没有改。不想隐瞒这件事，又都是有关养生方面的事情，没什么可再考虑的，就写了下来。

三 北归

某启：到雷见张君俞，首获公手书累幅，欣慰之极，不可云谕。到廉，廉守乃云公已离邕去矣。方怅然，欲求问从者所在，少通区区，忽得来教，释然，又得新诗，皆秀杰语，幸甚！幸甚！别来百罹，不可胜言，置之不足道也。《志林》竟未成，但草得《书传》十三卷，甚赖公两借书籍检阅也。向不知公所存，又不敢带，行封作一笼，寄迈处，令访寻归纳。如未有便，且寄广州何道士处，已深嘱之，必不散坠。某留此过仲秋，或至月末乃行。至北流，作竹筏，下水历容、藤至梧。与迈约，令般家至梧相会，中子迨，亦至惠矣。却雇舟溯贺江而上，水陆数节，方至永。老业可奈何！奈何！未会间，以时自重。不宣。

【译文】苏轼致言：到雷州见到了张君俞，首先接到了先生的一封长信，极为欣慰，不可言说。到廉州时，廉州太守却说您已离邕而去了。正在遗憾，想打听一下您现在什么地方，以便和您通封信，忽然接到您的来信，大为高兴，又拜读了您最近的诗作，都是灵秀不凡的语句，真好！真好！别后苦难重重，无法述说，就放在一边不提它罢。《志林》居然没有完成，却匆匆写了《书传》十三卷，这多亏您两次借给我书作参考。以前不知您在哪里，书也没敢带在身边，就装作一箱，寄放苏迈那里，让他打听到后再给您。如果打听不到，就寄到广州何道士那里，我已告诉了他，一定不要散失了。我留在此地过仲秋节，大概到月末才能动身。到北流县，作了一个竹筏，顺水经过容、藤到梧州。我已与迈约好，让他带全家到那里相会，次子迨也到惠州了。回头雇船沿贺江而上，水陆兼程，将到永州。老了，没办法啊！没办法！近来不能相会，还望多多保重。不一一细说。

四 北归

某见张君俞，乃始知公中间亦为小人所捃摭，令史以下，固不知退之《讳辨》也，而卿贰等亦尔耶？进退有命，岂此辈所能制？知公奇伟，必不经怀也。某须发皆白，然体力元不减旧，或不即死，圣恩汪洋，更一赦，或许归农，则带月之锄，可以对秉也。本意专欲归蜀，不知能遂此计否。蜀若不归，即以杭州为佳。朱邑有言："子孙奉祀我，不如桐乡之民。"不肖亦云。然外物不可必，当更临时随宜，但不即死，归田可必也。公欲相从于溪山间，想是真诚之愿，水到渠成，亦不须预虑也。此生真同露电，岂通把玩耶！

【译文】我见张君俞后，才知道您这中间也被小人所算计，令史以下，本来就不知道韩愈的《讳辨》，而仅次于卿相的朝中大官也是这样吗？进退由命，怎么能由这些人所控制呢？我知道先生您胸怀宽广，一定不会放在心上。我须发皆白，然而体力仍不减当年，大概不会马上就死，皇恩浩荡，如果再获赦免，或许让我归回田园，那么在月下耕种，我们可以秉烛相对了。我本想一心一意归回四川，不知能否实现。如果不能归蜀，则杭州为最好的去处。朱邑曾说："子孙奉祀我，不如桐乡之民。"我也这样认为。但是外物不可强求，更应该顺应其变化，只要不马上死去，归回田园是必然的。您打算和我结伴于山水之间，我想这个真诚的愿望，到时自然会实现，也不必过多担心。这一生真如朝露和闪电一样短暂，怎能够细细把玩呢！

与程怀立六首 黄州

某启：昨日辱访，感怍不已。经宿起居佳胜。蒙借示子明传神，笔势精妙，仿佛莫辨，恐更有别本，愿得一轴，使观者动心骇目也。专此致叙，灭裂，不一。

【译文】苏轼致言：日前承蒙您来访，我感激与惭愧不已。昨夜睡眠可好。承蒙您借给我看子明的书法之作，极为传神，笔势精妙，真假难以分辨，恐怕另外还有别的本子，我也想得到一轴，让观看的人惊叹不已。特写下这封信，草草，再叙。

二 以下俱北归

某启：昨日辱顾，夙昔之好，不替有加，感叹深矣。属饮药汗后，不可以风，未即诣谢。又枉使旌，重增悚灼。捧手教，且审尊体佳胜。旦夕告谒，以究所怀。

【译文】苏轼致言：日前承蒙您来看我，往日的情谊，不仅没有忘却，反而更见增重，令人感叹不已。叮嘱饮药出汗后，不可以见风，当时也就没马上去拜谢您。又承蒙您写信来，让我更加惭愧。捧读您的信，知道您身体很好。不久我将去拜访您，以倾心相谈。

三

某启：已别，瞻企不去心。辱手教，且审起居佳胜，感慰之极。早来，风起，舟师不敢解，故复少留，来约净慧与惠州三道人语尔。无缘重诣，临纸惋怅。

【译文】苏轼致言：别后，心中一直对您充满了思慕。承蒙来信，并且知道您生活很好，无限欣慰。天一早，有大风，船家不敢开船，所以又停留了一会儿，约来净慧法师和惠州的三个道人一起聊话。没有机会再去拜访您，临纸心中一片茫然。

四

某启：去德弥日，思渴萦怀。比日窃惟履兹新阳，起居佳胜。江路无阻，至英方再宿尔。少留数日。此去尤艰关，借舟，未知能达韶否？流行坎止，辄复随缘，不烦深念也。后会未卜，万万为国自重。人行，匆遽。不宣。

【译文】苏轼致言：离开您很多天了，思念之情萦绕心头。近来春光明媚，我想您一定生活很好。我沿江一路顺风，到英州方再过夜。少停几天。此行尤其艰难，借船，不知能否到达韶关？途中行止，顺利与否，皆随天意，不敢劳驾您如此念记。后会无期，请您千万为国保重身体。来人将回，匆匆致信。不一一细说。

五

某启：令子重承访及，不暇往别，为愧深矣。珍惠菜膳，增感怍也。河源藤已领，衰疾有可恃矣。眉山人有巢谷者，字元修，名穀，后改名谷。曾举进士武举，皆无成。笃有风义，年七十余矣，闻某谪海南，徒步万里相劳问，至新州病亡。官为稿葬，录其遗物于官库。元修有子蒙，在里中，某已使人呼蒙来迎丧，颇助其路费，仍约过永而南，当更资之。但未到间，其旅殡无人照管，或毁坏暴露，愿公愍其不幸。因巡检至新，特为一言于彼守令，得稍为修治其殡，常戒主者谨护之，以须其子之至，则恩及存没矣。公若不往新，则告一言于进叔，尤幸。亦曾恳此，恐忘之尔。死罪！死罪！

【译文】苏轼致言：承蒙令子再次来访，没时间送别，实在惭愧。您送来珍贵食品，更让我感到惭愧。河源藤已收到，我的老病有可依靠的了。眉山有个叫巢谷的人，字元修，名穀，后改为谷。曾考过进士和武举，都没有考中。此人很有节气，七十多岁了，听说我谪居海南，就徒步万里来看望我，到新州却因病而亡。官府已为他草殓，将他的遗物收集在官库。元修有个儿子叫蒙，在老家，我已派人让他来迎丧，给了他很多路费，仍按约过永州向南出发，再给他些钱。只是在他还没有赶到期间，元修的丧事无人照顾，或者毁坏露出了遗体，希望您能怜悯他的不幸遭遇。如果您到新州巡视，请特地给当地的官员说一声，将他的丧事办得好一些，并告诫主事人小心看护，以等待他的儿子来到，那么您对于死者和生者都有恩惠。如果您不到新州，就给进叔捎个信，最好。我以前曾恳请您这件事，恐怕您忘了。该死！该死！

六

某启：岭海阔绝，不谓生还。复得瞻奉，慰幸之极。比日履兹秋凉，起居佳胜。少选到岸，即遂伏谒，以尽区区。不宣。

【译文】苏轼致言：远在岭海隔绝之地，没想到还能活着回来。又能见到您，令人无限欣慰。近来秋风渐凉，您的生活一定很好。不多久我就上岸，马上去拜访您，以畅叙我对您的仰慕之情。不一一细说。

与谢民师二首 以下俱北归

某启：衰病枯槁，百念已忘，缁衣之心，尚余此尔。蒙不鄙弃，赠以瑰伟，藏之巾笥，永以为好。今日遂行，不果走别，愧负千万。

【译文】苏轼致言：我衰老多病，憔悴不堪，万念俱灰，归隐之心，尚且还在。承蒙您不嫌弃，赠给我这么珍贵的物品，将它珍藏在箱底，让我们的友谊永存。今天我就要走了，竟没能和您道别，实在令人惭愧。

二

某启：蒙录示近报，若果然得免湖外之行，衰羸之幸，可胜道哉！此去，不住许下，则归阳羡。民师还朝受任，或相近，得再见，又幸矣。儿子辈并沐宠问，及览所赐过诗，何以克当。然句法有以启发小子矣。感荷！感荷！旅况不尽区区。

【译文】苏轼致言；承蒙您抄给我最近的邸报，如果真的能免却到湖外上任，那么衰老多病的幸遇之情，真让我无法表达！此去，不住许下，就回到阳羡。民师回朝作官，离得近了，或许能经常相见，又值得庆幸了。儿子辈也承蒙您的照顾，看了您送给苏过的诗，其中的赞美他实在难当。不过您的文法是可以启发他很多的。太谢谢您了！途中之情不再一一述说。

与孙志同三首 以下俱北归

某启：衰朽困穷，故人不遗，远辱临访，旅泊两月，勤厚至矣。明旦决行，料公必欲追饯。古语云："千里远送，归于一别。"而吾辈学道人，不欲有所留恋，况公去家往返已千里矣，慎勿更至前路舟次执手足矣。惟万万自重。不宣。

【译文】苏轼致言：我衰老困顿，承蒙老朋友念记，这么远来看我，飘泊两个月，您的深情厚谊已尽到了。明天早上我决定要走了，想到您一定会赶来饯行。古人云："千里远送，归于一别。"而我们这些学道的人，就不应再有所留恋，况且您离家往返已千余里了，千万别再赶来就此停舟话别吧。但愿您多多保重。不一一细说。

二

僧监大师行解高明，得数月相从，殊慰所怀。已曾告别，更不再诣，与志举为舟次执别，慎勿前去。浮屠不三宿桑下，尤忌牵联也。

【译文】僧监大师修行高超，能够与他相从数月，实在令人欣慰。已经和您告别，就不再到您那里去了，与志举停舟话别，请不必前来相送。佛家讲究不三宿桑下，尤其忌讳牵挂啊。

三

煮菜羹已熟，奉待同啜了，往道场烧香，供小团，可速来。诗改一联补两字，重写纳去，却示旧本。

【译文】菜和汤已经做好，等您一块来吃，去道场烧香，供奉小团，一定要快来。诗改了一联补上两个字，重新誊写送去，回头再给您原本。

与孙志康二首 以下俱惠州

某慰言：不意变故，尊丈节推遽捐馆舍，士友悲恸，有识叹惋，奈何！奈何！伏惟至孝志康节推，纯诚笃至，罹此凶酷，哀慕摧裂，何以堪处。日月有时，已讫襄事，攀号逾远，触物增怆，孝思罔极，奈何！奈何！某以窜逐海上，莫由赴吊，临纸哽噎，言莫能谕。尚冀宽中以继志为大，以时节哀强食，庶全生理。谨奉疏，不次。

【译文】苏轼安慰您说：没料到您发生了意外的事情，尊丈节推大人忽然离世，亲友悲痛，有识之士慨叹惋惜，怎么办！怎么办！我知道志康节推非常孝顺，忠厚善良之极，遭此不幸，五腑俱裂，怎能够承当呢。日月有时，丧事已经办完，丧期已远，看到旧物徒增伤感，忠孝之心没有边际，无奈！无奈！我因为被放逐海外，没能够前去赴丧，面对此信无限悲哀，言语无法表达。还望您放宽胸怀，以继承前辈的遗志为重，顺时节哀勉强自己吃饭，保重自己的身体。特向您致信，再叙。

二

某启：自春末闻讣，悲愕不已。自惟不肖，得交公父子间有年矣。即欲奉疏，少道哀诚，不独海上无便，又闻志康往西路迎护，莫知往返的耗，故因循至今。遂辱专使，手书累幅，愧荷深矣。窃承已毕大事，营干勤苦，何以堪任。即日孝履支持，粗慰所望。志文实录，读之感噎。自闻变故，即欲撰一哀词，以表契义之万一，患不知爵里之详。今获观此文，旦夕即当下笔，然不敢传出，虽志康亦不相示。藏之家笥，须不肖启手足日乃出之也。自惟无状，百无所益于故友，惟文字庶几不与草木同腐，故决意为之，然决不以相示也。志康必识此意，千万勿来索看。师是此文甚奇，斯人亦可人也。

某谪居已逾年，诸况粗遣。祸福苦乐，念念迁逝，无足留胸中者。又自省罪戾久积，理应如此，实甘乐之。今北归无日，因遂自谓惠人，渐作久居计。正使终焉，亦有何不可。志康闻此，可以不深念也。玳瑁合见遗，乃吾介夫遗意。谨炷香拜受。志康所惠布蜜药果等，一一捧领，感怍无量。海上穷陋，又谪居贫病，无一物报谢，惭负无量。见戒勿轻与人诗文，谨佩至言。如见报出都日所闻，虚实不可知，慎勿以告人也。舍弟筠州甚安，时时得书。儿侄辈或在陈，或在许，两儿子在宜兴，某独与幼子过在此。明年长子迈，当挈他一房来此指射差遣，因般过房下来。见忧之深，恐欲知其详。示谕开岁来此相见，虽为厚幸，然窜逐中，惟欲亲故谢绝为孤寂可怜者，则孤危犹可粗安。若如志康，人所指目者，而乃不远千里相求，此重增某罪戾也。千万寝之，切告！切告！

李伯泰前辈不相交往，然敬爱其人，欲为作集引，然亦终不传出也。承谕乃世旧，可为集其前后文集，异日示及，当与志康商议，少加删定，乃传世也。斯人既无后，吾辈当与留意。李文叔书已领。会见无期，千万节哀自重。诸儿子为学颇长进，迨自吴兴寄诗来，文采甚可观。此等辱交游最旧，故辄以奉闻，然不敢令拜状，无益，徒烦报答也。某所答书，乞勿示人，切祝！切祝！

【译文】苏轼致言：自从春末听到噩耗，悲伤惊愕不已。我很不成才，能和先生父子交往这么多年。当时就想给您写信，略表我的悲哀之情，没想到海外不便，又听说志康往西路迎护，不知道往返的确切消息，所以就拖到了今天。接着就承蒙您派专人来，拜读了您的长信，让我惭愧不已。我已知道您已办完大事，操办如此辛苦，怎能够承受得了呢。近来守孝平安，使大家稍感宽慰。志文的纪述写得非常详实，读后使人凄然泪下。自从听到此事后，我就想撰写一篇哀词，来表达我哪怕是万分之一的心情，只是我不大清楚官爵郡望等详情。今天能见到此文，不久就应当下笔写祭文，然而不敢声张出去，即使是志康本人也不让看。将它藏在箱底，只等我临死那天再拿出来。我无所成就，对老朋友没有任何帮助，只有文章大概不会同草木一起腐烂掉，所以决定写此文，但决不拿出来让别人看。志康一定能理解我的这种做法，千万不要来索看。黄师是的这篇文章非常奇绝，这个人也非常令人满意。

我谪居海南已经一年多了，诸事还能过得去。祸福与苦乐，都会慢慢地消逝，不值得放在心上。又想到自己犯了那么多的罪过，理应该有此结果，真应当感到满意了。现在北归无期，因此就把自己当成了惠州人，慢慢地作长久居住的打算。真正让自己老死此地，又有什么不可以的呢。志康听到这些，也就不必挂念了。玳瑁盒送给我，这是我介夫老先生的遗愿。我定会焚香敬受。您送给我的布、蜜、药物，果品等，我都一一接受了，实在感激惭愧不已。海南是穷困的边远之地，加上我谪居贫困，没什么能回赠您，愧疚之极。您告诉我不要轻易给人诗文，我牢记在心。如见邸报或您出京城时所听到的情况，不知是真是假，请您也不要告诉别人。子由在筠州很平安，经常接到他的信。儿侄辈有的在陈，有的在许，两个儿子在宜兴，我只与苏过在这里。明年长子苏迈，将带领一家来惠州任职，就顺便搬到苏过的房中来。我知道您非常担忧，恐怕想知道他们的详细情况。您来信说开岁要来看我，虽然是一件很荣幸的事，然而我在贬谪之中，只想谢绝亲戚和朋友，他们认为我很孤苦可怜，那么我寂寞的心情也可以稍微安静些。像您志康，大家都很注目的人，您却不远千里来寻求我，这只能增加我的罪过呵。千万保重，切记！切记！

李伯泰前辈我和他交往不深，然而很敬爱他，想为他的集子写引言，但是也始终没有说出去。您来信说与他是世交，可以为他收集他前后的文集，他日送给我看，就应当与您商量，稍加删定，使它传留后世。这人既然没有后代，我辈应当留意此事。李文叔的来信已经收到。相见无期，千万节哀保重身体。几个儿子学业上很有长进，苏迨从吴兴寄诗来，文采很是了得。他们都是您交往最早的人，所以才让您知道，但不敢让他们给您写信，没什么收益，只给您增添书信的麻烦罢了。我给您的回信，请不要给人看，切记！切记！

与张元明四首 以下俱翰林

数日，起居佳否？有一诠秘大师者，与之久故。患痢后，肠滑，甚困，欲烦一往视疗之，可否？在兴国寺戒坛院，此一高行僧也。便同作福田。呵呵。

【译文】近些天来，生活可好？有一位释诠秘大师，我和他交往很深。患痢疾后，肠子滑动，非常痛苦，想请您一块去看病，可以吗？在兴国寺戒坛院，这是一位修行很高的和尚。顺便一同作一些功德。呵呵。

二

数日，起居佳胜。适在院中，得王郎简帖如此。今封呈，切告辍忙一往，他必不敢苛留。且请周念，副此人友爱急难之心，切望！切望！

【译文】近些天来，身体平安。正在院中，收到王郎这样一张简帖。现呈送给您，希望您能抽空一同过去，他一定也不敢挽留。请您多多关照，以成全他友爱和急人所难之情，拜托！拜托！

三 以下俱南迁

前日承追饯南都，又送子由至筠，风义之厚，益增感慨。比日，具审起居佳胜。万里之别，后会杳未有期。伏乞善加保练。

【译文】前天承蒙您赶到南都饯行，又送子由到筠城，情谊之厚，更令我感慨不已。近来，知道您生活很好。一别将万里，后会又遥遥无期。恳请您多多保重。

四

远辱专人惠书，辅以药物，极济所乏，衰疾有赖矣。感刻！感刻！不知何时还蜀中，自此音问遂隔，曷胜惘惘。

【译文】承蒙您这么远派人送来信和药物，在我困难之时给我，如此的帮助，使我的老病又能够医治了。太感谢您了！不知何时才能回到蜀中，从此断绝了音讯，怎不令人伤心呢。

与孙子思七首 以下俱湖州

奉别未几，思企已深，比日起居佳胜。闻轩从及境，即遂披对，岂胜慰喜。

【译文】分别才不久，对您的思念已很深了，近来生活平安。欣闻您大驾来临，马上同您见面，怎不令人高兴呢。

二

事冗，有疏上谒，思企之深。不审起居佳否？来日辄邀从者同宪车议少事。本欲躬诣，为公择见访，不果。幸赐临顾。

【译文】诸事繁忙，很长时间没去拜访您，想念极了。不知生活怎样？来日将邀请您同提点刑狱商议一些事情。本打算亲自去拜见您，因为公择来访，没能前往。希望您能光临。

三

屡辱垂访，尚稽走谒，经宿起居佳否？借示诸刻，一清心目，又足见雅尚之不凡也。谨却驰纳。

【译文】承蒙您多次来访，我却拖延没去拜见您，近来生活好吗？您借给我的那些刻本，观后耳目一新，足见您高雅的兴致不凡啊。现奉还给您。

四

过辱枉顾，知事务冗迫，不敢久留语。纸轴纳去，余空纸两幅，留与五百年后人跋尾也。呵呵。耘叟诗亦佳。

【译文】蒙您来访，知道了您事务繁忙，没敢久留。现将纸轴送去，剩下两幅白纸，留给五百年后的人作跋。哈哈。耘叟的诗也很好。

五

叠辱车骑，往谢甚疏，惟故人深照，不以为谴也。经宿尊候佳胜。书四纸，并药方驰上，须面授其秘也。并砚，不一一。

【译文】多次承蒙您来访，我却很少回谢，但愿老朋友多多关照，不因此责怪我。近来贵体安康。写了四张纸和药方一块送上，须面授配药的方法。至此，再叙。

六

近辱轩从，虽屡接奉，既别，思仰无穷。人事衮衮，未遑上问，先枉宠讯。伏审起居佳胜，感慰兼深。仲通来，知在府中，计与子由辈游从甚乐。未缘再会，惟万万以时自重。

【译文】最近承蒙您来访，虽然多次见面，但分别以后，仍非常想念您。人事繁多，未来得及问候，却先劳您询问。仰知您生活很好，感动欣慰不已。仲通来，知道您在府中，和子由等人相处很好，交往很多。没有机会相见，但愿您顺应时令，多多保重。

七

比来新诗必多，无缘借观，岂胜渴仰。示谕诸公处，敢不出力，但恐言轻不能有益耳。

【译文】近来您一定作了很多诗，没机会借来看，很想拜读一下。您来信让我到各位那里游说，我怎敢不尽力呢，只恐怕我人微言轻不能有什么帮助罢了。

与孙子发七首 以下俱赴定州

专人来辱书，承近日尊体佳胜。蒙许就辟，慰浣深矣。奏检附呈已发讫。某行期不过九月半间，会见不远，更祈顺时自重。

【译文】承蒙您派人送信来，知道您最近身体很好。蒙您答允就职，真令人沉浸于喜悦之中。奏检附呈已发下来。我动身不会超过九月半，不久将会与您相见，更望您顺应时令多多保重。

二

贵眷各计安胜，公宇已令粗葺，什物粗陋，然亦粗足。更有干，示喻，途中幸不滞留，早到慰勤迟，幸也。

【译文】全家都很好吧，您的房屋已草草修好，家俱虽然粗陋，但也勉强够用。如果还有什么事，请来信告知。希望您途中顺利，早早来到，以慰远怀，为盼。

三

人还，辱教，具审别后起居佳胜，贵眷各康宁，至慰！至慰！某到邢甚健。忝乡且亲，平时不为不知公，因此行，观公举措，方恨前此知公未尽，勉进此道为朋友光宠。余惟万万以时自爱。

【译文】去人回来，承蒙您指教，详知您别后生活很好，全家也都平安无事，真令人欣慰不已！我到邢州后身体很健康。我和您是同乡又非常亲近，平时不能说不了解您，但从此行中，看您现在的举措，才遗憾以前对您了解得不够全面，望您能再接再励为朋友争光。但愿您能顺应时令，多多保重。

四

子发以古人自期，信道甚笃，虽穷达在天，未可前定，然必有闻于时而传于后也。幸益自爱重，以究远业。临行，不尽区区。

【译文】子发以古贤人的标准要求自己，一心一意信奉正道，虽说贫贱、显贵在天，不可前定，但一定会闻名于当时而流传后世。希望您多多保重自己，以成就更大的事业。我就要走了，无法表达此刻的情怀。

五 以下俱南迁

轼启：别来思念不可言。比日尊体何如？某蒙庇粗遣，旦夕离南都，如闻言者尚纷纷，英州之命，未保无改也？凡百委顺而已。幸不深虑。愈远，万万以时自重。□□不谨。轼再拜子发通直□。

【译文】苏轼致言：别后的思念之情不可言说。近来身体可好？托您的福荫我一切尚好。不久就要离开南都，而很多风声传来，到英州赴任的命令谁敢保证没有变化呢？一切都顺其自然吧。希望您不要过于担心。离您越来越远了，万万顺应天时，多多保重。草草。苏轼再次向子发通直郎致意。

六

郡中诸公，未能一一奉状，因见，各为致意。过真定，见杨采朝议。此人有实学隐德，河朔似此老，以一二数矣。其子迪简亦善吏，某已举之矣。欲告提刑大夫来年一京削，敢烦子发为道此恳，或持此简呈宪吏，又幸。不罪！不罪！轼再启。

【译文】郡中各位先生，未能向他们一一写信，见他们后，请代我致意。路过真定时，见到朝议郎杨采。此人有真才实学，河朔地区像他这样的人，寥寥无几。他的儿子迪简也是个清官，我已向朝廷推举了他。想请提刑大夫来年递呈奏章保举他进京任职，麻烦子发为此事说明一下，或将此简呈送给宪吏，又是一件幸事。恕罪！恕罪！苏轼再致。

七

一起写书十六七封，不能复谨，勿罪！勿罪！

【译文】一起写了十六七封信，匆匆至此，见谅！见谅！

与程德孺四首 儋耳

在定辱书，未裁答间，仓猝南来，遂以至今。比日窃惟起居佳胜。老兄罪大责薄，未塞公议，再有此命，兄弟俱窜，家属流离，污辱亲旧。然业已如此，但随缘委命而已。任德翁同行月余，具见老兄处忧患，次第可俱问，更不详书也。懿叔赴阙今何在？因书道区区。后会无期，临书惘惘。余热，万万以时珍重。

【译文】在定州时承蒙您来信，还没来得及给您回信，又仓促南下，拖至今天。但愿您近来生活平安。老兄我罪责深重而惩罚轻微，未能使众人满意，再次保全性命，我与子由俱遭贬谪，家属离散，亲戚朋友蒙受屈辱。然而事已至此，只能顺其自然听天由命了。任德翁和我同行了一个多月，对我的苦难遭遇知道得比较清楚，以后可向他探听详细，就不在这里一一写了。懿叔赴京现不知在何处？写信时请代我致意。后会无期，临纸心中一片茫然。天还热，万万顺应时令多多保重。

二 以下俱北归

近蒙专使至虔，远致时服寝衣之馈，寻附启布谢，必达。比日起居佳胜，眷爱各康健。某候水过赣，今方达南康军，约程，四月末间到真州。当遣儿子迈往宜兴取行李，某当泊船瓜洲以待之。不知德孺可因巡按至常、润，相约同游金山否？患难之余，老兄弟复一相聚，旷世奇事也。可不略喻及。余万万自重。

【译文】最近承蒙您派专人到虔州，赠给我不同时令的衣被，就立刻给您写信致谢，一定会收到。近来生活安好，家眷身体也都好。

我正等水讯过赣江，现在已到南康军，估算一下行程，四月末可能到真州。已派苏迈到宜兴取行李，我应停船在瓜洲等他。不知您能否趁巡视各地来常州和润州，相约一同游金山？患难之余，你我兄弟又能相聚，真是旷世奇事呵。可否来信简单说一下。其余万万保重。

三

某此行本欲居淮、浙间，近得子由书，苦劝来颍昌相聚，不忍违之，已决从此。计溯汴至陈留出陆也。今有一状干漕司，一坐船乞早为差下，令且在常州岸下，候迈到彼乘来，切望留意早早得之，免滞留为幸。懿叔必常得信，令子新先辈必已赴任。未及书，因家信道区区。

【译文】我此行原打算居留在淮浙之地，最近收到子由的来信，苦苦劝我到颍昌相聚，不忍拒绝他，已决定前去。计划沿汴水到陈留上岸。今有一事相求于漕司，讨条船早早过来，且在常州靠岸，等候苏迈上船，希望您能留意一下，尽快弄到，最好别让我在此地滞留。懿叔一定会常常收到来信，新先也一定上任了。未来得及写信，请在家信中代为致意。

四

告为买杭州程奕笔百枝及越州纸两千幅，常使及展手者各半，不罪！不罪！正辅知已到京，非久上状次。乞因信致恳。

【译文】请为我买一百枝杭州程奕笔和二千幅越州纸，“常使”和“展手”各一半，见谅！见谅！我知道正辅已到了京都，不久将写信给他，望您能在信中代我致意。

与康公操都管三首 以下俱杭倅

某稔闻才业之美，尚淹擢用，向承非罪被移，众论可怪，贤者处之，想恬适也。希声久不得书，承示谕，方知得蜀州，应甚慰意。二浙处处佳山水，守官殊可乐，乡人之至此者绝少。举目无亲故，而杭又多事，时投余隙，辄出访览，亦自可卒岁也。东阳自昔胜处，见刘梦得有“三伏生秋”之句，此境犹在否？未知会晤之日，但有企咏。

【译文】我久闻先生才华横溢，只是还没被起用，以前您无罪而被迁谪，众人的议论实在怪异，像您这样贤德的人对待此事，我想一定会恬然适意的。很长时间没有得到您的消息，今天看了来信，才知道您在蜀州，我感到很欣慰。二浙到处山水秀丽，我在此地尚愉快，只是老乡到此地的人很少。我在这里举目无亲，而杭州的事务又特别多，每每有空闲，就出去寻访观览，这样一年也过去了。东阳自古都是游览胜地，刘梦得曾写过“三伏生秋”的诗句，不知这种情景是否还在？不知何时才能相见，只有思念和叹息。

二

所索诗，非敢以浅陋为辞，但希世绝境，众贤所共咏叹，不敢草草为寄也。幸恕察。

【译文】您索要的诗句，我不敢以学识浅陋为托辞，只因那里是希世名地，很多贤人所共同吟咏的地方，我不敢轻易地写给您。希望您能原谅并明察。

三

向辱教，久欲裁谢，值出入纷纷无定，因循至今。即日履兹春和，起居佳适。向承寄示图记及诗，实深慰仰。此真得贤者之乐，虽鄙拙，亦欲勉作歌诗，庶几附托高人绝境，以传永久。适会纷纷未暇，更旬日当寄上也。

【译文】不久前您来信指教，我很早想回信致谢，但正赶上诸事繁多没能安静下来，一直拖到了今天。近来春日和暖，生活安好。您寄来的图记和诗，实在令我感到欣慰。这次真让我领略了贤者的兴致，虽然我浅陋拙笨，也想勉强作些歌诗，几近沾带着高人和名胜的光，流传永久。适逢事务繁多没有空闲，过十来天一定给您寄去。

与王敏仲十八首 以下俱惠州

某启：春候清穆，窃惟按驭多暇，起居百福。甘雨应期，远迩滋洽，助喜慰也。某凡百粗遣，适迁过新居，已浃旬日，小窗疏篱，颇有幽趣。贱累亦不久到矣。未期瞻奉，万万为国自重。不宣。

【译文】苏轼致言：春来气候清新和畅，唯愿公务闲暇，生活多福。甘雨应期而至，远近滋润，使人更加欣喜快慰。我现在一切还好，刚搬到新居里，已经十多天了，小窗疏篱，很有情趣。家眷不久也会来到。不知何时才能见到您，请您千万为国保重，不一一述说。

二

某启：两蒙赐教，慰感深至。曾因周循州行，奉状，伏想已尘清览。即日台候何似?越人事嬉游,盛于春时,高怀俯就,想复与众同之,天色澄穆,亦惟此时也。莫缘陪后乘,西望增慨。尚冀保练,慰此区区。不宣。

【译文】苏轼致言:承蒙您两次来信指教,感激欣慰不已。曾因周彦质从循州任上罢归经过我这里时,给您捎过一封信,想来您已经看过。近来身体怎样?越人喜欢游嬉,在春天最为热闹,您屈尊前往,想率众人与民同乐,天色明净和畅,也就在此时为最好了。我却没机会陪同您,怅望西方徒增感慨。还望您多多保重,让我感到快慰。不一一细说。

三

某启:久以病倦,阙于上问。窃惟镇抚多暇,起居万福。春来雨旸调适,必善岁也。想慰勤恤之怀,莫由瞻奉,惟冀若时为国保练。不宣。

【译文】苏轼致言:我因病倦乏,很长时间没写信问候您。唯愿您公务闲暇,生活多福。春来风调雨顺,一定是一个好年景。我很想安慰您仁慈的情怀,只是没有机会见到您,望您能顺应天时,为国保重自己。不一一细说。

四

某启:辱手教,荷戴深矣。仍审比日台候康胜,至慰!至慰!某凡百如昨。新屋旦夕毕工,即迁入。长子迈自浙中般挈,由循州径路来,闰月可至此。渐似无事,却可以扫室安居矣。新政恺悌,已穆然岭海间矣。更蒙下访,粗识仁人之用心也,欣慰之剧。未缘面尽,临书菀结。渐暖，万万为人自重。

【译文】苏轼致言：承蒙您来信指教，感激不尽。知道您的身体依旧很好，令人欣慰极了！我的一切和过去一样。新屋不久将竣工，马上就搬进去。长子苏迈带着家眷从浙中出发，由循州直接过来，下个月将到达这里。最近好像没什么事了，却可以在家安稳地过日子。新政深入人心，惠地已呈现了良好的变化。更承蒙您屈驾相访，粗略地领会了像您这些仁人的良苦用心，实在感到欣慰。没机会和您当面详谈，面对此信无限感慨。天气慢慢暖和了，万万保重自己。

五

某启：浮玉遂化去，殊不知异事，可闻其略乎？其母今安在？谤者之言，何足信也。丹元事亦告录示，决不示人也。起居之语未晓，亦告指示。近颇觉养生事绝不用求新奇，惟老生常谈，便是妙诀，咽津纳息，真是丹头，仍需用寻常所闻般运溯流法，令积久透彻乃效也。孟子曰："事在易而求诸难，道在迩而求诸远。"董生云："尊其所闻则高明，行其所知则光大。"不刊之语也。

【译文】苏轼致言：了元法师不久前坐化而去，我不知是怎么回事，您能告诉我吗？他的老母如今还在吗？小人的谣言，怎么能轻信呢。姚丹元之事请您告诉我，决不让别人知道。有关日常起居的话还有不明白，也请您来信告诉我。近来发觉养生之事绝对不能去求新奇，只有那些老生常谈的，才是妙诀，咽津纳息，才真正是养生的基础，并且仍需用经常所说的般运溯流法，让气长时间地积结并透遍全身才会产生效果。孟子说："事在易而求诸难，道在迩而求诸远。"董生说："尊其所闻则高明，行其所知则光大。"真是至理名言。

六

某启：自幼累到后，诸孙病患，纷纷少暇，不若向时之阒然也。小儿授仁化，又碍新制不得赴，盖惠、韶亦邻州也。食口猥多，不知所为计。数日，又见自五羊来者，录得近报，舍弟复贬西容州，诸公皆有命，本州亦报近贬黜者，料皆是实也。闻之，忧恐不已，必得其详，敢乞尽以示下。不知某犹得久安此乎否？若知之，可密录示，得作打叠擘划也。忧患之来，想皆前定，犹欲早知，少免狼狈。非公风义，岂敢控告，不罪！不罪！人回，乞数字。

【译文】苏轼致言：自从家小到后，几个孙子都生了病，忙得没有空闲，不如过去那样安静了。小儿苏过授任于仁化，又碍于新制不能赴任，大概是惠、韶离得太近的缘故吧。家中人口众多，不知如何安排生活。近几天，有人从五羊来，抄录最近的邸报，子由又被贬往西容州，大家都有此难，也有消息说本州最近也有被贬谪的人，想来一定是真实情况。我听说后，忧虑不已，想知道其中的详情，希望您能来信告诉我。不知我还能否在此地呆下去？您若知道，可暗地里送信来，我也好处理安排此事。灾祸的到来，想来都是以前的定数，只是还想早早地知道，以免到时少出些狼狈相。不是您高风亮节，我怎敢向您打听呢？见谅！见谅！人回来时，希望您能回个信。

七

某启：比闻政誉甚美，仁明之外，济之以勤，想日有及物之益。许录示丹元近事，幸早寄贶。此月十四日迁入新居。江山之观，杭、越胜处，但莫作万里外意，则真是，非独似也。又长子迈将家来，已到虔，近遣幼子过往循迎之，闰月初可到此。老幼复得相见，又一幸事也。迈到后，当遣入府参候。余非书所能究。不宣。

【译文】苏轼致言：最近听说您的政声很美，除了您仁爱贤明，加上您的努力，我想您每天都会有新的收益。您最近答应为我笔录有关丹元的事，还望您尽早寄来。本月十四日搬入新居。杭越优美的景致，湖光山色，近在眼前，不能说远在万里之外，是真正如此，不只是相似。另外长子苏迈将带领全家来这里，现在已到达虔州，最近我派幼子过到循州去迎接他们，下月初才能来到。老幼又能够在一起，真是人生一大快事呵。迈来后，我让他去府上拜见您。其余不是书信所能写完的。不一一细说。

八

某虑患不周，向者竭囊起一小宅子。今者起揭，并无一物，狼狈前去，惟待折支变卖得二百余千，不知已请得未？告公一言，傅同年必蒙相哀也。如已请得，即告令许节推或监仓郑殿直，皆可为干卖。缘某过治下，亦不敢久留也。猥末干冒，恃仁者恕其途穷尔。死罪！死罪！

【译文】我考虑事情不周到，不久前盖房将钱花完了。现在经济很紧张，空无一物，狼狈前去，只能等变卖财物的二百余千钱，不知您过问了此事没有？请您办一件事，您一定要帮傅同年个忙。如已办到，就告诉给许节推或者监仓郑殿直，都可以帮助变卖。正好我来贵处，也不敢久留。我没能冒昧去见您，还仰仗您体谅我现在的困境啊。恕罪！恕罪！

九

某再启：承谕津遣孤孀，救药疾疠，政无急于此者矣。非敏仲莫能行之。幸甚！幸甚！广州商旅所聚，疾疫之作，客先僵仆，因薰染居者，事与杭相类。莫可擘划一病院，要须有岁入课利供之，乃长久之利，试留意。来谕以此等为仕宦快意事，美哉此言，谁肯然者。循州周守，治状过人，议论甚可听，想蒙顾眄也。

【译文】苏轼又致言：承蒙让我知道您正在抚恤那些孤儿寡母，救治疾病，政事中再没有比这更急迫的了。除了敏仲没人能做得这样好。很好！很好！广州是商旅聚集的地方，疾病发作时，旅客们先病倒，然后传给了周围的人，这种事和杭州很相似。不知可否筹建一个医院，总的经费由官府每年拨款供给，这是一个长久的利民之计，可以仔细考虑一下。来信说此事是为官的一大快事，这话说得多好啊，谁能做到这样呢！循州的周太守，治理有方，政声很清明，想来您从中有所受益了。

十

某启：得郡既谢，即辞不敢久留，故人事百不周一。方欲奉启告别，遽辱惠问，且审起居佳胜，宠谕过实，深荷奖借。旦夕遂行，益远，万万以时自重。人还，匆匆。不宣。

【译文】苏轼致言：我谋得职位后已经谢恩，马上动身不敢久留，所以各种事情不能一一做到。正想给您写信辞行，忽然接到您的来信，知道您生活很好，您的赞美我实在不敢当，深深地感谢您的帮助。不久我就要走了，离您更远，万万顺应时令多多保重。来人回去，匆匆致信。不一一细说。

十一

某启。罗浮山道士邓守安，字道立。山野拙讷，然道行过人，广、惠间敬爱之，好为勤身济物之事。尝与某言，广州一城人，好饮咸苦水，春夏疾疫时，所损多矣。惟官员及有力者得饮刘王山井水，贫丁何由得。惟蒲涧山有滴水岩，水所从来高，可引入城，盖二十里以下尔。若于岩下作大石槽，以五管大竹续处，以麻缠之，漆涂之，随地高下，直入城中。又为一大石槽以受之，又以五管分引，散流城中，为小石槽以便汲者。不过用大竹万余竿，及二十里间，用葵茅苫盖，大约不过费数百千可成。然须于循州置少良田，令岁可得租课五七千者，令岁买大筋竹万竿，作筏下广州，以备不住抽换。又须于广州城中置少房钱，可以日掠二百，以备抽换之费。专差兵匠数人，巡觑修葺，则一城贫富同饮甘凉，其利便不在言也。自有广州以来，以此为患，若人户知有此作，其欣愿可知。喜舍之心，料非复塔庙之比矣。然非道士至诚不欺，精力勤干，不能成也。敏仲见访及物之事，敢以此献，兼乞裁度。如可作，告差人持折简招之，可详陈也。此人洁廉，修行苦行，直望仙尔，世间贪爱无丝毫也，可以无疑。从来帅漕诸公，亦多请与语。某喜公济物之意，故密以告，可否更在熟筹，慎勿令人知出于不肖也。

【译文】苏轼致言：罗浮山道士邓守安，字道立。山野中拙笨木讷之人，但道行极高，广、惠之地的人都很尊重他，此人乐善好施。他曾经和我说过，广州一城的人，经常饮用又苦又咸的水，春夏疾病流行时，对人的身体损害很大。只有官员和那些有钱的人家才能吃到刘王山的井水，贫穷的人怎么能够呢。蒲涧有个滴水岩，水都从那里来，位置很高，可以引进城来，约二十余里。如果能在岩下作个大石槽，用五根大竹相接，用麻缠好，再涂上漆，随着地势的起伏，直接引入城中。再用一个大石槽接住，再用五根竹管分引，散流到城中各处，用小石槽接住以便汲取。总计不过用大竹一万多根，至于二十里间，用葵茅苫盖，总的费用大约不过几百千钱就可以了。然而必须在循州买少许良田，用每年可得的田租五七千钱，每年买竹一万根，作成竹筏直下广州，以备不停抽换。又须在广州城中收取少量房钱，每天收二百，以备抽换的费用。专门派些兵士和匠人，巡察修理，那么全城中穷人和富人都能吃到了甜水，其中的好处也就不再多说了。自从有广州以来，都以此为患，若老百姓知道官府有此举动，他们的欣喜之情可想而知。发慈悲喜舍之心来做这件事的功德，想来要比建造寺院塔庙强多了。然而若不是邓道士的诚心诚意，不辞劳苦，是不能办成的。敏仲来访并谈到救济时世之事，我才敢把这个想法说给您，还望您仔细考虑。如果可行，可派人持折简把他招来，可以向您陈述得更详细。此人廉洁，修行苦行，看上去犹如仙人一般，对世间的一切无丝毫的贪爱，对他可以放心好了。漕司有关的人员，也要多和他商量。我仰慕您的救世心怀，所以才暗暗地告诉您，能否实施望你深思熟虑，只是别让外人知道这是我给您出的主意。

十二

某启：有二事，殊冗，未尝以干告，恃厚眷也。某为起宅子，用六七百千，囊为一空，旦夕之忧也。有一折支券，在市舶许节推处，托勘请。自前年五月请，不得，至今云未有折支物。此在漕司一指挥尔，告为一言于志康也。又有医人林忠彦者，技颇精，一郡赖之，欲得一博士助教名目，而本州无阙，不知经略司有阙可补否？如得之，皆谪居幸事也。不罪！不罪！

【译文】苏轼致言：我有二件事，非常麻烦，未曾敢向您提及，仰仗您厚爱。我为了盖房子，花了六七百千钱，现在身无分文，令人非常着急。我有一折支券，在市舶司许节推那里，请帮忙过问一下。自从前年五月份我曾向他要，没有结果，至今他仍说没有可供折支的物资。这件事全在漕司一句话，请您对志康说明一下。又有个医生叫林忠彦，技艺精湛，全郡的人都依靠他来治病，想得到一个博士助教的名目，而我这里没有空缺，不知您那里有缺可补吗？如果能办到，都是我谪居时的一大幸事呵。恕罪！恕罪！

十三

某再启：林医遂蒙补授，于旅泊衰病，非小补也。又攻小儿、产科。幼累将至，且留调理，渠欲往谢，未令去也，乞不罪。治瘴止用姜、葱、豉三物浓煮热呷，无不效者。而土人不知作豉。又此州无黑豆，闻五羊颇有之，便乞为致三硕，得为作豉，散饮疾者。不罪！不罪！

【译文】苏轼又致言：蒙恩，林医生马上被补用，这对旅途衰病之人，不是一般的帮助呵。他还擅长小儿科和产科。家小将来这里，就暂且留下他来照料，他本想去拜谢您，没让他去，请您不要怪罪。治瘴气可用姜、葱、豉三物一起长时间煮后趁热喝，非常有效。而一般的人不知道作豉。又因为本州无黑豆，听说广州盛产此物，便想让您帮忙弄三石，用来作豉，分给有病的人喝。恕罪！恕罪！

十四

《富公碑词》，甚愧不工。公更加粉饰，岂至是哉！舟中病暑，疲倦不谨。恕罪！恕罪！

【译文】《富公碑词》，很惭愧写得不够好。您又给予润色，这真是太好了！舟中不堪暑热，非常疲倦，字迹潦草。恕罪！恕罪！

十五

闻遂作管引蒲涧水，甚善。每竿上，须钻一小眼，如菉豆大，以小竹针窒之，以验通塞。道远，日久，无不塞之理。若无以验之，则一竿之塞，辄累百竿矣，仍愿公擘画少钱，令岁入五十余竿竹，不住抽换，永不废。僭言，必不讶也。

【译文】听说您不久就制造竹管援引蒲涧之水，真是太好了。每根竹管上，须钻一个小眼，像绿豆一样大，用小竹针塞上，来检查是否通塞。距离远时间长了，难免会堵塞。若不用来检查，那么一根竹管堵塞了，以后的许多竹管就无法运行了。还希望您再筹划一些钱，每年买五十多根竹管，不停地抽换，永不会废弃。多言了，一定不要怪罪。

十六

某垂老投荒，无复生还之望，昨与长子迈诀，已处置后事矣。今到海南，首当作棺，次便作墓，乃留手疏于诸子，死则葬于海外，庶几延陵季子嬴博之义，父既可施之子，子独不可施之父乎？生不挈棺，死不扶柩，此亦东坡之家风也。此外宴坐寂照而已。所云途中邂逅，意谓不如其已，所欲言者，岂有过此者乎？故覼缕此纸，以代面别尔。

【译文】垂暮之年被流放到蛮荒的地方，没有活着回去的可能了，昨天和长子迈诀别，已经安排好后事了。如今到了海南，首先应当准备棺材，然后就寻找墓地，这才写下遗书留给儿子们，死后就埋在海南，或许可以沿用延陵季子将长子葬在嬴博的做法，做父亲的既然可以影响儿子，儿子为什么不能影响父亲呢？我活着的时候，他们不必为我准备棺材，我死后也不一定亲来参加葬礼，这也是我苏东坡的家风。此外，也只能像佛家的禅坐那样以求内心明净罢了。所说的途中相见，我认为还不如算了吧，所想要说的话，还有比这更好的吗？所以就一并都写在了这封信里，代替与您当面道别。

十七

某启：儿子乏人，亦不相辞令嗣也。不罪！不罪！又有少恳，见人说舍弟赴容州，路自英、韶间，舟行由端、康等州而往，公能与监司诸公言，辍一舟与之否？今又有一家书，欲告差人，赍往岭上与之。罪大罚轻，数年行遣不已，屡当患祸，老矣，何以堪此。恃公旧眷，必能兴哀。恐悚！恐悚！

【译文】苏轼致言：儿子是平庸之辈，也没能和贵公子辞行。恕罪！恕罪！又有一件小事请求您，听人说子由将赴任容州，从英、韶路过，坐船由端、康等州前往，您能否告诉监司的各位官员，抽出一条船来给子由？现又有一封家信，想请您派人送往岭上交给他。我罪责深重而惩罚轻微，数年间飘泊不已，多次遭受灾祸，如今老了，怎能够承受呢。仰仗您的厚爱，一定会同情我。万分惶恐！

十八 儋耳

某启：儿子还，辱手书，具审起居佳胜，感慰兼剧。舟行至扶胥，急足示问，乃知有袁州之命，叹惋不已。行止孰非天者？复何言哉！道眼所照，知已平适，但治行迫遽，亦少劳神矣。不宣。

【译文】苏轼致言：儿子回来，承蒙您指教，详尽地了解到您现在生活很好，令人感慨欣慰极了。我坐船行到扶胥的时候，忽然接到您的信，才知道您调往袁州，叹息不止。进退怎不是天意呢？又能再说什么呢！道眼普照的地方，想来定会平安无事，只是您仓促上任，也要稍微耗费些心思啊。不一一细说。

与陈公密三首 以下俱北归

途中喜见令子，得闻动止之详。继领专使手书，且审即日尊体清胜，感慰无量。差借白直兜乘担索，一一仰烦神用。孤旅获济，荷德之心，未易云喻。来日晚方达蒙里，即如所教，出陆至南华，南华留半日，即造宇下，一吐区区，预深欣跃。

【译文】途中有幸遇见贵公子，得知您的近况。不久又接到您专门派人送来的信，知道您近来身体安康，深感欣慰。派人送来的白直兜和乘担索，让您都一一费心了。我在孤寂的旅途中得到您的帮助，感激之情无法表达。明天晚上才能到蒙里，正如您指教的那样，出陆路到南华，在南华停留半天，就去拜访您，一吐心中对您的向往之情，预想那很是令人欢欣鼓舞的。

二

行役艰羁，托庇以济。分贶丹剂，拯其衰疾，此意岂可忘哉！其余言谢莫尽。令子昆仲，比辱书示，未暇修答，悚息！悚息！曹三班廉干非常，远送，愧感。二绝句发一笑。

【译文】路途艰辛，仰仗您的关心和帮助。赠给我丹剂，救治我的老病，这种情意我怎能忘记呢！其余不是语言所能够表达的。令公子昆仲，最近承蒙来信，没来得及回信，惭愧！惭愧！曹三班非常廉洁精干，送了我很远，非常惭愧。两首绝句仅供您一笑。

三

穷途栖屑，获见君子，开怀抵掌，为乐未央。公既王事靡宁，某亦归心所薄，匆遽就列，如何可言。别后亟辱惠书，词旨增重。具审起居佳胜，感慰深矣。某已度岭，已无问鵩之忧，行有见蝎之喜。但远德谊，未忘鄙情。新春保练，以需驿召。

【译文】我境遇困窘往来奔波，能够遇见您这样的仁德之人，开怀畅谈，其乐未尽。您为国家大事忙碌不已，我也为归心所迫，匆匆回到朝廷，此情怎能用语言表达呢。别后您给我来了很多信，信中的话使我更加不安。知道您生活很好，欣慰极了。我已经越过南岭，已没有了当年贾生求问鵩鸟时的忧虑，途中却有回京城任职的喜兆。只是离您越来越远了，不敢忘记您对我的恩情。春天刚至多多保重，以等待朝廷的召用。

与陈大夫八首 以下俱黄州

某启：秋暑尚尔，不敢造门。伏想起居清胜。借示丞相手简，又承《弥勒偈》，笔势峻秀，实为奇观。手简谨却驰纳，偈必有别本，辄留箱箧之珍，且欲诵味以洗从来罪垢业障，幸甚！幸甚！旦夕当得造谢。人还，不一一。

【译文】苏轼致言：秋天的暑气还热，我不敢去拜访您。想来您生活一定很好。借给我看了丞相的亲笔信，又承蒙您送来《弥勒偈》，笔势挺拔清秀，真是一种奇伟的景象。丞相的亲笔信现奉还给您，偈子一定还有别的本子，就留下藏于箱底珍放起来，以便吟咏体味来洗刷我今生的罪过，很好！很好！不久将到府上拜谢您。来人回去，不一一细说。

二

某启：辱简，伏承起居清胜。召往山间陪清游，夙昔所愿也。但晚来儿妇病颇加，须且留家中与斟酌药饵。小儿辈不历事，未可委付。不免有违尊命，当蒙仁者情恕也。匆匆布谢。不一一。

【译文】苏轼致言：承蒙您来信，知道您生活很好。您让我陪您到山中游玩，我早有此心愿。只是近来儿媳的病情加重，须留在家中为她煎药料理。小儿子没经过大事，不敢托付给他。免不了要违背您的心意，还望您这样的仁爱之人体谅啊。匆匆致谢。不一一细说。

三

某启：递中奉状，不审已达否？比日起居何如？奉违如宿昔尔，遂两改岁。浮幻变化，念念异观，闲居静照，想已超然。某蒙庇粗遣，遂为黄人矣。何时握手一笑，临书怅然，惟万万珍重。因周宣德行，奉状上问。周令行速，殊草略，乞恕之。比虽不作诗，小词不碍，辄作一首，今录呈，为一笑。九郎不及奉启。

【译文】苏轼致言：让信使送去的信，不知您是否收到？近来生活怎样？分别好像只是一夜间的事，不知不觉已过了两年了。世事浮幻变化，瞬间已是另外一种模样，避人独居，心情恬淡，想来已经超然于物外了。托您的福荫，我一切尚好，于是就来到了黄州。何时能与您握手一笑呢，面对此信，心中一片茫然，但愿您多多保重。因为周宣德动身上路，让他捎信给您。周令走得比较急迫，字写得特别潦草，望恕罪。最近虽不再作诗，小词却不妨事，就作了一首，现呈送给您，只图一笑。来不及给九郎写信。

四

某启：闲居阙人修写，每用手简通问，甚为率易，想不深责。见报，公遂乞还事，不知信否？然不待引手，脱屣世路，此固烈丈夫之事。回视鄙懦，增愧叹也。园宅日益葺，子孙满前，此乐岂易得哉！唐守常相见否？九郎淹滞，盖其举术之未精富尔。

【译文】苏轼致言：我闲居在家，缺少人为我抄写，每次亲手为您写信，比较草率，想必您不会责怪我。阅读邸报，您已经在请求退休的事情，不知是否真的？然而您不待遣差，就自动远离世事，这本来就是大丈夫的胸怀。回想我的软弱，真使我惭愧不已。园宅日益修整，子孙满堂，这样的乐趣又怎能轻易得到呢！不知您见到过唐守常没有？九郎还未能出仕，大概是因为他的应举之术还没能精晓罢了。

五

某启：近人从南丰来，获手教累幅。存念之厚，不替夙昔，感服深矣。比日伏惟履兹隆暑，起居胜常。某凡百如昨，贱累俱无恙。子由亦时得安讯，皆托余庇也。公微疾，闻已除，且当指射湖外一郡，胡为遂入宫观也？未缘瞻奉，万万以时自重。谨奉启上问。不宣。

【译文】苏轼致言：最近有人从南丰来，收到您的长信。您对我的深情厚谊，依然如旧，令我感激佩服不已。近来天气炎热，知道您生活非常好。我的一切仍和过去一样，家中都很平安。也常常得到子由安好的消息，这都全托您的福了。您的小病，听说已经好了，就应当指射湖外的任一州郡，怎能就此到宫观之中呢？没机会见面，万万顺应时令多多保重。特致信向您问好。不一一细说。

六

某启：闲居阙人写启，必以情恕。公去愈久矣，贫羸之民，思公益深，真古人在官无赫赫之誉者也。九郎别来计安。今岁科诏，当就何处下文字。明伟已被恩命，欣贺殊深。日望渠过此，不闻来耗，何也？儿子蒙问及，无事，不敢令拜状，恐烦清览。知生事渐缉，仍用画叉藏瓶之法否？此法至要妙。非其人，不可妄传，非复戏言，乃真实语也。

【译文】苏轼致言：我闲居在家，无人为我抄写书信，您一定不要怪罪。离开您已经很久了，贫弱的百姓，对您的思念也更深了，您才真正像古人那样在官时也无求显赫的声誉。九郎别后想来也很好。今年科举考试，不知将应试哪类科目。明伟已被朝廷录用，令人欣慰特表贺意。每天都盼望他能来这里，不知道他的消息，是什么原因呢？儿子也承蒙问及，没什么事情，也不敢让他给您写信，恐怕打扰您的清静。我知道您生活渐趋窘迫，还用画叉藏瓶的节俭方法吗？这个方法非常精深巧妙地。不是自己人，就不要轻易外传，这不是开玩笑，是大实话呀。

七

某启：蒙惠竹簟、剪刀等，仰服眷厚。欧阳文忠公云“凉竹簟之暑风”，遂得此味。近日尤复省事少出。去岁冬至，斋居四十九日，息命归根，似有所得。旦夕复夏至，当复闭关却扫。古人云：“化国之日舒以长。”妄想既绝，颓然如葛天氏之民，道家所谓延年却老者，殆谓此乎？若终日汲汲随物上下者，虽享耄期之寿，忽然如白驹之过隙尔。不敢独享此福，辄用分献，想当领纳也。呵呵。

【译文】苏轼致言：承蒙您送给我竹簟、剪刀等物品，非常感谢您的厚爱。欧阳文忠公说“凉竹簟之暑风”，于是就体味到了这种境界。近些天来特别清闲，很少出去。去年冬至，在家吃斋住了四十九天，排除杂念心清至极，似乎也悟到了很多。不久是夏至，应该又闭门独居了。古人说：“化国之日舒以长。”非分之想已经断绝，淡然如古帝葛天氏的属民，道家所说的延年益寿却离衰老，大概就是这样吗？如果整天随着世事匆匆奔波的人，即使能享百年的长寿，然而又不过如短短的一瞬而已。我不敢独自享有这个福份，因此就分献给您，想来您会接受的。呵呵。

八

某启：多日不获请见。伏惟尊候康胜。借示绣佛，奇妙之极，当由天工神俊，非特寻常女工之精丽者也。凡目瞻礼，一洗尘障，幸矣。谨却驰纳，少暇诣谢次。谨奉启，不宣。

【译文】苏轼致言：很多天没向您问安。希望您身体安康。借给我看的绣佛，真是奇妙极了，想来应当是天机神授而成，精美的程度不是一般的女工所能达到。凡人看上一眼，就能一洗尘世的烦恼，很好。现奉还给您，没时间去拜谢。特致信给您，不一一细说。

与范梦得十首 以下俱杭倅

久以事牵，不遑奉书，深以为愧。中间安上处及递中捧来教，具审起居佳胜。某旅宦粗遣，春夏间殊少事。近日并觉冗坌，盗贼狱讼常满，盖新法方行故也。疲薾无状。馆中清佚，至为福地。然知平日交游皆不在，何以为乐。某旬日来，被差本州监试，得闲二十余日。日在中和堂、望海楼闲坐，渐觉快适，有诗数首寄去，以发一笑。

【译文】很长时间为世事所累，没时间给您写信，深深地为此感到惭愧。这期间安上那里和信使都送来您的信，详知您生活很好。我在外作官一切还可以，春夏之间很清闲。近来觉得非常繁忙，有关盗贼的案件很多，大概是新法刚刚实行的缘故。令人疲倦极了。馆中清静闲暇，真是个宝地。然而平日交往的老朋友都不在身边，怎么能高兴起来呢。我这十多天来，被差派监临本州考试，得以清闲二十多日。每天在中和堂和望海楼闲坐，慢慢又感到心情愉快起来，现有几首诗寄给您，仅供您一笑。

二

久不奉书，愧负不可言。不审比辰起居佳否？某此粗遣，但亲友疏阔，旅怀牢落尔。屡得蜀公书，知佳健。二家兄书云，每去辄留食，食倍于我辈，此大庆也。频得潞公手笔，皆详悉精好。富公必时见之，闻其似四十许人，信否？君实固甚清安。得此数公无恙，差慰人意。无缘言面，惟顺时自爱。

【译文】很长时间没给您写信，惭愧之情无法言说。不知您近来生活是否很好？我在这里一切尚好，只是亲戚和朋友离得很远，途中非常寂寞罢了。接到范蜀公的很多来信，知道他身体很健康。两位家兄来信说，每次前去就都留下来吃饭，比我等吃得还要多，这真是一件非常值得庆贺的事啊。几次接到文潞公的信，知道他最近的一切都好。富公一定会经常见到他，听说他年轻得像四十多岁的人，是真的吗？司马君实本来都很好。能得到这几位老先生平安的消息，令人感到非常欣慰。没有机会见面，但愿您能顺应时令多多保重。

三 以下俱翰林

某启：辱教字，审起居佳胜。郊外路远，不当更烦临屈，可且寝罢，有事以书垂谕可也，界纸望示及，来日自不出，只在舟中静坐。惠贶凤团，感意眷之厚。热甚，不谨。

【译文】苏轼致言：承蒙您指教，知道您生活很好。郊外路途遥远，不应该再劳您前来，就先休息吧，如有事来信告诉我就可以了。望您能送来格纸，明天我不出去，只在船中静坐。承您送来凤团，对您的厚爱感激不尽。天很热，草草。

四

某启：辱教，承台候康胜，为慰。得请知幸，以未谢尚稽谒见，悚息！悚息！子功复旧物，甚慰众望。来日方往浴室也。人还，匆匆。不宣。

【译文】苏轼致言：承蒙您来信指教，知道您身体健康，很是欣慰。托您办的事已经完成，没来得及去拜谢您，惭愧！惭愧！子功重新被起用，大家都非常宽慰。明天将到浴室去。来人回去，草草回信。不一一细说。

五

某启：不肖所得寡薄，惟公爱念，以道义相期，眷予无穷。既别，感恋不可言。乍寒，不审起居安否？某已次陈桥，瞻望益远。惟万万以时自重。不宣。

【译文】苏轼致言：我的收益很少，只有您关爱我，以道义相期许，给了我无穷的帮助。已经分别了，对您的感激与不舍之情不可言说。天气突然转冷，不知您生活怎样？我已来到陈桥，离您更加远了。但愿您能顺应时令多多保重。不一一细说。

六

某启：今日谒告，不克往见。辱教，伏承尊体佳胜。杨君举家服其药多效，亦觉其稳审。然近见王定国云，张安道书云，曾下疏药，数日不能食，又谢之，不满意，颇云云。然不知果尔否？有闻，不敢不尽。

【译文】苏轼致言：今天请假在家，未能前去拜见您。承蒙您来信，知道您身体很好。杨君全家服了那药后效果很好，我也觉得很稳妥。但是最近见到王定国说，张安道来信说，吃了那药，几天来都不能吃饭，又去治了治，仍不很满意，还说了很多。然而不知是否真的那样？我得知此事，不能不告诉您。

七

某启：辱简，且审起居佳胜，为慰。和篇高绝，木与种者皆被光华矣。甚幸！甚幸！旧句奇伟，试当强勉继作。匆匆，不宣。

【译文】苏轼致言：承蒙您来信，知道您生活很好，非常欣慰。您唱和的诗篇高妙绝伦，拙作和作者都蒙上了光彩。很好！很好！旧句雄奇壮美，更应当再接再厉。草草，不一一细说。

八

某启：违远二年，瞻仰为劳。辱书，承起居佳胜，慰喜可量。覲罢，当往造门，并道区区。不宣。

【译文】苏轼致言：已经远离您两年了，对您非常思慕。承蒙来信，知道您生活很好，无限欣喜。朝见天子后，就去拜访您，一吐我的思念之情。不一一述说。

九

某启：昨日方叔处领手诲，今又辱书，备增感慰。乍冷，台候胜常。未由诣见，但有钦仰。匆匆，上启。

【译文】苏轼致言：日前从方叔那里接到您的亲笔信，今天又承蒙您来信指教，更增添了我的感激与欣慰之情。天气变冷，您的身体更加安康。没机会去拜见您，只有仰慕之情。草草，特致信。

十 南迁

某启：一别俯仰十五年，所喜君子渐用，足为吾道之庆。比日起居何如？某旦夕南迁，后会无期，不能无怅惘也。过扬，见东平公极安，行复见之矣。新著必多，无缘借观，为耿耿尔。乍暄，惟顺候自重。因李豸秀才行，附启上问。不宣。

【译文】苏轼致言：一别匆匆十五年，高兴的是您逐渐高就，足让我们这些人为之庆贺。近来身体怎样？我很快就南迁了，后会无期，不能不令人遗憾啊！路过扬州时，见到东平公身体极好，离开时又去见了他。您新近的著述一定很多，没机会借来拜读，心中一直难以平静。天气转暖，愿您顺应时令多多保重。因李豸秀才动身上路，特致信向您问候。不一一细说。

与江惇礼五首 以下俱黄州

罪废屏居，忽辱示问累幅，粲然览之，茫然自失。比日侍奉外，起居无恙。仆虽晚生，犹及见君之王父也。追想一时风流贤达，岂可复梦见哉！得所惠书，词章温雅，指趣近道，庶几昔人，三复喜甚。独恨所称道过当，举非其实，想由相爱之深，不觉云耳。自是可略之也。久不得贡父翁书，因家信略为道意。无缘面言，临纸惘惘。

【译文】我因罪贬谪而闭门独居，忽然接到您的长信指教，文采灿烂，读后令我不安。近来出外作官，生活平安吧？我虽是晚辈，还能够见到您的祖父。遥想当年的风流名士，怎能够再梦见呢！接到您的来信，词义温厚典雅，旨趣深远，几乎超过了古人，反复吟读喜不自胜。唯独遗憾的是您对我的赞美实在太过份了，所说的都不符合实际，想来是您对我非常关爱，不由自主地说出来的。我自认为这些是不值得提的。很长时间没有接到贡父翁的书信，请您在家信中代为致意。没有机会见面，面对此信无限感慨。

二

向示《非国语》之论，鄙意素不然之，但未暇为书尔。所示甚善。柳子之学，大率以礼乐为虚器，以天人为不相知云云。虽多，皆此类耳。此所谓小人无忌惮者，君正之大善。至于《时令》《断刑》《正符》《四维》之类皆非是，前书论之稍详。今冗迫，粗陈其略，须面见乃尽言。然迂学违世，不敢自是，因君意合，偶复云尔。

【译文】以前您让我看的《非国语》中的论述，我向来也认为不是那样，只是没有时间写下来。您的见解非常高明。柳宗元先生的学说，大都以礼乐为空虚的器物，认为天和人不相知等等。虽然讲了很多，大都相类似罢了。这里所说的小人无忌惮的观点，您指正得非常好。至于《时令》《断刑》《正符》《四维》等文的观点都不正确，前面的信论述得稍微详细些。今天比较繁忙，只简单地陈述了个大概，须当面才能讲得清楚。但我所学不合时宜，不敢自以为是，因与您的意见相合，偶尔又说了这些。

三

所示徐君，为朝中知之者益众。不肖固尝爱仰，然老朽无状，岂能为之增重？向者亦或从诸公之后，时挂一名，以发扬遗士，而近者不许连名，此事便不继。然所示亦当在心，有问焉固当以此告也。

【译文】您来信提及的徐君，在朝中越来越为众多的人知道。我本来对他就很敬重，但是我老而无用，怎能够为他增添声誉呢？从前我只是跟在众人后面，时而挂名，以引荐遗士，而近来又不能连名，此事便中断了。但是您的话我会放在心上，问到我时一定会把这些告诉给他们。

四

叠辱临顾，感怍无量。录示神告，得闻前人伟迹，固后生之幸。

然事体不小，未敢辄作文字，非面莫究也。

【译文】承蒙您多次来访，令我感激惭愧不已。看了您抄给我的神告，才得以知道前人的伟大事迹，这本来是后生的幸运。然而事关重大，不敢轻易写文字，只有见面才能讲清楚。

五

十论、十二说已一再读矣，不独叹文辞之美，亦以见尽诚求道之至也。科举数不利，想各有时，穮蓘不废，三年可必也。曾过江游寒溪西山否？见邑人王文甫兄弟，为致意。近有书，必达矣。

【译文】十论、十二说已经读了很多遍了，不只是赞叹文辞的华美，也从中看到您求道的至诚精神。多次科举不利，想来各有时数，只要您勤奋不止，三年后一定会考取。不知您是否曾过江游过寒溪西山？见到同乡王文甫兄弟，代为致意。最近有信，一定送到了。

与韩昭文一首

某启：违远旌棨，忽已数月。改岁，缅惟台候胜常。边徼往还，从者殊劳，日望马首。但迂拙动成罪戾，恐不能及见公之还而去尔。余寒，伏冀为国自重。因李秘校行，谨奉启参候。不宣。

【译文】苏轼致言：没有与阁下见面，转眼间已有几个月了。刚过了年，遥想您身体十分康健。从边地返回，途中非常劳累，我每天盼望着您回来。只是因为我迂腐拙笨而犯下罪过，恐怕不能等到您回来我就离去了。天还冷，但愿您为国多多保重。因李秘校上路，特致信向您问候。不一一细说。

与胡深父五首 以下俱杭州

某启：自闻下车，日欲作书，纷冗衰病，因循至今，叠辱书诲，感愧交集。比日起居佳胜。未缘瞻奉，伏冀以时保练。

【译文】苏轼致言：自从听说您到任，每天都想给您写信，只是诸事繁忙疲倦不堪，所以才拖到了现在，承蒙您多次来信教诲，令我感激惭愧不已。近来生活安好。没有机会见面，但愿您顺应时令多多保重。

二

某启：乍到整葺，想劳神用。自浙西数郡，例被霪雨飓风之患，而秀之官吏，独以为无灾，以故纷纷至此。想公下车倍加抚绥，不惜优价广籴，以为嗣岁之备。宪司移文，欲收糙米，此最良策，而搉户专㪷所不乐，故妄造言语。聪明所照，必不摇也。病中，手字不谨。

【译文】苏轼致言：刚到任就治理政务，想来一定非常费神。从浙江西部数郡，全被暴雨飓风侵袭，而秀州的官吏，偏以为没有灾害，所以才成了这个样子。想您到任后一定会加倍安抚，不惜用高价买进很多粮食，为下一年作准备。宪司已发布文告，想收购粗米，这是最好的办法，而对那些专卖户要用专门的豆斗收取粮食，他们一定不会满意，所以才散布了这些言语。您如此贤明一定会体察到，必定不会动摇。病中向您致信，字迹潦草。

三

某久与周知录兄弟游，其文行才气，实有过人，不幸遭丧，生计索然，未能东归九江。托迹治下，窃惟仁明，必有以安之，不在多言。余托柳令咨白。冗中，不尽区区。

【译文】我和周知录兄弟交往很深，他们的品行和才华，确实非常人能比，如今遭此不幸，生活比较窘迫，没能够向东回归九江。现到你那里安身，我知道您深明大义，一定会妥善安排这件事，不在于我说得很多。其余的托柳县令当面讲给您。事务繁忙之中，无法表达我对您的向往之情。

四

彦霖之政，光绝前后，君复为僚，可喜。船暂辍借，知之。

【译文】清明的政治，空前绝后，您又能外出作官，真值得庆贺。船暂且停止借用，让您知道一下。

五

某以衰病纷冗，裁书不谨，惟恕察。王京兆因会，幸致区区。久不发都下朋旧书，必不罪也。

【译文】我因体衰多病，杂事纷扰，回信不够严谨，还望您体谅。因王京兆前去，幸好代我向您问候。很长时间没有给都下的老朋友们写信，一定不会怪罪。

卷七十　尺牍

与几宣义一首 黄州

某启：久放江湖，务自屏远，书问之废，无足深讶。比日侍奉之暇，起居何如？某凡百如旧。向者以公择在舒，时蒙相过。既去，索然无复往还。每思槛泉之游，宛在目前。闻河决阳武，历下得无有曩日之患乎？得暇，遣数字慰此穷独。乍冷，万万保爱。不宣。

【译文】苏轼致言：我长时间被放逐江湖，严格约束自己，远隔尘世，断绝与朋友的书信往来，不必为此感到惊讶。近来公务闲暇，生活怎样？我现在的情况和过去一样。以前因李公择在舒州，承蒙他经常来访。离开以后，再也没有来过。每每想到一起在槛泉游玩，还好像就在眼前一样。听说黄河在阳武境内决堤了，您是否也遭到了往日黄河决口时的灾难呢？有空闲时，给我写封信来以安慰我寂寞的情怀。天刚冷，万万保重身体。不一一细说。

与任德翁二首 黄州

自蒲老行后，一向冗懒，不作书。子侄来，领手教，感愧无量。仍审尊体佳胜为慰。昆仲首捷，闻之欣快，起我衰病矣。当遂冠天下之士，蔡州未足云也。陈季常归，又得动止之详，小四乃能尔，师中不死矣。此间凡事可问小大，更不覼缕。未期会晤，万万自爱。

【译文】自从蒲老离开后，我一直比较懒散，很少写信。先生的侄子来黄州，接到您的来信，令我无限感激与惭愧。欣慰的是知道您的身体十分健康。昆仲初次告捷，听到后十分高兴，使我的老病也减轻了很多。就应当做天下士人中的第一人，蔡州不值得提了。陈季常回来，又知道了您的详细情况，小四竟然能主事了，真是师中不死啊。这里的情况可以向小大询问，就不再陈述了。没有机会见面，希望您多多保重。

二 赴登州

某启：半月不面，思仰深剧。辱书，承孝履如宜。金陵虽久驻，奉伺不至，知亦滞留如此。某在慈湖夹阻风已累日，今日风亦苦不顺，且寸进前去，恐亦未能远也。不知德翁今晚能到此否？倾渴之至。谨遣人上问。不宣。

【译文】苏轼致言：已经半个月没有见面了，对您十分思念。承蒙您来信，知道您平安无事。虽然在金陵呆了很久，但照料不周，知道您也被迫停留了很长时间。我在慈湖被大风阻挡了很多天，今天的风也很不顺，暂且慢慢向前走，恐怕也不会行太远。不知德翁今晚能否到达这里？对您想念极了。特派人向您问候。不一一细说。

与鲁元翰二首

某启：元翰少卿，宠惠谷帘一器、龙团二枚，仍以新诗为贶，叹咏不已，次韵奉谢。

岩垂疋练千丝落，雷起双龙万物春。

此水此茶俱第一，共成三绝鉴中人。

通前共三篇矣，可与一碗豉汤吃。呵呵。

【译文】苏轼致言：元翰少卿，承蒙您送来一件谷帘、两枚龙团茶，还赠给我最近写的诗作，反复吟诵赞叹不已，特按前韵唱和一首回赠您。

岩垂疋练千丝落，雷起双龙万物春。

此水此茶俱第一，共成三绝鉴中人。

和前面的总共有三篇了，可给一碗豉汤来吃。哈哈。

二

公昔遗予以暖肚饼，其直万钱，我今报公，亦以暖肚饼，其价不可言。中空而无眼，故不漏；上直而无耳，故不悬；以活泼泼为内，非汤非水；以赤历历为外，非铜非铅；以念念不忘为项，非解非缚；以了了常知为腹，不方不圆。到希领取，如不肯承当，却以见还。

【译文】您以前送给我暖肚饼，价值万余钱，我今天回赠您，也用暖肚饼，它的价值不能言说。中间空而没有眼，所以不会漏；上边直而没有耳，所以不能悬挂；中间软溜溜的，不是汤也不是水；外部红通通的，不是铜也不是铅；用念念不忘作为颈项，不能解也不能绑；用清楚明白作为腰腹，不是方的也不是圆的。送到后希望能收取，如果不肯接受，请送还给我。

与监丞事一首 杭倅

示谕，赵宗有化去久矣，为一怅然。终南昔常久居，往来鄠、虢、二曲，三邑山川草木，可以坐而默数也。当时李庠彭年监官，与之往还甚熟，斯人今亦不可得也。关中后来豪俊为谁乎？某日夜念归蜀尔，终当一过岐、雍间，徜徉少留，以偿宿昔之意也。君自名臣子，才美渐著，岂复久浮沉里中，宜及今为乐。异时一为世故所縻，求此闲适，岂可复得耶？偶记旧与彭年一诗，彭年读之，盖泪下也。

斯人有才而病废，故多感慨。可念！可念！聊复录此奉呈，想亦为之惘然也。

【译文】您来信告诉我，赵宗有已经去世很久了，我非常难过。他过去曾在终南山隐居过很长时间，往来于鄠、虢、二曲之地，三城的山川草木，坐在那里都可以在心中一一细数出来。当年李庠彭年作监官时，同他交往很深，这样的人现在是很难遇到了。谁将是关中后起的豪俊之士呢？我日夜想念着回到四川去，终究应当再去一下岐、雍之地，停留一段时间，以成全我过去的心愿。您是名臣之子，才华逐渐显露，怎能一直埋没于乡里呢，应当趁现在无事为快。他日一旦被世事所牵累，再求此时的闲适清静，又怎么可以得到呢？偶然记起过去曾给彭年写过一首诗，彭年读后，禁不住泪流满面。这个人才华横溢却因病而废职，所以才有那么多的感慨。真令人怀念！真令人怀念！姑且又将这些写下来送给您，想来也为此伤心不已啊。

与陈朝请二首 以下俱黄州

某启：钱塘一别，如梦中事。尔后契阔，何所不有！置之不足道也。独中间述古捐馆，有识相吊，矧故人僚吏相爱之深者。然中无一字以解左右，盖罪废穷奇，动辄累人，故往还杜绝。至今思之，惭负无量。昨远辱书问，便欲裁谢，而春夏以来，卧病几百日，今尚苦目疾。再枉手教，喜知尊体康胜，贵眷各佳安。罪废屏居，交游皆断绝，纵复通向，不过相劳慰而已，孰能如公远发药石以振吾过者哉？已往者布出，不可复掩矣，期于不复作而已。无缘一见，临纸耿耿，万万以时自重。不宣。

【译文】苏轼致言：与您在钱塘一别，好像是梦中之事。从此隔绝以后，什么没有经历过呢！放在一边不提它吧。只有此间陈述古去世，有识之士悲痛不已，何况那些交往很深的朋友和官员。但是这中间我也没有给您通信以了解彼此的情况，我因罪贬职困窘潦倒，动不动就连累别人，所以也就断绝了联系。至今想到这些，惭愧内疚不已。不久前承蒙您从远方来信，就想立刻给您回信，然而今年春夏以来，我卧病在床几个月，现在还正苦于害眼病。又一次承蒙您来信指教，高兴的是知道您身体十分健康，贵眷属也都很平安。我因罪贬职闭门独居，外面的交往都断绝了，纵使有人再给我写信，不过是怜悯我罢了，谁能像您这样从远方寄来药物以救治我的疾病呢？过去的事已经发生，就不必再掩藏了，只希望以后不再去做罢了。没有机会见面，面对此信心情难以平静，请您万万顺应时令保重自己。不一一细说。

二

某启：每辱不遗，时枉书问，感怍深矣。比日起居佳胜。某自窜逐以来，不复作诗与文字。所谕四望起废，固宿志所愿，但多难畏人，遂不敢尔。其中虽无所云，而好事者巧以酝酿，便生出无穷事也。切望怜察。示谕学琴，足以自娱，私亦欲尔，但老懒不能复劳心尔。有庐山崔闲者，极能此，远来见客，且留之，时令作一弄也。江倅递中辱书，此人回，深欲裁谢。适寒，苦嗽，而此人又告去甚急，故未果，且为道此。其子文格甚高，议论与世俗异矣，可畏。刘宗古近过此，甚安健，绝无迁谪意。江之亲亦可与言过。

【译文】苏轼致言：每每承蒙您不忘记我，经常给我写信，令我十分惭愧。近来生活安好。我自从被贬谪以来，不再作诗和写文章。您来信说众人都希望我从衰废中振作起来，这本来也是我由来已久的打算，只是屡经患难使人害怕，也就不敢了。这中间虽然没有什么可说的，但是那些多事的人又善于搬弄是非，就生出很多的事来。恳请您体谅并明察，您来信说让我学琴，是能够自得其乐，我私下里也很想这样做，只是我衰老懒散不愿再费心。庐山有个叫崔闲的人，非常擅长弹琴，从远方来拜见客人，暂且让他留了下来，时常让他作一曲。承蒙江州副使让信使送来信，此人回去，我很想给他写封回信答谢。适逢天气寒冷，咳嗽不止，而这个人回去得比较急迫，所以一直没给他回信，请为我向他说明这件事。他的儿子文采超群，言论与世间很不一样，真令人生畏。刘宗古最近来此地，身体非常硬朗，丝毫没有贬谪的失意情状。也可与江州的亲友说一下。

与石幼安一首 黄州

某启：近日连得书札，具审起居佳胜，春夏服药，且喜平复。某近缘多病，遂获警戒持养之方，今极精健。而刚强无病者，或有不测之患。乃知羸疾，未必非长生之本也，惟在多方调适。病后须不少白乎？形体外物，何足计较，但勿令打坏《画苑记》尔。呵呵。因王承制行，奉启，不宣。

【译文】苏轼致言：近些天接连收到您的来信，尽知您生活很好，春夏以来服药，身体康复很快，令人高兴。我最近因为有病，就得到了预防和调治的方法，现在极为健康。而那些身体强健没有疾病的人，或许有意想不到的病患。才知道身体虚弱多病，未必不是长生的根本，只在多方调治罢了。病后有这样的体验敢不告诉给您吗？形体以外的事物，不值得放在心上，只是别让打坏《画苑记》罢了。哈哈。因王承制上路，特致信，不一一细说。

与赵晦之四首 以下俱黄州

某性喜写字，而怕作书，亲知书问，动盈箧笥，而终岁不答，对之太息而已。乃知剖符南徼，贤者处之，固不择远近剧易，矧风土旧谙习。而兵兴多事，适足以发明利器，但恨愚暗，何时复得攀接尔。

【译文】我生性喜爱写字，却害怕给别人写信，亲戚朋友的来信，很快就填满了箱子，却一年到头没能够回复，只能面对这些叹息罢了。才知道您镇守南疆，像您这样的贤达之人做这些事情，本来不求远近和难易，况且您以前已经熟悉适应了那里的风土人情。但是经常兴兵打仗，适宜多多研制出一些先进的兵器，只是抱怨自己没有才能，何时能再与倾心相谈呢。

二

南事方殷，计贵郡亦非静处，长者固自有以处之矣。闻庙略必欲郡县荒服，就使必克，正是添一熙河屯守，馈饷中原，无复宁岁。况其不然，忧患未易言也。履险涉难，可以济者，其惟迈德寡怨之君子乎？

【译文】南方地区正是多事之秋，想来贵郡也不会安然无事，您一定自有办法处理。听说朝廷一定要让蛮荒的郡县臣服，使他们安分不能造反，正如同在熙河地区添置一屯守，为中原地区提供粮饷，那么再不会有安定的日子。何况现在还不是这样，忧患就令人不好说了。身处艰难险阻中，而能化解险情渡过难关的人，唯有像您这样品德高尚、无怨无悔的仁人君子吧？

三

示谕，处患难不戚戚，只是愚人无心肝尔，与鹿豕木石何异！所谓道者，何曾梦见。旧收得蜀人蒲永升山水四轴，亦近岁名笔，其人已亡矣，聊致斋閤，不罪浼渎。藤既美风土，又少诉讼，优游卒岁，又复何求。某谪居既久，安土忘怀，一如本是黄州人，元不出仕而已。王定国近得书，亦甚泰然，今有一书与之，告早为转达。张安道近得书，无恙。只是丧却儿媳，亦稍烦恼。公后来已有子未？因书略示及。

【译文】来信说，身在灾难之中而不忧虑，这只是愚蠢的人没有思想情感罢了，与鹿猪木石有什么两样呢！所谓的得道，什么时候能在梦中实现呢。从前曾经从蜀人蒲永升那里收取到四轴山水画，也是近年来有名的画作，这个人也去世了，姑且把这些画送到您的书房，希望您不要怪罪我的冒犯。藤州既风景优美，又很少有案子，一年到头悠闲清静，还有什么要求呢。我被贬独居已很长时间了，乐于此地而忘掉了忧愁，好像原本就是黄州人，原本就没有外出做官罢了。最近收到王定国的来信，心情也很安然平静，现有一封信给他，请您早早为我转送到。近来也收到张安道的信，很平安。只是他的儿媳妇死了，也稍微有点烦恼。您后来有了儿子没有？请在来信中顺便告诉我。

四

久不奉状，懒慢之过。远辱信使，惭愧交怀。比日履兹余热，尊体何如？承被命再任，远徼不足久留贤者，然彼人受赐多矣。晦之风绩素闻，使者交章，伫闻进擢，以为交游故人宠光。未期会见，万万以时自重。不宣。

【译文】很长时间没给您写信，实在是太懒散了。承蒙您从远方寄信来，心中惭愧不已。近来天气还热，您的身体怎么样？知道您再次受命出任，像您这样有德行的人不会在远方停留很久，但是那里的百姓却得到了您的很多恩惠。晦之的风范和政绩我早有耳闻，信使送来您的书信，得知您又提升官职，老朋友们也深感荣光。没有机会见面，万万顺应时令多多保重。不一一细说。

与袁真州四首 以下俱离黄州

某罪废流落，不复自比数缙绅间。公盛德雅望，乃肯屈赐书问，愧感不可言也。比日履兹新凉，尊体佳胜。某更三五日离此，瞻望不远，踊跃于怀。更乞以时保练，区区之祷。人还，布谢。不宣。

【译文】我因罪贬职流落在外，不再和那些作官的人相往来。您德高望重，竟能屈身来信，惭愧与感激之情不可言说。近来天气清新凉爽，您的身体一定很好。我再过三五天离开黄州，不久就要和您见面了，心情激动不已。更加希望您顺应时令保重自己，这是我诚挚的祝愿。来人回去，再次向您致谢。不一一细说。

二

某到金陵一月矣，以贱累更卧病，竟卒一乳母。劳苦悲恼，殆不堪怀。渴见风采，恨不飞去。公仁厚愍恻，劳问加等，无状，何以获此！悚息！悚息！无人写谢书裁谢，多不如礼。惟加察。

【译文】我到金陵一个月了，因为妻子又卧病在床，竟然死了一个乳母。劳累悲痛之情，几乎不能承受。我非常渴望见到您，恨不能马上飞过去。您仁义宽厚同情我，倍加关怀，像我这样不成样子，凭什么能得此殊荣呢！惭愧！惭愧！没有人为我专门写谢书向您致谢，多有失礼之处。还望您体谅。

三

某启：叠辱手教，具审比来起居佳胜，感慰兼怀。某虽已达长芦，然江流湍驶，犹当相风而行。瞻奉不远，欣抃可量。人还，复谢。不宣。

【译文】苏轼致言：承蒙您多次来信指教，详知您近来生活很好，心中感激欣慰不已。我虽然已经到达长芦，然而江水流势很急，还应该看风前行。很快就能和您见面了，欣喜之情可想而知。来人回去，特致信。不一一细说。

四

某再启：承示谕，胜之少驻，恨不飞驰，然须风熟乃敢行尔。太虚书已领，却有一书，乞送与太虚，不在金山，即在润州也。不罪。频烦不一。

【译文】苏轼再次致言：承蒙您来信告知，我一点也不想在此停留，恨不能马上飞到您身边，然而须等到风顺之后才敢前行。秦太虚的来信已经收到，却另有一封信，请您送给太虚，不在金山，就在润州。恕罪。别不多叙。

与上官彝三首 以下俱黄州

某启：专人至，辱书及诗文二册。捧领惊喜，莫知所从。得伏观书辞，博雅纯健，有味其言；次观古律诗，用意妙深，有意于古作者；卒读《庄子论》，笔势浩然，所寄深矣，非浅学所能到。自惟无状，罪戾汩没，不缘半面，获此三贶，幸甚！幸甚！老谬荒废，不近笔砚，忽已数年，顾视索然，无以为报，但藏之巾笥，永以为好而已。适病中，人还，草率奉谢。不宣。

【译文】苏轼致言：专人来，承蒙您送来信和两册诗文。接到后十分惊喜，不知所措。拜读您书信的文辞，渊博高雅凝炼清健，意味隽永；再看您写的古律诗，用意奇妙深远，有古代诗作的意味；通读《庄子论》全篇，笔势奔放，其中寄寓的思想更深了，不是见短识浅能达到的。我知道自己很无能，罪责深重，不能够见您半面，而得到您赠送的这三件礼品，真是荣幸极了！我老朽无用废学已久，不再提笔写诗作文，转眼间已好几年了，回顾过去心中一片茫然，我没有什么拿来送给您，只把这些放在箱底，作为我们永远友好的凭证。适逢正在病中，来人回去，草草致谢。不一一细说。

二

某再启：闻名久矣，谪居幸获相近，而不相通问。先辱教诲，感愧不可言。比来起居佳否？足下雄文妙论，当与作者并驱。过求不肖，莫晓所谓，凡所称道，举不敢当，悚息不已。闲居，阙人修写，又病中，亲书不周谨，望一一恕之。

【译文】苏轼再次致言：久闻大名，谪居之时有幸离您很近，却没有给您写信。承蒙您先来信指教，感激与惭愧之情不可言说。近来生活好吗？您文章雄奇道理精深，应当与作者并驾齐驱。您向我求问，不知问些什么，您对我的所有称誉，我都不敢担当，令我惭愧不已。闲居在家，无人替我写信，又因在病中，亲自写信不够周细，还望您多多原谅。

三

某启：诗篇多写洞庭君山景物，读之超然神往于彼矣。见教作诗，既才思拙陋，又多难畏人，不作一字者，已三年矣。所居临大江，望武昌诸山咫尺，时复叶舟纵游其间，风雨雪月，阴晴早暮，态状千万，恨无一语略写其仿佛耳。会面未由，惟千万以时珍重。何时得美解，当一过我耶！

【译文】苏轼致言：您的诗篇大多是描写洞庭湖与君山的秀丽景色，读后禁不住令我对那里心驰神往。您让我作些诗文，我既才思粗浅，又屡经患难令人生畏，已经有三年，不写一个字了。我居住的地方正面对着大江，武昌的各个山峰近在咫尺，经常乘一只小船到那里游玩，风雨雪月，阴晴早暮，变化万千，遗憾的是不能用文字来描写这些美好的景观。没有机会见面，但愿顺应时令，多多保重。什么时候能得到一件美差，届时应当来看望我呀！

与王子高三首

某启：多懒少便，久不奉状。儿子自北还，辱手书，且审起居佳安，为慰。游刃一邑，风谣之美，即自闻上，翘俟殊擢，以塞众望。会合未涯，伏冀倍万自爱。区区之祷。不宣。

【译文】苏轼致言：因我性情多懒，又缺少便利之时，很长时间没给您写信。儿子从北方回来，捎来您的信，知道您的生活十分平安，非常欣慰。您治理一城之地，才力绰绰有余，歌咏政绩的民谣，很快从治地传至朝廷，翘首等待您被提升，以满足大家的愿望。没机会见面，望您多多保重。这是我诚挚的祝愿。不一一细说。

二

某惊闻大郎监簿，遽弃左右，伏惟悲悼痛裂，酸苦难堪，奈何！奈何！逝者已矣，空复追念，痛苦何益，但有损尔。窃望以明识照之，纵不能无念，随念随拂，勿使久留胸中。子高高才雅度，此去当一日千里，以发久滞。愿深自爱，以慰亲友之望。无由面慰，临书哽塞。不一一。

【译文】我听到大郎去世的消息非常震惊，突然离开了亲人，您一定会五脏俱裂，悲伤之情怎能够承当，无奈！无奈！死者已经远去了，只留下亲人的悲思，痛苦又有什么补益呢，只有损伤自己的身体罢了。我希望您能从长计议，纵使不能不思念，思念之后也就算了，不要将此事长久地放在心上。子高才气高妙胸怀宽广，此去应当取得更大的成就，从沉缓之中振作起来。愿您多多保重，不辜负亲友们的期望。没有机会当面劝慰您，面对此信无比悲伤。再叙。

三

率尔乱道，何足上石，有书可劝令罢也。若更刻却二红饭一帖，遂传作一世界笑矣。

【译文】我轻率地乱说了几句，不值得刻印，这里有封信可以劝说让他不要这样做。如果还要再刻二红饭一帖，就会立刻被传作天下的笑话了。

与段约之一首

某启：辱书累幅，教以所不及，为赐大矣。某平生与公不相识，一见便能数责其过，此人与此语，岂可多得也！蜀江湍悍，卒夫牵挽，最为劳苦。若一一以钱与之，则力不能给，故不免少为此尔。事有疑似，人言良可畏，得公一言则已。无缘亲拜厚意，谨奉手启上谢。不宣。

【译文】苏轼致言：承蒙您送来长信，教诲我很多不知道的东西，真是受益匪浅。我同您素不相识，初次见面便能指出我的很多过错，如此人品和这样的快语，怎能够多得呢！蜀江流水湍急，兵士和役夫拉船过江，十分辛苦。如果都一一给他们钱，那么我的能力支付不起，因而只能少做此事罢了。做事就有人说三道四，人言真令人害怕，能得到您的一句话就足够了。没机会亲自去拜谢您的厚意，特致信向您辞别。不一一细说。

答刁景纯二首 以下俱黄州

因循不奉书，不觉岁月乃尔久耶！过辱不遗，远赐存问，感激不可言也。比日，窃惟镇抚多暇，起居胜常。吴兴风物，梦想见之，啸咏之乐，恨不得相陪，但闻风谣蔼然，足慰所望。夏暄，万万自重。

【译文】拖延至今没有给您写信，不觉中竟已过了很长时间啊！承蒙您没有忘记我，这么远给我写信来，感激之情不可言说。近来，我想您一定公务闲暇，生活安好。吴兴的风光景物，做梦都想见到，歌咏的乐趣，恨不能过去相陪，只是听说了您美好的政声到处传唱，足令我感到欣慰。夏天炎热，请多多保重。

二

旧诗过烦镌刻，及墨竹桥字，并蒙寄惠，感愧兼集。吴兴自晋以来，贤守风流相望，而不肖独以罪去，垢累溪山。景纯相爱之深，特与洗饰，此意何可忘耶？在郡虽不久，亦作诗数十首，久皆忘之。独忆四首，录呈，为一笑。耘老病而贫，必赐清顾，幸甚。

【译文】我过去写的一些诗太麻烦您给予刻印，并承蒙您寄来墨竹小桥的画作和书法，感激与惭愧之情交集在一起。吴兴自从晋朝以来，贤能的守官个个都俊雅杰出，唯独我因罪贬谪离开那里，使吴兴大好的山水蒙受了耻辱。景纯对我的关爱极为深厚，特地予以洗刷饰盖，这种美意怎能够忘记呢？我在郡里的时间虽然不很长，但也作了几十首诗，时间长了都忘记了。只回忆起四首，现写下来送给您，只图您一笑。耘老多病且贫困，您一定去看过他，非常高兴。

与王佐才二首 以下俱黄州

某启：前日蒙惠雄文，伏读钦耸，且使为诗，固愿托附。近来绝不作文，如忏赞引、藏经碑，皆专为佛教，以为无嫌，故偶作之，其他无一字也。君辞力益老，字画益精，老拙亦自不敢出手也。今复枉专人辱书，并新诗小篆石画，览味欣然，忘疾之在体。示谕《维摩题跋》，无害。偶患一疮，腿上甚痛，行坐皆废，强起写赞，已揭然疲薾，以是未果。奉书亦不复覼缕。严寒，万万自重。不宣。

【译文】苏轼致言：前天承蒙您寄来大作，拜读之后钦佩不已，还说让我写些诗，我本来就打算唱和一些。最近从来没写过文章，如忏赞引、藏经碑，都是专门为佛教写的，认为没什么避忌，所以偶尔写一点，其它的文章没有写过。您的诗文更加成熟老道，书法和绘画也更加精美，我老朽拙笨自不敢出手了。今天又劳您派专人送信及最近写的一些诗和小篆、刻石与绘画，观后心情十分舒畅，忘记了身上的病。给我看的《维摩题跋》，无大妨碍。腿上偶然生了一个疮，疼得特别厉害，行坐都不方便，勉强起来写赞文，也因精力不济而作罢，因此也没能完成。回信也不再多写了。天气寒冷，多多保重。不一一细说。

二

某启：自岁初附书及《维摩赞》，尔后不领音耗，不知达否？今蒙遣人惠书，并不言及，料必中间曾赐教，不达也。

【译文】苏轼致言：自从年初寄信和《维摩赞》给您，此后再也没有得到您的消息，不知收到没有？今天承蒙您派人送信来，并没有提到那件事，想来您中间一定给我来过信，我没有收到罢了。

与黄元翁一首

某启：垂老投荒，众所鄙远，见孙提点言，独有存恤孤旅之意，感激不已。到治下当作陆行，必留数日款见也。

【译文】苏轼致言：我在年迈之际被流放蛮荒之地，遭到众人的鄙视，听孙提点讲，唯独您存有同情我的情怀，抚慰之意令我感激不尽。到您治下应走陆路，一定停留几天与您倾心相谈。

与蔡朝奉二首 以下俱扬州

某启：寄示士民所投牒，与韩公庙图，此古人贤守，留意于教化，非簿书俗吏所及也。顾不肖何以托此。公意既尔，众复过听，亦不敢固辞。但迫冗未暇成之，幸稍宽假，途中寄上也。子野诚有过人，公能礼之，甚善。自蒙寄惠高文，钦味不已，但老懒废学，无以塞盛意，愧怍不已。

【译文】苏轼致言：您寄给我看的士人和百姓投送的牒文，及韩公庙图，这是古人中有贤能的守官，重视民风的教化，不是庸俗官吏能够做到的。自想像我这样不才之人，怎能受此重托。您的意思既然如此，并承蒙众人错爱，我也不敢坚决推辞。只是繁忙没时间来完成，希望您能宽限一段时间，路上寄给您。子野确实有非凡的文采，您能尊重他，很好。自从蒙您寄来高妙的文章，我钦佩吟咏不已，只是老朽懒散荒废了学业，没什么唱和拿来回赠您，真令我无限惭愧。

二

某启：示谕《韩公庙记》。辍忙为了之，已付来人。来人日饭之，以需此文。其一乃遁去。足下书中云，王守六月替此，二人乃云二月替，不知果如何？若万一得替，即请足下与勾当摹刻，已与太守书中细言矣。初到扬州，冗迫，书不尽所怀。

【译文】苏轼致言：您来信让我作《韩公庙记》，百忙中写好后，已交给了来人。来人每天在这里吃饭，以等待这篇文章。其中一个人竟不辞而别。您在信中说，王太守六月到此地上任，二人却说他二月来此地上任，不知究竟怎样？如果万一到任，就请您与他再仔细商量，我已在给王守的信中详细说明了这件事。刚到扬州，公务繁忙，信中无法表达我此刻的情怀。

与知监宣义一首 北归

某启：流落生还，得见君子，喜老成典刑，凛然不坠，幸甚。既不往谢，又枉手教，契好益厚。且审起居佳胜，感慰兼集。风便解去，瞻恋莫及。惟万万以时自重。匆匆，不宣。

【译文】苏轼致言：我流落远方活着回来，能够见到您，欣喜的是您年高有德为人典范，正气凛然不随波逐流，极好。没能前去向您拜辞，又承蒙您来信指教，情谊深厚。并且知道您生活很好，感激欣慰之情交集。风向转顺就要离去，对您依依不舍。望您能顺应时令保重自己。匆匆致谢，不一一细说。

与毅父宣德七首 以下俱扬州

某启：递中复辱手教，感悚。比日起居佳安。明日便重九，每缘相对，耿耿也。来书推予过重，公欲避文人相轻之病，而不度不肖所不能任，甚无谓也。以皦日之誓，故复不自隐，想当一笑也。近侄婿曹君行，曾奉状，必达。乍冷，惟万万自重。不一一。

【译文】苏轼致言：承蒙您再次寄信给我，感激惭愧不已。近来生活很好。明天就是重阳节，每逢这天举杯相饮，心中都十分不安。您在来信中把我推举得太高了，您想避开文人相轻的弊病，却不考虑我并不能胜任，真是不应该这样。我对上天发誓，所以不再隐瞒自己，想来您只当作一个玩笑罢了。最近侄婿曹君上路，曾向您致信，一定会收到。天气转冷，望多多保重。不一一细说。

二

子由信笼敢烦求便附与。内有系婿一带，乞指挥去人，勿令置润湿处也。烦渎，至悚！至悚！祖守便行否？因书，示谕。中前曾托购一碑石，不知得否？因见，乞试问看。

【译文】子由的信笼麻烦您顺便捎给他。里面装有一件系婿，望您告诉去送的人，不要让他们放在潮湿的地方。太麻烦您了，惭愧！惭愧！祖守现在行动方便了吗？来信时，请告知。此前曾托他买一块碑石，不知买到没有？如果见到他，请您帮我问一下。

三

到扬吏事清暇，而人事十倍于杭，甚非老拙所堪也。熟观所历数路，民皆积欠为大患。仁圣抚养八年，而民未苏者，正坐此事耳。方欲出力理会，谁肯少助我者乎？此间去公咫尺耳，而过往妄造言语者，或云公欲括田而招兵，近闻得皆虚，想出于欲邀功赏而不愿公来者乎？事之济否，皆天也，君子尽心而已。无由面见，临纸惘惘。

【译文】到扬州公务闲暇，而人际交往却多于杭州十倍，这不是老朽我能承受了的。详细地观察了所经过的各路，百姓都欠了很多款项，这是最大的忧患。仁宗皇帝抚恤济养了八年，而农民的生活仍没有起色的原因，正在于此。我正想治理整顿，谁能帮我一把呢？这里离您不过咫尺，而来往其间搬弄是非的人，有的说您想侵并田地征招兵员，最近听说都是谣言，想必出于那些邀功请赏而不愿让您来这里的人的口中吧？事情的成功与否，都在天意，贤德之人尽心竭力罢了。没有机会见面，面对此信心中一片茫然。

四

到此得所赐书，即于递中上谢，岂不达耶？续蒙示谕《王景寻文集》，某犹及从其人游，当依所教。然近日士大夫以某不作铭志，故变文为集引耳。已屡辞之，今恐未可遽作也。不罪！不罪！前日得舍弟书报，志公婢偶伤火汤，初甚惊惋，连得书，已全安无痕矣。恐要知。在京数日，见其慧利长进，无病，后母抚之如己出也。除夜纷纷，奉启不谨。

【译文】我来到这里就收到您的来信，立刻寄信给您，难道没有收到吗？又承蒙您让我看《王景寻文集》，我过去曾和他有过交往，应当按照您的指教去做。然而近来士大夫们因为我不再写铭志一类的文章，所以想改换文体让我为文集写一篇引言。已经多次拒绝，现在恐怕也不能马上就写。恕罪！恕罪！前些天收到子由的来信，说到志公的婢女偶然被火烧伤，开始非常吃惊惋惜，接连又收到来信，已经痊愈而且也没留下疤痕。恐怕您想知道。在京的几天，看到他慧利长进，没有病，后母抚养他像自己的亲生子一样。除夕之夜十分忙乱，草草致信。

五 以下俱北归

久不通问，计识其无他。北归所过，皆公之旧迹，或见清诗以增感叹。忽辱手书及子由家讯，穷途一笑，岂易得哉！比日起居佳安，眷聚各康宁。仙舟想非久到阙，某当老江淮间矣。会合未期，万万自重。

【译文】很长时间没有写信，想来也没有别的事情。我北归途经的地方，都是您以前任职的地方，有时见到您的清雅的题诗只能增添感叹罢了。忽然接到您的来信和子由的家书，在困顿的旅途中开怀一笑，怎能够轻易得到呢！近来生活平安，贵眷属都很康健。推想您不需很长时间就回到京城了，我将老死在江淮之地了。没有机会见面，望多多保重自己。

六

中间常父倾逝，不能一奉慰疏，但荒徼一慨而已，惭负至今。承谕，子由不甚觉老，闻公亦蔚然如昔，不肖虽皤然，亦无苦恙。刘器之乃是铁人。但逝者数子，百身莫赎，奈何！奈何！江上微雨，饮酒薄醉，书不能谨。

【译文】这期间孔常父突然去世，不能写一封安慰的信寄去，只能在荒远的边地慨叹罢了，至今愧疚不已。承蒙告知，子由觉得不很老，您也和过去一样年轻，我虽然头发白了，也没有大的病灾。刘器之却是个铁人。只是去世的这几位先生，即使一百个人也换不回来，怎么办！怎么办！江上正下着小雨，酒后有一点点醉意，草草致信。

七

日至阳长，仁者履之，百顺萃止。病废掩关，负暄独坐，醺然自得，恨不同此佳味也。呵呵。诲谕过重，乏人修写，乃以手简为谢。悚息。

【译文】又到了昼长夜短的时候，像您这样有贤德的人，一定会有许多好运。退职闲居，独自坐在太阳下晒暖，心情悠然自得，遗憾的是不能和您一起分享这种情致。哈哈。您的来信对我称赞太过了，因缺少人为我抄写，就用这封便信向您致谢。惭愧。

与程懿叔六首

某启：长至，不获展庆。伏惟顺履初阳，百福来集。知浙中人事简静，颇得溪山之乐，但有仰羡。全翁已得文字，吏民甚惜其去。江潮未应，速去无益，不如少留也。问及儿子，感怍，不敢令拜伏。不宣。

【译文】苏轼致言：夏至来临，不能在一起举杯畅饮。想必天气温暖，各种好运都会来到。我知道浙江的人际交往比较简单清静，很有时间得到山水的乐趣，我只有羡慕之情。我已经得到全翁的消息，当地的官员和百姓对他的离去非常惋惜。江水不知何时涨潮，早早离开，未必得益，不如暂留此地。您问到我的儿子，令我非常惭隗，不敢让他给您写信。不一一细说。

二

某启：叠辱车骑，皇悚不可言。晚来起居佳胜。公诗清拔，范老奇雅，真一段佳事也。盛制必自有本，辄留，范诗纳上。风色未稳，来日必未成行。不一一。

【译文】苏轼致言：承蒙您多次来访，惶恐之情不可言说。近来生活很好。您的诗作清新挺拔，范老的诗雄奇高雅，这真是一件值得称道的事呵。您的大作一定有底本，就留下来，将范老的诗奉还给您。大风还没有停止，他日也不一定能够上路。不一一细说。

三

发勾承议，数日欲往谒，泥冻方甚，寸步艰阻，思企无量。辱教，且喜起居佳胜。子由省中试人锁宿，初一日方出，户侍之命，必辞免也。

【译文】您来信让我去商议一些事情，几天来都想前去拜访，只因现在刚刚化冻，道路非常泥泞，寸步难行，对您非常想念。承蒙来信指教，欣喜的是您生活安好。子由在省中主持考试不能外出，初一那天才能出来，户侍的命令，也就必然要辞免了。

四 翰林

人来，辱书，喜知起居佳胜，眷爱各万福。郡政清暇，稍有乐事，处以无心，强梗自服，甚善！甚善！所望于吾弟也。某凡百如昨，但碎累各病，医人不离门，劳费百端，日有外补之兴。行先尚未到，亦不闻远近之耗。未缘会合，新春保练，别膺殊渥。

【译文】信使来，承蒙您来信，欣喜地知道您生活很好，家中都很平安。政务清闲，略有开心的事，处之自然，自得其乐，很好！很好！这正是我对您的期望呵。我还是过去的老样子，只是家中人经常生病，医人不离家门，各种事情劳心费神，便有了想到外地补任的念头。行先还没有来到，也没有听到途中的音讯。没有机会见面，新春时节多多保重，别后对您十分想念。

五 杭州

稍不闻问，思企增剧。比日起居何如，眷爱各安胜。广东近亦得书，甚安。子由使虏亦还矣。某近忽苦腰痛，在假数日。今虽强出视事，尚未全健，已乞宣城或宫观去。此虽暂病，亦欲渐为退休之计耳。吾弟治绩远闻，当即召用，少慰公议。

【译文】略不通信，极为思念。近来生活怎样，贵眷属都很安康。近来也收到广东的来信，非常平安。子由出使番国也回来了。我最近忽然腰疼，请假多天。现在虽然勉强处理政务，还没有完全康复，已经请求到宣城或宫观中任职。这次虽然是暂时生病，也开始作退职的打算了。老弟的政绩远近闻名，应当马上被朝廷重用，使众人略感宽慰。

六 杭州

承拜命，移漕巴峡，薄慰众望。方欲奉书，使至，辱教字，且审起居清胜。懿叔才地治状，当召还清近，此何足道。得一省坟墓，仍见亲知，为可贺耳。衰病疲厌，何时北趋归路，仰羡而已。知在江上，咫尺莫缘一见，临纸惘惘。

【译文】知道您外出任职，到巴峡作漕司，使众人略感宽慰。正要给您写信，信使来到，送来您的信，得知您生活很好。懿叔才华横溢治理有方，应当召回朝廷，这怎么还用说。能够回到家乡省视祖地，还能见到亲人和朋友，真值得庆贺。我老朽多病疲倦不堪，何时能归回北方，只有羡慕罢了。知道您也在江上，近在咫尺不能够相见，面对此信心中一片茫然。

与徐得之十四首 以下俱黄州

某启：始谪黄州，举目无亲。君猷一见，相待如骨肉，此意岂可忘哉！恨谪籍所縻，不克千里会葬。诸令侄皆少年，未甚更事。得之既手足之爱，事事处置令合宜，若有分毫不如法者，人不责之诸子，而责得之也。幸深留意，切不可惜人情，顾形迹，而有所不尽也。十三、十四皆可，俊性，不宜令失学。闻其舅仲谟户部君之雅望久矣，但未相见，不敢致书。欲望得之致恳。若候葬毕，迎君猷閤中，与其三子置之左右，而教以学，则君猷为不死矣。士契之深，不避僭易，悚息之至。

【译文】苏轼致言：当初谪居黄州时，举目无亲。徐君猷见到我，对待如亲生兄弟，这种情意怎敢忘记呢！遗憾的是我为贬谪所累，不能远行千里赴丧。几个孩子都很小，不明世事。徐得之既然如手足，应当事事处理得都很得当，如果有一点儿不合礼法，人们不会责怪几个孩子，而埋怨得之。希望您能留意，万万不可只顾人情和自己，而有做不到的地方。十三、十四都很好，非常聪明，不应当让他们失学。听说他们的舅父户部张仲谟的大名已经很久了，只是没能相见，不敢给他写信。想让得之代我向他致意。您等到丧葬完毕后，将君猷的灵位迎至他家中，您和他的三个孩子在一起，教他们读书，那么君猷死也瞑目了。你我的交情很厚，我也就超越本分多说了几句，无限惭愧。

二

某启：不意君猷文止于此，伤痛不可言。丧过此，行路挥涕，况于亲知如仆与君者。见其诸子，益复伤心。然其弟六秀才，虽骤面，颇似佳士。郡人赙之百余千，已附秀才收掌，专用办丧事也。志文已是杨元素许作，专为干致次，公仪必来会葬，幸与六秀才者商议，令如法也。既葬之后，邑君与十三、十四等，可暂归张家，为长策，幸更与详议。闲人不当僭管，但平昔蒙君猷相待如骨肉，不可不尽所怀。书不可尽谈，想深照此意也。不一一。

【译文】苏轼致言：没想到君猷从此再也不能写文章了，悲痛之情不可言说。这样大的不幸，即便是行路的人也要落泪，何况像您和我这样的老朋友呢。见到他的几个儿子，又更加伤心。然而他的弟弟六秀才，虽然见面的时间很短，很像有才干的人。同郡的人送给他办丧事的百余项财物，已经交给六秀才掌管，专门用来办理丧事。志文是杨元素答应作的，特地写信让他去，公仪一定会去赴丧，希望和六秀才等人商议，使丧事办得合乎礼法。葬礼完毕后，邑君和十三、十四等人，可暂且归回张家，这是长久的打算，希望再仔细地商议一下。像我这样的闲人不应当多管，只是平日君猷待我如亲生兄弟，不敢不尽心啊。信中有说不完的话，想来您会明白我的意思。不一一述说。

三

某启：适辱手简，且审起居佳胜，知尚留雪堂。所须文字，得款曲为之也。兴国书附去，可便遣人。适已遣人，来简必达。要记昨日事，适会沐浴，困甚，信笔无伦次。

【译文】苏轼致言：承蒙来信，得知您生活很好，还留住雪堂。您需要的文字，我慢慢写给您。兴国的信捎过去，可顺便派人送去。适逢我已经派人去，您的来信也一定会送到。简略地记述些昨天的事，正赶上要去沐浴，非常困乏，随便写了几句无关紧要的话。

四

某启：数日得相从，遽别，情悰惘然。晚来起居佳胜。后会未可期，惟万万顺时自重。

【译文】苏轼致言：与您在一起了很多天，突然分别，心情十分伤感。近来生活安好。不知什么时候能再相见，望您顺应时令保重自己。

五

十一郎昆仲不及再别，惟节哀慎重为祷。葬期不远，想途中不复滞留。凡事禀议大阮为佳也。

【译文】来不及再和十一郎兄弟道别，望您能节哀保重身体。离葬期不远了，想来途中不再滞留。凡事要多禀请您的叔父一起商议为好。

六

作此书讫，得二月二十八日所惠书，知仙舟靠閤滞留，不易！不易！即日想已离岸。天色稍旱，江水殊未甚长，奈何。更冀勉力。李乐道篆字等不来，恐妨使，且纳志文去，可就近别求也。

【译文】写完这封信的时候，收到您二月二十八日的来信，知您已经到达官署停留，不容易啊！不容易啊！想来今天您已乘船而去。天气略旱，江水还没有长起来，没有办法。还希望您继续努力。李乐道的篆字等还没有送来，恐怕耽误您使用，暂且将志文送去，可在附近寻求别的。

七

得之晚得子，闻之，喜慰可知。不敢以俗物为贺，所用石砚一枚，送上，须是学书时与之。似太早计，然俯仰间，便自见其成立，但催迫吾侪，日益潦倒尔。恐得之惜别，又复前去，家中阙人抱孩儿，深为不皇。呵呵。

【译文】得之晚年得子，听到这件事，喜悦之情可想而知。我不敢用平常的物品表示祝贺，我用的一方石砚，送给您，等到他读书时送给他。好像打算得太早了，然而俯仰之间，便看见他长大了，只是催逼得我们这辈人，更加老朽罢了。恐怕得之与我惜别，又再前去，家中缺人照料孩儿，深感不安。哈哈。

八

定省之下，稍葺闲轩，箪瓢鸡黍，有以自娱，想无所慕于外也。闽中多异人，隐屠钓，得之不为簪组所縻，倘得见斯人乎？仆亦衰老，强颜少留，如传舍尔。因风，时惠问。

【译文】定省之后，略微修整一下房屋，粗茶淡饭，农家生活，有时也可以自得其乐，想来对外界也没有什么可羡慕的。闽中多奇异的高人，隐居在屠市和江湖之边，得之不被公务牵累，或许能见到这些人吗？我也老朽无用了，勉强有脸面活着，只不过像住旅店一样时间不长罢了。方便的话，请您多多来信。

九

某启：昨日已别，情悰惘然。辱教，且审起居佳胜。风雨如此，淮浪如山，舟中摇撼，不可存济，亦无由上岸，但阖户拥衾尔。想来日未能行，若再访，幸甚。

【译文】苏轼致言：日前与您分别后，心情非常伤感。承蒙您来信，知道您生活很好。风大雨急，淮河的浪头像山一样，船中摇晃得厉害，不能前行，也没有办法上岸，只能闭上舱门睡觉罢了。想来明天也不能行船，如果您能再来看我，将非常荣幸。

十

某启：逾年相从，情均骨肉，乍此远别，怅恋可知。辱书，承起居佳胜，为慰。来日离此，水甚悭涩，不知趁得十五日上否？得之亦宜早发，勉此岁月间，早遂定居为佳也。余万万自重。

【译文】苏轼致言：与您在一起一年多了，情同兄弟，突然远别，惆怅不舍之情可想而知。承蒙您来信，知道您生活很好，非常欣慰。明天将离开此地，水路比较难走，不知能否在十五日上岸？得之也应该早些动身，尽量在这个时候，早早定居下来为好。其余多多保重。

十一

某启：承舟御不远数百里相从，风义之重，感慰何极。经宿起居何如？郡中虽留数日，竟少暇陪接，又不得一候馆舍，遂尔远别，可量怅惘。

【译文】苏轼致言：承蒙您驾船不远数百里相随，您的深重的风概与高义，令我无限感激与欣慰。近来生活怎样？虽然在郡中停留了几天，却没有时间迎接和陪伴您，又不能在旅店中等候，就从此远别，可想我心中的离愁。

十一 离黄州

某启：别后所辱手书，一一皆领。罕遇信便，不克裁谢，甚愧负也。再到旧游，不见故人，深为惘惘。然喜久客牢落，得遂归计也。比日已还。侍下起居佳胜？会合何时，临书怅然，惟千万自爱。

【译文】苏轼致言：别后您给我的来信，我都一一收到。这里寄信很不方便，没能向您致谢，非常愧疚。再到旧地重游，见不到了老朋友，深感神伤。然而所喜的是长时间的客居他乡，竟可以归返了。我近日已经动身。您的生活好吧？不知什么时候能再相见，面对此信心中茫然，望您多多保重自己。

十三 以下俱惠州

某启：张君来，辱书存问周至，感激不已。即日哀慕之余，孝履如宜。某到惠已半年，凡百粗遣，既习其水土风气，绝欲息念之外，浩然无疑，殊觉安健也。儿子过颇了事。寝食之余，百不知管。亦颇力学长进也。子由频得书，甚安。一家会作四处，住惠、筠、许、常也，然皆无恙。得之见爱之深，故详及之，不须语人也。瞻企邈然。临书惘惘。乍热，惟万万节哀，顺变自重，千万！千万！

【译文】苏轼致言：张君到我这里，您在信中对我的关怀无微不至，感激不尽。近来哀思之余，身体安康。我来到惠州已经半年多了，各种事情勉强过得去，已经熟悉了这里的水土与气候，排除各种杂念之外，心情坦荡没有疑虑，觉得特别舒畅。儿子苏过也非常懂事。睡觉和吃饭之余，各种事情都不用管他。在学业上也非常努力进取。子由经常来信，非常平安。一家人现在分为四处，分别住在惠、筠、许、常四地，但是都平安无事。得之非常关心我以所以才把这些详细地告诉你，只是不要对别人说。见面无期，面此信心中茫然。天气变热，请千万节哀，顺应变化保重自己，切记！切记！

十四

詹使君，仁厚君子也，极蒙他照管，仍不辍携具来相就。极与君猷相善，每言及，相对凄然。君猷诸子得耗否？十四郎后来修学如何？

【译文】詹使君，是个仁义忠厚有德行的人，极受他的关照，还不停地携带器具来帮忙。他和君猷的交情特别好，每每提到君猷，我俩就相对无言，黯然神伤。是否经常得到君猷的几个孩子的消息？十四郎后来研习学业的情况怎样？

答贾耘老四首 以下俱离黄州

久不奉书，尚蒙记录。远枉手教，且闻比日动止佳胜，感慰兼集。寄示石刻，足见故人风气之深，且与世异趣也。新诗不蒙录示数篇，何也？贫固诗人之常，齿落日昏，当是为两荷叶所困，未可专咎诗也。某发少加白耳，余如故。未由一见，万万自重。

【译文】很长时间没给您写信，承蒙您还记得我。从远方寄来书信，得知近来身体非常安康，十分感激与欣慰。寄给我的石刻，足可以见到您的深重的风范与气节，并且有与世俗不同的兴致。最近写的诗不寄给我几篇，是什么原因呢？贫穷本来就是诗人的常理，牙齿脱落两眼昏花，当是整日与两位侍妾厮混所致，不能只归罪于诗呵。我的头发已开始变白，其余和过去一样。没有机会见面，千万保重身体。

二

仆已买田阳羡，当告圣主哀怜余生，许于此安置。幸而许者，遂筑室于荆溪之上而老矣。仆当闭户不出，公当扁舟过我也。醉甚不成字，不罪。见滕公，且告为卑末送相子来扬州。

【译文】我已经在阳羡买了田地，应当告请朝廷可怜残生，允许我在这里安居下来。如果侥幸答应，就在荆溪边建造一所房子了此一生。我就当闭门不出，您应该乘一只小船来看我。醉意很重写不成字，恕罪。如果见到滕公，就告诉他说我没能送他家的公子来扬州。

三

久放江湖，不见伟人。前在金山，滕元发乘小舟破巨浪来相见。出船，巍然使人神耸。好个没兴底张镐相公！见时，且为我致意。别后酒狂，甚长进也。老杜云："张公一生江海客，身长九尺须眉苍。"谓张镐也。萧嵩荐之云："用之则为帝王师，不用则穷谷一病叟耳。"

【译文】长时间被放逐在江湖，没有见到奇伟之人。前些时在金山，滕元发坐着小船冲破巨浪来看我。走出船来时，他那高大的样子使人感到吃惊。好个没兴致的张镐相公！见到他时，请代我向他致意。别后非常喜爱喝酒，长进很多。老杜说："张公一生江海客，身长九尺须眉苍。"说的就是张镐呀。萧嵩荐举他说："用之则为帝王师，不用则穷谷一病叟耳。"

四

今日舟中无他事，十指如悬槌，适有人致嘉酒，遂独饮一杯，醺然径醉。念贾处士贫甚，无以慰其意，乃为作怪石古木一纸，每遇饥时，辄一开看，还能饱人否？若吴兴有好事者，能为君月致米三石酒三斟终君之世者，便以赠之。不尔者，可令双荷叶收掌，须添丁长，以付之也。

【译文】今天船中没有别的事情，两手闲着无事可做，正好有人送来美酒，就独自饮了一杯，慢慢醉了过去。想来贾处士非常贫困，没什么可拿来安慰您，就为您作了一幅怪石古木画，每当饥饿时，就打开看看，还能充饥吗？如果吴兴有喜欢做事的人，能为您每月送来三石米和三斗酒使您安度晚年，就把此画送给他。如没有这样的人，便让两位侍妾收藏起来，等到儿子长大，交付给他。

与陈辅之一首 北归

某启：昨日承访及，病倦，不及起见，愧仰深矣。热甚，起居何如？某万里海表不死，归宿田里，得疾，遂有不起之忧，岂非命耶？若得少驻，复与故人一笑，此又出望外也。力疾，书此数字。

【译文】苏轼致言：承蒙您昨天来看我，因病倦乏，没来得及迎接，非常惭愧与仰慕。天气炎热，生活可好？我流落万里之外的海边没有死去，现在归居田里，竟一病不起，难道不是命吗？如果能够在此略留一时，再和老朋友开怀一笑，这又令我喜出望外了。疲倦，只写了这几个字。

与李通叔四首 以下俱黄州

某启：向承宠访，教语甚厚，因循未获裁谢。复枉专使辱书累幅，意愈勤重。且获所著《通言》二篇，及新诗碑刻，废学之人，徒知爱其文之工妙，而不能究极其意之所未至，钦味反复，不能释手，幸甚！幸甚！比日起居何如？窃恐著书讲道，驰骋百氏，而游于艺学，有以自娱，忘其穷约也。未由面言，万万以时自重。人还，奉启，不宣。

【译文】苏轼致言：不久前承蒙您光临，指教了很多，还没有来得及回信致谢。又劳您派专人送来长信，情意更加深厚。并且收到了您著述的二篇《通言》，及最近写的诗、碑刻，像我这样荒废学业的人，只知道喜爱这些文章的工巧与高妙，而不能真正领会其中的寓意到底是什么，反复吟咏体味，爱不释手，真是好极了！近来您生活可好？恐怕您著书立说，驰骋百家，遨游在学业间，自得其乐，早已忘记自己的穷困了。没有机会见面，千万顺应时令保重自己。来人回去，特致信，不一一述说。

二

某启：《通言》略获披味，所发明者多矣。谨且借留，得为究观。他日成书，尽以见借，尤幸。篆书《心经》，字小而体完，尤为奇妙。君为亲书，岂敢辄留。他日别为小字，写百十字见惠，不必《心经》，乃大赐也。要跋尾，谩写数字，不称妙笔。愧愧。

【译文】苏轼致言：《通言》已大致欣赏，您在文中提出了很多独到的见解。我暂且留下来看，以便为了仔细研读。来日写成此书后，一定要拿来借给我，将感到特别荣幸。您所作的篆书《心经》，字体小巧玲珑而章法完美，特别奇妙。这是您为亲友写的，怎敢留下呢。来日另外给我写小体篆字，写百十个送给我，不一定是《心经》，这已是您最大的恩惠了。您请我写跋文，随笔写下数语，称不上写得好。惭愧。

三

某启：叠辱从者推与甚厚，患难多畏，又废笔砚，无以少答来贶，愧恨深矣。颁示篆字，笔势茂美，深得二李本意。虽已捧领，当为箧笥之华。无缘诣谢，惟万万慎夏自爱。匆匆，不宣。

【译文】苏轼致言：承蒙您看重并多次推举，身在灾难之中令人害怕，又不近笔墨，拿不出一点什么来回赠您，深感惭愧和遗憾。您送给我的篆字，笔势饱满道劲，深得二李的真意。既然愧领，应当成为收藏之中的精华。没有机会去拜谢您，望您在夏天注意好身体，保重自己。匆匆致信，不一一细说。

四

某启：久不奉书，为愧。春物妍丽，奉思无穷。比日起居佳否？中间蒙寄示雪堂篆字，笔势茂美，足为郊薮之光。不即裁谢，未见罪否？会合未由，万万以时自重。不宣。

【译文】苏轼致言：很长时间没给您写信，非常惭愧。春天景物美好，极为思念。近来生活可好？中间承蒙您寄来雪堂篆字，笔势饱满道劲，足使我这偏远的地方增添光彩。没有马上致谢，您怪罪了吗？没机会见面，千万顺应时令保重身体。不一一细说。

与徐仲车三首 以下俱南迁

某启：三辱手教，极荷忧念，孔子所谓“忠焉能勿诲乎”？当书诸绅，寝食不忘也。名方良药，亦已拜赐，幸甚！幸甚！来日，舟人借请或小留，但不敢往谒尔。占望怅惋。

【译文】苏轼致言：承蒙您多次来信指教，对我非常关心，孔子所说的“忠焉能勿诲乎”？我应把它写在衣带上，时刻不能忘记。您送来的名方和良药，也已经收到，非常荣幸！明天，船公有事外出或许将停留一段时间，只是不能前去拜见您了。遥望叹息。

二

某启：昨日既蒙言赠，今日又荷心送，盎然有得，载之而南矣。复启，不宣。

【译文】苏轼致言：承蒙您昨天以言相赠，今天又真诚相送，多有收益令人高兴，我将载着它向南方去。再致，不一一细说。

三

某启：伏辱奇篇，伏读惊叹，愧何以当之，以太守会上，不即裁谢。继枉手教，益深感怍。晚来起居佳胜。公穷约至老，居甚卑而节独高。某忝冒过分，实内自愧，相见不免踧踖，来示何谦损之过也。迫行不再诣，惟厚自爱。入夜，不宣。

【译文】苏轼致言：承蒙送我奇文，拜读之后惊叹不已，惭愧之情无法承当，因为正在太守会上，没来得及回信致谢。接着又收到您的来信，更加感到惭愧。近来生活很好。您穷困一生，地位低微而唯独气节高尚。我失礼之处太过份了，实在感到愧疚，与您相见不免感到不安，您的来信实在是太谦逊了。行程匆迫不能再去拜会您，望您多多保重。夜已经深了，不一一细说。

与彦正判官一首 黄州

古琴当与响泉韵磬，并为当世之宝，而铿金瑟瑟，遂蒙辍惠，拜赐之间，赧汗不已。又不敢远逆来意，谨当传示子孙，永以为好也。然某素不解弹，适纪老枉道见过，令其侍者快作数曲，拂历铿然，正如若人之语也。试以一偈问之："若言琴上有琴声，放在匣中何不鸣？若言声在指头上，何不于君指上听？"录以奉呈，以发千里一笑也。寄惠佳纸、名荈，重烦厚意，一一捧领讫，感怍不已。适有少冗，书不周谨。

【译文】古琴应当与响泉韵磬一起，成为当今世上的珍宝，然而您将这么贵重品送给我，拜受之际，令我羞愧不已。又不敢违背您的心意，我就应当传给子孙后代，永远作为我们友好的凭证。但是我平素不懂得弹琴，适逢纪老屈尊前来，让他的侍从快弹了几首曲子，琴声悠扬动听，正好像那个人在诉说心中的话。试用一首偈语来问："若言琴上有琴声，放在匣中何不鸣？若言声在指头上，何不予君指上听？"写下来送给您，只图您在远方一笑。寄给我的美纸、名茶，劳您厚赠，一一收领，感激惭愧不已。适逢公务较忙，字迹潦草多有失礼。

与黄洞秀才二首 以下俱登州还朝

某启：寄示石刻，感愧雅意。求书字固不惜，但寻常因事点笔，随即为人取去。今却于此中相识处觅得三纸付去，蓬仙因降，为致区区之意。

【译文】苏轼致言：寄给我看的石刻本已收到，对您的厚意非常惭愧。让我给您写字我会毫不吝惜，只是平常有事时才信笔写几个字，随即就被人拿走了。今天却在此处一位朋友那里找到三幅纸，写后送给您，蓬仙来临，代我向他致意。

二

某启：经过，幸一再见。人来，辱书，甚荷存记，兼审比来起居佳胜，为慰。未由款奉，千万保啬。

【译文】苏轼致言：回朝路过此地，有幸再见到您。信使来，收到您的信，非常感谢您的挂念，知道您近来生活安康，极为欣慰。没有机会和您畅谈，多多保重。

与黄敷言二首 以下俱北归

某启：叠辱宠访，感慰兼集。晚来起居佳胜。来晨启行，以衰疾畏寒，不果往别，悚怍深矣。冲涉雨霰，万万保练。谨令儿子候违。不宣。

【译文】苏轼致言：承蒙您多次来访，非常感激与欣慰。近来您生活安康。我明天早上上路，因为老病害怕风寒，没能去和您道别，实在惭愧。天气渐渐寒冷，望您多多保重。将让儿子在此等候您。不一一述说。

二

少事干烦，一书与惠州李念四秀才，告为到广州日专遣人达之，不罪。交代民师，且为再三致意。某再拜，不宣。

【译文】闲来无事便麻烦您，有一封给惠州李念四秀才的信，请您到广州后再专门派人送去，恕罪。告诉谢民师，代我向他多多致意。苏轼再拜，不一一细说。

与陈承务二首 以下俱南迁

某启：倾盖一笑，慰喜殊深。奉违信宿，怀想不已。辱手教，且审起居佳胜。已到家累，承丈丈差借人轿，孤旅获济，感激不可言。愈远，万万若时自爱。

【译文】苏轼致言：与您一见如故开怀谈笑，欣慰之极。别后三日，想念不已。劳您来信指教，得知您生活安好。家眷已经来到，承蒙您派来人手和轿子，使我在孤寂的旅途中得到帮助，感激之情不可言说。离您越来越远了，千万顺应时令保重自己。

二

孤拙困踣，言无足取，足下独悦之。少年敏锐，所存如此，实增钦叹。然此事以临利害，不变为难也。

【译文】我孤独愚笨困窘潦倒，说话也没有可取的地方，唯独您对我很欣赏。您风华正茂，聪慧敏捷，对我如此厚爱，实在令我钦佩不已。然而此事涉及自家利害，不改变就要处于险难之中了。

与吴将秀才二首 以下俱黄州

某启：某少时在册府，尚及接奉先侍讲下风，死生契阔，俯仰一世。与君相遇江湖，感叹不已。辱访山中，愧不能款。数日，起居佳否？以拙疾畏风，不果上谒。解去渐远，万万自重。

【译文】苏轼致言：我年轻时在册府求学，曾经聆听过您父亲的教诲，如今生死离别，令我永生难以忘怀。与您在江湖上相遇，感慨万千。承蒙您来山中看望我，惭愧的是不能好好招待您。几天来，身体可好？我因老病害怕风寒，不能前去拜见您。离您越来越远，千万保重。

二

令子秀才，辱长笺之赐，辞旨清婉，家法凛凛，钦味不已。老拙何以为谢，但有愧负。

【译文】承蒙令公子来长信指教，辞意清新婉丽，足见家教谨严，令我钦佩不已。我老朽没什么拿来回谢，只有惭愧与内疚。

答苏子平先辈二首 以下俱黄州

某启：违别滋久，思咏不忘。中间累辱书教，久不答，知罪。远烦专使手书劳问，且审比日起居安佳，感慰殊甚。书词华润，字法精美，以见穷居笃学，日有得也。某凡百粗遣，厄困既久，遂能安之。昔时浮念杂好，扫地尽矣。何时会合，慰此惘惘。未间，惟万万自重。不宣。

【译文】苏轼致言：与您分别已经很久了，对您想念不已。中间蒙您多次来信指教，很长时间没给您回信，知道很对不住您。劳您从远方派专人送信来，知道您近来生活安康，非常感激与欣慰。来信词采华丽圆润，书法精致秀美，可见您虽然贫困而学业深厚，每天都有新的收获。我各种事情勉强过得去，既然穷困时间长了，也就安然处之了。过去的虚泛的想法和各种爱好，都已经一扫而光了。什么时候再与您相见，以安慰我此刻寂寞的情怀。未能相见，还望您多多保重。不一一细说。

二

远烦遣仆手书足矣，更蒙厚惠，足下困约中何力致此，愧灼不可言已。一一依数领讫，感怍而已。儿子令往荆南干少事，未还，还即令答教也。所要先丈哀词，去岁因梦见，作一篇，无便寄去。今以奉呈，无令不相知者见，若入石，则切不可也。至祝。

【译文】劳您从远方派人给我送信就足够了，还赠给我这么多物品，您生活本来就很拮据，哪有余钱买这些东西呢，惭愧之情不可言说。一一依数接受后，更加感激愧疚罢了。我让儿子到荆南办一些事情，还没有回来，回来就让他写信致谢。您要的先丈的志文，去年曾梦见此事，作了一篇，没机会寄去。现在奉送给您，不要让外人知道，如果刻入碑石，那么万万不可。致以亲切的问候。

与杨耆秀才醵钱帖一首

杨耆秀才，谋学未成，行橐已竭，欲率昌宗、兴宗、公颐及何、韩二君，各赠五百，如何？

【译文】杨耆秀才，学业还没有完成，囊中已空，我想带领潘昌宗、郭兴宗、公颐和何胜可、韩毅甫二位先生一起去喝酒，我们每人赠你五百钱，怎么样？

与文叔先辈二首 以下俱黄州

某启：叠辱顾访，皆未及款语。辱教，且审尊候佳胜。新诗绝佳，足认标裁，但恐竹不如肉，如何？所示前议更不移，十五日当与得之同往也。

【译文】苏轼致言：多次劳您大驾光临，都没来得及倾心相谈。承蒙来信指教，知道您身体很好。新诗奇绝优美，足能领一代新风，只是恐怕竹不如肉，怎么样？来信中以前的商议不再变动，十五日我和得之一同前往。

二

某启：闻公数日不安，既为忧悬，又恐甲嫂见骂，牵率冲冒之过，闻已渐安，不胜喜慰。得之亦安矣。大黄丸方录去，可常服也。惠示子鹅，感服厚意，惭悚不已。入夜，草草，不宣。

【译文】苏轼致言：听说您几天来身体不适，既为这担心，又恐怕大嫂骂我，草率前去冒犯连累了你，又听说您已逐渐康复，欣慰不已。得之的身体现在也好了。现将大黄丸药方抄下送去，可经常服用。您送来的小鹅，感激您的厚意，非常惭愧。夜已经很深了，草草致谢，不一一细说。

答李先辈一首 黄州

某启：辱示，感怍。此石一经题目，遂恐为世用，便有戕山竭泽之忧，为石谋之，殆非所乐也。愿密勿语。世所少者，岂此石哉！临行匆匆，不果奉别。幸自爱。

【译文】苏轼致言：承蒙您来信，十分惭愧与感激。此石一旦经过题写，随即恐怕就会被世人采用，便会有残害山林竭尽湖泊的灾祸，替石打算，恐怕不是我们愿意做的。望您能保密不要对外人说。世上所稀少的，难道只这种石头吗！临行匆忙，没能和您道别。希望多多保重。

与徐十二一首 黄州

今日食荠极美。念君卧病，面、酒、醋皆不可近，唯有天然之珍，虽不甘于五味，而有味外之美。《本草》：荠和肝气，明目。凡人，夜则血归于肝，肝为宿血之脏，过三更不睡，则朝旦面色黄燥，意思荒浪，以血不得归故也。若肝气和，则血脉通流，津液畅润，疮疥于何有。君今患疮，故宜食荠。其法，取荠一二升许，净择，入淘了米三合，冷水三升，生姜不去皮，槌两指大，同入釜中，浇生油一蚬壳多于羹面上，不得触，触则生油气，不可食，不得入盐、醋。君若知此味，则陆海八珍，皆可鄙厌也。天生此物，以为幽人山居之禄，辄以奉传，不可忽也。朝奉公昨奉状，且为致意。区区遣此，不一一。羹以物覆则易熟，而羹极烂乃佳也。

【译文】今天吃荠菜味道极为鲜美。想到您卧病在床，面、酒、醋都不能食用，只有天然的珍品，虽然也没有美味佳肴那样好，却有它们比不上的地方。《本草》中说：荠菜能调和肝气，使人的眼睛明亮。普通人，夜间血液就流回肝脏，肝脏是血液集中的地方，如果人过了三更还没有睡觉，那么第二早上脸色枯黄干燥，精力分散，因为血液没有流回肝脏的原因。如果肝气和顺，那么血液循环旺盛，唾液多而甜美，就不会有疮疥之类的疾病。您现在身上生了疮，所以应该多吃荠菜。方法是，取一二升去过皮的荠菜，拣择干净，放进淘洗过的米三合，冷水三升，没有去皮的生姜，取两指那样大，同时放进锅中，浇一小蚬壳多生油在汤面上，不能用手摸，摸了就会生油气，不能吃，不能放进盐、醋。您若吃完这道美味后，那么世上的各种奇珍，都会生厌了。上天生有这种物品，这是隐士们闲居山中的福份，就传授给您，不要轻视啊。昨天给朝奉公写了封信，且代我向他致意。我就写到这里，不再多叙。煮汤上面用东西盖住容易熟，而汤越烂则味道越好。

与姚君三首 以下俱登州

某启：过苏，首辱垂访，到官，又枉教字，皆未克陈谢。又烦专使惠问，勤厚如此，可量感愧。比日起居何如？寄示诗编石刻，良为珍玩，足见好事之深笃也。溽暑未解，万万以时珍重。人还，草草奉谢。不宣。

【译文】苏轼致言：路过苏州时，首劳您探望，到任后，又承蒙您来信指教，都未来得及回信致谢。又劳您派专人来，对我如此关爱，感激与惭愧之情可想而知。近来生活怎样？寄给我的诗集的刻印本，是非常珍贵的礼品，足见您非常爱好这种事情。天气还十分炎热，多多顺应时令保重自己。来人回去，匆匆致谢。不一一细说。

二

昨惠及千文，荷雅意之厚，法书固人所共好，而某方欲省缘，除长物旧有者，犹欲去之，又况复收耶！谨却封纳，不讶！不讶！

【译文】日前，您送给我千字的文章，承蒙您的厚爱，感激不尽，法书本来就是人们共同喜爱的东西，而我将要反省世事，除了原有剩余的物品，还想舍弃它们，又何况再收藏呢！现奉还给您，千万不要见怪！

三

近专人还，奉书必达。入秋差凉，体中佳否？咫尺披奉无由，尚冀保练，慰此想念。

【译文】最近专人回去，回信一定会收到。入秋以来天气逐渐变凉，心情好吗？近在咫尺没有机会相见，还望您多多保重，以安慰我此刻的想念之情。

答吴子野五首 以下俱黄州

济南境上为别，便至今矣。其间何所不有，置之不足道也。专人来，忽得手书，且喜居乡安稳，尊体康健。某到黄已一年半，处穷约，故是夙昔所能，比来又加便习。自惟罪大罚轻，余生所得，君父之赐也。躬耕渔樵，真有余乐。承故人千里问讯，忧恤之深，故详言之。何时会合，临纸惘惘。

【译文】济南境内匆匆一别，便至今日。这中间什么不曾发生呢，放在一边不值得提起。信使来，忽然接到您的信，并且令人欣喜的是您身居乡间安稳无事，身体非常健康。我来到黄州已经一年半了，生活贫困，这些原本就是我过去能够应付了的，近来愈加习惯。想自己罪责深重而惩罚轻微，还能够保全性命，这是朝廷的恩惠。安居于平民之间，真正拥有生活的乐趣。承蒙老朋友千里问候，深为挂牵，所以才详细说了这些。什么时候能够见面呢，面对此信心中茫然。

二

承三年庐墓，葬事周尽，又以余力葺治园沼，教养子弟，此皆古人之事，仆素所望于子野也。复览诸公诗文，益增慨叹。介夫素不识，其笔力乃尔奇逸耶？仆所恨近日不复作诗文，无缘少述高致，但梦想共处而已。子由不住得书，无恙。所问数人，亦不甚得其详。冯在河阳，滕在安州，沈在延州，王在京。寄示墓铭及诸刻，珍感！珍感！虞直讲一帖，不类近世笔迹，可爱！可爱！近日始解畏口慎事，虽已迟，犹胜不悛也。奉寄书简，且告勿入石，至恳！至恳！某再拜。

【译文】知道您在家守孝三年，丧事操办得非常周详，又用余力修治田园，传授学业，这些都是古代贤人所做的事，我向来对子野都非常仰慕啊。再看各位的诗文，更加增添我的感慨。平时和介夫不太熟识，他的文章竟如此雄奇飘逸！我遗憾的是近些天来不再作诗文，无法再叙写那些高妙的情致，只能梦想在一起相处。经常收到子由的信，非常平安。您所问及的几位先生，也不知道他们的详细情况。冯京在河阳，滕元发在安州，沈括在延州，王安礼在京。寄来的志文和各种刻本，非常感激！非常感激！虞直讲的帖文，不像近世的笔迹，实在值得玩味！近些天来才开始明白什么是说话小心和做事谨慎，虽然已经晚了，还比不悔改强得多。寄给您的书信，请您千万不要刻印，切记！切记！苏轼再拜。

三

寄惠建茗数品，皆佳绝。彼土自难得茶，更蒙辍惠，惭悚！惭悚！沙鱼、赤鲤皆珍物，感怍不可言。扶劣膏不识其为何物，但珍藏之，莫测所用，因书幸详示谕也。近有李明者，画山水，新有名，颇用墨不俗，辄求得一横卷，甚长，可用大床上绕屏，附来人纳上。江郡乃无一物为回信，惭悚之至。儿子无恙，承问及。

【译文】寄给我的各种建茶，都非常珍贵。您那里本来都很难得到茶叶，再承蒙您送给我，惭愧！惭愧！您送给我的沙鱼、赤鲤都是珍贵的物品，感激之情不可言说。我不知道扶劣膏是什么物品，只能珍藏起来，不知它的用途，来信时希望您能详细告诉我。最近有个叫李明的人，擅长画山水，刚出名，用墨很不寻常，就求他画了一条横幅，很长，可以用作大床上的绕屏，已交给来人送给您。黄州却没有什么能作为信物送给您，令我无限惭愧。儿子非常好，承蒙您问到他。

四

每念李六丈之死，使人不复有处世意。复一览其诗，为涕下也。黄州风物可乐，供家之物，亦易致。所居江上，俯临断岸，几席之下，风涛掀天。对岸即武昌诸山，时时扁舟独往。若子野北行，能迂路一两程，即可相见也。

【译文】我每当想到李六丈的去世，就产生也不愿再活下去的念头。再一看他写的诗，禁不住泪流满面。黄州的风土人情有很多乐趣，生活中所需要的物品，也容易得到。住在江边，下面临着陡峭的江岸，几席之下不远的地方，风大浪高直上天宇。对岸就是武昌的各个山峰，我经常乘一只小船独自到那里去。如果子野北上，能绕一段路程，我们就可以相见了。

五 扬州

《文公庙碑》，近已寄去。潮州自文公未到，则已有文行之士如赵德者，盖风俗之美，久矣。先伯父与陈文惠公相知，公在政府，未尝一日忘潮也。云潮人虽小民，亦知礼义，信如子野言也，碑中已具论矣。然谓瓦屋始于文公者，则恐不然。尝见文惠公与伯父书云："岭外瓦屋始于宋广平，自尔延及支郡，而潮尤盛。鱼鳞鸟翼，信如张燕公之言也。"以文惠书考之，则文公前已有瓦屋矣。传莫若实，故碑中不欲书此也。察之。

【译文】《文公庙碑》，最近已经寄给您。自从文公还没有来到潮州时，就已经有了像赵德这样文才和品德都很高的名士，大概此地的美好的风俗，已经很久了。先伯父和陈文惠公非常要好，陈公在官署中时，不曾一日忘记潮州。虽说潮州人是小地方的人，也懂得礼法和道义，确实如子野所说的那样，碑文中已经详细论述了此事。然而说建造瓦屋是从文公开始的，却恐怕不是这样。我曾经见过一封文惠公给伯父的信中说："岭外的瓦屋开始建造于宋广平年间，从他那时延及其它州县，而潮州最多。像鱼鳞和鸟的羽毛一样密集，确如张燕公所说的那样。"用文惠公的这封信来推断此事，那么在文公之前潮州就已经有瓦屋了。传闻不一定是真实的情况，所以在碑文中没打算写这些情况。望您能明察此事。

与吴秀才三首 黄州

某启：相闻久矣，独未得披写相尽，常若有所负。罪废沦落，屏迹郊野，初不意舟从便道，有失修敬。不谓过予，冲冒大热，间关榛莽，曲赐临顾，一见洒然，遂若平生之欢。典刑所钟，既深叹仰，而大篇璀璨，健论抑扬，盖自去中州，未始得此胜侣也。钦佩不已，俯求衰晚，何以为对。送别堤下，恍然如梦，觉陈迹具存，岂有所遇而然耶？留示珠玉，正快如九鼎之珍，徒咀嚼一脔，宛转而不忍下咽也。未知舟从定作几日计。早晚过金陵，当得款奉。

【译文】苏轼致言：听说您的大名已经很久了，唯独没能写信畅谈，常常感到非常内疚。我因罪贬职流落江湖，隐居于荒郊野外，没想到当初曾乘船顺便经过您那里，也没去拜访您，多有失礼。不料您却来看我，冒着酷热，中间隔着乱草与荆棘，委屈大驾，让我素然起敬，从此成为我一生的欢快之事。您为人典范，已经让我深深地敬仰，而您的文章词采华美，高谈阔论驰张有度，自从我离开中原以来，还没有遇到像您这样的良友啊。令我钦佩不已，想到自己老朽无用，用什么来奉和呢。送您到堤下分别后，恍然如梦，往事历历在目，难道是两人神交至厚才这样吗？您留给我的珠玉般的诗文，真好像吃了九鼎中的美味一样痛快，只是刚吃一小片肉一样粗略一看，就不肯放下了。不知道船在定州停留几天。不久将到金陵，一定与您倾心相谈。

二 以下俱惠州

轼启：远辱专人惠教，具审比来起居佳胜，感慰之至。与子野先生游，几二十年矣。始以李六丈待制师中之言，知其为人。李公人豪也，于世少所屈伏，独与子野书云："白云在天，引领何及。"而子野一见仆，便谕出世间法，以长生不死为余事，而以练气服药为土苴也。仆虽未能行，然喜诵其言，尝作《论养生》一篇，为子野出也。近者南迁，过真、扬间，见子野无一语及得丧休戚事，独谓仆曰："邯郸之梦，犹足以破妄而归真，子今目见而身履之，亦可以少悟矣。"夫南方虽号为瘴疠地，然死生有命，初不由南北也，且许过我而归。自到此，日夜望之。忽得来教，乃知子野尚在北，不远当来赴约也。幸甚！幸甚！长书称道过实，读之赧然，所论孟、杨、申、韩诸子，皆有理，词气翛然，又以喜子野之有佳子弟也。然昆仲以子野之故，虽未识面，悬相喜者，则附递一书足矣，何至使人茧足远来，又致酒、面、海物、荔子等，仆岂以口腹之故，千里劳人哉！感愧厚意，无以云喻。过广州，买得檀香数斤，定居之后，杜门烧香，闭目清坐，深念五十九年之非耳。今分一半，非以为往复之礼，但欲昆仲知仆汛扫身心，澡瀹神气，兀然灰槁之大略也。有书于子野，更督其南归，相过少留，为仆印可其所已得，而诃策其所未至也。此外，万万自爱。

【译文】苏轼致言：劳您从远处派专人送信指教，详知您近来生活很好，非常欣慰。和子野先生交往，几乎快二十年了。当初是从待制李六丈师中的话中，知道他的为人。李公是人中的豪杰，不为当今世事所屈服，唯独给子野写道：“白云在天，引领何及。”而子野一见到我，就告诉给我出世的方法，把长生不死作为人生的一大闲事，而视练气服药为枯草与泥土一样微贱的东西。我虽然未能去做，然而喜欢读他的话，曾经作过一篇《论养生》，是专门为子野写的。最近南迁，路过真、扬之间，见子野没有一句话提到得失与喜忧，唯独对我说：“黄粱一梦，尚且足能用来道破虚妄而回归自然，您现在亲眼看见并且亲自去实践，也可以从中明白不少道理啊。”南方虽然被称作瘴气和瘟疫盛行的地方，但是死生由命，开始是不分南北的，并且答应看望我之后才回去。自从来到此地，我日夜盼望着他的到来。忽然接到您的来信指教，才知道子野还在北方，不久就来赴约。很好！很好！您的长信对我的称誉太过分了，读后非常羞愧，所论述的孟、杨、申、韩诸子，都很有道理，词气飞扬，又因此为子野有了好的子弟而高兴。然而你们兄弟因为子野的缘故，虽没有见过面，却神交已久，那么寄来一封信就足够了，怎么还劳人远来，又送给我酒、面、海物、荔子等物品，我怎敢因为口腹的缘故，麻烦人千里远来呢！此等心意令我非常感激与惭愧，无法述说。路过广州时，买了几斤檀香，定居后，闭门烧香，闭目清坐，深深地反省五十九年中的过错。现在分一半香给您，不是因为礼尚往来的缘故，只想让您们兄弟知道我正在修身养性，斋戒炼气，胸中的污垢依然还有啊。有封信给子野，还望您督导他南归，相见之时让他留住一段时间，为我印证他的收获，而指教他尚没达到的地方。此外，多多保重。

三

人来，领书，且喜尊体佳胜。并示《归凤赋》，兴寄远妙，词亦清丽，玩味爽然。然仆方杜门念咎，不愿相知过有粉饰，以重其罪。此赋自别有所寄，则善，不肖决不敢当，幸察之！察之！

【译文】信使来，收到您的信，欣喜的是知道您身体非常安康。

并且看了《归凤赋》，寓意深远，词写得也很清丽，读后令人振奋。然而我正在闭门思过，不愿让至友对我称誉太过，以加重我的罪过。此赋另外还有所寄托，那很好，我决不敢承当，希望能体谅！体谅！

与姜唐佐秀才六首 以下俱儋耳

某启：特辱远贶，意甚勤重。衰朽废放，何以获此，悚荷不已。经宿起居佳胜。长笺词义兼美，穷陋增光。病卧，不能裁答，聊奉手启。

【译文】苏轼致言：劳您从远处写信来，心意非常深厚。我老朽贬职放逐在外，怎能够获此殊荣，真是惭愧不已。近来生活安好。长诗文采与意旨都非常美，使我穷困的住处都增添了光彩。因卧病在床，不能唱和，姑且致一封短信。

二

某启：昨日辱夜话，甚慰孤寂。示字，承起居安胜。奇荈佳惠，感服至意，当同啜也。适睡，不即答，悚息。某顿首。

【译文】苏轼致言：昨夜劳您来一起畅谈，使我孤寂的情怀感到非常宽慰。承蒙来信，知道您生活安好。送给我的茶叶很美，非常感激您的厚意，应当和您一起饮用。正要入睡，来不及回谢，惭愧。苏轼顿首。

三

今日雨霁，尤可喜，食已，当取天庆观乳泉泼建茶之精者，念非君莫与共之。然早来市中无肉，当共啖菜饭耳。不嫌，可只今相过，某启上。

【译文】今天雨后初晴，特别令人高兴，已经吃过饭，就用天庆观的乳泉冲制上好的建茶，想来只有您才能够分享此茶。然而早上市中无肉，只能在一起吃些粗茶淡饭罢了。不嫌弃的话，可在今天过来，苏轼向您致言。

四

适写此简，得来示，知巡检有会，更不敢邀请。会若散早，可来啜茗否？酒、面等承佳惠，感愧！感愧！来早饭必如诺。十月十五日白。

【译文】正要写此信，却接到您的来信，知道您有会议要参加，不敢再邀请。如果会散得早，可否来一起饮茶？承蒙您送来酒、面等物品，无限感激与惭愧！一定要践行过来吃早饭的诺言。十月十五日致。

五

某启：别来数辱问讯，感怍至意。毒暑，具喜起居佳胜。堂上嘉庆，甚慰所望也。知非久适五羊，益广学问以卒远业。区区之祷。此外，万万自重。不宣。

【译文】苏轼致言：别后劳您多次来信，非常感激与惭愧。天气酷热，所喜的是您生活安好。府中举行盛大的庆典，使大家感到非常快慰。知道您不久将去广州，更加增进学问以成就远大的事业。这是我诚挚的祝愿。此外，千万保重。不一一细说。

六

某已得合浦文字，见治装，不过六月初离此。只从石排或澄迈渡海，无缘更到琼会见也。此怀甚惘惘。因见贰车，略道下悬。有一书到儿子迈处，从者往五羊时，幸为带去，转托何崇道附达，为幸。

儿子治装冗甚，不及奉启。所借《烟萝子》两卷、《吴志》四册、《会要》两册，并驰纳。

【译文】我已经接到合浦的书信，正在整束行装，至多六月初就离开此地。只从石排或澄迈坐船过海，没有机会再到琼州相见了。我的心情非常难过。如有机会见到副使，请略代我致意。现有一封给儿子苏迈的信，您去广州时，希望能带去，转托何崇道捎过去，为好。

儿子整束行装非常忙乱，来不及给您写信。所借的两卷《烟萝子》、四册《吴志》、两册《会要》，一并奉还给您。

答苏伯固四首 以下俱北归

辱书，劳问愈厚，实增感概。兼审尊体佳胜。今日到金山寺下，虽极艰涩，然尚可寸进，则且乘大舟以便幼累。必不可前，则固不可辞小艇也。余生未知所归宿，且一切信任，乘流得坎，行止非我也。离英州日，已得玉局敕，感恩之外，实荷余庇。得来示，又知少游乃至如此。某全躯得还，非天幸而何！但益痛少游无穷已也。同贬死去太半，最可惜者，范纯父及少游，当为天下惜之，奈何！奈何！子由想已在巴陵，得宫观指挥，计便沿流还颍昌。某行无缘追及。昨在途中，风闻公下痢，想安复矣。

【译文】承蒙来信，问候更加深厚，实在令我感慨不已。并知道您身体非常安康。今天到达金山寺下，虽然极为艰难，但还可慢慢行进，虽说乘坐大船可以携带家小。但一定无法向前走，就决不得不改乘小艇。余生不知何处才是我停留的地方，姑且一切听其自然，顺水或是逆水，进退不在于我。离开英州那天，已经收到到玉局任职的敕命，感激圣恩之外，实在有愧于您对我的庇护。接到来信，又知道少游竟到了这样的不幸。我能够活着回来，不是天之大幸又是什么！只是更加为少游感到悲痛。与我一同贬谪的人已经死去了大半，最可惜的，是范纯父和少游，天下人都应当惋惜他们，无奈啊！无奈啊！想来子由已经到达了巴陵，得到宫观的安排，估计已沿着水路回颍昌了。我此行没机会赶上他。昨天在途中，听说您得了痢疾，想来现在已经康复了。

二

人至，辱书，承别后起居佳胜，感慰深矣。念亲怀归之心，何事可以易此，顾未有以为计，当且少安之。神明知公心如此，当自有感应，非久，见师是，当谋之。某留虔州已四十日，虽得舟，犹在赣外，更五七日，乃乘小舫往即之。劳费百端，又到此。长少卧病，幸而皆愈，仆卒死者六人，可骇。住处非舒则常，老病唯退为上策。子由闻已归至颍昌矣。会合何日，万万保啬。

【译文】人来，蒙您来信，知道别后您生活安好，非常感激与欣慰。想念亲人归回故里的心情，什么事能使它改变呢，从现在还无法实现考虑，应当稍安勿燥。神明知道您这样的心意，一定会感动并保佑您，不久，见到师是，一定和他商议。我已经在虔州停留了四十天，虽然已经找到船只，还仍在赣外，再过五七天，就乘坐小船到他那儿去。各种事情费了很多周折，又来到这里。家中老幼都生了病，幸亏都已经好了，仆人和随从死了六人，令人惧怕。住处不在舒州就在常州，老病只有归退为上策。听说子由已经回到颍昌了。不知何时才能相见，多多保重。

三

某凡百如昨，但抚视《易》《书》《论语》三书，即觉此生不虚过。如来书所谕，其他何足道。三复诲语，钦诵不已。寄惠钟乳及檀香，大济要用，乳已足剩，不烦更寄也。感愧之至。江晦叔已到。霍子侔往太和听命。三儿子皆促装登舟，未暇上状。《清晖亭记》，亦以忙未暇作，少间当为作也。令子疾，知减退，可喜！可喜！

【译文】我现在的一切仍和过去一样，只是每当看到《易》《书》《论语》三本书，便觉得此生没有虚度。正如您在来信中所说，其他的不值得一提。再三吟诵您的教诲，令我钦佩不已。寄给我的钟乳和檀香，给了我很大的帮助，钟乳足够用了，且有剩余，不劳您再寄了。无限感激与惭愧。江晦叔已经来到。霍子侔前往朝廷听候调遣。三个儿子都已经收拾上船，来不及给您写信。《清晖亭记》也因为忙而没时间写，过一段时间一定写给您。令公子的病情，知道已经减退，可喜！可喜！

四

住计龙舒为多，大盆如命取去，为暑中浮瓜沉李之一快也。《论语说》，得暇当录呈。源、修二老行当见之，并道所谕也。至虔州日，往诸刹游览，如见中原气象，泰然不肉而肥矣。何时得与公久聚，尽发所蕴相分付耶！龙舒闻有一官庄可买，已托人问之。若遂，则一生足食杜门矣。灯下倦书，不尽所怀。

【译文】打算在龙舒多住一段时间，大盆已按照您的吩咐取走了，真为方便暑中宴饮的一大快事。《论语说》，有空一定抄给您。源、修二老此行一定会遇见他们，并向他们说明您的心意。到虔州那天，去各刹游览，犹如见到了中原的景象，心中像虽没有吃肉但已闻到了香味一样畅快。什么时候能与您长久在一起，尽情地分享彼此心中的情感呢！听说龙舒有一个官庄可以买，已托人问了一下情况。如果能办成，那么一生将闭门谢客安稳地过日子了。灯下写信非常疲倦，不能表达此刻的心情。

与黄师是五首 以下俱北还

行计屡改。近者幼累舟中皆伏暑，自愍一年在道路矣，不堪复入汴出陆。又闻子由亦窘用，不忍更以三百指诿之，已决意旦夕渡江过毗陵矣。荷忧爱至深，故及之。子由一书，政为报此事，乞早与达之。尘埃风叶满室，随扫随有，然终不可废扫，以为贤于不扫也。若知本无一物，又何加焉。有诗录呈："帘卷窗穿户不扃，隙尘风叶任纵横。幽人睡足谁呼觉，欹枕床前有月明。"一笑！一笑！某再拜。

【译文】行程多次改变。最近家小都在船中度夏，考虑到已在路上行走一年了，不能承受再由汴水上岸。又听说子由也非常窘迫，不忍心再去麻烦他，已决定不久将渡江到毗陵去。承蒙您对我非常关心，所以才把这些告诉给您。给子由的一封信，也正想告知他这些事，请您早早送到。风将尘土和落叶吹得满屋都是，扫后马上还会有，然而终不敢停扫，以为总比不扫要好得多。倘若知道本来就没有什么，又何必放在心上呢。有诗一首呈送给您："帘卷窗穿户不扃，隙尘风叶任纵横。幽人睡足谁呼觉，欹枕床前有月明。"见笑！见笑！苏轼再拜。

二

比归江淮间，蒙四遣人坠教，且致家信，非眷念特深，何以及此。比日履兹畏暑，起居清胜。少御之除，未满公论，但朝廷正欲君子在内耳。行别展庆，未间，万万若时自重。

【译文】最近已归回江淮之间，承蒙您四次派人送信指教，并且送来家信，不是您对我非常关爱，又怎能做到这些呢。近来天气炎热，生活安好。授任少御，未能使大家满意，只是朝廷正想让您留在内府。临行致信祝贺，没机会见面，千万顺应时令多多保重。

三

子厚得雷，闻之惊叹弥日。海康地虽远，无瘴疠，舍弟居之一年，甚安稳。望以此开譬太夫人也。

【译文】章子厚将去雷州，听说后惊叹了好些天。海康之地虽然偏远，但没有瘴气瘟疫之类的疾病，子由在那里住了一年，非常安稳。望能用这些来劝说太夫人。

四

人来，两捧教赐，具审起居佳胜。仲子之戚，惟当日远日忘，想痛割肠，何所及。中年以后出涕，能令目闇，此最可惜，用鄙言，慎勿出一滴也。儿子之爱虽深，比之自爱其目，岂不有间，幸深念之。余惟万万为国自重。

【译文】信使来，两次接到您的指教，详知您身体安好。二公子的不幸，想来会随着岁月的流逝逐渐忘记，痛苦想念以至肝肠寸断，又有什么用呢。中年以后悲伤落泪，会使人的双眼失明，这是最值得惋惜的，听我的话，千万不要哭泣。对儿子的疼爱虽然很深，但比起爱护自己的双眼，怎比得上呢，望您深思此事。其余望您千万为国保重自己。

五

某已决意北行，从子由居，但须令儿子往宜兴干事，舣舟东海亭下，以待其归，乃行矣。行期约在六月上旬，不知其时，使舟已到真否？或犹得一见于扬、楚间尔。穷途百事坎坷，望公一救之，亦参差如此，信有命也。犹欲仰干一事，为绝少挽舟人。四舟行淮汴间，每舟须添五人，乃济。公能为致此二十人否？乞裁之。可否，幸早示谕。此间亦可求五七人，公若致得十五人，亦足用。恃眷干挠，死罪！死罪！子由一书，乞便送于舟中。热甚，修问草略。不谨。

【译文】我已决定北行，和子由住在一起，只是需让儿子到宜兴办些事情，将船停在东海亭下，等待他回来，才能走。行期大约在六月上旬，不知那时，能否使船到达真州？或许还能在扬、楚之间见上一面。困窘之时百事不顺，望您能帮助我一下，各种事情如此麻烦，确实是命运所至呀。还想求您办件事，因为缺少拉舟的人。四只船行进在淮水和汴水之间，每只船需添五个人，才能渡过去。您能为我找到二十个人吗？请您仔细考虑一下。行与不行，望您早早来信告知。我这里也可以找到五七个人，您若能找到十五个人，也足够用。仰仗您的厚爱才敢打扰您，该死！该死！子由的一封信，请顺便送到舟中。天气炎热，草草致信。失敬。

卷七十一 尺牍

与沈睿达二首 以下俱黄州

某启：近辱书，伏承退居安隐，尊候康健，甚慰所望。某去岁不记日月，递中奉书，并封公择小简去，谓必达。今承示谕，岂浮沉耶？某今年一春卧病，近又得时疾，逾月方安。浮念灰灭无余，颓然闭户，又非复相见时意思矣。临纸惘惘，乍热，惟万万自重。不宣。

【译文】苏轼致言：近日承蒙赐信，得知辞官归隐，贵体康健，令人欣慰。我已不记得是去年的什么时间，让驿使送信给您，还附有给公择的一封短信，以为定能送到。如今拜读来信，难道那信中途有失？我今年整个春季因病卧床，近来又患时令病，一个多月才好。各种杂念像灰烬一样消失殆尽，精神消沉闭门不出，再也没有了相逢时的那些心情。临纸不知所言，天气忽然转热，请千万保重贵体。别不多叙。

二

某启：公所须拙文记云巢，向书中具道矣，恐不达，故再云云。某自得罪，不复作诗文，公所知也。不惟笔砚荒废，实以多难畏人，虽知无所寄意，然好事者不肯见置。开口得罪，不如且已。不惟自守如此，亦愿公已之。百种巧辨，均是绮语，如去尘垢，勿复措意为佳也。令子今在何许？渐就迁擢，足慰迟暮。小儿亦授德兴尉，且令分房减口而已。孙运判行，病起乏力，未能详尽。

【译文】苏轼致言：您要我写文章记云巢一事，我已在以前的信中详细说过，怕您没有收到，因此重新赘述一番。我自戴罪以来，不再写诗作文，这您知道。不仅因为长久不近笔墨，实在是祸不单行令人生畏，虽然明知其中并无所谓“深意”，但好事之人就是不肯轻易放过。与其开口惹祸，不如暂且作罢。我不仅自己要坚持这一点，还想让您也辍笔沉默。各种花言巧语，都是华而不实的辞令，若要除尽种种烦扰，最好别再措辞遣兴。您儿子现在何处？他能逐渐升迁，已足以慰藉您的晚年。我儿子也被授予德兴尉一职，不过是能另分一房减少人口罢了。孙运判要动身了，我因病行动无力，不能详细叙说。

与李知县一首 北归

某启：近奉状，必达。比日伏计起居佳胜。旱势如此，抚字之怀，想极焦劳。旧见《太平广记》云，以虎头骨缒之有龙湫潭中，能致雨，仍须以长绠系之，雨足乃取出，不尔雨不止。在徐与黄试之，皆验，敢以告，不罪！不罪！某家在仪真，轻骑到此数日，却还般挈，须水通乃能至邑中拜见。倾企之甚。毒热，千万为民自爱。不宣。

【译文】苏轼致言：我不久前写的信，想必您已经收到了。近些天来想必生活安好。如此大旱，您那抚爱百姓的情怀，想来一定十分焦虑烦劳。以前我见《太平广记》上说，将虎头骨悬垂进有龙的深潭中，能招致雨水，不过还要用长绳系好，等雨水足够时就取出来，否则雨会连绵不止。我在徐州和黄州试过这种方法，都很灵验，这才敢告诉您。恕罪！恕罪！我一家老小都在仪真，我到这里已有好几天，还要回去携家带口，只能等河水通畅后才能到贵地拜见。倾慕得很。天气酷热，千万为民保重贵体。别不多叙。

与翟东玉一首 惠州

马，火也，故将火而梦马。火就燥，燥而不已则穷，故膏油所以为无穷也。药之膏油者，莫若地黄，以啖老马，皆复为驹。乐天《赠采地黄者》诗云："与君啖老马，可使照地光。"今人不复知此法。吾晚觉血气衰耗如老马矣，欲多食生地黄而不可常致。近见人言，循州兴宁令欧阳叔向于县圃中多种此药，意欲作书干求而未敢。君与叔向故人，可为致此意否？此药以二、八月采者良。如许，以此时寄惠为幸，欲烹以为煎也。不罪！不罪！

【译文】马，从火，因此火将降临就会梦见马。火会导致内燥，内燥不止就会淤积体内，因此人们常用膏油来消淤通塞。药物当中可作膏油的，没有比地黄更好的了，拿它喂老马，都可以使老马重现当年马驹的风采。白居易《赠采地黄者》诗中说："与君啖老马，可使照地光。"可惜现今没人懂得这种妙法。我近来觉得血气衰竭如同历经奔波的老马，想多吃些生地黄却又不能经常得到。最近听人说，循州兴宁县令欧阳叔向在县圃中种此药很多，我想写信向他讨要却没敢开口。您和叔向是老友，能替我转达这一请求么？这种药以二、八月采来的为最好。他若答应，望能拿此时采来的赐给我，我想烹煎后服用。恕罪，恕罪！

与孙运勾一首

某启：脾能母养余藏，故养生家谓之"黄婆"。司马子微著《天隐子》，独教人存黄气入泥丸，能致长生。太仓公言安榖过期，不安榖不及期。以此知脾胃宁固，百疾不生。近见江南老人，年七十二，状貌气力如四五十人。问其所得，初无异术，但云平生习不饮汤水尔。常人日饮数升，吾日减一合，今但沾唇而已。脾胃恶湿，饮少，胃强气盛，液行自然，不湿。虽冒暑远行，亦不念水，此可谓至言不繁。闻曼叔比得肿疾，皆以利水药去之。中年以后，一利一衰，岂可数乎？当及今无病时，力养胃气，若土能制水，病何由生？向陈彦生云，少时得此病，服商陆、防已之类，皆不效；服金液丹，灸脐下，乃愈。此亦固胃助阳之意也。但火力外物，不如江南老人之术尔！姜桂辣药，例能胀肺，多为肿媒，不可服，有书以告之为佳也。

【译文】苏轼致言：脾能滋养五脏，因此养生家称之为“黄婆”。司马子微所著《天隐子》一书中，只教人把黄气存入泥丸宫。能使人长生不老。太仓公也说脾胃调养得好就能长生，调养不好就会短寿。由此可知，脾胃安好，就能百病不生，身康体健。最近我遇见一位江南老人，他年龄已达七十二岁，言谈举止却像是四五十岁的人。我向他请教养生的心得，他说并没有特异方法，只是平生习惯不喝汤水罢了。一般人一天要喝几升水，我一天减少一合，如今已能做到沾沾唇就作罢；脾胃怕湿，喝水少了，就会胃强气盛，体液运行自然。保持脾胃不湿，即使冒着酷热远行，也不要总想喝水，这正是养生之道的精当表述。听说曼叔近来得了肿病，都是服用利水的药物来治疗。人到中年以后，忽而利水忽而饮水，哪里经得起这样的几次折腾？应当趁眼下身体无病时，一心一意养护胃气，正如土能制水一样，胃气旺盛了又怎么会生病呢？以前陈彦升说，他年轻时得过此病，服用商陆、防己之类药物，都不见效；服用金液丹，针灸脐下，这才治好。这也是在加强脾胃功能助长阳刚之气，但毕竟还是借助火力和外物，不如江南老人的养生之道呀！姜桂辣药之类，一般都能使肺胀大，大多是肿病产生的媒介，不宜服用，还是写信告诉您的好。

与引伴高丽练承议三首 以下俱杭州

某启：辱回教，感服不已。数日极寒，徒御良苦，切惟起居佳胜。早潮不知应否？想不出今晚必渡，引领饥渴，专遣人候问。不宣。

【译文】苏轼致言：蒙您回信，感激不尽。连日来十分寒冷，御寒实在太难，愿您生活安好。早潮不知是否如期而至？想必不出今晚就会渡江，我在这里急切等待，专门派人前去问候。别不多叙。

二

来日若晚渡，酒五行已夜矣，本州旧例，虽夜已深，人使犹秉烛复谒，当夜下书，请次日大排，不知如何？又二十日正是国忌，若待二十一日大排，又过三日敕限，不知可打散不坐否？乞一一示谕，得以预备也。

【译文】明天如果您傍晚渡江，酒过五巡已到夜间。依本州旧例，即使夜已很深，客人还秉烛回访，就该当夜写下书信，约定第二天大排宴筵，这样做不知怎样？另外二十日正是国家忌日，如果等到二十一日大摆宴席，又超过了三天的定期，不知能否打散计划又不受怪罪？请一一教诲，使我能有所准备。

三

某启：中使已到三十里，若高丽使只今来辞，酒罢却可迎中使。老业未尽，有如此仓忙，望公慈造一言，得只今上马为幸。

【译文】苏轼致言：朝中使者已到三十里外，倘若高丽使者今天辞行，我为他饯行之后正好可以回头迎接朝中使者。我因疲怠已经照料不周，又加上如此仓促忙乱更易失礼，请您为我进一句美言，望高丽使者能现在启程。

与杭守一首

某启：近有自浙中来者，颇能道杭人之语。数年饥馑，若非公，尽为鱼鳖蝼蚁矣。比公之去，涕慕殆不可胜。公何施而及此？钦仰！钦仰！闻俞主簿者，附少信物，如果为带得来，乞尽底送与范子礼正字。偶索得此冷债，信天养穷人也！呵呵！不知信物果带得来？此中已打破瓮也！一噱，一噱！

【译文】苏轼致言：最近有人从浙中来，很能道出杭州人的心声。由于连年饥荒，如果没有您，杭州之人恐怕都已变成鱼鳖蝼蚁无法生存了。等到您将离任之时，杭州百姓难舍之情无法形容。您是以怎样的仁政得到如此爱戴的呢？令人钦佩啊！令人钦佩啊！听说您托俞主簿捎给我一些信物，如果能够带来，请一古脑儿送到范子礼正字那里。偶尔捡个大便宜，真是老天爱护穷人呀！哈哈！

不知道信物是否真能带得来？这里的人急得把容器都敲破了啊！开个玩笑，开个玩笑！

与傅质一首

某启：再辱示手教，伏审酷热，起居清胜。见谕，某何敢当？徐思之，当不尔。然非足下相期之远，某安得闻此言？感愧深矣。体中微不佳，奉答草草。

【译文】苏轼致言：又蒙来信，得知您在酷热当中生活安好。您的夸奖，我哪里担当得起？慢慢想来，的确承受不起。然而，如果不是受您器重，我哪能有机会聆听您的教诲呢？这样一想感愧之情更加深切。身体有点不舒服，只能仓促回信。

与吴君采二首 俱黄州

惠花已领，影灯未见，与其见此，何如一阅《三国志》耶！

【译文】您赠的花儿我已领受，影灯却还没有收到，与其见到这些，怎比得上去读《三国志》呢？

二

近日黄州捕私酒甚急，犯者门户，立木以表之。临皋之东有犯者，独不立木。怪之，以问酒友，曰："为贤者讳。"吾何尝为此？但作蜜酒耳。

【译文】近几天黄州追查制贩私酒的风声很紧，犯此罪的人家门口，都要栽上一根官木作为特殊标志。临皋以东有人犯了这种罪，门前却不栽这种官木。我很奇怪，问了酒友，他回答说："这是为避贤人之讳啊！"我哪里造过私酒呢？只不过自己做些甜酒来吃罢了。

与高梦得一首 黄州

某启：人来，领教，开谕累幅，足见相属之厚。然称述过当，皆非所敢当。仆举动疏谬，龃龉于世，既忝相知，惟当教语其所不逮，反更称誉如此，是重不肖之罪也。悚息！悚息！新阕尤增咏叹，然《柏舟》之讽，何敢当此诸事？幸且慎默于事，既无补，益增嫉尔。

【译文】苏轼致言：专使已来，书信收悉，如此长信，足以见得你我二人相知之深。但信中对我赞誉过度，都令我不敢承当。我为人处事粗疏荒谬，不合流俗，既被您引为知己，只请您直言批评不足之处，不料您却这样夸奖我，实在是加重我的过错。不敢当！不敢当！您的新作中增多了咏叹时世的内容，然而像《诗经·柏舟》那样讽谏时政的语言，怎能随便用于眼前之事？千万要谨慎从事，否则不但于事无补，反而会白白地遭人嫉恨。

与孟亨之一首 黄州

某启：今日斋素，食麦饭笋脯有余味，意谓不减刍豢。念非吾亨之，莫识此味，故餉一合，并建茶两片，食已，可与道媪对啜也。

【译文】苏轼致言：我今天斋戒，吃面饭笋干时觉得别有风味，自以为其鲜美程度不下肉食。想来除了亨之你我，再也无人能识此味，因此也分送给您一盒，并附上建茶两片，您吃罢之后，可以和老道姑相对畅饮。

与程彝仲六首 以下俱密州

某启：奉别积年，因循不修书问，每以为愧。递中辱手书，问劳勤厚，感戴不可言也。承以科诏入都，跋履之余，起居佳否？老兄循习既久，文行愈粹，决无终否不振之理。更少贬以就绳墨，即当俯拾也。未缘披奉，惟冀以时自重。不宣。谨因乡人李君行，奉启布问。

【译文】苏轼致言：一别几年，手懒没能去信，我每每为此惭愧不已。驿中来信，对我问寒问暖关怀备至，感激之情无以言表。得知你因科考奔赴京城，一路跋山涉水，生活还好吧？老兄你研读经艺年深日久，文笔日渐精粹，决不致于科场失意。只需稍加约束性情，屈就成规，金榜题名便会如同俯身拾物顺手拈来。没有机会见面，但愿您顺应天时自我保重。别不多叙。我这里趁同乡李君上路的机会，致信给您表达问候。

二

得圣此行，得失必且西归，计无缘过我。而东武任满，当在来岁冬杪，亦无缘及见于京师矣。此任满日，舍弟亦解罢，当求乡里一任，与之西还。近制既得连任蜀中，遂可归老守死坟墓矣。心貌衰老，不复往日，惟念斗酒只鸡，与亲旧相从尔。星桥别业，比来更增葺否？因便，无惜一二字。

【译文】得圣此行，无论得失想必都要西归，估计不会来看我。东武任期届满之日应该是明年冬末，也不能赶上京城相聚了。我任期到时，弟弟子由也该卸任，那时我将向朝廷请求回乡做官，和子由一起西归故园。近年有个惯例，只要曾在蜀中连续任职，就可以返回故居守护祖坟终了余生。我已身心憔悴，不再有当年的情怀，只愿举杯痛饮，和亲朋旧友欢聚畅游。星桥别墅近来又增修了吗？方便时，请不吝笔墨多多来信。

三 以下俱湖州

近省榜到郡，首承高过，欢慰可量。沉困累年，行业充富，乡曲荣耀，交游喜快，甚休！甚休！春气暄和，奉计即日起居安胜。御试必更在高等。盘桓都下，为况何如？惟顺时珍爱。

【译文】最近省榜到郡里，我得知您高踞其中，欢欣之情可想而知。您长年累月苦心治学，品行事业均有成就，使得乡邻荣耀，朋友欣喜，大喜！大喜！春日温暖和煦，估计您近来生活安好。御试时想必更能高人一筹。您逗留京城，境况怎样？但愿顺应天时多多珍重。

四

某去秋因乡人自高密过此，托致手书，不知达否？奉违累岁，无缘一接谈笑，倾仰殊甚。榜中乡人，所识惟吾兄一人，其余岂尽新俊耶！车马必稍留都下，因风，无惜惠问。

【译文】我去年秋天借同乡从高密路过此地的机会，托他带信给您，不知是否已经收到？多年来不通音讯，未能叙旧畅谈，倾慕之情更加强烈。皇榜高中的同乡中，我所认识的只有您一个，其余的大概都是新秀吧！想必您还会在京城稍作停留，方便时，请多多来信。

五 黄州

某启：阔别永久，多难流落，百事废弛，不复通问。独吾兄不忘畴昔，时枉远书，感怍不可言。仍审比来起居佳胜，又读别纸所记园亭山水之胜，废卷闭目，如到其间。幸甚！幸甚！吾兄潜德晚遇，当遂光大。惟厚自爱，慰朋友之望。

【译文】苏轼致言：阔别长久，我屡经磨难，流落他乡，诸事疏懒，没再联系。只有老兄您不忘旧友，不断远远来信，感激之情无以言表。得知近来生活安好，又读了您另纸所记的园亭山水美景，释卷闭目，印临其境，妙极！妙极！兄长大器晚成，应当发扬光大。愿您多多保重，以慰老友之心。

六

轼与幼累皆安，子由频得书，无恙。元修去已久矣，今必还家。所要亭记，岂敢于吾兄有所惜？但多难畏人，不复作文字，惟时作僧佛语耳。千万体察，非推辞也。远书，不欲尽言。所示自是一篇高文，大似把饭叫饥，聊发千里一笑。会合无期，临书凄然也。轼上。

【译文】我一家老小都平安，弟弟子由常来信，他那里也安然无恙。元修离开已有很久，如今想必已经到家。您要我写的亭记，我怎敢吝惜笔墨托故不写？只因屡遭磨难令人生畏，我不再操弄文字，仅仅偶尔写些佛家偈语罢了。千万请您体察我的难处，此话并非有意推辞。路途遥远送信不便，不再多写了。您送给我看的自是一篇词格高妙的美文，向我求教就如同手捧佳肴却大声叫饿，聊发千里一笑罢了。相聚无期，抚信神伤。苏轼缄。

与孙正孺二首 以下俱杭州还朝

数日前因来人奉书，必达。比日伏想履兹余热，起居佳胜。某已八上章乞郡，旦夕必有指麾。且辍忙，为公作得送行诗跋尾，以先祖讳故，不欲作冠篇也。未由会合，千万保爱。

【译文】几天前借来人之机写去的信，想必你已经收到了。近来正值夏末，您一定生活安好。我已有八次上书要求调任地方官，不久就会得到上命。现在我暂且抛开繁杂事务，为您的送行诗写了跋文，因为要避先祖的名讳，不想再作首篇了。不能相聚，千万保重。

二

某顽健稍胜昔。老兄眠食不衰否？阔远无他嘱，惟倍万保啬而已。勿将作泛泛常语过耳也，千万！千万！入石时，莫用边花栏界之类，古碑惟石上有书字耳。少着花草栏界，便俗状也。不罪！不罪！偶与子由饮半盏酒，便大醉不成字。

【译文】我年老体健胜于从前。老兄您寝食都好吧？阔别久远没有别的嘱托，但愿加倍保重贵体。不要把这话当作耳旁风啊，千万！千万！刻碑时，请别用花边栏界之类作装饰，古碑就是仅在碑石上刻书作字罢了。碑上只要稍微增加些花草栏界，就会显得俗不可耐。恕罪！恕罪！偶尔和子由一起喝了半盏酒，就大醉得写不成字了。

与李瑞伯宝文三首 以下俱杭州还朝

自附启河朔，尔后纷纷，不获继问左右。比日，伏审镇抚之暇，台候万福。蜀中本易治，而或者扰之，公既深识民情，而民亦素服公政。切想下车以来，谈笑无事，行春之乐，无由托后乘陪宾客之末，但深想望。舍弟锁宿殿庐，未及奉状。

【译文】自从在河朔给您写过信，再往后便忙乱得很，没能继续问候您。近些日子，得知您公务之余，身体康健。蜀中原本容易治理，只是有些人搅扰得百姓不得安宁。您早已深知民意，百姓也一向听从您的训导。细想您上任以来，不管是公务之余与人谈笑，还是春季巡视与民同乐，我都不能陪侍左右，只能加深思念之情。我弟弟子由被朝廷之事所困，没来得及写信给您。

二

张君房助教，陵井人。本治儒学，已而为医，有过人者。智识通变，而性极厚，恐欲知之。某宠禄过分，碌碌无补，久以为愧。近屡请郡，未获，若得归扫坟墓，遂得望见，岂胜厚幸！但恐政成，促召在旦暮尔。冗中，不尽区区。

【译文】张君房助教是陵井人。他原本研究儒学，后来改学医术，有过人之处。他才智见识融会贯通，并且性情宽厚，恐怕您也会愿意和他交往的。我才疏位高，庸庸碌碌于国无补，早就为此感到惭愧。近来多次请求调任地方官，都未被朝廷恩准，若能回归故乡祭扫祖坟，并与您朝夕相处，那该多好啊！只怕朝廷正值用人之际，马上又把我召回。繁忙之中，不能尽述诚挚之意。

三

邑子每来，稔闻岂弟之政，西南泰然，不肖与受赐多矣。幸甚！幸甚！小侄千之初官，得在麾下，想蒙教诲成就也。曾拜闻眉士程遵诲者，文词气节皆有可取，不知曾请见否？

【译文】家乡的人每每到我这里，总是谈及您在那里施行的仁政，西南一带太平无事，使我也受益匪浅。万幸！万幸！小侄千之初入仕途，能在您手下任职，想必受您的教诲长进不少。我也曾听说眉州有位士子程遵诲，文词气节均有可取之处，不知他是否拜会过您？

与欧阳知晦四首 以下俱惠州

某启：近日屡获教音，及林增城至，又得闻动止之详，并深感慰。桃、荔、米、醋、诸信皆达矣，荷佩厚眷，难以言喻。今岁荔子不熟，土产早者，既酸且少，而增城晚者绝不至。方有空寓岭海之叹，忽信使至。坐有五客，人食百枚饱外，又以归遗。皆云，其香如陈家紫，但差小尔，二广未有此，异哉！异哉！又使以健行，八百枚无一损者，此尤异也。林令奇士，幸此少留，公所与者，故自不凡也。蒸暑异常，万万以时珍啬。不宣。

【译文】苏轼致言：近来多次收到您的来信，等到林增城来时，又了解了您的详细情况，很是欣慰。您送我的桃子、荔枝、大米、食醋以及各封来信都已收到。承蒙厚爱，感激之情难以言表。今年这里的荔枝还没有成熟，本地产得早的，既酸又少，增城那里晚熟的又没能到来。我正在这里叹息空居岭海却无法品尝荔枝的美味，转瞬间您的信使就到了。当时座中有五位客人，吃了百枚后，我又送了他们一些。大家都说，那香味如同名产陈家紫，只是个头小了一些，两广之地没有这种特产。奇怪！奇怪！另外您派人急行送来，八百枚中无一损坏，这更是奇异。林先生是位奇人佳士，能有幸稍留此地，先生所赐，实在不同寻常。蒸暑天气异常炎热，请您千万顺应天时多多保重。别不多叙。

二

合药须鹅梨，岭外固无有；但得凡梨稍佳者，亦可用，此亦绝无。治下或有，为致数枚，无即已。栗子或蒙惠少许亦幸。

【译文】我配药需要鹅梨，岭外鄙陋荒远没有此物；只要能有比较好的普通梨，也能凑合着用，这里还是没有。贵处倘若有，请给几个，没有就算了。还希望您能送我一点儿栗子。

三

闻公服何首乌，是否？此药温厚无毒，李习之《传》正尔。啖之，无炮制。今人用枣或黑豆之类蒸熟，皆损其力。仆亦服此，但采得阴干，便杵罗为末，枣肉或炼蜜和入木臼中，万杵乃丸，服，极有力，无毒。恐未得此法，故以奉白。

【译文】听说先生您服用何首乌，真的吗？此药温厚无毒，李习之《何首乌录》可以为证。但是应当生吃，不应该炮制。现在的人掺了枣或黑豆之类蒸熟再吃，这都会有损它的药效。我也吃这种药，只要采来晾干，就捣碎筛成粉末，将枣肉或炼蜜和入木臼中，细细捣制做成丸药，服用起来，很有药效，而且无毒。恐怕您不一定掌握这种方法，所以介绍给您。

四

某乏人写先状，不罪！不罪！去思之声，喧于两郡，古人之事，复见于今矣。贵眷各惟安胜。

【译文】我这里缺少人手制作正式文书，恕罪！恕罪！您离任之后百姓怀旧之声，在两郡之间喧响，古人之事，又在今天重现了。愿合家安好。

与欧阳晦夫二首 黄州

某启：辱答教，感服。风月之约，敢不敬诺？庾公南楼所谓“老子于此，兴复不浅”，便当携被往也。

【译文】苏轼致言：蒙您回信，感激不尽。您约我参加文人雅士的聚会，我怎敢不遵从？正如庾公在南楼所说“老子于此，兴复不浅”，我也该带着被褥前往赴约通宵不回。

二 北归

愁霖终日，坐企谈晤，不审尊候佳否？《地狱变相》已跋其后，可详味之，似有补于世者。并字数纸，纳去。某所苦已平，无忧。闻少游恶耗，两日为之食不下，然来卒说得灭裂，未足全信。非久，唐簿必有书来言。旦夕话别次，仁人之馈，固当捧领。但以离海南，儋人争致赡遗，受之则若饕餮然，所以一路俱不受。若至此独拜宠赐，则见罪者必众。谨令驰纳，千万恕察，仍寝来耗，幸甚幸甚！

【译文】我整日闷闷不乐，只因为很想与您畅谈。不知近来身体可好？我已在《地狱变相》后面写下跋文，细细玩味，大约还能对世间有所补益。另外写了几幅字，一并送去。我所苦恼的已经了却，再也不必担心。听说了少游的噩耗后，我两天来为此吃不下饭，不过来人说得草率，不足全信。不久，唐薄想必会来信细说。不久就要告辞了，您的馈赠，本应欣然接纳。但我自从离开海南，儋州人便纷纷送来赠别之物，照单全收则贪如饕餮，所以一路上都没有领受。倘若到了这里单单收下您的馈赠，想必就会开罪众人。因此派人立刻送还，千万请您体谅下情，仍请不断来信，甚望如此！

与欧阳元老一首 北归

秋暑，不审起居佳否？某与儿子八月二十九日离廉，九月六日到郁林，七日遂行。初约留书欧阳晦夫处，忽闻秦少游凶问，留书不可不言，欲言又恐不的，故不忍下笔。今行至白州，见容守之犹子陆斋郎云，少游过容留多日，饮酒赋诗如平常，容守遣般家二卒送归衡州，至藤，伤暑困卧，至八月二十日，启手足于江亭上。徐守甚照管其丧，仍遣人报范承务。范先去，已至梧州。范自梧州赴其丧。此二卒申知陆守者，止于如此，其他莫知其详也。然其死则的矣，哀哉痛哉，何复可言？当今文人第一流，岂可复得？此人在，必大用于世；不用，必有所论著以晓后人。前此所著，已足不朽，然未尽也，哀哉！哀哉！其子甚奇俊，有父风，惟此一事，差慰吾辈意。某不过旬日到藤，可以知其详，续奉报次。尚热，惟万万自重。无聊中奉启，不谨。某再拜元老长官足下。九月六日。

【译文】秋暑天气，不知生活好么？我和儿子八月二十九日离开廉州，九月六日到达郁林，七日就又动身了。当初约好在欧阳晦夫那里留个信儿，但我忽然听到秦少游的凶讯，留信时就不能不说，要说又怕此话不实，因此不忍下笔。如今我走到白州，见到容留太守的侄子陆斋郎，听他说少游在容留住过几天，他喝酒作诗和平常一样，容留太守派两人送他回衡州，走到藤州时，少游因暑热不堪染病卧床，到了八月十二日，就在江亭上善终了。徐太守极为关注他的丧事，派人送信给范承务。（范承务去得早，已经到达梧州。）范承务是从梧州出发奔丧的。这两个仆人回来报告给陆太守的，只有这些，再详细的情况就不清楚了。不过少游的死讯是确定无疑的了，哀痛之外，还能说些什么呢？这位当今文人中的第一流俊才，难道还能复生吗？他如果活着，一定会对当世有大贡献；即使不如此，也一定会有著作晓喻后人。他生前所作，已足能不朽，然而还没有尽展才华就与世长辞了，可惜呀！可惜呀！其子也极为奇俊，有少游遗风，只有此事，尚能令人稍微宽心。我不出十几天就能到达藤州，可以知道其中的详细情况，到时再继续说给您听。天气还热，请千万保重。无聊之中给您写信，失敬了。苏轼叩见元老长官。九月六日作。

与杜道源二首 以下俱黄州

某启：谪寄穷陋，首见故人，释然无复有流落之叹。衰病迂拙，所向累人，自非卓然独见，不以进退为意者，谁肯辱与往还？每惟此意，何时可忘？别来又复初夏，思企不可言。远想即日尊候佳胜？两辱手书，懒不即答，计已获罪左右，然惟故人能知其性气，盖懒作书者有素矣，中实无他也，更望宽之。知到官，又复对换，想高怀处之，无适而不可。江令竟不肯少留，健决非庸人所及也。无由面言，以时自重。谨奉启，不宣。

【译文】苏轼致言：我被贬后寄身偏僻鄙陋之地，乍见老友，心胸豁然开朗不再慨叹流落他乡了。我年老多病行动木讷，到处牵累他人，自想如果不是超脱旷达，不以升迁为意之人，谁会愿和我交往？每每想到这些，何时能够忘怀呢？分手以后又到初夏，思念之情无以言表。遥想近来身体康健吧？您两次来信，我都因手懒没能及时答复，恐怕已让您生气了，不过老友还是能了解我的脾性的，懒怠写信由来已久，其中并无其他因素，还望宽恕。得知您到任之后，职位又有变化，想来您心胸阔大，对此不会放在心上。江令居然不愿稍留一会儿，行事果决非常人所及。没能当面畅谈，望您顺应天时多多保重。谨上此信，别不多叙。

二

某无人写得启状，即用手简，甚属简慢，想恕其不逮也；令子孟坚，必已得县。向者小累，固知无事，然非君相之明，不照其情也。可贺可贺！九郎兄弟为学益精，犹复记老朽否？爱孙想亦长进。每想三人旅进折旋俯仰之状，未尝不怅然独笑也。此中凡事如昨，其详，托江令口陈。必须作数日聚会于京口，奉羡奉羡！儿子蒙批问，感感。

江令处甚有竹石可取，看比旧何如？

【译文】我这里没有人能制作正式文书，只好顺手写张便条，实在怠慢失礼，我想您能原谅我的不周之处。贵子孟坚，想必已做了县令。以前出了点小麻烦，虽本知无事，但若非先生英明，也不能明察隐情啊。可贺可贺！九郎兄弟治学更加精深，还能记得老朽我么？爱孙想必也大有长进了。每每想起三人宦海沉浮的情状，就不能不怅然独笑。我这里一切照旧，详细情况，托江令向您口头转述。想必会在京口小聚几日，令人称羡啊！儿子蒙您问及，在此致谢！

江令那里很有些竹石之类值得把玩，请看比以往怎样？

与俞奉议一首

某启：回教，拜示先志，得见前人遗烈，幸甚！幸甚！又蒙分遗珍食，以荐冥福。在家出家，古有成言；有发无发，俱是佛子。公能均施凡陋，如斋佛僧，只此功德，已无边际。但恨檀越未送衬钱，是故老僧只转半藏。人还，聊此一噱。

【译文】苏轼致言：回信收到，我拜读了先人的志文，能够了解前人的不朽功业，万幸！万幸！又蒙您分给我珍贵的食品，我借此献祭在天之灵。在家出家，古人已有成说；有发无发，都是佛家弟子。先生您能广施善缘惠及众生，如同管待佛僧，仅此种功德，便已大得无边无际。只是遗憾老檀越没能送来衬钱，因此老僧只能转得半藏了。来人回去，趁机开个玩笑。

与杜孟坚三首 以下俱黄州

某启：前日方欲饮茶道话，少顷，忽然疾作，殊不可堪忍。欲勉强出见，竟不能而止，惭悚不可言。辱手教，重增反侧。稍凉，起居何如？承明日解舟，病躯尚未能走别，非久当渡江奉见也。不一一。

【译文】苏轼致言：前日正要饮茶叙旧，没多久，我忽然疾病发作，实在不能忍受。想勉强出去与您相见，竟然不能走动，只得作罢，愧疚之情无以言表。蒙您来信，使我更感不安。天气转凉，生活怎样？得知你明日上船远行，带病之躯不能前往送别，不久之后我会渡江拜会您。信中就不再一一细说了。

二

某乏人写大状，必不深罪，郡中凡百如旧，每见同僚及游从题壁处，未尝不怅然怀想也。侍下无事，必多著述，无缘请观，为恨尔。今岁亲知相过，人事纷纷，殊不如去年块处闲寂也。

【译文】我这里缺少人手制作正式文书，想必您不会怪罪。郡里一切照旧，每每见到同事和游伴题壁之处，我就不能不怅然怀想。您现在杂事不多，想必著述颇丰，没有机会拜读，实在令人遗憾。今年亲朋旧友到此看我，因而应酬很多，真不如去年安居一处闲适宁静。

三

朱守饷笋，云潭州来，岂所谓猫头之稚者乎？留之，必为庖僧所坏，尽致之左右，馔成，分一盘足矣。

【译文】朱太守送我一些竹笋，说是从潭州得来，这恐怕就是人们常说的嫩猫头吧？如果留下来，想必会被劣厨做坏，索性全送给您，做好之后，分我一盘就足够了。

与严老一首 黄州

船中弯卧一日，便言闷杀，不知如何净瓶里澡洗去。某在东坡，深欲一往，示疾未瘳，聊致一问而已。法鱼一瓶，恐欲下饭。

【译文】在船中蜷缩一天，就叫嚷说闷死了，不知怎样才能到净瓶里洗去尘垢。我住在东坡，很想前往拜访，但您说病没有痊愈，我只能暂且问候一声罢了。送去一瓶风干的鱼，可能有助下饭。

与陆秘校一首 扬州

某再启：颍州人回，曲蒙书示，感怍不已。窃惟才美过人，晚乃少达，勿致毁灭，以就显扬之报，区区之祷也。

【译文】苏轼再次致言：颍州人回转，蒙您辗转来信，感愧不已。我认为您才智过人，晚来定能显达，不要自暴自弃，且待功成名就之日吧，这是我诚挚的祝愿。

与杜几先一首 黄州

某启：奉别逾年，思企不忘。不审比日起居佳否？去岁八月初，就逮过扬，路由天长，过平山堂下，隔墙见君家纸窗竹屋依然，想见君黄冠草屦，在药墟棋局间，而鄙夫方在缧绁，未知死生，慨然羡慕，何止霄汉！既蒙圣恩宽贷，处之善地，杜门省愆之外，萧然无一事，恍然酒醒梦觉也。子由特蒙手书累幅，劳问至厚，即欲裁谢，为一老乳母病亡，而舍弟亦丧一女子，悼念未衰，复闻堂兄之丧，忧哀相仍，致此稽缓，想未讶也。承六月中官满赴阙，不知今安在？托子骏求便达此书尔。未由会面，万万以时自重。不宣。

【译文】苏轼致言：分别年余，渴慕不已。不知近日生活好么？去年八月初，我被押解进京经过扬州，路经天长时，绕到平山堂下，隔墙望见您家纸窗竹屋丝毫没变，可以想见您仍然戴着黄帽穿着草鞋，在草房棋局间怡然自乐，而我却被朝廷拘押，生死未卜，只能慨然长叹大为羡慕，两者对比何止天壤之别啊！现蒙圣恩宽大处理，置我于善地，我除了闭门思过之外，别无他事，恍然如大醉一场大梦初醒。子由他蒙你写来长信，殷切问候，马上就想回信，可是因为一位老乳母病故，他又失去了一个女儿，还没从伤悼之中回过神来，又听到了堂兄去世的凶讯，忧愁哀痛接连不断，致使回信迟延，想必你不会怪罪。得知您六月中旬任满赴京，不知现在何处？只好托子骏找机会捎信给您。没有机会见面，请您万万顺应天时多多保重。别不多叙。

与周文之四首 惠州

某启：近蒙寄示画图及新堂面势，仍求榜铭。岭南无大寒甚暑，秋冬之交，勾萌盗发；春夏之际，柯叶潜改，四时之运默化，而人不知。民居其间，衣食之奉，终岁一律，寡求而易安，有足乐者。若吏治不烦，即其所安而与之俱化，岂非牧养之妙手乎？文之治循，似用此道，故以"默化"名此堂，如何？可用，便请题榜也。

【译文】苏轼致言：最近承蒙您寄来新堂的地理方位图，还向我索要匾额上的铭文。岭南一带没有大冷大热，秋冬之交，花草树木悄悄滋生；春夏之际，枝叶也在暗暗更新，四季更替默默进行，人们并不注意。居住在这里的人，吃饭穿衣，整年一样，欲望很少，容易安抚，能够知足常乐。如果官吏不去烦扰，能顺应其心并与之同乐，怎能不说是治民安民的高手呢？文之您治理循州，似乎就是用此妙法，因此我想以"默化"为此堂命名，您看怎样？如果能用，就请制匾吧。

二 以下俱儋耳

某启：昨暮已别，回策凄断，谨令小儿候违。来年春末，求般家二卒，送少信至子由，乞为选有家而愿者，一至时当别奉书也。喧聒为愧，不罪。

【译文】苏轼致言：昨晚别后，回归之望已经渺茫，我让小儿等待辞行吧。明年春末，我需要两名搬家的随从，请替我捎信给子由，让他从有家室并愿跟随之人中为我挑选，到时我会另外写信去的。惭愧的是打扰了您，恕罪。

三

惠栗极佳，梨，无则已，不烦远致也。惠米五硕，可得醇酒三十斗，日饮一胜，并旧有者，已足年计。既免东篱之叹，又无北海之忧，感怍可知也。食米已领足，今附纳二十千省还宅库足外，余缗尽用致此物，幸甚。来年食口稍众，又免在陈，不惟软饱，遂可硬饱矣。（浙中谓饮酒为软饱。仆有诗云：“三杯软饱后，一枕黑甜余。”）以代相对，一笑。

【译文】所赠栗子堪称佳品，至于梨，没有就算了，不必再大老远地送来。还有您送我的五担米，可以酿制醇酒三十斗，即使每天都饮用，加上原有的，也足够一年之用，既免陶东篱少酒之叹，又无孔北海无粮之忧，感愧之情可以想见。食米已经领够，现在交纳二十千钱还齐府库之外，剩下的钱全都用来购买此物，很好。明年家里吃饭之口会稍增加，但我已免陈州之行，不只能软饱，简直能够硬饱了。（浙中称喝酒为软饱。我有诗道：“三杯软饱后，一枕黑甜余。”）以此代为作答，聊发一笑。

四

郑君知其俊敏笃学，向观所为诗文，非止科场手段也。人去，忙作书，不及相见，且致此意。李公弼亦再三传语。承许远访，何幸如之！海州穷独，见人即喜，况君佳士乎？林行婆当健，有香与之，到日告便送去也。八郎房下不幸，伤悼。

【译文】我早知郑君聪敏好学，以前见他所作诗文，已经不仅是科考应制的水平。来人要走，我忙于写信，来不及相见，请暂且替我向他致意。李公弼也一再传话过来。得知您答应远来作客，如此甚好！海州偏远闭塞，能见人来便大喜过望，何况是您这位高人名士呢？林行婆想必康健，我有香要给她，到时顺便送去。八郎家中出现了不幸，令人为之伤心。

与李亮工六首 以下俱北归

某启：特沐专使手书，具审起居佳胜，甚慰驰仰。江路滩涩，寸进而已，更半月乃可造谒。未间，乞保卫。人还，布谢草草。不宣。

【译文】苏轼致言：承蒙您派专人送来书信，得知您生活安好，敬仰之心很是欣慰。江路艰险，我只能缓缓前进，再有半月才能前去拜访。没时间见面，请多多保重。来人要走，回信致谢十分仓促。别不多叙。

二

某乏人修状，手启为答，幸望宽恕。见孙叔静言，伯时顷者微嗽，不知得近信否？已全安未？余非面莫究。

【译文】我这里缺少人手制作正式文书，用便条给您写信，望能见谅。听孙叔静说，伯时不久前有些咳嗽，不知您是否得到过他最近的消息？他已痊愈了吗？其余面谈。

三

某启：近别，起居佳胜。向者匆匆不一，诣违至今，为恨。旌旆之还，想已新岁，伏冀尊重以迎多福！临行，冗迫，不宣。

【译文】苏轼致言：近日别后，想必生活安好。此前来往匆匆，至今未能见面，实在令人遗憾。等您车驾回还时，我想已是新年，愿您保重身体迎来好运。即将动身上路，杂事繁多，别不多叙。

四

某启：近辱书，承比日起居佳胜。仍示和诗，词指高妙，有起衰疲，幸甚！幸甚！某更旬日乃行，逾远，怅望。意决往龙舒，遂见伯时为善也。余惟万万以时自重。不宣。

【译文】苏轼致言：最近承蒙赐信，得知近来生活安好。您给我看的和诗，遣词寓意高超绝妙，足以让衰老疲乏之人振作精神，甚好！甚好！我再有十余日就要动身，路途遥远，只能怅然回望依依不舍。我决定往龙舒去，能见伯时最好。但愿您千万顺应天时多多保重。别不多叙。

五

伯固必频见，告致恳南华师，亦略道意。行役未休，疲厌甚矣，何时复见一洗濯耶？或转示此纸，幸甚！幸甚！

【译文】想必您常见伯固，请让他代我向南华法师致意，并略表我对他本人的问候。我宦游不止，极为疲倦，何时能再见上一面洗去尘垢脱离苦界呢？倘或转送此信过去，甚好！甚好！

六

曾见伯固言，欲炼钟乳，果然否？告求少许，或只寄生者亦可。

为两儿妇病，皆饵此得效也。陈公密来时，可附致否？

【译文】曾听伯固说，您想炼石钟乳，真是这样的吗？我想向您讨要一些，或者送我一些未经炼制的也行。因为两个儿媳病了，都要用此物作药饵才能使药生效。陈公密来的时候您能否让他捎来给我？

与游嗣立二首 以下俱惠州

某启：谪居瞻望不远，屡欲上问，不敢。忽辱手教，劳慰周厚，感仰深矣。日履兹初凉，起居佳胜！某蒙庇粗遣，未缘披奉，惟冀若时自重。谨奉手启布谢。不宣。

【译文】苏轼致言：贬居之地离您不远，屡次想登门拜访，都没敢轻易前往。您忽然来信，对我关怀备至，使我深为感动。近来正值初凉天气，生活安好吧！托您的福我一切尚好，没机会见面，愿您顺应天时多多保重。谨上此信致谢。别不多叙。

二

某启：使人久留海丰，裁谢稽缓，想不深责。舍弟谪居部中，尤荷存庇。家书已领，并增感怍。余非笔墨可究。

【译文】苏轼致言：我让您的使者滞留海丰太久，回信致谢过于迟缓，想必您不会怪罪。子由贬官到您那里，多蒙您照顾。家书已经收到，更增感愧之情。纸外深情无以言表。

与张景温二首 以下俱儋耳

某启：久不上问，倾仰增剧。比日窃惟按抚多暇，起居佳胜。某罪大责薄，复窜海南，知舟御在此。以病不果上谒，愧负深矣。谨奉手启，布谢万一。不宣。

【译文】苏轼致言：很久没有去信，倾慕之情更为强烈。近来愿您公务之余，生活安好！我罪责重大惩罚轻微，被贬到海南之后，才知道您也在这里。因病未能前去拜访，深感愧疚。谨上此信，略表谢罪之意。别不多叙。

二

某垂老投荒，岂有复见之期？深欲一拜左右，自以罪废之余，当自屏远，故不敢扶病造前，伏冀垂察。

【译文】我迟暮之年置身荒远僻陋之地，怎能再有复出之日呢？很想去拜访您，但自想我这有罪之人，应当远离亲朋故旧才是，因此不敢带病前往，请您体察我的隐衷。

与冯大钧二首 以下俱南迁

某启：经由烦溷，铃下荷佩深矣。比惟起居佳胜。某来早发去，自是岭海阔绝，怅然。所冀以时自重。谨奉手启布谢。不宣。

【译文】苏轼致言：我路过时打扰了您，途中深为感激。想必您近来一定生活安好。我明天一早动身离去，从此以后远隔岭海，想来令人怅惘不已。愿您顺应天时多多保重。谨上此信致谢。别不多叙。

二

某有广州市舶李殿直书一封，烦附递前去，复不沉没为荷。勿讶浼渎。

【译文】我这里有一封给广州市舶司李殿直的信，麻烦您给他捎去，请别让中途有失。恕我打扰。

与庄希仲四首 以下俱南迁

某启：山阳恨不得再见，留书告别。重烦遣人答教，具审弭节已还，起居佳胜。某少留仪真，旦夕出江，瞻企逾邈，怅焉永慨。尚冀顺时为国自重。不宣。

【译文】苏轼致言：我很遗憾未能在山阳再见，只能留下信来与您告别。又蒙您派人回信，得知您车驾已回，生活安好。我在仪真稍作停留，立刻就要出江南下，抬头望时远在天涯，只能怅然慨叹。还望顺应天时为国保重。别不多叙。

二

某辄有少烦，方深愧悚，遽承差借三卒，大济旅途风水之虞；感戴高谊，无以云谕。书信已领，人回日，别上状。适暑毒，不佳，布谢不详谨，悚息！悚息！仲光承非远赴阙，是否？因会，乞致区区。

【译文】我总是打扰您，正深感愧疚，又蒙您派来三人帮忙，大减我旅途之劳，感念您的深情厚谊，无以言表。信已收到，来人回时，我再另外写信给您。正值酷暑，我身体不适，回信致谢不周，恕罪！恕罪！听说仲光不久就要赶赴京城，是否如此？得便之时，恳请来信。

三

某启：甬上奉违，忽已累月，思咏可量。比月窃惟履兹秋暑，起居佳胜。罪废之迹，曲荷存眷。差人津送，感愧无已。未期瞻奉，伏冀以时为国自重。不宣。

【译文】苏轼致言：途中分别之后转眼已经数月，思念之情可以想见。近来正值秋暑天气，想必您生活安好。有罪废余之人，蒙您关心牵挂，您又派人资助送行，使我感激不尽。不知什么时候再能见面。请您顺应天时为国保重。别不多叙。

四

某启：罪大责薄，重罹窜逐，迁去海上，益远左右，但深依恋。涂次，裁谢草草，恕悉幸甚。

【译文】苏轼致言：我罪过重大责罚微薄，再次被贬，迁往海上，距您更远了，只能加深依恋之情。我正在途中歇脚，回信致谢十分匆忙，望您宽恕。

与张逢六首 以下俱儋耳

某启：兄弟流落，同造治下，蒙不鄙遗，眷待有加。感服高义，悚息不已。别来未几，思仰日深。比日起居何如？某已到琼，过海无虞，皆托余庇。旦夕西去，回望逾远，后会未涯。惟万万若时自重，慰此区区，途次裁谢，草草。不宣。

【译文】苏轼致言：我们兄弟流落他乡，同到贵地，蒙您不嫌，殷勤招待。感念您的高德大义，惶愧不已。别后不久，思慕之情日渐加深。近来生活怎样？我已抵达琼州，渡海时没有遇险，全都是托您的福。不久我还要向西行进，回头望时远在天涯，再想见面遥遥无期。千万请您顺应天时多多保重，以慰我诚挚之心。途中歇脚时回信致谢，十分仓猝。别不多叙。

二

某启：海南风气，与治下略相似。至于食物人烟，萧条之甚，去海康远矣。到后，杜门默坐，喧寂一致也。蒙差人津送，极得力，感感。舍弟居止处，若早得成，令渠获一定居。遗物离人，而立于独，乃公之厚赐也。儿子干事，未暇上状。

【译文】苏轼致言：海南的风土人情，与贵地大致相似。至于说食物人烟，却极其萧条，比海康差得远了。我到之后，闭门静坐，外界的喧嚣与寂静对我来说都一样。蒙您派人资助送行，十分得力，感激不尽。我弟弟的住处，如早早办成，就让他定居下来。您给予远谪之人许多帮助，我们能在孤苦无依中得以生存，全靠先生的大德厚赠。我儿为事所困，没来及给您写信。

三

某启：久不上状，想察其衰疾多畏，非敢慢也。新军使来，辱教字，具审比日起居佳胜，感慰兼集。某到此数卧疾，今幸少间。久逃空谷，日就灰槁而已。因书瞻望，又复怅然。尚冀若时自厚，区区之余意也。不宣。

【译文】苏轼致言：很久没有去信，想来您深知我年老多病颇多畏惧，并不是敢于怠慢您。新军使来，我收到来信，得知您近来生活安好，感慰交集。我到这里连续患病卧床不起，今天才好一些。长时间避居荒山，我只是在一天天枯槁下去罢了。写信时多想见您一面，却再一次怅然自失。还望顺应天时多多保重，这是我最后的诚挚祝愿。别不多叙。

四

某再启：闻已有诏命，甚慰舆议，想旦夕登途也，当别具贺幅。某阙人写启状，止用手尺，乞加恕。

【译文】苏轼再次致言：听说您已接到新的使命，颇遂众人心愿，想必您不久就要登程奔赴新职，到时我会另外去信致贺。我这里缺少人手制作正式文书，只能用便条，请您宽恕。

五

某启：子由荷存庇深矣，不易一一言谢也。新春，海上啸咏之余，有足乐者。此岛中孤寂，春色所不到也！

【译文】苏轼致言：子由蒙您照顾太多，不易一一致谢。新春之际，在海上吟啸歌咏之外，尚有遣怀之处。此岛之中孤僻寂寥，只因春色无法到达呀！

六

某启：新酿四壶，开尝如宿昔，香味醇冽，有京洛之风，逐客何幸得此！但举杯属影而已。一笑！一笑！海错亦珍绝，此虽岛外，人不收此，得之又一段奇事也。眷意之厚，感怍无已。

【译文】苏轼致言：新近酿造的四壶美酒，打开品尝有如陈年佳酿，香味醇厚清冽，有京洛一带风味，被贬之人多么幸运竟能得到这些！只是仅能举杯对影罢了。一笑！一笑！海味也珍稀奇绝，此处虽是海外岛屿，但当地不产此物，我能得到又是一段奇事。您的厚爱，使我感愧不已。

与朱振二首 以下俱惠州

某启：前日蒙示所藏诸书，使末学稍窥家传之秘，幸甚！幸甚！恕先所训，尤为近古。某方治此书，得之，颇有所开益。拜赐之重，如获珠贝，又重烦令子运笔，益深愧感。老拙不揆，辄立训传，尚未毕工，异日当以奉呈也。新说方炽，古学崩坏，言之伤心。区区所欲陈，未易究也。临纸慨然，不一一。

【译文】苏轼致言：日前您让我拜读了珍藏之书，使我略窥您家传宝物，万幸！万幸！郭恕先之训解，尤为接近古人的本义。我正钻研此书，得到这些，很受启发。馈赠之丰厚，对我来说如同珍宝。又烦劳贵子动笔写信，我更是深感惭愧。老夫不自量力，为此书作下注解，尚未完工，他日会呈送给您。如今标新立异的学说甚嚣尘上，研究古文的学科分崩离析，说来令人伤心。我想表达的，无法尽言。临纸慨叹，不再一一细说了。

二

公于《春秋》发明固多矣，舍弟颇治此学，异日相见，当出其书互相考也。然此书近遭废锢，尚未蒙牵复，公尚敢言及耶？想当一笑。

【译文】您对《春秋》研究得实在透彻，子由也深入钻研过这门学问。他日相见，你们应当各自拿出研究心得互相探讨。然而这本书最近被查抄，还没有开禁，您还敢再谈及它么？聊作一笑。

与萧世京二首 以下俱惠州

某启：春和，窃惟起居佳胜！某罪谴，得托迹麾下，幸甚！到惠即欲上问，杜门省咎，人事几废，以故后时，想不深讶。未缘瞻奉，伏冀为时自重。谨奉手启布闻，不宣。

【译文】苏轼致言：春日和暖，愿您生活安好！我因罪被贬，能托身贵处，实在幸运！到惠州之后我就想上门拜访，但因闭门思过，人际交往几乎完全中止，因此迟缓延误，想必您不会深怪。没有机会见面，望您顺应天时多多保重。谨上此信致意，别不多叙。

二

某再启：伏审使旆巡按至惠，得遂际见，何幸如之！某始寓僧舍，凡百不便。近因正辅至郡，许假馆行衙，不及面禀，辄已迁入，悚仄不已。想仁念顾恤，不深讶也。

【译文】苏轼再次致言：得知您巡察到了惠州，若能如愿拜见您，那该多好啊！我最初住在僧房中，各项事体都不方便。最近因正辅到了郡里，准许我借住在行衙之中，来不及当面向您禀告，我就已搬迁了进去，惶愧不已。我想您对我仁爱体恤，不会深怪。

与萧朝奉一首 惠州

近得见令兄提举，稍闻动止之详，为慰。少事辄冒闻，幸恕率易。儿子迈般挈数房贱累，自虔易小舟，由龙南江至方口出陆，至循州，下水到惠。贱官重累，敢望矜恤。特为于郡中诸公，醵借白直数十人送至方口，计未远出州界，切望垂念。已于循州擘画得数十人至方口迎之也。流落困苦，想加愍察。

【译文】最近见到您的兄长提举大人，略知您的详细情况，令人欣慰。我有些琐事冒昧打扰，望能宽恕我的粗率鲁莽。我儿子苏迈带着几房家眷，想从虔州换乘小船，渡过龙南江到方口上岸，到循州后，再沿水路来惠州。因官卑职微，家眷太多，请您关照。特请您从郡中诸公处，为我凑齐几十个随从送他们到方口，算来不会离开州界太远，还望费心。我已在循州筹划了数十人到方口迎接。我流落他乡愁困劳苦，想必您会怜悯体察。

与罗秘校四首　以下俱惠州

某启：专人至，承不鄙罪废，长笺见及，援证古今，陈义甚高，伏读感愧。仍审比来起居佳胜，至慰至慰！守局海徼，屈淹才美，然仕无高下，但能随事及物，中无所愧，即为达也。伏暑，万万自重。

【译文】苏轼致言：专使已到，您不嫌弃戴罪之人，写来长信，援引古今典故，立意高妙绝伦，读后令人感叹自愧不如。又得知近来生活安好，令人欣慰！您驻防海边，埋没才华，但出外做官不分职位高低，只要能合理地处置身边之事，心中无愧，就堪称练达。伏暑天气，千万保重。

二

某启：衰病，裁答草草，不讶！不讶！知不久美解，即获会见，至喜！至喜！掩骼之事，知甚留意。旦夕再遣冯、何二士去面禀，亦有少钱在二士处。此不覼缕。增城荔子一篮，附去人驰上。不罪！不罪！

【译文】苏轼致言：体衰多病，回信致谢十分仓促，勿怪！勿怪！得知不久将有美差一件，我们马上就可以见面了，实在令人高兴！身后埋骨之事，知道您很费心。不久我会再派冯、何两位去当面禀告，还有一些钱由他们带着。此处不再细述。一篮增城荔枝，我委托去的人带给您。恕罪！恕罪！

三 以下俱儋耳

某启：远蒙惠书，非眷念之厚，何以及此？仍审比来起居佳胜，感慰兼集。老病之余，复此穷独，岂有再见之期？尚冀勉进学问，以究远业。

【译文】苏轼致言：蒙您远途赐信，若非挂念之深，怎能如此？得知您生活安好，感慰交集。我衰老多病之外，又流落在这偏僻闭塞之地，哪里还会有复出之时？还望努力治学，成就日后大业。

四

某启：官事有暇，得为学不辍否？有可与往还者乎？此间百事不类海北，但杜门面壁而已。彼中有粗药可治病者，为致少许。此间如苍朮、橘皮之类，皆不可得，但不论粗贱，为相度致数品。不罪！不罪！

【译文】苏轼致言：公务闲暇时，能不断地钻研学问吗？有可以互相酬唱应和的人吗？此处各种事情都无法与海北相比，我只能闭门不出面壁思过罢了。您那里只要有能治病的药，就送给我一些吧。这里像苍朮、橘皮之类，都无法得到，因此不管好坏，只要能送来几种就行。恕罪！恕罪！

与朱行中十首 以下俱北归

某启：真阳一见，大慰宿昔。匆遽就别，怅惘可知。行役纷纷，且未有便，尚稽驰问。特辱专使手书，具审下车以来台候康胜，感慰兼集。某承庇如昨，更五六日离韶。已远左右，伏冀为国自重。人还，匆匆，不宣。

【译文】苏轼致言：真阳相见，极为欣慰。匆忙分别，怅惘之情可想而知。宦游之中公务缠身，一直没有抽出时间来，拖延了给您写信之事，蒙您派专人送信来，得知上任以来贵体康健，我感慰交集。托您的福我这里一切照旧，再有五六天就要离开韶州。相隔已远，请您为国保重。来人要走，仓促回信致意，别不多叙。

二

某前承借示新诗，久矣不见斯作也。然世俗识真者少，独唱无和。帐勾谢民师公，若不以位貌为间，亦庶几班斤郢斫也。老拙百念灰寂，独一觞一咏，亦不能忘。陋句数首，录呈，以为一笑。手启上问，恃知照不深责也。

【译文】前不久拜读了您的新诗，我已有很长时间没见过如此佳作了。但世间能识别真品的人太少，常常是只有唱者没有和者。惟有谢民师先生，如果您不嫌弃他的地位，倒是可以和您互相切磋。我种种杂念像灰烬一样寂灭无余，唯独喝酒和吟诗两事，也还不能忘却。几首拙诗，誊录给您，聊发一笑。我用便条写信，仰仗相知之深，想必不会见怪。

三

某启：违阔滋久，向往徒勤。比日履兹寒凝，起居佳胜。承旌驭已至，即欲走谒，谨先奉手启上问。

【译文】苏轼致言：阔别已久，极为思念，近来正值天气寒凉，想必生活安好。得知您车驾到此，就想前往拜访，事先写信问候一声。

四

某屏居岁久，未尝冠帻，比日又苦小疖，不能巾裹。欲服帽请见，先令咨禀，如许，乃敢前诣。幸不深责。

【译文】我闭门独居年深日久，不曾戴官帽，近来又苦于生了小疖疮，不能用头巾裹头。想戴便帽拜会您，先派人向您禀告，如果允许，我才敢前往访问。望能恕罪。

五

某启：近因还使上状，必已闻达。连雨凝阴，远想台候康胜？某蒙庇粗遣，已达虔州，少留，须水度赣，更半月行也。南海静治，有足乐者。想有妙唱，自南而北也。后会未期，万万自重。不宣。

【译文】苏轼致言：最近使者回时捎去书信，想必已经收悉。阴雨连绵，遥想身体康健吧？托您的福我一切尚好，已经到达虔州，稍作停留，就要渡过赣江，还有半月路程。南海一带平安无事，颇有遣怀之处。想必您一定会有绝妙诗文，自南向北广为流传。后会无期，万万保重。别不多叙。

六

某启：别后两奉状，想一一闻达。比日履兹春和，台候胜常？某滞留赣上，以待春水至，此月末乃发。瞻望怅惋。南海虽远，然雅量固有以处之矣。诗酒之乐，恨不日陪接也。更冀若时保练，不宣。

【译文】苏轼致言：分别之后两次写信给您，想必您会如数收悉。近来正值春光和暖，您比往常更康健了吧？我滞留赣上，等待春水到来，这个月底才能行船。远望时怅惘叹惋。南海一带虽然偏远，但您胸怀阔大自然能泰然处之。想起吟诗饮酒共聚之乐事，我真遗憾不能与您朝夕相处。还望顺应天时多加保重，别不多叙。

七

般家人蒙辍借，行计遂办，非眷念特达，何以及此？言谢不尽，悚怍而已。

【译文】蒙您借给搬家之人，我动身上路之事，都安排好了。如果不是特别体贴挂念，怎能如此？心中谢意无以言表，唯有惶愧。

八

某启：蒙眷厚借搬行李人，感愧不在言也。但节级朱立者无状，侵渔不已，又遂窜去。林聪者，又殴平人几死。（见禁，幸所殴者渐安，决不死矣。）此中人多言于法有碍，不可带去，故辄牒虔州云。得明公书，令某遣还，多难畏事，想必识此心也。买公用人于法无碍，故仍旧带去。此二十余人，皆得力不作过，望不赐罪。穷途作事皆类此，惭悚不可言。已得二座船，不失所矣。幸不贻念。陋句数首，端欲发一笑耳。

【译文】苏轼致言：蒙您厚爱借人给我搬运行李，感愧之情无以言表。但其中有个叫朱立的节级不像样，他不断掠夺他人财物，接着就逃走了。林聪呢，又差点把老百姓打死。（他已被囚禁，幸亏被打的人慢慢康复，绝对不会死去。）这里许多人说他触犯法律，不可带走，因此我写信往虔州去说这件事。收到明公您的来信，让我把他们打发回去，我屡经磨难十分怕事，想必您体会到了我的心思。但是雇佣的公差没有触犯法律，因此我仍然带着。这二十多人，都十分得力没有过错，请不要治他们的罪。在末路穷途之中是如此谨小慎微，惶愧之情无以言表。我已经得到两艘大船，不会无处安身。望您别再挂念。拙诗几首，聊发一笑吧。

九

少事不当上烦。东莞资福长老祖堂者，建五百罗汉阁，极宏丽，营之十年，今成矣。某近为作记，公必见之矣。途中为告文安国，篆得阁额，甚妙。今封付去人，公若欲观，拆开不妨，却乞差一小心人赍送祖堂者。不罪！不罪！

【译文】这些琐碎小事本来不该再麻烦您。东莞资福长老祖堂，建成一座五百罗汉阁，极其宏伟壮观，共营造十年，现在才竣工。我最近为此写了一篇记文，想必您已见到。请顺便告诉文安国，他作的匾额，实在好极了。现在封上此信交给去您那里的人，您如果想看，拆开无妨，只是请派遣一个办事谨慎的人把它送给祖堂。恕罪！恕罪！

十

某已得两舟，尚在赣石之下，若月末不至，当乘小舟往就之。买公用人以节级持所赍钱窜去，又以疫气多死亡者，以此求还。官舟无用多人，故悉遣回。皆以指挥严切，甚得力，乞知之。适少冗，驰问不尽区区。

【译文】我已得到两艘船，还在赣石以下停泊着，如果月末不能驶来，我会乘坐小船去那里。雇佣的公差因为有个节级带着钱财逃跑了，又加上瘟疫死人很多，以此为由请求回去。我乘坐官船已用不着太多人手，因此让他们全都返回。因为您教练有方，我用起他们来十分得力，还望明察。正在繁忙中，去信无法尽述诚挚之意。

与曹子方五首 以下俱惠州

某启：奉别忽三年，奔走南北，不暇奉书。中间子由转附到天门冬煎，故人于我至矣！日夜服食，期月遂尽之。到惠州，又递中领手书，懒废益放，不即裁谢。死罪！死罪！

【译文】苏轼致言：分别之后转眼三年，我奔波流落在南北各地，没顾上给您写信。这期间子由曾转来您送的天门冬煎，老友对我的关心真是无微不至啊！我日夜服用，一个月就吃完了。到惠州后，又从驿使那里得到您的亲笔信，由于疏懒之习更甚以往，没能立即回信致谢。恕罪！恕罪！

二

某启：专人至，教赐累幅，慰抚周尽。且审比来起居佳胜，感慰兼集。某得罪几二年矣，愚陋贪生，辄缘圣主宽贷之慈，灰心槁形，以尽天年。即日殊健也。公别后，微疾尽去，想今亦康佳。养生亦无他术，独寝无念，神气自复。知吕公读《华严经》有得，固所望于斯人也。居闲偶念一事，非吾子方莫可告者。故崇仪陈侯，忠勇绝世，死非其罪。庙食西路，威灵肃然，愿公与程之邵议之。或同一削，乞载祀典，使此侯英魄，少伸眉于地下。如何？如何？然慎勿令人知不肖有言也。陈侯有一子，在高邮，白身，颇知书。蒙惠奇茗、丹砂、乌药，敬饵之矣。西路洞丁，足制交人，而近岁绥驭少方，殆不可产，愿为朝廷熟讲之。此外，万万保重。

【译文】苏轼致言：您派专人来此，长信慰问，对我体贴入微。又得知近来生活安好，令人感慰交集。我因罪贬官已近两年，愚昧无知，贪生怕死，只因圣上仁慈才对我从宽发落，如今我精神消沉形容枯槁，消磨余年。近来身体有所好转。您离开之后，小病已好，想必现在身体康健。养生并没有别的方法，独自安居屏除杂念，精神气力自然会恢复。得知吕公读《华严经》颇有心得，这正是我等对他的希望。我闲居中偶然想起一件事，除您之外无人可以告诉。原崇仪陈侯，忠孝勇武罕见于世，死于非命。虽说已在西路为葬，但他威灵仍在，望您能同程之邵商议一下。如能一起上一道奏章，请求将其纳入祭祀的典礼，那将使他的英魂神魄，在阴间地府能够扬眉吐气。怎么样？怎么样？但千万别让人知道这是我的主意。陈侯有一个儿子，住在高邮，没有功名，颇为知书达理。承蒙赐我名茶、丹砂、乌药等物，我敬收享用了。西路的洞丁，足以辖制交人，但近年来抚制无方，几乎难以调用，望您能向朝廷详细呈报。另外，请千万保重。

三

某启：公劝仆不作诗，又却索近作。闲中习气不除，时有一二，然未尝传出也。今录三首奉呈，览毕便毁之，切祝！切祝！惠州风土差善，山水秀邃，食物粗有，但少药尔。近报有永不叙复指挥，正坐稳处，亦且任运也。子由频得书，甚安。某惟少子随侍，余皆在宜兴。见今全是一行脚僧，但吃些酒肉尔。此书此诗，只可令之邵一阅，余人勿示也。

【译文】苏轼致言：先生劝我不要再作诗，可是又索要近作。我闲暇时作诗的习惯没有除尽，时而写上一两首，但都不曾拿出去给人看。现在誊录三首呈送给您，看完后就请毁掉，切记！切记！惠州风土还算不错，山水秀丽，食物尚可，只是缺少药物。近来听说有永不复用的命令，我安于现状，听天由命吧。子由不断来信，他的情况很不错。我只让小儿子跟随在身边，其余家眷都留在了宜兴。我现在完全是一个行游四方的僧人，只不过喝酒吃肉罢了。此信此诗，只能让之邵看一看，千万别让其他人见到。

四

某启：专人辱书，仰服眷厚。仍审比来起居佳胜，至慰至慰！长子未得的耗，小儿数日前暂住河源，独干筑室，极为劳冗。承惠芽蕉数品，有未尝识者，幸得遍尝，感愧不已。匆匆奉谢。

【译文】苏轼致言：蒙您派专人送信来，我深感厚爱。又得知近来生活安好，令人欣慰！我没有得到长子的确实消息，小儿子几天前暂时住在河源，独立承担建筑房屋的任务，十分劳苦繁忙。承蒙您赐给芽蕉几种，其中有我从来没有见过的，有幸遍尝，感激不尽。仓猝间写信致谢。

五

某启：数日，稍稍清冷。伏惟起居佳胜。构架之劳，殊少休暇。思企清论，日积滞念。尚冀保卫，区区之至。因吴子野行，附启，不宣。

【译文】苏轼致言：几天来，天气渐渐清冷。愿您生活安好。盖房十分辛苦，极少休息时间。渴望听闻您的高论，思念之情与日愈增。还望多多保重，这是我诚挚的祝愿。趁吴子野要走时，让他捎上这封信，别不多叙。

与孙叔静三首　以下俱北归

辱手教，具审尊体佳胜，甚慰驰仰。拙疾亦渐平矣，明日当出诣见。烧羊蒙珍惠，下逮童孺矣。

【译文】蒙您来信，得知贵体康健，敬仰之心十分欣慰。我的病已渐渐痊愈，明天就能前去拜访。蒙您赐给烤羊，连幼童都能分享到您的恩惠了。

二

某启：累岁阔别，不意相逢海上，握手一笑，岂偶然哉？亟辱专使教墨，具审起居佳胜，感慰兼集。玉局之除，已有训词，似不妄也。得免湖外之行，余生厚幸。至英，当求人至永请告敕，遂渡岭过赣归阳羡，或归颍昌，老兄弟相守，过此生矣。幸甚幸甚！乍远，万万为国自重。匆匆，不宣。

【译文】苏轼致言：阔别多年，不料想在海上重逢，握手一笑，难道是偶然的吗？蒙您派专人送信，得知生活安好，我感慰交集。让我到玉局任职的消息，既然已有训示，看来不假。能免去湖外任职，是我残年一大幸事。到达英州后，我会让人到永州请求一道准我归隐的诏书，然后就可以翻过南岭渡过赣江回到阳羡，或者回到颍昌，老兄弟们互相厮守，安度此生。甚望如此！乍然远离，请您千万为国保重。仓促间写信致意，别不多叙。

三

某启：久留治下，辱眷待之厚，既过重矣。而爱念之意，拳拳不已，更勤从者远至金刹。自惟衰朽，何以获此？比来数日，思渴不已。长至俯迩，不克展庆，此心南骛矣。令子烦远饯，不及别状，伏惟侍外珍爱。

江知言附此恳，兼记于许、李、欧阳、林、莫诸先辈处，略道不暇作书之意。

【译文】苏轼致言：长期在贵处停留，您的殷勤款待，已经让我承受不起。而您的怜惜惦念之心，仍然十分恳切，又派手下送我到崇福寺。常想我这衰朽之人，凭什么得到这么多的照顾呢？最近几天，十分想念。常让您远来问候，我虽不能将心事一吐为快，但心已经飞向南方了。烦劳贵子远出饯行，来不及另外写信致谢，但愿您对他格外疼爱。

江知言那里请替我致意，并问候许、李、欧阳、林、莫等先辈，请告诉他们我没时间写信的缘由。

与米元章二十八首 登州还朝

某启：人至，辱书累幅，承孝履无恙，甚慰想念。某自登赴都，已达青社，衰病之余，乃始入闹，忧畏而已！复思东坡相从之适，何可复得？适人事百冗，裁谢极草草。惟千万节哀自重。

【译文】苏轼致言：专使已到，长信收悉，得知您服孝期间平安无事，思念之心十分欣慰。我从登州赶往京城，已经到达青社，衰老多病之外，又开始进入闹市，只能令人忧虑生畏呵！我忆起在东坡结伴游乐的安适，那段时光怎样才能重新得到呢？恰逢百事纷扰，回信致谢十分仓促。千万节哀自重。

二 以下俱翰林

某启：示及数诗，皆超然奇逸，笔迹称是，置之怀袖，不能释手。异日为宝，今未尔者，特以公在尔！呵呵，临古帖尤奇，获之甚幸。灯下昏花不复成字，谨已降矣，余未能尽，俟少暇也。

【译文】苏轼致言：您让我拜读的几首诗，都洒脱飘逸，书法也与之相称，我置之怀袖中，喜欢得不能罢手。他日应为宝物，现在之所以没人这样看，只是因为先生还在人间啊！哈哈。临写的古帖更是奇绝，我能得到值得庆幸。灯下写信老眼昏花再也写不成字，谨写至此，其余无法尽言，等另有闲暇时再说。

三

书牌额用公名 岂不足耶？而必欲得仆名，此老阙败不小，可以此答之也。

【译文】书写牌额用您的名字，难道还不够吗？一定要用我的名字，这位老先生想法不周，可以用这话来答复他。

四

自承至京，欲一见，每遇休沐，人客沓至，辄不敢出。公又不肯见过，思仰不可言。二小诗甚奇妙，稍闲，当和谢。三本皆妙迹，且暂留一两日，题跋了奉还。偶与客饮数杯，薄醉，书不成字。悚息！悚息！

【译文】自从得知您抵达京城，就很想见您一面，但每到休息时间，客人纷至沓来，就不敢出去了。您又不肯到我这里小坐，思念之情无以言表。两首小诗很是奇特精妙，稍有闲暇，一定唱和。三本手迹都是极品，暂且留在我这里一两天，等我题跋后送还。我偶尔与客人喝了几杯酒，微有醉意，写不成字。恕罪！恕罪！

五

元章想旦夕还县，竟不得一款话。某累请终不允，信湖山非有分者不能得也！

【译文】想必元章您不久就要回县，我们竟不能有一次促膝长谈的机会。我多次请求外任都没被恩准，确实是无缘之人享不到寄情山水的雅趣啊！

六

某恐不久出都，马梦得亦然，旦夕间一来相见否？乞为道区区。惠示殿堂二铭，词翰皆妙，叹玩不已。新著不惜频借示。

【译文】我恐怕不久就要离开京城，马梦得也是如此，能抽出时间见上一面吗？请您转达我的心意。您让我看的两篇殿堂铭文，文章书法均极高妙，使我惊叹把玩不尽。再有新作请多借给我拜读。

七

马髯且为道意，未及答书，十千修屋缗，更旬日寄去也。非久得郡，或当走寓邑中待水也。

【译文】马髯那里请替我致意，没来得及给他回信，十千修房钱，再有十几天就会寄去。我不久就会外调到郡里任职，也许会等水汛到来再去拜访您。

八

昨日诗发一笑尔，慎勿刻石。太师雄篇已领，纸轴亦且留下。

【译文】日前的诗作只能聊发一笑罢了，千万不要刻在碑上。太师的大作已经领受，纸轴也先留在这里。

九 以下俱赴杭州

某以疾请郡，遂得余杭，荣宠过分。方深愧恐，重辱新诗为送，词韵高雅，行色增光，感服不可言也。无缘面谢，益用悚息。

【译文】我因病请求外任，于是到了余杭，皇上对我真是恩宠过分。我正深感惶愧，又蒙您送我新诗，遣词用韵高妙雅致，使我旅途生辉，感激之情无以言表。没有机会当面致谢，请您恕罪。

十

某启：示法书一轴，已作两诗跋尾封纳。请批一二字，贵知达也。诗皆戏语，不讶。

【译文】苏轼致言：送来的一轴法书，已题诗两首作为跋文送还。请批评指正一二，文心之交，以相知为贵。诗中都是戏语，请勿见怪。

十一

某启：昨日远烦追饯，此意之厚，如何可忘？冒热还城，且喜尊体佳胜。玳簪甚奇，岂公子宾客之遗物耶？佳篇辱贶，以不作诗故，无由攀和。山研奇甚，便当割新得之好为润笔也。呵呵。今晚不渡江，即来辰当济。益远，惟万万保爱。

【译文】苏轼致言：日前蒙您远出饯行，此中深情厚谊，我怎能忘怀？冒热回城，幸好贵体康健。玳瑁簪子十分罕见，难道是公子宾客所遗之物？您赐我佳作，我却因不再作诗，无法酬唱应和。山中的砚石既然特别好，就该忍痛割爱把新得的上品送我作为润笔。哈哈。今天晚上不过江，明天早起也要渡过。相距更远了，千万保重贵体。

十二 以下俱扬州还朝

某启：前在扬州领所惠书，当路日不暇给，不即裁答。人至，复枉手教，荷至记之厚，且审起居佳胜，感慰交集。梦得来谈新政不容口，甚慰所望。万万自重。

【译文】苏轼致言：上次在扬州接到您的书信时，正在赶路没有时间，没能马上回信。专使到来，又接来信，我深感您对我挂念之深，又得知生活安好，感慰交集。梦得来说新政不允许再提了，很使人宽心。千万保重。

十三

笺启过礼，深愧相疏。外人回速，未暇占词奉贺。不罪！不罪！

【译文】来信太客气了，我疏于通问，深感惭愧。来人马上要走，没时间填词致贺。恕罪！恕罪！

十四

某启：辱书，承佳胜，甚慰想望。衰倦本欲远引，因得会见，竟未遂此心。何时到府，因复少款。未间，万万保重。不宣。

【译文】苏轼致言：蒙您赐信，得知一切均好，思念之心极其欣慰。我年老体衰本想退隐，并借此与您会面，最终还是未能如愿。什么时候能到您府上，我们再次叙谈。没机会见面，千万保重。别不多叙。

十五 以下俱赴定州

某启：过治下得款奉，辱主礼之厚，愧幸兼极。出都纷冗，不即裁谢。辱书，感怍。仍审起居佳胜，为慰。邑政日清简，想有以为适。新诗文寄示，幸甚。惟万万保练。不宣。

【译文】苏轼致言：途经郡治，受到款待，您极尽主人之礼，我愧慰交集。动身离京事情繁多，我没来得及马上写信致谢。又蒙您来信，令我深感愧疚。得知生活安好，令人欣慰。府中公务清静，想必以此为乐。能够拜读新作诗文，极为高兴。千万保重贵体，别不多叙。

十六

某启：辱临访，欲往谢，又蒙惠诗，欲和答，竟无顷刻暇，愧负可量。雨冷，起居佳胜。只今出城，无缘走谢，想公难得人仆，亦不烦出。千万保重，非远，北行矣。匆匆，不宣。

【译文】苏轼致言：蒙您光临探望，我正想回访拜谢，又接到您送来的诗作，想要唱和应答，却没有片刻闲暇，愧疚之情可以想见。雨天寒凉，但愿您生活安好。今日出城，没能前往辞谢，想必您也抽不出人手，就不烦劳您送行了。千万保重，我此行不远，只是向北走走。仓促间写成此信，别不多叙。

十七

某启：辱简，承存慰至厚，哀感不已。平生不知家事，老境乃有此苦。蒙仁者矜愍垂诲，奈何！奈何！入夜目昏，不谨。

【译文】苏轼致言：蒙您来信，得知您对我深切挂念，感激不尽。我平生不懂得治理家事，老年境况才如此愁苦。蒙您仁爱体恤教诲，但事已至此，奈何！奈何！天色已晚老眼昏花，失敬了。

十八

出城固不烦到，复得一见，幸矣。微疾想不为患，余非面莫究。

【译文】出城时本不想烦劳您送行，没料到又能见上一面，真令人高兴。小病想必不会有大妨碍，其余面谈。

十九

某启：辱教，且审起居佳胜，并惠新诗，足为衰朽光荣，感慰之极。途中宾客纷然，裁答未能详谨，千万恕察。

【译文】苏轼致言：蒙您来信，得知生活安好，又收到您的新诗，足使老朽我深感荣耀，感慰之极。途中客人纷纷来访，回信疏简失敬，千万恕罪。

二十 以下俱北归

傅守会已罢而归矣，风止江平，可来夜话。德孺同此悬。

【译文】傅太守相见后已经离去，此时风平浪静，夜里可以前来畅谈。也请德孺来此一叙。

二十一

某启：两月来，疾有增无减。虽迁闸外，风气稍清，但虚乏不能食，口殆不能言也。儿子于何处得《宝月观赋》，琅然诵之，老夫卧听之未半，跃然而起。恨二十年相从，知元章不尽，若此赋，当过古人，不论今世也。天下岂常如我辈愦愦耶？公不久当自有大名，不劳我辈说也。愿欲与公谈，则实未能，想当更后数日耶？

【译文】苏轼致言：两个月来，我的病有增无减。虽然迁居闸外，空气较为清新，但身体虚弱食不下咽，话也几乎不能说了。儿子不知从哪里找来《宝月观赋》，抑扬顿挫地朗诵起来，我躺在床上听了不到一半，便奋然起身。遗憾的是二十年长期交往，我对元章您仍然了解不够，像这样的赋文，应该可以说超越了古人，更不要说今世之人了。天下怎能都像我这样不识珠玉呢？您不久自然会获得极高声誉，用不着我来多说。想要和您当面叙谈，眼下却实在做不到，恐怕还要再等几天吧？

二十二

某昨日归卧，遂夜。海外久无此热，殆不堪怀。柳子厚所谓意象非中国人也。宗伯遂弃世，当为天下惜。余非面莫尽。

【译文】我昨天一回来就躺下了，一觉到了夜里。海外很久没有这么热的天气，几乎让人不能忍受。这大概就是柳宗元所说的中原人无法想象之处。宗伯竟然去世了，真让天下人为之惋惜。其余面谈。

二十三

某两日病不能动，口亦不欲言，但困卧尔。承示太宗草圣及谢贴，皆不敢于病中草草题跋，谨具驰纳，俟少愈也。河水污浊不流，熏蒸成病，今日当迁过通济亭泊。虽不当远去左右，且就活水快风，一洗病滞，稍健当奉谈笑也。

【译文】我这两天因病行动不便，话也不想说，只能在床上躺着。您送来的太宗皇帝的草书和谢帖，我都不敢在病中仓促题跋，现全部送还，等我病好再说吧。河水污浊不流，我被蒸得生了病，今天将移至通济亭边停泊。虽说不该离您太远，但我只能暂且追寻活水凉风，洗尽病滞，身体稍好再与您往来谈笑吧。

二十四

某食则胀，不食则羸甚，昨夜通旦不交睫，端坐饷蚊子尔。不知今夕如何度？示及古文，幸甚！谢帖既未可轻跋，欲书数句，了无意思，正坐老谬耳。眠食皆未佳。无缘遂东，当续拜简。

【译文】我一吃饭就腹胀，不吃又极其虚弱，昨天一宿没合眼，只能老老实实坐着喂蚊子罢了。不知道今晚怎样才能度过？您给我看的古文，太好了！谢帖最终没能轻易题跋，我原想写几句，但一点思绪都没有，该是因为年迈昏聩的缘故罢。我睡眠、饮食都不好。没有机会去拜望，只能继续写信致意。

二十五

某启：岭海八年，亲友旷绝，亦未尝关念。独念吾元章迈往凌云之气，清雄绝俗之文，超妙入神之字，何时见之，以洗我积年瘴毒耶？今真见之矣，余无足言者。不一一。

【译文】苏轼致言：我长住岭海已有八年，亲朋好友远隔千里，也不曾关心眷念。只是常想起元章您那豪迈凌云的气概，清雄绝俗的文章，超妙入神的书法，什么时候才能见到，来洗去我体内郁积的瘴毒呢？如今果然见到了，我再也没有什么奢望了。不再一一细说。

二十六

某昨日饮冷过度，夜暴下，且复疲甚。食黄薯粥，甚美。卧阅四印奇古，失病所在。明日会食，乞且罢。需稍健，或雨过翛然时也。印却纳上。

【译文】我昨天吃凉食太多，夜间腹泻，天亮后疲乏得很。吃了黄薯粥，觉得味道真不错。当我躺在床上欣赏古朴的四枚印章时，竟忘记了病痛在身。明天聚会宴饮之事，我想就暂且免了吧，需要等到我的病稍有起色，或者痊愈时再举行。现在将印章送还给您。

二十七

某启：数日不闻来音，谓不我顾，复渡江矣。辱教，即承起居佳胜，慰感倍常。匆匆布谢。

【译文】苏轼致言：多日不见来信，以为您不再挂念我，又渡江了。蒙您来信，得知生活安好，倍感欣慰。仓促写信致谢。

二十八

某一病几不相见，今日始觉有丝毫之减，然未能作书也。跋尾在下怀。

【译文】我一场大病差点不能再与您见面了，今天才觉得有点好转，但仍不能写文章。不过写作跋文之事我始终记在心上。

卷七十二　尺牍

与朱康叔二十首 以下俱黄州

某启：武昌传到手教，继辱专使坠简，感服并深。比日尊体佳胜！节物清和，江山秀美，府事整办，日有胜游，恨不得陪从耳。双壶珍贶，一洗旅愁，甚幸！甚幸！佳果收藏有法，可爱！可爱！拙疾，乍到不谙风土所致，今已复常矣。子由尚未到真，寸步千里也。未由展奉，尚冀以时自重。

【译文】苏轼致言：武昌来信已收悉，又收到您的专使所送书信，我深为感激。近日贵体康健吧！风物清和，江日秀丽，府中事务井然有序，每天您都能尽情游乐，我真遗憾不能伴您左右分享这些。您送我的两壶佳酿，洗尽了我旅途的愁苦，甚好！甚好！佳果收藏有法，可爱！可爱！我的病，是刚到此地水土不服引起的，现在已经康复。子由还没到真州，道路难行每一步都如同千里路程。没机会见面，还望顺应天时多多保重。

二

令子归侍左右，日有庭闱之乐，恨未际见，不敢辄奉书。近见提举司荐章，稍慰舆议，可喜！可喜！作墨竹人，近为少闲暇，俟宛转求得，当续致之。呵呵。酒极醇美，必是故人特遣下厅也。某再拜。

【译文】您儿子归去侍奉在您身边，使您天天享受天伦之乐，可惜不曾见过面，我不敢擅自给他写信。我最近见到提举司举荐您的表章，略合众人心意，可喜！可喜！画墨竹的人，近来没有时间，等我辗转求到，再给您送去。哈哈。酒味醇洌适口，想必是老友特意为我制备的。苏轼致礼。

三

某启：专使至，复领手教，契爱愈厚，可量感服。仍审比日起居休胜，为慰。舍弟已部贱累到此，平安皆出余庇，不烦念及。珍惠双壶，遂与子由屡醉，公之德也。隆暑，万万以时自重，行膺殊用。人还，上谢。

【译文】苏轼致言：您的专使到了，再次收阅来信，蒙您厚爱，感激之情可想而知。又知您近来生活安好，令人欣慰。我弟弟已带家眷到此，托您的福一路平安，不必挂念。您赠我两壶美酒，我和子由常常痛饮，多谢您的恩惠。盛夏期间，千万顺应天时保重贵体，以待朝廷重用。信使要回，特此致谢。

四

某再拜：近奉书并舍弟书，想必达。胡掾至，领手教。具审起居佳胜，兼承以舍弟及贱累至，特有厚贶羊、面、酒、果。一一捧领讫，但有惭怍。舍弟离此数日，来教，寻附洪州递与之。

【译文】苏轼再拜言：最近我和弟弟分别去信，想必您已收悉。胡副使到此，我接到了您的来信。得知生活安好，又见您特意馈赠羊、面、酒、果等食品，来为我弟弟和家眷接风。我一一敬收，只感惭愧。我弟弟离开此地已有数日，您的信，不久可转到洪州送给他。

五

已迁居江上临皋亭，甚清旷。风晨月夕，杖履野步，酌江水饮之，皆公恩庇之余波。想味风义，以慰孤寂，寻得去年六月所写诗一轴寄去，以为一笑。酷暑，万乞保练。

【译文】我已迁往江上的临皋亭，此处极为清新旷远。风清月明之时，能够拄杖信步，酌取江水啜饮，这全是托您的福。我极想领略先生的风范，以慰孤寂之心，随即找到去年六月所作的一卷诗寄去，聊发一笑。时值酷暑，千万保重。

六

某启：暑毒不可过，百事堕废，稍疏上问，想不深讶。比日伏想尊履佳胜。别乘过郡，承赐教及惠新酒。到此，如新出瓮，极为珍奇，感愧不可言。因与二三佳士会饮，同感德也。秋热，更望保练，行膺峻陟。

【译文】苏轼致言：夏日毒热难以度过，我诸事荒废，疏于问候，想来您不会怪罪。近来想必身体康健。别驾路过郡中，我收到了您的来信和新酒。那酒运到此地，仍像刚刚出瓮，极为珍贵，盛情之下令人感愧无以言表。我趁机和两三位雅士聚会畅饮，共享恩惠。秋热天气，还望多多保重，不久大展宏图。

七

胡掾与语，如公之言，佳士！佳士！渠方寄家齐安，时得与之相见也。令子必且盘桓侍下。中前示谕姻亲事，可留示年月日，恐求亲者欲知之，造次！造次！

【译文】我和胡副使叙谈过，正如先生所说，他确是雅士！确是雅士！他正好家住齐安，我们可以经常相见。您的孩子想必还陪伴在您身边。以前提到的婚姻之事，请告知生辰年月，恐怕求亲之人很想知道，失礼了！失礼了！

八

某启：因循稍疏上问，不审近日尊候何如？某蒙庇如昨。秋色益佳，郡事稀少，有以为乐耶？无缘展奉，但积思仰。乍冷，万冀以时自重。

【译文】苏轼致言：我手懒疏于问候，不知近日贵体怎样？托您的福，我一切照旧。秋色更为宜人，郡中公务稀少，您有遣怀雅事吗？没机会见面，徒增思慕之情。乍然转冷，万望顺应天时多加保重。

九

某启：近附黄冈县递拜书，必达。专人过此，领手教，具审起居佳胜，勿复凄冷。此岁行尽，会合何时？以增怅然，唯祈善保。

【译文】最近我从黄冈县转去一封信，想必您已收到。专使到来，来信已收，得知生活安好，不再觉得凄清悲凉。今年将尽，我们何时相聚？想到此处更加怅惘，还望多加保重。

十

敷文宅计此月末方离陈。南河浅涩，想五六月间方到此。荷公忧恤之深，其家固贫甚，然乡中亦有一小庄子，且随分过也。归老之说，恐未能如雅志。又闻理积弊，已就伦次，监司朝廷，岂有遽令放闲耶？问及物食，天渐热，难久停，恐空烦费也。海味亦不苦食。既忝雅契，自当一一奉白。

【译文】苏轼留言：文与可一本月底才能离开陈州。南河水浅难行，估计五六月间才能到此。蒙您深深挂念，我家虽极为贫寒，但故乡还有一个小庄园，尚能随遇而安。归隐之想，恐怕未必能如愿。我又听说清理积弊，已纳入正轨，您在朝中身任要职，圣上怎么会轻易将您闲置呢？您问我的生活嘛，天气渐热，我难久留，怕的是徒然耗费物资。海味也不难吃。既蒙您引为知已，我自然该一一陈说。

十一

示谕亲事，专在下怀。然此中殊少士族，若有所得，当立上闻也。要字，俟少闲，续上纳。墨竹如可尊意，当取次致左右，画者在此不远，必可求也。呵呵。

【译文】您提到的亲事，我已特意记在心上。但此处极少名门望族，如能找到合适人家，我会马上告诉您。所要的字，等我稍有闲暇，再写好寄去。墨竹如果合您意，我会取来送您，作画之人离此不远，想必可以得到。哈哈。

十二

某启：近王察推至，辱书，承起居佳胜。方欲裁谢，又枉教墨，益增感愧。数日来，偶伤风，百事皆废，今日微减，尚未有力，区区之怀，未能详尽也。乍暄，惟冀以时珍摄。稍健，当上问次。

【译文】苏轼致言：最近王察推到此，承蒙来信，得知您生活安好。正想回信致谢，又蒙您寄来墨宝，我更感惭愧。连日来偶染风寒，诸事荒废，今天我觉得病势稍微减轻，但还很虚弱，诚挚之意，无法详细表达。天气忽然转热，还望顺应天时多多保重。身体略微强健时，我将再次问候您。

十三

阁名久思，未获佳者，更乞详示阁之所向及侧近故事故迹为幸。董义夫相聚多日，甚欢，未尝一日不谈公美也。旧好诵陶潜《归去来》，常患其不入音律，近辄微加增损，作《般涉调·哨遍》，虽微改其词，而不改其意，请以《文选》及本传考之，方知字字皆非创入也。谨作小楷一本寄上，却求为书，抛砖之谓也。亦请录一本与郭元弼，为病倦，不及别作书也。数日前，饮醉后作得顽石乱篠一纸，私甚惜之，念公笃好，故以奉献，幸检至。

【译文】楼名我考虑了许久，却找不到合适的，望能再把楼的方位以及附近的典故遗迹详细告诉我。董义夫我们聚会数日，相处极为融洽，没有一天不谈您的美德。以前我喜欢诵读陶潜的《归去来》，常遗憾不能配乐演唱，近来对它稍作改动，写成《般涉调·哨遍》，虽然略改原文词句，却没有变动原有内容，只要用《文选》和本传考证，就会发现字字均非我凭空捏造。谨作一本小楷寄去，请您也动笔作书，这正是所谓抛石引玉。还望抄录一本送给郭元弼。我因身体病弱，没能另外给他去信。几日前，我借醉意画成一幅顽石丛竹图，自己颇为爱惜，想起先生深谙此道，因而呈献，请予指正。

十四

令子必在左右。计安胜，不敢奉书。舍弟已到官。闻筠州大水，城内丈余，不知虚的也。屏赞、砚铭，无用之物，公好事之过，不敢不写，装成送去，乞一览。少事不免上干：闻有潘原秀才，以买扑事被禁。（是潘正名买扑。）某与其兄潘丙解元至熟，最有文行。原自是佳士，有举业，望赐全庇，暑月得早出。为此人父母皆笃老，闻之忧恐万端，公以仁孝名世，必能哀之。恃旧干渎，不敢逃罪。天觉出蓝之作，本以为公家宝，而公乃轻以与人，谨收藏以镇箧笥。然寻常不揆辄以乱道尘献，想公亦随手将与人耳。呵呵。

【译文】您儿子想必就在身边。料想您生活安好，我没敢写信打扰。我弟弟已经到任。听说筠州发了大水，城内水有一丈多深，不知虚实。屏赞、砚铭，都是无用之物，您既然特别喜爱，我也不敢不作，装成送去，请您一览。有件琐事不免要烦劳您：我听说有位潘原秀才，因包办税收一事被囚禁。（是潘正名包办税收。）我和他的兄长潘丙解元极为熟识，那是个颇富文才美德之人。潘原本人也是雅士，又有功名，望您多方照顾，使他暑天早早出狱。只因此人父母都已年迈，听说此事后忧惧异常，您以仁孝著称于世，想必能怜爱他们，我仰仗交情深厚才敢叨扰，还望恕罪。

天觉那青出于蓝而胜于蓝的作品，我本来以为是您的宝贝，您竟轻易送给别人，我谨慎收藏压住箱底。如此看来我平常不自量力送给您的俗物，想必您早已送给别人了吧。哈哈。

十五

与可船旦夕到此，为之泫然，想公亦尔也。子由到此，须留他住五七日，恐知之。前曾录《国史补》一纸，不知到否？因书，略示谕。蒙寄惠生煮酒四器，正济所乏，极为珍感。生酒，暑中不易调停，极佳，然闵仲叔不以口腹累人。某每蒙公眷念，远致珍物，劳人重费，岂不肖所安耶！所问菱翠，至今虚位，云乃权发遣耳，何足挂齿牙！呵呵。冯君方想如所谕，极烦留念。又蒙传示秘诀，何以当此？寒月得暇，当试之。天觉亦不得书。此君信意简率，乃其常态，未可以疏数为厚薄也。酒法，是用绿豆为曲者耶？亦曾见说来，不曾录得方，如果佳，录示为幸。鲟鲊，极珍！极珍！

【译文】与可的船马上就能到来，我为此热泪盈眶，想您也一样。子由到此，我将留他暂住五六天，恐怕您已知道。我以前誊录的一份《国史补》，不知您是否已收到？请趁来信时，告知于我。蒙您寄送四件煮生酒的器皿，我正急需此物，深为感激。生酒，暑天中不易调制，味道奇佳，但闵仲叔却从不因食物麻烦他人。您时常惦念我，远道赠送珍贵物品，既劳动人手又增加花费，怎能让我忍心领受呢！您问起的菱翠姑娘，至今待字闺中，就请您为她作主吧，何值一提！哈哈。冯君方想必正如您所说，还真麻烦他记着我。又蒙您传我秘诀，叫我怎能承担得起？寒月之中如有闲暇，我将尝试尝试。天觉也没有给我来信。此人信件疏简，向来如此，不能按收信多少断定他待人亲疏。制酒之法，是用绿豆作酒曲吗？我也曾听说过，但不曾得知做法，如果的确佳妙，望能誊录给我。您送我的鲟鲊，极为珍奇！极为珍奇！

十六

叠蒙寄惠酒、醋、面等，一一收检，愧荷不可言。不得即时裁谢，想仁明必能恕察。老媳妇得疾，初不轻，今已安矣，不烦留念。食隔已纳武昌吴尉处矣。适少冗，不敢稽留来使，少间，别奉状次。

【译文】蒙您连续寄赠酒、醋、面等，我一一收到，惭愧之情无以言表。没能马上回谢致谢，想您仁德明达必能宽恕。老媳妇得了病，当初不轻，现已平安，不必惦念。食隔已送到武昌吴县尉那里。恰逢略有琐事，我不敢滞留来使，稍有闲暇，再另外去信。

十七

见元章书中言，当世之兄冯君处，有一学服朱砂法，甚奇，惟康叔可以得之。不知曾得未？若果得，不知能见传否？想于不肖不惜也。

【译文】我见元章信中说，冯当世先生的兄长冯襄先生那里，有一种服用朱砂之法，极为奇妙，只有康叔您能够求得。不知您是否已经得到？如果确已得到，不知能否传授给我？想必您不会对我保密的。

十八

今日偶读国史，见杜羔一事，颇与公相类，嗟叹不足，故书以奉寄，然幸勿示人，恐有嫌者。江令乃尔，深可罪。然犹望公怜其才短不逮而已。屡有干渎，蒙不怪，幸甚！幸甚！章宪今日恐到此，知之。

杜羔有至性，其父河北一尉而卒，母非嫡，经乱不知所之。会堂兄兼为泽潞判官，尝鞫狱于私第，有老妇辩对，见羔出入，窃语人曰："此少年状类吾夫。"讯之，乃羔母也，自此迎侍而归。又往访先人之墓，邑中故老已尽，不知所在。馆于佛寺，日夜悲泣，忽视屋柱煤烟之下，见数行字，拂而视之，乃父遗迹，云："我子孙若求吾墓，当于某村家问之。"羔哭而往，果有老父年八十余，指其丘陇，因得归葬。羔官至工部尚书致仕。此出唐李肇《国史补》。近偶观书，叹其事颇与朱康叔相似，因书以遗之。元丰三年九月二十五日记。

【译文】我今天偶读国史，见其中杜羔的经历，与您极为相似，叹息不止，因此记下来寄给您，但千万别让外人看，只怕有人嫌忌。江令那样做，的确该罚。只是望您怜惜他才识短浅没能将事办好罢了。我多次打扰您，蒙您不怪罪，万幸！万幸！章宪今天恐怕会来此地，我事先告知于您。

杜羔品行极佳，他父亲仅做到河北的一名县尉便去世了，其母并非嫡亲，经过战乱不知流落何处。恰逢他的堂兄兼做泽潞判官，曾在私宅中断案。有位老妇人出庭作证，见杜羔出入其中，就暗暗对人说："这位少年貌似我的丈夫。"详细问来，原来她正是杜羔之母，从此便被杜羔迎回奉养。杜羔又去寻访先人坟墓，但故乡的老年人已全部去世，无法得知坟墓位置。他住在佛寺中，日夜伤心地哭泣，忽然有一天见屋柱上的煤烟下，有几行字，擦净细看，正是其父遗迹，上面说："我的子孙如果想寻我的墓地，应去询问某家住户。"杜羔哭着前往，真有一位八十多岁的老人，指出了杜父的坟丘，因此杜父才能归葬乡里。杜羔后来官至工部尚书致仕。此事见于唐人李肇的《国史补》。近来我偶然翻阅此书，慨叹杜羔之事与朱康叔极为相似，因此记了下来送给康叔。元丰三年九月二十五日记。

十九

近日随例纷冗，有疏上问，不审起居何如？两日来，武昌如闻公在告，何也？岂尊候小有不佳乎？无由躬问左右，但有驰系。冬深寒涩，尤宜慎护。

【译文】近来我依旧忙于事务，疏于问候，不知您生活怎样？两天来，我在武昌好像听说您正休息，怎么回事？难道是贵体有点儿不舒服吗？我没能亲自去探望，只好写信联系。深冬酷寒，更望保重。

二十

章质夫求琵琶歌词，不敢不寄呈。安行言，有一既济鼎样在公处，若铸造时，幸一见，为作一枚，不用甚大者。不罪！不罪！前日人还，曾附古木、丛竹两纸，必已到。今已写得经藏碑附上。令子推官侍下计安胜，何时赴任？未敢拜书也。

【译文】章质夫要琵琶歌词，我不敢不寄去。听安行说，有一个既济鼎模型在您那里，倘若铸造，望能让我见上一见，并请为我也做一个，不用太大就行。恕罪！恕罪！前天来人回时，我曾捎去古木、丛竹两幅画，想必您已收到。现将已写好的经藏碑送去。料想您的儿子推官大人生活也安好，他何时奔赴新职？我没敢冒昧给他去信。

答虔倅俞括一首

轼顿首：资深使君阁下，前日辱访，宠示长笺及诗文一编，伏读数日，废卷拊掌，有起予之叹。孔子曰："辞达而已矣。"物固有是理，患不知之；知之患不能达之于口与手。所谓"文"者，能达是而已。文人之盛，莫如近世，然私所敬慕者，独陆宣公一人。家有公奏议善本，顷侍讲读，尝缮写进御。区区之忠，自谓庶几于孟轲之敬主，且欲推此学于天下，使家藏此方，人挟此药，以待世之病者，岂非仁人君子之至情也哉？今观所示议论，自东汉以下十篇，皆欲酌古以驭今，有意于济世之实用，而不志于耳目之观美，此正平生所望于朋友与凡学道之君子也！然去岁在都下，见一医工，颇艺而穷，慨然谓仆曰："人所以服药，端为病耳，若欲以适口，则莫如刍豢，何以药为？今孙氏、刘氏皆以药显，孙氏期于治病，不择甘苦，而刘氏专务适口，病者宜安所去取？而刘氏富倍孙氏，此何理也？"使君斯文，恐未必售于世；然售不售，岂吾侪所当挂口哉？聊以发一笑耳。进宣公奏议，有一表辄录呈，不须示人也。余俟面谢，不宣。

【译文】苏轼致礼：德高望重的使君大人，前天蒙您来访，赐我一封长信和一编诗文，我连续拜读数日，放下书卷击掌叫好，慨叹受益匪浅。孔子说："辞达而已矣。"事物本有其一般规律，患在人们没有了解；了解后又患在无法用口和手表达。我们所说的"文"，就是准确表达之意。文人之盛，没有超过近代的，但我心中敬慕的，只有陆宣公一人。我家藏有他的完整奏本，不久前我陪伴圣上时，曾将其整理呈送御览。我心中的赤诚，自以为几乎可与孟轲相比，并愿将此说推广天下，使每家均有此方，每人均有此药，用以治疗世上有病之人，这难道不是仁人君子应有的理想吗？现在读您的著述，自东汉以下的十篇，都在取法古人用于当今，致力于济世的实用，而不力求文辞的华美，这正是我平生对于朋友和所有学道君子的热切盼望啊！但我去年在京城，遇见一位医生，他医术颇精却穷困潦倒，，感慨地对我说："人们服药的目的，本在治病。如果想要适口，倒不如去吃肉食，用药作什么呢？现在孙氏、刘氏都以治病用药著称于世，孙氏全心在于治病，不择药味甘苦，刘氏一味追求适口，按理说病人该去拿谁的药呢？可是刘氏大大富于孙氏，这哪里还有道理可言？"先生您的这些诗文，恐怕不一定被世俗看重；但是否被人看重，怎值我辈放在心上？聊作一笑罢了。我将宣公奏议送去，还有一篇表章，也誊录给您，请别让外人见到。其余面谈，别不多叙。

答范景山一首

自离东武，不复拜书，疏怠之罪，宜获谴于左右矣。两辱手教，存抚愈厚，感愧不可言。即日起居佳胜？知局事劳冗殊甚。景山虽去轩冕，避津要，所欲闲耳，而不可得，乃知吾道艰难之际，仁人君子舍众人所弃犹不可得。然忧喜劳逸，无非命者，出办此身，与之浮沉，则亦安往而不适也？轼始到彭城，幸甚无事，而河水一至，遂有为鱼之忧。近日虽已减耗，而来岁之患，方未可知，法令周密，公私匮乏，举动尤难，直俟逐去耳。久不闻余论，顽鄙无所镌发，恐遂汩没于流俗矣。子由在南都，亦多苦事。近诗一轴拜呈，冗迫无佳意思，但堪公笑耳。近斋居，内观于养生术，似有所得。子由尤为造入。景山有异书秘诀，倘可见教乎？余非面莫尽，惟乞万万自重。

【译文】自从东武离别，没再给您写信，我疏懒怠慢，应受您的责备。蒙您两次来信，关怀备至，感愧之情无以言表。近来生活安好吧？我知道您公务极为繁多。景山您虽不做高官，避开要职，只是想要闲暇，却不能如愿，由此可知我辈之道正遇艰险时，仁人君子想要舍弃凡人所弃也不可能。不过忧喜劳逸，无非命中使然，超脱此身，随事浮沉，那又怎有不适之处？我初到彭城，幸好无事，但洪水一到，便有葬身鱼腹的危险。近日洪水虽已稍退，但明年的水患，仍无法预料，加上新法严苛，公私匮乏，行事艰难，只有等着再次被贬了。久不听闻高论，愚顽的我无人教导启发，怕是早已陷于流俗不能自拔了。子由在南方，也有很多苦恼之事。送您一卷新诗，我因杂务所迫没有好的思绪，只能惹您笑话。最近我斋戒安居，其间学习养生术，若有所得。子由对此领悟得更为精深。景山如果有奇书秘诀，能让我领教一番吗？其余面谈，但愿千万保重。

与陆固朝奉一首 杭倅

某启：久留属疾，不敢造请，负愧已深。兹者启行，又不往别，悚怍之至。谨奉手启代违。

【译文】苏轼致言：我久居此地一直有病，不敢拜访您，已很感惭愧。此次启程离去，又没能前往告辞，惶愧之极。谨致此信聊以辞行。

与李无悔一首

某启：久留浙中，过辱存顾，最为亲厚。既去，又承追饯最远。自惟衰拙，众所鄙弃，自非风义之笃，何以至此？既别，但有思咏。两辱书教，具审起居佳胜。今岁科举，闻且就乡里。承示谕，进取之意甚倦，盛时美才，何遽如此？且勉之，决取为望。新文不惜见寄。未缘集会，惟万万自重。不宣。

【译文】苏轼致言：我久住浙中，蒙您多方关照，相处极为融洽。临走时，您又为我饯行送出极远。自忖我这衰病拙讷之人，被众人鄙夷，若不是您大有风范，怎能如此？离别之后，只有思念。蒙您两次来信，得知生活安好。今年科举考试，听说暂时就近在乡里举行。拜读来信，见您进取之心颇为倦怠，作为盛世雄才，您怎会突然如此呢？还望您多多勉励自己，决心金榜题名。新作诗文请不惜借我阅读。没机会见面，但愿千万保重。别不多叙。

答汉卿二首

某启：辱教，承起居佳胜，为慰。知不久入城，遂当一见，何幸如之！地黄煎已领，感怍。适自局中还，热甚，潩塞。

【译文】苏轼致言：蒙您来信，得知您生活安好，令人欣慰。知道您不久要进城，应该能够见上一面，倘能如愿该多好啊！我已收下地黄煎，感愧不止。刚从官府回来，天太热，令人气闷。

二

奉书：地黄煎蒙寄惠，极佳。姜密之剂，甚适宜也。仰烦神用，愧感不可言。

【译文】苏轼致信：您寄赠的地黄煎，极好。对于制备姜蜜等，它极为适用。烦您劳心，感愧之情无以言表。

与何浩然一首

人还，辱书，且喜起居佳胜。写真奇妙，见者皆言十分形神，甚夺真也。非故人倍常用意，何以及此？感服之至。所要诗，稍暇作写去。双幅已令蜀中织造，至便寄纳。未即会见，千万珍重。

【译文】去人已回，蒙您来信，得知生活安好，令人欣喜。您的人物画奇异绝妙，看到的人都说形神兼备，足以乱真。不是老友加倍用心，怎能如此？感佩之极。您要的诗，我稍有闲暇就写下来送去。双幅绣品，我已让蜀中织造，到时会寄给您。没机会见面，千万保重。

与李才元一首 以下俱徐州

热甚。竟不再别，怅仰殊深。辱教，承起居佳胜。宠惠皆奇笔雅制，刻荷无已。仁者之惠，诚足慰彼黎庶，然不知者，以为见教，以是摇之，呵呵。安道舍弟，当具道盛意。乍远，万乞保重。即复显用，以慰士望。

【译文】天气太热。最终没能再见一面，极为渴慕。蒙您来信，得知生活安好。您赠送的均为妙笔精品，我感念不已。仁人所赐，实在足以抚慰黎民百姓了，但不知内情的人，以为您在教训我，因此多有非议，哈哈。蒙您问候子由弟，我将向他转达您的深挚情意。乍然远离，万望保重。我想您不久就会受到重用，满足众人心愿。

答晁君成一首

苦寒，审尊履佳胜。新文极为精妙，久不见之，甚慰喜。《庄子》“用志不分，乃疑于神”，古语以“疑”为“似”耳，如《易》“阴疑于阳”。世俗不知，乃改作“凝”。不敢不告。人还，草草。

【译文】严冬酷寒，得知贵体康健。您的新作极其精深绝妙，我好久不见如此佳作，读后大为欣喜。《庄子》中“用志不分，乃疑于神”一句，古人语言中把“疑”当作“似”来用，这正如《易》中的“阴疑于阳”。世俗之人不懂，才改“疑”作“凝”。我不敢不告诉您。来人要回，仓促间回信致意。

答吕熙道二首 以下俱湖州

平时企咏贤者，独恨隔阂耳。既至治下，谓当朝夕继见，而病与人事夺之，又迫于行，匆遽舍去，可胜叹耶！别来方欲上问，先辱手教，益增悚怍。比日起居何如？后会不可期，惟万万以时自重。

【译文】我平时就对您极为仰慕，只是遗憾相隔太远。已经到达贵地后，原以为能够朝夕相处，但我因疾病和琐事耽搁了拜会之期，现在又急于赶路，匆忙离去，真令人慨叹不已！别后正想写信问候，却先收到了您的来信，我更感惶愧不安。近来生活怎样？后会无期，望您千万顺应天时多加保重。

二

南都住半月，恍然如一梦耳。思企德义，每以怅然。舍弟朴讷寡徒，非长者轻势重道，谁肯相厚者？湖州江山风物，不类人间，加以事少睡足，真拙者之庆。有干不外。

【译文】住在南方的半个月，竟如同恍然一梦。想起您的高德大义，我每每怅惘不已。我弟弟那种拙讷无能之辈，如果不是像您这样轻权贵重道义的长者，谁肯厚待他呢？湖州的山水风物，不似人间应有，加上事务稀少休息充足，真值得我等愚拙之人庆幸。我因有事无法外出相见。

与道甫一首

昨日特蒙不外鄙拙，袖出盛文相示，辞赡格老，览之令人亹亹忘倦，非大手笔未易至此。受教良多，不敢擅为巾笥之藏，谨令人归纳文府，伏乞视至。未审从人何日成行，亦请示谕。

【译文】日前蒙您不把我当作外人，拿出大作让我欣赏，其文辞丰赡风格老到，读罢令人欣然忘倦，不是大手笔难以如此。我受益匪浅，不敢擅自收归已有，谨请人送回贵处，请您查收。不知您何时动身，也请告知于我。

答君瑞殿直一首

春来未尝一日闲，欲去奉谒，遂成食言，愧愧。辱书，承起居佳胜，为慰。君猷知四月末乃行，犹可一见否？乍暄，惟万万自重。

【译文】入春以来我未曾有一日闲暇，想去拜访，最终食言，极为惭愧。蒙您来信，得知生活安好，令人欣慰。听说君猷四月底才动身，我们还能见上一面么？天气忽然转热，千万保重贵体。

与景倩一首

昨日辱访，大慰久渴。经宿起居佳胜？食已本欲奉谒，适陈季常来，故且已。众客颇怀公高论，可能只今一访否？礼不当尔，意公期我于度外也。

【译文】日前蒙您来访，渴慕之心大为欣慰。近来生活可好？饭后我本想回访，恰逢陈季常到来，因此暂且止步。众宾客极想听闻先生高论，您能否现在来一次？我礼数不周，想必先生不会放在心上。

与赵仲修二首

疮病不往见，而仁人敦旧，屡承车马，感愧不可言。雨凉，切惟起居佳胜。旦夕当获面谢。

【译文】我因疮病没能去拜访，而先生念及旧交，到此探望，感愧之情无以言表。雨后天凉，但愿您生活安好。不久我将当面致谢。

二

公清贫，更烦辍惠羊边，谨以拜赐。使我有数日之饱，公亦乃无浹旬蔬食耶？一噱。

【译文】先生极为清贫，却又送羊边给我，我只有敬收。这使我能有几日饱食，您却失去了十余天的饭菜吧？开个玩笑。

与何圣可一首

辱示朱先生所著书诗，词义深矣，浅学曾不足以窥其万一。结发求道，笃老不衰，世间有几人而匏系于此？不得一望其履幕，慨叹不已。久废笔砚，无以报此嘉贶，益增愧赧。

【译文】您让我欣赏的朱先生所作诗文，词深意丰，浅陋的我竟无法窥其奥妙之万一。束发求道，笃诚不疲，世上有几人能如此痴心呢？我无法见他一面，慨叹不止。长期不近笔墨，无法回报这丰厚的馈赠，我只能更感惭愧。

与毛维瞻一首

岁行尽矣，风雨凄然。纸窗竹屋，灯火青荧，时于此间，得少佳趣。无由持献，独享为愧。想当一笑也。

【译文】将近年终，风雨凄迷。纸窗竹屋，灯火青荧，我常从此中，觅得一些乐趣。无法拿去送您，只能厚颜独享。聊发一笑吧。

与运判应之一首　登州还朝

多日不接奉，渴仰殊深。大热，伏想起居佳胜。承旦夕启行，无缘往别。乡里何幸被蒙岂弟之政！但贤者远去，有识所叹也。冲犯酷暑，千万自爱。

【译文】连日不曾见面，极为渴慕。大热天中，想必生活安好。得知您不久就要动身，我无法前去送别。家乡故里多么希望能重沐您的清廉之政呀！只是您毕竟要远走了，有识之士为此叹息。冒着酷暑赶路，请您千万保重。

与张正己一首

特承访别，愧企良深。晴寒，起居安胜。宝月书信并念。二侄一书，烦从者附行，不讶！不讶！正寒冲冒，千万加爱。

【译文】蒙您专程来访，我深感惭愧。天气晴冷，想必您生活安好，此信一并问候宝月。我给二侄的一封信，麻烦您的从人捎去，见谅！见谅！严寒天气外出，请您千万保重。

答吕元钧三首 以下俱翰林

适辱教，值局中，不即答，悚息！悚息！热甚，尊体佳安。隆暑冲冒，何不少待秋凉？必亮此意，非面莫尽。香不欲附去，恐损其人之高节。纷纷之议，未闻其详，可否示谕？余俟朝中可既。

【译文】就在您来信时，我正忙于公务，没有马上答复，惭愧！惭愧！天气炎热，贵体康健吧。酷暑外出，怎么不延至秋凉之时？您一定要我讲明此中缘由，只能见面详谈。我不想把香送去，怕有损您的清名。他人的嘈杂议论，我没能详细得知，您能否说给我听？其余等朝中事务略有头绪再说。

二

中间承进职，虽少慰人望，然公当在庙堂，此岂足贺也？此间语言纷纷，比来尤甚，士大夫相顾避罪而已，何暇及中外利害大计乎？示谕，但闵然而已。非久，季常人行，当尽区区。

【译文】这段时间得知您晋升新职，虽略如人愿，但您应为庙堂之器，这种升迁怎值得庆贺？此处流言颇多，近来更为加剧，士大夫们只会明哲保身罢了，哪顾得上考虑朝中内外利害攸关的大事呢？您的话语，只能使我更加忧虑。不久，季常的信使上路时，我再尽述诚挚之意。

三

屡与令子语，钦爱才美，但尚屈太官，未厌公论耳。季常近得书，亦见黄州人言体气颇安壮，但口眼微动耳。来求药物，已寄去。余具令子口白。

【译文】我多次与您儿子叙谈，极为欣赏他的才华，只是他尚未官居要职，没能完全满足您对他的期望罢了。我最近收到季常的来信，也听黄州来人说他体魄很强健，只是口眼略有小疾。他向我要的药物，我已寄去。其余情况均托您儿子口述。

答史彦明主簿二首

别后冗懒相因，不果上问，愧企增剧。远辱书教，感服深矣。比日起居何如？衰病怀归，请郡未得。何时展奉，少道菀结？岁晚厚爱，少慰区区。

【译文】分别之后我事务繁忙加上懒惰成性，没能致信问候，愧念加剧。蒙您远道来信，我深为感动。近来生活怎样？我体衰多病想要回归故里，请求调往地方没被恩准。何时能见您一面，稍减我心中郁结呢？已近年终请多加保重，使我略微宽心。

二

新宁想未赴上，前所欲发书，至时可示谕也。程懿叔去后，旅思牢落，闻已到郡矣。寄惠秋石，极感留意。新春，龙鹤菜根有味，举箸想复见忆耶？

【译文】我想新宁还没有前往，以前曾想给他写信，到时请告诉一声。程懿叔离开后，旅途孤寂，听说已到达郡中。您赠以秋石，我深感厚爱。新春时节，龙鹤菜根别有风味，您举筷时想必还能记起我吧？

与家复礼一首

前日辱访别，怅恋不已。阴寒，起居佳否？送行诗别写得一本，都胜前日书者，复纳去。远道，万万自重。

【译文】日前蒙您来访，别后我思恋不止。天气阴冷，您生活好吗？送行诗我又另写成一本，均强于前天所写，也送给您。路途遥远，千万保重。

答王圣美一首 以下俱杭州还朝

昨日庭中望见，喜慰久渴。辱教，伏承尊体佳胜。无缘造门，尚冀邂逅，复少须臾。人还，布谢草草。

【译文】日前我在庭中望见您，渴慕之心大为欣喜。蒙您来信，得知贵体康健。没能登门拜访，但愿不期而遇，再稍作叙谈。来人回去，我仓促回信致谢。

答王正夫朝奉三首

递中辱书，人至，复枉手示，并增感慰。即日起居如宜？襄事薄遽，哀苦至矣。无由助执绋，临纸惋叹，尚冀宽中毋毁，以就远业。

【译文】驿使送来信后，您的专使又到，蒙您两次写信，我感慰交集。近来生活安好吧？突遭不幸，令人哀伤不已。我没能助您治丧，对信慨叹，还望节哀保重，以待成就大业。

二

大年哀词，恨拙讷不尽盛德，聊塞孝心万一。何日西行？倾想之极。曹子方因会，致区区。

【译文】为老先生写的悼词，深憾拙讷无法尽述大德，只能聊以敷衍孝心之万一。您何时西行？我思慕不已。您遇见曹子方时，请顺便代我向他致意。

三

惠示志文，伏读感叹。拙词何足刻石？愧愧。子方见过，闻动止，为慰。余非面莫究。

【译文】您送来志文，我拜读后感叹不已。拙词怎值得刻碑？惭愧之极。我已见到子方，得知您的情况，令人欣慰。其余面谈。

答杨礼先三首

新岁，日欲往见，纷纷未由。辱简，承尊体已安复，感慰兼集。厚贶狨皮、石砚、蜡烛，物意两重，不敢违命，但有愧灼。

【译文】新年期间，我每天都想登门拜访，但忙乱不堪没有机会。蒙您来信，得知贵体已康复，感慰交集。您赠的狨皮、石砚和蜡烛，物品与情意均极为厚重，我不敢拒收，只有满心惭愧。

二

话别草草，惘然不已。信宿起居佳胜。明日果成行否？拙诗，聊发一笑。

【译文】仓促道别，怅惘不止。想必近日生活安好。您是否真的明天动身？拙诗，聊作一笑。

三

久阔暂聚，喜慰不可言。但苦都下纷纷，不尽款意，别来思仰增剧。亟辱手教，承已到郡，起居康福，眷爱各无恙。寄示石刻，暴扬鄙拙，极为愧怍。衰病怀归，又复岁暮，牢落可知。切想坐颍之余，日与知旧往还，此乐可羡也。

【译文】长久阔别一忽相聚，欣喜之情无以言表。只恨京城事务繁多，我无法尽表诚意，别后思慕加剧。蒙您来信，得知您已到达郡中，生活安适，家眷均平安无事。您寄来石刻碑文，使我的粗鄙浅陋暴露无遗，令人大感惶愧。我体衰多病想回归故里，又到年终，孤寂之情可想而知。细想您坐镇颍州之外，日日与知己老友相往来，此中乐趣令人歆羡。

与潮守王朝请涤二首

承寄示士民所投牒及韩公庙图，此古之贤守留意于教化者所为，非簿书俗吏之所及也。顾不肖何足以记此？公意既尔，众复过听，亦不敢固辞。但迫行冗甚，未暇成之，愿稍宽假，递中附往也。子野诚有过人，公能礼之，甚善。向蒙宠惠高文，钦味不已，但老懒废学，无以塞盛意，悚怍而已。

【译文】蒙您寄来士民上书及韩公庙图，这是古代贤良郡守致力于教化的大义举，不是庸官俗吏所能做。但我怎有能力记此盛事？您既有此意，众人又来相催，我也就不敢一意推辞。但迫于行计极为繁忙，我没有时间去写，望您稍微宽限几日，我写成后让驿使送去。子野确有过人之处，您能以礼相待，甚好。以前您送的大作，我赏玩不已，但年迈手懒荒废了学业，无法唱和答谢厚爱，只有惶愧罢了。

二

承谕欲撰韩公庙碑，万里远意，不敢复以浅陋为词。谨以撰成，付来价，其一已先遁矣。卷中者乃某手书碑样，止令书史录去，请依碑样，止模刻手书。碑首既有大书十字，碑中不用再写题目；及碑中既有太守姓名，碑后更不用写诸官衔位。此古碑制度，不须徇流俗之意也。但一切依此样，仍不用周回及碑首花草栏界之类，只于净石上模字，不着一物为佳也。若公已替，即告封此简与吴道人勾当也。

【译文】您想为韩公庙立碑，不远万里托我草拟碑文，我不敢再以自身浅陋作推辞。谨慎拟好后，我把它交给来人，其中之一已先走了。卷中是我的手迹碑样，我让书史誊录给您，请依照碑样，模刻手迹即可。碑首既有十个大字，碑中便不用再写题目；另外碑中既有太守姓名，碑后更不用写诸官衔位。这是古碑体例，不必迎合流俗之意。只请一切照此进行，仍不要在碑面四周和碑首用花草栏界之类俗物，仅在净石上模刻碑文，不加任何雕饰为妙。如果您已替任，请封此信与吴道人谋划。

与汪道济二首　以下俱颍州

专使至，辱书，感服存记。且审比来起居佳胜，甚慰驰仰。未卜会见，惟祈保练。

【译文】您的专使已到，蒙您来信，感谢挂念。得知近来生活安好，敬慕之心大感欣慰。后会无期，还望保重。

二

某见报移汶上，而敕未下。老病不堪寄任，方欲力辞，未知得免否？令子日夕相见，甚安，知之。

【译文】我见邸报登载调我往汶上任职，但敕命尚未下达。我年迈多病无法胜任，正想极力辞任，不知能否免去此行？您的儿子与我朝夕相见，甚好，因此告知于您。

与明父权府提刑一首

到官半岁，依庇德宇，获遂解去，感服深矣。临行宠饯再三，益愧眷厚。别后切想起居佳胜。某已达泗上，迎送人等谨遣还府。今日留一饭，晚遂发去。逾远左右，回望怅然。尚冀保练，以须显拜。

【译文】我到任半年，蒙您庇护，现在能解职离去，对您深为感激。临走时您隆重饯行，使我愧对厚爱。别后但愿您生活安好。我已抵达泗上，打发送行之人回府去。今天暂住吃顿饭，稍后我就要动身离开。从此离您更远，回望时心中怅惘。还望多多保重，以待朝廷重用。

与鞠持正二首 以下俱扬州

两日薄有秋气，伏想起居佳胜。蜀人蒲永升临孙知微《水图》，四面颇为雄爽，杜子美所谓“白波吹素壁”者，愿挂公斋中，真可以一洗残暑也。近晚，上谒次。

【译文】两天来略有秋天气息，想必您生活安好。蜀人蒲永升临摹孙知微的《水图》，四面都极为雄壮开阔，正如杜甫所说的“白波吹素壁”，请您挂进书斋，可以洗尽残暑余热。不久后，我再去问候您。

二

知腹疾微作，想即平愈。文登虽稍远，百事可乐。岛中出一药名白石芝者，香味初若嚼茶，久之甚美，闻甚益人，不可不白公知也。白石芝状如石耳，而有香味，惟此为辩，秘之秘之！

【译文】得知您腹部略有小病，想必已经痊愈。文登虽然稍微偏远，但诸事可乐。岛中出产一种称为白石芝的药，香味刚开始如同嚼茶，久后极美，听说对人体极为有益，我不能不告知于您。白石芝看上去像石耳，却有香味，可依此特征进行辨认，保密呀！保密呀！

答刘无言一首 南迁

此行但有感恩、知罪、省分、绝欲，守此四言，行之终身，庶保余年得还田亩，但未知有无后命尔。

【译文】此次被贬我只有感谢皇恩、承认罪过、省察本份、杜绝己欲，严守这四句话，终身照此行事，或可保得残年回归故乡，却不知有无此种后福了。

与杨济甫二首 以下俱儋耳

眉兵至，承惠书，具审尊体佳胜，眷爱各安。某与幼子过南来，余皆留惠州。生事狼狈，劳苦万状，然胸中亦自有翛然处也。今日到海岸，地名递角场，明日顺风即过琼矣。回望乡国，真在天末，留书为别。未间，远惟以时自重。

【译文】眉州兵士到此，蒙您致信于我，得知贵体康健，合家平安。我与幼子苏过南行至此，其他人都留住惠州。我处境狼狈，劳苦万状，但胸中仍自有怡然之乐。今日所到海岸，地名叫递角场，明天顺风就能抵达琼州。回望故都，真在天涯，只有留信作别。没有机会见面，遥祝顺应天时多加保重。

二

某兄弟不善处世，并遭远窜，坟墓单外，念之感涕。惟济甫以久要之契，始终留意，死生不忘厚德。

【译文】我们弟兄不善为人处事，一同被贬到边远地区，恐怕还要葬身他乡，想起这些就令人黯然神伤。只有济甫您同我们长期交往，始终挂念，我们生前死后都不会忘记您的大德。

与钱志仲三首　以下俱北归

两日不见，渴仰兼怀。窃惟起居佳胜。昨日水东寻幽访古，颇有所得，恐欲知之？药方已领，感感。

【译文】两天不见，思慕满怀。愿您生活安好。昨天我到水东探幽访古，大有收获，恐怕您很想知道吧？药方我已领受，极为感谢。

二

流落晚涂，始获瞻奉，顾遇之重，有过平生，幸甚！幸甚！别来伏惟起居佳胜。涨水遂失赣险，不觉到吉，皆德庇所及，其余未易一一道谢也。日远，后会未期，岂免怅恋？

【译文】我流落他乡正值末路穷途之时，才开始与您交往，相知之深，平生少有，甚好！甚好！别后但愿生活安好。涨水之后赣江已无险阻，不觉间船已到吉州，这全是托您的福。其他无法一一致谢。日渐远离，后会无期，怎不让人怅惘留恋呢？

三

某去此，不复滞留。至安居处，当缕细驰问。不敢外，辄用手启，恃深眷也。乌丝当用写道书一篇，非久纳上，恶诗不足录也。事简客稀，高堂清风，有足乐者，想时复见念耶？吉州幕柳致，与之久，故知其吏干过人，不能和众，多获嫌忌，然其实无他也。憔悴将老矣，念非大度盛德，孰能收而用之？试以此子极有可采，必为门下用。恃明照僭言，死罪！死罪！

【译文】我离开此地，不再停留。等我到安居之处，再详细给您写信。我不把您当外人，仗着交情深厚，就用便条代替信件了。乌丝栏笺将用来写一篇讲道之文，不久就能写好送去，拙诗不值得誊录。事少客稀，高堂清风，足以遣兴怡情，我想您还能时常记起我吧？吉州幕柳致，我和他交往已久，因此知道他办事干练超乎常人，不能合群，常被猜忌，其实是无意所致。憔悴不堪已近垂暮，想来若非胸怀宽广德高望重之人，谁会收留呢？我为您推荐这位大有才华之士，想必您会留用他。仰仗明公仁厚我才敢僭越进言，恕罪！恕罪！

答王庄叔二首

远辱教书，具道三十年前都下与先人往还，伏读感涕。仁人念旧，手简见及，足矣。书辞累幅，礼意庄重，此何过也！伏审斩焉在疚，哀慕之余，起居如宜。某罪废远屏，有玷知识，重蒙奖饰，衰朽增光。会合未期，尚冀节哀自重。

【译文】您远道来信，详述三十年前在京城与先人交往之事，令人读后潸然泪下。先生若念及旧交，写张便条来，我已知足。不料书信绵长，礼仪庄重，这多么让我承受不起！得知您正服丧，哀悼之外，生活安好。我因罪被贬远离故人，有辱知己，又蒙您厚爱，老朽大感面上生辉。后会无期，还望节哀自重。

二

某多病杜门，人事都绝，懒习已成，笔砚殆废。承长笺宠贶，裁谢苟简，愧负深矣。黄茅海瘴正坐于秋，蒸暑麾汗，不能尽意，恕之。

【译文】我因多病闭门不出，诸事荒废，惰性已经养成，几乎不近笔墨。蒙您长信厚赠，回信致谢草率，我深感愧疚。节令正值黄茅海瘴盛行之时，暑热之中挥汗如雨，无法尽述情怀，望您恕罪。

与宋汉杰二首

某初仕即佐先公，蒙顾遇之厚，何时可忘？流落阔远，不闻昆仲息耗，每以惋叹。辱书累幅，话及畴昔，良复慨然。三十余年矣，如隔晨耳，而前人凋丧略尽，仆亦仅能生还。人世一大梦，俯仰百变，无足怪者。唐辅令兄今复何在？未及奉书，因信略道区区。某只候水来即行矣。余留面尽。

【译文】我初入仕途就是做令尊的属吏，深受他的厚爱，何时能忘呢？只因流落异乡阔别久远，没再听说兄弟们的情况，我每每为此惋惜长叹。您长信慰问，诉说往日情状，更令我慨叹良久。三十多年，仿佛只是一夜之间，当年之人已过世殆尽，我也仅能苟活。人生真如大梦一场，瞬息万变，不足为奇。唐辅令兄现在何处？我没能给他去信，借此信略致问候。我单等水来就要远行。其余见面再谈。

二

前日裁谢草略。重烦问讯，眷意愈厚，感愧不已；仍审起居佳胜。宠赐新诗，词格甚美，伏读慰喜，但恨衰晚，无以当此嘉贶也。

【译文】日前回信过于草率。又烦您探问，惦念之意更为加深，我感愧不已；也得知您生活安好。您所赠新诗，词藻清丽风格奇美，拜读之后我大为欣喜，只是遗憾自己体衰垂暮，无法承受如此馈赠。

答虔人王正彦一首

辱信，承起居佳胜。沐馈遗，重增感灼。茗布领抹皆珍物，已捧领讫。今日与家人辈游东禅及景德，如相访，就彼亦可。

【译文】蒙您来信，得知生活安好。我受您馈赠，更增感激之情。茗布领抹均为珍贵物品，我已郑重收下。今天我和家里人同游东禅寺与景德寺，如果您要来访，到那里相见也行。

答王幼安三首

索居八年，未尝一通问，每以惭负。屡得许下儿侄书，云比来亲族或断往来，唯幼安昆仲待遇加厚。闻之感激。人来，辱书累幅，陈义慨然，如接古人语，信王谢风气传之有自也！老病强答，不复成语。不罪！不罪！

【译文】我闭门独居八年之久，不曾有过一次联系，每每因此感到惭愧。常常收到许州儿侄们的书信，说近来有些亲族已经断绝来往，只有幼安兄弟厚爱加深。我听到这些大为感动。您派出专人，送来长信，慷慨陈词，使人如闻古人之论，确已得王谢文风之真传！我年迈多病勉强作答，不成言语。恕罪！恕罪！

二

某初欲就食宜兴，今得子由书，苦劝归颍昌，已决意从之矣。舟已至庐山下，不久当获造谒。未间，冀若时保啬。

【译文】我原打算居住宜兴，如今子由来信，苦苦劝我回归颍昌，我已决心听他的，船已行至庐山下，我不久就能拜访您。现在没有机会见面，望您顺应天时多加保重。

三

蒙示谕过重，虽爱念如此，然忧患之余，未忘忧畏，朋友当思有以保全之者，过实之誉，愿为掩讳之也。许暂假大第，幸甚！幸甚！非所敢望也。得托庇偏庑，谨不敢薰污。稍定居，当求数亩荒隙，结茅而老焉。若未即填沟壑，及见伯仲功成而归，为乡里房舍客，伏腊相劳问，何乐如之！余非面莫究。

【译文】蒙您来信谬奖，虽是出于厚爱，但我饱经忧患之后，时时不忘忧惧，朋友该为我的安全着想，那些言过其实的称誉，还望免提。您答应暂借贵宅，甚好！甚好！只是我不敢如此奢望。能够有一席之地托身即可，我不敢稍有损坏。等到行有定址的一天，我将寻得几亩荒僻之地，盖间草房以尽残年。倘我没有早早去世，等到你们兄弟大功告成荣归故里，同做乡间的庶民百姓，岁祭时互相慰问，该会多么令人高兴啊！其余面谈。

与寇君一首

经宿雨凉，起居佳胜？昨辱迂顾，稍闻余论，退想忠愍之英烈，有概乎中。衰病不出，无缘上谒，少选解去。惟万万自重。

【译文】昨夜下雨天凉，睡眠可好？您昨天来访，使我略闻高论，再想想忠孝仁义的诸位英烈，心中无限感慨。我体衰多病闭门不出，无法拜访，另选时间向您详细解释。请千万保重。

与杨济甫十首 京师

为别忽已半岁，倾想之怀，远而益甚。即日起居何如，贵眷各安吉？自离家至荆南，数次奉书，计并闻达。前月半已至京，一行无恙。得腊月中所惠书，甚慰远意。见在西冈赁一宅子居住，恐要知悉。春暄，未缘会见，千万珍重！珍重！

【译文】别后转瞬已是半年，倾慕之心，愈远愈强。近来生活怎样，家眷都平安吗？我从离家到荆南这段时间，数次去信，估计您都会收到。上月中旬我已抵达京城，一路平安。收到您腊月中旬的来信，我大感欣慰。现在我租住西冈一处宅子，恐怕您想知道吧。春日和暖，没机会见面，千万珍重！珍重！

二　以下俱凤翔

奉别三更岁律，思渴日深。即日履此新春，起居多胜，贵聚各嘉安？某前月十四日到凤翔，十五日已交割讫。人事纷纷，久稽裁问。想自尊君襄事，后来渐获闲静，营干诸事，必且济办。某此与贱累如常，今因范元归，奉书露闻。气候渐和，更希珍重。

【译文】别后三易寒暑，思念之情与日俱增。最近正值新春，您生活安好，亲友也都平安吧。我上月十四日到达凤翔，十五日已交接完毕。因诸事纷扰，久不去信，我想自从办完令尊丧事，您就渐能闲适清静，各项事务必定都办理得井井有条。近来我和家眷一切照旧，现在趁范元回归之机，致信问候您。天气渐暖，还望珍重。

三

冬寒，远想起居佳胜。此去替不两月，更不能归乡，且入京去。逾远，依黯。近得王道矩书云，朝夕一来此，相看告便。如递中惠一书，贵知道矩几日起发，此干告早及，某只十二月十七八间离岐下也。

【译文】冬寒之日，遥想生活安好。这次替任不出两月，还不能回乡，就要进京去。愈加远离，我依依不舍黯然神伤。最近王道矩来信，说他不久要到此地，顺便看望老友。如果您寄信来时，知道道矩何时动身，请及早告诉我，我十二月十七八之间就要离开岐下。

四　以下俱除丧还朝

某近领腊下教墨，感服眷厚，兼审起居佳胜。某此与贱累如常。舍弟差入贡院，更半月可出。都下春色已盛，但块然独处，无与为乐。所居厅前有小花圃，课童、种菜，亦有少佳趣。傍宜秋门，皆高槐古柳，一似山居，颇便野性也。渐暖，惟千万珍重。

【译文】最近我收到您腊月下旬的来信，感谢厚爱，得知生活安好。我与家眷一切照旧。我弟弟被差调入贡院，再有半月可以出来。京城春色已浓，但我寂寞独居，无以遣怀。我住的厅前有一小花圃，教育幼童、种植菜蔬，倒也略有雅趣。临近宜秋门，到处是高槐古柳，全然如同山居，很适合我狂放之性。天气渐暖，千万保重。

五

递中屡得数书，知尊体佳胜，贵眷各安。示及发递引目，契堪得并到，但乡亲书皆五六十日，不独济甫也。府推之命，只是暂权发遣，更月余正官到，即仍旧管官诰院也。府中冗绊，非拙者所乐，恐知。都下所须，示及。

【译文】连续收到您的来信，得知贵体康健，合家平安。您说盼我去信，我想此时您该已经收到，只因乡亲间书信往来都要五六十天，不仅是对济甫您如此。府推之任，只是暂时委派，再有一月多正官到时，我仍要回到翰林院。府中杂务缠身，我不喜欢这些，恐怕您早就知道。有什么事需要我在京城去做，尽管吩咐。

六

近领来书，喜知眠食佳安。某此与贱累皆安，陈州舍弟并安，不烦念及。久客都下，桂玉所迫，囊装并竭。今冬积雪四五尺，僦居弊陋，殊无聊，惟日望一差遣出去耳。未由披奉，千万珍重。

【译文】最近接到来信，得知您生活安好。我合家平安，我弟弟在陈州也很好，不必牵挂。长期客居都城，生活所迫，我已穷困潦倒。今冬积雪四五尺，我租住偏僻简陋之地，极其无聊，只有天天盼望觅得一官半职离京赴任罢了。没机会见面，千万珍重。

七　杭倅

久不奉书，亦少领来信，思念不去心。不审即日起居佳否，眷爱各无恙？某此安健。官满本欲还乡，又为舍弟在京东，不忍连年与之远别，已乞得密州。风土事体皆佳，又与齐州相近，可以时得沿牒相见，私愿甚便之。但归期又须更数年。瞻望坟墓，怀想亲旧，不觉潸然。未缘会面，惟冀顺时自重。

【译文】久不去信，也较少收到来信，思念之情萦绕心头。不知近来生活怎样，家眷也都平安吗？我这里一切均好。任期满后，我本想回归故乡，又因弟弟任职京东，舍不得和他连年阔别，已经乞求到密州任职。那里风土人情俱佳，又离齐州很近，可以时常通信相见，心下颇为满意。但归期又要推迟几年了。遥望先人坟墓，怀想亲朋旧友，不觉已潸然泪下。没机会见面，但愿顺应天时多加保重。

八　颍州还朝

久以私挠不作书，累蒙惠问，且审起居佳胜，为慰。衰年责咎，移殃家室，此月一日以疾不起，痛悼之深，非老人所堪，奈何！奈何！又以受命出帅定武，累辞不获，须至勉强北行。家事寥落，怀抱可知。因见青神王十六秀才，亦为道此。会合何时？临书凄断。惟千万顺时自爱。

【译文】很久以来我因私事纠缠没能去信，蒙您不断来信，得知生活安好，大感欣慰。我暮年获罪，连累家小，本月初一因病卧床不起，悲伤之深，已不是老年人所能承受的程度，奈何！奈何！又因上命下达要我任职定武，我连续请辞都没被恩准，只得勉强北进。家事衰落，心情可想而知。趁您与青神王十六秀才相见之机，也请代我说明此意。何时才能一聚呢？写信时我心中无限伤感。千万顺应天时多加保重。

九　以下俱儋耳

宝月师孙来，得所惠书，喜知尊体佳胜，眷聚各清安，至慰至慰！某凡百粗遣，北归未有期，信命且过，不烦念及。惟闻坟墓安靖，非济甫风义之笃，何以得此？感荷不可言。舟师云当一到眉，此中诸事，可问其详也。远祝，惟若时珍重而已。

【译文】宝月师徒来此，我已收到来信，得知贵体康健，合家平安，大为欣慰！我一切尚好，既然北归无期，只有随遇而安，不必挂念。听说祖坟安然无事，若无济甫仗义照看，怎能如此？感激之情无以言表。舟师说他将去眉州，此地详情，可以问他。遥致祝福，万望顺应天时多加保重。

十

远蒙厚惠蜀纸药物等，一一如数领讫，感怍之至。人行速，无佳物充信，谩寄腰带一条。俗物增愧，不罪！不罪！

【译文】蒙您远道馈赠蜀纸药物等，我一一如数领受，感愧之极。来人马上要走，我无佳品可作信物，且寄腰带一条。赠以俗物，我更感惭愧，恕罪！恕罪！

与杨子微二首　以下俱北归

某与尊公济甫，半生阔别，彼此发须雪白，而相见无期，言之凄断。尊公乃令阁下万里远来海外，访其生死，此乃古人难事，闻之感叹不已。辱书，具审起居佳安，尊公已下，各得安胜，至慰之极。某七月中必达颍昌矣。回驭少留，一须款见。余祝若时自重。

【译文】我和令尊济甫，阔别半生，彼此都已须发雪白，却仍相见无期，说起来令人神伤。令尊让您不远万里来到海外，打听我的情况，这是古代仁人难为之事，我得知后感叹不已。蒙您来信，得知生活安好，自令尊以下，合家平安，大感欣慰。我七月中旬必能到颍昌。请您稍作停留，咱们畅叙一番。但愿顺应天时多加保重。

二

某与舍弟流落天涯，坟墓免于樵牧者，尊公之赐也。承示谕，感愧不可言。闻井水尝竭而复溢，信否？见今如何？因见细喻。

【译文】我与弟弟流落天涯，祖坟却没有荒芜，全靠令尊帮助。收悉来信，感愧之情无以言表。听说井水曾经枯竭今又流出，真的吗？现在怎样？见面时详细叙谈。

与王庆源十三首　以下俱密州

陵州递中辱书及诗，如接风论，忽不知万里之远也。即日履兹秋暑，尊候何似？某此粗遣，虽有江山风物之美，而新法恶密，风波险恶，况味殊不佳。退之所谓“居闲食不足，从官力难任，两事皆害性，一生常苦心”，正此谓矣。知叔丈年来颇窘，此事有定分。但只以安健无事多子孙为乐，亦可自遣。何时归休，得相从田里，但言此，心已驰于瑞草桥之西南矣。秋暑，更冀以时珍重。

【译文】我从陵州接到来信和诗作，如同和您当面交谈，霎时间忘却了万里之遥。近来正值秋暑天气，贵体怎样？我一切尚好，虽有山水风物之美，但新法严苛，风波险恶，个中滋味并不甚好。韩愈所说“居闲食不足，从官力难任。两事皆害性，一生常苦心。”说的正是这些。得知叔丈一年来情况不佳，此事全由天定。只要能以平安无事多有子孙为乐，也能自我遣兴。不知何时我才能回归故里，与您田间作伴，只要说起这些，心便飞向了瑞草桥西南。秋暑天气，还望顺应天时多加保重。

二

高密风土食物稍佳。但省租公库减削，索然贫俭。始至，值岁饥，人豪剽劫无虚日。凡督捕奸凶五七十人，近始肃然，斗讼颇简。稍葺治园亭，居之，亦粗可乐。但时登高，西南引领，即怅然终日。近稍能饮酒，终日可饮十五银盏。他日粗可奉陪于瑞草桥，路上放歌倒载也。

【译文】高密风土食物尚好。只是因减免租税而公库空虚，极为贫俭。我刚到时，恰逢饥馑，强盗没有一天不抢劫。逮捕了约有五六十人，最近此地才能安定，诉讼之事也大为减少。我略微修葺了一下园亭，住在其中，也还稍能遣怀。只是有时登高，遥望西南，便会怅惘一整天。近来我略能饮酒，每天可以饮用十五银盏。他日尚可奉陪您于瑞草桥畔，一路放歌醉卧道旁。

三　徐州

久以官冗，不暇奉问。忽辱手讯，喜知车从已达辇下，起居佳胜，即日南宫必榜出矣。沦屈已久，必遂了当，欣贺良深。来书谦抑过当。四方赴者甚众，岂独吾叔？元昆劝驾，良合事宜，恨此拘系，无缘于东华门外奉接。京师一别二十余年，岂惟吾侪衰老可叹，至于都城风物事体，索然无复往时矣！东南守官极可乐，而民间蹙迫不聊生，怀抱殊不佳。深愿庆源了当后，千万一来，相从数月，少慰平生，幸勿以他事为辞，至恳！至恳！

【译文】我长时间公务缠身，没顾上给您去信。忽然收到来信，得知您已到京，生活安好，想必不久就会功成名就。您沉默多年，今日定会如愿以偿，我大感欣慰。来信谦虚过分了。各地赴京之人极多，怎能只说您如何如何呢？元昆劝您去，正合时宜，遗憾的是我因事被困，不能在东华门外与您欢聚。京城一别二十多年，岂只是我等衰老可叹，便连都城的风物习俗，也已与以往大不相同了！任职东南倒也颇有乐趣，只是百姓生活困窘无法生存，我心中深感不安。深愿庆源您诸事办妥后，千万来此一聚，与我共度数月，稍慰此生之愿，望您不以有事作推辞，至恳！至恳！

四　黄州

穷僻少便，久不上状。窃惟退居以来，尊体胜常。黑头谢事，古今所共贤。二疏师傅，渊明县令，均为高退，昔人初不为优劣也。谨以此为贺。二子学术成就，瑞草桥果木成荫，卧想数年出仕，无一可愧者，此又有余味矣。除却虚名外物，不知文太师何以加此想？当一笑也。某蒙恩量移汝州，回念坟墓，心目断绝。方作舟行，何时得到汝？到后又须营办生事。此身漂然，奉羡何及。乍热，惟万万顺候自重。

【译文】我地处荒僻之地，诸多不方便，因而很久没给您写信。愿您隐退以来，身体更加康健。年轻时便退职归隐，从古至今都是贤人义举。二疏师傅，渊明县令，均为高明的隐士，只不过当时的人一开始不分优劣罢了。我因此向您致贺。两个儿子学术上均有所成，瑞草桥上果木成荫，隐居中再想做官数年，没有一件亏心事，此时便顿感别有风味了。摈弃虚名外物，不知文太师作何感想？开个玩笑。我蒙皇恩调任汝州，怀想故土时，伤心欲绝。现正乘舟赴任，何时才能抵达汝州呢？到后又得重新操持生计。我漂泊无定，对您大为羡慕。天气忽然转热，望您顺应天时多加保重。

五　黄州

窜逐以来，日欲作书为问。旧既懒惰，加以闲废，百事不举，但惭怍而已。即日体中何如，眷爱各佳？某幼累并安，但初到此，丧一老乳母，七十二矣，悼念久之，近亦不复置怀。寓居官亭，俯迫大江，几席之下，云涛接天，扁舟草履，放浪山水间。客至，多辞以不在；往来书疏如山，不复答也。此味甚佳，生来未尝有此适。知之，免忧。近文郎行，寄纸笔与丛郎，到甚迟也。未缘面会，惟万万自爱。

【译文】我贬官以来，常想去信问候，但旧习疏懒，又被闲置，因此诸事荒废，只有深感惭愧。近来贵体怎样，家眷都好吗？我一家平安，只是刚到此地，就有一位七十二岁的老乳母去世了，我悼念许久，现在才不再为此伤心。居住官亭，俯望大江，几案之下，云涛接天，我常驾扁舟着草鞋，放浪形骸于山水之间。倘有人来访，总是答以不在家；来信堆积如山，我也不去回复。此中风味奇佳，有生以来不曾如此舒心。您已知晓，请勿挂念。最近文郎动身，我托他带纸笔给丛郎，赶到时怕已很迟。没机会见面，千万保重。

六　以下俱登州还朝

近辱书，并寄新诗，伏读感慰不已。属多事，未及继和。不审比来尊体何如，贵眷各均安？某凡百如昨，梦想归路，如痿人之不忘起也。溽暑向隆，万乞以时保啬。

【译文】近来蒙您来信，并寄赠新诗，拜读之后感慰不已。我因事务繁忙，没能继续唱和。不知近来贵体怎样，家眷都好吧？我一切照旧，做梦都想回归故里，如同残疾之人不忘康复一样。天气逐渐炎热，万望顺应天时多加保重。

七

令子两先辈，必大富学术，非久腾踔矣。五五哥、五七哥及十六郎，临行冗迫，不果拜书，因见道意。登州下临涨海，枕簟之下，天水相连，蓬莱三山，仿佛可见。春夏间常见海市，状如烟云，为楼观人物之象。数日前偶见之，有一诗录呈为笑也。史三儒长老近蒙惠书，冗中未及答，因见，乞道区区。《海市》诗可转呈也。京师有干，乞示下。

【译文】您儿子的两位先生，想必学富五车，他不久就能声名卓著。五五哥、五七哥以及十六郎等人，因我将要动身事务繁多，就不再去信了，请趁见面时替我致意。登州下临大海，床榻之下，水天相连，蓬莱三山，隐约可见。春夏之间常能见到海市蜃楼，看去如同烟云缭绕，呈现出楼阁人物的景象。几天前我偶然见到，写下一首诗，誊录给您聊发一笑。最近史三儒长老来信，我忙于公务未能答复，请趁见面时，代我向他致以诚挚的谢意。《海市》一诗可以转呈给他。倘要我在京中做什么事，尽管吩咐。

八

久不奉状，愧仰增积。即日远想起居佳胜。叔丈脱屣缙绅，放怀田里，绝人远矣。某罪废流落，今复强颜周行，有愧而已。若圣恩怜其老钝，年岁间，乞与一乡郡，归陪杖屦，复讲昔日江上携壶藉草之乐，只是不得拽脚相送，先发遣酒壶归瑞草桥，于义俭矣。记得否？呵呵。何幸如之！未间，惟望厚自颐养，以享无疆之寿。

【译文】久不去信，愧念加剧。近来遥想生活安好。叔丈退出官场，遣兴田间，超凡脱俗。我因罪被贬流落异乡，现在仍强颜欢笑与人周旋，大感惭愧。若圣上怜我年迈昏聩，年头岁尾，派我回乡任职，我便可以陪伴左右，重叙昔日江边草地把酒之乐，（只是不能脚跟脚相送，先将酒壶送回瑞草桥，不拘礼义了。您还记得吗？哈哈。）若能如此该多好啊！没机会见面，但愿加倍颐养，以享天年。

九

远沐寄示，老手高风，咏叹不已。甚欲和谢，公私纷纷，少暇，竟未果，悚悚。七八两秀才，各计安。为学想日益，早奋场屋，慰亲意也。知宅酝甚奇，日与蔡子华、杨君素聚会，每念此，即致仕之兴愈浓也。示谕要画，酒后信手，岂能复佳？寄一扇一小轴去，作笑耳。

【译文】您远道寄赠大作，真是文坛老手风格高雅，拜读之后我赞叹不已。本来我想唱和以表谢意，但公事私事纷至沓来，极少闲暇，最终没能如愿，惭愧之极。七郎、八郎两位秀才，也都安康吧。他们治学想必日有所得，愿能早日金榜题名，慰藉亲人之心。得知您宅中有奇酒佳酿，我常与蔡子华、杨君素聚会，每每想到这些，退职之心便愈加浓重。您向我要画，那都是酒后信手之作，哪有佳品？寄去一柄小扇一卷画轴，见笑了。

十　以下俱翰林

久不奉状，愧仰增积。即日退居多暇，尊体胜常。某进职北扉，皆出奖庇。自顷流落江湖，日欲还乡，追陪杖屦，为江路藉草之游，梦想见之。今日国恩深重，忧责殊大，报塞愈难，退归何日？西望惋怅，殆不胜怀。想叔丈与丈人及诸侄，岁时相遇，乐不可名，虽清贫难堪，然熬波之余，必及鸰原，应不甚寂寞也。岁晚苦寒，伏乞保重。

【译文】久不去信，愧念加剧。您近来退职颇多闲暇，贵体康健吧。我晋升翰林，全是托您的福。自从流落江湖，我日日都想回归故乡，陪伴您的左右，共做江边草地的游伴，便连做梦都能想见这些。今日国恩深重，我担心职责愈大，报效愈难，何时才能退隐山林呢？西望时惋惜怅惘，几乎无法想象。想起叔丈、丈人和各位贤侄，一年四时均能团聚，乐不可支，虽极为清贫，但生活窘迫之外，一旦想起亲情融融，该会不太寂寞了。年终酷寒，万望保重。

十一

近奉慰疏，必达。比日尊体何如？某与幼弱，凡百粗遣。人生悲乐，过眼如梦幻，不足追，惟以时自娱为上策也。某名位过分，日负忧责，惟得幅巾还乡，平生之愿足矣。幸公千万保爱，得为江边携壶藉草之游，乐如之何！

【译文】最近去信问候，想必您已收悉。近来贵体怎样？我和家眷，一切尚好。人生悲欢，过眼如同梦幻，不值追忆怀想，只有及时行乐才是上策。我名位过分，天天担心自己是否胜任，只要能布衣还乡，毕生愿望也就满足了。望您千万保重，我们同享江边草地把酒之乐，那该多么令人高兴啊！

十二

向要红带，今寄一条去。却是小儿子辈，闻翁要此，颇尽功勾当钉造，不知称尊意否？拙诗一首，并黄、秦二君，皆当今以诗文名世者，各赋一首。写作《黄素经》一卷，并托孙子发宣德寄上。京师有所须，但请示及。

【译文】您以前所要红带，现在寄去一条。这是小儿子他们，听说您要此物，极尽其能做成的，不知能否使您满意？并寄去拙诗一首，还有以诗文著称的黄、秦两位先生各写的一首诗。我誊抄的一卷《黄素经》，也托宣德郎孙子发带去，倘要我在京城做什么事，尽管吩咐。

十二　杭州

久不奉书，愧仰兼极。令侄元直远访，首出教字。感慰之怀，未易尽陈。比日履兹春和，尊体何如？某为郡粗遣，衰病怀归，日欲致仕。既忝侍从，现难骤去，须自藩镇乞小郡，自小郡乞宫观，然后可得也。自数年日夜营此，近已乞越，虽未可知，而经营不已，会当得之。致仕有期，则拜见不远矣。惟望倍加保啬，庶归乡日犹能陪侍杖屦上下山谷间也。楮冠、玳簪，聊表远意。玳簪已七八十年物，阅数名公矣，幸服用之。

【译文】久不去信，愧慕交集。您的侄儿元直远道来访，一见面就取出您的来信。感慰之情，无以言表。近来正值春光和暖，贵体怎样？我在郡中一切尚好，体衰多病怀念家乡，天天都想退出官场。只是既然陪侍圣上，难以骤然离去，我将请求从藩镇调往小郡，从小郡调往宫观，然后达到退职的目的。从几年前开始，我日夜照此去做，最近已上书请调越州，虽不知能否被恩准，但我不断努力，应该能够如愿。等到退职有望时，拜访之日也就不远了。愿您倍加保重，使我布衣还乡后能伴您一起寄情山水。寄去楮冠、玳簪，略表深情。其中玳簪已是七八十年之物，历经数位名公之手，望能笑纳。

与王庆源子一首　颍州

某自去岁闻宣义叔丈倾逝，寻递中奉慰疏，必已闻达。尔后纷冗少暇，继以行役不定，久阙书问，愧悚不已。叔丈平昔以文行著称乡间，于场屋晚乃少遂，终不振显。惟望昆仲力学砥砺，以显扬不坠为心，乃末戚区区之望也。因信惠一二字。

【译文】我自去年听说宣义叔丈仙逝，便立刻去信，想必您已收悉。此后事务纷繁颇少闲暇，加上宦游不定，久不去信，惶愧不已。叔丈平素以文章美德闻名乡里，只是金榜题名较晚，最终没能尽展雄风。望兄弟们全心治学奋发图强，一意光大先人遗志，这是我诚挚的祝愿。得便时请写信来。

与蒲诚之六首　以下俱京师

某启：闻轩马已至多时，而性懒作书，不因使赍手教来，虽有倾渴之心，终不能致一字左右也。悚愧！悚愧！盛热殊不可过，承起居佳裕，甚善！甚善！某此并无恙，京师得信亦安。但近得山南书，报伯母于六月十日倾背，伯父之丧未及一年，而灾祸仍重如此，何以为心？家兄惟三哥在左右，大哥、二哥必取次一人归山南，谋扶护还乡也。人生患难，至有如此极者，烦恼！烦恼！知郡事颇简，足以寻绎旧学也。同僚中有可与相处而乐者否？新牧、倅皆在此，常相见，恐知悉。残暑，更冀顺时珍重。

【译文】苏轼致言：听说大驾来此已久，而我生性懒于写信，若不是趁您派专使送信之机，我虽有倾慕之心，也不会给您写一个字。惭愧！惭愧！酷热天气实难度过，得知生活安适，甚好！甚好！我这里平安无事，收到京城的来信，那里情况也很好。只是最近山南来信，说伯母于六月十日仙逝了，伯父去世不满一年，灾祸仍如此之重，让人怎能舒心呢？我的兄长中只有三哥在身边，大哥、二哥定要有一人回归山南，筹划扶灵还乡之事。人生患难竟达如此之极，烦恼！烦恼！我知道您公务清闲，足以参悟旧学。同僚中有志趣相投之人吗？新任知州、通判均在此地，时常相见，恐怕您已知道。时值残暑，还望顺应天时多加保重。

二

近闻员秘丞言，闻于诚之，韩益州欲令诚之替某。若得请，固所喜幸也。然某尽今岁，方及二年，不知朝廷肯令某成资解去否？若必俟三考，则于诚之为太淹缓，安用也？向经由时，甚恨不款曲，今若因此得从容接奉，何喜如之！陈丈日日见，甚安。

【译文】最近员秘承告诉我，我顺便告诉您，说是韩益州想让诚之您接替我。若能成真，实在令人欣喜。但我到今年年终，才在任两年，不知朝廷能否让我提前按期满卸任？如果定要等三年考核期满，那对您就太迟了，怎么能行呢？以前路过贵地，大为遗憾不能畅谈，如今若能从容谈笑，该让人多么高兴啊！我与陈老丈天天相见，他极为平安。

三

近递中辱书，方欲附问，人来，又承手教。审闻起居佳胜，差慰瞻望。新命必已下，伏增欣庆。苟相知，岂必为交代？但奉见稍远耳。承又须归觐，奔波良不易也。秋凉，千万保爱。

【译文】最近驿中收信，我正想作答，专使又至，再收来信。得知生活安好，敬仰之心略感欣慰。新的任命想必已经下达，更使我为您欣喜。如果互为知己，是否定要登门致贺？只是我去拜访路途稍远。得知您还要入朝面君，来往奔波颇为不易。秋凉天气，千万保重。

四

闻车骑已在二曲，即见风采，喜慰可知。冒寒，行李不易，久此僻左，获奉清游，幸甚也！

【译文】听说大驾已到二曲之地，马上就能一睹风采，欣喜之情自然可以想见。冒着酷寒，来此不易，我久居这种偏远之地，能与高人名士相遇，万幸啊！

五

某启：比欲更接清话少顷，而人事纷纷，至今不得暂息。欲奉谒次，闻府官尽出接张省箎，须至旦出城。恐讶不来，走此闻达。

【译文】苏轼致言：最近很想再有机会闻听高论，但诸事纷扰，至今无法稍事休息。我正想前去拜访，却又听说府中官员都要盛大出迎三省的副职，天一亮就要出城。我怕您怪我没能去，特此致信。

六

长安之别，忽然改岁，伏计履兹新春，起居增庆。某明日至府谒见，预增欣抃，然不免有少事干聒。为本府带得接新戎兵士数十人，比谓到京，却中途逢本官行李颇阙事，欲告于贵府，添差防护厢军十余人。昨本有防护二十人，为华州减却十人，但只依元数亦差较也，告早为擘画。某更不住，后日绝早发去也。恃眷契，喋喋喧黩。幸为留念。

【译文】长安一别，转眼又是一年，想必正值新春，您生活更好了。我明日要到府上拜访，事先已大感欣喜，只是不免有些琐事要烦劳您。只因我带了数十名接新兵的士卒，近来要到京城去，却于中途出现行李丢失现象，我想求告于您，为我增派十余名防守护卫的兵士。昨天本来有二十名卫士，因为在华州减少了十名，只请您按原数补齐就行，请及早为我筹备。我不再停留，后天一大早就要出发。仰仗交情深厚，我才频频打扰。被您惦念，我深感荣幸。

注译本

蘇東坡全集

第八册

〔宋〕苏轼 著
毛德富等 主编

團结出版社

目　录

卷七十三　尺牍

卷七十四 尺牍

卷七十五　尺牍

卷七十六 尺牍

卷七十七 记

卷七十九 传

卷七十三　尺牍

与蒲廷渊一首 徐州

河中永洛出枣，道家所贵，事见《真诰》。唐有道士侯道华，尝得无核者三，食之后，竟窃邓玄主药上升。君到彼，试求之，但恐得之不偶然，非力求所能致耳。

【译文】河中永洛地区出产一种枣，为道家所珍贵，《真诰》书中记载有此事。唐朝有个道士，叫侯道华，曾经得到三颗无核枣。吃了它以后，竟偷了邓太玄的药升天了。您可去那个地方，试着寻求这种枣。不过，恐怕得到它不是碰巧就能遇到的事，这不是人力所求就能得到的。

与蒲传正一首 以下俱黄州

千乘侄屡言大舅全不作活计，多买书画奇物，常典钱使。欲老弟苦劝公。卑意亦深以为然。归老之计，不可不及今办治。退居之后，决不能食淡衣粗，杜门绝客，贫亲知相干，决不能不应副。此数事岂可无备？不可但言我有好儿子，不消与营产业也。书画奇物，老弟近年视之，不啻如粪土也。纵不以鄙言为然，且看公亡甥面，少留意也。

【译文】千乘侄子多次说大舅一点儿也不知道支撑生活，买了许多书画奇物，常典当物品换钱用。他想让我好好劝劝你。我心里也很以为是这样。归老之后的打算，不能不现在及早办理。退职归家之后，也不能穿粗衣吃淡饭，关门闭客，贫穷的亲友相求，决不能不应付。这种种事情，怎么可以没有准备呢？不能只是说我有好儿子，不用我再和他一块儿料理财产。书画奇物，我近些年来看它们，不过是像粪土一样的东西罢了。你纵然是觉得我的话没有道理，姑且看在你死去的外甥的情份上，也应稍加留意。

与巢元修一首

日日望归，今日得文甫书，乃云昨日始与君瑞成行。东坡荒废，春笋渐老，饼餤已入末限。闻此，当俟驾耶？老兄别后想健。某五七日来，苦壅嗽殊甚，饮食语言殆废，矧有乐事？今日渐佳。近日牢城失火，烧荡十九，雪堂亦危，潘家皆奔避，堂中飞焰已燎檐矣。幸而先生两瓢无恙，四柏亦吐芽矣。

【译文】我每天都盼望着能够回去，今天收到文甫的信，说昨日才和君瑞启程。东坡荒芜衰败，春笋渐渐枯老，糕饼也几近吃完。您知道情况如此，恐怕该启程而来吧？分别以来，想必老兄身体康健。我自六七天以来，气塞、咳嗽得厉害，几乎不能吃饭、说话，哪里还有什么快乐之事？现在慢慢好起来了。最近牢城失火，烧掉了十分之九，雪堂也很危险，潘家的人都奔跑躲避，堂中飞出的火焰已烧到房檐了。幸好先生所种的葫芦没有受到伤害，四株柏树也吐出新芽了。

与王庠五首

轼启：二卒远来，承手书累幅，问劳教诲，忧爱备尽。仍审侍奉多暇，起居万福，感慰深矣。轼罪责至重，上不忍诛，止窜岭海，感恩念咎之外，不知其他。来书开说过当，非亲朋相爱保全之道。悚息！悚息！寄示高文新诗，词气比旧益见奇伟，粲然如珠贝溢目。非独乡间世不乏人为喜，又幸珍材异产，近出姻戚。数日读不释手，每执以告人曰："此吾家王郎之文也。"老朽废学久矣，近日犹不近笔砚，见少时所作文，如隔世事、他人文也。足下犹欲使议论其间，是顾千里于伏枥也。轼少时本欲逃窜山林，父兄不许，迫以婚宦，故汩没至今。南迁以来，便自处置生事，萧然无一物，大略似行脚僧也。近日又苦痔疾，呻吟几百日。缘此断荤血盐酪，日食淡面一斤而已。非独以愈疾，实务自枯槁，以求寂灭之药耳。初欲独赴贬所，儿女辈涕泣求行，故与幼子过一人来，余分寓许下、浙中，散就衣食。既不在目前，便与之相忘，如本无有也。足下过相爱，乃遣万里相问。无状自取，既为亲友忧及，又使此两人者蒙犯瘴雾，崎岖往来，吾罪大矣。寄遗药物并方，皆此中无有，芎尤奇味，得日食以御瘴也。轼为旧患痔，今颇发作，外无他故，不烦深念。会晤无期，惟万万以时保练。

【译文】苏轼致言：两位信使从远方而来，长信送达，关慰忧爱之情尽已心领。并且得知您生活愉快幸福，内心欣慰之极。我的罪责大重，而皇上又不忍心诛杀，只贬谪远方，我惟有满腔感激、愧疚。您来信为我开脱过多，既使是亲朋好友相互友爱保全，也不该如此。实不敢当！您寄给我看的诗文大作，文辞比以前更有奇伟之气，璀璨夺目，流光溢彩。我不仅为乡里间代代后起有人欣喜，更为奇士俊杰出自亲戚感到欢欣。数日来读不释手，常拿着它给人说："这是我们家王郎的文章。"我废学已久，近来尤其不近笔墨，每读到早年所作的文章，恍如隔世之事。您还想让我谈论此道，是想让我重新振作吧。我早年本想归隐山林之中，父亲兄长们不允许，以婚姻、求官相迫，因此才沉沦至今。迁到南方以来，就自己料理生计，孤苦清寂，了无一物，大致如一苦行僧。近日又受害于痔病，近百日来，呻吟不已。因此戒食荤腥，每天只吃淡面一斤而已。这并不单是为了治病，其实是想让自己憔悴瘦弱，悄然泯灭的药啊。当初我想一个人来贬谪之地，儿女们痛哭流涕，要求与我同行，只此才带小儿过一个人来，其余的分开住在许下、浙中，各自为生。既不在眼前，我心里也就不再挂念，仿佛本来就没有他们。您对我过于惦念，竟派人不远万里，前来慰问。我罪责深重，本是自作自受，已经让亲友们担忧，如今又让这二人受酷暑热毒，翻山越岭，我的罪孽就更重了。您所寄来的药物、药方，都是这儿得不到的，川芎尤其是种奇草，每天服用能够抵御瘴气。我以前患有痔病，现在经常发作，其他没有什么，不敢再让您挂念。相见无期，请顺应天时，多多保重。

二

轼启：前后所寄高文，无不达。日每见增叹。但恨老拙无以少答来贶。又流落海隅，不能少助声名于当时。然格力自天，要自有公论，虽欲不显扬，不可得也。程夫子尚困场屋，王贤良屈为州县，皆造物有不可晓者。海隅风土不甚恶，亦有佳山水，而无佳寺院，无士人，无医药，杜门食淡，不饮酒，亦粗有味也。目昏，倦作书，又此信发书极多，不能详尽，察之！察之！

【译文】苏轼致言：您先后寄来的大作，均已收到。每每品读，赞叹不已。只是我年老愚拙，拿不出一点东西报答您的厚赠，深感遗憾。而我又流落远方，也不能帮你扬名于当今之世。然而您的诗文，气势天然超卓，应当自有公论，这样，即使您想不自显声名，也无法掩抑。程夫子科试不利，王贤良屈就于州县，都是因为他们的才华不为人所知。海边的风土并不险恶，也有好的山水风光，但是没有好的寺院，没有士人，没有医药，闭门不出，吃粗粮淡饭，而不饮酒，也略略有味。我两眼昏花，懒于写信，另外这位信使要寄的信极多，不再详细说明，请多多体察！

三

承欲往黔南见黄鲁直。此古人所难，若果尔，真一段奇事也。

然足下久违亲庭，远适更请熟虑。今谩写一书，若果行，即携去也。

【译文】得知您想前往黔南，去见黄鲁直。这是自古以来的难事，如果你真能实现，真可谓世间一段奇事。但是您很久不与家人团聚，如远行更应考虑周详。现随笔写下一信，如果真成此行，请顺便带去。

四

念七娘远书，且喜侍奉外无恙。自十九郎迁逝，家门无空岁。三叔翁、大嫂继往。近日又闻柳家小姑凶讣。流落海隅，日有哀恸，此怀可知。兄与六郎却且安健，幸勿忧也。因侍立阿家，略与道恳，不敢拜状也。

【译文】念七娘从远方来信，得知生活安乐，身体健康，令人欣喜。自十九郎去世以来，家中连遭不幸。三叔翁、大嫂相继去世。近日又得到柳家小二姑的噩耗。我流落海角，每天都有哀痛之情涌上心头，此痛可想而知。兄长与六郎平安康健，不用担忧。因您在家中照料，请略转恳切之心，不再奉书。

五

别纸，累幅过当：老病废忘，岂堪英俊如此责望耶？少年应科目时，记录名数沿革及题目等，大略与近岁应举者同尔。亦有少节目，文字才尘忝后，便被举主取去，今日皆无有，然亦无用也，实无捷径必得之术。但如君高材强力，积学数年，自有可得之道。而其实皆命也。但卑意欲少年为学者，每一书，皆作数过尽之。书富如入海，百货皆有之，人之精力，不能兼收尽取，但得其所欲求者耳。故愿学者，每次作一意求之。如欲求古人兴旺治乱圣贤作用，但作此意求之，勿生余念。又别作一次求事迹故实典章文物之类，亦如之。他皆仿此。此虽迂钝，而他日学成，八面受敌，与涉猎者不可同日而语也。甚非速化之术，可笑！可笑！

【译文】另言：我年老愚顽，怎么能担当得起您俊杰之士的深望呢？以往青年应科举考试时，常记录下名数沿革和题目等，大致与近年应举的相同。也有一些科目，才学平庸的便能被举荐的人取用，现在都没有了，也没有什么用处，确实没有什么捷径可以通达，不过像您才力过人，积学多年，自然可以遂愿。而其实也不过天命罢了。不过，我以为少年求学之人，每读一本书，都分作几次读完。书深蕴广厚如海，无所不包，人的精力有限，不能全部取纳，只需要得到你所需要的。因此愿意求学的人，每次只求它的一个意义。譬如想了解古人兴亡治乱、圣人贤君作为的，就只求这一个方面，不要有其他想法。另外再求取掌故、事迹、典章、文物等时，也这样去读。其他的也都遵照这个方法。这样，虽然拙笨，而一旦成就学业，左右逢源，和泛泛涉猎的学习者不可同日而语。这确非速成之术，见笑！见笑！

与王序一首

某启：忝姻戚之末，未尝修问左右，又方得罪屏居，敢望存记及之。专人远来，辱笺教累幅，称述过重，慰劳加等，幸甚。即日履兹秋暑，尊体何似。某仕不知止，临老窜逐，罪垢增积，玷污亲友。足下昆仲，曲敦风义，万里遣人问安否，此意何可忘！书词雅健，陈义甚高，但非不肖所当也。蜀、粤相望天末，何时会合？临书惘惘，未审授任何地。来岁科诏，伫闻峻擢，以慰愿望。未间，更乞若时自重。人还奉启，少谢万一。不宣。

【译文】苏轼致言：我徒有您的亲戚之名，却不曾略致问询，又恰逢我戴罪隐居，不敢再让您心中牵挂。专人远来，蒙赐长信，您对我确实太过抬举，关心之极，甚为感动。最近秋暑已到，不知贵体如何。我贪图功名，不知收敛，临老反被贬谪，罪责深重，连累亲友。足下仁厚深笃，高风亮节，万里之外依然牵挂着我，并遣人相问，此情如何能忘！您所寄来的词典雅清健，立意超卓，却是我所不能相当的。蜀、粤两地，遥遥相望于天际，什么时候才能聚会呢？提笔临书，心中茫然，不知将到何地任职。来年科举，我静候佳音，以深慰我心。没有机会见面，请顺应天时，多加保重。奉书一封，略报厚爱。别不多叙。

谢吕龙图三首 以下俱京师

龙图阁老执事：某西蜀之鄙人，幼承家训，长知义方，粗识名教，遂坚晚节。两登进士举，一中茂才科，故当世名公巨卿，亦尝赐其提挈爱怜之意。故欧公引之于其始，韩公荐之于其中，今又阁下举之于其后。自惟末学，辱大贤者之知，出自天幸。然君子之心，以公而取士，某小人之志，终荷恩以归心。但空省循，何由论报。比者止于片言只字谢德于门下，而其诚之所加，意有所不能尽，意之所至，言有所不能宣，故其见于笔舌者，止此而已。惟高明有以容而亮之。

【译文】龙图阁老执事：我本是西蜀一个卑微之人，少时受到家教，稍长学得礼节，略知名声教化，才有晚年的坚定气节。我因两次考入进士科，并中茂才科，因此当世的名公巨卿，也曾爱护提挈。开始得到欧公推引，后来有韩公推荐，现在又蒙您推举。我自以为学识浅薄，竟能得到大贤之人的赏识，实在是三生有幸。但是您的心思，为国家而选拔人才，我胸无大志，终将戴恩退隐。我只是空致问询，谈不上报答。近来也只以片言只语答谢您的恩德。然而我心中的诚恳之情，虽意而不能尽，而意之所念，又不可言尽，因此信中所书，只有这些罢了。您高风亮节，请多多鉴谅！

二

前以拙讷，上尘听览，方惧获罪于门下，而无以容其诛。又辱答教，言辞款密，礼遇优隆，而褒扬之句，有加于前日。此不肖所以且喜且惧而莫知所措也。珍函已捧受讫，谨藏之于家，以为子孙之美观。蔀屋之陋，复生光彩，陈根之朽，再出英华，乃阁下暖然之春，有以妪育成就之故也。择日斋沐，再诣阁下。临纸涩讷，情不能宣，伏惟恕其愚。

【译文】我前些天以拙文劣辞送给您看，正担心您无法容忍，会怪罪下来。却又承蒙答书赐教，言辞诚恳，极尽爱护，而且赞誉之词，比以前更多。这就让我莫衷一是，不知所措。您的信已经收到，珍藏于家中，把它当作子孙美好的观赏。我的寒陋之家重新披光带彩，枯树朽根再次焕发生机，这都是您那温暖如春的关怀教化哺育滋润所成就的。我应当选一黄道吉日，斋戒沐浴，再去拜望。临纸思塞无语，不能尽意。愚鲁之人，敬请鉴谅。

三

某久以局事汩没，殊不获觏止。窃惟应得疏绝之罪于左右。不意宽仁念垢，察其俗状之常情，恕其简略之小过，光降书辞，曲加劳问，拜贶之际，益增厚颜。旦夕诣宾次。盛暑，伏惟为朝廷自爱，上副注倚之心，下慰舆人之望。

【译文】我因长期公务繁多，不得相见。私下想和您疏远了往来，罪过不小。没想到您宽厚仁慈，体察下情，对我的怠慢无礼不与计较，并亲写书信，关怀备至，捧读来信，心中更加愧疚。不日将去府上拜望。天气正当盛暑，请万万为国自重，不辜负朝廷厚望，也让下人心中感到欣慰。

答王龙图一首

辱简，承孝履如宜。新诗宠行，甚幸。但称道太过，非所以安不肖也。余所谕，谨在意。

【译文】承蒙来信，得知您一切安好。新诗受到您的宠爱，甚为欣喜。只是称誉太过，使我心中十分不安。其余所言，我都记在心中。

答张主簿一首 密州

改岁，无缘展庆。伏惟履兹新春，百福来集。旬日前辱教，感服眷厚，不即驰答，悚怍！悚怍！向日披奉，但有驰仰。余寒，冀以时自重。

【译文】新年又至，没有机会一同庆贺。新春来到，祝您百福临门。十几天前承蒙来信，关怀备至，心中甚为感动，没有及时回信，惭愧！惭愧！当日手捧来信，心中敬仰不已。天气尚寒，请顺应天时，多加保重。

答宋寺丞一首 徐州

轼自假守彭城，即欲为一书以问左右，久苦多事，竟为足下所先，惭悚不可言也。来书称道过当，皆非无状所能仿佛。自少小为学，不过以记诵篆刻追世俗之好，真所谓寡见浅闻者也。年大以来，虽所谓寡浅者，亦复废忘。至於吏道法令民事薄书期会，尤非所长，素又不喜从事于此。以不喜之心，强其所不长，其荒唐缪悠可知也。而彭城自汉以来，号为重地，朝廷过采其虚名，不知其实无有也，而轻以畀之。自到郡以来，夏旱秋潦，继之以横流之灾，扎瘥之余，百役毛起，公私骚然未已也。计其不治之声，闻于左右者多矣。仁人君子，不指其过，教其所不逮，而更誉之，何也？孔子曰："居是邦也，事其大夫之贤者，友其士之仁者。"自今与足下往来相闻，知不徒为好而已，当有以告我者，不胜大愿。适会夫役起，无顷刻闲暇，书不能尽意，惟深察之。

【译文】我自暂守彭城时，便想写信问候您，但长时间为各种事情所累，结果却是您先给我写信，惭愧之情，不可言表。来信称述过誉，都是我所不可企及的。我自少小求学，只不过是诵读文章，雕词琢句，以投世俗所好而已，真是所谓见短识浅。年纪大了以后，连所谓的一点短浅的东西，也都荒废殆尽。至于吏道法令等等政务、公文之事，更不是我所擅长，而且一向不喜欢做这样的事。心有不喜之心，又是勉强去做不擅长的事，其荒唐可笑不言而喻。而彭城自汉代以来，便被称做重地。朝廷过于看重我的虚名，不知道我只是有名无实，轻率地就把彭城交给了我。上任以后，夏旱秋涝，接着又是水灾，瘟疫刚过，劳役公差纷起，官民上下，纷扰不止。大概抱怨官治的议论，传到您耳边的也已经很多了。您是仁人君子，不指出我的过失，教导我考虑不到的地方，反而过于褒奖，这是为什么呢？孔子说过："居是邦也，事其大夫之贤者，友其士之仁者。"现在我和您往来通信，您应当明白不仅只和我友好，还要有所劝勉，这才是我最大的心愿。正赶上我公务繁杂，没有一刻的闲暇，言不尽意，请多多体察。

与乐推官一首 以下俱黄州

叠辱临访，欲少款奉，多事因循，继以卧病，愧负深矣。数日起居佳否？知明日启行，无缘面别，尚冀保练，慰此区区。

【译文】您多次屈驾寒舍，我本想写信略致诚意，但连日事务纷冗，接着又染病卧床，心中愧疚之极。这些天生活安康吧？得知您明日启程，不能面别，还望多多珍重，以慰我心。

答李寺丞二首

久别渴咏，递中辱书，且审起居清胜，至慰！至慰！某谪居粗遣，废弃之人，每自嫌鄙，况于他人？君独收恤，有加平素，风义之厚，足以愧激颓靡也。未缘会见，万万以时自爱。

【译文】分别已久，甚为想念，承蒙来信，得知您生活安乐，心中极感欣慰。我被贬谪居，一切尚好，无用之人，为世所弃，每每自惭形秽，何况他人呢？唯独您肯收容罪人，恩义有加于平常，您的高风亮节，令我心中惭愧，足可振奋我颓靡之心。没有机会相见，万万顺应天时，多加珍重。

二

远蒙分辍清俸二千，极愧厚意。然长者清贫，仆所知也。此不敢请，又重违至意，辄请至年终、来春，即纳上，感愧不可言也。仆虽遭忧患狼狈，然譬如当初不及第，即诸事易了。荷忧念之深，故以解悬虑。

【译文】承蒙您把微薄的俸禄分给我二千，受此厚意，内心极愧。但您生活清贫，是我所知道的。我不敢接受，却又怕辜负了您至爱之意，那么就让我在年底、来春奉还，感激之情，无法言表。我虽遭患难，狼狈不堪，但是如果当年科举不中，一切事情都不会是今天这个样子。我心头的忧虑太多，因此才以此自慰。

与徐司封一首

适辱车骑宠存，感怍无穷。晚来尊体佳胜。某与陈君略出至安国，遂觉拙疾稍作。欲告明日少休，后日恭与盛集，可否？无状，惭负多矣！幸甚！

【译文】承蒙屈驾寒舍，感愧不已。想近来贵体康健。我和陈君刚到安国那儿，就觉得拙病有点发作。我想明日告假，休息一下，后天同赴盛会，不知可否？失礼之处，惭愧！惭愧！

与周主簿一首

罪废衰朽，过辱临顾，增愧汗也。晚来起居佳胜。甚欲诣谢，巾褐草野，不敢造门，幸加矜恕！

【译文】我戴罪之人，衰朽颓废，竟让您屈驾寒舍，实在惭愧。

想近来生活安乐。我很想到府上谢罪，但山野草民，粗俗之人，不敢登门，鉴谅！

与李廷评一首 离黄州

某启：经由特辱枉访，适以卧病数日，及连日会集，殊无少暇。治行匆遽，不及诣谢，明日解维，遂尔违阔，岂胜愧负？

【译文】苏轼致言：承蒙行程之中特地光临寒舍，正巧我抱病卧床数日，又连日集会，真无一刻闲暇。您行色匆匆，我来不及前往答谢，明日启航，你我从此阔别，心中怎能无愧？

与知县十首 以下俱翰林

纷冗，久疏上问，辱书感愧。比日履兹春温，起居何如？未由展奉，徒深渴仰。尚冀保练，以慰区区。

【译文】我因事务繁杂，很久不曾问候，承蒙来信，甚感惭愧。近日春意融融，生活如何？没有机会相见，只有满腔思仰，还望保重，以慰我诚恳之心。

二

近屡辱书，数裁谢，但苦冗中不尽意耳。比日起居何如？惠笋已拜赐，新味之味。远能分惠，感愧无已。

【译文】近日承您多次来信，我也数次作答，但纷扰之中仍不能尽表心意。近日生活怎样？所赠嫩笋已收到，刚刚尝过。在远方还能分享您的美味，内心感激不已。

三

频示诲，感服勤眷。乍暄，伏计尊体佳胜。前去人当入府，果尔否？

【译文】多蒙赐教，勤恳之意令我感动。天气转暖，想贵体康健。前去送信的人，应该进入贵府，是否？

四

近者叠辱临访，纷冗中不尽所怀。枉手教，具审起居佳胜，感慰兼集。何日复入城，得少款聚？未间，万万自重。

【译文】近日承您多次光临，繁忙之中，仍不能尽表心意。又蒙来信，得知生活安康，甚感欣慰。哪一天能再来城中，小聚一下？不能相见，请多多珍重。

五

近辱回教，感慰深矣。比日履兹伏暑，起居清胜？咫尺莫由会遇，引领来尘，庶几少尽区区。未间，万万自重。

【译文】承蒙回信，甚感欣慰。近日天气已入伏暑，生活安适否？你我咫尺之间，却没有机会相聚，我殷切盼望您能光临寒舍，以略致心中向往之情。不能与您相见，多多珍重。

六

人来，辱手教。承比日起居佳胜。思企高义，未缘款奉，临书怅惘。示谕，书醉公石固佳。但目昏罢倦，每书过百十字，辄意阑，恐旦夕少暇耳。毒热，万万以时自重。

【译文】有信使来，承蒙赐信。得知您近日生活安康。我虽倾慕高义，却没有机会去信，提笔临纸，茫然无措。如您所言，写醉公石当然不错。不过我两眼昏花倦怠，每写完百十个字，便意味索然，恐怕这些天也没有时间。天气酷热，千万顺应天时，多加保重。

七

近日虽获一再见，终不尽区区。辱书告别，又不即裁答，可量愧悚。宿昔稍凉，起居胜常。景物渐嘉，邑事多暇，想有以为乐。此外，万万自重。

【译文】近日虽然见了一两次面，仍不能尽表心中的情意。蒙来信告别，又没有及时回信，愧疚之情可想而知。晚间天气稍凉，要多加留意，愿您生活安乐。自然景色越来越好，公务之余，想必也有以为乐。另请多多保重。

八

叠辱手教，感慰兼集。邑事清简，起居胜常。小儿蒙不鄙外，荷德殊深矣。未由接奉，千万以时自重。

【译文】多蒙来信，甚为感激。想必公事不忙，生活安康。我儿子没有被您当外人慢待，所受恩惠深重。没有机会见面，千万顺应天时，多加保重。

九

儿子遂获托庇，知幸。鲁钝多不及事，惟痛与督励也。切祝！切祝！晋卿相见殿门外，惘然如梦中人也。人世何者非梦耶！亦不足多谈，但喜其容貌，蔚然如故。非有过人，能如是耶？

【译文】小儿蒙您照管、爱护，心中甚感欣慰。他愚鲁、迟钝，不谙世事，需要多加管教、督促，烦您费心！我在殿门外见到了晋卿，茫茫然如见梦中人一般。人世又何尝不是梦呢！虽然没有和他畅谈，但他的音容笑貌，还一如从前，令人欣喜。没有过人之处，是做不到这一点的。

十

昨日辱示佳篇，词韵高绝，非此句无以发扬醉公也。雨冷，起居佳否？二碑纳上。

【译文】日前蒙您惠赐大作，文辞不凡，韵律绝伦，不是这样的文章，也无法宣扬醉公之名。下雨了，天气转冷，生活安康否？另奉两篇碑文。

答青州张秘校一首　杭州还朝

承携长笺下访，不克迎奉，为愧经宿。伏惟尊履佳胜。示谕，乃宰物者之事，非不肖所能致也。幸赐深亮。

【译文】蒙您带长笺光临寒舍，没有能够恭迎大驾，至今心中不安。想必贵体康健。文中所言，是为官治民之事，不是我所能做的。敬请鉴谅。

与王贤良一首 扬州还朝

近辱临访，连日纷冗，不及款奉。窃惟起居佳胜。宠示新作，感服至意。

【译文】近日蒙大驾光临，我连日繁忙，未及去信致意，想必生活安康。大作拜读，深感钦佩。

与惠州都监一首 惠州

君南来，清节干誉，为有识所称，皆曰："此东坡弟子由门下客也。"两汉之士，多起于游徼卒史，至公卿者多矣。愿君益广问学，以期远对。

【译文】您来自南方，操行高洁，才识过人，常为有识之士称道，都说："这是东坡之弟子由门下的幕僚。"西汉之士，多兴起于乡吏小官，而成为王公巨卿的人多了。愿您广积学问，以求以后有所作为。

与子安兄七首 黄州

近于城中得荒地十数亩，躬耕其中。作草屋数间，谓之东坡雪堂。种蔬接果，聊以忘老。有一大曲寄呈，为一笑。为书角大，远路，恐被拆，更不作四小哥、二哥及诸亲知书，各为致下恳。巢三见在东坡安下，依旧似虎，风节愈坚，师授某两小儿极严。常亲自煮猪头，灌血腈，作姜豉菜羹，宛有太安滋味。此书到日，相次，岁猪鸣矣。老兄嫂团坐火炉头，环列儿女，坟墓咫尺，亲眷满目，便是人间第一等好事，更何所羡。可转此纸呈子明也。近购获先伯父亲写《谢蒋希鲁及第启》一通，躬亲裱背题跋，寄与念二，令寄还二哥。因书问取。

【译文】近日我在城中买了十几亩荒地，在那儿耕种。盖了几间草屋，称它东坡雪堂。种些蔬菜瓜果，聊以度过晚年。我作了一篇大曲寄给您看，见笑。因为信封太大，路途遥远，恐怕被人偷拆，不再另外给四小哥、二哥及亲友们写信，请代为致意。巢谷还在东坡安居，身体依旧健壮，气节更加坚定，教育我两个儿子非常严格。我常常亲自煮猪头，灌制血肠，做姜豉菜汤，也仿佛有太安的滋味。这封信送到您那儿，紧接着就到年底，可以听见杀猪的嚎叫了。老兄嫂双双坐在火炉边，儿孙满堂，余年不多，亲戚都在眼前，这便是人间最为快乐的事，还有什么可羡慕的呢。您可以把这封信也转给子明看。近日我又买到了先伯父亲笔所写的《谢蒋希鲁及第启》一份，并亲自装裱题跋，已寄给念二侄儿，让他寄还给二哥。您可去信向他要。

二　以下登州还朝

拜违十八年，终未有省侍之期。岁行尽，但有怀仰。即日履兹寒凝，尊体康胜。侄男女各长成。东茔每烦照管，感涕不可言。某到不旬日，又有起居舍人之命。方力辞免。年岁间，当请一乡郡归去，渐谋退省耳。未即瞻奉，万乞以时自重。

【译文】相别十八年来，一直没有归家省亲的机缘。一年将尽，我心中空有一腔思念。近日严寒，想必贵体康健。侄子、侄女们也该长大成人。承蒙您照管东茔，感激涕零之极。过不几天，我又要出任舍人。正尽力辞命。一年半载后，我应当要求到一个乡郡去归隐，以计划归省之计。没有机会相见，万万顺应天时，多加保重。

三

子由亦有司谏之命，想不久到京。东茔芟松，甚烦照管。如更合芟，间告兄与杨五哥略往觑，当分明点数根槎，交付佃户，免致接便偷砍也。不然，与出榜立赏，召人告偷斫者，亦佳。一切告留意相度。阿胶半斤，真阿井水煮者。青州贡枣五斤，充信而已。京师有干，乞示及。

【译文】子由也接受了司谏之职，想不久就会到达京城。东茔上的枯松，还烦您照管。如果一并砍掉，请兄长和杨五哥也略去察看，应当点清数目，交待好佃户，以免让人趁机偷砍。不然，就贴出告示，设立奖赏，让人告发偷砍者，也可以。一切都请费心办理。寄上半斤阿胶，已经用真阿井水煮过。另有五斤青州贡枣，不成敬意。京师若有事相求，烦请告知。

四　以下俱扬州还朝

十九郎兄弟远至，特蒙手诲，恭审比来尊体佳胜，甚慰系望。骨肉久别，乍聚，问讯亲旧，但有感叹。知兄杜门守道，为乡里推爱。弟久客倦游，情怀常不佳。日望归扫坟墓，陪侍左右耳。方暑，敢冀以时自重。

【译文】十九郎兄弟从远方而来，特地送上您的手书，得知近来贵体康健，甚感欣慰。和亲人分别太久，忽能相聚，问讯亲友的情况，心中只有感叹。知道兄长闭门守道，为乡里所爱戴。弟长年客游他乡，身心倦怠，心情常常不好。每天只是盼望能回归故乡，陪侍兄长。天气正当酷暑，兄长要顺应天时，多加保重。

五

往蒙示先伯父事迹，但有感涕，专在卑怀。重承诲谕，惶悚之至。正冗迫中，不敢久留来使。未暇写诸亲知书，乞为致意，非久遍发也。

【译文】以前蒙您写信告诉我先伯父约事迹，心中唯有不尽的感激之情。又蒙赐教，惶恐之极。事务繁忙，不敢过久让来使停留。也来不及与诸亲朋写信，请代为致意，不久将一一致信。

六

墓表，又于行状外，寻访得好事，皆参验的实。石上除字外，幸不用花草及栏界之类。才著栏界，便不古，花草尤俗状也。唐以前碑文皆无。告照管模刻仔细为佳。不罪！不罪！

【译文】在行状文外，我又从碑文中发现了逝者的美善之事，都一一验证，确有其实。碑石上除了刻字以外，最好不要用花草、栏界之类的装饰。如果一用栏界，便显得没有古味，以花草作装饰就更俗气。唐朝以前的碑文都没有这些。请您照料着，刻写时一定要描模得仔细，这样才好。勿怪！勿怪！

七

每闻乡人言，四九、五九两侄，为学勤谨，事举业尤有功，审如此，吾兄不亡矣。惟深念负荷之重，益自修饬，乃是颜、闵之孝，贤于毁顿远矣。此间五郎、六郎乍失母，毁痛难堪，亦以此戒之矣。吾兄清贫，遭此，固不易处。某亦为一年两丧，困于医药殡敛，未有以相助，且只令杨济甫送二千为一奠，余俟少暇也。

【译文】每每听乡里人说，四九、五九两位侄子，学习勤奋、严谨，在举试上特别用功，知道这样，我的兄长死也瞑目了。认真考虑一下他们自己所应承担的责任，他们应多加保重，尽忠尽孝，要远远胜过自我毁伤。这期间，五郎、六郎失去了母亲，痛不欲生，也要用这个道理告诫他们。兄长清贫，遭此不幸，固然不好料理。我也是一年连遭两起丧事，医药殡葬花钱不少，没有什么可以帮助您的，暂且只让杨济甫送去二千钱，以作祭奠，其余的等有机会再奉上。

与子明兄一首 黄州

兄才气何适不可，而数滞留蜀中。此回必免冲替。何似一入来，寄家荆南，单骑入京，因带少物来，遂谋江淮一住计，亦是一策。试思之，他日子孙应举宦游，皆便也。弟亦欲如是，但先人坟墓无人照管，又不忍与子由作两处。兄自有三哥一房乡居，莫可作此策否？又只恐亦不忍与三哥作两处也。吾兄弟俱老矣，当以时自娱。世事万端，皆不足介意。所谓自娱者，亦非世俗之乐，但胸中廓然无一物，即天壤之内，山川草木虫鱼之类，皆是供吾家乐事也。如何！如何！记得应举时，见兄能讴歌，甚妙。弟虽不会，然常令人唱，为作词。近作得《归去来引》一首，寄呈，请歌之。送长安君一盏，呵呵。醉中，不罪。

【译文】以兄长的才气，到哪里去不行呢，而数次为官，都在蜀中。这次一定不会再被别人顶替。入京时，不如把家眷安置在荆南，一个人来京城，少带些物品，然后再计划到江淮居住，也是一个办法。试想一下，将来子孙应举，外出做官，都很方便。我也有这个想法，不过先人的坟墓没有人照管，我又不想和子由分住两处。兄长您还有三哥一家住在家乡，不能考虑这种打算吗？只是恐怕您也不忍心和三哥分作两处。我们兄弟都老了，应该顺应天时，自享其乐。世间的各种事情，都不足挂念。所谓自享其乐，也不是世俗人眼中之乐事，只要襟怀阔大，了无一物，那么天地之间，山川草木鸟兽虫鱼之类，都能让我们从中获得乐趣。怎样！记得当年应举时，我见兄长能够唱歌，十分动听。兄弟虽然不会，但也常常写词，让人唱给我听。近日我作了一首《归去来引》词，现寄给您，请您咏唱。敬长安君一杯，哈哈！酒后，不要见怪。

与史氏太君嫂一首　惠州

某谪海南，狼狈广州，知时侄及第，流落中尤以为庆。乃知三哥平生孝义廉静自守，嫂贤明教诲有方，天不虚报也。明日当渡大海。聊致此书，嫂知意而已。

【译文】我遭贬到海南，流落在广州时，得知时侄中举，辗转流落之中，更觉得这是咱们家的大福。可见三哥平生忠孝仁义，廉洁清静，独守洁操，嫂子贤惠明理，教诲有方，上天也不虚报。我理当明日便渡过大海。暂把此信送去，好让贤嫂知道我的心意。

与圣用弟三首 以下俱扬州还朝

圣用小二秀才弟：别后冗迫，不即奉书，想未讶也。比日体中佳安？今日榜出，且喜小十捷解，喜慰之极。此郎君为学勤至，文词成就，来春必殊等也。前贺无疑。向闻弟当复入来，想必成行也。小十甚安健，日夕相见，不用忧。未相会间，千万保爱。子由为朝陵去，未及奉书。

【译文】小二秀才圣用贤弟：分别之后，事务繁忙，没有及时写信，不要见怪。近日身体好吧？今天告示出来，小十荣列榜中，心中欣喜之极。他学习勤奋，做文章已经得心应手，明年春天应试，必登榜首。我一定前去祝贺。以前听说贤弟应该再次入京，想必已经成行。小十生活安乐，身体健康，我和他每天都能相见，不必为他担忧。没有机会与你相见，千万珍重。子由随驾朝奉陵寝，没来得及给您写信。

二

十郎司理不及别作书：初官，但事事遵禀小二叔教诲。官事勿苟简，公勤静恕，勿急求举主，曹事办集，上官必不汝遗。刘漕行父，叔与之契旧，因见，但道此意，俟到定州款曲作书也。余惟侍奉外多爱。夜中，目昏不成字，勿讶！勿讶！

【译文】我不再另外给十郎司理写信了：刚一为官，事事都要遵照小二叔的教诲。官事不可草率，要公正勤勉，宽以待人，不要急着求人举荐，官府诸事处理妥当，上司是不会忘记你的。刘漕行的父亲，我和他有旧交，见到他的时候，可以把我的意思说给他，等到了定州我再给他写信，详细说明情况。另外生活中要多多珍重。夜间，两眼昏花，写不成字。不要见怪。

三

方叔兄未及拜书，且为致意。子安三哥近有书，未及再上状，因见，亦为致恳。

【译文】我还没有给方叔兄写信，暂请代为致问。子安三哥最近给我来了信，我也不再给他写信，见到他的时候，也请代为问候。

与子由弟十首　以下俱黄州

或为予言，草木之长，常在昧明间。早起伺之，乃见其拔起数寸，竹笋尤甚。夏秋之交，稻方含秀，黄昏月出，露珠起于其根，累累然忽自腾上，若推之者，或缀于茎心，或缀于叶端，稻乃秀实。验之信然。此二事，与子由养生之说契，故以此为寄。

【译文】有人曾对我说，草木的生长，常在天未全明的时候。早起观察它，就见它一夜之间已拔起数寸之高，竹笋长得更快。夏秋之交时节，稻谷正吐穗开花，黄昏，月亮出来后，露珠便在稻根开始凝结。很快由根向上，连缀不绝，如果轻推一下，它或缀于茎心，或缀于叶尖，盈盈欲滴，稻这才吐花成谷。以此检验，果不其然。这两件事，和你的养生之说相符合，因此寄上。

二

子由为人，心不异口，口不异心；心即是口，口即是心。近日忽作禅语，岂世之自欺者耶？欲移之于老兄而不可得。如人饮水，冷暖自知。死生可以相代，祸福可以相共，惟此一事，对面相分付不得。珍重！珍重！

【译文】子由的为人，一向是心不异口，口不异心；心即是口，口即是心。近日忽然也作起了禅语，难道也如世人以此自欺吗？这种出世之道，恐怕为兄不能做到。就好像一个人饮水，只有自己才知道冷暖。死生可以相代，祸福可以与共，唯有这一件，却是对面也无法交待给对方。珍重！珍重！

三

任性逍遥，随缘放旷，但尽凡心，无别胜解。以我观之，凡心尽处，胜解卓然。但此胜解，不属有无，不通言语，故祖师教人，到此便住；如眼翳尽，眼自有明，医只有除翳药，何曾有求明方？明若可求，即还是翳。固不可于翳中求明，即不可言翳外无明。而世之昧者，便将颓然无知，认作佛地。若如此是佛，猫儿狗子，得饱熟睡，腹摇鼻息，与土木同，当恁么时，可谓无一毫思念，岂可谓猫儿狗子已入佛地？故凡学者，但当观心除爱，自粗及细，念念不忘，会作一日，得无所住。弟以教我者是如此否？因见二偈警策，孔君不觉悚然，更以问之。书至此，墙外有悍妇与夫相殴，詈声飞灰火，如猪嘶狗嗥。因念他一点圆明，正在猪嘶狗嗥里面。譬如江河鉴物之性，长在飞沙走石之中，寻常静中推求，常患不见。今日闹里忽捉得些子，如何！如何！元丰六年三月二十五日夜，已封书讫，复以此寄子由。

【译文】放任天性，随缘而动，逍遥自在，旷达无羁，只是要洗净俗念，而没有别的更好的解释。以我看来，俗念除尽，高义自见。只是这种高义，不在有无之间，不可以语言表达，因此祖师教人，到这层意思便不再讲了。就像眼翳除去，自然得见光明，医生只有除去眼翳的药物，哪里曾有可求得光明的药方呢？光明如果可以求得，其实还是除翳。光明自然不能于翳中谋求，也不能说翳外没有光明。然而，世间蒙昧之人，便把消沉颓废，全然无觉当作是佛家境界。如若这即是佛之境界，那么猫狗之类，饱食之后，呼呼酣睡，只有肚腹起伏，鼻孔呼吸，和土石草木没有两样，这个时候，它们心中可以说没有一丝的杂思俗念，难道可以说猫狗已经进入了佛家境界了吗？因此为学之人，应当静观心性，摒除杂念，由粗俗而入精细的境界，常常在心中思念，一旦顿悟，便悟得万物之本。兄弟要教给我的，是这样吗？因为见了两条警策之句，孔君感到很惊奇，便来问我。写到这儿，听到墙外有一位泼妇和丈夫打架，吵骂之声，可以吹起火苗，像猪狗嘶嗥一般。于是就在这猪嘶狗嗥里面，悟得一点圆明（佛家语，为圆满明觉之意）。就像江河可以分辨出物体的本性，常在风力迅猛的时候可以看出，而平常在风平浪静之时推求，常常不能得到。今天在喧闹之中忽然悟得这些，怎样！元丰六年三月二十五日夜，已经封好了信，又写下这些，寄与子由。

四

某近绝少过从，宾客知其衰懒，不能与人为轻重，见顾者渐少，殊可自幸。昨旦偶见子华，叹老弟之远外久之。蒙见嘱，闻过必相告。近者举刘太守一事，体面极生，不免有议论。吾弟大节过人，而小事或不经意，正如作诗，高处可以追配古人，而失处或受嗤于拙目。薄俗正好点检人，小疵，不可不留意也。

【译文】我近日几乎不和人往来，宾客们知道我衰颓懒惰，与人交往不知轻重，来我这儿的人也渐渐减少，心中不免暗自庆幸。昨天偶然见到了子华，感叹老弟在远方太久。你曾嘱咐过我，听到你有什么过错就告诉你。近日检举刘太守这件事，就很有碍于情面，不免会有议论。我弟大节高洁，不同常人，而小节有的却不很注意。恰如作诗，高妙之处足以和古人相匹，而败笔之处也许被浅陋之人嗤笑。世俗苛薄，正喜欢议论是非，虽然是小病，也不能不注意。

五 杭州

明日，兄之生日。昨夜梦与弟同自眉入京。行利州峡，路见二僧，其一僧须发皆深青。与同行。问其向去灾福，答云："向去甚好，无灾。"问其京师所须，"要好朱砂五六钱。"又手擎一小卵塔，云："中有舍利。"兄接得，卵塔自开，其中舍利粲然如花。兄与弟请吞之。僧遂分为三分，僧先吞，兄与弟继吞之。各一两掬，细大不等，皆明莹而白，亦有飞进空中者。僧言："本欲起塔，却吃了。"弟云："吾三人肩各置一小塔便了。"兄言："吾等三人，便是三所无缝塔。"僧笑。遂觉。觉后胸中噎噎然，微似含物。梦中甚明，故闲报为笑耳。

【译文】明天，是我的生日。昨天夜里，我梦见和兄弟一起自眉山去京城。走到利州峡，在路上遇见两个僧人，其中一个，头发、胡子乌黑。咱们和他们一块儿赶路。问他们此行的凶吉，他们回答说："此行很好，无灾。"问他们去京城要买什么，他们说："要五六钱好朱砂。"他用手举出一个小卵塔，说："里面有舍利子。"我接过卵塔，它便自己分开，里面的舍利子粲然如花。我和兄弟要求吃下它。僧人便将它分为三份。僧人先吞，我和弟弟也跟着吞下。每人都有一两捧，细碎不等，晶莹洁白，也有的飞进到空中。僧人说："本想造塔的，却给吃了。"兄弟说："我们三人肩上各放一座小塔就行了。"我说："我们三个就成了三座无缝的塔了。"僧人大笑。随即我便醒来。醒后觉得胸中发噎，隐隐像含着什么东西。梦中之事，甚是明了，闲来无以为报，以作笑料罢了。

六　赴定州

某为迫行事冗，不及作孙子发书，乞为致意。近者奏辟，吏部胥子初妄执言，本官系合入远人，碍辟举条，及反复诘之，乃始伏云。若今年九月二十七日本官成资后别无遗阙，即不该入远，可以奏辟。某寻有公文申部，乞会问本州，即见得成资已前有无遗阙。凡争数日，乃肯据状会同。请与孙子发言，略说与本州官员言，早与果决分明，回一成资无遗阙文字来，免为猾胥妄生枝节。或更孙宣德与一愿就及本州官员及所填替非有服亲一状，尤佳。京师，大抵官不事事而吏横也。

【译文】我因为急于动身事务繁多，来不及给孙子发写信，请你代为致意。近来呈上奏章，吏部吏员子初毫无根据地说，本官原系合入差遣地方官员，与推举官员的条例相抵牾，等到反复察对，才认为可以。认为假如今年九月二十七日本官任期满后并没有严重过失，就不应当合入差遣地方官员，可以举荐。我马上上书呈送吏部，请求向本州核察，就可以得知任职之前有无过失。向吏部请求多天，才应允根据奏状向本州核察。请向孙子发讲明此情，让他将内情说与本州官员，早些了结此事，回呈确认任职期间无过失的公文，免得让那些奸滑的吏员从中妄生枝节。如能请宣德郎孙子发向本州官员讲明，我所举荐的人并非有沾亲带故的嫌疑，那就更好了。京城之地，大都是主管官员不主事而那些吏员从中横加兜揽。

七　惠州

惠州市井寥落，然犹日杀一羊，不敢与仕者争。买时，嘱屠者买其脊骨耳。骨间亦有微肉，熟煮热漉出，（不乘热出，则抱水不干。）渍酒中，点薄盐，炙微燋食之。终日抉剔，得铢两于肯綮之间，意甚喜之，如食蟹螯，率数日辄一食，甚觉有补。子由三年食堂庖，所食刍豢，没齿而不得骨，岂复知此味乎？戏书此纸遗之。虽戏语，实可施用也。然此说行，则众狗不悦矣。

【译文】惠州的集市冷清，买卖稀少，但每天仍杀一只羊，不敢和在官者相争。买时，嘱咐屠者只买羊的脊骨。骨头之间，也有一点肉，煮熟之后趁热捞出（如果不趁热捞出，它就会含水不干），在酒中浸泡后，洒上一层薄盐，以文火熏烤后食用。整日挑剔，在筋骨之间挖出一点点肉，心里觉得也很不错，好像吃蟹螯，一般几天吃一次，觉得很能滋补。你吃官家的饭三年，所吃的畜禽，到老也吃不到骨头，怎么会知道这种美味呢？戏作此信寄上。虽是游戏之语，其实也值得一做。但恐怕这种做法盛行后，狗都不高兴了。

八　以下俱北归

子由弟：得黄师是遣人赍来二月二十二日书，喜知近日安胜。兄在真州，与一家亦健。行计南北，凡几变矣。遭值如此，可叹可笑。兄近已决计从弟之言，同居颍昌，行有日矣。适值程德孺过金山，往会之，并一二亲故皆在坐。颇闻北方事，有决不可往颍昌近地居者。（事皆可信，人所报，大抵相忌安排攻击者众，北行渐近，决不静耳。）今已决计居常州，借得一孙家宅，极佳。浙人相喜，决不失所也。更留真十数日，便渡江往常。逾年行役，且此休息。恨不得老境兄弟相聚，此天也，吾其如天何！然亦不知天果于兄弟终不相聚乎？士君子作事，但只于省力处行，此行不遂相聚，非本意，甚省力避害也。候到定叠一两月，方遣迈去注官，迨去般家，过则不离左右也。葬地，弟请一面果决。八郎妇可用，吾无不可用也。更破千缗买地，何如？留作葬事，千万勿徇俗也。林子中病伤寒十余日，便卒，所获几何，遗臭无穷，哀哉！哀哉！兄万一有稍起之命，便具所苦疾状力辞之，与迨、过闭户治田养性而已。千万勿相念，保爱！保爱！今托师是致此书。

【译文】子由弟：我接到了黄师是派人送来的二月二十二日的信，得知近日平安，心中甚为欣喜。我现在真州，和一家人都很健康。我奔波往来，几经变故，有此遭遇，真是可叹可笑。我近日已决定依你所说，到颍昌和你同住，已确定了日期。正好程德孺路过金山，我去和他会了一面，在座的还有几位旧友。听到了许多有关北方的事情，说是决不能到颍昌附近去。（此事可信，有人告诉我说，大概是因为猜妒忌恨，诽谤攻击的人多，去北方和你离得近了，决不会清静。）现在我已经决定到常州去，借一处孙家宅院，也很好。我和他不错，决不会让我失望。再在真州稍留十几天，便渡江去常州。多年宦游，就此作罢。只是遗憾不能在晚年与兄弟相聚，这是天命啊，我又怎能抗拒天命呢？但我也不知道天意是否让我们兄弟永远不能相聚？士君子做事，只是尽力减少麻烦，此行不能相聚，虽不是出自本意，却也能省去麻烦，免遭祸害。等到料理妥当一两个月后，再让迈去赴任，迨去搬家，过则留在身边。葬地一事，请弟一人决定。八郎妻子的意见可以采用，我的没什么可用不可用的。另外拿出千缗钱买地，怎么样？留作葬地一事，千万不要落入俗套。林子中得伤寒病十几天便死了，得到些什么呢？遗臭无穷罢了，可悲！可悲！我万一再接到起用的命令，便说明身体多病的情况，力辞不受，只和迨、过一起闭门守家，耕田养性算了。千万不要挂念我，多多珍重！托师是送去此信。

九

程德孺兄弟出银二百星相借，兄度手下尚未须如此，已辞之矣。德孺兄弟意极佳，感他！感他！数日热甚，舟中挥汗写此，不及作诸侄书，且伸意。夫人晚年，更且慎护，勿令少有疾，副子孙意。

五郎妇，更与照管慰安之，便令五郎往般挈也。八郎续亲极好，但吾侪难自言，可托人与说。今师是已除太仆卿，恐遂北行，兄不能见。又恐其来省母苏州，若见，当令人探其意也。少留真，欲葺房緍，令整齐也。五娘、七娘近皆得书，与孙皆安。胡郎亦有书来，甚安，行见之矣。文九作书写字精好，无劳问讯，伯翁可喜，符亦卓卓，报二姊知。

【译文】程德孺兄弟拿出二百星银子相借，我想目前还不需要，就推辞了。德孺兄弟的心意极好，真令人感动！连日以来，天气极热，我在船上写这封信时，挥汗如雨，就不再给诸侄写信了，请转达此意。弟媳已入晚年，更要小心照顾，不要让她有一点病，也好让子孙安心。五郎的妻子，另外要多加照料安慰，让五郎去把她接在身边。八郎续弦也好，只是咱们的辈份，不好亲自去说，可以托人去说。现在师是已接受太仆卿的职务，恐怕就要去北方，我见不到他了。又恐怕他会到苏州探望母亲，如果见到他，应该让人探问一下他的意思。我想在真州稍留几日，修缮房屋，修理整齐。近日五娘、七娘都来了信，她们和外孙都很平安。胡郎也来了信，十分平安，我很快就能见到他了。文九的书法精美，不烦挂念。伯翁情况很好，苏符也聪明过人，请报与两位姐姐知道。

十

各兄弟俱老矣，当以时自娱，此外万端皆不足介怀。所谓自娱者，非世俗之乐，但胸中廓然无一物。即天壤之内，山川草木虫鱼之类，皆吾作乐事也。

【译文】我们兄弟两个都老了，应当顺应天时，自享其乐。此外尘世间的万般事情，都不足惦念。所谓聊以自乐，也不是世俗上的乐事，只是心境开阔，了无一物。凡天地之间，山川草木，鸟兽虫鱼之类，都可为我所乐。

与千乘侄一首 黄州

念二秀才：别来又复春深，相念不去心。迈自北还，得手书，及见数诗，慰喜不可言。日月不居，奄已除服，哀念忽忽，如何可言？久不得乡书，想诸叔已下各安。子明微累想免矣。因书略报，大舅书中甚相称，更在勉力副尊长意。家门凋落，逝者不可复，如老叔固已无望，而子明、子由亦已潦倒头颅，可知正望侄辈振起耳。念此，不可不加意。未由会合，千万自爱。

【译文】念二秀才：分别之后，又是春天，思念之情，萦绕心头。迈自北方回来，带来了你的书信，又见数首诗作，欣喜之情无法言表。时光如流，转眼间已经守孝期满，可是哀痛阵阵，不时袭上心头，此情怎么能够言尽？很久没有接到家乡的来信，想你的诸位叔父都很安康。子明的那点罪过，想已得赦免。另外，大舅来信，对你大加称赞，你要更加努力，不辜负长者的厚望。咱们家门衰落，死去的不能复生，活着的如为叔也没有什么希望，而子明、子由也年事已高，容颜衰颓，可见只有你们才有希望重振家门。想想这个，你也不能不多加留意。没有机会相聚，万万珍重。

与千之侄二首 离黄州

必强侄近在泗州，得书，喜知安乐。房眷子孙各无恙。秋试又不利，老叔甚失望。然慎勿动心，益务积学而已。人苟知道，无适而不可，初不计得失也。闻侄欲暂还乡，信否？叔舟行几一年，近于阳羡买得少田，意欲老焉。寻奏乞居常，见邸报，已许。文字必在南部。此行略到彼葬却老奶二姨。（子由干奶也。）住二十来日，却乘舟还阳羡。侄能来南郡一相见否？叔甚欲一往见传正，自惟罪废之余，动辄累人，故不果尔。甚有欲与侄言者，非面莫尽，想不惮数舍之远也。寒暖不定，惟万万自爱。

【译文】必强侄住在泗州，离我很近，接到来信，得知生活安乐，很是欣喜。家人都好吧。今年秋试又不顺利，老叔心中也很失望。但要注意不能过于痛心，再多加努力就行了。即使有人知道，也没有什么不合适的，刚一开始，不要计较得失。听说贤侄想暂时还乡，真的吗？我在船上漂流，几乎一年，近日在阳羡买了一些田地，想在此归老。以前我曾奏请留在常州，见了邸报，已经准许。文字肯定在南都。这次顺便到那儿葬下老奶二姨。（子由的干奶。）住下二十几天，再乘船返回阳羡。贤侄能来南郡和我相见一面吗？我很想去见传正一面，暗自考虑负罪遭废之际，动辄连累他人，因此也没有能成。我有很多话想和你说，只有当面才能言尽，想你也不会嫌这数舍的行程路远。近日天气，忽冷忽热，万万珍重。

二

独立不惧者，惟司马君实与叔兄弟耳。万事委命，直道而行，纵以此窜逐，所获多矣。因风寄书。此外勤学自爱。近来史学凋废，去岁作试官，问史传中事，无一两人详者。可读史书，为益不少也。

【译文】傲然独立，无所畏惧的，只有司马君实和为叔兄弟两个。我已把万事交付天命，自己直道而行，纵然因此贬谪远方，仍觉得获得不少东西。顺致此信。此外要勤奋学习，多加珍重。近年史学衰落，去年我作试官时，问考生史传中的问题，知道详细的几乎没有。你要多读史书，肯定大受其益。

付迈一首　以下俱惠州

古人有言，有若无，实若虚，况汝实无而虚者耶？使人谓汝庸人，实无所能，闻于吾者，乃吾之望也。慎言语，节饮食，晏寝早起，务安其形骸为善也。书以是告汝。付迈。四月十五日。

【**译文**】古人曾说过，有看似无，实貌若虚，何况你其实空虚无有呢？让人们议论你是平庸之人，确实没有什么才能，能听到这些，才是我的心愿。要言语谨慎，节制饮食，晚睡早起，以求自身安然才好。写信时以此告诫你。给迈。四月十五日。

付过一首

砚细而不退墨，纸滑而字易燥，皆尤物也。吾平生无嗜好，独好佳笔墨。既得罪谪海南，凡养生具十无八九，佳纸墨行且尽。至用此等，将何以自娱，为之慨然。书付子过。

【**译文**】砚质地细腻而不退墨，纸平滑而字易干的，都是佳品。我平生没有什么嗜好，唯独喜欢好笔墨。现在我已经触罪，远谪海南，用来养生的东西已用去十之八九，好纸墨很快也要用完。用完了这些，我将以什么寄情寓乐呢，不禁为之感慨。给过儿。

与侄孙元老四首　以下俱儋耳

侄孙元老秀才：久不闻问，不识即日体中佳否？蜀中骨肉，想不住得安讯。老人住海外如昨，但近来多病瘦瘁，不复如往日，不知余年复得相见否。循、惠不得书久矣。旅况牢落，不言可知。又海南连岁不熟，饮食百物艰难，及泉、广海舶绝不至，药物鲊酱等皆无，厄穷至此，委命而已。老人与过子相对，如两苦行僧尔。然胸中亦超然自得，不改其度。知之，免忧。所要志文，但数年不死便作，不食言也。侄孙既是东坡骨肉，人所觑看。住京，凡百加关防，切祝！切祝！今有一书与许下诸子，又恐陈浩秀才不过许，只令送与侄孙，切速为求便寄达。余惟万万自重。不一一。

【译文】侄孙元老秀才：很久没有听到你的问候了，不知近日身体健康否？蜀中亲人，我想不断地得到他们平安的消息。我和以前一样，仍住海外，但近日多病，瘦弱困苦，不如往昔。不知有生之年还能不能与你相见。循、惠两地，已经很久没有信来了。旅途孤寂，可想而知。海南又连年欠收，饮食生活艰难，泉、广的海船也没有了，药物、鲊酱等也都没有，穷困潦倒到如此地步，也只有听任天命。我和过儿面面相对，如同两个苦行僧一般。但是心中依然超脱万物，怡然自得，不改气度。知道这些，你不必再为我担忧。你所要的志文，我这几年只要不死一定会作，决不食言。侄孙是东坡的亲人，许多人都以恶眼相看。在京城里，凡事都要多加提防，但愿你能平安无事！现有一封信，要送给许下儿女，又恐怕陈浩秀才不路过许下，只有送给侄孙，如有方便请赶快寄去。万万珍重，不再多叙。

二

侄孙近来为学何如？想不免趋时。然亦须多读史，务令文字华实相副，期于适用，乃佳。勿令得一第后，所学便为弃物也。海外亦粗有书籍，六郎亦不废学，虽不解对义，然作文极峻壮，有家法。二郎、五郎见说亦长进，曾见他文字否？侄孙宜熟看《前、后汉史》及韩、柳文。有便，寄近文一两首来，慰海外老人意也。

【译文】侄孙近来学业如何？我想你免不了会趋合时俗。但是也必须多读史书，一定要做到文章的词采和内容相符合，以求适合实用，这样才好。不能一日及第，所学的知识便成了废弃无用之物。海外这儿也稍有些书籍，六郎也不废止学业，虽然不懂得对仗，但是作文章非常高峻雄壮，很有家传法度。二郎、五郎学识也有长进，你见过他们的文章吗？侄孙最好熟读《前、后汉史》和韩、柳的文章。如果方便，请寄来最近一两篇文章，也让海外老人心中欣慰。

三

元老侄孙秀才：屡得书，感慰。十九郎墓表，本是老人欲作，今岂推辞？向者犹作宝月志文，况此文，义当作。但以日近忧畏愈深，饮食语默，百虑而后动，想喻此意也。若不死，终当作尔。近来须鬓雪白加瘦，但健及啖啜如故尔。相见无期，惟望勉力进道，起门户为亲荣，老人僵仆海外，亦不恨也。

【译文】元老侄孙秀才：多次收到你的来信，很感欣慰。十九郎的墓表，本来就是我想写的，现在怎么会推辞呢？以前我还写了宝月的志文，何况这篇文章，理应当写。只是近日来，心中的忧虑畏惧愈来愈深，寡言少语，凡事三思而后行，想你也理解我的心情。我若有生，终归要作。近来我须发雪白，更加消瘦，只是还和以前一样健食。不知道什么时候才能相见，希望你努力进取，振兴家门，荣耀亲族，我即使死在海外，也无所遗憾。

四

赵先辈儋人，此中凡百可问而知也。乡里出百药煎，如收得，可寄二三斤，赵还时可附也，无即已。

【译文】赵先辈是儋耳人，这里的各种情况都可以向他询问得知。家乡出产有百药煎，如果能收集得到，可寄来二三斤，赵先辈回来时可以让他捎带，没有也就算了。

与胡郎仁修三首 以下俱北归

某启：得彭城书，知太夫人捐馆，闻问，哀痛不已。行役无便，未由奉疏。人至，忽辱手书，伏审攀慕之余，孝履粗遣，至慰！至慰！某本欲居常，得舍弟书，促归许下甚力，今已决计溯汴至陈留，陆行归许矣。旦夕到仪真，暂留，令迈一到常州款见矣。未间，惟节哀自重。不宣。

【译文】苏轼致言：接到了您从彭城的来信，得知太夫人仙逝，听到这个消息，心中哀痛不已。途中诸多不便，没有机会给您写信。蒙您派人送到此信，知道您仍笃守孝道，敬慕之余，心中感到莫大的安慰！我本想留在常州，却收到了兄弟的来信，极力催促我回许下，现在我决定由汴水上溯到陈留，转陆路回许下。很快我就能到达仪真，稍作停留，让迈到常州相见。不能相见，请节哀自重。不再多谈。

二

某慰疏言：不意变故，奄罹艰疚。伏惟孝诚深笃，追慕痛裂，荼毒难堪。奈何！奈何！比日攀号愈远，摧毁何及。伏惟顺变从礼，以全纯孝。某未获躬诣灵帷，临书哽咽，谨奉疏慰。不次。

【译文】苏轼致言，略表安慰：想不到您会遭此变故，蒙此大难。您忠孝之极，追仰先母，痛不欲生，此等不幸，不堪忍受。唉，我们又有什么办法呢！痛哭之声，撕心裂肺，而先母却是愈去愈远。您还是要依从大礼，节哀顺变，以全大孝之道。我不能去灵前吊唁，提笔临纸，哽咽不止，谨以此信聊表安慰。不知所言。

三

小二娘知持服不易，且得无恙，伯翁一行并健。得翁翁二月书及三月内许州相识书，皆言一宅康安，亦得九郎书。二子极长进。今已到太平州，相次须一到润州金山寺，但无由至常州看小二娘。有所干所阙，一一早道来。余万万自爱。

【译文】得知小二娘守孝不易，幸好身体还很健康，伯翁他们也都健康。收到翁翁老人二月的来信和许州一位相识三月的来信，也都说一家平安健康。九郎的信也收到了。两位儿子学业进步很大。现在我们已经到了太平州，接着要去润州金山寺，不过没有机会到常州看望小二娘。有什么相求的，请尽早一一告知。多多珍重。

与外生柳闳一首　以下俱北归

展如外生：人来得书，知奉太夫人康宁，新妇外孙各无恙。北归万里，无足言者，独不见我令妹、贤妹夫，此心如割。介夫何负？亦早世，念之痛不去心。数年岂贤隽厄会耶？相见，当一恸以写之。兹不一一。

【译文】展如外甥：来信已经收到，得知太夫人康宁，妻子及外孙都很好。我北回京师，遥遥万里，没有什么值得说的，惟独不能见我贤妹、贤妹夫，心如刀割。介夫有什么过错呢？却也早早离世，每想起他，心中便哀痛不已。数年以来，难道贤俊之士都以厄运相交吗？若能相见，应当痛哭着写下它。别不再叙。

与枢密侍郎一首

违去门下已八年，愚鲁罢殆，人事废绝，书疏缺然。怠慢之罪，宜在谴绝。比承柄用，又不以时随众修贺。盖疏懒愧缩，日复一日，不知复怜恕之否？即日履兹寒凝，台候万福。某去替止数月，而贫困难以赴阙，相次乞江浙一郡，若幸得之，拜见未可期。惟冀为国自重。谨因人便，奉手状起居，不宣。

【译文】与您分别已经八年，我愚鲁疲困，废绝世事，极少写信。怠慢之罪，理当斥责。近来您被授以重任，我又没有及时随众人前去致贺。我疏懒畏缩，与日俱深，不知您还能宽恕我吗？近日天气严寒，想贵体康健。我去替任只有几月，就贫困得难以赴京，我想再求去江浙一个州郡，如能幸运地得到，定去拜见。请万万为国自重。趁人之便，寄书致问，不再多谈。

密州与人二首

浙右之别，遂不上问至今，想必察其情也。特枉书问，感慰兼集。比日起居何如？涉海恬然，继以题擢，众论翕然，知忠信之可恃，名实之相副也。雅故之末，忻慰可量。

【译文】自从在浙右和您分别，一直到今天也未曾致问，想您一定能体察内情。承蒙赐信相问，甚为感动。近日生活如何？远谪海外，心境恬然，接着又有起用，众人一致议论，可见忠信之心可以依恃，名实也能相符。聊附凤尾，不胜欣慰之情，可以想象。

二

前日使车，道由郡下，虽展接颜表，殊慰瞻素之怀。惟是礼劳不腆，实深愧悚。逮兹违间，吏役绊撄，未皇奉书，以伸惓惓之情。特蒙高明，远贶珍牍，披绎数四，感仰交怀，初暑微热，切承跋履之余，动止佳胜。未缘会集，临纸增慨。

【译文】您前些天奉命出使，经过郡下，我虽然恭迎大驾，以尽敬慕之意。只是招待不周，甚觉有愧。相别之后，公务缠身，没有来得及写信，以表诚意。您又高风亮节，万里赐信，我数次捧读，敬仰不已。天气入暑，稍有暖热，跋涉行程之余，万万珍重。没有机会相聚，临纸慨叹不已。

徐州与人一首

州人张天骥，隐居求志，上不违亲，下不绝俗，有足嘉者。近卜居云龙山下，凭高远览，想尽一州之胜。当与君一醉，他日慎勿匆匆去也。

【译文】本州之人张天骥，隐居求志，上不远离双亲，下不绝离世俗，真值得称道。我知道您近日住在云龙山下，登高远望，想饱览一州的美景。我应当与您一醉方休，您可千万不要在某一天匆匆离去。

湖州与人一首

托庇邻封，每荷存记，特辱荣讯，愧汗可量。即日履兹霜候，起居佳胜。未缘参见，惟日瞻企，尚冀以时珍卫，区区。

【译文】承蒙您的庇护，每每劳您牵挂，又承蒙来信，惭愧之极。近日已到霜降，想必生活安康。没有机会参见，日日仰慕，还请顺应天时，多加保重。

黄州与人五首

辱书，承起居佳胜。奇墨吾侪共宝，并蒙辍惠，惭悚之甚，敬佩厚意也。

【译文】承蒙来信，得知生活安康。我们同以奇墨为宝，却又受您惠赠，惭愧之极，对您的厚意极为感激。

二

示谕《燕子楼记》。某于公契义如此，岂复有所惜？况得托附老兄与此胜境，岂非不肖之幸？但困踬之甚，出口落笔，为见憎者所笺注。儿子自京师归，言之详矣。意谓不如牢闭口，莫把笔，庶几免矣。虽托云向前所作，好事者岂论前后？即异日稍出灾厄，不甚为人所憎，当为公作耳。千万哀察。

【译文】承您要我作《燕子楼记》。我和您情义契合到如此地步，怎么还会有什么舍不得的呢？何况又能被老兄以此胜境相托附，难道不是我的幸运吗？不过我受挫太多，言语文章，都被恨我的人搬弄。小儿从京师回来，说得非常详细。我想还不如紧闭双唇，不作文章，这样，差不多也能避免是非。即使托口说是以前所作，好议论是非的人还会辨别它是作于何时吗？如果改日能慢慢地摆脱困境，不再被人憎恨，就会为您作的。请千万体察。

三

两日疮痛殊甚，不果见。辱简，且喜起居佳胜。二诗高妙，读之喜慰，幸甚。病中，裁谢草草。

【译文】近两日疮痛得厉害，不能与您相见。承蒙来信，得知生活安乐，很是高兴。您的两首诗，超卓绝妙，读后甚是欣喜，很好。病中，草成此信。

四

两日疮痛不出，思渴！思渴！今犹楚痛未已。钟乳丸更求数服，吐血者复作也。不罪！不罪！

【译文】近两日我因疮痛不得出门，思念之极！现在还疼痛不止。另外再求几服钟乳丸，又往外出血了。勿怪！勿怪！

五

久不奉书，叠承枉教字，慰感良深。比日起居佳胜？汝郡务简，儒师清闲，于此相从，岂非甚幸？区区，非面莫究。令兄不敢别状，乞道恳。

【译文】很久不曾写信，却屡次接到您的来信，深为感动。近日生活安乐吗？您州郡的事务清简，儒师也很清闲，您在那儿做事，不是也很好吗？向往之情，不当面难以言尽。令兄那里，不再致信，请代转问候。

与乡人一首 以下俱登州还朝

某去乡十八年，老人半去，后人皆不识面。坟墓手种木已径尺矣，此心岂尝一日忘归哉！久放山泽，乍入朝市，张皇失次，触目非所好也。但久与子由别，乍得一处，不无喜幸。然此郎君乃作谏官，岂敢望久留者。相知之深，故详及一二。

【译文】我离开家乡十八年了，乡里的老人，几乎去世一半，年轻人都不认识。坟地里，我亲手种下的树已有一尺粗了，我的心却一天也没有忘记归乡！长期谪居，忽又入尘世，满目张皇，不知所措，眼中所见，都不称心。只是与子由分别很久，忽然能聚到一处，很是欣喜。但他是做谏官的，怎么敢希望他能长时间停留呢？与您很是知心，因此详说。

与人二首

辱教，伏承尊体康胜。某以拘文，不克造请，初不知微恙，今闻已安愈，甚慰驰仰。然犹当倍加保爱也。

【译文】承蒙来信，得知贵体康健。我旧习难改，未能前去拜问，当初不知贵体小病，现在听说已经痊愈，甚感欣慰。但您还要应该倍加保重。

二

违阔，忽复周岁，思仰日深。冲涉薄冷，起居清胜。即获瞻奉，下情欣跃，区区，并遂面尽。

【译文】转眼之间，阔别已经一年，思念之情，与日俱增。近日天气稍冷，生活安乐吧。能与您相见一面，心中欣喜之极，满腔向往之情，将当面倾尽。

与黄州故人一首　翰林

某宠禄过分，忧责至重。颜衰鬓秃，不复江上形容也。屡乞郡未得，但怀想曩游，发于梦想也。洗眼、揩牙药，得之甚幸。切望挂意。覆盆子必已采得，望多寄也。都下有干，示及。十二、十三两先辈，各致区区，忙甚，未及书。艾清臣亦然。京师冗迫，殊不款曲也。

【译文】我空享俸禄，难以尽职，担心责任太重。现在我容颜衰老，不再是当年在江上时的容貌了。我曾多次要求到一州郡就职，都没能遂愿，只能在梦中，怀想过去的宦游生活了。洗眼、擦牙的药物，已经收到，很是高兴。不要挂念。想必您已采到了覆盆子，希望多寄些。在京城有什么相求的，尽管告诉我。十二、十三两位先辈，请各为致意。繁忙之极，不能写信。艾清臣也是这样。京师事务繁杂，不再一一详述。

与人三首 以下俱扬州

钦服下风，为日久矣。迟暮相从，倾盖如故。非气类自然，抑宿昔缘契也。人来，辱手教。得闻起居胜常，堂上康福，感慰深矣。某凡百如故。又得无咎切磨，知幸。

【译文】我对您钦仰敬服，已经很久了。晚年相随仍一见如故。这并不是我们性情相似，自然应该如此，而是前生的缘份。承您遣人送信。得知生活安乐，双亲康宁，深感欣慰。我一切都如往常。也没犯什么过错，不曾招致苦难，很是侥幸。

二

久别，思咏日深，衰疾多故，人事弛废。过蒙手书存录，益用愧负。比日起居佳胜。如闻已有召命，想即超用，以慰公论。未间，万万为国自重。

【译文】分别太久，思念之情日渐加深，我因体衰多病，疏于世事。蒙您赐信，关怀备至，心中更觉有愧。近日生活安乐吧。如果再有起用之命，我就随即赴任，以让公众明白。不能相会，请万万为国自重。

三

出守幸获相聚，每得见，翛然忘怀，为益多矣。别来起居何如？到扬，人事纷纷，坐想清游，可复得哉！乍热，千万保重。

【译文】我出任太守，有幸和您相聚，每次见面，听君娓娓而谈，超然忘情，受益不浅。分别之后生活怎样？到扬州后，世事繁杂，当初清雅的游乐，怎能再有！天气转热，千万保重。

与人三首　以下俱扬州还朝

吏役往还，得见风采，为幸已多。重承存录，延顾极厚，感佩无量。自别来，一向冗迫，不即裁谢，惭负可知。令子斋郎至，领手教，且审起居佳胜。乍此睽隔，翘想日深。尚冀珍调，少慰鄙愿。

【译文】我因公务往来，得以一睹尊容，深感幸运。您对我关怀深切，照顾周到，令我心中感激不已。分别以后，一直公务繁忙，没有及时致信，深觉有愧。令子斋郎到此，送来了您的信，得知生活安乐。忽然分别，思念之情与日俱深。还望保重。以慰我心中所愿。

二

辱示长笺，词旨过重。适少冗迫，来使不敢久稽，未及占词为答，想知照未甚讶也。惶恐！惶恐！叠蒙惠长松以扶老病，感佩不可言。天觉临别对，亦许寄来，因到彼，可为督之。（药名品方状，）精详之极，非故人留意之深，何以及此。未有以答厚意，但积悲感。都下委示及，余面究。

【译文】蒙赐长信，但言词过誉。正碰上我有点繁忙，不敢让来使长时间停留，也没有来得及作诗，以为答谢，想您知道，不会见怪。实在是罪过！多蒙您心中惦念我这老病之躯，多次惠送长松，内心感激之情，难以言表。天觉临走的时候，也答应给我寄东西，趁您到那儿的方便，可替我催促。（药名叫品方状，）如此精细周到，不是老友关怀之深，怎么会有呢？我拿不出什么可以报答您的厚意，只有满腔的感激。京城里请代我致意，见面再叙。

三

叠辱临访，欲少款奉，多事因循，继以卧病，负愧深矣。知明日启行，无缘面别，尚冀保练。

【译文】承蒙多次光临，我想和您小聚，但一直事务繁杂，继而染病卧床，深觉有愧。得知您明日启程，没有机会面别，还望多多保重。

与袁彦方一首

累日欲上谒，竟未暇。辱教，承足疾未平，不胜驰系。足疾惟葳灵仙、牛膝二味为末，蜜丸，空心服，必效之药也。但葳灵仙难得真者，俗医所用，多藁本之细者尔。其验，以味极苦，而色紫黑，如胡黄连状，且脆而不韧，折之，有细尘起，向明示之，断处有黑白晕，俗谓之有鸲鹆眼。此数者备，然后为真，服之有奇验。肿痛拘挛皆可已，久乃有走及奔马之效。二物当等分，或视脏气虚实，加减牛膝，酒及熟水皆可下，独忌茶耳。犯之，不复有效。若常服此，即每岁收穰皂荚芽之极嫩者，如造草茶法，贮之，以代茗饮。此效，屡尝目击。知君疾苦，故详以奉白。元素书已作，稍暇，诣见。轼白彦方足下。

【译文】多日以来，我都想到府上拜访，一直没有空闲。承蒙来信，得知您脚病还未痊愈，心中甚为挂念。您的脚病，以葳灵仙、牛膝两味药研末，以蜜调成丸。空腹服下，必然见效。不过葳灵仙很难得到真的，一般医生所用，大多是细小的藁木。如要验证，它的味道极苦，颜色紫黑，像黑色的黄连，并且脆而不韧，折断它，会振起细小的尘土，朝着明处细看，断面有黑白相杂的圆晕，即俗语所说的有鸲鹆眼。这几点具备了，就是真货，服后有奇效。它可以消肿去痛，医治痉挛，长期服用，能让你步伐矫健。这二味药应当等量，也可以根据脏气的虚实，加减牛膝的用量，用酒或白开水服下都可以，惟独忌用茶叶水。不然，就不会有效。如果常年服用，那就每年收集极鲜嫩的榱皂荚芽，仿照草茶的制法，把它贮藏起来，代替茶水饮用。它的效果，我曾多次亲见。知道您病痛，因此详述。给元素的信已经写好，不久，就前去拜见。苏轼致彦方足下。

与人二首　以下俱北归

远枉书教，存问甚厚，兼审比来起居佳胜，慰感兼集。寄示石刻，仰佩至意。何时会合，少发所怀，临书但有慨叹。

【译文】承蒙远方来信，关怀备至，得知近来生活康宁，甚为欣慰。您寄来的石刻本，令我十分钦佩。不知什么时候能够相聚，略表心怀，念此慨叹不已。

二

某疲病加乏，使令辄用手启通问。恃公雅度阔略细谨耳，然亦皇恐不可言也。

【译文】我衰老多病，困乏不振，信件往来都用便条。我虽仗恃您气度阔大，不计小节，但心中仍惶恐不安，难以言说。

与富道人二首 杭倅

某白道人富君：辱书，且喜体中安适。比谓再相见，今既被命，遂当北行。乍远，诸事宽中保重。

【译文】苏轼致言道人富君：承蒙来信，得知贵体安适，很是欣喜。近日曾说要再见一面。现在我已受命，就要去北方。离君远去，诸事请您宽心待之，多加保重。

二 密州

承录示秘方及寄遗药，具感厚意，然此事本林下，无以遣日，聊用适意可也。若恃以为生，则为造物者所恶矣。仆方苟禄出仕，岂暇为此。谨却驰纳，且寄之左右，或异日归田却咨请。感愧之至，千万悉之，不一一。

【译文】承蒙您把秘方写给我看，并寄送药物，十分感谢您的厚意。但这本是隐逸之事，无以打发时光，姑且用它慰藉心境还可以。如果依靠它生活，就被世间厌恶了。我正受禄从政，怎么有闲暇做此类事情呢。受之无用，只好奉还，暂且寄存您处，也许他日归乡，再向您讨求。惭愧！惭愧！请海涵，不再多叙。

与胡道师四首 黄州

庞安常为医，不志于利，得法书古画，辄喜不自胜。九江胡道士，颇得其术，与余用药，无以酬之，为作行草数纸而已。且告之曰："此安常故事，不可废也。"参寥子病，求医于胡，自度无钱，且不善书画，求余甚急。余戏之曰："子粲、可、皎、彻之徒，何不与下转语作两首诗乎？"庞胡二君常与吾辈游，不日索我于枯鱼之肆矣。

【译文】庞安常行医治病，不求钱财，如能得到古代字画，就会喜不自胜。九江的胡道士，也学会了这种做法，给我用药，没有什么酬谢他的，就写几幅行草字。还告诉他说："这是安常以前的做法，不能忘了。"参寥子生了病，向胡道士求医，自己既没有钱，又不善于书画，就急着求我。我和他开玩笑说："僧璨、无可、皎然、灵彻他们，为何不让下人转话请他们作两首诗呢？"庞、胡二君常和我们一块儿游玩，恐怕很快要到卖干鱼的地方找我了。

二　以下俱离黄州

昨日起离，中途逆风吹往北岸，几葬鱼腹，知之。二诗录寄，到后，幸一两字附递至。他州贵知达。玉芝善守护，无为有力者所取。余惟保爱。

【译文】日前离开黄州，中途顶风，被吹到了北岸，几乎葬身鱼腹，告诉您知道这件事。现抄录两首诗寄给您，收到后，最好回一封短信。身在两地，你我应当互通音讯。您要好好照顾玉芝，别让强人给偷走了。请多多保重。

三

乍别，远枉专使手书，且审已还旧隐，起居胜常。明日解舟，愈远，万万以时自重。

【译文】刚一分别，您便遣专人从远方送信，得知您已回旧地归隐，生活很好。明日启船，和您离得越来越远，万万顺应天时，多加保重。

四

某启：再过庐阜，俯仰十有八年，陵谷草木，皆失故态，栖贤、开先之胜，殆亡其半。幻景虚妄，理固当尔。独山中道友契好如昔，道在世外，良非虚语。道师又不远数百里负笈相从，秉烛相对，恍如梦寐。秋声宿云，了然在吾目前矣。幸甚！幸甚！

【译文】苏轼致言：第二次经过庐山，转眼已经十八年了，山川草木，都不再是当年的样子，栖贤、开先的胜景，几乎一半都没有了。幻景虚伪荒唐，理应如此。只有山中的道友，情义契合，一如当初，所谓道在世外之语，确非空言。道师又不远万里背着书箱相随，入夜，秉烛而对，恍然如梦。秋风高叫，衰草连天，一草一木，形形色色，都历历在目。甚感欣慰。

与陆子厚一首 以下俱惠州

某启：别来岁月，及尔许也。涉世不已，再罹忧患，但知自哂尔。感君不遗，手书殷勤如此，且审道体安休，喜慰之极。惠州百凡不恶，杜门养疴，所获多矣。念君弃家求道二十余年，不见异人，当得异书。见许今春相访，果能践言，何喜如之？旧过庐山，见蜀道士马希言，似有所知。今为何在，当与之言否？黄君高人，与世相忘者，如某与舍弟，何足以致之。若得他一见，子由砻错其所未至，则某可以并受赐矣。因足下致恳，可得否？韩朴处士，多从傅同年游。近傅得广东漕幕，遂带得来此否？因见，亦道意。罗浮有邓道士名守安，专静有守。皆世外良友也。世外之道，金丹为上，仪邻次之，服食草木又次之，而胎息三住为本，殆无出此者。嵇中散云：“守之以一，养之以和，和理日济，同乎大顺，然后蒸以灵芝，润以醴泉，晞以朝阳，绥以五弦。”仆今除五弦不用外，其他举以中散为师矣。适饮桂酒一杯，醺然径醉，作书奉答，真不勒字数矣。桂酒，乃仙方也，酿桂而成，盎然玉色，非人间物也。足下端为此酒一来，有何不可，但恐足下拘戒箓不饮尔。道家少饮和神，非破戒也。余惟善爱。不宣。

【译文】分别已有些日子，近日，您终于答应相见。我依然留恋尘世，又一次遭受患难，只能自己无奈地苦笑。感谢您还没有忘记我，接二连三的给我写信，从中我也得知贵体康健，心中不胜欣喜。惠州的各种情况都不错，我闭门养病，也悟获不少东西。想您舍弃家业，专心求道，已有二十多年，即使没有能够见到异人，也应当得到异书。您答应我今年春天来访，真能赴约，还有什么事更让人高兴的呢？以前经过庐山，会见了蜀地的一位道士马希言，他好像也很有见解。他现在在什么地方，您可曾与他交谈过吗？黄君是位高人，超然脱俗，与世相忘，像我和弟弟这样的人，不敢向他致意。如果能够见他一面，子由可以向他请教不知之处，而我也可以一并受益。我想请您代为致意，可以吗？韩朴不曾为宫，常常跟随傅同年。近日傅同年得任广州漕幕，也把他带到这儿了吗？如见到他，也请代为致意。罗浮有位道士，姓邓名守安，专心贯注，静守其道。他们都是世外的良友。而出世之道，以炼丹为上，合药次之，再次是食用素饭，而养生之术，以胎息三住为根本，也没有超出这些。嵇中散曾说：“守之以一，养之以和，和理日济，同乎大顺，然后蒸以灵芝，润以醴泉，绥以朝阳，绥以五弦。”我现在除了不用五弦，其他都依照中散所说的去做。我刚喝了一杯桂酒，醺醺欲醉，写信作答，真限制不了字数了。桂酒，可称为奇妙的药方，它以肉桂酿制而成，清澈透亮，是尘世间的稀有之物。您单为此酒来我这儿一饮，又有什么不行的呢，只是我恐怕您拘守戒规，不肯饮用。道家之人，少饮此酒，能通气和神，也不算破戒。请多多珍重。别不多叙。

与邓安道四首

某启：郡中久留鹤驭，时蒙道话，多所开益，幸甚！幸甚！到山，窃想尊体佳胜。未即款会，但深渴仰。伏暑，万万自重。不宣。

【译文】苏轼致言：您在鄗郡停留了很长时间，我聆听了许多论道之言，受益匪浅，妙极！妙极！想您到寺之后贵体康健。不能与您相见，心中甚为思念。伏暑酷热，多多保重。不再多谈。

二

有人托寻一刘根道人者，本抚州秀才，今复安在？如知得去处，且速一报，切切！山中芥蓝种子，寄少许种之也。

【译文】有人托我找一个叫刘根的道人，他原来是抚州的秀才，今天在哪里呢？您如果能知道他的去处，请赶快告诉我，切记！寺中的芥蓝种子，请寄来一些留着到时种下。

三

某启：近奉言笑，甚慰怀企。别来道体何如？桥，想益督工，何日讫事？船桥尤不可缓，不知已呼得斫船人与商量未？惟早定却为妙。此事不当上烦物外高人，但君以济物为心，必不罪煎迫也。太守再三托致意，不敢不达也。未相会间，万万若时自重。不宣。

【译文】苏轼致言：近日得见尊容，心中甚感欣慰。分别之后贵体如何？建桥之事，想工程进展更为迅速，什么时候能够竣工？修船建桥之事特别不能迟延，不知道您是否已经找到造船的人商量了？还是及早决定为好。这种俗事不该烦劳世外高人，但您常好助人，肯定不会怪我如此急迫。因为太守再三托我转达此意，不敢不说给您。没有机会相聚，万万顺应天时，多加珍重。别不多谈。

四

某启：一别便数月，思渴不可言。迩来道体何如？痔疾至今未除，亦且放任，不复服药，但却荤血，薄滋味而已。宝积行，无以为寄，潮州酒一瓶，建茶少许，不罪浼渎。乍凉，万万保练。不知鹤驭何时可以复来郡城，慰此士民渴仰之意？达观久一喧静，何必拳拳山中也？八月内，且记为多采何首乌，雌雄相等为妙。

【译文】苏轼致言：一别之后，转眼数月，思念之深难以言尽。近来贵体怎样？我的痔病至今未能解除，也姑且放纵自己，不再用药，只是不食荤腥，吃些素淡饭食罢了。宝积要走，我没有什么可以寄赠的，一瓶潮州酒，一点建茶，不成敬意。天气初凉，请多保重。不知大驾何时再能光临郡城，以抚慰百姓的思仰之心？通达的解释，认为守静太久，应有一喧，何必一定要长时间呆在寺中呢？八月的时候，请记着给我多采些何首乌，雌雄各半最好。

与何德顺二首

某白道师何君足下：辱书，并抱朴子小神丹方，极感真意。此不难修制，当即服饵，然此终是外物，惟更加功静观也。何苓之更长进。后会无期，惟万万自重。不宣。

【译文】苏轼致道师何君足下：承蒙赐信，又寄抱朴子小神丹的制方，非常感激您的真意。小神丹不难修制，我应当随即服食丹药，只是这终究还是外物，还要用心入静。何苓之一定又有长进。不知何时才能相会，但愿多加保重。别不多谈。

二

邓先生闻入山后回，如见，为致意。独往真长策也。惟早决计。

【译文】听说邓先生入寺后回来了，如能相见，请代为致意。独来独往真是上策。请早决定。

与辩才禅师六首 以下俱翰林

久不奉书，愧仰增深。比日，切惟法履佳休。某忝冒过分，碌碌无补。日望东南一郡，庶几临老复闻法音。尚冀以时为众自爱。

【译文】很长时间没有给您写信，心中愈来愈觉惭愧。近日想生活安好。我徒有此位，难尽其职，又碌碌无为，无所补益。现在每天都盼望着能到东南一郡为官，也许可以在晚年再次聆听高论。还望您顺应天时，多多珍重。

二

某向与儿子竺僧名迨于观音前剃落，权寄缁褐。去岁明堂恩，已奏授承务郎，谨与买得度牒一道，以赎此子。今附赵君赍纳，取老师意，剃度一人，仍告于观音前，略祝愿过，悚息！悚息！

【译文】我以前曾给儿子竺僧即名为迨的在观音前剃度，权且为僧。去年朝廷赐恩，授予他承务郎的职位，我想买一道度牒，把他赎出佛门。现附寄去赵君的书信，按照法师的意思，仍然在观音像前，剃度一人，祝告思过，惭愧！惭愧！

三

某有少微愿，须至仰烦，切料慈照必不见罪。某与舍弟某舍绢一百疋。奉为先君霸州文安县主簿累赠中大夫、先妣武昌郡太君程氏，造地藏菩萨一尊，并座及侍者二人。菩萨身之大小，如中形人，所费尽以此绢而已。若钱少，即省镂刻之工可也。乞为指挥选匠便造，造成示及，专求便船迎取，欲京师寺中供养也。烦劳神用，愧悚不已。

【译文】我有一个小小的心愿，还需要麻烦法师，想您仁厚慈爱，不会怪罪。我和舍弟想布施一百疋绢，为先父霸州文安县主簿累赠中大夫、先母武昌郡太君程氏，造一尊地藏菩萨像，连同宝座和两名侍者。菩萨身形的大小，大致如中等身材的人，所需要的费用都用这一百疋绢。如果钱不够用，就减省一些雕刻装饰的用工。请您负责安排，选择工匠铸造，造成之后告诉我知道，我专门雇一条轻便小船前去取回，想把它在京城寺院中供奉。有劳您多费心思，内心惭愧之极。

四　杭州还朝

某启：法孙至，领手教累幅。伏承道体安康，以慰下情。前此所惠书信皆领，无状，每荷存记，感作亡已。真赞更烦刻石，甚愧不称！维摩赞近杜介刻，脱却数字，好笑！好笑！唯金山石本乃是也。信口妄语，便蒙印可，罪过！罪过！闻老师益健，更乞倍加爱重，且为东南道俗归依也。某衰病，不复有功名意，比去且勉岁月，才得个退缩方便，即归常州住也。更告法师为祷诸圣，令早得归为幸。此是真切之意，勿令人知将为虚伪。迫行，冗中不宣。

【译文】苏轼致言：法孙来此，送达长信。得知您身体安康，心中甚慰。以前来信尽已收悉，我无甚成就，却让您常常挂念，感愧不已。赞文又烦您刻写，实在不配，惭愧！近日杜介刻写维摩赞文，中间脱漏了几个字，可笑！可笑！只有金山石刻本才是善本。我信口所言，便得到您的许可，真是罪过！听说法师身体愈加健康，请您倍加保重，以让东南僧俗有所归依。我体衰多病，不再有意于功名，但这一去，还要暂且勤勉做事，将来才能够告退归隐，即回常州居住。另外请法师为我向诸神祷告，让我能早日归乡为好。这都是我的肺腑之言，不要让外人知晓，不然我的希望将成泡影。行程急迫，繁杂之中不再多言。

五　以下俱颍州

某启：别来思仰日深，比来道体何如？某幸于闹中抽头，得此闲郡，虽未能超然远引，亦退老之渐也。思企吴越诸道友及江山之胜不去心。或更送老请会稽一次，老师必能为此一郡道俗少留山中，勿便归安养，不肖更得少接清游，何幸如之？惟千万保重。不宣。

【译文】苏轼致言：分别之后，心中的思念之情日日加深，近来贵体怎样？我侥幸地从喧嚣之中脱身，得以来到这个闲郡为官，虽然没有能够超然隐身，也能慢慢地就此归老了。对吴越各位道友和江山美好景色的思念，时时在我心头萦绕。或者我另外请求一次到会稽去安度晚年，法师也肯定会为了这一郡僧俗稍作停留，不就此归去安养，我也能一同游历，还有什么比这更好的呢？请千万保重。不再多言。

六

近日百事懒废，寝食之外，颓然而已。写此数纸书，一似小儿逃学。来人催迫，日推一日，相知惠书，皆不能答。如相怪，且为道此意，老病不足责也。

【译文】我近日慵懒之极，什么事都不做了，除了吃饭、睡觉，神情颓唐沮丧。写这几张信，也仿佛小孩子逃学一样。有人来催促，我就一天推一天，知心的朋友来信，也都没有作答。如果他们怪罪，请您向他们说明这个意思，我衰老多病之躯，也没有什么可责怪的了。

卷七十四　尺牍

与参寥子二十一首 徐州

某启：别来思企不可言，每至逍遥堂，未尝不怅然也。为书勤勤不忘如此。仍审比来法体康佳，感服兼至。三诗皆清妙，读之不释手，且和一篇为答。所要真赞，尚未作，来人又不敢久留，甚愧！甚愧！知且伴太虚为汤泉之游，甚善！甚善！某开春乞江浙一郡，候见去处，当以书奉约也。要墨，纳两笏，皆佳品也。余惟为法自重。适有数客，远来相看，陪接少暇，奉启不尽意。

【译文】苏轼致言：分别之后，对您的思念之深难以言表，每次来到逍遥堂，没有不怅然长叹的。您又给我频频来信，念念不忘到如此程度。得知您身体健康安好，心中甚感欣慰。您的三首诗，清高美好，每每品读，不忍释手，姑且答和一首。您要我作的真赞，我还没有写，又不敢让来人长时间停留，惭愧！惭愧！知道您正和太虚结伴游览于汤泉，真是好极了！我想等到开春请求到江浙一个州郡，知道了去处，到时一定给您去信相约。您需要墨条，这里奉上两支，都是上品。另外请多多保重。正巧有几位客人，从远方来看望我，我陪坐招待，没有空闲，虽写此信，但不能尽意。

二 以下俱黄州

某启：去岁仓卒离湖，亦以不一别太虚、参寥为恨。留语与僧官，不识能道否？到黄已半年，朋游稀少，思念二公不去心。懒且无便，故不奉书。远承差人致问，殷勤累幅，所以开谕奖勉者至矣。仆罪大责轻，谪居以来，杜门念咎而已。平生亲识，亦断往还，理故宜尔。而释、老数公，乃复千里致问，情义之厚，有加于平日。以此知道德高风，果在世外也。见寄数诗及近编诗集，详味，洒然如接清颜听软语也。此已焚笔砚，断作诗，故无缘属和，然时复一开以慰孤疾，幸甚！幸甚！笔力愈老健清热，过于向之所见，此于至道，殊不相妨，何为废之耶？当更磨揉以追配彭泽。未间，自爱。不宣。

【译文】苏轼致言：我去年匆匆离开了湖州，没有能和太虚、参寥一一作别，很是遗憾。我曾经留下话来，不知僧官是否转达到了？我到黄州已经半年，和朋友往来稀少，心中常常想念你们二位。我懒惰成性，又没有方便的时候，因此没有给你们去信。承蒙您多次从远方派人致问，接二连三地送来长信，这对我真是莫大的启发鼓励。我罪责深重，受到的惩罚轻微，受谪以来，只是闭门不出，认真思过罢了。一生中的亲友，也和我断绝了往来，其实也理当如此。而释、老几位贤君，竟然不远千里致问，对我的情义之深厚，比往日更甚。由此可知道德为人上高尚的风范，真的是在俗世之外。您所寄来的几首诗和最近编写的诗集，仔细品味，潇洒大方，如同得以见到尊容，亲闻笑语。我已经不近笔砚，停止作诗，因此也不能答和，然而您又一次的启发开导，却使我这孤寂多病之人心中极感欣慰，真是不胜欢喜！您的文章，也更加峻健、清新，文笔娴熟，超过我以往所见过的，这和求得至道一点儿也不相妨，为什么要荒废它呢？您应该再认真推敲、琢磨，追配陶渊明。不能相见，请多珍重。不一一细说。

三

知非久往四明，琏老且为致区区。欲写一书，为来人告还，写书多，故懒倦，容后便也。仆有舍罗汉一堂在育王山，禅月笔也，可一观。

【译文】得知您不久要去四明，请代我向琏老问好。我本来想给他写信，因来人请求回去，我回信又太多，因此手懒没写，请等我以后方便的时候再写。我有一堂布施的罗汉像在育王山，是禅月的大作，很值得一看。

四

聪师相别五六年，不谓便尔长进。诗语笔踪皆可畏，遂为名僧法足，非特巧慧而已。又闻今年剃度，可喜。太虚只在高邮，近舍弟过彼相见，亦有书来，《题名》绝奇。辩才要书其后，复寄一纸去，然不须入石也。黄州绝无所产，又窘乏，殊甚好，便不能寄信物去，只有布一疋作卧单。怀悚！怀悚！

【译文】与聪师分别五六年，没想到进步如此之快。诗文、书法都令人不敢小觑，遂成为名僧高足，也不仅靠灵巧聪慧。又听说今年剃度，令人欣喜。太虚仍在高邮，近日舍弟经过那儿，和他见了一面，也有信寄来。《题名》一文，超绝不凡。之后辩才索要书法，又寄去一幅，但不需刻石。黄州什么特产也没有，我又穷困潦倒，便不能如以前所好，寄去点东西，只有一疋布，可作床单。惭愧！惭愧！

五

览太虚《题名》，皆予昔日游行处，闭目想之，了然可数。始予与辩才别五年，乃自徐州迁于湖，至高邮，见太虚、参寥，遂载与俱。辩才闻予至，欲扁舟相过，以结夏未果。太虚、参寥又相与适越，云秋尽当还，而予仓卒去郡，遂不复见。明年，予谪居黄州，辩才、参寥遣人致问，且以《题名》相示。时去中秋不十日，秋潦方涨，水面千里，月出房、心间，风露浩然。所居去江无十步，独与儿子迈棹小舟至赤壁，西望武昌，山谷乔木苍然，云涛际天，因录以寄参寥，使以示辩才。有便至高邮，亦可录以寄太虚也。

【译文】看太虚所作《题名》，都是我以前游历所经过的地方，闭目回想，一草一木都历历可数。当时我和辩才分别已经五年，才从徐州迁到湖州，到了高邮，见到太虚、参寥，于是司船而行。辩才听说我来了，本想驾扁舟来见，因为结夏期间不能出寺，没有成行。太虚、参寥又一块儿去了越地，说过完秋天就会回来，我也匆匆离郡，再也没有相见。第二年，我谪居黄州，辩才、参寥都派人致问，并且把《题名》拿给我看。当时离中秋不到十天，秋汛正涨，水面浩大，辽阔无际，月亮升出于房、心之间，西风高叫，漫地白露。我的居所离江不到十步，自己和儿子苏迈驾一小舟来到赤壁，向西遥望武昌，只见山石苍茫，草木萧瑟，云涛连天，于是便写下此景，寄给参寥，让你给辩才看。如有方便到高邮，也可抄录下来，寄给太虚。

六　以下俱颍州

两得手书，具审法体佳胜。辩才遂化去，虽来去本无，而情钟我辈，不免凄怆也。今有奠文一首，并银二两，托为致茶果一奠之。颖师得书，且喜进道。纸尾，待得闲写去。余惟万万自重。

【译文】两次收到您的来信，得知贵体康健。辩才就这样归天去了，虽然人的生死本来都是虚无的，可我们这些重感情的人，心中仍不免感到哀痛。现在我有一篇祭文，白银二两，请您代我买些茶食果品去祭奠他。我收到了颖师的信，在道业上很有进步，令人欣喜。这张纸就要写完了，等我有空再写给你吧。另外请多加珍重。

七

某在颍，一味适其自得也。承惠家园新茗，珍感之至。紫衣脚色已付钱，今冬必得。已托王晋卿收附递至智果也。四公子亭他辈非吝，但近日人言尤可畏，薄恶之甚，故未可也。必深悉此。颖上人道业必进，托为传语。聪公病懒不写书，不讶！不讶！迈已赴河间，来书续附去次。少游近致一场闹，皆群小忌其超拔也，今且无事。闲知之。

【译文】我在颍州，一直安于怡然自得的生活。承您送来家乡新茶，心中感激不已。紫衣法号我已经付了钱，今年冬天一定能得到。我已经托王晋卿收到后送给智果。四公子亭他并不是吝啬之人，不过近日人言特别令人生畏，刻薄恶毒之极，因此还不行。您一定要明白这一点。颍上人的道业必有进步，请代我问好。病中懒惰，不再给聪公写信了，不要见怪。迈已经去河间赴任，刚一去就来了信。少游近日招致了一场麻烦，都是因为群小忌妒他才华出众，现在已经没有什么事了。闲来无事，告诉您知道。

八　赴定州

某启：吴子野至，出颖沙弥行草书，萧然有尘外意，决知不日颖脱而出，不可复没矣。可喜！可喜！近递中附吕丞相所奏妙总师号牒去，必已披受讫。即日起居何如？某来日出城赴定州，南北当又暌隔。然请会稽之意，终未已也。更当俟年岁间耳。未会见间，千万善爱。

【译文】苏轼致言：吴子野来到这儿，拿出颖沙弥的行草字给我看，其书很有超逸脱俗的意境，我知道他很快就会脱颖而出，不会再被埋没。可喜！可喜！近日去信，附寄去了吕丞相所奏得的妙总师号的度牒，想必您已经收到。近日生活怎样？我很快就要离开此城，去定州赴任，您我又要各南北一方，不得相见。但是我要求到会稽就职的意思，一直没有放下。再等一年半载吧。没有机会相见，千万保重。

九

又启：吴子野至，辱书，今又遣人示问，并增感佩。畏暑，伏惟法履清胜。惊闻上足素座主奄化，为之出涕。窃惟教育成就，义均天属，割慈忍爱，如何可言？奈何！奈何！追念此道人茹苦含辛，崎岖奉事，岂有他哉，求道故也。虽寡文，而守节疾邪，得师之一二，欲更求此，岂易得耶？又干蛊乏人，目前纷纷，便及老师，两日念此，为废饮食，奈何！奈何！达观之人，固有以处此，更望为道宽中自爱。不宣。

【译文】苏轼又言：吴子野来到时，带来了您的信，现在您又遣人相问，心中十分感激。天气酷热，令人生畏，想您生活安适。得知高徒素座主突然离世，惊闻噩耗，不禁为之痛哭流涕。您对他教育成就，情同父子，割舍爱徒之痛，如何能够言表？唉，我们又有什么办法呢！回想这位道人含辛茹苦，任劳任怨，艰难做事，只是一心求道，并没有其他杂念。他虽然文采不足，但是坚守节操，疾恶为善，也深得老法师的教化，如果再想求得这样的人，怎么容易得到呢？眼下又缺乏干练之人，目前的繁杂事务，便都要由老师去做，这两天我想到这些，难以进食，唉，为之奈何！您是达观之人，想必肯定能料理好这些。另外望您诸事宽心，多加保重。不再多谈。

十　定州

某启：纷纷，久不奉书，窃惟起居佳胜。吕丞相为公奏得妙总师号，见托，寄上。此公着意人物，至于山水世外之士，亦欲成就，使之显闻。近奏王子直处士之类。公虽无用，不可不领其意。初不相识而能相荐，此又古人之事也。秦少游作史官，亦稍见公议，亦吕公荐也。未由会合，千万自重。

【译文】苏轼致言：因事务繁忙，很久没有给您写信，想必生活安好。吕丞相已经为您奏得妙总师号，受他托附，现在寄给您。这位仁公很在意有德才名望之人，至于隐居山水之间的出世之士，他也想成就，使其显露声名。近日他又上奏，举荐还未入仕的王子直等。您虽然不需要这些，也不能不受他的心意。本来素不相识，而他能举荐您，这是很难得的事。秦少游作史官，议论公正，他也是吕公举荐的。没有机会相聚，千万保重。

十一　以下俱南迁

弥陀像甚圆满，非妙总留意，安能及此？存没感荷也。公欲留施，如何不便留下？今既赍至此，长大，难得人肯附去，辄已带行。欲作一赞题记，舍庐山一大刹尔。

【译文】弥陀像造得非常精美，不是妙总法师用心，怎么会这样呢？此恩我至死不忘。您想留下，为什么不顺便就留下呢？现在已经送到我这儿，它体长身大，很难找到人肯给您捎回去，也就不再送回。我想作一篇赞文，作为题记，布施给庐山的一座大寺。

十二

颖上人知学道长进，甚善！甚善！钟和尚奄忽，哀苦不易，不别书奉慰，惟节哀勉力，宽老和尚心。宜兴儿子处支米十百，请用钟和尚念佛追福也。

【译文】得知颖上人学道很有进步，很好！很好！钟和尚忽然去世，心中感到非常悲痛，不再给您写信安慰了，您应当保重自己，好好生活，以宽慰老和尚的心。我从宜兴的儿子那里支取了十斗米送去，请用来为钟和尚祭奠，追荐冥福。

十三

某垂老再被严谴，皆愚自取，无足言者。事皆已往，譬之坠甑，无可追。计从来奉养陋薄，廪入虽微，亦可供粗粝。及子由分俸七千，迈将家大半就食宜兴，既不失所外，何复挂心？实翛然此行也。已达江上，耳目清快，幸不深念。知识中有忧我者，以是语之，纱裹肚、鞋各一，致区区而已。英州南北物皆有，某一饱之外，亦无所须。承问所干，感惧而已。

【译文】我到老年又被严惩，都是我咎由自取，没什么值得说的。事情已经过去，如甑坠地，不可追回。想从来都是生活清贫，官禄不多，也够吃些粗粮。现在子由又分我七千俸禄，迈带着大半家人到宜兴生活，既然生活无忧，还有什么牵挂的呢？此行实在是超然自得。我已行至江上，身心清爽，不烦挂念。我知道友人中有为我担忧的，请以此言相告，纱腰带、鞋各一，聊表寸心。英州这里，南北物产都有，我除了饱览之外，也没有什么需要的。承您问我所需，心中感激不已。

十四

某启：辱书，感慰之极。目病已平复。某虽衰老远徙，亦且凡百如昨，不烦深念。但借誉过当，非所安全不肖者，勿遣异人闻此语也。呵呵。

【译文】苏轼致言：承蒙来信，心中感激不已。我的眼病已经痊愈。我虽朽老衰弱，遭贬远方，但各种情况还和往常一样良好，不用您再如此挂念。不过您对我的赞誉太过其实，使我心中感到很是不安，不要再给人讲这样的话了。哈哈。

十五

参寥失钟师，如失左右手，不至大段烦恼否？且多方解之，仍众与善处院门事也。后会何日，千万自爱。写书多，不谨。

【译文】参寥失去了钟师，如同失去了自己的双手一样，不知道这很长时间里是否感到很烦恼？您要姑且从各个方面考虑，抛弃烦恼，仍然和大家一起料理好寺院中的事情。不知何日能够相会，千万珍重。写信大多，草草而成。

十六　以下俱惠州

海月真赞，许他二十余年矣，因循不作。因来谕，辄为之。不及作慧净书，幸付与此本也。《表忠观记》及辩才塔铭，后来不见入石，必是仆与舍弟得罪，人未敢便刻也。此真赞更请参寥相度，如未可，且与藏公处也。

【译文】海月的真赞，我答应他二十多年了，一向疏懒，没有能作。因为他又来信相告，就写了这篇赞文。不能给慧净写信了，你最好把这个本子给他。《表忠观记》和辩才的塔铭，后来都没有见到刻石，想必是我和小弟犯下了罪，人们也不敢刻写了。这篇真赞另请参寥考虑一下，如果不好，暂且收藏在你那儿吧。

十七

某启：专人远来，辱手书，并示近诗，如获一笑之乐，数日慰喜忘味也。某到贬所半年，凡百粗遣。更不能细说，大略只似灵隐天竺和尚退院后，却住一个小村院子，折足铛中，粗糙米饭便吃，便过一生也得。其余，瘴疠病人。北方何尝不病，是病皆死得人，何必瘴气。但苦无医药。京师国医手里死汉尤多。参寥闻此一笑，当不复忧我也。故人相知者，即以此语之，余人不足与道也。未会合间，千万为道自爱。

【译文】苏轼致言：承蒙您派专人从远方送来了信，并寄给我看近日所写的诗，如同能够听到您的谈笑，数日以来，欢喜忘情。我到贬谪的地方已经半年，一切事情都草草应付，不再另外详细说明，大概就像灵隐寺的天竺和尚退出寺院后，苟且住在一个小村院子里，在断了腿的铛中，弄些糙米饭就吃，这样度过一生也是可以的。另外，瘴气常常导致人体生病。北方何尝不流行疾病呢，每一种病都能致人死命，不一定非是瘴气。不过，苦恼于这儿没有治病的草药。京城名医手下死的人特别多。您听到这些，会付之一笑，应当不再为我担忧。您是我的老友，很能知心，因此才把这些话告诉您，其他人都不值得向他们说了。不能与你相见，千万多加保重。

十八

颖沙弥书迹峻耸可畏，他日真妙总门下龙象也，老夫不复止以诗句字画期之矣。老师年纪不小，尚留情句画间为儿戏事耶？然此回示诗，超然真游戏三昧也。居闲，不免时时弄笔。见索书字要楷法，辄往数篇，终不甚楷也。只一读了，付颖师收，勿示余人也。

雪浪斋诗尤奇伟，感激！感激！转海相访，一段奇事。但闻海舶遇风，如在高山上坠深谷中。非愚无知与至人，皆不可处。胥靡遗生，恐吾辈不可学。若是至人无一事，冒此险做甚么？千万勿萌此意。颖师喜于得预乘桴之游耳。所谓无所取材者，其言不可听，切切！相知之深，不可不尽道其实尔。自揣余生，必须相见，公但记此言，非妄语也。轼再拜。

【译文】颖沙弥的书法，险峻峭拔，森严雄伟，以后一定会成为妙总法师门下的高僧，我也就不只在诗词字画上期望他了。老法师年事已高，还有心思作些诗句，写一些游乐之事吗？但是您这次给我看的诗，真的是超然忘世，已入佛家境界了。闲居的时候，我也免不了不时地把弄笔墨。您要我写些正楷字，我就草草写了这几幅，终究是法度不严。看过之后，就交给颖师收起来，不要再给他人看。

雪浪斋的诗特别高妙不凡，甚为感动！您想要渡海相访，这真可称得上是世间的一桩奇事。不过我听说海中行船，如果遇到大风，就像从高山上坠落到深谷之中。不是愚鲁无知的人和超凡脱俗的高人，都不能对付。于艰险苦难中苟得性命，恐怕我们不可效仿。如果高人没有重要的事，冒这个危险干什么呢？千万不要有这个想法。颖师会因为能够准备渡海的旅游而欣喜了。所说的没有地方可以取到材料的话，都不能相信，千万记下！我与您非常知心，不能不详细说清楚其中的实情。我自己想着有生之年，一定要和您相见，您记住这些话，这不是我的空言。苏轼再拜。

十九

净慧琳老及诸僧知，因见致恳。知为默祷于佛，令亟还中州，甚荷至意。自揣省事以来，亦粗为知道者。但道心屡起，数为世务所移夺，恐是诸佛知其难化，故以万里之行相调伏尔。少游不忧其不了此境，但得他老儿不动怀，则余不足云也。俞承务知为少游展力，此人不凡，可喜！可喜！今有一书与之，告专一人与转达。仍已有书，令儿子辈准备信物，令送去俞处，托求稳当舶主，附与黄州何道士也。见说自有斤重脚钱，数目体例甚熟。

【译文】净慧琳老以及各位僧友他们，见到时请代为致意。得知他们为我在佛祖面前默默祈祷，让我快点回到中原，我非常感谢他们的至爱之意。我自己想着明白事理以来，也算是稍微懂得一点道的人。可道心每次兴起，大多都因为尘事俗务而转移，恐怕这是诸位神佛知道我难以点化，因此就用这万里行途来调治收伏我。少游不知道佛家境界，也不因此担心，只是他这老家伙不动此心，那也就没什么可说的了。听说俞承务帮少游做事，他可不是个平凡之人，可喜！可喜！现在有一封信，请您派专人送到那儿。另外有一封信，让儿女们准备好信物，送到俞承务那儿，托他寻找一个可靠的船家，捎给黄州的何道士。听说这自然要一斤重的搬运工钱，这些天我对这个例规已经很熟了。

二十　北归

某病甚，几不相见，两日乃微有生意。书中旨意一一领，但不能多书历答也。见知识中病甚垂死因致仕而得活者，俗情不免效之，果若有应，其他不恤也。遗表千万勿刻，无补有害也。

【译文】我病重得厉害，几乎不能和你相见，这两天精神才略有好转。来信中的意思，我都一一心领，只是不能多写一一相答。从您那儿听说有病情严重快要死去因为为官而得以活下去的人，我也免不了俗情，姑且效仿一下。如果真的应验，其他的也就不考虑了。遗表一文，千万不要刻写，这样不但无所弥补，还会招致祸害。

与佛印十二首　以下俱黄州

归宗化主来，辱书，方欲裁谢，栖贤迁师处又领手字。眷与益勤，感怍无量。数日大热，缅想山间方适清和，法体安稳。云居事迹已领，冠世绝境，大士所庐，已难下笔，而龙君笔势，已自超然，老拙何以加之？幸少宽假，使得款曲抒思也。昔人一涉世事，便为山灵勒回俗驾，今仆蒙犯尘垢，垂三十年，困而后知返，岂敢便点涴名山！

而山中高人皆未相识，而迎许之，何以得此，岂非宿缘也哉？向热，顺时自爱。

【译文】归宗寺化缘的僧人来到这里，送来了您的信，正准备回信，又接到了栖贤寺智迁师的信。您对我的关怀更加殷勤，令我无限感激。近些日子非常炎热，我想寺中一定安适清和，贵体康健。您所说的云居之事，我已经尽知，真是当世第一等绝妙美境，贤人所居住的地方，我已经难以下笔描写，而高僧的文笔，已经超然脱俗，我还能拿出什么更好的呢？幸好有一点宽裕的时间，使我能够尽情抒写自己心中所思。古人一经历世事，便为神佛而收身隐居，现在我在尘世之中辗转流落，将近三十年了，困乏倦怠之后才知道归返，我怎么敢玷污名寺呢！而寺中各位高人和我互不相识，却能够收容我，我凭什么能够这样呢，难道这不是前世的缘份吗？天气转热，请顺应天时，多加保重。

二

收得美石数百枚，戏作《怪石供》一篇，以发一笑。开却此例，山中斋粥今后何忧，想复大笑也。更有野人于墓中得铜盆一枚，买得以盛怪石，并送上以结缘也。

【译文】我收得了几百枚精美的石块，戏作《怪石供》一篇，我想您会付之一笑。开下了这个先例，以后寺中的斋饭不用担忧，您会再次大笑。另外有一个山野村夫在墓中得到一只铜盆，我就买过来，用它盛装怪石，并且送给您，作为你我结交的机缘。

三　以下俱离黄州

辱书，伏承道体安佳，甚慰驰仰。见约游山，固所愿也。方迫往筠州，未即走见。还日如约，匆匆布谢。

【译文】承蒙来信，得知贵体安健，心中甚为欣慰。您约我一同游览寺院，本来是我所盼望的。但我正急于要去筠州，不能马上去和您相见。回来后我一定履约，特此匆匆致谢。

四

专人来，辱书累幅，劳问备至，感怍不已。腊雪应时，山中苦寒，法体清康。一水之隔，无缘躬诣道场，少闻謦款，但深驰仰。

【译文】承蒙您派遣专人，送达长信，对我关怀备至，心中感激不已。腊月飘雪，正合天时，寺中寒冷，想贵体清健。你我相隔一水，没有机会亲自到寺中拜问，听不到您诚恳的话语，心中深深的思仰。

五

梦想高风，忽复披奉，欣慰可知。但累日烦扰为愧耳。重承人船相送，益用感怍。别来法体何如？后会不远，万万保练。

【译文】我在梦中都想着您的高尚风范，忽然能够一睹尊容，心中的欣慰之情，可想而知。不过我多日打扰，心中非常惭愧。又承您派人驾船相送，更觉有愧。分别之后贵体怎样？后会之期不会很远，请多加保重。

六

专人来，复书教并偈。捧读慰喜。且审比日法体安稳，幸甚！幸甚！今闻秀老赴召，为众望，公来长芦，如何？如何？某方议买刘氏田，成否未可知。须更留数日，携家入山，决矣。殇子之戚，亦不复经营，惟感觉老忧爱之深也。太虚已去，知之。

【译文】专人到达，送来了您的书信和偈语。我捧读品味，心中欣喜。得知近日贵体安康，很好！很好！现在我听说秀老受朝廷召见，已经离开，您身负众望，来长芦这里怎么样呢？我正商量着买刘家的田地，还不知道能否成功。我还要再留几天，就带着家眷去寺中，就这样决定了。失去儿子的悲痛，也不再过于牵惹了，只是十分感激觉老的关心爱护。太虚已经离开了，告诉您知道。

七 以下俱翰林

经年不闻法音，径术荒涩，无与锄治。忽领手教累幅，稍觉洒然。仍审比来起居佳胜。行役二年，水陆万里，近方弛担。老病不复往日，而都下人事，十倍于外。吁，可畏也。复欲如去年相对溪上，闻八万四千偈，岂可得哉！南望山门，临书凄断。苦寒，为众珍重。

【译文】我一年没有听到您的言谈，道业荒废，无人指教。忽然接到您的长信，才觉得稍微有些开朗。知道您近来生活安好。我漂泊两年，跋山涉水，行程万里，最近才得以解脱。现在我衰老多病，已经不比以前，而京城里的各种事情，要比外地多出十倍。唉，真是令人生畏。再想和去年一样，于溪上相对而坐，听您讲八万四千偈，怎么能够呢！向南遥望寺院，临书凄怆，泪水遮住了视线。天气寒冷，多多珍重。

八

阻阔，忽复岁暮。忽枉教翰，具审法履佳胜。久不至京，只衰疾倦于游从。无有会晤之日，惟冀良食自爱。烦置台挂，甚愧厚意。赐茶五角，聊以将意。余冀倍万保练。

【译文】阔别之后，转眼又到年底。忽然接到您的来信，得知生活安好。我很久没有到京城了，只是随从奔波，困乏疲倦之极。不知道什么时候才能相会，请您注意饮食，多加保重。烦您牵挂，受此厚意，心中非常惭愧。送给您五角茶，聊表寸心。望倍加保重。

九

人至，承诲示。知俶装取道，会见不远，岂胜欣慰。向冷，跋涉自爱。

【译文】信使到来，承蒙赐信。知道您已整装启程，很快就能与您相会，心中不胜欣慰。天气转冷，行途之中，多加保重。

十

治行草草，不复上问，忽奉手笔，旷若发蒙。且审比日戒体轻安，又承退席云卧，尤仰高风也。未缘展晤，引跂尤剧。

【译文】我行程匆匆，没有能够给您写信，忽然接到来信，如当头棒喝，启发我的蒙昧之心。得知近日贵体安康，又退下寺位，安然独居，我心中更加敬仰您高卓的风范。没有机会和您相会，心中更加思念。

十一

久不奉书，忽辱惠教，且审徂暑戒体轻安。承有金山之召，应便领徒东来，丛林法席，得公临之，与长芦对峙，名压淮右，岂不盛哉！渴闻至论，当复咨叩。惟早趣装，途中善爱。

【译文】很久没有给您写信了，忽然接到您的来信，得知盛暑之中贵体安好。知道您受金山寺的召请，应该带着高徒，往东而来。丛林之中铺设法席，能够有法师在这里，与长芦遥相对峙，名气直压淮右，难道不也是盛美之事吗！我非常渴望能够听到您绝妙深刻的宏论，应当再次相请。您要早早准备行装，途中多多保重。

十二

尘劳衮衮，忽得来书，读之如蓬蒿藜藿之径而闻謦咳之音，可胜慰悦。且审即日法履轻安，又重以慰也。某蒙恩擢置词林，进陪经幄，是为儒者之极荣，实出禅师之善祷也。余热，千万自重。

【译文】冗忙之中，忽接来信，捧读品味，如在杂草丛生的小径中听到您的言笑，欢慰之情，可想而知。得知近日贵体安好，对我又是莫大的安慰。我宠受皇恩，得以置身翰林，进出朝廷，这乃是儒士极大的荣耀，实在也是得福于禅师善意的祝祷。天气尚有余热，请千万保重。

与南华辩老十三首 以下俱惠州

某启：窜逐流离，愧见方外人之旧。达观一视，延馆加厚，洗心归依，得见祖师，幸甚！幸甚！人来，辱书，具审法体佳胜，感慰兼集。某到惠已百日，杜门养疴，凡百粗遣，不烦留念。蒙致子由往来书信，异乡隔绝，得闻近耗，皆法慈垂恤，知幸！知幸！未由面谢，惟冀千万为众保练。不宣。

【译文】苏轼致言：我流浪落泊，愧见故人。却受您另眼相看，礼遇优厚，使我能摒除杂念，归依佛门，并得见祖师尊容，真是幸运之极！信使来到，承蒙赐信，得知贵体安好，心中深感欣慰。我到惠州已百余日，整天闭门养病，诸事勉强能够应付，请不要再为我挂念。承蒙您送来子由的信，我在异乡与家乡隔绝音讯，而能够得到最近的消息，都是法师慈悲顾念，真是幸运！没有机会当面致谢，请千万保重。不再多言。

二

筠州书信已领足，兼蒙惠面粉瓜姜汤茶等，物意兼重，感怍不已。柳碑、庵铭，并佳贶也，《卓锡泉铭》已写得，并碑样并附去。钟铭，子由莫终当作，待更以书问之。紫菜石发少许，聊为芹献。陋邦乃无一物，愧怍。却有书一角，信笔三枚，竹筒一枚，封全，并寄。子由不免再烦差人送达，惭悚之至。

【译文】筠州的来信已经收悉，又蒙您惠赐给我面粉、瓜、姜、汤茶等物，物品丰厚，情意深重，令我心中感激不已。柳碑、庵铭，也都是很好的赠品。《卓锡泉铭》我已经写好，附上碑样一并寄去。钟铭一文，子由终究会作。等我再另外写信问他一下。一点紫菜、石发，谨表敬意。我这寒陋之地，没有什么好东西，惭愧。另外有书一角，信笔三枚，竹筒一枚，装封齐全，也给您一并寄去，您不要再麻烦差人给子由送信了。真是惭愧之极。

三

某启：正月，人还，曾上问，必达。比日法履何如？某到贬所已半年，凡百随缘，不失所也，毋虑！毋虑！何时会合，怅仰不已。乍暄，万万为众自重。不宣。

【译文】苏轼致言：正月里，信使回来，曾给您去信致问，必已收到。近日生活怎样？我到贬地已经半年，诸事任由天命，粗粗可以应付，请不要挂念！不知何时能与您相会，心中怅仰不已。天气转暖，千万保重。不再多言。

四

程宪近过此，往来皆款见。程六、程七皆得书，甚安。子由亦时得书，无恙。又迁居行衙，极安稳。有楼临大江，极轩豁也。知之。

【译文】程宪近日路过此地，来往这里的朋友都和他相见了。程六、程七都来了信，他们都很好。子由也时常来信，很平安。我又迁到官署里去住，非常平安。这儿有一座楼，正临近大江，十分开朗。告诉您知道。

五

某顿首：净人来，辱书，具审法体胜常，深慰驰仰。至此二年，再涉寒暑，粗免甚病。但行馆僧舍，皆非久居之地，已置圃筑室，为苟完之计，方斫木陶瓦，其成当在冬中也。九月中，儿子般契南来，当一礼祖师，遂获瞻仰为幸也。伏暑中，万万为众自重。不宣。

【译文】苏轼敬上：信使来到，承蒙赐信，得知您身体安好，胜过平常，我心中感到莫大安慰。我到这儿两年，两次度过寒暑，也算没有得什么大病。不过官署僧院，都不是可以长久居住的地方，我已经购买宅地，准备盖房，为了尽快完工，正在伐木制瓦，今年冬天应该能够完成。到九月的时候，儿子一家要来这里，应当去向祖师见礼，也好让他们见见您。天气炎热，万万保重。不再多谈。

六

远承差人寄示诸物等，一一荷厚意也。儿子被仁化，今想与南华相近也。谪居穷陋，无可为报，益不遑矣。

【译文】承蒙您派专人从远方寄来这些东西，我都一一领受厚意。小儿受任仁化县令，现在和您离得近了。我谪居于穷乡僻壤之中，没有什么可以答谢的，心中更加不安。

七

某启：人至，辱书，具审法履清胜，至慰！至慰！忽复岁尽，会合无期。自非道力深重，不能无异乡之感也。新春，惟冀若时自重。

【译文】苏轼致言：信使来到，承蒙赐信，得知生活安好，心中甚慰！转眼之间，一年将尽，仍不能和您相会。道力不够深厚，就不能摆脱身在异乡的孤寂冷落心情。新年将至，请顺应天时，多加保重。

八

某近苦痔疾，极无聊，看书笔砚之类，殆皆废也。所要写王维、刘禹锡碑，未有意思下笔。又观此二碑格力浅陋，非子厚之比也。张惠蒙到惠，几不救，近却又安矣，不烦留念。寄拄杖，甚荷雅意。此木体用本自足，何用更点缀也。呵呵。适会人客，书不尽所怀，续奉状也。正辅提刑书，告便差人达之，内有子由书也。

【译文】我近日痔病发作，非常痛苦，百无聊赖，欣赏书法、作书写字的事情，都完全停下了。您要我书写的王维、刘禹锡的碑文，也一直没有心情下笔。我又看这两篇碑文，文采不足，浅白无味，不能和柳子厚碑文相比。张惠蒙来到了惠州，病得几乎无法救治，近日倒又平安了，不再劳您挂念。您又给我寄来了拄杖，非常感激您的美意。这根拐杖，单用茎干就不错了，怎么又另外加了装饰呢？哈哈。正会见客人时写了此信，不能尽表心怀，以后再给您写信。给正辅提刑的信，请方便的时候派人送去，里面有子由的信。

九

某启：久不闻问，忽辱专使手书，具审比来法体佳胜。生日之饷，礼意兼重。庶缘道力，少安晚境乎？铭佩之意，非笔舌可究。披晤未期，惟万万为法自爱。不宣。

【译文】苏轼致言：很久没有接到来信，忽蒙专人赐信，得知近日贵体安好。所赠生日礼物丰厚，情意深重。您是想以自身道力，使我晚年安乐吗？感佩之情，倾墨难书，口舌难尽。不能与您相见，请万万珍重。不再多谈。

十

某再启：所要写柳碑，大是。山中阙典，不可不立石。已辍忙，挥汗写出。仍作一小记，成此一事。小生结缘于祖师不浅矣，荒州无一物可寄，只有桄榔杖一枚，木韧而坚，似可采，勿笑！勿笑！舍弟及聪师等书信领足。此自有去人，已发书矣。张惠蒙去岁为看船，不得礼拜祖师及衣钵，甚不足。今因来人，令相照管一往，不讶喧聒。此子多病，来时告令一得力庄客送回也。留住五七日可矣。

【译文】苏轼再言：您所要我写的柳宗元《大鉴禅师碑》，极是。寺中无有典范，不可不立此石。我已忙中抽闲，挥汗写出。又作一篇小记，算是了结此事。我和祖师结下的缘份已经不浅了，可此地穷弊，无一物可以寄赠，只有一根桄榔杖，木质柔韧坚固，似乎可用，不要见笑！给小弟和聪师的书信我已收到，这儿自有人去，已经送去。张惠蒙因为去年照看船只，未能拜见祖师，聆听高论，深感遗憾。现在有人来此，托他照管，他要去您那儿一趟，不要嫌他打扰。他身体多病，回来时请派一名健壮庄客相送。留他住六七天就可以了。

十一

学佛者张惠蒙，从予南迁。予游南华，使惠蒙守船。明年六月，南华禅师使人于惠。惠蒙曰："去岁不得一礼祖师，参辩公，乃可恨。"欲与是人俱往，请留十日而还。予嘉其意，许之，且令持此请教诲于辩公，可痛与提耳也。绍圣二年六月十一日。

【译文】有一学佛之人张惠蒙，跟随着我南迁到此。我到南华法师那儿游历的时候，让惠蒙看守船只。第二年六月，南华禅师派人来到惠州。惠蒙说："我去年没有能够拜见祖师，参见辩公，心中觉得非常遗憾。"他想和这位使者一块儿去您那儿，请求停留十几天再回来。我很赞同他的想法，就答应了他，并让他拿着此信向您请教。您要对他多加教诲。绍圣二年六月十一日。

十二

近日营一居止，苟完而已。盖不欲久留，占行衙，法不得久居，民间又无可僦赁，故须至作此。久忝侍从，囊中薄有余赀，深恐书生薄福，难蓄此物。到此已来，收葬暴骨，助修两桥，施药造屋，务散此物，以消尘障。今则索然，仅存朝暮，渐觉此身轻安矣。示谕，恐传者之过，材料工钱，皆分外供给，无毫发干挠官私者。知之，免忧。此言非道友相爱，谁肯出此？感服之至。岁尽，会合何日，临纸怅惘。

【译文】我近日建造了一所居室，草草完成罢了。我本来也不想在这儿居住很长时间，但占据官署，法令规定不能久住，民间又没有房子可以租赁，因此只得盖了这所房子。我也算做官很多年了，钱囊里也稍许有一点儿钱，但恐怕我这读书人的福相太薄，很难能攒住这东西。到了这儿以来，我就收葬暴死的遗骨，帮助修建了两座桥，施散草药，建造房屋，以求能散尽钱财，消除这迷人心窍的俗物。现在已余剩不多，只够苟且度日，慢慢也觉得身心轻爽。您所说的话，恐怕是传话人的疏忽，我所用的材料和支付的工钱，都是分别给的，一丝一毫也没有牵涉官家。知道这些，您不要再为我担忧了。这样的话，不是道友关怀爱护，谁肯说出来呢？心中感激不已。一生将尽，不知何日能够相会，临纸惆怅迷茫。

十三

专人远来，获手教累幅，具审法履佳胜，感慰兼集。又蒙远致筠州书信，流落羁寓，每烦净众，愧佩深矣。承惠及罂粟咸豉等，益荷厚意。《泉铭》模刻甚精。某在此凡百如宜，不烦念及。未由瞻谒，怀想不已。热甚，惟万万为众自爱。

【译文】专人从远方而来，收到您的长信，得知您生活安好，心中非常欣慰。又蒙您在远方送来了筠州的书信，我辗转流落，寄居他乡，常常烦劳诸位高僧，感到十分惭愧。承您送来罂粟、咸豆等物，我对此厚意更是感激。《泉铭》一文，刻写得非常精美。我在这一切都好，不敢再让您心中牵挂了。没有机会拜见，心中思念之极。天气炎热，请万万保重。

与通长老九首 以下俱密州

某启：近过苏台，不得一见而别，深为耿耿。专人来辱书，且喜法履清胜。某到此旬日，郡僻事少，足养衰拙。然城中无山水，寺宇朴陋，僧皆粗野，复求苏、杭湖山之游，无复仿佛矣。何日会集，慰此牢落？唯万万自重。人还，布谢。

【译文】苏轼致言：我近日经过苏台，没有和您相见就离去了，心中很是不安。承蒙专人送信，得知您生活安好，十分欣喜。到这儿已经十几天了，地方偏僻，公务不多，足够保养我这老病之躯。但是城里没有山水美景，寺院简朴寒陋，僧人粗俗，不知礼法，再想有在苏杭游览湖山的情景，已经不能了。什么时候能够与您相聚，以安慰我这寂寞的心怀呢？请万万珍重。来人回去，顺致此谢。

二

《三瑞堂诗》已作了，纳去；然恶诗竟何用？是家求之如此其切，不敢不作也。惠及温柑甚奇，此中所未尝识。枣子两篭，不足为报，但此中所有止此尔。单君贶必常相见，路中屡有书去。久望来书，且请附密州递寄数字，告为速达此意。

【译文】《三瑞堂诗》我已经写好，现在寄上。可是拙诗到底有什么用呢？这人求它如此急切，我也不敢不写。您所惠赠的温柑真是一种奇果，这儿的人都没有见过。我给您送上两篭枣子，谈不上答谢，不过这儿也只有这个东西了。您肯定经常见到单贶君，我在路上曾多次给他去信。我盼望他能来信已经很久了，想请他往密州寄封短信。请您尽快向他转达到这个意思。

三

某启：别后一向忙冗，有疏奉问，叠辱手字，愧悚良深。仍审履兹初凉，法体增胜为慰。承开堂未几，学者日增。吾师久安闲独，迫于众意，无乃少劳，然以济物为心，应不计劳逸也。未缘奉谒，千万珍重。人还，布谢。

【译文】苏轼致言：与您分别之后，一直繁忙，很少去信。承蒙您多次来信，心中非常惭愧。得知近日天气转凉，贵体好于往常，心中甚感欣慰。我又得知开堂不几天，学道者就日见增多。法师长期安逸于闲居独处，因为众人意愿所迫，只得稍稍劳累，但是您一向以行善助人为怀，应当不会计较辛劳。没有机会与您相见，千万珍重。来人回去，顺致此谢。

四

姚君笃善好事，其意极可佳，然不须以物见惠也。惠香八十罐，却托还之。已领其厚意，与收留无异。实为他相识所惠皆不留故也。切为多多致此恳。千万，勿讶！勿讶！

【译文】姚君很爱做美善之事，他的心意很值得称道，但是不需要以物品相赠。送来的八十罐香，还托您还给他。我已领受厚意，如同收留物品。其实是因为其他朋友所赠都不收留的原因。请您一定要多多说明这种诚意。千万记住，不要见怪！

五

且说与姚君勿疑讶，只为自来不受非亲旧之馈，恐他人却见怪也。元伯昆仲，各为致恳。乍到，未及奉书。

【译文】请您姑且劝说姚君不要生疑，我只是因为从来都不接受不是至亲旧友的馈赠，恐怕他人见怪。元伯弟兄，请代我向他们各致问候。我刚刚到此，还没有给他们写信。

六　以下俱杭州还朝

人至，辱手书，感佩至意。且审比来法候佳胜。衰病，归兴日深。昨日忽召还禁林，殊异所怀，已辞免乞郡，然须至起发前路听命也。劳生纷纷，未知所归宿。临书慨叹，会合无时，千万为众自爱。迫行纷然，幸恕不谨。

【译文】信使来到，承蒙赐信，非常感激您的厚意。知道您近日生活安好。我体衰多病，归隐之心一天天加深。昨天朝廷忽然召我回翰林，很不合我的心愿，我已经推辞不受，请求到州郡里任职，但是还要回到举用之前的职位听候命令。忙忙碌碌，也不知道哪儿才是我的归宿。提笔作信，感慨不已，我不能与您相会，请您千万珍重。我急于赶路，忙乱之极，草成此信，请谅。

七

示谕，石刻，浙中好事者多为之，老人亦尔耶？呵呵。惠茶，感刻，仓卒中未有以报。此方有所须，可示及也。大觉正月一日迁化，必已闻之，同增怅悼。某却与作得《宸奎阁记》，此老亦及见之。事忙，未及录本寄去，想非久必自传到也。

【译文】您说，刻碑之事，浙中喜欢做事的人大多都刻，您老也这样吗？哈哈。承蒙赠茶，我心中非常感激，匆忙之中，也没有什么可以回报的。您在这儿有什么需要的，可以告诉我。大觉禅师正月一日去世，您肯定已经知道了，让我们一同哀悼他吧。我还为他写了一篇《宸奎阁记》，他也得以见到。我事务繁忙，来不及给您抄录好寄去，我想不久自然会传到您那儿的。

八

某启：此来浙中逾年，不一展奉，岂胜怅惘。辱书，具审法履佳胜，感慰兼集。衰病日侵，百念灰冷，勉强岁月间，归安林下矣。闻老师住持安稳，遂可送老，甚喜！甚喜！会合无时，临书慨然，惟千万为众自爱。不宣。

【译文】苏轼致言：我来浙中已经一年了，没有能够得见尊客，心中无限惆怅。承蒙来信，得知生活安好，心中不胜欣慰。我身体衰老，疾病也一天天多起来，心中的各种想法也如灰烬冷灭，苟且度日，只想告退归隐。听说老法师生活安好，能够颐养天年，我心中非常高兴！不知何日才能与您相见，提笔临纸，慨叹不已，请千万珍重，别不多谈。

九

惠茶极为精品，感抃之至。长松近出五台，治风甚效。俗云文殊指示一僧，乃始识之。今纳少许，并人参四两，可以此二物相对入少甘草（不可多），并脑子作汤点，佳。送去御香五两，不讶浼渎。

【译文】您送来的茶真是精品，心中不胜感激。长松大概出产于五台山附近，治疗中风很有奇效。民间传说是文殊菩萨指点给一个僧人看，世间才开始知道这种药。现在给您送上一些，另外有四两人参，您可以周这两种药各取等量，加入少许甘草（不能多加），和脑子一起熬汁服用，效果很好。再送给您五两御香，不成敬意，请不要见怪。

与大觉禅师三首　杭倅

某启：人至，辱书，伏承法候安裕，倾向！倾向！昨奉闻欲舍禅月罗汉，非有他也。先君爱此画，私心以为舍施，莫如舍所甚爱；而先君所与厚善者莫如公；又此画颇似灵异，累有所觉于梦寐，不欲尽谈，嫌涉怪尔。以此，亦不欲于俗家收藏。意止如此。而来书乃见疑，欲换金水罗汉，开书不觉失笑。近世士风薄恶，动有可疑，不谓世外之人犹复尔也。请勿复谈此。某比乏人可令赍去，兵卒之类，又不足分付，告吾师差一谨干小师赍笼杖来迎取，并古佛一轴，亦同舍也。钱塘景物，乐之忘归。舍弟今在陈州，得替，当授东南幕官，冬初恐到此，亦未甚的。诗笔计益老健，或借得数首一观，良幸。到此，亦有拙恶百十首，闲暇当录上。

【译文】苏轼致言：信使来到，承蒙赐信，得知生活安裕，向往之极！昨日告知，想布施禅月罗汉，并没有其他意思。先父喜爱此画，我自己想着如要布施，不如布施最喜爱的；而和先父情谊深厚的，都比不上您；又因为此画很有灵异之气，我多次在梦中感觉到，不想多说这个，恐怕有怪诞之嫌。因此，我也不想在俗家收藏此画。意思就是这样。而您来信中有所怀疑，想换一轴金水罗汉，读信我不觉失笑。近来世俗之上士风刻薄，一举一动都令人生疑，没想到世外之人也是这样。请不要再谈这些了。我近来没有人能送去，兵卒之类的粗人，又不值得交待此事，还请法师派一位谨慎精干的僧人带着笼杖前来迎取，连同一轴古佛，也一起布施。钱塘的景色，让人留恋忘返。小弟现在陈州，得到替任，应该授职东南幕官，今年冬初恐怕会到此地，但也不敢肯定。您作诗的文笔想必更加娴熟雄健，如能寄来几首看一下为好。到了这儿，我也写了百十首拙劣之诗，闲暇的时候，会抄下寄去。

二　以下俱杭州

某启：奉别二十五年，几一世矣，会见无时，此怀可知。到此日欲奉书，因循至今。辱书，具审起居安隐。南方耆旧凋落，惟明有老师，杭有辩才，道俗所共依仰，盖一时盛事。比来，时得从辩才游，老病昏塞，颇有所警发，恨不得一见老师，更与钻磨也。岁暮，山中苦寒，千万为众自重。不宣。轼再拜大觉器之禅师侍者。十二月二十日。

【译文】苏轼致言：我与您分别已经二十五年，近于一世。一直没有和您相会，心中的思念之情可想而知。到这儿以来，我每天都想着给您写信，可一直懒散至今。承蒙来信，得知您生活安好。南方年长的旧友多已去世，只有明州还有法师您，杭州有辩才师，为众僧俗共同依仰，成为一时的盛美之事。近来，我得以跟从辩才游历，衰朽愚笨之心，顿悟到不少东西，只是很遗憾不能够见法师一面，与您共同切磋。一年将尽，山中清寒，请您千万保重。不再多谈。苏轼再拜大觉器之禅师侍者。十二月二十日。

三

要作《宸奎阁碑》，谨已撰成。衰朽废学，不知堪上石否？见参寥说，禅师出京日，英庙赐手诏，其略云“任性主持”者，不知果有否？如有，却请录示全文，欲添入此一节，切望仔细录到，即便添入，仍大字写一本付侍者赍归上石也。惟速为妙。碑上别作一碑首，如唐以前制度，刻字额十五字，仍刻二龙夹之。碑身上更不写题，古制如此。最后方写年月撰人衔位姓名，更不用著立石人及在任人名衔。此乃近世俗气，极不典也。下为龟趺承之，请令知事僧依此。

【译文】您要我作的《宸奎阁碑》，我已经认真写好。我衰朽之人，废学已久，不知道能否配得上刻石。听参寥说，禅师出京的时候，英宗皇帝曾经赐给您手诏，大概说“任性住持”之类，不知道是否真有此事？如果有，还请您把全文写给我看，我想再添入这一节，请您一定要认真写下，我随即就能添入，再用大字写一本交给侍从，带回去刻石。此事尽快为好。我想碑上另外刻写一个碑额，如唐朝以前的做法。碑额刻十五个字，再刻两条龙夹着它。碑身上不要再刻写题目，古代的做法就是这样。最后才刻写立碑的年月和撰写人的姓名官职，另外不再写立碑人和在任官员的姓名官职。这都是近来的世俗习气，很不规范。下面用龟形的碑座托着，请您让管事的僧人按照这个去办理。

与宝觉禅老三首　以下俱密州

某启：去岁赴官，迫于程限，不能舣舟。一别中流。纵望云山，杳然有不可及之叹。既渡江，遂蒙轻舟见饯，复得笑语一饷之乐。惭荷之怀，殆不可胜言。别来因循，未及奉书。专人至，辱教累幅，慰谕反复，读之爽然，如对妙论。仍审比来法履佳胜。某此粗遣，但未有会见之期。临书惘然，惟万万自重。《至游堂记》，即当下笔，递中寄去。近有《后杞菊赋》一首，写寄，以当一笑。人还，草草不宣。

【译文】苏轼致言：我去年赴任的时候，因为期限所迫，不能停船稍留。在江中和您分别之后，纵望云山遥遥而立，心中常叹息不能到达。渡江之后，您驾着小船来为我送行，我又能得聆听笑语。愧受厚意之情，难以言尽。分别之后，一直疏懒，没有给您去信。承蒙您派专人送来长信，对我再三安慰，捧读来信，心胸开朗，如同面对着精深的言论。并得知您生活安好。我在此地一切尚好，但不知何时才能与您相见。临纸茫然无措，请万万保重。《至游堂记》，我马上就动笔写，给您寄去。近日我作了一首《后杞菊赋》，抄下来寄给您，聊以取乐。来人回去，草成此信，不再多谈。

二

圆通不及别书，无异此意。告转求此纸。东州僧无可与言者，况欲闻二大士之謦咳，何可复得耶？此语合吃几拄杖？刁丈计自太平归安胜，屡有书去，不知达否？因见，道下恳。焦山纶老，亦为呼名。

【译文】我不再给圆通另外写信了，也没有其他什么意思。请把这封信转给他看。东州之地的僧人，没有值得跟他们交谈的，何况我想聆听二位高人的言笑，怎么能够呢？说这样的话应该挨您几拐杖？我想刁丈已从太平，回到安胜，多次给他写过信，不知他收到了没有？如果见到，请代我致意。焦山纶老，也请代为问好。

三　杭州

明守一书，托为致之。育王大觉禅师，仁庙旧所礼遇。尝见御笔赐偈颂，其略云“伏睹大觉禅师”，其敬之如此。今闻其困于小人之言，几不安其居，可叹！可叹！太守聪明老成，必能安全之。愿因与款曲一言。正使凡僧，犹当以仁庙之故加礼，而况其人道德文采雅重一时乎？此老今年八十三，若不安全，当使何往？恐朝廷闻之，亦未必喜也。某方与撰《宸奎阁记》，旦夕附去，公若见此老，且与致意。千万！千万！

【译文】给明州太守的一封信，托请您给他送去。育王大觉禅师，是仁宗皇帝以前曾以大礼相待的。我曾经看到皇上亲写给他的偈颂，大概说"伏睹大觉禅师"之类，对他的敬重就到如此程度。现在听说他因为小人之言而境况不好，几乎不能正常生活，可叹！可叹！太守足智多谋，处世老练，一定能够保他平安。希望您能替他说句话。就是一般的僧人，也应该因为仁宗皇帝的原因对他以礼相待，更何况他为人的风范、作文的风采为一时所重呢？这位老人今年已经八十三岁了，如果不能保全他，能让他到哪儿寻找出路呢，恐怕朝廷知道了这件事，也未必高兴。我正给他写《宸奎阁记》，很快就给您捎去，您如果见到这位老人，姑且代我致意。千万！千万！

与净慈明老五首　以下俱杭州

某启：近辱临访，纷冗不遂款接，愧企无量。比日道体何如？法涌赴阙，道俗一意，皆欲公嗣此道场。缘契已定，想便临屈，副此诚仰。余非面莫究。不宣。

【译文】苏轼致言：近日承蒙您屈驾来到寒舍，我在繁杂之中，没有能好好接待，心中惭愧之极。近日贵体怎样？法涌赴京，席位空缺，僧众的共同心愿，都想让您继承住持这座道场。这是天缘，早已注定，我想您还是屈就此位，也符合大家诚仰的心意。其余当面再谈。不一一细言。

二

某启：人还，承书。蒙峻拒，不识道眼有何拣择，深所未谕也。

众意甚坚，虽百却不已。幸早戒途。比日起居何如？即见，不复覼缕。

【译文】苏轼致言：送信的人回来，带回了您的信。您拒绝不受，不知对此事还有什么不满的，缘由并没有说啊。众人的心意非常坚决，您就是万般推辞他们也不会作罢，还是早日接受为好。近日生活怎样？我马上就要与您相见，不再赘言。

三

众诣漕台敦请，已许为行下。相次新太守过此，当力求之，想亦必劝行，吾师岂能尽违之耶？至时，不免来此，不如今日赴衰病之请，却非世情也。

【译文】众人到漕台那里恳切请求，他已经答应来劝您。紧接着新太守路过这儿，他们肯定还要大力求他，我想太守也肯定来劝您受任，法师您怎么能一一拒绝他们呢？到时候，恐怕您免不了要到这里来，那还不如今天就答应我的邀请，如果推辞，就有点不近人情了。

四

法涌始者甚不欲赴法云，而张尉之请既坚，遂不能违，亦云缘契在彼，非力辞之可免。法涌既不得免，则吾师今者亦必无缘辞避。幸便副众心，毋烦再三也。钦企！钦企！

【译文】法涌当初也不想作寺院的住持，但张尉的请求非常坚决，他无法违背，那时也说天缘已定，不是尽力推辞就可以不接受的。法涌既然不能推脱，那么法师今天也没有理由逃避。您最好还是依从众人的心愿，不要再麻烦了。但愿如此！但愿如此！

五

某启：适辱书，知不违众，愿即当西渡，喜慰之至。比日法履康胜。某虽被旨去郡，犹能少留，及见升堂，闻第一义也。谨奉手启攀迎。不宣。

【译文】恰好收到您的来信，知道您没有违背众人的意愿，愿意接受住持，心中欣慰之极。想必近日生活安康。我虽遵照旨意，要离开州郡，但还能稍作停留，来得及见您升座说法，聆听您精深的妙理。谨作此信，以表钦慕之情。不一一细说。

与遵老三首　以下俱杭州

某启：前日壁间一见新偈，便向泥土上识君，今日复蒙古藤奇句，益知前言之不妄也。幸甚！幸甚！然既传之诸祖师，何不自家留使。既已倒持，辄当逆化，呵呵！人还，匆匆，不一一。

【译文】苏轼致言，前日在墙壁上见到新写偈语，便记下了上面您的名字，今天又蒙赐古藤奇句，更觉得此前所言并非空谈。妙极！妙极！但是既然已传给了诸位祖师，为何不自己留着用呢。既然已经本末倒置，就应当将法徒视为法师啦，哈哈！来人回去，匆匆致信，不一一细说。

二

某启：叠辱手教，具审法体佳胜。扇子妙句，开发良多，本欲攀和，恐久立大众。呵呵。人还，匆匆复谢。不宣。

【译文】苏轼致言：承蒙来信，得知贵体安好。您于扇上所题妙句，给我启发很多，本想答和，唯恐我久处俗人之中，哈哈。来人回去，匆匆致谢。不再多谈。

三

某启：前日辱临屈，既已不出，无缘造谢。信宿，想惟法体佳胜。�州茶少许，谩纳上，并利心肺药方呈。范医昨呼与语，本学之外，又通历算，甚可佳也。谨具手启。不宣。

【译文】苏轼致言：前天承蒙光临寒舍，我已经不再出门，也没有机会登门答谢。这两天想必贵体安好。一点筠州茶，给您送上，又有一强心利肺的药方一并寄呈。昨天同范医士说话，他不仅医道高明，又精通历法算术，很值得称道。谨奉此信。不再多谈。

与径山维琳二首 以下俱北归

某卧病五十日，日以增剧，已颓然待尽矣。两日始微有生意，亦未可必也。适睡觉，忽见刺字，惊叹久之。暑毒如此，岂耆年者出山旅次时耶，不审比来眠食何似？某扶行不过数步，亦不能久坐，老师能相对卧谈少顷否？晚凉，更一访，惫甚，不谨。

【译文】我抱病卧床五十天，病情日渐加重，已是心情颓废，只等末日了。近两天才略微有点精神，但也不一定能好起来。刚要睡觉时，忽然看见了名帖，为之惊叹很久。天气如此毒热，老年人怎能在此时出门游山呢？不知近来睡眠、饮食怎样？我被人搀扶，也只能走上几步，也不能长时间静坐，法师能来和我这卧床之人稍谈一会儿吗？晚间天气凉爽，可来一访，疲惫之极，草成此信。

二

某岭海万里不死，而归宿田里，遂有不起之忧，岂非命也夫！然死生亦细故尔，无足道者，惟为佛为法为众众生自我保重。

【译文】我远谪岭海，跋涉万里而没有死去，可归宿乡里的时候，却又一病不起，难道这不是天命吗？但生死也都是小事，不值得说了，请为佛为法为众自重。

与圆通禅师四首　以下俱黄州

某闻名已久，而得公之详，莫如鲁直，亦如所谕也。自惟潦倒迟暮，年垂五十，终不闻道，区区持其所有，欲以求合于世，且不可得，而况世外之人，想望而不之见者耶？不谓远枉音问，推誉过当，岂非医门多疾，息黥补劓，恃有良药乎？未脱罪籍，身非我有，无缘顶谒山门，异日圣恩或许归田，当毕此意也。

【译文】我听说您的名声已经很久了，而对您了解周详的，都不如鲁直，也像您所说的。我自己想着末路穷困，年纪将近五十，一直没有聆听过教义，我竭尽全力，倾其所有，想求得能附合世俗，也做不到，更何况像您这样的世外之人，我只能在心中思仰而没有见过的呢？没有想到您从远方致问，对我大加推崇，这难道不是因为您深悟精妙之理，可以用它来启悟我的蒙昧之心吗？我还没有洗清罪名，身不由主，没有机会前去拜见您，他日或许朝廷赐恩，准予告退还乡，就会了结这个心愿的。

二

屏居亦久，亲识断绝。故人不弃，眷予加厚。每辱书问，感愧不可胜言。仆凡百如旧，学道无所得，但觉从前却是错尔。如何！如何！

【译文】我闭门独居也已经很久了，和亲友们也都断绝了往来。而老朋友还没有抛弃我，对我更加关心。蒙您多次来信，心中感激不尽。我一切都如以前，学习道业也没有收获，只是觉得以前所做的事都是错的。怎样！怎样！

三

某启：别后蒙五惠书，三遣化人，不肖何以当此？热毒殊甚，且喜素履清胜。某尚以少事留城中数日，然度不能往见矣。瞻望山门，临纸惋怅，惟千万为道自重而已。挥汗走谢，幸恕不谨。

【译文】苏轼致言：你我分别之后，承蒙您五次来信，三次派人相问，我怎么能担当起如此厚爱呢？天气毒热之极，您生活安好，令人欣喜。我还因为有一点事要在城中停留几天，但恐怕不能够去见您了。瞻望寺门，临纸慨叹，请您千万为道自重。挥汗作书答谢，草成此信，请谅。

四

某启：谪居穷僻，懒且无便，书问旷绝。故人不遗，两辱手教，具审比来法体甚轻安，感慰深至。仆晚闻道，照物不明，陷于吏议，愧我道友。所幸圣恩宽大，不即诛殛，想亦大善知识法力冥助也。自绝禄廪，因而布衣蔬食，于穷苦寂淡之中，却粗有所得，未必不是晚节微福。两书开谕周至，常置坐右也。未缘展谒，万万以时自重。因便人还，附启起居。

【译文】苏轼致言：我谪居穷乡僻壤，懒惰成性，又没有方便的时候，没有给您去信问好。老友心里还没有忘掉我，给我两次来信，得知您近来身体非常安康，心中欣慰之极。我学道太晚，体察事物不够明晰，被官吏的议论所困扰，甚觉有愧于道友。幸好圣恩宽容，没有诛杀，想必这也是大师法力无边，暗中相助的结果。自从没有了俸禄收入，我只得穿粗布衣服，吃素淡饭食，在这样的穷困潦倒之中，却也稍许有点启悟，这也未必不是晚年的一点福份。您的两封来信对我开导启发周到备至，常常放在案头。没有机会和您相见，万万顺应天时，多加保重。趁来人回去，顺致此信相问。

与祖印禅师一首

某启：昨夜清风明月，过蒙法施，今又惠及幽泉，珍感！珍感！木汤法豉，恐浊却妙供，谨以回纳。不一一。

【译文】苏轼致言：昨夜风清月朗，得见法师演法，今日又利益冥界众生，心中不胜感激！所赠木汤法豉，恐收下会有污此物，谨以奉还。不再多言。

与闻复师一首　杭州

某启：辱书并诗，诵味不释手，感慰之极。比日起居何如？示谕欲以高文发明儒释，固所望于左右也。某数日病在告，今日颇快，来日欲出视事，然尚少力。粗和得来诗，未能尽意。花毵不难得，但去人已负重，后信当致也。诗中似欲之，故及。未相见问，万万自爱。

【译文】苏轼致言：承蒙来信并寄来诗作，我诵读品味，不忍释手，心中十分欣慰。近日生活怎样？您说想用文章阐发儒学佛义，这本来就是我对您的希望。我已经告假养病好多天了，今天非常舒畅，想不久出门治事，但身上还没有力气。我粗略答和了来诗，但没能尽表心怀。我这里花毵不难得到，可送信人已经带的太重，以后写信一定给您送去。从诗中看出您好像需要这些，因此才想起这个。不能和您相见，万万珍重。

与宝月大师五首 以下俱杭倅

某启：久不奉书，盖冗惰相因，必未讶也。史厚秀才及蔡子华处领来书，喜知法体佳胜，此中并安。请补外，蒙恩除杭倅，旦夕出京，且往陈州相聚，至九月初方行。愈远乡里，曷胜依黯。累示及瑜、隆紫衣师号，近为干得王诜附马奏瑜为海慧大师文字，更旬日方出。《圆觉经》云："法界海慧，照了诸相。"文潞公亦许奏隆紫衣，然须俟来年，遇圣节方可奏。已差祠部吏人到王驸马宅，计会与瑜师文字，才得即入递次，莫更一两月，方得敕出。此事自难得偶成此二事也。临行草草，不尽所怀，惟千万珍重。

【译文】苏轼致言：很久没有给您写信了，我事务繁忙，慵懒成性，想必您不会见怪。史厚秀才和蔡子华那里都来了信，得知您身体安好，心中甚为欣喜，我这也很平安。我上请到京外就职，朝廷赐恩，得任杭州通判；我很快就要离开京城，暂到陈州与子由团聚，到九月初再起身。您多次给我说士瑜、士隆紫衣师号的事，近日我已经求得王诜驸马答应奏请士瑜法师为海慧大师的文字，再有十几天就可以见到。《圆觉经》说：“法界海慧，照了诸相。”文潞公也答应奏请士隆大师的紫衣师号，但是要等到明年，在皇帝生日的时候才可以上奏。他已经派祠部差人到王驸马府上，商量好给士瑜师的文字，才能够寄去，再等一两个月，诏书才会发出。这自然很难成就这两件事。临行之际，草成此信，不能尽表心怀，望千万珍重。

二

屡蒙寄纸糖，一一愧荷。驸马都尉王晋卿画山水寒林，冠绝一时，非画工所能仿佛。得一古松帐子奉寄，非吾兄别识，不寄去也。幸秘藏之，亦使蜀中工者见长意思也。他甚自珍惜，不妄与人画。知之。

【译文】蒙您多次寄来纸糖，一一愧领厚意。驸马都尉王晋卿善画山水寒林景色，冠绝一时，不是一般画工所能够企及的。我得到了一幅画古松的帐子，给您寄去，不是老兄别具慧眼，我是不会寄去的。您要好好收藏，我也是想让蜀中工画之人见识一下罢了。他自己也非常珍惜，不随便给人作画。告诉您知道。

三　以下俱黄州

某启：近递中两奉书，必达。新岁，远想法体康胜。无缘会集，怅望可量。屡要经藏碑本，以近日断作文字，不欲作。既来书丁宁，又悟清日夜煎督，遂与作得寄去。如不嫌罪废，即请入石。碑额见令悟清持书往安州干滕元发大字，不知得否？其碑不用花草栏界，只镌书字一味。已有大字额，向下小字，但直写文词，更不须写大藏经碑一行及书撰人写人姓名，即古雅不俗，切祝！切祝！又有小字行书一本，若有工夫，更入一小横石，亦佳。黄州无一物可为信。建茶一角子，勿讶尘浼。余惟万万保练。适冗中，清师行，奉启草草。

【译文】苏轼致言：近日我曾两次去信，您一定收到了吧。新年伊始，遥想您身体康健，胜过平日。我没有机会和您相会，心中的惆怅之情可想而知。您多次要我书写经藏碑文，因为我近日已经不作文字，本不想写。您既然来信叮咛，悟清又天天催促，于是就写好寄去。您如果不避我这有罪之人的嫌疑，就请刻入石碑。碑额让悟清带着信去安州求滕元发的大字，不知道得到没有？碑上不要用花草和栏界做装饰，单单刻字就行了。已经有了大字写的碑额，以下都要用小字，只需直接写内容，也不需要另外写一行大藏经碑字样和撰文人、写字人的姓名，这样才显得古雅庄重，切记！切记！我另外有一本小字写的行书，如果人力方便，另外刻入一小块横石，也很不错。黄州没有什么可以给您寄去的。一角建茶，不要嫌弃。请千万保重。正繁忙中，清师要启程，草成此信。

四

此间诸事，请问清师即详也。清久游外方，练事多能，可喜！可喜！海慧及隆大师，各惟安胜。每念乡舍，神爽飞去，然近来颇常斋居养气，日觉神凝身轻，他日天恩放停，幅巾杖屦，尚可放浪于岷峨间也。知吾兄亦清健，发不白，更请自爱，晚岁为道侣也。余附清师口陈，此不覼缕。

【译文】我这里的所有情况，问一下悟清法师就可以知道详细。清师长期云游，精明干练，真是令人欣喜！海慧大师和士隆大师，想必都很平安。我每一想到乡间的居舍，就心驰神往，但近来也常常独居书房，静心养气，觉得越来越精神贯注，身心轻爽，等到有一天朝廷赐恩，我能得以脱身，衰老之躯还能在峨眉山间放达无拘，自由游历。得知兄长也身体清健，头发不白，请您多加保重，我明年就可与您一同修道了。其他的托清师面谈，不再赘述。

五

某有吴道子绢上画释迦佛一轴，虽颇损烂，然妙迹如生。意欲送院中供养，如欲得之，请示一书，即为作记，并求的便附去。可装在板子上，仍作一龛子。此画与前来菩萨天王无异，但人物小而多尔。

【译文】我有一轴吴道子作于绢上的释迦佛画像，虽然损伤得厉害，但人物仍然栩栩如生。我想送给寺院中供养，您如果有意接受，请来信告诉我，我就写一篇记，得便请人寄去。此画可以装在板子上，用一个龛子盛着。这幅画和以前那幅菩萨天王像相似，只不过人物形体较小而数目多罢了。

与南华明老三首　以下俱北归

某启：衰病复过南华，深欲一别祖师。因见仁者遽辱专使惠手书，何慰如之。即日履此薄寒，法体佳胜。旦夕离英，但江路颇寸进，不即会见，企望之极。惟万万为众自重。不宣。

【译文】苏轼致言：我衰病之躯再一次经过南华这儿，很想和祖师面别。蒙您派亏人匆匆到此送信，不胜欣慰。近日天气稍有寒意，想贵体安好。我很快就要离开英州，不过江路很不好走，不能与您相会，心中甚为思念。请万万为众自重，不再多言。

二

某流浪臭浊久矣，道眼多可，倾盖如旧，清游累日，一洗无余，幸甚！幸甚！专使惠手书，具闻别后法体安稳，为慰多矣。久留赣上待水，犹更旬浃。南望山门，驰神杳霭。更希若时为众保练。不宣。

【译文】我辗转流浪已经很久了，满身满心的污浊之气，而道友们和我情义契合，一见如故，一同游历多日，身上的污浊一洗无余，真是妙极！蒙您派专人送信，得知分别之后贵体安好，心中甚感安慰。我在赣江上停留，等着水势上涨已经很久，还要再等十几天。南望寺门，思慕着您那和霭的面容。希望您要顺应天时，多加保重。不再多谈。

三

某以促装登舟冗甚，作书极草草。宠示四偈，可谓奇特，聊答四句，想一大笑也。石刻已领，感感。潘生果作墨否？如成，寄一丸。伯固念亲怀归甚矣，道话解之。

【译文】我因为急于起船，整点行装十分忙乱，写信非常匆草。惠寄来的四首偈语，可称得上奇妙不凡，姑且答和四句，想您看后一定大笑。石刻本已经收到，十分感谢。潘生果真制墨了吗？如果做成，请寄来一丸。伯固想念亲人，归心似箭，请您要开导他。

与东林广惠禅师二首 以下俱翰林

示谕，臂痛，示与众生同病尔。然俗眼未免悬情，更望倍加保练。《王氏博济方》中有一虎骨散及威灵仙丸，此仙方也。仆屡用治臂病，其效如神，切望合吃。元用虎胫骨，误写作脑骨。千万相信，便合服必效。自余都下有干，望示及。惠及名茗，已捧领，感刻！感刻！东林寺碑既获，结缘三宝，业障稍除，可得托名大士，皆所深愿。但自别后，公私百冗，又无顷刻闲，不敢草草下笔。专在下怀，惟少宽限也。

【译文】您告诉我说，手臂疼痛，和众人都是一个病。但我心中还是免不了替您担忧，希望您要倍加保重。《王氏博济方》中有一个虎骨散和威灵仙丸的药方，这是灵验的妙方。我曾多次用它治疗臂病，效果非常神奇，请您用一下。本来应该用虎胫骨的，上面误写成脑骨。您千万要相信，服用之后肯定会有效果。另外京师里若有事相求，请告诉我。惠赠的名茶，我已经敬受。非常感谢。东林寺碑能够获得，和三宝结下缘份，业障渐渐消除，就能够假借贤士之名，这都是我心中希望的。不过分别之后，公务私事繁杂，没有一点儿闲暇时间。我一直不敢草草下笔。但我已经铭记在心，请稍微宽限几天。

二

古人字体，残缺处多，美恶真伪，全在模刻之妙。根寻气脉之通，形势之所宜，然后运笔，亏者补之，余者削之，隐者明之，断者引之。秋毫之地，失其所体，遂无可观者。昔王朗文采、梁鹄书、钟繇镌，谓之三绝。要必能书然后刻，况复摹哉？三者常相为利害，则吾文犹有望焉尔。

【译文】古人的字迹，残缺处较多，其优劣真伪，全在于描摹刻写的精妙。根寻贯通其气脉的精神，琢磨其笔画的安排，然后走腕运笔，缺少的补上，多余的舍去，使模糊的显明，使中断的联结。如果在细枝末叶之处失去了它的体势，通篇就没有可观之处。过去王朗的文采、梁鹄的书法、钟繇的镌刻，被称作三绝。要必须善于书法，然后才是镌刻，更何况是摹写呢？三者常相得益彰，那么我的文章也有希望这样了。

与灵隐知和尚一首 密州

某启：久留钱塘，寝食湖山间，时陪道论，多所开发。至于灵山道人，似有前缘。既别经岁，寤寐见之，盖心境已熟，不能遽忘也。及余簿来，并天竺处，得道俗手书近百余通，皆有勤勤相念之意。又皆云杭民亦未见忘。无状何以致此，盖缘业未断故耶？会当求湖、明一郡，留连数月，以尽平生之怀。即日法履何似？尚縻僧职，虽不惬素尚，然勉为法众，何处不可作佛事？某到此粗遣，已百余日，吏民渐相信，盗贼狱讼颇衰，且不烦念及。未间，慎爱为祷。不宣。

【译文】苏轼致言：我久留钱塘，整日游览于湖山之间，常能聆听高论，启发顿悟颇多。至于灵山道人，好像和我前世有缘。已经分别一年，常常梦中见他，大概在心里已熟记下他，不能很快忘却。等到余主簿来到，连同天竺那儿，拿到了百余封僧、俗书信，都有殷勤思念之意。又都说杭州民众也没有忘记我。我怎会到这样呢，大概是我的缘份还没有了断吧？我应当求得湖州、明州的一个州郡，停留几月，以了却平生的心愿。近日贵体怎样？屈就僧职，虽不合您平素所好，但是就算为了众僧，在哪里不能作佛事呢？我到此已一百岁天，一切尚好，官民都很信任我，偷盗诉讼之事渐少，暂不劳您挂念。不能相会，多加保爱。不再多言。

与泉老一首 惠州

某启：今日忽有老人来访，姓徐名中，须发如雪，云七十六岁矣。示两颂，虽非奇特，亦有可观。孑然一身，寄食江湖间，自伤身世，潸然出涕，不知当死谁手？老夫自是白首流落之人，何暇哀生？然亦为之出涕也。和尚慈悲普救，何妨辍丛林一席之地，日与破一分粥饭，养此天穷之士，尽其天年，使不僵仆道路，岂非教法之本意乎？请相度一报如何？即令人制衣物去。此人虽不审其性行，然决是读书应举之人。垂死穷途之士，百念灰冷，必无为恶之理。幸望慈悯摄受，不罪！不罪！

【译文】苏轼致言：今天忽然有一位老人前来相访，他姓徐名中，头发胡子都已雪白，说今年已经七十六岁了。他给我看了两篇颂文，虽然不是绝妙之作，也有可观之处。他孑然一身，孤苦无依，流荡于江湖之间，自己感伤起身世，不禁潸然泪下，也不知道将来会落个什么结局。我自然也是白发之人，辗转流落，哪里顾得上同情他人？但也忍不住为他流下眼泪。法师慈悲为怀，普救众生，何妨在寺院中留一席之地，每天分给他一份粥饭，供养起这位老人，使他能安度天年，不让他死在路边，这难道不也是佛法的本意吗？请您考虑一下再告诉我怎样？我已经让人为他制备衣物。我虽然还不知道这个人的品性，但肯定也是读书求仕的人。失意之人，已近终年，万念俱无，必然没有行恶的道理。还希望法师大发慈悲，收留下他，恕罪！恕罪！

与言上人一首　黄州

去岁吴兴仓卒为别，至今耿耿。谴居穷陋，往还断尽。远辱不遗，尺书见及，感怍殊深。比日法体佳胜。札翰愈精健，诗必称是，不蒙见示，何也？雪斋清境，发于梦想，此间但有荒山大江，修竹古木。每饮村酒，醉后曳杖放脚，不知远近，亦旷然天真，与武林旧游，未易议优劣也。何时会合一笑，惟万万自爱。

【译文】去年在吴兴和您匆匆分别，至今心中不安。我受贬到穷乡僻壤，和友人的往来都断绝了。您在远方还没有忘记我，写来长信，心中感激之极。想近日贵体安好。您给我的书信，愈发清新挺拔，写诗也必是与此相称，但是您却没有寄给我看，为什么呢？雪斋的清幽之境，常常在梦中想起。这里只有荒山大江，修竹古树。我常饮这里的土酒，喝醉之后，拖着拐杖信步而行，也不知走了多远，这样放达自由，也有一份天趣，当年在武林山一同游历的朋友们，也很难说出这样做是好还是坏。什么时候能够与您相聚，开怀畅谈呢，请万万自重。

答蜀僧几演一首 翰林

几演大士：蒙惠《蟠龙集》，向已尽读数册，乃诗乃文，笔力奇健，深增叹服。仆尝观贯休、齐已诗，尤多凡陋，而遇知得名，赫奕如此。盖时文凋弊，故使此二僧为雄强。今吾师老于吟咏，精敏豪放，而汩没流俗，岂亦有不幸耶？然此道固亦淡泊寂寞，非以蕲人知而鼓誉也，但鸣一代之风雅而已。既承厚贶，聊奉广耳。

【译文】几演贤君：承蒙您寄来《蟠龙集》，我已读完几册，诗词文章，都文采不凡，雄放健拔，令人深深叹服。我曾经看过贯休、齐已的诗，大多平庸浅陋，不时受到某些人的赏识推崇，才得以如此显赫。大概是时文凋弊寥落，因此才使这二位僧人成就了名声。现在法师您长于歌咏，精干敏捷，豪放洒脱，却埋没于凡世的流俗之中，难道不也是很不幸吗？但这条路本来就是默默无闻，孤独寂寞，不是要追求世人尽知而显声扬名的，只要振起一代文风罢了。受您厚赠，聊奉此信，以广耳闻。

答开元明座主九首　以下俱黄州

久别，思企不忘。辱书，具审法履安胜，为慰。贤上人前年来此，寻往金山，多时不得消息，不知今安在也？石桥用工，初不灭裂，云何一水，便尔败坏，无乃亦是不肖穷蹇所累耶！何时复相见，千万保爱。

【译文】分别已久，心中常思念难忘。承蒙赐信，得知生活安好，甚感欣慰。惟贤上人前年来此，不久去了金山，已很久没有听到他的消息，不知现在何处？石桥的用工，当初并无粗草，为何一经大水，几近崩塌，恐怕也是我穷困潦倒的命运连累的结果！不知何时再次与您相见，千万保重。

二

开元大殿，非吾师学行，人神响应，安能便成？可喜！可喜！此书附圣传，途中更不封，勿讶！勿讶！

【译文】开元大殿，不是法师的学识操行，一呼百应，怎么会建成呢？可喜！可喜！此信托圣传转达，路上没有封口，不要见怪！不要见怪！

三　以下俱离黄州

奉别累年，舟过境上，怀想不忘。遣人惠书，具知法体安稳，感慰兼集。咫尺无由往见，惟万万自爱。

【译文】你我分别已经多年，现在乘船路过您这儿，心中又想起了从前，不能忘记。蒙您派人送信，得知贵体平安，心中甚感欣慰。你我虽近在咫尺，却没有机会前去拜见，请千万珍重。

四

石桥之坏，每为怅然。吾师经营，非不坚尽，当由穷蹇之人，所向无成，累此桥耶！知尚未有涯，但勿废此志，岁丰人纾，会当成耳；仆已得请居常州，暂至南京，即还南也。知之。

【译文】石桥毁坏，我常常为此叹息。法师费心经营，并不是它不坚固，应该是因为我失意潦倒，一向没有成就，连累了这座桥！我知道这还没有结束，只是不能没有修桥之志，等年景丰收，民力和缓，就一定能修成。我已经被恩准到常州居住，暂时先去南京，随即就回南方。告诉您知道。

五

中前经过，幸闻清论，深欲还日再上谒，以数相知约在栖贤，且自德安径赴之，遂成食言，悚息不已。比日法体何如？拙诗一首，聊以记一时之事耳，不须示人。切祝！切祝！

【译文】此前经过的时候，有幸能聆听高论，我很想回来的时候再次拜见，但因和几位朋友约好在栖贤相会，我就姑且从德安直接赶到那儿，失言于您，心中甚觉惭愧。近日贵体怎样？寄上拙诗一首，聊记下一时之事罢了，不要再给他人看。切记！切记！

六

久复一见，甚以为慰。泥雨远烦瓶锡，不克款语，但有感怍。乍远，千万保爱。

【译文】分别已久，又能和您相见，心中极感欣慰。蒙您在雨天从远方赐瓶，我不能以诚恳之词相谢，心中感激不已。忽然又要离您远去，千万保重。

七

近过南都，见致政太保张公。公以所藏禅月罗汉十六轴见授，云："衰老无复玩好，而私家畜画像，乏香灯供养，可择名蓝高僧施之。"今吾师远来相别，岂此罗汉契缘在彼乎？敬以奉赠，亦太保公之本意也。

【译文】我近日路过南京，见到了退休的太保张方平公。他把收藏的十六轴禅月罗汉交给我，说："我年老体衰，不再喜欢这些东西了，可在家里收藏这些画像，又没有香灯供奉，您可以选一个名寺高僧送给他。"现在法师远道而来，和我分别，难道是这些罗汉像和您注定有缘吗？特意敬送给您，这也是太保公的本意。

八　以下俱赴定州

辱简，并惠扇碑，及借示木石等，皆佳妙。但去长物为陆行计，无所置之，谨留笔一束，以领雅意。余回纳，不讶！不讶！

【译文】承蒙来信，并惠赠扇、碑，并借观木、石等物，都是精妙的佳品。不过我考虑到这次要走陆路，大宗物品都无法处置，谨留一束毛笔，算是敬受美意。其余奉还，请勿见怪！

九

辱书，具审法履佳胜。且知从者尝至符离见待久之，感愧深矣。借示跋尾石刻，足见存诚笃至。却附来人纳上元本。未会集间，千万珍重。

【译文】承蒙来信，得知您生活安好，胜过平日。知道您的侍从曾到符离等了很久，心中深觉有愧。您送来了跋尾石刻本给我看，足可见您忠诚深厚之极。现在让来人带回原本。不能与您相会，请千万珍重。

与无择老师一首 以下俱黄州

吾师要写大字，特为饮酒数杯，只用寻常小笔作二额，八字者可入石，六字可上碑，两旁刻年月日及官位姓名，字小不称大伽蓝。示及大笔，皆市人用者，不足使也。惠及奇菽，感服之至。

【译文】法师要我写大字，我特地喝了几杯酒，用平常的小笔写了两幅碑额，八个字的可以刻到石块上，六个字的可以刻到碑上，在两边刻上年月日和官职姓名，字体太小，恐怕不能和大寺院相称。您给我看的大笔，都是平常人用的，不足为用。您送给我的豆子很好，非常感谢。

与清隐老师二首

黄长生人来，辱书，承起居佳胜，为慰。示及黄君佳篇及山中图刻，欲令有所记述，结缘净境，此宿所愿也。但多病久废笔砚，里中故人，屡有求诗文者，皆未能副其请也。千万勿讶。

【译文】黄长生来到这里，带来了您的信，得知生活安好，心中十分欣慰。您给我看黄君的大作和寺中的图画刻本，想让我作文记述，能和佛家清净境地结缘，本是我一生最大的愿望。不过我身体多病，已经很久不作文章，家乡的老友，常常有要我的诗文的，我都没有能答应他们的要求。千万不要见怪。

二

净因之会，茫然如隔生矣。名言绝境，寤寐不忘。何日得脱缨绊，一闻笑语？思渴！思渴！

【译文】与法师的相会，如今在我心中茫茫然如隔世之事。但那时的高妙言论和超绝境地，梦中不忘。什么时候我能解脱政务，再次聆听您的笑语呢？心中思念之极！

与浴室用公一首　翰林

去乡，久不复相闻知。得来示及退翁书，乃审公正信法子，而吾先友史彦辅十三丈之甥也。又承寄示正信偈颂塔铭，感叹不可言。比日法体胜常。知长讲《起信》，自讲入禅，把缆放船，甚善！甚善！

辄题数句塔铭后，以补阙逸。未即相见，千万为法自重。大雪后，手冻不复成字。

【译文】我离开家乡，已经很久没有得到您的消息了。收到您和退翁的信，才知道您的法徒正信，是我死去的朋友史彦辅十三丈的外甥。又蒙您寄给我看正信所作的偈颂塔颂，读后感叹不已。想近日贵体好于往常。知道您常讲《大乘起信论》，由讲经说法而入禅境，犹如把缆放船，真是妙极！我在塔铭后题下了几句，以补缺漏。不能与您相见，千万保重。大雪之后，手几乎冻僵，写不成字。

与大别才老三首 以下俱黄州

专人来，辱书，伏承法体清胜，甚慰相望。山门虚寂，长夏安隐，燕坐湛然，得无所得？无缘面话，惟万万自重。

【译文】承蒙专人送信，得知贵体安好，极为欣慰。寺院清寂幽静，您在夏季里安然独居，悠然快乐，有没有收获？我没有机会和您对面畅谈，请千万保重。

二

昨日辱访，冗迫，未遑诣谢。领手教，具审法履胜常，为慰。语录蒙借，开发蒙鄙，为惠甚厚。

【译文】日前承蒙光临，我事多纷杂，没有时间登门答谢。接到来信，得知您生活安好，心中很是欣慰。寄来的语录，很能启发我的蒙昧之心，收益不浅。

三

衰疾无状，众所鄙远。禅师超然绝俗，乃肯惠顾，此意之厚，如何可忘。还山以来，道体何如？相见杳未有期，日深驰仰。寒凝，为众自重。

【译文】我体衰多病，无所成就，被众人鄙视、疏远。禅师超然绝俗，竟肯屈驾相访，情意之深厚，我怎么能忘。回到寺院以来，贵体怎样？下次相见，杳杳无期，对您的思仰一日日加深。天气酷寒，请多多珍重。

答龟山长老四首　以下俱颍州

忽辱书，感慰无量。此日法履佳否？名为实宾，学者之意，师何用此？重烦示谕，过当。未缘展晤，千万为众自重。

【译文】忽然接到来信，心中欣慰之极。近日生活好吗？名为实宾，是治学者的意思，您怎么用这个呢？请您再来信说明，要求过份。没有机会见面，千万珍重。

二

张君予都慰，闻是旧檀越。为奏海照之号，今托林承议附纳敕牒，请作一书致君予，贵知到也。本欲为书海照堂大字，作牌纳去，屡写皆不佳，不可用，非久，待告文安国为作篆字也。

【译文】张君予都尉，听说是以前的施主。为了奏请海照的赐号，现在托林承议捐去度牒，请您写一封信给君予，最好让他知道。我本想写“海照堂”几个大字，作成牌匾送去，写了几次都不好，不配采用。过不多久，我再请文安国为他写几个篆字。

三

奉别忽半年，思仰无穷。比日履兹余寒，法体何如？侧闻居山渐久，道俗向服。新命既下，想慰众意。未瞻奉间，千万以时自重。

【译文】与您分别转眼已经半年了，心中思念之极。近日天气稍有寒意，贵体怎样？我听说您在寺中住的时间长了，僧俗渐渐敬服。新的任命已经下达，想必您一定能依从众人的心愿。没有机会与您相见，千万顺应天时，多加保重。

四

前者过谒，虽不款留，然开慰已多矣。辱书，审闻别后法履清胜。山门久堕，经始为劳，然龙象所在，淮山已自改观矣。未期会集，幸为众自爱。

【译文】前些天去府上拜见，虽然没有多作停留，但您对我启发安慰已经很多了。承蒙来信，得知分别后生活安好。寺院衰落已经很久，还要烦您从头操劳，但有高僧在那，淮山自然会有改观的。不能和您相会，请多加保重。

答清凉长老一首　扬州还朝

昨辱佳颂见贶，足为衰朽之光，未缘面谢。

【译文】昨日承蒙惠赠佳颂，足为我衰朽之躯之荣幸，没有机会当面道谢。

与僧隆贤二首　以下俱惠州

某慰疏言：不意宝月大师宗古老兄捐众示化。切惟孝诚深至，攀慕涕泗，久而不忘。仍承已毕大事，忽复更岁，触物感恸，奈何！奈何！某谪居辽敻，无由往奠，追想宗契之深，悲怆不已。惟昆仲节哀自重，以副远诚。谨奉疏慰。不次谨疏。正月日，赵郡苏某慰疏上。

【译文】苏轼致言聊作安慰：没有想到宝月大师宗古老兄离世而去。我想您忠孝深切，对大师敬仰追慕，痛哭不已，心中永记不忘。得知葬礼已经结束，转眼又到年底，触物思人，感伤哀恸，奈何！奈何！我远谪于荒远的地方，没有机会前往祭奠，追想当初情义契合之深，心中悲痛不已。还请您节哀自重，也符合我在远方的诚恳之意。谨奉此信，聊作安慰。不再去信。正月某日，赵郡苏轼上。

二

舟、荣二大士远来，极感至意。舟又冒涉岭海，尤为愧荷也。宝月塔铭，本以罪废流落，恐玷高风，不敢辄作，而舟师哀请诚切，故勉为之也。海隅漂泊，无复归望，追怀畴昔，永望凄断。

【译文】法舟、法荣二位贤君从远方而来，我很为他们的诚挚之意感动。舟师又是跋山涉水，特别让我觉得惭愧。宝月大师的塔铭，我本来想自己罪责深重，流落困顿，恐怕玷污他的高洁风范，不敢为他写，但舟师苦苦相求，诚恳之极，因此才勉强写下。我落泊天涯，也不再想能够归乡，追想往日，凄怆满怀，不复再有。

代夫人与福应真大师一首 黄州

久不闻法音，驰仰殊深，即日远想起居安隐。儿从夫远谪，百念灰灭，持诵之余，幸无恙。何时复见，一洗岭瘴。春寒，千万为法自重。不宣。旌德县君王氏儿再拜。

【译文】很久没有聆听法师高论，心中深为敬仰，远想您近日生活安好。我跟随丈夫远谪他乡，心中的各种想法都如灰烬冷灭，持诵佛经之余，幸好身体无病。什么时候能再次相见，一洗山间的污气呢。春天还稍有寒意，千万为法自重。不再多言。旌德县君王氏儿再拜。

舍幡帖一首

祖母蓬莱县太君史氏绣幡二，其文曰："长寿王菩萨"、"消灾障菩萨"。祖母没三十余年，而先君中大夫孝友之慕，至老不衰，每至忌日，必捧而泣。今先君之没，复二十四年矣。某以谓宝藏于家，虽先君之遗意；而归诚于佛，盖祖母之本愿。乃舍之金山，以资冥福。

【译文】我的祖母蓬莱县太君史氏曾经绣了两张幡，上面绣的是"长寿王菩萨"、"消灾障菩萨"。我祖母已经去世三十多年了，而先父中大夫的仁孝之心，到死也没有衰减，每到忌日，都捧着它流泪。现在先父去世又有二十四年了。我以为把它珍藏于家中，虽然是先父的遗愿；然而归于佛门，是祖母本来的心愿。于是我把它布施给金山寺，以求冥福。

付龚行信一首　惠州

辩禅师与余善，常欲通书，而南华净人，皆争请行。或问其故。曰："欲一见东坡翁，求数字，终身藏之。"余闻而笑曰："此子轻千里求数字，其贤于蕺山姥远矣。固知辩公强将下无复老婆态也。"干明法煮诃梨勒，闻之旧矣，今乃始得尝，精妙之极，岂非中有曹溪一滴水故耶？偶病不得出，见书此为谢。绍圣二年六月十二日，付龚行信。

【译文】辩禅师和我交情很好，常想通信，而南华的僧人，都争着请求送信。有人问为什么。他说："我想见一下东坡老人，求他写几个字，终生收藏。"我听说后就笑着说："他不怕千里行程来求我写几个字，其劳苦比蕺山姥高出好远。我本来就知道辩公强将手下没有老太太那样的。"以干明法煮诃梨勒，我以前就听说过，现在才能尝到，真是妙不可言，难道不是因为其中有一滴曹溪之水的缘故吗？我偶染小病，不能出门，就以此信作为答谢。绍圣二年六月十二日，给龚行信。

卷七十五　尺牍

与张安道二首

轼顿首再拜少师先生丈丈执事：秋冷，窃惟道体胜常。轼蒙免如昨，穷约愈久，念道渐熟，常佩至言，不敢失坠。今年春夏微疾，遂杜门谢客，而传者过实，以为左右忧。入秋来殊佳健，于道虽未有得，而异时浮念杂好，殆灰灭矣。先生丈丈悯其有意于此，当时发药乎？王郎北归，慰喜可量，恨不得助举一觞耳。忧喜过人，何翅电露，欲寻王郎初别时意味，岂复有丝毫在者！则今日会合之喜，又与造物皆逝矣。近者孙謦宣德赴偃师，托寄带拜二簟去，不审达未？已令儿子往荆南买一官庄，若得之，遂为楚郢间人矣。每念违去几杖，瞻奉无期，未尝不临风嗟惋。万一天恩放停逐，便当不远千里见先生也。今有少恳干求，不罪！不罪！轼于门下至厚，先生有金丹奇药，而不以数粒见分，实未免耿耿。若遂其请，谨藏之耳，未敢服也。舍弟在筠甚安，望其牵复解去，得相聚少时。近以公为一倅所怒，捃摭百端，虽未见可以害渠者，然已滞牵复矣。行止饮啄，非复人事，亦不能念之也。厚之奉议，且在左右否？先生迩来复有几孙？岁行晚，江淮风物凄紧，坐念斋阁萧然，黄花白酒，有与共者乎？乍冷，惟乞万万为国自重。闲居乏人，止用手启，信笔不觉满纸，惶悚！惶悚！谨附承动静，不宣。从表侄苏轼顿首再拜少师先生丈丈执事。八月二十二日。

【译文】苏轼再拜先生老长辈：秋天转冷，惟祝贵体安康。我承蒙赦免如在昨天，严格约束自己时间愈长，对道义思考愈深，常敬佩您的至理名言，不敢稍加忘却。今年春夏两季偶染小疾，于是闭门不见客人，可是传话的人将病情说得过重，让您担忧挂念了。入秋以来身体特别健康，对道义虽说没有更多的心得，可是平时各种空想和癖好，近于灰飞烟灭。先生如有顾惜我的心愿，应在此时寄送药物吧！王郎回到北方，欣喜之情可想而知，遗憾的是不能前去举杯庆贺。忧伤和喜悦的情怀都是匆匆过客，犹如闪电和朝露，想要寻回与王郎初别时的情感，还有丝毫的踪迹吗？而现在同他重新会合的喜悦之情，又要随光阴很快就会消逝的。近来宣德郎孙馨前往偃师，托他带去两领竹席，不知送到没有？已派儿子去荆南买一处官宅，如果买到，就成为荆南一带的人了。每想到自己远离先生，再次见面也不知在何时，未尝不临风叹惜。万一皇恩停止放逐我，我一定不远千里去见您。眼下有个小小而诚恳的要求，不要怪罪！不要怪罪！我与您交往很厚，而您有金丹奇药，却不分给我几粒，实在难免耿耿于怀。如果满足我的要求，我会谨藏丹药，不敢服用。舍弟苏辙在筠州很安分，希望他能遇到赦免被发送回来，兄弟能相聚片刻。不想近日因为公事被副州官恼怒，收集各种罪状，虽然没有可害死苏辙的，但已经推迟苏辙遇赦放还了。作息吃喝，不再是力所能及的事，也不能挂念他了。厚之作奉议郎，尚在您身边吗？先生近来又添了几个孙子？时令行将入冬，江淮一带风物寒气逼人，因而想到斋阁萧瑟，赏菊品茶，有人陪伴您吗？天气突然变冷，只请求千万为国保重身体。谪居黄州缺少书吏，只得亲笔写信，信笔写来不觉满纸，惶恐！惶恐！谨寄言上述情况，不一一细说。从表侄苏轼再拜长辈少师先生。八月二十二日。

二

雪后苦寒，远想燕居恬适，台候胜常。某以独员冗迫，久缺上问，荷蒙矜恕。岁律行尽，展奉何时？尚冀顺时保颐，益永眉寿。下情祷颂之至，不宣。

【译文】下雪后天很冷，遥想先生闲居恬淡安适，贵体必定好于往常。我因是独任官员事务繁杂紧迫，长时间缺少去信问候，承蒙您体谅宽恕。今年时令将尽，不知何时才能拜见您？还希望顺应时令保养身体，增益延长寿命。我心里只能这样祝愿颂扬了，不一一细说。

与赵梦得一首（残）

旧藏龙焙，请来共尝。盖饮非其人茶有语，闭门独啜心有愧。

【译文】昔日珍藏有龙焙茶，请您来一起品尝。大概饮茶不得其人茶有怨言，关起门来独自喝心中惭愧。

与赵无愧一首

专令亲情王谲去相见，请亮察。

【译文】专一让亲友王遹前去拜见您，请谅解。

与蒋公裕一首

轼启：近别，想体中佳胜。田事想烦经画，今遣侄孙赍钱赴州纳，有所买牛车等钱。本欲擘画百缗足，今只有省陌，请收检支用。如少，不过来年正二月，续得面纳也。馀惟万万自爱，不宣。轼顿首公裕蒋君良亲足下。十月十二日。

【译文】苏轼致言：近日分别后，我想贵体一定安好。田园之事想烦请您筹划，今派侄孙携带钱币到州城交付，其中有用来买牛车的。本来想筹集一百吊足百钱，现今只有二百吊省百钱，请您收点支用。如果钱不够，不超过明年正月二月，便接续当面交付。最后只望千万爱惜身体，不一一细说。苏轼顿首致意亲友蒋公裕先生。十月十二日。

与杜道源五首

尊丈不及作书。近以中妇丧亡，公私纷冗，殊无聊也。且为达此恳。轼又白。

【译文】尊丈没来得及写信。近来因为内妻去世，公事家事繁杂，精神很是没有寄托。先送去这封信。苏轼又禀告。

二

京酒一壶，送上。孟坚近晚必更佳。轼上道源兄。十四日。

【译文】送去京酒一壶。孟坚饮后稍晚必然更好。苏轼致意道源兄长。十四日。

三

大人令致恳：为催了《礼书》，事冗未及上问；昨日得宝月书，书背承批问也。令子监簿必安胜。未及修染。轼顿首。

【译文】家父让我代他向您致意：为了尽快写完《礼书》，事务繁杂没来得及去信问候；昨天收到宝月来信，信笺背面有批评询问的话。令郎供职监簿肯定胜任。信文没来得及修饰润色。苏轼顿首致意。

四

道源：无事只今可能枉顾啜茶否？有少事，须至面白。孟坚必已好安也。轼上，恕草草。

【译文】道源先生：今天无事能光临喝茶不能？有些事，必须等您来到当面说。孟坚肯定已经安康了。苏轼呈，随意写来请宽恕。

五

令子所示，专在意来日。相见即达之，但未必有益也。辄送十缗省为一奠之用。难患流落中，深愧不能展毫末也。不罪！不罪！轼手启。

【译文】令郎来的信，只在意未来。见到他我就劝导他，只怕不一定有好处。送去十吊省百钱作为安家费用。你们在患难流离中，我非常惭愧不能给予丝毫帮助。不要怪罪！不要怪罪！苏轼亲笔书写。

答刘道原一首

道原要刻印七史，固善。方《新学经解》纷然，日夜摹刻不暇，何力及此！近见京师经义题：“国异政，家殊俗。”国何以言异？家何以言殊？又有“其善丧厥善”，“其”、“厥”不同，何也？又说《易·观》卦本是老鹳，《诗·大小雅》本是老鸦。似此类甚众，大可痛骇。

【译文】您要刻印七史，当然很好。方今《经学新解》很多，日夜不停地临摹刻印，人们哪有心力物力用到七史上！近日看到京城的经义试题：“国异政，家殊俗。”国家怎么能说异政？家庭怎么说到殊俗？还有“其善丧厥善”，“其”“厥”不同在哪里啊？又有人说《易·观》卦中的“观”本是老鹳，《诗·大小雅》中的“雅”本是老鸦。像这样的现象很多，很让人痛心惊骇！

与文与可十一首

官居在凤凰山下。此山真如凤：有两翅，翅上各建一塔；而凤嘴正落所居池上。旧有一堂，在山欲落处，近葺之，谓之凤咮堂。……山上草中多怪石，近取得百余株，于东斋累一山，激水其间，谓之溅玉斋……堂后有屋正方，谓之方庵。……累石为山，山有一峰，穿窍如月，谓之月岩斋。

【译文】官宅在凤凰山下。凤凰山真像凤凰：山有两翅，翅上各建有一塔；凤嘴正好伸向住处附近的池水上。山脚下原先有一方形建筑，近来加以修整，命名为凤咮堂。……山上草中很多怪石，近日拾取百余块，在东斋院中堆积一座假山，引水在山间飞溅，命名东斋为溅玉斋。……堂后有一正方形屋，命名为方庵。……堆积石块成山，山有一峰，穿洞如月形，命名为月岩斋。

二

《凤咮》等诗，屡有书道谢矣。岂皆不达耶？睽远可叹，皆此类也。向有书，乞《超然台》诗，仍乞草书，得为摹石台上，切望！切望！安南代北骚然，愚智共忧，而吾徒独在闲处，虽知天幸，然忧愧深矣。此中亦渐有须调蜀中，不觉否。轼近乞齐州，不行。今年冬官满，子由亦得替，当与之偕入京，力求乡郡，谋归耳。洋川园池乃尔佳绝，密真陋邦也，然亦随分葺之。城西北有送客厅，下临潍水，轩豁旷荡，欲重葺之，名快哉亭。或为作一诗，尤为幸厚也。“伧父”恐是南人谓北人，亦不晓其义。《王献之传》有，可详之。轼又上。

【译文】就《凤咮》等诗，我曾多次写信道谢。难道都没送到吗？相距遥远令人叹息，都是这类事。先前还有书信，向您索要《超然台》诗，仍然请用草书写出，得到后就刻石安置超然台上，热切盼望！热切盼望！目前安南代北动乱不已，不论愚智都忧虑，而我们独在闲散处，虽知这是天赐的幸运，但也非常惭愧。其中也逐渐参杂有要迁调蜀中的想法，也不觉得有什么不合适。我近来求调齐州，没有去成。今冬我任职期满，苏辙也将被替代，我当和他一同进京，全力要求故乡州郡，谋划返乡罢了。洋川园林池水是那样美好，密州真是简陋的地方，然而也应照例修整它。城西北有个送客亭，下临潍水，开朗空阔，准备重新修葺，取名快哉亭。倘或您为它作首诗，尤其是我特别希望的。“伧父”恐怕是南朝人骂北方人的话，我也不能明晓确切的含义，《晋书·王献之传》有记载，可以了解它的原委。苏轼又呈。

三

轼自密移河中，至京城外，改差徐州，复挈而东。仕宦本不择地，然彭城于私计比河中为便安耳。今日沿汴赴任，与舍弟同行。闻与可与之议姻，极为喜幸。从来交契如此，又复结此无穷之欢，美事！美事！但寒门不称，计与可必不见鄙也。临行冗甚，奉书殊不谨，俟到任，别上问次。

【译文】我从密州移官河中，到汴京城外时，改派徐州，又领家眷东行。做官本不应挑选地方，不过从个人考虑徐州比河中便利安适。今天沿汴河赴任，和舍弟苏辙同行。听说您正和他议结姻亲，极为高兴庆幸。从来交情就这么好，现在又要联结这永远的亲情，好事！好事啊！只是我们出自寒门与您不般配，估计您肯定不会轻视的。就要上路繁忙得很，信笔写来未及细想。等到任徐州，另外去信问候。

四

轼再拜：侄女子获执箕帚，非独渠厚幸，而不肖获交于左右者，缘此愈亲笃矣。欣慰之怀，殆不可言，不敢复具启状，必不见罪也。闻舍弟谈婿之贤，公之子固应尔。侄女子粗知书晓义理，计亦称公家妇也，更望训诲其不逮也。

【译文】苏轼再拜与可先生：侄女得嫁令郎，不只她非常幸运，即使我有机会和您交往，也因此愈加亲密笃厚。心中欣慰之情，几乎无法用言语表达，不另写信谈及此事，您也肯定不会怪罪。常听舍弟说他女婿好，您的儿子当然应该这样。侄女也粗略知书达理，估计也适合做您的儿媳。还望教诲她不达要求的地方。

五

轼启：近递中辱书。承非久到阙，即日想已入觐矣。无缘一见，于邑可知。苦寒，尊候何似，贵眷令子各安胜？轼蒙庇粗遣，但秋来水灾，几已为鱼，必知之矣。寄惠六言小集，古人之作，今世未省见。老兄别后，道德文章日进，追配作者。而劣弟懒堕日退，卒为庸人，他日何以见左右，惭悚而已。所要拙文，实未有以应命，又见兄之作，但欲焚笔砚耳，何敢自露？兄淹外既久，虽与时阔疏，而公议卓然，当遂践清近也。岁行尽，万万以时自重，不宣。轼再拜与可学士老兄阁下。十二月十六日。

【译文】苏轼致言：近日承蒙驿使送来您的书信，得知如果不是路途耽搁太久，今天想来已经入朝见驾了。没有机会见面，忧郁可想而知。天很冷，贵体怎样，家眷令郎各安好？承蒙恩庇我一切尚好，只是秋天大水成灾，几乎变为鱼鳖，想必已经知晓。您寄给我的六言诗小集，很像古人的力作，今世未曾见过。老兄分别之后，品德和文章一天天进步，般配小集的作者。而我懒散得一天天退步，最终成了庸人，他日凭什么拜见您，只有惭愧惶恐罢了。您索要的文章，实在没有拿得出手来应付吩咐的；再说又见了兄长诗作，只想焚毁自己的笔砚，怎敢自我显露？兄长淹留外任已久，虽然与时事有些疏远，但大家评论卓越，该成为朝中重臣了。今年光阴将尽，千万按时令保重身体，不一一细说。苏轼再拜与可学士兄长。十二月十六日。

六

轼启：郡人还，叠辱书教。承尊候微违和，寻已平愈，然尚未甚美食。又得蒲大书云，尊貌颇清削。伏料道气久充，微疾不能近。然未免忧悬，惟谨择医药，痛加调练，莫须燃艾否？轼近来亦自多病，年老使然，无足怪者。蒙寄惠偃竹，真可为古今之冠，谨当缀黄素其后，作十许句赞。盖多年火下，不可无言也。呵呵！闻幼安父子共得卅余轴，谨援此例，不可过望。所示，当作歌诗题之。轼作此乃莫大之幸，日夜所愿而不得者。今后更不敢送浙物去矣，老兄恐吓之术，一何疏哉！想当一大噱。别后亦有拙诗百余首，方令人编录，以求斤斧，后信寄去。老兄盛作，尚恨见少，当更蒙借示，使劣弟稍稍长进。此其为赐，又非颁墨惠竹之比也。冗中奉启，不尽言。

轼再拜与可学士亲家翁阁下。正月廿八日。

【译文】苏轼致言：本郡公差回来后，承蒙连续来信指教。得知贵体略微失去调和，不久就痊愈了，但尚未特别地感到食物味美。又收到蒲大的来信，说您面貌相当清瘦。我估料您长久以来道气充沛，小病不能近身。但是心里难免忧虑悬挂，只望慎重选择医生和药物，大力调养摆治，照理应点燃艾草灸疗吧？我近来也多病，年龄老大使人这样，没有值得奇怪的。收到寄来的偃竹图，真可称古今之冠，谨当在画后连缀黄、白绢帛，写十来句赞语。大概是多年火气平息，不能没有话说吧。哈哈！听说石幼安父子总共得到三十多幅画，谨援引此例，不可有过多奢望。果真寄给我偃竹图，当作诗题在上面。我干这个也是莫大幸事，先前日夜盼望而得不到的。今后再不敢送浙产画绢去了。老兄恐吓人的办法，多么疏远朋友哇！权当一大笑料。分别后我也写了百余首诗，正让人编录，以便找人斧正，日后让信使带去。老兄的大作，还遗憾看到的很少，应该再借一些给我看，使我逐渐有长进。诗文作为赠品，又不是赏赐墨、竹能比的。繁忙中去信，没说尽心中话。

苏轼再拜亲家翁与可学士。正月二十八日。

七

轼辄有少恳，托幼安干闻。为近于守居之东作黄楼，甚宏壮，非复超然之比。曾告公作《黄楼赋》，当以拙翰刻石其上。其临观境物，可令幼安道其详，告为多纪江山之胜，仍不用过有褒誉。若过誉，仆即难亲写耳。切告。又有少事，甚是不识好恶，辄附绢四幅去，告为作竹木、怪石少许，置楼上为屏风，以为彭门无穷之奇观，使来者相传其上有与可赋、画，必相继修葺，则黄楼永远不坏，而不肖因得挂名，公其忍拒此意乎？见已作记上石。旦夕寄书去，正月中遣人至淮上咨请，幸少留意。不罪，幸甚。轼惶恐。

【译文】我有小小的请求，托石幼安拜见转告。近来在徐州城东建造黄楼，非常雄壮，决非超然台能比。日前曾请您创作《黄楼赋》，我将亲笔书写并刻石安置在黄楼上。黄楼登临可见景物，可让石幼安述说详细，请您多记述江山胜景，仍旧不用对我过分赞誉。如过分赞誉，我就难以亲笔书写了，恳切告知。还有一件小事，很有些不知好歹，让人捎去四幅绢帛，请您画一些竹木、怪石，安放楼上作屏风，当作徐州永远的奇观，让后来人互相传颂黄楼上有您的赋和画，必然相继修整，黄楼就会永远不坏，而我也能借以挂名，您难道忍心拒绝我的心意吗？现在已经写好黄楼记并开始刻石。很快就寄去这封信，正月里再派人到淮上催问，希望稍加留意。如不怪罪，荣幸得很。苏轼诚惶诚恐。

八

轼启：叠辱来教，承起居佳胜。适闻中间复微恙，且喜寻已平复。轼比来亦多病，渐老不耐，小放意辄成疾，不可不加意慎护也。水后弥年劳役，今复闻决口未可塞，纷纷何时定乎？寄示和潞老诗甚精奇。稍间当亦继作六言诗，殆难继也。未缘会遇，万万以时自珍。谨奉手启上问，不宣。轼再拜与可学士亲家翁阁下。三月二十六日。

【译文】苏轼致言：承蒙连续来信，得知您日常生活安好。近闻其间还有小病，且喜很快就痊愈了。我近来也多病，年事渐高不耐劳苦，稍大意就酿成疾病，不能不更加注意慎重养护。这里水灾之后整年劳作，现在又听说决口无法堵住，多灾多难何日能平定水患啊？寄给我看的和潞公文彦博诗很精奇。稍后我也当继作六言诗，只怕水平难继其后。没有机会相见，千万顺应时令珍重身体。谨送去亲笔信，问候之意不一一细说。苏轼再拜亲家翁与可学士。三月二十六日。

九

轼启：近承书诲，喜闻尊候益康胜。见乞浙郡，不知得否？相次入文字，乞宣与明。若得与兄联棹南行，一段异事也。中前桑榆之词，极为工妙，寻曾有书道此，却是此书不达耶？老兄诗笔，当今少俪，惟劣弟或可以仿佛，墨竹即未敢云尔，呵呵。佳墨比望老兄分惠，反蒙来索，大好禅机，何处学得来？大轴挥洒必已了，专令人候请，切告。乌丝栏两卷，稍暇便写去。近见子由作《墨竹赋》，意思萧散，不复在文字畛域中，真可以配老笔也。亦欲写在绢卷上，如何？如何？乍凉，万万珍重。

【译文】苏轼致言：近日承蒙来信教诲，喜闻贵体更为安康。您正讨求浙郡为官，不知求得没有？我也先后递上奏章，讨求宣城和明州。如果求得当与兄长连船南行，也是一件奇异的事。前时您创作“桑榆”词，极为工巧美妙，我曾有书信称道此词，难道那封信没有送到吗？老兄文笔，当今很少有人比肩，只有愚弟可以大体相当，水墨画竹就不敢这样说了，哈哈。您的墨竹佳作我每每盼望分赐给我，如今您反而向我索取，机巧处事，何处学得来？大作想必已经挥洒完毕，我专门派人去等候，急切告知。两卷乌丝栏绢帛，稍有空闲我便去写。近来看到苏辙创作的《墨竹赋》，意思闲散，不复在一般文章范围内，真可以匹配您的画作。我也想把它写在绢帛上，怎么样？怎么样？天气突然变凉，千万珍重。

十

轼启：稍不驰问，不审入冬尊体何如。想旧疾尽去，眠食益佳矣。见秋榜，知八郎已捷，不胜欣慰；惟十一郎偶失，甚为怅然。一跌岂废千里？想不以介意。寄示碑刻，作语古妙，非世俗所能仿佛。长句偈尤奇，非独文字甘降，便当北面参问也。近有一僧名道潜，字参寥，杭人也，特来相见。诗句清绝，可与林逋相上下，而通了道义，见之令人萧然。有一诗与之，录呈，为一笑也。未由展奉，万万以时自重，不一不一。轼再拜与可学士亲家翁阁下。十月十六日。

《黄楼赋》如已了，望付去人，如未，幸留意！留意！

【译文】苏轼致言：近来没有去信问候，不知入冬后贵体如何。想来必定旧病尽除，吃饭睡觉更好。我察看秋榜，得知八郎已经考取，不胜欣慰；只十一郎偶然失落，很替他惆怅。一次跌跤岂能荒废千里之行？想来也不会介意。寄给我看的碑刻原文，用语古朴美妙，水平决非世人能接近。长句偶文尤为奇妙，我不只文字上甘拜下风，还应面向北方参见问候啊。近来有个和尚，名叫道潜，字参寥，杭州人，特意来见我。他的诗句清丽无比，能和林逋比高低，而且通晓道义，见到他令人起敬。我有一首诗赠他，笔录呈上，为发一笑罢了。无机会当面承教，千万按时令保重身体。不一一细说。苏轼再拜亲家翁与可学士。十月十六日。

《黄楼赋》如已经写完，望交付去人，如果还未写毕，望留意！望留意！

十一

轼启：冗迫，稍疏上问。伏想尊履佳胜。承书，领吴兴。众议谓公当在近侍，故不甚快，然不肖深为左右贺也。吴兴山水清远，公雅量弘度，在王、谢间，此授殆天意耳。轼欲乞宣城，若幸得之，当与公为邻国，真是一段奇事。然事之如人意者，亦自难遂，从古以然。公自南河赴任，舟行艰涩，何不自五丈河，由曹、郓、济过我于徐，自泗入淮乎？但恐五丈河无冰，不然者，公必出此也。且更熟筹之。馀惟万万以时自重。笔冻，奉启殊不谨。

石幼安言，亦可呼水精宫使。此语可记。

【译文】苏轼致言：事务繁杂紧迫，渐少去信问候。我想贵体必然安好。收到来信，方知统领吴兴。众人议论都说您该在朝廷中供职，因而不特别为您高兴，然而我却很为您庆贺。吴兴山水高洁旷远，而您也度量宏雅，堪比晋朝的王坦之与谢安，这次授官恐怕是天意吧。我想讨求宣城，如有幸求得，正和您州界相接，真是一件奇事。可是合乎心意的事，也很难成功，古来就是这样。您沿南河赴任，行船艰难，为何不从五丈河，经曹、郓、济三城到徐州探望我一下，再从泗水进入淮河呢？只怕五丈河没结冰，不然的话，您肯定走这条路。还是再仔细考虑一下。最后只望按时令保重身体。毛笔上冻，信写得不够严谨。

石幼安说，您官名也可称作水精宫使。这话可以记下。

与某宣德书一首

蒙遣人致金五两、银一百五十两为贶。轼自黄迁汝，亦蒙公厚饷。当时邻于寒殍，尚且辞避，今忝近臣，尚有余沥，未即枯竭，岂可冒受。又恐数逆盛意，非朋友之义，辄已移杭州，作公意舍之病坊。此盖某在杭日所置，今已成伦理。岁收租米千斛，所活不赀。故用助买田，以养天民之穷者。此公家家法，故推而行之，以资公之福寿，某亦与有荣焉。想必不讶。至于感佩之意，与收之囊中，了无异也。

【译文】承蒙派人送来五两金子、一百五十两白银的厚礼。我从黄州迁官汝州时，也承蒙您很多赠送，当时我接近乞丐，尚且辞谢不受，今位列近臣，杯有剩酒，没有枯竭，岂能冒然接受。又怕两次拂逆盛情，不合对待朋友的道义，就把所赠金银运到杭州，当作您的主意施舍给病坊。这病坊是我在杭州时创办的，现在已经很有条理。每年收取千石租米，救活的人无法计算。所以也把您的施舍用在买田上，来养活穷困的百姓。这是您家的家风，因此我推想您也会同意就这样办了，借以增助您的福寿，我也同样有光荣。想来您肯定不会怪罪。至于对您的感谢敬服之情，和把所赠金银装入自己口袋，全然没有什么不同。

与张天觉四首

轼启：羁旅索寞久矣，见公得一散怀抱，为乐难名，行日犹欲上谒，遽闻侵夜解去，既而累日风雨，知仙舟未免留连，甚为耿耿也。两沐□□，慰□□□。即日起居如何？公受眷遇深，必不久远外，会□舟中之……。

【译文】苏轼致言：寄居作客长时间神情沮丧，见到您方得发散胸中郁闷，欢乐心情很难用言语表达。您上路那天还想再去拜谒，突然听说您在黄昏时就启船离去。接着是连日风雨，知道您的船没有摆脱滞留命运，很是烦躁不安。……这些天日常生活怎样？您深受皇上眷顾，肯定不会长久远放的……

二

轼启：一向多病，不时奉书，思仰甚矣。比日履兹畏暑，起居佳胜。向蒙示谕“铁牛老鼠”之说，实不晓此谜。但废放之中，病患相仍，默坐观者，虽无所得，而向之浮念杂好，尽脱落矣。永日杜门，游从登览，举觉无味。此下根钝器，所守如此，不足为达者言也。久望公还，何故至今？何时复得把臂一笑？未间，惟万万以时自重。轼再拜天觉学士阁下。六月五日。

【译文】苏轼致言：一向多病，不能按时去信，思念得很。近日遇到这令人害怕的暑热，日常生活却还安好。先前承蒙来信解释“铁牛老鼠”一说，我原先实在不知晓这个谜语。黜官流放当中，得病频繁，静坐机会很多，虽然没有什么收获，但先前多余想法和各种癖好，都丢弃了。整天关闭大门，交游属下或登临山水赏景，全感到索然无味。我这人劣根钝器，操守如此，不值得对显达的人说。长时间盼望您返还，什么原因至今未还？什么时候能把臂一笑？未得空闲，只希望千万按时令保重身体。苏轼再拜天觉学士。六月五日。

三

轼比来多病少出，向时浮念杂好，扫地尽矣。天觉比来诸况何如？已有儿子未？因书略相报，漫令小儿往荆渚求少田，不知遂否。甚欲与公晚岁为邻翁，然公岂此间人哉！轼白。

【译文】我近来多病很少外出，先前的多余想法和各种癖好，全被扫地出门了。您近来各方面情况怎样？已有儿子了吗？随信粗略告诉您，我随意让苏过去荆渚买一些田地，不知买到没有。晚年很想与您做邻居，可您岂是荆渚间的人哇！苏轼致言。

四（残）

……语想必留意也。馀更万万慎重自爱。谨奉手启上问，不宣。轼再拜天觉学士执事。三月十四日。

【译文】……话您想必留意了。最后还是希望谨慎持重地爱惜身体。谨奉上亲笔书信问候，不一一细说。苏轼再拜天觉学士。三月十四日。

与广西宪漕司勋二首

某启：从者往还见过，皆不奉迎，愧仰何胜。辱书，承起居清胜。闻还邑以来。老稚纷纷，众口食贫，向之孤寂，未必不佳也。可以一笑。蒸郁未解，万万以时自重。

【译文】苏轼致言：先前往返访我，都没奉迎，不胜惭愧。承蒙来信，得知日常生活清静舒适。听说您回到家乡以来，老幼多人，一家都过着清贫生活，看来先前在外做官的孤寂，也未必不好。可以一笑。闷热天气没过去，千万按时令保重自己。

二

某启：辱书，伏承起居佳胜。闻还邑，老稚鼓舞。数日调治，想复清暇矣。岁尽，万万加爱，不宣。

【译文】苏轼致言：承蒙来信，得知日常生活安好。听说您还乡时，无论老少都欢欣鼓舞。经过几天调治，想来又恢复清静闲暇了。今年光阴将尽，千万着意爱惜身体，不一一细说。

与朱康叔二首

再辱手教，承起居清胜。今日风大，明日禁江，皆当走见。适会侄婿后日行，来日已约数客酌饯，咫只不得一往，愧负深矣。所要重写诗，已一依来命，别写去，不知中用否。大字写未及，乞恕察。

【译文】又承蒙送来亲笔信，得知日常生活清静美好。今天风大，明天江上不能行船，都只能步行相见。恰逢侄女婿后天上路，已约请几个客人明天为他设酒饯行，因而近在咫尺也不能前往赴会，非常愧疚。您索要的重写诗，已完全依照吩咐，分类抄写送去，不知中用不中用。大字抄写来不及，请谅解。

二（残）

酒甚佳，必是故人特遣下厅也。

【译文】酒很好，肯定是您特意发送敝人官衙的。

与杨某一首（残）

［子由］已改差陈州教授。

【译文】苏辙已经改任陈州教授。

答程大时一首

此间食无肉，病无药，居无室，出无友，冬无炭，夏无寒泉，大率皆无耳。余拥山居，公之所无尽有之，不省何德而能享此。

【译文】这里吃饭没有肉，得病没有药，居住没有房屋，出外没有朋友，冬天没有炭火，夏天没有凉泉，通常什么都没有。我住在山里，您没有的我这里都有，不知何德何能而能享受这般好处。

与李公择一首（残）

公择遂做到人不爱处。

【译文】您作诗已经达到“人不爱处”境界。

与蔡君谟一首(残)

往年韩中丞详定放欠，以为赦书所放，必察其家业荡尽以至于干系保人亦无孑遗可偿者，又当计赦后月日以为放数。如此，则所及甚少，不称天子一切宽贷之意。自今苟无所隐欺者，一切除免，不问其他。

【译文】往年韩中丞审定除放欠负，认为赦书规定除放欠负的对象，必须察明其家产荡尽甚至于相干保人也没有残存财物可赔偿，还应从遇赦以后计算时间核定除放欠负的数目。这样做，得以除放欠负的很少，不符合天子一切从宽赦免的意愿。从今以后只要没有隐瞒欺骗的，一切欠负都予以免除，不管其他情况如何。

与章质夫三首

某近者百事废懒，惟作墨木颇精。奉寄一纸，思我当一展观也。

【译文】我近来百事荒废，只有绘制水墨树木画很精。寄送一幅给您，想念我时就打开看一下。

二(残)

本只作墨木，余兴未已，更作竹石一纸同往。前者未有此体也。

【译文】本来只画水墨树木画，余兴未尽，又画一幅竹石图一并送去。先前没有画过这种体式。

三（残）

公会用香药，皆珍物，为番商坐贾之苦。盖近造此例，若奏罢之，于阴德非小补。

【译文】官吏因公相会用的香药，都是珍奇物品，为番商坐贾造成了困扰。大概是近来才酿就这个惯例，如上奏天子停止了它，对个人阴德决非小有补益。

与徐得之二首

轼春时病眼，不能开眉。黄梦轩旧事露，足下想已知之，葛明塘添情告府。昨求于仆，此事不知钱君锡肯为一解不，若果，庶不难耳。日来，园中桃李颜色无尘，同辈应移坐雪堂前，可作一绝，强支岁月，何如？仆夜梦中，有一杭人多惠龙团几斛，尽皆一时饮之，请解意何也？昨周澹闲见访，送二水底，余遂书《落花》诗二首暂酬。轼上得之。三月十六日。

【译文】我春天害眼病，不能睁开眉眼。黄梦轩旧事暴露，你想必已经知晓，是葛明塘添枝加叶向官府告发的。梦轩昨天向我求援，这事不知钱君锡肯替他开解不肯，如果真的开解，也许不难办。这些天来，园中桃、李花色彩清丽，同辈朋友应移步坐到雪堂前，可作一绝，勉强消磨时光，怎么样？我夜里做梦，有一个杭州人赠送数石龙团茶，全被一时饮用，请您解释这意味着什么？昨天周澹闲来访，送我俩水底，我于是书写《落花》诗二首酬谢。苏轼呈徐得之。三月十六日。

二

小儿蒙下问，未暇上状，不罪。宗人过望，皆公之赐也。叨慁！叨慁！公不能无愧，更为多致谢恳也。

【译文】苏过承蒙问候，未得空闲回信，请不要怪罪。同姓人大喜过望，都是您的恩赐。打扰了！打扰了！您不可能没有愧疚，但我还是要替苏过多致谢意。

与石幼安二首

轼启：前日急足还，领手教，具审起居佳胜，眷爱各佳安，至慰！至慰！轼此与贱累并安。知令子九月末方还，侍下未敢奉书。杭州接人犹未到，□到便行，不出此月末起发，十月上旬必到也。乍此远别，岂胜依恋，新凉，惟若时加爱。舍弟未及奉启，不宣。再拜幼安□兄。

油两瓶封全，充□不讶轻渎。八月十一日。

贵眷万福。

洋州令子必安。见报，与可已有替人，莫是别有美命否？贱累并安，轼又上。

【译文】苏轼致言：前天送信的人急速返回，我接到您的亲笔回信，得知日常生活安好，家眷都平安，非常欣慰！非常欣慰！我和家眷也都平安。知道令郎九月底方才回来，我未敢奉送书信。杭州接人尚未到，一旦来到我就上路，估计不出本月底便能成行，十月上旬肯定到任。突然就此远别，不胜依恋。天气新凉，只望顺应时令更加爱惜身体。舍弟没来得及奉寄书信，不一一细说。再拜幼安表兄。

两瓶油封盖完好，……不要怪罪礼物轻慢。

您家眷万福。

洋州令郎肯定平安。阅看邸报，得知与可已有接替人，莫非是另有美差否？我家眷平安，苏轼又呈。

二

轼启：向者人还，领手字，且审起居佳安，眷爱各宁谧。轼此与贱累并无恙。凶岁之馀，流殍盗贼无虚日，凡百劳心。近颇肃静，吏民稍见信，渐向无事，幸不忧及。杨元素处书信不知收得未？□□及馀信物幸早为觅便附去。先人今次封赠，此已纳钱讫，更不烦干致，惟告说与□院人吏令早附去也。春向晚，拜见无由，每念契阔，未尝□□□而□也。惟万万自重，不宣。轼再拜幼安表兄阁下。三月□□日。

【译文】苏轼致言：先前有人回来，我收到您的亲笔信，得知您日常生活安好，家眷也都安宁。我和家眷也无病无灾。灾荒年景里，抢劫偷盗和流浪冻饿的人天天都有，百事费心。近来稍微平静些，官吏百姓逐渐信赖我，趋于无事，希望不要忧虑我。杨元素那里的书信不知您收到没有？……和其余信物还望及早找方便让人捎去。先父先母承蒙皇上推恩授官，我这里已缴纳钱币完毕，还不用烦请代为筹措，只请吩咐书院差吏让他们尽早捎去。春天即将逝去，没有机会拜见，每想到长期分别，未尝……。只望千万保重身体，不一一细说。苏轼再拜幼安表兄。三月某日。

与王晋卿一首（残）

花栽乞两荼蘼，两林檎、两杏。仍乞令栽花人来，种之玉堂前后，亦异时一段嘉事也。

【译文】打算栽种花木特索要两株荼蘼、两株林檎、两株杏树。还请您让栽花人来一趟，把它们种在玉堂前后，也算日后一件好事。

与张忠甫二首

志文路中已作得太半，到此百冗未绝笔，计得十日半月乃成。然书大事，略小节，已有六千馀字，若纤悉尽书，万字不了，古无此例也。知之！知之！

【译文】墓志铭在路上已写大半，到这里百事繁忙也没停笔，估计还得十天半月才能写成。然而只写大事，略去小节，已写有六千多字。如果细微之处都写上，一万字也写不完，古来没有这个先例。须知！须知！

二（残）

志文谒告数日方写得了，谨遣持纳。衰病眼眩，辞翰皆不佳，不知可用否。

【译文】墓志铭请假数天方才写完，谨派人带去交付。身体衰病眼睛眩晕，文词书法都不好，不知能用不能。

与钦之一首

轼去岁作此赋，未尝轻出以示人，见者盖一二人而已。钦之有使至，求近文，遂亲书以寄。多难畏事，钦之爱我，必深藏之不出也。又有《后赤壁赋》，笔倦未能写，当俟后信。轼白。

【译文】我去年创作《前赤壁赋》，不曾轻易拿出让人看，看过的大概只有一、二人。您有使者来，索求新近文章，于是我亲笔抄写寄去。我仕途多难害怕再出祸事，您爱护我，一定深藏起它不拿出去。还有《后赤壁赋》，运笔倦怠没能抄写，专等以后的使者。苏轼言。

答刘景文一首（残）

公每发言，如风樯阵马、迅霆激电。不意于中复有祥光异彩、纡馀致腻，盎盎如阳春淑艳。时花美女，诚不足比其容色态度。此所谓不测之谓神也。

【译文】您每开口说话，犹如风中桅杆陷阵战马、迅猛雷霆疾急闪电。没想到其中还有祥光异彩、弯曲细腻，才华洋溢如阳春美艳景物。时花美女，也实在难以比拟其容色形态。这就是常说的无法测度才叫做神明吧。

与李商老一首

轼启：昨日辱访，且惠书教，适病，未能读，晨起乃得详览。阅味再三，悲喜兼怀，知德叟有子不亡也。未能往谢，但写得墓盖，大小两本，择而用之可也。病倦，裁谢草草。

【译文】苏轼致言：日前承蒙来访，而且留下书信赐教，适逢染病，未能拜读，今晨起床方得细看。阅读体会再三，不觉悲喜交加，因为得知德叟有儿子还活在世上。未能前往致谢，只写成墓盖，大小字体两本，选择合适的使用就是了。病体倦累，随意写来仅致谢意。

与王定国七首

领书，所以教谕之者备矣。感佩之意，非书可尽，谨当遵用。然所云“领发谢章，不待到任”，私意不欲尔也。谢章有过无功，而礼不可缺，到任一章足矣。空言不足上报万一，徒为纷纷耳。诸公启事，自到后一发，亦备数而已。谪居六年，无一日不乐，今复促令作郡，坐生百忧。正如农夫小人，日耕百亩，负担百斤，初无难色，一日坐之堂上，与相宾飨，便是一厄。公之意可复劝令周旋委曲以求售乎？子由赴阙之命，亦是虚传耳。

【译文】收到书信，教导吩咐我的话很完备。感激敬服之情，不是一封回信能说尽的，审慎地遵循采纳就是了。然而您说“领发谢章，不待到任”，我的本意是不愿那样的。上谢表无功有过，但此礼不能缺，到任后上个奏章就足够了。空言不足以上报朝廷恩德于万一，只是突然带来了扰乱。诸公陈述事情的书函，都是到任后发送一下，也仅充数罢了。我黜官外调六年，没有一天不快活，今又促令我管理州郡，反而无故萌生很多忧愁。正如农夫，每天耕作百亩，担负百斤，当初并无为难表情，忽然有一天让他坐在堂上，参与宴请宾客，便是一大痛苦。您的意思是再鼓励他委曲心志周旋官场以求提拔吗？苏辙进宫任职的皇命，也是谣传罢了。

二

辱书，惊闻乐全先生薨背，悲恸不已。元老凋丧，举世所痛，岂独门下义旧？虽寿禄如此，而吾侪不复见此师范，奈何？奈何？方欲乞移南都，往见之，今复何及！尚赖定国在彼，差慰其临没之意。闻属纩之际，犹及某与舍弟，痛哉！仰惟宽怀，且助厚之、迷中干后事也。执笔，怆塞不次。

【译文】承蒙来信，惊闻乐全先生去世，悲痛不已。元老谢世，世间的人都痛惜，岂独门生故旧？虽是寿命官禄如此有限，但我们再也见不到这位学习楷模，怎么办？怎么办？我正要请求移官南都，去拜见他，现在又哪里来得及！多亏您在那边，略微安慰了他临死的心灵。听说先生临终时还提到我和苏辙，多么让人痛心啊！只望宽心节哀，先帮助厚之、迷中二人料理后事。执笔写信，悲痛哽咽语无伦次。

三

专人来，辱书，且审起居佳胜。张公《行状》，读之感慨，内有数处，须至商量签帖，持去，乞细予批鉴。附来高文，固佳妙，无可指摘，但其间不免有愚意未安者，必是老谬不足晓，烦公开谕，仍不深讶。盖张公文、志又不可不尽心同虑也，惶悚！惶悚！仍须索便下笔也。未由瞻晤，千万加爱，不一。

【译文】承蒙派专人赐书信，得知您日常生活安好。为张公写的《行状》，诵读感慨万分，但文中有几处，定要知情人商略裁决签写意见，所以让人捎去，请您细加评判鉴定。您寄来的文章，实在美妙，无可指摘，只是其中难免有让我心意不安的地方，当然是我不可晓谕所致，还请您解释开导，依旧不必惊讶。为张公写祭文、墓志铭时您也不能不尽心与我共同斟酌。惶恐！惶恐！我仍然要选择方便时候动笔。没有机会拜会，千万更加爱惜身体。不一一细说。

四

不见定国一年，不与定国书半年，每得来书，辄愧满面，取纸欲答，又懒而止。每想君熟知我此态，不复以为怪也。即日起居何如？知受任安肃，庙堂既未能置君于所宜，独无一稍佳处乎？料亦都不计较。许时见过之语，似稍的，今岁必不失望矣。河水既不至，此间诸事稍可乐。幸早临，仆秋中当再乞南中一郡耳。屡蒙寄诗，老笔日可畏，殆难陪奉。字法亦然，异日当配古人矣。酷热，万万自重。

【译文】不见您一年了，不给您写信半年了，每次收到来信，就羞愧满面，取纸欲回信，又懒散地停下来。常想您熟知我这毛病，不会因此而怪罪我。目前日常生活怎么样？得知您受任安肃州，朝廷既然不能安置您到合适官位，难道连稍好一些的地方都没有吗？料想您不会计较这些。答应找时间见我的话，似乎稍微实在些，今年我肯定不会失望的。河水既然不泛滥，这里许多事情逐渐让人高兴。希望您尽早光临，秋天我要第二次请求移官南中。多次承蒙寄诗来，您的诗笔一天天让人害怕，我几乎难以奉和。书法也是这样，日后将匹配古人。天气很热，千万保重身体。

五

有一事拜托：杭人欲开葑田，盖五六十年矣。但有志于民者，无不经营，亦有数公下手开凿，终于不成。惟不肖偶得其要，开之月余，有必成之势，吏民欢快，如目去翳。近奏乞度牒五十道，终成之。一奏状，一申三省，皆详尽利害。告公为一见莘老，痛致此意，仍求此二状一观之。近奏事多蒙开允，想必莘老之力。更乞应副此一事，使西湖一旦尽复有唐之旧，际山为界，公他日出守此邦，亦享其乐，切望痛与留意。近说与子由，令为老兄力言，而此人懒慢谬悠，恐不尽力，故以托定国。彼此非为身事，力言何嫌也？

【译文】有一事拜托：杭州人想开发治理西湖周围的滩淤之地，大概有五、六十年了。只要是有志于民生的人，没有不想经营此事的，也有几个太守实际着手开发，最后没有成功。只有我偶得要领，开治月余，有必成之势，官吏百姓欢欣鼓舞，好像眼睛去掉了白翳。近来我上奏朝廷讨要五十个度牒，以便出售后作为费用最终完成工程。一次上奏章，一次递申文三次探问，都详尽地陈说利害。请您替我拜见莘老，找来我的两个奏章看一下。近来奏事多被应允，想必是莘老的助力。还请求应允与此相称的另一件事，即让西湖恢复唐代旧貌，湖面扩大接近山岭，您日后出任杭州太守，也能享受这样做带来的好处，切望特别留意。这个话题近日也说给苏辙，让他代我尽力进言，但他这个人怠慢荒疏，恐怕不尽力而为，所以又托付给您。你我都不是为个人私事，力言有什么嫌疑呢？

六（残）

新诗篇篇皆奇，老拙此回真不及矣。穷人之具，辄欲交割与公。

【译文】您的新诗每首都奇妙，我这次是真的赶不上了。能穷尽人才智的器具，就要交割给您了。

七（残）

睹邸报，知定国除符离守。及见告词，慰喜之极。此与公亦何足为庆，但喜端人善士，自此少免点污破坏。人材稍出，社稷之喜也。

【译文】观看邸报，得知您被任命为符离太守。等看到官方正式文告上的文词，欣慰高兴到了极点。这对您来说哪里值得庆幸，高兴的只是正人君子，从此稍免玷污破坏。人材渐出，国家社稷有福啊。

与陈季常四首

一夜寻黄居寀龙，不获，方悟半月前是曹光州借去摹拓，更须一两月方取得，恐王君疑是翻悔，且告子细说与，才取得即纳去也。却寄团茶一饼与之，旌其好事也。

【译文】我一晚上寻找黄居寀的龙图，都没找到，才想起半月前曹光州借走依样绘制，还得等一两个月才能取回来。我担心王君怀疑我这是翻悔，先请您把原由细说给他，我一取回龙图就交还他。先寄送一饼团茶给王君，表彰他做的好事。

二

轼启：新岁未获展庆，祝颂无穷。稍晴，起居何如？数日起造必有涯，何日果可入城？昨日得公择书，过上元乃行，计月末间到此。公亦于此时来，如何？如何？窃计上元起造尚未毕工，轼亦自不出，无缘奉陪夜游也。沙枋画笼，旦夕附陈隆船去次，今先附扶劣膏去。此中有一铸铜匠，所借所收建州木茶臼子并椎，试令依朴造看。兼适有闽中人便，或令看过，因往彼买一副也。乞暂付去人专爱护，便纳上。余寒，更乞保重。冗中，恕不谨。轼再拜季常先生丈阁下。

正月二日。

【译文】苏轼致言：新年未得在一起庆贺，祝愿颂扬之意无限。天气逐渐放晴，您日常作息怎样？数日内动身来访得有个准确日子，到底哪一天果真进城？昨天收到李公择的书信，过了上元节他就来，估计月底到这里。您也这时来，怎么样？怎么样？您上元节来访尚未实现，我也不想出城去，元宵节就无机会奉陪夜游了。沙枋画笼，很快就让陈隆的船捎去，现在先让人捎去扶劣膏。城中有个铸铜匠，他借收的物品中有一副建州木茶臼、椎，正试着让人依傍木料仿造。恰好有个闽中人得便，别人让他看了原物，求他顺便去建州买一副来。请您暂且给予捎去东西的人以专一爱惜保护，便于献上礼物。余寒未尽，还望保重身体。繁忙中去信，请宽恕不严谨。苏轼再拜季常老先生。正月二日。

三

轼启：人来，得书。不意伯诚遽至于此，哀愕不已。宏才令德，百未一报，而止于是耶？季常笃于兄弟，而于伯诚尤相知照想，闻之无复生意。若不上念门户付嘱之重，下思三子皆未成立，任情所至，不自知返，则朋友之忧，盖未可量。伏惟深照死生聚散之常理，悟忧哀之无益，释然自勉，以就远业。轼蒙交照之厚，故吐不讳之言，必深察也。本欲便往面慰，又恐悲哀中反更挠乱。进退不皇。惟万万宽怀，毋忽鄙言也。不一一。轼再拜。

【译文】苏轼致言：有人来黄州，带给我您的书信。没想到伯诚会突然去世，令人惊愕悲痛不已。宏大的才华美好的品德，没有得到百分之一的回报，就到此止歇了吗？您对兄弟都很亲厚，待伯诚尤其理解坦诚，闻听伯诚去世定当痛不欲生。如果不上念家门嘱托责任的重大，下想三个儿子尚未成家立业，听任感情发展，不知道自我控制，那么朋友之间对您的忧虑，将是无法估量约。只望您特别依照生死聚散的常理，省悟一味忧愁悲痛并无益处，排遣哀思自我勉励，以便成就远大事业。我承蒙您深厚的交情，才说这些没遮掩的话，您肯定能深刻体察的。本想就去当面安慰，又担心悲哀中反而更为添乱。真是进退两难。只望千万宽心，请不要忽略我的话。不一一细说。苏轼再拜。

四

知廿九日举挂，不能一哭其灵，愧负千万千万。酒一担，告为一酹之。苦癒！苦痛！

【译文】得知二十九日举哀挂孝，却不能去哭伯诚亡灵，万分愧疚。送去一担酒，请您替我祭奠一下。非常痛苦！非常痛苦！

与庞安常一首

轼启：适恰遣人奉启，辱教，且审起居佳胜。召食固当依命，为章宪在武昌见候，轼来日又斋素，必难趋赴，且望恕察。晚当拜见。匆匆奉启，不一。轼再拜安常处士足下。

【译文】苏轼致言：正要派人给您送信时，收到您的来信，且知日常生活安好。召我赴宴本该遵命，只因章宪在武昌等我，我近日又要吃斋素食，肯定难以前往，还望宽恕谅解。晚些时候当去拜见。匆匆写信，不一一细说。苏轼再拜安常处士。

与子功一首

轼启：早来不及款语。辱教，承起居佳胜。二合承借，感感，不宣。轼再拜子功侍郎兄。廿五日。

【译文】苏轼致言：先前无缘恳谈。承蒙来信赐教，得知日常生活安好。借给我两个盒子，非常感激，不一一细说。苏轼再拜子功侍郎兄。二十五日。

与纯父一首

轼启：辱教，伏承起居佳胜。示及文字及缗物，物领如数。匆匆复而不尽。轼再拜纯父侍讲足下。廿五日。

【译文】苏轼致言：承蒙赐信，得知日常生活安好。信中提及的文章和钱物，每样东西都如数收到。匆匆回信话难说尽。苏轼再拜纯父侍讲。二十五日。

与家退翁三首

轼启：数日斗寒，身体佳否？来日谒告一日，与公略会话，幸访临早食也。不宣。轼再拜退翁朝散年兄。

【译文】苏轼致言：在天寒地冻之中度日，身体还好吗？来日我要告假一天，和您简略地见面说话，希望到访那天您早些吃饭。不一一细说。苏轼再拜退翁朝散大夫年兄。

二

轼启：昨日先纳送行诗，必达。经宿起居何如？来日定成行否？卑体尚畏风，不果往别。千万顺维自爱。细簟一领，暑途恐须用，鱼胶四斤，鹿顶合子一枚，赐墨三丸，纳上。不讶浼渎，不宣。轼再拜退翁朝奉使君兄。十一日。

【译文】苏轼致言：日前先奉纳送行诗，肯定能送到。近来生活如何？来日定能成行否？我身体尚怕风，不能去送别。千万顺应时令爱惜身体。一领细竹席，暑热中的旅途恐怕需要用到，四斤鱼胶，一枚鹿顶盒子，三丸赐墨，送给您。不要怪罪礼物轻慢。不一一细说。苏轼再拜退翁朝奉使君兄长。十一日。

三

轼启：人来辱手书，具审起居胜常，甚慰相望。轼连岁乞补外，请越得杭，恩出望外。不独少便衰疾，亦遂安蠢拙矣。但去□日远，归扫坟墓何日，不能无惘惘也。乍热，千万以时保爱。治行，冗中布谢，草略，不宣。轼再拜退翁朝散年兄。四月十三日。

手启上退翁朝散家。轼谨封。

【译文】苏轼致言：承蒙派人送来您的亲笔信，得知您日常生活好于往常，极为欣慰。我连年请求委任外职，讨求越州反得杭州，皇恩超出了自己的愿望。不只稍微方便衰病的身体，而且也安慰了我的心。只是离家乡一天天远，回家祭扫坟墓该在何时？不能不怅惘啊。天气突然变热，千万按时令保养爱惜身体。我正整理行装，繁忙中致谢，随意简略，不一一细说。苏轼再拜退翁朝散年兄。四月年十三日。

亲笔致退翁朝散大夫家。苏轼谨封。

与钱穆父二十九首

两日不奉接，思仰不可言。既无缘往见，空致手启，以为无益而烦还答，故不复讲。日闻府中僚佐，知小疾渐复常。又得手教，有作诗兴，甚慰喜也。诗纳去，如蒙和，何幸如之！诸公诗无他本，却乞封示。旦夕朝会，必遂款话。不一。

【译文】两天没有接到书信，想念得无法述说。既然没机会去拜会，空送书信，认为没有益处反而麻烦您回信，故不再提起。白天从府中僚佐那里听到，您的疾病逐渐康复。又收到您的亲笔信，您已有作诗的雅兴，非常欣慰高兴。现送去我的诗作，如果承蒙相和，有什么庆幸的事能与此相比！相识诸公的诗歌没有别的本子，请您把存放的封缄起来送我看。早晚朝见天子时，必能满足说话的心愿。不一一细说。

二

朝会疏阔，遂不获际见，企渴可量。岁律既尽，殊无以为乐，甚惘惘也。比日起居何如？中前云今日当见过，若果尔，人回略谕，当不出也；或未暇，亦不敢固屈。匆匆，不宣。

【译文】朝见天子机会很少，终于不得见面，盼望相见的心情可想而知。今年光阴已尽，很缺少娱乐活动，非常怅惘。近日作息情况如何？先前曾说今日来访我，如果真的来，送信人返回时略为告知，我就不出门了；也许没有空闲，我也不敢强要您屈就。匆匆写信，不一一细说。

三

两日不果诣见，倾仰不可言。乍凉，台候胜常？承已拜命，正得所欲，想惬雅怀。但朋友怀公之去，不能无惘惘然。似闻明主知照极深，其它想不复计较也。明日、后日皆休务，可以往谒。而魏邸将出，不可远去，过此，虽非假日，亦可以因访僧郊外，得邂逅也。想公行李亦不即办，当少留耶？冗中奉启，不宣。

【译文】两天没能去拜见，向往敬慕之情无法述说。天气突然变凉，贵体比往常好吧？听说您已接受外放的皇命，正得到自己想要的，心中必然惬意。只是朋友们不愿您离开，不能没有怅惘之情。好像听说天子对您知遇之恩极为深厚，其他您是不再计较的。明天、后天都停止公务，可以去拜见。但是魏邸将出，不能远离，而过了这几天，即使不是假日，也能借到郊外访僧的机会，和您不期而遇。估计您行装也不能当即准备好，该稍微多留几天吧？繁忙中去信，不一一细说。

四

会稽平日欲乞，岂易得哉！小生奉羡之意，殆不可言，然亦行当继公也。舍弟差阙下试官，不及奉启，计其出，公未行也。馀非面莫悉。倩仲、蒙仲昆仲，不克一别，意甚不足。侍奉外，千万珍爱。蒙仲更砺赋笔，遂取魁甲，至望。旦夕入文字乞郡。江湖之东，行亦得之，但恨会稽为君家所夺耳。呵呵！

【译文】我平日想讨求会稽，岂易得到哇！我羡慕您的心情，几乎无法述说，然而也应在将来继您之后得到会稽。舍弟被差派宫中考试官吏，来不及给您写信，估计他出宫时，您还不会上路。其余非当面不能告知。倩仲、蒙仲兄弟二人，不能前去道别，心中很过意不去。在外做官，千万珍爱前程。蒙仲再试笔锋，终于考取进士第一，这是特别希望的。我早晚要上奏章讨求州郡。江湖以东，不久也能求得一二，只遗憾会稽被您夺走了。哈哈！

五

令子至，出答教，感慰良极。乍冷，且喜台候康胜。此行知适所愿，但有一事，当在意者。梅月宜颇居高燥，郡中常所偃息处，皆宜易新甓也。馀具令子口白。某意在沿流扬、楚，不可得，潭、洪亦所乐也。

【译文】令郎来到，拿出您的回信，感激欣慰实在到了极点。天气突然变冷，且喜贵体康健。此去会稽恰合心愿，只有一件事，应该留意。梅雨季节在会稽宜住高燥处，郡中您经常休息的地方，都应该改砌新墙。其余话题让令郎告诉。其实我请求外放意在沿靠水道的扬、楚二州，不能求得的话，潭、洪二州也让人喜欢。

六

川公服一段，茶两团，酒二壶，蜀纸三百幅，聊相区区，恕其浼渎。

【译文】一件川中官吏的礼服，两团茶，二壶酒，三百幅蜀纸，赖以表达对您的爱慕，请宽恕薄礼轻慢之罪。

七

子由试院来日出，或能一见于容诸公。欲二十日出饯，公已出城。莫须少留否？

【译文】苏辙来日出试院，也许能见到子容等送行诸公。他想二十日出城饯行，那时您早已上路。或许能稍微多留几天吧？

八

别后书问简废，到官百冗，未皇上状。先枉教墨，得闻比日起居佳胜，感慰兼集。闻坐啸竟日，孟公绰岂可屈在滕、薛，而衰病坐苦烦剧，当易地而后安。又天官司徒皆阙人，当令公厌事矣。大热不可出，初到略须锄治纷纷，湖山咫尺，尚未见也。思企谈笑，起望西兴蔼蔼，若闻謦咳。尚冀珍卫，少慰区区。不宣。

【译文】分别后很少去信问候，到任杭州后百事繁忙，也没有闲暇写信。承蒙先来信赐教，得知近来日常生活安好，感激欣慰之情一齐涌来。听说您整天闲坐吟咏，孟公绰岂能屈在滕、薛小邦，而衰病的我却苦于事务繁紧，你我互换地方方能各得安宁。再说朝中天官、司徒二职都空缺，该让您厌倦政事啦。天热不便外出，初到杭州略须整治、灭除杂乱之事，西湖、孤山近在咫尺，尚未亲眼一见。思及您的音容笑貌，便起身眺望西兴繁茂草木，好像听到朗朗声息。尚望珍重养护身体，稍微宽慰我关切之情。不一一细说。

九

路中见三郎，甚安。渠道过瓜洲复来相见。江口恨不款曲，然亦被捉住写数纸。东来绝不作诗，公必富作，何不寄示。闻公今年造茶，奇甚，愿分绝品少许。子由遂作北扉，甚不皇，方辞免也。两小儿迨、过在此，迈此月当替，非久亦来此。承问及，感！感！四郎及诸季各安，未及书也。

【译文】路上碰见三郎，很平安。他说过了瓜洲再来见我。遗憾的是在江口没有殷勤应酬，然而也被他抓住写了几张纸。东来杭州后绝不写诗，而您肯定写了很多，何不寄给我看。听说您今年制茶，奇妙得很，希望分得少量绝好茶叶。苏辙已经供职学士院，极为不安，正在辞谢。两个小儿子苏迨、苏过在这里，长子苏迈这个月该被替代，不久也来这里。承蒙问及他们，感激！感激！您的四郎和他的弟弟们都平安，没来得及一一去信。

十

久不奉书，忽辱教字并次公具道盛意，并增感怍。比日起居佳胜，两邦相望，衰拙自知，常有绝尘之叹。惟腰脚蹒跚，略不相让，可以一笑也。近亦渐平复，惟用温补药，颇觉宜人。闻公每用朴消、大黄，昼夜洞下乃愈，此岂卫生之计哉！愿于不发时，常进一温平药，令不发为佳。然已发，想亦非下不愈也。无由面尽，临纸惘惘。

【译文】长时间没去信，忽然接到您的来信和令弟的热情问候，顿生感激惭愧之情。近日我作息情况还好，会稽、杭州两城相望，我也知道，常有片刻即到的慨叹。只是腰腿蹒跚，一点都不向我让步，可让人一笑。近来身体逐渐康复，只用平和补药，感到很适宜自己。听说您常用朴消、大黄，昼夜呕吐出去才痊愈，这岂是养生办法！希望您在没发病时，常吃一些平和药，使身体不发病为好。然而如果已发病，想来也非吐出不痊愈。没机会当面说完话，临纸怅惘不已。

十一

专人来，辱书，且审比日起居清胜。知暂在告，想无苦恙，聊欲闭阁宴坐耳。求紫雪，纳五两去。尚有数两，不欲多驰去。中年岂宜数进此药乎？相望虽咫尺，所欲言者，非笔舌可究。时登中和东庑望西兴，屋瓦可数，相思何穷。子由本欲请外觐得公处，今又北扉，此殆谬悠矣。公简上心，岂能久外耶？馀热，千万为国自重，不宣。

【译文】您派专人来，送我书信，得知近来日常生活清静美好。您现在休假，想来并无痛苦，只想闭门闲坐罢了。您索求紫雪，送五两去。还剩几两，不想多送。人到中年岂能多次服用此药。相望虽然近在咫尺，要想说的话，并非以笔为舌能穷尽。我此时登中和殿东走廊眺望西兴，西兴屋瓦历历可数，而相思哪有尽头。苏辙本想请求外任得到您统领的会稽，现在又被安置学士院，这恐怕太虚空荒唐了。您被皇上所赏识，岂能久在外地？余热未尽，千万为国保重身体。不一一细说。

十二

日望来音，此怀可知。岁暮寒栗，起居何似？递筒既失，必降札子，岁前可得迎见否？未间，伏惟为国自重，冗中，不一。

【译文】每天盼望您的来信，此心可知。年末天寒冷，日常生活怎么样？递筒既然丢失，必然降下札子，年前能够迎见不能？没有机会见面，只望为国保重身体，繁忙中，不一一细说。

十三

某在杭，虽少劳而意思自得。此来极安逸，然多忧愧，想识此心也。只在兴国浴室独居，大暑中殊清也。蒙仲在公翊所见之。公翊今得符离，不知当同往否。承辟召，小儿感戴不可言，得否犹未可知也。浙西水灾殊甚，已差岑、杨二君，朝论甚留意救恤也。知之。边上秋熟，可庆！可庆！

【译文】我在杭州，虽然稍微劳苦但还心情舒畅。离杭以来非常安适闲逸，却多有忧虑惭愧，想来您理解我的心情。眼下一个人住在兴国浴室，大暑节令显得特别清凉。我在公翊那里见到蒙仲。公翊将就任符离太守，不知当同他一起去京城不。受到您的推荐而被征召做官，小儿苏过感恩戴德无法述说，尽管得官与否尚未可知。浙西水灾很严重，朝廷已差派岑、杨二人下来，朝臣议论非常重视救济灾民。您要知道。边上秋作物成熟，可喜可贺！可喜可贺！

十四

数日不接奉，渴仰之至。苦寒，起居佳胜。欲见近岁天下户口数，告为录示，早得为佳。不知几日与颖叔、仲至见临？匆匆，不宣。

【译文】多日没接到您的来信，极为思念。天很冷，日常生活安好。我想看到近年天下户口数字，请您抄录给我看，越快越好。不知什么时候您和颖叔、仲至访临我？匆匆写来，不一一细说。

十五

久别倾企，辱书，乃知舟御在此，起居佳胜。甚欲少留以须一见。而舟人以潮平风正，当速过，遂且渡。承谕，当复来会，岂当重烦从者。匆匆，不宣。

【译文】分别日久极为挂念，承蒙来信，方知将乘船到此，日常作息安好。我很想少作停留与您相见，而船夫却认为风正潮平，该迅速过江，于是就先摆渡。承蒙吩咐，当再来相会，岂敢再麻烦随从。匆匆写信，不一一细说。

十六

尊丈台候计安？闻甚乐会稽，不知有书见赐否？某又上。

【译文】尊丈贵体平安？听说您很喜欢会稽，不知有信给我否？苏轼又呈。

十七

轻大江，重相别，谁如君者。此意岂可忘耶？然迫夜涉险，悔不坚留君一宿也。二轴谩写数字，付来□。乍远，千万保爱。不一。

【译文】轻视大江风浪，重视朋友相别，谁能像你这样。这番情意岂可忘记？然而让你傍晚涉险渡江，真后悔没有坚意挽留你住一宿。两卷书画随意写了几个字，交付来人了。路正远，千万保护爱惜身体。不一一细说。

十八

前日作《米元章山砚铭》。此砚甚奇，得之于湖口石钟山之侧。有盗不御，探奇发瑰。攘于彭蠡，斫钟取追。有米楚狂，即盗之隐。因山作砚，其理如云。过扬且伸意元章。求此砚一观也。

【译文】前天写《米元章山砚铭》。此砚很奇妙，在鄱阳湖口石钟山一侧得到的。有个盗贼不可防备，善于寻找发现奇丽物品。在鄱阳湖偷窃，砍削石钟取走钮眼儿。米元章号楚狂，就是盗贼本人。借山命名宝砚，其纹理如同云彩。经过扬州时就向米元章表白，请求看一下山砚。

十九

远接人未到，阙书吏，止用手状，达诚而已，亦幸仁明不深责也。久留吴越，谣颂蔼然，想不日召还密近，幸益为民自爱。迫行，冗甚，不尽区区。到官别上问也。

【译文】远来接我的人还没到，没有书吏，只得亲笔写信，略表诚意，也希望您见谅勿责。长时间留守吴越，流传的颂语很多，我想您不久即将被召回天子身边，还望为民自我保重。急于动身，繁忙得很，说不完忠诚情怀。到任后另外去信问候。

二十

亲情柳子立秀才，寓居属部，或去相见，略望与进。幸甚。

【译文】亲友柳子立秀才，寓居在您统属的地方，也许他会去拜见您，希望稍微给予提拔。庆幸得很。

二十一

辱简，承起居佳胜。示谕容面白，正苦暑不能坐，近夜稍凉，访及为幸，不一。

【译文】承蒙来信，得知日常生活安好。吩咐我的事容当面回复，时令正值酷暑不能久坐写信，近来夜晚稍微凉爽些，前去拜访能见到您为快！不一一细说。

二十二

奉书不数，然日闻动止，以慰饥渴。比来台候胜常，秋高诸况必佳。太闲逸否？某五鼓辄起，平明亦无事，粗得永日啸咏之乐。今日重九，一尊远相属而已。新诗必多，幸寄示。乍冷。千万为国自重，不宣。

【译文】给您去信不多，但每天都打听您的情况，来安慰如饥似渴的思念。近来贵体好于往常，秋高气爽的季节一切都好。是不是太闲逸了？我五更就起床，白天也无事相扰，略得整天吟咏的快乐。今天九月九日，只能举起酒杯远远地致意罢了。您的新诗肯定很多，希望寄给我看。天气突然变冷。千万为国保重身体。不一一细说。

二十三

两日不接奉，思仰不可言。雨冷，起居佳安。昨日小诗与通叔为戏，重烦属和，感服可量。来日无会，可于何处相聚？退之所谓“此日足可惜”，愿未遽相别也。不一。

【译文】两天没有见面，思念仰慕之情无法述说。下雨天冷，身体安好。昨天写小诗和通叔开玩笑，又麻烦您作诗唱和，感激敬服之情可想而知。来日没有朝会，可在何处相聚？退之说过“此日足可惜”，希望不要很快分手。不一一细说。

二十四

漕任虽非众望，然有一事有望于公。浙江流殍之忧，来年秋熟乃免。日月尚远，恐来年春夏间可忧，赈之则无还，贷之则难索，皆官力所不逮，惟多擘画，使数郡粜场不绝，则公私皆蒙利。事甚易知，但才不迨，且无是心，敢以累公，况枌榆所在，当留念也。

【译文】管理水道运粮虽然不合大家意愿，但有一件事有求于您。浙江百姓逃灾流浪的忧患，到明年秋作物成熟才能消除。时间还很长，明年春夏之交令人忧虑，救济他们则财物有去无还，借债给他们则很难要回来，都是官方力量达不到的，只有请您多加运筹，使受灾州郡出卖谷物的场所粮源不绝，则官方和百姓都得利。此事很容易想到，只是才干达不到，而且也没有雄心，斗胆拿这件事拖累您，何况故乡所在，当多加留意。

二十五

今日早不免谒告，今已颇安。来晨幸同颖、至二公临访，早屈为佳。不能遍致简，恐烦回答，只告穆父转呈也。

【译文】今天早上本来难免告假，现在已经相当平安。明天早晨希望您和颖、至二人光临寒舍，早来为好。不能全都送信去，恐怕麻烦大家回信，只请您转达他们。

二十六

经宿台候万福。十日之约，却为昨晚奉敕旬休致斋，翌日定光行事，须至退日。惭悚不已。一会何微末，而艰故如此。乃知永叔

“鼎彝”之句，真非虚语。公转呈颖、至二公，此简芭蕉之诮，不能逃也。呵呵！

【译文】近来贵体多福。十天前相会的定约，却因为昨晚接到诏令放假举行清整身心的礼式，次日又是定光佛行事，必须等到回家那天。惭愧惶恐不已。一次相会本来微不足道，现在却如此艰难。方知欧阳永叔“鼎彝”之句，真非空话。您转送颖、至二人，我这封信被讥笑为“芭蕉”，是不能避免的。哈哈！

二十七

此中近忽有一人，能画山水，极可爱。本无人知，仆始擢之。居人过客，争求其笔，遂渐艰难，异时必为奇物也。今将一轴奉献。如要六幅图，但与一匹细画绢，钱两千省，便可也。于轼犹未敢劣也。轼又上穆父内翰兄执事。

【译文】这里近来突然出现一个人，能画山水，极为可爱。本来没人知道，是我开始提携他的。后来当地人士和过往客人，都争着购求他的画，于是作品逐渐供不应求，日后必然成为奇物。现奉送一幅山水画。如果您想要六幅，只给他一匹细画绢，两千吊省百钱就行了。即使我也不敢鄙视他。苏轼又呈穆父内翰兄。

二十八

轼启：久不闻问，奉怀怅然。忽人来，辱手书，承比日起居佳胜，感慰无量。示谕欲令纪述新庙记，不敢以浅陋固违，但迫行，冗甚，不暇。俟到扬州，得少静息，当下笔。成，即递中寄去也。会合未缘，千万自重。不宣。轼启上穆父内翰执事。

【译文】苏轼致言：长时间没通音信，心中怅惘。忽然派人来此，赐我亲笔信，得知近来日常生活安好，感激欣慰之情无法估量。您吩咐我撰写新庙记，不敢以见识浅陋为借口坚意推辞，只是临近赴任扬州，繁忙得很，没有空闲。等到了扬州，得到稍微静息之后，就下笔。写成后，就让驿使送去。没有机会相见，千万保重身体。不一一细说。苏轼呈穆父内翰。

二十九

适承见访，偶出，岂胜怅然。新茶少许纳上，幸俟至事空，当往同啜也。轼启上穆父内翰兄执事。

【译文】日前承蒙来访，我偶然外出，不胜怅惘。送去少量新茶，希望等我没事时，去府上一同品茶。苏轼信呈穆父内翰兄长。

与滕达道五首

罪废之余，杜门省愆，人事殆废。久不修问，亦非怠慢。舍弟来，具道动止甚详，如获一见。移守安陆，日问首耗，忽蒙惠书，承已到郡，且审起居康胜。初不知轩旆过黄陂，既是州界一走，见亦不难，此事甚可惋叹也。某旅寓凡百粗遣，不烦忧念。咫尺时得别书，亦可喜也。苦寒，万乞为时自重。谨奉手启上谢，不宣。

【译文】因罪被贬以后，闭门反省自己的罪过，与社会的交往几乎断绝。长时间没有写信问候，也并非有意怠慢。我弟弟来，把你的情况讲得都很详细，如同我亲自见到你一样。我来到安陆后，每日打探你的消息，忽然接到你的来信，知道你已到州郡，并且日常起居非常安康。当初不知道您路过黄陂，既然路过黄陂一趟，见面并非难事，此事太使人感到惋惜了。我住在这里各种事都还过得去，请不必担忧。短时间内收到你的来信，也是令人高兴的事。天气太冷，万望顺时保重自己。谨致信谢罪，不一一细说。

二

辄有少恳，其属率易，惟宽恕。自得罪以来，不敢作诗文字。近有成都僧惟简者，本一族兄，甚有道行，坚来要作《经藏碑》，却之不可。遂与变格都作迦语，贵无可笺注。今录本拜呈，欲求公真迹作十大字，以耀碑首。况蜀中未有公笔迹，亦是一缺。若幸赐许，真是一段奇事。可否，俟命。见有一蜀僧在此，旦夕归去，若获，便可付也。

【译文】我有一点小小的恳求，实在太轻率了，只希望您宽恕。我自从获罪以来，不敢写诗作文。近来有一个叫惟简的成都僧人，原是我的同族兄长，很有道行，一定要我写《经藏碑》。无法推却他。就改变了一下格式用佛语写了出来，好在不用作注解。现在把它抄录下来呈送给您，想请您亲笔写十个大字，用在碑首以增加荣耀。何况蜀中没有先生的笔迹，也是一个缺憾。如果您能赐写，实在是一件奇妙的事。不知是否可以，等候您的回音。正好有一个蜀地僧人在此，很快就要回去，如果得到您的题字，就可以交付给惟简了。

三

缺人写公状，乞矜恕。示谕邸报下京东保明，此初不见，乞录示可否。所问未狎字，亦不得其详，但云为吴兴典田千余缗，田主欲卖，不许为人所言耳，亦不知的否？契璋亦自与之熟。罗汉堂壮丽之极，或与旁作四字记之，亦无害。但副团衔位，不称其意，如何？如何？此书到后，乞递中略示数字，贵知达耳。

【译文】缺人写情况报告，请宽恕。所谈邸报上呈文为我保举一事，此事当初没有见到，请告诉我行否。所问关于没有提到交易之事，我也不了解详情，只说是在吴兴用一千余吊钱买田，田主想卖，不允许告诉别人罢了，也不知确切不确切。我与契璋也十分熟悉。罗汉堂极为壮丽，如果在旁边题上四个字，也没什么妨碍，只不过黄州团练副使一职，不合自己心意，怎么办？怎么办？此信寄到后，请您给驿使略写几个字，好使我知道信送到了。

四

杜甫诗云："张公一生江海客，身长九尺须眉苍。"谓张镐也。肖嵩荐之云："用之则为帝王师，不用则穷谷一叟耳。"

【译文】杜甫有这样的诗句："张公一生江海客，身长九尺须眉苍。"说的是张镐。肖嵩推荐张镐说："用他可以作帝王的先生，不用他只不过是深山里的一个老人罢了。"

五

前日得观所藏诸书，使后学稍窥家传之秘，幸甚。恕先所训，尤为近古。某方治此书，得之颇有开益。拜赐之重，若获珠贝。老朽不揆，辄立训传，尚未毕功，异日当为公出之。古学崩坏，言之伤心也。

【译文】前日能够看到你所收藏的各种书籍，使我这个后学之人略知家传秘宝，太幸运了。恕先的注释训解，尤其符合古人的本义。我刚研究此书，得到它很是有所获益。拜读所得，如获珠贝。老朽不自量力，就撰写训传，还没有全部完成，异日一定为您写出来。古学崩坏，谈到这些使人伤心。

与王文玉十二首

榜下一别，遂至今矣。辱书，感叹。且喜尊体佳胜。到岸，即上谒。可假数卒否？余当面既，不宣。

【译文】皇榜下分别后，一直到了今天。承蒙来信，十分感叹。很高兴您身体安康。到岸后，马上就前去拜谒。可借给几个人否？其它当面详谈，不一一细说。

二

昨辱教，不即答，悚息！悚息！经宿尊体佳胜。召见，敢不如命。然疮疖大作，殆难久坐，告作一肉饭，竟日移舟池口矣。山妇更烦致名剂，某感戴不可言。谨奉启布谢，不宣。

【译文】近日承蒙教诲，没有马上回信，惭愧！惭愧！近来贵体安康。召见我，不敢不听，只是我的疮疖发作厉害，实在难以久坐，只能像个活废物一样，到晚上就乘船到池口了。妻子还不厌其烦地为我找些好药方，我感谢之情难以言表。谨写信致歉，不一一细说。

三

久留治下，以道旧为乐，而烦乱为愧。数日，尊体如何？漕车既至，不少劳乎！永日如年，念公盛德不去心。所要作字，为疮肿大作，坐卧楚痛，容前路续寄也。不罪！不罪！郑令清苦无援，非公谁复成就之。其造次！造次！疮病无聊，不尽意，惟万万以时自重。

【译文】长时间留在贵处，以叙谈往事为乐，但又因给您增添麻烦而感到惭愧。几天过去了，您贵体如何？漕运车辆就要来了，很是辛劳啊！长日如年，感念先生盛德不能忘记。要我写的字，因疮肿大发作，坐卧疼痛，请允许我以后陆续寄去。不要怪罪！不要怪罪！郑令生活清苦缺乏人帮助，只有您才能使他好起来。我太冒昧了！太冒昧了。因疮病心灰意冷，不能尽情表达心意，只望您此时万万保重自己。

四

昨辱惠书，伏承别后起居佳胜。某到金陵，疮毒不解，今日服下痢药，羸乏殊甚，又不敢久留来人，极愧草略。余热，万万为时自重。

【译文】近日收到您的来信，知道分别后您身体安康。我到金陵后，疮毒没有解除，今日服下痢药，身体特别虚弱无力。又不敢久留来人，很惭愧只草草写了几句。天气还热，望您此时万万保重自己。

五

书已领，跋尾剪去，极不妨，然何足取也。愧！愧！通判大夫甚欲写一书，乏力不果，乞道区区。

【译文】信已收到，把我写的跋删去，很是没有妨碍，哪里值得采用。惭愧！惭愧！很想给通判大夫写一封信，身体乏力没有写成，请为我讲一下诚挚之情。

六

去岁人还，奉状必达。尔后行役无定，遂缺驰问。比日不审起处何如？某忝命过优，非许予之素，何以及此。无缘面谢，重增反侧。酷暑，更祈顺时为国自重。谨奉手启，不宣。

【译文】去年差人回去，信一定送到了。后来行踪漂泊不定，因而没有及时问候。这些日子不知您日常生活如何？我承蒙您的关照很多，不是看在以前交往之情，哪能达到这种地步。没有机会当面感谢，反给您增加担忧。酷暑之际，更是祈盼您此时为国保重自己。谨奉此信，不一一细说。

七

寓白沙，须接人而行，会合未可期。临书惘惘。见张公翊，出《清溪图》甚佳。谢生殊可赏，想亦由公指示也。曾与公翊作《清溪词》，热甚，文多，未暇录去，后信寄呈也。睿达化去，极可哀，虽末路蹭蹬，使人耿耿，然求此才韵，岂易得哉！云巢遂成茂草，言之辛酸，后事想公必一一照管也。匆匆，挥汗，不复尽意耳。

【译文】住在白沙，须接到人后再走，会面的时间无法确定。面对来信心中惘然。见到了张公翊，拿出的《清溪图》太好了。谢生特别值得赞赏，我想这也是您指教的结果。曾经给公翊写了一首《清溪词》，天气太热，文字又多，没有闲暇抄录寄去，以后随信寄呈。睿达逝世，极为哀痛，虽然他最后遭受挫折，使人耿耿于怀，然而想寻求这样的文才，难道是容易得到的吗！云巢也去世了，谈到这使人辛酸，后事想来先生一定一一照管了。匆忙之中，挥汗不停，不再尽意表达了。

八

冗迫，久不上问。辱教，承起居佳胜，感慰兼集。违去忽两岁，思仰不忘。每惟高才令望，尚滞江湖，岂胜怅惘。不肖忝冒过分，重承笺教，礼当占词布谢。数日，以病在告，使者告回甚速，故未暇也。不罪！不罪！酷暑方炽，千万为时自重。

【译文】繁忙紧迫，长时间没有去信问候。承蒙来信教喻，得知先生日常安康，我既感激又欣慰。离开您转眼就是两年，思念仰望之情不能忘记。如您这样才高望重的人，尚且滞留江湖之上，太使人怅惘了。我得到您过分关照，又多次承蒙来信指教，按礼节应当写词致谢。连续几天，因病告假，来人又急着回去，所以没有闲暇回信。不要怪罪！不要怪罪！正当酷暑，望您此时千万保重自己。

九

伏蒙赐教，恩勤曲折，有骨肉之爱，蒙世不比数，何以奉承此欢，怀藏愧感，大不可言。累日聒聒溷烦，仰荷眷与，不见瑕疵，又饮食之，及其行，饷酒分醯，蒙被无已之惠，益多愧耳。谨奉状称谢。春寒，伏冀调护眠食，以须宠光。

【译文】您赐教给我，恩德绵长，像对待自己的亲生骨肉一样，人世间都是少有的。我凭什么得到这样的宠爱，心里的惭愧与感激之情，大得无法言表。连日给您增添麻烦，蒙受的关怀照顾，无可挑剔，又供给我食用，在我离开的时候，还设宴招待我，承受您这样不尽的恩德，更增加了内心的愧疚啊。谨致信道谢。春寒，我盼望您注意调理好自己的食宿，以使朝廷更加宠爱。

十

道出贵郡，乃获淹观风度，实慰从来。伏蒙大雅开接甚厚，小人何以得此！薄晚奉被赐教承问，幸甚。拙于谋生，至烦地主饷米，感愧。匆匆称谢，不宣。

【译文】路过贵郡，有机会参观您博大高雅的气度，满足了我先前宿愿。承蒙您雅量盛情招待，我凭什么得到这样的厚遇。傍晚承蒙您赐教询问，太幸运了。我料理生活很是笨拙，在这里麻烦您供给米粮，既感激又惭愧。匆忙之中道谢，不一一细说。

十一

经宿，伏惟尊候万福。比欲奉承，勤款教谕，属以风静江平，伯氏坚约来日解舟，不审能曲听否？得指挥，今日得券给米，来旦得护兵听行，以慰伯氏之意，何幸如之。谨咨禀左右，惶恐！惶恐！

【译文】近来想必贵体安康。本想前去，虚心接受教导，恰好风静浪平，伯氏约我一定第二天开船，不知能否得到您的谅解？有关官员根据您的安排，今日交付了通行手续和米粮，明日天亮派人送行，以满足伯氏心意，有什么能比这更好呢？谨此禀告，惶恐啊！惶恐！

十二

昨夜风静，遂解舟泊清溪口。道远不能入城，观随车歌舞之盛，徒对月举杯，想见风度耳。经宿，不审尊候何如？伏惟万福。未申间泊铜官，古县萧索，尤思仰绪论。谨奉状承动静，率易，惶恐！

【译文】昨夜风静，即开船到清溪口停泊。路远不能进城，去看一下您那里的歌舞盛况，只好对月举酒，凭空想象您那里的风情了。近来不知贵体怎样？谨祝安好！未申时路过铜官，古县城很是萧条，特别使人思绪万端。谨致此信告知，实情太轻率了，惶恐啊！

与苏子容四首

久不奉状，疏慢之罪，尚蒙宽恕否？即日起居佳胜。承已新拜命，虽未即大用，舆议尚洋然，沮劝有法，足以赪汗奸谀，鼓勇忠义，非小补也。某蒙芘如昨，但久不闻谈诲，僻郡亲友莫至，日以顽鄙矣。渐冷，惟冀为国自重，不宣。

【译文】长时间没有去信，疏慢之罪，还能否宽恕？近日来生活安好。得知您已接受新的任命，虽未能做到尽展其材，舆论已经很广泛了，不论是阻止犯罪还是鼓励上进，足以使奸谀小人汗颜，使忠勇之士振奋，对社会作用不小。我承蒙关照一如既往，只是长时间听不到您的教诲，住的地方又偏僻没有亲友来，一天天变得偏执起来。天气渐冷，只盼您为国家保重自己。不一一细说。

二

适见人言，宗叔坠马，寻遣人候问门下，又知有少损，不胜忧悬，又不敢便上谒。家传接骨丹，极有神验，若未欲饮食，且用外贴，立能止痛、生肌、正骨也。匆匆奉启，不宣。

【译文】凑巧听到别人说，宗叔从马上摔下，随即就派人前去问候，又知道受了点轻伤，心里特别担忧，又不敢随便前去拜谒。我这里有家传接骨丹，极有神验，假如不想内服，外贴使用，立刻就能止痛、生肌、正骨。匆匆致言，不一一细说。

三

向来罪谴皆自取，今此量移之命，已出望外。重承示谕，感愧增剧。以久困累重，无由陆去，见作舟行，沂洛夏末可到也。公所苦，想亦不深，但庸医不识，故用药不应耳。蕲水人庞安时者，脉药皆精，博学多识，已试之验，不减古人。度其艺，未可邀致，然详录得疾之因，进退之候，见今形状，使之评论处方，亦十得五六。可遣人与书，庶几有益。此人操行高雅，不志于利，某颇与之熟，已与书令候公书至，即为详处也。更乞裁之，仍恕造次。

【译文】以前犯的罪过和受的处罚都是自取，今天能接受新任命，已喜出望外。承蒙教导，感激与惭愧之情剧增。因长时间闲居此地且杂物较多，没办法走陆路，准备走水路，途经沂水洛水夏末即可到达。您患的病，我觉得并不重，只不过庸医不懂，所以用药不起作用罢了。有一个叫庞安时的蕲水人，诊脉用药都很精通，博学识广，我已作过验证，水平不低于古人。估计他的医术，即使不能请他前去，然而把患者患病原因、日常情况和现在状况，写下来让他诊断下药，也能把握住十分之五六。可派人送信去，大约有益处。这个蕲水人操行高雅，不计私利，我与他很熟悉，已给他写信让他等候您的书信，马上就为您仔细处理。再请您考虑定夺，宽恕我的冒昧。

四

颖师书数纸，得之惊喜，虽犹奋鬣，已降老彪矣。冗中未及作书，勿讶！勿讶！

【译文】颖师写的几幅字，得到后又惊又喜，雏猊振奋鬃鬣，已让老彪折服啦。忙乱中来不及写信，不要惊讶！不要惊讶！

与滕兴公三首

向者假守，得依仁贤分光借润，为幸多矣。不谓纯孝罹此哀疚，匆遽别去，为恨可量。某罪大责轻，忧愧交集，狼狈南迁，岂敢复自比缙绅，尚蒙记录委曲存抚，感激深矣。旦夕出江，愈远詹奉，惟万万顺理自将，无致毁也。

【译文】过去在贵处做事，得到您无微不至的关照，真是幸运啊！没想到纯孝遭到如此令人哀痛的事情，匆匆离去，遗憾可想而知。我罪责深重但惩罚轻微，忧愧交集，狼狈不堪地向南方迁徙，怎敢再以士绅身份自居呢？还承蒙您挂记着我，仍关怀备至，极为感激。不久就要前往惠州，离您越来越远，只望您能顺应事理自我保重，不要毁伤贵体。

二

某久当废逐，今荷宽恩，尚有民社，又闻风土不甚恶，远近南北亦无所较，幸不深念。示喻《坛记》，新以文字获罪，未敢秉笔也。匆遽，不尽区区。

【译文】我是个长时期被放逐的人，如今受到朝廷恩典宽恕，惠州有祭祀庙社，又听说民俗也不太丑陋，远近四方没有什么差别，请不要太为我担心。您让我写《坛记》，我新近因为文字上获罪，所以没敢动笔。匆忙中，谈不尽诚挚之情。

三

近晚访闻一事，请贷粮者几满城郭，多请不得，致有住数日所费反多于所请者。吾侪首虑此事，非不约束，而官吏惰忽如此，盖有司按劾之过也。切请兴公速为根究。为邑官告谕期会不明耶？为仓官不早入晚出、支遣乖方所致耶？切与根究取问施行。病中闻之，甚愧！甚愧！某手启。

【译文】近来听说一件事，请求借粮的人几乎挤满城里，大多数人借不到，致使有些人住了几天所花费钱财比请求借贷的东西还多。我们这些人首先考虑的就是这些事，并非不加管制，而官吏们如此懒惰，是因为有关衙门不能督责造成的错误。请兴公一定追查处理。是因为邑官通告的日期不明确呢？还是因为粮仓官吏不能早入晚出或支派人手不得法所招致的呢？千万对此追究原因依法处置。病中听说这些事，太惭愧了！太惭愧了。苏轼言。

与高梦得一首

某游门下久矣，然未尝得如此行，朝夕继见，闻所未闻，慰幸之极。已别，怅仰不可言。经宿，伏维台候康胜，不敢重上谒。伏冀顺时为国自重，不宣。

【译文】我在您这里停的时间很久了，从来没有像这次游历这样，每天朝夕相见，聆听未曾听到的话语，十分宽慰幸运。分别以后，怅惘与仰望之情不可言表。近来贵体安康，不敢再去打扰。我希望您按时令为国家保重自己，不一一细说。

与徐安中一首

宠禄过分，烦致人言，求去甚力，而圣主特发玉音，以信孤忠，故未敢遽去，然岂敢复作久计也。老兄淹留如此，终不能少为发明，愧负何已。宛丘春物颇盛，牡丹不减洛阳，时复一醉否？辱书，伏承起居佳胜，知辞还，少缓思仰。日劳贤者，当进而久留，不肖当去而不可得，两失其安，可胜叹耶？人还，匆冗不宣。

【译文】我受朝廷的恩宠俸禄过多，以致不断有人议论，所以极力请求离去，而圣主特地为我讲话，表示相信我的忠心，因而不敢马上离开，可是哪里还敢作长远打算呢。老兄这样不被任用，我却始终不能为你稍微解释一下，心里太愧疚了。宛丘的春天景物很多，牡丹也不比洛阳差，经常饮酒一醉吗？承蒙来信，得知你生活安好，告别宛丘返回，稍微缓了我的思念之情。让您这样贤德的人辛苦劳作，应当提升却很长时间得不到提升，我这个不肖之人应当离开却办不到，双方都不能各得其所，太使人感叹了吧？送信人要回去，匆忙杂乱之中不一一细说。

与曾子开一首

经宿起居佳胜。来日欲同钱穆父略到池上扈驾，还便往，公能来否？别无同行。穆父甚喜公来，可携帽子凉伞行也。可否，示谕。不宣。

【译文】近来您生活安好。来日想同钱穆父去到池上扈驾，回来便一块去，您能来不能？没有别的人同行。穆父很高兴您来，可携带着帽子凉伞。行不行，请讲一下。不一一细说。

谢唐林夫一首

数日不接，思仰可量。阴寒，伏惟起居佳胜。生日之礼，岂左右所当屈致？又辱高篇借宠，衰病感悚并集。日夕走谢，奉启，不宣。

【译文】数日不见，十分思念。天气阴寒，只望您日常安康。生日礼物，难道是您这样人应当蒙屈赠送的吗？又承蒙恩宠写文给我，使我这个衰病之人既感动又惶恐不安。改日面谢，谨致此信，不一一细说。

与赵阅道一首（残）

《表忠观碑》额，可用张子野之孙有书之。

【译文】《表忠观碑》碑首，可让张子野的孙子张有写。

与陈退叔一首（残）

退叔今年四十五，而有四子，两人已登第守官，其叔耕且学，其季游上庠，艺业甚精。有男女孙十四人。元孙之孙，古人所不知，若陈君者当见，所不知何人也。

【译文】退叔今年四十五岁，却有四个儿子，两个儿子已经登第做官，老三一面从事农作一面学习，老四还在学校学习，学业十分精湛。有孙子孙女十四个。玄孙的孙子长什么样，古人都没见到过，像陈君这样的人应该能见到，我不知道他是什么样的人。

与杨元素一首（残）

［苏］嘉笃学有文，而况静若愚，刚毅不可犯。

【译文】苏嘉安心做学问很有文采，而个性沉静若愚，刚毅不可冒犯。

卷七十六　尺牍

与林子中一首（残）

别后，淫雨不止，所过灾伤殊甚。京口米斗百二十文，人心已是皇皇。又四月天气，全似正月。今岁流殍疾病，必须措置。淮南蚕麦已无望，必拽动本路米价。欲到广陵，更欲正仲议之，更一削。愿老兄与微之、中玉商议，早闻朝廷，厚设储备。熙宁中，本路截拨及别路搬来钱米，并因大荒放税及亏却课利，盖累百距万，然于救饥初无丝毫之益者，救之迟故也。愿兄早留意。又，乞与漕司商量，今岁上供斛米，皆未宜起发。兄自二月间奏，乞且迟留数月起发，徐观岁熟，至六月起未迟，免烦他路搬运赈济。如此开述，朝廷必不讶。荷知眷之深，辄尔僭言，想加恕察，不一。某皇恐。

【译文】分别以后，淫雨不止，我所经过的地方看到灾害十分严重。京口每斗米一百二十文，人心已是惶惶不安。另外四月天气，全与正月相似。今年疾病流民，必须采取措施处理。淮南蚕麦已经没有指望，必然会牵动本地米价。想到广陵一趟，再与正仲商议一下，同上一本奏章。希望老兄与微之、中玉二人商量，早一点报告朝廷，多作储备。熙宁年间，本地截留以及别地送来的钱米，加上因为大荒年减免以及亏损的税利，大约已达万数，然而对于当初解救饥荒没有丝毫益处的原因，是因为救济得太迟了。希望老兄早予留意。另外，请与漕运官员商议，今年上交的粮米，都不宜发送。老兄从二月份上奏，请允许迟缓几个月再发送，等到收获季节，六月份再发送不迟，免得麻烦其它地方运粮救济。像这样向朝廷陈述，朝廷必然不会惊讶。我承蒙您恩眷很深，轻易地僭越身份妄谈，想来您一定会宽恕并加以明察，不一一细说。我诚惶诚恐。

与马忠玉二首

轼启：别来期月，企仰增剧。比日履兹清和，起居佳胜。向因还人上问，必达。轼来日渡江，愈远左右。伏冀顺时为国自重，不宣。轼再拜忠玉提刑奉议执事。四月四日。

【译文】苏轼致言：分别已经一个月了，思念之情剧增。连日来气候稍和，生活安康。先前趁有人回去去信问候，想来一定捎到了。轼来日渡江，离您更远了。只盼望您此时为国保重自己，不一一细说。苏轼再拜忠玉提刑奉议执事。四月四日。

二

轼启：屡获教字，眷与隆厚，感服不已。比日履兹伏暑，起居清胜。轼数日卧病，今日稍痊，久稽来人，悚息！悚息！承旦夕东归，益深怀仰。尚冀珍啬，即膺严召，乏力，不谨。轼再拜忠玉提刑奉议阁下。六月十五日。

【译文】苏轼致言：多次收到书信，恩眷深厚，心中十分感谢敬服。这些日子处于伏暑，望您日常安好。轼患病数天，今天稍微好了些，长时间滞留送信人，惶恐！惶恐！得知您很快就要东归，更加深为思念。还望珍重远图，很快就能获得正式召唤，病后乏力，写信不严谨。苏轼再拜忠玉提刑奉议阁下。六月十五日。

与邓圣求二首

别来思仰益深，到郡即欲上问，因循至今。辱书教，感怍无量。比来履兹薄冷，台候康胜。瞻望咫尺，莫由际集。尚冀顺时为人自重。

【译文】分别以后思念与敬仰之情益深，到州城即打算写信问候，一天天拖到今日。承蒙来信指教，十分感谢与惭愧。近来气候较冷，望先生身体安康。瞻望如在咫尺之间，却无机会碰面。还望顺应时令为民保重身体。

二

衰病日加，得此便郡，萧然乃无一事。平生守官，未有如今之适也。旧过颍州亦乐土，但恐民事不如颍之绝少尔。啸咏之乐，谁陪公者？计不负风月。馀非面莫究，匆匆。

【译文】身体衰弱疾病一天天增加，到这个偏僻的州郡，冷冷落落无一事可做。平生做官，从来没有像今天这样闲适。以前经过的颍州也是一个好地方，只不过恐怕百姓事务并不比以前少罢了。吟诗之乐，谁陪伴先生呢？想来也不会辜负美好的时光。其它事因不是面对先生无法细谈。匆忙之中写下这些。

与范中济一首

轼启：数日不接奉，渴仰殊深。承旦夕进发，治装劳矣，台候何似？拙诗纳上，备数而已，愧悚之至。留别之作，敢请一本，即诣违次，不宣。轼再拜中济侍郎经略公阁下。

【译文】苏轼再致言：多天没有见面，渴望仰慕之情特别强烈。得知您很快就要出发，忙于收拾行装，身体可好？我写的拙诗呈送，凑个数罢了，惭愧惶恐得很。留别诗作，斗胆请求寄给我一本，即便拜读，不一一细说。苏轼再拜中济侍郎经略公先生。

与文公大夫一首

轼再启：谪居已再经春，徒以知罪信命，故受之恬然。除旧苦痔外，亦无甚恙也。杜门少出，所云携青衣童步松下，好事者粉饰也。罗浮初过时，一至其下耳，后亦不复到。叔弼亦久不得书。中间得书报，去年二月间，仲纯之子，临邑尉瑟者有事，必已知之，所云病者，乃其閤中也。后闻已安矣。此中真井底，了不知北方事。风物却粗可，但无医药耳。轼再拜。

手启上文公大夫阁下。轼谨封。

【译文】苏轼再致言：贬谪以来居此地已经是又一个春天了，只因为知罪并信服天命，所以对这样的处境恬然处之。除了被以前的痔疮所苦外，也没有别的什么大病。关起门来很少外出，外面传说我带着青衣童子散步于松林中，不过是好事者为我粉饰罢了。初次经过罗浮山时，到过山下，后来也就不再去了。叔弼那里也长时间没有来信。中间收到一封信说，去年二月间，仲纯的儿子，临邑的瑟县尉出了点事，您一定知道了，所说生病的人，就是他的家眷。后来听说病已经好了。这里真是井底，一点也不了解北方的事。风光景物却大致还可以，只不过没有医药罢了。轼再拜。

亲笔书信呈文公大夫，苏轼谨封。

与友人一首

疾疫方行，家人皆病，老躯亦自昏惫也。儿子方合药救疗。不果往见许君，且为致意。疲倦，不别简，不罪！不罪！

知几日成行？已迁舟未？轼又白。

【译文】疾病正在流行，家里的人都患病了，我自己也昏沉沉疲惫不堪，儿子正在配药治疗。不能去拜会许君，请代为致意。十分疲倦，不另写信，不要怪罪！不要怪罪！

知道何日动身吗？已经备好船只没有？苏轼又言。

与李惟熙一首（残）

偶得生还，平生爱龙舒风土，欲卜居为终老之计。

【译文】偶然能够活着回来，平生喜爱龙舒风物水土，想居住这里作为终生打算。

与程正辅三首

轼近得子由书报，近有旨，去岁贬逐十五人，永不叙复，恐赦书量移指麾，亦未该也。行止孰非命者？譬如元是惠州人，累举不第，虽欲不老于此邦，岂可得哉！私心如此，兄必亮之也。

添“蛙”字一韵，亦已添讫。

寄惠松子牛膝梨枣，一一珍佩。岩起茶芎如寻得，亦告，因便示及与邓师也。念五□未暇书，复信寄去次。轼再启。

朝云蒙颁赐牙梳，附百拜之恳。

【译文】我最近收到子由的信，近来有圣旨，去年被贬放逐的十五个人，永远不许再起用。不过朝廷的赦免能关照到一切，也不见得没有变化。人生变化难道不是命运吗？譬如某人原是惠州人，多次参加应试却不能中选，即使不想最后老死在原地，难道办得到吗？我私下是这样想的，兄长一定会明察的。

添作“蛙”字韵诗一首，也已经写好。

寄来松子、牛膝和梨枣，一一珍重收藏。岩起茶叶如果找到，也告知我，以便转告邓师。想到……无闲暇写信，以后再写信寄去。苏轼再言。

承蒙赐给妾朝云牙梳，一并致以诚恳的百拜之礼。

二

“纵”字韵诗，和得尤奇，诵咏不已。兄尚少《香积》一首，想续示及也。轼又上。

轼诗于“霞”字韵下添入一联云：“岂无轩车驾熟鹿，亦有鼓吹号寒蛙。”更不别写去。

子由一书，告发一□角递。

【译文】“纵”字韵诗，和得尤其奇妙，我诵咏不止。老兄还少一首《香积》诗，想来以后会寄给我看的。苏轼又言。

我的诗请在“霞”字韵诗中添入一联：“岂无轩车驾熟鹿，亦有鼓吹号寒蛙。”不再另写寄去了。

子由的信，让人一并顺便带去送交。

三

十郎计别来安乐。博罗公人回，简帖已领矣。

【译文】想来十郎分别后生活安乐。公差从博罗县回来，信已经收到了。

与程六郎十郎一首

六郎、十郎昆仲：节近，感慕愈深，奈何！奈何！惟千万节衣强饭，以慰亲意。大郎、三郎有消耗到未？复信附慰疏也。轼白。

【译文】六郎、十郎兄弟：节日临近，感慕之情更深，怎么办！怎么办！只望千万注意衣食，以安慰亲友之意。大郎、三郎有消息没有？随信致以关切之情。苏轼言。

与方南圭三首

轼启：叠蒙宠示佳篇，仍许过顾新居，谨依韵上谢，伏望笑览。

【译文】苏轼言：承蒙多次让我看你的佳作，又应允光临我的新居，谨依韵作诗呈上表示谢意，敬请笑览。

二（残）

轼谨次韵南圭、文之二太守同过白鹤新居之什，伏望采览。……请一呈文之，便毁之。切告！切告！

【**译文**】苏轼谨步和南圭、文之二位太守一齐光临白鹤新居的诗篇，请欣赏。……请一让文之观看，就毁掉它。切告！切告！

三（残）

蒙示二十一日别文之后佳句，戏用元韵，记别时事，为一笑。……虽为戏笑，亦告不示人也。

【**译文**】承蒙让我看二十一日与文之告别后写的佳作，我戏用原韵作了一诗，记下告别时的事，为博得您一笑。……虽然是戏笑之作，也请不要让别人观看。

与欧阳晦夫一首

轼数日病痢，不果往谒，想起居佳胜。饯行诗辄跋尾，匹纸亦作数百字。馀皆驰纳。不一一。轼再拜晦夫推官阁下。七月十三日。

《乳泉赋》切勿示人，切恳！切恳！

【**译文**】我几天来患上痢疾，不能前去拜谒，想来你日常安康。已经为饯行诗写了跋，一卷纸也只写了几百个字。其余纸张均呈送。不一一细说。苏轼再拜晦夫推官阁下。七月十三日。

《乳泉赋》切勿让人看，恳求！恳求！

与黎子云一首

承要墨戏，须醉乃作，今已断酒矣。然数百幅间，只择得一二得意者。续当转求为赠。轼启。

苦雾收残文豹别，怒涛惊起老蟠。

【译文】承蒙索求我的墨迹，需酒醉后才能动笔，如今我已经断酒了。不过在几百幅作品中，只挑选出一二幅得意之作。其余当转求他人赠送。苏轼致言。

苦雾散去显露文豹，怒涛惊起伏曲的老龙。

与处善宣德一首

轼启：昨日辱延顾，愧感！愧感！改旦，伏惟福履胜常。田账不知取得未？幸为督之，得早见果决为佳。船久留，恐不便耳。不罪！不罪！轼再拜处善宣德年兄。一日。

【译文】苏轼致言：日前承蒙您关照，太感动了！太惭愧了！新年来到，只望您比往常更为安康。田地租账不知收到没有？希望为我督办，能早日看到迅速决断为好。船停的时间长了，恐怕有所不便。不要怪罪！不要怪罪！苏轼再拜处善宣德郎年兄。一日。

与范子丰二首

轼启：人还辱书，承起居佳胜为慰。承盐局乃尔繁重，君何故去逸而就劳，有可以脱去之道乎？外郡虽粗俗，然每日惟早衙一时辰许纷纷，馀萧然皆我有也。四明既不得，欲且徐乞淮浙一郡，不能，胜暑中登舟耳。其馀，书不能尽万一，惟保爱！保爱！不一！不一！轼再拜子丰正字亲家翁足下。

【译文】苏轼致言：承蒙让人带来信件，得知您生活平安感到慰藉。您在盐局的工作那样繁重的，不知为什么放弃安逸而担任辛劳的差使，有可以脱身离开的方法吗？别的州郡虽然粗俗，可每日官衙只在早晨纷乱一点，其它时间都很清静属于自己支配。我既然不能到四明，想慢慢请求到淮浙去，如办不到，就在盛暑时乘船离开。其它的事，信中不能讲清，只望您保重！保重！不一一细说！不一一细说！苏轼再拜子丰亲家翁。

二

轼启：别来新岁庆侍多暇，日集休福。轼百凡如昨，然方求郡，累削不允，终当坚请，以息烦言耳。蜀公丈以节下人事略无少暇，未果上问，乞道下怀。新春，万万以时保练，冗中不谨。轼再拜子丰承事亲家翁执事。正月六日。

【译文】苏轼致言：分别后欢度新年多有闲暇，日增福瑞。我这里各种事和以前一样，不过正在请求调到别的州郡，多次呈上奏章没被允准，我还要力请调动，以平息那些使人厌烦的传言。蜀公那里因治下事多少有空闲，没有写信问候，请代为诉说衷肠。新春时节，望千万按时令保重身体，忙中草拟。苏轼再拜子丰亲家翁。正月初六。

答弓明夫一首

轼启：去岁途中暂聚遽别，可胜怅仰。远辱手教，感慰殊深。比日起居佳胜。轼衰病增剧，不堪繁会，适值艰难之岁，未敢别乞闲处，勉强度日，坐候汰逐耳。未由展奉，惟冀顺时为国自重，不宣。轼再拜明夫提刑朝散阁下。六月十六日。

令子先辈叠辱宠临，终不克款奉，后会未期，临纸黯然。惟侍奉外多爱，以就远业。轼附白。

所要文字，为连日人客不暇，续写得纳去也。

【译文】苏轼致言：去年途中短暂相聚后又马上分别，极为怅惘敬仰。您从远方寄来亲笔信，心里特别感到欣慰。祝您日常生活安康。我疾病加剧，受不了频烦聚会，恰值艰难时期，不敢请求到闲散地方，只好勉强度日，坐等被淘汰驱逐罢了。不能相见，只望您顺时令为国保重身体。不一一细说。苏轼再拜明夫提刑朝散阁下。六月十六日。

令郎多次光临寒舍，却始终没能尽心招待，以后相会又无准期，面对信纸心中伤感。只望多加珍爱，成就远大事业。苏轼附言。

所要文字，因为连日来待客没有空闲，以后写完送去。

与王仲志三首

某顿首启：数日接武，甚幸。辱简，伏承节后起居增胜。庆成新句，诸儒殆难继矣。拙句又谩呈，甚愧不工。匆匆，不宣。

【译文】苏轼顿首致言：连续几天和您慢步徐行，十分荣幸。承蒙来信，得知您节后生活更美好。庆贺您写成新作，诸位儒生几乎没人能成为后继之人。我的作品再次不礼貌地呈送，心里对自己写的不工整感到惭愧。匆忙之间，不一一细说。

二

雨凉，台候万福。景文奏状草子拜呈。如可用，即乞令人写净示下，同签发去。若有不稳便，一面改抹也。老妻病已革矣，忧懑，奈何！

【译文】下雨天凉，祝大人万福。景文拟写的奏状我拜呈您。如果可以采用，就令人抄写好给我，共同签名发出。如果有不大合适的地方，请加以修改。老妻病情加重，心里忧愁烦闷，怎么办！

三

多日不款奉，渴仰可量。辱简，承起居佳胜，为慰。摄昼之会，固常接待，但老妇疾势，未分安危至今。若稍减，当趋赴也。人还，匆匆。

【译文】多日不曾奉寄书信，极为想念。承蒙来信，知道您日常安好，心里很欣慰。摄昼相会，原本经常响应，只不过老妻的病况，至今还在危险之中。如果她的病况稍有缓解，一定前去参加。带信人要回去，匆匆写下这些。

与郭廷评二首

轼启：辱教，具审孝履支持，承来日遂行。适请数客，未得走别。来晨如不甚早发，当诣见次。梅君书，写未及，非久差人去也。李六丈近遣人赍书去，且为致恳。酒两壶，以饮从者而已。不宣。轼再拜至孝廷评郭君。三日。

【译文】苏轼致言：承蒙来信指教，知您有重孝在身，来日就要出行。正巧招待几个客人，不能前去告别。明天早上如果开船不太早，定当前往拜见。给梅君的信，还没有写好，不久就派人送去。李六丈近来派人送信去，请代为致意。送两壶酒，让随从喝饮。不一一细说。苏轼再拜至孝郭廷评先生。三日。

二

轼启：日以无聊，又微恙在告，不及上谒。辱教，承孝履支持。船已令到淮扬，仍却乘载还本州。若欲至汶上，候回日别出文字。无缘诣别，惟节哀自重。谨奉启，不宣。轼再拜至孝廷评郭君。十二日。

【译文】苏轼致言：每日无所事事，又因有些小病告假，不能前去拜谒。承蒙来信，知道您重孝在身。已让船到淮扬，然后载着客物返还本州。如果想到汶水，等回来后另外安排。没有机会前去拜谒道别，只望节哀保重自己。谨具此信，不一一细说。苏轼再拜至孝郭廷评先生。

与郭澄江一首

轼（损）启：杜门自放，养成顽懒。咫尺高谊，书问不通，愧怍可量也。辱书，承起居清胜。杜兄处闻诸况甚详，深慰下怀，然忽有归意，何也？优游卒岁，何所非乐地？幸少安之。得卿守书，亦欲君留也。乍暄，万万。自重病起，奉问草草，不宣。轼再拜长官郭君阁下，三月十九日。

【译文】苏轼致言：关起门来放任自流，养成顽忽懒散毛病，老朋友近在咫尺，却没有去信问候，惭愧啊。承蒙来信，知您日常生活安好。从杜兄处听到您的详细情况，心里深感欣慰。然而忽然要回去，这是为什么呢？悠游自得到年底，哪里不是快乐之地？望稍微安心住下来。收到卿守的来信，他也想让您留下来。天气刚暖，万万保重。重病中起身，草写此信问候。不一一细说。苏轼再拜长官郭君。三月十九日。

与章子厚一首（残）

不仁而可与言，则何亡国败家之有。

【译文】与不仁者可以讲通道理，那么又怎么会有亡国败家的事呢？

与子厚一首

轼启：前日少致区区，重烦诲答，且审台候康胜，感慰兼极。归安丘园，早岁共有此意。公独先获其渐，岂胜企羡，但恐世缘已深，未知果脱否耳？无缘一见少道宿昔为恨。人还，布谢不宣。轼顿首再拜子厚宫使正议兄执事。十二月廿七日。

【译文】苏轼致言：前天略致恳切之情，承蒙回信，知道先生身体安康，极为感动欣慰。回归乡野林园，早年同有这样的心意。先生自己先走了一步，我很羡慕。只不过担心在尘世时间长了，不知能否确实脱离开？没有机会相见稍微谈一下过去交情很遗憾。送信人要回去，特此致谢不一一细说。苏轼顿首再拜子厚宫使正议兄长。十二月二十七日。

与质翁一首

轼启：近人回，奉状必达。比日履此春候，岂弟之化，想已信服，吏民坐啸之乐，岂有涯哉！无缘陪接，但深驰仰。尚冀若时保练，少慰区区，不宣。轼再拜质翁朝散使君老兄阁下。正月廿四日。

【译文】苏轼致言：近日有人回去，捎的信一定送到了。连日正值春季，教化之功，想来已经使人信服，官民同坐吟唱的快乐，真是无边啊！我没有机会奉陪您，但却心驰神往深为敬佩。还望按时令保养身体，稍微安慰我关切的心愿。不一一细说。苏轼再拜质翁朝散使君兄长。正月二十四日。

与若虚总管一首

轼奉寄若虚总管贤弟：比因苏兵回，附书，必澈矣。秋气渐凉，伏想动履之胜，贵聚均庆。轼干阙方下，三数日或闻，成在旦暮耳。续公时有美言，必称吾弟，相祷外除了须有意思。光远每见宾客盈坐，不曾得发一语也。相望三数舍，莫能瞻晤，临风浩然。益冀眠食增爱，不宣。轼书奉若虚总管贤弟。

【译文】轼奉寄若虚总管贤弟：趁着苏兵回去，附带捎去一封信，一定收到了。秋天气候渐凉，我想身体健康的主要原因，在于总是有乐观态度。我的任职正在安排，三五天或许就能知道，成败就在旦夕之间。续公时常提到您，必定赞美您，祈盼您在外任职定有政绩。光远每次见到宾客盈门，总是不曾交谈一句。相隔很近，却不能前去晤谈，只能临风感慨。还望加强进食休息，不一一细说。苏轼信呈若虚总管贤弟。

与张秘校一首

报恩院主才公，近有书来茶来，犹以记文为言。仆为忧患所扰，几不能脱，正坐作文字耳。已燔笔砚，不复作一字矣，且为道此意。《石观音记》特烦寄示，岂敢作也，千万，察之。

【译文】报恩院主才公，最近寄来书信和茶叶，还要我作一篇文字。我陷入忧患之中，几乎不能解脱，正是因为文字上获罪的。已经把笔砚毁掉，不再写一个字了，且替我述说此意。特麻烦您把《石观音记》寄来，岂敢再写什么文字！千万保重，谅解我。

与董长官一首

轼启：近者经由获见，为幸。过辱遣人赐书，得闻起居佳胜，感慰兼极。忝命出于馀芘，重承流喻，益深愧畏。再会未缘，万万以时自重。人还，冗中，不宣。轼再拜长官董侯阁下。六月廿八日。

【译文】苏轼致言：前时能够拜见您，感到荣幸。承蒙派人赐信，知道您日常生活安好，非常感动欣慰。我得到您的庇护，不断受到深情教导，更感到十分惭愧敬畏。没有机会再见面，千万按时令保重身体。送信人要回去，忙乱之中，不一一细说。苏轼再拜长官董侯阁下。六月二十八日。

与朱伯源二首

轼启：盛制《东都赋》，旧于范子功处得本，诸公传玩，几至成诵，非独不肖区区仰服也。示喻欲令作跋尾，谨当如教，顾安能为左右轻重耶！适苦冗迫，少暇当作致之。轼再拜伯原先生足下。

【译文】苏轼致言：大作《东都赋》，以前曾在范子功处得到稿本，各位先生相互传看，几乎都能背诵了，并非只是我诚恳敬服。您让我写一篇跋，自然应该从命，只是哪能对您评头论足呢！不巧我正在紧迫忙乱之中，稍得空闲一定写好呈送给您。苏轼再拜伯原先生足下。

二（残）

缙绅诸公喜公疾平归国，以为儒林光。但恨出处不同，止获一见而已。

【译文】各位官绅都对您病好回来感到高兴，认为这是给学者增加了光彩。只遗憾各人情况不同，我只获得见您一面的机会罢了。

与公仪大夫二首

某启：前日得邂逅正孺坐中，殊慰久阔思仰之意。辱教，具审履兹新春，起居胜常。借示《易解》，略读数篇，已深欢服。斯文如精金美玉，自有定价，非人能高下。过蒙示谕，但有惭悚。然近日亦留粗意，此书常患不能尽通，得此全编，为赐甚重。且乞暂借，反复详味，庶几有所自入。无缘面谢，匆匆奉启。

【译文】苏轼致言：前些天能够在正孺那里见到您，宽慰了我长久以来的思念敬仰之情。承蒙指教，知道您在这新春之际，生活美好。借给我看的《易解》，略读了几篇，已经深深喜欢敬服。您的文章如精金美玉，自有它本身的价值，一般人无法抬高或贬低。承蒙让我观看，我只有惭愧敬畏。不过最近对此也稍微注意了一点，此书常担心不能完全通晓，如今得到您的全编本，我受的赏赐太大了。请暂时借给我，让我反复品味，大概自己能有一些收获。没有机会当面道谢，匆匆致信。

二

兼已治行，何日进发，尚冀复一见尔。公潜心如此，而世不甚知，以此知蔽善真流俗之公患耶！某向者玷累知识，则有之矣，安能为公轻重？临书大息。

【译文】用了很长时间准备行装，何日进发，还希望见您一面。先生如此潜心，而世人却不太了解，由此可知美好事物容易被人忽视该是社会的通病吧！我以前给赏识我的人增加拖累，已经有这样的情况了，又怎么能为您评说呢？写信时叹息不已。

与陈殿直一首

轼启：远蒙惠书，甚荷勤意，比日起居安否？盛年不出从官，竭力报恩，但眷恋乡井，何也？新年宜早赴部，切祝！切祝！惟顺时自爱，不一。轼顿首殿直陈君足下。十二月二十九日。

【译文】苏轼致言：承蒙远地寄来书信，深深感受到殷勤情意，近日生活平安吧？少壮年龄不出外参与政事，竭力报效皇恩，只眷恋故乡，为什么啊？新年应该尽早到部府去，切嘱！切嘱！只望顺应时令爱惜身体。不一一细说！苏轼顿首致意殿直陈先生。十二月二十九日。

与吴先辈一首

轼启：适辱访别，岂胜怅然。知只今就道，无暇往见，后会未期，千万珍爱！珍爱！药数品，可备途中服食，不一不一！轼顿首先辈吴君足下。十一月十一日。

【译文】苏轼致言：承蒙探望道别，不胜愁怅。得知您今天就上路，却没有时间前去送行，日后再会杳无定期，千万珍惜身体！珍惜身体！送您几种药品，以备途中服用，不一一细说。苏轼顿首致意先辈吴先生。十一月十一日。

与枢密一首

轼启：孟冬薄寒，伏惟枢密正议台候万福。轼即日蒙恩，罪戾之余，宠命逾分，区区尺书，不足上谢。又不敢辄废此礼，进退恐栗。未缘趋侍，伏冀上为庙朝，精调寝味。下情祝颂之至。谨奉启起居，不宣。轼顿首再拜枢密正议执事。十月十七日。

【译文】苏轼致言：初冬微冷，我只愿枢密正议贵体多福。我当天蒙恩遇赦，罪过未尽，恩赐的赦令超越了本分，一封短短书信，不足向您表示谢意。又不敢短缺这个礼节，真是进退两难感到恐惧颤栗。没有机会为您奔走侍奉，只望为朝廷社稷，精心安排进食休息。我祈祷颂扬之情无以复加。谨去信问候，不一一细说！苏轼顿首再拜枢密正议先生。十月十七日。

与薛道祖二首

远枉书教，存问甚笃，审比来起居佳胜，感慰兼集。寄示石刻，仰佩至意。何时会合，少发所怀，临书但有慨然。秋冷，更望以时自重。

【译文】承蒙远地来信，对我关怀备至，得知您日常生活安好，感激欣慰之情一齐涌来。寄给我石刻拓本，您的美意让人敬慕。什么时候相见，定要稍微抒发一下心怀，执笔写信只有感慨万分。秋天寒冷，还望按时令保重身体。

二

早岁荷先公深知，至熙宁中相见都下，得闻其约论，所以上补君相者非一，但人不知耳。不然者，某岂敢骤以一书深言哉！近见朝廷推恩赐谥，则先公忠诚已自表见于后世。若此，书不出可也。然因此以知足下存心如此，则先公为不亡矣。览之悲喜。适会有少冗，作书不能尽区区。非久，当别上问也。

【译文】早年承蒙令尊的特别知遇，熙宁年间在京城相见，得以当面聆听他的主要观点，其中能用来裨益天子辅臣的并非只有一二，只是一般人不知道罢了。不然的话，我怎敢冒然凭一封书信往深处说呢！近来听说朝廷推恩赐给令尊谥号，则令尊的忠诚已能在后世得到显现。果真如此，书信不拿出去也是可以的。不过就此知道您用心良苦，那么也就等于令尊没有去世。看到这一切让人既悲伤又高兴。适逢有些杂事，写信不能说完心中话。不久，当另去信问候。

与明州守一首（残）

视此民为公民。

【译文】把这里的百姓看作是您自己的百姓。

与银台舍人一首（残）

人臣事君，惟有竭尽，庶几万一。恐未当以前例为戒。

【译文】臣下事奉君主，只有竭尽心力，也许才有万分之一的成功。恐怕不该把前例当作警戒。

与知县一首

轼启：江上邂逅，俯仰八年。怀仰世契，感怅不已。辱书，且审起居佳胜，令弟、爱子各康福。馀非面莫既。人回，匆匆，不宣。轼再拜知县朝奉阁下。

【译文】苏轼致言：自上次江上不期而遇，转眼间已经八年。心中怀念两家世代意气相投，感慨愁怅不已。承蒙来信，得知日常生活安好，令弟、令郎都康健幸福。其余话题非当面不能说尽。送信人欲回，匆匆回信，不一一细说。苏轼再拜知县朝奉大夫。

与知郡一首

轼启：自闻下车，日欲作书，纷冗衰病，因循至今。叠辱书诲，感愧交集。比日起居佳胜，未缘瞻奉，伏冀以时保练。不宣。轼再拜知郡朝奉阁下。十一月二十三日。

【译文】苏轼致言：自从听说您已经就职，每天都想给您写信，只因事务繁杂身体衰病，拖至今日。承蒙多次来信教诲，感激惭愧之情一齐涌来。近日日常生活还好，没有机会拜见，只望按照时令保养身体。不一一细说。苏轼再拜知郡朝奉大夫阁下。十一月二十三日。

与蒲传正一首(残)

闻所得甚高，固以为慰。然复有二，尚欲奉劝：一曰俭，二曰慈。

【译文】听到您的见解极为高明，当然感到很欣慰。然而还有两条，尚欲劝勉：第一条是节俭，第二条是慈爱。

与欧阳亲家母一首

迨既忝荐赴省试，遂可就亲。虽叔弼尚在疚，想可别令人主婚，已令子由咨禀。彼此欲及时了当，想蒙开许也。轼再拜。老妻不敢拜书县君亲家母。不殊此恳也。

【译文】苏迨已被推荐到省城参加乡试，终于可以去投亲了。虽然叔弼还在病中，但可让别人主婚，我已让苏辙前往咨询。双方要及时完成定婚，料想您会应允的。苏轼再拜致意。老妻不敢奉送书信给县君亲家母，她和我的意见没有不同。

与亲家母一首

□□：亲家母尊候万福。不敢别状，乞侍次道区区事，已无可奈何，千万宽中强解勉也。舍弟妇自闻逸民之丧，忧恼殊甚，恐久成疾。□□□遣儿子迈归乡，且迎十一郎。新□□暇归宁，俟少定叠，却送归侍下不难，且望早白知太君。才得来音，便速迈行也。递中乞□一二字为贶，切望！切望！轼又上。

书乞差人送至中江知县程推官。眉阳苏轼谨外封。

【译文】苏轼致言：亲家母贵体多福。我不敢再另外去信，请您听我唠叨一些小事，现在是无可奈何，千万宽怀大度地努力解决我力所不及的难事。舍弟的妻子自从听到逸民丧亡的消息，忧愁烦恼得很厉害，恐怕时间长了会酿成大病。……派儿子苏迈回故乡，暂且接来十一郎。新……无暇回娘家探亲，等稍微料理妥当，再送她到您身边，还望及早告知高堂老太君。一旦接到回信，我就催苏迈上路。驿使想讨求一两个字作为赏赐，急切盼望！急切盼望！苏轼又呈。

此信请差人送给中江县知县程推官。眉阳苏轼谨外封。

与友人一首（残）

都下全无佳思，坐念公家水轩蒲莲，岂可复见。

【译文】在京城全无好思绪，因而想念您家临水的长廊和水中香蒲莲叶，岂能再看到。

与友人一首（残）

得旨见役七千余人。……二月十日。

【译文】接到圣旨后役使了七千多人。……二月十日。

与友人一首

汝阴之别，忽十余年，不谓复此会合，增感叹也。书教累幅勤重，愧佩厚意。乏人裁写，手简草略，恕之！恕之！轼再拜。

【译文】汝阴分别后，转眼十多年了，没想到又在这里相聚，倍增感叹。来信长达数页劳苦得很，深厚情意让我惭愧、敬服。缺少书吏裁写回信，亲笔书写随意简略，请宽恕！请宽恕！苏轼再拜致意。

与友人一首

杨都巡本欲作书，适得书云，欲来循州。恐已起发，更不作书。若尚未，且为申意庐处士。轼又问。

令兄先辈不及书，不讶。

【译文】杨都巡本想写信，恰好收到您的信文说，要来循州。他担心您已上路，改变主意不写信了。如果您尚未上路，先替我向庐处士表明心意。苏轼又致问候。

您兄长没来得及去信，不要惊讶。

与友人一首(残)

衣食之奉，视苏子卿啖毡食鼠为太靡丽。

【译文】吃的穿的，比起苏武吞毡吃鼠来是太奢侈美好了。

与友人一首

曹潜夫得三舟，许为多载米来，不敢指定石数，但请问潜夫，看可带多少，即依数发来。切望留意，少济都下所阙也。丁卯年租米数，且便一报。为冗迫，不及写单家兄弟书，且致意致意。轼又上。

兼托曹潜夫买少漆器，仍于公裕处支钱，乞依数付与。诸事不免一一喧聒。向时侄孙带不尽米，知寄在强景仁家，如未曾寄与人来，可便付潜夫也。

【译文】曹潜夫得到三只船，答应为我多多运载粮米来，不敢指定多少石，只请问潜夫，看他能运载多少，就依他说的数字发送过来。切望留意，稍微接济一下京城里的米荒。丁卯年所收租米数字，也顺便报来。因为事务繁杂紧迫，没来得及给单家兄弟写信，姑且代我向他们致意一下。苏轼又呈。

还托曹潜夫买些漆器，仍旧到公裕那里支取钱币，请如数给他。好多事都不免一一罗嗦。先前堂孙没带完的米，都寄放在强景仁家，如果还没有让人捎来，可以立即交付曹潜夫。

与友人一首（残）

子野出家之议，前年在都下始闻其言。私心亦疑之，屡劝不须如此，在家出家足矣，而子野意坚决不回。仆犹恐其难遂，再三要审，而子野确然自誓，欲仆与发言，求一度牒。难违其意，故为求之。子野□得度牒，当携来就仆，求作剃度斋，乃落发也。今蒙示喻，深认一宅骨肉至意，专在下怀。俟他到此，即取其度牒收之，力劝令且更与宅中评议也。仍旦夕发一书与舍弟，亦令似此劝之。但恐他未到筠，□□已落发，则无及也。轼又白。

【译文】子野要出家的议论，前年在京城就听他说过。我私下也怀疑他的话，多次规劝他不必如此，要出家在家乡出家也就够了，而他拿定主意坚决不回家。我还担心他的决心难以实现，再三询问，而他却明确地发誓，并要我替他说话，讨求一个出家度牒。很难违背他的意愿，我才替他申请度牒。子野如果真的拿到度牒，该带着度牒来我这里，请我为他张罗剃发出家的斋礼，才正式落发出家。今天承蒙来信告知，我非常赞同一家亲人的极好意见，这事我放在心里了。等子野来到我这里时，我就拿过他的度牒收起来，尽力劝说让他先和全家商议。并尽快送一封信给苏辙，也让他如此这般劝说子野。只怕子野没到筠州，就已经落发，那就什么也来不及了。苏轼又呈。

与友人一首

轼再拜：近承范子丰倾丧，亲契之深，伏想同增悲悼。蜀公笃老，有此戚戚，赖公过从时相开晓也。轼再拜。

【译文】苏轼再拜致言：近来得知范子丰去世，亲密交往感情深厚，我想你我同增哀悼之情。蜀公年事已高，又遇到这样令人悲戚的事，还望您拜访他时开导劝慰。苏轼再拜。

与友人一首

知君贫甚，仆亦久客乍到，未有以相济。只有五两银（短二钱），且助旦夕薪水之费，不罪！不罪！舍弟想旦夕过彼也，忙甚，不悉。轼又上。

【译文】知道您很穷，我也是长久客居他乡初来乍到，没有什么可以帮助你的。只有五两银子（少二钱），暂且资助您早晚生活费用。不要怪罪！不要怪罪！舍弟估计早晚要经过您那里，忙得很，不知具体日期。苏轼又呈。

与友人一首

寄示墨竹、草圣，皆极妙，所谓亹亹逼人。并示长生匮法，仆亦传得此方久矣，但未暇养练，常有从理入口之忧，所谓面上桑叶气，非所患也。松滋王令，邂逅一见，好学佳士也。辄托附书。适值数亲口，冗迫，未暇详悉。续附递次，不宣。轼顿首。

墨竹与石，近又变格，别觅便寄去次。

【译文】寄给我看的墨竹画、草书，都很精妙，正如常言所说美妙逼人。还寄给我长生匮法，可惜我被传授此法很长时间了，只是没有空闲调养修炼，经常担心药物从面部纹理进入口中，人们说的脸上有桑叶气色，不是我的症状。松滋县王令，偶然见过一面，是个好学君子。我托他捎信去。恰逢几个亲友来访，事情繁杂紧迫，没时间详细告知。日后另外捎寄书信，不一一细说。苏轼顿首致意。

墨竹画与怪石图，近来又有变化创新，另找方便给您寄去。

与友人一首（残）

□纸示喻戎主病逊之事，此亦闻□者，初报十二月三日已殂，秘而未发；近乃知其未也。胡雏勇悍猜忍，得志恐不复静，识者颇忧之矣。而我将骄卒惰，缓急决不可用，此忧尤大，然慎不可先事有作，□说作事，只阅习大处，亦能致敌疑，疑则彼必先之，如何□□□□诗□因疑而发，不可不慎也。□□□惟积谷一事。此外则是择帅（莫用韩缜之类）、择使及馆伴、接伴（莫用王子韶之类）。此在庙堂至公无私耳。轼体问得一事，胡雏若得志，必有崄薄贪利之臣出而为之谋，虽未敢渝盟称兵，必须时遣三二十人钞劫边民，若得利而归，我不能制，其来必频，人数渐多，其利愈博。若移文诘问，即云不知，□此不已，必开边隙，此必然之势也。近霸州文安县贼是矣（必已知其详）。捕盗官吏但防护他出境而已。轼谓此一事最近最切，当深留意。官军近骄惰，带甲行十里便喘汗，见贼一二十人解走者，即是精兵。此等决不可恃也。惟有缘边人户，自相团结，为弓箭社。此人饮食长技与虏同，守护亲戚坟墓，人人自为战，虏独畏此耳。□为精悍得力与陕西弓箭手无异。而陕西弓箭手，皆官给田，此间自是人户田地产业，不论贫富，每户团结一名，深可愧也。前辈名将，如韩魏公、庞丞相、王□相之流，皆加意拊循。熙宁、元丰中，讲求边事至矣，然将帅皆贪功希赏之人，谓此事乃是实头。

【译文】……告知戎主得病逊位的事，这里也曾听说过，初报十二月三日已死，保守秘密没有发丧，近来才知戎主没死。胡儿悍勇残暴，一旦得志边境恐怕不再安宁，有识之士深为此忧虑。而我们将骄兵惰，若边境紧急决不能用，这个忧患尤其重大，如此千万不能先行起事，不要说起事，只检阅操练重大地方的官军，也能招致敌人怀疑，怀疑则他们必然先发制人，……因怀疑而发难，不可不慎重。……只有屯积粮草一事。此外就是选择将帅（千万不能任用韩缜一类的人）、选择使者和馆伴、接伴（不要用王子韶一类的人），这在朝廷是至公无私的意见。我体察到一件事，胡儿如能得逞，肯定有喜欢涉险贪利的人出来替他们谋划，虽然不敢违背盟约举兵大进，但必然不时派二三十人抄掠我朝边民，如果得利而归，我们又不能制止，他们必然频烦来犯，人数也逐渐增多，得利也越来越大。如果我们发檄文质问，他们就说不知道，如此反复不已，肯定开启边界纷争，这是必然趋势。近来霸州文安县的强盗就是这样（您肯定已经知道详情）。捕盗官吏只能防备他们出境罢了。我认为这件事最为紧迫，应该特别注意。官军近来骄傲懒惰，带着甲胄走十里便喘息流汗，看到一二十个强盗就分散逃跑的，就是精兵。这些人决不能依恃。只有沿边人家，自相组织团练，成立弓箭社。他们饮食习惯和技艺特长和敌兵相同，守护亲人坟墓，人人各自为战，敌兵只怕他们。……精悍得力和陕西弓箭手没有什么不同。而陕西弓箭手，都是官方给田地，边境地带就是每户人家的田地产业，不论贫富，每家参与团练一人，很让人愧服。前辈名将，如韩魏公、庞丞相、王丞相等人，都着意安抚他们。熙宁、元丰年间，议论探讨边事很周到，可是将帅都是贪功求赏之人，说边事才是有实际好处的事。

与友人一首（残）

老媳妇附此起居。老嫂县君亲家母得事左右，痴幼或有不至，提诲也。

【译文】老妻附带问候。老嫂县君亲家母得以事奉您，孩子们也许有不合要求的地方，要多加扶持教导。

与友人一首（残）

景模得奇文，无所容喜。不惟感仰盛德引致，人亦受却无限感谢也。轼再拜。

【译文】景模写得奇文，喜不自胜。不只感仰美好品德的引导，你本人也该受到无限感谢。苏轼再拜。

与友人一首

轼再启：久留叨恩，频蒙馈饷，深为不皇。又辱宠召，不克赴，并积惭汗。惟深察！深察！轼再拜。

宣猷丈丈，计已屏事斋居，未敢上状。至常，乃附区区。轼惶恐。

【译文】苏轼再言：先前长时间寄住多有打扰。多次承蒙赠送财物，深感来不及报答。今承蒙召唤，又不能前往，两相堆积让人惭愧汗颜。只望谅解！谅解！苏轼再拜。

宣猷长辈，估计已经避事斋居，没敢去信。到常州后，再让人捎信致以诚恳问候。苏轼诚惶诚恐。

与友人一首

子由亦曾言方子明者，他亦不甚怪也。得非柳中舍已到家言之乎？未及奉慰疏，且告伸意。意柳丈昨得书，人还，即奉谢次。知壁画已坏了，不须快怅。但顿著润笔，新屋下，不愁无好画也。

【译文】苏辙也曾说到方子明这个人，他语气也不特别责怪。莫非柳中舍已经到家对他说了吗？没来得及去信慰问，先请您替我表明心意。料想柳长辈昨天收到书信，送信人回来，我就去信道歉。得知壁画已经破损，但也没有必要愁怅。只要放着请人作画的酬资，新屋之下。不愁没有好画。

与友人一首

子由在筠，甚安。此中只有儿子过罄身相随，馀皆在宜兴，子由诸子在许州也。法眷各安？不及一一奉书。轼又上。

【译文】苏辙在筠州，很平安。我这里只有小儿子苏过只身相随，其他儿子都在宜兴，苏辙的儿子在许州。家眷都平安吧？来不及一一去信。苏轼又呈。

与友人一首

承寄手教，疑昔者天涯流落之语，真可怪也。然此等亦不足深考，事亦有偶然如此者。公旧传草匮子用栗蓬者，近辄失其本。告别录示下，或有已成药末，告求一二斤，尤佳。聊复为戏耳。此间多道人，博问精选，于养生之术，亦粗有得，非面莫能尽也。轼再拜。

【译文】承蒙寄来亲笔书信，怀疑过去天涯流浪的话，实在值得奇怪。然而这些也不值得深加考求，事情也有偶然如此的。您旧日传给我草匮子用栗蓬的方子，近来丢失了它的原本。请您另外抄写寄来，也许有成药粉末，讨求一二斤，更好。姑且再开个玩笑罢了。这里道人很多，广泛打听精心提炼，对养生的办法，我也粗略通晓，非当面不能说尽啊。苏轼再拜。

与友人一首

令子今年何处取解？贵眷各想安胜。舍弟不住得信，无恙，恐闲知。轼再拜。

泸南不闻秏，乡中所系不小，不能无虑也。

黄人闻任师中死，相率作斋，然皆以轼为主，亦一段佳事。恐要知。

【译文】令郎今年从哪个州郡发送入试？您家眷料想都安好。不断收到苏辙的书信，他平安无事。恐怕您远隔不知。

泸南没有消息，对故乡关涉不小，不能不考虑。

黄州人听说任师中死去，接连举行斋祭，然而都把我当作主祭人，也是一件好事。恐怕您想知道。

与友人一首（残）

近得侄孙行唐主簿彭书，其母四娘者又逝去，彭已扶护入京葬讫。本令此子般小儿子房下来，此今又丁忧，亦灾滞中一挠也。

【译文】近来收到堂孙行唐县主簿苏彭的书信，他母亲四娘去世，他已扶护灵柩去京城安葬完毕。本来想让苏彭搬到小儿子这儿来，现在他又遇母丧，真是灾难中又添得一乱啊。

与友人一首

东武小邦，不烦牛刀。实无可以上助万一者，非不尽也。虽隔数政，犹望掩恶耳。真州房缗，已令子由面白，悚息！悚息！轼又上。

【译文】东武小州，不烦施展大才。我实在没有能帮您万分之一的办法，不是不尽心。虽然相隔很多官府，我还是希望您替我遮掩前丑。真州的房钱，我已让苏辙当面禀告，惶恐！惶恐！苏轼又呈。

与友人一首（残）

……大人曾是。轼在益州时同角有书奉寄并文□一封，参差却将归。今仍附去，悉之！悉之！舍弟不及书。临行草草。僧正亦不别幅，千万致意。轼上。

【译文】……我在益州时有个同乡寄给您书籍和文章一包，一齐带了过来。现在依旧让人捎去，知之！知之！辙来不及写信。临行随意写来。僧正也不另去书信，一定向他致意。苏轼上。

与友人一首（残）

布幛鞭希寄。任长官来一人，腊月中离。任屯田欲借“实录”略看，已与说僧正及吾兄有可借处。任甚丁宁欲见，希与挂意。任亦名士，因此识之，亦善。伊看了必便纳去，无忧沉坠。切祝！切祝！

【译文】希望寄来布幛和马鞭。任长官派来一人，腊月里离去。任屯田想借“实录”翻阅一下，我已对他说在僧正和您那儿能借到。任屯田特别叮嘱非看不可，希望予以留意。任也是名士，借此机会认识一下，也好。他肯定看罢就送还，不必担心隐藏不还。切嘱！切嘱！

与从叔一首

近有诏书疏决。……因得恣游南山。……近方还府。……屡得编礼书。……三月初五日。

【译文】近来有诏书清理河道淤积。……因而能够任情游览南山。……近日方回到官府。……多次有机会参与编写礼书。……三月初五日。

与子由六首

可以赋此。

【译文】可以铺陈描写真兴寺楼。

二（残）

已次奉新，旦夕可相见。

【译文】我途中止宿在奉新县，很快就能相见。

三（残）

不如道歙溪，由钱塘，一观老兄遗迹。

【译文】不如取道歙溪，经由钱塘江，看一下我仕宦的遗迹。

四（残）

兄自觉谈佛不如弟。

【译文】我自知谈佛不如你。

五（残）

古之诗人，有拟古之作矣，未有追和古人者也。追和古人，则始于东坡。吾于诗人，无所甚好，独好渊明之诗。渊明作诗不多，然其诗质而实绮，癯而实腴，自曹、刘、鲍、谢、李、杜诸人，皆莫及也。吾前后和其诗，凡一百有九篇，至其得意，自谓不甚愧渊明。今将集而并录之，以遗后之君子，其为我志之！然吾于渊明，岂独好其诗也，如其为人，实有感焉。渊明临终《疏》告俨等："吾少而穷苦，每以家弊，东西游走。性刚才拙，与物多忤。自量为己，必贻俗患，俯仰辞世，使汝等幼而饥寒。"渊明此语，盖实录也。吾真有此病，而不早自知，平生出仕以犯世患，此所以深愧渊明、欲以晚节师范其万一也。

【译文】古时的诗人，有模拟古诗的诗作，却没有追和古人诗歌的和诗。追和古人诗歌，则从我开始。我对古代诗人，没有特别喜爱的，单单喜爱陶渊明的诗歌。陶渊明作诗不多，然而他的诗朴实而又实在绮丽，清瘦而又实在丰腴，曹、刘、鲍、谢、李、杜诸位诗人，都赶不上他。我前后追和陶渊明的诗，总共一百零九首，非常满意，自己认为不太愧对他。现在就要全部抄录成集，留给后代的正人君子，你为我记下这件事！然而我对陶渊明，难道是只喜欢他的诗吗？对于他的为人，我实在有感触。渊明临终作《疏》告诉儿子俨等人："我年少时穷苦，常因家贫，东奔西走，性格刚烈而才气愚拙，和别人多不合。自己估量是为自己的良心，其实肯定在世俗留下后患。很快就要辞别人世，让你们年纪小小的就忍受饥寒。"陶渊明这些话，是他个人的真实写照。我也真有同样的毛病，而不能及早认识到，平生出仕做官而触犯世人疑忌，这就是我特别愧对陶渊明、想在晚年学习陶渊明万分之一的原因。

六（残）

即死，葬我嵩山下，子为我铭。

【译文】假如我死了，就把我埋葬在嵩山下，你为我作墓志铭。

与子明九首

轼启：自离乡奉状，遂至今日，亦到京。百冗，然怠慢之谴，不敢辞也。亦不捧来诲。颇得眉州书，粗闻动止。即日远想尊体佳胜，侄男女各安。轼二月中，授官告院，颇甚优闲，便于懒拙。却是子由在制置司，颇似重难。主上求治至切，患财利之法弊坏，故创此司。诸事措置，虽在王（安石）、陈（升之）二公，然检详官不可不协力讲求也。常晨出暮归，颇羡弊局之清简。今岁以中举人来者极多，已有四百馀人。十六郎举业颇长，有望。因风时寄片字。馀惟千万善保尊重。谨奉状，起居不备。弟轼再拜子明都纠二哥、县君二嫂左右。

□月廿七日。

【译文】苏轼致言：自离乡时去信，时至今日，我也到京城。百事繁杂，然而受到怠慢的责备，是不敢推辞的。不过也没接到您的来信。倒是不断收到来自眉州的书信，从中粗略知晓您的情况。今天遥想贵体安好，侄子侄女都平安。我二月里，被授官告院，非常悠闲，对我来说很合适。却是苏辙供职制置司，事务好像繁重不堪。天子求治心切，担心财利之法已经败坏，所以创设这个衙门。诸事处置，虽由王安石、陈升之二人决定，然而作为检详官的苏辙也不能不协力谋划。他经常早出晚归，很羡慕我在官告院的清闲。今年以举人身份来京的很多，已有四百多人。十六郎应试的学业很有长进，有希望。方便时顺寄短语。最后只望千万着意保重贵体。谨献书信，问候不周。小弟再拜子明都纠二哥、县君二嫂。某月二十七日。

二

轼启：得递中及走马处书诲，喜知尊候康胜，郎娘各安。轼此与以下各无恙。陈州亦安，近一沿牒来，住十余日而去。所报狱事甚详，初闻亦深为忧挠。近闻石掾翻案，他莫亦不免作失入。近有人言，见审刑孙待制论此事云，法官据案下法不成，出入，下头必是有失举驳，或失出下减等，皆公罪杖。必不深重，且请安心。蒲大已作检正，仍是孔目房，甚有能名。雍大得蜀宪，旦夕行矣。兄意已与具道矣。料钱请到二月住，已托李由圣寄银五十两，在鲜于子骏处，托转达蓬州大哥处分擘奉还也（具有数字在彼）。近日不行青苗者，虽旧相不免。弟若出外，必不能降意委曲随世，其为齑粉必矣。以此且未能求出，聊此优游卒岁耳。未缘聚首，惟望以时自重，不备。弟轼再拜子明都曹二哥、县君二嫂左右。四月七日。

【译文】苏轼致言：收到驿站以及走马处送来的书信，喜知贵体康健，妻子儿女都平安。我和家眷也都平安无事。陈州那边也平安，最近来了一位沿牒，住了十多天才离去。告知的案情很详细，初听时也很是忧虑烦恼。近来听说石掾想推翻已定的成案，他莫非也未免断案有失。有人说，曾听到审刑详议官孙待制论此类事的话，法官根据案情量刑不成功，有失轻重，肯定是下面对罪状的查究有失误，或者罪重罚轻减小量刑等，都是同样受杖刑。由此看来量刑肯定不会太重，还请放心。蒲大已当上检正，仍旧管理文书档案，很有能干的名声。雍大得到蜀中御史官职，早晚就要赴任。您的意见已同他全讲明了。官发厨料的折款已经支取到二月了，并托李由圣寄走五十两银子，寄到鲜于子骏那里，再托他转送蓬州大哥那里分别送还（有各人数目字在那里）。近来不推行青苗法的人，即使是前任宰辅也不赦免。我如果出任外职，定然不能委曲心志随波逐流，自己变成碎粉是必然的。因此还没能请求外出，姑且悠闲自得地消磨时光吧。没有机会相聚，只望按时令保重身体。不一一细说。苏轼再拜子明都曹二哥，县君二嫂。四月七日。

三

轼启：因循久不奉状，亦多时不捧来诲，倾系殊深。即日远想尊体佳胜，侄儿女各无恙。乡人到者，皆言兄临政精敏之誉，甚慰想望。轼此并安常。昨五月生者婴儿名叔寄，甚长进。子由在陈州安，八月中生一女，名宛娘，必已知之。曾托石嗣庆秘校附书并公服□，必达。兄去替更只半年，必且为东上之计，不知会于何处？轼自到阙二年，以论事方拙，大忤权贵，近令南床捃摭弹劾，寻下诸路体量，皆虚，必且已矣。然孤危可知。春间，必须求乡里一差遣，若得，即拜见不远矣。忠义古今所难，得虚名而受灾祸，然人生得丧皆前定，断置已久矣，终不以此屈。远书，不敢覼缕，略报免忧耳。冬寒，千万善保尊重，不备。弟轼再拜都曹子明兄、县君二嫂左右。十月廿八日。

【译文】苏轼致言：生性疏懒，长久没去信，但也有很长时间没接到来信，思念得很。今天遥想贵体安好，侄子侄女都平安无事。到这里的老乡，都赞誉您处理政务精明勤勉，很是安慰了我的愿望。我这里一切平安正常。去年五月生的婴儿叫叔寄，很有长进。苏辙在陈州平安，八月里生一女孩，取名宛娘，想必已知晓。我曾托石嗣庆秘校捎去书信和官服，肯定送到了。您前往接替前任官吏只有半年，肯定在一面谋划东归的办法，不知你我在什么地方相聚？我已到京城二年了，因为议事愚拙，很是得罪权贵，近来让御史收集、检举罪状，接着送到管事的衙门考察，结果罪名都是空的，肯定已经罢手了。然而我的孤单危机可想而知。春季，必须讨求故乡一个差遣，如果得手，就离相见不远了。保持忠义名节古今都难，得到虚名却受实祸，然而人生得失都是前世注定的，裁决已经很长时间了，最终也不能因此屈服。远送书信，不敢详说原委，粗略告知免去忧挂罢了。冬天寒冷，千万着意保重身体，不一一细说。苏轼再拜都曹子明兄长、县君二嫂。十月二十八日。

四

轼启：久不奉诲音，日增思念。严寒，不审尊履何如？轼与以下并安。府□已有正官（陈忱），更月余到，且可脱去。近为十六侄葬事，得朝假十日，昨晚方自八角归，掩圹诸事已了。颇甚臻至，但削诸浮华，可送者十余人，亦就八角略管领之，伤心！伤心！媳妇彭寿且安。柳郎亦送至，□小娘亦在此，为久患腹藏，调理无效，故柳郎挈来入京就医也。服药渐有体□，见今亦无苦恙，勿忧！勿忧！巧孙甚长惠，只在家里安下数日，却暂去觐他伯父（在此监仓）。轼近迁居宜秋门外，宅子稍□，厅前颇有野趣，可葺作一小园。但自揣必不久在都下，无心作此也。近日事□颇新，兄弟蠢拙，颇为当柄者所愤。孤远恐不自全，日虞罪戾耳。远书不细述。未由拜会，千万以时珍卫。谨奉状不备。弟轼再拜子明都曹二哥、县君二嫂左右。十一月廿二日。

尊己一婢，近归京师。句令府中分□，病亡因依云见，寄梓润州鹤林寺，已焚了，并十二郎亦然□□，已令行文字往本州钤束寺僧常□照管。力且只及此耳。

【译文】苏轼致言：长时间没有接到来信，思念之情与日俱增。天很冷，不知贵体怎么样？我和家眷都平安。府幕已有正官（陈忱），还需月余到任，我才能脱身离开。近来因为十六侄的丧事，请得朝假十天，昨晚才从八角回来，掩埋墓穴等事已完毕。吊唁的人非常殷勤周到，除去不实在的人，能送灵柩到墓地的人十多个，我粗略统领他们送葬到八角墓地。伤心！伤心啊！侄媳彭寿还平安。柳郎也送葬到墓地，他的小娘子也在京城，因为久患腹脏病，在原地调治无效，所以柳郎领来京城就医。用药后渐有体质，现今已无痛苦，不要忧虑！不要忧虑！巧孙非常修长聪慧，只在家里安顿几天，很快就去拜见他伯父（在京城看守仓库）。我近来迁居到宜秋门外，宅子略合心意，厅前很有野趣，可修整成一个小园。只是我揣测自己不会久在京城，无心干这个。近日政事很新奇，而我愚拙，很让当权者恼怒。孤单疏远只怕很难自我保全，每天都防备获罪。远寄书信不可细说。没有机会拜会，只望千万按时令养护身体。谨呈书信问候不周。小弟再拜子明都曹二哥、县君二嫂。十一月二十二日。

尊己的一个婢女，近日回到京城。句令府中判别已定，病亡原由清晰可见。棺木寄存在润州鹤林寺，已焚烧完毕。连十二郎遗体也……。已经让行文去本州约束寺僧……看管。我力所能及的就是这些了。

五

轼启：忽又岁尽，相去数千里，企望之怀牢落可知。即辰尊履何如？轼此并安。已罢府幕，依旧官告院。大哥已授蓬州宜陇令，必已知。小娘在此服药，已安，元亦无苦恙也。十六郎房下，权已迎归在此，彭寿颇健。子由来年穷腊方赴任。方头罢却差遣，请受坐食贫，兄既不知过，又被士大夫交口誉之，愈难向道也。奈何！奈何！无缘会聚，惟乞以时珍卫。谨奉启上问，不备。弟轼再拜子明都曹兄、县君二嫂左右。

【译文】苏轼致言：很快又到年底，相距几千里，盼望相见的心情无所寄托可想而知。现在贵体怎么样？我这里都平安。我已不在府幕供职，依旧任职官告院。大哥已被任命蓬州宜陇县令，想必已经知晓。柳郎的小娘子在此服药后，已经安好，原本也无痛苦。十六侄遗眷，姑且已经迎接到此，侄媳彭寿很健康。苏辙明年过了腊祭才赴任，他初被罢去差遣，请求接受连坐过贫苦生活，况且既然没有认错，又被士大夫们交口称誉，就更难上路了。怎么办！怎么办！没有机会相聚，只请按时令养护身体。谨去信问候，不一一细说。苏轼再拜子明都曹兄长、县君二嫂。

六

轼启：累捧来诲，伏承尊履休胜，侄男女各安康，深慰！深慰！轼此与以下并安。累蒙令问奏案次弟。近问得一的当人，云兄已书杖六十公罪，又系去官，必无虞，非久，上矣。千万无虑，问得甚的，不欲详言也。但可惜石同年不免耳。近蒙惠书，冗中未及答。且告多致恳，宦途常事，不足介意。轼近乞外补，蒙恩除杭倅□阙，旦夕且般挈往宛丘，相聚四五十日，俟凉而行，愈远左右，益增倾企。伏暑方炽，万乞保重。临行百冗，奉状草率，幸恕之，不备。弟轼再拜都曹二哥，县君二嫂左右。六月十七日。

料钱请至三月已缴纳讫。去年寄一笏，令孙潜带与鲜于子骏，转达大哥处。自后又寄蓬州知州十奉去，并有数子在大哥处也。

【译文】苏轼致言：连续接到您来信，得知贵体安好，侄子侄女都安康，非常欣慰！非常欣慰！我和家眷都平安。多次承蒙询问上奏案情的情况。近日问到一个确实知情的人，他说您已被判杖责六十的刑罚，又属免去官职赎罪，肯定不会有意外，不久，就上奏天子。千万不要多虑，问得很确实，只是不想细说。只可惜石同年难免判罪。近日承蒙他来信，繁忙中没来得及回复。还请多向他致意，仕途常事，不值得介意。我近来请求外任，蒙受皇恩被任命为杭州通判……，很快就搬家去宛丘，相聚四五十天，等天凉再前往杭州，离您愈远，愈增思念之情。三伏暑热正炽，望千万保重身体。临行百事繁忙，去信随意写来，希望宽恕，不一一细说。小弟再拜都曹二哥、县君二嫂。六月十七日。

料钱大约三月份以前都送交过了。去年寄银子一锭，让孙潜带给鲜于子骏，再转送大哥那里。此后又寄给蓬州知州十锭转送大哥，还有一些利息也在大哥那里。

七

轼启：九日递中奉状，计达。即日远想尊候万福，侄男女孙各计安胜。后来更添孙未？轼此与以下并安。拜别忽又岁尽，会集杳未有期，西望于邑。时事日蹙迫，所至皇皇。钱塘旧号乐都，比来事事减削寒俭，食口渐众，而百物贵，平居仅可□足。自顾方拙，日忤监司，若蒙体量沙汰，好一段狼当也。然得过且过，亦未暇计虑。兄仍权延贡□已赴本任？因风时赐诲音。严寒，千万乞善保尊重。有少公事，一到湖州。临行草草中，奉状不备。弟轼再拜察推子明兄、县君二嫂左右。十一月十五日。

十二姨尊候计万福。近领手诲，为忙中未及拜状，乞道卑悬。轼又上。

【译文】苏轼致言：九月让驿使送信，估计已送到。今天遥想贵体多福，侄子侄女及令孙都安好。后来又添孙子了没有？我和家眷也都平安。分别后很快又是年底，再相会却杳无日期，西望兄长所在忧郁不已。时事一天天紧迫，所到之处都惶惶不安。杭州旧称乐都，近来事事寒酸，户口渐多，百物都贵，平时仅可勉强度日。自视处事拙笨，每天都得罪监察官，如果受到考察淘汰，好一件狼狈事啊。然而也只能得过且过，没有功夫考虑。您依旧执掌承收贡奉呢还是已赴本任？方便时望来信。天很冷，千万着意保重身体。我有些公事，专门到湖州去。临行仓促，去信不一一细说。小弟再拜察推子明兄长、县君二嫂。十一月十五日。

十二姨贵体多福。近来收到她的亲笔信，因为繁忙来不及回信，请替我述说诚意。苏轼又呈。

八

轼启：久不上状，懒惰之性，兄所照知，想未深罪。即辰尊履何如？兄所临有声，蔼然想诸公文章，别有殊擢。弟已有替人，替成资。二年水旱，无种不有，且只得善去矣。阔别十年，瞻奉无期，此怀可知。惟顺时保练，卑请区区之至也。谨奉手状起居，不备。弟轼再拜寺丞子明二哥、县君二嫂左右。八月十八日。

建茶兖墨各少许，表□而已，不罪浼渎。《中秋》三诗，寄呈以当一笑。轼再拜。

【译文】苏轼致言：久不去信，我懒惰成性，您是知道的，料想不会特别怪罪。现今贵体怎么样？您所到之处都有声望，您的礼乐法度和气可亲，该另有特别的提拔重用。我已有接替人，任职期满应当即任。两年水旱灾害，不是没种上就是不丰收，也只得好好地离开。你我阔别十年，还不知什么时候能拜望，这心情可想而知。只望顺应时令保养身体，我的愿望忠诚至极。谨奉送亲笔书信问候，不一一细说。小弟再拜寺丞子明二哥、县君二嫂。八月十八日。

送去少量建州茶叶和兖州墨块，表明真诚罢了，不要怪罪礼物轻慢。《中秋》诗三首，寄送权当一笑。苏轼再拜。

九

轼启：久不奉状，无便故也，递中又恐浮沉，皆不审尊体何如。大哥奄逝，忽已一年，近念不忘。承示大葬，不得临圹一诀，此恨无穷。今因王家夫力还乡，附奠文一首，托杨有甫具奠。仍告兄取次差儿侄一人，因正初拜坟时，与读过。轼此凡百如常，但江淮不熟，艰食贫困耳。馀无可念。递中曾用皮角附李信甫书一角，必到。见说！见说！且在和州四娘甚安也。乍冷，万万以时自重。谨奉状，不备。弟轼再拜子明通直二哥、县君二嫂左右。九月一日。

【译文】苏轼言：长久不去书信，是不得方便的缘故，驿使送信又担心丢失，全不知贵体怎么样？大哥去世，很快已满一年，近乎念念不忘。承蒙告知出殡日期，却没能到墓地诀别。这遗憾无穷无尽。现在趁王家伕役回老家，捎去一篇祭文，托杨有甫备礼祭奠，还请您任意派儿侄当中的一个，趁正月上旬上坟时，替我读过祭文。我这里一切和往常一样，只是江淮一带庄稼不成熟，正值粮荒贫困时期。其他没有什么挂念的。驿使曾用皮质信袋捎去李信甫一封书信，肯定能送到。我也是听说的！听说的！四娘还在和州很平安。天气突然变冷，千万按时令保重身体。谨去信，不一一细说。小弟再拜子明通直二哥、县君二嫂。九月一日。

代侄媳彭寿与其二伯母一首

媳妇上问县君二伯母：春和，尊候万福。诸侄郎娘各安胜。承批问，愧荷！愧荷！人行速，未及拜书。惟顺时保重！保重！媳妇拜上。

【译文】我问候县君二伯母：春天和暖，贵体多福。众侄子及其妻儿都安好。承蒙来信询问，惭愧！惭愧！送信人走得很仓促，没来得带去回信。只望顺应时令保重身体！保重身体！媳妇拜呈。

与子安一首

轼启：近两捧来诲，伏承尊体佳胜，甚慰下情。轼蒙庇粗遣，屡乞解职补外，终未开允。何日瞻奉，临书惘惘。乍热，万乞保重，不备。弟轼再拜子安三哥、三嫂左右。三月十日。

馆伴北使，得蕃段子，分献一匹，不罪微浼。轼又上。

【译文】苏轼言：近来两次接到书信，得知贵体安好，极为欣慰。托您的福荫，我一切尚好，多次请求解除现职委任外官，朝廷终未应允。什么时候才能探望您，写信时怅惘不已。天气突然变热，请千万保重身体，不一一细说。苏轼再拜子安三哥、三嫂。三月十日。

在驿馆陪伴北国使者，得到他们的缎子，分赠一匹给您，不要怪罪礼物轻微。苏轼又呈。

与二郎侄一首

二郎侄：得书，知安，并议论可喜，书字亦进。文字亦若无难处，止有一事与汝说。凡文字，少小时须令气象峥嵘，采色绚烂，渐老渐熟乃造平淡，其实不是平淡，绚烂之极也。汝只见爷伯而今平淡，一向只学此样，何不取旧日应举时文字看，高下抑扬，如龙蛇捉不住，当且学此。只书字亦然，善思吾言！

【译文】二郎侄：收到书信，知道平安，信中议论让人高兴，书法也有长进。文字好像没有难处，只有一件事和你说。大凡文字，年轻时须令气象峥嵘，色彩绚烂，年龄渐大笔法渐熟才趋于平淡，其实不是平淡，而是绚烂到了极点。你只看到我的字体现在平淡，一向只学这个样子，为什么不取来往日我应举时的文章看一下，字体高低抑扬，好像捉拿不得的龙蛇，你应该先学这个。书法不过如此，好好想想我的话。

与堂兄一首

又。三弟不及上状。

十六侄不幸，忽然数月，想同增悲感。此郎君为葬他□□时挥霍使钱过当，又放数百千利钱在人上，并索不得。有事日，只有数贯钱，葬事一□，并是轼竭力与干办，虽骨肉常理不当说，然旅寓遭此颇困。今已葬讫，家中一空。媳妇头面些小尽卖添使。此外每月有六贯房钱耳，却少家卅二等钱百余贯。媳妇再三言，不可独住杀猪巷，恐别有不虞。钱物又使不足，坚要□轼左右。轼因思此子不幸，轼与诸兄皆当知管，不当更有推辞，但吾兄与孀妇是亲舅生，于事体尤稳便耳。欲且权令归家，他日俟子正或吾兄到阙，却令随侍，如何？

不久即是百日，俟过此即令归也。十六郎在时，使却轼钱二百千，遗书令用房钱渐次还。然少别人钱多□急未到此也。见卖所居屋子数间，用还家卅二，所有每月房钱，先用还任归道，次即用还子正与兄料钱。（料□他家已请到闰月使了也。近得子正书，令取□□头□十二月已后，更不令清□。）子正有书，以十千助其葬。恐知。兄所说公服，为到京后，忘却向时之语，已裁著了。来年夏服专奉留。轼再拜。

【译文】另外，三弟来不及去信。

十六侄不幸去世，很快几个月过去了，料想大家同增悲叹。这个孩子为埋葬他……挥霍钱财过度，他还放利钱几百贯给别人，一时都索要不回来。他有事的日子里，只有几贯钱，丧事一应开销，都是我竭力替他料理，虽然骨肉亲情常理不该说什么，然而我旅居他乡遇到这麻烦也很困窘。现在丧事完毕，家中一空。侄媳妇卖尽少量首饰资助开销。除此之外每月有六贯房钱收入，却欠家卅二等人百余贯。侄媳再三说，不能单独居住在杀猪巷，恐怕会发生意想不到的事。钱物又不够用，她执意要过继给我。我因而想到十六侄不幸去世，我和诸位兄长都该照管，不该再有推辞，只是您与孀妇更为亲近，在她过继一事上更为稳便。我想先叫她暂且回老家，日后等子正或您移官京城，让她随行，怎么样？不久就是百日，等过了百日就让她回去。十六侄在世时，用去我二百贯钱，留下遗书让用房钱逐渐还清。然而他欠别人的钱很多不能很快轮到还我。现在卖出了他生前住的几间房子，用于还家卅二，所有每月房钱收入，先用于还任归道，其次用于还子正和您的料钱。（子正和您的料钱，他家已支取到闰月而且用完了。近日收到子正书信，让支取……十二月以后，还不让……）子正有书信，拿十贯钱资助十六侄的丧事。恐怕您已知晓。您说的官服，因为我到京后，忘了先前的话，衣料已经裁剪完了。明年夏服专一给您奉留。苏轼再拜。

与堂兄三首

去岁，尝领书教求访佳婿，春榜下颇经营，皆无成效，故不敢奉报。近因司马君实之子丧偶，试托范景仁与说，他亦未有可否之语。今封景仁简帖拜呈。君实之子名康，昨来明经及第，年二十一二，学术文词行检少见其比。决可谓佳婿矣（人才亦佳）。但恐其方贵，不肯下就寒族。然闻其意，却不愿富贵家，又与轼颇善，恐万一肯，亦不可知。见说潞公、邵兴宗皆求之。请试扎侄女年命，乃示谕兄意如何。或以为可，即俟轼得乡中差遣过长安亟言之。若成，即俟兄得替，挈来长安过亲，亦甚稳便。事虽未十成，只中先报去，贵知兄意如何，试经营看。景仁已致仕，告词极不差。盖轼与孔文仲累言也。文仲对策极切直，都下人士谈不容口，已押出门矣。景仁物论亦甚贤之。远书不尽。轼再拜。

廿郎弟妹各安，不及作书。十六郎一房并如常，彭寿甚长成。

司马康是君实之亲兄子，君实未有子，养为嗣也。

【译文】去年，曾接到书信让寻找佳婿，在春试中试的举子中间特意奔波物色，都没有成效，所以不敢回报。近来因为司马君实之子丧失配偶，我试着托范景仁替咱说亲，君实本人没有行不行的话。今天封好范景仁的简帖送去。君实之子名康，近来明经科应试中选，年龄二十一二岁，学问、文词、操行很少见到能和他相比的，绝对可以说是佳婿了（人才也很好）。只担心人家正贵幸，不肯俯就寒门。然而听他说话的意思，并不愿和富贵人家联姻，他又和我关系很好，恐怕万一答应，也难以预知。听说潞公、邵兴宗都向君实求亲。请来信告知侄女出生年月，并告知您心意如何。如果您认为行，那就等我得到故乡差遣经过长安抓紧和君实说，如果说成，就等您被接替时，带侄女到长安相亲，也很稳妥。事情虽然没有十成把握，也只能先报知，贵在得知您心意如何，试着奔波周旋一下。范景仁已经退休，官方文凭上的文词很不错，大概是我和孔文仲多次替他说话的缘故。孔文仲回答策问很切直，京城人士谈不绝口，已经名声在外了。范景仁人们评论也认为他很好。远寄书信不一一细说。苏轼再拜。

二十郎弟妹都平安，来不及给他们写信。十六郎一家和平常一样，彭寿变得很成熟。

司马康是君实亲哥哥的儿子，君实没生儿子，养他作为后嗣。

二（残）

……司马亲情。近为此公移许州，未定居，见乞西京留台，未允。候见定摽，即更托景仁将书问之。若此事成，即兄须一人来否？于俟得回报，即报去次。轼又上。

作此书了，闻君实为青苗使苏□所劾。俟稍定叠，方与书也。

【译文】……司马亲友。近来因为这人移官许州，尚未定居，现今讨求西京留台一职，未被应允。等看到定局，就再托范景仁拿我的书信去问他。如果这事办成，兄长方面是否得来一个人？……等得到君实同意与否的回报，就去信报知。苏轼又呈。

写完这封信，就听说司马君实被青苗使苏某弹劾。我们只能等君实稍微料理妥当，再给他去信了。

三（残）

……君实亲事。托景仁问之，未有报，恐是不肯。俟更问其果决报去。轼久怀坟墓，亲友深欲一归，但奏状中不敢指乞去处，一任陶铸，故得此也。上批出，与知州差遣。中书不可，初除颍倅，拟入，上又批出，故改倅杭。杭倅亦知州资历，但不欲弟作郡，恐不奉行新法耳。此来若非圣主保全，则齑粉久矣。知幸！知幸！余杭风物之美冠天下，但倅劳冗耳。且喜兄无事，官职外得公罪，全不碍事。近有疏□，然却不该，人多言案在寺该得者，非也。顷身在京，乃该。恐要知之。迫行，不详悉。轼再拜。

十六媳妇彭寿并安，他欲相随去杭州，故且带去。然终未见兄与处置，如何为便。大哥书中已言其详，请早与熟虑示下。

【译文】……与司马君实联亲的事，托范景仁去问，还未回报，恐怕是不愿意。等再问到他的真正裁决就去信报知。我长时间怀念故乡，亲友也很想让我回去一次，只是请求外任的奏章里不敢指明要去的地方，全听任天子的造就，所以才得到现在的差遣。天子批示出来，给我知州的委派。中书省不同意，最初只想委任颍州通判，拟奏递入，天子又批示出来，改任杭州通判。杭州通判也是知州资历，中书省只是不想让我主管州郡，恐怕我不奉行新法罢了。此来如果不是天子保全，我早就粉身碎骨了。知道幸运！知道幸运！杭州风光景物天下第一，只是通判有些劳苦繁忙。且喜兄长无事，职责之外仅得共通的罪过，全不碍事。近来有个疏忽，却是不该有的。人们多说案情能在大理寺审理应该满意，这话是不对的。侧身待在京城，才是应该满意的。恐怕您要知道。我就要上路，不详细告知了。苏轼再拜。

十六侄媳彭寿平安，她想随我去杭州，所以先带她去。但是终究没看到您给予安置，到底怎样才算便利。大哥信中也没说详细，请尽早和他仔细考虑个意见告诉我。

与堂兄一首（残）

十二姨仍安健否？曾令王四说，令写元神一本，以其酷似先妣，故欲见之也。不知曾写得否？切不可道弟此意，恐老人不乐也。王四不知安在？王三见说只在京漉月不肯归罪人人。

【译文】十二姨依旧平安健康吗？我曾让王四捎话，让画她一幅写真肖像，因为她老人家太像先母，所以很想看到她的画像。不知画过了没有？千万不能对她说出我的意思，恐怕老人家不高兴。王四不知在哪里？听王三说只在京城，漉月不肯归罪于别人。

与堂兄一首（残）

欲以数张纸楦此奠文，令不皱折。又记得兄尝要弟写字，故寄近日所书两张，其实以为楦耳。轼拜□。

【译文】想用几张纸撑展这篇奠文，使它不皱折。还记得您曾要我写字，所以寄去近日写的两张字，其实只能把它们当楦垫儿用。苏轼拜呈。

与堂兄一首

十二姨尊候必康健。近托程润之附书信，必达，因侍幸道恳。小大郎、十九郎、廿郎兄弟各安。子由常得书，甚安。轼房下四月四日添一男，颇易养，名似叔，并荷尊荫。十六媳妇彭寿并安。屡以兄意及君素意语之，他近日渐有从人之意，诚为稳便。然亲情颇难得全，望诸兄与措意，求佳者，切切。岁月易得，不宜更缓，须是彼此共与求讨。兄且在乡里待阙，且与三哥相□，羡之。成都守官极可乐，又得照管坟墓，又羡之。此中公事人事无暇，又物极贵，似京师，圭田甚薄，公库窘迫，供给萧然，但一味好个西湖也。役法、盐法皆创新，盗贼纵横，上下督迫，吏民胁息，□□火□上耳。乡中新事□批报。十四叔必安。向要腰带，出京时寄去矣。因见，问达否？不备。轼再拜。

大哥近得书，甚安。十九郎知在彼。

四小哥生计必渐成就，如何？

【译文】十二姨贵体必定健康，近日托程润之捎去书信，定能送到，希望您趁陪伴她老人家时替我致意。小大郎、十九郎、二十郎弟兄们都平安。常收到苏辙的书信，很平安。我妻子四月四日添一男孩，很好照料，取名似叔，承受您的荫庇。十六侄遗孀彭寿平安。我多次把大哥和您平素的意思告知她，她近日逐渐有再嫁的心思，这实在是稳便的办法。然而男女亲情很难周全，望诸位兄长替她操心，找个好丈夫，切切此意。岁月易逝，不应缓慢，还须大家共同替她寻找婆家。您暂且在乡里等候补缺，而且与三哥相处，我羡慕您。成都守官很让人惬意，又能照管父母坟墓，我羡慕这个官职。杭州这边公、私事多得没有闲暇，东西昂贵，很像京城，祭田脊薄，公库紧缺，供给不足，只有一向喜欢的好西湖。役法、盐法都面目一新，盗贼却到处都有，上下督察逼迫，官吏百姓战战兢兢，人们好像立在火墩上。故乡新鲜事也粗略得到分批报告。十四叔肯定平安。先前他要的腰带，我出京时就寄去了。您见到他，问一下送到没有。不一一细说。苏轼再拜。

近来收到大哥书信，他很平安。十九郎在他那里。

四小哥谋生肯定渐有成就，到底怎么样？

与亲党一首（残）

勿使常医弄疾。

【译文】不要让平庸的医生治病。

与宝月大师三首

轼顿首：昨者累日奉喧，既行，又沐远出，至刻厚意。即日法履何如？所要绣观音，寻便召人商量，皆言若今日便下手绣，亦须至五月十间方得了当。如成见卖者即甚不佳，厥直六贯五六。见未令绣，且此咨报，如何？如何？借及折枝两轴，专令归纳，并无污损，且请点检妆佛，甚烦催督。今令两仆去迎，且请便遣回。今趁追荐，仍希觑令子细安置结束。勿使磨损为祝。其余者，亦幸与督之。至祝！至祝！所借浮沤画一轴，近将比对壁上画者，恐非真笔，然亦稍可爱。前人如相许辍得亦妙。冗事甚聒雅怀，非宗契不至此也。大人未及奉书，舍弟亦同此致恳。珍重！珍重！不次。轼顿首宗兄宝月大师。三日早。

前买缬一匹，花样不入意。却封纳换黄地月儿者一匹，厥直同否？聒噪！聒噪！

昨所说两药方，劄去呈大人。近召卅八哥，与说前来事意，他言待归与一亲情计会，此欲与再扣前人，恐要知。浮沤请与挂意图之，厥费亦请勿令过，前来所说，但量贫宗所办得，莫作何三辈眼目看也。呵呵。因送窦宰，千万□及。轼手启。

【译文】苏轼拜言：前时陪您连日高谈阔论，动身上路时，蒙您又远送，深情厚意铭刻在心。现在贵体怎样？您要的绣观音，我很快就召唤数人商量，都说如果现在着手绣，也得等到五月初十前后才能绣好。如果是现卖的成品即使很不好，其要价也六千五六百钱。现在还没让人绣，姑且就此报知咨询，您意下如何？如何？借到的两幅折枝画，专门派人送交，并没污损，还望收点妆饰佛像，很让您催促了。今日让两个仆人去预测未来，还望尽快让他们回来。现在正赶上诵经拜忏超度亡灵的旺季，仍然希望您看视指导让人仔细安放妆饰那画，不要让它磨损为盼。其余的画，也望给予督办，至嘱！至嘱！我借您的一幅浮沤画，近日拿着对比墙上壁画，担心不是原画家真迹，不过也有些让人喜爱。先前那人如答应咱停笔不再画也好。很多杂事吵闹您的心绪，不是至交不会如此。家父来不及去信，舍弟也就比和我一同致意。珍重身体！珍重身体！语无伦次。苏轼顿首致意同姓兄长宝月大师。三日早晨。

前时买的一匹缯帛，花样不合心意。封装送去更换一匹黄底月白图纹的，它们价格相同吗？打搅！打搅！

目前您说的两个药方，写信呈送家父了。近日召唤三十八哥，和他说了先前那件事，他说等回去和一亲友合计，这是要第二次拜访先前那人。恐怕你要知道。浮沤画请替我留心筹办，它的费用还请不要让人催讨，以前就说过，只要估量我们家族能办到的事，就不要用何三一类人的眼光看我们。哈哈。趁送别窦宰的机会，一定前往拜访。苏轼亲笔书写。

二

轼顿首：违间旬日，法履何似？昨眉阳奉候数日，及至嘉树亦五六日间，延望不至，不知何故爽前约也？怏怏。来早且解缆前去，渐远，无由一见，惟强饭多爱，今嘉倅任屯田秀才行，聊附此为问。草草，不宣。轼顿首宗兄宝月大师。十月十二日。

【译文】苏轼拜言：离别十天，贵体怎样？先前我在眉阳等候了几天，到嘉树也有五六天空闲，抬头远望不见大师踪影，不知什么缘故耽误了先前相约？怏怏不乐。明天早上就要解缆前行，离您渐远，没有机会相见，只望勉强进食爱惜身体。现在嘉州通判任屯田秀才前往，姑且让他捎去这封信问候。随意写来，不一一细说。苏轼顿首致意同姓兄长宝月大师。十月十二日。

三（残）

……成都大尹明叟，雅故相知之深，礼当拜状。以罪废之馀，不敢上玷。或因问及，即道此意，如不言及，即不须道也。轼手启。

手启上宝月大师老兄。轼谨封。

书上成都府大慈寺小和院宝月大师。眉山苏轼谨外封。

【译文】……成都府尹明叟，平素相知很深，礼节上应该去信问候。因在黜官待罪之中，不敢玷辱他。或许他会问到我，你就告诉他这番意思，如果他没问到我，就不要说了。苏轼亲笔书写。

亲笔信呈送宝月大师老兄。苏轼封缄。

信呈成都府大慈寺小和院宝月大师。眉山苏轼外封。

与史院主徐大师一首

轼启：久别思念不忘。远想体中佳胜，法眷各无恙。佛阁必已成就，焚修不易，数年念经度得几人。徒弟应师仍在思濛住院，如何，略望示及。石头桥、堋头两处坟茔，必烦照管。程六小心否？惟频与提举，是要。非久求蜀中一郡归去，相见未间，惟保爱之。不宣。轼手启上治平史院主、徐大师二大士侍者。八月十八日。

【译文】苏轼言：长久分别念念不忘。遥想贵体安好，家眷都平安无事。佛阁肯定已经建造完毕，焚香修斋醮不容易，数年念经超度了多少人。高徒应师依旧在思濛寺总持寺院事务，近况如何，望来信粗略相告。石头桥、堋头两处坟墓，必须烦请照看。程六做事小心吗？只望频烦予以提拔，这个至关重要。不久我要讨求蜀中一州任职，相见不远，只望保重爱惜身体。不一一细说。苏轼亲笔信呈送治平史院主、徐大师二大士。八月十八日。

与东林广慧禅师一首

经年不闻法音，经术荒涩，无与锄治者。忽领手教累幅，稍觉洒然，仍审比来起居佳胜。行役二年，水陆万里，近方弛担，老病不复往日，而都下人事，十倍于外。吁！可畏也。复望如去年相对溪上，闻八万四千偈，岂可得哉！南望山门，临书凄断。苦寒，为众自重，不宣。

【译文】一年没听您念经，经术荒废，没人指教。忽然收到几张亲笔信文，渐觉心情好转，得知近来日常生活安好。因公务跋涉在外两年，水陆行程万里，近来才安顿下来，年老多病不如往日，而京城各种事情，比外面繁杂十倍。唉！可怕啊。还希望像去年在溪边相对而坐，听您诵经文八万四千偈，岂能办到！南望寺院山门，写信时悲痛不已。天很冷，为众生保重身体。不一一细说。

与久上人一首

轼启：辱书，承法体安隐，甚慰想念。北游五年，尘垢所蒙，已化为俗吏矣。不知林下高人犹复不忘耶！未由会见，万万自重，不宣。轼顿首坐主久上人。五月廿二日。

【译文】苏轼言：承蒙来信，得知贵体康健，极为欣慰。北上游官五年，蒙受尘垢，已变成俗吏了。没想到您这位林中高人还没忘记我呀！没有机会见面，千万保重身体，不一一细说。苏轼顿首致意座主久上人。五月二十二日。

与佛印禅师三首

不必出山，当学赵州上等接人。

【译文】不必走出山门，应该像前朝赵州和尚那样在佛门普渡众生。

二（残）

戒和尚不识人嫌，强颜复出，真可笑矣。既是法契，可痛加磨砺，使还旧观，不胜幸甚。

【译文】戒和尚不知人们嫌弃，厚着脸皮再次出离佛门，真可笑啊。既是法门弟子，可痛加磨炼，使他回到原来的庙宇。不胜庆幸。

三

轼启：人至，辱书，承法体佳胜。离扬州日忙迫，不复知公在郡也，但略见焦山耳。今承示喻，知世外尚劫劫如此，吾辈何足道耶！妙高诗，聊应命耳。仆不知大颠如何人，若果出世间，岂一退之能轻重哉！今日过召伯埭，自此入尘土侠猾之乡矣。回望山水间，麈麈妙谈，岂可复得。惟千万为众自重，不尽。轼再拜佛印禅师足下。八月廿九日。

【译文】苏轼致言：送信人来到，承蒙赐我书信，得知贵体安好。离开扬州后，每天都很忙乱，不知您还在州城，只是与焦山见了一面。今承蒙开导，方知尘世外还有如此急切追求上进的人，我们这些人哪值得一提啊！给妙高的诗，姑且应付差使罢了。我不知道大颠是什么样的人，如果真在世间，岂是一个韩退之能比轻重的！今天经过召伯埭，此后就进入世俗奸猾的地方了。回望山水间，挥动麈尾口吐妙语，岂能再有机会。只望千万为众生保重身体，不一一细说。苏轼再拜佛印禅师。八月二十九日。

与贤师上人一首

辱简，喜闻法履增胜。知续修者琴颇有声韵，不知何日可得也。法醌三壶，充下药，不一。

【译文】承蒙来信，喜知贵体越来越好。后来修理的琴很有声韵，不知什么时候能到手。送三壶法酒，充配喝药。不一一细说。

与大觉禅师一首

近不复如往日爱书画闲物，盖衰老事事寡悰，公犹以往日之意见期也。慎勿见示他画杂物之类，切切！

【译文】近来不再像过去那样喜爱书画闲物，大概年老体衰事事缺乏兴趣，而您还拿往日的心意期望我。千万不要让我看书画闲杂物品一类的东西，切切此意！

与某禅师一首

轼虽已买田阳羡，然亦未足伏腊。禅师前所言下备邻庄，果如何？托得之面议，试为经度之。及景纯家田，亦为议过已，面白得之，此不详云也。冗事时渎高怀，想不深罪也。轼再拜。

【译文】我虽然已在阳羡县买地，然而也不够祭祀之用。您以前说准备到邻庄买地，结果如何？委托得之和您当面商议，为我筹划一下。还有景纯家的田地，也替他考虑过了，当面告知了得之，信中不再细说。杂事不时玷污您高洁的心怀，料想您不会特别怪罪。苏轼再拜。

与惟照一首(残)

然某缘在东南，终当会合。愿君志之，未易尽言也。

【译文】然而我的机缘在东南方，终当遇合。望您记住这句-话，不易说得详尽。

与门人一首(残)

谢鲲事，更烦检《晋书》，恐误用。

【译文】谢鲲的典故，还请查找《晋书》，恐怕误用。

卷七十七　记

仁宗皇帝御飞白记

问世之治乱，必观其人；问人之贤不肖，必以世考之。《孟子》曰：“诵其诗，读其书，不知其人，可乎？是以论其世也。”合抱之木，不生于步仞之丘；千金之子，不出于三家之市。

臣尝逮事仁宗皇帝，其愚不足以测知圣德之所至，独私窃览观四十馀年之间，左右前后之人，其大者固已光明俊伟，深厚雄杰，不可窥较。而其小者，犹能敦朴恺悌，靖恭持重，号称长者。当是之时，天人和同，上下欢心。才智不用而道德有馀，功业难名而福禄无穷。升遐以来十有二年，若臣若子，罔有内外，下至深山穷谷老妇稚子，外薄四海裔夷君长，见当时之人，闻当时之事，未有不流涕稽首者也。此岂独上之泽欤？凡在廷者，与有力焉。

太子少傅安简王公，讳举正，臣不及见其人矣，而识其为人。其流风遗俗可得而称者，以世考之也。熙宁六年冬，以事至姑苏，其子诲出庆历中所赐公“端敏”二字飞白笔一以示臣，且谓臣记之，将刻石而传诸世。

臣官在太常，职在太史，于法得书。且以为抱乌号之弓，不若藏此笔；宝曲阜之履，不若传此书；考追蠡以论音声，不若推点画以究观其所用之意；存昌歜以追嗜好，不若因褒贬以想见其所与之人。或藏于名山，或流于四方。凡见此者，皆当耸然而作，如望旄头之尘，而听属车之音，相与勉为忠厚而耻为浮薄，或由此也夫？

【译文】考察世道的兴盛或混乱，一定要看当时的士臣；考察一个人贤能与否，一定要看当时的背景。《孟子》中说：“诵读他的诗歌，阅览他的著作，而不了解他的为人，能行吗？因此要研究他所处的时代。”几人合抱的大树，不可能生在一步高的小土丘上；富有千金的人，不可能产生于只有三家的集市。

臣苏轼曾赶上事奉仁宗，而生性愚蒙，难以测度仁宗皇帝圣明仁德流布是何等宽广，只是私下观察那四十多年中，得到仁宗擢拔的士大夫，成就高的已经光辉四射，英伟俊茂，淳深雄杰，不是常人所能比。成就不甚高的，也都敦厚质朴，恭谨有礼，老成持重，被人称为仁厚长者。在那个时代，上天下民融洽合一，天子臣僚欢畅舒心。皇帝不用施其才能智略，道德就已十分隆盛，虽然很难说出具体的业绩，但留给子孙的福禄却绵远无穷。仁宗驾崩至今十二年，这些旧臣们，不论是在朝中任职，还是在京外理民，都有良好的风范，下到高山深谷的老妇孩童，外到四海之内的蛮夷首领，想见仁宗朝的旧臣，听到当年的往事，没有不流着眼泪向他叩头礼敬的。这难道仅仅是天子的仁德吗？凡是朝中的大臣们，都为此做出了努力。

太子少傅王安简公，名叫举正，臣苏轼没有赶上一睹他的风采，然而深深地了解他的为人。他美好的遗风值得啧啧称赞，应当回到他所处的时代去考察。熙宁六年的冬天，我因公干到了苏州，王公的儿子王诲拿出仁宗皇帝在庆历年间赐给王公的“端敏”两个飞白大字给我看，并请求我写篇文字来记录此事，他准备刻成石碑流传后世。

臣苏轼当时任太常博士、直史馆，既任此职，理应得到这份墨宝。并认为拥有乌号宝弓，不如收藏这份墨迹；珍藏孔圣的鞋子，不如使此书得以流传；考察残破欲断的古钟来推断古代的乐律，不如审视此字的笔画来研究仁宗皇帝的命意所在；用古法腌制蒲根咸菜来追想古人的嗜好，不如根据仁宗的褒扬贬抑来追想他提拔的人才。不管是藏在名山之中，还是流传四海之内，使所有见到此书的人，都能够警醒自己，振奋精神，就像是见到旄头的烟尘，就会听到后面战车的隆隆前进之声。互相劝勉趋向忠诚敦厚，而鄙视轻薄浮夸，或许此书会给人这样的启迪吧？

醉白堂记

故魏国忠献韩公作堂于私第之池上，名之曰“醉白”。取乐天《池上》之诗，以为《醉白堂》之歌。意若有羡于乐天而不及者。天下之士，闻而疑之，以为公既已无愧于伊、周矣，而犹有羡于乐天，何哉？

轼闻而笑曰：公岂独有羡于乐天而已乎？方且愿为寻常无闻之人而不可得者。天之生是人也，将使任天下之重，则寒者求衣，饥者求食，凡不获者求得。苟有以与之，将不胜其求。是以终身处乎忧患之域，而行乎利害之途，岂其所欲哉！夫忠献公既已相三帝安天下矣，浩然将归老于家，而天下共挽而留之，莫释也。当是时，其有羡于乐天，无足怪者。然以乐天之平生而求之于公，较其所得之厚薄浅深，孰有孰无，则后世之论，有不可欺者矣。文致太平，武定乱略，谋安宗庙，而不自以为功。急贤才，轻爵禄，而士不知其恩。杀伐果敢，而六军安之。四夷八蛮想闻其风采，而天下以其身为安危。此公之所有，而乐天之所无也。乞身于强健之时，退居十有五年，日与其朋友赋诗饮酒，尽山水园池之乐。府有馀帛，廪有馀粟，而家有声伎之奉。此乐天之所有，而公之所无也。忠言嘉谟，效于当时，而文采表于后世；死生穷达，不易其操，而道德高于古人。此公与乐天之所同也。公既不以其所有自多，亦不以其所无自少，将推其同者而自托焉。方其寓形于一醉也，齐得丧，忘祸福，混贵贱，等贤愚，同乎万物，而与造物者游，非独自比于乐天而已。古之君子，其虚己也厚，其取名也廉。是以实浮于名，而世诵其美不厌。以孔子之圣，而自比于老彭，自同于丘明，自以为不如颜渊。后之君子，实则不至，而皆有侈心焉。臧武仲自以为圣，白圭自以为禹，司马长卿自以为相如，扬雄自以为孟轲，崔浩自以为子房，然世终莫之许也。由此观之，忠献公之贤于人也远矣。

昔公尝告其子忠彦，将求文于轼以为记而未果，公薨。既葬，忠彦以告，轼以为义不得辞也，乃泣而书之。

【译文】已故的魏国忠献韩公在自己家的园池上建造了一间厅堂，取名为“醉白”。取白居易《池上》这首诗意，做了一首《醉白堂》歌。他的意思好像是认为自己比不上白居易而羡慕白居易。天下的士人，听说这事都很疑惑，认为韩公比起伊尹和周公都毫不逊色，怎么还会羡慕白居易，这是为什么呢？

苏轼听后笑着说：韩公岂只是羡慕白居易？他是想成为平平常常默默无闻的人而做不到。上天生下这样的人，就是要让他担荷治理天下的重任，那么寒冷的人想得到衣服，饥饿的人想得到食物，凡是自己没有得到的东西都想得到。如果全部满足这些需求，那么人们的要求将会没完没了。因此这个人终身处于忧患的环境之中，行走在利害相交的道路上，难道这是他想要得到的吗？韩公已经辅佐了三朝皇帝安定天下，如今他一腔正气将要告老还家，然而所有的人都挽留他，不放他走。在这样的时刻，他的确羡慕白居易能安度晚年，这并不值得惊奇。然而拿白居易的一生与韩公相比，看他们两个人谁更仁厚谁稍浅薄，谁拥有什么谁欠缺什么，那么后代人的评论，就会更明白无欺。韩公以文韬使天下太平，用武略平定叛乱，出谋划策安定社稷，却不居功自傲。他急于招纳贤才，不吝惜爵位利禄，而士子们并不知道是出于他的恩德。他处理武备英明果断，使军队的将士们免受战争的创残。四方的蛮夷之人都想瞻仰他的风采，天下人都把安危的希望寄托在他身上。这些都是韩公具有，而白公不具有的。在身体仍旧强健的时候请求退休，家居十五年之久，天天与他的朋友赋诗饮酒，极尽山水园池之乐。家中有吃有穿，还蓄养了歌舞女伎。这些是白公拥有，而韩公没有的。进献忠直的议论，在当世见到成效，而文章风采流传后世，不论得志与否，都不改变自己的志节，道德淳美超越古人，这些是韩公与白公共同具有的。韩公既不以自己所具有的感到骄傲，也不以自己未能拥有的感到遗憾，他只是准备在自己与白居易共同具有的方面借以托身。当他饮醉的时候，把得失看得没有区别，把祸福忘得干干净净，不分贵贱，不辨贤愚，天下万物无所不同，而游于自然天地之间，他并不是有意将自己比做白居易。古代的君子们，他们把谦虚看得比什么都重要，他们追求的是廉直的名声。因此他们的仁爱忠信远远超出了他们的名声，世上的人将他们的美德代代传流，从不厌倦。凭着孔子的圣明，他仅仅说自己要上追老子彭祖，认为自己与左丘明相当，而自认为比不上颜渊。后来的君子们，还没有真正的德行，却个个都自以为很高明。臧武仲自认为是圣人，白圭自认为能与大禹相比，司马相如自认为不亚于蔺相如，扬雄自认为与孟轲不相上下，崔浩自比于张良，然而世人却始终不这样认为。由此看来，韩忠献公比其他人的确贤明得多了。

过去韩公曾经对他的儿子韩忠彦说，想让苏轼为此堂写一篇记，还没来得及提出这个要求，韩公就逝世了。安葬过韩公之后，忠彦把这话告诉我，苏轼认为这是义不容辞的事，于是哭泣着写了这篇记文。

盖公堂记

始吾居乡，有病寒而咳者，问诸医，医以为蛊，不治且杀人。取其百金而治之，饮以蛊药，攻伐其肾肠，烧灼其体肤，禁切其饮食之美者。期月而百疾作，内热恶寒，而咳不已，累然真蛊者也。又求于医，医以为热，授之以寒药，旦朝吐之，暮夜下之，于是始不能食。惧而反之，则锺乳、乌喙杂然并进，而瘭疽痈疥眩瞀之状，无所不至。三易医而疾愈甚。里老父教之曰："是医之罪，药之过也。子何疾之有！人之生也，以气为主，食为辅。今子终日药不释口，臭味乱于外，而百毒战于内，劳其主，隔其辅，是以病也。子退而休之，谢医却药而进所嗜，气完而食美矣，则夫药之良者，可以一饮而效。"从之。期月而病良已。

昔之为国者亦然。吾观夫秦自孝公以来，至于始皇，立法更制，以镌磨锻炼其民，可谓极矣。萧何、曹参亲见其斫丧之祸，而收其民于百战之馀，知其厌苦憔悴无聊，而不可与有为也，是以一切与之休息，而天下安。始参为齐相，召长老诸先生问所以安集百姓，而齐故诸儒以百数，言人人殊，参未知所定。闻胶西有盖公，善治黄、老言，使人请之。盖公为言：治道贵清净而民自定，推此类具言之。参于是避正堂以舍盖公，用其言而齐大治。其后以其所以治齐者治天下，天下至今称贤焉。

吾为胶西守，知公之为邦人也，求其坟墓、子孙而不可得，慨然怀之。师其言，想见其为人，庶几复见如公者。治新寝于黄堂之北，易其弊陋，达其壅蔽，重门洞开，尽城之南北，相望如引绳。名之曰“盖公堂”。时从宾客僚吏游息其间，而不敢居，以待如公者焉。

夫曹参为汉宗臣，而盖公为之师，可谓盛矣。而史不记其所终，岂非古之至人得道而不死者欤？胶西东并海，南放于九仙，北属之牢山，其中多隐君子，可闻而不可见，可见而不可致。安知盖公不往来其间乎？吾何足以见之？

【译文】当初我在乡下住的时候，有个得了寒病而咳嗽的人，他向医生询问病所由来，医生告诉他是腹中生了蛊虫，不治就会死。收了病人百两金钱才为他治疗，给他喝去虫的药，使药力直攻肠胃肝肾，又用艾炙烤他的皮肤，禁止他吃一切好吃的食物。过了一个月，各种各样的病都来了，身体发烧害怕寒冷，咳嗽仍旧没有止住，呆滞得像真得了蛊病的人。于是他向另外一个医生求治，那个医生认为他患的是瘟病，给了他一些清凉的药，服过药后，每天早上吐，晚上泄，以至到了不能进食的地步。他心中惧怕，又反过来找第一个医生，医生将石锺乳、乌喙等猛药配在一起让他服用，结果毒痈、癣疥、头昏目眩的症状，没有一样不出现。一连换了三个医生，病情反而更加严重。乡里的父老劝他说：“这都是求医和吃药带来的恶果。你哪有什么大病！

人降生下来，是以精神为主，饮食为辅。如今你终日药不离口，药味错乱于外，毒气攻伐于内，耗损精神，隔绝食物，所以才生病。你回家休息一段时间，别找医生也别吃药，想吃什么就吃什么，等到精神恢复食欲良好时，再找些对症的好药，就可以得到成效了。”那人听从了老者的劝告，不到一个月病就全好了。

过去治理国家的人也是这样。我看秦国自从孝公开始，直到秦始皇，总是不断地制定新的法律改变旧的制度，来管束制约本国民众，可以说是登峰造极了。萧何和曹参亲眼见到残害人民所带来的亡国之祸，把人民从战乱中解脱出来，他们知道民众深深痛恨严刑峻法，已经疲惫憔悴，不可能指望他们有所作为，因此一切法令都是让人民休养生息，从而达到天下大治。曹参最初担任齐国的丞相，召集老年人和学者询问怎样才能安抚百姓，齐国有儒者上百人，每个人说的都不一样，曹参不知该采用谁的建议。他听说胶西有个盖公，精通黄、老之学，便派人把他请来。盖公对他说：治理国家要清净无为，这样人民自然就安定了，他以此为根本，论述了治民的具体方法。曹参让出官府的正厅让盖公住，采用了他的建议，齐国果然大治。后来他又用治理齐国的方法治理天下，天下至今还称赞他的贤德。

我担任密州知州时，知道盖公是此地的前贤，想寻找他的坟墓和他的子孙，都没有找到，深感遗憾地缅怀他。我思索他的遗言，想到他的为人，就如同又见到了他。我在黄堂之北开辟了一处新的住所，把过于简陋之处重新修整，把阻塞不通之处加以清除，使几重院门一线直开，全城从南到北，可以径直看到尽头。给它取名叫盖公堂。我经常与宾客僚属在其中游玩休息，却不敢住在这里，想以此堂来接待像盖公那样的贤者。

曹参是汉朝人所共仰的大臣，而盖公又是他的师长，应该是很出名的人了。但史书却没有记载他的行踪始末，莫不是古代得道而不死的高人吧？密州东临大海，南接九仙山，北连牢山，这一带有很多隐居的高士，只是听说他们的名字却无法见到他们，偶尔碰见一两个，也很难把他们召入城中，谁能肯定盖公不在其中往来呢？我这样的凡夫俗子又哪配见到他们呢？

庄子祠堂记

庄子，蒙人也。尝为蒙漆园吏。没千馀岁，而蒙未有祀之者。县令秘书丞王兢始作祠堂，求文以为记。

谨按《史记》，庄子与梁惠王、齐宣王同时，其学无所不窥，然要本归于老子之言。故其著书十馀万言，大抵率寓言也。作《渔父》《盗跖》《胠箧》，以诋訾孔子之徒，以明老子之术。此知庄子之粗者。余以为庄子盖助孔子者，要不可以为法耳。楚公子微服出亡，而门者难之。其仆操棰而骂曰："隶也不力。"门者出之。事固有倒行而逆施者。以仆为不爱公子，则不可；以为事公子之法，亦不可。故庄子之言，皆实予，而文不予，阳挤而阴助之，其正言盖无几。至于诋訾孔子，未尝不微见其意。其论天下道术，自墨翟、禽滑厘、彭蒙、慎到、田骈、关尹、老聃之徒，以至于其身，皆以为一家，而孔子不与，其尊之也至矣。

然余尝疑《盗跖》《渔父》，则若真诋孔子者。至于《让王》《说剑》，皆浅陋不入于道。反复观之，得其《寓言》之终曰："阳子居西游于秦，遇老子。老子曰：'而睢睢，而盱盱，而谁与居。太白若辱，盛德若不足。'阳子居蹴然变容。其往也，舍者将迎，其家，公执席，妻执巾栉，舍者避席，炀者避灶。其反也，舍者与之争席矣。"去其《让王》《说剑》《渔父》《盗跖》四篇，以合于《列御寇》之篇，曰："列御寇之齐，中道而反，曰：'吾惊焉，吾食于十浆，而五浆先馈。'"然后悟而笑曰："是固一章也。"庄子之言未终，而昧者剿之以入其言。余不可以不辨。凡分章名篇，皆出于世俗，非庄子本意。

元丰元年十一月十九日记。

【译文】庄子，是蒙地人。曾做过蒙地管理漆园的小吏。已经死去一千多年了，可蒙地却没有祭祀他的人。蒙县县令、秘书丞王兢开始为他建造祠堂，向我请求一篇文章做为记。

按：据《史记》的记载，庄子是与梁惠王、齐宣王同时期的人，他的学术十分广博，无一不涉足，当然主要还是阐扬老子的学说。所以他的著作有十万多字，大多是寓言。他写作《渔父》《盗跖》《胠箧》等文，用来诋毁孔子的学说，以彰明老子的学术。其实这种看法仅仅是了解了庄子的表象。我认为庄子是敬重孔子的人，只是不能把他的学说当成儒学的典范。当年楚公子改换服装出逃，守城的士兵刁难他。他的仆人拿起木棒大骂他说："你这个奴才真没用。"守城人就放他们出去了。楚公子的仆人在这件事上表现得大逆不道。后人认为仆人这样做是不敬重公子，是不对的；把这种做法当作服事公子的表率，也不行。所以庄子的言论，都是实质上同意儒说，而文字上又当仁不让，表面上排挤而暗地里帮助，他正面的论述文章没有几篇，那些诋毁讥讽孔子的话，没有一处不是暗暗流露出对儒学的赞同。他论述天下各家学说，从墨翟、禽滑厘、彭蒙、慎到、田骈、关尹子、老聃之徒，直到自己，认为都是同一学派，而没有把孔子置于其中，这恰恰说明他对孔子的尊敬达到了极点。

我曾经怀疑《盗跖》《渔父》这两篇文章，是真正诋毁孔子的。至于《让王》《说剑》两篇文章，都浅薄卑陋，称不上学术。反复阅读，看到《寓言》的最后说到："阳子居到西方的秦国游历，遇见老子。老子对他说：'看你仰面而视、瞪目直望的狂态，谁敢跟你相处呢？人太高洁也就不高洁了，真正盛德圆满的人，却总像是有所不足。'阳子居惭愧地红了脸。他出门住在旅舍中时，主人恭敬地迎接，亲手拿着毡席，主人的妻子为他拿来梳子毛巾，先在座的人避席离去，烧火的人不敢上灶。等到他见过老子返回时，那些惧怕他的人就与他促膝谈笑了。"应该把他的《让王》《说剑》《渔父》《盗跖》四篇与《列御寇》合为一篇，如："列御寇到齐国去，半路返回来，说：'我真感到吃惊，我见到十家卖浆水的，却有五家先馈赠我。'"后来省悟过来，笑着说："原来他们是同出于一篇文章啊。"庄子的话没说完，那位糊涂人就打断了他。这一点我不能不辨析明白。古书划分章节和起篇名，都是后人依自己的想法而定的，并不是出于庄子的本意。

元丰元年十一月十九日记。

李太白碑阴记

李太白，狂士也，又尝失节于永王璘，此岂济世之人哉？而毕文简公以王佐期之，不亦过乎！曰：“士固有大言而无实，虚名不适于用者，然不可以此料天下士。士以气为主，方高力士用事，公卿大夫争事之，而太白使脱靴殿上，固已气盖天下矣。使之得志，必不肯附权幸以取容，其肯从君于昏乎！夏侯湛赞东方生云：“开济明豁，包含宏大。陵轹卿相，嘲哂豪杰。笼罩靡前，跆籍贵势。出不休显，贱不忧戚。戏万乘若僚友，视俦列如草芥。雄节迈伦，高气盖世。可谓拔乎其萃，游方之外者也。”吾于太白亦云。太白之从永王璘，当由迫胁。不然，璘之狂肆寝陋，虽庸人知其必败也。太白识郭子仪之为人杰，而不能知璘之无成，此理之必不然者也。吾不可以不辩。

【译文】李太白是清狂之士，又曾经在永王李璘谋反事件中失去了忠君之节，他哪里是经邦治国的人才啊，而毕文简公士安却希望他能成为辅佐君王的栋梁之材，这不是太过分了吗！我是这样认为的：士子中确实有夸夸其谈没有真才实学，徒有虚名而不能有补于世的人，但并不能因此就认为天下士子都是这样。对于士子，主要看他的气度，当高力士专权时，公卿大夫争相讨好他，而李太白却命他在朝堂上为自己脱靴，仅此一举，他的气度就足以震动天下了。如果李白得到重用，一定不肯阿附权贵，以求保住官爵，他怎么能跟着君王走向昏乱丧亡呢！夏侯湛曾赞扬东方朔说：“胸襟开阔，气度宏伟。蔑视公卿将相，嘲讽当世豪杰。虽然阻碍重重，仍旧不畏权势。出仕不能显达，贫贱不忧愁烦恼。与天子戏笑像对司僚宾友，把朝官看得轻如草芥。雄壮的气节高迈绝伦，高傲的气势无人可比。真可谓人中的奇杰，礼教之外的高士。”我认为李太白也是这样的人。他跟从永王李璘，应该是被迫的。不然，凭着李璘的狂妄肆虐，卑陋无知，就连平庸的人也知道他一定会失败。李太白慧眼能看出郭子仪是个人杰，难道看不出李璘不可能取得成功，所以按照情理，他不可能做这样的蠢事。这一点我不能不为他辨解。

喜雨亭记

亭以雨名，志喜也。古者有喜，则以名物，示不忘也。周公得禾，以名其书；汉武得鼎，以名其年；叔孙胜狄，以名其子。其喜之大小不齐，其示不忘一也。

余至扶风之明年，始治官舍，为亭于堂之北，而凿池其南，引流种树，以为休息之所。是岁之春，雨麦于岐山之阳，其占为有年。既而弥月不雨，民方以为忧。越三月乙卯，乃雨，甲子又雨，民以为未足，丁卯，大雨，三日乃止。官吏相与庆于庭，商贾相与歌于市，农夫相与抃于野，忧者以乐，病者以愈，而吾亭适成。

于是举酒于亭上以属客，而告之曰：“五日不雨，可乎？”曰：“五日不雨，则无麦。”“十日不雨，可乎？”曰：“十日不雨，则无禾。”无麦无禾，岁且荐饥，狱讼繁兴，而盗贼滋炽，则吾与二三子，虽欲优游以乐于此亭，其可得耶？今天不遗斯民，始旱而赐之以雨，使吾与二三子，得相与优游而乐于此亭者，皆雨之赐也。其又可忘耶！

既以名亭，又从而歌之，曰：使天而雨珠，寒者不得以为襦。使天而雨玉，饥者不得以为粟。一雨三日，繄谁之力？民曰太守，太守不有。归之天子，天子曰不然。归之造物，造物不自以为功。归之太空，太空冥冥。不可得而名，吾以名吾亭。

【译文】亭子用“雨”来做为名字，是为了纪念喜事。古时有了喜事，就用这件喜事来做为事物的名字，以示不忘这件事。周公得到周成王馈赠的禾，就用《嘉禾》来做为书的名字；汉武帝在汾水之上得到宝鼎，就用“元鼎”做为年号；叔孙战胜了狄人，俘虏了狄人的酋长侨如，就用“侨如”做为自己儿子的名字。这些喜事虽然有大有小，但为了表示纪念的用意是一致的。

我到凤翔府的第二年，开始修建官舍，在大堂的北边建了一个亭子，又在亭南开凿了一个水池，引水种树，作为休息的地方。这一年的春天，岐山南下了一场麦雨，这预示着本年是丰收之年。此后一个多月并没有下雨，百姓十分忧虑。到了三月乙卯这一天，终于下起雨来，甲子这一天又下了雨，百姓认为雨水还不丰足，丁卯这天，下起了大雨，三天才停。官吏们在官府庭院里互相庆贺，商贾们在集市上欢歌笑语，农夫们在田野中拍手叫好，忧愁的人由此而兴高采烈，患病的人由此而恢复健康，我的亭子恰好也在这时落成。

于是我在亭中摆设宴席举酒劝客，问他们说：“五天不下雨，行吗？”宾客们说：“五天不下雨，麦子就没有收成了。”我又问：“十天不下雨，行吗？”宾客们说：“十天不下雨，今年的全部收成就都完了。”麦子收不上来，其他粮谷也没有收成，就是灾荒之年了，那时狱讼就会繁杂，盗贼就会兴起，我和你们再想悠然游乐于此亭，能做得到吗？如今上天没有遗忘它的下民，干旱之后又赐给他们雨水，使我和你们得以共同悠然游乐于此，这都是由于雨水的赏赐。难道能把这样的好事忘记吗！

用喜雨给亭子命了名后，接着又唱歌庆贺，歌词说：就是上天下了珠宝，寒冷的人也不能用它们来做衣服。就是上天下了美玉，饥饿的人也不能用它们来当粮食。一场大雨下了三天，这是谁的力量？百姓说是太守，太守不敢当。归功于天子，天子说不是。归功于造物者，造物者也不认为是自己的功劳。归功于太空，太空又浩渺幽冥。既然不知道究竟应该把这美好的事物归功于谁，我就用来作为我的亭名。

凌虚台记

国于南山之下，宜若起居饮食与山接也。四方之山，莫高于终南。而都邑之丽山者，莫近于扶风。以至近求最高，其势必得。而太守之居，未尝知有山焉。虽非事之所以损益，而物理有不当然者，此凌虚之所为筑也。

方其未筑也，太守陈公杖屦逍遥于其下，见山之出于林木之上者，累累如人之旅行于墙外而见其髻也，曰："是必有异。"使工凿其前为方池，以其土筑台，高出于屋之危而止。然后人之至于其上者，恍然不知台之高，而以为山之踊跃奋迅而出也。公曰："是宜名凌虚。"以告其从事苏轼，而求文以为记。

轼复于公曰："物之废兴成毁，不可得而知也。昔者荒草野田，霜露之所蒙翳，狐虺之所窜伏，方是时，岂知有凌虚台耶？废兴成毁相寻于无穷，则台之复为荒草野田，皆不可知也。尝试与公登台而望，其东则秦穆之祈年、橐泉也，其南则汉武之长杨、五柞，而其北则隋之仁寿、唐之九成也。计其一时之盛，宏杰诡丽，坚固而不可动者，岂特百倍于台而已哉！然而数世之后，欲求其仿佛，而破瓦颓垣无复存者，既已化为禾黍荆棘丘墟陇亩矣，而况于此台欤？夫台犹不足恃以长久，而况于人事之得丧，忽往而忽来者欤？而或者欲以夸世而自足，则过矣。盖世有足恃者，而不在乎台之存亡也。"既已言于公，退而为之记。

【译文】建国于终南山下，那么饮食起居就都要与大山发生联系。四面八方的山，没有能超过终南山的。而都城靠近山的，没有能比得上凤翔府的。因为离高山最近而求取最高的山，依照情理当然一定会得到。而知府住在山上，并没有意识到身边就是大山。这并不是事情本身有什么增益或亏缺，而万物之理也有不尽如人意的地方，这就是凌虚台建造的由来。

当初还没有建造此台时，知府陈公拄着手杖在此下信步游览，看到有座山峰高耸于林木之上，兀然突出，就像是有人在墙外行走只见到他的发髻。陈公说：“此山必有神异。”于是命工匠在山前开凿了一方池塘，用挖出的土石建造成台，台高出了屋脊就不再垒砌了。此后人们到了台上，恍然之中并没有想到此台的高大，却认为是山形拱起造成的。陈公说：“这个台应该取名叫凌虚。”他把此话告诉了从事官苏轼，又命苏轼写篇记文。

苏轼回答陈公说：“万物的兴起衰败创立毁灭，都是难以预料的。过去这里是荒草野地，风霜雨露任意遮蔽吹打，狐狸长蛇纵情奔跑藏匿。那个时候，谁会知道能矗起一座凌虚高台？兴起衰败创立毁灭是交替无穷的，这样说来，此台今后或许会重新变成荒郊野地，这都是不得而知的。我敬请跟随陈公登上高台四处眺望，台的东边是秦穆公的祈年殿和橐泉宫，台的南边是汉武帝的长杨宫和五柞宫，而台的北边则是隋朝的仁寿宫和唐朝的九成宫。想一想当时的盛况，这都是些宏伟壮观、结构奇巧、外形精美，坚固而不可摧败的高大建筑，岂只是比此台强上百倍！然而数代之后，再想看看它们的遗迹，就连破瓦断墙也一无所有，早已变成谷物荆棘、荒山农田了，何况是这个台呢？连这个台都难保长久，更何况是人生的获得与丧失，你来而我往呢？如果想要以此台炫耀于世而感到自足，那就错了。世上也有足以赖之流传的，但并不在于此台的存在还是毁亡。”我对陈公讲完这番话，回到府中写下了此记。

超然台记

凡物皆有可观。苟有可观，皆有可乐，非必怪奇玮丽者也。餔糟啜漓皆可以醉，果蔬草木皆可以饱。推此类也，吾安往而不乐？夫所为求福而辞祸者，以福可喜而祸可悲也。人之所欲无穷，而物之可以足吾欲者有尽。美恶之辨战乎中，而去取之择交乎前，则可乐者常少，而可悲者常多。是谓求祸而辞福。夫求祸而辞福，岂人之情也哉？物有以盖之矣。彼游于物之内，而不游于物之外。物非有大小也，自其内而观之，未有不高且大者也。彼挟其高大以临我，则我常眩乱反覆，如隙中之观斗，又乌知胜负之所在。是以美恶横生，而忧乐出焉。可不大哀乎？

余自钱塘移守胶西，释舟楫之安，而服车马之劳；去雕墙之美，而庇采椽之居；背湖山之观，而行桑麻之野。始至之日，岁比不登，盗贼满野，狱讼充斥。而斋厨索然，日食杞菊。人固疑余之不乐也。处之期年，而貌加丰，发之白者，日以反黑。余既乐其风俗之淳，而其吏民亦安予之拙也，于是治其园圃，洁其庭宇，伐安丘、高密之木以修补破败，为苟完之计。而园之北，因城以为台者旧矣，稍葺而新之。时相与登览，放意肆志焉。南望马耳、常山，出没隐见，若近若远，庶几有隐君子乎？而其东则卢山，秦人卢敖之所从遁也。西望穆陵，隐然如城郭，师尚父、齐桓公之遗烈，犹有存者。北俯潍水，慨然太息，思淮阴之功，而吊其不终。台高而安，深而明，夏凉而冬温。雨雪之朝，风月之夕，余未尝不在，客未尝不从。撷园蔬，取池鱼，酿秫酒，瀹脱粟而食之，曰：乐哉游乎！

方是时，余弟子由适在济南，闻而赋之，且名其台曰“超然”。以见余之无所往而不乐者，盖游于物之外也。

【译文】万物都有可观之处。只要有可观之处，就都可以为人带来快乐，不一定非得是奇巧珍异、美丽华贵的东西。粗淡的酒水也可以醉人，瓜果蔬菜野草都可以使人吃饱。以此推之，我到什么地方不快乐呢？人们所做的一切都是为了祈求幸福而免除灾祸，因为幸福让人高兴而灾祸使人悲伤。人的欲望无穷无尽，万物之中可以满足欲望的东西却是有限的。心里盘算着什么好什么不好，手里选择着这一样那一样，那么让人快乐的事情就常常很少，而令人悲伤的事情却常常很多。这就叫做求取灾祸而免除幸福。祈求灾祸而免除幸福，难道是人的本性吗？万物足以将你覆盖起来。你在万物中挑选，就不能跳出物欲之外。万物无所谓大小好坏，在万物的笼罩下来看，没有一件不是又高又大的。这些高大美妙的东西引诱着人们，因此人们就会眼花缭乱，弄不清究竟什么是真好的东西，这就像在门缝里看人打仗，怎么能知道谁胜谁败呢。因此美好的东西和丑恶的东西交错在一起，这就引出人们的忧愁和喜悦。难道不值得深深悲哀吗？

我从杭州通判改任密州知州，放弃了水乡舟船的安适，而忍受车马颠簸的辛劳；离开雕墙画栋的美屋，而栖身于简陋粗糙的居室；不见了湖光山色的美景，而行走在长满桑麻的田野。刚到密州的时候，正值庄稼歉收，盗贼布满村野，诉讼之事繁多。厨房里没有什么菜肴，每天只能吃些枸杞菊花之类的野菜。人们都怀疑我不会快乐。过了一年左右，我的容貌却更加丰满，花白的头发一天天地变黑。我喜欢此地风俗的淳厚，而此地的官吏民众也对我的治理安之若素，于是修治官府中的园圃，打扫堂室庭院，砍伐安丘、高密的树木来修补破败之处，作为初步的整修。而园圃的北边，沿着城墙建筑的高台也已破旧，因此稍加修葺使它现出新貌。我经常邀宾客登高游览，在此抒发情怀，怡情肆志。南望马耳、常山，隐约可见，此中可能会有隐居的高士吧？台的东面是卢山，是秦人卢敖隐遁的地方。向西眺望穆陵，迷迷茫茫如同一座城堡，姜太公、齐桓公的遗迹，还有存留的。向北俯瞰潍水，感慨叹息，回想淮阴侯韩信的功业，凭吊他没有善终的人生结局。此台高大安稳，深广明亮，夏季凉爽冬季温暖。下雨落雪的时候，风清月明的夜晚，我从来没有不前往登临，宾客也从来没有不跟从我去。采撷园中的蔬菜，捞取池中的游鱼，酿造高粱美酒，煮熟粗米饭吃，说：这种游玩真快乐啊！

此时，我弟弟苏辙子由刚好在济南，听说之后为此台写了一篇赋，并且把此台命名为“超然台”。以表明我无论到什么地方都不会不快乐，是因为我能够超然于物外。

眉州远景楼记

吾州之俗，有近古者三：其士大夫贵经术而重氏族，其民尊吏而畏法，其农夫合耦以相助。盖有三代、汉、唐之遗风，而他郡之所莫及也。始朝廷以声律取士，而天圣以前，学者犹袭五代之弊，独吾州之士，通经学古，以西汉文词为宗师。方是时，四方指以为迂阔。至于郡县胥吏，皆挟经载笔，应对进退，有足观者。而大家显人，以门族相上，推次甲乙，皆有定品，谓之江乡。非此族也，虽贵且富，不通婚姻。其民事太守、县令，如古君臣，既去，辄画像事之，而其贤者，则记录其行事以为口实，至四五十年不忘。商贾小民，常储善物而别异之，以待官吏之求。家藏律令，往往通念而不以为非，虽薄刑小罪，终身有不敢犯者。岁二月，农事始作。四月初吉，谷稚而草壮，耘者毕出。数十百人为曹，立表下漏，鸣鼓以致众，择其徒为众所畏信者二人，一人掌鼓，一人掌漏，进退作止，惟二人之听。鼓之而不至，至而不力，皆有罚。量田计功，终事而会之，田多而丁少，则出钱以偿众。七月既望，谷艾而草衰，则仆鼓决漏，取罚金与偿众之钱，买羊豕酒醴，以祀田祖，作乐饮食，醉饱而去，岁以为常。其风俗盖如此。

故其民皆聪明才智，务本而力作，易治而难服。守令始至，视其言语动作，辄了其为人。其明且能者，不复以事试，终日寂然。苟不以其道，则陈义秉法以讥切之，故不知者以为难治。

今太守黎侯希声，轼先君子之友人也。简而文，刚而仁，明而不苛，众以为易事。既满将代，不忍其去，相率而留之，上不夺其请。既留三年，民益信，遂以无事。因守居之北墉而增筑之，作远景楼，日与宾客僚吏游处其上。轼方为徐州，吾州之人以书相往来，未尝不道黎侯之善，而求文以为记。

嗟夫，轼之去乡久矣。所谓远景楼者，虽想见其处，而不能道其详矣。然州人之所以乐斯楼之成而欲记焉者，岂非上有易事之长，而下有易治之俗也哉？孔子曰："吾犹及史之阙文也。有马者借人乘之。今亡矣夫！"是二者，于道未有大损益也，然且录之。今吾州近古之俗，独能累世而不迁，盖耆老昔人岂弟之泽，而贤守令抚循教诲不倦之力也，可不录乎？若夫登临览观之乐，山川风物之美，轼将归老于故丘，布衣幅巾，从邦君于其上，酒酣乐作，援笔而赋之，以颂黎侯之遗爱，尚未晚也。

元丰七年四月十五日记。

【译文】我家乡眉州的风俗，有三种是接近古风的：那里的士大夫看重学习经术并重视宗族亲戚；那里的民众尊重官府而惧怕犯法；那里的农夫合作耕种以互相帮助。这些都是三代、汉、唐时的朴厚遗风，其他各郡都比不上。当初朝廷是以词赋来选取进士，而天圣年以前，各地的学者仍旧因袭五代以来华而不实的陋习，只有眉州的士子，通晓经书学习古文，以西汉时的文章为典范。那时候，别郡的士子都认为他们的做法泥古不化。至于郡县的小吏，也都捧着经书带着笔墨，所写的公牍文字，都很有古文遗风。而大家族和显贵之人，是以文章来推重门第，比较优劣，都有一定的品评，当地人称之为江乡。不是这些宗族中的人，尽管地位很高并且富有，人们也不会与他们结为婚姻。百姓对待太守、县令，就像古代君臣之间的关系一样，官吏离任之后，就为他们画像敬奉。对于其中贤能的人，还要记录他们的事迹相互传讲，长达四五十年都不忘记。商贾小民，经常储备一些好东西单独收藏起来，以等待官吏的求取。家家都藏有国家律令，经常诵读并不认为有什么不对，即使是一些很小的过失，人们也终生不敢违犯。每年的二月，农事就开始了。四月上旬，谷苗很嫩而野草遍布的时候，耕耘的人们就全都出动。几十上百人为一曹，安置一个漏钟，用敲鼓的方法指挥群众，选择两个为众人所敬畏信服的人，一个人敲鼓发布号令，一人看着钟漏掌握时间。歇晌吃饭、出工收工，都听从这两个人的指挥。鼓声响了还没到，或者到了却不努力劳作，都要受到责罚。根据每人所耕田地的多少计算劳动量，事完后统一算账，田地多而男丁少的人家，就拿出钱来补偿给众人。到了七月中旬，稻谷成熟而杂草衰败的时候，就把鼓、漏收回，拿出罚金和补偿众人的钱，买来猪羊酒醴，以祭祀田祖，然后欢乐饮食，吃个酒足饭饱，每年都是这样。那里的风俗大致如此。

因此那里的民众都很有聪明才智，他们安守本分努力劳作，容易管理却难以制服。州守县令刚一来到，人们往往要观察他的言论和行为，从各方面了解他的为人。对那些清明而有才能的人，就不再用其他的事来试探他，百姓也就日日平安无事。如果州守县令不以王道治民，人们就会同他讲理甚至搬出法令条文讥笑驳斥他，所以不了解此地风俗的人认为这里的民众难以治理。

现今的知州黎侯名叫希声，是苏轼先父的朋友。他处事简约为人斯文，刚直而仁义，明察而不苛刻，民众认为他很容易相处。在他任满将要被人替代时，士民都不愿让他离去，争相挽留他，皇上同意了眉州士民的请求。他在眉州留任了三年，民众更加信赖他，官民相安无事。黎侯沿着知州居住的北墙增盖了一座远景楼，他每天都与宾客僚属在楼上游玩。苏轼那时正担任徐州知州，家乡眉州的人有书信往来，没有不说起黎侯的善行，还请求我为这座楼写篇记文。

啊！苏轼离开故乡已经很久了。他们所说的远景楼，我虽然依稀能够想像出来，却不能说得很详细。然而家乡的人们之所以很高兴兴建这座楼并且想让我为它写记的原因，难道不是由于上有容易相处的长官，下有容易治理的民众这样美好的风俗吗？孔子说："我还能够看到史书阙遗的地方。有马的人自己不会训练，先借给别人骑。这种精神，今天已经没有了！"看到史书的缺疑和有马先给别人骑，于大道来说微不足道，孔子尚且记录下来。如今眉州接近古人的风俗，竟能保持如此久远而不改变，是因为老一辈长者互敬互爱的楷模，以及贤良的州守、县令们孜孜不倦地抚循教诲的结果，能不记录下来吗？像那登高远望的乐趣，山川风景的美丽，苏轼将来归老故乡后，穿上粗布衣裳，裹上青头巾，跟随着州中的长官登上此楼，喝到兴浓，乘着乐曲，提起笔来作赋，以颂扬黎侯的遗爱，也为时不晚。

元丰七年四月十五日记。

墨妙亭记

熙宁四年十一月，高邮孙莘老自广德移守吴兴。其明年二月，作墨妙亭于府第之北，逍遥堂之东，取凡境内自汉以来古文遗刻以实之。

吴兴自东晋为善地，号为山水清远。其民足于鱼稻蒲莲之利，寡求而不争。宾客非特有事于其地者不至焉。故凡守郡者，率以风流啸咏投壶饮酒为事。自莘老之至，而岁适大水，上田皆不登，湖人大饥，将相率亡去。莘老大振廪劝分，躬自抚循劳来，出于至诚。富有馀者，皆争出谷以佐官，所活至不可胜计。当是时，朝廷方更化立法，使者旁午，以为莘老当日夜治文书，赴期会，不能复雍容自得如故事。而莘老益喜宾客，赋诗饮酒为乐。又以其馀暇网罗遗逸，得前人赋咏数百篇，以为《吴兴新集》，其刻画尚存而僵仆断缺于荒陂野草之间者，又皆集于此亭。是岁十二月，余以事至湖，周览叹息，而莘老求文为记。

或以谓余，凡有物必归于尽，而恃形以为固者，尤不可长，虽金石之坚，俄而变坏，至于功名文章，其传世垂后，乃为差久，今乃以此托于彼，是久存者反求助于速坏。此既昔人之惑，而莘老又将深檐大屋以锢留之。推是意也，其无乃几于不知命也夫？余以为知命者，必尽人事，然后理足而无憾。物之有成必有坏，譬如人之有生必有死，而国之有兴必有亡也。虽知其然，而君子之养身也，凡可以久生而缓死者无不用。其治国也，凡可以存存而救亡者无不为，至于不可奈何而后已。此之谓知命。是亭之作否，无足争者，而其理则不可以不辨。故具载其说，而列其名物于左云。

【译文】熙宁四年十二月，高邮人孙莘老从广德军改任湖州知州。第二年二月，在官府北面，逍遥堂东面，建造了一座墨妙亭，把湖州境内从汉朝以来所存的古文碑刻放在里面。

湖州自从东晋以来就是佳美之地，号称山水清丽。那里的人民捕鱼种稻，割蒲采莲获得收益，就可以保持衣食丰足，而欲求很少，不爱争斗。外地的宾客如果不是有事非到此地，一般都不到那儿去。因此到湖州担任知州的人，大都把高唱吟咏，投壶饮酒作为常事。孙莘老到任之后，赶上发大水，上等的田地也都没有收成，湖州人受到饥饿的威胁，相约准备一起离开此地去逃荒。孙莘老大开粮仓，亲自安抚劝慰饥民，一片真情实意。富足有馀粮的人家，都争着拿出谷米帮助官府，救活的人不可胜计。那个时候，朝廷正在改变旧制订立新法，常平使者纷纷然你来我往，都以为莘老会日夜赶写文书，参加会议，不能再像以前的知州那样悠闲自得。然而孙莘老却更加喜欢宴请宾客，依旧赋诗饮酒。他还利用空闲的时间搜罗湖州前贤的遗文遗诗，得到前人的赋咏几百篇，编成《吴兴新集》一书。又把荒山野岭间还比较清楚但已顷倒断裂残缺的石碑石刻，集中在墨妙亭里。这一年的十二月，我因为有公干到湖州去，看了这些，非常感叹，孙莘老请我为此写一篇记文。

有人对我说，世上万物一定会归于灭亡，而那些凭着形体坚固的东西，尤其长不了，就是像金属石头那样坚硬，过不了多久也会变坏，但是人的声名和文章，就能流传后世，比那些有形的东西更为长久，如今却把文章词赋寄托在金石之上，是使可以长久流传的东西反求助于很快就毁坏的载体。这原本是古人的迷惑，而孙莘老又建造宏伟敞亮的亭子来保存它们。推想他的本意，他难道是不懂事物变化的规律吗？我以为凡是懂得事物变迁规律的人，一定要首先在这个世界上尽到自己的努力，只有这样，才会对自己的一生毫无遗憾。万物有出生必然会有消亡，就如同人有出生必然会有死亡，国家有兴起就必然会有灭亡一样。虽然人人都清楚这简单的道理，然而君子们修养自身，凡是可以延缓生命的方法无不采用。治理国家也是这样，凡是可以保存挽救衰亡的方法无不尽力而为，直到实在无可奈何才肯罢休。这就是所谓懂得事物规律，这个亭该不该建，并不值得争论，但其中的道理不能不分辨明白。因此我把两种说法都记录下来，并把此亭所收藏的物品也记录如下。

墨君堂记

凡人相与号呼者，贵之则曰公，贤之则曰君，自其下则尔、汝之。虽公卿之贵，天下貌畏而心不服，则进而君、公，退而尔、汝者多矣。独王子猷谓竹君，天下从而君之无异辞。今与可又能以墨象君之形容，作堂以居君，而属余为文，以颂君德，则与可之于君，信厚矣。

与可之为人也，端静而文，明哲而忠，士之修洁博习，朝夕磨治洗濯，以求交于与可者，非一人也。而独厚君如此。君又疏简抗劲，无声色臭味，可以娱悦人之耳目鼻口，则与可之厚君也，其必有以贤君矣。世之能寒燠人者，其气焰亦未至若雪霜风雨之切于肌肤也，而士鲜不以为欣戚丧其所守。自植物而言之，四时之变亦大矣，而君独不顾。虽微与可，天下其孰不贤之？然与可独能得君之深，而知君之所以贤。雍容谈笑，挥洒奋迅而尽君之德。稚壮枯老之容，披折偃仰之势。风雪凌厉以观其操，崖石荦确以致其节。得志，遂茂而不骄；不得志，瘁瘠而不辱。群居不倚，独立不惧。与可之于君，可谓得其情而尽其性矣。余虽不足以知君，愿从与可求君之昆弟子孙族属朋友之象，而藏于吾室，以为君之别馆云。

【译文】大凡人们之间的称呼，地位尊贵的就称他为公，品行贤德的就称他为君，再往下的人就称为尔、汝了。有些公卿尽管地位尊贵，但天下人对他们只是表面敬畏而已，心里并不敬佩，因此当面称他们为君为公，背地里称他们为尔为汝的大有人在。只有王子猷称竹为君，天下人都跟着称为君而没有异议。如今文与可又能用墨来画出竹君的形态，建造堂室来安置此君，又请我写文章来歌颂竹君的品德，看得出文与可对于竹君，是何等偏爱了。

文与可的为人，端庄雅静举止斯文，聪明正直信实忠厚，士子们提高修养，增加学识，时时刻刻磨砺自己，以求得与文与可相交往的，绝不止一两个人。而他只对竹君格外钟意。竹君疏放刚劲，没有特别的声色和气味能使人的耳目鼻口感觉愉快。那么与可之所以厚待竹君，一定是认为竹君有异乎寻常的高洁品德。世间的寒冷和温暖，它的冷暖之气未必都像雪霜风雨那样直接触到人的肌肤，而士人却很少有不为此欢喜忧愁的。就植物的角度来说，它们经受四季气温变化的幅度也非常大，而竹君却毫不惧怕。不仅是文与可，天下谁不敬重它的志节的呢？然而只有文与可了解竹君最为深刻，最能了解竹君的品德。在雍容谈笑之间挥笔作画，迅速地把竹君稚嫩、成熟、枯老的形态，以及披伏、弯折、挺立的姿势淋漓尽致地表现出来。用风雪凌厉来表现它的操守，用崖石的高耸来表现它的志节。气候环境适宜时，就长得茂盛而不骄横；气候环境恶劣时，虽然瘠瘦却不凋敝。丛生时互不倚靠，独立时也无惧色。文与可对于竹君，真可以说是非常了解它的性情而又能十分生动地表现它的特征。我对竹君的了解虽然不那么详尽，但也希望跟从与可学学画竹，权充做与可所画竹君的昆弟子孙族属朋友，把它们收藏在我的居室，作为竹君的别馆。

宝绘堂记

君子可以寓意于物，而不可以留意于物。寓意于物，虽微物足以为乐，虽尤物不足以为病。留意于物，虽微物足以为病，虽尤物不足以为乐。老子曰："五色令人目盲，五音令人耳聋，五味令人口爽，驰骋田猎令人心发狂。"然圣人未尝废此四者，亦聊以寓意焉耳。刘备之雄才也，而好结髦。嵇康之达也，而好锻炼。阮孚之放也，而好蜡屐。此岂有声色臭味也哉，而乐之终身不厌。

凡物之可喜，足以悦人而不足以移人者，莫若书与画。然至其留意而不释，则其祸有不可胜言者。锺繇至以此呕血发冢，宋孝武、王僧虔至以此相忌，桓玄之走舸，王涯之复壁，皆以儿戏害其国，凶其身。此留意之祸也。

始吾少时，尝好此二者，家之所有，惟恐其失之；人之所有，惟恐其不吾予也。既而自笑曰：吾薄富贵而厚于书，轻死生而重于画，岂不颠倒错缪失其本心也哉？自是不复好。见可喜者虽时复蓄之，然为人取去，亦不复惜也。譬之烟云之过眼，百鸟之感耳，岂不欣然接之，然去而不复念也。于是乎二物者常为吾乐而不能为吾病。

驸马都尉王君晋卿虽在戚里，而其被服礼仪，学问诗书，常与寒士角。平居攘去膏粱，屏远声色，而从事于书画，作宝绘堂于私第之东，以蓄其所有，而求文以为记。恐其不幸而类吾少时之所好，故以是告之，庶几全其乐而远其病也。

熙宁十年七月二十二日记。

【译文】君子可以欣赏美好的事物，而不可以耽溺美好的事物。欣赏事物，虽然是很小的东西也足以使自己得到快乐，虽然是很美的东西也不会使自己沉溺。耽溺于事物，即使是很小的东西也会使人丧志，即使是很美的东西也不能使人真正得到快乐。老子曾经说："纷繁的色彩足以令人眼瞎，错杂的声音足以令人耳聋，甘美肥腻的食品足以令人口味败坏，驰骋游猎足以令人心性颠狂。"然而古代的圣人并没有废弃这四件事，不过是持欣赏事物的态度罢了。以刘备那样的英雄豪杰，却爱好用毛发编织饰物。以嵇康那样的通达，却喜好打铁。以阮孚那样的狂放，却爱好为人补鞋。这其中哪有美声美色和美味呢？然而他们都很喜欢做这些事，一辈子也不厌烦。

万物之中让人喜爱，足以使人欢悦却又不足以坏人心性的，以书法和绘画为最。然而到了过分沉溺其中而不能自拔的地步，也会给人带来意想不到的祸害。锺繇为此呕血而盗人坟墓，宋孝武帝、王僧虔以此而互相猜忌，桓玄逃跑时都不忘记把书画装上船，王涯临终时也不忘把书画藏在夹壁之中，他们都因这些身外之物而亡国丧身。这就是过于沉溺所带来的祸患。

我年轻的时候，也非常爱好这两样东西。家中收藏的，惟恐失去；别人拥有的，惟恐人家不给自己。后来自嘲说：我轻视富贵而厚爱书法，轻视性命而看重图画，这岂不本末倒置迷失了本性吗？从那以后就不再沉溺其中。见到自己喜欢的作品虽然有时也还收藏一些，但是被别人取走，也不再惋惜了。就像美丽的烟云从眼前经过，百鸟发出悦耳的叫声，难道能不欣然享受吗？然而看过听过之后不再过分思恋，如此一来，这两样东西仍旧会使我快乐却不再使我沉溺。

驸马都尉王晋卿君虽然是皇亲国戚，然而他穿戴朴素，喜读诗书，经常与贫寒之士往来。日常居处时从不讲究甘美的饮食，也不接触音乐美色。惟独酷爱书画，他在居舍东面建了一座宝绘堂，用以放置他收藏的作品，并请我写篇记文。我担心他会重蹈我年轻时的覆辙，所以把这番道理讲给他，希望既能使他得到快乐又不使他沉溺其中。

熙宁十年七月二十二日记。

墨宝堂记

世人之所共嗜者，美饮食，华衣服，好声色而已。有人焉，自以为高而笑之。弹琴弈棋，蓄古法书图画。客至，出而夸观之，自以为至矣。则又有笑之者曰：古之人所以自表见于后世者，以有言语文章也，是恶足好？而豪杰之士，又相与笑之。以为士当以功名闻于世，若乃施之空言，而不见于行事，此不得已者之所为也。而其所谓功名者，自知效一官，等而上之，至于伊、吕、稷、契之所营，刘、项、汤、武之所争，极矣。而或者犹未免乎笑，曰：是区区者曾何足言，而许由辞之以为难，孔丘知之以为博。由此言之，世之相笑，岂有既乎？

士方志于其所欲得，虽小物，有弃躯忘亲而驰之者。故有好书而不得其法，则椎心呕血几死而仅存，至于剖冢斫棺而求之。是岂有声色臭味足以移人哉？方其乐之也，虽其口不能自言，而况他人乎！人特以己之不好，笑人之好，则过矣。

毗陵人张君希元，家世好书，所蓄古今人遗迹至多，尽刻诸石，筑室而藏之，属余为记。余蜀人也，蜀之谚曰："学书者纸费，学医者人费。"此言虽小，可以喻大。世有好功名者，以其未试之学，而骤出之于政，其费人岂特医者之比乎？今张君以兼人之能，而位不称其才，优游终岁，无所役其心智，则以书自娱。然以余观之，君岂久闲者？蓄极而通，必将大发之于政。君知政之费人也甚于医，则愿以余之所言者为鉴。

【译文】世上人们都喜好的东西，不过精美的饮食，华丽的衣服，悦耳的音乐，漂亮的女子而已。有这样一个人，他自认为比别人清高而嘲笑别人。他弹琴下棋，收藏古人的书法图画。有客人来，就拿出来夸耀并让人观赏，自认为高洁之至。然而又有嘲笑他的人说：古代贤人能够有所表现而流传于后世的，都是因为留下了议论和文章，你这些东西哪里值得夸耀？而英雄豪杰之士，又嘲笑上述说法，认为士大夫应在当世建立功名，如果只是一些空谈，而没有成就一番大事，这是因为无奈才著书立说的。而他们所说的功名，不过是指从小官开始，一级一级升上去，直到伊尹、周公、稷、契等人的作为，刘邦、项羽、商汤、周武等人争霸的事业，就算到了极点。即使如此，仍旧免不了被人嘲笑，人们又会说：这些人奔走于世，何足挂齿，像许由那样辞掉天子的高位才是真正难以做到的，像孔丘那样无所不知才是真正的渊博。由此说来，世人之间互相嘲笑，还有完吗？

士子想要达到自己的目的，尽管别人认为微不足道，也会有不顾自身忘记亲人去追求的。所以有喜好书法却不得要领，耗尽心神累得吐血，直至挖开别人的棺木取出法书来临摹。这其中哪有美妙的声色滋味能够乱人心性呢？当他钟情于此的时候，连他自己都说不清楚，何况别人呢！人们往往因为自己不爱好这件事，而嘲笑别人的爱好，这就太过分了。

常州人张希元君，祖孙世代喜好书法，家中收藏的古今人墨迹很多，他把这些墨迹全刻在石碑上，又建造了一间厅室收藏它们，让我写篇记文。我是蜀地人，蜀中有句谚语说："练习书法的人费纸，学习医道的人费人。"这句话虽然说的是小事，但可以用来比喻大事。世上有些爱好功名的人，在他还没有治民的经验之前，骤然出来做官，那么他所费的人能与学医的人相提并论吗？如今张君以凭着超人的才干，地位与他的才能很不相称，因此优游岁月，没有可发挥才智的地方，只能以练习书法自得其乐。然而在我看来，张君是那种长久赋闲的人吗？学问积蓄多了自然会通达，他一定会把这些学识用在政事上。张君深知为政有失所费的人力会比学医多得多，因而愿意把我的话做为借鉴。

李氏山房藏书记

象犀珠玉怪珍之物，有悦于人之耳目，而不适于用。金石草木丝麻五谷六材，有适于用，而用之则弊，取之则竭。悦于人之耳目而适于用，用之而不弊，取之而不竭，贤不肖之所得，各因其才，仁智之所见各随其分，才分不同，而求无不获者，惟书乎？

自孔子圣人，其学必始于观书。当是时，惟周之柱下史老聃为多书。韩宣子适鲁，然后见《易象》与《鲁春秋》。季札聘于上国，然后得闻《诗》之风、雅、颂。而楚独有左史倚相，能读《三坟》《五典》《八索》《九丘》。士之生于是时，得见《六经》者盖无几，其学可谓难矣。而皆习于礼乐，深于道德，非后世君子所及。自秦、汉以来，作者益众，纸与字画日趋于简便。而书益多，士莫不有，然学者益以苟简，何哉？余犹及见老儒先生，自言其少时，欲求《史记》《汉书》而不可得，幸而得之，皆手自书，日夜诵读，惟恐不及。近岁市人转相摹刻诸子百家之书，日传万纸，学者之于书，多且易致如此，其文词学术，当倍蓰于昔人，而后生科举之士，皆束书不观，游谈无根，此又何也？

余友李公择，少时读书于庐山五老峰下白石庵之僧舍。公择既去，而山中之人思之，指其所居为李氏山房。藏书凡九千馀卷。公择既已涉其流，探其源，采剥其华实，而咀嚼其膏味，以为己有，发于文词，见于行事，以闻名于当世矣。而书固自如也，未尝少损。将以遗来者，供其无穷之求，而各足其才分之所当得。是以不藏于家，而藏于其故所居之僧舍，此仁者之心也。

余既衰且病，无所用于世，惟得数年之闲，尽读其所未见之书，而庐山固所愿游而不得者，盖将老焉。尽发公择之藏，拾其馀弃以自补，庶有益乎？而公择求余文以为记，乃为一言，使来者知昔之君子见书之难，而今之学者有书而不读为可惜也。

【译文】象牙犀角珍珠宝玉等珍稀之物，能够使人欣赏，却不实用。金属石器草木丝麻五谷以及制弓所用的六种材料等，切于实用，使用它们就会损坏，求取它们就会枯竭。能让人欣赏而又实用，用不坏，取不完，贤士庸人根据各自的才能来求取，仁者智者根据各自的需要来观看，才能和需求各不相同，然而只要有求必然有获的东西，不就只剩下书了吗？

自从孔圣人开始，要想学习就必须看书。在那时，只有周朝的柱下史老聃有很多书。韩宣子来到了鲁国，才见到《易象》和鲁史《鲁春秋》。季札朝聘于中原大国，才得知《诗》有风、雅、颂。而楚国只有左史倚相，才能读到《三坟》《五典》《八索》《九丘》。当时的士子，能见到《六经》的人寥寥无几，他们的学习条件可以说非常困难。然而他们对礼乐的学习，对道德的追求，都是后世的君子难以企及的。自秦朝、汉朝以来，写文章的人越来越多，书写工具和文字笔画都越来越简便。书籍越来越多，士子们没人不拥有，然而学者对知识的追求却越来越苟且，这是为什么呢？我曾经见过一些老儒先生，他们说到自己小的时候，想找《史记》《汉书》都找不到，一旦有机会得到此书，都用手抄写下来，日以继夜地诵读，惟恐有所遗漏。近年来市肆的书商辗转翻刻诸子百家的著作，一天就能印一万页，学者能够很容易地得到很多书，他们的文章学术，本该比古人强得多，然而年轻的科举士子，却都把书束之高阁不去阅读，夸夸其谈却没什么学问，这又是为什么呢？

我的朋友李公择，少年时在庐山五老峰下的白石庵僧舍中读书。公择离去之后，山中的僧人很怀念他，把他的居室称为李氏山房。这里收藏的图书有九千多卷。公择已经弄清了各家学术的源流，把它们化为自己的东西，融于自己的词章之内，运用于行事之中，已经闻名于当世。而那些书还保持着原貌，一点儿也没有损坏。公择打算把这些书留给后学之人，满足别人无穷的求知欲望，使他们根据各自的才能和需求去选择阅读。因此没有把这些书藏在家中，而是收藏在他过去居住的僧舍中，这是仁者的一番心意。

我如今年老多病，不会再得到当世的任用，只能利用这几年的空闲，尽量阅读我没见过的书。庐山一直是我希望游览而没有如愿的地方，我愿意终老于此，尽量地利用公择的藏书，以弥补自己的不足，这不也很有益处吗？公择请我写文为记，于是就写成这篇文章，让后来的人了解过去的君子得到书籍的困难，而如今的学者有书不读真是可惜。

放鹤亭记

熙宁十年秋，彭城大水，云龙山人张君天骥之草堂，水及其半扉。明年春，水落，迁于故居之东，东山之麓。升高而望，得异境焉，作亭于其上。彭城之山，冈岭四合，隐然如大环，独缺其西十二，而山人之亭适当其缺。春夏之交，草木际天；秋冬雪月，千里一色。风雨晦明之间，俯仰百变。山人有二鹤，甚驯而善飞。旦则望西山之缺而放焉，纵其所如，或立于陂田，或翔于云表，暮则傃东山而归。故名之曰放鹤亭。

郡守苏轼，时从宾客僚吏往见山人，饮酒于斯亭而乐之，揖山人而告之曰："子知隐居之乐乎？虽南面之君，未可与易也。《易》曰：'鸣鹤在阴，其子和之。'《诗》曰：'鹤鸣于九皋，声闻于天。'盖其为物，清远闲放，超然于尘垢之外，故《易》《诗》人以比贤人君子隐德之士。狎而玩之，宜若有益而无损者，然卫懿公好鹤则亡其国。周公作《酒诰》，卫武公作《抑戒》，以为荒惑败乱无若酒者，而刘伶、阮籍之徒以此全其真而名后世。嗟夫！南面之君，虽清远闲放如鹤者犹不得好，好之则亡其国。而山林遁世之士，虽荒惑败乱如酒者犹不能为害，而况于鹤乎？由此观之，其为乐未可以同日而语也。"山人听然而笑曰："有是哉？"乃作放鹤招鹤之歌曰：

鹤飞去兮，西山之缺。高翔而下览兮，择所适。翻然敛翼，婉将集兮，忽何所见，矫然而复击。独终日于涧谷之间兮，啄苍苔而履白石。鹤归来兮，东山之阴。其下有人兮，黄冠草履葛衣而鼓琴。躬耕而食兮，其馀以汝饱。归来归来兮，西山不可以久留。

元丰元年十一月初八日记。

【译文】熙宁十年秋天，徐州发大水，云龙山人张天骥君的草堂，水已淹到门的一半。第二年春天，水落去了，他就迁到故居东面的东山脚下。登高而眺望，寻到一处奇异的地方，于是就在那里建造了一个亭子。徐州的山，连绵起伏环绕在城外，隐隐约约就像一个大环，只是西面缺了十分之二，而张山人的亭子恰好建在缺口的地方。春夏时节，花草树木上接青天。秋冬的明月白雪，上下相映千里一色。风雨明暗之间，景色百般变化。张山人有两只白鹤，非常驯服，善于飞翔。每天早晨在西山缺口的亭子上把它们放出去，让它们随心所欲地飞翔，有时立在田边，有时飞翔在云间，黄昏它们就朝着东山飞回。所以为此亭取名为放鹤亭。

知州苏轼，率领着宾客僚属去看望山人，在此亭中饮酒作乐，向山人作个揖，对他说："你知道隐居的乐趣吗？即使是南面称尊的国君，隐士们也不会跟他交换地位。《周易》中说：'白鹤在池沼鸣叫，它的后代与它和鸣。'《诗经》中说：'白鹤在高地上鸣叫，声音达于上天。'作为动物，它们高远闲散的心性，超然于尘世污垢之外，因此《周易》《诗经》的作者拿它们来比喻贤人君子和道德高尚的隐士。亲近宠爱它们，本应该对人有益而无害，然而卫懿公好养鹤却导致了亡国。周公写作《酒诰》，卫武公写作《抑戒》，他们认为使人迷失心性没有比酒更厉害的了，然而刘伶、阮籍之流却恰恰由于嗜酒保全了自己的真性而留名于后世。唉！南面称尊的国君，就连清高闲散像鹤这样的动物都不能喜好，喜好了就要导致亡国。而山林中避世的隐士，就连迷乱心性像酒这样的东西也不会给他们带来危害，更何而况是鹤了。由此看来，国君和隐士的快乐就不可同日而语了。"张山人听后笑着说："真是这样吗？"于是我就写了一篇放鹤招鹤之歌：

白鹤飞去啊，从西山的缺处。飞上高空向下望啊，选择自己适意的地方。收敛起翅膀翻身朝下，展示着优美的身姿像要集合在一起，忽然间像是有所发现，昂首奋翅重新飞向天空。你独自终日徘徊在涧谷之间啊，啄食着青苔脚踏着白石。白鹤归来吧，来到东山之北。山下有人头戴黄冠脚穿草鞋身披葛衣而弹奏琴操。他亲自耕种而食啊，剩馀的食物足以喂饱你。归来归来吧，西山不能久留。

元丰元年十一月初八日记。

众妙堂记

眉山道士张易简教小学，常百人，予幼时亦与焉。居天庆观北极院，予盖从之三年。

谪居海南，一日梦至其处，见张道士如平昔，汛治庭宇，若有所待者，曰：“老先生且至。”其徒有诵《老子》者曰：“玄之又玄，众妙之门。”予曰：“妙一而已，容有众乎？”道士笑曰：“一已陋矣，何妙之有？若审妙也，虽众可也。”因指洒水薙草者曰：“是各一妙也。”予复视之，则二人者手若风雨，而步中规矩，盖涣然雾除，霍然云散。予惊叹曰：“妙盖至此乎？庖丁之理解，郢人之鼻斫，信矣。”二人者释技而上，曰：“子未睹真妙，庖、郢非其人也。是技与道相半，习与空相会，非无挟而径造者也。子亦见夫蜩与鸡乎？夫蜩登木而号，不知止也；夫鸡俯首而啄，不知仰也。其固也如此。然至蜕与伏也，则无视无听，无饥无渴，默化于荒忽之中，候伺于毫发之间，虽圣智不及也。是岂技与习之助乎？”二人者出。道士曰：“子少安，须老先生至而问焉。”二人者顾曰：“老先生未必知也。子往见蜩与鸡而问之，可以养生，可以长年。”广州道士崇道大师何德顺，学道而至于妙者也。作堂榜曰“众妙”。以书来海南，求文以记之。予不暇作也，独书梦中语以示之。

戊寅三月十五日，蜀人苏轼书。

【译文】蜀中眉山道士张易简教授小学，学生常常达到近百人，我小时也在其中。张道士住在天庆观北极院，我跟从他学习了三年。

我遭贬谪居海南，有一天夜里梦见又回到了儿时的学堂，像往昔一样去见张道士，有人正在洒扫庭院屋宇，好像在等待着什么人到来，一个人说：“老先生要来了。”那些生徒中有个诵读《老子》的人说：“玄而又玄，才是众妙的门径。”我说：“妙只有一个，哪能有什么众妙呢？”张道士笑着说：“所谓一妙也是编造的，世上哪有什么妙？如果一定要说有妙，那么说成众妙也不为过。”于是指着面前洒水锄草的人说：“他们各得一妙。”我重新观察那两个人，他们的手快得像风来雨落，举止甚合规矩，尘雾一下子就被消除了，杂草很快就被清理了。我惊叹说：“妙能达到如此地步吗？我现在终于相信庖丁解牛，郢人斫鼻是真的了。”这两个人丢开手中的活儿走上前来，说：“你还没有看见什么是真妙，庖丁、郢匠并不能算是真得其妙的人。

他们是技能与妙道各得一半，熟练与空灵融合为一，并不是没有技艺而凭空进入妙境的。你见过蝉和鸡吗？蝉爬上树木而鸣叫，从不知停止；鸡低下头去啄食，而不知仰起头来。它们的习性就是这样。然而在蝉蜕皮与鸡抱窝时，它们不看不听，不饥不渴，在空灵之中默默变化，等待着突变的那一瞬间，即使是圣明睿智的人也很难做到。这难道不是技巧与习性相辅相成吗？”这两个人说完就出去了。张道士说：“你稍稍等侯，待老先生来到之后再向他询问。”那两个人又回过头来说：“老先生也未必知道其中的奥妙。你还是去找蝉和鸡询问，这样既可以保养生命，又可以延年益寿。”广州道士崇道大师何德顺，是一位学道而至于精妙的人。他建造了一间堂室，题名叫“众妙堂”。他写信到海南，请我写篇文章为记。我仓促间没时间仔细考虑，只把梦中的一些话记下来答复他。

元符元年三月十五日，蜀人苏轼书。

思堂记

建安章质夫，筑室于公堂之西，名之曰“思”。曰：“吾将朝夕于是，凡吾之所为，必思而后行，子为我记之。”嗟夫！余天下之无思虑者也。遇事则发，不暇思也。未发而思之，则未至；已发而思之，则无及。以此终身，不知所思。言发于心而冲于口，吐之则逆人，茹之则逆余。以为宁逆人也，故卒吐之。君子之于善也，如好好色；其于不善也，如恶恶臭。岂复临事而后思，计议其美恶，而避就之哉！是故临义而思利，则义必不果；临战而思生，则战必不力，若夫穷达得丧，死生祸福，则吾有命矣。少时遇隐者曰：“孺子近道，少思寡欲。”曰：“思与欲，若是均乎？”曰：“甚于欲。”庭有二盎以畜水，隐者指之曰：“是有蚁漏。是日取一升而弃之，孰先竭？”曰：“必蚁漏者。”思虑之贼人也，微而无间。隐者之言，有会于余心，余行之。且夫不思之乐，不可名也。虚而明，一而通，安而不懈，不处而静，不饮酒而醉，不闭目而睡。将以是记思堂，不亦缪乎？虽然，言各有当也。万物并育而不相害，道并行而不相悖。以质夫之贤，其所谓思者，岂世俗之营营于思虑者乎？《易》曰：“无思也，无为也。”我愿学焉。《诗》曰：“思无邪。”质夫以之。

元丰元年正月二十四日记。

【译文】建州人章质夫，在公堂之西建了一座厅堂，取名叫“思堂”。他说：“我要天天记住这个‘思’字，凡是我想要做的事，一定要先思而后行，请你为我写篇记文。”唉！我是天下最不懂得思虑的人。遇事就说，不假思索。如果事情还没发生就思考它，那原本就没有事；如果事情已经发生再去思考它，就已经来不及了。我这一生都是如此，从不知应该思考什么。心里有话就脱口而出，说出来就得罪人，不说出来自己就憋得难受。我认为宁可得罪人，也一定要说出来。君子对于善美的行为，就如同喜好美色；对于不善的行为，就如同厌恶腐臭。难道还要事到临头再去思考，判断事情的好坏，决定是躲避还是参与吗！所以临到行义时想到获利，那么所行的义肯定不会有结果；面对战斗时想要偷生，那么打起仗来一定不会勇敢。我认为人生的穷困显达，获取丧失，死生祸福，都是命中注定的。我年轻时曾遇见一位隐士，他对我说：“年轻人，如果你想得道，就应该减少思虑和欲望。”我说：“思虑和欲望，是均等的吗？”隐士说：“思虑比欲望还厉害。”庭院中有两个盆都装着水，隐士指着其中一个盆说：“这个盆下有个蚁洞。这另一个每天舀取一升水泼掉，哪个盆先干？”我说：“肯定是有蚁洞的先干。”思虑对人的残害，是从不间断的蚕食。隐者的一席话，使我得到了很大的启发，我一直按照他的话行事。况且无忧无虑的乐趣，真是不可名状。空虚而澄明，纯一而畅达，心安理得从不知疲倦，无时无刻不觉得宁静，就像没有饮酒而陶然大醉，没有闭眼而酣然沉睡。如果用这些话来为思堂作记，不是显得很荒缪吗？尽管如此，思与不思各有各的道理。世间万物都得以养育互不妨害，大道并行互不悖逆。凭着章质夫的贤能，他所说的思，难道是世俗之辈狗苟蝇营的思虑吗?《周易》说:“没有思虑,没有作为。”我愿意做这样的人。《诗经》说:“思无邪。”章质夫是以它为本吧。

元丰元年正月二十四日记。

静常斋记

虚而一,直而正,万物之生芸芸,此独漠然而自定,吾其命之曰静;泛而出,渺而藏,万物之逝滔滔,此独且然而不忘,吾其命之曰常。无古无今,无生无死,无终无始,无后无先,无我无人,无能无否,无离无著,无证无修。即是以观,非愚则痴;舍是以求,非病则狂。昏昏默默,了不可得;混混沌沌,茫不可论。虽有至人,亦不可闻,闻为真闻,亦不可知,知为真知,是犹在闻知之域,而不足以仿佛。况缘迹逐响以希其至,不亦难哉?既以是为吾号,又以是为吾室,则有名之累,吾何所逃?然亦趋寂之指南,而求道之鞭影乎?

【译文】清虚而纯一,挺直而方正,世间万物都在生长,此处却默然自定,所以我称之为静;泛滥而奔涌,微渺而潜藏,世间万物都匆匆逝去,此处却依然故我,所以我称之为常。无所谓古也无所谓今,无所谓生也无所谓死,无所谓开始也无所谓终结,无所谓后也无所谓先,无所谓自我也无所谓其他,无所谓能也无所谓不能,无所谓剥离也无所谓粘着,无所谓验证也无所谓修正。用这种态度来观察万物,不是蠢人就是傻子;不用这种态度来观察万物,不是有病就是颠狂。昏昏沉沉,心中就一无所获;浑浑噩噩,心中就不辨是非。即使是有圣贤之人,也无法听到他的高论,这种听才是真听,听了之后什么也不知道,这种知才是真知,它还停留在听闻和了解之间,还不足以用所听所闻指导自己。何况看着脚步听到响声,就希望有人到来,这不也太难了吗?我已经把静常当做自己的名号,如今又以静常作为自己的斋名，如此说来，名给我带来的累赘，我怎样才能逃脱呢？然而它或许也是趋向寂寞的标志，求取至道的鞭策吧？

石氏画苑记

石康伯，字幼安，蜀之眉山人，故紫微舍人昌言之幼子也。举进士不第，即弃去。当以荫得官，亦不就。读书作诗以自娱而已，不求人知。独好法书、名画、古器、异物，遇有所见，脱衣辍食求之，不问有无。居京师四十年，出入闾巷，未尝骑马。在稠人中，耳目谡谡然，专求其所好。长七尺，黑而髯，如世所画道人剑客。而徒步尘埃中，若有所营，不知者以为异人也。又善滑稽，巧发微中，旁人抵掌绝倒，而幼安淡然不变色。与人游，知其急难，甚于为己。有客于京师而病者，辄舁置其家，亲饮食之，死则棺敛之，无难色。凡识幼安者，皆知其如此。而余独深知之，幼安识虑甚远，独口不言耳。今年六十二，状貌如四十许人，须三尺，郁然无一茎白者，此岂徒然者哉？为亳州职官与富郑公俱得罪者，其子夷庚也。

其家书画数百轴，取其毫末杂碎者，以册编之，谓之《石氏画苑》。幼安与文与可游，如兄弟，故得其画为多。而余亦善画古木丛竹，因以遗之，使置之苑中。子由尝言："所贵于画者，为其似也。似犹可贵，况其真者？吾行都邑田野所见人物，皆吾画笥也。所不见者，独鬼神耳，当赖画而识。然人亦何用见鬼？"此言真有理。今幼安好画，乃其一病，无足录者，独著其为人之大略云尔。

元丰三年十二月二十日，赵郡苏轼书。

【译文】石康伯，字幼安，蜀中眉山县人，是已故紫微舍人石昌言的幼子。考进士没考中，就放弃不再考。应当以祖荫得到官职，他也不去就职，只是读书作诗自得其乐，不求受知于人。他喜好书法、名画、古董和珍奇之物，遇见自己喜欢的东西，就省吃俭用来获取，不管家中有没有过日子的钱。他在京师住了四十年，出入于街巷，从未骑过马。在熙熙攘攘的人群中，他的耳朵和眼睛非常灵敏，专门搜求自己喜欢的东西。他身高七尺，面目黧黑胡须很长，就像画中的道人剑客。他徒步行走在尘世之中，好像总在关注着什么，不了解他的人都把他当成个怪人。他又善于幽默，巧言妙词，往往一语中的，引得别人拍着手笑弯了腰，而石幼安却表情淡然，若无其事。他与人交往，知道别人有了急难，比自己的事还着急。有个寄居在京师生了病的人，幼安把他接到自己家中，亲自喂他。死了之后还买棺木把他收殓，并没有表现出一点为难之色。凡认识石幼安的人，都知道他是这样的人。而我对他的了解更深，石幼安见识深远，只不过口里不说罢了。他今年六十二岁，面色就像四十来岁的人，他的胡须三尺多长，颜色乌黑没有一根白的，这难道是偶然的吗？那个担任亳州属官与郑国公富弼一起获罪的人，是他的儿子石夷庚。

他家藏有书画几百幅，他把那些零七八碎的画，订成了一本画册，取名叫《石氏画苑》。石幼安与文与可交往，亲如兄弟，因此得到文与可的画最多。而我也善于画古木丛竹，就把这些送给他，让他也收入《画苑》之中。我弟弟苏辙子由曾说：“人之所以看重画，是因为它像真的。像真的就这样可贵，更何况那些纯真的呢？我行走在都市乡野所看见的真实人物，都是我的画箱。看不见的，只有鬼神，这需要依靠画来认识。但是人用得着见鬼吗？”这话很有道理。如今幼安酷嗜图画，这是他的一大毛病，在这方面没什么可说的，我这里只记录他为人的大概。

元丰三年十二月二十日，赵郡人苏轼书。

文与可画筼筜谷偃竹记

竹之始生一寸之萌耳，而节叶具焉。自蜩腹蛇蚹以至于剑拔十寻者，生而有之也。今画者乃节节而为之，叶叶而累之，岂复有竹乎？故画竹必先得成竹于胸中，执笔熟视，乃见其所欲画者，急起从之，振笔直遂，以追其所见，如兔起鹘落，少纵则逝矣。与可之教予如此。予不能然也，而心识其所以然。夫既心识其所以然而不能然者，内外不一，心手不相应，不学之过也。故凡有见于中而操之不熟者，平居自视了然，而临事忽焉丧之，岂独竹乎！子由为《墨竹赋》以遗与可曰："庖丁，解牛者也，而养生者取之。轮扁，斫轮者也，而读书者与之。今夫夫子之托于斯竹也，而予以为有道者，则非耶？"子由未尝画也，故得其意而已。若予者，岂独得其意？并得其法。

与可画竹，初不自贵重，四方之人持缣素而请者，足相蹑于其门。与可厌之，投诸地而骂曰："吾将以为袜材。"士大夫传之，以为口实。及与可自洋州还，而余为徐州。与可以书遗余曰："近语士大夫，吾墨竹一派，近在彭城，可往求之。袜材当萃于子矣。"书尾复写一诗，其略曰："拟将一段鹅溪绢，扫取寒稍万尺长。"予谓与可："竹长万尺，当用绢二百五十匹，知公倦于笔砚，愿得此绢而已。"与可无以答，则曰："吾言妄矣，世岂有万尺竹也哉！"余因而实之，答其诗曰："世间亦有千寻竹，月落庭空影许长。"与可笑曰："苏子辩则辩矣，然二百五十匹，吾将买田而归老焉。"因以所画筼筜谷偃竹遗予，曰："此竹数尺耳，而有万尺之势。"筼筜谷在洋州，与可尝令予作《洋州三十咏》，筼筜谷其一也。予诗云："汉川修竹贱如蓬，斤斧何曾赦箨龙。料得清贫馋太守，渭滨千亩在胸中。"与可是日与其妻游谷中，烧笋晚食，发函得诗，失笑喷饭满案。

元丰二年正月二十日，与可没于陈州。是岁七月七日，予在湖州曝书画，见此竹，废卷而哭失声。昔曹孟德《祭桥公文》有"车过""腹痛"之语，而予亦载与可畴昔戏笑之言者，以见与可于予亲厚无间如此也。

【译文】竹子刚开始长出一寸长的萌芽时，它的竹节和叶子就已经形成了。从刚刚脱掉外面的笋壳直到长成几丈高的修竹，它的节和叶子的数量是与生俱来的。如今画竹的人却一节一节地画，一叶一叶地添，哪还有完整的竹子呢？所以画竹必须先在胸中酝酿出成熟完整的神韵形态，拿着笔仔细端详，才能看见自己想要画的，这时要赶紧捕捉住这种感觉，挥笔一气画完，以追踪所见的景象，就像兔子一出现鹘鸟就突然冲下去抓住它，稍一放松兔子就会溜走。与可是这样教我作画的。我虽然做不到，但心里知道他的话是对的。心知他的话对却又做不到，是因为心里想的和手下画的不一样。心和手不相应，是还没有深入学习的缘故。所以凡是用眼睛看到而做起来很不熟练，平常自以为很清楚，事到临头又恍然若失的，岂只是竹子！子由写过一篇《墨竹赋》送给与可，赋中说："庖丁是善于杀牛的人，养生者可以从中领悟游刃有馀的道理。轮扁是制造车轮的人，读书人对他所发表的意见却十分赞许。如今你对画竹所说的这些道理，使我认识到你是深知事物客观规律的人，难道不是这样吗？"子由没学过作画，因此只是明白了其中的道理。而像我这样的人，难道只明白道理就够了吗？我还要把他的技巧也学到手。

与可画竹，开始自己并不怎么看重，但四方之人拿着白绢请他作画的人，一个接一个地到他家来。与可非常厌烦，把这些绢都扔到地上大骂道："我把它们都做了袜子。"士大夫们把这句话传开来，成为一时笑谈。与可从洋州知州任上返乡时，我正任徐州知州。与可寄信给我说："最近，我告诉士大夫们说，我画墨竹这一派，已经传给了近在徐州的苏轼，你们可到他那里去求画。如今做袜子的白绢应该聚集到你那里了。"信的结尾又附了一首诗，其中两句说："拟将一段鹅溪绢，扫取寒稍万尺长。"我对与可说："竹子长一万尺，应当用绢二百五十匹，我知道你懒得作画，我愿意得到这些绢。"与可无言以对，就说："我的话错了，世上哪有一万尺长的竹子啊！"我又据此而印证他的话没错，给他回诗说："世间亦有千寻竹，月落庭空影许长。"文与可笑着说："苏子你真是个聪明人，然而我如果真有二百五十匹绢，便可以买田养老了。"因此把他画的筼筜谷偃竹赠给我，说："这幅竹子不过几尺长罢了，但它有万尺的态势。"筼筜谷在洋州，与可曾让我写《洋州三十咏》，筼筜谷就是其中的一景。我的诗中说："汉川修竹贱如蓬，斤斧何曾赦箨龙。料得清贫馋太守，渭滨千亩在胸中。”那天与可恰好和他妻子在谷中游玩，晚饭烧笋而食，打开信读到诗，失声大笑把饭喷了一桌子。

元丰二年正月二十日，与可在陈州逝世。这一年的七月七日，我在湖州晒书画，见到这幅画竹，放下画卷失声痛哭。以前曹操在《祭桥公文》中有“车过三步，腹痛勿怪”的话，而我也记载了与可过去和我的戏笑之言，以表明与可和我亲密无间的深厚感情。

净因院画记

余尝论画，以为人禽宫室器用皆有常形。至于山石竹木，水波烟云，虽无常形，而有常理。常形之失，人皆知之。常理之不当，虽晓画者有不知。故凡可以欺世而取名者，必托于无常形者也。虽然，常形之失，止于所失，而不能病其全，若常理之不当，则举废之矣。以其形之无常，是以其理不可不谨也。世之工人，或能曲尽其形，而至于其理，非高人逸才不能辨。与可之于竹石枯木，真可谓得其理者矣。如是而生，如是而死，如是而挛拳瘠蹙，如是而条达畅茂，根茎节叶，牙角脉缕，千变万化，未始相袭，而各当其处。合于天造，厌于人意。盖达士之所寓也欤？昔岁尝画两丛竹于净因之方丈，其后出守陵阳而西也，余与之偕别长老道臻师，又画两竹稍一枯木于其东斋。臻师方治四壁于法堂，而请于与可，与可既许之矣，故余并为记之。必有明于理而深观之者，然后知余言之不妄。

元丰三年端阳月八日，眉山苏轼于净因方丈书。

【译文】我曾经对绘画发表过议论，认为人物鸟兽宫室器皿都有固定的形状。至于山石竹木，水波烟云，虽没有固定的形状，却有一定的规律。固定的形状画得不像，人们都看得出来。若不符合自身的规律，那就连懂画的也会有时失于察觉。因此凡是想要欺世盗名的人，必然要托于没有固定形状的事物。虽然如此，固定的形状不像，仅仅是形状不像而已，而不能说它全部失败，如果违反了事物的规律，那就一无可取了。正因为竹木烟云等没有常态，所以对它们的变化规律更不能不谨慎。世间的画匠，也有的能够把形状画得逼真，但对于事物变化的规律，就除非高人逸才不能分辨了。与可对画于竹石枯木，真可以说是得其精妙了。怎样画有生气，怎样画像枯死，怎样画弯拳屈曲，怎样画挺直畅茂，植物的根茎节叶，新生幼芽，老干虬枝，纹理脉络，千变万化，都没有雷同，各自安排得恰到好处。符合于天工造化，满足人的审美需求。这恐怕是通达之士在其中寄托了自己的情操吧？文与可前些年曾在净因院的方丈室内画了两丛竹子，后来因出守陵阳而西行，我和他一同去向长老道臻禅师告别，他又在寺院的东斋堂画了两枝竹子和一段枯木。道臻禅师那时正在法堂内整修四壁，向与可求画，与可答应了他，因此我把这些事一起记下来。日后必会有明白这些道理而能深刻理解与可图画的人，那时才知道我说的不错。

元丰三年五月八日，眉山苏轼书于净因院方丈。

灵壁张氏园亭记

道京师而东，水浮浊流，陆走黄尘，陂田苍莽，行者倦厌。凡八百里，始得灵壁张氏之园于汴之阳。其外修竹森然以高，乔木蓊然以深，其中因汴之馀浸，以为陂池；取山之怪石，以为岩阜。蒲苇莲芡，有江湖之思；椅桐桧柏，有山林之气；奇花美草，有京洛之态；华堂厦屋，有吴蜀之巧。其深可以隐，其富可以养。果蔬可以饱邻里，鱼鳖笋茹可以馈四方之宾客。余自彭城移守吴兴，由宋登舟，三宿而至其下。肩舆叩门，见张氏之子硕。硕求余文以记之。

维张氏世有显人，自其伯父殿中君，与其先人通判府君，始家灵壁，而为此园，作兰皋之亭以养其亲。其后出仕于朝，名闻一时。推其馀力，日增治之，于今五十馀年矣。其木皆十围，岸谷隐然。凡园之百物，无一不可人意者，信其用力之多且久也。

古之君子，不必仕，不必不仕。必仕则忘其身，必不仕则忘其君。譬之饮食，适于饥饱而已。然士罕能蹈其义、赴其节。处者安于故而难出，出者狃于利而忘返。于是有违亲绝俗之讥，怀禄苟安之弊。今张氏之先君，所以为子孙之计虑者远且周，是故筑室艺园于汴、泗之间，舟车冠盖之冲。凡朝夕之奉，燕游之乐，不求而足。使其子孙开门而出仕，则跬步市朝之上；闭门而归隐，则俯仰山林之下。于以养生治性，行义求志，无适而不可。故其子孙仕者皆有循吏良能之称，处者皆有节士廉退之行。盖其先君子之泽也。

余为彭城二年，乐其土风。将去不忍，而彭城之父老亦莫余厌也，将买田于泗水之上而老焉。南望灵壁，鸡犬之声相闻，幅巾杖屦，岁时往来于张氏之园，以与其子孙游，将必有日矣。

元丰二年三月二十七日记。

【译文】离开京师向东行，河水里卷着浊泥，道路上飞起黄尘，高坡田野苍莽暗淡，使行路的人感到疲倦。走了八百里，才来到汴水之北灵壁张氏家的园林。从外面就可以看到茂密的修竹，粗大荫郁的乔木，园中借汴水的支流，建成池塘；又凿取山上的怪石，堆成假山。园中的蒲草芦苇莲花菱角，让人联想起江湖的秀美；青桐翠柏，让人感觉到山林的清爽；奇花异草，让人回忆起京、洛的繁华；高堂大厦，有吴蜀之地建筑的精巧。园中深广可以隐居，出产丰饶可以养家。瓜果蔬菜可以馈赠邻里，鱼鳖新笋可以招待来自远方的宾客。我从徐州改知湖州，由应天府乘船，三天后到达张氏园亭。我坐着小轿来到他家门前，见到了张氏的儿子张硕。张硕请我写一篇文章为记。

张家世世代代都有显达的人，从他伯父殿中君和他父亲通判府君那一代，开始在灵壁县定居，建造了这个园子，在池边修建了一座亭台奉养双亲。后来他们到朝中做官，在当时很有名望。用剩馀的资财，不断地增修扩建，到现在五十多年了。园子里的树木都已长成十围之粗，浓荫遮蔽了河岸。园中的各种景物，没有一样不令人赏心悦目，我相信他们一定是花了许多力气和时间。

古代的君子，不是非要做官，也不必一定不做官。非要做官就容易忘掉自我，一定不做官就容易忘掉国君。就像饮食一样，自己感到适意就行了。然而士子很难做到合于古人所说的君臣节义。居于乡野的人安于现状不愿外出做官，外出做官的人为利益所牵而不愿退处。于是他们就有了违拗亲情自命高洁或贪图利禄苟且偷安的弊病，因而受到人们的讥讽。如今张氏的先人，为子孙后代考虑得长远而周到。所以把建筑居室种植园林的地址选择在汴水、泗水之间，此地是舟船车马官员来往的要冲。凡衣食之需，饮宴游览之乐，不必刻意追求就能满足。让他们的子孙迈出家门出去做官，朝堂不过几步之遥；闭上院门回家隐居，就可以坐卧于山林之内。对于贻养性情，推行仁义保持志节，无一不非常适合。因此他们的子孙凡出仕的人都获得了循良的名声，凡在家不仕的人都保持了高洁谦退的德行。这都是他们先人的馀荫。

我在徐州做了两年知州，很喜欢那里的风土人情，不忍心离去，而徐州的父老也并不厌弃我，我打算在泗水滨买地归老。往南可以望见灵壁，鸡犬之声相闻，头裹幅巾手拄竹杖，时时往来于张氏之园，与他们的子孙交游，我相信这一天已为时不远了。

元丰二年三月二十七日记。

游桓山记

元丰二年正月己亥晦，春服既成，从二三子游于泗之上。登桓山，入石室，使道士戴日祥鼓雷氏之琴，操《履霜》之遗音，曰：“噫嘻悲夫！此宋司马桓魋之墓也。”或曰：“鼓琴于墓，礼欤？”曰：“礼也。季武子之丧，曾点倚其门而歌。仲尼，日月也，而魋以为可得而害也。且死为石椁，三年不成，古之愚人也。余将吊其藏，而其骨毛爪齿，既已化为飞尘，荡为冷风矣，而况于椁乎？况于从死之臣妾、饭含之贝玉乎？使魋而无知也，余虽鼓琴而歌可也；使魋而有知也，闻余鼓琴而歌知哀乐之不可常，物化之无日也，其愚岂不少瘳乎？”二三子喟然而叹，乃歌曰：“桓山之上，维石嵯峨兮。司马之恶，与石不磨兮。桓山之下，维水涨涨兮。司马之藏，与水皆逝兮。”歌阕而去。从游者八人：毕仲孙、舒焕、寇昌朝、王适、王遹、王肄、轼之子迈、焕之子彦举。

【译文】元丰二年正月晦日，我换上了春天的服装，与几个朋友到泗水边游玩。登上桓山，进入石室，让道士戴日祥弹琴，演奏古曲《履霜》，我说：“啊！这是春秋宋国司马桓魋的墓地。”有人说：“在墓地弹琴，合乎礼吗？”我说：“合于礼。在季武子的丧礼上，曾点倚着他家的门唱歌。孔子的仁德，如同天上的日月，而桓魋认为可以加害于他。桓魋死后制作石棺，三年也没有做成，这是古人的愚蠢。我想凭吊他的墓地，然而他的骨殖毛发指甲牙齿，都已经化做了飞尘，变成了阴冷的风，何况是棺呢？何况是陪葬的仆妾和他嘴里含着的珠玉呢？假如桓魋在阴间没有感知，那我们弹琴歌唱也没什么不可以的；假如桓魋在阴间有所感知，听到我们弹琴唱歌就知道悲哀和欢乐都不能长久，万物都有生长消亡，他的愚蠢或许还可以减少些吧？”宾客们长长地叹息，于是唱道：“桓山之上，只有岩石嵯峨。司马之恶，和石头一样不可磨灭。桓山之下，只有河水流淌。司马的骨殖，和水一样地消逝。”唱完就离去了。一起游玩的有八个人：毕仲孙、舒焕、寇昌朝、王适、王遹、王肄、苏轼的儿子苏迈、舒焕的儿子舒彦举。

石钟山记

《水经》云："彭蠡之口，有石钟山焉。"郦元以为下临深潭，微风鼓浪，水石相搏，声如洪钟。是说也，人常疑之。今以钟磬置水中，虽大风浪，不能鸣也，而况石乎？至唐李渤始访其遗踪，得双石于潭上，扣而聆之，南声函胡，北音清越，枹止响腾，馀韵徐歇，自以为得之矣。然是说也，余尤疑之。石之铿然有声者，所在皆是也，而此独以钟鸣，何哉？

元丰七年六月丁丑，余自齐安舟行适临汝，而长子迈将赴饶之德兴尉，送之至湖口，因得观所谓石钟者。寺僧使小童持斧，于乱石间择其一二扣之，空空焉，余固笑而不信也。至暮夜月明，独与迈乘小舟至绝壁下，大石侧立千仞，如猛兽奇鬼，森然欲搏人。而山上栖鹘，闻人声亦惊起，磔磔云霄间。又有若老人咳且笑于山谷中者。或曰，此鹳鹤也。余方心动欲还，而大声发于水上，噌吰如钟鼓不绝，舟人大恐。徐而察之，则山下皆石穴罅，不知其浅深，微波入焉，涵澹澎湃而为此也。舟回至两山间，将入港口，有大石当中流，可坐百人，空中而多窍，与风水相吞吐，有窾坎镗鞳之声，与向之噌吰者相应，如乐作焉。

因笑谓迈曰："汝识之乎？噌吰者，周景王之无射也。窾坎镗□者，魏庄子之歌钟也。古之人不余欺也。"事不目见耳闻，而臆断其有无，可乎？郦元之所见闻，殆与余同，而言之不详。士大夫终不肯以小舟泊绝壁之下，故莫能知。而渔工水师，虽知而不能言。此世所以不传也。而陋者乃以斧斤考击而求之，自以为得其实。余是以记之，盖叹郦元之简，而笑李渤之陋也。

【译文】《水经》上说："鄱阳湖边的湖口，有座石钟山。"郦道元认为是由于此山下临深潭，微风鼓起浪花，水石互相撞击，声如洪钟，因此才以石钟为山命名。这个说法，经常受到人们的怀疑。现在把钟磬放在水中，就是再大的风浪，也不能使它鸣响，更何况是石头呢？直到唐朝的李渤才开始寻访它的遗迹，在潭边找到了一对石头，叩击后仔细聆听，其中有南方那种柔细含糊的声音，也有北方那种清亮激越的声音，鼓槌停止敲击后，声音腾起，馀音袅袅渐渐歇止，他自以为得到了其中的奥妙。然而对这种说法，我更加怀疑。敲击石头发出铿锵的声音，到处都是这样的，而这里却说是"像钟的声音"，这是什么原因呢？

元丰七年六月丁丑日，我从黄州乘船到汝州去，恰好长子苏迈也要到饶州德兴县去任县尉，我把他送到湖口，因而得以观察所谓石钟山。寺中的僧人让小童拿着斧头，在乱石之间选择了一两块敲击，石头发出了闷闷的响声，我笑了笑，仍然不信这是钟的声音。入夜后月光明亮，我单独和苏迈乘着小船到了绝壁之下，那儿有块巨大的石壁侧立千仞，形状就像猛兽恶鬼，阴森森的就像要与人搏斗。而山上栖息的鹘鸟，听到我们的响动也受惊飞起，在云间鸣叫。我们又听到了一种像老人咳嗽并且在山谷中大笑的声音。有人说这是鹳鹤的叫声。我心里有些惊惧想要返回，正在这时有很大的声音从水面上传来，就像是钟鼓敲击之声接连不断，船上的人都非常害怕。我仔细地观察，原来山下布满了石洞，无法知道它们的深浅，水波进入洞中，汹涌澎湃，才发出这样的响声。船回到两山之间，快要进入港口时，正当水流中间有块巨大的岩石，上面可以容纳一百多人，石头是空心的，表面有很多孔，与风势水浪相吞吐，发出时而沉闷时而响亮的声音，与刚才类似洪钟的响声相呼应，真像在演奏乐曲。

于是我笑着对苏迈说："你知道吗？这沉郁的声音，就像是周景王所筑的无射钟发出的声音。这洪亮的声音，就像是晋大夫魏绛的编钟所发出的声音。古人没有欺骗我们。"凡事不亲眼见到亲耳听到，只凭臆想去判断它的有无，这怎么可以呢？郦道元的所见所闻，与我们的见闻相差无几，只是描述的不大详尽。士大夫没人肯乘小船停泊在绝壁之下亲自体验这种感受，因此他们不可能了解真实情况。而那些渔夫水手，他们虽然了解实际情况却又说不出来。这就是许多事情的真谛不能流传于世的原因。而那些浅陋者却用斧子敲击的方法来寻找答案，还自以为得到其中的奥妙。所以我把它记下来，对郦道元记载的简略表示遗憾，同时对李渤的浅陋深感可笑。

睡乡记

睡乡之境，盖与齐州接，而齐州之民无知者。其政甚淳，其俗甚均，其土平夷广大，无东西南北，其人安恬舒适，无疾痛札疠。昏然不生七情，茫然不交万事，荡然不知天地日月。不丝不谷，佚卧而自足；不舟不车，极意而远游。冬而絺，夏而纩，不知其有寒暑；得而悲，失而喜，不知其有利害。以谓凡其所目见者皆妄也。

昔黄帝闻而乐之，闲居斋，心服形，三月弗克其治。疲而睡，盖至其乡。既寝，厌其国之多事也，召二臣而告之。凡二十有八年，而天下大治，似睡乡焉。降及尧舜无为，世以为睡乡之俗也。禹、汤股无胈，胫无毛，剪爪为牲，以救天灾，不暇与睡乡往来。武王克商还周，日夜不寝，曰吾未定大业。周公夜以继日，坐以待旦，为王作礼乐，伐鼓扣钟，鸡人号于右，则睡乡之边徼屡警矣。其孙穆王慕黄帝之事，因西方化人而神游焉。腾虚空，乘云雾，卒莫睹所谓睡乡也。至孔子时，有宰予者，亦弃其学而游焉，不得其途，大迷谬而返。战国秦汉之君，悲愁伤生，内穷于长夜之饮，外累于攻战之具，于是睡乡始丘墟矣。而蒙漆园吏庄周者，知过之化为蝴蝶，翩翩其间，蒙人弗觉也。其后山人处士之慕道者，犹往往而至，至则嚣然乐而忘归，从以为之徒云。嗟夫！予也幼而勤行，长而竞时，卒不能至，岂不迂哉？因夫斯人之问津也，故记。

【译文】睡乡的边境，与齐州接壤，而齐州却没有知道此处的人。那儿的政令非常宽厚，那儿的风俗是人人平等，那儿的土地平坦广大，没有东西南北之分，那儿的人民安恬舒适，没有疾病疼痛的困扰。昏昏然没有七情六欲，茫茫然没有万事的烦杂，空荡荡没有天地日月。不织布不种田，就可以高卧而自足；不乘舟不坐车，就可以随意远游。冬天穿细麻布的衣服，夏天穿粗麻布的衣服，不知道什么叫寒暑；有所得反而悲伤，有所失反而喜悦，不知道什么叫利害。他们认为所见到的一切都是虚幻的。

当年黄帝听说后十分高兴，闲居于斋堂之中，一心想达到睡乡人的境界，三个月也没有什么收获。他疲惫地睡去，这才进入了睡乡。过了一段时间，他为天下多事而感到厌倦，召唤两位大臣把睡乡的情况告诉他们。二十八年之后，果然天下大治，就像睡乡的情景一样。到唐尧虞舜为天子时，主张清静无为，世人认为也很像睡乡的习俗。大禹、商汤腿上的汗毛被磨掉，剪掉指爪做为祭品，来拯救天下的水旱之灾，没有时间到睡乡一游。周武王消灭了商纣建立周朝，没日没夜地操劳，没有休息的时间。他说：我的大业还没有树立。周公夜以继日，坐以待旦，为天子制定礼乐，敲鼓击钟，报晓的官在身边高叫，这时睡乡的边境已多次告警。他的裔孙周穆王仰慕黄帝的故事，因听说西方有神人幻化想到那里去。他腾上虚空，乘着云雾，最终也没有亲眼看见所谓的睡乡。到了孔子的时代，他的弟子宰予，抛弃了儒学而游于睡乡，但他不认得路径，最终没能到达，只好返回。战国、秦、汉的君主，大多悲戚愁苦，损伤精神。朝堂上是无穷无尽的长夜之饮，朝廷外是无止无休的攻战征伐，于是睡乡几乎变成了废墟。而蒙地漆园吏庄周，把自己变成一只蝴蝶，在睡乡中翩翩飞舞，蒙人竟然毫无觉察。此后山人隐士中那些仰慕此道的人，也不断有人前往睡乡，一到其地，就陶然自乐，忘却归程，做了庄周的门徒。啊！我少年时勤于学习，长大后奔走于功名，最终没能到过睡乡，岂不是太迂腐了吗？因为有人向我询问睡乡的路径，所以写了这篇记。

南安军学记

古之为国者四：井田也，肉刑也，封建也，学校也。今亡矣，独学校仅存耳。古之为学者四，其大者则取士论政，而其小者则弦诵也。今亡矣，直诵而已。舜之言曰："庶顽谗说，若不在时。侯以明之，挞以记之。书用识哉，欲并生哉。工以纳言，时而飏之。格则承之庸之，否则威之。"格之言改也。《论语》曰："有耻且格。"承之言荐也。《春秋传》曰："奉承齐牺。"庶顽谗说不率是教者，舜皆有以待之。夫化恶莫若进善，故择其可进者，以射侯之礼举之。其不率教甚者，则挞之，小则书其罪以记之，非疾之也，欲与之并生而同忧乐也。此士之有罪而未可终弃者，故使乐工采其讴谣讽议之言而飏之，以观其心。其改过者，则荐之，且用之。其不悛者，则威之、屏之、僰之、寄之之类是也。此舜之学政也。

射之中否，何与于善恶，而曰"侯以明之"，何也？曰：射所以致众而论士也。众一而后论定。孔子射于矍相之圃，盖观者如堵，使弟子扬觯而叙点者三，则仅有存者。由此观之，以射致众，众集而后论士，盖所从来远矣。《诗》曰："在泮献囚。"又曰："在泮献馘。"《礼》曰："受成于学。"郑人游乡校，以议执政，或谓子产："毁乡校何如？"子产曰："不可。善者吾行之，不善者吾改之，是吾师也。"孔子闻之，谓子产仁。古之取士论政者，必于学。有学而不取士、不论政，犹无学也。学莫盛于东汉，士数万人，嘘枯吹生。自三公九卿，皆折节下之，三府辟召，常出其口。其取士论政，可谓近古，然卒为党锢之祸，何也？曰：此王政也。王者不作，而士自以私意行之于下，其祸败固宜。

朝廷自庆历、熙宁、绍圣以来，三致意于学矣。然荒服郡县必有学，况南安江西之南境，儒术之富，与闽、蜀等，而太守朝奉郎曹侯登，以治郡显闻，所至必建学。故南安之学，甲于江西。侯仁人也，而勇于义。其建是学也，以身任其责，不择剧易，期于必成。士以此感奋，不劝而力。费于官者，为钱九万三千，而助者不赀。为屋百二十间，礼殿讲堂，视大邦君之居。凡学之用，莫不严具。又以其馀增置廪给食数百人。始于绍圣二年之冬，而成于四年之春。学成而侯去，今为潮州。

轼自海南还，过南安，见闻其事为详。士既德侯不已，乃具列本末，赢粮而从轼者三百馀里，愿纪其实。夫学，王者事也。故首以舜之学政告之。然舜远矣，不可以庶几。有贤太守，犹可以为郑子产也。学者勉之，无愧于古人而已。

建中靖国元年三月四日，朝奉郎、提举成都府玉局观眉山苏轼书。

【译文】古代治理国家的手段有四种：设置井田，运用肉刑，封邦建国，建立学校。如今这些大都废止了，只有学校保留下来。古人学习的目的有四种，大的方面在于选拔人才、议论的事，小的方面在于弦歌诵读。如今这些都不复存在了，只剩下平淡的诵读而已。舜曾经说："那些愚昧奸滑的人，如果他们的话不合于时，就应当以射侯之礼弄清是非，鞭挞他们，并把他们的恶行记下来。用这些文字使他们明白自己的过错，并且改正自己的过错。乐官应当颂诗而纳谏，应当宣扬仁义大道。天下之士，合于道的就任用他让他做官，不合于道的就要用刑罚来警告他。"格的意思是改正。《论语》说："人有廉耻才能改正自己的过失。"承的意思是举荐。《春秋传》说："献上盟约所用的牺牲。"那些愚钝奸邪不遵礼义的人，舜都有办法来教导他们。去除邪恶不如劝奖良善，所以选择那些可以任用的士子，用射侯的礼仪使他们得到官职。而对于那些特别不遵礼义、不堪教诲的人，则鞭挞他们，罪过轻的人要把他们的罪行记录下来，这并不是要厌弃他们，而是想让他们改过自新走上正道。这些士子虽然有罪但还不能最终抛弃他们，所以让乐工采择民间的歌谣讽劝激励他们，以观察他们的变化。那些确实改过的人，就可以重新举荐他们，并且任用他们。那些怙恶不悛的人，就要用刑罚制裁他们、唾弃他们、将他们流放到远处、把他们拘管起来等等。这就是舜的教育政策。

射侯能否命中，与人的善恶有多大关系呢？上文说“用射侯之礼弄清是非”，又是什么意思呢？我认为：射侯之礼在于集结众人而评论士子的高下。众人意见一致后才能对一个人有所定论。孔子在曲阜矍相的园圃中射箭，观看的人像一堵墙般地水泄不通，射毕，又让他的弟子叙点等举着酒杯对众人宣说有资格留下来的人，结果所剩无几。由此看来，用射侯召致众人，众人集结在一起后对士子加以评论的做法，是由来已久的。《诗经》说：“在学校献上俘虏。”又说：“在学校献上敌人的首级。”《礼记》说：“在学校中接受教育。”郑国人在乡校聚会，评议国政，有人对子产说：“把乡校拆毁怎么样？”子产说：“不行。人们提出的好建议我就要采纳施行，不太好的建议我也要完善它，众人是我的老师。”孔子听说这些话，称赞子产仁德。古代选拔士子议论政事，一定要经过学校的培养。设立学校而不从中选拔士子、不让他们议论政事，这跟不设学校差不多。学校规模最大当属东汉，士子有几万人之多，把很多人都培养成材。上至三公九卿，对学子们都十分敬重，朝廷公府的征召，常常是根据他们的意见。东汉取士论政的方法，可以说最接近上古，但是最终形成了党锢之祸，这是为什么呢？我认为：这是朝廷的政令有失。皇纲不振，于是士子们就都按照自己的意愿行事，王朝的覆败也就是必然的了。

朝廷从庆历、熙宁、绍圣年以来，多次表示对学校的重视。哪怕是偏僻的郡县也都要设立学校，更何况南安军地处江西路南端，儒术传播的广泛，与闽地、蜀地差不多。而且南安军的知军、朝奉郎曹侯登，以治理州郡政绩显著而闻名，所到之处他都要建立学校。所以南安军的军学为江西第一。曹侯是个仁德之人，而且勇于行义。他建造这所学校，亲自负责，不论有多大困难，也一定要建成它。士子们非常感动激奋，不用督促自己就非常尽力。官府花费了九万三千钱，而民众赞助的钱不计其数。建成房屋一百二十间，礼殿讲堂，都与大州的规模相同。学校里的一应用具，没有不准备齐全的。又用剩馀的钱增收了几百名生员。学校始建于绍圣二年冬季，竣工于绍圣四年的春天。

学校建成后曹侯就离任了，如今他担任潮州知州。

苏轼从海南遇赦返回，路过南安，对此事了解得比较详细。士子们爱戴曹侯的心情难以表达，就把此事的前前后后详细地开列出来，他们带着干粮跟从我走了三百多里，希望我能够把这件事记录下来。兴建学校，本是朝廷的事。所以我在开篇引用了舜的教育政策。然而舜的时代离今天已经十分遥远了，不能完全模仿那个时代。有这样一位贤德的太守，也可以称为郑国的子产了。学生们要勉励自己，不能愧对古人。

建中靖国元年三月四日，朝奉郎、提举成都府玉局观眉山苏轼书。

凤鸣驿记

始余丙申岁举进士，过扶风，求舍于馆人，既入，不可居而出，次于逆旅。其后六年，为府从事，至数日，谒客于馆，视客之所居，与其凡所资用，如官府，如庙观，如数世富人之宅。四方之至者，如归其家，皆乐而忘去。将去，既驾，虽马亦顾其皂而嘶。余召馆吏而问焉。吏曰："今太守宋公之所新也。自辛丑八月而公始至，既至逾月而兴功，五十有五日而成。用夫三万六千，木以根计，竹以竿计，瓦、甓、坯、钉各以枚计，捐以石计者二十一万四千七百二十有八，而民未始有知者。"余闻而心善之。

其明年，县令胡允文具石请书其事。余以为有足书者，乃书曰：古之君子不择居而安，安则乐，乐则喜从事，使人而皆喜从事，则天下何足治欤？后之君子，常有所不屑，使之居其所不屑，则躁，否则惰。躁则妄，惰则废，既妄且废，则天下之所以不治者，常出于此，而不足怪。今夫宋公计其所历而累其勤，使无龃龉于世，则今且何为矣，而犹为此官哉？然而未尝有不屑之心。其治扶风也，视其碗甋者而安植之，求其蒙茸者而疏理之，非特传舍而已，事复有小于传舍者，公未尝不尽心也。尝食刍豢者难于食菜，尝衣锦者难于衣布，尝为其大者不屑为其小，此天下之通患也。《诗》曰：“岂弟君子，民之父母。”所贵乎岂弟者，岂非以其不择居而安，安而乐，乐而喜从事欤？夫修传舍，诚无足书者，以传舍之修，而见公之不择居而安，安而乐，乐而喜从事者，则是真足书也。

【译文】我在至和三年考进士时，路过凤翔府，向管理官舍的人请求住宿。进去之后，觉得简陋得无法居住，就出来住到旅店里。过了六年，我担任了凤翔府从事，到任之后数日，到客馆去会见一位客人，见到客人住的地方和使用的物品，就如同官府，如同庙宇，如同世代富裕人家的房子。远方到此地来的人，就像到了自己的家，都乐而忘返。临走时坐上车，连驾车的马也回头看着马槽嘶鸣。我叫来馆舍的管理人员向他询问。他说：“这都是当今知府宋公翻新修建的。嘉祐六年八月宋公到任，一个月后兴工修建，五十五天就建成了。动用了三万六千个工日，木料以根计，竹材以竿计，瓦、砖、坯、钉各以枚计，麦秸以石计，总数是二十一万四千七百二十八，却没有惊动百姓。”我听后心中非常赞赏。

第二年，县令胡允文准备了石碑请我写文记录这件事。我认为很有写的必要，就写道：古代的君子不论走到哪里都能随遇而安，安居则快乐，快乐则喜欢做事，如果人们都乐于做事，那么天下有什么难治呢？后代的君子，常常不屑于修整居室，人们住在未经修整的居室中，心情就会烦躁，要不然就会懒散。烦躁就会心生妄想，懒散就会使事情废弛，心生妄想万事皆废，那么天下之所以不能大治，常常是由此造成的，这就一点也不奇怪了。如今计算一下宋公所经历的官职和所付出的辛劳，假如他不是为世所不容，如今该担任何职，难道还仅仅是一个知府吗？然而他并没有不屑于平凡之事。他治理凤翔府，见到倾斜的建筑就修好它，见到杂乱的地方就清理它，并非仅仅是修整客馆这一件事，还有比修整客馆更小的事，宋公没有不尽力而为的。吃惯了美食佳肴的人很难咽下糠菜，穿惯了丝绸锦绣的人很难再穿布衣，做高官的人就不屑于做小事，这是天下的通病。《诗经》说："仁爱的君子，是百姓的父母。"人们爱重仁爱的原因，难道不正是那种不论走到哪里都能随遇而安，安居则快乐，快乐则喜欢做事的人吗？整修客馆，原本不值得大书特书，但是从修整客馆，而见到宋公那种不论走到哪里都能随遇而安，安居则快乐，快乐则喜欢做事的风范，这才是真正值得大书特书的。

密州通判厅题名记

始，尚书郎赵君成伯为眉之丹棱令，邑人至今称之。余其邻邑人也，故知之为详。君既罢丹棱，而余适还眉，于是始识君。其后余出官于杭，而君亦通守临淮，同日上谒辞，相见于殿门外，握手相与语。已而见君于临淮，剧饮大醉于先春亭上而别。及移守胶西，未一年，而君来倅是邦。

余性不慎语言，与人无亲疏，辄输写腑脏，有所不尽，如茹物不下，必吐出乃已。而人或记疏以为怨咎，以此尤不可与深中而多数者处。君既故人，而简易疏达，表里洞然，余固甚乐之。而君又勤于吏职，视官事如家事，余得少休焉。

君曰："吾厅事未有壁记。"乃集前人之姓名以属余。余未暇作也。及为彭城，君每书来，辄以为言，且曰："吾将托子以不朽！"昔羊叔子登岘山，谓从事邹湛曰："自有宇宙而有此山，登此远望，如我与卿者多矣，皆堙灭无闻，使人悲伤。"湛曰："公之名，当与此山俱传，若湛辈，乃当如公言耳。"夫使天下至今有邹湛者，羊叔子之贤也。今余顽鄙自放，而且老矣，然无以自表见于后世，自计且不足，而况能及于子乎？虽然，不可以不一言，使数百年之后，得此文于颓垣废井之间者，茫然长思而一叹也。

【译文】当初，尚书郎赵成伯君曾任眉州丹棱县令，他家乡的人至今称颂他。我是他邻县的人，所以了解得很详细。赵君从丹棱县令卸任后，我恰好回到眉州，于是结识了赵君。后来我出川任职于杭州，而赵君也担任了临淮郡通判，我们同日上朝辞谢，相见于殿门外，握着手互相交谈。没过多久，又在临淮见到赵君，豪饮大醉于先春亭上，与他告别。等到我移任密州知州后，不到一年，而赵君也来到密州担任通判。

我生性说话不谨慎，与人交往不分远近，动不动就把心里话掏出来，如果不能完全说尽，就像有东西卡在喉咙里，一定要吐出来才算痛快。可有的人就把这些话记下来上疏给朝廷，认为我怨恨朝廷。所以我最不愿意与城府很深而心术过多的人相处。赵君是我的老朋友，性格又直率旷达，表里如一，我本来就很喜欢他。而他做事又很勤勉，处理公事如同做自己的家事那样尽心尽力，这样我也就稍得空闲。

赵君曾说："我们通判厅还没有碑记。"于是收集了前任通判的姓名交给我。我一直没有得空写。后来我改任徐州知州，赵君每次写信来，都要提到这件事，并且说："我还想托你的大名流传不朽呢！"当年羊祜登上岘山，对从事邹湛说："自从有了宇宙就有了这座山，登上此山远望，像我和你这样的人很多，都已湮灭无闻了，真使人感到悲伤。"邹湛说："羊公的大名，一定会与此山一起流传千古，像我这样的人，才会像您说的那样湮灭无闻呢。"使天下人至今知道有邹湛这个人，是羊祜的功劳。如今我顽钝无能，疏懒自放，年纪也老了，却没什么成就能够自我表现流传后世，自己还顾不上自己呢，还能帮得了你吗？话虽这么说，我也不能不为你写上几句，使那些几百年之后，在颓垣废井之间发现这篇文章的人，能够想到我们，叹息一声也就足矣。

滕县公堂记

君子之仕也，以其才易天下之养也。才有大小，故养有厚薄。

苟有益于人，虽厉民以自养不为泰。是故饮食必丰，车服必安，宫室必壮，使令之人必给，则人轻去其家而重去其国。如使衣食菲恶不如吾私，宫室弊陋不如吾庐，使令之人朴野不足不如吾僮奴，虽君子安之无不可者，然人之情所以去父母捐坟墓而远游者，岂厌安逸而思劳苦也哉！至于宫室，盖有所从受，而传之无穷，非独以自养也。今日不治，后日之费必倍。而比年以来，所在务为俭陋，尤讳土木营造之功，欹仄腐坏，转以相付，不敢擅易一椽，此何义也？

滕，古邑也。在宋、鲁之间，号为难治。庭宇陋甚，莫有葺者。非惟不敢，亦不暇。自天圣元年，县令太常博士张君太素，实始改作。凡五十有二年，而赞善大夫范君纯粹，自公府掾谪为令，复一新之。公堂吏舍凡百一十有六间，高明硕大，称子男邦君之居。而寝室未治，范君非嫌于奉己也，曰："吾力有所未暇而已。"昔毛孝先、崔季珪用事，士皆变易车服以求名，而徐公不改其常，故天下以为泰。其后世俗日以奢靡，而徐公固自若也，故天下以为啬。君子之度一也，时自二耳。

元丰元年七月二十二日，尚书祠部员外郎、直史馆、权知徐州军事苏轼记。

【译文】君子进入仕途，是用他的才能换取天下对他的供养。才能有大小，所以供养也有厚薄。只要有益于人，即使是夺取民财来供养自己也不为过。因此饮食一定要丰盛，车马衣服一定要舒适，居室一定要壮观，使唤的奴仆一定要够用，那么人们就会轻易地抛弃家园而不愿丢弃朝廷授与的官职。如果他的衣食菲薄粗劣不如自己家中的吃穿，居室弊陋不如自己家的房屋，使唤的奴仆粗野数量不足不如自己家中的僮奴，那么即使是君子安于这种生活，不提出什么异议，然而从人之常情来看，人们之所以离开父母舍弃祖坟出外游宦，难道是厌恶安逸而追求劳苦吗！至于居室，一般是接受前人的遗产，又把它传给后代，不是只用来满足自己享受的。今天房屋坏了不修理，日后的修理费用必然会加倍。但是近年以来，各地官衙的厅堂但求简陋，人们很忌讳谈论土木营造的事，房屋倾斜腐朽，一任一任地传下去，谁也不敢擅自换一根椽子，这有什么意义呢？

滕县是个古老的城镇。地处宋、鲁之间，号称难于治理。县衙的庭宇非常简陋，从来没有人对它进行修整。不但是不敢，也实在是没有闲暇。从天圣元年，县令太常博士张太素才开始进行改造。过了五十二年，赞善大夫范纯粹，从公府属官的职位上被贬为滕县县令，再次翻新。县衙的公堂和役卒的住舍共一百一十六间，高大宽敞，人们戏称之为诸侯的居所。只有县令的住所没有翻修，范君并非奉己防嫌，他说："我的精力达不到。"当初毛孝先、崔季珪当权，士大夫都改变车马服饰以求名，而徐公却一如既往，所以天下人都认为他奢侈。后来世俗之风日渐奢靡，而徐公还是一如既往，天下又认为他吝啬。君子的原则是一惯的，只不过是世风完全不同罢了。

元丰元年七月二十二日，尚书祠部员外郎、直史馆、权知徐州军事苏轼记。

雩泉记

常山在东武郡治之南二十里，不甚高大。而下临城中，如在山下，雉堞楼观，仿佛可数。自城中望之，如在城上，起居寝食，无往而不见山者。其神食于斯民，固宜也。东武滨海多风，而沟渎不留，故率常苦旱。祷于兹山，未尝不应。民以其可信而恃，盖有常德者，故谓之常山。

熙宁八年春夏旱，轼再祷焉，皆应如响。乃新其庙。庙门之西南十五步，有泉汪洋折旋如车轮，清凉滑甘，冬夏若一，馀流溢去，达于山下。兹山之所以能常其德，出云为雨以信于斯民者，意其在此。而号称不立，除治不严，农民易之。乃琢石为井，其深七尺，广三之二。作亭于其上，而名之曰雩泉。

古者谓吁嗟而求雨曰雩。今民吁嗟其所不获，而呻吟其所疾痛，亦多矣。吏有能闻而哀之，答其所求，如常山雩泉之可信而恃者乎！轼以是愧于神，乃作《吁嗟》之诗，以遗东武之民，使歌以祀神而勉吏云。

吁嗟常山，东武之望。匪石岩岩，惟德之常。吁嗟雩泉，维山之滋。维水作聪，我民所噫。我歌《云汉》，于泉之侧。谁其尸之？涌溢赴节。堂堂在位，有号不闻。我愧于中，何以吁神？神尸其昧，我职其著。各率尔职，神不汝弃。酌山之泉，言采其蔬。跪以荐神，神其吐之。

【译文】常山在古东武郡治所以南二十里，不太高大。但向下俯视城中，城市就好像在山脚下，城墙楼阁，历历可见。从城中看常山就如同山在城墙上，城中的人们起居饮食，无处不见山。城中的民众供养山神，也是应该的。东武滨临大海经常刮风，沟渎中存不住水，所以经常闹旱灾。人们向此山神祈祷，从来没有不应验的。百姓因为它很值得信赖，它又常常为人们带来福德，因此被称为常山。

熙宁八年春夏之交，东武大旱，苏轼再一次向它祈祷，结果又是立刻应验。于是重新修建山神庙。庙门向西南十五步，有一眼泉汩汩冒出旋转而去，像车轮一样，泉水清凉甘甜，严冬盛夏始终如一，溢出来的水向外流，一直流到山下。此山之所以能保持它为人们带来的福德，兴云做雨取信于一方百姓的根源，都在这眼泉上。但这眼泉却未立名号，保护得也不好，农民们对它进行了改造。雕琢石料垒成井台。井深七尺，宽为深的三分之二。又在井上盖了一座亭子，为它取名为“雩泉”。

古时候把人们虔诚求雨的行为叫做雩。如今百姓反复祈求，把自己的苦痛申诉出来的做法还很多。官吏们有几个听到祈求而心生怜悯，满足人们的请求，像常山雩泉那样可信赖可仰仗恃的人呢！我因此感到有愧于神灵，于是作了一首《吁嗟》诗，留给东武的百姓，让他们唱着歌来祭祀山神并勉励官吏。

啊！常山，你是东武郡的倚仗。那坚固的巨石，是你常德的象征。啊！雩泉，你滋润着常山。你清泠的水像耳朵，时刻倾听着民众的疾苦。我在雩泉之侧歌咏《诗经》中的《云汉》篇。谁来祭奠你呢？你的奔涌是这样合于时节。我们这些在位的州官，民众的哭号，竟能充耳不闻。我心中深深感到愧怍，拿什么来面对神灵？神灵有知，我也要为民众稍解忧愁，我与神灵各尽其职，相信神灵不会厌弃你们。舀起山上的泉水，采集山间的菜蔬。跪拜着用它们祭奠神灵，神灵该不会嫌弃它们吧。

注译本

蘇東坡全集

第二册

〔宋〕苏轼 著

毛德富等 主编

团结出版社

卷七十八　记

钱塘六井记

潮水避钱塘而东击西陵，所从来远矣。沮洳斥卤，化为桑麻之区，而久乃为城邑聚落，凡今州之平陆，皆江之故地。其水苦恶，惟复山凿井，乃得甘泉，而所及不广。唐宰相李公长源始作六井，引西湖水以足民用。其后刺史白公乐天治湖浚井，刻石湖上，至于今赖之。始长源六井，其最大者，在清湖中，为相国井，其西为西井，少西而北为金牛池，又北而西附城为方井，为白龟池，又北而东至钱塘县治之南为小方井。而金牛之废久矣。嘉祐中，太守沈公文通又于六井之南，绝河而东至美俗坊为南井。出涌金门，并湖而北，有水闸三，注以石沟贯城而东者，南井、相国、方井之所从出也。若西井，则相国之派别者也。而白龟池、小方井，皆为匿沟湖底，无所用闸。此六井之大略也。

熙宁五年秋，太守陈公述古始至，问民之所病。皆曰："六井不治，民不给于水。南井沟庳而井高，水行地中，率常不应。"公曰："嘻，甚矣，吾在此，可使民求水而不得乎！"乃命僧仲文、子珪办其事。仲文、子珪又引其徒如正、思坦以自助，凡出力以佐官者二十馀人，于是发沟易甃，完缉罅漏，而相国之水大至，坎满溢流，南注于河，千艘更载，瞬息百斛。以方井为近于浊恶而迁之少西，不能五步，而得其故基。父老惊曰："此古方井也。民李甲迁之于此，六十年矣。"疏涌金池为上中下，使浣衣浴马不及于上池。而列二闸于门外，其一赴三池而决之河，其一纳之石槛，比竹为五管以出之，并河而东，绝三桥以入于石沟，注于南井。水之所从来高，则南井常厌水矣。凡为水闸四，皆垣墙扃鐍以护之。

明年春，六井毕修，而岁适大旱，自江淮至浙右井皆竭，民至以罂缶贮水相饷如酒醴。而钱塘之民肩足所任，舟楫所及，南出龙山，北至长河，盐官海上，皆以饮牛马，给沐浴。方是时，汲者皆诵佛以祝公。余以为水者，人之所甚急，而旱至于井竭，非岁之所常有也。以其不常有，而忽其所甚急，此天下之通患也，岂独水哉？故详其语以告后之人，使虽至于久远废坏而犹有考也。

【译文】潮水从钱塘折向东方冲击西陵，很早以前就是这样。它使低洼盐碱之地，变成长满桑麻的良田，时间长了又聚为城邑，如今杭州的平地，都是过去江潮冲刷的地方。这里的水又苦又涩，只有在山间凿井，才能得到甘甜的井水，但能喝到甜水的人不多。到了唐朝，宰相李长源才打了六眼井，引西湖之水以满足民众之用。后来杭州刺史白居易又治理西湖疏凿六井，并把这件事刻成石碑立在湖边，直到如今人们还主要靠这几眼井水生活。当初李长源所打的六眼井中，最大的一眼在清湖中，名叫相国井，相国井西面是西井，再稍微往西北是金牛池，继续向北折到西城边有方井，有白龟池，再向北向东直到钱塘县治之南是小方井。而金牛池却干枯很久了。嘉祐年间，杭州知州沈文通公又在六井之南，依河向东到美俗坊开凿了南井。此水流出涌金门，沿湖北去，上有三道水闸，井水流入石渠穿城向东而去，南井、相国、方井都从这里流出。而西井，则是相国井的支流。白龟池和小方井的水都流入湖底的暗渠，用不着水闸。这就是六井的大概情况。

熙宁五年秋天，知州陈述古公到任，询问百姓生活上的困难。人们都说："六眼井不治理好，百姓就没水吃。南井的水沟太低而井太高，水都流散在地，而人们需要的水却往往得不到。"陈公说："咳，你们说得太过分了，有我在这儿，能让百姓没有水吃吗！"于是命僧人仲文和子珪承办这件事。仲文、子珪又让他们的徒弟如正和思坦作为助手，出力帮助官府的有二十多人。于是清理沟渠，更换砖石，堵塞漏洞，这样一来，相国井的水滔滔而来，沟里的水都溢了出来，向南注入浙江，上千的船只轮流来取水，瞬息之间就可以灌满百斛。由于方井水质浊恶，陈公把它移到原址的西面，在不到五步远的地方，竟发现了它的故基。父老们惊奇地说：“这就是古代的方井啊。平民李甲把它迁到此处，已经六十年了。”把涌金池修改为上、中、下三个池子，使人们洗衣浴马不污染上池。又在涌金门外建了两道闸，其中一道闸控制的水流经三池后注入浙江，另一道闸把水拦在石槛之内，排列了五根竹管把水引出来，而后沿着河水向东，经过三桥进入石渠，进而注入南井。由于水从高处来，所以南井的水经常溢出。陈公又建了四道水闸，并分别建造了围墙上了锁以保护它们。

第二年春天，六眼井全部修整完毕，正赶上大旱，从江淮到浙右一带的井都枯竭了，人们甚至用瓦罐装着水当做礼品互相赠送，就像送人酒醴一样。而钱塘的百姓却洗肩濯足，通舟行船，南出龙山，北入长河，直至盐官海山，都有丰足的水供牛马饮用，供人沐浴。在这个时候，打水的人都诵念佛经以求菩萨保佑陈公。我认为水是人们非常急需的东西，由于天旱导致井水枯竭，并不是常见的事。正因为这种事不常发生，所以更容易忽视它是人们急需之物，这是天下的通病，难道只是水吗？因此我把这些情况详细地记录下来告诉后人，以便这些井由于年代久远而废置损坏之后，人们还能够参考我的文章。

奖谕敕记

敕苏轼：省京东东路安抚使司转运司奏，昨黄河水至徐州城下，汝亲率官吏，驱督兵夫，救护城壁，一城生齿并仓库庐舍，得免漂没之害，遂得完固事。河之为中国患久矣，乃者堤溃东注，衍及徐方。而民人保居，城郭增固，徒得汝以安也。使者屡以言，朕甚嘉之。

熙宁十年七月十七日，河决澶州曹村埽。八月二十一日，水及徐州城下。至九月二十一日，凡二丈八尺九寸，东西北触山而止，皆清水无复浊流。水高于城中平地有至一丈九寸者，而外小城东南隅不沉者三版。父老云：“天禧中，尝筑二堤。一自小市门外，绝壕而南，少西以属于戏马台之麓；一自新墙门外，绝壕而西，折以属于城下南京门之北。”遂起急夫五千人，与武卫奉化牢城之士，昼夜杂作堤。堤成之明日，水自东南隅入，遇堤而止。水窗六，先水未至，以薪刍土囊自城外塞之。水至而后，自城中塞者皆不足恃。城中有故取土大坑十五，皆与外水相应，井有溢者。三方皆积水，无所取土，取于州之南亚父冢之东。自城中附城为长堤，壮其址，长九百八十四丈，高一丈，阔倍之。公私船数百，以风浪不敢行，分缆城下，以杀河之怒。至十月五日，水渐退，城遂以全。

明年二月，有旨赐钱二千四百一十万，起夫四千二十三人，又以发常平钱六百三十四万，米一千八百馀斛，募夫三千二十人，改筑外小城，创木岸四，一在天王堂之西，一在彭城楼之下，一在上洪门之西北，一在大城之东南隅。大坑十五皆塞之。已而澶州灵平埽成，水不复至。臣轼以谓黄河率常五六十年一决，而徐州最处汴、泗下流，上下二百馀里皆阻山，水尤深悍难落，不与他郡等，恐久远仓卒吏民不复究知，故因上之所赐诏书而记其大略，并刻诸石。若其详，则藏于有司，谓之《熙宁防河录》云。

【译文】皇帝敕命苏轼：根据京东东路安抚使司转运司的奏疏，日前黄河水到达徐州城下，你亲自率领官吏，督促士兵民夫，救护城墙，一城的生灵连同仓库房屋，得以免遭漂流沉没，而后又将城墙修补加固。黄河成为中国的灾患已经很久了，日前堤坝决口，河水向东倾注，危及徐州。而徐州民众的生命居室得以保全，城郭得以增高加固，得力于你的努力。转运使多次上奏你的治绩，朕感到十分满意。

熙宁十年七月十七日，黄河从澶州曹村埽决口。八月二十一日，大水到了徐州城下。到九月二十一日，水高已达二丈八尺九寸，东西北三面受到山的阻碍而淤积下来，变成了清水再没有混浊的泥流了。水面高于城中平地有一丈九寸，而外小城东南角没有被淹没的只剩下三版高。徐州的父老说：“天禧年中，徐州曾经修过两道堤坝。一道从小市门外，沿着城壕往南，稍向西到达戏马台下；一道自新城墙门外，沿着城壕向西，拐过来到达城下南京门之北。”于是赶紧召集精壮民夫五千人，以及看守奉化牢城的士卒，昼夜不停地修筑堤坝。新堤建成的第二天，大水从城东南角向城中涌来，遇到堤坝，便被阻遏住了。六个排水孔已在水没到来之前，用装满柴草的土袋从城外堵上了。因为水来之后，从城中堵塞的全不管用。城中有过去取土所挖成的大坑十五处，都和外面的水相通，水位一高，井水也会向外溢。城外三面都是积水，没地方去取土，只好在州的南面亚父冢之东取土。在城中沿着城墙建成长堤，以加固原来的堤坝，此堤长九百八十四丈，高一丈，宽两丈。河中有官府和私家的船只数百艘，由于风浪太大而不敢启航，于是把它们分别拴在城下，用来减缓水势。到了十月五日，大水渐渐退去，州城终于得以保全。

次年二月，朝廷下旨赐钱三千四百一十万，组织民夫四千二十三人，又从常平仓支取了六百三十四万钱，一千八百馀斛米，又召募民夫三千二十人，改筑外小城，修建了木桩加固的堤岸四处，一处在天王堂之西，一处在彭城楼之下，一处在上洪门西北，一处在大城的东南角。十五个大坑全都填平了。没过多久，澶州灵平埽建成，大水不再泛滥。臣苏轼认为黄河一般五六十年决堤一次，而徐州处于汴河、泗水的最下流，州城前后二百多里都有高山阻挡，水势尤其容易深积而难以退去，不能和别的州郡等同看待，恐怕年代久远之后，万一有什么紧急事变官吏民众不再了解这些情况，所以借皇上赐诏之际记录其大概，并把它刻在石碑上。详细的资料，则收藏在有关部门的档案中，名叫《熙宁防河录》。

讷斋记

钱塘有大法师曰辩才，初住上天竺，以天台法化吴越，吴越人归之如佛出世，事之如养父母，金帛之施，不求而至。居天竺十四年。有利其富者，迫而逐之，师欣然舍去，不以为恨。吴越之人，从之者如归市，天竺之众，分散四去。事闻于朝，明年俾复其旧。师亀俯而还，如不得已。吴越之人，争出其力以成就废阙，众复大集。无几何，师告其众曰："吾虽未尝争也，不幸而立于争地。久居而不使去，人以己是非彼，非沙门也。天竺之南山，山深而木茂，泉甘而石峻，汝舍我，我将老于是。"言已，策杖以往，以茅竹自覆，声动吴越。人复致其所有，巉岭堙圮，筑室而奉之。不期年，而荒榛岩石之间，台观飞涌，丹垩炳焕，如天帝释宫。师自是谢事，不复出入。高邮秦观少游，名其所居曰讷斋，道潜师参寥属予为记。余闻之，师始以法教人，叩之必鸣，如千石钟，来不失时，如沧海潮。故人以辩名之。及其居此山，闭门燕坐，寂默终日。果落根荣，如冬枯木；风止波定，如古涧水。故人以讷名之。虽然，此非师之大全也。必其全者，不大不小，不长不短，不垢不净，不辩不讷，而又何以名之？虽然，乐其出而高其退，喜其辩而贵其讷，此众人意也，则其以名斋也亦宜。乃作颂曰：

以辩见我，既非见我。以讷见我，亦几于妄。有叩而应，时止而止。非辩非讷，如如不动。诸佛既然，我亦如是。

【译文】杭州有一位大法师法号叫做辩才。最初住在西天竺山，用天台宗的佛理教化吴越地区民众。吴越一带的人对他的崇敬就如同佛祖来到世间，事奉他就如同孝养双亲。金玉丝帛等施舍，不用辩才大师去募化就自动送上门来。他住在西天竺十四年。有个贪图他资财的和尚，威逼他并把他驱逐出山，辩才大师欣然抛下那些财物离开山林，并不为失去这些东西感到遗憾。吴越一带的人，仍旧跟从他，如同赶集一样熙熙攘攘，而原来西天竺的僧徒，已经风流云散。此事传到朝中，第二年，朝廷下命恢复辩才大师的旧居。大师迁延了好些时日方才回去。好像是出于迫不得已。吴越之民，争相出力为他修复旧居，众僧又重新集结到他的身边。没过多久，辩才大师对他的弟子们说："我虽然从没有与人争夺，如今却不幸落到了与人争夺的地步。如果长久地住在这里而不主动离去，别人就会认为你只说自己对而别人不对，这不是佛门的作风。西天竺的南山，山深而林木丰茂，泉水甘甜岩石峻峭。你们不要挽留我，我准备在那里终老一生。”说罢，拄着手杖走向南山。他搭了一间竹棚安身，而声名在吴越人心中更加响亮。吴越人再次出钱出力，削平山岭，填平沟壑，建造寺庙来供养他。不到一年，原来的榛莽岩石之间，楼台宫观层层飞架，各种油彩光焰照人，宛然如天帝的宝殿。辩才大师从此以后谢绝人事，不再出入往来于尘寰之中。高邮人秦观少游，为他的居室取名叫讷斋。道潜大师参寥子要求我为讷斋写篇记文。我听说辩才大师用佛理教导别人，只要有问必有回答，就如同千石的洪钟；只要有问立即回答，就如同大海的潮汐那样应时。所以人们用“辩”作为他的法名。他在南山居住时，禁闭房门闲坐其中，终日里默默无言。这时大师就如同冬天里落尽叶子的大树，果实虽然落尽，根底却更加坚实；就如同深涧中的溪水，风停浪静。所以人们又用“讷”作为他的法名。就是这些，也并非是辩才大师的全部品德。他的全部品德，可以说是既不大也不小，既不长也不短，既不肮脏也不洁净，既不辩捷也不木讷。这又该用什么来做他的法名呢？虽然如此，人们愿意他出山，却又赞赏他的隐退；喜爱他的辩捷，又敬重他的木讷。这是众人的心意。如此说来，用“讷”做他的斋名也还合适。于是苏轼作颂词说：

以辩捷的形象见我，并不是以真相见我。以木讷的形象见我，也接近于虚假。有所问则有所答，应当停止时就要戛然而止。这既不能叫辩捷也不能叫木讷。像在动又不在动。诸位佛祖既是如此，我当然也与他们相同。

醉乡记

醉乡去中国，不知其几千里也。其土旷然，无岸，无丘陵阪险。其气和平一揆，无晦明寒暑。其俗大同，无邑居聚落。其人甚精，无爱憎喜怒。吸风饮露，不食五谷。其寝于于，其行徐徐。鸟兽鱼鳖杂居，不知有舟车器械之用。

昔者黄帝氏尝获游其都，归而窅然丧其天下，以为结绳之政已薄矣。降及尧、舜，作为千钟百植之献，因姑射神人以假道，盖至其边鄙，终身太平。禹、汤立法，礼繁乐杂，数十代与醉乡隔。其臣羲和，弃甲子而逃，冀臻其乡，失路而道夭，故天下遂不宁。至乎末孙桀、纣，怒而升其糟丘，阶级迁伊，南向而望，不见醉乡。武王氏得志于是，乃命周公旦立酒人氏之职，典司三齐，拓土五千里，仅与醉乡达焉。三十年刑措不用。下逮幽、厉，迄于秦、汉，中国丧乱，遂与醉乡绝，而臣下之受道者，往往初至焉。阮嗣宗、陶渊明等数十人并游醉乡，没身不返，死葬其壤，中国以为酒仙。

嗟乎，醉乡氏之俗，岂古华胥氏之国乎？何其淳寂也。如是，余将游焉，故为之记。

【译文】醉乡离中原之国，不知几千里之远。此乡土地开阔，没有海岸，也没有丘陵山谷。其乡的气候平和一贯。没有白天黑夜和严冬酷暑。其乡的风俗是人人均等的大同世界，没有城市乡镇。其乡的人民十分清纯，没有喜怒爱乐和爱慕憎恨。人们吸食清风饮用雾露，不吃五谷杂粮。他们睡眠沉酣，行路缓慢。与鸟兽鱼鳖杂居一处，从不知道有车船等器具可供人使用。

当年黄帝曾有幸到此乡游历，回来后变得意趣高远，从而失去了天下，他认为中原之国结绳记事的习俗已经显得浅薄了。到了唐尧、虞舜的时代，制作成了成千上万的酒樽作为礼品，请姑射山的神仙引路，曾来到醉乡的边境，他们二人终生都享受了太平盛世。大禹、商汤定立酒的法令，条款多而且杂。自此以后几十代，中原之国与醉乡相互隔绝，没有交往。禹王的大臣羲和，抛弃了中原之国的生活而出逃，希望能抵达醉乡。由于中途迷路只得返回，由此天下开始失去了安宁。到了夏桀、商纣这些末代天子时，盛怒之下而登上酒糟堆成的丘山，他们登上迂曲的台阶，向南眺望，没有见到醉乡。周武王夺取天下后，即命周公旦设置酒人之官，掌管三齐之地，开拓了疆域五千馀里，已经临近醉乡之域。自此以后三十年，天下的刑罚无处施用。再传到幽王、厉王，直至秦、汉两代，中原之国丧乱频仍，于是又与醉乡断绝了往来，然而臣子中一些得其道者，也时而有游于醉乡的。阮籍嗣宗、陶潜渊明等几十人都曾进入醉乡，直到老死也没有返回，死后就埋葬在其乡，中原之人把他们称为酒仙。

啊，醉乡的风俗，难道就是远古华胥国的遗风吗？多么清淳安宁。既是如此，我也准备到此乡一游，故而写下这篇记。

清风阁记

文慧大师应符，居成都玉溪上，为阁曰清风，以书来求文为记。五返而益勤，余不能已，戏为浮屠语以问之。曰：符，而所谓身者，汝之所寄也。而所谓阁者，汝之所以寄所寄也。身与阁，汝不得有，而名乌乎施？名将无所施，而安用记乎？虽然，吾为汝放心遗形而强言之，汝亦放心遗形而强听之。木生于山，水流于渊，山与渊且不得有，而人以为己有，不亦惑欤？天地之相磨，虚空与有物之相推，而风于是焉生。执之而不可得也，逐之而不可及也，汝为居室而以名之，吾又为汝记之，不亦大惑欤？虽然，世之所谓己有而不惑者，其与是奚辨？若是而可以为有邪？则虽汝之有是风可也，虽为居室而以名之，吾又为汝记之可也，非惑也。风起于苍茫之间，彷徨乎山泽，激越乎城郭道路，虚徐演漾，以泛汝之轩窗栏槛幔帷而不去也。汝隐几而观之，其亦有得乎？力生于所激，而不自为力，故不劳。形生于所遇，而不自为形，故不穷。尝试以是观之。

【译文】文慧禅师应符，住在成都玉溪之上，建了一个阁取名清风，来信请我为此阁写一篇记。前后共来了五封信，一次比一次说得诚恳，我无法推辞，便用佛家语开玩笑问他说：应符，你所说的身体，是你的依托。你所说的亭阁，是你所依托的身体的依托之处。身体和亭阁，你都不能拥有，那么名字又用在何处呢？名字都无处可施，哪里还用得着记？即便如此，我还是要为你放旷心胸遗忘形骸勉强说几句，你也就放旷心胸遗忘形骸勉强听我说。树木生长在山中，河水奔流于深渊，高山和深渊尚不能把树木流水据为己有，而人却认为自己能够拥有，这不是太糊涂了吗？天和地相互摩荡，太空和万物互相作用，于是产生了风。想抓住它做不到，想追赶它又赶不上。你建造住室用风为名，我又为你写记文，这不是更糊涂的吗？虽然如此，世上那些称自己拥有而并不糊涂的人，与我刚才所说又有什么区别呢？难道像他们那样就算是拥有吗？如果真是这样，那么你自称拥有了清风也是可以的，你建造住室用风为名，我又为你写记文也是可以的，也就不能算是糊涂了。风产生在苍茫的空中，悠然飘行在山间水上，激荡狂吼在城郭道路，然后飘忽游动，进入你的窗户栏杆和帷幔不再出去。你靠在几上观看它，会不会感到有所获得呢？力量产生于激荡之中，并不是自己产生力量，所以它不觉得劳苦。形态产生于冲击之物，并不是自己造就形体，所以它永无穷尽。你可以用这种逻辑来观察清风。

中和胜相院记

佛之道难成，言之使人悲酸愁苦。其始学之，皆入山林，践荆棘蛇虺，袒裸雪霜，或刲割屠脍，燔烧烹煮，以肉饲虎豹鸟乌蚊蚋，无所不至。茹苦含辛，更百千万亿年而后成。其不能此者，犹弃绝骨肉，衣麻布，食草木之实，昼日力作，以给薪水粪除，暮夜持膏火薰香，事其师如生。务苦瘠其身，自身口意莫不有禁，其略十，其详无数。终身念之，寝食见之，如是，仅可以称沙门比丘。虽名为不耕而食，然其劳苦卑辱，则过于农工远矣。计其利害，非侥幸小民之所乐，今何其弃家毁服坏毛发者之多也。意亦有所便欤？

寒耕暑耘，官又召而役作之，凡民之所患苦者，我皆免焉。吾师之所谓戒者，为愚夫未达者设也，若我何用是为？剟其患，专取其利，不如是而已，又爱其名。治其荒唐之说，摄衣升坐，问答自若，谓之长老。吾尝究其语矣，大抵务为不可知，设械以应敌，匿形以备败，窘则推堕滉漾中，不可捕捉，如是而已矣。吾游四方，见辄反覆折困之，度其所从遁，而逆闭其途。往往面颈发赤，然业已为是道，势不得以恶声相反，则笑曰："是外道魔人也。"吾之于僧，慢侮不信如此。今宝月大师惟简，乃以其所居院之本末，求吾文为记，岂不谬哉！

然吾昔者始游成都，见文雅大师惟度，器宇落落可爱，浑厚人也。能言唐末、五代事传记所不载者，因是与之游，甚熟。惟简则其同门友也。其为人精敏过人，事佛齐众，谨严如官府。二僧皆吾之所爱，而此院又有唐僖宗皇帝像，及其从官文武七十五人。其奔走失国与其所以将亡而不遂灭者，既足以感慨太息，而画又皆精妙冠世，有足称者，故强为记之。

始居此者，京兆人广寂大师希让，传六世至度与简。简姓苏氏，眉山人，吾远宗子也，今主是院，而度亡矣。

【译文】佛家的修行很难成就圆满，说起来真让人感到辛酸痛苦。刚开始学习佛法时，都要进入深山密林，脚踏着荆棘蓁莽，任凭毒蛇爬行，赤身露体站立在冰霜雨雪之中，有的甚至剜下身上的肉，或把肉烧焦煮烂，用来喂食虎豹、飞鸟和蚊虫，无所不用其极。就这样含辛茹苦，磨炼千万亿年后才能成就佛果。做不到这一步的，也要抛离骨肉之亲，穿着粗麻衣服，吃着野菜野果，没日没夜地勤苦劳作，打柴扫地，到了夜晚，则手举油灯点燃香烛，像对待活人一样敬事佛祖。但求使自己受尽苦难和磨炼，从身体到嘴巴、心意没有一处没有禁戒，大的禁戒有十个方面，小的禁戒就多得数不清了。一生都要念诵戒条，吃斋就寝都要用戒条来约束自己，即便这样，也只能叫做沙门比丘。佛徒们虽然被人称为不耕而食的人，但他们的勤劳辛苦和所忍受的屈辱，比起农民和为工来要甚得多了。要说起僧徒所承受的苦难和屈辱，绝不是一些心存侥幸的百姓乐于接受的，而如今抛弃家园换上粗服剃掉头发出家的人为什么这么多？想来此途一定还有其方便之处吧？

天冷了就耕地天热了就播种，官府还要召集他们服徭役，百姓所患苦的这一切，我都能得以免除。我的师祖所规定的戒条，都是给愚蒙未开之人订立的，像我这样的人哪里还会受到约束呢？我是避开了佛门的患苦，专取其有利之处。不仅仅如此，还爱重自己的声名。编造一些荒唐不经的言词，提着衣襟坐在榻上，应对自如地回答弟子的问话，这就是所谓的长老。我曾经细细推究他们的话，大都是一些不可能弄明白的玄言，设置一些结扣来对付质诘，说得空虚玄远以防止败露。一旦处在困窘的境地，就把话头引到扑朔迷离之中，让人摸不着头脑。长老的伎俩，不过如此而矣。我周游四方，见到这样的僧人，总要反复与他论难，我先分析他会把话头引向何处而脱身，而后堵住他的退路连连诘问，往往搞得他们面红耳赤，然而这些人既已入了佛门，又不便用恶言恶语回击我，只能笑着说："你真是不守正道的魔人。"我对于僧人，总是这样怀疑他们、羞辱他们。如今宝月大师惟简，把他主持的寺院来龙去脉告诉我，竟然求我为此院写一篇记文，这岂不是荒唐！

然而我当年游历成都，见到文雅大师惟度，气质风度磊落可敬，是位淳朴忠厚的人。他能讲述许多唐末、五代史书没有记载的史事，因此我与他有所交往，后来就很熟识了。惟简和尚是惟度的同寺朋友，他为人精明敏锐，胜过常人，礼敬佛祖管理僧众，严厉谨慎如同官府。这两位僧人都是我所爱戴的人。这座寺院中又有唐僖宗皇帝和陪同他逃亡的文臣武将共七十之人的画像。僖宗皇帝仓惶逃亡，离开长安，国家将亡还没有骤然间亡国的惨状，足以令人深深感慨，长长叹息，而此画中的人物个个精妙绝论，栩栩如生，颇有值得称道之处，所以勉强写下这篇记文。

此寺最早的主持，是长安人广寂大师希让。希让传了六代，传到惟度和惟简。惟简俗姓苏，眉山县人，是我苏氏远房后代，如今主持此院，而惟度已经亡化了。

四菩萨阁记

始吾先君于物无所好，燕居如斋，言笑有时。顾尝嗜画，弟子门人无以悦之，则争致其所嗜，庶几一解其颜。故虽为布衣，而致画与公卿等。

长安有故藏经龛，唐明皇帝所建，其门四达，八板皆吴道子画，阳为菩萨，阴为天王，凡十有六躯。广明之乱，为贼所焚。有僧忘其名，于兵火中拔其四板以逃，既重不可负，又迫于贼，恐不能皆全，遂窍其两板以受荷，西奔于岐，而寄死于乌牙之僧舍，板留于是百八十年矣。客有以钱十万得之以示轼者，轼归其直，而取之以献诸先君。先君之所嗜，百有余品，一旦以是四板为甲。

治平四年，先君没于京师。轼自汴入淮，溯于江，载是四板以归。既免丧，所尝与往来浮屠人惟简，诵其师之言，教轼为先君舍施必所甚爱与所不忍舍者。轼用其说，思先君之所甚爱、轼之所不忍舍者，莫若是板，故遂以与之。且告之曰："此明皇帝之所不能守，而焚于贼者也，而况于余乎！余视天下之蓄此者多矣，有能及三世者乎？其始求之若不及，既得，惟恐失之，而其子孙不以易衣食者鲜矣。余惟自度不能长守此也，是以与子。子将何以守之？"简曰："吾以身守之。吾眼可霍，吾足可斫，吾画不可夺。若是，足以守之欤？"轼曰："未也。足以终子之世而已。"简曰："吾又盟于佛，而以鬼守之。凡取是者与凡以是予人者，其罪如律。若是，足以守之欤？"轼曰："未也。世有无佛而蔑鬼者。""然则何以守之？"曰："轼之以是予子者，凡以为先君舍也。天下岂有无父之人欤，其谁忍取之？若其闻是而不悛，不惟一观而已，将必取之然后为快，则其人之贤愚，与广明之焚此者一也。全其子孙难矣，而况能久有此乎！且夫不可取者存乎子，取不取者存乎人。子勉之矣，为子之不可取者而已，又何知焉？”

既以予简，简以钱百万度为大阁以藏之，且画先君像其上。轼助钱二十之一，期以明年冬阁成。

熙宁元年十月二十六日记。

【译文】当初我的先父对玩好之物都没有什么爱好，平时端居家中，就像僧人一样清心寡欲，不苟言笑。只是十分喜爱绘画，他的门人弟子没有什么用来取悦他的，于是争相献上他们所爱之物，希望得到他的欢心。所以先父虽然是位布衣之士，但收藏的好画，足以与公卿大夫相比。

长安有个古老的藏经龛，是唐明皇时建造的，此龛共开了东、南、西、北四方之门，八扇门板上都是吴道子的画，阳面画的是菩萨，阴面画的是天王，一共十六幅人物像。唐僖宗广明之乱时，被黄巢乱兵焚毁。当时有位和尚，记不起叫什么名字，他在乱兵大火之中撤下四块门板而逃，门板甚重，背不动，又怕被贼兵追上，他担心这样做恐怕连一幅也保全不住，于是将两块门板挖空做成担子，西奔凤翔府，后来死在凤翔府乌牙僧舍，画板留在这里一百八十年了。有位客商花了十万钱买下了画板拿给我看，我如数把钱交给他，转购下这几块画板献给先父。先父最喜爱的有一百多幅画，这四块画板得到后，成为首屈一指的极品。

治平四年，先父在京城逝世。我从汴河进淮河，又沿江而上，装载着这四块画板护送父亲的灵柩回乡安葬。服丧期满，原来曾与交往的和尚惟简转达他师父的话，让我替先父将他生前十分珍爱而自己也不忍释手之物施给寺院。我听从了他的话，考虑先父生前最为珍爱而自己也最不忍释手的，哪样也比不上这几块画板，于是将它们施给了惟简，并对惟简说：“这是唐明皇帝都守不住而遭到贼寇焚烧的宝物，更何况是你呢？我看天下珍藏宝物的人很多，有能传留到三代之后的吗？刚开始时唯恐求之不得，到手之后，又生怕再失去它，然而他的后代子孙不拿它换取衣食的没几个。我就是怕自己没有能力长久守护住它，所以才把它送给你，你打算怎样收藏他呢？”惟简答道：“我用自己来守护它。我的眼睛可以被挖掉，我的脚可以被砍掉，而我的画板不能为人所夺。像我这样，足以守护好它了吧？”我说：“未必。你这样做只能保证你这一生能守护好它罢了。”惟简又说：“我还要在佛祖前盟誓，而以鬼来守护它。凡是夺取此画的和把此画送给别人的，就要受法戒的惩治。这样，足以守护好它了吧？”我说：“未必。这个世界上还有不信佛、不怕鬼的人。”惟简问我：“即然如此，我怎样才能守护好它？”我说：“我苏轼将它送给你，完全是替先父施舍爱物。天下难道有没父亲的人吗？谁能忍心夺取替父施舍的爱物呢？如果有人听了这话还不能心动，那他就不仅仅是看一眼便罢休，一定要把它夺得手才算满意。这种人的心性，和广明年间焚烧此画的盗贼有什么两样。他们连保全自己的子孙都很难，还能长久地保存此物吗？退一步说，你一心一意守护它不忍失去，这只是你的想法，而夺取它还是不夺取它，这是别人的想法。你好自为之吧，你只管一心一意守护它就足够了，又怎能知道别人的心？”

我把画板施给惟简后，惟简筹集了一百万钱，建造了一座楼阁收藏它，并绘制先父的肖像置于楼阁之上。我捐助了他二十分之一的费用，约定明年冬天建成此阁。

熙宁元年十月二十六日，苏轼记。

盐官大悲阁记

羊豕以为羞，五味以为和；秫稻以为酒，曲蘖以作之。天下之所同也。其材同，其水火之齐均，其寒暖燥湿之候一也，而二人为之，则美恶不齐。岂其所以美者，不可以数取欤？然古之为方者，未尝遗数也。能者即数以得妙，不能者循数以得其略。其出一也，有能有不能，而精粗见焉。人见其二也，则求精于数外，而弃迹以逐妙，曰，我知酒食之所以美也。而略其分齐，舍其度数，以为不在是也，而一以意造，则其不为人之所呕弃者寡矣。

今吾学者之病亦然。天文、地理、音乐、律历、宫庙、服器、冠昏、丧祭之法，《春秋》之所去取，礼之所可，刑之所禁，历代之所以废兴，与其人之贤不肖，此学者之所宜尽力也。曰：是皆不足学，学其不可载于书而传于口者。子夏曰："日知其所亡，月无忘其所能，可谓好学也已。"古之学者，其所亡与其所能，皆可以一二数而日月见也。如今世之学，其所亡者果何物，而所能者果何事欤？孔子曰："吾尝终日不食，终夜不寝，以思，无益，不如学也。"由是观之，废学而徒思者，孔子之所禁，而今世之所尚也。

岂惟吾学者，至于为佛者亦然。斋戒持律，讲诵其书，而崇饰塔庙，此佛之所以日夜教人者也。而其徒或者以为斋戒持律不如无心，讲诵其书不如无言，崇饰塔庙不如无为。其中无心，其口无言，其身无为，则饱食而嬉而已，是为大以欺佛者也。

杭州盐官安国寺僧居则，自九岁出家，十年而得恶疾且死，自誓于佛，愿持律终身，且造千手眼观世音像，而诵其名千万遍。病已而力不给，则缩衣节口三十余年，铢积寸累，以迄于成。其高九仞，为大屋四重以居之。而求文以为记。

余尝以斯言告东南之士矣，盖仅有从者。独喜则之勤苦从事于有为，笃志守节，老而不衰，异夫为大以欺佛者，故为记之，且以风吾党之士云。

【译文】羊肉、猪肉做成佳肴，要以五味调料来烹制；高粱、稻米制成美酒，要用曲子来发酵，天下人都是这样做的。所用的材料相同，加水用火相同，火候的大小也都相同，但是两个人分别烹制酿造，味道就差得很远。难道制作美味酒肴，不能凭着技术得到吗？然而古代配制酒食之方的人，并没有留下技术。聪明的人就是凭着技巧而制成美味，不太聪明的人按照技术，却只能制成平淡无奇的酒肴。制作的路数是一样的，然而有的精明有的不精明，酒肴质量的高低就表现出来了。人们发现酒肴的质量有高有低，于是便在技术之外求其奥妙，抛开原来的配方来追求奇迹的出现，说：我知道美酒佳肴为什么好吃了。于是把配方的数量肆意加减，把火候的大小任意改变，认为制作酒肴的奥妙并不在这上面，于是凭着自己的好恶任意烹制，这样的人能不被人唾弃的恐怕太少了。

如今学者们的毛病也是如此。古代的天文、地理、音乐、历法、宗庙祭祀、服装器具、冠礼婚礼、丧葬祭奠等制度，《春秋》赞同什么贬抑什么，被礼法所认可的是什么，被刑罚所禁限的是什么，历代兴盛衰亡的规律以及古代人物的贤能与否，这些都是学者应该尽力研究的。而他们却说：这些不值得去学，应当学那些古代经传典籍失载和民间不再留传的知识。子夏曾经说过："每天知道尚未知晓的，每月复习已经学过的，这就可以称之为好学了。"古代的学者，对于自己尚不知晓的知识和已经学习过的知识，都能够做到心中有数而日积月累。像当今的学者，他尚不知晓的是什么，所学过的又是些什么呢？孔子说："我曾经整天不吃饭，整夜不睡觉去思索，这没有用，不如去学习。"由此看来，放弃学习而冥思苦索，是孔子不提倡的，又恰恰是当今最时髦的。

岂止是我辈学者，说到僧徒，道理也相同。吃斋守戒，尊奉律条，诵读佛书，增广修饰佛塔佛寺，这是佛祖日日夜夜教导人们的内容。然而有的僧徒认为吃斋守戒尊奉律条不如淘空心性，诵读佛书不如闭口不言，增广修饰佛塔佛寺不如一件事也不做。如果内中没有心性，嘴上没有言语，终日不做一事，就只剩下吃喝混日子了，这种人的论调是对佛祖最大的欺蒙。

杭州盐官县安国寺大和尚居则，从九岁出家为僧，十年之后得了一场大病，眼看就要死了，他面对佛祖立下誓愿，表示一定终身尊守佛祖的训戒，并建造千手千眼观世音菩萨塑像，将菩萨的名字念诵一千万遍。病愈之后，财力不足以还愿，他就节衣缩食三十多年，一点一滴地积累财物，终于建成了佛像。此像高七丈多，他又建造了四重的高阁供奉此像，并求我为这尊菩萨像写篇记。

我曾把这件事讲给东南一带的士子们听，有些人听从了我的劝告。我就是赞赏居则辛辛苦苦地去做有意义的事，矢志不移地保持自己的志节直至年老的不衰退的精神，他的行为和那些任情欺蒙佛祖的人大不相同，所以为他写下此记，兼以劝讽当世的学者。

胜相院经藏记

元丰三年，岁在庚申，有大比丘惟简，号曰宝月，修行如幻，三摩钵提，在蜀成都，大圣慈寺，故中和院，赐名胜相，以无量宝、黄金丹砂、琉璃真珠、旃檀众香，庄严佛语，及菩萨语，作大宝藏。涌起于海，有大天龙，背负而出，及诸小龙，纠结环绕。诸化菩萨，及护法神，镇守其门。天魔鬼神，各执其物，以御不祥。是诸众宝，及诸佛子，光色声香，自相磨激，璀璨芳郁，玲珑宛转，生出诸相，变化无穷。不假言语，自然显见，苦空无我，无量妙义。凡见闻者，随其根性，各有所得。如众饥人，入于太仓，虽未得食，已有饱意。又如病人，游于药市，闻众药香，病自衰减。更能取米，作无碍饭，恣食取饱，自然不饥。又能取药，以疗众病，众病有尽，而药无穷，须臾之间，无病可疗。以是因缘，度无量众，时见闻者，皆争舍施，富者出财，壮者出力，巧者出技，皆舍所爱，及诸结习，而作佛事，求脱烦恼，浊恶苦海。

有一居士，其先蜀人，与是比丘，有大因缘。去国流浪，在江淮间，闻是比丘，作是佛事，即欲随众，舍所爱习。周视其身，及其室庐，求可舍者，了无一物。如焦谷芽，如石女儿，乃至无有，毫发可舍。私自念言，我今惟有，无始已来，结习口业，妄言绮语，论说古今，是非成败。以是业故，所出言语。犹如钟磬，黼黻文章，悦可耳目。如人善博，日胜日贫，自云是巧，不知是业。今舍此业，作宝藏偈。愿我今世，作是偈已，尽未来世，永断诸业，客尘妄想，及事理障。一切世间，无取无舍，无憎无爱，无可无不可。时此居士，稽首西望，而说偈言：

我游多宝山，见山不见宝。岩谷及草木，虎豹诸龙蛇。虽知宝所在，欲取不可得。复有求宝者，自言已得宝，见宝不见山，亦未得宝故。譬如梦中人，未尝知是梦，既知是梦已，所梦即变灭。见我不见梦，因以我为觉，不知真觉者，觉梦两无有。我观大宝藏，如以蜜说甜。众生未谕故，复以甜说蜜。甜蜜更相说，千劫无穷尽。自蜜及甘蔗，查梨与橘柚，说甜而得酸，以及咸辛苦。忽然反自味，舌根有甜相。我尔默自知，不烦更相说。我今说此偈，于道亦云远，如眼根自见，是眼非我有。当有无耳人，听此非舌言，于一弹指顷，洗我千劫罪。

【译文】元丰三年，庚申之岁，有位号为宝月的大和尚惟简，道行高深，身心安和。他在蜀中成都大圣慈寺故中和禅院，后经皇帝赐名的胜相禅院中，用佛家珍宝，黄金朱砂、琉璃真珠、紫檀之香，念诵庄严神圣的佛祖菩萨之言，庆贺藏经楼的建成。但见此楼出于大海，由一条硕大的天龙背负而起，四周无数的小龙，盘绕交互在一起。各位菩萨和护法之神镇守着经楼的大门。天上诸神和精灵鬼怪，各自拿着法物，以防不祥之事的发生。这些黄金琉璃、诸色宝贝和各位佛子，五光十色，声音香气，交相摩击冲荡，灿烂之光，芳香之气，美好玲珑，现出各自的形象，千变万化，都无须借助言语的指使，自然而然地显出佛国之中的吉祥美妙。凡是见到听到此情此景的，都会依自身的根性有所感悟。如同那些饥饿的人进入了粮仓，虽然还没有吃到嘴里，却已经有了吃饱的感觉。又像是久病之人进入了药市，闻到了药物的香气，病也就好了一半。如果再能取得米粮，煮成米饭，任意取食直至饱足，自然不再会感到饥饿。如果再能取得药物，治疗患者的种种疾病，患者的病迟早治愈，而药物却是无穷无尽，转瞬之间，就会到无病可医的境界。用这样的因缘，来度脱芸芸之众，因此当时见到听到此情此景的，争相施舍，富有的人拿出钱财，强健的人出把力气，机巧的人献出技艺，人们都把自己珍爱之物拿了出来，各尽所能，为佛门大会出钱出力，以求脱离烦恼恶浊的苦海。

有这样一个居士，他的祖先是蜀地人，他和惟简大和尚早有因缘，也是故旧之交。他离开京城，飘流寄身在江淮一带，听到惟简举行佛门盛会，也想跟随众人，施舍自己珍爱之物和具有的才能。然而他上下打量自己的身躯，以及家居的屋室，想找到一些可供施舍之物，竟然一无所得。如同烧焦了的谷穗，如同石女，竟没有一丝一毫值得施舍。他私下自言自语：如今我所有的，不过是些谈论古往今来兴亡衰败的议论而已。因为这是前世的冤业，所以说出的话语，如同击钟击磬；斑烂锦绣的文章，可以使人的耳目感到愉悦。就像是人善于赌博，每天都赢，却一天比一天贫穷。自认为十分机巧，孰不知原是业障。如今我抛开议论国事兴亡，改作一篇宝藏偈语，但愿我这一生，写过此偈之后直到老死，永远截断种种业障和尘世间的妄想，以及好究事理的糊涂做法。使自己处在这个世间，没有获取也没有施与，没有憎恨也没有怜爱，没有认为正确的也没有认为不正确的。这时，这位居士叩头望着西蜀远方，作偈语说：

我在多宝山上漫游，只见到了山而没有见到宝。满眼是悬崖峭壁、花草树木、豺狼虎豹、巨蟒长蛇。虽然知道宝就在此山，想要获取却无从得到。又有一位求宝的人，自称已经获得了珍宝，他只见到了宝而没有见到山，这还是没有得到真正的宝物。好比睡梦中的人，他自己并不知道是在做梦。他知道是梦时，梦中的一切都已经幻灭了。见到了真我而不再见到梦境，因此认为我是有生有觉的。孰不知真正觉悟的人，是人我和梦境都知其并不存在。我看佛门的宝藏，就像是用蜜来说明什么是甜。众生不知道其中道理，反过来用甜来说明什么叫蜜。甜和蜜互相说明，说上一千劫也没有穷尽。从蜜又说到甘蔗，又说到查梨和橘子、柚子，原来的甜已经变为酸了，由此还可以渐渐变成咸、辣、苦味。忽然间反过来自己品味，会发现舌根处就有甜的感觉。我和你心里都很明白，用不着反来复去互相说明。我今天说这首偈语，离佛家妙理还差很远，如果眼睛能看见自己，这眼睛一定不是自己的。应当有没长耳朵的人，听我这篇不是发自舌头的语言，就能在弹指之间，洗尽我千劫的罪业。

虔州崇庆禅院新经藏记

如来得阿耨多罗三藐三菩提，曰："以无所得故而得。"舍利弗得阿罗汉道，亦曰："以无所得故而得。"如来与舍利弗若是同乎？曰：何独舍利弗，至于百工贱技，承蜩意钩，履狶画墁，未有不同者也。夫道之大小，虽至于大菩萨，其视如来，犹若天渊然，及其以无所得故而得，则承蜩意钩，履狶画墁，未有不与如来同者也。以吾之所知，推至其所不知，婴儿生而导之言，稍长而教之书，口必至于忘声而后能言，手必至于忘笔而后能书，此吾之所知也。口不能忘声，则语言难于属文；手不能忘笔，则字画难于刻琱。及其相忘之至也，则形容心术，酬酢万物之变，忽然而不自知也。自不能者而观之，其神智妙达，不既超然与如来同乎？故《金刚经》曰："一切贤圣，皆以无为法，而有差别。"以是为技，则技疑神；以是为道，则道疑圣。古之人与人皆学，而独至于是，其必有道矣。

吾非学佛者，不知其所自入，独闻之孔子曰："《诗》三百，一言以蔽之，曰思无邪。"夫有思皆邪也，善恶同而无思，则土木也。云何能使有思而无邪，无思而非土木乎？呜呼，吾老矣，安得数年之暇，托于佛僧之宇，尽发其书，以无所思心会如来意，庶几于无所得故而得者。谪居惠州，终岁无事，宜若得行其志。而州之僧舍无所谓经藏者，独榜其所居室曰思无邪斋，而铭之致其志焉。

始吾南迁，过虔州，与通守承议郎俞君括游。一日，访廉泉，入崇庆院，观宝轮藏。君曰："是于江南壮丽为第一，其费二千馀万，前长老昙秀始作之，几于成而寂。今长老惟湜嗣成之。奔走二老之间，劝导经营，铢积寸累十有六年而成者，僧知锡也。子能愍此三士之劳，为一言记之乎？”吾盖心许之。

俞君博学能文，敏于从政，而恬于进取。数与吾书，欲弃官相从学道。自虔罢归，道病卒于庐陵。虔之士民，有巷哭者，吾亦为出涕。故作此文以遗湜、锡，并论孔子思无邪之意，与吾有志无书之叹，使刻于石，且与俞君结未来之因乎？

绍圣二年五月二十七日记。

【译文】如来佛得到了无上正等正觉，说道：“因为我毫无所得，所以得此正觉。”舍利弗得到阿罗汉果，他也说：“因为我毫无所得，所以得此果位。”那么如来佛和舍利弗就如此一般无二吗？我可以这样说：岂止是舍利弗，下到各种技艺，如捕蝉画圆、踩猪估重量粉刷墙壁等等，没有一件不和如来得法的道理相同。世上有大道有小道，就佛门来说，即使身为大菩萨，与如来佛相比，还有天壤之别，等到他感到毫无所得而深得之后，那么捕蝉画圆、踩猪估重粉刷墙壁之类，就没有不和如来佛路数相同的。用我们所了解的事物，来推论尚不了解的事物，比如小孩子生下来之后先要教他说话，稍大一点就教他写字，他的嘴巴一定是到了忘记有声后才能说话，他的手一定是到了忘记有笔后才能写字，这些是我们了解的事物。如果嘴巴不能忘记有声，那他说出的音就没法连成句子；如果手不能忘记有笔，那他画出的笔道就没法组成字。等到把声音和笔忘得干干净净，那么用言语文章来表达感情，论说世间万物的变化，就是自然吐露而并不意识声音和笔了。以无力为此的人看来，他的神思智慧高妙畅达竟达如此地步，这不也可上与如来佛等量齐观了吗？所以《金刚经》中说：“一切贤者圣者，都遵守无为而得的法则，但其间必然存在差别。”把它当作技能，那么这技能一定是神奇之技；把它当作道术，那么这道术一定是神圣之道。古时候的人都在学习，而只有圣贤能达到顶点，这其中必有它的道理。

我不是学佛的人，不知道如何得其真谛，只是听孔子讲过：“《诗》三百篇，用一句话来概括，就是思想纯正。”有了思想就有不纯正，如果对待善美丑恶态度一样没有想法，那是土偶和木偶，怎么能让人有思想而没有不纯正，没有想法又不是土偶木偶呢？唉，我如今年纪已老，哪能再得几年的闲空，寄身于佛门之中，大量阅读佛家经典，用那没有思想的心去冥合如来佛的心，真能这样，或许也能毫无所得而有所获得。贬官住在惠州，一年到头无所事事，自认为应该研读佛经来偿还夙愿了。然而此州的寺院中没有藏经处，只能把所住的屋室取名叫思无邪斋，并写下铭文一篇，表明自己的心志。

当初我南行时，路过虔州，曾和州通判承议郎俞括君交游。一天，我二人共同去访求廉泉，到了崇庆禅院，观看院中的宝轮藏。俞君说："这架经藏在大江以南堪称最宏壮，共花费了二千多万钱，寺院前代长老昙秀开始建造，快造成时，昙秀圆寂而去。现在的长老惟湜继其后完成了它。帮助两位长老规划设计、募化钱财，一点一滴积攒资金十六年而最终完此大愿的，是位法号名叫知锡的和尚。先生能出于对三位和尚昼夜辛劳的同情，写篇记文记下此事吗？"我当时心里已经默许了。

俞君学识广博，文章写得很好，对民政之事也十分练达，但对于功名的追求并不热衷。他多次与我书信往还，说打算放弃做官去学道。从虔州罢官归家，途中病故于吉州。虔州的官吏和民众听到这个消息，不少人聚在街巷失声痛哭，我也为他的不幸而流下眼泪。所以写下这篇文章赠给惟湜和知锡，兼而论及孔子所言思无邪的本意，并对我有学佛之志而无佛典可读而深深感叹，命工匠把此文刻在石上，将和俞君结下来世的因缘，也未可知。

绍圣二年五月二十七日，苏轼记。

黄州安国寺记

元丰二年十二月，余自吴兴守得罪，上不忍诛，以为黄州团练副使，使思过而自新焉。其明年二月至黄，舍馆粗定，衣食稍给，闭门却扫，收召魂魄，退伏思念，求所以自新之方，反观从来举意动作，皆不中道，非独今之所以得罪者也。欲新其一，恐失其二。触类而求之，有不可胜悔者。于是喟然叹曰："道不足以御气，性不足以胜习。不锄其本，而耘其末，今虽改之，后必复作。盍归诚佛僧，求一洗之？"得城南精舍曰安国寺，有茂林修竹，陂池亭榭。间一二日辄往，焚香默坐，深自省察，则物我相忘，身心皆空，求罪垢所从生而不可得。一念清静，染污自落，表里悠然，无所附丽。私窃乐之。旦往而暮还者，五年于此矣。

寺僧曰继连，为僧首七年，得赐衣。又七年，当赐号，欲谢去，其徒与父老相率留之。连笑曰："知足不辱，知止不殆。"率谢去。余是以愧其人。七年，余将有临汝之行。连曰："寺未有记。"具石请记之。余不得辞。

寺立于伪唐保大二年，始名护国，嘉祐八年，赐今名。堂宇斋阁，连皆易新之，严丽深稳，悦可人意，至者忘归。岁正月，男女万人会庭中，饮食作乐，且祠瘟神，江淮旧俗也。

四月六日，汝州团练副使眉山苏轼记。

【译文】元丰二年十二月，我在湖州知州任上获罪，天子不忍诛杀罪臣，命我为黄州团练副使，让我在这里反省罪愆，改过自新。次年二月来到黄州，住处大致安顿好，衣食渐渐能够用，便关起院门扫除庭宇，把惊魂收招回来，居于室中静静地求索用来自新的办法。反省回忆我一向的言论举动，都不符合中道，并不仅仅是这次获罪一件事。想要改正这一次过错，恐怕会漏掉以往更多的过错。如果依类而计，就有数不清的过错了。于是长叹一声说："道不足以驾驭我的傲气，性不足以战胜我的肆意。如果不去除根本，只在一件一件的错事上反省，那么今天改了，日后必然会旧病复发。何不诚心地皈依佛门，以求洗清心胸？"寻访到黄州城南一座精舍名叫安国寺，此寺有茂密的树林修长的翠竹，高坡深塘亭台小榭。隔上一两天就到寺中去一趟，点起香烛默然打坐，深深地反省自己，确实做到了物我两忘，感到身心都进入了虚空的境界，再想寻找犯罪的动机也找不到了。没想到心中一念清静下来，内心的污垢自然掉落，表里畅然通达，不杂以任何俗念，心中暗暗感到高兴。早晨去晚上回，一连五年都是如此。

寺院的长老叫继连，当住持七年后，得到了老住持传下的袈裟。又过了七年，照例应受到赐法号的荣誉时，他想告别寺院离去，他的弟子以及黄州父老都苦苦挽留他。继连笑着说："只有知道满足才不会受到羞辱，只有知道休止才不会遇上危难。"最后还是推辞掉了所有的荣誉之赐。我因此而感到与他相比深深愧疚。元丰七年，我受命要到汝州赴任。继连说："此寺还没有留下先生的记文呢。"准备了石碑请我写记。我无法推辞。

此寺建于南唐保大二年，最初名叫护国寺，我朝仁宗嘉祐八年时赐了现在这个名字。寺中的大堂屋宇以及斋房楼阁，继连都重新修整过，故而庄严宏丽深邃得法，让人感到很称意，来到寺中的人往往忘记归家。每年正月，有州民男女上万人聚集在庭院中，奏响乐曲，又吃又喝，并向瘟神祈祷，这是江淮一带的传统习俗。

四月六日，汝州团练副使眉山人苏轼记。

荐诚禅院五百罗汉记

熙宁十年，余方守徐州，闻河决澶渊，入巨野，首灌东平。吏民恟惧，不知所为。有僧应言建策，凿清泠口道，积水北入于古废河，又北东入于海。吏方持其议，言强力辩口，慨然论河决状甚明。吏不能夺，卒以其言决之，水所入如其言，东平以安，言有力焉。众欲为请赏，言笑谢去。余固异其人。后二年，移守湖州，而言自郓来，见余于宋，曰："吾郓人也，少为僧，以讲为事。始钱公子飞使吾创精舍于郓之东阿北新桥镇，且造铁浮屠十有三级，高百二十尺。既成，而赵公叔平请诸朝，名吾院曰荐诚，岁度僧以守之。今将造五百罗汉像于钱塘，而载以归，度用钱五百万，自丞相潞公以降，皆吾檀越也。”余于是益知言真有过人者。又六年，余自黄州迁于汝，过宋，而言适在焉。曰：“像已成，请为我记之。”呜呼！士以功名为贵，然论事易，作事难；作事易，成事难。使天下士皆如言。论必作，作必成者，其功名岂少哉！其可不为一言？

【译文】熙宁十年，我刚刚担任徐州知州，听说黄河在澶州决口，流入巨野县，潮头将灌向郓州城。官吏和百姓惊恐万状，不知所措。有位法号应言的和尚提出建议：挖开清冷口水道，使积水向北流进古代的黄河旧道，再向北折东流入大海。官吏不想按他的建议做，而应言口才辨捷，极力论说，将黄河决口的利害讲得十分明白。官吏不能说服他，终于照他所说的办法决开清冷口，积水流入了黄河故道，全如应言预料，郓州没有受到洪水的侵害，应言起了关键的作用。州中官民要为他请求赏赐，应言笑着辞谢而去。我当时对此人深感惊异。两年后，我从徐州知州调任湖州知州，而应言从郓州南来，在应天府见到了我，说道：“我是郓州人，少年时出家为僧，以讲经为主要事务。当初钱子飞相公命我在郓州东阿以北新桥镇创立了一座寺院，并建造了一座铁塔，共一十三层，高一百二十尺。塔建成后，州太守赵叔平相公向朝廷奏请，为我寺取名叫荐诚寺，每年都度脱僧人来守寺院。如今又准备在杭州造五百罗汉像运到我寺，估计需用五百万钱，从丞相潞公文彦博以下，都成了我的施主。”这时我更觉得应言和一般和尚大不相同。六年后，我从黄州团练副使迁为汝州团练副使，经过应天府时，应言也恰在此地。他对我说：“五百罗汉像已经造完，请先生为我写一篇记。”啊！士大夫把功名看得最重，然而论事容易做事难，作事容易成事难。假如天下的士人都能像应言一样，说了就一定要做，做了就一定要把它做成，那他所获得的功业和声名会少吗！对于应言的请求，我怎能不答应呢？

南华长老题名记

学者以成佛为难乎？累土画沙，童子戏也，皆足以成佛。以为易乎？受记得道，如菩萨大弟子，皆不任问疾。是义安在？方其迷乱颠倒流浪苦海之中，一念正真，万法皆具。及其勤苦功用，为山九仞之后，毫厘差失，千劫不复。呜呼，道固如是也，岂独佛乎！

子思子曰："夫妇之不肖，可以能行焉，及其至也，虽圣人亦有所不能焉。"孟子则以为圣人之道，始于不为穿窬，而穿窬之恶，成于言不言。人未有欲为穿窬者，虽穿窬亦不欲也。自其不欲为之心而求之，则穿窬足以为圣人。可以言而不言，不可以言而言，虽贤人君子有不能免也。因其不能免之过而遂之，则贤人君子有时而为盗。是二法者，相反而相为用，儒与释皆然。

南华长老明公，其始盖学于子思、孟子者，其后弃家为浮屠氏。不知者以为逃儒归佛，不知其犹儒也。南华自六祖大鉴示灭，其传法得眼者，散而之四方。故南华为律寺。至吾宋天禧三年，始有诏以智度禅师普遂住持，至今明公盖十一世矣。

明公告东坡居士曰："宰官行世间法，沙门行出世间法，世间即出世间，等无有二。今宰官传授，皆有题名壁记，而沙门独无有。矧吾道场，实补佛祖处，其可不严其传？子为我记之。"居士曰："诺。"乃为论儒释不谋而同者以为记。

建中靖国元年正月一日记。

【译文】学者认为得道成佛很难吗？看佛徒们堆起黄土在沙地上写写画画，这都是小孩子玩的游戏，而这样的做法足以成佛。认为得道成佛很容易吗？受戒得道，即如菩萨的大弟子一样，都不能随便向他询问疾病。这其中的奥妙何在？当一个人迷失本性奔走流浪在苦海之中时，只要一念真正，万种佛法顷刻毕备。等到他勤苦劳作、苦读经书，已经积累得如同几十尺高的山峰时，稍有一点差错，那就是过一千世也难以复原了。啊！世间的道理都是一样，岂止是佛家如此！

子思子曾说："愚夫愚妇，可以凭着自己有限的才能做事。等到他们的才能增长了，即使是圣人也有某些方面比不上他们。"孟子则认为圣人之道，开始于不要穿墙为盗。而穿墙而过的罪恶，在于他说出来还是不说出来。人没有想穿墙为盗的，即使是做过此事的人，也绝不是从心底愿意这样做。根据他不愿意穿墙为盗的本心来分析，那么这个穿墙者也足以称为圣人了。可以讲出来而不讲出来，不该讲出来却讲了出来，即使是贤人君子，也有处理不妥的时候。由于他有不能赦免的罪过却宽恕了他，那么贤人君子也会时而成为盗贼。这两种方法，可以互相为用，相反相成。儒家和佛家同是一理。

南华寺长老明公，刚开始时学习子思、孟子之说，后来离家当了和尚。不了解他的人认为他是逃避儒学皈依佛门，孰不知他仍旧是位儒者。南华寺从第六代祖师大鉴圆寂之后，得其精髓而传布此法的，流散到四面八方。所以南华寺就成了弘传戒律的寺院。到了大宋天禧三年，朝廷才下诏让智度禅师普遂为本寺长老，传到今天的明公，已经是第十一代了。

明公告诉东坡居士说："州县长官推行的是管理世间之法，佛门奉行的是超脱世间之法，而世间也就是脱离世间，总的看都是虚无的，只是表现形式有所不同。如今州县长官的离任继任，都有题名和壁记，而佛门却没有这种传统。况且这些说法的道场，实际上也是佛祖传灯之处，怎能不把衣钵相传看重呢？请先生为我写一篇记文。"东坡居士说："好吧。"于是给明公讲述了儒家和佛门不谋而合之理，并写下这篇记。

建中靖国元年正月一日记。

应梦罗汉记

元丰四年正月二十一日，予将往岐亭。宿于团封，梦一僧破面流血，若有所诉。明日至岐亭，过一庙，中有阿罗汉像，左龙右虎，仪制甚古，而面为人所坏，顾之惘然，庶几畴昔所见乎！遂载以归，完新而龛之，设于安国寺。四月八日，先妣武阳君忌日，饭僧于寺，乃记之。

责授黄州团练副使眉山苏轼记。

【译文】元丰四年正月二十一日，我准备到岐亭去，晚上住在团封，梦见一个和尚脸被打破，流血甚多，像是有什么冤屈要对人申诉。第二天到了岐亭，走进一座寺庙，庙里有一尊罗汉像，左边有龙，右边有虎，两相拱卫，雕塑的手法也十分古朴，只是面部已经被人毁坏。面对这尊佛像，我心中很疑惑，似乎就是前日梦见的那个和尚！于是把佛像装好带回家中，修整一新，并供奉于佛龛之中，安置在黄州安国寺。四月八日是亡母武阳君的忌日，我在安国寺施斋请众和尚吃饭，于是记下此事。

降授黄州团练副使眉山人苏轼记。

成都大悲阁记

大悲者，观世音之变也。观世音由闻而觉。始于闻而能无所闻，始于无所闻而能无所不闻。能无所闻，虽无身可也；能无所不闻，虽千万亿身可也，而况于手与目乎！虽然，非无身无以举千万亿身之众，非千万亿身无以示无身之至。故散而为千万亿身，聚而为八万四千母陀罗臂、八万四千清净宝目，其道一尔。昔吾尝观于此。吾头发不可胜数，而身毛孔亦不可胜数。牵一发而头为之动，拔一毛而身为之变，然则发皆吾头，而毛孔皆吾身也。彼皆吾头而不能为头之用，彼皆吾身而不能具身之智，则物有以乱之矣。吾将使世人左手运斤，而右手执削，目数飞雁而耳节鸣鼓，首肯傍人而足识梯级，虽有智者，有所不暇矣，而况千手异执而千目各视乎？及吾燕坐寂然，心念凝默，湛然如大明镜。人鬼鸟兽，杂陈乎吾前；色声香味，交遘乎吾体。心虽不起，而物无不接，接必有道。即千手之出，千目之运，虽未可得见，而理则具矣。彼佛菩萨亦然。虽一身不成二佛，而一佛能遍河沙诸国。非有他也，触而不乱，至而能应，理有必至，而何独疑于大悲乎？

成都，西南大都会也，佛事最胜，而大悲之像，未睹其杰。有法师敏行者，能读内外教，博通其义，欲以如幻三昧为一方首，乃以大旃檀作菩萨像，庄严妙丽，具慈愍性。手臂错出，开合捧执，指弹摩拊，千态具备。手各有目，无妄举者。复作大阁以覆菩萨，雄伟壮峙，工与像称。都人作礼，因敬生悟。

余游于四方二十馀年矣，虽未得归，而想见其处。敏行使其徒法震乞文，为道其所以然者，且颂之曰：

吾观世间人，两目两手臂。物至不能应，狂惑失所措。其有欲应者，颠倒作思虑。思虑非真实，无异无手目。菩萨千手目，与一手目同。物至心亦至，曾不作思虑。随其所当应，无不得其当。引弓挟白羽，剑盾诸械器，经卷及香花，盂水青杨枝，珊瑚大宝炬，白拂朱藤杖，所遇无不执，所执无有疑。缘何得无疑，以我无心故。若犹有心者，千手当千心。一人而千心，内自相攫攘，何暇能应物。千手无一心，手手得其处。稽首大悲尊，愿度一切众。皆证无心法，皆具千手目。

【译文】大慈悲，是观世音菩萨的变相。观世音由闻道而至觉悟，最初能有所听闻，后至于没有听闻，又由没有听闻至于对一切都有所听闻。能做到没有任何听闻，没有身躯形象就行；能做到对一切都有所听闻，那就要有成万上亿的身躯形象，何况是手和眼睛呢！虽然如此，没有空虚无身就没有力量承托成万上亿的众生，没有成万上亿的身躯就无法示现空虚无身的佛力随处可至。所以菩萨散布就成了成万上亿的身躯形象，聚合就成了八万四千双有力的手臂、八万四千双明澈的眼睛，都是出于大慈悲。当年我是这样认识的，我的头发有多少根，那是数不清的，身上的汗毛孔有多少个，也是数不清的，既然如此，那就可以说头发都是我的头，汗毛都是我的身。头发都是我的头却不能当做头颅来使用，汗毛孔都是我的身却不具备身躯的灵便，这是事物有似是而非的淆乱。我要让世上的人左手抡斧子，右手用刀切物，眼睛默数高飞大雁的数目，耳朵默记鼓点的数目，脑子计算人的数目，脚去计算台阶的数目，即使是十分聪明人，也不能两顾，更何况一千只手拿着不同的东西、一千只眼看着不同的事物呢？等到我安然坐定，神思俱寂，眼前像是一面明亮的大镜子，众生魔鬼飞鸟走兽，纷繁错杂地显现在我的眼前；五光十色声音气味，交相进入我的体内。我的心虽然并没有萌动，然而眼前的万物没有一样没交接，与之交接必然有交接的路数。就像是伸出了一千只手，睁开了一千双眼睛，虽然并没有实实在在地见到这些手臂和眼睛，但依照情理，手臂和眼睛肯定是在动作了。佛祖菩萨也是同样的道理。虽然一个肉身不能成为两个佛，但一佛就能走遍所有国家。没有其他原因，就是因为他遇事不会手忙脚乱，所到之处应付自如，佛力无所不至，为什么偏偏对大悲观世音有所怀疑呢？

成都，是西南地区的大都会，佛门香火最为繁盛，而大悲菩萨的塑像，却没听说比别处更宏伟壮观。有位法号叫敏行的大和尚，能诵读内教外教经典，并深通其奥义，想以度脱众生离开诸种幻化世界的大功德成为西南一方的首领，于是用众香之泥塑了一尊菩萨像，形象庄严美妙，令人一见就感觉到他具有慈悲的佛性。菩萨的手臂交错而出，有的伸直有的弯曲，有的捧物有的抓物，手指或弹或抚，千姿百态。每只手上都塑着眼睛，没有一只手是空的。敏行又建了一座大的楼阁安放菩萨像，楼阁规制宏伟壮观，其建筑之精美，与塑像不分上下。成都人前来礼佛，由于崇敬而有所觉悟。

我出游四方已经二十多年了，虽然没有机会回到蜀中，但可以想像出此阁此像的壮美。敏行派他的弟子法震来请我写篇记文，记下此举的起止经过。我又写了几句颂诗说：

我看世上的众人，每人两只眼睛两条手臂。外物临近不能应对，惶惑失态不知所措。有些想应对的人，又想得本末倒置。想法如果并不切实，和无手无眼没有区别，菩萨有一千只手和一千只眼，与一手一眼也没有两样。如果外物临近心也随之而至，哪里还要苦苦思索。该怎么应对就怎么应对，没有一事处理不当。拿着强弓羽箭，拿着刀剑盾牌种种兵器，拿着经卷和香花，拿着钵盂和青青的杨柳枝，拿着珊瑚和宝光火炬，拿着白色的拂尘和红色的藤杖，凡所遇到之物，没有不拿在手里，凡是拿在手中之物，都无所疑虑。为什么对诸物都无所怀疑呢？因为我菩萨没有凡心。如果说他还有心，那必然是一千只手对一千颗心。一个人具有一千颗心，心与心就会错杂扰乱，哪里还能应对万物。一千只手而不聚于一心，才能每只手各得其便。我向大悲菩萨叩头礼敬，盼望你度脱一切众生。让众生都得到你无心的妙法，让人们都具有千手千目。

广州东莞县资福禅寺罗汉阁记

众生以爱，故入生死。由于爱境，有逆有顺。而生喜怒，造种种业。展转六趣，至千万劫。本所从来，唯有一爱，更无馀病。佛大医王，对病为药。唯有一舍，更无馀药，常以此药，而治此病。如水救火，应手当灭。云何众生，不灭此病。是导师过，非众生咎。何以故？众生所爱，无过身体。父母有疾，割肉刺血，初无难色。若复邻人，从其求乞，一爪一发，终不可得。有二导师，其一清净，不入诸相，能知众生，生死之本，能使众生，了然见知。不生不灭，出轮回处。是处安乐，堪永依怙，无异父母。支体可舍，而况财物。其一导师，以有为心，行有为法。纵不求利，即自求名。譬如邻人，求乞爪发，终不可得，而况肌肉。以此观之，爱吝不舍，是导师过。设如有人，无故取米，投坑阱中，见者皆恨。若以此米，施诸鸟雀，见者皆喜。鸟雀无知，受我此施，何异坑阱。而人自然，有喜有愠。如使导师，有心有为，则此施者，与弃无异。以此观之，爱吝不舍，非众生咎。

四方之民，皆以勤苦，而得衣食，所得毫末，其苦无量。独此南越，岭海之民，贸迁重宝，坐获富乐。得之也易，享之也愧。是故其人，以愧故舍。海道幽险，死生之间，曾不容发。而况飘堕，罗刹鬼国，呼号神天，佛菩萨僧，以脱须臾。当此之时，身非己有，而况财物，实同粪土。是故其人，以惧故舍。愧惧二法，助发善心，是故越人，轻施乐舍，甲于四方。

东莞古邑，资福禅寺，有老比丘，祖堂其名。未尝戒也，而律自严；未尝求也，而人自施。人之施堂，如物在衡，捐益铢黍，了然觉知。堂之受施，如水涵影，虽千万过，无一留者。堂以是故，创作五百，大阿罗汉。严净宝阁，涌地千柱，浮空三成，壮丽之极，实冠南越。东坡居士，见闻随喜，而说偈言：

五百大士栖此城，南珠大贝皆东倾。众心回春柏再荣，铁林东来阁乃成。宝骨未到先通灵，赤蛇白璧珠夜明。三卜袭吉谁敢争？层檐飞空俯日星。海波不摇飓无声，天风徐来韵流铃。一洗瘴雾冰雪清，人无南北寿且宁。

【译文】由于众生心存爱意，所以进入生死大河。由于自己的爱意有时顺畅有时不顺畅，所以会产生喜悦和怨怒，造成种种的业障。喜悦和怨怒，最初只起于咫尺之间，发展下去，就可达到千万种劫难。所有业障的缘起，只有一个爱字，没有其他的原因。佛家的医王，对症下药。然而他的药只有一种，就是劝人割舍，再没有其他的药物。他就是用这种药，来医治世人众生贪爱之病。就如同泼水救火，水到火灭。为什么众生贪爱之病并未消除？这是导师的过错，并不是众生的责任。为什么这样讲呢？众生所珍爱的，莫过于自己的身体。一旦父母有了疾病，他能够割下自己的肉刺出自己的血，并没有为难之色。如果换了邻居向他求取，哪怕是指甲毛发，也不可能得到。有这样的两位导师，其中一位身心清净，众生俗相，一概莫入。他深知众生生死的根源，他能让众生清楚地看见走出轮回、生非真生灭非真灭的美好去处。这里平安快乐，永远值得依靠，与在父母身旁没有两样。这样一来，他的肢体血肉尚且在所不惜，何况是身外的钱财器物呢。另一位导师，以有所作为之心，行有所作为之法。他不是求取财利，就一定是求取声名。这就像是邻居向他求物一样，连指甲毛发都得不到，更何况是肌肤血肉。由此看来，吝啬而不愿割舍，这是导师的过错。好比有人无缘无故把米扔到坑阱之内，看见此事的人都会十分愤恨。如果把这些米丢给飞鸟燕雀，看见的人就会十分高兴。飞鸟燕雀并没有智虑，人们却对自己的施与感到高兴，其实把米扔给鸟雀和扔进坑阱又有什么区别呢？而人却自然而然地感到高兴和愤恨。如果让导师们都具有有所作为之心，那么把米施与鸟雀的作法和扔进坑阱也就没有区别。由此看来，吝啬不愿割舍，并不是众生的过错。

举国上下的民众，都是凭辛勤劳作而获得衣食，得到的每一点物品，都是用十倍的辛劳换来的。唯独南粤岭海地区的民众，以贩运买卖珍宝为生，坐地不动便富足快乐。他们的获取十分容易，享受财富也于心有愧。因此这一带的民众，出于惭愧而乐于施舍。渡海之路凶险莫测，人的生死，如同悬于发丝。何况可能飘泊到罗刹魔鬼之国，那时他们会呼天抢地，求救于佛祖菩萨，希望能得到片刻的解脱。在这样的时刻，自己的性命已经不能由自己掌握，何况是钱财货物，不过如粪土一般。所以这一带的民众，出于惧怕也乐于施舍。惭愧、惧怕这两条，启发了他们的良善之心，所以越地的民众，把施舍看得十分轻易，这一点天下四方都无法相比。

古城东莞的资福禅寺里有位老和尚，他的名字叫祖堂。没有受戒，他自己就持律严谨；用不着他开口请求，人们就会主动向他施舍。人们给祖堂的施舍，就像把物品放在衡器上，谁人施多谁人施少，祖堂的心里清清楚楚。祖堂接受施舍，就像是影子映在水上，虽然所受之物不计其数，而祖堂并未私自留下一丝一毫。正是由于这个缘故，祖堂塑造了五百大阿罗汉像。庄严明净的宝殿中，平地矗起千根柱，阁高三层，巍然屹立在高空，雄伟壮丽，登峰造极，堪称岭南第一。东坡居士以所见所闻也做施舍，并作偈语说：

五百尊罗汉聚集于古城，南海的珍珠宝贝尽皆倾向东土。众心复苏松柏再盛，把东方的铁木树林运来才建成此阁。佛骨还没到，寺中先已有了灵光，赤蛇盘绕于洁白的墙壁，灿灿的珍珠夜放光明。三层的高阁谁敢相比，楼檐飞在半空俯看日月星辰。海里的波涛平缓没有狂风，那缓缓的微风徐徐吹来，檐角铜铃清脆悦耳。洗刷了周身的瘴气毒雾，就像冰雪一样清，不论是南人北人，都会获得长寿和安宁。

秦太虚题名记 并题名

元丰二年中秋后一日，余自吴兴道杭，东还会稽。龙井有辩才大师，以书邀余入山。比出郭，日已夕。航湖至普宁，遇道人参寥，问龙井所遣篮舆，则曰："以不时至去矣。"是夕天宇开霁，林间月明，可数毫发，遂弃舟从参寥杖策并湖而行，出雷峰，度南屏，濯足于惠因涧，入灵石坞，得支径，上风篁领，憩于龙井亭，酌泉据石而饮之。自普宁凡经佛寺十五，皆寂不闻人声，道傍庐舍，或灯火隐显，草木深郁，流水激激悲鸣，殆非人间之境。行二鼓矣，始至寿圣院，谒辩才于潮音堂，明日乃还。高邮秦观题。

览太虚题名，皆予昔时游行处。闭目想之，了然可数。始予与辩才别五年，乃自徐州迁于湖。至高邮，见太虚、参寥，遂载与俱。辩才闻予至，欲扁舟相过，以结夏未果。太虚、参寥又相与适越，云秋尽当还。而予仓卒去郡，遂不复见。明年，予谪居黄州，辩才、参寥遣人致问，且以题名相示。时去中秋不十日，秋潦方涨，水面千里，月出房、心间，风露浩然。所居去江无十步，独与儿子迈棹小舟至赤壁，西望武昌，山谷乔木苍然，云涛际天，因录以寄参寥，使以示辩才，有便至高邮，亦可录以寄太虚也。

【译文】元丰二年中秋节后一天，我从湖州经杭州向东到越州去。杭州有位辩才禅师，让人送信来请我到山寺中。刚刚出了城，太阳已经落山了。乘船到了普宁寺，碰上了道人参寥子，问到辩才大师派遣的竹轿，参寥子说："因为不知道准确的时间，已经离去了。"当晚天空万里无云，林间的月色十分皎洁明亮，月光下可以数出有几根毛发，于是下了船，跟着参寥子拄着拐杖沿湖而行，过了雷峰塔，又经过南屏寺，在惠因涧洗了洗脚，又进入灵石坞，沿着小路上了风篁岭，在龙井亭上休息，舀来泉水，靠在石边畅饮。自普宁寺至此，已经过了十五座寺院，都十分寂静听不到人说话之声，路边的房屋，有的亮着灯烛，有的也已闭灯，花草树木葱笼茂盛，山间流水互相激荡，像是哀鸣，真不像在人间尘世。直到二更，才抵达寿圣禅院，在潮音堂内拜见了辩才，第二天方才回城。高邮人秦观题。

看了秦太虚的题记，这些地方都是我旧日游览行经之处。闭上眼睛回忆，还十分清晰，了了可见。当年我和辩才分别五年，正当从徐州知州任调往湖州，路过高邮军时，见到秦太虚和参寥子，于是和他们同船南行。辩才听说我来到，想驾一小船来看望我，因为赶上佛门规定自四月十五日起三个月不准离寺，所以没能成行。秦太虚和参寥子又相约一同到越州去，并说秋末便回。而我在湖州突然离任而去，于是没能再度相见。第二年，我贬官住在黄州，辩才和参寥子都派人到黄州问候我，并把这篇题记拿给我看。当时刚过中秋不到十天，秋水正高，江面像有千里之阔，月亮出于房宿和心宿之间，轻风微露，令人感到天空广阔清虚。我住的地方离长江不到十步远，独自带着儿子苏迈乘小船到了赤壁，放眼西望武昌，但见山谷间树木苍翠挺耸，浪涛如云自天而来，于是记下几句寄给参寥子，让他转交辩才过目，如果参寥子有机会到高邮的话，也可以将此记誊录一遍给秦太虚。

方丈记

年月日，住持传法沙门惟谨重建方丈，上祝天子万寿，永作神主，敛时五福，敷锡庶民。地狱天宫，同为净土，有性无性，齐成佛道。

【译文】某年某月某日，某寺住持传法高僧惟谨重新修建禅房，祝愿当朝天子万寿无疆，永为神明之主，收聚禄寿五福，遍赐百姓万民。祝愿地狱和天堂，都成为佛国净土，祝愿有佛性和无佛性的一切生灵，都能成就佛果。

野吏亭记

故相陈文惠公建立此亭，榜曰“野吏”，盖孔子所谓先进于礼乐者。公在政府，独眷眷此邦，然庭宇日就圮缺，凡九十七年。太守朝奉郎方侯子容南圭，复完新之。

绍圣三年十一月二十一日记。

【译文】已故丞相陈文惠公尧佐建造了此亭，题名叫“野吏”，即孔子所说的先学习礼乐而后做官的那种人。陈公当了宰相后，对此州十分眷恋，然而他当年所居的房屋庭院日渐残破衰败，至今已经九十七年。州守朝奉郎方子容字南圭，又重新把它修整一新。

绍圣三年十一月十一日，苏轼记。

遗爱亭记 代巢元修

何武所至，无赫赫名，去而人思之，此之谓遗爱。夫君子循理而动，理穷而止；应物而作，物去而复，夫何赫赫名之有哉？东海徐公君猷，以朝散郎为黄州，未尝怒也，而民不犯；未尝察也，而吏不欺。终日无事，啸咏而已。每岁之春，与眉阳子瞻游于安国寺，饮酒于竹间亭，撷亭下之茶，烹而饮之。公既去郡，寺僧继连请名。子瞻名之曰“遗爱”。时谷自蜀来，客于子瞻，因子瞻以见公。公命谷记之。谷愚朴，羁旅人也，何足以知公？采道路之言，质之于子瞻，以为之记。

【译文】汉朝何武所到之处，并没有十分显赫的声名，离任后，百姓却十分怀念他，这就叫遗爱。君子仅仅是依理而行事，事合于理就不再苛求；有事需要做就去做，做完了就不再想它，哪里会有显赫的声名呢？东海人徐君猷相公，以朝散郎之职任黄州知州。从来见不到他发怒，而州民不敢冒犯他；从来见不到他审察，而官吏们不敢哄骗他。一天到晚清闲无事，只有长啸歌咏。每到春天，他都和眉州人苏子瞻到安国寺游玩，在竹间亭饮酒为乐，采摘亭下的新茶，煮好后对饮。徐公离任后，安国寺高僧继连请我为竹间亭取个名字，我以“遗爱”二字作为亭名。当时巢谷从蜀中来到黄州，住在我家里，由于我的关系而见到了徐公。徐公让巢谷写篇记。巢谷心性愚笨朴厚，又是外来之客，哪能了解徐公？于是记下了一些道听途说的话，回来与我核对，我替他写下这篇记。

琼州惠通泉记

《禹贡》：“济水入于河，溢为荥河。”南曰荥阳河，北曰荥泽。沱、潜本梁州二水，亦见于荆州。水行地中，出没数千里外，虽河海不能绝也。唐相李文饶，好饮惠山泉，置驿以取水。有僧言长安昊天观井水与惠山泉通。杂以他水十馀缶试之，僧独指其一日：“此惠山泉也。”文饶为罢水驿。

琼州之东五十里曰三山庵，庵下有泉，味类惠山。东坡居士过琼，庵僧惟德以水饷焉，而求为之名，名之曰惠通。

元符三年六月十七日记。

【译文】《尚书·禹贡》说："济水流入黄河，又溢出支流叫做荥河。"南面的一支叫荥阳河，北面的称为荥泽。沱水、潜水原本是梁州境内的两条河，又出现在荆州境内。水在地上流淌，出出没没延伸到几千里外，即使是穿河过海也不能阻断它。唐朝宰相李德裕字文饶，喜欢饮惠山的泉水，曾专门备置车马运送泉水。有个和尚说："长安昊天观的井水和惠山的泉水地下相通。"李德裕盛了十几罐水来测试他，这个和尚指着其中一罐说："这罐里盛的是惠山泉水。"李德裕于是取消了运水的车子。

琼州州城南面五十里有个三山庵，庵下有一眼泉，泉水味道和惠山泉水很相似。东坡居士路经琼州时，庵中的和尚惟德用此水款待我，并请我为此泉取个名。我给它取名叫惠通。

元符三年六月十七日，苏轼记。

传神记

传神之难在目，顾虎头云："传形写影，都在阿堵中。"其次在颧颊。吾尝于灯下顾自见颊影，使人就壁模之，不作眉目。见者皆失笑，知其为吾也。目与颧颊似，馀无不似者。眉与鼻口，可以增减取似也。传神与相一道，欲得其人之天，法当于众中阴察之。今乃使人具衣冠坐，注视一物，彼方敛容自持，岂复见其天乎？凡人意思各有所在，或在眉目，或在鼻口。虎头云："颊上加三毛，觉精采殊胜。"则此人意思盖在须颊间也。优孟学孙叔敖抵掌谈笑，至使人谓死者复生。此岂举体皆似，亦得其意思所在而已。使画者悟此理，则人人可以为顾、陆。

吾尝见僧惟真画曾鲁公，初不甚似。一日，往见公，归而喜甚，曰："吾得之矣。"乃于眉后加三纹，隐约可见，作俯首仰视眉扬而頞蹙者，遂大似。南都程怀立，众称其能。于传吾神，大得其全。怀立举止如诸生，萧然有意于笔墨之外者也。故以吾所闻助发云。

【译文】传神最难之处在于眼睛。顾恺之曾说："画人物的肖像，就看此处如何。"其次之处在于颧骨脸颊。我曾在灯光下照出自己的脸颊，让人根据影子在墙壁上勾画下来，不画眉毛也不画眼睛，看见的人都禁不住笑出声来，知道画的就是我。一幅肖像只要眼睛和颧骨画得像，其他就没什么不像的了。眉毛和鼻子、嘴，都可以增几笔或减几笔使之相似。传神和观察人的神色气质道理相同，要想真正摸透一个人的特异之处，按理就应当在众人之中暗暗观察他。如今让他穿戴得齐齐整整坐在一处，注视着一件东西，他不自觉地收敛起平日的自然，力求稳重自持，哪里还能捕捉到他的神采？人们表现性格之处各自不同，有的主要在眉毛和眼睛，有的主要在鼻子或嘴巴。顾恺之说："脸颊上添画三根毛，会使人感到格外生动。"这就是说人的生动之处在脸颊上。优孟模仿孙叔敖拍打着手掌言谈笑语之态，竟让人感觉到如同孙叔敖死而复活。这岂止是形貌举止都相似，更重要的是把孙叔敖的神态掌握住了。如果能让学画的人都明白这番道理，那么人人都能够成为顾恺之、陆长康了。

我曾见到惟真和尚给鲁国公曾公亮画的像，最初看去不是很像。一天，惟真去谒见曾公，回来之后十分兴奋，说道："我弄清问题所在了。"于是在曾公像的眉毛后面加了三道细纹，隐隐约约可以看到，使曾公成为低头朝上看，眉毛扬起额头皱着的样子，于是与曾公本人酷似了。应天府人程怀立，众人都称之为绘画高手，他为我画的肖像，十分传神，没有一点不像。程怀立的行为作派像个太学生，而除了文字笔墨之外，又十分喜爱绘画，因此把我的所闻写下来，或许对他作画有些帮助和启发。

顺济王庙新获石砮记

建中靖国元年四月甲午，轼自儋耳北归，舣舟吴城山顺济龙王祠下。既进谒而还，逍遥江上，得古箭镞，槊锋而剑脊，其廉可刿，而其质则石也。曰："异哉，此孔子所谓楛矢、石砮，肃慎氏之物也。何为而至此哉？"传观左右，失手坠于江中。乃祷于神，愿复得之，当藏之庙中，为往来者骇心动目诡异之观。既祷，则使没人求之，一探而获。谨按《禹贡》：荆州贡砺、砥、砮、丹及箘、簵、楛，梁州贡璆、铁、银、镂、砮、磬。则楛矢、石砮，自禹以来贡之矣。然至春秋时，隼集于陈廷，楛矢贯之，石砮长尺有咫。时人莫能知，而问于孔子。孔子不近取之荆、梁，而远取之肃慎，则荆、梁之不贡此久矣。颜师古曰："楛木堪为笴，今豳以北皆用之。"以此考之，用楛为矢，至唐犹然。而用石为砮，则自春秋以来莫识矣，可不谓异物乎？兑之戈，和之弓，垂之竹矢，陈于路寝；孔子履藏于武库，皆以古见宝。此矢独非宝乎？顺济王之威灵，南放于洞庭，北被于淮泗，乃特为出此宝。轼不敢私有，而留之庙中，与好古博雅君子共之，以昭示王之神圣英烈不可不敬者如此。

【译文】建中靖国元年四月甲午，苏轼从琼州遇赦返回北土，停泊在吴城山顺济龙王庙之下。拜谒了龙王后返回舟中，在江上漫游徜徉，拾到了一枚古代的箭头，头上形状像槊，中棱像宝剑之脊，其锋利足以割破硬物，而其质料却是石头。我感叹说："真是奇异啊，这就是孔子所说的楛木箭和石箭头，本是北方肃慎部族所产，怎么会到了这里呢？"我把此物传给左右的人观看，一失手掉在江里。于是向龙神祷告，希望能重新得到它，我会把它供在龙王庙中，做为来往经过者饱眼福、动心性、足资传闻的一大奇观。祈祷完毕，便命会潜水的人入水寻找，刚下去就找到了。按照《尚书·禹贡》篇说：荆州贡献砺石、砥石、石箭、丹砂和箘竹、簵竹、楛荆，梁州贡献璆玉、铁、银、刚铁、石箭、磐。看来楛箭和石箭头，从大禹时代就作为贡品了。然而到了春秋时，有隼鸟聚集于陈国宫廷，楛矢穿透了它们的身体，石箭头长一尺有余。当时的人们不知道这是什么箭，所以向孔子询问。孔子不用近在荆州、梁州的贡品来回答，却用远方肃慎的贡品来作答，可见荆州、梁州已经很久不向天子贡献楛矢石砮了。颜师古说："楛木可以用做箭杆，如今豳州以北地区都用它做箭。"据此考证，用楛荆木做箭，到唐代还保留着这种传统。而用石头做箭头，从春秋以来就没人认识了，这难道还不能称为奇异之物吗？巧人兑制作的戈矢，陈列在天子、诸侯的正厅；孔子的鞋子收藏在武库，都是因为古老而被视为宝物。这枚箭难道不是宝物吗？和制作的弓，垂制作的竹顺济龙王的威灵，南达到洞庭湖，北普盖淮水泗水，竟特地现出这样一件宝物。苏轼不敢据为己有，把它留在顺济王庙里，与喜好古物广见博闻的儒雅君子共同享有它，并用来告知人们，龙王的神圣英伟是这样地不敢不敬。

熙宁手诏记

杨绘累奏，以罢谏职，坚求外补，及乞明加黜责。盖绘未深究朕意。绘疏迹远人，立朝寡识，不畏强御，知无不为。朕一见之，便知其忠直可信，故翌日即擢置言职，知任亦甚笃矣。今日除命，盖为难与曾公亮两立于轻重之间，故当且少避之。卿可请来，子细谕朕此意，令早承命，或示朕此札亦不妨。

熙宁元年三月，故翰林学士杨绘以知制诰、知谏院上疏论故相曾公亮事，先帝直其言，然未欲遽行也，故除公兼侍读。公力辞不已，乃以手诏赐今龙图阁学士滕公元发，使以手诏赐公。公卒不受命，而诏遂藏于家。是岁四月，复除公知谏院，会公以母忧去官。其后二十年，公没于杭州，丧过京师，其子久中以手诏相示，且请记之。

谨按：先帝临御之初，公与滕公，皆蒙国士非常之知。凡所以开心见诚相期于度外者，类皆如此。未究其用，为小人所诬，故困于外十有馀年。先帝谨于用法，故未即起公，然知之盖未始少衰也。使先帝尚在，公岂流落而不用终身者哉？悲夫！

元祐三年十一月十四日，翰林学士、朝奉郎、知制诰兼侍读臣某谨记。

【译文】杨绘多次上奏，因为被罢免了谏官的职务，他执意请求朝廷允许他到外地做官，并请求朝廷讲明罢免他的理由。其实杨绘并没有真正明白朕的心意。杨绘来自远方，很少与朝廷官员交往，在朝中没有几位熟识的大臣，他不怕高位强权，只要知道了什么，都会讲出来。朕一见到他，就知道他忠贞耿直值得信赖，所以第二天就要提升他担任言事之官，今天免除了谏官的任命，只是因他与曾公亮争执不下而使朕为难，所以让他稍微躲避一下。爱卿可把他请来，把朕的心意详细地传达给他，让他尽早接受朕给他的新命，或者把朕的这个手札给他看看也没关系。

熙宁元年二月，已故翰林学士杨绘以知制诰、知谏院之职论奏宰相曾公亮的失误，先皇帝认为他刚直不阿，然而并不想立即按他的奏请行事，所以改命杨公兼任侍读。杨公极力辞谢，先皇帝便将亲手所写的诏书交给今龙图阁学士滕公元发，命他把这份亲笔诏书赐给杨公。杨公最终没有接受新官的任命，可是却把这封皇帝手诏收藏在自己家中。这一年四月，朝廷又任命杨公重新知谏院，正巧杨公母亲病故，于是辞官守丧。此后二十年，杨公在杭州病故，在扶丧路过京城时，他的儿子杨久中把先皇帝亲笔诏书拿给我看，并请我为此写一篇记。

臣苏轼谨按：先皇帝即位初年，杨公和滕公元发，都以栋梁之材而深得天子的信任。其他那些肝胆相照，不计君臣尊卑的交往，大都和这份亲笔诏书相类似。杨公还没有来得及被重用，就受到小人的诬陷，所以困顿于京城之外十几年。先皇帝施用法度十分谨慎，所以没有立即召还重用杨公，然而对他的信任却丝毫没有减少。假如先皇帝如今仍然在位，杨公岂能终身不得重用而流落在京师之外？可悲啊！

元祐三年十一月十四日，翰林学士、朝奉郎、知制诰兼侍读臣苏轼记。

观妙堂记

不忧道人谓欢喜子曰："来，我所居室，汝知之乎？沉寂湛然，无有喧争，嗒然其中，死灰槁木，以异而同。我既名为观妙矣，汝其为我记之。"欢喜子曰："是室云何而求我？况乎妙事了无可观，既无可观，亦无可说。欲求少分可以观者，如石女儿，世终无有。欲求多分可以说者，如虚空花，究竟非实。不说不观，了达无碍，超出三界，入智慧门。虽然如是置之，不可执偏，强生分别，以一味语，断之无疑。譬用筌蹄，以得鱼兔，及施灯烛，以照丘坑。获鱼兔矣，筌蹄了忘，知丘坑处，灯烛何施？今此居室，孰为妙与？萧然是非，行住坐卧，饮食语默，具足众妙，无不现前。览之不有，却之不无，倏知觉知，要妙如此。当持是言，普示来者。入此室时，作如是观。"

【译文】不忧道人对欢喜子说："你过来，我的住室，你知道吗？它沉静寂寥，深湛空虚，没有喧闹，没有纷争，默然地安处其中，就如同死灰朽木，外表虽异，实质相同。我已为此堂取名为观妙，请你为我写篇记文。"欢喜子说："这样的住室还有什么可说求我的呢？况且你所说的妙事并没有什么可以看到的，既然什么也见不到，也就没有什么可说的。想找一点点可看的，就如同石女子，世间并不是真有。想找多些可看的，又如同虚空中的花，毕竟不是真实的。既不说话也不观看，那就四面通达毫无阻碍了，完全可以超脱欲界、色界、无色界，进入智慧之门。虽然道理如此，还不能偏执一端，生硬地做出分别。我今用一个例子，就能够把它说清，譬如用鱼网和猎犬来捕捉鱼兔，或者如点起灯烛来照见山丘土坑。鱼和兔子捉住了，鱼网和猎犬就可以忘却。山丘土坑已经看清，灯烛还有什么用处？如今你的居室，究竟妙在何处？是是非非，行住坐卧，饮水吃饭，言语沉默，如此种种，都是妙处所在，没有一样不出现在你的面前。察看它确实没有，遗落它却并非真的没有，不管你是猛然觉悟还是渐渐觉悟，总之真正的妙处就是如此。你应当用我这篇文字，普遍地告诉到你那里去的人。只要进到这间居室，就要用这样的观点来看待一切。”

法云寺礼拜石记

夫供养之具，最为佛事先，其法不一。他山之石，平不容垢，横展如席，愿为一座具之用。晨夕礼佛，以此皈依。当敬礼无所观时，运心广博，无所不在，天上人间以至地下，悉触智光。闻我佛修道时，刍泥巢顶，沾佛气分，后皆受报。则礼佛也，其心实重。有德者至，是礼也愿。一拜一起，无过父母。乘此愿力，不堕三途。佛力不可尽，石不可尽，愿力不可尽。三者既不可尽，二亲获福，生生世世，亦不可尽。今对佛宣白，惟佛实临之。

元祐八年七月中旬，内殿崇班马惟宽舍。

【译文】供养用的东西，是做佛事最重要的，用什么来敬佛，各人的方法都不相同。这块从别处山中运来的石头，平整光滑不染尘垢，纵横舒展像一张席子，愿敬献给佛祖当一个坐具。弟子早晚礼敬佛祖，以诚心皈依佛门。每当向佛礼敬目无所见时，就感到自己的心飘忽在广袤的空中，佛的力量无处不在，天上、人间乃至于地下，都能感受到佛祖智慧的光芒。听说我佛修道的时候，不论是喜鹊还是燕子，只要沾上佛的灵气，后来都得到了善报。所以礼敬佛祖，心的虔诚是最重要的。有德之人来到这里，也愿意诚心诚意地礼敬佛祖。

对佛祖的一拜一起，不亚于对父母的敬爱。乘着这誓愿的力量，使自己永不堕入三恶道。佛力不可能有尽，石不可能有尽，誓愿的力量也不可能有尽。三者都不可能有穷尽，那么双亲可以获得幸福，世世代代，幸福也无穷无尽。今天我对着佛祖虔诚坦吐，愿佛祖能真正听到我的心声。

元祐八年七月中旬，内殿崇班马惟宽施舍此石。

赵先生舍利记

赵先生棠本蜀人，孟氏节度使廷隐之后，今为南海人。仕至幕职，官南海。有潘冕者，阳狂不测，人谓之潘盎。南海俚人谓心风为盎。盎尝与京师言法华偈颂往来。言云：“盎，日光佛化也。”先生弃官从盎游，盎以谓尽得我道。盎既隐去，不知其所终，而先生亦坐化。焚其身，得舍利数升。轼与先生之子昶游，故得此舍利四十八粒。盎与先生异迹极多，张安道作先生墓志，具载其事。昶今为大理寺丞、知藤州。元丰三年十一月十五日，以舍利授宝月大师之孙悟清，使持归本院供养。

赵郡苏轼记

【译文】赵先生名棠，原籍蜀中，是后蜀孟昶时节度使赵廷隐的后代，现今为南海人。官做到州的属僚，在南海任职。有个叫潘冕的人，举止颠狂，谁也猜不出他的心思，人们都叫他潘盎。南海一带的士人称心受风为盎。潘盎曾和京城的言法华大师通过写作禅诗相互交往。言大师说：“潘盎是日光佛的化身。”赵先生抛弃了官职跟从潘盎游历，潘盎称赞他深得道法之妙。潘盎隐退后，谁也不知道他究竟到了何处，这时赵棠先生也去世了。尸体焚化之后，得到几升舍利子。苏轼和赵先生的儿子赵昶有所交往，所以得到了四十八颗舍利。潘盎和赵先生的神异事迹很多，张方平安道曾为赵先生作过墓志铭，把这些事迹都记录在墓志中了。赵昶现任大理寺丞、藤州知州。元丰三年十一月十三日，我将舍利子交给宝月大师的孙子悟清，拿回寺院中供养。

赵郡人苏轼记。

北海十二石记

登州下临大海，目力所及，沙门、鼍矶、车牛、大竹、小竹凡五岛。惟沙门最近，兀然焦枯。其余皆紫翠巉绝，出没涛中，真神仙所宅也。上生石芝，草木皆奇玮，多不识名者。又多美石，五采斑斓，或作金文。熙宁己酉岁，李天章为登守，吴子野往从之游。时解贰卿致政，退居于登，使人入诸岛取石，得十二株，皆秀色粲然。适有舶在岸下，将转海至潮。子野请于解公，尽得十二石以归，置所居岁寒堂下。近世好事能致石者多矣，未有取北海而置南海者也。

元祐八年八月十五日，东坡居士苏轼记。

【译文】登州城下面靠着大海，人眼所能见到的，有沙门、鼍矶、车牛、大竹、小竹共五个岛屿。其中沙门岛离州城最近，岛上一片焦枯，兀然隆起。而其他四个岛则全都是紫云环绕，草木苍翠，巉岩峭壁，伟美可观，在惊涛骇浪中时隐时没，真是神仙境界。岛上长着石芝，花草树木都新奇美妙，有不少叫不出名来。岛上还盛产美丽的石头，五彩斑斓，有的还是黄金色的纹理。熙宁二年，天章阁学士李师中任登州知州，吴子野跟随他游览。当时，少卿解宾王离开政府，退居在登州，派人到各岛上选取美石，得到了十二块，每块都璀烂夺目，十分可爱。此时正好有艘船停泊在岸边，准备由海路驶往潮州。吴子野向解公请求，结果带着这十二块美石回到潮州，放置在所住的岁寒堂外。近代喜好猎奇而采集美石的人很多，却没有从北方大海中取来而安置在南海之滨的。

元祐八年八月十五日，东坡居士苏轼记。

子姑神记

元丰三年正月朔日，予始去京师来黄州。二月朔至郡。至之明年，进士潘丙谓予曰："异哉。公之始受命，黄人未知也。有神降于州之侨人郭氏之第，与人言如响，且善赋诗，曰：'苏公将至，而吾不及见也。'已而，公以是日至，而神以是日去。"

其明年正月，丙又曰："神复降于郭氏。"予往观之，则衣草木为妇人，而置箸手中，二小童子扶焉。以箸画字曰："妾，寿阳人也，姓何氏，名媚，字丽卿。自幼知读书属文，为伶人妇。唐垂拱中，寿阳刺史害妾夫，纳妾为侍书。而其妻妒悍甚，见杀于厕。妾虽死不敢诉也。而天使见之，为直其冤，且使有所职于人间。盖世所谓子姑神者，其类甚众，然未有妾之卓然者也。公少留而为赋诗，且舞以娱公。"诗数十篇，敏捷立成，皆有妙思，杂以嘲笑。问神仙鬼佛变化之理，其答皆出于人意外，坐客抚掌。作《道调梁州》，神起舞中节。曲终，再拜以请曰："公文名于天下，何惜方寸之纸，不使世人知有妾乎？"余观何氏之生，见掠于酷吏，而遇害于悍妻，其怨深矣，而终不指言刺史之姓名，似有礼者。客至逆知其平生，而终不言人之阴私与休咎，可谓智矣。又知好文字而耻无闻于世，皆可贤者。粗为录之，答其意焉。

【译文】元丰三年正月初一，我动身离开京城去黄州。二月初一抵达黄州。到此地第二年，进士潘丙对我说："真怪。苏公刚刚接到任命来黄州时，黄州人并不知道这个消息。有位神仙下降到州中侨民郭氏家中，和人交谈声音十分洪亮，而且很会作诗，他说：'苏公马上就到这里，而我却来不及见到他。'后来果然苏公就在这一天来黄州，而神仙也恰在这一天离去。”

明年正月，潘丙又对我说：“神仙又下降到郭家了。”我前往郭家去观看，是位身披茅草和树皮的妇女，手里拿着筷子，两个小童扶着。用筷子画出字，写的是：“妾是寿阳人，姓何，名媚，字丽卿。从小懂得读书，会写文章，嫁给一个乐人为妇。唐垂拱年中，寿阳刺史杀死了我的丈夫，将我收纳为侍妾。他的妻子十分嫉妒凶悍，我被她杀死在茅厕中。妾虽然身死非命，不敢陈诉。后来天使见到了我，为我伸雪了冤屈，并命我到人间来管理某些事务。世上人称为子姑神的很多，但没有像我这样与众不同的。苏公请稍稍留步，妾将为苏公赋诗，并跳舞使苏公欢悦。”几十首诗，每首都是不加思索，随手而成，而且都构思奇妙，间或也有嘲讽调笑之语。我向她询问神仙鬼怪佛家变幻的奥理，她的回答往往出人意料，在坐者拍起手叫绝。我作了一首《道调梁州》曲，女神翩翩起舞，步步与节拍相合。一曲舞毕，女神向我叩拜并请求说：“苏公的文彩名传天下，哪能吝惜一片小纸，而不使世间的人知道我呢？”我看何氏生前被酷吏霸占，又被他凶悍的妻子杀死，她的怨愤可够深了，然而始终不明言这个刺史的姓名，看来是一位深通礼义的人。对待宾客，虽然对他的平生了如指掌，却始终不说人的隐私和吉凶，堪称是位智者。又喜好诗赋，为自己不能闻名于世而感到羞惭，都是值得称道的。这篇文字，算是答谢她的一番盛情。

天篆记

江淮间俗尚鬼。岁正月，必衣服箕帚为子姑神，或能数数画字。惟黄州郭氏神最异，予去岁作《何氏录》以记之。今年黄人汪若谷家神尤奇。以箸为口，置笔口中，与人问答如响，曰：“吾天人也。名全，字德通，姓李氏。以若谷再世为人，吾是以降焉。”箸篆字，笔势奇妙，而字不可识。曰：“此天篆也。”与予篆三十字，云是天蓬咒，使以隶字释之，不可。见黄之进士张炳，曰：“久阔无恙。”炳问安所识，答曰："子独不记刘苞乎？吾即苞也。"因道炳昔与苞起居语言状甚详。炳大惊，告予曰："昔尝识苞京师，青巾布裘，文身而嗜酒，自言齐州人。今不知其所在。岂真天人乎？"或曰："天人岂肯附箕帚为子姑神从汪若谷游哉？"予亦不以为然。全为鬼为仙，固不可知，然未可以其所托之陋疑之也。彼诚有道，视王宫豕牢一也。其字虽不可识，而意趣简古，非墟落间窃食愚鬼所能为者。昔长陵女子以乳死，见神于先后宛若，民多往祠。其后汉武帝亦祠之，谓之神君，震动天下。若疑其所托，又陋于全矣。世人所见常少，所不见常多，奚必于区区耳目之所及，度量世外事乎？姑藏其书，以待知者。

【译文】江淮一带的人迷信鬼神。每年正月，一定要用衣饰装扮箕帚，诸子姑神降附，有的神能数数写字。黄州郭氏家的神最不寻常，我去年写过一篇何氏录已记下了。今年黄州人汪若谷家的子姑神尤为奇异。用筷子摆成格子，把毛笔放在格子中，和人问答非常灵验，说："我是天神，姓李，名全，字德通。因为汪若谷转世为人，所以我降临他家。"用筷子画出篆字，笔力雄奇美妙，但这些字没法辨认是什么字。他又说："这是天篆。"给我写了三十个字。据称是天蓬元帅的咒语。我求他用隶书解释一下，他不答应。此神见到黄州进士张炳，对他说："阔别已久，别来无恙。"张炳问他在什么地方认识自己，神回答说："你怎么不记得刘苞了呢？我就是刘苞。"于是又详细地讲述了张炳早年和刘苞的交游谈论。张炳听罢大惊，告诉我说："往年在京师确曾结识过一个叫刘苞的人，此人头戴青头巾，身背布口袋，身上刻着花纹，很好喝酒，自称是齐州人。如今不知他往何处。难道真是天上的神仙吗？"有人说："天上的神仙怎能附在一个箕帚上面为子姑神和汪若谷这样的人同游？"我却并不以此为然。李全究竟是鬼还是仙没法知晓，但并不能因为他托身在箕帚上就疑其不真。他如果真得了道，在他看来，王宫和猪圈又有什么不同？这些字虽然认不得，但是古拙简明，饶有意味，他不是坟茔荒地里偷吃的愚鬼能写出来的。当年长陵女子因为婴儿死去祭祠。后来汉武帝也敬祀她，称她为神君，天下人都为之震动。如果怀疑神君的托身，那么究其原始，恐怕比李全更低贱。世上的人能亲眼见到的毕竟很少，而见不到的却往往很多，何必仅凭自己的见闻来揣度尘世以外的事呢？暂且收藏起这些篆字，来等待博学之人。

画水记

古今画水，多作平远细皱，其善者不过能为波头起伏。使人至以手扪之，谓有洼隆，以为至妙矣。然其品格，特与印板水纸争工拙于毫厘间耳。唐广明中，处士孙位始出新意，画奔湍巨浪，与山石曲折，随物赋形，画水之变，号称神逸。其后蜀人黄筌、孙知微，皆得其笔法。始，知微欲于大慈寺寿宁院壁作湖滩水石四堵，营度经岁，终不肯下笔，一日，仓皇入寺，索笔墨甚急，奋袂如风，须臾而成。作输泻跳蹙之势，汹汹欲崩屋也。知微既死，笔法中绝五十馀年。近岁成都人蒲永升嗜酒放浪，性与画会，始作活水，得二孙本意。自黄居寀兄弟、李怀衮之流，皆不及也。王公富人或以势力使之，永升辄嘻笑舍去。遇其欲画，不择贵贱，顷刻而成。尝与余临寿宁院水，作二十四幅，每夏日挂之高堂素壁，即阴风袭人，毛发为立。永升今老矣，画益难得，而世之识真者亦少。如往时董羽，近日常州戚氏画水，世或传宝之。如董、戚之流，可谓死水，未可与永升同年而语也。

元丰三年十二月十八日夜，黄州临皋亭西斋戏书。

【译文】古今画家画水，大都画得平淡清远，水面有细细的波纹，技艺高超的也不过能画出起伏的浪头。让人们用手去摸，如果人们说这画有凹处也有隆起，那就认为是最神妙的了。然而这种技艺，充其量只能和印板水纸画比比高低而已。唐僖宗广明年间，处士孙位才独出新意，画出奔腾狂涌的巨浪，和那高出巨石曲折相互表里，浪头随山而转，随石而击，画水的风格为一新，当时号称神逸。此后，蜀中人黄筌、孙知微都学到了他的笔法。当初，孙知微想在大慈寺寿宁院的墙壁上画四幅湖滩水石画，构思了一年，始终不肯动笔。有一天，他匆匆忙忙地奔入寺中，心急火燎地向人要笔墨，袖子甩得生风，片刻之间便画完了。此画的水势奔泻激荡，汹涌而下像要冲决屋宇。孙知微死了之后，此笔法中断了五十多年。近年成都人蒲永升酷好饮酒，疏狂放浪，他的性格与画风暗暗相合，开始创作流动跳跃的水画，深得孙位、孙知微之妙。上至黄居实、黄居宷兄弟、李怀衮等人，都比不上他的画精妙。王侯公卿和富豪大户有的仗势命他作画，蒲永升就会嘻嘻哈哈大笑着离去。碰到他想画的时候，不论是公卿还是平民请他画，他总是片刻间就画完。他曾为我临摹了寿宁院的水画，一共画了二十四幅，每到夏天把它们挂在厅堂四面的白墙上，就会感到凉风袭来，头发汗毛都竖起来了。蒲永升如今年纪已老，他的画更难觅得，而世上识得真妙之画的人也少了。比如往年的董羽，近年常州戚氏所画的水，不少人传阅珍藏他们的画。像董羽、戚氏的画，只能叫死水，不能和蒲永升的画相提并论。

元丰三年十二月十八日夜，苏轼戏书于黄州临皋亭西斋。

刻秦篆记

秦始皇帝二十六年，初并天下。二十八年，亲巡东方海上，登琅琊台，观日出，乐之忘归，徙黔首三万家台下，刻石颂秦德焉。二世元年，复刻诏书其旁。今颂诗亡矣，其从臣姓名仅有存者，而二世诏书具在。自始皇帝二十八年，岁在壬午，至今熙宁九年丙辰，凡千二百九十五年，而蜀人苏轼来守高密，得旧纸本于民间，比今所见，犹为完好，知其存者，磨灭无日矣。而庐江文勋适以事至密。勋好古善篆，得李斯用笔意。乃摹诸石，置之超然台上。夫秦虽无道，然所立有绝人者。其文字之工，世亦莫及，皆不可废。后有君子，得以览观焉。

正月七日甲子记。

【译文】秦始皇帝二十六年，荡平了诸侯，统一了天下。二十八年，亲自巡狩于东方海滨，登上琅琊台，观看海上日出，高兴得忘记了返回，于是将三万户民众迁到琅琊台下落户，并命人刻石盛赞秦朝的功德。秦二世元年，又在此石旁刻下了皇帝的诏书。如今歌颂秦政的诗句已经剥落了，当年随从始皇帝巡行的大臣姓名也没剩几个，而秦二世的诏书却全文保存下来。自从秦始皇帝二十八年的壬午年，到今天熙宁九年丙辰年，一共一千二百九十五年，蜀中人苏轼来任密州知州，在民间得到了一本旧日摹刻拓本，比今天所能见到的刻石更为完美，由此而知现存的刻石，剥蚀漫灭也不会是很久远的事了。庐江人文勋正担任密州从事官。文勋喜好古玩善于写篆字，深得李斯运笔之妙。于是照石刻临摹下来，放在超然台上。秦朝虽然残暴无道，但秦人所创立的某些制度规矩，倒很有些胜过别朝之处。该朝创立的篆字十分工巧，后代无法超越，这些都不能因其残暴而废弃不用。日后有博学的君子，可以欣赏秦的篆字了。

正月七日甲子，苏轼记。

雪堂记

苏子得废圃于东坡之胁，筑而垣之，作堂焉，号其正曰雪堂。堂以大雪中为之，因绘雪于四壁之间，无容隙也。起居偃仰，环顾睥睨，无非雪者。苏子居之，真得其所居者也。苏子隐几而昼瞑，栩栩然若有所适而方兴也。未觉，为物触而寤，其适未厌也，若有失焉。

以掌抵目，以足就履，曳于堂下。

客有至而问者曰："子世之散人耶，拘人耶？散人也而天机浅，拘人也而嗜欲深。今似系马而止也，有得乎而有失乎？"苏子心若省而口未尝言，徐思其应，揖而进之堂上。客曰："嘻，是矣，子之欲为散人而未得者也。予今告子以散人之道。夫禹之行水，庖丁之提刀，避众碍而散其智者也。是故以至柔驰至刚，故石有时以泐。以至刚遇至柔，故未尝见全牛也。予能散也，物固不能缚；不能散也，物固不能释。子有惠矣，用之于内可也。今也如猬之在囊，而时动其脊胁，见于外者，不特一毛二毛而已。风不可抟，影不可捕，童子知之。名之于人，犹风之与影也，子独留之。故愚者视而惊，智者起而轧，吾固怪子为今日之晚也。子之遇我，幸矣，吾今邀子为藩外之游，可乎？"

苏子曰："予之于此，自以为藩外久矣，子又将安之乎？"

客曰："甚矣，子之难晓也。夫势利不足以为藩也，名誉不足以为藩也，阴阳不足以为藩也，人道不足以为藩也。所以藩予者，特智也尔。智存诸内，发而为言，则言有谓也；形而为行，则行有谓也。使子欲嘿不欲嘿，欲息不欲息，如醉者之恚言，如狂者之妄行，虽掩其口执其臂，犹且喑呜局辠之不已，则藩之于人，抑又固矣。人之为患以有身，身之为患以有心。是圃之构堂，将以佚子之身也？是堂之绘雪，将以佚子之心也？身待堂而安，则形固不能释；心以雪而警，则神固不能凝。子之知既焚而烬矣，烬又复然，则是堂之作也，非徒无益，而又重子蔽蒙也。子见雪之白乎？则恍然而目眩；子见雪之寒乎？则竦然而毛起。五官之害，惟目为甚，故圣人不为。雪乎雪乎，吾见子知为目也。子其殆矣！"

客又举杖而指诸壁，曰："此凹也，此凸也。方雪之杂下也均矣。厉风过焉，则凹者留而凸者散，天岂私于凹而厌于凸哉？势使然也。势之所在，天且不能违，而况于人乎？子之居此，虽远人也，而圃有是堂，堂有是名，实碍人耳，不犹雪之在凹者乎？"

苏子曰："予之所为，适然而已，岂有心哉？殆也，奈何？"客曰："子之适然也，适有雨，则将绘以雨乎？适有风，则将绘以风乎？雨不可绘也，观云气之汹涌，则使子有怒心；风不可绘也，见草木之披靡，则使子有惧意。睹是雪也，子之内亦不能无动矣。苟有动焉，丹青之有靡丽，冰雪之有水石，一也。德有心，心有眼，物之所袭，岂有异哉？"

苏子曰："子之所言是也，敢不闻命？然未尽也，予不能默。此正如与人讼者，其理虽已屈，犹未能绝辞者也。子以为登春台与入雪堂，有以异乎？以雪观春，则雪为静；以台观堂，则堂为静。静则得，动则失。黄帝，古之神人也。游乎赤水之北，登乎昆仑之丘，南望而还，遗其玄珠焉。游以适意也，望以寓情也。意适于游，情寓于望，则意畅情出，而忘其本矣。虽有良贵，岂得而宝哉？是以不免有遗珠之失也。虽然，意不久留，情不再至，必复其初而已矣，是又惊其遗而索之也。余之此堂，追其远者近之，收其近者内之，求之眉睫之间，是有八荒之趣。人而有知也，升是堂者，将见其不溯而僾，不寒而栗，凄凛其肌肤，洗涤其烦郁，既无炙手之讥，又免饮冰之疾。彼其趦趄利害之途、猖狂忧患之域者，何异探汤执热之俟濯乎？子之所言者，上也；余之所言者，下也。我将能为子之所为，而子不能为我之为矣。譬之厌膏粱者，与之糟糠，则必有忿词；衣文绣者，被之皮弁，则必有愧色。子之于道，膏粱文绣之谓也，得其上者耳。我以子为师，子以我为资，犹人之于衣食，缺一不可。将其与子游，今日之事，姑置之以待后论。予且为子作歌以道之。"

歌曰：雪堂之前后兮，春草齐。雪堂之左右兮，斜径微。雪堂之上兮，有硕人之颀颀。考槃于此兮，芒鞋而葛衣。挹清泉兮，抱瓮而忘其机。负顷筐兮，行歌而采薇。吾不知五十九年之非而今日之是，又不知五十九年之是而今日之非。吾不知天地之大也，寒暑之变，悟昔日之癯而今日之肥。感子之言兮，始也抑吾之纵而鞭吾之口，终也释吾之缚而脱吾之鞿。是堂之作也，吾非取雪之势，而取雪之意。

吾非逃世之事，而逃世之机。吾不知雪之为可观赏，吾不知世之为可依违。性之便，意之适，不在于他，在于群息已动，大明既升，吾方辗转，一观晓隙之尘飞。子不弃兮，我其子归。

客忻然而笑，唯然而出，苏子随之。客顾而颔之曰："有若人哉！"

【译文】苏轼在黄州东坡的高冈处寻得了一座久已荒废的菜地，经过修整把它用墙围起来，建造了一处厅堂，为正屋取名叫雪堂。因此堂是在大雪这个节气中建造的，故而在堂屋的四面墙壁上都画满雪，几乎没有空隙。坐着躺着，环顾四面，没有见不到雪的。苏子住在这里，真可谓找到了最佳的住处。苏子伏在几上歇晌睡下，飘飘然像是想要到一个地方去刚刚起飞，还没有弄清要到哪里，被什么东西碰了一下醒了过来，因为要去的地方没有抵达，所以怅然若失。抬起手揉揉眼睛，伸出脚穿上鞋子，来到雪堂之下。

有位宾客来到并问我说："你是世间的懒散人呢，还是拘谨人呢？懒散人天赋悟性差，拘谨的人嗜好欲望多。如今就像是把马拴住，是有所得呢，还是有所失？"苏子心里像是明白他的意思但没有立即回答，而想慢慢考虑怎样回答他更好，于是朝他作了个揖把他让进雪堂内。宾客说："哈，我知道了，你是想成为懒散的人却还没做到。今天我来把做个散人的妙诀告诉你。大禹疏导洪水，庖丁操刀解牛，都是避开众多的阻碍而分散它们的智慧。因此用最柔软的东西对付最硬的东西，坚硬的石头也会剥蚀。用最硬的东西对付最柔软的东西，因此庖丁说他的眼里看不见完整的牛。如果我能做到懒散，就不受外界的束缚；我做不到懒散，外界也就将我我全部放开。你有聪明智慧，用在自身就足够了。如今像刺猬缩在肉囊里，不时地活动筋骨脊胁，表现在外面的，不过仅仅是一两根刺毛而已。风是不能揉成形的，影子是没法捕捉的，这是小孩子都知道的道理。名声对于人来说，就像是风和影子一样，而你还留恋着它。因此愚蠢之徒看见你就惊叹，有智谋的人就会起来攻击诬陷你，我真为你这么晚才退身到此感到奇怪。你今天碰上了我，是你的大幸，我如今就请你与我同到藩篱之外去游玩，你同意吗？”

苏子说：“我来到这里，自认为已经脱离樊笼很久了，你还要带我到什么地方去呢？”

宾客说：“此话差矣，你怎么这么难以说透。权势利禄不足以称为藩篱，名声赞誉不足以称为藩篱，阴阳寒暑不足以称为藩篱，人世道德不足以称为藩篱。能够牢笼我们的，不过是智慧罢了。智慧存在于躯体之内，从口中发出就成了语言，语言一定是有所指的。支使着身体就是行动，行动一定是有所趋向的。它使你想沉默又不能沉默，想要休息又不能休息，如同醉汉的怒骂，如同狂徒的胡闹，即使是捂住他的嘴，揪住他的胳膊，他还唔哩哇啦地叫个不停，乱踢乱踩闹个没完，这么说藩篱对于人来说，是坚固了。人惹来祸患是因为有个身躯，身体惹来祸患是因为有颗心。在这个园子上建造堂室，是准备安养你的自身吗？在堂室四壁画上白雪，是准备安养你的内心吗？身体借助于堂室才能安养，那么你的身体就不可能被外界事物全部放开。心借助于雪才能警醒，那么你的精神就不能凝聚。你的智慧虽然已经焚为灰烬，但仍可能死灰复燃，那么此堂的建造，不仅没有益处，反而加重你的蒙蔽。你看见了雪的洁白了吗？一片耀眼使人目眩。你看见了雪的寒冷了吗？令人汗毛都直竖起来。人体五官受到伤害，以眼睛受害最为严重，所以圣人从不用眼看雪。雪啊雪啊，我已看见它伤害你的眼睛了，你已经危险了。”

宾客又举起手杖指着四面墙壁，说道：“这个地方凹陷，这个地方凸起。当大雪纷纷扬扬往下飘的时候，各处的厚薄都是一样的。大风吹过雪面，凹陷的地方雪留了下来而凸起处的雪就被吹散了，难道是上天偏向着低处而厌弃高处吗？是形势所造成的。这种形势的存在，上天都没法违反，何况是人呢？你住在这里，虽然远远地避开了人，但是菜园子里有堂室，堂室有这么个名字，实在是于人有碍，这不就像是雪在凹陷之处吗？”

苏子说：“我的所做所为，不过是求个适意罢了，哪有什么用心？怎么能说我就危险了呢？”

宾客说：“你所说的适意，比如你对雨感到适意，就要画雨吗？

又比如你对风感到适意，就要画风吗？雨是不能画出的，你看见天上乌云汹涌，就会产生愤怒之感；风也是不能画出的，你看见地上草木被吹得伏倒折断，就会产生惧怕之感。如今看着这雪，你的内心能无所感受吗？如果心有所感，就说明绘画之中也有奢华，冰雪之内也有水石，道理是一样的。道德是由心表现的，心是由眼睛促成的，万物的因袭，难道有什么不同吗？

苏子说："你所说的话是对的，我岂敢不听从？然而我认为你还没把道理说透，因此我不能沉默不语。这就像是和人打官司，虽然已经理屈，但还没有词穷。请问先生，你认为登上供人游赏的高台和进入雪堂有什么不同吗？以雪来观察春色，雪就是静止的；以台来观察堂室，堂就是静止的。静就会有所得，动就会有所失。黄帝是古代的神仙。他游历赤水以北，登上昆仑高山，而后向南观望而回到南方，却失掉了纯真的道，游历是为了适意，南望是为了寄托情怀。心意适应了游历，感情适应了眺望，那么心意顺畅感情流露，忘掉了纯真的道。虽然有值得珍贵之物，又怎能得到并珍藏它呢？因此难免有失去道真的遗憾。虽然如此，心意不长久地留连外物，感情不再无限流露，必求恢复当初才肯罢休，这是为失去了道真而感到震惊要把它寻觅回来。我是想借这间雪堂，把远景收到近处，把近景收到堂中，睁开眼睛，就能略领天下四方的神趣。人是有知觉的，进了这间雪堂，就会见到他还没遇见风就感到噎气，还没遇见冷气就开始战栗，他的肌肤会感到凄寒，他的烦闷会感到被洗刷干净，既不会被烫到手的讥蔑，又免去了忧愁的疾患。那些在争权夺利之中挣扎进退、在忧愁患苦之中拼死摆脱的人，和用手试探开水等着洗手有什么两样？你所说的话是上策，我所说的话是下策，我能做到你那样，而你却做不到我这样。比如那些吃腻了精米好肉的人，你给他糠秕吃，他肯定会骂你；穿着美衣锦绣的人，你给他戴上一顶鹿皮冠，他肯定会感到羞愧。你所谈的道理，就好比是精米好肉、美衣绣服，可以说是上乘之论。我把你当做老师，你也必会把我当成一个说法讲道的对象，这就像人和衣食一样，缺一不可。我将跟随你出游，今天这事，暂且放开，等待以后再争论。我先为你作一首歌来说一说。"

我的歌词说：雪堂的前后春草萋萋十分整齐，雪堂的左右斜斜的小路仅容一人。雪堂之内啊，有个颀长高大的人。隐居在这里啊，穿着草鞋和麻衣。舀起清源的泉水啊，抱着陶瓮却忘记了装水。背起斜口的竹筐啊，边走边唱去采摘巢菜。我弄不清五十九年都错了只有现在才算对呢，还是五十九年并没错而现在才错。我不知道天地究竟有多大，寒暑怎样变，只考虑往日的清瘦而今天为什么反而肥胖。有感于先生一席之话，刚开始遏制我的放纵鞭打我的嘴巴，到后来解开了我的束缚脱去了我的缰绳。雪堂的建造，我并不是要取雪的情势，只是想取雪的寓意。我并不想逃避世上的事物，只是想躲开世上的机锋。我不知道雪可供人观赏，也不知道这个世上的反覆。性情的舒展，心意的闲适，并不在别处，而在于万物的萌动，日月的升起，我正在辗转之间，总算见到了佛晓的飞尘。如果你不嫌弃，我将依你的指点而行。

宾客欢快地一笑，告辞出门，苏子跟随着他。宾客回过头来点了点头，说："还有这样的人！"

卷七十九　传

陈公弼传

公讳希亮，字公弼，姓陈氏，眉之青神人。其先京兆人也，唐广明中始迁于眉。曾祖延禄，祖琼，父显忠，皆不仕。

公幼孤，好学。年十六，将从师。其兄难之，使治息钱三十馀万。公悉召取钱者，焚其券而去。学成，乃召其兄之子庸、谕使学，遂与俱中天圣八年进士第。里人表其闾曰“三隽坊”。

始为长沙县。浮屠有海印国师者，交通权贵人，肆为奸利，人莫敢正视。公捕置诸法，一县大耸。

去为雩都。老吏曾腆侮法粥狱，以公少年易之。公视事之日，首得其重罪，腆扣头出血，愿自新。公戒而舍之。会公筑县学，腆以家财助官，悉遣子弟入学，卒为善吏，而子弟有登进士第者。巫觋岁敛民财祭鬼，谓之春斋，否则有火灾。民讹言有绯衣三老人行火。公禁之，民不敢犯，火亦不作。毁淫祠数百区，勒巫为农者七十馀家。及罢去，父老送之出境，遣去不可，皆泣曰：“公舍我去，绯衣老人复出矣！”

以母老，乞归蜀。得剑州临津。以母忧去官。服除，为开封府司录。福胜塔火，官欲更造，度用钱三万万。公言陕西方用兵，愿以此馈军，诏罢之。先赵元昊未反，青州民赵禹上书论事，且言元昊必反。宰相以禹为狂言，徙建州。而元昊果反。禹自建州逃还京师，上书自理。宰相怒，下禹开封府狱。公言禹可赏不可罪。与宰相争不已，上卒用公言，以禹为徐州推官。且欲以公为御史。会外戚沈氏子以奸盗杀人事下狱，未服。公一问得其情，惊仆立死，沈氏诉之。诏御史劾公及诸掾史。公曰：“杀此贼者，独我耳。”遂自引罪坐废。

期年，盗起京西，杀守令。富丞相荐公可用，起知房州。州素无兵备，民凛凛欲亡去。公以牢城卒杂山河户得数百人，日夜部勒，声振山南。民恃以安，盗不敢入境。而殿侍雷甲以兵百馀人，逐盗至竹山，甲不能戢士，所至为暴。或告有大盗入境且及门，公自勒兵阻水拒之。身居前行，命士持满无得发。士皆植立如偶人，甲射之不动，乃下马拜，请死，曰："初不知公官军也。"吏士请斩甲以徇。公不可，独治为暴者十馀人，劳其馀而遣之，使甲以捕盗自赎。

时剧贼党军子方张，转运使使供奉官崔德赟捕之。德赟既失党军子，则以兵围竹山民贼所尝舍者曰向氏，杀其父子三人，枭首南阳市，曰："此党军子也。"公察其冤，下德赟狱。未服，而党军子获于商州。诏赐向氏帛，复其家，流德赟通州。

或言华阴人张元走夏州，为元昊谋臣。诏徙其族百馀口于房，讥察出入，饥寒且死。公曰："元事虚实不可知。使诚有之，为国者终不顾家，徒坚其为贼耳。此又皆其疏属，无罪。"乃密以闻，诏释之。老幼哭庭下，曰："今当还故乡，然奈何去父母乎？"至今张氏画像祠焉。

代还，执政欲以为大理少卿。公曰："法吏守文非所愿，愿得一郡以自效。"乃以为宿州。州跨汴为桥，水与桥争，率常坏舟。公始作飞桥，无柱，至今沿汴皆飞桥。

移滑州。奏事殿上，仁宗皇帝劳之曰："知卿疾恶，无惩沈氏子事。"未行，诏提举河北便籴。都转运使魏瓘劾奏公擅增损物价。已而瓘除龙图阁学士、知开封府。公乞廷辩。既对，上直公，夺瓘职知越州，且欲用公。公言臣与转运使不和，不得为无罪。力请还滑。会河溢鱼池埽，且决。公发禁兵捍之，庐于所当决。吏民涕泣更谏，公坚卧不动，水亦渐去。人比之王尊。是岁盗起宛句，执濮州通判井渊。上以为忧。问执政谁可用者，未及对，上曰："吾得之矣。"乃以公为曹州。不逾月，悉禽其党。

淮南饥，安抚、转运使皆言寿春守王正民不任职，正民坐免。诏公乘传往代之。转运使调里胥米而蠲其役，凡十三万石，谓之折役米。米翔贵，民益饥。公至则除之，且表其事。旁郡皆得除。又言正民无罪，职事办治。诏以复正民为鄂州。

徙知庐州。虎翼军士屯寿春者以谋反诛，而迁其馀不反者数百人于庐。士方自疑不安。一日，有窃入府舍将为不利者。公笑曰：“此必醉耳。”贷而流之，尽以其馀给左右使令，且以守仓库。人为公惧，公益亲信之。士皆指心，誓为公死。

提点刑狱江东，又移河北，入为开封府判官，改判三司户部勾院，又兼开拆司。荣州煮盐凡十八井，岁久澹竭，而有司责课如初。民破产籍没者三百一十五家。公为言，还其所籍，岁蠲三十馀万斤。三司簿书不治，其滞留者，自天禧以来，未帐六百有四。明道以来，生事二百一十二万。公日夜课吏，凡九月而去其三之二。

会接伴契丹使还，自请补外。乃以为京西转运使。石塘河役兵叛，其首周元自称周大王，震动汝、洛间。公闻之，即日轻骑出按。吏请以兵从，公不许。贼见公轻出，意色闲和，不能测，则相与列诉道周。公徐问其所苦，命一老兵押之，曰：“以是付叶县，听吾命。”既至，令曰：“汝已自首，皆无罪。然必有首谋者。”众不敢隐，乃斩元以徇，而流军校一人，其馀悉遣赴役如初。

迁京东转运使。潍州参军王康赴官，道博平。博平大猾有号截道虎者，殴康及其女几死，吏不敢问。博平隶河北，公移捕甚急。卒流之海岛，而劾吏故纵，坐免者数人。山东群盗，为之屏息。徐州守陈昭素以酷闻，民不堪命，他使者不敢按。公发其事，徐人至今德之。

移知凤翔。仓粟支十二年，主者以腐败为忧。岁饥，公发十二万石以贷。有司忧恐，公以身任之。是岁大熟，以新易陈，官民皆便之。于阗使者入朝，过秦州，经略使以客礼享之。使者骄甚，留月馀，坏传舍什物无数，其徒入市掠饮食，人户昼闭。公闻之，谓其僚曰：“吾尝主契丹使，得其情，虏人初不敢暴横，皆译者教之。吾痛绳以法，译者惧，则虏不敢动矣，况此小国乎！”乃使教练使持符告译者曰："入吾境，有秋毫不如法，吾且斩。若取军令状以还。"使者亦素闻公威名，至则罗拜庭下，公命坐两廊饮食之，护出诸境，无一人哗者。始，州郡以酒相饷，例皆私有之，而法不可。公以遗游士之贫者，既而曰："此亦私也。"以家财偿之。且上书自劾，求去不已。坐是分司西京。

未几，致仕卒，享年六十四。仕至太常少卿，赠工部侍郎。娶程氏。子四人：忱，今为度支郎中；恪，卒于滑州推官；恂，今为大理寺丞；慥，未仕。公善著书，尤长于《易》。有集十卷，《制器尚象论》十二篇，《辩钩隐图》五十四篇。

为人清劲寡欲，长不逾中人，面瘦黑。目光如冰，平生不假人以色，自王公贵人，皆严惮之。见义勇发，不计祸福，必极其志而后已。所至奸民猾吏，易心改行，不改者必诛。然实出于仁恕，故严而不残。以教学养士为急，轻财好施，笃于恩义。少与蜀人宋辅游，辅卒于京师，母老子少，公养其母终身，而以女妻其孤端平，使与诸子游学，卒与忱同登进士第。当荫补子弟，辄先其族人，卒不及其子慥。

公于轼之先君子为丈人行。而轼官于凤翔，实从公二年。方是时，年少气盛，愚不更事，屡与公争议，至形于言色，已而悔之。窃尝以为古之遗直，而恨其不甚用，无大功名，独当时士大夫能言其所为。公没十有四年，故人长老日以衰少，恐遂就淹没，欲私记其行事，而恨不能详，得范景仁所为公墓志，又以所闻见补之，为公传。轼平生不为行状墓碑，而独为此文，后有君子得以考览焉。

赞曰：闻之诸公长者，陈公弼面目严冷，语言确切，好面折人。士大夫相与燕游，闻公弼至，则语笑寡味，饮酒不乐，坐人稍稍引去。其天资如此。然所立有绝人者。谏大夫郑昌有言："山有猛兽，藜藿为之不采。"淮南王谋反，论公孙丞相若发蒙耳，所惮独汲黯。使公弼端委立于朝，其威折冲于千里之外矣。

【译文】先生名叫希亮，字公弼，姓陈，眉州青神县人。他的祖先原是京兆府人，在唐朝广明年间才迁到眉州居住。他的曾祖父叫延禄，祖父叫琼，父亲叫显忠，都没有作官。

先生自幼失去父亲，他很好学。十六岁那年，他要拜师学习。他的哥哥为难他，让他去收取三十多万的利息钱。陈公召集所有欠钱的人，当着他们的面把证券烧掉后返回。他学成之后，又把他哥哥的儿子陈庸、陈谕叫来，劝导他们也要努力学习。后来先生与他的侄子们都考中了天圣八年进士。乡里的人为了表彰他们，在他们家挂了一块“三隽坊”的匾额。

他开始是任长沙县令。那里的佛徒中有个叫海印的大师，结交有权有势的人，大肆获取不义之财，普通百姓都敢怒不敢言。陈公把他逮捕起来，绳之以法，全县都受到极大震动。

离开长沙，又到雩都县任县令。县里有个叫曾腆的老狱吏枉法卖人情，以为陈公年轻好对付。陈公上任那天，首先办治他的重罪。曾腆磕头磕得鲜血直流，愿意改过自新。陈公对他进行了教育后放了他。后来陈公修筑县里的学堂，曾腆拿出自己家里的钱帮助公家盖房，还让自己所有的子弟入校读书。曾腆终于成为好的官吏，他的子弟中也有考中进士的人了。县里靠巫术为生的男女们每年都要收取百姓的钱财祭祀鬼神，管这叫“春斋”，说不这样做就会发生火灾。民间有谣言说是有三个红衣老人负责点火。陈公把这件事禁止了，百姓不敢再祭鬼，但是也并没有着火。陈公捣毁了几百座滥设的祠庙，强迫七十多家以巫术为生的人从事农业生产。陈公离任的时候，当地父老乡亲送他出境，陈公让他们回去，可办不到，人们都哭着说：“大人丢下我们走了，红衣老人就又会出来了。”

陈公因为母亲年迈，请求回四川。得到剑州临津县县令的任命。后又因为母亲去世而辞去官职。为母亲守孝结束后，被任命为开封府司录。开封福胜塔被火烧毁，官府想重新建造，计划用钱三万万。陈公说陕西正在打仗，应当用这些钱来犒赏军队，于是朝廷下令停止建造福胜塔。当初赵元昊还没背叛朝廷时，青州有个叫赵禹的人谈论有关西夏的事，并且断言元昊一定会背叛。当时的宰相认为赵禹口吐狂言，把他流放到建州。可后来元昊果真反叛了宋朝，赵禹从建州逃回京城，向朝廷上书，自行辨解。宰相很生气，把赵禹关到开封府的监狱中。陈公说赵禹应当奖励而不应当治罪，与宰相争论不已，皇帝最终同意陈公的意见，任命赵禹为徐州推官。并且打算任用陈公作御史。正当这时，有个沈姓的外戚的儿子因为强奸盗窃杀人的罪行被关到监狱里，他不服罪。陈公只审问了一次，就得出实情。那个人由于极度恐惧而死去。沈家为此事上诉。皇帝让御史弹劾陈公和所有参与此案的人。陈公说："杀这个罪犯的，只我一个人。"因此，自己认罪罢免了官职。

过了一年，京西路发生盗贼叛乱的事件，他们杀害了州守和县令。富弼丞相推荐陈公可以任用，就赦免了他的罪过，任命他作房州的知州。房州平时没有守卫的兵士，百姓都惊慌害怕，想要逃走。陈公集合了把守监狱的牢卒和外来垦荒的农户共几百人，日夜训练警戒，声势震憾大山之南。百姓依靠他们得到安宁，强盗不敢进入房州境内。殿中侍御史雷甲率领士兵一百多人追逐强盗到了竹山，雷甲不能约束士兵，所到之处暴虐为患。有人报告说有强盗到来，而且快到门口了。陈公亲自率兵沿河排开阵势拒敌。他站在最前排，命令士兵把弓张满但不发射。士兵全都直立不动像木偶一样，任凭雷甲怎么射，他们都一动不动。雷甲只好下马跪拜，请求处死，说："我原本不知道大人所率领的是政府的军队。"官吏和士兵们都请求杀死雷甲和他的部下以昭示他们的罪行。陈公不同意，只惩治了作恶的十几个人，对其馀的人进行了劝慰并遣散了他们，让雷甲继续追捕盗贼来赎清自己的罪过。

那时有个大盗叫党军子的气焰很嚣张，转运使派遣供奉官崔德赟追捕他。德赟因为找不到党军子，就派兵包围竹山一个强盗们曾在他家住过的姓向的老百姓家，杀了他们父子三人，把他们的头颅割下来悬在南阳县的集市上，说："这就是党军子。"陈公发现了其中的冤情，把崔德赟逮捕下狱。崔德赟还没召认，党军子就在商州被擒获了。朝廷下诏书赐给向氏钱物，恢复向氏家园。把崔德赟流放到通州。

有传言说华阴人张元逃到夏州，成了赵元昊的谋臣。朝廷下令把张氏家族一百多口人迁徙到房州，命令监视他们的行动。那些人都快冻饿而死了。陈公说："原先传说的这件事，就真假难辨。既便真是事实，以国为重的人一定不会顾及家庭，这只能坚定他反叛朝廷的决心。何况这些又都是他较为疏远的亲属，也没有什么罪过。"于是秘密地向朝廷报告这件事。于是朝廷就下令释放这些人。张氏家族老老少少都在陈公门前痛哭，说："如今我们可以回故乡去了，可是我们怎么舍得离开像你这样的父母官呢？"直到如今，张氏家族仍旧挂着他的画像祭祀着他。

房州任满回到京城，执政官打算任命他做大理少卿。陈公说："做司法官员，研究法律条文，不是我的愿望，我愿作一个州郡的长官，以报效朝廷。"于是就任命他担任宿州的知州。宿州城内汴水上有一座桥，桥挡着水，经常毁坏舟船。陈公设计了没有柱子的飞桥，直到如今汴河沿线都是飞桥。

改任滑州知州。上殿奏事，仁宗皇帝慰劳他说："我了解你疾恶如仇，不要把因沈氏儿子死的事对你不公正的处理放在心上。"他还没有到滑州赴任，朝廷又改命他提举河北便籴。河北都转运使魏瓘弹劾举报陈公擅自抬高和降低物价。不久，魏瓘被升为龙图阁学士、知开封府，陈公请求与魏瓘在朝廷上辩论此事。辩论过后，皇帝认为陈公做得对，把魏瓘降职改命为越州知州，并且准备提拔陈公。陈公说自己与转运使不和，也不能算没有错误。极力请求仍赴滑州任。正好赶上黄河泛滥，从滑州的鱼池埽溢出，鱼池埽快要决堤了。陈公派遣军队护堤，就住在要决口的地方。官吏和百姓都哭着劝他离开，陈公坚持躺在那儿不动，后来洪水渐渐退去。人们都把他比作王尊。这一年强盗从宛句县发起叛乱，捉住了濮州通判井渊。皇上为此感到很忧虑，问执政的宰相可以任命谁到那儿去。宰相还没有来得及回答，皇上说："我找着人了。"于是任命陈公为曹州知州。不到一个月，就把那些强盗全部抓获。

淮南发生饥荒，安抚使和转运使都说，寿春府的知府王正民不称职，王正民被免职，朝廷下令陈公急速到任去代替他。转运使征调富户的粮米而免除他们的赋役，共征了十三万石，管这叫“折役米”。米价飞涨，百姓更加饥饿。陈公到了之后，就废除了这项征调，并且向皇上辨析了这件事的利弊。于是这项征调在其他州郡也都得以废除了。陈公又向皇上汇报王正民并没有什么罪过，职责之内的事都办得比较完满。于是朝廷恢复了王正民的官职，任命他为鄂州知州，又改庐州知州。

驻扎在寿春府的一部分虎翼军士兵以谋反被法办，其馀没有谋反的几百士兵被迁徙到庐州。士兵们都不知会被如何处置，心里惶惶不安。一天，其中一个人潜入官府要刺杀陈公。陈公笑着说：“他一定是醉了。”免去他的死罪而只是把他流放了。让其馀剩下的人在他周围使唤，还让他们看守仓库。别人都为陈公捏一把汗，可陈公却更加信任他们。这些士兵都指着心口，发誓为陈公而死。

后来担任江东路提点刑狱，又改任河北路提点刑狱，又回到京城任开封府判官，改任判三司户部勾院，又兼任开拆司。荣州煮盐的盐井共有十八眼，由于年代久远，井水干涸，可有关部门征收的赋税却仍同原来的一样。百姓破产被没收家产的有三百一十五家。陈公为他们请命，归还了他们的财产，并且每年减少征收三十多万斤。三司的帐本作得不全，来不及上帐的，自天禧年以来，错帐有六百零四笔，自明道年以来，造成的损失有二百一十二万。陈公日夜督促官吏，共九个月，就解决了三分之二。

陈公接伴契丹使回来之后，自己请求外任之职。就任命他为京西路转运使。石塘河修河的兵士叛乱，为首的叫周元，自称周大王，叛乱震动了汝州、洛阳一带。陈公听说后，当天就率领很少的人去察看此事。下属劝他带些士兵，陈公不同意。叛兵见陈公那么几个人来到，神色祥和，不摸底细。就在道边一起围在陈公周围诉说被迫作乱的原由。陈公仔细地询问他们的困难。命令一个老兵押解他们，说：“把他们送到叶县官衙，听我的发落。”到了那儿，下令说：“你们已经自首了，都无罪了。但是一定有首犯。”大伙儿不敢隐瞒。于是斩了周元以示众，并且流放了一个军校，其馀的人全部让他们继续去修河服役。

改任京东路转运使。潍州参军王康去赴任，路过博平县，博平有个叫“截道虎”的强盗，把王康和他的女儿殴打得几乎致死，当地官吏们都不敢过问这件事。博平县隶属于河北路。陈公发文书到河北，追捕很急，终于把那个强盗流放海岛，并且弹劾那些官吏有意纵容强盗，为这件事被免官的有好几个人。山东地方上的许多强盗都消声匿迹了。徐州知州陈昭向来以残酷闻名，百姓不堪忍受，其他转运使、提刑等都不敢管他，陈公揭发他的恶行。徐州人到如今还感激陈公。

改任凤翔府知府。仓库里的粮食已经过了十二年。主管仓库的人担心它们腐烂变质。恰好遇到灾年，陈公拨出十二万石粮食借给灾民以作救济。有关部门怕承担责任，陈公自己承担了这件事。那年获得大丰收，用新粮替换了陈旧的粮食，官府和百姓都获得了好处。于阗国的使者来朝拜，路过秦州，秦州的经略使以待客的礼节宴请他们。使者非常骄横，停留了一个多月，旅社的物品被损坏了不计其数。他的随从人员到市场上掠夺饮食物品，人们在白天都关起门来防备他们。陈公听说了这件事，对他的下属说：“我曾经主持接待过契丹使节，知道他们的情况。外国人起先不敢蛮横强暴，都是翻译教给他们的。我用法令严格惩治他们，那些翻译害怕了，外国人就不敢胡来了，更河况这些小国的使者了！”于是就教人拿着公文告诉翻译说：“进入我的境域，有一丝一毫不遵守法律，我就杀了他，你们拿军令状回去看看。”使者过去就听说过陈公的威名，到了凤翔府就到堂前来拜见，陈公让他们坐在两边走廊上给他们饮食。然后护送他们出了各个关口，没有一个敢喧哗的人。原来，州郡长官之间互相赠送酒食，都算给私人的了，但按朝廷的法令这是不允许的。陈公把这些酒食都送给了那些游于门下的贫穷之士，后来又醒悟了，说：“这也是据为私有。”就用家财赔偿了，并且上书检讨自己，多次请求罢任。因此分司西京。

没过多久，就退休去世了。享年六十四岁。官做到太常少卿，死后又赠他工部侍郎之职。他娶的是程姓的妻子。有四个儿子：陈忱，现在任度支郎中；陈恪，在滑州推官任上逝世；陈恂，现在任大理寺丞；

陈慥，没有做官。陈公善于著书立说，对于《易经》的研究尤其精深，有文集十卷，《制器尚象论》十二篇，《辨钩隐图》五十四篇。

陈公为人清白刚劲，欲望很少。身高不超过中等人，面瘦而色黑。目光冷冷如冰，平生不露喜怒之色，自王公贵人，都很怕他。陈公见义勇为，不考虑自身祸福，一定要达到他的目的才罢休。所到之处，那些奸邪的刁民和狡猾的官吏，都不得不改变心迹，不痛改前非的，一定会被治裁。但是这些做法都是出于仁爱之心，所以执法虽严，却并不残酷。陈公以教导学生、培养士子为当务之急。轻视财货，喜好施舍，凡事必以恩义为重。他年轻时和四川人宋辅交往。后来宋辅在京城去世，母亲年老儿子年幼，陈公终身赡养他的老母亲，又把自己的女儿嫁给宋辅的遗孤宋端平为妻，还让他和自己的几个儿子一同求学，终于使他与陈忱一同考中进士。每当受到朝廷恩典，可以为子弟补官时，他总是先把机会让给同族中其他的人，始终没有顾及到自己的儿子陈慥。

陈公是我先父的丈人。而且我在凤翔府任职，其实就是跟随陈公二年。那个时候，我年轻气盛，没经过事，有些愚蠢。经常与陈公争论事情，以至于言辞激烈，面红耳赤，后来很是后悔。我自己认为陈公很有古人那种耿直的品质，就是非常遗憾他没有被重用，没能建立更大的功业记载于史册，只有当时的士大夫能说出他的所作所为。陈公已经去世十四年了，他生前的同僚好友越来越少，我担心他的事迹日久淹没无闻，想私下把他的行踪仕宦记录下来，但遗憾的是所知不多，后来得到范公景仁所作的陈公墓志，又把自己的所见所闻加以补充，作了这篇陈公的传记。我平生不愿意写行状、墓碑一类的文章，但却写了这篇文章，以便后来的仁人君子能够得以了解陈公其人。

赞词说：听到诸位年老的相公说，陈公公弼面目严肃冷峻，语言信实坦率，喜好当面批评别人。士大夫们相邀饮宴游览，听说陈公公弼到来，就感到言谈笑语减少了滋味，饮酒的兴致也没有了，在坐的人一个一个地离去。他天性就是这样。但是他为人处世很有超人之处。谏议大夫郑昌曾经说过：“山里有猛兽，野菜也没有人采了。”淮南王刘安密谋反叛，谈论起丞相公孙弘等人，就像是训斥孩子一样，他所顾忌的只有汲黯。要是使陈公公弼在朝廷中端立，他的威仪一定会赫赫于千里之外。

方山子传

方山子，光、黄间隐人也。少时慕朱家、郭解为人，闾里之侠皆宗之。稍壮，折节读书，欲以此驰骋当世。然终不遇。晚乃遁于光、黄间曰岐亭。庵居蔬食，不与世相闻。弃车马，毁冠服，徒步往来山中，人莫识也。见其所着帽，方屋而高，曰："此岂古方山冠之遗像乎？"因谓之方山子。

余谪居于黄，过岐亭，适见焉。曰："呜呼！此吾故人陈慥季常也，何为而在此？"方山子亦矍然问余所以至此者。余告之故，俯而不答，仰而笑，呼余宿其家。环堵萧然，而妻子奴婢皆有自得之意。余既耸然异之。

独念方山子少时使酒好剑，用财如粪土。前十有九年，余在岐下，见方山子从两骑，挟二矢，游西山。鹊起于前，使骑逐而射之，不获。方山子怒马独出，一发得之。因与余马上论用兵及古今成败，自谓一世豪士。今几日耳，精悍之色，犹见于眉间，而岂山中之人哉！

然方山子世有勋阀，当得官，使从事于其间，今已显闻。而其家在洛阳，园宅壮丽与公侯等。河北有田，岁得帛千匹，亦足以富乐。皆弃不取，独来穷山中，此岂无得而然哉？

余闻光、黄间多异人，往往阳狂垢污，不可得而见，方山子傥见之与？

【译文】方山子，是光州、黄州一带的隐士。少年时，他羡慕朱家、郭解的为人，邻里中崇尚侠义的人，都把他尊为首领。长大成人后，他改变往日的作风，开始用心读书，想以此在世上有所作为。但是始终没有遇到机会，到了晚年，便隐遁在光州、黄州一带一个叫岐亭的地方。住的是茅草房，吃的是青菜，不再和世间的人来往。他放弃乘车骑马，不穿华丽的衣服，徒步活动在深山之中，人们都不知道他是谁。因为看见他戴的帽子是方形的，高高耸起，就说："这岂不是古代方山冠的模样吗？"因而就把他叫做方山子。

我被贬住在黄州，路过岐亭，正好遇见他，说："哎呀！这是我早年的朋友陈慥陈季常呀！怎么会在这里呢？"方山子也惊谔地问我为什么来到这里。我把原因告诉了他，他低下头不答话，而后仰起头来大笑，叫我住在他家。他家里四壁空空，但是他的妻子儿女以及奴仆婢女都有悠然自得之意。我对此深感惊奇。

暗自想起方山子少年时爱好喝酒，喜欢击剑，花起钱来像扔粪土一样。十九年以前，我在凤翔府时，曾见方山子带着两个骑马的少年，挽着两张弓，去游西山。一只鹊飞过面前，他命少年追上前去射鹊，没有射中，方山子愤然策马奔向前去，一箭射中。接着就和我在马上谈论用兵之道以及古往今来的胜败得失，自诩为当代豪杰。如今才过了几天啊，精壮骠悍的气色还深深留在眉宇之间，他哪里是山中的隐士呢！

然而方山子是有功勋的世族，理应得到官职，如果让他在仕途进取，如今早已应该显达于世了。而他家在洛阳，家中的园林宅院宏伟壮丽，可以和王公贵戚相媲美。河北还有田产，每年可得丝帛一千匹之多，也足够用来安享富贵了。但是他都抛弃不取，孤独地来到这穷山僻壤之中，这难道没有其中的道理吗？

我听说光州、黄州一带有不少奇人，他们往往是假装狂荡满身污垢，只是没有机会见到，方山子大概见到过吧？

率子廉传

率子廉，衡山农夫也。愚朴不逊，众谓之率牛。晚隶南岳观为道士。观西南七里，有紫虚阁，故魏夫人坛也。道士以荒寂，莫肯居者。惟子廉乐之，端默而已。人莫见其所为。然颇嗜酒，往往醉卧山林间，虽大风雨至不知，虎狼过其前，亦莫害也。

故礼部侍郎王公祐出守长沙，奉诏祷南岳，访魏夫人坛。子廉方醉不能起，直视公曰："村道士爱酒，不能常得，得辄径醉，官人恕之。"公察其异，载与俱归。居月馀，落漠无所言，复送还山，曰："尊师韬光内映，老夫所不测也，当以诗奉赠。"既而忘之。一日昼寝，梦子廉来索诗，乃作二绝句，书板置阁上。众道士惊曰："率牛何以得此？"太平兴国五年六月十七日，忽使谓观中人曰："吾将有所适，阁不可无人，当速遣继我者。"众道士自得王公诗，稍异之矣。及是惊曰："天暑如此，率牛安往？"狼狈往视，则死矣。众始大异之，曰："率牛乃知死日耶？"葬之岳下。

未几，有南台寺僧守澄自京师还，见子廉南薰门外，神气清逸。守澄问何故出山，笑曰："闲游耳。"寄书与山中人。澄归，乃知其死。验其书，则死日也。发其冢，杖屦而已。

东坡居士曰："士中有所挟，虽小技，不轻出也，况至人乎！至人固不可得，识至人者，岂易得哉！王公非得道，不能知率牛之异也。"居士尝作《三槐堂记》，意谓公非独庆流其子孙，庶几身得道者。及见率子廉事，益信其然。公诗不见全篇，书以遗其曾孙巩，使求之家集而补之，或刻石置紫虚阁上云。

【译文】率子廉是衡山的农民，因为他憨直朴实不受拘束，所以大家叫他率牛。晚年到南岳观做了道士。观西南方七里路的地方，有个紫虚阁，是古代女仙魏夫人的祭坛。因为地方荒凉，别的道士都不肯在那儿住，只有率子廉乐意去，每天只是端坐不说话，也没见他做什么事。但是他非常爱喝酒，经常喝醉了躺在林子里，大风大雨来了也不知道，老虎野狼路过他跟前，也不伤害他。

已去世的礼部侍郎王祐大人任长沙太守，奉了皇帝的圣旨来南岳做祈祷，顺便访游魏夫人祭坛。率子廉恰好喝醉了起不来，直瞪着王公说：“乡村道士爱喝酒，又不能常有的喝，一有了就只管喝醉，请大人原谅我。”王公看出这个人很奇异，就用车拉着他一同回来。在王公那儿住了一个多月，孤孤单单也没什么话说，王公又把他送回山里，并说：“师傅有很深的道行藏于内心之处，是我所不能窥测到的，我会写诗送给你。”但后来他把这承诺忘记了。有一天，王公白天休息，梦见率子廉来要诗，就写了两首绝句，抄在木板上放在紫虚阁中。那些道士都感到很惊奇，说：“率牛怎么能得到王大人的赠诗呢？”太平兴国五年六月十七日，他忽然让人对南岳观中的人说：“我要到别处去了，紫虚阁这儿不能没有人，赶快派接替我的人。”那些道士自从看见王公的赠诗，已经渐渐感到他非同一般了。听到这件事，很吃惊地说：“这么热的天，率牛到哪儿去呀？”大家一起去看他，原来已经死了。道士们感到更加吃惊，说：“率牛难道真知道他的死期吗？”把他埋葬在衡山脚下。

没过多长时间，南台寺有个法名叫守澄的和尚，从京城回来，在南薰门外遇到率子廉，见他神情清秀飘逸。守澄问他为什么从山里出来，率子廉笑着说：“闲游罢了。”守澄就把遇见率子廉这件事写信给山里的人。守澄回来后，才知道率子廉已经死去了，打开他的坟墓，发现里面只有拄杖、鞋袜之类的东西。

东坡居士说：“士大夫中要是有点本事，尽管是很小的技能，也不轻易拿出来给人看，何况是真正的有道之士呢！有道之人固然很难得，但能够看出有道之士的人，就容易找到吗？王公如果不是得道之人，他也不会知道率牛的非凡之处了。”东坡居士曾经写过一篇《三槐堂记》，意在说明王公并不是单单为子孙积善荫福，他自己大概就是一个得道的人。后来听说了他与率子廉的事，就更加相信这是真的了。王公的那两首诗没有见到全文，我把见到的这部分写出来送给他的曾孙王巩，让他从家藏的王公文集中搜求全文而补足它，或者把它们刻成石碑放在紫虚阁上。

僧圆泽传

洛师惠林寺，故光禄卿李憕居第，禄山陷东都，以居守死之。子源，少时以贵游子豪侈善歌，闻于时。及憕死，悲愤自誓，不仕不娶不食肉，居寺中五十馀年。

寺有僧圆泽，富而知音，源与之游，甚密，促膝交语竟日，人莫能测。一日，相约游蜀青城、峨嵋山。源欲自荆州溯峡，泽欲取长安斜谷路。源不可，曰："我已绝世事，岂可复道京师哉！"泽默然久之，曰："行止固不由人。"

遂自荆州路，舟次南浦，见妇人锦裆负罂而汲者，泽望而泣曰："吾不欲由此者，为是也。"源惊问之，泽曰："妇人姓王氏，吾当为之子，孕三岁矣，吾不来，故不得乳。今既见，无可逃者。公当以符咒助我速生。三日浴儿时，愿公临我，以笑为信。后十三年中秋月夜，杭州天竺寺外，当与公相见。"源悲悔而为具沐浴易服，至暮，泽亡而妇乳。三日，往视之，儿见源果笑。具以语王氏，出家财葬泽山下。源遂不果行，反寺中，问其徒，则既有治命矣。

后十三年自洛适吴，赴其约，至所约，闻葛洪川畔有牧童扣牛角而歌之。曰："三生石上旧精魂，赏月吟风不要论。惭愧情人远相访，此身虽异性长存。"呼问："泽公健否？"答曰："李公真信士。然俗缘未尽，慎勿相近。惟勤修不堕，乃复相见。"又歌曰："身前身后事茫茫，欲话因缘恐断肠。吴越山川寻已遍，却回烟棹上瞿塘。"遂去，不知所之。

后二年，李德裕奏源忠臣子，笃孝。拜谏议大夫，不就，竟死寺中，年八十。（此出袁郊所作《甘泽谣》，以其天竺故事，故书以遗寺僧。旧文烦冗，颇为删改。）

【译文】洛阳大师所住的惠林寺，是已故光禄卿李憕家的宅院，安禄山攻陷东都洛阳时，李憕当时身居东都留守不屈而死。他的儿子李源，少年时以贵家子弟豪侠而奢侈，善于唱歌，在当时很有名气。李憕死了之后，他悲愤不已，立下誓言，不做官、不娶妻、不吃肉，住在寺中五十多年。

寺里有位高僧法号圆泽，富足而且深通音律，李源和他交往十分密切，经常从早到晚促膝交谈，没有人知道他们谈论什么。一天，两人约定去游蜀地的青城山和峨嵋山。李源想从荆州逆水而上三峡，圆泽想取道长安斜谷路。李源不同意，说："我已经不再参与人世间的事，怎么能再经过京城呢？"圆泽沉默了许久，说："人的行踪是不由自己的意志的。"

于是就选定走荆州路，乘船到了南浦，看见一个提水的妇人，她漂亮的裤子掩盖着大肚子，圆泽看见她就哭着说："我不想从这儿走的原因，就是为这个啊。"李源惊奇地问他缘故，圆泽说："这个妇人姓王氏，我应当成为她的儿子，她怀孕已经三年了，我一直不来投胎，所以她也一直不能生育。如今既然见到她，我也没法逃避了。你念咒语帮助我赶紧投生。我生后三日浴儿的时候，请你来看我，我会向你微笑作为凭证。过十三年后的中秋节夜晚，我在杭州天竺寺外，再与你相见。"李源怀着悲痛后悔的心情为圆泽洗浴更衣。到了晚上，圆泽亡寂，而那个妇人就生产了。过了三天，李源到那妇人家去看新生儿，那婴儿见李源果真笑起来。李源把前因后果都告诉了那个妇人，并且拿出自己的家财把圆泽埋葬在山下。李源于是不再继续前行，返回寺中，向圆泽的徒弟们询问他的情况，原来圆泽临走时对后事已有所交待了。

过了十三年，李源自洛阳去吴地，赶赴他们当初的约会，到了约定的地方，听到葛洪川边有个牧童敲着牛角在唱歌。唱得是："三生石上旧精魂，赏月吟风不要论。惭愧情人远相访，此身虽异性长存。"李源叫住他问："泽公身体还好吗？"牧童回答说："李公真是守信用的人。但是因为我在世俗的缘份还没有完，请慎重些千万别接近我。只有勤加修练不堕凡尘，才能再相见。"又唱道："身前身后事茫茫，欲话因缘恐断肠。吴越山川寻已遍，却回烟棹上瞿塘。”就离开李源，不知道到哪儿去了。

又过了两年，宰相李德裕上奏朝廷，说李源是忠臣的后代，非常孝顺。朝廷拜他做谏议大夫，他没有接受，最终死在寺中，年八十。（这个故事出自唐人袁郊的《甘泽谣》，因为它写的是佛家故事，所以写出来送给寺中的僧人。袁氏的原作文辞拉杂冗长，我进行了部分修改。）

杜处士传

杜仲，郁里人也。天资厚朴，而有远志。闻黄环名，从之游。因陈曰：“愿辅子半夏，幸仁悯焉，使得旋复自古扬榷。”环曰：“子言匪实，宜蚤休，少从容，将诃子矣。”仲曰：“人之相仁，虽不百合，亦自然同，况吐新意以前乎？吾闻夫子雌黄冠众，故求决明于子，今子微衔吾，为其非侪乎？”曰：“吾如贫者，食无馀粮，独活久矣。子今屑就，何以充蔚子乎！苟迹子之素狂，若所请亦大激矣。试闻子之志也。”曰：“敢问士何以益智？行何以非廉？先王不留行者何事也？”曰：“此匪子解也。夫得所托者，犹之射干临于层城也。居非地者，犹之困于蒺藜也。今子宛如《易》之所谓‘井渫不食’也。非扬淘之而欲其中空清，是坐恒山而望扶桑耳，势不可及已。使投垢熟艾以求别当世，则与之无名异矣。某蒙甚，愿子白之。”曰：“吾自通微，预知子高良，故谩矜子以短而欲乱子言，子能详微意，知所激刺，亦无患子矣。虽然，泽兰必馨，今王明苟起子为赤车使者，且将封子，子甘从之乎？”曰：“吾大则欲伏神以安息，小者吾殊于众而已矣。虽登文石摩螭头不愿也。古人有三聘而起松萝者，迫实用也。余将杜衡门以居之，为一白头翁，虽五加皮币于我，如水萍耳，岂当归之哉？”环曰：”然。世有阴险以求石斛之禄者，五味子之言可也，虽吾亦续随子矣。”

或斥之曰：“船破须筎，酒成于麴也，犹君之录英才也。彼贪禄角进者，可诮之也。若夫踯躅而还乡，甘遂意于丁沉，则吾之所谓独行之民，可使君子怀宝，乌久居此为哉！

余爱仲善依人，而嘉环能发其心，故录之为传。

【译文】杜仲，是郁里人。他天资纯厚朴实，而有远大志向。他听说黄环很有名气，就和他交往。对他说：“我想求得您半个夏天的教诲，希望您能够垂顾应许，使我能多多了解古往今来的为人准则。”黄环说：“你这个话不可信，趁早打消这个念头，你再缠着我，我可要训斥你了。”杜仲说：“人与人之间的仁义交往，虽然不可能事事都彼此吻合，也大致相差不多，更何况是在讲出自己的主张之前呢？我听说夫子您以善于言谈出众，所以想向您讨教，如今看来您有些嫌弃我，您认为我与您不是同类吗？”黄环说：“我就像个穷汉，吃了上顿没有下顿，就这样孤零零地生活了许久，现在您不嫌弃而到我这里来请教，我拿什么满足您呢！如果按您一贯的高傲品格来推测，您今天要对我说的可能会对我大有激励。我愿洗耳恭听您的高见。”杜仲说：“冒昧地问先生一句，当今的士子们为什么比古人更加聪明？而行为却更加没有廉耻？前代的君王为什么不挽留那些辞官的士人呢？”黄环说：“这不是你能解释的。一个士人能够得到一块寄身之地，就好比射干长在高城之上。如果那个地方不适合他，就好比被困扰在蒺藜刺中。如今您就像《周易》当中说的‘井渫不食’一样，不经过扬弃淘洗却幻想内心的清净，这就像是坐在恒山上远望扶桑，根本不可能看见。假使把熟艾投在污垢中来求得与世俗有别，那就和原本世俗没有区别了。我实在感到迷惑不解，希望听听您的高见。”杜仲说：“我原本就知道其中的奥妙，预见到您是高人良士，所以故意激您，使您的言语混乱。看来您能深知我的本意，了解我所说的要害之处，也就对您没什么担忧了。虽然如此，常言说，水边的兰草必定会吐出芬芳，如今君王要是明明白白地告诉您要启用您为赤车使者，还将要封赏您，您会心甘情愿地接受吗？”又说：“从大的方面说，我只想安神静气以求清净。从小的方面说，我也不过想做到与芸芸众生有所不同就满足了。既便是让我登上文石扬名，攀上螭头显赫，我也不愿意。古人也有经多次征召而走出草野当官的，但那只是迫于朝廷的逼迫。而我只想关起门来安居，当一个悠闲自在的白头老翁，就是拿多少聘礼来征召我，我也不过把它们看成是水中的浮萍罢了，难道可以为此入朝吗？”黄环说：“对，世上确实有那种玩弄阴谋而求取官禄的人，我反复品味您的话，是很有道理的，如今连我也愿意跟随您的行踪了。”

有人驳斥他的话说：“船漏了要钉补，酒是麴子酿成的，这就好比君王简选贤人才士。那些贪图利禄、不择手段以求取进用的人，固然应该受到讥诮。而像您这样大摇大摆地退居乡野，心甘情愿地隐没世间，人们通常所说的有特立独行的人，可以使君子心怀美德，怎么可以长久地住在乡间呢！”

我喜爱杜仲善于选择榜样，也赞许黄环能够倾吐真情启发别人，所以记录下来作为传记。

[译者按]这篇文章十分特殊，它是用众多的药名联缀而成的。如：“杜仲”，为药名；“郁里人也”，郁李仁为药名；“天资厚朴”，厚朴为药名；“而有远志”，远志为药名；“闻黄环名”，黄环为药名；“因陈日”，茵陈为药名；“愿辅子半夏”，半夏为药名；“幸仁悯焉”，杏仁为药名；“子言匪实”，榧实为药名；“少从容”，苁蓉为药名；“将诃子矣”，诃子为药名；“虽不百合”，百合为药名；“亦自然同”，自然铜为药名；“况吐新意以前乎”，辛夷为药名；“吾闻夫子雌黄冠众”，附子、雌黄、贯众为药名；“故求决明于子”，决明子为药名；“食无馀粮”，禹馀粮为药名；“独活久矣”，独活为药名；“何以充蔚子乎”，充蔚子为药名；“苟迹子之素狂”，枸杞子为药名；“若所请示大激矣”，大戟为药名；“敢问士何以益智”，益智仁为药名；“行何以非廉”，飞廉为药名；“先王不留行者何事也”，王不留行为药名；“此匪子解也”，榧子为药名；“犹之射干临于层城也”，射干为药名；“犹之困于蒺藜也”，蒺藜为药名；“非扬淘之而欲其中空清”，羊桃、空

青为药名；"是坐恒山而望扶桑"，恒山为药名；"使投垢熟艾以求别当世"，熟艾为药名；"预知子高良"，高良姜为药名；"故谩矜子以短"，蔓菁子为药名；"泽兰必馨"，泽兰为药名；"今王明苟起子为赤车使者"，枸杞子为药名；"吾大则欲伏神以安息"，伏神、安息为药名；"古人有三聘而起松萝者"，松萝为药名；"余将杜衡门以居之"，杜衡为药名；"为一白头翁"，白头翁为药名；"虽五加皮币于我"，五加皮为药名；"岂当归之哉"，当归为药名；"世有阴险以求石斛之禄者"，石斛为药名；"五味子之言可也"，五味子为药名；"虽吾亦续随子矣"，续随子为药名；"彼贪禄角进者"，鹿角筋为药名；"若夫踯躅而还乡"，踯躅为药名；"甘遂意于丁沉"，丁沉为丁香、沉香之合称，为药名；"可使君子怀宝"，使君子为药名；"乌久居此为哉"，乌韭为药名等。

万石君罗文传

罗文，歙人也。其上世常隐龙尾山，未尝出为世用。自秦弃诗书，不用儒学。汉兴，萧何辈又以刀笔吏取将相，天下靡然效之，争以刀笔进，虽有奇产，不暇推择也。以故罗氏未有显人。

及文，资质温润，缜密可喜，隐居自晦，有终焉之意。里人石工猎龙尾山，因窟入见，文块然居其间，熟视之，笑曰："此所谓邦之彦也，岂得自弃于岩穴耶？"乃相与定交，磨砻成就之，使从诸生学；因得与士大夫游，见者咸爱重焉。

武帝方向学，喜文翰，得毛颖之后毛纯为中书舍人。纯一日奏曰："臣得幸收录以备任使。然以臣之愚，不能独大用。今臣同事，皆小器顽滑，不足以置左右，愿得召臣友人罗文以相助。"诏使随计吏入贡。蒙召见文德殿，上望见，异焉。因玩弄之曰："卿久居荒土，得被漏泉之泽，涵濡浸渍久矣，不自枯槁也。"上复叩击之，其音铿铿可听。上喜曰："古所谓玉质而金声者，子真是也。"使待诏中书。

久之，拜舍人。

是时墨卿、楮先生，皆以能文得幸，而四人同心，相得欢甚。时人以为文苑四贵。每有诏命典策，皆四人谋之。其大约虽出于上意，必使文润色之，然后琢磨以墨卿，谋画以毛纯，成，以受楮先生，使行之四方远夷，无不达焉。上尝叹曰："是四人者，皆国宝也。"然重厚坚贞，行无瑕玷，自二千石至百石吏，皆无如文者。命尚方以金作室，以蜀文锦为荐褥赐之。其后于阗进美玉，上使以玉作小屏风赐之，并赐高丽所献铜瓶为饮器。亲爱日厚，如纯辈不敢望也。

上得群才用之，遂内更制度，修律历，讲郊祀，治刑狱；外征伐四夷，诏书符檄礼文之事，皆文等预焉。上思其功，制诏丞相、御史曰："盖闻议法者常失于太深，论功者常失于太薄。有功而赏不及，虽唐虞不能以相劝。中书舍人罗文，久典书籍，助成文治，厥功茂焉。其以歙之祁门三百户封文，号万石君，世世勿绝。"

文为人有廉隅，不可犯，然搏击非其任，喜与老成知书者游。常曰："吾与儿辈处，每虑有玷缺之患。"其自爱如此。以是小人多轻疾之。或谗于上曰："文性贪墨，无洁白称。"上曰："吾用文掌书翰，取其便事耳。虽贪墨，吾固知，不如是亦何见其才？"自是左右不敢复言。

文体有寒疾，每冬月侍书，辄面冰不可运笔。上时赐之酒，然后能书。

元狩中，诏举贤良方正。淮南王安举端紫，以对策高第，待诏翰林，超拜尚书仆射，与文并用事。紫虽乏文采，而令色尤可喜，以故常在左右，文浸不用。上幸甘泉，祠河东，巡朔方，紫常扈从，而文留守长安禁中。上还，见文尘垢面目，颇怜之。文因进曰："陛下用人，诚如汲黯之言，后来者居上耳。"上曰："吾非不念尔，以尔年老，不能无少圆缺故也。"左右闻之，以为上意不悦，因不复顾省。

文乞骸骨伏地，上诏使驸马都尉金日磾翼起之。日磾，胡人，初不知书，素恶文所为，因是挤之殿下，颠仆而卒。上悯之，令宦者瘗于南山下。

子坚嗣。坚资性温润，文采缜密，不减文，而器局差小。起家为文林郎，侍书东宫，昭帝立，以旧恩见宠。帝春秋益壮，喜宽大博厚者，顾坚器小，斥不用。坚亦以落落难合于世，自视与瓦砾同。昭帝崩，大将军霍光以帝平生玩好器用后宫美人置之平陵。坚自以有旧恩，乞守陵，拜陵寝郎。后死葬平陵。

自文生时，宗族分散四方，高才奇特者，王公贵人以金帛聘取为从事舍人，其下亦与巫医书算之人游，皆有益于其业，或因以致富焉。

赞曰：罗氏之先无所见，岂左氏所称罗国哉？考其国邑，在江汉之间，为楚所灭。子孙疑有散居黟、歙间者。呜呼！国既破亡，而后世犹以知书见用，至今不绝，人岂可以无学术哉！

【译文】罗文，是歙州人。他的祖先很长时间都在龙尾山里隐居，从没到山外来作官。自秦朝以来抛弃诗书，不用儒学。汉朝夺取政权后，萧何等人又从那些熟悉刑法律令的官吏中选拔将相，天下的士人都极力效仿，争先恐后地研读律令，以求进用。其他人既使是有超人的才干，也顾不上选拔任用。所以罗氏家族没有显达的人。

到了罗文这一代，他的天资气质温和圆润，行事缜密受人敬爱。罗文隐居不出，打算终生都这样过下去。他的同乡石工到龙尾山打猎，找到他住的石窟，进去看他。罗文孤独地坐在里面。石工仔细地打量着他，笑着说："这就是人们说的国中的俊杰啊，怎么能自己把自己弃置在岩洞里呢？"于是与罗文交为朋友，准备磨练造就他，让他跟随诸生学习。因而罗文有机会与士大夫交往，认识他的人都很敬重他。

汉武帝时提倡儒学，喜欢有文采学术的人。访得毛颖的后代毛纯，任命他为中书舍人。有一天毛纯上奏说："我很幸运被皇上收录以备任用趋使。可是以臣的愚蠢，不能单独承担重要的使命。如今我的同事，都是心胸狭窄，顽固奸滑的人，不应当让他们在您身边。我想把我的朋友罗文请来帮助我。”武帝就下令让罗文跟随考察官吏的官员进京入见。罗文在文德殿被皇上召见，皇上看见罗文，感到很奇异。很欣赏地说：“你在荒山野岭住了那么久，得到山野中泉水的滋润很长时间了吧，容貌也不干枯。”皇上又敲他的头部，那声音铿铿作响，十分好听。皇上高兴地说：“古人所说的玉质而金声，我看你就是这样的人啊。”命他在中书省待诏。过了很久，又拜为中书舍人。

那时墨卿和楮先生都以文章写得好而得到皇帝的宠幸，于是四个人同心协力，相处得又很融洽。当时的人都称他们为文苑四贵。每当有诏令典策，都是四个人共同谋划。这些诏书的大旨都是皇上的意思，但他们总是让罗文润色，然后让墨卿推敲，让毛纯策划，写成之后，交给楮先生，把它们发布给四方边远的蛮夷，没有一次不是准确地表达圣意的。皇上曾经感叹说：“这四个人，都是国家的珍宝。”而论起行为厚重，志节坚贞，品行无瑕，上自二千石的高官，下至百石的小吏，没有能与罗文相比的。皇上命内廷用黄金建造屋室，用蜀地的文锦做成褥垫赏赐给他。后来于阗国贡进美玉，皇上命人用这些玉作成小屏风赐给罗文，还赐给他高丽国所献的铜瓶作为饮酒的器皿。对他的宠爱日益深厚，毛纯等人都不敢和他相比。

武帝得到众多的人才，于是就在朝廷内部改革制度，修订律历，提倡祭祀，严格法律；对外则征伐周边国家。所有的诏书、讨伐檄文、礼节文书之类的文件，都是罗文等人参预制定的。皇上思念他的功劳，向丞相和御史下诏书说：“我听说谈论条法的人常常对人苛责太深，议论功劳的人常常赏赐太薄。有的人有很大的功劳可是却得不到应有的赏赐，那么就是唐尧虞舜一类的人也不能得到激励。中书舍人罗文，执掌法典书籍，协助朝廷以礼仪道德治国，功劳巨大。以歙郡祁门县的三百户封赏给罗文，称号为万石君，世世代代永不废除。”

罗文人品端庄，不可侵犯，不喜欢习武，而愿意和老成博学的人交往。常说：“我和年少不经事的人相处，总是害怕会有玷污我声誉的事情发生。”他的自爱达到如此程度。所以邪佞的小人大都害怕他。有的人向皇帝进谗言说：“罗文品性贪婪，没有廉洁的声誉。”皇上说："我用罗文掌管书籍文章，只是为了有益于朝廷大事。虽然他有贪婪的缺点，我也了解，但不用他怎么能发挥他的才干呢？"从此后其他人就不敢再说了。

罗文身体有怕冷的病，每到冬季奉命书写，动不动就面部冰冷，不能运笔。皇上经常赐给他热酒，他喝下之后才能书写。

元狩年中，朝廷下诏选举贤良方正。淮南王刘安举荐端紫，端紫以对策高高中选，被任命执掌文翰，越级提拔为尚书仆射，与罗文做同样的工作。端紫虽然缺乏文采，但言谈十分机敏灵巧，惹人喜爱，所以经常得以在皇帝身边，罗文渐渐不被重用。武帝去甘泉宫，到河东去祭祀，巡视朔方，端紫经常得以跟随，而罗文却被留在长安的宫中守候。武帝回到长安，看见罗文满脸尘土的样子，心中也很不忍。罗文乘机对武帝说："陛下用人，就像汲黯所说的，后来者居上。"武帝说："我不是不顾念你，因为你年纪大了，而人不可能没有聚散。"左右的人听了，以为皇上不喜欢罗文了，也就不再看望照顾他了。

罗文跪在地上乞求辞官回乡，皇上命驸马都尉金日磾从旁边把他扶起来。金日磾是胡人，从来不读书，一向厌恶罗文的所作所为，因此把他挤搡到殿外，罗文摔倒在地上死了。皇上十分怜悯他，命官官把他葬在南山下。

罗文的儿子罗坚承袭了他的爵位。罗坚天性温和圆润，文采周密严谨，水平不在罗文之下，只是心胸气度不及罗文。最初任文林郎，后担任太子的学官。昭帝即位后，因为过去的恩义被宠信。昭帝长大之后，喜欢性情笃厚、襟怀博大的人，觉得罗坚器量狭小，所以贬斥而不任用他。罗坚也由于自己落落寡合，难容于世，自暴自弃，把自己看得与瓦砾一样。昭帝死后，大将军霍光把昭帝生前的玩好器用以及后宫的美人安置在平陵。罗坚自以为与昭帝有恩义，乞求守陵，拜为陵寝郎。后来死在那里，也埋葬在平陵。

还在罗文活着的时候，罗氏宗族子弟就分散到四面八方。其中有奇异才能的人，王公贵族用金帛聘用为从事舍人；才能稍低的人也大都和问卦行医、能写会算的人交游，于他们的家业都有所补益，有些人就是凭这些技艺而富裕起来。

赞词说：罗氏家族的祖先不见于史书记载，难道就是《左传》中所提到的罗国的后裔吗？考察那个侯国，在长江汉水之间，后来被楚国吞并。罗氏的子孙可能有散居在黟、歙一带的。啊！国家已经败亡，而后代子孙还有凭着读书得到任用，至今没有断绝，这样看来，世人难道可以不学无术吗！

江瑶柱传

生姓江，名瑶柱，字子美，其先南海人。十四代祖媚川，避合浦之乱，徙家闽越。闽越素多士人，闻媚川之来，甚喜，朝夕相与探讨，又从而镌琢之。媚川深自晦匿，尝喟然谓其子孙曰："匹夫怀宝，吾知其罪矣。尚子平何人哉！"遂弃其孥，浪迹泥途中，潜德不耀，人莫知其所终。媚川生二子，长曰添丁，次曰马颊。始来鄞江，今为明州奉化人。瑶柱，世孙也。

性温平，外悫而内淳。稍长，去襮颣，颀长而白皙，圆直如柱，无丝发附丽态。父友庖公异之，且曰："吾阅人多矣。昔人梦资质之美有如玉川者，是儿亦可谓瑶柱矣。"因以名之。生寡欲，然极好滋味合口。不论人是非，人亦甘心焉。独与峨嵋洞车公、清溪遐丘子、望湖门章举先生善，出处大略相似，所至一坐尽倾。然三人者，亦自下之，以谓不可及也。

生亦自养，名声动天下，乡闾尤爱重之。凡岁时节序，冠婚庆贺，合亲戚，燕朋友，必延为上客。一不至，则慊然皆云无江生不乐。生颇厌苦之，间或逃避于寂寞之滨。好事者，虽解衣求之不惮也。至于中朝达官名人游宦东南者，往往指四明为善地，亦屡属意于江生。

惟扶风马太守不甚礼之，生浸不悦。跳身武林，道感温风，得中干疾。为亲友强起，置酒高会。座中有合氏子，亦江淮间名士也，辄坐生上，众口叹美之。曰："闻客名旧矣。盖乡曲之誉，不可尽信，韩子所谓面目可憎语言无味者，非客耶？客第归，人且不爱客而弃之海上，遇逐臭之夫，则客归矣，尚何与合氏子争乎？"生不能对，大惭而归，语其友人曰："吾弃先祖之戒，不能深藏海上，而薄游樽俎间，又无馨德，发闻惟腥，宜见摈于合氏子，而府公贬我，固当从吾子游于水下。苟不得志，虽粉身亦何憾。吾去子矣。"已而果然。其后族人复盛于四明，然声誉稍减云。

太史公曰：里谚有云："果蓏失地则不荣，鱼龙失水则不神。"物固且然，人亦有之。嗟乎瑶柱，诚美士乎？方其为席上之珍，风味蔼然，虽龙肝凤髓，有不及者。一旦出非其时而丧其真，众人且掩鼻而过之，士大夫有识者，亦为品藻而置之下。士之出处不可不慎也，悲夫！

【译文】先生姓江，名瑶柱，字子美，祖先是南海人。他的十四代祖明叫媚川，为躲避合浦的战乱，全家迁徙到闽越一带居住。闽越这一带历来有很多读书人，听说媚川来到此处，非常高兴，从早到晚在一起探讨学问，还深入地仔细研究。媚川却深深地隐藏自己真实的水平，他曾感叹地对他的子孙们说："一个人要是有了超凡的才能，我知道定会招来灾祸。尚子平，那是何等聪明的人哪！"于是就离开他的孩子，浪迹于泥淖之间，把自己的学问品德隐藏起来，人们都不知道他死在何方。媚川生了两个儿子，长子叫添丁，次子叫马颊。从他们这一辈起，就来到鄞江，如今成了明州奉化人。江瑶柱是媚川的后世子孙。

江瑶柱性情温和平易，外表朴实内心淳厚。长大后，脱去表面的瑕疵，身材颀长，面色白皙，躯体圆直如柱，绝不是那种故意修饰的美态。他父亲的朋友庖公感到很奇异，就说："我见的人多了。过去有人梦见天资气质的美态有像玉川的人，这个小儿真可以说是琼瑶玉柱。"因此就以瑶柱为名。江瑶柱平生没什么其他的欲望，但是特别喜欢迎合别人的口味。而从不计较别人的是非，所以别人也就真心喜爱他。他和峨嵋洞的车公、清溪的遐丘子、望湖门的章举先生特别友好，行踪也差不多，凡去的地方，满坐的人都为之倾倒。但是其他三个人，都自以为在江瑶柱之下，认为比不上他。

江瑶柱也很注意修养自己，他的名声惊动四方，本乡的邻居们尤其喜爱他。只要是逢到喜庆的节日，冠礼婚礼等庆贺的日子，请亲戚，宴朋友，都要请他做为上宾。要是他一次不到，就觉得不满意，都说没有江生不热闹。江瑶柱对这些宴会也感到很辛苦和厌烦，有时也躲到人家找不到的地方。但有一些喜欢热闹的人，虽然找得满身大汗也不在乎。至于朝廷中那些高官名流到东南一带做官的人，也都认为四明是好地方，对江瑶柱很感兴趣。

只有扶风郡的马太守对江瑶柱不太礼貌，使江瑶柱感到很不顺心，于是就脱身去往杭州，路上受了风，得了失水的干病。亲友强拉他起来，去参加酒宴。宴席中有个姓合的年轻人，也是江淮一带的名士，就坐在他上边的座位，大家都感叹赞美。又对江瑶柱说："听到您的名声很久了。但是乡间的那些赞美之辞，不能全信，就像韩子所说的面目可憎、语言无味的人，难道不是你吗？你只管回去，人家已经不喜欢你而把你抛弃到海边，碰到如蝇逐臭的人，才会把你请回去，你怎么还能跟合生争高下呢？"江瑶柱不能回答，满面羞惭回到住处，对他的朋友说："我抛弃了祖宗的告戒，没能够深深隐藏在海边，却意志薄弱，回到了酒宴之间。又缺乏美德，发出的只有浓浓的腥味，被合氏后生挤在下座，也真是应得的下场。而太守大人贬抑我，本来就应当跟随您游历于海边。如果不得志，即使是粉身碎骨又有什么可遗憾的呢？我现在就要离您而去了。"后来江瑶柱果然走了。此后他的宗族子弟又在四明兴盛起来，但是声望渐渐地降低了。

史官说：乡间有首民谣说："瓜果蔬菜离开了土地就不繁茂，鱼龙离开了水就没有神通。"万物一理，人也是这样。唉，江瑶柱也算是优秀的人物了，当他在宴席上被视为尊贵客人时，风采翩翩，既使是龙肝凤髓这样的珍品，也自怕比不得他。一旦出来的不是时候而丧失他本来的真面目，大家就捂着鼻子躲开他，士大夫中有了解他的人，也因为他品行不高而把他安排在下座。由此看来，士人的出处不可以不慎重，可悲啊！

黄甘陆吉传

黄甘、陆吉者，楚之二高士也。黄隐于泥山，陆隐于萧山。楚王闻其名，遣使召之。陆吉先至，赐爵左庶长，封洞庭君，尊宠在群臣右。久之，黄甘始来，一见，拜温尹平阳侯，班视令尹。

吉起隐士，与甘齐名，入朝久，尊贵用事。一旦吉位居上，甘心衔之，群臣皆疑之。会秦遣苏轸、锺离意使楚，楚召燕章华台。群臣皆与甘坐上坐。吉咈然谓之曰："请与子论事。"甘曰："唯唯。"吉曰："齐、楚约西击秦，吾引兵逾关，身犯霜露，与枳棘最下者同甘苦，率家奴千人，战季洲之上，拓地至汉南而归。子功孰与？"甘曰："不如也。"曰："神农氏之有天下也，吾剥腹剖肝，怡颜下气，以固蒂之术献上，上喜之，命注记官陶弘景状其方略，以付国史，出为九江守，宣上德泽，使童儿亦怀之。子才孰与？"甘曰："不如也。"吉曰："是二者皆出吾下，而位吾上，何也？"甘徐应之曰："君何见之晚也。每岁太守劝驾乘传，入金门，上玉堂，与虞荔、申椙、梅福、枣嵩之徒列侍上前，使数子者口呿舌缩，不复上齿牙间。当此之时，属之于子乎？属之于我乎？"吉默然良久曰："属之于子矣。"甘曰："此吾之所以居子之上也。"于是群臣皆服。岁终，吉以疾免。更封甘子为穰侯，吉之子为下邳侯。穰侯遂废不显，下邳以美汤药，官至陈州治中。

太史公曰：田文论相吴起说，相如回车廉颇屈，侄欲弊衣尹姬悔。甘吉亦然。传曰："女无好丑，入宫见妒；士无贤不肖，入朝见嫉。"此之谓也。虽美恶之相辽，嗜好之不齐，亦焉可胜道哉！

【译文】黄甘、陆吉，是楚国的二位高士。黄甘隐居于泥山，陆吉隐居于萧山。楚王听说了他们的名字，就派遣使者把他们召到朝廷中来。陆吉先到，赐给他的爵位是左庶长，封为洞庭君，对他的尊敬宠爱在群臣之上。过了很久，黄甘才来，楚王一见到黄甘，就拜他为温州太守、平阳侯，班位和令尹相当。

陆吉起家于隐士，与黄甘齐名，入朝时间长，地位尊贵，手握大权。忽然间陆吉位居其上，黄甘心里很嫉恨他，大臣们对这件事也都感到很疑惑。正好秦国派遣苏轸、锺离意出使楚国，楚王在章华台宴请秦国使者。大臣们都和黄甘坐在上坐。陆吉心怀不满，对黄甘说："我请求与你辨论这件事。"黄甘说："好吧。"陆吉说："齐国、楚国约定向西攻打秦国，我率领军队过关，冒着风霜雨露，在最恶劣的环境下与士兵同甘共苦，率领家奴一千多人，在季洲打仗，把疆土开拓到汉水以南才回来。你的功劳能与我比吗？"黄甘说："在这方面，我不如你。"陆吉又说："神农氏统治天下的时候，我剥腹剖肝，面带笑容、低声下气地献上固国之策，主上很高兴，命令注记官陶弘景记叙我的谋略，并把它交给史官。又任命我为九江太守，宣谕主上的圣德恩泽，使得小孩子都怀念主上。你的才华能与我比吗？"黄甘说："我不如你。"陆吉说："这两方面你都不如我，可是地位却在我之上，这是为什么呢？"黄甘慢条斯理地回答说："你怎么到现在才入朝呢？每年我这个郡太守乘着驿车入京进奉，进金马门，上玉堂，和虞荔、申梠、梅福、枣嵩等恭恭敬敬地排列在皇上眼前，使其他索然无味之辈缩口吐舌，使皇上不再欣赏它们。遇到这个时候，是把这件事交给你来办呢？还是交给我来办呢？"陆吉沉默了很久说："当然是交给你来办。"黄甘说："这就是我之所以位居于你之上的原因。"于是群臣们都心服了。年末，陆吉因为疾病免去官职。楚王又加封黄甘的儿子为穰侯，陆吉的儿子为下邳侯。穰侯一族渐渐地衰败无闻，下邳侯因为医术好，官做到陈州治中。

史官说：田文议论拜吴起为宰相时说，蔺相如转回车马谦让廉颇，廉颇后来知道自己错了，于是负荆请罪；尹姬的侄儿被迫穿起破旧的衣服，后来尹姬为此深深懊悔。黄甘和陆吉的事也是如此。经传中说："女子不分好看难看，只要被选入宫一定会被人嫉妒；士大夫不分才能高低，只要入朝做官也一定会被人嫉妒。"说的就是这种情况。虽然美恶之间有很大差别，各人对它们的取舍也不一样，可是细细讲来，也真有说不尽的奥妙啊！

叶嘉传

叶嘉，闽人也，其先处上谷。曾祖茂先，养高不仕，好游名山，至武夷，悦之，遂家焉。尝曰："吾植功种德，不为时采，然遗香后世，吾子孙必盛于中土，当饮其惠矣。"茂先葬郝源，子孙遂为郝源民。

至嘉，少植节操。或劝之业武。曰："吾当为天下英武之精，一枪一旗，岂吾事哉！"因而游见陆先生。先生奇之，为著其行录传于时。方汉帝嗜阅经史，时建安人为谒者侍上，上读其行录而善之，曰："吾独不得与此人同时哉！"曰："臣邑人叶嘉，风味恬淡，清白可爱，颇负其名，有济世之才，虽羽知犹未详也。"上惊，敕建安太守召嘉，给传遣诣京师。

郡守始令采访嘉所在，命赍书示之。嘉未就，遣使臣督促。郡守曰："叶先生方闭门制作，研味经史，志图挺立，必不屑进，未可促之。"亲至山中，为之劝驾，始行登车。遇相者揖之，曰："先生容质异常，矫然有龙凤之姿，后当大贵。"

嘉以皂囊上封事。天子见之，曰："吾久饫卿名，但未知其实尔，我其试哉！"因顾谓侍臣曰："视嘉容貌如铁，资质刚劲，难以遽用，必槌提顿挫之乃可。"遂以言恐嘉曰："碪斧在前，鼎镬在后，将以烹子，子视之如何？"嘉勃然吐气，曰："臣山薮猥士，幸惟陛下采择至此，可以利生，虽粉身碎骨，臣不辞也。"上笑，命以名曹处之，又加枢要之务焉。因诫小黄门监之。有顷，报曰："嘉之所为，犹若粗疏然。"上曰："吾知其才，第以独学未经师耳。"嘉为之，屑屑就师。顷刻就事，已精熟矣。

上乃敕御史欧阳高、金紫光禄大夫郑当时、甘泉侯陈平三人与之同事。欧阳疾嘉初进有宠，曰：“吾属且为之下矣。”计欲倾之。会天子御延英促召四人，欧但热中而已，当时以足击嘉，而平亦以口侵陵之。嘉虽见侮，为之起立，颜色不变。欧阳悔曰：“陛下以叶嘉见托，吾辈亦不可忽之也。”因同见帝，阳称嘉美而阴以轻浮訾之。嘉亦诉于上。上为责欧阳，怜嘉，视其颜色，久之，曰：“叶嘉真清白之士也。其气飘然，若浮云矣。”遂引而宴之。

少选间，上鼓舌欣然，曰：“始吾见嘉，未甚好也，久味其言，令人爱之，朕之精魄，不觉洒然而醒。《书》曰：‘启乃心，沃朕心。’嘉之谓也。”于是封嘉钜合侯，位尚书，曰：“尚书，朕喉舌之任也。”由是宠爱日加。朝廷宾客遇会宴享，未始不推于嘉。上日引对，至于再三。

后因侍宴苑中，上饮逾度，嘉辄苦谏。上不悦，曰：“卿司朕喉舌，而以苦辞逆我，余岂堪哉！”遂唾之，命左右仆于地。嘉正色曰：“陛下必欲甘辞利口然后爱耶？臣虽言苦，久则有效。陛下亦尝试之，岂不知乎！”上顾左右曰：“始吾言嘉刚劲难用，今果见矣。”因含容之，然亦以是疏嘉。

嘉既不得志，退去闽中，既而曰：“吾未如之何也，已矣。”上以不见嘉月馀，劳于万机，神薾思困，颇思嘉。因命召至，喜甚，以手抚嘉曰：“吾渴见卿久矣。”遂恩遇如故。上方欲南诛两越，东击朝鲜，北逐匈奴，西伐大宛，以兵革为事。而大司农奏计国用不足。上深患之，以问嘉。嘉为进三策，其一曰：榷天下之利，山海之资，一切籍于县官。行之一年，财用丰赡。上大悦。兵兴有功而还。上利其财，故榷法不罢，管山海之利，自嘉始也。

居一年，嘉告老。上曰：“钜合侯，其忠可谓尽矣！”遂得爵其子。又令郡守择其宗支之良者，每岁贡焉。嘉子二人，长曰抟，有父风，故以袭爵。次子挺，抱黄白之术，比于抟，其志尤淡泊也。尝散其资，拯乡闾之困，人皆德之。故乡人以春伐鼓，大会山中，求之以为常。

赞曰：今叶氏散居天下，皆不喜城邑，惟乐山居。氏于闽中者，盖嘉之苗裔也。天下叶氏虽夥，然风味德馨为世所贵，皆不及闽。闽之居者又多，而郝源之族为甲。嘉以布衣遇天子，爵彻侯，位八座，可谓荣矣。然其正色苦谏，竭力许国，不为身计，盖有以取之。夫先王用于国有节，取于民有制。至于山林川泽之利，一切与民。嘉为策以榷之，虽救一时之急，非先王之举也，君子讥之。或云管山海之利，始于盐铁丞孔仅、桑弘羊之谋也，嘉之策未行于时，至唐赵赞，始举而用之。

【译文】叶嘉，是闽地人，他的祖先居住在上谷。他曾祖父名叫茂先，修养高深不做官，好周游名山大川，到了武夷山，很喜欢这个地方，就在这里安了家。他曾经说："我种植功德，不是为了当世被人采纳，然而遗留这些美德给后代，我的子孙一定会在中原兴盛起来，那时就会得到我积下的阴德了。"茂先葬在郝源，他的子孙就成了郝源人。

到了叶嘉，他年轻时就培养自己的节操。有人劝他习武。他说："我将来是要做天下英雄豪杰中的精英，舞枪弄旗，难道是我干的事吗！"所以去拜见陆先生。先生感到叶嘉的行为志向不同寻常，就把他的行为记录下来传播于世。正好那时汉帝喜欢阅读经史方面的书籍，有个担任谒者的建安人侍奉皇上，皇上读了有关叶嘉的行录后，对叶嘉十分赞赏说："我怎么不得和这个人同时呢！"那个建安人说："我的同乡人叶嘉，风格恬淡，为人清白，受人敬爱，他也自认为大有可为，有济世的才能，从文章上了解他，恐怕很难真正知道他的才干。"皇上很吃惊，于是命建安太守宣召叶嘉，并拨给官府的车马让他到京师进见。

郡守开始命令寻找叶嘉的住处，并写信给他。叶嘉没来，朝廷又派遣使者督促他。郡守说："叶先生正在闭门著书，研读经史，志在挺立于当世，一定不屑于进朝，不要督促他太急了。”于是郡守亲自到了山中叶嘉的住处，劝他起程赴京，叶嘉这才登车上路。路上遇到一个看相的人向他作揖，并说：“先生容貌气质非同一般，神情朗朗，具有龙凤一般的姿态，以后一定会得到很高的地位。”

叶嘉用黑色的丝囊向皇帝上奏一些议论。天子见到他，说：“我很久就听说您的大名，但不知实际怎样，我想来试你一试！”天子看着那些侍臣们说：“看上去叶嘉的容貌像铁一样冷峻，容貌气质十分刚劲，不能马上就任用他，必须对他进行槌打挫折之后才可以使用。”于是就恐吓叶嘉说：“前面有刀斧，后面有油锅，要把你烹掉，你会怎么样呢？”叶嘉奋然吐了一口气，说：“我是山野里的卑贱之士，有幸被陛下选择到了朝堂之上，如果我的死可以有利于生民，那么粉身碎骨，我也在所不辞。”皇上笑了，命他担任名曹长官，又加给他机要的职务。暗中命令黄门太监察看他的举动。过了不久，太监回报说：“叶嘉做事，好像有些粗疏的样子。”皇上说：“我知他的才干，只是由于独自学习，没有经过名师指点罢了。”叶嘉开始做事，那些琐碎的小事都向师傅请教。过了没多久，再做事，就已经精通熟练了。

于是皇上命御史欧阳高、金紫光禄大夫郑当时、甘泉侯陈平三人和叶嘉共同执掌大事。欧阳高嫉妒叶嘉刚来就得宠，说：“咱们的地位就要在他以下了。”于是想设计排挤叶嘉。正好天子到延英殿催促四人来见，欧阳高只是假意叫他，郑当时用脚踢叶嘉，而陈平也用言语讥讽他。叶嘉虽然受到侮辱，但仍旧举止合礼，面不改色。欧阳高后悔地说：“陛下把叶嘉托付给我们，我们也不能轻视他。”因此一同去见皇帝，他们表面上假意称赞叶嘉，可是言谈话语间却诋毁他轻浮。叶嘉也向皇帝申诉。皇上为此责备欧阳高等人，反而更喜爱叶嘉。注视叶嘉的面色，很久，说道：“叶嘉真是清白之人啊。他气韵飘然，像浮云一样。”就带领叶嘉参加宴饮。

不大功夫，皇上的话多了起来，说：“当初我也没觉得叶嘉有什么特别之处，时间长了回味他的话，确实令人喜爱，我的精神魂魄，好像不知不觉被冲洗涤荡，重新觉醒。《尚书》说：‘启发他的真心，丰富我的心。’说的就是叶嘉啊。”于是封叶嘉为钜合侯，官居尚书，说:“尚书,是像我喉舌一样重要的职位啊。”从此以后,对叶嘉的宠爱一天比一天深。朝廷的大臣们遇到聚会饮宴的场合,没有不推崇叶嘉的。皇上每天都要见他,甚至一天要召见他好几次。

后来,因为一次在园林的宴饮中,皇上饮酒过度,叶嘉一直苦苦劝谏。皇上很不高兴,说:“你是掌管我喉舌之事的人,怎么总是说这些我不爱听的话,我怎么能忍受呢!”于是就向叶嘉吐唾沫,命令左右的人把他推倒在地。叶嘉一本正经地说:“陛下非要我说好听的话才喜欢我吗?我的话虽然不好听,但时间长了,自然会知道我说的是好话。陛下也曾经试用过我,难道不了解我吗!”皇上看着左右的人说:“一开始我就说叶嘉性格刚强难以任用,如今果然不错。”皇上虽然当时容忍了他,但却因为这件事开始疏远叶嘉。

叶嘉因为不再得志,就回到闽地家乡,而后对人说:“我没能对朝政有所作为,算了吧。”皇上因为一个多月没有见到叶嘉,辛辛苦苦地处理很多事物,神情疲劳文思困顿,因此又十分思念叶嘉。就下令召叶嘉回朝,叶嘉回来后,皇上非常高兴,用手抚摸着叶嘉说:“我渴望见到你很久了。”此后对他的宠信和原来一样。皇上那时想要诛杀南方的两越,攻打东方的朝鲜,驱逐北方的匈奴,讨伐西方的大宛,以战争为大业。可是大司农上奏说,国家的财用不够支付战争的开支。皇上为此事感到很忧虑,就向叶嘉咨询。叶嘉为皇上献上三条解决的办法,其中一条是:对天下凡有利的买卖都实行国家专卖,山货海产的收益,全都登记于县官的文簿。实行了一年,国家财用丰厚。皇上非常高兴。出兵发动战争得胜而还。皇上贪图专卖所带来的财政收益,所以战争结束后没有废除这种专卖的榷法,搜求民间山货海产之利的作法,就是从叶嘉开始的。

过了一年,叶嘉告老。皇上说:“钜合侯的忠心真可以说是用尽了!”因此他的儿子也得以封爵。皇上又令郡守选择他宗族里的优秀子弟,每年送到朝廷里来任用。叶嘉有两个儿子,长子名叫叶抟,很有父亲的风范,所以让他承袭了爵位。次子名叫叶挺,研究道家炼丹之术,比起叶抟来,他志趣更加淡泊。他曾经散发自己的家财,以拯救家乡贫困的乡亲,人们都认为他很有德行。所以他家乡的人一到春荒时就都聚在山中擂鼓，请求叶挺帮助，习以为常。

赞词说：如今叶氏家族散居天下，都不喜欢住在城市里，只愿意住在山区。在闽中的那一宗，就是叶嘉的后裔。天下姓叶的虽然很多，然而风范品德崇高，被世人所尊敬的家族，都比不上闽中。闽中所居的人数很多，而郝源这一支是最旺的。叶嘉以普通老百姓的身份被皇帝赏识，爵位封到最尊的彻侯，官职做到最高的八座，真可以说是荣耀之极了。但是他正色苦谏，竭尽全力为国家利益，从不为自己着想，很有可取之处。先王对于国家的用度是有节制的，从民间取得财货也有一定的制度。那些山林川泽出产的利益，都是施惠于民的。叶嘉制订新的政策用以专卖，虽然解救了一时之急，但不符合先王的宗旨，人们对这件事有所非议。有人说搜求山货海产利益的做法，是盐铁丞孔仅、桑弘羊等人谋划的，叶嘉所策划的办法在当时并没有实行，到了唐朝的赵赞，才开始向朝廷提出并使用了他的办法。

温陶君传

石中美，字信美，中牟人也。本姓麦氏。既破，随母罗氏去其夫而适石氏，因冒其姓。始中美之生也，其父太卜氏以连山筮之，遇师䷆之爻，是谓师之革䷰，曰："生乎土，成乎水，而变乎火，坎以鞣之，坤以布之，釜以熟之，口以内之，腹以藏之，美在其中，而畅于四支。能者乐之以为大腹，不能者伤之以为心病，众所说也，善孰大焉。"故因以名字之。

中美幼轻躁疏散，与物不合。得其乡人储子之意，因使从滏水汤先生游。既熟，遂陶而成之。为人白皙而长，温厚柔忍，在诸石中最有名。

储子因秦故，司马错、李斯子由、赵高、阎乐，并荐于秦王，得与圃田蔡甲、肥乡羊奭、内黄韩音子俱召见。是时王方省览文书，日昃未食，见之甚喜，曰："卿等向者安在？何相见之晚也！'未见君子，怒如调饥’，卿等之谓也。”由是皆得进见，充上心腹。赐爵士，更上食典御，旦夕召对。所献纳时或粗疏，上未尝不尽善也。秦王以嫪毐事出文信侯而迁太后，怒恚，数日不食。

中美赐爵彻侯，食温、定陶二县，号温陶君。中美既被任用，凡有造作，自丞相以下莫不是之。其为人柔和，有以塞谗人之口故也。

他日秦王坐朝，日旰，意有所思，亟召中美，将虚以纳之。中美不熟计以进，其说颇刚鲠，志不快之者累日。有博士单轸说上曰：“为其所伤矣，宜有以下之，即无患。”因进其弟子巳升、元华于上，上意稍平，然自是遂疏中美，不得为尚食矣。中美曰：“吾为尚食，日夕自谓不素餐兮者。今吾与羊生辈皆不得进，纵复有用者，将诛辱乎？昔也得充心腹，而今也遽不信，是有不善我之心。虽使时或思我，彼将不尽矣。”遂称疾，以侯就第。

其后子孙生郡郭者，散居四方，自号浑氏、扈氏、索氏、石氏，为四族云。

【译文】石中美，字信美，中牟县人。原来姓麦氏。家里破败之后，跟随母亲罗氏离开她的丈夫又改嫁给石氏，也就姓了石家的姓。当初中美刚生下来的时候，他父亲太卜氏以连山卦为他算命，得到师☷☵卦，此卦就是所谓的师之革☱☲，卦象说：“生于土中，成于水中，然后变于火中，坎用来使他柔软，坤用来使他布散，釜用来使他成熟，口用来使他进入，腹用来使他隐藏，美在其中，而流畅于四肢。能承受的为此而高兴，以为腹大，不能承受的为此而忧虑，以为是内中之病，人们所说的这些话，是多大的美意啊。”所以就用它来做名和字。

中美小时轻浮急躁、疏懒散慢，与别人都合不来。得到他同乡储子的指点，让他跟滏水的汤先生交往。经过汤先生的陶冶而渐渐成熟起来。中美长得面色白嫩，身材修长，性格温顺淳厚而柔和有涵养，在石家所有的人中名声最好。

储子因为任职于秦国的缘故，与司马错、李斯的儿子李由、赵高、阎乐，共同向秦王推荐中美，得以和圃田人蔡甲、肥乡人羊奭、内黄人韩音子一齐受到秦王召见。当时秦王正在阅读文书，天色已晚还没吃饭，见到他们很高兴，说："你们过去在什么地方？使我这么晚才见到你们！'不能见到君子，难过得像早间的饥饿一样'，这句诗里说的君子，就是你们这些人啊。"于是都得到进用，充当了主上的心腹。并赐给他们爵位和土地，任命他为尚食使，主管主上的膳食，随时召见他议事。中美提出的建议有时也有些粗疏，秦王没有一次不是欣然地听取。后来秦王因为嫪毒的事件而流放了文信侯吕不韦，又把太后迁入冷宫，当时秦王非常恼怒，一连好几天都不吃饭。

石中美被赐爵彻侯，把温县、定陶二县封给他做为食邑，号称温陶君。中美受到重用之后，只要是有所举措，自丞相以下没有不同意的。秦王认为他为人柔顺和气，正可以堵塞那些小人之口。

有一天秦王坐在朝堂上，天很晚了，他想起一件事，就急忙召见石中美，准备虚心听取他的意见。中美没有考虑成熟就禀奏了秦王，而且说得比较生硬，使秦王好多天都感到心里不痛快。这时有个叫单袗的博士对秦王说："您被石中美伤害了，应当想办法抑制他，才没有祸患。"趁机向秦王举荐自己的弟子巳升和元华，秦王的怒气才渐渐平息下来，从此后就疏远了石中美，不再让他担任尚食使了。石中美说："我担任尚食使，每天都自认为尽职尽责。如今我和羊生等人都难得进见了，就算是还有被任用的人，是不是还要受到责难侮辱呢？过去我们得以充当大王的心腹，如今突然不被信任，这就是大王已经产生了不信任我的念头了。即使以后也许还会思念我，但决不会像以前那样了。"于是假称有病，以原来的封爵回到家中。

他的那些出生在城郭的后世子孙，都散居于四方，自称为浑氏、扈氏、索氏、石氏，成为四大家族。

蔡使君传

使君讳道恭，字怀俭，南阳冠军人也。父讳那，宋益州刺史。使君少宽厚，有大量。仕齐为西中郎中兵参军，加辅国将军。梁武帝起兵，萧颖胄以使君素著威略，专任以事。齐和帝即位，为右卫将军，出为司州刺史。

梁天监初，论功封汉寿县伯，进号平北将军。三年，魏围司州，时城中众不满五千，食裁半岁。魏人攻之昼夜不息，作大车载土，四面俱前，欲以填堑。使君于堑内作艨艟斗舰以待之。魏人不得进，潜作伏道以决堑水，使君以土豘塞之。相持百馀日，前后斩获不可胜计。魏人大造梯冲，攻围日急。使君用四石乌漆大弓射之，所中皆洞甲。饮羽一发，或贯两人，魏人望弓皆靡。又于城内起土山，多作大槊，长二丈五尺，施长刃，使壮士执以刺魏人。

魏人将退，会使君病笃，乃呼兄子僧勰、从弟灵恩及将帅谓曰："吾所苦势不能久，汝等当以死固节，无令吾没有遗恨。"又令取所持节授僧勰曰："禀命出疆，既不得奉以还朝，意欲与之俱逝，可以是殉我。"众皆流涕。其年五月卒。

魏人知使君没，攻之愈急。初，朝廷遣郢州刺史曹景宗援之，景宗不前。八月粮尽，城陷。赠镇西将军，且购其丧。八年，魏人归其丧，葬襄阳。传国至孙固，固早卒，国除。

【译文】蔡使君名叫道恭，字怀俭，南阳郡冠军县人。他父亲名叫蔡那，南朝宋担任益州刺史。蔡使君年轻时心胸宽广，性情忠厚，气量宏大。在南朝齐时担任西中郎中兵参军，加官辅国将军。梁武帝起兵，萧颖胄认为蔡使君一向以有威信有谋略著称，命他独当一面。齐和帝即位后，担任右卫将军，又担任司州刺史。

梁天监初年，评议功劳，他又受封为汉寿县伯，进官号为平北将军。天监三年，北魏军队围攻司州，当时司州城中不满五千人，粮食只够吃半年。北魏的军队昼夜不停地攻城，他们制造大车装满了土，从四面一起向前推进，想用这些土把城濠填满。蔡使君则在城濠内布置了战船严阵以待。魏军不能前进，只好暗暗地挖掘地道用以泄放濠沟里的水，蔡使君又用土袋来堵塞这些洞。两军相持了一百多天，前前后后杀伤的敌人和缴获的物资不计其数。魏军又造制了很多云梯，围困攻打一天比一天急。蔡使君用四石力的黑漆大弓射杀敌人，射中的都能穿透铠甲。他搭箭一射，有时竟能穿透两个人。魏军看见那张弓就四处逃散。蔡使君又在城里堆起土山，作了很多大枪，长二丈五尺，上面装着很长的利刃，让强壮的士兵拿它刺杀魏兵。

北魏的军队准备退却，正在这时蔡使君的病情危重了。他就叫他哥哥的儿子僧勰、堂弟灵恩以及其他将帅，对他们说："我遗憾的是病势太重，活不了多久了，你们应当以死来保持气节，不要让我死后留有遗憾。"又让人取来他受命的旌节交给僧勰，说道："我奉命出守边疆，既然不能持节回朝复命，就想和它共存亡，你们可以用它来给我殉葬。"众人都泪流满面。蔡使君在那年五月逝世。

魏军听说蔡使君去世，攻城越来越急。当初，朝廷派遣郢州刺史曹景宗援助蔡使君，曹景宗畏惧不前。这年八月，城中粮尽，城池失陷。朝廷赠蔡使君为镇西将军，并且要求魏军归还他的遗骨。天监八年，北魏把蔡使君的棺木归还给梁朝，朝廷把他埋葬在襄阳。他的封爵传到他的孙子蔡固，蔡固早逝，封国也随之被免除。

卷八十　墓志铭

范景仁墓志铭

熙宁、元丰间，士大夫论天下贤者，必曰君实、景仁。其道德风流，足以师表当世；其议论可否，足以荣辱天下。二公盖相得欢甚，皆自以为莫及，曰："吾与子生同志，死当同传。"而天下之人亦无敢优劣之者。二公既约更相为传，而后死者则志其墓。故君实为《景仁传》，其略曰："吕献可之先见，景仁之勇决，皆予所不及也。"轼幸得游二公间，知其平生为详。盖其用舍大节，皆不谋而同。如仁宗时，论立皇嗣；英宗时，论濮安懿王称号；神宗时，论新法。其言若出一人，相先后如左右手。故君实常谓人曰："吾与景仁兄弟也，但姓不同耳。"然至于论钟律，则反复相非，终身不能相一。君子以是知二公非苟同者。君实之没，轼既状其行事以授景仁，景仁志其墓，而轼表其墓道。今景仁之墓，其子孙皆以为："君实既没，非子谁当志之？"且吾先君子之益友也，其可以辞？

公姓范氏，讳镇，字景仁。其先自长安徙蜀，六世祖隆，始葬成都之华阳。曾祖讳昌祐，妣索氏。祖讳璲，妣张氏。累世皆不仕。考讳度，赠开府仪同三司。妣李氏，赠荥国太夫人；庞氏，赠昌国太夫人。开府以文艺节行为蜀守张咏所知。有子三人：长曰镃，终陇城令；次曰锴，终卫尉寺丞；公，其季也。

四岁而孤，从二兄为学。薛奎守蜀，道遇镃，求士可客者，镃以公对。公时年十八，奎与语，奇之，曰："大范恐不寿，其季廊庙人也。"还朝与公俱。或问奎入蜀所得，曰："得一伟人，当以文学名于世。"时故相宋庠与弟祁名重一时，见公称之，祁与为布衣交。由是名动场屋，举进士，为礼部第一。故事，殿廷唱第过三人，则礼部第一人者必越次抗声自陈，因擢置上第。公不肯自言，至第七十九人乃出拜，退就列，无一言。廷中皆异之。

释褐为新安主簿。宋绶留守西京，召置国子监，使教诸生。秩满，又荐诸朝，为东监直讲。用参知政事王举正荐，召试学士院。除馆阁校勘，充编修《唐书》官。当迁校理，宰相庞籍言公有异材，恬于进取，特除直秘阁，为开封府推官。擢起居舍人，知谏院兼管勾国子监。

上疏论民力困弊，请约祖宗以来官吏兵数，酌取其中为定制，以今赋入之数十七为经费，而储其三以备水旱非常。又言："古者冢宰制国用，唐以宰相兼盐铁转运，或判户部度支。今中书主民，枢密主兵，三司主财，各不相知，故财已匮而枢密益兵无穷；民已困而三司取财不已。请使中书、枢密通知兵民财利大计，与三司同制国用。"

葬温成皇后，太常议礼，前谓之园，后谓之园陵。宰相刘沆前为监护使，后为园陵使。公言："尝闻法吏舞法矣，未闻礼官舞礼也。请诘问前后议异同状。"又请罢焚瘗锦绣珠玉以纾国用，从之。

时有敕，凡内降不如律令者，令中书、枢密院及所属执奏。未及一月，而内臣无故改官者，一日至五六人。公乞正大臣被诏故违不执奏之罪。石全斌以护温成葬，除观察使。凡治葬事者，皆迁两官。公言章献、章懿、章惠三太后之葬，推恩皆无此比，乞追还全斌等告敕。文彦博、富弼入相，百官郊迎。时两制不得诣宰相居第，百官不得间见。公言："隆之以虚礼，不若开之以至诚。"乞罢郊迎而除谒禁，以通天下之情。议减任子及每岁取士，皆公发之。又乞令宗室属疏者补外官，仁宗曰："卿言是也，顾恐天下谓朕不能睦族耳。"公曰："陛下甄别其贤者显用之，不没其能，乃所以睦族也。"虽不行，至熙宁初，卒如公言。

仁宗性宽容，言事者务讦以为名，或诬人阴私。公独引大体，略细故。时陈执中为相，公尝论其无学术，非宰相器。及执中嬖妾笞杀婢，御史劾奏，欲逐去之。公言："今阴阳不和，财匮民困，盗贼滋炽，狱犴充斥，执中当任其咎。闺门之私，非所以责宰相。"识者韪之。

仁宗即位三十五年，未有继嗣。嘉祐初得疾，中外危恐，不知所为。公独奋曰："天下事尚有大于此者乎？"即上疏曰："太祖舍其子而立太宗，此天下之大公也。周王既薨，真宗取宗室子养之宫中，此天下之大虑也。愿陛下以太祖之心行真宗故事，择宗室贤者，异其礼物，而试之政事，以系天下心。"章累上，不报。因阖门请罪。

会有星变，其占为急兵。公言："国本未立，若变起仓卒，祸不可以前料，兵孰急于此者乎？今陛下得臣疏，不以留中而付中书，是欲使大臣奉行也。臣两至中书，大臣皆设辞以拒臣，是陛下欲为宗庙社稷计，而大臣不欲也。臣窃原其意，特恐行之而陛下中变耳。中变之祸不过于死，而国本不立，万一有如天象所告急兵之忧，则其祸岂独一死而已哉！夫中变之祸，死而无愧；急兵之忧，死且有罪。愿以此示大臣，使自择而审处焉。"闻者为之股栗。

除兼侍御史知杂事。公以言不从，固辞不受。执政谓公，上之不豫，大臣尝建此策矣，今间言已入，为之甚难。公复移书执政曰："事当论其是非，不当问其难易。速则济，缓则不及，此圣贤所以贵机会也。诸公言今日难于前日，安知他日不难于今日乎？"凡见上，面陈者三。公泣，上亦泣，曰："朕知卿忠，卿言是也。当更俟三二年。"凡章十九上，待罪百馀日，须发为白。朝廷不能夺，乃罢知谏院，改集贤殿修撰，判流内铨，修起居注，除知制诰。公虽罢言职，而无岁不言储嗣事。以仁宗春秋益高，每因事及之，冀以感动上心。及为知制诰，正谢上殿，面论之曰："陛下许臣，今复三年矣，愿早定大计。"明年，又因袷享献赋以讽。其后韩琦卒定策立英宗。迁翰林学士充史馆修撰，改右谏议大夫。

英宗即位，迁给事中，充仁宗山陵礼仪使。坐误迁宰臣官，改翰林侍读学士。复为翰林学士。中书奏请追尊濮安懿王，下两制议，以为宜称皇伯，高官大国，极其尊荣。非执政意，更下尚书省集议。已而台谏争言其不可，乃下诏罢议，令礼官检详典礼以闻。公时判太常寺，率礼官上言："汉宣帝于昭帝为孙，光武于平帝为祖，则其父容可以称皇考，然议者犹非之，谓其以小宗而合大宗之统也。今陛下既考仁宗，又考濮安懿王，则其失非特汉宣、光武之比矣。凡称帝若皇若皇考，立寝庙，论昭穆，皆非是。"于是具列仪礼及汉儒论议、魏明帝诏为五篇奏之。

以翰林侍读学士出知陈州。陈饥，公至三日，发库廪三万贯石以贷，不及奏，监司绳之急，公上书自劾，诏原之。是岁大熟，所贷悉还。陈人至今思之。

神宗即位，迁礼部侍郎。召还，复为翰林学士兼侍读、群牧使、勾当三班院、知通进银台司。公言："故事，门下封驳制敕，省审章奏，纠举违滞，著于所授敕。其后刊去，故职浸废，请复之，使知所守。"从之。纠察在京刑狱。

王安石为政，始变更法令，改常平为青苗法。公上疏曰："常平之法，始于汉之盛时，视谷贵贱发敛，以便农末，最为近古，不可改。而青苗行于唐之衰乱，不足法。且陛下疾富民之多取而少取之，此正百步与五十步之间耳。今有二人坐市贸易，一人下其直以相倾夺，则人皆知恶之。其可以朝廷而行市道之所恶乎！"疏三上，不报。

迩英阁进读，与吕惠卿争论上前，因论旧法预买䌷绢亦青苗之比。公曰："预买亦敝法也。若陛下躬节俭，府库有馀，当并预买去之，奈何更以为比乎？"韩琦上疏极论新法之害，安石使送条例司疏驳之。谏官李常乞罢青苗钱，安石令常分析。公皆封还其诏。诏五下，公执如初。

司马光除枢密副使。光以所言不行，不敢就职。诏许辞免，公再封还之。上知公不可夺，以诏直付光，不由门下。公奏："由臣不才，使陛下废法，有司失职，乞解银台司。"许之。

会有诏举谏官，公以轼应诏，而御史知杂谢景温弹奏轼罪。公又举孔文仲为贤良。文仲对策，极论新法之害。安石怒，罢文仲归故官。公上疏争之，不报。

时年六十三。即上言："臣言不行，无颜复立于朝，请致仕。"疏五上，最后指言安石以喜怒赏罚事曰："陛下有纳谏之资，大臣进拒谏之计；陛下有爱民之性，大臣用残民之术。"安石大怒，自草制极口诋公，落翰林学士，以本官致仕。闻者皆为公惧。公上表谢，其略曰："虽曰乞身而去，敢忘忧国之心。"又曰："望陛下集群议为耳目，以除壅蔽之奸；任老成为腹心，以养和平之福。"天下闻而壮之。安石虽诋之深，人更以为荣焉。

公既退居，专以读书赋诗自娱。客至，辄置酒尽欢。或劝公称疾杜门。公曰："死生祸福，天也。吾其如天何？"同天节乞随班上寿，许之。遂著为令。久之归蜀。与亲旧乐饮，赈施其贫者。期年而后还。轼得罪，下御史台狱，索公与轼往来书疏文字甚急。公犹上书救轼不已。朝廷有大事，辄言之。

官制行，改正议大夫。今上即位，迁光禄大夫。初，英宗即位，祔仁宗主而迁僖祖。及神宗即位，复还僖祖而迁顺祖。公上言："太祖起宋州有天下，与汉高祖同，僖祖不当复还。乞下百官议。"不报。及上即位，公又言乞迁僖祖，正太祖东向之位。时年几八十矣。

韩维上言公"在仁宗朝，首开建储之议，其后大臣继有论奏。先帝追录其言，存没皆推恩，而镇未尝以语人，人亦莫为言者。虽颜子不伐善，介之推不言禄，不能过也。"悉以公十九疏上之。拜端明殿学士。特诏长子清平县令百揆改宣德郎，且起公兼侍读、提举中太一宫。诏语有曰："西伯善养，二老来归；汉室卑词，四臣入侍。为我强起，无或惮勤。"公固辞不起，天下益高之。

改提举嵩山崇福宫。公仲兄之孙祖禹为著作郎，谒告省公于许。因复赐诏及龙茶一合，存问甚厚。数月，复告老，进银青光禄大夫，再致仕。初，仁宗命李照改定大乐，下王朴乐三律。嘉祐中，又使胡瑗等考正，公与司马光皆与。公上疏论律尺之法，又与光往复论难，凡数万言，自以为独得于心。元丰三年，神宗诏公与刘几定乐。公曰：“定乐当先正律。”上曰：“然。虽有师旷之聪，不以六律，不能正五音。”公作律尺、龠、合、升、斗、豆、区、鬴、斛，欲图上之。又乞访求真黍以定黄锺，而刘几即用李照乐，加用四清声而奏乐成。诏罢局，赐赉有加。公谢曰：“此刘几乐也，臣何与焉！”及提举崇福宫，欲造乐献之，自以为嫌，乃先请致仕。既得谢，请太府铜为之，逾年乃成。比李照乐下一律有奇。二圣御延和殿，召执政同观，赐诏嘉奖，以乐下太常，诏三省、侍从、台阁之臣皆往观焉。

时公已属疾，乐奏三日而薨。实元祐三年闰十二月癸卯朔，享年八十一。讣闻，辍视朝一日。赠右金紫光禄大夫，谥曰忠文。公虽以上寿贵显，考终于家，无所憾者，而士大夫惜其以道德事明主，阅三世，皆以刚方难合，故虽用而不尽。及上即位，求人如不及，厚礼以起公，而公已老，无意于世矣。故闻其丧，哭之皆哀。

公清明坦夷，表里洞达，遇人以诚，恭俭慎默，口不言人过。及临大节，决大议，色和而语壮，常欲继之以死，虽在万乘前无所屈。笃于行义，奏补先族人而后子孙。乡人有不克婚葬者，辄为主之。客其家者常十馀人。虽僦居陋巷，席地而坐，饮食必均。

兄镃卒于陇城，无子。闻其有遗腹子在外。公时未仕，徒步求之两蜀间，二年乃得之。曰：“吾兄异于人，体有四乳，是儿亦必然。”已而果然。名之曰百常。以公荫，今为承议郎。公少受学于乡先生庞直温，直温之子昉卒于京师，公娶其女为孙妇，养其妻子终身。

其学本于六经仁义，口不道佛老申韩异端之说。其文清丽简远，学者以为师法。凡三入翰林，知嘉祐二年、六年、八年及治平二年贡举。门生满天下，贵显者不可胜数。

诏修《唐书》《仁宗实录》《玉牒》《日历》《类篇》。凡朝廷有大述作、大议论，未尝不与。契丹、高丽皆知诵公文赋。少时尝赋“长啸却胡骑”。及奉使契丹，虏相目曰：“此长啸公也。”其后兄子百禄亦使虏，虏首问公安否。有《文集》一百卷，《谏垣集》十卷，《内制集》三十卷，《外制集》十卷，《正言》三卷，《乐书》三卷，《国朝韵对》三卷，《国朝事始》一卷，《东斋记事》十卷，《刀笔》八卷。

积勋柱国，累封蜀郡开国公，食邑加至二千六百户，实封五百户。娶张氏，追封清河郡君。再娶李氏，封长安郡君。子男五人。长曰燕孙，未名而卒；次百揆，宣德郎、监中岳庙；次百嘉，承务郎，先公一年卒；次百岁，太康主簿，先公六年卒；次百虑，承务郎。女一人，尝适左司谏吴安诗，复归以卒。孙男十人。祖直，襄州司户参军；祖朴，长社主簿；祖野、祖平，假承务郎；祖封，右承奉郎；祖耕，承务郎；祖淳、祖舒、祖京、祖恩。孙女六人，曾孙女三人。

公晚家于许，许人爱而敬之。其薨也，里人皆出涕。以元祐四年八月己未，葬于汝之襄城县汝安乡推贤里。夫人李氏祔。

公始以诗赋为名进士，及为馆阁侍从，以文学称。虽屡谏争及论储嗣事，朝廷信其忠，然事颇秘，世亦未尽知也。其后议濮安懿王称号，守礼不回，而名益重。及论熙宁新法，与王安石、吕惠卿辨论，至废黜不用。然后天下翕然师尊之。无贵贱贤愚，谓之景仁而不敢名。有为不义，必畏公知之。

公既得谢，轼往贺之曰：“公虽退而名益重矣。”公愀然不乐，曰：“君子言听计从，消患于未萌，使天下阴受其赐，无智名，无勇功。吾独不得为此，命也夫！使天下受其害，而吾享其名，吾何心哉！”轼以是愧公。

铭曰：凡物之生，莫累于名。人顾趋之，以累为荣。神人无名，欲知者希。人顾忧之，以希为悲。熙宁以来，孰擅兹器？嗟嗟先生，名所不置。君实在洛，公在颍昌。皆欲忘民，民不汝忘。君实既来，遁归于洛。絷而维之，莫之胜脱。为天相君，为君牧民。道远年徂，卒徇以身。公独坚卧，三诏不起。遂解天刑，竟以乐死。世皆谓公，贵身贱名。孰知其功，圣人之清。贪夫以廉，懦夫以立。不尸其功，无丧无得。君实之用，出而时施。如彼水火，宁除渴饥。公虽不用，亦相其行。如彼山川，出云相望。公维蜀人，乃葬于汝。子孙不忘，尚告来者。

【译文】熙宁、元丰年间，士大夫评论天下德高望重的大臣，一定要举出司马君实和范景仁。他们的道德风采，足以作为当代的楷模。他们对人物的赞许或否定，足以使被议之人受到天下士民的赞赏和唾弃。他们两人也相处得很融洽，都自以为比不上对方，说："我和你在世时志同道合，死后也会一同流传后世。"而天下的人也没有敢把他们分出高下来的。两位大人还约定互相为对方写传记，后死的人为先死的人写墓志铭。所以司马君实写了一篇《景仁传》，其中写道："吕献可的先见之明，范景仁的勇敢决断，都是我所比不上的。"我有幸能与二位大人交往，对他们的生平事迹了解得比较详细。他们在被任用或不被任用的大节方面，都是不谋而同的。比如在仁宗朝，议论立皇太子；在英宗朝，议论濮安懿王的称号；在神宗朝，议论新法。他们的言论如出一人，他们先后议论这些事，配合得如同左右手。所以司马君实常对人说："我和景仁就是兄弟啊，只是不同姓罢了。"但是在讨论音乐律吕时，两人反复地互相争论，意见始终没能统一。君子因此知道二位大人并不是那种毫无原则地交往附和之辈。司马君实死后，我撰写了有关他一生的行为事迹交给范景仁，范景仁为他写了墓志，我把这篇墓志抄录后置于司马君实的墓道里。如今，景仁的墓志，他的子孙都认为："君实既然死去，除了你还有谁来写呢？"而且范景仁是我先父的好朋友，我怎能推辞？

公姓范氏，名叫镇，字景仁。他的祖先从长安迁徙到蜀中，他的六世祖名叫隆，葬于成都的华阳县。曾祖名叫昌祐，曾祖母索氏。祖父名叫璲，祖母张氏。几世都没有做官。父亲名叫度，赠官开府仪同三司。母亲李氏，封赠为荣国太夫人；母亲庞氏，封赠为昌国太夫人。他父亲由于文采出众、志行美好，受到益州知州张咏的赏识。他有三个儿子：长子名叫镃，逝世于陇城县令任上；次子名叫锴，逝世时官居卫尉寺丞。范公是开府大人最小的儿子。

范公四岁失去父亲，跟随两个哥哥学习。薛奎做益州知州时，在路上遇到范镃，让他推荐读书人中可以充当幕僚的人，范镃就把范公推荐给薛奎。范公那时只有十八岁，薛奎和他交谈，感到很惊奇，说："大范的寿命恐怕不长，他的小弟弟真是有宰辅器的人。"薛奎任满还朝时，就带着范公一起回到京城。有人间薛奎到蜀中有什么收获，薛奎说："得到一个杰出的人，他以后一定会以文学闻名于世。"当时已故的宰相宋庠和他的弟弟宋祁名重一时，听见薛公称赞范公，宋祁就和他结为布衣之交。范公的名声也因此震动了考场，他参加进士考试，考中礼部试的第一名。按过去的习惯，在朝廷的大殿上念过三个人的名字后，考中礼部第一名的人就不按次序高声陈述自己的郡望才能和名次，然后就把他置于前列。范公不愿意自己夸耀自己，直到念到第七十九人才站出来拜谢，拜过之后又退回原处，一言不发。朝廷中的人都感到很惊异。

范公初为官担任新安县的主簿。宋绶做西京留守，聘他到西京国子监任职，让他教导诸生。任职期满后，宋绶又把他推荐给朝廷，做了国子东监的讲解官。凭参知政事王举正的举荐，让他到学士院试用。任命为馆阁校勘，充任编修《唐书》的史官。按资历他应当升做校理。宰相庞籍举荐范公说他有特殊才能，生性恬淡不急于进取，破格给他加官为直秘阁，担任开封府推官。又提拔为起居舍人，知谏院兼主管国子监。范公上疏议论百姓生活贫困，请求统计建国以来官吏士兵的人数，权衡利弊，选取一个适中的数字作为额定编制，以现在税收的十分之七为经常的费用开支，另外储备十分之三用以防备水旱灾害等非常情况的发生。又说："古代的冢宰统管国家财政，唐朝以宰相兼管盐铁转运，或者主管户部度支。如今中书省主管民事，枢密院主管军事，三司使主管财政，互不了解情况，导致财政支出已经匮乏可是枢密使却增兵不止；百姓赋税已很沉重可是三司却仍旧征收不已。恳请让中书、枢密都来了解兵、民、财、利方面的重大举措，与三司使共同经管决定国家开支。"

安葬温成皇后时，太常寺的官员讨论有关的礼仪，先是称为园，后来又称为园陵。宰相刘沆先称为监护使，后又称为园陵使。范公说："只听说过法官在执法的事情上舞弊，没听说礼仪官在礼仪上也舞弊。我要求查问前后议论为什么不一样。"又请求罢免焚烧锦绣珠玉等物为死者殉葬，而用来缓解国家开支的紧张，皇帝同意了他的请求。

当时有敕命，凡是下任命书与有关法律条文不相符合的，命令中书省、枢密院及所属部门拿来上奏。一个月之内，内廷宫中无功而加官的，一天竟有五六个人。范公请求处理那些明明收到敕文，却故意违更规定不来奏报者的错误。石全斌因为监护温成皇后的葬礼，被任命为观察使。凡是参与温成皇后丧礼之事的人，都加了两阶官。范公说章献、章懿、章惠三太后的葬礼，朝廷加恩都不能与此相比，请求追还石全斌等人的加官文书。文彦博、富弼被任命为宰相时，安排百官到郊外迎接。当时有规定中书舍人和翰林学士知制诰不能到宰相的府第去，百官也不能私下拜见宰相。范公说："举行隆重而虚假的典礼，不如敞开心怀以示至诚之心。请求取消郊迎并解除拜见宰相的禁令，以使宰相全面了解情况。"建议减少任用子孙为官以及每年开科取士的人数，都是范公首先提出的。又请求让宗室中亲属疏远的人担任地方官员，仁宗说："你的意见不错，只是怕天下人议论我不能和睦地与家族相处啊。"范公说："陛下甄别其中德行兼备的人重用他们，不埋没他们的才能，这才是使家族和睦的做法。"这个意见虽然在当时没有实行，到了熙宁初，终于依照范公的意见做了。

仁宗性情宽容，奏事的官员往往以揭发别人使自己扬名。有的甚至以暴露别人的隐私来抬高自己。范公只看人的大节，从不计较行为琐事。当时陈执中担任宰相，范公曾经批评他学问不高，不具备做宰相的才能。后来陈执中的宠妾打死了一个婢女，御史弹劾他，想要把他赶下台。范公说："如今天地阴阳不和，国家财政匮乏，人民贫困，盗贼嚣张，冤狱充斥，陈执中应当承担这些责任。但是家庭内部的私事，不是用来责备宰相的理由。"有见识的人都认为他说得对。

仁宗即位三十五年，没有继承人。嘉祐初年，仁宗得了病，朝廷内外都为继承人的事感到危急和恐惧，不知怎么办才好。范公激昂地说：“天下还有比这件事更重要的吗？”立即上书说：“太祖舍弃自己亲生的儿子而立太宗为皇帝，这是天下最大的公心。真宗皇帝的次子周王死后，真宗就在宫中养育了一些宗室后代，以便将来从中选拔继承人。这件事也正是天下人最为忧虑的事，真宗用此法消除了人们的忧虑。希望陛下用当年太祖那样的公心来实践真宗那样的做法，选择宗族中贤德的人，给他们异于常人的礼仪待遇，让他们学习政事，以此来稳定人心。”奏章多次呈上，没有回音。于是范公就闭门请罪。

正好赶上有星变，星相家占卜为有紧急战争的预兆。范公说：“国家的根本还未建立，要是变化来得太仓促，那么灾祸就不可以预料，还有什么比这更加紧急的呢?如今陛下得到我的奏疏，不把它留在内廷而交付给中书，是想让大臣来决定这件事吧。我到中书省去过两次，大臣们都寻找借口不让我入省。这是陛下为宗庙社稷着想，可大臣们却不想这样做吧。我猜想他们的心思，就是怕实行的过程中陛下又改变主意。如果中间有了变化，所带来的灾祸不过是我一人之死，可国家的根本不能确立万一像天象所显示的那样，发生了紧急战争，那么灾祸岂只是一个人的死就可以了结的呢！中间变化产生的灾祸，我即使死了，也无愧于祖宗社稷，而战争带来的灾难，我死了也赎不清罪过，希望把这篇奏章给大臣们看，让他们自己选择对这件事的态度。”听说此事的人都为他非常担忧。

又任命他兼任侍御史知杂事。范公因为提议不被采纳，不接受这个任命。执政大臣对范公说，自从皇上身体不好，大臣们曾经提出过这个建议，如今有人先进行挑拨，再做这件事就很难了。范公又写信给执政官说：“做事应当看它对与不对，不应当管它好做还是难做。赶紧办还不迟，再晚就来不及了，这就是圣贤所以把机会看得很宝贵的缘故啊。你们说今天此事难于以前，怎么知道以后再做不比今天更难呢?”范公只要见到皇上，就反复讲述这件事的重要性。范公哭，皇上也哭，说：“我知道你是忠心，你说得对。再等个三年二年再议吧。”范公前后上了十九次奏章，在家等待处分一百多天，胡须头发都为此急白了，朝廷不能使他改变意见，就罢免了他知谏院的职务，改任集贤殿修撰，判流内铨，修起居注，又除任知制诰。范公虽被罢免了谏官的职务，可是却没有哪一年不说立皇太子的事。因为仁宗年龄越来越大，他每每在议论其他事情时顺便提起这事，希望以此感动皇上。他被任命为知制诰时，正好到殿上谢恩，当着皇帝的面议论这件事说："陛下曾答应过我，如今又三年了，希望及早确定大计。"明年，又借祭祀祖庙，贡献文赋来影射此事。后来宰相韩琦终于决定策立英宗为太子。范公迁翰林学士，充任史馆修撰，改官右谏议大夫。

英宗即位后，范公升迁为给事中，充当仁宗山陵礼仪使。因为错误地为宰臣升迁官阶受到贬谪，改为翰林侍读学士。后来又恢复了翰林学士。中书省上奏请求把英宗皇帝的生父濮安懿王尊称为皇父，英宗把这个奏议交给中书省和翰林院讨论，他们认为应该把濮安懿王尊称为皇伯，加给他高官，封给他大国，让他得到极其尊贵和荣耀的地位。这种意见不符合执政官的意思，就又交给尚书省召集各部讨论。没过多久，谏官们争论这件事说不能这样做，于是英宗下诏书停止讨论，命礼官详细地查寻以前的典章礼仪向朝廷汇报。范公那时正好主管太常寺，就率领礼官向英宗进言说："汉宣帝是昭帝的孙子，光武帝是平帝的祖父，所以他们的生父被称为皇父，即使是这样，议论官依然认为不对，说他们以个人的小宗来代替正统的大宗。如今陛下既以仁宗为父，又以濮安懿王为父，这个错误就不仅是能以汉宣帝、光武帝的过失相比的了。凡是即位当了皇帝，把不合礼法的人尊为皇父，给他立寝庙，与皇帝论兄弟排行等这些行为，都是不对的。"于是列举了有关仪礼及汉朝儒者的议论、魏明帝的诏书等五篇文章上奏。

范公以翰林侍读学士出任陈州知州。当时陈州正闹饥荒，范公到任才三天，就打开粮仓拿出三万贯钱和粮食救济灾民。因为这件事来不及上奏，转运使追查得很急，范公上书弹劾自己，皇帝下诏原谅了他。这一年获得大丰收，借给灾民的钱粮都如数归还了官府，陈州人至今都很怀念他。

神宗即位后，范公升迁为礼部侍郎。朝廷把他召回后，又担任了翰林学士兼侍读、群牧使、勾当三班院、知通进银台司等职务。范公说:“按照前朝的制度,门下省封还驳回朝廷诏令,审查上章奏疏,纠察检举迟违滞怠,并把理由写在这些诏令原件之末,事定后再把这些文字删去。后来这些职能都削弱了,所以门下省的职责渐渐变得不明确,我请求恢复这些职责,使这个部门中的官员了解自己的职守。”神宗同意了他的请求。他又担任纠察在京刑狱的职务。

王安石担任了宰相后,开始变更朝廷法令,改过去的常平之法为青苗法。范公上疏说:“常平之法,始于汉朝最强盛的时候,是根据谷物价格的贵贱来收购和出售,用来方便百姓,是自古以来最好的办法,不能改变。而青苗法实行于唐代衰败动乱的年代,不足以作为效法的榜样。陛下担心富豪大量聚敛钱粮而强令他们减少对百姓的剥夺,这只是一百步与五十步之间的区别。就像两个人坐在市场上进行交易,其中一个人用降低自己货物价格的方法来与对方竞争,那么人人都会厌恶他。作为朝廷,怎么能用市井常理都厌恶的手段来制订国家法令呢!”三次上书,都没有得到答复。

有一次,范公在迩英阁侍奉皇帝读书,和吕惠卿在皇上面前争论起来,二人比较旧法中预先购买绸绢与青苗之间的区别。范公说:“预买也不是好办法。要是陛下躬身节俭,国库有馀,那么应当连预买一并废除,还有什么可比较的呢?”韩琦上疏,极力阐述新法的弊端,王安石派人把这份奏章送给三司条例司,让他们撰文批驳。谏官李常请求免收青苗钱,王安石令李常计划畴算,范公把这些诏书都封还给朝廷。诏书下了五次,范公每次都坚决退还,拒不发出。

司马光被任命为枢密副使。他因为自己的政见不能实施,不敢就任。皇帝下诏允许司马光辞官,范公再次封还了允许司马光辞职的诏书。皇上知道范公不可能改变主张,就把诏书直接交给司马光,不经由门下省。范公上奏说:“由于我没有能力,使得陛下违反法令,有关部门也因此失职,我请求解除银台司的职务。”皇帝同意了他的请求。

正好朝廷下诏书让举荐谏官,范公就推荐我,可是侍御史知杂事谢景温弹奏我的罪状。范公又推举孔文仲为贤良方正。孔文仲对策时提出自己的政见，深刻地论述新法的害处。王安石很恼怒，罢免了孔文仲，让他仍任原来的官职。范公上疏为孔文仲争辨，没有得到答复。

那时范公已经六十三岁。上书对皇上说：“我所提出的建议都不能实行。我也没有脸面继续在朝廷任职，请求陛下让我退休。”五次上书，最后指出王安石凭自己的喜怒而进行赏罚的行为说：“陛下有接纳劝谏的胸怀，大臣却进呈拒绝不同意见的计策；陛下有热爱人民的天性，大臣却制定残害人民的政策。”王安石大怒，亲自书写同意范公退休的诏书，并对范公极力诋毁。免去了范公翰林学士之职，以原来的官阶退休。听说此事的人都为范公感到恐惧。范公向皇帝上表以示感谢，其中写道：“虽然说是请求退休离开朝廷，但是却不敢轻抛忧国忧民之心。”还说：“希望陛下听取大臣们的议论作为耳目，用以解除蒙蔽您的奸言；任用老成持重的人为心腹，用以保持天下和平幸福的局面。”天下的人听说这些话都为范公的襟怀气概感到由衷敬佩。王安石虽然极力诋毁范公，人们却更认为范公光明映世。

范公退休居家后，专以读书赋诗自娱。有客人来到，就安排酒席尽欢而散。有人劝范公假称有病关门谢客。范公说：“人的死生祸福，都是天命。我能把上天怎么样？”同天节时范公请求跟随大臣们一起为皇帝上寿，朝廷允许了他的请求。此后这就成为一项制度。过了很久以后，范公回到蜀中。和亲戚朋友饮酒寻欢，散发钱物帮助贫穷的人。一年以后回到京城。那时我正被问罪，下到御史台狱中，朝廷查找范公和我往来的信件文字非常紧急。在这种情况下，范公仍旧不断地上书救助我。朝廷每有大事，范公都磊磊落落地发表自己的意见。

元丰年间，改行新官制，范公改为正议大夫。当今皇上即位，升迁为光禄大夫。当年英宗即位时，让仁宗配飨明堂而把僖祖从明堂中迁出。到神宗即位时，又把僖祖迁回而迁出顺祖。范公上言说：“太祖起于宋州得到天下，与汉高祖一样是开国之君。他的高祖父僖祖不应当迁回宗庙。我请求把这个意见交给百官讨论。”没有得到答复。今皇帝即位，范公又上言请求把僖祖从明堂中迁出，而使太祖享受本朝祭祀的最尊地位。那时范公已经将近八十岁了。

韩维上言说：范公“在仁宗朝，首先提出立太子的意见，后来其他大臣也有人相继提出。先帝追忆记录了他的话，不管他在世或不在世都要推赏他。可范镇从未对人说起过这件事，别人也没有为他说起这事的。纵然像颜渊不夸耀自己的长处，介之推不说起官禄，也不能超过范公的美德。”他把范公所作的十九道疏文全部交给皇上。朝廷又拜范公为端明殿学士。又特别下诏给范公的长子清平县令范百揆，改命他为宣德郎，并准备重新起用范公兼侍读、提举中太一宫。诏书上说：“周文王善于待士，所以伯夷、叔齐二人同来归顺他。汉室发出言词谦逊的诏书，商山四皓就入朝相助。请你勉强支撑来辅佐朝政，不要计较辛苦劳顿。”范公坚执推辞不入朝，天下人更认为他品德高尚。

朝廷改命他提举西京嵩山崇福宫。范公二哥的孙子范祖禹担任著作郎，向朝廷请假到许州去看望范公。皇上因此又赐诏书给范公，还赐给他一盒龙茶，慰问之情很深厚。过了几个月，范公又告老，进职为银青光禄大夫，再次引退。

早年，仁宗命李照改定宫廷礼仪中所用的音乐，把王朴的三首乐章交给他。皇祐年中，又命胡瑗等考正这些乐曲，范公和司马光都参与了此事。范公曾上疏，论述制作律尺的方法。又与司马光反复辩论，写了几万字的文章，自以为只有自己掌握了正确的方法。元丰三年，神宗诏范公与刘几制定乐律。范公说：“制定乐律应当首先纠正律尺标准。”神宗说：“对。即使是有师旷那样灵敏的耳朵，不依靠六支律管，也不可能定准五音。”范公制作律尺、龠、合、升、斗、豆、区、鬴、斛等器具，想画成图献上。又请求寻访真黍用来确定黄锺之调，而刘几就用李照原来的乐理，加上四个清声便上奏乐章已经完成。皇帝下诏取消了乐局，赏赐给他们许多东西。范公推辞说：“这是刘几的乐律，我哪里参与了。”到他提举崇福宫时，想写定乐曲献上，怕有嫌疑，于是就先请求退休。得到准许后，就申请太府寺拨给他铜料来制作乐器，过了一年才做成。比李照的乐律低了将近一个音阶。皇上和皇太后亲临延和殿，还叫来执政大臣一起欣赏。赐诏书嘉奖范公，把乐章交给太常寺演奏，并命三省、侍从和台阁等各位大臣都去观看。

当时范公已经得了病，乐曲奏过三天就去世了。是在元祐三年闰十二月初一日，终年八十一岁。听到范公去世的消息，皇帝停止上朝一天，以示哀悼。赠官为金紫光禄大夫，定谥号为忠文。范公虽然凭长寿富贵荣显，在自己家中得终天年，没有什么可遗憾的了，可士大夫都惋惜他以道德辅佐君主，经历了三朝，都以刚直方正难以合于执政官的心思。所以虽然任用他却不能完全发挥他的才能。今皇帝即位后，如饥似渴地寻求贤才，用很隆重的礼节起用范公，可是范公已经老了，不再想入朝做事了。所以听说范公去世的消息，大家都哭得非常悲痛。

范公清白坦荡，表里如一，待人诚恳，恭敬俭朴，谨慎寡言，嘴里从来不议论别人的过失。可是在大事面前，需要做出重要决策时，他虽然面色温和而言语激烈，经常表现出视死如归的气概，就是在皇上面前也不能折服。范公很看重德行道义，每当有了补官的机会，都是先让给族人，后轮到子孙。乡里人有不能娶妻、安葬的人，都为他们操持。在他们家客居的人常常达到十多个。虽然有时租赁简陋的房屋，席地而坐，但是大家吃喝都一样。

他的哥哥范镃死在陇城，没有儿子。传闻有个遗腹子流落在外，范公那时还没有做官，徒步在东西两蜀之间寻找，找了两年才找到。他曾说：“我哥哥和别人长得不一样，身上有四个乳房，他的儿子也应该是这样。”找到后果然如此。给他取名叫百常。以范公的官阶得到荫补，现为承议郎。范公小时受学于乡里的先生庞直温。直温的儿子庞昉在京城去世，范公就娶了他的女儿为孙媳妇，还终身赡养庞昉的妻子儿女。

他的学术以六经的仁义为本，从不接受佛学、老子、申不害、韩非等异端学说。他的文章清新亮丽，言简意深，学生们都把这些文章作为典范。范公前后三次进入翰林院，主持嘉祐二年、六年、八年以及治平二年的贡举。门生布满天下，贵显的人数也数不清。受命编撰《唐书》《仁宗实录》《玉牒》《日历》《类篇》。只要朝廷有大规模的著述和重要的议论，没有范公不参与的。契丹和高丽国的人都会背诵范公的文赋。他年轻时写的诗中有一句“长啸却胡骑”。后奉命出使契丹，契丹国的人都用眼色互相示意说：“这就是那位长啸公。”后来他哥哥的儿子范百禄也出使契丹，契丹人首先问他：“范公好吗？”范公有《文集》一百卷，《谏垣集》十卷，《内制集》三十卷，《外制集》十卷，《正言》三卷，《乐书》三卷，《国朝韵对》三卷，《国朝事始》一卷，《东斋记事》十卷，《刀笔》八卷。

范公勋级到了柱国，多次封爵，直至封为蜀郡开国公，食邑加到二千六百户，实封五百户。妻子张氏，被追封为清河郡君。再娶的妻子李氏，被追封长安郡君。共有五个儿子：长子名叫燕孙，还未正式取名就死了；二子名叫百揆，宣德郎、监中岳庙；三子名叫百嘉，承务郎，在范公去世前一年死去；四子名叫百岁，太康县主簿，在范公去世前六年死去；少子名叫百虑，承务郎。女儿一人，曾经嫁给左司谏吴安诗，归家后去世。孙男十人：祖直，襄州司户参军；祖朴，长社县主簿；祖野、祖平，假承务郎；祖封，右承奉郎；祖耕，承务郎；还有祖淳、祖舒、祖京、祖恩。孙女六人，曾孙女三人。

范公晚年居住在许州，许州人热爱并且敬重他。他去世的时候，乡里人都伤心流泪。元祐四年八月己未，埋葬在汝州的襄城县汝安乡推贤里。夫人李氏和他同墓安葬。

范公开始以诗赋成为知名的进士，后来担任馆阁侍从，又以文章学术为人称道。虽然多次劝谏皇帝甚至议论立太子的大事，朝廷相信他的忠诚，但是事情都很隐秘，世人也都知道得不全面。后来在讨论濮安懿王称号的问题上，他遵守礼法不屈不挠，名声越来越大。到议论熙宁新法，与王安石、吕惠卿辨论，以至被废黜不用。此后天下的人都不约而同地像尊敬老师一样敬重他。不分贵贱贤愚，都叫他景仁而不敢直呼他的名字。有做了不义之事的人，就怕被范公知道。

范公被准许退休后，我去祝贺他说：“您虽然退休可是声名更重了。”范公却闷闷不乐，他说：“君子应当使君王言听计从消除祸患于未萌发之前，使天下不知不觉得到帝王的恩惠，而他自己未必非要得到智者的名声和勇于规谏的功业。我没能做到这一步，这真是天命！

如今使天下百姓遭受祸害，可是我却得到美誉，我哪里希望是这样啊！”比起范公来，我感到很惭愧。

铭文说：凡是世上的人物，都不要被名声所累。而人们却对名声趋之若鹜，把虚名看得无上荣耀。神人并没有多响的名声，只是希望知道自己的人越少越好。世人只怕自己的名声不显，把自己不能扬名看成是最大的悲哀。自从熙宁以来，有谁能具有这样的襟怀和器局呢?感叹范公前辈，他从不追求显赫的名声。当初司马光在洛阳，范公在许州。都想让百姓忘了自己，而人民却永远怀念他们。司马光当了丞相，却又避开官途回到洛阳。像用绳索系住自己，告诫自己不要超越这个限定。他替上天辅佐君王，替君王治理万民。道远任重，终于殉职。范公守志不移，屡次征召都没有复官。上天没有惩罚他，最后安然而终。人们都称赞范公，看重修养，轻视功名。有谁能知道他的道德，具有古代圣贤的高洁。他的表率使贪婪的人变得清廉，使懦弱的人勇于自立。他不看重世俗的功名利禄，所以终身虽然没有物欲所得，却同时也没有志节的丧失。司马光为朝廷任用，任职就必要有补于世。在那样水火不容的境况中，他忘掉自我，立志要解救世人的苦难。范公虽然没有被重用，但他的德行并不逊于司马光。就像那高山大河，站在云表更能望见他们的雄伟宏壮。范公是蜀中人，现在葬在汝州。子子孙孙不能忘记，还要把一代伟人的高风亮节传颂到后世。

张文定公墓志铭

仁宗皇帝在位四十二年，搜览天下豪杰，不可胜数。既自以为股肱心膂，敬用其言，以致太平。而其任重道远者，又留以为三世子孙百年之用，至于今赖之。孔子曰：“惟天为大，惟尧则之。”天下未尝一日无士，而仁宗之世，独为多士者，以其大也。贾谊叹细德之险微，知凤鸟之不下，闵沟渎之寻常，知吞舟之不容，伤时无是大者以容己也。故尝窃论之。天下大器也，非力兼万人，其孰能举之?非仁宗之大，其孰能容此万人之英乎？盖即位八年，而以制策取士，一举而得富弼，再举而得公。

公姓张氏，讳方平，字安道。其先宋人也，后徙扬州。高祖克，唐末为亳州刺史。曾祖文熙，亳州军事推官，赠太师。娶苏氏，追封武功郡太夫人。祖峤，以进士及第，太宗尝召对，选知郓州，赐亲札，给全俸，终于尚书都官员外郎。娶刘氏，追封沛国太夫人。考尧卿，生而端默寡言，有出世间意。以父命勉娶，非其意也。父没，遂居一室，家人莫得见其面者十有七年。与祖考皆赠太师、开府仪同三司，皆封魏国公。娶嵇氏，追封谯国太夫人。

公年十三，入应天府学，颖悟绝人。家贫无书，尝就人借三史，旬日辄归之，曰："吾已得其详矣。"凡书皆一阅，终身不再读。属文未尝起草。宋绶、蔡齐见之曰："天下奇材也。"与范讽皆以茂材异等荐之。

以景祐元年中选，授校书郎，知昆山县。蒋堂为苏州，得公所著《刍荛论》五十篇，上之，以贤良方正能直言极谏荐公。射策优等，迁著作佐郎、通判睦州。

时赵元昊欲叛而未有以发，则为谩书求大名，以怒朝廷，规得谴绝以激使其众。公以谓："朝廷自景德以来，既与契丹盟，天下忘备。将不知兵，士不知战，民不知劳，盖三十年矣。若骤用之，必有丧师蹶将之忧；兵连民疲，必有盗贼意外之患。当含垢匿瑕，顺适其意，使未有以发。得岁月之顷，以其间选将厉士，坚城除器，为不可胜以待之。虽元昊终于必叛，而兵出无名，吏士不直其上，难以决胜。小国用兵三年而不见胜负，不折则破。我以全制其后，必胜之道也。"是时士大夫见天下全盛，而元昊小丑，皆欲发兵诛之，惟公与吴育同议。议者不深察，以二人之论为出于姑息，遂决用兵，天下骚动。

公献《平戎十策》，大略以："边城千里，我分而贼专。虽屯兵数十万，然贼至尝以一击十，必败之道也。既败而图之，则老师费财，不可为已。宜及民力之完，屯重兵河东，示以形势。贼入寇，必自延、渭而兴州，巢穴之守必虚，我师自麟、府渡河，不十日可至。此所谓攻其所必救，形格势禁之道也。”宰相吕夷简见之，谓宋绶曰：“君能为国得人矣。”然不果用其策。

召对，赐五品服，直集贤院，迁太常丞，知谏院。首论“祖宗以来，虽分中书、枢密院，而三圣英武独运，断归于一。今陛下谦德，仰成二府，不可以不合。”仁宗嘉之。会富弼亦论此，遂命宰相兼枢密使。

方元昊之叛也，禁兵皆西，而诸路守兵，多拣赴阙，郡县无备，乃命调额外弓手。公在睦州，条上利害八事。及是有旨遣使于陕西、河东、京东西路刺弓手为宣毅、保捷指挥。公连上疏，争之甚力，不从。宣毅十四万人，保捷九万人，皆市人，不可用，而宣毅骄甚，所在为寇。自是民力大困，国用一空。识者以不从公言为恨。

时夏竦并护四路，刘平、石元孙、任福之败，皆贬主帅，而竦独不问。贼围麟、府，诏竦出兵牵制，竦逗遛不出，使贼平丰州、夷灵远而去。公极言之，诏罢竦节制。自是四路各得专达，人人自效，边备修完，贼至无所得。

及庆历元年，西方用兵，盖六年矣。上既厌兵，而贼亦困弊。不得耕牧休息，虏中匹布至十馀千，元昊欲自通，其道无由。公慨然上疏曰：“陛下犹天地父母也，其与此犬豕豺狼较胜负乎?愿因今岁郊赦，引咎示信，开其自新之路。申敕边吏，勿绝其善意。若犹不悛，亦足以怒我而怠彼，虽天地鬼神，必将诛之。”仁宗喜曰：“是吾心也。”命公以疏付中书。吕夷简读之，拱手曰：“公之及此，是社稷之福也。”是岁，赦书开谕如公意。明年，元昊始请降。自元昊叛，公谋无遗策，虽不尽用，然西师解严，公有力焉。

修起居注，假起居舍人、知制诰使契丹。戎主雅闻公名，与其母后族人，微行观公于范阳门外。及燕，亲诣前酌玉卮以饮公，顾左右曰：“有臣如此，佳哉!”骑而击球于公前，以其所乘马赐公。朝廷知之，自是虏使挟事至者，辄命公馆之。

寻召试知制诰，迁右正言，赐三品服。诰命简严，四方诵之。

兼史馆修撰。章得象监国史，以《日历》自乾兴至庆历废不修，以属公。于是粲然复完。

权知开封府。府事至繁，为尹者皆书板以记事。公独不用，默记数百人，以次决遣，不遗毫厘。吏民大惊以为神，不敢复欺。

拜翰林学士，领群牧使。牧事久不治，公始整齐之。元昊遣使求通，已在境上，而契丹与元昊构隙。使来约我，请拒绝其使。时议者欲遂纳元昊，故为答书曰："元昊若尽如约束，则理难拒绝。"仁宗以书示公与宋祁。公上议曰："书词如此，是拒契丹而纳元昊。得新附之小羌，失久和之强虏也。若已封册元昊，而契丹之使再至，能终不听乎?若不听，契丹之怨，必自是始。听而绝之，则中国无复信义，永断招怀之理矣。是一举而失二虏也。宜赐元昊诏曰：'朝廷纳卿诚款，本缘契丹之请，今闻卿招诱契丹边户，失舅甥之欢。契丹遣使为言，卿宜审处其事。但嫌隙朝除，则封册暮行矣。'如此于西北为两得。"时人伏其精识。

拜谏议大夫，为御史中丞。中外之事，知无不言。至于宫妾宦官，滥恩横赐，皆力争裁抑之。

寻知贡举。士方以游词崄语为高。公上疏，以谓文章之变实关盛衰，不可长也。诏以公言晓谕学者。宰相贾昌朝与参知政事吴育忿争上前。公将对，昌朝使人约公，当以代育。公怒叱遣曰："此言何为至于我哉！"既对，极论二人邪正曲直。然育卒罢，高若讷代之。

时当郊而费用未具，中外以为忧。宰相欲以是危公，复拜翰林学士，为三司使。公领使未几，以办闻，仁宗大喜。至于今，计司先郊告办，盖自公始。前三司使王拱辰请榷河北盐，既立法矣，而未下。公见上，问曰："河北再榷盐，何也？"仁宗惊曰："始立法，非再也。"公曰："周世宗榷河北盐，犯辄处死。世宗北伐，父老遮道泣诉，愿以盐课均之两税钱，而弛其禁，世宗许之。今两税盐钱是也，岂非再榷乎？且今未榷也，而契丹常盗贩不已，若榷之则盐贵，虏盐益售，是为我敛怨而虏获利乎？虏盐滋多，非用兵莫能禁也。边隙一开，所获利能补用兵之费乎？”仁宗大悟，曰：“卿与宰相立罢之。”公曰：“法虽未下，民已户知之，当直以手诏罢，不可自有司出也。”仁宗大喜，命公密撰手诏下之。河朔父老相率拜迎于澶州，为佛老会七日，以报上恩。且刻诏书北京。至今父老过其下，必稽首流涕。

南京鸿庆宫成，奉安三圣像，当遣柄臣，特命公为礼仪使，乡党荣之。

仁宗遂欲用公，而公以目疾求去甚力。乃加端明殿学士归院，判尚书都省，兼领银台司、审刑院、太常寺事。庆历中，卫士夜逾宫垣为变。仁宗旦语二府，以贵妃张氏有扈跸之功，枢密使夏竦倡言宜讲求所以尊异贵妃之礼，宰相陈执中不知所为。公见执中，言：“汉冯婕妤身当猛兽，不闻有所尊异。且皇后在而尊贵妃，古无是礼。若果行之，天下谤议必大萃于公，终身不可雪也。”执中耸然，敬从公言而罢。

修宗正寺玉牒，补缀失亡，为书数百卷。

自陕右用兵，公私困乏。士大夫争言丰财省费之道，然多不得其要。公自为谏官、御史中丞、三司使，皆为上精言之。一日，仁宗御资政殿，召两府、侍从赐坐，手诏问天下事。公退直禁林，是日有旨锁院。公既草制书，又条对所问数千言，夜半与制书皆上。仁宗惊异，又手诏独策公。明日复出数千言大略以谓：“太祖定天下，用兵不过十五万，今百馀万，而更言不足。自祥符以来，万事堕弛，务为姑息，渐失祖宗之旧。取士、任子、磨勘、迁补之法既坏，而任将养兵，皆非旧律。国用既窘，则政出一切。大商奸民，乘隙射利，而茶盐香矾之法乱矣。此治乱盛衰之本，不可以不急治。”公既明习历代损益，又周知祖宗法度，悉陈其本末赢虚所以然之状，及当今所宜救治施行之略。而其末乃论：“古今治乱，在上下离合之间。比年已来，朝廷颇引轻崄之人，布之言路。违道干誉，利口为贤。内则台谏，外则监司。下至胥吏僮奴，皆可以构危其上。自将相公卿宿贵之人，皆争屈体以收礼后辈。有不然者，则谤毁随之。惴惴焉惟恐不免，何暇展布心体为国立事哉？此风不革，天下无时而治也。”上益异之，书“文儒”二字以赐。月馀，御迎阳门，召两制近侍，复赐问目曰：“朕之阙失，国之奸蠹，朝之懒谀，皆直言其状。”独引公近御榻，密访之，且有大用语。公叹曰：“暴人之私，迫人于崄而攘之，我不为也。”终无所言。

公既刚简自信，不恤毁誉，故小人思有以中之。会三司判官杨仪以请求得罪，公坐与仪厚善，遂罢职，出知滁州。不数月，上悟，还端明殿学士、知江宁府。明年，加龙图阁学士，迁给事中、知杭州。公平生学道，虚一而静，故所至皆不言治。既去，人必思之。

自杭丁太夫人忧，服除，以旧职还朝，判流内铨。建言畿内税重，非所以示天下。是岁郊赦，减畿内税三分，遂为定制。

秦州叛羌断古渭路，帅张昇发兵讨贼，而副总管刘涣不受命，皆罢之。拜公侍读学士、知秦州。公力辞不拜，曰：“涣与昇有阶级，今互言而两罢，帅不可为也。”昇以故得不罢。

以公为礼部侍郎、知滑州。改户部侍郎，移镇西蜀。始，李顺以甲午岁叛，蜀人记之。至是方以为忧，而转运使摄守事。西南夷有邛部川首领者，妄言蛮贼侬智高在南诏，欲来寇蜀。摄守妄人也，闻之大惊。移兵屯边郡，益调额外弓手，发民筑城，日夜不得休息。民大惊扰，争迁居城中。男女昏会，不复以年，贱粥谷帛市金银，埋之地中。朝廷闻之，发陕西步骑戍蜀，兵仗络绎相望于道。诏促公行，且许以便宜从事。公言：“南诏去蜀二千馀里，道险不通。其间皆杂种，不相役属。安能举大兵为智高寇我哉？此必妄也。臣当以静镇之。”道遇戍卒兵仗，辄遣还入境。下令邛部川曰：“寇来吾自当之，妄言者斩。”悉归屯边兵，散遣弓手，罢筑城之役。会上元观灯，城门皆通，夕不闭。蜀遂大安。已而得邛部川之译人始为此谋者斩之，枭首境上，而配流其馀党于湖南。西南夷大震。先是，朝廷获侬智高母子留不杀，欲以招智高，至是乃伏法。

复以三司使召还。奏罢蜀横赋四十万，减铸铁钱十馀万，蜀人至今纪之。初，主计京师，有三年粮，而马粟倍之。至是马粟仅足一岁，而粮亦减半。因建言："今之京师，古所谓陈留。天下四通五达之郊，非如雍、洛有山河形胜足恃也，特依重兵以立国耳。兵恃食，食恃漕运。汴河控引江淮，利尽南海。天圣以前，岁发民浚之，故河行地中。有张君平者，以疏导京东积水，始辍用汴夫。其后浅妄者，争以裁减费役为功。河日以堙塞，今仰而望河，非祖宗之旧也。"遂画漕运十四策。宰相富弼读公奏上前，昼漏尽十刻，侍卫皆跛倚。仁宗太息称善。弼曰："此国计大本，非常奏也。"悉如所启施行。退谓公曰："自庆历以来，公论食货详矣，朝廷每有所损益，必以公奏为议本。凡除主计，未尝敢先公也。"其后未期年，而京师有五年之蓄。

迁吏部侍郎，复以目疾请郡。迁尚书左丞、知南京。未几，以工部尚书知秦州。时亮祚方骄僭，阅士马，筑堡筚篥城之西，压秦境上。属户皆逃匿山林。公即料简将士，声言出塞，实按军不动。贼既不至，言者因论公无贼而轻举。宰相曾公亮言于朝曰："兵不出塞，何名为轻举？张公岂轻者哉！贼所以不至者，以有备故也。有备而贼不至，则以轻举罪之，边臣自是不敢为先事之备也。"议者乃服。

初，命公秦州，有旨再任，当除宣徽使。议者欲以是沮挠之，公笑曰："吾于死生祸福，未尝择也，宣徽使于我何有哉！"力请解，复知南京，封清河郡公。

英宗即位，迁礼部尚书、知陈州。过都，留判尚书都省。请知郓州，陛辞，论天下事，英宗叹曰："学士其可以去朝廷哉！"公力请行，加侍读学士，徙定州。乞归养，改徐州。

英宗屡欲召还，而左右无助公者。一日，谓执政曰："吾在藩邸时，见其《刍荛论》及所对策，近者代言之臣，未尝副吾意。若使居典诰之任，亦国华也。”执政乃始奉诏，拜翰林学士承旨。问治道体要，公以“简易诚明”为对。言近而指远，不觉前席曰：“吾昔奉朝请，望侍从大臣，以谓皆天下选人。今乃不然，闻学士之言，始知有人矣。”

胡宿罢枢密副使，上欲以公代之，而执政请用郭逵。英宗以语公，公曰：“自庆历以后，擢任二府，必参之中书，臣知事君而已。”迁刑部尚书。

英宗不豫，学士王珪当直不召，召公赴福宁殿。上凭几不言，赐公坐。出书一幅，八字，曰“来日降诏，立皇太子”。公抗声曰：“必颍王也，嫡长而贤，请书其名。”上力疾书以付公。公既草制，寻充册立皇太子礼仪使。

神宗即位，召见侧门。公曰：“仁宗崩，厚葬过礼，公私骚然，请损之。”上曰：“奉先可损乎？”公曰：“遗制固云以先志行之，天子之孝也。”上叹曰：“是吾心也。”公又奏：“百官迁秩，恩已过厚，若锡赉复用嘉祐近比，恐国力不能支，乞追用乾兴例足矣。”从之，省费十七八。

迁户部尚书，御史中丞王陶击宰相，参知政事吴奎与之辨，上欲罢奎。公适对，上曰：“奎罢，当以卿代。”公力辞。上曰：“卿历三朝，无所阿附，左右莫为先容，可谓独立杰出矣。先帝已欲用卿，今复何辞？”公曰：“韩琦久在告，意保全奎。奎免，必复不起。琦勋在王室，愿陛下复奎位，手诏谕琦，以全始终之分。”上嗟叹久之，继出小纸曰：“奎位执政而击中司，谓朕手诏为内批，持之三日不下，不去，可乎？”公复论如初。上从之，赐琦诏，如公言。久之，琦求去坚甚。夜召公议，公复申前论。上曰：“琦志不可夺也。”公遂建议宜宠以两镇节钺，且虚府以示复用。从之。

面命公为参知政事，以亲疾辞。上曰：“受命以慰亲意，庶有瘳也。”是夕，复诏知制诰郑獬内东门别殿，谕以用公意，制词皆出上旨。制出，公以亲疾在告。召对，押赴中书。

御史中丞缺，曾公亮欲用王安石，公极论安石不可用。不数日，魏公捐馆。上叹息不已，命近珰及内司宾存问日至，虚位以待公。寻诏起复，四上章乃免。服除，以安石不悦，拜观文殿学士，留守西京。

入觐，请南京留台。上欲以为宣徽使修国史，不可。则欲以为提举集禧观、判都省。所以留公者百方，公皆力辞，遂知陈州。

时方置条例司，行新法，大率欲丰财而强兵。公因陛辞，极论利其害，皆深言危语。曰："水所以载舟，亦所以覆舟。兵犹火也，不戢当自焚。若行新法不已，其极必有覆舟、自焚之忧。"上雅敬公，不甚其言，曰："能复少留乎？"公曰："退即行矣。"上亦怅然。

至陈，陕西方用兵，卒叛庆州，声摇关辅，京西漕檄捕盗官以兵会所属州，白刃横野，民大惶骇。公收其檄不行而奏之。上谓执政曰："守臣不当尔耶？临事乃见人。"诏京西兵各归其旧。吏方以苛察为能，小不中意，辄置司推治。一州至数狱，追逮数千里，死者甚众，公以耳闻，诏立条约下诸路。时监司皆新进，趋时兴利，长吏初不与闻。公曰："吾衰矣，雅不能事人，归欤以全吾志。"即力请留台而归。

未几，复知陈州。暇日坐西轩，闻外板筑喧甚，曰："民筑嘉应侯张太尉庙。"公曰："巢贼乱天下，赵犨以孤城力战保此邦，捍大患者也。此而不祀，张侯何为哉？"命夷其庙，立赵侯祠佛舍中。

未几，改南京，且命入觐。不待次，对前殿。曰："先帝尝言卿不立交党，退朝掩关，终日无一客。"命坐赐茶。

寻拜宣徽北院使、检校太尉、判应天府。公曰："宣徽使非寄任不除，臣求乡郡自便而得之，恐启侥幸路。"上曰："朕未之思。"改判青州，告免。

延和殿赐坐，问："祖宗御戎之策孰长？"公曰："太祖不勤远略，如夏州李彝兴、灵武冯晖、河西折御卿，皆因其酋豪，许以世袭，故边圉无事。董遵诲捍环州，郭进守西山，李汉超保关南，皆十馀年。优其禄赐，宽其文法，而少遣兵。诸将财力丰而威令行。间谍精审，吏士用命。贼所入辄先知，并兵御之，战无不克。故以十五万人而获百万之用。终太祖之世，边鄙不耸，天下安乐。及太宗平并州，欲遂取燕、蓟，自是岁有契丹之虞。曹彬、刘廷谦、傅潜等数十战，各亡士卒十馀万。又内徙李彝兴、冯晖之族。继迁之变，三边皆扰，而朝廷始旰食矣！真宗之礼赵德明纳款，及澶渊之克，遂与契丹盟。至今人不识兵革，可谓盛德大业。祖宗之事，大略如此，亦可以鉴矣。近岁边臣建开拓之议，皆行崄侥幸之人，欲以天下安危试之一掷。事成则身蒙其利，不成则陛下任其患，不可听也。”上曰：“庆历以来，卿知之乎？元昊初臣，何以待之？”公曰：“臣时为学士，誓诏封册，皆臣所草。”具言本末。上惊曰：“尔时已为学士，可谓旧德矣！”时契丹遣泛使萧禧来，上问：“虏意安在？”公曰：“虏自与中国通好，安于豢养，吏士骄惰，实不欲用兵。昔萧英、刘六符来，仁宗命二府置酒殿庐，与语。英颇泄其情，六符色目之。英归，竟以此得罪。今禧黠虏，愿如故事，令大臣与议，无屈帝尊与虏交口。”上曰：“朕念庆历再和之后，中国不复为善后之备，故修戎事为应兵耳。”公曰：“应兵者，兵祸之已成者也。消变于未成，善之善者也。”公每辞去，上辄迁延之，三易其期。遂诏公归院供职。

萧禧至，以河东疆事为辞。上复以问公，公曰：“嘉祐二年虏使萧扈尝言之，朝廷讨论之详矣。命馆伴王洙诘之，扈不能对。录其条目，付扈以归。”因以洙藁上之。禧当辞，偃蹇卧驿中不起，执政未知为言。公班次二府，因朝，谓枢密使吴充曰：“禧不即行，使主者日致馈而勿问，且使边吏以其故檄虏中可也。”充启用其说，禧即日行。

除中太一宫使。进对礼秩，凡皆与执政同。公在朝虽不任职，然多建明。上数欲废易汴渠。公曰：“此祖宗建国之本，不可轻议。饷道一梗，兵安所仰食？则朝廷无置足之地矣。非老臣，谁敢言此？”

自王安石为政，始罢铜禁，奸民日销钱为器，边关海舶，不复讥钱之出。故中国钱日耗，而西南北三虏皆山积。公极论其害，请诘问安石。举累朝之令典，所以保国便民者，一旦削而除之，其意安在？

有星孛于轸，诏求直言。公上疏论所以致变之故，人皆为恐栗，上皆优容之。求去愈力。上曰："卿在朝岂有所好恶者欤？何欲去之速也？"公曰："臣平生未尝与人交恶，但欲归老耳。"上知不可留，乃以为宣徽南院使、检校太傅、判应天府。上曰："朕初欲卿与韩绛共事，而卿论政不同。又欲除枢密使，而卿论兵复异。卿受先帝末命，卒无以副朕意乎？"因泫然泣下，赐带如尝任宰相者。

高丽使过南京，长吏当送迎。公言："臣班视二府，不可为陪臣屈。"诏独遣少尹。使者见公，恐栗不敢仰视。师征安南，公以谓西北壮士健马，弃之南方，其患有不可胜言者。若社稷之福，则老师费财，无功而还。因论交趾风俗与诸夷不类，自建隆以来，吴昌文、丁部、黎桓、李公缊，四易姓矣，皆以大校篡立，有唐末五代藩镇倾夺之风，此可以计破者也。遂条上九事。习知蛮事者，皆服其精炼。师还，如公言。新法既鬻坊场河渡，司农又并祠庙鬻之。官既得钱，听民为贾区。庙中侮慢秽践，无所不至。公言："宋，王业所基也，而以火王。阏伯封于商丘，以主大火；微子为宋始封。此二祠者，独不可以免于鬻乎？"上震怒，批出曰："慢神辱国，莫甚于斯！"于是天下祠庙皆不得鬻。

公自念将老，无以报上，论事益切。至于论兵起狱，尤为反复深言。曰："老臣且死，见先帝地下，有以藉口矣。"上为感动。至永乐之败，颇思其言。

公请老不已，拜东太一宫使。就第，章数十上。拜太子少师，以宣徽使致仕。官制行，罢宣徽院，独命公领使如旧。今上即位，执政辄罢公使，以太子太保致仕。元祐六年，诏复置宣徽使，乃命公复南院。章四上，不拜，玺书嘉之。以其年十二月二日薨，享年八十五。

讣闻，辍视朝一日，特赠司空。制服苑中，官其亲属五人。太皇太后对辅臣嗟叹其忠正。公遗令不请谥，尚书右丞苏辙为请，诏有司议谥曰文定。

娶马氏，太常少卿绛之女，追封永嘉郡夫人。四子：邦彦，大理评事；邦直、邦杰，太常寺太祝，皆先公卒；恕，今为右朝散郎、通判应天府，信厚敦敏笃学，朝廷数欲用之，以公老，不忍去左右，诏听之。三女：长适殿中丞蔡天申；次适右朝奉郎王巩；其季已嫁而复归。孙男四人：钦咨、钦亮、钦弼、钦宪。孙女三人，并幼。

公晚自谓乐全居士，有《乐全集》四十卷、《玉堂集》二十卷、《注仁宗乐书》一卷。神宗尝赐亲札曰："卿文章典雅，焕然有三代之风。书之典诰，无以加焉，西汉所不及也。"

所与交者，范仲淹、吴育、宋祁三人，皆敬惮之。曰："不动如山，安道有焉。"晚与轼先大夫游，论古今治乱及一时人物，皆不谋而同。轼与弟辙以是皆得出入门下。

轼尝论次其文曰："孔北海志大而论高，功烈不见于世。然英伟豪杰之气，自为一时所宗。其论盛孝章、郗鸿豫书，慨然有烈丈夫之风。诸葛孔明不以文章自名，而开物成务之姿，总练名实之意，自见于言语。至《出师表》简而尽，直而不肆，大哉言乎，与《伊训》《说命》相表里，非秦汉已来以事君为说者所能至也。常恨二人之文不见其全，公其庶几乎？乌乎！士不以天下之重自任久矣。言语非不工也，政事文学非不敏且博也，然至于临大事，鲜不忘其故、失其守者，其器小也。公为布衣，则颀然已有公辅之望。自少出仕，至老而归，未尝以言徇物，以色假人，虽对人主，必同而后言。毁誉不动，得丧若一，真孔子所谓'大臣以道事君'者。世远道散，虽志士仁人，或少贬以求用，公独以迈往之气，行正大之言，曰：'用之则行，舍之则藏。'上不求合于人主，故虽贵而不用，用而不尽；下不求合于士大夫，故悦公者寡，不悦公者众。然至言天下伟人，则必以公为首。"世以轼为知言。

公始为谏官，荐刘夔、王质自代，即日擢用。及贝州军叛，上欲遣公出征，举明镐自代，即以为将，而贝州平。熙宁中，轼将往见公于陈。宰相曾公亮谓轼曰：“吾受知张公，所以至此者，公恩也。”轼以问公。公怅然久之，曰：“吾密荐公亮，人无知者，岂仁宗以语之乎？”轼以是知公虽不偶于世，而人主信之盖如此。

公性与道合，得佛老之妙。属纩之日，凛然如平生，有星陨于北牖。及薨，赤气自寝而升，里人望而惊焉。以七年八月九日庚申葬于宋城县永安乡仁孝里。其子恕以王巩之状来求铭。铭曰：

大道之行，士贵其身。维人求我，匪我求人。秦汉以来，士贱君肆。区区仆臣，以得为喜。功利之趋，谤毁是逃。我观其身，夏畦之劳。纷纭丛脞，千载一律。帝闵下俗，异人乃出。是生我公，龙章风姿。翔于千仞，世挽留之。浩然直前，有碍则止。放为江河，汇为沼池。穆穆三圣，如天如渊。前席惟谊，见黯必冠。岂不用公，道有不契。出其续馀，则已惊世。公之所能，我不敢知。乘云驭风，与汗漫期。噫天何时，复生此杰？我作铭诗，以诏王国。

【译文】仁宗皇帝在位四十二年，搜求天下的豪杰之士，不可计数。仁宗把他们当作自己的膀臂心腹倚任，谦恭地听取他们的意见，因此保持天下太平昌盛的局面。而对那些将来可以大有所为的人材，又保留给身后的子孙为治国的大臣，直到现在还依赖着这些人才。孔子说：“只有天是最广大的，只有尧的仁德能与天相比。”天下没有一天不存在杰出的人材，而在仁宗一朝，优秀的人材却特别多，这其中的原因就是因为他的心胸博大。贾谊感叹那些只有小聪明而没有大才干的士子心术不正，知道楚狂所说凤鸟那样的高洁之士不会落入世俗，遗憾小沟小汊随处可见，而气吞舟船的大江大河却难以被沟汊所容，为当时没有一个圣明的朝廷能容纳自己而感到哀伤。所以曾私下作文章论及此理。天下好比是最大的器物，不聚合万人之力，谁能把它举起来？没有仁宗那样博大的胸怀，又怎么能容纳成千上万个精英豪杰呢？即位第八年，用对策的方法选取人才，第一次得到了富弼，第二次就得到了张公。

公姓张，名叫方平，字安道。他的祖先是宋州人，后来迁徙到扬州。高祖名叫克，唐朝末年担任亳州刺史。曾祖父名叫文熙，曾任亳州军事推官，死后赠官太师。娶妻苏氏，追封为武功郡太夫人。祖父名叫峤，考中进士，大宗曾经召他对策，选拔他担任郓州知州，赐给他亲笔信，让他领取全俸，去世时为尚书都官员外郎。娶妻刘氏，追封为沛国太夫人。张公的父亲名叫尧卿，生性端庄，沈默寡言，有出世的志向。虽然听从父命，勉强娶妻，但不是出于自己的意愿。他父亲去世后，就独自居处在自己的房间里，家里人见不到他的面长达十七年之久。张尧卿和他的祖父、父亲都被赠官太师、开府仪同三司，也都封魏国公。尧卿娶妻嵇氏，追封为谯国太夫人。

张公十三岁那年，进入应天府府学，聪颖醒悟超过常人。由于家里贫穷，没有书看，曾经向别人借阅《史记》《汉书》《后汉书》，十天就还给人家，说："我已经详细地了解里面的内容了。"所有的书他都只看一遍，终身不再读第二次。写文章从不起草。宋绶、蔡齐见了他都说："真是天下奇材啊。"张公和范讽都以茂材异等被推荐。

景祐元年被选为校书郎，又任昆山县知县。当时蒋堂担任苏州知州，看到张公所著的《刍荛论》五十篇，把它呈给了皇帝，并以贤良方正、能直言极谏推荐张公。张公因朝廷对策被判为优等，升为著作佐郎、通判睦州。

当时赵元昊想背叛宋朝但没有借口发兵，就写了一封口气很傲慢的信，要求给他更高的名位以激怒朝廷，想利用宋朝的遣责拒绝来激怒他的臣民。张公说："朝廷自景德年间与契丹结盟后，天下忘记了兵备。将帅不了解士兵，士步不懂得作战，人民不知道战乱带来的劳苦，已经三十年了。要是突然打起仗来，一定会发生损兵折将的情况；战争连年人民疲惫，一定会发生盗贼叛乱的意外灾祸。所以现在应当表面上容忍元昊的无理，顺从满足他的意愿，使他没有借口发动叛乱。以争取一些时间，这其间赶紧选拔将帅，激励士兵，坚固城墙，分发武器，以不可战胜的姿态等待他的叛乱。即使元昊最终一定要发动叛乱，可是师出无名，他的官吏和将士都不认为自己的首领有理，那么元昊就难以取胜。一个小国发动战争，三年不能得胜，不败也会灭亡。而我国以兵精粮足后发制人，这才是必胜之路。”那时士大夫只看见天下全盛，而对元昊这个小丑，都想发兵讨伐他，只有张公和吴育观点相同。决策大臣不省察利害，认为他们两个人的言论是姑息元昊，于是决定用兵，全国上下一片骚动。

张公献上《平戎十策》，大意是说：“边疆千里之遥，我们的战线分散而敌人的力量集中。虽然我方屯兵几十万，可是敌方出动，往往是以一击十，我军必败无疑。边关被攻破还要制服他，就会使军队疲惫，财力耗费，不可能取胜了。应当等到民众准备充足，在河东一带屯戍重兵，向敌人显示我国的实力。敌人进犯，一定会从延州、渭州而到兴州，他的大本营守备一定空虚，我军自麟州、府州渡过黄河，不到十天就可到达。这就是所谓打击敌人一定要救护之处，这就是孙子所说‘形势必然有利于我’的道理了。”宰相吕夷简见到这篇文章，对宋绶说：“你能为国家得到人才啊。”但是却没有用他的计策。

天子召张公问话，赐给他五品官服，命他为直集贤院，迁太常丞，知谏院。张公首先论述：“大宋开国以来，虽然分设了中书省和枢密院，可是太祖、太宗、真宗英明威武，独自运畴，决断归于一身。如今陛下具有谦虚的美德，国事都倚仗这两个部门，因此他们不可以相互不合。”仁宗赞扬了他的议论。正好富弼也论起这件事，于是下旨让宰相兼任枢密使。

元昊反叛的时候，京城的禁兵都调到西北去了，而各路的守兵，又大多挑选到京城去，郡县就没有了守备。于是朝廷下令征调编外的弓箭手。张公那时在睦州，曾逐条上奏有关此事利害的八条意见。后来朝廷派遣使臣到陕西路、河东路、京东西路宣旨，命这几路的弓手改编为宣毅军和保捷军。张公接连上书，极力地争论这件事不可行，朝廷没有听从他的意见。宣毅军十四万人，保捷军九万人，都是市井之人，不能用于作战。而且宣毅军非常骄横，在所驻扎的地方为非作歹。此后民力凋蔽，国家财政大大空虚。有见识的人都为朝廷当初没有听从张公意见而深感遗憾。

当时夏竦总任永兴、秦凤、泾原、环庆四路经略安抚使，刘平、石元孙、任福的失利，各路主帅都受到贬斥，只有夏竦一人没被降罪。西夏人围困麟州和府州，圣旨命夏竦发兵牵制敌军，夏竦寻找借口迟迟不发兵，致使西夏人洗劫了丰州，荡平了灵州而返回。张公言辞激烈地指陈夏竦失职之罪，朝廷下旨罢免了夏竦经略使之职。从此以后，陕西四路的主帅各司其职，将士们人人争先奋力作战，边境的防御设施修整完好，西夏人再入寇，一无所得而归。

到了庆历元年，西边的战争已经打了六年。天子已经厌恶战争，西夏也陷入了重重危机。民众得不到耕种放牧，休养生息，国中一匹布竟卖到十馀千钱，元昊想与宋朝讲和，却找不到通好的门路。张公慨然上书说："陛下就像万民父母，难道还和这种犬豕豺狼计较胜负吗？希望借今年的郊祀大赦，主动自责以示恩信，给他一个自新的机会。并向边关官吏下达命令，不要拒绝他和好的表示。如果他仍无悔改之心，也足以激怒我方将士，同时使西夏人自己也对元昊产生不满，就是天地鬼神也一定要诛灭他了。"仁宗高兴地说："这也正是我想做的事。"命张公把这份奏章交给中书省。吕夷简读了之后，拱手作揖说："你能说到这一步，真是社稷的福份啊。"那一年，朝廷按照张公的意见下敕书向元昊表示了诚意。第二年，元昊就请求归降了。自从元昊叛乱以来，张公的计谋从没有失策的地方，虽然没有全被采纳，但是西方战事的化解，张公在其中起了重要的作用。

改官修起居注，以代理起居舍人、知制诰的身份出使契丹。契丹国主听说过张公的大名，和他母后及皇族的人，扮作普通人到范阳门外去悄悄地观察他。宴请张公时，契丹国主亲自到他面前往玉杯里斟酒敬他，并看着左右群臣说："宋朝竟有这样的大臣，真是难得啊！"宴后骑马击球，契丹国主把球打到张公面前，就把自己所乘的骏马赐给张公。朝廷知道了这些情况，从那以后，凡是契丹有来宋朝议事的使者，都让张公接待陪伴他们。

不久，朝廷召张公暂任知制诰，升为右正言，赐他三品官服。他所写的诰命制词简明严谨，人们争相传诵。

又兼史馆修撰之职。章得象监管编修国史，因为宋朝自从乾兴年到庆历年的《日历》荒废未编，就把这件事交给张公。这件事也就圆满地完成了。

又被任命为权知开封府。开封府的事务非常繁剧，其他任开封府尹的人都把事情写在记事板上以免忘事。只有张公不用，他心里记着数百人的事，依次有条不紊地处理，不遗漏一丝一毫。官吏和百姓都惊讶地认为他是神仙，不敢再来欺瞒他。

张公拜翰林学士，领群牧使。群牧司的工作很长时间都比较混乱，张公到任后才把各种事情安排好。元昊派遣使者请求通好，使者已经到了边境上，可是契丹与元昊有摩擦。也派遣使者来与宋朝定约，请求宋朝拒绝元昊的使者。当时主管此事的大臣想接纳元昊，所以给契丹使者写了答书说："元昊如果完全遵守两国盟约，我们也难以拒绝他。"仁宗把这封信给张公和宋祁看。张公上奏说："信这样写，就等于拒绝契丹而接纳元昊。为得到新归顺的弱小西羌，却失去长久和睦的强大契丹。要是已经封册了元昊，而契丹的使节随之而来，我朝能断然拒绝他们的要求吗？如果拒绝了他们的要求，契丹和我朝之间的怨恨，必定就会由此产生。如果答应契丹的请求而拒绝元昊，那么又显得我朝不讲信义，也就永远丧失了招纳绥抚西夏的机会。这等于一个举措失当而失去了两个邻邦。我以为应该赐给元昊诏书说：'朝廷接受你归服的请求，原本是出自契丹的请求。如今听说你招诱契丹边疆的民户，破坏了与契丹舅甥之间的感情。契丹派遣使臣来诉说这件事，对此你应该认真地审察处理。只要你与契丹之间的嫌隙早上消除，那么晚上就进行封册。'这样，就会与西北两方的邻国都处理好关系。"当时的人都佩服他精辟的见识。

拜为谏议大夫，任御史中丞。朝廷内外的事情，知无不言。甚至于宫妾宦官，不按制度凭恃皇帝的恩惠滥加赏赐，张公都据理力争裁减抑制他们。

没过多久，担任知贡举。那时的读书人都以华而不实的议论相推重。张公上书，认为文风的变化，是关系到国家盛衰的大事，这种风气不可助长。皇上下诏，命把张公的意见传达给天下学者。宰相贾昌朝与参知政事吴育在皇上面前激烈地辩论。张公要去见皇上，贾昌朝派人告诉张公，准备让张公接替吴育的职位。张公非常愤怒地叱责贾昌朝派来的人，并把他赶出门说："这种话怎么能到我这儿来说！”张公见到皇上，态度鲜明地评论二人的奸邪正直。吴育最终还是被免去了参知政事的职务，由高若讷接替了吴育。

那时应当进行郊祀，可是费用还没有筹备好，朝廷内外都为此事发愁。宰相想利用这件事刁难张公，就再次拜他为翰林学士，任三司使。张公任职三司使没多久，就把这笔钱筹划齐备，仁宗非常高兴。直到现在，三司计度司在郊祀之前把费用安排好，就是从张公开始的。前三司使王拱辰请求专卖河北盐，已经制定好法令条文，只是还没有下达。张公去见天子，问道：“河北又专卖食盐，这是为什么呢？”仁宗吃惊地说：“此事刚刚立法，不是又一次。”张公说：“周世宗曾经专卖河北食盐，违犯禁令的就要处死。世宗北伐时，父老在道路上拦着他哭诉食盐专卖的害处，希望把盐税均摊入两税之内，而免去专卖的禁令，世宗答应了。如今的两税盐钱就是从那时延续下来的，这难道不是再次专卖吗？况且如今还没有实行专卖呢，契丹就经常暗地贩卖不止，一旦实行了专卖，官盐价格昂贵，契丹的盐就更好卖了，这不是为我们自己召来怨恨而外国获利吗？契丹的走私盐越来越多，不动用军队就不能禁止。边疆的战事一开，官盐专卖所获的利润能补得上用兵的费用吗？”仁宗恍然大悟，说：“你和宰相立刻停止下达专卖的法令。”张公说：“法令虽然没有下达，但百姓已经家喻户晓，这件事应当直接用皇帝的亲笔诏书宣布废止，不能仅由有关部门发布告示。”仁宗非常高兴，命张公秘密撰写诏书下达。河朔一带的父老乡亲，都争相跟着到澶州跪拜听诏，并为此举行了七天的佛老会，以报答皇上的恩德。还把诏书刻在石碑上，树立在北京。至今河北父老经过石碑，都磕头流泪。

南京鸿庆宫落成后，奉命安放太祖、太宗、真宗的塑像，应当派遣掌管此事的大臣，特任命张公为礼仪使，他家乡的父老都为此深感荣耀。

仁宗准备重用张公，可是张公却以眼病为由坚决请求离开朝廷。于是就给他加官端明殿学士，仍归学士院，总管尚书省事，兼管银台司、审刑院、太常寺事。庆历年中，有卫兵夜里翻过宫墙想要作乱。第二天早上，仁宗对中书和枢密院的大臣们述说这件事，认为张贵妃有救护皇帝的功劳，枢密使夏竦发出倡议，让大臣们议论要给张贵妃何种特殊礼遇，宰相陈执中不知怎么办才好。张公去见陈执中，说："汉朝的冯婕妤用自己的身体挡住猛兽，使君王不受到伤害，并没听说改她加封特别的尊号。况且皇后还在世却要尊宠贵妃，自古以来没有这样的礼法。假如一定要这样做，天下批评这件事的言论一定会集中到你的身上，你终身都不能洗雪这个耻辱了。"陈执中感到极大的震动，十分敬佩地听从了张公的意见，取消了给张贵妃特殊封礼的讨论。

张公编纂宗正寺的玉牒，辑补了不少缺漏，编成了几百卷的书稿。

自从陕西开战以来，官府和百姓都很困乏。士大夫争着上言增加财政收入和节省开支的方法，然而大多都不得要领。张公自从担任谏官、御史中丞、三司使以来，为朝廷提出过不少精辟的意见。一天，仁宗到资政殿，召集中书省、翰林院的大臣及侍从官，降恩赐坐，亲笔写诏向他们咨询有关国家大事。张公退殿回来后，赶上在禁院值班，那天已经下了圣旨锁闭皇宫的大门。张公起草完诏书后，又写了几千字来逐条回答天子所问的事情，到半夜时把这些议论连同诏书都呈给皇帝。仁宗感到很惊奇，又亲笔草诏单独向张公咨询。第二天，张公又写了几千字，大概意思是说："太祖平定天下，用兵不超过十五万，如今有军队一百多万，还说不够用。自从大中祥符年以来，许多事情都荒废敷衍，只求苟且应付，逐渐失去祖宗治国的原则。选拔进士、任用功臣之子、考察资历、升迁替补的法令已经被逐渐破坏，就连任用将帅供养士兵这样重大的事情，也都与原先的法令不同了。国家财政越来越窘迫，而政令却变得急功近利。富商和不法之徒，乘机牟取暴利，致使茶、盐、香、矾的买卖法令也更加混乱。这些都是关系到国家安定动乱强盛衰败的根本，不能不抓紧治理。"张公既深明历代治国之策的得失，又对开国以来的法令制度了如指掌，把国家大事的来龙去脉和因当时所执行的政策导致的结果有什么得失，以及当今所应该采取什么补救措施，全都写成奏疏献给皇上，在奏书的结尾还评论道："古往今来，国家的安定和动乱，在于皇上与臣下之间合作的好坏。最近这些年以来，朝廷引进了一些轻薄无德的小人，让他们担任议论之官。这些人违返议论原则，只顾求自己博得美名，把议论偏激当作贤能。使朝廷内的台谏，朝廷外的提刑转运判官，直至州县小吏和僮仆家奴，都可以揭发陷害他们的上司。连将相、公卿等显贵之人，都争先恐后地屈身礼遇这些年轻之辈。有不这样做的人，则诽谤诋毁就随之而来。人们都惴惴不安，惟恐不免于害，哪里还能全身心地处理政事呢？这个风气不革除，天下就没有安定的那一天了。”天子对张公的话感到更加惊异，写了“文儒”两个字赐给他。过了一个多月，天子在迎阳门召集两制官和近侍大臣，又询问说：“我的疏漏，国家的奸佞之臣，朝中的阿谀奉承之辈，都可以直接告诉我。”他单独召张公靠近自己的座位，秘密地向他咨询，并且还说将要重用他。张公感慨地说：“暴露别人的隐私，把人逼迫到无路可退还要把人推下去，我不做这样的事。”始终没说什么有碍于别人的言语。

张公果敢刚毅充满自信，从不理会别人对他的诋毁或赞誉，所以有小人就想中伤他。正赶上三司判官杨仪因为请事不当而获罪，张公由于平素与杨仪关系很好，也因此罢职，出任滁州知州。没过几个月，皇上醒悟过来。复还张公端明殿学士，升任江宁府知府。第二年，加官为龙图阁学士，迁为给事中，任杭州知州。张公平生爱读道家之书，喜好无为而治，镇静不扰，因此在他所任职的地方从不使用严刑峻法。但他离任后，当地的百姓却必然怀念他。

张公在杭州任上离任为母亲守孝，除孝后，以原来的职务回到朝中。判流内铨。他提出畿辅境内赋税过重，不便以此作为全国的典范。那一年的郊祀实行大赦，减少畿辅境内三成赋税，从那以后就成为定制。

秦州叛乱的羌族人切断了通往古渭城的路，秦州帅臣张昇出兵讨伐，可是本路副总管刘涣不接受命令，朝廷把他们都罢免了。拜张公为侍读学士、知秦州。张公极力推辞不接受任命，他说：“刘涣和张昇都是有很高级别的大臣，如今只为互相指陈对方的过失就把两人都罢免，那今后帅臣就没法做了。”因为张公这番话，张昇得以不罢。

以张公为礼部侍郎、知滑州。又改官户部侍郎，自滑州迁为西蜀帅臣。当初，李顺在甲午年发动叛乱，蜀地人都记得这个日子。朝廷直到现在才为此事感到忧虑，让四川转运使代理益州知州。西南夷邛部川的首领，散布谣言说南方的蛮夷首领侬智高在南诏，准备来攻打蜀地。代理知州是个才智不足的庸人，听到这件事后非常惊慌。就把军队屯戍在四川周边的州郡，又增调了许多编外的弓箭手，征调民众修筑城墙，白天晚上都不得休息。百姓受到很大的惊扰，都争着迁往城中居住。男女之间的婚配，也不再按正常的年龄，把自己的粮食布匹都贱卖了换成金银，埋到地下。朝廷接到边报，调动陕西的步兵骑兵去增援四川，军队仪仗在路上络绎不绝，前后都能望见。朝廷下诏书催促张公立即赴任，并且授与他根据情况自己决定行动的权力。张公说："南诏离四川两千多里，道路险阻不通。其间还分布着许多异族部落，彼此互不臣服。怎么能集结重兵替侬智高侵犯我们呢？这一定是讹传。我打算把这件事平息下来。"在赴任的路上，张公只要在路上遇到开赴四川的军队仪仗，都把他们遣还本地。又给邛部川的夷人下达命令说："敌寇来了我自己抵挡，有信口胡言者斩首。"把派到边郡的军队全部都撤回益州，遣散了那些弓箭手，终止了修筑城墙的劳役。正赶上元宵节看灯，张公把城门全部打开，通宵不闭。四川才安定下来。不久又抓获了那个最初散布谣言的邛部川翻译，把他杀了，砍下他的首级示众，而把其馀与此事有关的人流放到湖南。西南夷受到很大震动。当初，朝廷抓获侬智高的母亲孩子留着不杀，想以此招降侬智高，到这时，就把他们依法处死了。

张公又被召还朝廷任三司使。他上奏罢免了四川额外的赋税四十万，削减铸铁钱十馀万，蜀中的人民至今都怀念他的恩惠。当初，张公曾经主管京师的财政收支。那时还有足够三年的粮食储备，而马匹的粮草还多一倍。到了这时，马匹的粮草仅够一年之用，而粮食也减少了一半。因此提出建议："现今的京师，就是古代的陈留。是天下四通八达的平原地带，不像雍州、洛阳等地有山川大河地势险阻足以凭借，只能依靠重兵守卫国都。养兵要靠粮食，而粮食要靠漕运。汴河连接着江淮，可以尽收南方的粮谷。天圣年以前，年年都要调集民夫疏通汴河，所以汴河水还在地面之下流。有个名叫张君平的人，因为疏导京东的大水，才把疏通汴河的民夫调离。自那以后，一些见识短浅的人，争着自以裁减修河的费用作为自己的功绩。汴河渐渐淤塞，到如今要抬头仰望才能见到河床。这不符合祖宗治国的大计。”于是规画了有关漕运的十四条法令。宰相富弼为皇帝读张公的奏书，漏壶流尽十刻，侍臣们都支撑不住歪斜地倚靠着。仁宗对此文赞叹不已。富弼说：“这是国家的根本大计，不是一般的奏议啊。”全都按照张公所提出意见付诸实施。富弼退朝后对张公说：“自从庆历以来，你提出的财计见解都很详尽，朝廷每次对政令加以改动时，都是以你的奏议为根据。凡是任命主管财计的官吏，从来没首先考虑其他人。”从那以后不到一年，京师就有了五年的储备。

升为吏部侍郎，又以眼疾请求任职外郡。迁官为尚书左丞，命为南京应天府知府。没过多久，又以工部尚书任秦州知州。那时亮祚的气焰正盛，他检阅士兵战马，在筚篥城西修筑城堡，威胁着秦州。边境的住户都逃往山林藏匿。张公立即选拔精兵强将，声言要出兵，实际上却按军不动。敌人没有进犯，有的谏官就论奏张公不见敌人便轻举妄动。宰相曾公亮在朝堂上说：“军队又没有出境，怎么能叫轻举？张公难道是那种轻率的人吗！敌人之所以没有进犯，是因为我方有准备的缘故。有了准备而使敌人不敢来进犯，就以轻举加罪，边疆的守臣以后就不敢预先防范了。”论奏张公的人无言以对。当初任命张公守秦州时，有圣旨让他任满连任，按照制度，应当升为宣徽使。又有人想阻挠他迁官，张公笑着说：“我对于死生祸福都不在乎，宣徽使又算得了什么！”极力请求解除秦州的任命，转任应天府知府，封为清河郡公。

英宗皇帝即位，迁官为礼部尚书，任陈州知州。赴任途中路过京都，被朝廷留下主管尚书都省事。张公请求任郓州知州，向皇帝辞行时，纵论天下大事，英宗感叹说：“张学士怎么可以离开朝廷呢！”张公极力请求赴任，加官为侍读学士，改任定州知州。请求归家赡养老人，又改任徐州知州。

英宗多次想把张公召回朝中，可是左右没有替张公说话的人。有一天，英宗对执政大臣说：“我即位之前，见到他的《刍荛论》和对策之文，近来替我下达圣旨的人，没有合我心意的。要是让他担任知制诰，一定是国中瑰宝。”执政大臣随即传旨拜张公为翰林学士承旨。英宗向他询问治国的根本，张公用“简易诚明”四个字作为回答。谈论当今的事言语虽然浅近，但意味深长，英宗不知不觉把座位移向前说：“我过去春秋两季进见皇帝时，看见那些侍从大臣，认为他们都是天下的精英。如今不这样认为了，听见学士的话，才知道我朝确有杰出的人才。”

胡宿被罢免了枢密副使，英宗想让张公接替他，而执政大臣请求任用郭逵。英宗把这话告诉张公，张公说：“自庆历以后，提拔任用二府的大臣，一定要参考中书的意见，至于我，只知道辅佐皇上而已。”改任刑部尚书。

英宗病重，学士王珪当值班却不召见他，而召张公到福宁殿。皇上靠着桌子不说话，示意张公坐下。拿出一张写了字的纸，上有八个字，写的是“来日降诏，立皇太子”。张公大声说：“那一定是颍王，颍王是长子又德才兼备，请陛下把他的名字写上。”皇上费力地写完交给张公。张公写了制词，随后担任了册立皇太子的礼仪使。

神宗皇帝即位，大殿偏门召见张公。张公说：“仁宗去世时，葬事过于丰厚，超过了礼法的规定，皇室和百官都议论纷纷。这次英宗的葬事，请减少开支。”皇上说：“侍奉先人难道可以减少开支吗？”张公说：“先帝遗书就是说让陛下按照先帝意志行事，这才是天子最大的孝道啊。”神宗感叹地说：“这也正是我心里想的。”张公又奏请说：“百官迁升官阶，恩德已经过于厚重，要是赏赐再参照嘉祐年的标准，恐怕国家财力达不到，请参用乾兴年的标准就足够了。”朝廷同意了他的意见，节省了十分之七八的费用。

又迁任户部尚书。御史中丞王陶攻击宰相，参知政事吴奎与王陶辨论，皇上打算罢免吴奎。张公正好被召见，皇上说：“罢免了吴奎，就让你来代替他。”张公极力推辞。皇上说：“你经历了三朝，对谁都不阿附，我身边的人谁能居于你之上呢，可以说是最杰出的人了。先帝已经打算任用你，现在任命你还有什么可推辞的呢？”张公说：

“韩琦很长时间都在告假，他的意思是想保全吴奎。吴奎被罢免，韩琦一定不再复职。韩琦对王室有极大功勋，希望陛下恢复吴奎的职位，亲笔写诏书慰谕韩琦，以保全朝廷对韩琦始终如一的情分。”皇上感叹很久，后来又拿出一个小纸条，上面写着：“吴奎位居执政却攻击御史中丞，说我的手诏是内批，压在手中三天不下达，不罢免他行吗？”张公还是坚持当初的意见。皇上听从了他的意见，赐给韩琦诏书，就像张公所说的那样。过了很久，韩琦请求离开朝廷的态度非常坚决。神宗连夜召来张公商议，张公重申先前的意见。皇上说：“韩琦的意愿怕是不可改变了。”张公便建议应该授给韩琦两镇的节度使，以示恩宠，并且空着宰相职位以表示随时都等候任用他。神宗听从了他的意见。

神宗当面任命张公为参知政事，张公以父亲有病推辞。皇上说：“用接受任命来安慰亲人，或许更有助于治疗亲人的疾病。”当天晚上，神宗又命知制诰郑獬到内东门别殿，告诉他准备任用张公的意见，连制词的内容都是出于皇上自己之口。制词宣读之后，张公以父亲有病请假。神宗召他进殿，押解他到中书省赴职。

御史中丞这个职位空缺，曾公亮想用王安石，张公极力论述王安石不可任用。没过几天，张公的父亲魏国公去世。皇上叹息不已，命近臣和内司宾天天去慰问，并且空着职位等待张公。又很快下诏让他恢复官职，张公四次上章才被批准免官守孝。除孝后，因为王安石不喜欢张公，就拜他为观文殿学士、西京留守司留守。

入见皇帝，请求改任南京留守司留守。皇帝想让他以宣徽使之职修国史，他没有接受。又想任命他提举集禧观、判尚书都省。千方百计地挽留张公，张公都极力推辞，只好任命他为陈州知州。

那时新设三司条例司，实行新法，从大的方面来说是想扩大财政收入，增强军事力量。张公借着向皇帝辞行之机，深切地议论新法的弊端，句句都是发人深省的话语。张公说：“水能够载舟，也能够覆舟。军队也像火一样，不弹压也会落得玩火自焚。要是坚持实行新法，其结果一定会有覆舟、自焚这样的后果。”皇帝很敬重张公，所以没有责怪他这一番话，只是说：“你能不能在京城多留几天？”张公说："我打算退朝后就出发。"皇上为此感到很惆怅。

张公到了陈州，正赶上陕西开战，士兵在庆州叛变，声势震动了边关和畿辅，京西转运使发出檄文让捕盗官带兵集结于所属州郡，到处都能见到闪光的利刃和横卧的尸体，百姓非常惊恐。张公收到转运使的檄文，没有执行，而将此事上奏了朝廷。皇上对执政大臣说："地方的守臣难道不该这样做吗？临到大事才能看出人的能力。"于是下诏京西路的军队各自回到他们原来的驻地。那时官吏正以苛察为能事，稍微有一点不中意，就立案审查，反复推究。一个州甚至会有数宗案件，跋涉几千里追踪逮捕，以致冤死的人很多。张公把这件事上报朝廷，朝廷便把制止滥行冤狱的诏令发到各路。那时的提点刑狱官都是新提拔的人，跟随当时的政策急功近利，而州郡的长官却没有被告知此事。张公说："我老了，也不能帮人做什么事了，应该告退以保全我的晚节。"于是力请仍任留守司而回到朝中。

没过多久，又任陈州知州。有一天公馀无事，坐在西屋里，听见外面有建筑的声音非常喧闹，有人说："是老百姓在盖嘉应侯张太尉庙。"张公说："唐朝时，黄巢大乱天下，赵犨以陈州孤城奋力苦战保住此地，是使此城免遭大难的人。这个人得不到祭祀，哪里能轮得上张侯呢？"下令平了张侯庙，在佛寺中修建了赵侯祠。

不久，改命为应天府知府，并命他入见皇帝。他进京后还没休息，便上殿禀奏，皇帝说："先帝曾经说你不结党营私，退朝后就关上家门，一天到晚也没有一个客人来。"赐张公坐，又赐给他茶。

随后拜他为宣徽北院使、检校太尉、应天府知府。张公说："没有特殊使命的人不应该任为宣徽使，我请求到家乡州郡任职，为了方便自己而得到这个任命，恐怕为今后的人开启侥幸之门。"皇上说："我没想到这儿。"于是改命他去青州，张公又请求免去这个新任命。

皇上在延和殿为张公赐坐，问："先祖抵抗外族的策略哪些最好？"张公说："太祖并没有远征边地，而如夏州的李彝兴、灵武的冯晖、河西的折御卿，因为他们是当地的酋长，太祖都许给他们世袭，所以边疆没有叛乱。董遵诲捍卫环州、郭进守卫西山、李汉超保卫关南，都干了十几年。朝廷给他们优厚的俸禄和赏赐，在条文律令上对他们放宽要求，少给他们派遣士兵。那些将帅财力丰厚，所以都有威望和权力。他们任用的间谍十分精干，将士乐于听命。敌人只要入侵就会事先知道，众人合力抵抗，战无不胜。所以十五万人却能顶百万兵之用。太祖一朝之中，边疆没有警报，天下安居乐业。到太宗占领并州，进而想夺取燕、蓟等地，自那以后每年都有与契丹的战事。曹彬、刘廷谦、傅潜等人打了几十仗，各牺牲了士兵十几万。又把李彝兴、冯晖等部族迁到内地。李继迁的反叛，三面边境都受到惊扰，自那以后朝廷就开始忙碌得顾不上吃饭了！真宗以礼使赵德明归顺我朝，直到澶渊之胜，与契丹订下和平盟约。至今人们都不再遭受战争的荼毒，真可以称得上是盛美的品德、伟大的业绩。祖先的事业，大致如此，也可以作为今天的借鉴。近年来守边大臣提出开拓疆土的建议，这都是一些行为诡诈、心怀侥幸的人，想拿国家的安危轻易地做个试验。如果打胜了那么自己会从中得到好处，如果打败了陛下就身受其害，不能听他们的蛊惑。”皇上说：“庆历以来的事，你知道吗？元昊最初称臣的时候，朝廷是怎么对待他的？”张公说：“我那时身为学士，誓词诏命典册等，都是我起草的。”于是把这件事的本末向天子详细地奏告。皇上吃惊地说：“你那时就是学士了，真可以称为前朝老臣了！”这时契丹国派遣使节萧禧来到宋朝，皇上问张公：“契丹的用意在哪里？”张公说：“契丹国自从和我国互通友好后，安心于休养生息，官吏和士兵都很骄傲懒惰，心里并不打算对我国开战。当初萧英、刘六符来到我朝时，仁宗皇帝命中书和枢密两府在殿中安排酒宴，和他们交谈。当时萧英稍微泄露了一些实情，刘六符生气地对他使眼色。萧英回朝后，就因为此事而获罪。如今这位萧禧是个很狡猾的人，希望陛下像那次一样，命朝廷大臣和他议事，无须屈尊陛下亲自和他饶费口舌。”皇上说：“朕考虑庆历年间与契丹再结盟好之后，我朝没有再做善后的打算，所以要讲究兵事，以应付突然事变。”张公说：“组建应战的军队，是战争已经开始时的事，能把战事消灭在它未形成之时，才是上策。”张公每次告辞离去，皇上都拖延他的行程，多次推迟他的行期。于是下诏让张公归学士院任职。

萧禧到来，提出商议河东边界。皇上又向张询问此事，张公说：“嘉祐二年契丹国使萧扈曾经提出过这事，朝廷对此事的讨论已经非常详尽了。当时命馆伴使王洙诘问萧扈，萧扈答不上来，王洙便抄录了那些条文，交给萧扈拿回去了。”因此就把王洙的底稿呈给皇上看。萧禧应该回去复命，却躺在驿馆中迟迟不起身，执政大臣不知应该对他说什么。张公的班位仅在二府之下，因而在朝堂上对枢密使吴充说：“萧禧要是不立即启程，就让馆伴官吏每天给他送去食品，什么也别问，并且让边疆的守臣把他的情况写成文书送到契丹国中就行了。”吴充采用了张公的建议，萧禧当天就启程了。

加官为中太一宫使。进见皇帝的礼仪及待遇，全都与执政大臣相同。张公在朝廷里虽然没有具体职位，然而对朝政提出许多建议。皇上几次想要放弃汴渠为漕运水路。张公说：“汴渠祖先建国的根本，不可轻易废弃。运粮的途径一旦阻塞，军队靠什么吃饭？那么朝廷也就没有立足之地了。除非我这个老臣，别人谁敢这样说呢？”

自从王安石执政，便解除了朝廷原来不准铜外流的禁令，一些不法之民经常销毁铜钱做成用具。边境关口和海道的稽查，也不再限制铜钱流出境外。所以国内的铜钱渐渐耗损，而西、南、北三国却堆积得像山一样。张公深切地议论它的危害，请求质问王安石。他列举了各个朝代的法令政典，证明这项法令是保护国家财政、方便人民贸易的法令，如今骤然取消，不知他居心何在？

有星逆行于轸宿，于是皇帝下诏征求直言。张公上疏指出所以发生变化的缘故，别人都为他的处境吓得发抖，而皇帝对他的议论并没有责难。张公又极力地请求离开朝廷，皇上说：“难道是朝中有与你为敌的人吗？为什么这么快就要离去呢？”张公说：“我平生从未与别人有什么矛盾，只是想退休养老罢了。”神宗知道留不住他，就让他以宣徽南院使、检校太傅为应天府知府。神宗说：“朕当初想让你与韩绛共同辅佐朝政，可你与韩绛论点不合。朕又想任命你做枢密使，可你在军事上的观点也与别人不一样。你接受了先帝的遗诏，难道最终就没有辅佐我的意愿吗？”于是伤心泪下。赐给张公玉带一条，这是对待曾经担任过宰相的大臣所用的礼节。

高丽国使节路过南京，按规定当地的最高长官应当亲自迎接和送行。张公说："我的官阶与二府相当，不能受这种陪伴小国使节的耻辱。"朝廷下诏只派遣少尹去迎接。高丽使者拜见张公，恐惧得不敢抬头仰视。朝廷军队征讨安南，张公认为把西北的壮士和健马调到南方去，这样做就有数不清的后患。既使朝廷有福，也只能是旷日持久，耗费钱财，无功而还。于是说明交趾的风俗与其他少数民族不同，自建隆年以来，吴昌文、丁部、黎桓、李公缊，四次政权更迭，都是因为手下的首领叛变篡权而致，跟唐末五代藩镇倾夺的风气差不多，这样的部族就可以用计谋来战胜他们。于是上奏九条策略。熟悉少数民族情况的人，都佩服他的精明干练。军队撤回后，果然像张公所预言的一样。按照新法，不但把作坊牧场河边渡口都卖掉了，司农寺连祠庙都卖了。官府得到了钱，只能听任百姓把这些地方变成市场。庙宇中种种亵渎行径，无所不至。张公说："宋州应天府，是我朝皇业的开基之地，而我朝以火德得天下。上古阏伯封在商丘，命他来主管火星运行；微子是宋的始封之君。这两个祠庙，难道不能特殊对待免于出售吗？"神宗非常震惊愤怒，下诏说："怠慢神灵、辱没国体，有什么比这更厉害呢！"于是全国的祠庙都得以不被出售。

张公自认为不会久于人世，又没有什么可报答皇上的，于是论事更加尽心。对于有关军事和刑狱方面的事，尤其反复议论。说："老臣快要死了，到地下见了先帝，也就可以有所交待。"皇上深为感动。永乐之战失败后，神宗更加追念张公的话。

张公不断地请求告老，拜为东太一宫使，仍归府第。张公又几十次上书，拜为太子少师，以宣徽使退休。元丰实行新官制，取消了宣徽院，但仍旧让张公保留宣徽使的名衔。当今皇上即位后，执政大臣才免除了张公的宣徽使，以太子太保之职退休。元祐六年，朝廷下诏恢复宣徽使，张公又恢复为宣徽南院使。他四次上书，不接受此命，天子下诏书嘉奖他。这一年的十二月二日张公去世，享年八十五岁。

皇上见到张公逝世的讣告，停止上朝一日，特赠张公司空。并命在禁院中制做丧服，又给他的五个亲属补了官。大皇太后对大臣们感叹张公的忠诚正直。张公遗言子孙不准向朝廷请求谥号，尚书右丞苏辙为他请谥，皇帝下诏让有关部门讨论，赐谥号为文定。

张公的妻子马氏，是太常少卿马绛的女儿，追封为永嘉郡夫人。四个儿子：邦彦，为大理评事；邦直、邦杰，为太常寺太祝，都在张公逝世前就去世了；恕，今任右朝散郎、通判应天府，他诚信敦厚机敏好学，朝廷多次想重用他，而他因为张公年老，不忍远离张公，朝廷遵从了他本人的意愿。三个女儿：长女嫁给殿中丞蔡天申；次女嫁给右朝奉郎王巩；小女已经出嫁又回到家中。孙男四人：钦咨、钦亮、钦弼、钦宪。孙女三人，都还年幼。

张公晚年自号乐全居士，有《乐全集》四十卷、《玉堂集》二十卷、《注仁宗乐书》一卷。神宗曾赐给他亲笔信说："你的文章典雅，光彩照人，颇有三代的风格。写进典册制诰中，真是尽善尽美，连西汉的文章都赶不上。"

与张公交往的人，有范仲淹、吴育、宋祁三人，对他都很敬畏。说："不动如山，安道有这样的品德。"晚年与我先父交往，谈论古今统治的成败以及对当时人物的评论，都不谋而同。苏轼与弟苏辙因为他们的关系都得以出入于张公门下。

我曾经评论他的文章说："孔融志向广大，议论高明，当代虽没有见到他有什么丰功伟绩，但他英雄伟岸豪爽俊杰的气概，却为当时所崇尚。他议论盛孝章、郗鸿豫的书信，慷慨陈词，有大丈夫的风范。诸葛亮不以文章扬名于世，但他剖析事物，使人事各得其道的才能，精通名实的精神，自然地流露于言语之中。至于他的《出师表》，言简意赅，直率而不肆意。那些议论真是充满正气，英伟磊落，与《伊训》《说命》如出一辙，他们的境界决不是秦汉以来以侍奉主上为乐事的人所能达到的。我经常遗憾不能见到这两个人的全部文章。如今张公的文章差不多也达到了这个境界。呜呼！士大夫不以天下大事为己任，由来已久了。他们的言语不能说不精美，处理政事、写作文章不能说不练达晓畅，然而面临大事，很少有不忘记旧交、丧失操守的，原因是他们的器量狭小。张公还是平民时，就已具备做宰相的气度，从年轻时开始做官，直到告老归来，从不为势所屈言不由衷，也从不居高临下训斥他人。就是面对君王，也一定要认为合于大道后才发表议论。诋毁和赞誉都不能使他动摇，升迁和罢免他都始终如一，真是孔子所说的“大臣以道义辅佐君王”的那种人。淳朴的时代越来越遥远，大道越来越消亡，纵然是仁人志士，也大多明哲保身，希图进用。而张公却以高迈的气节，发表正大光明的言论，他说：“能为世所用，我就行我之道；不能为世所用，我就退处隐居。”他对上不求逢迎君主，所以虽然官职很高，却未能得到朝廷的重用，即使用他，也不能发挥他的全部才智。对下不丧失原则迎合士大夫。所以喜欢他的人不多，而不喜欢他的人却很多。但是如果评论天下的伟人，那么一定会把先生放在第一位。”世人都认为我的话是对张公最恰当的评论。

张公开始任谏官时，推荐刘夔、王质代替自己原来的职位，朝廷当天就提拔任用了他们。贝州士卒叛乱时，皇上想派遣张公出兵征讨，张公举荐明镐代替自己，即时就任命明镐为将，从而平定了贝州的叛乱。熙宁年中，我准备到陈州去见张公，宰相曾公亮对我说：“我受知于张公，所以能到今天这个地步，是凭张公的恩德。”我向张公打听这件事。张公颇为惆怅，过了很久，说：“我秘密地推荐曾公亮，没有别人知道，难道是仁宗皇帝告诉他的吗？”我因此了解了张公虽然不被世人所喜，可皇上对他却如此信任。

张公的性情与天道相合，深得佛家和道家的精妙。将死的时候，气色红润，像平常一样，有一颗流星落在北窗之下。死的时候，一股赤气从他的屋里腾起，乡里的人望见非常惊奇。元祐七年八月九日庚申，张公安葬于宋城县永安乡仁孝里。他的儿子张恕，拿着王巩所写的行状来请我写墓志铭。铭文如下：

自从大道盛行，士大夫看重自己的德行。只希望别人有求于我，不愿去乞求别人。秦汉以来，士大夫地位卑贱而君王却肆意妄为。一些名利小人，以得到官位为荣耀。有名利就趋之若鹜，而远远逃避可能召来非议的正直之举。我看张公的一生，就像是在田中劳作了一夏天。世事纷繁琐碎，古往今来都是一样。只有上天哀怜黎民时，大贤之人才应运而生。上天造就了我张公，龙的气势凤的姿容。他的志节本该翱翔于千仞高空，是人世挽留他为民造福。他秉浩然之气而径直向前，遇到阻遏，暂时而止。却厚积而发，奔腾如江河，汇聚为湖沼。大宋三代圣明的君主，仁德如天之高如海之深。对我张公，像汉文帝倾听贾谊议论不觉前移，像汉武帝见汲黯不正其冠不相见。为什么张公未能得到重用，因为所守之道有所不合。他提出一点点见解，就足以惊动当世。而张公的全部才能，我实在不敢探知。乘云乘风，与神灵相通。啊！上天何时才能再造如此的俊杰？我作此铭文，用来告知举国上下。

故龙图阁学士滕公墓志铭 代张文定公作

神宗英文烈武圣孝皇帝初临海内，厉精为治。旁求天下，以出异人，得英伟大度之士。滕公元发始见知于英祖，而未及用，书其姓名藏于禁中，帝以是知之。既见公，姿度雄爽。问天下所以治乱。不思而对曰："治乱之道如黑白东西，所以变色易位者，朋党之乱也。"帝曰："卿知君子小人之党乎？"公曰："君子无党。譬之草木，绸缪相附者必蔓草，非松柏也。朝廷无朋党，虽中主可以济，不然，虽上圣不治。"帝太息曰："天下名言也。"

遂以右正言知制诰、谏院、开封府，拜御史中丞、翰林学士，且大用矣。而公性疏达不疑，在帝前论事，如家人父子，言无文饰，洞见肝鬲。帝知其诚尽，事无钜细，人无亲疏，辄以问公。或中夜降手诏，使者旁午，公随事解答，不自嫌外。而执政方立新法，天下汹汹。恐公有言而帝信之，故相与造事谤公。帝虽不疑，然亦出公于外。以翰林侍读学士知郓州，移定与青，留守南都，徙齐、邓二州。用公之意盖未衰也，而公之妻党有犯法至大不道者，小人因是出力挤公，必欲杀之。帝知其无罪，落职，知池州。徙蔡，未行，改安州。既罢，入朝。未对，而左右不悦者又中以飞语。复贬筠州。士大夫为公危栗，或以为且有后命。公谈笑自若，曰："天知吾直，上知吾忠，吾何忧哉！”乃上书自明。帝览之，释然，即以为湖州。方且复用，而帝升遐。公读遗诏，僵仆顿绝。久之乃苏，曰：“已矣，吾无所自尽矣！”

今上即位，徙公为苏、扬二州。除公龙图阁直学士，复以为郓州。徙真定、河东。治边凛然，威行西北，号称名将。而宦官为走马者，诬公病不任职，诏徙许州。御史论公守边奇伟之状，且言其不病。诏复留河东，而公已老，盖年七十有一矣。即力求淮南，上不得已，乃以龙图阁学士知扬州，未至而薨。盖元祐五年十月二十四日也。

方平历事三宗，逮与天圣、景祐间贤公卿游。公虽为晚进，而开济之资，迈往之气，盖有前人风度。以先帝神武英断，知公如此，而终不大用。每进，小人辄谗之。公尝上章自讼，有曰：“乐羊无功，谤书满箧。即墨何罪，毁言日闻？”天下闻而悲之。呜呼！命也夫。

公讳甫，字元发。其后避高鲁王讳，以字为名，而字达道。东阳人也。滕氏出周文公之子错，封于滕，所谓滕叔绣者。十一代祖令琮为唐国子司业，令琮生太常博士翼，翼生赠户部侍郎伉，伉生赠礼部侍郎盖，盖生户部侍郎、赠右仆射珣，珣生太中大夫、睦州刺史迈，迈生越州观察推官綍，綍生祠部郎中文规，文规生公之曾祖讳仁俊，为温州永嘉令。祖讳鉴，不仕。皇考讳高，赠中大夫。曾祖母、祖母皆范氏，继祖母陈氏。皇妣王氏，追封太原郡君。生公之夕，梦虎行月中而堕其室。

九岁能赋，敏捷过人。范希文，皇考舅也。见公而奇之，教以为文。希文为苏州，而安定胡先生瑗居于苏，公往从之。门人以千数，第其文，公常为首。尝举进士，试于庭，宋子京奇其文，擢为第三人。而以声韵不中法，罢之。其后八年，复中第第三。

授大理评事，通判湖州。时孙元规守钱塘，一见公曰：“名臣也，后当为贤将。”授以治剧守边之要。

召试学士院，充集贤校理，判吏部南曹，除开封府推官，三司盐铁户部判官，同修起居注，判户部勾院。公在馆阁，未尝就第见执政，故宰相不悦，不迁者十年。既遇知神宗，为谏官，知无不言。然御史中丞王陶论宰相不押班为跋扈。上以问公。公曰："宰相固有罪，然以为跋扈，则臣为欺天陷人矣。"

为开封府。三狱皆满，公视书之日，理出数百人，决遣殆尽，京师翕然称之。为御史中丞。中书、密院议边事，多不合。赵明与西人战，中书赏功，而密院降约束；郭逵修堡，枢密院方诘之，而中书已下褒诏矣。公言："战守，大事也，安危所寄。今中书欲战，密院欲守，何以令天下！愿敕大臣，凡战守除帅，议同而后下。"上善之。谏官杨绘言宰相不当以其子判鼓院。上曰："绘不习朝廷事，鼓院传达而已，何与于事？"公曰："人有诉宰相者，使其子传达之可乎？且天下见宰相子在是，岂敢复诉事？"上悟，为罢之。

种谔擅筑绥州，且与薛向发诸路兵，环、庆、保安皆出剽掠，西人复诱杀将官杨定。公上疏，极言亮祚已纳款，不当失信。边隙一开，兵连民疲，必为内忧。京师郡国地震。公三上疏指陈致灾之由。大臣不悦，出公知秦州。上面谓曰："秦州非朕意也。"留不遣。

诏馆伴契丹使。前此馆伴非其人，使者议神塔子事，往复纷然。是岁，契丹遣萧林牙、杨兴公来聘，朝廷忧之。公见兴公，开怀与语。问其家世父祖事，委屈详尽。兴公惊且喜，不复论去岁事。将去，与公马上泣别。林牙谓兴公曰："君与滕公善，岂将留此乎？"上闻之大喜。因公奏事殿中，叹曰："朕欲擢卿执政。卿逾月不对，而大臣力荐用唐介矣。"公曰："臣恨未有死所报陛下知遇，岂爱官职者？"唐淑问、孙觉言公短，上不信，悉以其言示公，所以慰劳公者甚厚。公顿首曰："陛下无所疑，臣无所愧，足矣。"

河朔地大震，涌沙出水，坏城池庐舍，命公为安抚使。官吏皆幄寝，居民恐惧，弃家而茇舍。公独卧屋下曰："民恃吾以生，屋摧民死，吾当以身同之。"民始归，安其室。乃命葬死者，食饥者，除田税，察惰吏，修堤防，缮甲兵，督盗贼，河朔遂安。

使还，大臣将除公并州。上复留公开封府。民有王颖者，为邻妇隐其金，阅数尹不能辨。颖愤闷至病。伛杖而诉于公。公呼邻妇，一问得其情，取金还颖。颖奋身仰谢，失伛所在，投杖而出，一府大骇。

除翰林学士。夏国主秉常被篡，公言："继迁死时，李氏几不立矣。当时大臣不能分建诸豪，乃以全地王之，至今为患。今秉常失位，诸将争权，天以此遗陛下。若再失此时，悔将无及。请择一贤将，假以重权，使经营分裂之，可不劳而定，百年之计也。"上奇其策，然不果用。

欲以公为三司使，力辞。已而除公瀛州安抚使。公入，顿首曰："臣知事陛下而已，不能事党人，愿陛下少回昔日之眷，无使臣为党人所快。则天下皆知事君为得，而事党人为无益矣。"上为改容。

公以皇考讳，辞高阳关，乃除郓州。治盗有方，不独用威猛。时有所纵舍，盗为屏息。

移定州，许入觐。力言新法之害。曰："臣始以意度其不可耳。今为郡守，亲见其害民者。"具道所以然之状。至定州，以上巳宴郊外，有报契丹入寇边民来逃者。将吏大骇，请起治兵。公笑曰："非尔所知也。"益置酒作乐。遣人谕逃者曰："吾在此，虏不敢动。"使各归业。明日问之，果妄。诸将以是服公。

韩忠彦使契丹，杨兴公迎劳，问公所在，且曰："滕公可谓开口见心矣。"忠彦归奏，上喜，进公礼部侍郎，使再任。诏曰："宽严有体，边人安焉。"公因作堂，以"安边"名之。公去国既久，而心在王室。著书五篇，一曰《尊主势》，二曰《本圣心》，三曰《校人品》，四曰《破朋党》，五曰《赞治道》，上之。其略曰："陛下圣神文武，自足以斡运六合，譬之青天白日，不必点缀，自然清明。"识者韪其言。天下大旱，诏求直言。公上疏曰："新法害民者，陛下既知之矣，但下一手诏，应熙宁二年以来所行新法，有不便者悉罢，则民气和而天意解矣。"

富彦国之守青州也，尝置教阅马步军九指挥，彦国既去，军稍缺不补。公至青，复完之，至溢额数千。其后朝廷屡发诸路兵，或丧失不还，惟青州兵至今为盛。

其谪守池、安，皆以静治闻，饮酒赋诗，未尝有迁谪意。侍郎韩丕，旅殡于安五十年矣；学士郑獬，安人也，既没十年，贫不克葬，公皆葬之。著作佐郎木炎居丧以毁卒，公既助其葬，又为买田赒之。敕使谢諲市物于安，因缘为奸，民被其毒。公密书奸状，上为罢黜諲。自安定先生之亡，公常割俸以赒其子。及为湖州，祭其墓，哭之恸，东南之士归心焉。

自扬徙郓。岁方饥，乞淮南米二十万石为备。郓有剧贼数人，公悉知其所舍，遣吏掩捕，皆获，吏民不知所出。郡学生食不给，民有争公田二十年不决者，公曰："学无食，而以良田饱顽民乎！"乃请以为学田，遂绝其讼。学者作《新田诗》以美之。时淮南、京东皆大饥，公独有所乞米为备。召城中富民与约曰："流民且至，无以处之。则疾疫起，并及汝矣。吾得城外废营地，欲为席屋以待之。"民曰："诺。"为屋二千五百间，一夕而成。流民至，以次授地，井灶器用皆具。以兵法部勒，少者炊，壮者樵，妇女汲，老者休，民至如归。上遣工部郎中王古按视之，庐舍道巷，引绳棋布，肃然如营阵。古大惊，图上其事，有诏褒美。盖活五万人云。

徙真定。乞以便宜除盗，许之。然讫公之去，无一人死法外者。秋大熟，积饥之民，方赖以生，而有司争籴，谷贵。公奏边廪有馀，请罢籴二年，从之。

徙知太原府。河东兵劳民贫，而土豪将吏皆利于有警，故喜作边事，民不堪命。公始至，蕃族来贺，令曰："谨斥候，无开边隙。有寇而失备与无寇而生事者，皆斩。"自军司马沿边安抚以下，皆勒以军法。西人猎境上，河外请益兵。公曰："寇来则死之，吾不出一兵也。"河东十二将，其四以备北，其八以备西，八将更休，为上下番。是岁八月，边郡称有警，请八将皆上，谓之防秋。公曰："贼若并兵犯我，虽八将不敌也。若其不来，四将足矣。”卒遣更休。而将吏惧甚，扣阁争之。公指其颈曰：“吾已舍此矣，颈可断，兵不可出。”卒无寇，省刍粟十五万。河东之所患者，盐与和籴也。公稍更其法，明著税额，而通盐商配率，粮草视物力高下，而不以占田多少为差，民以为便。阳曲县旧治城西，汾决，徙城中，县废为荒田。公奏还之，使县治堤防如黄河，民复成市。诸将驻列城者，长吏或不欲，捃诬以事，有至死者。公奏立法，将有罪，徙他郡讯验。诸将闻之，喜曰：“公保吾生，当报以死。”西夏请复故地，诏赐以四寨，而葭芦隶河东。公曰：“取城易，弃城难。昔弃啰兀，西人袭我不备，丧金帛不赀，且为夷狄笑。”乃命部将訾虎、萧士元以兵护迁，号令严整，寇不能近，无一瓦之失。将赐寨，公请先画界而后弃，不从。西人已得地，则请凡画界以绥德城为法，从之。公曰：“若法绥德，以二十里为界，则吴堡去葭芦百二十里，为失百里矣。兵家以进退尺寸为强弱，今一举而失百里，不可。”力争之。已而谍者得西人之谋曰：“吾将出劲兵于义、吴二寨之间，劫汉使不得出兵，则二寨亦弃矣。”公遂复前议。章九上，至数万言。议者谓近世名将无及公者。

公为文与诗，英发妙丽，每出一篇，学者争诵之。笃于行义，事父母，抚诸弟，以孝友闻。临大事，决大议，毅然不计死生。至于己私，则小心庄栗，惟恐有过。其事上及与人交，驭将吏，待妻子奴婢，一以至诚。仕自大理评事至右光禄大夫，职至龙图阁学士，勋至上柱国，爵至南阳郡开国侯，食邑至一千六百户，实封至八百户，赠银青光禄大夫。有文集二十卷。

娶李氏，唐御史大夫栖筠之后，晋卿之女。累封建安郡君，先公卒，赠永宁郡君。子三人，祐、祁皆承奉郎，裕尚幼。女五人：长适朝请郎、知楚州何洵直；次适宣德郎、秘书省正字王炳，早卒；次适宣德郎、太学博士王涣之；次复适王炳；季适方平之子、朝散郎、南京通判恕。孙男六人。将以元祐七年八月二十二日癸酉，葬于苏州长洲县彭华乡阳山之栗坞。铭曰：

天之降材，千夫一人。人之逢时，千载一君。生之既难，得之岂易？而彼谗人，曾不少置。昔在帝尧，甚畏巧言。谗说震惊，虽尧亦然。伟哉滕公，廊庙之具，帝欲用公，将起辄仆。赖帝之明，虽仆复兴。小试于边，戎狄是膺。日月逝矣，岁不我与。老成云亡，吾谁与处？若古有训，无竞维人。公之治边，折冲精神。猛虎在山，藜藿茂遂。及其既亡，樵牧所易。公官三品，以寿考终。我铭之悲，夫岂为公？

【译文】神宗英文烈武圣孝皇帝即位之初，励精图治。搜求天下英杰，希望有奇异的人才应时而出，从而得到俊异伟岸雄才大略的士人。滕公元发最初受知于英宗皇帝，可是没有来得及重用，就把他的姓名记下来存于宫中，因此神宗皇帝听说过他。后来见到滕公，果然风度仪态雄伟爽朗。神宗向滕公询问天下所以安定和动乱的原因。滕公不加思索地回答说："安定和动乱的道理就像黑和白、东与西，之所以改变颜色或方位，是因为结党营私而搅乱了是非。"神宗说："你了解君子小人如何结党吗？"滕公说："君子不结党。就像草木一样，紧密缠绕互相攀附的一定是蔓草，不是松柏。朝廷如果没有朋党，就是中等智虑的君主也可以治理好，不然的话，就是非常圣明的君主也治理不好。"神宗叹息说："真是至理名言啊。"

随后以右正言之职知制诰、知谏院、任开封府知府，又拜为御史中丞、翰林学士，神宗准备重用他。滕公性格疏放豁达，从无疑心。在皇帝面前议论大事，就如同对自家之人，父子之间一样，说话毫不掩饰，像是能直接看到他的心肝肺腑。神宗了解他的赤诚，事不分大小，人不分亲疏，都向滕公征询。有时半夜降下亲笔诏书，使者来回传递，滕公随事解答，从不假意谦逊。那时执政大臣刚刚制定新法，全国上下一片骚乱。执政者惟恐滕公对新法提出意见而得到神宗的信任，所以互相勾结诽谤滕公。神宗虽然不相信这些谣言，但还是让滕公离开朝廷去外地任职。以翰林侍读学士任郓州知州，又改知定州和青州，接着留守南京，后又任齐州和邓州的知州。可见神宗皇帝重用滕公的想法并没有淡忘。此时滕公夫人族中有人犯了大逆不道的重罪，朝中的小人们就利用这件事极力地排挤滕公，直要达到剪除滕公的目的。神宗知道滕公并没有罪过，只是降了他的职，让他任池州知州。改知蔡州，还没赴任，又改知安州。滕公遭到罢黜，入朝辞行。还没有见到天子，而天子左右那些嫉恨滕公的人又用流言蜚语中伤他。再贬官知筠州。士大夫都为滕公的安危担心，有人认为滕公以后还会继续遭贬。滕公却谈笑自如，说道："上天知道我正直，天子知道我忠诚，我怕什么呢！"于是上书为自己辨解，神宗看了之后，心知滕公之冤，随即命他任湖州知州。就在准备重新任用他的时候，神宗皇帝去世了。滕公读了神宗的遗诏，仆倒在地上昏死过去。很久才苏醒过来，说："完了，我没有向朝廷尽忠的机会了！"

当今皇帝即位，改滕公任苏、扬两州知州。加龙图阁直学士，又命他知郓州。调任真定府知府和河东路帅臣。滕公治理边镇十分严厉，威严震惊西北，被当时士民称为名将。有一个任走马承受的宦官，诬告滕公有病不能胜任职守，朝廷下诏迁滕公知许州。御史台上疏说明滕公镇守边关威镇一方的实情，而且证明他并没有生病。朝廷便下诏让他继续留在河东。这时滕公年事已高，有七十一岁了。他极力请求到淮南去，哲宗不便勉强，就让他以龙图阁学士任扬州知州，滕公还未到任就去世了。那是元祐五年十月二十四日。

我经历了仁宗、英宗、神宗三朝，有幸和天圣、景祐年间的名公贤士交往。滕公那时虽然属于晚辈，可是他开天济世的资质，一往无前的豪气，颇有前代圣贤的器度。以先皇帝神武英明，了解滕公到如此地步，最终还是没能重用他。每当要提升他时，小人便要诽谤他。滕公曾上书自辨，其中有一句话说："乐羊难道没有战功，为何毁谤他的文书装满一箱？即墨有什么罪过，为什么诽谤的话一天比一天多？"天下士人听了此话，都为他感到悲愤。唉！这是命里注定的吧。

滕公名叫甫，字元发。后来为了避开高鲁王的名讳，就把字做了名，改字为达道。东阳县人。滕氏家族出于周文公的儿子错，错受封于滕地，就是人们所说的滕叔绣。滕公十一代祖令琮，唐朝任国子司业，令琮生太常博士翼，翼生赠户部侍郎伉，伉生赠礼部侍郎盖，盖生户部侍郎、赠右仆射珦，珦生太中大夫、睦州刺史迈，迈生越州观察推官綍，綍生祠部郎中文规，文规生滕公的曾祖父名叫仁俊，做过温州永嘉令。祖父名叫鉴，没有入仕。父亲名叫高，赠官中大夫。曾祖母、祖母都姓范，继祖母姓陈。母亲王氏，追封为太原郡君。生滕公的那天晚上，梦见猛虎在月中行走掉进屋中，于是生下滕公。

滕公九岁就能赋诗，灵敏快捷超过常人。范仲淹，是滕公父亲的舅舅。见到滕公，认为他是个奇才，就亲自给他讲解写文章的方法。范仲淹任苏州知州时，安定人胡瑗先生住在苏州，滕公就去跟他学习。胡瑗的弟子数以千计，比较他们的文章次第，滕公经常排在首位。滕公曾经考进士，在殿堂上对策时，宋子京认为他的文章很出色，就把他定为第三名。由于他用的声韵不符合韵书，只好取消了他的资格。八年之后，又考中进士第三名。

授与大理评事之职，通判湖州。那时孙元规任杭州知州，一见滕公就说："真有名臣的风度，日后定会成为杰出的将领。"就把管理重要的州郡以及守卫边镇的要点讲给他听。

滕公被召回学士院试职，充任集贤校理，判吏部南曹，又授开封府推官，三司盐铁户部判官，同修起居注，判户部勾院等职。滕公在馆阁任职期间，从未到宰相家中去拜谒，所以宰相很不高兴，以致十年都没有给他加官。后来滕公被神宗称赏，做了谏官，知无不言。当御史中丞王陶议论宰相不值班是专横跋扈，神宗就这件事问滕公的意见时，滕公却说："宰相这样做固然不对，但是把这说成是跋扈，那我以为是王陶欺蒙陛下陷害别人。"

任开封府知府。京师三大监狱都关满了犯人，滕公上任当天，就清理出几百人，其馀的也都判决发遣干净，京师士民都欣然称赞他。

任御史中丞。中书省、枢密院讨论边防事宜，意见多有不合。赵明与西夏人开战，中书省奖赏他的战功，而枢密院却下令制止他的行动；郭逵修筑城堡，枢密院正在责问他，而中书省却已下诏褒奖他了。滕公说："攻战防守是大事，关系到国家的安危。如今中书省赞成进攻，而枢密院主张防守，这样下去怎么能使全国上下号令一统呢！希望陛下给大臣下诏，凡是有关进攻防守、任命将帅，都要统一意见后再下达诏令。”天子认为此说很有道理。谏官杨绘上奏说宰相不应当让自己的儿子判登闻鼓院。神宗说：“杨绘不熟悉朝廷制度，登闻鼓院只是传达消息而已，对决定大事有什么影响？”滕公说：“如果有人告发宰相，让他的儿子传达这些内容行吗？况且全国的士民看见宰相的儿子在这个职位上，难道还敢再举发什么事吗？”皇上醒悟过来，免去宰相之子判登闻鼓院之职。

种谔擅自修筑绥州城，并且和薛向共同调发各路军队，环州、庆州、保安军的军队都出境抢掠，西夏人又用计诱杀了宋将杨定。滕公上疏，深刻地论述夏主亮祚已经投降，我国不该失信。一旦挑起边境的对抗，就会战争连年，军民疲惫，必定会引起国内的动乱。京师附近的郡县发生地震，滕公三次上疏陈述导致灾害的缘由。执政大臣很不高兴，把滕公调出京城任秦州知州。神宗召见滕公说：“让你去秦州不是我的决定。”于是把滕公留在朝中。

滕公受命担任馆伴契丹使。以前担任此职的人不称职，使臣议论神塔子的事，反反复复定不下来。这一年，契丹国派遣萧林牙、杨兴公出使宋朝，朝廷为此感到忧虑。滕公见到杨兴公，敞开胸怀和他真诚交谈。他询问杨兴公的家世及其祖辈的事，连很细小的事都问得十分仔细。杨兴公又惊奇又高兴，就不再提起去年的事。将要回国时，他在马上与滕公洒泪告别。萧林牙对杨兴公说：“你和滕公这么好，难道要留在这儿不走了吗？”天子听说后很高兴。滕公上殿奏事，皇帝叹息说：“我本想提拔你做宰相。可你一个多月没有上殿进对，大臣们极力推荐唐介，只好任用他了。”滕公说：“我只遗憾没有办法以死来报答陛下的知遇之恩，难道我是贪图官位的人吗？”唐淑问、孙觉在皇帝面前说滕公的短处，皇帝不信，把他们的话都告诉了滕公，宽慰滕公的情意十分深厚。滕公叩头说：“陛下对我毫不怀疑，我对陛下无愧于心，这就够了。”

河朔地区发生大地震，沙土拱起水流出来，毁坏了城墙和房屋，朝廷任命滕公为安抚使。当地的官吏都在帐篷里休息，居民们都很恐惧，也都离开屋舍，住进茅棚里。滕公偏偏躺在屋中，说：“百姓把生存的希望都寄托在我身上，如果房屋倒塌压死百姓，我也应当与他们一样。”百姓这才回到家中，安然住下。接着滕公下令安葬死者，给饥民分配食物，免除租税，惩治怠惰的官吏，增筑河堰堤防，修缮铠甲兵器，督捕盗贼，河朔一带才安定下来。

完成使命回到朝中，执政大臣准备任滕公为并州知州。天子又留滕公知开封府。有个名叫王颍的人，被邻家妇女隐藏了他的金钱，几任府尹都没能辨明此事。王颍忧愤得病。他驼着背，拄着拐杖向滕公申诉。滕公传讯邻家妇女，一审就审出实情，取回金钱还给王颍。王颍跳起身来感谢滕公，背也不驼了，扔开拄杖夺门而出，一府上下十分惊奇。

命为翰林学士。夏国主秉常被篡夺了王位，滕公说：“李继迁死的时候，他的家族都快立不住脚了。当时的宰相没能利用机会让他们分而治之，却把西夏全境都封给一个人，使他有一个统一的政权，到如今还是心腹大患。现在秉常失掉王位，各个将领争夺权力，这是上天把机会赐给陛下。要是再失此良机，后悔就来不及了。请陛下选择一个有能力的武臣，授给他全权，让他制定计划，分裂西夏，这就可以不费兵戎而平定夏国，是我国的百年大计啊。”天子认为他的计谋非同寻常，然而却没有采纳。

朝廷想任命滕公为三司使，滕公极力推辞。不久又改命滕公为瀛州安抚使。滕公上殿，叩头说：“我只知道忠于陛下，不能服从结党之人，希望陛下稍微记挂以往对我的眷怀之情，不要使我受党人陷害。这样天下的人都知道忠君才是正路，而结党营私没有好处。”皇帝听了十分感动。

滕公为避父亲名高而辞去高阳关的任命，改任郓州知州。他治理盗贼很有方略，不一味使用严厉的打击手段。同时也采取一些宽大的策略，盗贼之害因此消失。

改知定州，准许入朝晋见。滕公极力论述新法的害处。他说：“我开始只是认为新法不可行。如今担任郡守，亲眼见到新法对百姓的危害。”原原本本地奏报新法危害百姓的事实。到定州，上巳这一天宴饮于郊外，有人报告说契丹入侵，边境之民有逃难来的人。兵将官吏十分惊恐，请求滕公立即调集军队。滕公笑着说：“你们有所不知。”仍旧饮酒作乐。派人对逃来的人说：“我在这儿，敌人不敢来犯。”使他们回去继续劳作。第二天询问他们，果然是谎信。将领们因此都敬佩滕公。

韩忠彦出使契丹，杨兴公迎接慰劳，并问他滕公如今在什么地方，又说：“滕公可以说是张开口见到心的直爽人啊。”韩忠彦回来后上奏此事，天子很高兴，于是升滕公为礼部侍郎，让他继续担任定州知州。诏书说：“执法宽严有度，边镇人民安居。”滕公因此盖了一间房子，取名为“安边堂”。滕公虽然离开朝廷很久，可是仍旧心系王室。他写了五篇文章，第一篇叫《尊主势》，第二篇叫《本圣心》，第三篇叫《校人品》，第四篇叫《破朋党》，第五篇叫《赞治道》，呈给皇上。大略意思是说：“陛下神明圣睿，文韬武略，自然足以运转天地六合，就像青天上的白日，不用点缀，自然清朗光明。”有识之士都认为他说得对。那时天下大旱，朝廷下诏征求直言。滕公上疏说：“新法害民之处，陛下已经了解了，只要下一道亲笔诏书，把熙宁二年以来所颁行的新法，有不利于百姓的条文全部废除，那么不但民气和顺，而且天意也会得以缓解了。”

富弼做青州知州时，曾经添置了教阅马步军九指挥，富弼离任后，军队渐渐缺编不再补充。滕公到青州，又把它补充完备，并且还增编了几千人。后来朝廷多次调发各路兵马，有的队伍被打散了无法回来，只有青州的兵马至今还很强盛。

他谪官知池州、安州，都以镇静安定闻名，饮酒赋诗，从未显露出对贬谪有所不满。侍郎韩丕临时殡葬在安州五十年了；学士郑獬是安州人，已经去世十年，家中贫穷不能安葬，滕公把他们都安葬了。著作佐郎木炎在服丧时因为哀痛过度而去世，滕公帮助把他安葬后，又买了田产周济他的家属。朝廷命特使节谢讓到安州购买物品，谢讓与地方官吏互相勾结，狼狈为奸，安州的百姓深受其害。滕公秘密地书写了他们危害百姓的罪状，天子为此而罢黜了谢讓。自从安定胡先生去世后，滕公经常拿出自己的官俸来接济他的儿子。后来滕公为湖州知期时，又到安定先生的墓前祭奠，哭得十分悲恸，东南的士子都对滕公十分敬服。”

滕公从扬州移知郓州。正赶上灾年，他请求朝廷调拨淮南米二十万石作为储备。郓州有大盗若干人，滕公全部掌握了他们的行踪，派遣官吏拘捕，将他们全部抓获，迅速得连当地的官吏居民都不知从哪儿捕获的。州学生缺乏食物，而有些居民却为公田争讼了二十年都辨不清是非，滕公说："学生没饭吃，难道让这些良田满足不法之徒的私利吗！"于是把这些地充为学田，二十年的诉讼也就随之了结了。有个学生作了一首《新田诗》来赞美这件事。当时淮南、京东都在闹饥荒，滕公这儿却有预先请求调拨的粮米作储备。他召集城中富裕的居民和他们定约说："逃荒的灾民马上就要来了，如果不妥善安置他们，就会发生瘟疫，那样也会传染给你们。我见到城外有块废弃的营地，想让你们在那儿盖些席蓬来安置他们。"富民们都说："行。"于是二千五百间席蓬，一天一夜就盖完了。灾民到后，按次序给他们分配房屋，水井、炉灶、日用器皿都准备齐全。并用军队的纪律管束他们，年轻人做饭，身强力壮的人砍柴，妇女们打水，年老的休息，灾民到了这儿就像回到家中一样。天子派工部郎中王古视察救灾的情况，看到这里的道路像用绳子比着那样平直，房屋就像棋盘布子那样整齐，纪律严明得像军队一样。王古暗暗吃惊，画图上奏此事，天子下诏表彰滕公。这次救荒，全活了大约五万人。

改知真定府。滕公请求在抓捕盗贼的事情上有自主权，朝廷同意了。直到滕公离任，没有一个人蒙冤伏法。那年秋季大丰收，饥饿了很长时间的农民正要赖此为生，可官府却争相收购，以至谷价昂贵。滕公上奏说守边军队的仓廪中还有馀粮，请求免除收购二年，朝廷同意了他的请求。

调任太原府知府。河东地区军队疲劳百姓贫苦，但是当地的土豪和军队将领官吏都能从敌人进犯的警报中得到好处，所以都愿意有战事发生，百姓不堪重负。滕公刚到任时，异族首领前来祝贺，滕公下令说："加强边境的巡逻。不准挑起争端。敌人进犯丧失戒备和无人进犯而无事生非的人，都要斩首。"对军司马和沿边安抚以下的高级官员，也都用这条法令约束他们。西夏人在边境上打猎，黄河外的守将请求增兵防范。滕公说："真有夏人攻来，你们各自死守，我一个兵卒也不发。”河东共设十二位将领，其中四位用来防备北方的契丹，另外八位用来防备西夏。这八位将领轮流守戍，分为上半年和下半年。这一年八月，边境几州奏报有敌情，请求八位将领一同戍卫，称之为防秋。滕公说：“敌人若是集中兵力前来攻打，就是八位将领一同出战，也抵敌不过。如果敌人不来，有四位将领就足够了。”仍命四将继续休整。而守边的武臣官吏十分恐惧，来到滕公的府中与他争论。滕公指着自己的脖子说：“我已经把它都舍弃了，你们就是砍断我的脖颈，我也不会发兵。”最终也没见敌人入寇，为此而节省的军马粮草有十五万石。河东一路人民最厌苦的是盐法和籴法。滕公逐渐修改原有的法令，把征收的税额张榜公布，规定了盐商的利率，对于粮税，则根据田地的产量，而不按耕种田地的多少征收，百姓认为这些办法简便明白。阳曲县的县衙以前在县城之西，汾河决口后，迁到了城中，原来县衙之地便废为荒地。滕公奏请把这些荒地归还县里，命县官调集民众像筑黄河堤坝那样在此处筑堤，于是此地又恢复了原来的热闹。河东的将领驻扎在各个州县，有些州县官吏不愿意驻军，便搜寻一些小事诬告军队，以至有的将士被诬害致死。滕公上奏朝廷，请求为此事立法，将士犯有罪过，移到其他州郡审讯核实。众将领听说此事，高兴地说：“滕公保全我们的性命，理当以死相报。”西夏人请求归还旧地，朝廷下诏归还四寨，而葭芦寨仍旧隶属河东路。滕公说：“夺取城池所易，归还城池却很难。当年放弃啰兀，西夏人乘我们没有防备而偷袭，不但丧失了大量资财，而且受到夷人的耻笑。”于是命部将訾虎、萧士元率兵保护四寨军民回迁，号令严明，秩序井然，夏人不敢接近，没有损失一砖一瓦。交割四寨之前，滕公让夏人画定疆界后才可交付，西夏人不同意。夏人得到四寨之地，向宋朝请求凡画边界要以当年画绥德城为准则，朝廷应允了他们的请求。滕公说：“如果依照绥德城的画法，是以离城二十里为疆界，而吴堡离葭芦寨一百二十里，这样我们又会失去百里之地。两军相争，以进退一尺一寸为胜负强弱，如今一个举措就失去百里，万万不行。”极力争辩此事。不久有间谍得到西夏人的预谋说：“我们调集强兵在义、吴二寨之间，劫夺汉人的使节，强迫他们不得出兵，那么这两二寨子也等于丢给了我们。”于是滕公再次向朝廷提出画界的议论。奏章上了九道，达数万言。谈论此事的士大夫都说近代的名将没有能赶上滕公的。

滕公作文赋诗，气势雄伟而词藻清丽，每写出一篇，后学之辈都争相传诵。滕公很看重言行信义，侍奉父母，抚养弟弟，以孝顺友爱受到人们的称道。而面临重大事情，采取重大决策，都毅然决然，把生死置之度外。至于自己的私事，就小心谨慎，惟恐有过失。他为朝廷做事以及与人交往，指挥兵将官吏，对待妻子奴婢，都出于同样的至诚之心。官从大理评事做到右光禄大夫，职升至龙图阁学士，勋转至上柱国，爵封至南阳郡开国侯，食邑封至一千六百户，实际受封至八百户，逝世后赠官银青光禄大夫。著有文集二十卷。

夫人李氏，是唐代御史大夫李栖筠的后代，本朝李晋卿的女儿。生前封为建安郡君，在滕公逝世前去世，追赠为永宁郡君。有三个儿子，祐、祁都是承奉郎，裕，年龄还小。五个女儿：长女嫁给朝请郎、知楚州何洵直；次女嫁给宣德郎、秘书正字王炳，很早就去世了；三女嫁给宣德郎、太学博士王涣之；四女又嫁给王炳；小女儿嫁给方平之子、朝散郎、南京通判张恕。孙男六人。将在元祐七年八月二十二日癸酉，安葬在苏州长洲县彭华乡阳山的栗坞。铭文说：

上天降下的栋梁之材，千人之中得此一人。滕公生逢良时，受知于千载难逢的一代圣君。他的降生已经很难，朝廷得到他难道容易？而那些邪佞小人，何曾有一时一刻不谗毁他。当时尧帝治理天下，最怕巧言令色。诽谤害人的言语铺天盖地，即使是尧那样的圣君也难辨是非。滕公何其英伟，他是经邦治国的辅佐之材，天子多次想重用滕公，每当要重用却又受谗作罢。凭着天子的英明，每次罢黜后又重新起用。试用于边关帅臣，强敌畏服。可惜日月轮替，年岁将老。老而逝世，我将和谁相处相知？滕公的言论就是古人的遗训，使我受用不尽。他治理边关，勇猛无畏，威风凛然。猛虎在深山之中，草木茂盛。等到它衰亡之后，樵夫牧童都能任意而为。滕公官居三品，得终天年。我写这篇墓铭的悲恸，难道仅仅是为滕公一人而发？

王子立墓志铭

子立讳适，赵郡临城人也。始予为徐州，子立为州学生。知其贤而有文，喜怒不见，得丧若一，曰："是有类子由者。"故以其子妻之。与其弟遹子敏，皆从余于吴兴。学道日进，东南之士称之。余得罪于吴兴，亲戚故人皆惊散，独两王子不去，送余出郊，曰："死生祸福，天也，公其如天何？"返取余家，致之南都。而子立又从子由谪于高安、绩溪，同其有无，赋诗弦歌，讲道著书于席门茅屋之下者五年，未尝有愠色。余与子由有六男子，皆以童子从子立游。学文有师法，人人自重，不敢嬉宕，子立实使然。元祐四年冬，自京师将适济南，未至，卒于奉高之传舍，盖十月二十五日也。享年三十五。

曾祖讳璘，赠中书令，妣田氏，楚国夫人。祖礎，工部侍郎、知枢密院，赠太尉，谥忠穆。妣宋氏，仁寿郡夫人。考讳正路，比部郎中、知濮州，赠光禄大夫。妣李氏，寿安县君。一女初晬，有遗腹子裔。

文集十五卷，其学长于礼服，子由谓其文"朱弦疏越，一唱而三叹"者也。七年十一月五日，其兄蘧于开葬子临城龙门乡两口村先茔之侧。铭曰：

知性以为存，不寿非其怨也；知义以为荣，不贵非其羡也。而未能忘于文，则犹有意于传也。呜呼！百世之后，其姓名与我皆隐显也。

【译文】王子立名叫适，赵郡临城县人。当初我做徐州知州时，王子立是州学的学生。那时我就知道他品行佳美文章清丽，喜怒不形于色，得失不系于心，我曾说："这个学生很像我弟弟子由。"所以就把子由的女儿嫁给他为妻。子立和他弟弟王遹字子敏，都跟着我到了湖州。学问日见长进，东南一带士人们都称赞他们。我在湖州获罪，亲戚朋友都惊恐躲避，只有这两个姓王的弟子不离开我，送我到郊外，对我说："人的死生祸福，都是天命，您能把天怎么样呢？"又返回州中接了我的家属，送到应天府。而子立又跟随子由到他的贬所筠州和绩溪县一起居住。在蓬门草屋中同甘共苦，赋诗弹唱，讲论大道著书立说长达五年之久，从来没有不快的神色。我和子由共有六个男孩，都是从小跟随子立学习。学写文章都有些章法，每个孩子都懂得自重自强，不敢游戏荒废学业，这都是子立教导的结果。元祐四年冬天，子立准备从京城到济南去，还没到济南，在奉高县的客舍中病逝，那是十月二十五日。终年三十五岁。

子立的曾祖名叫璘，赠官中书令。曾祖母姓田，封为楚国夫人。祖父名叫皞，曾任工部侍郎、知枢密院，死后赠官太尉，谥号为忠穆。祖母姓宋，封为仁寿郡夫人。父亲名叫正路，曾任比部郎中、知濮州，死后赠官光禄大夫。母亲姓李，封为寿安县君。一个女儿刚满周岁就死了，还有个遗腹子名叫裔。

他有文集十五卷，以有关礼法服饰方面的研究见长，子由说他的文章是"如娓娓琴声，令人一唱三叹"的那一类。元祐七年十一月五日，他哥哥王蘧的儿子王开将他安葬在临城县龙门乡两口村祖先的坟墓旁边。铭文说：把善养真性看做永恒，不长寿也没什么怨恨的。以深明道义为光荣，显贵的地位不是他所羡慕的。而不能忘情于文章著述，就是想用这些来传世。呜呼！百代之后，他的姓名会同我一样地或被埋没或流传于世。

宝月大师塔铭

宝月大师惟简，字宗古，姓苏氏，眉之眉山人。于余为无服兄。九岁，事成都中和圣相院慧悟大师。十九得度，二十九赐紫，三十六赐号。其同门友文雅大师惟庆为成都僧，统所治万馀人，鞭笞不用，中外肃伏。庆博学通古今，善为诗，至于持律总众，酬酢事物，则师密相之也。凡三十馀年，人莫知其出于师者。

师清亮敏达，综练万事，端身以律物，劳己以裕人，人皆高其才，服其心。凡所欲为，趋成之。更新其精舍之在成都与郫者，凡一百七十三间，经藏一，卢舍那、阿弥陀、弥勒、大悲像四，砖桥二十七，皆谈笑而成，其坚致可支一世。师于佛事虽若有为，譬之农夫畦而种之，待其自成，不数数然也。故余尝以为修三摩钵提者。蜀守与使者皆一时名公卿，人人与师善。然师常罕见寡言，务自却远，盖不可得而亲疏者，喜施药，所活不可胜数。少时，瘠黑如梵僧，既老且皙，若复少者。或曰："是有阴德发于面，寿未可涯也。"

绍圣二年六月九日，始得微疾，即以书告于往来者，敕其子孙皆佛法大事，无一语私其身。至二十二日，集其徒问日蚤暮。及辰，曰："吾行矣。"遂化，年八十四。是月二十六日，归骨于城东智福院之寿塔。弟子三人：海慧大师士瑜，先亡；次士隆；次绍贤，为成都副僧统。孙十四人：悟迁、悟清、悟文、悟真、悟缘、悟深、悟微、悟开、悟通、悟诚、悟益、悟权、悟缄。曾孙三人：法舟、法荣、法原。以家法严，故多有闻者。师少与蜀人张隐君少愚善，吾先君宫师亦深知之，曰："此子才用不减澄观，若事当有立于世，为僧亦无出其右者。"已而果然。余谪居惠州，舟实来请铭。铭曰：

大师宝月，古字简名。出赵郡苏，东坡之兄。自少洁齐，老而弥刚。领袖万僧，名闻四方。寿八十四，腊六十五。莹然摩尼，归真于上。锦城之东，松柏森森。子孙如林，蔽芾其阴。

【译文】宝月大师俗名叫惟简，字宗古，姓苏，眉州眉山县人。和我是出了服的兄弟。九岁那年，拜成都府中和圣相院的慧悟大师为师出家。十九岁剃度，二十九岁赐紫袍，三十六岁赐法号。他的同门友人文雅大师名叫惟庆的是成都府高僧，其下管理着一万多僧众，从来不用刑罚治人，可寺庙内外都对他肃然敬服。惟庆学识渊博，通晓古今，善于作诗。至于遵依佛法管理众僧，应酬事件人物，都是宝月大师暗中相助。三十多年来，别人从不知道这些事是出于宝月大师。

宝月大师机敏练达，各种事情都处理得宜。他以端正自身来要求别人，以自己的辛劳为他人造福。因此人们都赞赏他的才干，敬佩他的品德。只要是他想要做的事，人们都乐于帮助他。他重新修缮在成都和郫县的僧房，共一百七十三间，藏经阁一间，卢舍那、阿弥陀佛、弥勒佛大悲像四座，砖桥二十七座，都像是在谈笑之间完成的，它们的坚固程度，足可以支撑百年。大师对于佛家事业虽然也想大有作为，但平时只是像农夫在田地中耕种，等待它自然成熟，从不急于得到回报。所以我曾说他是修三摩钵提的高僧。成都府的守臣和各司的使节都是当时知名的公卿，人人都对大师十分钦敬。而大师平素不常露面，很少与他们交往，力求与他们保持疏远，是那种难得交往因而难说与谁亲善与谁疏远的人。他喜好为人治病，经他之手救活的人不计其数。大师少年时，又瘦又黑，就像个印度和尚，到了老年却变得白皙，好像返老还童。有人说："这是由于他积了阴德而表现在脸上，他的寿命长得令人难以估量了。"

绍圣二年六月九日，大师开始患病，便写信告知与他有交往的人，叮嘱子孙的都是一些有关佛法修行的大事，没有一句话谈及自己的身前身后。到二十二日，他召集门徒，问他们天色早晚。到了辰时，说道："我要去了。"便瞑目而逝，俗年八十四岁。当月二十六日，他的遗骨被安放到城东智福院的寿塔中。弟子三人：海慧大师士瑜，先于大师死去；二弟子士隆；三弟子绍贤，是成都府的副僧统。孙十四人：悟迁、悟清、悟文、悟真、悟缘、悟深、悟微、悟开、悟通、悟诚、悟益、悟权、悟缄。曾孙三人：法舟、法荣、法原。由于家法严格，所以弟子中有不少成为知名的高僧。大师少年时与蜀地的隐士张少愚友善，我的父亲赠太子太师苏洵也对他有很深的了解，曾说："此人才能智慧不比澄观大师差，如果入仕为官，必定大有作为，出家为僧，也没有能超过他的。"后来果然如此。我被贬官住在惠州时，舟实来到惠州请我为大师写铭文。铭文说：

宝月大师，古是他的字，简是他的名。出于赵郡苏氏家族，是东坡居士的族兄。少年时洁身好善，老年志节更加刚强。作为众僧的领袖，大名传遍四方。享寿八十有四，僧腊六十有五。清莹透彻的佛门弟子，把洁净的灵魂交付上天。锦官城的东边，苍松翠柏郁郁青青。他的子孙多如林木，人人都得到他的遗爱。

陆道士墓志铭

道士陆惟忠，字子厚，眉山人。家世为黄冠师。子厚独狷洁精苦，不容于其徒，去之远游。始见余黄州，出所作诗，论内外丹指略，盖自以为决不死者。然余尝告之曰："子神清而骨寒，其清可以仙，其寒亦足以死。"其后十五年，复来见余惠州，则得瘦疾，骨见衣表。然诗益工，论内外丹益精。曰："吾真坐寒而死矣。每从事于养生，辄有以败之，类物有害吾生者。"余曰："然。子若死，必复为道士，以究此志。"余时适得美石如黑玉，曰："当以是志子墓。"子厚笑曰："幸甚。"久之，子厚去余之河源开元观，客于县令冯祖仁，而余亦谪海南。是岁五月十九日，竟以疾卒。年五十。祖仁葬之观后，盖绍圣四年也。铭曰：

呜呼多艺此黄冠，诗棋医卜内外丹。无求于世宜坚完，龟饥鹤瘦终难安。哀哉六巧坐一寒，祝子复来少宏宽，毋复清诗助痟酸。龙虎九成无或奸，往驾赤螭骖青鸾。

【译文】道士陆惟忠，字子厚，眉州眉山县人。家里世代都是道士。子厚性情孤僻洁身自好，为其他道士所不容，就离开家乡远游四方。当初在黄州见到我，向我出示他作的诗，又讨论内、外两丹的要点。他认为自己是个决不会死的人，然而我曾告诉他说："你的精神清纯但骨相虚寒，看你清纯的精神可以成仙，可虚寒的骨相也足以致你于死地。"过了十五年，陆惟忠又来到惠州见我，那时他已经得了消瘦之疾，透过衣服就可以看到他棱棱瘦骨。但他的诗却作得更加工稳了，谈论起炼内外丹也更加精辟。他说："我真是会由于虚寒而死的。每当我修炼时，总是为此而失败，致我于消瘦，就能致我于死地。"我说："对。你要是死了，来生一定还会做道士，完成研究这些奥妙的心愿。"我那时正好得到一块像黑玉一样美丽的石头，对他说："我会把你的墓志刻在这上面。"子厚笑着说："那我太幸运了。"过了很久，子厚离开我居住的河源开元观，到县令冯祖仁那儿暂居，而我也被贬谪到海南。这一年的五月十九日，他终于因病死去了。享年五十岁。冯祖仁把他葬在开元观后面，那是绍圣四年的事。铭文说：

呜呼！这个道士多才多艺，作诗、下棋、行医、占卜、内丹外丹样样精熟。他与世无求理应健康无恙，偏偏身患弱疾不得安宁。他的六种技艺都为这一病所累，但愿他来生多得神灵福佑，不要再让他清丽的诗句出自怏怏病体。让他雄壮如龙虎，而不再为病所累，让他真能驾驭赤螭青凤飞上九霄。

李太师墓志

李氏之先，世有德人。使皆好学，忠信而文。则其成材，五季得之。崎岖兵间，亦何所为？世养于蒙，以待承平。允文太师，发迹于经。人知诵之，公蹈用之。其言皆经，其行中之。仁致麟凤，自不覆巢。使公逢时，凤鸣其郊。公为狱官，遇囚如子。视囚出入，如己生死。以德报怨，世有或然。任其不叛，仁人所难。是心惟微，实闻于帝。无疆之休，以来本世。笃生三子，其幼益隆。如谊、仲舒，乌阳是逢。始葬于魏，物不称德。河流墓改，襚以冕服。公之令闻，追配太丘。子孙公卿，有进无羞。安安之原，太行之麓。有或兆之，匪筮匪卜。

【译文】李氏的祖先，几代都有贤德之人。教导他们的子弟勤苦好学，忠诚信义文采出众。早在五代时期，李氏一族就出现了杰出之人。只是当时战乱频仍，又能有什么作为呢。世代生活在民间，等待和平之日到来。允文太师，以读经书而成名。别人只知道背诵经书，李公却把经书中的道理运用到实际中。他的言论都符合经书的大旨，他的行为都符合经义的规范。他的仁爱可以召来麟凤，因而虽处乱世却没有蒙难。假使李公生能逢时，一定会有凤凰鸣于城郊。李公为刑狱官，对待囚徒如同对待自己的儿子。看待囚徒的关押释放，如同自己的生死一般。能以德报怨的人，世间也许会有。而始终如一，那是仁爱之士也难做到的。这样的怜悯之心虽然并非壮举，然而终于传到皇帝那里。这也是圣君的仁德，普照八方。李公生了三个儿子，最小的那个更加有为。如同贾谊和董仲舒，而又逢到了光明盛世。李公最初葬在大名，可惜此地不能装载他的盛德。由于河道改移墓葬不安，朝廷重新赐给他衣冠寿服，表彰他一世留下的美名，改葬太丘，追配古代的圣贤。李公的子孙如今都是朝廷公卿，可以一意仕进，不必再为祖茔不安而羞愧。这安祥宁静的墓场，就在太行山麓。日后再有吉祥之兆，那也不是用筮草和龟策求得的。

朱亥墓志

崔嵬高丘，其下为谁？惟魏烈士，朱亥是依。时惟布衣，不震不惊。晋鄙在师，孔严不孤。进承其颐，视如豚猳。昔其在屠，谁养其威？鼓刀市人，谁者畏之？世之勇夫，杀人如蒿。及失所难，或失其刀。惟是贫贱，无以自豪，是谓真勇。士之布衣，其亦在养。有或不养，临事而恐。惟是屠者，其养可取。

【译文】高大的山丘，下面埋藏的是谁？魏国的壮士朱亥，他在这下面掩埋。当时他只是个平民，没有震惊天下的声名。晋鄙统领着魏国的大军，兵力强大绝不孤单。朱亥接受公子的嘱托，面对强敌如同操刀屠猪。他以往只是一介屠夫，谁来培养他的勇气？一个提刀屠宰的市井之辈，有谁惧怕他？世上那些勇猛的武将，平日里杀人如同割蒿。到他们遇到强劲的对手，可能会吓得丢失了武器。正是由于朱亥生于贫贱，没有可夸耀的功绩，这样的勇气才是真正的雄风。由此而论，布衣之士，其勇气也应在平时培养。如果平日不培养，遇到危难就惊慌失措。我看朱亥这位屠夫，他培养勇气的做法很值得借鉴。

刘夫人墓志铭　代韩持国作

夫人姓刘氏，开封人。曾大父处士讳岩，大父大理寺丞讳惟吉，考赠右金吾卫将军讳达。夫人年十七，归于武功苏才翁。翁讳舜元，参知政事讳易简之孙，赠工部侍郎讳耆之子也。少与弟子美、圣辟皆有盛名。苏氏既大家，而姑王夫人太尉文正公之息女也。严重有识，素贤其子，自为择妇，甚难之。久乃得夫人。

夫人事其姑，能委曲顺其意。尝侍疾，不解衣累月。凡姑所欲，不求而获。所不欲，无一至前者。既愈，谓家人曰："微是妇，吾不起矣。"命诸女拜之而弗答也。

子美、圣辟皆早世，夫人待二姒，抚诸孤，恩礼甚厚。子美，正献杜公婿也。杜公闻而贤之，曰："可以为女师。"

夫人既老，二子涓、澥更守寿春。已而涓守襄阳，澥复按本道刑狱，夫人皆就养焉。及涓徙平阳，道京师，子注为尚书郎，拜觐门外，士大夫荣之。涓侍夫人至管城，以疾不起，注逆以归京师。夫人悼涓不已，后涓四十五日，元丰八年十月五日以疾卒于私第，享年八十一。

夫人孝友慈俭，薄于奉身而厚于施人，严于教子而宽于御下。姻族中有悍妒者见之，辄惭而化。性不蓄财，浣衣菲食以终其身。涓自蜀还，以重锦二十两以献夫人。夫人喜曰："可以适吾意之所欲与者。”命刀尺以亲疏散之，一日而尽。好诵佛书，受五戒，预为送终具甚备。至疾革，怡然不乱。

始封隆德县君，后为彭城县太君，改仁寿县太君。才翁既显于世矣，而位不充其志，仕至尚书郎，赠光禄大夫。而子男七人，皆以才显。涓，朝奉大夫、知潞州；澥，朝请郎、京西提点刑狱；注，朝散郎、尚书司勋郎中；洞，右赞善大夫、将作监丞；洪、洎、汶，皆举进士。女二人：长适进士虞大蒙，次适承议郎郭逢原。孙男十三人：之颜，无为军判官；之闵，早卒；之冉，汝州梁县尉；之孟、之偃、之友、之恂、之悌、之邵、之杨、之南、之烈、之点。孙女十三人。曾孙男七人：开、宪、洁、商、若、赤、仕。曾孙女五人。

澥将以元丰八年十二月二十四日，葬夫人于润州丹徒县五老山下才翁之茔，使求乞铭。才翁于余为从母子，而余娶于苏氏，故知夫人为详。铭曰：

孝友慈俭，行为女师，笃于教也。轻财乐施，属纩不乱，几于道也。寿考康宁，子孙多贤，不虚报也。我铭孔约，无有愧辞，以信告也。

【译文】夫人姓刘，开封人。曾祖父是个处士，名叫岩。祖父是大理寺丞，名叫惟吉。父亲赠官右金吾卫将军，名叫达。夫人十七岁时，嫁给武功人苏才翁。才翁名叫舜元，是参知政事名叫易简的孙子，也是赠官工部侍郎名叫耆的儿子。舜元年轻时和他弟弟舜钦、舜宾都很有名气。苏氏是名门大族，刘氏的婆母王夫人是太尉王旦的亲生女，她端庄稳重而有见识，很为自己的儿子骄傲，要亲自为他选择配偶。一般女子很难使她满意，过了很久才选择了夫人刘氏。

夫人侍奉婆母，能委曲婉转顺从其意。有一次侍奉王夫人治病，一个多月没有解衣就寝。凡是婆母想吃的东西，不用开口就会送来。不喜欢吃的东西，没有一样贸然送到面前。王夫人痊愈后，对家里人说：“要不是这个媳妇，我就不会好了。”她让自己的女儿们拜谢刘夫人，可刘夫人没有承受。

舜钦、舜宾都很早就去世了，刘夫人善待两个弟媳，抚养几个孤儿，恩义礼节都很深厚。二弟舜钦，是宰相杜衍的女婿。杜公听说她的品德，很敬重她，说："她的行为堪称妇女的典范。"刘夫人上了年纪之后，她的两个儿子苏涓、苏澥相继为寿州知州。后来苏涓调任襄州知州，苏澥又担任本路提点刑狱，刘夫人都跟随他们到任上奉养。苏涓移任晋州，路过京师时，她另一个儿子苏注任尚书郎，到京师城门之外拜迎她，士大夫们都为她感到荣耀。苏涓侍奉夫人到了管城县，因为生病而去世，于是苏注就把夫人迎回京师。夫人痛悼苏涓不已，在苏涓死后四十五天，也就是元丰八年十月五日，她病逝于家中，终年八十一岁。

夫人孝顺友爱慈祥俭朴，她很少为自己索取，而给予别人的却很丰厚。教育子女很严格，而对待下人却很宽厚。家族亲戚中有些凶悍多妒的人见了她，都惭愧地改掉过去的行为。夫人天生不爱积蓄私财，衣服洗了又洗，食物也很简单，终身都是这样俭朴。苏涓从蜀中回来的时候，带回上好的蜀锦二十两献给夫人。夫人高兴地说："这下可以顺着我的心意送给我想送的人了。"于是让人用尺子量裁，按亲戚的远近赠送给他们，一天就送完了。

夫人喜好读佛书，并接受佛门的种种戒律，她为自己预备了齐全的送终衣物。直到临终，神智清醒，毫不昏乱。

夫人初封为隆德县君，后改封为彭城县太君，又改封为仁寿县太君。才翁的名声传扬于世，而官位却与他的声望相差甚远，只做到尚书郎，死后赠官光禄大夫。夫人有七个儿子，都以才华为士人所知。苏涓，朝奉大夫、潞州知州；苏澥，朝请郎、京西提点刑狱；苏注，朝散郎、尚书司勋郎中；苏洞，右赞善大夫、将作监丞；苏洪、苏洎、苏汶，都考中进士。女儿两人：长女嫁给进士虞大蒙，次女嫁给承议郎郭逢原。孙男十三人：苏之颜，无为军判官；苏之闵，早年逝世；苏之冉，汝州梁县县尉；苏之孟、苏之偃、苏之友、苏之恂、苏之悌、苏之邵、苏之杨、苏之南、苏之烈、苏之点。孙女十三人。曾孙男七人：苏开、苏宪、苏洁、苏商、苏若、苏赤、苏仕。曾孙女五人。

苏澥准备于元丰八年十二月二十四日，把夫人安葬在润州丹徒县五老山下苏舜元的墓中，命人来请我写铭文。舜元和我是表兄弟，由于我娶的是苏家的女子，所以对夫人的事迹了解得比较详细。铭文说：

夫人孝顺友爱仁慈俭仆，她的行为堪称妇女的楷模，这是由于受到良好教育。轻视钱财乐于施惠，直到临终神智不乱，是她信奉神明的结果。年纪高迈健康安乐，子孙众多一门贤达，这是神明不爽对她的善报。我的铭文简短写不下对她的赞颂，没有一句虚妄之言，只是把真实的行为告诉后人。

亡妻王氏墓志铭

治平二年五月丁亥，赵郡苏轼之妻王氏卒于京师。六月甲午，殡于京城之西。其明年六月壬午，葬于眉之东北彭山县安镇乡可龙里先君先夫人墓之西北八步。轼铭其墓曰：

君讳弗，眉之青神人，乡贡进士方之女。生十有六年而归于轼。有子迈。君之未嫁，事父母，既嫁，事吾先君、先夫人，皆以谨肃闻。其始，未尝自言其知书也；见轼读书，则终日不去，亦不知其能通也。其后轼有所忘，君辄能记之。问其他书，则皆略知之。由是始知其敏而静也。从轼官于凤翔，轼有所为于外，君未尝不问知其详。曰：“子去亲远，不可以不慎。”日以先君之所以戒轼者相语也。轼与客言于外，君立屏间听之，退必反覆其言曰：“某人也，言辄持两端，惟子意之所向，子何用与是人言？”有来求与轼亲厚甚者，君曰：“恐不能久。其与人锐，其去人必速。”已而果然。将死之岁，其言多可听，类有识者。其死也，盖年二十有七而已。始死，先君命轼曰：“妇从汝于艰难，不可忘也。他日汝必葬诸其姑之侧。”未期年而先君没，轼谨以遗令葬之。铭曰：

君得从先夫人于九原，余不能。呜呼哀哉！余永无所依怙。君虽没，其有与为妇何伤乎？呜呼哀哉！

【译文】治平二年五月丁亥，赵郡苏轼的妻子王氏，逝世于京师。当年六月甲午，暂时殡殓在京城以西。第二年六月壬午，安葬于眉州东北彭山县安镇乡可龙里先父先母坟墓的西北方八步。苏轼为她作铭文说：

王氏名叫弗，眉州青神县人，是乡试举人王方的女儿。十六岁那年嫁给我。生了儿子苏迈。她未嫁之前，侍奉自己的父母，出嫁后，侍奉我的先父、先母，都以谨慎恭肃受到称道。刚嫁过来的时候，她从没说过自己读过书。看见我读书，就整日都不离开，我也不知道她能读懂。后来有些诗文连我都忘记了，她却还能记得。问她别的书，也差不多都读过。我这才知道她聪敏又文静。她跟随我任职于凤翔府，我在外面做了什么，她没有一次不问得仔仔细细。她说："你远离父母，处事不能不谨慎。"每天都用先父告戒我的话提醒我。我与客人在外室交谈，她就站在屏风后边听，回到屋中就反复地说："某某人，说话两面讨好，一味顺着你的心思说，你跟这种人交谈有什么用？"有个人来想和我结交成亲密朋友，她说："恐怕不能长久。他能与人这么快就成为密友，这种人背叛你也一定会很快。"后来果然像她说的那样。她临终的那一年，说过的许多话都很值得记取，简直像是哲人说的话。她死时，年仅二十七岁。她刚去世时，先父交待我说："你夫人是在你艰难的时候跟从你的，你不能忘了她。以后你一定要把她安葬在你母亲的墓旁。"没到一年，先父就去世了，我遵从先父的遗愿把她埋葬了。铭文说：

她得以在九泉之下跟随先母，可我却不能。呜呼哀哉！我永远没有了依靠和恃怙。她尽管已经去世，又怎能使我对她的感情有所减弱？呜呼哀哉！

乳母任氏墓志铭

赵郡苏轼子瞻之乳母任氏，名采莲，眉之眉山人。父遂，母李氏。事先夫人三十有五年。工巧勤俭，至老不衰。乳亡姊八娘与轼，养视轼之子迈、迨、过，皆有恩劳。从轼官于杭、密、徐、湖，谪于黄。元丰三年八月壬寅，卒于黄之临皋亭，享年七十有二。十月壬午，葬于黄之东阜黄冈县之北。铭曰：生有以养之，不必其子也。死有以葬之，不必其里也。我祭其从与享之，其魂气无不之也。

【译文】赵郡苏轼字子瞻的乳母任氏，名叫采莲，眉州眉山县人。她父亲名叫任遂，母亲姓李。任氏侍奉先母三十五年。心灵手巧勤劳节俭，直到年纪很大还是一如既往，从不怠惰。她哺乳了已故的姐姐八娘和我，还抚养照看了我的儿子苏迈、苏迨、苏过，对我一家颇有恩情。她跟随我任职于杭州、密州、徐州、湖州，又随我贬官于黄州。元丰三年八月壬寅，逝世于黄州的临皋亭，终年七十二岁。当年十月壬午，安葬在黄州城东黄冈县北郊。铭文说：

在世时得到瞻养，不必非要亲生的儿子。死后得到安葬，不必非要在自己的故乡。我给她作祭文并祭奠她，使她的魂魄无所不往。

保母杨氏墓志铭

先夫人之妾杨氏，名金蝉，眉山人。年三十，始隶苏氏，颓然顺善也。为弟辙子由保母。年六十八，熙宁十年六月己丑，卒于徐州，属纩不乱。子由官于宋，载其柩殡于开元寺。后八年，轼自黄迁汝过宋，葬之于宋东南三里广寿院之西，实元丰八年二月壬午也。铭曰：

百世之后，陵谷易位，知其为苏子之保母，尚勿毁也。

【译文】我母亲的侍女杨氏，名叫金蝉，眉山县人。三十岁时才到苏家来，恭顺和善，惟命是从。是我弟弟苏辙子由的保母。六十八岁时，熙宁十年六月己丑那天，在徐州去世，临终时神智没有丝毫昏乱。子由那时在应天府做官，就把她的灵柩存放在开元寺。过了八年，我从黄州迁官到汝州，路过应天府时，把她安葬在府城东南方三里广寿院的西边，那是元丰八年二月壬午日。铭文说：

再过千百年后，山陵河谷地势改变，人们知道她是苏辙的保母，请不要毁坏她的墓地。

朝云墓志铭

东坡先生侍妾曰朝云，字子霞，姓王氏，钱塘人。敏而好义，事先生二十有三年，忠敬若一。绍圣三年七月壬辰，卒于惠州，年三十四。八月庚申，葬之丰湖之上栖禅山寺之东南。生子遁，未期而夭。盖常从比丘尼义冲学佛法，亦粗识大意。且死，诵《金刚经》四句偈以绝。铭曰：

浮屠是瞻，伽蓝是依。如汝宿心，惟佛之归。

【译文】我的侍妾名叫朝云，字子霞，姓王，钱塘县人。聪敏而且好义，服侍我二十三年，忠诚爱敬始终如一。绍圣三年七月壬辰，在惠州去世，终年三十四岁。八月庚申，埋葬在丰湖上栖禅山寺的东南方。生过一个儿子取名叫遁，不到一岁就夭折了。她生前经常跟随一个叫义冲的尼姑学习佛法，也能大致了解一些佛家妙理。临终前，嘴里念诵《金刚经》中的四句偈语而逝。铭文说：

她敬仰佛门，愿归佛教。希望上天能鉴怜她的追求，让她魂归佛国。

惠州官葬暴骨铭

有宋绍圣二年，官葬暴骨于是。是岂无主？仁人君子斯其主矣。东坡居士铭其藏曰：

人耶？天耶？随念而徂。有未能然，宅此枯颅。后有君子，无废此心。陵谷变坏，复棺表之。

【译文】大宋绍圣二年，官府在这里收殓无主的遗骸。这些人难道真的无主吗？仁爱的君子就是他们的主人。东坡居士为这次埋葬作铭文说：

是人意呢？还是天意？随着一念的消逝而到此境地。当时人们没有馀力，把这些尸身殡入阴宅之中。后代又有君子，没有失掉哀怜之心。高山陵谷变成了平地，再次把他们收入棺木。

卷八十一　行状

司马温公行状

曾祖政，赠太子太保。曾祖母薛氏，赠温国太夫人。祖炫，试秘书省校书郎，知耀州富平县事，赠太子太傅。祖母皇甫氏，赠温国太夫人。父池，尚书吏部郎中，充天章阁待制，赠太师，追封温国公。母聂氏，赠温国太夫人。公讳光，字君实，其先河内人，晋安平献王孚之后。王之裔孙征东大将军阳，始葬今陕州夏县涑水乡，子孙因家焉。自高祖、曾祖皆以五代衰乱不仕。富平府君始举进士，没于县令。皆以气节闻于乡里。而天章公以文学行义事真宗、仁宗为转运使，御史知杂事，三司副使，历知凤翔、河中、同、杭、虢、晋六州。以清直仁厚闻于天下，号称一时名臣。

公自儿童，凛然如成人。七岁闻讲《左氏春秋》，大爱之，退为家人讲，即了其大义。自是手不释书，至不知饥渴寒暑。年十五，书无所不通，文辞醇深，有西汉风。天章公当任子，次及公，公推与二从兄，然后受补郊社斋郎，再奏将作监主簿。年二十，举进士甲科，改奉礼郎。以天章公在杭，辞所迁官，求签书苏州判官事以便亲，许之。未上，丁太夫人忧。未除，丁天章公忧。执丧累年，毁瘠如礼。服除，签书武成军判官事，改大理评事，为国子直讲，迁本寺丞。

故相庞籍名知人，始与天章公游，见公而奇之，及是为枢密副使，荐公，召试馆阁校勘，同知太常礼院。中官麦允言死，诏以允言有军功特给卤簿。公言："孔子不以名器假人，繁缨以朝，且犹不可。允言，近习之臣，非有元勋大劳，而赠以三公之官，给以一品卤簿，其为繁缨，不亦大乎？"故相夏竦卒，诏谥文正。公言："谥之美者，极于文正。竦何人，可以当此！"书再上，改谥文庄。迁殿中丞，除史馆检讨，修日历，改集贤校理。庞籍为郓州，徙并州，皆辟公通判州事。公感籍知己，为尽力。

时赵元昊始臣，河东贫甚，官苦贵籴，而民疲于远输。麟州窟野，河西多良田，皆故汉地，公私杂耕。天圣中，始禁田河西者，虏乃得稍蚕食其地，俯窥麟州，为河东忧。籍请公按视。公为画五策："宜因州中旧兵，益禁兵三千，厢兵五百，筑二堡河西，可使堡外三十里虏不敢田，则州西六十里无虏矣。募民有能耕麟州闲田者，复其税役十五年；能耕窟野、河西者，长复之，耕者必众，官虽无所得，而籴自贱，可以渐纾河东之民。"籍移麟州，如公言。而兵官郭恩勇且狂，夜开城门，引千馀人渡河，载酒食，不为战备，遇敌死之。议者归罪于籍，罢节度使，知青州。公守阙，三上书，乞独坐其事，不报。籍初不以此望公，而公深以自咎。籍既没，升堂拜其妻如母，抚其子如昆弟，时人两贤之。

改太常博士，祠部员外郎，直秘阁，判吏部南曹。迁开封府推官，赐五品服。交趾贡异兽，谓之麟。公言："真伪不可知，使其真，非自然而至，不足为瑞；若伪，为远夷笑。愿厚赐其使而还其兽。"因奏赋以讽。

迁度支员外郎、判句院。擢修起居注，五辞而后受。判礼部。有司奏六月朔日当食。公言："故事，食不满分或京师不见皆贺，臣以为日食四方见京师不见，天意人君为阴邪所蔽，天下皆知，而朝廷独不知，其为灾当益甚，皆不当贺。"诏从之。后遂以为常。

迁起居舍人，同知谏院。苏辙举直言策，入第四等，而考官以为不当收。公言："辙于同科四人中，言最切直，有爱君忧国之心，不可不收。"时宰相亦以为当黜，仁宗不许。曰："求直言，以直弃之，天下其谓朕何？"公遂与谏官王陶同上疏："愿为宗庙社稷自重，却罢燕饮，安养神气；后宫嫔御，进见有度；左右小臣，赐予有节；厚味腊毒，无益奉养者，皆不宜数御。"上嘉纳之。

初，至和三年，仁宗始不豫。国嗣未立，天下寒心而不敢言，惟谏官范镇首发其议。公时为并州通判，闻而继之。上疏言："《礼》：

大宗无子，则小宗为之后。为之后者，为之子也。愿陛下择宗室贤者使摄储贰，以待皇嗣之生，退居藩服。不然，则典宿卫、尹京邑，亦足以系天下之望。”疏三上，其一留中，其二付中书。公又与镇书：“此大事，不言则已，言一出，岂可复反？愿公以死争之。”于是镇言之益力。及公为谏官，复上疏，且面言：“臣昔为并州通判，所上三章，愿陛下果断而力行之。”时仁宗简默不言，虽执政奏事，首肯而已。闻公言，沉思久之，曰：“得非欲选宗室为继嗣者乎？此忠臣之言，但人不敢及耳。”公曰：“臣言此，自谓必死，不意陛下开纳。”上曰：“此何害，古今皆有之。”因令公以所言付中书。公曰：“不可，愿陛下自以意喻宰相。”

是日，公复言江淮盐事，诣中书白之。宰相韩琦问公：“今日复何所言？”公默计此大事，不可不使琦知，思所以广上意者。即曰：“所言宗庙社稷大计也。”琦喻意，不复言。后十馀日，有旨令公与御史里行陈洙同详定行户利害。洙与公屏语曰：“日者大飨明堂，韩公摄太尉，洙为监祭。公从容谓洙，闻君与司马君实善，君实近建言立嗣事，恨不以所言送中书。欲发此议，无自发之。行户利害，非所以烦公也，欲洙见公达此意耳。”时嘉祐六年闰八月也。

至九月，公复上疏面言：“臣向者进说，陛下欣然无难，意谓即行矣。今寂无所闻，此必有小人言陛下春秋鼎盛，子孙当千亿，何遽为此不祥之事？小人无远虑，特欲仓猝之际，援立其所厚善者耳。唐自文宗以后，立嗣皆出于左右之意，至有称定策国老、门生天子者。此祸岂可胜言哉！”上大感悟，曰：“送中书。”公至中书，见琦等曰：“诸公不及今定议，异日夜半禁中出寸纸以某人为嗣，则天下莫敢违。”琦等皆唯唯，曰：“敢不尽力。”后月馀，诏英宗判宗正寺，固辞不就职。明年，遂立为皇太子。称疾不入。公复上疏言：“凡人争丝毫之利，至相争夺。今皇子辞不赀之富，至三百馀日不受命，其贤于人远矣。有识闻之，足以知陛下之圣，能为天下得人。然臣闻：父召无诺，君命召不俟驾而行，使者受命不受辞。皇子不当辞避，使者不当徒反。凡召皇子，内臣皆乞责降，且以臣子大义责皇子，宜必入。”英宗遂受命。

兖国公主下嫁李玮，以骄恣闻。公上疏言：“太宗时，姚坦为兖王翊善，有过必谏。左右教王诈疾，逾月，太宗召王乳母，入问起居状。母曰：‘王无疾，以姚坦故，郁郁成疾耳。’太宗怒曰：‘王年少，不知为此，汝辈教之。’杖乳母数十，召坦慰勉之。齐国献穆大长公主，太宗之子，真宗之妹，陛下之姑，而谦恭率礼，天下称其贤。愿陛下教子以太宗为法，公主事夫以献穆为法。”已而公主不安于李氏，诏玮出知卫州，公主入居禁中，而玮母杨归其兄璋，散遣其家人。公言：“陛下追念章懿太后，故使玮尚主，今乃母子离析，家事流落，陛下独无雨露之感，凄恻之心乎？玮既责降，公主亦不得无罪。”上感悟，诏公主降封沂国，待李氏恩礼不衰。

判检院，权判国子监，除知制诰。力辞至八九，改授天章阁待制，兼侍讲，赐三品服，仍知谏院。上疏言：“经略安抚使以便宜从事，出于兵兴权制，非永世法。及将相大臣典州者，多以贵倨自恃，凌忽转运使，使不得举职。朝廷务省事，专行姑息之政。至于胥吏喧哗而逐御史中丞，辇官悖慢而退宰相，卫士凶逆而狱不穷奸，泽加于旧，军人詈三司使，而法官以为非犯阶级，于用法有疑。其馀一夫流言于道路，而为之变法推恩者多矣，皆陵迟之渐，不可以不正。”

充媛董氏薨，追赠婉仪，又赠淑妃，辍朝成服，百官奉慰定谥行册礼，葬给卤簿。公言：“董氏秩本微，病革之日，方拜充媛。古者妇人无谥，近制惟皇后有之，卤簿本以赏军功，未尝施于妇人，惟唐平阳公主有举兵佐高祖定天下之功，乃得给。至韦庶人始令妃主葬日，皆给鼓吹，非令典，不足法。”时有司新定后宫封赠法，皇后与妃皆赠三代。公言：“别嫌明微，妃不当与后同。袁盎引却慎夫人坐，正为此耳。天圣亲郊，太妃止赠二代，而况妃乎！”

知嘉祐八年贡举。仁宗崩，英宗以哀毁致疾，慈圣光献太后同听政。公首上疏言："章献明肃太后，保佑先帝进贤退奸，有大功于赵氏，特以亲用外戚小人，故负谤天下。今太后初摄大政，大臣忠厚如王曾，清纯如张知白，刚正如鲁宗道，质直如薛奎者，当信用之。鄙猥如马季良，谗谄如罗崇勋者，当疏远之，则天下服。"又上疏英宗，言："汉宣帝为昭帝后，终不追尊卫太子、史皇孙；光武起布衣，得天下，自以为元帝后，亦不追尊钜鹿都尉、南顿君；惟哀、安、桓、灵，皆自旁亲入继大统，追尊其父祖，天下非之，愿以为戒。"

时公所得仁宗遗赐珠、金，直百馀万，率同列三上章，言："国有大忧，中外窘乏。不可专用乾兴故事，若遗赐不可辞，则宜许侍从以上进金钱，佐山陵费。"不许。公乃以所得珠为谏院公使钱，金以遗其舅氏，义不藏于家。

英宗疾既平，皇太后还政。公上疏言："治身莫先于孝，治国莫先于公。"其言切至，皆母子间人所难言者。时有司立法，皇太后有所取用，有司奏覆，得御宝乃供。公极论不可，当直下合同司移所属立供，如上所取已。乃具数奏太后，以防矫伪。

曹佾除使相，两府皆迁，公言："佾无功而得使相，陛下以慰母心耳。今两府皆迁，无名，若以还政为功，则宿卫将帅，内侍小臣，必有觊望。"已而都知任守忠等皆迁，公复争之，因论："守忠大奸，陛下为皇子，非守忠意，沮坏大策，离间百端，赖先帝不听。及陛下嗣位，反覆革面，交构两宫，国之大贼，人之巨蠹，乞斩于都市以谢天下。"诏以守忠为节度副使，蕲州安置，天下快之。

时有诏陕西刺民兵号义勇，公上疏极论其害，云："康定、庆历间籍陕西民为乡弓手，已而刺为保捷指挥，民被其毒，兵终不可用。遇敌先北，正兵随之，每致崩溃。县官知其坐食无用，汰遣归农。而惰游之人，不能复反南亩。强者为盗，弱者转死。父老至今流涕也。今义勇何以异此！"章六上，不从。乞罢谏官，不许。

王广渊除直集贤院，公言："广渊奸邪不可近。昔汉景帝为太子，召上左右饮，卫绾独称疾不行。及即位，待绾有加。周世宗镇澶渊，张美为三司吏，掌州之钱谷，世宗私有求假，美悉力应之，及即位，薄其为人，不用。今广渊当仁宗之世，私自结于陛下，岂忠臣哉！愿黜之以厉天下。”

执政建言濮安懿王德盛位隆，宜有尊礼。诏太常礼院与两制议。翰林学士王珪等相顾不敢先；公独奋笔立议曰：“为之后者为之子，不敢复顾其私亲。今日所以崇奉濮安懿王，典礼宜一准先朝封赠期亲尊属故事，高官大爵，极其尊荣。”议成，珪即敕吏，以公手藁为案，至今存焉。

时中外讻讻，御史吕诲、傅尧俞、范纯仁、吕大防、赵鼎、赵瞻等皆争之，相继降黜。公上疏乞留之，不可。则乞与之皆贬。

初，西戎遣使致祭，而延州指挥高宜押伴，傲其使者，侮其国主。使者诉于朝，公与吕诲乞加宜罪，不从。明年，西戎犯边，杀略吏士。赵滋为雄州，专以猛悍治边，公亦论其不可。至是契丹之民，有捕鱼界河，伐柳白沟之南者。朝廷以知雄州李中祐为不材，选将代之。公言：“国家当戎狄附顺时，好与之计较末节，及其桀骜，又从而姑息之。近者西戎之祸，生于高宜；北狄之隙，起于赵滋。朝廷方贤此二人，故边臣皆以生事为能。今若选将代中祐，则来者必以滋为法，而以中祐为戒。渐不可长。宜敕边吏，疆埸细故，徐以文檄往反。若轻以矢刃相加者，坐之。”

京师大水，公上疏论三事，皆尽言无所隐讳。除龙图阁直学士、判流内铨，改右谏议大夫、知治平四年贡举。

神宗即位，首擢公为翰林学士，公力辞，不许。上面谕公：“古之君子，或学而不文，或文而不学。惟董仲舒、扬雄兼之。卿有文学，何辞为？”公曰：“臣不能为四六。”上曰：“如两汉制诏可也。”公曰：“本朝故事不可。”上曰：“卿能举进士，取高等，而云不能四六，何也？”公趋出，上遣内臣至阁门，强公受告，拜而不受。趣公入谢，曰：“上坐以待公。”公入，至廷中。以告置公怀中，不得已乃受。

遂为御史中丞。初，中丞王陶论宰相不押常朝班为不臣，宰相不从，陶争之力，遂罢。公既继之，言："宰相不押班，细故也，陶言之过。然爱礼存羊，则不可已。自顷宰相权重，今陶复以言，宰相罢，则中丞不可复为，臣愿候宰相押班，然后就职。"上曰："可。"陶既出知陈州，谢章诋宰相不已。执政议再贬陶，公言："陶诚可罪，然陛下欲广言路，屈己受陶，而宰相独不能容乎？"乃已。

公上疏论修心之要三：曰仁、曰明、曰武；治国之要三：曰官人、曰信赏、曰必罚。其说甚备。且曰："臣昔为谏官，即以此六言献仁宗，其后以献英宗，今以献陛下。平生力学所得，尽在是矣。"公在英宗时，与吕诲同论祖宗之制："句当御药院常用供奉官以下，至内殿崇班，则出。近岁居此位者，皆暗理官资，食其廪给。非祖宗本意。又故事，年未五十，不得为内侍省押班。今除张茂则，止四十八，不可。"至是，又言之。因论高居简奸邪，乞加远窜。章五上，上为尽罢寄资内臣，居简亦补外。

未几，复留陈承礼、刘有方二人，公复争之。又言："近者王中正往陕西，知泾州刘涣等谄事中正，而鄜延钤辖吴舜臣违失其意。已而涣等进擢，舜臣降黜。权归中正，谤归陛下。是去一居简得一居简。"上手诏问公所从知。公曰："臣得之宾客，非一人言，事之有无，惟陛下知之。若无，臣不敢避妄言之罪。万一有之，不可不察。"

诏用宫邸直省官郭昭选等四人为阁门祗候。公言："国初草创，天步尚艰，故即位之始，必以左右旧人为腹心耳目，谓之随龙，非平日法也。阁门祗候在文臣为馆职，岂可使厮役为之！"

英宗山陵，公为仪仗使，赐金五十两，银合三百两。三上章辞，从之。

边吏上言："西戎部将嵬名山欲以横山之众取谅祚以降。"诏边臣招纳其众。公上疏极论，以为："名山之众，未必能制谅祚，幸而胜之，灭一谅祚，生一谅祚，何利之有？若其不胜，必引众归我，不知何以待之。臣恐朝廷不独失信于谅祚，又将失信于名山矣！若名山馀众尚多，还北不可，入南不受，穷无所归，必将突据边城以救其命，陛下独不见侯景之事乎？”上不听，遣将种谔发兵迎之，取绥州，费六十万万。西方用兵，盖自是始矣。

兼翰林侍读学士。登州有不成婚妇，谋杀其夫伤而不死者，吏疑问即承。知州事许遵谳之。有司当妇绞而诏贷之。遵上议，准律，因犯杀伤而自首者，得免所因之罪，妇当减三等，不当绞。诏公与王安石议之，安石是遵议。公言：“谋杀犹故杀也，皆一事，不可分为二。若谋为所因与杀为二，则故与杀亦可为二耶？”自宰相文彦博以下，皆附公议，然卒用安石言，至今天下非之。

权知审官院。百官上尊号，公当答诏。上疏言：“先帝亲郊不受尊号，天下莫不称颂。末年有建言者，国家与契丹有往来书信，彼有尊号而我独无，以为深耻。于是群臣复以非时上尊号。昔汉文帝时，单于自称‘天地所生日月所置匈奴大单于’，不闻文帝复以大名以加之也。愿陛下追用先帝本意，不受此名。”上大悦，手诏答公：“非卿朕不闻此言，善为答词，使中外晓然，知朕至诚，非欺众邀名者。”遂终身不复受尊号。

执政以河朔灾伤，国用不足，乞今岁亲郊，两府不赐金帛，送学士院取旨。公言：“两府所赐，以匹两计止二万，未足以救灾，宜自文臣两省、武臣宗室刺史以上皆减半。”公与学士王珪、王安石同对。公言：“救灾节用，宜自贵近始，可听两府辞赐。”安石曰：“常衮辞赐馔，时议以为衮自知不能，当辞位不当辞禄。且国用不足，非当今之急务也。”公曰：“衮辞禄犹贤于持禄固位者，国用不足，真急务，安石言非是。”安石曰：“不足者，以未得善理财者故也。”公曰：“善理财者，不过头会箕敛以尽民财。民穷为盗，非国之福。”安石曰：“不然。善理财者，不加赋而上用足。”公曰：“天下安有此理？天地所生财货百物，止有此数，不在民则在官。譬如雨泽，夏涝则秋旱。不加赋而上用足，不过设法阴夺民利。其害甚于加赋。此乃桑洪羊欺汉武帝之言，太史公书之，以见武帝不明耳。至其末年，盗贼蜂起，几至于乱。若武帝不悔祸，昭帝不变法，则汉几亡。”争议不已。王珪进曰：“救灾节用，宜自近贵始，司马光言是也。然所费无几，恐伤国体，王安石言亦是。惟明主裁择。”上曰：“朕意与光同。然姑以不允答之。”会安石当制，遂引常衮事责两府，两府亦不复辞。

兼史馆修撰。上问公可为谏官者，公荐吕诲。诲以天章阁待制知谏院。诏公与张茂则同相视二股河及土堤利害。公用都水监宋昌言策，乞于二股河之西置土堤，约水东流。若东流日深，北流自浅。薪刍渐备，乃塞其北，放出御河、胡卢河下流，以纾恩、冀、深、瀛以西之患。时议者多不同，公于上前反复论难甚苦，卒从之。后皆如公言，赐诏奖谕。

王安石始为政，创立制置三司条例司，建为青苗、助役、水利、均输之政，置提举官四十馀员，行其法于天下，谓之新法。公上疏，逆陈其利害，曰：“后当如是。”行之十馀年，无一不如公言者。天下传诵，以公为真宰相。虽田父野老，皆号公司马相公。而妇人孺子，知其为君实也。

迩英进读，至萧何、曹参事。公曰：“参不变何法，得守成之道。故孝惠、高后时，天下晏然，衣食滋殖。”上曰：“汉守萧何之法，不可变乎？”公曰：“何独汉也，使三代之君，常守禹、汤、文、武之法，虽至今可存也。武王克商，曰：‘乃反商政，政由旧。’然则虽周亦用商政也。《书》曰：‘无作聪明，乱旧章。’汉武帝用张汤言，取高帝法纷更之，盗贼半天下。元帝改宣帝之政，而汉始衰。由此言之，祖宗之法，不可变也。”后数日，吕惠卿进讲。因言：“先王之法，有一年而变者，‘正月始和，布法象魏’是也。有五年一变者，‘巡狩考制度’是也。有三十年一变者，‘刑法世轻世重’是也。有百年不变者，‘父慈子孝兄友弟恭’是也。前日光言非是，其意以讽朝廷，且讥臣为条例司官耳。”上问公：“惠卿言何如？”公曰：“‘布法象魏’，布旧法也，何名为变？若四孟月朔属民读法，为时变月变耶？诸侯有变礼易乐者，王巡狩则诛之，王不自变也。刑新国用轻典，乱国用重典，平国用中典，是为世轻世重，非变也。且治天下，譬如居室，敝则修之，非大坏不更造也。大坏而更造，非得良匠美材不成。今二者皆无有，臣恐风雨之不庇也。公卿侍从皆在此，愿陛下问之。三司使掌天下财，不才而黜可也，不可使两府侵其事，今为制置三司条例司，何也？宰相以道佐人主，安用例？苟用例而已，则胥吏足矣。今为看详中书条例司，何也？”惠卿不能对。则诋公曰：“光为侍从何不言？言而不从何不去？”公作而答曰：“是臣之罪也。”上曰：“相与论是非耳，何至是！”讲毕，赐坐户外。将出，上命徙坐户内，左右皆避去。上曰：“朝廷每更一事，举朝讻讻，何也？”王珪曰：“臣疏贱在阙门之外，朝廷之事不能尽知，借使闻之道路，又不知其虚实也。”上曰：“闻则言之。”公曰：“青苗出息，平民为之，尚能以蚕事下户，至饥寒流离，况县官法度之威乎？”惠卿曰：“青苗法，愿取则与之，不愿不强也。”公曰：“愚民知取债之利，不知还债之害，非独县官不强，富民亦不强也。臣闻作法于凉，其弊犹贪，作法于贪，弊将若之何！昔太宗平河东，立和籴法，时米斗十馀钱，草束八钱，民乐与官为市。其后物贵而和籴不解，遂为河东世世患。臣恐异日之青苗，犹河东之和籴也。”上曰：“陕西行之久矣，民不以为病。”公曰：“臣陕西人也，见其病不见其利。朝廷初不许也，而有司尚能以病民，况立法许之乎？”上曰：“坐仓籴米何如？”坐者皆起曰：“不便。上已罢之，幸甚。”上曰：“未罢也。”公曰：“京师有七年之储，而钱常乏，若坐仓，钱益乏，米益陈，奈何？”惠卿曰：“坐仓得米百万斛，则省东南百万之漕，以其钱供京师，何患无钱？”公曰：“东南钱荒而米狼戾，今不籴米而漕钱，弃其有馀，取其所无，农末皆病矣。”侍讲吴申起曰：“光言至论也。”公曰：“此皆细事，不足烦人主，但当择人而任之。有功则赏，有罪则罚，此则陛下之职也。”上曰：“然。文王罔攸，兼于庶言，庶狱庶慎，惟有司之牧夫。”公趋出。上曰：“卿得无以惠卿之言不乐乎？”公曰：“不敢。”韩琦上疏论青苗之害，上感悟，欲罢其法。安石称疾求去。

会拜公枢密副使，公上章力辞，至六七。曰："上诚能罢制置条例司，追还提举官，不行青苗、助役等法，虽不用臣，臣受赐多矣。不然，终不敢受命。"上遣人谓公："枢密，兵事也，官各有职，不当以他事为词。"公言："臣未受命，则犹侍从也，于事无不可言者。"安石起视事，青苗法卒不罢，公亦卒不受命。

则以书喻安石，三往反，开喻苦至，犹幸安石之听而改也。且曰："巧言令色鲜矣仁，彼忠信之士，于公当路时，虽龃龉可憎，后必徐得其力；谄谀之人，于今诚有顺适之快，一旦失势，必有卖公以自售者。"意谓吕惠卿。对宾客，辄指言之曰："覆王氏者，必惠卿也。小人本以利合，势倾利移，何所不至？"其后六年，而惠卿叛安石，上书告其罪。苟可以覆王氏者，靡不为也。由是天下服公先知。

公求补外，上犹欲用公，公不可。以端明殿学士出知永兴军。朝辞进对，犹乞免本路青苗、助役。

宣抚使下令，分义勇四番，欲以更戍边。选诸军骁勇，募闾里恶少为奇兵，调民为干粮炒饭。虽内郡不被边，皆修城池楼橹如边郡。且遣兵就粮长安、河中、邠，三辅骚然。公上疏，极言："方凶岁，公私困弊，不可举事，而永兴一路城池楼橹皆不急。干粮炒饭昔尝造，后无用腐弃之，宣抚司令，臣皆未敢从。若乏，军兴，臣坐之。"于是一路独得免。

顷之，诏移知许州，不赴。遂乞判西京留司御史台以归。自是绝口不论事。以祀明堂恩，加上柱国。

至熙宁七年，上以天下旱、蝗，诏求直言。公读诏泣下，欲默不忍，乃复陈六事：一青苗，二免役，三市易，四边事，五保甲，六水利。此尤病民者，宜先罢。又以书责宰相吴充："天子仁圣如此，而公不言，何也？"

元丰五年，公忽得语涩疾，自疑当中风，乃豫作遗表，大略如六事加详尽，感慨亲书，缄封置卧内，且死，当以授所善范纯仁、范祖禹使上之。

凡居洛十五年，再任留司御史台，四任提举崇福宫。官制行，改太中大夫，加资政殿学士。

神宗崩，公赴阙临，卫士见公入，皆以手加额，曰："此司马相公也。"民遮道呼曰："公无归洛，留相天子，活百姓。"所在数千人聚观之。公惧，会放辞谢，遂径归洛。

太皇太后闻之，诘问主者，遣使劳公，问所当先者。公言："近岁士大夫以言为讳，闾阎愁苦于下，而上不知；明主忧勤于上，而下无所诉。此罪在群臣，而愚民无知，归怨先帝，宜下诏首开言路。"从之。下诏榜朝堂，而当时有不欲者，于诏语中设六事以禁切言者曰："若阴有所怀，犯其非分，或扇摇机事之重，或迎合已行之令，上以观望朝廷之意以侥幸希进，下以眩惑流俗之情以干取虚誉。若此者，必罚无赦。"太皇太后封诏草以问公。公曰："此非求谏，乃拒谏也。人臣惟不言，言则入六事矣。"时太府少卿宋彭年、水部员外郎王谔皆应诏言事，有欲借此二人以惩天下言者，皆以非职而言，赎铜三十斤。公具论其情，且请改赐诏书，行之天下。从之。于是四方吏民，言新法不便者数千人。

公方草具所当行者，而太皇太后已有旨，散遣修京城役夫；罢减皇城内觇者；止御前工作；出近侍之无状者三十馀人；戒敕中外无敢苛刻暴敛；废导洛司物货场及民所养户马宽保马限。皆从中出，大臣不与。公上疏谢："当今急务，陛下略已行之矣。小臣稽慢，罪当万死。"

诏除公知陈州，且过阙入见，使者劳问，相望于道。至则拜门下侍郎。公力辞，不许。数赐手诏："先帝新弃天下，天子冲幼，此何时，而君辞位耶！"公不敢复辞，以覃恩迁通议大夫。

初，神宗皇帝以英伟绝人之资，励精求治，凛凛乎汉宣帝、唐太宗之上矣。而宰相王安石用心过当，急于功利。小人得乘间而入，吕惠卿之流以此得志。后者慕之，争先相高，而天下病矣。先帝明圣，独觉其非，出安石金陵。天下欣然，意法必变，虽安石亦自悔恨。其去而复用也，欲稍自改，而惠卿之流恐法变身危，持之不肯改。然先帝终疑之，遂退安石，八年不复召，而惠卿亦再逐不用。元丰之末，天下多故，及二圣嗣位，民日夜引领以观新政。而进说者以为三年无改于父之道，欲稍损其甚者，毛举数事以塞人言。公慨然争之曰："先帝之法，其善者，虽百世不可变也。若安石、惠卿等所建，为天下害，非先帝本意者，改之，当如救焚拯溺，犹恐不及。昔汉文帝除肉刑，斩右趾者弃市，笞五百者多死，景帝元年即改之；武帝作盐铁、榷酤、均输等法，昭帝罢之；唐代宗纵宦官，公求赂遗，置客省拘滞四方之人，德宗立未三月，罢之；德宗晚年为宫市，五坊小儿暴横，盐铁使月进羡馀，顺宗即位，罢之。当时悦服，后世称颂，未有或非之者也。况太皇太后以母改子，非子改父。"众议乃定。

公以为："治乱之机，在于用人。邪正一分，则消长之势自定。每论事，必以人物为先。凡所进退，皆天下所谓当然者。然后朝廷清明，人主始得闻天下利害之实。"遂罢保甲团教，依义勇法，岁一阅。保马不复买，见在者还监牧给诸军。废市易法，所储物皆鬻之，不取息，而民所欠钱皆除其息。京东铸铁钱，河北、江西、福建、湖南盐及福建茶法，皆复其旧。独川、陕茶以边用，未即罢，遣使相视，去其甚者。户部左右曹钱谷，皆领之尚书。凡昔之三司使事，有散隶五曹及寺监者，皆归户部，使尚书周知其数，量入以为出。于是天下释然，曰："此先帝本意也，非吾君之子，不能行吾君之意。"时独免役、青苗、将官之法犹在，而西戎之议未决也。

山陵毕，迁公正议大夫。公自以不与顾命，不敢当，诏不许。

元祐元年正月，公始得疾。诏公与尚书左丞吕公著朝会，与执政异班再拜而已，免舞蹈。公疾益甚，叹曰："四患未除，吾死不瞑目矣。"乃力疾上疏论免役五害，乞直降敕罢之，率用熙宁以前法。有未便，州县监司节级以闻，为一路一州一县法。诏即日行之。又论西戎大略，以和戎为便，用兵为非。时异议者甚众，公持之益坚。其后太师文彦博议与公合，众不能夺。又论将官之害，诏诸将兵皆隶州县，军政委守令通决之。又乞废提举常平司，以其事归之转运使及提点刑狱。公谓监司多新进少年，务为刻急，天下病之。乞自太中大夫，待制以上，于郡守中举转运使、提点刑狱，于通判中举转运判官。又以文学、德行、吏事、武略等为十科，以求天下遗才，命文臣升朝以上，岁举经明行修一人，以为进士高选。皆从之。

拜左仆射。疾稍间，将起视事，诏免朝觐，许以肩舆，三日一入都堂或门下、尚书省。公不敢当，曰："不见君，不可以视事。"诏公肩舆至内东门，子康扶入对小殿，且曰毋拜。公惶恐，入对延和殿，再拜。遂罢青苗钱，专行常平粜籴法。以岁上中下熟为三等，谷贱及下等则增价籴；贵及上等则减价粜；惟中等则否。及下等而不籴，及上等而不粜，皆坐之。时二圣恭俭慈孝，视民如伤，虚己以听公。公知无不为，以身任天下之责。

数月复病，以九月丙辰朔，薨于西府，享年六十八。太皇太后闻之恸，上亦感涕不已。时方躬祀明堂，礼成不贺，二圣皆临其丧，哭之哀甚，辍视朝三日。赠太师、温国公，襚以一品礼服，赙银三千两，绢四千匹，赐龙脑水银以敛。命户部侍郎赵瞻、入内内侍省押班冯宗道护其丧，归葬夏县。官其亲族十人。

公忠信孝友，恭俭正直，出于天性。自少及老，语未尝妄。其好学如饥渴之嗜饮食，于财利纷华，如恶恶臭，诚心自然，天下信之。退居于洛，往来陕郊。陕洛间皆化其德，师其学，法其俭。有不善，曰："君实得无知之乎！"博学无所不通，音乐、律历、天文、书数，皆极其妙。晚节尤好礼，为冠婚丧祭法，适古今之宜。不喜释、老，曰："其微言不能出吾书，其诞吾不信。"

不事生产，买第洛中，仅庇风雨。有田三顷，丧其夫人，质田以葬。恶衣菲食，以终其身。

自以遭遇圣明，言听计从，欲以身徇天下，躬亲庶务，不舍昼夜。宾客见其体羸，曰："诸葛孔明二十罚以上皆亲之，以此致疾，公不可以不戒。"公曰："死生命也。"为之益力。病革，谆谆不复自觉，如梦中语，然皆朝廷天下事也。既没，其家得遗奏八纸，上之，皆手札论当世要务。京师民画其像，刻印鬻之。家置一本，饮食必祝焉。四方皆遣人购之京师，时画工有致富者。

有《文集》八十卷，《资治通鉴》三百二十四卷，《考异》三十卷，《历年图》七卷，《通历》八十卷，《稽古录》二十卷，《本朝百官公卿表》六卷，《翰林词草》三卷，《注古文孝经》一卷，《易说》三卷，《注系辞》二卷，《注老子道德论》二卷，《集注太元经》八卷，《大学中庸义》一卷，《集注扬子》十三卷，《文中子传》一卷，《河外谘目》三卷，《书仪》八卷，《家范》四卷，《续诗话》一卷，《游山行记》十二卷，《医问》七篇。

其文如金玉谷帛药石也，必有适于用。无益之文，未尝一语及之。初，公患历代史繁重，学者不能综，况于人主？遂约战国至秦二世，如左氏体，为《通志》八卷以进。英宗悦之，命公续其书，置局秘阁，以其素所贤者刘敘、刘恕、范祖禹为属官。凡十九年而成，起周威烈王讫五代，上下一千三百六十二载。其是非疑似之间，皆有辩论。一事而数说者，必考合异同而归之一，作《考异》以志之。神宗尤重其书，以为贤于荀悦。亲为制叙，赐名《资治通鉴》。诏迩英读其书，赐颍邸旧书二千四百二卷。书成，拜资政殿学士，赐金帛甚厚。

娶张氏，礼部尚书存之女，封清河郡君，先公卒，追封温国夫人。子三人，童、唐皆早亡，康，今为秘书省校书郎。孙二人，植、桓，皆承务郎。

公历事四朝，皆为人主所敬。然神宗知公最深，公思有以报之，常摘孟子之言曰："责难于君谓之恭，陈善闭邪谓之敬，谓吾君不能谓之贼。"故虽议论违忤，而神宗识其意，待之愈厚。及拜资政殿学士，盖有意复用公也。夫复用公者，岂徒然哉，将必行其所言。

公亦识其意，故为政之日，自信而不疑。呜呼！若先帝可谓知人矣，其知之也深；公可谓不负所知矣，其报也大。

轼从公游二十年，知公平生为详，故录其大者为行状。其馀非天下所以治乱安危者，皆不载，谨状。

【译文】曾祖父名叫政，逝世后赠官太子太保。曾祖母薛氏，追赠为温国太夫人。祖父叫炫，试官秘书省校书郎、耀州富平县知县，逝世后赠官太子太傅。祖母皇甫氏，追赠为温国太夫人。父亲名叫池，任尚书吏部郎中，充天章阁待制，逝世后赠官太师，追封为温国公。母亲聂氏，追赠为温国太夫人。司马公名叫光，字君实，他的祖先是河内郡人，是晋朝安平献王司马孚的后裔。安平献王的嫡孙、征东大将军司马阳，安葬于今天陕州夏县涑水乡，后世子孙也就在此地安了家。司马公的高祖父、曾祖父都因生逢五代乱世而没有离乡做官，到富平府君司马炫才考中进士，死在县令任上。几代祖先都以有志节而被家乡父老称道，而天章公司马池凭着文学才识和德行仁义在真宗、仁宗两朝任转运使、侍御史知杂事、三司副使，又历任凤翔、河中、同、杭、虢、晋六个府、州的守臣，以清廉正直宽仁厚德闻名天下，被称为一代名臣。

司马公在儿童时，就仪态庄肃，像个大人。七岁时听人讲《左氏春秋》，十分喜爱，回到家中给家里人讲述，就已经粗略了解了书的大意。从此以后，他手里总是捧着书，以至忘记了饥饿干渴、天寒天暑。十五岁时，古书没有他没读过的了。所写的文章词采醇厚深沉，颇有西汉的文风。天章公司马池按照资历应当有一子承荫做官，轮到了司马公，司马公把这个机会让给了二位堂兄，后来才补官为郊社斋郎，又奏补为将作监主簿。二十岁时，考中进士甲科，改官为奉礼郎。由于天章公司马池当时在杭州任职，司马公辞掉了升迁的奉礼郎之职，请求签书苏州判官事，以便奉养双亲，朝廷准许了他的请求，还没去苏州赴任，赶上母亲去世，为母守丧，丧期未满，天章公又去世了，于是继又为父亲守丧。司马公一连几年身在丧期，身体羸弱，消瘦不堪，而一切礼法都没有省减。服丧满后任签书武成军判官事，改官为大理评事，任国子寺直讲官，升为国子寺丞。

前宰相庞籍号称善于察人，初与天章公司马池交往时，见到司马公，深感惊奇。庞籍担任了枢密副使，于是向朝廷推荐司马公，朝廷召见，命试官馆阁校勘，太常寺礼院同知。宦官麦允言去世，皇帝下诏以麦允言曾立下军功，朝廷赐给他隆重的仪仗。司马公说："孔子不主张把王室名器授给他人。古人对配带诸侯所用的马腹带饰入朝尚且认为不合礼法。麦允言只是一个内廷宦官，并没有建立不朽的功勋，却赠给他三公的高官，授给他一品的仪仗。臣以为赐给他一般的奖赏，就已经是过分的了。"前宰相夏竦逝世后，朝廷下诏定谥号为文正，司马公上疏说："谥号中最美的就是文正，夏竦是什么样的人，他哪里能配得上这样的雅谥！"多次上疏论奏，朝廷终于改谥为文庄。升迁任殿中丞，改任史馆检讨官，负责记录朝廷的每日大事。又改官集贤校理。庞籍为郓州知州，调任并州知州，都征召司马公为州通判。司马公深深感激庞籍的知遇之恩，凡事尽力而为。

当时夏国主元昊刚刚臣服，河东路十分贫困，官府苦于当地粮米价格昂贵，而百姓又对长途运输深感疲惫。麟州的窟野和河西一带有很多良田，原来都是宋朝的土地，官府和私人共同耕种。天圣年间，开始下令禁止耕种河西土地，而西夏人却得以蚕食这块地方，进而窥测麟州，成为河东的大患。庞籍请司马公到彼处视察，司马公为庞籍出了五条计策："应当在麟州旧兵数额的基础上，增加禁兵三千名，厢兵五百名，再于河西之地建筑两个城堡，这样就可以使夏人不敢在城堡三十里之内耕种田地，麟州以西六十里就没有夏人了。我们召募愿意耕种麟州闲田的农民，免除他们十五年的租税。愿意耕种窟野、河西之田的农民，长期免除租税。这样一来，要求去耕种的人一定很多。官府虽然没有租税收入，但粮价会自然而然地平抑下来，这就可以逐渐使河东人民宽裕起来。"庞籍按照司马公的方案在麟州推广，果然与司马公所说的一样。军官郭恩勇悍狂妄，夜里打开麟州城门，带领一千多人渡过黄河，船上装满了酒水食物，而不装军需用品，遇到了敌人，被杀死了。朝中议论此事的人把责任归在庞籍身上，朝廷罢免了他节度使之职，让他改知青州。司马公守在朝廷大门之外，几次上疏，请求自己一人承担此事的全部责任，没有得到回答。庞籍并没有因此事埋怨司马公，而司马公却深感内疚。庞籍死后，司马公拜见庞夫人如同拜见自己的母亲，抚养庞籍的儿子就像对待自己的同胞弟弟，当时有识之士认为庞籍和司马公都是贤德之人。

改官太常博士，任祠部员外郎，又以直秘阁主管吏部南曹，迁为开封府推官，朝廷赐给他五品官服。交趾国给朝廷贡来一头奇异的野兽，说这就是麒麟。司马公说："是真麒麟还是假麒麟没法断定，即使是真的，那也不是自己走来的，不足以称为祥瑞。如果是假的，更会被四夷之国嘲笑。望陛下重重地赏赐交趾使节，同时把这只兽还给他们。"为这件事，司马公又写了一篇赋呈给皇上。

迁官度支员外郎，主管勾院，又提升为修起居注，多次辞谢才接受了任命。又改主管礼部。有关部门上奏说六月初一将会有日食。司马公说："按以往的制度，日食不满一分，或是京城见不到有日食都要庆贺。臣以为有日食发生，四方都见到而只有京城见不到，这是上天告诫君主已经被阴险奸邪的小人蒙蔽了。天下人都知道，而只有朝廷不知道，它所预兆的灾祸会更大，这种情况不应当庆贺。"朝廷下诏遵从他的意见，后来就形成了常规制度。

又迁为起居舍人，同知谏院。苏辙参加直言极谏科的对策，被列在第四等，而主考官认为不应该录入等次。司马公说："苏辙在同科对策的四个人中，言语最为直率恳切，有热爱君主担忧国事的诚意，不能不收。"当时执政宰相认为应该把苏辙黜为末等，仁宗没有答应，说："我搜求的就是直言，却又因为他的言语直率而抛弃他，天下的人将怎样议论我！"司马公随后又和谏官王陶联名上疏说："希望陛下要以国家社稷而重，免去频繁的宴饮，安心调养精神气血，与后宫嫔妃的交接也要适度，对于身边的侍从小臣，赏赐要有限度。那些浓鲜肥酽的山珍海味，只要对身体无益，都不应进用。"仁宗赞赏并采纳了他们的奏议。

当初在至和三年时，仁宗身患重病。那时皇位的继承人还没有确立，天下士人很为国事担忧，却不敢开口，只有谏官范镇率先发表了有关此事的议论。司马公当时担任并州通判，听说此事后，也接着上疏说：“《礼》中说：大宗没有儿子，就以小宗的儿子当作后代。所谓‘为之后’，就是作为自己的儿子。望陛下选择宗室中贤德子弟，使他暂居于储君之位，等待皇子降生之日，再让他退居于侯王之位。如不封王，就让他掌管卫戍军队，或是当开封府尹，也足以使天下士民有所倚望。”三次上疏，其中一本留在朝中，另外两本交付中书省。司马公又给范镇写信说：“这是最大的事，不说便罢，话既说出口，难道还能收回来吗？望范公拚死也要为此事谏争到底。”于是范镇的奏章也更加恳切。到司马公担任谏官时，再次上书议论此事，并且面见仁宗说：“臣当年担任并州通判时所上的三道奏章，希望陛下尽早定夺并付诸实施。”当时仁宗极少说话，即使是执政的宰相奏事，也只是点头表示同意而已，听了司马公这番话，沉思了很长时间，说：“你的意见就是要我选择宗室的子弟作为帝位的继承人吧？这确实是忠臣才说的话，只是一般大臣不敢说罢了。”司马公说：“臣议论这件事，原想必然是一死，没想到陛下能广开圣听，采纳臣下的建议。”仁宗说：“这有什么不好？古往今来都有过这样的事。”于是命司马公把奏本交给中书省。司马公说：“这样不行，希望陛下亲自把这个打算告知宰相。”

这一天，司马公又说到江淮一带盐税的事。亲自到中书省上疏，宰相韩琦问司马公说：“今天又有什么事要说？”司马公心中暗想，这是件大事，不能不让韩琦知道，正好还可以让他在仁宗面前继续开导，便说：“我今天要说的是关系国家社稷的大事。”韩琦明白了司马公的意思，于是不再说什么。过了十几天，朝廷有旨命司马公和监察御史里行陈洙共同拟定行户的利弊得失。陈洙悄悄地对司马公说：“那天天子祭享明堂时，韩琦公暂任太尉，我任监祭官。当时韩公缓缓地告诉我说：听说你和司马君实关系密切，君实近来上疏议论确立王位继承人的大事，可是他并没有把奏本送到中书省，我深感遗憾。我本想就他的奏本发些议论，这样一来我反倒无从说起了。如今让司马公您来拟定行户的利弊，并不是真心想拿这件事来烦扰您。而是韩公让我得以借此机会见到您以便说明他的心意。”当时是嘉祐六年的闰八月。

到了九月，司马公再次上疏，面对仁宗说：“臣此前进奏的建议，陛下当时爽快地应允，并没有为难之色，臣想这件事很快就会落实了，而至今没有见到丝毫举动，这肯定是有小人上言说陛下年富力强，会有成千上万的子孙，没有必要仓促地做这样不吉利的事。小人们没有卓远的见识，只想事到临头，拥立与自己关系亲近密切的人为君罢了。唐朝从文宗以后，确立君位继承人都是出于近侍之臣，乃至出现了所谓定策国老、门生天子的名号。这样做的遗害能说得完吗？”仁宗恍然大悟，说：“马上把你的奏章交送中书省。”司马公来到中书省，见到韩琦等人，说：“各位大人如果不及早地把这件大事定下来，改日如果内廷官拿出一片小纸，硬说立某人为新君，那时天下士民谁敢违抗？”韩琦等人都连声称是，说：“岂敢不为此事出力。”过了一个多月，朝廷有旨让英宗判宗正寺，英宗坚执地辞让，不肯就任。第二年便立他为皇太子。英宗推托有病，不敢入朝谢恩。司马公又上疏说：“人们对于一丝一毫的利益，都能撕破脸皮你争我夺，而今皇太子辞让拥有天下的富贵，以至于三百多天不接受朝命，他的仁德比其他人高得太多了。有识之士听到之后，都深知陛下的圣明，能为天下黎民选得仁爱之君。然而臣又听说，父亲召唤儿子，不要答应后迟迟不动，国君召唤臣子，不要等车马备好才去听命。朝廷的特使只管秉承皇帝的旨意宣召，而不接受被召人的推辞。皇太子不应该辞让躲避，特使也不该只身回朝。凡是召见皇太子，传旨的宦官们不能完成使命的，都要受到责罚，应该让他们用为臣者不违君命的大道理来督责太子，太子必然会入朝。”英宗于是接受了圣命。

兖国公主嫁给了李玮，她狂妄无礼恣情妄为的恶名传扬开来。司马公上疏说：“太宗朝，姚坦任兖王翊善官，兖王有什么过错，他一定要规劝教导。兖王左右的人调唆兖王假装有病。一个月后，太宗召兖王的奶娘入宫，向她询问兖王饮食起居的情况。奶娘说：‘兖王没有什么大病，只是因为姚坦管束太过，所以心里烦闷，不大愉快。’太宗十分生气，说：‘兖王年纪那么小，根本不懂用装病来躲避姚坦，都是你们这些人教唆的。’下令打了奶娘几十棍子，又召见姚坦宽慰他。

齐国献穆大长公主是太宗的女儿，真宗的妹妹，陛下的姑母，谦逊恭谨，事事遵依礼法，天下人都称赞她的贤惠。望陛下教导太子要以太宗的方法为模式，教导公主尊重丈夫要以献穆大长公主为榜样。”不久兖国公主与李玮关系更为恶化，仁宗命李玮出京去知卫州，让公主住进宫内，命李玮的母亲杨氏到他哥哥李璋家去住，并遣散了李玮家的侍从佣奴。司马公说：“陛下追怀思念章懿皇后，所以才让李玮娶了公主，如今李玮母子分居，家事萧条冷落，陛下对李氏一家难道就没有仁爱怜悯之心吗？李玮受到贬斥，兖国公主也不能不论罪。”仁宗深深觉悟，下诏降兖国公主为沂国公主，对待李氏一家的恩情没有丝毫衰减。

主管登闻检院，判国子监，又任命为知制诰。司马公极力推辞达八九次，改官天章阁待制兼侍讲官，仁宗赐给他三品官的礼服，命他依旧知谏院。司马公上疏说：“经略安抚使可以不待朝命处理紧急大事，那是由于战争纷繁而采取的临时措施，并不是一朝固定不变的制度。将相大臣知州事，大多都自以为官高位重，不把转运使放在眼里，任意凌辱，致使转运使不能尽忠于职守。朝廷只求减少烦扰，也就一味地姑息迁就，竟然出现了属吏们鼓噪喧哗而驱逐御史中丞，赞引车驾的仆从傲慢无理而迫使宰相下车，卫兵逞凶做恶，狱吏不予追究，反而因是旧交而以礼相待，军人辱骂三司使而执法官却认为并不算是以下欺上，这说明在法令执行中还有不少疏漏。再比如，一个人在路途之上随便说些什么话，而为他改变法令加以推赏的情况也有不少，这就使法令渐渐失去尊严，不能不重新加以强调。”

仁宗的妃子充媛董氏去世，追赠为婉仪，又追赠为淑妃，仁宗为她罢朝，并为她亲披丧服，朝廷官员们奉命抚慰她的家人，议定谥号，举行封册大礼，安葬时又授与隆重的仪仗。司马公说：“董氏的官位原本不高，病重的时候才被命为充媛。按照古礼，妇女没有谥号，近代也只有皇后才能加谥。仪仗本是用来奖赏有战功的官员的，从没有用于妇女的葬事，只有唐朝平阳公主有发兵帮助高祖李渊平定天下的大功，才得以享受这种待遇。到了韦妃庶人去世时，才规定嫔妃安葬的那一天，由朝廷授与鼓吹乐队，但那不是历来一贯的定制，不足以为我朝效法。”当时有关部门刚刚制定了后宫女官的封赠法令，皇后和嫔妃都可以封赠三代。司马公说：“区别细微的贵贱避开嫌隙，嫔妃的封赠不能与皇后完全相同。汉朝的袁盎把慎夫人拉出正座，正是由于尊卑有序之故。天圣年间天子郊祀时，父辈的嫔妃只封赠两代，何况是皇妃呢！”

嘉祐八年进士会试，司马公任知贡举。仁宗驾崩，英宗由于哀痛尽礼而得了病，慈圣光献太后和英宗共同听政。司马公上书说：“章献明肃太后，曾辅助先皇帝引进贤人，斥退奸佞，对赵氏王朝有很大的功绩，只是后来亲近任用了外戚小人，所以受到天下人的指责。如今皇太后刚刚总管朝廷政事，大臣们忠诚笃厚者如王曾，清廉纯正者如张知白，刚毅正直者如鲁宗道，质朴坦率者如薛奎，这些人都应当信任重用他们。卑鄙猥琐者如马季良，奸佞谄媚者如罗崇勋，这些人都应当疏远斥退他们。如能这样做，那么天下人自然心服。”又给英宗上疏说：“汉宣帝是昭帝的后代，最终并没有追尊卫太子、史皇孙；汉光武帝从平民起家，夺取天下，自称为汉元帝的后代，也不追尊钜鹿都尉、南顿君。只有哀帝、安帝、桓帝、灵帝，都是从旁支继承君位的，他们追尊自己的祖父和生身之父，天下士民都认为这种做法不合于礼，望陛下能引此为借鉴。”

当时司马公得到仁宗临终前赏赐的金玉珠宝，价值一百多万钱，他率领同僚们多次上疏说：“国家遭受大丧，朝廷内外财政匮乏，不能只依乾兴年真宗临终赏赐大臣的规矩，如果这些赏赐不好拒绝，那就应当准许侍从官以上的朝廷大臣进献金钱，以助先皇帝丧葬费用。”英宗下诏不准。司马公把自己得到的宝珠做为谏院的公用款项，把金钱送给他的妻兄，坚决不收在自己家中。

英宗的病痊愈后，皇太后把听政之事交还给英宗。司马公上疏说：“修养自身最要紧的是孝心，治理国家最要紧的是公心。”他的话十分真切恳诚，都是母子之间很难听到的。当时有关部门订立法令，皇太后有所需求，须由有关部门向皇帝启奏，得到皇帝准许后，方能得到供给。司马公极力论述不该这样做，应该直接下给合同司，由合同司转给属下立即供给，与皇帝的取用相同。而后列帐目数额回奏太后，以防承办人作伪。

曹佾被任命为宰相后，中书、枢密两府的官员都得到迁升，司马公说："曹佾并没有功业而得到宰相之职。这是陛下用来安慰母亲之心而已。如今两府官员都随之迁官，并没有什么名分。倘若是把皇太后归政于陛下做为功绩来看，那么值勤宿卫的将官、内廷侍卫的小臣，也必定会寄侥幸升迁的心理。"随后，宦官总管任守忠等人都迁转了官职，司马公又论奏此事不当，他说："任守忠是大奸之后，陛下被命为皇太子并不是任守忠的主张，他千方百计地阻挠破坏这件关系国家社稷的大计。幸而先帝没有听信他的话。陛下即位之后，他当面为人，背后为鬼，又串通东西二宫，实属国家的巨贼，人间的蠹虫。望陛下将他问斩都城，以解天下士民的愤恨。"朝廷下诏贬任守忠为节度副使，安置于蕲州，朝野上下人心大快。

当时朝廷有旨命陕西路组建民兵，号称为义勇军。司马公上疏深刻地分析此举的弊端，他说："康定、庆历年间曾募集陕西百姓为乡弓手，随后组建为保捷军指挥，百姓深受其害。而这些保捷军到底也起不到作用，遇到敌人他们先跑，害得正规军也跟着跑，最终导致战斗失败。县里的官员们知道这些人白吃军粮，不起作用，所以才遣散他们，让他们回乡务农。然而那些懒惰游手之徒，却不愿再回到田间。强壮者就成了盗贼，老弱的便冻饿而死。当地父老讲起此事，至今还泪流满面。如今这义勇军与当年的保捷军有什么两样！"奏章共上了六道，朝廷没有采纳。司马公又请求罢免自己的谏官之职，朝廷也没有准许。

王广渊被除直集贤院。司马公说："王广渊是奸邪小人，不可亲近。当年汉景帝为皇太子时，召集文帝的近臣们饮宴，只有卫绾口称有病没有赴宴。景帝即位后，对卫绾却更加信任。周世宗镇守澶渊，张美担任三司官吏，掌管着一州的钱粮谷米，世宗每次为自己动用钱粮，张美都尽心尽力地为他操办。世宗即位后，反而看不起张美的为人，不肯重用他。如今王广渊在仁宗时，极力讨好陛下，难道能称得上是忠臣吗！望陛下罢黜王广渊，以激励天下真正忠君的人。"

执政大臣奏请说，英宗的生身父亲濮安懿王仁德广盛，地位尊宠，朝廷对他应当有所尊礼。英宗下诏命太常礼院和中书、翰林院共同商定。翰林学士王珪等人面面相觑不敢开口，司马公奋笔疾书，上奏说：“‘为之后’就是作为皇子，不能再照顾自己的父母。如今要尊崇濮安懿王，典册礼制一切都要按照前朝封赠亲属的规矩，加高官，封厚爵，使他十分荣耀就行了。”议定之后，王珪便命令属官，要以司马公的手稿为依据。这份手稿至今尚存。

此时朝廷上下一片议论，御史吕诲、傅尧俞、范纯仁、吕大防、赵鼎、赵瞻等人都为此事上奏争论，相继遭到罢黜。司马公上疏请求朝廷把他们留在朝中，朝廷没有答应。司马公又请求自己和他们共同受贬。当初，西夏人派遣特使前来祭奠仁宗，而延州指挥使高宜担任押伴使随从。高宜对其特使十分傲慢，言语间对西夏主也肆意侮辱。夏使把高宜的无礼告诉了英宗。司马公和吕诲请求将高宜治罪，英宗没有听从。第二年西夏人攻打我国边境，杀害守边将士。赵滋担任雄州知州时，在边关专行威猛之政，司马公也上奏说此人不可为雄州帅臣。到了现在，契丹人却有在分界河里捕鱼，在白沟之南砍伐柳树的。朝廷认为知雄州李中祐没有守边的才干，拣选将帅替代他。司马公说：“国家在夷狄归降安宁的时候，总是喜欢和他们计较一些细小的事，等到他们反目不顺从我们的时候，却又退让而迁就他们。近来边境的祸患，西夏那边是高宜挑起，契丹那边是赵滋挑起。朝廷认为这两个人是良将，所以边境的守臣将帅们就都效法他们，把挑起边境事端看做是有才干。如今要是选择别人来接替李中祐，那么这些帅臣一定会重新向赵滋学习，而把李中祐的作法做为教训。此风不能助长！应该告戒边关将吏，边境上发生的一些小疏失，以和解的姿态用文书的形式与对方交涉就行了。如果有动不动就出动军队的，要治他的罪。”

京城发了洪水，司马公又上疏议论三件事，都知无不言，言无不尽，十分坦诚。升为龙图阁直学士，任判吏部流内铨，改官右谏议大夫，担任治平四年知贡举。

神宗即位后，先提拔司马公为翰林学士。司马公极力逊辞，神宗不准。神宗亲自对司马公说：“古代的君子，有的有学术而没有文采，有的有文采而没有学术。只有董仲舒和扬雄能兼而有之。爱卿有文采又有学术，为什么要推辞呢？”司马公说：“臣不能写骈体之文。”神宗说：“那就按两汉时的诏令写也可以。”司马公说：“可是本朝的制度不允许这样写。”神宗说：“爱卿能中进士举，而且名列前茅，却说不会写四六文，这是什么话？”司马公细步退出朝堂，神宗派宦官追到阁门，强迫他接受诏命，司马公拜谢宦官，但拒不接受这个任命。宦官督促司马公入朝堂面谢神宗，并说：“皇上正坐在殿上等着大人呢。”司马公回到朝堂，到了殿廷，宦官趁势把诰命塞进了司马公怀里，司马公不得已，只得接受了任命。

随后被任命为御史中丞。此前，御史中丞王陶论奏宰相不带常规朝班的行为是目无圣上，宰相不承认有什么过错。王陶抓住不放，反复论奏，于是被朝廷罢免。司马公是王陶的后任，他说：“宰相不带常规朝任，这属于一般的疏失，王陶说得过于严重。然而一味地偏袒宰相，那也是不妥当的。近来宰相的权势越来越重，如今王陶提到此事，宰相便罢免了他，那么御史中丞这个官就没法做了。臣希望等到宰相恢复值班制度后，再去就职。”神宗说：“可以。”王陶出为陈州知州后，给天子的谢表中仍旧不住地批评宰相的过失。执政大臣商议继续贬王陶的官，司马公说：“王陶固然可以降罪。连陛下要想广开言路，都可以克制自我，原谅王陶。而宰相偏偏就容不得王陶这么几句话吗？”

司马公上奏章论述修养心性的三大要点：一是仁爱，二是圣明，三是气节。又论述治理国家的三大要点：一是任用官吏，二是赏赐必信，三是惩罚必严。他的议论十分详尽。又说：“臣当初担任谏官时，就把这六条呈给仁宗皇帝，后来又呈给英宗皇帝，如今再以此呈献给陛下。臣一生孜孜学习的心得要领，都在其中了。”司马公在英宗朝时，曾和吕诲共同上书议论祖宗法度说：“勾当御药院经常用供奉官以下的官员，一旦他们升至内殿崇班，就离开这个职位。近年来任这个官职的人，都私下里换自己的官阶，仍旧吃着这份俸禄，这不符合祖宗立下的制度。又见前朝的规定，不到五十岁，不能担任内侍省的押班官。而今除任张茂则任内侍押班，他只有四十八岁，不能任命他。”

如今司马公又提及此事。并由此再论高居简奸诈邪佞，请求把他流放到边远之地。奏章上了五道，神宗把妄食俸禄的宦官都罢免了，高居简也贬到外地任职。

没有多久，神宗又命陈承礼、刘有方两个宦官留在宫内，司马公又为此而论奏，说："近来王中正被差到陕西路，泾州知州刘涣等人对王中正百般谄媚，而鄜延路钤辖吴舜臣由于不肯谄媚，故而没几天，刘涣等人得到提拔，而吴舜臣则遭到贬黜。这样的作法，使实权掌握在王中正手中，而怨恨却归在陛下身上。这不是贬了一个高居简，又来了一个高居简吗？"神宗亲笔下诏问司马公从哪里得来的消息。司马公说："臣是从众位宾僚口中得知的，并不是某一个人所说。此事是有还是没有，只有陛下知道得最清楚，如果没有此事，臣不能逃避轻发议论的罪过。万一确有此事，陛下不能不认真省察处置。"

神宗任用自己为太子时的太子宫直省官郭昭选等四个人为阁门祇候。司马公说："国家初创的时候，万事艰难，所以皇帝即位之后，一定要用身边亲近的旧僚做为心腹，做为耳目，称之为'随龙'，但这并不是一惯必守的法度。阁门祇候这个官，在文官中已经相当于馆职之高了，岂能用一些杂役人员来充任？"

英宗的大葬，司马公担任仪仗使，得到朝廷赏赐的黄金五十两，银合三百两。司马公多次上章推辞，神宗准许了他的请求。

边将上奏说："西夏部将嵬名山想率领横山的民众偷袭擒拿国主谅祚投降我朝。"神宗下诏命边境帅臣招抚接纳他的部众。司马公上疏极力论述此事不可行。他认为："嵬名山这支部众未必真能制服谅祚。就算万一侥幸得手，那么去掉了一个谅祚，又产生了一个新的谅祚，我们能得到什么益处呢？如果他不能取胜，必然会率领部众投归我国，臣不知朝廷拿什么来接纳供养他们。这样一来，臣担心朝廷不仅仅是在谅祚那里大大失信，而且会在嵬名山那里也大大失信！如果嵬名山的部众人数过多，回到夏国不可能，归于我国又不被接纳。他途穷而没有落脚之地，必然会夺取我国的边关城镇暂且安身立命，陛下难道没听说过当年侯景的所为吗？"神宗没有听从他的意见，派大将种谔出兵接纳嵬名山，共同夺取了绥州，朝廷为此花费了六十亿银钱。与西夏的战事,可以说就是从此开始的。

命兼任翰林侍读学士。登州有一个尚未成亲的女子,谋杀她的未婚夫而没有致死,法官审理,女子承认了事实。知登州许遵定了她的罪。有关部门判处她绞刑而朝廷准许用钱赎刑。许遵上奏说,根据法律条文,犯有杀人罪而能主动自首的,可以免除绞刑。这个妇女应减三等判决,不应判为绞刑。朝廷命司马公和王安石共同裁定。王安石同意许遵的意见。司马公说:“谋杀就是故意杀人,这本来是一回事,不能分为两种不同情况对待。如果预谋杀人和杀人分别轻重处理,那么故意杀人和杀人也能分别轻重了?”当时从宰相文彦博以下的高级官员都赞成司马公的意见,然而朝廷最终还是采用了王安石的意见。时至今日,天下士人还都认为这样处理有违法典。

又代理主持审官院,朝廷百官请求为神宗加尊号,司马公负责代天子下达诏旨,他上奏说:“先皇帝亲行郊祀不接受尊号,天下之人没有不称赞颂扬的。先皇帝晚年又有提起此事的,他们说,我国与契丹国常有公文来往,契丹主有尊号而我国天子却没有,这是莫大的耻辱。于是大臣们又不合时宜地议论上尊号的事。当初汉文帝时,匈奴单于自称尊号为‘天地所生日月所置匈奴大单于’,但并没听说文帝用比他更宏壮的名号加在自己头上。望陛下遵循先皇帝的用心,不要接受臣下所上的名号。”神宗非常高兴,亲自书写诏书说:“如果没有爱卿,我是听不到此类言论的。你要认真地写好答复的诏旨,使朝廷内外的官吏百姓了解此事,知道我的至诚之心,并不是那种欺蒙臣民贪恋虚名的君主。”于是决定终生不接受尊号。

执政大臣们由于河朔一带灾情严重,国家的财政不足,请求当年天子郊祭时,中书、枢密两府大臣不再赏赐金钱丝帛,送到翰林学士院等候降旨。司马公说:“两府大臣的赏赐,不过两万匹、两,不足以用来救济灾民,应该下诏命文臣从两省以上,武臣自宗室刺史以上的官员赏赐都减半。”司马公和学士王珪、王安石一同在神宗面前议论此事。司马公说:“救济灾民节省费用,应该从朝廷近臣和高级官吏开始,可以准许两省要求免去赏赐的请求。”王安石说:“唐朝常衮辞谢天子所赐的美食,当时大臣们议论说是常衮自己知道不能称职,应当辞去宰相之位，而不仅仅应当辞去赐禄。况且国家的财政紧张，也并不是当务之急。”司马公说：“常衮辞谢赐禄，比那些一意保全自己的官位利禄的人要强得多。国家财政匮乏正是当今头等大事，安石说的话不对。”王安石说：“财政不足，是因为朝廷没有得到一个善于理财大臣的缘故。”司马公说：“善于理财的人，也不过是见人即收税，像收入簸箕一样地搜刮民间钱财罢了。百姓困穷就会成为盗贼，那并不是国家社稷的福分。”王安石说：“不对，善于管理财政，不加重税就能使朝廷费用充足。”司马公说：“天底下哪有这样的道理？天地之间所生的财富万物，总共只有那么多，不在民间就在官府。这就好比是雨水，夏天涝了秋天就会旱。不增加赋税就能使国家财政充足，这只不过是想方设法变相地侵夺百姓利益。它的害处比增加赋税更加严重。这正是汉人桑弘羊欺蒙汉武帝的把戏，司马迁把它记在史书中，就是用来表明汉武帝不能明察。到了武帝末年，天下强盗贼寇蜂拥而起，几乎酿成天下大乱。如果汉武帝不及时认识到祸患根源，汉昭帝不及时变更法令，那么汉朝差不多就要亡了。”二人争论不休。王珪奏说：“救济灾民节省用度，应该从近侍大臣开始，司马光的话是对的。然而朝廷赏赐的数额也不是很多，再减少恐怕有失朝廷体面，王安石的话也有道理，惟望圣上裁定。”神宗说：“我的想法和司马光相同。不过暂且先下诏不准辞谢为好。”正好是王安石草拟诏旨，于是他引用常衮的故事刺激两府大臣，两府大臣们也就不再辞谢。

又兼知史馆修撰官。神宗问司马公谁可以担任谏官。司马公举荐吕诲，于是吕诲受命以天章阁待制之职知谏院。神宗下诏让司马公和张茂则共同考察二股河以及土筑堤坝的情况。司马公采纳都水监丞宋昌言的谋策，请求在二股河的西岸建筑堤坝，引水向东流。如果东西流水越来越深的话，那么北流水自然会变浅。此间陆续准备好柴草等物，再堵塞住它的北流，使水流出御河、胡卢河的下游，用来减缓恩、冀、深、瀛四州西部的水患。当时议论此事的大臣们大多不同意此种方案，司马公在神宗面前反反复复地陈说自己的意见，以至口干舌燥，神宗最终同意了他的方案。后来的结果都与司马公所预言的相符，神宗下诏奖赏了司马公。

王安石执政之初，就创立了制置三司条例司，并制定了青苗、助役、水利、均输等诸项法令政策，设置了提举常平官四十多员，在国内各路推行他的政策，称之为新法。司马公上疏给神宗，针锋相对地论述新法的危害，并预言说："后果与我今天的话一定相同。"新法推行了十几年，没有一件不和司马公预言的一样。天下士民为此传颂司马公英明，认为司马公才是真正的宰相。纵使是田间的农夫，都称司马公为"司马相公"。那些妇女和孩子，也都知道他字君实。

为神宗在迩英阁读书，讲到汉朝萧何、曹参的事迹，司马公说："曹参不变更萧何定下的法令，深得坐守其成之道。所以惠帝和吕后执政期间，天下安宁祥和，衣食丰足。"神宗说："汉朝恪守萧何的成法，难道就不能变更吗？"司马公说："哪里只是汉朝，即使是三代的天子，也照常遵守夏禹、商汤、周文、周武的古法，直到今天也还多有存留。周武主灭掉商朝后，曾说：'要用商朝的政令，一切政令都要依照旧典。'既然这样，说明虽然建立周朝，所用的还是商朝的政令。《尚书》中说：'不要自作聪明，扰乱旧的章程。'汉武帝采用了张汤的建议，又采取高祖时定下的法令迭相使用，结果强梁盗贼此起彼伏。汉元帝修改了宣帝的政令，两汉也就由此衰败。依此而论，祖宗定下的大法，是不能随意变更的。"过了几天，吕惠卿为神宗读书，对神宗说："前代帝王定下的法，有一年就变更的，古书说'正月大地复苏，朝廷颁布法令'，就是说一年变法；有五年一变更的，古代天子五年一巡狩的制度，就是说五年变更；有三十年一变更的，古书说'刑法一代轻一代重'，就是说三十年变更。也有百年而不变的，父慈祥，子孝顺，兄友爱，弟恭敬，就是百世不变。前几天司马光说得不对，他的本意是讽谏陛下，并且讥笑大臣设置三司条例司罢了。"神宗问司马公："吕惠卿的话有没有道理？"司马公说："古语说'布法象魏'，说的是申明公布旧的法令，怎么能说成是变更呢？比如四季的第一个月初一要求万民诵读律令，这能叫做每季一变、每月一变吗？古时各国诸侯有变更礼法乐律的，天子巡行就会诛灭他，天子本身就不会改变法令。治理新建的国家用较轻的法律；治理混乱的国家用较重的法律；治理一般的国家就用中和的法律。这就是为世轻重的本意，说的也不是变更法律。况且治理天下，就像是修整住室一样，破旧了就修缮一番，不是彻底毁坏了就不可能重新建造。而彻底毁坏了之后重新建造，没有高明的匠人和佳美的材料就建不成。如今这两者都不具备，臣怕是新建的屋室连遮蔽风雨都做不到了。朝廷公卿大臣都在此处，希望陛下向他们询问。三司使掌管着全国财政，如果不具备理财的能力，就要罢免他，不能让中书、枢密二府为此影响职事。如今又设置制置三司条例司，有什么用？宰相用大道辅佐君主，哪里用得着什么'例'？如果用'例'就能治理好国家，那么有几个办事的小官就足够了。如今又设置看详条例司，这又有什么用？"吕惠卿答不上来，便诋毁司马公说："司马光担任侍从官，为什么不说？如今说了而陛下并不听从，为什么还不辞职呢？"司马公倏地站起身来，回答他说："这正是臣下的罪过！"神宗劝解道："互相讨论朝政是非罢了，怎么吵闹到这个地步！"说完，赐他们在门外坐下。刚要出门，神宗又命他们坐在屋内，把身边的侍臣都屏退了。神宗说："朝廷每当有一事变更，就惹得满朝大臣议论纷纷，这是什么缘故？"王珪说："臣官职低微，在朝廷宫阙之外供职，对朝廷的大事没有多少了解，有些话仅仅是道听途说，又不知是真是假。"神宗说："听到了就讲出来。"司马公说："青苗法规定民众借钱出息二分，这对一般的农民来讲，还得用养蚕缫丝补其不足，下等农户则受尽饥寒，流离失所，更何况县官法令严厉，滥施淫威呢！"吕惠卿说："青苗法规定，愿借的就借给他们，不愿借的并不勉强。"司马公说："那些愚民只知道当时借得钱财的好处，想不到偿还债务的危害。不仅是县里的官员并不勉强，就连富农也并没有勉强啊！臣听《左传》中有这样的说法：制定的法令规定赋税很薄，结果还助长了官府的贪欲。如果制定的法令助长贪欲，那么后果就不堪设想了。当年太宗平定河东，制定了和籴法，当时谷米每斗十钱，干草每束八钱，百姓乐意和官府交易。后来物价上涨了，而和籴之法并没有废除，终于成了河东路的遗患。我担心日后的青苗法，就像今天河东的和籴法。"神宗说："青苗法在陕西路已经推行了很久，百姓并没有认为害民。"司马公说："臣就是陕西人，却只见到了此法的弊端而并没见到有什么益处。朝廷当初还没有准许推行此法，官吏们还千方百计地困扰民众，何况推行了此法，公然允许他们搜刮民财了呢！”神宗说：“官府把百姓的粮食多多买进怎么样？”在坐的各位大臣都起身说：“这种方法颇为不利于民，陛下已经把它废除，真是太好了。”神宗说：“我并没有废除。”司马公说：“现在京城的粮仓里已经有七年的储备，而钱却时常不够用。如果再购买粮食，那么银钱会更少，粮米会更加陈腐，怎么办？”吕惠卿说：“买米入仓得到粮米一百多万斛，就省去了东南地区一百多万粮米的运输，把那些地区的钱财征来供京城支使，还怕什么没有银钱？”司马公说：“东南一带银钱匮乏而谷米很多，如今不收购该地的谷米，却要把该地的银钱运到京师，舍弃多余的粮米却要征用该地本来缺少的银钱，那么农业这个根本和工商的末技都会大受损害。”经筵侍讲官吴申起说：“司马光的话是真切之论。”司马公说：“这些都是小事，不该以此来烦扰陛下。重要的是慎重地选拔官员而授以使命，有功绩的就要奖赏，有罪过的就要责罚，这才是陛下的职分。”神宗说：“对。周文王并不事事过问，只是广泛地听取臣下的议论。至于谨慎地办理各种狱讼之事那要靠主管刑狱的官吏。”司马公细步出庭。神宗说：“爱卿该不会因为吕惠卿的话而感到不愉快吧？”司马公说：“臣不敢。”韩琦上奏疏论说青苗法的弊端，神宗心中省悟，想废除青苗法。王安石为此借身体有病，请求离开朝廷。

于是朝廷就拜司马公担任枢密副使，司马公上章表极力推辞，以至连上六七本。章表中说：“陛下果真能罢置制置三司条例司，撤回各路的提举常平官，不再推行青苗、助役等法令，即使不再任用臣下，臣下也感到受恩赐太多了。如果不能如此，臣实在不敢接受圣上的任命。”神宗派人告诉司马公说：“枢密使掌管的是军事，百官各司其职，你不应该以此为借口。”司马公说：“我没有接受枢密副使的任命，那就还是天子的侍从，对于朝廷大事没有不能议论的。”王安石重新主管朝政，青苗法终于没有废除，司马公也最终没有接受枢密副使的任命。

于是司马公写信劝导王安石，三次书信往反，开导劝告十分恳切，还希望王安石能够听从他的意见意见而改弦易辙。并说：“巧言令色之徒都谈不上仁厚，而您是位忠直信诚的士大夫。您执政期间，虽然有与您争执甚至彼此怨恨的人，但后来您必然会得到他们的帮助；而谄媚阿谀之辈，在今天您大权在手时虽然事事顺承您的心意，但一旦您失去今天的相位，必然会有出卖您来换取自己利禄的人。”他的意思是指吕惠卿。每逢与宾客们交谈，总是明确地说：“毁掉王安石的人，一定是吕惠卿。奸邪的小人原本是靠利益临时聚合的，一旦所趋附的人权势衰减，利益转移，什么事做不出来？”此后六年，吕惠卿果然背弃了王安石，上书告发王安石的罪行。凡是可以败毁王安石的事，没有一件不做。为这件事，天下士子们都敬服司马公有先见之明。

司马公请求到外地任职，神宗还想重用司马公，司马公没有接受。于是以端明殿学士之职知永兴军。向神宗辞别时上朝答对，还在请求神宗废止本路所行的青苗、助役等法。

宣抚使下令把陕西义勇军分为四部，想让四部轮流戍守边境。选择各军中骠悍勇猛的士兵，又召募乡间的歹恶少年组建奇兵，调集民夫准备干粮炒面。处在内部的州郡虽然不靠边境，也都像边境州郡一样要修筑城墙护河瞭望台塔。并且派兵到长安、河中、邠州等州收取军粮。关辅一带百姓一片骚动。司马公上疏，痛切地说：“如今正遇歉收之年，官府和农家都很困穷，不能出兵生事。永兴军一路的城墙护河不必急于修整。干粮炒面以前曾经做过，后来没有用，都发霉腐烂，白白丢弃了。宣抚使司的命令，我全都不敢听从。如果有战事发生而粮草缺乏，臣愿服罪。”于是永兴军一路得以免除了对百姓的骚扰。

不久，朝廷下诏命司马公改知并州，他没有赴任。随后请求判西京留守司御史台回到内地，从此以后，闭口绝不再议论朝廷大事。以天子亲祭祖宗明堂之恩，加官为上柱国。

到了熙宁七年，由于国内旱灾和蝗灾严重，神宗下诏令征求直言。司马公读到诏书，流下热泪。于是再次就六件大事提出意见：一是青苗之害；二是劳役繁重；三是贸易之弊；四是边关军队众多；五是保甲害民；六是反复修河。他说：“这六件事是对百姓困扰最重的事，应该立即废止。”又写信责问宰相吴充说：“天子如此仁爱圣明，肯于纳谏，而相公身为宰辅却一言不发，这是为什么？”

元丰五年，司马公忽然患了难以开口的说话的病，自己怀疑是中了风，于是便事先写了一封遗表，大致内容还是那六件事，不过论述得更加详细透彻。他感情激动，亲自书写，然后封好放在卧室内，打算临死前交给好友范纯仁、范祖禹，委托他们交给神宗。

司马公在洛阳一共住了十五年，两次担任判留守司御史台，四次提举西京嵩山崇福宫。新官制推行，改官为太中大夫，又加资政殿学士。

神宗驾崩，司马公赶赴京城，为神宗送行。宫廷卫兵见到司马公入朝，都把手放在额头上以示尊敬，说：“这是司马相公啊！”京城的百姓夹道欢呼说：“相公不要再回洛阳。留下来辅佐天子，救救百姓吧！”几千人围在他下榻的地方来看他。司马公心中惶恐，一接到准许官员离京的朝旨就径直返回洛阳。

太皇太后听说后，责问主持招待的官员，并派特使赶去慰劳司马公，向他询问当务之急。司马公说：“近年来士大夫把议论朝事当成了忌讳，百姓日子过得愁怨烦苦，而天子无从了解；天子在朝堂上日夜辛劳，也传不到百姓中间。这要归罪于朝廷大臣，愚民们不了解实情，往往把怨愤归在天子身上，应该首先下达诏令广开言路。”太皇太后听从了他的建议，就下了一道诏书张榜悬挂在朝堂之上。可当时也有不想让朝廷这样做的大臣，便在诏书中加上六条禁忌来堵塞进言者的言路，说：“如果是心怀异志，所言不是本职内的事情；或是煽惑动摇军机大事；或是一味迎合称颂已经推行的法令；对上揣测朝廷意图而侥幸地希望获取奖拔；对下惑乱民众之心而以此沽名钓誉。如系所述情况，必要惩罚，绝不宽恕。”太皇太后把诏书草稿封好来征询司马公的意见，司马公说：“这不是求得讽谏，恰恰是拒绝讽谏。做为臣下只有不说话，只要一说话，就符合六条之一二了。”当时太府少卿宋彭年、水部员外郎王谔都奉诏命上书奏事。有人想利用这两个人的进谏惩戒敢于进言者。便都用所奏事与自己职责不相符合为由，各罚铜三十斤。司马公为两个人的忠心辨解，并请求改赐一道诏书，颁行于天下。朝廷采纳了他的意见。于是全国各地的官吏民众数说新法害处的竟达数千人之多。

司马公正在起草有关朝廷当前急需实行政令的奏章时，太皇太后已经下旨：遣散修缮京师城池的民夫，大量削减皇宫内的占卜师；中止内廷作坊工作，遣送三十多名刁横懈怠的宦官使女出宫；告戒朝廷内外的官员不准对百姓苛酷搜刮、横征暴敛；废除导洛司货场；还有百姓家中饲养的马匹要放宽上交都马监的年限。所有政令，都是由太皇太后和皇帝直接制定下达的，宰相大臣都没有参与讨论。司马公上疏谢恩说："当今朝廷急需的政令，陛下大都付诸实施，小臣迟慢，罪该万死。"

朝廷有旨命司马公任陈州知州，并要他路过京师时入朝面见天子，各部使者慰劳存问的，一路不断。到了京城，又改命为门下侍郎。司马公极力推辞，朝廷不准。太皇太后亲手写诏书说："先皇帝刚刚辞世，新天子年纪尚小，这是什么时候，你还要推辞！"司马公才不敢再推辞。因为新君即位赐恩，迁官为通议大夫。

当初，神宗皇帝凭着英雄伟岸超越常人的资质，励精图治，凛然大度，几乎在汉宣帝、唐太宗之上。而宰相王安石心思用得过分，急功近利，故而邪佞小人得以乘机入朝，吕惠卿之流就是借这样的机会而谋取高位的。后来的士子们羡慕他，争先恐后地提出一些不合实际的新法令，致使天下的百姓深受残害。先皇帝凭着神明睿智，觉察出变法的弊端，让王安石离开朝廷安置到金陵，天下士民欢欣鼓舞，都认为新法一定要改变了，就是王安石自己，也是有些悔恨的。他离开朝廷又再次得到任用后，想逐步修改新法，而吕惠卿之流唯恐新法重新变更会危及自己的利益，坚持新法不肯改变。然而先皇帝仍怀疑新法是否正确。于是再次贬退王安石，八年不再启用他，吕惠卿也受到贬黜不再任用。元丰末年，天下变故频频，到哲宗和太皇太后执政，百姓日日夜夜伸长脖项来等待朝廷新的法令。可是进奏的大臣认为三年之内不当修改父皇的政策，只想稍稍修改一些害民极深的枝节。因而列举了一些无关痛痒的问题，来堵塞士民之口。司马公愤然上疏论争说："先皇帝实行的法令，那些于国于民有益的，即使再过一百代也不能改变。而王安石、吕惠卿等人所制定的那些新法残害天下，并不是出于先皇帝的内心，改变这些法令，应该像救火救溺一样，刻不容缓。当年汉文帝虽废除了极端的肉体酷刑，但也还有一些刑罚使砍掉右脚的抛于街市，打五百板的多数致死，景帝一即位就修改了；汉武帝实行盐铁专卖、酒水专卖、统一运输买卖等新法，昭帝即位后便取消了；唐代宗纵容宦官，公然收受贿赂馈赠，设置客省，用来拘捕关押四面八方提出异议的人，德宗即位不到三个月，就罢除了；德宗自己到了晚年时，允许宦官到民市强买强卖，雕、鹘、鹞、鹰、犬五坊恶少乘机肆行害民，盐铁使每月都要额外缴纳钱物，顺宗即位后，立即废止。这些做法在当时使士民悦服，后代人们也称赞不已，没有什么人提出非议。况且太皇太后是以母亲的身份来修正儿子的失误，又不是为人子者修改父命。”众人才没什么话说了。

司马公认为：“世道安定和动乱的根本，在于任用何人。奸邪和正直一旦辨明，那么衰落还是进步的大势就确定了。每遇议论大事，一定要认真听取正直大臣的意见，凡是提升和贬退官员，都要以民意为标准。只有这样，朝廷的政治才能清正光明，君王才能真正听到天下利弊的真实情况。”于是罢除了保甲团教的法令，仍旧遵依以往的义勇兵法，每年一次集中训练。民众结保饲养的马匹国家不再购买，正在饲养的都收还到养马监然后分发给各部军队。废除了市易法，官府储备的物品都卖出去，不加利息，同时民众所欠政府的钱财都免除利息。京东路铸造铁钱，河北、江西、福建、湖南四路的新盐法和福建路实行的茶法，都恢复到新法之前。只有四川、陕西的茶法，由于涉及边关士民的使用，没有立即废止，而是派遣使臣前去考察，对确实严重危害民众利益的首先进行修改。户部左、右两曹所掌握的金钱粮谷，都由部尚书直接掌管调配。过去归于三司使的事务，有些分归五曹和各寺、监掌管的，都归还户部统管，并命户部尚书对所有财货都要心中有数，根据收入来掌握支出。于是天下百姓心情豁然开朗。司马公说：“这才是先皇帝的本意呀，如果不是先皇帝的儿子，就不能真正领悟推行先皇帝的心意。”那时只剩免役法、青苗法、将官法还没有废止，同时对待西夏人的策略还没有最后议定。

神宗葬礼结束后，司马公迁官为正议大夫。司马公认为自己没有受先皇帝遗诏为顾命大臣，不敢接受任命，但朝廷下诏不准他辞任。

元祐元年正月，司马公开始生病。朝廷就让司马公和尚书左丞吕公著上朝时不与宰相站在一起，只行再拜之礼，免去跪拜舞蹈。司马公的病越来越重，他感叹说："免役、青苗等四大患还没有废止，我就是死了也闭不上眼。"又强支病体上疏论述免役法的五大害民之处，请求朝廷直接降旨废除它们，一概恢复为熙宁以前的法令。如果还有不利于民的地方，责成州县和各路的长官至级上闻，作为一路、一州、一县的地方法令。朝廷下达诏旨，立即在各地推行。又议论有关西夏的对策，认为以交好西夏为好，兴兵动武不是上策。当时持反对意见的人很多，而司马公坚持己见。后来太师文彦博的意见也与司马公一致，众人更无法改变他的主张。司马公又论说将官法的害处，朝廷下诏命将领和士兵都隶属于州县，军事政令交给知州统一掌管。又请求废除提举常平司，把该司原来掌管的事务分归给转运使司和提点刑狱司管理，司马公说，提点刑狱、提举常平两司中大多是近年提拔的年轻官吏，一意追求急功近利，天下百姓十分惧怕他们。请求从太中大夫以上的州府守臣中选拔转运使、提点刑狱，在州府通判中选拔转运判官。又建议分设文学、德行、吏事、武略等十个科目来搜求国内未被发现的人才。规定有入朝议事资格以上的文官，每年要向朝廷举荐经明行修科一人，把他们列在新进士的前等。朝廷全部采纳了他的意见。

司马公被拜为尚书左仆射。这时他的病情渐渐好转，于是准备上朝处理政事。朝廷下旨免除他每天的朝拜之礼，并准许他乘坐小轿，每三天到朝堂或是门下、尚书省议论朝政。司马公不敢接受这样的荣宠，说："不朝拜君主，我不敢私自处理政事。"朝廷又下旨让司马公乘坐小轿到内殿东门，由他的儿子司马康扶进小殿面见天子，并嘱咐说不要跪拜。司马公诚惶诚恐地进入延和殿朝见哲宗和太皇太后，行两拜之礼。终于罢除了青苗法，专门推行常平粜籴法，以每年上等、中等、下等收成情况分别对待。粮谷价格低贱或下等收成时，官府就提高价格买入；谷价昂贵或上等收成时，官府就压低价格卖出；收成正常时就不必变动价格。如果遇到下等收成而官府不出卖粮食或遇上等收成而官府不收购粮食的，都要治罪。当时太皇太后和哲宗恭谨节俭，母慈子孝，视百姓如同对待受伤的子民，谦逊地听取司马公的意见。司马公有什么想法，没有一件不提出来，他自认为肩负着强国富民的重任。

几个月后，司马公的病情加重了，于九月丙辰初一，在西边的府邸中逝世，终年六十八岁。太皇太后听到这个消息，十分悲恸，哲宗也不住地流泪。当时正值天子亲赴明堂祭祀先祖，祭祀完毕，太皇太后和哲宗没有接受百官的朝贺，直接来到司马公的灵堂，哭得十分沉痛，罢听朝三天。追赠太师、温国公，赠给一品丧葬礼服，又拨给白银三千两、绢帛四千匹作为丧葬费用，赐给龙脑、水银装入棺木。命户部侍郎赵瞻、入内内侍省押班官冯宗道为他护丧，将遗体运回夏县安葬。又为他的十位亲戚授了官职。

司马公忠诚信义，仁孝友爱，谦恭俭朴，正直无私，这都是与生俱来的品行。从少年到老年，没有一句话随意而说。他喜好学习，就像是饥饿干渴的人见到饮食，对于钱财礼仪锦绣富贵，就像是见到腐朽恶臭。这些都是出自真心，秉于自然。天下士民都很信任他，没有对他的人品有所怀疑的。他离开京城在洛阳居住时，时常往来于陕西之间，陕西、洛阳一带的士民都受到他德行的感化，尊崇他的学术，效法他的节俭。做了坏事的人总是说："君实大人该不会知道吧！"司马公学问渊博无所不知，音乐、历法、天文、书法，都达到炉火纯青的地步。晚年时对古礼特别钟意，他拟定的冠礼、婚礼、丧礼和祭礼，既合于古礼又适于当今。他不喜好佛、道两家之学，说："这些学术的宗旨并没有超越儒学之处，它的荒诞使我无法相信。"

他不爱置办产业，在洛阳买的屋舍，仅能遮蔽风雨而已。他总共只有三顷田地，在他夫人去世后，也把它典当出去做为丧葬费用，俭朴的衣服，菲薄的食品，终生如此。

他自认为遇到了圣明的君主，对他的话句句听从。所以一心想为天下社稷贡献终身。他亲自过问官府每一件事，日以继夜地辛勤工作。属僚宾客们见他身体消瘦，对他说："当年诸葛亮对中等以上的处罚都要亲自审查，因此而得了病，相公不能不引以为戒。”司马公说：“人的死生，都是天命。”工作起来更加忘我。病重之后，还时刻记挂着朝廷大事，不顾病体的垂危。那些像在梦中说出的话，也都是朝廷和万民关注的大事。逝世之后，他的家属整理出八份尚未上奏的章表，献给了朝廷，内容都是亲手书写的当今重要事务。京城里的民间画工画他的遗像，刻成木版印刷出来卖，家家都抢着购买，饭前一定要向他的画像祷告一番。全国各地都派人到京城购买他的画像。当时的画工有因此而致富的。

有《文集》八十卷，《资治通鉴》三百二十四卷，《考异》三十卷，《历年图》七卷，《通历》八十卷，《稽古录》二十卷，《本朝百官公卿表》六卷，《翰林词草》三卷，《注古文孝经》一卷，《易说》三卷，《注系辞》二卷，《注老子道德论》二卷，《集注太元经》八卷，《大学中庸义》一卷，《集注扬子》十三卷，《文中子传》一卷，《河外谘目》三卷，《书仪》八卷，《家范》四卷，《续诗话》一卷，《游山行记》十二卷，《医问》七篇。

他所写的文章就像金玉、粮米、丝帛、药石，一定有益于当世之用。没有意义的文章，他一句也没写过。当初，司马公苦于历代史书卷帙过于浩繁，连学者都不能全部读完综合分析，更何况皇帝呢？于是就删繁就简，把战国初期到秦二世亡国这段历史，采用《左传》的体例。编成了《通志》八卷进呈给天子。英宗看了之后非常赞赏，命司马公继续完成此书。于是在秘阁内设置了编修局，司马公召集了平素所赏识的有学问的刘儆、刘恕、范祖禹为助手。经历了十九年才编纂完成，此书上起周威烈王，下至五代归宋，前后记载了一千三百六十二年的历史大事。其中似是而非的地方，都加入了考正辨析的文字。还有一件事有不同说法的，都尽量查实核对而得出统一的意见，然后又写了《考异》作为附录。神宗尤其看重这部书，认为比晋代的荀悦功绩更大。于是亲自为此书写了序言，赐书名为《资治通鉴》。还下令侍读官在迩英殿为他阅读此书。神宗又赐给司马公自己为颍王时王邸所藏的旧书二千四百零二卷。《资治通鉴》写成后，拜司马公为资政殿学士，赏赐的金银丝帛十分丰厚。

夫人张氏，是礼部尚书张存的女儿，封为清河郡君，在司马公过世前去世，追封为温国夫人。有三个儿子：司马童、司马唐都很早就死了。司马康，今任秘书省校书郎。两个孙子：司马植、司马桓，都是承务郎。

司马公历事仁宗、英宗、神宗、哲宗四朝，都受到君主的敬重。其中尤以神宗对他的了解最深，司马公时刻希望能有所回报，他曾经摘录孟子的话说：“对君主的过失进行批评叫做恭，劝君主行善避恶叫做敬，说自己的君主不行的人叫做贼。”所以尽管司马公的议论经常违背神宗的意愿，但神宗深深了解他是出于一片赤诚，对他更加敬重。后来司马公被拜为资政殿学士，就是有意重新重用他了。在当时那个情况下重新重用司马公，难道是毫无缘由吗？那就是要施行司马公提出的政策了。司马公也了解天子的心意，所以从执政的那天起，就充满自信毫不动摇。呜呼！神宗可以说是善于识人了，他了解司马公是很深的；司马公也可以说是不辜负神宗的厚望了，他的回报是竭尽全力的。

我跟从司马公交游二十年，对司马公生平的言行了解很多，所以记录他较为重大的言论事迹作为行状。其馀那些与国家安危治乱关系不是非常密切的，都没有记在其中，谨奉上司马公行状。

苏廷评行状

公讳序，字仲先，眉州眉山人，其先盖赵郡栾城人也。曾祖讳釿，祖讳祐，父讳杲，三世不仕，皆有隐德。自皇考行义好施，始有闻于乡里，至公而益著，然皆自以为不及其父祖矣。皇祖生于唐末，而卒于周显德。是时王氏、孟氏相继王蜀，皇祖终不肯仕。尝以事游成都，有道士见之，屏语曰：“少年有纯德，非我莫知子。我能以药变化百物。世方乱，可以此自全。”因以面为蜡。皇祖笑曰：“吾不愿学也。”道士曰：“吾行天下，未尝以此语人，自以为至矣。子又能不学，其过我远甚。”遂去，不复见。

公幼疏达不羁，读书，略知其大义，即弃去。谦而好施，急人患难，甚于为己。衣食稍有馀，辄费用，或以予人，立尽。以此穷困厄于饥寒者数矣，然终不悔。旋复有馀，则曰：“吾固知此不能果困人也。”益不复爱惜。凶年鬻其田以济饥者。既丰，人将偿之。公曰：“吾固自有以鬻之，非尔故也。”人不问知与不知，径与欢笑造极，输发府藏。小人或侮欺之，公卒不惩，人亦莫能测也。

李顺反，攻围眉州。公年二十有二，日操兵乘城。会皇考病没，而贼围愈急，居人相视涕泣，无复生意，而公独治丧执礼，尽哀如平日。太夫人忧甚，公强施施解之曰：“朝廷终不弃蜀，贼行破矣。”

庆历中，始有诏州郡立学，士欢言：“朝廷且以此取人。”争愿效职学中。公笑曰：“此好事卿相以为美观耳。”戒子孙，无与人争入学。郡吏素暴苛，缘是大扰。公作诗并讥之。

以子涣登朝，授大理评事。

庆历七年五月十一日终于家，享年七十有五。以八年二月某日葬于眉山县修文乡安道里先茔之侧。累赠职方员外郎。娶史氏，夫人先公十五年而卒，追封蓬莱县太君。生三子：长曰澹，不仕，亦先公卒。次曰涣，以进士得官，所至有美称，及去，人常思之。或以比汉循吏。终于都官郎中、利州路提点刑狱。季则轼之先人讳洵，终于霸州文安县主簿。涣尝为阆州，公往视其规画措置良善，为留数日。见其父老贤士大夫，阆人亦喜之。晚好为诗，能自道，敏捷立就，不求甚工。有所欲言，一发于诗。比没，得数千首。女二人：长适杜垂裕；幼适石扬言。孙七人：位、佾、不欺、不疑、不危、轼、辙。

闻之自五代崩乱，蜀之学者衰少，又皆怀慕亲戚乡党，不肯出仕。公始命其子涣就学，所以劝导成就者，无所不至。及涣以进士得官西归，父老纵观以为荣，教其子孙者皆法苏氏。自是眉之学者日益至千馀人。然轼之先人少时独不学，已壮，犹不知书。公未尝问。

或以为言，公不答，久之，答曰：“吾儿当忧其不学耶？”既而，果自愤发力学，卒显于世。

公之精识远量，施于家、闻于乡闾者如此。使少获从事于世者，其功名岂少哉！不幸汩没，老死无闻于时。然古之贤人君子，亦有无功名而传者，特以世有知之者耳。公之无传，非独其僻远自放终身，亦其子孙不以告人之过也。故条录其始终行事大略，以告当世之君子。

谨状。

【译文】苏公名叫序，字仲先，眉州眉山县人。他的先祖是赵郡栾城县人。曾祖名叫釿，祖父名祜，父亲名杲，一连三代没有出仕为官，而都有高士的美德。他的父亲笃行仁义，乐善好施，开始在家乡一带颇有声望，到了苏公这一代，声名更加显扬，然而父子两人都自认为比不上自己的父亲和祖父。他祖父出生在唐朝末年，逝世于后周显德年间。当时王氏和孟氏相继在蜀中称帝，祖父始终不肯出来做官。有一次因事到成都，有个道士见到他，悄声地对他说：“你这个年轻人有纯美的品德，除了我没有真正了解你的。我能用药物变化各种东西。如今世道大乱，正可以以此绝技保全自己。”于是用面变成了一支蜡烛。祖父笑着说：“我不愿意学道术。”道士说：“我走遍天下，从没有把我的绝技传给别人，自认为功夫绝妙，而你竟然不肯学，看来你的道行比我高得多了。”于是离他而去，从此不再露面。

苏公少年时疏朗豪放，不愿受人管束。读书，了解了该书的大概意思，就丢开不再阅读。他为人谦逊而乐于施舍，看见别人有难处，比自己遇到难处还要着急。食品衣物稍有富余，就把它们用掉，或者把它们送给别人，不长时间便没有了。因此经常为饥寒所迫，然而他从不后悔，后来又有盈余，就说：“我原本就知道这些东西难不住人。”还是不加爱惜。遇到荒年，就卖掉田产救济饥民。再碰上丰收之年，别人打算偿还给他时，苏公说：“我是因为有田，一心只想卖掉它，并不是为你们才卖的。”不论熟人生客，只管和他们大说大笑，无话不谈。有些小人欺骗侮辱他，苏公从不报复，没有人知道他的胸怀有多宽。

李顺造反时，围困攻打眉州，当时苏公二十二岁，每天都手持武器登上城楼。正赶上其父病逝，而盗贼围城更加猛烈，城中之民都相对流泪，连活下去的意志都丧失了，而苏公依然为先人办理丧事，一切依照丧礼，哭声哀恸，就像没有战事一样。他母亲为盗贼攻城十分忧闷，苏公缓缓地劝导她说："朝廷总不会丢下蜀中不管，这些盗贼很快就会被打败的。"

庆历年中，朝廷下诏命各州建立学校，士人们高兴地说："以后朝廷就要从学校中选拔人才了。"争相表示愿意到学校供职。苏公笑着说："这只不过是那些好事的公卿大人为自己脸上贴金罢了。"告戒自己的子孙，不要和别人争着入学。州里的官吏一向苛酷凶暴，为这件事又大大搜刮百姓的钱财。苏公写诗把修学扰民讥笑了一番。

由于他的儿子苏涣入朝做官，他被授与大理评事。

庆历七年五月十一日在家中逝世，终年七十五岁。于庆历八年二月某日安葬在眉山县修文乡安道里祖先的墓旁。逝世后追赠为职方员外郎。夫人史氏，在苏公寿终前十五年辞世，追封为蓬莱县太君。生了三个儿子：长子名叫澹，没有做官，也在苏公逝世前死去。次子名叫涣，以进士得到官职，凡任职之处都留下了好的名声，离任后，人们时常思念他。有人把他比做汉朝的良吏。死于都官郎中、利州路提点刑狱任上。少子就是我的父亲苏洵，终官于霸州文安县主簿。苏涣曾任阆州知州，苏公到那里去看他治理民政是否良善，为此逗留了几天。得以见到阆州的贤人士子，阆州人也很喜欢他。晚年时喜好做诗，能够在口中吟咏，才思敏捷出口成章，于声韵对仗不求十分工稳。心里有想说的话，都用诗歌抒发出来。到他逝世，共留下数千首诗。两个女儿：长女嫁给杜垂裕；幼女嫁给石扬言。孙男七人：位、佾、不欺、不疑、不危、轼、辙。

我听说自从五代混乱，天下分崩，蜀中的学者日益减少，又都留恋家乡亲友，不愿意外出做官。到苏公才开始命他的儿子苏涣努力学习，教导他奋发有为，从各方面鼓励支持他。到苏涣考取进士得到官职回到蜀中，家乡的父老都出门观看，认为十分荣耀，也都教导自己的子孙以苏涣为楷模。从此以后，眉山的学人日益增多，达到一千多人。然而我父亲少年时偏偏不愿读书，及至长大成人，还是不知用功。苏公也不加督促。有人为此劝苏公加紧管束，苏公默默不答，过了半晌，才回答说："我的儿子，还怕他不学吗？"此后，先父果然愤发读书，终于以才学显名于世。

苏公卓越的见识和宏大的器量，对于家人的教导、闻名于乡里的操行大致如此。如果能让他得到步入仕途的机会，他建立的功业难道会小吗！不幸埋没于民间，直到临终也没能闻名于世。然而古代的贤人君子，也有未建功业而流名千古的，那是因为世上有了解他的人为他传扬。苏公没有传名四海，不仅仅是由于他身居僻远之地，又终生疏旷放达，还由于他的子孙没能把他的德行传布开来。因此我择录他自少至老的言行大略，来告知当代的仁人君子。

苏轼谨上此状。

卷八十二 碑

表忠观碑

熙宁十年十月戊子，资政殿大学士、右谏议大夫、知杭州军州事臣忭言：“故吴越国王钱氏坟庙及其父、祖、妃、夫人、子孙之坟，在钱塘者二十有六，在临安者十有一，皆芜废不治。父老过之，有流涕者。谨按故武肃王镠，始以乡兵破走黄巢，名闻江淮。复以八都兵讨刘汉宏，并越州，以奉董昌，而自居于杭。及昌以越叛，则诛昌而并越，尽有浙东西之地。传其子文穆王元瓘。至其孙忠显王仁佐，遂破李景兵，取福州。而仁佐之弟忠懿王俶，又大出兵攻景，以迎周世宗之师。其后卒以国入觐。三世四王，与五代相终始。天下大乱，豪杰蜂起，方是时，以数州之地盗名字者，不可胜数。既覆其族，延及于无辜之民，罔有孑遗。而吴越地方千里，带甲十万，铸山煮海，象犀珠玉之富，甲于天下，然终不失臣节，贡献相望于道。是以其民至于老死不识兵革，四时嬉游歌鼓之声相闻，至于今不废，其有德于斯民甚厚。皇宋受命，四方僭乱以次削平。而蜀、江南负其险远，兵至城下，力屈势穷，然后束手。而河东刘氏，百战守死以抗王师，积骸为城，酾血为池，竭天下之力，仅乃克之。独吴越不待告命，封府库，籍郡县，请吏于朝。视去其国，如去传舍，其有功于朝廷甚大。昔窦融以河西归汉，光武诏右扶风修理其父祖坟茔，祠以太牢。今钱氏功德，殆过于融，而未及百年，坟庙不治，行道伤嗟，甚非所以劝奖忠臣，慰答民心之义也。臣愿以龙山废佛祠曰妙因院者为观，使钱氏之孙为道士曰自然者居之。凡坟庙之在钱塘者以付自然，其在临安者以付其县之净土寺僧曰道微，岁各度其徒一人，使世掌之。籍其地之所入，以时修其祠宇，封殖其草木。有不治者，县令丞察之，甚者易其人。庶几永终不坠，以称朝廷待钱氏之意。臣抃昧死以闻。”制曰：“可。”其妙因院改赐名曰表忠观。铭曰：

天目之山，苕水出焉。龙飞凤舞，萃于临安。笃生异人，绝类离群。奋挺大呼，从者如云。仰天誓江，月星晦蒙。强弩射潮，江海为东。杀宏诛昌，奄有吴越。金券玉册，虎符龙节。大城其居，包络山川。左江右湖，控引岛蛮。岁时归休，以燕父老。晔如神人，玉带球马。四十一年，寅畏小心。厥篚相望，大贝南金。五朝昏乱，罔堪托国。三王相承，以待有德。既获所归，弗谋弗咨。先王之志，我维行之。天胙忠孝，世有爵邑。允文允武，子孙千亿。帝谓守臣，治其祠坟。毋俾樵牧，愧其后昆。龙山之阳，岿焉新宫。匪私于钱，唯以劝忠。非忠无君，非孝无亲。凡百有位，视此刻文。

【译文】熙宁十年十月戊子，资政殿大学士、右谏议大夫、知杭州军州事臣赵抃上书说："故吴越国王钱氏的坟墓宗庙和他父亲、祖父、嫔妃、夫人、子孙的坟墓，在钱塘县的有二十六处，在临安县的有十一处，都荒芜废弃，无人修整。当地的父老们路过这些地方，有不少人都流下眼泪。臣谨按：以故钱武肃王镠，最初带领乡里军队击败黄巢，威名流传于江淮一带。后来董昌在越州反叛唐朝，钱武市王又诛灭了董昌，重新平定了越州。于是全部占据了浙东、浙西之地。传到他的儿子文穆王元瓘，又传到他的孙子忠显王仁佐，终于击败了李景的军队，攻占了福州，仁佐的弟弟忠懿王俶，又出重兵攻打李景，迎接周世宗的军队。随后以吴越国王的身份入朝拜见。钱氏历三代四位君主，与五代同兴同止。天下大乱，群雄并起，在那个时代里，占据着几个州郡就自立为王的，多得数不清；而一旦宗族败破，祸殃波及到治下的百姓，几乎没有人能得以幸免。而吴越国据有千里之地，拥有十万强兵。开山冶铜，煮海为盐，象牙犀角珍珠宝玉之富，可谓天下第一。然而钱氏自始至终没有失去为臣的礼节，对朝廷的贡品在道路上连绵不绝。正因为如此，吴越的百姓直至老死也不知刀枪战乱为何物，一年四季，嘻戏游览歌吹弹唱的声音彼此相和，直到今天也没有变化，钱氏对当地百姓的恩德仁义可谓深厚。大宋秉受天命，四方的伪立之国一个个被削平，蜀中、江南的孟氏、刘氏、李氏凭着地势险要，路途遥远，直到宋兵抵达都城之下，自知大势已去，无力抵抗，才束手归降。而河东刘氏，竟然冒死守城来对抗大宋军队，以至尸体堆积得像城墙那么高，流血像护城河那样多，使我大宋集结了几乎全国的兵力，才勉强攻下了它。只有吴越钱氏，不等我朝有檄命传到，就封存了仓库，统计了郡县，请求归降我朝为臣。钱氏把丢弃自己的国家看得像丢弃一栋客舍一样轻易，他对于大宋朝廷的功劳是很大的。当年窦融把河西王郡归还了汉朝，光武帝下令让右扶风的官吏修整护理窦氏父亲、祖父的坟墓，并用隆重的太守之礼来祭祀他们。如今钱氏的功业仁德恐怕已经超过了当年的窦融，而至今还不足一百年，钱氏的坟墓和祠庙都已破烂不堪，使行路之人都为此感到悲怆叹惜。这实在是不足以用来劝勉奖励忠臣，慰劳答谢一方人民应有的态度。臣请求把龙山的废佛寺叫做妙因院的改为道观，让钱氏后裔中做了道士名叫自然的住在那里。把钱氏建在钱塘的坟茔、祠庙交给自然道长，把建在临安的交给该县净土寺的僧人道微，每年度脱一名僧人，使世世有人相继掌管。用这些土地中的收入，按时修缮他的祠庙，种植树木花草。如果有不能好好修整祠庙的，可以让当地县令、县丞督察他，完全不能尽职的可以改换他人。这样或许可以使钱氏一宗永世不致断绝，也堪称是朝廷优待钱氏的美意，臣赵忭冒死上奏天子。”天子下诏书说：“照此办理。”那座妙因院由天子赐名为表忠观。苏某为此观写下铭文说：

天目山间，有苕溪流出。其间龙飞凤舞，会萃于临安。地钟灵秀而降生了杰出之人，他与众不同，高出寻常。举起长枪大声一呼，随从者多如行云。仰望苍天对着大江发出誓言，天上的明月繁星都为之暗淡。强劲的弓弩射向钱塘江潮，大江大海都为之东行。剿灭汉宏杀死董昌，终于据有了吴越之邦。唐朝天子赐给铁券誓书，还有将帅的兵符和节度使的印绶。扩充杭州，使它包容了名山大川。左是大江右是西湖，东方控制了百岛的蛮夷。一年四时轻赋养民，燕享杭城的父老。其光辉就像是神仙之人，身披玉带，击球跨马。四十一年，恭谨小心。一朝之中，名臣大儒所在多有。可惜五代战乱纷争，没有明君，所以无处托付他的国民。三代君王一脉相承，时时等待着圣德的君主，归顺我宋王朝，不需要臣僚之讨论和谋划。先皇帝的仁爱我们也要继承下来。上天既给钱氏以忠诚仁孝，理应世世代代拥有封爵和食邑。应当让子孙繁衍家族繁盛，并且习文习武。天子降旨杭州守臣，治理修缮钱氏的祠庙坟茔。不要使这些祠庙成为牧童樵夫践踏之地，使钱氏的后世子孙有愧于祖先。龙山之南，崭新的宫观拔地耸起，这并非只是赐与钱氏个人恩惠，而是以他的忠诚做为大家的表率。没有忠诚就没有君主，没有孝顺就没有双亲。钱氏一族的子孙们享有爵位，看了这篇铭文就会知道天子之心。

宸奎阁碑

皇祐中，有诏庐山僧怀琏住京师十方净因禅院，召对化成殿，问佛法大意，奏对称旨，赐号大觉禅师。是时北方之为佛者，皆留于名相，囿于因果，以故士之聪明超轶者皆鄙其言，诋为蛮夷下俚之说。琏独指其妙与孔、老合者，其言文而真，其行峻而通，故一时士大夫喜从之游。遇休沐日，琏未盥漱，而户外之屦满矣。仁宗皇帝以天纵之能，不由师傅，自然得道。与琏问答，亲书颂诗以赐之，凡十有七篇。

至和中，上书乞归老山中。上曰："山即如如体也。将安归乎？"不许。治平中再乞，坚甚，英宗皇帝留之不可，赐诏许自便。

琏既渡江，少留于金山、西湖，遂归老于四明之阿育王山广利寺。四明之人，相与出力建大阁，藏所赐颂诗，榜之曰"宸奎"。时京师始建宝文阁，诏取其副本藏焉。且命岁度僧一人。琏归山二十有三年，年八十有三。臣出守杭州，其徒使来告曰："宸奎阁未有铭。君逮事昭陵，而与吾师游最旧，其可以辞？"

臣谨按：古之人君号知佛者，必曰汉明、梁武，其徒盖常以藉口，而绘其像于壁者。汉明以察为明，而梁武以弱为仁。皆缘名失实，去佛远甚。恭惟仁宗皇帝在位四十二年，未尝广度僧尼，崇侈寺庙。干戈斧钺，未尝有所私贷。而升遐之日，天下归仁焉。此所谓得佛心法者，古今一人而已。琏虽以出世法度人，而持律严甚。上尝赐以龙脑钵盂，琏对使者焚之，曰:“吾法以坏色衣，以瓦铁食，此钵非法。”使者归奏，上嘉叹久之。铭曰：

巍巍仁皇，体合自然。神耀得道，非有师传。维道人琏，逍遥自在。禅律并行，不相留碍。于穆颂诗，我既其文。惟佛与佛，乃识其真。咨尔东南，山君海王。时节来朝，以谨其藏。

【译文】皇祐年中，仁宗下诏让庐山高僧怀琏来到京城，住在十方净因禅院，召他到化成殿对话，仁宗问他有关佛法的大意，怀琏回答得很符合天子的心意，就赐给他大觉禅师的法号。当时北方那些讲论佛法的人，都只在法界形相上用功，拘泥于因缘果报之说，所以士大夫中那些之聪明特达的人对这些说法不屑一顾，斥为蛮夷之邦的卑俗之论。而怀琏却能指出佛理中那些与儒学、道学相通之处，他的话既有文采又很信实，他的行道，既严谨又晓畅，所以一时间士大夫都喜欢与他交往。遇上休息的日子，怀琏还没有起床洗漱，门外就早已站满了等侯他的人。仁宗皇帝以超凡的才能，没有受过师傅的指点就自然悟道。他与怀琏问答讨论，并亲自作诗赐给怀琏，前后共有十七首。

至和年中，怀琏上书仁宗，请求回山寺以终余年。仁宗说：“山也就是常在的法相。你还能回到哪里去？”不答应他的请求。治平年中再次提出请求，态度十分坚决，英宗皇帝挽留不住，就下诏准许他自由行动。

怀琏渡过长江后，在金山寺、西湖短暂地逗留了几天，随后便回到了明州的阿育王山广利寺中养老。明州的士民共同出力建了一座很大的楼阁，把仁宗赐给的诗收藏在阁楼中，并为此阁题额为“宸奎阁”。当时京师也开始修建宝文阁，天子下诏将仁宗赐诗的副本收藏其中。并且下命每年度脱高僧一人。怀琏回到山寺中二十三年而死，俗年八十三岁。苏某出任杭州知州，怀琏的弟子派人来告诉我说：“宸奎阁至今没有铭文。您曾侍奉过先皇帝仁宗，而与我们的师傅交游最早，这件事难道能推辞吗？”

臣苏某谨按：一说起古代的君王号称懂得佛法的，必然提到汉明帝和梁武帝，于是佛门弟子们便以此为借口，把这两位帝王的像画在寺壁上。汉明帝把善于识察看作是圣明，而梁武帝则把软弱看作仁慈。二人都因牵于名义而失去了真实，离真正的佛法相去甚远。我仁宗皇帝在位四十二年，从未广泛地度脱僧人尼姑，也没有修建高大奢侈的寺庙；更没有将干戈斧钺等物所私自赏赐给哪位高僧。但仁宗升天的时候，天下百姓都由衷地赞扬他的仁德。这就是人们所说的得到佛家心法的人，古往今来，仅此一人而已。怀琏虽然用出世的佛法超度俗人，但他执行戒律非常严格。天子曾赐给他一只龙脑玉琢成的钵盂，怀琏当着朝廷使臣的面把它扔进火里烧了，说：“我们佛徒用褪了色的破布缝衣，用瓦铁制成的钵盂进食，这个钵不合佛法戒规。”使臣回朝奏报，天子赞叹了很久。铭文说：

仁德齐天的仁宗皇帝，龙体合于自然之道。神明光耀深得佛理，并没有得到佛师指点。高僧怀琏，一生逍遥自在。禅法戒律都不偏废，从不受到任何阻碍。后人肃穆地注视着天子的赐诗，我又为此而写铭文。只有佛性与佛真正相通，他的知识才能称得上真。东南一带的山神海神，也应时来朝，以保全此阁中的珍藏。

上清储祥宫碑

元祐六年六月丙午，制诏臣轼，上清储祥宫成，当书其事于石。臣轼拜手稽首言曰：“臣以书命待罪北门，记事之成职也。然臣愚，不知宫之所以废兴，与凡材用之所从出，敢昧死请。”乃命有司具其事以诏臣轼。

始，太宗皇帝以圣文神武佐太祖定天下。既即位，尽以太祖所赐金帛作上清宫朝阳门之内，旌兴王之功，且为五代兵革之余遗民赤子，请命上帝，以至道元年正月宫成，民不知劳，天下颂之。至庆历三年十二月，有司不戒于火，一夕而烬。自是为荆棘瓦砾之场，凡三十七年。元丰二年二月，神宗皇帝始命道士王太初居宫之故地，以法箓符水为民禳禬，民趋归之，稍以其力修复祠宇。诏用日者言，以宫之所在为国家子孙地，乃赐名上清储祥宫。且赐度牒与佛庙神祠之遗利，为钱一千七百四十七万，又以官田十四顷给之，刻玉如汉张道陵所用印，及所被服冠佩剑履以赐太初，所以宠之者甚备。宫未成者十八，而太初卒，太皇太后闻之，喟然叹曰："民不可劳也，兵不可役也，大司徒钱不可发也，而先帝之意不可以不成。"乃敕禁中供奉之物务从约损，斥卖珠玉以巨万计，凡所谓以天下养者，悉归之储祥，积会所赐，为钱一万七千六百二十八万，而宫乃成。内出白金六千三百余两，以为香火瓜华之用。召道士刘应贞嗣行大初之法，命入内供奉官陈衍典领其事。起四年之春，讫六年之秋，为三门两庑，中大殿三，旁小殿九，钟经楼二，石坛一，建斋殿于东，以待临幸，筑道馆于西，以居其徒，凡七百余间。雄丽靖深，为天下伟观，而民不知，有司不与焉。呜呼！其可谓至德也已矣！

臣谨按：道家者流，本出于黄帝、老子。其道以清净无为为宗，以虚明应物为用，以慈俭不争为行，合于《周易》"何思何虑"、《论语》"仁者静寿"之说，如是而已。自秦、汉以来，始用方士言，乃有飞仙变化之术，《黄庭》《大洞》之法，太上、天真、木公、金母之号，延康、赤明、龙汉、开皇之纪，天皇、太一、紫微、北极之祀。下至于丹药奇技，符箓小数，皆归于道家，学者不能必其有无。然臣尝窃论之。黄帝、老子之道，本也。方士之言，末也。修其本而末自应。故仁义不施，则韶濩之乐，不能以降天神。忠信不立，则射乡之礼，不能以致刑措。汉兴，盖公治黄、老，而曹参师其言，以谓治道贵清静，而民自定。以此为政，天下歌之曰："萧何为法，顜若画一。曹参代之，守而勿失。载其清静，民以宁壹。"其后文景之治，大率依本黄、老，清心省事，薄敛缓狱，不言兵而天下富。

臣观上与太皇太后所以治天下者，可谓至矣。检身以律物，故不怒而威；捐利以予民，故不藏而富；屈己以消兵，故不战而胜；虚心以观世，故不察而明。虽黄帝、老子，其何以加此？本既立矣，则又恶衣菲食，卑宫室，陋器用，斥其赢余，以成此宫。上以终先帝未究之志，下以为子孙无疆之福。宫成之日，民大和会。鼓舞讴歌，声闻于天。天地喜答，神祇来格。祝史无求，福禄自至。时万时亿，永作神主。故曰“修其本而末自应”，岂不然哉！臣既书其事，皇帝若曰：“大哉！太祖之功，太宗之德，神宗之志，而圣母成之。汝作铭诗，而朕书其首曰上清储祥宫碑。”臣轼拜手稽首，献铭曰：

天之苍苍，正色非耶？其视下也，亦若斯耶？我筑上清，储祥之宫。无以来之，其肯我从？元祐之政，媚于上下。何修何营，曰是四者：民怀其仁，吏服其廉。鬼畏其正，神予其谦。帝既子民，维子之视。云何事帝，而瘠其子？允哲文母，以公灭私。作宫千柱，人初不知。于皇祖宗，在帝左右。风马云车，从帝来狩。阅视新宫，察民之言。佑我文母，及其孝孙。孝孙来飨，左右耆耇。无竞惟人，以燕我后。多士为祥，文母所培。我膺受之，笃其成材。千石之钟，万石之虡。相以铭诗，震于四海。

【译文】元祐六年六月丙午日，天子下诏给臣苏轼说，上清储祥宫已经落成，理当作文记载此宫建造始末刻在石碑上。臣苏轼跪拜叩头奏告说：“臣为学士为皇帝效死，记事作文是臣的本职。只是臣下愚陋寡闻，不了解此宫废毁和重建的始末原委，以及建造费用的出处，冒死以奏，望陛下告知。”于是天子命有关官员将此宫的资料交给臣苏轼。

当初，太宗皇帝凭着圣明的文德和超凡的武略辅佐太祖平定天下。太宗即位之后，用尽太祖所赐给的金银玉帛在朝阳门内建造了上清宫，用以旌表新天子平定乱世的大功，同时为经过五代战乱获得余生的黎民百姓，向天皇上帝请求护佑。至道元年正月建成此宫，民众并不因此而觉得劳苦，天下百姓为此举欢呼歌颂。到了庆历三年十二月，由于官员们的不慎而失火，一夜之间化为灰烬。从此以后，这里便成了一片荆棘丛生堆满瓦砾的地方，长达三十七年之久。元丰二年二月，神宗皇帝才命道士王太初在上清宫的故址居住，用符录仙水等为百姓驱除灾祸，百姓争相前往求福，此项收入渐多，于是准备用来重新修复此宫。天子下达诏旨，命采用星相家的意见，将此宫之地做为朝廷后世子孙的求福之地，于是赐名叫上清储祥宫。并赐给度牒文书和佛寺神坛所应得的收入，共计一千七百四十七万钱，又把皇家所属的十四顷田地拨给他们。刻制了一方模仿汉朝天师张道陵用过的印章，还有被褥、道服、冠冕、佩饰、宝剑、靴子等物都赐给了王太初，凡是可以显示荣宠的物品一应具备。宫观才只建成了十分之二，王太初就去世了。太皇太后闻讯，长长地叹息说："百姓不能使之过于辛劳，士兵不能驱使太多，大司徒掌握的公家府库中的钱不能投入到这里面，可先皇帝的意志也不能不完成。"于是便下令宫廷中供奉的物品一定要节约省俭，又让宦官们卖掉了许多珠玉，价值亿万之多，凡是那些四方贡物，都捐给了储祥宫的建造，总计所赐，合一万七千六百二十八万钱，此宫终于建成。内宫又拿出白金六千三百余两，做为香火和供品之费。命道士刘应贞接续王太初而主持下去，又命入内供奉官陈衍总管道观一应事物。始于元丰四年的春天，峻工于元丰六年的秋天。建成三进门两边走廊，中间大殿三间，旁侧小殿九间，钟鼓楼、藏经楼各一间，石砌神坛一座。又在宫的东边建成斋殿，用以预备天子前来时休息之用。在宫的西边建成道馆，供宫中的道士居住。总计七百余间。整个建筑雄伟壮丽静谧深邃，成为天下一大奇观。而并没有让百姓额外捐助，也没有动用国库钱财。啊！这真可以说是最大的仁德了！

臣苏轼谨按：道家这一学派，原本出自黄帝和老子。他们的道以清净无为为主要宗旨，以空虚洞达以应万物为修养方法，以慈爱俭约与物无争为行为准则，符合《周易》中的"有何思虑"和《论语》中的"仁人能安静，仁人能长寿"的说法，大致都是相同的。自从秦、汉以来，才开始采用方士们的说法，于是便有了飞升成仙、变化莫测的道术，有了《黄庭内景经》《大洞真经》的修炼法术，有了太上老君、天乙太乙真人、东王木公、西王金母等仙号，有了延康、赤明、龙汉、开皇等纪元，有了天皇、太一、紫微、北极等天星的祭祀。以下至到仙丹仙药，神奇技艺，符水仙丹等巫术计道，都归入道家一派，学习此道的人不能肯定它们究竟是有是无。然而臣苏轼曾私下有所议论，认为黄帝、老子的道，是根本，方士们的言论，是末流旁支。能够彰扬根本，那么末系旁支自然会有所归依。有此仁爱和道德不施于人，那么即使是宫廷大乐，也不能使天帝神明降临；忠诚和信义不能确立，那么即使有乡射的礼仪，也不能使刑罚废止。汉朝初立时，齐地的盖公曾致力于黄帝、老子学说的研究，曹参接受了他的理论，说治理民众的根本在于清静，这样民众自然也就安定不扰。于是就用这个方法来治国，天下百姓都讴歌赞美他说："萧何定下的法令，上下连贯前后一致。曹参接替了他，恪守前人没有疏失。天下清净，百姓安居。"此后文帝、景帝治理国家，大体上还是依照黄帝、老子之说，本于清净，少生事端，减轻赋税，宽缓刑狱，不出兵征战而天下富足。

臣苏轼所见皇帝和太皇太后治理天下，可以说是尽善尽美。约束自身以管理万民，所以不必动怒而威严自在；把利益多给予人民，所以不聚藏金谷而国家自然富足；抑制自我来消除兵祸，所以不用武力而胜券在握；虚怀无欲来面对天，所以不必审察而自然圣明。即使是黄帝和老子，还能比这再强多少呢？根本确立之后，继而又衣食俭朴，不建高大的宫殿，不用贵重的器物，捐出身边多余的物品，终于建成了这个宫观。对上终于了却了先皇帝未能完成的遗愿，对下为子孙万代造就了无尽之福。宫观建成这一天，京城士民集结于此欢呼庆贺。击鼓舞蹈，歌声响彻天空。天地也欣喜应答，神灵齐来降福。巫祝史官不必祈求，而大福大贵自然而至。万年亿年，永远为神明之主。所以说"能够彰扬根本，那么末系旁支自然归依"，难道不是这样吗！臣写完建宫原委，皇帝说："真伟大啊！大祖的功业，太宗的仁德，神宗的志向，而太皇太后最终完成了它。你写铭文作赞诗，朕将题写其匾额为上清储祥宫碑。"臣苏轼叩头拜谢皇恩，献上铭文说：

天空的青苍，不是纯正之色吗？再看普天之下，不也是这样清和吗？我朝重新建造上清储祥宫。如果没有恩德仁义，万民岂能如此忠顺？元祐年间的朝廷大政，上应祥和，下见安乐。凭着什么修建此宫？

那是有以下四美：万民心怀忠诚，百官谨守廉正。鬼怪也畏服我朝的清正，神灵给予我朝谦恭。皇帝以仁德治理万民，把万民真正看作是爱子一样。为什么要为了事奉皇帝，而使子民困苦不堪？慈爱仁厚的太皇太后，为了公事而节俭自我。建造了宫观上千大柱，而百姓却丝毫不受骚扰。皇祖皇宗的在天之灵，就在我的左右。乘着风马，驾着云车，随从辅佐我朝治理天下。察看巡视新落成的宫观，听取万民百姓的诉说。保佑我太皇太后，福及他的贤孝子孙。皇孙前来祭享，身边都是高龄耆年的大臣。济济人才，来燕享我的后代。朝廷人才众多是祥瑞之事，而这些人才都是太皇太后拣拔培养的。我朝得到了他们，交付大事，锤炼成栋梁之材。千石之重的大钟，万石重的巨柱。加上这铭文赞诗，气势震荡九州四海。

淮阴侯庙碑

应龙之所以为神者，以其善变化而能屈伸也。夏则天飞，效其灵也；冬则泥蟠，避其害也。当嬴氏刑惨网密，毒流海内。销锋镝，诛豪俊。将军乃辱身污节，避世用晦，志在鹊起豹变，食全楚之租，故受馈于漂母；抱王霸之略，蓄英雄之壮图，志轻六合，气盖万夫，故忍耻跨下。洎乎山鬼反璧，天亡秦族。遇知己之英主，陈不世之奇策。崛起蜀汉，席卷关辅。战必胜，攻必克，扫强楚，灭暴秦。平齐七十城，破赵二十万。乞食受辱，恶足累大丈夫之功名哉！然使水行未殒，火流犹潜。将军则与草木同朽，麋鹿俱死。安能持太阿之柄，云飞龙骧，起徒步而取侯王？噫！自古英伟之士，不遇机会，委身草泽，名堙灭而无称者，可胜道哉？乃碑而铭之。铭曰：

书轨新邦，英雄旧里。海雾朝翻，山烟暮起。宅临旧楚，庙枕清淮。枯松折柏，废井荒台。我停单车，思人望古。淮阴少年，有目无睹。不知将军，佣之如虎。

【译文】千年应龙之所以能显露神灵，是因为它善于变化而且能屈能伸。夏天时就飞跃在天，以发挥它的灵效；冬天时就蟠曲在泥水之中，来躲避祸害。在秦朝刑罚惨酷法网紧密，四海之内受尽残害。在那销毁兵器，诛杀豪杰之时，韩将军可以屈辱自身，不计志节，躲避乱世隐而不发。他的志向在于等待时机像鸟鹊渐飞豹纹渐变一样，收食楚地全境的租赋，所以竟能接受漂母的馈赠；他身怀霸主的韬略，积蓄英雄的壮志，志在扫平天下，豪气足以压倒万人，所以竟能忍受跨下之辱。到山鬼把瑞璧从秦王手中收回，上天诛灭嬴氏之族时，他得遇知己的英明君主，设下当世难得的出奇之策。崛起于西蜀汉中之地，扫平了函关渭川一带。战必致胜，攻必克城，扫除强大的楚项，诛灭残暴的秦朝。平定了齐地七十座城池，击破赵国二十万大军。当年向人乞食，忍受胯下之辱，这些耻辱岂能阻止大丈夫建奇功立大业吗！然而假如秦朝的水德没有衰竭，汉朝的火德还在潜伏。韩将军也就会与草木一同腐朽，与麋鹿共同死亡。哪里还能手持大阿宝剑的剑柄像云走龙腾一样纵横驰骋，从平民而取得侯王的封爵？啊！自古以来英雄伟岸的豪杰，遇不到机会，埋没在乡间田野，默默无闻而死去的，可以数得清吗？我就韩将军碑而写此铭。铭文说：

我大宋的这个新州，正是英雄的故里。此地海中云雾清晨翻飞，山间的烟气暮间涌起。将军的旧居面对昔日的楚国封都，将军的庙宇横过清清的淮水。松树朽萎，柏枝摧折，古井填废，坛台荒芜。我停下简陋的车子，缅怀将军，遥想古时的战争。当年淮阴的少年屠夫，有眼无珠。想不到这个瘦弱小子，日后会像驱赶老虎一般驱使着他。

伏波将军庙碑

汉有两伏波，皆有功德于岭南之民。前伏波，邳离路侯也。后伏波，新息马侯也。南越自三代不能有，秦虽稍通置吏，旋复为夷。

邳离始伐灭其国，开九郡。然至东汉，二女子侧、贰反岭南，震动六十余城。世祖初平天下，民劳厌兵。方闭玉关，谢西域，况南荒何足以辱王师？非新息苦战，则九郡左衽至今矣。由此论之，两伏波庙食于岭南者，均也。古今所传，莫能定于一。自徐闻渡海适朱崖，南望连山，若有若无，杳杳一发耳。舣舟将济，眩栗丧魄。海上有伏波祠，元丰中诏封忠显王。凡济海者必隔。曰："某日可济乎？"必吉而后敢济。使人信之如度量衡石，必不吾欺者。呜呼！非盛德其孰能然？自汉以来，朱崖、儋耳，或置或否。扬雄有言："朱崖之弃，捐之之力也。否则介鳞易我衣裳。"此言施于当时可也。自汉末至五代，中原避乱之人，多家于此。今衣冠礼乐，盖班班然矣。其可复言弃乎！四州之人，以徐闻为咽喉，南北之济者，以伏波为指南。事神其敢不恭？轼以罪谪儋耳三年，今乃获还海北。往返皆顺风，念无以答神贶者，乃碑而铭之。铭曰：

至险莫测海与风，至幽不仁此鱼龙。至信可恃汉两公，寄命一叶万仞中。自此而南洗汝胸，抚循民夷必清通。自此而北端汝躬，屈信穷达常正忠。生为人英没愈雄，神虽无言意我同。

【译文】汉代有两个伏波将军，都对岭南百姓有功勋仁德。前一位伏波将军，是邳离侯路博德。后一位伏波将军，是新息侯马援。南越这块地，从三代以来就不为中原政权所有，秦朝虽然渐渐打通此地，并设置官吏，不久又被夷人所占有。邳离侯率兵讨伐并灭掉了南越国，开辟了九个新郡。然而到了东汉，交趾的两个女子徵侧、徵贰在岭南造反，声势震动六十多座城镇。当时光武帝刚刚平定了天下，百姓疲惫不堪厌恶战争。光武帝正封锁玉门关，不与西域诸国交往，何况南方荒远之地，哪里有余力出兵作战？若不是新息侯马援苦苦死战，那么这九个郡蛮荒不化恐怕要延至今天了。据此而论，这两位伏波将军在岭南立庙，世世受人民同等的祭奠。古往今来关于两个人的传闻，都不一样。我从徐闻渡海到朱崖贬所，往南看去，山连着山，断断续续，就像被系在一根头发上面。开船渡海时，头昏目眩心胆俱裂。海边有座伏波将军祠，元丰年间朝廷下诏封为忠显王。凡是渡海的人都要到这里来占卜。问："某一天可以过海吗？"一定要求得吉日之后才敢登舟。这位伏波将军的灵验竟能使人们相信他就像相信量具衡器一样，认为他绝不会欺蒙自己。啊！如果没有盛大的功德，谁能令人迷信到这种程度？自从汉代以来，朱崖郡、儋耳郡，时置时废。汉朝人扬雄曾说过："放弃朱崖郡而不征讨，得益于贾捐之的力谏。否则像鱼鳖一样的夷人将会渐渐改变我们。"这话在当时来说还有些道理。但自从汉朝末年直到五代时期，中原地区躲避战乱的人，有很多到这里安家落户。如今此地的中原大族的后代，已经不在少数。难道还可以再说丢弃不要吗！海南四州的士民，都把徐闻做为咽喉要地，南来北往渡海的人，都把伏波将军当做指导。敬事神灵谁敢不恭顺？苏轼因罪被贬谪到儋耳之地前后三年，如今遇赦准许回到内地。渡海来去都是一帆风顺，想来想去没有什么可以报答神灵护佑的，于是就写篇铭文刻在碑上。铭文说：

世上最凶险莫测的是大海和狂风，最幽暗莫测为害不仁的是此处的鱼龙。最可信赖可依靠的是汉代两位伏波将军，使我乘一叶小舟在万仞惊涛中得以保全性命。从此地往南受到你阔大襟怀的洗礼，安抚感化莽荒之民必然清净和洽；从此地往北受到你雄壮身姿的鼓舞，不论得志失志屈心伸意都会保持忠正刚直。活着是人中豪杰，死后是鬼中英雄，神灵虽然无言告我，想来与我的心思相同。

昭灵侯庙碑

昭灵侯南阳张公讳路斯，隋之初，家于颍上县仁社村。年十六，中明经第。唐景龙中，为宣城令，以才能称。夫人石氏生九子。自宣城罢归，常钓于焦氏台之阴。一日，顾见钓处有宫室楼殿，遂入居之。自是夜出旦归，归辄体寒而湿。夫人惊问之。公曰："我，龙也。蓼人郑祥远者，亦龙也。与我争此居，明日当战，使九子助我。领有绛绡者，我也，青绡者郑也。”明日，九子以弓矢射青绡者中之，怒而去，公亦逐之，所过为溪谷，以达于淮。而青绡者，投于合淝之西山以死，为龙穴山。九子皆化为龙，而石氏葬关洲。公之兄为马步使者，子孙散居颍上，其墓皆存焉。事见于唐布衣赵耕之文，而传于淮颍间父老之口，载于欧阳文忠公之《集古录》云。

自景龙以来，颍人世祠之于焦氏台。乾宁中，刺史王敬荛始大其庙。有宋乾德中，蔡州大旱，其刺史司超闻公之灵，筑祠于蔡。既雨，翰林学士承旨陶谷为记其事。盖自淮南至于蔡、许、汝，皆奔走奉祠。景德中，谏议大夫张秉奉诏益新颍上祠宇。而熙宁中司封郎中张徽奏乞爵号，诏封公昭灵侯、石氏柔应夫人。庙有穴五，往往见变异，出云雨，或投器穴中，则见于池，而近岁有得蜕骨于池者，金声玉质，轻重不尝，今藏庙中。

元祐六年秋，旱甚，郡守龙图阁学士、左朝奉郎苏轼，迎致其骨于西湖之行祠，与吏民祷焉，其应如响。乃益治其庙，作碑而铭之，铭曰：

维古至人，泠然乘风。变化往来，不私其躬。道本于仁，仁故能勇。有杀有生，以仁为终。相彼幻身，何适不通。地行为人，天飞为龙。惠于有生，我则从之。淮颍之间，笃生张公。跨历隋、唐，显于有宋。上帝宠之，先帝封之。昭于一方，万灵宗之。哀我颍民，处瘠而穷。地倾东南，潦水所锺。忽焉归壑，千里一空。公居其间，拯溺吊凶。救疗疾疠，驱攘螟虫。开阖抑扬，孰知其功？坎坎击鼓，巫师老农。斗酒只鸡，四簋其饛。度公之居，贝阙珠宫。揆公之食，琼醴玉饔。何以称之，我愧于中。公之所飨，惟诚与恭。诚在爱民，无伤农工。恭不在外，洗濯厥胸。以此事神，神听则聪。敢有不然，上帝之恫。

【译文】昭灵侯、南阳张公名叫路斯，隋代初年，住在颍上县仁社村。十六岁时，以明经中进士第。唐朝景龙年间，担任宣城县令。因为有治民之才而受到称赞。他的夫人石氏共生了九个儿子。张公从宣城县令罢任回到家中，经常在焦氏台的北岸垂钓。有一天，他见到垂钓之地出现了楼台殿宇，于是进入其中住在那里。从此之后每天夜晚出门清晨回家，回来后总是身体冰凉一片湿漉。夫人吃惊地询问缘故。张公说："我是条龙。古蓼国人郑祥远也是条龙。和我争夺那座居第，明天我将和他决一死战，让咱们的九个儿子为我助战。脖项上有紫色绞绡那条龙就是我，披着青色绞绡的就是郑祥远。"第二天，张公的九个儿子用弓箭射那条脖项裹着青绡的龙，射中了它，青龙恼怒地离开此地，张公也去追赶它，经过的地方都是山涧低谷，一直抵达淮河岸边。而项披青绡的龙撞在合淝县西山上死掉了，此山后来就被称为龙穴山。张公的九个儿子也都变成了龙，他的夫人石氏埋葬在关洲。张公的哥哥是马步军使者，他的子孙后来就散居在颍上县，他的墓至今还保存在那里。此事在朝唐布衣赵耕的文章中有所记载，也流传于淮、颍一带父老的口中，欧阳文忠公的《集古录》中也收录了有关资料。

自从唐朝景龙年以来，颍水一带的人世世代代都在焦氏台祭祀他。乾宁年间，刺史王敬荛开始扩建庙宇。大宋太祖乾德年中，蔡州发生严重旱情，州刺史司超听说张公很有灵验，于是在蔡州也修建了张公祠乞雨。大雨下过之后，翰林学士承旨陶谷将此事记录下来。从此淮南各州以至蔡、许、汝州的百姓，都赶到此地焚香敬神。真宗景德年中，谏议大夫张秉奉朝廷圣旨再次修整翻新颍上县的张公祠。神宗熙宁年间司封郎中张徽又上奏天子，请求为张公封赠爵位名号，朝廷降旨，封张公为昭灵侯，封他的夫人石氏为柔应夫人。张公庙中有五个洞穴，时常见到有异乎寻常的事发生，如从洞中冒出云和雨，或者把器物扔进洞穴里，就会见到此物出现在祠旁的池塘中，近年来有人从池塘中得到仙人蜕下的骨殖，敲击之声铿锵悦耳，与正常的骨头轻重一样，至今收藏在张公庙中。

元祐六年的秋天，旱情十分严重，许州知州龙图阁学士、左朝奉郎苏轼把这块蜕骨奉迎到许州西湖边的临时祠庙中，和官吏百姓一同向它祈祷，得到的回声十分响亮。于是增修扩建这座祠庙，写成铭文刻于石碑，铭文说：

古代那些至贤至圣的人，飘飘然乘风腾空。变大化小来去无阻，却从不顾及一己之私。道术来源于仁爱，有了仁爱才能有勇敢。他既能诛杀凶恶也能滋养民众，但最终能持仁爱之心。端详张公的神像，何往而不至。行于大地则为人，飞在天空则为龙。你施恩惠于苍生万民，我们便会遵从您的意志。淮河颍水之间，上承天地厚德降生了张公。经历隋唐两代，显灵于大宋。天帝宠爱他，先皇帝封赠他。使他的英名显扬于一方，百万生灵向他祈祷。可怜我颍滨百姓，身处贫瘠之地生计艰难。地势东南低洼，我州正是积水之邦。瞬间便成为无边的水国，千里之地为之荡然无存。张公居处在此地，拯救受水淹溺的人民，吊伐那凶恶的水龙。救治受瘟疫摧残的百姓，驱除旱蝗之虫。大开大阖，改天换地，谁能真正了解他的功德？巫师和老农，锵锵地击打着祝神的鼓。人们献上一斗酒一只鸡，四盅米酒装得满满。我想张公的住所，一定是贝壳珍珠建造的宫殿。揣度张公的饮食，一定是琼浆玉液。用什么来敬奉您呢？我心中实在惭愧。如今献给张公的祭享，只是略表虔诚和恭敬。这种虔诚就是爱惜人民，不伤害农夫工商。恭敬之情不体现在外表，只是用来涤荡自己的心胸。用这来敬奉神灵，神灵会使我更加广听人民的疾苦。如果敢违背神灵的意志，上帝将给我严惩。

潮州韩文公庙碑

匹夫而为百世师，一言而为天下法。是皆有以参天地之化，关盛衰之运。其生也有自来，其逝也有所为。故申吕自岳降，傅说为列星，古今所传，不可诬也。孟子曰：“吾善养吾浩然之气。是气也，寓于寻常之中，而塞乎天地之间。”卒然遇之，则王、公失其贵，晋、楚失其富，良、平失其智，贲、育失其勇，仪、秦失其辩，是孰使之然哉？其必有不依形而立，不恃力而行，不待生而存，不随死而亡者矣。故在天为星辰，在地为河岳。幽则为鬼神，而明则复为人。此理之常，无足怪者。

自东汉以来，道丧文弊，异端并起。历唐贞观、开元之盛，辅以房、杜、姚、宋而不能救。独韩文公起布衣，谈笑而麾之，天下靡然从公，复归于正，盖三百年于此矣。文起八代之衰，而道济天下之溺，忠犯人主之怒，而勇夺三军之帅。岂非参天地，关盛衰，浩然而独存者乎！盖尝论天人之辨，以谓人无所不至，惟天不容伪。智可以欺王公，不可以欺豚鱼；力可以得天下，不可以得匹夫匹妇之心。故公之精诚，能开衡山之云，而不能回宪宗之惑；能驯鳄鱼之暴，而不能弭皇甫镈、李逢吉之谤；能信于南海之民，庙食百世，而不能使其身一日安于朝廷之上。盖公之所能者，天也；所不能者，人也。

始，潮人未知学，公命进士赵德为之师。自是潮之士，皆笃于文行。延及齐民，至于今，号称易治。信乎孔子之言："君子学道则爱人，小人学道则易使也。"潮人之事公也，饮食必祭，水旱疾疫，凡有求必祷焉。而庙在刺史公堂之后，民以出入为艰。前守欲请诸朝作新庙，不果。元祐五年，朝散郎王君涤来守是邦，凡所以养士治民者，一以公为师。民既悦服，则出令曰："愿新公庙者听。"民欢趋之。卜地于州城之南七里，期年而庙成。

或曰："公去国万里，而谪于潮，不能一岁而归。没而有知，其不眷恋于潮，审矣。"轼曰："不然。公之神在天下者，如水之在地中，无所往而不在也。而潮人独信之深，思之至，焄蒿凄怆，若或见之。譬如凿井得泉，而曰水专在是，岂理也哉！"元丰七年，诏封公昌黎伯，故榜曰昌黎伯韩文公之庙。潮人请书其事于石。因作诗以遗之，使歌以祀公。其词曰：

公昔骑龙白云乡，手抉云汉分天章。天孙为织云锦裳，飘然乘风来帝旁。下与浊世扫秕糠，西游咸池略扶桑。草木衣被昭回光，追逐李、杜参翱翔，汗流籍、湜走且僵。灭没倒景不可忘，作书诋佛讥君王。要观南海窥衡湘，历舜九疑吊英皇。祝融先驱海若藏，约束蛟鳄如驱羊。钧天无人帝悲伤，讴吟下招遣巫阳。犦牲鸡卜羞我觞，于粲荔丹与蕉黄。公不少留我涕滂，翩然被发下大荒。

【译文】一个普通人而成为百代宗师，一句话而成为天下人遵循的准则。这些都是得到天地的德化，也关乎世道强盛衰亡。他的出生本身就是肩负使命而来，他的去世也只是为完成他的作为而去。所以申吕从嵩岳降临，傅说为天上列星，古往今来的传闻，不能不信啊。孟子说："我善于培养我的浩然正气。这种正气，寄托于平平常常之中，而重塞于天地四方。"猛然间遇到此气，那么王公大人就会丧失了他们的尊贵，晋、楚大国就会丧失了他们的富庶，张良、张平就会失去他们的智谋，孟贲、夏育就会失去他们的勇武，张仪、苏秦就会失去他们的才辩，是什么使他们改变的呢？必然有不依照常形而显现，不凭借气力而流行，不等待降生而存在，不跟随死亡而消失。所以它在天表现为星辰，在地表现为山河。处在幽暗之处就成为鬼神，处在光明之地就又变成人。这是人所共知的寻常道理，没有什么奇怪的。

自从东汉以来，大道沦丧，文章萎弊，异端邪说纷纷而起。经历唐朝贞观、开元间的强盛，加上以房玄龄、杜如晦、姚崇、宋璟的辅佐，也没能挽救文章的衰微。唯独韩文公韩愈从平民起家，谈笑之间就竖起一面大旗，天下的士人于是乎聚集在他的旗下，使文章之道重新归于淳正，至今已经三百年了。韩公的文章崛起于八代衰弊之际，以正道挽救了天下士人的沈沦。他以忠心劝谏触犯了人主之怒，而他的勇气却能直夺三军的将帅。这难道不是受天地蕴育，事关世道盛衰，浩然正气存于国中的人吗！他曾论说天人之间的关系，认为没有人做不到的事，只是上天不能容忍伪诈。智谋可以欺蒙王公贵人，却不可以欺骗河里的豚鱼；暴力可以夺取天下，却不可以得到普通人的心。所以韩公的精诚，能够驱开衡山的乌云，却不能驱散宪宗的迷惑；能够使残暴的鳄鱼驯服，却不能平息皇甫镈、李逢吉的诽谤；能够取信于南海之滨的民众，以致建庙祭祀百世不绝，却不能使自己安安稳稳端立于朝廷之上一天。这样看来，韩公能做到的是改变自然之物；而他不能做到的，是改变人。

当初，潮州的人不知道学习，韩公命进士赵德做为他们的导师。从此潮州的士子们，都酷好学术，并以此约束自己的行为。渐渐影响到寻常百姓，一直到今天，潮州还被认为是易于治理的州郡。孔子的话讲得十分正确，他说："君子学习了道理就会热爱人民，小人学习了道理就易于治理。"潮州人敬奉韩公，每当饮食之前都一定要祭奠他，遇到水旱灾害，瘟疫流行，凡有所希望一定会向韩公祈祷。韩公的庙在州刺史衙门大堂的后面，百姓进进出出十分不便。前任知州向朝廷奏请另建一座新庙，没有得到允许。元祐五年，朝散郎王涤来潮州任知州，所有用来培养官吏治理民事的措施，一概以韩公为榜样。当地人民敬佩感服，于是王君张榜出令说："如果有愿意重新修建韩公祠庙的，一定顺从民意。"百姓都欢欣地表示乐于效力。王君在州城南面七里选择了一块土地，经过一年的修建，新庙终于落成。

有人说："韩公离开朝廷万里之遥，被贬到潮州，没到一年就回京城了。他对潮州并没有什么特殊的眷恋，这不是很显然的事吗？只是他去世后名气太大，潮州人才对他如此推崇。"苏轼说："不对。韩公的神灵在普天之下，就像是水在地下，无处不有。而潮州人不过是对他更加信任，思念也更加真挚，让他的神灵在幽明的香火中永存，就像是时时都能见到他一样。上述那种议论就好比打井打出了水，于就说水只在此处有，这是什么道理啊！"元丰七年，朝廷下诏封韩公为昌黎县伯，所以此庙的匾额定为"昌黎伯韩文公之庙"。潮州人请求把这些事刻在石碑上。所以我也作了一首诗赠给他们，让他们歌唱此诗来祭祀韩公。歌词说：

韩公当年骑着飞龙遨游在白云之上，以手拨开云雾现出日月星辰，织女星为他编织云做的衣裳。他飘飘然乘清风来到天帝身旁，为浑浊的人世扫除秕谷糟糠，他向西游历咸池而东过扶桑。使花草树木都受到阳光的普照，他追逐着李白和杜甫在天空中翱翔，驱赶得王籍和皇甫湜之流奔走僵仆。消除道教妄言牢记不忘，写文章指斥佛教的荒诞，用以讽谏君王。他观测南海窥见衡山湘水，经历了舜帝祭吊娥皇、女英的九疑山，他忍受炎热的天气面对无际的大海，制服蛟龙鳄鱼就像驱赶羊群。天界失去了贤人，天帝也感到悲伤，派遣巫阳到下界招他返回，用肥牛大鸡和酒醴作为祭奠。我敬奉光艳的红荔枝和黄香蕉，韩公不肯在人间停留我泪水滂沱，翩然起身披散长发走向荒远的大地。

峻灵王庙碑

古者王室及大诸侯国皆有宝，周有琬琰大玉，鲁有夏后氏之璜，皆所以守其社稷，镇抚其人民也。

唐代宗之世，有比丘尼若梦恍惚见上帝者，得八宝以献诸朝，且传帝命曰："中原兵久不解，腥闻于天，故以此宝镇之。"则改元宝应。以是知天亦分宝以镇世也。

自徐闻渡海，历琼至儋，又西至昌化县西北二十里。有山秀峙，海上石峰，巉然若巨人冠帽。西南向而坐者，俚人谓之山胳膊。而伪汉之世，封其山神为镇海广德王。五代之末，南夷有知望气者，曰："是山有宝气，上达于天。"舣舟其下，斫山发石以求之。夜半，大风，浪驾其舟空中，碎之石峰下，夷皆溺死。儋之父老，犹有及见败舟山上者。今独有矴石存焉耳。天地之宝，非人所得睥睨者，晋张华使其客雷焕发酆城狱，取宝剑佩之，华终以忠遇祸，坐此也夫。今此山之上，上帝赐宝以奠南极，而贪冒无知之夷，欲以力取而已有之，其诛死宜哉!

皇宋元丰五年七月，诏封山神为峻灵王，用部使者、承议郎彭次云之请也。绍圣四年七月，琼州别驾苏轼以罪谴于儋，至元符三年五月，有诏徙廉州。自念谪居海南三岁，饮咸食腥，陵暴飓雾而得生还者，山川之神实相之。谨再拜稽首，西向而辞焉。且书其事，碑而铭之。山有石池，产紫鳞鱼，民莫敢犯，石峰之侧多荔支、黄柑，得就食，持去，则有风雹之变。其铭曰：

琼崖千里块海中，民夷错居古相容。方壶蓬莱此别宫，峻灵独立秀且雄。为帝守宝甚严恭，庇荫嘉谷岁屡丰。小大逍遥远虾龙，鶢鶋安栖不避风。我浮而西今复东，铭碑晔然照无穷。

【译文】古代天子宫中和大的诸侯国君都有宝器，周王室有琬琰大玉，鲁国有夏后氏传下的璜璧，都是用来镇守自己的疆土政权，安抚国内的百姓的。

唐代宗执政的时候，有位高僧若梦恍惚之中见到天帝，得到八宝献给朝廷，并且传达天帝的旨意说："中原的战争长期不能结束，血腥之气上达天空，故而把此宝物赐给你朝，用来安定天下。"于是改年号为宝应。以此看来，上天也知道用分赠宝物来安定人世。

我从徐闻渡过大海，经过琼崖到达儋耳，又往西到达昌化县西北二十里之处。此处有一座山秀丽挺拔，海上耸起一座石峰，方正高大就像是巨人的冠帽。面向西南方而蹲踞着一块大石，当地人称之为山胳膊。五代刘汉统治期间，曾封此山之神为镇海广德王。五代末期，南方有一个精通望气的夷人说："这座山有宝气，已经上通于天了。"他带着人把船停在山下，挖山凿石来寻求宝贝。到了半夜，狂风大作，巨浪把他的船掀到空中，撞碎在石峰之下，船上的夷人都被淹死了。儋耳的父老中，还有人亲眼见到摔碎在山上的船木片。至今只剩下一块镇舟石残存于此。天地之间的宝物，不是一般人所能觊觎的，晋代张华命他的门客雷焕挖掘酆城的狱墙，取得了宝剑佩在身上，而张华最终却以忠于王室遭到杀身之祸，就是为此宝所牵累的啊。如今这座山上，天帝赐予宝物来镇定南极之地，这些贪财冒险愚昧无知的夷人，妄图凭着自身的力气取为己有，他受到神明的诛杀也就是必然了！

大宋元丰五年七月，朝廷采纳了广东转运使、承议郎彭次云的请求，下诏封此山之神为峻天王。绍圣四年七月，琼州别驾苏轼由于得罪当朝被贬谪于儋耳，到了元符三年五月，朝廷有旨命我迁到廉州居住。心中自思，贬居海南三年，喝的是咸水，吃的是腥食，屡遭狂风重雾的侵害却还能活着回到内地，实在是此地的山川之神在保佑着我。恭敬地再拜叩首，面向西边而与他们辞别。还要书写神灵之事，立块石碑在上面刻上铭文。此山有个石围的水池，出产紫鳞鲜鱼，当地土人不敢轻易冒犯，石峰边上长着不少荔枝和黄柑，可以在那里吃。如果把它们摘下带走，就出现有狂风大雹的变故。我的铭文说：

千里琼崖座落在大海之中，中原汉人和当地夷族杂居一处，是自古以来形成的。方壶、蓬莱仙岛，不过是琼海的别宫，峻灵山神独立南天俊秀而雄伟。替天帝守护宝物十分严肃虔诚，庇护着此地的谷米年年丰收。孩童老人逍遥自在，不受水族的侵害，鷞鸔安宁地栖居此处，不用逃避海上的大风。我当年飘浮向西，如今又渡海返回，留下这方碑铭，它的光芒定会普照万世。

司马温公神道碑

上即位之三年，朝廷清明，百揆时叙，民安其生，风俗一变。异时薄夫鄙人，皆洗心易德，务为忠厚，人人自重，耻言人过，中国无事，四夷稽首请命。惟西羌夏人，叛服不常，怀毒自疑，数入为寇。上命诸将按兵不战，示以形势。不数月，生致大首领鬼章青宜结阙下。夏人十数万寇泾原，至镇戎城下，五日无所得，一夕遁去。而西羌兀征声延以其族万人来降。黄河始决曹村，既筑灵平，复决小吴，横流五年，朔方骚然，而今岁之秋，积雨弥月，河不大溢。及冬，水入地益深。有北流赴海复禹旧迹之势。凡上所欲，不求而获；而其所恶，不麾而去。天下晓然知天意与上合，庶几复见至治之成，家给人足，刑措不用，如咸平、景德间也。

或以问臣轼："上与太皇太后安所施设而及此？"臣轼对曰："在《易·大有》：'上九，自天祐之，吉无不利。'孔子曰：'天之所助者，顺也。人之所助者，信也。履信思乎顺，又以尚贤也。是以'自天祐之，吉无不利。'今二圣躬信顺以先天下，而用司马公以致天下士，应是三德矣。且以臣观之，公，仁人也。天相之矣。""何以知其然也？"曰："公以文章名于世，而以忠义自结人主。朝廷知之可也，四方之人何自知之？士大夫知之可也，农商走卒何自知之？中国知之可也，九夷八蛮何自知之？方其退居于洛，眇然如颜子之在陋巷，累然如屈原之在陂泽，其与民相忘也久矣，而名震天下如雷霆，如河汉，如家至而日见之。闻其名者，虽愚无知如妇人孺子，勇悍难化如军伍夷狄，以至于奸邪小人，虽恶其害己仇而疾之者，莫不敛衽变色，咨嗟太息，或至于流涕也。元丰之末，臣自登州入朝，过八州以至京师。民知其与公善也，所在数千人，聚而号呼于马首曰：'寄谢司马丞相，慎毋去朝廷，厚自爱以活百姓。'如是者，盖千余里不绝。至京师，闻士大夫言，公初入朝，民拥其马，至不得行。卫士见公，擎跽流涕者，不可胜数。公惧而归洛。辽人、夏人遣使入朝，与吾使至虏中者，虏必问公起居。而辽人敕其边吏曰：'中国相司马矣，慎毋生事开边隙。'其后公薨，京师之民罢市而往吊，鬻衣以致奠。巷哭以过车者，盖以千万数。上命户部侍郎赵瞻、内侍省押班冯宗道护其丧归葬。瞻等既还，皆言民哭公哀甚，如哭其私亲。四方来会葬者，盖数万人。而岭南封州父老相率致祭，且作佛事以荐公者，其词尤哀。炷芗于手顶以送公葬者，凡百余人；而画像以祠公者，天下皆是也。此岂人力也哉？天相之也！匹夫而能动天，亦必有道矣。非至诚一德，其孰能使之！《记》曰：'惟天下之至诚，为能尽其性；能尽其性，则能尽人之性；能尽人之性，则能尽物之性；能尽物之性，则可以赞天地之化育矣。《书》曰：'惟尹躬暨汤，咸有一德，克享天心。，又曰：'德惟一，动罔不吉；德二三，动罔不凶。'或以千金与人而人不喜，或以一言使人而人死之者，诚与不诚故也。稽天之潦，不能终朝，而一线之溜，可以达石者，一与不一故也。诚而一，古之圣人不能加毫末于此矣，而况公乎！故臣论公之德，至于感人心，动天地，巍巍如此，而蔽之以二言，曰诚、曰一。"

公讳光，字君实，其先河内人，晋安平献王孚之后，王之裔孙征东大将军阳始葬今陕州夏县涑水乡，子孙因家焉。曾祖讳政，以五代衰乱不仕，赠太子太保。祖讳炫，举进士，试秘书省校书郎，终于耀州富平县令，赠太子太傅。考讳池，宝元、庆历间名臣，终于兵部郎中、天章阁待制，赠太师、温国公。曾祖妣薛氏、祖妣皇甫氏、妣聂氏，皆封温国太夫人。

公始以进士甲科事仁宗皇帝，至天章阁待制、知谏院。始发大议，乞立宗子为后，以安宗庙，宰相韩琦等因其言，遂定大计。事英宗皇帝为谏议大夫、龙图阁直学士，论陕西刺义勇为民患及内侍任守忠奸蠹，乞斩以谢天下，守忠竟以谴死。又论濮安懿王当准先朝封赠期亲尊属故事，天下韪之。事神宗皇帝，为翰林学士、御史中丞。西戎部将嵬名山欲以横山之众降，公极论其不可纳，后必为边患，已而果然。劝帝不受尊号，遂为万世法。及王安石为相，始行青苗、助役、农田水利，谓之新法，公首言其害，以身争之。当时士大夫不附安石，言新法不便者，皆倚公为重。帝以公为枢密副使，公以言不行，不受命。乃以为端明殿学士，出知永兴军，遂以留司御史台及提举崇福宫退居洛阳十有五年。及上即位，太皇太后摄政，起公为门下侍郎，迁正议大夫，遂拜左仆射。公首更诏书以开言路，分别邪正，进退其甚者十余人。旋罢保甲、保马、市易及诸道新行盐铁茶法，最后遂罢助役、青苗。方议取士择守令监司以养民，期于富而教之，凛凛乎向至治矣。而公卧病，以元祐元年九月丙辰朔薨于位，享年六十八。

太皇太后闻之恸，上亦感涕不已。时方祀明堂，礼成不贺。二圣皆临其丧，哭之哀甚，辍视朝。赠太师、温国公，襚以一品礼服，谥曰文正。官其亲属十人。

公娶张氏，礼部尚书存之女，封清河郡君，先公卒，追封温国夫人。子三人，童、唐皆早亡，康，今为秘书省校书郎。孙二人，植、桓皆承奉郎。以元祐三年正月辛酉葬于陕之夏县涑水南原之晁村。上以御篆表其墓道，曰忠清粹德之碑，而其文以命臣轼。

臣盖尝为公行状，而端明殿学士范镇取以志其墓矣，故其详不复再见，而独论其大概。议者徒见上与太皇太后进公之速，用公之尽，而不知神宗皇帝知公之深也。自士庶人至于卿大夫，相与为宾师朋友，道足以相信，而权不足以相休戚。然犹同己则亲之，异己则疏之，未有闻过而喜，受诲而不怒者也，而况于君臣之间乎？方熙宁中，朝廷政事与公所言无一不相违者，书数十上，皆尽言不讳。盖自敌以下所不能堪，而先帝安受之，非特不怒而已，乃欲以为左右辅弼之臣，至为叙其所著书，读之于迩英阁。不深知公，而能如是乎？二圣之知公也，知之于既同；而先帝之知公也，知之于方异。故臣以先帝为难。昔齐神武皇帝寝疾，告其子世宗曰："侯景专制河南十四年矣，诸将皆莫能敌，惟慕容绍宗可以制之。我故不贵，留以遗汝。"而唐太宗亦谓高宗："汝于李绩无恩，我今责出之，汝当授以仆射。"乃出绩于叠州都督。夫齐神武、唐太宗，虽未足以比隆先帝，而绍宗与绩，亦非公之流，然古之人君所以为其子孙长计远虑者，类皆如此。宁其身不受知人之名，而使其子孙专享得贤之利。先帝知公如此，而卒不尽用，安知其意不出于此乎？臣既书其事，乃拜手稽首，而作诗曰：

于皇上帝，子惠我民。孰堪顾天，惟圣与仁。圣子受命，如尧之初。神母诏之，匪亟匪徐。圣神无心，孰左右之。民自择相，我兴授之。其相惟何？太师温公。公来自西，一马二童。万人环之，如渴赴泉。孰不见公，莫如我先。二圣忘己，惟公是式。公亦无我，惟民是度。民曰乐哉，既相司马。尔贾于途，我耕于野。士曰时哉，既用君实。我后子先，时不可失。公如麟凤，不鸷不搏。羽毛毕朝，雄狡率服。为政一年，疾病半之。功则多矣，百年之思。知公于异，识公于微。匪公之思，神考是怀。天子万年，四夷来同。荐于清庙，神考之功。

【译文】今皇帝即位三年，朝政清廉圣明，万事井然有序，百姓安心于耕作，天下的风俗为之一变。此前那些不修德行、投机谄媚的卑鄙之人，都悔过自新，努力成为忠诚老实的人；每个人都知道爱重自己，以议论别人的长短为耻；全国上下祥和安宁，四方邻国都心悦诚服。只有西夏一国，反复不常时而归降，时而反叛，心怀奸疑，多次进犯边境。天子下令边关各位将领按兵不动，用强大的阵势进行威慑。没过几个月，便生擒了他们的大首领鬼章青宜结，并把他带到朝堂之下。西夏十几万人入侵泾原路，攻到镇戎军城下，围困五天，一无所获，只好撤兵。而羌人兀征声延率领他的部族一万人来归降。黄河最初在曹村决口，修筑了灵平堰后，又在小吴埽再次决口，大水泛滥长达五年之久，北方民众人心惶惶，而今年的秋季，一连下了一个月的雨，黄河却没有造成大的危害。到了冬季，水就越来越多地渗入地下。形势就像万水归于大海，如同当年大禹治服洪水一样。凡是天子想得到的，不用寻求就会获得；凡是天子想要革除的，不用下诏就自然消亡。天下人民深知天神之意和皇帝之心冥然相合，人们似乎重新见到了太平盛世。家家富足，国家刑罚几乎闲置无用，如同咸平、景德年间一样。

有人问臣苏轼："皇上与大皇太后采取了什么措施而达到如此的大治？"臣苏轼回答说："《易·大有》上说：'上九，上天保佑于民，大吉，没有不利。'孔子说：'上天都来辅佐的，是和顺。贤人来辅佐的，是仁信。遵循仁信而求和顺，又尊崇贤德之人。这就是'上天保佑下民，大吉，没有不利。'如今皇上和太皇太后二位圣主以仁信和顺为本，心中记挂着天下万民。而又重用司马公以网罗天下的贤能人才，这应该说是同时具有三种美德了。况且在我看来，司马公，确实是位仁德的人。是上天使他来辅佐朝廷啊。""你是怎么知道的呢？"我这样回答他们："司马公早就以文章德行受人推崇，又以忠诚信义受到天子信任。朝廷了解他不足为奇，四面八方的人是从哪里了解他的呢？士大夫了解他不足为奇，农夫商贾士兵又是从哪里了解他的呢？国内士民了解他不足为奇，邻国蛮夷又是从哪里了解他的呢？听我慢慢告诉你：当他离开国都住在洛阳时，就像是颜回住在陋巷，无人知道；就像是屈原游于河塘，形单影只，按说应该是早就被人们遗忘了，然而他的名字却像惊雷一样震荡天下，像天上的星斗一样灿烂，像走入了每家每户而人们每天都能见到他。一说起他的名字，纵然是愚昧无知的妇女和孩子，勇猛剽悍难以驯顺的士卒蛮夷，乃至那些奸险邪佞的小人，纵然是嫉恨他损害自己的利益而怀恨在心的人，没有一个不规规矩矩，肃然起敬，深深叹惋，甚至流下眼泪。元丰末年，我从登州卸任回朝复命，经过八个州郡到达京城，百姓们听说我与司马公关系友善，每到一处，便有上千人围在我的马前，大声哭号呼喊着说：'烦大人转告司马丞相，千万不要离开朝廷，多多珍重自己以拯救天下的苍生百姓。'像这样的场面，在千里之遥的路途上处处如此。到了京城，听士大夫们说，司马公刚刚入朝时，百姓拥挤在他马前，以至不能行走，卫兵们见到司马公，举手跪拜的多得数不清。司马公心中惶恐，所以匆匆回到洛阳。契丹、西夏派遣到我国的使节或我国派遣使节到外国出使，他们一定会询问司马公的情况。契丹国主还给他们边关的将吏下命令说：'大宋已经任命司马光为宰相了，你们要谨慎，不可挑起事端。'后来司马公逝世，京师的百姓自动关闭了集市而去为他吊唁，不少人卖掉衣服购买祭品，在街巷两边哭着护送灵车的有成千上万的人。天子命户部侍郎赵瞻、内侍省押班冯宗道护送他的灵柩归葬。赵瞻等人返回京城后，都说百姓为司马公哭得十分悲恸，就像是在哭他们自己的父母。四面八方赶来参加葬礼的人，有数万人之多。连岭南封州的父老都结伴为他祭奠，并大作佛事来超度司马公的亡灵，悼念之词特别哀痛。手里举着香烛为他送葬的，也有一百多人。而供奉他的画像日夜祭祀司马公的人，可以说天下皆是。这难道是靠人力所能达到的吗？实在是上天使他成为这样一位宰相啊！一个普通人而能感动上天，自有他的道德的力量。如果不是始终如一忠诚无私，谁能使他受到人们如此的怀念！《礼记》说：'使天下充满诚信，那是因为不泯灭他的本性；能发扬天意，就能使万民不泯灭他们的本性；万民的本性得以舒展，就能使万物不泯灭它的本性；使万物畅茂，就可以使自己的功业受到天地神灵的佑助了。'《尚书》说：'伊尹诚心辅佐商朝，始终如一，使万民归心。'又说：'只有始终保持仁德，才能使万事吉祥；如果朝三暮四，那么必然遭逢凶险。'有的人送给别人千两黄金也不能让人高兴，有的人只须说上一句话，而别人就心甘情愿为他去死，这就是看他有诚心和没诚心的缘故。

再大的雨水，也不能保留一天，可是细如一线的滴水，却可以穿透石头，就是一贯与不一贯的缘故。有诚心而又坚持一贯，那么就是古代的大圣人也不能再超越他一丝一毫了，何况是司马公这样的人啊！所以我说司马公的德行，能够到达感动万民之心，震动天地鬼神，巍峨峻伟，用两个词就可以概括，一是诚挚、二是一贯。”

司马公名叫光，字君实，他的祖先是河内郡人，晋朝安平献王司马孚的后裔，安平献王的嫡孙、征东大将军司马阳死后埋葬在今陕州夏县涑水乡，他的子孙便在此处安了家。曾祖名叫政，由于五代战乱无道，没有做官，死后赠太子太保。祖父名叫炫，考中进士第，试秘书省校书郎，死在耀州富平县令任上，赠太子太傅。父亲名叫池，是宝元、庆历间的著名大臣，终官于兵部郎中、天章阁待制，赠宫太师、温国公。曾祖母薛氏、祖母皇甫氏、母聂氏，都封为温国太夫人。

司马公最初考中进士甲科，在仁宗朝为官，官至天章阁待制、知谏院。他首倡大议，请求仁宗挑选宗族子弟为皇位继承人，以此来稳定国家社稷。宰相韩琦等人根据他的建议，终于促成了这件大事。司马公在英宗朝担任谏议大夫、龙图阁直学士，论奏陕西路集结义勇军成为扰民之祸以及内侍宦官任守忠奸佞不法，请求处死他来安定天下，后来任守忠因为司马公的揭发而遭贬谪致死。又论奏濮安懿王应当依照前朝封赠尊崇父亲的制度，天下士民都十分赞成。在神宗朝中，担任翰林学士、御史中丞。西夏部落头领嵬名山想率领横山的民众归降宋朝，司马公极力论述不能接纳他们，认为此后必会成为边境之患，后来果真被他言中。他劝谏神宗不要接受大臣所进的尊号，神宗把这个建议定为一项制度。到王安石做了宰相，开始推行青苗、助役、农田水利等法令，称为新法。司马公率先论说新法的弊端，亲自入朝争辩。当时士大夫不愿依附王安石，上言新法害民的，都把司马公当做旗帜。神宗任司马公为为枢密副使，司马公因为自己的主张不被采纳而没有接受任命。于是以端明殿学士出任永兴军知军。又以西京留司御史台和提举西京嵩山崇福宫的闲职退居洛阳十五年。到今皇帝即位，太皇大后听政，提拔司马公为门下侍郎，迁官正议大夫，拜为左仆射。司马公率先提出更改诏书，广开言路，辨别忠奸，提拔任用优秀人才，贬退了邪佞小人十几个。接着又废除了保甲、保马、市易和各路不久前推行的盐、铁、茶法，最后便废止了助役、青苗二法。当时他又提议拣选贤士、慎重任用守臣、县令和各路转运判官、提点刑狱，以便使人民得到休养，待生活富足了，再施以教化。国家大有欣欣向荣达到大治的气象了。不幸司马公却患了重病，于元祐元年九月丙辰朔逝世于职任之上，终年六十八岁。

太皇太后听到这个消息十分悲恸，皇上也不住地感叹流泪。当时正值天子亲赴明堂祭祀先祖，祭礼完毕不等百官祝贺，皇帝和太皇太后就都来到他的灵堂，哭得十分悲痛，并为此罢朝。追赠太师、温国公，赠给一品的丧葬礼服，加谥号为文正。又为他的十位亲属授了官职。

夫人张氏，是礼部尚书张存的女儿，封为清河郡君，在司马公过世前去世，追封为温国夫人。有三个儿子：司马童、司马唐都很早就死了。司马康，今任秘书省校书郎。两个孙子：司马植、司马桓，都是承务郎。于元祐三年正月辛酉，安葬于陕州夏县涑水乡南面的晁村。皇上亲自篆写碑额旌表于他的墓道，写的是“忠清粹德之碑”。又命臣苏轼为司马公撰写碑文。

我曾经为司马公写过行状，端明殿学士范镇根据此状写了墓志铭，所以关于司马公的详细履历和业绩就不再重复，只就大的方面略做讲述。议论司马公的人只看见皇上与太皇太后提升他很快，事事听从他的建议，却不知神宗皇帝对他的了解是何等深透。那些士子平民乃至公卿大夫，虽然结交为宾客朋友，深感他人的议论足以相信，但因为权势相争，也很难同舟共济。仍旧是亲近赞同自己的人疏远不赞同自己的人，没真正见过有听到别人的批评就高兴，受到别人的教训而不愤怒的人，更何况是天子和大臣之间呢？熙宁年间，朝廷所奉行的政策和司马公提出的议论没有一件不是针锋相对的，司马公前后上书几十次，都是慷慨直言，对自己的立场毫不隐讳。那些话是连同级甚至下级官吏都不能忍受的，可是先皇帝却安然听取，不但是不恼怒而已，还想让他担任辅弼朝政的重臣。甚至于亲自为司马公所编纂的书作序，命讲官在迩英阁为自己诵读。如果不是深深地了解司马公，能做到这一步吗？今皇帝和太皇大后了解司马公，是在政见相同的基础上心心相通；而先皇帝了解司马公，却是在政见不同的基础上。所以我认为先皇帝更为难能可贵。当年北齐神武皇帝高欢病重，对他的儿子世宗文襄皇帝高澄说："侯景盘踞在河南十四年了，将领们都没有力量与他抗衡，只有慕容绍宗可以制服他。所以我在世时故意不提拔他，把他留给你。"唐太宗也对高宗说："你对于李绩没有恩惠，我如今把他贬出朝廷，你执政后，应该授给他尚书仆射之职。"于是贬李绩到叠州任都督。北齐神武皇帝和唐太宗，虽然不足以与先帝相比，而且慕容绍宗与李绩，也难与司马公相提并论，但古代的君王为他们的子孙筹划长远大计的作法，大致是相同的。宁肯自己蒙受不善用人的恶名，而使他们的子孙获得任用贤人的实利。先皇帝如此了解司马公，可最终却没有重用他，怎么知道他的本意不是出于这样的考虑呢？我写完司马公的事迹，于是再拜叩首而作铭诗说：

高天上帝，施惠于人间万民。用什么可以仰答上天？只有圣明和仁德。圣明的太子上承天命，就像唐尧刚刚施政。神明的太皇太后辅佐君王，治国之道不急不缓。二圣淡然虚怀，谁来辅佐他们？万民自己选择了宰相，圣明的君王便授权给他。这位宰相是何人？他就是太师、温国公司马公。公自西洛进京，只有一匹马和两个小童。上万的百姓围住了他，就像干渴的人奔向清泉。谁不愿意见到司马公？争先恐后地围拢过来。二圣虚怀纳谏，事事以司马公的议论为准。司马公也更加忘我，一心一意顺从民众的意愿。自从司马公当了宰相，全国上下祥和欢乐。你贩卖于路途，我耕种于田野。士大夫们交口赞叹，启用司马公为相之后，自己逢到了好时机。争先恐后求取上进，都认为不可错过良机。司马公就像麒麟凤凰，从不搏击而百鸟来朝，群兽畏服。执政一年之中，半年是带病理事。他的功业太多了，留给人们无尽的思念。神宗皇帝了解司马公于政见不同之时，拔擢司马公于地位低微之际。如果没有对司马公的百年思念，怎能使人们对神宗更难忘怀。举国之内，永世之间，四夷邻国，众口一辞。司马公将被配飨于宗庙之中，这终究是神宗皇帝的仁德。

赵清献公神道碑

故太子少师清献赵公既薨之三年，其子屼除丧，来告于朝曰："先臣既葬，而墓隧之碑无名与文，无以昭示来世，敢以请。"天子曰："嘻！兹予先正，以惠术扰民如郑子产，以忠言摩上如晋叔向。"乃以爱直名其碑，而又命臣轼为之文。

臣轼逮事仁宗皇帝。盖尝窃观天地之圣德，而窥日月之末光矣。未尝行也，而万事莫不毕举；未尝视也，而万物莫不毕见。非有他术也，善于用人而已。惟清献公擢自御史。是时将用谏官、御史，必取天下第一流，非学术才行备具，为一世所高者不与。用之至重，故言行计从，有不十年而为近臣者；言不当，有不旋踵而黜者。是非明辨，而赏罚必信。故士居其官者少妄，而天子穆然无为，坐视其成。奸宄消亡，而忠良全安。此则清献公与其僚之功也。

公讳抃，字阅道。其先京兆奉天人。唐德宗世，植为岭南节度使。植生隐，为中书侍郎。隐生光逢、光裔，并掌内外制，皆为唐闻人。五代之乱，徙家于越。公则植十世从孙也。曾祖讳昙，深州司户参军。祖讳湘，庐州庐江尉，始家于衢，遂为西安人。考讳亚才，广州南海主簿。公既贵，赠曾祖太子太保，妣陈氏安国太夫人；祖司徒，妣袁氏崇国太夫人，俞氏光国太夫人；考开府仪同三司，封荣国公，妣徐氏魏国太夫人，徐氏越国太夫人。

公少孤且贫，刻意力学，中景祐元年进士乙科。为武安军节度推官。民有伪造印者，吏皆以为当死。公独曰："造在赦前，而用在赦后。赦前不用，赦后不造，法皆不死。"遂以疑谳之，卒免死。一府皆服。阅岁，举监潭之粮料。岁满，改著作佐郎，知建州崇安县，徙通判宜州。卒有杀人当死者，方系狱，病痈，未溃，公使医疗之，得不瘐死。会赦以免。公爱人之周，类如此。

未几，以越国丧，庐于墓三年，不宿于家。县榜其居里为孝弟，处士孙处为作《孝子传》。终丧，起知泰州海陵，复知蜀州江原。还，通判泗州。泗守昏不事事，监司欲罢遣之，公独左右其政。而晦其所以然，使若权不己出者。守得以善去。濠守以廪赐不如法，士卒谋欲为变，或以告，守恐怖。日未夕，辄闭门不出。转运使徙公治濠。公至，从容如平日，濠以无事。

曾公亮为翰林学士，未识公，而以台官荐，召为殿中侍御史。弹劾不避权幸，京师号公铁面御史。其言常欲朝廷别白君子小人。以谓小人虽小过，当力排而绝之，后乃无患；君子不幸而有诖误，当保持爱惜，以成就其德。故言事虽切，而人不厌。

温成皇后方葬，始命参知政事刘沆监护其役。及沆为相而领事如故。公沦其当罢，以全国体。复言宰相陈执中不学无术，且多过失。章十二上，执中卒罢去。王拱辰奉使契丹，还，为宣徽使。公言拱辰平生所为及奉使不如法事，命遂寝。复言枢密使王德用、翰林学士李淑不称职，皆罢去。是时邵必为开封推官，以前任常州失入徒罪自举遇赦而犹罢，监邵武酒税；吴充、鞠真卿发礼院吏代书事，吏以赎论，而充、真卿皆出知军；吕景初、马遵、吴中复弹奏梁适，适以罢相，而景初等随亦被逐；冯京言吴充、鞠真卿、刁约不当以无罪黜，而京亦夺修起居注。公皆力言其非是。必以复职知军，充、真卿、约、景初、遵皆召还京中，复皆许补故阙。先是，吕溱出守徐，蔡襄守泉，吴奎守寿，韩绛守河阳。已而欧阳修乞蔡，贾黯乞荆南。公即上言：“近日正人贤士，纷纷引去，忧国之士，为之寒心，侍从之贤，如修辈无几。今皆欲请郡者，以正色立朝，不能谄事权要，伤之者众耳。”修等由此不去，一时名臣赖之以安。仁宗晚岁不豫，而太子未定，中外汹惧。及上既康复，公请择宗室贤子弟教育于宫中，封建任使，以示天下大本。

已而求郡，得睦。睦岁为杭市羊，公为移文却之。民籍有茶税，而无茶地，公为奏蠲之，民至今称焉。

移充梓州路转运使，未几，移益。两蜀地远而民弱，吏恣为不法，州郡以酒食相馈饷，衙前治厨传，破家相属也。公身帅以俭，不从者请以违制坐之，蜀风为之一变。穷城小邑，民或生而不识使者，公行部，无所不至，父老惊喜相慰，奸吏亦竦。

以右司谏召，论事不折如前。入内副都知邓保信引退兵董吉以烧炼出入禁中，公言："汉文成、五利，唐普思、静能、李训、郑注，多依宦官以结主，假药术以市奸者也，其渐不可启。"宋庠为枢密使，选用武臣，多不如旧法，至有诉于上前者。公陈其不可。陈升之除枢密副使，公与唐介、吕诲、范师道同言升之交结宦官，进不以道。章二十余上，不省，即居家待罪。诏强起之，乃乞补外，二人皆相次去位，公与言者亦罢。

公得虔州，地远而民好讼。人谓公不乐，公欣然过家上冢而去。既至，遇吏民简易，严而不苛，悉召诸县令告之，为令当自任事，勿以事诿郡。苟事办而民悦，吾一无所问。令皆喜，争尽力，虔事为少，狱以屡空。改修盐法，疏凿灨石，民赖其利。虔当二广之冲，行者常自虔易舟而北。公间取余材，造舟得百艘。移二广诸郡，曰："仕宦之家，有父兄没而不能归者，皆移文以遣，当具舟载之。"至者既悉授以舟，复量给公使物，归者相继于道。

朝廷闻公治有余力，召知御史杂事。不阅月，为度支副使。

英宗即位，奉使契丹。还，未至，除天章阁待制、河北都转运使。时贾昌朝以使相判大名府，公欲按视府库，昌朝遣其属来告，曰："前此，监司未有按视吾事者。公虽欲举职，恐事有不应法，奈何？"公曰："舍大名，则列郡不服矣。"即往视之。昌朝初不说也，前此有诏募义勇，过期不足者徒二年，州郡不时办，官吏当坐者八百余人。公被旨督其事，奏言："河朔频岁丰熟，故募不如数，请宽其罪，以俟农隙。"从之。坐者得免，而募亦随足。昌朝乃愧服曰："名不虚得矣。"

旋除龙图阁直学士、知成都。公以宽治蜀，蜀人安之。初，公为转运使，言蜀人有以妖祀聚众为不法者，其首既死，其为从者宜特黥配。及为成都，适有此狱，其人皆惧，意公必尽用法。公察其无它，曰："是特坐樽酒至此耳。"刑其为首者，余皆释去。蜀人愈爱之。会荣諲除转运使，陛辞，上面谕曰："赵某为成都，中和之政也。"

神宗即位，召知谏院。故事，近臣自成都还，将大用，必更省府，不为谏官。大臣为言。上曰："用赵某为谏官，赖其言耳。苟欲用之，何伤！"及谢，上谓曰："闻卿匹马入蜀，以一琴一龟自随，为政简易，亦称是耶？"公知上意将用其言。即上疏论吕诲、傅尧俞、范纯仁、吕大防、赵瞻、赵鼎、马默皆骨鲠敢言，久谴不复，无以慰缙绅之望。上纳其说。郭逵除签书枢密院事，公议不允。公力言之，即罢。

居三月，擢右谏议大夫、参知政事。感激思奋，面议政事，有不尽者，辄密启闻。上手诏嘉之。公与富弼、曾公亮、唐介同心辅政，率以公议为主。会王安石用事，议论不协。既而司马光辞枢密副使，台谏侍从，多以言事求去。公言："朝廷事有轻重，体有大小。财利于事为轻，而民心得失为重；青苗使者于体为小，而禁近耳目之臣用舍为大。今不罢财利而轻失民心，不罢青苗使者而轻弃禁近耳目。去重而取轻，失大而得小，非宗庙社稷之福，臣恐天下自此不安矣。"言入，即求去。四上章，不许。熙宁三年四月，复五上章，除资政殿学士、知杭州。

公素号宽厚，杭之无赖子弟以此逆公，皆骈聚为恶。公知其意，择重犯者率黥配他州，恶党相帅遁去。

未几，徙青州。因其俗朴厚，临以清净。时山东旱蝗，青独多麦，蝗自淄、齐来，及境遇风，退飞堕水而尽。

五年，成都以戍卒为忧，朝廷择遣大臣为蜀人所爱信者，皆莫如公，遂以大学士知成都。然意公必辞，及见，上曰："近岁无自政府复往者，卿能为我行乎？"公曰："陛下有言即法也，岂顾有例哉！"上大喜。公乞以便宜行事，即日辞去。至蜀，默为经略，而燕劳闲暇如他日，兵民晏然。一日，坐堂上，有卒长在堂下。公好谕之曰：“吾与汝，年相若也。吾以一身入蜀，为天子抚一方。汝亦宜清慎畏戢以帅众，比戍还，得余赀，持归为室家计可也。”人知公有善意，转相告语，莫敢复为非者。剑州民李孝忠集众二百余人，私造符牒，度人为僧。或以谋逆告，狱具。公不畀法吏，以意决之，处孝忠以私造度牒，余皆得不死。喧传京师，谓公脱逆党。朝廷取具狱阅之，卒无以易也。茂州蕃部鹿明玉等蜂聚境上，肆为剽掠。公亟遣部将帅兵讨之，夷人惊溃乞降，愿杀婢以盟。公使喻之，曰：“人不可用，用三牲可也。”使至，已絷婢引弓，将射心取血。闻公命，欢呼以听。事讫，不杀一人。

居二岁，乞守东南，为归老计，得越州。吴越大饥，民死者过半。公尽所以救荒之术，发廪劝分，而以家赀先之，民乐从焉。生者得食，病者得药，死者得藏。下令修城，使民食其力。故越人虽饥而不怨。

复徙治杭。杭旱与越等，其民尤病。既而朝廷议欲筑其城。公曰：“民未可劳也。”罢之，钱氏纳国，未及百年，而坟庙堙圮，杭人哀之。公奏因其所在，岁度僧、道士各一人，收其田租，为岁时献享营缮之费。从之，且改妙因院为表忠观。

公年未七十，告老于朝，不许。请之不已，元丰二年二月，加太子少保致仕，时年七十二矣。退居于衢，有溪石松竹之胜，东南高士多从之游。朝廷有事郊庙，再起公侍祠，不至。屼通判温州，从公游天台、雁荡，吴越间荣之。屼代还，得见。上顾问公，甚厚。以屼提举浙东西常平，以便其养。屼复侍公游杭。始，公自杭致仕，杭人留公不得行。公曰：“六年当复来。”至是适六岁矣。杭人德公，逆者如见父母。以疾还衢，有大星陨焉。二日而公薨，实七年八月癸巳也。

讣闻，天子辍视朝一日，赠太子少师。十二月乙酉，葬于西安莲华山，谥曰清献。公娶徐氏，东头供奉官度之女，封东平郡夫人，先公十年卒。子二人，长曰岏，终杭州於潜县令；次即屼也，今为尚书考功员外郎。

公平生不治产业，嫁兄弟之女以十数，皆如已女。在官，为人嫁孤女二十余人。居乡，葬暴骨及贫无以敛且葬者，施棺给薪，不知其数。少育于长兄振，振既没，思报其德。将迁侍御史，乞不迁，以赠振大理评事。

公为人和易温厚，周旋曲密，谨绳墨，蹈规矩。与人言，如恐伤之。平生不畜声伎，晚岁习为养气安心之术，翛然有高举意。将薨，晨起如平时，屼侍侧，公与之诀，词色不乱，安坐而终。不知者以为无意于世也。然至论朝廷事，分别邪正，慨然不可夺。宰相韩琦尝称赵公真世人标表，盖以为不可及也。

公为吏，诚心爱人，所至崇学校，礼师儒。民有可与，与之；狱有可出，出之。治虔与成都，尤为世所称道。神宗凡拟二郡守，必曰："昔赵某治此，最得其术。"冯京相继守成都，事循其旧，亦曰："赵公所为，不可改也。"要之以惠利为本。然至于治杭，诛锄强恶，奸民屏迹不敢犯。盖其学道清心遇物，而应有过人者矣。铭曰：

萧望之为太傅，近古社稷臣，其为冯翊，民未有闻；黄霸为颍川，治行第一，其为丞相，名不迨昔。孰如清献公，无适不宜。邦之司直，民之父师。其在官守，不专于宽，时出猛政，严而不残。其在言责，不专于直，为国爱人，掩其疵疾。盖东郭顺子之清，孟献子之贤，郑子产之政，晋叔向之言，公兼而有之，不几于全乎！

【译文】已故太子少师赵清献公去世三年之后，他的儿子赵屼守丧期满，入朝禀奏说："先父大臣安葬之后，墓道的碑还未有题额与碑文，无法使他的功绩昭示后人，臣冒然上奏，请赐碑额和碑文。"天子说："啊！他也是先帝的旧臣，用惠民之术安抚百姓，像郑国的子产，用忠直之言讽谏天子，像晋国的叔向。"于是为他的墓碑题名为"爱直"，又命臣苏轼为赵公撰写碑文。

臣苏轼赶上事奉前朝仁宗皇帝。曾私下仰观天地间的圣德，窥见日月的光辉。仁宗还未来得及推行政令，而天下大事没有一件不是早已做好；还未出行巡视，而天下万物没有不知道的。这并不是仁宗皇帝有什么特异之术，只是善于用人罢了。赵清献公是从御史拔擢起来的。当时朝廷非常重视谏官和御史，担任此职的必要选取天下最杰出的人才，不是学术文才德行兼备，确实受到当世所崇敬的人不授此职。由于选拔时如此慎重，所以朝廷对他们的议论十分重视，言听计从。这些人中有不到十年而升为宰辅的；也有因为言论不当，立即遭到罢黜的。是非标准十分明确，而且奖赏和惩罚也很分明。所以担任此职的官员很少率意发表言论，而天子则穆穆庄重，无为而治，稳坐朝堂而国家富强。奸邪之辈退避消失，而忠臣良将则专心于朝廷大事，不必担心受到诬陷。这都是赵公和他的同僚们所建的大功。

赵公名叫抃，字阅道。他的祖先是京兆府奉天县人。唐德宗朝时，赵植担任岭南节度使。赵植生赵隐，任中书侍郎。赵隐生赵光逢和赵光裔，都曾担任翰林学士和中书舍人，他们都是唐朝时知名的大臣。由于五代纷争，天下大乱，于是把家迁到越地。清献公是赵植的第十世代从孙。他曾祖名叫昙，任深州司户参军。祖父名叫湘，任庐州庐江县尉，从这一代迁居于衢州，就成为西安县人。父亲名叫亚才，任广州南海县主簿。赵清献公地位尊贵之后，追赠他的曾祖父为太子太保，曾祖母安氏为安国太夫人；追赠他的祖父为司徒，祖母袁氏为崇国太夫人，祖母俞氏为光国太夫人；追赠他父亲为开府仪同三司，封为荣国公，母亲徐氏为魏国太夫人，母亲徐氏为越国大夫人。

赵公少年丧父，家境贫寒，但他刻苦学习，孜孜不倦，考中景祐元年乙科进士。被授为武安军节度推官。州里有伪造官印的人，州中的官吏们都认为应当处以死罪。只有赵公说："伪造印章的事发生在大赦之前，而使用印章在大赦之后。大赦之前没有使用印章，大赦之后没有伪造印章，按照法律都不符合死刑。"于是以疑狱上奏复议，案犯终于都免于一死。合府上下都佩服他的判断。过了一年，被举荐担任监察潭州的粮料院。任满之后，改官著作佐郎，知建州崇安县，又迁任宜州通判。州里有个杀了人应当判死罪的士卒，刚刚被捕入狱，患了毒痈，还没有溃烂，赵公派医生为他治疗，此人得以没有病死在狱中。正巧赶上朝廷大赦，被免除了死罪。赵公怜爱他人非常周到，诸如此类的事很多。

没过多久，因为母亲徐氏去世，在墓前结庐守孝三年，从不回家歇住。县令为他的居第挂了一块表彰他的匾额，题为"孝弟"，处士孙处又为他写了一篇《孝子传》。守丧期满后，起用为泰州海陵县知县，又为蜀州江原县知县。任满回朝，升为泗州通判。泗州太守终日昏昏噩噩，不理民事，监察部门想奏请罢免他，赵公独力操持州事。并不使别人知道内情，使外人看来好像并不是自己在料理州事。知州得以没被弹劾，正常离任而去。濠州知州因发给士卒的公粮不合规定，士兵们谋划叛乱，有人把此事告诉了知州，知州惊恐万状。天还没黑，就关起大门不敢出去了。转运使调赵公治理濠州。赵公到任后，面色从容就像平常一样处理公务，濠州得以没有出事。

曾公亮担任翰林学士，还没见到过赵公，就举荐他担任御史贵，京城称之为铁面御史。他发表议论，经常提醒天子要明辨君子小人。他说：那些奸邪之辈即使是犯了小小的过失，也要极力清除他们，其后才能没有祸患；而正直的君子不小心有了失误，则应当保护爱惜他们，以便使他们能对朝廷有所贡献。所以他虽然议论坦率恳切，但士大夫们并不反感他。

温成皇后逝世后，最初命参知政事刘沆负责监管处理治丧之事。到刘沆升为宰相后仍旧兼管这事。赵公议论说应当解除刘沆兼管护丧之职，以保全国家体统。又说宰相陈执中不学无术，而且执政期间屡有过失。一连上了十二份奏章，陈执中终于被罢免了职务。王拱辰奉命出使契丹，回朝后，升为宣徽使。赵公奏论王拱辰平生为非作歹和奉命出使不遵守朝廷法度等事，王拱辰升迁的命令便被追回。又弹奏枢密使王德用、翰林学士李淑不能胜任所居职务，二人都被罢免。当时邵必任开封推官，由于他此前任常州知州时误判州民徒刑，虽然自己已上疏请罪，又遇到大赦，可还是被降职，去任邵武军监酒税；吴充、鞠真卿揭发太常礼院的小吏代写奏章之事，小吏被定罪，以钱自赎，而吴充、鞠真卿二人也被迫出京担任知军；吕景初、马遵、吴中复弹劾梁适，虽然梁适因此而被罢免了宰相之职，但是吕景初等人随后也被贬出京城；冯京论说吴充、鞠真卿、刁约不应当以无罪而遭贬黜，结果冯京也被罢免了修起居注的职务。赵公都上疏极力为他们辩白，认为对他们的处罚不当。于是，邵必恢复了知军的官职，吴充、鞠真卿、刁约、吕景初、马遵也都被召回京师，随后又都被准许恢复原来的职务。此前，吕溱出任徐州知州，蔡襄出任泉州知州，吴奎出任寿州知州，韩绛出任河阳三城节度使。随后欧阳修又请求知蔡州，贾黯请求知荆南府。赵公上奏说："近日来正直贤能的大臣纷纷离开朝廷，使关心国家盛衰的人们为此感到寒心，侍从官中贤能如欧阳修这样的人没有几个。如今都想请求出朝担任郡守的原因，就是因为他们是以刚正不阿立于朝堂，不能对当权的大臣逢迎谄媚，权臣伤害的人太多了。"欧阳修等人才得以没有被迫离开朝廷，当时不少的忠直大臣也由此得到保护。仁宗晚年得病，而太子还没有确定，朝廷内外一片恐惧。等到仁宗康复之后，赵公奏请选择宗室中贤德的子弟入宫接受教育，封给他们官爵，让他们得到任使，以朝廷社稷后继有人来昭示天下。

不久，请求外任知州，得到知睦州的任命。睦州每年都要接受杭州卖来的羊，赵公往杭州发出公文谢绝了这项交易。睦州民户的税赋中有茶税一项，可他们并没有茶地，赵公上奏朝廷，免除了此项税务，睦州的百姓至今都在称颂他。

迁任梓州路转运使，没过多久，改任益州转运使。东西两蜀地处偏远，而民风懦弱，当地的官吏们恣意敲诈，横行不法。州官用美酒佳肴互相馈赠，衙门前就架起锅灶，而民众家破人亡的却到处都是。赵公以自身的节俭作为表率，要求下属都要如此，如有不遵从的，便以违背朝命定罪处罚。蜀中的风气大大改变。有些贫困的小城小邑，那里的人从生下来就没见过朝廷的官员。赵公巡视境内，没有他不走到的地方，乡间的父老又惊又喜互相宽慰，奸贪的地方官吏也为此大大收敛。

朝廷以右司谏之职召回赵公，他刚正不折，一如既往。入内副都知邓保信带着一个名叫董吉的退役兵卒，以炼丹的名义出入于宫掖，赵公说："汉朝的文成、五利，唐朝的普思、静能、李训、郑注，大都是凭借宦官的势力来巴结天子，假借烧炼之术来兜售他们的奸邪，这个头不能开。”宋庠担任枢密使，选用武将大多都不遵照既定的法度，引起诸将不满，乃至有直接告到天子面前的。赵公上疏说宋庠的做法不能继续。陈升之被任命为枢密副使，赵公与唐介、吕诲、范师道共同上言陈升之勾结宦官，用不正当的途径得到升迁。一连上了二十多本奏议，天子还是不省悟，坚持己见。于是赵公不再上朝，等待降罪。朝廷下诏强令他上朝，赵公就请求出朝担任地方官。宋庠、陈升之二人相继被罢免，赵公和唐介等一起上奏的大臣也同时遭到罢黜。

赵公被命为虔州知州，虔州地处偏远，民众喜好争斗诉讼。人们认为赵公会不乐意接受这个任命，而赵公却欣然地路过家乡，祭罢祖先后立即赴任。到了虔州，对待属官和百姓都从简约束，执法虽然严厉却不苛酷。他召集所有的属县县令告诉他们说，身为县令应当亲自处理政事，不要把事都推倒州里，如果该办的事都办了，一县之民欢欢喜喜，我绝不过问一件事。县令们都很高兴，争相效力，虔州的事端骤然减少，监狱中多次没有犯人可关押。又修改了盐法，疏通河道开凿了赣江中的礁石，百姓从中获得了利益。虔州正当广东、广西的交通要冲，来往的行人经常从虔州换船继续北行。赵公从建筑工程中征集一些多余的木材，打造了一百多艘舟船，并发公文给两广各州郡，说：“朝廷官员的家属，如有父亲兄长死在当地而无力返回家乡的，请发给他们公文遣送到此，我会派给他们舟船送他们回去。”凡是来到虔州的，赵公就都派给他们舟船，又发给他们一定数量的公家物品。因此，得以返回家乡的人络绎不绝。

朝廷闻知赵公治理州郡的能力大大有余，于是召他回朝担任侍御史知杂事。没过一个月，升为度支副使。

英宗即位后，赵公奉命出使契丹，在回朝的路上，就迁官天章阁待制，任河北都转运使。当时贾昌朝以宰相的资格担任大名府知府。赵公要视察检点府中的仓库，贾昌朝派遣部属来转告他说：“你以前的转运使没有查点本府仓库的。你虽然是想尽职尽责，只恐此事不合法令。你看怎么办？”赵公曰：“如果我不清点大名府，那么其他州郡的官员就会不服气了。”随即前往检查。贾昌朝最初对他很不满意，在此之前，朝廷曾下诏召募义勇军，责令州县官吏：超过期限没召够的，处以两年徒刑，许多州郡都没能按时完成，官吏们应当受到处罚的有八百多人。赵公受朝廷之命督查此事，他上奏说：“河北一带连年丰收，所以召募不到足够的人数，请求朝廷宽限他们的过失，等待农闲时再补足名额。”朝廷听从了他的建议。那些应当受到处罚的人得以幸免，随后召募的人数也凑足了；贾昌朝才感到惭愧，佩服地说：“赵公真是名不虚传。”

赵公很快就官任龙图阁直学士、成都知府。他以宽松的政治治理蜀郡，蜀人都安居乐业。当初，赵公做转运使时，曾说过蜀人有借祭祀妖怪为名聚众横行霸道的，他们的首领虽已被处死，其余的从犯也应该黥刑流放到边远之地。到了他任成都知府时，正好又赶上类似的案件，犯人都十分恐惧，料想赵公必然会用最严厉的法律。赵公审察了这些人并没有做多少坏事，就说：“这些人只是喝多了酒才到了这个地步罢了。”判处了为首的人，其余的都释放回家。蜀人更加敬爱他。正巧荣湮被命为四川转运使，入朝辞行时，英宗叮嘱他说：“赵抃知成都，采用的是宽缓之政。”

神宗皇帝即位之后，召赵公知谏院。按以往的传统，朝廷大臣凡是从知成都任满回朝的，都是准备要重用的，一定会提拔到台省政府中任职，不再担任谏官。大臣把这个意见奏明神宗。神宗说：“任用赵抃做谏官，就是想依赖他的敢于直言。这就是对他的重用，谏官的职位对重用他有什么妨碍呢！”赵公上朝谢恩时，神宗对他说：“听说你单身骑马进入蜀中，只有一张琴和一只龟随身携带，处理民政简明畅达，不是正符合这两件东西的象征吗？”赵公明白天子将会采用他的言论，于是上疏论奏吕诲、傅尧俞、范纯仁、吕大防、赵瞻、赵鼎、马默等人都是纯正坦诚敢于直言的人，他们被贬谪多年仍不重新起用，这样做不能给朝臣们带来希望。神宗皇帝采纳了他的意见。郭逵除授签书枢密院事，众人都认为提拔他很不公正。赵公极力上疏议论此事，朝廷立即撤消了这个任命。

居宫三个月，被提拔为右谏议大夫、参知政事。赵公感动激奋，与天子对面议论朝政，有不便当众说的，就都写成奏章密奏天子。神宗皇帝亲手写下诏书褒嘉他。赵公与富弼、曾公亮、唐介等人同心协力地辅佐朝政，而大多以赵公的议论为主。那时，正赶上王安石做宰相，赵公与他的意见不合。不久，司马光辞掉了枢密副使之职，御史、谏官以及近侍大臣，很多人因为议事不合而请求离开朝廷。赵公说："朝廷的事有轻有重，事体有大有小。财货利益的事较轻，而民心的向背才是最重要的；任命谁担任推行青苗法的使者在形式上是小事，而近侍辅佐大臣的任用取舍才是大事。如今对财货利益汲汲追求，却轻易地失掉了民心；不罢除青苗使者，却轻易地抛弃忠诚的大臣。丢掉重要的，取得次要的；失去大利而得到小利，这绝不是国家社稷之福，我担心天下从此不得安宁了。"说罢，便请求辞职。一连上了四道奏章，朝廷不准。熙宁三年四月，又呈奏了五本奏疏，朝廷就除授他资政殿学士，去知杭州。

赵公历来以宽仁厚德著称，因此，杭州那些狡诈凶顽的少年就处处与他作对，他们都聚集成团伙为非作歹。赵公明白他们的想法，抓捕了少数罪行严重的人，把他们黥了面，流放到外州，其他的凶徒们都结伙逃到别处去了。

没过多久，调任青州知州。因为此州民风淳朴憨厚，所以以清简镇静的方法管理百姓。当时山东一带遭受旱灾和蝗灾，青州种麦特多，蝗虫从淄州、齐州飞来，快到青州边界时遇到大风，蝗虫都挣扎着倒退落进水中淹死了。

熙宁五年，成都府的士卒酝酿事端，朝廷为此感到忧虑，打算选择派遣一个能够得到蜀人爱戴和信赖的大臣，没有一个人比赵公更合适，就授与他资政殿大学士，任命他知成都府。皇帝以为赵公一定会推辞，当他面见天子时，神宗说："近年没有做了执政大臣而又去蜀中的，爱卿能替我再走一趟吗？"赵公说："陛下说了的话就是法令，难道还管他什么先例吗！"神宗皇帝非常高兴。赵公请求授与遇有紧急情况可以自行处理的权力，当天就辞别天子赶赴蜀中。到了蜀中，暗中布置防范，而表面上燕饮劳作休闲就像平日一样，军队和百姓都相安无事。有一天，赵公坐在公堂上，有一个兵卒长站在堂下。赵公好言劝导说："我和你，年纪差不多。我孤身一人来到蜀中，替天子安抚一方百姓。你也要清白谨慎，时时告诫自己来给士卒做好表率，等到戍期满后，带些银钱回家，做些家计，不也很好吗。"人们都知道赵公一片苦心，于是这番话口耳相传，士卒中没有再敢于起事的了。剑州百姓李孝忠纠集了二百多人，私自印制符牒，度脱他人出家为僧。有人以谋反的罪名告发了他们，逮捕立案之后，赵公没有把此案交给刑狱官处理，而是亲自谨慎审理，以私自印制符牒之罪判李处孝死刑，其余的人都没有判处死刑。此事传到京师，有大臣说赵公包庇反叛逆党。朝廷取来了审理案件的卷宗仔细阅读，最终也没有改变他的判决。茂州蕃族头人鹿明玉等人成群结伙地聚集在四川边境上，大肆抢夺财货。赵公立即派遣部将下帅兵讨伐，夷人吓得溃散败逃乞求投降，并表示愿意杀死奴婢与官军盟誓。赵公派人告喻他说："盟誓不能用人，用三牲就可以了。"使者到达边境时，鹿玉明已经把婢女捆绑好，拉开了弓，正要射穿她的心脏来取血。听到赵公的命令，欢呼跳跃，俯首听从。直到盟誓完结，不曾杀死一人。

在成都两年，赵公请求到东南一带任职，作为养老的归宿。得到知越州的任命。吴越一带正闹饥荒，民众饿死的超过半数。赵公想尽了所有能挽救饥民的方法，打开官仓分发粮食，劝说富民把食品分给饥民。他首先拿出自己的家资，因此其他的人也就乐意从命。活着的人得到食物，生病的人得到药品，死去的人得到埋葬。赵公又下令修建州城，让民众以劳动换取食物。所以越州的百姓虽然忍受饥饿，却并无怨言。

又移任杭州知州。杭州的旱情与越州相同，这里的民众受饥饿折磨更为严重。不久朝廷打算修筑杭州州城。赵公曰："杭州的百姓不堪劳累了。"于是取消了修城的打算。钱氏以吴越国归降于宋，还不到一百年，而钱氏的坟墓庙宇已经颓坏，杭州人为此深感悲哀。赵公上奏朝廷，请求在庙宇的所在地，每年度脱僧人和道士各一人，收取他们的田租，做为按时祭奠和修缮的费用。朝廷听从了他的意见，并把妙因院改为表忠观。

赵公还没到七十岁，便上书朝廷请求退休，没有得到准许。随后他不断地请求，于是在元丰二年二月，朝廷加给他太子少保准许他退休，那时他已经七十二岁了。他退休居住在衢州，那里有溪水山石青松翠竹的美景，东南一带的高人隐士大多和他有交往。朝廷要郊祭祖庙，再次召他入朝担任礼官，他没有去。他的儿子赵岏奉命任温州通判，服侍赵公游览天台山和雁荡山，吴越一带的士民都以此为荣耀之事。赵岏任满回朝，受到天子接见。神宗仔细地询问了赵公的情况，情意十分深厚。又命赵岏提举浙东、浙西常平，以方便他奉养赵公。赵岏再次侍奉赵公游历杭州。当初，赵公从知杭州任上退休，杭州人挽留他以致走不成。赵公说："六年后我再来。"到这时恰好是六年了。杭州人敬重赵公，迎接他就像迎接自己的父母一样。赵公由于生病，又回到了衢州。这时天上有一颗硕大的流星陨落。两天后赵公便与世长辞，那一天是熙宁七年八月癸巳日。

赵公逝世的消息传到朝廷，天子为他罢朝一天，赠官大子少师。十二月乙酉日，安葬在西安莲华山，加谥号为清献。赵公的夫人徐氏，是东头供奉官徐度的女儿，封为东平郡夫人，在赵公逝世前十年去世。有两个儿子，长子名叫岏，终官于杭州於潜县令；次子就是岏，今任尚书考功员外郎。

赵公平生不置办田产家业，为兄弟们的十几个女儿置办嫁装，都是与自己的女儿一样。在官任上，为别人嫁孤女二十多人。住在乡间时，为那些无主尸骨和家境贫寒无力殡葬的人置办棺木、资助钱财，难以数计。少年时曾得到长兄赵振的抚养，赵振死后，时刻计挂着报答他的养育之恩。朝廷迁他为侍御史时，他请求不要给自己加官，而把这一级官用来赠给赵振为大理评事。

赵公为人随和，性情忠厚，与人交往，事事都考虑的周到细致。谨守朝廷法度，做事规规矩矩。与别人交谈，总是像怕对别人有什么伤害。他平生不畜养歌儿舞女，晚年时着意研究养气静心的道术，神思飘逸，像是有飞升的迹象。临终前，早晨起来仍与平时一样，赵岏在旁侍奉，赵公与他诀别，言词和神色都清晰镇定，稳稳地坐着离开人世。不了解他的人还以为他是有意地脱离尘世而化呢。然而每当议论朝廷大事，却是非分明，义正辞严，志不可夺。宰相韩琦曾称赞赵公是当世真正的楷模，连自己都比不上他。

赵公做为一个官吏，他一片诚心热爱人民，每到一地，便修建学校，尊礼师长。对待百姓，则是凡能给予的就毫不吝惜；对于狱中的囚犯，则是能够释放的就决不关押。治理虔州和成都这两地的政绩，尤其为当世所称赞。神宗凡是选择这两个州的长官，一定会说："过去赵抃治理此郡，方法最好。"冯京继赵公之后任成都知府，事事遵循赵公的旧制，他也说："赵公制定的法令，不能随意更改。"他治民的要点就是把施惠于民做为唯一的原则。但是他治理杭州时，铲除强暴凶恶，使奸邪刁民都躲避起来不敢继续作恶。这都是因为他学习道家之术，以清净之心对待人事，很有过人之处。铭文说：

萧望之做为太傅，接近古代对社稷有功的重臣，但他治理冯翊时，就没听到有什么声名；黄霸做颍川太守时，政绩为当时第一，到他当了丞相，名声反不及从前。谁能比得上赵清献公，不论在朝在郡没有他做不好的。在朝是高风亮节的直言之臣，在郡则如同百姓的父兄师长。他在州郡任职，并不一味讲究仁义，时而也施以威猛的严政，但虽严厉却不残酷。他在司谏任职，也不一味刚直凛凛，有时为国家保护人才，也极力为他们的细小疏失遮掩。东郭顺子的清廉，孟献子的贤能，郑国丞相子产的善于为政，晋国丞相叔向的刚直敢言，这些品质清献公都兼而有之，这不几乎是个完人了吗！

富郑公神道碑

宋兴百三十年，四方无虞，人物岁滋。盖自秦、汉以来，未有若此之盛者。虽所以致之非一道，而其要在于兵不用，用不久，常使智者谋之而仁者守之，虽至于无穷可也。契丹自晋天福以来，践有幽、蓟，北鄙之警，略无宁岁，凡六十有九年。至景德元年，举国来寇，攻定武，围高阳。不克，遂陷德清以犯天雄。真宗皇帝用宰相寇准计，决策亲征。既次澶渊，诸道兵大会行在。虏既震动，兵始接，射杀其骁将顺国王挞览。虏惧，遂请和。时诸将皆请以兵会界河上，邀其归，徐以精甲蹑其后，歼之。虏惧，求哀于上。上曰："契丹、幽、蓟，皆吾民也，何以杀多为！"遂诏诸将按兵勿伐，纵契丹归国。虏自是通好守约，不复盗边者三十有九年。

及赵元昊叛，西方转战连年，兵久不决。契丹之臣有贪而喜功者，以我为怯，且厌兵，遂教其主设词以动我，欲得晋高祖所与关南十县。庆历二年，聚重兵境上，遣其臣萧英、刘六符来聘。兵既压境，而使来非时，中外忿之。仁宗皇帝曰："契丹，吾兄弟之国，未可弃也，其有以大镇抚之。"命宰相择报聘者，时虏情不可测，群臣皆莫敢行。

宰相举右正言、知制诰富公，公即入对便殿，叩头曰："主忧臣辱，臣不敢爱其死。"上为动色，乃以公为接伴。英等入境，上遣中使劳之，英托足疾不拜。公曰："吾尝使北，病卧车中，闻命辄起拜。今中使至而公不起，此何礼也？"英矍然起拜。公开怀与语，不以夷狄待之。英等见公倾尽，亦不复隐其情。遂去左右，密以其主所欲得者告公。且曰："可从，从之；不可从，更以一事塞之。"公具以闻。

上命御史中丞贾昌朝馆伴，不许割地，而许增岁币。且命公报聘。既至，六符馆之。反往十数，皆论割地必不可状。及见虏主，问故。虏主曰："南朝违约，塞雁门，增塘水，治城隍，籍民兵，此何意也？群臣请举兵而南，寡人以谓不若遣使求地，求而不获，举兵未晚也。"公曰："北朝忘章圣皇帝之大德乎？澶渊之役，若从诸将言，北兵无得脱者。且北朝与中国通好，则人主专其利，而臣下无所获。若用兵，则利归臣下，而人主任其祸。故北朝诸臣争劝用兵者，此皆其身谋，非国计也。"虏主惊曰："何谓也？"公曰："晋高祖欺天叛君，而求助于北；末帝昏乱，神人弃之。是时中国狭小，上下离叛，故契丹全师独克。虽虏获金币，充牣诸臣之家，而壮士健马，物故太半，此谁任其祸者？今中国提封万里，所在精兵以百万计，法令修明，上下一心。北朝欲用兵，能保其必胜乎？"曰："不能。"公曰：

“胜负未可知。就使其胜，所亡士马，群臣当之欤？抑人主当之欤？若通好不绝，岁币尽归人主，臣下所得，止奉使者岁一二人耳，群臣何利焉？”虏主大悟，首肯者久之。

公又曰：“塞雁门者，以备元昊也；塘水始于何承矩，事在通好前，地卑水聚，势不得不增；城隍皆修旧；民兵亦旧籍，特补其缺耳，非违约也。晋高祖以卢龙一道赂契丹，周世宗复伐取关南，皆异代事。宋兴已九十年，若各欲求异代故地，岂北朝之利也哉？本朝皇帝之命使臣，则有词矣。曰：‘朕为祖宗守国，必不敢以其地与人。北朝所欲，不过利其租赋耳。朕不欲以地故，多杀两朝赤子，故屈己增币以代赋入。若北朝必欲得地，是志在败盟，假此为词耳。朕亦安得独避用兵乎？澶渊之盟，天地鬼神实临之。今北朝首发兵端，过不在朕，天地鬼神，岂可欺也哉！’”虏大感悟，遂欲求婚。公曰：“婚姻易以生隙，人命修短不可知，不若岁币之坚久也。本朝长公主出降，赍送不过十万缗，岂若岁币无穷之获哉？”虏主曰：“卿且归矣，再来，当择一授之。卿其遂以誓书来。”

公归复命。再聘，受书及口传之词于政府。既行次乐寿，谓其副曰：“吾为使者而不见国书，万一书词与口传者异，则吾事败矣。”发书视之，果不同。乃驰还都，以晡入见。宿学士院一夕，易书而行。

既至，虏不复求婚，专欲增币，曰：“南朝遗我书当曰‘献’，否则曰‘纳’。”公争不可。虏主曰：“南朝既惧我矣，何惜此二字？若我拥兵而南，得无悔乎？”公曰：“本朝皇帝兼爱南北之民，不忍使蹈锋镝，故屈己增币，何名为惧哉？若不得已而至于用兵，则南北敌国，当以曲直为胜负，非使臣之所忧也。”虏主曰：“卿勿固执，自古亦有之。”公曰：“自古惟唐高祖借兵于突厥，故臣事之。当时所遗，或称‘献’、‘纳’，则不可知。其后颉利为太宗所擒，岂复有此理哉！”公声色俱厉，虏知不可夺，曰：“吾当自遣人议之。”

于是留所许增币誓书，复使耶律仁及六符以其国誓书来，且求为献、纳。公奏曰：“臣既已死拒之，虏气折矣。可勿复许，虏无能为也。”上从之，增币二十万，而契丹平。北方无事，盖又四十八年矣。契丹君臣至今诵其语，守其约不忍败者，以其心晓然，知通好用兵利害之所在也。故臣尝窃论之，百余年间，兵不大用者，真宗、仁宗之德，而寇准与公之功也。

公讳弼，字彦国，河南人。曾大父内黄令讳处谦，大父商州马步使讳令荀，考尚书都官员外郎讳言，皆以公贵，赠太师、中书令、尚书令，封邓、韩、秦三国公。曾祖母刘氏、祖母赵氏、母韩氏，封鲁、韩、秦三国太夫人。

公幼笃学，有大度。范仲淹见而识之曰：“此王佐才也。”怀其文以示王曾、晏殊，殊即以女妻之。仁宗复制科，仲淹谓公曰：“子当以是进。”天圣八年，公以茂材异等中第，授将作监丞，知河南府长水县。用李迪辟，签书河阳节度判官事。

丁秦国公忧，服除。会郭后废，范仲淹等争之，贬知睦州。公上言：“朝廷一举而获二过，纵不能复后，宜还仲淹，以来忠言。”通判绛州。景祐四年，召试馆职，迁太子中允，直集贤院。从王曾辟，通判郓州。

宝元初，赵元昊反。公上疏陈八事，且言：“元昊遣使求割地邀金帛，使者部从仪物如契丹，而词甚倨，此必元昊腹心谋臣自请行者。宜出其不意，斩之都市。”又言：“夏守赟，庸人也。平时犹不当用，而况艰难之际，可为枢密乎！”议者以为有宰相气。召还，为开封府推官，擢知谏院。

康定元年，日食正旦。公言请罢燕彻乐，虽虏使之馆，亦宜就赐饮食而已。执政以为不可。公曰：“万一北虏行之，为朝廷羞。”后使虏，还者云：“虏中罢燕。”如公言。仁宗深悔之。初，宰相恶闻忠言，下令禁越职言事。公因论日食，以谓应天变莫若通下情，遂除其禁。

元昊寇鄜延，杀二万人，破金明，擒李士斌，延帅范雍、钤辖卢守勤闭门不救，中贵人黄德和引兵先走，刘平、石元孙战死，而雍、守勤归罪于通判计用章、都监李康伯，皆窜岭南，德和诬奏平降贼，诏以兵围守其家。公言：“平自环庆兵来援，以奸臣不救，故败，竟骂贼不食而死，宜恤其家。守勤、德和皆中官，怙势诬人，冀以自免，宜竟其狱。”枢密院奏方用兵，狱不可遂。公言：“大臣附下罔上，狱不可不竟。”时守勤男昭序为御药，公奏乞罢之，德和竟坐腰斩。

延州民二十人诣阙告急，上召问，具得诸将败亡状。执政恶之，命边郡禁民擅赴阙者。公言：“此非陛下意，宰相恶上知四方有败耳。民有急，不得诉之朝，则西走元昊，北走契丹矣。”夏守赟为陕西都总管，又以入内都知王守忠为都钤辖。公言：“用守赟既为天下笑，而守忠钤辖乃与唐中官监军无异，将吏必怨惧，卢守勤、黄德和覆车之辙，可复蹈乎？”诏罢守忠。

时又用观察使魏昭昞为同州，郑守忠为殿前都指挥使，高化为步军都指挥使。公言：“昭昞乳臭儿，必败事；守忠与化故亲事官，皆奴才小人，不可用。”诏遣侍御史陈洎往陕西督修城，且城潼关。公言：“天子守在四夷，今城潼关，自关以西为弃之耶？”语皆侵执政。自用兵以来，吏民上书者甚众，初不省用。公言：“知制诰本中书属官，可选二人置局，中书考其所言。可用，用之。”宰相以付学士，公言：“此宰相偷安，欲以天下是非尽付他人。”乞与廷辩。又言：“边事系国安危，不当专委枢密院。周宰相魏仁浦兼枢密使，国初范质、王溥亦以宰相参知枢密院事。今兵兴，宜使宰相以故事兼领。”仁宗曰：“军国之务，当尽归中书，枢密非古官。”然未欲遽废，内降令中书同议枢密院事，且书其检。宰相以内降纳上前，曰：“恐枢密院谓臣夺权。”公曰：“此宰相避事耳，非畏夺权也。”

时西夏首领吹同乞砂、吹同乞山各称伪将相来降，补借奉职，羁置荆湖。公言：“二人之降，其家已族矣，当厚赏以劝来者。”上命以所言送中书。公见宰相，论之，宰相初不知也。公叹曰：“此岂小事，而宰相不知耶？”更极论之，上从公言，以宰相兼枢密使。

除盐铁判官，迁太常丞，史馆修撰，奉使契丹。二年，改右正言、知制诰，纠察在京刑狱。时有用伪牒为僧者，事觉，乃堂吏为之。开封按余人而不及吏。公白执政，请以吏付狱。执政指其坐曰："公即居此，无为近名。"公正色不受其言，曰："必得吏乃止。"执政滋不悦，故荐公使契丹，欲因事罪之。欧阳修上书引颜真卿使李希烈事留公，不报。

使还，除吏部郎中、枢密直学士，恳辞不受。始受命，闻一女卒，再受命，闻一男生，皆不顾而行。得家书，不发而焚之，曰："徒乱人意。"寻迁翰林学士。公见上力辞，曰："增岁币，非臣本志也，特以朝廷方讨元昊，未暇与虏角，故不敢以死争，其敢受赏乎！"

庆历三年三月，遂命公为枢密副使，辞之愈力。改授资政殿学士兼翰林侍读学士。七月，复除枢密副使。公言："虏既通好，议者便谓无事，边备渐弛，虏万一败盟，臣死且有罪。非独臣不敢受，亦愿陛下思夷狄轻侮中原之耻，卧薪尝胆，不忘修政。"因以告纳上前而罢。逾月，复除前命。

时元昊使辞，群臣班紫宸殿门，上俟公缀枢密院班，乃坐。且使宰相章得象谕公曰："此朝廷特用，非以使虏故也。"公不得已乃受。

时晏殊为相，范仲淹为参知政事，杜衍为枢密使，韩琦与公副之，欧阳修、余靖、王素、蔡襄为谏官，皆天下之望。鲁人石介作《庆历圣德诗》，历颂群臣，皆得其实。曰："维仲淹、弼，一夔一契。"天下不以为过。公既以社稷自任，而仁宗责成于公与仲淹，望太平于期月之间，数以手诏督公等条具其事。又开天章阁召公等。公等坐，且给笔扎，使书其所欲为者，遣中使二人更往督之，且命仲淹主西事，公主北事。公遂与仲淹各上当世之务十余条。又自上河北安边十三策，大略以进贤、退不肖、止侥幸、去宿弊为本，欲渐易诸路监司之不才者，使澄汰所部吏。于小人始不悦矣。

元昊遣使以书来，称男而不臣。公言："契丹臣元昊而我不臣，则契丹为无敌于天下，不可许。"乃却其使，卒臣之。

四年七月，契丹来告，举兵讨元昊。十二月，诏册元昊为夏国主，使将行而止之，以俟虏使。公曰："若虏使未至而行，则事自我出，既至，则恩归契丹矣。"从之。

是岁，契丹受礼云中，且发兵，会元昊伐呆儿族，于河东为近。上问公曰："虏得无与元昊袭我乎？"公曰："虏自得幽、蓟，不复由河东入寇者，以河北平易富饶，而河东险瘠，且虞我出镇定，捣燕、蓟之虚也。今兵出无名，契丹大国，决不为此。就使妄动，当出我不意，不应先言受礼云中也。元昊本与契丹约，相左右以困中国。今契丹背约，结好于我，独获重币，元昊有怨言，故虏筑威塞州以备之，呆儿屡杀威塞人，虏疑元昊使之，故为是役。安能合而寇我哉！"或请调发为备，公曰："虏虽不来，犹欲以虚声困我。若调发，正堕其计。臣请任之。虏若入寇，臣为罔上且误国。"上乃止，虏卒不动。

公谓契丹异日作难，必于河朔。既上十三策，又请守一郡行其事。小人怨公不已，而大臣亦有以飞语谗公者。上虽不信，公惧，因保州贼平，求为河北宣抚使以避之。使将还，除资政殿学士、知郓州兼京东西路安抚使。谗者不已，罢安抚使。岁余，谗不验，加给事中，移知青州兼京东东路安抚使。

河朔大水，民流京东。公择所部丰稔者五州，劝民出粟。得十五万斛，益以官廪，随所在贮之。得公私庐舍十余万区，散处其人，以便薪水。官吏自前资待阙、寄居者，皆给其禄，使即民所聚，选老弱病瘠者廪之。山林河泊之利，有可取以为生者，听流民取之，其主不得禁。官吏皆书具劳约为奏请，使他日得以次受赏于朝。率五日，辄遣人以酒肉糗饭劳之，出于至诚，人人为尽力。流民死者，为大冢葬之，谓之丛冢，自为文祭之。明年麦大熟，流民各以远近受粮而归，凡活五十余万人。募而为兵者又万余人。上闻之，遣使劳公，即拜礼部侍郎。公曰："救灾，守臣职也。"辞不受。前此救灾者，皆聚民城郭中，煮粥食之，饥民聚为疾疫，及相蹈藉死，或待次数日不食，得粥皆僵仆，名为救之而实杀之。自公立法，简便周至，天下传以为法。至于今，不知所活者几千万人矣。

王则据贝州叛，齐州禁兵马达、张青与奸民张握等得剑印于妖师，欲以其众叛，将屠城以应则。握之婿杨俊诣公告之，齐非公所部，恐事泄变生。时中贵人张从训衔命至青，公度从训可使，即以事付从训，使驰至郡，发吏卒取之，无得脱者。且自劾擅遣中使罪，仁宗嘉之。再除礼部侍郎。公又恳辞不受。

迁资政殿大学士。以明堂恩，除礼部侍郎，徙知郑州，又徙蔡州，加观文殿学士、知河阳，迁户部侍郎，除宣徽南院使，判并州兼河东经略安抚使。至和二年，召拜同中书门下平章事、集贤殿大学士，与文彦博并命。

宣制之日，士大夫相庆于朝，仁宗密觇知之。欧阳修奏事殿上，上具以语修，且曰："古之求相者，或得于梦卜。今朕用二相，人情如此，岂不贤于梦卜也哉！"修顿首称贺。

仁宗弗豫，大臣不得见，中外忧恐。文彦博与公等直入问疾，内侍止之，不可。因以监视禳祷为名，乞留宿内殿，事皆关白而后行，禁中肃然。嘉祐三年，加礼部尚书、昭文馆大学士，监修国史。

公之为相，守格法，行故事，而附以公议，无心于其间，故百官任职，天下无事。以所在民力困弊，赋役不均，遣使分道相视裁减，谓之宽恤民力。又弛茶禁，以通商贾。省刑狱，天下便之。

六年，丁秦国太夫人忧，诏为罢春燕。故事，执政遇丧皆起复，公以谓金革变礼，不可用于平世。仁宗待公而为政，五遣使起之，卒不从命，天下称焉。

英宗即位，拜枢密使、同中书门下平章事，迁户部尚书。逾年，以足疾，求解机务，章二十上，拜镇海军节度使、同中书门下平章事，判河阳，封祁国公。公五上章，辞使相，且言："真宗以前不轻以此授人，仁宗即位之初，执政欲自为地，故开此例。终仁宗之世，宰相、枢密使罢者皆除使相，至不称职，有罪者亦然，天下非之。今陛下初即位，愿立法自臣始。"不从。

神宗即位，改镇武宁军，进封郑国公。公又乞罢使相，乃以为尚书左仆射、观文殿大学士、集禧观使，召赴阙。公以足疾，固辞，复判河阳。熙宁元年，移汝州，且召入觐。以公足疾，许肩舆至殿门，上特为御内东门小殿见之。令男绍隆入扶，且命无拜。坐语从容，至日昃，赐绍隆五品服。再对，上欲留公为集禧观使，力辞赴郡。明年二月，除司空兼侍中、昭文馆大学士，赐甲第一区，皆辞不受。复拜左仆射、门下侍郎、同中书门下平章事。

公既至，未见。有于上前言灾异皆天数，非人事得失所致者。公闻之，叹曰："人君所畏惟天，若不畏天，何事不可为者？去乱亡无几矣！此必奸臣欲进邪说，故先导上以无所畏，使辅拂谏诤之臣，无所复施其力，此治乱之机也：吾不可以不速救。"即上书数千言，杂引《春秋》《洪范》及古今传记、人情物理，以明其决不然者。

群臣请上尊号及作乐，上以久旱，不许。群臣固请作乐，公又言："故事，有灾变皆彻乐，恐上以同天节虏使当上寿，故未断其请，臣以为此盛事，正当以示夷狄，乞并罢上寿。"从之。即日而雨。

公又上疏，愿益畏天戒，远奸佞，近忠良。上亲书答诏曰："义忠言亲，理正文直。苟非意在爱君，志存王室，何以臻此？敢不置之枕席，铭诸肺腑，终老是戒？更愿公不替今日之志，则天灾不难弭，太平可立俟也。"公既上疏谢，复申戒不已："愿陛下待群臣不以同异为喜怒，不以喜怒为用舍。"

公始见上，上问边事。公曰："陛下即位之始，当布德行惠，愿二十年口不言兵。"因以九事为戒。八月，以疾辞位，拜武宁军节度使、同中书门下平章事，判河南。复以公请，改亳州。

时方行青苗息钱法，公以谓此法行则财聚于上，人散于下，且富民不愿请，愿请者皆贫民，后不可复得。故持之不行。而提举常平仓赵济劾公以大臣格新法："法行当自贵近者始，若置而不问，无以令天下。"乃除左仆射、判汝州。公言："新法臣所不晓，不可以复治郡，愿归洛养疾。"许之。寻请老，拜司空，复武宁节度使及平章事，进封韩国公，致仕。

公虽居家，而朝廷有大利害，知无不言。交趾叛，诏郭逵等讨之。公言："海峤险远，不可以责其必进。愿诏逵等择利进退，以全王师。"契丹来争河东地界，上手诏问公。公言："熙河诸郡，皆不足守，而河东地界，决不可许。"

元丰三年，官制行，改授开府仪同三司。是岁，故参知政事王尧臣之子同老上言：至和三年，仁宗弗豫，其父尧臣尝与文彦博、刘沆及公同决大策，乞立储嗣，仁宗许之。会翊日有瘳，故缓其事，人无复知者。以其父尧臣所撰诏草上之。上以问彦博，彦博言与同老合。上嘉公等勋绩如此，而终不自言，下诏以公为司徒，且以其子绍京为阁门祗侯。

六年闰六月丙申，薨于洛阳私第之正寝，享年八十。手封遗表，使其子上之，世莫知其所言者。上闻讣震悼，为辍视朝，内出祭文，遣使致奠所，以赙恤其家者甚厚。赠太尉，谥曰文忠。十一月庚申，葬于河南府河南县金谷乡南张里。

公之配曰周国夫人晏氏，后公四年卒。子男三人：曰绍庭，朝奉郎；曰绍京，供备库副使，后公十月卒；曰绍隆，光禄寺丞，早卒。女四人：长适保宁军节度使、北京留守冯京，卒，又以其次继室，封安化郡夫人；次适承议郎范大琮；次适宣德郎范大珪。孙男三人：定方，承事郎；直清，朝奉郎；直亮，假承务郎。

公性至孝，恭俭好礼，与人言，虽幼贱必尽敬。气色穆然，终身不见喜愠。然以单车入不测之虏廷，诘其君臣，折其口而服其心，无一语少屈，所谓大勇者乎！其好善疾恶，盖出于天资。常言："君子小人如冰炭，决不可以同器。若兼收并用，则小人必胜，薰莸杂处，终必为臭。"其为宰相及判河阳，最后请老居家，凡三上章，皆言："天子无职事，惟辨君子小人而进退之，此天子之职也。君子与小人并处，其势必不胜。君子不胜，则奉身而退，乐道无闷；小人不胜，则交结构扇，千歧万辙，必胜而后已。小人复胜，必遂肆毒于善良，无所不为，求天下不乱，不可得也。”

其为文章，辩而不华，质而不俚。有《文集》八十卷，《天圣应诏集》十一卷，《谏垣集》二卷，《制草》五卷，《奏议》十三卷，《表章》三十卷，《河北安边策》一卷，《奉使录》四卷，《青州振济策》三卷。

平生所荐甚众，尤知名者十余人，如王质与其弟素、余靖、张瑰、石介、孙复、吴奎、韩维、陈襄、王鼎、张显之、杜杞、陈希亮之流，皆有闻于世，世以为知人。

元祐元年六月，有诏以公配享神宗皇帝庙廷。明年，以明堂恩，加赠太师。绍庭请于朝曰："先臣墓碑未立，愿有以宠绥之。"上为亲篆其首，曰显忠尚德之碑，且命臣轼撰次其事。谨拜手稽首而献言曰："世未尝无贤也。自尧舜三代以至于今，有是君则有是臣，故仁宗、英宗至于神考，咸有一德，克享天心，则天畀以人，光明伟杰有如公者。观公之行事，而味其平生，则三宗之盛德，可不问而知也。"古之人臣，功高则身危，名重则谤生。故命世之士，罕能以功名终始者。臣观三宗所以待公，全其功名而保其终始，盖可谓至矣。方契丹求割地，上命宰相历问近臣："孰能为朕使虏者？"皆以事辞免。公独慨然请行。使事既毕，上欲用公，公逡巡退避不敢居，而向之辞免者，自耻其不行，则惟公之怨，比而谗公，无所不至。及石介为《庆历圣德诗》，天下传诵，则大臣疾公如仇，构以飞语，必欲致之死地。仁宗徐而察之，尽辨其诬，卒以公为相。及英宗、神宗之世，公已老矣，勋在史官，德在生民。天子虚己听公，西戎、北狄视公进退，以为中国轻重。然一赵济敢摇之，惟神宗日月之明，知公愈深。公虽请老，有大政事，必手诏访问。又追沦定策之勋，以告天下，宠及其子孙，然后小人不敢复议。雍容进退，卒为宗臣。古人有言曰："为君难，为臣不易。"岂不然哉！公既配食清庙，宜有颂诗，以昭示来世。其词曰：

五代八姓，十有二君。四十四年，如丝之棼。以人为嬉，以杀为偎。兵交两河，腥闻于天。上帝厌之，命我祖宗。畀尔炉锤，往销其锋。孰谓民远？我闻其呻。宁尔小忍，无残我民。六圣受命，惟一其心。敕其后人，帝命是承。勿劓刖人，矧敢好兵。百三十年，讳兵与刑。惟彼北戎，谓帝我骄。帝闻其言，折其萌芽。笃生莱公，尺棰笞之。既服既驯，则扰绥之。堂堂韩公，与莱相望。再聘于燕，北方以宁。景德元撰，始盟契丹。公生是岁，天命则然。公之在母，秦国寤惊。旌旗鹤雁，降充其庭。云有天赦，已而生公。天欲赦民，公启其衷。北至燕然，南至于河。亿万维生，公手抚摩。水潦荐饥，散流而东。五十万人，仰哺于公。公之在内，自泉流濒。其在四方，自叶流根。百官维人，百度惟正。相我三宗，重华协明。帝谓公来，陨星其堂。有坟其丘，公岂是藏。维岳降神，今归不留。臣轼作颂，以配《崧高》。

【译文】大宋兴起一百三十年，四面边境没有战事，人才济济万物丰盈。从秦、汉以来，还没有像如今这般昌盛的时代。虽然造成这般盛世并不仅仅采用某一种方式，但总体说来，主要在于有强兵而不用于征战，偶有征战，也用兵不久，时常用善于谋策的人来筹划，而派仁爱的将帅守卫国家。所以，即使是永久保持这种安宁也是可以做到的。自从后晋天福年间以来，契丹占据了幽、蓟等州，北方边境战事频频，几乎没有一年相安无事，这种局面长达六十九年。到了景德元年，契丹倾尽全国兵力进攻我国，攻破定州，围困高阳关。没有攻破该城，于是转而攻陷德清军，进而直逼天雄军。真宗皇帝采纳了宰相寇准的战略决策，下决心亲自率兵出征。来到澶州后，各路大军一齐会合于此。契丹人为之震惊，两国刚一交兵，便射死了他们的猛将顺国王挞览。敌寇畏惧，于是请求与宋讲和。当时各路将领都请求将军队开到两国边境，待敌兵退回，再悄悄地紧跟其后，一举歼灭他们。契丹闻讯，十分恐惧，向真宗皇帝哀告求饶。真宗说："契丹、幽州、蓟州之民，都是我的子民，何必再杀死更多的人呢！"于是降旨命各路将领驻在原地，不要出兵讨伐，放契丹军队返回本国。契丹人从此以后与大宋结为友邦，遵守誓约，不再抢掠边境达三十九年。

赵元昊反叛之后，西北连年发生战争，很长时间不能决出胜负。契丹国中那些贪图近利，好大喜功之臣，认为我国怯懦，而且厌恶战争，于是劝说他们的国君乘机向我国提出要求，想重新索得晋高祖当年许诺给他们的关南十县。庆历二年，契丹聚集重兵列阵境上，派遣大臣萧英、刘六符为特使前来交涉。敌人大兵压境，而特使又在我国与元昊进行战争期间来提出这无理要求，朝廷内外都感到十分忿怒。仁宗皇帝说："契丹是我们的兄弟邻国，不可轻易决裂，而应以大国的胸怀镇定安抚他们。"命宰相挑选接待契丹使臣的人员，当时人民都不了解契丹的虚实和用意，因此朝中大臣都不敢去。

宰相举荐右正言、知制诰富公，富公当即到便殿面见仁宗，叩头说："使主上有忧愁是臣子的耻辱，臣不敢贪生怕死。"仁宗十分感动，于是任命富公为契丹接伴使。萧英等人进入国境，仁宗派遣宦官前去慰劳，萧英借口有脚病不跪拜。富公说："我也曾出使贵国，病倒在车中，听到有贵国君王特使前来，立即起身拜谢。如今皇帝的近侍使臣来到这里而您不起身拜谢，这是什么礼节啊？"萧英听罢，旋即起身而拜。富公敞开心怀与他们交谈，并不以大国特使自居而轻视他们。萧英等见富公坦率诚挚，也就不再隐瞒实情，于是退去左右侍卫，秘密地把他们国君想要达到的目的告诉了富公，并且还说："如果能答应，就答应；要是不能答应，就随便找一件事搪塞过去。"富公把这些话全都上奏了仁宗。

仁宗命御史中丞贾昌朝为馆伴使，命他不许割地给契丹，而只可以允许增加每年交纳给契丹的钱币。又命富公出使契丹。来到契丹后，刘六符负责接待他，他们两人交涉了十几次，一再强调割让土地是绝对不可能的。等到拜契丹国主时，富公向他询问提出这个要求的原因。契丹国主说："你朝违反了两国间的盟约，断绝了雁门关的通道，修建边地城池，聚集民兵，这些是什么用意？我的大臣们都请求发兵南下，我认为不如派使臣前往贵国求取这十县之地，如果求地的要求不被接受，再发兵也不迟。"富公曰："贵国忘记我国章圣皇帝的大恩大德了吗？澶渊之战，如果听从我国将领们的意见，贵国将士恐怕没有一个能够逃脱。况且贵国与我国友好，那么只有国君得到好处，可臣下却得不到什么实际的利益。如果兴兵动武，那么下面的臣子将会得到好处，而国君却要承担危险。所以贵国的大臣中争相劝说国主用兵的人，都是出于自身私利的考虑，并不是为国家的利益而谋划的。”契丹国主吃惊地说：“此话怎讲？”富公说：“晋高祖欺违天命，背叛国君，而求助于贵国。当时唐朝末帝昏庸淫乱，天怨人怒，共同唾弃了他。那时中原之国疆境窄小，君臣不和，人心离散，所以契丹能一举而胜。虽然抢夺了金银财物，但大都被大臣们藏匿于自家，而国内勇壮的战士和矫健的骏马却损失了一多半，这些祸患由谁来承担呢？如今的中之国万里疆土，国内精兵数以百万计，法令严明，君臣同心，贵国想要用兵，能保证一定打胜吗？”契丹主说：“不能。”富公说：“胜负不能预料。即使贵国取胜，损失的将士马匹，是由那些大臣们来承担呢？还是由君主来承担呢？如果两国继续保持友好关系，我朝每年支付的钱财货物全都归君主所有，臣下能得到好处的，不过是每年奉命出使我国的一两个人罢了，其他大臣能有什么好处呢？”契丹国主恍然大悟，连连点头称是。富公又说：“切断阻塞雁门关口，是为了防止元昊入寇；增筑塘堤的事是何承矩首先动工的，此事发生在两国缔约友好之前，而且是因为那里的地势低洼，积水聚集，地理形势迫使人不得不增筑堤坝；边境城池都是修补原来破旧之处；民兵也是原有的数额，只不过是补足缺额罢了，并不能说是违背誓约。晋高祖把卢龙一道数郡送给贵国，周世宗北伐又重新夺取关南之地，这些都是前朝的事。大宋建国已经九十年了，如果谁都想得到前朝的土地，难道这对贵国也是有利的吗？本朝天子派遣使臣，也是有所交代的。天子说：‘朕替祖宗守卫国家，断然不敢把土地送给别人。契丹国想要土地，不过是想取得这些土地的田租赋税罢了。朕不想为争夺土地的缘故而过多地杀伤两国的百姓，所以宁愿委屈自身增加每年支付的钱物来代替这些土地的租税收入。如果契丹一定要得到这些土地，那就是有意撕毁盟约，以此为借口而已。那么朕又怎么能单方面避免战争呢？澶渊所结的盟约，有天地鬼神来做鉴证。如今契丹要是首先挑起争端，过错不在朕，天地鬼神，难道是可以欺骗的吗！’”契丹国深深感动并醒悟，于是提出与宋朝通婚。富公说：“婚姻之事很容易发生矛盾，再说人的寿命长短也很难预料，不如每年的贡品可靠长久。本朝的长公主出嫁，陪嫁的资财不过十万缗钱，哪能比得上每年的贡品源源不断，有无穷的好处呢？”契丹国主说：“你先回去吧，下次来的时候，再选择二者之一告诉你。你要带着你朝的誓约书来。”

富公回朝复命。再次出使契丹，从中书省接受了誓约文书和要求他口头传达的意见。走到乐寿县时，对他的副手说：“我作为使者却没有读过朝廷的文书，万一文书中的词语和口头转述的意见有不一样的地方，那我的使命就无法完成，国家大事也就要败坏在我手中了。”打开文书一看，果然不同。于是飞马返回京都，晚饭时才得以入朝面见天子，在学士院暂住了一夜，修改好文书重新上路。

来到契丹，契丹主不再要求通婚，专要求增加每年的钱币，说：“宋朝向我递交国书应当叫‘献’，或者叫‘纳’。”富公争论说这种要求不合理。契丹国主说：“宋朝既然惧怕我，为什么还吝惜这两个字？如果为此我率兵杀往南方，你们不后悔吗？”富公说：“本朝皇帝心中兼爱南北之国的百姓，不忍心使他们在兵戈刀枪之中送死，因此才委屈自己增加岁币，这怎么能叫惧怕呢？如果迫不得已到了必须用兵不可的地步，那么南北双方就成了敌对之国，应当凭正义与否来决定胜负，这就不是我这个小小的使臣所能担忧事了。”契丹国主说：“你不要固执己见，这种做法自古以来就有。”富公说：“自古以来，只有唐高祖因为要向突厥借兵，所以才以臣国的礼节事奉突厥。而当时那些贡奉，有没有被称为‘献’、‘纳’，就不得而知了。后来颉利被太宗擒获，难道还会继续那种礼节吗！”富公声调面色都非常庄重严厉，契丹主知道难以动摇他的意志，就说：“我会召集臣下讨论此事。”

于是契丹国主留下富公带来的答应增加岁币的国书，又派耶律仁和刘六符带着本国的国书前来交涉，并且再次要求称为‘献’‘纳’。富公上奏说：“臣下已经拚死拒绝了契丹的要求，摧折了他们的傲气。不答应他们的要求，他们也无可奈何了。”仁宗听从了富公的建议，增加岁币二十万缗，契丹也无话可说了。从此之后，北方边境平安无事，又有四十八年了。契丹国的君臣至今记得富公当时的话，遵守盟约不再毁约。因为他们心里明白，知道两国友好往来和刀兵相见的利害之处。所以我曾私下议论此事，一百多年间，军队从不大规模调用，这是真宗、仁宗的仁德，也是寇准和富公二人的功绩。

富公名叫弼，字彦国，河南府人。曾祖父任内黄县令，名叫处谦；祖父任商州马步军指挥使，名叫令荀；父亲任尚书都官员外郎。名叫言。三代祖先都因富公而地位尊贵，分别赠官为太师、中书令、尚书令，分别封爵为邓、韩、秦三国公。曾祖母刘氏、祖母赵氏、母韩氏，分别封为鲁、韩、秦三国太夫人。

富公少年时便刻苦学习，有大家风度。范仲淹见到他后，预言说："这个少年是个辅政大臣之才。"把他的文章拿给王曾、晏殊看，晏殊就把女儿嫁给他。仁宗恢复考试制度，范仲淹对富公说："你应从这条路求取仕进。"天圣八年，富公考中茂材异等科，被授为将作监丞，河南府长水县知县。由于李迪的徵辟，签书河阳三城节度判官事。

为其父秦国公守丧，服丧期满后。正赶上郭皇后被废，范仲淹由于与其他大臣为郭皇后争辨，被贬为睦州知州。富公上书说："朝廷这一个举措产生了两个过错，纵然不能恢复郭皇后的地位，也应该召还范仲淹，以此召来忠直的谏言。"出任绛州通判。景祐四年，召回朝中担任学馆官职，迁官为太子中允，直集贤院。又接受王曾的聘用，通判郓州。

宝元初年，赵元昊反叛宋朝。富公上疏陈述了八件事，并说："赵元昊派使臣请求割地，并要我朝也给他缴纳金钱丝帛，这个使者的侍卫、仪仗都与契丹国的规格相同，而他说的话也十分狂妄，这一定是元昊的心腹之臣自己请求来出使的。我们应当出其不意，把他杀死在京城之中。"又说："夏守赟是个凡庸之辈。平常无事时尚且不应当任用，何况在多事之际，怎么能让他担任枢密使呢！"议论官认为他有宰相的器度。于是朝廷召他回京，担任开封府推官，又提升他知谏院。

康定元年，有日食发生在正月一日。富公上言请求撤消宴饮和乐舞，就是外国使节的客馆之中，也只就地赏赐些饮食而已。执政大臣认为不妥当。富公说："万一契丹人罢除宴饮歌舞，而我朝不实行，这不是朝廷的耻辱吗？"后来有从契丹出使回来的人说："那天契丹罢宴了。"正被富公言中。仁宗为此十分懊悔。当初，执政的宰相就不愿听鲠直的谏言，下令禁止百官超越职责向朝廷奏事。由于富公议论日食时，说到顺应天上的变化不如通达臣下的谏议，于是才解除了这项禁令。

元昊进犯鄜延路，杀死两二万多人，攻破金明城，擒获了李士斌，鄜延路的帅臣范雍、路钤辖卢守勤关闭延安城门，不发兵救援，宦官头目黄德和带兵先自逃走，刘平、石元孙力战而死，而范雍、卢守勤却把罪过推到延安府通判计用章和兵马都监李康伯身上，两个人都被流放到岭南。黄德和还诬告刘平投降夏人，朝廷下诏令人带兵包围刘平的家。富公说："刘平从环庆路率兵前来援救，是因为奸臣不去援助，所以才失败的。刘平最后大骂敌寇，绝食而死，朝廷应该抚恤他的家属。卢守勤、黄德和都是内廷宦官，倚仗权势诬陷他人，妄图解脱自己的罪行，应该把他们逮捕定罪。"枢密院上奏说，如今正在用兵之际，无暇顾及审狱的事。富公说："这是执政大臣附和奸臣欺君罔上，不能不立案审查。"当时卢守勤的儿子卢昭序为内廷司药官，富公奏请罢免了他，黄德和最终被处以腰斩。

有二十几个延州百姓到朝廷告急，天子召他们进殿询问，把各个将领失败覆亡的情况都了解清楚了。执政大臣为此十分恼怒，下令边境州郡禁止百姓擅自到京城来。富公说："这不是陛下的意见，而是宰相不愿意让皇上了解边境失败的真相罢了。百姓有急难，又不能告诉朝廷，使朝廷派军队保护他们，那么他们只有向西投奔元昊，向北投奔契丹了。"夏守赟任陕西各路都总管，朝廷又命以入内都知王守忠为诸路都钤辖。富公说："任用夏守赟就已经被天下人所讥笑了，而王守忠又任钤辖之职，这和唐朝时任用宦官监督军队没有区别，边关将帅和官吏必然心生怨愤和恐惧，卢守勤、黄德和败坏大事的前车之鉴，还可再重复吗？"于是下诏撤消了王守忠都钤辖之职。

当时朝廷又任用观察使魏昭昞为同州知州，郑守忠为殿前都指挥使，高化为步军都指挥使。富公说："昭昞是个乳臭未干的小孩子，必然会败坏朝廷大事；郑守忠和高化都是过去在宰相身边奔走的小官，都是奴才小人，不能把这样重要的事交给他们。"朝廷下诏派遣侍御史陈泊前往陕西监督修缮城池，并在潼关建筑新城。富公说："天子的防线是在四面边境，如今在潼关筑城，难道从潼关以西都要放弃吗？"这些话都刺痛了宰相。自从西北开战以来，官吏和民众上书的人很多，一直都没有选择采用。富公说："知制诰本是中书省的属官，可以选择两人设置一个部门处理这些建议，由中书令审查他们的建议。可以采用的，就采用。"宰相把这事交付给学士院，富公说："这是宰相为保全自己，把天下是非责任推给他人。"请求与宰相在朝堂上进行辩论。又说："边关大事关系到国家的安危，不应当全部交给枢密院决定。后周的宰相魏仁浦就兼任枢密使，本朝初年范质、王溥也是以宰相之职参与知枢密院事。如今正当用兵之时，应当让宰相按照旧例兼领枢密院。"仁宗说："军国大事，应当全部交付中书省掌管，枢密使不是传统的官职。"然而朝廷也并不想很快废除这个部门，于是从内廷直接传达诏旨，命中书令参与讨论枢密院的军机大事，并且要与枢密使共同签书文书。宰相拿着内旨交给皇上说："这样做，我恐怕枢密院说我与他们争权。"富公说："这是宰相怕负责罢了，并不是怕人说他夺权。"

当时西夏首领吹同乞砂和吹同乞山分别自称是西夏的将领、宰相来归降，朝廷授与他们借补奉职的虚衔后，把二人押解安置在荆湖路。富公说："这两个人归降我国，他们全家都已被诛灭，我朝应当重重地奖赏他们，给以后来归降的人做个榜样。"皇上命人把富公的意见送到中书讨论。富公见到宰相，向他论述这件事的利害，可宰相却不知道此事。富公感叹说："这难道是件小事吗？怎么连宰相都不知道！"于是更加深刻地论述此事，天子遵从了富公的意见，命宰相兼任枢密使。

除授盐铁判官，迁官太常丞，史馆修撰。又奉命出使契丹。康定二年，改官右正言、知制诰，纠察在京刑狱。当时有使用伪造的度牒出家为僧的，后来事情暴露，原来是中书省的属官所为。开封知府逮捕了涉及此事的其他案犯，却没有触动中书官员。富公告知宰相，请求把这个官吏逮捕定罪。宰相指着自己的坐位说："你就快要升任执政了，不要做这些沽名钓誉的事。"富公正颜厉色，不接受他的劝告，说："我一定要把他治了罪才罢休。"宰相很不高兴，所以推荐富公出使契丹，就是想寻些借口治他的罪。欧阳修上奏仁宗，引用唐朝颜真卿出使李希烈的旧事，请求留住富公，没有得到应允。

富公完成使命回朝后，除授吏部郎中、枢密直学士，他都恳切地再三推辞。富公第一次接受出使契丹的任命时，得到自己一个女儿死去的消息，第二次接受出使的任命时，又听说生了个男孩，富公都没有回家而直接赴命。路上收到家信，也不拆开就烧掉了，说："白白地搅乱我的心。"很快，富公就迁升为翰林学士。富公面见皇上极力推辞，说："增加给契丹的岁币，并非出自我的本内心，只是由于朝廷当时正在讨伐元昊，没有余力同时再与契丹发生战争，所以那时没敢以死相争，哪里还敢接受褒奖呢！"

庆历三年三月，朝廷终于任命富公为枢密副使，富公推辞不受，言词更加恳切真诚。于是改授他为资政殿学士兼翰林侍读学士。这年七月，又任命他为枢密副使。富公说："契丹已经与我朝订立友好盟约，议事大臣们便以为天下无事了，边境的警备渐渐松驰，契丹万一撕毁合约，我就是死了也洗不掉大罪。不但我不敢接受这个任命，也希望陛下能时时想到夷狄之国轻慢侮辱我国的耻辱，卧薪尝胆，不要忘记勤理朝政。"于是把任命书交还给皇帝。过了一个月，还是被任命为枢密副使。

此时元昊的使节向皇帝辞行，众位大臣依次排列在紫宸殿门外，皇帝等候富公站到枢密院的队伍之后，方才就坐。并命宰相章得象告诉富公说："这是朝廷对你的特别任用，并不仅仅是因为你出使契丹的缘故。"富公迫不得已，才接受任命。

那时晏殊为宰相，范仲淹为参知政事，杜衍为枢密使，韩琦和富公为枢密副使，欧阳修、余靖、王素、蔡襄为谏官，都是当时颇具声望的大臣。鲁地人石介写了一首《庆历圣德诗》，逐一颂扬这些大臣，都很符合实际。诗中说："范仲淹和富弼，一个就像夔，一个就像契。"天下的士民对这个比喻都不认为过分。富公立志以国家社稷为己任，而仁宗责成富公与范仲淹，命他二人在极短的时间中安定局面，多次以亲手起草诏书督促富公等人逐条制定方案。又打开天章阁召集富公等人会议。富公等人坐下后，又赐给他们笔纸，命他们草拟自己想要实施的方略，还派遣两名宦官轮番前往督促。又命范仲淹主管西部元昊之事，富公主管北部契丹之事。于是富公和范仲淹各自呈奏了当前所急的政事十几条。富公又单独上奏了河北地区安定边境的政策十三条，大致是以引进贤人、斥退奸佞、防止侥幸、革除积弊为原则，想逐渐罢黜改换各路提刑和转运判官中那些不能胜任的官员，再由新选拔的监察官来拣选淘汰他们部下中平庸的官吏。于是，那些小人就开始对他不满意了。

元昊派遣使臣带着国书前来，书中称自己为'男'而不称'臣'。富公说："契丹国都能使元昊称臣而我国却不能使他称臣，那就证明契丹是无敌于天下的了，不能允许他这样做。"于是遣回了元昊的使臣，终于使他称臣。

庆历四年七月，契丹派使来告知我朝，要出兵讨伐元昊。而这年的十二月，朝廷将下诏册封元昊为夏国主，我朝派出的使节正要出发却又受命停止，以等待契丹国的使者。富公说："如果在契丹使臣到来之前我国使臣就出发了，那么此事就是出自我国，如果等契丹使节来到后，那么这个恩义不就归了契丹了吗？"仁宗听从了富公的建议。

这一年契丹国主在云中郡接受朝贺大礼，并打算发兵攻打元昊。正巧元昊在讨伐呆儿族部落，离我国河东路很近。仁宗问富公说："契丹会不会与元昊合兵袭击我国呢？"富公说："契丹自从得到幽、蓟等地，就不再由河东入侵了，因为河北地势平坦而又富饶，而河东一带山高路险，土地贫瘠。况且还要防备我国从镇定发兵，直捣燕、蓟的空虚之地。如今他们师出无名，像契丹这样的大国，决不会做这样的蠢事。就算他们轻举妄动，也该乘我毫无准备之时，不应该先声言去云中接受大礼。元昊原来确实与契丹有过盟约，共同在西、北夹击我国。但如今契丹背弃了与元昊的盟约，与我国结好，自己每年获得了许多钱物，元昊对此很有怨气，所以契丹国修筑了威塞州城用来防备他，呆儿族人多次杀害威塞地区的契丹人，契丹怀疑是元昊指使的，所以才发生这场战争。怎么能合兵进攻我国呢！”有人提议应调集军队做为防备，富公说：“契丹虽然不打算进攻我国，但也还想虚张声势地向我国示威。如果我们果真调兵，那就正中他们的奸计。我请求为这件事负责。如果契丹果真入侵，愿接受欺君误国的制裁。”仁宗便没有调兵，契丹最终也没有入侵。

富公说契丹日后发动战争，一定会从河朔一带进攻。就呈上十三条计策，又请求亲自担任一个边郡的知州来实施这些政策。小人们对富公越来越恨，朝廷大臣也有用谣言来中伤富公的。仁宗虽然并不相信这些话，但富公感到人言可畏，正赶上保州的兵乱刚刚平息，富公就请求担任河北宣抚使来暂时躲避这些暗箭的伤害。安抚河北结束后，又除授资政殿学士、知郓州兼京东西路安抚使。谗害他的人还不罢休，又罢免了他安抚使的职务。过了一年多，这些谣言不攻自破，于是朝廷又给他加官给事中，移知青州兼京东东路安抚使。

河北发生水灾，百姓流亡到京东一带。富公挑选治下收成比较好的五个州，劝州民捐助粮食。共得十五万斛，又拿出官府粮库中的粮食，存放在各个州县。又腾出官府和私人的房屋十万多间，分别安排那些饥民，以方便他们取火做饭。那些以原有官阶等待任命和闲居在本地的官员，发给他们俸禄，让他们在难民集中的地方，救济老弱病残的人。山林河湖里的物产，只要有可以取来为食的，都听任流民拾取，其主人不得禁止。对于救民有贡献的官吏们，都写成文书呈给朝廷，以备日后根据功绩大小得到朝廷的奖赏。每隔五天，就派人带着酒肉米饭去慰劳他们。富公完全是出于一片赤诚之心，所以人人都为他尽力。流民中有死丧者，挖了一个大坑把他们埋葬，称之为丛冢，富公亲自写了一篇祭文来祭奠他们。第二年夏天，京东一带的麦子获得大丰收，难民们分别根据路途远近得到粮食返回故乡，这次救荒共救活了五十多万人。召募到军队当兵的又有一万多人。仁宗听说后，派遣使臣慰劳富公，随即又拜为礼部侍郎。富公说：“救灾是守臣份内的职责。”辞谢不肯接受。此前救济灾民的官吏，大都是把难民聚集在城郭中，煮粥给他们吃，有的饥民聚集在一起发生瘟疫，有的争夺食物被踩死，有的排队等待次多日得不到食物，等得到了稀粥也都饿得倒地而死，名义上是救人而实际上是把他们杀了。富公采用的办法，简便易行，周到细致，全国各地都依照此法。至到今天，不知道救活了几千万人啊。

王则占据贝州反叛时，齐州的禁兵马达、张青与刁民张握等人从妖道那里得到了宝剑和官印，也想率众反叛朝廷，准备屠杀齐州的百姓来响应王则。张握的女婿杨俊到富公府中告发了他们的阴谋。齐州并不属于富公管辖，所以富公担心事情泄漏反而激化事态。此时宦官张从训衔带着朝命来到青州，富公估量张从训可以信任，便把此事托付给张从训，让他快马直奔齐州，调集官军捉拿案犯，无一漏网。事后，富公自己弹劾自己擅自遣使内臣使节的罪过，仁宗嘉奖了他。再次除授礼部侍郎。富公仍旧恳切谢绝，没有接受。

迁官资政殿大学士。以天子亲祭明堂的恩典，除为礼部侍郎，调任郑州知州，又调任知蔡州，加宫观文殿学士、知河阳三城。又迁为户部侍郎，除授宣徽南院使，任并州知州兼河东经略安抚使。至和二年，召入朝中，拜同中书门下平章事、集贤殿大学士，与文彦博同旨任命。

宣读圣旨的那一天，士大夫们在朝堂互相庆贺，仁宗秘密地了解了众臣对任命二位宰相的反应。欧阳修上殿奏事，仁宗把大臣们欢欣鼓舞的情形告诉了欧阳修，并说：“古时候人君谋求宰相，往往出自梦中或由占卜而得。如今朕任命了两位宰相，人情如此欢悦，难道不比做梦占卜强吗！”欧阳修也叩头赞扬庆贺。

仁宗病重，大臣们都见不到皇帝，朝野一片担忧恐惧。文彦博和富公等大臣径直到仁宗的寝宫探望病情，宦官把他们挡在门外，不准他们进去。几位大臣只好以监视道士们念经祈祷为名，请求留在内廷歇息，一应大事都上奏之后才施行，宫中有条不紊。嘉祐三年，加官礼部尚书、昭文馆大学士，监修国史。

富公担任宰相，遵守朝廷法度，依照前朝旧典，同时参照大多数大臣的意见，决策从不掺入自己的主观意见，所以大小百官各司其职，天下安宁无事。由于有些地区民众困顿衰弱，各地的赋税和劳役也不均衡，于是派遣使臣到各路调查核实，减免税役，称之为宽缓体恤民力。又放宽茶叶买卖的禁令，以增加商贾流通。修改刑罚条令，使之简单明确，天下人都认为这些改革有利于民。

嘉祐六年，为母亲秦国太夫人守孝忧，朝廷下诏为他撤消了传统的立春饮宴。根据旧制，宰相遇到服丧都要立即重新起用任事。富公说这是非常时期的做法，不能用于太平盛世。仁宗等待富公回朝执政，五次派遣使臣前往催促他，但富公执意不从，天下人都盛赞他的孝行。

英宗即位后，拜富公为枢密使、同中书门下平章事，迁官户部尚书。一年后，由于患有脚病，请求解除枢密使的重任，章表上了二十道，拜为镇海军节度使、同中书门下平章事，任河阳三城知郡，封为祁国公。富公连上五道奏章，请求免除使相的资格，并说："真宗朝之前不轻易地把使相的资格授给大臣，仁宗即位初年，有的宰相想为自己获取利益，所以开了这个先例。整个仁宗一朝，凡宰相、枢密使解除职务的都要除授使相，甚至不称职的和有罪罢黜的也同样对待，人们都认为很不合理。如今陛下刚刚即位，希望从臣这里开始定立新的法规。"英宗没有答应。

神宗即位后，改为武宁军节度使，进封为郑国公。富公又请求免去使相的头衔，于是改为尚书左仆射、观文殿大学士、集禧观使，召他回朝。富公以脚病为由，坚执推辞。神宗就命他仍任河阳知郡。熙宁元年，改为汝州知州，并且召他入朝拜见天子。因为富公有脚病，允许他乘坐小轿至到大殿门口，神宗还专门到禁中内东门的便殿里接见他。让他的儿子富绍隆扶着他进殿，并命他不必跪拜。给他赐坐并亲切交谈，直到日落西山。赐给富绍隆五品官的官服。再次召见时，神宗想留他在京城任集禧观使，富公极力推辞，回到汝州任上。次年二月，除授他司空兼侍中、昭文馆大学士，并赐给他一座宅院，富公都谢绝没有接受。最终还是拜他为左仆射、门下侍郎、同中书门下平章事。

富公回到京城，还没有拜见皇帝。有个大臣在神宗面前说灾祸变异都是天命所决定的，而并非人事治理的优劣得失所导致的。富公听说此话后，感叹地说："君主所敬畏的只有上天，如果连上天都不怕了，什么事做不出来呢？那离着动乱亡国就没几天了！这一定是奸臣小人想进乱政之言，所以先引导天子无所畏服，让辅佐劝谏天子的忠臣无法对天子施加他们的影响，这是关系到国家社稷安定和动乱的关键。我不能不赶紧纠正这种说法。"立即呈上数千言的奏章，广泛征引了《春秋》《洪范》以及古今人物的传记、人之常情、物之常理，用来说明决不是如奸人所说的那样。

百官奏请为神宗皇帝加尊号和奏乐，神宗因为国内连年大旱而没有应允。大臣们又执意地请求演奏宫廷乐章，富公又说："按照旧例，凡是国家遭遇灾害变异都要停止奏乐，大臣们是认为同天节这一天契丹等国的使节要来祝寿，所以不断地请求奏乐。而我以为这是件盛大的事，正可以以此向夷狄之国显示圣上的仁德。请求连祝寿的典礼也一同停止。"神宗采纳了富公的意见。当时天就下了大雨。

富公又上疏，希望天子更加敬畏上天的惩戒，远离奸佞小人，亲近忠良大臣。神宗亲笔书写诏书回复他说："你的情义诚恳语言亲切，道理正确文辞坦率。如果不是出于爱护君王的一片忠心，志在为国家社稷着想，哪能讲出这般肺腑之言？朕怎敢不把它放在枕边席上，铭刻在心中，一直到老永远做为警戒？也希望爱卿不要改变今天的志节，那么天灾就不难弭合，太平盛世也就会很快实现了。"富公上疏感谢，再次向神宗提出劝戒说："希望陛下对待群臣不要以是否合乎自己的心意做为喜欢或不喜欢的标准，也不要按自己的喜怒做为提拔和贬退的尺度。"

富公最初拜见神宗时，神宗向他询问边境大事，富公说："陛下刚刚即位，应当广施仁德，遍行恩惠，希望陛下二十年内不讲论征战之事。"于是呈上九件事为警戒。这年八月，由于身体多病，辞掉了宰相之位，拜为武宁军节度使、同中书门下平章事，任河南府知府。又因为富公自己的请求，改任亳州知州。

当时正在推行青苗息钱法，富公认为这个法令如果实行，那么财货利益确实可以集中于朝廷官府，但人心却会大大涣散，况且富裕的农民并不愿意请求借贷，请求借贷的都是贫困的农民，日后也无法偿还，所以接到命令后并不在本州实行。于是提举常平仓赵济弹劾富公凭借老臣的资格阻碍新法。他说："推行新法应当从朝廷近侍和老臣开始，如果对富弼这样的人不加责问，就无法号令天下了。"于是降授富公为左仆射，改为汝州知州。富公说："我对新法没有搞明白，不能再治理州郡，希望能准许我回洛阳养病。"朝廷批准了他的请求。接着富公便请求退休，于是拜他为司空，复恢武宁军节度使和同中书门下平章事的原官，进封为韩国公退休。

富公虽然告老还乡居住在家中，但每当朝廷发生重大的事情时，他仍旧知无不言。交趾反叛朝廷，神宗命郭逵等人带兵征讨。富公说："南海一带地势险峻，路途遥远，不能限制他出兵的时间。希望下诏给郭逵等人，让他们相机行事，以保全国家的军队不致伤亡过多。"契丹派人来请求割让河东数郡，神宗亲笔写诏向富公咨询。富公说："如果是熙河路的各个州郡，那到是都不值得守护，可是河东路的州郡，绝对不能答应。"

元丰三年，新官制开始实行，改授富公为开府仪同三司。这一年，已故参知政事王尧臣的儿子王同老向皇帝上书说，至和三年，仁宗病重，他的父亲王尧臣曾与文彦博、刘沆以及富公共同为朝廷大事决策，请求为国家社稷尽早确立皇位继承人，仁宗当时答应了他们的要求。正赶上第二天病情好转，所以此事又耽搁下来，也就没人再提到此事，别人也不知道他们的功劳了。王同老把他父亲王尧臣当时所撰写的诏书草稿呈给神宗，神宗向文彦博询问此事，文彦博说的和王同老一样。神宗叹赏富公等人的功勋业绩如此伟大，却从来不自我炫耀，于是下诏命富公为司徒，并授与他的儿子绍京为阁门祇侯。

元丰六年闰六月丙申，富公在洛阳自己的家中逝世，终年八十岁。他临终前亲手写了遗表封好，让他的儿子呈给天子，世上没人知道遗表中说了些什么。神宗听到富公逝世的消息，非常震惊和哀痛，为他罢朝，又命内廷官撰写祭文，派特使送到富公的灵堂，抚恤他家属的财物十分丰厚。赠官为太尉，加谥号为文忠。十一月庚申，安葬在河南府河南县金谷乡南张里。

富公配偶是周国夫人晏氏，比富公晚四年去世。有三个儿子：富绍庭，官朝奉郎；富绍京，官供备库副使，比富公晚十个月去世；富绍隆，官光禄寺丞，早年逝世。四个女儿：长女嫁给保宁军节度使、北京大名府留守冯京，病逝后，富公又把他的次女嫁给冯京为继室，封为安化郡夫人；三女嫁给承议郎范大琮；小女嫁给宣德郎范大珪。三个孙子：定方，官承事郎；直清，官朝奉郎；直亮，官假承务郎。

富公生性十分孝顺，恭谨持重而看重礼节。与别人谈话，即使是孩子和奴婢，也总是十分恭敬。神色安祥凝重，终其一生没有见到他狂喜和愤怒。然而只身进入凶吉莫测的契丹，义正辞严地责问契丹的君主群臣，使他们心服口服，没有一句话有辱国家体面，这就是人们所说的大勇吧！他崇尚美善痛恨邪恶，是出于天性。他常说："君子和小人就像冰凌和炭火，决不可以放在同一器皿中。如果兼收并用，那么小人一定会得势，香花和臭草掺杂在一起，最终一定是臭气熏天。"他担任宰相和任河阳知郡时，直到最后告老还家，前后三次所上的奏章中，都提到："天子没有具体的职务政事，只是辨别君子小人，从而提拔和斥退他们，这才是天子的职责。君子与小人同在一起，那么君子必然不能占据上风。君子不能战胜小人，那么只有洁身自好，退出朝堂，陶然于自身道德的修养之中而不再烦闷；小人如果不能战胜君子，他们就会互相勾结，陷害忠良，不择手段，诡计万千，一定要达到目的才肯罢休。小人重新占据上风之后，一定会变本加厉地残害善良正直的君子，没有他们做不出来的事。小人当政而想求得天下不乱，那是不可能的。"

他写的文章，说理明析而不华丽取宠，文辞质朴而不粗俗下流。有《文集》八十卷，《天圣应诏集》十一卷，《谏垣集》二卷，《制草》五卷，《奏议》十三卷，《表章》三十卷，《河北安边策》一卷，《奉使录》四卷，《青州振济策》三卷。富公一生中举荐的人才很多，非常知名的就有十几个人，如王质和他弟弟王素、余靖、张瑰、石介、孙复、吴奎、韩维、陈襄、张鼎、张显之、杜杞、陈希亮等人，都是有所建树而受到世人称赞的人，世人认为富公善于鉴察人物。

元祐元年六月，朝廷下诏让富公配享神宗皇帝的宗庙。次年，由于皇上祭祀明堂的恩典，加赠为大师。

富绍庭向朝廷请求说："先父的墓碑尚未树立，望陛下能加恩给他。"皇上亲自为他篆写了碑额为"显忠尚德之碑"，并命臣苏轼撰写富公的事迹。我叩头而进奏说："世上从无没有贤人的时候。自尧、舜三代以至到今天，有圣君就有贤臣。所以仁宗、英宗至于神宗皇帝都是仁德贯于始终，敬奉天帝。于是天帝就把杰出的人材派遣到人间，就是辉煌灿烂伟岸杰出像富公这样的人。看富公一生的行事，而体会他的为人，那么仁宗、真宗、神宗三代皇祖盛大的仁德，不用问也就可以深深了解了。"古代的大臣，功勋太高性命也就危险了，声望太重毁谤也就随之而来。所以佐命的重臣，很少能终生保全功勋和名望的。臣看到三代皇祖对到富公的宠护，使他能终生保全自己的功名，这仁爱真是无可比拟了。当契丹要求割取关南之地时，天子让宰相逐一询问朝廷大臣："谁能为朕出使契丹？"人人都找借口不愿出使。只有富公挺身而出，慷慨请求出使敌国。使命完成，天子打算重用富公，富公却谦虚地退避，不敢居功。而那些当时推辞不出的人，知道自己的行为可耻，于是把怨恨发泄在富公身上，接着便开始谗害富公，无所不至。到石介写了《庆历圣德诗》，天下四方都在传诵富公的事迹时，有些执政大臣恨透了富公，制造流言蜚语，陷害富公，一定要把富公致之死地而后快。仁宗慢慢觉察出来，洗清了加在富公身上所有的不实之词，终于任用富公担任宰相。到了英宗、神宗二朝，富公年事已高，他的功勋已经记录在国史中，仁德已经流传在民间。天子虚心听取富公的意见，西夏、契丹都注视着富公，以他的执政或下野，来衡量宋朝的强弱。然而一个小小的赵济却敢摇撼富公，仰仗于神宗皇帝如日月之明鉴，对富公的了解更加深透。富公虽然告老离朝，朝廷有重大决策一定要亲自草诏向富公咨询。又追念他保国安民的丰功伟业，布告于天下万民，并把对他的恩宠加给他的子孙。这样，小人们才不敢再发议论。富公很自然地入朝执政，从容地离朝退居，终于保持了佐命大臣的功名。古人有这样的说法："做天子难，当臣子也不容易。"难道不是这样吗！富公得以配享于天子的宗庙，应该有颂德之诗，用以昭告后世。颂词说：

五代共八姓，历十二位国君。前后四十四年，就像是一团乱丝。把人命当做儿戏，把杀人当做笑乐。河南河北兵火连天，血腥之气上达于天。天神厌恶了他们，把社稷交给了我朝祖先。送给他炉锤之具，前去销毁刀枪戈矛。谁说百姓离我大远？我已听到了他们的呻吟。难道你们不能稍微收敛，不要再残害无辜的黎民。六代君王上承天命，前后一贯仁德为本。救命他们的后代子孙，一定要秉承上帝之命。不要把酷刑加给人民，还怎敢喜好兴兵黩武。因此在一百三十年间，天子们都忌讳言及征战与刑罚。只有那北方的契丹，认为我朝天子惧怕他们。天子听到他们的狂言，决定把他们的狂傲摧败在初起之时。幸而上天降生寇莱公，果断决策狠狠地打击敌寇。契丹驯服之后，随后又安抚他们。英伟的韩公，继寇莱公之后。再次出使契丹，北方边境从此安宁。景德元年，终于与契丹定立了盟约。富公就出生在这一年，真是天命有意安排的。富公还在母腹之中，秦国夫人惊奇地梦见，无数的旌旗，还有白鹤鸿雁降落在庭院之中。天帝宣告说天降神人，随后便生了富公。上天想要宽抚生民，富公代天开启了衷心。北到燕然山，南到黄河。亿万的生灵，都得到富公亲手抚摩。遇到了洪水灾害，造成了饥民遍野，难民流散到京东。五十多万的生灵，全都仰仗富公的哺育。富公身在朝廷时，仁爱就像泉水到处流淌。他在四方州郡时，仁爱就像露水从枝叶流到根本。提拔的百官都是人才，制定的法度都是严正的。辅佐我大宋三代祖宗，使我皇朝更加辉煌。先皇帝呼唤富公前来，于是就有巨星陨落堂前。虽有坟墓高耸，富公难道会淹没在其中吗？嵩岳降生的神人，如今归天不能挽留。臣苏轼作此颂歌，用作《大雅·崧高》的和声。

赵康靖公神道碑 代张文定公作

宋有天下百二十有五年，六圣相师，专用一道曰仁，不杂他术。

刑以不杀为能，兵以不用为功，财以不聚为富，人以不作聪明为贤。虽有绝人之材，而德不至，终不大用。六圣一心，守之不移。故自建隆以来至于今，卿相大臣，号多长者，记人之功，忘人之过。含垢匿瑕，犯而不校，以为常德。是以四方义安，兵革不试，民之戴宋，有死无二。自汉以来，未有如今日之盛者。此六圣之德，而众长者之助也。《易》曰："师贞，丈人吉。"《诗》曰："虽无老成人，尚有典刑。"《书》曰："如有一介臣，断断猗，无他技，其心休休焉。其如有容。人之有技，若己有之，人之彦圣，其心好之，不啻若自其口出，是能容之，以保我子孙黎民。"故太子少师赵公，服事三朝四十余年，其德合于《易》之所谓"丈人"、《诗》之所谓"老成"、《书》之所谓"一介臣"者。

公讳概，字叔平，其先河朔人也，徙于宋之虞城七世矣。曾祖著，后唐国子毛诗博士，赠太师、中书令。妣刘氏，楚国太夫人。祖惠，宋州楚丘令，赠太师、中书令兼尚书令、韩国公。妣李氏，燕国太夫人。父干，尚书驾部员外郎，赠太师、中书令兼尚书令、鲁国公。妣张氏，鲁国太夫人；高氏，唐国太夫人。

公七岁而孤，笃学自力。年十七，举进士。当时闻人刘筠、戚纶、黄宗旦皆称其文词必显于时，而其器识宏远，则皆自以为不及。当赴礼部试，楚守胡令仪醵黄金以赠之，公不受。天圣五年，擢进士第三人。授将作监丞、通判海州。归见父老故人，幅巾徒步，人人至其家。召试学士院，除著作郎，集贤校理。出知涟水军。

公为进士时，邓余庆守涟水，馆公于官舍，以教其子。余庆所为多不法，公谢去。数月，余庆以赃败。及公为守，将至，或榜其所馆曰"豹隐堂"，赋者三十余人。岁饥，公劝诱富民，得米万石，所活不可胜数。涟水有渔池，利入公帑，岁杀鱼十余万，公始罢之，作《放生碑》池上。

移守通州。入为开封府推官。奏事殿中，赐五品服，且欲以为直集贤院。宰相以例不可，出知洪州。属吏有郑陶、饶爽者，挟持郡事，肆为不法，前守莫能制。州有归化兵，皆故盗贼配流已而选充者。爽与郡人胡顺之共造飞语以动公，曰："归化兵得廪米陈恶，有怨言，不更给善米，且有变。"公笑不答。会归化卒有自容州戍所逃还犯夜者，公即斩以徇，收陶下狱，得其奸赃，且奏徙夷歙州，一郡股栗。城西南隅，当大江之冲，水岁为民患。公建为石堤，高丈五尺，长二百丈。用石九千段，取之有方，民不以为劳。明年夏，堤成，而水大至，度与城平，恃堤以全，至于今赖之。

迁刑部员外郎、同知宗正寺。出知青州，改直集贤院。赋税未入中限，敕县不得辄催科。是岁，夏税先一月办。坐失举张诰，夺官罢归。起监密州酒，徙楚州粮料院。以郊赦还官职，知滁州。山东大贼李小二过境上，告人曰："我东人也。公尝为青州，东人爱之如父母，我不忍犯。"遂寇庐、寿，犬牙不入境。

召修起居注，朝廷欲用修玉牒。久之，除欧阳修起居注。朝廷欲骤用修而难于躐公。公闻之，乃请郡自便。以为天章阁待制，赐三品服，纠察在京刑狱，迁兵部员外郎，遂知制诰，勾当三班院。会郊礼当进阶封，且任一子京官。乞以母封郡太君。宰相谓公学士拟封不久矣。公曰："母年八十二，朝夕不可期，愿及今以为荣。"许之。后遂以为例。

改知审官院，判秘阁，与高若讷同判流内铨。若讷言往尝知贡举，闻母病不得出，几不能生。公矍然即请郡以便亲。宰相谓公曰："旦夕为学士，可少待也。"公不听，遂除苏州。

明年，丁母忧，服除，召入翰林为学士，知贡举，馆伴契丹泛使，遂报聘焉。会猎于兴云山之西，请公赋诗。诗成，契丹主亲酌玉杯以劝公，且以素扇授其近臣刘六符，写公诗，置之怀袖。

使还，加侍读学士。历右司郎中、中书舍人、提举在京诸司库务。奸人冷清诈称皇子，迁之江南。公曰："清言不妄，不可迁；若诈，亦不可不诛。"诏公与包拯杂治之，得其实，乃诛清。李参为河北转运使，职事办治，进秩二等，且官其一子。郭申锡为谏官，争之曰:“参职事所当办,无功,不可赏。”上怒,欲罪申锡。公言:“陛下始面谕申锡:‘毋面从吾过。’今黜之,何以示天下?”乃止。

以龙图阁学士、礼部侍郎知郓州,徙南京留守,拜御史中丞。中官邓保吉引剩员董吉烧银禁中,公力言其不可,遂出之。又言:“张茂实不宜典兵卫。”未行,会公拜枢密副使,复言之,乃出茂实知曹州。

拜参知政事。方是时,皇嗣未立,天下以为忧。仁宗始命英宗领宗正。公言宗正未足为重,遂与执政建言,宜立为皇太子。从之。

英宗即位,迁户部侍郎,又迁吏部。熙宁初,迁左丞。公年七十矣,求去位,不许。章数上,乃以为观文殿学士、吏部尚书、知徐州。遂请老不已,以太子少师致仕。

居睢阳十五年,犹以读书著文忧国爱君为事。集古今谏争为《谏林》一百二十卷,奏之。上甚喜,赐诏曰:“士大夫请老而去者,皆以声问不至朝廷为高。得卿所奏书,知有志爱君之士,虽退休山林,未尝一日忘也。当置坐右,以时省阅。”上祠南郊明堂,率尝召公陪祀,每辞以老疾,间尝一至都下,亦以足疾辞不入见。诏中贵人抚问,二府就所馆宴劳之。累阶至特进,勋上柱国,封天水郡开国公,赐号推忠保德翊戴功臣。元丰初,省功臣号。三年,官制改,解特进。

六年正月十五日,薨于永安坊里第,享年八十八。辍视朝一日,赠太师,谥康靖。前作《遗范》以戒子孙,纤悉必具。以某年月日,葬于宋城县天巡乡,地与日皆公所自卜也。

娶李氏,封汝阴郡夫人,先公二十五年卒于郓州。子荣绪,殿中丞;敦绪,将作监主簿,皆早亡;元绪,宣德郎;公绪,校书郎。女二人:长适光禄寺丞王力臣;幼适朝奉大夫程嗣恭。孙男四人:嗣徽,通直郎;嗣真,宣德郎;嗣贤,试校书郎;嗣光,未命。曾孙男六人,韡,太庙斋郎,余未名。

公为人乐易深中,恢然伟人也。平生与人实无所怨怒,非特不形于色而已。专务掩恶扬善，以德报怨。出于至诚，非勉强者。天下称之，庶几汉刘宽、唐娄师德之徒云。始，欧阳修躐公为知制诰，人意公不能平。及修坐累对诏狱，人莫敢为言，公独抗章言："修无罪，为仇人所中伤。陛下不可以天下法为仇人报怨。"上感悟，修以故得全。公既老，修亦退居汝南。公自睢阳往从之游，乐饮旬日。苏舜钦为进奏院，以群饮得罪。公言："与会者，皆一时名人，若举而弃之，失士大夫望，非朝廷福。"张诰以赃败窜海上，公坐贬累年，而怜诰终不衰，间使人至海上劳问赒给之。代冯浩为郓州，吏举按浩侵用公使钱三十万，当以浩职田租偿官。公曰："浩，吾同年也，且知其贫，不可。"以己俸偿之。公所为大略如此。至于敦尚契旧，葬死养孤，盖不可胜数。

余于公为里人，少相善也，退而老于乡，日从公游，盖知之详矣。元绪以墓碑为请，义不可以辞。铭曰：

维古仁人，仁义是图。仁近于弱，义近于迂。课其功利，岁计有余。在汉孝文，发政之初。欲以利口，登进啬夫。有臣释之，实矢厥谟。世谓长者，绛侯相如。皆讷于言，有口若无。岂效此子，喋喋巧谀。帝用感悟，老成是亲。清净无为，鉴于暴秦。历祀四百，世载其仁。赫赫我宋，以圣继神。于穆仁宗，如岁之春。招延朴忠，屏远佞人。岂独左右，刑于庶民。维时赵公，含德不发。如圭如璧，如金如锡。置之不愠，用之不怿。帝嘉其心，长者之杰。遂授以政，历佐三叶。济于艰难，不童不跋。公在朝廷，靖恭寡言。不忮不求，孰知其贤？望其容貌，有耻而悛。薄夫以敦，鄙夫以宽。今其亡矣，吾谁与存？作此铭诗，以诏后昆。

【译文】大宋夺取天下一百二十五年，六位圣明的君主一脉相传，都专心于以仁爱治国，没有其他的手段。朝廷制订的刑律，都是以尽量少杀人为准则。以不动用军队发动战争为治国有功。以政府不过多地聚敛钱财为国家富足，任用大臣的标准则以不玩弄权术为贤德。即使有超人的材干，如果德行不高，那么终生不会得到重用。六位圣君心意一贯，始终恪守这些原则不加变更。所以自从建隆年以来直到今天，所任命的公卿大臣，大都是仁爱有德的长者，记住他人的功绩，忘掉他人的过错。把羞辱和瑕疵隐藏起来，偶有冒犯，也不做计较，把这些做为应当发扬的长处。所以边境安宁无事，难得动用军队。百姓拥戴大宋政权，愿为他效死绝无二心。自汉朝以来，没有像今天这样的太平盛世。这是六位圣君的仁德所致，是各位大臣辅佐的结果。《周易》说："为师者贞诚，丈人就吉。"《诗经》说："纵然没有老成人，还有旧典常规。"《尚书》说："如果有一介之臣，断然遵守善道，即使没有任何别的技能，只要他心里乐于善美，就能够被人包容。贤者见到别人有技能，就如同自己有技能。贤人有善美通达的议论，自己便一心向往他，如同是从自己口中说出一样，因此他被人含容，受人任用，来保护我的子孙万民。"所以太子少师赵公，在三朝中为官四十多年，他的品德符合《周易》中所说"丈人"、《诗经》中所说的"老成"、《尚书》中所说的"一介之臣"。

赵公名叫概，字叔平，他的祖先是河北人，迁徙到今应天府的虞城县，已经是七代了。曾祖父名叫著，后唐时任讲授毛诗的国子博士，赠官太师、中书令。曾祖母刘氏，封楚国太夫人。祖父名叫惠，宋州楚丘县知县，赠官太师、中书令兼尚书令，封韩国公。祖母李氏，封燕国大夫人。父亲名叫干，官至尚书驾部员外郎，赠官太师、中书令兼尚书令，封鲁国公。母亲张氏，封鲁国太夫人；母亲高氏，封唐国太夫人。

赵公七岁时死了父亲，刻苦学习，自立自强。十七岁时，开始参加进士考试。当时知名的官员刘筠、戚纶、黄宗旦都称赞他的文章一定会显名于当世，而他的器度见识宏大高远，这些人都认为自己比不上他。他应当去参加礼部的考试，楚州知州胡令仪凑了些钱赠给他，赵公没有接受。天圣五年，被选拔为进士第三名。授予将作监丞、海州通判。回乡辞别父老和旧邻时，只是头戴黑巾，徒步而至。乡里邻舍人人都到他家中看望他。朝廷召他到学士院试职，除授著作郎，集贤校理。后出任涟水军知军。

赵公准备进士的考试时，邓余庆知涟水军，把赵公安置在军衙的客馆里，让他教自己的儿子读书。余庆所的所做所为多有不法，赵公就谢绝了邓余夹的款待，离开那里。几个月后，邓余庆因为贪污而受到惩罚。后来赵公被任命为涟水军知军，还没到任，就有人在他原来居住的客馆上挂了一个匾，写着“豹隐堂”三个大字，为此堂赋诗的有三十多人。遇到荒年，赵公劝导富户捐献粮食，得到一万石米，救活的人不计其数。涟水军有片渔池，所获的税利归入官府所有，每年都要打捞十几万条鱼。赵公下令停止捕鱼，写了一篇《放生碑》树立在池边。

改任通州知州。又回到京都任开封府推官。入殿奏事时，天子赐给他五品服，而且打算命他为直集贤院。宰相认为按照条例不可以升迁为此官，于是出任洪州知州。属官郑陶、饶爽两人，包揽州郡事务，肆无忌惮地为非做歹，前任知州无法制服他们。州里有归化兵，都是以前当盗贼被刺配流放后来又被挑选出来充数的。饶爽和郡民胡顺之一起制造谣言向赵公示威，说：“归化兵得到的是仓库中已经霉烂的粮米，怨气很大，如果不给他们调换好米，恐怕会发生兵变。”赵公笑了笑，没有回答。正巧有个从容州戍所里逃回来归化士卒违背宵禁的命令，赵公立即把他处死以警告效法者。又把郑陶逮捕入狱，审讯查实了他们所犯的贪赃枉法的种种罪行，又奏请朝廷，把饶爽流放到歙州。一郡上下都吓得两腿发抖。州城的西南角，正当长江的要冲，江水每年泛滥，给州人带来灾难。赵公在此处修建了石堤，高一丈五尺，长二百丈。共用了九千块大石头，由于用工合理，百姓并没有因为这么大的工程而感到劳顿。次年夏天，堤坝刚刚修成，大水就来了，水面与州城墙一样高，全靠这道堤坝保全了百姓，直到今天仍是靠这段堤坝防水。

迁官为刑部员外郎、同知宗正寺。又出任青州知州，改官直集贤院。青州应缴纳的赋税还没到一半，他下令各县不准催逼。这一年，夏税提前一个月就缴齐了。由于举荐张诰不当，被解除了官职离开官任。后重新起用他监密州酒税，改任监楚州粮料院。以天子郊祀祖庙之恩大赦，恢复原来的宫职，任滁州知州。山东巨寇李小二经过滁州，对人说：“我是山东人。赵公曾任青州知州，京东之人对他的爱戴就像自己父母，我不忍心触犯他。”于是进犯庐州和寿州，绕道而行，不入滁州境内。

召入朝，命修起居注。朝廷想用他修玉牒。过了一段时间，朝廷除欧阳修起居注。朝廷想立即重用欧阳修，可是又难于逾越赵公。赵公明白朝廷的意思，于是就请求出外知州以让出这个职位。朝廷就命他为天章阁待制，赐三品官服，担任纠察在京刑狱，又迁官兵部员外郎，接着任知制诰，勾当三班院。正赶上郊祭宗庙大礼应当迁官进阶封爵，并可以授给一个儿子为京官。赵公请求把应该赐给自己的官爵转封给他的母亲为郡大君。宰相对赵公说：“你不久就可以升学士，那时就可以为母亲封爵了。”赵公说：“我母亲年已经八十二岁了，说不定哪一天就等不到了，我想让她在世时获得荣耀。”朝廷答应了他的要求。后来就成为定制。

改官知审官院，主管秘阁事务，与高若讷一同主管吏部流内铨。高若讷说以往他曾经知贡举，听说母亲病重却不能出京探望，心中难过得几乎痛不欲生。赵公受到震动，立即请求出外知郡，以便奉养母亲。宰相对赵公说：“你马上就要被任命为学士了，可不可以稍微等待一段时间。”赵公没有听从，于是授官苏州知州。

次年，为母亲守孝，服孝期满，朝廷召他入翰林院为翰林学士，知礼部贡举，又命为馆伴契丹使，接着又受命前往契丹答礼。正赶上契丹主在兴云山之西围猎，请赵公当场赋诗。诗写完，契丹国主亲自斟满玉杯向赵公劝酒，并把一柄白扇交给他的近臣刘六符，把赵公的诗写在扇上，收在怀里。

出使回来，加官翰林侍读学士。又历任右司郎中、中书舍人、提举在京诸司库务。奸民冷清冒称自己为皇子，朝廷把他流放到江南。赵公说：“冷清的话如果是真的，就不应该把他流放；如果是假的，就不能不杀掉他。”朝廷命赵公与包拯共同审理此事，审出实情，于是杀死了冷清。李参任河北转运使，份内的事情都完成得很好，迁官两阶，并为他的一个儿子除授官职。郭申锡担任谏官，为此事争论说：“李参把份内的事办好了是应该的，不能算是什么特别的功劳，不应该赏赐。”天子十分愤怒，想降罪于郭申锡。赵公说：“陛下当初曾亲口对申锡说过：'不要当面迁就我的过失。'如今却因为议事而罢黜他，如何向天下交待呢？"朝廷这才不再追究郭申锡。

以龙图阁学士、礼部侍郎出任郓州知州，改任南京应天府留守，拜为御史中丞。宦官邓保吉引领退役军人董吉在宫中烧炼丹药，赵公极力奏论此事不可行，于是把董吉驱出宫廷。又上言说："张茂实不适合掌管宫廷卫兵。"此章还没处置，正赶上赵公被拜枢密副使，再次提起这件事，于是朝廷命张茂实出京担任曹州知州。

拜为参知政事。当时，皇位继承人还未确立，天下臣民都为此事深感忧虑。仁宗最初命英宗主管宗正寺。赵公说宗正寺的职位不够尊崇，于是和执政大臣们共同建议，应该立英宗为皇太子。仁宗听从了他们的意见。

英宗即位后，迁赵公为户部侍郎，又迁吏部侍郎。熙宁初年，升为尚书左丞。这时赵公已经七十岁了，请求离任退休，英宗不准。章表上了多次，才被任为观文殿学士、吏部尚书、徐州知州。赵公不断地请求退休，得以大子少师之职退休。

在睢阳居住了十五年，仍旧把读书作文、忧国爱君为己任。搜集了古往今来劝谏天子的奏章，编成了《谏林》一书，共一百二十卷，呈给天子。天子非常高兴，颁下诏书说："士大夫告老而离朝的，都以从此不再过问朝廷政事为志节高迈。得到爱卿所呈奏的书稿，深知有些志在忠君爱国的人，虽然退休在山野林泉，但未曾有一天忘记国家社稷。我会把爱卿的书稿放置在身边，不时地阅读。"神宗到京城南郊祭祀明堂，经常召赵公陪同祭祀，而赵公每每以年迈多病谢绝。偶尔到京都去一趟，也都以有脚病为由推辞不入朝见君。神宗便命宦官前去存问抚慰，中书和枢密两府也在他所住的客馆设宴慰劳他。积累的官阶到了特进，勋爵为上柱国，封为天水郡开国公，赐以推忠保德翊戴功臣的称号。元丰初年，朝廷废除了功臣的名号。元丰三年，实行了新官制，又废除了特进的官阶。

元丰六年正月十五日，在永安坊的私第逝世，终年八十八岁。朝廷为他罢听朝一天，赠官太师，加谥号为康靖。生前写成《遗范》一册，留以告戒后世子孙，大事小事，面面俱到。于某年某月某日，安葬在宋城县天巡乡，墓地和葬日都是赵公自己选定的。

夫人李氏，封为汝阴郡夫人，在赵公逝世前二十五年在郓州去世。儿子荣绪，宫殿中丞；敦绪，官将作监主簿，都早年去世；元绪，官宣德郎；公绪，官校书郎。两个女儿：长女嫁给光禄寺丞王力臣；幼女嫁给朝奉大夫程嗣恭。四个孙子：嗣徽，宫通直郎；嗣真，宫宣德郎；嗣贤，试官校书郎；嗣光，还没有授官。曾孙六人，铧，授官大庙斋郎，其余还没有名分。

赵公为人平易近人而又阔然大度，堪称一代伟人。终生与别人不结怨恨，不仅仅是喜怒不形于色而已。他一心一意隐恶扬善，以德报怨。这些都是出于至诚，并非勉强自己违心这样做的。天下士民都称赞他，差不多可以与汉朝的刘宽、唐朝的娄师德相媲美。当初，欧阳修越过赵公为知制诰，别人都认为赵公定会不服气。可后来欧阳修被人陷害受到审讯时，没人敢替他说话，只有赵公愤然上疏说：“欧阳修无罪，是受到仇人的诬陷。陛下不能用朝廷的法律为仇恨欧阳修的人报私仇。”皇帝悔悟，欧阳修也因此保全。赵公退休后，欧阳修也退休住在汝南。赵公从睢阳奔到汝南去看望他，宴饮畅谈了十来天。苏舜钦在进奏院任职，由于节日期间聚众饮酒而获罪。赵公说：“参与这次饮宴的，都是当时知名人士，如果把他们全都治罪，就会使士大夫大失所望，这不是朝廷的福气。”张诰由于贪赃罪败露被流放到荒远的海岛，赵公为他遭贬了好几年，而对张诰的怜爱始终没有改变，不时地派人到海岛宽慰救济他。在冯浩之后继任郓州知州，官吏检举冯浩挪用了官府公款三十万，应当将冯浩的禄米田租税收入偿还官府。赵公说：“冯浩是我的同年进士，况且我知道他的家境贫困，不要再追逼他。”于是拿出自己的俸禄替他偿还了。赵公一生的所做所为大都如此。至于平常帮助亲友故旧，收葬死者，抚养孤儿等事，多得不计其数。

我和赵公是同乡，从少年时就互相友善，退居于乡间后，每天都与赵公交往过从，所以对他的事迹了解甚多。元绪来请我书写碑铭，这情义断断不可推辞。铭文说：

古代的仁人志士，汲汲追求的就是仁和义。仁接近于软弱，义接近于迂腐。使仁义之人建功取利，每年的收获却很充足。早在汉孝文帝执政初年，为了满足口腹之欲，于是重用虎圈啬夫为上林令。大臣张释之在文帝面前争论此事，说这样做实在失去了治国的根本。世人称道的忠厚长者，绛侯周勃、东阳侯张相如，两个人都不善言谈，长着嘴巴就如同没有。他们怎能像此人一样，喋喋不休，极尽谄媚阿谀。文帝深深感悟，于是改弦易辙，亲近老成持重的忠臣。施以镇静不扰的为政之道，把残暴的秦朝做为借鉴。后来刘氏王朝延续四百年之久，代代以仁爱为治国之本。赫然辉煌的大宋王朝，仁圣的帝王继承神明的先帝。庄重肃穆的仁宗皇帝，就像是春天般和暖仁爱。招引厚朴忠直的大臣，远离邪佞之人。不仅仅对身边的人是如此，还把此意推广到天下万民。当时的赵公，内藏仁德没有显露。资质如同圭璋玉璧，品行如同黄金白锡。不受重用时毫无怨怒，得到重用时也不喜形于色。天子赞赏他纯正的心，认为他是长者中最杰出的人。于是把朝政委托给他，前后事奉三朝。辅佐朝廷度过艰难时日，他不懈怠也不跋扈。身在朝堂，恭谨尽职而从不炫耀。他不忌恨别人，不贪求财物，谁不知道他是一代贤人？看到他的音容面貌，会使恶人感到羞耻而洗心改过。德行微薄的人会变得敦厚，心胸狭窄的人会变得宽容。如今赵公离世而去，我还能跟谁交往过从？我写下这篇铭文，把赵公的美德告诉后人。

注译本

蘇東坡全集

第五册

〔宋〕苏轼 著
毛德富等 主编

團结出版社

目 录

卷五十 奏议

卷五十一 奏议

卷四十三　奏议

议学校贡举状

熙宁四年正月□日，殿中丞、直史馆、判官告院苏轼状奏：准敕讲求学校贡举利害，令臣等各具议状闻奏者。

右臣伏以得人之道，在于知人。知人之法，在于责实。使君相有知人之才，朝廷有责实之政，则胥史皂隶，未尝无人，而况于学校贡举乎？虽因今之法，臣以为有余。使君相无知人之才，朝廷无责实之政，则公卿侍从，常患无人，况学校贡举乎？虽复古之制，臣以为不足矣。

夫时有可否，物有废兴。方其所安，虽暴君不能废。及其既厌，虽圣人不能复。故风俗之变，法制随之。譬如江河之徙移，顺其所欲行而治之，则易为功。强其所不欲行而复之，则难为力。使三代圣人复生于今，其选举养才亦必有道矣，何必由学？且天下固尝立学矣。庆历之间，以为太平可待，至于今日，惟有空名仅存。今陛下必欲求德行道艺之士，责九年大成之业，则将变今之礼，易今之俗，又当发民力以治宫室，敛民财以食游士，百里之内，置官立师，狱讼听于是，军旅谋于是，又当以时简不率教者，屏之远方，终身不齿，则无乃徒为纷乱，以患苦天下耶？若乃无大变改，而望有益于时，则与庆历之际何异？故臣以谓今之学校，特可因循旧制，使先王之旧物不废于吾世，足矣。

至于贡举之法，行之百年，治乱盛衰，初不由此。陛下视祖宗之世贡举之法，与今为孰精？言语文章，与今为孰优？所得文武长才，与今为孰多？天下之事，与今为孰办？较此四者，而长短之议决矣。今议者所欲变改，不过数端。或曰乡举德行而略文章；或曰专取策论而罢诗赋；或欲举唐室故事，兼采誉望，而罢封弥；或欲罢经生朴学，不用贴墨，而考大义。此数者皆知其一，不知其二者也。

臣请历言之。夫欲兴德行，在于君人者修身以格物，审好恶以表俗，孟子所谓“君仁莫不仁，君义莫不义”。君之所向，天下趋焉。若欲设科立名以取之，则是教天下相率而为伪也。上以孝取人，则勇者割服，怯者庐墓。上以廉取人，则弊车羸马，恶衣菲食。凡可以中上意，无所不至矣。德行之弊，一至于此乎！自文章而言之，则策论为有用，诗赋为无益。自政事言之，则诗赋、策论均为无用矣。虽知其无用，然自祖宗以来莫之废者，以为设法取士，不过如此也。岂独吾祖宗，自古尧舜亦然。《书》曰：“敷奏以言，明试以功。”自古尧舜以来，进人何尝不以言，试人何尝不以功乎？议者必欲以策论定贤愚、决能否，臣请有以质之。近世士大夫文章华靡者，莫如杨亿，使杨亿尚在，则忠清鲠亮之士也，岂得以华靡少之？通经学古者，莫如孙复、石介，使孙复、石介尚在，则迂阔矫诞之士也，又可施之于政事之间乎？自唐至今，以诗赋为名臣者，不可胜数，何负于天下，而必欲废之？近世士人纂类经史，缀缉时务，谓之“策括”。待问条目，搜抉略尽，临时剽窃，窜易首尾，以眩有司，有司莫能辨也。且其为文也，无规矩准绳，故学之易成，无声病对偶，故考之难精。以易学之士，付难考之吏，其弊有甚于诗赋者矣。唐之通榜，故是弊法。虽有以名取人，厌伏众论之美，亦有贿赂公行，权要请托之害，至使恩去王室，权归私门，降及中叶，结为朋党之论，通榜取人，又岂足尚哉？设科举取人，多出三路。能文者既已变而为进士，晓义者又皆去以为明经，其余皆朴鲁不化者也。至于人才，则有定分，施之有政，能否自彰。今进士日夜治经传，附之以子史，贯穿驰骛，可谓博矣，至于临政，曷尝用其一二？顾视旧学，已为虚器，而欲使此等分别注疏，粗识大义，而望其才能增长，亦已疏矣。

臣故曰：此数者皆知其一，而不知其二也。特愿陛下留意其远者大者。必欲登俊良，黜庸回，总览众才，经略世务，则在陛下与二三大臣，下至诸路职司与良二千石耳，区区之法何预焉？然臣窃有私忧过计者，敢不以告。昔王衍好老庄，天下皆师之，风俗凌夷，以至南渡。王缙好佛，舍人事而修异教，大历之政，至今为笑。故孔子罕言命，以为知者少也。子贡曰：“夫子之文章，可得而闻也。夫子之言性与天道，不可得而闻也。”夫性命之说，自子贡不得闻，而今之学者，耻不言性命，此可信也哉？今士大夫至以佛老为圣人，粥书于市者，非庄老之书不售也。读其文，浩然无当而不可穷。观其貌，超然无著而不可挹，岂此真能然哉？盖中人之性，安于放而乐于诞耳。使天下之士，能如庄周齐死生，一毁誉，轻富贵，安贫贱，则人主之名器爵禄，所以砺世摩钝者废矣。陛下亦安用之，而况其实不能，而窃取其言以欺世者哉？臣愿陛下明敕有司，试之以法言，取之以实学。博通经术者，虽朴不废。稍涉浮诞者，虽工必黜。则风俗稍厚，学术近正，庶几得忠实之士，不至蹈衰季之风，则天下幸甚。谨录奏闻，伏候敕旨。

【译文】熙宁四年正月某日，殿中丞、直史馆、判官告院苏轼写状陈奏：根据敕令，要求讨论学校贡举一事的利害关系，让下臣等人各自写出议论状文，上奏告知自己的看法。

臣私下以为，获得人才的方法，在于了解人的才能。了解人的才能的方法，在于考查人的实际办事效果。假使国君和宰相有善于了解人的才能，朝廷有考查办事实效的一套办法，那么即使从胥吏、奴隶当中选择也不担心选不到人才，更何况经过学校贡送举拔的途径呢？这样尽管按照现行的方法去选择人才，臣认为也是充足有余的。假使国君和宰相不具备了解人的才能，朝廷没有考查办事实效的一套办法，那么即使从公卿侍从官当中选择，也常常担心选不到人才，更何况经过学校贡送举拔的途径呢？这样尽管恢复古代的选人制度，臣认为也是远远不够的。

随着时势的发展，有的可以行，有的则行不通，事物的演化也有兴废的。当时势安定的时候，即使暴君也不能败坏。到了时势已经倾覆的时候，即使圣人也不能挽救。因此，随着社会风俗的变化，法令制度也会随之变化。譬如像江河改道，顺着水的流向去治理江河，就容易成功。逆着水的流向而让江河恢复故道，就会力不从心而感到为难。假如上古三代的圣人再生于今世，他们选择培养人才，也必定有一定的法则，为何一定要由学校贡举？然而，天下本来就已经建立了学校，仁宗庆历时期，以为有学校培养人才，太平之世指日可待，可是直到今天，也仅有空名而已。现在陛下一定要寻求所谓德行美好、艺业精练的人才，责成他们去完成用九年时间才能成就的大业，那么将会改变现行的礼制，改变现今的风俗，又要征发民力修筑房屋供他们居住，搜敛民财供这些游闲之士食用，还要在百里大的范围内设置官吏，驻扎军队，诉讼案件都在这里处理，军事问题都在这里讨论，同时还要随时裁减不服从领导的人员，把他们发配到远方，终身不得再加入官籍，这难道不只是制造混乱，给天下人带来灾难和痛苦吗？如果没有较大的变改，而期望有益于时世，这与庆历时期的情况有什么不同？所以臣以为今日的学校，完全可以因循过去的制度，使先王所建立的旧规不在我们这个时代废弃，这就足够了。

至于贡举制度，已实行了百年，国家的治乱兴衰，与此一点儿关系也没有。陛下试比较一下，祖宗时期实行的贡举法，与今日贡举法相比，哪一个完善？祖宗时的语言文辞与今日相比，哪一时期的精妙？祖宗时所选用的有才干的文武官与今日相比，哪一时期的多？天下的事情，祖宗时与今日相比，哪一时期办得好？从这四个方面做比较，人们议论的好坏优劣就可以判断了。今日议论学校贡举的人所要变改的，不过几个方面。有的主张乡里贡举要重德行而轻文辞，有的主张专一实行策论考试而罢去诗赋项目，有的主张恢复唐朝旧制，兼参考声誉名望而罢去考试弥封制度，还有的主张罢去修习儒经的质朴之学，不采用贴言说明的形式，只考查文辞的大义。关于这几个方面的见解，都是只知其一，不知其二。

臣请求在这里一一加以说明。如果要鼓励发扬美好的德行，就在于人君要修养德行以做出榜样，慎察好坏以表率民俗，这就是孟子所说的“人君讲仁就没有不仁的，人君讲义就没有不义的”，人君所做所为的导向，天下人都无不跟从。如果要设立科目选人取士，就是教导天下人都相率去做虚伪的事。假如上边以孝敬的标准选取人才，那么勇敢者就会不按与死者关系的远近穿重丧之服，怯懦者就会在墓地盖屋守坟。假如上边以清廉的标准选取人才，那么下边的人就会坐破车骑瘦马，穿劣衣吃粗食。只要能达到迎合上方旨意的目的，没有做不出来的事情。重德行的弊端，竟会发展到这样的地步！从语言的文辞来说，策论一科有用，诗赋一科无益。从国家的政事来说，诗赋、策论两项均无用处。尽管知道这些无用，但自祖宗以来之所以没有废除，是因为建立制度取士的途径，不过如此罢了。不仅仅我们的祖宗是这样，从古代的尧舜开始也是这样。《尚书》中说："广泛采纳不同意见，然后以功效来考查。"自古从尧舜以来，进用人才何尝不利用文辞，考查人才何尝不凭借功效呢？议论的人一定要依据策论水平的高低来判定贤能或愚拙，评定是否具备才干，那么，请允许我来提些问题。近世士大夫中文辞华丽的人，没有比得上杨亿了。假使杨亿仍然在世，就一定是忠诚清廉耿直亮节之士，难道能够因为文辞华丽而轻贱他吗？近世士大夫中通经博古的人，没有比得上孙复、石介了，假使孙复、石介仍然在世，就一定是迂阔矫揉造作之士，难道也可以把他们安排到处理大政要事的位置上吗？自唐代至今，凭借诗赋起家而成为国家名臣的人不可胜数，他们的行事哪些地方有负于天下，而一定要废置他们呢？近世士人纂集经史著作，编辑时务资料，称为"策括"。所有备查问条目的资料，差不多都搜罗起来，如果什么时间需要查问，就临时剽窃，断章取义，以迷惑有关部门，有关部门也分辨不出内容的真伪。而且他们所编撰的文章，没有一定规矩准则，所以一学就会。他们的文章，不讲究音韵的和谐、语句的对偶，所以仔细推敲，很难精妙。以这些不成学问的士人的言论，呈报给难以辨明是非的官吏，其弊病比专习诗赋所造成的弊病更厉害。唐代通榜排名取士的做法，本来也是这种导致弊端的做法。当时尽管有以名声取人，满足舆论要求的优点，但也有贿赂公行、向权要人物请托拉关系这样有害的一面，以致造成施恩惠不由王室，国家权力掌握在私人手中，到了唐中叶，由此便发展成为各自结成的朋党之间的斗争。由此可见，通榜取士的方法，又怎么值得提倡呢？创立科举考试举拔人才，这当中应举的人主要分为三类。善于文辞者就一变而升为进士，重视经义者又都去修习明经科目，其余的则都是死板迟钝的人。关于人的才干，都是一定的，把他们放到从政的位置上，才干高低就自然表现出来。今日的进士日夜学习儒家经传，还参修子书、史书，融会贯通，可以说是博学了，但一旦从政，这些东西又何尝能用上一二？回过头来这些传统的旧学问，已成为空虚无用的东西。如果让这些人分别去注解典籍，可以说他们基本懂得怎样去做。但要希望他们从政才干的增长，也是不切实际的。

所以臣以为，以上主张变改科举制度的几种意见，都是只知其一，不知其二。但愿陛下能从长远大局考虑。如果一定要选择优秀人才，罢黜平庸无能之辈，吸收所有具备才干的人管理国家事务，那么，陛下与侍从的大臣们就可以把这些事情下达给诸路的职司官和勤政的知州去办，这和小小的选举之法有什么关系？然而我个人有些过虑，不敢不向上陈述。过去西晋王衍热衷于老子、庄子之学，天下人都向他学习，变乱了社会风气，这种状况一直持续到东晋开始。唐代王缙热衷于佛学，撇开政事而修治异教，使代宗大历时期的政治，至今为人耻笑。所以孔子很少谈及命运问题，因为真正懂得命运的人很少。子贡曾说："老师的文辞，能够听得到。关于老师谈论人性与天命问题，却不得而知。"关于性命的理论，从子贡时就没有听说过，然而今日的学者，却以不谈论性命为耻，这可以相信吗！今日的士大夫，甚至以佛老为圣人，在市场上卖书的，不是庄子、老子的书不出售。阅读这些书的文字，大而无当而不可穷尽。观察这类人的相貌，使人觉得他们超超然无忧无虑而不可着摸。难道果真能达到这样的境地吗！大概常人的性情，安于自由而乐于放荡。假如天下的士人都能像庄周一样，把生和死同等看待，不顾忌毁坏名誉的言论，轻视富贵，安于贫贱，那么人主的等级、官职、爵位、俸禄，这些用来激励世人奋进、使愚拙变为聪敏的东西，已经起不到它的作用了。陛下又怎么还任用这些人，更何况这些人其实并没有什么才干，而是靠窃取别人的言论来欺骗人世的呢？臣希望陛下明确下达敕令给有关机构，规定选举人才要用法制理论进行考试，要依据实际学问进行选择。博通经典治术者，即使文辞质朴也不能漏选。稍有浮华荒诞之嫌者，即使文辞精妙也一定罢黜。这样，天下风俗就会逐渐趋向淳厚，治学的风气就会接近于正道，期望能得到忠诚实学的人才，不致于重蹈衰败末世之风。如此则是天下十分值得庆幸的事情。谨抄录奏上，恭候敕旨。

谏买浙灯状

熙宁四年正月□日，殿中丞、直史馆、判官告院、权开封府推官臣苏轼状奏：右臣向蒙召对便殿，亲奉德音，以为“凡在馆阁，皆当为朕深思治乱，指陈得失，无有所隐”者。自是以来，臣每见同列，未尝不为道陛下此语，非独以称颂盛德，亦欲朝廷之间如臣等辈，皆知陛下不以疏贱间废其言，共献所闻，以辅成太平之功业。然窃谓空言率人，不如有实而人自劝，欲知陛下能受其言之实，莫如以臣试之。故臣愿以身先天下试其小者，上以补助圣明之万一，下以为贤者卜其可否，虽以此获罪，万死无悔。

臣伏见中使传宣下府市司买浙灯四千余盏，有司具实直以闻，陛下又令减价收买，见已尽数拘收，禁止私买，以须上令。臣始闻之，惊愕不信，咨嗟累日。何者？窃为陛下惜此举动也。臣虽至愚，亦知陛下游心经术，动法尧舜。穷天下之嗜欲，不足以易其乐；尽天下之玩好，不足以解其忧，而岂以灯为悦者哉？此不过以奉二宫之欢，而极天下之养耳。然大孝在乎养志，百姓不可户晓，皆谓陛下以耳目不急之玩，而夺其口体必用之资。卖灯之民，例非豪户，举债出息，畜之弥年。衣食之计，望此旬日。陛下为民父母，唯可添价贵买，岂可减价贱酬？此事至小，体则甚大。凡陛下所以减价者，非欲以与此小民争此豪末，岂以其无用而厚费也？如知其无用，何必更索？恶其厚费，则如勿买。且内庭故事，每遇放灯，不过令内东门杂物务临时收买，数目既少，又无拘收督迫之严，费用不多，民亦无憾。故臣愿追还前命，凡悉如旧。京城百姓，不惯侵扰，恩德已厚，怨讟易生，可不慎欤！可不畏欤！

近日小人妄造非语，士人有展年科场之说，商贾有京城榷酒之议，吏忧减俸，兵忧减廪。虽此数事，朝廷所决无，然致此纷纷，亦有以见陛下勤恤之德，未信于下，而有司聚敛之意，或形于民。方当责己自求，以消谗慝之口。而台官又劝陛下以严刑悍吏捕而戮之，亏损圣德，莫大于此。而又重以买灯之事，使得因缘以为口实，臣实惜之。

方今百冗未除，物力凋弊，陛下纵出内帑财物，不用大司农钱，而内帑所储，孰非民力？与其平时耗于不急之用，曷若留贮以待乏绝之供？故臣愿陛下将来放灯与凡游观苑囿、宴好赐予之类，皆饬有司，务从俭约。顷者诏旨裁减皇族恩例，此实陛下至明至断，所以深计远虑，割爱为民。然窃揆其间，不能无少望于陛下，惟当痛自刻损，以身先之，使知人主且犹若此，而况于吾徒哉？非惟省费，亦且弭怨。

昔唐太宗遣使往凉州讽李大亮献其名鹰，大亮不可，太宗深嘉之。诏曰："有臣若此，朕复何忧？"明皇遣使江南采鸡鹊，汴州刺史倪若水论之，为反其使。又令益州织半臂背子、琵琶捍拨、镂牙合子等，苏许公不奉诏。李德裕在浙西，诏造银盏子妆具二十事，织绫二千匹。德裕上疏极论，亦为罢之。使陛下内之台谏有如此数人者，则买灯之事，必须力言。外之有司有如此数人者，则买灯之事，必不奉诏。陛下聪明睿圣，追迹尧舜，而群臣不以唐太宗、明皇事陛下，窃尝深咎之。臣忝备府寮，亲见其事，若又不言，臣罪大矣。陛下若赦之不诛，则臣又有非职之言大于此者，忍不为陛下尽之。若不赦，亦臣之分也。谨录奏闻，伏候敕下。

【译文】熙宁四年正月某日，殿中丞、直史馆、判官告院、权开封府推官臣苏轼写状上奏：臣前时承蒙征召到朝中便殿对答，亲自接受皇上的诏令，说“凡是在馆阁任职的臣僚，都应当替朕认真考虑治乱问题，指陈为政的得失，不要有所隐瞒”。自那以来，臣每当见到同僚，未尝不告诉他们陛下的这些话，这样做不仅仅是为了称颂陛下崇高的美德，而且也要使朝廷中像我这样的小臣们，都知道陛下不因为粗陋低贱而不让这些人陈述自己的意见，使大家共同上奏所观察到的问题，以帮助陛下成就太平之世的丰功伟业。然而臣认为只说空话让人这样做，不如有实例而让人自觉努力这样做。要让人们知道陛下能兼听他们意见的真实性，不如让臣奏言先试一试。因此臣情愿亲自先于天下人奏言，先谈论小的问题试一试，对上面用以补充陛下圣明决断中万一的缺失，对下面也给贤能的人预测一下奏言是否被陛下采纳。即使因此得罪，臣也万死而无悔。

臣看到朝中使者向天下传达命令，府市司要在江浙地区购买花灯四千余盏，有关机构把灯的实际价格上报以后，陛下又下令减价收买，现已把这些地区的灯全部收购，禁止民间私人买灯，以等待上边的命令。臣刚听到这件事时，十分惊奇，不相信有这回事，叹息多日。为什么呢？因为臣私下里为陛下这个命令感到惋惜。臣虽然十分愚拙，但也知道陛下投心于经世治术，行事效法尧舜，穷尽天下嗜好欲望，不足以改变陛下自有的快乐，穷尽天下的玩好之物，不足以解除陛下的忧虑，怎会有以灯为快乐的事呢？这不过是为了讨得后宫的欢欣，使陛下安心去更好地治理天下罢了。然而最大的孝顺在于修养自己的意志，天下百姓不可能每家每户都知道陛下的用心，但是这时百姓却都说，陛下为取悦耳目而用低价强买不急用的玩物，夺取了我们生活所必须的钱财。卖灯的民户，本不是豪强大户，还债付息，常常需要全年的积蓄。全家衣食所用，指望这十来天的劳作。陛下作为百姓的父母，只可以加价贵买，怎么可以减价贱收呢？此事甚小，但所关系的事体却很大。陛下之所以采取减价收买的政策，如果不是要与这些小民争夺毫厘之利，难道是因为这些东西无用处而花费太大的原因吗？如果知道这些东西无用，何必还要索买？如果觉得费用太大，就不如不买。而且按照朝廷内庭的惯例，每遇到放灯之日，不过让内东门杂物务去临时收买花灯，数目较少，又不需要催迫强收的严厉举措，所需的费用不多，百姓也没有不满意的地方。所以，臣希望追回前命，一切都和往常的一样。京城百姓的正常生活，一直没遭受过更多的侵扰，朝廷对他们的恩德已十分深厚，如果这样做，他们的怨恨就容易产生，能不谨慎吗？能不可怕吗？

近日有些小人妄造流言蜚语，士人当中有延长年限设科考试的说法，商贾当中有京城酒业官府专营的议论，官吏担心减低俸禄，士兵担心减少供给。虽然以上几件事情，朝廷决不可能去这样做，但是造出这些各种各样的议论，也说明陛下勤政爱民的美德并未得到天下人的相信，而且有的官司聚敛民财的意图，已经让百姓看出来了。方今应当承认自己的过错，以求得天下人的谅解，并堵塞诽谤、邪恶之人的口舌。但是，御史台官吏却又劝说陛下，利用严酷的刑罚和凶狠的官吏捕捉这些造谣的人并杀了他们，损害陛下的圣明之德，没有比这样做再大的事了。现在又加上官府买灯的事情，更使得一些人能够依据这件事为借口大造谣言，臣实在为此感到痛惜。

当今各种繁冗的弊病还没有消除，财力拮据，陛下纵使可以拿出自己内库的财物，而不使用管理财政的三司的钱财，然而内库中储备的财物，有哪些不是百姓辛勤劳动的成果？与其平时用于收买不急用物品的消耗，不如贮存在那里以备特别贫困时使用？因此，臣希望陛下将来展放花灯以及有关游玩观赏园林、宴请赐予等之类的事情，都要告诫有关官司，一定要勤俭节约。前时诏令规定，要裁减皇帝亲族人员受恩封赐数量，这的确是陛下最为高明的决断，以此来表明陛下深谋远虑，不惜割爱而为民众着想。然而估计在人们中间，不能没有对陛下感到怨望的人，他们希望陛下要做的，只有痛改前非，自己首先做出表率。假使这些人知道人们的君主尚且仍然如此这样，那么更何况我们这些下臣们呢？不买浙灯，不仅减省费用，而且还可以消除人们的怨气。

过去唐太宗曾遣使到凉州去劝说李大亮献出他饲养的鹰，李大亮不同意，之后太宗却给了他很高的嘉奖。诏书中说：“有这样的臣下，我还有什么可忧虑的事。”唐玄宗曾遣使到江南去采收水鸟䴔䴖，汴州刺史倪若水上言反对这件事，于是就召回了使者。唐玄宗又诏令益州织做半臂背子、琵琶捍拨以及镂牙合子等东西，苏颋不接受诏令。李德裕在浙西任职时，唐玄宗下诏令这一地区制造银盝子妆具二十件，纺织缭缎二千匹，因李德裕上疏极力反对，也为之废罢。假使陛下朝内的台谏官中有像这几个人一样的人，那么关于买灯的事情，一定会有人上言表示极力反对。外边的有关官司中有像这几个人一样的人，那么关于买灯的事情，一定会有人不奉行诏令。陛下聪敏明达，富有圣贤智慧，追寻、效法尧舜之道，而群臣却不像侍奉唐太宗、唐太宗一样去侍奉陛下，臣常常深以为恨。臣有愧于占居朝廷官位，亲眼见到的事如果又不说，所犯的罪就更大了。陛下如果赦免了臣的罪过而不加处罚，臣还有非本职工作内的比这件事更大的建言，怎能忍心不为陛下全部陈述自己的意见。如果得不到赦免，向陛下上言陈述利害关系也是臣所应该做的分内之事。谨抄录奏上，恭候敕旨下达。

上神宗皇帝书

熙宁二年二月□日，殿中丞、直史馆、判官告院、权开封府推官臣苏轼，谨昧万死，再拜上书皇帝陛下：臣近者不度愚贱，辄上封章言买灯事。自知渎犯天威，罪在不赦，席藁私室，以待斧钺之诛，而侧听逾旬，威命不至，问之府司，则买灯之事，寻已停罢。乃知陛下不惟赦之，又能听之，惊喜过望，以至感泣。何者？改过不吝，从善如流，此尧舜禹汤之所勉强而力行，秦汉以来之所绝无而仅有。顾此买灯毫发之失，岂能上累日月之明？而陛下翻然改命，曾不移刻，则所谓智出天下，而听于至愚，威加四海，而屈于匹夫。臣今知陛下可与为尧舜，可与为汤武，可与富民而措刑，可与强兵而伏戎虏矣。有君如此，其忍负之？惟当披露腹心，捐弃肝脑，尽力所至，不知其它。乃者，臣亦知天下之事，有大于买灯者矣，而独区区以此为先者，盖未信而谏，圣人不与，交浅言深，君子所戒，是以试论其小者，而其大者固将有待而后言。今陛下果赦而不诛，则是既已许之矣，许而不言，臣则有罪，是以愿终言之。

臣之所欲言者三，愿陛下结人心、厚风俗、存纪纲而已。

人莫不有所恃。人臣恃陛下之命，故能役使小民；恃陛下之法，故能胜服强暴。至于人主所恃者，谁与？《书》曰："予临兆民，凛乎若朽索之驭六马。"言天下莫危于人主也。聚则为君民，散则为仇雠，聚散之间，不容毫厘。故天下归往谓之王，人各有心谓之独夫。由此观之，人主之所侍者，人心而已。人心之于人主也，如木之有根，如灯之有膏，如鱼之有水，如农夫之有田，如商贾之有财。木无根则槁，灯无膏则灭，鱼无水则死，农夫无田则饥，商贾无财则贫，人主失人心则亡。此必然之理，不可逭之灾也。其为可畏，从古以然。苟非乐祸好亡，狂易丧志，则孰敢肆其胸臆，轻犯人心？昔子产焚《载书》以弭众言，赂伯石以安巨室，以为众怒难犯，专欲难成。而子夏亦曰："信，而后劳其民；未信，则以为厉己也。"唯商鞅变法，不顾人言，虽能骤致富强，亦以召怨天下，使其民知利而不知义，见刑而不见德，虽得天下，旋踵而失也。至于其身，亦卒不免，负罪出走，而诸侯不纳；车裂以徇，而秦人莫哀。君臣之间，岂愿如此？宋襄公虽行仁义，失众而亡。田常虽不义，得众而强。是以君子未论行事之是非，先观众心之向背。谢安之用诸桓未必是，而众之所乐，则国以乂安。庾亮之召苏峻未必非，而势有不可，则反为危辱。自古及今，未有和易同众而不安，刚果自用而不危者也。

今陛下亦知人心之不悦矣。中外之人，无贤不肖，皆言祖宗以来，治财用者不过三司使、副、判官，经今百年，未尝缺事。今者无故又创一司，号曰制置三司条例，使六七少年日夜讲求于内，使者四十余辈，分行营干于外，造端宏大，民实惊疑，创法新奇，吏皆惶惑。贤者则求其说而不可得，未免于忧。小人则以其意而度朝廷，遂以为谤。谓陛下以万乘之主而言利，谓执政以天子之宰而治财，商贾不行，物价腾踊。近自淮甸，远及川蜀，喧传万口，论说百端。或言京师正店，议置监官，夔路深山，当行酒禁，拘收僧尼常住，减刻兵吏廪禄，如此等类，不可胜言。而甚者至以为欲复肉刑，斯言一出，民且狼顾。陛下与二三大臣，亦闻其语矣。然而莫之顾者，徒曰我无其事，又无其意，何恤于人言？夫人言虽未必皆然，而疑似则有以致谤。人必贪财也，而后人疑其盗。人必好色也，而后人疑其淫。何者？未置此司，则无此谤。岂去岁之人皆忠厚，而今岁之人皆虚浮？孔子曰："工欲善其事，必先利其器。"又曰："必也正名乎。"今陛下操其器而讳其事，有其名而辞其意，虽家置一喙以自解，市列千金以购人，人必不信，谤亦不止。夫制置三司条例司，求利之名也。六七少年与使者四十余辈，求利之器也。驱鹰犬而赴林薮，语人曰，我非猎也，不如放鹰犬而兽自驯。操网罟而入江湖，语人曰，我非渔也，不如捐网罟而人自信。故臣以为消谗慝以召和气，复人心而安国本，则莫若罢制置三司条例司。

夫陛下之所以创此司者，不过以兴利除害也。使罢之而利不兴，害不除，则勿罢。罢之而天下悦，人心安，兴利除害，无所不可，则何苦而不罢？陛下欲去积弊而立法，必使宰相熟议而后行。事若不由中书，则是乱世之法，圣君贤相，夫岂其然？必若立法不免由中书，熟议不免使宰相，则此司之设，无乃冗长而无名？智者所图，贵于无迹。汉之文、景，《纪》无可书之事，唐之房、杜，《传》无可载之功。而天下之言治者与文、景，言贤者与房、杜。盖事已立而迹不见，功已成而人不知。故曰：善用兵者，无赫赫之功。岂惟用兵，事莫不然。今所图者，万分未获其一也，而迹之布于天下，已若泥中之斗兽，亦可谓拙谋矣。陛下诚欲富国，择三司官属与漕运使、副，而陛下与二三大臣孜孜讲求，磨以岁月，则积弊自去而人不知。但恐立志不坚，中道而废。孟子有言："其进锐者其退速。"若有始有卒，自可徐徐，十年之后，何事不立？孔子曰："欲速则不达，见小利则大事不成。”使孔子而非圣人，则此言亦不可用。《书》曰：“谋及卿士，至于庶人，翕然大同，乃底元吉。”若违多而从少，则静吉而作凶。今上自宰相大臣，既已辟免不为，则外之议论，断亦可知。宰相，人臣也，且不欲以此自污，而陛下独安受其名而不辞，非臣愚之所识也。君臣宵旰，几一年矣，而富国之效，茫如捕风，徒闻内帑出数百万缗，祠部度五千余人耳。以此为术，其谁不能？

且遣使纵横，本非令典。汉武遣绣衣直指，桓帝遣八使，皆以守宰狼籍，盗贼公行，出于无术，行此下策。宋文帝元嘉之政，比于文、景，当时责成郡县，未尝遣使。及至孝武，以为郡县迟缓，始命台使督之。以至萧齐，此弊不革。故景陵王子良上疏，极言其事，以为此等朝辞禁门，情态即异，暮宿村县，威福便行，驱追邮传，折辱守宰，公私劳扰，民不聊生。唐开元中，宇文融奏置劝农判官使裴宽等二十九人，并摄御史，分行天下，招携户口，检责漏田。时张说、杨瑒、皇甫璟、杨相如皆以为不便，而相继罢黜。虽得户八十余万；皆州县希旨，以主为客，以少为多。及使百官集议都省，而公卿以下，惧融威势，不敢异辞。陛下试取其《传》而读之，观其所行，为是为否？近者均税宽恤，冠盖相望，朝廷亦旋觉其非，而天下至今以为谤。曾未数岁，是非较然。臣恐后之视今，亦犹今之视昔。且其所遣，尤不适宜。事少而员多，人轻而权重。夫人轻而权重，则人多不服，或致侮慢以兴争。事少而员多，则无以为功，必须生事以塞责。陛下虽严赐约束，不许邀功，然人臣事君之常情，不从其令而从其意。今朝廷之意，好动而恶静，好同而恶异，指趣所在，谁敢不从？臣恐陛下赤子，自此无宁岁矣。

至于所行之事，行路皆知其难。何者？汴水浊流，自生民以来，不以种稻。秦人之歌曰：“泾水一石，其泥数斗。且溉且粪，长我禾黍。”何尝言长我粳稻耶？今欲陂而清之，万顷之稻，必用千顷之陂，一岁一淤，三岁而满矣。陛下遽信其说，即使相视地形。万一官吏苟且顺从，真谓陛下有意兴作，上糜帑廪，下夺农时，堤防一开，水失故道，虽食议者之肉，何补于民？天下久平，民物滋息，四方遗利，盖略尽矣。今欲凿空访寻水利，所谓即鹿无虞，岂惟徒劳，必大烦扰。凡有擘画利害，不问何人，小则随事酬劳，大则量才录用。若官私格沮，并重行黜降，不以赦原。若材力不办兴修，便许申奏替换。赏可谓重，罚可谓轻。然并终不言诸色人妄有申陈或官私误兴工役，当得何罪？如此，则妄庸轻剽，浮浪奸人，自此争言水利矣。成功则有赏，败事则无诛。官司虽知其疏，岂可便行抑退？所在追集老少，相视可否；吏卒所过，鸡犬一空。若非灼然难行，必须且为兴役。何则？格沮之罪重，而误兴之过轻。人多爱身，势必如此。且古陂废堰，多为侧近冒耕。岁月既深，已同永业，苟欲兴复，必尽追收，人心或摇，甚非善政。又有好讼之党，多怨之人，妄言某处可作陂渠，规坏所怨田产，或指人旧业，以为官陂，冒佃之讼，必倍今日。臣不知朝廷本无一事，何苦而行此哉？

自古役人，必用乡户，犹食之必用五谷，衣之必用丝麻，济川之必用舟楫，行地之必用牛马，虽其间或有以他物充代，然终非天下所可常行。今者徒闻江浙之间，数郡雇役，而欲措之天下，是犹见燕晋之枣栗，岷蜀之蹲鸱，而欲以废五谷，岂不难哉？又欲官卖所在坊场，以充衙前雇直，虽有长役，更无酬劳。长役所得既微，自此必渐衰散，则州郡事体，憔悴可知。士大夫捐亲戚，弃坟墓，以从宦于四方者，宣力之余，亦欲取乐，此人之至情也。若凋弊太甚，厨传萧然，则似危邦之陋风，恐非太平之盛观。陛下诚虑及此，必不肯为。且今法令莫严于御军，军法莫严于逃窜。禁军三犯，厢军五犯，大率处死。然逃军常半天下，不知雇人为役，与厢军何异？若有逃者，何以罪之？其势必轻于逃军，则其逃必甚于今日。为其官长，不亦难乎？近者虽使乡户颇得雇人，然而所雇逃亡，乡户犹任其责。今遂欲于两税之外别立一科，谓之庸钱，以备官雇。则雇人之责，官所自任矣。自唐杨炎废租庸调以为两税，取大历十四年应干赋敛之数，以定两税之额，则是租调与庸，两税既兼之矣。今两税如故，奈何复欲取庸？圣人之立法，必虑后世，岂可于两税之外别出科名哉？万一不幸，后世有多欲之君，辅之以聚敛之臣，庸钱不除，差役仍旧，使天下怨讟，推所从来，则必有任其咎者矣。又欲使坊郭等第之民与乡户均役，品官形势之家与齐民并事。其说曰："《周礼》田不耕者出屋粟，宅不毛者有里布。而汉世宰相之子，不免戍边。"此其所以借口也。古者官养民，今者民养官。给之以田而不耕，劝之以农而不力，于是乎有里布屋粟夫家之征。今民无以为生，去为商贾，事势当尔，何名役之？且一岁之戍，不过三日，三日之雇，其直三百。今世三大户之役，自公卿以降，毋得免者，其费岂特三百而已？大抵事若可行，不必皆有故事。若民所不悦，俗所不安，纵有经典明文，无补于怨。若行此二者，必怨无疑。女户单丁，盖天民之穷者也。古之王者，首务恤此，而今陛下首欲役之。此等苟非户将绝而未亡，则是家有丁而尚幼，若假之数岁，则必成丁而就役，老死而没官。富有四海，忍不加恤？

孟子曰："始作俑者，其无后乎？"《春秋》书"作丘甲"、"用田赋"，皆重其始为民患也。青苗放钱，自昔有禁。今陛下始立成法，每岁常行，虽云不许抑配，而数世之后，暴君污吏，陛下能保之欤？异日天下恨之，国史记之曰，青苗钱自陛下始，岂不惜哉？且东南买绢，本用见钱，陕西粮草，不许折兑，朝廷既有著令，职司又每举行。然而买绢未尝不折盐，粮草未尝不折钞，乃知青苗不许抑配之说，亦是空文。只如治平之初，拣刺义勇，当时诏旨慰谕，明言永不戍边，著在简书，有如盟约。于今几日，议论已摇，或以代还东军，或欲抵换弓手。约束难恃，岂不明哉？纵使此令决行，果不抑配，计其间愿请之户，必皆孤贫不济之人，家若自有赢余，何至与官交易？此等鞭挞已急，则继之逃亡，逃亡之余，则均之邻保。势有必至，理有固然。且夫常平之为法也，可谓至矣，所守者约，而所及者广。借使万家之邑，止有千斛，而谷贵之际，千斛在市，物价自平。一市之价既平，一邦之食自足。无操瓢乞丐之弊，无里正催驱之劳。今若变为青苗，家贷一斛，则千户之外，孰救其饥？且常平官钱，常患其少。若尽数收籴，则无借贷，若留充借贷，则所籴几何，乃知常平青苗，其势不能两立，坏彼成此，所丧愈多，亏官害民，虽悔何逮。臣窃计陛下欲考其实，则必亦问人，人知陛下方欲力行，必谓此法有利无害。以臣愚见，恐未可凭。何以明之？臣顷在陕西，见刺义勇，提举诸县，臣常亲行，愁怨之民，哭声振野。当时奉使还者，皆言民尽乐为。希合取容，自古如此。不然，则山东之盗，二世何缘不觉？南诏之败，明皇何缘不知？今虽未至于此，亦望陛下审听而已。

昔汉武之世，财力匮竭，用贾人桑弘羊之说，买贱卖贵，谓之均输。于时商贾不行，盗贼滋炽，几至于乱。孝昭既立，学者争排其说，霍光顺民所欲，从而予之，天下归心，遂以无事。不意今者此论复兴。立法之初，其说尚浅，徒言徙贵就贱，用近易远。然而广置官属，多出缗钱，豪商大贾，皆疑而不敢动，以为虽不明言贩卖，然既已许之变易，变易既行，而不与商贾争利者，未之闻也。夫商贾之事，曲折难行，其买也先期而与钱，其卖也后期而取直，多方相济，委曲相通，倍称之息，由此而得。今官买是物，必先设官置吏，簿书廪禄，为费已厚，非良不售，非贿不行，是以官买之价，比民必贵，及其卖也，弊复如前，商贾之利，何缘而得？朝廷不知虑此，乃捐五百万缗以予之。此钱一出，恐不可复。纵使期间薄有所获，而征商之额，所损必多。

今有人为其主牧牛羊，不告其主，而以一牛易五羊。一牛之失，则隐而不言。五羊之获，则指为劳绩。陛下以为坏常平而言青苗之功，亏商税而取均输之利，何以异此？

陛下天机洞照，圣略如神，此事至明，岂有不晓？必谓已行之事，不欲中变，恐天下以为执德不一，用人不终，是以迟留岁月，庶几万一，臣窃以为过矣。古之英主，无出汉高。郦生谋挠楚权，欲复六国，高祖曰：“善，趣刻印。”及闻留侯之言，吐哺而骂之曰：“趣销印。”夫称善未几，继之以骂，刻印、销印，有同儿戏。何尝累高祖之知人，适足明圣人之无我。陛下以为可而行之，知其不可而罢之，至圣至明，无以加此。议者必谓民可与乐成，难与虑始，故劝陛下坚执不顾，期于必行。此乃战国贪功之人，行险侥幸之说，陛下若信而用之，则是徇高论而逆至情，持空名而邀实祸，未及乐成，而怨已起矣。臣之所愿结人心者，此之谓也。

士之进言者，为不少矣，亦尝有以国家之所以存亡、历数之所以长短告陛下者乎？夫国家之所以存亡者，在道德之浅深，不在乎强与弱。历数之所以长短者，在风俗之厚薄，不在乎富与贫。道德诚深，风俗诚厚，虽贫且弱，不害于长而存。道德诚浅，风俗诚薄，虽强且富，不救于短而亡。人主知此，则知所轻重矣。是以古之贤君，不以弱而忘道德，不以贫而伤风俗。而智者观人之国，亦以此而察之。齐至强也，周公知其后必有篡弑之臣。卫至弱也，季子知其后亡。吴破楚入郢，而陈大夫逢滑知楚之必复。晋武既平吴，何曾知其将乱？隋文既平陈，房乔知其不久。元帝斩郅支，朝呼韩，功多于武、宣矣，偷安而王氏之衅生。宣宗收燕赵，复河湟，力强于宪、武矣，消兵而庞勋之乱起。故臣愿陛下务崇道德而厚风俗，不愿陛下急于有功而贪富强。使陛下富如隋，强如秦，西取灵武，北取燕蓟，谓之有功可也，而国之长短，则不在此。夫国之长短，如人之寿夭，人之寿夭在元气，国之长短在风俗。世有尫羸而寿考，亦有盛壮而暴亡。若元气犹存，则尫羸而无害。及其已耗，则盛壮而愈危。是以善养生者，慎起居，节饮食，导引关节，吐故纳新。不得已而用药，则择其品之上、性之良，可以久服而无害者，则五脏和平而寿命长。不善养生者，薄节慎之功，迟吐纳之效，厌上药而用下品，伐真气而助强阳，根本已空，僵仆无日。天下之势，与此无殊。故臣愿陛下爱惜风俗，如护元气。

古之圣人，非不知深刻之法可以齐众，勇悍之夫可以集事，忠厚近于迂阔，老成初若迟钝。然终不肯以彼而易此者，知其所得小而所丧大也。曹参，贤相也，曰慎无扰狱市。黄霸，循吏也，曰治道去泰甚。或讥谢安以清淡废事，安笑曰，秦用法吏，二世而亡。刘晏为度支，专用果锐少年，务在急速集事，好利之党，相师成风。德宗初即位，擢崔祐甫为相。祐甫以道德宽大，推广上意，故建中之政，其声翕然，天下想望，庶几贞观。及卢杞为相，讽上以刑名整齐天下，驯致浇薄，以及播迁。我仁祖之驭天下也，持法至宽，用人有叙，专务掩覆过失，未尝轻改旧章。然考其成功，则曰未至。以言乎用兵，则十出而九败；以言乎府库，则仅足而无余。徒以德泽在人，风俗知义，是以升遐之日，天下如丧考妣，社稷长远，终必赖之。则仁祖可谓知本矣。今议者不察，徒见其末年吏多因循，事不振举，乃欲矫之以苛察，齐之以智能，招来新进勇锐之人，以图一切速成之效，未享其利，浇风已成。且大时不齐，人谁无过？国君含垢，至察无徒。若陛下多方包容，则人材取次可用。必欲广置耳目，务求瑕疵，则人不自安，各图苟免，恐非朝廷之福，亦岂陛下所愿哉？汉文欲拜虎圈啬夫，释之以为利口伤俗，今若以口舌捷给而取士，以应对迟钝而退人，以虚诞无实为能文，以矫激不仕为有德，则先王之泽，遂将散微。

自古用人，必须历试。虽有卓异之器，必有已成之功，一则使其更变而知难，事不轻作；一则待其功高而望重，人自无辞。昔先主以黄忠为后将军，而诸葛亮忧其不可，以为忠之名望，素非关、张之伦，若班爵遽同，则必不悦，其后关羽果以为言。以黄忠豪勇之姿，以先主君臣之契，尚复虑此，况其他乎？世常谓汉文不用贾生，以为深恨。臣尝推究其旨，窃谓不然。贾生固天下之奇才，所言亦一时之良策。然请为属国欲以系单于，则是处士之大言，少年之锐气。昔高祖以三十万众，困于平城，当时将相群臣，岂无贾生之比？三表五饵，人知其疏，而欲以困中行说，尤不可信矣。兵，凶器也，而易言之。正如赵括之轻秦，李信之易楚。若文帝亟用其说，则天下殆将不安。使贾生尝历艰难，亦必自悔其说，施之晚岁，其术必精，不幸丧亡，非意所及。不然，文帝岂弃材之主，绛、灌岂蔽贤之士？至于晁错，尤号刻薄，文帝之世，止于太子家令，而景帝既立，以为御史大夫。申屠嘉贤相，发愤而死，纷更政令，天下骚然。及至七国发难，而错之术亦穷矣。文、景优劣，于斯可见。大抵名器爵禄，人所奔趋，必使积劳而后迁，以明持久而难得。则人各安其分，不敢躁求。今若多开骤进之门，使有意外之得，公卿侍从，跬步可图，其得者既不肯以侥幸自名，则其不得者必皆以沉沦为恨。使天下常调，举生妄心，耻不若人，何所不至？欲望风俗之厚，岂可得哉？选人之改京官，常须十年以上，荐更险阻，计析毫厘。其间一事聱牙，常至终身沦弃。今乃以一言之荐，举而与之，犹恐未称，章服随至。使积劳久次而得者，何以厌服哉？夫常调之人，非守则令，员多阙少，久已患之，不可复开多门以待巧进。若巧者侵夺已甚，则拙者迫怵无聊，利害相形，不得不察。故近岁朴拙之人愈少，而巧佞之士益多。惟陛下重之惜之，哀之救之。如近日三司献言，使天下郡选一人，催驱三司文字，许之先次指射以酬其劳，则数年之后，审官吏部，又有三百余人得先占阙，常调待次，不其愈难？此外勾当发运均输，按行农田水利，已振监司之体，各怀进用之心，转对者望以称旨而骤迁，奏课者求为优等而速化，相胜以力，相高以言，而名实乱矣。惟陛下以简易为法，以清净为心，使奸无所缘，而民德归厚。臣之所愿厚风俗者，此之谓也。

古者建国，使内外相制，轻重相权。如周如唐，则外重而内轻。如秦如魏，则外轻而内重。内重之弊，必有奸臣指鹿之患。外重之弊，必有大国问鼎之忧。圣人方盛而虑衰，常先立法以救弊。我国家租赋籍于计省，重兵聚于京师，以古揆今，则似内重。恭惟祖宗所以深计而预虑，固非小臣所能臆度而周知。然观其委任台谏之一端，则是圣人过防之至计。历观秦、汉以及五代，谏诤而死，盖数百人。而自建隆以来，未尝罪一言者，纵有薄责，旋即超升，许以风闻，而无官长，风采所系，不问尊卑，言及乘舆，则天子改容，事关廊庙，则宰相待罪。故仁宗之世，议者讥宰相但奉行台谏风旨而已。圣人深意，流俗岂知？台谏固未必皆贤，所言亦未必皆是，然须养其锐气而借之重权者，岂徒然哉？将以折奸臣之萌，而救内重之弊也。夫奸臣之始，以台谏折之而有余，及其既成，以干戈取之而不足。今法令严密，朝廷清明，所谓奸臣，万无此理。然而养猫所以去鼠，不可以无鼠而养不捕之猫。畜狗所以防奸，不可以无奸而畜不吠之狗。陛下得不上念祖宗设此官之意，下为子孙立万一之防，朝廷纪纲，孰大于此？

臣自幼小所记，及闻长老之谈，皆谓台谏所言，常随天下公议。公议所与，台谏亦与之；公议所击，台谏亦击之。及至英庙之初，始建称亲之议，本非人主大过，亦无礼典明文，徒以众心未安，公议不允，当时台谏，以死争之。今者物论沸腾，怨讟交至，公议所在，亦可知矣，而相顾不发，中外失望。夫弹劾积威之后，虽庸人亦可奋扬。风采消委之余，虽豪杰有所不能振起。臣恐自兹以往，习惯成风，尽为执政私人，以致人主孤立，纪纲一废，何事不生？孔子曰："鄙夫可与事君也欤？其未得之也，患得之；既得之，患失之。苟患失之，无所不至矣。"臣始读此书，疑其太过，以为鄙夫之患失，不过备位而苟容。及观李斯忧蒙恬之夺其权，则立二世以亡秦；卢杞忧李怀光之数其恶，则误德宗以再乱。其心本生于患失，而其祸乃至于丧邦。孔子之言，良不为过。是以知为国者，平居必常有忘躯犯颜之士，则临难庶几有徇义守死之臣。若平居尚不能一言，则临难何以责其死节？人臣苟皆如此，天下亦曰殆哉。君子和而不同，小人同而不和。和如和羹，同如济水。孙宝有言："周公上圣，召公大贤，犹不相悦，著于经典。两不相损。"晋之王导，可谓元臣，每与客言，举坐称善，而王述不悦，以为人非尧舜，安得每事尽善？导亦敛衽谢之。若使言无不同，意无不合，更唱迭和，何者非贤？万一有小人居其间，则人主何缘知觉？臣之所愿存纪纲者，此之谓也。

臣非敢历诋新政，苟为异论，如近日裁减皇族恩例，刊定任子条式，修完器械，阅习鼓旗，皆陛下神算之至明，乾刚之必断，物议既允，臣安敢有词？至于所献之三言，则非臣之私见，中外所病，其谁不知？昔禹戒舜曰："无若丹朱傲，惟慢游是好。"舜岂有是哉？周公戒成王曰："毋若商王受之迷乱，酗于酒德。"成王岂有是哉！周昌以汉高为桀、纣，刘毅以晋武为桓、灵，当时人君，曾莫之罪，而书之史册，以为美谈。使臣所献三言，皆朝廷未尝有此，则天下之幸，臣与有焉。若有万一似之，则陛下安可不察？然而臣之为计，可谓愚矣。以蝼蚁之命，试雷霆之威，积其狂愚，岂可数赦？大则身首异处，破坏家门，小则削籍投荒，流离道路。虽然，陛下必不为此，何也？臣天赋至愚，笃于自信。向者与议学校贡举，首违大臣本意，已期窜逐，敢意自全？而陛下独然其言，曲赐召对，从容久之，至谓臣曰："方今政令得失安在，虽朕过失，指陈可也。"臣即对曰："陛下生知之性，天纵文武，不患不明，不患不勤，不患不断，但患求治太速，进人太锐，听言太广。"又俾具述所以然之状。陛下颔之曰："卿所献三言，朕当熟思之。"臣之狂愚，非独今日，陛下容之久矣。岂其容之于始而不赦之于终？恃此而言，所以不惧。臣之所惧者，讥刺既众，怨仇实多，必将诋臣以深文，中臣以危法，使陛下虽欲赦臣而不可得，岂不殆哉？死亡不辞，但恐天下以臣为戒，无复言者。是以思之经月，夜以继昼，表成复毁，至于再三。感陛下听其一言，怀不能已，卒吐其说。惟陛下怜其愚忠而卒赦之，不胜俯伏待罪忧恐之至。

【译文】熙宁二年二月某日，殿中丞、直史馆、判官告院、权开封府推官臣苏轼，谨敢冒昧，不怕万死，再拜上书神宗皇帝陛下：臣近来不揣浅见，上奏封章谈论有关购买浙灯的事。我自知轻慢，触犯了皇上的威严，罪在不赦，所以待在自己的房间里，以等待重刑的处罚。现在从侧面了解已经十多天了，处罚的命令并未下达。又向有关的府司机构打听，方知购买浙灯一事，不久就取消了。因此知道，陛下不仅宽赦了我的罪过，而且听从了臣的建议，由此所带来的惊喜是我当初所不曾想到的，甚至于感动得流了泪。我为什么会这样呢？因为皇帝陛下乐于改变过失，从善如流，这是尧、舜及夏禹、商汤劝勉自己去努力实行的事，也是秦汉以来诸帝中所绝无仅有的事。想想买灯这种的小小过失，怎么能够有损于日月的光明？而陛下断然改变前令，毫不迟疑，这应该说是智慧出于天下，而听从臣的至愚之见，威震四海而下屈采纳匹夫之言。我现在知道，这样的陛下可以辅佐他，使他成为尧舜，使他成为汤武，使他让人民富足而刑罚不用，使他让兵强马壮而制服异族。有这样的国君，臣下就会坚决地为他承担重任。作为臣下，只应该披露自己的真实思想，绞尽脑汁，尽自己所能达到的力量，而没有别的企图。此前，臣我也知道天下的事情中，有比买灯更大的事。但唯独先上奏这件区区小事，是因为与陛下之间没有建立信任关系就劝谏，这是圣人也不干的事。交情浮浅就深谈道理，这是君子也不肯做的事。所以，试着先上奏谈论小事。而其他大事情则有待以后奏言论述。现在陛下果然宽赦了我而不加处罚，说明陛下已经准许我劝谏。如果准许我劝谏而我不再上奏，这就是我的罪过，所以我愿把话说完。

臣这里要说的内容有三个方面，就是希望陛下能够团结人心、纯厚风俗、维护纲纪。

天下人没有不有所依恃的。臣下依恃陛下的命令，所以能役使其他的小民。依恃陛下的法律，所以能战胜、制服强暴。至于君主所依恃的，是什么呢？《尚书》中说：“我居高位统治亿兆之民，敬畏地像用腐朽的绳索去驾驭六匹马一样。”这是说天下没有比君主的地位再危险的了。若能团结，就建立起君民关系。若离散，就成为仇敌关系。团结与离散之间，不容丝毫疏忽。所以说天下归心就称王，人心离散就成了独夫。由此看来，君主所依恃的，是人心而已。人心对于君主的关系，就如同树木有根，灯有油脂，游鱼有水，农夫有田，商贾有财。树木无根就会枯黄，灯无油脂就会熄灭，游鱼无水就会死去，农夫无田就会饥饿，商贾无财就会贫困，君主失去人心也就会丧亡。这些都是必然的道理，是不可逃避的灾难。这种情况的可怕性，从古到今都是一样。如果不是热衷于祸乱、灭亡，狂妄轻率丧失意志的人，那么谁敢放纵自己的欲望去轻易触犯人心呢？过去子产曾焚毁

《载书》以平息人们的议论，赠送伯石财物以安定大家之族，就是考虑到众怒难犯，而单单个人的欲望难以成功。子夏也说：“有信义，之后才能劳其民；没有信义，实际就是虐害自己。”只有商鞅实施变法，不考虑人们的议论，所以即使能很快达到富强，也由此招来了天下人的怨恨，使他们的国民只知求利而不知仁义，只看到刑罚而看不到美德，这样虽然占有了天下，很快就又失去。至于他本人，也最终免不了惩罚。他带着罪出逃，其他诸侯国不敢接纳他。最后受车裂之刑，徇示天下，而秦国人却没有哀怜他的。君臣之间关系，难道情愿发展到如此地步？宋襄公虽行仁义之政，但由于失去民众支持而灭亡。田常虽行不仁义之政，但由于得到民众支持而强大。所以，君子之人在没有讨论该行事情的是非问题的时候，就首先要了解民众心理的向背情况。谢安任用诸桓不一定合适，但是民众喜欢这样，所以国家由此平安。庾亮召回苏峻不一定不合适，但是民众人心的形势不容许这样做，所以反而造成危辱的局面。自古及今，没有因和气平易与民心相同而不安定的，也没有刚愎自用与民心向背而不危险的。

现在，陛下也知道天下人心并不和顺。朝廷内外的人，无论贤能的还是不贤能的，都认为我们宋朝自祖宗以来，治理财政的不过是三司使、副使、判官这些官员，至今已历经百余年，财政事务未尝有所缺失。今时却又无故创立一个司，号称制置三司条例司，派六七位年轻人日夜守在这个司内讲求财政利害问题，又派四十余人分行各个地区筹划，干预财政事务，可以说是规划庞大，使人民惊诧疑虑，创法新奇，使官吏都恐惑不安。贤能的人需要了解这样做的道理却得不到合理的解释，这样未免就会为此而担忧。其他小人则依据自己的意愿揣度朝廷的意旨，于是制造诽谤的言论。这些人就认为，陛下作为有万乘车马国家的君主而只谈谋利，执政大臣作为天子的宰辅官吏而专理财政，使得天下商旅不行，物价昂贵。近自淮甸地区，远至川蜀边区，万口所传，他们议论纷纷，有各种各样的说法。他们当中有的说，朝廷已讨论，准备在京师正店设置监察官，准备在夔州路深山地区实行酒的专卖制度，要向佛教僧尼常住的地方征税，要削减兵吏的俸给，如此等等，难以全部述说。更有甚者，说朝廷准备恢复肉刑，这种言论一传播出去，百姓就有了后顾之忧。陛下与侍从的大臣们，想来也听到了这些议论。然而不顾忌这些事情，只说我没有这样的事，也没有这样的想法，为何担心别人的议论？人们的言论虽然不一定都是如此，但是似是而非的言论就有可能带来诽谤。人一定是贪财成性，而后人们才可能怀疑他偷盗。人一定是好色成性，而后人们才可能怀疑他淫乱。为什么呢？在没有设置制置司以前，就没有出现这些诽谤的言论？难道去年的人们都是忠厚老实的，而今年的人们却都成了虚伪浮夸的吗？孔子说过："工匠想要做好他的事情，一定要先磨利他的器械。"又说："一定要做的事情，就是端正名义。"现在陛下操持器械而避讳该做的事，有君主之名而不利用自己的权力，这样即使天下每家都有一个为陛下辩解之人，在市面上陈列千金的钱财以购买人们的信任之心，人们也一定不会相信朝廷，诽谤的言论也不会停息。创立制置三司条例司，从名上看就是要为朝廷谋取利益。六七位年轻人和分派出外的四十余人，就是朝廷借以谋利的工具。把鹰和狗赶往密林里，却对人说我不是为了打猎，还不如放开鹰和狗而让林中的兽类自相驯服。操持鱼网进入江河湖泊，却对人说我不是为了捕鱼，还不如丢掉鱼网而让人们自己相信。因此，臣以为要削除谗言以召来和平之气，要恢复人心以安定国家的根本，就不如废掉制置三司条例司。

陛下之所以创立这样一个机构，其目的不过是为了兴利除害。假若废掉它而利益不得，害处不除，那就不废掉。废掉它而天下人高兴，人心安定，兴利除害的事没有不可以做的。那么又何苦而不废呢？陛下希望革除积弊而建立新的法度，有关问题一定要让宰相仔细讨论之后再去实行。有关事情如果不经过中书宰相讨论就执行，这是乱世的法度，圣君贤相难道会赞同这种做法？如果说建立法度一定免不了要经过中书，审议大事一定免不了要利用宰相，那么这个条例司之设，其实就是多余的，没有正当名义。智者的图谋，可贵之处就在于不留下特别具体的事迹。汉代的文帝、景帝，他们的《本纪》没有可值得记载的事迹，唐代的房玄龄、杜如晦二人，其《传》也无可记载之功，但是天下人谈论治世都首推文、景时代。谈论贤能之臣的都把房玄龄、杜如晦二人列入其中。这就是因为宏伟大业已经开创而具体事迹却看不到，功业已就而天下人却不知道。所以说，善于用兵的人，并没有显赫的战功。岂止是用兵，其他事情也没有不是这样的。现今有所图谋的人，事业还没有完成万分之一，而具体事迹却已传布天下，已经像陷下泥潭中的斗兽一样，成为众人关注的目标，这也可以说是拙劣的智谋。陛下若真的想富国，只要选择三司官员以及漕运使、副使等官而依靠他们，陛下与侍从大臣更复讨论，仔细审量，这样制定的法度实施一段时间之后，社会积弊就会自然削除而人们却没有觉察到。这里唯一担心的是，恐怕意志不够坚决，而导致半途而废。孟子有句话说："进快的退也快。"如果有始有终，自然可以慢慢来，这样十年之后，还有什么事干不成？孔子也说："欲速则不达，只看到小利，就不能成就大事。"假若孔子不是圣人，他的这些话也是不能应用的。《尚书》中说："与卿士商量，直至庶民百姓，意见完全一致，才能最终大吉大利。"如果反对者多而顺从者少，那么静止吉利而兴作凶灾。现在上自宰相大臣，都已辞免而不去做干预财政的工作，外面在议论什么，很明显就可以知道。宰相作为人君的大臣，尚且不愿意为此事而玷污自己，陛下却独独安于蒙受这样的名义而不推辞，这不是愚臣所能懂得的道理。至今君臣致力于理财之事已近一年了，但富国的功效，茫茫然如捕风一样，看不到表现在哪里，只听说皇帝内库已拨出数百万缗钱，祠部已散出五千人的度牒钱。以此作为理财之术，还有谁不能够去做？

关于分派官吏到地方上纵横干预，这本来也不是好办法。汉武帝派绣衣直指官维护地方治安，桓帝派遣八位使臣巡行各地，都是由于地方长官胡作非为，盗贼公行，出于无奈，才行此下策。宋文帝元嘉之政，可以和汉文帝、景帝时代相比，当时责令各地方郡县勤政爱民，精于治理，未尝由朝廷派遣使臣。到武帝时期，以为地方郡县行事不力，开始命令台使去加以督察，以后一直到萧齐时代，这种弊病未能改变。所以景陵王萧子良上疏皇帝，极力论说此事，以为这些监察使臣，早晨从朝廷禁门告别，就怀有另一种心态。晚上住宿村县，就作威作福，从不顾忌。他们追迫负责邮传的人，攻击、侮辱地方长官，造成国家民众公私劳扰，民不聊生。唐代开元中期，宇文融上奏另派劝农判官裴宽等二十九人，兼领御史职权，分行天下各地，清理户口，检查、处罚偷漏田税的现象。当时张说、杨瑒、皇甫璟、杨相如诸大臣都认为这样做不合适，他们也因此而相继被朝廷罢黜。那个时候虽然括出户数八十余万户，但都是州县为迎合上方旨意，弄虚作假，以主户报为客户，以少户报为多户。等到让百官聚集在都省中讨论此事的时候，公卿以下的官员由于害怕宇文融的威势，都不敢提出异议。陛下不妨把他们的《传》拿来看看，了解一下他们的所行之事是对还是错。近来实施平均赋税、宽恤百姓的事情，仕宦的冠服和车盖相望于道，朝廷也很快觉察这样做不合适，但天下人至今对此有怨谤之言。这样的举措没经历几年，是非已经很明确了。我恐怕后来人看今天，也就像今天人看待过去一样。更何况这次朝廷派遣使臣，尤其不合适。事情少而人员繁多，人的地位低微而奉上之命的权力很重。人的地位低微而权重，那么其下的人就多不顺服，有的甚至欺侮怠慢，而引起纷争。事情少而人员多，那么就显不出成绩，于是就一定要别生他事以堵塞非议。陛下虽然为此发布了严格的约束，不准许希功请赏，然而臣下奉事国君的通常心态是，不听从他的命令而迎合他的心意。现在朝廷所表现出的意旨是喜欢兴作而反对静止，喜欢赞同的而反对异议。在有了这样的意旨下，还有谁敢不服从？我担心陛下国内具有赤子之心的人，自此以后会没有安宁的时候。

至于天下所推行的有关事情，行路的人都知道它的难处。为什么呢？汴水水质混浊，其流域自有民居以来，不适宜种稻。秦人的歌谣曾说："一石泾水，含泥沙数斗。又灌溉又肥地，使我田中禾黍生长。"又何曾说使我田中粳稻生长呢？现在有人建议修筑圩岸，澄清河水，那么万顷稻田必须要用千顷的圩岸，一年一次淤灌，三年就可以灌满圩池。陛下随即信从这一建议，就派使臣考察地形，那么万一官吏苟且顺从这个意旨，同意建圩，这真正可以说是陛下有意兴作圩田，上边浪费国库中的财物，下边侵夺百姓农时，堤防一开口，河水就改变原来的流向，到这个时候虽吃了建议人的肉，对百姓又有何补益？这样做，使长久以来天下太平的局面，人民和财物的繁盛，四面八方剩余的财富，差不多都要毁于一旦。现在要挖空心思寻求用水兴农之利，这就是所说的即鹿无虞，在条件不具备的情况下草率行事，必然徒劳无功。这样做又何止是徒劳，一定还要带来极大的烦扰。凡是谋划这方面利害的，不问何人，小者根据办事情况予以酬劳，大者量才录用。如果官私相互矛盾，办不成事，那么所有的人都要重行罢黜贬降，其罪过不因为大赦而减轻。如果能力不胜任兴修水利工作，即准许向上申奏予以替换。由此看来，赏可谓重，罚可谓轻。然而，都始终不提及其他人轻率陈奏水利利害或官私不经审量错误地兴修工役的事情，这些重大失误又该当何罪？像这样，那么那些狂妄平庸、轻率剽窃的人，那些游手好闲的奸邪之人，从此会争先恐后地上言水利兴修的利害问题。他们获得成功就有赏，败坏事情也不受重罚。朝廷官司虽然知道他们的言行有疏浅之处，但怎么又可以随便贬抑辞退他们？他们所到之处，追逐纠集老少之人，考查地形的适当与否，但官吏兵卒所过，鸡犬被洗劫一空。如果不是明显不能兴办工役的地方，他们一定要去兴办。为什么呢？因为以后相互不协调、办不成事的罪重，而建请兴功役的过失罪轻。人们大多爱惜自身性命，形势必然如此。况且，过去废弃的池塘，多为附近民户私自耕占，时间长了，这些地方已同他们的永业田一样，成为民户的世代家业，现在如果要修复圩池，必然要把这些地方追收过来，造成人心动摇，这的确不是好的政策。又有那些好告状的党徒，心多积怨的人，轻妄陈奏某处可兴作圩岸水渠，不惜规划追收招致民怨的田产，或者强行把人们旧有的永业田指为官府的圩池区域。这样以后关于侵占耕地的诉讼，一定比今日加倍之多。我不知道朝廷本来没事，而又何苦实行这项政策呢？

自古以来，兴修工役之人，一定要利用乡村民户，这就像吃饭必用五谷，穿衣必用丝麻，渡河必用船和桨，行路必用牛马。即使这当中或许有用其他物种代替，但是最终还不是天下人所通常采用的方式。现在只听说在江浙之间，有数郡采用雇役之法，但是要把此法推广到天下各个地区，就像看到燕晋地区出产的枣栗，岷蜀地区出产的芋头而要因此废除五谷一样，岂不很难做到吗？再有，朝廷要卖出官府设在各地的手工业坊场，以所得的收入拨充衙前雇役的支出，但是充当地方乡村里长之役者，并无更多酬劳。这样里长之役所得到的酬劳低微，从此以后这项役使制度必然会逐渐破坏，由此所造成的州县役使体制，其萎靡不振的情况便可想而知。士大夫们放弃自己的亲戚朋友，远离自家的祖坟，到各个地方去做官，他们辛勤工作之余，也想寻求些乐趣，这是人所不可避免的正常心理需求。但是如果州县民力损耗，弊病百出，供应过客食住和车马的馆舍清静冷落，这样类似于即将衰亡国家的不良景象，恐怕不是太平之世的繁盛之貌。陛下若真能考虑到这些，一定不肯去下令做这些事。而且目前国家法令最严厉的莫过于治军方面，军法中最严厉的莫过于对逃兵的处罚。禁军三犯逃罪，厢军五犯逃罪，大抵都要处死。然而，逃兵的人数却半天下。那么关于雇人兴役的情况，还不知与厢军的情况有什么差别？如果雇佣的役人逃跑，怎么治罪，其治罪的情况一定比逃兵要轻，这样役人逃跑的现象就一定比目前更厉害，在这种情况下做役人的长官，不也很难吗？近来虽然通过发动乡户力量，得到了不少充雇役的人，然而有不少雇役人逃亡，这仍然是乡户的责任。今日朝廷却又要在两税之外，另立一科，征收雇役钱，以备官府雇人之用。那么，雇人逃亡的责任，已完全由官府承担了。自唐代杨炎开始，废除租庸调制，改行两税法，按大历十四年应纳赋税的数目，确定为每年两税收入的定额，这就是把租调与庸两项税目，合并在两税中交纳。现在两税法实行如故，为何又要收取庸钱？圣人制定法制，一定要考虑到后世，怎么可以在两税之外又增立一个征科之名呢？万一以后不幸，后世出现贪图私欲的君主，再加上辅佐他的又是聚敛之臣，那么就会雇钱不废除而差役仍旧，招致天下人的怨恨和诽谤。如果考查这种弊政的由来，就一定会追究到发端人的责任。同时，还又要使城镇坊郭户的各等级民户，与乡户均摊雇役负担，使品官大户与平民百姓等列交纳役钱。其说法是："《周礼》中也记载，有田地不耕作的人要交纳房屋税粮，宅院附近不耕种的要交纳居住乡里的布税。而到了汉代，即使宰相的儿子，也免不了服兵役去戍守边区。"这就是征收雇役钱所用的依据。古代是官养百姓，现在是百姓养官。古代官对百姓，分给他们田地而不去耕种，劝勉他们耕作而不去力行，于是乎才向他们征收乡里布税、房屋税这些针对居家的税目。现在的百姓无以为生，被迫弃农从商，这是形势发展应当如此，有什么名义再去役使他们或让他们交纳雇钱呢？况且，每丁一年的戍边之役不过三天，三天的雇役所用，其钱数才有三百。然而今世的官户、乡户、坊郭户三大户应交役钱，自公卿官以下都不能获免，这样算下来，官府征收的雇役钱难道每丁平均只有三百？大体上来说，事情如果可以实行也不必都要有典故制度。假若实行后民众不高兴，人心不安，那么即使有经典明文记载的事例，也无补于民众的怨愤。如果在役法上推行坊郭户与乡户均等、官户与平民百姓并列这两种政策，必然招致怨愤是无可怀疑的。女户和单丁户，大率是天下百姓的贫困之家。古代的帝王，首先要做的事是想法宽恤这些民户。但是，现今陛下首先要做的事是役使这些民户。此等民户中如果不是家族即将灭绝而还没有灭绝，就是家有丁男而年岁尚小，如果再宽恤几年，那么这些民户中一定会有成年的男子去供官府役使，甚至到老到死为官府效力。皇上富有四海之地，怎能忍心对这类民户不加体恤？

孟子说过："开始制作泥俑作为殉葬的人，他是不是可能会绝后呢？"《春秋》中记载"按田亩征发军赋"、"按田亩征收农业税"，这些都是十分看重发端采取给百姓带来患难的事。国家在青黄不接时发放青苗贷钱，这在过去就有禁令。现在陛下开始制定青苗贷钱正式法令，作为每年都固定实行的政策，虽然说不准许对百姓强行抑配青苗钱，但数世之后，若暴君污吏为政，陛下能保证这种制度不成为百姓之忧？以后天下人痛恨这项政策，我朝的国史记载说，青苗钱自陛下您开始实行，这难道不太可惜了吗？朝廷在东南地区购买绢帛，本来是使用现钱，在陕西收购粮草也不得强行令百姓用其他物品代替，这已经有明确的法令，有关部门却我行我素。但现在东南购买绢布未尝有不折变成食盐的，陕西收买粮草也未尝有不折变成钱钞的，由此便知道，青苗钱不许强行抑配给百姓的约束，也是一纸空文。只比如在英宗治平初期，选拔民间丁壮刺字充当义勇军，当时皇帝下诏旨表示慰劳，明确告知这些义勇军永不用于戍边，在政策文书上记载了这样的规定，就好像订立了盟约。至今还没多长时间，这一规定已不能完全执行，有的以义勇军代替原先内地来的东军去戍边，有的要以义勇军代换弓手的事务，政府所作出的规定难以依恃，岂不很明了吗？即使青苗贷钱法令一定能推行，地方也真能做到不抑配百姓，那么想来这其中愿意借贷青苗钱的人户，也一定都是孤苦贫寒无法生活的人，他们的家里如果有剩余的财物，又何至于借贷官钱而还要偿还本息呢？这类人户在官府催逼的情况下，就会采取逃亡的办法，他们逃亡以后所欠下的债务负担，又要转嫁到相邻同保的民户身上。这是形势发展的必然结果，理当如此。关于常平法，能成为一项固定的制度，可以说是非常完善的，它管理起来简单，推行起来涉及面十分广泛。假使有万家之众的县邑，其常平仓里只备有一千斛的粮食，那么当这一地区粮价高涨之时，把千斛粮食抛向市场，粮价自然会趋向平衡。这样，一个市场中的粮价得到了平衡，一个地区的粮食就可自给自足，既没有乞丐拿着瓢碗去讨饭的贫困之象，也没有里正催逼债务之劳。现在如果变常平法为青苗法，每家由官府借贷一斛粮食的钱，那么除了借到钱的千户之外的更多民户，又有谁去救济他们的饥荒？更何况，国家用于常平救济的官钱，常常担心少得不够用，如果全部用来收买成粮食，就没有可借贷的钱，如果大部分用来借贷，就收买多少用于储存的粮食？由此可见，常平法与青苗法，从其实施的情况看是不能并存的，废弃常平法，实施青苗法，所造成的损失更大，亏损国家财力，伤害平民百姓，这样即使后悔还来不及了？臣我私下觉得，陛下要考查清楚青苗法的实际情况，就一定要询问别人，如果别人知道陛下将要推行青苗法，就一定会认为这项法令有利无害。以臣个人的愚见，别人的这些观点恐怕不能够作为依据。用什么能说明这一问题呢？臣前段时间在陕西的时候，看到地方征刺义勇军，牵动各个县邑，臣曾亲自下去察访，见到地方上忧愁怨恨的百姓哭诉声震动野外。但当时奉命出使回朝的官员，却都说百姓全都高兴这样做。官吏习惯于对皇上迎合取宠，自古如此。若不是这样，那么山东地区寇盗起事，秦二世为何没有觉察到？南诏战事的失败，唐玄宗为何也不知道？现在虽然没有发展到这样的境地，但也希望陛下能够仔细审量别人的言论。

过去汉武帝的时候，国家财力困竭，朝廷采纳商人桑弘羊的建议，用低价买入而用高价卖出，这称为均输法。在当时就造成商贾不行、盗贼猖獗的局面，使国家差不多到了大乱的境地。昭帝即位后，学者们极力反对这种均输法观点，霍光顺从民众意愿，让利于民，于是天下人都归心朝廷，国家才没有出现变乱之事。想不到这种议论今天又再度兴起。建立此种法制之初，其论说深度尚浅，只强调要徙贵就贱，用近易远。然而朝廷为此广设官属，大量支出缗钱，这样富商大贾都产生疑虑而不敢从事自己的本业，因为他们认为官府均输虽没有明确说明是贩卖，但既然已准许变换买卖物品，那么这种制度实行以后，不发生官与商争利的情况是从来未听说过的。商人通过买卖谋利，有一个艰难曲折的过程，他们买入物品要先期付钱，卖出物品后才能取值，前后要多方计划，周密安排，统一考虑，这样加倍的利息，才能由此获得。现在官府买入物品，一定先要设置官吏，在簿书上写明他们的俸禄，由此支出的费用已经很多，还有不是上等的物品不买，不行贿赂不收，所以官买物品的价格一定高于商人买入的价格。到官府出卖这些物品时，其弊病也和买入物品时的情况一样。这样商贾的利益又从哪里可以得到！朝廷不知道去考虑这些问题，却拿出五百万缗钱交给官吏去运筹。这些钱一旦散发出去，恐怕就收不回来了。即使在运筹中少有所获，那么国家的商税收入额也一定会大大减少。比如现在有一个人去为他的主人放牧牛羊，事先不告诉他的主人就用一头牛换回五只羊，之后一头牛的损失他不报告，却把五只羊的收获指为自己的功劳。那么陛下认为，破坏常平之法而陈言青苗法之功，亏损国家商税收入而取得均输法之利，这与前面说的例子有什么不同呢？

陛下天机聪明，能洞察光明，谋略如神，这些事情的利害都非常明确，难道有不清楚的地方吗？如果一定认为已经实行的事情，不想再中途改变，担心天下人认为自己的为政方针不一，重用人不能善始善终，所以迟迟托延时日，不做出决定，希望形势万一能有所好转，臣私下认为这种做法是不对的。古代的英明君主，没有超出汉高祖之上的。郦生图谋阻挠楚王扩大势力，企图恢复六国的局面，汉高祖说：“这样做很好，并催促他赶快雕刻印章。”等到倾听留侯的劝说之后，汉高祖又吐出口中的食物骂郦生，说：“要赶快销毁印章。”这里高祖称好没多长时间，接着的就是骂，命令刻印、销印，如同儿戏。但是这何尝影响高祖善于知人的美德，相反，这正充分说明了圣人善于改过的作风。陛下认为可行的就实行它，知道不可行的就废除它，至圣至明的政德，没有比这再高尚的了。议论者一定认为，百姓可与享受成功，而难以与他们筹划开始，所以劝陛下坚持意见，不要顾及其他，希望这些法令一定执行。这实际是战国时期贪功之人所散布的险恶、侥幸说教，陛下如果相信并采纳这类说教，那么就是曲从于高谈阔论而违背真理，操持虚名而求得实祸，这样等不到愉快地去享受成功，怨愤就已经起来了。臣所说的希望陛下团结人心，就是这个意思。

士大夫中进奏上言的人，为数不少。但是他们的言论中也何尝有把国家之所以存亡、帝王继承序位之所以长短这些道理告诉给陛下呢？国家之所以存亡，在于道德作用的大与小，而不在于力量的强与弱。国运的长短，在于社会风俗的纯厚与浅薄，而不在于国家的富与贫。如果道德的作用实在巨大，社会风俗实在纯厚，那么即使国家贫弱，也不损害于帝王统治的长久和国家的存在。如果道德很浅薄，社会风俗实在不厚，那么即使国家富强，也不能补救帝王统治的短命和国家的灭亡。君主懂得这个道理，就是懂得了统治国家的轻重所在。所以古代的圣贤君王，不因为自己力量的弱小而忘记道德的作用，不因为自己的贫穷而损坏社会风俗，而那些智能的人看待别人国家的情况，也以此为标准去进行考查。过去齐国曾是最强大的国家，然而周公却从中判定齐国到以后肯定出现杀君之臣。卫国是最弱小的国家，然而季子却判定卫国将最后灭亡。吴国军队打败楚军进入楚国都城郢地，然而陈国大夫逢滑却料定楚国一定会复国。晋武帝灭掉吴国以后，何曾想到他的国内要发生变乱？隋文帝灭掉陈国以后，房乔却知道他的统治不会长久。汉元帝斩杀郅支单于，让呼韩邪单于来朝，功多于武帝、宣帝，但由于苟且偷安而后来发生了王莽篡政。唐宣宗收复燕赵之地，夺回河湟领土，国力比宪宗、武宗时期强大，但由于兵力削弱而后来发生了庞勋之乱。因此，臣希望陛下致力于崇尚道德以纯厚社会风俗，不希望陛下急于求功而去贪图富强。假使陛下的国家像隋朝一样富足，像秦朝一样强大，西边夺取了灵武之地，北边占有了燕蓟之土，这如果说建立了功业是可以的，但王朝统治时间的长短，与此并没有关系。王朝统治时间的长短，就像人的寿命长短一样，人的寿命长短关键在于人的元气如何，王朝统治的长短关键在于社会的风俗如何。世间有瘦弱多病的人而寿命很长，也有身强力壮的人而突然死去。如果人的元气常存，即使瘦弱多病也没关系。如果元气已衰，即使身强力壮也愈益危险。所以善于养性健身的人，都非常注意安排自己的工作和休息，节制饮食，活动关节，吐故纳新。如果不得已要吃药，就选用品级上等、性质温良并且长久服用而没有害处的药物，这样身体的五脏器官就得以和协平静而生命长寿。不善于养生的人，则忽视这些节制、谨慎的用功，对吐故纳新的效果不感兴趣，不注意食用上等药品而食用下等的，损伤自己真正的元气而发展自己表面的强壮，这样身体的根本已经衰竭，离死亡也就没多久了。治理天下的情况，与此也没有什么两样。因此，臣希望陛下珍惜社会风俗的淳美，就如同珍惜自身的元气一样。

古代的圣人，不是不知道严厉完备的法制可以统一民众，勇敢强悍之人可以办成事情，忠厚则近于迂阔，老成则好像当初就反应迟钝。然而他们之所以最终不肯改变这样的处世的态度，是因为他们认为改变成严苛、强勇的处世态度获益小而损失大。曹参，是贤明的宰相，却说注意不要干扰狱讼和市场事务。黄霸，是遵理守法的官吏，却说治世之道在于消除过甚的事情。有人讥刺谢安崇尚清淡而荒废政事，谢安却笑着说，秦朝任用严刑峻法的官吏，到二世时就灭亡了。刘晏任度支使时，专用果敢冒进的年轻人，一心想要快速办成事情，于是贪利之徒就由此相率学习成风。唐德宗刚即位的时候，提拔崔祐甫为宰相。崔祐甫采用宽大的政治策略，推广皇上的意旨，于是建中年间的统治，有上下统一协调的声誉，天下人都期望这种局面，差不多与贞观时期一样。到了卢杞为相的时候，劝导皇上以刑罚来整治天下，于是社会状况逐渐衰败，以致于民众流离迁徙。我朝仁宗皇帝驾驭天下，所执行的法制非常宽大，用人有一定的顺序，专一想着去掩盖过失，未尝轻易去改变旧有的制度。然而考查仁宗时期的功业，可以说都未建立起来。从用兵来说，十次出兵而九次战败；从府库储备财物来说，仅够足用而没有剩余。仁宗皇帝为政的功绩，主要表现在使人们普遍受到德泽恩惠，社会风俗重视仁义。所以仁宗皇帝去世之日，就像天下人失去了父母，国家的长远未来，最终也一定要依靠他所创立的规制。由此说来，我朝的仁祖皇帝可以说是深知治理国家的根本所在。今日议论的人，不去考查仁宗为政的实际情况，而只看到仁宗末年官吏大多因循守旧，不思奋发振举，于是就采取繁苛严察的政策以矫正这一过失，选用所谓有智能的人以共同办事，招来新选用的强勇果敢之人，以求得一切事情都快速做出实效，其实这样做在还没有享受到由此所带来的利益的时候，社会风气已经败坏。四季还尚且有所不同，那么作为人有谁没有过失？作为国君，对人的过失要多多包含，对各种人要仔细明察而不要用统一标准去衡量。如果陛下对别人的过失能多方包容，国家的人才就会依次可用。如果一定要广泛安置自己的耳目之人，非要去寻找别人的小小毛病，那么人们自己就会感到内心不安，各自想着自己怎样才能苟免于责罚，这恐怕不是朝廷的福气，也难道是陛下所希望的吗？过去汉文帝要除授虎圈啬夫以要职，张释之认为花言巧语有害风俗。今天如果以口舌流利的标准来取士，因应对反应迟钝而辞退人，把荒诞无实的议论看成是善于文辞，把偏激不做官的人看作是有德行的人，那么我们先代帝王的恩惠德泽，将会散尽消微。

自古以来任用人才，都是要经过具体实践的锻炼。即使有卓异天赋的人，也必须有已经建立的功绩，这一方面是使他经历事情的复杂变化而知道办事的难处，做事情不草率行事；另一方面是使他功业成就之后而威望提高，这样人们就自然无话可说而服从他。过去蜀汉先主刘备任命黄忠为后将军，而诸葛亮却担心不能够这样做，因为他觉得黄忠的名望，平常并不能与关羽、张飞并列，如果把黄忠的品位马上提高与关、张二人相同，他们二人一定会不高兴，其后关羽果真提出了这件事。这里黄忠有豪杰强勇的气慨，有与先主刘备间的君臣关系，尚且考虑这些环节，更何况其他的人呢？世间常常认为汉文帝不任用贾谊，感到十分惋惜。我考查当时的用意，自认为这样的看法不对。贾谊固然是天下的奇才，他的建议也是一时之良策。然而他建请把匈奴作为汉的属国，想以此去牵制单于，这是处士不切实际的大话，是年轻者头脑发热的意气之言。当初汉高祖以三十万众与匈奴作战，被围困于平城，当时的将相群臣中，难道就没有像贾生这样的人？建三表设五饵，明白人都知道这些议论不切实际，并且用这去制服中行说，尤其不可相信。战争问题，关系到生死成败，却故意去轻描淡写，就像赵括轻视秦军，李信小看楚军。当时如果汉文帝采用了贾生的建请，那么将会给天下带来不安宁的局面。假使贾生曾经受过实践的磨难，也一定对他的言论自感后悔。如果到晚年任用他，他的术业一定会十分精妙，但不幸的是他早早死去，这是始料所不及的。若不是这样，汉文帝难道是舍弃人才的君主？绛侯、灌侯二人难道是蒙蔽贤能的士大夫？至于晁错其人，尤其以严酷苛薄著称。汉文帝之世，他的官只做到太子家令，而景帝即位以后，任命他为御史大夫。当时宰相申屠嘉贤明，发愤而死，晁错纷纷变更法令，造成天下骚动。等到七国发起变乱，晁错的治世之术也无计可施。汉文帝、景帝为政的优劣之处，由此可以明白。大率名望、官职、爵位、俸禄，这些是人所孜孜追求的，一定要使人们经历较多的辛劳而达到这样的等级，才能使人们明白达到这样的等级要经过长时间的艰辛而且不容易达到。这样，人们就各自安分守己，不去轻率地急于乞求达到这样的等级。今日如果多开快捷晋升之门，使一些人占取意外的高位，公卿侍从这些高职，跨半步即可得到，那么得到这些官位的人也不肯承认自己是侥幸提升，而那些按次序没得到升迁的人则一定都因沉沦埋没而怨恨。假使天下正常举拔的人才当中，推举者违心评人，以推荐其他有才能的人为耻辱，那么还有什么样的人不能被任用？这样，要想社会风俗达到淳美，难道可以实现吗？一般选人改换京官，常常需要十年以上，推举期间发生问题，还要细察深究。所以这中间选人若有一件事情有些问题，常常导致终身被遗弃不用的境地。今日却根据一句话的推荐，就提拔某人而给他官职，在某人还担心不能胜任的时候，官礼服已经拿到了。假使经历较多辛劳、长时间处居下位的人得到了这样的官职，何以会有拿来官礼服时不称职的担心？按正常晋升的人，不是知州，就是县令，这些官员额多而缺额少，长时期以来都是难以解决的问题，所以不可以再多开进身之门给投机者提供晋升的机会。如果投机者侵夺官位十分严重，那么其他无双术进身的笨拙之人，也会因无所依托而感到窘迫不安，斟酌利害，关系重大，所以也不得不去寻找机会。因此近年以来，朴实无华的人越来越少，而巧诈钻营的人却越来越多。只希望陛下重视这些情况并感到痛惜，为此而感到悲伤并力求挽救这一局面。比如近日三司建请，让天下州郡各选派一人，专管催督三司文件的执行情况，并规定这些人可以优先选择官职，以奖励他们的劳苦。这样在数年之后，审官院吏部的官吏册上，又有三百余人要首先占去官吏的缺额。按次序正常晋升的人，不是更难提拔了吗？除此之外，还有些官吏兼管地方财物的向上运输和地方均输事务，巡察地方农田水利事务，这些已动摇了地方监司已有的职权，他们各怀投机进身之心。考察地方情况而上报的人，希望能迎合皇上的旨意而得到马上升迁。上奏征收赋税多少的人，希望能得到优等的成绩而取得任用。他们各以自己的功绩相争胜，各以自己的言论相争宠，然而虚名与实际已经相互混乱了。希望陛下实施简单易行的法制，以清净无为为心，使奸邪之人无所依凭，使民风归于纯厚。臣所希望的社会风俗纯厚，就是说的这个。

古代建立国家，就是要使中央与地方内外相互制约，权力轻重互相牵掣。比如周朝、唐朝，是外重而内轻。比如秦朝、魏国，则是外轻而内重。内重之弊，是造就敢于指鹿为马的权臣。外重之弊是，一定会有大的地方割据势力干预朝政之忧。贤圣的人在昌盛的时候就考虑到衰亡，常常预先建立法制以救偏除弊。我们国家的赋税收入由计省三司统一管理，在京师聚驻重兵，按古代的标准来度量今天的情况，则应该说是内重。我们的祖宗之所以这样的深谋远虑。本来也不是小臣所能理解和周知的。但是，从委任台谏官这一制度上看，则可以说是圣人预防过犯所建立的最完善的规制。纵观秦代、汉代以及五代时期，因劝谏而死的，大概有数百人之多。然而我朝自建隆以来，未曾有一个因劝谏而治罪的人。即使有的受到些轻微责罚，也很快就会超级升迁。准许他们根据风闻上言劝谏，而不考虑与其他长官之间的约束关系。他们作为劝谏之人所特有的风采，便不再顾忌自身的尊卑等级。劝谏之言涉及到皇上，天子就会改变颜容。事情关系到庙堂朝廷，宰相就会自责待罪。所以仁宗之世，议论者讥刺宰相的只是由于奉行台谏官根据风闻上言时事而已。圣人建立这样的制度具有深刻的用意，一般的流俗之人怎会理解？固然台谏官也未必都是贤才，他们的言论也未必都是对的，然而为培养他们直言敢谏的锐气而加重他们的权力，这种做法难道不起任何作用吗？这样做，就是要杜绝奸邪之臣萌发险恶用心，革除由于内重所带来的弊端。奸臣在其险恶用心刚开始的时候，由台谏官上言揭露批判，就可以充分有余地杜绝这种事情发生。如果奸臣的阴谋计划已经实现，那么即使用干戈武器加以平定，也会感到力所不足。现今国家法令严密，朝廷政治清明，所谓奸臣，绝没有图谋作乱的道理。然而养猫就是为了消灭老鼠，不能因为没有老鼠就去喂养不捕鼠之猫。养狗是为了防盗，不能因为没有盗贼就去养不叫之狗。陛下能够不向上追念祖宗设置台谏官的用意，下为子孙后代建立万全防范之策，朝廷的纲纪，还有哪些比这更大的呢？

臣自幼小时所记，以及长太后，听到长辈老人的言谈，都认为台谏官的言论，常常是与天下人的公议相一致的。天下人公议所支持的，台谏官也支持。天下人公议所反对的，台谏官也反对。到了英宗朝的初期，开始兴起关于举荐亲戚的议论，这本来不是为人君主的大过失，在礼制经典的明文中也没有规定，只是由于民众心怀不安，天下公议所反对，所以当时的台谏官以死力争，上言劝谏。现在人们议论纷纷，痛恨与怨言交织，这是天下的公议所指，也是可以明白的，然而朝中大臣相互观望而不做出抉择，使朝野内外的人感到失望。如果经劝谏弹劾而自感事情急迫之后，虽是平庸之人也可以奋发向上。如果劝谏的果敢锐气遭受打击之后，虽是豪杰之士也不好振作起来。臣担心自此以后，这种习惯会养成风气，使朝中之人都成为执政大臣的私属者，以致于造成君主孤立于上，这样国家的纲纪一旦被破坏，还有什么事情不会发生？孔子说过："庸俗鄙陋的人可以与他一起侍奉国君吗？在没有得到禄位的时候，这类人忧虑得不到禄位。而一旦得到了禄位，这类人又担心会丢掉禄位。如果以丢掉禄位为忧，那么这类人什么事都可以干得出来。"臣刚开始读到这段话的时候，怀疑孔子说得太过分了，觉得庸俗鄙陋之人担心丧失禄位，不过做些保持自身禄位的事情而苟且求容。等到后来看到文献上记载，李斯担心蒙恬会夺去他的权力，就立秦二世为帝，导致秦朝灭亡。卢杞担心李怀光揭穿他的罪恶，就蛊惑德宗，造成了再一次变乱。由此可知，这些人的险恶用心本来就产生于禄位丧失之忧，而由此所带来的祸害甚至于丧失国家。孔子的话，说得真不过分。由此便知道，统治国家者，平时要经常有舍身忘死、敢于触犯皇上的劝谏之士，这样在危难之时才能有守义死节之臣。如果平时人们就不敢说一句话，那么危难之时如何让人们去守义死节？朝中之臣尚且都是这样，那么天下就危险了。君子团结而不同流合污，小人只会同流合污而不团结。团结如调和羹汤，混同如水中加水。孙宝有话说："周公是上等圣人，召公是大贤人，但两人之间的关系仍然有不愉快的地方，都记载于经典之中。然则，他们两者又是相辅相成的。"晋朝的王导，可以说是功德崇高的大臣，他每每与门客谈话，都教导他们一举一动要尽善尽美，王述对此却表现出不高兴，他以为人不是尧、舜那样的人，哪能做到每件事都尽善尽美？王导听了他的意见后，也收起衣襟表示感谢。如果使言论没有不同的，意见没有不合的，人们都随声附合，随波逐流，那么谁非圣贤？万一有小人夹杂其中，君主又凭什么可以察觉？臣希望陛下维护国家纲纪，说的就是这个。

臣不敢一一诋毁革新政策，如果要抒发别的方面的议论，比如近日裁减皇上亲族受恩条例、重新刊定任子条式、修缮器械、军事演习，有关这些事情，都是陛下神机妙算的高明之举，是君权所必须裁决的，天下公议即已平允，臣下怎敢发什么议论？至于以上献陈的三方面建议，也不是臣一个人的意见，有关这些弊病，是朝野内外人士所共同觉察到的，还有谁不知道？过去禹告诫舜说："不要像尧的儿子丹朱那样傲慢，只有谨慎从事、宽缓为治是好。”舜难道有那样不好的德性！周公也告诫成王说：“不要像商王那样，受迷乱所蒙蔽，沉沦于酒乐。”成王难道有那样不好的德性？周昌把汉高祖看作成像桀、纣一样的帝王，刘毅把晋武帝看作成像汉代桓帝、灵帝一样的帝王，当时作为人君的皇上，也未曾治他们的罪，后来把这些事记载于史册当中，成为美谈。假使臣上书的这三方面言论。都是朝廷接纳上书中所不曾谈论过的，那么天下人由此所得到的福气，臣也有一份。如果万一有类似这方面的言论，那么陛下又怎能不细致明察？不过臣的意见，可以说是愚人的浅见。以小小蝼蚁的话语，试探雷霆般的威力，这样用尽其狂妄、愚智之力，怎么可以自我辩解而求得宽赦？对我的惩罚重则身首异处，毁灭家族，轻则削除官籍，发配荒野，流离于道路。臣虽然上言，但相信陛下一定不会对我这样做，为什么呢？臣天生就十分愚昧，忠诚自信。前时上言议论学校贡举一事，首先违背了大臣们的本意，已等待着被发配贬逐，何敢想着保全自己？然而，只有陛下认为臣的言论是对的，赐准臣到朝中对答，对答过了较长一段时间之后，又直接对臣说：“当今国家政令的得失何在，即使朕有过失，也可以进行陈述。”臣就回答说：“陛下天资之性，文武双全，不担心不明智，不担心不勤政，不担心不果敢，只担心求治的速度太快，提拔人的进程太短，采听的言论大广泛。”之后，陛下让臣具体陈上之所以这样说的状文。陛下又点头说：“你所说的三方面问题，我当仔细考虑。”臣的狂妄愚昧，不仅仅今日是这样，陛下对臣宽容的时间已经很久了。难道陛下在刚开始时宽容我，而到最后会不赦免我的罪过吗？所以从这一点上来说，臣没有什么害怕的。臣所担心的是，由于臣讽刺政令的方面很多，结下怨仇的人也实在很多，他们一定会用苛刻的文字诋毁臣，利用严厉的法律伤害臣，这样即使陛下想要解救下臣也可能办不到，能不危险吗？臣死亡有所不辞，只担心天下人会以臣为戒，从此之后再没敢上言议政者，因此考虑了一月多时间，夜以继日，表状写成了又毁弃，这样反复两三次才写成了这样的奏文。陛下过去听从了臣的一次建议，十分感动，按耐不住内心的激动，所以最终说出了自己的心里话。但愿陛下能够怜悯臣对朝廷的愚忠，最后宽赦臣之罪。臣禁不住屈身下伏，等待罪罚，万分忧虑恐惧。

再上皇帝书

熙宁四年三月□日，殿中丞、直史馆、判官告院、权开封府推官臣苏轼，谨昧万死再拜上书皇帝陛下。臣闻之，益戒于禹曰："任贤勿贰，去邪勿疑。"仲虺言汤之德曰："用人惟己，改过不吝。"秦穆丧师于崤，悔痛自誓，孔子录之。自古聪明豪杰之主，如汉高帝、唐太宗，皆以受谏如流，改过不惮，号为秦汉以来百王之冠也。孔子曰："君子之过，如日月之食焉。过也，人皆见之。更也，人皆仰之。"圣贤举动，明白正直，不当如是耶？所用之人，有邪有正。所作之事，有是有非。是非邪正，两言而足，正则用之，邪则去之，是则行之，非则破之。此理甚明，犹饥之必食，渴之必饮，岂有别生义理，曲加粉饰，而能欺天下哉？《书》曰："与治同道，罔不兴。与乱同事，罔不亡。"陛下自去岁以来，所行新政，皆不与治同道。立条例司，遣青苗使，敛助役钱，行均输法，四海骚动，行路怨咨。自宰相以下，皆知其非而不敢争。臣愚蠢不识忌讳，乃者上疏论之详矣，而学术浅陋，不足以感动圣明。近者故相旧臣，藩镇侍从，杂然争言不便，以至台谏二三人者，本其所与缔交唱和表里之人也，然犹不免一言其非者，岂非物议沸腾，事势迫切，而不可止欤？自非见利忘义居之不疑者，孰肯终始胶固，不自湔洗？如吴师孟乞免提举，胡宗愈不愿检详，如逃垢秽，惟恐不脱，人情畏恶，一至于此。近者中外欢言，陛下已有悔悟意，道路相庆，如蒙大赉，实望陛下于旬日之间，涣发德音，洗荡乖僻，追还使者，而罢条例司。今者侧听所为，盖不过使监司体量抑配而已，比之未悟，所较几何？以孟子所谓知兄臂之不可紾，而姑劝以徐。知邻鸡之不可攘，而月取其一。帝王改过，岂如是哉？

臣又闻陛下以为此法且可试之三路。臣以为此法譬之医者之用毒药，以人之死生试其未效之方，三路之民，岂非陛下赤子而可试以毒药乎？今日之政，小用则小败，大用则大败，若力行而不已，则乱亡随之。臣非敢过为危论，以耸动陛下也。自古存亡之所寄者，四人而已，一曰民，二曰军，三曰吏，四曰士，此四人者一失其心，则足以生变。今陛下一举而兼犯之。青苗、助役之法行，则农不安。均输之令出，则商贾不行，而民始忧矣。并省诸军，迫逐老病，至使戍兵之妻与士卒杂处其间。贬杀军分，有同降配，迁徙淮甸，仅若流放，年近五十，人人怀忧，而军始怨矣。内则不取谋于元臣侍从，而专用新近小生，外则不责成于守令监司，而专用青苗使者，多置闲局，以摈老成，而吏始解体矣。陛下临轩选士，天下谓之龙飞榜，而进士一人首削旧恩，示不复用。所削者一人而已，然士莫不怅恨者，以陛下有厌薄其徒之意也。今用事者，又欲渐削进士，纯取明经，虽未有成法，而小人招权，自以为功，更相扇摇，以谓必行，而士始失望矣。今进士半天下，自二十以上，便不能诵记注义为明经之学，若法令一更，则士各怀废弃之忧，而人材短长，终不在此。昔秦禁挟书，而诸生皆抱其业以归胜、广，相与出力而亡秦者，岂有它哉？亦徒以失业而无所归也。故臣愿陛下勿复言此。民忧而军怨，吏解体而士失望，祸乱之源，有大于此者乎？今未见也，一旦有急，则致命之士必寡矣。方是之时，不知希合苟容之徒，能为陛下收板荡而止土崩乎？去岁诸军之始并也，左右之人皆以士心乐并告陛下。近者放停军人李兴，告虎翼吏率钱行赂以求不并，则士卒不乐可知矣。夫谄谀之人，苟务合意，不惮欺罔者，类皆如此。故凡言百姓乐请青苗钱，乐出助役钱者，皆不可信。陛下以为青苗抑配果可禁乎？不惟不可禁，乃不当禁也。何以言之？若此钱放而不收，则州县官吏不免责罚。若此钱果不抑配，则愿请之户，后必难收索。前有抑配之禁，后有失陷之罚，为陛下官吏不亦难乎？故臣以为既行青苗钱，则不当禁抑配，其势然也。人皆谓陛下圣明神武，必能徙义修慝，以致太平，而近日之事，乃有文过遂非之风。此臣所以愤懑太息而不能已也。

昔贾充用事，天下忧恐，而庾纯、任恺戮力排之。及充出镇秦凉，忠臣义士莫不相庆，屈指数日，以望维新之化。而冯统之徒更相告语曰："贾公远放，吾等失势矣。"于是相与献谋而充复留。则晋氏之乱，成于此矣。自古惟小人为难去。何则？去一人而其党莫不破坏，是以为之计谋游说者众也。今天下贤者，亦将以此观陛下，为进退之决。或再失望，则知几之士相率而逝矣。岂皆如臣等辈，偷安怀禄而不忍去哉？狷狂不逊，忤陛下多矣，不敢复望宽恩，俯伏引领，以待诛殛。臣轼诚惶诚恐，顿首顿首。谨言。

【译文】熙宁四年三月某日，殿中丞、直史馆、判官告院、权开封府推官臣苏轼，冒着死罪再拜上书皇帝陛下。臣听说，益曾告诫禹说："任用贤能不要猜疑，除去邪恶不要迟疑。"仲虺评价商汤的治德说："用人只相信他自己，改过自新很干脆。"秦穆公在崤之战中丧失了自己的军队，曾悔恨而沉痛地自我发誓，孔子记载了这件事。自古以来，聪明豪杰的君主，如汉高祖、唐太宗，他们都因为接受劝谏如流水一样，不怕改掉自己的过错，而被称颂为秦汉以来众多君王中的佼佼者。孔子说过："君子的过错，就像日蚀、月蚀一样。这样的过错人们都能看得到。改掉了过错，人们都会仰望他。"圣贤人的一举一动，光明正大，公平合理，难道不该这样做吗？君王所任用的人，有邪恶的也有正直的。君王所做的事情，有对的也有不对的。对的与错的，邪的与正的；两句话就可以指出来。正直的人就继续任用，邪恶的人就罢免他，对的事情就继续实行，不对的事情就加以革除。这里的道理十分明确，就像饥饿就一定要吃食物，口渴就一定要饮水一样，哪里有什么通过讲求别的大道理，想方设法加以粉饰，而"够欺骗天下的呢？《尚书》中说："按治世的方法去做，没有不岁旺的。按乱世的方法去做，没有不衰败的。"陛下自去年以来，所主持推行的革新政策，都不是按治世的方法去做的政策。设立制置三司条例司，派遣散发青苗钱的官吏，征收助役钱，推行均输法，造成全国各地骚动不安，行路的人都在怨恨。朝中自宰相以下，都知道这些政策不对却又不敢争辩。下臣愚蠢，不懂得触犯上方忌讳，前时上疏已详细分析了这些问题，但由于知识粗浅，不足以感动陛下圣明之心。近来，故旧的宰相大臣们，以及地方的藩镇侍从官员，都纷纷然争着上言指斥这些新政的不妥之处，甚至台谏官的几位大臣原来都曾是支持、服务于变法的人，这时却也不得不站出来一致指斥新法的不对，这难道不是社会议论高涨，形势发展迫切而不能人为制止的局面吗？若不是见利忘义坚定不移的人，有谁会始终固着在这些问题上而不洁身自爱呢？如吴师孟乞求罢免提举之官，胡宗愈不愿再任检详之职。就像是要逃脱污秽的东西，唯恐自己逃脱不了。人们害怕邪恶的东西染身，竟然达到了如此地步。近期朝廷内外人们都高兴地传说陛下已有悔改醒悟的迹象，人们在道路上相互庆贺，就像蒙受了极大的赏赐，都真诚地希望陛下能在几天的时间里，颁发新诏令，洗清过去的偏激，追还派遣出外的官吏，并废除制置三司条例司。但今天从侧面打听到陛下所做的事，大概不过是让地方监司机构考察民户强行抑配的情况而已，这与未醒悟相比较，又相差几何？这就是孟子所说的，明知道哥哥的臂膀不能弯曲却还要劝说他慢慢弯曲，明知道邻居的鸡不能偷却还要每月偷一只鸡。帝王改过自新，难道是这样的吗？

臣又听说，陛下认为这些新法令可以暂且在西北三路地区试行一下。臣认为这样做就像行医者试用毒药，不惜用人的生死性命试验不治病的医疗方法。西北三路的民众，难道不是陛下的赤子百姓而可用毒药进行试验吗？今日的所谓新政，小范围实行则小败，大范围实行则大败，如果全力推行而不止，那么变乱衰亡就会随之而来。臣不敢更多地制造危言耸听的言论，以免惊动陛下的情思。自古以来，国家存亡所依托的不过有四种人，一是百姓，二是军队，三是官吏，四是士大夫。这四种人当中一旦失去了一种人的支持，就足以发生变乱。现在陛下推行新政这一件事，却一连得罪了这几种人。青苗法、助役法实行后，造成农民内心不安。均输法令颁布后，使商贾不能从商，而百姓开始担忧。合并削减各处的军队，强行驱逐有病的兵员，甚至使戍守士兵的妻子与兵卒混杂相处。贬斥从军的人员，与降职远配的人员一样，迁徙到淮甸地区，就如同罪人流放。年近五十岁，人人都心怀忧虑，而军队中便开始产生怨恨。对内则不听取大臣侍从官的意见，而专用新进年轻小辈的方略，对外则不依靠守令监司官员办事，而专用朝廷派遣的青苗使者，更多地设置闲散机关，以排斥安置阅历丰富的老成之人，这样，官吏体制已开始涣散。陛下亲自选拔人士，天下称之为龙飞榜，然而选上一人就首先抹杀了过去朝廷对他的旧恩，表示不再任用他。这样，所失的不过一个人，但是其他的士人没有不为此而感到惆怅遗憾的，觉得陛下有看不起这类人的意思。今日当权者，又要逐渐减少进士的数量，主张只以明经取士，虽然还尚且没有形成制度，但由于小人掌权，准备以此作为自己的功绩，从而互相扇摇，造成必行之势，于是士人便开始失望了。今日进士半天下，其二十岁以上的人，便不能把诵记的注疏变为明经之学。如果法令一改，各个士人就会有被废弃的顾虑，而人的才识的高低，最终还不是表现在这个方面。过去秦国禁止私藏书籍，使诸多士人都凭借自己的学识去投奔陈胜、吴广，并共同为他们效力，导致了秦国的灭亡。这难道有其它的原因吗？也只是由于这些士人失去了旧业而无所归向的缘故。所以臣希望陛下不要再提及此事。人民忧虑而军卒生怨，官吏解体而士人失望，祸乱的根源，有比这些更大的吗？现在还看不出来，如果一旦形势紧急，效死的人士一定不多。到那时，不知道那些附和苟容之徒能为陛下收拾残局而挽救灭亡吗？去年各军开始合并的时候，左右之人都告诉陛下兵士内心乐于合并。近来除籍放逐的军人李兴，又上告虎翼卒吏拿钱行贿以求不要合并军队，由此便知士卒是不乐于合并的。那些献媚之人，只求暂时迎合上意，不怕欺骗朝廷，大体上都会这样做。所以说，凡是说百姓乐于借贷青苗钱，乐于交纳助役钱的，都不能相信。陛下以为青苗钱强行抑配的现象真的能制止吗？不仅不能制止，而且也不应当制止。为什么这样说呢？如果这些钱只发放不收回，那么州县民吏就免不了要受责罚。如果这些钱真的不强行抑配，那么以后从自愿请贷的人户中一定很难索收这些钱。前边有禁止抑配的法令，后边有收不回责罚的规定，这样作为陛下的官吏不也很难吗？所以臣以为既要散发青苗钱，就不应当禁止抑配，这是事情的必然道理。人们都说陛下大圣大明，有神有武，一定能以道义修治邪恶，达到天下太平，但近来的事情，乃有粉饰过错放任谬误的迹象，这就是臣之所以怨愤叹息而控制不住自己的原因。

过去贾充专权的时候，天下人忧虑恐惧，而庾纯、任恺却极力攻击排斥他，等到贾充外出到秦凉地区任职，忠臣义士莫不相庆，屈指可数没几天，就有了革新政治扭转这一局面的希望。而当时冯统之类的人，便互相转告说："贾公放逐到远处，我们这些人的权势也失掉了。"于是他们便相继出计献策，使得贾充又在京师留任。后来的晋朝之乱，就是由此所造成的。自古以来，只有小人难以除掉。为什么呢？因为除掉一人，他的党徒都要受牵连而被惩处，这样为他出谋划策到处求情的人也会很多。现在天下聪明的人，也将以这种心态去对待陛下，以图为了自己的进退而做出抉择。或者有的由于再次失势，相互关系比较紧密的那些人都相继引退。难道都能像臣等这些人一样，为了苟且偷安享受俸禄而不忍心引退呢？臣猖狂不恭，得罪陛下的地方很多，不敢再期望给我宽恕恩惠，曲身向前，以等待重罚。臣苏轼诚惶诚恐，叩头再叩头。

论言论河北京东盗贼状

熙宁七年月，太常博士、直史馆、权知密州军州事苏轼状奏：臣伏见河北、京东比年以来，蝗旱相仍，盗贼渐炽。今又不雨，自秋至冬，方数千里，麦不入土。窃料明年春夏之际，寇攘为患甚于今日。是以辄陈狂瞽，庶补万一。谨按山东自上世以来，为腹心根本之地，其与中原离合，常系社稷安危。昔秦并天下，首取三晋，则其余强敌相继灭亡。汉高祖杀陈余，走田横，则项氏不支。光武亦自渔阳、上谷发突骑，席卷以并天下。魏武帝破杀袁氏父子，收冀州，然后四方莫敢敌。宋武帝以英伟绝人之资，用武历年而不能并中原者，以不得河北也。隋文帝以庸夫穿窬之智，窃位数年而一海内者，以得河北也。故杜牧之论以为山东之地，王者得之以为王，霸者得之以为霸，猾贼得之以乱天下。自唐天宝以后，奸臣僭峙于山东，更十一世，竭天下之力，终不能取，以至于亡。近世贺德伦挈魏博降后唐，而梁亡。周高祖自邺都入京师，而汉亡。由此观之，天下存亡之权在河北无疑也。陛下即位以来，北方之民流移相属，天灾谴告亦甚于四方，五六年间未有以塞大异者。至于京东，虽号无事，亦当常使其民安逸富强，缓急足以灌输河北。瓶竭则罍耻，唇亡则齿寒。而近年以来，公私匮乏，民不堪命。

今流离饥馑，议者不过欲散卖常平之粟，劝诱蓄积之家。盗贼纵横，议者不过欲增开告赏之门，申严缉捕之法。皆未见其益也。常平之粟，累经赈发，所存无几矣，而饥寒之民所在皆是，人得升合，官费丘山。蓄积之家，例皆困乏，贫者未蒙其利，富者先被其灾。昔季康子患盗，问于孔子，对曰："苟子之不欲，虽赏之不窃。"乃知上不尽利，则民有以为生，苟有以为生，亦何苦而为盗？其间凶残之党，乐祸不悛，则须敕法以峻刑，诛一以警百。今中民以下，举皆缺食，冒法而为盗则死，畏法而不盗则饥，饥寒之与弃市，均是死亡，而赊死之与忍饥，祸有迟速，相率为盗，正理之常。虽日杀百人，势必不止。苟非陛下至明至圣，至仁至慈，较得丧之孰多，权祸福之孰重，特于财利少有所捐，衣食之门一开，骨髓之恩皆遍，然后信赏必罚，以威克恩，不以侥幸废刑，不以灾伤挠法，如此而人心不革，盗贼不衰者，未之有也。谨条其事，画一如左。

一、臣所领密州，自今岁秋旱，种麦不得，直至十月十三日，方得數寸雨雪，而地冷难种，虽种不生，比常年十分中只种得二三。窃闻河北、京东，例皆如此。寻常检放灾伤，依法须是检行根苗，以定所放分数。今来二麦元不曾种，即无根苗可检，官吏守法，无缘直放。若夏税一例不放，则人户必至逃移。寻常逃移，犹有逐熟去处，今数千里无麦，去将安往？但恐良民举为盗矣。且天上无雨，地下无麦，有眼者共见，有耳者共闻。决非欺罔朝廷，岂可坐观不放？欲乞河北、京东逐路选差臣僚一员体量放税，更不检视。若未欲如此施行，即乞将夏税斛斗，取今日以前五年酌中一年实直，令三等已上人户取便纳见钱或正色，其四等以下，且行倚阁。缘今来麦田空闲，若春雨调匀，却可以广种秋稼，候至秋熟，并将秋色折纳夏税。若是已种苗麦，委有灾伤，仍与依条检放。其缺麦去处，官吏诸军请受，且支白米或支见钱，所贵小民不致大段失所。

一、河北、京东，自来官不榷盐，小民仰以为生。近日臣僚上章，辄欲禁榷，赖朝廷体察，不行其言，两路官民无不相庆。然臣勘会近年盐课日增，元本两路祖额三十三万二千余贯，至熙宁六年增至四十九万九千余贯，七年亦至四十三万五千余贯，显见刑法日峻，告捕日繁，是致小民愈难兴贩。朝廷本为此两路根本之地，而煮海之利，天以养活小民，是以不忍尽取其利，济惠鳏寡，阴销盗贼。旧时孤贫无业，惟务贩盐，所以五六年前盗贼稀少。是时告捕之赏，未尝破省钱，惟是犯人催纳，役人量出。今盐课浩大，告讦如麻，贫民贩盐不过一两贯钱率本，偷税则赏重，纳税则利轻，欲为农夫，又值凶岁，若不为盗，惟有忍饥。所以五六年来，课利日增，盗贼日众。臣勘会密州盐税，去年一年比祖额增二万贯，却支捉贼赏钱一万一千余贯，其余未获贼人尚多。以此较之，利害得失，断可见矣。欲乞特敕两路，应贩盐小客，截自三百斤以下并与权免收税，仍官给印本空头关子与灶户及长引大客，令上历破使。逐旋书填月日姓名斤两与小客，限十日内更不行用，如敢借名为人影带，分减盐货，许诸色人陈告，重立赏罚，候将来秋熟日仍旧，并元降敕榜，明言出自圣意，令所在雕印，散榜乡村。人非木石，宁不感动，一饮一食，皆诵圣恩，以至旧来贫贱之民，近日饥寒之党，不待驱率，一归于盐，奔走争先，何暇为盗？人情不远，必不肯舍安稳衣食之门，而趋冒法危亡之地也。议者必谓今用度不足，若行此法，则盐税大亏，必致缺事。臣以为不然。凡小客本少力微，不过行得三两程，若三两程外，须借大商兴贩，决非三百斤以下小客所能行运，无缘大段走失；且平时大商所苦，以盐迟而无人买。小民之病，以僻远而难得盐。今小商不出税钱，则所在争来分买。大商既不积滞，则轮流贩卖，收税必多。而乡村僻远，无不食盐，所卖亦广。损益相补，必无大亏之理。纵使亏失，不过却只得祖额元钱，当时官司，有何缺用？苟朝廷捐十万贯钱，买此两路之人不为盗贼，所获多矣。今使朝廷为此两路饥馑，特出一二十万贯见钱散与人户，人得一贯，只及二十万人，而一贯见钱亦未能济其性命。若特放三百斤以下盐税半年，则两路之民，人人受赐，贫民有衣食之路，富民无盗贼之忧，其利岂可胜言哉？若使小民无以为生，举为盗贼，则朝廷之忧，恐非十万贯钱所能了办。又况所支捉贼赏钱，未必少于所失盐课。臣所谓"较得丧之孰多，权祸福之孰重"者，为此也。

一、勘会诸处盗贼，大半是按问减等灾伤免死之人，走还旧处，挟恨报雠，为害最甚。盗贼自知不死，既轻犯法，而人户亦忧其复来，不敢告捕，是致盗贼公行。切详按问，自言皆是词穷理屈，势必不免，本无改过自新之意，有何可愍，独使从轻？同党之中，独不免死。其灾伤，敕虽不下，与行下同，而盗贼小民无不知者，但不伤变主，免死无疑。且不伤变主，情理未必轻于偶伤变主之人，或多聚徒众，或广置兵仗，或标异服饰，或质劫变主，或驱虏平人，或赂遗贫民令作耳目，或书写道店恐动官私，如此之类，虽偶不伤人，情理至重，非止缺食之人苟营糇粮而已。欲乞今后盗贼赃证未明，但已经考掠方始承认者，并不为按问减等。其灾伤地分，委自长吏，相度情理轻重，内情理重者，依法施行。所贵凶民稍有畏忌，而良民敢于捕告。臣所谓"衣食之门一开，骨髓之恩皆遍，然后信赏必罚，以威克恩，不以侥幸废刑，不以灾伤挠法"者，为此也。

右谨具如前。自古立法制刑，皆以盗贼为急，盗窃不已，必为强劫，强劫不已，必至战攻，或为豪杰之资，而致胜、广之渐。而况京东之贫富，系河北之休戚，河北之治乱，系天下之安危，识者共知，非臣私说。愿陛下深察，此事至重，所捐小利至轻，断自圣心，决行此策。臣闻天圣中，蔡齐知密州，是时东方饥馑，齐乞放行盐禁，先帝从之，一方之人不觉饥旱。臣愚且贱，虽不敢望于蔡齐，而陛下圣明，度越尧禹，岂不能行此小事，有愧先朝？所以越职献言，不敢自外。伏望圣慈察其区区之意，赦其狂僭之诛。臣无任悚栗待罪之至。谨录奏闻，伏候敕旨。

【译文】熙宁七年十一月某日，太常博士、直史馆、权知密州军州事苏轼写状上奏：臣看到河北路、京东路地区近年以来，蝗旱灾害相仍，盗贼日渐猖獗，今日又加上天不下雨，自秋至冬，方圆数千里的范围内，小麦不能下种。臣预料明年的春夏之交，寇盗为患的程度会比今日更加厉害。因而臣就陈奏狂妄之言，以求补救万一出现的缺失。谨察山东地区，自古以来就是国家的腹心根本之地，它与中原地区的离合状况如何，常常关系到国家的安危。过去秦国统一天下，首先攻取三晋地区，这样其余强敌之国也相继被灭亡。汉高祖杀掉陈余，赶走田横，就使项羽的力量不能再支持下去。光武帝也是自渔阳、上谷突发骑兵，然后席卷各地，统一天下。魏武帝打败杀死袁氏父子，收复冀州，之后四方的势力就再也没有能与他匹敌的了。宋武帝凭其英伟绝人的素质，用兵数年，却不能据有中原地区，其原因就是没有夺得河北。隋文帝凭着庸夫盗窃小人之智，窃取皇位几年时间却能统一天下，其原因就是夺取了河北。所以杜牧的论断认为，山东之地，王者得到它就可以称王，霸者得到它就可以称霸，狡猾的盗贼得到它就可以扰乱天下。唐朝自天宝以后，奸邪之臣对抗于山东，以后经历十一世时间，用尽天下的人力财力，却最终不能扭转这一局面，导致了唐朝的灭亡。近世的贺德伦以魏博之地归降后唐，而后梁灭亡。周高祖率兵自邺都进入京师，而后汉灭亡。由此看来，天下存亡的关键在于是否占有河北地区，这是无可疑问的了。陛下即位以来，北方之民流移不绝，天灾人祸也比其他地区厉害，前后五六年的时间里，朝廷没有拿出解决这些重大问题的办法来。至于京东地区，虽然说没有什么大事，也应当常使那里的人民生活安逸，财丰力强，以保证紧急时期足以在物力上支持河北。酒尽瓶子也就没用了，而唇亡则齿寒。更何况近年以来，财物缺少，公私困乏，百姓无法生活。

现今针对百姓流离饥饿问题，议论者不过提出要散发卖出常平仓的粮食，劝导引诱蓄积之家出卖粮食。针对盗贼纵横问题，议论者不过提出要增开告发奖赏之门，申严捕捉之法。这些观点，都看不到它有益的地方。国家用于救济的常平粮食，已经多次赈发，所存的已没有多少。但受饥寒的百姓却到处都是，每人若得到一升一合的粮食，官府就需要如山如丘地大量支出。过去的蓄积之家也差不多都处于困乏状态，这样贫者还没有接受富者之利的时候，富者却已首先蒙受了灾难。过去季康子苦于盗贼，向孔子请教。孔子回答说："如果你不想去做，即使奖赏他也不去偷窃。"由此便知，如果上方不敛尽民财，百姓就有条件生活。如果有条件生活，也何苦还去当强盗？其间某些凶残的党徒之人，喜欢制造祸乱，不思悔改，这就需要颁布新敕令，严厉刑罚，杀一儆百。今日中等以下的民户，大凡都缺乏食物，违法而去为盗就要处死，害怕法律而不去为盗就受饥寒。饥寒之死与违法弃市，两者均是死亡，而不死的与忍受饥饿的，其死亡之祸到来有快有慢。这样，他们相率为盗，也就是理所当然的事。即使每天杀掉一百人，也一定不能阻止这一趋势的发展。如果不是陛下至圣至明，至仁至慈，比较得失之多少，权衡祸福之轻重，特地在财利方面稍微散惠于民，使百姓衣食之门为之一开，人人遍受长骨生髓之恩，这样之后信赏必罚，以威势实现恩德，不以私人侥幸废弃刑罚，不以灾伤之变阻挠法制，如此为政而人心不改变的，盗贼不消声灭迹的，是从未有过的情况。现谨具体条列其事，一一陈述于下。

一、臣所掌管的密州，自今年秋天大旱以来，不能够下种小麦。直到十月十三日，才得到从天而降的将近一寸雨雪，但由于地面温度低，难以下种，即使下种也生长不出来，与常年相比，今年才只下种十分之二三。我听说河北、京东地区，也差不多都是如此。平常检查除放灾害地区的赋税，依法必须是检验考查禾苗的灾害情况，以此来确定除放赋税的种类和数量。现今的情况是二税小麦原本不曾下种，既然没有禾苗作为检查的依据。官吏遵守法制，也就没有什么理由直接除放这些地区的赋税。如果夏税统一不予除放，那些民户一定会逃散流移。平常年岁百姓的逃散流移，尚有收成好的地方可去，今年数千里的范围内小麦无收，百姓逃散流移将向何处去？只恐怕这些良民会举众为盗。而且上天不下雨，地上不长麦，这是有目者共睹，有耳者都听到的。这是事实，决不是欺骗朝廷，怎么可以坐观这种情况而不除放赋税呢？臣请求在河北、京东逐路各选派臣僚一员，根据实际情况减放赋税，不再按常规检验考查。如果不按这样的方法施行，即请求将今年夏税应征粮食的数量，参考以前五年中平均一年应征税的实际价值，令三等以上人户任便交纳现钱或交纳正色赋税，其余四等以下的人户，可以暂且托欠，待以后交纳。因为现在麦田成为空闲之地，如果来春降雨适量，就可以广泛播种秋作物，等到秋季收成很好，可以把夏税放在秋税中一并折纳。如果已种苗麦委实有灾伤，仍然依据条例考查减放赋税。在缺少小麦的地区，官吏以及军队中的供给，暂且支拨白米或支拨现钱，其目的就是使下层小民不致于大批流离失所。

二、在河北、京东地区，官府从来不专卖食盐，下层民户指望贩盐为生。近来有臣僚上奏章，无端建言实行食盐专卖。依赖朝廷的体量考察，才没有采用这一建议，两路的官吏百姓，为此无不相庆相贺。然而臣考察近年以来这些地区的盐课税额日益增加，这两路盐课的原本祖额是三十三万二千余贯，到熙宁六年已增至四十九万九千余贯，熙宁七年也增加到四十三万五千余贯，由此可明显看出，盐制刑法日益严厉，告发捕捉的条例日益繁密，由此导致下层小民越来越难以贩卖食盐。朝廷本来的考虑是，因为这两路是国家存亡的根本地区，而煮海所得到的盐利，是上天要养活这些地区的下层小民，所以国家不忍心把盐利收入全部归为官方垄断，要留给鳏寡之人一些恩惠好处，也由此潜在地起到消灭盗贼的作用。过去孤独贫寒的无业之人，只从事贩盐活动，所以五六年以前，这些地区的盗贼稀少。那时告捕的奖赏，未尝动用国家计划内的省钱，只是对所犯人催纳，令牵连从役人斟酌支出。现在朝廷征收盐课数量浩大，告发违法的人多如麻，贫下之民贩盐所用的本钱不过一两贯，但偷税被告发就要重出赏钱，正常纳税则获利低微，要再去干农夫之事，又正逢凶灾之年，在这种情况下，如果不为盗贼，就只有忍饥挨饿。因此这五六年以来，盐课利税日益增加，而盗贼也日益多起来。我考察密州的盐税收入，去年一年比祖额增加了二万贯，但是其中又支出捉贼赏钱一万一千余贯，另外其他没有捉获的盗贼人数还有很多。由此做比较，盐利收入多少的利害得失，可以明显看得到了。臣请求对这两路特下诏敕，规定贩盐的贫下小商，以贩盐三百斤以下为限，都与权且免除收税，官府仍把盖有印章的空头关子发给煮盐的灶户和联系生意的大商人，令过去卖盐填写的日月姓名及卖盐斤两等有关记录本子交与小商，旧有的本子限定在十天之内不得再度行用，如敢私自借用他名为别人包庇，减少大商所贩盐货数量，准许各类人上陈告发，建立重赏重罚制度，等到将来秋粮收获之日再恢复旧有制度，并且在刚开始下达敕令的时候，要明确指出这是出自陛下圣上的意思，令所在地区雕板印刷，散发张贴在各个乡村。这样，人不是木头和石头，还有谁不为之感动？他们一饮一食的时候，都要称颂圣上的恩德。到后来原有的贫贱之民，近期的饥寒之徒，他们不等待别人的驱策引领，就都会去从事贩盐生意，他们纷纷争先忙于跑自己的生意，哪还有时间去做盗贼？人们的情感都相差不远，他们一定不会舍弃安稳的丰衣足食的生活门径，去追逐违法而有危险灭亡之灾的境地。议论者一定会说，现今国家财用不足，如果实行这样的制度，就会使盐税造成极大亏损，一定要影响到国事的办理。臣以为不是这样。凡小商所投本钱少，力量微薄，他们奔走的范围不过三两程距离。如果三两程之外更远的地方，就必须依赖大商兴贩，这些更远的地方，决不是贩卖三百斤以下盐货的小商所能行运的，他们做这样的生意必然会大量亏本。况且平时大商的苦衷，是盐货迟迟积压而无人收买。小商的苦衷，是因为地里僻远而难以买到盐货。现在小商不纳税钱，所在地区的小商就会争着分买盐货。大商的盐货不积压，就会轮流贩卖，国家所收的盐税也一定会更多。这样即是僻远的乡村，也没有食不到盐的，盐货出卖的范围也就更为广泛。由此看来，这种方法是损失与收益相为补充，一定没有大亏损的道理。即使有所亏损，也不过只是收得了盐利的祖额钱，这对于当时政府的财政有什么欠缺而不足支出的地方？如果朝廷捐出十万贯钱，能够买这两路之人不为盗贼，这样所得到的就更多了。今日假使朝廷因为这两路发生饥荒，特拨出一二十万贯现钱散发给人户，使每人得到一贯钱，也只能达到二十万人，而且一贯现钱也不足以挽救一个人的性命。如果特令免除三百斤以下盐商盐税半年，那么两路之民，人人都受到恩赐，对贫民来说有衣食谋生之路；对富民来说无盗贼为患之忧，由此所带来的好处难道能用语言表达得了吗？如果造成小民无以为生，举众为盗贼，那么由此对朝廷所带来的忧虑，恐怕就不是十万贯钱所能解决的问题。又何况所支出的捕捉盗贼的赏钱，不一定就少于所失的盐课收入。臣所说的“比较得失之多少，权衡祸福之轻重”，就是针对这个问题。

三、经了解各处的盗贼，大多是有罪被按问又因灾害被减等处罚的免死之人，他们回归旧地，怀恨报仇，为害作恶最为严重。盗贼自知不会处死，即轻易违法犯罪，而一般民户也担心其再来报复，所以不敢告发捕捉，由此造成了盗贼公行。经仔细审问，盗贼自己供述，都是理屈词穷，其所犯罪行一定不能赦免，其本人也从来没有改过自新的意思，像这样有什么可怜的，而独独对他们从轻处罚？同党之中，唯独不获免的是死罪。至于灾害的情况，照顾罪犯的敕令虽然没有下达，实际上与敕令下达的情况相同，而那些盗贼小民，也无不知晓这个道理。只要盗窃不伤害那家主人，免于处死是无疑问的了。那么不伤害主人，从情理上讲其罪行也未必轻于殴伤主人的人，他们或多聚徒众，或广置兵仗，或在服饰上标新立异，或绑架劫掠主人，或驱赶缚执一般的人，或贿赂贫民令作耳目，或在路边店旁书写文告以惊动官私之人。如此之类，虽不伤害人命，但罪行深重，并不是缺乏食物的人只图一时劫到粮食而已。请求自今以后凡是盗贼赃证不明确，只是已经拷问掠打开始承认其罪行者，一律不得再行查问减等处罚。在遭受灾害的地区，委托长吏等官员，具体考察犯罪情理的轻重，情理严重者，依法执行。这样做的目的就是使凶残之民稍有畏忌，使善良之民敢于告捕。臣所说的“使百姓衣食之门为之一开，人人遍受长骨生髓之恩，这样之后信赏必罚，以威势实现恩德，不以私人侥幸废弃刑罚，不以灾害之变阻挠法制”，就是针对这个问题。

以上谨条列如此。自古以来建立法制，制定刑罚，都以禁治盗贼为当务之急，盗窃活动不停息，一定会出现强取劫掠，强取劫掠不停息，一定会导致战争，或者成为豪杰之人的造反资本，而导致陈胜、吴广大规模起事的势头。更何况京东地区的贫富状况，与河北地区休戚相关，河北地区的治乱状况，关系到整个天下的安危，这是有才识的人所共知的道理，并非只是臣的个人见解。

希望陛下深切体察，此事至关重大，所捐弃的小利十分轻微，圣上内心要自己决断，坚决推行这一政策。臣听说仁宗天圣中期，蔡齐任密州知州，当时东部地区发生饥荒，蔡齐请求取消盐禁，先帝仁宗听从了，这一建议，使东部一方之人，感觉不到饥饿和干旱。臣愚拙低贱，虽然不敢企望与蔡齐相比，然而陛下是圣明之君，度量超过尧禹，难道不能办理这样的小事而有愧于先朝？之所以超越本职上陈政事，不敢置身事外。恭望圣上以仁慈之心体察这些区区小事的用意，赦免臣的狂妄越位之罪。臣不胜恐惧发抖，等待罪罚。谨抄录奏上，恭候敕旨。

卷四十四　奏议

徐州上皇帝书

元丰元年十月□日，尚书祠部员外郎、直史馆、权知徐州军州事苏轼，谨昧万死再拜上书皇帝陛下。臣以庸材，备员册府，出守两郡，皆东方要地。私窃以为守法令、治文书、赴期会，不足以报塞万一。辄伏思念东方之要务，陛下之所宜知者，得其一二，草具以闻，而陛下择焉。

臣前任密州，建言自古河北与中原离合，常系社稷存亡，而京东之地，所以灌输河北，瓶竭则罍耻，唇亡则齿寒，而其民喜为盗贼，为患最甚，因为陛下画所以待盗贼之策。及移守徐州，览观山川之形势，察其风俗之所上，而考之于载籍，然后又知徐州为南北之襟要，而京东诸郡安危所寄也。昔项羽入关，既烧咸阳，而东归则都彭城。夫以羽之雄略，舍咸阳而取彭城，则彭城之险固形便，足以得志于诸侯者可知矣。臣观其地，三面被山，独其西平川数百里，西走梁、宋，使楚人开关而延敌，材官驺发，突骑云纵，真若屋上建瓴水也。地宜菽麦，一熟而饱数岁。其城三面阻水，楼堞之下，以汴、泗为池，独其南可通车马，而戏马台在焉。其高十仞，广袤百步，若用武之世，屯千人其上，聚檑木炮石，凡战守之具以与城相表里，而积三年粮于城中，虽用十万人不易取也。其民皆长大，胆力绝人，喜为剽掠，小不适意，则有飞扬跋扈之心，非止为盗而已。汉高祖，沛人也。项羽，宿迁人也。刘裕，彭城人也。朱全忠，砀山人也。皆在今徐州数百里间耳。其人以此自负，凶桀之气，积以成俗。魏太武以三十万人攻彭城，不能下。而王智兴以卒伍庸材，恣睢于徐，朝廷亦不能讨。岂非以其地形便利，人卒勇悍故耶？

州之东北七十余里，即利国监，自古为铁官。商贾所聚，其民富乐，凡三十六冶，冶户皆大家，藏镪巨万，常为盗贼所窥，而兵卫寡弱，有同儿戏。臣中夜以思，即为寒心，使剧贼致死者十余人，白昼入市，则守者皆弃而走耳。地既产精铁，而民皆善锻，散冶户之财，以啸召无赖，则乌合之众，数千人之仗，可以一夕具也。顺流南下，辰发巳至，而徐有不守之忧矣。使不幸而贼有过人之才，如吕布、刘备之徒，得徐而逞其志，则京东之安危未可知也。近者河北转运司奏乞禁止利国监铁不许入河北，朝廷从之。昔楚人亡弓，不能忘楚，孔子犹小之，况天下一家，东北二冶皆为国兴利，而夺彼与此，不已隘乎？自铁不北行，冶户皆有失业之忧，诣臣而诉者数矣。臣欲因此以征冶户，为利国监之捍屏。今三十六冶，冶各百余人，采矿伐炭，多饥寒亡命强力鸷忍之民也，臣欲使冶户每冶各择有材力而忠谨者，保任十人，籍其名于官，授以却刃刀槊，教之击刺，每月两衙，集于知监之庭而阅试之，藏其刃于官，以待大盗，不得役使，犯者以违制论。冶户为盗所睨久矣，民皆知之，使冶出十人以自卫，民所乐也，而官又为除近日之禁，使铁得北行，则冶户皆悦而听命，奸猾破胆而不敢谋矣。徐城虽险固，而楼橹敝恶，又城大而兵少，缓急不可守。今战兵千人耳，臣欲乞移南京新招骑射两指挥于徐。此故徐人也，尝屯于徐，营垒材石既具矣，而迁于南京，异时转运使分东西路，畏馈饷之劳，而移之西耳。今两路为一，其去来无所损益，而足以为徐之重。城下数里，颇产精石无穷，而奉化厢军见缺数百人，臣愿募石工以足之，听不差出，使此数百人者常采石以甃城。数年之后，举为金汤之固，要使利国监不可窥，则徐无事，徐无事，则京东无虞矣。

沂州山谷重阻，为逋逃渊薮，盗贼每入徐州界中。陛下若采臣言，不以臣为不肖，愿复三年守徐，且得兼领沂州兵甲巡检公事，必有以自效。京东恶盗，多出逃军。逃军为盗，民则望风畏之，何也？技精而法重也。技精则难敌，法重则致死，其势然也。自陛下置将官，修军政，士皆精锐而不免于逃者，臣尝考其所由。盖自近岁以来，部送罪人配军者，皆不使役人，而使禁军。军士当部送者，受牒即行，往返常不下十日，道路之费，非取息钱不能办。百姓畏法不敢贷，贷亦不可复得，惟所部将校乃敢出息钱与之，归而刻其粮赐。以故上下相持，军政不修，博弈饮酒，无所不至，穷苦无聊，则逃去为盗。臣自至徐，即取不系省钱百余千别储之，当部送者量远近裁取，以三月刻纳，不取其息，将吏有敢贷息钱者，痛以法治之。然后严军政，禁酒博。比期年，士皆饱暖，练熟技艺，等第为诸郡之冠，陛下遣敕使按阅，所具见也。臣愿下其法诸郡，推此行之，则军政修而逃者衰，亦去盗之一端也。

臣闻之汉相王嘉曰："孝文帝时，二千石长吏，安官乐职，上下相望，莫有苟且之意。其后稍稍变易，公卿以下，转相促急，司隶、部刺史，发扬阴私，吏或居官数月而退。二千石益轻贱，吏民慢易之，知其易危，小失意则有离畔之心。前山阳亡徒苏令纵横，吏士临难，莫肯伏节死义者，以守相威权素夺故也。国家有急，取办于二千石，二千石尊重难危，乃能使下。"以王嘉之言而考之于今，郡守之威权，可谓素夺矣。上有监司伺其过失，下有吏民持其长短，未及按问，而差替之命已下矣。欲督捕盗贼，法外求一钱以使人，且不可得。盗贼凶人，情重而法轻者，守臣辄配流之，则使所在法司覆按其状，劾以失入。惴惴如此，何以得吏士死力而破奸人之党乎？由此观之，盗贼所以滋炽者，以陛下守臣权太轻故也。臣愿陛下稍重其权，责以大纲，略其小过。凡京东多盗之郡，自青、郓以降，如徐、沂、齐、曹之类，皆慎择守臣，听法外处置强盗。颇赐缗钱，使得以布设耳目，蓄养爪牙。然缗钱多赐则难常，少又不足于用，臣以为每郡可岁别给一二百千，使以酿酒，凡使人葺捕盗贼，得以酒予之，敢以为他用者，坐赃论。赏格之外，岁得酒数百斛，亦足以使人矣。此又治盗之一术也。

然此皆其小者。其大者非臣之所当言，欲默而不发，则又私自念遭值陛下英圣特达如此，若有所不尽，非忠臣之义，故昧死复言之。昔者以诗赋取士，今陛下以经术用人，名虽不同，然皆以文词进耳。考其所得，多吴、楚、闽、蜀之人。至于京东西、河北、河东、陕西五路，盖自古豪杰之场，其人沉鸷勇悍，可任以事，然欲使治声律，读经义，以与吴、楚、闽、蜀之士争得失于毫厘之间，则彼有不仕而已，故其得人常少。夫惟忠孝礼义之士，虽不得志，不失为君子。若德不足而才有余者，困于无门，则无所不至矣。故臣愿陛下特为五路之士，别开仕进之门。

汉法：郡县秀民，推择为吏，考行察廉，以次迁补，或至二千石，入为公卿。古者不专以文词取人，故得士为多。黄霸起于卒史，薛宣奋于书佐，朱邑选于啬夫，丙吉出于狱吏，其余名臣循吏由此而进者，不可胜数。唐自中叶以后，方镇皆选列校以掌牙兵。是时，四方豪杰不能以科举自达者，皆争为之，往往积功以取旄钺。虽老奸巨盗，或出其中。而名卿贤将如高仙芝、封常清、李光弼、来瑱、李抱玉、段秀实之流，所得亦已多矣。王者之用人如江河，江河所趋，百川赴焉，蛟龙生之。及其去而之他，则鱼鳖无所还其体，而鲵鳅为之制。今世胥史牙校皆奴仆庸人者，无他，以陛下不用也。今欲用胥史牙校，而胥史行文书，治刑狱钱谷，其势不可废鞭挞，鞭挞一行，则豪杰不出于其间。故凡士之刑者不可用，而用者不可刑。故臣愿陛下采唐之旧，使五路监司郡守共选士人以补牙职，皆取人材心力有足过人，而不能从事于科举者，禄之以今之庸钱，而课之镇税场务督捕盗贼之类，自公罪杖以下听赎。依将校法，使长吏得荐其才者，第其功阀，书其岁月，使得出仕比任子，而不以流外限其所至。朝廷察其尤异者，擢用数人。则豪杰英伟之士，渐出于此涂，而奸猾之党可得而笼取也。其条目委曲，臣未敢尽言，惟陛下留神省察。

昔晋武平吴之后，诏天下罢军役，州郡悉去武备，惟山涛论其不可，帝见之，曰："天下名言也。"而不能用，及永宁之后，盗贼蜂起，郡国皆以无备不能制，其言乃验。今臣于无事之时，屡以盗贼为言，其私忧过计，亦已甚矣，陛下纵能容之，必为议者所笑。使天下无事而臣获笑可也，不然，事至而图之，则已晚矣。干犯天威，罪在不赦。臣轼诚惶诚恐，顿首顿首。谨言。

【译文】元丰元年十月某日，尚书祠部员外郎、直史馆、权知徐州军州事苏轼，谨冒死再拜上书神宗皇帝陛下。臣以平庸之才，作为册府的备员，派出外边掌管密州、徐州两郡，这些都是东部的要地，我私下以为只遵守法令，修治文书，定期赶赴朝会，还不足以报答陛下恩典的万分之一。于是就独自考虑有关东部地区的重大问题中，陛下所应该知道的，选择其中的一两项，草草写就上陈，请陛下决择。

臣前时担任密州知州，在一次上言中说，自古以来河北与中原地区的分离与结合，常常关系到国家的存亡，而京东地区则是在物力上支援河北的后防，酒尽则瓶耻，唇亡则齿寒，而这一地区的民众又惯为盗贼，为患最为严重，因此我为陛下谋划防治盗贼的策略。等到移任徐州，我又察看徐州的山川形势，了解这一地区所崇尚的风俗，再参考典籍的记载，之后方知道徐州乃处于南北要冲地带，京东诸郡的安危依赖徐州。过去项羽进入关中，烧毁咸阳城之后，向东进发，就定都于彭城，凭借项羽的雄才大略，舍弃咸阳而定都彭城，说明彭城的天然险固、地势便利，足以征服诸侯是可想而知的。臣观察徐州的地形，三面环山，只有西边是数百里平川，若向西攻取梁、宋之地，使楚国人打开关隘，诱敌深入，所有官兵及军备运输，大规模骑兵突袭，这些工作真的就像房顶分水一样容易。徐州之地又适宜种植小麦，一熟即可保证几年食用。徐州城的三面有水阻隔，城墙的下面，以汴水、泗水为池，只有城南可通达车马，戏马台就设在那里。戏马台高度十仞，宽广百步，如果是用兵之世，在上边驻屯一千人，聚集剑、木、炮、石，凡战守的器械，与徐州城的防卫体系相为补充，同时在徐州城内储备足三年的粮食。这样的防卫，即使动用十万人，也不容易攻取。徐州的百姓，都是身高体大，胆力超人，喜欢抢掠，稍有不如意，就会产生飞扬跋扈之心，不仅仅是为强盗而已。汉高祖是沛人，项羽是宿迁人，刘裕是彭城人，朱全忠是砀山人，都在距今徐州数百里的范围内。这里的人们因此自负，凶悍桀傲之气，逐渐养成了一种风俗。魏太武帝曾以三十万人进攻彭城，未能攻下。而王智兴却以一个一般兵卒的庸才，把持徐州，朝廷也不能平定他。这难道不是因为徐州地形便利、兵民强勇的缘故吗?

徐州东北七十余里，就是利国监，自古以来是官府的冶铁场所，四方商贾汇聚，使本地百姓富足快乐。监下所属共计三十六冶，冶户都是富豪大家，家财巨万，常常成为盗贼窥视的目标，然而这一地区兵力稀少，防卫薄弱，就如同儿戏一样。我半夜思索这一问题，实感害怕，假使大恶奸贼敢致死力者十余人，大白天闯入市中，那么守卫者都要弃甲而逃。本地既生产精良之铁，当地民户也都善于冶炼，如果把冶户的财物散发出去，以号召结集无赖之徒，那么乌合之众的组织，数千人的兵仗，可以在一个晚上完成。他们顺流南下，辰时出发，巳时到达，那么徐州就有守不住的担忧了。假使不幸乱贼有过人的才识，就像吕布、刘备之类，他们占领徐州之后又进而向外扩展，那么京东的安危就不可预知了。近日河北转运司上奏，请求禁止利国监所产铁运往河北，朝廷采纳了这一请求。过去楚国有个人丢失了弓，也还不能忘记楚国，然而孔子却仍然蔑视他，更何况天下是一家，东北两处冶铁场都是为国家兴利，这时禁止利国监铁不得进入河北，这不也大狭隘了吗?自实行铁不得进入河北后，当地的冶户都有失业的担心，人们到我这里诉说这种顾虑的有好几次。臣想趁此机会征集冶户，利用他们加强对利国监的保卫。现有三十六冶，每冶有百余人，他们采矿伐炭，大多是因饥寒逃亡、身强力壮而且残忍的平民，臣要使冶户中每冶各选择有经济实力而且忠诚谨慎的人，各经担保选拔出十人，在官府薄籍上登记姓名，发给刀剑武器，教他们搏击冲刺，每月两班，集中在知监庭堂训练，其武器由官方保管，以备大恶盗贼，这些人不得随便役使，违犯者以违背上令论处。冶户成为盗贼窥视的目标，这样的时间已经很久了，百姓都知晓这一情况，假使每冶选出十人进行自卫，这是百姓所高兴的，同时官府又为此取消近日的禁令，使铁可以北运，那么冶户都会高兴从命，这样奸猾胆大的人也不敢有所图谋。徐州城虽有天然险固，但是用于战备的高台残破，再加上城大而兵少，这样紧急时期是难以守住的。现在徐州可用于作战的兵只有一千人，臣想请求把南京新招的骑射两指挥军队移驻徐州。这两指挥士兵过去也是徐州人，曾屯驻于徐州，所有营垒、木材、石头等战备条件一一具备，后来迁驻南京，是因为当时转运使要分成东西两路，担心粮草运输烦劳，因而向西移驻南京。现在两路已合并为一，驻东驻西已没有什么利害关系，而移驻徐州，就足以成为徐州防守的重要力量。徐州城下数里之地，盛产精良石头，取之不尽，同时奉化的厢军现缺额有数百人，臣愿招募采石工人填足厢军缺额，批准不得向外差出，使这数百人经常采石修筑城墙。这样数年之后，一举使徐州固若金汤，使得利国监成为不可窥视的目标，这样徐州便无事，徐州无事，京东也就没有顾虑了。

沂州的山谷阻隔重重，成为逃亡者汇聚的地方，盗贼每每进入徐州界中。陛下如果采纳臣的建议，不认为臣没有才能，臣希望再掌管徐州三年，并且能兼领沂州兵甲巡检公事，自己一定会取得成效。京东的大恶盗贼，多出自逃兵。逃兵为盗，百姓则望风而害怕，为什么呢？因为逃兵技艺精干而罪罚严重。技艺精干就难以抵御，罪罚严重就会敢于拼命，这是理所当然的。自陛下设置将官，修治军政，士卒都是精锐之兵，但免不了有逃跑者，臣曾经考察过士兵逃跑的原因。自近年以来，押送罪人发配充军的人，都不使用差役人，而是使用禁军。军士应当押送者，接到命令即启程，来回往返常常少不了十天时间，道路上所用之费，不取用息钱就没法办事。百姓害怕违法，就不敢出钱借贷，借贷的也不能收回本钱，只有负责押送的将校小官，才敢拿出息钱给与押送人，这样回去以后就刻扣押送人的粮食和赐给。因此上下之间相互争夺，军政不修，赌博对弈，饮酒作乐，这类事无所不干，穷困痛苦，无所依靠，于是就逃跑去作盗贼。臣自从到徐州以后，就取不属于省钱的钱百余贯另外储备起来，该当派去押送的人，根据地里远近做出规定，发给钱钞，限三个月时间一定交纳，不收取息钱。其他将校官吏有敢借贷取用息钱的，坚决以严法惩治。然后又严整军政，禁止酗酒赌博。这样实行一年，士兵都饭饱衣暖，技艺精强，考核列于诸郡的首位。这一变化，陛下派遣使者检阅时，都一一看到了。臣希望把这一方法传达到各郡，按照这样的方法去实行，那么军政就会得到修治，逃兵也会逐渐减少，这也是消灭盗贼的一种方法。

臣听说汉代宰相王嘉曾言："孝文帝时期，俸禄二千石的长吏，安于本官乐于本职的情况很多，上下都可以望见，没有苟且职守的用心。其后逐渐有所变化，公卿以下的官，互相催迫。司隶、部刺史官，揭人阴私，官吏中有的任职数月就辞职引退。二千石官更加轻贱，官吏百姓轻慢蔑视他，知道他容易触犯，稍有不如意的地方就产生离叛之心。前时山阳亡命之徒苏令横霸一方，官吏士大夫面临危难没有肯献节为义而死的人，这就是因为平常地方长官丧失其威望和权势的缘故。国家有紧急情况，就要依靠二千石长官去处理，二千石威望高难以触犯，才能够役使下边的人。"依照王嘉的言论对今天的状况进行考察，乃知郡守的威望和权势，可以说平常就已经丧失掉了。上边有监司检查他的过失，下边有官吏百姓指斥他的短长，这样还没等到查问的那一天，罢官改职的命令就已经下达。于是要督查捕捉盗贼，希望在计划之外求得一钱去役使别人，也不能实现。盗贼中的凶残之人，所犯罪行深重但依法惩办从轻者，守臣就随便发配流徙外地，这样再让所在地区的法律机关审查所犯人的罪行，就要治以前办案人的错失断案之罪。上下办事令人担心到这个程度，怎么可以让官吏百姓为官府出死力而去破获奸邪之人作乱的大案？由此可见，盗贼之所以猖獗，是因为陛下地方守臣权力太轻的缘故。臣希望陛下要加重守臣的权力，要求他们按大纲办事，不必计较小小过失。凡京东路盗贼多发之郡，自青州、郓州以下，比如徐州、沂州、齐州、曹州之类，都应该谨慎选择守臣，准许其法外惩治强盗。多赐他们些缗钱，使他们能够安排自己的耳目之人，蓄养爪牙势力。然而多赐缗钱就难以长久支持，少赐缗钱又不足用度，臣以为每郡每年可另外支拨钱一二百贯，利用这些钱去酿酒，凡是役使人去追捕盗贼，就可以分给他些酒，敢把这些酒作为他用者，以贪赃罪论处。在奖赏之外，每年还得到数百斛的酒，也足够役使人了。这又是防治盗贼的一种方法。

然而以上所谈的，都还是小问题。有关大的事情，不是臣所应当谈论的，想要缄默不言，却又私下里考虑自己幸运遇上了如此英明圣贤通达的陛下，如果不把自己的心里话全部说出来，就不是忠臣的本色，所以冒昧万死再说出些话。过去凭诗赋选人取士，现在陛下以经术水平的高低用人，名称虽然不同，但都是以文词水平进人。考察所进用的人士，大多是吴、楚、闽、蜀地区的人。至于京东、京西、河北、河东、陕西五路，大概自古以来就是豪杰角逐之场，这里的人勇猛强悍，可以胜任大事，但是要让他们学习声律，研读经义，在这方面与吴、楚、闽、蜀的士人于毫厘之间争差别，那么这些地区的人只有不做官罢了，所以这些地区得到进用的人才常常很少。那些严守忠孝礼义的人士，虽然在仕途上不得志，也不失为君子之人。但是如果品德不足而才干有余的人，一旦困于入仕无门，就什么事也可以干得出来。因此，臣希望陛下能特地为这五路的人士，另开一条入仕晋升的门径。

依据汉法：郡县中的优秀之民，可以推举任命为吏人，再考察他的行为和品德，以次升迁，有的任至二千石官，进入朝廷为公卿官。古时取用人才不专门依据文词，因而得到的人才就多。黄霸始起于卒史，薛宣奋起于书佐，朱邑选拔于啬夫，丙吉取用于狱吏，其他著名大臣、守法官吏，由这样的途径而被进用者，不可胜数。自唐中叶以后，方镇都选用列校来掌管自己的牙兵。当时四方豪杰不能通过科举途径进身者，都争着去为方镇效力，他们往往因多创功绩而取得军事要职。老奸大盗的人，有的也出自这些人当中。而名卿贤将如高仙芝、封常清、李光弼、来瑱、李抱玉、段秀实之流，也有很多出自这类人当中。王者的用人就像江河一样，江河归向，百川汇流，蛟龙就生在那里。当江河之水流出而归向他方，那里的鱼鳖就无法自存，而为泥鳅所欺负。今世的胥史牙校之所以都是些奴仆庸人，没有其他的原因，就是因为陛下不用这类人。现在要用胥史牙校，使胥史发布文书，管理刑事案件和钱谷事务，其形势表明对他们不能够废弃刑罚，刑罚一实行，这中间就不会再有英雄豪杰的人物。所以说凡士人受刑者不能够再录用，录用者不能够再受刑。因此，臣希望陛下采用唐末旧制，使北方五路的监司郡守都选拔当地土人以补充牙校之职，都依据人才取用有心力绝对超人者，虽不能通过科举途径进身，也要用今日征收的庸钱确定他们的俸禄，督责他们去管理当地村镇的税场事务以及掌管捕捉盗贼之类的事情，他们为公犯罪自杖刑以下听便纳钱为赎。

依照将校法，长吏能够推荐他们当中有才识的人，分等级奖励升迁，记载其年月时间，使他们出外任职能够比得上任子为官的待遇，不能因为是正规官僚体制以外就限制他们的权益。朝廷考察他们当中特别突出的人，可以提拔任用一些。那么，英雄豪杰的人物就可以通过这样的途径而逐渐涌现出来，那些奸猾的党徒，也可由此笼络争取过来。有关这些事情的具体问题十分复杂，臣不敢一一陈述，只望陛下能留神省察。

从前晋武帝平定吴国之后，诏令天下废除军役，地方州郡都解除了武备，当时只有山涛上言认为不能够这样做，晋武帝见到山涛后说："你的话真是天下名言。"但是却不去采用。到了永宁以后，盗贼蜂涌而起，地方郡县都因为没有武备而无力制止，山涛的言论得到了验证。现今臣在天下无事的时候，多次谈论盗贼之事，我的杞人忧天，也已经十分过分了。陛下即使能容忍我的意见，我也一定被议论的人所嘲笑。假使天下无事，我被嘲笑也可以，若不是这样，到了事情发生时再去图谋，就已经晚了。下臣上言，触犯了天威，罪在不赦。臣苏轼诚惶诚恐，叩头再叩头。谨言。

乞医疗病囚状

元丰二年正月□日，尚书祠部员外郎、直史馆、权知徐州军州事苏轼状奏。右臣闻汉宣帝地节四年诏曰："令甲，死者不可生，刑者不可息。此先帝之所重，而吏未称。今系者或以掠辜若饥寒瘐死狱中，何用心逆人道也？朕甚痛之。其令郡国岁上系囚以掠笞若瘐死者所坐名、县、爵、里，丞相、御史课殿最以闻。"此汉之盛时，宣帝之善政也。朝廷重惜人命，哀矜庶狱，可谓至矣。

囚以掠笞死者法甚重，惟病死者无法，官吏上下莫有任其责者。苟以时言上，检视无他，故虽累百人不坐。其饮食失时，药不当病而死者，何可胜数。若本罪应死，犹不足深哀。其以轻罪系而死者，与杀之何异？积其冤痛，足以感伤阴阳之和。是以治平四年十二月二十四日手诏曰：“狱者，民命之所系也。比闻有司岁考天下之奏，而瘐死者甚多。窃惧乎狱吏与犯法者旁缘为奸，检视或有不明，使吾元元横罹其害，良可悯焉。《书》不云乎：‘与其杀不辜，宁失不经。’其具为今后诸处军巡院、州司理院所禁罪人，一岁内在狱病死及两人者，推司、狱子并从杖六十科罪，每增一名，加罪一等，至杖一百止。如系五县以上州，每院岁死及三人，开封府府司军巡院岁死及七人，即依上项死两人法科罪，加等亦如之。典狱之官推狱经两犯即坐本官，仍从违制失入，其县狱亦依上条。若三万户以上，即依五县以上州军条。其有养疗不依条贯者，自依本法。仍仰开封府及诸路提点刑狱，每至岁终，会聚死者之数以闻，委中书门下点检。或死者过多，官吏虽已行罚，当议更加黜责。”

行之未及数年，而中外臣僚争言其不便。至熙宁四年十月二日中书札子详定编敕所状，令众官参详，狱囚不因病死，及不给医药饮食，以至非理惨虐，或谋害致死，自有逐一条贯。及至捕伤格斗，实缘病死，则非狱官之罪。况有不幸遭遇瘴疫，死者或众，而使狱官滥被黜罚，未为允当。今请只行旧条外，其上件狱囚病死条贯更不行用。奉圣旨，依所申。

臣窃惟治平四年十二月二十四日手诏，乃陛下好生之德，远同汉宣，方当推之无穷，而郡县俗吏不能深晓圣意，因其小不通，辄为驳议。有司不能修其缺，通其碍，乃举而废之，岂不过甚矣哉！

臣愚以谓狱囚病死，使狱官坐之，诚为未安。何者？狱囚死生，非人所能必。责吏以其所不能必，吏且惧罪，多方以求免。囚小有疾，则责保门留，不复疗治。苟无亲属，与虽有而在远者，其捐瘠致死者，必甚于在狱。

臣谨按：《周礼·医师》：“岁终，则稽其医事，以制其食。十全为上，十失一次之，十失二次之，十失三次之，十失四为下。”臣愚欲乞军巡院及天下州司理院各选差衙前一名，医人一名，每县各选差曹司一名，医人一名，专掌医疗病囚，不得更充他役，以一周年为界。量本州县囚系多少，立定佣钱，以免役宽剩钱或坊场钱充，仍于三分中先给其一，俟界满比较，除罪人拒捕及斗致死者不计数外，每十人失一以上为上等，失二为中等，失三为下等，失四以上为下下。上等全支，中等支二分，下等不支，下下科罪，自杖六十至杖一百止，仍不分首从。其上中等医人界满，愿再管勾者听。人给历子以书等第。若医博士、助教有缺，则比较累岁等第最优者补充。如此，则人人用心，若疗治其家人，缘此得活者必众。且人命至重，朝廷所甚惜，而宽剩役钱与坊场钱所在山积，其费甚微，而可以全活无辜之人，至不可胜数。感人心，合天意，无善于此者矣。

独有一弊。若死者稍众，则所差衙前、曹司、医人与狱子同情，使囚诈称疾病，以张人数。臣以谓此法责罚不及狱官、县令，则狱官、县令无缘肯与此等同情欺罔。欲乞每有病囚，令狱官、县令具保，明以申州，委监医官及本辖干系官吏觉察，如诈称病，狱官、县令皆科杖六十，分故、失为公、私罪。伏望朝廷详酌，早赐施行。谨录奏闻，伏候敕旨。

【译文】元丰二年正月某日，尚书祠部员外郎、直史馆、权知徐州军州事苏轼写状上奏。我听说汉宣帝地节四年诏令说："令甲中有这样的话，死者不可再生，受刑者不能将息。这是先帝所十分重视的事情，官吏却未能注意这一问题。今日系囚有因拷打问罪遭受饥寒而病死狱中的，为什么用心如此违背人道？朕感到十分痛惜。下令各郡在每年上报的系囚状况中，写明因拷打受饥寒病死者的姓名、县地、爵位和乡里，丞相、御史再据此分定奖罚等级上报。"这是汉代兴盛时期汉宣帝所采取的善政。朝廷看重珍惜人的性命，哀怜众狱案，可以说是做得够好了。

系囚因拷打致死者，法禁甚重，只有病死的没有禁法，官吏上下没有承担其责任的。如果随时上报，经检查则没有其他原因，即使病死百人也不问罪。其中因饮食供应不上，或用药不治病症而死的，又何可胜数。若犯人所犯罪行该死，还不值得多么可怜。若是轻罪系囚而致死者，又与杀死人有什么差别？由此积累起来的冤枉和痛心，足以震动改变阴阳之气的正常运行。因此，治平四年十二月二十四日圣上亲手拟诏说："监狱管理，关系着人民的性命。多次听说有司每年汇总天下人的上奏，得知死于狱中的系囚为数很多。我担心狱吏与违法的人朋比为奸，检查有不细致的地方，致使我的百姓横遭其害，实在是可怜。《尚书》中不是说：'与其杀死无辜，还不如放掉他不管。'下令定立条例，自今以后各处军巡院、各州司理院所禁系的罪人，一年之内在狱中病死达到两人者，推司、狱卒都按杖刑六十治罪，死者每增加一名，治罪加重一等，最高处罚至杖刑一百。如果是下属五县以上的州，每院每年病死至三人者，开封府府司军巡院每年病死至七人者，即依照上条死两人法论罪，加等处罚也与上条相同。负责狱政的官员在审案过程中两次违犯法律即治本官之罪，仍以违制失入罪论处，其余县狱也依照以上条例执行。若是三万户以上的州军，即依照五县以上州军的条例执行。对系囚养护治疗不依照条贯执行者，还按原来的法制处治。仍需要开封府及诸路提点刑狱每到年终，会聚系囚致死的数目上报，委托中书门下省进行检查。如果死者人数过多，即使官吏已被处罚，也当商议再加贬黜治罪。"

治平四年的这道诏令实行没有几年，朝廷内外的臣僚却都纷纷上言指陈这一规定的不当。到熙宁四年十月初二，根据中书札子详定编敕所状文，令众官商讨，其意见是监狱系囚不因病死亡，以及不提供医药和饮食，甚至无理惨酷虐待，或者谋害致死，这些情况自有具体的惩治条例。至于狱囚自身因捕打格斗致死，或者真正因有病而死，这些就不是狱官的责任。况且有的还不幸遭遇瘟疫而死，如果死者人数众多，狱官却被滥行贬黜责罚，这也并不公平合理。今请求只执行旧有的条例外，治平四年规定的狱囚病死处罚条贯便不再执行。奉从圣上旨意，依准了这一申状。

臣私下认为，治平四年十二月二十四日的手诏，乃表明陛下的好生之德，远则同于汉宣帝，应当大力推广，然而郡县的庸俗官吏却不能深晓圣上的用意，因为其间有小小解释不通的地方，就辄发反驳之论。有关官司不能修改诏令中的缺失，疏通障碍，就一举而废除它，这难道不是太过分了吗？

臣的浅见认为，狱囚病死，使狱官坐罪，实感于心未安。为什么呢？狱囚的生死，不是别人所能绝对保证的，让狱吏去做他不能保证做到的事情，狱吏就惧怕犯罪，因而多方寻求逃脱罪责，囚徒得了小病，就交给门人看守，不再对病人治疗。狱囚如果没有亲属，以及有亲属而在远方的，这其中因困病而死的，一定多于在狱中的困病系囚。

臣谨按：《周礼·医师》记载："每年年终，考查医事工作，以确定食禄的多少。十次全能确诊为上等，十次中有一次误诊为次等，十次中误诊二次为再次等，十次中误诊三次为再次二等，十次中误诊四次为最下等。"臣愚拙请求军巡院以及天下各州司理院各选差衙前一名，医生一名，每县各选曹司一名，医生一名，专门掌管医治病囚事务，不得再差充他役，以一周年为届。根据本州县系囚的多少，确定所需佣钱，以免役宽剩钱或坊场钱充支，仍先支出三分之一，等届满进行比较，除了罪人拒捕以及争斗致死者不计算在数外，每十个系囚当中死一人为上等，死二人为中等，死三人为下等，死四人以上为下下等。上等的佣钱全支，中等的支二分，下等的不支，下下等的论罪，处罚自杖刑六十至杖刑一百，仍不分首犯从犯，均得服刑。其中上等、中等的医生届满，情愿再掌管此事者听便。每人发给凭照，以备填写自己的等级。如果医博士、助教有空缺，就考察历年评比中等级最优秀的医者补充。这样，就会人人用心，像是去为自己家人治病一样，由此救活的系囚一定会很多。更何况，人命至关重要，是朝廷所十分珍惜的，同时宽剩役钱与坊场钱所在地区又堆积如山，消费支出甚少，把这些钱用来保全无辜人的性命，幸活者会多得不可胜数。要感动人心，迎合天意，没有比这再好的办法了。

实行这一办法只有一个弊病。如果系囚死者增多，那么所差使的衙前、曹司、医人会同狱子相勾结，迫使系囚诈称死者都有疾病，以扩大患病的人数。臣以为这一办法责罚不到狱官、县令，那么狱官、县令就没有理由肯去与这类人相勾结欺蒙朝廷。

因而我想请求，每当出现得病的系囚，令狱官、县令具体保明，明确向州级申报，委托监医官和本系统的有关官吏进行查验，如果是诈称有病，狱官、县令都要杖打六十，把故意、错失罪分成公、私罪处罚。臣恭望朝廷仔细斟酌，及早赐令施行。谨抄录奏上，恭候圣旨。

登州召还议水军状

元丰八年十二月□日，朝奉郎、前知登州军州事苏轼状奏。右臣窃见登州地近北虏，号为极边，虏中山川，隐约可见，便风一帆，奄至城下。自国朝以来，常屯重兵，教习水战，旦暮传烽，以通警急。每岁四月，遣兵戍驼基岛，至八月方还，以备不虞。自景德以后，屯兵常不下四五千人。除本州诸军外，更于京师、南京、济、郓、兖、单等州差拨兵马屯驻。至庆历二年，知州郭志高为诸处差来兵马头项不一，军政不肃，擘画奏乞创置澄海水军弩手两指挥，并旧有平海两指挥，并用教习水军，以备北虏，为京东一路捍屏。虏知有备，故未尝有警。

议者见其久安，便谓无事。近岁始差平海六十人分屯密州信阳、板桥、涛洛三处，去年本路安抚司又更差澄海二百人往莱州，一百人往密州屯驻。检会景德三年五月十二日圣旨指挥，今后宣命抽差本城兵士往诸处，只于威边等指挥内差拨，即不得抽差平海兵士。其澄海兵士，虽无不许差出指挥，盖缘元初创置，本为抵替诸州差来兵马，岂有却许差往诸处之理？显是不合差拨，不惟兵势分弱，以启戎心，而此四指挥更番差出，无处学习水战，武艺惰废，有误缓急。

伏乞朝廷详酌，明降指挥，今后登州平海、澄海四指挥兵士，并不得差往别州屯驻。谨录奏闻，伏候敕旨。

【译文】元丰八年十二月某日，朝奉郎、前知登州军州事苏轼写状上奏。臣看到，登州地近北虏辽朝，号称极边，虏中山川，就可以隐约看到，对方帆船顺风而下，就可直达登州城下。自我大宋朝建立以来，在这里常屯重兵，教习水战，早晚传送烽火，以备通报紧急情况。每年四月，派兵戍守驼基岛，到八月才回归，其目的是以防不测。自真宗景德以后，屯兵常常不下四五千人。除了本州诸军外，又从京师、南京、济州、郓州、兖州、单州等地差拨兵马屯驻。到仁宗庆历二年，知州郭志高因为觉得各地派来的兵马头号不一，军政不严整，筹划陈奏创立澄海水军弩手两个指挥，连上旧有的平海两指挥，都用来练习水军，以防备北边的辽朝，同时也作为京东一路的安全保障。辽朝知道我方有备，所以未尝敢骚扰。

议论的人看到北方边境持久安定，便以为会从此无事。近年开始把平海军的六十人差往密州信阳、板桥、涛洛三处分别屯驻，去年本路安抚司又把澄海军的二百人差往莱州屯驻，把一百人差往密州屯驻。参照景德三年五月十二日圣旨规定，今后宣布命令把登州本城兵士抽调别处屯守，只能在威边等指挥内差拨，而不得抽差平海兵士。澄海兵士虽然没有不准差出的规定，但由于当初创立此军，本来是为了顶替诸州应差调的兵马，哪有准许差往外地的道理？显然是不应该向外差调，这样做不仅使军事力量分散削弱，引诱北虏的南侵之心，而且这四指挥兵士轮流差出，也没有地方去学习水战，武艺荒废，也耽误紧急时期的使用。

恭请朝廷仔细斟酌，明下指令，今后凡登州平海、澄海四指挥兵士，一律不得差往别州屯驻。谨抄录奏上，恭候敕旨。

乞罢登莱榷盐状

元丰八年十二月□日，朝奉郎、前知登州军州事苏轼状奏。右臣窃闻议者谓近岁京东榷盐，既获厚利，而无甚害，以谓可行。以臣观之，盖比之河北、淮、浙，用刑稀少，因以为便，不知旧日京东贩盐小客无以为生，太半去为盗贼，然非臣职事所当言者，故不敢以闻。

独臣所领登州，斗入海中三百里，地瘠民贫，商贾不至，所在盐货只是居民吃用，今来既榷入官，官买价贱，比之灶户卖与百姓，三不及一，灶户失业，渐以逃亡，其害一也。居民咫尺大海，而令顿食贵盐，深山穷谷遂至食淡，其害二也。商贾不来，盐积不散，有入无出，所在官舍皆满，至于露积。若行配卖，即与福建、江西之患无异，若不配卖，即一二年间举为粪土，坐弃官本，官吏被责，专副破家，其害三也。官无一毫之利，而民受三害，决可废罢。

窃闻莱州亦是元无客旅兴贩，事体与此同。欲乞朝廷相度，不用行臣所言，只乞出自圣意，先罢登、莱两州榷盐，依旧令灶户卖与百姓，官收盐税。其余州军，更委有司详讲利害施行。谨录奏闻，伏候敕旨。

【译文】元丰八年十二月某日，朝奉郎、前知登州军州事苏轼写状上奏。臣听说议论的人认为，近年以来京东路实行盐货官府专卖制度，使得官府既得厚利，又无多大害处，以为是可行的政策。在我看来，大概京东盐货专卖与河北、两淮、江浙地区相比，使用刑罚的情况很少，人们因此认为这一制度十分便利，却不知道旧日京东路贩卖盐货的小商从此无以为生，一大半人转而去做盗贼，然而这些问题不是臣担任职事中所应当说的，所以不敢上奏。

唯独臣所统领的登州，向外深入海中三百里，地瘠民贫，商贾不来这里做生意，这里的盐货只是供居民食用，现在既然由官府买入，官买价格十分低廉，与制盐的灶户卖给百姓的价格相比，还不到三分之一，导致灶户失业，逐渐逃亡，这是其第一点害处。居民离海咫尺之近，却让他们每顿都食用价格昂贵的盐货，而居住深山幽谷的民户，就要吃无盐的淡食，这是其第二点害处。商贾不来这里，造成盐货积压散不出去，只产盐不出盐，使所在的官舍都堆满盐货，甚至于露天堆放。如果实行强制配卖的方法，即与福建、江西由此造成的祸患没有什么差别。若不实行强制配卖的方法，就会使盐货在一二年的时间内全部变为粪土，坐看官本亏失，于是官吏遭受责罚，正副长官家业破败，这是其第三点害处。总之盐专卖制，官无一毫之利，而民受三害，坚决应该废除。

我听说莱州本来也没有商旅兴贩盐货，事情与上面所说的相同。请求朝廷考察实际情况，不采纳臣的建议。只乞求在这一问题上由圣上下达指意，首先废除登、莱两州的盐专卖制度，依旧令灶户把所产盐卖给百姓，由官府征收盐税。其余的州军，再委托有关部门详细考察利害关系后实施。谨抄录奏上，恭候敕旨。

论给田募役状

元丰八年十二月□日，朝奉郎、礼部郎中苏轼状奏。臣窃见先帝初行役法，取宽剩钱不得过二分，以备灾伤，而有司奉行过当，通计天下乃及十四五。然行之几十六七年，常积而不用，至三千余万贯石。先帝圣意固自有在，而愚民无知，因谓朝廷以免役为名，实欲重敛，斯言流闻，不可以示天下后世。臣谓此钱本出民力，理当还为民用。不幸先帝升遐，圣意所欲行者，民不知也。徒见其积，未见其散。此乃今日太皇太后陛下、皇帝陛下所当追探其意，还于役法中散之，以塞愚民无知之词，以兴长世无穷之利。

臣伏见熙宁中尝行给田募役法，其法亦系官田，如退摊、户绝、没纳之类。及用宽剩钱买民田，以募役人，大略如边郡弓箭手。臣知密州，亲行其法，先募弓手，民甚便之。曾未半年，此法复罢。臣闻之道路，本出先帝圣意，而左右大臣意在速成，且利宽剩钱以为它用，故更相驳难，遂不果行。臣谓此法行之，盖有五利。朝廷若依旧行免役法，则每募一名，省得一名雇钱，因积所省，益买益募，要之数年，雇钱无几，则役钱可以大减。若行差役法，则每募一名，省得一分色役，色役既减，农民自宽，其利一也。应募之民，正与弓箭手无异，举家衣食出于官田，平时重犯法，缓急不逃亡，其利二也。今者谷贱伤农，农民卖田，常苦不售，若官与买，则田谷皆重，农可小纾，其利三也。钱积于官，常苦币重，若散以买田，则货币稍均，其利四也。此法既行，民享其利，追悟先帝所以取宽剩钱者，凡以为我用耳，疑谤消释，恩德显白，其利五也。独有二弊，贪吏狡胥，与民为奸，以瘠薄田中官，雇一浮浪人暂出应役，一年半岁，即弃而走，此一弊也。愚民寡虑，见利忘患，闻官中买田募役，即争以田中官，以身充役，业不离主，既初无所失，而骤得官钱，必争为之，充役之后，永无休歇，患及子孙，此二弊也。但当设法以防二弊，而先帝之法，决不可废。，

今日既欲尽罢宽剩钱，将来无继，而系官田地，数目不多，见在宽剩钱虽有三千万贯石，而兵兴以来，借支几半。臣今擘画，欲于内帑钱帛中支还兵兴以来所借钱斛，复完三千万贯石，止于河北、河东、陕西被边三路，行给田募役法，使五七年间役减太半，农民完富，以备缓急，此无穷之利也。今弓箭手有甲马者，给田二顷半，以躯命偿官，且犹可募，则其余色役召募不难。臣谓良田二顷，可募一弓手，一顷可募一散从官，则三千万贯石可以足用。谨具合行事件，画一如左。

一、给田募役，更不出租。依旧纳两税，免支移折变。

一、今来虽以一顷二顷为率，若所在田不甚良，即临时相度，添展亩数，务令召募得行。但役人所获稍优，则其法坚久不坏。

一、今若立法，便令三路官吏推行。若无赏罚，则官吏不任其责，缪悠灭裂，有名无实。若有赏罚，则官吏有所趋避，或抑勒买田，或召募浮浪，或多买瘠薄，或取办一时，不顾后患。臣今擘画，欲选才干朴厚知州三人，令自辟属县令，每路一州，先次推行，令一年中略成伦理，一州既成伦理，一路便可推行，仍委转运提刑常切

提举，若不切推行，或推行乖方，朝廷觉察，重赐行遣。

一、应募役人，大抵多是州县百姓，所买官田去州县太远，即久远难以召募。欲乞所买田，并限去州若干里，去县若干里。

一、出榜告示百姓。卖田如系所限去州县里数内，仍及所定顷亩，或两户及三户相近共及所定顷亩数目亦可。即须先申官令佐，亲自相验，委是良田，方得收买。如官价低小，即听卖与其余人户，不得抑勒。如买瘠薄田，致久远召募不行，即官吏并科违制，分故、失定断，仍不以去官、赦降原减。

一、预先具给田顷亩数，出榜召人投名应役。第二等已上人户，许充弓手，仍依旧条拣选人材。第三等以上，许充散从官。

以下色役，更不用保。如第等不及，即召第一等一户，或第二等两户委保。如充役七年内逃亡，即勒元委保人承佃充役。

一、每买到田，未得交钱，先召投名人承佃充役，方得支钱，仍不得抑勒。

一、卖田入官，须得交业与应募人，不许本户内人丁承佃充役。

一、募役人老病走死或犯徒以上罪，即须先勒本户人丁充役，如无丁，方别召募。

一、应募人交业承佃后，给假半年，令葺理田业。

一、退摊、户绝、没纳等系官田地，今后不许出卖，更不限去州县里数，仍以肥瘠高下品定顷亩，务令召募得行。

一、系官田若是人户见佃者，先问见佃人。如无丁可以应募，或自不愿充役者，方得别行召募。

右所陈五利二弊及合行事件一十二条，伏乞朝廷详议施行。然议者必有二说：一谓召募不行，二谓欲留宽剩钱斛以备它用。

臣请有以应之。富民之家以三二十亩田中分其利，役属佃户，有同仆隶。今官以两顷一顷良田有税无租，而人不应募，岂有此理？又弓箭手已有成法，无可疑者。宽剩役钱本非经赋常入，亦非国用所待而后足者。今付有司逐旋支费，终不能卓然立一大事，建无穷之利，如火铄薪，日减日亡。若用买田募役，譬如私家变金银为田产，乃是长久万全之策。深愿朝廷及此钱未散，立此一事，数年之后钱尽而事不立，深可痛惜。臣闻孝子者善继人之志，善述人之事，武王、周公所以见称于万世者，徒以能行文王之志也。昔苏绰为魏立征税之法，号为烦重，已而叹曰："此犹张弓也，后之君子谁能解之？"其子威侍侧，闻之，慨然以为己任。及威事隋文帝，为民部尚书，奏减赋役，如绰之言，天下便之。威为人臣，尚能成父之志，今给田募役，真先帝本意，陛下当优为武王、周公之事，而况苏威区区人臣之孝，何足道哉？臣荷先帝之遇，保全之恩，又蒙陛下非次拔擢，思慕感涕，不知所报，冒昧进计。伏惟哀怜裁幸。谨录奏闻，伏候敕旨。

【译文】元丰八年十二月某日，朝奉郎、礼部郎中苏轼写状上奏：臣知道先帝当初推行役法的时候，规定收取免役宽剩钱不得超过十分之二，用以防备灾害之年，但有关部门奉行失当，总计天下征收的免役宽剩钱已达到十分之四五。然而实行这一制度已将近十六七年了，这些钱却长期积累不用，总计已达到了三千余万贯石。先帝的规定固然仍自存在，但愚民无知，因此说朝廷以免役为名，实际是要加重对百姓的剥削。这种言论广为流传，是不可以面对天下后世的。臣以为此钱本是出自百姓的劳动所得，理当还为百姓所用。不幸的是先帝仙逝，先帝所要推行的意思，百姓不知道。百姓只看到这些钱堆积如山，却看不到它分发使用。对于这件事，今日的太皇太后陛下、皇帝陛下应当追寻、遵守先帝的规定，把这些钱还拿到役法中去分发使用，以堵塞愚民无知的言论，为后世带来无穷的利益。

臣看到熙宁中期也曾实行给田募役法，此法所支拨的田地也是官田（如退滩、户绝、没纳之类的田地）。以及用宽剩钱收买百姓田地，以此来招募役人，大略如边区郡县招募弓箭手的制度。臣任密州知州时，也亲自推行其法，先招募弓手，百姓觉得很适宜。实行还不到半年，此法又宣布废除。臣在道路上听说，本法原是出自先帝的意思，然而左右大臣一心想着要快速推广这一做法，而且喜欢把宽剩钱挪作它用，故此人们纷纷对此法进行驳议辩难，使此法最终停止施行。臣认为此法推行，大概有五个方面的利处。朝廷如果依旧推行免役法，那么每用田地招募一名役人，可省得一名雇钱。这样，用积累起来的所省的雇钱，去增加买田，增加募人，如此实行几年以后，雇钱所剩无几，而用于役使的钱就可以大大减少。如果推行差役法，则每招募一人，可以省去一分色役，色役既减，对农民自身也有所放宽，这是其利的第一个方面。给田应募的百姓，正与弓箭手差不多，他们全家的衣食所用，都出自分给的官田，因而平时他们把犯法看得很重，紧急时期又不逃亡，这是其利的第二个方面。当前由于粮食低贱而损伤了农民的利益，农民卖田常苦于卖不出去，若官买民田，可以使田地、粮食的价格都得到提高，这样农民的生活可以稍有改善，这是其利的第三个方面。钱堆积于官方，民间常苦于难以得到钱币，如果散钱买田，可以使财物、钱币的流通逐渐趋于均衡，这是其利的第四个方面。此法实行，百姓分享其利，这样追念先帝之所以收取宽剩钱的用意，都认为这些钱是为我们百姓所用，疑虑诽谤的情绪就会消失，朝廷的恩德会很明白地表现出来，这是其利的第五个方面。这种政策只有两个弊病。贪婪狡诈的官吏与百姓相勾结，把贫瘠的田地卖给官方，官吏雇用一个虚浮放浪之人暂时出来应募役使，这样一年半载，所雇之人就弃田而逃，这是第一个弊病。愚民没有远虑，见利忘忧，听到官方买田募役，就争着把田地卖给官方，自身去充当役使，其原有的田业不离开主人，既没有失去任何东西，又可马上得到官钱，因而人们会争着去这样做，此人充当役使之后，后来人会永不罢休地去努力争取，给子孙后代带来忧患，这是第二个弊病。尽管如此，只应当设法去防止这两种弊病的发生，先帝所创立的这一规制，决不可以废除。

今日既然要全部废除宽剩钱，将来便没有可拿来继用的钱，同时系官的田地，数量也已不多。现在宽剩钱虽有三千万贯石，但自边区用兵以来，借支已将近一半。臣目前考虑，需要在皇帝内库钱帛中，支还自用兵以来借用的钱粮，再凑够三千万贯石的总数，然后只在河北、河东、陕西沿边三路推行给田募役法，使得在五七年的时间内把国家的役使负担减轻一大半，让农民稳定富足，以备紧急时期征用，这会带来无穷的利益。今日弓箭手有器甲马匹者，分给二顷半田地，这类兵员是要不惜以自身性命为官效力，这类役人尚可招募，那么其他项目的役使，招募也并不困难。臣认为二顷良田即可招募一名弓箭手，一顷良田即可招募一名散从官，那么有三千万贯石的积蓄，买田招募就足够使用。现谨将应该实行的具体事项，分别叙述如下。

一、分给田地招募役人，不再交纳地租。这类人依旧交纳两税，免去支移折变。

二、现今支田虽以一顷二顷为标准，但如果所在地区田地不太好，就随时权衡，增加分田的亩数，务必要使招募之事能够顺利进行。只要让充役人得到较多的好处，这种办法就能持久不衰。

三、今日如果定立规制，就让西北三路官吏去推行。如果没有赏罚制度，官吏就不会担负起责任，错乱不齐，有名无实。如果建立赏罚制度，官吏就会考虑去投机钻营，或者强行买田，或者招募虚浮放浪之人，或者多买贫瘠田地，或者只图一时办事，不考虑后患。臣今考虑，需要选拔有才干为人朴厚的知州三人，让他们自己选择属下县的县令，每路先在一个州推行此法，责令他们在一年中差不多要形成一套完整的体制，一州形成体制，一路便可照此推行，仍然委派转运使、提点刑狱经常深入总管，如果不认真实行，或者实行中互不协调，朝廷检查出来之后，要加重处置。

四、应募的役人，大体上多是州县的百姓，如果官买田地离州县太远，长时间就难以招募到役人。因而请求官买田地，都要限定离州若干里，离县若千里。

五、出榜向百姓宣告。百姓所卖田如果是在官方所限定的距离州县的里数之内，并达到所定的田地顷亩数（或者两户、三户相近共同达到所定的顷亩数也可以），必须先向所在官吏申报，让官吏亲自验定，确定真的是良田之后，方可收买。如果官买价格偏低，即准许百姓卖给其他人户，官方不得强迫收买。如果收买贫瘠田地，造成长时间招募不成的，对有关官吏要追究违制之罪，按故意或过失定断，并且不得因为罢职、大赦而减轻处罚。

六、预先公布支田的顷亩之数，出榜让人申请应募充役。第二等以上人户，准许充当弓手，同时依照旧有条例选拔素质好的人。第三等以上人户，准许充当散从官。其他以下种类的募役，不再用人担保。如果充役人达不到规定的户等，可以找第一等户中一户或者第二等户中两户作为担保。如果役人在充役七年之内逃亡，即勒令原担保人承佃其田地并代为充役。

七、官方每当买到田地，在没有付钱的时候，先召来申请应役人承佃土地、充当役使之后，才能支付田钱，仍然不能采取强迫充役的手段。

八、百姓将田地卖给官方，就必须把田产交给应募之人，不准许卖田者本户人丁再承佃充役。

九、应募充役人如果年老、患病、逃跑、死亡，或者犯徒以上罪刑，即要首先勒令本户中人丁充役。如果本户没有成丁之人，再另外招募。

十、应募充役人接管田产承佃之后，给予半年假期，让他整治田业。

十一、退滩田、户绝田、没收田等系官田地，今后不准许出卖，不限距离州县的里数远近，都根据土质的肥瘠高下，品定等级，测量顷亩，务必使这些田募役能够实行。

十二、系官田地，若是有人户正在承佃，要首先询问承佃人。如果承佃人家中无丁可以应募，或者本人不愿意应募充役，乃可以另外招募。

以上所陈述的关于给田募役法的五利二弊以及应该具体执行的事项有十二条，请求朝廷认真讨论施行。不过，持异议的人一定会有另外两种说法，一是认为如此招募行不通，二是认为需要存留宽剩钱粮以备它用。臣请求对这些观点进行回应。富民之家依靠三二十亩田地分享其利，他们役使的佃户，就如同仆人奴隶一样。今官方拿出两顷或一顷良田，只交税不纳租，这样的好条件人不应募，岂有此理？另外，招募弓箭手已有类似成法，没有什么可疑问的。至于宽剩役钱，本来就不是正常的国家赋税收入，也不是国家财政支出赖此才能足用。今天把这些钱交给有关部门用于逐项开支，最终也不能圆满干成一件大事，不能带来无穷的利益，而是如火焚薪，日少日减。如果把这些钱用来买田募役，就像私人之家把金银变买为田产一样，的确是万全长久之策。我十分担心朝廷在此钱没有分用之前，建立这一制度。经过数年之后，使存钱用尽而大事不成，深可痛惜。臣听说，凡是孝子的人，都善于继承先人的遗志，善于学习先人的事迹，武王、周公之所以被万世称颂，主要是因为能继承发扬文王的事业。过去苏绰为魏国定立征税之法，公认税额烦重，之后苏绰感叹说："这就像伸张弦弓一样，后来的君子，谁能解其用意？"苏绰的儿子苏威当时在他的身旁，听到了他的话，就慨然以此事为己任。到苏威侍奉隋文帝的时候，做了民部尚书，他上奏减轻赋役，就像苏绰所说的那样，使天下人都以为妥当。苏威作为人臣，尚能成就父亲的遗志，今日给田募役，实在也是先帝的本意，陛下应当很好地学习武王、周公的做法，而像苏威那样小小人臣的孝道，何足再说呢？臣幸得先帝的优遇，荣受先帝保全之恩，今又承蒙陛下的越级提拔，思念仰慕，感激流涕，不知道如何报答，所以冒昧上言，陈述我的意见。希望陛下可怜我的用心，惠裁我的意见。谨抄录奏上，恭候敕旨。

缴进范子渊词头状

元祐元年二月八日，朝奉郎、试中书舍人苏轼状奏。今月八日，准吏房送到词头一道，司农少卿范子渊知兖州者。右臣谨按，子渊见为殿中侍御史吕陶弹奏，为修堤开河糜费巨万，及护堤压埽之人溺死无数，自元丰六年兴役至七年，功用不成，其罪甚于吴居厚、蹇周辅，乞行废放。今来差知兖州，臣欲作责词，又缘吕陶奏状已进呈讫，别无行遣，其兖州又是节镇，自来系监司以上差遣，即非责降有罪去处。臣欲不为责词，又缘子渊无故罢司农少卿，出领外郡，似缘上件弹奏。有此疑惑，乞明降指挥，合与不合作责词。谨录奏闻，伏候敕旨。

【译文】元祐元年二月初八，朝奉郎、试中书舍人苏轼写状上奏。本月初八，据吏房送来的一道词头称，司农少卿范子渊可任命为兖州知州。臣认为，范子渊现被殿中侍御史吕陶弹劾，因为他负责修堤开河，浪费财物巨万，在护堤堵水的过程中，又有无数人溺死，从元丰六年兴修工役到第二年，没有取得任何功效，其罪大于吴居厚、蹇周辅，请求罢免放逐范子渊。现在差使他知兖州，臣准备写出贬责意见，又因为吕陶的弹劾奏状已经进呈上去，所以没有另外写出贬责之词。兖州又是节度使级别的重要地方行政区，其知州官历来是从监司以上的人员中差遣，而不是责罚贬降有罪之人的处所。臣不想再写出贬责意见，但范子渊无故被罢免司农少卿职务，到外边担任知州，又好像是由于前面吕陶弹劾的原因。由于容易产生这样的疑惑，所以请求陛下明确发布指令，看臣该不该再写出贬责之词。谨抄录奏上，恭候敕旨。

缴进吴荀词头状

元祐元年三月十六日，朝奉郎、试中书舍人苏轼状奏。今月十六日，准吏房送到词头一道，朝散郎吴荀可广东运判者。右臣闻孟子曰："观远臣以其所主。"近日朝廷进监司，全用举主。如吴荀者，名迹无闻，而举主三人，乃吕惠卿、杨汲、黄履。履之为人，朝论不以正人待之。如惠卿、汲，穷奸积恶，不待臣言而知。今乃擢其所举，使临按一道，臣实未晓其说。所有告词，臣未敢撰。谨录奏闻，伏候敕旨。

【译文】元祐元年三月十六日，朝奉郎、试中书舍人苏轼写状上奏。本月十六日，据吏房送来的一道词头称，朝散郎吴荀可任命为广东转运判官。臣听说孟子曾言：“要了解在远处任职的大臣的好坏。就要了解推举他的人的好坏。”近日朝廷任用监司官，都完全依靠推举的人。像吴荀这样的人，为人行事没有令人称道的地方，而推举他的三个人，就是吕惠卿、杨汲和黄履。关于黄履的为人，在朝廷的议论中都不把他作正派人看待。而像吕惠卿、杨汲二人，穷凶极恶，不需要臣说便可知道。现在却选用他们三人所推举的人，让吴荀掌管广东一路事务，臣实在弄不清楚其中的道理。因而所有任命告词，臣不敢撰写。谨抄录奏上，恭候敕旨。

缴进沈起词头状

元祐元年三月二十二日，朝奉郎、试中书舍人苏轼状奏。今月二十二日，准刑房送到词头一道，三省同奉圣旨沈起与叙朝散郎、监岳庙者。右臣伏见熙宁以来，王安石用事，始求边功，构隙四夷。王韶以熙河进，章惇以五溪用，熊本以泸夷奋，沈起、刘彝闻而效之，结怨交蛮，兵连祸结，死者数十万人，苏缄一家坐受屠灭。至今二广创痍未复，先帝始欲戮此二人，以谢天下。

而王安石等曲加庇护，得全首领，已为至幸。元丰六年三月二十六日圣旨，沈起所犯深重，永不叙用，天下传诵，以为至当。此乃先帝不刊之语，非今日陛下以即位之恩所得赦也。沈起与彝，各负天下生灵数十万性命，虽废锢终身，犹未塞责。近者只因稍用刘彝，起不自量，辄敢披诉，妄以罪衅并归于彝，攀援把持，期于必得。臣谓安南之役，起实造端，而彝继之，法有首从。而彝吏干学术，犹有可取。如起人材猥下，素行憸崄。庆州兵叛，起守永兴，流言始闻，被甲乘城，惊动三辅，几致大变。所至治状，人以为笑。知杭州日，措置尤为乖方，致灾伤之民死倍他郡。与张靓等违法燕饮交私，靡所不至。朝廷用彝，既不允公议，而况于起，万无可赦之理。今以一朝散郎、监岳庙，诚不足计较，窃哀先帝至明至当不刊之语轻就改易，诚不忍下笔草词，遂使四方群小阴相庆幸，吕惠卿、沈括之流，亦有可起之渐，为害不细。伏望圣明深念先帝永不叙用之诏未可改易，而数十万人性命之冤亦未可忽忘，明诏有司，今后有敢为起等辈乞叙用者，坐之。所有告词，臣未敢撰。谨录奏闻，伏候敕旨。

【译文】元祐元年三月二十二日，朝奉郎、试中书舍人苏轼写状上奏。本月二十二日，据刑房送来的一道词头称，三省同奉圣上旨意，沈起被任命为朝散郎、监岳庙官。臣看到自熙宁以来，由于王安石专权，开始谋求边疆战功，与四周的边夷民族结下仇怨。王韶因为熙河之战而得到提拔，章惇因为向五溪蛮地区用兵而得到重用，熊本因为向泸州蛮夷地区用兵而崛起。沈起、刘彝得知后也效仿这一做法，与南边的交趾结下仇怨，有数十万人战死，苏缄一家也因此被屠戮破灭。直到今天，两广地区的创伤还未治愈，先帝神宗当初就要杀掉沈起、刘彝二人，以向天下人谢罪。但王安石等人却全力加以庇护，他们二人能够保全性命，就算很幸运了。按元丰六年三月二十六日的圣旨定论，沈起所犯罪行深重，永远不再录用为官，对此天下相互传诵，以为这样处理十分恰当。这是先帝不可改变的定论，不是今日陛下因为即位加恩所能宽赦的。沈起与刘彝二人，都要为天下生灵的数十万性命负责，即使罢免他们的职务，终身不予录用，也未能杜绝天下人的非议。近来只因为稍微录用了刘彝，沈起便不自量力，随意敢向上申诉，妄自把罪责都转嫁到刘彝一个人身上，请托勾结，一心希望要达到自己的目的。臣认为，安南的这次战争，实由沈起发端，而刘彝不过是跟着他去发动这场战争。法律中也有首犯、从犯的规定。而且刘彝的才干和学问，尚有可取用之处。

那么沈起则是人才低劣，平常行事奸邪阴险。庆州士兵叛乱的时候，沈起作为永兴的长官，从传闻中听说此事，就立即出动兵甲车马，惊动了三辅地区，几乎酿成大祸。他所到之处的为政情况，都被人们所耻笑。他官任杭州的时候，办事尤其错乱无理，导致受灾害民户的死亡数量比他郡倍增。他与张靓等人不惜违法寻欢作乐，相互勾结，无所不为。朝廷起用了刘彝，就已经引起了公愤，更何况再任用沈起，对他万万没有可以赦免的道理。现在给他一个朝散郎、监岳庙的虚职，实在用不着去更多计较，但臣悲哀的是，先帝所下的最明智、最得当、不容改变的定论，就这样轻易改变了，实在不忍心草拟这样的告词，而使得四方的众多小人暗自互相庆幸，那么吕惠卿、沈括之流，也有了重新被起用的希望，一定会为害不小。恳望圣上明鉴，充分考虑到先帝永不录用的诏书定论不能改变，而数十万人性命的冤死也不能当即忘掉，明确下诏令给有关部门，以后敢替沈起这类人乞求录用者，都要治罪。所有这方面的任命告词，臣不敢撰写。谨抄录奏上，恭侯敕旨。

缴进陈绎词头状

元祐元年四月二十三日，朝奉郎、试中书舍人苏轼同朝请大夫、试中书舍人范百禄状奏。今月二十二日，准吏房送到词头，内知建昌军陈绎奉圣旨差知兖州者。右臣等勘会陈绎知广州日，私自取索，用市舶库乳香斤两至多。本犯极重，以元勘不尽，至薄其罪。外买生羊寄屠行令供肉，计亏价钱三十七贯有余。州宅元供养檀木观音一尊，绎别造杉木胎者，货易入已，计亏官钱二贯文，系自盗赃一匹二丈，合准例除名。纵男役将下禁军织造坐褥，不令赴教，纵男与道士何德顺游从。绎曲庇何德顺弟何迪，偷税金四百两，事不断抽，罚不觉察。公使库破，男并随行助教供给食钱。以公使谷养白鹇，系窃盗自首不尽赃，罪杖。其余罪犯，难以悉陈。奉敕，陈绎落职降官知建昌军，其词略曰：“蔽罪至于除名，论赃至于自盗。”臣等谨按绎资性倾险，士行鄙恶，当时所犯，自合除名。建昌之命，已犯公议，岂宜收录，复典大邦？非惟必致人言，亦恐奸邪复用，其渐可畏。所有告命，不敢依例撰词。谨录奏闻，伏候敕旨。

贴黄：再详陈绎元犯，若依法断自盗除名。虽后来累该霈恩，登极大赦，其叙法止于散官，即与其他赃犯不同。既以贷其除名，今复与之大郡，将使贪墨无耻复蠹兖民，非朝廷为民设官、慎选守长之意。

【译文】元祐元年四月二十三日，朝奉郎、试中书舍人苏轼与朝请大夫、试中书舍人范百禄写状陈奏：本月二十二日，据吏房送来的词头称，知建昌军陈绎奉圣上旨意可差遣为兖州知州。臣等考察陈绎任广州知州的时候，私自搜刮财物，挪用市舶库中乳香的数量很多，本来所犯罪行已非常重大，只因为原来审查不全面，定轻了他的罪行。另外又购买活羊交给屠宰行，让他们提供羊肉，总计亏损官钱三十七贯有余。他的知州宅院中原来供奉一尊用檀木制成的观音像，后来他又别造一尊杉木观音像，而把原来的观音像卖掉，将钱据为已有，总计亏损官钱二贯文，就相当于自盗布帛一匹二丈的赃罪，依照条例应该消除官籍。纵恿他的儿子役使其管辖下的禁军为他织造坐褥而不让他们参加军事训练，纵恿他的儿子与道士何德顺游玩结交。陈绎设法庇护何德顺的弟弟何迪，使他漏纳税金四百两，而事实不被揭露，处罚不及自身。公使库支出的时候，对他的儿子以及随行的助教人员都提供食用钱。用公使库的粮食饲养白雉鸟，这属于盗窃而自供出没有全部供认事实的贪赃罪，罪该处以杖刑。他的其他犯罪事实，难以一一陈述。奉圣上敕令，陈绎被降级贬官知建昌军，其告词大略说："根据所犯罪行定至除去职名罪，根据贪赃罪规定定至自盗罪。"下臣等人认为，陈绎本性倾轧阴险，行为卑鄙恶劣，根据当时所犯罪行，自然应该除去职名。那么知建昌军的任命，已经违背了公众的评判。难道这样的人还应该收取录用，让他再掌管国家的大邦之政吗？这样做，不仅一定会导致人们的非议，而且也恐怕由此导致奸邪之人都再度任用，由此发展的结果十分可怕。因而所有告命之词，臣不敢依照惯例撰写。谨抄录奏上，恭候敕旨。

补言：再次详细审查了陈绎的原犯罪行，若依据法律，判定为自盗除名罪。虽然后来多次承受恩典，又经历陛下登极的大赦，那么按照依程序进官法，陈绎的罪行恩赦后只任命一散官职名，就已经与其他的贪赃犯罪有所不同。既然已宽赦他除名的罪行，今日却又任命他主管大郡，这样做将会使贪图财利的无耻之人再度残害人民，也不符合朝廷为民设官、谨慎选择地方守臣的本意。

缴进张诚一词头状

元祐元年五月十八日，朝奉郎、试中书舍人苏轼同范百禄状奏。今月十八日，准本省刑房送到词头一道，奉圣旨，张诚一邪险害政，有亏孝行，追观察使、遥郡防御、团练使、刺史，依旧客省使提举江州太平观发赴本任者。右臣等看详，张诚一无故多年不葬亲母，既非身任远官，又非事力不及，冒宠忘亲，清议所弃，犹获提举宫观，已骇物听。况谏官本言诚一开父棺椁，掠取财物，使诚有之，虽肆诸市朝，犹不为过，使诚无之，亦当为诚一辨明。缘事系恶逆不道，非同寻常罪犯，可以不尽根究。今既体量未见归着，即合置司推鞠，尽理施行。所有告命，臣等未敢撰词。谨录奏闻，伏候敕旨。

贴黄：据京西提刑司体量文字称，诚一取父排方犀腰带，缘葬埋岁久，须令工匠重行装钉。是时诚一任密院副都承旨，当直人从皆可考验。及虑棺柩内，更有贼人盗不尽物，为诚一等私窃收藏，其族人当有知者。臣等欲乞详酌，依上件事理，根究施行。

【译文】元祐元年五月十八日，朝奉郎、试中书舍人苏轼与范百禄一同写状陈奏。本月十八日，据中书刑房送来的一道词头称，奉圣上旨意，由于张诚一奸邪阴险，败坏政事，有损于忠孝之德，所以撤销对他观察使、遥郡防御、团练使、刺史的任命，依旧让他保留原来客省使提举江州大平观的官职，还回本地区任职。臣等人经仔细审查，认为张诚一无故托延多年不埋葬他的母亲，他既不是身在远处任官，又不是力量达不到，他凭着自己受宠于上就忘掉了自己的亲人，为公众所唾弃，现在却还得到一提举宫观官，实在骇人听闻。而且谏官本来还指责张诚一打开父亲的棺材，掠取棺中的财物。假使他真有这样的行为，即使陈尸于大庭广众的市面，也不算过分；假使他没有这样做，也应当为他辨明事实真相。因为这件事关系到大逆不道之罪，而不同于一般的罪行可以不去深究。今日既然审查没有结案，就应该立案让有关部门继续审理，务心依法处置。所有任命告词，臣等人不敢撰写。谨抄录奏上，恭候敕旨。

补言：据京西提点刑狱司调查的材料称，张诚一掠取父亲棺中所放置的带有方犀牛角的腰带，是因埋入的时间很长，需要让工匠重新加以整形。那时，张诚一担任枢密院副都承旨，他身边役使随从的人都可找来查证。另外考虑到他父亲的棺材内，还会有盗墓贼盗不完的物品被张诚一等人私窃收藏，他的同族人当中该有知情者。臣等人乞求对此事仔细斟酌，根据上面所说的情况与问题，查实处理。

缴进李定词头状

元祐元年五月十八日，朝奉郎、试中书舍人苏轼同范百禄状奏。今月十八日，准本省刑房送到词头一道，奉圣旨，李定备位侍从，终不言母为谁氏，强颜匿志，冒荣自欺，落龙图阁直学士，守本官分司南京，许于扬州居住者。右臣等看详，李定所犯，若初无人言，即止是身负大恶。今既言者如此，朝廷勘会得实，而使无母不孝之人，犹得以通议大夫分司南京，即是朝廷亦许如此等类得据高位，伤败风教，为害不浅。兼勘会定乞侍养时，父年八十九岁，于礼自不当从。定若不乞，必致人言，获罪不轻。岂可便将侍养，折当心丧？考之礼法，须合勒令追服。所有告命，臣等未敢撰词。谨录奏闻，伏候敕旨。

贴黄：准律，诸父母丧，匿不举哀者，流二千里。今定所犯，非独匿而不举，又因人言，遂不认其所生。若举轻明重，即定所坐，难议于流二千里已下定断。

【译文】元祐元年五月十八日，朝奉郎、试中书舍人苏轼与范百禄一同写状陈奏。本月十八日，据中书刑房送来的一道词头称，遵奉圣上旨意，因李定作为侍从官，却始终不谈论他母亲为何许人氏，勉强支撑脸面而隐瞒心里话，凭着荣耀而自欺，因而免去其龙图阁直学士之职，仍然担任原官分管南京事务，准许到扬州居住。经臣等人具体考察，李定所犯罪行，如果当初没有人揭发，就只有他自己自我承担大恶的罪名。现在既然人们议论这样多，朝廷调查又获得实据，那么让如此心无母亲的不孝之人得到通议大夫分管南京的职务，就说明朝廷也准许与他这种人窃取高位，败坏风俗，实在为害不浅。再者，经审查，李定请求侍养老人时，他父亲的年龄是八十九岁，从礼仪上讲，他在任期间他父亲不应当跟从他。如果李定不请求奉养老人，一定会遭到人们的指责，这样犯下的罪行会不轻。但是，怎么可以随便因为侍养老人之事就抵当他丧失对老人的孝心呢？参考礼法规定，很应该勒令他再为母亲服孝。所有任命告词，臣等人不敢撰写。谨抄录奏上，恭候敕旨。

补言：依据法律规定，凡父母逝世，隐瞒而不报丧者，流放二千里远的地方。现今李定所犯之罪，不仅是隐不报丧，而且由于听信别人的言论，连他的生身母亲也不认。如果根据所犯事实的轻重判罪，那么李定所犯之罪，就很难讨论要在流放二千里的处罚以下定断。

乞罢详定役法札子

元祐元年五月二十五日，朝奉郎、试中书舍人苏轼札子奏。臣近奏为论招、差衙前利害，所见偏执，乞罢详定役法，寻奉圣旨依所乞，今来给事中胡宗愈却封还上件圣旨。切缘圣旨，本缘臣自知偏执乞罢，即非朝廷以臣异议罢臣，胡宗愈不知，误有论奏。重念臣前来议论，委是疏阔。又况衙前招之与差，所系利害至重，非止是役法中一事。臣既不同，决难随众签书。伏乞依前降指挥，早赐罢免。取进止。

【译文】元祐元年五月二十五日，朝奉郎、试中书舍人苏轼写札子上奏：臣近日上奏议论招募与差充衙前之役的利害关系问题，所持观点偏激，请求罢免臣参与详定役法的职务，不久就得知圣旨批准了我的请求，但近来给事中胡宗愈却封还了上件圣旨。关于圣旨的下达，本来是由于臣自知持议偏见而主动乞求罢免的原因，并不是由于朝廷因臣坚持异议而罢免臣的原因，胡宗愈不知道实际情况，因而错误地封还了圣旨。再回忆臣前一时期的议论，觉得实在是粗疏迂阔之言。又何况，衙前役人的招募与差充问题，所关系到的利害关系十分重大，而不仅仅只是役法中的一个问题。臣既然与别人意见不同，就很难去随从众人签书文告。恳请依照前面所下圣旨的意思，及早赐令罢免臣的职务。请裁决。

申省乞罢详定役法状

元祐元年五月空日，朝奉郎、试中书舍人苏轼状申。右轼近奏言招、差衙前利害，盖缘所见偏执，是致所议不同，理当黜责。若朝廷察其愚忠，非是固立异论，即乞早赐罢免详定役法差遣，所贵议论归一。谨具申三省，伏候指挥。

【译文】元祐元年五月某日，朝奉郎、试中书舍人苏轼写状陈奏。臣苏轼近来奏陈招差衙前之役的利害关系问题，大概是由于臣的观点偏激，造成与别人的意见不同，对臣理当贬黜责罚。如果朝廷察知臣的议论是愚忠之言，不是坚持要另立不同的见解，就乞求及早赐令罢免臣参与详定役法的职务。其目地就是贵在使大家意见一致。谨写此状申奏三省，恭候圣上指令。

荐朱长文札子

元祐元年六月二十五日，朝奉郎、试中书舍人苏轼，同邓温伯、胡宗愈、孙觉、范百禄等札子奏。臣等伏见前许州司户参军苏州居住朱长文，经明行修，嘉祐四年乙科登第，堕马伤足，隐居不仕，仅三十年。不以势利动其心，不以穷约易其介，安贫乐道，阖门著书，孝友之诚，风动闾里，廉高之行，著于东南。本路监司、本州长吏前后累奏，称其士行经术，乞朝廷旌擢，差充苏州州学教授，未蒙施行。近奉诏，中外臣僚自监察御史已上并举堪充内外学官二人。此实朝廷博求人才、广育士类之意。如长文者，诚不可多得。其人行年五十余，昔苦足疾，今亦能履。臣等欲望圣慈褒难进之节，收久废之材，量能而使之，特赐就差充苏州州学教授，非惟禄饩赒养一乡之善士，实使道义模范彼州之秀民。取进止。

贴黄：伏乞特赐检会新除楚州州学教授徐积体例施行。

【译文】元祐元年六月二十五日，朝奉郎、试中书舍人苏轼，与邓温伯、胡宗愈、孙觉、范百禄等人共同写札子上奏。下臣等人知晓前任许州司户参军现于苏州居住的朱长文，学业精通，德行端正，仁宗嘉祐四年考中乙科，后来从马上坠下摔伤了脚，就隐居起来不再为官，至今已将近三十年了。他的为人，不因为权势财利动心，不因为穷困简易改变正直，安贫乐道，闭门著书，忠孝爱友之诚心风动乡里，清廉高尚之德行闻名东南。本路监司与本州长吏前后多次上奏，称道他的品行学问，请求朝廷给予表彰提拔，差充他为苏州州学教授，但未蒙执行。近来奉上诏令，让监察御史已上级别的中外臣僚，共同推举能够充任内外学官的人两名。这的确表明朝廷博求人才、广泛培养士人的用心。像朱长文这种人，实在是不可多得的人才。其人行年五十有余，过去苦于足病，今天已经能够行走了。臣等希望圣上以慈善的心肠褒扬如此难能可贵的节操，收揽长久没有任用的才人，量才录用，特赐朱长文差充苏州州学教授，这样不仅禄赐供养一乡的善能人士，而且确实对那个州的良民起到了道义方面的模范教育作用。请裁决。

补言：请求特赐指令，让参照新近任命楚州州学教授徐积的体例施行。

论桩管坊场役钱札子

元祐元年六月空日，朝奉郎、试中书舍人苏轼白札子。应坊场河渡钱，及坊郭人户、乡村单丁、女户、官户、寺观所出役钱，及量添酒钱，并作一处桩管，通谓之坊场等钱，并用支酬衙前，召募纲运官吏，接送雇人及应缘衙役人诸般支使。如本州不足，即申本路，于别州移用。如本路不足，即申户部，于别路移用。如府界，即县申提点司，提点司申户部。其有余去处，不得为见有余分外支破；其不足去处，亦不得为见不足将合招募人却行差拨。乞详酌指挥。

【译文】元祐元年六月某日，朝奉郎、试中书舍人苏轼申述札子。所有坊场河渡钱，以及坊郭人户、乡村单丁户、女户、官户、寺观户所交纳的役钱，还有酌量加收的酒钱，都该集中在一个地方库存管理，通称之为坊场等钱，这些钱均用来支付充衙前役使的人，招募负责水上纲运的官吏，接送受雇的人，以及应付充衙门役使人的各项开支。如果本州钱不足，即可向本路申报，移拨别州钱使用。如果本路钱不足，即可向户部申报，移拨别路钱使用。如果府界地区，即由县向提点刑狱司申报，提刑司再申报户部。坊场等钱有剩余的地区，不得将钱向其他有余钱的地区额外支拨。坊场等钱不足的地区，也不得将钱向其他应该招募役人而钱不足的地区支拨。请求详细斟酌，下发指示。

论诸处色役轻重不同札子

元祐元年六月空日，朝奉郎、试中书舍人苏轼白札子。勘会逐处色役，各随本处土俗事宜，轻重不同。借如盗贼多处，以弓手、耆长为重。赋税难催处，以户长为重。土人不闲书算处，以曹司为重。难以限定等第，一概立法。今来若是衙前召募得足，即须将以次重役于第一等户内差拨。欲乞立下项条贯，诸处色役，委本路监司与逐处官吏同共相度，立本处色役轻重高下次第，将最重役从上差拨。乞详酌指挥。

【译文】元祐元年六月某日，朝奉郎、试中书舍人苏轼申述札子：经考察得知，各个地方不同类别的劳役项目，各随本地的风土习惯，劳役轻重互不相同。比如盗贼多的地方，就以弓手、耆长为重役。赋税难以催交的地方，就以户长为重役。当地人不善于书算的地方，就以曹司为重役。对此难以限定等级，统一立法。现今若是衙前之役招募满额，就需要将次重的役项放在第一等人户中差拨。请求建立围绕以下条贯的制度，就是令各地对有关不同种类的役项，委派本路监司与各地官吏共同考察商议，建立当地各类役项轻重高下的等级，首先将最重的役项安排上等户差充。请仔细斟量,下发指示。

议富弼配享状

元祐元年六月空日,朝奉郎、试中书舍人苏轼,同孙永、李常、韩忠彦、王存、邓温伯、刘挚、陆佃、傅尧俞、赵瞻、赵彦若、崔台符、王克臣、谢景温、胡宗愈、孙觉、范百禄、鲜于侁、梁焘、顾临、何洵直、孔文仲、范祖禹、辛公祐、吕希纯、周秩、颜复、江公著状奏。近准敕节文,中书省、尚书省送到礼部状:"本部勘会英宗配享功臣,系神主祔庙,后降敕以韩琦、曾公亮配享。所有神宗皇帝神主祔庙,所议配享功臣,今乞待制以上及秘书省长贰、著作郎与礼部郎官并太常寺博士以上同议。奉圣旨,依。"右臣等谨按:《商书》:"兹予大享于先王,尔祖其从与享之。"《周官》:"凡有功者,名书于王之太常,祭于大烝,司勋诏之。"国朝祖宗以来,皆以名臣侑食清庙,历选勋德,实难其人。神宗皇帝以上圣之资,恢累圣之业,尊礼故老,共图大治。辅相之臣,有若司徒赠太尉谥文忠富弼,秉心直谅,操术闳远,历事三世,计安宗社,熙宁访落,眷遇特隆。匪躬正色,进退以道,爱君之志,虽没不忘。以配享神宗皇帝庙廷,实为宜称。谨录奏闻,伏候敕旨。

【译文】元祐元年六月某日,朝奉郎、试中书舍人苏轼,与下列人:孙永、李常、韩忠彦、王存、邓温伯、刘挚、陆佃、傅尧俞、赵瞻、赵彦若、崔台符、王克臣、谢景温、胡宗俞、孙觉、范百禄、鲜于侁、梁焘、顾临、何洵直、孔文仲、范祖禹、辛公祐、吕希纯、周秩、颜复、江公著一同写状上奏。近依据敕令节文,由中书省、尚书省送来的礼部状文称:"经本部考证,英宗庙以功臣配享,是采用神主祔庙的形式,后来又下敕令以韩琦、曾公亮配享。所有关于神宗皇帝神主祔庙配享功臣的事宜，今请由待制以上的官、秘书省正副长官、著作郎与礼部郎官、大常博士以上共同商议。奉圣旨，依准。”臣等谨按：《商书》中说：“这里给予先王重大配享，以后你们的祖宗也按此配享。”《周官》中说：“凡有功者，其名字记在太常衙门内，以大烝之礼祭之，由司勋宣读。”我朝自祖宗建国以来，都以名臣享祭于清庙，历次挑选勋德之人，实在困难。神宗皇帝凭着上等圣贤的资质，继承历代圣王的业绩，尊重礼待故老之人，共图国家大治。辅相之臣中，比如司徒赠太尉谥号文忠的富弼，秉性正直，操术宏远，历事三朝，计安宗社，神宗曾对退休的他表示慰问，眷遇特高。他自身端正，依道义为进退，爱君之心，至死不忘。让他配享神宗皇帝庙廷，实在相称。谨抄录奏上，恭候敕旨。

再乞罢详定役法状

元祐元年七月二日，朝奉郎、试中书舍人苏轼状奏。右臣先曾奏论衙前一役，只当招募，不当定差，执政不以为然。臣等奏乞罢免臣详定役法，奉圣旨不许。经今月余，前所论奏并不蒙施行，而臣愚蠢终执所见。近又窃见吏部尚书孙永奏，驳臣所论。

盖是臣愚暗无状，上与执政不同，下与本局异议，若不罢免，即执政所欲立法，无缘得成。况今来季限已满，诸路立法文字节次到局，全借通晓协同之人共力裁定。如臣乖异，必害成法，乞早赐指挥罢免。所有臣固违圣旨之罪，亦乞施行。谨录奏闻，伏侯敕旨。

【译文】元祐元年七月初二，朝奉郎、试中书舍人苏轼写状上奏。臣先前曾上奏，论述关于衙前这项劳役，只当招募，不当限定人户充差，执政大臣不同意我的看法，因而臣等人上奏请求罢免我参与议定役法的职务，后接到圣旨，不予答应。至今已一月多了，臣先前上奏所论述的问题，并没有蒙朝廷批准施行，然而臣愚拙不明，最终还是要坚持自己的意见。近来又看到吏部尚书孙永上奏，反驳臣所提出的见解。这都是由于臣愚昧无知，上面与执政大臣的意见不同，下面又与本局人的观点相异。在这种情况下若不罢免我，那么执政大臣要建立统一的新制度，就没办法取得成功了。况且，现今汇总有关材料的期限已到，诸路所上的立法文字已依次送达本局，这个时候，要全力依靠通晓事理、意见一致的人，来共同努力商定。如果臣持论不同，一定会影响统一法制的建立，因而乞求早赐指令罢免臣的职务。臣一切固执违犯圣旨的罪行，也请照章给予处罚。谨抄录奏上，恭候敕旨。

申省乞不定夺役法议状

元祐元年七月空日，朝奉郎、中书舍人苏轼状申。轼近奏乞罢详定役法，已奉圣旨依奏。窃见孙给事奏缴前件圣旨，乞取孙尚书及轼所议付台谏给舍郎官，定其是否，然后罢其不可者，须至申乞指挥。右轼前后所论役法事，轼已自知疏缪，决难施行。所有是否更无可定夺，只乞依前降指挥行下，轼自今月已后，更不敢赴详定所签书公事。伏乞早赐施行。谨具申中书省，伏候指挥。

【译文】元祐元年七月某日，朝奉郎、中书舍人苏轼写状申述。苏轼近时上奏乞求罢免参与议定役法的职务，已接到圣旨，给予批准。我看到孙给事奉缴前面这件圣旨的奏文中提出，请求把尚书孙永的意见和苏轼的意见二者均交给台谏给事中、中书舍人、郎官进行讨论，判定二者谁是谁非，然后罢去不可行的意见，上报听裁。臣苏轼前后所谈论的役法事情，已自己感觉到疏漏荒谬，绝对难以施行。因而所有奏言的是与非，也不必再做定论，只请求依照前时所下的圣旨执行，自这个月以后，苏轼便不敢再赴详定役法所去签书公事。请及早赐令照办。谨写状申报中书省，恭候下发指令。

乞留刘攽状

元祐元年七月二十三日，朝奉郎、试中书舍人苏轼同胡宗愈、孙觉、范百禄等状奏。右臣等伏见朝议大夫、直龙图阁刘攽，近自襄阳召还秘省，旋以病，乞出守蔡州。自受命以来，日就痊损，假以数月，必复康强。谨按攽名闻一时，身兼数器，文章尔雅，博学强记，政事之美，如古循吏，流离困踬，守道不回。此皆朝廷之所知，不待臣等区区诵说。但以人才之难，古今所病，旧臣日已衰老，而新进长育未成，如攽成材，反在外服，此有志之士所宜为朝廷惜也。欲望圣慈留攽京师，更赐数月之告，稍加任使，必有过人。臣等备员侍从，怀不能已，冒昧陈论，伏候诛谴。谨录奏闻，伏候敕旨。

【译文】元祐元年七月二十三日，朝奉郎、试中书舍人苏轼与胡宗愈、孙觉、范百禄等人共同写状上奏。臣等人得知朝议大夫、直龙图阁刘攽，近来从襄阳召还回秘书省，不久得病，自请外出镇守蔡州。他自接受任命以来，病情已日渐好转，再有几个月时间，一定会康复强壮。谨按刘攽名闻一时，身兼数职，文章精美，博学强记，政事的完善就如同古代的循吏一样，流离失所困顿颠沛之时，恪守道义而改节，这些情况都是朝廷所知道的，不需等待我们这些人去一一诉说。只因为人才难得是古今人们所感到急迫的问题，目前旧臣日渐衰老，新进之人培养未成，然而像刘攽这样的老成之才反而在外地州级任职，对此，有志之士应该为朝廷感到痛惜。希望圣上把刘攽留住京师，加赐几个月的休假后，稍加任使，一定会取得过人的成效。臣等备员侍从官，按捺不住自己的情绪，冒昧向上陈述意见，俯身等候处罚。谨抄录奏上，恭候敕旨。

缴楚建中户部侍郎词头状

元祐元年七月二十九日，朝奉郎、试中书舍人苏轼状奏。今月二十八日，准中书吏房送到词头一道，正议大夫、充天章阁待制致仕楚建中可户部侍郎者。右臣窃惟七十致仕，古今通议。非独人臣有始终进退之分，亦在朝廷为礼义廉耻之风。若起之于既谢之年，待之以不次之任，即须国家有非常之政，而其人有绝俗之资，才望既隆，中外自服。近者起文彦博，天下属目，四夷革心。岂有凡才之流，亦尘盛德之举？如建中辈，决非其人。窃料除目一传，必致群言交上。幸其未布，可以追回。所有前件告词，臣未敢撰。谨录奏闻，伏候敕旨。

【译文】元祐元年七月二十九日，朝奉郎、试中书舍人苏轼写状申奏。本月二十八日，据中书吏房送来的一道词头文件称，正议大夫、充天章阁待制退休楚建中可任命为户部侍郎。臣以为七十岁退休，这是古今一致的标准。退休之制，不仅表明人臣始进终退有一定的时间，而且也在于为朝廷树立礼义廉耻的良好风气。如果在衰老之年起用这个人，安排他不按次序提拔的职务，就必定是国家政局处于非常时期，而这个人也必须具有非凡绝伦的素质，才高望重，这样中外之人才会自然悦服。近来起用文彦博，天下瞩目，四夷改心。哪有凡人之才的人也曲烦圣上大德的举拔？像楚建中之辈，决不是才高望重之人。我预料除职的文告一旦传发下去，必然引起众人的疑虑，会纷纷上言表示反对。幸亏除职文告尚未发布，还可以追回。因而所有关于前件事情的告词，臣未敢撰写。谨抄录奏上，恭候敕旨。

乞不给散青苗钱斛状

元祐元年八月四日，朝奉郎、试中书舍人苏轼状奏。准中书录黄，先朝初散青苗，本为利民，故当时指挥，并取人户情愿，不得抑配。自后因提举官速要见功，务求多散，讽胁州县，废格诏书，名为情愿，其实抑配。或举县勾集，或排门抄札。亦有无赖子弟，谩昧尊长，钱不入家。亦有他人冒名诈请，莫知为谁，及至追催，皆归本户。朝廷深知其弊，故悉罢提举官，不复立额考校，访闻人情安便。昨于四月二十六日，有敕令给常平钱斛，限二月或正月，只为人户欲借请者及时得用。又令半留仓库，半出给者，只为所给不得辄过此数。至于取人户情愿，亦不得抑配，一遵先朝本意。虑恐州县不晓朝廷本意，将为朝廷复欲多散青苗钱谷，广收利息，勾集抑配，督责严急，一如向日置提举官时。八月二日，三省同奉圣旨，令诸路提点刑狱司告示州县，并须候人户自执状结保，赴县乞请常平钱谷之时，方得勘会，依条支给，不得依前勾集抄札，强行抑配。仍仰提点刑狱常切觉察。如有官吏似此违法骚扰者，即时取勘施行。若提点刑狱不切觉察，委转运安抚司觉察闻奏，仍先次施行者。

右臣伏见熙宁以来，行青苗、免役二法，至今二十余年，法日益弊，民日益贫，刑日益烦，盗日益炽，田日益贱，谷帛日益轻，细数其害，有不可胜言者。今廊庙大臣，皆异时痛心疾首，流涕太息，欲已其法而不可得者。况二圣恭已，惟善是从，免役之法已尽革去，而青苗一事乃独因旧稍加损益，欲行紾臂徐徐、月攘一鸡之道。如人服药，病日益增，体日益羸，饮食日益减，而终不言此药不可服，但损其分剂，变其汤，使而服之，可乎？熙宁之法，本不许抑配，而其害至此，今虽复禁其抑配，其害故在也。农民之家，量入为出，缩衣节口，虽贫亦足，若令分外得钱，则费用自广，何所不至？况子弟欺谩父兄，人户冒名诈请，如诏书所云，似此之类，本非抑勒所致。昔者州县并行仓法，而给纳之际，十费二三。今既罢仓法，不免乞取，则十费五六，必然之势也。又官吏无状，于给散之际，必令酒务设鼓乐倡优，或关扑卖酒牌子，农民至有徒手而归者。但每散青苗，即酒课暴增，此臣所亲见而为流涕者也。二十年间，因欠青苗至卖田宅、雇妻女、投水自缢者，不可胜数，朝廷忍复行之欤？

臣谓四月二十六日指挥，以散及一半为额，与熙宁之法初无小异。而今月二日指挥，犹许人户情愿请领，未免于设法网民，使快一时非理之用，而不虑后日催纳之患。二者皆非良法，相去无几也。今者已行常平粜籴之法，惠民之外，官亦稍利，如此足矣，何用二分之息，以贾无穷之怨？或云：议者以为帑廪不足，欲假此法以赡边用。臣不知此言虚实，若果有之，乃是小人之邪说，不可不察。昔汉宣帝世，西羌反，议者欲使民入谷边郡以免罪。萧望之以为古者藏于民，不足则取，有余则与。西边之役，虽户赋口敛以赡其乏，古之通议，民不以为非，岂可遂开利路，以伤既成之化？仁宗之世，西师不解盖十余年，不行青苗，有何妨缺？况二圣恭俭，清心省事，不求边功，数年之后，帑廪自溢，有何危急？而以万乘君父之尊，负放债取利之谤，锥刀之末，所得几何？臣虽至愚，深为朝廷惜之。欲乞特降指挥，青苗钱斛今后更不给散，所有已请过钱斛，候丰熟日，分作五年十料随二税送纳。或乞圣慈念其累岁出息已多，自第四等以下人户并与放免。庶使农民自此息肩，亦免后世有所讥议。兼近日谪降吕惠卿告词云："首建青苗，次行助役。"若不尽去其法，必致奸臣有词，流传四方，所损不细。所有上件录黄，臣未敢书名行下。谨录奏闻，伏候敕旨。

【译文】元祐元年八月初四，朝奉郎、试中书舍人苏轼写状上奏。依据中书的录黄所记，先朝神宗时期开始散发青苗钱的时候，本着为百姓谋利的目的，所以当时规定，散发青苗钱都要依据民户情愿，不得强行抑配。到后来，由于提举官急于取得功效，务求多散钱，暗示胁迫州县违背诏书，名为取民情愿，实际是强行抑配。或者全县集中统配，或者挨门抄札登记。有的无赖子弟隐瞒家中尊长，把所贷钱不交给家里。也有的他人冒名欺诈领取青苗钱，人们不知是谁，等到催交本息的时候，负担都归入本户。朝廷深知这一弊端，因而全部废罢了提举官，不再立定散钱限额。经考察了解，人心始安，情绪稳定。前时于四月二十六日，有敕令下达拨给常平钱粮，限定在二月或正月，只供给申请借贷的人户随时使用。又下令一半留入仓库，一半出借，这只是为了借出的钱粮不得随意超过此数。听取人户情愿，不得强行抑配，都遵承先朝所定的制度。由于担心州县不了解朝廷的本意，将会为朝廷再努力去发放更多的青苗钱粮，广收利息，催迫抑配，督责严急，一切都像过去设置提举官时的情况。于八月初二三省共同遵奉圣上的意旨，下令让各路提点刑狱司告示诸州县，都必须等到人户自持状文结保到县里乞请常平钱谷的时候，方得审核依据条例支给，不得像以前那样挨门抄札登记，强行抑配。仍依靠提点刑狱官经常深入检查，如果官吏有类似违法骚扰的行为，就及时立案审查依法处置。如果提点刑狱官不深入检查，委派转运安抚司检查上报，仍与提前处理。

臣看到自熙宁以来，推行青苗、免役二法，至今已二十多年了，法制之弊日益增多，百姓日益贫困，刑罚日益烦密，盗贼日益放肆，田地越来越不值钱，谷帛日益低廉。仔细查找它的害处，难以用语言来表述。现在的朝中大臣，过去都是痛心疾首，流泪叹息，要制止推行新法而达不到目的的人。何况太后、陛下二圣修治政德，唯善是从，免役之法已尽行废除。但青苗法一事，则只依据旧制度稍加改变，是要走漫漫地扭曲而不能扭曲的臂膀、每日偷邻里一只鸡这样知错而犯的道路。这就像病人用药，病情日益严重，体力日益衰竭，饮食日益减少，但却始终不说这种药不能服用，只是减少些药量，变换一下药水，这样子让病人服用，可以吗？熙宁实行的新法，本来是禁止抑配，但是新法的弊病已到如此程度，今天即使再禁止抑配，其弊病也仍然存在。农民之家，量入为出，紧衣节食，虽贫穷也可自存，如果让他们得到分外的钱，那么花费自然扩大，这样还有什么事干不出来？更何况，子弟欺蒙父亲哥哥，人户冒名欺骗请贷，就像诏书中所说的那样，类似的情况，本来也不是强行抑配所导致的。过去地方州县都实行义仓法，但在发放收纳之际，有十分之二三都损失掉，今日取消了仓法，却免不了会出现乞取豪夺，这样财物损失十分之五六，也是必然的道理。再加上官吏不负责任，在发放青苗钱的时候，一定让地方酒务场所安排鼓乐倡优进行演戏，或者公布提高卖酒价格的牌子，农民中甚至有空手而回的。但每当在散发青苗钱的时候，酒的税利就会猛增，这是臣所亲自看到并为此而痛心流涕的。二十年间，因为拖欠青苗钱而导致出卖田宅、出雇自己的妻子儿女、投水自尽的人，不可胜数，朝廷还忍心再发放青苗钱吗？

臣以为四月二十六日的规定，钱粮以发放到一半为限额，这与熙宁之法无任何不同。而本月初二的规定，却仍然准许人户自愿请领钱粮，这未免就是设法网罗百姓，使他们为无故用到钱粮而感到一时之快，却不考虑后日被催纳之患。以上二者都不是好的办法，二者相差无几。今日已实行常平粜籴之法，除了惠及百姓之外，官府也可从中得些利益，如此就足够了，何必要用征收二分利息去换回无穷的怨恨呢？有的人会说：议者认为库存财物不足，想借此办法取利以供应边区支出。臣不知道是否真有这种言论，若果真有，就是小人的邪妄之说，也不能不追究。过去汉宣帝之世，西羌反叛，建议者主张让有罪人把粮食运往边区郡县，以此来免除他们的罪罚。萧望之则认为，古代是把财物藏于民间，官不足就随时取用，官有余就留存给百姓。那么这次与西羌的战役，即使对每户每口都加征财物以解救困乏，也是古代通行的做法，人民并不会感到这样做不对，怎么可以借此另开谋利渠道，损害已经成功的教化呢？仁宗时期，西边用兵大概持续十余年，却没有实行青苗法，有何妨碍？何况二圣自谦节俭，清心省事，不谋求边区战功，这样几年之后，国家仓库自然溢满，有什么危急之感？反过来说，有万乘车马、百姓君父之尊的圣王，承担放债取利的怨谤，采取这样锥刀之末的小计，所得到的又有几何？臣虽最为愚拙，也深为朝廷感到痛惜。希望特下指令，青苗钱粮以后不再发放，所有已经申请借过钱粮的人户，等到丰收之日，分作五年十次随二税交纳偿还。或者请求圣上慈念多年以来百姓出息已多，规定自第四等以下人户，所借钱粮都与除放。希望从此以后能使农民负担减轻，也避免后世有什么讥刺议论。

还有近来贬降吕惠卿的告词说："他首先建议实施青苗法，极力主张推行助役法。"如果不全部废除这些更张法令，一定要引发奸臣谋乱的口实，流传到四方各地，由此所造成的损失不小。所有关于这件事的录黄文件，臣不敢署名行文下达。谨抄录奏上，恭候敕旨。

论每事降诏约束状

元祐元年九月□日，翰林学士、朝奉郎、知制诰苏轼奏状。右臣闻之孔子曰："天何言哉？四时行焉，百物生焉，天何言哉？"天子法天恭己，正南面，守法度，信赏罚而天下治，三代令王，莫不由此。若天下大事，安危所系，心之精微，法令有不能尽，则天子乃言，在三代为训诰誓命，自汉以下为制诏，皆所以鼓舞天下，不轻用也。若每行事立法之外，必以王言随而丁宁之，则是朝廷自轻其法，以为不丁宁则未必行也。言既屡出，虽复丁宁，人亦不信。今者十科之举，乃朝廷政令之一耳，况已立法：或不如所举，举主从贡举非其人律。犯正入己赃，举主减三等坐之。若受贿徇私，罪名重者自从重，虽见为执政，也降官示罚。臣谓立法不为不重。若以为未足，又从而降诏，则是诏不胜降矣。臣请略举今年朝廷所行荐举之法，凡有七事：举转运、提刑，一也；举馆职，二也；举通判，三也；举学官，四也；举重法县令，五也；举经明行修，六也。与十科为七。七事轻重略等。若十科当降诏，则六事不可不降。今后一事一诏，则亵慢王言，莫甚于此。若但取谏官之意，或降或否，则其义安在？臣愿戒敕执政，但守法度，信赏罚，重惜王言，以待大事而发，则天下耸然，敢不敬应？所有前件降诏，臣不敢撰。谨录奏闻，伏候敕旨。

【译文】元祐元年九月某日，翰林学士、朝奉郎、知制诰苏轼写状上奏。臣孔子曾说过："上天有什么可说？四季照常运行，百物正常生息？上天有什么可说。"天子效法上天，修养自身，端居君位，遵守法度，严格赏罚，而天下大治。三代那些英明君王，没有不是这样的。如果是天下大事，关系到国家的安危，就精心去办理，法令有不完善的地方，才需要天子下令，这在三代时期称为训诰誓命，从汉代以下称为制诏，其目的都是用来鼓舞天下人，但不轻易采用这一办法。如果每实行一件在立法之外的事，就一定要附加君王的令词加以强调执行，就是朝廷自己轻贱了自定的法令，以为不加以强调就不一定能执行。上边的政令已经多次下达，即使再强调，人们也不相信。今日依十科举士之法，可以说是朝廷政令的一种。何况已为此建立了完备的制度：如果举主推荐之人不合乎人才要求，举主就要按贡举非其人律惩处。如果被举人违法而犯贪赃罪，举主就要减三等治罪。如果举主受贿徇私，罪重者自然从重处罚，即使现任的执政大臣，也要降职以示处罚。臣以为这样的立法不能说不严密。如果认为这样的立法不完备，又因此下达诏令强调，那么这样的诏令是下达不完的。臣请求大略列举一下今年朝廷实行荐举法的情况，总计有七件事：荐举转运使、提刑使，一件事；荐举馆职，二件事；荐举通判，三件事；荐举学官，四件事；荐举重法地区县令，五件事；荐举经明行修科的士人，六件事。再加上十科取士为七件事。这七件事的轻重程度大致相等。如果十科取士应当再下诏令加以强调，那么其余六件事也不可以不下诏令。今后凡每一件事都要下一道诏令，那么亵渎君王的命令，没有比这再厉害的了。如果只听从谏官的意思，那么是下诏令还是不下诏令，其标准何在？臣希望下令告诫执政大臣，只要严守法度，信赏必罚，特别珍惜君王的言论，以等待有大事的时候再正式发布诏令，那么天下人都会感到朝廷行事严肃，有谁敢不恭敬从命？所有关于以前事情的降诏之文，臣不敢撰写。谨抄录奏上，恭候圣旨。

乞加张方平恩礼札子

元祐元年十月空日，翰林学士、朝奉郎、知制诰苏轼札子奏。臣伏见太子太保致仕张方平，以高才绝识，博学雄文，出入中外四十余年，号称名臣。仁宗皇帝眷遇至重，特以受性刚简，论高寡合，故龃龉于世。然赵元昊反，西方用兵累岁不解，公私疲极。方平首建和戎之策，仁宗从之，民以息肩，书之国史。又于熙宁之初，首论王安石不可用。及新法之行，方平皆逆陈其害。大节如此。其余政事文学，有补于世，未易悉数。神宗皇帝知人之明，擢为执政。会丁忧服除，为安石等不悦，而方平亦不为少屈，故不复用。今已退老南都，以患眼不出，灰心槁形，与世相忘。臣窃以为国之元老，历事四朝，耄期称道，为天下所服者，独文彦博与方平、范镇三人而已。今彦博在廷，镇亦复用，方平虽老，杜门难以召致，犹当加恩劳问，表异其人，以示二圣贵老尊贤之义。今独置而不问，有识共疑，以为缺典。愿因大礼之后，以向者召陪祠不至，特出圣意，少加恩礼。或遣使就问国事，观其所论，必有过人。臣忝备禁近，不敢自外，昧冒陈列，战越待罪。取进止。

【译文】元祐元年十月某日，翰林学士、朝奉郎、知制诰苏轼写札子上奏。臣了解以太子太保官退休的张方平，因为才识超人，博学能文，出入朝廷内外任官四十余年，被称道在名臣之列。仁宗皇帝对他宠遇甚重，只是由于天性刚直，持论高深而很少能与别人的意见一致，所以他的为人与时势的要求相矛盾。当西夏赵元昊反叛的时候，在西方边境用兵，连年不能休止，造成国家百姓都疲备不堪。当时方平首先提出和戎之策，仁宗采纳了他的建议，使人民得以休息，这件事记载于国史中。神宗熙宁初期，方平又首先上言指出王安石不能任用。到新法推行后，方平都顶着上奏新法之害。他的事迹大略如此。

其他在政事学术方面，有补于世的成绩，不容易细说。神宗皇帝善于知人，提拔他为执政大臣。刚好他奔丧服孝的时间已经结束，王安石等人对他的从政表现出不高兴，但是方平也不为此稍作卑屈，因而不能再得到任用。现在他已告老退休在南都，因为患眼病不出门，形衰心灰，与世相忘。臣私下以为，国家的元老之臣中，为政经历四朝，晚年被人称道，为天下人所信服的，只有文彦博与张方平、范镇三人而已。今文彦博还在朝廷，范镇亦又任用。方平虽然年老，闭门在家难以召出，但仍应当加恩礼劳问，表扬他的为人，以表明太后、陛下二圣贵老尊贤的作风。现在唯独对他置之不问，有识之士都怀疑虑，以为这是一个失误。希望趁举行大礼之后，以过去召他陪祠而未至为由，特下圣上旨意，对他稍加恩礼以表示慰问。或者派遣使者到他那里去询问国事，从他的议论中可以看出，他必有过人的地方。臣有愧备员侍从之列，不敢把自己置身事外，冒昧陈言列述，惶恐待罪。请裁决。

论冗官札子

元祐元年十月二十三日，翰林学士、朝奉郎、知制诰苏轼札子奏。臣伏见近日言者以吏部员多阙少，欲清入仕之源，救官冗之弊，裁减任子及进士累举之恩、流外入官之数，已有旨下吏部、礼部与给舍详议。臣窃谓此数者，行之则人情不悦，不行则积弊不去。要当求其分义，务适厥中，使国有去弊之实，人无失职之叹，然后为得也。欲乞应任子及进士累举免解恩例，并一切如旧，只行下项。

一、奏荫文官人，每遇科场，依进士法试大义、策论。如系武官，即试弓马，或试法。并三人中解一人。仍年及二十五已上，方得出官。内已举进士得解者免试。如三试不中，年及三十五已上，亦许出官。应试大义、策论及试法者，在京随进士赴国学，在外赴转运司。试弓马者，在京随武举人赴武学，在外转运司差官。

一、进士累举免解合推恩者，并约嘉祐以前内中数目，立为定额。如所试优长，系额内人数，即等第推恩，并许出官。如系额外，即并与一不出官名衔。

一、流外入官人，除近已有旨裁减三省恩例外，其余六曹、寺、监等处，及州郡监司人吏出职者，并委官取索文字，看详有无侥幸定夺，酌中恩例。

右若行此数者，则任子虽有三试滞留之艰，而无终身绝望之叹。亦使人人务学，文臣知经术时务，武臣闲弓马法律，皆有益于事。而进士累举，有词学人自得出官；若无所能，得虚名一官，免为白丁，亦无所恨。如有可采，乞降下与前文字一处详议。取进止。

【译文】元祐元年十月二十三日，翰林学士、朝奉郎、知制诰苏轼写札子上奏。臣看到近日上言者因为吏部人员多而缺额少，要清理入仕之源，解决冗官之弊，裁减任子及进士接连推举的恩例，裁减非正式程序入官的人数，已有指令下达吏部、礼部与给事中、中书舍人共同认真讨论此事。臣认为这几件事情，实行则人心不愉快，不实行则积弊不除。只有谋求解决的分寸，务必适当合宜，使国家取得除弊的实际效果，人们没有失去职位的叹息，然后才可以说是可取的办法。请求有关任子以及进士多次推举免于解额的受恩条例，都一切如旧，而只实行以下各项。

一、上报恩荫文官人，每遇科场考试，依照进士法考试大义、策论。如是恩荫武官，即考试弓马，或者考试兵法。以上均在三人中发解额一人。仍然限制年龄在二十五岁以上，方可以出任官员。其中举试进士已得到解额者可以免试。如果三次考试不中，年龄到三十五岁以上，也可出外为官。应该考试大义、策论以及考试兵法的，在京师随进士赴国学应试，在外地赴转运司应试。考试弓马的，在京师随武举人赴武学应试，在外地由转运司差官应试。

二、进士多次应举免于发解人应该受恩荫者，约略仁宗嘉祐以前这方面的人数，立为定额。如果考试优秀，又是在额定人数之内，就按等级分别推恩，都准许出外为官。如果在额定人数之外，即都授与一个非出外为官的名衔。

三、不是按正常渠道入官的人，除了近来已有圣旨裁减三省官员受恩的条例规定外，其余六曹、寺、监等机构官员，以及州郡监司的人吏任官者，都委派官府取索有关文字档案，具体审查有无舞弊现象后再做定夺，酌中按条例推恩。

如果实行以上几项制度，那么任子虽经历三试不中的挫折，也不会有终身绝望的叹息。这样也使得人人都努力学习，使文臣精通经术时务，武臣娴熟弓马法律，都有益于世事。而进士经过多次应举，有辞章学问的人自然能够出外为官；那些无所成的人，也可得到一个虚名之官，免得成为无官的白丁之人，内心也无所怨恨。臣的意见如有可采用的地方，就请求交给下边与别人的建议一同进行具体讨论。请裁决。

卷四十五　奏议

辩试馆职策问札子二首

元祐元年十二月十八日，翰林学士、朝奉郎、知制诰苏轼札子奏：臣窃闻谏官言臣近所撰《试馆职人策问》有涉讽议先朝之语。臣退伏思念，其略曰："今朝廷欲思仁祖之忠厚，而患百官有司不举其职，或至于偷。欲法神考之励精，而恐监司守令不识其意，流入于刻。"臣之所谓"偷"与"刻"者，专指今之百官有司及监司守令不能奉行，恐致此病，于二帝何与焉？至于前论周公、太公，后论文帝、宣帝，皆是为文引证之常，亦无比拟二帝之意。况此《策问》第一、第二首，邓温伯之词，末篇乃臣所撰，三首皆臣亲书进入，蒙御笔点用第三首。臣之愚意，岂逃圣鉴？若有毫发讽议先朝，则臣死有余罪。伏愿少回天日之照，使臣孤忠不为众口所铄。臣无任伏地待罪战恐之至。取进止。

【译文】元祐元年十二月十八日，翰林学士、朝奉郎、知制诰苏轼写札子上奏。臣听说谏官指责我近来撰写的《试馆职人策问》一文，有涉嫌讥议先朝的文字。臣退下后回忆，想到其中的一段话大概是这样说："今日朝廷要追念仁宗的忠厚之风，但又担心百官各部门不能尽心尽职，或者甚至于苟且敷衍。要效法神宗励精图治的精神，但又害怕地方监司郡守县令不明白这样的用意，由此导致刻薄的作风。"臣这里所说的"苟且"与"刻薄"的意思，是专指今日的百官各部门以及监司守令不能依法办事，恐怕导致这样的弊病，这与仁宗、神宗二帝有何相干？至于前文论述周公、姜太公，后文论述汉文帝、宣帝，都是写文章时引证所常用的，也没有比拟二帝之意。况且这篇《策问》的第一首和第二首，是邓温伯的文词，末篇才是臣所写。这三首都是臣亲自抄写之后呈上的，承蒙御批指出采用第三首。臣之愚闻浅见，怎能逃脱圣上的明鉴？如果有丝毫讥刺先朝的地方，则臣死有余辜。恭望稍稍恢复天日的明照，使臣的专一忠心不被众口指责。臣不胜伏在地上待罪，惶恐非常。请裁决。

元祐二年正月十七日，翰林学士、朝奉郎、知制诰苏轼札子奏。臣近以《试馆职策问》为台谏所言，臣初不敢深辩，盖以自辩而求去，是不欲去也。今者窃闻明诏已察其实，而臣四上章，四不允。臣子之义，身非己有，词穷理尽，不敢求去，是以区区复一自言。

臣所撰《策问》，首引周公、太公之治齐、鲁，后世皆不免衰乱者，以明子孙不能奉行，则虽大圣大贤之法，不免于有弊也。后引文帝、宣帝仁厚而事不废、核实而政不苛者，以明臣子若奉行得其理，无观望希合之心，则虽文帝、宣帝足以无弊也。

中间又言六圣相受，为治不同，同归于仁。其所谓“偷”与“刻”者，专谓今之百官有司及监司守令，不识朝廷所以师法先帝之本意，或至于此也。文理甚明，粲若黑白，何尝有毫发疑似，议及先朝？非独朝廷知臣无罪可放，臣亦自知无罪可谢也。然臣闻之古人曰：人之至信者，心目也。相亲者，母子也。不惑者，圣贤也。然至于窃斧而知心目之可乱，于投杼而知母子之可疑，于拾煤而知圣贤之可惑。今言臣者不止三人，交章累上，不啻数十，而圣断确然深明其无罪，则是过于心目之相信，母子之相亲，圣贤之相知远矣。德音一出，天下颂之，史册书之，自耳目所闻见，明智特达，洞照情伪，未有如陛下者。非独微臣区区，欲以一死上报，凡天下之为臣子者闻之，莫不欲碎首糜躯，效忠义于陛下也。不然者，亦非独臣受暖昧之谤，凡天下之为臣子者闻之，莫不以臣为戒，崇尚忌讳，畏避形迹，观望雷同以求苟免，岂朝廷之福哉？

臣自闻命以来，一食三叹，一夕九兴，身口相谋，未知死所。然臣所撰《策问》，以实亦有罪，若不尽言，是欺陛下也。臣闻圣人之治天下也，宽猛相资，君臣之间，可否相济。若上之所可，不问其是非，下亦可之，上之所否，不问其曲直，下亦否之。则是晏子所谓“以水济水，谁能食之”，孔子所谓“惟予言而莫予违足以丧邦”者也。臣昔于仁宗朝举制科，所进策论及所答圣问，大抵皆劝仁宗励精庶政，督察百官，果断而力行也。及事神宗，蒙召对访问，退而上书数万言，大抵皆劝神宗忠恕仁厚，含垢纳污，屈己以裕人也。臣之区区，不自量度，常欲希慕古贤，可否相济，盖如此也。伏观二圣临御已来，圣政日新，一出忠厚，大率多行仁宗故事，天下翕然，衔戴恩德，固无可议者。然臣私忧过计，常恐百官有司矫枉过直，或至于偷，而神宗励精核实之政，渐致惰坏。深虑数年之后，驭吏之法渐宽，理财之政渐疏，备边之计渐弛，则意外之忧，有不可胜言者。虽陛下广开言路，无所讳忌，而台谏所击不过先朝之人，所非不过先朝之法，正是“以水济水”，臣窃忧之。故辄用此意，撰上件《策问》，实以讥讽今之朝廷及宰相、台谏之流，欲陛下览之，有以感动圣意，庶几兼行二帝忠厚励精之政也。台谏若以此言臣，朝廷若以此罪臣，则斧钺之诛，其甘如荠。今乃以为讥讽先朝，则亦疏而不近矣。

且非独此《策问》而已，今者不避烦渎，尽陈本末。臣前岁自登州召还，始见故相司马光，光即与臣论当今要务，条其所欲行者。臣即答言：“公所欲行者诸事，皆上顺天心，下合人望，无可疑者。惟役法一事，未可轻议。何则？差役、免役，各有利害。免役之害，掊敛民财，十室九空，钱聚于上，而下有钱荒之患。差役之害，民常在官，不得专力于农，而贪吏猾胥，得缘为奸。此二害轻重，盖略相等。今以彼易此，民未必乐。”光闻之愕然，曰：“若如君言，计将安出？”臣即答言：“法相因则事易成，事有渐则民不惊。昔三代之法，兵农为一，至秦始分为二，及唐中叶尽变府兵为长征之卒。自尔以来，民不知兵，兵不知农；农出谷帛以养兵，兵出性命以卫农，天下便之，虽圣人复起不能易也。今免役之法，实大类此。公欲骤罢免役而行差役，正如罢长征而复民兵，盖未易也。先帝本意，使民户率出钱，专力于农，虽有贪吏猾胥无所施其虐。坊场河渡，官自出卖，而以其钱雇募衙前，民不知有仓库、纲运破家之祸，此万世之利也，决不可变。独有二弊：多取宽剩役钱以供他用实封，争买坊场河渡以长不实之价。此乃王安石、吕惠卿之阴谋，非先帝本意也。公若尽去二弊而不变其法，则民悦而事易成。今宽剩役钱名为十分取二，通计天下乃及十五，而其实一钱无用。公若尽去此五分，又使民得从其便以布帛谷米折纳役钱，而官亦以为雇直，则钱荒之弊亦可尽去，如此而天下便之，则公又何求？若其未也，徐更议之，亦未晚也。”光闻臣言，大以为不然。臣又与光言：“熙宁中常行给田募役法，其法以系官田及以宽剩役钱买民田以募役人，大略如边郡弓箭手。臣时知密州，推行其法，先募弓手，民甚便之。此本先帝圣意所建，推行未几，为左右异议而罢。今略计天下宽剩钱斛约三千万贯石，兵兴支用，仅耗其半。此本民力，当复为民用。今内帑山积，公若力言于上，索还此钱，复完三千万贯石，而推行先帝买田募役法于河北、河东、陕西三路，数年之后，三路役人，可减大半，优裕民力，以待边鄙缓急之用，此万世之利，社稷之福也。”光尤以为不可。此二事，臣自别有画一利害文字，甚详，今此不敢备言。

及去年二月六日敕下，始行光言，复差役法。时臣弟辙为谏官，上疏具论，乞将见在宽剩役钱雇募役人，以一年为期，令中外详议，然后立法。又言衙前一役可即用旧人，仍一依旧数支月给重难钱，以坊场河渡钱总计，诸路通融支给。皆不蒙施行。及蒙差臣详定役法，臣因得伸弟辙前议，先与本局官吏孙永、傅尧俞之流论难反复，次于西府及政事堂中与执政商议，皆不见从。遂上疏极言衙前可雇不可差，先帝此法可守不可变之意，因乞罢详定役法。当此之时，台谏相视，皆无一言决其是非。今者差役利害，未易一二遽言，而弓手不许雇人，天下之所同患也。朝廷知之，已变法许雇，天下皆以为便，而台谏犹累疏力争。由此观之，是其意专欲变熙宁之法，不复校量利，害参用所长也。臣为中书舍人，刑部、大理寺列上熙宁已来不该赦降去官法凡数十条，尽欲删去。臣与执政屡争之，以谓先帝于此盖有深意，不可尽改，因此得存留者甚多。臣每行监司守令告词，皆以奉守先帝约束毋敢弛废为戒，文案具在，皆可复按。由此观之，臣岂谤议先朝者哉？

所以一一缕陈者，非独以自明，诚见士大夫好同恶异，泯然成俗，深恐陛下深居法宫之中，不得尽闻天下利害之实也。愿因臣此言，警策在位，救其所偏，损所有余，补所不足，天下幸甚。若以其狂妄不识忌讳，虽赐诛戮，死且不朽。臣无任感恩思报，激切战恐之至。取进止。

【译文】元祐二年正月十七日，翰林学士、朝奉郎、知制诰苏轼写札子上奏。臣近来因撰写《试馆职策问》一文而受到台谏官的指责，臣当初不敢更多地为自己辩解，因为为自己辩解而求得离职，这实际是不想离职。现在又听说圣上明确下诏说问题已经查实，但臣四次上章请求离职，圣上四次都不准许。臣下的道义，身非己有，词穷理尽也不敢请求离职，所以自己再上言一次。

臣所撰写的《策问》一文，开始时引用周公、太公治理齐国、鲁国的例子，认为后世都免不了要衰乱，这是为了说明如果子孙后代不能依法办事，那么即使有大圣大贤的法制，也免不了会出现弊病。后文引用说汉文帝、宣帝统治仁厚而政事不废，认真具体而为政不苛虐，这是为了说明如果臣子们依法为治得当合理，没有苟且观望迎合上意的用心，那么即使文帝、宣帝那样的统治也足以保证不出现弊端。文章中间又论述我们宋朝的六位圣皇相互继承，为政策略各有不同，但又同归于仁政。文中所说的“苟且”与“刻薄”，是专指今日的百官各部门以及监司守令，他们不明白朝廷之所以效法先帝的本意，或许就有可能产生这样的弊端。文章中的道理很明确，就像黑白区分一样明显，何尝有丝毫象是讥议先朝的地方？不仅朝廷知道臣没有罪过可以处理，而且臣也自知无罪可谢。然而臣听古人说：人间最相信的是心与目，最相亲的是母与子，最不迷惑的是圣人与贤人。然而由某亡丢失斧子而疑其邻人之子的典故可知心目易乱，由曾母投投的故事可知母子关系值得怀疑，从拾煤的典故中便知圣贤之人也会迷惑。今日上言指责臣的不仅是三个人，他们多次相继上章，大概不下几十次，但圣上的裁决很清楚地说明臣无罪，这是远远超过了心与目的相信，母与子的相亲，圣人与贤人的相知。陛下德音诏令一发布，天下人就称颂，史书就记录，从耳目所听到的见到的，所谓明智通达，洞察真伪，没有能像陛下这样。对此，不仅小小下臣要用一死去报效陛下，而且凡是天下作为臣子的人听到了这件事，没有不要以粉身碎骨去对陛下效忠尽义的。若不是这样，也不仅只是下臣蒙受恶意的诽谤，而且凡是天下作为臣子的人听到了这件事，没有人不以臣为戒，特别注重触及忌讳的事，害怕、躲避出风头的事，互相观望，相互雷同，以求得苟免，这难道是朝廷的福气吗？

自从臣听到圣上指令以来，一顿饭三次叹息，一晚上九次醒来，自相筹谋，深感后怕。然而臣所撰写的《策问》一文，其实也有罪过的地方，如果这里不把话全部说出来，也是对陛下的欺骗。臣听说圣人治理天下，其方法是宽与猛互相配合，君与臣之间，其关系是相同与不同而达到一致。如果君上所赞同的，臣下不问是非也表示赞同，君上所反对的，臣下不问曲直也表示反对，这就是晏子所说的“以水调水，谁能食用”，孔子所说的“有我说话而别人不表示异议足以丧失国家”的道理。臣过去于仁宗朝的时候应举制科，所进呈的策论以及所回答的圣上的提问，大体上都是劝说仁宗励精图治，督察百官，办事果断而努力施政。到了奉事神宗皇帝，承蒙召对访问，退下之后上书数万言，大体上都是劝说神宗为政忠恕仁厚，容忍各种反对的言论，委屈自己以宽厚别人。臣作为区区小人，不自量力，常常想崇拜效法古代的大贤，我所主张的相同与不相同相辅相成，大概就是基于这样的目的。我觉得太后、陛下执政以来，政治日益更新，都基于忠厚的为政为针，大体上多推行仁宗时期的制度，天下稳定，人们都感恩戴德，本来也没有可非议的地方。然而臣个人的担忧有些过分，常常顾虑百官各部门矫枉过正，或者甚至于苟且敷衍，而使神宗励精图治、认真务实的为政作风渐趋衰败，很担心数年之后，驾驭官吏的法制逐渐放宽，理财之政日渐松疏，备边的策略逐渐废弛，那么由此所出现的意想不到的担忧，有可能会难以用语言来表述。虽然陛下广开言路，无所忌讳，但是台谏官所讥刺的不过先朝之人，所批评的不过先朝法制，这正是"以水调水"，臣为此而担忧。于是就采用这样的意思，撰写了前面所说的《策问》一文，其实就是要以此讥讽现今的朝廷和宰相、台谏官之流，要让陛下观看，从而感动圣上的内心，希望能兼行仁宗、神宗二帝忠恕仁厚、励精图治的政治。台谏官如果因此指责下臣，朝廷如果因此加罪下臣，那么，即使受刑罚处死，也会甘甜地如吃荠草一样。现以却认为臣讥讽先朝则是粗疏而不接近事实的看法。

而且，不仅仅是这次撰写《策问》的一个问题而已，这里不避累赘，把有关问题的本末尽行陈述。臣前年从登州召还的时候，始见故相司马光，司马光即与臣讨论当今的时势要务，条列他所要推行的制度。臣听罢回答说："公所要推行的几件事，都是上顺天意，下合人心，没有什么可怀疑的。只是役法一事，不可以轻易议论。为什么呢？差役法与免役法，各有其利害。免役之害是，搜刮民财，使十室九空，钱财汇聚于上，而下有钱荒之患。差役之害是，百姓常为官府服役，不能够专一从事农业，而贪猾的官吏得以勾结为奸。这两种害处的轻重程度，差不多相等。现在把这一害变为那一害，百姓未必就高兴。"司马光听后惊愕住了，说道："如果像您所说的那样，那么有什么办法呢？"臣就回答说："法制相互继承，事情就容易成功。办事循序渐进，百姓就不会感到突然。过去三代时候的法制，是兵农为一体，到秦时始分兵农为二，唐中叶又把府兵全部变为长征兵。从此以后，民不知兵，兵不知农，农出谷帛养兵，兵出性命卫农，天下人都觉得很方便，这样的制度即使圣人转世，也不能改变。今日的免役法，其实与此很相似。您要马上废除免役法而实行差役法，就像废除长征兵制而实行民兵制一样，大概不是容易的事。按先帝的本意，是让民户都交纳免役钱，专门从事农业，这样即使有贪猾的官吏，也没有实施虐政的机会。坊场河渡之利，由官方自行出卖，再把这些收入的钱用来雇佣招募衙前之役，而使百姓不知道因掌管仓库、纲运事务犯罪会有破家之祸，这是对万世有利的办法，决不可改变。这一办法只有两个弊端：多征收宽剩钱，以供其他方面使用或封赠；争着买入坊场河渡之利，以提高不符合实际价值的价格。这是王安石、吕惠卿的私谋之计，而不是先帝的本意。您如果能消除这两个弊端，而又不改变原来的基本制度，那么人民会高兴而事情易于成功。今日征收宽剩钱，名义上是收取十分之二，而总计天下之数乃达到十分之五，其实在这方面一点儿也没有使用。您如果能全部免去这十分之五钱的征收，又能让百姓从其所便以布帛谷米折纳免役钱，并且官方也能用此钱作为雇役支出，那么钱荒之弊也可根除。如此之法天下都会觉得便利，而您又有什么可求的呢？如果还没有实行，再慢慢讨论实施，也不算晚。”司马光听了臣的见解，很不以为然。臣又和司马光说：“熙宁中期曾实行给田募役法，其法是以系官田地以及用宽剩役钱收买百姓田地，用这些田地去招募役人，大致就像边区招募弓箭手的办法。臣当时任密州知州，曾推行了这一办法，先招募弓手役人，百姓感到十分便利。这一办法本为先帝考虑所创，推行没多长时间，就因为左右大臣提出异议而废除。

今日估计天下宽剩钱粮的总数约为三千万贯石，西边用兵以后的借支，仅用去其中的一半，这些钱本来出自百姓劳动所得，还应当还为民用。现在内库财物如山一样堆积，您如果能极力劝说上面，索还这些钱粮，再达到三千万贯石的原额，然后在河北、河东、陕西三路推行先帝所实行的买田募役法，这样数年之后，西北三路的劳役负担可减少一大半，可以使民力充足，以等待边境紧急时期征用，这样的办法有万世之利，是国家社稷的幸福。”司马光听后，尤其认为行不通。关于以上两件事情，臣另外自有具体论述，其利害关系的分析十分详尽，今天在此不敢多说。

等到去年二月初六敕令下来之后，开始推行司马光的建议，恢复差役法。当时臣的弟弟苏辙为谏官，上奏疏具体论述役法问题，他建议先用现有的宽剩役钱雇佣招募役人，以一年时间为期限，让朝野充分探讨役法问题，然后再定立法制。又建议衙前一类的役使，可以用旧有之人，可保持旧有之数，每月供给重难役钱，所用钱以官收坊场河渡钱统一计算，诸路按计划通融支拨。

这些建议，都没有被采纳实行。到了差派臣去参与详定役法的时候，臣得以有机会再申述弟弟苏辙以前的议论，由于各自观点不同，首先与本局官吏孙永、傅尧俞之流进行了反复论难，接着又在枢密院、政事堂中与执政大臣商议此事，都不被他们所接受，于是就写疏上奏，极力陈述衙前之役可雇不可差，先帝创立的这一法制可守不可变这样的意思，也因此请求罢免我参与详定役法的职务。那个时候，台谏官互相观望，都没有一句话来决定问题的是非曲直。关于差役法的利害问题，现在不容易马上一一诉说，但是弓手不准许雇人的制度，是天下人所共认的弊端，朝廷知道这一情况，已改变了法令，准许弓手雇人，天下人都以为便利，但台谏官却又多次上疏力争。由此观之，台谏官的基本思想是一味要改变熙宁之法，不再比较利害关系，参用行有所长的制度。臣任中书舍人的时候，刑部、大理寺呈上数十条关于熙宁以来不应该宽赦、降职、免官的法例，我主张要全部删去。为此，臣与执政大臣屡次争辩，我以为先帝定立的有关制度大概都有其很深的用意，不能尽行革除，于是，许多旧制便被保留下来。臣每次撰写有关监司守令的告命文件，都特别注意遵奉先帝的规制，不敢轻易违背，文案俱在，都可再拿来验证。由此可见，臣难道是诽谤讥议先朝的人吗？

臣这里一一具体陈述的目的，不仅是要为自己辩明事实的真相，而且实在是看到士大夫们喜欢与自己相同的意见而憎恶异己之说，这种做法已完全形成了一种风气，因而十分担心陛下深居朝宫之中，不能全部得知天下事情利害的真实情况。希望通过臣在这里的具体陈述，能警戒驱策在位的大臣，让他们补救偏失，减少多余的方面，弥补不足的方面，这对于天下来讲实属幸事。如果认为臣的言论是狂妄自大，不懂得忌讳，那么即使杀头，臣也会觉得死而不朽。臣禁不住感恩思报，激烈而迫切地感到非常发抖恐惧。请裁决。

缴进给田募役议札子

前连元丰八年十二月奏状。

元祐二年二月一日，翰林学士、朝奉郎、知制诰苏轼札子奏。臣前年十二月自登州召还，草此奏状，而未果上。近因论事，已具奏闻其略。切谓今日尚可推行，辄备录前状，缴连申奏。臣前年过郓州，本与京东转运使范纯粹同建此议，纯粹令臣发之，己当继之。已而闻执政议不合，故不复言。然纯粹讲此事，尤为精详，臣所不及。若朝廷看详此状，可以施行，即乞更下纯粹，令具利害条奏。取进止。

【译文】元祐二年二月初一，翰林学士、朝奉郎、知制诰苏轼写札子上奏。臣于前年十二月自登州召还的时候，草拟了这个奏状，但最终没有呈上。近来因为上言论述的事情已十分具体，陈奏其大略，而且我认为今日尚可推行这样的意见，所以就全部抄录以前的奏状。接连元丰八年十二月的状文一同陈奏。臣前年路过郓州的时候，本来是与京东转运使范纯粹一同提出这个建议，纯粹令臣先进呈这一建议，然后他自己再继续上奏陈述这一问题。之后，听说执政大臣之间议论不合，所以纯粹也没有再上言。然而纯粹谈论这一问题，尤其精辟详尽，是臣所赶不上的。如果朝廷审查这一奏状所提的建议可以施行，就请求再下令给纯粹，让他详细分析利害关系奏陈陛下。请裁决。

论改定受册手诏乞罢札子

元祐二年二月七日，翰林学士、朝奉郎、知制诰苏轼札子奏。臣近被旨，撰太皇太后将来只于崇政殿受册手诏，臣愚亦恐有是今非昔之嫌，故其略云“朝廷损益之文，各从宜称。”所以推广圣明谦抑退托之意，言此文德受册之礼，于今为过，于昔为称也。不悟文词鄙浅，未尽圣意，致烦改定。谨按故事，凡词命有所改易，为不称职，皆当罢去。伏望圣慈察其衰病废学，特赐解职，以安微分。臣无任待罪之至。取进止。

【译文】元祐二年二月初七，翰林学士、朝奉郎、知制诰苏轼写札子陈奏。臣近日接到圣旨，让撰写太皇太后将来只在崇政殿接受册书的手诏，臣考虑浅薄，也担心会有是今非古之嫌，所以其文词大略说：“朝廷下发的有关事情的文书，都应该各自得宜相称。”这样写，是为了显示圣上贤明谦虚、退让不争的意思，是说旧有的合乎文德的接受册书之礼，对于今天来说是不妥当的，而对于过去来说是相称得宜的。没想到所撰文词卑劣粗浅，不完全符合圣上的意思，以致烦扰再次改定。按照过去的惯例，凡文词告命有所更改，就说明原撰写人不称职，应当罢免其职务。万望圣上发慈心，考虑到我因年老多病而荒废学业，特赐下令解除我的职务，以安我小小之人的心。臣等待罪罚的心非常迫切。请裁决。

乞录用郑侠王斿状

元祐二年三月日，翰林学士、朝奉郎、知制诰苏轼状奏。右臣闻国之兴衰，系于习俗，若风节不竞，则朝廷自卑，故古之贤君必励士气，当务求难合自重之士，以养成礼义廉耻之风。臣等伏见英州别驾郑侠，向以小官触犯权要，冒死不顾以献直言。而秘阁校理王安国，以布衣为先皇帝所知，擢至馆阁，召对便殿。

而兄安石为相，若少加附会可立至富贵，而安国挺然不屈，不独纳忠于先帝，亦尝以苦言至计规戒其兄，竟坐与侠游从，同时被罪。吕惠卿首兴大狱，邓绾、舒亶之徒构成其罪，必欲置此人于死，赖先帝仁圣，止加窜逐，曾未数年，逐惠卿而起安国。今来朝廷赦侠之罪，复其旧官，经今逾年，而侠终不赴吏部参选。考其始终出处之大节，合于古之君子杀身成仁、难进易退之义，朝廷若不少加优异，则臣等恐侠浩然江湖，往而不返。若溘先朝露，则有识必为朝廷兴失士之叹。至于安国，不幸短命，尤为忠臣义士之所哀惜。臣等尝识其少子旊，敏而笃学，直而好义，颇有安国之风，养成其才，必有可用。欲望圣慈召侠赴阙，并考察旊行实，与侠并赐录用，不独旌直臣于九泉之下，亦所以作士气于当代也。谨录奏闻，伏候敕旨。

【译文】元祐二年三月某日，翰林学士、朝奉郎、知制诰苏轼写状陈奏。臣听说国家的兴衰，与社会的士风民俗有着直接的关系，如果人们的德操不高尚，那么朝廷的地位也自然卑下，因此古代的贤明君主，一定要激励士气，务必寻求选拔难以随声附和而自持自重的人，以养成注重礼义廉耻的社会风气。臣等人看到，英州别驾郑侠过去以自己的小小之官去触犯权要人物，不惜冒着死的危险去进呈正直之言。而秘阁校理王安国，以布衣小民为先朝皇帝所了解，提拔到馆阁，应召对答于便殿，而他的哥哥王安石担任宰相，他如果稍加附会，就可立即升至富贵的地位，但安国却正直不屈，他不仅对先帝效忠，而且也曾苦口婆心去规劝他的哥哥王安石，然而最后竟因为与郑侠交游之罪，同时被处罚。吕惠卿首先制造了这一大案，之后邓绾、舒亶之徒又罗织出他的罪行，一定要把他置之死地，幸凭先帝的仁慈圣明，才仅仅给他流放外地的处罚，之后没过几年，就又贬逐了吕惠卿而起用王安国。后来朝廷赦免了郑侠的罪过，恢复了他过去的官职，至今已有一年多了，但郑侠还是没有赴吏部参选任职。考察郑侠任职隐居自始至终的大节行为，是合乎古代君子杀身成仁、难进易退的气节的，朝廷如果不稍加优待礼遇，那么我们就担心郑侠会浩然游荡江湖，往而不返，如果突然间死去，那么有识之士一定要为朝廷发出丢弃人才的感叹。至于王安国，已不幸短命而死，尤其为忠臣义士所哀怜痛惜。臣等认识他的小儿子王斿，此人聪敏好学，正直而好义，颇有王安国的为人之风，如果培养他成才，一定会有用处。希望圣上发慈心下令召郑侠到朝廷中，并考察王斿的德行实学，对他们二人一并赐令录用，这样不仅表彰了在九泉之下的正直之臣，而且对当代的士气民风也起了鼓励作用。谨抄录奏上，恭候敕旨。

荐布衣陈师道状

元祐二年四月十九日，翰林学士、朝奉郎、知制诰苏轼同傅尧俞、孙觉状奏。右臣等伏见徐州布衣陈师道，文词高古，度越流辈，安贫守道，若将终身，苟非其人，义不往见，过壮未仕，实为遗才。欲望圣慈特赐录用，以奖士类。兼臣轼、臣尧俞，皆曾以十科荐师道，伏乞检会前奏，一处施行。谨录奏闻，伏候敕旨。

【译文】元祐二年四月十九日，翰林学士、朝奉郎、知制诰苏轼与傅尧俞、孙觉一同写状陈奏。下臣等人看到，徐州的布衣小民陈师道，语言文辞高过古人，为人行事超越同类的人，安贫乐道，好像终身都准备这样做，如果不是合意的人，他坚决不会去拜见，年龄已过壮年却未能任官，实在是遗漏的人才。希望圣上发慈心，特赐命令加以录用，以激励有才学的人士。还有，臣苏轼与臣傅尧俞，过去都曾以十科举拔类推荐过陈师道，请求参考以前奏章，一同考虑如何录用。谨抄录奏上，恭候敕旨。

乞留顾临状

元祐二年四月二十日，翰林学士、朝奉郎、知制诰苏轼，同李常、王存、邓温伯、孙觉、胡宗愈状奏。右臣等窃见给事中顾临，资性方正，学有根本，慷慨中立，无所阿挠。自供职以来，封驳论议，凛然有古人之风，侥幸之流侧目畏惮。近闻除天章阁待制充河北都转运使，远去朝廷，众所嗟惜。方今二圣临御，肃正纪纲，如临等辈，正当置之左右，以辅阙遗。或者谓缘黄河辍临干治。临之所学，实有大于治河。治河之才，固有出临之上者。欲望朝廷别选深知河事者以使河北，且留临在朝廷，以尽忠亮补益之节。臣等备位侍从，怀有所见，不敢不尽。谨录奏闻，伏候敕旨。

【译文】元祐二年四月二十日，翰林学士、朝奉郎、知制诰苏轼，与李常、王存、邓温伯、孙觉、胡宗愈一同写状陈奏。下臣等人看到给事中顾临，天生本性端方正直，学业有根基，胸怀开阔，坚持自己的意见，而不附和屈从于任何人。自他任职以来，上章封驳议论，令人敬畏的神态颇有古人之风，使那些投机钻营之徒，侧目相视而感到害怕。近来听说他被任命为天章阁待制差充河北都转运使，远离朝廷去任职，众人都感叹惋惜。如今太后、陛下二圣临朝执政，严整纪纲，像顾临这类人，正应当放在身边左右任职，辅助圣上为政，以减少过失。有的认为由于有黄河的事情才中止了顾临在朝中的职务。按顾临的学业专长，的确有比治理黄河更大的才气。治河的人才，本来也有高出顾临之上的。希望朝廷另选深知治河事情的人派往河北，暂且留顾临在朝廷中任职，以全部使出他忠诚亮节、能带来补益的气节。臣等备位侍从官，心里有什么看法，不敢不全部说出来。谨抄录奏上，恭候敕旨。

论擒获鬼章称贺太速札子

元祐二年八月二十七日，翰林学士、朝奉郎、知制诰兼侍读苏轼札子奏。臣窃闻熙河经略司奏，生擒西蕃首领鬼章，宰相欲以明日称贺。臣愚以谓偏师独克，固亦可庆，然行于明日，臣谓太速。如闻本路出兵非一，见有一将方指青塘。此乃阿里骨巢穴，若更待三五日间，必续有奏报，贺亦未晚。今者俘获丑虏，功诚不细，赏功劝后，固不应轻，然朝廷方欲缉治边防，整肃骄慢，若捷奏朝至，举朝夕贺，则边臣闻之，自谓不世之奇功，或恩礼太过，则将骄卒惰，后无以使。臣愿朝廷镇之以静，示之以不可测。昔谢安破苻坚书至，安与客围棋不辍，曰："小儿辈遂已破贼。"安亦非矫情，盖万目观望，事体应尔。所有明日称贺，乞更详酌指挥。臣受恩至深，不敢不尽。出位妄言，罪当万死。取进止。

【译文】元祐二年八月二十七日，翰林学士、朝奉郎、知制诰兼侍读苏轼写札子陈奏。臣听说熙河路经略司陈奏，活捉了西边吐蕃部族首领鬼章，宰相将要在明天称庆祝贺。臣的浅见认为，一支非主力的部队独自取得了胜利，本来也是值得庆贺的，但放在明日庆贺，我以为是太急了。听说熙河路出兵的方向不一致，现在有一支部队正在向青塘进发，那里是阿里骨的巢穴，如果再等待三五天时间，一定还会有战报接着奏上，到那时再庆贺也不算晚。现在俘获了吐蕃的首领，功劳实在不小，奖赏战功以劝勉后人，固然也不应该轻薄，但是朝廷目前正要经营边防，严整骄傲怠慢之风，如果捷报早上奏到，晚上就全朝庆贺，那么边臣听到之后，就会觉得自己立了盖世奇功，或者朝廷给予他们的恩礼太过分，就会导致将骄兵惰，使以后无法使用。臣希望朝廷行事要使他们镇静，使他们对朝廷的行事摸不透。过去谢安军队打败苻坚军队的战报到了之后，谢安仍然不停地与客人下围棋，他一边说：，"小孩子们终于战败了贼敌。"这里谢安也不是故意矫揉造作，因为万人众目都在看着他，事情应该这样处理。所有关于明日称庆祝贺的事，请求仔细斟酌后再做决定。臣蒙受的恩泽很深，所以不敢不完全说出自己的心里话。臣超越本职范围，狂妄言事，罪该万死。请裁决。

因擒鬼章论西羌夏人事宜札子

元祐二年九月八日，翰林学士、朝奉郎、知制诰兼侍读苏轼札子奏。臣窃见近者熙河路奏生擒鬼章，百官称贺，中外同庆。臣愚无知，窃谓安危之机正在今日。若应之有道，处之有术，则安边息民，必自是始。不然，将骄卒惰，以胜为灾，亦不足怪。故臣区区欲先陈前后致寇之由，次论当今待敌之要，虽狂愚无取，亦臣子之常分。

昔先帝用兵累年，虽中国靡弊，然夏人困折，亦几于亡。横山之地，沿边七八百里中，不敢耕者至二百余里。岁赐既罢，和市亦绝，虏中匹帛至五十余千，其余老弱转徙，牛羊堕坏，所失盖不可胜数，饥羸之余，乃始款塞。当时执政大臣谋之不深，因中国厌兵，遂纳其使。每一使至，赐予、贸易无虑得绢五万余匹，归鬻之，其直匹五六千，民大悦。一使所获，率不下二十万缗，使五六至，而累年所罢岁赐，可以坐复。既使虏因吾资以德其民，且饱而思奋，又使其窥我厌兵欲和之意，以为欲战欲和权皆在我，以故轻犯边陲，利则进，否则复求和，无不可者。若当时大臣因虏之请，受其词不纳其使，且诏边臣与之往返商议，所获新疆，取舍在我。俟其词意屈服，约束坚明，然后纳之，则虏虽背恩反覆，亦不至如今日之速也。虏虽有易我意，然不得西蕃解仇结好，亦未敢动。夫阿里骨，董毡之贼臣也。挟契丹公主以弑其君之二妻。董毡死，匿丧不发，逾年众定，乃诈称嗣子，伪书鬼章、温溪心等名以请于朝。当时执政，若且令边臣审问鬼章等以"阿里骨当立不当立，若朝廷从汝请，遂授节钺，阿里骨真汝主矣，汝能臣之如董毡乎"？若此等无词，则是诸羌心服，既立之后，必能统一都部，吾又何求？若其不服，则衅端自彼，爵命未下，曲不在吾。彼既一国三公，则吾分其恩礼，各以一近上使额命之，鬼章等各得所欲，宜亦无患。当时执政不深虑此，专以省事为安，因其妄请，便授节钺。阿里骨自知不当立，而忧鬼章之讨也，故欲借力于西夏以自重，于是始有解仇结好之谋。而鬼章亦不平朝廷之以贼臣君我也，故怒而盗边。夏人知诸羌之叛也，故起而和之。此臣所谓前后致寇之由，明主不可以不知者也。虽既往不咎，然可以为方来之鉴。

元昊本怀大志，长于用兵，亮祚天付凶狂，轻用其众，故其为边患皆历年而后定。今梁氏专国，素与人多不协，方内自相图，其能以创残呻吟之余，久与中国敌乎？料其奸谋，盖非元昊、亮祚之比矣。意谓二圣在位，恭默守成，仁恕之心著于远迩，必无用武之意，可肆无厌之求。兰会诸城，鄜延五寨，好请不获，势胁必从，猖狂之后，求无不获，计不过此耳。今者切闻朝廷降诏诸路，敕励战守，深明逆顺曲直之理。此固当今之急务，而诏书之中，亦许夏人之自新。臣切以谓开之太易，纳之太速，曾未一战，而厌兵欲和之意已见乎外，此复蹈前日之失矣。臣甚惜之。今既闻鬼章之捷，或渐有款塞之谋，必将为恭狠相半之词，而继之以无厌之请。若朝廷复纳其使，则是欲战欲和，权皆在虏，有求必获，不获必叛。虽偷一时之安，必起无穷之衅。故臣愿明主断之于中，深诏大臣，密敕诸将，若夏人款塞，当受其词而却其使，然后明敕边臣，以夏人受恩不赀，无故犯顺，今虽款塞，反覆难保。若实改心向化，当且与边臣商议。苟词意未甚屈服，约束未甚坚明，则且却之，以示吾虽不逆其善意，亦不汲汲求和也。彼若心服而来，吾虽未纳其使，必不于往返商议之间，遽复盗边。若非心服，则吾虽荡然开怀，待之如旧，能必其不叛乎？今岁泾原之人，岂吾待之不至耶？但使吾兵练士饱，斥候精明，虏无大获，不过数年，必自折困。今虽小劳，后必坚定。此臣所谓当今待敌之要，亦明主不可以不知者也。

今朝廷意在息民，不惮屈己，而臣献言乃欲艰难其请，不急于和，似与圣意异者。然古之圣贤欲行其意，必有以曲成之，未尝直情而径行也。将欲翕之，必固张之；将欲取之，必固予之。

夫直情而径行，未有获其意者也。若权其利害，究其所至，则臣之愚计于安边息民，必久而固，与圣意初无小异。然臣窃度朝廷之间似欲以畏事为无事者，臣窃以为过矣。夫为国不可以生事，亦不可以畏事，畏事之弊与生事均。譬如无病而服药，与有病而不服药，皆可以杀人。夫生事者，无病而服药也。畏事者，有病而不服药也。乃者阿里骨之请，人人知其不当予，而朝廷予之，以求无事，然事之起乃至于此，不几于有病而不服药乎？今又欲遽纳夏人之使，则是病未除而药先止，其与几何？臣于侍从之中，受恩至深，其于委曲保全与众独异，故敢出位先事而言，不胜恐悚待罪之至。取进止。

【译文】元祐二年九月初八，翰林学士、朝奉郎、知制诰兼侍读苏轼写札子陈奏。臣看到近来熙河路奏报活捉鬼章后，百官称贺，中外同庆。臣愚昧无知，自己以为边区安危的关键，也正在今日。如果对此事应变有方，处理有术，那么安边息民的局面，一定从这件事开始形成。如果对此事处理不好，则会导致将骄兵惰的局面，因为胜利而带来灾祸，也是不足为怪的。因此，区区小臣要首先陈列导致部族寇边的前后原因，其次再论述当今对待敌人的主要策略。这些陈述意见即使狂妄愚昧没有可取的地方，也是作为臣子所应当说的。

过去先帝连年用兵，虽然说我大宋朝疲弊不堪，但是西夏之人也困难重重，大受挫折，几乎到了灭亡的境地。在横山一带，沿边七八百里的范围之内，对方民户不敢耕种的土地有二百余里。我朝对西夏每年的赐给停罢之后，又断绝了双边之间的互市，这使得西夏存留的布帛只剩下五十余千匹，其他老弱之人流离失所，牛羊没法养牧，由此所造成的损失难以估计，这样在万分困迫的情况下，西夏才开始向我朝求和。当时执政大臣缺乏深谋远虑，因为我朝不情愿再用兵，于是就接纳了西夏求和的使者。西夏的每一个使者到达后，我朝对他封赐、准许他贸易而使他所得到的绢帛不少于五万余匹，回去的时候把这些绢帛卖出，其价值每匹有五六千钱，这使得西夏之人大为高兴。总计一个使者所得到的，差不多都不下二十万缗钱，那么假使他们有五六个使者来到我朝，几年来我朝停罢的岁赐物品，西夏方面就可以坐而复得。这样既使得西夏可以利用我朝的财物来对他们的百姓加施恩德，并且饱食之后进而想着来威胁我朝，又使得他们窥探我们不喜欢用兵的心理，自以为要战要和，权力都在他们自己一方，正是由于这个原因，他们轻易进犯我边区，有利就进，无利就再度求和，这对他们来说，没有不可干的事。假若当时执政大臣能趁着他们的和解请求，只接受他们的意见，不接纳他们的使者，并且诏令边臣与他们进行往返商议，那么我朝过去攻取的新边地区，其取舍权在我方。等他们服从听命，没有话说的时候，双方订立盟约，然后再接纳他们的使者，这样即使对方背弃恩德反目成仇，事情的变化也不致于像今天这样快。西夏虽有轻视我朝的意图，但他们不能与西夏吐蕃部族解仇结好，也不敢轻举妄动。关于阿里骨，他是董毡的叛逆之臣。他挟制契丹公主杀了他君王的两个妻子。董毡死后，他秘不发丧，等到一年之后人心稳定下来，他才诈称是董的嗣子，伪造写成鬼章、温溪心等人之名上请朝廷批准。当时的执政大臣，如果首先令边臣向鬼章等人审问“阿里骨该不该立为首领的事，告知他们假若朝廷答应你们的请求，就会授予标志权力的符节和斧钺，阿里骨就真正成为你们的主人，这样你们这些人能像对董毡一样甘做阿里骨的下臣吗”？如果他们没有异议，就表明诸羌心悦诚服，立了阿里骨为君之后，就一定能统一各部，有这样的结局，我们还有什么求的？如果他们提出反对，那么问题产生的责任就自然在他们一方。我朝的任命书没有下达，其原因不在我方。对方即使建立了国家，设置了三公，那么我们分别对他们加以恩礼，各任命一上等武官虚衔，使鬼章等人都满足自己的欲望，应该也不会有什么祸患。当时的执政大臣不深入考虑这些问题，一味地把省事作为安便，趁着对方妄自请求，就轻率地授予符节和斧钺。阿里骨自知不当立为君王，而担心鬼章会讨伐他，所以要借用西夏的力量来保重自己，于是才有解仇结好的考虑。同时，鬼章也因朝廷任命叛逆之臣做他的国君而感到愤愤不平，因而怨恨之下就侵扰我们的边区。西夏人得知诸羌反叛我朝，就起而响应。这就是臣要说的导致部族寇边的前后原因，也是贤明的君主不能不知道的事情。虽然说既往不咎，但可以作为将来的借鉴。

西夏元昊心怀大志，长于用兵，亮祚却天性凶狂，轻率使用他的部众，因此他们制造边患都要经历几年后才能稳定。目前梁氏专权，她平时与别人多不和睦，这样处于内部在争斗的情况下，西夏方面能在严重创伤打击之后长时期与我朝抗衡吗？预料西夏朝中的奸邪阴谋之人，大概都不能和元昊、亮祚相比。他们觉得太后、陛下二圣在位执政，小心谨慎，墨守成规，仁恕之心闻名遐迩，一定没有对外用武的意思，自己可以肆无忌惮永不满足地去索求。对兰会地区的诸城，以及鄜延路的五寨，如果和平索求得不到，就一定会接着利用威势胁迫。这样在猖狂肆虐之后，所求的就没有得不到的。对方的计策不过如此而已。今日真的听说朝廷已向诸路下发诏令，命令加强守卫，要仔细分辨逆顺曲直的实际情况，这些固然是当今迫切的问题，但在诏书之中，却也准许夏人改过自新。臣深深感到，我朝这样愿和的态度，是表现地太轻率，接受对方的议和意见太快，还没有经过一次战斗，我朝厌兵欲和的意向已表现于外，这是又重走了以前走过的道路。臣为此感到十分痛惜。现在对方已经得知我朝取得了活捉鬼章的大捷，那么一旦有求和之请，必定会有恭敬狂妄相半的言词，而接着就是没有满足的索求。如果朝廷再接纳他们的求和使者，那么要战要和，其主动权都在对方那里，使对方有求必得，得不到就一定会反叛。我朝这样做虽得一时安定，却必将产生无穷的祸患。因此，臣希望明主自己做出决定，严肃诏令大臣，密下敕令给各个将领，告诫他们如果西夏人求和，应该接受他们的意见，而遣回他们的使者，然后再明确下令给边臣，让他们知道西夏人知恩不报，无故制造事端，今日即使请和，也难保不再反叛。如果真的回心转意归服我朝，应当与边臣商议处理。如果从他们的言语看他们的内心并未完全屈服，相互约束也不十分坚定明确，那么就姑且却退他们，以表明我方虽然不反对他们议和的善意，但也不急于求和。对方如果心服而前来，我方即使不接纳他们的议和使者，也一定不会在往返商议的时候马上就再进犯我边区。如果他们内心不服，即使我朝坦荡开怀，待他们像以前一样好，能保证其不反叛吗？今年侵犯我泾原边区，难道是我们待他们不好的原因吗?只要让我们的兵士都得到训练,让人们都吃饱肚子,严密边区戒备,使虏人得不到什么大的收获,这不过几年,他们自然困迫。虽然我朝今日费了小功,后日必定会边防坚固。这就是臣所说的当今对待敌人的主要策略,也是贤明的君主不能不知道的事情。

今日朝廷之意务在使百姓休息,不害怕委屈自己,但臣的上言却要为难他们的乞和请求,不急于议和,这似乎与圣上的意思相矛盾。然而古代的圣贤之君要实现他的想法,一定要参用别人的意见才能成功,未尝有完全按照自己的想法而去独断专行的。将要收缩,必先伸张;将要夺取,必先给予。独断专行,就是不懂得这个道理的做法。如果对此事权衡利害,探究所要达到的目的,那么臣的浅薄之见,对于安边息民来说,一定持久而稳固,这一点与圣上的意思没有任何不同。但是臣预料朝廷中间,有人好像要把怕事当作无事,臣以为这是错误的。作为治理国家的人,不能够随意生事,也不能够怕事,怕事的恶果与生事均等。就好像无病而服药,与有病而不服药,都可以致人于死。生事,就是无病而服药。怕事,就是有病而不服药。先前阿里骨请求册封,人人都知道不该册封他,而朝廷却册封了他,以希望从此无事,但事情发生以致到了如此地步,这不是和有病而不服药差不多吗?现在又要很快接纳夏人的使者,就等于病未除而药先止,这二者又有什么差别?臣在侍从官当中,受恩最深,关于委曲保全自身方面的考虑唯独与众人不同,所以敢越出本职范围先行言事,不胜万分恐惧,等待罪罚。请裁决。

乞诏边吏无进取及论鬼章事宜札子

元祐二年九月二十七日,翰林学士、朝奉郎、知制诰兼侍读苏轼札子奏。臣闻善用兵者,先服其心,次屈其力,则兵易解而功易成。若不服其心,惟力是恃,则战胜而寇愈深,况不胜乎?功成而兵不解，况不成乎？

顷者西方用兵累年，先帝之意本在吊伐，而贪功生事之臣惟务杀人争地，得尺寸之土，不问利害先筑城堡，置州县，使西夷憎畏中国，以谓朝廷专欲得地，非尽灭我族类不止，是以并力致死，莫有服者。今虽朝廷好生恶杀，不务远略，而此心未信；憎畏未衰，心既不服，惟有斗力，力屈情见，胜负未可知也。今日新获鬼章，威震戎狄，边臣贾勇，争欲立功，以为河南之地指顾可得。正使得之，不免筑城堡，屯兵置吏，积粟而守之，则中国何时息肩乎！乃者王韶取熙河，全师独克，使韶有远虑，诛其叛者，易以忠顺，即用其豪酋而已，则今复何事？其所以兵连祸结罢弊中国者，以郡县其地故也。往者既不可悔，而来者又不以为戒，今又欲取讲主城，曰："此要害地，不可不取。"方唐盛时，安西都护去长安万里，若论要害，自此以西无不可取者。使诸羌知中国有进取不已之意，则寇愈深而兵不解，其祸岂可量哉？臣愿陛下深诏边吏，叛则讨之，服则安之，自今已往无取尺寸之地，无焚庐舍，无杀老弱。如此期年，诸羌可传檄而定。然朝廷至意亦自难喻，将帅未必从也，虽日行文书，终恐无益。宜驿召陕西转运使一员赴阙，面敕戒之，使归以喻将帅，而察其不如诏者。

臣又窃闻朝论谓鬼章犯顺，罪当诛死。然譬之鸟兽，不足深责，其子孙部族犹足以陆梁于边。全其首领，以累其心，以为重质，庶获其用，此实当今之良策。然臣窃料鬼章凶豪素贵，老病垂死，必不能甘于困辱，为久生之计。自知生存终不得归，徒使其臣子首鼠顾忌，不敢复雠，必将不食求死，以发其众之怒。就使不然，老病愁愤，自非久生之道。鬼章若死，则其臣子专意复雠，必与阿里骨合，而北交于夏人，此正胡越同舟遇风之势，其交必坚。而温溪心介于阿里骨、夏人之间，地狭力弱，其势必危。若见并而吾不能救，使二寇合三面以窥熙河，则其患未可以一二数也。如臣愚计，可诏边臣与鬼章约，若能使其部族讨阿里骨而纳赵纯忠者，当放汝生还，质之天地，示以必信。鬼章若从，则稍富贵之，使招其信臣而喻至意焉。鬼章既有生还之望，不为求死之计，其众必从。以鬼章之众与温溪心合而讨阿里骨，其势必克。既克而纳纯忠，虽放还鬼章，可以无患，此必然之势也。西羌本与夏人世仇，而鬼章本与阿里骨不协，若许以生还，其众必相攻，纵未能诛阿里骨，亦足以使二盗相疑而不合也。昔太史慈与孙策战，几杀策，策后得慈释不诛，放还豫章，卒立奇功。李愬得吴元济将李祐，解缚用之，与同卧起，卒擒元济。非豪杰名将不能行此度外事也。议者或谓鬼章之获，兼用近界酋豪力战而得之，仇怨已深，若放生还，此等必无全理。臣以谓不然，若鬼章死于中国，其众雠此等必深。若其生还，其雠之亦浅。此等依中国为援，足以自全。自古西羌之患，惟恐解仇结盟。若所在为雠敌，正中国之利，无可疑者。臣出位言事，不胜恐悚待罪之至。取进止。

【译文】元祐二年九月二十七日，翰林学士、朝奉郎、知制诰兼侍读苏轼写札子陈奏。臣听说善于用兵者，首先是降服其心，其次是屈服其力，这样战事易解而战功易成。如果不服其心，只依恃武力，那么战胜了之后与敌方的仇怨会更深，何况不能取胜呢？立了战功而战事不解，何况没立战功呢？

前时西部边境连年用兵，按先帝的意思，本来只是因抚慰百姓而讨伐暴君，但贪功生事的臣僚只务求杀人争地，得到了尺寸土地之后，不考虑利害关系，就首先建筑城堡，设置州县，使得西边部族憎恨害怕我们宋朝，认为我朝专门是要夺得土地，不全部消灭他们的种族就不会罢休，因而他们集中全力拼死抗战，没有顺服我朝的人。今日朝廷虽然主张和平，反对战争，不谋求远地经略，但对方对此并不相信。他们憎恨害怕的心理并未减消。他们人心不服，就只有斗力，这样他们用尽全部的力量，散发出全部的怨恨，那么双方的胜负成败就难以预测。今日我军刚捉获鬼章，威震戎狄，边臣要争强好胜，争着要立战功，以为黄河上游以南之地，指盼可得。假使占有了这些地区，就免不了要构筑城堡，屯兵置吏，储积粮食以备戍守，这样我朝何时能得到休息呢？过去王韶攻取熙河，自己的军队一举得胜。假使王韶有远大考虑，杀掉反叛者，接纳忠顺者，任用其豪酋为首领，那么今天又会有什么事呢？西方之所以兵连祸结，使我朝疲敝不堪，就是由于在攻取地区列置州县的缘故。过去的事已经不可追悔，而后来者又不以此为戒，今日却又要攻取讲主城，称道："这是要害之地，不能不攻取。"当唐朝兴盛的时候，安西都护府离长安有万里之遥，如果要论要害，那么安西都护府以西的地区没有不应该攻取的。假使诸羌部族知道我朝有不休止进攻的意图，就会战事愈烈而战斗不息，由此导致的灾难难道可以估量吗？臣希望陛下从严下诏给边区官吏，对反叛者就加以讨伐，对顺服者就加以安抚，自今以后，不得攻取尺寸之土，不得焚坏庐舍，不得斩杀老弱。这样实行一年，在诸羌地区就可得到相互称颂，从而实现这些地区的稳定。然而朝廷的良好意图，自身也难以宣布，将帅也不一定完全服从，即使每天下达文书，最终还害怕无所收益。应该通过驿传召一员陕西转运使到朝廷里来，当面命令告诫他，让他回去后把这个精神告喻将帅，并督察不依照诏令执行的人。

臣又听说朝廷中议论，认为鬼章无故反叛，罪该杀掉。然而就像鸟兽一样，不能够重加处罚，因为他的子孙部族，仍然可以在边区放肆为虐。保全他们首领的性命，以牵住他们的心，把他们的重要首领押为人质，以求得利用他们，这实在是当今的良策。然而，臣料想鬼章是恶凶大豪素为高贵的人，在年老多病行将死去的情况下，一定不会甘受困迫侮辱，而去图谋如何长生的计划。他自知活着的时候是回不去了，这样只会使得他的臣子前后顾忌，不敢向我朝复仇，因此，他必将绝食求死，以激起他的民众对我朝的怨愤。即使他不这样做，那么从他老病愁愤的情况看来，自然也没有长寿的道理。鬼章如若死去，他的臣子就会专意复仇，他们一定也会与阿里骨联合，北边再与夏人结交，这正像胡人越人同舟遇到大风时的形势，他们的结合一定十分牢固。在这种情况下，介于阿里骨与夏人之间的温溪心，地狭力弱，其局势必然危险。如果看见他们对温溪心加以兼并而我朝又不能相救的话，就使得鬼章部、阿里骨部两支力量集合这三面的力量共同对我熙河地区构成威胁，如此发展下去，其祸患就不是一二所能数的清的。按臣的愚见，可以下诏边臣与鬼章约定，如果他能指使他的部族讨伐阿里骨并捉拿到赵纯忠，就放他生还，要向天地发誓，以表示我方一定守信。鬼章如果听从，就赐物封官，使他稍感富贵，之后就让他招来他的信臣，传达他的意思，这样鬼章既有生还的希望，也使他不再为求死而图谋，他的部下也一定服从他的意见。以鬼章部与温溪心部合起来的力量去讨伐阿里骨，其形势决定必然取胜。战胜了之后捉拿了赵纯忠，这样即使放还了鬼章，也可以保证没有边患，这是必然的道理。西羌部族本来就与西夏是世仇，而鬼章本来也与阿里骨有矛盾，如果准许鬼章生还，他们之间一定会互相攻打，这样即使未能杀掉阿里骨，也足以使西夏、阿里骨两方相互猜疑而不致于联合。过去太史慈与孙策相战，太史慈几乎要杀掉孙策，但后来孙策捉到了太史慈，却释放了他而没有杀他，又把他放回豫章，最终太史慈为孙策立了奇功。李愬捉获吴元济的将领李祐之后，解绑任用他，与他同睡同起，最后终于俘虏了吴元济。不是豪杰名将不能做出这些想不到的事。有人提议认为，俘虏鬼章也得到了近边界地区其他部族酋豪的鼎力配合，他们与鬼章的仇怨也由此加深，如果放鬼章生还，这些人的性命也无安全保证。臣却认为不是这样。如果鬼章死在中国，他的部众的仇怨必然深。如果将其放还，他们的仇怨也浅。他们依靠我朝为后方之援，足以自我保全。自古以来西羌地区的祸患，只是担心他们相互解仇结盟。若他们之间互为仇敌，正适合中原王朝的利益，这是无可疑问的。臣越职言事，不胜万分恐惧，等待罪罚。请裁决。

乞约鬼章讨阿里骨札子

元祐二年十月七日，翰林学士、朝奉郎、知制诰兼侍读苏轼札子奏。臣近者窃见刘舜卿贺表，具言阿里骨罪状，又窃闻舜卿乞削阿里骨官爵，续又闻阿里骨上章请命，议者或欲许其自新。以臣愚虑，二者之说皆未为得。何者？阿里骨凶狡反覆，必无革面洗心之理。今闻其女已嫁梁乞逋之子，度其久远，必须协力致死，共为边患。今来上章请命，盖是部族新破，众叛亲离，恐吾乘胜致讨，力未能支，故匿情忍诟，以就大事。若得休息数年，蓄力养锐，假吾爵命以威胁诸羌，诛不附己者，羽翼既成，西北相应，必为中原之忧，非独一方之病也。且夏贼逆天犯顺，本因轻料朝廷，以为必不能讨己。今若便从阿里骨之请，则其所料良不为过。西蕃小丑，朝为叛逆，暮许通和，则夏国之请理无不许。二寇滔天自若，欲战欲和无不可者，则西方之忧无时而止矣。然遂欲纵舜卿之请，削夺官爵，即须发兵深入致讨。彼新丧大首领，举国戒惧，我师深入苟无它奇，恐难以得志。臣愚以谓当使边将发厚币，遣辩士，以离其腹心，坏其羽翼。今闻温溪心等诸族已为所质，势未能动。而心牟钦毡在其肘腋，迹同而心异。若用臣前计，使边臣与鬼章约，若能使其部族与温溪心、钦毡等合而讨阿里骨，纳赵纯忠，即许以生还，此政所谓以夷狄攻夷狄，计无出此者。若朝廷便许阿里骨通和，即须推示赤心，待之如旧，不可复用计谋以图此贼，数年之后必自飞扬，此所谓养虎自遗患者也。故臣愿朝廷既不纳其通和之请，又不削夺其官爵，存而勿论，置之度外，阴使边臣以计图之，似为得策。臣屡渎天听，罪当诛死。取进止。

【译文】元祐二年十月初七，翰林学士、朝奉郎、知制诰兼侍读苏轼写札子陈奏。臣近来看到刘舜卿所上的贺表，其中都是陈述阿里骨的罪状，又听说刘舜卿请求削夺阿里骨的官爵，接着还听说阿里骨上章请求和解从命，有人就提议要准许他改过自新，以臣的愚见，以上两种说法都不妥当。为什么呢？阿里骨凶狠狡猾反复无常，一定没有能使他完全回心转意的道理。现在听说他的女儿已嫁给了梁乞逋的儿子，考虑到在以后的长时期内，他们一定会永久联合，共同制造边区事端。今日他之所以上章请和，大概是因为他的部族刚刚遭受破败，众叛亲离，担心我朝会乘胜讨伐，使他们的力量不能支持，因而隐瞒真情，忍受屈辱，向我方求和，以便将来成就大事。如果他们能够有机会休息数年，养精蓄锐，再假借我朝册封的爵命以威胁诸羌部族，杀掉不顺从自己的人，这样他们的羽翼已经形成，西北边区的其他部族也纷纷相应，一定会造成牵连中原地区的忧患，而不单单是骚扰一方的问题。况且西夏贼人逆天犯顺，本来就是因为他们轻贱料定我方朝廷，以为我方朝廷一定不会讨伐他们。今日如果轻易答应阿里骨的乞和请求，那么西夏人的料定，真不是过分的。这样的西蕃小丑，早上叛逆我朝，晚上就准许他通和，那么西夏之国的乞和请求，就没有不准许的道理。这两个敌对力量有弥天之罪却安然自若，他们要战要和，就没有不可以做的。这样，西部边区的忧患就没有休止的时候。如果要采纳刘舜卿的建议，削夺阿里骨的官爵，就需要发兵深入进行讨伐。在彼方刚刚失去大首领、举国戒备的形势下，我军深入，如果不出现其它奇迹的话，恐怕难以取胜。臣愚见以为，应当令边将多发放些钱币，派遣能言善辩之士，以离间对方的腹心之人，破坏他们的羽翼之势。今听说温溪心等诸族已被阿里骨押了人质，形势牵制他们不能有所举动。心俳敛毡之部切近于阿里骨，也与阿里骨表面上顺从而心有所异。如果能采纳臣前面的请求，使边臣与鬼章约定，若能指使他的部族与温溪心、敛毡等部族联合起来讨伐阿里骨，捉拿到赵纯忠，就准许他生还，这正是所说的以夷狄攻夷狄，除此之外，别无良策。如果朝廷轻率答应阿里骨通和，就需要拿出良心，待之如旧，不能再用计谋去企图消灭他们，这样几年之后他们一定会飞扬跋扈，这就是所谓的养虎却为自己留下后患。因此，臣希望朝廷既不接受他的通和请求，也不削夺他的官爵，把此事放在那里不考虑，置之度外，另一方面在暗里指使边臣设法征服他们，这似乎是找到了上策。臣屡次上言轻慢圣上，罪当杀头。请裁决。

参定叶祖洽廷试策状二首

元祐二年十月二十一日，翰林学士、朝奉郎、知制诰兼侍读苏轼同苏辙、刘攽状奏。准元祐二年十月十一日尚书省札子节文：“臣寮上言：近闻兵部郎中叶祖洽改礼部郎中，给事中赵君锡封驳以为不当，兼论祖洽廷试对策有讪及宗庙之语。臣愚今详君锡所驳，极未为允。臣取祖洽印本试策寻究，即无讥讪之言，不知君锡何以见其讥讪也。伏望陛下令君锡条具祖洽讥讪之言，下近臣参定，以明枉直，庶使策试之士、谋议之臣，悉心不回，毋悼后害。三省同奉圣旨，令翰林学士、中书人、谏议大夫同共参定闻奏者。”右臣等窃谓先帝亲策贡士，本欲人人尽言，无所回忌。士之论事必欲究极始末，其语或及祖宗。事有是非义难隐讳，但当考其所言当否，以为进退，不可一一指为谤讪。取到叶祖洽所试策卷子看详，其略云：“祖宗以来至于今，纪纲法度苟简因循而不举者，诚不为少。”又云：“与忠智豪杰之臣合谋，而鼎新之。”臣等以谓祖宗拨乱反正，承平百年，纪纲法度最为明备，纵使时异事变，理合小有损益，亦不当谓之因循苟简，便欲朝廷与大臣合谋而鼎新之。详此，显是祖洽学术浅暗，议论乖缪。若谓之讥讪宗庙，则亦不可。谨录奏闻，伏候敕旨。

贴黄：臣等准朝旨，与谏议大夫同共参定闻奏。今据左谏议大夫孔文仲牒，已别状奏陈，更不连书。

又贴黄：叶祖洽及第日，臣轼系编排官，曾奏乞行黜落。今已具事实别状奏闻去讫。

【译文】元祐二年十月二十一日，翰林学士、朝奉郎、知制诰兼侍读苏轼与苏辙、刘分文一同写状陈奏。依据元祐二年十一日尚书省札子的有关节文：“臣僚上奏，近来听说兵部郎中叶祖洽改授礼部郎中，给事中赵君锡封驳认为不妥，并指责他在殿试对策中，有毁谤宗庙的语句。臣愚拙今考察得知赵君锡的指责，极为不当。臣取来叶祖洽殿试对策的印本进行考究，却没有发现毁谤的言词，不知道赵君锡怎么看到他毁谤的言论。恭望陛下令君锡把祖洽的毁谤言论条列出来，下发给近臣参议考定，以弄清是非曲直，也使得参加策试的人士，参与谋议的大臣，能够专心致志，无后顾之忧。三省同奉圣旨，令翰林学士、中书舍人、谏议大夫对此事共同进行参议定夺，把意见上奏。”下臣等人认为，先帝亲自策试贡送礼部的举人，本来就是要让人人都说出自己想说的话，不要有所回避忌讳。士人上言论事，一定要首先探究有关事情的本末问题，其语言或许要涉及到先朝祖宗。事情有是有非，从道理上讲也难以隐讳不谈，只应当考察他所说的是对还是错，以此作为进退他的标准，而不能够一字一句加以苛求，指斥为毁谤朝廷。我取来叶祖洽策试的卷子进行考究，其中大致说：“自祖宗以来直到今天，国家的有关纪纲法度苟且简略、因循守旧而不完备的，的确为数不少。”其中又说：“与忠智豪杰的大臣合谋，对旧制加以革新。”下臣等人以为，祖宗拨乱反正，使百年太平，有关纪纲法度最为详明完备，纵使时势变化，理当稍有增补调整，也不该说是因循守旧、苟且简略，轻率地提出要与朝中大臣合谋进行革故鼎新。细考此言，明显知道叶祖洽学识粗浅，议论不当，但若说他毁谤宗庙，也是不可以的。谨撰此状，陈奏陛下，恭候敕旨。

补言：臣等人依照朝廷旨意，与谏议大夫共同参议考定此事，然后再把意见上报。现据左谏议大夫孔文仲的牒文得知，此事已另外写状陈奏，因而这里就不再接着撰写状文。

再补言：叶祖洽及第之日，臣苏轼任编排官，当时曾上奏请求加以贬黜。现已将事实真相另外写状文奏陈上去。

元祐二年十月二十二日，翰林学士、朝奉郎、知制诰兼侍读苏轼状奏。右臣近奉圣旨，参定叶祖洽所试策。臣已与刘攽等定夺奏闻去讫。臣今看详元降臣寮上言有云：“凡在朝廷大臣，率多当时考试之官。信有此语，安敢擢在第一？”臣等今来定夺得叶祖洽显是学术浅暗，议论乖谬。缘祖洽及第时，臣系编排官，据初考官吕惠卿等定祖洽为第三等中，合在甲科，覆考官宋敏求等定祖洽为第五等中，合是黜落。臣曾具事由闻奏，乞行黜落。兼据祖洽元试策卷子云“祖宗以来至于今，纪纲法度因循苟简而不举者，诚为不少。”今来祖洽上章自辩，却减落上件言语，只云“祖宗已来至于今，纪纲制度，比之前古亦有因循未举之处。”显见祖洽心知“苟简”之语为不可，故行减落。谨录奏闻，伏候敕旨。

【译文】元祐二年十月二十二日，翰林学士、朝奉郎、知制诰兼侍读苏轼写状陈奏。臣近日承蒙圣旨，参议考定关于叶祖洽的试策问题。有关意见，臣已与刘攽等人决定之后奏陈上去。

臣今细察，原下发的臣僚奏议中有说：“凡目前在朝廷任职的大臣，大多是当时考试时的主考官。果然有这句话，又怎么敢被提拔在第一的位置？”臣等人近日经考定得知，叶祖洽明显是学识粗浅，议论不当。因为祖洽及第的时候，臣是担任编排官，根据初考官吕惠卿等人所定，祖洽为第三等中级，应该归于甲科，复考官宋敏求等人定祖洽为第五等中级，应该被贬黜。臣曾经把事情的原因写明陈奏，请求贬黜处罚。另外，据祖洽原试策论的卷子说：“自祖宗以来直到今天，国家的有关纪纲法度因循守旧、苟且简略而不完备的，的确为数不少。”祖洽又上章为自己辩解，却减省了这句话中的一些词，只说：“自祖宗以来直到今天，国家的有关纪纲法度，与前古相比，也有因循守旧不完备的地方。”这明显说明叶祖洽内心已知道“苟且简略”一词不能使用，所以省去了。谨抄录奏上，恭候敕旨。

大雪乞省试展限兼乞御试不分初覆考札子

元祐三年正月□日，翰林学士、朝奉郎、知制诰兼侍读苏轼札子奏。臣窃见近者大雪方数千里，道路艰塞，四方举人赴省试者，三分中未有二分到阙，朝廷虽议展限，然迫于三月放榜，所展日数不多。至时，若隔下三五百人赴试不及，即恐孤寒举人转见失所，亦非朝廷急才喜士之意。欲乞自今日已往，要展半月方始差官，仍令礼部疾速雕印，出榜晓示旁近州郡，但未试以前到者，并许投保引试。若虑放榜迟延，恐趁三月内不及，即乞省试添差小试官十人，却促限五七日出榜。臣又窃见自来御试差官，分为初考、覆考、编排、详定四处，日限既迫，考官又少，以此多不暇精详。又缘初、覆考官不敢候卷子齐足方定等第，只是逐旋据誊录所关到卷子三十五十卷，便定等第，以此前后不相照，所定高下或寄于幸与不幸，深为不便。不若只依南省条式，聚众考官为一处，通用日限，候卷子齐足，众人共定其等第，不惟精详寡失，又御试放榜亦可以速了。臣窃意祖宗之法，所以分考官为四处者，盖是当时未有封弥誊录，故须分别以防弊幸。今来既有封弥誊录，纵欲循私，其势无由。若只依南省条格，委无妨碍，乞赐详酌指挥。取进止。

【译文】元祐三年正月某日，翰林学士、朝奉郎、知制诰兼侍读苏轼写札子陈奏。臣看到近日天降大雪，方圆数千里的范围之内，道路难走、阻塞，四面八方赶赴京师参加礼部考试的举人中，到达京师的还没有三分之二，朝廷虽然讨论把考试延期举行，但由于三月，放榜公布的日期迫近，所推延的天数不多，到时候如果隔下三五百人不能参加考试，就恐怕孤寒的举人会流离失所，也不符合朝廷急于求才、喜欢士人的本意。请求自今日以后算起，推迟半月时间再开始差官主试，并令礼部快速雕印文告，出榜公布让附近州郡知道此事，凡是在考期以前先行到达者，都准许在有投保的情况下另外进行考试。如果担心发榜日期推迟，恐怕来不及在三月之内出榜，就请求在礼部主持省试时，再增加小试官十人，催促他们要在五七天之内出榜公布考试结果。臣又看到，皇帝主持的御试所差派的官员，分为初考、复考、编排、详定四个地方，由于考期迫近，主考官又少，这样大多数事情就没时间仔细办理。又因为初考、复考官不敢等到卷子全部交齐之后再去审定等级，只是根据誊录所陆续交到的三十五十份卷子分批定等，因此前后标准不一致，所定等级的高下有的宽有的严，十分不合事理。不如只依照尚书省所定条式，把所有主考官集中在一个地方，统一限定日期，等卷子全部交齐之后，再由众官共同审定等级，这样不仅审定仔细，很少失误，而且之后的皇帝御试出榜公布结果，也可以很快办妥。臣觉得祖宗时期的制度，之所以要把主考官分为四个地方，大概是因为当时没有实行密封、誊录的制度，因而需要把考官分别安排在不同的地方，以防止舞弊现象的发生。现今已经实行了密封、誊录制度，这样即使想徇私舞弊，也找不到可乘之机。如果依照尚书省的条例实行，的确没有什么妨碍的地方，就请求赐发指令对此加以认真讨论。请裁决。

大雪论差役不便札子

元祐三年二月九日，翰林学士、朝奉郎、知制诰兼侍读苏轼札子奏。臣伏见陛下发德音，下明诏，以大雪过常，暖气不敷，农夫失业，商旅不行，引咎在躬。涣汗之泽，覃及方外，而诏下之夕，雪作不已。臣备位近侍，诚窃感愤，废食而叹。退伏思念陛下即位以来，发政施仁，无一不合人心顺天意者，当获丰年刑措之报，凤凰景星之瑞，而水旱作沴，常寒为罚，殆无虚日，此岂理之当然者哉？臣诚愚蠢，不识忌讳，试论其近似者，而陛下择焉。臣闻差役之法，天下以为未便，独台谏官数人者主其议，以为不可改，磨砺四顾以待言者，故人畏之而不敢发耳。近闻疏远小臣张行者力言其弊，而谏官韩川深诋之，至欲重行编窜。此等亦无他意。方司马光在时，则欲希合光意，及其既没，则妄意陛下以为主光之言。殊不知光至诚尽公，本不求人希合，而陛下虚心无我，亦岂有所主哉？使光无恙至今，见其法稍弊，则更之久矣。臣每见吕公著、安焘、吕大防、范纯仁，皆言差役不便，但为已行之令，不欲轻变，兼恐台谏纷争，卒难调和。愿陛下问公著等，令指陈差雇二法各有若干利害，昔日雇役中等人户岁出钱几何，今者差役岁费钱几何，及几年一次差役，皆可以折长补短，约见其数，以此计算，利害灼然。而况农民在官，贪吏狡胥百端蚕食，比之雇人苦乐十倍。又五路百姓，例皆朴拙，差充手分须至转雇惯习人，尤为患苦，其费不赀，民穷无告，监司守令观望不言。若非此一事，则何以感伤阴阳之和，至于如此？虽责躬肆眚，彻膳祷祠，而此事不变，终恐无益。今侍从之中，受恩至深，无如小臣，臣而不言，谁当言者？然臣前岁因详定役法，与台谏异论，遂为其徒所疾，屡遭口语。今来所言，若不合圣意，即乞便行责降，以戒妄言。若万一稍有可采，即乞留中，只作圣意行下。庶几上答天戒，下全小臣。不胜恐栗待罪之至。取进止。

【译文】元祐三年二月初九，翰林学士、朝奉郎、知制诰兼侍读苏轼写札陈奏。臣看到陛下下发德音，发明诏，因为天降超常大雪，造成暖气供应不上，农民没法劳动，商旅没法经商，而自己引咎自责，如此为天下之忧的德泽，惠及远方地区，然而诏令下发的当天晚上，大雪仍下个不停。臣备位于近朝侍从官行列，实在对上天感到怨愤，为此吃不进去饭，为此而叹息。退朝之后独自思念，觉得陛下自从即位以来，发布政令，实施仁教，没有一点不合人心不顺天意的地方，应获得丰年和刑罚不用的回报，应获得凤凰双至、星显日光的瑞气，但上天所降下的水旱灾害、长期大雪的处罚，几乎不隔天日，这难道是道理应当如此的吗？臣实在愚蠢，不知道该忌讳的事，所以试探讨一些与此相关的问题，供陛下参考抉择。臣听说关于差役之法，天下人都认为不够合理，而唯独台谏官的几个人持此意见，认为差役法不能改变，他们固执己见而四处观望，以等待人们上言陈奏，因此人们都感到害怕而不敢说出自己的话。近日听说有一个地位疏远的小臣叫张行的人，极力上言指陈差役法的弊端，但谏官韩川却大力诋毁他，甚至要对他重加贬逐。这些人这样做其实也没有其他别的用意。当司马光在世的时候，他们要迎合司马光的思想，等到司马光逝世，他们就妄加猜度陛下完全赞同司马的意见。殊不知司马光为人至诚大公，本来不求得别人迎合自己，而陛下虚心自谦，不自我独断，又怎么完全赞同某一个人的意见呢？假使司马光能活到今天，看到他主张推行的法制出现了弊端，就早已加以改变了。臣每每见到吕公著、安焘、吕大防、范纯仁他们，都上言指陈差役法的不合理之处，只是由于这项政令已经推行，而不主张轻易改变，再者也担心台谏官为此产生矛盾，导致最后出现难以调和的局面。希望陛下向吕公著等人询问，让他们陈列差役、雇役二法各有那些利害方面，过去实施雇役法的时候，中等人户每年出钱多少，今日实行差役法后，每年支出钱多少，以及几年实行一次差役，这些问题都可以通过相互参照，取长补短，大略得知其数目，通过这样的计算比较，两法的利害方面就很明显地看出来了。更何况，差役法使得农民必须定期为官府所役使，贪猾的官吏，对百姓又百般蚕食，这与雇人充役法相比，苦乐相差十倍。另外还有，行差役法的五路百姓，差不多都是朴实粗拙之人，被差充的人需要把这项差役工作再转雇给其他习惯于这项工作的人去干，这尤其给原差充人带来忧患和痛苦，有关费用他们无力支出，百姓因此穷困却没有可告的地方，地方的监司守令官对这种情况也只观望而不上报。若不是这件事，那么何以会感应伤害到天地阴阳的和气，而达到如此长时间下大雪的地步呢？虽然陛下自责简处，减省膳食，入祠祈祷，但只要在这件事情上没有好转，最终恐怕也没有补益。今日的侍从官当中，接受恩德最深的，没有比得上臣了，臣如果不上言谈论此事，还有谁应当谈论？然而臣前年因讨论商定役法事情，曾与台谏官发生争议，于是被他们那些人所疾恨，屡次遭到他们的口头非议。那么今日的言论，如果不符合圣上的意思，就请求对我立即加以责罚，以惩戒我口出狂言。如果万一我的言论稍有可采的地方，就请求保留在朝廷之中，以后只作为圣上的意思发下执行。这样做，就是希望对上能回报上天的告诫，使上天不再降灾惩罚我们，对下能保全小臣的性命。不胜万分恐惧发抖，等待对我的罪罚。请裁决。

贡院札子四首

奏巡铺郑永崇举觉不当乞差晓事使臣交替

元祐三年二月□日，翰林学士、朝奉郎、知制诰苏轼同孙觉、孔文仲札子奏。贡院今月三日，据巡铺官郑永崇领押到进士王太初、王博雅，称是传义。问得举人，各称被巡铺官诬执。寻令巡铺官宣德郎王厚将逐人卷子与众官点对，得逐人试卷内有一十九字同，即不成片段。本院检准条贯，惟经学不许传义，口授者同，至于进士，须是怀挟代笔，方令扶出。今来逐人试卷，点对得只有一十九字偶同，别无违碍，显是巡铺官郑永崇举觉不当。兼两日内巡铺内臣屡将暧昧单词，令本院扶出举人，本院未敢施行。见奏取旨，及有巡铺所手分杨观作过，本院依法区分。其巡铺内臣并来帘前告属，坚要放免，本院亦不敢依随，以此挟恨罗织举人，必欲求胜。今来进士尚有两甲，诸科尚有一十五场未曾引试，若信令巡铺官内臣挟情罗织，即举人无由存济。欲望圣慈速赐指挥，或且勾回石君召、郑永崇两人，却差晓事使臣交替，所贵不致非理生事。取进止。

【译文】元祐三年二月某日，翰林学士、朝奉郎、知制诰苏轼与孙觉、孔文仲一同写札子陈奏。贡院于本月初三，由巡铺官郑永崇领来被押送的进士王太初、王博雅二人，据称是由于他们考试时私自传抄考试内容作弊。后来又询问举人有关情况，他们各自都称此二人是被巡铺官误判为作弊而执出考场。不久，又令巡铺官王厚将各人的卷子交给众官比照，查得两人的试卷有十九个字相同，也不是同一个片段的文字。本院参考条例规定，只有经学考试不准许私自传抄有关内容，口头相传作弊都是禁止的，至于进士考试，必须是私自怀藏别人代写的东西作弊，才可以逐出考场。今日这两人的试卷，经对照后查知只有十九个字偶然相同，其他别无违犯纪律的地方，显然是巡铺官郑永崇检查失当。还有这两天之内，巡铺内臣屡次回报与试者相互传问词句的情况，请求本院逐出这些举人，本院都未敢这样做。看到奏文上陛下的批示意见，巡铺所管考场中有一杨观的人严重舞弊，本院已依法处理。有关的巡铺内臣都又来这里为他求情，坚持要释放他，赦免他的过失，本院也不敢依从，因此心怀不满罗织举人的罪状，一定争相求胜。目前进士尚有两批举还没入场，有关考试还有十五场还未曾举行，如果只任巡铺内臣凭私情罗织罪名，那么举人就没法考下去。希望圣上速赐指令，或者暂且招回石君召、郑永崇二人，改派熟悉这方面事情的使臣去顶替，以保证不再发生违背规章的事情。请裁决。

奏劾巡铺内臣陈慥

元祐三年二月□日，翰林学士、朝奉郎、知制诰苏轼同孙觉、孔文仲札子奏。贡院今月三日，据巡铺官捉到怀挟进士共三人，依条扶出，逐次巡铺官并令兵士高声唱叫。至今月十一日扶出进士蒋立时，约有兵士三五十人齐声大叫。在院官吏公人，无不惊骇，在场举人亦皆恐悚不安。寻取到虎翼节级李及等状，称是巡铺内臣陈慥指挥。令众人唱叫。窃详朝廷取士之法，动以礼义举人，怀挟自有条法，而内臣陈慥乃敢号令众卒齐声唱叫，务欲摧辱举人以立威势，伤动士心，损坏国体，本院无由指约。伏望圣慈特赐行遣。取进止。

【译文】元祐三年二月某日，翰林学士、朝奉郎、知制诰苏轼与孙觉、孔文仲一同写札子陈奏。贡院于本月初三，由巡铺官抓到夹带资料进入考场的作弊进士共三人，都依照条例逐出考场，其他的巡铺官都一一命令他们的兵士为此高声叫喊。到本月十一日逐出进士蒋立的时候，大约有兵士三五十人都在齐声高喊。在贡院的官吏和其他服务人员，都无不为此而吃惊，在场的举人也都恐惧不安。接着拿到虎翼节级李及等人的状文，称说这是巡铺内臣陈慥所下的指令，让众人都高声喊叫。我私下里对照朝廷的取士之法，是经常注重用礼义来举荐士人，夹带舞弊自有处置条例，但巡铺内臣陈慥乃敢私自下令所有的兵卒齐声喊叫，一定要侮辱这些举人，以树立自己的威势，这样做伤害了士人的心，损坏了国家形象，本院对此无法处理。恭望圣上特赐指令加以处置，请裁决。

申明举人卢君修王灿

元祐三年二月□日，翰林学士、朝奉郎、知制诰苏轼同孙觉、孔文仲札子奏。贡院今月三日，据巡铺官押领到进士卢君修、王灿，称是传义。却问得举人，称是卢君修来就王灿问道，不知耿邓之洪烈，为复是“洪烈”，为复是“洪勋”。其王灿别无应对。当院看详，若将问字便作传义，未为允当。已一面且令逐人就试。乞早降指挥，合与不合，一例考校。取进止。

【译文】元祐三年二月某日，翰林学士、朝奉郎、知制诰苏轼与孙觉、孔文仲一同写札子陈奏。贡院于本月初三，由巡铺官抓到卢君修、王灿二人，说是由于他们二人私相传抄考试内容作弊。又向举人询问，听说是卢君修先向王灿发问，因他不知道耿邓为人洪烈的“洪烈”二字，是作“洪烈”，还是作“洪勋”。而王灿却没有回答他什么。本院经过认真分析，认为如果把问字就随便当作传抄舞弊来处理，并不妥当。当时已让他们二人暂且继续参加考试。请求早下指令，是否可以不将他们二人的试卷另做处理，而是与其他考生的试卷一样等同校阅。请裁决。

论特奏名

元祐三年二月二十九日，翰林学士、朝奉郎、知制诰苏轼同孙觉、孔文仲札子奏。臣等伏见从来天下之患无过官冗，人人能言其弊而不能去其害。惟往年韩琦、富弼等，独能裁减任子及展年磨勘。发议之初，士大夫相顾，莫敢以身当之者，以为必致谤议，而琦等不顾。既立成法，天下肃然，无一人非之者。何则？私欲不可以胜公议故也。流弊之极，至于今日，一官之阙率四五人守之，争夺纷纭，廉耻道尽。中材之官，阙远食贫，到官之后求取渔利，靡所不为，而民病矣。今日之弊，譬如羸病之人负千钧之重，纵未能分减，岂忍更添？臣等自入贡院，四方免解举人投状称，今来是龙飞榜，乞为敷奏法外推恩者不可胜数。臣等一切不行，兼不注，有经朝省下状蒙送下本院，亦只是坐条告示。近准圣旨，依逐举体例，下第举人各以举数特奏名，已约计四百五十人。今日又准尚书省札子取前来圣旨，特奏名外各递减一举人数。若依此数，则又添数百人。虽未知朝廷作何行遣，不当先事建言，但恐朝命已行，即论奏不及。臣等伏见恩榜得官之人布在州县，例皆垂老，别无进望，惟务黩货以为归计，贪冒不职，十人而九。朝廷所放恩榜几千人矣，何曾见一人能自奋励有闻于时！而残民败官者不可胜数。以此谓其无益有损，不言可知。今之议者不过谓即位之初，宜广恩泽，苟以悦此侥幸无厌数百人者。而不知吏部以有限之官待无穷之吏，户部以有限之财禄无用之人，而所至州县举罹其害。乃即位之初，有此过举，谓之恩泽，非臣所识也。伏乞断自圣意，明敕大臣，特奏名举人只依近日圣旨指挥，仍诏殿试考官精加考校，量以一二十人委有学问，词理优长者，即许出官，其余皆补文学、长史之类，不理选限，免使积弊之极增重不已。臣等非不知言出怨生，既忝近臣，理难缄默。取进止贴黄：臣觉见备员吏部，亲见其害。阙每一出，争者至一二十人，虽川、广、福建烟瘴之地，不问日月远近，惟欲争先注授。臣窃怪之，阴以访问。以为授官之后，即请雇钱，多者至五七十千，又既受远阙，许先借料钱，远者许借三月，又得四十余千。以贪婪无知之人，又以衰老到官之后，望其持廉奉法，尽公治民，不可得也。

【译文】元祐三年二月二十九日，翰林学士、朝奉郎、知制诰苏轼与孙觉、孔文仲一同写札子陈奏。下臣等人看到，历来天下的患难之事，不过是冗官问题。对此，人人能说出它的弊端，却不能消除它的危害。只有已往年岁韩琦、富弼等人，独自能裁减任子为官的数量，以及延长官员考查升迁的年限。他们创意之初，士大夫们相互观望，都不敢不顾自身的前途去积极支持这种意见，以为这样一定会招致人们的非议，但韩琦等人却不考虑这些。到他们制定出官职改革的成法之后，天下人对此都肃然起敬，没有一个人敢提出非议。为什么呢？因为个人的私见不可能战胜公众的意愿。冗官流弊至极，到了今天，一个官位空缺，差不多要有四五个人充填，他们为了权势而争夺不休，完全丧失了廉耻的标准。那些中等才识的小官，过去远离朝廷，生活简朴，而一旦他们求得高官之后，就豪夺渔利，无所不为，给百姓带来灾难。今日冗官弊病的情况，就好像病弱的人担负起千钧的重量，虽然说不能减轻，又怎么忍心再去加重呢？臣等人自从到贡院任职以来，四方免于官府发解的举人在投状中都称，现今实行的是龙飞榜，他们当中乞求上奏给予法外推恩的人，不可胜数。对此，臣等一概不予办理，其间有自行上请的人，若经朝廷官司下文送交本院的，也只是在这里申明告示。近来依准圣旨，按照各项选举条例，把不中第的举人按照各自参试的次数特予奏报姓名，已大略统计有四百五十人。今日又依准尚书省札子中提到参考以前圣旨规定，除了已定赐予奏名人外，再各递减一次应试次数奏报人数。如果按照这个计算数量，就又增加了数百人。虽然不知道朝廷为什么这样规定，不应当先行提出意见，但是担心朝廷的这项命令实行之后，再上奏论述就来不及。臣等看到，圣上推恩列于榜上并得到官职的人，遍布在地方州县，他们差不多都已衰老，没有上进之心，都只想着贪得财物，为以后告老回乡做打算，这其中贪财谋利不称职的人，占到十分之九。被朝廷列在推恩榜上的差不多有上千人了，何曾看到有一个人能自我发奋努力，闻名于时！他们当中，残害百姓、败坏官政的人不可胜数。由此说明它有害无益，这是不用再说就知道的。今日的议论者不过认为，圣上刚刚即位不久，应当大力推广恩泽，就姑且满足这有幸被推恩、索求不已的数百人的意愿，使他们高兴。但这样做，却不知道吏部要用有限的官额去安排无穷的官吏，户部要用有限的钱财去供养无用的人，这样地方的各个州县，都要深受其害。在圣上即位之初，就出现了这样的过失，还称说是推广恩泽，这不是臣等所能晓得的道理。这个问题请求圣上独自决断，明确下令给大臣，限定特与奏名的举人之数，只依照近日圣旨规定，并下诏给殿试主考官，让他们仔细审定，斟酌选取一二十人，其中的确有学问，文化水平突出者，即注授差遣官职，其余的人都与补授文学、长史之类的官衔，对他们不再立定入选差遣官的期限，以避免使冗官积弊的严重程度，再继续不断的恶化。臣等不是不知道言论一出会招来谤怨，但是既然占据了近臣的位置，从道理上也不应当缄默不言。请裁决。

补言：臣孙觉备员吏部官职，亲自看到冗官之害，每一出现官职缺额，争夺者就有一二十人，即使川、广、福建这些有烟瘴毒气的沿边地区，也不考虑行程的远近，就只想着争先注授任命。臣为此感到奇怪，就私下进行问询。后来得知，这些人授官之后，就申请索要行程雇钱，多者达到五七十贯，除授远地官者，还可以先借得路上生活所用的料钱，远的地区可以借用三个月的料钱，这样就又得到了四十余千贯的钱。任用的这些人，都是贪婪无知的人，再加上年老体衰到任之后，指望他们廉洁守法，尽公治民，那是不可能的。

省试放榜后札子三首

乞裁减巡铺兵士重赏

元祐三年三月□日，翰林学士、朝奉郎、知制诰苏轼同孙觉札子奏。臣等近奉敕权知贡举；窃谓朝廷待士之意，本于礼义而辅以文法，虽有怀挟、传义之禁，然事皆付之主司，终不以此多辱士类，亏损国体。近年缘练亨父为试官，非理凌忽举人，遂致喧竞，因此多差巡铺兵士，南省至一百人，诃察严细，如防盗贼，而恩赏至重，官员使臣减年磨勘，指射差遣诸色人支钱多至六百贯。若非理罗织，却无指定深重刑名。缘此小人贪功，希赏搜探，怀袖众证，以成其罪，其间不免冤滥。近者内臣石君召、郑永崇、陈慥非理搜捕，臣等已具论奏，寻蒙朝廷取问行遣讫。欲乞下有司立法裁减重赏及减定巡铺兵士人数，如非理罗织举人，即重行责罚，以称朝廷待士之意。取进止。

【译文】元祐三年三月某日，翰林学士、朝奉郎、知制诰苏轼与孙觉写札子陈奏。臣等人近来奉敕命为权知贡举官，我们认为朝廷对待士人的政策，是以礼义为本，而以法制相辅，虽然有考试不得夹带、传抄的禁令，但是发现有关问题都交付给有关部门去处理，最终也不会因此对士人有更多的侮辱，有损于国家朝廷的形象。近年以来，由于练亨父担任主考官，对应试举人进行无理凌辱，引起人们喧闹不止，于是又增派了巡铺兵士，尚书省达到一百人，他们督察严厉，就如同防范盗贼一样。另一方面，朝廷对他们的恩赏非常之重，官员使臣可以获得减年磨勘，他们指定差派各种人员所支出的钱多达六百贯。对应试人无理罗织罪名，却没有规定的重处刑罚。由于这些人贪图功利，为了获得奖赏而严加搜寻，不惜捏造证据，以构织应试人的罪名，其中不免有冤枉的事情发生。近来巡铺内臣石君召、郑永崇、陈愷无理搜捕应试人，臣等人已写明情况论奏，不久承蒙朝廷查问，此事已处理了结。还请求让有关部门对此事进行立法，裁减重赏条目，减少巡铺兵士的人数，如果无理罗织举人的罪名，就要重行责罚，以维护朝廷对待士人所应有的政策。请裁决。

乞不分经取士

元祐三年三月□日，翰林学士、朝奉郎、知制诰苏轼同孙觉札子奏。臣等近奉敕权知贡举，窃见自来条贯分经取士，既于逐经中纽定分数取人，或一经中合格者少，即取词理浅谬卷子以足其数，如合格者多，则虽优长亦须落下，显是弊法。将来兼用诗赋，不专经义。欲乞今后更不分经，专以工拙为去取。取进止。

【译文】元祐三年三月某日，翰林学士、朝奉郎、知制诰苏轼与孙觉写札子陈奏。臣等人近来奉承敕命权知贡举，我们看到，历来的条例都规定分经取士，既然是分别根据各经考试的成绩取用人才，那么如果一经考试合格的人少，就要降低标准取用词理水平粗浅的人，以保证满额，如果合格的人多，那么即使优秀者也要落榜，这显然是弊端的做法。将来兼用诗赋考试，不专一凭经义考试取人。请求以后不再采用分经考试的方式，专以成绩的高低作为取用标准。请裁决。

乞不分差经义诗赋试官

元祐三年三月□日，翰林学士、朝奉郎、知制诰苏轼同孙觉札子奏。臣等近奏，为将来科场既复诗赋，乞更不分经取人，已奉圣旨依奏。今来却见礼部新立条贯，将来科场如差试官三员者，以二员经义，一员词赋，两员者各差一员。臣等窃闻，既复诗赋与经义策论通考，举人尚不分经，而试官乃分而为二，甚无谓也。凡差试官，务在有词学者而已。若得其人，则治《易》及第不害其能问《春秋》，经义人官不害其能考诗赋。若不得人，虽用本科，不免乖错。须自声律变为经义，则诗赋之士便充试官，何曾别求经义及第之人然后取士？若必用本科各考所试，则经义、策论、诗、赋四场文理不同，亦须各差试官一人而后可。此本议者私忧过计，而有司不察，便为创立此条，使一试院中有两头项试官，自有科场以来，无此故事。自来试官，患在争竞不一，又分为两党。试经义者主虚浮之文，考试赋者主声病之学。纷纭争竞，理在不疑，举人闻之必兴词讼，为害如此，了无所益。今来朝廷既复诗赋，又立此条，深恐天下监司，妄意朝廷必欲用诗赋之人为试官，不问有无词学，一例差充。其间久离科场之人，或已废学。若用虚名差使，显不如经义及第有文之人。人之有材，何施不可？经义、诗赋等是文词，而议者便谓治经之人，不可使考诗赋，何其待天下士大夫之薄也。欲乞特赐指挥，今后差试官不拘曾应经义、诗赋举者，专务选择有词学人充，其礼部近日所立条贯更不施行。取进止。

【译文】元祐三年三月某日，翰林学士、朝奉郎、知制诰苏轼与孙觉写札子陈奏。臣等人近日上奏，因为将来科场已决定恢复诗赋考试，请求不再分经考试取人，已得到了圣旨的依准。后来又见到礼部新定条例，其中规定，将来科场考试如果差派三员主考官，就用二员学经义者，一员学词赋者，如果差派两员就各差一员掌管。我们认为，既然已恢复了诗赋与经义策论统考的制度，举人考试就不再分经进行，然而主考官却分而为二，十分不合理。凡选差主考官，务必是精通词学的人。如果选到合适的人才，那么他是修习《易》学及第也不影响他过问《春秋》经义，他虽然任官也不影响他再去主持诗赋考试。如果选不到合适的人才，即使用他的本经的人充任考官，也免不了办不成事。如果一定要把学声律改变为学经义，那么学诗赋的士人便可以充任考官，何需要另外找到经义及第的人为官才能取士！如果一定要用本科等级的人主管各场考试，那么由于经义、策论、诗、赋四类考场的文理性质不同，也需要各派一个主考官才可以。这本来是由于建议的人顾虑过多，而有关部门也不去认真研究，就随便为此创立了这样的条例，使得一个试院中有两类不同的主考官，自有科场考试以来，没有这样的旧例。在主考官当中，历来所担心的问题是他们因看法不一而争论不休，其中又分为两大对立派。主试经义者提倡虚浮的文章，主考诗赋者提倡注重字词声病的学问。他们相互争辩，各有其理，应试的举人听到后，一定也会起而辩论，产生这样的危害，最终也是没有好处的。今日朝廷既然已恢复了诗赋考试，却又定出这样的条例，真担心天下的监司官会妄自认为朝廷一定要任用学习诗赋的人担任主考官，不考虑他们有无词学水平，就一律差充为官。其中那些长久不参与科场考试的人，有的或许已废弃学业，如果只凭虚有等级差使，显然不如差派那些经义考试及第有文词水平的人。人只要具备才识，什么工作不可以干？经义、诗赋二者同样是文词之学，而建议者却认为学习经义的人，不能够派他去主考诗赋，以这种态度去对待天下士大夫是多么的苛刻。这里我请求特赐指令，规定以后差派主考官，不受曾经经义中举或诗赋中举的限制，只要有词学水平的人，都可选用差充，有关礼部近日所制定的条例，以后不再执行。请裁决。

御试札子二首

奏乞御试放榜馆职皆侍殿上

元祐三年三月□日，翰林学士、朝奉郎、知制诰苏轼同孙觉札子奏。臣等近奉敕权知贡举，窃见自来御试放榜日，馆职皆在殿上祇候，乃是祖宗旧法，以彰王国多士之美。熙宁中，因阁门偶失检举，不令上殿，自此遂为定制。欲乞检会治平以前故事施行。取进止。

【译文】元祐三年三月某日，翰林学士、朝奉郎、知制诰苏轼与孙觉写札子陈奏。臣等人近奉敕命权知贡举，我们看到，凡御试结果出榜公布之日，任馆职人员历来都是在宫殿上恭敬侍候，这是祖宗以来的旧法，其目的是为了显示君王的国家人才济济的美好景象。到熙宁中期，由于阁门官偶然失误，没有安排他们上殿侍候，所以从此以后就形成了定制。今请求参照治平以前的旧有制度实行。请裁决。

放榜后论贡举合行事件

元柘三年三月□日，翰林学士、朝奉郎、知制诰苏轼札子奏。臣近领贡举，侍立殿上，祇候放榜。伏见举人程试有犯皇上旧名者，有旨特许依本等赐第。又有犯真宗旧名者，执政亦乞依例收录，而陛下亲发德音，以谓此人犯祖宗庙讳，不可不降等。已而又有犯僖宗庙讳者，有旨押出。在廷之人无不稽首欣服。臣与同列退相告语，非独以见圣人卑躬尊祖之意，亦足以知陛下严于取士之法，不好小惠以求虚名。臣备位禁近，固当推广圣意，将顺其美而补其所未备。谨具贡举合行事件，画一如左：

一、伏见祖宗旧制，过省举人一经殿试，黜落不少，既以慎重取人，又以见名器威福，专在人主。至嘉祐中，始尽赐出身，然犹不取杂犯。而近岁流弊之极，杂犯亦或收录，遂使过省举人便同及第。纵使纰缪，亦玷科举，恩泽既滥，名器自轻，非祖宗本意也。自来过省举人，限年累举，积日持久，方该特奏名恩。今来一次过省、殿试不合格，当年便得进士出身，此何义也？伏乞下省司立法，将来殿试除放合格人外，其余并皆黜落，或乞以分数立额取人，所贵上无姑息之政，下绝侥幸之心。如闻已有去取二分指挥，然有法不行，与无法同。如已有法，即乞申明，仍告喻天下，将来殿试依法去取。

一、自来释褐举人，惟南省榜首或本场第一人唱名近下者，或有旨升一甲。然皆出自圣意，初无著令。今者南省十人已上及别试第一人，国学开封解元，武举第一人，经明行修举人，与凡该特奏名人正及第者，皆著令升一甲。纷然并进，士不复以升甲为荣，而法在有司，恩不归于人主，甚无谓也。窃谓累奏举名，已是滥恩，而经明行修尤是弊法。其间权势请托无所不有，侵夺解额，崇奖虚名，有何功能复令升甲？人主所以砺世磨钝，正在科举等级升降荣辱之间，今乃轻以与人，不复爱惜，臣所未喻。伏望圣慈更与大臣详议前件，著令乞赐刊削，今后殿试唱名，除南省逐场第一人临时取旨外，其余更不升甲。所贵进退之权，专在人主。其经明行修一科，亦乞详议，早行废罢。

一、臣近在贡院，与孙觉、孔文仲同入札子，论特奏名人恩泽太滥，未蒙施行。伏乞检会前奏，降付有司，详议裁减。仍乞立法应特奏名人授文学、长史之类，今后南郊赦书，更不许召保出官。

一、伏见近日礼部立法，今后科场差试官三人者，一人诗赋，二人经义，差两人者诗赋、经义各一人。臣谓此法不可施行。凡差试官，务在选择能文之士。若得其人，则治《易》及第不害其能问《春秋》，经义入官不害其能考诗赋。若不得人，纵用本科，不免错缪。须自声律变为经义，则诗赋之士便充试官，何曾别求经义及第之人然后取士？若必用本科各考所试，则经义、诗、赋、策论四场，文理不同，亦须各差试官一人而后可。此本言者私忧过计，而有司不察，便为生出此条。自有科场以来，无此故事。今后每一试院，分两头项试官，问经义者则主虚浮之文，考诗赋者则贵声病之学，纷纭争竞，理在不疑。自此科场日有词讼，为害不小，了无所益。今来朝廷既复诗赋，又立此条，深恐天下监司妄意朝廷必欲用作诗赋之人为试官，不问有无词学，一例差充。其间久离场屋之人或已废学，若用虚名差使，显不如经义及第有文之人。欲乞特赐指挥，今后差使官不拘经义、诗赋，专务选择有才学之人，其礼部近日所立条贯，更不施行。右取进止。

【译文】元祐三年三月某日，翰林学士、朝奉郎、知制诰苏轼写札子陈奏。臣近来管贡举事务，侍立在大殿之上，恭敬地侍候出榜公布。当时我发现举人程试的言论有冒犯皇帝旧名忌讳的地方，依圣旨特准许他按照应有的等级赐与中选。之后又有个犯真宗旧名讳的举人，执政大臣请求依例收录选用，陛下却亲自发下德音令，以为此人冒犯祖宗庙讳，为此不能不降低等级。接着又出现一个犯僖宗庙讳的举人，依圣旨把他押送出去。这使得在殿廷的人们无不叩头悦服。臣与在场的大臣退堂之后都相互谈论此事，觉得这不仅表现出圣人屈就自己以尊崇祖宗的思想，也足以说明陛下取士之法是非常严格的，不喜欢得到小小的好处去博得虚名。臣备位皇宫的近从官员。固然应当发扬光大圣上的思想，应该弘扬美好的方面，弥补不足的方面。这里谨把有关贡举应该采用实行的事项，一一条例如下：

一、我看到祖宗的旧制度是，凡经历过省试的举人，一经殿试，就会有不少被刷掉，这既表明取人的慎重，又表明朝廷法制的威严，这两者作用的产生，都集中在人主手中。到了嘉祐中期，开始变为对殿试落选举人都加赐出身等级的待遇，然而对犯有其他罪的举人仍然是不予选取的。不过近年来由于流弊日深，对犯有其他罪的举人有的也予收录，这就使得经过省试的举人，一经殿试均全部及第。这样即使可说成是过失，也玷污了科举制度，所施恩泽一旦泛滥不严，朝廷法制的威严就自然降低，这不符合祖宗立法的本意。历来对经过省试的举人，都要限定经过多少年时间，经历多少次应试，时间长了之后，方可以特予奏名推恩录用。现在经过省试举人参加一次殿试不合格，在当年便可得到进士出身等级的优待，这是什么道理呢？请求交给尚书省有关部门立法，规定将来参加殿试者，除了合格人出榜公布录取外，其余不合格人一并黜落，或者请求按考试成绩定额取人，以达到上无姑息之政，下无侥幸之心的目的。又听说已有录取一半、黜落一半的规定，然而有了制度而不去执行，与没有制度是一样的。如果已定立了制度，就请求公布说明，并告喻天下的人，将来殿试依照此法录取。

二、在把粗布衣改换成官服的举人当中，历来都是名列尚书省榜首或者本场考试位居第一的人，当他的名字向下面人宣布的时候，或许有圣旨下达，提升他一个等级。然而这些都是出于圣上的临时决定，从来没有明确的制度规定。现在列于尚书省榜上前十名的人，以及别试第一名的人，国学解试第一名，武举考试第一名，经明行修科的举人，以及凡是该特奏名人而正式及第者，都明文规定提升一个等级。这样众士人纷然并进，使得士人不再以升等为荣，而运用法规的权力掌握在有关部门手中，朝廷施加恩泽的权力不归于人主，实在很没有道理。我认为接连奏报举人姓名请求推恩，说明推恩之法已滥，而通过经明行修科取人，更是弊端的制度。这中间，利用权势请托勾结无所不有，他们侵夺朝廷的发解定额，崇尚虚名，这些人有什么功绩才干而又提升他们的等级？人主用来经世治民的关键，正体现在科举等级的升降荣辱之中，今日却把科举的名利荣誉轻易给人，不再爱惜，臣不懂其中的道理。恭望陛下与太皇太后再与大臣仔细商议前面提到的问题，以前所做出的升等规定请求予以废除。明确规定今后殿试罢宣布名次的时候，除了尚书省主持的各场考试第一名人临时依照圣旨录取外，其余的人便不再升等。以此来保证士人进退的权力，都能操持在人主手中。关于经明行修一科的取士，也请求认真讨论，尽早废除。

三、臣近来在贡院任职，曾与孙觉、孔文仲一同写札子入奏，陈述对特奏名人所施行的恩泽太滥，没有得到采用。请求参考以前的奏状，把它交给有关部门，认真讨论裁减对特奏名人的推恩。并请求立法，限制特奏名人除授文学、长史之类的官衔的，今后遇到行南郊大礼时下发大赦令，不再准许找担保人而除授差遣官。

四、我看到近日礼部订立的制度，规定今后科场考试如果差派三名主考官，就由一人学诗赋的，二人学经义的，如果差派两人，学诗赋与学经义各一人。臣认为这个规定不能实行。凡差派主考官，一定要选择善于文辞的士人，如果选到合适的人，那么学习《易经》及第的人也不影响他去过问《春秋》，由经义的内容任了官职也不影响他去主持诗赋考试。如果不是合适的人选，即使用本科等级的人为主考官，也免不了办事不出错乱。如果一定要从学习声律改变为学习经义，那么学习诗赋的士人就可以充任主考官，何曾需要另外寻找经义及第人充任考官之后才去取士？如果一定要用本科等级的人去主持各场考试，那么经义、诗、赋、策论四场考试的文理性质是有所不同的，也必须各派一名主考官才可以。这本来是由于言事者顾虑过分，而有关部门也不去认真考察，就轻易制定出这样的条例。自有科场考试以来，没有这样的惯例。今后在每一试院当中，就有两类主考官，管经义考试的提倡虚浮的文风，管诗赋考试的提倡注重语音声病的学问，他们相互为此争论不休，各有其理。那么自此以后，科场之内每天就会有争辩的事情发生，所产生的危害不小，最终也没有什么好处。现今朝廷既然已恢复了诗赋考试，却又定出这样的条例，真担心天下的监司官员会妄自认为朝廷一定要任用学诗赋出身的人为主考官，不考虑他们有无真正的辞学水平，就一律差充。这中间长期不参与科场事务的人，有的或许已经废弃了学业，如果只凭虚有之名差使，显然不如任用经义考试及第而善于文辞的人。请求特赐下发指令，规定以后差派主考官，不受经义及第还是诗赋及第的限制，只选择有才学的人充任，有关礼部近日所定的条例，以后便不再实行。以上几个方面的意见，供圣上裁决。

乞罢学士除闲慢差遣札子

元祐三年三月□日，翰林学士、朝奉郎、知制诰兼侍读苏轼札子奏。臣近因宣召，面奉圣旨："何故屡入文字乞郡？"臣具以疾病之状对。又蒙宣谕："岂以台谏有言故耶？兄弟孤立，自来进用，皆是皇帝与太皇太后主张，不因他人。今来但安心，勿恤人言，不用更入文字求去。”臣退伏思念，顷自登州召还，至备员中书舍人以前，初无人言。只从参议役法，及蒙擢为学士后，便为朱光庭、王岩叟、贾易、韩川、赵挺之等攻击不已，以至罗织语言，巧加酝酿，谓之诽谤。未入试院，先言任意取人，虽蒙圣主知臣无罪，然臣窃自惟，盖缘臣赋性刚拙，议论不随，而宠禄过分，地势侵迫，故致纷纭，亦理之当然也。臣只欲坚乞一郡，则是孤负圣知，上违恩旨。欲默而不乞，则是与台谏为敌，不避其锋，势必不安。伏念臣多难早衰，无心进取，得归丘壑以养余年，其甘如荠。今既未许请郡，臣亦不敢远去左右，只乞解罢学士，除臣一京师闲慢差遣，如秘书监、国子祭酒之类，或乞只经筵供职，庶免众人侧目，可以少安。取进止。

【译文】元祐三年三月某日，翰林学士、朝奉郎、知制诰兼侍读苏轼写札子陈奏。臣近日因被召入宫，当面接受圣旨，问道：“你为何多次上书请求到郡级任职？”臣对答的状文都说是由于疾病的原因。之后，又承蒙圣上宣谕说：“难道是因为台谏官指责你的缘故吗？你们兄弟二人孤立无亲，你们来了之后加以任用，都是皇帝与太皇太后的主张，不是他人的原因。以后只安下心来就可以了，不要顾忌别人的言论，不用再上书请求离职。”臣退下来独自思索，觉得自前时从登州召回以后，一直到备员担任中书舍人以前，并没有受到任何人的指责。只是从参与详定役法，以及荣升为学士以后，便受到朱光庭、王岩叟、贾易、韩川、赵挺之等人无休止地攻击，甚至编造事实，巧加安排，说我诽谤朝政。在未入试院任职的时候，别人就先攻击我凭私意取人，虽然承蒙圣主的清亮，知道臣没有罪过，然而臣独自思索，认为大概是由于臣秉性刚直，议论不随合别人，再加上臣受宠得禄太多，处于令人忌妒的境地，所以导致别人对臣议论纷纷，这也是必然的道理。臣如果坚决要请求到一个郡去任职，就是辜负了圣上的一片好心，违背了圣上的恩旨。臣如果闭口不言而不请求外放，就是与台谏官为敌，不躲开他们的锋芒，势必不会安心。臣考虑到自己多难早衰，已无心进取，能够回到乡间去安度晚年，心会比吃荠菜一样甘甜。现在既然不准许我到郡级任职，臣也不敢远离圣上身边，只请求解除我翰林学士之职，授给臣一个在京师的闲散差遣官，比如秘书监、国子祭酒之类，或者只请求在为圣上讲解经传史鉴的讲席供职，希望以此来避免众人的妒忌，使我得以稍稍安心。请裁决。

卷四十六　奏议

转对条上三事状

元祐三年五月一日，翰林学士、朝奉郎、知制诰兼侍读苏轼状奏。准御史台牒，五月一日文德殿视朝，臣次当转对。虽愚无知，备位禁林，怀有所见，不敢不尽，谨条上三事如左：

一、谨按唐太宗著《司门令式》云："其有无门籍人有急奏者，皆令监门司与仗家引奏，不许关碍。"臣以此知明主务广视听，深防蔽塞，虽无门籍人，犹得非时引见。祖宗之制，自两省两制近臣、六曹寺监长贰，有所欲言，及典大藩镇、奉使一路，出入辞见，皆得奏事殿上。其余小臣布衣，亦时特赐召问。非独以通下情，知外事，亦以考察群臣能否情伪，非苟而已。臣伏见陛下嗣位以来，惟执政日得上殿外，其余独许台谏官及开封知府上殿，不过十余人。天下之广，事物之变，决非十余人者所能尽。若此十余人者，不幸而非其人，民之利病，不以实告，则陛下便谓天下太平，无事可言，岂不殆哉？其余臣僚，虽许上书言事，而书入禁中，如在天上，不加反复诘问，何以尽利害之实，而况天下事有不可以书载者。心之精微，口不能尽，而况书乎？恭惟太皇太后以盛德在位，每事抑损，以谦逊不居为美。虽然，明目达聪，以防壅塞，此乃社稷大计，岂可以谦逊之故，而遂不与群臣接哉？方今天下多事，饥馑盗贼，四夷之变，民劳官冗，将骄卒惰，财用匮乏之弊，不可胜数，而政出帷箔，决之庙堂大臣，尤宜开兼听广览之路，而避专断壅塞之嫌，非细故也。伏望圣慈更与大臣商议，除台谏、开封知府已许上殿外，其余臣僚，旧制许请间奏事，及出入辞见许上殿者，皆复祖宗故事，则天下幸甚。

一、凡为天下国家，当爱惜名器，慎重刑罚。若爱惜名器，则升斗之禄，足以鼓舞豪杰；慎重刑罚，则笞杖之法，足以震砻顽狡。若不爱惜慎重，则虽日拜卿相，而人不劝；动行诛戮，而人不惧。此安危之机，人主之操术也。自祖宗以来，用刑至慎，习以成风，故虽展年磨勘、差替、冲替之类，皆足以惩警在位，独于名器爵禄，则出之太易。每一次科场放进士诸科及特奏名约八九百人，一次郊礼，奏补子弟约二三百人，而军职转补、杂色入流、皇族外戚之荐不与。自近世以来，取人之多，得官之易，未有如本朝者也。今吏部一官阙，率常五七人守之，争夺纷纭，廉耻道尽。中材小官，阙远食贫，到官之后，侵渔求取，靡所不为，自本朝以来，官冗之弊，未有如今日者也。伏见祖宗旧制，过省举人，御试黜落不少，既以慎重取人，又以见名器威福专在人主。至嘉祐末年，始尽赐出身，虽文理纰缪，亦玷科举。而近岁流弊之极，至于杂犯，亦免黜落，皆非祖宗本意。又进士升甲，本为南省第一人，唱名近下，方有特旨，皆是临时出于圣断。今来南省第十人以上，别试第一人，国子开封解元，武举第一人，经明行修举人，与凡该特奏名人正及第者，皆著令升一甲。纷然并进，人不复以升甲为荣，而法在有司，恩不归于人主，甚无谓也。特奏名人，除近上十余人文词稍可观外，其余皆辞学无取，年迫桑榆，进无所望，退无所归，使之临政，其害民必矣。欲望圣慈特诏大臣详议，今后进士诸科御试过落之法，及特奏名出官格式，务在精覈，以艺取人，不行小惠以收虚誉，其著令升甲指挥，乞今后更不施行。昔诸葛亮与法正论治道，其略曰："刑政不肃，君臣之道渐以陵替。宠之以位，位极则贱；顺之以恩，恩竭则慢。吾今威之以法，法行则知恩；限之以爵，爵加则知荣。恩荣并济，上下有节，为治之要也。"唐德宗蒙尘山南，当时事势，可谓危急，少行姑息，亦理之常，而沿路进瓜果人，欲与一试官，陆贽力言以为不可。今天下晏然，朝廷清明，何所畏避，而行姑息之政？故臣愿陛下常以诸葛亮、陆贽之言为法，则天下幸甚。

一、臣于前年十月内曾上言，其略曰："议者欲减任子以救官冗之弊，此事行之，则人情不悦；不行，则积弊不去。要当求其分义，务适厥中，使国有去弊之实，人无失职之叹。欲乞应奏荫文官人，每遇科场，随进士考试，武官即随武举或试法人考试，并三人中解一人，仍年及二十五以上，方得出官，内已曾举进士得解者免试，如三试不中，年及三十五以上，亦许出官，虽有三试留滞之艰，而无终身绝望之叹。亦使人人务学，不坠其家，为益不小。”后来不蒙降出施行。切虑当时圣意，必谓改元之初，不欲首行约损之政。今者即位已四年矣，官冗之病，有增而无损，财用之乏，有损而无增，数年之后，当有不胜其弊者。若朝廷恬不为怪，当使谁任其忧？及今讲求，臣恐其已晚矣。

伏乞检会前奏，早赐施行。

右谨录奏闻，伏候敕旨。

【译文】元祐三年五月初一，翰林学士、朝奉郎、知制诰兼侍读苏轼状奏。按照御史台的文告，五月一日皇上在文德殿接受朝拜，我应当陈奏。虽然我愚陋无知，由于忝列于禁林之中，心里有所想，不敢不和盘托出，因此条奏三件事情如下：

第一，谨按唐太宗所著《司门令式》，那上面说：“对于那些没有出入宫门牒籍而有急事上奏的人，监门司和仗家要迅速引进，不许阻拦。”因此我知道明主务在开阔自己的视听，深防蔽塞，即使是那些没有出入宫门牒籍的人，仍能不时地被引见。祖宗定制，自中书、门下两省与内外两制等近臣、六曹寺监的正副长官，有什么奏议，以及地方藩镇、奉使一路的封疆大吏，出任或回朝时，都可以在殿上奏事。其余的小官吏乃至布衣百姓，也不时特赐召见。这样做不单是为了通下情，知晓外边的事情，也是为了考察群臣真伪及能力状况，决非苟且的行为。我发现自陛下继位以来，除了执政每天可以上殿外，其余只允许台谏官及开封知府上殿，不超过十几个人。天下这么大，事情千变万化，决不是这十几个人所能尽知的。如果这十几个人再不称职，对于人民的疾苦不能如实报告，那么陛下便误认为天下大平，无事可言，这岂不太危险了？其余臣僚，虽然允许上书言事，然而上书到了朝廷，就像交到天上一样，如果不加反复询问，怎能知道利害的实际情形，更何况天下的事情有的是书面所记不下来的。心里的微妙想法，有时还不能全部讲出来，况且是书写呢？太皇太后以盛德在位，遇事多退让谦逊而不插手干预；虽然如此，目明耳聪以防止被蒙蔽，这是为社稷安全的大计，怎能因为谦逊就不与群臣接触呢？现在天下多事，灾荒饥馑，盗贼四起，边境不安，人民劳苦，官吏冗杂，将帅骄横，士卒惰怠，财用匮乏，凡此弊端，不可胜数，而政令出自内宫，决之于朝廷大臣，便应该开辟兼听博览的渠道，而避免专断堵塞的嫌疑，这决不是小事。恳切希望圣上慈爱，再与大臣商议一下，除了台谏官和开封知府已许上殿外，其余臣僚，按照旧制在请问奏事、出入拜见时允许上殿的，都恢复祖宗惯例，这样对天下来讲是万幸之事。

第二、作为天下国家的统治者，应当爱惜等级名份，慎重刑罚。如果珍视等级名份，那么即使是升斗之禄，也足以使豪杰之人受到鼓舞；慎重刑罚，那么仅有笞杖之法，就足以震慑凶顽之辈。如果对两者不加爱惜珍重，即使天天拜卿封相，人们也不会动心，动辄诛杀，人们也不会害怕。这是安危的机枢，君主的法宝。自祖宗开国以来，用刑最为慎重，蔚为风气，所以虽然连年考核、差替、黜降等，都足以使在位者警戒，唯独对于名位爵禄，则出手太简易了点。每次科举考试都要录取进士诸科及特奏名等约八九百人，一次郊礼，要奏补子弟约二三百人，而军官转补、杂色入流，以及皇亲外戚所推荐的还不包括在内。从近代以来，取人之多，得官之易，都没有像本朝这样的。现在吏部名籍上有一个缺额，常常有五七个人在等候，互相争夺倾轧，丧尽廉耻。中才小官，放到远方贫困地区，他们到任之后，侵扰勒索，无所不为，自我大宋开国以来，冗官的弊病，没有像今天这么严重的。考察祖宗旧制，通过礼部考试的举人，殿试时刷下来的仍不少，这既可表示取人的慎重，又可以表示名位的大权由君主专掌。至仁宗嘉祐末年，开始尽赐出身，即使文理不通，也可以通过科举得官。而近年流弊之极，以至于除了作弊等其他犯罪，也可免于受罚降级，这些都不符合祖宗的本意。还有进士升等级，本来是尚书省的第一名，唱名将要下达时，才有特旨，都是出于皇上的临时决断。现在尚书省第十名以上，别头试第一名，国子监和开封府试的第一名，武举的第一名，经明行修科的举人，与恩科及第的，都明令升一等。于是纷然并进，人们不再以升等为荣，而权在有关衙门，恩惠不归功于皇上，这很不好。特奏明所录取的人，除前十几名文词稍有可观外，其余的人无论诗词或学识皆无可取之处，已近暮年，进步无望，退无归宿，让他们为官听政，必定会扰害人民。希望圣上恩慈，特诏大臣详议，今后进士诸科殿试录取与否的法令，以及恩科出任官员的规定，务在精当，以才能取人，不行小惠以博取虚誉，那些关于升等的指示，请求今后停止施行。过去诸葛亮与法正在一起讨论治国方法问题，其内容大略是：“刑罚政令不规整，君臣之间的道义就会逐渐破坏。用官位来宠幸他，官位达到极点后就不贵重了；用恩义来顺从他的意，恩义枯竭后就会怠慢，现在我用法令来施威，法令推行后就让大家知道恩德。用爵位来限制，爵位加于身则知道荣耀。恩义和荣耀共同发挥作用，从上到下都有所节制，这是达到天下大治的根本。”唐德宗在山南受窘迫，从当时的形势看，可以说十分危急，稍行姑息之政，也符合常理，沿途进献瓜果的人，想参加一次取官的考试，然而陆贽仍据理力争认为不可。现在天下太平，朝廷政治清明，没什么害怕而需要回避的，却推行这些姑息之政。所以我请求陛下效法诸葛亮和陆贽的言论，如此则天下幸甚。

第三，我于去年十月里曾经上书，大意是说：“议论者准备减少荫子以解救冗官的弊端，此事如果推行，则人们不高兴；不施行，则积弊不除。从根本上说，应该认真区分，取其折中，让国家获得除弊之实，而人们又没有失去职位的惋叹。请求皇上让那些应该以父祖的缘故而荫补的官人，每遇到科举考试，让他们随进士去考试，武官随武举或试法人考试，都是三人中间选取一人，年令达到二十五岁以上时，才可以出任官员，当中已曾举进士得入试者可以免试，如果三次考试都不中，年令到三十五岁以上，也可以出任官员，虽然遭受三次考试而不中的困顿，却没有终生绝望的感叹。这也是为了鼓励人们都去努力学习的方法，同时使其家族盛名不坠，所以益处很大。”奏议献上去之后，一直没见到皇上的批复出来。考虑当时圣上的意思，一定是说在改元之初，不想先行节俭损抑之政。现在皇上即位已经四年，冗官的弊病，有增而无减，财用的匮乏，有减而无增，如此下去，几年之后，肯定会有更大的弊病。如果朝廷恬然不以为怪，那么应该让谁来担当这份忧虑，到那时来讲，恐怕已经晚了。

请求检出前面我所献上的奏议，早早加以施行。

以上内容敬谨奏上，恭候圣旨。

论魏王在殡乞罢秋燕札子

元祐三年八月二十一日，翰林学士、朝奉郎、知制诰兼侍读苏轼札子奏。臣近准钤辖教坊所关到撰《秋燕致语》等文字。臣谨按《春秋左氏传》昭公九年，晋荀盈如齐，卒于戏阳，殡于绛，未葬，晋平公饮酒乐，膳宰屠蒯趋入，酌以饮工，曰："汝为君耳，将司聪也。辰在子卯，谓之疾日，君彻燕乐，学人舍业，为疾故也。君之卿佐，是谓股肱。股肱或亏，何痛如之？汝弗闻而乐，是不聪也。"公说，彻乐。又按昭公十五年，晋荀跞如周葬穆后，既葬，除丧，周景王以宾燕，叔向讥之，谓之乐忧。夫晋平公之于荀盈，盖无服也。周景王之于穆后，盖期丧也。无服者未葬而乐，屠蒯讥之；期丧者已葬而燕，叔向讥之。书之史册，至今以为非。仁宗皇帝以宰相富弼母在殡，为罢春燕。传之天下，至今以为宜。今魏王之丧，未及卒哭，而礼部、太常寺皆以谓天子绝期，不妨燕乐，臣窃非之。若绝期可以燕乐，则《春秋》何为讥晋平公、周景王乎？魏王之亲，孰与卿佐？远比荀盈，近比富弼之母，轻重亦有间矣。魏王之葬，既以阴阳拘忌，别择年月，则当准礼以诸侯五月为葬期，自今年十一月以前，皆为未葬之月，不当燕乐，不可以权宜郊殡便同已葬也。臣窃意皇帝陛下笃于仁孝，必罢秋燕，不待臣言，但至今未奉指挥。缘上件教坊致语等文字，准令合于燕前一月进呈，臣既未敢撰，亦不敢稽延，伏乞详酌。如以为当罢，只乞自皇帝陛下圣意施行，更不降出臣文字。臣忝备侍从，叨陪讲读，不欲使人以丝毫议及圣明，故不敢不奏。取进止。

【译文】元祐三年八月二十一日，翰林学士、朝奉郎、知制诰兼侍苏轼札子奏。近日接到钤辖教坊通知让我撰写《秋燕致语》等文书。我谨按《春秋左氏传》昭公九年，晋国大夫荀盈到齐国去，回来的路上，到戏阳就死去了。殡于绛，尚未下葬，晋平公就饮酒奏乐，膳宰屠蒯快步而入，给乐工斟酒，说："你是君主的耳朵，职责在于掌管君主的听力。子卯这个时辰是夏桀灭亡的日子，叫作忌日，君主彻去宴乐，学习的人停止学习音乐，都是因为忌日的缘故。君主的卿佐，叫作股肱之臣，股肱短缺了，不知疼痛到什么地步。你没有听到而奏乐，这是不聪。"平公听了很高兴，撤去正在演奏的乐队。又按昭公十九年，晋国大夫荀跞到洛阳参加穆后的葬礼，下葬之后，变换了丧服，周景王以招待宾客的礼节设宴招待荀跞一行，受到晋国贤大夫叔向的批评。晋平公对于荀盈，没有服丧的义务，周景王对于穆后，是期丧的关系。前者没有下葬而奏乐，受到屠蒯的批评；后者已葬而设宴，受到叔向的批评。晋平公和周景王的行为记载在史书上，今天我们仍然认为他们做错了。仁宗皇帝因为宰相富弼的母亲在停殡期间，而罢去了春季的宴饮。这件事传了出去，至今人们还认为做得对。现在魏王的丧期还没有到"卒哭"，而礼部、太常寺都认为天子绝期，不妨害宴乐，我私下里以为不然。如果绝期可以宴乐，那么《春秋》为什么要讽刺晋平公和周景王呢？皇上与魏王的关系，与卿佐哪个更亲近？远拿荀盈，近拿富弼的母亲相比，轻重也就一目了然了。魏王的下葬，既然受阴阳日子的约束，另选时间，那么应当按照诸侯五月为葬期的礼仪，在今年十一月以前，都是未葬之月，不应当举行燕乐，不能把权宜的殡于郊与正式的安葬相混同。我私下里揣度陛下厚于行仁孝，一定要罢去秋宴，不待我说，但至今没接到指令公文。按上述教坊的《秋燕致语》等文件，依照常规应该在宴会前一个月进呈到皇上面前，我既不敢写，也不敢耽搁延误，所以请求皇上详细参酌。如果认为应当罢去，只请求从陛下您那里降旨施行，不需要再给我批示。我忝备侍读之职，叨光作为讲读，不想让别人有丝毫议论皇上之处，所以不敢不奏。所奏取或不取，请皇上决定。

述灾沴论赏罚及修河事缴进欧阳修议状札子

元祐三年九月五日，翰林学士、朝奉郎、知制诰兼侍读苏轼札子奏。今日迩英进读《宝训》，及雍熙、淳化间事。太宗皇帝每见时和岁丰，雨雪应时，辄喜不自胜，举酒以属群臣。又是日荧惑与日同度，太史奏言当旱，既而雨足岁丰。臣读至此，因进言：水旱虽天数，然人君修德，可以转灾为福。故宋景文公一言，荧惑退三舍。元丰八年，荧惑守心，逆行犯房，又逆而西垂，欲犯氐。氐四星，后妃之象也。方是时，二圣在位，发政施仁，惟恐不及。臣视荧惑退舍甚速，如有所畏，不敢复西。以此知天人之应，捷于影响。太宗皇帝亲致太平，而每遇丰年，若获非常之福，喜乐如此者，岂非水旱不作，自是朝廷难得之事乎？《书》曰："天聪明，自我民聪明。"匹夫匹妇有不获其所，犹能致水旱，而况政令之失，小及一方，大及四海，其为灾沴，理在不疑。自二圣嗣位，于今四年，恭俭慈孝，至仁至公，可谓尽矣。而四年之中，非水则旱，日月薄蚀，五星相凌，淫雨大雪，常寒久阴之类，殆无虚月，岂盛德之报也哉？臣愚无知，窃谓陛下身修而政未修，故监司守令多不得人。百姓失职，无所告诉，谣怨上达，以伤阴阳之和。所以致此者，盖由朝廷赏罚不明，举措不当之咎也。

臣请略而言之。去年，熙河诸将力战以获鬼章，此奇功也，故增秩赐金。泾原诸将闭门自守，使贼大掠而去，若涉无人之境，此罪人也，亦增秩赐金。赏罚如此，何以使人？广东妖贼岑探反，围新州，差将官童政救之，政贼杀平民数千，其害甚于岑探。朝廷使江西提刑傅燮体量其事，燮畏避权势，归罪于新州官吏，又言新州官吏却有守城之功，乞以功过相除。愚弄上下，有同儿戏，然卒不问。岑探聚众构谋，经年乃发，而所部官吏茫不觉知，使一方赤子，肝脑涂地，然亦止于薄罚。童政凶狡贪残，非一日之积，而监司乃令将兵讨贼，以致数千人无辜就死，亦止降一差遣。近日温杲诱杀平民十九人，冤酷之状，所不忍闻，而杲止于降官监当。蔡州捕盗吏卒亦杀平民一家五六人，皆妇女无辜，屠割形体，以为丈夫首级，欲以请赏，而守倅不按，监司不问。以至臣僚上言，及行下本路，乃云杀时可与不可辨认。白日杀人，不辨男女，岂有此理？乃是预为凶人开苟免之路。事如此者非一，臣不敢尽言，特举其甚者耳。如此，不过恩庇得无状小人十数人，正使此等歌咏爱戴，不知有何补益？而纪纲颓弛，偷惰成风，则千万人受其害，此得为仁乎？大抵为国，要在分别是非，以行赏罚，然后善人有所恃赖，平人有所告诉。若不穷究曲直，惟务两平，则君子无告，小人得志，天下之乱，可坐而待，此臣所谓赏罚不明之咎也。

黄河自天禧以来，故道渐以淤塞，每决而西，以就下耳。熙宁中，决于曹村，先帝尽力塞之，不及数年，遂决小吴。先帝圣神，知河之欲西北行也久矣，今强塞之，纵获目前之安，而旋踵复决，必然之势也，故不复塞。今都水使者王孝先乃欲于北京南开孙村河，欲夺河身以复故道。此岂独一方之安危，天下之休戚也？古者举大事，谋及庶人，上下佥同，然犹有意外之患。今内自工部侍郎、都水属官，外至安抚转运使及外监丞，皆以为故道高仰，势若登屋，功必无成，而患有不可测者。以至河北吏民，无贤愚贵贱，皆以为然。独一孝先以为可作。臣闻自孙村至海口旧管堤埽四十五所，役兵万五千人，勾当使臣五十员，岁支物料五百万余。自小吴之决，故道诸埽，皆废不治，堤上榆柳，并根掘取，残零物料，变卖无余，官吏役兵，仅有存者。使孙村之役，不能夺过河身，则官私财力，举为虚弃。若幸而复行故道，则四十五埽皆以废坏，横流之灾必倍于今。孝先建议之初，略不及此，近因人言沸腾，方牒北外监丞司云：四十五埽，并属北外监丞司地分，令一面相度枝梧。又云：因检计春料，便令计置。今来欲兴修四十五处已坏堤埽，准备河水复行故道。此莫大之役，不赀之费也。孝先当于建议之初，首论其事，待朝廷上下熟议而行。今孝先便将此役作常程熟事行与北外监丞司，令一面管认。意望败事之后，归罪他人。其为欺罔，实骇群听。其余患害，未易悉数。但臣采察众论，以为此役不可不罢。若今岁罢役，不过枉费九百万物料，虚役二万兵工，若更接续兴修，则来岁当役数十万人，仍费三千余万。此外民劳之极，变故横生，嗟怨之声，足以复致水旱。若将三千万物料钱，分作数年，因水所欲行之地，稍立堤防，增卑培薄，数年之后，必渐安流。何苦徇一夫之私计，逆万人之公论，以兴必不可成之役乎？此臣所谓措置不当之咎也。

臣窃见仁宗朝名臣欧阳修为学士日，有《修河议状》二篇，虽当时事宜，而其所画利害、措置方略，颇切今日之事。臣以为可用，故辄缮写进呈。自祖宗以来，除委任执政外，仍以侍从近臣为耳目，请间论事，殆无虚日。今自垂帘以来，除执政、台谏、开封尹外，更无人得对，惟有迩英讲读，犹获亲近清光。若复瘖默不言，则是耳目殆废。臣受恩深重，不敢观望上下，苟为身谋，谨备录今日进读之言，上陈圣鉴。臣无任恐栗待罪之至。取进止。

贴黄：臣为衰病眼昏，所言机密，又不敢令别人写录，书字不谨，伏望圣慈特赐宽赦。

【译文】元祐三年九月初五，翰林学士、朝奉郎、知制诰兼侍读苏轼以札子的形式奏议。今天我在迩英阁给皇上读《宝训》，其中讲到太宗雍熙到淳化年间的事情。每当太宗皇帝看到节令应时、农业丰收、风调雨顺，总是高兴异常，与群臣一起举杯相庆。我读到这里曾进言说：水旱虽由上天决定，然而君主修饬自己的德行，也可以转灾为福。所以宋祁先生的一番话，使荧惑星退了三舍。元丰八年，荧惑星接近心宿，倒行侵犯房宿，再倒行而西垂，准备犯氐宿。氐宿四颗星，象征着人间的后妃。这时候，太皇太后和神宗皇帝二位圣人在位，发布仁政，唯恐不及。我发现荧惑星于是迅速后退，似乎有所忌惮，不敢再西犯。因此我明白，天人感应就像响声和回音、影子和本体那样紧密相连。太宗皇帝亲行仁政致使天下太平，然而遇到丰收年景，就像获得了非常之福一样而异常兴奋，这不正说明水旱不作是难得之事吗？《尚书》说："天聪明，从我的人民聪明开始。"平民百姓不得其所，还能够导致水旱之灾的发生，更何况政令失误；小则祸及一方，大则祸及四海，出现灾异，肯定不疑。自太皇太后和皇上二圣继位，至今已经四年，恭俭慈孝，仁义公道，可以说做到了顶点。而恰恰在这四年当中，非水则旱，日蚀月蚀，五星相侵，持续寒冻或连阴之类，几乎每月都有发生，这难道是盛德所应得到的回报吗？我愚昧无知，私下里认为陛下自身修行而政治未修，因此各个衙门大多选人不当。百姓失业，没有地方申诉，怨气直达于上天，因此损害了阴阳的平衡。之所以这样，是因为朝廷赏罚不明，举措不当的缘故。

请允许我大略说说。去年熙河路各位将领经过奋战而夺得了鬼章，这是一件奇功，所以给他们加官赐物。泾原诸将，闭门自保，结果让敌人掠夺去许多财物，如入无人之境，这是些罪人，却也加官赐物。如此赏罚，怎么来使唤臣下？广东妖贼岑探造反，包围新州，朝廷派遣将官童政去救援，童政杀戮平民几千人，其祸害比岑探还厉害。朝廷让江西提刑傅燮去调查此事，傅燮畏避权势，把责任全推到新州官吏身上，又说新州官吏却有守城之功，请求允许他们用功过相抵销。愚弄上下，如同儿戏，最终对童政的事仍不敢问。岑探阴谋聚众，多年之后才起事，而当地的官吏却茫然无知，使那一方人民肝脑涂地，然而最终也不过稍加处分而已。童政凶狠贪婪，这不是一时形成的，而有关部门却让他领兵讨贼，以致几千人无辜而死，最终只不过降一级差遣而已。近日温杲诱杀平民十九人，冤酷的情形，让人不忍心听下去，而温杲也不过降为监当官而已。蔡州捕盗士兵，杀害平民一家五六人。这都是些妇女无罪之人，摧残她们的形体，把男子的首级，准备以此来领奖，而州里的正副长官不加按察，监察部门也不加过问，直到臣僚上告，行下本路察问，才说杀的时候男女不能辨认。

白天杀人，不辨男女，哪有这个道理？这是预先替凶残之徒开脱的说法。这样的事情不一而足，我也不敢全部说出来，只举一些突出的例子而已。这样，不过庇护十几个无状小人，即使获得这些人的歌咏爱戴，不知道有什么补益？而国家法纪松驰，苟且懈怠成风，则千万人受其害，这能叫作仁政吗？治理国家的根本在于辨别是非，并以此来行赏罚，这样好人才有所依赖，一般人也有所投诉。如果不分是非曲直而务求摆平，那么就会出现君子受窘而小人得意的局面，天下大乱也就不远了，这就是我所说的赏罚不明的危害性所在。

自真宗天禧年间以来，黄河故道逐渐淤塞，每次决口就往西流，因为水往低处流。神宗熙宁中，又在曹村决口，先帝尽力堵塞。不过几年，又从小吴决口。神宗皇帝圣明，知道黄河早就准备往西北流，现在强行堵塞，即使得到一时的安宁，不久又会决口，势属必然，因此不再堵塞。今都水使者王孝先却想在大名的南面开挖孙村河，准备夺现在的河床而复行故道。这不但牵扯到一方的安危，而且直接关系到天下的忧乐。古人举大事，要和庶民百姓商量，上下意见一致，有时还会出现意想不到的灾患。现在内自工部侍郎、都水属官，外至安抚转运使以及外监丞，都认为故道地势太高，就像登上房顶，肯定难以成功，同时还有不测的忧患。以至于黄河以北的吏民，无论贤愚贵贱，都是这样看的。唯独一个王孝先认为可以动工。我听说从孙村到入海口，过去的堤坝埽子四十五处，役使士兵一万五千人，奴仆五十人，每年支出物资价值五百余万钱。从小吴决口以来，故道上的那些埽子都废弃没有修整，堤坝上的树木，全被连根拔掉，剩余的物资，被变卖无余，官吏役兵所剩无几。如果孙村河挖成后仍不能改变河床，那么官私财物等于全部白废了。如果侥幸能将河水引入故道，则孙村到入海口的四十五埽，都要因此而废弃，河水横流的灾害，一定比今天更厉害。王孝先初次建议时，把这一点给忽略了，最近因为批评之声太强烈，他才给北外监丞司发出一份通知说：四十五个埽子，都属于北外监丞司地段，令其考虑处置。又说因检查计算春料，便让人计算置办。现在想兴修四十五处已坏的堤坝埽子，准备让河水回到故道。这是一个巨大的工程，花费将无法计算。王孝先应该在建议之初，首先议论这件事，等朝廷上下认真讨论后才能施行。现在王孝先将这个工程作为一项日常性的工作，下达给北外监丞司，让他们单方面确认。他的意思是等事败之后再归咎于他人。这种欺诈行为，实骇物听。其余的危害，我不能一一细说了。我只采纳大家的意见，认为这个工程必须立即下马。如果今年下马，不过浪费物资九百万钱，浪费劳力二万个；如果继续兴修，那么明年就需要几十万个劳力，继续耗费三千余万钱。此外人民劳苦至极，则会生出多种变故，怨声载道，足以导致水旱之灾。如果把三千万钱物资，分作几年来使用，顺着水流之势，立一些堤防，低的增高些，薄的加厚点，几年之后，必然逐渐安流，何必要听从一个人的私计，而违背众人的公论，来上这个劳而无功的工程呢？这就是我所说的措置不当的过错呵！

我私下里发现仁宗朝名臣欧阳修为学士的时候，写有《修河议状》两篇文章，虽然是为了当时的需要，而他所指明的利害之处、处理方法，都能切合今日之用。我认为有用，所以就抄写后进呈给皇上。自祖宗建国以来，除了把大事委任给执政外，仍以侍从近臣为耳目，乘机与皇上讨论些时事，几乎没有隔天的。近年自从太皇太后垂帘听政以来，除了执政、台谏、开封府尹外，更无人可以与皇上直接对话，只有在迩英阁讲读，才获得与皇上接触的机会。如果又沉默不言，那就等于耳目全废弃了。我受恩深重，不敢左右观望，为苟且保全自身谋划，谨将今天进读时说过的话录下来，上陈圣鉴。我不禁诚惶，诚恐之至。请圣上裁决。

补言：我因为衰病而眼昏，而所奏的事情又属于机密，不敢让别人抄录，字写得不端正，还望圣慈予以宽恕。

乞郡札子

元祐三年十月十七日，翰林学士、朝奉郎、知制诰兼侍读苏轼札子奏。臣以左臂不仁，两目昏暗，有失仪旷职之忧，坚乞一郡。伏蒙圣慈降诏不允，遣使存问，赐告养疾。恩礼之重，万死莫酬。以臣子大义言之，病未及死，皆当勉强，虽有失仪旷职之罚，亦不当辞。然臣终未敢起就职事者，实亦有故。言之则触忤权要，得罪不轻；不言则欺罔君父，诛罚尤大。故卒言之。

臣闻之，《易》曰："君子安其身而后动。"又曰："君不密，则失臣；臣不密，则失身。"以此知事君之义，虽以报国为先，而报国之道，当以安身为本。若上下相忌，身自不安，则危亡是忧，国何由报？恭惟陛下践祚之始，收臣于九死之余，半年之间，擢臣为两制之首。方将致命，岂敢告劳？特以臣拙于谋身，锐于报国，致使台谏，例为怨仇。臣与故相司马光，虽贤愚不同，而交契最厚。光既大用，臣亦骤迁，在于人情，岂肯异论？

但以光所建差役一事，臣实以为未便，不免力争。而台谏诸人，皆希合光意，以求进用，及光既殁，则又妄意陛下以为主光之言，结党横身，以排异意，有言不便，约共攻之。曾不知光至诚为民，本不求人希合，而陛下虚心无我，亦岂有所主哉？其后又因刑部侍郎范百禄与门下侍郎韩维争议刑名，欲守祖宗故事，不敢以疑法杀人，而谏官吕陶又论维专权用事。臣本蜀人，与此两人实是知旧。因此，韩氏之党一例疾臣，指为"川党"。御史赵挺之，在元丰末通判德州，而著作黄庭坚方监本州德安镇，挺之希合提举官杨景棻，意欲于本镇行市易法，而庭坚以谓镇小民贫，不堪诛求，若行市易，必致星散，公文往来，士人传笑。其后挺之以大臣荐，召试馆职，臣实对众言："挺之聚敛小人，学行无取，岂堪此选？"又挺之妻父郭概为西蜀提刑时，本路提举官韩玠违法虐民，朝旨委概体量，而概附会隐庇，臣弟辙为谏官，劾奏其事，玠、概并行黜责，以此挺之疾臣，尤出死力。臣二年之中，四遭口语，发策草麻，皆谓之诽谤，未出省榜，先言其失士。以至臣所荐士，例加诬蔑，所言利害，不许相度。近日王觌言胡宗愈指臣为党，孙觉言丁骘云是臣亲家。臣与此两人有何干涉，而于意外巧构曲成，以积臣罪。欲使臣桡椎于十夫之手，而使陛下投杼于三至之言？中外之人，具晓此意，谓臣若不早去，必致倾危。臣非不知圣主天纵聪明，察臣无罪。但以台谏气焰，震动朝廷，上自执政大臣，次及侍从百官，外至监司守令，皆畏避其锋，奉行其意，意所欲去，势无复全。天下知之，独陛下深居法官之中，无由知耳。

臣窃观三代以下，号称明主，莫如汉宣帝、唐太宗。然宣帝杀盖宽饶，太宗杀刘洎，皆信用谗言，死非其罪，至今哀之。宣帝初知盖宽饶忠直不畏强御，自候、司马擢为太中大夫、司隶校尉，不可谓不知之深矣，而盖宽饶上书有云："五帝官天下，三王家天下。"而当时谗人乃谓宽饶欲求禅位，宣帝不察，致使宽饶自到北阙下。太宗信用刘洎，言无不从，尝比之魏文贞公，亦不可谓不知之深矣。而太宗征辽患痈，洎泣曰："圣体不康，甚可忧惧。"而当时谗人，乃谓洎欲行伊、霍之事。太宗不察，赐洎自尽。二主非不明也，二臣之受知非不深也，恃明主之深知，不避谗人积毁，以致身首异处，为天下笑。今臣自度受知于陛下，不过如盖宽饶之于汉宣帝，刘洎之于唐太宗也，而谗臣者，乃十倍于当时。虽陛下明哲宽仁，度越二主，然臣亦岂敢恃此不去，以卒蹈二臣之覆辙哉？且二臣之死，天下后世皆言二主信谗邪而害忠良，以为圣德之累。使此二臣者，识几畏渐，先事求去，岂不身名俱泰，臣主两全哉？臣纵不自爱，独不念一旦得罪之后，使天下后世有以议吾君乎？昔先帝召臣上殿，访问古今，敕臣今后遇事即言。其后臣屡论事，未蒙施行，乃复作为诗文，寓物托讽，庶几流传上达，感悟圣意。而李定、舒亶、何正臣三人，因此言臣诽谤，臣遂得罪。然犹有近似者，以讽谏为诽谤也。今臣草麻词，有云"民亦劳止"，而赵挺之以为诽谤先帝，则是以白为黑，以西为东，殊无近似者。臣以此知挺之险毒甚于李定、舒亶、何正臣，而臣之被谗甚于盖宽饶、刘洎也。古人有言曰："为君难，为臣不易。"臣欲依违苟且，雷同众人，则内愧本心，上负明主。若不改其操，知无不言，则怨仇交攻，不死即废。伏望圣慈念为臣之不易，哀臣处此之至难，始终保全，措之不争之地，特赐指麾，检会前奏，早赐施行。臣无任感恩知罪，祈天请命，激切战恐之至。取进止。

贴黄：郭概人材凡猥，众所共知，既以附会小人得罪，近复擢为监司者，盖畏挺之之口，欲以苟悦其意。正如向时王岩叟在言路时，擢用其父荀龙知澶州，妻父梁焘为谏议，天下知其为岩叟也。

又贴黄：臣所举自代人黄庭坚、欧阳棐，十科人王巩，制科人秦观，皆诬以过恶，了无事实。臣又曾建言乞行给田募役法，吕大防、范纯仁皆深以为便。方行下相度，而台谏争言其不可，更不得相度。至今臣每见大防、纯仁，皆咨嗟太息，惜此法之不行，但畏台谏不敢行下耳。

又贴黄：中外臣寮，畏避台谏，附会其言，以欺朝廷者，皆有实状。但以事不知臣，故不敢一一奏陈耳。

又贴黄：陛下若谓臣此言狂妄，即乞付外核实其事，显加黜责。若以为然，即乞留中省览，臣当别具札子乞郡外付施行。

【译文】元祐三年十月十七日，翰林学士、朝奉郎、知制诰兼侍读苏轼以札子的形式奏议。近来我因为左臂麻木，两眼昏花，担心失去朝臣仪态或者误事，坚决地请求出任一个地方官。承蒙圣上慈爱下诏不允，并派遣使者前来慰问，恩赐许我在家养病。这么隆重的礼遇和恩惠，我即使万死也不能报答。按照作臣下的大义来讲，病不到死，就应该勉强工作，即使有失仪误事的惩罚，也不应该推辞。然而我最终还是不敢从家中出来工作，这中间的确有些原因。说吧，要触犯一些权臣，得罪不轻；不说吧，又欺骗皇上，罪过更大，所以最终还是说吧。

我从《周易》上听说："君子安其身而后行动。"《周易》又说："君主做事不密，就会失去臣下；臣下做事不密，就会丧失生命。"因此我明白为君主服务的大义，虽然应当把报国放在首位，但报国之道则应当把自身安全放在前头。如果上下相互猜疑，自身尚且不安，整天担心危亡，又怎能报国呢？感谢陛下在即位之初，把我从万死之余的境地中解救出来，半年之间，提拔我为内外制之首。正是效命的时候，又怎敢谈自己的劳苦？只因我拙于为自己筹划，而锐于报国，致使被御史台和谏院列为仇敌。我与已故宰相司马光智贤虽然有差异，而交情最深。司马光被重新任用后，我也迅速得到提升，这是人情关系，没什么异论。但司马光关于免役法的建议，我认为错了，不免力争。而御史台和谏院官吏，都迎合司马光的意见，以求得到进用，到司马光死后，则又妄自猜度陛下支持司马光的意见，结成同党，以排斥不同意见，有谁不同意他们的看法，便约定群起而攻之。殊不知司马光的本意在于真诚地为百姓着想，本来不求别人的迎合，而陛下虚心采纳臣下的意见，哪有什么偏向呢？其后又因刑部侍郎范百禄与门下侍郎韩维争议刑名，想的是遵守祖宗惯例，不敢以可疑的法令去杀人，而谏官吕陶又指责韩维专权用事。我本是蜀人，与范、韩二位是老朋友。因此，韩氏一党自然恨我，指摘我们为“川党”。御史赵挺之，在元丰末年为德州通判，而著作佐郎黄庭坚正在该州德安镇为监，赵挺之迎合提举官杨景棻，想在本镇推行市易法，而黄庭坚认为镇小民贫，承受不了各种索求，如果推行市易法，必然导致本镇百姓纷纷出逃。公文往来，成为笑谈。其后赵挺之因为大臣的举荐，召试馆职，我如实地对众人说：“赵挺之为聚敛小人，学问德行一无可取，怎能担当这样的职务？”另外，赵挺之的岳父郭概为西蜀提刑时，本路提举官韩玠违法虐民，朝廷下令让郭概去调查，郭概却附会掩饰，我的弟弟苏辙为谏官，弹劾其事，韩、郭二人都受到降级处分。因此赵挺之恨我，对我的中伤尤其用力。两年之中，我四次受中伤，起草的诏书，都被说成是诽谤。尚未出来看榜，就被说成遗漏人才，以至于我所推荐的人，一例加以诬蔑，所谈的事情，不许核查。近日王觌说胡宗愈拉我结党，孙觉说丁骘云是我亲戚。我与这两个人有什么关系，而他们竟在意想不到的地方巧构曲成，以罗织我的罪名。想使我中伤于士夫之手，而使陛下动摇于各种谣言。朝廷内外的人们都明白这个意思，如果我不早点离开这个职位，前景必然险恶。我不是不知道皇上天性聪明，能够明察我的无罪。但因为御史台和谏院的气焰震动朝廷，上自执政大臣，次及侍从百官，外至各监、司、守、令，都避其锋芒，奉行他们的旨意，他们想让谁退位，没有谁能够保全的。天下人都明白这个道理，唯独陛下居于深宫之中，没办法知道罢了。

据我私下里观察，三代以下能够算得上明主的，没有谁可以和汉宣帝、唐太宗相比拟。然而宣帝杀盖宽饶，太宗杀刘洎，都是由于信用谗言，两人死非其罪，至今仍然受到人们的哀怜。起初，宣帝知道盖宽饶忠直不阿、不畏强暴，自候、司马把他提拔为太中大夫、司隶校尉，不能说对他没有深入的了解。而盖宽饶在奏章中有这样的话："五帝时代天下为公，三王时代实行家天下统治。"当时献谗言的人就说盖宽饶希望皇上禅位。宣帝不加深察，致使盖宽饶在北阙下自杀。太宗信任刘洎，言听计从，曾经把刘洎比作魏徵先生，也不能说了解得不深。而太宗征辽时，身上长了个痈，刘洎哭着说道："圣体不安，很是忧惧。"当时献谗言的人，就说刘洎准备像伊尹和霍光那样，私行废立君主。大宗不察，赐刘洎自尽。现在我忖度陛下对我的了解，不过像汉宣帝对盖宽饶、唐太宗对刘洎那样。而献谗言的人，却是当时的十倍，虽然陛下的圣明宽厚超过了宣帝和太宗二位，然而我又怎敢依仗着这就不赶快去职，以重蹈盖、刘二位的覆辙呢？况且二位臣子死了之后，后世天下人都说二主信谗邪而害忠良，成为圣德的疵点。假若盖、刘二位，能够识别征兆而有所收敛，先自求去，岂不身名俱泰，臣主两全了吗？纵然我不知道自爱，怎能不想想一旦获罪之后，让后世天下人因此而议论我的君主呢？过去先帝召我上殿，询问古今事务，命我今后有事立即奏报。其后我多次议论时事，未蒙施行，于是又作了些诗文，寄托一些规劝的意思，觊求流传之后能够上达，以悟圣上。而李定、舒宣、何正臣三人，说我诽谤时政，我因此而获罪。这还可以说有些近似，把讽谏看作诽谤。而我起草的诏书上，有"民亦劳止"的词句，赵挺之就把这指为诽谤先帝，这简直是颠倒黑白，以西为东，连一点牵强附会的近似也没有。因此我知道赵挺之的险恶比李定、舒亶、何正臣还厉害，而我所受的谗言远远超过了盖宽饶和刘洎。古人有这样的话："为君难，为臣也不容易。"我想苟且偷安，迎合世俗，则内愧于良心，上对不起明主。而如果不改操守，知无不言，则仇敌交相攻陷，只能在死和废弃两者之中选择。恳请皇上慈爱念起为臣下的不容易，可怜我目前的境况，保全我得以善终，把我放到偏远地区，特下诏令，检出我以前的奏请，以早日放我出去。我不由得不感恩知罪祈天请命，诚惶诚恐。何所取舍，请圣上裁决。

补言：郭概人才猥琐，人共所知，既以包庇小人获罪，可是最近又提升到监司衙门里，这全是因为人们害怕赵挺之的嘴巴，以此来取悦他的缘故。就像以前王岩叟作谏官时，有关部门提升他的父亲王荀龙为澶州知州，岳父梁焘为谏议一样，天下人都明白这是因为王岩叟的缘故。

又补言：我所举荐代替我的人黄庭坚、欧阳棐，十科人王巩，制科人秦观，都被诬陷有许多罪恶，事实上却全然没有。我又曾建议请求施行给田募役法，而御史台和谏院都争言其不可，更不得试行。至今每见到吕大防、范纯仁，大家在一起都叹息不止，可惜这个法令不能施行，只因为害怕台谏官的反对而不敢试行。

又补言：中外臣僚，畏避台谏，迎合其言，以欺骗朝廷，这些都有实例。只因为有些与我无关，所以不敢一一陈奏。

又补言：陛下如果认为我的这些话不实，请立即交给有关衙门核对，明加处罚。如果认为我的话是对的，就请留中省览。我当另起一封札子请求外放州郡以付施行。

辨举王巩札子

元祐三年十一月十五日，翰林学士、朝奉郎、知制诰兼侍读苏轼札子奏。臣近举宗正寺丞王巩充节操方正可备献纳科。窃闻台谏官言巩奸邪，及离间宗室，因谄事臣，以获荐举。奉圣旨，除巩西京通判。谨按巩好学有文，强力敢言，不畏强御，此其所长也。年壮气盛，锐于进取，好论人物，多致怨憎，此其所短也。顷者窜逐万里，偶获生还，而容貌如故，志气逾厉，此亦有过人者。故相司马光深知之，待以国士，与之往返，论议不一。臣以为所短不足以废所长，故为国收才，以备选用。去岁以来，吏民上书盖数千人，朝廷委司马光看详，择其可用者得十五人，又于十五人中独称奖二人，孔宗翰与巩是也。巩缘此得减二年磨勘，仍擢为宗正寺丞。则臣之称荐，与光之擢用，其事正同。若果是奸邪，台谏当此时何不论奏？巩上疏论宗室之疏远者，不当称皇叔、皇伯，虽未必中理，然不过欲尊君抑臣，务合古礼而已。何名为离间哉？况巩此议，执政多以为非，独司马光深然之，故下礼部详议。又兵部侍郎赵彦若亦曾建言。若果是离间，光亦离间也，彦若亦离间也。方行下有司时，台谏初无一言，及光没之后，乃有奸邪离间之说，则是巩之邪正，系光之存亡，非公论也。巩与臣世旧，幼小相知，从臣为学，何名“谄事”？三者之论，了无一实。上赖圣明不以此罪巩，亦不以此责臣，止除外官，以厌塞言者之意。臣复何所辨论，但痛司马光死未数月，而所贤之士变为奸邪，又伤言者本欲中臣而累及巩，诬罔之渐，惧者甚众。是以冒昧一言，伏深战越。取进止。

贴黄：臣亲闻司马光称巩忠义，及见光亲书简帖与巩，往复议论政事，及有手简与李清臣，称巩之贤，真迹犹在。

【译文】元祐三年十一月十五日，翰林学士、朝奉郎、知制诰兼侍读苏轼以札子的形式奏议。我近来举荐宗正寺丞王巩参加节操方正、可备献纳科考试。我听说台谏官指责王巩奸邪，离间宗室，因谄谀我才获得举荐。奉圣旨，调王巩为西京洛阳的通判。谨按王巩好学有文彩，正直敢于说真话，不畏强暴，这是他的长处。而年轻气盛，锐于进取，好评论人，从而招致许多怨恨，这是他的短处。最近被流放远方，侥幸得以活着回来，而行为如旧，志气更加豪迈，这也是他的过人之处。已故宰相司马光很了解他，以国士的礼节接待他，与他交往，无话不谈。我认为不应该因为短处就废了他的长处，所以为国网罗人才，以备选用。去年以来，吏民上书言事的约几千人，朝廷委托司马光来审查，选择可用的一共十五个人，又在十五人中特别表彰两个人，他们是孔宗翰和王巩。王巩因此得以缩短二年的考察期，同时被提拔为宗正寺丞。那么我的举荐，与司马光的提拔，用意是一样的。如果真是奸邪之人，台谏官为什么不在那个时候论奏？王巩上疏论宗室贵族中那些关系疏远者，不应再称皇叔、皇伯，虽然不一定合乎大礼，然而也不过是为了尊君抑臣，务求合乎古礼罢了，怎能说是离间宗室呢？何况王巩的这个建议，当时的执政大臣大多都不赞成，只有司马光深以为然，所以交给礼部去讨论。与此同时，兵部侍郎赵彦若也曾提出过相同的建议。如果说是离间，则司马光也是离间，赵彦若也是离间。当初交给有关部门讨论时，台谏两衙门没吱一声，到司马光去世之后，才有奸邪离间的话头，那么王巩是正是邪，则系于司马光的死生，这不是公道的说法。王巩与我是老朋友，从小就互相了解，跟我学习，这叫什么谄谀？这三个罪名，没有一个符合实际。幸赖陛下圣明不因此处罚王巩，也不因此而责备我，只让他出任一个地方官，以满足批评者的意愿。我还有什么好辩解的？只痛心司马光去世才几个月，而他所褒扬的人就变为奸邪，又对批评者的本意为了中伤我而使王巩受到连累感到悲伤，诬陷逐渐蔚为风气，很多人感到害怕。因此冒昧进一言，诚惶诚恐。请圣上裁决。

补言：我曾亲耳听到司马光称赞王巩忠义，又见过司马光亲笔写给王巩的简帖，往还讨论政事，以及给李清臣的信，称赞王巩贤明，其真迹现在还在。

论周穜擅议配享自劾札子二首

元祐三年十二月二十一日，翰林学士、朝奉郎、知制诰兼侍读苏轼札子奏。臣先任中书舍人日，敕举学官，曾举江宁府右司理参军周穜，蒙朝廷差充郓州州学教授。近者窃闻穜上疏，言朝廷当以故相王安石配享神宗皇帝。谨按汉律，擅议宗庙者弃市。自高后至文、景、武、宣，皆行此法，以尊宗庙，重朝廷，防微杜渐，盖有深意。本朝自祖宗以来，推择元勋重望、始终全德之人，以配食列圣。盖自天子所不敢专，必命都省集议，其人非天下公义所属，不在此选，既上，诏云“恭依册告宗庙”，然后敢行，其严如此。岂有既行之后，复请疏远小臣，各出私意，以议所配？若置而不问，则宗庙不严而朝廷轻矣。窃以安石平生所为，是非邪正，中外具知，难逃圣鉴。先帝盖亦知之，故置之闲散，终不复用。今已改青苗等法，而废退安石党人吕惠卿、李定之徒，至于学校贡举，亦已罢斥佛老，禁止字学。大议已定，行之数年，而先帝配享已定用富弼，天下翕然以为至当。穜复何人，敢建此议？意欲以此尝试朝廷，渐进邪说，阴唱群小，此孔子所谓“行险侥幸，居之不疑”者也。而臣忝备侍从，谬于知人，至引此人以污学校。若又隐而不言，则罔上党奸，其罪愈大。谨自劾以待罪，伏望圣慈特敕有司，议臣妄举之罪，重赐责降，以儆在位。取进止。

【译文】元祐三年十二月二十一日，翰林学士、朝奉郎、知制诰兼侍读苏轼以札子的形式奏议。我先前任中书舍人的时候，诏令下边推举学官，我举荐了江宁府右司理参军周穜，蒙朝廷任用为郓州州学教授。近日我听说周穜向朝廷奏议，说朝廷应当以已故宰相王安石配享神宗皇帝。按照汉律的规定，擅自议论宗庙礼仪的应该弃市。从吕后到文帝、景帝、武帝、宣帝，都推行这道律令，以尊宗庙，重朝廷，防微杜渐，意义深远。我大宋朝自祖宗开国以来，选择那些众望所归、善始善终的元勋，以配享列位先帝。这件事自天子以下都不敢专断，一定要召集尚书省官员讨论，其人不是天下公议所推重的，就选不上，选定之后，皇帝下诏恭敬地册告宗庙，然后才行配享礼仪，事情严格到这种程度。哪有既行之后，又请卑贱小臣各以自己的私见来议论配享之人？这种事若搁下不问，则宗庙不庄重而朝廷地位就轻了。我认为王安石平生的所作所为，是非曲直，朝廷内外都知道，难以逃过圣上的明察。先帝也很明白，所以把他置于闲散之地，终生不再任用。现在已改变青苗等法，废退王安石同党吕惠卿、李定等人，至于学校的考试，也已经罢去佛家和道家学，禁止文字学。大议已定，推行了几年，而先帝配享已确定用富弼，天下同声赞扬选得准确。周穜算什么东西，敢建此议？意在以此来试探朝廷，逐渐宣扬各种邪说，私下里引导那些小人们，这就是孔子所说的“行为险恶而侥幸，确定不疑”。我忝备侍从之列，不善于知人，以至于引进了这种人来玷污学校，如果又隐瞒不说，那么就是欺骗皇上而与奸人结党，这个罪过就更大了。谨自劾以待罪，万望圣上慈悲特诏有关部门，议论我妄加举荐的罪过，重加责罚，以儆在位的官吏。请圣上裁决。

元祐三年十二月日，翰林学士、朝奉郎、知制诰兼侍读苏轼札子奏。臣近上言，以所举学官周穜擅议先帝配享，欲以尝试朝廷，渐进邪说，阴唱群小，乞下有司议臣妄举之罪，重行责降，以警在位，至今累日，未奉指挥。

窃以为国之本，在于明赏罚、辨邪正；二者不立，乱亡随之。《易》曰：“大君有命，开国承家，小人勿用。”《象》曰：“大君有命，以正功也。小人勿用，必乱邦也。”昔郭公善善恶恶而不免于亡者，以善善而不用，恶恶而不能去也。

臣观二圣嗣位以来，斥逐小人，如吕惠卿、李定、蔡确、张诚一、吴居厚、崔台符、杨汲、王孝先、何正臣、卢秉、蹇周辅、王子京、陆师闵、赵济，中官李宪、宋用臣之流，或首开边隙，使兵连祸结；或渔利榷财，为国敛怨；或倡起大狱，以倾陷善良，其为奸恶，未易悉数。而王安石实为之首。今其人死亡之外，虽已退处闲散，而其腹心羽翼布在中外，怀其私恩，冀其复用，为之经营游说者甚众。皆矫情匿迹，有同鬼蜮，其党甚坚，其心甚一。而明主不知，臣实忧之。夫君子之难致如麟凤，色斯举矣，翔而后集，况可麾而却之乎？小人之易进如蛆蝇，腥膻所聚，瞬息千万，况可招而来之乎？朝廷日近稍宽此等，如李宪乞于近地居住，王安礼抗拒恩诏，蔡确乞放还其弟，皆即听许；崔道符、王孝先之流，不旋踵进用；杨汲亦渐牵复。吕惠卿窥见此意，故敢乞居苏州。此等皆民之大贼，国之巨蠹，得全首领，以为至幸；岂可与寻常一眚之臣，计日累月，洗雪复用哉？今既稍宽之后，必渐用之。如此不已，则惠卿、蔡确之流，必有时而用，青苗、市易等法必有时而复。何以言之？将作监丞李士京者，邪佞小人，众所嗤鄙。而大臣不察，稍稍引用，以污寺监，犹能建开壕之议，为修城之渐。其策既行，遂唱言于众，欲次复用臣茶磨之法。由此观之，惠卿、蔡确之流，何忧不用，青苗、市易等法，何忧不复哉？

昔卢杞责降既久，经涉累赦，德宗欲与一小郡，举朝忧恐，而宰相李勉，给事中袁高，谏官赵需、裴佶、宇文炫、卢景亮、张荐，常侍李泌等皆以死争之。勉等非惜一郡也，知杞得郡不已，必将复用，一炬有燎原之忧，而滥觞有滔天之祸故也。今周穜草芥之微，而敢建此议，盖有以启之矣。昔淮南王谋反，所惮独汲黯，以谓说公孙丞相，若发蒙耳。今穜虮虱小臣，而敢为大奸，愚弄朝廷，若无人然，不幸而有淮南王，当复谁惮乎？臣不敢远引古人，但使执政之中，有如富弼、韩琦，台谏之中，有如包拯、吕诲，或司马光尚在，此鼠辈敢尔哉？昔王安石在仁宗、英宗朝，矫诈百端，妄窃大名，咸以为可用，惟韩琦独识其奸，终不肯进。使琦不去位，安石何由得志？以此知辨人物之邪正，消祸患于未萌，真宰相事也。臣数日以来，窃闻执政之议，多欲薄臣之责而宽穜之罪，若果如此，则是使今后近臣轻引小人，而惠卿之流，有以卜朝廷之轻重。事关消长，忧及治乱。伏望特出宸断，深诏有司议臣与穜之罪，不可轻恕。纵使朝廷察臣本无邪心，止是暗缪，亦乞借臣以立法，则臣上荷知遇，虽云得罪，实同被赏。若蒙宽贷，则是私臣之身，而废天下之法，臣之愧耻，若挞于市，不胜愤懑。忧国之心，意切言戆，伏候诛谴。取进止。

贴黄：周穜州县小吏，意在寸进而已，今忽猖狂，首建大议，此必有人居中阴主其事。不然者，穜岂敢出位犯分，以摇天听乎？此臣所以不得不再三论列也。

【译文】元祐三年十二月某日，翰林学士、朝奉郎、知制诰兼读苏轼以札子的形式奏议。最近我奏请，因为所举荐的学官周穜擅自议论先帝的配享问题，以此来试探朝廷，倡导邪说，聚拢小人，请求交给有关衙门议一议我的妄举之罪，重加处罚，以警告在位官员，至今已经过了好多天，也没有接到批复。

我深切感到，治理国家的根本问题在于赏罚明确，辨别邪正，这两点做不到，离衰乱和灭亡也就不远了。《周易》上说："大君命令：诸侯和卿大夫，不要任用小人。"《象》曰："大君的命令，以明确功劳；小人不能任用，任用必然乱邦。"过去郭公赞扬好的而厌恶坏的，仍然没有免遭灭亡的命运，就是因为赞美好的而不能加以重用，而厌恶坏的却又不能彻底斥退的缘故。

我看到自二圣继位以来，斥退小人，像吕惠卿、李定、蔡确、张诚一、吴居厚、崔台符、杨汲、王孝先、何正臣、卢秉、蹇周辅、王子京、陆师闵、赵济，宦官李宪、宋用臣之流，或者在边疆上闯祸，致使我国兵祸相连；或者渔利钱财，为国家招致怨恨；或者制造冤案，以陷害忠良，所做的坏事，一时也说不完。而王安石为罪魁祸首。他虽然在死前已被斥退而居于闲散之地，但他的心腹党羽，却散居朝廷内外，私下里感激他，希望他重新被任用，为他经营游说的人着实不少。掩饰自己的真实思想，如同鬼怪一样，他们的团伙很牢固，心也很齐。这些情况圣上不知道，我深感忧虑。正人君子就像麒麟和凤凰一样难以招致，颜色出现一下很快就会消失，何况挥之使去呢？而小人就像蛆和苍蝇一样容易引来腥臊的东西放在那里，眨眼功夫就是千万只，何况招之使来呢？朝廷近来对这些人的处理稍稍放宽了些，如李宪请求居于近地，王安礼抗拒恩诏，蔡确请求放还他的弟弟，都得到了批准。崔台符、王孝先等人，很快被重新任用。杨汲也渐渐获免。吕惠卿看出事情的苗头，所以敢于请求在苏州居住。这些人都是人民公贼，国家的大蛀虫，能够保住脑袋，已经属于万幸，怎能与平常那些犯一般性过失的臣子相比，过一段时日就重新加以任用呢？现在既然逐渐从宽，以后肯定能重新得到任用。照目前这个趋势，吕惠卿、蔡确之流，一定有重新起用的时候，而青苗法、市易法等，也一定有恢复的时日。为什么这样说呢？将作监丞李士京，本是一个邪佞小人，为众人所鄙视，而大臣不加细察，就渐渐加以提拔，以玷污寺监，还能建议开壕和修城。其策既行，于是向众人放风，准备恢复用臣茶磨之法。从这里可以看出，吕惠卿、蔡确之流，何愁不能重新任用，而青苗、市易等法，又何愁不能恢复呢？

过去卢杞处置既久，经过多次赦免，唐德宗准备任命他为一个小郡的长官，而举朝忧虑和恐惧，宰相李勉，给事中袁高，谏官赵需、裴佶、宇文炫、卢景亮、张荐，常侍李泌等都以死相争。李勉等人并不是舍不得一个小郡，而是知道卢杞得郡后不会就此止步，一定会重新得以重用，忧虑一把火炬最终成为燎原之势，一个水滴而引起滔天之祸。今天周穜以一个草介微臣敢于奏上这样的建议，肯定有人指使。过去淮南王谋反，唯独忌惮直臣汲黯，认为劝说丞相公孙弘，就像劝说一个小孩子一样。今天周穜以一虮虱般微臣，而敢耍大奸，愚弄朝廷，像朝廷中没有人才一样，不幸而有淮南王那样的的反贼，当又忌惮谁呢？我也不敢再远引古人，执政当中只要有富弼、韩琦那样的人，台谏官中有像包拯、吕诲那样的人，或者司马光还在世，这些鼠辈哪敢这样？过去王安石在仁宗、英宗朝时，百般矫饰，博取虚名，朝廷上下都以为可以重用，唯独韩琦认为不可，终久没能得以使用。假若韩琦仍然在位，王安石怎能得志？因此我知道辨识人物的正邪，把灾祸消灭于萌芽之中，这真是宰相应该做的事。几天来，我私下里听说执政们在一起议论，准备减轻对我的处罚，宽恕周穜的罪过，如果真是这样，这是让今后近臣们可以随便引进小人，而吕惠卿之流，得以探测朝廷的虚实。事情关系到消长大事，忧虑关乎着是治是乱。万望特下圣断，严令有关衙门讨论我和周穜的罪责问题，不能轻易宽恕。即使朝廷考察后认为我本来没有坏心，只是愚昧不识人，也请借我以立法，则我上感知遇之恩，虽说受处罚，实际上和受赏赐一样。如果宽恕我，则是私爱了我，而废天下之公法，我的耻辱，就像在大街上被打了一顿，不胜愤懑。忧国之心，言蠢而意切，等候处罚。请圣上裁决。

补言：周穜本是一个地方小官，意在求得一点赏赐，今天突然狂妄进言，倡建大议，他的背后肯定有人指使。不然，周穜怎敢越礼犯份，以动摇天听？这是我不得不再三强调的地方。

论边将隐匿败亡宪司体量不实札子

元祐三年闰十二月四日，翰林学士、知制诰兼侍读苏轼札子奏。臣近以目昏臂痛，坚乞一郡，盖亦自知受性刚褊，黑白太明，难以处众。伏蒙圣慈降诏不许，两遣使者存问慰安。天恩深厚，沦入骨髓。臣谓此恩当以死报，不当更计身之安危，故复起就职。而职事清闲，未知死所，每因进读之间，事有切于今日者，辄复尽言，庶补万一。

昨日所读《宝训》有云："淳化二年，上谓侍臣，诸州牧监马多瘐死，盖养饲失时，枉致病毙。近令取十数槽寘殿庭下，视其刍秣，教之养疗，庶革此弊。"臣因进言，马所以病，盖将吏不职，致圉人盗减刍粟，且不恤其饥饱劳逸故也。马不能言，无由申诉，故太宗至仁，深哀怜之，寘之殿庭，亲加督视。民之于马，轻重不同，若官吏不得其人，人虽能言，上下隔绝，不能自诉，无异于马。马之饥瘦劳苦，则有毙踣奔逸之忧，民之困穷无聊，则有沟壑盗贼之患。然而四海之众，非如养马，可以寘之殿庭，惟当广任忠贤，以为耳目，若忠贤疏远，谄佞在傍，则民之疾苦，无由上达。

秦二世时，陈胜、吴广已屠三川，杀李由，而二世不知。陈后主时，隋兵已渡江，而后主不知。此皆昏主，不足道。如唐明皇亲致太平，可谓明主，而张九龄死，李林甫、杨国忠用事，鲜于仲通以二十万人没于云南，不奏一人，反更告捷，明皇不问，以致上下相蒙；禄山之乱，兵已过河，而明皇不知也。今朝廷虽无此事，然臣闻去岁夏贼犯镇戎，所杀掠不可胜数，或云"至万余人"，而边将乃奏云"野无所掠"。其后朝廷访闻，委提刑司体量，而提刑孙路止奏十余人，乞朝廷先赐放罪，然后体量实数。至今迁延二年，终未结绝闻奏。凡死事之家，官所当恤，若隐而不奏，则生死衔冤，何以使人？此岂小事，而路为耳目之司，既不随事奏闻朝廷，既行蒙蔽，又乞放罪，迁延侮玩，一至于此！臣谓此风渐不可长，驯致其患，何所不有？此臣之所深忧也。臣非不知陛下必已厌臣之多言，左右必已厌臣之多事，然受恩深重，不敢自同众人，若以此获罪，亦无所憾。取进止。

【译文】元祐三年闰十二月初四，翰林学士、知制诰兼侍读苏轼以札子的形式奏议。臣近来因为眼昏臂痛，坚决请求出任地方官，本来也知道自己生性刚强偏狭，过于认真，难以和众人相处。承蒙圣上慈爱降诏不许，两次派遣使者到家问候安慰。天恩深厚，我刻骨铭心。臣认为这种恩德应当以死来报效，不应当再计较自身的安危，所以起而重新就职。而职事清闲，不能效死力，每每乘着进读的间隙，对于那些和今天的事情有些关系的，总是把话说透，希望对时事能有所弥补。

昨天读《宝训》，那上面说："淳化二年，太宗皇帝对侍臣说：诸州牧监马有许多病死了，大都是因为饲养不及时，枉致病死。近日下令取十几槽置于殿庭下，仔细察看它们的草料，教给治病的方法，希望以此来革除弊端。"我读到这里，乘势进言，马之所以生病，是因为将吏们失职，致使养马人偷减饲料，并且不体恤饥饱劳逸的缘故。马不会说话，无法申诉，所以太宗皇帝至为仁德，深切地哀怜它们，把它们置于殿庭之内，亲自加以督察。老百姓与马相比，意义更重一些，如果官吏不称职，人虽然会说话，上下隔绝，与马没有什么不同。马饥瘦劳苦，则忧虑它们死亡倒下或逃走；人民困穷得没有办法，则忧虑他们饿死或为盗贼。然而天下人这么多，不像养马那样，可以放在殿庭之内，唯有广泛任用贤明官吏，作为皇上耳目，如果疏远忠贤，奸邪谄媚之人在位，则人民的疾苦就无从上达。

秦二世的时候，陈胜、吴广已攻灭三川郡，杀了郡守李由，而二世还不知道。陈后主的时候，隋兵已经渡过长江兵临城下，而后主还不知道。这二位都是昏君，不值得一提。像唐玄宗亲身造就了太平的基业，可以说是一位英明君主，而张九龄死后，李林甫、杨国忠专权，鲜于仲通二十万大军丧师于云南，一个也不奏报，反而报捷，唐玄宗不问，以至上下相掩盖；安禄山叛乱，大军已经渡过黄河，而唐玄宗还不知道。现在朝廷虽然没有这么严重的事情，然而我听说去年西夏侵扰边境，杀掠不可胜数，有人说有一万多人，而边境上的将领却奏报没有掠走什么。此后朝廷询问，委托提刑司调查，提刑孙路只奏报杀掠十余人，请朝廷先赦免有关责任人的罪过，然后统计实数。拖延至今已经二年，还没有最终结案报上来。凡是有被杀的家庭，官府应当抚恤，如果隐瞒不报，则死人活人同衔冤恨，以后再怎么去驱使他们？这难道是小事，而孙路身居朝廷的耳目衙门，既不随即向朝廷汇报，大搞蒙蔽欺骗，又请求赦免罪犯，拖延轻侮朝廷，竟达到如此地步！臣认为这股风气决不能助长，招致灾难，什么事没有，这是臣深感担忧的。臣不是不知道陛下一定已经十分讨厌臣的多嘴，左右近臣一定已经讨厌臣的多事，然而臣受皇恩深重，不敢和一般人混同，如果因此而获罪，也没有什么遗憾的。请圣上裁决。

荐何宗元《十议》状

元祐三年闰十二月十九日，翰林学士、朝奉郎、知制诰兼侍读苏轼状奏。右臣伏见朝廷近制，川峡四路员缺，并归吏部注拟。臣窃原圣意，盖为蜀道险远，人材众多，若就本路差除，则士皆怀土重迁，老死乡邑，可用之人，朝廷莫得而器使也。士虽在远，亦识此意，闻命忻然，皆有不远千里观光求用之心。然法行数年，未见朝廷非次擢用一人，此乃如臣等辈不举所闻之过也。伏见蜀人朝奉郎、新差通判延州事何宗元，吏道详明，士行修饰，学古著文，颇适于用。近以所著《十议》示臣，文词雅健，议论审当。臣愚不肖，谓可试之以事，观其所至。谨缮写《十议》上进。伏望圣慈降付三省详看，如有可采，乞随才录用，非独以广育材之道，亦以慰答远方多士求用之意也。谨录奏闻，伏候敕旨。

【译文】元祐三年闰十二月十九日，翰林学士、朝奉郎、知制诰兼侍读苏轼状奏。臣发现朝廷近来有这么一条制度，川峡四路官吏出现缺员，全部由吏部拟定替补的人员。臣私下里忖度圣上的意思，是认为蜀道艰难，而这里又人才众多，若从本路选拔，士人都安土重迁，最终老死乡里，可用的人才，朝廷不能得而使用。士人虽远，也明白这层意思，听到这个命令很高兴，都有不远千里来朝廷开开眼界以求进用之心。然而这个办法推行了几年，没见到朝廷打破常规提拔一个人，这是因为臣这样的人不举荐的缘故。臣发现四川人朝奉郎、新差通判延州事何宗元，精通为吏之道，德行修谨，学古著文，颇合时用。最近把他所著的《十议》让臣看，其文章文词雅驯，议论精当，臣愚笨不肖，认为可以委他以一定的职事试一试，看他能办成什么样子。谨缮写《十议》奏上。望圣上慈悲交付三省审查，如有可取之处，请量才录用，这不单单是扩大了育才之路，同时也安慰了远方士人求用之心。谨录奏闻，恭候圣旨。

举何去非换文资状

元祐四年正月日，翰林学士、朝奉郎、知制诰兼侍读苏轼状奏。右臣伏见左侍禁何去非，本以进士六举到省，元丰五年，以特奏名就御庭唱名。先帝见其所对策词理优赡，长于论兵，因问去非：“愿与不愿武官？”去非不敢违圣意，遂除右班殿直，武学教授，后迁博士，今已八年。尝见其所著述，材力有余，识度高远。其论历代所以废兴成败，皆出人意表，有补于世。去非虽喜论兵，然本儒者，不乐为武吏。又其他文章，无施不宜。欲望圣慈特与换一文资，仍令充太学博士，以率励学者，稍振文律，庶几近古。若后不如所举，臣等甘伏朝典。谨录奏闻，伏侯敕旨。

【译文】元祐四年正月某日，翰林学士、朝奉郎、知制诰兼侍读苏轼奏议。微臣发现左侍禁何去非，本以进士的身份六举到省，元丰五年，参加恩科考试到御庭唱名。先帝见他对策词理优长，长于议论军事，因而问他："愿不愿意作武官？"他不敢违拂圣上的旨意，于是被任命为右班殿直、武学教授，后来升为博士，至今已经八年。我曾见过他的一些著作，才力有余，见识高远，谈论历代兴衰成败的原因，皆超出常人一截，对今世大有裨益。何去非虽然喜欢谈论军事，然而本人乃一介儒生，不喜欢当武官。他的其他文章，施于当今不无适宜。因此希望圣上慈悲特诏给他换一个文官的官资，仍然让他充任大学博士，以督率鼓励后学，稍稍振兴文化事业，希望以此而近于古风。如果以后发现他不称职，我甘愿受罚。谨录奏闻，恭候圣旨。

论行遣蔡确札子

元祐四年四月十一日，龙图阁学士、朝奉郎、新知杭州苏轼札子奏。臣近蒙圣恩，哀臣疾病，特许补外。臣窃自惟受恩深重，不敢以出入之故，便同众人，有所闻见而不尽言。窃闻臣寮有缴进蔡确诗言涉谤讟者。臣与确元非知旧，实自恶其为人。今来非敢为确开说，但以此事所系国体至重，天下观望二圣所为，若行遣失当，所损不小。臣为侍从，合具奏论。若朝廷薄确之罪，则天下必谓皇帝陛下见人毁谤圣母，不加忿疾，其于孝治，所害不浅。若深罪之，则议者亦或以谓太皇太后陛下圣量宽大，与天地等，而不能容受一小人谤怨之言，亦与仁政不为无累。臣欲望皇帝陛下降敕，令有司置狱，追确根勘，然后太皇太后内出手诏云："吾之不德，常欲闻谤以自儆。今若罪确，何以来天下异同之言？矧确尝为辅臣，当知臣子大义，今所缴进，未必真是确诗。其一切无问，仍榜朝堂。"如此处置，则二圣仁孝之道，实为两得。天下有识，自然心服。臣不胜爱君忧国之心，出位僭言，谨俟诛殛。取进止。

【译文】元祐四年四月十一日，龙图阁学士、朝奉郎、新任杭州知州苏轼以札子的形式奏议。近日臣蒙受圣上恩典，可怜臣有疾病，特准放臣外任地方官。臣自认为受恩深重，不敢因为外放的缘故，便将自己与一般人混同，听到的和见到的便不全说。臣听说有关部门查出蔡确的诗中有诽谤的内容。臣与蔡确原本没有很深的交情，事实上臣很讨厌他的为人。今日上书也不敢替他开脱罪责，但因为这件事关乎到国家体制，很是重大，天下人都在观望太皇太后和皇上怎么处置，如果处理不当，损害不小。臣作为侍从，理应奏上自己的建议。如果朝廷对蔡确处罚太轻，则天下人一定要说皇帝陛下见到别人诽谤太皇太后，而不愤怒，这对于以孝治天下，危害不浅。如果加重处罚，则议论的人中又有人认为太皇太后陛下本来宽宏大量，其度量可以与天地比齐，然而不能容忍一个小人的批评话语，对于仁政也不无危害。所以臣希望皇帝陛下能降下敕令，命令有关部门立案，对蔡确彻底调查，然后太皇太后亲自下诏说；"臣本无德，常想听到一些批评意见以自臣儆示，现在如果处置蔡确，怎能再引来天下不同的声音？况且蔡确本是辅佐大臣，应当知道臣子大义，现查缴上来的这些诗，未必一定就是蔡确的。令一切不问，其诗仍贴在朝堂上。"这样处理，太皇太后的仁道和皇上的孝道，得以两全其美。天下人见到，自然心服。臣按捺不住爱君忧国之心，所以越位上奏，谨候诛责。请圣上裁决。

乞将台谏官章疏降付有司根治札子

元祐四年四月十七日，龙图阁学士、朝奉郎、新知杭州苏轼札子奏。臣近以臂疾，坚乞一郡，已蒙圣恩差知杭州。臣初不知其他，但谓朝廷哀怜衰疾，许从私便。及出朝参，乃闻班列中纷然，皆言近日台官论奏臣罪状甚多，而陛下曲庇小臣，不肯降出，故许臣外补。臣本畏满盈，力求闲退，既获所欲，岂更区区自辩，但窃不平。数年以来，亲见陛下以至公无私治天下，今乃以臣之故，使人上议圣明，以谓抑塞台官，私庇近侍，其于君父，所损不小，此臣之所以不得不辩也。臣平生愚拙，罪戾固多，至于非义之事，自保必无。只因任中书舍人日，行吕惠卿等告词，极数其凶慝，而弟辙为谏官，深论蔡确等奸回。确与惠卿之党，布列中外，共仇疾臣。近日复因臣言郓州授周穜，以小臣而为大奸，故党人共出死力，构造言语，无所不至。使臣诚有之，则朝廷何惜窜逐，以示至公；若其无之，臣亦安能以皎然之身，而受此暧昧之谤也？人主之职，在于察毁誉，辨邪正。夫毁誉既难察，邪正亦不易辨，唯有坦然虚心而听其言，显然公行而考其实，则真妄自见，谗构不行。若阴受其言，不考其实，献言者既不蒙听用，而被谤者亦不为辩明，则小人习知其然，利在阴中，浸润肤受，日进日深，则公卿百官，谁敢自保，惧者甚众，岂惟小臣，此又臣非独为一身而言也。伏望圣慈，尽将台谏官章疏降付有司，令尽理根治，依法施行。所贵天下晓然知臣有罪无罪，自有正法，不是陛下屈法庇臣，则臣虽死无所恨矣。夫君子之所重者，名节也，故有“舍生取义”、“杀身成仁”、“可杀不可辱”之语。而爵位利禄，盖古者有志之士所谓鸿毛弊屣也。人臣知此轻重，然后可与事君父，言忠孝也。今陛下不肯降出台官章疏，不过为爱惜臣子，恐其万一实有此事，不免降黜。而不念臣元无一事，空受诬蔑，圣明在上，瘖呜无告，重坏臣爵位，而轻坏臣名节，臣切痛之。意切言尽，伏候诛殛。取进止。

贴黄：臣所闻台官论臣罪状，亦未知虚实，但以议及圣明，故不得不辩。若台官元无此疏，则臣妄言之罪，亦乞施行。

又贴黄：臣今方远去阙庭，欲望圣慈察臣孤立，今后有言臣罪状者，必乞付外施行。

【译文】元祐四年四月十七日，龙图阁学士、朝奉郎、新任杭州知州苏轼以札子的形式奏议。近来臣因为臂上麻木，坚决请求出任地方官，已蒙圣上恩典差派为杭州知州。起初臣不知道其他，只说是朝廷可怜臣衰老和疾病，答应了臣私下的请求。到出朝例行的参拜时，才听到班列中议论纷纷，都说近日御史台奏报臣很多罪状，而陛下曲意庇护，不肯将章疏下发，所以答应臣外补为杭州知州。臣本来害怕过份，力求闲退，既达到了自己所希望的，怎能再斤斤计较去辩解，只是心里很是不平。几年以来，亲眼见到陛下用最为公道的原则来治理天下，今天却因为臣的缘故，使人议论皇上，认为您压制御史台的言论，私下里庇护近侍之人，这对于君主的名声损害不小，这就是臣不得不加以辩解的原因所在。臣平生愚拙，罪过固然很多，但不合乎道义的事情，则敢保证没有。只因为臣任中书舍人的时候，起草关于吕惠卿等人罪行的文书，在那中间臣极数其罪恶，而臣的弟弟苏辙那时候是谏院官员，也狠狠揭发了蔡确的罪行。蔡确与吕惠卿的同伙，遍布朝廷内外，共同仇恨臣。最近又因为臣说郓州教授周穜以小臣的身份而为大奸之事，所以他们一伙下死气力，制造谣言，无所不用其极。假如臣确有其事，则朝廷为什么要吝惜流放的刑罚，以示公道；而如果没有，则臣又怎能以洁白之身，而受此暧昧的诽谤？君主的职责就在于明察毁誉，辨别邪正。毁誉既难以察清，邪正也不易辨明，则只有坦然倾听大家的意见，明确推行公道而考核实际，这样做则真假自现，谗言也就失去了市场。如果私下里听了一面之辞，不考核实际情况，献忠言的既不能听用，而被诽谤的人也不替他辨明，则小人知道了这种情形，就在阴暗角落里中伤别人，日复一日而愈演愈烈，则公卿百官，谁能自保，恐惧岂止臣一人，这是臣的辨驳不单为了自身的又一证明。恳请圣上慈悲，把台谏官的奏章全部下达给有关衙门，让他们一查到底，依法处治。若能使天下人都明白臣的有罪无罪，不是陛下枉法包庇，则臣虽死也没有遗憾了。君子所看重的是名节，所以有“舍生取义”、“杀身成仁”、“士可杀而不可辱”的话头。而爵位和利禄，则是古代那些仁人志士所谓的像鸿毛和旧鞋子一样不值得重视的东西。臣下知道孰轻孰重后，才可以做臣子，谈忠孝。现在陛下不肯让御史台的奏疏传出来，不过是为了爱惜臣，恐怕万一情况属实，臣不免要被降职责罚，却不想臣本无一事，空受诬蔑，圣明在上，吞吞吐吐不让告诉，重视损害臣的爵位，却轻视败坏臣的名誉节操，臣深感痛心。情真意切，和盘托出，等候诛罚。请圣上裁处。

补言：臣听说御史台弹劾臣的罪状，不知道这话是否真实，只因为议及圣上，所以不得不加以辩解。如果御史台原本没有这样的奏疏，则臣妄言之罪，也请处罚。

又补言：臣现在远离朝廷，希望圣上慈悲体察臣的孤立，今后有告臣罪状的，请求交给有关衙门调查后处罚。

乞赐州学书板状

元祐四年八月日，龙图阁学士、朝奉郎、知杭州苏轼状奏。右臣伏见本州学，见管生员二百余人，及入学参假之流，日益不已。盖见朝廷尊用儒术，更定贡举条法，渐复祖宗之旧，人人慕义，学者日众。若学粮不继，使至者无归，稍稍引去，甚非朝廷乐育之意。前知州熊本，曾奏乞用废罢市易务书板，赐与州学，印赁收钱，以助学粮，或乞卖与州学，限十年还钱。今蒙都督指挥，只限五年。见今转运司差官重行估价，约计一千四百六贯九百八十三文。若依限送纳，即州学岁纳二百八十一贯三百九十七文，五年之间，深为不易。学者旦夕阙食，而望利于五年之后，何补于事？而朝廷岁得二百八十一贯三百九十七文，如江海之中增损涓滴，了无所觉？徒使一方士民，以谓朝廷既已捐利于民，废罢市易，所放欠负，动以万计，农商小民，衔荷圣泽，莫知纪极，而独于此饥寒儒素之士，惜毫末之费，犹欲于此追收市易之息。流传四方，为损不小，此乃有司出纳之吝，非朝廷宽大之政也。臣以侍从，各位守臣，怀有所见，不敢不尽。伏望圣慈特出宸断，尽以市易书板赐与州学，更不估价收钱，所贵稍服士心，以全国体。谨录奏闻，伏候敕旨。

贴黄：臣勘会市易务元造书板用钱一千九百五十一贯四百六十九文，自今日以前所收净利，已计一千八百八十九贯九百五十七文，今若赐与州学，除已收净利外，只是实破官本六十一贯五百一十二文，伏乞详酌施行。

【译文】元祐四年八月某日，龙图阁学士、朝奉郎、杭州知州苏轼状奏。臣考察本州的州学，现管生员二百多人，以及一些假冒的，日有增加。臣发现朝廷尊用儒术，重新制定科举条例，逐渐恢复祖宗成规，人人慕义，学习的人日益增多。如果学校的口粮供应不上，使来学的人没有个归宿，渐渐退学，这很不符合朝廷乐于教育的意旨。前任知州熊本，曾经奏请将废罢市易务书板，赏给州学，印一些租赁出去，所收的钱以补贴学校的口粮花销，或者请求卖给州学，限十年还钱。现在接到都督指示，只限五年还清。现今转运司差官重新估价，约值一千四百零六贯九百八十三文。如果按时限交纳，即州学每年应该交纳二百八十贯三百九十七文，五年之间，很不容易。学生们一天到晚缺吃的，而指望五年之后的利钱，于事何补？而朝廷一年得到二百八十一贯三百九十七文，就像大江大海中增加一滴水，了无感觉？白白地让一方士民，认为朝廷既已让利于民，废罢市易法，免除欠帐，动辄以万计，农商小民，全都承受皇上的恩泽，莫知其极，却独独对于这些贫穷的读书人，吝惜毫末的费用，还想在这里追收市易法所规定的利息。这样的说法传出去后，损害不小，这是有关衙门的吝啬，不符合朝廷宽大之政的精神。臣作为一个侍从，又忝列为地方长官，心里有些想法，不敢不全部讲出来。万望圣上慈悲特下明断，全部把市易务书板赐给州学，不再估价收钱，以此来收拢读书人的心，保全国家的体面。谨录奏闻，恭候圣旨。

补言：臣调查出市易务原来制造书板时花了一千九百五十一贯四百六十九文钱，此前已收到的净利，一共是一千八百一十九贯九百五十七文，现在如果赏赐给州学，除已收净利外，实际只破费官府的本钱六十一贯五百一十二文，请求详细斟酌后施行。

奏为法外刺配罪人待罪状

元祐四年八月日，龙图阁学士、朝奉郎、知杭州苏轼状奏。右臣自入境以来，访闻两浙诸郡，近年民间例织轻疏糊药绸绢以备送纳。和买夏税官吏，欲行拣择，而奸猾人户及揽纳人递相扇和，不纳好绢，致使官吏无由拣择，期限既迫，不免受纳。岁岁如此，习以成风。故京师官吏军人，但请两浙衣赐，皆不堪好。上京纲运，岁有估剥，日以滋多，去年估剥至九千余贯，元纳专典枷锁鞭挞，典卖竭产，有不能偿。姑息之弊，一至于此。

臣自到郡，欲渐革此弊，即指挥受纳官吏，稍行拣择。至七月二十七日，有百姓二百余人，于受纳场前大叫数声，官吏军民，并皆辟易。遂相率入州衙，诣臣喧诉。臣以理喻遣，方稍引去。臣知此数百人，必非齐同发意，当有凶奸之人，为首纠率。密行缉探，当日据受纳官仁和县丞陈皓状申，有人户颜巽男颜章、颜益纳和买绢五匹，并是轻疏糊药，丈尺短少，以此拣退。

其逐人却将专典拑撮及与揽纳人等数百人，对监官高声叫噉叫，奔走前去。臣即时差人捉到颜章、颜益二人，枷送右司理院禁勘。只至明日，人户一时送纳好绢，更无一人敢行喧闹。

续据右司理院勘到颜章、颜益招为本家有和买绸绢共三十七匹，章等为见递年例只是将轻疏糊药绸绢纳官，今年本州为纲运估剥数多，以此指挥要纳好绢。章等既请和买官钱每匹一贯，不合将低价收买昌化县轻疏糊药短绢纳官，其颜章又不合与兄颜益商量，若或拣退，即须甘撮专拣，扇摇众户，叫噉投州，吓胁官吏，令只依递年受纳不堪绸绢，寻将买到轻疏糊药短绢五匹，付拣子家人翁诚纳官，寻被翁诚覆本官拣退。章等既见众户亦有似此轻疏短绢，多被拣退，寻甘撮翁诚叫屈，颜益在后用手推翁诚，令颜章甘去投州，即便走出三门前，叫屈二声，跳出栏干，将两手抬起，唤众户扇摇叫噉，称一时投州去来。众户约二百余人，因此亦一时叫噉相随，投州衙喧诉。臣寻体访得颜章、颜益系第一等豪户颜巽之子。巽先充书手，因受赃虚消税赋，刺配本州牢城，寻即用幸计构胥吏、医人，托患放停，又为诈将产业重叠当出官盐，刺配滁州牢城，依前托患放停归乡。父子奸凶，众所畏恶。下狱之日，闾里称快。

谨按颜益、颜章以匹夫之微，令行于众，举手一呼，数百人从之，欲以众多之势，胁制官吏，必欲今后常纳恶绢，不容臣等少革前弊，情理巨蠹，实难含忍，本州即已依法决讫。臣独判云："颜章、颜益，家传凶狡，气盖乡闾。故能奋臂一呼，从者数百。欲以摇动长吏，胁制监官。蠹害之深，难从常法。"已刺配本州牢城去讫。仍以散行晓示乡村城郭人户，今后更不得织造轻疏糊药绸绢，以备纳官，庶几明年全革此弊。伏望朝廷详酌，备录臣此状，下本路转运司，遍行约束晓示，所贵今后京师及本路官吏军人，皆得堪好衣赐，及受纳专副，不至破家陪填。所有臣法外刺配颜章、颜益二人，亦乞重行朝典。谨录奏闻，伏候敕旨。

贴黄：勘会本州去年发和买夏税物帛计一十四纲，今来只估剥到四纲，已及九千余贯，乞下左藏库，便见估剥数目浩大。

【译文】元祐四年八月某日，龙图阁学士、朝奉郎、杭州知州苏轼状奏。微臣自从到杭州以来，访问中听到两浙各地有这么一个情况：近几年民间依照成例织一些轻疏糊药绸绢以备上交，主持预先买进以充夏季赋税的官吏，想有所挑选，而奸猾人家以及经营包揽代纳赋税的民户互相呼应，不交好绢，致使官吏没办法挑选，限期迫近，不得不勉强接收。年年如此，沿袭成为一种风气。因此京城的官吏和军人们，只要发放两浙地区贡献的布绢作成的衣服，都不很好。官府水陆输入京城的物资，每年都有运出，并且日益增多。去年运出至九千余贯钱，原纳专主枷锁鞭挞，典卖完自己的资产，还不够抵偿。姑息养奸的弊端，竟到这种程度。

臣自到任之后，就想逐渐革除这个弊端，立即下令受纳官吏，稍稍加以选择。到七月二十七日，有二百多个百姓，在接受交纳物资的场地前，大叫几声，官吏军民，都纷纷让开。于是他们结队进入知州衙门，到臣面前诉闹。臣晓之以理，才渐渐离去。臣知道这几百个人，肯定不会同心协力起来闹事，一定有凶奸之人在中间操纵。于是臣下令暗加查访。根据那一天的受纳官、仁和县丞陈皓的报告，有民户颜巽的儿子颜章和颜益交纳和买绢五匹，全是些轻疏糊药绢，短缺许多尺寸，因此被退还而不予收购。于是他们把专典钳撮以及揽纳的民户几百人纠集到一起，对着监官高声叫喊，奔走前去。臣即时差人把颜章和颜益二人捉来，带上枷锁送右司理院审问。到第二天，应交纳的民户一时纷纷将好绢缴上，再无一人敢于喧闹。

接着据右司理院审问颜章和颜益的供词，他们家有和买绸绢三十七匹，因为看到往年的惯例只是将轻疏糊药绸绢交上去，而今年因本州纲运消耗数多，因此指令要交纳好绢。颜章等人既请和买的官价每匹一贯，却不该用这些钱低价收购昌化县的轻疏糊药短绢来交给官府，颜章又不该和哥哥颜益商量，如果被拒收，就要挟制验收人，扇动民户，叫喊到州里投诉，威胁官吏，令只依往年的惯例接受那些不甚好的绸绢。不久就将所买到的轻疏糊药短绢五匹，交给差役户家人翁诚，让他上交给官府。翁诚交纳时被验收官吏拒收。颜章等人见到众户也有些这样的轻疏短绢，大多被拒收，于是挟制翁诚叫屈。颜益在背后用手推翁诚，令颜章挟持一起去州府投诉，即便走出三门前，大叫两声冤屈，便跳出栏干，将两手抬起，呼唤众户一齐呐喊，声称要到州府里去。

众户约二百多人，因此也就跟随着叫喊，到州衙前喧闹。臣立即查出颜章和颜益是第一等豪户颜巽的儿子。颜巽以前曾当过担任抄写工作的书吏，因为接受贿赂后替人减税，被刺配到本州监狱，不久便用诡计买通狱吏、医生，装病被放了出来，放出来之后，又用伪造双份家庭资产的凭证作抵押以借出公家的盐，查出后刺配滁州监狱，仍用以前的老办法装病被放还归乡。父子奸凶，为众人所畏忌和憎恶。他们下狱之日，乡里拍手称快。

谨按颜益和颜章不过是两个微贱百姓，却能号令于众人之中，他们举手一呼，几百人起而响应，准备以人多势众，胁迫官吏，一定要在今后经常交纳劣质绢，不容臣们对以前的弊端稍加改革，真是几条大蛀虫，实在令人难以容忍。臣已依法惩处完毕。臣在判词中指出：“颜章、颜益，家风凶狠狡诈，以势欺压乡里，因此能够奋臂一呼，几百人响应。企图以此来动摇长官，胁制监官。危害极大，实在难以依常法处理，已刺配到本州监牢完毕。仍以布告晓示乡村城镇百姓，今后再不得织造轻疏糊药绸绢，以备交纳官府之用，希望明年能全部革除这一弊端。恳请朝廷详加斟酌后，把臣的这道奏状加以抄录，下达给本路转运司，让他们遍行约束晓示百姓，以期今后京城及本路官吏军人，都能得到一些好衣料，以及那些验收人员，不至于破家赔偿。对臣严加惩处的颜章、颜益二人，也请重行朝典。谨录奏闻，恭候圣旨。

补言：查得本州去年运出和买夏税物资绢帛共计十四纲，今年到目前为止只运出四纲，损失的物资价值已达九千余贯，请求下查左藏库，便看出损失的数目之大。

乞赐度牒修廨宇状

元祐四年九月日，龙图阁学士、朝奉郎、知杭州苏轼状奏。右臣伏见杭州地气蒸润，当钱氏有国日，皆为连楼复阁，以藏衣甲物帛，及其余官屋，皆珍材巨木，号称雄丽。自后百余年间，官司既无力修换，又不忍拆为小屋，风雨腐坏，日就颓毁。中间虽有心长史，果于营造，如孙沔作中和堂，梅挚作有美堂，蔡襄作清暑堂之类，皆务创新，不肯修旧。其余率皆因循支撑，以苟岁月。而近年监司急于财用，尤讳修造，自十千以上，不许擅支，以故官舍日坏，使前人遗构，鞠为朽壤，深可叹惜。臣自熙宁中通判本州，已见在州屋宇，例皆倾邪，日有覆压之惧。今又十五六年，其坏可知。到任之日，见使宅楼庑，欹仄罅缝，但用小木横斜撑住，每过其下，栗然寒心，未尝敢安步徐行。及问得通判职官等，皆云每遇大风雨，不敢安寝正堂之上。至于军资甲仗库，尤为损坏。今年六月内使院屋倒，压伤手分书手二人；八月内鼓角楼摧，压死鼓角匠一家四口，内有孕妇一人。因此之后，不惟官吏家属，日负忧恐，至于卒吏往来，无不狼顾。

臣以此不敢坐观，寻差官检计到宫舍城门楼橹仓库二十七处，皆系大段隳坏，须至修完，共计使钱四万余贯，已具状闻奏，乞支赐度牒二百道，及且权依旧数支公使钱五百贯，以了明年一年监修官吏供给，及下诸州划刷兵匠应副去讫。臣非不知破用钱数浩大，朝廷未必信从，深欲减节，以就约省，而上件屋宇，皆钱氏所构，规摹高大，无由裁撙，使为小屋。若顿行毁拆，改造低小，则目前萧然，便成衰陋，非惟军民不悦，亦非太平美事。窃谓仁圣在上，忧爱臣子，存恤远方，必不忍使官吏胥徒，日以躯命，侥幸苟安于腐栋颓墙之下。兼恐弊陋之极，不即修完，三五年间，必遂大坏，至时改作，又非二百道度牒所能办集。伏望圣慈，特出宸断，尽赐允从。如蒙朝廷体访得不合如此修完，臣伏欺罔之罪。谨录奏闻，伏候敕旨。

【译文】元祐四年九月某日，龙图阁学士、朝奉郎、杭州知州苏轼状奏。微臣发现杭州气候蒸热湿润，当钱氏吴越政权存在的时候，建造一些连楼阁道，以储存衣甲布帛，其余公家的房舍，都是用巨大的木材建成，十分雄伟壮丽。此后百余年间，公家既无力修整，又不忍心将它们改造为小屋，风剥雨蚀，日渐腐朽毁坏。这中间虽然也有一些有心的长官，在建造方面很是果敢，如孙沔作中和堂，梅挚建造有美堂，蔡襄作清暑堂等，都力求创新，不肯修整旧房。其余的长官都在因循支撑，苟延时日。而近几年监司财政拮据，对于修造尤其避而不谈，花费一万以上，不许擅自支出，因此公家的房舍在一天天坏下去，前人留下来的建筑物，逐渐化为朽土，深可叹惜。臣自神宗熙宁中为杭州通判的时候，已发现公家的房舍大多倾斜，每天都有倒塌的危险。到今天又过了十五六年，败坏的程度可想而知。这次臣刚到任的时候，见使宅楼舍，大都歪歪斜斜，到处是缝隙，只用一些小木桩子支撑着，每当从下边经过，总是忐忑不安，从来不敢慢慢地走。及问通判等官员，都说每当遇到大风天气，就不敢在正堂上安睡。至于军用物资仓库，损坏得更为严重。今年六月使院的房屋倒塌，压伤手分、书手各一人；八月鼓角楼倒塌，压死制造战鼓和号角的匠人一家四口人，其中有一人是孕妇。在这之后，不但官吏家属，天天忧虑害怕，甚至吏卒往来，无不狼狈。

臣因此不能无动于衷，立即派员检查统计，共有公房、城门、仓库等二十七个地方，都是大片坍坏，修整一遍的花费，共计要使用四万余贯钱，已经写好了奏状报上，请求朝廷支给本州二百道度僧牒，并且暂且依照旧数支公使钱五百贯，以供明年一年监修官吏的花销，以及下诸州划刷兵匠应副去讫。臣不是不知道破费的钱财太多，朝廷未必批准，也很想节减一些，以示俭约。而上述房屋，都是吴越钱氏时所建，规模宏大，没办法裁改变成小屋。如果立即全部拆毁，改建成低小房屋，则眼下没地方住，即便建成小屋，不但军民不悦，对于目前的太平盛世也显得不美。臣私下里揣度仁圣的皇帝在上位，爱惜臣下，体恤远方臣民，必然不忍心让官吏徒工等，每天以血肉之躯，侥幸苟安于腐栋颓墙之下。同时臣担心破旧已到了极点，不立即修缮，三五年之后，必然有更大规模的塌坏，到那个时候再来改建，决不是二百道度牒所能办成的。恳求圣上慈悲，特出恩诏，全部赏赐答应臣们的请求。如蒙朝廷调查根本不用这样修缮，臣甘认欺君之罪。

谨奏录闻，恭候圣旨。

乞诗赋经义各以分数取人将来只许诗赋兼经状

元祐四年十月八日，龙图阁学士、朝奉郎、知杭州苏轼状奏.右臣今月五日，据本州进士汪溉等一百四十人诣臣陈状，称准元祐四年四月十九日敕，诗赋、经义各五分取人。朝廷以谓学者久传经义，一旦添改诗赋，习者尚少，遂以五分立法，是欲优待诗赋勉，进词学之人。然天下学者，寅夜竞习诗赋，举业率皆成就，虽降平分取人之法，缘业已习就，不愿再有改更，兼学者亦以朝廷追复祖宗取士故事，以词学为优，故士人皆以不能诗赋为耻。比来专习经义者，十无二三，见今本土及州学生员，多从诗赋，他郡亦然。若平分解名，委是有亏诗赋进士，难使捐已习之诗赋，抑令就经义之科。或习经义多少，各以分数发解，乞据状敷奏者。

臣曩者备员侍从，实见朝廷更用诗赋本未，盖谓经义取人以来，学者争尚浮虚文字，止用一律，程试之日，工拙无辨，既去取高下不厌外论，而已得之后，所学文词，不施于用，以故更用祖宗故事，兼取诗赋。而横议之人，欲收姑息之誉，争言天下学者不乐诗赋，朝廷重失士心，故为改法，各取五分。然臣在都下，见太学生习诗赋者十人而七。臣本蜀人，闻蜀中进士习诗赋者，十人而九。及出守东南，亲历十郡，及多见江湖福建士人皆争作诗赋，其间工者已自追继前人，专习经义，士以为耻。以此知前言天下学者不乐诗赋，皆妄也。惟河北、河东进士，初改声律，恐未甚工，然其经义文词，亦自比他路为拙，非独诗赋也。朝廷于五路进士，自许礼部贡院分数取人，必无偏遗一路士人之理。今臣所据前件进士汪溉等状，不敢不奏，亦料诸处似此申明者非一。

欲乞朝廷参详众意，特许将来一举随诗赋、经义人数多少，各纽分数发解，如经义零分不及一人，许并入诗赋额中，仍除将来一举外，今后并只许应诗赋进士举，所贵学者不至疑惑，专一从学。谨录奏闻，伏候敕旨。

贴黄：诗赋进士，亦自兼经，非废经义也。

【译文】元祐四年十月十八日，龙图阁学士、朝奉郎、杭州知州苏轼状奏。微臣在本月初五接到本州进士汪溉等一百四十人给我的上书，内称按照元祐四年四月十九日皇上的敕令，科举取人中诗赋、经义两科各占百分之五十，朝廷认为学习的人一直在学经义，一旦添上诗赋科，学习的人还不多，遂以各占一半，这是想优待诗赋科而鼓励学习诗词的人。然而天下学习的人，昼夜竞相学习诗赋，举业都由此而完成，虽然下达各占一半的法令，由于已经学成，不愿再改方向，加上学习的人也因为朝廷恢复祖宗取士惯例，以词学为优，因此士人都以不会作诗填词为耻。近来专门学习经义的，十人之中不超过两三个，现今本地及州学生员，大都选择诗赋科，其他地方也是这样。如果两科录取名额平分秋色，事实上诗赋科吃亏，难以让人们放弃已经熟悉的诗赋，而去加入到经义科的行列中。或者按两科的实际人数，各以分数录取，请将这份上书报告朝廷。

过去臣曾忝列于朝臣之中，对于朝廷改用诗赋的经过很清楚，当初是说自经义取士以来，学者争相崇尚浮夸不实的文风，只用一道格式，考试的时候，不辨工拙，既取定名次，不能使舆论服气，而录取之后，所学的文词，又不切合实用，因此改用祖宗成例，兼取诗赋科。而爱说三道四的人，要收到一时的称誉，争言天下学习的人不喜欢诗赋，朝廷重视读书人的情绪，所以改变做法，经义、诗赋各取一半。然而臣在京城的时候，见太学生中学习诗赋的人占了十分之七。我是四川人，听说四川地区的进士学习诗赋的，占了十分之九，及出任东南地方官，调换过十个地方，见到江湖福建地区的知识分子都争相作诗赋，其间作得特别工整的足以追继前人，专门研习经义，被人视为耻辱。因此知道前面所说的天下读书人都不喜欢诗赋，是虚妄的说法。只有河北、河东地区进士，刚改习诗赋，恐怕作得不太工整，而他们的经义文词，也比其他地方差，不单诗赋是这样。朝廷对于天下五路进士，自许礼部贡院按规定录取，肯定没有偏向或遗漏一路的道理。现在我根据上面所说进士汪溉的上书，不敢不奏，料想其他地方类似的申明也会不止一件。

请求朝廷对众人的愿望多加斟酌，特准将来按诗赋和经义两科人数的多少，分别录取，如果经义科中没有一个合格的，允许把空出的名额并入诗赋科中，让他再试一次经义，若再不中，今后只许应诗赋科考试，希望以此来解除学习者的疑惑而安心学习。谨录奏闻，恭候圣旨。

补言：诗赋科进士，本来也兼学经义，因此并没有废弃经义。

论高丽进奉状

元祐四年十一月三日，龙图阁学士、朝奉郎、知杭州苏轼状奏。臣伏见熙宁以来，高丽人屡入朝贡，至元丰之末，十六七年间，馆待赐予之费，不可胜数。两浙、淮南、京东三路筑城造船，建立亭馆，调发农工，侵渔商贾，所在骚然，公私告病。朝廷无丝毫之益，而夷虏获不赀之利。使者所至，图画山川，购买书籍。议者以为所得赐予，大半归之契丹，虽虚实不可明，而契丹之强，足以祸福高丽，若不阴相计构，则高丽岂敢公然入朝中国？有识之士，以为深忧。

自二圣嗣位，高丽数年不至，淮、浙、京东吏民有息肩之喜。唯福建一路，多以海商为业，其间凶险之人，犹敢交通引惹，以希厚利。臣稍闻其事，方欲觉察行遣。今月三日，准秀州差人押到泉州百姓徐戬，擅于海舶内载到高丽僧统义天手下侍者僧寿介、继常、颖流，院子金保、裴善等五人，乃赍到本国礼宾省牒云："奉本国王旨，令寿介等赍义天祭文来祭奠杭州僧源阇黎。”臣已指挥本州送承天寺安下，选差职员二人，兵级十人，常切照管，不许出入接客，及选有行止经论僧伴话，量行供给，不令失所外，已具事由画一，奏禀朝旨去讫。

又据高丽僧寿介有状称：“临发日，奉国母指挥，令赍金塔二所，祝延皇帝、太皇太后圣寿。”臣窃观其意，盖为二圣嗣位数年，不敢轻来入贡，顿失厚利。欲复遣使，又未测圣意。故以祭奠源阇黎为名，因献金塔，欲以尝试朝廷，测知所以待之之意轻重厚薄。不然者，岂有欲献金塔为寿，而不遣使奉表，止因祭奠亡僧，遂致国母之意？盖疑中国不受，故为此苟简之礼以卜朝廷。若朝廷待之稍重，则贪心复启，朝贡纷然，必为无穷之患。待其已至，然后拒之，则又伤恩。恭惟圣明灼见情状，庙堂之议，固有以处之。臣忝备侍从，出使一路，怀有所见，不敢不尽，以备采择。谨具画一如左：

一、福建狡商，专擅交通高丽，引惹牟利，如徐戩者甚众。访闻徐戩，先受高丽钱物，于杭州雕造夹注《华严经》，费用浩汗，印板既成，公然于海舶载去交纳，却受本国厚赏，官私无一人知觉者。臣谓此风岂可滋长？若驯致其弊，敌国奸细，何所不至？兼今来引致高丽僧人，必是徐戩本谋。臣已枷送左司理院根勘，即当具案闻奏，乞法外重行，以戒一路奸民猾商次。

一、高丽僧寿介有状称：“临发日，国母令赍金塔祝寿。”臣以为高丽因祭奠亡僧，遂致国母之意，苟简无礼，莫斯为甚。若朝廷受而不报，或报之轻，则夷虏得以为词。若受而厚报之，则是以重币答其苟简无礼之馈也。臣一面令管勾职员退还其状，云朝廷清严，守臣不敢专擅奏闻。臣料此僧势不肯已，必云本国遣其来献寿，今若不奏，归国得罪不轻。臣欲于此僧状后判云：“州司不奉朝旨，本国又无来文，难议投进。执状归国照会。”如此处置，只是臣一面指挥，非朝廷拒绝其献，颇似稳便。如以为可，乞赐指挥施行。

一、高丽僧寿介赍到本国礼宾省牒云：“祭奠源阇黎，仍诸处等寻师学法。”臣谓寿介等只是义天手下侍者，非国王亲属。其来乃致私奠，本非国事，待之轻重，当与义天殊绝。欲乞只许致奠之外，其余寻师学法出入游览之类，并不许。仍与限日，却差船送致明州，令搭附因便海舶归国，更不差人船津送。如有买卖，许量办归装，不得广作商贩。

右谨件如前。若如此处置，使无厚利，以绝其来意，上免朝廷帑廪无益之费，下免淮、浙、京东公私靡弊之患，不胜区区。谨录奏闻，伏候敕旨。

【译文】元祐四年十一月初三，龙图阁学士、朝奉郎、杭州知州苏轼状奏。臣发现自神宗皇帝熙宁年间以来，高丽人时常来朝贡，到元丰末年，十六七年之间，朝廷招待赏赐的费用，多得无法计算。两浙路、淮南路和京东路筑城造船，建造亭子馆阁，调发农工，侵扰商人，各处都受扰害，公家私人都有承受不了之感。朝廷没有获得丝毫的好处，而外国人却获得了巨额的财富。

他们的使者所到之处，到处绘制地图，购买书籍。议论的人大都认为，高丽人所得到的这些赏赐，绝大部分最终要落在契丹人手里。虽然这话是否属实一时难以弄清，而契丹的强盛，足以危胁高丽，如果没有契丹人在背后操纵，则高丽人又怎敢公开来向我朝贡？有识之士，对此十分担忧。

自从太皇太后和皇帝陛下二位圣人继位以来，高丽人几年间一直没有来朝拜，淮南、两浙和京东三路人民都庆幸得以喘息。只有福建一路，由于许多人以海外经商为业，其中的凶险之徒，还敢结交勾引，以博取厚利。我听到一些情况，正准备调查处理。本月初三，命令秀州差人把泉州百姓徐戬押来，徐戬擅自在海船内搭载高丽高僧官义天手下的侍者僧寿介、僧继常、僧颖流，以及院子金保、裴善等五人到中国来，这五个人携带本国礼宾省的牌照上写着：“奉本国国王的旨意，令寿介等带着义天的祭文来杭州祭奠高僧源阇黎。”我已经命令本州有关部门将他们送到承天寺安顿，选派职员二人，十名士兵，严加照管，不许出入接客，又选派道行高尚深谙经典的僧人与他们讨论，定量供给，不让其走失外，已将事情经过及处置的办法，奏请朝廷完毕。

又据高丽僧人寿介报称："我们临出发的时候，奉国母的命令，携带金塔两座，为皇帝和太皇太后陛下祝寿。"我私下里猜度他们的意思，大概是因为二圣继位这几年，不敢轻易前来朝贡，一下子失去了许多赏赐。想再派遣使者，又不知道圣上的旨意，因此以祭奠源阇黎为名，乘机献上金塔，以此来试探朝廷，探得朝廷将怎样对待他们，赏赐的轻重厚薄等情况。如果不是这样，哪有献金塔祝寿，而不派遣使者献上贺表，只因祭奠亡僧，就致国母之意的道理？大概是怀疑中国不会接受，因此行此苟且简慢之礼以试探朝廷的意思。如果朝廷接待的礼节稍微隆重一点，那么他们的贪心一下子就又起来了，纷纷前来朝贡，一定有无穷的后患；待他们来了之后，再加以拒绝，则又有损恩义。皇上圣明，洞悉一切，朝廷讨论时，肯定有适当的处置办法。只是我忝列于侍从之中，作为一名地方官，心里有什么想法，不敢不和盘托出，以备圣上选择。谨具筹划如下：

第一，福建的狡诈商人，专门擅长勾结高丽人，以便从中牟取暴利，像徐戬之流的人还有很多。已经查实徐戬先接了高丽人的钱物，然后在杭州刊印带注释的《华严经》，费用浩大，印版既成，公然装入海船前去交割，却受其国厚重的赏赐，公家私人没一人发觉。我认为这种风气怎能助长？若放任自流，敌国的奸细，哪个地方到不了？况且这次引来高丽僧人，肯定是徐戬首谋。我已将他上枷之后押送左司理院彻底调查，一经审清即详细奏报，请求朝廷严加惩处，以戒福建全路奸民奸商的行为。

第二，高丽僧人寿介的状子称："临出发的时候，国母命令带上金塔以祝寿。"我认为高丽趁着祭奠亡僧的机会，捎来国母的致意，再没有比这更苟且简慢无礼了。如果朝廷接受了他们的礼物而不加回赠，或者赠得少些，则给人家留下了口实；如果厚加回赠，那就等于以重币回报其简慢无礼的馈赠。我已下令管勾职员退还其奏状，说是朝廷清严，地方官不敢擅自奏报。我也料到这些僧人决不会就此罢手，肯定要说本国派他们来献塔祝寿，现在如果不加奏报，他们回国后必然要受重罚。我准备在这些僧人的奏状后批上这样的话："地方官没有接到朝廷的命令，而你们国家又没有正式的文告带来，难以向朝廷奏报，执本状回国汇报。"这种处理办法，只是我个人的命令，并不是朝廷拒绝他们前来贡献，似乎更稳妥些。如果朝廷认为可以，请求下令让我照此办理。

第三，高丽僧人寿介所带来的本国礼宾省牒上说："此行前去祭奠高僧源阇黎，同时争取到各处寻求高师学一些佛法回来。"我认为寿介等人只是高丽僧统义天手下的侍者，并不是国王的亲属；此行的目的也不过是私下里致祭，并不是国事访问，因此，接待的规格，应当与接待义天有所差别。请求只许他们前去祭奠，除此而外，寻师学法以及出入游览等事，一概不许。同时给他们一个期限，届时派船送到明州，让他们搭载便船回国，我们不用派船专门去送。若要再做些买卖，只许他们限量购买，不得大肆采购。

建议大体如上。如果这样处理，使他们不能获得丰厚的利润，以杜绝他们再来之心，上可以免除朝廷金库无用的花费，下可以免除淮南、两浙、京东三路公私耗费之弊，区区之心不胜喜悦之至。谨录奏闻，恭候圣旨。

乞赈济浙西七州状

元祐四年十一月初四日，两浙西路兵马钤辖、龙图阁学士、朝奉郎苏轼状奏。勘会浙西七州军，冬春积水，不种早稻，及五六月水退，方插晚秧，又遭干旱，早晚俱损，高下并伤，民之艰食，无甚今岁。见今米斗九十足钱，小民方冬已有饥者。两浙水乡，种麦绝少，来岁之熟，指秋为期，而熟不熟又未可知。深恐来年春夏之交，必有饥馑盗贼之忧。本司除已与提、转商量多方擘画准备外，有合申奏事件，谨具画一如左：

一、转运司来年合发上供额斛及补填旧欠共一百六十余万硕，本路钱物，大抵空匮，划刷变转不行，官吏急于趁办，务在免责，催迫赋租，督促欠负，钤束私酒漏税之类，必倍于平日，饥贫之民，无路逃死，必将聚为盗贼。又缘上供额斛数目至广，都无有备。见今逐州广行收籴，指挥严紧，官吏不免遮拦，米谷添价贵籴，以此斛斗涌贵，小民乏食，欲望圣慈愍此一方遭罹。熙宁中饥疫，人死大半，至今城市寂寥，少欠官私逋负，十人而九。若不痛加赈恤，则一方余民，必在沟壑。今来亦不敢望朝廷别赐钱米，但祗宽得转运司上供年额钱斛，则官吏自然不行迫急之政，而民日受赐矣。乞出自宸断，来年本路上解钱斛，且起一半或三分之二，其余候丰熟日，分作二年，随年额上供钱物起发，所贵公私稍获通济。又恐官吏为见明年既得宽减，侥幸替移，更不尽心擘画收拾，以备补填年额，乞特赐指挥，须管依年分收簇数足，若遇移替，具所收簇到数交割与后政承认，不得出违年限。

一、见今逐州和籴常平斛斗及省仓军粮，又籴封桩钱、上供米，名目不一。官吏各务趁办，争夺相倾，以此米价益贵。伏望圣慈速赐勘会，如在京诸仓，不待此米支用，即令提、转疾速契勘逐州，如省仓不阙军粮，常平籴散有备外，更不得收籴。所贵米价稍平，小民不至失所。

一、两浙中自来号称钱荒，今者尤甚。百姓持银绢丝绵入市，莫有顾者。质库人户，往往昼闭，若得官钱三二十万，散在民间，如水救火。欲乞指挥提、转令将合发上供钱，散在诸州税户，令买金银绸绢充年额起发。

一、自来浙中奸民，结为群党，兴贩私盐，急则为盗。近来朝廷痛减盐价，最为仁政。然结集兴贩，犹未甚衰。深恐饥馑之民，散流江海之上，群党愈众，或为深患。欲乞朝廷指挥，一应盗贼情理重者，及私盐结聚群党，皆许申钤辖司，权于法外行遣，候丰熟日依旧。所贵弹压奸慝，有所畏肃。

右谨件如前。勘会熙宁中两浙饥馑，是时米斗二百，人死大半，父老至今言之流涕。今来米斗已及九十，日长炎炎，其势未已，深可忧虑。伏望仁圣哀怜，早行赈恤。今来所奏，一一并是诣实。伏乞详酌，速赐指挥。谨录奏闻，伏候敕旨。

【译文】元祐四年十一月初四，两浙西路钤辖、龙图阁学士、朝奉郎苏轼状奏。查得浙西七个州军，冬春两季积水很深，早稻无法下种，到五六月大水退去后，才插晚稻，偏又遇上大旱，早、晚两季水稻都大幅度减产，高低地段都受损伤，老百姓缺粮，没有比今年更厉害的。现在每斗米已经卖到九十钱，老百姓刚进入冬季已开始缺粮。两浙地区为水乡泽国，很少种植小麦，明年作物的成熟要到初秋，而年景到底如何还不知道。深恐明年春夏之交，会有饥荒和强盗造反的忧患。本司除了与提刑司、转运司各衙门商量多方筹划准备外，有应申奏的事情，谨具谋划如下：

第一，转运司将明年应该上交的以及填补往年拖欠的加在一起共应调出粮食一百六十多万石，本路的钱物，基本处于空匮状态，变通方法不能施行，官吏急于置办，务在免去自己的责任，催迫赋税，督促欠债，严禁私自酿酒及严格征税等，一定比平时更加严厉，饥饿的贫民，没有办法活下去，必然聚集起来为强盗。又因为上供数额太大，都没有准备。现在每州大肆催粮，命令紧迫，官吏不免遮拦，大米加价收购，以致粮价暴涨，穷人没有吃的。恳请圣上慈悲可怜这一方百姓所遭受的灾难。熙宁中，饥荒和瘟疫致使人口死亡大半，至今城中空空荡荡，外欠公家私人债务的，十人之中就有九人，若不加大济恤力度，那么这一方仅存的百姓，不久也将死于沟壑之中。现在也不敢奢望朝廷另外调一些粮食运来，只请求宽缓转运司上调的粮食数额，那么官吏自然不用再严酷催逼，老百姓等于受到恩赐了。请求圣上明断，允许本路明年上交的钱粮，先运去一半或者三分之一，其余部分等丰收之后，分作两年，随每年应上交的定额钱物一起交清，公私都可因此得以缓解。又恐怕官吏见明年可以宽减，侥幸挪用，更不尽心筹划收拾，以备填补今年的定额，请求特下指令，要求按年收聚的数额要收足，若遇挪借，把所收到的数额转交给接手的人承认，不得超过年限。

第二，现在每州和籴、常平仓储以及省库的军粮，再加上封桩钱、上供米，名目繁多。各个部门的官吏各自催办，互相争夺，因此米价暴涨。恳请圣上慈悲速加定夺，命令京城各仓库，如果不等这些米粮急用，即令提刑司和转运司迅速审核各州情况，如果省仓不缺军粮，常平籴多有储备处，不得再行收购。希望因此而使米价平抑下去，小民不致于流离失所。

第三，两浙地区从来就缺钱，这种状况今年更为严重。老百姓带上银绢丝绵到市场上，没有人会看上一眼。当铺人家，往往白天关门。如果政府用三二十万钱，发放民间，如同以水救火。想请求朝廷指令提刑司和转运司衙门将应该上调的上供钱，发放给诸州的纳税户，让他们买些金银绸绢充今年的上供钱额上调京城。

第四，两浙地区的奸民一直结成团伙，大肆贩运私盐，情况紧急则起而造反。近来朝廷大减盐价，这是最大的仁政。然而结伙贩卖的风气并没有衰减。深恐饥饿之民，流散到江海之滨，越聚越多，很让人担忧。想请求朝廷下令，对于盗情严重者，以及贩私盐结聚的大团伙，允许各钤辖司，可以实行重刑政策，到丰收年景恢复常刑。希望因此而弹压奸邪，使之有所畏肃。

请求如上。查得熙宁中期的两浙饥荒，当时每斗米的价格至二百钱，百姓饿死大半，老年人至今提起来仍痛哭流涕。现在每斗米的价钱已至九十钱，时日漫长，涨势不止，很令人担忧。恳请圣上可怜众生，早加赈济。今天这道奏状，每件都是实情。恳求详加斟酌，速下指示。谨录奏闻，恭候圣旨。

论役法差雇利害起请画一状

元祐四年十一月十日，龙图阁学士、朝奉郎、知杭州苏轼状奏。

臣自熙宁以来，从事郡县，推行役事，及元祐改法，臣忝详定，今又出守，躬行其法，考问吏民，备见雇役、差役利害，不敢不言。

雇役之法，自第二等以上人户，岁出役钱至多。行之数年，钱愈重，谷帛愈轻，田宅愈贱，以至破散，化为下等。请以熙宁以前第一、第二等户逐路逐州都数而较之。元丰之末，则多少相绝，较然可知。此雇役之法，害上户者一也。第四等已下，旧本无役，不过差充壮丁，无所陪备。而雇役法例出役钱，虽所取不多，而贫下之人无故出三五百钱，未办之间，吏卒至门，非百钱不能解免，官钱未纳，此费已重，故皆化为游手，聚为盗贼。当时议者，亦欲蠲免此等，而户数至广，积少成多，役钱待此而足，若皆蠲免，则所丧大半，雇法无由施行。此雇役之法害下户者二也。今改行差役，则二害皆去，天下幸甚。独有第三等人户，方雇役时，每户岁出钱多者不过三四千。而今应一役，为费少者，日不下百钱，二年一替，当费七十余千。而休闲远者不过六年，则是八年之中，昔者徐出三十余千，而今者并出七十余千，苦乐可知也。而况农民在官，贪吏狡胥，恣为蚕食，其费又不可以一二数。此则差役之法，害于中等户者一也。

今之议者，或欲专行差役，或欲复行雇法，皆偏词过论也。

臣愚以谓朝廷既取六色钱，许用雇役，以代中等人户，颇除一害，以全二利。此最良法，可久行者。但元祐二年十二月二十四日敕："合役空闲人户不及三番处，许以六色钱雇州手，分散从官承符人。"此法未为允当，何者？百姓出钱，本为免役，今乃限以番次，不许尽用，留钱在官，其名不正。又所雇者少，未足以纾中等人户之劳。法不简径，使奸吏小人，得以伸缩。臣到杭州，点检诸县雇役，皆不应法。钱塘、仁和，富实县分，则皆雇人；新城、昌化，最为贫薄，反不得雇。盖转运司特于法外创立式样，令诸县不得将逐等人户各别比较，须得将上三等人户，都数通比，其贫下县分，第一、第二等人户，例皆稀少，至第三等，则户数猥多，以此涨起，人户皆及三番。然第三等户，岂可承当第一等色役，则知通计三等，乃俗吏之巧薄，非朝廷立法之本意也。臣方一面改正施行次，旋准元祐四年八月十八日敕："诸州衙前投名不足处，见役年满乡差衙前并行替放，且依旧条，差役更不支钱，又诸州役，除吏人衙前外，依条定差，如空闲未及三年，即以助役钱支募。"此法既下，吏民相顾，皆所未晓。其余缭绕不通，又恐甚于前三番之法。前史称萧何为法，讲若画一，盖谓简径易晓，虽山邑小吏，穷乡野人，皆能别白遵守，然后为不刑之法也。臣身为侍从，又忝长民，不可不言。谨具前件条贯不便事状，及臣愚见所欲起请者，画一如左：

一，前件敕节文云："看详衙前自降招募指挥，仅及一年，诸州、路、军尚有招募投名不足去处。其应役年满衙前，虽且依旧支与支酬，勒令在役，然非乡户情愿充应。若向后更无人愿募，即乡户衙前，卒无替期。乃是勒令长名祗应，显于人情未便。今欲将诸州衙前投名不足去处，见役年满乡差衙前，并行替放，且依旧条差役，更不支钱。如愿投充长名，及向去招募到人，其雇食支酬钱，即令全行支给，却罢差充，仍除乡差年限未满人户，依旧理当本户差役外，其投募长名之人，并与免本户役钱二十贯文，如所纳数少，不系出纳役钱之人，即许计会六色合纳役钱之人，依数免放。并仰逐处监司，相度见充衙前，如有虚占窠名，可以省并去处，裁减人额，却将减下钱数，添搭入重难支酬施行。"

臣今看详前件敕条，深为未便。凡长名衙前所以招募不足者，特以支钱亏少故也。自元丰前，不闻天下有缺额衙前者，岂常抑勒差充？直以重难月给，可以足用故也。当时奉使之人，如李承之、沈括、吴雍之类，每一奉使，辄以减约为功。至元丰之末，衙前支酬，可谓仅足而无余矣。而元祐改法之初，又行减刻，多是不支月给，以故招募不行。今不反循其本，乃欲重困乡差全不支钱，而应募之人，尽数支给，又放免役钱二十贯，欲以诱胁令尽应募。然而岁免役钱二十千许，计会六色人户放免，则是应募日增而六色钱日减也。若天下投名衙前，并免此二十千，即六色钱存者无几。若只是缺额招募到人，方得免放，则均是投名，厚薄顿殊，其理安在？朝廷既许岁免二十千，则是明知支酬亏少，以此补足，何如直添重难月给，令招募得行？所谓计会六色人户者，盖令衷私商量取钱，若遇顽猾人户，抵赖不还，或将诸物高价准折，讼之于官，经涉岁月，乃肯备偿，则衙前所获无几。何如官支二十千，朝请暮获，岂不简径易晓？故臣愚以谓上件敕条，必难久行。议者多谓官若添钱招募，则奸民观望，未肯投名，以待多添钱数。今来计会六色人户放免役钱，正与添钱无异。虽巧作名目，其实一般。大抵支钱既足，万无招募不行之理。自熙宁以前，无一人缺额，岂有今日顿不应募？臣今起请，欲乞行下诸路监司守令，应缺额长名衙前，须管限日招募数足，如不足，即具元丰以前因何招募得行，今来因何不足事由申奏。如合添钱雇募，即与本路监司商议，一面施行讫，具委无大破保明闻奏。若限满无故招募不足，即取勘干系官吏施行，如此不过半年，天下必无缺额长名衙前，而所添钱数，未必人人岁添二十千，兼止用坊场河渡钱，非如今法计会放免侵用六色钱也。

一、前件敕节文云："看详乡差人户，物力厚薄，等第高下，丁口进减，故不常定，恐难限以番次召募，不若约空闲之年以定差法，立役次轻重，雇募役人，显见均当，兼可以将宽剩役钱，裁减无丁及女户所出钱数。欲乞诸州役除吏人衙前外，依条定差，如空闲未及三年，即据未及之户以助役钱支募，候有户罢支。已募之人各依本役年限候满日差罢，今后遇有支募，准此。及以一路助役钱移那应副，仍将支使外，宽剩钱除依条量留一分准备外，据余剩钱数，却于无丁及女户所出役钱内量行裁减，具数奏闻。所有先降雇募州役及分番指挥，更不施行。"

臣今看详诸役，大率以二年为一番。向来指挥，如空闲人户不及差三番，则令雇募，是圣恩本欲百姓空闲六年也。今来无故忽减作三年，吏民无不愕然，以谓中等人户方若差役，正望朝廷别加宽恤，而六色钱幸有余剩，正可加添番数，而乃减作三年！农民皆纷纷然相告，云："向来差役虽甚劳若，然朝廷犹许我辈闲了六年，今来只许闲得三年，必是朝廷别要此钱使用。"方二圣躬行仁厚，天下归心，忽有此言，布闻远迩，深为可惜。虽云"量留一分准备外，据余剩数却于无丁及女户所出役钱内量行裁减"，此乃空言无实，止是建议之人，假为此名，以济其说。臣请为朝廷诘之。人户差役年月，人人不同，本县无户有户，日日不同，加以税产开收，丁口进退，虽有圣智，莫能前知，当雇当差，临事乃定，如何于一年前预知来年合用钱数，见得宽剩便行减放？臣知此法，必无由施行，但空言而已。若今来宽剩已行减放，来年不足，又须却增，增减纷然，簿书淆乱，百弊横生，有不可胜言者矣。方今中等人户正以应役为苦，而六色人户犹以出钱为乐。苦者更减三年，乐者又行减放，其理安在？大抵六色钱本缘免役，理当尽用雇人，除量留准备外，一交不合桩留，然后事简而法意通，名正而人心服。惟有一事，不得不加周虑，盖逐州逐县六色钱，多少不同，若尽用雇人，则苦乐不齐，钱多之处，役户太优，与六色人户相形，反为不易。臣今起请，欲乞今后六色钱常桩留一年准备。如元祐四年，只得用元祐二年钱，其二年钱桩留准备用。及约度诸般合用钱谓如官吏请雇人钱之类外，其余委自提刑、转运与守令商议，将逐州逐县人户贫富，色役多少，预行品配，以一路六色钱通融分给，令州县尽用雇人，以本处色役轻重为先后，如此则事简而易行，钱均而无弊，雇人稍广，中外渐苏，则差役良法，可以久行而不变矣。

贴黄：若行此法，今后空闲三年人户，官吏隐庇不差，却行雇募，无由点检。纵许人告，自非多事好讼之人，谁肯告诉？若有本等已上闲及三年未委，专以空闲先后为断，为复参用物力高下定差，既无果决条贯，今后词讼必多。

右谨件如前。朝廷改法数年，至今民心纷然未定，臣在外服，目所亲见，正为此数事耳。伏望圣慈与执政大臣早定此法，果断而行之。若还付有司，则出纳之吝，必无成议，日复一日，农民凋弊，所忧不小。臣干犯天威，谨俟斧钺之诛。谨录奏闻，伏候敕旨。

【译文】元祐四年十一月初十，龙图阁学士、朝奉郎、杭州知州苏轼状奏。自熙宁年间以来，臣任地方官，管理征发夫役的事情，到元祐年间改法，臣忝列其中参与制定工作，现在又出任杭州知州，亲自推行，役法的优劣看得很清楚，不敢不把自己的看法谈出来。

按照雇役法，从第二等户以上的人家，每年出雇役钱很多。推行几年之后，现钱越发值钱，而粮食布帛则越来越不值钱，土地房屋的价格越来越低，以至于破产之后，变为下等户。请拿熙宁年间以前的第一等和第二等户逐路逐州地加以考察，到元丰末年，这中间数目上的差别，一目了然。雇役法对上等户危害严重，这是其一。第四等户以下的人家，过去本不服役，不过差充壮丁，无须其他。而按照雇役法则应出役钱，虽然收取不多，但贫苦人家，平白无故拿出三五百钱也非易事，尚未办齐，吏卒已来到门前，不花上百文钱不能打发，因此公家的役钱尚未交纳，这种花费已经不少。于是他们纷纷破产，进而结伙为盗。当初在议论雇役法如何实施时，本想免除这一等户的役钱，然而该等户数目庞大，积少成多，国家的雇役钱靠他们交纳才能凑足，如果都免了，那么雇役钱就缺一大半，雇役法就无法施行。雇役法危害下等户，这是其二。现在改行差役法，这两种危害都被消除，天下人很是高兴。唯独第三等户，在实行雇役法时，每户每年出钱不过三四千文，而今承担一个差役，花费少者，每天不少于一百钱，二年替换下来，花费不少于七万多文钱。而休闲远者，不过六年，这样在八年之中，过去慢慢交出三十多千钱，而现在两年之中一下子就要拿出七十多千，是苦是乐一望而知。况且农民在官府面前，贪婪奸猾的官吏，恣意蚕食盘剥，其花费又不是小数目。差役法对中等户的危害，这是一点。

今天的人们议论起来，有人主张专行差役法，有人主张恢复雇役法，其实都有失偏颇。臣认为朝廷既然向当役户、坊郭户、官户、女户、单丁户以及寺观六类户分别征收了免役或助役钱，答应用来雇佣劳役，以代替中等户的劳役和兵役，为民除去一害，而有二利，这个办法最好，可以长久推行。但元祐二年十二月二十四日皇上下令：“应该服役的空闲人家服役不到三次的，允许用六色钱雇州手，分散从官承符人。这道法令似有不妥之处。”

为什么这样讲呢？因为老百姓出钱，本来是为了免役。现在却以次数限制，不许全部用钱来买，钱交到官府，名目不正。再有，雇佣的人数大少，不足以解决中等户服役的问题。法令不简洁明了，使那些奸吏小人，可以从中自相伸缩而钻空子。臣到杭州后，检查各县雇役法推行情况，发现都不合乎原法的规定。钱塘与仁和，是富裕殷实的县分，都雇人代役；而新城和昌化两县，最为贫困，反而不得雇佣。因为转运司在规定之外又另立名目，命令各县不准将各户等的人家，分别核定，而要将上三等户，合在一起核定，那些贫困县，照例很少，而第三等，则户数特别多，因此上涨起来，每户都达到三次：然而第三等户，怎能承担得了第一等户的各种名目的劳役？因此明白所谓综合三等在一起核定，不过是俗吏的诡计，不符合朝廷立法的原意。臣一方面改正施行的户等，一面按照元祐四年八月初十皇上的敕令：“各州衙前役名额不足的地方，现役年满乡差衙前一并放免，并且按照以往的规定，差役不另外支钱，还有，各州役除了吏人衙前外，依条定等，若空闲未及三年，即以助役钱支募。”这道法令颁布后，吏民心存疑虑，都不很明白。其余于道理不通之处，恐怕比前三番之法更为严重，先前史书称萧何制定法令，整齐划一，是说简单明了，即使是乡村小吏，穷乡百姓，都能区别遵守，然后为不可更改的法令。臣身为侍从，滥竽充数担任地方长官，不能不说。现把上述法令不便的地方，以及臣所见到而有所请求的，一一奏上：

第一，上件敕令大意是说：“查得自从招募衙前役的指令下达后，仅仅一年时间，各个州、路、军，还有招募投名不足的地方。那些承担衙前役期限已满者，虽然按照常规支给报酬，勒令继续服役，然而这不是农户所情愿的。如果今后无人愿意应募，那么农户的衙前役，最终将没有替换的时日。于是勒令长名应役，显然不合乎情理。现在准备将各州衙前投名不足的地方，已经到期的现役乡差衙前，一律放免，并且按照以前的差役条例来差派，不再支付差役费用。如果愿意投充长名，以及以前离岗的招募人，他们的雇佣花销，命令立即全部发放，以免去差充。对于那些已经免去乡差时间不到的人家，除按以前的规定承担本户差役外，那些投募长名之人，同时免去本户役钱二十贯文。如果所纳数目太少，不是出纳役钱之人，即许合计六色户的役钱，依数放免。并仰仗各处监司，审定现充衙前役的人数，如果发现有虚占款项的现象，可以裁减一些地方，裁减一些人员，却将省下的钱额，添入重难支酬的地方支出。”

现在臣仔细考虑上件敕令，深感不便。长名衙前役招募不足的原因，主要在于支出钱额太少。元丰年间之前，没听说有衙前役缺额的现象，哪有常常限制差充？以至重难月给的事情，因此可以足用。当时奉命视察地方的大员，如李承之、沈括、吴雍之流，每一出使，总以减削为功。到元丰末年，可供用来招募衙前役的费用，可以说仅仅够用而没有余额。元祐年间改变王安石新法的初期，对这一费用又大加减削，每月的定钱已经开不出来，因此募役的办法不能实施。现在不从根本上着手整顿，却想重困乡差，一点钱也不支给，而应募之人，全部支给，又放免役钱二十贯，想以此诱胁老百姓全部应募。然而每年免去役钱二十几千，全面考虑六类民户的放免，则是应募的人不断增加而六色钱日益减少。如果天下的投名衙前，全部免去这二十千钱，那么六色钱就所存无几了。如果只是招募人役填补的缺额到位后，才可以免除，则同是投名，厚薄相差这么大，道理在哪里？朝廷既然答应每年要减免二十千钱，则是明明知道可供用来当作报酬支出的费用已经短缺，所以用这个办法来弥补，何如对重难的差事每月直接添加一些报酬，让用招募的办法加以解决呢？所谓通盘考虑六色户，本是让各种人家商量取钱，可如果遇到奸猾人家，抵赖不还，或者将实物高价折算后来抵账，申诉到官府，拖上很长一段时间，才肯全部偿还，则衙前役应役者所得无几。何如由官府支出二十千钱，早晨招募，晚上就可得到，岂不更简单易行晓畅明白些？因此我私下里认为这件敕令，肯定难以长久施行。议论者大都认为，如果官府添钱招募，则奸民们肯定要等待观望，专等再多添些钱。现在合计六类人家所放免的钱，与添加钱正好没有多大的出入。虽然巧立名目，实质却是一样的。大概支钱充足，就不会招募不到人。在熙宁年间以前，没有一个缺额，哪有像今天一下子全不应募的道理？现在我请求，圣上下令各路的监、司、守、令等长官，现在的长名衙前役缺额，限定时日招募满员，如果不满员，要将元丰年间以前为什么招募的办法能够施行，而现在为什么不能施行的理由写清楚奏报上来。如果应添钱募役，即与本路长官商量，迅速实施，同时立下没有大的破费的担保奏闻朝廷。如果限期已满仍然招不足额，就审查有关官吏加以处理。这样做，相信不出半年，天下一定不会再有长名衙前的缺额，而所添的钱数，也不一定要每人每年都添二十千钱，同时制止了对坊场河渡钱的挪用，不像现在这种计算放免的办法而挪用六色钱。

第二，上件敕令的大意是说："审查乡差人家，财力大小，户等高低，人口增减，故不常定，恐怕难以用番次的限制来进行招募，不如选一个空闲之年来确定差法，定一个役次标准，雇募役人，这显然比较公平，同时还可以将宽余的役钱，减免一些无丁户和女户应交的钱数。想让各州除了吏人衙前役之外，依条定等，如果空闲不到三年，即据不到三年的人家用助役钱来招募，等到有足够的民户应募之后就不再支出。已经应募的役人，各自按照本役的年限，期满时免去差役，今后遇有支募，照此办理。同时，用一路的助役钱供移挪应付仍将支使外，宽余的钱财按规定留下一份准备，把剩余的钱数，在无丁户及女户所出役钱内酌量裁减，具数奏报朝廷。先前所有的雇募州役以及分番次服役的命令，全不施行。"

现在臣考察各种徭役，大都以二年为一番。向来的敕令，如果空闲人家的差遣不到三番，则令雇募，这说明圣上的恩典本想让百姓空闲六年。现在突然无缘无故减为三年，吏民无不大吃一惊，认为中等户对差役感到苦不堪言，正在盼望朝廷加以宽容和体恤，而六色钱幸亏有所剩余，正可加添番数，而忽然减为三年。农民们都乱哄哄相互转告说："向来差役虽然劳累辛苦，然而朝廷还允许我们休闲六年，现在却只许休闲三年，一定是朝廷要把这笔钱用到别处。"现在太皇太后和皇上二位圣人亲自推行仁义宽厚之政，天下人民归心，忽然冒出这种话头，远近都可以听到，十分可惜。虽说"酌量留下一份准备外，把余剩的钱额与无丁户和女户所出役钱相抵销，从而裁减他们的交纳”，这不过是一句没有实际内容的空话，只是建议之人，假托这个名目，以自圆其说而已。请允许我替朝廷问问持这种观点的人。差役的时间，家家不同，本县有户无户，天天有变化，再加上税务开始征收，壮丁数目的增减，即使有圣人的智慧，也不能提前知道，是应该雇募还是应该差派，遇事才临时决定，怎能一年之前已经预先知道明年应用的钱数，见到有剩余便加减免？我深知这种办法，一定没法施行，只不过是一段空话而已。如果现在就将宽余的部分减免出去，到明年用度不足，需要重新增加，增减混乱，账目糊涂，丛生的弊端，简直不可胜言。现在的中等户，正在以应役为苦事，而六类户，还以出钱为乐事。苦者又减少三年，而乐者又加以减免，这道理又在哪里呢？大概六色钱本是起于免役，理应全部用来雇人，除酌量留下一些准备外，一文也不应截留，这样做才能使事情简单而法意畅通，名正言顺而人民心服。只有一件事，不能不加以周密考虑。各州各县的六色钱，多少不同，如果全部用来雇人，则苦乐不齐；钱多的地方，应役户太占便宜，与六色户相比较，反而不合适。现在我请求，今后的六色钱，时常截留一年的准备。如元祐四年，只准用元祐二年的钱，其余二年的储备，留作准备金用。除了各种花销的预算如官吏请雇人钱之类外，其余部分交给提点刑狱公事和转运使与各州军的守令商量，将各州各县的户口及其贫富状况，徭役项目的多少，预先搭配好，将一路的六色钱通融分配，令各州县全部雇人，按本地徭役轻重排次序，如此则事情简单易行，钱财平均使用而没有弊病，雇人的途径渐渐拓宽，政府和百姓都得到休养，这样，差役良法，可以长久施行而无须改变了。

补言：推行这种办法，今后那些空闲三年的民户，官吏庇护而不派他们的差，却另外招募，就没办法查出这个漏洞。即使允许举报，如果不是无事生非或喜欢诉讼的人，谁肯举报？有本户等以上闲到三年的，专以空闲的先后为断，重新评估其财力状况确定等级，如果没有果断明确的条例，今后诉讼一定会有很多。

陈奏如上。朝廷改变王安石的法令已经几年，而老百姓的思想至今仍然乱纷纷而不能安定，臣作为一名地方官，亲眼见到的，都是为了这件事。盼望圣上慈悲与执政大臣们在一起，早一点把这个法令定下来，果断地加以推行。如果交还给有关衙门讨论，则出纳帝命的人吝啬，肯定不会形成一个决议，日复一日，农民凋弊，很是值得忧虑。臣冒犯天威，等候杀头的处罚。谨录奏闻，恭候圣旨。

论高丽进奉第二状

元祐四年十一月十三日，龙图阁学士、朝奉郎、知杭州苏轼状奏。右臣近奏为高丽僧寿介状称："临发日，奉国母指挥，将金塔二所附寿介前来祝延皇帝、太皇太后圣寿。"臣已一面退还其状，仍令本州所差伴话僧思义只作己意，体问所献金塔次第。其高丽僧寿介知臣不为闻奏，方始将出僧统义天付身文字，以示思义，乃是欲将金塔二所舍入杭州惠因院等处祝延圣寿，仍云随身收管，不可擅动元封，俟续有疏文到日，方可施纳，以此显见高丽人将此金塔尝探中国意度。臣既退还其状，将来必是自将此塔舍在惠因等院，既是衷私舍施僧院，即朝廷难为回赐，若受而不报，夷虏性贪，或生怨望。伏望朝廷检会臣前奏，早赐指挥，如寿介等将上件金塔舍施，亦乞只作臣意度，一面答云不奉朝旨，不敢令僧院收留，所贵稍绝后患。谨录奏闻，伏候敕旨。

贴黄：臣体问得，惠因院亡僧净源本是庸人，只因多与福建海商往还，故商人等于高丽国中妄有谈说，是致义天远来从学，因此本院厚获施利，而淮、浙官私遍遭扰乱。今来又访闻得，还是本院行者姓颜人，赍持净源真影舍利，随舶船过海，是致义天复差人祭奠。臣见令所司根勘，候见诣实奏闻次。今来若许惠因院收留金塔，乃是庸人奸猾，自图厚利，为国生事，深为不可。

【译文】元祐四年十一月十三日，龙图阁学士、朝奉郎、杭州知州苏轼奏报。微臣近日因为高丽僧人寿介而上的奏状上称:“临出发的时候,奉国母的命令,携带两座金塔随寿介前来为皇帝和太皇太后祝寿。”臣立即退还其奏状,同时命令本州所差的陪同僧人思义只装作是自己的意思,询问所献金塔的次序。高丽僧人寿介,知道臣没有将他的奏状上奏朝廷,才把高丽僧统义天的信交出来让思义看,知道他们的本意是将两座金塔施舍给杭州惠因院等处,祝延圣寿,又说是随身收管,不能擅自打开原有的封印,等后续的疏文到来之后,才能施舍,以此可以看出高丽人是想用这两座金塔来试探中国的态度。臣既退还其奏状,将来他们肯定要将这两座金塔施舍给惠因院等地方。既是私下施舍,朝廷难以回赠,而如果接受之后不加回报,外国人性情贪婪,可能要产生抱怨。恳请朝廷检查一下臣的上一道奏议,早下诏令,如果寿介等人将那两座金塔施舍出来,也请只装作是我个人的意见,立即答以没有接到朝廷的旨意,不敢让僧院接收,希望以此能稍稍杜绝后患。谨录奏闻,恭候圣旨。

补言:臣查出惠因院死去的僧人净源本是一个平庸之辈,只因与福建一带漂洋过海的商人有许多来往,这些商人们在高丽国中为他吹嘘,致使义天等僧人从远方而来求学,本院因此获得了许多好处,而淮南、浙江一带官府百姓都受打扰。最近调查出来,还是惠因院一个姓颜的行者,携带着净源遗像及其舍利,随着舶船过海到了高丽,致使僧官义天又差人前来祭奠。臣下令彻底调查,一旦查实就向朝廷汇报。现在如果允许惠因院收留金塔,乃是奸猾之辈图谋私利,却为国家惹是生非,很不合适。

乞令高丽僧从泉州归国状

元祐四年十二月三日,龙图阁学士、朝奉郎、知杭州苏轼状奏。臣近为泉州商客徐戬带领高丽国僧统义天手下侍者僧寿介等到来杭州,致祭亡僧净源,因便带到金塔二所,遂具画一事由闻奏。已准朝旨，许令寿介等致祭亡僧净源毕，差人船送到明州，附因便海舶归国。如净源徒弟愿与回赠物色，即量度回赠。本州已依准指挥，许令寿介等致祭净源了毕，其徒弟量将土仪回赠寿介等收受。所有带到金塔二所，据寿介等令监伴职员前来告臣云，恐带回本国，得罪不轻。臣已依元奏词语判状，付逐僧执归本国照会，及本州即时差拨人船乘载寿介等，亦将米面蜡烛之类随宜饯送。逐僧于十一月三十日起发前去外，访闻明州近日，少有因便商客入高丽国，窃恐久滞，逐僧在彼不便。窃闻泉州多有海舶入高丽往来买卖，除已牒明州契勘，如寿介等到来年卒无因便舶船，即一面申奏，乞发往泉州附船归国外，须至奏闻者。

右伏乞朝廷特降指挥，下明州疾速契勘，依此施行，所贵不至住滞。谨录奏闻，伏候敕旨。

【译文】元祐四年十二月初三，龙图阁学士、朝奉郎、杭州知州苏轼奏议。近来因为泉州客商徐戬带领高丽国僧统义天手下侍者僧寿介等来到杭州，致祭死去的僧人净源，顺便带来两座金塔，臣曾将这件事的来龙去脉一一奏上。已经按照朝廷旨意，允许寿介等人致祭亡僧净源，完毕之后，派人用船将他们送到明州，搭载便船回国。如果净源的徒弟愿意回赠礼物，即酌量回赠。本州已按照指令，允许寿介等祭奠净源完毕之后，其徒弟酌量将一些土特产回赠寿介等人。他们所带来的两座金塔，据寿介等人让中方陪同人员前来告诉我所说的，恐怕带回本国，将受重罚。臣已经依照原来奏状上的处理办法，把他们回国的照会交给他们，以及本州即时派人船护送寿介等人，也携带一些米面蜡烛等物相机饯行。高丽各僧于十一月三十日出发前去。查得近日明州一带很少有顺便到高丽国去的客商，臣担心他们久留不行，各僧在那里不太方便。臣听说泉州一带有许多前往高丽国做买卖的客商，除已明令明州一带认真查访外，如果寿介等人直到明年还没有便船回国，我们就迅速申奏，请求把他们送往泉州归国，除此之外，还要等待奏闻。

上面所说的事情恳请朝廷特降诏令，下达给明州让他们迅速查访，照此办理，希望不至于滞留。谨录奏闻，恭候圣旨。

卷四十七　奏议

乞降度牒召人入中斛斗出粜济饥等状

元祐五年二月十四日，龙图阁学士、朝奉郎、知杭州苏轼状奏。右臣近指挥本州，令在州并倚郭两县粜常平米一千石，及外七县大县日粜百石，小县五十石，约计日粜五百余石。自二月至六月终，将见管里外常平米均匀兑拨。除本州倚郭略已足用外，其余七县见缺三万余石，虽蒙朝廷赐上供米二十余万石于本路出粜，已准转运司牒报，于越、睦州拨三石万与杭州。然本州年计见缺军粮六万余石，越、睦州米尚不了兑充军粮，更无缘出卖。以此，外县出粜，实缺三万余石。臣已一面指挥诸县那移般运，开场出粜，以平米价，庶几深山穷谷小民，不至大段失所。然约度见管米数，恐只至四五月间必然粜尽，若秋谷未登，粜场不继，即民间顿然缺食，深可忧虑。臣勘会诸州，例皆缺米，纵使督迫转运、提刑司，必是无处擘画，那移应副。惟有一策，恐可济办。缘臣去岁曾奏乞度牒二百道，修完本州廨宇，未蒙施行。臣于十二月末，曾作书与太师文彦博以下执政八人，乞早奏陈，特许给上件度牒二百道。臣欲权将上件度牒召募苏、湖、常、秀人户，令于本州缺米县分入中。斛斗以优价入中，减价出卖，约可得二万五千石，粜得一万五千贯。访闻苏、湖、常、秀虽甚灾伤，富民却薄有蓄积。若以度牒召募，必肯入中。却以此钱修完廨宇，庶几先济饥殍之民，后完久坏屋宇，两事皆济，则吏民荷德无穷。臣发此书已四十余日，至今无报，不免干冒朝廷，上渎圣听。伏乞圣慈深哀本州外邑溪谷之民将坠沟壑，特发宸断，速赐允从。臣无任惶恐战栗待罪之至。谨录奏闻，伏候敕旨。

【译文】元祐五年二月十四日，龙图阁学士、朝奉郎、杭州知州苏轼奏议。微臣近日下令本州在州内以及近郊两县出售常平仓米一千石，外七县大县每天出售一百石，小县五十石，每天约计大约售出大米五百多石。从二月到六月底，将现管内外各常平仓的粮食均兑对调，以调济余缺。除本州近郊地区基本够用外，其余七县，现缺粮三万多石，虽然承蒙朝廷赐给上供米二十多万石在本路出售，已按照转运司计划报上，从越州和睦州拨三万石粮食给杭州。然而本州每年总计缺军粮六万多石，越州和睦州拨过来的粮食尚且填不满军粮的缺额，出卖更无从谈起。因此，外七县的出售，实际还缺粮三万多石。我已经擅自下令各县挪移搬运，设场出售，以平抑粮价，希望深山穷乡百姓，不至于大片饿死。然而估算现在掌握的粮食数量，恐怕只到四五月间，必然售完，如果秋粮尚未下来，已经无粮可卖，老百姓一下子断粮，即使督促转运司和提刑司，必然也无处筹划，挪移应付。只有一个办法，恐怕还能办点事。去年臣曾经奏请赐给度牒二百道，拍卖之后的所得用来修缮官府衙门及各种公房，未蒙批准施行。十二月底，我又给太师文彦博以下执政八人写信，请求早日奏陈皇上，特许发给上述度牒二百道。臣想用它们来招募苏州、湖州、常州、秀州民户，在本州缺粮县分纳粮换钱。粮食以优价收购，降价卖出，约可得粮二万五千石，卖得一万五千贯钱。查得苏州、湖州、常州和秀州四个地区，自然灾害虽然严重，然而富户还有些积蓄。如果用度牒招募，肯定有人愿意纳粮换银。却用这些钱来修整公房，试图先救饿殍之民，后修败坏已久的公房，一举两得，则吏民将蒙受无穷的恩德。我那道奏议已经发出去四十多天了，至今不见回音，因此不免再次冒犯朝廷，上渎圣听。恳请太皇太后和皇上可怜本州外邑乡野村民将饿死于沟壑之中，特发明断，快快批准，我不胜惶恐战惊之至。谨录奏闻，恭候圣旨。

论叶温叟分擘度牒不公状

元祐五年二月十八日，龙图阁学士、左朝奉郎、知杭州苏轼状奏。今月十七日，准转运使叶温叟牒杭州，准尚书礼部符，准元祐五年正月二十六日敕，勘会两浙、淮南路见系灾伤，民间谷价涌贵，虽已降指挥，截拨上供斛斗出粜，及依条赈恤外，切虑所用斛斗数多，不能周足，牒奉敕各出给空名度牒三百道，付逐路转运、提刑、钤辖司，分擘与灾伤州、军，召人入纳斛斗或现钱，籴入官司封桩及诸色斛斗，添助赈济支用者。省部今依准敕命指挥，出给到空名度牒三百道，并封皮，须至符送者。符当司主者候到，一依前项敕命指挥，及照会元祐敕令，疾速施行，仍关提刑、钤辖司，及合属去处，不管稍有违误者。当司契勘，杭、越、苏、湖、常、秀、润、衢、婺、台等州灾伤放税，除衢州放税只及二厘不至灾伤更不拨外，今将杭、越等九州放税钱数衮纽，每州合得道数，须至行遣数内杭州三十道者。

臣看详上件敕旨，为两浙、淮南路灾伤，各出给空名度牒三百道，付逐路转运、提刑、钤辖司分擘与灾伤州、军。转运司既受上件敕旨，即合与提刑及浙东、西两路钤辖司商量分擘，仍须参用各州郡大小、户口众寡，及灾伤分数，品配合得道数，依公分擘。今来转运使叶温叟因出巡苏、秀等州，在路受得上件敕旨，便敢公然违戾，更不计会提刑及两路钤辖司，亦不与转运判官张璹不可胜数，约计四五十万人，里外九县主客户口共三十余万。今来检放水旱，虽只计一分六厘，又缘杭州自来土产米谷不多，全仰苏、湖、常、秀等州般运斛斗接济，若数州不熟，即杭州虽十分丰稔，亦不免为饥年。自去岁十月以后，米价涌长，至每斗九十足钱。近岁浙中难得见钱，每斗九十，便比熙宁以前百四五十，因粜常平米，每日不下五六万人争籴，方免饿殍。今来圣恩优恤，一路委自提、转及两路钤辖司分擘度牒，而温叟独出私意，只分与杭州三十道。内润州人户比杭州十分才及一二，却分得一百道，其余多少任情，未易悉数。致杭州百姓例皆咨怨，将谓圣恩偏厚润州，不及杭州。不知自是温叟公违敕旨，任情分擘，须至奏陈者。

右臣先于二月四日奏，为杭州诸县出粜官米，自二月至六月终，缺三万余石，乞特赐度牒二百道召人入中米，外县吏民日夜企望朝廷施行，虽大旱望雨，执热思濯，未喻其急。度奏状未到间，已蒙朝廷施行。乃是圣明洞照数千里外事，有如目睹。今乃为转运使叶温叟自出私意，多少任情，以杭州众大，甲于两路，只分与三十道，吏民惊骇，莫晓其意。

臣窃原圣意，盖谓提刑专主赈济，钤辖司专管灾伤盗贼，故令转运司与两司同共相度分擘。今温叟并不计会两司及转运判官，直自一面任意分擘，牒送诸州，更不关报钤辖司。臣忝为侍从，出使一路，温叟似此凌蔑肆行，臣若不言，必无人更敢论列。况杭州见今里外一十九处开场粜米，籴者如云，虽寄居待缺官员，亦行差请。杭人素来骄奢，本以籴官米为耻，若非饥急，岂肯来籴？此皆温叟与诸监司所共目睹。今来只分三十道，深骇物听。

切缘度牒三百道，约直钱五万余贯，所在商贾富民，为之奔走汹动，而温叟一面任意分擘，更不计会逐司，岂得稳便？兼臣访闻去岁诸郡检放税赋，多有不实不尽。只如苏州积水弥望，众所共见。今来放税分数反不及润州，盖是检放官吏观望漕司意指，及各随本州长吏用意厚薄，未必皆是的实。今来温叟专用放税分数为断，深为未允。纵使检放得实，而州郡大小、户口多寡不同，亦合参酌品配，从逐司公共相度分擘，方得允当。今来但系温叟所定赈济州郡，即多得度牒，应系别人地分，例皆靳惜不与，显见全然不公。臣已牒转运司，请细详上件朝旨，计会提刑、钤辖司，依公分擘去讫。深虑温叟未肯听从，纵肯所从，不过量添三二十道，亦是支用不足。

伏望圣慈体念杭州元奏缺米三万石，本乞度牒二百道，方稍足用。今来不敢更望上件数目，只乞特赐指挥于三百道内支一百五十道与杭州。况其余州、军元无奏请缺米去处，将其余一百五十道分与，亦无缺事。伏乞早赐指挥，所贵灾伤之民均受圣泽，不至以一夫私意专制多少。谨录奏闻，伏候敕旨。

贴黄：杭州元奏缺米三万石，乞度牒二百道。今来转运使只与三十道。润州元不奏缺米，显是常平钱米足用，今来却与一百道，深骇物听。乞朝廷详酌。诸州元无奏请缺米去处，若依臣所奏，分与一百五十道，已出望外。杭州若得一百五十道，犹未足用，乞自圣旨分擘施行。若只下本路，其转运使叶温叟必是遂非，不肯应副。

【译文】元祐五年二月十八日，龙图阁学士、左朝奉郎、杭州知州苏轼状奏。本月十七日，按照尚书省礼部的文件，本照元祐五年正月二十六日的敕令，查得两浙和淮南路，正在遭灾，民间粮价上涨，虽然已经下达了命令，截留上供的粮食拿来出卖，以及按照常规赈济之外，考虑到用粮数额太大，不能满足，赏赐给空名度牒三百道，交给各路转运司，分配给受灾各州、军，召人交纳粮食或现钱，籴入官府的储藏仓库——封桩库以及各种粮食，添助赈济的花销。尚书省礼部现在已经按照朝廷的旨意，发给空名度牒三百道，连同封皮，等命令发出后一同送到。主管官员到达后，一切遵照上项敕令的精神，及参照元祐敕令，迅速施行，同时与提刑司、钤辖司以及发放的接受单位在一起协商，不能有丝毫失误。主管部门查得，杭州、越州、苏州、湖州、常州、秀州、润州、衢州、婺州、台州等地，由于自然灾害而减税，除了衢州减税只二厘，不至太伤、不再拨给外，现在将杭、越等九州减税钱数，每州应得的道数算清，在必须发放的数目中，杭州只有三十道。

臣揣磨上件敕旨，是因为两浙地区和淮南路遭了灾，所以赏赐给一些空名度牒，交给各路转运司、提刑司和钤辖司，分配给各受灾州、军。转运司既接到上述敕旨，理应与提刑司以及浙东路、浙西路的钤辖司商量分配办法，应该参考各州郡的大小，户口的多少，以及受灾程度，分配应该得到的道数，按公正的原则来分配。现在转运使叶温叟，因为正在巡视苏州和秀州等地，在路上接到上述敕令后，便敢公然违背，即不给提刑司和两路钤辖司打招呼，也不与转运判官张琦商量，便自己擅自分配名额，其中杭州只得到三十道。想想杭州城内，人民不可胜数，大约共有四五十万人，里外九县的主户和客户人口，共有三十万。现在检查灾情，虽然只有一分六厘。又因为杭州素来出产粮食不多，全靠苏州、湖州、常州和秀州等地转运粮食接济，如果这几州歉收，杭州即使大丰收，仍不免要受饥荒。从去年十月以后，粮价暴涨，每斗达到九十多钱。近年两浙地区难得现钱，每斗九十，便和熙宁年间以前每斗一百四五十钱的情况差不多，官府出卖常平仓的粮食，每天不下五六万人争相购买，方才得以免于饿死。最近圣恩格外体恤，每路委派提刑使、转运使和两路钤辖共同协商分配度牒，而叶温叟私下决定，仅分给杭州三十道。润州的人口，只有杭州的十分之一二，却分得一百道，其余是多是少全由叶温叟决定，臣不再一一指出。致使杭州百姓一齐抱怨，认为圣上偏爱润州，而不爱杭州，不知道这只是叶温叟违背圣旨，任意分配，这是臣所要奏报的一个内容。

微臣在这之前的二月初四曾经上奏，因为杭州各县出售公粮，从二月到六月底，缺粮三万多石，请求特赐度牒二百道，召人纳粮换钱，外县的官吏和百姓，对这件事情的企盼，说大旱的时候盼望下雨，酷热的时候想洗个澡，也无法与他们急切的心情相比拟。可能臣的奏状还没呈上，已蒙朝廷施行。这是圣明洞照几千里之外，就像亲眼见到一样。现在因为转运使叶温叟出于私心，多少任意，以这么大的杭州，在两路之中排名第一，却只分到三十道，吏民惊奇不已，不知道叶氏究竟是什么用心。

臣私下里忖度圣上的意思，是说提刑司专门负责赈济工作，钤辖司专门负责灾害和治安工作，因此让转运司、提刑司和钤辖司共同商量后分配。现在叶温叟并不与两司及转运判官在一起商量，只由自己任意分配，数额下达各州后，更不向钤辖司通报。臣曾在朝廷中忝为侍从官，现在担任地方大员，叶温叟如此肆意妄为，臣若不说，必定没有人敢于告发。况且杭州现今里外共有十九个地方在开场卖粮，买粮者云集，即使是寄居待缺的官员，也行差请。杭州人素来骄傲奢华，不是饿急了，怎肯来买？这是叶温叟与各监司所有目共睹的事实。

现在却只分给度牒三十道，实在让人感到惊讶！

考虑一下三百道度牒，约值钱五万多贯，各地商人富豪为之来回奔走，而叶温叟个人任意分配，更不与各衙门商量，怎能稳妥？同时臣查出去年各地减免赋税，有许多不实或不妥的事情。比如苏州洪水滔天，人所共见，而现在的减税幅度，反而不如润州大，这是由于监督减免的官吏按漕司的意图办事，以及各随本州长官的意志来决定厚薄的缘故，未必都符合实际。现在叶温叟单单以减免税额为依据，很不合适。即使减税额符合实际，而州郡大小和户口多少都不同，也应该把这些因素考虑进去，与各衙门会商之后共同分配，才显得公道适当。现在只要是叶温叟所定的赈济州郡，便多得一些度牒，而别人所定的地方，一律吝惜不多给，显然很不公道。臣已向转运司书面申请，请求他们再仔细研读上述朝廷的敕令，并与提刑司和钤辖司在一起商量，按公正原则进行分配。很担心叶温叟不会听我的，即使听从了，不过酌量再给杭州增添三二十道，也是不够使用。

希望圣上考虑一下杭州原来奏议所说的缺米三万石，本来请求赐给度牒二百道，才稍稍够用，现在不敢再奢望二百道这个数目，只求特降指示，于现在这三百道内把一百五十道支给杭州，况且其余州、军，本来就没有汇报自己缺粮，将其余的一百五十道分给他们，他们已经够用。恳求早下指示。希望受灾的老百姓均受圣恩，不至于为一个人的私念就确定了多少。谨录奏闻，恭候圣旨。

补言：杭州原本汇报缺粮三万石，请求赐给度牒二百道。现在转运使只给了三十道。润州原本没有奏报缺粮，显然常平仓的钱粮都够用，现在却给他们一百道度牒，听后令人震惊。恳求朝廷详加斟酌。各州本没有奏报缺粮，若依臣的建议，他们能分得度牒一百五十道，已经喜出望外了。杭州如果得到一百五十道，依旧不足使用，恳求皇上亲自下令分给施行。如果交给本路来分配，转运使叶温叟颠倒是非，肯定不会答应。

杭州乞度牒开西湖状

元祐五年四月二十九日，龙图阁学士、左朝奉郎、知杭州苏轼状奏。右臣闻天下所在陂湖河渠之利，废兴成毁，皆若有数。

惟圣人在上，则兴利除害，易成而难废。昔西汉之末，翟方进为丞相，始决坏汝南鸿隙陂，父老怨之，歌曰："坏陂谁？翟子威。饭我豆食羹芋魁。反乎覆，陂当复。谁言者？两黄鹄。"盖民心之所欲，而托之天，以为有神下告我也。孙皓时，吴郡上言，临平湖自汉末草秽壅塞，今忽开通，长老相传："此湖开，天下平。"皓以为己瑞，已而晋武帝平吴。由此观之，陂湖河渠之类，久废复开，事关兴运。虽天道难知，而民心所欲，天必从之。

杭州之有西湖，如人之有眉目，盖不可废也。唐长庆中，白居易为刺史。方是时，西湖溉田千余顷。及钱氏有国，置撩湖兵士千人，日夜开浚。自国初以来，稍废不治，水涸草生，渐成葑田。熙宁中，臣通判本州，则湖之葑合，盖十二三耳。至今才十六七年之间，遂堙塞其半。父老皆言，十年以来水浅葑横，如云翳空，倏忽便满，更二十年，无西湖矣。使杭州而无西湖，如人去其眉目，岂复为人乎？

臣愚无知，窃谓西湖有不可废者五。天禧中，故相王钦若始奏以西湖为放生池，禁捕鱼鸟，为人主祈福。自是以来，每岁四月八日，郡人数万会于湖上，所放羽毛鳞介以百万数，皆西北向稽首，仰祝千万岁寿。若一旦堙塞，使蛟龙鱼鳖同为涸辙之鲋，臣子坐观，亦何心哉？此西湖不可废者，一也。杭之为州，本江海故地，水泉咸苦，居民零落，自唐李泌始引湖水作六井，然后民足于水，井邑日富，百万生聚，待此而后食。今湖狭水浅，六井渐坏，若二十年之后，尽为葑田，则举城之人复饮咸苦，其势必自耗散，此西湖之不可废者，二也。白居易作《西湖石函记》云："放水溉田，每减一寸，可溉十五顷，每一伏时，可溉五十顷。……若蓄泄及时，则濒河千顷，可无凶岁。”今虽不及千顷，而下湖数十里间，茭菱谷米，所获不赀，此西湖不可废者，三也。西湖深阔，则运河可以取足于湖水。若湖水不足，则必取足于江潮。潮之所过，泥沙浑浊，一石五斗。不出三岁，辄调兵夫十余万功开浚，而河行市井中盖十余里，吏卒搔扰，泥水狼藉，为居民莫大之患，此西湖之不可废者，四也。天下酒税之盛，未有如杭者也，岁课二十余万缗。而水泉之用仰给于湖，若湖渐浅狭，水不应沟，则当劳人远取山泉，岁不下二十万功，此西湖之不可废者，五也。

臣以侍从，出膺宠寄，目睹西湖有必废之渐，有五不可废之忧，岂得苟安岁月，不任其责？辄已差官打量湖上葑田，计二十五万余丈，度用夫二十余万功。近者伏蒙皇帝陛下、太皇太后陛下以本路饥馑，特宽转运司上供额斛五十余万石，出粜常平米亦数十万石，约敕诸路，不取五谷力胜税钱，东南之民，所活不可胜计。今又特赐本路度牒三百，而杭独得百道。臣谨以圣意增价召人入中，米减价出粜以济饥民，而增减耗折之余，尚得钱米约共一万余贯石。臣辄以此钱米募民开湖，度可得十万功。自今月二十八日兴功，农民父老纵观太息，以谓二圣既捐利与民，活此一方，而又以其余弃，兴久废无穷之利，使数千人得食其力以度此凶岁，盖有泣下者。臣伏见民情如此，而钱米有限，所募未广，葑合之地尚存大半，若来者不嗣，则前功复弃，深可痛惜。若更得度牒百道，则一举募民除去净尽，不复遗患矣。

伏望皇帝陛下、太皇太后陛下少赐详览，察臣论西湖五不可废之状，利害卓然，特出圣断，别赐臣度牒五十道，仍敕转运、提刑司，于前来所赐诸州度牒二百道内，契勘赈济支用不尽者，更拨五十道价钱与臣，通成一百道，使臣得尽力毕志。半年之间，目见西湖复唐之旧，环三十里，际山为岸，则农民父老，与羽毛鳞介，同泳圣泽，无有穷已，臣不胜大愿。谨录奏闻，伏候敕旨。

贴黄：目下浙中梅雨，葑根浮动，易为除去。及六七月，大雨时行，利以杀草，芟夷蕴崇，使不复滋蔓。又浙中农民皆言八月断葑根，则死不复生。伏乞圣慈早赐开允，及此良时兴工，不胜幸甚。

又贴黄：本州自去年至今开浚运河，引西湖水灌注其中，今来开除葑田逐一利害，臣不敢一一烦渎圣听，别具状申三省去讫。

【译文】元祐五年四月二十九日，龙图阁学士、左朝奉郎、杭州知州苏轼状奏。微臣听说天下各地的陂湖河渠，其废兴成毁，都像有气数在那里命定的一样。圣人居于上位，则兴利除弊，容易成功而难以废坏。先前在西汉末年，翟方进为丞相，挖开汝南地区的鸿隙陂，老农们仇恨他，愤怒地唱道："谁破坏了陂？是翟子威！让我吃糠咽菜饿肚皮。反反复复，陂池恢复，这话是谁说？两只黄天鹅。"这本是人民心里想的，而假托于上天的意思，以为有神灵降下来告诉我们。东吴末年孙皓在位的时候，吴郡报告说，临平湖自汉末以来杂草从生而被堵塞起来，现在忽然开通了，老年人在下边互相传告说，这个湖开通了，天下就要大平了，孙皓认为这是针对自己的吉祥征兆，不久晋武帝就灭了吴。由此看来，陂、湖、河、渠之类，久废而忽然开通，这事关乎到命运。虽然说天道难以确知，而民心所向，上天必然会听从的。

杭州有西湖，就像人有眉毛和眼睛一样，决不可废弃。唐穆宗长庆中叶，白居易在这里作刺史。当时，西湖灌溉农田一千多顷。钱氏建立吴越国，设置撩湖部队一千人，日夜开挖。我大宋朝建立之后，渐渐废弃不加治理，湖水干涸后生出杂草，逐渐化为茭白田。熙宁中叶，臣担任杭州通判，湖面上的茭白，不过十分之二三。至今才十六七年间，已经覆盖了一半。老年人都说，近十年来，水浅草生，如同乌云遮住天空一样，一下子就盖住了，再过二十年，西湖将不复存在。假若杭州没有西湖，就如同人被去掉眉毛和眼睛一样，那还成其为人吗？

臣愚陋无知，私下里认为西湖有五条不可废的理由。真宗天禧中叶，已故宰相王钦若首先建议把西湖建成一个放生池，禁止生这里捕鱼捉鸟，以此来为皇上祈祷福祉。从那以后，每年的四月初八，全州有几万人汇集于湖上，所放生的鸟兽虫鱼数以百万计，大家都面向西北稽首，上祝皇上万寿无疆。如果一旦淤塞，让蛟龙鱼鳖处于干涸之地，臣子坐视不救，于心何忍！这是西湖不可废弃的第一条原因。杭州这个地方，本是江海故地，泉水咸苦，居民稀少。唐代李泌开始引湖水作六井，自那以后人民的饮水问题解决了，也就逐渐富裕起来，百万人口，靠湖水生活。现在湖面狭窄而水浅，六井渐渐干涸，照这样下去，二十年之后，湖面将化为杂草丛生的沼泽地，则全城人民，将重新饮用咸苦的海水，按情势必然要日益离散。这是西湖不能废弃的第二条原因。白居易所作的《西湖石函记》上说："放水灌溉农田，西湖的水位每降低一寸，可以灌溉十五顷地，每一个昼夜，可以灌溉田地五十顷。……如果蓄水和排放有节度，则湖边的千顷土地，可以保证不会歉收。"现在虽然不到千顷，但在下湖几十里间，茭白、菱角、稻米等等，收获不计其数，这是西湖不可废弃的第三条原因。西湖水深，则运河就可以从湖里取出足够的水量；如果湖水不足，则只能从江湖中取水。潮涨后，泥沙浑浊，一石水中有五斗泥。要不了三年，就要调士兵役夫十几万人来开挖疏通运河，而运河从大街中穿过有十几里长，吏卒骚扰，泥水狼藉，为居民莫大之患，这是西湖不可废弃的第四条原因。天下酒税收入之多，没有能比得上杭州的，每年收税钱二十多万缗。酿酒所用泉水，要靠西湖，如果西湖逐渐水浅狭窄，地下无水，则只能劳顿人力到远处去取山泉，每年这将耗费不下二十万个劳动力，这是西湖不可废弃的第五个原因。

臣以皇上侍从的身份，出任这富饶地区的长官，眼看西湖有逐渐淤塞的危险，又有必不可废的五条原因，怎能够苟且偷安，不负责任？已经派遣有关官吏前去丈量湖上变为杂草丛生沼泽地的面积，共计二十五万多丈，估计要花费二十多万个劳动力。近日承蒙皇帝陛下和太皇太后陛下因为本路饥荒，特宽缓转运司上缴上供粮食五十多万石，出售常平仓粮食也有几十万石，命令各路，不收五谷力胜税钱，东南地区人民，被救活的不可胜数。今又特别赐给本路度牒三百道，仅杭州就得到一百道。臣谨按照圣上的旨意加价召人交纳钱粮，粮食减价出售以救济灾民，而增减损耗之余，还得到钱粮约计一万多贯石。臣又用这些钱粮来招募民工开挖西湖，估计可得到十万多个劳动力。本月二十八日开工后，老年农民观看时感叹不已，认为皇上和太皇太后既让利于民，救活这一方百姓，又用剩余部分，兴此久废无穷之利，使几千人得以自食其力度过这个灾荒年，很多人都感动得掉下了眼泪。臣发现民情如此，而钱粮又有限，只能招募有限的人力，被杂草覆盖的湖面，还存大半，若后续劳力不继，则前功尽弃，深为可惜。如果再得到度牒一百道，则可一举募民把杂草完全除去，不再遗患于未来了。

恳请皇帝陛下和太皇太后陛下对我的奏议稍微仔细地看一下，审查臣所列举西湖五不可废的理由，就会发现利害一目了然。请二圣特出圣断，另外赏赐给我五十道度牒，同时命令转运司和提刑司，在以前赐给各州度牒二百道的数目内，查得赈济费用没有花完的，另外拨出五十道价钱给我，合成一百道，让臣得以尽力了却我的这一桩心愿，半年之后，亲眼看到西湖能够恢复唐代的规模，周围三十里，以山为岸，则农民百姓与鸟兽虫鱼，共同沐浴皇上的恩泽，没有穷尽，这是我最大的心愿。谨录奏闻，恭候圣旨。

补言：眼下浙中地区正是梅雨季节，草根浮动，最容易除掉。到六七月的时候，赶上雨季，利于除草，割铲拔除，使它们不再滋长蔓延。又，浙中农民都说八月斩断茭白的根部，它们不会再复活。盼望皇上和太皇太后陛下早点答应，趁着这大好时机动工，不胜幸甚。

又补言：本州从去年到现在开挖疏通大运河，引西湖水灌注其中，现把开挖沼泽地的各项利弊奏上，其余内容不再一一亵渎圣上的耳目，另外具状申报给三省审查。

申三省起请开湖六条状

元祐五年五月初五日，龙图阁学士、左朝奉郎、知杭州苏轼状申。轼于熙宁中通判杭州，访问民间疾苦，父老皆云：“惟苦运河淤塞。远则五年，近则三年，率常一开浚，不独劳役兵民，而运河自州前至北郭穿阛阓中，盖十四五里，每将兴工，市肆汹动，公私骚然，自胥吏、壕寨、兵级等，皆能恐喝人户，或云当于某处置土，某处过泥水，则居者皆有失业之忧，既得重赂，又转而之他。及工役既毕，则房廊邸店作践狼藉，园圃隙地例成丘阜，积雨荡濯，复入河中，居民患厌，未易悉数。若三五年失开，则公私壅滞，以尺寸水欲行数百斛舟，人牛力尽，跬步千里，虽监司使命，有数日不能出郭者。其余艰阻，固不待言。”问其所以频开屡塞之由，皆云：“龙山、浙江两闸日纳潮水，沙泥浑浊，一泛一淤，积日稍久，便及四五尺，其势当然，不足怪也。”轼又问言：“潮水淤塞，非独近岁，若自唐以来如此，则城中皆为丘阜，无复平田。今验所在，堆叠泥沙，不过三五十年所积耳，其故何也？”父老皆言：“钱氏有国时，郡城之东有小堰门，既云小堰，则容有大者。昔人以大小二堰隔截江水，不放入城，则城中诸河，专用西湖水，水既清彻，无由淤塞。而余杭门外地名半道洪者，亦有堰名为清河，意似爱惜湖水，不令走下。自天禧中，故相王钦若知杭州，始坏此堰，以快目下舟楫往来，今七十余年矣，以意度之，必自此后湖水不足于用，而取足于江潮。又况今者西湖日就堙塞，昔之水面半为葑田，霖潦之际，无所潴畜，流溢害田，而旱干之月，湖自减涸，不能复及运河。”

谨按唐长庆中，刺史白居易浚治西湖，作《石函记》，其略曰：“自钱塘至盐官界应溉夹河田者，皆放湖入河，自河入田，每减一寸，可溉十五顷，每一伏时，可溉五十顷。若堤防如法，蓄泄及时，则濒河千顷，无凶年矣。”用此计之，西湖之水尚能自运河入田以溉千顷，则运河足用可知也。轼于是时，虽知此利害，而讲求其方，未得要便。今者蒙恩出典此州，自去年七月到任，首见运河干浅，使客出入艰苦万状，谷米薪刍亦缘此暴贵，寻划刷捍江兵士及诸色厢军得千余人，自十月兴工，至今年四月终，开浚茅山、盐桥二河，各十余里，皆有水八尺以上，见今公私舟船通利。

父老皆言："自三十年已来，开河未有若此深快者也。"然潮水日至，淤填如旧，则三五年间，前功复弃。轼方讲问其策，而临濮县主簿监在城商税苏坚建议曰："江潮灌注城中诸河，岁月已久，若遽用钱氏故事，以堰闸却之，令自城外转过，不惟事体稍大，西湖面葑合，积水不多，虽引入城，未可全恃。宜参酌古今，且用中策。今城中运河有二，其一曰茅山河，南抵龙山、浙江闸口，而北出天宗门；其一曰盐桥河，南至州前碧波亭下，东合茅山河，而北出余杭门。余杭、天宗二门，东西相望，不及三百步。二河合于门外，以北抵长河堰下。今宜于钤辖司前创置一闸，每遇潮上，则暂闭此闸，令龙山、浙江潮水径从茅山河出天宗门，候一两时辰，潮平水清，然后开闸，则盐桥一河过阛阓中者，永无潮水淤塞、开淘搔扰之患。而茅山河纵复淤填，乃在人户稀少村落相半之中，虽不免开淘，而泥土有可堆积，不为人患。潮水自茅山河行十余里至梅家桥下，始与盐桥河相通，潮已行远，泥沙澄坠，虽入盐桥河，亦不淤填。自来潮水入茅山、盐桥二河，只淤填十里，自十里以外，不曾开淘，此已然之明效也。茅山河既日受潮水，无缘涸竭，而盐桥河底低茅山河底四尺，梅家桥下，量得水深四尺，而碧波亭前，水深八尺。则盐河桥亦无涸竭之患。然犹当过虑，以备乏水。今西湖水贯城以入于清湖河者，大小凡五道。一，暗门外斗门一所；一，涌金门外水闸一所；一，集贤亭前水窗一所；一，集贤亭后水闸一所；一，菩提寺前斗门一所。皆自清湖河而下以北出余杭门，不复与城中运河相灌输，此最可惜。宜于涌金门内小河中置一小堰，使暗门、涌金门二道所引湖水，皆入法慧寺东沟中，南行九十一丈，则凿为新沟二十六丈，以东达于承天寺东之沟，又南行九十丈，复凿为新沟一百有七丈，以东入于猫儿桥河口，自猫儿桥河口入新水门，以入于盐桥河，则咫尺之近矣。此河下流，则江潮清水之所入，上流，则西湖活水之所注，永无乏绝之忧矣。而湖水所过，皆阛阓曲折之间，颇作石柜贮水，使民得汲用浣濯，且以备火灾，其利甚博，此所谓参酌古今而用中策也。"

轼寻以坚之言使通直郎、知仁和县事黄僎相度可否，及率僚吏躬亲验视，一一皆如坚言，可成无疑也。谨以四月二十日兴功开导及作堰闸，且以余力修完六井，杭州城中多卤地，无甘井。唐刺史李泌始作六井，皆引湖水注其中，岁久不治。熙宁中，知州陈襄与轼同擘画修完，而功不坚致，今复废坏。轼今改作瓦筒，又以砖石培甃回护，可以坚久。皆不过数月，可以成就。而本州父老农民睹此利便，相率诣轼陈状，凡一百一十五人，皆言："西湖之利，上自运河，下及民田，亿万生聚、饮食所资，非止为游观之美。而近年以来，堙塞几半，水面日减，茭葑日滋，更二十年，无西湖矣。"劝轼因此尽力开之。轼既深愧其言，而患兵工寡少，费用之资无所从出。父老皆言："窃闻朝廷近赐度牒一百道，每道一百七十贯，为钱一万七千贯。本州既高估米价，如人入中，又复减价出粜，以济饥民，消折之余，尚有钱米约共一万贯石，若支用此，亦足以集事矣。"

适会钱塘县尉许敦仁建言西湖可开状，其略曰："议者欲开西湖久矣，自太守郑公戬以来，苟有志于民者，莫不以此为急，然皆用工灭裂，又无以善其后。盖西湖水浅，茭葑壮猛，虽尽力开撩，而三二年间，人工不继，则随手葑合，与不开同。窃见吴人种菱，每岁之春，芟除涝漉，寸草不遗，然后下种。若将葑田变为菱荡，永无茭草堙塞之患。今乞用上件钱米，雇人开湖，候开成湖面，即给与人户，量出课利，作菱荡租佃，获利既厚，岁岁加功，若稍不除治，微生茭葑，即许人划赁，但使人户常忧划夺，自然尽力，永无后患。今有钱米一万贯石，度所雇得十万工，每工约开葑一丈，亦可添得十万丈水面，不为小补。若量破钱米召募饥民兴役，必不济事。若每日破米三升、钱五十五文足，雇一强壮人夫，然后可使。虽云强壮，然艰食之岁，使数千人得食其力以度凶年，亦归于赈济矣。"

转寻以敦仁之策，参考众议，皆谓允当。已一面牒本州依敦仁擘画，支上件钱米雇人，仍差捍江船务楼店务兵士共五百人，般载葑草，于四月二十八日兴工去讫。今来有合行起请事件，谨具画一如左：

一、今来所创置钤辖司前一闸，虽每遇潮上，闭闸一两时辰，而公私舟船欲出入闸者，自须先期出入，必不肯端坐以待闭闸，兼更有茅山一河自可通行，以此实无阻滞之患，而能隔截江潮，径自茅山河出天宗门，至盐桥一河，永无堙塞开淘搔扰之患，为利不小。恐来者不知本末，以阻滞为言，轻有变改，积以岁月，旧患复作，今来起请新置钤辖司前一闸，遇潮上闭讫，方得开龙山、浙江闸，候潮平水清，方得却开钤辖司前闸。

一、盐桥运河岸上，有治平四年提刑元积中所立石刻，为人户屋舍侵占牵路已行除拆外，具载阔狭丈尺。今方二十余年，而两岸人户复侵占牵路，盖屋数千间，却于屋外别作牵路，以致河道日就浅窄。准法据理，并合拆除，本州方行相度，而人户相率经州，乞遽逐人家后丈尺，各作木岸，以护河堤，仍据所侵占地量出赁钱，官为桩管准备修补木岸，乞免拆除屋舍。本州已依状施行去讫。今来起请应占牵路人户所出赁钱，并送通判厅收管，准备修补河岸，不得别将支用，如违，并科违制。

一、自来西湖水面，不许人租佃，惟茭葑之地，方许请赁种植。今来既将葑田开成水面，须至给与人户请佃种菱。深虑岁久人户日渐侵占旧来水面种植，官司无由觉察，已指挥本州候开湖了日，于今来新开界上，立小石塔三五所，相望为界，亦须至立条约束。今来起请，应石塔以内水面，不得请射及侵占种植，如违，许人告，每丈支赏钱五贯文省，以犯人家财充。

一、湖上种菱人户，自来脔割葑地，如田塍状，以为疆界。缘此即渐葑合，不可不禁。今来起请应种菱人户，只得标插竹木为四至，不得以脔割为界，如违，亦许人划赁。

一、本州公使库，自来收西湖菱草荡课利钱四百五十四贯，充公使。今来既开草葑，尽变为菱荡，给与人户租佃，即令后课利，亦必稍增。若拨入公使库，未为稳便。今来起请欲乞应西湖上新旧菱荡课利，并委自本州量立课额，今后永不得增添。如人户不切除治，致少有草葑，即许人划赁，其划赁人，特与权免三年课利。所有新旧菱荡课利钱，尽送钱塘县尉司收管，谓之开湖司公使库，更不得支用，以备逐年雇人开葑撩浅，如敢别将支用，并科违制。

一、钱塘县尉廨宇，在西湖上。今来起请今后差钱塘县尉衔位内带管勾开湖司公事，常切点检，才有茭葑，即依法施行。或支开湖司钱物，雇人开撩，替日委后政点检交割。如有茭葑不切除治，即申所属点检，申吏部理为遗阙。

以上六条，并刻石置知州及钱塘县尉厅上，常切点检。

右谨件如前。勘会西湖葑田共二十五万余丈，合用人夫二十余万功。上件钱米约可雇十万功，只开得一半。轼已具状奏闻，乞别赐度牒五十道，并于前来所赐本路诸州度牒二百道内，契勘赈济支用不尽者，更拨五十道，通成一百道充开湖费用外，所有逐一子细利害，不敢一一紊烦天听。伏乞仆射相公、门下侍郎、中书侍郎、尚书左丞、尚书右丞特赐详览前件所陈利害，及起请六事，逐一敷奏，立为本州条贯，早赐降下，依禀施行。兼画成地图一面，随状纳上，谨具状申三省，谨状。

【译文】元祐五年五月初五，龙图阁学士、左朝奉郎、杭州知州苏轼申报。我在神宗熙宁中叶任杭州通判时，访问民间疾苦，老年人都说："最苦恼的事情是运河淤塞。多则五年，少则三年，通常就需要疏通一次，不单单劳顿役使兵民，而且运河自杭州府衙门前到城北穿过闹市区这一段，大约有十四五里长，每次开工之前，市面上人心浮动，公家和老百姓都很慌张，从小吏到壕寨士兵，都可以吆喝百姓，或者说某处将放置挖出的泥土，某处将要排放泥水，居住在那里的人家则都有家破的担忧，得到丰厚的贿赂之后，便转而到其他地方敲诈。等到工程完毕，则房舍客店，被作践得一片狼藉，园圃空地，一律堆上成堆的烂泥巴，雨水冲刷之后，又流入河中，居民患厌，不易一一说完。如果三五年不开挖，则公家和私人都受壅塞之苦，以很浅的水想行运几百斛粮食的载重船，人力牛力用尽，只能半步半步地往前挪，即使是官府的使者去传令，也有几天出不了城门的。其余艰阻，本来就不用多说。”我向他们询问频繁开挖又屡次淤塞的原因，大家都说：“龙山，浙江两处闸门，每天接纳海潮，沙泥浑浊，一泛一淤，时间稍长一点，便堆积到四五尺厚，其势必然，不值得惊奇。”我又问他们：“潮水淤塞，不单近年如此，如果从唐代以来便是这样，则城中岂不堆土如山，不会再有平整的土地。现在查验各处后发现，成堆的泥沙，不过是近三五十年堆积的，这是什么缘故呢？”老乡们回答说：“钱氏吴越国统治的时候，郡城之东有一个小堰门，既然说是小堰，肯定另有一个大堰。古人以小大二堰隔截江水，不放江海之水入城，城中各条河流，专用西湖水，水是清的，没有淤塞的理由。而余杭门外有一个叫作半道洪的地方，那里也有座叫清河的堰，修这座堰的目的在于爱惜湖水，不让湖水流出去。真宗天禧中叶，已故宰相王钦若为杭州知州，拆掉了这座堰，以加快时下的舟船往来，从那以后到现在已经七十多年了，我们估计，一定是从那之后湖水不够用，所以要取于钱塘江潮水。何况现在西湖已经日渐淤平，过去的水面，现在有一半成为沼泽地，雨季来临，没有蓄水的地方，漫溢出去淹没农田，而干旱的时候，湖水自行干涸，因此不能顾及大运河。”

谨按唐朝穆宗长庆年间，杭州刺史白居易治理西湖，作《西湖石函记》，其大意说：“从钱塘江到盐官界沿运河两岸应该灌溉的土地，皆放西湖水入运河，由运河灌到地里，西湖水面每下降一寸，可以溉田十五顷，每一个昼夜，可以溉田五十顷。如果堤坝修治得法，湖水及时蓄泄，则沿运河两岸的千顷良田，不会有歉收的时候。”以此看来，那时候的西湖水，还能从运河流出灌溉农田千顷，则运河水量充足是显而易见的。我在那个时候，虽然对利弊很清楚，而寻求处治的办法，没找到合适的。现在蒙受圣恩出任该州知州，去年七月到任后，立即发现运河干浅，使者客人出入极为艰难，粮食柴草，也因此价钱昂贵，我立即调集捍江兵士及各种厢军共约一千多人，从十月开工，到今年四月结束，开通了茅山、盐桥二河，各十余里长，内里水流达八尺以上，现今公私舟船通行无阻。

老年人都说：“最近三十年来，疏通运河从来没有这样深、这样快的。”然而潮水每天都来，照旧淤填，那么三五年之后，前功就会尽弃。我正在寻求根治的办法，而临濮县主薄、监所在城市商税苏坚建议说：“江潮灌注城中各条河流，时间已经很长了，如果一下子全用钱氏吴越国时的老办法，用堰闸挡水，让江水绕城而过，不但工程浩大，而且湖面长满了杂草，湖里蓄水不多，虽引入城，也不能完全依赖，因此应该参酌古今，采取折中的办法。现在城中有两条运河，一条叫茅山河，南抵龙山、浙江闸门，而北出天宗门；另一条叫作盐桥河，南至州前碧波亭下，东流与茅山河汇合，而北出余杭门。余杭门和天宗门，东西相望，相距不到三百步。两河在门外合流，以北抵长河堰下。现在应该在钤辖司衙门的前面再设置一道闸门，每当涨潮时，暂时关闭这道闸门，让龙山、浙江潮水，径直从茅山河出天宗门，等一两个时辰，潮落水清之后再开闸，则盐桥河穿过街市的地方，永远不会再有潮水淤塞、淘挖骚扰之患。而茅山河即使再被淤填，却在人烟稀少的地方，虽不免要淘挖，而泥土有地方堆积，不会造成大患。潮水从茅山河流了十几里到梅家桥下，才与盐桥河相通，潮已远去，泥沙沉底，这样潮水虽流入盐桥河，也不会再有淤填。（从来潮水入茅山河和盐桥河，虽淤填十里长的路段，十里以外，不用淘挖，这是一个明显的例证。）茅山河既每天接纳潮水，不会干涸，而盐桥河底比茅山河底低四尺，（梅家桥下，量得水深四尺，而到碧波亭前，水深则是八尺）。则盐桥河亦无干涸之忧。然而还应当多考虑一点，防备缺水。现在西湖水穿城注入清湖河的水道，大小共有五处。（一，暗门外斗门一处；二，涌金门外水闸一处；三，集贤亭前水窗一处；四，集贤亭后水闸一处；五，菩提寺前斗门一处。）都是从清湖河而下北余杭门，不再与城中运河相互灌注，最为可惜。应该在涌金门内小河中，建一座小堰，使暗门、涌金门两个通道所引的湖水，都注入法慧寺东沟中，南流九十一丈后，则重新凿出一道二十六丈长的沟，以东达于承天寺以东的水沟，南流九十丈，再开一道一百零七丈长的沟，以东入猫儿桥河口，从猫儿桥河口入新水门，以入于盐桥河，则只有咫尺的距离了。这条河的下游，汇入江潮的清水，上游，有西湖活水的灌注，永远不用担忧水量不足的问题。而湖水所经之处，都是闹市弯弯曲曲的地方，多造一些石柜以贮水，让老百姓可以洗涤，也可以防备火灾，大有益处。这就是我所说的参酌古今而采用折中的办法。”

我立即拿苏坚的话和通直郎、仁和县知事黄僎商量，看是否可行，又率领僚属实地查看，一切都像苏坚所说的那样，可以成功是毫无疑问的。准备从四月二十日开工挖掘及建造堰闸，并且有剩余的劳力来修治六井，（杭州城中多卤地，没有甜水井。唐朝时杭州刺史李泌开始建造六井，都是引湖水灌注其中，时间长了之后得不到修治。熙宁中叶，知州陈襄和我共同策划修整，而功效不佳，不久就废坏了。现在我改用瓦筒，又用砖石培甃保护，可以坚固持久）。都不过几个月，就可以完工。本州父老农民看到这件工作的意义，纷纷到我这里提建议，前后来到的共有一百一十五人，大家都说：“西湖的意义，上连运河，下及民田，亿万生灵，吃喝全靠着它，不仅仅是个游乐美观的场所。而近年来，淤塞几乎达到一半，水面日益缩小，茭白杂草不断滋长，再过二十年，西湖将不复存在。”鼓励我乘机尽力开挖，我既对他们的话深感羞愧，又担心兵工缺少，费用没有地方出。老年人都说：“我们私下里听说朝廷最近赏赐给一百道度牒，每道折价一百七十贯，可以换钱一万七千贯。本州既抬高粮价，召人纳粮换钱，又减价将粮食卖出，以赈济饥民，损耗之余，还有钱米约计一万贯石，如果用来治湖，也可以办成事情。”

正好钱塘县尉许敦仁也建议西湖可以修治，其大意是：“议论的人要修整西湖已经很久了，从太守郑戬以来，凡是关心民事的，没有对这件事不着急的，然而都是压缩用工，又没有善后的措施。因为西湖水浅，茭草壮猛，虽然尽力开挖，而三两年之后，如果不继续干，则杂草随即就又布满水面，与不挖相差无几。我发现吴人种菱角，在每年春天，清除淤泥，寸草不留，方可下种。如果将杂草丛生的沼泽地变为菱荡，就再也没有杂草淤塞的危险。现在请用上述的钱粮，雇人开湖，等开出湖面，就招募老百姓，量出课利，作为菱荡租佃出去，获利多了之后，他们自然会上心整治，如果不用力整治，稍有杂草生出，就允许别人接过去租种，只要让租佃户时常担心被人夺佃，自然会尽心尽力，永无后患。现在有钱粮一万贯石，估计可以雇到十万个工日，每一个工日约开挖沼泽地一丈，也可拓展水面十万丈，所补不小。（如果量破钱米召募饥民开挖，必不济事。如果每天破米三升、钱五十五文足，雇佣一个强壮劳力，然后可使。虽说强壮，然而在这饥荒之年，让数千人得以自食其力以渡过荒年，也可以叫作赈济了。）”

我立即以许敦仁的建议，与众人的议论相参照，大家都说合适。已通告本州按照许敦仁等人的筹划，支付上述钱粮雇人，仍然派遣保卫江防、船务、楼店务士兵共五百人，搬运杂草，于四月二十八日开工已毕。现在有一些应该汇报的事情。明确报告如下：

第一，最近设置的钤辖司门前的那道闸门，虽然每遇涨潮的时候落闸一两个时辰，而公私舟船想出入闸门，自应提前出入，必然不会端坐在那里等待闭闸，再加上还有茅山河可以通行，因此实在不必担心阻挡的问题，而能隔截江潮，直接从茅山河出天宗门，至盐桥河，永无淤塞淘挖骚扰之患，其利确实不小。恐后来的人不知道事情的原委，以阻碍通航为借口，轻易改变，过上一段时间，旧患复发。现在请求新置的钤辖司门前闸门，遇涨潮时闭好之后，才打开龙山、浙江闸，等潮落水清，再打开钤辖司门前的闸门。

第二，盐桥运河岸上，有治平四年提刑元积中所立石刻，被民户房屋所侵占的牵路已经拆除外，详细记下了宽窄尺度。到现在已二十多年，两岸民户又占牵路，盖房几千间，却在屋外另建牵路，以致河道日益浅窄。按照法律和常理，都应全部拆除，本州正在计划之中，而民户一起到州里来，请求在自家屋后丈量，各作木岸，以保护河堤，同时根据所侵占的面积计算后交出赁钱，官府为之存管起来作修补木岸用，请求免于拆除房屋，本州已依状施行完毕。现在请求将多占牵路人家所出的赁钱，全部放到通判厅那里收管，准备修补河岸，不得挪作他用，如果违反，一律按违制科罚。

第三，西湖水面，从来不许人租佃，只有那些杂草丛生的沼泽地，才允许请赁种植。现在即将沼泽地开成水面，则要给人租佃种植菱角。深恐时间长了之后，老百姓逐渐侵占原本是水面的地方种植，官府没法觉察，已命令本州等开挖完毕后，在今天新开挖水面的边界上，建造三五座小石塔，遥相连接为界，也要立些规定以相约束。现在我请求，在石塔以内的水面，不得请射及侵占种植，如有违犯，允许人告发，每丈发给赏钱五贯文省，以违犯者自家的财产来抵上。

第四，湖上种菱人家，向来划分沼泽地，就像田埂的样子，作为疆界。因此湖面逐渐布满了杂草，不能不禁止。现在请求命令那些种菱人家，只准插上竹木作为四边的界标，不得划分成块，如果违反，也许人夺佃。

第五，本州的公使库，向来征收西湖菱草荡利税钱四百五十四贯，充作公用。现在既开挖了沼泽地，全部变为菱荡，给予老百姓租种，今后征税，也一定要有所增加。如果再拨入公使库，恐怕不太稳妥。现在请求将西湖上新旧菱荡课税，全部交给本州来确立税额和征管，今后永远不许增添。如果租赁户不切实除治，致使有些杂草，就允许别人来夺佃，对于夺佃人，特予暂且免去三年的税收。所有新旧菱荡的税收，全部送交钱塘县尉衙门收管，叫作开湖司公使库，不得随意支用，以备逐年雇人开挖沼泽地、撩泥巴等事情，如果敢挪作他用，并按违制处罚。

第六，钱塘县尉衙门在西湖上。现在请求今后委派钱塘县尉顺便管开湖司事务，时常严格检查，稍有杂草，就依法施行。或支开湖司钱物，雇人开撩，轮替之日交给接手者点检交割清楚。如有杂草没有切实除治，即申报所属衙门点检，并报吏部理为遗阙。

以上六条，全部刻在石碑上，放在知州及钱塘县尉厅中，常加检查。

奏报如上。查得西湖沼泽地共有二十五万多丈，要用人力二十多万个劳动工日。上述的钱粮，约可雇用十万个工日，只能开挖一半。我已写好奏状奏了上去，请求皇上另外赏赐给度牒五十道，连同以前赏赐给本路各州度牒二百道数内，查得赈济花销不完的，再拨给杭州五十道，合成一百道，充作开湖费用。所有细微的利弊，不敢一一打扰皇上。请求仆射相公、门下侍郎、中书侍郎、尚书左丞、尚书右丞特别恩宠详细查看我的上述陈奏以及所请求的六件事，逐一条陈，作为本州制度，早赐下达，我们好依照执行。同时画成地图一幅，随状献上，申报给三省，谨状。

奏户部拘收度牒状

元祐五年五月二十七日，龙图阁学士、左朝奉郎、知杭州苏轼状奏。右臣近者伏见二圣遇灾而惧，忧劳四方，所以拯救饥民者，可谓至矣。两浙、淮南蒙赐度牒六百道，而杭、扬二州，各得百道。吏民鼓舞，歌咏圣泽。曾未数日，而淮西提刑申户部：本路常平斛斗足用，不须上件度牒；两浙转运、提刑亦申：本路今年丰熟，别无流民。是致户部申都省却乞拘收度牒钱斛，以备别时支用，都省更不奏禀圣旨，便行下本路提刑司，依户部所申施行。臣勘会自来圣恩以灾伤特赐钱物赈济，即无似此中变却自都省行下追收体例，深骇物听。淮、浙两路去岁灾伤之甚，行路备知，便使今年秋谷大稔，犹恐未补疮痍，而况春夏之交，稻秧来了，未委逐路提、转，如何见得今年秋熟便申丰稔？显是小臣无意恤民，专务献谄，而户部、都省乐闻其言，即时施行，追寝二圣已行之泽。百姓闻之，皆谓朝廷不惜饥民，而惜此数百纸度牒，中路翻悔，为惠不终。臣忝备禁从，受恩至深，不忍小臣惑误执政，屯膏反汗，亏污圣德，惜毫末之费，致丘山之损，是以冒昧献言。伏望圣慈察臣孤忠，留中省览，更不降出，只作圣意访闻，戒饬执政，令速降指挥，更不得拘收，一依前降圣旨，尽用赈济。所贵艰食之民始终被惠，亦免二圣已行恩命反覆追收，失信天下，臣不胜区区。谨录奏闻，伏候敕旨。

贴黄：臣近有奏状，乞更赐度牒五十道，用开西湖葑田，仍已一面指挥本州，将前来度牒变转赈济外，所余钱米，召募艰食之民，兴功开淘。今来才及一月，渐以见功。吏民踊跃从事，农工父老无不感悦。忽蒙都省拘收钱米，自指挥到日，更不敢支动。吏民失望，前功并弃，深可痛惜。伏乞出自圣意，指挥三省检会前奏，早赐施行。臣自以受恩深重，每有所见，不敢不尽。今者上忤执政，下忤户部监司，伏望圣慈愍臣孤忠，不避仇怨，特乞留中不出，以全臣子。

【译文】元祐五年五月二十七日，龙图阁学士、左朝奉郎、杭州知州苏轼奏议。臣最近看到皇帝陛下和太皇太后陛下遇灾而惧，体恤四方百姓，用来拯救饥民的办法，可以说是用尽了。两浙、淮南地区承蒙赏赐度牒六百道，而杭州和扬州，各自得到一百道。吏民深受鼓舞，大家都在歌颂圣上的恩泽。不几天前，淮西提刑使却向户部汇报：说本路常平仓粮食充裕，不用上述度牒；两浙转运司和提刑司也汇报说：本路今年大丰收，不再有流民。致使户部请求尚书省收回度牒变卖的钱粮，以备其他时候支用，尚书省更没有奏禀皇上，就下令本路提刑司，依户部的申请施行。臣考虑皇上以灾害特别赏赐钱物赈济，从来没有像这样中途变卦，从尚书省下令追回的例子，听后令人大吃一惊。淮南、浙江两路，去年灾害的严重程度，谁都知道，即使今年秋季大丰收，还怕不能弥补所受的创伤，更何况现在为春夏之交，稻秧还没完全插上，没有让各路提刑司和转运司检查，怎见得今年秋季便是大丰收？显然是地方小官不体恤人民疾苦，一味地媚上，而户部和尚书省也喜欢听这种话，立即施行，使二圣已行的恩泽被终止。老百姓听说后，都说朝廷不怜惜饥民，却吝惜这几百张度牒，中途翻悔，施恩惠不能善始善终。我曾忝列于皇上的侍从队伍中，受恩至深，不忍心让小臣惑误朝廷，翻悔而吝施恩泽，有损圣德，吝啬那毫毛之费，却导致大山一样的损失，因此冒昧献言。恳请皇上和太皇太后陛下念我忠诚，扣下详阅，不再交给大臣们去看，只当作是圣上自己查出这一情况，命令执政大臣们，迅速下令不许再将度牒收回，一切按照先前下达的圣旨，全部用来赈济灾民。希望因此使那些缺粮的百姓，能够始终享受恩惠，也可免去圣上的恩命反复追回，失信于天下。臣不胜区区之忠。谨录奏闻，恭候圣旨。

补言：我最近有一道奏状，请求另外赐给度牒五十道，用来开挖西湖的沼泽地，同时下令本州，将度牒变卖的钱粮除了用作赈济饥民外，所余部分，用来召募缺粮的百姓，开工淘挖西湖。到现在才一个月，已初见成效。吏民踊跃参加，农工父老无不欢乐。突然接到尚书省收回钱粮的指令，从命令到达之日起，就不敢再支用这些钱粮。吏民失望，前功尽弃，深为可惜。请求出自圣上旨意，命令三省检出我以前的奏状，早加实施。我自认为受恩深重，每有所见，不敢不全部讲出来。现在上违执政大臣，下逆户部衙门，恳求皇上和太皇太后陛下怜我孤忠，不避招致怨仇的用心，特别将我的奏议扣住不下发，以保全我的性命。

应诏论四事状

元祐五年六月初九日，龙图阁学士、左朝奉郎、知杭州苏轼状奏。臣近者伏睹邸报，以诸路旱灾，内出手诏两道，其略曰："岂政治失当，事之害物者尚多，上下厄塞，情之不通者非一？刑或不称其罪，用或不当其人？"又曰："意者政令宽驰，吏或为害而莫知，赋役失当，民病于事而莫察，忠言有壅而未达，贤才有抑而未用？"臣伏读至此，感愤涕泣而言曰：呜呼！陛下即位改元于今五年，三出此言矣，虽禹、汤之圣，不惜罪己，而臣子之心，诚不忍闻。思有以少补圣政，助成应天之实，使尧舜之仁，名言皆行，心迹相应，庶几天人感通，灾沴不作，免使君父数出此言，不胜拳拳孤忠，而志虑短浅，又以出守外服，不能尽知朝政得失，独以目所亲见民之疾苦，州县官吏日夜奉行残伤其肌体，散离其父子，破坏其生业，为国敛怨，而了无丝毫上助国用者四事，昧死献言，谨具条件如左：

一、伏见元祐四年八月十九日敕节文："应见欠市易人户，籍纳拘收产业，自来所收课利及估卖到诸般物色钱，已及官本，别无失陷，除已有人承买交业外，并特给还，未足者许贴纳收赎，仍不限年，”四方闻之，莫不鼓舞歌咏，以谓圣恩深厚，烛知民隐，诚三王推本人情之政也。寻契勘杭州共有一百一十二户，合该上项教条，方且次第施行次，忽准尚书户部符，据苏州申明，如何谓之“折纳”，如何谓之“籍纳”？本部已依条估覆。供认伏定入官，折还欠钱，谓之“折纳”。已经估覆三估不伏定，即以所估高价籍定者，谓之“籍纳”。惟籍纳产业，方许给还。

用此契勘，遂无一户可以应得。指挥至有已给再追者。于是百姓讙然出诉于庭，以谓某等自失业以来，父母妻子离散，转在沟壑，久无所归，伏幸仁圣在上，昭恤如此，命下之初，如蒙更生，今者有司沿文生意，又复壅隔，虽有惠泽，盖与无同。臣即看详元初立法，本为兴置市易以来，凡异时民间生财自养之道，一切收之公上，小民既无他业，不免与官中首尾胶固，以至供通物产，召保立限，增价出息，赊贷转变，以苟趋目前之急。

及至限满，不能填偿，又理一重息罚，岁月益久，逋欠愈多，科决监锢，以逮妻孥。市易官吏方且计较功赏，巧为文词，致许人户愿以屋业及田土折纳还官，各以差官检估取伏定文状了日理作季限，放免息罚，召人添价收买。方人户在系累之时，州县督责严急，如有产业田土，岂复自能为主？检估伏认，势须在官，虽名情愿，实只空文。惟是顽狡之人，或能抵拒，以至三估未肯供状，及其既纳，皆是折还欠钱，并籍在官，有何不同？圣恩宽大，特为立法，以救前日之弊。所称籍纳，只是临时立文，出于偶尔，而有司执阂，妄意分别。若果如申明，即是善良畏事之人不蒙优恤，元初恃顽狡猾与官为竞之民却被惠泽。事理如此，岂不倒置？不惟元条无此明文，实恐非朝廷绥养穷困之意。及检会元祐四年三月二十六日敕，人户欠市易官钱，将楼店物产折纳在官，并将所收房课充折，别无少欠，亦许给还，亦不曾分别折纳、籍纳。以此推考，显无可疑。自是苏州官吏巧薄，以刻为忠，曲有申请，而户部吝于出纳，以害仁政。伏乞特加详察，不以折纳、籍纳，并依元条施行，所贵失业之人，均被圣恩。

一、伏见元祐元年九月八日敕："尚书户部状，据提点两浙刑狱公事乔执中奏，熙宁四年以后至元丰三年以前新法，积欠盐钱及有均摊等人陪填，见今贫乏无可送纳，已累经赦恩，比类市易等钱，只令送纳产盐场监官本价钱，其余并乞除放等事。本部勘当，欲并依乔执中所奏前项事理施行，仍连状。奉圣旨'依'，及准提刑司备坐元奏，积欠盐钱，前后官司催纳，仅及六年，催到贯万不少，今来所欠并是下等贫困之人，无可送纳，已累经赦恩，及逐节事理，遂具状申奏。今准省符，前项指挥请详朝旨施行。"本州契勘上件年分，计有四百四十五户，自承朝旨以来，迨今首尾五年，才放得二十三户。臣窃怪之，以谓东南盐法久为民患，原其造端，盖自两浙，流衍散漫，遂及江南、福建，流弊之末，人不堪命，故诏令之下，如救水火。今者五年之久，民之疾苦依然尚在，朝廷德泽，十不行一，何也？推考其故，盖提举盐事司执文害意，谓非贫乏不在此数，而州县吏人，因缘为奸，以市贿赂，故久而不决。窃详元奏之意，本谓积欠岁久，前后官司催纳到贯万不少，今来所欠并是贫困之人，既以累经赦恩，比类市易，只乞与纳官本价钱。本部勘当，以此并乞依奏仍连状奉圣旨施行，即是执中所奏欠户，自是贫困之人，皆当释放矣。省部行下务从文省，止是节略元奏，为其已涉六年，见今贫乏无可送纳，非为更行勘会，须得委是贫乏，方可施行。至元祐二年，本州再以元丰四年已后至八年登极大赦以前积欠盐户，奏乞除放，省部看详，方始行文，如委是贫乏，即依元祐元年九月十八日已降朝旨施行，以显执中当时所奏，并谓见今贫乏无可送纳，合行一例除放，及节次本州及转运司各曾申明省符，与元奏词语不同，省部亦已开析，缘元系连状，并依前项所奏施行，事理甚明。而主司坚执，至今疑惑，至使州县吏人户户行遣，一一较量，计构官司，买嘱邻里，尚复多方指摘，以肆规求，待其充欲，然后保明，遂致其间一百四十九户已放而复行勘会，一百六十五户申省见勘会而未圆，二十五户已圆而申禀监司，及有一户二户旋申省部。如此反复，多方留难，即五年之久，未足为怪也。伏惟仁圣在上，忧民疾苦，寤寐不忘，惠泽之下宜如置邮传命，今乃中道废格，以开奸吏乞取之路，反使朝廷之恩独与夺于州县庸人之手，省部既不钩察，官吏亦恬不为虑，甚非所以仰称仁圣焦劳爱民之意也。伏乞昭示德音，申饬有司，更不勘会是与不是贫乏，无俾奸吏执文害意，以壅隔朝廷大惠。不然，或断以第三等以下，并依上件朝旨施行，则法令易简，一言自足矣。盖等第素定，贫富较然，朝行夕至，奸吏无所措意也。所有元丰四年以后，及至八年大赦以前所欠盐户，亦乞依此施行。

贴黄：契勘熙宁四年以后止元丰八年登极大赦以前，人户积欠共计五万三百余贯。若谓非贫乏有可送纳，即自元祐元年至今并不曾纳到分文，显见有司空留帐籍虚数，以害朝廷实惠。

一、伏见熙宁中，天下以新法从事，凡利源所在，皆归之常平使者，而转运司岁入之计，惟田赋与酒税而已。方是时，民财窘亟。酒税例皆减耗，诸路既已经费不足，上下督责益急，故酒务官吏，至有与庸保杂作，州县受官视事去处，亦或为小民喧哗群饮之肆，又不能售，往往苟逃罪戾，巧为文致，诱导无知之民，以陷欠负破荡之祸，如许人供通自己或借他人产业当酒是也。臣近契勘，杭州自承上件指挥以来，以产当酒者，计一千四百三十三户，计钱一十四万二千九百余贯，前后官司催督监锢，继以鞭笞拘当在官，使之离业，又自收其租利，中间以至系累犴狱，公与私皆扰，人与产俱亡。十余年间，除已催到一十二万九千四百余贯，计千二十九户外，尚有余欠一万三千四百余贯，计四百四户，岁月既久，终不能填偿，岂非并是困穷无有之人乎？寻检会元丰四年五月二十一日敕，酒务留当产业，依盐钱例拘收，以其盐与酒事同一体故也。今者盐钱欠户，已准元祐元年九月十六日及二年九月十八日朝旨，许纳场监地头官本价钱，余并除放，独酒欠至今未蒙如此施行。岂容事同一体，拘收则同，而除放则异？此无他，盖有司不能推广朝廷德意故也。臣愚欲乞将元丰八年登极大赦以前酒欠人户，并依所欠盐钱已得朝旨并今来前项申明，更不勘会贫乏，或断自第三等以下事理施行，不惟海隅细民并蒙休泽，实亦无偏无党皇极之道也。

一、伏见元丰四年杭州合发和买绢二十三万一千匹，准朝旨拨转运司钱，于余杭等县委官置场一十一处收买。寻以数内拣下不堪上供五万七千八百九十匹，计钱五万五千余贯，却勒逐场变转。是时钱重物轻，一日并出，既声言行滥不受于官，又须元价以冀偿足，捐之市中，莫有顾者。于是官吏惶骇，莫知所为，不免一切赊贷，及假借官势，抑配在民，往往其间浮浪小人与无赖子弟诡冒姓名，朋欺上下，元买官吏苟得虚数遣还之有司，以绥目前之祸，其后督责严急，必于取偿奏立近期，专委强吏。十余年间如捕寇盗，除催到四万六千余贯外，余欠八千二百余贯，共二百八十二户，并是贫民下户，无所从出，与诡冒逃移不知头主及干系均纳之人，连延至今，终不能足。惟有簿书，以资奸吏追扰，遗害未已。今者伏准元祐五年四月初九日敕，诸处见欠蚕盐和预买青苗钱物，元是冒名无可催理，或全家逃移，邻里抱认，或元无头主，均及干系人，以此积年未能了绝，虽系元请官本，况内有已该元丰八年登极大赦者，依圣旨并特除放，欢声播传，和气充塞。臣于此时仰知圣德广大，正使尧、汤水旱，亦不足虑也。然政有体，事有数，体虽备而数不能悉，言虽不及而意在是者，盖非俗吏所能知也。臣辄不避僭妄，窃详和买之法，以钱与民而收绢，是犹补助耕敛之意，公私两有之利也。元丰官吏以绢与民而收钱，又皆行滥弃捐之余，取偿倍称不实之直，赊代抑配，以苟免一时失陷之责，即是利专自为，害专在民也。事理人情，轻重可见，圣恩矜恤，宜在所先。臣愚以谓元丰四年退卖物帛，既同是和买之名，又有非法病民之实，自合依今年四月九日朝旨施行外，伏望朝廷深念前项弊害，止是出于一时官吏私意，非如蚕盐和预买青苗天下公共之法，更赐加察，告示矜宽，不以有无头主，是与不是冒名，及邻里抱认与均及干系人，并特与除放，是亦称物平施，天之道也。

右所有四事，伏望圣慈特察臣孤忠，志在爱君，别无情弊，更赐清问左右大臣，如无异论，便乞出敕施行。若后稍有一事一件不如所言，臣甘伏罔上误朝之罪。若复行下有司反复勘会，必是巧为驳难，无由施行。臣缘此得罪，万死无悔，但恨仁圣之心，本不如此，如天降甘雨，为物所隔，终不到地，可为痛惜。

而况前件四事，钱物数目虽多，皆是空文，必难催索，徒使胥吏小人缘而为奸，威福贫民。故臣敢谓放之则损虚名而收实惠，不放则存虚数而受实祸，利害较然。伏望圣明特出宸断，天下幸甚。臣愚蠢少虑，言语粗疏，干犯天威，伏俟斧锧。谨录奏闻，伏候敕旨。

贴黄：臣伏见四方百姓，皆知二圣恤民之心无异父母。但臣子不能推行，致泽不下流。日近以苏州官吏妄有申明折纳、籍纳一事，户部从而立法，致已给还产业，却行追收，人户诣臣哀诉，皆云“黄纸放了，白纸却收”，有泣下者，臣窃深悲之。自二圣嗣位已来，恩贷指挥多被有司巧为艰阂，故四方皆有“黄纸放”而“白纸收”之语，虽民知其实，止怨有司，然陛下亦未尝峻发德音，戒敕大臣，令尽理推行，则亦非独有司之过也。况臣所论四事，钱物虽多，皆是虚数，必难催理。除是复用小人如吴居厚、卢秉之类，假以事权，济其威虐，则五七年间，或能索及三五分。若官吏只循常法，何缘索得？三五年后，人户竭产，伍保散亡，势穷理尽，不得不放，当此之时，亦不谓之圣恩矣。伏见坤成节在近，天下臣子皆以放生为忠，度僧为福，臣愚无知，不识大体，辄敢以此四事为献。伏望留神省览，指挥执政便与施行，导迎天休，以益圣算，其贤于放生度僧亦远矣。若陛下不少留神，执政只作常程文字行下，一落胥吏庸人之手，则茫然如堕海中，民复何望矣！臣言狂意切，必遭众怒，伏乞圣慈只行出前件奏状，留此贴黄一纸，更不降出，以全孤忠。庶使愚臣今后每有所闻得尽论列，以报二圣知遇之恩万分之一也。臣不胜大愿。

【译文】元祐五年六月九日，龙图阁学士、左朝奉郎、杭州知州苏轼奏议。臣近日读朝廷的邸报，因为各路发生旱灾，通报中有皇上的诏书两道，大意是说："灾害的发生，难道是因为我治理措施不得当，妨害治理的事情还有很多，民情阻塞不能上达，上下之情多有不通，惩罚与实际所犯的罪恶不符，使用人才方面还有不妥之处？"又说："或者是因为政令松驰，有的官吏为非作歹而我却不知道，赋役过重，人民过于受劳顿而我却没有觉察，忠言被堵塞而没有听从，贤才被压抑而没有得到任用？"臣读到这里，感激涕零地叹息道：哎呀！陛下从即位改元到今天不过五年，已经三次讲这种话，虽然说像禹、汤那样的圣人，还不惜自我批评，然而作为臣子，则不忍心听这种话。臣虽然也想对于时政稍有弥补，帮助成就一些好事，使尧舜仁政，行于今日，赤诚通天，希望能感动上帝，使灾害不再发生，免得皇上再讲这种话，不胜一片忠心，然而见识短浅，再加上出任地方官，不能尽知朝政的得失，因此只能把自已亲眼见到的人民疾苦，州县官吏如何日夜伤残人民的肌体，离散人民的父子，破坏人民的生计，为国家招致怨恨，而毫无帮助国家的四件事情，冒着死罪奏上，谨具列举如下：

第一，元祐四年八月十九日敕令的摘要说："凡是现欠公家市易钱的民户，籍纳没收产业，过去所收利钱及估卖到各种物色钱，已经达到官府本钱的数额，没有丧失的，除了已经另外有人承买交割外，全部特予给还；不足官本的，允许贴纳收赎，同时不定年限。"各地百姓听说后，莫不欢欣鼓舞，认为圣恩深厚，照见人民的隐痛，这真是三代圣王以民心为出发点的政治。我立即查得杭州共有一百一十二户，符合这道敕令的规定，正准备按部就班地去实施，忽然接到尚书省户部的命令，按照这道命令的说法，什么叫作"折纳"？什么叫作"籍纳"？据苏州报告本部已依条核定：供认认定入官，折还所欠官钱，叫作"折纳"。已经估审而三估也不能认定的，即以所估的最高价认定造册，叫做"籍纳"。只有籍纳的产业，才可以归还。用这来对照，则没有一户可以得到，命令甚至把已经发放的重新追回收入官府。于是老百姓纷纷出来申诉。他们说，我们从失业以后，父母妻子离散，饿死在沟壑之中，一直没有归宿，幸亏仁圣之君居于上位，如此体恤，命令初下，我们觉得如同获得新生，现在有关部门官僚主义望文生义，生计之路又被堵上，虽然有恩惠之泽，与没有是一样的。我就琢磨，当初制定这项法令，本是为了兴旺发达，市易法推行以来，凡是过去民间生财自养之道，现在一刀切收归公家，小民既无他事可干，就不免与官府发生往来，以至供应物资，召保人立下还钱的期限，加价出利息，赊欠贷给或转手变卖，以缓目前生活的窘迫。到了还钱的期限，无力偿还，又一切按重利息来惩罚，时间越长，所欠越多，依法收监，连及妻儿。主管交易的官吏，正要从中请赏，于是巧为文词，虚许欠钱人家愿以房产及土地折纳归还官府，各自派官吏检取认定文状写定时日作为期限，放免罚息，召人添价收买。欠钱人家被拘留时，州县官吏督责严急，如果有产业土地，哪里又能自己作主，检估认定，全由官府掌握，名曰情愿实际上是强迫的。只有那些狡猾之辈，或能抗拒，以至于多次估价也不肯认定，及其交纳后，都是折还欠钱，这与一律籍没归官府，没有什么不同。圣恩宽大，特别制定法令，以救目前的弊端。所谓的"籍纳"，只是临时性规定，出于偶然，而有关衙门紧紧抓住，妄加区分。如果真的如苏州申明所说，则是让善良怕事之人，不受优待，而当初恃顽狡猾与官府抗衡的百姓，却承受恩惠，事理如此，岂不颠倒了？不但原文上没有这样的明确规定，恐怕这也不符合朝廷安定养育穷困之民的意思。对照元祐四年三月二十六日的敕令，老百姓欠市易官钱，将楼店房产折合成钱交给官府，并将所收房租折充，如果够了，还可以归还，也没有区分什么折纳、籍纳。以此推论，事理显然而没有疑问。这只是苏州官吏刻薄，以苛刻为忠诚，曲意申请，而户部吝啬钱财，以害仁政。恳求圣上特加详察，不再区分什么折纳和籍纳，一律按原来的规定施行，希望那些失业之人，因此而能享受到一点圣恩。

第二，我看到元祐元年九月初八的敕令说："尚书省户部请求，据提点两浙刑狱公事乔执中的奏议，熙宁四年以后至元丰三年以前新法规定，积欠盐钱有均摊人赔偿的，现今贫困无物可交，经过多次恩赦，比照市易等钱，只交纳产盐场所定的本钱，其余请求一并免除。本部议定，准备按照乔执中所奏的上述办法施行，仍连状。本照圣旨“依允”，以及按照提刑司以备连坐的原奏，积欠的盐钱，前后官府催逼交纳，仅仅六年时间，就催到不少于万贯的钱财，现在仍在拖欠的，全是下等户贫困之人，确实无物可以交纳，已经多次恩赦，及各种情况，具状申奏。现在按照尚书省的命令，上项指令请按照朝廷旨意执行。”本州审核上件指令所划的年限，在范围的共四百四十五户，从接到朝旨之日算起，迄今前后已经五年，才放了二十三户。我私下里感到奇怪，认为东南地区的盐法，一直是老百姓的一大灾难，考查其本源，乃在于两浙地区散漫放任，祸及江南地区和福建，弊病到顶点，人民活不下去，所以诏令的下达，如救水火。现在已下达五年之久，人民的疾苦依然存在，朝廷的恩泽，实行的不到十分之一，这是为什么呢？推究其原因，乃在于提举盐事司故意咬文嚼字，说不是贫乏之民不在免除之列。而州县官吏，乘机使坏，以索取贿赂，故久拖而不决。我琢磨原奏的意思，本来是说积欠得时间长了，官府前后催促赤贫之民，既然累经恩赦，比照市易钱交纳，只让交给公家本钱即可。本部议定，以此并请依奏连同圣旨一并施行，即是说乔执中所奏请的欠户，自是一些赤贫之人，都应当放免。省部下达的文件行文尽量从简，只是节略摘抄原来的奏状，因为事情已经拖了六年，现今贫困没有东西可供交纳，不是让重新调查审核，所欠全加在这些贫民身上，才可以施行。到元祐二年，本州再以元丰四年以后至元丰八年当今皇上登极大赦以前的积欠盐户，奏请放免，省部审定，正开始下文。如果一并交给这些贫困之民，即依元祐元年九月十八日下达的朝旨施行，以显明乔执中当时所奏，并说现今现贫乏无物可纳，应该一律免放，及按次序本州与转运司各曾申明尚书省的命令，与原奏词语不同的地方，尚书省和户部也作了解释，因为原本是连状，并按上面所奏施行，道理说得很明白。而主管部门抓住不放，至今仍有疑义，致使州县官吏户户骚扰，一一调查，谋算官府，买通邻里，尚且多方指摘，大肆索求，等到基本满足了他们的欲望．然后才保护放免，致使这中间一百四十九户已经放免，而重新加以审查，一百六十五户申报尚书省而现在调查又不详实，二十五户详实而申报监司，及有一户两户立即就申报尚书省和户部。如此反复，多方刁难，即使五年之久，一点也不奇怪。考虑仁圣之君居于上位，担忧人民的疾苦，寤寐不忘，恩泽的下达，应该像邮递一样，现在却中途废阻，为奸吏索贿开了绿灯，反而使朝廷的恩德，单单决定于州县庸吏之手，尚书省和户部既不加详察，官吏也恬不为怪，这很不符合仁圣君主勤劳爱民之意。请求圣上明确下达指示，早饬有关部门，不再审查贫乏与否，不让奸吏再咬文嚼字，以阻塞朝廷的恩惠。不然的话，或者以第三等户为断限，一律按上述朝旨施行，如此则法令简单明了，一句话就够了。因为户等是平常定的，贫富状况一目了然，早晨的命令，晚上就可以传达下去，奸吏来不及从中篡改。元丰四年以后至元丰八年当今皇上登极大赦以前，所有欠钱的盐户，亦请照此办理。

补言：查得元丰四年以后至元丰八年当今皇上登极大赦以前这段时间，老百姓所拖欠的盐钱，一共是五万零三百多贯。如果说不是赤贫而无东西交纳，则为什么从元祐元年直到现在没有收到分文，显然这是有关部门空留帐簿虚数，以危害朝廷对人民所施予的实惠。

第三，熙宁中叶，天下按王安石新法办事，凡有利的事情，都归常平使者管理，而转运司每年的进项，只有田赋和酒税。在那个时候，人民普遍穷困，酒税收入一律减少，各路既已经费不足，上下督责更加急迫，因此收酒税的官吏，以至于有的与酿酒作坊的雇工和酒保们在一起干活，州县主管酒务官吏的办公地点，有的也成为小民喧哗群饮的酒肆，往往为了自己苟且逃过处罚，巧立名目，诱骗无知的百姓，陷入欠帐破产的祸患之中，比如允许别人供通自己或者借别人的产业当酒税上交就是这样。臣近日查得，杭州自接到上述指令以来，以产业抵押酒税的，共计一千四百三十三户，合计钱额为十四万二千九百多贯，前后官府催逼封门，继之以鞭打拘留，使之破产，又自收其出租的利钱，中间甚至投入监狱，公家与私人都受骚扰，人与财产都受损失。十几年间，除已经催到的十二万九千四百多贯，共计一千零二十九户外，还有余欠一万三千四百多贯，共计四百零四户，时间已经很久，还是不能偿还，岂非全是些贫困一无所有之人吗？我很快对照元丰四年五月二十一日的敕令，酒务以产业相抵押，比照盐钱的例子征收，因为盐与酒事同一体的缘故。现在所拖欠的盐钱，已经按照元祐元年九月十六日及二年九月十八日的朝廷旨意，允许向盐场交纳当初官府所垫付的本钱后，其余就可以全部免除，唯独酒税欠钱至今未蒙施行。怎能允许同样的事务，征收的原则相同，而免除的原则却不一样？这没有别的原因，只在于有关部门不能推广朝廷恩德罢了。臣愚笨认为应将元丰八年登极大赦以前所欠酒税的人家，也按所欠盐钱已得朝旨连同上面所讲奏请一样不再审查贫乏与否，或以第三等户以下为断限一律免除，这样做不但让海角小民全部蒙受朝廷的美泽，实际上又合乎无偏无党的皇极之道。

第四，元丰四年杭州地区应该上调的和买绢绸为二十三万一千匹，本照朝廷旨意拨在转运司，在余杭县等地设立官员布置十一个场地收买。不久在这个总数内就拣出不能上供的绸绢五万七千八百九十匹，折钱五万五千多贯，在各和买场就地处理。当时钱贵物贱，一下子放出这么多绢，既声明这些绢质量太次官府拒收，又要原价卖出以求不赔本钱，因此放在市场上，人们连看都不看一眼。于是官吏们害怕了，不知所措，不免全部赊贷出去，甚至假借官府势力，强行配给，这中间往往有一些浪荡小人与无赖地痞假冒姓名，上欺下瞒，原买官吏苟且得到一个虚数向有关衙门汇报，以缓解眼下的危急，其后督责严急，必于取偿奏立近期，专门交给酷吏承办。十余年间像追捕盗贼一样，除催到四万六千多贯外，其余所欠的八千二百多贯，共计二百八十户，全是一些贫困的下等户，无钱可出，与假冒逃走不知户主以及担有干系均摊之人，拖延至今，终久不能全部还上。只有那些账簿，以助奸吏骚扰，祸害不已。现在按照元祐五年四月初九的敕令，各地现欠蚕盐和买青苗钱物，原是冒名顶替无法催还的，或者全家逃走，邻里抱认，或者原无苦主，均摊到相关人身上的，因此一直未能了结，虽然原是支走了官府的本钱，而内中有一些经过元丰八年当今皇上登极大赦，依照圣旨全部免去，欢声传播，到处充满了祥和之气。臣在这时才明白圣德广大，即使遭遇像唐尧和商汤时代那样大的水旱灾害，也没有什么可怕的。然而政治有其大体，事情有其运数，大体虽然完备而不能洞悉其运数，话虽没说到却能意识到，这本不是俗吏所能知道的。我总是不避僭越和狂妄的嫌疑，私下里认为和买的办法，把钱交给老百姓而后向他们征收绸绢，是帮助农民并利于征收赋税，公私双方都有利的事情。元丰年间官吏以绢予民而收钱，又是一些质地低劣的废弃之物，收取成倍的价钱，强行配给，以苟且免去自己失误所应受的责罚，这是利尽在己而害全在民的办法。事理人情，一目了然，圣恩体恤，应该优先考虑。我私下里认为元丰四年退买物帛，虽同是和买之名，实际上不合法而又扰民，自应按照今年四月初九朝旨施行外，希望朝廷认真考虑这项弊害，只是一时出于主管官吏的私心，不像蚕盐和买青苗等天下公法，请赐加省察，示以宽大，不以有无户主或是与不是冒名顶替，以及邻里抱认而均摊到相关人员身上的，全部特别示恩予以免除，这也是实事求是的平允办法，符合天道。

上面所讲的四件事情，希望圣上慈悲能念我一片忠心，专在爱君，没有别的想法，再询问一下左右大臣，如果没有不同的说法，便请下令施行。如果以后发现有一件事情与我所说的稍有不符，我甘认欺骗君上贻误朝廷之罪。如果又交给有关衙门反复审议，必然是巧言驳难，无法施行。我因此获罪，万死无悔，只可惜皇上一片仁爱之心，本来不是这样，就像天降好雨，为一些物体所阻隔，不能落在地上，很是可惜。况且上述四件事情，钱物数额虽然很大，然而不过是一个空头账目，难以催索，白白地让那些胥吏小人因缘为奸，在老百姓面前作威作福。所以我敢断言，放免了只损失一些虚名而收到实惠，不放则只存一些空头账目而实际受祸害，是利是害一目了然。恳求圣明，特出决断，天下人幸甚。我愚蠢欠考虑，言语粗陋，冒犯圣上的威严，专等处罚。谨录奏闻，恭候圣旨。

补言：我发现四方百姓，都明白皇上和太皇太后二位圣人的爱民之心，与自己的父母无异。但臣下不能推行，致使恩泽不能遍布。近日因为苏州官吏妄自申明折纳、籍纳一事，户部跟着就定为法令，致使已经给还的产业，却又追收回去，老百姓到我这里哀诉，都说“黄纸放了，却用白纸收回”，有人说着说着就流下了眼泪。臣私下里深切地替他们可怜。自从皇上和太皇太后陛下二位圣人继位以来，恩赏的指示，大多都被有关部门以种种理由给拦住了，因此全国各地都有“黄纸放”而“白纸收”的说法，即使老百姓知道实际情况后，只抱怨有关部门，然而陛下也没有立即下达命令，戒敕大臣，让他们完全按照事理去实行，则也不单是有关部门的过失了。况且臣所说的四件事情，钱物虽然很多，但只是一些空头账目，必难催到手里。除非再任用像吴居厚、卢秉那样的小人，假借权势，以成其威虐，则五七年之间，或许能索回三五成。如果官吏只按常法办事，又怎能索得？三五年后，户口衰竭，伍保散乱，势穷理尽，仍不得不放免，到那个时候，即使放免，也不再说是圣上的恩典了。看看坤成节即将来临，天下臣民都用放生的办法向皇上献忠心，以向僧人施舍来祈祷福祉。臣愚陋无知，不识大体，却敢把这四件事情奏上。恳请圣上认真仔细地观看，指示执政大臣加以施行，以此来迎接吉祥，增加圣寿，这恐怕比放生度僧好多了。如果陛下不稍加留神，执政大臣只把这当作一般性事务，下达文件，而文件落入胥吏庸人之手，则茫茫然如石沉大海，那么老百姓还有什么指望呢？臣言虽狂妄而意却真切，肯定要犯众怒，恳求皇上和太皇太后陛下只把上述奏状批出来，却把这张黄纸上的补言扣下，不再批出，以保全臣的一片孤忠，使愚臣今后每有所闻，得以全部奏上，以报答二位圣人对我知遇之恩的万分之一。这是我最大的心愿。

奏浙西灾伤第一状

元祐五年七月十五日，龙图阁学士、左朝奉郎、知杭州苏轼状奏。右臣闻事豫则立，不豫则废，此古今不刊之语也。至于救灾恤患，尤当在早。若灾伤之民救之于未饥，则用物约而所及广，不过宽减上供，粜卖常平，官无大失，而人人受赐，今岁之事是也。若救之于已饥，则用物博而所及微，至于耗散省仓，亏损课利，官为一困，而已饥之民终于死亡，熙宁之事是也。熙宁之灾伤，本缘天旱米贵，而沈起、张靓之流，不先事奏闻，但务立赏闭粜，富民皆争藏谷，小民无所得食。流殍既作，然后朝廷知之，始敕运江西及截本路上供米一百二十三万石济之。巡门俵米，拦街散粥，终不能救。饥馑既成，继之以疾疫，本路死者五十余万人，城郭萧条，田野丘墟，两税课利皆失其旧。勘会熙宁八年，本路放税米一百三十万石，酒课亏减六十七万余贯，略计所失共计三百二十余万贯石，其余耗散不可悉数，至今转运司贫乏不能举手。此无它，不先事处置之祸也。去年浙西数郡先水后旱，灾伤不减熙宁。然二圣仁智聪明，于去年十一月中首发德音，截拨本路上供斛斗二十万石赈济，又于十二月中，宽减转运司元祐四年上供额斛三分之一，为米五十余万斛，尽用其钱，买银绢上供，了无一毫亏损县官。而命下之日，所在欢呼，官既住籴，米价自落。又自正月开仓粜常平米，仍免数路税务所收五谷力胜钱，且赐度牒三百道以助赈济。本路帖然，遂无一人饿殍者，此无它，先事处置之力也。由此观之，事豫则立，不豫则废，其祸福相绝如此。

恭惟二圣天地父母之心，见民疾苦，匍匐救之，本不计较费用多少，而臣愚鲁无识，但知权利害之轻重，计得丧之大小，以谓譬如民庶之家，置田庄，招佃客，本望租课，非行仁义，然犹至水旱之岁，必须放免欠负借贷种粮者，其心诚恐客散而田荒，后日之失必倍于今故也，而况有天下子万姓而不计其后乎？臣自去岁以来，区区献言，屡渎天听者，实恐陛下客散而田荒也。

去岁杭州米价每斗至八九十，自今岁正月以来，日渐减落。至五六月间，浙西数郡大雨不止，太湖泛溢，所在害稼，六月初间，米价复长，至七月初，斗及百钱足陌。见今新米已出，而常平官米，不敢住粜，灾伤之势恐甚于去年。何者？去年之灾，如人初病，今岁之灾，如病再发，病状虽同，气力衰耗，恐难支持。又缘春夏之交，雨水调匀，浙人喜于丰岁，家家典卖，举债出息，以事田作，车水筑圩，高下殆遍，计本已重，指日待熟。而淫雨风涛，一举害之，民之穷苦，实倍去岁。近者，将官刘季孙往苏州按教，臣密令季孙沿路体访。季孙还为臣言："此数州不独淫雨为害，又多大风驾起潮浪，堤堰圩埠，率皆破损，湖州水入城中，民家皆尺余，此去岁所无有也。”而转运判官张璹自常、润还，所言略同，云：“亲见吴江平望八尺，间有举家田苗没在深水底，父子聚哭，以船栰捞摝，云半米犹堪炒吃，青穟且以喂牛。”正使自今雨止，已非丰岁，而况止不止，又未可知。则来岁之忧，非复今年之比矣。何以言之？去年杭州管常平米二十三万石，今年已粜过十五万石，虽余八万石，而粜卖未已，又缘去年灾伤放税，及和籴不行省仓阙数，所有上件常平米八万石只了兑拨充军粮，更无见在。惟有粜常平米钱近八万贯，而钱非救饥之物。若来年米益贵，钱益轻，虽积钱如山，终无所用。熙宁中，两浙市易出钱百万缗，民无贫富，皆得取用，而米不可得，故曳罗纨、带金玉横尸道上者，不可胜计。今来浙东西大抵皆粜过常平米，见在数绝少，熙宁之忧，凛凛在人眼中矣。

臣材力短浅，加之衰病，而一路生齿，忧责在臣，受恩既深，不敢别乞闲郡。日夜思虑，求来年救饥之术，别无长策，惟有秋冬之间不惜高价多籴常平米，以备来年出粜。今来浙西数州米既不熟，而转运司又管上供年额斛斗一百五十余万石，若两司争籴，米必大贵，饥馑愈迫，和籴不行，来年青黄不交之际，常平有钱无米，官吏拱手坐视人死，而山海之间，接连瓯、闽，盗贼结集，或生意外之患，则虽诛殛臣等，何补于败？以此，须至具实闻奏。

伏望圣慈备录臣奏，行下户部，及本路转运、提刑、两路钤辖司，疾早相度来年合与不合准备常平斛斗出粜救饥。如合准备，即具逐州合用数目。臣已约度杭州合用二十万石，仍委逐司擘画，合如何措置，令米价不至大段翔涌，收籴得足。如逐司以谓不须准备出粜救济，即令各具保明来年委得不至饥殍流亡，结罪闻奏。缘今来已是入秋，去和籴月日无几，比及相度往复取旨，深虑不及于事。伏乞详察速赐指挥。臣屡犯天威，无任战栗待罪之至。谨录奏闻，伏候敕旨。

贴黄：臣闻之道路，闽中灾伤尤甚，盗贼颇众。或云邵武军有强贼，人数不少，恐是廖恩余党。转运司见令衢州官吏就近体访，虽未知虚实，然恐万一有之，不可不豫虑也。

又贴黄：臣谨按《唐史》，宪宗谓宰臣曰："卿等累言吴越去年水旱，昨有御史自江淮按察回，言不至为灾，此事信否？"李绛对曰："臣见淮南、浙江东西道状，皆云水旱。且方隅授任，皆朝廷信重之臣，苟非事实，岂敢上陈？此固非虚说也。御史官卑，选择非其人，奏报之间，或容希媚。况推诚之道，君人大本，苟一方不稔，当即日救济其饥贫，况可疑之耶？"帝曰："向者不思而有此问，朕言过矣。"绛等稽首再拜，帝曰："今后诸道被水旱饥荒之处，速宜蠲贷之。"又按本朝《会要》，太宗尝语宰臣曰："国家储蓄，最是急务，盖以备凶年，救人命。昨者江南数州微有旱灾，朕闻之，急遣使往彼，分路赈贷，果闻不至流亡，兼无饥殍，亦无盗贼之患。苟无积粟，何以拯救饥民！"臣近者每观邸报，诸路监司多是于三四月间先奏雨水匀调、苗稼丰茂，及至灾伤，须待饿殍流亡，然后奏知。此有司之常态，古今之通患也。丰熟不须先知，人人争奏；灾伤正合豫备，相顾不言，若非朝廷广加采察，则远方之民，何所告诉？

一、去年灾伤，伏蒙宽减转运司上供额斛三分之一，尽用其钱收买银绢。命下之日，米价斗落。今灾伤连年，民力重困，又缘春夏之交，雨水调匀，多典卖举债出息，以事田作，指日待熟。而淫雨风涛，一举害之，穷苦更倍去岁。伏望悯察，特与宽减转运司上供一半。所贵米价不至翔涌，和粜得行，且免本路钱荒之弊。

一、杭州所出米谷不多，深虑常平收籴不足，有误来年支粜。乞许于苏州、秀州寄籴。

一、检准《编敕》节文，五谷不得收力胜钱。然元降指挥止于今年四月终。伏望愍念两浙连年灾伤且无麦，须至候秋熟六月中为止。

右件如前。臣亦知京师仓廪之数不可耗缺，所以连奏乞减额斛者，诚恐来年饥馑已成，二圣不忍坐视流殍，必于他路般运钱米赈济，为费且倍，而已饥之民，岂复有钱买米，并须俵散，有出无收，不如及早宽减上供米斛，却收银绢，实数纵有损折，所较不多。伏惟深念熙宁之灾本缘臣僚不早擘画奏请，以致饿死五十余万人，至今疮痍未复，呻吟未已，特望宸断，早赐准备，实一方幸甚。

【译文】元祐五年七月初五，龙图阁学士、左朝奉郎、杭州知州苏轼奏议。臣听说预先准备则能办成事，预先没有准备则办不成事，这是千古不移的格言。至于救助灾患，尤其应该早一点着手。对于灾民，如果在灾害不太严重时就加以救助，则用物少而救助面大，不过宽减一点上供额，出卖一些常平仓粮食，公家没有多大损失，而人人受惠，今年的事情就是这样。如果在灾荒已经严重的情况下才着手救济，则用物多而救助面小，以至于耗费省仓，亏损利税，公家大受困顿，而饥荒灾民，最终被饿死，熙宁年间的事情就是这样。熙宁年间的灾害，本由天旱粮价昂贵引起，而沈起、张靓等人，事先又不奏报，只求闭粜以请赏，富户争相把粮食屯积起来，而穷人得不到吃的。饥荒成为既成事实后，朝廷方才知道，开始下令江西以及截留本路上供米一百二十三万石来救济。挨门挨户散发粮食，拦街施舍粥饭，终究还不能济事。饥荒发生后，接着又发生了瘟疫，本路死亡达五十多万人，城市萧条，田野荒芜，两税利钱，不能照前征收。审定熙宁八年，本路放免税米一百三十万石，酒税收入减少了六十七万多贯，粗略估计一共损失三百二十多万贯石，其余损失无法计算，至今转运司仍然贫乏无力。这没有别的原因，就是因为事先没有准备的缘故。去年浙西几郡先涝后旱，受灾程度不比熙宁年间低。然而皇上和太皇太后陛下二位圣人聪明睿智，于去年十一月中旬，就首先发出指示，截留本路上供粮食二十万石用来赈灾，又在十二月中旬，宽减转运司元祐四年上供粮额的三分之一，就是粮食五十多万斛，用这笔钱，全来买银绢上供，地方官没有一毫损失。而令下之日，各地欢呼雀跃。公家停止籴粮，粮价自然降了下来。又自正月开仓出售常平米，同时免除几路税务所收的五谷力胜钱，并且赏赐度牒三百道，以助赈济。本路安静，遂无一人饿死，这也不为别的，只得益于事先准备得充足而已。由此看来，事先准备了就能办成事，反之则办不成事，其祸福悬殊就是如此之大。

二位圣人以天地父母一样的心肠，看到人民有疾苦，就急忙救助，本不计较费用的多少。而臣愚鲁无知，只知道衡量利益的轻重，计较得失的大小，认为譬如寻常的百姓人家，置土地，招佃户，本来期望的是地租，而不是为了行仁义，然而到了灾荒之年，必须放免客户的欠账，贷给他们种子，他心里是害怕客户离去而田地荒芜，后来的损失，将比现在所放免借贷要大得多，况且拥有天下统治万民而能不计较后果吗？自去年以来，我不断奏请，屡次亵渎圣上的视听，实在是担心陛下的客户逃走而田地荒芜呵！

去年杭州的米价，每斗至八九十文钱，从今年正月以来，逐渐回落。到五六月间，浙西几郡大雨不止，太湖泛滥，损害庄稼，六月初，米价又开始上涨，到七月初，每斗涨到整整一百钱。现今新米已经下来，而常平公粮，还不敢停下来不卖，灾害的程度，恐怕比去年更厉害。为什么这样讲？因为去年的灾害，就像人刚刚得病，而今年的灾害，则像旧病复发。病情虽然一样，而气力衰竭，恐怕难以支持。又因为春夏之交的时候，雨水均匀，浙江人喜欢在丰收的年景，家家卖粮，借债求息，以修治农田，车水筑圩，高高低低到处都是，花费的本钱既重，就等待本季作物成熟。淫雨暴风，一举破坏了庄稼，人民的困苦，实际比去年严重得多。最近，将官刘季孙到苏州视察，我私下里让他沿途查访民情，他回来后对我说："这几州不仅淫雨造成灾害，而且还有大风掀起海浪，堤坝堰圩大都被坏，湖州城中进了水，老百姓家里的水一尺多深，这些都是去年所没有的。"而转运判官张璹从常州和润州回来，说的话大体相同。他说："亲眼见到吴江水浪平望过去有八尺高，常有一些农户庄稼被淹没在水底的，父子抱头痛哭，以舟船打捞，米仁有一半的还可以炒炒吃，而青穗则只能割了喂牛。"即使现在雨停了，不是丰年已成定局，何况雨停不停还不知道，则明年的困难，比今年要大得多。为什么这样讲？因为去年杭州常平仓尚有粮食二十三万石，今年已卖出了十五万石，虽然还有八万石，而粜卖还没有停止，又因为去年曾经减税，以及和买不行省仓缺数，所有上述这八万石米，只够调拨过去充当军粮，别无余存。现在手头所有的是卖常平米八万贯钱，而钱又不是救饥之物。如果明年粮食更贵而钱更贱，即使钱币堆积如山，终究没有用处。熙宁中叶，两浙市易出钱百万缗来发放，老百姓不论贫富，都可以取用，只苦于得不到粮食，因此拖着绸缎，带着金玉首饰，而饿死在路上的，不可胜数。现在浙东、浙西两路常平米大都卖过了，库存粮食很少，熙宁年间的惨状，已阴森森地到了眼前。

臣才力短浅，加上衰老和疾病，而全路的生灵，责任在我，受恩既深，不敢另外请求调到闲散地方，日夜思考，寻求明年救灾的办法，苦于没有更好的，只有在秋冬之间，不惜高价多买一些粮食入常平仓，以备明年卖出。现在浙西几州减产已成定局，而转运司又有上供粮食一百五十多万石的任务，如果两司争相收购，粮价必然很贵。饥馑愈益严重，而和籴又搞不成，明年青黄不接的时候，常平仓有钱而无米，官吏们只能坐视人民被饿死而无力救助，山海之间，接连瓯越地区，盗贼集结，如果生出意外之患，那时即使把我们都杀了，也于事无补，因此，我必须把实际情况反映上去。

恳求圣上慈悲全部抄下我的奏状，交给户部以及本路转运司、提刑司和两路钤辖司，尽快考虑明年的救灾问题，该不该准备常平仓的粮食以供出卖救饥。如该准备，即让各州申报需要的数目。臣已估计杭州需要二十万石，同时交给各衙门筹划，应如何措置，既不使米价至于暴涨，又能收足粮食。如果各衙门认为不需要准备出卖粮食来救济，就让他们各自写下担保来保证明年不至于饿死人或使人民流亡，结罪奏上。因为现在已经入秋，离和籴的时间已经不远，等到来往之后相互商量，恐怕错过时机，恳请详察后早下指示。我屡次冒犯皇上的威严，不胜惊恐待罪之至。谨录奏闻，恭候圣旨。

补言：我在路上听说，福建一带灾害更为严重，盗贼颇多。有人说邵武军那里有一伙强盗，人数不少，恐怕是廖恩余党。转运司命令衢州官吏就近查访，虽未知虚实，然而害怕万一是真，不能不预先有所准备。

又补言：臣谨按《唐史》，唐宪宗对宰相们说：“你们多次说吴越地区去年遭旱涝灾害，昨天有御史从江淮地区巡视回来，说没有灾害，他讲的话可信不可信？”李绛回答说：“我看淮南道和浙江道的奏状，都说有水旱之灾。而且边远地区长官的任命，都是些朝廷信任重视之臣，假若不是事实，怎敢上奏？这本来就不是虚说的。御史是一个小官，选人不合适，奏报的时候，极可能媚上。况且诚实之道，是统治人的根本，假若有一方歉收，就应当立即去救济其饥贫，更何况去怀疑人家呢？”宪宗说：“刚才是不假思索地随口发问，我的话错了。”李绛等人稽首再拜，宪宗说：“今后各道遇水旱之灾，应立即蠲免借贷。”又按本朝的《会要》，太宗曾经对宰相们说：“国家的储备积蓄，最为急迫，因为要靠它来防备灾荒年，救人性命的。前段时间江南各州，稍微有旱灾，朕听到后，急忙派遣使者前往，分路赈贷，最后听说没有人流亡，没有人饿死，也没有强盗起事。假若没有积存的粮食，拿什么来救助饥民？”近日我读邸报，每每发现各路的官吏，多在三四月间先奏雨水均匀，禾苗茁壮，而发生灾害，则必须等到饿死人流离失所后才往上报。这是衙门常态，古今通病。丰收不用预先知道，人人争相上报；灾害正应该作充分准备，却相顾不说，如果朝廷不广泛调查，则远方之民，到哪里去申诉呢？

第一，去年灾害发生后，承蒙朝廷宽减转运司上供粮食总额的三分之一，把这些钱全部用来收买银绢，命令下达后，米价陡然降了下来。现在灾害已经连年，民力十分困顿，又因为春夏之交，雨水均匀，老百姓多典卖借债出息，以准备农业生产，等待夏季作物的成熟。而淫雨风暴，一举将庄稼毁坏，困苦的程度是去年的几倍。请求圣上怜悯体察，特予宽缓转运司上供额的一半。希望因此能抑制粮价，和籴得以实行，且扫除本路钱荒的弊端。

第二，杭州出产粮食不多，深恐常平仓收购不足，有误明年的出卖。请允许在苏州、秀州代为收购。

第三，按照《编敕》节文，五谷不准收力胜税。然而原来下达的指示，有效期止于今年四月底。恳求圣上可怜两浙地区连年受灾而且不种麦，再放宽到六月中旬为止。

奏议如上。臣也深知京城仓库的储备，不能有缺额，之所以连连奏请宽减上供额，是因为害怕明年饥荒发生后，二位圣人不忍坐视老百姓饿死而不救，必然要从其他地方调运粮食来救济，那样不但费用成倍增加，而且饥饿之民，哪里还有钱买米，只能发放，有出无收，与其这样，还不如及早宽减上供粮米，却收银绢，实数即使有损耗，而数额不会大大。恳请圣上深念熙宁年间的灾害，本是因为臣僚不早筹划奏请，以至饿死五十多万人，至今疮痍尚未完全平复，呻吟不已，特望圣断，早赐下令准备，实乃一方之大幸。

奏浙西灾伤第二状

元祐五年七月二十五日，龙图阁学士、左朝奉郎、知杭州苏轼状奏。右臣近奏，为浙西数郡淫雨风涛为害，恐灾伤之势甚于去年，而常平斛斗例皆出粜，见在数少，恐来年民间阙食，无可赈济，乞备录臣奏，下户部及本路提、转、钤辖司相度，合如何擘画收籴，准备出粜，未蒙施行。今月二十一日至二十三日，皆连昼夜大风雨，二十四日雨稍止，至夜复大雨。窃料苏、湖等州风涛所损，必加于前，若不早作擘画，广行收籴常平斛斗准备，则来岁必有流殍之忧。伏惟圣慈早赐愍救，检会前奏，速赐施行。臣别无材术，惟知屡奏，喧渎圣听，罪当万死。谨录奏闻，伏候敕旨。

【译文】元祐五年七月二十五日，龙图阁学士、左朝奉郎、杭州知州苏轼状奏。臣近日奏报，因为浙西数郡为淫雨风暴所害，害怕灾害之势，甚于去年，而常平仓的粮食，一律出售，现存数额太小，恐怕明年民间缺粮，又没有粮食可供赈济，请求抄写臣的奏状，交户部及本路提刑司、转运司和钤辖司在一起商量，应如何筹划收购粮食，以准备明年卖出去。奏议上去后未蒙施行。本月二十一日至二十三日，都是整天整夜的大风暴雨，二十四日雨稍微小了点，到夜里又下得更大。我料想苏州、湖州等地风暴所造成的灾害，一定比以前更厉害，如果不早作筹划，大力收购粮食入常平仓以作准备，则明年必定有饿死人的忧虑。恳请圣上慈悲早赐怜悯予以拯救，检出我前面的奏状，速赐施行。臣没有其他的能力，只知道屡次上奏，喧哗亵渎了圣上的视听，罪该万死。谨录奏闻，恭候圣旨。

乞禁商旅过外国状

元祐五年八月十五日，龙图阁学士、左朝奉郎、知杭州苏轼状奏。检会杭州去年十一月二十三日奏泉州百姓徐戬公案，为徐戬不合专擅为高丽国雕造经板二千九百余片，公然载住彼国，却受酬答银三千两，公私并不知觉，因此构合密熟，遂专擅受载彼国僧寿介前来，以祭奠亡僧净源为名，欲献金塔，及欲住此寻师学法。显是徐戬不畏公法，冒求厚利，以致招来本僧搔扰州郡。况高丽臣属契丹，情伪难测，其徐戬公然交通，略无畏忌，乞法外重行，以警闽、浙之民，杜绝奸细。奉圣旨，徐戬特送千里外州、军编管。

至今年七月十七日，杭州市舶司准密州关报，据临海军状申，准高丽国礼宾院牒，据泉州纲首徐成状称，有商客王应升等，冒请往高丽国公凭，却发船入大辽国买卖，寻捉到王应升等二十人，及船中行货并是大辽国南挺银丝钱物，并有过海祈平安将入大辽国愿子二道。本司看详，显见闽、浙商贾因往高丽，遂通契丹，岁久迹熟，必为莫大之患。方欲具事由闻奏，乞禁止，近又于今月初十日，据转运司牒，准明州申报，高丽人使李资义等二百六十九人，相次到州，仍是客人李球于去年六月内请杭州市舶司公凭往高丽国经纪，因此与高丽国先带到实封文字一角，及寄搭松子四十余布袋前来。本司看详，显是客人李球因往彼国交构密熟，为之乡导，以希厚利，正与去年所奏徐戬情理一同。

见今两浙、淮南公私骚然，文符交错，官吏疲于应答，须索假借，行市为之忧恐。而自明及润七州，旧例约费二万四千六百余贯，未论淮南、京东两路及京师馆待赐予之费，度不下十余万贯。若以此钱赈济浙西饥民，不知全活几万人矣。不惟公私劳费，深可痛惜，而交通契丹之患，其渐可忧，皆由闽浙奸民因缘商贩为国生事。除已具处置画一利害闻奏外，勘会熙宁以前《编敕》，客旅商贩不得往高丽、新罗及登、莱州界，违者并徒二年，船物皆没入官。窃原祖宗立法之意，正为深防奸细因缘与契丹交通。自熙宁四年，发运使罗拯始遣人招来高丽，一生厉阶，至今为梗。《熙宁编敕》稍稍改更庆历、嘉祐之法。至元丰八年九月十七日敕，惟禁往大辽及登、莱州，其余皆不禁，又许诸蕃愿附船入贡或商贩者听。《元祐编敕》亦只禁往新罗。所以奸民猾商争请公凭，往来如织，公然乘载外国人使，附搭入贡，搔扰所在。若不特降指挥，将前后条贯看详，别加删定，严立约束，则奸民猾商往来无穷，必为意外之患。谨具前后条贯，画一如左：

一、《庆历编敕》："客旅于海路商贩者，不得往高丽、新罗及登、莱州界。若往余州，并须于发地州、军先经官司投状，开坐所载行货名件欲往某州、军出卖。许召本土有物力居民三名结罪保明，委不夹带违禁及堪造军器物色，不至过越所禁地分，官司即为出给公凭。如有违条约及海船无公凭，许诸色人告捉，船物并没官，仍估物价钱，支一半与告人充赏，犯人科违制罪。"

一、《嘉祐编敕》："客旅于海道商贩者，不得往高丽、新罗及登、莱州界。若往余州，并须于发地州、军先经官司投状，开坐所载行货名件欲往某州、军出卖。许召本土有物力居民三名，结罪保明，委不夹带违禁及堪造军器物色，不至越过所禁地分，官司即为出给公凭。如有违条约及海船无公凭，许诸色人告捉，船物并没官，仍估纳物价钱，支一半与告人充赏，犯人以违制论。"

一、《熙宁编敕》："诸客旅于海道商贩，于起发州投状，开坐所载行货名件往某处出卖。召本土有物力户三人，结罪保明，委不夹带禁物，亦不过越所禁地分，官司即为出给公凭。仍备录船货，先牒所往地头，候到日点检批凿公凭讫，却报元发牒州，即乘船自海道入界河，及往北界高丽、新罗并登、莱州界商贩者，各徒二年。"

一、元丰三年八月二十三日中书扎子节文："诸非广州市舶司辄发过南蕃纲舶船，非明州市舶司，而发过日本、高丽者，以违制论，不以赦降去官原减。其发高丽船，仍依别条。"

一、元丰八年九月十七日敕节文："诸非杭、明、广州而辄发海商舶船者，以违制论，不以去官赦降原减。诸商贾由海道贩诸蕃，惟不得至大辽国及登、莱州。即诸蕃愿附船入贡或商贩者，听。"

一、《元祐编敕》："诸商贾许由海道往外蕃兴贩，并具人船物货名数所诣去处申所在州，仍召本土有物力户三人，委保物货内不夹带兵器，若违禁及堪造军器物，并不越过所禁地分。州为验实，牒送愿发舶州，置簿抄上，仍给公据。方听候日，许于合发舶州住舶，公据纳市舶司。即不请公据而擅行，或乘船自海道入界河，及往新罗、登、莱州界者，徒二年，五百里编管。"

右谨件如前。勘会元丰八年九月十七日指挥，最为害事，将祖宗以来禁人往高丽、新罗条贯一时削去，又许商贾得擅带诸蕃附船入贡。因此，致前件商人徐戬、王应升、李球之流得行其奸。今来不可不改。乞三省密院相度裁定，一依庆历、嘉祐《编敕》施行。不惟免使高丽因缘猾商时来朝贡，搔扰中国，实免中国奸细因往高丽遂通契丹之患。谨录奏闻，伏候敕旨。

【译文】元祐五年八月十五日，龙图阁学士、左朝奉郎、杭州知州苏轼奏议。检讨杭州去年十一月二十三日所奏泉州百姓徐戬一案，因为徐戬不应该擅自为高丽国雕造经版二千九百多片，公然运往高丽，接受报酬三千两白银，官府和私人都没有发觉，因此紧密勾结，又擅自运载高丽僧人寿介前来，以祭奠亡僧净源为名，欲献金塔，还想长期住下寻师学习佛法。徐戬显然不畏国法，贪图厚利，以致招来该僧骚扰我地方。况且高丽臣属于契丹，真伪难测，徐戬竟敢公然勾结，肆无忌惮，请求朝廷加重处罚，以警告福建、浙江一带的老百姓，杜绝奸细混入。奉圣旨，特将徐戬流放到千里之外的州、军管制。

到今年七月十七日，杭州市舶司接到密州的情况通报，据临海军报告，按照高丽国礼宾院的公文，据泉州纲首徐成状称，有商人王应升等人，冒请去高丽国的通行证，却把船开到大辽国做买卖，立即捉到王应升等二十人，以及船中货物，全是大辽国南挺银丝等钱物，并有过海祈祷平安将入大辽国的两道愿子。本司审定，显而易见闽、浙一带的商人乘前往高丽之机与契丹相勾结，天长日久路子一熟，必然有无穷的后患。正准备把这件事奏报上去请求朝廷严加禁止，最近又在本月初十，据转运司的通报，明州汇报说，高丽使者李资义等二百六十九人，先后到达明州，仍然是客人李球于去年六月内，拿到杭州市舶司通行证前往高丽国做生意，因此替高丽国先带到密封的书信一份，以及捎带松子四十布袋前来。本司审定，显然李球因往高丽与之相熟后勾结在一起，替他们作向导，以求厚利，与去年所奏徐戬的事情是一个性质。

现今两浙和淮南地区，公私骚动，公文交错往来，官吏疲于应付，索要借贷，市场为之惊恐。明州、润州等七州，往年的惯例接待外国人要花费约二万四千六百多贯钱，这还不包括淮南路、京东路和京师的接待赏赐费用，这笔费用估计不下十几万贯。如果用这笔钱来赈济浙西地区的灾民，不知道能保全救活几万人。不但公私劳顿破费，十分可惜，而且勾结契丹的忧患，更是可怕。这全是因为闽、浙一带的奸民，因为做买卖而给国家添乱子。除了把处置办法及其利害关系全部奏闻外，对照熙宁年间以前《编敕》的规定，游客商贩不准到高丽、新罗及登、莱州一带，违者，处以二年徒刑，船货一并没收充公。我琢磨祖宗立法的原意，正是为了防止奸细乘机与契丹勾结。从熙宁四年发运使罗拯派人招来高丽人开始，一旦生出灾害的台阶，至今仍然不便。《熙宁编敕》对庆历、嘉祐年间的规定稍作修改。元丰八年九月十八日敕令规定，只禁止去辽国及登州、莱州，其余地方不加禁止，又允许外国人搭便船来朝贡，或者做买卖也听从其便。《元祐编敕》也只禁止前往新罗。所以刁民奸商争相请发通行证，往来如梭，公然载运外国使者来朝贡，骚扰各地。如果不特别下达指示，将前后的规定仔细审查，重新规定，严加约束，则奸商刁民，往来无穷，必有意想不到的忧患。谨把前后的有关规定，整理如下：

一、《庆历编敕》："游客向海外从事商业活动，不得前往高丽、新罗以及登州和莱州地界。如果到其他地方，都要在出发地所在的州或军，先向官府申请，开列出自己运载货物的名称及数量，准备到哪个州、军去出卖。要找来在当地有财力的居民三人给自己担保，明确保证不夹带违禁物品以及可以用来制造武器的物品，不越过规定禁止前往的地界。这些手续办完后，官府就发给通行证。如果违反规定，或者出海的商人没有通行证，鼓励各种人举报和捉拿，船只及货物全部没收充公，并将货物估价，拿出其中的一半给举报人作为奖赏，对违犯者按违制罪处罚。"

二、《嘉祐编敕》："游客海外从事商业活动，不得前往高丽、新罗以及登州和莱州地界。如果往其他州去，都要在出发地所在的州或军，先提出申请，开列出自己运载货物的名称及数量，准备到哪个州、军去出卖。要找三名有财力的当地居民给自己担保，明确保证不夹带违禁物品以及可以用来制造武器的物品，不越过禁止前往的地界。这些手续办完后，官府就发给通行证。如果违反规定，或者出海的商船而没有通行证，鼓励各种人举报和捉拿，船只及货物全部没收充公，并将货物估价，拿出其中的一半作为奖赏给举报人，违反者按违制罪处罚。"

三、《熙宁编敕》："各客商在海路贩卖，在出发地所在州申请，开列所载货物的名称及数额，准备到哪里去卖。召当地三位有财力的人担保，明确保证不夹带违禁物品，也不越过禁止去的地方，官府即发给通行证。还要详细登记船上的货物，对照先前公文上记下所去的地方，到达时检查批复通行证，却回复出发地所在州一道文牒，即乘船自海道入界河，以及向北到高丽、新罗连同登州、莱州一带经商者，处以二年有期徒刑。”

四、元丰三年八月二十三日中书省扎子节文：“除了广州市舶司，却发往南蕃的纲舶船；除了明州市舶司，却发往日本、高丽，按违制罪论处，并不因为赦免降职或离职而免去处罚。（发往高丽的船只，同时依别的规定处理。”）

五、元丰八年九月十七日敕节文：“除了杭州、明州和广州，而放出海商船的，按违制罪论处，不因为离职、赦免或降职而减免罪罚。商人由海道向外蕃贩运，不准到大辽国和登州、莱州。诸蕃愿意搭乘便船来朝贡或经商的，听任他们。”

六、《元祐编敕》：“允许商人从海上到外国经商，要把人船货物的名称、数额、所去的地方，向所在州申报，同时召当地有财力的三户人家，担保货物里没有夹带武器、违禁物品以及可以用来制造武器的物品，并且不越过禁止前往的地方。本州验实后发公文到原出市舶司所在州，将其明细账抄录奏上，同时给通行证。等回来时，可以在应发舶州停舶，通行证交市舶司。不申请通行证而擅自出海，或乘船从海道入界河，以及去新罗和登州、莱州地界者，处以二年徒刑，流放到五百里以外管制。”

规定如上。审核元丰八年九月十七日的指令，最为害事，将祖宗制定的禁人前往高丽、新罗的规定，一下子削去，又允许商人可以擅自带外国人搭船入贡。因此，上述商人徐戬、王应升、李球之流，得售其奸，现在必须更改。请求三省与枢密院商量后裁定，一律按照庆历和嘉祐年间的《编敕》施行。不但可以免使高丽奸商乘机不时前来朝贡，骚扰中国，同时又使得中国奸细不能因此通过高丽与契丹相勾结。谨录奏闻，恭候圣旨。

申明户部符节略赈济状

元祐五年八月二十五日，龙图阁学士、左朝奉郎、知杭州苏轼状奏。臣近以今年浙西数郡大雨不止，太湖泛溢，所在害稼。

寻于七月十五日具状奏闻，乞下户部及本路转运、提刑、两路钤辖司疾早相度来年合与不合准备常平斛斗出粜救饥。如合准备，即具诸州合用数目。臣已约度杭州合用二十万石，仍委逐司擘画合如何措置，令米价不至大段翔涌，收籴得足。如逐司以谓不须准备出粜救济，即令各具保明来年委得不至饥殍流亡，结罪闻奏。今准尚书户部符："本路转运、提刑、钤辖司准都省批送下八月四日敕，中书省知杭州充两浙西路兵马钤辖苏轼奏：'勘会今年五六月间，浙西数郡大雨不止，太湖泛溢，所在害稼，灾伤之势，恐甚于去年，伏望下户部及本路转运、提刑及两路钤辖司相度，来年合如何准备救济，候敕旨。'八月四日，三省同奉圣旨：'依奏。'奉敕如右，牒到奉行。都省批：'八月五日辰时送户部施行内相度仍限半月者。'"右臣窃详户部符内，止是节略行下，既奉圣旨依奏，即未审元初并依臣所奏，系有司节略，为复只依今来户部符下一节事理？切缘臣前奏所乞"如逐司以谓不须准备出粜救济，即令各具保明来年委得不至饥殍流亡，结罪闻奏"之意，盖欲逐司官吏依实相度，不敢灭裂，须至再具申明。伏乞朝廷检会臣前奏逐节事理，特赐明降指挥施行。谨录奏闻，伏候敕旨。

【译文】元祐五年八月二十五日，龙图阁学士；左朝奉郎、杭州知州苏轼奏议。近来因为今年浙西各地大雨不止，太湖泛滥，到处淹没庄稼，我于七月十五日写状子奏上，请示下诏户部以及本路转运司、提刑司和两路钤辖司趁早在一起商量，明年应不应该准备常平仓的粮食，以出售后救助饥荒，如果应该准备，就应将各州需要的数量报上去。我已估计杭州一地需要二十万石，同时下令各部门筹划应如何置办，才能使粮价不至于大幅度增长，同时又能收到足够的粮食。如果各部门认为无须准备以出售救荒，就令各自写下明年不至于饥饿流亡的保证书，担起责任后奏上。现本照尚书省户部的批示："本路转运司、提刑司和兵马钤辖司遵照尚书省批送下的八月初四的敕令，中书省知杭州充两浙西路兵马钤辖苏轼的奏议：‘查得今年五六月间，浙西各地大雨不止，太湖泛滥，淹没庄稼，灾害程度，恐怕超过了去年，请示下户部以及本路转运司、提刑司和两路钤辖司会商，明年应如何准备救济，等侯敕旨。’八月初四，三省同奉圣旨：‘依照苏轼奏议办理。’奉敕如上，文件下达后执行。尚书省批示：‘八月初五辰时送户部，施行时会商期限为半个月。’”微臣私下里琢磨户部的文件，内容只是摘抄后下达的，既然奉圣旨依照我的奏议施行，即未考虑最初全依我的奏状，是有关部门的省略说法，哪有再依现在户部文件下达之理？只因为我当初奏请“如果各部门认为不需要出售粮食以救济饥荒，就请各自写下明年不至于饥荒流亡的保证书，担起责任后奏上”，这意思是要各部门官员依实考虑，不敢大意，需要再次写状奏上。请示朝廷再次查看臣原初奏状所讲事实，特赐明确下达指示施行。谨录奏闻，恭候圣旨。

相度准备赈济第一状

元祐五年九月七日，龙图阁学士、左朝奉郎、知杭州苏轼状奏。准尚书户部符：“准敕，知杭州、两浙西路兵马钤辖苏轼奏：勘会今年五六月，浙西数郡大雨不止，太湖泛滥，所在害稼，灾伤之势，恐甚于去年，伏望下户部及本路转运、提刑、两路钤辖司相度，来年合如何准备救济。奉圣旨依奏，都省批内相度限半月。”本司今相度到准备救济事件如左：

一、本司勘会去年八九月间，杭州在市米价每斗六十文足，至十一月，长至九十五文足其势方踊贵间，因朝旨宽减转运司上供额斛三分之一，即时米价减落。及本州正月内便行出粜常平米，至七月中，共粜一十八万余石。以此米价无由增长，人免流殍。今来在米市见今已是七十五文足，至冬间，转运司收籴上供额斛，及检放秋税军粮，恐有阙少，亦须和籴取足，又本州须籴常平米二十余万石，诸州亦各收买，似此争籴，必须踊贵。纵使大破官钱，收籴得足，亦恐来年阙食，小民必不办高价收买官米。至时若米贵人饥，本司必须奏乞减价出卖。窃料仁圣在上，必不忍坐视人饥，不许减价。约度浙西数郡，今年必须和籴常平米五十余万石，准备来年出粜。若价高本重，至时每斗只减十文，亦须坐失五万余贯，而况饥馑已成，流殍不已，则朝廷所以救恤之者，其费岂止五万贯而已哉？欲乞圣慈，特许宽减转运司今来上供额斛一半，仍依去年例，令折价钱，置场收买金银绸绢上供，则朝廷无所耗失，而浙中米价稍平，常平收籴得足，来年不至大段减价出卖，耗折常平本钱，一路之人得免流殍，为惠不小。勘会去年本司亦乞宽减上供额斛一半，准敕只许宽减三分之一。今来灾伤及检放秋税次第皆甚于去年，又缘连年灾伤，民力愈耗，合倍加存恤，所以须奏乞宽减一半。伏望圣慈怜愍一方，特依所乞，尽数宽减。

一、勘会熙宁八年两浙饥馑，朝旨截拨江西及本路上供斛斗一百二十五万石，赐本路赈济。只缘本路奏乞后时，不及于事，卒死五十万人。去岁十一月十九日，圣旨令发运司拨上供斛斗二十万石，赐本路减价出粜，所费只及熙宁六分之一，然及时济用，仓廪有备，米不腾踊，人免流殍。本司今来勘会苏、湖、常、秀等州，频年灾伤，人户披诉已倍去岁，检放苗米亦必加倍，不惟人户阙食，亦恐军粮不足。欲乞检会去年体例，更赐加数，特与截拨本路或发运司上供斛斗三十万石，令本路减价出粜，或用补军粮之阙。伏望圣慈愍念一路军民，特与尽数应副。

右谨件如前。本司已具上项事件，关牒本路转运、提刑司，照会相度施行去讫。深虑转运司官吏职在供馈，所有宽减额斛，难于自言，伏望圣明以一方生灵为心，非为苟宽官吏之责，特赐过虑，及早施行。又况所乞数目虽广，而所耗损钱数不多，若待饥馑已成，然后垂救，则所费十倍，无及于事。伏乞决自圣意，指挥三省，更不下有司往复勘当施行。谨录奏闻，伏候敕旨。

【译文】元祐五年九月七日，龙图阁学士、左朝奉郎、杭州知州苏轼奏议。按照尚书省户部的文件："按照敕令，杭州知州、两浙西路兵马钤辖苏轼奏状，查得今年五六月份，浙西地区暴雨不止，太湖泛滥，到处毁坏庄稼，灾害的程度比去年更为严重，恳求朝廷下令户部与本路转运司、提刑司和兵马钤辖司官员在一起商量，明年应该如何准备救济。圣旨批准我们的奏状，尚书省命令有关部门商议的时间不能超过半个月。"本司现在考虑的救济办法如下：

第一，本司考查去年八九月间，杭州市场上的米价为每斗六十多文钱，到十一月份，就涨到九十五文多，上涨势头正高的时候，因为朝廷下令宽减转运司上交粮食的三分之一，粮价顿时跌落下来。本州在正月里便开始出售常平仓的粮食，到七月底，共卖出粮食十八万石，因此粮价没有增长，人民免去流散饿死之苦。市场上的米价，时下已达到七十五文钱，到冬季，转运司要收购上供粮，以及补收以前所减免的秋季军粮，害怕数额不足，也必然和籴取足再加上本州要收购常平救济粮二十多万石，各州也要征购，像这样争相购进，粮价肯定要暴涨。即使多破费一些公家的钱财，能够收足，也怕来年缺粮，小民们肯定拿不出足够的钱来高价购买公家卖出的救济粮。到那时如果人民缺粮而粮价又太贵，本司肯定要奏请减价出售。我私下揣度，仁圣的君主居于上位，必然不忍心坐视人民忍饥挨饿，而不答应减价。估计浙西各地今年需要购进救济粮五十多万石，以供明年出卖。如果价钱高本钱大，卖出时每斗只降价十文钱，也要平白损失五万多贯钱，更何况饥荒已成灾害，人民纷纷流亡饿死，则朝廷用来救济的，其花费又何止五万贯呢？准备请求圣上慈悲特许宽减今年上供粮的一半，同时按照去年的做法，折合成现钱，然后设置和买场收购金银绸绢上供，这样做既能让朝廷不受任何损失，又可以使两浙地区粮价平稳，常平仓能收到足够的粮食，明年不至于大幅度降价出售，使得常平仓大折本钱，全路的老百姓，得以免于流散和饿死，恩惠着实不小。考察去年本司也请宽减上供粮额的一半，按照敕令只宽减了三分之一。今年灾害的严重程度以及检放秋税额等都比去年厉害，再加上连年受灾，人民的财力损耗得严重，本应加倍抚恤，所以要请求减一半的上供额。请求圣上慈悲可怜这一方生灵，按照我们所请求的数额，全部宽减。

第二，查得熙宁八年的那次饥荒，朝廷命令截拨江西及本路上供粮食中的一百二十五万石，赏赐给本路用来赈灾。只因为本路的奏请太晚了，错失时机，最终饿死了五十多万人。去年十一月二十九日，圣旨命令发放转运司的上供粮二十五万石，赐给本路减价出售，花费只及熙宁八年的六分之一，然而救济及时，仓库有储备，粮价不涨，人民免去流亡或饿死的灾难。本司近来查得苏州、湖州、常州、秀州等地，连年遭灾，人人叫苦连天，灾害程度是去年的一倍，减免税额也应该加倍，不但老百姓缺粮，恐怕军粮也不充裕。想恳求比照去年的作法，再增加一点赏赐数额，特将本路或发运司上供粮食三十万石截留下来拨给本路，令本路减价出售，或用作补充军粮的缺额。恳求圣上慈悲，可怜一路受灾军民，特别恩准我们所有的请求。

请求如上。本司已把上述请示，向本路转运司和提刑司发出公文，通报后商量实施的办法。深恐转运司官吏本以上供为职责，所有关于宽减粮食的请求，自己难以启齿，恳求圣上为一方生灵着想，不要为了暂时宽缓官吏的职责而有特别多的想法，从而使得这些办法及早施行。何况所请求宽免的数额虽大，而所损耗的实际钱数并不多，如果等到饥荒真的成灾之后才来救济，花费必然是现在的十倍，而且还不大济事。恳求圣上亲自决断，指示三省去执行，而不再交给有关部门去重复讨论。谨录奏闻，恭候圣旨。

相度准备赈济第二状

元祐五年九月十七日，龙图阁学士、左朝奉郎、知杭州苏轼状奏。近准朝旨，令本司及转运司、提刑司相度准备来年被灾阙食人户。本司已具二事闻奏，乞宽减转运司上供额斛一半，截拨上供米三十万石，准备及补军粮之阙，未蒙回降指挥。本司再相度来年准备大计，全在广籴常平斛斗，于正月以后，便行出粜，平准在市米价，以免流殍之灾，此外更无长策。今来选差官吏开仓和籴，优估米价，戒约专斗，不得乞觅，非不严切，然经今一月，并无一人赴仓入中。体问得盖是苏、湖、常、秀大段灾伤，兼自八月半间至今阴雨不止，灾伤之余，所收无几，又少遇晴干，已熟者不得刈，已刈者不得舂，有谷无米，日就腐坏。见今访闻苏、秀州在市米价，已是九十五文足，添长之势，炎炎未已。本司欲便令杭州添价收籴，不惟助长米价，为小民目下之患，又官本既贵，来年难为出粜，若不添钱，又恐终是收籴不行，来年春夏间，阙米出粜，必有流殍之忧。窃料至时难以讳言灾伤，官吏亦须略具事实闻奏。仁圣在上，理无不救，必须多方于邻路擘画斛斗赈济。若不预为之防，则恐邻路无备，临时擘画不行，须至先事奏乞者。

右本司勘会，去岁朝旨宽减转运司上供额斛三分之一，却令将折斛钱买银绢上供，又今年本司亦奏乞宽减额斛一半，如蒙施行，即转运司折斛钱万数不少。又勘会提刑司今年诸州粜常平米至多，所管常平司官钱万数不少，但有钱无米，坐视饥殍，为忧不细。欲乞圣慈过为防虑，特敕发运司相度擘画钱本，于江、淮近便丰熟州、军，差官置场，和籴白米五十万石，严赐指挥，须管数足，仍般运至真、扬州桩管。若来春本路阙常平米出粜，即令发运司拨发，于逐州下卸，仍以本路常平钱充还。若至时本路常平米有备，不须搬运上件米出粜，即就拨充本路转运司上供额斛，却以宽减折斛钱充还。如此，即于朝省钱物，无所损耗，而于本路生灵亿万性命，稍免沟壑之忧。谨录奏闻，伏候敕旨。

贴黄：今年灾伤，实倍去年，但官吏上下皆不乐检放，讳言灾伤。只如近日秀州嘉兴县因不受诉灾伤词状，致踏死四十余人。大率所在官吏皆同此意，但此一处以踏死人多，独彰露耳。若朝廷只据逐处申奏，及检放秋税分数，即无由尽见灾伤之实。又，臣轼切见转运、提刑司所奏灾伤，皆无迫切恳至之语，朝论必以臣为过当。然臣实见连年灾伤，父老皆言事势不减熙宁，民间有钱，尚因无米饿死四十万人，况今民间绝无见钱，若又无米，则流殍之灾未易度量。伏望圣慈，深为防虑。若来年人户元不阙食，不须如此擘画，则臣不合过当张皇之罪，所不敢辞，纵被诛谴，终贤于有灾无备，坐视人死而不能救也。

【译文】元祐五年九月十七日，龙图阁学士、左朝奉郎、杭州知州苏轼奏议。近日本照朝廷旨意，令本司及转运司、提刑司在一起商量为明年受灾缺粮人家准备粮食的问题。本司已将两个办法奏上，请求宽减转运司上供粮食的一半，截留上供米三十万石，以此作准备并弥补军粮的缺额，还没有接到回复的指示。本司再次考虑准备大计，全在广贮常平救济粮食，于正月以后加以出售，以平抑市场粮价，使人免于遭受流亡和饿死的灾难，此外别无长策。现在选派官吏，开仓和买，优估粮价，告诫专项用粮不得乞买，命令不是不严厉，然而时至今日已经一个月过去了，并没有一个人前来交粮入仓。查访得知是因为苏、湖、常、秀四州大面积受灾，再加上八月半间至今淫雨不止，灾害之后，所收无几，又少有晴天，已经成熟的不能收割，收割之后不能打下来，有谷子而无米仁，日渐腐烂。听说苏州和秀州市场上的米价，已经涨到九十五文多，而上涨的势头，还在不断攀升。本司准备让杭州加价收购，又害怕助长米价上涨的势头，为老百姓眼下的灾患，同时本钱既贵，明年难以出售，如果不增加钱，另外还担心终久收不到粮食，明年春夏之际，无粮可售，老百姓必然要有流亡和饿死的忧患。我私下里预料灾害发生后就难以讳言灾荒，官吏也要把事实大略汇报上去。仁圣之君居于上位，断无不救之理，必须让邻近各路筹划粮食来赈济。—如果不预先防备，则恐怕邻近各路没有准备，临时筹划又实现不了，所以必须事先加以奏请。

本司查得，去年朝廷旨意宽减本路转运司上供粮米额的三分之一，令用这个数额的粮食折合成钱收购银绢上供，今年本司又奏请宽减粮额一半，如蒙施行，则转运司折粮钱的数额不少于万贯。又查得提刑司今年各州售出了许多救济粮，所管辖常平司掌握的现钱也不少于万贯，有钱而无粮，坐视百姓饿死，深可忧虑。恳求圣上慈悲，多一点忧虑，特命发运司筹划一些本钱，在江淮一带就近方便而又丰收的军、州，选派官吏设置和买场，和买白米五十万石，严加命令，必须足额，同时搬运到真州和扬州库存起来。如果明年春天本路缺少救济粮出售，就让发运司调拨，沿途各州依次卸下，再用本路的救济款偿还。如果届时本路救济粮有储备，不用搬运这宗粮米以供出售，那就拨过来充作转运司的上供粮用，却用宽减后以粮折绢的那笔款子充还。这样做，对于朝廷来讲节省了钱物，不受损耗，而对本路亿万生灵性命来说，则可以免去饿死填充沟壑的忧患。谨录奏闻，恭候圣旨。

补言：今年灾害的严重程度，实在是去年的几倍。但上下官吏，都不喜欢减免，讳言灾害。比如近日秀州嘉兴县，因为不受理灾害情况的投诉，致使四十多人被踩死。大约各处的官吏，与这里的想法是一样的，只是这里踩死人多，独自暴露出来罢了。

如果朝廷只按各地的申奏，以及减免秋税的份额来看问题，则无法全部了解灾害的实情。还有我发现转运司和提刑司所奏灾害的情况，都没有迫切紧急之辞，那么朝廷一定认为我说得过份了。

然而我实在是因为看到连年灾害，老年人都说灾害的程度不亚于熙宁八年，那时候民间有钱，尚且因为无粮而饿死四十万人，何况今天民间无现钱，如果又没有粮食，则百姓流亡饿死的灾害，很难想象。恳请圣上慈悲，多加考虑。如果明年老百姓原不缺粮，不用这样筹划，则我惊慌失措的罪责，不敢推辞。即使被诛罚，总比有灾而无备，坐视老百姓被饿死而不能救助要好得多。

乞检会应诏所论四事行下状

元祐五年九月二十七日，龙图阁学士、左朝奉郎、知杭州苏轼状奏。右臣今年六月九日辄具朝廷至仁，宽贷宿逋，已行之命，为有司所格沮，使王泽不得下流者四事。其一曰：见欠市易籍纳产业，圣恩并许给还，或贴纳收赎，而有司妄出新意，创为籍纳、折纳之法，使十有八九，不该给赎。其二曰：积欠盐钱，圣恩已许只纳产场盐监官本价钱，其余并与除放。而提举盐事司执文害意，谓非贫乏不在此数。其三曰：登极大赦以前人户，以产当酒，见欠者亦合依盐当钱法，只纳官本。其四曰：元丰四年，杭州拣下不堪上供和买绢五万七千八百九十四，并抑勒配卖于民，不住鞭笞催纳，至今尚欠八千二百余贯，并合依今年四月九日圣旨除放。然臣具此论奏，经今一百八日，不蒙回降指挥，乞检会前奏四事，早赐行下。谨录奏闻，伏候敕旨。尚书省取会到诸处，称不曾承受到上件奏状，仍连元状，十二月十八日三省同奉圣旨，令苏轼别具闻奏。仍仰户部指挥根究前奏，申尚书省。

【译文】元祐五年九月二十七日，龙图阁学士、左朝奉郎、杭州知州苏轼奏议。微臣于今年六月初九，将朝廷至仁，宽赦欠账，已下达的命令，被有关方面阻挠，至使王者恩泽不能下达的四件事情写明奏上。这四件事情中的第一件是：现欠市易钱而被籍纳的产业，圣恩允许一律发放，或者允许贴纳赎还。而有关部门故意翻新花样，创立什么籍纳、折纳法，使得十分之八九不能赎还或发放。第二件事情是：积欠的盐钱，圣恩已允许只纳产盐场地官府所垫付的本钱，其余一律免除，而提举盐事司故意咬文嚼字，说什么不是赤贫之人不在免除之列。第三件事情是：元丰八年当今皇上登极大赦以前以产业当酒钱的人家，现欠的钱物也应当比照以盐当钱的法令，只纳公家的本钱。第四件事情是：元丰四年，杭州拣出不能上供的和买绢五万七千八百九十匹，全部强行配卖给老百姓，之后便不住鞭打催促还钱，至今还拖欠八千二百多贯，也应依照今年四月初九的圣旨免除。然而臣的这道奏状，奏上到今天已经过了一百零八天，还没有接到指示，请求将前面所述这四件事的奏状检出来，早赐下达。谨录奏闻，恭候圣旨。尚书省的文件到各处，声称不曾转收到上述奏状，同时连同原状，十二月十八日三省同奉圣旨，令苏轼重新奏上。又仰仗户部指示根究前面所说的奏状，申报尚书省。

进何去非《备论》状

元祐五年十月十八日，龙图阁学士、左朝奉郎、知杭州苏轼状奏。右臣自揣虚薄，叨尘侍从，常求胜己，以为报国。恭惟先皇帝道配周孔，言成典漠，云汉之章，藻饰万物，而臣子莫副其意，盖尝当食不御，有才难之叹。伏见承奉郎、徐州州学教授何去非，文章议论，实有过人，笔势雄健，得秦汉间风力。元丰五年，以累举免解，答策廷中，极论用兵利害，先帝览而异之，特授右班殿直，使教授武学，不久遂为博士。臣窃揆圣意，必将长育成就，以待其用，岂特以一博士期去非而已哉？而去非立志强毅，不苟合于当时，公卿故莫为一言推毂成就之者。臣任翰林学士日，尝具以此奏闻，乞换文资，置之太学。虽蒙恩换承奉郎，而今者乃出为徐州教授，比于博士，乃似左迁。非独臣人微言轻，不足取信，亦恐朝廷不见其文章议论，无以较量其人。谨缮写去非所著《备论》二十八篇附递进上，乞降付三省执政考览。如臣言不谬，乞除一馆职。非独以收罗遗才，风晓士类，亦以彰先帝知人之明，一经题品，决无虚士，书之史册，足为光华。若后不如所举，臣甘伏朝典。谨录奏闻，伏候敕旨。

【译文】元祐五年十月十八日，龙图阁学士、左朝奉郎、杭州知州苏轼奏议。微臣不揣浅陋，曾侧身于皇上侍从之列，常想尽力而为，以图报国。想想已故神宗皇帝道德足以与周公和孔子相匹配，言语可成经典，励精图治，化育万物，而臣下不体谅他那紧迫的心情，他曾吃不下饭，感叹人才难得。我发现承奉郎、徐州州学教授何去非，不管文章还是议论，都有过人之处，其文章气势雄健，得秦汉时文章的精神。元丰五年，以累举免解，召至朝廷答策，纵论各种用兵的方法，先帝看后对他的议论感到惊异，特别授予右班殿直之职，让他讲授武学，不久提升为博士。我私下里琢磨圣上的意思，一定是要加以培养，后来委以重任，怎能以一个小小的博士期待何去非呢？而何去非立志坚毅，不苟合于世俗，因此公卿没人替他说一句推荐提拔的话。臣任翰林学士的时候，曾经将他的情况写成奏状奏上，奏请把他调换成文官，放在太学里。虽然蒙受圣恩给换为承奉郎，而现在却调出去任徐州州学教授，这个职位与博士相比，似乎是降级。不单单因为臣人微言轻，不足以取信，也恐怕朝廷看不到他的文章和见解，无法了解他的为人，因此谨将何去非所著《备论》二十八篇文章缮写后附在状子后面呈上，请交给三省大臣们审查。如果臣的话不误，请授予他一个馆职。这样做不单单在于网罗逸才，也是为了表彰先帝知人之明，一经他的考察，决无不称职的人才，把这写在史书上，足以显示出光荣来。如果以后何去非不像臣所举荐的这样有能力，臣甘受朝廷刑典的处罚。谨录奏闻，恭候圣旨。

相度准备赈济第三状

元祐五年十月二十一日，龙图阁学士、，左朝奉郎、知杭州苏轼状奏。右臣近奉朝旨，相度准备来年赈济阙食人户，寻具画一事件闻奏。内多籴常平以备来年出粜平准市价一事，最为要切。

见今浙西诸郡，米价虽贵，然亦不过七十足。窃度来年青黄不交之际，米价必无一百以下。至时，若依元价出粜，犹可以平压翔踊之患，终胜于官无斛斗，坐视流殍。而提刑司专务靳惜两三钱，遍行文字，减勒官估。臣已指麾杭州不得减价，依旧作七十收籴。见今亦不过籴得三万余石，其余诸郡，不敢有违。访闻苏、秀最系出米地分，见今不过籴得二三万石。而湖州一处，灾伤为甚，提刑司已指麾本州住籴，却令苏州拨常平米五万石与湖州，又令秀州拨十万石与杭州。若湖得五万石，犹恐未足于用，而苏、秀拨十五万石，深虑逐州不免妨阙。若新籴不多，即是两头阙事，而般运水脚兵稍有偷盗耗失之费，亦与所减两三钱不争。若使来年官米数少，不能平压市价，致有流殍，更烦朝廷截拨斛斗，散与饥民，则为十倍之费。乃是所减毫毛而所捐丘山，大为非策。访闻诸郡富民，皆知来年必是米贵，各欲广行收籴，以规厚利。若官估稍优，则农民米货尽归于官。此等无由乘时射利，吞并贫弱，故造作言语，以摇官吏，皆言多破官钱，深为可惜。若便为减价住籴，正堕其计。况今来已是十月下旬，不过更一二十日，即无收籴，纵令添价，也不及事，恐有误来年出粜大事，所以须至别作擘画，仰诉朝廷。缘臣先于九月十七日曾奏乞下发运司于丰熟近便州、军和籴五十万石，以备常平米不足般取出粜，却以本路常平钱还发运司。若常平米足用，即充本路转运司上供米，仍以额斛钱拨还。兼勘会淮南大熟，扬州、高邮军米价甚平。若行此策，显无妨害。伏望圣慈检会前奏，速赐施行，与此一方连年被灾之民，广作准备。谨录奏闻，伏候敕旨。

【译文】元祐五年十月二十一日，龙图阁学士、左朝奉郎、杭州知州苏轼状奏。微臣近来奉朝廷旨意，考虑准备明年赈济缺粮老百姓的生活用度问题，立即把我所筹划的办法奏上。其中关于多收购救济粮以备明年抛售平抑物价一事，最为重要。

现在浙西各地，米价虽贵，然而亦不超过七十文。臣估计明年青黄不接的时候，米价每斗必然不会低于一百文钱，到那时，如果按收原价抛售，还可以平抑物价上涨的灾患，总比公家无粮，坐视人民流亡饿死而不能救助要强得多。而提刑司为了节省两三文钱，特意到处发布文告，降低官府的粮食收购价。臣已下令杭州不准降价，依然按照每斗七十文来收购。现在也不过收得三万多石，其余各郡，不敢有违。听说苏州和秀州最是出米的地方，现在也不过收购了二三万石，而湖州一处，受灾最为严重，提刑司已下令本州停止收购，却下令从苏州调拨五万石救济粮给湖州，又令秀州拨十万石给杭州。如果再给湖州五万石，还怕不够用，而苏州和秀州拨出十五万石，深恐各州都有妨害，如果新近收购不多，就是两头误事，而搬运脚夫稍有一些偷盗损耗，也比多出那三二文钱要多得多；如果明年公家储存粮食太少，不能平抑物价，致使老百姓流亡或饿死，再麻烦朝廷截留调拨粮食散发给饥民，则费用是目前高价收购粮食的十倍，正是平常所说的损减一根毫毛与捐弃一座大山的差别，决不是办法。听说各地的富裕人家，都知道明年米价要贵，因此广加收购，以求厚利。

如果官价稍微昂贵一点，则老百姓的粮食就会尽归官府。这些富裕户无法乘机牟利，吞并贫弱，所以制造谣言，以动摇官吏的决心，都说官府费钱太多，深为可惜，如果官府在这时停止收购，正中他们的奸计。况且时下已是十月下旬，不过再过一二十天，就无粮可收，即令加价，也无济于事，恐怕耽误明年售粮大事，所以要别作筹划，上报朝廷。因为在这之前的九月十七日，我曾奏请下令发运司在就近的丰收地区和买粮食五十万石，以备救济粮的不足，却用本路救济款偿还发运司，如果救济粮够用，即充作本路转运司的上供粮米，仍以额斛钱拨还。同时查得淮南地区大丰收，扬州和高邮军的米价很平稳。如果照我的筹划去办，显然不会有什么妨害。恳求圣上检出我以前的奏状，速赐施行，与这一方灾民一起，广作准备。谨录奏闻，恭候圣旨。

相度准备赈济第四状

元祐五年十一月二十一日，龙图阁学士、左朝奉郎、知杭州苏轼状奏。右臣勘会今年本路风水之灾，倍于去年，本司累具合行救济事件闻奏。伏料仁圣在上，必已矜察。见今苏、湖、杭、秀等州，米价日长，杭州所籴粗米，以备出粜，每斗不下六十至七十足钱，犹自收籴不行，恐须至更添钱招买，方稍足用。窃计开春米价，必是翔踊。若依条，不亏元价出粜，则官本已重，小民艰于收籴，无以救济贫下，平准市价。若奏乞减价出粜，又恐耗失常平官本，亦非长策。须至奏闻。

又勘会杭州里外见管义仓米四万余石，准条，灾伤之年并许俵散赈济。本州相度，若待饥馑已成，方将上件义仓米尽行俵散，亦未能尽济饥民。惟是开春已后，才见在市米价增长，即便将义仓、常平米贱价出粜。但市价不长，则一郡之民，人人受赐。

今来起请，欲乞将常平米除系三年以上依条合减价外，其余并每斗减五文足，内系今来贵价收籴者，每斗减二十文足出粜，仍将义仓米随色额估定，贱价一处出粜，所收钱并用填还常平所亏官本钱，如填还足外，尚有剩数，亦许拨填本路别州常平米所亏官本钱，仍下浙西诸郡，依此体例施行。所贵本路明年饥民普得贱米吃用，全活亿万性命，其利至博，而其实止于耗却义仓，元不破官本米货十余万石。况自来有条；灾伤之岁许将义仓米俵散，但依散之所及者狭，不如出粜之利所及者广。伏望圣慈，特出宸断，早赐施行。谨录奏闻，伏候敕旨。

贴黄：常平钱米丰凶之际，平准物价，以救民命，所系利害至重。本司已累次奏乞指挥诸路专行籴粜，不得别有他用，如召募饥民兴土工水利之类，有出无入，即渐耗散。伏乞留意。今采启请，只是权宜，一时施行，别不冲改前后条贯。

又贴黄：本司相度来年艰食之势，深可忧畏。若候饥馑已成，疾疫已作，仁圣在上，必须广作擘画钱米救济，其费必相倍蓰。若行本司所奏，开春便行出粜，则米价不长，亿万生聚，自然蒙赐所费不多，今来已是十一月末，乞速赐施行。所贵正月内，便得开仓出粜。

【译文】元祐五年十一月二十一日，龙图阁学士、左朝奉郎、杭州知州苏轼状奏。微臣查得本路今年风雨灾害程度，是去年的几倍，本司已屡次将救济办法奏报上去。估计仁圣之君居于上位，肯定已经觉察。现今苏州、湖州、杭州、秀州等地，米价每天都在上涨，杭州收购的粗米，以备出售，每斗价钱已不低于六十至七十多文钱，还收不上来，恐怕需要再加些价钱，才能收得稍稍足用。估计开春之后的米价，肯定要暴涨。如果按照规定，不亏损原价出售，则本钱已经不少，小民难以购买，因此无法救济贫穷，平抑市场价格。如果奏请减价出售，又恐怕损耗常平仓公家的本钱，也不是个办法，所以必须奏上。

又查得杭州内外现在掌握义仓的粮米为四万多石，按照规定，遭灾之年，一律允许分散赈济贫民。我们考虑，如果等灾荒已成定局才将上项义仓粮米全部分散发放，恐怕也不能全部将灾民救济。只有在开春之后，刚刚发现市场上米价上涨，便将义仓、常平仓的粮米降价出售。只要市场上价格不涨，则一郡之民，人人受实惠。现在请求，想将常平仓粮米除了库存三年以上按规定应该降价的之外，其余每斗都降五文钱，其中最近以高价收购的，每斗减价二十文足钱出售，仍将义仓粮米随成色估价，低价与常平粮米合在一处出售，所收回的钱，全部用来填还常平仓所亏损的官府垫付的本钱。如果还足之后另有余数，允许拨给本路其他州以填补常平米所亏损的官本钱，同时下令浙西各郡，按照这个办法施行。希望通过这种方法而使本路灾民明年普遍能够吃到低价米，救活亿万性命，好处至为广博，而实际上只不过损失一些义仓的粮米，本不破费官本的粮米十几万石。况且从来就有规定，灾荒之年，可以将义仓米散发，但是散发所及范围狭小，不如出售粮食恩惠所及的范围广大。恳求圣上慈悲特下决断，早赐施行。谨录奏闻，恭候圣旨。

补言：常平仓的钱粮，是用于灾荒之年平抑物价以救济人命的，事关重大。本司已屡次奏请朝廷指示各路将这项钱粮专买专卖，不得挪作他用，像招募老百姓兴修水利等事，则有出而无入，逐渐会用完的。请圣上对这个问题留心一下。现在的奏请，只是一些权宜之计，施行于一时，对于前后奏请的办法并无冲突矛盾之处。

再补言：本司估计明年的缺粮情况，很令人担忧。如果等待饥荒发生，各种疾病流行，仁圣之君居于上位，必然要广作筹划钱粮救济，其花费必定要成倍增加。如果按我奏请的办法去做，自然蒙受朝廷的恩赐，花费也不会太多。现在已是十一月末，请求早点下令实施。希望在正月间，便可以开仓售粮。

乞擢用刘季孙状

元祐五年十一月日，龙图阁学士、左朝奉郎、知杭州苏轼状奏。右臣自少闻赵元昊寇，延州危急，环庆将官刘平以孤军来援，奸臣不救，平遂战没，竟骂贼不食而死。平有数子，皆才用绝人，不幸早世。今臣所与同僚西京左藏库副使、权两浙西路兵马都监兼东南第三将刘季孙，则平之少子，笃志力学，博通史传，工诗能文，轻利重义，虽文臣中亦未易得。况其练达武经，讲习边政，乃其家学。至于奋不顾身，临难守节，以臣度之，必不减平。今平诸子独有季孙在，而年已五十有八，虽备位将领，未尽其用。伏望朝廷特赐采察，擢置边庭要害之地，观其设施，别加升进。不独为忠义之劝，亦以广文武之用。如蒙朝廷擢用，后犯入己赃。及不如所举，臣甘伏朝典。谨录奏闻，伏候敕旨。

【译文】元祐五年十一月某日，龙图阁学士、左朝奉郎、杭州知州苏轼奏议。微臣小时候听说西夏元昊入寇，延州形势危急，环庆将官刘平率孤军前来支援，奸臣不肯救助，刘平于是被敌人俘获，最后大骂敌人绝食而死。刘平有几个儿子，都很有才能，不幸大都过早地谢世。现在与我为同僚的西京左藏库副使、代理西路兵马都监兼东南第三将刘季孙，为刘平的小儿子。他意志而学习刻苦，博通史书，能写诗词文章，轻利重义，即使在文臣中这种人也很难得。况且他熟悉兵书，研究边防事务，乃是他的家学，至于奋不顾身，临难之时坚守节操，以我考虑，肯定不亚于乃父刘平。现在刘平的儿子只有季孙在世，而年龄已经五十八了，虽然充任武官，但不尽其才。恳求朝廷特别加以观察，提拔到边境要害的地段上，观其所作所为，另加提升。这样做不单单是为了鼓励忠义之士，而且也是给有才能的人以用武之地。如果朝廷加以任用后，他贪赃枉法，或与我所举荐的才能不相符合，我甘愿受处罚。谨录奏闻，恭候圣旨。

乞子珪师号状

元祐五年十二月日，龙图阁学士、左朝奉郎、知杭州苏轼状奏。勘会杭州平陆，本江海故地，惟附山乃有甘泉，其余井皆咸苦。唐刺史李泌始引西湖水作六井。其后白居易亦治湖浚井，以足民用。嘉祐中，知州沈遘增置一大井，在美俗坊，今谓之沈公井，最得要地。四远取汲，而创始灭裂，水常不应。至熙宁中，六井与沈公井，例皆废坏。知州陈襄选差僧仲文、子珪、如正、思坦四人，董治其事。修完既毕，岁适大旱，民足于水，为利甚博。臣为通判，亲见其事。经今十八年，沈公井复坏，终岁枯涸，居民去水远者，率以七八钱买水一斛，而军营尤以为苦。臣寻访求熙宁中修井四僧，而三人已亡，独子珪在，年已七十，精力不衰。问沈公井复坏之由，子珪云："熙宁中虽已修完，然不免以竹为管，易致废坏。"遂擘画用瓦筒盛以石槽，底盖坚厚，锢捍周密。水既足用，永无坏理。又于六井中控引余波至仁和门外，及威果、雄节等指挥五营之间，创为二井，皆自来去井最远难得水处。西湖甘水，殆遍一城，军民相庆。若非子珪心力才干，无缘成就。缘子珪先已蒙恩赐紫，欲乞特一师号，以旌其能者。

右臣体问得灵石多福院僧子珪，委有戒行，自熙宁中两次选差修井，营干劳苦，不避风雨，显有成效。如蒙圣恩赐一师号，即乞以

"惠迁"为号，取《易》所谓"井居其所而迁"之义。谨录奏闻，伏候敕旨。

【译文】元祐五年十二月某日，龙图阁学士、左朝奉郎、杭州知州苏轼奏议。查得杭州平原上，本是江海故地，只有靠山的地方才有甜水泉，其余都是咸水井。唐朝时杭州刺史李泌才开始引西湖水打了六口井。其后白居易任刺史，也治理西湖疏浚六井，以足民用。嘉祐中，杭州知州沈遘增挖了一口大井，地点在美俗坊。现在叫作沈公井，所处之地最为重要，周围都来这里取水，而开始挖掘时比较粗糙，因此常常枯水。至熙宁中，六井与沈公井，全部被毁坏。知州陈襄选派僧人仲文、子珪、如正、思坦等四人，负责水井的修复工作。修整刚刚完毕，正遇上大旱，井水供应充裕，利民之处很是广博。臣当时在杭州任通判，亲眼目睹了这件事。从那以后到现在已经过了十八年，沈公井又被毁坏，常年干涸，居民离水源较远的，大都以七八文钱买一斛水，而军队尤其觉得不方便。臣经过查访得知，熙宁中叶修井的四位僧人，三人已死亡，只有子珪还健在，年龄已经七十岁，精力却还充沛。我问他沈公井重新废坏的原因，子珪回答说："熙宁中叶虽然已经修整，然而输水管道多是竹子做的，容易被毁坏。"于是筹划用瓦筒盛以石槽，底盖厚实坚固，接头处衔接严密，水既足用，再无废坏之理。又在六井中控制引导余波，引到仁和门外，及威果、雄节等指挥五营之间，新掘两口井，都是向来离井最远取水困难的地方。西湖的甜水，几乎引遍全城，军民共同庆祝。如果没有子珪的筹划和干才，无法完成。因为子珪在先已经蒙恩赐紫，想请朝廷特赐给他一个法师的名号，以表彰他的才能。

微臣察得灵石多福院僧人子珪，素有戒行，从熙宁中叶到两次被选派去修井，工作很辛苦，不避风雨，显有功劳。如果承蒙荃上恩典赐给一个法师名号，就请用"惠迁"二字，取自《易经》中所说的"井居其所而迁"的意思。谨录奏闻，恭候圣旨。

卷四十八　奏议

缴进应诏所论四事状 前连元祐五年六月奏状

元祐六年正月九日，龙图阁学士、左朝奉郎、知杭州苏轼状奏：右臣去年六月具状奏闻，乞申明给还市易折纳产业，及除放积欠盐钱，并人户欠买退绢钱四事，未蒙回降指挥。今月五日，准元祐五年十二月十九日尚书省札子会到诸处，称不曾承受到上件奏状。十二月十八日，三省同奉圣旨，令臣别具闻奏者。今重具到元奏状缴连在前。谨录奏闻，伏候敕旨。

贴黄：臣窃见浙中州县市井人烟，比二十年前，不及四五。所在酒税课利亏欠，只如杭州酒务课利，昔年三十余万贯，今来只及二十余万贯，其它大率类此。朝廷力行仁政，不为不久，而公私凋耗，终不少苏，盖是商贾物货，元未通行故也。自来民间买卖，例少见钱，惟藉所在有富实人户可倚信者赊买而去。岁岁往来，常买新货，却索旧钱，以此行商坐贾，两获其利。今浙中州县，所理私债，大半系欠官钱人户。官钱尚不能足，私债更无由催，以此商旅不行，公私受害。若行此四事，则官之所失，止是虚数，而人户一苏，三二年间，商旅必复通行，酒税课利，渐可复旧，所补不小。

【译文】元祐六年正月初九，龙图阁学士、左朝奉郎、杭州知州苏轼奏议：微臣去年六月曾进献一道奏议，请求发还市易折纳产业，以及免除积欠的盐钱，连同民户所欠官府的买退绢钱四件事，未曾接到明确的指示。本月初五，元祐五年十二月十九日尚书省的札子下发到各地，声称不曾见到我的上述奏状。十二月十八日，三省共同遵照圣上的旨意，让我重新将奏状抄好奏上。现在我把原奏状附在前面奏上。谨录奏闻，恭候圣旨。

补言：臣发现两浙一带的人口，与二十年前相比，还不到那时的四五成。各地所拖欠的酒税，以杭州酒税收入情况为例，过去三十多万贯，现在却只有二十多万贯，其他地方大都是这样。朝廷尽力推行仁政，其时间不算不长，而官府民户的经济凋弊，终究不能稍稍复苏，这是因为商品货物的交流渠道，本来就没有畅通的缘故。从来民间的买卖活动，很少有现钱交易的，只是赁借当地富实人家可以信赖的赊买而去。年年交易，常常是买到了新货，却索要先前货物的欠款，因此行商与坐地贩，两边获利。现在浙中地区各州县所清理的私债，大都是欠官府钱的人家。拖欠公款尚且不能凑足还上，私债更无从催起，因此商人不能正常交易，公家私人都受损失。如果我所奏请的四件事能够施行，则官府的损失，只是一些空头账目，而民户的经济一旦复苏，三两年之间，商品流通一定能够恢复正常秩序，酒税等利钱，逐渐可以回到旧有的水平上，所补委实不小。

乞桩管钱氏地利房钱修表忠观及坟庙状

元祐六年二月二十八日，龙图阁学士、左朝奉郎、知杭州苏轼状奏：检准熙宁十年十月十一日中书札子节文："资政殿大学士、右谏议大夫、知杭州赵抃奏：伏见故吴越国王钱氏，有坟庙在本州界，欲乞两县应管钱氏诸坟庙，每县选委僧道一名，专切主管内钱塘县界文穆王元瓘等二十六处坟庙。勘会当州天庆观道正、通教大师钱自然，本钱氏直下子孙，欲令钱自然永远住持，并临安县界武肃王镠等庙坟一十一处，今召到本县净土寺赐紫僧道微，乞依钱自然例主管。又勘会得文穆王元瓘坟庙并忠献王仁佐坟，并在龙山界，其侧有香火妙因院，本钱氏建造，见是道正钱自然权令徒弟道士在彼看守。欲望改赐观额，令钱自然已下徒弟永远住持，渐次修葺，兼得就便照管坟庙，不致荒废。奉敕依奏。其钱塘妙因院，特改赐表忠观为额。并临安净土寺，令尚书祠部每遇同天节，各特与披剃童行一名。"

又准元丰五年三月十八日中书札子节文："皇城使、庆州防御史钱晖等奏：臣等先臣祠庙，在杭、越二州者五所，坟垅在钱塘、临安两县者六十余处。独临安有田园房廊，岁收一千三百四十贯有奇。太平兴国已后，寄纳本县，至大中祥符间，本处申明，蒙朝旨令杭州楼店务于军资库作臣家钱寄纳，日后不曾请领。近岁先臣祠庙，例皆摧塌，私家无力修葺。前项寄纳钱数虽多，切缘年岁深远，不敢更乞支给。令只乞降指挥下杭州，许将临安县旧田园房廊拨还臣家，庶收岁课，渐次完补坟庙。谨录奏闻，伏候敕旨。右奉圣旨，宜令杭州每年特支钱五百贯与表忠观，置薄拘管，只得修葺坟庙，不得别将支用。札付杭州，准此者。"

臣检会熙宁十年七月二十六日，据管内道正钱自然状，乞将临安县祖先置到产业，每年收掠赁钱一千三百五十四贯，修葺诸处坟庙。此时差官检计到钱塘、临安两县所管钱氏坟庙，委是造来年深，木植朽损，共合用工料价钱一万二千八百九十贯九百九十九文。及临安县勘会到管纳钱氏归官房廊田产等赁钱，年纳一千三百五十四贯三百四十文省，送纳军资库。寻系本州申奏，乞将临安县管催上件赁钱支拨修葺，约计九年，方得完备。直至元丰五年内，因皇城使钱晖等奏乞方准。当年三月十八日中书札子，奉圣旨，每年特支钱五百贯，与表忠观修葺坟庙，不得别将支用。自后至元祐五年，虽支得四千五百贯省，盖为庙宇旧屋间架元造广大，一百余年不曾修治，例皆损塌，须得一起修葺，稍可完补。若每年只支得五百贯，虽逐旋修得大段倒损去处，又为连接屋宇数多，随手损塌。自熙宁十年检计，止今又及一十四年。寻于去年再差官重行检计到，两县坟庙已修再损、未及修屋宇神像等，共合用工料价钱，内临安县四千三百五十八贯一百四十四文省，钱塘县一万二千五百二十贯五百九十一文省，两县共合用工料价钱计一万六千八百七十八贯七百三十五文省，须至奏陈者。

右臣窃惟钱氏之忠，著于甲令，朝野共知，不待臣言。而坟庙荒毁，行路嗟伤。就使朝廷特赐钱物，为之修完，犹不为过，而况本家自有地利房钱，可以支用。岂忍利此毫末，归之有司？恭惟神宗皇帝深念钱氏之忠，特改妙因院，赐名表忠观，仍使其裔孙道士钱自然住持。而有司不能推明圣意，奏乞尽数拨还地利房钱，以助修完，经今十四年，表忠观既未成就，而诸处坟庙，依前荒毁，使先帝表显忠臣之意，徒为空言。臣愚欲望圣慈特许每年临安县所收地利房钱一千三百五十四贯三百四十文省，令表忠观每遇修本观及杭、越州诸坟庙，即具所修名件及合用钱数，赴州请领，仍候修造了，差官检计，具委无大破，保明申州。所贵事体稍正，毋使小民窃议。谨录奏闻，伏候敕旨。

贴黄：如蒙朝廷依奏，即乞指挥本州，将逐年所收到上件地利房钱，令须桩管，只得充修造表忠观及钱氏坟庙使用，官私不得别行支借使用。

【译文】元祐六年二月二十八日，龙图阁学士、左朝奉郎、杭州知州苏轼奏议：查得熙宁十年十月十一日中书省札子的节文："资政殿学士、右谏议大夫、杭州知州赵抃奏请，前吴越国王钱氏，有坟庙在本州境内，准备请求朝廷下令两个所在县照管钱氏祖坟祖庙，每县选派僧人和道士各一人，专门照管钱塘县境内文穆王钱元瓘等二十六处坟庙。查得本州天庆观道正、通教大师钱自然，本是钱氏直系子孙，准备让钱自然永远做钱氏坟庙的住持。同时，临安县境内的武肃王钱镠等坟庙共十一处，现召到本县净土寺赐紫僧人道微，请求按照钱自然的方式来管理坟庙。又查得文穆王钱元瓘的坟墓与忠献王钱仁佐的坟墓，全在龙山境内，其侧有坟墓的香火寺院妙因院，本系钱氏当年自己建造的，现在是道正钱自然暂且让其徒弟道士在那里看守着，想请求朝廷改赐观名，令钱自然以下的徒弟们永远住守在那里，逐渐修整，同时，可以兼顾照看坟庙，不致于使坟庙荒废。奉敕令准奏。钱塘县境内的妙因院，特改名为表忠观。连同临安县内的净土寺，命令尚书省祠部每当同天节的时候，各特给予一名披剃童行。"

又据元丰五年三月十八日中书省札子的节文："皇城使、庆州防御使钱晖等人奏请，我家先祖的祠庙，在杭州和越州的共有五处，坟墓在钱塘县和临安县的共有六十多处。唯独临安县境内有田园房产，每年可以收入一千三百四十多贯钱，太宗太平兴国年间以后，寄纳本县，到大中祥符年间，本处申明，承蒙朝廷旨意令杭州的楼店务从军资库中作我们家的钱财寄纳，日后不曾请领。近年来我家先祖的祠庙，大都倒塌，私人又无力修缮，上述寄纳的钱财数目虽然不小，只因为年代久远，不敢再请给还。现在只请给杭州衙门下达指示，允许将临安县以前我家的田地房产拨还给我家，希望能收一点租税，逐渐修补坟庙。谨录奏闻，恭候圣旨。奉圣旨，宜令杭州每年特别支检五百贯钱财给表忠观，造账管理，只准修整坟墓祠庙，不准挪作他用，这道札子下达给杭州，杭州衙门照此办理。"

我对照熙宁十年七月二十六日辖区内道正钱自然的奏状，请求把临安县其先祖所置的产业，每年收到祖赁钱一千三百五十四贯，用来修缮各处的钱氏坟庙。当时派员核查到钱塘、临安两县所管的钱氏坟庙，全是许多年以前建造的，木头已经腐朽，一共需要花费工料钱一万二千八百九十贯九百九十九文左右。临安县又查出所辖区内钱氏充公的房产田业收缴的租赁钱，每年数额为一千三百五十四贯三百四十文左右，送交军资库。不久本州申奏，请求将临安县所收到的租钱拨出来修整坟庙，约需九年，才能完备。直到元丰五年间，因为皇城使钱晖等人的奏请才得以批准。当年三月十八日中书省的札子说，遵照圣上的旨意，每年特别支给五百贯钱，给表忠观修缮坟庙，不得挪作他用。从这之后直到元祐五年，虽然支给不到四千五百贯钱，但因为庙宇房屋原有大部分结构宏大，再加上一百多年不曾修缮，已经倒塌，必须全面修缮，才能够修好。如果每年只支给五百贯钱，虽然依次分段进行修整，但因为相互连接的房屋数目不小，所以修整之后又纷纷倒塌。从熙宁十年算起，到现在又是十四年，去年派官员重新核算，两个县已修而再损的坟庙，还没有来得及修缮的房屋及神像等，应该使用的工料钱，临安县为四千三百五十八贯一百四十文稍少一点，钱塘县为一万二千五百二十贯五百九十一文少一点，两县共计应该使用工钱和料钱为一万六千八百七十八贯七百三十五文少一点。这是应该奏报的。

我私下里考虑钱氏的忠诚，写在甲令上，朝野共知，不用我再说。而他们的坟庙荒废，路人都叹惜感伤。即使朝廷专门赐给钱物，为之修缮，也是应该的，更何况自家还有地租房钱可以支用，朝廷怎能忍心这一点利钱，归于有关部门？只有神宗皇帝，深深体察钱氏的忠心，特别给妙因院改名，赐名为表忠观，仍使其后裔道士钱自然住持。而有关部门不能深刻领会圣上的意图，奏请把土地房产的租税全部拨出以助修缮，到现在已经十四年，表忠观还没有修好，而各处的坟庙，荒废依旧，使先帝表显忠臣的旨意，成为一句空话。愚臣希望圣上慈悲特许临安县每年将所收地租房租钱一千三百五十四贯三百四十文不到，令表忠观每当修缮本观以及杭州、越州各处坟庙，就将所修项目以及应该使用的钱数，到州里领出，等到修缮工作完毕，派官员核算，写出不浪费的保证，申报州里。希望通过这一措施，使事体稍稍端正，不让那些小民私下里议论。谨录奏闻，恭候圣旨。

补言：如蒙朝廷批准，就请指示本州，将每年所收到的上项地租房钱，统一保管起来，只准用来修缮表忠观以及钱氏的坟庙，官私不得支借挪用。

乞相度开石门河状

元祐六年三月日，龙图阁学士、左朝奉郎、知杭州苏轼状奏：右臣谨按《史记》，秦始皇三十六年，东游至钱塘，临浙江，水波恶，乃西百二十里从狭中渡。始皇帝以天下之力徇其意，意之所欲出，赭山桥海无难，而独畏浙江水波恶，不敢径渡。以此知钱塘江天下之崄，无出其右者。

臣昔通守此邦，今又忝郡寄，二十年间，亲见覆溺无数。自温、台、明、越往来者，皆由西兴径渡，不涉浮山之险，时有覆舟，然尚希少。自衢、睦、处、婺、宣、歙、饶、信及福建路八州往来者，皆出入龙山，沿泝此江。江水滩浅，必乘潮而行。潮自海门东来，势若雷霆。而浮山峙于江中，与鱼浦诸山相望，犬牙错入，以乱潮水，洄洑激射，其怒自倍。沙碛转移，状如鬼神。往往于渊潭中，涌出陵阜十数里，旦夕之间，又复失去。虽舟师、没人，不能前知其深浅。以故公私坐视覆溺，无如之何。老弱叫号，求救于湍沙之间，声未及终，已为潮水卷去，行路为之流涕而已。纵有勇悍敢往之人，又多是盗贼，利其财物，或因而挤之，能自全者，百无一二。性命之外，公私亡失，不知一岁凡几千万。而衢、睦等州，人众地狭，所产五谷，不足于食，岁常漕苏、秀米至桐庐，散入诸郡。钱塘亿万生齿，待上江薪炭而活。以浮山之崄覆溺留碍之故，此数州薪米常贵。又衢、婺、睦、歙等州及杭之富阳、新城二邑，公私所食盐，取足于杭、秀诸场。以浮山之崄覆溺留碍之故，官给脚钱甚厚，其所亡失，与依托风水以侵盗者不可胜数，此最大者。其余公私利害，未可以一二遽数。

臣伏见宣德郎、前权知信州军州事侯临，因葬所生母于杭州之南荡，往来江滨，相视地形，访闻父老，参之舟人，反复讲求，具得其实。建议：自浙江上流地名石门，并山而东，或因斥卤弃地，凿为运河，引浙江及溪谷诸水，凡二十二里有奇，以达于江。又并江为岸，度潮水所向则用石，所不向则用竹。大凡八里有奇，以达于龙山之大慈浦。自大慈浦北折，抵小岭下。凿岭六十五丈，以达于岭东之古河。因古河稍加浚治，东南行四里有奇，以达于今龙山之运河，以避浮山之崄。度用钱十五万贯，用捍江兵及诸郡厢军三千人，二年而成。臣与前转运使叶温叟、转运判官张璹，躬往按视，皆如临言。凡福建、两浙士民，闻臣与临欲奏开此河，万口同声，以为莫大无穷之利。臣纵欲不言，已为众论所迫，势不得默已。

臣闻之父老，章献皇后临朝日，以江水有皇天荡之崄，内出钱数十万贯，筑长芦，起僧舍，以拯溺者。又见先帝以长淮之崄，赐钱十万贯，米十万石，起夫九万二千人，以开龟山河。今浮山之崄，非特长芦、龟山之比，而二圣仁慈，视民如伤，必将捐十五万缗以平此积崄也。谨昧死上临所陈《开石门河利害事状》一本，及臣所差观察推官董华用临之说，约度功料，及合用钱物料状一本，并地图一面。伏乞降付三省看详，或召临赴省面加质问。仍乞下本路监司或更特差官同共相视。若臣与临言不妄，乞自朝廷擘画，支赐钱物施行。

臣观古今之事，非知之难，言之亦易，难在成之而已。临之才干，众所共知，臣谓此河非临不成。伏望圣慈特赐访问左右近臣，必有知临者。乞专差临监督此役，不惟救活无穷之性命，完惜不赀之财物，又使数州薪米流通，田野市井，咏歌圣泽，子孙不忘。臣不胜大愿。谨录奏闻，伏候敕旨。

贴黄：石门新河，若出定山之南，则地皆斥卤，不坏民田。又自新河以北，潮水不到，灌以河水，皆可化为良田。然近江土薄，万一数十年后，江水转移，河不坚久。若自石门并山而东，出定山之北，则地坚土厚，久远无虞，然度坏民田五六千亩，又失所谓良田之利。体问民田之良者，不过亩二千。以钱偿之，亦万余缗而已。此二者，更乞令监司及所差官详议其利害。

又贴黄：董华所料，只是约度大数。若蒙朝廷相度可以施行，更乞别差官入细计料。

又贴黄：今建此议，不知者必有二难。其一，不过谓浙江浮山之崄，经历古今贤哲多矣，若可平治，必不至今日。如此乃巷议臆度，不足取信。只如龟山新河，易长淮为安流，今日吕梁之崄，窃闻亦已平治。岂可谓古人偶未经意，便谓今人不可复作？其一，不过谓并江作岸，为潮水所冲啮，必不能经久。今浙江石岸，亦有成规。自古本用木岸，转运使张夏始易以石。自龙山以东，江水溢深，石岸立于涨沙之上，又潮头为西陵石矶所射，正战于岸下，而四五十年，隐然不动，虽时有缺坏，随即修完，人不告劳，官无所费。今自慈浦以西，江水皆露出石脚，而潮头自龙山转向西南，则岸之易成而难坏，非张夏所建东堤之比也。

【译文】元祐六年三月某日，龙图阁学士、左朝奉郎、杭州知州苏轼奏议：微臣谨按《史记》，秦始皇三十六年，东游至钱塘，到达浙江岸边，风大浪高，于是西行一百二十里从江面狭窄的地方渡过。秦始皇肆意耗费天下的人力物力，只要他想做成那件事，砍光一座山，架起一座桥有什么困难，而独独害怕浙江的浪潮，不敢直接渡过。以此可知钱塘江的险恶，是天下没有能比得上的。

过去我曾在这里任通判，现在又担任这里的知州，二十年间，亲眼看到船翻人亡的事件无数。从温州、台州、越州方向来的，都从西兴直接过江，不经过险恶的浮山地段，虽也时常有翻船的，但比较少。从衢州、睦州、处州、婺州、宣州、歙州、饶州、信州以及福建路八个地方来的都从龙山经过，逆水而行。江水滩浅，必须乘潮而行。海潮从海门东涌而来，势若雷霆。而浮山耸立在江心，与鱼浦等山遥遥相望，犬牙交错，阻挡潮水，旋涡激射，激烈程度成倍增加。沙滩的转移，形似鬼神。往往在深水潭中，涌出一道十几里长的沙埂，而一天的功夫，又突然不见了。即使那些老船工和水手们，也不能预知其深浅。因此公家和私人只有坐视船翻人亡而无可奈何。老弱呼喊，在流沙之间求救，声音未落，已被潮水卷去，路人只能为之流泪而已。即使有那些勇敢强悍的人，又大多是些强盗，贪其财物，或因而互相推搡，能自我保全的，百人之中不超过一两个。性命之外，公家和私人所受的损失，不知一年中有几千万。而衢州和睦州等地，人多地少，所产的粮食，往往不够吃，每年常常要从苏州和秀州运大米至桐庐，然后分散到各地。钱塘江边的亿万人民，依靠上游的柴米过活，因为浮山的险要、船翻人亡阻挡的缘故，这几州的柴米价格时常昂贵。再者，衢州、婺州、睦州、歙州以及杭州的富阳、新城两县，公家和私人的食盐，要靠杭州和秀州的盐场来补充。因为险要的浮山阻挡的缘故，官府虽然出了很优厚的脚力钱，而所损失的，以及依托江水以侵盗的，还是不可胜数，这是些大的问题。至于对公家和私人小的危害，这里不能一下子全说出来。

我发现宣德郎、前权知信州军州事侯临，利用安葬自己生身母亲于杭州南荡的机会，往来于钱塘江边，视察地形，访问老年人，参考船民们的意见，反复推敲，得到其实情。他建议：从浙江上游一个名叫石门的地方，顺山东行，或者利用盐碱荒地，开挖一条运河，引浙江以及溪谷等河，共二十二里多一点，直达于钱塘江。又沿江建岸，估计面对潮水的用石料，背对潮水的用竹料，一共八里多一点，以达于龙山的大慈浦。自大慈浦向北折，抵小岭下，凿岭六十五丈，与岭东的古河接通。利用古河而稍加疏通，东南流四里多一点，与现在龙山的运河交汇，以避开险要的浮山。估计要花费十五万贯钱，使用护江兵士以及各州厢军三千人，两年可以完成。我和前转运使叶温叟、转运判官张璹等，亲自前去察看，一切都像侯临所说的那样。凡是福建和两浙一带的老百姓，听说我与侯临准备奏请开挖这条河，众口一辞，都认为这是件无穷之利的大好事。我纵然不想说，也已经被舆论所催促，其势不能保持沉默而不言了。

我听老年人讲，章献皇后临朝的时候，因为江上有皇天荡之险，从内库发放十万贯钱，筑长芦，起僧舍，以拯救落水的人。又见先帝因为长淮之险，赐钱十万贯，赐米十万石，调发劳役九万二千人，以开挖龟山河。现在浮山的险要，是长芦和龟山无法比拟的，而皇帝陛下和太皇太后陛下仁慈，可怜人民受难，必将捐出十五万缗钱以平掉这一险阻。谨冒着死罪将侯临所陈的《开石门河利害事状》一本奏上，以及我所委派的观察推官董华按照侯临的设计，估计工料，和应该使用钱财物料的奏状一道，连同一幅地图一并奏上。请交付三省审定，或召侯监到三省当面询问，仍请下本路监司或另行委派官员考察。如果我和侯临的建议可行，请从朝廷上筹划，支钱赐物施行。

我考察古今的事情，觉得知道一件事并不难，说出来也容易，难就难在如何完成上。侯临的才干，众所周知，我认为这条河没有侯临挖不成。我希望圣上慈悲特意询问左右近臣，一定有知道侯临的。请求专门委派侯临监督这一工程，不但可以救活无数生命，节约无法计算的财物，而且还可以使这一带的柴米运送渠道畅通，田野市井，赞美圣上的恩泽，子子孙孙永远不忘。这是我最大的愿望。谨录奏闻，恭候圣旨。

补言：石门新开挖的运河，如果从定山之南通过，则全是些盐碱荒地，不毁农田。又知新河以北，潮水不能到达，灌以河水，则可以把这一带的荒地变为良田。然而近江一带土层较薄，万一几十年后江水移位，运河则不能坚久。如果从石门沿山东流，出定山之北，则地坚土厚，久远可保无忧。然而估计要毁坏农田五六千亩，又损失了所谓的良田之利。估计上好的农田，不过每亩二千钱，用钱来向田主赔偿，还需要一万余贯。这两个方案，再请监司以及所委派的官员详细讨论其利害。

再补言：董华的估计，只是考虑一个大概。如果承蒙朝廷考虑后认为可以施行，再请另派官员详细核算。

又补言：现在我的这个建议，不理解的一定会有两种诘难：其一不过是说，浙江浮山的险要，古今贤士哲人看到的多了，如果可以治理，必定不会等到今天。这乃是巷议臆测，不足取信。比如龟山新河，把长淮变为安流，现在险要的吕梁，我私下里听说也已经被平治了。怎能因为古人偶然没有留心，便认为今人不能重做？其二不过是说，沿江建岸，被潮水所冲击，必不能长久。现在的浙江石岸，算作一个成规。自古以来都是用木材作岸，转运使张夏开始改用石料。自龙山以东，江水很深，石在淤沙之上，再加上海潮浪头被西陵石矶阻挡，正反冲到岸上，而四五十年间，石岸岿然不动，虽然不时有小段塌坏，而随即修补，人民不甚劳顿，官府无大破费。现在从慈浦以西，江水都露出了石脚，而潮头从龙山转向西南，则石岸易成而难毁，决不是张夏所建的东堤所可比拟的。

再乞发运司应副浙西米状

元祐六年三月二十三日，龙图阁学士、左朝奉郎、前知杭州苏轼状奏：右臣近蒙恩诏，召赴阙庭。窃以浙西二年水灾，苏、湖为甚，虽访闻已详，而百闻不如一见。故自下塘路由湖入苏，目睹积水未退，下田固已没入深水，今岁必恐无望，而中上田亦自渺漫。妇女老弱，日夜车亩，而淫雨不止，退寸进尺，见今春晚，并未下种。乡村阙食者众，至以糟糠杂芹、莼食之。又为积水占压，薪刍难得，食糟饮冷，多至胀死。并是臣亲见，即非传闻。春夏之间，流殍疾疫必起。逐州去年所籴常平米，虽粗有备，见今州县出卖，米价不甚翔踊，但乡村远处饥羸之民，不能赴城市收籴，官吏欲差船载米下乡散粜，即所须数目浩瀚，恐不能足用，秋夏之间，必大乏绝。又自今已往，若得淫雨稍止，即农民须趁初夏秧种车水，耕耘之劳，十倍常岁，全借粮米接济。见今已自阙食，至时必难施功。纵使天假之年，亦无所望。公私狼狈，理在必然。

臣去岁乞下发运司于江东、淮南丰熟近便处籴米五十万石，准备浙西灾伤州、军般运兑拨，出粜赈济。寻蒙圣恩行下云："已降指挥令发运司兑拨，合起上供并封桩等钱一百万贯，趁时籴买斛斗封桩准备移用。送户部，依已得指挥，余依浙西钤辖司所奏施行。"圣旨既下，本路具闻。农民欣戴，始有生意。而发运司官吏，全不上体仁圣恤民之意，奏称淮南、江东米价高贵，不肯收籴。勘会浙西去岁米价，例皆高贵，杭州亦是七十足钱收籴一斗，虽是贵籴，犹胜于无米，坐视民死。今来发运司官吏，亲被圣旨，全不依应施行，只以米贵为词，更不收籴，使圣主已行之命，顿成空言，饥民待哺之心，中涂失望。却使指准前年朝旨所拨上供米二十万石，与本路内出粜不尽米一十六万七千石有零，充填今来五十万石数目外，只乞于上供米内更截拨二十万石，与本路相兼出粜。切缘上件出粜不尽米一十六万七千余石，久已桩在本路。臣元奏乞于发运司籴五十万石之时，已是指准上件米数支用外，合更要五十万石。今来运司却将前件圣恩折充今年所赐。吏民闻之，何由心服？臣已累具执奏，未奉朝旨。今来亲见数州水灾如此，饥殍之势，极可忧畏。既忝近侍，一合奏闻。岂敢为已去官，遗患后人，更不任责？

伏望圣慈察臣微诚，垂愍一方，特赐指挥，发运司依元降指挥，除已截拨二十万石外，更兑拨三十万石与浙西诸州充出粜借贷。如发运司去年元不收籴，无可兑拨，即乞一面截留上供米充满五十石数目，却令发运司将封桩一百万贯钱候今年秋熟日收籴填还。若朝廷不以臣言为然，待饥馑疾疫大作，方行赈济，即恐须于别路运致钱米。虽累百万，亦恐不及于事。谨录奏闻，伏候敕旨。

贴黄：发运司奏云："淮南、宿、亳等州灾伤，米价高处七十七文，江东米价高处七十文。"切缘臣元奏，乞于丰熟近便处收籴。访闻扬、楚之间，谷熟米贱，今来发运司却引宿、亳等州米价最高处，以拒塞朝旨，显非仁圣勤恤及臣元奏本意。

又贴黄：若依发运司所奏，将出粜不尽一十六万七千有余石充数外，犹合拨三十四万石，方满五十万数。今来只拨二十万石，显亏元降圣旨一十四万石。而况上件出粜不尽米，已系前年圣恩所赐，发运司不合指准充数，显亏三十万石。

又贴黄：如蒙施行，乞下转运司多拨数目与苏、湖州。如合赈济，更不拘去年放税分数施行。

又贴黄：若行下有司，反覆住滞，必不及事。只乞断自圣心，速降指挥。

【译文】元祐六年三月二十三日，龙图阁学士、左朝奉郎、前杭州知州苏轼奏议：微臣近日承蒙恩诏，召回朝廷任职。私下里认为浙西地区连续两年遭受水灾，苏州和湖州最为严重，虽已听到许多，但百闻不如一见，所以我从下塘路自湖州进入苏州，亲眼看到积水不退，低洼的地方固然已被深水淹没，今年肯定没有希望，而中高地段也是积水漫漫。妇女老幼，昼夜排水，而淫雨不止，排出一寸又进来一尺，现今已是晚春，尚未播下种子。乡村缺粮的人很多，以至于吃糟糠拌芹菜和莼菜。又因为积水占压，柴禾难得，吃糟糠喝冷水，人多腹胀而死。这些都是我亲眼所见，并非传闻。春夏之间，饥荒瘟疫肯定会发生。各州去年收购的救济粮，虽有一定的准备，现在在州、县城里出卖，米价尚未暴涨，但乡村远处的饥瘦之民，不能到城里的市场上来购买，官吏准备派出装上粮食的船只下乡散卖，但需要的数量大大，恐怕不太够用，秋夏之交，肯定十分缺粮。从今以后的这段时间内，如果淫雨稍停，农民就要趁初夏种秧之际排水，耕耘的辛劳，肯定是平常年景的十倍，全靠粮食接济。现今已经缺粮，到时候肯定难以成功。即使上天给了机会，还是没有指望，官府和私人的处境狼狈，势在必然。

去年我奏请下令发运司在江东、淮南等丰收近便地区收购粮食五十万石，准备向浙西受灾州、军调拨，以供出售救荒，不久接到圣上的命令说："已经下令让发运司调拨应该上供及入内库的一百万贯钱，及时收购粮食库存起来以备调用。送户部，按照已经得到的指示，其余按照浙西钤辖司所奏请的内容执行。"圣旨一下，本路上上下下都听说了，农民欢欣鼓舞，觉得有了活路。而发运司官吏，全然不体会皇上怜民之心，奏称淮南、江东地区米价太高，不肯收购。查得去年浙西地区的粮价，一律很高，杭州也是七十多钱可买粮一斗，虽然高点，但总比没有粮食坐视人民饿死而不能救助强些。现在发运司官吏，接到圣旨后，全不依照施行，只拿粮价太贵来搪塞，不肯收购，使圣主已经下达的命令，一下子成为空话，嗷嗷待哺饥民的希望，中途化为失望。却咬定按照前年朝旨所拨上供米二十万石，与本路内尚未卖完的十六万七千多石粮食，充填现在的五十万石数目之外，只请在上供米内再截留二十万石，与本路一同出售。细推敲上述没有卖完的十六万七千多石粮食，早已库存在本路。我原奏请求发运司购粮五十万石时，是把这项粮食除外，应该再要五十万石。现在发运司却将上述圣恩与今年所赐相抵销，吏民听说后，怎能心服？我已屡次上奏，还没有接到朝旨。最近又亲眼目睹各州受灾到如此程度，饿死人的形势，真使人担忧，既然忝列于皇上近侍之中，理应奏报上去。怎敢因为已经离职，便遗患于后任，自己不负责任。

希望皇上慈爱体察我的忠诚，可怜一方百姓，特别下达指示，令发运司按照原来的指令，除已截拨的二十万石之外，再调拨三十万石粮食给浙西各州充作出售借贷之用。如果发运司去年不曾收购，没有粮食可供调拨，就请立即截留上供米补足五十万石的数目，同时命令发运司将封桩库内的一百万钱拿出来。等今年秋收后收粮填充。如果朝廷对我的话不以为然，等到饥荒瘟疫大作之后才开始赈济，恐怕从别路运来钱粮，即使百万贯石，也无济于事。谨录奏闻，恭候圣旨。

补言：发运司的奏报说，“淮南、宿州、亳州等地也遭灾害，米价高达七十七文，江东地区米价高达七十文。”我原奏的意思是说，请求在近便的丰收地区收购粮食。打听到扬州和荆楚地区，丰收后粮价很低，现在发运司却只引用宿州、亳州等粮价最贵的地方，来搪塞朝廷的旨意，显然不符合圣上勤政爱民以及我原奏的意思。

再补言：如果依照发运司所奏，除了将原来没有卖完的十六万七千多石充数外，还应该再调拨三十四万石，才满五十万石的数目。现在只拨二十万石，显然比原来圣旨上所说的少十四万石。何况上述没有卖完的粮食，本是前年圣上恩典所赐给。发运司不应该拿来充数，这样显然还欠三十万石。

又补言：如蒙施行，就请下令转运司多拨一些粮食给苏州和湖州。如果应该受赈济，不必再拘泥于去年免税的多少，一律予以救济。

再补言：如果交给有关部门讨论，反复往还，必然误事，只求由圣上决断，速下指示。

杭州召还乞郡状

元祐六年五月十九日，龙图阁学士、左朝奉郎、前知杭州苏轼状奏：右臣近奉诏书及圣旨札子，不允臣辞免翰林学士承旨恩命及乞郡事。臣已第三次奏乞除臣扬、越、陈、蔡一郡去讫。窃虑区区之诚，未能遽回天意，须至尽露本心，重干圣听，皇恐死罪！惶恐死罪！

臣昔于治平中，自凤翔职官得替入朝，首被英宗皇帝知遇，欲骤用臣。当时宰相韩琦以臣年少资浅，未经试用，故且与馆职，亦会臣丁父忧去官。及服阕入觐，便蒙神宗皇帝召对，面赐奖激，许臣职外言事。自惟羁旅之臣，未应得此，岂非以英宗皇帝知臣有素故耶？是时王安石新得政，变易法度。臣若少加附会，进用可必。自惟远人，蒙二帝非常之知，不忍欺天负心。欲具论安石所为不可施行状，以裨万一。然未测圣意待臣深浅，因上元有旨买灯四千碗，有司无状，亏减市价，臣即上书论奏。先帝大喜，即时施行。臣以此卜知先帝圣明，能受尽言，上书六千余言，极论新法不便。后复因考试进士，拟对御试策进上，并言安石不知人，不可大用。先帝虽未听从，然亦嘉臣愚直，初不谴问。而安石大怒，其党无不切齿，争欲倾臣。御史知杂谢景温，首出死力，弹奏臣丁忧归乡日，舟中曾贩私盐。遂下诸路体量追捕当时梢工篙手等，考掠取证。但以实无其事，故锻炼不成而止。臣缘此惧祸乞出，连三任外补。而先帝眷臣不衰，时因贺谢表章，即对左右称道。党人疑臣复用，而李定、何正臣、舒亶三人，构造飞语，酝酿百端，必欲致臣于死。先帝初亦不听，而此三人执奏不已，故臣得罪下狱。定等选差悍吏皇遵，将带吏卒，就湖州追摄，如捕寇贼。臣即与妻子诀别，留书与弟辙，处置后事，自期必死。过扬子江，便欲自投江中，而吏卒监守不果。到狱，即欲不食求死。而先帝遣使就狱，有所约敕，故狱吏不敢别加非横。臣亦觉知先帝无意杀臣，故复留残喘，得至今日。及窜责黄州，每有表疏，先帝复对左右称道，哀怜奖激，意欲复用，而左右固争，以为不可。臣虽在远，亦具闻之。古人有言：聚蚊成雷，积羽沉舟，言寡不胜众也。以先帝知臣特达如此，而臣终不免于患难者，以左右疾臣者众也。

及陛下即位，起臣于贬所，不及一年，备位禁林。遭遇之异，古今无比。臣每自惟昆虫草木之微，无以仰报天地生成之德，惟有独立不倚，知无不言，可以少报万一。始论衙前差雇利害，与孙永、傅尧俞、韩维争议，因亦与司马光异论。光初不以此怒臣，而台谏诸人，逆探光意，遂与臣为仇。臣又素疾程颐之奸，未尝假以色词，故颐之党人，无不侧目。自朝廷废黜大奸数人，而其余党犹在要近，阴为之地，特未敢发尔！小臣周穜，乃敢上疏乞用王安石配享，以尝用朝廷。臣窃料穜草芥之微，敢建此议，必有阴主其事者。是以上书逆折其奸锋，乞重赐行遣，以破小人之谋，因此党人尤加忿疾。其后又于经筵极论黄河不可回夺利害，且上疏争之，遂大失执政意。积此数事，恐别致患祸。又缘臂痛目昏，所以累章力求补外。

窃伏思念，自忝禁近，三年之间，台谏言臣者数四，只因发策草麻，罗织语言，以为谤讪，本无疑似，白加诬执。其间暧昧谮愬，陛下察其无实而不降出者，又不知其几何矣。若非二圣仁明，洞照肝膈，则臣为党人所倾，首领不保，岂敢望如先帝之赦臣乎？自出知杭州二年，粗免人言。中间法外刺配颜章、颜益二人，盖攻积弊，事不获已。陛下亦已赦臣，而言者不赦，论奏不已，其意岂为颜章等哉？以此知党人之意，未尝一日不在倾臣，洗垢求瑕，止得此事。

今者忽蒙圣恩召还擢用，又除臣弟辙为执政。此二事，皆非大臣本意。窃计党人必大猜忌，磨厉以须，势必如此。闻命悸恐，以福为灾，即日上章，辞免乞郡。行至中路，果闻弟辙为台谏所攻，般出廨宇待罪。又蒙陛下委曲，照见情状，方获保全。臣之刚褊，众所共知，党人嫌忌，甚于弟辙。岂敢以衰病之余，复犯其锋？虽自知无罪可言，而今之言者，岂问是非曲直？窃谓人主之待臣子，不过公道以相知，党人之报怨嫌，必为巧发而阴中。臣岂敢恃二圣公道之知，而傲党人阴中之祸？所以不避烦渎，自陈入仕以来进退本末，欲陛下知臣危言危行，独立不回，以犯众怒者，所从来远矣。又欲陛下知臣平生冒涉患难危崄如此，今余年无几，不免有远祸全身之意。再三辞逊，实非矫饰。柳下惠有言：“直道而事人，焉往而不三黜？”臣若贪得患失，随世俯仰，改其常度，则陛下亦安所用？臣若守其初心，始终不变，则群小侧目，必无安理。虽蒙二圣深知，亦恐终不胜众。所以反覆计虑，莫若求去。非不怀恋天地父母之恩，而衰老之余，耻复与群小计较短长曲直，为世间高人长者所笑。

伏望圣慈，察臣至诚，特赐指挥执政检会累奏，只作亲嫌回避，早除一郡。所有今来奏状，乞留中不出，以保全臣子，臣不胜大愿。若朝廷不以臣不才，犹欲驱使，或除一重难边郡，臣不敢辞避，报国之心，死而后已，惟不愿在禁近使党人猜疑，别加阴中也。干犯天威，谨俟斧锧。臣不任祈天请命战恐殒越之至。谨录奏闻，伏候敕旨。

贴黄：臣受圣知最深，故敢披露肝肺，尽言无隐，必致当途怨怒，愈为身灾。君臣不密，《周易》所戒，故亲书奏状。眼昏字大，又涉不恭，进退惟谷，伏望圣慈宽赦，臣不胜战恐之至。

【译文】元祐六年五月十九日，龙图阁学士、左朝奉郎、前杭州知州苏轼奏议：微臣近日接到诏书和圣旨札子，不答应我请求辞免翰林学士承旨恩命以及出任地方官的请求，我已经三次奏请任命我为扬州、越州、陈州或蔡州的地方官。我考虑这小小的诚意，不能很快回转圣上的意思，需要尽露本心，再次干犯圣听，不胜惶恐死罪！惶恐死罪！

过去我在英宗治平中叶，从凤翔地方官得以入朝，第一次被英宗皇帝赏识，准备立即重用我，当时的宰相韩琦因为我年纪轻资历浅，没有经过试用，所以给了我一个史馆的职位，正好赶上我丧父守孝而离职。及服满三年丧期入朝觐见，便蒙神宗皇帝召对，当面予以奖掖，允许我越职奏事。自认为羁旅之臣，不应该这样，岂不是英宗皇帝对我很了解的缘故吗？当时王安石刚当上宰相，施行变法，如果我稍加迎合，肯定能得到提升。自念一个远方之人，能得到两位皇帝的赏识，不忍欺骗上天而违背良心，准备详细论列王安石的作法不能施行的理由，以补一点时事。然而不知圣上对我究竟是怎样一个看法，因上元节有圣旨让购买四千盏花灯，有关部门横行霸道，压低市价，我立即上书论奏，先帝大喜，吩咐按我说的办。我因此测得神宗皇帝圣明，能接受各种意见，奏上六千多字的意见书，充分论证新法的不周之处。后又乘进士考试，准备好在回答御试策问时献上，同时指出王安石不能识别人才，不可委以重任。先帝虽然没有听从，然而也表扬我的正直，起初并未责问。而王安石大怒，其同党更是咬牙切齿，争相排挤我。御史知杂谢景温，首先出死力气，弹奏我在守父丧回家的时候，在船上捎带贩卖私盐，于是命令各路侦察追捕当时的梢工篙手等人，拷问取证，但因实无其事，终于罗织罪名不成而止。我因此惧祸请求出朝，连续三任做地方官。而先帝对我的眷恋并未衰减，时常乘祝贺、道谢的表章奏上的时候，对左右的人称赞我。王安石一伙害怕我被重新起用，而李定、何正臣、舒亶三人，制造流言飞语，百般诬陷，一定要致我于死地。先帝起初也不相信，而这三个人奏疏不断，所以我获罪下狱。李定等选派酷吏皇遵，带领吏卒，到湖州追捕，如捕强盗一样。我即与妻子和孩子诀别，给弟弟苏辙留下一封信，让他处理后事，自认为此去必死无疑。过扬子江的时候，我便想投江自尽，而吏卒监视着投不下去，入狱之后，就绝食求死。而先帝派遣使者到狱中，有所约束，所以狱卒才不敢别施暴虐。我也明白先帝并不想杀我，所以苟延残喘，以至今日。流放到黄州后，每有表疏奏上，先帝又对左右近臣称赞，可怜我，激励我，准备重新任用，而左右大臣坚决相争，认为不能用，我虽然在远方，也听到了这些情况。古人有这样的话：蚊子的叫声聚积在一起可以像打雷那样响，羽毛积得多了可以压得船只沉没，说的是寡不敌众的道理。以先帝对我了解到那样的程度，而我终不免要受灾难，就是因为左右大臣仇恨我大多的缘故。

及陛下即位，把我从流放地召回，不到一年，侧身于皇上近臣之列，遭遇的差异，古今没有能比得上的。我时常自念像草木昆虫一样微小，无法报答天地生育的恩德，只有独立而不改，知无不言，可以稍稍报答万分之一。开始讨论衙前役是差是雇的利弊，与孙永、傅尧俞、韩维争论，因而与司马光的意见也不一致。司马光起初并不生我的气，而御史台和谏议院的各位，揣摩司马光的意图，遂与我结仇。我又素来厌恶程颐的奸诈，从未对他和颜悦色地说过话，所以程颐的同伙，对我无不侧目而视。自从朝廷废黜几个大奸之后，而其同伙还在要害部门和皇上周围，私下里替他们开脱，只是不敢公开罢了。小臣周穜，乃敢上疏请以王安石配享，以试探朝廷的意思。我想周穜以一介之微，敢提出这个建议，肯定背后有人支持，因此上书揭发其奸计，请求加重处分，以破小人之谋，因此，其同党更加仇恨我。其后，在经筵上我又极论黄河不可回夺的意思。这几件事连在一起，恐怕招致祸患，再加我眼花臂痛，所以连续奏请出朝任地方官。

我自思念，自从忝为近侍以来，三年之间，台谏官员再三再四弹劾我。只因为起草诏书，他们就罗织罪名，认为我在诽谤，本是没影子的事情，他们就平白无故的诬蔑。这中间那些暖昧的诬陷，被陛下觉察后而没有传出来的，不知又有多少。如果不是皇上和太皇太后圣明，洞照内心世界，则我被党人所打倒，不保头颅，岂敢奢望像先帝那样赦免我吗？自从出任杭州知州这二年，稍稍免了一些诽谤，这期间法外刺配颜章和颜益二人，是为了纠正积弊，出于万不得已。陛下也已经赦免了我，而台谏官不赦，奏请不止。他们的意思难道真在替颜章等人叫屈吗？因此我明白了党人的心思，一天也没有停止想把我推倒，洗垢求瑕，仅仅得到这么一件事。

今天忽然蒙圣恩将我召还加以提升，又任命我的弟弟苏辙为执政大臣，这两件事，都不符合大臣们的心意。我想党人一定会大加猜忌，摩拳擦掌，势必如此。所以我听到朝廷的命令便感到害怕，以福为灾，当即上奏，请求辞去朝官而出任地方官。行到中途，果然听到弟苏辙被台谏攻击，搬出衙门待罪。又蒙陛下从中照看，发现实情，才得以保全。我的刚毅偏狭，人所共知，党人的仇恨，比对弟弟苏辙更厉害。怎敢在衰病之余年，再碰其锋芒？虽然自己也明白无罪可言，而现在的说话人，哪问是非曲直？私下里认为君主对待臣下，不过以公道相知而已，而党人的打击报复，一定要巧借机会而击中，我怎敢依仗二位圣人的公道之智，就不顾党人暗箭伤人之祸呢！之所以不惮其烦，自相陈述入仕以来的坎坎坷坷，是想让陛下知道我的正言端行，独立而不改，以此犯了众怒，是由来已久的事情。又想让陛下知道我平生经历如此多的艰难险阻，现在已经没有多少时间，不免有远祸保身之意，再三辞职，决不是矫饰。柳下惠说过："以直道对人，哪里去不被排斥。”如果我贪得而患失，随波逐流，改其常态，则陛下也安所用；如果我守其本志，始终不变，则群小怒目而视，必无安稳之理。即使承蒙二圣的了解，恐怕最终也抵御不了众人的攻击。所以反复考虑，不如归去。这并不是不怀恋圣上的恩德，而是因为在衰老的余年，耻于再与那群小人计较短长曲直，而被世间的高人长者所嘲笑。

希望圣上慈悲体谅我的诚心，下令执政大臣检出累次奏议，只当是亲属回避，早早任命为一个地方官。现在的这道奏状，请求压下不要外传，以保全我的性命。这是我最大的希望。如果朝廷不认为我没有才能，还想继续使用，或者派到一个重要的、难治的边疆地区，我也不敢推辞，报国之心，死而后已。只是不愿在朝廷上，使党人猜忌，再射暗箭。冒犯了天威，谨候斧钺之刑。我不胜惊恐担心之至。谨录奏闻，恭候圣旨。

补言：我最被圣上了解，所以敢推心置腹，言无不尽。这肯定会招致执政大臣的恼怒，更要引来灾祸。君臣之间做事要机密，这是《周易》上反复提醒的，所以奏状由我亲笔来写。眼昏字就写得大些，这又不够恭敬，进退维谷，恳请圣上慈悲宽大赦免，我不胜惊恐之至。

撰上清储祥宫碑奏请状

元祐六年六月二十六日，翰林学士承旨、左朝奉郎、知制诰兼侍读苏轼状奏：近准敕修盖上清储祥宫，将欲了毕，合用修宫记，差臣撰文并书石，今有下项事合奏请者：

一、窃见上清宫，元系太宗皇帝创建，于庆历中遗火焚荡。今欲见元建及遗火年月，乞下史院检会降下。

一、今来上清储祥宫，系神宗皇帝赐名，方议修盖。至元祐中，蒙内出钱物修盖成就。今欲见先朝所赐钱物并今来内出钱物数目，及系是何库钱支拨，或系太皇太后、皇帝本殿钱物，并乞检会降下。

一、今欲见神宗皇帝赐名修宫因依，及二圣赐钱修盖成就意指，乞赐颁示。

一、臣窃见朝廷自来修建寺观，多是立碑，仍有铭文，于体为宜。若只作记，即更无铭，未委今来为碑为记，乞降指挥。

一、准敕差臣书石，合书篆额人衔位姓名，乞检会降下。

右谨录奏闻，伏候敕旨。

【译文】元祐六年六月二十六日，翰林学士承旨、左朝奉郎、知制诰兼侍读苏轼奏议：最近按照敕令修建上清储祥宫，将要完工，要用一篇《修宫记》，派我撰文并刻到石碑上，现有下述事项需要奏请：

一、我发现上清宫，本是太宗皇帝创建，在仁宗庆历中叶遭火焚毁。现在要写明原来建造以及遭火焚毁的时间，请命国史院检出后下达给我。

二、现在的上清储祥宫，是神宗皇帝赐名后，才议论修盖的。到元祐中叶，承蒙从皇上的内库中拨出钱物修建完成。现在要写明神宗朝所赐钱物以及现在内库所出钱物的数目，还有从哪一库内拨出的，或者是太皇太后、皇帝本殿的钱物，并请写明下达给我。

三、现在要写明神宗皇帝赐名修宫的原因和依据，以及太皇太后和皇上赐钱修盖的意图所在，请赐指示。

四、我发现朝廷自来修建寺观，多是立碑，仍有铭文，这在体例上十分合适。如果只作一篇《修宫记》，即不再需要铭文，不知道现在应该写铭文还是写记，请下指示。

五、遵照敕令派我在石碑上写，应该写上篆额人的姓名职衔，请查出后下达。

上面的内容谨录奏闻，恭候圣旨。

进单锷《吴中水利书》状

元祐六年七月二日，翰林学士承旨、左朝奉郎、知制诰兼侍读苏轼状奏：右臣窃闻议者多谓吴中本江海大湖故地，鱼龙之宅，而居民与水争尺寸，以故常被水患。盖理之当然，不可复以人力疏治。是殆不然。

臣到吴中二年，虽为多雨，亦未至过甚，而苏、湖、常三州，皆大水害稼，至十七八。今年虽为淫雨过常，三州之水，遂合为一，太湖、松江，与海渺然无辨者。盖因二年不退之水，非今年积雨所能独致也。父老皆言，此患所从来未远，不过四五十年耳，而近岁特甚。盖人事不修之积，非特天时之罪也。

三吴之水，潴为太湖，太湖之水，溢为松江以入海。海水日两潮，潮浊而江清，潮水常欲淤塞江路，而江水清驶，随辄涤去，海口常通，故吴中少水患。昔苏州以东，官私船舫，皆以篙竹，无陆挽者。古人非不知为挽路，以松江入海，太湖之咽喉不敢鲠塞故也。自庆历以来，松江始大筑挽路，建长桥，植千柱水中，宜不甚碍。而夏秋涨水之时，桥上水常高尺余，况数十里积石壅土筑为挽路乎？自长桥挽路之成，公私漕运便之，日葺不已，而松江始艰噎不快。江水不快，软缓而无力，则海之泥沙随潮而上，日积不已，故海口湮灭，而吴中多水患。近日议者，但欲发民浚治海口，而不知江水艰噎，虽暂通快，不过岁余，泥沙复积，水患如故。今欲治其本，长桥挽路固不可去，惟有凿挽路于旧桥外，别为千桥，桥谼各二丈，千桥之积，为二千丈，水道松江，宜加迅驶。然后官私出力以浚海口，海口既浚，而江水有力，则泥沙不复积，水患可以少衰。臣之所闻，大略如此，而未得其详。

旧闻常州宜兴县进士单锷，有水学，故召问之，出所著《吴中水利书》一卷，且口陈其曲折，则臣言止得十二三耳。臣与知水者考论其书，疑可施用，谨缮写一本，缴连进上。伏望圣慈深念两浙之富，国用所恃，岁漕都下米百五十万石，其他财赋供馈不可悉数，而十年九涝，公私凋弊，深可愍惜。乞下臣言与锷书，委本路监司躬亲按行，或差强干知水官吏考实其言，图上利害。臣不胜区区。谨录奏闻，伏候敕旨。

【译文】元祐六年七月二日，翰林学士承旨、左朝奉郎、知制诰兼侍读苏轼奏议：微臣听到议论的人说吴中地区本是江海大湖故地，鱼龙的旧宅，而居民与大水争地，因此常遭水灾。这是当然的事情，人力是没办法治理的。其实不然。

我到吴中地区二年，这里虽然多雨，也不至于太多，而苏州、湖州和常州，大水纷纷淹没庄稼，以至于十分之七八受其害，今年淫雨超过常年，三州之水，遂连成一片，太湖和松江，与大海连为一体。只因为连续两年大水不退，这不是今年的积水就能造成的。老年人都说，这种灾害出现的时间并不是很长，不过四五十年，而近几年特别厉害。这中间有人为的因素，不单是大自然的过错。

三吴之水，聚为太湖，太湖之水，流出去为松江以入海。海水每天两次涨潮，海潮浑浊而松江水清，潮水常想淤塞松江水道，江水水清而流急，随即将淤泥冲走，海口常通，所以吴中少有水患。过去苏州以东，官私船只，都是用竹篙撑行，没有从陆地上拉纤的。古人不是不懂得从陆地上来拉，而是因为松江入海，太湖的咽喉不敢堵塞的缘故。从仁宗庆历年间以来，松江两岸开始大筑拉纤路，建造长桥，在水中立了上千个木桩，还没有大妨碍。而夏秋涨大水的时候，桥面上的水常常有一尺多深，更何况有几十里长由石堆土堆筑成的挽路呢？自从长桥挽路修成后，公私水运方便多了，不断地修整，但松江水流开始受阻而不畅，流速降慢，缓缓而无力，则海水中的泥沙随潮而上，日益淤积起来，所以入海口被堵上，吴中地区就时常发生水灾。近日议论的人只想调发民工疏通入海口，而不知松江水流的阻塞，虽然暂时通畅了，不过一年多之后，泥沙又淤积起来，水患如故。现在想从根本上治理，长桥挽路固然不能拆除，只有在旧桥外面开通挽路，另建千桥，桥拱各二丈，一千座桥合起来为两千丈，水流经过松江，应该加快了流速。然后公家私人合力疏通入海口，海口疏通了，而江水有力冲刷，则泥沙不再淤积，水患可以稍减。我所听到的，大略如此，而不很详细。

过去曾听说常州宜兴县进士单锷，懂水利，所以召来询问。单锷拿出他所写的《吴中水利书》一卷，并且口头加以讲解，我上面所说的，只是他所讲的十分之二三。我与懂水利的人在一起研究他的著作，觉得可行，谨抄写一本，连同这道奏疏一并献上。恳求圣上慈悲考虑一下富庶的两浙地区，国家财政的支柱，每年水运到京城的大米一百五十万石，其他财物供奉不可胜数，而十年九涝，公私凋弊，很是可怜。请把我的奏疏连同单锷的著作一并下达，交给本路监司亲自考察，或者委派精明强干又懂水利的官员审察这些意见，指明利害所在。我不胜万分感激。谨录奏闻，恭候圣旨。

录进单锷《吴中水利书》

切观三州之水，为患滋久，较旧赋之入，十常减其五六。以日月指之，则水为害于三州，逾五十年矣。所谓三州者，苏、常、湖也。朝廷屡责监司，监司每督州县，又间出使者，寻按旧迹，使讲明利害之原。然而西州之官求东州之利，目未尝历览地形之高下，耳未尝讲闻湍流之所从来。州县惮其经营，百姓厌其出力，钧曰："水之患，天数也。"按行者驾轻舟于汪洋之陂，视之茫然，犹擿埴索途，以为不可治也。间有忠于国，志于民，深求而力究之，然有知其一不知其二，知其末而不知其本，详于此而略于彼。故有曰："三州之水，咸注之震泽，震泽之水，东入于松江，由松江以至于海。自庆历以来，吴江筑长堤，横截江流。由是震泽之水，常溢而不泄，以至壅灌三州之田。"此知其一偏者也。或又曰："由宜兴而西，溧阳县之上有五堰者，古所以节宣、歙、金陵九阳江之众水，由分水、银林二堰，直趋太平州芜湖，后之商人，由宣、歙贩卖簰木，东入二浙，以五堰为艰阻，因相为之谋，罔给官中，以废去五堰。五堰既废，则宣、歙、金陵九阳江之水，或遇五六月山水暴涨，则皆入于宜兴之荆溪，由荆溪而入震泽。盖上三州之水，东灌苏、常、湖也。”此又知其一偏者耳。或又曰：“宜兴之有百渎，古之所以泄荆溪之水，东入于震泽也。今已堙塞，而所存者四十九条。疏此百渎，则宜兴之水自然无患。”此亦知其一偏者也。三者之论，未尝参究，得之既不详，攻之则易破。

以锷视其迹，自西五堰，东至吴江岸，犹之一身也，五堰则首也，荆溪则咽喉也，百渎则心也，震泽则腹也，傍通太湖众渎，则络脉众窍也，吴江则足也。今上废五堰之固，而宣、歙、池九阳江之水不入芜湖，反东注震泽，下又有吴江岸之阻，而震泽之水，积而不泄，是犹有人焉桎其手，缚其足，塞其众窍，以水沃其口，沃而不已，腹满而气绝，视者恬然，犹不谓之已死。今不治吴江岸，不疏诸渎以泄震泽之水，是犹沃水于人，不去其手桎，不解其足缚，不除其窍塞，恬然安视而已，诚何心哉？然而百渎非不可治，五堰非不可复，吴江岸非不可去，盖治之有先后。且未筑吴江岸已前，五堰其废已久，然而三州之田，尚十年之间，熟有五六，五堰犹未为大患。自吴江筑岸已后，十年之间，熟无一二。欲具验之，阅三州岁赋所入之数，则可见矣。且以宜兴百渎言之。古者所以泄西来众水，入震泽而终归于海。盖震泽吐纳众水，今纳而不吐。锷窃视熙宁八年，时虽大旱，然连百渎之田，皆鱼游鳖处之地，低污之甚也。其田去百渎无多远，而田之苗，是时亦皆旱死。何哉？盖百渎及傍穿小港渎，历年不遇旱，皆为泥沙湮塞，与平地无异矣。虽去震泽甚迩，民力难以私举，时官又无留意疏导者，苗卒归乎槁死。自熙宁八年迄今十四年，其田即未有可耕之日，岁岁诉潦，民益憔悴。

昔嘉祐中，邑尉阮洪，深明宜兴水利。方是时，吴中水，洪屡上书监司，乞开通百渎。监司允其请，遂鸠工于食利之民，疏导四十九条，是年大熟。此百渎之验，岁水旱皆不可不开也。宜兴所利，非止百渎而已。东则有蠡河，横亘荆溪，东北透湛渎，东南接罨画溪。昔范蠡所凿，与宜兴之西蠡运河，皆以昔贤名呼。其蠡河，遇大旱则浅淀，中旱则通流。又有孟泾泄滆湖之水入震泽。其他沟渎淀塞，其名不可缕举。夫吴江岸界于吴松江、震泽之间，岸东则江，岸西则震泽。江之东则大海也，百川莫不趋海。自西五堰之上，众川由荆溪入震泽，注于江，由江归于海。地倾东南，其势然也。自庆历二年，欲便粮运，遂筑北堤，横截江流五六十里。遂致震泽之水，常溢而不泄，浸灌三州之田。每至五六月之间，湍流峻急之时视之，则吴江岸之东水常低，岸西之水不下一二尺。此堤岸阻水之迹，自可览也。又睹岸东江尾与海相接之处，污淀茭芦丛生，沙泥涨塞。而又江岸之东自筑岸以来，沙涨成一村。昔为湍流奔涌之处，今为民居宅田，桑枣场圃，吴江县由是岁增旧赋不少。虽然，增一邑之赋，反损三州之赋，不知几百倍耶？夫江尾昔无茭芦壅障流水，今何致此？盖未筑岸之前，源流东下峻急。筑岸之后，水势迟缓，无以涤荡泥沙，以至增积而茭芦生。茭芦生则水道狭，水道狭则流泄不快。虽欲震泽之水不积，其可得耶？

今欲泄震泽之水，莫若先开江尾茭芦之地，迁沙村之民，运其所涨之泥，然后以吴江岸凿其土为木桥千所，以通粮运。每桥用耐水土木棒二条，各长二丈五尺，横梁三条，各长六尺，柱六条，各长二丈，除首尾占阁外，可得二丈余谼道。每一里，计三百六十步，一里为桥十所，计除占阁外，可开水面二十三丈，每三十步一桥也。一千条桥，共开水面二千丈，计一十一里四十步也。随桥谼开茭芦为港走水，仍于下流开白蚬、安亭二江，使太湖水由华亭、青龙入海，则三州水患必大衰减。常州运河之北偏，乃江阴县也，其地势自河而渐低。上自丹阳，下之无锡运河之北偏，古有泄水入江渎一十四条，曰孟渎、曰黄汀堰渎、曰东函港、曰北戚氏港、曰五卸堰港、曰梨溶港、曰蒋渎、曰欧渎、曰魏渎泾、曰支子港、曰蠡渎、曰牌一曰碑泾，皆以古人名或以姓称之。昔皆以泄众水入运河，立斗门，又北泄下江阴之江。今名存而实亡，今存者无几，二浙之粮船不过五百石，运河止可常存五六尺之水足可以胜五百石之舟。以其一十四处立为石碶斗门，每渎于岸北先筑堤岸，则制水入江。若无堤防，则水泛溢而不制，将见灌浸江阴之民田民居矣。

昔熙宁中，有提举沈披者，辄去五卸堰走运河之水，北下江中，遂害江阴之民田，为百姓所讼，即罢提举，亦尝被罪。始欲以为利，而适足以害之，此未达古人之智，以至败事也。切见近日钱塘进士余默，两进三州水利，徒能备陈功力琐细之事，殊不知本末。惟有言得常州运河晋陵至无锡一十四处置斗门泄水，北下江阴大江。虽三尺童子，亦知如此可以为利。然余默虽能言斗门一事，合锷鄙策，奈何无法度以制入江之水。行之，则又岂止为一沈披耶？又睹主簿张寔进状，言吴江岸为阻水之患，泾函不通。其言然则然矣，虽言吴江岸，而不言措置水之术。盖古之所创，泾函在运河之下，用长梓木为之，中用铜轮力，水冲之，则草可刈也，置在运河底下，暗走水入江。今常州有东西二函地名者，乃此也。昔治平中，提刑元积中开运河，尝开见函管，但函管之中皆泥沙，以谓功力甚大，非可易复，遂已。今先开凿江湖海故道堙塞之处，泄得积水，他日治函管则可。若未能开故道，而先治函管，是知末而不知本也。

切见常州运河之北偏，皆江阴低下之田，常患积水，难以耕植。今河上为斗门，河下筑堤防，以管水入江，百姓由是缘此河隄可以作田围，此泄水、利田之两端也。宜兴县西有夹苎干渎，在金坛、宜兴、武进三县之界，东至滆湖及武进县界，西南至宜兴，北至金坛，通接长塘湖，西接五堰。茅山、薛步山水，直入宜兴之荆溪，其夹苎干，盖古之人亦所以泄长塘湖东入滆湖，泄滆湖之水入大吴渎、塘口渎、白鱼湾、高梅渎四渎及白鹤溪，而北入常州之运河，由运河而入一十四条之港，北入大江。今一十四条之港，皆名存而实亡，累有知利便者献议朝廷，欲依古开通，北入运河以注大江，自滆湖、长塘湖两首，各开三分之二，为彼田户皆豪民，不知利便，惟恐开凿已田，阴构胥吏，皆柅而不行。元丰之间，金坛令曾长官奏请乞开，朝廷又降指挥，委江东及两浙两路监司相度，及近县官吏相视，又为彼豪民计构不行。傥开夹苧干通流，则西来他州入震泽之水，可以杀其势，深利于三州之田也。锷熙宁八年，岁遇大旱，切观震泽水退数里，清泉乡湖干数里，而其地皆有昔日丘墓、街井、枯木之根在数里之间，信知昔为民田，今为太湖也。太湖即震泽也。以是推之，太湖宽广，愈于昔时。昔云有三万六千顷，自筑吴江岸，及诸港渎堙塞，积水不泄，又不知其愈广几多顷也。锷又尝见低下之田，昔人争售之，今人争弃之。盖积年之水，十无一熟，积空头之税。或遇频年不收，则饥饿丐殍，鬻妻子以偿王租，或置其田舍其庐而逋。至于酒坊，处在水乡，沽卖不行，以致败阙者，比年尤甚。皆缘水伤下田不收故也。锷又尝游下乡，切见陂渰之间，亦多丘墓，皆为鱼鳖之宅。且古之葬者，不即高山，则于平原陆野之间，岂即水穴以危亡魂耶？尝得唐埋铭于水穴之中，今犹存焉。信夫昔为高原，今为污泽，今之水不泄如古也。

昨熙宁间，检正张锷命属吏殿丞刘懿相视，苏、秀二州海口诸浦渎，为沙泥壅塞，将欲疏凿以快流水。懿相视回申，以谓若开海口诸浦，则东风驾海水倒注，反灌民田。锷谓懿曰："地倾东南，百川归海，古人开诸海浦，所以通百川也。若反灌民田，古人何为置诸浦耶？百川东流则有常，西流则有时。因东风虽致西流，风息则其流亦复归于海，其势然也。凡江湖诸浦港，势亦一同。"懿虽信其如此，然犹有说。盖以昔视诸浦无倒注之患，而今乃有之。盖昔无吴江岸之阻，诸浦虽暂有泥沙之壅，然百川湍流浩急，泥沙自然荡涤。随流以下，今吴江岸阻绝，百川湍流缓慢，缓慢则其势难以涤荡沙泥，设使今日开之，明日复合。又闻秀州青龙镇入海诸浦，古有七十二会。盖古之人以为七十二会曲折宛转者，盖有深意，以谓水随地势东倾入海，虽曲折宛转，无害东流也。若遇东风驾起，海潮汹涌倒注，则于曲折之间有所回激，而泥沙不深入也。后人不明古人之意，而一皆直之，故或遇东风，海潮倒注，则泥沙随流直上，不复有阻。凡临江湖海诸港浦，势皆如此。所谓今日开之，明日复合者，此也。今海浦昔日曲折宛转之势，不可不复也。夫利害挂于眉睫之间，而人有所不知。

今欲泄三州之水，先开江尾，去其泥沙茭芦，迁沙上之民；次疏吴江岸为千桥；次置常州运河一十四处之斗门石碶隄防，管水入江；次开导临江湖海诸县一切港渎，及开通茜泾。水既泄矣，方诱民以筑田围。昔郏亶尝欲使民就深水之中，垒成围岸。夫水行于地中，未能泄积水而先成田围，以狭水道，当春夏满流浩急之时，则水当涌行于田围之上，非止坏田围，且淹浸庐舍矣，此不智之甚也。欲乞朝廷指挥下两浙转运司，择智力了干官员，分布诸县，则不越数月，其工可毕。所有创桥疏通河港置斗门利便制度，不在规矩而言也。今所画《三州江湖溪海图》一本，但可观其大略，港渎之名，亦布其一二耳。欲见其详，莫若下苏、常、湖诸县，各画溪河沟港图一本，各言某河某渎通某县某处，俟其悉上，合而为一图，则纤悉若视于指掌之间也。

锷又睹秀州青龙镇有安亭江一条，自吴江东至青龙，由青龙泄水入海。昔因监司相视，恐走透商税，遂塞此一江。其江通华亭及青龙。夫笼截商税利国，能有几耶？堰塞湍流，其害实大。又况措置商税，不为难事。窃闻近日华亭、青龙人户，相率陈状，情愿出钱，乞开安亭江。见有状在，本县官吏未与施行。近又访得宜兴西滆湖有二渎，一名白鱼湾，一名大吴渎，泄滆湖水入运河，由运河入一十四处斗门下江，其二渎在塘口渎之南。又有一渎名高梅渎，亦泄滆湖之水入运河，由运河入斗门，在吴渎之南。近闻知苏州王觌奏请开海口诸浦。锷切谓海口诸浦不可开。今开之，不逾日，或遇东风，则泥沙又合矣。尝观《考工记》曰：“善沟者，水啮之；善防者，水淫之。”盖为上水湍流峻急，则自然下水泥沙啮去矣。今若俟开江尾及疏吴江岸为桥，与海口诸蒲同时兴功，则自然上流东下，啮去诸浦沙泥矣。凡欲疏通，必自下而上。先治下，则上之水无不流，若先治上，则水皆趋下，漫灭下道，而不可施功力，其势理然也。故今治三州之水，必先自江尾海口诸浦，疏凿吴江岸，及置常州一十四处之斗门，筑堤制水入江，比与吴江两处分泄积水，最为先务也。然锷观合开三州诸沟渎，不必全藉官钱。盖三州之民，憔悴之久，人人乐开，故半可以资食利户之力也。今略举其一二。若开江尾疏吴江岸为桥，迁吴江岸东一村之民开地，使为昔日之江，置一十四处之斗门，并筑一十四条堤，制水入江。开荚苧干、白鹤溪、白鱼湾、大吴渎、塘口渎、宜兴东蠡河已上，非官钱不可开也。若宜兴之横塘、百渎，苏州之海口诸浦、安亭江，江阴之季子港、春申港、下港、黄田港、利港，宜兴之塘头渎，及诸县凡有自古泄水诸沟港浜渎，尽可资食利户之力也。莫若先下三州及诸县，抄录诸道江湖海一切诸港渎浜自古有名者，及供上丈尺料之工力之费，或系官钱，或系食利私力，期之以施工日月，同日开凿，同日疏放。若或放水有先后，则上水奔涌东下，冲损在下开浚未毕沟港，以故须同日决放也。

或者有谓："昔人创望亭、吕城、奔牛三堰，盖为丹阳下至无锡、苏州，地形东倾。古人创三堰，所以虑运河之水东下不制，是以创堰以节之，以通漕运。自熙宁、治平间，废去望亭、吕城二堰，然亦不妨纲运者，何耶?"锷曰："昔之太湖及西来众水，无吴江岸之阻。又一切通江湖海故道，未尝堙塞，故运河之水，尝虑走泄入于江湖之间，是以置堰以节之。今自庆历以来，筑置吴江岸，及诸港浦一切堙塞，是以三州之水，常溢而不泄，二堰虽废，水亦常溢，去堰若无害。今若泄江湖之水，则二堰尤宜先复。不复，则运河将见涸而粮运不可行，此灼然之利害也。又若宜兴创市桥，去西津堰。盖嘉祐中邑尉阮洪上言监司，就长桥东市邑中创一桥，使运河南通荆溪。初开凿市街，乃见昔日桥柱尚存泥中，咸谓古为桥于此也。又运河之西口有古西津堰，今已废去久矣。且古之废桥置堰，以防走透运河之水，今也置桥废堰，以通荆溪，则溪水常倒注入运河之内，今之与古，何利害之相反耶？锷以谓古无吴江岸，众水不积，运河高于荆溪，是以创桥置堰，以防泄运河之水也。今因吴江岸之阻，众水积而常溢，倒注运河之内，是以创桥废堰，见利而不见害也。今若治吴江岸泄众水，则运河之水，再防走泄，当于北门之外，创一堰可也。其利害盖如此也。”或又曰：“切观诸县高原陆野之乡，皆有塘圩，或三百亩，或五百亩为一圩。盖古之人停滀水以灌溉民田。以今视之，其塘之外皆水，塘之中未尝滀水，又未尝植苗，徒牧养牛羊畜放凫雁而已。塘之所创，有何益耶？”锷曰：“塘之为塘，是犹堰之为堰也。昔日置塘滀水，以防旱岁，今自三州之水，久溢而不泄，则置而为无用之地。若决吴江岸泄三州之水，则塘也不可不开以滀诸水，犹堰之不可不复也。此亦灼然之利害矣。苟堰与塘为无益，则古人奚为之耶？盖古之贤人君子，大智经营，莫不除害兴利，出于人之未到。后人之浅谋管见，不达古人之大智，颠倒穿凿，徒见其害而莫见其利也。若吴江岸止知欲便粮运，而不知遏三川之水，反以为害。又若废青龙安亭江，徒知不漏商旅之税，又不知反狭水道以遏百川。今之人所以不如古者，凡如此也。”。锷切观无锡县城内运河之南偏有小桥，由桥而南下，则有小渎，渎南透梁溪渎有小堰，名曰单将军堰，自桥至梁溪，其渎不越百步，堰虽有，亦不渡船筏，梁溪即接太湖。昔所以为此堰者，恐泄运河之水。昔熙宁八年，是岁大旱，运河皆旱涸，不通舟楫。是时锷自武林过无锡，因见将军堰。既不渡船筏，而开是渎者，古人岂无意乎？因语与邑宰焦千之曰：“今运河不通舟楫，切睹将军堰接运河，去梁溪无百步之远。古人置此堰渎，意欲取梁溪之水以灌运河。”千之始则以锷言为狂，终则然之。遂率民车四十二管，车梁溪之水以灌运河，五日河水通流，舟楫往来。信夫古人经营利害，凡一沟渎，皆有微意，而今人昧之也。尝见苏州之茜泾，昔范仲淹命工开导，以泄积水，以入于海。当时谏官不知苏州患在积水不泄，咸上疏言仲淹走泄姑苏之水。盖不知其利，而反以为害。今茜泾自仲淹之后，未复开凿，亦久堙塞。锷存心三州水利，凡三十年矣。每睹一沟一渎，未尝不明古人之微意，其间曲折宛转，皆非徒然也。锷今日之议，未始增广一沟一渎，其言与图符合。若非观地之势，明水之性，则无以见古人之意。今并图以献，惟执事者上之朝廷，则庶几三州憔悴之民，有望于今日也。

贴黄：其图画得草略，未敢进上。乞下有司计会单锷别画。

一，先开吴江县江尾茭芦地。

一，先迁吴江沙上居民，及开白蚬江通青龙镇，又开青龙镇安亭江通海；

一，先去吴江土为千桥。

一，先置常州运河斗门一十四所，用石碶并筑堤，管水入江；

一，次开荚苧干、白鹤溪、塘口渎、大吴渎，令长塘湖、滆湖相连，走泄西水入运河，下斗门入江。

一，次开宜兴百渎，见今只有四十九条，东入太湖。

一，次开苏州茜泾、白茅、七鸦、福山、梅里诸浦及茜泾。

一，次开江阴下港、黄田、春申、季子、灶子诸港。

一，次开宜兴东西蠡河。

一，次根究临江湖海诸县，凡泄水诸港渎，并皆疏凿。

伍堰水利：昔钱舍人公辅为守金陵，常究伍堰之利。虽知伍堰之利，而不知伍堰以东三州之利害。锷知三州之水利，而未究伍堰以西之利害。一日，钱公辅以世之所为伍堰之利害，与锷参究，方知始末利害之议完也。公辅以为伍堰者，自春秋时，吴王阖闾用伍子胥之谋伐楚，始创此河，以为漕运。春冬载二百石舟而东，则通太湖，西则入长江，自后相传，未始有废。至李氏时，亦常通运，而置牛于堰上，挽拽船筏于固城湖之侧。又尝设监司，置廨宇，以收往来之税。自是河道淀塞，堰埭低狭，虚务添置者，十有一堰。往来舟筏，莫能通行，而水势遂不复西。及遇春夏大水，江湖泛涨，则园头、王母、龙潭三涧，合为一道而奔冲东来，河之不治，愈可见也。

今若开深故道，而存留银林、分水二堰，则诸堰尽可去矣。所欲存二堰者，盖本处地势，自银林堰以西，地形从东迤逦西下，自分水堰以东，地形从西迤逦东下。而其河自西坝至东坝十六里有余，开淘之际，须随逐处地形之高下以浚之，然后江东两浙可以无大水之患。然银林堰南则通建平、广德，北则通溧水、江宁，又当增修高广，以俟商旅舟船往还之多，可以置官收税，如前之利。此五堰所以不可不复也。今莫若治五堰。使上之水不入于荆溪，而由分水、银林二堰，直归太平之芜湖，下治吴江之岸为千桥，使太湖之水东入于海，中治百渎之故道，与夫苏、常、湖三州之有故道旁穿于太湖者，虽不可缕举，而概可以迹究也。难者曰："虽复五堰，奈何五堰之侧山水东下乎？复堰无益也。"锷答曰："由五堰而东注太湖，则有宣、歙、池、广德、溧水之水，苟复堰，使上之水不入于荆溪，自余山涧之水，宁有几耶？比之未复，十须杀其六七耳。"难者乃服。

【译文】考察三州之水，为患已久。与过去的赋税收入相比较，十成时常减少五六成。就时间上讲，则洪水对于三州造成灾害，已经超过了五十年。所谓的三州，指的是苏州、常州和湖州。朝廷多次责令监司，监司时常督责州县，又不断派员视察，考察河流故道，使探明水害的根源所在。然而西州官员求东州之利，眼里不曾周鉴地势的高低，耳中不曾听到湍流源头在哪里。州县害怕经营的劳苦，老百姓不愿意出气力，因此上下一齐说道："水灾，这是天意。"巡视的官员驾轻舟一叶从一片汪洋中划过，看到到处是水，掷土块以探路，认为根本不能治理。这中间有少数忠于国家、有心救民的人，极力探求治理的办法。然而知其一不知二，知其末梢而不知其根本，详于此而略于彼。所以有人说："三州之水，都注入震泽中，震泽之水，东流入松江，由松江注入大海。自仁宗庆历年间以来，吴江两岸筑长堤，横截江流。因此使得震泽之水，常常满满当当流不出去，以至于淹没三州的农田。"这是只知其一的偏见。又有人说："宜兴之西，溧阳县之上有五座堰，古时候是用来约束宣州、歙州和金陵九阳江各条河流的，由分水和银林二堰，直趋太平州的芜湖，后世的商人，从宣州和歙州贩卖簰木，东入两浙地区，嫌五堰挡路，于是在一起密谋，欺骗官府以废去五堰，五堰既废，则宣州、歙州和金陵九阳江之水。一遇到五六月山水暴涨，则都汇入宜兴县的荆溪，再由荆溪注入震泽，上三州的洪水，东灌了苏、常、湖三州。"这又是只知其一的偏见。又有人说："宜兴有百渎，古代是用来泄荆溪之水以东流入震泽的，现在已经淤塞，只剩下四十九条，疏通这一百条沟渎，则宜兴之水自然无患。"这也是只知其一的偏见。这三种说法，都不曾参酌，得来既不完备，则很容易驳倒。

在我看来，从西边的五堰，到东边的吴江岸，就像一个完整的身子，五堰是头，荆溪是咽喉，百渎是心脏，震泽是肚子，旁通太湖的众渎，则是脉络众窍，吴江为脚。现在上废五堰的设置，而宣州、歙州、池州九阳江之水不入芜湖，反而向东注入震泽，下头又有吴江岸之阻塞，则震泽之水，汇积之后流不出去，就像一个人双手被铐上，双脚被绑住，七窍被堵上，再用水往嘴里灌，不停地灌，肚子灌满后断了气，看到的人尚且安然自得，还说没有死。现在不治理吴江岸，不疏通各渎以泄震泽之水，就像用水灌人，不给他解手铐，不给他解脚下的绳子，不拔掉七窍上的堵塞物，安然自得地在一旁看着，这究竟是何用心？然而百渎不是不可以治理，五堰也不是不可以修复，吴江岸也不是不可以拆除，只是治理有个先后次序。况且吴江岸未筑以前，五堰早就废弃了，然而三州的农田，十年之中，还有五六年是丰收的，五堰没有太大的危害。自吴江筑岸之后，十年之中，没有一两年是丰收的。想仔细验证，只要把三州每年交纳赋税的情况看一下，也就明白了。这里先以宜兴百渎为例来说说。古时候泄西来各路河水的，入震泽而归于海，震泽吐纳众水，今纳而不吐。熙宁八年，虽然大旱，然而与百渎相连接的土地，仍然是鱼游鳖处的地方，简直低洼之极。距离各渎不远的农田，其中的禾苗当时也已旱死。这是为什么呢？只因为百渎以及旁边通过的小港渎，多年没有遇到干旱，都被泥沙淤塞，已经与平地没有什么两样。虽然离震泽很近，老百姓私人没有能力，而公家又无意疏通，所以禾苗最终被旱死。从熙宁八年到现在已经十四年了，其田从未有可耕之日，年年水涝，人民更加痛苦。

在过去的嘉祐中叶，县尉阮洪，深知应该兴修水利。当时，吴中地区发大水，阮洪屡次向监司上书，请求开通百渎。监司批准了他的请求，遂召集可以受益的老百姓，疏导了四十九条，当年就获得了大丰收。这说明不管是旱是涝，百渎都不可不开。关系到宜兴的，不止是百渎。东有蠡河，横亘荆溪，东北通过湛渎，东南接罨画溪。过去范蠡所开凿，与宜兴西边的蠡运河，都是以昔日贤人的名字命名的。蠡河，遇大旱则水浅，中旱则通流。又有孟泾泄滆湖之水入震泽，其他沟渎淤塞，不可一一细举。吴江岸介于吴松江、震泽之间，岸东为吴松江，岸西为震泽，吴松江的东边就是大海，百川莫不归于海。自西五堰以上，各条河流由荆溪入震泽，注于江，而由江汇于大海，地倾东南，由地势造成这样。仁宗庆历二年，为了便于运粮，遂筑北堤，横截江流五六十里，遂致震泽之水常常满满的流不出去，淹没三州的农田。每到五六月间，大发洪水之时，看一看，吴江岸的东边水常很低，岸西之水，则不下一二尺，堤岸挡水的迹象，一望而知。又看岸东江水入海口，污泥杂草丛生，泥沙淤塞，江岸的东边自筑岸以来，泥沙已淤出一个村庄。过去湍流奔涌的地方，现在已变为房屋农田，桑枣园圃，吴江县由此每年增加赋税不少。虽然如此，增加一个村子的赋税，反而减少了三个州的赋税，不知少了几百倍呢？入海口处过去并无杂草阻挡流水，现在为什么会这样？只因为没有筑岸之前，水流东下湍急，筑岸之后，水流变缓，不能再冲刷泥沙，以至淤积而生杂草，杂草丛生则使水道变窄，水道变窄则流泄不畅。即使想让震泽之水不满，还能够吗？

现在想泄震泽之水，不如先开入海口杂草丛生之地，迁走沙村的居民，运走淤积的泥沙，然后在吴江岸边凿土后竖起千架木桥，以通运粮舟船。每桥用耐水土木棒两根，每根长两丈五尺，横梁三根，各长六尺，柱六条，各长二丈，除两头占阁外，可建成两丈多长的拱道。每一里，共计三百六十步，一里建造十座桥，除了占阁之外，可开水面二十三丈，计每三十步设一桥。一千座桥，共开水面两千丈，共计十一里零四十步。除了桥拱开杂草地为港以流水外，另在下游开白蚬、安亭二江，使大湖水由华亭、青龙入海，则三州水患必然大大减少。常州运河的北边，是江阴县，其地势自河而渐低。上自丹阳，下至无锡运河的北边，古代有十四条渎用来泄水入江，它们是：孟渎、黄汀堰渎、东函港、北戚氏港、五卸堰港、梨溶港、蒋渎、欧渎、魏渎泾、支子港、蠡渎、牌（一说碑泾），这些都是以古人的名或姓来命名的。过去用来泄众水入运河，立斗门，又北泄下江阴之江。现在名存而实亡，所存者无几。两浙地区的粮船载重没有超过五百石的，运河只需经常保持五六尺深的水就可以使五百石的船只畅行无阻。因为这十四个地方立了水闸，每渎在岸北先筑堤岸，则制水入江。若无堤坝，则水泛滥横流，就会淹没江阴地区的农田房舍。

过去在熙宁中叶，有一位名叫沈披的提举，撤去五卸堰入运河之水，水北下江中，淹没了江阴的农田，为百姓所告发，被罢免了提举官，同时被治了罪。开始是想利民，结果正好使人民受害，这正是因为没有达到古人的智慧，以至于坏了事。我发现最近钱塘进士余默，两次献上三州水利的奏议，只能详细陈述所费功力等琐细事情，一点也不知道问题的症结所在。只有说常州运河晋陵至无锡十四个地方需要设置水闸以泄水，北下江阴大江，即使三尺高的儿童，也知道这样做的好处。然而余默虽然能提出建立水闸的建议，与我的意见相吻合，然而又没有办法引导入江之水，照他说的去做，则岂止又是一个沈披呢！又见到主簿张寔的奏议，说吴江岸为阻水之患，泾函不通。他的话固然不错，虽然说到吴江岸，然而不谈控制水的办法。这是古人所创造，泾函在运河底下，用长梓木建成，中间用铜轮的力量，水冲之后可以将水草割断，放在运河底下，暗放水入江。现在常州有东函、西函两个地名，就是因为它得来的。过去在治平中叶，提刑元积中开运河，曾经挖出过函管，但函管之中都是泥沙，当时认为需要花费的人力物力太大，不容易修复，于是停了下来。现在先开挖江湖海故道中淤塞的地方，把积水排出，以后再建造函管才行。如果不能开挖故道而先治函管，这是只知末梢而不知根本的作法。

我发现常州运河的北边，都是江阴县低洼之田，常常积水，难以耕种。现在河上建闸门，河下筑堤坝，以控制水流入江，百姓因此沿着这道河堤，可以围些田地，这是泄水、垦田两不误的作法。宜兴县的西边有一个夹苧干渎，在金坛、宜兴、武进三县交界的地方，东至涌湖及武进县界，西南至宜兴，北至金坛，通接长塘湖，西接五堰。茅山和薛步山上的水，直接汇入宜兴之荆溪，而夹苧干渎，古人是用来泄长塘湖水向东入滆湖，泄滆湖之水入大吴渎、塘口渎、白鱼湾、高梅渎四渎及白鹤溪，而北入常州运河，由运河而入十四条港，北入大江。现在的十四条港，都名存而实亡，常有知便利者向朝廷建议，准备按照旧路开通，北入运河以注入大江，自滆湖和长塘湖的两头，各开三分之二，因为那些田主都是些地方豪强，不知道好处所在，只怕挖到自己的土地，私下里买通有关官吏，使得开挖工作最终不能开始。元丰年间，金坛令曾长官奏请开挖，朝廷也下达了指示，命江东及两浙两路监司在一起会商，及近县官吏相视察，又被那些豪强们用计阻挠而不果。如果开通了夹苧干渎，则西来各州入震泽之水，可以减弱它们的流势，对于三州的农田大为有利。熙宁八年，遇上大旱，我发现震泽水面往里收缩了几里长，清泉乡湖干了几里，这些刚刚露出的湖地上有许多过去的坟墓、街井、枯木之根，分布达几里长，可见这里过去是农田，现在为太湖。太湖就是震泽。这样看来，大湖的湖面比过去宽多了。过去说有三万六千顷，自从筑起了吴江岸，以及各港渎堵塞，积水流不出去，又不知道扩大了多少顷。我又发现那些低洼之地，过去人争相购买，现在人争相抛出。只因为积年之水，使得十年之中没有一年收成好，积下空头税，或者遇上连年颗粒无收，则饥饿乞讨，卖老婆孩子来偿还国家的租税，或者抛弃田园房舍而出逃。至于酒坊，处在水乡泽国，酒卖不出去，以至于破产的，近几年尤其多，这都是因为大水淹地而收成不好的缘故。我又曾到低洼的地方去考察，发现在水淹之处，也有很多坟墓，现在都成为鱼鳖之宅。古人的埋葬，不选择在高山上，就选在平原的原野之中，哪有葬到水洞里以危亡魂的？曾经得到一些唐人的墓碑，现在我还保存着。真是过去为高原，现在为水泽，今天水的不通畅和古代一样。

熙宁年间，检正张锷命其属员殿丞刘悫出去视察苏州和秀州海口的各水道，它们被泥沙壅塞，准备开挖疏通以畅水流。刘悫考察后回去汇报，认为若开海口水道，则东风携海水倒灌，反而淹没农田。张锷对刘悫说："大地向东南倾斜，百川归海，古人开挖出海口，是用来疏通各入海河流的。如果反而淹没农田，古人为什么要设置各个浦口呢？百川东流是常规，向西流则有规律，因为东风而导致西流，风暴平息下来其流也复归于大海，其势就是这样。凡江湖各浦港，情形也是一样的。"刘悫虽然相信是这样，然而还有些说法。因为从过去看各个浦口没有倒灌的问题，而现在却有。过去吴江没有堤岸的阻挡，各个浦口虽然暂时有泥沙的壅塞，然而各河道水流湍急，泥沙自然被涤荡起来，随流而下，现在吴江岸阻挡，各个河流流速减慢，缓慢则难以涤荡泥沙，假若今天开挖，明天就又淤满。又听说秀州青龙镇各个入海口，古代有七十二会。古人认为七十二会曲折弯转，大有深意，认为水随地形的走势而东倾入海，虽然曲里拐弯，并不妨害向东流，而遇到东风刮起，海潮汹涌倒灌，则在曲折之间有所回激，使得泥沙不能沉底而淤积。后人不理解古人的意图，一刀切予以取直，所以一遇到东风，海潮倒灌，则泥沙随流直上，没有阻挡。凡是临着江湖、海的各港口，大致都是这种情形。今天开挖，明天又淤合住了，原因就在这里。昔日那种入海口处曲曲折折的状态，必须恢复。利害之势一目了然，而世人却不知道。

现在想排出三州的积水，必须先开挖入海口处，挖去泥沙杂草，迁走沙上居民；其次在吴江岸上架起千桥；再次在常州段运河上设置十四处水闸斗门和堤坝，约束水流入江；再次开通江湖海诸县的一切港渎，同时开通茜泾。积水排出后，才引导老百姓筑田围。过去郏亶曾经想让老百姓到深水之中垒出围岸。水在地上流，不先将积水排出而先垒田围，使水道变窄，当春夏雨季水满流急之时，则大水必然汹涌横流于田围之上，不但淹没围田，而且要毁坏房舍，这是极不明智的作法。准备请求朝廷向两浙转运司下达指示，选派一批精明强干的官员，到各县去监督实施，则不过几个月，这个工程就可以完毕。所有架构木桥、疏通河港、设置水闸等事宜，都不一定要死搬硬套成规。现在我所画的《三州江湖溪海图》一幅，只可观其大略，港渎的名字，只填上十分之一二。如果想看详图，不如下令苏州、常州和湖州的各县，令各自画出溪河沟港图一幅，说清某河某渎通某县某处，等到全部交上来后，合而为一幅图，则详细情况就在手里掌握了。

我又发现秀州青龙镇有安亭江一条，自吴江东至青龙，由青龙泄水入海。过去因为监司察看到，恐怕走漏了商税，遂将这条江堵上。这条江通向华亭和青龙镇。拢收商税利于国家，能有多少？而堵塞激流，危害却很大。何况措置商税，不是一件难事。我听说近日华亭镇和青龙镇的民户，纷纷请求，情愿出钱，请求开挖安亭江。其奏状现在仍然存在，本县官吏不予施行。最近又访得宜兴西边涌湖有两个渎，一个叫作白鱼湾，一个叫作大吴渎，泄滆湖之水入运河，由运河入十四处水闸下到江中，其二渎在塘口渎之南。又有一渎叫高梅渎，也泄滆湖之水入运河，由运河入闸门，在吴渎之南。最近听说苏州王觌奏请开海口各浦。我认为海口各浦暂时不能开，今天开了，不过一天，遇上东风则泥沙又重新淤合了。曾经从《考工记》上看到这样的话："善于挖沟的人，最终要遭水侵蚀；善于筑堤坝的人，最终要被水浸泡。"这是说上游水流湍急，则下游泥沙自然要淤合起来。凡是准备疏通水道的，必须从下游入手。现在如果开通江尾及疏通吴江岸为桥，与海口各浦同时动工，则自然上游水东下，将诸浦泥沙裹走。凡是想疏通河道的，必须按从下而上的次序来干。先治下游，则上游之水无不流畅；而如果先治上游，则水一下子挤到了下游，四处漫延，下游就无从治理，这是必然之势。所以现在治理三州的水患，必须先从江头入海口处着手，疏凿吴江岸，及设置常州的十四处闸门，筑堤导水入江，这比在吴江的两个地方分泄积水，更为急迫。然而在我看来，开三州各沟渎，不一定全靠官府出钱，三州的人民，受水患煎熬已久，人人乐于开导，所以一半的财物可以借助于受益民户的力量。今略举一两条例证。如果开通江尾、疏通吴江岸为桥，迁吴江岸东一村之民开地，使之变为水道，置十四处闸门，并筑十四条堤坝，导水入江。开夹苧干、白鹤溪、白鱼湾、大吴渎、塘口渎、宜兴东蠡河以上，这些地方官方不出钱是没办法动工的。而像宜兴之横塘、百渎，苏州的海口诸浦、安亭江，江阴的季子港、春申港、下港、黄田港、利港，宜兴的塘头渎，以及各县凡是自古用来泄水的各沟港浜渎，尽可以利用受益户的力量开挖。不如先令三州及各县，将各道江湖海以及一切港渎沟浜自古有名者，以及河道的宽窄及应花费的人力物力材料一律奏报上来，或用公家的钱，或用私人的钱，约定施工的期限，同日开工，同日放水。如果放水有先后，则上游的水流奔涌东下，冲损下游尚未开挖完毕的沟港，所以必须同日放水。

也许有人要说："昔人创建望亭、吕城、奔牛三堰，是因为丹阳以下至于无锡，考虑到运河之水东流而无法控制，因此设置三堰加以约束，以通漕运。自从熙宁、治平年间废去望亭、吕城二堰之后，然而也不妨害水运，这是什么缘故？"我的回答是："过去太湖以及西来的各条河流，没有吴江岸的阻挡，再加上一切通江湖海的故道，不曾堵塞，运河里的水，曾担心泄漏到江湖之间，所以置堰加以控制。自从庆历年间以来，筑建吴江岸，以及各港浦一律堵塞，三州之水，常常积满而排放不出去，二堰虽然废置，水亦常常满满当当，废堰似乎无害。现在如果排放三州之水，则二堰尤其应该首先修复。如果不加修复，运河之水将干涸而运输就无法照常进行，这是显而易见的事实。又如宜兴创市桥，废西津堰。嘉祐中叶县尉阮洪上书监司，在长桥东市场中间建一座桥，使运河南通入荆溪之中。初开凿街面，就发现过去的桥墩还存于泥巴中，大家都说古人曾在这里建桥。运河的西口，古时有一个西津堰，现在早已废弃了。而且古代废桥置堰，是为了坊止运河漏水，现在的置桥废堰，以通荆溪，则溪水时常倒灌到运河之内，为什么古今的利害就这么相反呢？我认为古代没有吴江岸，众水不会壅积不畅，运河水位比荆溪高，因此创桥置堰，以防运河水的泄漏。现在因为吴江岸的阻挡，水流不畅而聚积起来，倒灌到运河里，因此创桥废堰，只见到利而没有见到害。现在如果治理吴江岸以排放众水，则运河之水，再防走泄，就在北门外创置一堰就可以了。其利害大致如此。"或许还有人说："考察各县地势较高的地方，都有塘圩，有三百亩的，有五百亩的，建成一圩，古人用它们来蓄水以灌溉农田。今天看来，塘外到处是水，塘中又不曾蓄水，也不曾种禾苗，只不过是牧放牛羊和放养鸡鸭的地方而已。创置塘圩，有何益处？"我的回答是："塘之所以为塘，就像堰之所以为堰一样。过去置塘蓄水，以防天旱，现在三州之水，一直满满的排不出去，则置了没有什么用处。如果决吴江岸以排三州之水，则也不能不开塘以蓄水，就像堰必须恢复一样。这也是显易见的事实。如果堰和塘果然没有用处，则古人为什么要建造呢？古代的贤人君子，大智经营，莫不除害兴利，出于众人智慧不到之处。后人见识短浅，达不到古人的智慧水平，颠倒穿凿，只看到害处而看不到益处。如吴江岸只知道方便船运，而不知道遏制三州之水，反以为害。又如废青龙安亭江，只知道防止商税的偷漏，却不知道水道狭窄后遏制了百川之水。今人之所以比不上古人有见识，大都像这样。”我发现无锡县城内运河的南边有座小桥，由桥而南下，则有一小渎，渎南透过梁溪有一座小堰，名叫单将军堰，自桥到梁溪，其渎不过百步，堰虽小，也不渡船只，梁溪与太湖相连接，古人之所以建造这座小堰，是害怕运河水泄漏。熙宁八年，天下大旱，运河水被旱干，船只无法通行。当时我从武林到无锡去，因而见到了单将军堰，既不渡船只，而开挖这条沟渎，古人难道是随意挖的吗？因而对县宰焦千之说：“现在运河不通船只，你看单将军堰与运河相连接，距离梁溪又没百步远，古人开挖这条堰渎，意在取梁溪之水以灌运河。”焦千之开始认为我在说疯话，最终还是同意了我的看法。于是率领老百姓，用四十二架水车车梁溪之水以灌运河，五天后运河通流，船只恢复通行。可信古人经营事物，即使一条沟渎，也有远见，而今人只是看不出来罢了。我曾经观察苏州之茜泾，过去范仲淹命令民工开挖，以排放积水入大海。当时谏官们不知道苏州的灾害在于积水排不出去，都上书控告范仲淹走泄了姑苏之水。因不知其利，而反以为害。自从范仲淹之后，茜泾再不曾疏导过，现在也早已淤塞了。我在三州水利问题上用心，已经三十年了。每当看到一沟一渎，未尝不明了古人的深意，看到其间的弯弯曲曲，都不是平白无故的。现在我的这一番议论，不曾增开一沟一渎，其言与图符合。如果不实际察看地势，明了水性，则无法理解古人的用心。现在连同地图一并献上，请有关官员上报朝廷，希望三州受煎熬的人民，在今天看到一点希望。

补言：其图画得太粗略，不敢献上，请求有关部门与单锷商量后重新画一幅。

一，先开吴江江尾的杂草丛生地。

二，先迁吴江县江丘上的居民，以及开白蚬江通青龙镇，又开青龙镇安亭江以通大海。

三，先挖去吴江土建千桥。

四，先置常州运河斗门十四处，用石闸并筑堤坝，约束水流入江。

五，次开夹苧干渎、白鹤溪、白鱼湾、塘口渎、大吴渎，让长塘湖、滆湖相连接，走泄西边的水入运河，下斗门入江。

六，次开宜兴百渎，现今只有四十九条，东入太湖。

七，次开苏州茜泾、白茅、七鸦、福山、梅里诸浦及茜泾。

八，次开江阴下港、黄田、春申、季子、灶子诸港。

九，次开宜兴东西蠡河。

十，次下令从根本上临江湖海各县，凡泄水的各港渎，一律开挖疏通。

关于五堰的水利问题：过去舍人钱公辅为金陵地方长官，常常探究五堰的利害所在。虽然知道五堰之利，却不知道五堰以东三州的利害所在。我知道三州之水利，而未深究五堰以西地区的利害所在。有一天，钱公辅以世人所议论的五堰利害所在，与我在一起探讨，才得出始末利害的一个完整看法。钱公辅认为这五堰，建自春秋时代，吴王阖闾用伍子胥的计谋伐楚，开始创建这条河流，用来漕运，春冬两季载重二百石的船只可以在其中运行，东则通太湖，西则入长江，此后世代相传，不为废弃。到唐李氏统治时代，也常通运，而置牛于堰上，在固城湖之侧挽拖船只。又曾设监司，置官舍，以收往来之税。从那之后河道淤塞，堰坝低狭，稍有添置者，十堰中间有一堰。往来船只，不能通行，而水也不再向西流。遇到春夏洪水季节，江湖泛滥，则园头、王母、龙潭三涧，合为一条水道而奔涌东来，河流的不可治理，更加突出。现在如果开深故道，存留下银林和分水两道堰，则各堰都可弃废。保存这两道堰的原因在于，本处自银林堰以西，地势从东向西越来越低，自分水堰以东，地势则从西向东越来越低，而其河从西坝到东坝十六里多一点长，开挖的时候，要随各处地势的高低以疏通，然后江东两浙地区可以无大水之患。然而银林堰南通建平、广德，北通溧水、江宁，又应增修得更加高大开阔些，等商旅船只往来增多之后，可以置官收税，像以前那样获利。这就是五堰必须修复的原因所在。现在不如修整五堰。使上游之水不进入荆溪，而由分水、银林两堰经过，直通太平州之芜湖，下治吴江两岸建造千桥，使太湖之水东入于海中，治理百渎故道，以及苏州、常州和湖州三地有故道旁穿于大湖。虽然不能细举，而大概都可以寻求其端。驳难的人说："虽然修复了五堰，对于五堰周围的山水东流应怎么办？修复五堰没有益处。"我的回答是："由五堰向东注入太湖的，有宣州、歙州、池州、广德、溧水之水，假如修复了五堰，使上游之水不再注入到荆溪中，只剩下一些山涧溪流，能有多少呢？与没有修复之前相比，其势头十分中已降低了六七分。"驳难的人才表示信服。

辞免撰赵瞻神道碑状

元祐六年七月日，翰林学士承旨、左朝奉郎、知制诰兼侍读苏轼状奏：准敕，差撰故中散大夫、同知枢密院赵瞻神道碑并书者。右臣平生不为人撰行状、埋铭、墓碑，士大夫所共知。近日撰《司马光行状》，盖为光曾为亡母程氏撰埋铭。又为范镇撰墓志，盖为镇与先臣洵平生交契至深，不可不撰。及奉诏撰司马光、富弼等墓碑，不敢固辞，然终非本意。况臣老病废学，文辞鄙陋，不称人子所以欲显扬其亲之意。伏望圣慈别择能者，特许辞免。谨录奏闻，伏候敕旨。

【译文】元祐六年七月某日，翰林学士承旨、左朝奉郎、知制诰兼侍读苏轼奏议：按照敕令，派我撰写故中散大夫、同知枢密院赵瞻的神道碑并为之书写。微臣平生不给别人撰写行状、埋铭、墓碑，士大夫们人共所知。前几天撰写《司马光行状》，是因为司马光曾为我已故的母亲程氏撰写埋铭。又为范镇撰写墓志铭，是因为范镇与先父苏洵交情很深，不能不撰。及奉诏撰写司马光、富弼等人的墓碑，不敢坚决推辞，然而终久不合乎我的本意。况且因为老病而废学，文辞浅陋，不符合儿子想使自己父亲显名的心意。请求皇上和太皇太后另行选择有能力的人，特许我的请求。谨录奏闻，恭候圣旨。

再乞郡札子

元祐六年七月六日，翰林学士承旨、左朝奉郎、知制诰兼侍读苏轼札子奏：臣闻朝廷以安静为福，人臣以和睦为忠。若喜怒爱憎，互相攻击，则其初为朋党之患，而其末乃治乱之机，甚可惧也。臣自被命入觐，屡以血恳，频干一郡，非独顾衰命为保全之计，实深为朝廷求安静之理，而事有难尽言者。臣与贾易本无嫌怨，只因臣素疾程颐之奸，形与言色，此臣刚褊之罪也。而贾易，颐之死党，专欲与颐报怨。因颐教诱孔文仲，令以其私意论事，为文仲所奏。颐既得罪，易亦坐去。而易乃于谢表中，诬臣弟辙漏泄密命，缘此再贬知广德军，故怨臣兄弟最深。臣多难早衰，无心进取，岂复有意记忆小怨？而易志在必报，未尝一日忘臣。其后召为台官，又论臣不合刺配杭州凶人颜章等，以此见易于臣不报不已。今既擢贰风宪，付以雄权，升沉进退，在其口吻，臣之绵劣，岂劳排击？观其意趣，不久必须言臣，并及弟辙。辙既备位执政，进退之间，事关国体。则易必须扇结党与，再三论奏，烦渎圣聪，朝廷无由安静，皆臣愚蠢，不早回避所致。若不早赐施行，使臣终不免被人言而去，则臣虽自顾无罪，中无所愧，而于二圣眷待奖与之意，则似不终。窃惟天地父母之爱，亦必悔之。伏乞检会前奏，速除一郡，此疏即乞留中，庶以保全臣子。取进止。

贴黄：臣前在南京所奏乞留中一状，亦乞更赐详览施行。

又贴黄：臣从来进用，不缘他人，中外明知，独受圣眷。乞赐保全，令得以理进退。若不早与一郡，使臣不免被人言而出，天下必谓臣因蒙圣知，故遭破坏，所损不细矣。

又贴黄：臣未请杭州以前，言官数人造作谤议，皆言屡有章疏言臣。二圣曲庇，不肯降出。臣寻有奏状，乞赐施行，遂蒙付外。考其所言，皆是罗织，以无为有。只如经筵进朱云故事，云是离间大臣之类。中外传笑，以谓圣世乃有此风。今臣若更少留，必须捃拾。似此等事，虽圣明洞照有无，而党与既众，执奏不已，则朝廷终亦难违其意，纵未责降，亦须出臣。势必如此，何如今日因臣亲嫌之请，便与一郡，以全二圣始终之恩。若圣慈于臣眷眷不已，不行其言，则又须腾谤，以谓二圣私臣，曲行庇盖。臣既未能补报万一，而使浮议上及圣明，死有余罪矣。伏乞痛赐闵察，早除一郡。

【译文】元祐六年七月六日，翰林学士承旨、左朝奉郎、知制诰兼读侍苏轼以札子的形式奏请：我听说朝廷以安静为福，臣下以团结为忠。如果随意喜怒爱憎，互相攻击，则开始为朋党之患，最终威胁到国家的存亡，很是可怕。我自从奉命入朝以来，屡次诚心诚意恳求，要求出任地方官，这不单是为了自己顾命保全，也是为了求得朝廷的安静，而有些事情是很难说清楚的。我与贾易本无嫌隙，只因为我素来愤恨程颐奸诈，时常表现在言语和脸色上，这是我偏执狭隘的过错。而贾易是程颐的死党，专门准备替程颐报仇。因为程颐曾引诱孔文仲，让孔按照他的意见去论事，被孔文仲奏了上去。程颐获罪后，贾易也受连坐而去职。贾易于是在谢表中，诬蔑我的弟弟苏辙泄漏朝廷的密令，因此他再贬为广德军长官，这使他更加仇恨我们兄弟两人。我多难而过早衰老，无心进取，哪还能记起过去那些小小怨恨？而贾易志在必须报仇，一天也不曾把我忘记。其后他被召回朝中，在御史衙门任职，又奏报我不应该刺配杭州恶棍颜章等人，由此可见贾易对我不报复决不会罢手。现在他既被提升为御史台的副职，交给他大权，别人的进退升降，出于其口，我的弱劣，怎经得起他的打击！看他的意思，不久就要攻击我，并连带我的弟弟苏辙。苏辙既忝列执政之职，进退之间，关乎到国家体面。贾易肯定要结成同党，反复奏报，来亵渎圣上的耳朵，朝廷也无法安静下来。这都是由于我的愚蠢，不早早回避造成的。如果不早一点放我出去，使我最终不免被人弹劾而离开，则我虽然自认为无罪，问心无愧，而对皇上和太皇太后二位圣人眷顾奖励之意，则似乎不是了局。我私下里琢磨圣上的爱心，必然也会后悔。请求检出我以前的奏议，迅速派我出任地方官，这一道奏疏就请圣上留下不要传出来，以保全我的性命。请裁决。

补言：此前我在南京奏请皇上留下的那份奏状，也请再详细观览后实施。

又补言：从来我被提拔，不靠他人，朝廷内外人所共知，独受圣上眷顾。请求予以保全，让我得以按常理升降。如果不早一点让我出任地方官，使我最终不免被人弹劾而外出，天下人一定要说我因为圣上的信任，而遭降职，这个损害可就大了。

再补言：我未请到杭州任职以前，几位谏官都制造谣言，说常有章疏弹劾我，皇上和太皇太后曲意庇护，不肯将这些奏疏下达。我立即献上奏状，请求执行，于是才从朝廷上传下来。核查他们所说的，都是一些罗织罪名，无中生有的话。比如在经筵中推荐朱云的事，说我离间大臣，中外传为笑谈，认为圣世还有这种风气。现在我如果继续留任，必定要有所抉择。像这样的事，虽然圣上明智而洞察有无，而人家的同党既多，不断奏请，则朝廷最终也难以违背他们的意愿，纵然对我不加责备而降职，也必定要放我外出任职。与其是这样一个结局，何如今天乘避开与我弟弟同在朝中任职的嫌疑，便给我一个地方官，以保全二圣对我善始善终的恩典。如果皇上和太皇太后就这样眷顾下去，不按我的请求来办，则他们又要制造流言飞语，认为二位圣人偏爱我，曲意庇护。我既不能报答圣上恩典的万分之一，而使谣言议论到圣上，这样我真是死有余辜了。请求切实加以可怜体察，早放我出任一个地方官。

乞将上供封桩斛斗应副浙西诸郡接续粜米札子

元祐六年七月十二日，翰林学士承旨、左朝奉郎、知制诰兼侍读苏轼札子奏：臣伏见浙西诸郡二年灾伤，而今岁大水，苏、湖、常三郡水通为一，农民栖于丘墓，舟楫行于市井。父老皆言，耳目未尝闻见。流殍之势，甚于熙宁。

臣闻熙宁中，杭州死者五十余万，苏州三十余万，未数他郡。今既秋田不种，正使来岁丰稔，亦须七月方见新谷。其间饥馑变故，未易度量。吴人虽号柔弱，不为大盗，而宣、歙之民，勇悍者多，以贩盐为业，百十为群，往来浙中，以兵仗护送私盐。官司以其不为他盗，故略而不问。今人既无食，不暇贩盐，则此等失业，聚而为寇，或得豪猾，为之首帅，则非复巡检县尉所能办也。恭惟二圣视民如子，苟有可救，无所吝惜。凡守臣监司所乞，一一应副，可谓仁圣勤恤之至矣。然臣在浙中二年，亲行荒政，只用出粜常平米一事，更不施行余策，而米价不踊，卒免流殍。盖缘官物有限，饥民无穷，若兼行借贷俵散，则力必不及。中路阙绝，大误饥民，不免拱手而视亿万之死也。不如并力一意，专务粜米，若粜不绝，则市价平和，人人受赐。纵有贫民，无钱可籴，不免流殍，盖亦有限量矣。

臣昨日得杭州监税苏坚书报臣云："杭州日粜三千石，过七月，无米可粜。人情汹汹，朝不谋夕。但官场一旦米尽，则市价倍踊，死者可胜数，变故之生，恐不可复以常理度矣。欲乞圣慈速降指挥，令两浙运司，限一两日内约度浙西诸郡合粜米斛，酌中数目，直至来年七月终，除见在外，合用若干石，入急递奏闻。候到，即指挥发运司官吏于辖下诸路封桩，及年计上供钱斛内擘画应副，须管接续起发赴浙西诸郡粜卖，不管少有阙绝，仍只依地头元价及量添水脚钱出卖。及卖到米脚钱，并用收买金银还充上供及封桩钱物，所贵钱货流通，不至钱荒。所有借贷俵散之类，候出粜有余，方得施行。似此计置，虽是数目浩瀚，然止于粜卖。不失官本，似易应副。但令浙西官场粜米不绝，直至来年七月终。则虽天灾流行，亦不能尽害陛下赤子也。如蒙施行，即乞先降手诏，令监司出榜晓谕军民，令一路晓然，知朝廷已有指挥，令发运司将上供封桩斛斗，应副浙西诸郡粜米，直至明年七月终。不惟安慰人心，破奸雄之谋，亦使蓄积之家，知不久官米大至，自然趁时出卖，所济不少。惟望圣明深愍一方危急，早赐施行。取进止。

贴黄：臣去岁奏乞下发运司，于丰熟近便州、军，籴米五十万石。蒙圣慈依奏施行，仍赐封桩钱一百万贯，令籴米。而发运司以本路米贵为词，不肯收籴。去年若用贵价收籴，不过每斗七十足钱，尽数收籴，犹可得百见余万石，则今年出粜，所济不少。其发运司官吏，不切遵禀之罪，朝廷未尝责问。习玩号令，事无由集。今来若行臣言，即乞严切指挥，发运司稍有阙误，必行重责。所贵一方之民，得被实惠，所下号令，不为空言。

【译文】元祐六年七月十二日，翰林学士承旨、左朝奉郎、知制诰兼侍读苏轼以札子的形式奏议：我发现浙西地区连续两年受灾，而今年的大水，使得苏州、湖州和常州三地的水域连成一片，农民困居在土堆坟墓上，船只筏子在大街中穿行，老年人都说，这种情况从未见到和听说过，其严重程度，超过了熙宁年间的那次灾害。

我听说熙宁中叶，杭州死人五十几万，苏州死了三十多万，还不说其他地方。现在秋粮尚未下种，即使明年大丰收，也要等到七月间才能见到新粮。这中间饥饿灾荒，不容易估计。吴中百姓虽然被视为柔弱，不愿作大盗，而宣州和歙州的老百姓，强悍者大多从事贩卖私盐工作，以十几人或上百人成一群，往来于浙中地区，以武器护送私盐。官府因为他们不干其他坏事，所以不大过问。现在人们没有吃的，顾不上去贩盐，这些人一旦失业，聚集起来为强盗，得到一些奸猾之徒作首领，那么这就不是巡检和县尉们所能对付的。思量皇上和太皇太后二位圣人爱民如子，假如可以救助，就无所吝惜。凡是地方官的请求，一一答应，真可以说仁义体恤之极了。然而我在杭州任职两年，亲自救荒，知道只用出售救济粮一种办法，不用再施行其他措施，就可以使米价不涨，人民最终免遭饿死和流亡。只因为官府财物有限，而饥民无数，如果同时推行借贷和发放等，则财力肯定达不到，中途不继，必然误事，最终不免拱手坐视老百姓饿死而不能救，不如专心致志，专门从事出售粮食，如果能够持续售粮，使粮价平稳，人人受惠。纵然有一些赤贫户无钱购粮，不免挨饿，但毕竟数量是有限的。

昨天我接到杭州监税苏坚的一封信，信中说，杭州每天出售粮食三千石，过了七月就无米可售。人心慌慌，朝不保夕。只要官场一旦无米可售，则粮价必然会成倍增长，恐怕不能再以常理来忖度了。准备请求皇上和太皇太后陛下迅速下达指示，命令两浙运司，限一两天之内，将浙西各地应该出售的粮食数量估算出来，考虑数量时，要算到明年七月底，除现有粮食外，应该用多少石，迅速报告上来。一报上来，朝廷立即下令发运司官吏在辖区内各路储备，以及从当年上供的钱粮中筹划出一部分来应付，直接调拨到浙西各地出售，不管缺额多少，只按当初的收购价加上运费出售，卖出去的运费钱，用来收购金银填充上供及仓库的钱物。希望通过这些措施，使钱物流通秩序正常，不至于发生钱荒。所有发放借贷等措施，等出售有余额之后，才可能施行。这样一个方案，虽然数额是大了点，但只出售粮食，官府不会折本，似乎还容易应付。只要让浙西公家粮店有米可售，直到明年七月底，则虽然天灾流行，也不能全部危害陛下的子民。如果承蒙实施，就请皇上亲自下诏，令监司出告示晓谕军民，让各路的人民都明白，知道朝廷已有指示，令发运司把上供库存的粮食，拿来供浙西地区出售，直到明年七月底。这样做不但安慰民心，破奸雄的阴谋，而且还可能使那些有余粮的人家，知道官府的粮食不久将大批运来，他们自然要抢先出售，可以救济不少饥民。只恳请圣上深切怜悯一方百姓的危急，早早下令施行。请裁决。

补言：去年我奏请朝廷给发运司下命令，让他们在近便丰收的州和军，收购粮食五十万石。承蒙圣上恩典按照我的奏请办理，同时赏赐给库存钱一百万贯，让收购粮食。而发运司以本路米价太贵为理由，不肯收购。去年如果用高价收购，不过每斗七十多文钱，全部收购，还能收到一百万多石，则今年出售，可救济不少人。而发运司官吏，不切实遵守朝廷旨意的罪责，朝廷还没有追问。玩忽职守，就办不成事。现来如果按我的请求去办，就请严肃下达指示，发运司如果稍有贻误，一定要课以重罚。希望通过此举使一方百姓得到实惠，所下达的命令，不至于成为一句空话。

乞擢用程遵彦状

元祐六年七月日，翰林学士承旨、左朝奉郎、知制诰兼侍读苏轼状奏：右臣窃谓朝廷用人，以行实为先，以才用为急。二者难兼，故常不免偏取。而端静之士，虽有过人之行，应务之才，又皆藏器待时，耻于自献，朝廷莫得而知之。如臣等辈，固当各举所闻以助乐育之意。伏见左朝散郎、前佥书杭州节度判官厅公事程遵彦，吏事周敏，学问该洽，文词雅丽，三者皆有可观。而事母孝谨，有绝人者。母性甚严，遵彦甚宜其妻，而母不悦，遵彦出之。妻既被出，孝爱不衰，岁时伏腊所以事姑者，如未出。而母卒不悦，遵彦亦不再聚，十五年矣。身为仆妾之役，以事其母。虽前史所传孝友之士，殆不能过。臣与之同僚二年，备得其实。今替还都下，未有差遣，碌碌众中，未尝求人，臣窃惜之。伏望圣慈特赐采察，量材录用。非独广搜贤之路，亦以敦厉孝悌，激扬风俗。若后不如所举，臣甘伏朝典。谨录奏闻，伏候敕旨。

【译文】元祐六年七月某日，翰林学士承旨、左朝奉郎、知制诰兼侍读苏轼奏议：微臣私下里认为朝廷用人，应该首先考虑是行为的诚实，和才能的优劣问题。德才二者难以兼得，所以常常不免只取一头。而那些端庄沉静之士，虽然行为上有过人之处，有应变的能力，却又把其德才隐藏起来以等待时机，耻于自我推荐，所以朝廷无从知道。像我们这些人，本应各自举荐自己所知道的人才，以助成圣上乐于教化人民的心意。我发现左朝散郎、前佥书杭州节度判官厅公事程遵彦，吏道敏捷，学问渊博，文词端雅秀丽，三者都有许多可取之处。而侍奉母亲十分孝顺，又有许多过人的地方。他的母亲性情严厉，遵彦与妻子关系亲密，他母亲不喜欢其妻子，遵彦于是休弃了妻子。妻子被休弃后，孝顺其母亲没有衰减，每当逢年过节应该侍奏婆母的，就像没有被休弃时一样，而他母亲终究还是不喜欢，程遵彦也就不再娶妻，至今已经十五年了。他亲自干奴婢们干的活，以侍奉母亲。即使是以前史书所记载的那些孝友之士，恐怕也比不上他。我与他曾经在一起共事两年，很了解他的情况，现在他调回京城，没有重新委派职事，在众人当中碌碌无为，也不曾去求人，我私下里替他惋惜。恳求圣上垂慈特加采察，对他量才录用，这不单扩大了网罗贤才的路子，也是为了鼓励孝悌之风，净化社会风气。以后如果不像我举荐的那样，我甘愿受罚。谨录奏闻，恭候圣旨。

乞外补回避贾易札子

元祐六年七月二十八日，翰林学士承旨、左朝奉郎、知制诰兼侍读苏轼札子奏：臣自杭州召还以来，七上封章，乞除一郡。又曾两具札子，乞留中省览。倾沥肝胆，不为不至。而天听高远，不蒙回照。退伏思念，不寒而栗。然臣计之已熟，若干忤天威，得罪分明，不避权要，获谴暧昧。臣今来甘被分明之罪，不愿受暧昧之遣。

臣闻贾易购求臣罪，未有所获。只有法外刺配颜章、颜益一事，必欲收拾砌累，以成臣罪。易前者乞放颜益，已蒙施行，今又乞放颜章，以此见易之心，未尝一日不在倾臣。只如浙西水灾，臣在杭州及替还中路并到阙以来，累次奏论，词意恳切，寻蒙圣慈采纳施行。而易扇摇台官安鼎、杨畏，并入文字，以谓回邪之人，眩惑朝廷，乞加考验，治其尤者。宰相以下，心知其非，然畏易之狠，不敢不行。赖给事中封驳，谏官论奏，方持其议。易等但务快其私忿，苟可以倾臣，即不顾一方生灵坠在沟壑。若非给事中范祖禹，谏官郑雍、姚勔，偶非其党，犹肯为陛下腹心耳目，依公论奏，则行下其言，浙中官吏承望风旨，更不敢以实奏灾伤，则亿万性命，流亡寇贼，意外之患，何所不至？陛下指挥执政擘划救济，非不丁宁。而易等方欲行遣官吏言灾伤者，与圣意大异。而执政相顾不言，僶俛行下。显是威势已成，上下慑服，宁违二圣指挥，莫违贾易意旨。臣是何人，敢不回避？若不早去，不过数日，必为易等所倾。一身不足顾惜，但恐倾臣之后，朋党益众，羽翼成就，非细故也。不如今日令臣以亲嫌善去，中外观望，于朝廷事体未有所害。臣之大意，止是乞出，若前来早赐施行，臣本不敢尽言。只为累章不允，计穷事迫，须至尽述本心，不敢有隐毫末。

伏望圣明察其至诚，止是欲得外补，即非无故论说是非。特赐留中省览，以保全臣子，不胜幸甚。取进止。

【译文】元祐六年七月二十八日，翰林学士承旨、左朝奉郎、知制诰兼侍读苏轼以札子的形式奏议：自打我从杭州召回朝中以来，七次奏上封章，请求出任地方官。又曾两次奏上札子，请求圣上留下查看。推心置腹，不为不至，而皇上听觉高远，不曾顾到。退而自思，不寒而栗。然而我决心已下，如果冒犯圣上的威严，罪犯在明处，而不避有权势的要人，则无从知觉就已获罪。现在我甘愿受明白的诛罚，而不愿受暧昧的惩处。

我听说贾易罗织我的罪名，没有什么收获。只有重刑处分颜章、颜益一事，一定要百般穿凿，以定我的罪。贾易在这之前请求释放颜益，已经获准，现在又请求释放颜章，以此可见贾易的用心，一天也不曾放松对我的陷害。再如浙西地区的水灾，我在杭州以及召还的路上连同到朝廷之后，反复奏论，词意恳切，不久就蒙圣上的恩典予以实施。而贾易煽动御史台官员安鼎和杨畏，奏上他们的建议，认为奸邪之人，迷惑朝廷，请求加以追查验证，对其首要分子要予以治罪。宰相以下的大多数官员，心里都明白他们的话是错的，然而害怕贾易的狠毒，不敢不施行。幸亏给事中予以驳斥，谏议官奏请，才把他们的奏议搁下来。贾易等人只在泄其私愤，只要可以排挤我，就可以不顾一方百姓饿死于沟壑之中。如果没有结事中范祖禹，谏官郑雍、姚勔，不是他们同党，还愿意作陛下的心腹耳目，按照公道来奏论，则他们的奏议下达之后，浙江地区的官吏，看他们的眼色行事，再也不敢据实奏报灾情，则亿万百姓性命不保，流亡寇贼等意外之患，什么不会发生？陛下指示执政宰相们筹划救灾事宜，不是没有反复叮咛，而贾易等人正准备处置汇报灾情的官员，其思想与圣上截然相反。而执政们看到之后也不说，尽力行下。显然这是由于他的威势已成，上下对他俯首贴耳，宁可违背皇上和太皇太后陛下的指示，也不敢违背贾易的旨意。我算什么人，敢不回避？如果不早点离开，不过几天之后，必然要被贾易所排挤。我个人固然不值得顾惜，只怕推倒我之后，朋党更多，羽翼一成，这不是一件小事。不如现在就让我以避弟弟在朝的嫌疑而正常离去，朝廷内外的人们看到了，对于国家的体面，也没有什么危害。我最大的愿望就是放出朝廷，如果以前早一点施行了，我本不敢把我的意思全部讲出来，只因屡次奏请而不允，计穷而又事情紧迫，只得把心里想的全部讲出来，而不敢有一丝的隐瞒。

请求圣上明察我的诚心，只是想出外任地方官，并非无故搬弄是非。特赐留下查看，以保全我的性命，我不胜幸甚。请圣上裁决。

辨贾易弹奏待罪札子

元祐六年八月初四日，翰林学士承旨、左朝奉郎、知制诰兼侍读苏轼札子奏：臣今月三日，见弟尚书右丞辙为臣言，御史中丞赵君赐言，秦观来见君锡，称被贾易言观私事，及臣令亲情王遹往见君锡，言台谏等互论两浙灾伤，及贾易言秦观事。乞赐推究。

臣愚蠢无状，常不自揆，窃怀忧国爱民之意，自为小官，即好僭议朝政，屡以此获罪。然受性于天，不能尽改。臣与赵君锡，以道义交游，每相见论天下事，初无疑问。近日臣召赴阙，见君锡崇政殿门，即与臣言老缪非才，当此言责，切望朋友教诲。臣自后两次见君锡，凡所与言，皆忧国爱民之事。乞问君锡，若有一句及私，臣为罔上。君锡寻有手简谢臣，其略云："车骑临过，获闻诲益。谆谆开诱，莫非师保之训。铭镂肝肺，何日忘之。"臣既见君锡从来倾心，以忠义相许，故敢以士君子朋友之义，尽言无隐。

又秦观自少年从臣学文，词采绚发，议论锋起。臣实爱重其人，与之密熟。近于七月末间，因弟辙与臣言贾易等论浙西灾伤，乞考验虚实，行遣其尤甚者。意令本处官吏观望风旨，必不敢实奏行下，却为给事中封驳，谏官论奏。臣因问弟辙云："汝既备位执政，因何行此文字？"辙云："此事众人心知其非，然台官文字，自来不敢不行。若不行，即须群起力争，喧渎圣听。"又弟辙因言秦观言赵君锡荐举得正字，今又为贾易所言。臣缘新自两浙来，亲见水灾实状，及到京后，得交代林希、提刑马瑊及属吏苏坚等书，皆极言灾伤之状，甚于臣所自见。臣以此数次奏论，虽蒙圣恩极力拯救，犹恐去熟日远，物力不足，未免必致流殍。若更行下贾易等所言，则官吏畏惧台官，更不敢以实言灾伤，致朝廷不复尽力救济，则亿万生齿，便有沟壑之忧。适会秦观访臣，遂因议论及之。又实告以贾易所言观私事。欲其力辞恩命，以全进退。即不知秦观往见君锡，更言何事。

又是日，王遹亦来见臣云："有少事谒中丞。"臣知遹与君锡亲，自来密熟，因令传语君锡，大略云："台谏、给事中互论灾伤，公为中丞，坐视一方生灵陷于沟壑，略无一言乎？"臣又语遹说与君锡，公所举秦观，已为贾易言了，此人文学议论过人，宜为朝廷惜之。臣所令王遹与赵君锡言事，及与秦观所言，止于此矣。二人具在，可覆按也。臣本为见上件事，皆非国家机密，不过行出数日，无人不知。故因熟密相知，议论及之。又欲以忠告君锡，欲其一言以救两浙亿万生齿，不为触忤。君锡遂至于此，此外别无情理者。

右臣既备位从官，弟辙以臣是亲兄，又忝论思之地，不免时时语及国事。臣不合辄与人言，至烦弹奏。见已家居待罪，乞赐重行朝典。取进止。

【译文】元祐六年八月四日，翰林学士承旨、左朝奉郎、知制诰兼侍读苏轼以札子的形式奏议：本月三日，我见到弟弟尚书右丞苏辙，他对我说，听御史中丞赵君锡说，秦观来见赵君锡，称被贾易揭发秦观的私事，以及我让朋友王遹去见赵君锡，说台谏官吏在一起商量两浙灾情，以及贾易揭发秦观的事情。请求加以审查。

我愚蠢不成样子，常常不自量力，私下里怀着忧国忧民之心。自从为小官开始，就好僭越议论朝政，多次因此而获罪。然而天性就是这样，不能完全改掉。我与赵君锡，以道义相结交，一见面总是议论天下大事。开始时并没有什么隔阂。最近我受诏回朝，在崇政殿门前见到赵君锡，他对我说起他老朽无能，担当起议论的责任，殷切盼望朋友们教诲。此后我又两次见到赵君锡，凡所谈论的，都是些忧国忧民的事情。请到赵君锡那里去调查，如果有一句谈及私事，就算我欺骗了皇上。赵君锡不久就有便笺向我致谢，其内容大略为："您从我面前经过，我听到您的教诲，谆谆诱导，全是些老师说的话。我将刻骨铭心，永远不忘。"我既见君锡从来倾心相交，以忠义相勉励，所以敢以士君子朋友的道义相交，无话不谈不加隐瞒。

还有秦观从少年开始就向我学习写文章，他文彩飞扬，议论敏锐。我实在爱护和敬重这个人，与他关系密切，最近在七月末，因为我弟弟苏辙对我说起贾易等人议论浙西灾情，请示查看虚实后处置，对于灾情严重的地段，准备让当地官吏，秉乘他们的旨意，因此他们不敢按实情奏报。却被给事中驳诉和谏官论奏。我于是问弟弟苏辙：

“你既忝列于执政当中，为什么下发这样的文件？”苏辙回答说：“大家心里都知道这样做不对，然而御史台和谏院的文件，从来不敢不执行。如果不执行，就需要群起力争，惊动皇上。”弟弟苏辙又说秦观说，赵君锡荐举得正字，现在又被贾易所议论。我因为最近刚从两浙地区出来，亲眼见到水灾的实情，及到京后，又接到后任林希、提刑马瑊以及属吏苏坚等人的信，都大谈灾害情况，有的严重程度超过了我所见到的。因此我多次奏请，虽然承蒙圣上恩典极力拯救，还是担心离庄稼成熟的时间还早，物力不足，人民不免要流亡饿死。如果再将贾易等人的意见传达下去，则官吏害怕御史台官员，不敢再把灾害的实情报上去，致使朝廷不再用力救济，则亿万民众，有饿死沟壑的危险。恰好秦观到我这里来，遂和他议论了这件事，又据实把贾易揭发他私事的事情告诉了他，想让他尽量辞掉皇上对他的任命，以得善终。却不知道秦观去见赵君锡，又说了些什么。

就在同一天，王遹也来到我这里，说：“有些小事去见赵君锡一趟。”我知道王与赵亲密，关系很好，于是要他向赵君锡传话，大意是说：“御史台、谏院和给事中讨论灾情，您为御史中丞，难道就坐视一方生命饿死在沟壑之中，而没有一句话吗？”我又告诉王遹让他说给赵君锡，您所举荐的秦观，已经被贾易弹劾了，此人文章议论都有过人之处，应该替朝廷珍惜这个人才。我让王遹向赵君锡所讲的事情，以及对秦观所讲的话，只有这些。两个人现在都在，可以核查。我本来认为上述这些事情，都不是国家机密，过不了几天，大家都会知道的，所以与熟识的朋友，议论到了这些事。又想以忠心劝告赵君锡，想让他说句话救救两浙亿万生灵，不为触犯。赵君锡的事情就这么多，此外没有任何事情。

微臣既在侍从官中任职，弟弟苏辙因为我是他的亲哥哥，又忝列于谋臣的位置上，不免时常和我谈论些国事。不应该对别人讲，以致引起弹奏，现在已请假在家反省，请求加重处罚。请皇上裁决。

辨题诗札子

元祐六年八月初八日，翰林学士承旨、左朝奉郎、知制诰兼侍读苏轼札子奏：臣今月七日，见臣弟辙与臣言，赵君锡、贾易言臣于元丰八年五月一日题诗扬州僧寺，有欣幸先帝上仙之意。臣今省忆此诗，自有因依，合具陈述。臣于是岁三月六日，在南京闻先帝遗诏，举哀挂服了当，迤逦往常州。是时新经大变，臣子之心，孰不忧惧？至五月初间，因往扬州竹西寺，'见百姓父老十数人，相与道旁语笑。其间一人以两手加额，云："见说好个少年官家。"其言虽鄙俗不典，然臣实喜闻百姓讴歌吾君之子，出于至诚。又是时，臣初得请归耕常州，盖将老焉，而淮浙间所在丰熟，因作诗云："此生已觉都无事，今岁仍逢大有年。山寺归来闻好语，野花啼鸟亦欣然。"盖喜闻此语，故窃记之于诗，书之当涂僧舍壁上。臣若稍有不善之意，岂敢复书壁上以示人乎？又其时去先帝上仙，已及两月，决非"山寺归来"始闻之语，事理明白，无人不知。而君锡等辄敢挟词，公然诬罔。伏乞付外施行，稍正国法。所贵今后臣子，不为仇人无故加以恶逆之罪。取进止。

【译文】元祐六年八月八日，翰林学士承旨、左朝奉郎、知制诰兼侍读苏轼以札子的形式奏议：本月七日，我见到我弟弟苏辙，他对我说，赵君锡、贾易说我元丰八年五月一日在扬州寺院的题诗，有对先帝逝世暗喜的意思。现在我回忆这首诗，写得有些因由，应该详细奏上。这一年的三月六日，我在南京听到先帝遗诏，举哀换上丧服之后，慢慢向常州走来。当时刚经过这么一场大变故，臣子的心里，哪个不忧心忡忡？到五月初，有事到扬州竹西寺，见到十几个老年百姓，聚集在路边谈笑。其间有一人双手加额，说："听说好一个少年皇帝。"这话虽说得粗陋不堪，然而我实在高兴老百姓歌颂我君主的儿子，出于诚心诚意。同时，我刚被允许归耕于常州，年纪大了，而淮河浙江地区为丰收地带，因此作诗写道："此生已觉都无事，今岁仍逢大有年。山寺归来闻好语，野花啼鸟亦欣然。"因为听到那句话高兴，所以私下里用诗记下来，写在当涂寺院的墙壁上。如果我稍有恶意，怎敢写到墙上让人看？再加上先帝逝世，已经两个月了，决不是"山寺归来"才听到的话，事情明明白白，没有人不知道。而赵君锡等人动辄就敢断章取义，公然诬陷欺骗。请求加重处罚，以正国法。希望通过此举使今后的臣子，不敢平白无故地给人加上恶逆之罪。请圣上裁决。

奏题诗状

元祐六年八月八日，翰林学士承旨、左朝奉郎、知制诰兼侍读苏轼状：准奏，尚书札子，苏轼元丰八年五月一日于扬州僧寺留题诗一首，八月八日，三省同奉圣旨，令苏轼具留题因依，实封闻奏。

右臣所有前件诗留题因依，臣已于今日早具札子奏闻讫。乞检会降付三省施行。谨录奏闻，伏候敕旨。

【译文】元祐六年八月八日，翰林学士承旨、左朝奉郎、知制诰兼侍读苏轼状奏：按照奏请，尚书省札子，元丰八年五月一日苏轼于扬州寺院题诗一首，八月八日，三省同奉圣旨，令苏轼将题诗的缘由和经过，封实奏上。

微臣把上述题诗的缘由，已在今天早上具札子奏闻完毕。请审查后下达三省执行。谨录奏闻，恭候圣旨。

申省论八丈沟利害状二首

一

元祐六年九月日，龙图阁学士、左朝奉郎、知颍州苏轼状申：右轼今看详前件李义修所陈划一事中。内三件，系欲开太康县枯河，及开陈州明河，并不涉颍州地分，无由相度可否利害。外有一件：“欲乞自下蔡县界以东，江陂镇以西，地颇卑下之处，难为开淘者，平地筑岸，如汴河例不纳众流，免致沟中满溢横出之患。所是田间横贯沟港，两下自有归头去处。间或于要会处如次河口之类，可置斗门，遇田间有积水，临时开闭，甚无妨也。”轼今看详，八丈沟首尾有横贯大小沟渎极多，并系自来地势南倾，流入颍河，别无两下归头去处。遇夏秋涨溢，虽至小者，亦有无穷之水。虽下愚人亦知其不可塞。今义修乃欲筑岸如汴河，不纳众流，显是大段狂妄。又一件云：“八丈沟首尾三百余里，当往来道路，岂能尽置桥梁？欲乞于合该县镇济要去处，创立津渡，小立课额，积久，少助堤岸之费。”轼今看详，议者欲兴大役，劳力费国，公私汹汹，未见其可。而义修先欲置津渡，立课额，以网小利，所见猥下，无足观采。其余议论虽多，并只是罗提刑、李密学意度，更加枝蔓粉饰，附会其说而已，别无可考论。其八丈沟利害，轼见子细相验，打量地势，具的确事件申奏次，谨具申尚书省。谨状。

【译文】元祐六年九月某日，龙图阁学士、左朝奉郎、颍州知州苏轼状申：现在我审定，上述李义修所陈奏的事实中，当中三条是准备开挖太康县的枯河，以及开挖陈州的明河，并不涉及颍州地段，无法考虑是否可行及其利弊所在。另外还有一件事情：“准备请求从下蔡县界以东，江陂镇以西，地势低下难以开淘的地方，平地筑岸，入汴河一律不接纳众流，免得沟中满了之后泛滥出来造成水患，所有横穿田间的沟沟汊汊，两下自有出口的地方。间或在重要地段如次河口之类，可以设置闸门，遇到田间有积水时，临时开闭，无大妨害。”我现在查看出，八丈沟两头横贯的大小沟渎极多，全是地势向南倾斜，流入颍河，另外两下没有出口的。遇到夏秋季洪水上涨，虽然是很小的一条沟，也有无穷之水。即使十分愚笨的人也知道不可堵塞，现在李义修却想筑岸入汴河，不接纳众流，显然是十分狂妄的想法。又一件事情是说：“八丈沟总共三百多里，穿过道路的地方，岂能全部架设桥梁？准备请求各县镇在交通要道的地方，创立渡口，稍加课税，积累时间长了之后，可以稍微帮衬一些维修堤岸的费用。”我现在发现。提这个建议的人是想兴起大役劳顿民力耗费国家财物，公私都不安宁，大家都认为此举不可行。而李义修想先置渡口，立课税，以收一些绳头小利，见识短浅，不值得采纳。其议论虽然很多，又全是京西北路提刑罗适、枢密院直学士李承之的意思，更加扩大和粉饰，附会其说而已，没什么值得认真对待的。关于八丈沟的具体情况，我现在正在仔细调查，丈量地势，准备把确切情况申报上去，谨具申报尚书省。谨状。

二

元祐六年九月日，龙图阁学士、左朝奉郎、知颍州苏轼状申：右轼体访得万寿、汝阴、颍上三县，惟有古陂塘，顷亩不少，见今皆为民田。或已起移为永业，或租佃耕种，动皆五六十年以上，与产业无异。若一旦收取，尽为陂塘，则三县之民，失业者众，人情骚动，为害不小。看详陈州水患，本缘罗朝散于府界疏道积水所致。今来进士皇维清，既知修复陂塘，可以弭横流之患，何不乞于府界元有积水久来不堪耕种之地，多作陂塘，不惟所占田地，元系积水占压之处，人户别无词说，兼亦陂塘既修之后，陈州水患自然衰减，更不消糜弊公私开三百五十四里沟渠。今来维清既欲依罗朝散擘画，起夫十八万人，用钱米三十七万贯石，开沟之后，又别夺万寿等三县农民产业，不知凡几千百顷，又别破人夫钱米以兴陂塘，显是附会罗朝散议论，有害无利，必难施行。轼自承领得上件省司文字，访闻得民间，已稍惊疑，若更行下逐县勘会古陂顷亩，及起税请佃年月，则三县农民，必大惊扰。其事既决难施行，所以更不敢行下勘会。其李密学、罗朝散等所欲会议利害，轼见行相验，别具利害申奏次。谨具申尚书省。谨状。

【译文】元祐六年九月某日，龙图阁学士、左朝奉郎、颍州知州苏轼状申：我调查出万寿、汝阴、颍上三县，只有古陂塘，面积不小，现今都变成了农田，或已变为农民的永业田，或租佃耕种，动辄都在五六十年以上，与他们私人的产业没多大差别。如果国家一旦没收，再把它们全部变为陂塘，则三县的老百姓会大批失业，人情骚动，危害不小。审查陈州的水灾，本是由于朝散大夫罗适在府界处疏导积水所致。现在进士皇维清，既然知道修复陂塘，可以清除水流漫延之灾，何不请求在府界原为积水已久不能耕种的地方，多建一些陂塘，不但所占的地面，原来是一些积水占据地方，农户无话可说，同时陂塘既修之后，陈州的水灾自然减弱，不用再耗费公私力量开挖三百五十四里沟渠。现在皇维清既准备按照罗适的筹划，调发民夫十八万人，花费钱粮三十七万贯石。开沟之后，又另外夺占万寿等三县农民田地，不知其几千几百顷，还要破费人力钱粮以兴修陂塘，显然这是附会罗适的议论，有害无利，难以施行。我自从接到上述省司文件后，访问民间，老百姓已经不安，如果再命令各县调查古陂塘面积以及交税求佃的时间，则三县农民肯定大为惊恐。其事既然很难施行，所以我不敢再下令调查。对于李承之、罗适等人所谈的利弊情况，我现在正在调查中，后当另将情况次第申奏。详细申报尚书省。谨状。

奏论八丈沟不可开状

元祐六年十月日，龙图阁学士、左朝奉郎、知颍州苏轼状奏：臣先奉朝旨，令知陈州李承之、府界提刑罗适、都水监所差官及本路提刑、转运司，至颍州与臣会议开八丈沟利害。臣以到任之初，未知利害之详，难以会议，寻申尚书省乞指挥逐官未得前来，候到任见得的确利害，别具申省，方可指挥逐官前来会议。进呈，奉圣旨，依所乞。

臣今来到任已两月，体问得颍州境内诸水，但遇淮水涨溢，颍河下口壅遏不得通，则皆横流为害。下冒田庐，上逼城郭，历旬弥月，不减尺寸。但淮水朝落，则颍河暮退，数日之间，千沟百港，一时收缩。以此验之，若淮水不涨，则一颍河泄之足矣。若淮不免涨，则虽复旁开百沟，亦须下入于淮。淮水一涨，百沟皆壅，无益于事，而况一八丈沟乎？

且陈之积水，非陈之旧也。乃是罗适创引府界积水，以为陈患，今又欲移之于颍。纵使朝廷恤陈而不恤颍，欲使颍人代陈受患，则彼此均是王民，臣亦不敢深诉。但恐颍州已被淮水逆流之患，而陈州但受州界下流之灾，若上下水并在颍州，则颍之受患，必倍于陈，田庐城郭，官私皆被其害，恐非朝廷之本意也。又况颍州北高南下，今颍河行于南，八丈沟行于北，诸沟水远者数百里，近者五七十里，皆自北泄下，贯八丈沟而南，其势皆可以夺并沟水，入于颍河。其间二水最大，一名次河，一名江陂。水道深阔，势若建瓴，南倾入颍河。而罗适欲以八丈沟夺并而东，此犹欲用五丈河夺汴河，虽至愚知其不可。而罗适与臣书，乃云："若疑之，只塞次河、江陂，勿令南流可也，何足为虑？"虽儿童之见，不至于此。纵使臣愚暗，全不晓事，与适相附会以兴大役，虽复起夫百万，靡费钱米至巨万亿，亦无由成，而况十八万人与三十七万贯石乎？

臣历观数年以来诸人议论，胡宗愈、罗适、崔公度、李承之以为可开，曾肇、陆佃、朱勃以为不可开，然皆不曾差壕寨用水平打量，见地形的实高下丈尺，是致臆度利害，口争胜负，久而不决。臣已选差教练使史昱等，令管押壕寨，自蔡口至淮上，计会本州逐县官吏，子细打量。每二十五步立一竿，每竿用水平量见高下尺寸，凡五千八百一十一竿，然后地面高下，沟身深浅，淮之涨水高低，沟之下口有无壅遏，可得而见也。并取到逐县官吏，保明文状讫，所有逐竿细帐，见在本州使案收管，更不敢上渎圣听。只具史昱等相验到逐节事状，缴连申奏，并略具下项要切利害：

一、臣到任之初，便取问得汝阴、万寿、颍上三县官吏文状称，罗适、崔公度当初相度八丈沟时，只是经马行过，不曾差壕寨用水平打量地面高下，是实。切详适等建议，起夫一十八万人，用钱米三十七万贯石，元不知地面高下，未委如何见得利害可否，及如何计料得夫功钱粮数目，显是全然疏谬。兼看详罗适所上文字称："八丈沟上口岸至水面，直深二丈五尺，至黄堆口，与淮水面约直深十丈有畸，即是陈州水面下比寿州淮河水面高七丈五尺。"又云："淮水面约阔二十余里。"又云："淮水大涨，不过四丈。"适只以此便定八丈沟下口必无壅遏。臣窃详适若曾用水平打量，见的实丈尺，必不谓之"约量"，显是臆度高下，难为凭信。今据史昱等打量，自蔡口至黄堆口至淮上溜分丈尺，及验得每年淮水涨痕高下，将溜分折除外，尚有涨水八尺五寸，折除不尽。其势必须从八丈沟内逆流而上，行三百里，与地面平而后止。显见将来八丈沟遇淮水涨大时，临到淮三百里内，壅遏不行。二水相值，横流于数百里间，但五七日不退，则颍州苗稼无遗类也。罗适云："淮水面阔二十余里。"今量阔处，不过三里。适又云："淮水涨不过四丈。"今验得涨痕五丈三尺。适又云："黄堆口至淮面直深十丈有畸。"今量得四丈五尺。三事皆虚，乃是适意欲淮面之阔与溜分之多，则以意增之，欲涨水之小，则以意减之。此皆有实状，不可移易，适犹以意增损，其他利害不见于目前者，适固不肯以实言也。

一，江陂、次河深阔高下丈尺，其势必夺八丈沟水南入颍河，及其余沟水如泥沟、瓦沟之类，皆可以回夺八丈沟，不令东流，实状已具史昱等状内。臣体验得每年颍河涨溢水痕，直至州城门脚下，公私危惧。若八丈沟不能东流，却为次河、江陂等水所夺，南入颍河，则是颍河于常年分外，更受陈州一带积水，稍加数尺，必为州城深患。而罗适、胡宗愈等皆云："自天地有水以来，万折必东，必无回夺之理。"既云"万折必东"，则是水有时而行于西南北，但卒归于东耳，非谓不折而常东也。水之就下，儿童知之，适等不必其就下而必其常东，此岂足信哉！适又云："方水涨时，颍河亦自涨满，不能受水，则次河、江陂安能夺八丈沟而南？"臣谓八丈沟比颍河大小不相侔，八丈沟必常先颍河而涨，后颍河而落。方颍河之不受水也，则八丈沟已先涨矣，安能夺诸沟而东？及八丈沟稍落而能行水，则颍河已先落矣，安得不夺八丈沟而南？此必然之理也！

一、据史昱等打量到，罗适回易八丈古沟，创开六处，计取民田二十七顷八亩，合给还价钱，或系官田地，虽数目不多，而罗适未曾计入钱粮数内。又看验得地性疏恶，合用梢桩，土薄水浅，地脉沮洳，开未及元料丈尺间，必有水泉，又难为倒填，车水兴功，兼地形高下不等，而沟底须合，取令慢平，沟身既深，沟面随阔，则适所计料，全未是实数。其一十八万人夫及三十七万贯石钱米，必是使用不足。

右八丈沟利害大略，具上件三事。其余更有不便事节，未易悉数，兼已略见于本路转运判官朱勃申省状内。及考之前史，邓艾本为陈、项间田良水少而开八丈沟，正与今日厌水患多之意不同，勃已论之详矣。伏望圣慈指挥，将朱勃申状与臣所奏，一处看详，即见八丈沟不可开事理实状，了然明白。乞早赐果决不开指挥，以安颍、寿之间百姓惊疑之心。不胜区区。谨录奏闻，伏候敕旨。

贴黄：据崔公度状称，取到寿州浮桥司状，照验得昨来五六月间，陈、颍州大水之时，淮水比常年大小，显见自是诸河泛涨，并积水为害，并不干淮水之事。看详崔公度所言，显是只将是年淮水偶然不大，便定永远利害。未委崔公度如何保得今后淮水与诸水永不一时皆涨乎？又，臣问得淮、颍间农民父老，若淮水小，则陈、颍诸河水无涨溢之理。公度所言，必非实事。

贴黄：罗适计料八丈沟要开深一丈，而汝阳县官吏，只计料八尺。适亦不知，据数申上，其疏谬例皆如此。

贴黄：胡宗愈、罗适等皆言八丈沟成，恐商贾舟船不复过颍州，故州城里居民豪户，妄生异议。今勘会蔡河水涨，每年中无一两月，其余月分，皆系小水。据罗适《图序》云，八丈沟上口岸去蔡河水面二丈五尺，而八丈沟止于地面上开深八尺，除大水涨时，沟口方与蔡河相通，至水落时，沟口去蔡河水面，乃高一丈七尺，颍人何缘过忧舟船不入城下？显是巧说，厚诬颍人，以伸其私意。

【译文】元祐六年十月某日，龙图阁学士、左朝奉郎、颍州知州苏轼奏议：我先接到朝廷旨意，令陈州知州李承之、府界提刑罗适、都水监所派官员以及本路提刑司和转运司长官，到颍州与我会商开挖八丈沟事宜。我因为刚刚到任，还不了解具体情况，难以商议，立即向尚书省请求让它指示各位官员暂时不要前来，等我到任了解一些情况后，再向尚书省请求，才可指示各位官员前来会商。进呈递上去后，奉圣旨，按我的奏请办。

现在我到任已经两个月，调查出颍州境内的水情，只要遇到淮河涨水，颍河下游壅塞不通，则皆泛滥为害，下侵田宅，上逼城郭，历旬满月，也不退去一尺一寸。只要淮水水位早晨降下，颍河河水晚上也就退了，几天之间，千沟百渎，水面同时收缩。如此说来，淮河不涨水，一条颍河来泄水也就够了；如果淮河不断上涨，即使在旁边再挖一百道沟，也要在下游汇入淮河，淮河水一涨，各条沟渎都被壅塞，无济于事，更何况一条八丈沟呢？

而且陈州的积水，也不是从来就有的，而是罗适疏导府界积水，才给陈州造成灾患的，现在又要把灾害转嫁到颍州，想让颍州人民代替陈州受灾，则大家都是王政之下的臣民，我也不敢多说，只怕颍州已受淮水倒流的祸患，而陈州只受州界下游之灾，若上游、下游的水流一齐泄于颍州，则颍州的灾害，肯定是陈州的几倍，田舍城郭，公家私人都受灾害，恐怕这不是朝廷的本意。何况颍州北面高而南面低，现在颍河从南部流过，八丈沟从北部穿行，各道沟渎长的几百里，短的五七十里，都从北面泄来，穿过八丈沟而向南流，其势头都可以夺并八丈沟的水流而注入于颍河之中。这中间有两条河流最大，一条叫作次河，一条叫作江陂。水道既深且宽，其势若高屋建瓴，向南倾入颍河，而罗适准备用八丈沟将它们夺并东流，这就像用五丈河来夺汴河一样，即使傻瓜也知道它不可行。而罗适写信给我，却说："如果有疑问，只要把次河和江陂堵上，不让它们南流就可以了，不值得忧虑。"即使是儿童的见识，也不至于这样。纵然我十分愚蠢，全不晓得事理，与罗适相附会以兴起大工程，然而再调发上百万的人力，耗费钱粮几万亿贯石，也无法成功，何况现在只有十八万个劳力和三十七万贯石的钱粮呢？

我把近年以来各人的建议通览一遍，胡宗愈、罗适、崔公度、李承之认为可以开挖，曾肇、陆佃、朱勃认为不能开挖，然而都不曾派人用水平仪测量，量出地形高下的确切尺寸，因此导致猜测利弊，空谈理论以决胜负，久争而不能决。我已选派教练使史昱等人，让他率领着那些壕寨们，从蔡口到淮上，会同本州各县官吏，仔细测量。每二十五步竖起一根竿子，每根竿子用水平仪量出高低尺寸，一共五千八百零十一根竿子，然后地面的高低，沟身的深浅，淮河涨水时水位的高低，沟口处有无堵塞等情况，都可一目了然。并命令各县官吏明确立下保证书，所有各竿的数字，现存于本州使案处，不敢再惊动皇上。现在只把史昱等人调查到的各种情况，一并申奏上去，并将以下几件重要的事情写清奏上：

第一，我到任之初，就从汝阴、万寿、颍上三县官吏的文状中发现，罗适、崔公度当初测量八丈沟时，只是骑马而过，并不曾差人用水平仪丈量地面高低，这个情况属实。仔细研究罗适等人的建议，调发民夫十八万人，使用钱粮三十七万贯石，本不知地面高低，不知怎么发现事情是否可行，以及如何估算出功力与钱粮的数量，显而易见这是粗略估计。再审查罗适奏上的报告，他宣称："八丈沟上口的岸边到水面，深两丈五尺，到黄堆口，与淮河的水面约直深十丈多一点，这说明陈州的水面比寿州地段的淮河水面高出七丈五尺。"又说："淮河水面约宽二十多里。"还说："淮水涨得最大的时候，其深度也不超过四丈。"罗适根据这些材料，便敢断定八丈沟下游一定不会壅塞。我私下里在想罗适如果用水平仪测量，见到确切的数字，必然不会说"约计"之类的话，显然全是些臆测之辞，他所说的高低难以作为凭证。现在根据史昱等人的测量，从蔡口到黄堆口淮河河面的尺寸，以及查看每年淮河涨水痕迹的高低，将溜分排除之后，还要涨水八尺五寸，排除不完，其势必须从八丈沟逆流而上，倒灌三百里，与地面平而后止。显而易见将来八丈沟遇到淮河水涨的时候，与淮河相连接的三百里内，肯定壅塞不流。二水交汇，泛滥于几百里内，只要有五七天不退，颍州的庄稼就全完了。罗适说："淮河水面宽二十多里。"现在丈量最宽的地方，不超过三里。罗适还说："淮水再涨，水深也不会超过四丈。"现在丈量涨水的痕迹为五丈三尺。罗适又说："黄堆口岸到淮河水面的深度是十丈多一点。"现在测量只有四丈五尺。这三个数据都与实际不符，这是由于罗适想让淮河水面宽一点、溜分多一点，就按自己的心愿来增加，想让涨水小一点，就按自己的意愿来减少。这都是些基本事实，不能改变，而罗适还是按照自己的意愿加以增减，其他不见于眼前的事情，罗适更不会据实道来了。

第二，江陂、次河宽深高低变化一丈或一尺，其势就要夺八丈沟之水而向南注入颍河，其余沟渎像泥沟、瓦沟之类，都可以倒流夺八丈沟，使其不能东流，具体情况已写在史昱的奏状里。我查得颍河每年上涨的痕迹，直到州城城门的脚下，官私都感到害怕。如果八丈沟不能东流，却被次河、江陂等河流所夺，向南流入颍河，则颍河在正常水流之外，又接纳了陈州一带的积水，如果再稍微上涨几尺，肯定会对州城造成很大的危害。罗适、胡宗愈等人却说："自天地之间有河流以来，经过一万次曲折，最终还得向东流去，决无回夺之理。"既然说“再曲折也要向东流去”，则水有时流向西方，流向南方或流向北方，只是最终归于东方而已，不是说一点弯也不拐就常向东流。水往低处流，这个道理连儿童也知道，罗适等人对它往低处流不敢肯定，却敢断定它往东方流，怎能令人相信呢？罗适又说：“当涨水的时候，颍河自己也要涨满，不能接纳其他河流的洪水，则次河、江陂怎能再夺入八丈沟而南流？”我认为八丈沟的大小与颍河不成比例，八丈沟时常肯定比颍河先上涨，水位下降则在颍河之后。当颍河不能容纳的时候，八丈沟早已涨得满满的，又怎能挟带各沟渎之水而东流？到八丈沟水位稍微下降而水流能够通畅时，则颍河水位早已降下，又怎能保证各沟渎不夺八丈沟之水而南流？这是必然的道理。

第三，据史昱等人的调查，罗适改变古八丈沟的河道，开挖六个地方，共计占用农田二十七顷八亩，应该发放补偿钱额，有些是公家土地，数额虽然不大，而罗适却没有把这笔钱计算在耗费钱粮的总数之内。我们还发现这里土质疏松，应该打一些木桩，土薄水浅，一片沼泽，开挖不到最初预计的深度时，就会出现泉水，又难以回填，必须花大力气把水提出来，再加上地形高低不等，而沟底须合，取令慢平，沟身既深，沟面随之就要加宽，则罗适的预算，都不是实数。十八万民夫和三十七万贯石钱粮，肯定不够用。

上面将八丈沟的大致情况，概括成三个方面奏上。其余还有一些不便的事实，不能一一细说，同时有些内容已见于本路转运判官朱勃申奏给尚书省的状子内。对照前代的史书，邓艾本是因为陈州和项城之间土质好而缺水才开挖八丈沟的，与今天因为积水太多造成灾害的情况正好相反，朱勃对此已有详细的论证。恳求圣上垂慈把朱勃的状子和我的奏请放在一起审查，即可看出八丈沟不能开挖的道理是一目了然的。请求早一点果断下达不开的指示，以安定颍州、寿州之间老百姓受惊恐的心理，不胜区区之忠。谨录奏闻，恭候圣旨。

补言：据崔公度的状子说，收到寿州浮桥司的一封状子，查得最近五六月间，陈州、颍州大水的时候，淮河之水与往年无大变化，由此可见各河河水暴涨，并积水成灾，与淮河并无多大关系。审查崔公度的话，显然以今年淮河偶然没有暴涨，便看作永远都是这样，不知道崔公度怎样保证今后淮河与各条河流不会同时发大水呢？同时，我听淮河和颍水流域的老农们讲，如果淮水不大，则陈州和颍州地区的河流便无暴涨之理。崔公度所说的，一定不符合实情。

补言：罗适估计八丈沟要挖一丈深，而汝阳县官吏，只估计挖八尺深，罗适不知道，就把两个数据同时申报上去，其疏忽荒谬大都像这样。

补言：胡宗愈、罗适等人都说如果八丈沟挖成，恐怕商人的舟船不再从颍州通过，所以州城里的居民豪强，妄生异议。现查得蔡河涨水，一年中不超过一两个月，其余月份，都是小水。据罗适的《图序》说，八丈沟上口离蔡河水面为二丈五尺，而八丈沟只在地面上开挖八尺，除了洪水涨得极大时，沟口才与蔡河相通，到水落的时候，沟口距离蔡河的水面，还有一丈七尺高，颍人为什么要担忧船只不入城中？显然这是花言巧语，诬陷颍州人民，以伸张他们自己的私心。

奏淮南闭籴状二首

一

元祐六年十一月日，龙图阁学士、左朝奉郎、知颍州苏轼状奏：据汝阴县百姓朱宪状，伏为今年旱伤，稻苗全无，往淮南籴得晚稻一十六石，于九月二十八日到固始县朱皋镇，有望河栏头所由等栏住宪稻种，不肯放过河来，当时寄在陈二郎铺内。当来榜内只说栏截籴场粳米，不得过淮河，并不曾声说栏截稻种。今来不甘被望河栏头所由等栏截稻种，有误向春布种，申乞施行。

臣寻备录朱宪状及检坐敕条，牒淮南路监司及光州固始县并朱皋镇等处，请依条放行斛斗，不得栏截，至今未有施行回报。兼体问得本州今年系秋田灾伤，检放税赋，百姓例阙谷种。见今在市绝少斛斗，米价翔贵，本州见阙军粮，亦是贵价收籴不行。寻勾到斛斗行人杨佶等，取问在市少米因依。其杨佶等供状称，问得船车客旅等，称说是淮南官场收籴，出立赏钱，不得津般粳米过淮南界，是致在市少米，须至奏乞指挥者。右检会《编敕》，诸兴贩斛斗，虽遇灾伤，官司不得禁止。又条，诸兴贩斛斗及以柴炭草木博籴粮食者，并免纳力胜税钱，注云旧收税处依旧，即灾伤地分，虽有旧例亦免。臣顷在杭州，亲见秀州等处为官籴上供粳米违条，禁止贩卖，及灾伤地分，并不依条免纳力胜税钱，于官并无所益，依旧收籴不行，徒使百姓惊疑，各务藏蓄斛斗，不肯出粜。致饿损人户，为害不少。今来淮南官吏，又袭此流弊，违条立赏，行闭籴之政，致本州城市阙米，农民阙种。若非朝廷严赐指挥，即人户必致失所。

伏乞备录臣奏及开坐敕条，指挥淮西转运、提刑司，行下逐州县，不得更似日前违条，禁止兴贩斛斗过淮。并勘会辖下，如系灾伤地分，不得违条收纳米谷力胜税钱。所贵逐路官司，稍获均济。仍乞速赐行下，使灾伤农民，早行耕种。谨录奏闻，伏候敕旨。

【译文】元祐六年十一月某日，龙图阁学士、左朝奉郎、颍州知州苏轼奏请：据汝阴县百姓朱宪的状子，因为今年旱灾，没有秧苗，到淮南购买了十六石晚稻，于九月二十八日行至固始县朱皋镇，被望河栏头所由等拦住，不肯放过河来，稻种当场被扣下后寄放在陈二郎的店铺内。当时张贴过来的文告里只说拦截籴场的粳米，不得渡过淮河，并没有声明拦截稻种，现在不敢甘被望河栏头的理由等拦截播种水稻，耽误明年春季的播种，请求有关衙门过问后予以放行。

我立即将朱宪的状子以及有关敕令检出全部抄清，行文淮南路有关衙门以及光州固始县和朱皋镇等处，请求按照规定将粮食放行，不得拦截，至今没有接到办理的消息。并查出本州今年是秋季受灾，减免赋税，百姓谷种一律短缺，现今市面上很少有卖粮的，粮价昂贵，本州现在军粮仍有缺额，也因为价格太贵而收不上来。立即找来开粮行的杨佶等人，询问市场上少米的原因。杨佶等人的供状称，查得车船过客等人，称说淮南路公家收购，立了悬赏，不得将粳米运出淮南地界，致使市场上粮食短缺，必须奏请明确的指示。微臣对照《编敕》，贩卖粮食，虽遇上灾荒，官府也不能禁止。又规定，凡是贩运粮食以及用柴炭草木来交换粮食的，全部免纳力胜税钱。注释说以前收税的地方也要免收，即使是灾区，虽有旧例也要免收。此前不久我在杭州，亲眼见到秀州等地为官府收购上供粳米违反规定，禁止贩卖，再加上受灾地段，并不按规定免收力胜税钱，对官府来讲没有增加多少收益，依然收不到粮食，白白让老百姓受惊吓，各自尽量储藏粮食，不肯拿来出售，致使缺粮人家，受害不小。现在淮南地区官吏，又沿用这种弊政，违反规定立下悬赏，禁止粮食买卖。致使本州城里市场上无粮可卖，农民缺少种子。如果朝廷不下达严厉的指示，老百姓必然要饿得流离失散。

请求将我的奏议以及有关规定，全部抄录下来，指示淮南西路的转运司和提刑司，下达给各州县，不准再像以前那样违反规定，禁止贩运的粮食从本路经过。并调查自己下辖的地区，如果是受灾地段，不准违反规定征收五谷力胜税钱。希望通过这一措施，使各路官府都得到一些救济。同时请求迅速下达，使灾区的农民能早一点耕种。谨录奏闻，恭候圣旨。

二

元祐六年十一月日，龙图阁学士、左朝奉郎、知颍州苏轼状奏：臣近为光州固始县朱皋镇官吏违条禁止本州汝阴县百姓朱宪收籴稻种，不令过淮，及取到行人杨佶等状称，是淮南官场籴米，立赏禁止米斛过淮，致本州收籴军粮不行，及农民阙种，城市阙食，已具事由闻奏，乞严赐指挥淮南监司，不得违条禁止贩卖米斛。仍乞勘会，如系灾伤地分，不得违条收五谷力胜去讫。仍已令本州一面移牒淮南提、转及光州固始县朱皋镇等处，放行斛斗，其提转州县，并不回报依应施行。

惟朱皋镇官吏坐到本州县牒："所准淮南西路提刑司指挥出

榜云，如有细民过渡，回运米斛，不满一硕，即勒白日任便渡载外，有一硕以上，满一席者，并仰地分捉拽赴官，依法施行。犯人备赏钱一贯。每一席加赏钱一贯。若或夜间过渡，一硕以下，犯人出赏钱一贯。每席加一贯。其所捉来到米数，却勾栏前来，于本县元籴处出粜。若系他人捉到，其经历地分勾当人，并勾追勘断。以此，至本镇不敢放过米斛。”又于今月十五日，据汝阴县百姓杨怀状：“为本庄不熟，遂典田土得钱，于淮南收籴到纳税及供家吃用米四硕，被朱皋镇立赏勾栏，不令过淮。”臣又亲自体问得本州寄居官户，皆言：“有田在光州界内，今年为颍州米贵，各令人于本庄取米纳税供家，并被本处官司立赏禁止，不放前来。”切详逐州、县、镇，若非监司公然违背朝廷敕条，明出榜示，禁绝邻路糇粮，即逐处官吏，亦未敢似此肆行乖戾之政。须至再奏，乞赐指挥者。

右臣窃见近年诸路监司，每遇米贵，多是违条立赏闭籴，惊动人户，激成灾伤之势。熙宁中，张靓、沈起首行此事，至浙中饿死百余万人。臣任杭州日，累乞朝廷指挥，亦蒙施行。今来淮西提刑，既欲收籴官米，自合依市直立定优价，则人户岂有不赴官中卖之理？今乃明出榜示，严行重赏，令人捉拽勾栏收籴，显是强买人物，为国敛怨，无甚于此。况提刑司明知《编敕》“虽遇灾伤，不得禁止贩卖斛斗”，乃敢公出榜示，立赏禁绝！淮南、京西均是王民，而独绝其糇粮，禁其布种，以至官户本家庄课，亦不得般取吃用，违法害物，未之前闻。其逐州、县、镇官吏，亦明知有上条及臣已坐条关牒，并不施行，宁违朝廷《编敕》条贯，不敢违监司乖戾指挥。

伏望圣慈详酌，早赐问取施行，少免官吏恣行，农民无告。谨录奏闻，伏候敕旨。

【译文】元祐六年十一月某日，龙图阁学士、左朝奉郎、颍州知州苏轼状奏：近来因为光州固始县朱皋镇官吏违反规定禁止颍州汝阴县百姓朱宪收购稻种，不让通过淮南西路，以及收到开粮行的杨佶等人的状子称，淮南地区公家收购粮食，悬赏禁止粮食外流，致使颍州收不到军粮，农民缺少种子，城里市面上不见粮食，我已将这个情况奏报上去，请求向淮南两路有关部门下达死命令，不准违反规定禁止粮食买卖。同时请斟酌，如果确系灾区，不准违反规定征收五谷力胜钱。同时还要下令本州立即向淮南西路提刑司、转运司以及光州固始县朱皋镇等处送去公文，请求他们将粮食放行，那些要提点、转运的州县，并无回音说按照请求已经办理了。

只有朱皋镇官吏回答本州及汝阴县的公文说："按照淮南西路提刑司出示的榜文说，如果有平民百姓摆渡，回运粮食，不满一硕的，限令在白天随便渡载外，有一硕以上、超过一席的，要求地方一律捉拿赴官，依法办理。犯禁的人，要交纳一贯钱的罚金作为捉拿者的赏钱，每多一席，增加罚金一贯。如果夜里偷渡，一硕以下，犯禁的人交纳罚金一贯，每增多一席，罚金增加一贯。对于缉拿的粮食，要拦截过来，在本县原来收购的地方卖掉。如果是别人捉到的，所经过地段的干人，一律勾追勘断。因此，本镇不敢放过贩运的粮食。"又在本月十五日，接到汝阴县百姓杨怀的状子称："因为本庄今年庄稼歉收，遂典卖土地得了些钱，在淮南地区买了供纳税和自家食用的四硕大米，被朱皋镇立赏拦截，不准运出淮南路。"我又亲自询问一些寄居在本州的品官之家，大家都说："我们在光州有些田产，今年因为颍州粮价太贵，各自派人到自己的庄园上运一些粮食来纳税和自家食用，都被当地官府立赏禁止，不予放行。"仔细考虑各州、县、镇，如果没有路级衙门公然违背朝廷的命令，明确放出告示，禁止邻路来买粮食，那么各处官吏，也不敢像这样肆无忌惮地推行如此荒谬的政策。必须再加奏报，请求下达指示。

我发现近几年各路的转运司、提刑司和提举常平司，每当遇到粮价上涨时，总是违反规定下令关闭粮食交易市场，惊动百姓，加剧灾害的严重程度。熙宁中叶，张靓、沈起首先这样做，致使浙中地区一下子饿死了上百万人。我任杭州知州的时候，屡次请求朝廷指示加以禁止，也蒙施行。现在淮南西路的提刑司既然要收购公粮，自然应该依照市面上的价格定一个优惠价，则老百姓哪有不将粮食卖给公家的道理？现在却明确张榜告示，严行赏罚，令人捉拿拦截外运的粮食，这显然是强买别人的东西，为国家招致怨恨，没有比这更严重的事情。况且提刑司明明知道《编敕》里有这样的规定："即使遭受了灾害，也不得禁止粮食交易"，却敢公然贴出告示，立赏禁绝！淮南路和京西路的老百姓都是王政之下的臣民，而独独断绝其食粮，禁止他们播种，甚至官户自家庄园里的课税，也不能搬取食用，违法乱纪到了这种程度，真是闻所未闻！各州、县、镇官吏，明明知道上述规定以及我按照规定而发去的公文，却顶住不办，宁肯违背朝廷《编敕》精神，也不敢违背本路官府的荒谬指示。

恳求圣上垂慈详加斟酌，早一点过问后加以处理，以此来消除官吏们恣意妄为，农民无处申诉的苦处。谨录奏闻，恭候圣旨。

乞赐度牒籴斛斗准备赈济淮浙流民状

元祐六年十二月二十五日，龙图阁学士、左朝奉郎、知颍州苏轼状奏：臣近因出城，市中时有扶挈襁褓如流民者。问之，皆云自寿州来。寻取问得城门守把者，亦云时有此色人。见淮西提刑司出榜立赏，不许米斛过淮北。因此，体问得士人南来者，皆云："今秋庐、濠、寿等州皆饥，见今农民已煎榆皮，乃用糠麸杂马齿苋煮食。兼寿州盗贼已渐昌炽，安丰县木场镇打劫施助教家，霍丘县善乡镇打劫谢解元家，六安县故镇打劫魏家。贼徒皆十余人，或云二三十人，颇有骑马者，器仗甚备。每处赃皆数千贯，申报官司，多不尽实，亦有不申报者。兼颍州界亦有恶贼尹遇、陈兴子、郑饶、李松等数人，皆老奸逋寇，私立名号，与官吏斗敌，方欲结集，规相应和。近日虽已败获，深恐淮南群盗不止，流入颍州界，纵不能为大害，但饥民附之，徒党稍众，如王冲、管三之流，便不易捕获。臣又闻淮南自秋至今，雨雪不足，麦熟不熟，盖未可知，若麦不熟，必大有饥民。浙西、江东既非丰熟地分，势必流徙北来，则颍州首被其患。若流民至颍，而官无以济之，则横尸布路，盗贼群起，必然之势也。所以须至事先奏乞。若至时元无此事，臣不敢避张皇过当之罪。若隐而不言，仓卒无备，别成意外之虞，其罪大矣。臣日夜计虑，势不可缓。谨具条件如下：

一、勘会本州常平斛斗，见管粳米三万四千余石，通纽元籴价每斗计一百一十八文有畸。菉豆一万三千余石，通纽元籴价每斗计七十二文有畸。小麦二万五千余石，通纽元籴价。每斗计五十四文有畸。上件三色，并系元籴价高，纵依条量减出粜，亦未能大段平减市价。兼流民转徙失所，必无钱收买官米，虽依条许借贷人户，又缘流民既非土著，将来无缘催索；又条许常平斛斗召募饥民工役，及许依乞丐人给米斛，不得过所限之数两倍。臣今相度，不惟饥民羸弱聚散不常，难为工役，又缘常平斛斗本法，元只用粜籴以准平市价，若将召募工役及依乞丐人例给与，则是有出无收，今后常平本钱，日耗不已，有时而尽。臣知杭州日，为见浙西饥馑，全赖常平粜米，所救活不可胜数。以此知常平官本，只可令增，不可令耗。屡曾奏乞立法，常平钱米，只许粜籴外，不得支用。虽未蒙施行，所有本州见管常平斛斗，臣终不敢以流民之故，辄乞费用，留以准备来春斛斗翔贵时出粜，以济本州百姓。

贴黄：若蒙行下户部，不过检坐常平条贯量减价出粜，及召募饥民工役，并依乞丐人给米之数行下，皆是空文，无益实事。乞自朝廷详酌，特赐裁处。

又贴黄：元丰以前，常用常平钱米召募饥民工役，虽有减耗，却将宽剩息钱补填。今来常平官本，有出无收，若不立法禁止杂支，则数日而尽，深为可惜。乞检会臣前奏施行。

一、勘会本州见管封桩陕西军兵请受及禁军阙额粳米三千七百余石，估定每斗八十文，小麦三万三千余石，估定每斗六十文；菉豆二千一百余石，估定每斗五十五文；粟米三百余石，估定每斗九十文；豌豆五千一百余石，估定每斗六十文。准条，许估定价例出粜。除勘会本州军粮粳米年计不足，今将转运司钱兑籴上件封桩粳米充军粮外，其余小麦、菉豆、粟米、豌豆可以奏乞擘画钱物，尽数兑籴，准备赈济流民。

贴黄：所有逐色估定价例，并是在市实直，如蒙施行，乞依今来估定价例兑买。

右臣伏望圣慈愍念淮浙累岁灾伤，来年春夏必有流民。而颍州正当南北孔道，万一扶老携幼，坌集境内，理难斥遣。若饥羸道路，臭秽薰蒸，饥民同被灾疫之苦。弱者既转沟壑，则强者必聚为寇盗。欲乞特赐度牒一百道，委臣出卖，将钱兑买前件小麦、粟米、菉豆、豌豆四色封桩斛斗，候有流民到州，逐旋支给赈济。如至时却无流民，自当封桩度牒价钱，别听朝廷指挥。谨录奏闻，伏候敕旨。

贴黄：臣若不预作擘画陈乞，则仓卒之间，必难应办。若不密切奏论，至此声先驰，则恐引惹饥民，并来本州，官物有限，中路阙绝，则死者必众，反为深害。所以今来亲书奏状，贵免泄漏。臣以目昏，书写不谨，伏乞恕罪。如蒙施行，乞作不下司文字，伏臣措置。

又贴黄：臣所奏濠、寿等州灾伤盗贼次第，问得皆有本末，非是风传道路之言。深虑本路及逐州各有检放赋税元未奏陈，致朝廷不信臣言。臣在杭州日，亲见监司州县，例皆讳言灾伤。只如今年苏、湖水灾，可为至甚，而台官贾易等，犹欲根究其事，行遣言者。苏州积水未退，尚土城门，而知州黄履已奏秋种有望。似此蒙蔽，习以成风。伏望圣慈试采臣言，过作准备，则一方幸甚。

【译文】元祐六年十二月二十五日，龙图阁学士、左朝奉郎、颍州知州苏轼状奏：我因为近日在城中市场上视察，不时发现一些拖儿带女形迹像流民一样的人。询问他们，都说是从寿州来的。立即找来把守城门的官吏，也说时常发现一些这样的人。发现淮南西路提刑司发出的告示，不许粮食运向淮河以北。因此，查问南来的士人得知："今年秋季庐州、濠州和寿州等地都发生了饥荒，现今农民已在煮榆树皮，伴以米糠麦麸和马齿苋草吃。同时寿州的强盗，已逐渐猖獗起来，他们在安丰县木场镇打劫了施助教家，在霍丘县打劫了谢解元家，在六安县故镇打劫了魏家。强盗都是十几个人，也有人说是二三十人，还有一些骑马的，武器齐备。每处劫得赃物都是几千贯，向官府报告时，大都不是实际损失的数字，有的干脆不报告。同时颍州境内也有恶贼尹遇、陈兴子、郑饶、李松等人，都是些老奸巨猾，私立名号，与官府相抗争，正想勾结在一起，遥相呼应，近日虽然已将他们打败擒获，只怕淮南地区群盗蜂拥而起，流窜到颍州境内，纵然不能造成很大的危胁，但饥民依附他们，团伙扩大，如王冲、管三之流，便不易捕获。我还听说淮南地区从入秋以来到现在，雨雪一直不足，明年小麦的收成究竟怎样，现在还很难说，如果小麦收成不好，很多人就会缺粮。浙西和江东地区歉收，饥民势必向北流浪，那样颍州受害首当其冲。流民到颍州后，如果官府没有钱粮救济，则横尸满路，盗贼群起，就是情理之中的事情。所以我必须事先奏请。如果到时候没有这样的事情，我不敢推卸惊慌失措的责任；而如果我隐瞒不报，仓猝没有准备，中途造成意想不到的灾患，那罪过就更大了。我日夜考虑，认为刻不容缓。谨具意见如下：

第一，查得本州常平仓粮食，现有粳米三万四千多石，总合原来的收购价为每斗一百一十八文多一点；绿豆一万三千多石，总合原来的收购价为每斗七十二文多一点；小麦两万五千多石，总合原来的收购价为每斗五十四文多一点。上述这三宗粮食，原来的收购价都比较高，纵然按规定酌量降价出售，也不能使粮价大幅度下降，再加上流民流离失所，肯定没有钱来买这些粮食；虽然按规定可以对老百姓发放借贷，又因为流民都不是土著居民，将来没办法催还；还有规定允许用常平仓的粮食召募饥民以工代赈，以及允许按照乞丐的标准发放粮米，不得超过规定数额的两倍。现在我琢磨，不但饥民羸弱，聚散无常，难以让他们服工役，又因为按照救济的最初规定，原来只用于收购和出售以平抑物价，如果招募工役以及按照乞丐的标准发放，则是有出无入，今后常平仓的本钱，每天不停地耗费，不久就会用尽。我在杭州任知州的时候，因为看到浙西地区的灾荒，全靠常平仓抛售粮食，救了许多人的性命。因此知道常平仓内的公家本钱，只能增加，不能消耗。曾经屡次奏请制订法律，明确规定常平仓的钱粮，只许用在收购和抛售粮食上，其他事情不准挪用，虽然这个建议没被采纳，但本州所有现存的常平仓粮食，我终久不敢因为流民的缘故，轻易奏请使用，留下来准备明年春天粮价飞涨的时候抛售出去，以救济本州百姓。

补言：如果将这件事交给户部，他们不过提出按常平仓的规定酌量减价出售，以及招募饥民以工代赈，还有就是按乞丐的办法发放粮食等，这都是些一纸空文，对于实际没有一点益处。请求朝廷亲自加以斟酌，特别予以裁决。

再补言：元丰年间以前，经常用常平仓的钱粮招募饥民以工代赈，虽然有一些损耗，却把宽余的利息填补上去。现在常平仓公家的本钱，有出无入，如果不明确规定不得挪用，则过不了几天就会用完，十分可惜。请对照我上面的奏请施行。

第二，查得本州现在库存有陕西军兵请受以及禁军缺额粳米三千七百多石，估计每斗八十文钱，小麦三万三千多石，估定每斗六十文钱；绿豆两千一百多石，估定每斗五十五文钱；粟米三百多石，估定每斗九十文钱；豌豆五千一百多石，估定每斗六十文钱。按照规定，可以按估定价格出售。查得除本州军粮中粳米不足今年的定额，现将转运司的钱用来收购一些粳米库存起来以充军粮外，其余小麦、绿豆、粟米、豌豆可以奏请筹画钱物，全部收购过来，准备救济灾民。

补言：所有各宗的估定价格，都是现在市面上的实际价格。如蒙批准，请按现在估定的价格来收购。

微臣恳求圣慈垂怜淮浙地区连年遭灾，明年春夏之间肯定会有流民出现。而颍州正当南北交通之孔道，万一扶老携幼，聚集于境内，按情理难以斥退。如果饿死在道路上，臭气蒸发，饥民则有遭受瘟疫的危险。瘦弱者既被饿死在野外，强壮者就会聚集起来造反。准备请求特别赐给一百道度牒，让我来出售，将钱用于购买上述四宗小麦、粟米、绿豆、豌豆，等到有流民到来，分别发放赈济。如果到时候没有流民，卖度牒的钱财自当封存起来，听任朝廷用在别处。谨录奏闻，恭候圣旨。

补言：如果我不事先筹画奏请，则仓猝之间，肯定难以应付。如果不将奏请的事情保密，这个消息一传出去，又恐怕招引得饥民一齐向本州涌来，公家的东西毕竟有限，届时中途供应不上，肯定会有更多的人被饿死，反而造成危害。因为眼花，书写得不工整，请求宽恕。如施行，请求作为不下司文件，直接交给我来办理。

又补言：我所奏报的濠州、寿州等地灾害盗情，都是有根有据的，并非传闻不实之辞。很担心本路及各州官吏，各有减免赋税原未奏请，致使朝廷不相信我的话。我在杭州的时候，亲眼见到路、州、县官吏，一律不愿奏报灾情。比如今年苏州和湖州地区的水灾，可以说十分严重，而御史台官员贾易等人，还准备追查此事，惩罚奏报的人。苏州积水尚未完全退去，城门下面还堆着土堆挡水，知州黄履就奏报秋播已有希望。像这样蒙蔽朝廷的作法，沿袭下来成为风气。恳求圣上垂慈采纳我的建议，多作一些准备，则是一方百姓的万幸。

卷四十九　奏议

乞将合转一官与李直方酬奖状

元祐七年正月日，龙图阁学士、左朝奉郎、知颍州苏轼状奏：臣自到任以来，访问得本州旧出恶贼，自元祐二三年间，管三等啸聚为寇。已而又有陈钦、邹立、尹荣、尹遇等，亦是群党劫杀，累至与捕盗官吏斗敌。是时，朝廷访闻以名捕此等数人，寻已捉获凌迟处斩。惟尹遇一名漏网得脱，不改前非，结集陈钦之弟陈兴、郑饶、李松等数人，不住惊劫人户。尹遇自称“大大王”，陈兴称“二大王”，郑饶称“饶三”，李松称“管四”。乡村畏慑，不敢言及。纵被劫杀，不敢申报，以致被杀之家，父母妻子，不敢声张举哀。百姓蔡贯、莫諲、董安三人，只因偶然言及遇等，即时被杀，内董安仍更用尖刀割断脚筋，其余割取头发，及杀伤者不可胜数。每次打劫，皆用金贴纸甲，其余兵仗弓弩并全。累次与捕盗官吏斗敌，内一次射杀弓手。兼近日寿州界内，强贼甚多，打劫魏家、谢解元、施助教等家，皆一二十人，白昼骑马于镇市中劫人。其尹遇等闻之，即欲商量应和，居民忧惧。

臣度事势迫切，即差职员监勒捕盗官吏，责限收捕。有汝阴县尉李直方，素有才干，自出家财，募人告缉，知得逐贼窟穴去处。内陈兴、郑饶、李松等人，见住寿州霍丘县开顺场。尹遇一名，在寿州霍丘县成家步，比陈兴等去处更远二百里。直方以谓众贼之中，唯尹遇最为桀黠难捕，又其窟穴离州界最远，遂分布弓手，捕捉众贼。而直方亲领弓手五人，径往成家步捉杀尹遇。直方母年九十六，只有直方一子。临去之时，母子泣别，往返五百余里，骑杀一马。直方步行百余里，装作贩牛小客。既至地头，众皆畏惧不前，独弓手节级程玉等二人与直方持枪大呼，排户而入。尹遇惊起，彀弓架箭欲发，直方径前亲手刺倒。众弓手皆入，方始就擒。直方本与弓手分头捕捉众贼，内陈兴、郑饶、李松三人以地近故，先九日获，独尹遇一名，以地远难捕，直方亲行，故后九日获。既获之后，远近喜快。

有城郭乡村人户六百一十七人诣臣陈状，备说逐贼凶恶，多年为害，人不敢言，若不尽法根勘，万一减死刺配，即须走回啸聚，为害转甚。以此知逐贼桀黠之甚，众所忧畏，若不以时捕获，因之以饥馑，必为王冲、管三之流。而直方以进士及第，母子二人相须为命，而能以忠义奋激，亲手击刺，以除一方之患，比之寻常捕盗官，偶然掩获十数饥寒之民号为劫贼者，不可同日而语矣。彼皆坐该赏典，而直方不蒙旌异，则忠义胆决方略之臣，无所劝激矣，须至奏陈者。

右检准《编敕》节文："诸官员躬亲帅众获盗一半以上，能分遣人于三十日内获余党者，通计人数，同躬亲法"。今来李直方，为见众贼之中唯尹遇最为宿奸老寇，窟穴深远，众不敢近，须至躬亲出界捕捉，是致后获。既是尹遇须至躬行，则陈兴等三人须至差人，无由躬亲。若使直方先为身谋，既须躬亲先往近处，捕陈兴等三人，然后多遣弓手，续于三十日内捕尹遇一名，即却应得上条，同躬亲法。只缘直方忠义激发，以除恶为先务，而不暇计较恩赏，故躬亲出界，专捕尹遇一名，以致所差弓手，却先获陈兴等三人，遂与上条不应，于赏格有碍。考之法意，显是该说不尽。

伏望朝廷详酌，只缘直方先公后私，致得先后捕获之数，不尽应法。欲乞比附上条，通计人数，许同躬亲法，为第三等。若下刑部定夺，则有司须至执文计析毫厘，直方无缘该得第三等恩赏。惟望圣恩体念尹遇等若不以时捕获，必为啸聚群寇，而直方儒者，能捐躯奋命，忠义可嘉，特赐指挥。

臣又虑朝廷惜此恩例，恐今后妄有攀援。勘会臣见今于法合转朝散郎，情愿乞不改转，将此恩例与直方，循资酬奖。缘直方母年九十余，只有一子，因臣督迫，泣别而行。若万一为贼所害，使其老母失所，臣岂不愧见僚吏？以此将臣合转一官与直方充赏，不惟少酬其劳，亦使臣今后有以使人，不为空言无实者，于臣亦为莫大之幸。且免后人援例，庶朝廷易为施行，臣不胜大愿。谨录奏闻，伏候敕旨。

贴黄：臣所论奏，皆有实状可以覆按。本合候尹遇等结案了闻奏，又恐朝廷未尽以臣言为信，更当行下监司体问逐贼凶恶之实，与直方捐躯奋激之状，故及逐贼未死闻奏，庶可以覆按施行。饶三是管三火中有名强贼人，管四是管三弟。此二贼欲得远近畏服，故诈称二人姓名。

又贴黄：奏为汝阴县尉李直方捕获强恶贼人，乞依《编敕》第三等酬赏。候敕旨。

【译文】元祐七年正月某日，龙图阁学士、左朝奉郎、颍州知州苏轼状奏：我自到任以来，就听说本州以前总是出恶贼，自元祐二三年管三等人啸聚为寇开始，不久又有陈钦、邹立、尹荣、尹遇等人，也是结伙杀掠抢劫，时常与捕盗官兵相抗衡。当时，朝廷调查后按名单捕捉这几个人，不久抓获后凌迟处斩，只有尹遇一个漏网逃脱，却又不改前非，纠集陈钦之弟陈兴、郑饶、李松等，不停地抢劫民户。尹遇自称“大大王”，陈兴称“二大王”，郑饶称“饶三”，李松称“管四”，乡民们害怕，都不敢提及他们。纵然被劫杀，也不敢申报，甚至于被杀之家，其父母妻子连声张举哀都不敢。百姓蔡贯、莫諲、董安三人，只因偶然提到尹遇等人，就立即被杀，其中董安还被尖刀割断脚筋，其余割取头发，以及被杀伤的不计其数。每次抢劫，都用金贴纸甲，其余刀枪弓箭等武器都很齐备。多次与捕盗官兵对打，其中有一次还射杀了一名弓手。加上最近寿州境内强贼很多，抢劫了魏家、谢解元家、施助教家等，都是一二十人的团伙，大白天骑着马在市镇上抢劫。尹遇等人听到这一情况后在一起商量，准备与之呼应，居民们大都忧心忡忡。

我考虑到事情的紧迫性，立即派遣官员督率捕盗官兵，限期捕获。有一汝阴县尉叫李直方的，平素就很有才干，自己拿出钱财，募人作耳目，查出了贼人老窝所在。其中陈兴、郑饶、李松等人，现住寿州霍丘县开顺场；尹遇一人，住在寿州霍丘县成家步镇，比陈兴等人的窝藏地点还要远二百里路。李直方认为众贼之中，唯有尹遇最为狡猾凶狠难以捕获，而且其老窝离州界最远，于是分派弓手，前去捕捉众贼，他自己则亲自率领五名弓手，直接去成家步捉杀尹遇。李直方的母亲已经九十六岁，只有李直方这么一个儿子，临出发前，母子泣别，往返五百多里，累死了一匹马。李直方又步行一百多里，装作一名牛贩子。到达目的地后，众人都畏惧不前，只有弓手节级程玉等人，与李直方一起持枪大呼，破门而入。尹遇惊起，抓起一把弓准备射箭，李直方跨前一步亲手将他刺倒，众弓手这时都拥了进来，才把尹遇擒获。李直方本来是与弓手们分头捕捉众贼，其中陈兴、郑饶、李松等三人因为距离较近的缘故，已早了九天被抓获。只有尹遇一人，因为距离太远而又难以捕获，李直方亲自前去，所以擒获晚了九天。把这帮家伙抓获后，远近之人无不拍手称快。

有城乡老百姓六百一十七人到我这里申诉，诉说各贼凶恶，为害多年，人们敢怒而不敢言，如果不严加惩处，万一免去死刑而流放，就会逃回后啸聚山林，危害更加严重。我由此知道各贼很是狡猾凶狠，众所畏惧，如果不及时捕获，乘着饥荒，他们肯定要像王冲、管三那样起来造反。而李直方以进士及第出身，母子二人相依为命，却能够以忠义相激励，亲手杀贼，为一方百姓除害，这与一般的捕盗官吏，偶然抓获十几个饥寒之民充作盗贼的行为相比，简直不可同日而语。他们还得到奖赏，而李直方如果不加以特别的奖励，则不能鼓舞忠义胆大有方略之臣。所以我必须奏请。

对照《编敕》的节文："各位官员能够亲自率领众人捕获盗贼一半以上，能分头派人在三十天内将余党抓获的，统计一下总人数，比照亲自抓贼的奖赏办法予以鼓励。"现在李直方因为看到贼党之中只有尹遇最为老奸巨猾，老窝距离遥远，众人不敢接近，需要亲自前去捕捉，因此最后抓到。既然抓尹遇必须亲自前往，则抓陈兴等三人就只能派别人去，没法亲自下手。如果李直方事先为自己考虑，就应该自己前往近处，捕捉陈兴等三人，然后多派些弓手，接着在三十天之内将尹遇一人抓获，这样就符合上述规定，比照亲自抓贼的办法领奖。只因为李直方忠义正直，把除掉恶贼放在第一位，无暇计较恩赏问题，所以亲自长途跋涉，专捕尹遇一人，以致所派的弓手，却先将陈兴等三人抓获，遂与上述规定不相符合，与奖赏的要求稍有出入。推敲规定的意思，显然是这个说法不太完善。

请求朝廷详加斟酌，因为李直方先公后私，致使捕获的先后和数目，与敕令的规定不尽吻合。想请求比照上述规定，总算一下人数，允许按照亲自抓获的奖励办法予以奖赏，为第三等奖。如果交给刑部审查，有关部门必然咬文嚼字斤斤计较，李直方就无法得到第三等奖赏。希望圣上考虑如果尹遇等人不及时抓获，必然要聚集起来为害，而李直方本是一个读书人，却能奋不顾身，忠义精神可嘉，下达特别指示。

我又考虑到朝廷会吝惜这个恩赏，害怕今后妄加援引，查得我现在按规定应该转升为朝散郎，情愿自请不转，将这个恩赏赏给李直方，按规定奖励。因李直方的母亲已九十多岁，又只有这么一个儿子，因为我的催促，才泣别而行。如果万一被贼人杀害，使其老母无所依靠，我岂不愧见僚属？因此将我应转的官职给李直方作奖赏，不但稍微可以酬报其辛苦，也使我今后还能够使唤人，不是尽说空话，而无事实。这对我也是莫大的幸事，而且免得后人援引成例，朝廷也容易办些，我不胜大愿。谨录奏闻，恭候圣旨。

补言：我所论奏，都有实际可以核对。本来应该等到尹遇等人的案子了结后再加奏请，又害怕朝廷不全相信我的话。再让有关部门调查各贼凶恶的事实，与李直方奋不顾身的情形，所以在贼人没有处决之前报上去，使得可以核查施行。侥三是管三一伙当中有名的强贼，管四是管三的弟弟。这两个贼人想让远近都害怕他们，所以假冒了那两个名字。

又补言：奏请汝阴县尉李直方捕获强恶贼人，请按《编敕》第三等奖赏。恭候指示。

乞赐光梵寺额状

元祐七年二月日，龙图阁学士、左朝奉郎、知颍州苏轼状奏：臣伏见本州颍上县白马村，有梵僧佛陀波利真身塔院舍，约四五十间，元无敕额。父老相传佛陀波利本西域僧，唐仪凤中游五台，礼文殊师利，见老人，令复还西域，取《佛顶尊胜陀罗尼经》。佛陀波利用其言，往返数万里，以永淳中取经而还，至今流布。而佛陀波利于颍上亡没，里俗相与漆塑其身，造塔供养，时有光景，颇著灵验，不敢具述。臣于诸处见唐人所立《尊胜石幢刊记》本末，与所闻父老之言颇合。今年正月，大雪过度，农民冻馁无所，祈祷境内诸庙未应。闻父老以佛陀波利为言，臣即遣人赍香祷请，登时开霁，人情翕然归向，诣臣陈状，愿得敷奏，乞一敕额，庶几永远不致废坏。须至乞奏者。

右谨具如前。欲望圣慈曲从民欲，特赐本院一敕额。如蒙开允，以“光梵”为额。谨录奏闻，伏候敕旨。

【译文】元祐七年二月某日，龙图阁学士、左朝奉郎、颍州知州苏轼状奏：我发现本州颍上县白马村，有佛教僧人佛陀波利的真身塔寺院，总共约四五十间，原来没有题额。老年人传说佛陀波利本是西域僧人，唐高宗仪凤中叶云游到五台山，向文殊师利致礼，见到一位老人，让他返回西域，取回《佛顶尊胜陀罗尼经》。佛陀波利采纳了这个建议，往返几万里，于高宗永淳中叶取经而还，此经流传至今，而佛陀波利在颍上逝世，当地百姓一起漆塑其身，造塔供养，时常放出光芒，颇为灵验，不敢一一细述。我在其他地方见到唐人所立的《尊胜石幢刊记》始末，与上述老年人的话颇为吻合。今年正月，雪下得太大了，农民冻饿百无聊赖，向境内各个寺庙祈祷都无回应。听老年人常说佛陀波利，我于是派人带上香表去祷请，天空顿时晴朗起来，人们一时间顶礼膜拜，到我这里陈诉，想让我奏请皇上，求得圣上的亲笔题名，希望以此而能永远不会废弃。这是我所要奏请的内容。

所请已写在上面。希望圣上委曲一下顺从民意，特别赐予本院一首题额。如果答应，就请题上“光梵”两字。谨录奏闻，恭候圣旨。

荐宗室令畤状

元祐七年五月初五日，龙图阁学士、左朝奉郎、知颍州苏轼状奏：右臣闻之《诗》曰：“怀德维宁，宗子维城。”宗室之有人，邦家之光，社稷之卫也。周之盛时，其卿士皆周、召、毛、原，非王之伯叔父，则其子弟也。逮至两汉，河间、东平之德，歆、向之文，天下以为口实。而唐之宗室，武略如道宗、孝恭，文章如白与贺者，不可以一二数，而以功名至宰相者，有九人焉。自建隆以来，累圣执谦，不私其亲，干国治民，不及宗子。虽有文武异才，终身不试。神宗皇帝实始慨然，欲出其英髦，与天下共之，故增立教养选举之法。行之二十年，出入中外，渐就器使，而未见有卓然显闻称先帝意者。夫岂无人？盖朝廷未有以大耸劝之耳。臣见承议郎、签书颍州节度判官厅公事令畤事亲笃孝，内行纯备，博学经史，手不释卷，吏事通敏，文采俊丽，志节端亮，议论英发，体兼众器，无适不宜。臣尝见其所著述，笔力雅健，博贯子史，盖清庙之瑚琏，明堂之杞梓也。使其生于幽远，犹当擢用。而况近托肺腑，已蒙试用者乎？伏望圣慈特赐考察，召致馆阁，养其高才，而遂其远业，以风动宗室，劝示海内，成先帝之意，不以臣人微言轻而废其请也。若后不如所举，臣甘伏朝典。谨录奏闻，伏候敕旨。

【译文】元祐七年五月初五，龙图阁学士、左朝奉郎、颍州知州苏轼状奏：微臣从《诗经》上看到这样的话：“怀德才是安宁的根本，而宗子则是天子的屏障。”宗室出人才，是国家的光彩，社稷的保障。西周全盛时期，它的卿士如周公、召公、毛公、原公，不是天子的伯父叔父，便是天子的子弟。到两汉时代，河间王、东平王的德行，刘向、刘歆父子的文章，都在天下传为美谈。而唐代的宗室贵族，讲军事像江夏王李道宗、河间王李孝恭，论文章如李白与李贺，不是一个两个，而以功名登上宰相之位的，就有九个人。自太祖开国以来，各位圣君谦恭，不偏爱自己的宗亲，安邦治国，不用宗室贵族，即使满怀文韬武略，终身也没有表现的机会。神宗皇帝开始对这件事产生感慨，准备选拔一些英才，与他们共同治理天下，所以增设了教养选举之法。这道法令推行了二十年，朝廷内外，人才逐渐齐备，却没有发现有特殊才能建立殊勋以称神宗皇帝之意者。难道是因为没有人才吗？不是的，而是因为朝廷没有切实激励其成才的机制。我发现承议郎、签书颍州节度判官厅公事赵令畤，侍奉父母极为孝谨，德行纯正完备，博学经史，手不释卷，对于吏道熟练敏捷，文采俊丽，志向端正，谈吐不俗，身兼各种才能，放在哪里都合适。我曾见到他的一些作品，笔锋雄健，通贯子史，他可以算得上清庙中的贵重祭器瑚琏，明堂中的名贵树木杞梓呵！即使他是远房亲属，也应当提拔重用。更何况属于近支，又经过试用了呢？恳求圣上垂慈特别加以考察，召进馆阁之中，培养他的高才，使他将来能够建立大功业，以激励宗室，昭示天下，完成先帝的遗愿，而不因为我人微言轻就废其请求了。如果以后与我的举荐不相符合，我甘愿受朝廷刑典的处罚。谨录奏闻，恭候圣旨。

论积欠六事并乞检会应诏所论四事一处行下状

元祐七年五月十六日，龙图阁学士、左朝奉郎、知扬州苏轼状奏：臣闻之孔子曰：“善人教民七年，亦可以即戎矣。”夫民既富而教，然后可以即戎，古之所谓善人者，其不及圣人远甚。今二圣临御，八年于兹，仁孝慈俭，可谓至矣，而帑廪日益困，农民日益贫，商贾不行，水旱相继，以上圣之资，而无善人之效，臣窃痛之。

所至访问耆老有识之士，阴求其所以，皆曰：方今民荷宽政，无它疾苦。但为积欠所压，如负千钧而行，免于僵仆则幸矣，何暇举首奋臂，以营求于一饱之外哉？今大姓富家，昔日号为“无比户”者，皆为市易所破，十无一二矣。其余自小民以上，大率皆有积欠。监司督守令，守令督吏卒，文符日至其门，鞭笞日加其身，虽有白圭、猗顿，亦化为筚门圭窦矣。自祖宗已来，每有赦令，必曰：凡欠官物，无侵欺盗用，及虽有侵盗而本家及伍保人无家业者，并与除放。祖宗非不知官物失陷、奸民幸免之弊，特以民既乏竭，无以为生，虽加鞭挞，终无所得，缓之则为奸吏之所蚕食，急之则为盗贼之所凭借，故举而放之，则天下悦服，虽有水旱盗贼，民不思乱，此为捐虚名而收实利也。

自二圣临御以来，每以施舍已责为先务。登极赦令，每次郊赦，或随事指挥，皆从宽厚。凡今所催欠负，十有六七，皆圣恩所贷矣。而官吏刻薄，与圣恩异，舞文巧诋，使不该放。监司以催欠为职业，守令上为监司之所迫，下为胥吏之所使。大率县有监催千百家，则县中胥徒举欣欣然，日有所得。若一旦除放，则此等皆寂寥无获矣。自非有力之家，纳赂请赇，谁肯举行恩贷？而积欠之人，皆邻于寒饿，何赂之有？其间贫困扫地，无可蚕食者，则县胥教令供指平人。或云衷私擅买，抵当物业；或虽非衷私，而云买不当价。似此之类，蔓延追扰，自甲及乙，自乙及丙，无有穷已。每限皆空身到官，或三五限得一二百钱，谓之“破限”。官之所得至微，而胥徒所取，盖无虚日，俗谓此等为县胥食邑户。嗟乎，圣人在上，使民不得为陛下赤子，而皆为奸吏食邑户。此何道也！

商贾贩卖，例无现钱，若用现钱，则无利息，须今年索去年所卖，明年索今年所赊，然后计算得行，彼此通济。今富户先已残破，中民又有积欠，谁敢赊卖物货？则商贾自然不行，此酒税课利所以日亏，城市房廊所以日空也。诸路连年水旱，上下共知，而转运司窘于财用，例不肯放税，纵放亦不尽实。虽无明文指挥，而以喜怒风晓官吏，孰敢违者？所以逐县例皆拖欠两税。较其所欠，与依实减放无异，于官了无所益，而民有追扰鞭挞之苦。近日诏旨，凡积欠皆分为十料催纳，通计五年而足。圣恩隆厚，何以加此？而有司以谓有旨，倚阁者方得依十料指挥，余皆并催。纵使尽依十料，吏卒乞觅，必不肯分料少取。人户既未纳足，则追扰常在，纵分百料，与一料同。

臣顷知杭州，又知颍州，今知扬州，亲见两浙、京西、淮南三路之民，皆为积欠所压，日就穷蹙，死亡过半。而欠籍不除，以至亏欠两税，走陷课利，农末皆病，公私并困。以此推之，天下大率皆然矣。臣自颍移扬，舟过濠、寿、楚、泗等州，所至麻麦如云。臣每屏去吏卒，亲入村落，访问父老，皆有忧色，云："丰年不如凶年。天灾流行，民虽乏食，缩衣节口，犹可以生。若丰年举催积欠，胥徒在门，枷棒在身，则人户求死不得。"言讫泪下，臣亦不觉流涕。又所至城邑，多有流民。官吏皆云："以夏麦既熟，举催积欠，故流民不敢归乡。"臣闻之孔子曰："苛政猛于虎。"昔常不信其言，以今观之，殆有甚者。水旱杀人，百倍于虎；而人畏催欠，乃甚于水旱。

臣窃度之，每州催欠吏卒不下五百人，以天下言之，是常有二十余万虎狼散在民间，百姓何由安生？朝廷仁政何由得成乎？臣自到任以来，日以检察本州积欠为事。内已有条贯除放，而官吏不肯举行者，臣即指挥本州一面除放去讫。其于理合放而于条未有明文者，即且令本州权住催理，听候指挥；其于理合放而于条有碍者，臣亦不敢住催。各具利害，奏取圣旨，谨件如左：

一、准元祐五年五月十四日敕节文："应实封投状承买场务第五界已后，见欠未纳净利过日钱，亦许比第四界以前三界内一界小数催纳。"上件条贯，止为过界有人承买场务，可以分界，见得最小一界数钱豁除见欠。其间界满，无人承买场务，只勒开沽人认纳过日钱数者，即无由分界，见得小数，所以不该上条除放。朝廷为见无人承买场务，比之有人承买者，尤为败阙，不易送纳，反不该上条除放，于理不均，故于元祐六年春颁条贯内，别立一条："诸场务界满未交割者，且令依旧认纳课利及过日钱。若委因事败阙，或一年无人投状承买，经县自陈申州，本州差官限二十日体量裁定净利钱数，令承认送纳，仍具减定钱数出榜，限一季召人承买。无人投状，本州再差官减定出榜。限满，又无人投状，依前再减出榜。若减及五分以上，无人投状，申提刑司差官与本州县官同共相度，再减节次，依前出榜。如减八分以上，无人投状承买，委是难以出纳净利钱，即所差官与本州县保明申提刑司审察，保明权停闭讫奏。自界满后至停闭日，见开沽人只依减定净利钱数送纳。"臣今看详，朝廷立此两条，圣恩宽厚，敕语详备，应有人无人承买场务，皆合依条就小送纳，无可疑惑。只缘官吏多以刻薄聚敛为心，又不细详条贯，所以诸处元只施行逐界通比就小催纳指挥，其界满无人承买，只依减定净利钱数送纳条贯多不施行。臣细详上条，既云"自界满至停闭日，见开沽人只依减定净利钱数送纳"，即是分明指定合依临停闭日减定最小钱数送纳。虽逐次减定钱数不同，缘皆未有人承买，不免更减，终非定数。既已见得临停闭日所减定数，岂可却更追用逐次虚数为定！臣已指挥本州行下属县，应界满败阙无人承买场务，系见开沽人承认送纳者，并依上条只将临停闭日所定最小钱数为额催纳。内未停闭已前有人承买，即系上条，各以当限所减定钱数为额催纳。以上如有欠负，即将已前剩纳过钱数豁除。如已纳过无欠负者，即给还所剩。本州已依应施行讫。深虑诸路亦有似此施行未尽处，乞圣旨备录行下。

一、准元祐五年四月九日朝旨："应大赦以前，见欠蚕盐和买青苗钱物，元是冒名，无可催理，或全家逃移，邻里抱认，或元无头主，均及干系人者，并特与除放。"今勘会江都县人户积欠青苗钱斛二万四千九百二十贯石，内四千九百贯石，系大赦已前欠负逃移。臣已指挥本州，依上件朝旨除放去讫。一千五百二十五贯石，虽系大赦前欠负，却系大赦后逃移，未有明文除放，见今无处催理，不免逐时行下乡村勘会，虚有搔扰。臣已指挥本州更不行下，欲乞圣旨指挥应大赦前欠负蚕盐和买青苗钱，但见今逃移无处催理者，本县官吏保明，并与除放。

贴黄：勘会上件朝旨，经隔二年，不为除放，臣今来方始施行。深虑诸州、军亦有似此大赦前欠蚕盐和买青苗钱逃移人户，合依圣旨除放，而官吏不为施行者，乞更赐行下免罪改正。

一、检准《熙宁编敕》："诸主持仓库欠折官物、买扑场务少欠课利元无欺弊者，其产业虽已估计倍纳入官，许以所收子利纽计还元欠官钱，数足，即给还或贴纳所欠钱数，相兼收赎。如过十年不赎，依填欠田宅条施行。系十保干系人产业，虽欠人有欺弊，亦准此。"此乃祖宗令典，虽熙宁新法，亦许准折欠数，数足便还。只因元丰四年十二月内，两浙转运司奏，买扑之人，多是作弊，拖欠合纳课利，须至官司催逼紧急，却便乞依条将产业在官，拘收子利，折还系元抵田产物业。窃缘所出花利微细，卒填所欠官钱不足。看详买扑场务，并系人户情愿实封投状，抱认勾当，其课利依条自合逐月送纳，即与公人主持仓库欠折官物陪填事体不同。今相度欲乞于《编敕》内删去"买扑场务少欠课利"八字，因此立法，诸主持官物欠折无欺弊者，其产业估纳入官，以所收子利，准折欠数，候足给还，或贴纳钱收赎，如过十年不赎，依填欠田宅法，系十保干系人产业，虽元欠有欺弊，仍以所估纳抵产子利，准折欠数，通计偿足给还抵产，其以前欠负，并准此，内剩纳过钱数，仍给还所剩。

一、准元丰三年九月二十八日《明堂赦书》节文："开封府界及诸路人户，见欠元丰元年以前夏秋租税，并沿纳不以分数，及二年以前误支雇食水利罚夫买扑场务出限罚钱，并免役及常平息钱，并特与除放。"是时转运司申中书称，见欠丁口盐钱，及盐博绢米及和预买紬绢，并系人户已请官本，不合一例除放。中书批状云：勘会赦书内既无见欠丁口盐钱并盐博绢米及和预买紬绢已请官本除放之文，因此州县却行催理。至元丰八年登极赦书，亦是除放两税、沿纳钱物。后来尚书户部仍举行元丰四年中书批状指挥，逐年蚕盐钱绢和预买紬绢等，系已请官本，并不除放。臣今看详，内蚕盐钱绢一事，盐本至轻，所折钱绢至重。只如江都县每支盐六两，折绢一尺。盐六两，元价钱一十文五分足；绢一尺，价钱二十八文一分足。其支盐纳钱者，每盐五斤五两，纳钱三百三十一文八分足，比元价买盐每斤二十八文足已多一百八十三文足。又将钱折麦，所估麦价至低。又有仓省加耗及脚钱之类，一文至纳四五文。今来既不除放，即须催纳绢麦折色，所以人户愈觉困苦。臣今看详，丁口盐钱绢既为有官本，难议除放，即合据所支盐斤两实直价钱催纳，岂可将折色绢麦上增起钱数尽作官本，显是于理合放，于条未有明文。臣已指挥本州，应登极赦前见欠丁口盐钱及盐博绢米之类，只据当时所支官物实直为官本催纳，其因折色增起钱数，并权住催理，听候朝旨。伏望圣慈特赐指挥，依此除放。

一、准元祐元年九月六日《明堂赦书》："应内外欠市易钱人户，见欠钱二百贯以下，并特与除放。"续准元祐二年二月七日都省批状："知郑州张璪札子奏，臣伏睹《明堂赦书》节文，诸路人户，见欠市易钱二百贯以下，并特与除放。臣自到州，契勘得本州旧系开封府界管城县日，本县市易抵当所，于元丰二年五月以后，节次准市易上界牒准太府寺牒支降到匹帛散茶，令搭息出卖。其本州自合依条许人户用物货等抵请及见钱变易，本州却赊买与人户，仍不曾结保，致有二百九十八户除纳外，共拖欠下官钱计一千九百余贯文。虽契勘得逐户名下见欠各只是二百贯以下，本州为是元管勾官司违法赊散，不依太府寺搭息出卖指挥，致人户亦不曾用物货抵请，即与市易旧法许人结保赊请金银物帛见欠官本事体不同，以此未敢引用赦敕除放。系上件人户所欠物帛价钱，本因官吏违法赊过，其人户元不知有此违碍。伏望圣慈矜恤，特许依赦除放，庶使贫民均被圣泽。户部看详，住罢赊请，后来违法赊散过钱物，并府界县分人户抵当亏本糯米，各与未罢已前依条赊请事体不同。今勘当难以依赦除放。都省批状，依户部所申。”又继准元祐三年十月二十七日敕，勘会内外见欠市易非违法赊请人户，已降指挥，二百贯文以下除放。其外路系违法者，即不该除放。切缘本因官司违法赊卖，今来人户若不量与蠲放，显见独不沾恩，须议指挥。十月二十五日奉圣旨，令户部指挥，诸路契勘，官司违法除放人户，许将息罚充折外，见欠钱二十贯文已下者，并与除放。又续准元祐四年正月初十日转运司牒：“准尚书户部符，据淮南转运司状，契勘本路市易欠钱，除依条赊借，并元系经官司违法赊欠，已依上项赦敕朝旨施行外，元有未承元丰四年五月十九日朝旨住罢赊借以前，并以后有人户于市易务差出计置变易勾当人等头下赊借钱物，见欠不及二百贯及二十贯以下，今详所降元祐元年九月六日《明堂赦敕》，止言市易欠钱人户，见欠二百贯文以下除放，并元祐三年十月二十七日朝旨，亦止言官司违法赊借，见欠二十贯文以下除放。今来前项人户，从初径于市易差出勾当人等头下赊欠，本司疑虑，未敢一例除放申部者。本部看详，《明堂赦》云内外欠市易钱人户，见欠二百贯以下除放。及近降朝旨，亦止云官司违法私放人户许将息罚充折外，见欠二百贯以下除放，即无似此窠名明文。今据所申符，本司主者详此，一依前后所降朝旨施行，无至违误。”臣今看详，元祐元年九月六日《明堂赦书》，止言“应内外欠市易务钱二百贯以下，并与除放。”赦文简易明白，元不分别人户，于官司请领或径于勾当人名下分请，亦不拘限。官司依条赊卖，或违法俵散，及有无抵当结保、搭息不搭息之类，但系欠市易务钱二百贯以下者，便合依赦除放，更无疑虑。切原圣意，盖为市易务钱，本缘奸臣贪功希赏，设法陷民，赤子无知，为利所罔，故于即位改元躬祀明堂始见上帝之日，亲发德音，特与除放。皇天后土，实闻此言。当时有识，已恨所放不宽。既知小民为官法所陷，何惜不与尽放，更立二百贯之限？然是时欠负穷民，无不鼓舞涕泣，衔荷恩德。曾未半年，已有刻薄臣寮，强生支节，析文破敕，妄作申请，致有上项续降圣旨及都省批状指挥，应官司违法赊借者，止放二十贯以下，其于差出勾当人名下赊请者，并不除放一文。使宗祀赦文，反为虚语，非独失信于民，亦为失信于上帝矣。所系至大，而俗吏小人曾不为朝廷惜此，但知计析锥刀之末，实可痛愍。臣窃仰料二圣至仁至明，已发德音，除放二百贯以下，岂有却许刻薄臣寮出意阻难追改不行之理？必是当时议者，以为欠钱之人，诈立私下赊买人姓名，分破钱数，令不满二百贯侥幸除放，以此更烦朝省，别立上项条约，以防情弊。一时指挥，不为无理。今来岁月已久，人户各蒙监催枷锢鞭挞，困苦理极。若非本身实欠，岂肯七年被监，不求诉免？以此观之，凡今日欠户，并是实欠，必非私相计会为人分减之人明矣。伏望圣慈特与举行元祐元年九月六日赦书，应内外欠市易钱人户，见欠钱二百贯以下，不以官司违法不违法，及人户于官司请领或径于勾当人名下分请者，并与除放。所贵复收穷困垂死之民，稍实宗祀赦书之语，以答天人之意。

一、准元祐六年五月二十六日圣旨："将府界诸路人户，应见欠诸般欠负，以十分为率，每年随夏秋料各带纳一分，所有前后累降催纳欠负分料展阁指挥，更不施行。"臣今看详上项指挥，明言应见欠诸般欠负并分十料催纳，元不曾分别系与不系因灾伤分料展阁之数。圣恩宽大，诏语分明，但系欠负，无不该者。只因户部出纳之吝，别生支节，谓之申明。其略云："本部看详，人户见催逐年拖欠下夏秋租税、赃赏课利、省房没官等钱物，若不系因灾伤许分料展阁理纳之数，自不该上条。"致尚书省八月三日批状指挥，依所申施行，即不曾别取圣旨。臣尝谓二圣即位已来，所行宽大之政，多被有司巧说事理，务为艰阂，使已出之令，不尽施行，屯膏反汗，皆此类也。兼检会元祐敕节文："诸灾伤倚阁租税，至丰熟日，分作二年四料送纳。若纳未足而又遇灾伤者，权住催理。"今来元祐六年五月二十五日圣旨指挥，虽分为十料，比旧稍宽，又却冲改前后分料展阁指挥，即虽遇灾伤，亦须催纳。水旱之民，当年租赋尚不能输，岂能更纳旧欠？显是缘此指挥，反更不易。欲望特降圣旨，应诸般欠负，并只依元祐五年五月二十六日圣旨指挥，分十料施行。仍每遇灾伤，依元祐敕权住催理。内人户拖欠两税，不系灾伤倚阁者，亦分二年作四料送纳。未足而遇灾伤者，亦许权住催理。所有户部申明都省批状指挥，乞不施行。

贴黄：议者必谓若如此施行，今后百姓皆不肯依限送纳两税，侥幸分料。臣以谓不然。《编敕》明有催税末限不足分数官吏等第责罚，令佐至冲替，录事、司户与小处差遣，典押勒停，孔目、管押官降资。条贯至重，谁敢违慢？若非灾伤之岁，检放不尽实者，何缘过有拖欠？若朝廷不恤，须得并催，则人户惟有逃移，必无纳足之理。

一、臣先知杭州日，于元祐五年九月奏："臣先曾具奏，朝廷至仁，宽贷宿逋，已行之命，为有司所格沮，使王泽不得下流者四事。"其一曰：见欠市易籍纳产业，圣恩并许给还，或贴纳收赎。而有司妄出新意，创为籍纳、折纳之法，使十有八九不该给赎。其二曰：积欠盐钱，圣旨已许止纳产盐场监官本价钱，其余并与除放。而提举盐事司执文害意，谓非贫乏不在此数。其三曰：登极大赦以前人户，以产当酒见欠者，亦合依盐当钱法，只纳官本。其四曰：元丰四年，杭州拣下不堪上供和买绢五万八千二百九十匹，并抑勒配卖与民，不住鞭笞催纳，至今尚欠八千二百余贯。并合依今年四月九日圣旨除放。然臣具此论奏，自经一百八日，未蒙回降指挥，乞检会前奏四事，早赐行下。尚书省取会到诸处，称不曾承受到上件奏状。十二月八日，三省同奉圣旨，令苏轼别具闻奏，臣已于元祐六年正月九日，备录元状，缴连奏去讫，经今五百余日，依前未蒙施行。伏乞检会前奏，一处行下。

右谨件如前。今所陈六事及前所陈四事，止是扬州、杭州所见。窃计天下之大，如此六事、四事者多矣。若今日不治，数年之后，百姓愈困愈急，流亡盗贼之患，有不可胜言者。伏望特留圣意，深诏左右大臣，早赐果决行下。臣伏见所在转运、提刑，皆以催欠为先务，不复以恤民为意。盖函、矢异业，所居使然。臣愚欲乞备录今状及元祐六年正月九日所奏四事，行下逐路安抚钤辖司，委自逐司选差辖下官僚一两人，不妨本职，置司取索逐州见催诸般欠负科名户眼，及元欠因依，限一月内具委无漏落，保明供申，仍备录应系见行欠负赦条，出榜晓示。如州县不与依条除放，许诣逐司自陈，限逐司于一季内看详了绝，内依条合放而州县有失举行者，与免罪改正讫奏。其于理合放而未有明条或于条有碍者，并权住催理，奏取敕裁。仍乞朝廷差官三五人置局看详，立限结绝。如此则期年之间，疲民尚有生望。富室完复，商贾渐通，酒税增羡，公私宽泰，必自此始也。臣身远言深，罪当万死，感恩徇义，不能默已。谨录奏闻，伏候敕旨。

贴黄：本州近准转运司牒坐准户部符："臣寮上言，去岁灾伤人户，农事初兴，生意稍还，正当惠养，助之苏息。伏望圣慈许将去年检放不尽秋税元只收三二分已下者，系本户已是七八分灾伤，今来若纳钱尚有欠，必是送纳不前，乞特与除放。其余纳钱见欠人户，亦乞特与减免三分外，若犹有欠，并上二等户，如不可一例减放，则并乞特与展限，候今年秋熟，随秋料送纳。"其言至切，寻蒙圣恩送下户部。本部却只检坐元祐三年七月二十四日敕文灾伤带纳欠负条贯应破诏旨，其臣寮所乞放免宽减事件，元不相度可否。显是圣慈欲行其言，而户部不欲，虽蒙行下，与不行下同。臣今来所论，若非朝廷特赐指挥，即户部必无实行之理。

又贴黄：臣今所言六事及旧所言四事，并系民心邦本，事关安危，兼其间逐节利害甚多，伏望圣慈少辍清闲之顷，特赐详览。

又贴黄：准条，检放灾伤税租，只是本州差官计会令佐同检，即无转运司更别差官覆按指挥。臣在颍州，见逐州检放之后，转运司更隔州差官覆按虚实，显是于法外施行，使官吏畏惮不敢尽实检放。近日淮南转运司为见所在流民倍多，而所放灾伤，多不及五分支破，贫粮有限，恐人情未安，故奏乞法外支给。若使尽实检放，流民不应如此之多。与其法外拯济于既流之后，曷若依法检放于未流之前？此道路共知，事之不可欺者也。臣忝居侍从，不敢不具实以闻奏。

又贴黄：京师所置局，因令看详畿内欠负。

【译文】元祐七年五月十六日，龙图阁学士、左朝奉郎、扬州知州苏轼状奏：我听说孔子曾经说过："善人教育人民七年时间，就可以用他们去打仗了。"人民富裕了再进行教化，然后就可以用他们去打仗，而古人所说的善人，比起圣人差远了。皇上和太皇太后陛下二位圣人即位到今天已经八年，仁义、孝谨、慈爱和节俭，可以说已经做到了极限，然而仓库却日益空匮，农民日益贫困，商业一片萧条，水旱之灾接踵而至，以二位圣人的上圣之才，却连善人为政的效果也没达到，我私下里深感痛心。

我到处访问年长之人与有识之士，探求目前这种状况出现的原因，大家都说，现在政治宽松，人民没有别的疾苦，只是被积欠所压迫，就像背负着千斤重的东西去行走，能够不仆倒在地就算万幸了，哪有功夫昂首挺胸，吃饱之外再奢求些什么呢？巨族富室，过去称作"无比户"的，现在都被市易法所破坏，保留下来的没有十分之一二。其余从平民百姓以上，都有欠账。各路衙门催促州县，州县长官催促吏卒，每天公文送到门上，鞭子拍在身上，即使像白圭、猗顿那样富有，也会化为柴门小户。从建国以来，每当颁布赦免令，一定要说，凡拖欠公家钱物，没有侵吞欺骗的，以及虽有侵吞而本家或同伍同保没有产业的，一律免除。祖宗也不是不知道公家财产遗失，奸民侥幸免除的弊端，只因为老百姓既已困乏，没办法生存，虽然用鞭子猛抽，最终仍无所得，放松一点则被奸吏蚕食，抓紧一点就会将他们驱赶到强盗那里去，所以一律放免，天下悦服，即使遇到灾害强盗，人民也不会叛乱。这种作法实际是放弃了一些空头账目而收到了实惠。

自从二圣君临天下以来，总是把施舍和自我批评放在前头。登极时颁布的大赦令，每次郊赦，或随具体事情下达的指示，都立足于宽厚。凡是现在所催促的欠账，十分之六七，都是圣上赦免过的，而官吏们刻薄，与圣上的旨趣相反，百般穿凿附会，使其不能赦免。各路官吏以催还欠账为职业，州县官员上为上司所逼迫，下为奸吏所愚弄，大约每县都有千百家监催之人，则县中奸吏欣欣然日有所得。如果一旦全部免除，这些人就要被冷落在一旁而一无所获。不是有势力的家庭，百般行贿，谁肯予以免除？而拖欠的家庭，又都接近于饥寒交迫，哪里有钱财用来行贿？其中那些特别贫困，榨不出油水的，胥吏则诱使他们指认平户，或者说人家私自擅买东西，抵押物品产业，或者说不是私自，而所买与物价不符。类似的作法，蔓延追扰，由甲至乙，从乙至丙，没有穷尽。每次都限定空身一人到官府对质，或三五次可得到一二百钱，叫作“破限”。公家所得微乎其微，而奸吏们所得，每天都有，民间称呼这些人为奸吏的食邑户。唉，圣人居于上位，让老百姓活不下去，都被奸吏们所蚕食。这是什么道理呀！

商品交换，一律不交现钱，如果现钱交易，则没有利润，今年催去年所卖，明年催今年所赊，然后计算得失，彼此通融。现在富户先已残破，中等户又有积欠。谁还敢赊卖货物？这样商业自然萧条，酒税收入日益减少，城市店铺日益空虚，原因就在这里。各路连年遭受水旱灾害，上下都知道，转运司由于财政拮据，一律不肯减免税收，即使减免数量也很有限。虽然没有明确指示，而以自己喜怒向官吏们暗示，谁敢违背？所以各县一律拖欠土地税，拿拖欠的数额来比较，与依实放免的没有差别，对于官府没一点益处，而老百姓却遭受追扰鞭打的痛苦。近日圣上颁布命令，凡积欠一律分为十次催还，总共五年完成。圣恩高厚，无以复加。而有关部门认为圣旨让暂停的，才可以按十次催还的指示办，其余的要一次还清。纵然按十次交还，吏卒索取，必不肯分次少取。民户既未全部还清，则仍然要遭受追扰，这样即使分一百次，与一次催在性质上还是一样的。

前不久我任杭州知州，又任颍州知州，现在又任扬州知州，亲眼见到两浙、京西、淮南三路的老百姓都被积欠所压迫，日益穷困，死亡过半。而拖欠不予彻底免除，以至亏欠土地税，其他税收流失，农业和商业都被困扰，公家和百姓一齐陷入困顿之中。推而广之，天下大概都是这种情形。我从颍州到扬州赴任，乘船经过濠州、寿州、楚州、泗州等地，所到之处麻麦如云。我时常撇开吏卒，亲自走进村子里，访问老年人，他们都面带忧愁，说："丰收还不如歉收。天灾流行，老百姓虽然缺吃的，但节衣缩食，还可以活下去。而丰收年景催还积欠，吏卒站在门外，棒子枷锁一齐来，老百姓想死也死不成。"说完便流下了伤心的眼泪，我也不觉泪下。同时我所到之处，见到许多流民。官吏们说："因为夏季麦子将要成熟，举催积欠，所以流民不敢还乡。"我听说孔子说过："苛刻的政治比老虎还狠毒。"往常我不相信这句话，以现在的情形看，似乎超过了老虎。旱涝灾害对人的危害，是老虎的百倍，而现在的催还积欠，又比水旱灾害严重得多。

我私下里估计，每州催欠的吏卒不少于五百人，就全国而言，则是有二十多万只虎狼散在民间，老百姓怎能平静地生活？朝廷的仁政又怎能实施呢？我自到任以来，每天都在检查本州的积欠事宜。其中有些属于规定应该免除，而官吏不予免除的，我就命令本州予以免除；对于那些理应免除而又条文上没有规定的，我就命令本州暂停催促，听候指示；对于理应免除而又有明确规定不能放免的，我也不敢下令停催。现将各种情况奏报上去，恭候圣旨，谨具如下：

第一，对照元祐五年五月十四日敕令的摘要："凡在实封投状承买场务第五界已后的范围内，现欠未纳的净利过日钱，也可以比照第三界以前任何一界的最小数额催还。"上述规定，只为超过界限就有人承买场务，可以分界，现得最小一界钱数免除现欠钱额，而其间界满又无人承买场务，只让现在操持人认纳过日钱数的，就无法分界，现得小数，所以不在上述规定免除的范围内。朝廷因为看到无人承买场务，比起有人承买，更加亏损，不容易将钱交纳上来，反而又得不到上述规定的减免，在道理上说不过去，所以在元祐六年春天颁布的规定内中，又加上一条："各场务界满而尚未交割的，且让他们依旧认纳利税和过日钱，如果确实因事败坏，或者一年之内无人投状愿意承买，经过县里向州衙汇报，本州派员限二十天之内调查减定净利钱数，令承认送纳，仍然将降低之后的钱数张榜公布，限一季之内召人承买。如果仍然无人承包，本州再派官吏降价出榜，限期满后还是没人投状认购，再照以前的方式处理后张榜公布。如果降低一半以上还无人投状，报请提刑司派员与本州县官吏共同会商，再减节次，依前出榜。如果减到八成以上还是没有人投状承买，说明确实难以赢得净利钱，就让所派官员与本州县官吏写明保状申报提刑司审查，说明暂停关闭已经完毕奏上。（自界满后到彻底关闭这段时间，现在的操持人，只按减定净利钱数交纳。）”我现在琢磨，朝廷立下这两条规定，圣恩宽厚，敕语详细完备，不论有人还是无人承买场务，都应按规定照最小的数额交纳，这是不容置疑的。只因为官吏们在心里大都想着如何去刻剥聚敛，又不认真研究规定的精神，所以各地只执行原来的各界通览后按小数催纳的指示，这中间关于界满之后无人承买，只按降后净利钱数交纳的规定多不执行。我仔细研究了以上规定，既然说“自界满到关闭这段时间，现在的主持人只按降后的净利钱数交纳”，分明是指按关闭那天减定的最小数额交纳，虽然各次降低的钱数不同，只因为没人承买，不得不再减，终久没有固定，既已有临关闭之日降定的数额，怎能再追用各次所降的虚数！我已指示本州所属各县，凡属界满破败无人承买的场务，是现在操持人认领交纳的，一律按上述规定只以临关闭时候所定最小的钱数催促，其中没有停闭以前已经有人承买的，就按上述规定，各以当限所减定的钱额催纳。以上如果有拖欠的，就用以前剩纳过钱数抵除。如果已经交纳而没有欠额，即给还所剩。本州已这样处理完毕。深虑各路也有像这种情况而没有处理完毕的，请求圣旨备录下达。

第二，本照元祐五年四月九日的朝旨：“凡在元丰八年登极大赦之前，现欠蚕盐和买青苗等项钱物，凡原本冒名顶替，没办法催还的，或全家逃走，邻里被迫屈认的，或原本无主，而均摊到干系人身上的，现在一律予以免除。”现查得江都县民户拖欠青苗钱粮二万四千九百二十贯石，其中四千九百贯石，是元丰八年登极大赦之前的拖欠，我已指示本州，按上述朝旨放免完毕。还有一千五百二十五贯石，虽然是元丰八年登极大赦之前所欠，却是大赦之后逃走的，没有明文规定可以免除，现在又无法催还，不免随时下令乡村调查，徒然使老百姓受到骚扰。我已下令本州不再追查，想请圣旨指示像元丰八年大赦之前所欠蚕盐和买青苗钱，但现今逃跑无法催还的处理办法一样，由本县官吏担保，一律予以免除。

补言：对照上述朝旨，时隔两年，还不给予减免，我来后才得以施行。深恐各州、军也有像这样在元丰八年大赦之前所欠蚕盐和买青苗钱的逃跑民户，应该按照圣旨予以免除，然而官吏却又顶住不办的，请求重新下令对官吏免罪却必须改正施行。

第三，对照《熙宁编敕》的规定："那些管理仓库而欠折公家财物、承包场务虽少欠利税却并无欺诈的，其产业虽已估价后加倍没收，现在允许用所收利息总计偿还原来的欠钱，数额足够后，即发还或者补偿所欠钱数，相兼收赎。如果超过十年不来赎，照填欠田宅的规定执行。是十保干系人的产业，即使欠钱人有欺诈行为，也照此办理。"这是祖宗的善典，即使熙宁年间推行新政，也许折充欠数，数足便予发还。只因元丰四年十二月间，两浙转运司奏报，承包人百般舞弊，拖欠应该交纳的税钱，等到官府催逼紧急，却请求按规定将产业在官，只收利息，折还原来抵押的田产财物。因为所出的利息很少，不够填还所欠的官钱，审查承包场务的，都是老百姓自愿用产业抵押而认领，抱认经纪。其利税本应按规定逐月交纳，与仓吏主持仓库而欠折公家财产后来赔偿不是一玛事，现在考虑准备请求朝廷在《编敕》内删去"买扑场务少欠课利"八个字，在此基础上立法，那些管理公共财物有损失而无欺诈行为的，其产业估纳没收，以所收到的利息，允许折充欠数，等与利息数相等后就可将原产业发还，或者重新交钱赎回，如果超过十年仍然不赎，按照填欠田宅法的办法办理，是十保干系人的产业，虽然原来的欠账有欺诈，仍然用所估纳抵押产业的利息，准许折充欠数，总计赔偿够数以后就发还其产业，在以前的拖欠一律照此办理，其中的剩余纳过钱数，仍将剩余部分发还。

第四，本照元丰三年九月二十八日的《明堂赦书》摘要："开封府内及各路民户，现欠元丰元年以前夏秋租税，和不按规定征收的杂税，以及元丰二年以前误支雇食水利罚夫、承包场务违约罚款等，连同免役钱和常平利息钱，一律特予免除。"当时转运司申报中书省的状子称，现欠的丁口盐钱，以及盐博绢米与和预买绸绢，都是民户求借公家的本钱，不应该一律免除。中书省批复：对照赦免的法令，其中没有关于现欠丁口盐钱、盐博绢米以及和预买绸绢已请官本除放的规定，因此州县仍然催还。至元丰八年登极时的赦书，也只提到免除土地税和杂税所欠的钱物。后来尚书省户部仍实行元丰四年中书省的批复指示，各年蚕盐钱绢和预买绸绢等，是借贷公家的本钱不应该免除。现在我琢磨，其中关于蚕盐钱绢一事，盐本来很便宜，而折合钱绢时却显得贵重。比如江都县每支盐六两，折合绢一尺。六两盐，原来价钱是十文五分足，而一尺绢，价为二十八文一分足；支盐纳钱者，每五斤五两盐，纳钱三百三十一文八分足，比原价买盐每斤二十八文足已多出一百八十三文足。又将钱与小麦对折，所估麦价更低。又有仓省加耗及脚剩等杂税，交纳一文钱甚至需要交到四五文才行。现在既然不予免除，就要催交绢麦折色，所以民户更觉困苦。我现在审定，丁口盐钱绢既然因为有官府本钱，难以讨论放免的问题，就应据所支盐份量的实际价值催促交纳，怎能将折合绢麦上增的钱数全部作为官府本钱，这显然属于在情理上应该免除，而在条文上又没有明确规定的那种情况。我已命令本州，在元丰八年登极大赦之前所欠丁口盐钱以及盐博绢米之类，只按当时所支官物的实际价值作为官本催还，那些因为折色所增加的钱数一律暂停催促，听候朝廷旨意。恳求圣上垂慈特别下达指示，照此免放。

第五，对照元祐元年九月六日的《明堂赦书》："凡内外拖欠市易钱的民户。现欠钱二百贯以下，一律予以免除。"又按元祐二年二月七日尚书省的批状："郑州知州张璪札子奏称，我看了《明堂赦书》的摘要，各路民户，现欠市易钱二百贯以下的，一律特予免除。自我到任后，查得本州旧属开封府界管城县的时候，本县的市易抵当所，于元丰二年五月以后，依次本照市易上界文件和大府寺文件支降到布帛散茶，让搭息出卖，本州自应规定允许民户用货物作抵押支走或直接用现钱交易。本州赊卖给民户，仍不曾结保，致使除二百九十八户交清之外，共拖欠公家钱物计一千九百多贯。虽然查得各户名下现欠钱都在二百贯以下，本州因为看到是原来管理部门违法赊散，不按太府寺搭息出卖指示办，致使民户也不曾用货物抵押，即与先前的市易法允许人具结保证书赊请金银货物现欠官府本钱不是一码事，因此不敢引用赦免令予以免除。凡上述民户所欠的货物钱财，本因官吏违法赊出，民户原本不知道有这些违碍。恳求圣上予以体恤，特许按赦令免除，以让贫民都能享受到一点圣上的恩泽。户部审定，停止赊请，后来违法赊散出来的钱物，以及府界县分民户抵押亏本糯米，各与未罢以前按规定赊请不是一码事。现在审查后难以按赦令予以除放。尚书省批复，按户部所申执行。”又按元祐三年十月二十七日敕：“查得内外现欠市易务并非违法赊贷的人家，已下指示，二百贯文以下的全部予以免除，外路是违法赊贷的，就不予免除。仔细琢磨只因为官府赊贷不合乎规定，现在对于民户如果不酌量予以减免，显得这些人独独享受不到皇上的恩泽，这是应该重新审议的。十月二十五日奉圣旨，令户部指示，各路查得官私违法免除人家，除允许将利息罚充抵折外，现欠钱二十贯文以下者，一律予以免除。按照尚书省户部的文件，据淮南转运司的奏状，查得本路市易欠钱，除了合法借贷，以及原由官府违法赊欠，已按上述赦免敕令执行之外，原有未接到元丰四年五月十九日朝旨停止赊贷以前，以及此后民户在市易务差出计置变易勾当人等名下赊借钱物，现欠不到二百贯至二十贯以下的，现在对照所下达的元祐元年九日六日《明堂赦敕》，只说到市易欠钱民户，现欠二百贯文以下的予以免除，以及元祐三年十月二十七的朝旨，也只说到官府违法借贷，现欠二十贯文以下的予以免除，上述民户，起初直接从市易务在勾当人名下赊欠，本司有疑虑，不敢一律免除，所以申报上去。本部审定，《明堂赦书》说内外欠市易钱的人家，现欠二百贯以下的予以免除。以及最近下达的朝旨，也只说官私违法私自放免的人家允许将利息罚没充抵之外，现欠二百贯以下的除放，就没有这样的条目规定。今据所中文件，本司主管者审定，一律按前后所下达的朝旨执行，不得违误。”我现对照元祐元年九月六日的《明堂赦书》，只说“凡内外欠市易务二百贯钱以下的，一律予以免除。”赦文简洁明白，原本没有区别民户是在官府请领或直接在勾当人名下请领，也无限制是官府按规定贷给的，还是违法发放的，以及有没有抵押担保，搭息不搭息之类，只要是欠市易钱二百贯以下的，就应按照赦敕予以免除，不应再有什么疑虑。推敲圣上的意思，是因为市易务的欠钱，本因奸臣贪功图赏，设法陷害百姓，而愚民无知，为利诱所致。所以圣上在即位改元亲祀明堂始见上帝的那一天，亲口发出福音，特予免除。皇天后土，都听到了这话。当时的有识之士，已对放免不宽感到遗憾，既然小民为官法所害，何不全部放免，而再立下二百贯的限制？然而那些欠账的贫穷百姓对此已经欢欣喜舞，感谢皇上的恩德。还不到半年，却有那些刻薄臣属，节外生枝，咬文嚼字，妄加引申，致使出现了上述续降圣旨以及尚书省的批复指示，凡官府违法赊贷者，只免除二十贯以下，对于从勾当人名下赊贷的，并不免除一文。使祭祀时的大赦令，反而变成空话，不但失信于民，而且也失信于上帝。事关重大，俗吏却一点也不替朝廷着想，只知道斤斤计较，实在可悲！我私下里猜想二位圣人至仁至明，既然说出去的话，免除拖欠二百贯以下的，怎能允许刻薄臣僚百般阻挠？肯定是当时议论的时候，认为欠钱之人，诈立私下赊买人的姓名，化分钱数，使其不满二百贯，以图侥幸免除，因此需要朝省另立上述规定，以防欺诈，当时下达这种指示，不为无理。现在时间长了，民户各自遭受枷锁鞭挞，困苦已极。如果不是真的拿不出来，岂肯七年被监，而不求早点解脱的？这样看来，凡是现在的拖欠户，全是真的拿不出东西来，肯定不是私下里相互算计替人分减之人，这是显而易见的事实。恳求圣上垂慈，特予推行元祐元年九月六日的赦免令，凡内外欠市易钱的民户，现欠钱二百贯以下的，不论官私借贷时是否违法，以及民户是从官府请领还是直接从勾当人名下分请的，一律予以免除，希望以此对于穷困垂死之民稍有所补，对于宗祀时赦免令中的话将府界各路民户，凡现在的各种欠账，总计多少落实一些，以满足天意和民心。

六、对照元祐六年五月二十六日的圣旨："将府界各路民户，凡现在的各种欠账，总合计以后分成十份，每年随夏秋两季纳税时带纳一份，所有前后下达的催交拖欠分次与暂缓的指示，不再执行。"我琢磨上述指示，明白指出凡现有的各种欠账，全部分作十次催纳，本不曾区分是与不是因灾害分次暂缓之数，圣恩宽大，诏令语意明白，凡拖欠的，都在规定的范围内。只因为户部吝惜，节外生枝，重加申明，其大意是："本部审定，民户现在受催上交每年拖欠的夏秋两税、赃赏课利、省房没收充公等钱物，如果不是因为灾害而允许分次缓纳的，不在上述规定免除的范围内。"致使尚书省八月三日批状指示，依所申执行，不用再对照圣旨。我曾说皇上和太皇太后二位圣人即位以来，所行宽大之政，多被有关部门花言巧语，百般阻挠，使已经下达的政令，不能得到完全施行，吝惜恩泽不断翻悔，都像这样。同时对照元祐敕令的摘要："各因灾害而暂停催纳的租税，到年景好的时候，分作两年四次补纳，如果没有补足又遇灾害，就暂停催促。"元祐六年五月二十五日圣旨指示，虽然分作十次，比以前的规定稍宽了点，却不改变前后分次暂缓的指示，即虽然受灾，仍要交纳。老百姓遭受水旱灾害，当年租税尚且交不上来，哪有能力上交以前的拖欠？显然照此办理，反而更加困难，希望特别下达圣旨，凡各种拖欠，一律按照元祐五年五月二十六日的圣旨指示，分十次催还。这中间如果又遇上灾害，按元祐编敕的精神暂停催还。其中民户拖欠两税，不属于灾害暂停的，也分二年作四次交纳，没有补足而又遇上灾害的，也允许暂停催还。所有户部文件和尚书省批复指示，请求停止施行。

补言：议论的人肯定要说如果照这样办理，今后老百姓都不肯按规定交纳两税，以图侥幸分次交纳。我以为不然。《编敕》对于催税末限不足分数官员的等级责罚有明确的规定，令佐予以免职，录事、司户往小处差遣，典押停职，孔目、管押官降其资历，处理很重，谁敢违背怠慢？如果不是灾害之年，放免不尽实者，为什么一直有拖欠？如果朝廷不加体恤，一定要一齐催还，则民户只有逃亡一条生路，肯定更无交足的道理。

七、我以前任杭州知州的时候，于元祐五年九月启奏："我先前曾有奏状，朝廷至为仁义，宽大那些欠账的人，已经下达的命令被有关部门阻挠破坏的四件事。"第一，现欠市易籍没的产业，圣恩允许全部发还，或者贴纳赎还，而有关部门别出心裁，创立什么籍纳、折纳之法，使十分之八九不能赎还。第二，积欠的盐钱，圣旨已允许只交纳盐场地公家的本钱，其余一律免除。而提举盐事司以文害意，说不是贫乏之家不在这个范围内。第三，元丰八年登极大赦以前，民户以资产抵押酒税而现在欠款的，也应该依照以盐当钱的办法办理，只交够公家的本钱就行。第四，元丰四年，杭州拣下来不能上供的和买绢五万八千二百九十匹，全部强行配给卖给老百姓，不住地鞭打催逼，至今还欠八千二百多贯钱，也应按今年四月九日圣旨的精神予以免除。然而我献上这道奏章，经过了一百零八天，还没接到回复的指示，我就请求检出我所奏的四件事，早点下达指示。尚书省取会到诸处，称不曾接到上述指示。十二月八日，三省同奉圣旨，令臣重新写好奏上。我于元祐六年正月九日将原来的奏状全部抄清，连同新奏一并送上。到现在已经五百多天，依旧未见下文。请求检出我以前的奏状，一并下达。

陈奏如上。今天所讲的六件事与以前所奏的四件事，只是我在杭州和扬州所见到的。心想天下如此之大，像这六件、四件同样情形的事情，肯定还会有很多。今天如果不加以治理，几年之后，百姓更加困顿窘迫，肯定有数不清的流亡盗贼的忧患。恳求圣上特别留心一下，严令左右大臣，早一点果断下达。我发现各地转运司和提刑司，都把催欠作为当务之急，一点也不留心体恤百姓。造盔甲的人和造弓箭的人职业不同，这是由根本性质决定的。我想请求全部录下现在这道状子以及元祐六年正月九日所奏的四件事，交给各路安抚钤辖司，命各司选派属下官员一两人，在不妨害本职工作的前提下，将各州现催各种拖欠的名目及其欠户原来拖欠的原因，限一个月内登记清楚，并保证没有遗漏后报上来，并全文抄录清楚属于拖欠规定中的哪一条，张榜公布。如果县里不让免除，允许到各州申诉，限令有关部门在一季之内全部审核完毕，其中按规定应予减免而又没有办理的，不追究当事人的责任而改正之后奏报上去。对于那些在情理上应予免除而又没有明文规定或者规定不予免除的，一律停止催还，奏请朝廷裁决。同时请求朝廷派三五名官员设置机构来审查，在一定期限内审完。这样做不会超过一年，疲弊之民就会看到活路，富户得以休养，商业逐渐复苏，酒税定能增加，公家私人手头宽裕起来，这一切都从此举开始。我距离皇上遥远而话又说得很重，罪该万死，感恩徇义，不能沉默。谨录奏闻，恭候圣旨。

补言：本州近日照转运司公文与户部文件："臣僚上报，去年受灾人家，农业刚刚开始，稍有一点生机，正应该予以休养，帮助其恢复元气，请求圣上垂慈允许将去年没有完全放免原来只收三两分以下的秋税，属于本户确已遭受七八分的灾害，现在如果还欠一些税钱，肯定是无钱可交，请求特予免除。其余现在的欠钱民户，也请除了减免三分之外，如果还有欠额，连同上二等户，如果不能一律免除，则请求予以宽限，等到今年秋熟之后，与秋税一起交纳。"这些话说得至为恳切，不久圣恩令下户部。本部却只对照元祐三年七月二十四日敕文摘要关于受灾带纳拖欠款应破诏旨，而对于臣僚奏请免除宽减等事情，根本不予考虑。显然圣上想实施这些奏请，而户部不愿意，即使下达了，却与没有下达是一样的。现在我所论列的这些事情，如果朝廷不特别下达指示，则户部必无施行之理。

又补言：现在我所论奏的六件事以及以前所谈的四件事，与民心安稳与否和国家的根本大计紧密相联，关乎国家的安危，同时这中间有许多具体问题，恳求圣上在百忙中抽出一点时间，特别加以详览。

又补言：按照规定，核查灾害后的租税情况，只须本州派官员会同县令县佐一起进行，没有转运司另外派员复审的规定。我在任颍州知州的时候，见各州检查之后，转运司再隔州派员覆按虚实，这显然是法外的作法，使官吏们恐惧不敢尽按实情免除。近日淮南路转运司因为看到辖下地区流民太多，因为灾害所减免的赋税额大多不到一半，贫民粮食有限，恐人心不安，所以奏请在规定之外另行支出一部分，如果据实减免，流民就不应该有这样多，与其在规定之外拯救那些已经流亡之后的老百姓，何如依法免除未流亡之前，这个道理人共所知，谁也欺骗不了。我忝居圣上的侍从之列，不敢不以实奏闻。

又补言：京师设置的机构，让他们同时审查京城内的拖欠情况。

再论积欠六事四事札子

元祐七年六月十六日，龙图阁学士、左朝奉郎、知扬州苏轼札子奏：臣已具积欠六事，及旧所论四事上奏。臣闻之孟子曰：“以不忍人之心，行不忍人之政。”若陛下初无此心，则臣亦何敢必望此政？屡言而屡不听，亦可以止矣。然臣犹孜孜强聒不已者，盖由陛下实有此心，而为臣子所格沮也。

窃观即位之始，发政施仁，天下耸然，望太平于期月。今者八年，而民益贫，此何道也？愿陛下深思其故。若非积欠所压，自古至今，岂有行仁政八年而民不苏者哉？臣前所论四事，不为不切，而经百余日，略不施行。臣既论奏不已，执政乃始奏云，初不见臣此疏。遂奉圣旨，令臣别录闻奏。意谓此奏朝上而夕行，今又二年于此矣。以此知积欠之事，大臣未欲施行也。若非陛下留意，痛与指挥，只作常程文字降出，仍却作熟事进呈，依例送户部看详，则万无施行之理。臣人微言轻，不足计较。所惜陛下赤子，日困日急，无复生理也。臣又窃料大臣必云今日西边用兵，急于财利，未可行此。臣谓积欠之在户部者，其数不赀，实似可惜。若实计州县催到数目，经涉岁月，积欠之在户部者累毫，何足以助经费之万一？臣愿圣主特出英断，早赐施行。

臣访闻浙西饥疫大作，苏、湖、秀三州，人死过半。虽积水稍退，露出泥田，然皆无土可作田塍，有田无人，有人无粮，有粮无种，有种无牛，饿死之余，人如鬼腊。臣窃度此三州之民，朝廷加意惠养，仍须官吏得人，十年之后，庶可完复。《书》曰：“制治于未乱，保邦于未危。”浙西灾患，若于一二年前，上下疚心，同力拯济，其劳费残弊，必不至若今之甚也。臣知杭州日，预先奏乞下发运司，多籴米斛，以备来年拯济饥民，圣明垂察，支赐缗钱百万收籴。而发运使王觌，坚称米贵不籴。是年米虽稍贵，而比之次年春夏，犹为甚贱，纵使贵籴，尚胜于无。而觌执所见，终不肯收籴颗粒，是致次年拯济失备，上下共知而不诘问。小人浅见，只为朝廷惜钱，不为君父惜民，类皆如此。淮南东西诸郡，累岁灾伤，近者十年，远者十五六年矣。今来夏田一熟，民于百死之中，微有生意，而监司争言催欠，使民反思凶年。怨嗟之气，必复致水旱。欲望圣慈救之于可救之前，莫待如浙西救之于不可救之后也。

臣敢昧死请内降手诏云："访闻淮浙积欠最多，累岁灾伤，流殍相属，今来淮南始获一麦，浙西未保丰凶。应淮南东西、浙西诸般欠负，不问新旧，有无官本，并特与权住催理一年。"使久困之民，稍知一饱之乐。仍更别赐指挥，行下臣所言六事四事，令诸路安抚钤辖司推类讲求，与天下疲民，一洗疮痏，则犹可望太平于数年之后也。

臣伏睹诏书，以五月十六日册立皇后，本枝百世，百下大庆。孟子有言："《诗》曰：'古公亶父，来朝走马。率西水浒，至于岐下。爰及姜女，聿来胥宇。'当是时也，内无怨女，外无旷夫。"此周之所以王也。今陛下膺此大庆，独不念积欠之民，流离道路，室家不保，鬻田质子，以输官者乎？若亲发德音，力行此事，所全活者不知几千万人。天监不远，必为子孙无疆之福。臣不胜拳拳孤忠，昧死一言。取进止。

【译文】元祐七年六月十六日，龙图阁学士、左朝奉郎、扬州知州苏轼以札子的形式奏议：我已将关于积欠的六件事，以及以前所论的四件事奏报上去。我听说孟子说过："用怜悯别人的心情，来推行怜悯他人的政治。"如果陛下根本没有怜悯之心，那么我也不敢奢望怜悯他人的政治，说过多次而不听从，也可以就此止住了。然而我至今仍然喋喋不休地说，是因为陛下确实有这种心情，只是被臣下阻挠而不能实施罢了。

我私下里观察陛下即位之初，推行仁政，天下振奋，盼望太平盛世于一月之内出现。到现在已经八年，而老百姓更加贫困，这是什么原因呢？愿陛下深思一下其中的缘故。如果不是积欠压迫，自古至今，哪有推行八年仁政而老百姓仍然不能复苏呢？我先前奏论的四件事，不是不迫切，而过了一百多天，仍无任何动静。我又奏请不止，执政大臣才奏报上去说，起初没有见到我的这道奏疏，遂奉圣旨。让我重新抄录后奏上。我原想这一次肯定会迅速实施，然而到现在已经两年过去了，也不见实行。由此可知积欠之事久拖不决，是因为大臣们不愿马上解决。如果陛下不予留心，痛下命令，只作常规文件下达，仍然作日常事务处理，按常规送户部审定，则万无施行之理。我人微言轻，不值得计较，只可惜陛下的臣民，日益困顿，无法生活下去。我又私下里估计大臣们必定会说现在西部边境上正在打仗，急需财物，免除积欠的办法不能施行。我认为从户部看拖欠的钱财，数目确实很大，赦免了似乎十分可惜。如果实际考虑各州县催来的数额，长年累月，积欠催到上交户部的少得可惜，何足以助边疆耗费的万分之一？我愿圣主特出明断，早一点下令执行。

我听说浙西地区饥馑瘟疫流行，苏州、湖州和秀州三地，人民死亡过半。虽大水稍落，露出了泥田，然而都没有干土可以作田埂，有的是有田而无人，有的是有人而无粮，有的是有种子而无耕牛，九死一生之民，骨瘦如柴。我私下里估计这三州的老百姓，朝廷格外优惠抚养，同时官吏清明，必须在十年以后，才基本能恢复元气。《尚书》上说："在未乱之前把社会引向大治，在没有危险的时候就保卫国家。"浙西的灾害，如果在一二年之前，上下用心，同力拯救，其花费和损失，必然不会严重到今天这种程度。我在任杭州知州的时候，事先奏请朝廷向发运司下令，多收购一些粮食，以作明年救济饥民之用，皇上明察，赐给一百万贯钱以买进一些粮食。而发运使王觌，坚持认为米价大贵而不加收购。当年的米价是稍贵了点，而与次年春夏相比，还是十分便宜的。即使是高价收购，总比没有粮食强些，而王觌固执己见，最终还是一点也不肯收购，致使次年无法救济，上下都知道这一情况而不加以查问。小人目光短浅，只知道替朝廷吝惜钱财，却不知道为陛下珍惜生命，大都像这种情形。淮南东西路各个地方，连年遭灾，少的十年，多的已经十五六年了。现在夏粮一熟，老百姓在万死之余，稍有一丝生机，而各个衙门就争相催欠，使老百姓反而怀念起灾荒之年来。怨恨之气上达于天，必然重新招致水旱之灾。希望圣上垂慈在可救之时拯救，不要等待像浙西地区那样已经不可救药了才加以救助。

我冒着死罪请圣上下诏令："查得淮南和两浙地区积欠最多，连年灾害，老百姓不断流亡饿死，现在淮南地区则有一季夏收，而浙西地区丰收与否不敢保证，凡淮南、浙西地区各种拖欠，不问新旧，也不问有无公家的本钱，一律特予暂停一年催还。"使久困之民，稍稍能吃上一顿饱饭。同时再下达一道指示，下发我所奏上的六件事和四件事，让各路安抚司钤辖司以此类推与天下疲弊之民，一洗疮口，则还可指望几年之后达到天下大平。

我阅读诏书发现，在五月十六日册立皇后，这事关系到百年大计，普天同庆。孟子指出："《诗经》上说：'古公亶父，清早便赶着马，沿着西边的河岸，来到岐山之下。带着他的妻子姜氏，来这里视察住处。'在那个时候，没有找不到丈夫的未嫁之女，也没有找不到妻子的未娶之男。这就是周朝称王于天下的原因所在。现在陛下行这么大的庆典，独独没想到积欠之民，流离失所在道路上，家室保不住，卖田卖地卖孩子，以向官府交纳拖欠吗？如果能亲自下诏，尽力推行这件事，所救活者不知有几千几万人。上天在不远处看着，肯定会给子孙后代带来无止境的福气。我不胜拳拳之忠，冒着死罪一吐为快。请圣上裁决。

论仓法札子

元祐七年七月二十七日，龙图阁学士、左朝奉郎、知扬州苏轼札子奏：臣窃谓仓法者，一时权宜指挥，天下之所骇，古今之所无，圣代之猛政也。自陛下即位，首宽此法，但其间有要剧之司，胥吏仰重禄为生者，朝廷不欲遽夺其请受，故且因循至今。盖不得已而存留，非谓此猛政可恃以为治也。自有刑罚已来，皆称罪立法，譬之权衡，轻重相报，未有百姓造铢两之罪，而人主报以钧石之刑也。今仓法不满百钱入徒，满十贯刺配沙门岛，岂非以钧石报铢两乎？天道报应，不可欺罔，当非社稷之利。凡为臣子，皆当为陛下重惜此事，岂可以小小利害而轻为之哉？臣窃见仓法已罢者，如转运、提刑司人吏之类，近日稍稍复行。若监司得人，胥吏谁敢作过。若不得人，虽行军令，作过愈甚。今执政不留意于拣择监司，而独行仓法，是谓此法可恃以为治也耶？今者又令真、扬、楚、泗转般仓斗子行仓法，纲运败坏，执政终不肯选择一强明发运使，以办集其事，但信仓部小吏，妄有陈请，便行仓法，臣所未喻也。

今来所奏，只是申明《元祐编敕》，不过岁捐转运司违法所收粮纲税钱一万贯，而能使六百万石上供斛斗。不大失陷，又能全活六路纲梢数千、牵驾兵士数万人免陷深刑，而押纲人员使臣数百人保全身计。以至商贾通行，京师富庶，事理明甚，无可疑者。但恐执政不乐臣以疏外辄议已行之政，必须却送户部，或却令本路监司相度，多方沮难，决无行理。

臣材术短浅，老病日侵，常恐大恩不报，衔恨入地。故贪及未死之间，时进瞽言。但可以上益圣德，下济苍生者，臣虽以此得罪，万死无悔。若陛下以臣言为是，即乞将此札子留中省览，特发德音，主张施行。若以臣言为妄，即乞将此札子降出，议臣之罪。取进止。

【译文】元祐七年七月二十七日，龙图阁学士、左朝奉郎、扬州知州苏轼以札子的形式奏议：我个人认为，仓法是暂时推行的权宜之计，天下惊恐，古今所无，是盛世的虐政。从陛下即位以来，首次缓行此法，但这中间有一些暴虐衙门和胥吏要靠推行这道法令为生，朝廷不愿意一下子就夺去其请受，所以因循到今天仍然施行。这是由于不得已而保留，决不是说这一虐政可以凭借达到天下大治。自有刑罚以来，都是根据罪行而量刑，譬如秤斗的器物，轻重一定互相响应，没有百姓犯下一两一钱的罪过，而皇上罚以百斤千斤的道理。现在仓法规定不是用百斤千斤报复一两一钱吗？上天讲究报应，不可欺骗，这种轻罪重罚的作法恐怕对国家不利。作为臣下，应当为陛下慎重行事，怎能因为一点点小事就轻易动用此法呢？我私下里发现仓法停止实行之后，近日转运司、提刑司的官吏们，又慢慢对此加以恢复。如果官员选择得当，吏属谁敢为非作歹？如果选择不当，即使军法从事，为非作歹只会更加厉害。现在的执政大臣不留心如何去选择官员，却独独推行仓法，是认为这道法令可以凭借达到治世吗？现在又下令让真州、扬州、楚州、泗州等地漕运仓库的掌斗差役实行仓法，纲运败坏，执政大臣就是不愿意选择一些干练的发运使，只是一味信从仓部小吏的妄加陈请，推行仓法，这使我百思不得其解。

今天所奏，只是申明《元祐编敕》，不过每年放弃转运司违法所收到的粮纲税一万贯，而能使六百万石上贡粮食，不大损耗，又能救活几千名纲运梢工和几万名牵驾士兵免受惩罚，押纲人员几百人保全性命。乃至于商业兴旺，京城富庶，这一切是显而易见的，不容置疑。只怕执政大臣不喜欢我这种以疏远外臣而议论已经实行了的政策的作法，一定要把我的奏议退到户部那里去，或者让本路各衙门会商，百般阻挠，使其不能实行。

我才疏学浅，年老多病，时常担心大恩未报就带着遗憾死去，所以在未死之前，不时地献上一些胡话，只求以此来上增圣德，下济苍生。我即使因此获罪，也万死无悔。如果陛下认为我说得对，就请将这道札子留下研究，特发德音，予以施行。如果认为我说得不对，就请将这道札子下发，让有关部门讨论后定我的罪。请圣上裁决。

论纲梢欠折利害状

元祐七年七月二十七日，龙图阁学士、左朝奉郎、知扬州苏轼状奏：臣闻唐代宗时，刘晏为江淮转运使，始于扬州造转运船，每船载一千石，十船为一纲，扬州差军将押赴河阴，每造一船，破钱一千贯，而实费不及五百贯。或讥其枉费，晏曰："大国不可以小道理。凡所创置，须谋经久。船场既兴，执事者非一，须有余剩衣食，养活众人，私用不窘，则官物牢固。"乃于扬子县置十船场，差专知官十人，不数年间，皆致富赡。凡五十余年，船场既无破败，馈运亦不阙绝。至咸通末，有杜侍御者，始以一千石船，分造五百石船二只，船始败坏。而吴尧卿者，为扬子院官，始勘会每船合用物料，实数估给。其钱无复宽剩，专知官十家即时冻馁，而船场遂破，馈运不继，不久遂有黄巢之乱。

刘晏以千贯造船，破五百贯为干系人欺隐之资，以今之君子寡见浅闻者论之，可谓疏谬之极矣。然晏运四十万石，当用船四百只，五年而一更造，是岁造八十只矣。每支剩破五百贯，是岁失四万贯矣，而吴尧卿不过为朝廷岁宽四万贯耳，得失至微，而馈运不继，以贻天下之大祸。臣以此知天下之大计，未尝不成于大度之士，而败于寒陋之小人也。国家财用大事，安危所出，愿常不与寒陋小人谋之，则可以经久不败矣。

臣窃见嘉祐中，张方平为三司使，上论京师军储云："今之京师，古所谓陈留，四通八达之地，非如雍、洛有山河之险足恃也，特恃重兵以立国耳，兵恃食，食恃漕运，漕运一亏，朝廷无所措手足。"因画十四策，内一项云："粮纲到京，每岁少欠不下六七万石，皆以折会偿填，发运司不复抱认，非祖宗之旧也。"臣以此知嘉祐以前，岁运六百万石，而以欠折六七万石为多。访闻去岁，止运四百五十余万石，而欠折之多，约至三十余万石。运法之坏，一至于此。

又臣到任未几，而所断粮纲欠折干系人，徒流不可胜数。衣粮罄于折会，船车尽于折卖，质妻鬻子，饥瘦伶俜，聚为乞丐，散为盗贼。窃计京师及缘河诸郡，例皆如此。朝廷之大计，生民之大病，如臣等辈，岂可坐观而不救耶？辄问之于吏……乃金部便敢私意创立此条，不取圣旨，公然行下，不惟非理刻剥，败坏祖宗法度，而人臣私意，乃能废格制敕。监司州郡靡然奉行，莫敢谁何。此岂小事哉！

谨按一纲三十支船，而税务监官不过一员，未委如何随船点检得。三十支船，一时皆通而不勒留住岸，一船点检，即二十九只船皆须住岸伺候，显是违条舞法，析文破敕。苟以随船为名，公然勒留点检，与儿戏无异。访闻得诸州多是元祐三年以来始行点检收税，行之数年，其弊乃出。纲梢既皆赤露，妻子流离，性命不保，虽加刀锯，亦不能禁其攘窃。此弊不革，臣恐今后欠折不止三十余万石，京师军储不继，其患岂可胜言！

扬州税务，自元祐三年十月始行点检收税，至六年终，凡三年间共收粮纲税钱四千七百余贯。折长补短，每岁不过收钱一千六百贯耳。以淮南一路言之，真、扬、高邮、楚、泗、宿六州、军，所得不过万缗，而所在税务专栏因金部、转运司许令点检，缘此为奸，邀难乞取，十倍于官。遂致纲梢皆穷困骨立，亦无复富商大贾肯以物货委令搭载，以此专仰攘取官米，无复限量，拆卖船板，动使净尽，事败入狱，以命偿官。显是金部与转运司违条刻剥，得粮纲税钱一万贯，而令朝廷失陷纲运米三十万余石，利害皎然。

今来仓部并不体访纲运致欠之因，却言缘仓司斗子乞觅纲梢钱物，以致欠折，遂立法令真、扬、楚、泗转般仓并行仓法，其逐处斗子，仍只存留一半。命下之日，扬州转般仓斗子四十人，皆诣臣陈状，尽乞归农。臣虽且多方抑按晓谕，退还其状，然相度得此法必行，则见今斗子必致星散。虽别行召募，未必无人，然皆是浮浪轻生不畏重法之人，所支钱米，决不能赡养其家，不免乞取。既冒深法，必须重赂轻赍，密行交付。其押纲纲梢等，知专斗若不受赂，必无宽剩，斗面决难了纳。即须多方密行重赂，不待求乞而后行用，此必然之理也。

臣细观近日仓部所立条约，皆是枝叶小节，非利害之大本。何者？自熙宁以前，中外并无仓法，亦无今来仓部所立条约，而岁运六百万石，欠折不过六七万石。盖是朝廷捐商税之小利，以养活纲梢，而缘路官司，遵守《编敕》法度，不敢违条点检收税，以致纲梢饱暖，爱惜身命，保全官物，事理灼然。臣已取责得本州税务状称，随船点检，不过检得一船。其余二十九船，不免住岸伺候，显有违碍。臣寻已备坐《元祐编敕》，晓示今后更不得以随船为名，违条勒令住岸点检去讫。其税务官吏，为准本州及仓部、发运、转运司指挥非是自擅为条，未敢便行取勘。其诸州、军税务，非臣所管，无由一例行下。欲乞朝廷申明《元祐编敕）不得勒令住岸条贯，严赐约束行下。并乞废罢近日仓部起请仓法，仍取问金部官吏不取圣旨擅立随船一法，刻剥兵梢，败坏纲运，以误国计，及发运、转运司官吏，依随情罪施行。庶使今后刻薄之吏，不取擅行胸臆，取小而丧大，得一而丧百。

臣闻东南馈运，所系国计至大，故祖宗以来，特置发运司，专任其责。选用既重，威令自行。如昔时许元辈，皆能约束诸路，主张纲运。其监司州郡及诸场务，岂敢非礼刻剥邀难？但发运使得人，稍假事权，东南大计，自然办集，岂假朝廷更行仓法？此事最为简要，独在朝廷留意而已。谨具《元祐编敕》，及金部擅行随船点检指挥如左：

一、准《元祐编敕》："诸纲运船栰到岸检纳税钱，如有违限，如限内无故稽留，及非理搜检，并约喝无名税钱者，各徒二年。诸新钱纲及粮纲，缘路不得勒令住岸点检。虽有透露违禁之物，其经历处，更不问罪，至京下锁通津门，准此。"

一、准元祐三年十一月十九日尚书金部符："省部看详，监粮纲运，虽不得勒留住岸，若是随船点检得委有税物名件，自合依例饶润收纳税钱，即无不许纳税钱事理。若或别无税物，自不得依例喝免税钱，事理甚明。"

右谨件如前者。若朝廷尽行臣言，必有五利。纲梢饱满，惜身畏法，运馈不大陷失，一利也；省徒配之刑，消流亡盗贼之患，二利也；梢工衣食既足，人人自重，以船为家，既免折卖，又常修完，省逐处船场之费，三利也；押纲纲梢，既与客旅附载物货，官不点检，专栏无由乞取，然梢工自须赴务量纳税钱，以防告讦。积少成多，所获未必减于今日，四利也；自元丰之末，罢市易务、导洛司、堆垛场，议者以为商贾必渐通行，而今八年，略无丝毫之效。京师酒税课利皆亏，房廊邸店皆空，何也？盖祖宗以来，通许纲运揽载物货。既免征税，而脚钱又轻，故物货通流，缘路虽失商税，而京师坐获富庶。自导洛司废，而淮南转运司阴收其利。数年以来，官用窘逼，转运司督迫，诸路税务日急一日，故商贾全然不行，京师坐致枯涸。今若行臣此策，东南商贾，久闭乍通，其来必倍，则京师公私数年之后，必复旧观，此五利也。臣窃见近日官私例皆轻玩国法，习以成风。若朝廷以臣言为非，臣不敢避妄言之罪，乞赐重行责罚。若以臣言为是，即乞尽理施行，少有违戾，必罚无赦，则所陈五利，可以朝行而夕见也。谨录奏闻，伏候敕旨。

贴黄：本州已具转般仓斗子二十人，不足于用，必致阙误事理，申乞依旧存留四十人去讫。其斗子所行仓法，臣又体访得深知纲运次第人，皆云行仓法后，欠折愈多。若斗子果不取钱，则装发更无斗面，兵梢未免偷盗，则欠折必甚于今。若斗子不免取钱，则旧日行用一贯者须取三两贯，方肯收受。然不敢当面乞取，势须宛转托人，减刻隔落，为害滋深。伏乞朝廷深酌，早赐废罢，且依旧法。

又贴黄：臣今看详，仓部今来起请条约，所行仓法，支用钱米不少。又添差监门小使臣，支与驿券。又许诸色人告捉构合乞取之人，先支官钱五十贯为赏。又支系省上供钱二万贯，召募纲梢。如此之类，费用浩大，然皆不得利害之要。行之数年，必无所补。臣今所乞，不过减却淮南转运司违条收税钱一万贯，使纲梢饱暖，官物自完，其利甚大。

【译文】元祐七年七月二十七日，龙图阁学士、左朝奉郎、扬州知州苏轼奏议：我听说唐代宗的时候，刘晏为江淮转运使，开始在扬州造转运船，每艘船载重一千石，十艘为一纲，扬州派士兵押送至河阴，每造一艘船，花费一千贯钱，而实际需要的费用还不到五百贯。有人批评他浪费钱财，刘晏回答说："大国不能用小道理来约束。既创置，就要考虑怎样使其长久。船场兴起后，管事的不止一个机构，必须有剩余的钱财来养活众人才行，私人的用度不窘迫，公家的财物才能保住。"于是在扬子县设立十个船场，派十位官员专门管理此事，不几年之后，这些官员都很富裕。一共五十多年时间，船场既没有破坏，漕运也络绎不绝。到懿宗咸通末年，有一位杜侍御，开始用造载重量一千石船只的钱财，分开来造两艘载重五百石的船只。而吴尧卿为扬子院官，重新核实每艘船应该使用的物料，按实际估算以供应，花钱不再有宽裕，十家主管官员顿时断了财源，而船场不久也就破产了，漕运无法继续下去，很快就爆发了黄巢之乱。

刘晏用一千贯的价钱来造船，其中用五百贯作为有关人员私分的钱财，让现在那些目光短浅的正人君子们去评论，肯定要说种这做法疏漏荒唐透顶。然而刘晏运四十万石粮食，需要用船只四十艘。每只船的寿命是五年，则每年需要造船八十艘。每艘浪费五百贯钱，每年损失为四万贯。吴尧卿不过每年为朝廷节约四万贯，得到的微乎其微，而漕运不能继续，最终导致亡国的大祸。因此我知道国家大事，没有不是由大度之士所促成，而被寒酸愚陋的小人所败坏的。财政大事，直接关系到国家的安危成败，愿陛下不要和寒酸愚陋的小人们商量，这样才可以持久不败。

我发现嘉祐中叶，张方平为三司使，议论京城军备情况的时候曾说过这样的话："现在的首都，古代叫作陈留，是一个四通八达的地方，不像雍州和洛阳地区有山河险阻可以凭借，只有靠重兵把守才能安全。而军队要靠粮食来支撑，粮食则要靠漕运来输送，如果漕运不继，朝廷顿时就会手足无措。"于是献出十四条对策，其中有一条是："粮食运到京城，每年都要损失六七万石，缺额全是用折会填补上去，发运司不再抱认，这种作法不是祖宗定下的旧制。"因此我知道嘉祐之前，每年漕运粮食六百万石，至多损失六七万石。查得去年只运了四百五十多万石，损失却多达三十多万石。运输规矩的破坏，竟严重到如此程度。

我到任时间不长，审理粮纲损失相关的案件，处以徒刑或流刑的已有很多。他们的衣食因为折会而花完，车船全部变卖，典妻卖儿，孤苦伶丁，聚集起来为乞丐，分散开来就是强盗。私下里估计京城及沿运河两岸各个地方，差不多都是这样。这事关乎国家的大政，对人民危害极大，像我这种人，怎能坐视不救呢？所以我经常向官吏们询问对策……金部便敢私自制定这些规定，不取圣旨就公然下达，这不单是一个不合理盘剥，败坏祖宗法制的问题，同时臣下敢用一己之见废格制敕，地方官员，闻风而动，谁也不敢有什么异议，这难道是一件小事吗？

谨按一纲三十艘船，税务官不过一名，不知他如何检查。三十艘船，一时都放行而不靠岸停留，检查一艘船，其他二十九艘必须靠岸等候，这显然违反了规定，舞文弄法。假若借随船的名义，公然勒令停船检查，与儿戏无异。查得各州多是元祐三年以来才开始检查收税，实行几年之后，弊端暴露出来。船夫们已经赤身露体，老婆孩子流离失所，生命尚且不能保全，即使在其脖子上加以刀锯，也不能禁止他们偷取。如果这个弊端不改革，我担心今后的损耗不会只是三十万石。京城军粮供应不上，后患将是无穷的。

扬州税务，从元祐三年十月开始检查征税，到元祐六年年底，三年间一共征收粮纲税钱四千七百多贯，平均起来，每年不过征收一千六百贯左右。就淮南全路而言，真州、扬州、高邮军、楚州、泗州、宿州六个地方，粮纲税收不过万贯，而各地税务部门因为金部和转运司允许检查，因缘为奸，百般刁难敲诈，所收是公家收入的十倍。致使船夫穷困无着，富商大贾也不再借纲运船搭载货物，因此船夫只有靠偷窃公家的粮食过活，无所休止地偷窃，更有甚者拆卖船板，花销尽净，事情败露而入狱，用生命赔偿公家的损失。这显然是由于金部和转运司违反规定肆意盘剥，征收粮纲税钱一万贯，却让朝廷损失纲运粮食三十多万石，是利是弊一清二楚。

现在仓部官员并不认真调查纲运粮食损失增大的原因所在，却说这是由于提举常平司掌管计量的斗子们勒索船夫的钱物，致使粮米损失，于是规定真州、扬州、楚州、泗州的中转仓一律实行仓法，各处的斗子，只保留一半。命令下达之日，扬州中转仓斗子四十多人，都到我这里陈状申请全部回家务农。虽然我多方劝导压制，退还其奏状，然而考虑如果仓法一旦推行，则现今的斗子必然要逃散。虽然重新召募未必无人，然而都是些浮浪破落不怕犯法的人，所发给的钱粮，决不够赡养家庭之用，所以他们免不了要去讨取。既然犯的是重法，就必须多方贿赂，在机密中完成。那些押运人员和船夫等，知道掌斗的人如果不受贿，决不会手下放宽，斗面也就难以交够数额。这样就必须私下里多送些贿赂，届时不用求情就放了一把，必然是这样一个道理。

我仔细阅读最近仓部所立的规定，都是些枝节小事，没有抓住利害的根本，为什么这样讲呢？因为在熙宁年间以前，全国并没有仓法，也没有现在仓部的这些规定，每年运粮六百万石，损失却只有六七万石。这是因为朝廷放弃了商税这宗小利，以养活船夫们，而沿途各地，遵守《编敕》的约束，不敢违反规定检查征收关税，致使船夫们生活有保障，他们也就珍惜生命，保全公家的财产，这个道理是显而易见的，我已调来本州的税务情况报告单，它说随船检查，不过只能检查一艘船。其余的二十九艘，不得不靠岸等侯，显然误事。我立即对照《元祐编敕》，指示税务部门今后不许以随船为名，违犯规定勒令船只靠岸检查。那些税务官吏，因为按照本州及仓部、发运司、转运司的指示不是擅自行事，再也不敢停船检查，另外各州、军的税务，因为不是由我管辖，无法一齐下达。准备请求朝廷申明《元祐编敕》，重申不得勒令靠岸检查，严格约束后下达，并请停止实行最近仓部所奏请的仓法，同时调查金部官吏不遵圣旨擅自制定随船检查的规定，刻剥押运人员和船夫，败坏纲运，贻误国家大事，以及发运司和转运司官吏，各自依罪处理。希望通过这些措施使那些刻薄之吏，今后再也不敢胆大妄为，取小而丧大，得一以害百。

我听说东南地区的漕运工作，事关重大，所以自从祖宗开国以来，就特意设立发运司，专门负责这个工作。选择和任用都很庄重，威令自然行得通。像以前许元等人，都能约束各路，纲运畅通。各路各州以及各个场务，怎敢非法盘剥刁难？只要发运使人选合适，多给一点权力，东南地区的大事，自然可以办成，哪里用朝廷再推行什么仓法？这事最为简单易行，只需朝廷留心一下就行了。谨将《元祐编敕》以及金部发布的擅自随船检查的指示抄录如下：

第一，对照《元祐编敕》："各纲运船只到岸交纳税钱，如有违犯规定，比如在规定的范围内无故扣留，以及非法搜查，并索要不合规定的税钱，各自判处二年徒刑。各个新增的钱纲和粮纲，沿途不得勒令靠岸检查，虽然露出了违禁物品，宅所经过之处，不许问罪，到京城脚下将船锁在通津门前，照此办理。"

第二，对照元祐三年十一月十九日尚书金部文件："省部审定，监粮纲运，虽然不能随意勒令靠岸，如果随船查得确有必须纳税的物品，自然应该按规定将多出来的利润部分收交税钱，决无不纳税钱的道理。如果没有另外应该纳税的货物，自然不得按规定征税，道理很是明白。"

陈述如上。如果朝廷全部按我所说的去办，肯定会有五件好处。船夫们饱暖之后，守法惜命，所运粮食的损失大大减少，这是第一件好处；省去了许多徒刑、流放等惩罚，消弥了百姓流亡和当强盗的忧患，这是第二件大好处；船夫们衣食既足，人人自重，以船为家，既可免去他们将船料变卖，又可促使他们时常修理，这就省去了各个船场的修造之费，这是第三件大好处；押送纲运的兵士与船夫们，既然捎带一些旅客货物，公家不加检查，税监们无法勒索，这些船夫自然要到税务部门交纳少量的税钱，以防别人告发。税务部门积少成多，得到的税钱一定不比今天少，这是第四件好处；自元丰末年罢去市易务、导洛司、堆垛场，当时的舆论认为商业肯定会逐渐复苏，而时至今日已经八年，没有丝毫的效验。京城酒税亏空，货店客房到处空空荡荡，这是什么原因呢？只因为祖宗以来，允许纲运船只招揽搭载货物。既免征税，运费又少，所以货物畅通，沿途各地虽然减少一些商税，而京城稳获富庶。自从罢去导洛司后，其利益被淮南转运司暗地里接了过去。几年以来，公家财用窘迫，转运司督责，各路征税一天比一天严，所以商人全都不敢出门，京城市场上的货源于是逐渐枯竭。现在如果实行我所说的办法，东南地区的商业，在一直压抑之后而突然开通，商人的到来必然成倍增加，几年之后，京城的公私商业，一定能恢复昔日的繁荣景象，这是第五件好处。我私下里发现最近一段时间公家私人一律轻视法律，习以成风。如果朝廷认为我说错了，胡说的罪责我不敢推脱，请求严加惩处；如果朝廷认为我说得有理，就请全部施实，稍有违犯，严惩不贷，则上面所讲的五件好处，可以朝行而夕见。谨录奏闻，恭候圣旨。

补言：本州已将转般仓库二十名斗子不够用，必然误事的情况奏报上去，申请依旧保留四十人的名额。其斗子所行仓法，我又调查得知纲运的次序，人们都说实行仓法之后，粮食损失越来越多，如果斗子真的得不到一点钱，则称量时更无斗面，押运兵士和船夫又不免偷盗，那么损失肯定比今天还要多。如果斗子不免收钱，则以前要一贯，现在则要两三贯，才肯接受。然而不敢当面收取，肯定要转手求人，减刻隔洛，为害更深。请求朝廷详酌，早一点废罢，一律按过去的办法去作。

又补言：我现在审定，仓部最近所请立的规定，实行仓法，耗费钱粮不少。又添派了监门小使，我支给了驿券。又允许各种人告发勾结在一起进行敲诈勒索的人，公家先支给赏钱五十贯。又支系省上供钱二万贯，召募纲运船工。这些事情，费用浩大，然而都没有抓住根本。推行几年，肯定不会有什么补益。我现在所请求的，不过是减少淮南转运司违反规定征收的一万贯税钱，使船工们得以温饱，则公家财产自然保全，其利甚大。

乞罢转般仓斗子仓法状

元祐七年八月一日，龙图阁学士、左朝奉郎、知扬州苏轼状奏：右臣近于七月二十七日具状奏论纲稍欠折利害，内一事，乞罢真、扬、楚、泗转般仓斗子仓法，并乞扬州转般仓斗子依旧存留四十人。今来扬州转般仓斗子四十人并曾诣臣投状，乞一时归农。臣虽且抑按晓谕，退还其状，然体访得众情未安，惟欲逃窜，兼访闻得泗州转般仓斗子已窜却一十二人。深虑逐州转般仓斗子渐次星散，别行召募，必是费力，兼恐多是浮浪轻犯重法之人，愈见败坏纲运。其逐一利害，已具前状。只乞朝廷详酌，先赐施行废罢转般仓斗子仓法，及扬州依旧存留转般仓斗子四十人为额。仍乞入急递行下，贵免斗子星散，住滞纲运。谨录奏闻，伏候敕旨。

【译文】元祐七年八月一日，龙图阁学士、左朝奉郎、扬州知州苏轼奏议：微臣最近在七月二十七日写状论奏纲运船夫损失的利弊情况，其中有一件事情讲到，请求罢去真州、扬州、楚州及泗州的中转仓库斗子仓法，并请求允许扬州转运仓依旧保留四十个斗子的名额。现在扬州转运仓四十名斗子都曾向我投状，请求允许他们立即回家务农。我一面强制一面劝导，退还其状子，然而查知众人并不安心，只想逃走，同时听说泗州转运仓的斗子已经逃走了十二人，深恐各州转运仓的斗子逐渐零散，另外召募，必然要费一番气力，同时害怕招进一些浮浪破落不怕犯法的人，使纲运工作更加败坏。其利弊的详细情况，已写在前一道状子里。只请求朝廷详加斟酌，首先废罢中转仓库斗子仓法，以及允许扬州依旧保留中转仓库四十个斗子的名额。同时请求放在急递的文件中下达，希望通过这些措施免得斗子逃散，从而拖延纲运工作。谨录奏闻，恭候圣旨。

乞罢税务岁终赏格状

元祐七年八月初五日，龙图阁学士、左朝奉郎、知扬州苏轼状奏：准元祐三年八月二十三日敕："陕西转运司奏，准敕节文：'卖盐并酒税务增剩监专等赏钱，更不支给。'本司相度，欲且依旧条支给，所贵各肯用心，趁办课利。户部状欲依本司所乞，并从元丰赏格，依旧施行。检会元丰七年六月二十四日敕：‘卖盐及税务监官年终课利增额，计所增数给半氂；卖盐务专副秤子税务专栏，年终课利增额，计所增数给一氂。’及检会元丰赏格‘酒务盐官年终课利增额，计所增数给二氂；酒务专匠，年终课利增额，计所增数给一氂’者。”右臣闻之管仲：“礼义廉耻，国之四维；四维不张，国乃灭亡。”今盐酒税务监官，虽为卑贱，然缙绅士人公卿胄子，未尝不由此进。若使此等不顾廉耻，决坏四维，掊敛刻剥，与专栏秤匠一处分钱，民何观焉？所得毫末之利，而所败者天下风俗、朝廷纲维，此有识之所共惜。臣至淮南，体访得诸处税务，自数年来，刻虐日甚，商旅为之不行。其间课利，虽已不亏，或已有增剩，而官吏刻虐，不为少衰。详究厥由，不独以财用窘急，转运司督迫所致，盖缘有上件给钱充赏条贯，故人人务为刻虐，以希岁终之赏。显是借关市之法，以蓄聚私家之囊素。若朝廷悯救风俗，全养士节，即乞尽罢上件岁终支赏条贯。仍乞详察上件条贯于税务施行，尤为害物，先赐废罢。况祖宗以来，元无此格，所立场务增亏赏罚，各已明备，不待此条，方为劝奖。臣窃见今年四月二十七日敕，废罢诸路人户买扑土产税场。命下之日，天下歌舞，以致深山穷谷之民，皆免虐害。臣既亲被诏旨，辄敢仰缘德音，推广圣意，具论利害，以候敕裁。谨录奏闻，伏候敕旨。

【译文】元祐七年八月五日，龙图阁学士、左朝奉郎、扬州知州苏轼奏议：按照元祐三年八月二十三日的敕令：“陕西转运司奏报说，本照敕令节文‘卖盐卖酒等税对征收者的赏钱，停止发放。’本司考虑，准备仍按先前的规定发放，希望用这种办法来鼓励大家各自努力，积极征税。户部文件准备依照本司的请求并根据元丰年间的奖励规定，依旧发放。对照元丰七年六月二十四日的敕令：‘卖盐及税务监官年终计算税利的增加额，把总额的半氂作为奖赏；卖盐务正副掌秤的税务吏员，年终核算税利增加额，把增加额的一釐作为奖励。’又对照元丰年间的奖励规定：‘酒务盐官年终核算利税增加额，算清所增数后将其中的二釐作为奖金奖给征收者；酒务专匠，年终核算利税的增加额，算清之后将其中的一釐作为奖金发放给他’。我听说管仲曾经说过：“礼义廉耻，是国家的四种纲纪；纲纪败坏，国家就会灭亡。”现在的盐酒税务监官，地位虽然卑贱，然而绅士君子公子公孙，未尝不由此而进身。如果让这些人不顾廉耻，破坏纲纪，聚敛盘剥，与税吏秤匠们在一起分钱，人民还能向谁看齐呢？得到一点点蝇头小利，而将天下风俗、国家纲纪败坏，有识之士对此倍感痛惜。我到淮南去，查访得知各地的税务部门，最近几年，盘剥日甚一日，商人为此裹足不前，其间课利，虽已不亏，或已有增剩，而官吏们的盘剥也没有稍加减轻。认真探究其原因，这不单单因为国家财政状况窘迫，转运司尽力催逼所致，而是由于上述给钱奖赏的规定，使得人人尽力盘剥，以图年终的奖赏。显然是借助于税收的办法，以中饱私囊。如果朝廷要挽救风俗，激励气节，就请废除上述年底奖励的规定。同时请求详察上述规定的税务方面，危害性尤其严重的，请求先予废除。况且祖宗开国以采，本没有这样的赏格，所制定关于场务增值还是亏本的赏罚规定，都十分明确完备，不需要这些规定，才算奖励。我见到今年四月二十七日敕令，罢除各路民户承包土产税务。令下之日，天下载歌载舞，以至于深山穷谷的老百姓，也都免除了受虐害。我既亲自接到诏旨，于是敢于上仰福音，推广圣上的意思，详细探究其利弊，等候圣上的裁决。谨录奏闻，恭候圣旨。

乞岁运额斛以到京定殿最状

元祐七年八月五日，龙图阁学士、左朝奉郎、知扬州苏轼状奏：右臣近者论奏江淮粮纲运欠折利害。窃谓欠折之本，出于纲梢贫困，贫困之由，起于违法收税。若痛行此一事，则期年之间，公私所害，十去七八。此利害之根源，而其他皆枝叶小节也。若朝廷每闻一事，辄立一法，法出奸生，有损无益，则仓部前日所立斗子仓法，及其余条约是矣。臣愚欲乞尽赐寝罢，只乞明诏发运使，责以亏赢，而为之赏罚，假以事权，而助其耳目，则馈运大计可得而办也。

何谓“责以亏赢而为之赏罚”？盖发运使岁课，当以到京之数为额，不当以起发之数为额也。今者折欠，尽以折会偿填，而发运使不复抱认其数，但得起发数足，则在路虽有万般疏虞，发运使不任其责矣。今诸路转运司岁运斛斗，皆以到发运司实数为额，而发运司独不以到京及府界实数为额，此何义也？臣欲乞立法，今后发运司岁运解额，计到京欠折分釐，以定殿罚，则发运使自然竭力点检矣。凡纲运弊害，其略有五：一曰发运司人吏作弊，取受交装不公；二曰诸仓专斗作弊，出入斗器；三曰诸场务排岸司作弊，点检附搭住滞；四曰诸押纲使臣人员作弊，减刻雇夫钱米；五曰在京及府界诸仓作弊，多量剩取，非理曝扬。如此之类，皆可得而去也。纵未尽去，亦贤于立空法而人不行者远矣。

何谓“假以事权而助其耳目”？盖运路千余里，而发运使二人，止在真、泗二州，其间诸色人作弊侵欺纲梢于百里之外，则此等必不能去离纲运而远赴诉也，况千里乎？臣欲乞朝廷选差或令发运使举辟京朝官两员为句当，纲运自真州至京，往来点检。逐州住不得过五日，至京及本司住不得过十日，以船为廨宇，常在道路，专切点检诸色人作弊。杖以下罪，许决，徒以上罪，送所属施行。使纲梢使臣人员等，常有所赴诉，而诸色人常有所畏忌，不敢公然作弊，以岁运到京数足，及欠折分釐为赏罚。

行此二者，则所谓人存政举，必大有益。伏望朝廷留念馈运事大，特赐检会前奏，一处详酌施行。臣忝备侍从，怀有所见，不敢不尽。屡渎天威，无任战恐待罪之至。谨录奏闻，伏候敕旨。

贴黄：臣前奏乞举行《元祐编敕》钱粮纲不得点检指挥。窃虑议者必谓钱粮纲既不点检，今后东南物货，尽入纲船揽载，则商税所失多矣。臣以谓不然。自祖宗以来编敕，皆不许点检，当时不闻商税有亏。只因导洛司既废，而转运司阴收其利，又自元祐三年十月后来，始于法外擅立随船点检一条，自此商贾不行，公私为害。今若依《编敕》施行，不惟纲梢自须投务纳税，如前状所论，而商贾坌集于京师，回路货物，无由复入空纲揽载，所获商税必倍，此必然之理也。

【译文】元祐七年八月五日，龙图阁学士、左朝奉郎、扬州知州苏轼奏议：微臣最近奏论江淮地区粮纲运输中的损耗问题。我认为损耗现象产生的根本原因，乃在于纲运船夫及押运人员过于贫困，而贫困的原因，则由违法收税引起。如果对这件事痛加整治，则一年之内，公家私人的危害，可以除去十分之七八。因为这是弊病产生的根源，其他则都是些枝节问题。如果朝廷听到一件事，就制定相应的法律，结果法立而奸生，有害而无益，仓部前些时候所立的斗子仓法，及其他规定就属于这种情况。我想请求朝廷全部将此废除，只求明确指示发运使，责以赢亏，而以此作为赏罚的标准，委以权力，而帮助其了解情况，则运输大事就不成问题。

什么叫作“责以赢亏而以此作为赏罚的标准”？发运使运送粮食的定额，应当以运到京城的数额为准，而不是起运时的数额。现在的损耗，全部用折会偿填，而发运使不再抱认其数，只要起运时够数，路上即使有万般疏露惊险，发运使也不负责。现在各路转运司每年运送的粮食，都以交到发运司的实际数额为准，而发运司却独独不以到京城以及府界的实际数额为准，这是什么道理呢？我想奏请立一条规定，今后发运司每年运送的粮食，计算到京时损耗的数量以定赏罚，这样发运使自然会竭力督察了。纲运的弊端，大略说来共有五项：第一叫作发运司官吏作弊，在交接装运过程中不公正；第二叫作各仓库掌斗人员作弊，斗量不公平；第三叫作各场各排岸司作弊，检查搭载客货而使船运滞留；第四叫作各押送纲运人员作弊，克扣雇夫的钱粮；第五叫作京城及府界各仓库作弊，多量之后从中贪污，无理要求将粮食晒干。如此之类，完全可以查出后予以除去。纵然不能完全扫除，也比制定一些空疏的法令而人们都不遵守要好得多。

什么叫作“委以权力而帮助其了解情况”？这是说纲运行程一千多里，只有两位发运使，只在真州和泗州地段，各种人在起运地点百里之外的地方欺凌船夫等，发运使就不能离开船只到较远的官府去申诉，更何况其他地方是千里之遥呢？我想奏请朝廷选派或命令发运使举荐，两名京官为勾当公事，纲运从真州到京城，往来检查，各州停靠不得超过五天，到京城及本司住下不得超过十天，以船为官衙，常年在路上奔走，专门巡回检查各种人耍奸作弊，处以杖刑以下惩罚的，允许他们当即处理；处以徒刑以上惩罚的，送交有关衙门执行。使船夫使臣等人，经常有申诉的地方，而各种作奸使坏的人也有所忌惮，不敢公然作弊，以每年运到京城的数额是否充足作为赏罚的标准。

照这两种办法去做，就像平常所说的选择得人而政事不改那样，肯定大有好处。恳求朝廷考虑运输事关重大，特别对照我先前的奏议，在一起斟酌批准。臣忝列于侍从之中，每每有所想法，不敢不全部讲出来，屡次冒犯圣上的威严，不由得惊恐待罪之至。谨录奏闻，恭候圣旨。

补言：我此前曾奏请全部施行《元祐编敕》中关于钱粮纲运不得检查的指示。我私下里考虑议论的人肯定要说钱粮纲既不检查，今后东南地区的货物，全部搭载纲运船只，则商税就会大量流失。我认为不会这样。自从祖宗以来进行编敕，都规定不许检查，当时也没听说商税有损失。只因为导洛司废除之后，转运司暗地里把其利益全部接过来，又自元祐三年十月以后，才开始在法外擅立随船检查的规定，从此商人不敢走动，公家私人都受损害。现在如果按照《编敕》的规定去做，不但船夫需要自行纳税，回路货物，如果按照前一道奏状所谈及的，商人聚集京城，没办法再进来空船搭载人货，所获商税必然是现在的几倍，这是自然而然的道理。

申明扬州公使钱状

元祐七年八月初六日，龙图阁学士、左朝奉郎、知扬州苏轼状奏：右臣勘会本州公使额钱每年五千贯文，除正赐六百贯，诸杂收簇一千九百贯外，二千五百贯并系卖醋钱。检会当日初定额钱日，本州醋务，系百姓纳净利课利钱承买，其钱并归转运司。当日以卖醋钱二千五百贯入额钱，即亦是拨系省官钱充数。后来公使库方始依新条认纳百姓净利课利等钱承买，逐年趁办上项额钱二千五百贯。检准《编敕》："诸州公使库，许以本库酒糟造醋酤买，即系官监醋务，本库愿认纳元额诸般课净钱，承买者听其所收醋息钱，并听额外收使。"今契勘醋库每年酤卖到钱外，除糟米本钱并认纳买扑净利课利钱外，实得息钱，每年只收到一千六七百贯至二千贯以来，常不及元立额钱二千五百贯之数，更岂有额外收使之理？如此，即显是敕条虽许公使库买扑醋务，而扬州独无额外得钱之实。窃以扬于东南，实为都会，八路舟车，无不由此，使客杂遝，馈送相望，三年之间，八易守臣，将迎之费，相继不绝，方之他州，天下所无。每年公使额钱，只与真、泗等列郡一般，比之楚州少七百贯。况今现行例册，元修定日造酒糯米每斗不过五十文足，后元祐四年后来，每斗不下八九十文足。本州之费，一切用酒准折，又难为将例册随米价高下逐年增减，兼复累年接送知州，实为频数，用度不赀，是致积年诸般逋欠，约计七八千贯。若不申明，岁月愈深，积数逾多，隐而不言，则州郡负违法之责，创有陈乞，则朝廷有生例之难。虽天下诸郡比之扬州，实难攀援。今来亦不敢辄乞增添额钱，及蠲放欠负，只乞检会见行条贯，并当日元定额钱因依，既是于系省官醋务钱内拨二千五百贯元额钱，即乞逐年更不送纳买扑净利课利钱，及更不用钱收买官糟，庶得卖醋钱相添支用。如此，即积年欠负渐可还偿，会藩事体，不致大段衰削。谨录奏闻，伏候敕旨。

贴黄：勘会本州与杭州事体一般。本州当八路口，使客数倍于杭州。杭州公使钱七千贯，而本州只有五千贯，显是支使不足。

又贴黄：准条，虽许公使库收遗利，缘本州委无遗利可收，须至奏乞。

【译文】元祐七年八月六日，龙图阁学士、左朝奉郎、扬州知州苏轼奏议：微臣查得本州的办公费用每年为五千贯文，除正赐六百贯，各项杂务所收一千九百贯外，其余的两千五百贯全是卖醋钱。检查当初确定钱额的时候，本州的醋务，是老百姓交纳净利课利钱承买的，这笔钱全部交到了转运司手里。当时以卖醋钱二千五百贯入额钱，也是拨入官钱充数。后来公使库才开始按照新规定接收老百姓的净利课利钱承买人每年办理上项钱额二千五百贯。按照《编敕》：“各州的公使库，可以用本库的酒糟造醋出卖。就是官监醋务本库愿意认纳原来各种课净钱额的，承买者听任他收取醋的利润钱，同时允许他额外收取使用。”现查得醋库，每年所卖的钱额，除了糟米的本钱和承包时认纳的净利课利钱外，实际的利润，每年只收到一千六七百贯到两千贯之间，常常达不到原来所立定额两千五百贯这个数目，哪里还有额外收取使用之理？如此说来，显而易见敕条虽然允许公使库承包醋务，而唯独扬州事实上没有额外得到钱财，我认为在东南沿海地区，扬州是事实上的大都会，各种车船，无不从此经过，使客纷至沓来，赠送不断，最近三年的时间里，八次改换知州，送往迎来，花费不少，比起他州，这种情况可以说是独一无二的。扬州每年的办公费用，只与真州、泗州等一样，比起楚州还少七百贯。况且现在的登记册，原来制定时造酒糯米每斗不过五十文钱，自元祐四年以后，每斗就不下八九十文钱，本州的费用，一律按酒价折合，现在又难以将当初登记表上的价格随米价的高低逐年增减，再加上连年接送知州，实在过于频繁，所以费用不足，致使连年拖欠，累计约七八千贯。如果现在不将这一情况讲明，时间一长，拖欠越来越多，隐瞒不报，则州里承担着违法的罪责；突然陈奏请求，则朝廷又有破例的为难。虽然天下各州都有困难，但实在没法和扬州相比。现在也不敢轻易请求朝廷增加扬州的办公费用，或者蠲免拖欠，只求按照现行规定，以及当年确定这个总额的理由，即是在省官醋务钱内拨出二千五百贯，就请允许每年不再交纳承包净利课利钱，以及不再用钱来买公家的酒糟，使得卖醋钱增加以供支用，这样做，往年的积欠可以逐渐偿还，地方事务，也不致于有许多闪失。谨录奏闻，恭候圣旨。

补言：查得本州与杭州的事务差不多一样多，本州又处在十字道口，使客往来是杭州的几倍。杭州的办公费用为七千贯，本州却只有五千贯，显然不够用。

又补言：按照规定，允许公使库收取多余的利钱，因为本州没有多余利钱可收，这也必须奏明。

乞罢宿州修城状

元祐七年九月日，龙图阁学士、左朝奉郎、新除兵部尚书苏轼状奏：臣近自淮南东路钤辖被召，过所部宿州，体访得本州见将零壁镇改作零壁县，及本州见准朝旨展筑外城两事，各有利害。既系臣前任部内公事，而改镇作县，又系兵部所管，所以须至奏陈，谨具条件如后：

一、零壁镇人户靳琮等，先经本路及朝省陈状，乞改零壁镇为县。却准转运使赵偁状称，看详得元只是本镇官势有力人户，意欲置县，增添诸般营运，妄有陈状。寻准敕依奏，依旧为镇。后来有转运使张修等及知州周秩别行奏请，却欲置县，仍取得本镇人户状称，所有置县费用，情愿自备钱物。至朝廷信凭，许令置县。臣今体访得零壁人户出办上件钱物，深为不易。元料置县用钱四千五十余贯，至今年八月终，已纳二千八百五十余贯，其余未纳钱数，认是催纳不行。纵使尽行催纳，亦恐使用不足。看详始议置县，只为本镇居民曾被惊劫，及人户输纳词讼，去县稍远。然来置县时，本镇已有守把兵士八十人，及京朝官一员，专领本镇烟火盗贼。别有监务官一员，又已移虹县尉一员，弓手六十人，在本镇足以弹压盗贼。而本镇去虹县六十里，至符离县一百二十里，至蕲县一百里，即非地远，又至符离县，各系水路，本不须添置一县。委只是本镇豪民靳琮等私自为计，却使近下人户一时出钱，深为不便。

一、宿州自唐以来，罗城狭小，居民多在城外。本朝承平百余年，人户安堵，不以城小为病，兼诸处似此城小人多，散在城外，谓之草市者甚众，岂可一一展筑外城？近年周秩奏论，过为危语，以动朝廷，意谓恐有盗贼窃据，以断运路。遂奏乞展筑外城一十一里有余，役兵及雇夫共五十七万有余工，每夫用七十省钱，召募雇夫及物料，合用钱一万九千余贯，约五年毕工。已蒙朝廷支赐抵当息钱一万贯，欲取来年春兴工。臣体访得元只是宿州豪民多有园宅在外，扇摇此说，官吏不察，遂兴奏请。况宿州土脉疏恶，若不用砖砌甃，随即颓毁，若待五年毕工，则东城未了，西城已坏，或更用砖，其费不赀。又七十省钱，亦恐召募不行，官吏避罪，必行差雇，搔扰不细，其间一事，深害仁政。缘今来踏逐外城基址，合起遣人户大坟墓六千九百所，小者犹不在数。不知本州有何急切利害，而使居民六千九百家暴露父祖骸骨，费耗擘画改葬？若家贫无力，便致弃捐，劳费公私，痛伤存殁。已上并有公案，可以覆验。

右臣今相度上件改镇作县事，系已行之命，兼构筑廨宇，略已见功，恐难中辍。而展城一事，有大害而无小利，兼未曾下手，犹可止罢。欲乞速赐指挥，更不展筑，却于已支赐一万贯钱内，量新置县合用数目，特与支拨修盖了当。其人户未纳到钱数，乞与放免。谨录奏闻，伏候敕旨。

【译文】元祐七年九月某日，龙图阁学士、左朝奉郎、新任兵部尚书苏轼奏议：我最近从淮南东路钤辖任上被召入朝，路过所属的宿州，调查得知该州将要把零壁镇改为零壁县，以及该州现在按照朝廷旨意拓展宿州外城两件事，各有一些弊端，既然是我先前任职范围内的事情，而撤镇建县，又属兵部所管，所以我应该奏陈，谨将内容写在下面：

第一，零壁镇百姓靳琮等人，先后向本路及朝省陈请，祈求将零壁镇改为零壁县。而按照转运使赵偁状子的说法，审查得知原本因为该镇那些有权有势的人家，愿意置县，以增添各种机构，才妄加陈请的。不久敕令批准了赵偁的奏状，依旧为镇。后来有转运使张修等人以及宿州知州周秩另行奏请，同时收到该镇民户的奏状，称置县过程中的所有花销，情愿由他们自备，致使朝廷相信，允许置县。我现在查知零壁镇民户出办上述钱物，很不容易。预料置县时要花钱四千零五十多贯，到今年八月底，已经交上来的只有二千八百五十多贯，其余没交上来的，肯定无力交纳，即使全部交上来恐怕也不够用。审查置县的最初动议，只是因为本镇居民曾被抢劫，以及民户递呈讼状，离县显得远了点。然而没有置县的时候，本镇已经有了把守士兵八十人，还有一名京朝官，专管本镇烽火盗贼之事。另外还有一名监务官，又调来虹县县尉一名，六十名弓手，在该镇足以弹压盗贼。而该镇离虹县六十里，离符离县一百二十里，到蕲县一百里，距离并不很远，同时到符离县，都是水路，本来不需要增设一县。的确只是本镇豪民靳琮等人私自算计，却让贫下民户一齐出钱，很不合适。

第二，宿州自唐代以来，环城狭小，居民有许多就住在城外。本朝天下太平已一百多年，民户安居，不嫌城池大小，加上各处像这样城小人多、散居城外、叫作草市的还有许多，怎能一一都拓展外城？近几年周秩的奏论，故意危言耸听，以打动朝廷。他的意思是说恐怕被强盗占据，以断漕运之路。遂奏请展拓外城十一里多长，需要役兵及雇夫五十七万多个劳动人，每夫每天用七十文钱，召募雇夫及物料，共需要用钱一万九千多贯，约五年完工。已蒙朝廷支给抵押利息钱一万贯，准备在明年春天开工。我调查得知原来只是一些宿州的豪民，有许多园子宅院在城外，所以鼓噪拓城之说，官吏不加调查，就替他们奏请。况且宿州土质粗恶，如果不用砖砌，不久就会塌毁，如果等五年后完工，则东城没修完，西城已经倒塌，而改用砖砌，费用将更加浩大。同时七十文钱，恐怕也招募不来雇工，官吏为了免受处罚，必然要实行征派，骚扰不已，这些作法，对仁政危害不浅。因为最近勘查城外基址，一共需要民户迁走大坟墓六千九百座，小坟墓还不包括在这个数目内。不知本州有哪些迫切需要，而让居民六千九百家暴露先祖骸骨，耗费钱财筹画改葬事宜？如果家贫无力改葬，便只有将尸骨抛弃，公私劳费，痛伤死人和活人。已上这些材料都有文件可以核实。

微臣估计上述改镇作县一事，是已行之命，同时建造衙门，基本大功告成，恐怕难以中途停止。而拓城一事，有大害而无小利，同时还没有动手，完全可以停止。准备请求速下指示，不再拓展，却在已经支给的一万贯钱数额内，估计新设置零壁县要花的钱，特予拨款修盖齐备。对于没有交钱的民户，请求予以免除。谨录奏闻，恭候圣旨。

乞擢用林豫札子

元祐七年十月日，龙图阁学士、左朝奉郎、守兵部尚书苏轼札子奏：臣窃谓才难之病，古今所同。朝廷每欲治财赋，除盗贼，干边鄙，兴利除害，常有临事乏人之叹。古人有言："宽则宠名誉之人，急则用介胄之士。"所用非所养，所养非所用，此古今之通患也。臣伏见承议郎、监东排岸司林豫，自为布衣，已有奇节，及其从事，所至有声。其在涟水，屏除群盗，尤著方略。其人勇于立事，常有为国捐躯之意。试之盘错之地，必显利器。伏望圣慈特与量材擢用。若后不如所举，臣等甘伏朝典。取进止。

【译文】元祐七年十月某日，龙图阁学士、左朝奉郎、守兵部尚书苏轼以札子的形式奏议：我私下里听说人才难得，这是古今相同的难题。朝廷每当整理财政、消除盗贼、加强边防、兴利除害的时候，常常有遇事乏人的感叹。古人有这样的话："社会安定则宠爱有名誉的人，情况紧急则重用带甲胄武士。"所用非所养，所养非所用，这是古今的通病。我发现承认郎、监东排岸司林豫，自为布衣百姓时，已有奇特的节气，及其出来做事情，所到之处都有好名声。他在涟水的时候，消除群盗，尤其显示出雄才大略来。其人勇于干事业，常有为国捐躯的思想准备，在形势复杂的地方试用，肯定能表现出其才能来。恳求圣上垂慈特予量才加以提拔。如果以后不如所举荐的那样，我们甘愿受朝典的处罚。请圣上裁决。

乞赙赠刘季孙状

元祐七年十月日，龙图阁学士、左朝奉郎、守兵部尚书苏轼状奏：右臣等窃闻仁宗朝赵元昊寇，延州危急。环庆将官刘平以孤军来援，众寡不敌，奸臣不救，平遂战殁，竟骂贼不食而死。诏赠侍中，赐大第，官其诸子庆孙、贻孙、宜孙、昌孙、孝孙、保孙、季孙等七人。诸子颇有异材，而皆不寿，卒无显者。家事狼狈，赐第易主。独季孙仕至文思副使，年至六十，笃志好学，博通史传，工诗能文，轻利重义，练达军政，至于忠义勇烈，识者以为有平之风。性好异书古文石刻，仕宦四十余年，所得禄赐，尽于藏书之费。近蒙朝廷擢知隰州，今年五月卒于官所。家无甑石，妻子寒饿，行路伤嗟。今者寄食晋州，旅榇无归。臣等实与季孙相知，既哀其才气如此，死未半年，而妻子流落；又哀其父平以忠义死事，声迹相接，四十年间，而子孙沦替，不蒙收录，岂朝廷之意哉？今执政、侍从多知季孙者，如加访问，必得其实。欲望朝廷特诏有司，优与赙赠，以振其妻子朝夕饥寒之忧，亦使人知忠义死事之子孙，虽跨历岁月，朝廷犹赐存恤，于奖劝之道，不为小补。季孙之子三班借职璨，见在京师，乞早赐指挥。谨录奏闻，伏候敕旨。

贴黄：季孙身亡，合得送还人为般擎。女婿两房，并已死尽，其丧柩见在晋州，无由般归京师。欲乞指挥晋州，候本家欲扶护归葬日，即与差得力厢军三十人，节级一人，般至京师。

【译文】元祐七年十月某日，龙图阁学士、左朝奉郎、守兵部尚书苏轼奏议：我们听说仁宗时西夏主元昊前来骚扰，延州情况紧急，环庆将官刘平率孤军前来救援，寡不敌众，奸臣又不前来救助，刘平遂全军覆没，最终大骂敌人绝食而死。朝廷下诏赠官侍中，赐给一座深宅大院，任用他的七个儿子庆孙、贻孙、宜孙、昌孙、孝孙、保孙、季孙等为官。各位儿子都有才能，却不幸而早死，最终没有显达的。家事狼狈，赏赐的房舍也被迫卖掉。只有刘季孙官至文思副使，年已六十岁，却笃志好学，博通史书，工诗能文，轻利重义，熟悉军政，至于忠义勇烈方面，认识的人都认为得其父刘平之遗风。天性喜欢奇书古文石刻，做官四十余年，所得俸禄和赏赐，全部花费到购书藏书上面。最近承蒙朝廷把他提拔为隰州知州，今年五月死在任上。家无存粮，妻子冻馁，路人也悲伤叹惜，现在棺材寄存在晋州，没有一个归宿。我们与刘季孙确实关系不错，既悲伤其有如此才气，死去不到半年，而妻子流落，同时又悲伤其父刘平以忠义而死，时间不长，只有四十余年，而子孙沦丧，不蒙收养，这难道是朝廷的意思吗？现在的执政大臣和侍从们有许多大都认识刘季孙，如果询问他们，肯定能得到实情。希望朝廷特诏有关部门，多给一些财物助其治办丧事，以解除其老婆孩子饥寒之忧，也让人知道忠义为国而死者的后代，虽岁月悠悠，朝廷仍然加以抚恤，对于奖励之道，不无裨益。季孙的儿子三班借职刘璨，现在仍在京城，请求早一点下达指示。谨录奏闻。恭候圣旨。

补言：刘季孙已死，应该让送还的人为之搬运。他的两房女婿，已经全部死掉。其灵柩现在仍放在晋州，无力搬运回京城。请求朝廷指示晋州方面，等丧主想护送灵柩归葬的时候，即拨给得力厢军三十人，一位节级，搬运到京城。

再论李直方捕贼功效乞别与推恩札子

元祐七年十一月初四日，龙图阁学士、左朝奉郎、守兵部尚书苏轼札子奏：臣先知颍州日，为有剧贼尹遇、陈兴、郑饶、李松等，皆宿奸大恶，为一方之患。而汝阴县尉李直方，本以进士及第，母年九十余，只有直方一子，相须为命。而能奋不顾身，躬亲持刃，刺倒尹遇，又能多出家财，缉知余党所在，分遣弓手，前后捕获，功效显著。直方先公后私，致所差人先获陈兴等三人，而直方躬亲，后获尹遇一名，与赏格小有不应。臣寻具事由闻奏。乞以臣合转朝散郎一官特与直方，比附第三等循资酬奖。后来朝旨，只与直方免试。窃缘选人免试，恩例至轻。其间以毫发微劳得者甚多，恐非所以激劝捐躯除患之士。伏望圣慈特赐检会前奏，别与推恩，仍乞许臣更不磨勘转朝散郎一官，所贵余人难为援例。取进止。

【译文】元祐七年十一月四日，龙图阁学士、左朝奉郎、守兵部尚书苏轼以札子的形式奏议：我先前担任颍州知州的时候，因为有剧贼尹遇、陈兴、郑饶、李松等人，都是一些宿恶大奸之辈，为一方祸害。而汝阴县尉李直方，本以进士及第担任此职，母亲年令在九十多岁，只有李直方这么一个儿子，母子二人相依为命。他却能奋不顾身，亲手操刀，刺倒尹遇，又能自己拿出许多钱财，侦知贼党的详细住处，分派一些弓手，先后将众贼抓获，功效显著。李直方先公后私，致使所委派的人先将陈兴等三人抓获，而李直方亲自出马，最后将尹遇一人擒住，这样就与赏格的规定稍有出入。我当时立即将事情的原由奏报上去，请求用我应该迁转的朝散郎一官给李直方，比照第三等按资奖赏。后来朝廷下达旨意，只给李直方一个免试。因为选官免试，恩赏很是轻微，这中间因为毫发微劳得到者就有很多，恐怕不是用来激励为国奋不顾身者的办法。恳求圣上垂慈特赐审查我先前的奏议，重新给予恩赏，同时请允许我不再试用转朝散郎一官，而将此官给李直方，免得后人妄加攀比。请圣上裁决。

乞免五谷力胜税钱札子

元祐七年十一月初七日，龙图阁学士、左朝奉郎、守兵部尚书兼侍读苏轼札子奏：臣闻谷太贱则伤农，太贵则伤末。是以法不税五谷，使丰熟之乡，商贾争籴，以起太贱之价；灾伤之地，舟车辐辏，以压太贵之直。自先王以来，未之有改也。而近岁法令，始有五谷力胜税钱，使商贾不行，农末皆病。废百王不刊之令典，而行自古所无之弊法，使百世之下，书之青史，曰："收五谷力胜税钱，自皇宋某年始。"臣窃为圣世病之。臣顷在黄州，亲见累岁谷熟，农夫连车载米入市，不了盐茶之费，而蓄积之家，日夜祷祠，愿逢饥荒。又在浙西，亲见累岁水灾，中民之家有钱无谷，被服珠金，饿死于市，此皆官收五谷力胜税钱，致商贾不行之咎也。臣闻以物与人，物尽而止，以法活人，法行无穷。今陛下每遇灾伤，捐金帛，散仓廪，自元祐以来，盖所费数千万贯石，而饿殍流亡，不为少衰。只如去年浙西水灾，陛下使江西、湖北雇船运米以救苏、湖之民，盖百余万石。又计籴本水脚官钱不赀，而客船被差雇者，皆失业破产，无所告诉。与其官私费耗，为害如此，何似削去近日所立五谷力胜税钱一条，只行《天圣附令》免税指挥？则丰凶相济，农末皆利，纵有水旱，无大饥荒。虽目下稍失课利，而灾伤之地，不必尽烦陛下出捐钱谷如近岁之多也。今《元祐编敕》虽云灾伤地分虽有例亦免，而谷所从来，必自丰熟地分，所过不免收税，则商贾亦自不行。议者或欲立法，如一路灾伤，邻路免税，一州灾伤，则邻州亦然。虽比今之法，小为通疏，而隔一路一州之外，丰凶不能相救，未为良法。须是尽削今日弊法，专用《天圣附令》指挥，乃为通济。谨具逐条如后：

《天圣附令》

诸商贩斛斗，及柴炭草木博籴粮食者，并免力胜税钱。

诸卖旧屋材柴草米面之物及木铁为农具者，并免收税。其买诸色布帛不及匹而将出城，及陂池取鱼而非贩易者，并准此。

《元丰令》

诸商贩谷及以柴草木博籴粮食者，并免力胜税钱。旧收税处依旧例。

诸卖旧材植或柴草谷面及木铁为农具者，并免税。布帛不及端匹，并捕鱼非货易者，准此。

《元祐敕》

诸兴贩斛斗及以柴炭草木博籴粮食者，并免纳力胜税钱。旧收税处依旧例，即灾伤地分，虽有旧例，亦免。

诸卖旧材植或柴草斛斗并面及木铁为农具者，并免收税，布帛不及端匹，并捕鱼非货易者，准此。

右臣窃谓若行臣言，税钱亦必不至大段失陷，何也？五谷无税，商贾必大通流，不载见钱，必有回货。见钱回货，自皆有税，所得未必减于力胜。而灾伤之地，有无相通，易为振救，官私省费，其利不可胜计。今肆赦甚近，若得于赦书带下，益见圣德，收结民心，实无穷之利。取进止。

【译文】元祐七年十一月七日，龙图阁学士、左朝奉郎、守兵部尚书兼侍读苏轼以札子的形式奏议：我听说粮价太低则使农民受损失，而粮价大高则使商人受损失，因此法律规定不征粮税，使丰收的地区，商人争相买粮，以抬起太低的价格；而在受灾地区，车船拥挤来卖粮，以压高涨的粮价，从先王以来，没有谁能改变这种作法。而最近出台的法令，开始征收五谷力胜税钱，这使得商人裹足不前，农业和商业都受到损害。废去历代不可更易之善典，而行自古所无之弊法，使百世之后，史书上留下这样的记载：“征收五谷力胜税钱，是从我大宋王朝某年开始的。”我私下里为我朝感到痛心。不久前我在黄州，亲眼看到连年丰收，农夫车载粮食入市变卖者络绎不绝，就是不够盐茶的花销；而多有粮食储备的家庭，日夜祈祷，盼望灾荒发生。还有我在浙西地区的时候，亲眼看到连年发生水灾，家景中等水平的老百姓，有钱无粮，穿金戴银，却饿死在街上，这都是由于公家征收五谷力胜税钱，致使商业不能正常流通的罪过。我听说给人财物，物尽而止；而以法救人，法行之后救助无数。现在陛下每当遇到灾害，总是捐助金帛，开仓济民，自元祐以来，所花费的总数可能已不下几千万石，然而因饥而死、流离失所的百姓，不曾稍稍减少。仅如去年浙西水灾，陛下派遣江西、湖北雇船运米来赈济苏州、湖州的百姓，就有一百多万石粮食。再加上收购粮食时的本钱以及运费简直无法计算，而客船被派了差的，大都破产失业，没地方申诉。与其公家私人都受损失，危害如此之大，何如直接罢去最近制定的五谷力胜税钱的规定，只实施《天圣附令》中的免税指示？如此则丰荒相济，对农业和商业都有好处，即使有水旱之灾，也不会发生大的饥荒。虽然眼下稍微损失一点利税，而受灾地区，不用陛下再捐出钱粮，像近几年这么多。《元祐编敕》虽然规定受灾地区即使有规定也要免除，而粮食的来源，必然是丰收地区，沿途不免收税，则商人也不敢走动。议论的人中有人建议制定这么一条法律，如果一路发生灾害，则相邻的路也免去五谷力胜税钱；一州发生灾害，则邻州也予免税。这与现行法令相比，虽然稍有变通，而隔一路一州之外，丰歉不能相救，所以还不是好办法。必须尽废最近这些法令，只按《天圣附令》的指示办，才可以行得通。谨具各项规定如下：

《天圣附令》

诸位商人贩卖粮食，以及用柴炭草木换取粮食的，一律免收五谷力胜税钱。

那些卖掉建造房屋旧料、柴草米面之类以及木器、铁器农具的，一律免予征税。买各种布帛不足一匹而带出城外的，以及从陂池捉到一些鱼而不是贩卖的，也照此办理。

《元丰令》

各位商人贩卖粮食以及用柴草换取粮食的，一律免征力胜税钱。（以前收税的项目按以前的规定办。）

那些卖旧木材或柴草谷面以及木器、铁器农具的，一律免税。布帛不足整匹的，以及捕鱼不是用来交换的，也照此办理。

《元祐敕》

贩卖粮食以及用柴炭草木换取粮食的，一律免征五谷力胜税钱。（以前收税的项目按以前的规定办，受灾地区，先前虽有规定，也予免征。）

卖旧木材或者柴草米面以及木器、铁器农具的，一律免予征税。布帛不到整匹，以及捕鱼不是用来变卖的，也照此办理。

微臣私下里认为如果按我的意见办，税钱也不至于大幅度流失，为什么这样讲呢？粮食不予征税，商业必然兴旺，不载现钱，回程必然要带些货物。现钱与带货都要征税，所得不一定就比力胜税钱少。而受灾地区，互通有无，容易救济，公私费用节省，其利不可计算。现在大赦已经迫近，如果在赦书中顺便下达，更现圣德，拢络民心，实乃无穷之利。请裁决。

奏内中车子争道乱行札子

元祐七年南郊，轼为卤簿使导驾。内中朱红车子十余两，有张红盖者，争道乱行于乾明寺前。轼于车中草此奏。奏入，上在太庙，驰遣人以疏白太皇太后。明日，中使传命申敕有司，严整仗卫，自皇后以下，皆不复迎谒中道。

元祐七年十一月十三日，南郊卤簿使、龙图阁学士、左朝奉郎、守兵部尚书兼侍读苏轼札子奏：臣谨按汉成帝郊祠甘泉泰畤、汾阴、后土，而赵昭仪常从在属车间。时扬雄待诏承明，奏赋以讽，其略曰：“想西王母欣然而上寿兮，屏玉女而却虙妃。”言妇女不当与斋祠之间也。臣今备位夏官，职在卤簿。准故事，郊祀既成，乘舆还斋宫，改服通天冠、绛纱袍，教坊钧容，作乐还内，然后后妃之属，中道迎谒，已非典礼。而况方当祀事未毕，而中宫掖庭得在勾陈、豹尾之间乎？窃见二圣崇奉大祀，严恭寅畏，度越古今，四方来观，莫不悦服。今车驾方宿斋太庙，而内中车子不避仗卫，争道乱行，臣愚窃恐于观望有损，不敢不奏。乞赐约束，仍乞取问随行合干勾当人施行。取进止。

【译文】（元祐七年郊祀，我担任卤簿使作为前导。队伍中有十余辆大红色车子，张着红盖，在乾明寺前抢道乱行。我在车上起草这道奏章。奏章递进去后，皇上正在太庙里，立即遣人将这道奏章报告了太皇太后。第二天，宦官传令申敕有关部门，一定要严整仪仗，自皇后以下，都不再在中道迎谒。）

元祐七年十一月十三日，南郊卤簿使、龙图阁学士、左朝奉郎、守兵部尚书兼侍读苏轼以札子的形式奏议：我谨对照汉成帝郊祠甘泉泰畤、汾阴后土诸神殿，而赵昭仪常常穿插在属车间。当时扬雄在承明殿等待诏令，奏上一首赋以示讽劝，其中有这样的话：“想来西王母欣然而上寿啊，撇开玉女而退虙妃。”意思是说妇女不应当参与斋祀之事。我今天位居兵部尚书，职为卤簿使。按照惯例，郊祀完毕，皇上回到斋宫，改戴通天帽，穿绛纱袍，教坊钧容，奏乐之后回到内宫，然后后妃等人，迎谒于道中，这已不在典礼的范围内。更何况祭祀未完，而后宫以及侍从宦者已在帝王仪仗队伍之间呢？我发现皇上和太皇太后陛下二位圣人崇奉祭祀，端恭敬畏，超越古今，四方之人前来观看，没有不心悦诚服的。现在皇上和太皇太后陛下还在太庙里宿斋，而后宫车子却不避仪仗，抢道乱行，我私下里担心有碍观瞻，所以不敢不奏。请求加以约束，同时请求调查随行的侍从人员而加以处理。请圣上裁决。

再荐宗室令畤札子

元祐七年十二月十二日，龙图阁学士、左朝奉郎、守兵部尚书兼侍读苏轼札子奏：臣前任颍州日，曾论荐本州佥判、承议郎赵令畤，儒学吏术，皆有过人，恭俭笃行，若出寒素。意望朝廷特赐进擢，以风晓宗室，成先帝教育之志，至今未蒙施行。令畤今已得替在京，若依前与外任差遣，臣切惜之。欲乞检会前奏，详酌施行。取进止。

【译文】元祐七年十二月二十二日，龙图阁学士、左朝奉郎、守兵部尚书兼侍读苏轼以札子的形式奏议：我前不久任颍州知州的时候，曾经举荐本州签判、承议郎赵令畤，认为他不论儒学还是吏术，都有过人之处，恭俭笃行，就像出身于贫寒之家一样。希望朝廷特加提拔，以鼓励宗室贵族，完成先帝教育同宗的遗志，但是至今未蒙实行。赵令畤现在已替还回京，如果还像先前那样委他以外任，我感到十分可惜。想请朝廷检出我先前的奏议，详细斟酌后加以采用。请圣上裁决。

卷五十　奏议

论高丽买书利害札子三首

一

元祐八年二月初一日，端明殿学士兼翰林侍读学士、左朝奉郎、礼部尚书苏轼札子奏：臣近准都省批送下国子监状；“准馆伴高丽人使所牒称，人使要买国子监文书，请详批印造，供赴当所交割。本监检准《元祐令》，诸蕃国进奉人买书具名件申尚书省。今来未敢支卖，蒙都省送礼部看详。”臣寻指挥本部令申都省，除可令收买名件外，“其《策府元龟》、历代史、太学敕式，本部未敢便令收买，伏乞朝廷详酌指挥。”寻准都省批状云：“勘会前次高丽人使到阙，已曾许买《策府元龟》并《北史》。今来都监本部并不检会体例，所有人使乞买书籍，正月二十七日送礼部指挥，许收买。其当行人吏上簿者。”

臣伏见高丽人使每一次入贡，朝廷及淮浙两路赐予馈送燕劳之费，约十余万贯，而修饰亭馆，骚动行市，调发人船之费不在焉。除官吏得少馈遗外，并无丝毫之利，而有五害，不可不陈也。所得贡献，皆是玩好无用之物，而所费皆是帑廪之实，民之膏血。此一害也。所至差借人马什物，搅挠行市，修饰亭馆，民力暗有陪填。此二害也。高丽所得赐予，若不分遗契丹，则契丹安肯听其来贡？显是借寇兵而资盗粮。此三害也。高丽名为慕义来朝，其实为利。度其本心，终必为北虏用，何也？虏足以制其死命，而我不能故也。今使者所至，图画山川形胜，窥测虚实，岂复有善意哉？此四害也。庆历中，契丹欲渝盟，先以增置塘泊为中国之曲。今乃招来其与国，使频岁入贡，其曲甚于塘泊。幸今契丹恭顺，不敢生事，万一异日有桀黠之虏，以此借口，不知朝廷何以答之？此五害也。

臣心知此五害，所以熙宁中通判杭州日，因其馈送书中不禀朝廷正朔，却退其物。待其改书称用年号，然后受之，却仍催促进发，不令住滞。及近岁出知杭州，却其所进金塔，不为奏闻。及画一处置沿途接待事件，不令过当。仍奏乞编配狡商猾僧。并乞依祖宗《编敕》，杭、明州并不许发舶往高丽，违者徒二年，没入财货充赏，并乞删除元丰八年九月内创立“许舶客专擅附带外夷入贡及商贩”一条。已上事，并蒙朝廷一一施行。皆是臣素意欲稍稍裁节其事，庶几渐次不来，为朝廷消久远之害。

今既备员礼曹，乃是职事。近者因见馆伴、中书舍人陈轩等申乞尽数差勒相国寺行铺入馆铺设，以待人使买卖。不惟徙市动众，奉小国之陪臣，有损国体，兼亦抑勒在京行铺以资吏人广行乞取，弊害不小。所以具申都省，乞不施行。其乖方作弊官吏，并不蒙都省略行取问。今来只因陈轩等不待申请，直牒国子监收买诸般文字，内有《策府元龟》、历代史及敕式。国子监知其不便，申禀都省送下礼部看详。臣谨按《汉书》：东平王宇来朝，上疏求诸子及《太史公书》。当时大臣以谓：“诸侯朝聘，考文章，正法度，非理不言。今东平王幸得来朝，不思制节谨度，以防违失，而求诸书，非朝聘之义也。诸子书或反经术，非圣人；或明鬼神，信物怪；《太史公书》有战国纵横权谲之谋。汉兴之初，谋臣奇策，天官灾异，地形厄塞，皆不宜在诸侯王家，不可予。”诏从之。臣窃以谓东平王骨肉至亲，特以备位藩臣，犹不得赐，而况海外之裔夷，契丹之心腹者乎？

臣闻河北榷场，禁出文书，其法甚严，徒以契丹故也。今高丽与契丹何异？若高丽可与，即榷场之法亦可废。兼窃闻昔年高丽使乞赐《太平御览》，先帝诏令馆伴以东平王故事为词，却之。近日复乞，诏又以先帝遗旨不与。今历代史、《策府元龟》，与《御览》何异？臣虽知前次曾许买《策府元龟》及《北史》，窃以谓前次本不当与，若便以为例，即上乖先帝遗旨，下与今来不赐《御览》圣旨异同，深为不便。故申都省止是乞赐详酌指挥，未为过当，便蒙行遣吏人上簿书罪！臣窃谓无罪可书。虽上簿薄责，至为末事，于臣又无丝毫之损。臣非为此奏论。所惜者，无厌之虏，事事曲从，官吏苟循其意，虽动众害物，不以为罪，稍有裁节之意，便行诘责，今后无人敢逆其请。使意得志满，其来愈数，其患愈深。所以须至极论，仍具今来合处置事件知后。

一、臣任杭州日，奏乞明州、杭州今后并不得发舶往高丽，蒙已立条行下。今来高丽使却搭附闽商徐积舶船入贡。及行根究，即称是条前发舶。臣窃谓立条已经数年，海外无不闻知，据陈轩所奏语录，即是高丽知此条。而徐积尤执前条公凭，影庇私商，往来海外，虽有条贯，实与无同。欲乞特降指挥，出榜福建、两浙缘海州县，与限半年内令缴纳条前所发公凭，如限满不纳，敢有执用，并许人告捕，依法施行。

一、今来高丽人使所欲买历代史、《策府元龟》及敕式，乞并不许收买。

贴黄：准都省批状指挥，人使所买书籍，内有《敕式》，若令外夷收买，事体不便。看详都省本为《策府元龟》及《北史》，前次已有体例，故以礼部并不检会为罪。未委《敕式》有何体例，一概令买？

一、近日馆伴所申乞为高丽使买金簿一百贯，欲于杭州妆佛，臣未敢许，已申禀都省。切虑都省复以为罪。切缘金簿本是禁物，人使欲以妆佛为名，久住杭州，搔扰公私。窃闻近岁西蕃阿里骨乞买金簿，朝廷重难其事，节次量与应副。今来高丽使朝辞日数已迫，乞指挥馆伴，令以打造不出为词，更不令收买。

一、近据馆伴所申，乞与高丽使抄写曲谱。臣谓郑卫之声，流行海外，非所以观德。若朝廷特旨为抄写，尤为不便，其状臣已收住不行。

贴黄：臣前任杭州，不受高丽所进金塔，虽曾密奏闻，元只作臣私意拒绝。兼自来馆伴虏使，若有所请求，不可应副，即须一面说谕不行，或其事体大，即候拒讫密奏。今陈轩等事事曲从，便为申请，若不施行，即显是朝廷不许，使虏使悦己而怨朝廷，甚非馆伴之体。

右所申都省状，其历代史、《策府元龟》及《敕式》，乞详酌指挥施行，并出臣意，不干僚属及吏人之事。若朝廷以为有罪，则臣乞独当责罚，所有吏人，乞不上簿。取进止。

贴黄：臣谨按《春秋》：晋，盟主也；郑，小国也，而晋之执政韩起欲买玉环于郑商人，子产终不予，曰："大国之求，若无礼以节之，是鄙我也。"又，晋平公使其臣范昭观政于齐，昭请齐景公之觞为寿，晏子不与；又欲奏成周之乐，太师不许，昭归谓晋侯曰："齐未可伐也。臣欲乱其礼，而晏子知之；欲乱其乐，而太师知之。"今高丽使，契丹之党，而我之陪臣也，乃敢干朝廷，求买违禁物，传写郑卫谱曲，其亵慢甚矣。安知非黠虏欲设此事以尝探朝廷深浅难易乎？而陈轩等事事为请，惟恐失其意。臣窃惑之。又据轩等语录云：高丽使言海商擅往契丹，本国王捉送上国，乞更严赐约束，恐不稳便。而轩乃答云："风讯不顺飘过。"乃是与闽中狡商巧说词理，许令过界。切缘私往北界，条禁至重，海外陪臣犹知遵禀，而轩乃归咎于风，以薄其罪，岂不乖戾倒置之甚乎？臣忝备侍从，事关利害，不敢不奏。

【译文】元祐八年二月一日，端明殿学士兼翰林侍读学士、左朝奉郎、礼部尚书苏轼以札子的形式奏议：我最近对照尚书省批送下来的国子监状子："据陪伴高丽使者的馆伴使报告说，高丽使者想买一些国子监的书籍，请审批后印刷，将来当面交割。本监对照《元祐令》，各蕃国进贡人要买书籍，首先要把具体书目申报尚书省，现在不敢卖给他们，蒙尚书省送礼部审定。"我立即指示本部申报尚书省，除了他们可买的那些书籍外，"其余的如《策府元龟》、历代正史和太学敕式，本部不敢随便让他们买，请求朝廷详加斟酌后予以指示。"不久尚书省批复下来："查得上次高丽使者到京城时，已曾允许他们购买

《策府元龟》和《北史》。现在本部都监并不对照旧例，所有外国使者请求购买书籍，正月二十七日送礼部，指示允许购买。把阻止买书的有关官吏的名子报上来。”

我发现高丽使者每次来进贡，朝廷以及淮南、两浙两路赐予、馈赠、宴请、劳顿等花费，总共约十几万贯钱，而修整亭馆，骚扰市场，调发人船的费用还不包括在内。除了接待官吏得到一点馈赠之外，并无丝毫之利，反而有五大危害，我不能不奏报上去。我们所得到的贡献，都是一些供玩耍的无用之物，而所耗费的则是粮仓钱库中实实在在的东西，是民脂民膏。这是第一大危害。这些使者所到之处，派人派马借东西，骚扰市场，修饰亭子旅馆，老百姓背地里花费了大量的人力物力。这是第二大危害。高丽人所得到的赏赐，如果不分给契丹人，则契丹怎肯听任他们前来向我们进贡，因此我们的赏赐，事实上是借给强盗武器和送给贼人粮食。这是第三大危害。高丽名义上是慕义而来，事实是为了私利，考虑其本来的用心，终究要被契丹人所利用，为什么这样讲呢？因为契丹人足以致其于死地，而我们却不能够，现在使者所到之处，总要把当地的山川地势画下来，窥测我们的虚实，这能是善意的行为？这是第四大危害。仁宗庆历中叶，契丹人想背叛盟约，首先增置一些塘泊作为对中国的威胁，现在却招来其盟国，使其频繁来朝，这个威胁，又比塘泊更厉害。幸亏现在契丹恭顺，不敢生事，万一他日有狡猾的外国人，也以此为借口，不知朝廷将怎样回答他？这是第五大危害。

我心里明白这五大害处，所以在熙宁中叶担任杭州通判的时候，因为他们送交的公文中没有用我大宋的历法年号，我就将其所送的东西退还过去，直到他们改用我大宋的年号重写，我才接受下来，同时催促他们赶快离开，不许滞留。前些日子我担任杭州知州，退还他们所献的金塔，也不替他们向上禀报，同时统一沿途的接待事宜，不许过份。我还奏请朝廷发配那些奸商猾僧，并请求依照祖宗编敕的规定，杭州和明州一律不许发船前往高丽，违者处以二年徒刑，没收财物作为告发人的奖赏。同时还请求删去元丰八年九月间制定的“允许船主擅自捎带外国人来纳贡和经商”的规定。以上这些事情，承蒙朝廷全都加以批准。这都是我平素的愿望，但愿稍稍抵制之后，他们逐渐不再前来，这样就为朝廷消除了一个长远的祸害。

现在既然滥竽充数担任了礼部尚书，这些事情正好在我的职责范围内。最近因为看到馆伴、中书舍人陈轩等申请全部派遣相国寺店铺到旅馆摆摊，以待高丽使者买卖，这样做不但兴师动众，以奉小国之陪臣，有损国格，而且强制在京店铺以资官吏大肆勒索，弊害很大。所以申奏尚书省，请求停止这种作法。那些奸猾作弊官吏，都省也没有加以追查。现在只因为陈轩等人并没有申请，就直接发公文指示国子监收买各种书籍，其中有《策府元龟》、历代正史以及《太学敕式》。国子监明白这样做不合适，申禀尚书省批转礼部审定。我谨查看《汉书》：东平王刘宇来朝，上疏请求得到诸子百家的著作和《太史公书》，当时的大臣认为："诸侯前来朝拜聘享，研讨文章，端正法度，不合乎正道的话语不说。现在东平王有幸前来朝拜，不想怎样节制谨慎，以防过失，而去要求得到这些书籍，这不符合朝聘之义。诸子的著作有的违背经术，诽谤圣人；有的讲求鬼神，迷信怪物；《太史公书》有战国纵横家的阴谋诡计，汉兴之初的谋臣奇策，天象灾害，地形险要：这些内容都不是诸侯王应该知道的，因此不能给他。"汉成帝下诏照此办理。我私下里认为东平王与汉成帝是骨肉至亲，只因为位居诸侯王，就不能赐予，更何况是海外蛮夷、契丹人的心腹呢？

我听说河北的榷场，禁止书籍出境，规定得十分严格，这是因为契丹存在的缘故。现在高丽与契丹有什么区别？如果可以给高丽人，那么榷场的规定就可以废除。同时我私下里听说过去高丽使者请求赐给《太平御览》，先帝诏令馆伴人员拿东平王的例子作为话头，拒绝了他们的请求。最近又来乞求，诏令以先帝遗旨不许为理由而不给。今天请求的历代正史、《策府元龟》，与《太平御览》有什么区别？我虽然知道上次已允许他们购买《策府元龟）以及《北史》，我私下里认为上次的作法本来已不妥当。如果引以为例，那么就上背先帝遗旨，下与最近不赐《太平御览》的圣旨相反，很是不妥，所以申报尚书省，只求明确下达指示，这样做并不算过分，可他们便让将吏人罪状写好报上！我认为无罪可写。虽然上报后薄加处分，那是小事一桩，对我没丝毫的损害。我不是为这才上奏议的，所痛惜的是，对于贪得无厌的外国人，事事曲从，官吏苟且顺从其意图，即使兴师动众损失财物，却没有罪；如果对其稍加抑制约束，便要招来斥责，如此作法使今后没有人再敢违背外国人的请求。其志满意得，来往将会更加频繁，危害也就越来越深。所以必须透彻论奏，同时把现在应该处理的事情写在下面。

第一，我任杭州知州的时候，曾奏请明州和杭州的船只今后一律不准发往高丽，承蒙已立出规定后下达施行。现在高丽使者搭乘福建商人徐积的船只前来纳贡。往下追查，却说是规定下达之前出发的。我认为规定已经下达几年了，海外没有不知道的，（据陈轩所奏的语录，可知高丽人是知道这些规定的）而徐积仍然拿着先前规定的凭据，包庇私商，往来海内外，虽然有规定，事实上与没有是一样的。想请朝廷专门下达指示，在福建和两浙地区的沿海各县张贴告示，给予半年的时间令交纳规定之前所发放的执照，如果限期已到还不交纳而敢继续使用，允许他人报告或捕捉，抓获后依法严惩。

第二，现在高丽使者想买历代正史、《策府元龟》以及《太学敕式》，请求朝廷指示一律不准购买。

补言：按照尚书省批复的指示，高丽使者所买的书籍，其中有《太学敕式》，如果让外国人购买，恐怕不大妥当。审查尚书省本来因为《策府元龟》及《北史》，上次已有成例，所以要追究礼部并不认真审查的罪责，不知《太学敕式》有什么先例，便一律允许购买？

第三，最近馆伴人员申请为高丽使者购买一百贯金薄，准备到杭州去妆点佛像，我没敢批准，已经向尚书省作了汇报。深恐尚书省又要治罪。只因为金薄本是禁止贩卖出境的物品，高丽使者以妆点佛像为名，久住杭州不走，骚扰官府和老百姓。我听说前几年西蕃阿里骨请求允许购买金薄，朝廷十分为难，最后酌量给了一点打发过去。现在高丽使者到朝廷告辞的时限已经迫近，请求指示馆伴人员，让他们用打造不出来为理由来搪塞，不再让他们购买带走。

第四，最近据馆伴人员报告，请求替高丽使者抄写曲谱。我认为像郑、卫两国的靡靡之音，传播到海外，不利于展示我华夏的盛德。如果朝廷特旨为之抄写，更不合适，所以我已将他们的状子扣下而不予批准。

补言：我以前任杭州知州的时候，不接受高丽人所进献的金塔，虽曾秘密奏报朝廷，却只当成我个人的主意加以拒绝。同时自来陪伴外国使者的，如果对方有所请求不能答应，就应该当面说明不行，或者说这件事事关重大，先加以拒绝，此后密报朝廷。现在陈轩等人事事曲从，替人家申请，如果不能施行，就显出是朝廷不答应，使外国使者感激自己而怨恨朝廷，很不符合馆伴人员的身份。

上面申报尚书的奏状，其中关于历代正史、《策府元龟》和《太学敕式》，允许不允许高丽人购买，请求认真斟酌后下达指示。这些都是我个人的意见，与我的同僚、属员和吏人们没有关系。如果朝廷认为有罪，就请追究我个人的责任，所有的吏人，请求不再登记报上。请圣上裁决。

补言：我谨对照《春秋》：晋国是当时的盟主，郑国只是一个小国，晋国执政大夫韩起想从郑国商人那里买走玉环，郑国大臣子产终究还是不同意，说："大国索求，如果不用礼加以节制，是瞧不起我国。"还有，晋平公派其臣属范昭去考察齐国的政治状况，范昭请求用齐景公的饮酒器作为给自己祝寿的礼品，晏子不同意；又想演奏周天子行用的音乐，乐师也不答应。范昭回来后对晋平公说："齐国目前还不能讨伐。我想破坏其礼仪，而晏子一下子就看了出来；想扰乱其音乐，太师也知道我的用意。"现在的高丽使者，不过是契丹的党羽和我们的陪臣罢了，却敢于冒犯朝廷的尊严求购违禁物品，传抄那些淫靡的音乐，其亵渎怠慢简直登峰造极了。怎能保证这不是契丹人以此来试探我大宋朝廷的深浅难易呢？而陈轩等人事事替他们求情，唯恐人家不高兴，我对此大惑不解。又据陈轩等人的报告称：高丽使者说，一些行走于海外的商人擅自前往契丹那里，本国国王捉拿之后送交大宋国，请求严加约束，否则恐怕不大稳妥。而陈轩却回答说："风向不对而飘过去的。"于是为福建地区的奸商百般开脱，允许他们过境。因为私自前往北方边界，禁令十分严格，外国的陪臣还知道遵守，而陈轩却归咎于风，为其开脱罪责，岂不是颠倒荒谬之极了吗？我忝列于皇上的侍从之中，事关重大，不敢不奏。

二

元祐八年二月十五日，端明殿学士兼翰林侍读学士、左朝奉郎、守礼部尚书苏轼札子奏：臣近奏论高丽使所买书籍及金薄等事，准尚书省札子，二月十二日三省枢密院同奉圣旨，所买书籍，曾经收买者许依例收买，金薄特许收买，余依奏，吏人免上簿者。臣所以区区论奏者，本为高丽契丹之与国，不可假以书籍，非止为吏人上簿也。今来吏人独免上簿，而书籍仍许收买，臣窃惑之。检会《元祐编敕》，诸以熟铁及文字禁物与外国使人交易，罪轻者徒二年。看详此条，但系文字，不问有无妨害，便徒二年，则法意亦可见矣。以谓文字流入诸国，有害无利，故立此重法，以防意外之患。前来许买《策府元龟》及《北史》，已是失错。古人有言："一之为甚，其可再乎？"今乃废见行《编敕》之法，而用一时失错之例，后日复来，例愈成熟，虽买千百部，有司不敢复执，则中国书籍山积于高丽，而云布于契丹矣。臣不知此事于中国得为稳便乎？昔齐景公田，招虞人以旌，不至，曰："招虞人以皮冠。"孔子韪之，曰："守道不如守官。"夫旌与皮冠，于事未有害也，然且守之。今买书利害如此，《编敕》条贯如彼，比之皮冠与旌，亦有间矣。臣当谨守前议，不避再三论奏，伏望圣慈早赐指挥。取进止。

贴黄：臣点检得馆伴使公案内，有行下承受所收买文字数内一项指挥，所买《策府元龟》《敕式》，并不曾卖与。然高丽之意，亦可见矣。

又贴黄：臣已令本部备录《编敕》条贯，符下高丽人使所过州郡，约束施行去讫。亦合奏知。

【译文】元祐八年二月十五日，端明殿学士兼翰林侍读学士、左朝奉郎、守礼部尚书苏轼以札子的形式奏议：我最近奏论高丽使者购买书籍及金薄等事，按照尚书省的札子，二月十二日三省以及枢密院共同尊奉圣旨，所买的书籍，已经买到的就允许其按规定购买，金薄特许购买，其余照奏请的内容办理，吏人免于登记上报。我之所以不厌其烦地论奏，本因为高丽乃契丹的仆从国，不能给他们书籍，不只是为吏人上簿的事情。现在吏人可以免于上簿，而书籍仍允许其购买，我感到大惑不解。对照《元祐编敕》，那些用熟铁以及书籍禁物与外国使者交换，罪轻的处以二年徒刑。审查这个规定，只要是书籍，不问有无妨害，便要判处二年徒刑，其意图也可以明白了。这是说书籍传入外国，有害而无益，所以立此重法，以防止意外之患。以前允许其购买《策府元龟》及《北史》，已经犯了错误，古人说过："一次已经够严重了，怎能再犯呢？"现在废除现行《编敕》的规定，而援引一时错误的事例，日复一日，例越来越固定，即使买上千百部，有关衙门也不敢再过问，这样下去，中国书籍就会山积于高丽而云布于契丹了。我不知道这样一个结局对中国的安全是否稳便呢？过去齐景公去打猎，用旗帜招呼管山林的小官吏，这位小官吏的身子动也不动，说："应该用皮冠招呼我。"孔子赞许这位小官吏的作法，说："守道不如坚守本职的岗位。"旌旗与皮冠，在打招呼的意义上是一样的，然而小官吏还要恪守规定。现在买书的危害性如此之大，《编敕》的规定又如此清楚，这恐怕不是皮冠与旌旗的差异所可比拟的。我自当谨守先前的奏议，不避再三奏论，恳求圣上垂慈早点下达指示。请圣上裁决。

补言：我检查馆伴使公文卷内，有交付下边采购书籍数种一项，命令所买的《策府元龟》《太学敕式》，并没有卖给他们。然而高丽人的意图，也可以看出来了。

又补言：我已经命令礼部将《编敕》的规定全部抄出来，下发给高丽使者经过的各州郡，以约束施行已毕。这也是应该奏报的。

三

元祐八年二月十六日，端明殿学士兼翰林侍读学士、左朝奉郎、守礼部尚书苏轼札子奏：臣近再具札子，奏论高丽买书事。今准敕节文，检会《国朝会要》：淳化四年、大中祥符九年、天禧五年曾赐高丽《九经书》、《史记》、两《汉书》、《三国志》、《晋书》、诸子、历日、圣惠方、阴阳、地理书等，奉圣旨，依前降指挥。臣前所论奏高丽入贡为朝廷五害，事理灼然，非复细故。近又检坐见行《编敕》，再具论奏，并不蒙朝廷详酌利害，及《编敕》法意施行，但检坐《国朝会要》，已曾赐予，便许收买。窃缘臣所论奏，所计利害不轻，本非为有例无例而发也。事诚无害，虽无例亦可；若其有害，虽百例不可用也。而况《会要》之为书，朝廷以备检阅，非如《编敕》一一皆当施行也。臣只乞朝廷，详论此事，当遵行《编敕》耶？为当检行《会要》而已？臣所忧者，文书积于高丽，而流于北虏，使敌人周知山川险要边防利害，为患至大。虽曾赐予，乃是前日之失，自今止之，犹贤于接续许买，荡然无禁也。又，高丽人入朝，动获所欲，频岁数来，驯致五害。如此之类，皆不蒙朝廷省察，深虑高丽人复来，遂成定例，所以须至再三论奏。兼今来高丽人已发，无可施行。取进上。

贴黄：今来朝旨，止为高丽已曾赐予此书，复许接续收买。譬《编敕》禁以熟铁与人使交易，岂是外国都未有熟铁耶？谓其已有，反不复禁，此大不可也。

【译文】元祐八年二月二十六日，端明殿学士兼翰林侍读学士、左朝奉郎、守礼部尚书苏轼以札子的形式奏议：我最近两次写上奏札，议论高丽使者买书的事情。现在对照敕令节文，并查看《国朝会要》可以发现：太宗淳化四年、真宗大中祥九年和天禧五年曾三次赐予高丽人《九经书》、《史记》、前后《汉书》、《三国志》、《晋书》、诸子书、历法书、医药书、阴阳家著作和地理著作等，奉圣旨，按先前下达的指示办。我以前奏议高丽人入贡，给朝廷带来五大危害，事理一目了然，不是一件小事。最近又对照《编敕》的意趣，只查得《国朝会要》上记载已经赏赐过，便允许他们购买。请研究一下我的论奏，所考虑的利弊关系重大，本不是针对有例无例的问题。事情真的没有危害，即使无例可循也可以施行；如果有害，即使有上百个成例也不可用。更何况《国朝会要》这种书籍，是备朝廷检阅而编写的，不像《编敕》那样需要件件落实。我只请求朝廷详细议论一下这件事，是应当遵照《编敕》去做呢？还是只须对照一下《会要》就行了？我所担心的是，书籍汇积于高丽之后，而流传到北边辽人那里，使辽人尽知我山川险要、边防虚实，这是一件极大的后患。虽然曾经赐予，这是先前的过失，自现在起止住，总比继续许买，一点不禁要好些。再者，高丽人来朝拜，动不动就能满足欲望，连年之间多次往来，酿成五种危害。这些事情，都没有得到朝廷的认真省察，深恐高丽人再来，遂成惯例，所以需要再三论奏。加上高丽人现在已经走了，也没有再去办理。请圣上裁决。

补言：现在朝廷的旨意，只因为已经赐予过高丽人这些书籍，便允许他们继续购买。譬如《编敕》禁止用熟铁与外国使者交易，难道是因为外国连熟铁都没有吗？说他们已经有了就不再加以禁运，这是大错特错的做法。

缴进免五谷力胜税钱议札子 连元祐七年十一月札子

元祐八年三月十三日，端明殿学士兼翰林侍读学士、左朝奉郎、守礼部尚书苏轼札子奏：臣闻应天以实不以文，动民以行不以言。去岁扈从南郊，亲见百姓父老，瞻望圣颜，欢呼鼓舞，或至感泣，皆云不意今日复见仁宗皇帝，臣寻与范祖禹具奏其状矣。窃揆圣心，必有下酌民言，上继祖武之意。兼奉圣旨，催促祖禹所编仁宗故事，寻以上进讫。臣愚窃谓陛下既欲祖述仁庙，即须行其实事，乃可动民。去岁十一月七日，曾奏乞放免五谷力胜税钱。盖谓此事出于《天圣附令》，乃仁宗一代盛德之事，入人至深，及物至广，望陛下主张决行。寻蒙降付三省，遂送户部下转运司相度，必无行理。谨昧万死，再录前来札子缴连进呈，伏愿圣慈特赐详览。若谓所捐者小，所济者大，可以追复仁宗圣政，慰答民心，即乞只作圣意批出施行。若谓不然，即乞留中，更不降出，免烦勘当。取进止。

贴黄：臣所乞放免五谷力胜税钱，万一上合圣意，有可施行，欲乞内出指挥，大意若曰祖宗旧法，本不收五谷力胜税钱。近乃著令许依例收税，是致商贾无利，有无不通。丰年则谷贱伤农，凶年则遂成饥馑。宜令今后不问有无旧例，并不得收五谷力胜税钱，仍于课额内除豁此一项。臣昧死以闻，无任战汗待罪之至。

【译文】元祐八年三月十三日，端明殿学士兼翰林侍读学士、左朝奉郎、守礼部尚书苏轼以札子的形式奏议：我听说对待上天应靠实际而不是靠文饰，感动老百姓要靠行动而不是靠花言巧语。去年护卫皇上到南郊郊祀，亲眼目睹老百姓瞻仰了圣上的龙颜之后，欢欣鼓舞，有的感动得流下了眼泪，都说没有想到今天又见到了仁宗皇帝，我与范祖禹立即将这一情况写成状子奏报上去。我私下揣摩圣上的心思，肯定有下酌人民言论，上承祖先功业的意思。同时接到圣旨，催促范祖禹编写仁宗皇帝施政的方略，范祖禹编写后立即进奏上去。以我愚笨的想法陛下既然想效法仁宗皇帝，就应该做一些实事，才可以打动老百姓的心。去年十一月七日，我曾经奏请免征五谷力胜税钱，认为这种做法出自仁宗朝的《天圣附令》，这是仁宗一代的盛德之事，感人至深，恩泽至广，希望陛下毅然决然地去施行。不久承蒙交付三省讨论，遂送户部下达转运司考虑，这样肯定不能得以实施。谨冒万死之罪，再次将上次的札子抄录后一并递上，恳求圣上垂慈特加详览。如果以为损失很小，而救济面却大，可以恢复仁宗朝的圣政，宽慰民心，就请只作圣上的意思批出施行。如果以为不是这样，就请留下，不再批出来，免得查问。请圣上裁决。

补言：我所请求免除五谷力胜税钱，万一符合圣上的意图，可以施行，想请圣上从里边下达指示，大意是说，按照祖宗旧法，本来不收五谷力胜税钱，近年来却下令比照有关规定允许征收，致使商人无利可图，无法互通有无。丰收年景粮价大低损害农民的利益，灾荒之年则造成饥馑。今后应该不问有没有先例，一律不得征收五谷力胜税钱，同时在课税总额内免除这一项。我冒着死罪献上奏议，不禁惊恐待罪之至。

上圆丘合祭六议札子

元祐八年三月日，端明殿学士兼殿林侍读学士、左朝奉郎、守礼部尚书苏轼札子奏：臣伏见九月二十二日诏书节文，俟郊礼毕，集官详议祠皇地祇事，及郊祀之岁庙飨典礼闻奏者。臣恭睹陛下近者至日亲祀郊庙，神祇飨答，实蒙休应。然则圆丘合祭，允当天地之心，不宜复有更改。

臣窃惟议者欲变祖宗之旧，圆丘祀天而不祀地，不过以谓冬至祀天于南郊，阳时阳位也；夏至祀地于北郊，阴时阴位也。以类求神，则阳时阳位，不可以求阴也。是大不然。冬至南郊，即祀上帝，则天地百神莫不从也。古者秋分夕月于西郊，亦可谓阴位矣。至于从祀上帝，则以冬至而祀月于南郊，议者不以为疑。今皇地祇亦从上帝合祭于圆丘，独以为不可，则过矣。《书》曰："肆类于上帝，禋于六宗，望于山川，遍于群神。"舜之受禅也，自上帝、六宗、山川群神，莫不毕告，而独不告地祇，岂有此理哉？武王克商，庚戌，柴望。柴，祭上帝也；望，祭山川也。一日之间，自上帝而及山川，必无南北郊之别也。而独略地祇，岂有此理哉？臣以知古者祀上帝则并祀地祇矣。何以明之?《诗》之序曰:“昊天有成命,郊祀天地也。”此乃合祭天地,经之明文。而说者乃以比之丰年秋冬报也,曰:“秋冬各报,而皆歌《丰年》,则天地各祀,而皆歌《昊天有成命》也。”足大不然。《丰年》之诗曰:“丰年多黍多稌,亦有高廪,万亿及秭,为酒为醴,烝畀祖妣,以洽百礼,降福孔皆。”歌于秋可也,歌于冬亦可也。《昊天有成命》之诗曰:“昊天有成命,二后受之,成王不敢康,夙夜基命宥密。于缉熙,单厥心,肆其靖之。”终篇言天而不及地。颂,所以告神明也,未有歌其所不祭,祭其所不歌也。今祭地于北郊,歌天而不歌地,岂有此理也?臣以此知周之世,祀上帝则地祇在焉。歌天而不歌地,所以尊上帝。故其序曰:“郊祀天地也。”《春秋》书:“不郊,犹三望。”《左氏传》曰:“望,郊之细也。”说者曰:“三望,太山、河、海。”或曰:“淮、海、岱也。”又或曰:“分野之星及山川也。鲁,诸侯也,故郊之细,及其分野山川而已。”周有天下,则郊之细,独不及五岳四渎乎?岳、渎犹得从祀,而地祇独不得合祭乎?秦燔《诗》《书》,经籍散亡,学者各以意推类而已。王、郑、贾、服之流,未必皆得其真。臣以《诗》《书》《春秋》考之,则天地合祭久矣。

议者乃谓合祭天地,始于王莽,以为不足法。臣窃谓礼当论其是非,不当以人废。光武皇帝,亲诛莽者也,尚采用元始合祭故事。谨按《后汉书·祭祀志》:“建武二年,初制郊兆于洛阳。为圆坛八陛,中又为重坛,天地位其上,皆南乡,西上。”此则汉世合祭天地之明验也。又按《水经注》:“伊水东北至洛阳县圆丘东,大魏郊天之所,准汉故事为圆坛八陛,中又为重坛,天地位其上。”此则魏世合祭天地之明验也。唐睿宗将有事于南郊,贾曾议曰:“有虞氏禘黄帝而郊喾,夏后氏禘黄帝而郊鲧。郊之与庙,皆有禘,禘于庙,则祖宗合食于太祖,禘于郊,则地祇群望皆合祭于圆丘。以始祖配享,盖有事祭,非常祀也。《三辅故事》:‘祭于圆丘,上帝后土位皆南面。’”则汉尝合祭也。时褚无量、郭山恽等皆以曾言为然。明皇天宝元年二月敕曰："凡所祀享，必在躬亲，朕不亲祭，礼将有阙，其皇地祇宜于南郊合祭。"是月二十日，合祭天地于南郊，自后有事于圆丘，皆合祭。此则唐世合祭天地之明验也。

今议者欲冬至祀天，夏至祀地，盖以为用周礼也。臣请言周礼与今礼之别。古者一岁祀天者三，明堂飨帝者一，四时迎气者五，祭地者二，飨宗庙者四，凡此十五者，皆天子亲祭也。而又朝日、夕月、四望山川、社稷五祀及群小祀之类，亦皆亲祭，此周祀也。太祖皇帝受天眷命，肇造宋室，建隆初郊，先飨宗庙，并祀天地。自真宗以来，三岁一郊，必先有事景灵，遍飨太庙，乃祀天地，此国朝之礼也。夫周之礼，亲祭如彼其多，而岁行之不以为难，今之礼，亲祭如此其少，而三岁一行，不以为易，其故何也？古者天子出入，仪物不繁，兵卫甚简，用财有节，而宗庙在大门之内，朝诸侯，出爵赏，必于太庙，不止时祭而已。天子所治，不过王畿千里，唯以斋祭礼乐为政事，能守此，则天下服矣，是故岁岁行之，率以为常。至于后世，海内为一，四方万里，皆听命于上。机务之繁，亿万倍于古，日力有不能给。自秦汉以来，天子仪物，日以滋多，有加无损，以至如今，非复如古之简易也。今所行皆非周礼。三年一郊，非周礼也；先郊二日而告原庙，一日而祭太庙，非周礼也；郊而肆赦，非周礼也；优赏诸军，非周礼也；自后妃以下至文武官，皆得荫补亲属，非周礼也；自宰相宗室下以至百官，皆有赐赉，非周礼也。此皆不改，而独于地祇，则曰周礼不当祭于圆丘，此何义也？

议者必曰："今之寒暑，与古无异，而宣王薄伐猃狁，六月出师，则夏至之日，何为不可祭乎？"臣将应之曰："舜一岁而巡四岳，五月方暑，而南至衡山；十一月方寒，而北至常山。亦今之寒暑也，后世卜主能行之乎？周所以十二岁一巡者，唯不能如舜也。夫周已不能行舜之礼，而谓今可以行周之礼乎？天之寒暑虽同，而礼之繁简则异。是以有虞氏之礼，夏商有所不能行，夏商之礼，周有所不能用，时不同故也。宣王以六月出师，驱逐猃狁，盖非得已。且吉父为将，王不亲行也。今欲定一代之礼为三岁常行之法，岂可以六月出师为比乎？”

议者必又曰：“夏至不能行礼，则遣官摄祭祀，亦有故事。”此非臣之所知也。《周礼·大宗伯》：“若王不与则摄位。”郑氏注曰：“王有故，则代行其祭事。”贾公彦疏曰：“有故，谓王有疾及哀惨皆是也。”然则摄事非安吉之礼也。后世人主，不能岁岁亲祭，故命有司行事，其所从来久矣。若亲郊之岁，遣官摄事，是无故而用有故之礼也。

议者必又曰：“省去繁文末节，则一岁可以再郊。”臣将应之曰：“古者以亲郊为常礼，故无繁文。今世以亲郊为大礼，则繁文有不能省也。若帷城幔屋，盛夏则有风雨之虞。陛下自宫入庙出郊，冠通天，乘大辂，日中而舍，百官卫兵，暴露于道，铠甲具装，人马喘汗，皆非夏至所能堪也。王者父事天，母事地，不可偏也。事天则备，事地则简，是于父母有隆杀也。岂得以为繁文末节而一切欲省去乎？国家养兵，异于前世。自唐之时，未有军赏，犹不能岁岁亲祠。天子出郊，兵卫不可简省，大辂一动，必有赏给。今三年一郊，倾竭帑藏，犹恐不足，郊赍之外，岂可复加？若一年再赏，国力将何以给？分而与之，人情岂不失望？”

议者必又曰：“三年一祀天，又三年一祭地。”此又非臣之所知也。三年一郊，已为疏阔，若独祭地而不祭天，是因事地而愈疏于事天，自古未有六年一祀天者。如此则典礼愈坏，欲复古而背古益远，神祇必不顾飨，非所以为礼也。”

议者必又曰：“当郊之岁，以十月神州之祭，易夏至方泽之祀，则可以免方暑举事之患。”此又非臣之所知也。夫所以议此者，为欲举从周礼也。今以十月易夏至，以神州代方译，不知此周礼之经耶？抑变礼之权耶？若变礼从权而可，则合祭圆丘，何独不可？十月亲祭地，十一月亲祭天，先地后天，古无是礼。而一岁再郊，军国劳费之患，尚未免也。

议者必又曰："当郊之岁，以夏至祀地祇于方泽，上不亲郊而通爟火，天子于禁中望祀。"此又非臣之所知也。《书》之"望秩"，《周礼》之"四望"，《春秋》之"三望"，皆谓三川在境内而不在四郊者，故远望而祭也。今所在之处，俯则见地，而云望祭，是为京师不见地乎？

此六议者，合祭可否之决也，夫汉之郊礼，尤与古戾，唐亦不能如古。本朝祖宗钦崇祭祀，儒臣礼官，讲求损益，非不知圜丘方泽皆亲祭之为是也，盖以时不可行。是故参酌古今，上合典礼，下合时宜，较其所得，已多于汉唐矣。天地宗庙之祭，皆当岁遍，今不能岁遍，是故遍于三年当郊之岁。又不能于一岁之中，再举大礼，是故遍于三日。此皆因时制宜，虽圣人复起，不能易也。今并祀不失亲祭，而北郊则必不能亲往，二者孰为重乎？若一年再郊，而遣官摄事，是长不亲事地也。三年间郊，当行郊地之岁，而暑雨不可亲行，遣官摄事，则是天地皆不亲祭也。夫分祀天地，决非今世之所能行。议者不过欲于当郊之岁，祀天地宗庙，分而为三耳。分而为三，有三不可。夏至之日，不可以动大众，举大礼，一也；军赏不可复加，二也；自有国以来，天地宗庙，唯飨此祭，累圣相承，唯用此礼，此乃神祇所歆，祖宗所安，不可轻动，动之则有吉凶祸福，不可不虑，三也。凡此三者，臣熟计之，无一可行之理。伏请从旧为便。

昔两汉之衰，元帝纳贡禹之言，毁宗庙；成帝用丞相衡之意，改郊位。皆有殃咎，著于史策，往鉴甚明，可为寒心。伏望陛下详览臣此章，则知合祭天地，乃是古今正礼，本非权宜。不独初郊之岁所当施行，实为无穷不刊之典。顾陛下谨守太祖建隆、神宗熙宁之礼，无更改易郊祀庙飨，以敉宁上下神祇。仍乞下臣此章，付有司集议，如有异论，即须画一，解破臣所论六议，使皆屈伏，上合周礼，下不为当今军国之患。不可固执，更不论当今可与不可施行。所贵严祀大典，早以时定。取进止。

贴黄：唐制，将有事于南郊，则先朝献太清宫，朝享太庙，亦如今礼，先二日告原庙，先一日享太庙，然议者或亦以为非三代之礼。臣谨按：武王克商，丁未，祀周庙，庚戌，柴望，相去三日。则先庙后郊，亦三代礼也。

【译文】元祐八年三月某日，端明殿学士兼翰林侍读学士、左朝奉郎、守礼部尚书苏轼以札子的形式奏议：我发现九月二十二日诏书摘要，说等到郊祀大典完毕之后，要召集官员详议祭祀大地神母事宜，以及郊祀之年庙飨典礼问题。我恭敬地目睹了陛下最近在冬至那天亲祀郊庙，神祇飨答，实蒙美好回应的情况。认为圜丘合祭，符合天地之心，不应再有什么更改。

我私下里认为议论者想改变祖宗以来旧有作法，圜丘祀天而不祀地，不过认为冬至那天在南郊祭天，这是阳时阳位。夏至在北郊祭地，这是阴时阴位。以类求神，则阳时阳位，不能求阴神。其实大不然。冬至在南郊举行郊祭，既祀上帝，则天地百神莫不从享。古代于秋分的傍晚在西郊祭月，可以说西是阴位了，至于从祀上帝，则以冬至而在南郊祭月，议论者并没有疑问，现在大地也与上天在一起合祭于圜丘，议论者独独认为不合乎礼义，这种说法错了。《尚书》上说："肆类祭上帝，禋祀天地四时，望祭山川，遍祭于群神。"舜接受禅让后，自上帝、上下四时以及山川群神，全部祷告，而独不告土地神，能有这样的道理吗？武王灭商之后，庚戌那一天，举行柴望的大典。柴，就是祭上帝的意思；望，就是祭山川的意思。一天之内，从上帝到山川都祭了一遍，必然不会有南北郊的区分，而独独忽略了土地神，能有这样的道理吗？我因此明白古代祀上帝就包括祀地神。怎么来证明这种说法呢？《诗序》上说："上天有成命，郊祀天地。"此乃合祭天地，经典上有明文的说法，而有人却认为这是丰收年景的秋冬报祭，他们说："秋冬两次报祭，都要唱《诗经》中的《丰年》；而祭祀天地，则要唱《昊天有成命》这首诗。"其实不然。《丰年》之诗说："丰年的小米糯米多又多！有高大的粮仓，粮食要以万计亿计乃至以秭计。做出甘甜的米酒，献给先代祖妣。配合报祭群神之礼，降下的福祉很美好。”这首诗在秋天传唱可以，而在冬天传唱也可以。《昊天有成命》之诗唱道：“昊天上帝有明命，文王武王接受它，成王不敢安康逸，日夜图谋去安民。好光明啊，尽了他的心！所以他会安定四方。”全篇只说天而没有提到地。《诗经》中的颂，是用来告神明的，没有歌其所不祭，而祭其所不歌的事情。现在在北郊祭地，歌天而不歌地，能有这样的道理吗？因此我知道在周代，祀上帝就包括祭祀土地神。吟诵上天而不吟诵大地，是为了尊崇上帝。所以《诗序》说：“郊祀天地。”《春秋》记载：“不郊祭，还三望。”《左传》解释说：“望祭，是郊祭的小宗。”对于三望，有人解释说是指太山、黄河和东海，还有人说：“指的是淮河、东海和泰山。”又有人说：“指的是分野之星和山川。鲁国是一个诸侯国，所以郊祭的小宗，则普及到分野之星和山川。”周朝据有天下，郊祭向外扩展，为什么独独不能祭到五岳四渎呢？五岳四渎还能从祀，而地祇独独不能合祭吗？秦焚《诗经》《尚书》，典籍散亡，学者各以自己的理解推测而已。王肃、郑玄、贾逵、服虔等人，未必就能得到真实的情况。我拿《诗经》《尚书》和《春秋》来考证，则天地合祭是行之已久的事情。

议论者说天地在一起合祭，这种作法从王莽开始，认为不值得效法。我个人认为论礼应当论其是非，而不应该因人而废礼。光武帝刘秀是亲自诛杀王莽的人，尚且采用天地合祭的成规。谨按《后汉书·祭祀志》记载：“建武二年，初置郊祭祭坛于洛阳。圆坛八个台阶，中间再立一座坛，天地的神主居于其上，都是面朝南，通道在北边。”这是汉代合祭天地的明证。又按《水经注》的记载：“伊水东北到洛阳县圆丘的东边，是我大魏郊祭上天的场所，按照汉代的成规建成圆坛和八级台阶，中间又建一重坛，天地的神主居于其上。”这是北魏合祭天地的明证。唐睿宗将在南郊祭祀，贾曾议论道：“有虞氏大禘上天，以黄帝配享，而郊祭帝喾，夏后氏大禘上天，以黄帝配享，而郊祭鲧，郊祭与庙祭，都有禘，在宗庙里禘祭，则列祖列宗合祭于太祖，在郊外禘祭，则地神与其他众神都在圆丘合祭，以始祖配享，这是有事才举行的祭祀，不是常规的祭祀。按照《三辅故事》的说法：‘在圆丘上举行祭祀，上帝和土地的神主都面南方。’则汉代曾经举行过合祭天地的祭祀。”当时褚无量、郭山恽等人都认为贾曾说得对。唐玄宗天宝元年二月的敕令说：“凡是祭祀，必须亲自参加。我如果不亲自去祭，礼仪将不完整，大地神应该在南郊祭天时合祭。”当月二十日，在南郊合祭天地，此后在圆丘祭祀，都是合祭。这是唐代合祭天地的明证。

今天的议论者想在冬至那天祭天，夏至那天祭地，认为这是行周礼。请允许我谈谈周礼与今礼的区别。古代一年中三次祭天，一次明堂飨帝，四时迎气祭祀五次，两次祭地，祭宗庙四次，总共十五次，都由天子亲自主持。还有早晨祭日、傍晚祭月、四望山川、社稷五祀以及一些小的祭祀等，都是天子亲自主持。这是周礼中规定的祭祀情况。太祖皇帝受上天的眷顾，建立起大宋王朝，建隆年间初次举行郊祭，先祭宗庙，并祀天地。自真宗皇帝以来，三年举行一次郊祭，一定要先在景灵宫祭祀，遍飨大庙，然后才祭祀天地。这是我大宋朝的典礼。周礼中天子亲自祭祀那么多次，年年去做而不感到为难，今天祭礼，皇上亲祭如此之少，三年举行一次，反而觉得并不容易，这是什么缘故呢？原因就在于，古代天子出入，仪仗简略，护卫较少，财用有节制，而且宗庙就在大门之内，接见诸侯，颁布爵赏都在太庙里举行，不仅仅是时祭，同时天子管辖的范围，不过王畿方圆的千里之内，只把斋祭礼乐当作政事，能够把这些工作做好，天下也就服从自己了，所以年年举行，习以为常。到了后代，统一海内，四方万里，都听命于皇上，事务繁多，是古代的亿万倍，每天的精力都顾不过来。自秦汉以来，天子的车马仪仗越来越复杂，有增无减，以至于今，不再像古代那么简单易行。现在所实行的礼仪与周礼不合。三年一次郊祭，不合乎周礼；在郊祭的前两天告庙，前一天祭太庙，不合乎周礼的规定；祭祀完毕后，对军人多加赏赐，不符合周礼的规定；自后妃以下至于文武百官，都可以荫补亲属，不符合周礼的规定；自宰相宗室以下至于百官，祭祀完毕后都有赏赐，不符合周礼的规定。这些都不更改，而独独对于土地神，则说周礼规定不应该在圆丘上祭祀，这是什么道理呢？

议论者必定要说：“古今的气候没有差异，而周宣王讨伐猃狁，六月出师，时间则是夏至，为什么说夏至不能祭祀呢？”我的回答是：“舜在一年之内巡视完四岳，五月正是暑期，而他南至衡山，十一月正冷的时候，他却到了北岳常山，当今气候是一样的，现在的皇上能这样办吗？周朝之所以十二年一巡狩，就是因为不能像舜那样常年巡狩。周代已不能实行舜时的礼仪，而今天怎能实行呢？气候的冷热虽然一样，但礼仪的繁简却迥然不同。因此有虞氏的礼仪，有些内容在夏商时代已不能施行，而夏商时代的礼仪，有些内容在周代也不能施行，这是因为时代发生变化的缘故。宣王六月出师，驱逐猃狁，是出于不得已。而且尹吉父为将，宣王并没有亲自前往。现在想定一代的大礼，作为三年一次的常行之法，怎能拿六月出师作比喻呢？”

议论者必定又要说：“夏至不能行礼，则派官员代行祭祀，这也有先例可循。”这我就不知道了。《周礼·大宗伯》规定：“如果天子身体不适则派人代替。”郑玄注释说：“王有变故，则代替他举行祭祀。”贾公彦进一步解释说：“变故，是指天子有病以及过度悲伤等事。”这样说来代行祭祀不是平安吉祥的礼仪。后代的君主，不能年年亲自去祭祀，所以让有关部门代他祭祀，这是由来已久的事情。至于亲自郊祀的时候，派员代替，这是无变故而用了有变故的礼仪。

议论者必定还要说：“省去一些繁礼缛节，则一年之中可以举行两次郊祀。”我的回答是：“古代亲自郊祭是常礼，所以没有那么多的繁礼缛节。现在亲自郊祭是大礼，所以有些内容虽然烦琐却不能省去。比如帷帐搭成的房屋，盛夏则要担心风雨问题，皇上从宫廷出来、入庙、出郊、戴上通天冠，乘着大辂车，中午停下来，百官与卫兵们，暴露在道路上，铠甲穿在身上，人马都是汗流直下，夏至时这些情况人们忍受不了。君主以天为父，以地为母，天地都不能有所偏。祭天的礼仪完备，而祭地的礼仪简略，这是对待父母的礼仪有隆重有不隆重，怎能认为是繁礼缛节就一切省去呢？我大宋朝的养兵，与前代不同。唐朝时候，祭祀时并不赏赐士兵，尚且不能年年亲自去祭祀，’天子出郊，兵卫不能简省，大辂一启动，必须要赏赐，现在三年举行一次郊祀，倾竭库存，还恐怕不够用，在郊祭赏赐之外，怎能再加一些负担呢？如果一年赏赐两次，国力怎能承受得了？如果分开而赏赐他们，人情怎能不失望呢？”

议论者必定还要说：“三年祭一次天，再过三年祭一次地。”这又不是我所知道的。三年举行一次郊祭，已经显得疏阔了，如果单单祭地而不祭天，是由于祭地而疏忽了侍奉上天，自古以来还没有六年才祭天一次的，这样做更加破坏了典礼，想复古而背离古道更远，神灵必然不会享用，这不是行礼的办法。

议论者必定还会说：“应该举行郊祀的年份，把十月祭神州改为夏至祭方泽，则可以免去在暑期祭祀的一些麻烦。”这还不是我所知道的。提出这种议论的人，是想全部照周礼的规定办。现在把十月的祭礼换到夏至，用祭神州代替祭方泽，不知道这是周礼中恒久的办法呢？还是变通的办法？如果变通的办法可行，则合祭圆丘，为什么独独就不可以呢？十月亲自祭地，十一月亲自祭天，古代没有这种礼仪。而一年之中两次郊祭，还没有免去军国劳费的担忧。

议论者必定又要说：“应该举行郊祭的那一年，夏至那天在方泽祭地神，皇上不亲自至郊外而传递火炬，天子在禁苑中望祀。”这又不是我所知道的。《尚书》中的“望秩”，《周礼》中的“四望”，《春秋》中的“三望”，都是说山川在国内却不在近郊之外，故远望而祭之。现在所在之处，低头就可以看见地，而说“望祭”，这是因为京城中看不到地吗？

这六种议论，究竟应该还是不应该合祭可以决断了。汉代的郊祀，与古代最相违背，唐代也不能如古。本朝祖宗重视祭祀，儒臣礼官，更复讲求，不是不知道圆丘方泽都应该亲自去祭祀，只是因为现实中有许多原因而不能施行。所以参考古今情况，上合典礼，下合时宜，比较其所得，已比汉代和唐代好多了。天地宗庙的祭祀，都应该一年遍祭一次，现在不能每年遍祭，所以在三年也应当郊祭的那一年遍祭。又不能在一年之中，分两次举行大礼，所以在三天内举行。这些作法都是由于因时制宜，即使圣人活转过来，也不能改变。现在并祀的时候天子亲自主持，则北郊之祭不能去参加，二者哪个更重要些？如果一年两次郊祭，派遣官吏代行，这样皇上就不亲自去祭地。三年之中间隔一下举行郊祀，当行祭地那年，而暑雨不能亲往，派官员代行，则是天地都没有亲自去祭祀。祭天和祭地分开举行，决不是现代所能施行的。议论者不过是把应当举行郊祀那年，祭祀天地和宗庙，分为三次进行罢了。分为三次，有三个不便之处。夏至的时候，不便于兴师动众举行大礼，这是第一；军赏不能再往上加了，这是第二；自我大宋建国以来，天地宗庙，只享用这些祭祀，历代相承，只用这种礼仪，这种被神灵所喜爱，先祖所熟悉，不可轻动，改动就会引起凶祸，不能不考虑到这些，这是第三。这三个不便之处，我反复考虑，越发觉得哪一条也没有可行之理。恳请还照以前的办法为便。

过去西汉开始衰落的时候，元帝采纳贡禹的建议，毁坏宗庙；成帝采用丞相匡衡的建议，改变郊祀的位置，这些都引起了灾祸，史书上写得清清楚楚，过去的教训，令人害怕。恳请陛下详细观看我的这道奏章，则知天地合在一起祭祀，乃是古今正礼，本来就不是什么权宜之计。不但初郊之年，应当施行，实乃千古不刊之典。希望陛下谨守太祖建隆年间、神宗熙宁年间的礼法，不要再改变郊祀庙飨之礼，以安宁上下神灵。同时请求将我的这道奏章下达，交有关部门讨论。如果有不同的看法，就应该统一起来，解剖我所陈的六议，让他们都心服口服，上合周礼，下不为当今军国造成负担。不可固执，也不再论现在能不能施行，只求以此而使祭祀大典，早一点确定下来。请圣上裁决。

补言：唐代制度规定，将在南郊举行祭祀，则先朝献太清宫，朝享大庙，也与今天的礼仪一样，前两天告原庙，前一天享太庙。然而当时的议论者也有人认为不合乎三代之礼。我谨按：武王灭商之后，丁未那一天，祀周庙，庚戌日，柴望，前后相距也是三天，如此说来，先庙飨后郊祀，也是三代之礼呀！

请诘难圆丘六议札子

元祐八年三月二十二日，端明殿学士兼翰林侍读学士、左朝奉郎、守礼部尚书苏轼札子奏：臣近奏论圆丘合祭天地，非独适时之宜，亦自然上合三代六经，为万世不刊之典，然臣不敢必以为是，故发六议以开异同之端。欲望圣旨行下，令议者与臣反复诘难，尽此六议之是非，而取其通者，则其论可得而定也。今奉圣旨，但云令集议官集议闻奏。窃虑意者各伸其意，不相诘难，则是非可否，终莫之决。虽圣明必有所择，而人各自为一议，但欲遂其前说，岂圣朝考礼之本意哉？臣今欲乞集议之日，若所见不同，即须画一难臣六议，明著可否之状，不得但持一说，不相诘难。臣非敢自是而求胜也，盖欲从长而取通也。若议不通，敢不废前说以从众论？取进止。

【译文】元祐八年三月二十二日，端明殿学士兼翰林侍读学士、左朝奉郎、守礼部尚书苏轼以札子的形式奏议：我最近奏论圆丘合祭天地之事，认为这样做不单单为了适合时宜，而且自然符合三代之礼和六经精神，为万世不刊之典。然而我不敢自以为是，所以发出六种议论以期引起争论。希望圣旨将我的奏议下达，让人与我反复驳难，把这六议的是是非非全部辨清，而采取通达的办法，则这些议论就可以定下来了。现在接到圣旨，只说令集议官在一起议论后奏上。我私下里担心参加讨论的人各伸己意，不是互相驳难，则是非可否，终究不能定。虽然圣上英明肯定会有所抉择，而人人各自倡一议，只想圆自己以前的说法，这难道是圣朝考究礼仪的本意吗？我现在想请求在讨论的这一天，如果所见不同，就请统一驳难我所提出的六议，明确指出它们可否实行，不得只持一说无穷延伸，而不互相驳难。我也不敢自以为是而求胜，只是想顺从好的建议而采取通达的说法。如果我的六议于理不通，又怎敢不放弃以前的想法而服从众人的议论？请圣上裁决。

乞改居丧婚娶条状

元祐八年三月日，端明殿学士兼翰林侍读学士、左朝奉郎、守礼部尚书苏轼状奏：臣伏见元祐五年秋颁条贯，诸民庶之家，祖父母、父母老疾，谓于法应赎者。无人供侍，子孙居丧者，听尊长自陈，验实婚娶。右臣伏以人子居父母丧，不得嫁娶，人伦之正，王道之本也。孟子论礼、色之轻重，不以所重徇所轻，丧三年，为二十五月，使嫁娶有二十五月之迟，此色之轻者也。释丧而婚会，邻与禽犊，此礼之重者也。先王之政，也有适时从宜者矣。然不立居丧嫁娶之法者，所害大也。近世始立女居父母丧，及夫丧而贫乏不能自存，并听百日外嫁娶之法。既已害礼伤教矣，然犹或可以从权而冒行者，以女弱不能自立，恐有流落不虞之患也。今又使男子为之，此何义也哉？男子至于可娶，虽无兼侍，亦足以养父母矣。今使之释丧而婚会，是直使民以色废礼耳，岂不过甚矣哉！《春秋》《礼经》，记礼之变，必曰自某人始。使秉直笔者书曰：男子居父母丧得娶妻，自元祐始。岂不为当世之病乎？臣谨按此法，本因邛州官吏，妄有起请，当时法官有失考论，便为立法。臣备位秩宗，前日又因迩英进读，论及此事，不敢不奏。伏望圣慈特降指挥，削去上条，稍正礼俗。谨录奏闻，伏候敕旨。

【译文】元祐八年三月某日，端明殿学士兼翰林侍读学士、左朝奉郎、守礼部尚书苏轼奏议：我发现元祐五年秋颁条贯规定，凡百姓之家，祖父和父母亲年老多病，（这是指在法律上应赎的人）无人供养侍奉，子孙居丧者，听取其家长自己陈述，验实后允许婚娶。我以为子女居父母之丧，不得嫁娶，这是最正确的伦理，是王道的根本。孟子论礼与色的轻重关系，认为不能用重的去顺从轻的，居丧三年，共二十五个月，把嫁娶推迟二十五个月，这是女色轻的方面；放弃守丧而进行婚娶，这种行为已接近禽兽，这是礼义重的一面。先王的政治，也有适时从宜的，然而不制定居丧嫁娶之法，是因为它危害极大。最近开始有妇女居父母丧，以及夫丧而贫困无法生活的，一律允许百日之后嫁娶的规定。这已经害礼伤教了，然而还可以从变通的方面予以解说而实行，因为妇女柔弱不能自立，恐怕流落到绝境上去的担忧，而现在又让男子也施行此法，这是什么道理呢？男子到了可以婚娶的年龄，即使没有别人来共同奉养，他本人也应该有能力把父母亲养起来。现在让他放弃守丧而婚娶，这是直接让老百姓以色废礼，难道不大过分了吗？《春秋》《礼经》，记载礼仪的变迁，一定要记上变化是从哪个人开始的。让那些秉笔直书的史官们记上：男子居父母丧期间可以婚娶，是从元祐年间开始的。这岂不是当代的耻辱吗？我谨按此法，本是因为邛州官吏妄加请求，当时法官没有加以认真考虑便立为法律造成的。我既然忝为礼部尚书，前些天又因为在迩英殿侍读，与皇上论及此事，所以不敢不奏。恳求圣上垂慈特下指示，削去上述规定，使礼俗稍稍端正。谨录奏闻，恭候圣旨。

奏马澈不当屏出学状

元祐八年四月日，端明殿学士兼翰林侍读学士、左朝奉郎、守礼部尚书苏轼状奏：准太学条，三学生凡有进献文字及书启贽有位，并先经长贰看详可否，违者出学。右本部看详，诸色人苟有所见公私利害，皆得进状，许直于所属官司投下，即无更令官吏看详可否方得投进之文，所以达聪明、防壅蔽，古今不易之道也。本因国子监生员独缘本监起请，遂立上条，曲生防禁。至于投献书启文字，求知公卿，此正举人常事。今乃使本监长贰先行看详，违者皆屏出学。若论列朝政得失，使其言当理，固人主所欲闻也；若不当理，亦人主所当容也。今乃先令有司看详去取，甚非子产不毁乡校、魏相去副封之意也。去年九月内，太学内舍生马澈进状，论《礼部韵略》有疏略未尽事件，蒙朝廷送下本部。谨按澈所论，文指雅驯，考验经史，皆有援据。此乃内舍生员之优者，教养之官，所当爱惜。而其所论，亦当下有司详议增损施行。本部寻下本监勘当，准回申，已于十二月内检举上条，其马澈已屏出学。以此显见上条无益有害，欲乞朝廷详酌，特与删除不行，仍乞依旧令马澈充内舍生。其所进状，乞行下有司看详，如有可采，乞赐施行。谨录奏闻，伏候敕旨。

【译文】元祐八年四月某日，端明殿学士兼翰林侍读学士、左朝奉郎、守礼部尚书苏轼状奏：按照太学的规定，太学外舍、内舍和上舍三舍生员，凡是进呈文书或书信送给有关官员的，一律先经国子监正副长官审定是否合适，违反这一规定的开除。本部审议后认为，各种人如果发现公家或私人的事情有问题，都可以上报，允许直接在其所属官府投上，不再让官吏审定是否合适，方可投进，这一规定是为了政治更加清明，防止壅塞遮蔽，是古今无法改变的方针。只因为国子监生员独独要从学校申请，于是制定了这条规定，妄加防禁。至于进献书信文章，求得公卿的知遇，这正是举荐人才的常规。现在却让本监正副长官首先审定，违者开除出学。如果议论朝政得失，假使其言合理，本是皇上所想听到的话；如果不合乎道理，也是皇上所应当宽容的。现在却让有关部门先行审查取舍，很不合乎郑国大夫子产不毁乡校以博采众议，汉宣帝御史大夫魏相撤消副封制度使上书直达皇上的用心。去年九月，太学内舍生员马澈献一状，论《礼部韵略》有疏略不详等事，承蒙朝廷批转本部。本部审查后发现马澈的议论，文辞雅驯，考论经史，都说得有根有据。本部立即交太学审查，太学回答说，已在十二月按照上述规定将马澈开除出学。因此显现出这一规定是有害而无益，准备请求朝廷详细斟酌，特予删除不再施行，同时恳求按照旧规让马澈继续作大学内舍生员。他的状子，请下达有关部门审查，如果有可取之处，请求赐予施行。谨录奏闻，恭候圣旨。

乞校正陆贽奏议上进札子

元祐八年五月七日，端明殿学士兼翰林侍读学士、左朝奉郎、守礼部尚书苏轼，同吕希哲、吴安诗、丰稷、赵彦若、范祖禹、顾临札子奏：臣等猥以空疏，备员讲读。圣明天纵，学问日新。臣等才有限而道无穷，心欲言而口不逮，以此自愧，莫知所为。窃谓人臣之纳忠，譬如医者之用药。药虽进于医手，方多传于古人。若已经效于世间，不必皆从于己出。伏见唐宰相陆贽，才本王佐，学为帝师。论深切于事情，言不离于道德。智如子房，而文则过；辩如贾谊，而术不疏。上以格君心之非，下以通天下之志。三代已还，一人而已。但其不幸，仕不遇时。德宗以苛刻为能，而贽谏之以忠厚。德宗以猜疑为术，而贽劝之以推诚。德宗好用兵，而贽以消兵为先。德宗好聚财，而贽以散财为急。至于用人听言之法，治边驭将之方，罪己以收人心，改过以应天道，去小人以除民患，惜名器以待有功，如此之流，未易悉数。可谓进苦口之药石，针害身之膏肓。使德宗尽用其言，则贞观可得而复。臣等每退自西阁，即私相告言，以陛下圣明，必喜贽议论。但使圣贤之相契，即如臣主之同时。昔冯唐论颇、牧之贤，则汉文为之太息；魏相条晁、董之对，则孝宣以致中兴。若陛下能自得师，莫若近取诸贽。夫六经三史、诸子百家，非无可观，皆足为治。但圣言幽远，末学支离，譬如山海之崇深，难以一二而推择。如贽之论，开卷了然。聚古今之精英，实治乱之龟鉴，臣等欲取其奏议，稍加校正，缮写进呈。愿陛下置之坐隅，如见贽面，反覆熟读，如与贽言。必能发圣性之高明，成治功于岁月。臣等不胜区区之意。取进止。

【译文】元祐八年五月七日，端明殿学士兼翰林侍读学士、左朝奉郎、守礼部尚书苏轼，与吕希哲、吴安诗、丰稷、赵彦若、范祖禹、顾监以札子的形式奏议：我们因为空疏没有学问，滥竽充数给皇上讲读，皇上天生圣明，学问的进步日新月异。我们才能有限而道义无穷，心里想说却表达不出来，因此十分惭愧，不知如何是好。我们私下里认为臣子的效忠，就像医生用药一样。药虽然从医生手下开出来，但药方却都是从前人那里传下来的。如果已经在世上生效，不必都要出自己意。我们发现唐朝宰相陆贽，有王者辅佐的才能，学问上是皇帝的老师，议论切合实际，话语符合道德智慧，可与张良相比，而文采则超过了他；善辩像贾谊，道术无疏略。上可以纠正君主的过错，下可以通天下之意志。三代以下，他可以说是第一人。但其不幸，生不逢时。德宗把苛刻看作有能力，而陆贽则用忠厚来劝导他。德宗把猜忌作为法术，而陆贽则用诚心来劝告他。德宗喜欢用兵打仗，而陆贽把裁军工作放在前头。德宗喜欢聚敛，而陆贽以向百姓分发财物。其他像用人和听取意见的方法，治理边防驾御武将的手段，自我批评以收扰人心，改正错误以顺应天道，撤换小人以消除民患，珍惜官爵以奖赏有功，诸如此类，不能一一数说，可以说苦口良药，针砭膏肓之症。假如德宗皇帝听从陆贽的话，那么贞观治世的景象可以恢复。我们每次从西阁退下来，就私下里议论，以陛下的圣明天资，肯定会喜欢陆贽的议论，但使圣贤之间达成默契，就像臣主生在当代一样。过去冯唐谈论廉颇、李牧的贤明，汉文帝为之叹息不已；魏相整理晁错和董仲舒的回答策问之辞，汉宣帝用此成就王朝的中兴。如果陛下自己要选择一位师傅，不如就选陆贽。六经、三史、诸子百家的著作，不是不值得研读，都足以导致天下大治。只是时代久远，后学故意支离其辞，就像山海一样高深，难以从一两人中加以抉择。而陆贽的奏论，开卷便一目了然。汇粹了古今的精辟见解，实乃治乱之宝鉴。我们准备把他的奏议，稍加校正后缮写进呈上去。愿陛下放在座位的旁边，就像见到陆贽本人一样，反复研读，就像听到陆贽的讲话，肯定能启发陛下高明的圣性，在较短的时间里成就治理的功业。我们不胜切切期盼。请圣上裁决。

辨黄庆基弹劾札子

元祐八年五月十九日，端明殿学士兼翰林侍读学士、左朝奉郎、守礼部尚书苏轼札子奏：臣自少年从仕以来，以刚褊疾恶，尽言孤立，为累朝人主所知，然也以此见疾于群小，其来久矣。自熙宁、元丰间，为李定、舒亶辈所谗，及元祐以来，朱光庭、赵挺之、贾易之流，皆以诽谤之罪诬臣。前后相传，专用此术，朝廷上下，所共明知。然小人非此无以深入臣罪，故其计须至出此。今者又闻台官黄庆基复祖述李定、朱光庭、贾易等旧说，亦以此诬臣，并言臣有妄用颍州官钱，失入尹真死罪及强买姓曹人田等。虽知朝廷已察其奸，罢黜其人矣，然其间有关臣子之大节者，于义不可不辨。谨具画一如左：

一、臣先任中书舍人日，适值朝廷窜逐大奸数人，所行告词，皆是元降词头，所述罪状，非臣私意所敢增损。内吕惠卿自前执政责授散官安置，诛罚至重。当时蒙朝旨节录台谏所言惠卿罪恶降下，既是词头所有，则臣安敢减落？然臣子之意，以为事涉先朝，不无所忌，故特于告词内分别解说，令天下晓然，知是惠卿之奸，而非先朝圣德之累。至于窜逐之意，则已见于先朝。其略曰：“先皇帝求贤若不及，从善如转圜。始以帝尧之心，姑试伯鲧；终然孔子之圣，不信宰予。发其宿奸，谪之辅郡；尚疑改过，稍畀重权。复陈罔上之言，继有砀山之贬。反覆教戒，恶心不悛；躁轻矫诬，德音犹在。”臣之愚意，以为古今如鲧为尧之大臣，而不害尧之仁；宰予为孔子高弟，而不害孔子之圣。又况再加贬黜，深恶其人，皆先朝本意，则臣区区之忠，盖自谓无负矣。今庆基乃反指以为诽谤指斥，不亦矫诬之甚乎？其余所言李之纯、苏颂、刘谊、唐义问等告词，皆是庆基文致附会，以成臣罪。只如其间有“劳来安集”四字，便云是厉王之乱。若一一似此罗织人言，则天下之人，更不敢开口动笔矣。孔子作《孝经》曰：“如临深渊，如履薄冰。”此幽王之诗也，不知孔子诽谤指斥何人乎？此风萌于朱光庭，盛于赵挺之，而极于贾易。今庆基复宗师之，臣恐阴中之害，渐不可长，非独为臣而言也。

一、庆基所言臣行陆师闵告词云：“侵渔百端，怨讟四作。”亦谓之谤讪指斥。此词元不是臣行，中书案底，必自有主名，可以覆验。显是当时掌诰之臣，凡有窜逐之人，皆似此罪状，其事非独臣也。所谓“侵渔”“怨讟”者，意亦指言师闵而已，何名为谤讪指斥乎？庆基以他人之辞，移为臣罪，其欺罔类皆如此。

一、庆基所言臣妄用颍州官钱，此事见蒙尚书省勘会次。然所用皆是法外支赏，令人告捕强恶贼人，及逐急将还前知州任内公使库所少贫下行人钱物。情理如此，皆可覆验。

一、庆基所言臣强买常州宜兴县姓曹人田地，八年州县方与断还。此事元系臣任团练副使日罪废之中，托亲识投状依条买得姓曹人一契田地。后来姓曹人却来臣处昏赖争夺。臣即时牒本路转运司，令依公尽理根勘，仍便具有状申尚书省。后来转运司差官勘得姓曹人招服非理昏赖，依法决讫，其田依旧合是臣为主，牒臣照会。臣愍见小民无知，意在得财。臣既备位侍从，不欲与之计较曲直，故于招服断遣之后，却许姓曹人将元价收赎，仍亦申尚书省及牒本路施行。今庆基乃言是本县断还本人，显是诬罔。今来公案见在户部，可以取索案验。

一、庆基所言臣在颍州失入尹真死罪，此事已经刑部定夺，不是失入，却是提刑蒋之翰妄有按举。公案具在刑部，可以覆验。

右臣窃料庆基所以诬臣者非一，臣既不能尽知，又今来朝廷已知其奸妄，而罢黜其人，臣不当一一辩论。但人臣之义，以名节为重，须至上烦天听。取进止。

【译文】元祐八年五月十九日，端明殿学士兼翰林读学士、左朝奉部、守礼部尚书苏轼以札子的形式奏议：我自从年轻时进入仕途以来，因为强直偏执和疾恶如仇，知无不言、言无不尽，从而陷入孤立之中，这一点每朝皇上都知道，然而也因此招来一群小人的仇恨，这也是由来已久的事情。自从熙宁和元丰年间以来，被李定、舒亶等人所诬陷；元祐年间，朱光庭、赵挺之、贾易之流，都诬蔑我犯有诽谤皇上的罪行。前后相传，专用这个办法，朝廷上下，人所共知。然而那群小人不用这种办法就无法加重我的罪名，所以必须使用这个计谋。最近，听说御史台官员黄庆基又袭用李定、朱光庭、贾易等人的老办法，也用这个罪名来诬陷我，并说我还有乱用颍州的公家钱财，误判尹真死刑，以及强买一个姓曹人田地等罪行。虽然知道朝廷已觉察其奸计，而将他罢了官，然而这中间有些内容关系到我的名誉，不能不加以澄清，谨将内容写在下面：

第一，先前我担任中书舍人的时候，正值朝廷流放那几个大奸臣，所用的告词，都是原来下达的谕旨；所述的罪状，不是我个人所敢增减的。其中吕惠卿从先前的执政大臣降授散官安置，处罚最重。当时蒙受朝廷旨意抄录御史台和谏院所揭发吕惠卿的罪状下达，既然是谕旨上所有的，我怎敢私自减少？然而我个人的想法，认为事情涉及到神宗皇帝，所以特意在告词中加以区分，让天下人明白，知道这是吕惠卿的奸诈，而与先朝的盛德无关。至于流放他们，先帝已经有这个意思。其文大意是："先朝神宗皇帝求贤若渴，从善如流。开始像帝尧那样用仁心来对伯鲧加以试用，终于像圣明的孔子那样，不再信任宰予。揭发其以前的奸谋，把他发配到边远地区，尚且期望他能改过自新，才稍稍给了他一点权力。可是他继续欺骗皇上，终于被贬斥在砀山。反复加以教育诫斥，却不改其罪恶之心；他急躁矫诬，批评他的德音还在耳边。"按照我愚蠢的想法，认为古今像鲧为尧的大臣并没有妨害尧成为仁君，宰予为孔子的得意门生，并没有妨害孔子成为圣人。更何况两次贬斥，对其人已经深恶痛绝，这些都是神宗皇帝的本意，则我小小的一片忠心，自认为没有对不起的地方。现在黄庆基反而指摘我诽谤斥责先帝，其诬陷不也太明显了吗？其余所说的李之纯、苏颂、刘谊、唐义问等人的告词，都是黄庆基罗织附会，以证成我的罪状的。比如其间有“劳来安集”四个字，黄庆基便说这是指厉王之乱。如果像这样一一罗织别人的话，则天下之人，谁也不敢再开口动笔了。孔子作《孝经》时说：“就像面对着万丈深渊，就像脚踩着一层薄冰。”这是说幽王的诗。不知道孔子是在诽谤斥责哪个人呢？这种罗织罪名的风气从朱光庭那里兴起，在赵挺之那里盛行，而在贾易那里已经是登峰造极了。现在黄庆基又效法他们的作法，我担心暗箭伤人之风，不能助长，这不单是为我个人着想的问题。

二、黄庆基说我所写陆师闵的告词中有这样话：“百般扰民，怨声载道。”说这也是诽谤指斥朝政。这个告词本来不是我写的。中书省那里的存底，肯定有签名，可以去核对。显然是当时主管制诰的大臣，凡有流放之人，都要给他加上这样的罪状，这种事不独我一个人。所谓“侵扰”“怨恨”，说的也只是陆师闵而已，为什么要说成诽谤斥责朝政呢？黄庆基把他人写的告词，作为我的罪状，他的欺骗都与此类似。

三、黄庆基说我乱用颍州官府的钱财，这件事现在承蒙尚书省调查完毕。然而所用的钱财都花在了规定之外的奖赏上，让人报告与捕捉强盗贼人，以及尽快偿还前任知州任内公使库所拖欠贫穷行人的钱物。情理如此，可以核查。

四、黄庆基说我强买常州宜兴县姓曹人家的土地，八年后州县方予断还。这件事发生在我任黄州团练副使的流放期间，我托亲戚朋友投状按规定买得姓曹的一契土地。后来姓曹的却来我这里胡赖争夺。当时我给本路转运司写信，让他们按照公道原则尽情处理，同时具状申报尚书省。后来转运司派人查得姓曹的承认是无理取闹，依法断毕，其田依旧应该我是主人，发公文照会我。我可怜小民无知，意在图财。我既忝列于皇上的侍从之列，不想与他计较曲直，所以在承认官断之后，却允许姓曹的按原价赎回，同时又申报尚书省以照会本路照此办理。现在黄庆基却说是县里断还给本人，显然是谎言。案卷现在全在户部，可以取来查对。

五、黄庆基说我在颍州时误判尹真死刑，这件事已经通过刑部认定，不是误判，而是提刑蒋之翰妄加按举。案卷全在刑部，也可以查对。

我私下里估计黄庆基诬陷我的事情不止一件，我又不能全部知道。再加上朝廷已知道了他的险恶用心，所以免了他的官，我也就不应当一一辩驳了。但作为一个臣子，总是把名誉看得很重，所以必须麻烦皇上知道。请圣上裁决。

谢宣谕札子

元祐八年五月二十四日，端明殿学士兼翰林侍读学士、左朝奉郎、守礼部尚书苏轼札子奏：臣伏准今月二十二日弟门下侍郎辙奉宣圣旨，缘近来众人正相捃拾，令臣且须省事者。天慈深厚，如训子孙。委曲保全，如爱肢体。感恩之涕，不觉自零。伏念臣才短数奇，性疏少虑，半生犯患，垂老困谗，非二圣之深知，虽百死而何赎？伏见东汉孔融，才疏意广，负气不屈，是以遭路粹之冤；西晋嵇康，才多识寡，好善暗人，是以遇钟会之祸。当时为之扼腕，千古为之流涕。臣本无二子之长，而兼有昔人之短。若非陛下至公而行之以恕，至仁而照之以明，察消长之往来，辨利害于疑似，则臣已下从二子游久矣，岂复有今日哉？谨当奉以周旋，不敢失坠，便须刻骨，岂独书绅？庶全蝼蚁之躯，以报丘山之德。臣无任感天荷圣激切屏营之至。谨奏。

【译文】元祐八年五月二十四日，端明殿学士兼翰林侍读学士、方朝奉郎、守礼部尚书苏轼以札子的形式奏议：本月二十二日，我的弟弟、门下侍郎苏辙奉命到我这里来宣读圣旨，因为众人近来正在互相角逐，让我暂且起来视事。皇上慈爱恩情深厚，就像训导自己的子孙一样，多方加以保全，如同爱护自己的肢体。感激的眼泪，不禁流了下来。想想自己才能短浅，又命运不佳，性情疏阔欠考虑，半生时常遇难，到老时又不断遭受谗言，如果没有皇上和太皇太后二位圣人的深刻理解，即使死上百次又怎能赎出我的罪过？东汉的孔融，才能疏阔而志向广大，恃才傲物，因此遭受路粹的诬陷；西晋的嵇康，多才而少见识，好善道而不识人，因此遭到钟会的构陷。当时的人们为他们扼腕叹息，千古之后仍为之流涕。我本没有二人的长处，却兼有两人的缺点，如果没有陛下的公正加上宽恕，最为仁慈加上明察，认清来龙去脉，辨明各种疑点，则我早就和孔、嵇二位在一起了，又怎能活到今天呢？对于这道旨意，我当尊奉以行事，不敢使它落空，一定要刻骨铭心，岂止于写到衣襟上。试图以此保全我那蝼蚁一样的身躯，以报陛下大山似的恩德。我不胜感激之至。谨奏。

奏乞增广贡举出题札子

元祐八年五月二十六日，端明殿学士兼翰林侍读学士、左朝奉郎、守礼部尚书苏轼札子奏：臣伏见(元祐贡举敕)："诸诗赋论题，于子史书出。唯不得于老、庄子出。如于经书出，而不犯见试举人所治之经者，亦听。如谓引试治《诗》、《书》举人，即听于《易》、《春秋》经传出诗赋论题。引试治《易》、《春秋》举人，即听于《周礼》、《礼记)出诗赋论题之类。"臣窃谓自来诗赋论题杂出于《九经)、(孝经》、《论语》，注中文字浩博，有可选择，久而不穷。今详上条，止得于子史书出，所取者狭。虽听于经书出，又须不犯见试举人所治之经。如是在京试院，分经引试，可以就别经出题。至如外州、军，只作一场引试，即须回避，只如子史中出，恐非经久之法。臣今相度，欲乞诗赋论题许于《九经》、《孝经》、《论语》、子史并《九经》、《论语》注中杂出，更不避见试举人所治之经。但须于所给印纸题目下备录上下全文并注疏，不得漏落，则本经与非本经举人所记均一，更无可避，兼足以称朝廷待士之意，本只以工拙为去取，不以不全之文掩其所不知以为进退，于忠厚之风，不为无补。取进止。

【译文】元祐八年五月二十六日，端明殿学士兼翰林侍读学士、左朝奉郎、守礼部尚书苏轼以札子的形式奏议：我研究《元祐贡举敕》："那些诗赋科的试题，在子书和史书中出。（只是不准从老子、庄子所著之书中出题）如果在经书中出题与现试举人所考经义卷中的经书不冲突也可以。（比如说考试《诗经》和《尚书》的举人，可以在《易经》《春秋》经传中出诗赋的论题；考试《易经》《春秋》的举人，可以在《周礼》、《礼记》中出诗赋的论题之类）我私下里认为从来诗赋的考题都从《九经》《孝经》和《论语》中杂出，注中文字浩繁，时间再长也出不完。现在审查上述规定，只准在子书和史书中出题，取材范围狭小，虽然可以在经书中出，又要与应试举人所研治的经书不冲突。如果在京城贡院里，各经分场考试，可以在其他各经中出题。而外地的州、军，只在一个考场考试，那就应当回避，只在子书和史书中出题，恐怕不是长久之法。我现在考虑想请求关于诗赋科的考题，允许在《九经》、《孝经》、《论语》、子书、史书连同《九经》和《论语》的注释中随便出，不再回避应试举人所主要研治的经典，只须在发下试题纸的题目下详细抄录原文的上下文，连同注疏也不能脱漏，则本经与非本经的举人需要记住的材料一样多，不用再回避，同时足以表达朝廷选拔考生的主旨，本来只以诗赋的工整与否作为取舍的标准，不以不全之文掩盖其所不知以蒙混考取，对于鼓励和培养忠厚的风气，会大有裨益。请圣上裁决。

申省读汉唐正史状

元祐八年八月十九日，端明殿学士兼翰林侍读学士、左朝奉郎、守礼部尚书苏轼同顾临、赵彦若状申。昨准内降宰臣吕大防札子奏："臣每旬获侍经筵，窃见进读《五朝宝训》，将欲了毕，自来多用前代正史进读，窃谓其间有不足上烦圣览者。欲乞指挥读讲官同将汉、唐正史内可以进读事迹抄节成篇，遇读日进呈敷演，庶裨圣治。取进止。”奉御宝批依奏。右轼等今已抄节缮写，稍成卷帙，于将来开讲日进读。即未审与《五朝宝训》并进，为复间日一读？谨具申尚书省。伏候敕旨。

【译文】元祐八年八月十九日，端明殿学士兼翰林侍读学士、左朝奉郎、守礼部尚书苏轼与顾临、赵彦若状申：昨天接到宫内下达的宰相吕大防的奏议札子：“我每旬得以在经筵上侍讲，发现进讲《五朝宝训》，将要读毕的时候，每次总要把前朝的正史读一些，我认为中间有些内容不必烦请皇上去听。准备请求皇上指示读讲官员，将汉唐正史中可以读给皇上听的内容摘抄出来结成篇章，每逢侍读的时候进上读讲，以辅助圣治。请圣上裁决。”奉御笔亲批依照所奏办理。我们现在已经摘抄誊写清楚、编出卷次，准备将来在进读的时候呈上。只是不知道是与《五朝宝训》一块读，还是间隔一天再读，谨报请尚书省。恭候圣旨。

朝辞赴定州论事状

元祐八年九月二十六日，端明殿学士兼翰林侍读学士、左朝奉郎、新知定州苏轼状奏：右臣闻天下治乱，出于下情之通塞。至治之极，至于小民，皆能自通；大乱之极，至于近臣，不能自达。《易》曰：“天地交，泰。”其词曰：“上下交而其志同。”又曰：“天地不交，否。”其词曰：“上下不交，而天下无邦。”夫无邦者，亡国之谓也。上下不交，则虽有朝廷君臣，而亡国之形已具矣，可不畏哉！臣不敢复引衰世昏主之事。只如唐明皇，中兴刑措之君也，而天宝之末，小人在位，下情不通，则鲜于仲通以二十万人全军陷没于泸南，明皇不知。驯致其事，至安禄山反，兵已过河，而明皇犹以为忠臣，此无他，下情不通，耳目壅蔽，则其渐至于此也。

臣在经筵，数论此事，陛下为政九年，除执政台谏外，未尝与群臣接，然天下不以为非者，以为垂帘之际不得不尔也。今者祥除之后，听政之初，当以通下情、除壅蔽为急务。臣虽不肖，蒙陛下擢为河北西路安抚使，沿边重地，此为首冠。臣当悉心论奏，陛下亦当垂意听纳。祖宗之法，边帅当上殿面辞，而陛下独以本任阙官迎接人众为词，降旨拒臣不令上殿，此何义也？臣若伺候上殿，不过更留十日。本任阙官，自有转运使权摄，无所阙事。迎接人众，不过更支十日粮，有何不可？而使听政之初，将帅不得一面天颜而去，有识之士，皆谓陛下厌闻人言，意轻边事，其兆见于此矣。

臣备位讲读，日侍帷幄，前后五年，可谓亲近。方当戍边，不得一见而行。况疏远小臣，欲求自通，亦难矣。《易》曰："天行健，君子以自强不息。"又曰："帝出乎震，相见乎离。"夫圣人作而万物睹，今陛下听政之初，不行乘乾出震见离之道，废祖宗临遣将帅故事，而袭行垂帘不得已之政，此朝廷有识所以惊疑而忧虑也。臣不得上殿，于臣之私，别无利害，而于听政之始，天下属目之际，所损圣德不小。臣已于今月二十七日出门，非敢求登对，然臣始者本俟上殿，欲少效愚忠。今来不敢以不得对之故，便废此言。惟陛下察臣诚心，少加采纳。

古之圣人，将有为也，必先处晦而观明，处静而观动，则万物之情，毕陈于前。不过数年，自然知利害之真，识邪正之实，然后应物而作，故作无不成。臣敢以小事譬之。夫操舟者常患不见水道之曲折，而水滨之立观者常见之。何则？操舟者身寄于动，而立观者常静故也。弈棋者胜负之形，虽国工有所未尽，而袖手旁观者常尽之。何则？弈者有意于争，而旁观者无心故也。若人主常静而无心，天下其孰能欺之？汉景帝即位之初，首用晁错，更易法令，黜削诸侯，遂成七国之变。景帝往来两宫间，寒心者数月，终身不敢复言兵。武帝即位未几，遂欲用兵鞭挞四夷。兵连祸结，三十余年，然后下哀痛诏，封宰相为富民侯。臣以此知古者英睿之君，勇于立事，未有不悔者也。景帝之悔速，故变而复安；武帝之悔迟，故几至于乱。虽迟速安危小异，然比之常静无心，终始不悔如孝文帝者，不可同年而语矣。今陛下圣智绝人，春秋鼎盛。臣愿虚心循理，一切未有所为，默观庶事之利害与群臣之邪正，以三年为期。俟得利害之真，邪正之实，然后应物而作。使既作之后，天下无恨，陛下亦无悔，上下同享太平之利。则虽尽南山之竹，不足以纪圣功；兼三宗之寿，不足以报圣德。由此观之，陛下之有为，惟忧太早，不患稍迟，亦已明矣。

臣又闻为政如用药方。今天下虽未大治，实无大病。古人云："有病不治，常得中医。"虽未能尽除小疾，然贤于误服恶药，觊万一之利而得不救之祸者远矣。臣恐急进好利之臣，辄劝陛下轻有改变。故辄进此说，敢望陛下深信古语，且守中医安稳万全之策，勿为恶药所误，实社稷宗庙之利，天下幸甚。臣不胜忘身忧国之心，冒死进言。谨录奏闻，伏候敕旨。

【译文】元祐八年九月二十六日，端明殿学士兼翰林侍读学士、左朝奉郎、新任定州知州苏轼奏议：我听说天下是治是乱，由下情是否通畅决定。极度的治世，以至于小民之情，也都能上通于天子；而天下大乱，即使是近臣，其情也不能自达于皇上。《易经·泰卦·象》说："上下大通，吉利。"《象辞》说："上下大通而志向就相同。"《易经·否卦·象》说："上下不通，不吉利。"《象辞》说："上下不通，国家就不能安宁。"所谓的"无邦"，就是亡国的意思。上下情不通，虽有朝廷君臣，而亡国的征兆已经出现了，能使人不感到害怕吗！我不敢再引衰世昏君的事例，只拿唐玄宗作例子，这本是一位中兴之主，致使天下不用刑罚，而天宝末年，小人在位，下情不通，鲜于仲通率二十万人马全军覆没于泸南，唐玄宗却不知道。逐渐招引祸事发生，到安禄山起来反叛，其军队已经渡过了黄河，而唐玄宗还把他当作忠臣。这不为别的，只是由于下情不能上达，耳目闭塞，最终就出现了这样的结局。

我在经筵上，曾经几次谈到这些事情，陛下即位这九年，除了执政大臣和台谏官员外，不曾与群臣接触，然而天下并没有认为这样做不合适，因为有太皇太后陛下垂帘听政而不得不这样。现在祥除之后，陛下开始亲政，就要把通下情、除蔽塞作为急务。我虽然不贤，承蒙陛下提升为河北西路安抚使，沿边重地，这是第一重要的地方。我应当尽心尽力去论奏，陛下也应当用心听取。祖宗定下的成规，边帅走马上任之前应上殿当面与皇上告辞，而陛下独独以本任缺官、迎接的人太多为理由，下令把我拒之门外而不让上殿，这是什么意思呢？如果允许我等候上殿面辞，不过再停留十天，本任缺官，自有转运使暂时代理，不会耽误什么事。迎接的人马即使多点，不过再支十天的粮草，有什么不可以！而在听政的开始，将帅不得见上一面而离去，有识之士，都会怀疑陛下不喜欢采纳别人的意见，思想上轻视边防事务，其征兆由这件小事呈现了。

我忝列于侍读的位置，每天侍奏在皇上的帷帐之中，前后算来已经五年，可以够得上亲近了。现在就要去戍边，却不能见皇上一面而离去。更何况那些疏远小臣，想把情况通报给皇上，那就太难了。《易经》上说："天行健，君子以自强不息。"又说："帝出于震，相见于离。"圣人兴起而观察万物，现在陛下刚开始亲政，就不遵守乘乾出震见离之道，废除祖宗派遣边帅的旧有作法，而沿袭过去太后垂帘听政而不能相见的规矩，这是朝廷上下有识之士感到惊异和忧虑的原因所在。我不能上殿面辞，对我个人来讲，没有什么损害，而对于陛下来讲，刚开始亲政，正是天下瞩目的时候，这样做对圣德来讲损害不小。我已于本月二十七日出发，不敢再求登殿回答圣上的提问，然而我开始时确实想等上殿的时候，再稍微效一点愚忠，现在不敢因为没有上殿的缘故，便不说这些话。希望陛下体谅我的诚心，稍微加以采纳。

古代的圣人，将有所作为，一定要先在暗处观察明处，处静以观动，则万物之情，就会全部展现在眼前。这样做不过几年时间，自然知道利弊的真情，确实认识了邪正，然后按实情去做，所以有所作为而没有不成功的。请允许我以一件小事作个比喻。驾驶船只的人时常担心看不到水路的弯曲，而河边的旁观者却看得很清楚。这是什么原因呢？主要是因为驾船的人本身在动，而站立的人则一直静止的缘故。下棋时胜负情形，即使是国手也有看不出来的时候，而袖手旁观者却时常能看出来。这是为什么呢？主要是因为下棋人的心思都用在争夺上，而旁观者则是平心静气在观看的缘故。如果皇上时常平心静气而没有成见，则天下人谁能欺骗得了您？汉景帝即位之初，首先任用晁错，改变法令，削弱诸侯王的势力，遂酿成吴楚七国之乱。景帝往来于两宫之间，几个月内一直担惊受怕，此后终生不敢再谈打仗的事。武帝即位不久，就想用兵打击周边各族的势力，兵祸从此接连不断，长达三十多年，然后痛下罪己诏书，封丞相为富民侯。因此我明白古代那些英明君主，喜欢干大事，然而最终没有不后悔的。汉景帝后悔得早，所以经过一场变故之后又恢复到了安稳状态；武帝后悔得迟了点，几乎酿成了天下大乱。他们二位后悔得迟早与最终的安危虽然稍有差异，但与常静无非份想法，始终无悔的孝文帝比起来，又不可同日而语。现下陛下聪明过人，正当年富力强时候。我请求陛下虚心循理，一切都不要去干，默默观察各种事务的利弊与群臣的邪正，整整用三年的时间，等到真正认清了利害的本源，邪正的实情，然后对症下药去做。使得事情办了之后，天下人没有遗憾，陛下自己也没有什么感到后悔的，上下同享太平之利。这样即使用尽南山之竹，也不足以记下圣上的功劳；兼有三代人的寿命，也不足报答陛下的圣德。这样看来，陛下的有所作为，只担心太早，不担心稍微迟点，也是显而易见的事情了。

我又听说政治的实施就像用药方一样。现在天下虽然没有达到大治，实际上并没有大病。古人说：“有病不治，常需要医术中等的医生。”这种医生虽不能尽除小病，然而总比误服猛药，希图万一出现奇效而最终一下子死去的灾祸要好得多。我担心那些急功近利的臣子，动不动就劝告陛下轻易改变以往的作法，所以进献以上的说法，希望陛下相信古人的万全之策，不要被猛药所误，这实乃国家宗庙的大吉大利，天下人都感到甚为幸运。我忘身忧国之心情不自禁，所以冒着死罪进言。谨录奏闻，恭候圣旨。

乞降度牒定州禁军营房状

元祐八年十月日，端明殿学士兼翰林侍读学士、左朝奉郎、知定州苏轼状奏：臣伏见定州近岁军政不严，边备小弛，事不可悉数，请举一二：如甲仗库子、军人张全，一年之间，持杖入库，前后盗铜锣十二面，监官明知，并不申举。又有帐设什物库子、军人田平等，二年之间，盗帐设什物八百余件，银二百五十余两，恣意典卖。军城寨人户采斫禁山，开种为田，公然起税，住坐者一百八十余家。城中有开柜坊人百余户，明出牌榜，召军民赌博。若此之类，未易悉数。是致法令不行，禁军日有逃亡，聚为盗贼，民不安居。

臣到任以来，备见其事。然不欲骤行峻治，但因事行法，无所贷舍。其上件张全、田平等，皆以付狱按治。侵斫禁山人逐次举觉，依法勘断张德等九人。其多年侵耕已成永业者，别作擘画处置，申枢密院。次开柜坊人，出榜召人告捉。有王京等四十家，陈首改业，其余并走出州界。军民自此稍知有朝廷法令，逃军衰少，贼盗亦稀。

臣近令所辟幕官李之仪、孙敏行遍往诸营点检。据逐官回申，营房大段损坏，不庇风雨。非惟久不修葺，盖是元初创造，材植怯弱，人工因循，多是两椽小屋，偷地盖造，椽柱腐烂，大半无瓦，一床一灶之外，转动不得。之仪等又点检得诸营军号，例皆暗敝，妻子冻馁，十有五六。臣寻体问得，盖是将校不法，乞取敛掠，坐放债负。身既不正，难以戢下，是致诸军公然饮博逾滥。三事不禁，虽上禁军无不贫困，轻生犯法，靡所不至。若不按发其太甚者，无以警众革弊。已体量得云翼指挥使孙贵，到营四个月，前后敛掠一十一度，计入已赃九十八贯八百文，已送司理院枷项根勘去讫。

臣既目睹偷弊，理合葺治犯法之人，丝毫无贷。即须恤其有无，同其苦乐。岂可身居大厦，而使士卒终年处于偷地破屋之中，上漏下湿，不安其家？辄已差将官李巽、钱春卿、刘世孙将带人匠，遍诣诸营，逐一检计合修去处，具合用材料人工，估见的确钱数。仍差本司准备勾当供奉官石异躬亲再行覆检到，除与逐将所检合修营房间架材木等并同外，又据本官检料到，更合修盖营房一十六间。谨具画一奏闻如后：

一、河北第一将，检计到本将下所管定州住营马步禁军八指挥，合行修盖营房共四千一百一十七间，据合用材植物料纽估到，计使价钱一万七千六百九贯六百八十文省。

一、河北第二将，检计到本将下所管定州住营马步禁军八指挥，合行修盖营房共三千七百二十间，据合用材植物料纽估到，计使价钱一万五千五贯二百八十一文省。

一、检计到不隶将下所管定州营步军振武第四十五指挥，合行修盖营房一百一十八间，并合添井眼，据合用材植物料纽估到，计使价钱五百五十八贯一百六十七文省。

一、本司准备勾当供奉官石异检料，更合修盖第一、第二将下诸军营房共一十六间，据合用材植物料纽估到，计使价钱七十四贯六百一十二文省。

右谨件如前。臣窃谓上件合用钱数，虽当破系省钱，又缘河北转运司近年财赋窘迫，必难支破。伏望圣慈深念河朔为诸路要重，而定武控扼强虏，又为河北屏捍，所屯兵马，理当加意葺治。其上件营房，不可不于今年秋冬便行修盖。欲乞特出圣断，支赐空名度牒一百七十一道，委本司召人出卖。一面置场和买材料，烧造砖瓦，和雇人匠，节次不住修盖施行。所有逐将及本司准备勾当官石异检计到诸军合盖营房间架材植物料等细数文状四本，缴连在前。谨录奏闻，伏候敕旨。

贴黄：勘会度牒每道见卖钱二百贯文，今来所乞上件度牒一百七十一道，系将前项检计到的确物料钱数，契勘合用道数外，计剩钱五十二贯二百五十八文，欲乞就整支降。

【译文】元祐八年十月某日，端明殿学士兼翰林侍读学士、左朝奉郎、定州知州苏轼奏议：我发现近几年定州军纪不严，边防松驰，具体事例不能一一数说，仅举其中的一两个作为说明。比如武器库房管理人员、军人张全，在一年的时间里，拿着武器进入库房，先后偷盗了十二面铜锣，监管官员明明知道，却并不向上报告。还有帷帐等物资库房管理人员、军人田平等，在两年的时间里，盗走帷帐等物资八百多件，银钱二百五十多两，大肆变卖。军城寨民户砍伐划为军事禁区的山林，开挖之后种上庄稼，有关部门公开征税，这事牵扯到一百八十多家。城中开柜坊的人家有一百多户，公开张榜，召引军民前来赌博。诸如此类的事情，不能一一数说，致使法令不行，禁军每天都发生兵员逃走的事件，他们逃出去聚集在一起为强盗，使老百姓不能安居。

我到任以来，发现这许多事情。但我并没有一下子全面整顿，只是就事论事，决不宽恕。其中上述张全、田平等人，都已经关起来问罪。侵犯禁山民户经过反复调查取证，已经依法处理了张德等九人。其中多年耕种已成永业田的，另作筹划处理，申报枢密院，开柜房聚赌的人家，张榜告示鼓励人告发和捉拿，有王京等四十多家，自首表示愿意改过自新，其余的逃出了定州。经过这些措施整顿之后，军民才开始知道朝廷的法纪，逃军现象减少，盗贼也变少了。

我最近命令所辟除的幕僚李之仪、孙敏行到各营房全面检查。据各官回来后报告，营房大面积损坏，已经不能避风雨。不但因为长久未修，而且主要是当初盖房时所用木料太差，人为地拖延，大都是些两椽小屋，挤地方建造，椽子和柱子腐朽了，房顶上大半已没有瓦片，屋内窄小，除了一床一灶之外，已经转不开身。李之仪等人又检查各营的军号，全是些破旧没有光泽的东西，军人家属受冻挨饿，十家中就有五六家。我调查得知，这主要是由于军官不守法，肆意勒索豪夺，大放债务造成的。军官自身不正，难以收扰众心，致使各军官兵公然聚饮赌博。这些事情如果不加以严禁，禁军士兵无不贫困，他们就会不怕死亡的威胁而犯法，无所不为。如果不严惩太过份的人，就没办法使众人警觉而革除弊端。我已查出云翼指挥使孙贵，到任只有四个月，前后勒索了十一次，自己得到赃款共九十八贯八百文。我已将他交给司理院铐上彻底追查。

我既看到了军纪松懈的弊端，就应该整治那些犯法者，丝毫不加宽贷。同时应该体恤其贫困，与他们同甘共苦。怎能自己居住在高楼大厦里，而让士兵长年累月居住在拥挤破烂的房屋之中，上漏下湿，不能安居呢？我已经派遣将官李巽、钱春卿、刘世孙等带领建房匠人，到各个军营中调查，挨个检查应该修整的地方，连同应当使用的材料人工等，估计出一个准确的数字。同时我又派遣本衙准备勾当供奉官石异亲自再去复查一遍，结果发现除了与上述各将领所检查应该修整的营房间架材料相同之外，他自己又检查出来，应该再建造房屋十六间，谨将各项材料奏报如下：

一，河北第一将，检查到本将管下的定州住军马步禁军八指挥，应该修盖营房一共四千一百一十七间，据估计应该使用的木材等物资，折合现钱为一万七千六百零九贯六百八十文左右。

二，河北第二将，检查到本将下面所管的定州住军马步禁军八指挥，应当修盖营房共三千七百二十间，估计应该使用的木材等物资，折合现钱为一万五千零五贯二百八十一文左右。

三，检查到不隶将下所管定州营步兵振武第四十五指挥，应该修盖营房一百一十八间，连同应当打井的费用，据估计应该使用的木材等物资，折合现钱为五百五十八贯一百六十七文左右。

四，本衙准备勾当供奉官石异检查，应该在第一和第二将中再修营房十六间，据估计使用的木材等物资，折合现钱为七十四贯六百一十二文左右。

详细情况如上。我私下里估计上项必需花销，虽然应当破费省钱，只因为河北转运司最近几年财政紧张，肯定难以支出来。恳求圣上慈悲体谅河朔地区为各路最为重要的地段，而定武军控制着强虏不敢入侵，又是河北地区的屏障，所屯的兵马，理应着意修治。上述营房，今年秋冬期间不能不盖。所以想请求皇上特出圣断，赏赐给空白度牒一百七十一道，交给本司召人出卖，同时置场和买建筑材料，烧造砖瓦，雇佣匠人，逐渐不停地进行修盖。所有各将领以及本衙准备勾当官石异所检查到各军应该建造修整的营房间架及材料等细账文状四本，附在前面一并呈上。谨录奏闻，恭候圣旨。

补言：查得每道度牒能卖二百贯钱，现在请求上述一百七十一道度牒，将上面检查到应该使用的确切物资钱数折合为度牒道数外，总计还剩钱五十二贯二百五十八文，想请凑个整数下发。

乞增修弓箭社条约状二首

一

元祐八年十一月十一日，端明殿学士兼翰林院侍读学士、左朝奉郎、知定州苏轼状奏：臣切见北虏久和，河朔无事。沿边诸郡，军政少弛。将骄卒惰，缓急恐不可用。武艺军装，皆不逮陕西、河东远甚。虽据即目边防事势，三五年间必无警急。然居安虑危，有国之常备，事不素讲，难以应猝。今者河朔沿边诸军，未尝出征，终年坐食，理合富强。臣近遣所辟幕官李之仪、孙敏行亲入诸营，按视曲折，审知禁军大率贫窘。妻子赤露冻寒，十有六七，屋舍大坏，不庇风雨。体问其故，盖是将校不肃，敛掠乞取，坐放债负，习以成风。将校既先违法不公，则军政无缘修举，所以军人例皆饮博逾滥。三事不正，虽是禁军不免寒饿，既轻犯法，动辄逃亡，此岂久安之道？臣自到任，渐次申严军法，逃军盗贼已觉衰少，年岁之间，庶革此风。

然臣窃谓沿边禁军缓急终不可用。何也？骄惰既久，胆力耗惫。虽近戍短使，辄与妻孥泣别，被甲持兵，行数十里，即便喘汗。臣若严加训练，昼夜勤习，驰骤坐作，使耐辛苦，则此声先驰，北虏疑畏，或致生事。臣观祖宗以来沿边要害，屯聚重兵，止以壮国威而消敌谋，盖所谓先声后实、形格势禁之道耳。若进取深入，交锋两阵，犹当杂用禁旅，至于平日保境备御小寇，即须专用极边土人，此古今不易之论也。

晁错与汉文帝画备边策，不过二事。其一曰徙远方以实广虚，其二曰制边县以备敌。宝元、庆历中，赵元昊反。屯兵四十余万，招刺宣毅、保捷二十五万人，皆不得其用，卒无成功。范仲淹、刘沪、种世衡等，专务整缉蕃汉熟户弓箭手，所以封殖其家、砥砺其人者非一道。藩篱既成，贼来无所得，故元昊复臣。今河朔西路被边州、军，自澶渊讲和以来，百姓自相团结为弓箭社，不论家业高下，户出一人，又自相推择家资武艺众所服者为社头、社副、录事，谓之头目。带弓而锄，佩剑而樵，出入山坂，饮食长技与北虏同。私立赏罚，严于官府。分番巡逻，铺屋相望。若透露北贼及本土强盗不获，其当番人皆有重罚。遇有紧急，击鼓集众，顷刻可致千人。器甲鞍马，常若寇至，盖亲戚坟墓所在，人自为战，虏甚畏之。

体问得元丰二年，北界群贼一火，约二十余人，在两界首不住打劫为患，久不败获。有北平军大悲村本社头目冉万、冉升及长行冉捷等，部领社人，与北贼斗敌，赶趁捉杀，直至北界地名北当山峪内，被冉万射中贼头徐德，冉捷赶上，斫获首级，并冉升亦斫到第二贼头贾贵。本路保明申奏朝廷，并已于班行内安排。以此知弓箭社人户骁勇敢战，缓急可用。先朝名臣帅定州者，如韩琦、庞籍皆加意拊循其人，以为爪牙耳目之用。而籍又增损其约束赏罚，奏得仁宗皇帝圣旨，见今具存。

昨于熙宁六年行保甲法，准当年十二月四日圣旨，强壮、弓箭社并行废罢。又至熙宁七年，再准正月十九日中书札子圣旨，应两地供输人户，除元有弓箭社、强壮并义勇之类，并依旧存留外，更不编排保甲。看详上件两次圣旨，除两地供输村分方许依旧置弓箭社，其余并合废罢。虽有上件指挥，公私相承，元不废罢。只是令弓箭社两丁以上人户兼充保甲，以致逐捕本界及化外盗贼，并皆驱使弓箭社人户，向前用命捉杀。见今州县委实全籍此等寅夜防托，显见弓箭社实为边防要用，其势决不可废。但以兼充保甲之故，召集追呼，劳费失业。今虽名目具存，责其实用，不逮往日。

臣窃谓陕西、河东弓箭手，官给良田以备甲马。今河朔沿边弓箭社，皆是人户祖业田产，官无丝毫之给。而捐躯捍边，器甲鞍马，与陕西、河东无异，苦乐相辽，未尽其用。近日霸州文安县及真定府北寨，皆有北贼惊劫人户，捕盗官吏，拱手相视，无如之何。以验禁军弓手，皆不得力。向使州县逐处皆有弓箭社人户致命尽力，则北贼岂敢轻犯边寨，如入无人之境？臣已戒饬本路将吏，申严赏罚，加意拊循。其人去讫，辄复拾用庞籍旧奏约束，稍加增损，别立条目。欲乞朝廷立法，少赐优异，明设赏罚，以示惩劝。今已密切取会到本路极边州定、保两州，安肃、广信、顺安三军，边面七县一寨，内管自来团结弓箭社五百八十八村六百五十一火，共计三万一千四百一十一人。若朝廷以为可行，立法之后，更敕将吏常加拊循，使三万余人分番昼夜巡逻，盗边小寇，来即擒获，不至忸怵以生戎心，而事皆循旧，无所改作，虏不疑畏，无由生事。有利无害，较然可见。谨具所乞立法事件，画一如左：

一、看详嘉祐四年庞籍起请已获朝旨事件，除见可施行外，有当时事体与今来稍有不同，须至少有增损。今参详到下项弓箭社人户，但系久来团结地分，并依见今已行体例，不拘物产高下，丁口众寡，并每户选择强壮一丁，充弓箭手。

贴黄：所谓军政不修，皆有实状，不敢一一奏闻。

又贴黄：所有庞籍奏得圣旨，已具录缴连在前。

又贴黄：前项所奏元丰二年冉万等捉杀北贼，系熙宁六年朝旨废罢后，兼冉万等不系两地供输，是合行废罢地分人户。

又贴黄：高强人户，与下等各出一丁，虽似不均，缘行之已久，下等人户无词。乞且一切仍旧，若上户添差人数，即恐行法之初，人心不安。又缘保甲法，虽上户亦止一丁，所以今来不敢增损。

每社置社长、社副、社录事各一名为头目，并选有物力或好人材事艺众所推服者，方得差补。农事余暇，委头目常切提举阅习武艺，务令精熟齐整，如无盗贼，非时不得勾集。

每社及百人以上，选少壮者三人，不满百人者选二人，不满五十人者选一人，充急脚子，并轮番一月一替，专令探报盗贼。如探报不实，及稽留后时有误捕捉者，并申官乞行严断。

逐社各置鼓一面，如有事故及盗贼，并须声鼓勾集。若寻常社内声鼓不到者，每次罚钱一百。如社内一两村共为一火，地理稍远，不闻鼓声去处，即火急差急脚子勾唤。若强盗入村，声鼓勾唤不到，及到而不入贼者，并罚钱三贯。如三经罚钱一百，一经罚钱三贯，而各再犯者，并送所属严断。

如能捉获强盗一名，除依条支赏外，更支钱二十贯。如两次捉获依前支赏外，仍与免户下一年差徭。如三次以上，更免一年。无差徭可免者，各更支钱十贯折充。如获窃盗一名，除依条支赏外，更支钱二贯。以上钱，用社内罚钱充，如不足，并社众均备。

逐社各人，置弓一张、箭三十支、刀一口。内单丁及贫不及办者，许置枪及杆棒一条。内一件不足者，罚钱五百。弓箭不堪施放，器械虽有而不精，并罚钱二百。若全然不置者，即申送所属，乞行勘断。

逐社每夜轮差一十人，于地分内往来巡觑，仍本县每季给历一道，委本社头目抄上当巡人姓名。有不到者，罚钱二百。如本地分失贼，其当巡人委本社监勒依条限捕捉。限满不获，送官量事行遣。其所给历，除每季纳换及知佐下乡因便点检外，不得非时取索。

弓箭社人户，遇出入经宿以上，须告报本社头目及邻近同保之人，违者罚钱三百文。

社内遇捉杀贼盗，因斗致死，除依条官给绢外，更给钱一十贯付其家，被伤重者减半，并以系省钱充。

社内所纳罚钱，令社长等同共封记主管，须遇社会合行酬赏者，方得对众支给破使，即不得衷私别作支用。

社内遇丰熟年，只得春秋二社聚会，因便点集器械，非时不得乱有纠集搔扰。

已上并是庞籍起请已获朝旨事件。自熙宁六年圣旨废罢，后来民间依旧衷私施行。今参详增损修定。

一、弓箭社人户，为与强虏为邻，各自守护骨肉坟墓，晓夜不住巡逻探伺。以此巡检县尉，全借此人为耳目肘臂之用。每遇冬教，内有本社弓箭人户见系保甲人数者，即须勾上一月教阅。其称捕盗，官司不敢放心，以致化外贼盗，既知逐社人户勾上，村堡空虚，即皆生心窥伺，公私忧恐。又人户勾集弥月，请般费用不少，深为患苦。臣窃谓保甲人户，每年冬教，本为恐其因循，武艺生疏，缓急难用。今来弓箭社人户既处边塞，与北人气俗相似，以战斗为生，寝食起居，不释弓马，出入守望，常带器械，其势无由生疏。欲乞应弓箭人户，今后更不充保甲，仍免冬教，显无妨碍。而使人户稍免无益之费，专心守御。又免教集之月，村堡空虚以生戎心。公私安枕，为利不浅。其减罢保正长，并却令充本社守阙头目。

一、弓箭社人户，既任透漏失贼之责，动辄罚钱科罪及均出赏钱，显见与其余人户苦乐不同，理合稍加优异。欲乞应弓箭社人户，并免两税折变科配。今已取会到本路州、军所免折科钱物数目，比之和买价例，每岁剩费钱七千九百九十八贯五十六文，所获精锐可用民兵三万余人，费小利大，可行无疑。

一、弓箭社头目，并是乡村有物力心胆之人，责以齐众保境，亦须别加旌劝。欲乞立定年限，每勾当及三年，如无透漏及私罪情重者，委本县令佐及捕盗官保明申安抚司给与公据，公罪杖以下听赎。又及三年无上件过犯，仍与保明给公据，与免本户差徭。内别有功劳者，委自安抚司相度。如委是卓然显效，虽未及上件年限，亦与比类施行。若更有大段劳绩，难以常格论赏者，即委自本司奏乞录用。

一、弓箭社地分，本系人户私下情愿，自相团结。皆是缘边之人众共相约要害防托之处，行之已久，北虏不疑。所以庞籍奏请，并是因旧略加约束。今来不可更有移易地分及增添团结去处，永远只以今来所管五百八十八村为定。所贵事事循旧，不致张皇生事。如本地分内人户分烟析生，即各据户眼定差。或外来人户典买到本社田地，亦许收入差充弓箭社户。若两处有田产者，不得缘此带免别处折变，委所属官司常切觉察。

贴黄：保甲法，须是主户两丁以上方始差充，其弓箭社一丁以上并差即无。已充保甲而不充弓箭社人户者，今来所乞本社内人户，更不充保甲，只是减罢重叠虚名，即非幸免。

又贴黄：弓箭社五百八十八村，内有八十九村系两地供输人户。勘会上件人户，元是有些小虚名税赋，自来北界差人过来计会本县收众户抱脚供赋，其人户并是一心捍边可信之人。切虑朝廷欲知其实。

一、今来既立法整齐弓箭社人户及免冬教，即须委自安抚司逐时差官按视。内有武艺胆力出众之人，即须与例物激赏。不惟使人户竞劝，亦所以致朝廷及将帅恩意，缓急易为驱使。今来会到辖下两州三军弓箭社人户兼充保甲者，每年冬教按赏，合用钱一千五百八十二贯七百八十八文。今来既免冬教，即保甲司却合出备上件钱数与安抚司，为上件激赏之用。但人数既多，上件钱数微少，支用不足。欲乞每年破五千贯。除上件钱数外，其余并以本路回易库见在钱贴支。

右谨件如前。臣窃见西山之下，定、保之间，山开川平，无陂塘之险，澶渊之役，虏自是入寇。见今本路只有战兵二万五千九百余人，分屯八州、军，若有警急，尚不足于守，而况战乎？论者或以保甲之众缓急可恃。臣窃谓保甲皆齐民也，集教止是一月，武艺无缘精熟。又平时无丝毫之利有得于官，每岁所获，按赏例物，不偿集教一月之费，一旦驱之于战守死地，恐未可保。惟弓箭社人户所处皆必争之地，世世相传，结发与虏战。若朝廷许依臣所乞，少有以优异其人，既免折科，间复赎罪免役，岁以五十缗赏其尤异者，深致朝廷将帅恩意。则此三万余人，真久远可恃者也。今录白到嘉祐四年庞籍奏获圣旨事件，兼取会到本路两州三军弓箭社火人数，及免折科每年和买费用钱数，并免冬教所省按赏例物数目，缴连在前，仍画到地图一面，帖出接连边面及逐社住坐去处随状进呈。伏望圣慈详酌施行。谨录奏闻，伏候敕旨。

贴黄：所乞免折科却行和买剩费钱七千九百九十八贯五十六文，所乞以回易库钱贴支保甲，按赏钱为五千贯，令安抚司支用计费钱三千四百一十七贯二百一十二文，共计钱一万一千四百一十五贯二百六十八文。所乞至微，恐不赡于用，未足以起士气，但臣不敢多乞耳。若朝廷深念北边事大，此三万余人，久远必大段得力，更赐擘画钱物应副成就；或于近里州、军趱那宽剩免役六色钱，与本路被边州、军添雇诸色役人。其弓箭社人户，并与免役。则人情翕然归戴，愿效死而不可得矣，更乞朝廷详酌。又今来所乞事件，先已密切下本路近地州、军官吏，相度利害。寻皆供到有利无害，经久可行。保明文状在本司讫。

【译文】元祐八年十一月十一日，端明殿学士兼翰林侍读学士、左朝奉郎、定州知州苏轼奏议：我发现与辽国和平已久，河朔地区无战事。沿边各地，军纪开始松懈下来。将骄兵惰，情况一旦紧急恐怕不顶用。武器装备，都远远比不上陕西和河东地区。虽然就目前边境形势看，三五年间肯定不会有大的冲突，然而居安思危，这是一个国家应该常备的，平时不演练，事情突发后就不能应付。现在河朔沿边各地的军队，不曾出征，长年养在家里，理应富强。我最近派遣幕僚李之仪、孙敏行亲自到各军营察看，检查实情，发现禁军大都贫困。妻儿忍冻挨饿者，十家中有六七家，营房破败，不庇风雨。查问其原因，得知是因为将校不法，勒索聚敛，坐放债务沿习成风。将校既然先违法不公，则军纪自然无法严肃起来，所以军人一律都酗酒赌博和违纪。这三件事不能抓好，连禁军都不免饥饿，既轻犯法，动辄逃亡，这哪里是长治久安之道？我自到任之后，渐次申明军纪，逃兵和盗贼现象已经减少，一年半载之间，希望能革除这些败坏的风气。

然而我私下里认为边境上的禁军一旦情况紧急不顶用。为什么这样讲呢？骄傲懒惰得太久，胆量气力都没有了。即使是到近处驻防或短期役使，总要与老婆孩子洒泪告别，披上盔甲拿着武器，走上几十里路，便气喘吁吁汗流浃背。如果我严加训练，昼夜练习，作息搞得紧紧张张，使其能够忍耐辛苦，则这个消息传出去，恐怕辽人知道，惹事生非。据我的观察，祖宗以来在沿边要害地区屯扎重兵，只在于壮国威而消敌谋而已，正是所谓的先虚后实、万不得已的办法。如果深入敌境，两军交锋，还当杂用禁旅，至于平时保境安民、防备小寇，就应专用边境上的当地人，这是千古不易的高见。

晁错与汉文帝筹划边防方略，最后提出的办法不过两个：第一叫作迁徙远方之人来充实广阔的边境地区，第二叫作整理边境地区以防备敌人。仁宗宝元、庆历中叶，西夏主元昊反叛。我们屯兵四十余万，招募宣毅、保捷军二十五万人，都不顶用，终究不能成功。范仲淹、刘沪、种世衡等人，专门着手整理少数民族和汉族的熟户弓箭手，富裕其家、激励其人的方法不止一个。屏障建立起来后，敌人来了一无所获，所以李元昊重新臣服。现在河朔西路沿边各州和各军，从澶渊之盟订立，两家讲和之后，百姓自相结为弓箭社，不论家里资产多少，每家出一人，又自相推举家财和武艺都被众人所信服的人为社头、社副和录事，叫作头目。锄地的时候背着弓箭，打柴的时候佩着宝剑，出入于山坡之间，饮食技艺与辽人一样。他们私下里规定赏罚办法，比官府的规定还要严格。轮番巡逻，铺屋之间相互瞭望。如果走脱了辽国强盗或本地的强盗不能捕获，值班者肯定要受到重罚。遇上紧急情况，击鼓为号召集众人，顷刻之间可招来上千人。武器鞍马准备停当，时常就像敌人要来一样，这是因为亲戚和祖坟就在这里，人自为战，敌人十分害怕他们。

调查得知元丰二年，辽国有一伙强盗约二十余人，在两国交界处不停地抢劫捣乱，迟迟不能将其打败或抓获。北平军大悲村弓箭社头目冉万、冉升以及长行冉捷等人，率领同社之人，与辽国强盗展开斗争，追击捉杀，直到北界一个叫北当山的峪内，贼人头子徐德被冉万射中，又被冉德赶上，砍掉脑袋，而贼人第二个头目贯贵的脑袋也被冉升砍掉。本路保明申奏朝廷，并已在武官官阶内安排。因此知道弓箭社的民户英勇善战，情况紧急时十分顶用。前朝担任定州长官的名臣，比如韩琦、庞籍等人，都是着意安抚这些人，以充当自己的耳目爪牙。庞籍还对其纪律赏罚的规定加以增损，奏明仁宗皇帝并得到肯定，这些内容现在还存在世上。

以前在熙宁六年推行保甲法，按照当年十二月四日圣旨，强壮弓箭社一律废罢。到熙宁七年，又奉正月十九日中书札子中的圣旨，凡两地供输的民户，除了原有弓箭社强壮男子和义勇一律依旧有的编制存留外，不再编排保甲。对照上述两道圣旨，除了两地供输的村子可以照旧设置弓箭社之外，其余都应该撤销。虽有上述指示，然而公私相承传，事实上弓箭社并没有废除。只是让弓箭社存在的村子，那些有两丁以上的民户要同时充任保甲丁，以致追捕本地及辽国的强盗，都要调动弓箭社的民户，向前拼命捉杀。现今各州县确实全靠这些人日夜防范，显而易见弓箭社确实在边防上有重要用处，决不能废弃。只是因为充任保甲丁的缘故，时常集合追捕，费钱费工费时，影响其生产。现在名义上虽都存在，但看其实际作用，似乎比不上以前那么重要。

我私下里认为陕西和河东地区弓箭手，公家分给良田以备武器马匹，而河朔沿边地区的弓箭社，老百姓都是耕种自己的祖业田产，公家没有赏给一点，他们不惜用生命来保卫边疆，所备武器鞍马，与陕西和河东地区没有什么两样，苦乐悬殊这么大，其作用也就不能充分发挥。最近霸州文安县及真定府北寨，都出现辽国强盗劫掠民户的现象，捕盗官吏，拱手对视，无可奈何，检验禁军的弓手，也同样不得力。假如以前州县各处都有弓箭社民户尽力卖命，那么辽国强盗怎敢轻易再犯我边界，如入无人之境呢？我已命令本路将吏，严加赏罚，着意安抚弓箭社民户，重新整理庞籍的旧有规定，稍加删改，另立规定。想请朝廷立法稍加优待，明确设立赏罚标准，以示惩罚和鼓励。现在已秘密调查到本路沿边州定州和保州，安肃军、广信军和顺安军，临边的七县一寨，五百八十八个村子共有自相结成的弓箭社六百五十一家，总计三万一千四百十一人。如果朝廷认为可行，立法之后，再命将吏常加安抚训导，让这三万多人昼夜轮番巡逻，骚扰边境的小股寇敌，来到就在当地将其抓获，不至拖延使敌人产生非份的想法，而事情都是按老办法办的，敌人不会产生疑虑，也就无理由找事。这样做显而易见是有利无害的。谨将所请应立规定的事情，筹划如下：

第一，审查嘉祐四年庞籍请求已获朝廷批准的事情，除现在可以施行的之外，有些内容现在已稍有变化，必须加以修改。现在审知下述弓箭社民户，只要是早已结成的地段，一律按照现行规定，不管其财力多少和户等高低以及丁口多少，每户都选择一名强壮男子，充任弓箭手。

补言：我所说的军纪松驰，都有真凭实据，这里不敢一一奏报。

又补言：庞籍申奏时得到的圣旨，其内容全部抄在前面一并奏报。

又补言：上面所奏元丰二年冉万等人捉杀辽国强盗，是熙宁六年朝旨下令废罢弓箭社以后的事情，同时冉万等人不是两地供输户，因此应该是按废罢弓箭社地段的民户。

又补言：富裕的上等户，与贫困的下等户都是各出一名壮丁，这看似不公，然而由于过去一直是这么办的，下等户也没有怨言。请求朝廷一切照旧办理，如果现在让上等户添加壮丁，就担心推行之初，人心不安定。又因为保甲法规定，虽然是上等户也只出一丁，所以我现在不敢随意增减。

每个弓箭社置社长、社副和社录事各一名作为头目，一律选择那些有财力或有办事能力为众人推服的人，才可以充任。农事闲暇的时候，命令头目时常把社员召集起来演练武艺，务必精熟整齐，如果没有盗贼，不得随意召集。

超过一百人的弓箭社，选择少壮者三人，不满一百人的选择两个人，不满五十人的选择一个人，来充当急脚子，并轮番一月一换，专门担任刺探报告盗情的工作。如果探报的情况不实，以及情报太迟而耽误捕捉的，一律申报官府予以严肃处理。

各社置办鼓一只，如果发生大的事情或有盗贼出现，都要击鼓召集众人前来。如果平常社内击鼓不到的，每次罚钱一百文，如果庄内一两个村子同为一伙，相距远了点，听不到鼓声，就应派急脚子火急前去召集。如果强盗入村，鼓声召集而不前来救助，以及到来却不奋力杀贼的，一律罚钱三贯。如果被罚一百文三次以上，或罚钱三贯一次，而各自再犯，一律送所属衙门严惩。

能抓获强盗一名，除按规定予以奖赏外，再支给赏钱二十贯。如果两次抓获强盗而照样奖赏外，同时免除本户一年的差役。抓获强盗三次，再免徭役一年。没有差役可免的，各自再支给十贯钱充赏。如果抓获的是一名小偷，除按规定奖励外，再支给赏钱二贯。以上这些赏钱，用社内的罚款开支，罚款不够开支，由社内成员均摊。

社内成员，每人置办一张弓，三十支箭，一口刀。其中那些单丁家庭以及贫穷无力置办的，允许置枪及一条杆棒。其中少一样，罚钱五百文。弓箭射不了几次就坏了，武器虽有而不精良，一律罚钱二百文。如果一样也不置办，送交有关部门，请求允许对其施以惩罚。

各社每夜轮流派遣十个人，在自家的地段内往来巡视，同时本县每季发给一道日历，让本社头目抄上应当巡视人的姓名。不前来巡视，罚钱二百文。本地段出现盗贼而不能抓获，那些应该前来巡视的人由本社监督按规定的时限捕获。期限已满而不能捕获，送官府视情节轻重加以处罚。所发放的日历，除了每季换发以及知县县佐下乡乘便检查外，不准在规定时间之外去取索。

弓箭社民户，遇到出门一昼夜以上的，要向本社头目以及近邻同保之人报告，违者罚款三百文。

社内成员捉捕盗贼，战斗中被贼人打死，除了按规定官府给一些绢帛外，另外再给他家十贯钱，受重伤者减半，一律从社内节省下来的钱财中支出。

社内所交纳的罚款，令社长等人共同封存起来保管，要到同社之人聚会奖赏时，才能当众支出使用，不准私自另作他用。

社内遇到丰收年景，只准春秋两次聚会，同时每次乘便检查武器，不得随时乱加纠集打扰社内百姓。

以上全是庞籍奏请已获朝廷批准的规定。从熙宁六年圣旨让废除，后来民间依然私下里施行，现在审查后加以增删和修定。

第二，弓箭社民户，因为与强敌为邻，各刍守护着自己的子女和祖坟，日夜不停地巡逻探查。因此，巡检县尉全靠这些人作为自己的耳目和膀臂。每当冬季集训，其中弓箭社内有些民户又充保甲户的，就要离家一个月参加集训。他们说要捕盗，官府不敢放心，强制其必须集中，以致境外的强盗，既知各社民户集中上去，村堡空虚，就会生出非份的想头而前来窥探，公私都很担心。同时民户集中整训一个月，各种花销需要不少，深为百姓所患苦。我私下里认为保甲户每年冬训，本来是害怕其拖拖拉拉，武艺生疏，一旦情况紧急不顶用。现在弓箭社民户既处于边塞地段，与辽人习俗相似，以战斗为生，饮食起居，手不离弓，身不离马，出入相望，常常带着武器。从情势上看不会生疏。准备请求朝廷，凡是弓箭社民户，今后不再编入保甲中，同时免去冬训，显然无大妨碍。这样可以使户民稍稍免去一些无益的费用，专心防守，又可以免去集训之月，村堡空虚使敌人生出非份想头的担心，官府和私人都放心，确实大有好处。那些罢免的保正，一律让他们充任本社空缺的头目。

第三，弓箭社民户，既要承担走脱盗贼的责任，动辄就要受罚科罪，以及平均摊派赏钱，他们的负担显然比其他民户要重得多，理应稍加优待。准备奏请允许弓箭社民户，一律免交两税的折变科配。现在已经算出本路各州、军所免科配折变钱物数额，比照和买这些物品价格，每年剩费钱七千九百九十八贯五十六文，用这些钱可以武装民兵三万多人，费小利大，可行无疑。

第四，弓箭社的头目，都是些乡村有财力有胆识的人，让他们担当起整齐民众保卫家乡的责任，也应当加以表扬和鼓励。准备请求给他们立个年限，每担任现职满三年，如果没有走脱盗贼以及其他严重罪行的，命本县县令、县佐以及捕盗官吏担保申报安抚司发给证书，他们犯了杖刑以下的罪行可以赎免。又过三年还没有上述过失，再予保明发给凭据，免去本户的徭役。其中另有功劳的，交给安抚司考虑奖励办法。如果真的功效显著，虽然不到上述年限，也允许比照执行。如果还有特别突出功劳，难以按常规奖赏，就交给本司奏请录用。

第五，弓箭社地段的划分，本来是老百姓私下情愿而自相结成的。这些地段都是沿边地区公认的险要去处，由于实行的时间已经很久，所以辽人并不怀疑。以前庞籍奏请，全是在旧有基础上略加约束而已。现在不能重新划分地段或增添团伙，永远只按现在所管的五百八十八村为范围。希望事情按成规办，不致于声张生出事端。如果本地段内的老百姓分家另立门户，即各自按户眼定等级，或者外来之人典买本社民户的土地，也允许把他们收进弓箭社里。如果两地都有田产，不能因此而带免非沿边地区地产的折变，命所属官府时常认真检查。

补言：按照保甲法，只有主户两丁以上才开始差充，而弓箭社一丁以上全部差充而没有剩余。已经编入保甲而不在弓箭社内的民户，现在请求本社内民户，不再编入保甲，只是减罢一个重叠的虚名，事实上并没有减轻其负担。

又补言：弓箭社五百八十八村，其中有八十九个村子是两地供输户。查得上述民户，本有一点点虚名税赋，从来辽国派人过来核算，本县征收各户抱脚供赋，那些民户都是些一心保卫边疆的可信之人。希望朝廷能知其实情。

第六，现在既立法整齐弓箭社民户，以及替他们免去了冬训的负担，就应该命令安抚司经常派员检查，发现其中有武艺有胆量的出众人才，就应按照规定予以奖赏，不但使民户受到激励，也是为了表达朝廷和将帅的恩意，一旦情况紧急就容易驱使一些。现在算出我所辖下两州三军的弓箭社民户兼充保甲的，每年冬训奖赏，需要花钱一千五百八十三贯七百八十八文。现在既然免除了冬训，那么保甲司就应把这笔钱拨给安抚司，作为上述弓箭社民户杀贼奖赏使用。然而民户大多，上述钱数又太少，不够支用。想请朝廷每年再破费五千贯。除上述钱数外，其余部分都从本路回易库的现钱中支出。

陈奏如前。我发现西山下面，定州和保州之间，山势开阔，一马平川，没有险要的陂塘作障碍，澶渊之战，辽人就是从这里入寇的。现在本路只有战士二万五千九百多人，分开屯扎在八个州、军，如果情况紧急，坚守尚且不能，更何况打仗呢？有人认为保甲丁可以使用，我私下里认为保甲丁只是一些平民百姓，集训只有一个月时间，武艺没办法精熟，再加上平时从公家这里没有得到丝毫的好处，每年得到的按赏例物，不能补偿集训一个月的费用，一旦把他们赶上战场，前景恐怕不妙。只有弓箭社民户所处都是些兵家必争之地，世代相传，从小就与敌人作战。如果朝廷答应按我的奏请办理，对这些人稍微优待一点，既免去科配折变，间或免役赎罪，每年以五十贯钱奖励其特别优秀者，深致朝廷及将帅的恩意，那么这三万多人，真的可以长久依靠了。现在抄录到嘉祐四年庞籍奏请获圣旨批准的事情，同时计算出本路的两州三军弓箭社数目及其人数，以及免除科配折变每年和买费用钱数，连同免去冬训所节省的奖赏钱物数目，一并写在前面，同时画出一幅地图，贴出沿边一面及各社分布的位置随状献上，恳求圣上详加斟酌后施行。谨录奏闻，恭候圣旨。

补言：所请免除折变科配实行和买多费钱七千九百九十八贯零五十六文，所请以回易库现钱贴支保甲，奖赏钱为五千贯，令安抚司支配总计费钱为三千四百十七贯二百十二文，总计钱额为一万一千四百十五贯二百六十八文。奏请的数额太小了，恐怕不够用，不足以起到鼓舞士气的作用，但我又不敢请求太多。如果朝廷认为北部边境事关重大，这三万多人，时间长了就能发挥很大作用，那么就请筹划再赏赐一些钱物来帮助他们成就功业，或者在就近又不沿边的州、军挪借一些免役六色钱，给本路沿边州、军添雇一些各种民夫。对于弓箭社民户，一律免除劳役。做到这些，那么民户肯定会衷心拥戴朝廷，愿意效死力而不可得，就再请朝廷详加斟酌。再者，今天所奏请的这些事情，我已经秘密下达给本路近处州、军官吏，让他们分析利弊。不久大家都报告说有利而无害，可以长久推行。各自有担保书交在我这里。

二

元祐八年十一月日，端明殿学士兼翰林侍读学士、左朝奉郎、知定州苏轼状奏：右臣近奏乞修完极边弓箭社条约，已详具利害，于今月十一日入递去讫。

臣自到任以来，不住令主管衙前引到北人访问事宜，虽虚实难明，然前后参验，亦可见其略。大抵北虏近岁多为小国达靼、术保之类所叛，破军杀将非一。近据北人契丹四哥探报，北界为差发兵马及人户家丁往招州以来，收杀术保等国，及为近年不熟，是致朔、易、武州皆有强贼。兼燕京东北白浮图淀东恶山内有强贼一火，约百五十人，不住打劫。及又据北平军申据勾当事人李坚等体探得，北界昨差往西北路去者兵士并百姓等，近有逃背落草四十余人，马二十匹，见在狼山西头君市等村乞食，切虑来南界别作过犯。虽未见的实，然去岁之冬霸州文安县被北贼杀人劫物，朝廷已知其详，及真定府北寨于去年八月、今年二月两次被北贼群众打劫。近又访闻代州胡谷寨莎泉堡有北贼六七十人，劫掠本堡居人财物，杀伤弓箭手及妇女七八人。及捕盗官会合，北贼已去。临去说与铺兵："我只在你地分里，待更来打赤岸村。"

以此数事参验，显见北虏见今兵困于小国，调发频并，民不堪命，聚为盗贼。虽邻境多故，实中国之利，必无渝盟之忧，然盗贼充斥，虏自不能制，其余波未流，必延及吾境。若边臣坐观，不先事设备，则边民无由安居，亦恐更生意外之患。若督迫捕盗官吏带领兵甲，晓夜出入巡逻，则贼未必获，而居民先受其扰，又或缘此引若生事。臣再三思虑，惟有整葺弓箭社一事，名不张皇，其实可用。若早获朝旨施行，令臣更加意拊循激励，其人决可使，北贼望风知畏，不敢于地分内作过。伏乞圣明特赐详酌，检会前奏，早降指挥。谨录奏闻，伏候敕旨。

贴黄：本路副总管王光祖，有男，见任胡谷寨主。家书报光祖，臣所以备知其详。

【译文】元祐八年十一月某日，端明殿学士兼翰林侍读学士、左朝奉郎、定州知州苏轼奏议：微臣最近奏请修改完善沿边地区弓箭社的社规社约，已将事情的详细情况写出，于本月十一日递了上去。

我自到任以来，不断让主管衙前领来一些辽人询问情况，虽然虚实一时难明，但前后参验，也可以见其大略。大概辽人最近几年经常发生小国如达靼、术保等反叛现象，以及最近几年收成不好，致使朔州、易州和武州等地都有强盗造反。同时燕京东北、白浮图淀以东的恶山山区中有一伙强盗，大约有一百五十人，不停地打家劫舍。同时北平军又报告说，据勾当事人李坚等刺探到的消息，北边昨天差往西北路去的士兵和老百姓等，最近叛逃落草的有四十多人，马二十匹，现在狼山西头君市等村乞讨，恐怕进入我国境内再行作孽。虽然不一定准确，然而去年冬天霸州文安县被辽国强盗杀人劫物，朝廷已经知道详细情况，以及真定府北寨在去年八月和今年二月两次被辽国强盗打劫的情况。最近又听说代州胡谷寨莎泉堡有辽国强盗六七十人，劫掠本堡居民财物，杀伤弓箭手及妇女七八人。捕盗官赶来时，辽国强盗已经离去，临走时还对铺兵说："我这次只在你的地段里，等以后再来就要攻打赤岸村。"

用这几件事相参验，显而易见辽国现在兵困于小国，调发频仍，人民承受不了，就聚在一起当强盗。虽然说邻国多难，实际上对中国有利，肯定不用担心他们背叛盟约，然而盗贼充斥，辽国自己控制不了，其余波末流，必然会延及到我国来。如果边境地区长官熟视无睹，不事先作好准备，则边境地区的老百姓就不能安居，恐怕也要再生出一些意外之事来。如果严令捕盗官吏带领士兵，昼夜出入巡逻，则强盗不一定能抓获，而居民先已受到骚扰，或者因此又惹出一些事故来。我再三考虑，唯有整顿弓箭社一事，一点也不张扬，其实可用。如果早一点得到朝廷旨意予以施行，让我更加着意安抚激励，这些人肯定能够担当重任，辽国盗贼望风而逃，不敢在我境内作恶。恳求圣上特加详酌，检查我以前的奏议，早下指示。谨录奏闻，恭候圣旨。

补言：本路副总管王光祖，有一个儿子现任胡谷寨主。他写回信给王光祖，我因此知道其详细情况。

卷五十一　奏议

乞减价粜常平米赈济状

绍圣元年正月日，端明殿学士兼翰林侍读学士、左朝奉郎、知定州苏轼状奏：勘会元祐八年，河北诸路并系灾伤。内定州一路，虽只是雨水为害，然其实亦及五分以上。只缘有司出纳之吝，不与尽实检放，秋税内定州只放二分。自臣到任后，累有人户披诉乞倚阁，又缘已过条限，致难施行。今体问得春夏之交，人户委是阙食。既非河水灾伤，即每事只依《编敕》指挥，欲坐观不救，恐非朝廷仁圣本意。

臣欲便将常平斛斗借贷，虽已有成法，不烦奏请。又体问得河北沿边人户，为见朝廷昔年遣使赈济，不问人户高下，愿与不愿借请，一例散贷，后来节次倚阁放免。以此愚民生心侥幸，每有借贷，例不肯及时还纳，多是拖欠，指望倚阁放免。既烦鞭挞追呼，使吏卒因缘为奸，毕竟又不免失陷官物。兼约度得本州自第四等以下，每户贷两石，官破十万石，不过济得五万户。人户请纳耗费房店宿食，不过得一石五斗，入口未必能济活一家。而五万户之外，人户更不沾惠。鞭挞驱催，若得健吏，亦不过收得十七，其失陷三万石可必也。又欲抄札饥贫，奏乞法外赈济。不惟所费浩大，有出无收，而此声一布，饥贫云集，盗贼疾疫，客主俱毙。又况准条，边郡不得聚集饥民。以上二事，既皆不便，只有依条将常平斛斗依价出粜，即官司简便，不劳抄札勘会，给纳烦费，但得数万石斛斗在市，自然压下物价，境内百姓，人人受赐。古今之法，莫良于此。但以本州见管常平米二十七万余石，每斗衮纽到元本一百四文，比在市实直尚多二十二文，以此无人收籴。若不别作奏请，专守本条，不与减价出粜，深恐今年春夏新陈不接之际，必致大段流殍。

伏望圣慈愍念，比之本州，将十万石常平米依条借贷，必须陷失三万余石，非惟所给不广，而给纳驱催之弊亦多，特许将本路诸州、军见管常平米，契勘在市实直，如委是价高，出粜不行，即许每斗于衮纽价钱上减钱出粜，不得减过十分之二，仍给予贫民历头，令每日零买，不得令近上人户顿买兴贩，仍限不得粜过本州县见管常平数目三分之一。约度定州合粜得九万石，若每斗各减钱十分之二，即本州纽计亏元本官钱一万八千七十二贯文。比之借贷失陷，犹为省费，而本州里外出九万石米在市，则一境生灵，皆荷圣恩全活。又却得钱准备将来丰熟物贱，却行收籴，兼利农末，为惠不小者。右伏乞朝廷详酌，早赐施行。如以为便，即乞行下本司约束，觉察辖下官吏，所贵人沾实惠。谨录奏闻，伏候敕旨。

贴黄：契勘在市米价日长，正是二月间，合行出粜。伏乞速赐指挥，入急递行下。

【译文】绍圣元年正月某日，端明殿学士兼翰林侍读学士、左朝奉郎、定州知州苏轼奏议：查得元祐八年，河北各路都发生了灾荒，其中定州一地，虽然只是雨水为害，然而灾害减产也在一半以上。只因为有关部门过于吝啬，不予据实免放，定州的秋税只减免两成。自我到任之后，不断有老百姓诉请缓收，又因为已经超过规定的限制，致使我难以施行。今调查得知到春夏之交的时候，老百姓肯定缺粮，既然不是河水泛滥，每事就只能按照《编敕》的指示办，而坐视不救，恐怕又不符合朝廷仁爱的本意。

我想将常平仓的粮食赊贷出去，这虽然有现成的规定，本来不应再加奏请。然而我又调查得知河北地区的沿边民户，因为见到朝廷往年派人发放救济粮，不问老百姓户等的高低，愿意不愿意借贷，一律发放，后来便逐渐缓纳或放免。于是愚民百姓便产生侥幸之心，每次借贷，照例不肯及时纳还，一直拖欠下去，指望缓收或免除。既要烦用官吏们鞭子催促，使其可以乘机耍奸，同时官府毕竟还是损失许多财物。同时估计本州四等以下的民户，每家贷粮食两石，官府破费十万石粮食，不过只能救济五万家。民户交纳耗费房店宿食等杂折之后，实际得到的不过一石五斗，这点粮食并不能救活全家，而除了这五万户之外，其他民户不再享受朝廷的一点恩惠，用鞭子催还，即使能干的官吏，最终在十石之中能收回七石就算不错了，肯定要损失粮食三万石。又想登记饥贫情况，奏请加大救济幅度。这样做不但费用浩大，有出无入，而且害怕这个消息传出去后，饥民蜂拥而来，盗贼瘟疫随之发生，饥民和当地居民都要受扰害。何况按照规定，边疆地区不准聚集饥民。以上两种办法既然都不可行，只有按规定将常平仓粮食按价出售，官府简便易行，不须再行登记。查得供给费用，只要有几万石粮食在市场上流通，自然就将物价平抑下来，境内百姓，人人受赐，古今救灾的办法，没有比这更好的。只是因为本州现管常平仓粮食二十七万多石，每斗大概合计原本一百零四文，比现在市面上的价格尚且多出二十二文，因此无人购买。如果不另想办法，只守着这个规定的价钱，不准减价出售，我担心到今年春夏之交粮食新陈不接的时候，肯定会发生大面积饥荒。

恳求圣上垂慈体谅一下，将常平仓粮食十万石按规定借出，肯定要损失三万多石，不但供给面狭窄，而且纳还时催逼的弊端还有很多，特许将本路各州军现在掌握的常平仓粮食，查清市面上的现行价格，如果官府所卖确实价钱太高，卖不出去，就允许我们在大概总计价钱的基础上减价出售，降价幅度不超过十分之二，同时发给贫民一个日历簿，令其每日零买，不准富户一下子购买许多而贩卖，同时限令所卖不准超过本州县常平仓粮食总额的三分之一。估计定州需要出售粮食九万石，如果每斗各减价十分之二，那么本州总计亏损公家本钱一万八千零七十二贯文。与借贷的损失比起来，还算节省，而本州各地有九万石粮食在市面上，则全境百姓皆荷圣恩得以保全活命。同时又得到一些现钱，等将来粮食丰收物价下跌的时候，大力收购，这样做对农业和商业都很有利，造福不小。上面的奏请恳求朝廷详加斟酌，早赐施行。如果认为可行，就请下令由本司约束，督察辖下官吏，使人人都能沾上朝廷的恩惠。谨录奏闻，恭候圣旨。

补言：查得市面上粮价每天都在上涨，到了二月，就应出售。恳求早下指示，放在急递里面下达。

乞将损弱米贷与上户令赈济佃客状

绍圣元年二月日，端明殿学士兼翰林侍读学士、左朝奉郎、知定州苏轼状奏：右臣契勘本路州、军灾伤阙食人户，虽已奏准朝旨，于法外减价出粜常平白米赈济。访闻民间阙乏，少得见钱籴买，尚有饥困之人。今点检得定州省仓，有专副杲荣、赵升界熙宁八年籴到军粮白米，及专副梁俭、刘受界元丰三年米，皆为年深夹杂损弱，不堪就整充厢军人粮支遣，每月只充厢军次米带支。今契勘得逐次止带支五百石，比至支绝，更须三五年间，显见转至陈恶。兼闻本州管下村坊客户，见今实阙糇粮。其上等人户，虽各有田业，缘值灾伤，亦甚阙食，难以赈济。况客户乃主户之本，若客户阙食流散，主户亦须荒废田土矣。今相度，欲望朝廷详酌，特降指挥下定州，将两界见在陈损白米二万余石，分给借贷与乡村第一等第二等主户吃用。令上件两等人户，据客户人数，不限石斗，依此保借。候向去丰熟日，依元籴例并令送纳十分好白米入官。不惟乘此饥年，人户阙食，优加赈济，又使官中却得新好白米充军粮支遣，及免年深转至损坏，尽为土壤。如以为便，即乞速赐指挥行下。谨录奏闻，伏候敕旨。

贴黄：今来已是春深，正当春夏青黄不交之际。可以发脱上件陈米斛斗，公私俱便。若失此时，则人户必不愿请，不免守支积年化为粪壤。乞断自朝廷，早赐指挥，入急递行下，更不下有司往复勘会。今来所乞借贷，皆是臣与官吏体问上户，愿得此米以济佃户，将来必无失陷，与寻常赈贷一例支与贫下户人催纳费力事体不同。乞早赐行下。

【译文】绍圣元年二月某日，端明殿学士兼翰林侍读学士、左朝奉郎、定州知州苏轼状奏：微臣查得本路各州、军受灾缺粮民户，虽已奏请按照朝廷旨意，在常规之外降价出售常平仓白米予以赈济。查知民间匮乏，很少有现钱来买粮，所以还有许多饥困之人。现在查出定州省仓，有专、副果荣、赵升界在熙宁八年购入的军粮白米，以及专、副梁俭、刘受界在元丰三年购进的大米，都已经由于年久变质损坏，不能整批充作厢军的军粮，每月只能让厢军搭配买一些。现在查得每次只搭配五百石，等到这批粮食搭配完毕，还需要三五年时间，显然届时将更加陈坏。同时听说本州管下的村坊客户，现今全缺粮食，那些上等民户，虽然有田产，因为遇上灾荒，也很缺粮，难以救济客户。况且客户是主户的根本，如果客户缺粮逃散了，那么主户的土地也就荒芜不治。现在我们考虑，想请求朝廷仔细斟酌，特意给定州下达指示，将两个仓库现在的陈旧白米两万多石，分别借给乡村第一等和第二等户食用。让上述两等民户，根据自己客户的人数，数量不限，依此保借。等到丰收之后，按原来借出的数额一律交还上好白米入官。这样做不但趁此灾荒之年，民户缺粮，优加赈济，而且还让公家得到上好的粮食充作军粮支用，免去年久陈旧而损坏、最终化为朽土的担忧。如果认为这个办法可行，就请迅速将指示下达。谨录奏闻，恭候圣旨。

补言：现在已经进入春天很长时间了，正是春夏青黄不接之时。可以发放上述陈旧粮食，这样作公私两便。如果错过这个时机，则民户肯定不愿意借贷，不免一年年搭配而最终化为尘土。请求朝廷决断，早下指示，交给急递下达，不再交给有关部门更复讨论。现在所请的借贷，都是我和其他官员询问上等户，他们都说愿意得到这批粮食以救济佃户，将来肯定不会有损失，与平常赈济一律支给贫穷户最终需要费力催还的情况不同。请早一点下达。

乞降度牒修北岳庙状

绍圣元年三月日，端明殿学士兼翰林侍读学士、左朝奉郎、知定州苏轼状奏：右臣伏见定州曲阳县北岳安天元圣帝庙，建造年深，屋宇颓弊。自熙宁间，因守臣薛向奏请，止曾完葺正殿，自余诸殿及廊庑门宇墙垣，久已疏漏破损。前后累有守臣监司奏陈乞给赐钱或降度牒修完，皆准省符，止令依条以施利钱物充用。缘近岁民间屡值灾歉，施利微薄，只了得递年逐施些小修补。后来刘奉世又乞依薛向例，于安抚司回易息钱内支钱三千贯，助修岳庙，亦不蒙朝廷允许。深虑摧坏日多，为费滋大。今据定州申检计到合用工料价钱三千三百余贯，乞降空名度牒一十五道，卖钱支用。如朝廷不许降度牒，即本庙有银器一千三百余两，别无使用，欲乞依令出卖，收买材植。臣契勘上件银器，元是朝廷给赐以备供神之物，若行出卖，恐于事体有损，况所费钱数不多，欲望圣慈特依定州所乞数目，给降度牒，付本州出卖，应副修造。庶得庙宇稍完，不致破坏。仍令本州通判两员更互到彼提举催促，务要早令了毕，上副朝廷崇奉之意。谨录奏闻，伏候敕旨。

贴黄：臣伏以朝廷崇奉五岳，礼极严备，凡有祈祷，多获感应。今北岳庙见弊陋，理当完葺，盖所用度牒道数至少。伏望特赐指挥施行，庶称朝廷尊事岳庙之意。

【译文】绍圣元年三月某日，端明殿学士兼翰林侍读学士、左朝奉郎、定州知州苏轼奏议：微臣发现定州曲阳县北岳安天元圣帝庙，建造年代久远，许多屋宇已经倒塌破败。熙宁年间，因为定州知州薛向奏请，只曾修整了正殿，其余各殿以及廊庑门庭墙壁等，久已失修而破败。前后不断有本州长官和衙门奏请朝廷赐钱或发放度牒以供修缮之用，得到的批复却都是，只准按规定用善男信女们施舍的钱物来修整。因为近几年民间连续发生灾荒，施舍钱物十分有限，只够每年小修小补费用。后来刘奉世又请求照薛向的办法，从安抚司回易的利息中支出三千贯，助修岳庙，也没得到朝廷批准。十分担心损坏的时间长了之后，修补起来要花费更多。现在据定州的估算，整个修整工程需要花费工料钱三千三百多贯，请求发放空名度牒十五道，卖钱支用。如果朝廷不答应发放度牒，本庙现有银器一千三百多两，也没有其他用处，想奏请朝廷按规定变卖，用这些钱来购买材料。我查得上述银器，本是朝廷赏赐以备供神用的，如果将其变卖，恐怕不成体统。况且所花费的钱数并不很多，想请圣上垂慈特依定州所奏请的数目，发给度牒，交给本州变卖，以供修庙之用。希望庙宇因此而稍加修缮，不致于破败下去。同时本州派两名通判轮流到那里监督催促，务必早一点完工，以符合朝廷对圣帝的崇奉之意。谨录奏闻，恭候圣旨。

补言：我因为朝廷崇奉五岳之神，礼仪十分完备，凡是有所祈祷的，大都得到了好的回应。现在北岳庙一片破败，理应修缮，因为所用的度牒数目很小，恳求朝廷特别下达指示施行，以符尊奉岳庙之意。

上皇帝书

臣轼谨昧死再拜皇帝陛下：臣伏以今月初五日南至，文武百僚入贺，所以贺一阳来复也。谨按《易·复卦》："雷在地中，复。先王以至日闭关，商旅不行，后不省方。"说《易》者曰：乾，六阳之气也。为十一月，为十二月，为正月，为二月，为三月，为四月，而乾之阳复矣。阳极则阴生，阴生则夏至矣。坤，六阴之气也。为五月，为六月，为七月，为八月，为九月，为十月，而坤之阴极矣。阴极则阳生，阳生则冬至矣。自太极分为二仪，二仪分为四象，四象分为十二月，十二月分为三百六十五日。五日为一候，分为七十二候，三候为一气，分为二十四气。上为日月星辰，下为山川草木鸟兽虫鱼，不出此阴阳之气升降而已。惟人也，全天地十干之气，十月而成形，故能天能地能人，一消一息，一呼一吸，昼夜与天地相通。差舛毫忽，则邪沴之气干之矣。故于冬至一阳之生也，五阴在上，五阳在伏。而一阳初生于伏之下，其气至微，其兆絪缊，可以静而不动，可以啬养而不可以发宜。故《乾》之初九爻曰：“潜龙勿用。”孔子说：“阳在下也。”言阳气方潜于下，未可以用也。先王于是日闭关，商旅不行，后不省方。关者，门户所由以关辟也。商旅者，动以利心也。后者，凡居人上者谓之群后，所以治事者也。方者，事也。门户不开，则微阳闭而不出也。利心不动，则外物感而不应也。方事不省，则视听收而不发也。先王奉若天道，如此之密，用之于国，则安静而不劳；用之于身，则冲和而不竭。昔者伏羲、神农、黄帝、尧、舜皆得此道。臣敢因至日以献，伏乞圣慈留神省览，实社稷无疆之福。

【译文】臣子苏轼冒着死罪再拜于皇帝陛下：因为本月初五冬至，文武百官前来祝贺，祝贺阳气渐渐回归。谨按《易经·复卦·象》上的说法：“震下坤上为复卦的卦象。先王在夏至和冬至这两天关闭关卡，禁止商旅之人通过，君主不问政事。”解释《易经》的人认为：乾卦表示的是六阳之气，时间为十一月、十二月、一月、二月、三月和四月。乾之阳气回归、上升，达到极点之后则阴气出现，阴气不断上升，逐渐到了夏至。坤卦表示的是六阴之气，时间为五月、六月、七月、八月、九月和十月，到十月坤之阴气达到了极点，则阳气又逐渐出现，阳气出现则到了冬至。从太极里面生出阴阳两仪，两仪分出了四季之象，四季分为十二个月，十二个月又分为三百六十五天。五天为一候，三百六十五天共分为七十二候，三候为一个节气，三百六十五天共分为二十四个节气。上至日月星辰，下至山川、草木、鸟兽、虫鱼，一切的一切都不出这阴阳之气交替升降的范围。只有人具备天地十干之气，十月怀胎而成形，所以能具天地人三才，一消一长，一呼一吸，昼夜与天地相通，差错一点点，则灾邪之气就要干犯他。所以冬至的时候生出一分阳气，五分阴气在上，五分阳气潜伏在下，一分阳气初生于内里，其气很是微小，其兆明显，可以静而不可以动，可以保养而不能渲泄。所以《乾卦》的初九爻辞说：“龙潜伏在地下不要有所动作。”孔子说：“这是因为阳气在下的缘故。”说的是阳气潜伏在下面，还不便有大的动作。先王在这一天关闭关隘，商旅之人不准通过，君主也不问政事。关，讲的是门户由它来关闭和打开的意思；商人，是以利心而动的。后，凡是居于人之上的人叫作群后，是那些治事的人。方者，事也。门户不开，则微弱的阳气闭于内而不能出来。利心不动，则外物到了面前而没有反应。各种事务不问，则视觉和听觉收拢起来而不发。先王把这些内容奉为天道，如此之密，运用到治理国家上，则安静而不劳顿，用到自身的修养上，则谦和而不竭。过去伏羲、神农、黄帝、尧、舜等人都得此道。我因此斗胆在冬至这一天献上这一篇话，恳求圣上留神观看，实在是社稷无尽的福祉。

任兵部尚书乞外郡札子

臣向在扬州，蒙恩除臣今任。臣于本州及缘路附递入文字辞免，准圣旨札子指挥，为已差充卤薄使，大礼日迫，不许迁延。臣以此不敢坚辞，寻于南京附递奏，乞候过南郊，依前除臣一郡。今来已过郊礼。伏乞检会累次奏状，除臣知越州一次。取进止。

【译文】我以前任扬州知州，蒙圣上恩典辟除我担任现在这个职务。我在本州及沿途连续呈上辞职的请求，按照圣旨札子的指示，已先差派我担任卤薄使，大典日益迫近，不许拖延。因此我不敢坚辞，立即在南京递上一道奏章，请求等过了郊祭大典之后，照从前那样仍然委任我担任地方官。现在郊祭大典已经完毕。请求检出我每次献上的奏议，任命我担任一次越州知州。请圣上裁决。

辞两职并乞郡札子

臣奏近乞越州。伏蒙圣恩，降诏不允。续准阁门告报，已除臣端明殿学士兼翰林侍读学士、守礼部尚书。闻命悸恐，不知所措。臣本以宠禄过分，衰病有加，故求外补，实欲自便。而荣名骤进，两职荐加，不独于臣有非据之羞，亦恐朝廷无以待有劳之士。岂徒内愧，必致人言。伏望圣慈特赐追寝，仍乞检会前奏，除臣一郡。若越州无阙，乞自朝廷除授。取进止。

【译文】我最近奏请出任越州知州。承蒙圣上恩典，下诏不予批准。接着据阁门通报，已任命我为端明殿学士兼翰林侍读学士、守礼部尚书。听到这一任命后惊恐万分，简直有点不知所措。我本来因为获得的荣宠和禄位已经过分，同时衰老和疾病也日甚一日，所以求补外任，实际上是想方便自己。而现在荣宠突然到来，同时得到两个职位，这不单单使我背上非份窃据职位的羞耻，同时也恐怕朝廷对那些有功劳的人无法交待。岂止于内疚，也要招致别人的议论。恳求圣上慈悲特别下令将上述任命追回，同时请求检出我以前的奏议，任命我担任地方官。如果越州职位没有空缺，请求朝廷随意任命。请圣上裁决。

第二札子

臣近奏乞辞免端明殿学士兼翰林侍读学士、守礼部尚书恩命，仍乞检会前奏，除臣一郡，蒙降诏不允。圣恩隆厚，天旨丁宁。顾臣何人，取守微意？但本缘请外，更蒙升擢，兼带两职，近岁所无。有何劳能，被此光宠？欲乞追寝新命，令臣且依旧供职，则臣更不敢请郡。若朝廷必欲臣受此职名，即乞除臣一重难边郡，令臣尽力报称，犹可少安。臣非敢自谓知兵。若朝廷有开边伐国之谋，求深入敢战之帅，则非臣所能办。若欲保境安民，宣布威信，使吏士用命，无所失亡，则承乏之际，犹可备数。伏望朝廷于此二者择一以处臣。非独在臣分义当然，亦朝廷名器不为虚授。取进止。

【译文】最近我奏请朝廷收回端明殿学士兼翰林侍读学士、守礼部尚书的恩命，同时请求检出我以前的奏请，任命我担任一个地方官，承蒙圣上降诏不许。皇恩浩荡，圣旨反复叮咛。想想自己算什么东西，岂敢再坚持一己之见？但本意因为请求外任，却承蒙提拔，同时赏给两个职位，这是近年所没有的事情。自己有什么功劳和能力，能得到这么大的荣耀？想请朝廷停止新的任命，让我暂且担任以前的职位，那么我也不敢再坚持出任地方官。如果朝廷一定要我接受这个任命，就请把我派到一个重要而又难以治理的边疆地区，让我尽力报答圣上的恩德，这样我的心里才稍微平静一点。我不敢自诩懂得军事。若朝廷想开拓边疆讨伐敌国，而寻求出生入死的将帅，那么这不是我所能胜任的。而如果仅想保境安民，宣扬布施朝廷的威信，使吏士服从命令，无所损失，实在没有合适的人选，我还可以滥竽充数。恳求朝廷在这两者中间选择一个以安排我。这不单单是我份内理所当然的事情，也显得朝廷的官职并没有随便乱授。请圣上裁决。

辞免兼侍读札子

臣近准阁门告报，已降告命，除臣兼侍读者。臣以迂愚，本无学术，出从吏役，益复空疏。窃位禁林，已难久处。而况天纵之学，已集大成，非臣孱微所可仰望。伏望圣慈追寝成命，以授能者。所有告命，未敢祗受。取进止。

【译文】我最近接到阁门的通报，朝廷已经下达命令，任命我兼任翰林侍读学士。我因为迂腐愚笨，本没有什么学问，后来出任各种职务，使我的学问更加空疏。窃据于禁林之中，已经难以站得住脚。更何况圣上天纵聪明，学问已经集其大成，不是我这种孱弱的小臣所能仰望的。恳求圣上慈悲收回成命，以授给有能力的人。所有的任命都不敢接受。请圣上裁决。

赴英州乞舟行状

臣轼言，近准诰命，落两职，追一官，谪守岭南小郡。臣寻火急治装，星夜上道，今已行次滑州。而自闻命已来，忧悸成疾，两目昏障，仅分道路。左手不仁，右臂缓弱，六十之年，头童齿豁，疾病如此，理不久长。而所负罪名至重，上辜恩义，下愧平生，悸伤血气，忧隔饮食，所以疾病有加无瘳。加以素来不善治生，禄赐所得，随手耗尽，道路之费，囊橐已空。臣本作陆行，日夜奔驰，速于赴任，而疾病若此，资用不继。英州接人，卒未能至；定州送人，不肯前去。雇人买马之资，无所从出。道尽涂穷，譬如中流失舟，抱一浮木，恃此为命，而木将沉，臣之衰危亦云极矣。窃伏思念得罪以来，三改谪命，圣恩保全，终付一郡。岂期圣主至仁至明，尚念八年经筵之旧臣，意欲全其性命乎？臣若强衰病之余生，犯三伏之毒暑，陆走炎荒四千余里，则僵仆中途，死于逆旅之下，理在不疑。虽罪累之重，不足多惜，而死非其道，则非仁圣不杀全育之意也。辄已分散骨肉，令长子带往近地，躬耕就食。臣只带家属数人，前去汴泗之间，乘舟泛江，倍道而行，至南康军出陆赴任。所贵医药粥食，不至大段失所。臣切揣自身，多病早衰，气息仅属，必无生还之道。然尚延晷刻于舟中，毕余生于治所，虽以瘴疠死于岭表，亦所甘心。此之陆行毙于中道，稿葬路隅，常为羁鬼，则犹有间矣。恭惟圣主之德，下及昆虫，以臣曾经亲近任使，必不欲置之死地，所以辄为舟行之计。敢望天慈，少加悯恻。臣无任。

【译文】臣子苏轼奏报：最近本照诰命，我被撤销了两个职位，夺去了一个官衔，发配到岭南小地方任英州知州。我立即火速治办行装，日夜兼程。现在已经到了滑州。自从接到命令以来，因忧虑害怕而成疾病，两眼昏花，只能辨别道路。左手麻木不仁，右臂孱弱无力。年仅六十，头发落尽，牙齿脱光，病到这种程度，理应不久于人世了。然而所犯的罪过至为严重，上对不起皇上的恩义，下有愧于自己的生平作为，惊恐损害血气，忧愁妨害饮食，所以疾病有增无减。加上素来不善于治理生计，禄赐所得到的东西，总是随手耗尽，道路上的花销，现在行囊之中已经空空如也。我本来打算从陆地上走，日夜兼程，迅速去赴任，然而病到这种程度，费用又接不上来，英州来接的人，仓猝之间还不能到，而定州送行的人，又不肯再往前走。雇人买马的费用，又拿不出来。我一点办法也没有，就像在大水中失去了船只，抱着一根漂浮的木头，靠它活命，而现在木头将要沉底，我的危险可以说已经达到了顶点。我私下里琢磨获罪以来，三次改变发配的命令，圣恩保全，终于交给我一州的职位。难道我敢奢望圣主至仁至明，尚顾念我是侍讲经筵八年的旧臣，而欲保全我的性命吗？如果我强行不顾衰弱的身体，冒着三伏的酷热，在炎热荒凉的路上行走四千余里，僵倒在中途，累死于路上，这是无庸置疑的。虽然以重罪在身，死去没有什么值得可惜，而死去的方式不合适，则不符合仁圣之君不杀而保全教育的意思。我已将家属分散，大部分由我的长子带往近地，亲自耕种自食其力。我只带着家属几个人，前往汴河和泗水之间，乘舟泛江，加速前进，到南康军登陆后赴任。希望医药饭食，还不至一点着落都没有。我仔细打量自己的情况，多病早衰，气息仅存，肯定没有活着回来的道理。然而如果能在船上拖延一段时间，然后在治所里了其余生，最终因为瘴气疠疫而死在岭南，也能甘心。在陆行时死在中途，草草埋葬在路边，永远作一个羁留他乡之鬼，就有差别了。考虑圣主的恩德，下及昆虫，因为我曾经作过近臣，必然不会将我置于死地。所以我作了乘船的打算，盼望圣上垂慈，稍加怜悯。我无能。

乞越州札子

臣自去岁蒙恩召还，即时奏乞越州。盖为臣从仕以来，三任浙中，粗知土俗所宜，易于为政。又以老病日加，切于归休。旧有薄田在常州宜兴县，久荒不治，欲因赴任，到彼少加完葺，以为归计。越虽僻陋，在臣安便。及近者蒙恩知定州，虽宠眷隆异，而自早衰多难，心力疲耗，实非所堪。但以求州得州，若便辞免，是有拣择，所以施强拜命。今复念，定虽重镇，了无边警，事权雄重，禄赐优厚。若辞定乞越，于义无嫌。伏望圣慈察臣至情，特赐改差臣越州一次。则公私皆便，臣不胜幸甚。取进止。

【译文】我从去年承蒙圣上恩典召还朝中，当时就奏请出任越州知州。这只是因为我自入仕以来，三次在江浙一带任职，粗知这里的风土民情，干起工作来容易一点。又因为年老多病日甚一日，急切盼望退休回家。以前在常州宜兴县有几亩薄田，想借赴任的机会，到那里稍加修整，作为自己的归宿。越州虽然偏僻简陋，但对我来说则极为合适。最近承蒙圣上的恩典差派出任定州知州，虽然宠幸眷恋特别隆重，而我自己早衰多病，力尽交瘁，实在不能胜任。只因为求州得州，如果立即辞免，显得自己在挑挑拣拣，所以勉强从命。现在再想一想，定州虽然是一个军事重镇，却没有一点紧急情况，事情多权力大，俸禄优厚。如果我辞掉定州的职务而请求越州，在道义上似乎没有不好的嫌疑。恳求圣上慈悲体谅我的真心，特别赐恩改差我任越州知州一次。这样公私两便，我不胜幸运之至。请圣上裁决。

再荐赵令畤状 任兵部尚书日

右臣昨知颍州，曾荐签书本州节度判官厅公事赵令畤，乞置之馆阁，至今未蒙施行。其人近已替罢，旦夕赴阙朝见。计其所养，必不肯同众人奔走干谒。恐政府大臣无缘得知其所学，今缮写赵集平日与臣诗文三轴进呈。伏望圣慈清宴之暇，一赐观览，必有可取。然后付之三省近臣，考其人才，亦足以副神考教养宗子之意。谨具奏闻。

【译文】微臣以前任颍州知州的时候，曾经举荐过签书本州节度判官厅公事赵令畤，请求把他放在馆阁衙门，至今不曾施行。最近他已经替置还朝，很快就要到阙庭拜见。按照他的教养，估计不会像一般人那样去投机钻营攀附权贵。恐怕执政大臣无法知道他的学识，现在缮写他所汇集给我的诗文三轴进呈上去。恳求圣上在清静安宁的余暇时间里，一赐观览，肯定有可取之处。然后交给三省近臣们考查其才能，也可以满足神宗皇帝教育宗室子弟的愿望。谨具奏闻。

论浙西闭籴状

本路今岁不熟，初水后旱，早晚俱伤，高下并损，已具事由闻奏去讫。勘会本路，唯苏、湖、常、秀等州出米浩瀚，常饱数路，漕输京师。自杭、睦以东衢、婺等州，谓之上乡，所产微薄，不了本庄所食。里谚云："上乡熟，不抵下乡一锅粥。"盖全仰苏、秀等商旅贩运以足官私之用。今来虽一例灾伤，而苏、秀等州所产，终是滂沛。访闻逐州例皆闭籴，严立赏罚，不许米斛出境。是致杭州常平省仓籴买不行，民亦阙食，见今粳米已至八九十足钱。寻具牒苏、秀等州，不得闭籴。访问逐州虽承受本州指挥，依旧闭籴。寻差识字公人陈宥往秀州抄录到所出榜示二本，其大略云：如有诸色人抬价买米贩往别州，许人告捉，立定赏，多者至五十贯。兼取问得杭州米行人状称，因逐州见今立赏告捉私贩，全无米船到州。认是逐州官吏坚意闭籴，本司无缘止绝。若商旅不行，米贵不已，公私窘乏，盗贼之类，何所不有？以此合系本司知管，除已牒转运、提刑司外，须至闻奏者。

右本司访闻得浙中父老，皆言熙宁七八年，两浙灾伤，人死大半。当时虽系天时不熟，亦是本路监司郡守如张靓、沈起之流处置乖方，助成灾变，既无方略赈济，惟务所在闭籴。苏、秀等州米斛既不到杭，杭州又禁米不得过浙东，是致人心惊危，有停塌之家，亦皆深藏固惜，不肯出粜。民有衣被罗纨，戴佩珠金，而米不可得，毙于道路，不可胜数。流殍之变，古今罕闻。伏望仁圣痛加哀怜，曲赐过虑，体念今来浙中虽未是大段凶年，只恐官吏有失措置，渐成灾患，所忧不小。若商旅不行，米贵不已，农夫阙食，春夏之交无力种，则明年灾伤，公私并竭，不知何以待之？伏望圣慈深以熙宁之事为鉴，严赐指挥本路监司，多方擘画，安之于未动，救之于未危，仍乞指挥速行止绝逐州闭籴。所贵杭、睦、衢、婺等州，不至全然乏食。谨录奏闻，伏候敕旨。

【译文】本路今年歉收，先涝后旱，早稻晚稻都受影响，地势高亢和低洼之地一律遭灾，这些情况我已经详细写好奏报上去。查得整个两浙路，只有苏州、湖州、常州、秀州等地是重要的产粮区，其所出产时常供养临近几路，同时还将一部分漕运到京城去。从杭州和睦州以东到衢州和婺州，号称地势高亢的地方，出产微薄，还不够本乡本土食用。乡间有这样的谚语："高地即使丰收，也抵不上洼地人的一锅粥。"本来就是靠苏、秀等州商人贩运以足公私之用。现在虽然都遭灾害，而苏、秀等州所产粮食，毕竟弘富得多。听说各州一律关闭籴场，严格制定奖赏制度，禁止粮食出境，致使杭州常平省仓买不到粮食，老百姓也缺粮，现今粳米已经卖到八九十文钱。我立即向苏、秀等州发出公文，要求他们不得禁止粮食买卖。调查得知各州虽然接到本司的公文，却依旧禁止。我立即派一个名叫陈宥的识字公差到秀州抄录当地所张贴的两张榜文，其大意是说：如果各种人抬价买米贩往他州，允许他人告捉，立下赏格，奖赏最多的可达五十贯钱。同时从杭州米行的状子中得知，因为各州现今都设立奖赏捉拿私贩粮食，所以基本没有运米的船只到杭州来。由此可知各州官吏是要坚决禁止粮食买卖，本司无法管住不让他们这样做。如果商贩不走动，米贵不止，公家私人都受窘迫，盗贼之类怎能没有呢？因为这件事正好属于本司所管，除已向转运司、提刑司发出通报外，还必须奏报朝廷。

本司访问浙中地区的老年人，大家都说熙宁七八年间的两浙灾荒，人死几乎大半。当时虽然由于自然灾害，同时还由于本路各衙门以及各州、军长官如张靓、沈起之流处理不当，促成灾变，既无救济方针，只是一味地要求各地禁运粮食。苏州和秀州的粮食到不了杭州，杭州又禁止把粮食运到浙东地区，致使人心慌慌，那些殷实之家，也都深藏固惜，不肯将粮食出售。老百姓有的穿着细绸缎，佩珠戴金，而得不到粮食，饿死在道路上，不可胜数。饿死人数之多，古今罕闻。恳求皇上痛加哀怜，多加考虑，体察现在浙中地区虽没有大面积受灾，只怕官吏措置不当，酿成灾害，这是令人堪忧的事情。如果禁止商贩走动，粮价就这样不断上涨，农民们手中无粮，春夏之交无力耕种，则明年的灾害，公私储粮都告竭尽，不知道用什么办法来对付？恳求圣上以熙宁年间的灾害为鉴，严厉命令本路各衙门，多方筹划，在骚动发生之前安定百姓，尚无大的危险就切实加以救助，同时请求朝廷指示各州迅速停止他们对粮食贩运的禁令。希望杭州、睦州、婺州和衢州等地因此不至于大幅度缺粮。谨录奏闻，恭候圣旨。

再论闭籴状

本路灾伤，本司已两次奏闻。窃见比年以来，京东、河北、淮南等处灾伤，并蒙朝廷支赐钱米，或于他路截拨斛斗赈救，数目至广。今来本路灾伤，不敢便望支赐截拨，只乞稍宽转运司年额上供，使得转换擘画，多方救恤。已于十一月十日奏乞，至今未奉指挥。数内一事，苏、湖、常、秀等州，见今米商全不通行，不惟逐州立赏闭粜，亦为逐处税务承例违条收米斛力胜税钱，是致商旅算计脚钱本重，无由兴贩。检会《元祐编敕》："诸兴贩斛斗及以柴炭草木博粮食者，并免纳力胜税钱。"注云："旧收税处依旧例。即灾伤地分，虽有旧例，亦免。”本司看详，本路见今灾伤，正合施行上条。已牒诸州施行，仍散榜辖下城郭、乡村外，深虑逐处税务自来收米斛力胜处，指为课额。今来虽系灾伤，合依上条放免，至年终比较日，转运司不容如此分说，有亏欠折遭责罚，须至奏请者。

右伏望圣慈愍念本路灾伤及前件放免力胜条贯，系今来合行事件，特赐指挥：转运司将来年终比较日，除米斛力胜一项税额权免，比较科罚候将来丰熟日依旧。所贵商旅通行，场务亦免罪责。谨录奏闻，伏候敕旨。

【译文】本路的灾害情况，本司已经奏报了两次。我发现连年以来，京东路、河北路、淮南路等地发生灾荒，朝廷都支钱赐米，或者从其他地方截拨粮食予以救济，数额都很大。现在浙中地区的灾荒，我们也不敢指望支赐截拨粮食，只求稍稍宽缓一下转运司上供的年额，让我们能从中挪借筹划，多方救恤。我已将这一要求在十一月十日奏报上去，至今没有接到什么指示。其中有一件事，苏州、湖州、常州、秀州等地，现今米商全然不能走动，不但各州立赏禁止贩运粮食，也因为各处税务部门按照惯例违法征收五谷力胜税钱，致使商人算计运费本钱太大，无法贩运。对照《元祐编敕》：“诸兴贩粮食以及用柴炭草木来交换粮食的，一律免交五谷力胜税钱。”注释说：“以前征收的地方，仍然照旧例办理。在受灾地区，即使有旧例，也予免征。”本司审定，本路现今的灾情，正应该施行上述规定，已向各州发文令其施行，同时除了在辖区内各城郭、乡村的外面张榜告示之外，深恐各处税务部门自来征收五谷力胜税钱的地方，指为课额。现在虽然发生灾情，应该依照上述规定放免，到年终考核的时候，转运司不容得如此解释，有亏欠折而遭受责罚，所以必须事先加以奏请。

恳求圣上慈悲，可怜本路受灾情况以及上述放免五谷力胜钱的规定，是现在应当实行的事情，特赐指示：转运司年终考核的时候，除了五谷力胜钱一项税额暂且免除外，考核后等将来年景好了就恢复实行旧有的办法。希望因此而商业繁荣起来，场务也可以免去罪责。谨录奏闻，恭候圣旨。

乞允文彦博等辞免拜札子 元祐二年

臣近奉圣旨，撰赐文彦博、吕公著今后入朝免拜诏书。今又准内降指挥，撰不允彦博辞避免拜批答。臣谨按《礼经》："八十拜君命，一坐再至。"所谓"拜君命"者，传命而拜，非朝见也，然且不免。周天子赐齐桓公胙曰："伯父耋老，无下拜。"公曰："天威不违颜咫尺。"下拜登受。所谓"无下拜"者，拜于堂上，非不拜也，然且不敢。钟繇以足疾乘车就坐，疑若不拜，然亦无明文。君前乘车，岂足为法？而马燧延英不拜，盖是临时优礼，无"今后遂不复拜"之文。祖宗旧例，如吕端之流，以老病进对，亦止于临时传宣不拜。今来彦博、公著今后免拜指挥，自是朝廷优贤贵老，度越古今，无可议者。但臣是有司，合守典礼，兼恐彦博、公著终不敢当。以臣愚见，不若允其所请。若圣恩优闵老臣，眷眷不已，遇其朝见，间或传宣不拜，足以为非常之恩。臣忝备侍从，怀有所见，不敢不尽。所有不允批答，臣未敢撰。取进止。御宝批：依奏，修撰允所请批答入进。

【译文】我最近遵照圣旨，撰写赐文彦博、吕公著今后入朝免去拜见礼仪的诏书。今天又接到从宫内下达的批文，撰写不答应文彦博恳辞免拜的奏请。我谨对照《礼记》的规定："八十岁拜受君主的命令可以坐在那里，头却要两次触地。"所谓的"拜君命"，是指君主向其传命而拜，而不是朝见的大礼，尚且不能免除。周天子赏赐给齐桓公一块祭肉，同时嘱咐："伯舅年老，就不用下拜了。"而齐桓公却说："天子的威严近在咫尺。"他从大堂上走下来，拜倒在地，然后重新登上大堂，才接受了这块祭肉，所谓"不用下拜"，说的是拜于堂上，并不是不拜，桓公尚且不敢这样做。钟繇因为腿上有病而乘车就坐，怀疑他好像不拜，然而史书也无明确的记载。在君主面前乘车，哪里值得效法！而马燧延英不拜，只是一时间的优待之礼，也没有今后遂不再下拜的记载。祖宗旧例，像吕端等人，以老病之躯上朝进对，也只是临时传命不用下拜。现在指示文彦博、吕公著今后免拜，自然是朝廷优待贤明和老年人的意思，其恩宠超越古今，不用再说。但我作为有关衙门官员，理应遵守典礼，同时恐怕文彦博和吕公著也不敢接受。以我的愚见，不如接受他们的请求。如果圣上恩典优待老年大臣，眷顾不已，遇到他们朝见的时候，偶尔传命不用下拜，就足以显示非常的恩宠。我忝列于侍从之中，心里有所考虑，不敢不和盘托出。所有不允其请求的批答，我也不敢撰写。请圣上裁决。（皇上亲手批示：允奏，请撰写答应其请求的指示献上来。）

乞允安焘辞免转官札子

臣今月八日，准内批安焘辞免转右光禄大夫札子，降诏不许。臣窃谓人主之驭群臣，专于礼义廉耻。若使受无名之宠，则为待臣子之轻。今朝廷岂以执政六人，五人进用，故加迁秩，以慰其心。焘位冠西枢，委寄至重。岂肯见人擢用，即以介怀？既无授受之名，仅以姑息之政，纵有先朝故事，亦是一时误恩。今焘力辞，正为知义。臣欲奉命草诏，不知所以为词。伏望圣慈，从其所请。若除受别有缘故，即乞明降指挥，苟于义稍安，敢不撰进？取进止。御宝批：可。且用一意度作不许辞免诏书进入。

【译文】本月八日，我接到宫内批出的安焘请求辞免提升他为右光禄大夫的札子，皇上不予批准。我私下里认为君主驾御群臣，应当专注于礼义廉耻方面。如果给臣下以无名的宠爱，则是很随便地对待臣下。朝廷怎能因为六位执政，五个人得到了提升，就给他也涨级，以安慰他？现在安焘位居枢密院上首，权力以及朝廷对他的期望都很重，怎能会看到别人提升，就耿耿于怀呢？既然没有授予和接受的理由，仅以一时的原因，即使有前朝的先例，也是一时的滥赏。现在安焘坚辞正是他懂得礼义的地方。我想接受命令而起草诏书，但不知从哪里下笔。恳求皇上答应他的请求。如果对他的任命另外还有缘故，就请指示明白，如果符合道义，怎敢不撰写而进呈上去？请圣上裁决。（皇上亲手批示：可以。且用另外一个意思去考虑如何撰写不许他辞免的诏书进呈上来。）

乞允宗晟辞免起复恩命札子

臣今日准中书省批送到宗晟辞免起复恩命札子。奉圣旨送学士院，降诏不允。谨按宗晟饬行有素，持丧中礼。所辞恩命，已四不允。而宗晟确然固守，其辞愈哀。且曰："念臣执丧报亲之日短，致命徇国之日长。"出于至诚，可谓纯孝。臣谓宗晟未经祥练之变，且无金革之虞，孝治之朝，宜听所守。因以风厉宗室，庶皆守礼笃亲，顾不美哉？若以宗正之任，恐难其人，亦当差官权摄，须其从吉，复以命之。臣忝备侍从，不敢不言。所有不允诏书，臣未敢撰。取进止。

【译文】今天我接到中书省批送过来的赵宗晟推辞皇上让他马上出来继续任职的恩命札子。奉圣旨送到学士院，诏令不许。我谨考察赵宗晟平时行为检点，守丧完全合乎礼仪。婉拒皇上的恩命，已经四次没有得到批准。而赵宗晟依然坚持不改其初衷，其言辞也更加悲哀，甚至说出这样的话："请体谅我守丧报答亲人的时间太短，而为国家效力的时间还有很长这片苦衷。"他的拒不复职出于真诚，可以算得上一个纯正的孝子，我认为赵宗晟目前还没有举行守丧十三个月的小祥祭仪式，现在承平之世没有战患的担忧，我大宋朝又是以孝治天下，所以应该成全他的操守。如果能因而讽劝激励宗室贵族，大家都守礼尊亲，不正是一件好事吗？如果因为宗正这个职位，一时难以找到合适的人选来担任，那就派一位官员暂时代理，等到他行过吉礼之后，重新任命他不就行了？我忝列于侍从之中，不敢不说。所有不答应赵宗晟请求的诏书，我不敢写。请圣上裁决。

代张方平谏用兵书 熙宁十年

臣闻好兵犹好色也。伤生之事非一，而好色者必死。贼民之事非一，而好兵者必亡。此理之必然者也。

夫惟圣人之兵，皆出于不得已，故其胜也，亨安全之福；其不胜也，必无意外之患。后世用兵，皆得已而不已。故其胜也，则变迟而祸大；其不胜也，则变速而祸小。是以圣人不计胜负之功，而深戒用兵之祸。何者？兴师十万，日费千金，内外骚动，怠于道路者七十万家。内则府库空虚，外则百姓穷匮。饥寒逼迫，其后必有盗贼之忧；死伤仇怨，其终必致水旱之报。上则将帅拥众，有跋扈之心；下则士众久役，有溃叛之志。变故百出，皆由用兵。至于兴事首议之人，冥谪尤重。盖以平民无故缘兵而死，怨气充积，必有任其咎者。是以圣人畏之重之，非不得已，不敢用也。

自古人主好动干戈，由败而亡者，不可胜数，臣今不敢复言。请为陛下言其胜者。秦始皇既平六国，复事胡越，戍役之患，被于四海。虽拓地千里，远过三代，而坟土未干，天下怨叛，二世被害，子婴被擒，灭亡之酷，自古所未尝有也。汉武帝承文、景富溢之余，首挑匈奴，兵连不解，遂使侵寻及于诸国，岁岁调发，所向成功。建元之间，兵祸始作，是时蚩尤旗出，长与天等，其春戾太子生。自是师行三十余年，死者无数。及巫蛊事起，京师流血，僵尸数万，太子父子皆败。班固以为太子生长于兵，与之终始。帝虽悔悟自克，而殁身之恨，已无及矣。隋文帝既下江南，继事夷狄。炀帝嗣位，此心不衰。皆能诛灭强国，威震万里。然而民怨盗起，亡不旋踵。唐太宗神武无敌，尤喜用兵，既已破灭突厥、高昌、吐谷浑等，犹且未厌，亲驾辽东。皆志在立功，非不得已而用。其后武氏之难，唐室凌迟，不绝如线。盖用兵之祸，物理难逃。不然，太宗仁圣宽厚，克己裕人，几至刑措，而一传之后，子孙涂炭，此岂为善之报也哉？由此观之，汉、唐用兵于宽仁之后，故其胜而仅存。秦、隋用兵于残暴之余，故其胜而遂灭。臣每读书至此，未尝不掩卷流涕，伤其计之过也。若使此四君者，方其用兵之初，随即败衄，惕然戒惧，知用兵之难，则祸败之兴，当不至此。不幸每举辄胜，故使狃于功利，虑患不深。臣故曰：胜则变迟而祸大，不胜则变速而祸小，不可不察也。

昔仁宗皇帝覆育天下，无意于兵。将士惰偷，兵革朽钝。元昊乘间窃发，西鄙延安、泾、原、麟、府之间，败者三四，所丧动以万计，而海内晏然。兵休事已，而民无怨言，国无遗患。何者？天下臣庶知其无好兵之心，天地鬼神谅其有不得已之实故也。

今陛下天锡勇智，意在富强。即位以来，缮甲治兵，伺候邻国。群臣百寮，窥见此指，多言用兵。其始也，弼臣执国命者，无忧深思远之心；枢臣当国论者，无虑害持难之识；在台谏之职者，无献替纳忠之议。从微至著，遂成厉阶。既而薛向为横山之谋，韩绛效深入之计，陈升之、吕公弼等，阴与之协力，师徒丧败，财用耗屈。较之宝元、庆历之败，不及十一，然而天怒人怨，边兵背叛，京师骚然，陛下为之旰食者累月。何者？用兵之端，陛下作之，是以吏士无怒敌之意而不直陛下也。尚赖祖宗积累之厚，皇天保祐之深，故使兵出无功，感悟圣意。然浅见之士，方且以败为耻，力欲求胜，以称上心。于是王韶构祸于熙河，章惇造衅于梅山，熊本发难于渝泸。然此等皆戕贼已降，俘累老弱，困弊腹心，而取空虚无用之地，以为武功。使陛下受此虚名而忽于实祸，勉强砥砺，奋于功名。故沈起、刘彝，复发于安南，使十余万人暴露瘴毒，死者十而五六。道路之人，毙于输送，赀粮器械，不见敌而尽。以为用兵之意，必且少衰。而李宪之师，复出于洮州矣。今师徒克捷，锐气方盛。陛下喜于一胜，必有轻视四夷凌侮敌国之意。天意难测，臣实畏之。

且夫战胜之后，陛下可得而知者，凯旋捷奏，拜表称贺，赫然耳目之观耳。至于远方之民，肝脑屠于白刃，筋骨绝于馈饷，流离破产，鬻卖男女，薰眼折臂自经之状，陛下必不得而见也。慈父孝子孤臣寡妇之哭声，陛下必不得而闻也。譬犹屠杀牛羊。刳脔鱼鳖以为膳馐，食者甚美，见食者甚苦。使陛下见其号呼于挺刃之下，宛转于刀匕之间，虽八珍之美，必将投箸而不忍食，而况用人之命，以为耳目之观乎？且使陛下将卒精强，府库充实，如秦、汉、隋、唐之君，既胜之后，祸乱方兴，尚不可救。而况所在将吏罢软凡庸，较之古人，万万不逮。而数年以来，公私窘乏，内府累世之积，扫地无余；州郡征税之储，上供殆尽。百官廪俸，仅而能继；南效赏给，久而未办。以此举动，虽有智者，无以善其后矣。且饥役之后，所在盗贼蜂起，京东、河北，犹不可言。若军事一兴，横敛随作，民穷而无告，其势不为大盗，无以自全。边事方深，内患复起，则胜、广之形，将在于此。此老臣所以终夜不寐，临食而叹，至于恸哭而不能自止也。

且臣闻之，凡举大事，必顺天心。天之所向，以之举事必成；天之所背，以之举事必败。盖天心向背之迹，见于灾祥丰歉之间。今自近岁日蚀星变，地震山崩，水旱疠疫，连年不解，民死将半。天心之向背，可以见矣。而陛下方且断然不顾，兴事不已，譬如人子得过于父母，惟有恭顺静思，引咎自责，庶几可解。今乃纷然诘责奴婢，恣行箠楚，以此事亲，未有见赦于父母者。故臣愿陛下远览前世兴亡之迹，深察天心向背之理，绝意兵革之事，保疆睦邻，安静无为，固社稷长久之计。上以安二宫朝夕之养，下以济四方亿兆之命。则臣虽老死沟壑，瞑目于地下矣。昔汉祖破灭群雄，遂有天下；光武百战百胜，祀汉配天。然至白登被围，则讲和亲之议；西域请吏，则出谢绝之言。此二帝者，非不知兵也，盖经变既多，则虑患深远。今陛下深居九重，而轻议讨伐。老臣庸懦，私窃以为过矣。

然人臣纳说于君，因其既厌而止之，则易为力；迎其方锐而折之，则难为功。凡有血气之伦，皆有好胜之意。方其气之盛也，虽布衣贱士，有不可夺，自非智识特达，度量过人，未有能勇于奋发之中，舍己从人，惟义是听者也。今陛下盛气于用武，势不可回，臣非不知，而献言不已者，诚见陛下盛德宽大，听纳不疑。故不敢以众人好胜之常心望于陛下。且意陛下他日亲见用兵之害，必将哀痛悔恨，而追咎左右大臣未尝一言。臣亦将老且死，见先帝于地下，亦有以借口也。惟陛下哀而察之。

【译文】我听说喜欢打仗就像喜欢女色一样。伤害身体的事情不止于一端，所以好色者必然先死；伤害人民的事情不止一件，所以喜欢打仗的人必然先亡。这是必然的道理。

只有圣人用兵，全是出于万不得已，所以他打了胜仗，能够享受安全之福；打了败仗，也没有意外之患。后世的打仗，都是能停而不停，所以即使打了胜仗，事变发生晚而灾祸大得多；打了败仗，事变发生早而灾祸也就小一些。因此圣人不贪图战胜之功，而深恐打仗所带来的祸患。这是什么原因呢？调动十万大军，每天耗费千金，内外骚动，为之服务而疲于奔命于道路之上的，每天还有七十万家。对内使得仓库空虚，对外则使百姓穷困。饥寒交迫，其后就会有盗贼出现，死伤怨恨，最终导致水旱的报应。上则将帅拥兵自重，专横跋扈层出不穷，都是由用兵引起的。至于首先倡议挑起事端的人，在阴间的谴责更重。因为平民百姓无故因打仗而死，怒气郁结，必然有人要承受责罚。因此圣人对于用兵慎之又慎，不到万不得已，不敢用兵。

自古以来君主好动干戈，由于战败而灭亡，多得数不过来，我现在也不敢说。请允许我向陛下谈谈那些打了胜仗的。秦始皇平定六国后，接着讨伐胡人和越人，兵役之灾，被于四海。虽然拓地千里，国土面积远远超过夏商周三代，然而他坟上的土还没有干，天下由怨而叛，秦二世被杀，秦王子婴被擒，灭亡的悲惨，是自古以来所不曾有的。汉武帝继承了文景二帝所传递下来富裕的家底，首先讨伐匈奴，兵祸连续不断，遂使侵扰旁及周边各国，年年调发人力物力，所向披靡。建元年间，兵祸乍起，当时天上出现蚩尤旗星，其长度一下子横在整个天空中，这一年春天武帝长子戾太子出生。从此以后军队调发三十多年，死人无数。到巫蛊之祸发生后，京城里面血流成河，死伤几万人，戾太子父子都失败。东汉史学家班固认为戾太子出生时就有用兵的征兆，可以说与之相始终。武帝虽然悔悟之后而痛加自责，而终生的遗憾，也无法挽回了。隋文帝平定江南之后，接着就攻打周边各族。炀帝继位，这个心思有增无减。父子两人都能诛灭强国，威震万里。然而民怨盗起，不久也就灭亡了。唐太宗的神武天下无双，尤其喜欢用兵打仗，既已破灭突厥、高昌、吐谷浑各部，心里还不满足，亲征辽东。其志向在于建功立业，不是不得已而用兵。此后武则天篡位，唐王朝被破坏，岌岌可危，不绝如缕。用兵的祸患，在情理上难逃其咎。如若不然，以唐太宗的宽厚仁爱，克己裕人，刑罚几乎不用，而传位一代之后，子孙纷纷被杀，这难道是对他行善的报答吗？这样看来，汉、唐两朝在宽厚仁政之后接着用兵打仗，所以虽然取得了胜利，其统治则只能勉强存续；秦朝和隋朝在暴政之后用兵，所以虽然暂时得胜却导致了迅速灭亡。每当我读书读到这些内容，未尝不掩卷流涕，对他们的欠考虑感到悲伤。假如这四位君主，在他们开始用兵的时候就打了败仗，蓦然惊醒，知道用兵的艰难，则祸败的兴起，不至于快捷、残忍到如此程度。不幸的是每仗必胜，所以被功利所吸引，对后患就考虑得很少。所以我说：打胜了，变故发生迟而其祸患大，打败了，变故发生早，其祸患小，这其中的道理不可不察。

过去仁宗皇帝统治天下，无意用兵。将士懒惰懈怠，武器盔甲已经朽钝，元昊乘机突然发难，西边延安府、泾州、原州、麟州和府州之间，为其所败者三四次，每次损失人马动辄以万计，而海内仍然一片安定。事情完结后罢兵休息，老百姓没有怨言，国家也没有后患。这是为什么呢？原因就在于天下臣民都知道皇上没有好打仗的心思，天地鬼神也原谅他出于万不得已而应仗的实际情况。

现在陛下天赋勇智，一心图富强。即位以后，修整甲兵，窥探邻国的情况。群臣百官，探知皇上的这个意思，所以大谈用兵问题。开始的时候，执掌国政的辅佐大臣，不作长远打算；掌国论的中枢大臣，看不到利弊所在；台谏官员，不主动献计献策。由微而至著，遂渐酿成灾祸。不久薛向倡横山之谋，韩绛献深入之计，陈升之、吕公弼等人，私下里助成其说，结果是损兵折将，财力耗尽，与仁宗宝元、庆历年间的惨败相比，不及其十分之一，然则天怒人怨，边防军叛乱，京城骚动，陛下为之筹划而宵衣旰食达几个月之久。为什么会这样呢？原因就在于用兵之端，是由陛下您给开的，因此将士们不恨敌人反而抱怨起您来。还赖祖宗积下了厚德，皇天深深保佑，所以使得我们出师不利，以此使陛下得到醒悟。然而那些目光短浅的人们，正在以失败为耻辱，尽力求胜，以称上心。于是王韶在熙河惹祸，章惇在梅山挑起事端，熊本在渝泸发难。然则这些人对于投降者大施淫威，折磨那些老弱病残之人，劳力费神，夺取一些荒凉无用的地方，来作为自己的功业，使陛下得到一些虚名，却承受了许多实际的灾祸，助长了您努力奋发于功名之心。所以沈起、刘彝，又率军向安南进发，使十余万人的大军暴露于瘴气弥漫之乡，一下子死去十分之五六，运输的人累死在道路上，粮财器械，没见到敌人就用光了。一般人认为，陛下的用兵之心，这一下肯定要压一压，殊不知李宪率领的军队，又从洮州出发了。现在这支军队打了胜仗，士气正在旺盛阶段，陛下高兴一时的胜利，必然产生轻视周边各族、凌侮敌国的意思。天意难测，我实在感到后怕。

而且打胜仗之后，陛下所能知道的，不过是捷报凯旋，拜表祝贺，全是一些热闹喜庆的事情。至于远方百姓，肝脑涂于白刃之上，运输累断了筋骨，流离破产，卖儿鬻女，两眼乌黑断胳膊折腿上吊自杀的惨状，陛下肯定看不到。慈父、孝子、孤儿、寡母的痛苦之声，陛下肯定也听不到。就像屠杀牛羊、剁碎鱼鳖作为膳食，吃的人觉得味道美好，而在旁边看的人则不好受。假如陛下看到他们在白刃之下号哭不断，在枪刀之下宛转挣扎，即使有八珍的美味，也会放下筷子而吃不下去。更何况用人的生命，来凑那些热闹的光景呢？假如陛下兵强马壮，财力雄厚，像秦、汉、隋、唐时代那样，他们在既胜之后，祸乱兴起，尚且不能救助，更何况现在将吏疲软平庸，比起古人来，远远赶不上。几年以来，官府百姓都很困顿。仓库内几世积累，一下子扫地无余。地方上税收储备，统统供奉上来。百官俸禄，仅能支付。南郊郊祀的赏赐，久而不能办齐。这种作法，即使再有智慧，也无法善后。而且在饥疫之后，各地盗贼蜂起，京东路和河北路，尤为严重。如果兴起军事，随之而来的就是横征暴敛，民穷而无处申告，其势不作强盗则不能自我保全。边疆日益紧急，而内患又起，那么陈胜、吴广时的形势，将在眼前。这就是我终夜不能入睡，面对饭食叹惜不已，以至于痛哭流涕而不能自止的原因所在。

而且我听说过，凡有大的举动，一定要顺应天意。上天所赞成的，照着去办就一定能够成功；上天所反对的，照着去作肯定要失败。上天赞成与否，由自然灾害、农业生产上的丰歉等表现出来。近几年来，日蚀妖星不断出现，地震山崩，水旱瘟疫，连年不断，老百姓死亡近于一半。天意的向背，由此可以看出来了。而陛下却全然不顾，不断生事，就像孩子在父母面前做了错事，只有恭顺静思，引咎自责，才能获得谅解，而现在却一味地斥责奴仆，恣意拷打他们，以这种态度来对待父母，就不可能得到父母亲的原谅。所以我恳求陛下远察前朝兴衰的轨迹，近察天意向背的道理，断绝打仗的念头，保疆睦邻，安静无为，这才是国家长治久安的办法。上以安稳供养两宫太后，下以救济四方亿万百姓的性命，这样我虽然年老死去，在地下也能放心地闭上眼睛。过去汉高祖刘邦破灭群雄，夺取天下；光武帝刘秀百战百胜，延续刘氏的祭祀。然而高祖被匈奴包围在白登时，接受和亲的建议；西域在东汉初年请求朝廷委派官吏，光武帝刘秀则予婉言谢绝。这二位皇帝，不是不懂军事，只因为经历变故多了，后患就考虑得远些。现在陛下居于深宫之中，就敢轻易议论讨伐邻国的事情，老臣怯懦无能，私下里认为这样做是不对的。

然而臣下向君主提建议，乘其厌倦而阻止他，则容易被采纳，迎着他的兴头而挫磨他，就不容易接受。凡是有血气之类的人或动物，都有争强好胜之心。在其气盛头上，即使平民百姓，其志也不可夺，除非是见识特别高远，度量宏大超过一般人，否则不会在自己意气风发的时候，放弃自己的观点而采纳别人的意见，只听从道义而不顾及自己的面子。现在陛下一心想动武，其决心不可回转，这一点我不是不知道，然而我却仍然不断献上自己的看法，是因为我看到陛下圣德宽大，勇于采纳不同意见而没有怀疑。所以我才不敢像一般人那样用好胜之心期望于陛下。而想到以后陛下亲眼看见用兵打仗的危害之后，肯定会哀痛悔恨而追究左右大臣不曾规劝的责任。我已年老就要死去，在地下见到先帝，现在把该讲的话都讲了，届时也就有话可说了。请陛下可怜我而加以省察。

代滕甫论西夏书

臣幼无学术，老不读书。每欲披竭愚忠，上补圣明万一，而肝肺枯涸，卒无可言。近者因病求医，偶悟一事，推之有政，似可施行，惟陛下财幸。臣近患积聚，医云：据病，当下，一月而愈。若不下，半年而愈。然中年以后，一下一衰，积衰之患，终身之忧也。臣私计之，终不以一月之快，而易终身之忧。遂用其言，以善药磨治半年而愈。初不伤气，体力益完。因悟近日臣僚献言欲用兵西方，皆是医人欲下一月而愈者也。其势未必不成，然终非臣子深爱君父欲出万全之道也。以陛下圣明，将贤士勇，何往而不克？而臣尚以为非万全者。俗言彭祖观井，自系大木之上，以车轮覆井，而后敢观，此言虽鄙而切于事。陛下爱民忧国，非特如彭祖之爱身。而兵者凶器，动有存亡，其陷人可畏，有甚于井。故臣愿陛下之用兵，如彭祖之观井，然后为得也。

臣窃观善用兵者，莫如曹操。其破灭袁氏，最有巧思。请试为陛下论之。袁绍以十倍之众，大败于官渡，仅以身免。而操敛兵不追者，何也？所以缓绍而乱其国也。绍归国益骄，忠贤就戮，嫡庶并争，不及八年，而袁氏无遗种矣。向使操急之，绍既未可以一举荡灭，若惧而惰政，用田丰而立袁谭，则成败未可知也。其后北征乌丸，讨袁尚、袁熙，尚、熙走辽东，或劝操遂平之。操曰："彼素畏尚等。吾今急之则合，缓之则自相图，其势然也。"遂引兵还，曰："吾方使公孙康斩送其首。"已而果然。若操者，可谓巧于灭国矣。灭国，大事也，不可以速。譬如小儿之毁齿，以渐摇撼之，则齿脱而小儿不知。若不以渐，一拔而得齿，则毁齿可以杀儿。故臣愿陛下之取西夏，如曹操之取袁氏也。

方元昊强时，谋臣猛将，尽其智力，十年而不敢近。今者主弱臣强，其国内乱。陛下使偏师一出，已斩名王，虏伪公主，筑兰、会等州，此真千载一时，天以此贼授陛下之秋也。兵法有之：同舟而遇风，则吴越相救，如左右手。今秉常虽为母族所篡，以意度之，其世家大族，亦未肯俯首连臂为此族用也。今乃合而为一，坚壁清野以抗王师，如左右手。此正同舟遇风之势也，法当缓之。

今天威已震，臣愿陛下选用大臣宿将素为贼所畏服者，使兼帅五路。聚重兵境上，号称百万，搜乘补卒，牛酒日至。金鼓之声，闻于数百里间，外为必讨之势，而实不出境。多出金帛，遣间使辩士离坏其党与。且下令曰："尺土吾不爱，一民吾不有也，其有能以地与众降者，即以封之。有敢攘其地、掠其人者，皆斩。"不出一年，必有权均力敌内自相疑者。人情不远，各欲求全，及王师之未出，争为先降，以邀重赏。陛下因而分裂之，即用其酋豪，命以爵秩，棋布错峙，务使相仇，如汉封呼韩邪通西域故事。不过于要害处筑一城，屯数千人，置一将以护诸部，可使数百年面内保境，不烦城守馈运，岂非完全之至计哉？臣愿陛下断之于中，深虑而远计之。

夫人臣自为计与为人主计不同。人臣非攘地效首虏，无以为功；为陛下计，惟天下安、社稷固否耳。陛下神圣冠古，动容举意，皆是功德。但能措太山之安，与天地等寿，则竹帛不可胜纪，而尧、舜、禹、汤不足过也。议者不知出此，争欲急于功名，履危犯难，以劳圣虑，臣窃不取。古人有言：“省功不如省事，省事不如清心。”刘洎谏唐太宗曰：“皇天以不言为贵，圣人以不言为德。老子称大辩若讷，庄子言至道无文。且多记则损心，多言则耗气。心气内损，形神外劳，初虽不觉，后必为累。须为社稷自爱。”人臣爱君，未有如洎之深至者也，臣窃慕之。虽谪守在外，不当妄言，然自念旧臣，譬之老马，虽筋力已衰，不堪致远，而经涉险阻，粗识道路，惟陛下哀愍其愚而怜其意。不胜幸甚。

【译文】我年轻时就没有多少学问，老了又不读书。时常想竭尽愚忠，以对圣明有万分之一的补益，然而搜肠刮肚，还是说不出来。最近因为有病求医，偶然因为一件小事而有感悟，把它推广到政治上，觉得似乎可以实施，说出来请陛下裁决。我最近患了内滞病，医生认为：根据病情，应该疏通，一个月就可以痊愈。如果不加以疏通，半年后病也可以好。然而人到中年以后，疏通一次身体就衰弱一点，衰弱的积聚，是终生之患。我私下里合计后决定，不采取以一月的快意，来换取终生忧患的办法，于是采纳医生的意见，用好药调理半年，病也就好了。当初没有伤元气，因而体力更加充沛。由此悟出最近臣僚们建议对西方用兵，就像医生准备疏通一个月而治好病的办法一样，可能会取得成功，然而终究不是臣下深爱君主而献上的万全之策。以陛下的圣智，将士的贤明和勇敢，到哪里不能打胜仗？而我却认为这不是万全之策。俗语里讲老寿星彭祖去看井，先把自己绑在一根大木头上，用车轮子盖住井口，然后才敢看，这个俗语虽然粗俗却寓意深刻。陛下忧国忧民，不像彭祖那样仅仅爱惜自身。然而打仗是件坏事，动不动就会有死亡发生，它对人危害的严重程度，比水井要厉害得多。所以我愿陛下用兵打仗，就像彭祖去看井那样小心，这样做就可以了。

我私下里观察善于用兵的人，没有能比得上曹操的。他消灭袁氏家族，最能显示出智巧来。请允许我向陛下谈谈。袁绍以超过曹操十倍的兵力，在官渡却被曹操打得大败，袁绍本人仅仅只身逃脱，但恰在这时曹操收兵不追。这是为什么呢？原来曹操想放袁绍一把而促成其内乱。果然袁绍回去后更加骄横，杀害忠臣，子女妻妾中嫡庶之间纷乱不已，不到八年时间，袁氏就完全灭亡了。假如曹操那时操之过急，既不能一举攻灭袁氏，袁绍反过来因为恐惧而修其政事，任用有远见卓识的田丰，立长子袁谭为自己的继承人，则最终的结局将不可预料。此后曹操讨伐袁尚、袁熙，二袁逃向辽东，有人劝曹操一鼓作气踏平辽东。曹操说："辽东人平时就非常害怕袁尚等人。我现在把他们逼急了，他们会同心协力来对付我，而我现在放他们一把，他们就会自相残杀，这是必然之势。"于是率领大军往回走，说："我等着辽东地方长官公孙康杀了二袁后把其首级送上来。"二袁的脑袋果然没多久就送了过来。像曹操这样，可以算得上善于灭国了。灭国是一件大事，不能操之过急。就像儿童换牙齿，逐渐摇动，牙齿脱落而小孩没有知觉。如果不是这样，而是一下子把牙拔掉，那么因为损伤牙齿可以要小孩的命。所以我希望陛下取西夏，就像曹操取袁氏那样去办。

当西夏李元昊强大的时候，谋臣猛将，竭尽全力，十年也不敢接近。现在其国大权旁落，内乱不已。陛下派出一支偏师，就能斩获其诸侯王，俘虏其公主，并构筑了兰、会等州，这真是千载难逢的好机会，是上天把这一班贼子交给陛下的时候。兵法上有这种讲法：乘同一条船遇上了暴风，即使像吴越两国那样有深仇大恨，也会尽心尽力互相帮助，就像左手帮助右手那样。现在夏国国主李秉常的后代虽然被外戚夺了位，按常规推测，像他们那种世家大族，不一定就肯俯首贴耳为他人效力。现在却合而为一，坚壁清野以抗拒我大军，就像左手帮助右手那样。这正是兵法所讲的乘同一条船而遇上暴风的形势，我们理应暂缓动作。

现在陛下的威严已表现出来，我恳求陛下选派一名敌人所害怕敬服的老将大臣，让他统帅五路兵马，聚重兵于边境上，号称百万，演练军马，补充士卒，每天犒劳大军的牛肉酒菜不断。金鼓之声，传到数百里外，对外虚张声势就要出师讨伐，实际上大军并不出境。多花费一些钱财，派一些间谍和说客去离间拆散其团伙。并且下令说："一尺土地我也不爱，一个百姓我也不拥有，有谁能率领众人连同土地投降，立即将那块地盘和他所率领的百姓分封给他。我军有谁敢夺其土地、劫掠其百姓，一律斩首。”这样做要不了一年，其内部那些权势相当的人物就会互相猜疑，人之常情差不多，都想保全自己，我大军尚未出师，肯定就会争相投降，以邀功请赏。陛下乘势而将他们分裂，选用那些有势力的人，赏给爵禄职位，犬牙交错，务必使他们互相仇视，就像西汉分封呼韩邪单于以通西域的办法那样。不过在要害的地方筑一座城，派上几千人驻扎在那里，设置一位将军以保护各部，可使几百年间面对内地而保卫边疆，不再麻烦守城运输的各种耗费，这岂不是万全之计吗？希望陛下从中决断，深谋远虑后拍板决定。

臣下为自己打算和替君主考虑自然不一样。臣下不能夺取土地，献上敌人的首级，就不能建功立业，而替君主考虑，则只看天下是否安定，社稷是否稳固而已。陛下的圣明超绝古今，形容举止，都是功德，只要能导致天下太平，国运长久，则史书不可胜纪，尧、舜、禹、汤的功业不难超过。议论的人不知道在这些方面下功夫，却急于建立功名，履危犯难，以劳累圣上的思虑，这是我所不赞成的。古人曾有这样的话：“省功不如省事，省事不如省心。”刘洎用这样的话来劝导唐太宗：“苍天以不说话为贵，圣人以不说话为德，老子说真正的演说家表面上木讷无言，庄子说最高尚的道德无须修饰。并且记忆大多损伤心脏，说话太多损耗元气。内伤心气，外劳形神，开始时没有感觉，时间久了就要累及身体。所以请陛下为了社稷的安危而自爱。”臣下爱护君主，没有人像刘洎爱得这么深厚的，我私下里很敬慕他。虽然我被发配在外，不应当多嘴，然而自念是一位老臣，就像一匹老马，气力已经衰竭，远途的劳累已不能胜任，而跋涉险阻，却能粗略地辩识道路，恳求陛下可怜我的愚蠢而体谅我的心意。不胜万幸。

代滕甫辩谤乞郡状

臣闻人情不问贤愚，莫不畏天而严父。然而疾痛则呼父，穷窘则号天，盖情发于中，言无所择。岂以号呼之故，谓无严畏之心？人臣之所患，不止于疾痛，而所忧有甚于穷窘，若不号呼于君父，更将趋赴于何人？伏望圣慈，少加怜察。中谢。

臣本无学术，亦无材能，惟有忠义之心，生而自许。昔季孙有言："见有礼于其君者，事之，如孝子之养父母也；见无礼于其君者，诛之，如鹰鹯之逐鸟雀也。"臣虽不肖，允蹈斯言。但信道直前，谓人如己。既蒙深知于圣主，肯复借交于众人？任其蠢愚，积成仇怨。一自离去左右，十有二年，浸润之言，何所不有？至谓臣阴党反者，故纵罪人。若快斯言，死未塞责。

窃伏思宣帝，汉之英主也，以片言而诛杨恽；太宗，唐之兴王也，以单词而杀刘洎。自古忠臣烈士，遭时得君而不免于祸者，何可胜数！而臣独蒙皇帝陛下始终照察，爱惜保全，则陛下圣度已过于宣帝、太宗，而臣之遭逢，亦古人所未有。日月在上，更何忧虞？但念世之憎臣者多，而臣之赋命至薄，积毁消骨，巧言铄金，市虎成于三人，摧抒起于屡至，傥因疑似，复致人言，至时虽欲自明，陛下亦难屡赦。是以及今无事之日，少陈危苦之辞。

晋王导，乃王敦之弟也，而不害其为元臣；崔造，源休之甥也，而不废其为宰相。臣与反者，义同路人。独于宽大之朝，为臣终身之累，亦可悲矣。凡今游宦之士，稍与贵近之人有葭莩之亲，半面之旧，则所至便蒙异待，人亦不敢交攻。况臣受知于陛下中兴之初，效力于众人未遇之日，而乃毁訾不忌，践踏无严。臣何足言，有辱天眷。此臣所以涕泣而自伤者也。

今臣既安善地，又忝清班，非敢别有侥求，更思录用。但患难之后，积忧伤心；风波之间，怖畏成疾。敢望陛下悯余生之无几，究前日之异恩。或乞移臣淮浙间一小郡，稍近坟墓，渐谋归休。异日复得以枯朽之余，仰瞻天日之表，然后退伏山野，自称老臣，追叙始终之遭逢，以托乡邻之父老，区区志愿，永毕于斯。伏愿陛下怜其志、察其愚而赦其罪，臣无任感恩知罪激切屏营之至。

【译文】我听说在一般情况下，人们不分贤愚，没有不敬畏上天而害怕父亲的。然而疼痛受不了的时候呼唤父亲，困顿之极则呼喊上天，这是因为情不自禁，对言语就不加选择了。怎能因为呼喊的缘故，就说对上天和父亲没有敬畏之心呢？作为臣子所遇到的，不只是疼痛得受不了，而所忧虑的，有时比困顿之极要严重得多。如果不呼唤君主，还能向谁申诉呢？恳求圣上慈悲，稍加怜悯而体察。（诚惶诚恐。）

我本来没有学问，也无才能，只有忠义之心，自出生以来就自我期许的。过去季孙氏曾说过："发现别人对自己的君主很有礼貌，那么我就恭敬地对待他，就像孝子侍养自己的父母一样；发现别人对自己的君主没礼貌，那么我就讨伐他，就像老鹰追逐小鸟一样。"微臣虽然没出息，但严格按这句话办事。只相信道义的正直，把别人看成和自己一样。既然得到圣主的深入了解，怎能再与他人相勾结？任其愚蠢，积成怨仇。自从离开陛下的左右，已经过了十二年，各种谣言，什么内容没有？至于说我私下里和反叛者勾结，故意开脱有罪之人。像这样的话，我即使死了也不能塞责。

我认为孝宣皇帝，虽然是西汉时代的英主，却因为只言片语而杀了杨恽；太宗皇帝，是唐代的兴旺之主，却因为一面之辞而杀了刘洎。自古以来忠臣和壮烈勇士，时代清明、君主圣明却不能免于灾祸的，不可胜数，而我独蒙皇帝陛下始终明察，爱惜保全，则陛下的宽宏大量已经远远超过了汉宣帝和唐太宗，而我的遭遇，也是古人所没有的。日月高悬于天上，本来没有什么值得忧虑的，但转念一想世上憎恶我的人很多，而我的命又薄，各种诽谤集中起来会把骨头化解，花言巧语可以销熔金子，三人可以成虎，曾母扔下梭子而逃是因为报信的人纷纷走来，只因为一些疑似之辞，就招致别人的诽谤，届时虽然想自我辩解，而陛下也难以屡次赦免，因此在没有事情的今天，稍稍陈述一下我的危苦之辞。

东晋时代的王导，是叛臣王敦的弟弟，这并没有妨害他为首席执政大臣。崔造是源休的外甥，这也没有妨害他为宰相。我与反叛者，没有一点亲戚关系，可是独独在这宽大为怀的朝廷里，这件事却成为我终生的羁绊，这也太可怜了。大凡今天出来作官的人，只要稍稍与权贵之臣有一点亲戚关系，有半面之识，所到之处便蒙受超常的待遇，人们也不敢说什么。况且我在陛下中兴之初便蒙受知遇，在一般人尚未获得恩宠之际就为朝廷效力，现在却受到肆无忌惮的诽谤，任人作践，我固然不值得怜惜，但对早年圣上的眷顾则有损害，这是我自我感伤而流涕的原因所在。

现在我已经有了一个好地方，又忝列于清班之中，不敢再奢求什么侥幸恩宠，从而重新获得录用。只是在患难之后，忧虑聚积而伤害了身心，风波之间，担惊受怕而成疾病。恳求陛下体谅我，已经没有几天的活头，重新琢磨一下以前对我的特殊恩遇。或者请求把我差派到淮浙之间的一州去，距离老家稍近一点，我也可以逐渐作退休的打算。他日能以枯朽之余生，上仰圣上的恩德，平安地退休回到老家，自称老臣，回忆平生遭遇，以托身于父老乡亲，我一点小小的心愿，就可以从此了结了。恳求圣上可怜我的志向，体谅我的愚忠而赦免我的罪过，我不胜感恩知罪万分。

代李琮论京东盗贼状 元丰某年

右臣伏见来自河北、京东，常苦盗贼，而京东尤甚。不独穿窬祛箧椎埋发冢之奸，至有飞扬跋扈割据僭拟之志。近者李逢徒党，青徐妖贼，皆在京东。凶愚之民，殆已成俗。自昔大盗之发，必有衅端。今朝廷清明，四方无虞，而此等常有不轨之意者，殆土地风气习俗使然，不可不察也。汉高帝，沛人；项羽，宿迁人；刘裕，彭城人；黄巢，宛朐人；朱全忠，砀山人。其余历代豪杰出于京东者不可胜数。故凶愚之人，常以此借口，而其材力心胆，实亦过人。加以近年改更贡举条例，扫除腐烂，专取学术，其秀民善士，既以改业，而其朴鲁强悍难化之流，抱其无用之书，各怀不逞之意。朝廷虽敕有司别立字号，以收三路举人，而此等自以世传朴学，无由复践场屋，老死田里，不入彀中，私出怨言，幸灾伺隙。臣每虑及此，即为寒心。

扬雄有言："御得其道，则天下狙诈咸作使；御失其道，则天下狙诈咸作敌。"而班固亦论剧孟、郭解之流，皆有绝异之姿，而惜其"不入于道德，苟放纵于末流"。是知人之善恶，本无常性。若御得其道，则向之奸猾，尽是忠良。故许子将谓曹操曰："子，治朝之能臣，乱世之奸雄。"使韩、彭不遇汉高，亦与盗贼何异？臣窃尝为朝廷计，以谓穷其党而去之，不如因其材而用之。何者？其党不可胜去，而其材自有可用。昔汉武尝遣绣衣直指督捕盗贼，所至以军兴从事，斩二千石以下，可谓急矣，而盗贼不为少衰者，其党固不可尽也。若朝廷因其材而用之，则盗贼自消，而豪杰之士可得而使。请以唐事明之。自天宝以后，河北诸镇相继僭乱，虽宪宗英武，亦不能平。观其主帅，皆卒伍庸材，而能于六七十年间与朝廷相抗者，徒以好乱乐祸之人，背公死党之士，相与出力而辅之也。至穆宗之初，刘总入朝，而河北始平。总知河北之乱，权在此辈。于是尽籍军中宿将名豪如朱克融之流，荐之于朝。冀厚与爵位，使北方之人，羡慕向进，革去乱心。而宰相崔植、杜元颖，皆庸人无远虑，以为河北既平，天下无事。克融辈久留京师，终不录用，饥寒无告，怨忿思乱。会张弘靖赴镇，遂遣还幽州，而克融等作乱，复失河朔。

今陛下鉴唐室既往之咎，当收京东、河北豪杰之心。臣伏见近日沂州百姓程棐，告获妖贼郭进等。窃闻棐之弟岳，乃是李逢之党，配在桂州，豪侠武健，又过于棐。京东州郡如棐、岳者，不可胜数。此等弃而不用，即作贼；收而用之，即捉贼，其理甚明。臣愿陛下精选青、郓两帅，京东东西职司，及徐、沂、兖、单、潍、密、淄、齐、曹、濮知州，谕以此意，使阴求部内豪猾之士。或有武力，或多权谋，或通知术数而晓兵，或家富于财而好施。如此之类，皆召而劝奖，使以告捕自效，籍其姓名以闻于朝。所获盗贼，量轻重酬赏。若获真盗大奸，随即录用。若只是寻常劫贼，即累其人数，酬以一官。

使此辈歆艳其利，以为进身之资。但能拔擢数人，则一路自然竞劝。贡举之外，别设此科，则向之遗材，皆为我用。纵有奸雄啸聚，亦自无徒。但每州搜罗得一二十人，即耳目遍地，盗贼无容足之处矣。历观自古奇伟之士，如周处、戴渊之流，皆出于群盗，改恶修善，不害为贤。而况以捉贼出身，有何不可？若朝廷随材试用，异日攘夷狄，立功名，未必不由此涂出也。非陛下神圣英武，不能决行此策。臣虽非职事，而受恩至深，有所见闻，不敢喑默。谨录奏闻，伏候敕旨。

【译文】微臣发现从来河北和京东地区，时常有盗贼骚扰，京东地区尤其严重。不单单那些翻墙、撬箱、掩埋、掘坟之类的暴徒，更有一些飞扬跋扈、割据为王的江洋大盗。最近李逢一伙，青州和徐州的妖贼，都出现在京东地区。老百姓凶愚，已相沿成俗。自古大盗出现，都有一些因由，而今天朝政清明，边境平安无事，这些人却时常图谋不轨，这主要是地理、风气、习俗造成的，朝廷对此不可不察。汉高祖刘邦，是沛县人；霸王项羽，是宿迁人；南朝宋祖刘裕，是彭城人；唐末黄巢，是宛朐人；而朱温，则是砀山人。另外出于京东地区的豪杰，历代还有很多。所以凶愚之人，常常用这作借口，而他们的才能和胆识，确实也有过人的地方。再加上近年来改变士人的贡举办法，扫除腐烂，专取学术，秀士善民，已经改业，而愚顽强悍、冥顽不化之辈，则抱着那些空疏无用之书，各怀不满之意。朝廷虽然命令有关部门另立字号，以收罗三路有才能的举人，然而这些人自认为所学乃世传朴学，无法再入考场，所以老死家乡，不再应试，私下里发出各种怨言，幸灾乐祸。每当我想到这里，总是身不由已地感到后怕。

西汉时代的扬雄说过："统治方法得当，则天下奸猾之辈都可以被自己驱使；统治方法不当，则天下的奸猾之徒都变为自己的仇敌。"史学家班固在评论西汉时代的剧孟、郭解等人时，也认为这些人都有一些过人之处，而惋惜其"不合乎道德，苟且放纵进入下三流中"。因此知道人性的善恶，本来就不是一承不变的。如果统治方法得当，则先前的奸猾之辈，后来都可以变为忠良之人。所以许子将评论曹操说:“天下太平,你是位能干的大臣,而天下大乱,你则会成为一代奸雄。”假如韩信、彭越没有遇到汉高祖刘邦,那么他们与盗贼有什么区别呢?我曾经私下里为朝廷打算,认为对盗贼团伙斩尽杀绝,还不如因其才而加以任用。为什么这样讲呢?因为成伙的盗贼是杀不尽的,而其才能则自有用处。过去汉武帝派绣衣直指监督捕杀盗贼的工作,所到之处按军法从事,可以立即杀掉二千石那样的地方大员,其催促可以说够紧了,而盗贼的气焰却没有因此而稍加衰减,其同伙本来就杀不完。如果朝廷对他们量才录用,则盗贼自消,其中的豪杰之士又可得为我所用。请允许我用唐代的史实来证明这个说法。自从玄宗天宝年间之后,河北诸藩镇相继僭越叛乱,宪宗皇帝虽然英武,也不能把他们削平。看一看这些藩镇们,都是些从行伍中出身的庸才,然而他们却能够和朝廷抗争六七十年,原因仅在于那些好乱乐祸之人,背公就私之士,结成团伙为他们出力罢了。到穆宗初年,刘总入朝辅政,河北藩镇势力才被平定。刘总知道河北纷乱的根源,就在这一班人身上,于是把军中的老将名将全部登记清楚,然后推荐到朝廷作官,希望通过赏给他们优厚官爵的办法,使北方之人感到羡慕,从而自己革去乱心。而宰相崔植、杜元颖都是些目光短浅的庸人,认为河北已经平定,天下也就平安无事了。把朱克融等人搁置在京城,终究不加录用,他们生活无着,由怨恨而思乱,恰好张弘靖到地方上去,朝廷派朱克融回到幽州,于是朱克融作乱。河北地区再次失陷于藩镇之手。

现在陛下鉴于唐代已经犯过的过失,应当拢络京东和河北地区豪杰们的心。我发现听州百姓程棐,最近报告将妖贼郭进等人抓获。我私下里听说程棐的弟弟程岳,乃是李逢的同伙,现在发配在桂州,他的豪爽强健,超过乃兄程棐。京东地区像程棐和程岳这样的人,多得无法计算。对这些人弃而不用,他们就会去作贼;相反地,如果加以收用,他们就会去捉贼,这个道理是明摆着的。我希望陛下能对青、郓两州和京东、西路各个衙门,以及徐州、沂州、兖州、单州、潍州、密州、淄州、齐州、曹州、濮州等地的知州,宣传这层意思,让他们在自己辖区里选择那些豪猾之士,或者孔武有力,或者多有权谋,或者晓解术数而懂军事，或者富有财产且乐善好施，诸如此类，都召过来加以勉励，让他们捕捉盗贼以立功赎罪。把他们的姓名记下来后报告朝廷，所捕获的盗贼，根据情况予以奖赏。如果抓获那些江洋大盗，立即加以录用。如果只是抓获一些一般小毛贼，则计算其人数，赏给他一官半职。让这些人感到羡慕，从而把这作为进身之阶。只要能提拔几个人，则整路就会竞相效发。贡举之外，另设这么一个选官的科目，那些以前遗漏的人才，就会全部为我所用。那时，纵然有一些奸雄起事，也没有徒众跟从他。每州只要搜罗到一二十人，就会耳目遍地，盗贼也就没有立足之地了。遍观古代那些奇伟之士，比如周处、戴渊等人，都是从强盗中出来的，最终并没有妨害他们成为贤人，更何况以捉贼出身，有何不可？如果朝廷量才录用，以后打击外国势力，建立功名的，未必不能从这些人中出来。没有陛下的神圣英武，不敢决然实行这种办法。这虽然不是我职责范围内的事情，然而受皇上恩德深厚，凡能听到和看到的，就不敢沉默不言。谨录奏闻，恭候圣旨。

代吕大防乞录用吕诲子孙札子 元祐元年

臣窃见故御史中丞吕诲，忠于先朝，极谏说论，致忤时宰，继死外藩。臣等皆尝与之同官，备闻论议，一切出于至诚，而有不挠不回之节。虽处散地，未尝一日有忘朝廷之意。忧伤愤疾，以致殒没。临终之日，召司马光面托后事，无一言及其家私，惟云朝廷事犹可救，愿公更且竭力。历观前后谏臣，忠勤忘身，少见其比。今其家甚贫，诸子仕于常调。欲望圣慈特赐矜怜，优加赠典，录用诸子之才者，以旌名臣之后。取进止。奉圣旨，吕由庚除太常寺太祝。

【译文】我发现已故御史中丞吕诲，忠于先朝皇帝，直言极谏，以致忤犯了当时的宰相，接着就死在外乡。我们当初都曾与吕诲共过事，多次听过他的议论，一切出于真诚，而有不屈不挠之节。虽然处于闲散之地，却一天也没有忘记朝廷。忧伤愤恨，终于死去。临终的时候，召来司马光当面托咐他一些后事，而没有一句话提到私事，只讲朝廷上的事情还可以挽救，希望您更加努力。历观前后这些谏官，以忠勤而忘掉自身的，很少有人能比得上他。现在他家十分贫困，诸子仕于常调。恳求圣上慈悲特加可怜，对他的赠予从优处理，录用他的儿子中那些有才能的人，以表彰名臣的后代。（请圣上裁决。奉圣旨，任命吕由庚为大常寺大祝。）

代宋选奏乞封太白山神状

伏见当府郿县太白山，雄镇一方，载在祀典：案唐天宝八年，诏封山神为神应公。迨至皇朝，始改封侯，而加以“济民”之号。自去岁九月不雨，徂冬及春，农民拱手以待饥馑，粒食将绝，盗贼且兴。臣采之道涂，得于父老，咸谓此山旧有湫水，试加祷请，必获响应。寻令择日斋戒，差官莅取。臣与百姓数千人，待于郊外，风色惨变，从东南来，隆隆猎猎，若有驱导。既至之日，阴威凛然，油云蔚兴，始如车盖，既日不散，遂弥四方，化为大雨，罔不周饫。破骄阳于鼎盛，起二麦于垂枯。鬼神虽幽，报答甚著。臣窃以为功效至大，封爵未允，使其昔公而今侯，是为自我而左降，揆以人意，殊为不安。且此山崇高，足亚五岳，若赐公爵，尚虚王称，校其有功，实未为过。伏乞朝廷更下所司，详酌可否，特赐指挥者。

【译文】我发现本府郿县太白山，雄据一方，祀典中曾有明确的记载：案唐玄宗天宝八年，诏封太白山神为“神应公”。到我大宋朝，才开始改封为侯，命为“济民侯”。去年九月以来一直不下雨，从冬天到春天，农民只能拱手以等待饥荒的到来，粮食眼看就要颗粒无收，盗贼马上就要兴起。我从道听途说和当地老年人那里得知，都说这座山上以前有个水潭，不如试加祷请，肯定能得到神的响应。于是我立即下令选择时日，斋戒之后派官员去祈祷。我与几千名百姓一起，在郊外等待，不一会风云突变，从东南方向走来，隆隆之声，就像有什么东西在驱赶引导一样。既至之日，阴威凛然，油然兴起，开始时像车盖那么大，整天不散，遂弥漫于四方，化为大雨，没有滋润不到的地方。这场雨在骄阳鼎盛的时候天始下的，救了将近干枯的禾苗。鬼神虽然在暗处，报答却是显而易见的。我私下里认为他的功劳很大，爵位封得不大公允，他过去是公爵而现在降为侯爵，这个降格是从我大宋朝开始的，按人之常情揣度，这很不合适。并且这座山山势崇高，足以和五岳相匹配，如果赐给公爵，王爵尚且空着，考虑其功绩，封给王爵也不为过。恳求朝廷再交有关部门，详细斟酌是否可行，然后下达一道特别的指示。

奏议（佚文）

为王述请荫子疏（残）

忠孝，臣子之大节；逾滥，武夫之小过。舍小录大，先王之政也。

【译文】忠孝是臣子的大节，越礼放纵则是武将常有的微疵。放宽小节而察其主流，这是先王用人的基本准则。

论宰相用人之术不正疏

臣窃见前者台官论朱服不孝，因此乞外官，宰相除服直龙图阁、知润州。服因人言，反获美命。盖宰相上欺朝廷，下困台谏，习用此术，久已成例，不可不察。

【译文】我发现不久前御史台举报朱服不守孝道，朱服因此请求出朝任地方官，宰相就任命他为直龙图阁学士、润州知州。朱服因为受批评，反而获得一个美差。宰相上欺朝廷，下面压制御史台和谏院，一直使用这种方法，沿袭成为一种惯例，朝廷不可不察。

论高强户应色役疏

诸路多称高强户同是第一等，而家业钱数与本等人户大段相远，若止应第一等色役，显属侥幸，有亏其余人户，乞下详定役法所相度申尚书省，应高强户随逐处第一等家业钱数如及一倍外，即计其家业，每及一倍，即展所应役一年，除元役年限外，展及五年而止。投募衙前，即依展年法，将展年应本等合入诸般色役。假如本处以家业及二千贯为第一等，其高强户及四千贯以上，计其家业，又及四千贯，即展役一年。通计家业及二万四千贯，即展五年，以上更不展。如投募衙前，亦自四千贯以上计，其家业不及四千贯，方应诸般色役一年，仍以五年为止。其休役年限，依本等体例。

【译文】各路都报称高强户也列在第一等户中，而他们的家业钱财却超出本户等其他人家很远，如果只让他们承担第一等户所承担的徭役赋税，显然对他们来讲是侥幸，而对其他人家来讲则吃亏了，请求下交有关部定审定役法之后申报尚书省，凡高强户与各地第一等户家产钱财数额相比附，如果超过一般第一等户一倍的，就计算这个超过数额，每达到一倍，就扩大其应服的徭役额一年，除了原有应服徭役外，扩大到五年为止。投募衙前，就按照扩展年限的办法，将扩展的年限与本户等应服的各种徭役合并在一起计算。比如某地以家业达到二千贯的定为第一等户，一高强户家业达到四千贯以上，核实其家产，又达到四千贯，就拓展服徭役期限一年。总计家产达二万四千贯，即扩展到五年，以上的就不再扩展。如投募衙前，也从四千贯以上计算，其家产不到四千贯的，正应服各种劳役一年，还以五年为限期。其休役年限，按本户等的有关规定办理。

荐毛滂状

翰林学士、朝奉郎、知制诰兼侍读臣苏轼：右臣伏睹新授饶州司法参军毛滂，文词雅健，有超世之韵；气节端丽，无徇人之意。及臣尝见其所作文论骚词，与闻其议论，皆于时可用。今保举堪充文章典丽可备著述科。如蒙朝廷擢用后，不如所举，甘伏朝典，不辞，谨奏录。

【译文】翰林学士、朝奉郎、知制诰兼侍读臣子苏轼奏请：微臣发现新授饶州司法参军毛滂，文章词藻典雅雄健，有脱俗的神韵；气节端正，毫无取悦他人意思。我曾经见到他所作的文章诗词，听到他的一些谈话，对时事都很有用。现在我保举他足以充入文章典丽可备著述科。如果承蒙朝廷提拔任用他后，不能胜任，并不像我所举荐的那样，我甘愿接受朝典的处罚，决不推辞。谨抄录后奏上。

荐陈师锡状

一（残）

学术渊源，行已洁素。议论刚正，器识靖深。德行追踪于古人。文章冠绝于当世。

【译文】陈师锡学术功底深厚，行为洁白无暇。议论刚直不阿，见识深邃。德行紧步古代贤人之后尘，文章则冠绝于当世。

二（残）

神宗擢师锡第三人及第，有意大用。后为台官，因论举人试律则害道德之教，不合时议，遂出补外。寻罢试律。先帝首与牵复，大用之意愈坚。

【译文】神宗提拔陈师锡为第三人及第，有意委以重任。后来他出任御史台官员，因为提出科举考试法律妨害儒学名教，不合于当代的看法，于是被挤出御史台而出任地方官。不久朝廷就罢去考试法律的条目。先帝神宗首先提出恢复师锡的官职，重用的意图更加坚定。

举陈师锡自代状（残）

有名贤之德行，追踪古人；有西汉之文章，冠绝当世。

【译文】陈师锡有名贤们那样的德行，完全可以和古人相媲美；其文章像西汉文那样雄健有气势，冠绝当代。

举毕仲游自代状（残）

学贯经史，才通世务，文章精丽，议论有余。自台郎为宪漕，绰有能声。

【译文】仲游的学问贯通经史，通晓当代事务，文章精彩华丽，议论宽厚让人。从台郎到宪漕，每个任上都获得了能干的好名声。

听政札子

臣等伏以天下不幸，大行太皇太后登遐，陛下号慕哀毁，孝性天至，在廷闻者，无不摧陨。今将总揽庶政，延见群臣，四方之民，倾耳而听，拭目而视。此乃宋室隆替之本，社稷安危之基，天下治乱之端，生民休戚之始，君子小人消长进退之际，天命人心去就离合之时也。呜呼，可不慎哉！可不慎哉！

臣等久备讲读，职在论思，首当献言以助万一。陛下宜先诚意正心，推广圣孝，发为德音，行为仁政，以慰答天下生民之望。此在陛下加意而已，非有所难也。愿陛下循其本而行之，则其末可以无难。昔周公以成王幼弱，故位冢宰，治天下七年，制礼作乐，以致太平，其功德至隆。周公既没，成王追念周公之勋劳，赐鲁以天子礼乐，使世世祀周公，以为非此不足以称周公之德也。成王所以报周公如此，故天下莫不归心。汉大将军霍光尊立宣帝，霍光既没，宣帝亦葬以天子之礼。帝始亲政事，又思报大将军功德。夫周公、霍光，皆人臣也，有非常之功，故成王、宣帝皆报以非常之礼，而况太皇太后，英宗之配，神宗之母，陛下之祖母，有大功于宗庙社稷，有大德于亿兆人民，于陛下之恩，与天地无极，岂人臣之比哉！然则今陛下所宜先者，莫如报太皇太后之德也。

自仁宗以来，三后临朝，皆有大功。章献明肃之于仁宗，慈圣光献之于英宗，鞠育扶持，勤劳艰难，亦未得如太皇太后之于陛下也。元丰之末，神宗寝疾，已不能出号令，陛下年始十岁，太皇太后内定大策，拥立陛下，储位遂定。陛下之有天下，乃得之于太皇太后也。听政之初，诏令所下，百姓无不欢呼鼓舞。自古母后，多私外家，惟太皇太后未尝有毫发假借族人。不唯族人而已，徐王、魏王，皆亲子也，以朝廷之故，疏远隔绝。魏王病既殆，然后一往。太皇太后疾已革，然后徐王得入。进退群臣，必从天下人望，不以已意为喜怒赏罚。故至公无私之德，虽匹夫匹妇之口，亦能道之。临朝九年，未尝少自娱乐，焦劳刻苦，以念生民，所以如此，岂有他求哉！凡皆为赵氏社稷宗室宗庙，专心一意以保佑陛下也。故身当其劳苦而使陛下享其安逸。昔章献明肃时，亲党多侥幸滥恩，仁宗既亲万机，不免厘改，故小人不能无怨。今太皇太后自临朝以来，左右请求，一切拒绝，内外肃然。盖以朝廷不可无纪纲，故身当其怨而使陛下坐收肃清之功。

陛下如欲报太皇太后之德，莫如循其法度而谨守之。祖宗以来，惟以德泽结百姓之心，欲四海安静无事。仁宗行之四十二年，天下至今思之。恭惟太皇太后之政事，乃仁宗之政事也。然而仁宗圣性宽裕，不忍拒人，内降滥恩，其后亦比比而有。惟太皇太后严正至静，不可干犯，故能外斥逐奸邪，以清朝廷；内裁抑侥幸，以肃宫禁。九年之间，终始如一。故虽德泽深厚结于百姓，而小人怨者亦不为少矣。

今必有小人进言曰："太皇太后不当改先帝之政，逐先帝之臣。"此乃离间之言，陛下不可不察也。当陛下嗣位之初，太皇太后同听政，中外臣民，上书者以万数，皆言政令有不便者。太皇太后因天下人心欲改，故与陛下同改之，非以己之私意而改也。既改其法，则作法之人及主其法者有罪当逐，陛下与太皇太后亦以众言而逐之。其所逐者，皆上负先帝、下负万民，天下之所雠疾，众庶所欲同去者也。太皇太后岂有憎爱于其间哉！顾不如此，则天下不安耳。惟陛下清心照理，辨察是非，斥远佞人，深拒邪说，有敢以奸言惑圣听者，宜明正其罪，付之典型，痛惩一人，以儆群慝，则帖然无事矣。陛下若稍入其语，不正其罪，则恐奸言邪说，继进不已，万一追报之礼小有不至，此于太皇太后圣德无损，而于陛下孝道有亏，必大失天下人心。陛下岂不见司马光以公忠正直为天下所信服，陛下与太皇太后用以为相，海内之人无不欣悦。光没之日，无不悲哀，乃至茶坊酒肆之中，亦事其画像。光所以得人心如此者，为其能辅佐陛下与太皇太后，功及天下也。以光之功，比之太皇太后，止是万分之一，而百姓思之如此。而况太皇太后有天地之恩于陛下，有父母之德于生民，四海爱戴，思慕无穷。陛下若听小人谗说，或追报有所不至，或轻改其政事，岂不大失天下人心乎！人心离于下，则天变见于上。陛下虽欲为善救之，改过以补之，亦无及也。孝者万行以之本，本既不立，则其余何足观焉？

夫小人之情，非为朝廷之计，亦非为先帝之事，皆为其身之利也。日夜伺候，欲逞其憾者久矣。今太皇太后新弃天下，陛下初揽政事，乃小人乘间伺隙之时也，故不可不预防之。此等既上误先帝，今又欲复误陛下，天下之事，岂堪小人再破坏耶！

臣等恭闻陛下自太皇太后寝疾，朝夕不离左右，躬亲药膳，衣不解带，忧瘁泣涕，形于颜色，自遭变故以来，哀慕毁瘠，中外具闻，丧服之礼务从至隆。又下诏发扬太皇太后圣德，推恩高氏，此大孝之极也。至亲之际，无所间然，然而臣等犹言及此者，窃以小人众多，恐置陛下于有过之地也。如臣等所言，虽万万无之，然不敢不虑于未然，或有纤芥流闻于外，则臣等上负陛下不先言之罪大矣，不胜忧国爱君之至，唯陛下深留圣思。取进止。

贴黄：臣等伏见英宗即位之初，小臣中有张唐英者，上《慎始书》，预言不宜追尊濮王。近臣中唯司马光先言之。其后建议者上误英宗，追尊濮庙，举朝皆以为不可。朝廷虽尽逐台谏，而言者不息，英宗终不能夺众论，圣意但悒怏而已。及神宗即位，深悔英宗不从众言，遂擢张唐英为御史，而司马光大被信任。今小人进言，臣等固未知其有无，然不敢不预言者，亦虑朝廷既有其端，则忠正之士必争论不已。不惟上挠圣怀，亦使天下闻而不平，人心一离，不可复收，陛下他日追悔无及。臣等忧惧危栗，实在于此，唯陛下深察。

【译文】我们因为天下不幸，太皇太后陛下驾崩，陛下号哭有损龙体，天性孝顺，朝廷上听到的人们，无不感伤。现在陛下将总揽政事，延见群臣，四方之民，侧耳而听，拭目以待。这正是我大宋王朝兴盛的根本，社稷安危的基础，天下治乱的开端，人民休戚的起始，君子小人消长进退的关键，天命民心去就离合的重要时机。哎呀！陛下能不慎重吗！能不慎重吗！

我们担任讲读已经很久，职责在于替皇上出谋划策，首先应该提建议以对皇上稍有帮助。陛下应当诚心诚意，推广孝道，发出明确的指示，推行仁政，以安慰酬答天下百姓的盼望。这在陛下只须稍加留心一下就行，并不是很困难的事情。希望陛下从根本上着手，那么那些枝节问题就不难办理。过去周公因为成王幼弱，居于冢宰的职位，治理天下七年，制礼作乐，成就天下大平，其功德最为突出。周公死后，成王追念周公的功劳，赐给周公封地鲁国以天子行用的礼仪和音乐，让他们世世代代祭祀周公，认为不这样办就不能报答周公的恩德。成王用这种方式来报答周公，所以天下人莫不归心于他。西汉大将军霍光尊立宣帝，霍光死后，宣帝也用葬天子的礼节来安葬霍光。宣帝开始亲政后，又考虑如何报答大将军霍光的恩德。周公和霍光，从名份上讲都是臣下，因为有特殊的功勋，所以周成王和汉宣帝用超常规的礼遇来报答他们，何况太皇太后陛下，是英宗皇帝的配偶，神宗皇帝的母亲，陛下的祖母，对于我大宋宗庙社稷立下了大功，对于亿万人民有莫大的恩德，其功德比天地还大，像周公、霍光那样的臣子怎能比得上呢！如此说来，现在陛下首先应该做的事情，就是报答太皇太后陛下的恩德。

从仁宗朝以来，有三位太后临朝，都建立了大的功劳。但章献明肃太后对于仁宗皇帝，慈圣光献太后对于英宗皇帝，其哺育扶持，艰难辛劳，都比不上太皇太后对于陛下您。元丰末年，神宗皇帝病重，已经不能发布命令，陛下那年刚刚十岁，太皇太后从宫内定下大策，拥立陛下为君，由谁继位的问题遂确定下来。陛下之所以能拥有天下，是太皇太后给的。听政初期，下达的诏令，百姓无不欢欣鼓舞。自古以来的皇太后，大都偏爱自己的娘家人，只有太皇太后从未有丝毫偏爱自己娘家的事情。不但对自己娘家是这样，即使像徐王和魏王，是她的亲生儿子，因为陛下居于朝廷的缘故，也都隔绝疏远。魏王直到病死之后，才去探视一下。太皇太后病好之后，徐王才得以允许入朝探视。她所提拔或斥退群臣，一定要根据他的威信情况，从来不以自己的喜怒作为赏罚的依据。所以她的大公无私之德，即使是一般的平民百姓，也能说上许多。她临朝九年，从不曾稍稍享乐，刻苦辛劳，以考虑老百姓的事情，之所以如此，难道还有其他的想法吗？一切都不外乎为了赵氏社稷宗族和宗庙，专心致志地保护陛下罢了。所以她自身承担辛劳而让陛下享受其安逸。过去章献明肃太后时，其亲党多侥幸得到滥赏，仁宗皇帝亲政后，免不了加以厘正革除，所以小人不由得就产生了怨言。现在从太皇太后临朝以来，左右近臣的请求，一刀切加以拒绝，朝廷内外十分整齐。只因为朝廷不能没有纲纪，所以她自己承担怨恨而让陛下坐收整肃之功效。

陛下如果想报答太皇太后的恩德，最好的办法是遵循其法度而恭敬地守住不变。从祖宗开国以来，只想怎样用德行恩泽收拢民心，让天下平安无事。仁宗皇帝实行这个方计四十二年，天下臣民至今还思念他。太皇太后的行政方针，正是仁宗皇帝的方针。然而仁宗皇帝性情宽厚，不忍拒绝人家的请求，降下许多滥赏，其后也比比而有。只有太皇太后严正至静，不可冒犯，故能在外斥逐奸邪，以清朝廷，对内裁抑侥幸，以肃宫廷，九年之间，始终如一。虽然德泽深厚结于百姓，而小人中也有不少人怨恨她。

现在肯定有小人要向陛下进谗言说："太皇大后不应该改变先帝的政治方针，斥逐先帝任用的大臣。"这是离间陛下与太皇太后关系的话，陛下不可不加以审查。在陛下继位之初，太皇太后与陛下共同听政，朝廷内外的臣民，上书者数以万计，都说当时的政治法令不好。太皇太后在天下人心都想变革的基础上，与陛下共同加以改革，并不是以自己的私意加以改变。改变法令之后，则制定这些法令以及主持其法令实施而有罪应当斥逐的人，陛下与太皇大后也利用众人的批评而将他们斥逐。那些被斥逐的，都是些上负先帝，下负万民，天下所仇恨，民众所共同要求斥退的人，这中间哪有一点太皇太后的爱憎呢？如果不这样做，天下就不能安宁。陛下只有平心静气地治理，明察是非曲直，斥退奸人，远拒邪说妖言，有谁敢用奸言来迷惑皇上，应该明确其罪恶，交给刑狱，痛加处治一个，以儆效尤，那么天下就会安然无事了。如果陛下对他们的话稍加采纳，而不治他们的罪，恐怕奸言邪说一时纷起，不断地奏上来，万一追报太皇太后的礼节稍有不到的地方，这对于太皇太后的圣德没有丝毫损失，而对于陛下的孝道却损害不浅，必然会大失天下人心。陛下没见到司马光公忠正直为天下人所信服，陛下与太皇太后把他任命为宰相，天下臣民无不欢乐，司马光去世的时候，无不悲哀，以至于茶坊酒店之中，有挂其画像而顶礼膜拜的。司马光之所以得民心到这种程度，是因为他能够辅佐陛下与太皇太后，功及天下。拿司马光的功劳与太皇太后相比，只是万分之一，而老百姓就这样思念他，更何况太皇太后有养育之恩于陛下，有父母之德于百姓，四海爱戴，思慕无穷，陛下如果听信小人的谗言，或者追报有不到的地方，或者轻易更改其行政方针，岂不大失天下人心了吗！人心离散于下，则天象变化于上，陛下即使想作一些善事来进行补救，改过自新来加以弥补，恐怕就来不及了。孝道是一切行为的根本，根本一旦站不住脚，那么其余的一切就不用再看了。

小人的事情，既不为朝廷考虑，也不为先帝着想，一切都从利于自身出发。日夜寻找机会，想报其愤恨已经很久了。现在太皇太后刚刚去世，陛下刚刚亲政，这正是小人乘机钻空子的好时机，所以不得不预先加以防备。这些人已经上误先帝，现在又想来贻误陛下。天下的事情，怎能经得起小人来破坏呢？

我们听说从太皇太后生病以来，陛下一天到晚不离左右，亲自过问饭食医药，晚上都不脱衣服，忧愁泣涕，形于颜色，自太皇太后驾崩以来，陛下悲伤过度，朝廷内外都听说了，丧葬的礼仪，陛下命令务从隆重，又下诏发扬太皇太后的圣德，对太后的娘家高氏施行恩赏，这些都是极大的孝道。陛下与太皇太后是至亲，中间没有任何隔阂，然而我们还要说这些话，是因为小人众多，恐怕把陛下陷入错误的境地。如果我们说的这些话，虽然万一并不存在，然而我们也不敢不预先考虑，一旦有一点点流言蜚语传到外边，那么我们不预先提出而对不起陛下的罪过就大了。不胜忧国爱护君主之心，请陛下加以留意。请裁决。

补言：我们发现英宗即位初年，有一个叫张唐英的小臣，奏上《慎始书》，预言不应该追尊英宗的父亲濮王。近臣中只有司马光先提出这件事。其后建议者上误英宗，追尊濮王之庙，举朝都认为这种做法不合适。朝廷虽然把台谏官全部斥退，而上奏的人们不停止，英宗终究不能改变众人的奏论，圣上只有怏怏不快而已。到神宗即位后，对英宗不听从众人深感后悔，于是提拔张唐英为御史，而司马光深得皇上的信任。现在小人进献谗言，我们本不知其有无，然而不敢不预先说出来，也是担心朝廷既开其端，则忠正之士必然会争论不已。不但上逆圣上旨意，同时让天下人感到不平，人心一离，就不可收拾，陛下日后肯定会追悔莫及。我们的忧虑担心就在这里，请陛下仔细体察。

乞致仕状

臣轼先自端明殿学士兼翰林侍读学士、朝奉郎、定州路安抚使，蒙恩落职，降授承议郎、知英州，道贬宁远军节度副使、惠州安置。经涉四年，又蒙责授琼州别驾、昌化军安置。又三年半，该陛下登极大赦，量移廉州安置。又经皇子赦恩，移舒州团练使、永州居住。臣以老病，久伏瘴毒，顿赴道途。未到永州，复蒙圣恩，复授臣朝奉郎、提举成都府玉局观，外州、军任便居住。臣素有薄田，在常州宜兴县，粗了饘粥，所以崎岖万里，奔归常州，以尽余年。而臣人微罪重，骨寒命薄，难以授陛下再生之赐，于五月间至真州，瘴毒大作，乘船至润州，昏不知人者累日。今已至常州，百病横生，四肢肿满，渴消唾血，全不能食者，二十余日矣，自料必死。臣今行年六十有六，死亦何恨，但草木昆虫有生之意，尚复留恋圣世，以辞此宠禄，或可苟延岁月，欲望朝廷哀怜，特许臣守本官致仕。

【译文】我先从端明殿学士兼翰林侍读学士、朝奉郎、定州路安抚使任上，蒙恩降职，降为承议郎、英州知州，在路上又贬为宁远军节度副使、惠州安置。经过四年之后，又受斥责授琼州别驾、昌化军安置。又过了三年半之后，遇上陛下登极大赦，酌情转移到廉州安置。再经过皇子诞生的恩赦，移为舒州团练使、永州居住。因为我年老多病，久受瘴气的毒害，立即赶赴在道路上，还没到永州，又蒙圣上恩典，再授我为朝奉郎、提举成都府玉局观，外州、军随便居住。我过去有些薄田，在常州宜兴县，勉强可以糊口，所以跋涉万里，奔归常州，以了其残年。然而我人微罪重，骨寒命薄，难以接受陛下对我的再生之恩，五月间到了真州，瘴气大作，乘船到了润州后，昏迷不醒有好多天。现在已经到了常州，百病横生，四肢肿涨，口干吐血，二十多天咋不下一点东西，自知不久就会死珐。我今年已经六十六岁，死了也没什么值得遗憾的。然而草木昆虫但凡有一线生机，还留恋圣世不愿死去，因此我辞掉对我的恩宠，希望苟延一些时日。恳求朝廷哀怜，特许我以现有的官职退休。

湖州上监司先状 元丰二年

弭棹江郊，耸闻风采。驰神德守，若奉诲音。欣之深，敷宣莫究。

【译文】我停船在江边郊外，听闻您的风采。使我对您的道德操守心驰神往，好像聆听到了您的教诲。欢喜心情之深，广为叙说也难以穷尽。

回同官先状

幸因联事，得遂依仁。瞻奉匪遥，欣愉良极。

【译文】有幸和您一起共事，得以遂顺依傍仁义之人的心愿。想到不久后就要见面，实在令人高兴。

杭州到状

得请支郡，备员属城。幸兹衰病之余，托在庇庥之末。即谐瞻奉，预切欣愉。

【译文】蒙朝廷准许我的请求到您管辖下的州郡，在您下属的城邑任职。有幸把这衰老多病的残余之躯，托附在您的庇护之下。马上就可以去拜见您，预先内心就感到高兴。

定州到状

得请近藩，假涂治境。即谐披奉，预切忻愉。

【译文】蒙朝廷恩准我的请求到您的邻近州郡任职，借贵方一条路来治理这地方。很快就可以见面，预先就觉得高兴。

注译本

蘇東坡全集

第十册

〔宋〕苏轼 著
毛德富等 主编

團結出版社

目　录

卷九十四　序

卷九十五 题跋（杂文）

卷九十七 题跋(诗词)

卷九十八 题跋（书画）

附 录

卷九十三　杂记（医药）

单庞二医

蜀有单骧者，举进士不第，颇以医闻。其术虽本于《难经》《素问》，而别出新意，往往巧发奇中，然未能十全。仁宗皇帝不豫，诏孙兆与骧入侍，有间，赏赍不赀。已而大渐，二子皆坐诛，赖皇太后仁圣，察其非罪，坐废数年。今骧为朝官，而兆死矣。尔来黄州邻邑人庞安常者，亦以医闻，其术大类骧，而加以针术妙绝。然患聋，自不能愈，而愈人之疾甚神。此古人所以寄论于目睫也耶？骧、安常皆不以赇谢为急，又颇博物通古今，此所以过人也。元丰五年三月，予偶患左手肿，安常一针而愈，聊为记之。

【译文】蜀地人单骧，未考中进士，以医术闻名。他的医术虽然本于《难经》和《素问》，可他能别出新意，往往巧发奇中，但也不能保万全。仁宗皇帝身体不舒服，诏孙兆和单骧诊治，时间不长，赏赐不可计量。不久，仁宗皇帝病危，孙兆和单骧都被定为死罪。由于皇太后的仁爱圣明，明察不是二人的罪过，二人只是被流放几年。如今单骧是朝廷的官员，孙兆已经去世了。近来，黄州邻邑人庞安常以医术闻名，他的医术与单骧很相似，比单骧多了针灸的妙术。但他本人耳聋，不能治好自己，却能特别有效地治好别人的病。这难道就像古人所说的眼睛能看到百步以外的东西却看不到睫毛吗？单骧和庞安常都不看重报酬，又博古通今，知识渊博，这是他们的过人之处。元丰五年三月，我偶尔左手发肿，安常一针就治好了我的左手，姑且记载下来。

庞安常善医

蕲州庞安常，善医而聩。与人语，在纸始能答。东坡笞曰：“吾与君皆异人也。吾以手为口，君以眼为耳。非异人而何？”

【译文】蕲州人庞安常，擅长治病而耳聋。与别人说话，写在纸上他才能回答。我笑着说：“我与您都属于奇人。我以手为口，您以眼为耳，不是奇人是什么呢？”

求医诊脉

脉之难明，古今所病也。至虚有盛候，而太实有羸状。差之毫厘疑似之间，便有死生祸福之异。此古今所病也。病不可不谒医，而医之明脉者，天下盖一二数。骐骥不时有，天下未尝徒行。和、扁不世出，病者终不徒死。亦因其长而护其短耳。士大夫多秘所患而求诊，以验医之能否，使索病于冥漠之中，辨虚实冷热于疑似之间。医不幸而失，终不肯自谓失也，则巧饰遂非以全其名，至于不救，则曰：“是固难治也。”间有谨愿者，虽或因主人之言，亦复参以所见，两存而杂治，以故药不效。此世之通患而莫之悟也。吾平生求医，盖于平时默验其工拙。至于有疾而求疗，必先尽告以所患而后求诊，使医者了然知患之所在也。然后求之诊，虚实冷热，先定于中，则脉之疑似不能惑也。故虽中医治吾疾常愈。吾求疾愈而已，岂以困医为事哉？

【译文】脉像难以掌握，是古今的难题，看上去很弱，实际上很盛，而看上去很盛，实际上很弱。差之毫厘，似是而非，就会有生死的区别。这是古今的难题。患病不可不求医，而医生中能明察脉像的，天下不多。骏马不常有，天下的人也没有都步行。秦和、扁鹊那样的名医没有出现，患病的人也没有不医而死。医生们也都是以自己的长处掩盖了他们的欠缺。很多士大夫求医时不说出自己的病，以验证医生医术的高低，使得医生在诊病时无所参照，辨别虚实冷热似是而非。

医生一旦失误，自己也不愿说是失误，就巧言辩解以保全自己的名声。如果治不好，就说："这病本来就难治。"偶尔有忠厚老实的，虽然根据患者所说，也还要参入自己的看法，针对两种病情一起进行治疗，因此，药物起不了作用。这是世上的通病，可无人能明白。我平生求医，都是在平时默默地验证医生医术的高低。如果有病要治疗，就一定先把病情完全告诉给医生，使他准确了解病因。然后医生诊脉，虚实冷热，心中有数，就不会为不易判断的脉像所迷惑。因此，一般医生常常能治好我的病。我只是为了把病治好，为什么要让医生困窘呢?

医者以意用药

欧阳文忠公尝言：有患疾者，医问其得疾之由，曰："乘船遇风，惊而得之。"医取多年袘牙为梳工手汗所渍处，刮末，杂丹砂、茯神之流，饮之而愈。今《本草》注引《药性论》云："止汗用麻黄根节及故竹扇，为末服之。"文忠因言："医以意用药，多此比。初似儿戏，然或有验，殆未易致诘也。"予因谓公，以笔墨烧灰饮学者，当治昏惰耶? 推此而广之，则饮伯夷之盥水，可以疗贪；食比干之馂馀，可以已佞；舐樊哙之盾，可以治怯；齅西子之珥，可以疗恶疾矣。公遂大笑。元祐六年闰八月十七日，舟行入颍州界，坐念二十年前见文忠公于此，偶记一时谈笑之语，聊复识之。

【译文】欧阳修曾经说：有一个患者，医生问他得病的原因，他说："乘船遇风，受到了惊吓。"医生找来一个用了多年的舵板，在舵工手汗浸渍的地方刮下木屑，参杂丹砂、茯神等，让患者服下，治好了病。《本草纲目》的注中引《药性论》说："止汗用麻黄根节和旧竹扇，研成末服下。"欧阳修说："医生根据意像用药，这种情况很多。看着像是儿戏，但也偶然有效果，因此不便责备。"我于是对他说，以笔墨烧成灰让学习的人喝，可以治疗昏惰吗？推而广之，喝了伯夷的洗脸水就可以治疗贪婪，吃了比干的剩饭可以医治奸佞，舐了樊哙的盾牌可以医治怯懦，嗅了西子的首饰可以治疗丑陋了。欧阳修听了大笑。元祐六年闰八月十七日，我乘船进入颍州境内，因为想起了二十年前在这里与欧阳修相见，偶然记起当时的玩笑话，就又记了下来。

目忌点濯说

前日，与欧阳叔弼、晁无咎、张文潜同在戒坛。余病目昏，数以热水洗之。文潜云："目忌点濯，目有病，当存之。齿有病，当劳之。不可同也。治目当如治民，治齿当如治军。治民当如曹参之治齐，治兵当如商鞅之治秦。"此颇有理，退而记之。

【译文】前些日子，我和欧阳叔弼、晁无咎、张文潜一起到戒坛。我患有眼昏病，多次用热水洗眼。文潜说："眼睛不宜洗，眼睛有病，应当保养。牙齿有病，应当多活动。二者是不同的。医治眼睛如同治理百姓，医治牙齿如同治理军队。治理百姓应当像曹参治理齐国那样，治理军队应当像商鞅治理秦国那样。"这话很有道理，我就记了下来。

钱子飞施药

王斿元龙言：钱子飞有治大风方，极验，常以施人。一日，梦人云："天使已以此病人，君违天怒，若施不已，君当得此病，药不能救。"子飞惧，遂不施。仆以为天之所病，不可疗耶，则药不应复有效；药有效者，则是天不能病。当是病之祟畏是药，假天以禁人耳。晋侯之病，为二竖子。李子豫赤丸，亦先见于梦。盖有或使之者。子飞不察，为鬼所胁。若余则不然。苟病者得愈，愿代受其苦。家有一方，以傅皮肤，能下腹中秽恶。在黄州试之，病良已，今当常以施人。

【译文】王元龙说：钱子飞有治疗麻风病的药方，非常有效，他经常把药送人。一天，梦见有人对他说："上天让我使人患此病，你惹怒了上天，如果还将药送给别人，你就会患此病，药物不能治疗。"子飞害怕，就不再把药送人了。我认为天让人得此病，若不能治疗，服药也不应有效；药物有效，上天就不能让人患病。一定是让人患上这种病的邪祟害怕这药，就借上天来限制人。晋景公患病，也曾梦见所患的病变成两个小孩抗拒治疗。李子豫用八毒赤丸治疗兄弟的腹痛，也是患者先在梦中得到暗示。子飞也属于此类，只是他自己没有觉察，结果被鬼所胁迫。如果是我就不这样，只要能治好患者的病，我情愿代为受苦。我家中有一药方，贴在皮肤上，能去除腹中的秽气。在黄州经过试用，效果很好，现在我常常将此药送人。

宪宗姜茶汤

宪宗赐马总治泄痢腹痛方，以生姜和皮切碎，如粟米，用一大盏，并草茶相等，煎服。元祐二年，文潞公得此疾，百药不效。而余传此方，得愈。

【译文】宪宗赐给马总治疗痢疾腹痛的药方，把生姜连皮切碎，如粟米大小，用一大碗与相等的草茶煎服。元祐二年，文潞公患此病，服了许多药都不见效。他用我送给他的这个药方治好了病。

裕陵偏头疼方

裕陵传王荆公偏头疼方，云是禁中秘方，用生萝卜汁一蚬壳注鼻中，左痛注右，右痛注左，或两鼻皆注亦可。虽数十年患，皆一注而愈。荆公与仆言之，已愈数人矣。

【译文】宋神宗送给王安石治疗偏头疼的药方，说是宫中秘方，用一蚬壳生萝卜汁注入鼻孔，左侧头痛注入右侧鼻孔，右侧头痛注入左侧鼻孔，或者两个鼻孔都注入也行。即使患此病几十年，都是注一次就痊愈。王安石告诉我说，已医好了数人。

枳枸汤

眉山有杨颖臣者，长七尺，健饮啖，倜傥人也。忽得消渴疾，曰饮水数斗，食倍常而数溺。服消渴药逾年，疾日甚，自度必死，治棺衾，嘱其子于人。蜀有良医张玄隐之子，不记其名，为诊脉，笑曰："君几误死矣。"取麝香当门子，以酒濡之，作十许丸。取枳枸子为汤，饮之，遂愈。问其故。张生言："消渴消中，皆脾衰而肾败，土不能胜水，肾液不上溯，乃成此疾。今诊颖臣，脾脉热而肾且衰，当由果实、酒过度，虚热在脾，故饮食兼人，而多饮水，水既多，不得不多溺也，非消渴也。麝香能败酒，瓜果近辄不实，而枳枸亦能胜酒。屋外有此木，屋中酿酒不熟，以其木为屋，其下亦不可酿酒。故以此二物为药，以去酒、果之毒也。"宋玉云："枳枸来巢。"枳，音俱里切。枸，音矩。以其实如鸟乳，故能来巢。今俗讹谓之"鸡枸子"，亦谓之"癞汉指头"，盖取其似也。嚼之如乳，小儿喜食之。

【译文】眉山人杨颖臣，高七尺，食量很好，是个潇洒之人。他忽然患了消渴病，每天要喝数斗水，饭量比平时成倍增加，小便频繁。他服用消渴药一年多，病情日益严重，他自己认为没有活的希望了，准备了棺材寿衣，把儿子也托付给了别人。蜀地良医张玄隐的儿子，记不得叫什么名字了，为他诊脉后，笑着说："你几乎被耽误致死了。"他取来麝香当门子，用酒泡湿，制作了十多个药丸。以枳枸子为汤服下，治好了病。问他原因，他说："消渴消中，都是因为脾衰肾败，土不能克水，肾液不能上行，于是得此病。如今我为颖臣诊脉，他的脾脉热而肾将衰，这是因为他吃瓜果过多，饮酒过度，虚热在脾，因此食量顶两个人，而多喝水，喝水多自然尿频，不是消渴。麝香能败酒，瓜果接近它，就结不出果实，而枳枸也能败酒。屋外有此树，屋中就酿不熟酒，用这种木料盖房子，下面也不能酿酒。因此以这两样东西为药，以排除酒和瓜果的毒素。宋玉说："枳枸来巢。"枳，音俱里切。枸，音与"矩"同。因为它的果实很像鸟乳，所以能够招鸟来筑巢。现在人们错把它叫作"鸡枸子"，还叫作"癞汉指头"，都是因为他们相似的缘故。嚼着枳枸的果实像奶一样，小孩儿喜欢吃。

服生姜法

予昔监郡钱塘，游净慈寺，众中有僧号聪药王，年八十余，颜如渥丹，目光炯然。问其所能，盖诊脉知吉凶如智缘者。自言服生姜四十年，故不老云。姜能健脾温肾，活血益气。其法取生姜之无筋滓者，然不用子姜，错之，并皮裂，取汁贮器中。久之，澄去其上黄而清者，取其下白而浓者，阴干刮取，如面，谓之姜乳。以蒸饼或饭搜和丸如桐子，以酒或盐米汤吞数十粒，或取末置酒食茶饮中食之，皆可。聪云："山僧孤贫，无力治此，正尔和皮嚼烂，以温水咽之耳。初固辣，稍久则否，今但觉甘美而已。"

【译文】我过去在钱塘郡做官时，一天，去游净慈寺，寺中有一个僧人叫聪药王，年纪八十多，面容红润，目光炯炯。询问他的特长，能诊脉断知吉凶。他自己说服用生姜四十年，所以不显老。姜能健脾温肾，活血益气。方法是：取无筋、渣的生姜，但不用嫩姜，连皮取汁，放在容器中。过一段时间，去掉上面稀而发黄的汁液，把下面的浓而发白的留下，阴干刮取，像面，叫作姜乳。用蒸饼或饭调和，制成桐子大小的药丸，以酒或咸米汤吞服数十粒，或者把姜乳放入酒食茶饭中服下也行。聪药王说："我孤而贫穷，没有能力这样做，只好把姜连皮嚼烂，用温水咽下。开始时当然辛辣，时间久了，就不辣了，现在只觉得很甘甜。"

服葳灵仙法

服葳灵仙有二法。其一，净洗阴干，捣罗为末，酒浸牛漆末，或蜜丸，或为散酒。调牛膝之多少，视脏腑之虚实而增减之。此眉山一亲知，患脚气至重，依此，服半年，遂永除。其一法，取此药粗细得中者，寸截之，七十寸作一贴。每岁作三百六十贴，置床头。五更初，面东，细嚼一贴，候津液满口，咽下。此牢山一僧，年百余岁，上下山如飞，云得此药力。二法皆以得真为要。真者有五验。一味极苦。二色深翠。三折之脆而不韧。四折之有微尘，如胡黄连状。五断处有白晕，谓之鸲鹆眼。无此五验，则稿本根之细者耳。又须忌茶。以槐角皂角牙之嫩者，依造草茶法作。或只取《外台秘要》代茶饮子方，常合服乃可。

【译文】服用葳灵仙有两种方法。一种方法是：将葳灵仙洗净凉干，捣成末，和用酒浸过的牛膝末，或者制成蜜丸，或者制成散酒，调牛膝末的多少，视内脏的虚实而定。这是眉山的一位亲友，患有严重的脚气，依此法服用半年，脚气得以根除。另一种方法是：取粗细合适的葳灵仙，截成约一寸长的小段，每七十段作为一贴，每年作三百六十贴，放在床头，五更初，面向东方细嚼一贴，等津液满口时就咽下。这是牢山一僧人，一百多岁了，上山下山，步履如飞，据他说，就是得此药力。两种方法都以真药为关键。有五种方法可以检验是否真：一是味道极苦；二是颜色深翠；三是脆而不韧；四是折之有微尘，如同胡黄莲的样子；五是折断处有白晕，叫作鸲鹆眼。没有这种标志，就是细稿草根。服用此药还必须忌茶。用嫩槐角、皂角牙，依作草茶法那样作。或者只用《外台秘要》中的代茶饮子方，常常合服才行。

服茯苓法

茯苓自是神仙上药。但其中有赤筋脉，若不能去，服久不利人眼，或使人眼小。当削去皮，斫为方寸块银石器中，清水煮以酥软，解散为度，入细布袋中，以冷水揉搜，如作葛粉状，澄取粉，而筋脉留袋中，弃去不用。用其粉，以蜜和，如湿香状，蒸过，食之尤佳。胡麻但取纯黑。脂麻九蒸九暴，入水烂研，滤取白汁银石器中熬。如作杏酪汤，更入，去皮核，烂研枣肉与茯苓粉一处搜和，食之尤有奇效。

【译文】茯苓是神药，但其中有赤筋脉，如果不去掉，长期服用对眼睛不利，可能使人眼变小。服用时应削去皮，截成一寸见方的块，放在银石器皿中，用清水把它煮软，煮到能撕开为止。然后装入细布袋中，用清水揉搓，像做葛粉一样，澄取粉，筋脉就留在袋子里了，筋脉丢弃不用。将粉用蜜调和成湿香状，上笼蒸后服用更好。胡麻只用纯黑的。脂麻九蒸九晒，放入水中磨碎，滤取白汁，放在银石器皿中煮熬。如果作杏酪汤，去皮核放入，研碎枣肉与茯苓粉一起调和，这样服用更有奇效。

服地黄法

肥嫩地黄一二寸，截去，薄纸裹两头，以生猪脑涂其肤周匝，置小盘中。挂通风处十余日，自干。抖数之，出细黄粉，其肤独一一如鹅管状，其粉沸汤点，或谓之金粉汤。

【译文】截肥嫩地黄一二寸，用薄纸裹住两头，用生猪脑涂满外部，放在小盘子里。然后将它挂在通风处晾十多天，晾干后，抖动它，抖出细黄粉，地黄的外皮只剩下一根根像鹅管样子的东西。把细黄粉放入沸汤中，又叫作金粉汤。

艾人着灸法

端午日，日未出，以意求艾似人者，辄撷之以灸，殊有效。幼时见一书中云尔，忘其为何书也。艾未有真似人者，于明暗间，苟以意命之而已。万法皆妄，无一真者，此何疑焉。

【译文】端午清晨，太阳还未出来时，采撷觉得像人形的艾草，用它做灸法治疗，有特殊的效果。小时候看到一本书中这样说过，忘记这是一本什么书了。艾草没有真像人的形状的，只是在明暗之间觉得它像罢了。万般方法都是虚妄，没有一种是真实的，这又何必怀疑呢?

井华水

时雨降，多置器广庭中，所得甘滑不可名，以泼茶、煮药，皆美而有益，正尔食之不辍，可以长生。其次井泉，甘冷者皆良药也。《乾》以九二化《坤》之六二为坎，故天一为水。吾闻之道士，人能服井华，其效与石硫黄、钟乳等。非其人而服之，亦能发背脑为疽。盖尝观之。又分、至日，取井水，储之有方。后七日，辄生物如云母状。道士谓“水中金”，可养炼为丹。此固尝见之者。此至浅近，世独不能为，况所谓玄者乎？

【译文】应时的雨水降下时，在空地上放置很多器皿，所接的雨水甘滑不可名状，用它来泡茶、煮药，味道好而对身体有益，这样坚持食用，可以长生。其次是井泉之水，甘冷的井泉之水都是良药。坤卦的六二得乾卦的九二为阳爻，变为坎卦，因此天一为水。我听道士说，人食用清晨的井水，效果与服石硫黄和钟乳石一样。不该服用的人服用了它，背上、头上会长疮。我曾经看到过。在春分、秋分、夏至、冬至那天取井水按一定的方法储放，过七天，水中就会生出像云母样的东西。道士把这叫作“水中金”，可以养炼成丹。这也是我曾经看到过的。这方法非常简便，可人们却不能去做，何况那些玄妙的呢？

治内障眼

《本草》云：“熟地黄、麦门冬、车前子相杂，治内障眼有效。”屡试信然。其法，细捣罗、蜜为丸，如桐子大。三药皆难捣罗，和合异常甘香，真奇药也。露蜂房、蛇蜕皮、乱发，各烧灰存性，用钱匕，酒服，治疮口久不合，亦大效。

【译文】《本草纲目》说：“熟地黄、麦门冬、车前子合在一起，治疗内障眼有效。”经多次试验，果然有效。其方法是，将这几种药捣碎过罗，制成蜜丸，像桐子大小。三种药都不容易捣碎，混合以后却是非常甘香，真是奇药。把坏蜂房、蛇蜕皮、乱发各烧成灰，以酒服下，对久不愈合的疮口有很好的疗效。

治马肺法

马肺损，鼻中出脓，天厩医所不疗。云：“肺药率用凉冷，须食上饮之。而肺痛畏草所刺，不敢食草。若不食饮凉药，是速其死也。故不医。”有老卒教予以芦菔根煮糯米为稠粥，入少许阿胶其中，啖之，马乃敢食。食已用常肺药，入诃梨勒皮饮之。凉药为诃子所涩于肺上，必愈。用其言，信然。

【译文】马肺受损，鼻中出脓，皇家的马医也治不好。说：“肺药都是凉药，必须拌入饲料服下，而马因肺痛怕草刺，不敢吃草。如果不让马服凉药，马就会很快死去。所以，马肺病无法治。”有一老兵教我用芦菔根和糯米煮成稠粥，放入少量的阿胶喂马，马才敢吃，吃完后，用常用的肺药，加入诃子皮让马服下，凉药被诃子涩在肺上，马病一定会痊愈。按他的方法，果然有效。

治马背鬃法

仆有一相识，能治马背鬃。有富家翁买一马，直百余千，以有此病，故以四十千得之。已而置酒饮人，求治之。酒未三行，而鬃已正，举坐大笑。其方用烹猪汤一味，暖令热，一浴其鬃，随手即正不复回。良久，乃以少冷水洗之。此物兼能令马尾软细，及治尾焦秃。频以洗之，不月余，效极神良。秘之！秘之！

【译文】我有一位熟人，能治疗马背鬃。有一位富家老翁买了一匹马，这匹马值十几万钱，因为有马背鬃病，因此以四万钱买下。过后，他设宴请我的这位熟人，求他给马治病。饮酒不到三巡，马病已治好，在座的人都笑了。治马的方法是：把烹猪汤烧热，洗浴马鬃，随手把马鬃扶正不再倒伏。等较长时间后，再用凉水洗浴。此法还能使马尾变得细软，能治疗马尾焦秃。多次洗浴，不到一个月，就能见神效。请秘藏此方。

天麻煎

世传四味五两天麻煎，盖古方。本以四时加减，世但传春利耳。春肝王多风，故倍天麻。夏伏阴，故倍乌头。秋多利下，故倍地榆。冬伏阳，故倍玄参。当须去皮，生用治之。万捣乌头，无复毒。依此常服，不独去病，乃保真延年，与仲景八味丸并驱矣。

【译文】世上流传的四味五两天麻煎是古方，此方本应根据四季加减，但人们只认为在春天服用有益。春天多风，天麻要加倍。夏天潜藏阴气，乌头要加倍。秋天气机下行，地榆要加倍。冬天潜藏阳气，玄参要加倍。必须去皮生服。乌头捣碎就不再有毒。按照这个方法经常服用，不只是能治病，还增强体质延年益寿，与仲景八味丸有同样效果。

代茶饮子

王焘集《外台秘要》，有《代茶饮子》一首云。格韵高绝，惟山居逸人乃当作之。予尝依法治服，其利鬲调中，信如所云，而其气味，乃一服煮散耳，与茶了无干涉。薛能诗云：“粗官与世真抛着，赖有诗情合得尝。”又作《乌觜茶》诗云：“盐损添常戒，姜宜著更夸。”乃知唐人之于茶，盖有河朔脂麻气也。

【译文】王焘集《外台秘要》中有一首《代茶饮子》，格调高绝，只有山居逸人才能写出。我曾经依法服用，其利鬲调中的作用，确实明显，而它的气味煮一道就消散了，与茶毫无关系。薛能写诗说：“粗官与世真抛着，赖有诗情合得尝。”他又写有《鸟觜茶》诗：“盐损添常戒，姜宜著更夸。”于是知道唐代人所饮的茶，有黄河以北的脂麻味。

治痢腹痛法

治痢腹痛，用生姜，切如粟米大，杂茶相对烹，并滓食之，实有奇效。又用豆蔻剜作瓮子，入通明乳香少许，复以塞之。不尽，即用和曲少许，裹豆蔻煨熟，焦黄为度。三物皆研末，仍以茶末对烹之。比前方益奇。

【译文】治疗痢疾腹痛，把生姜切成粟米大小的块粒，和茶叶一起烹煮，连渣服下，有奇效。还可以把豆蔻剜个洞，填入少许的通明乳香，再把口塞住。用少量面曲裹住豆蔻在火上煨，煨到焦黄为止。然后研成末，和茶末一起烹煮，这个方法更有效。

服绢法

医博张君传服绢方，真神仙上药也。然绢本以御寒，今乃以充服食，至寒时，当盖稻子席耳。世言着衣吃饭，今乃吃衣着饭耶？

【译文】一位姓张的医官，传授服绢药方，真是神仙之药。然而绢本来是用来御寒的，现在却用来当药服用，到天气寒冷时，就该盖稻草席啦。人们都说穿衣吃饭，现在成了吃衣穿饭了。

服松脂法 赠米元章

松脂以真定者为良。细布袋盛清水为沸汤煮，浮水面者，以新罩篱掠取置新水中。久煮不出者，皆弃不用。入生白茯苓末，不制，但削去皮，捣罗拌匀，每日早取三钱匕着口中。用少熟水搅漱，仍以脂如常法揩齿。毕，更啜少熟水咽之，仍漱吐如法。能坚牢齿、驻颜、乌髭也。

【译文】松香以真定地方产的为好。将松香装入细布口袋中，用清水煮。漂浮水面后，用罩篱捞起，放在新水中，久煮不漂的，丢弃不用。加入白茯苓末，只削去皮，捣碎罗筛拌匀，每天早晨取三勺放在口中，用温水搅漱，仍然用松香像平常那样刷牙。然后，再以温水咽下，仍然按上述方法漱吐。此方有坚齿、驻颜、乌发的功效。

书诸药法 赠昙秀

右并于孙真人《千金方》一并录出。今与孙相去百四十余年，陵谷迁易，未必一一如其言，然犹庶几可寻其彷彿。俗士扰扰，岂复能究此，而山僧逸民，或有得者自服之耳，岂复能见饷哉！今因昙秀归南，为录此数纸，恐山中有能哀东坡之流落又不忍独不死者，或能为致之。果尔，便以此赠之耳。

【译文】在上边将孙真人《千金方》录出。现在离孙真人去世已一百四十多年，世事变迁，未必全部像他说的那样，但还能得其大概。俗士烦乱，哪能研究它，而山僧逸民，有能得到的还在服用，难道能再被赠送吗?现在因为昙秀到南方去，我给他抄写几张纸，恐怕山中有可怜我被流放，而又不忍心光是自己不死的人，他或许能告诉我一些方法，果真这样，就以此相赠。

炼枲耳霜法

枲耳，并根、苗、叶、实，皆濯去尘土，悬阴净扫洒地上，烧为灰，澄淋，取浓汁泥，连二灶炼之。俟灰汁耗，即旋取旁釜中已滚灰汁益之。经一日夜，不绝火，乃渐得霜。干瓷瓶盛，每服，早、晚、临睡，酒调一钱匕。补暖、去风、驻颜，不可备言。尤治皮肤风，令人肤革滑静。每净面及浴，取少许和澡豆用，尤佳，无所忌。苏昌图之父从谏，宜州文学，家居于邕。服此十余年，年八十七，红润轻健，盖专得此药力也。

【译文】将枲耳的根、苗、叶、果实，都洗去尘土，悬在阴凉洁净的地上，烧成灰，用水澄淋，取浓汁泥，用两个灶炉烧炼，等泥汁挥发，马上用另一灶上釜中的灰汁添加。经过一天一夜，不停火，就会慢慢结霜。然后装入干瓷瓶，每天早、晚、临睡时用酒调一匙服下。有补暖、去风、驻颜等功效。对皮肤风病特别有效，能使人皮肤滑净。每次洗脸及洗澡时，取少量加入澡豆中用，效果尤佳。没有什么禁忌。苏昌图的父亲家居邕州，服用此药十多年，八十七岁了，面色红润，腰身轻捷，都是此药的功效。

服黄连法

丙子寒食日，宝积长老昙颖言：惠州澄海十五指挥使姚欢，守把阜民监。熙宁中，赵熙明知州，巡检姓申者，与知监俞懿有隙。吏士与监卒忿争，遂告监卒反，熙明为闭衙门，出甲付巡检往讨之。欢执杖立监门，白巡检以身任。监卒不反，乞不交锋，巡检无以夺，为敛兵而止。是日微欢，惠州几殆。欢今年八十余，以南安军功迁雄略指挥使，老于广州，须发不白。自言：六十岁患癣疥，周匝顶踵，或教服黄连，遂愈，久服，故发不白。其法，以黄连去头，酒浸一宿，焙干为末，蜜丸如桐子大。空心，日午、临卧，酒吞二十丸。

【译文】丙子寒食那天，宝积长老昙颖说：惠州澄海第十五指挥使姚欢守把阜民监。熙宁年间，赵熙明任惠州长官，一个姓申的巡检与知监俞懿有隔阂，吏士与监卒发生争执，就告发监卒谋反，赵熙明紧闭衙门，让武装巡检前往征伐。姚欢执杖在监门站立，告诉巡检自己的使命。监卒没有谋反，请求不要交锋。巡检无奈，只好收兵。这一天如果没有姚欢，惠州就危险了。姚欢今年八十多岁了，他因南安军功任雄略指挥使，晚年在广州，须发不白。他自己说：六十岁时，曾患癣疥，满身都是，有人让他服用黄连，随即痊愈，长期服用，头发不白。方法是，把黄连去头，用酒泡一晚上，焙干研成末。加蜜制成桐子大小的药丸，中午或临睡前空腹以酒服二十丸。

辨漆叶青黏散方

案《嘉祐补注本草·女萎》条注引陈藏器云：“女萎、萎蕤，二物同传。陶云：同是一物，但名异耳。下痢方多用女萎，而此都无止泄之说，疑必非也。按女萎：苏又于中品之中出之，云主霍乱、泄痢、肠鸣，正与陶注上品女萎相会，如此，即二萎功用同矣，更非二物。苏乃剩出一条。苏又云：女萎与萎蕤不同。其萎蕤，一名玉竹，为其似竹，一名地节，为有节。《魏志·樊阿传》：青黏一名黄芝，一名地节。此即萎蕤。极似偏精。本功外主聪明，调血气，令人强壮。和漆叶为散，主五藏，益精，去三虫，轻身不老，变白，润肌肤，暖腰脚，惟有热不可服。晋嵇绍有胸有寒疾，每酒后苦唾，服之得愈。草似竹，取根、花、叶阴干。昔华佗入山，见仙人服之，以告樊阿，服之百岁。”

右予少时读《后汉书》《三国志》华佗传，皆云：佗弟子樊阿“从佗求可服食益于人者，佗授以漆叶青黏散：漆叶屑一升，青黏屑十四两，以是为率。言久服，去三虫，利五藏，轻体，使人头不白。阿从其言，寿百余岁。漆叶处所皆有，青黏生于丰、沛、彭城及朝歌”。《魏志注》引《佗别传》云：“青黏，一名地节，一名黄芝，主理五藏，益精气。本出于陕，入山者，见仙人服之，以告佗。佗以为佳，辄语阿，阿大秘之。近者人见阿之寿而气力强盛，怪之，遂责阿所服，因醉乱误道之。法一施，人多服者，皆有大验。”而《后汉书》亦引《佗别传》，同此文，但“黏”字书“黏”，“相传音女廉反，然今人无识此者，甚可恨惜”。吾详佗文“恨惜不识”之语，乃章怀太子贤所云也。吾性好服食，每以问好事君子，莫有知者。绍圣四年九月十三日，在昌化军，借《嘉祐补注本草》，乃知是女萎，喜跃之甚，登即录之。但恨陶隐居与苏恭二论未决。恭唐人，今《本草》云唐本者，皆恭注也。详其所论，多立异，又殊喜与陶公相反几至于骂者，然细考之，陶未必非，恭未必是。予以谓隐居精识博物，可信，当更以问能者。若青黏便是萎蕤，岂不一大庆乎？过当录此以寄子由，同讲求之。

【译文】《嘉祐补注本草·女萎》条注释引用陈藏器的话说：

“女萎、萎蕤，是一样东西。陶弘景说：同是一物，只是名称不同罢了。治痢疾的药方多用女萎，而这些都没有止泄的说法，怀疑是搞错了。女萎，苏恭作的注认为其中品主治霍乱、痢疾、肠鸣，正好与陶注上品女萎相合。这样，二萎功用相同，更不是两样东西，苏注还有一条说：女萎与萎蕤不同，萎蕤又叫玉竹，因为它长得像竹子，又叫地节，因为茎上有节。《魏志·樊阿传》说：青黏又叫黄芝，又叫地节，这就是萎蕤，非常像偏精。本药外主聪明，调血气、能使人强壮。和漆叶制成散，主五脏，益精、去三虫，能使人轻身不老，变白，肌肤滑润，腰脚发暖，只是有内热不能服用。晋朝嵇绍胸中有寒病，每次饮酒后唾液发苦，服用此药后就痊愈了。此草像竹子，取它的根、花、叶阴干。从前华佗进山，见仙人服用，告诉给樊阿，樊阿服用活到百岁。”

以上是我小时候所读《后汉书》《三国志》的华佗传的内容，都说：华佗的弟子樊阿“向华佗求能服用对人体有益的药物。华佗传给他漆叶青黏散：漆叶屑一升，青黏屑十四两，以此为准。说是长期服用，能去三虫，利五脏，使人体轻捷，头发不白。樊阿按华佗所说服用，活了一百多岁。漆叶到处都有，青黏产于丰、沛、彭城及朝歌。《魏志注》引《佗别传》说：“青黏又叫地节，又叫黄芝，主理五脏，益精气。本产于陕，进山的人看到仙人服用，告诉给华佗。华佗认为效果很好，就告诉给樊阿，樊阿非常珍秘。经常与樊阿来往的人看到他长寿而气力强盛，很奇怪。就追问他服用了什么，樊阿酒醉后说出药方。方子一传出很多人服用，效果都很明显。”而《后汉书》也引《佗别传》，与此文相同，但“黏”字写成“黏”字，“相传音女廉反，然而现在的人无人知道，很可惜。”我详查文中“恨惜不说”的话是章怀太子李贤说的。我生性喜欢服食，经常问好事的君子，没有人能知道。绍圣四年九月十三日，在昌化军借《嘉祐补注本草》，才知道是女萎。高兴之余，马上录写下来。只是遗憾陶隐居和苏恭二人不知谁说的对。苏恭是唐人，现在的《本草纲目》的唐本，都是苏恭所注。详细考察之，多有异说，又特别喜欢与陶隐居作对甚至谩骂。但细细考究，陶注未必不对，恭注未必正确。我认为陶隐居精识博物，值得信赖，应当再询问有才能的人。如果青黏就是萎蕤，真是一件幸事，过后将把这个抄给兄弟子由，以便共同研讨。

苍术录

黄州山中苍术至多，就野人买一斤，数钱尔。此长生药也。人以为易得，不复贵重，至以熏蚊子。此亦可为太息。舒州白术，茎叶亦甚相似。特华紫尔。然至难得，三百一两。其效止于和胃去游风，非神仙上药也。

【译文】黄州山中有很多苍术，在当地人那里买一斤才几个钱。这是长寿药。人们认为容易得到，就不把它看得贵重，以至于用它来熏蚊子，也太可惜了。舒州的白术，茎叶与苍术很相似，只是花是紫色的。然而这种药很难得到，三百钱一两。其效用只是和胃去游风，不是上等好药。

海漆录

吾谪居海南，以五月出陆至藤州，自藤至儋，野花夹道，如芍药而小，红鲜可爱，朴樕丛生。土人云："倒黏子花也。"至儋则已。结子马乳，烂紫可食，殊甘美。中有细核，嚼之瑟瑟有声。亦颇苦涩，童儿食之，或大便难通。叶皆白，如白苇状。野人夏秋痢下，食叶辄已。海南无柿，人取其皮，剥浸揉擱之，得胶，以代柿，盖愈于柿也。吾久苦小便白胶，近又大腑滑，百药不差。取倒黏子嫩叶酒蒸之，焙燥为末，以酢糊丸，日吞百余，二腑皆平复，然后知其奇药也。因名之曰海漆，而私记之，以贻好事君子。明年子熟，当取子研滤，酒煮为膏以剂之，不复用糊矣。戊寅十一月一日记。

【译文】我被贬谪到海南，五月离开大陆到藤州，从藤州到儋州的路上，野花夹道，野花长的像芍药而比芍药小，鲜红可爱，到处都是。当地人说这是“倒黏子花”。到了儋州就没有了。这种花的果实，紫色，可以吃，味道特别好。果实中有小核，咀嚼能发出瑟瑟的响声。也有苦涩之味，小孩儿吃了，有的会大便难下。叶子都是白色的，像白苇的样子。农民夏秋之季患痢疾，服用花的叶子就能止住。海南没有柿子，人们用那果实的皮浸润搓揉，取出胶，以代替柿子，比柿子还强。我长期苦于小便白浊，最近又患大腑滑，服很多药都没治好。后来把倒黏子的嫩叶用酒蒸过，焙干研成末，加醋制成丸，每天服百余粒，两种病都治好了，我这才知道倒黏子是奇药。于是叫它海漆，我私下记住，以便将来赠送给好事的君子。明年倒黏子成熟后，我就把它的果实研滤，用酒煮制成膏，不再用糊了。戊寅十一月一日记。

墓头回草录

王屋山有异草，制百毒，能于鬼手夺命。故山中人谓此草墓头回。蹇葆光托吴远游寄来。吾闻兵无刃，虫无毒，皆不可任。若阿罗汉永断三毒，此药遂无所施邪？

【译文】王屋山有一种奇特的草，能制服百毒，从而在鬼的手中将人命夺回。因此，山里的人把这种草叫作墓头回草。蹇葆光托吴远游给我寄来。我听说有此药，不怕刀伤虫毒。如果阿罗汉永远断绝贪嗔痴三毒，这种药就无处可用了。

益智录

海南产益智花，实皆作长穗，而分三节。其实熟否，以候岁之丰歉。其下节以候蚕禾，中、上亦如之。大吉则实，大凶之岁，则皆不实，盖罕有三节并熟者。其为药治气止水，而无益于智。智岂求之于药香乎？其得此名者，岂以知岁邪？今日见儋耳黎子云言，候之审矣。聊复记之，以俟后日好事补注《本草》者。

【译文】海南生长着一种益智花，果实都是长穗，分为三节。其果实的成熟与否，标志着收成的好坏，他的下节标志着蚕禾的丰、欠，中节以上也是这样。如果收成好，就结果实，灾荒年就不结果实，很少见到三节都成熟的。作为药，它治气止水，但对智力没有好处，智力难道能从药香中求取吗？这种草以益智命名，可能是因为它能预示收成的好坏吧！现在听儋耳人黎子云所说，证明确实如此。姑且记下，等将来有心的人补注《本草》。

苍耳录

药至贱而为世要用，未有若苍耳者。他药虽贱，或地有不产，惟此药不问南北、夷夏、山泽、斥卤、泥土、沙石，但有地则产。其花叶根实皆可食，食之则如药。治病无毒，生熟丸散，无适不可。愈食愈善，乃使人骨髓满，肌如玉，长生药也。主疗风痹、瘫痪、癃疟、疮痒，不可胜言。尤治瘿金疮。一名羊负来。《诗》谓之卷耳，《疏》谓之枲耳，俗谓道人头。海南无药，惟此药生舍下，迁客之幸也。己卯二月望日书。

【译文】没有什么药能像苍耳那样价格低廉而被人常用的了。其他的药虽然价格低，可有的地方不生长，只有苍耳，不管南北、夷夏、山泽、盐碱地、泥土、沙石地，只要有地，就能生长。苍耳的花叶根果都能食用，食用就像药一样。这种药治病无毒，生、熟、丸、散什么都行。越吃越有好处，能使人骨髓饱满，皮肤如玉，是一种长生药。主治风痹、瘫痪、瘰疬、疮痒，等数不清的病。对瘿金疮，效果更好。苍耳又叫羊负来。《诗经》称之为卷耳，《注疏》称之为枲耳，民间把它叫作道人头。海南没有药，只有这种药生在我的房前，这是贬谪之人的幸运。已卯二月望日写。

蘈草录

杜甫诗有除蘈草一篇，今蜀中谓之毛琰，毛芒可畏，触之如蜂虿，然治风疹，择最先者，以此草点之，一身皆失去。叶背紫者入药。杜诗注云："蘈，音潜，山韭也。"

【译文】杜甫有一首《除蘈草诗》，现在蜀地人把蘈草叫作毛琰，上面的毛刺令人生畏，碰上如遭蜂螫。然而这种草能治风疹，刚发病时，用此草点抹，就能全部治好。叶背呈紫色的入药。杜诗注说："蘈，音潜，山韭也。"

四神丹说

熟地黄、玄参、当归、羌活，各等分。右捣为末，蜜和丸，梧桐子大，空心酒服，丸数随宜。《列仙传》："有山图者，入山采药，折足，仙人教服此四物而愈。因久服，遂度世。"顷余以问名医康师孟，大异之，云：“医家用此多矣，然未有专用此四物如此方者。”师孟遂名之曰四神丹。洛下公卿士庶争饵之，百疾皆愈，药性中和，可常服。大略补虚益血，治风气，亦可名草还丹。己卯十一月八日，东坡居士儋耳书。

【译文】用等量的熟地黄、玄参、当归、羌活，捣成末，以蜜制成桐子大小的药丸，空腹以酒服下，丸数不限。《列仙传》说：“有一个叫山图的人，进山采药，脚部受伤，仙人让用这四种药治好了他的脚。于是长期服用，得以长寿。”我以此请教名医康师孟，他非常吃惊，说：“医生经常用这些药，但没有人专门像此方这样用这四种药的。”他于是称这四种药为四神丹。洛阳城的公卿士庶争相食用，百病痊愈。此药药性中和，可以经常服用。能补虚益血，治风气，也叫作草还丹。己卯十一月八日，东坡居士写于儋耳。

治暴下法

欧阳文忠公常得暴下，国医不能愈。夫人云：“市人有此药，三文一贴，甚效。”公曰：“吾辈脏腑，与市人不同，不可服。”夫人使以国医药杂进之，一服而愈。公召卖者厚遗之，求其方，久之，乃肯传。但用车前子一味为末，米饮下二钱匕，云：“此药利水道而不动气。水道利则清浊分，谷藏自止矣。”

【译文】欧阳修常患急性腹泻，国医都治不好。夫人说：“市场上有治疗此病的药，三文钱一贴，很见效。”欧阳修说：“我们这些人的内脏与一般人不同，不能服用。”夫人就把这种药混在国医的药中，欧阳修服用一次病就好了。欧阳修叫来卖药的人，以厚礼相赠，索求药方，要了好长时间，卖药的人才肯给。只用车前子一味药，研成末，以米服下二钱匙，说："此药利水道而不动气，水道利，清浊就能分开，病也就自然痊愈。

蜀名医张玄隐

人有杨颖臣者，□□多溺而□□，医以为消中消渴，久治不效□□□为死矣。有张生者，失其名，其父玄隐，故蜀名医也。诊其脉，曰："子几□已。"取麝香一脐，破取当门子，点少蜜，作数丸，以枳枸子椎破，煎汤下之。一服，渴止。再服，遂愈。或问其说，张云："诊其脉，非消渴也，乃酒与瓜果浮为虚热，以涨其脾耳。酒与瓜果皆畏麝，佩麝以种瓜果，皆不□，而枳枸败酒有验，种其木屋隅，□其□□屋其下，酒皆不熟，此……"

【译文】有个人叫杨颖臣，□□医生都认为他是消中消渴病，按此诊断治疗很久，却没有疗效。□□有位张医生，不知道他的名字。他的父亲张玄隐是蜀地名医。他为杨颖臣诊脉，说："□□"拿一脐麝香，破取当门子，加一点蜂蜜，作成数粒药丸，把枳枸砸破，煎汤药让他喝下去，只服一剂药，便不再口渴。喝了第二剂药，病便痊愈了。有人向张医生询问这医理，张说："我诊他的脉，并不是消渴病，而是酒和瓜果积在腹中酿成虚热，致使脾胃胀。酒和瓜果都畏麝香。如果佩带麝香种瓜果，瓜果都不会□□。枳枸能使酒毁败，如果在院中角落种有枳枸，□□，酒就无法酿成。……"

书药方赠民某君

药方有兵部手集者，唐宰相李公绛所编，方无不验者。疗折伤骨破碎，或五脏内损垂死者，用生地黄捣取自然汁，和热酒服之；骨破碎者，自大便下，复生新骨补故处；有瘀血者，立取下即平复。云天设此法，以救人命。地黄滓以酒和，傅伤破或肿处。予在儋耳，民有相殴内损者，不下粥饮，且不能言。予以家传接骨丹疗之，乃能言。又以南岳活血丹授之，下少黑血，乃能食，然尚呻号不能转动也。小圃中有地黄，然地瘠，根细如发，乃并叶捣治，饮、傅之，取血块升余，遂能起行。此人与进士黎先觉有亲，乃书以授之，使多植此药，以救人命。戊寅十二月五日。

【译文】有一部兵部手集的药方，是唐代宰相李公绛编订的，其中的药方都很有效。治疗四肢折伤骨头破碎，或者五脏受伤有生命危险的，把生地黄捣出汁，将地黄汁和热酒服下，破碎的骨头块就会顺大便而下，再在原处长出新骨头。有瘀血的，当下就能治愈。说这是上天设置此法，以救人命。地黄渣用酒调和，敷在伤破或肿的地方。我在儋耳的时候，有人因斗殴受了内伤，不吃饭不喝水，也不能说话。我用家传的接骨丹给他治疗，他马上就会说话。又让他服了南岳活血丹，排出了少量黑血，于是就能吃饭了，但还是呻吟不止，不能转身。园子里有地黄，但是因为地薄，地黄根细如头发，于是把根连叶一起捣碎制成药，让他内服、外敷，排出血块一升多，他就能起身行走了。这个患者与进士黎先觉是亲戚，于是就写信告诉了黎先觉，让他多种这种药，以救人命。戊寅十二月五日。

脉说（残）

俗降久矣，虽巫医百工之事亦不竞。甚神而圣者，吾不得而见之矣，得见工巧者斯可矣。去脉也者，气血之几也，合阴阳之和，顺四时之宜，以其不病形彼之病，故曰全神守气，听于眇微，决死生期，德如蓍龟。

……中虚则天母胶于先，物物自然，是谓上玄。盖医家之所当事，而亦岂可以易易能也。

【译文】社会风气衰败已很久了。即使是巫医百工之事也不振作，这类人中很神明的人物我见不到，能见到很工巧的也行。诊脉，是诊气血的征兆。诊脉要合阴阳，顺四时，以自己不病的气血之躯诊测出对方的病症，所以诊脉时要全神贯注、固守精气，从最细微处作出有关生死的判断，这德行如同神明的占卜。

……内中恬淡虚无，就可以通达万物与自然合一，这就是上玄。这是医家应当努力做到的，怎么可以把医术当作很容易做的事去从事它呢。

书事

记先夫人不发宿藏

先夫人僦居于纱縠行。一日，二婢子熨帛，足陷于地。视之，深数尺，有一瓮，覆以乌木板。夫人命以土塞之，瓮中有物，如人咳声，凡一年而已。人以为有宿藏物，欲出也。夫人之侄之问闻之，欲发焉，会吾迁居，之问遂僦此宅，掘丈余，不见瓮所在。其后吾官于岐下，所居古柳下，雪，方尺不积雪，晴，地坟起数寸。吾疑是古人藏丹药处，欲发之。亡妻崇德君曰："使先姑在必不发也。"吾愧而止。

【译文】去世的老母亲在眉山的纱縠行租房居住时。一天，两个婢女熨衣物，脚陷入地中，往下探看，洞深数尺，有一个瓮，用乌木板盖着。夫人让人用土填塞洞穴。瓮中有东西，像人的咳声，已有一年了。人们认为是前人埋藏的东西，想挖出。夫人的侄子程之问听说了，想把它挖出来，正好我搬走了，之问就租下了这个房子，挖了一丈多深，没有见到瓮。以后我到岐下就职，住所的古柳下，下雪时，有一尺见方的地方不积雪，天晴后，那块地上鼓起数寸，我猜想这是古人埋葬丹药的地方，想挖开看看。妻子崇德君说："如果婆婆还活着，肯定不会挖开。"我惭愧地打消了这个念头。

记先夫人不残鸟雀

少时所居书堂前，有竹柏杂花丛生满庭，众鸟巢其上。武阳君恶杀生，儿童婢仆，皆不得捕取鸟雀。数年间，皆巢于低枝，其鷇可俯而窥。又有桐花凤，四五日翔集其间。此鸟羽毛至为珍异难见，而能驯扰，殊不畏人。闾里间见之，以为异事。此无他，不忮之诚信于异类也。有野老言，鸟雀巢去人太远，则其子有蛇鼠狐狸鸱鸢之忧，人既不杀，则自近人者，欲免此患也。由是观之，异时鸟雀巢不敢近人者，以人为甚于蛇鼠之类也，苛政猛于虎，信哉！

【译文】小时候，住所的书堂前，满院竹柏杂花丛生，群鸟在花树上筑窝。母亲武阳君讨厌杀生，小孩儿、婢仆，都不得捕捉鸟雀。数年间，鸟窝都筑在低枝上，能低头看到窝里的雏鸟。还有桐花凤，四五天就飞集到这里。这种鸟的羽毛特别珍异罕见，能驯化，不怕人。邻里的人有时看到了，以为是怪事。其实没有别的原因，是因为以诚善之心对待动物。有一位老人说，鸟雀的窝离人太远，雏鸟就会被蛇、鼠、狐狸、鸱、鸢伤害，人如果不伤害鸟雀，鸟雀自然就接近人，是为了避免其他动物的伤害。由此看来，鸟雀不敢在离人近的地方筑窝，是因为它们认为人比蛇鼠之类的动物更可怕，苛刻的政令比老虎还凶猛，确实如此啊！

记钱塘杀鹅

鹅能警盗，钱塘人喜杀之，日屠百鹅而鬻之市。予自湖上夜归，过屠者门，闻群鹅皆号，声振衢路，若有诉者。予凄然，欲赎其死，念终无所置之，故不果，然至今往来予心也。鹅不独警盗，亦能却蛇，其粪盖杀蛇，蜀人园池养鹅，蛇即远去。有此二能而不能免死，且有祈雨之厄，悲夫，安得人人如逸少乎！

【译文】鹅能警戒盗贼，钱塘人喜欢杀鹅，每天要杀百只鹅到市上卖。我夜晚从湖上回家，路过屠夫的门前，听到群鹅号叫，声震街巷，好像是在控诉，我很可怜它们，想赎回它们，又想到没有地方安置，因此也就作罢。然而至今为此事还耿耿于怀。鹅不只是能警戒盗贼，还能防蛇，鹅粪能致蛇于死地，蜀地人在园池养鹅蛇就会远离。鹅有这两种本领而不能免死，又有祈雨的厄运，可悲啊！怎样才能使人们都像王羲之那样爱鹅呢？

记徐州杀狗

今日厢界有杀狗公事。司法言，近敕书不禁杀狗。问其说，云：《礼·乡饮酒》："烹狗于东方。"乃不禁。然则《礼》云："宾客之牛角尺。"亦不当禁杀牛乎？孔子曰："弊帷不弃，为埋马也。弊盖不弃，为埋狗也。"死犹当埋，不忍食其肉，况可得而杀乎？

【译文】如今城外有专事杀狗的，司法文书近来也有不禁杀狗的律令，问其中的原因，司法人士说：《礼记·乡饮酒》中说："在东方杀狗。"于是就不禁止。但是《礼记·王制》中说："招待宾客所用的牛，牛角可长到一尺。"也不应当禁止杀牛吗？孔子说："破帷帐不丢弃，用来掩埋马，破车蓬不丢弃，用来掩埋狗。"马和狗死了还要掩埋，不忍心吃它们的肉，怎么能活着宰杀呢？

记张公规论去欲

太守杨君素、通判张公规邀余游安国寺。坐中论调气养生之事。余曰："皆不足道，难在去欲。"张云："苏子卿啮雪啖毡，蹈背出血，无一语少屈，可谓了死生之际矣。然不免为胡妇生子，穷居海上，而况洞房绮疏之下乎！乃知此事不易消除。"众客皆大笑，余爱其语有理，故为录之。

【译文】太守杨君素和通判张公规邀请我游览安国寺。休息时讨论调气养生的事，我说："其他的都容易做到，难就难在去除欲望。"张公规说："苏武吃雪吞毡，背上被踏出了血，不说一句屈服的话，可以算是明白生死的界限了，但最终还是和胡人女子生了孩子，他困窘在北海边尚且如此，何况我们这些在温馨的洞房中的人呢？可见欲望不容易消除。"众人大笑。我觉得他言之有理，就记了下来。

记故人病

元丰六年十月十二日夜，一鼓后，故人有得风疾者，急往视之，已不能言矣。死生阴阳之争，其苦有甚于刀锯木索者。余知其不可救，默为祈死而已。呜呼哀哉，此复何罪乎！酒色之娱而已。古人云："甘嗜毒药，戏猛兽之爪牙。"岂虚言哉！明日见一少年，以此戒之。少年笑曰："甚矣，子言之陋也。色固吾之所甚好，而死生疾痛非吾之所怖也。"余曰："有行乞于道偃而号曰'遗我一盂饭，吾今以千斛之粟报子'，则市人皆掩口笑之，有千斛之粟，而无一盂之饭，不可以欺小儿。怖生于爱，子能不怖死生而犹好色，其可以欺我哉？"今世之为高者，皆少年之徒也，戒生定，定生惠，此不刊之语也。如有不从戒、定生者，皆妄也，如惠而实痴也，如觉而实梦也。悲夫！

【译文】元丰六年十月十二夜晚，一更鼓后，有一个朋友得了风病。我急忙去看望，他已不能说话了。死与生的煎熬，其痛苦超过了酷刑。我知道他已不可医治，只得默默悼念他的死亡。唉！此又是什么罪啊！不过是因为酒色之乐而已。古人说："甘于嗜毒药，与猛兽游戏。"确实如此。第二天见到了一个少年，我以此告诫他，少年笑着说："您的话太浅陋了。女色固然是我特别喜好的，而死生病痛，也不是我所害怕的。"我说："如果有一个乞丐爬在地上喊道'谁给我一碗饭，我给他千斛粟米'，人们都会掩口讥笑他，有千斛粟米，而缺少一碗饭，这是连小孩也骗不了的。害怕产生于爱，你活着喜好女色，却说不怕死，能骗得了我吗？"如今世上的所谓高明者，都是这少年一类的人，戒能生定，定能生智慧，这是不可更改的话，如果有不从戒、定生的，都是虚妄的，看似聪明而实际是痴傻，看似醒着而实际是在做梦。可悲啊！

记赵贫子语

赵贫子谓人曰："子神不全。"其人不服，曰："吾僚友万乘，蝼蚁三军，粃糠富贵，而昼伇死生，何谓神不全乎？"贫子笑曰："是血气所扶，名义所激，非神之功也。"明日，问其人曰："子父母在乎？"曰："亡久矣。""常梦之乎？"曰："多矣。""梦中知其亡乎，抑以为存也？"曰："皆有之。"贫子笑曰："父母之存亡，不待计议而知者也。昼日问子，则不思而对，夜梦见之，则以亡为存，死生之于梦觉有间矣。物之眩子而难知者，甚于父母之存亡。子自以为神全而不学，可忧也哉！"予尝预闻其语，故录之。

【译文】赵贫子对别人说："你的神智不健全。"那人不服，说："我视皇上如僚友，视三军如蝼蚁，视富贵如粃糠，视死生如昼夜，怎么能说神智不健全呢？"赵贫子笑着说："你说的那些都是靠血气扶持、名义激励的，不是神智的作用。”第二天，赵贫子问那人：“你的父母还活着吗？”那人说：“去世很久了。”贫子问：“常梦见他们吗？”那人答：“常梦见他们。”问：“梦中梦见他们是去世了还是活着呢？”答：“都梦见过。”贫子笑着说：“父母的生死，不用考虑就知道。白天问你，你不用想就能回答，夜间做梦看到他们，就把去世的人当成活着的人了，生死在梦中与醒来时有差别。外物难以了解的程度，要超过父母的存亡。你自以为神智健全而不学习，很值得忧虑啊！”我曾经听到过这话，所以记录下来。

乐苦说

乐事可慕，苦事可畏，此是未至时心耳。及苦乐既至，以身履之，求畏慕者初不可得。况既过之后，复有何物比之，寻声捕影，系风趁梦，此四者犹有彷彿也。如此推究，不免是病，且以此病对治彼病，彼此相磨，安得乐处，当以至理语君，今则不可。元祐三年八月五日书。

【译文】羡慕乐事，畏惧苦事，这是没有遇到乐事和苦事时的心情。等到这些事情到来，亲身经历，就没有羡慕畏惧的人了，事情过后，再用什么事物来比，就好像寻找声音、捕捉影子、系住风、追逐梦一样，虚幻不实，有求不得。如此推究，也是毛病，姑且以此病来对治彼病，彼此相磨，安得乐处。应把深刻的道理告诉你，现在却不行。元祐三年八月五日书。

记子由言修身

子由言：有一人死而复生，问冥官：“如何修身，可以免罪？”答曰：“子且置一卷历，昼日之所为，暮夜必记之。但不可记者，是不可言不可作也。无事静坐，便觉一日似两日，若能处置此生，常似今日，得至七十，便是百四十岁，人世间何药可能有此奇效。既无反恶，又省药钱。此方人人收得，但苦无汤使，多咽不下。”元祐七年四月二十五日。

【译文】苏辙说：有一个人死而复生，问阴司的官：“怎样修身才能免罪？”答：“你准备一卷日历，白天的行为，晚上一定记下来。只要是不能记的，就是不能说不能做的。无事静坐，就会觉得一天像两天，如果这样安排一生，都像今天，活到七十年，就是一百四十岁。人世间有什么药能有这样的奇效。既不难受，又省药钱。这个方子人人都能用，只是苦于没有好汤用，很多人咽不下。”元祐七年四月二十五日。

记张君宜医

近世医官仇鼎疗痈肿，为当时第一，鼎死未有继者。今张君宜所能，殆不减鼎。然鼎性行不甚纯淑，世或畏之。今张君用心平和，专以救人为事，殆过于鼎远矣。元丰七年四月七日。

【译文】近代医官仇鼎治疗痈肿，在当时堪称第一。仇鼎去世后，没有人继承他的医术。现今张君宜的医术不比仇鼎差。但是仇鼎性情行为不太淳淑，有人害怕他。张君宜用心平和专以治病救人为己任，远远超过了仇鼎。元丰七年四月七日。

畏威如疾

管仲有言：“畏威如疾，民之上也；从怀如流，民之下也。”又曰：“燕安酖毒，不可怀也。”《礼》曰：“君子庄敬日强，安肆日偷。”此语乃当书诸绅。故余以畏威如疾为私记。

【译文】管仲说过：“畏惧威严像畏惧疾病一样，是上等百姓；

只知道随心所欲，随波逐流，是下等百姓。”他又说：“安逸等于毒药，是不能怀恋的。”《礼记》说：“君子庄重恭敬就会一天天强健，安逸放肆就会一天天苟且偷生。”这些话应写在衣带上，因此我以畏威如疾为题记下这些话。

常德必吉

伊尹云：“德惟一，动罔不吉；德二三，动罔不凶。”贫贱人但有常德，非复富贵，即当得道。虽当大富贵，苟无常德，其后必败。予以此占之多矣。

【译文】伊尹说：“德行专一，干什么都没有不吉利的；德行反复变化，干什么都不吉利。”贫贱的人只要坚守德行，即使不富贵也能得道。大富大贵之人，如果不坚守德行，以后必定破败。这些情况我见得多了。

禄有重轻

王状元未第时，醉堕汴河，为水神扶出，曰：“公有三百千料钱，若死于此，何处消破？”明年遂登第。士有久不第者，亦效之，阳醉落河，河神亦扶出。士大喜曰：“吾料钱几何？”神曰：“吾不知也。但三百瓮黄齑，无处消破耳。”

【译文】王状元没有考中时，喝醉酒坠入汴河，被水神扶出，水神说：“你有三百千的口粮钱，如果死在这里，到哪里花销呢？”第二年他终于考取。有一个长期没有考中的人，也效仿王状元，佯醉掉进河中，河神也把他扶出。他高兴地问：“我有多少口粮钱？”水神说：“有没有口粮钱我不知道，但如果你死在这里，你的那三百瓮酱菜就无处打发了。”

德有厚薄

杜黄裳，少年好行阴德，见枯骨辄葬之，鬼辄德。或获宝剑，或获藏镪。士有效之者，雪中见一枯骨，质衣而葬之。忍寒至三更，鬼啸于檐曰：“秀才，秀才！会唱《凉州》《伊州》否？仆是开元中舞旋色，待与秀才舞个曲破，聊以报德。”

【译文】杜黄裳年轻时喜欢积阴德，他看到枯骨就掩埋，鬼也因此报答他。他有时得到宝剑，有时挖出钱。有读书人效法他，在雪地上看到一具枯骨，就当了衣服将枯骨包裹掩埋。他忍着寒冷到了三更，鬼在他的房檐喊道：“秀才，秀才！你会唱《凉州》和《伊州》吗？我是唐代开元中跳胡旋舞的演员，让我给你跳个舞，就算以此报答你。”

仙不可力求

王烈入山得石髓，怀之，以饷嵇叔夜。叔夜视之，则坚为石矣。当时若杵碎，或磨错食之，岂不贤于云母、钟乳辈哉！然神仙要有分，不可力求。退之有言：“我宁诘曲身世间，安能从汝巢神仙。”如退之性气，虽出世间人亦不能容，况叔夜悻直，又甚于退之者耶？

【译文】王烈在山中得到一些石髓，他将石髓带回，送给嵇叔夜。嵇叔夜取来观看，石髓已变成坚硬的石头。如果当时捣碎，或磨成末服下，难道不比云母、钟乳等强吗？然而想成神仙要有缘份，不能勉强争取。韩愈说：“我宁诘曲身世间，安能从汝巢神仙。”像韩愈那样的秉性脾气，虽然出于世间也不被人们接纳，更不要说嵇叔夜性情耿直又超过韩愈了。

事不能两立

乐天作庐山草堂，盖亦烧丹也。欲成而炉鼎败。明日，忠州刺史除书到。乃知世间、出世间事不两立也，仆有此志久矣，而终无成者，亦以世间事未败故也。今日真败矣。《书》曰：“民之所欲，天必从之。”信而有徵。绍圣元年十月十二日。

【译文】白居易建庐山草堂，也烧炼仙丹，仙丹快炼成时，炼丹炉毁坏。第二天，任忠州刺史的调令就到达了。于是知道入世与出世是势不两立的。我久有出世的志向，可最终也没有实现，也是因为人世间的事没有毁败。现在可是真毁败了。《尚书·泰誓》说：“百姓的愿望上天必定顺从。”这话不错，在我身上得到了验证。绍圣元年十月十二日。

记郑君老佛语

数随定，观还止，此道以老君、佛语兼修之。当念此身如槁木，坚定不动，若复动摇一毫发许，即堕大地狱，如孙武令、商君法，有死无犯。郑君所得，辄与老夫不谋而同，乃知前生俱是一会中人也。

【译文】数随定，观还止，此道以老君和佛语兼而修炼。应想着己身如比枯木，坚定不移，如果有丝毫的动摇，就会堕入地狱，要像孙武令、商君法那样，即使死也不能违犯。郑君的收获，与我不谋而合，这才知道我们前生都是一个道会中的人。

二红饭

今年东坡收大麦二十余石，卖之价甚贱，而粳米适尽，乃课奴婢舂以为饭，嚼之啧啧有声。小儿女相调，云是嚼虱子。日中饥，用浆水淘食之，自然甘酸浮滑，有西北村落气味。今日复令庖人，杂小豆作饭，尤有味。老妻大笑曰："此新样二红饭也。"

【译文】今年东坡收获二十余石大麦，想把它卖掉，可价格太低，正好粳米吃完，于是就让奴婢舂麦做饭，吃起来口中会发出啧啧的声响。小儿女开玩笑，说是嚼虱子。中午饥饿，用浆水淘洗食用，自然甜酸浮滑，有西北村落的气味。现在再让厨师放入小豆做饭，吃起来更有味，老妻大笑说："这是新式二红饭。"

记合浦老人语

元符三年八月，予在合浦，有老人苏佛儿来访。年八十二，不饮酒食肉，两目烂然，盖童子也。自言："十二岁斋居修行，无妻子，有兄弟三人，皆持戒念道。长者九十二，次者九十。"与论生死事，颇有所知。居州城东南六七里。佛儿尝卖药于东城。见老人，言："即心是佛，不在断肉。"予言："勿作此念，众生难感易流。"老人甚喜曰："如是！如是！"东坡居士记。

【译文】元符三年八月，我在合浦时，有一位名叫苏佛儿的老人来访。老人已经八十二岁了，不饮酒，不食肉，两眼明亮，像个儿童。他自己说："十二岁时开始斋居修行，无妻无子，有兄弟三人，都持戒修道。兄弟三人老大九十二岁，老二九十岁。"我和他谈论生死之事，他知道的很多。他住在州城东南六七里的地方。佛儿老人曾经在城东卖药，看见一位老人，老人说："即心里佛，不在断肉。"我说："不要这样想，众生难于感化。"老人很高兴，说："对！对！"东坡居士记。

二措大言志

有二措大相与言志。一云："我平生不足，惟饭与睡耳。他日得志，当饱吃饭，饭了便睡，睡了又吃。"一云："我则异于是。当吃了又吃，何暇复睡耶？"吾来庐山，闻马道士善睡，于睡中得妙。然以吾观之，终不如彼措大得吃饭三昧也。

【译文】有两位贫困失意士人在一起谈论志向。其中一位说："我一生最缺少的是吃饭和睡觉。将来得志后，要吃饱饭，吃了就睡，睡了再吃。"另一位说："我不这样想。要吃了又吃，哪有工夫睡觉呢？"我来到庐山，听说马道士善于睡觉，在睡梦中得到妙法。但以我来看，最终不如那两位士人所得到的吃饭的妙处。

三老人论年

尝有三老人相遇，或问之年，一人曰："吾年不可记，但忆少年时，与盘古有旧。"一人曰："海水变桑田时，吾辄下一筹，尔来吾筹已满十间屋。"一人曰："吾所食蟠桃，弃其核于昆仑山下，今已与昆仑肩矣。"以予观之，三子者，与蜉蝣、朝菌，何以异哉！

【译文】曾经有三位老人遇在一起，有人问起年龄。一位说："我记不清年龄了，只是记得年轻时与盘古认识。"另一位说："海水变成桑田时，我就下一筹，最近我下的筹已满十间屋了。"第三位说："我吃蟠桃，桃核扔在昆仑山下，如今堆起的桃核已与昆仑山一样高了。"在我看来，这三位老人与蜉蝣、朝菌又有什么不同呢？

桃符艾人语

桃符仰骂艾人曰："尔何草芥而辄据吾上？"艾人俯谓桃符曰："尔已半截入土，安敢更与吾较高下乎？"门神傍笑而解之曰："尔辈方且傍人门户，更可争闲气耶！"

【译文】桃符仰着头骂艾蒿草人："你这草芥为何？居然在我上面？"艾蒿草人低头对桃符说："你已有半截入土了，怎敢再与我比高低呢？"门神在旁边笑着劝解他们说："你们都正依傍人家的门户，有什么闲气可争的呢？"

螺蚌相语

中渚，有螺蚌相遇岛间。蚌谓螺曰："汝之形，如鸾之秀，如云之孤，纵使卑朴，亦足仰德。"螺曰："然。云何珠玑之宝，天不授我，反授汝耶？"蚌曰："天授于内不授于外，启予口，见予心，汝虽外美，其如内何，摩顶放踵，委曲而已。"螺乃大惭，掩面而入水。

【译文】在水中的小块陆地上，螺与蚌相遇。蚌对螺说："你的形状，像鸾那样秀美，像云那样孤傲，即使你卑微，也值得敬仰。"螺说："对。为什么上天不让我产生珠宝，反而让你产生呢？"蚌说："上天授于内而不授于外。打开我的口就能看到我的心。你虽然外表秀美，里面怎么样呢？从头到脚，蜷缩在那里而已。"螺非常惭愧，只好捂着脸进入水中了。

记道人戏语

绍圣二年五月九日，都下有道人坐相国寺卖诸禁方，缄题其一曰：卖赌钱不输方。少年有博者，以千金得之。归，发视其方，曰：“但止乞头。”道人亦善鬻术矣，戏语得千金，然未尝取欺少年也。

【译文】绍圣二年五月九日，京城有一位道士坐在相国寺卖秘方。其中一秘方上题写着：“卖赌钱不输方。”有一位喜欢赌博的年轻人。以千金将此方买下，回到家中，打开秘方，上面写着：“只做抽头。”这位道士也算是精于卖东西之术了，开玩笑的话也卖了千金，但却没有欺骗年轻人。

口目相语

子瞻患赤目，或言不可食脍。子瞻欲听之，而口不可。曰：“我与子为口，彼与子为眼，彼何厚，我何薄，以彼患而废我食，不可。”子瞻不能决。口谓眼曰：“他日我喑，汝视物，吾不禁也。”

【译文】我得了红眼病，有人说不能吃鱼肉。我准备照办，可是嘴不同意。嘴说：“我是你的嘴，它是你的眼，为什么厚待它而薄待我，因为眼有病而不让我吃东西，不行。”我不知如何是好。嘴对眼说：“将来我哑了，我不禁止你看东西。”

作伪心劳

贫家无阔稿荐，与其露足，宁且露首。君观吾侪有顷刻离笔砚者乎？至于困睡，犹似笔也。小儿子不解人事，问："每夜何所盖？"辄答云："盖稿荐。"嫌其太陋，挞而戒之曰："后有问者，但云被。"一日出见客，而荐草挂须上。儿从后呼曰："且除面上被。"所谓作伪心劳日拙者耶？

【译文】贫穷的人家没有宽稻草席，与其露出脚，宁愿露出头。你看我们这些人离开过笔砚片刻吗？到了睡觉时，还像毛笔一样。小儿子不懂事，问："每天晚上盖的是什么？"就回答说："盖的是稻草席。"儿子嫌它太寒酸，教训他说："以后有人问，就说是被子。"有一天，外出见客，有稻草挂在胡须上。儿子从后面喊道："快去掉脸上的被子。"这就是所谓的费心作假而日见愚拙吧？

着饭吃衣

无糊绢，以桑灰水煮烂，更以清水煮脱灰气，细研如粉，酒煮面糊，丸如桐子大，空心，酒下三五十丸，治风壮元。此所谓着饭吃衣者也。或问饭非可着衣非可吃，答云："所以着饭，不过为穷，所以吃衣，不过为风。"正与孙子荆枕流漱石作对。或人未喻，曰："夜寒稿荐，岂非着饭也耶？"

【译文】用桑灰水将无糊绢煮烂，再换清水煮去灰气，将绢丝研成细末，以酒煮成面糊，做成桐子大小的药丸，空腹以酒服下三五十丸。能治风壮元。这就是所谓的穿饭吃衣。有人说饭不能穿衣不能吃，回答说："穿饭是因为穷，吃衣是因为风。"正好和孙子荆说的枕流漱石对仗。还有人不明白，我说："夜寒盖上稻草席，难道不是穿饭吗？"

梁上君子

近日颇多贼，两夜皆来入吾室。吾近护魏王葬，得数千缗，略已散去。此梁上君子，当是不知耳。

【译文】近来有很多盗贼，两个晚上都进入我的房间。我最近护魏王入葬，得到几千吊钱，差不多已经分完了。这个盗贼可能不知道这个情况。

草木饮食

种松法

十月以后，冬至以前，松实结熟而未落，折取，并萼收之竹器中，悬之风道。未熟则不生，过熟则随风飞去。至春初，敲取其实，以大铁锤入荒茅地中数寸，置数粒其中，得春雨自生。自采实至种，皆以不犯手气为佳。松性至坚悍，然始生至脆弱，多畏日与牛羊，故须荒茅地，以茅阴障日。若白地，当杂大麦数十粒种之，赖麦阴乃活。须护以棘，日使人行视，三五年乃成。五年之后，乃可洗其下枝使高，七年之后，乃可去其细密者使大。大略如此。

【译文】每年十月以后，冬至以前，松果成熟还未落下的时候，摘下连萼一起收藏在竹器中，悬挂在通风处。如果果实没有成熟，就不会发芽生长，熟透了就会随风飞去。第二年的初春，敲取其中的果实，用大铁锤在荒地中挖数寸深的孔穴，放入几粒松籽，春雨过后，自然就会生长。从采集果实到下种，都最好不要用手。松树很坚硬，但刚生长时很脆弱，怕阳光和牛羊啃食，因此必须在荒地中以茅草遮住阳光。如果在空地上种，应当杂种几十粒大麦，依靠大麦的阴凉松树才能成活。必须用荆棘围护，每天派人去看视一下，三五年才能长成。五年以后，就可以削去下边的树枝使树长高，七年以后，就可以砍去细小茂密的松树，使其余的松树长粗。大略如此。

四花相似说

荼蘼花似通草花，桃花似腊花，海棠花似绢花，罂粟花似纸花。三月十一日会王文甫家，众议评花如此。

【译文】荼蘼花长得像通草花，桃花长得像蜡花，海棠花长得像绢花，罂粟花长得像纸花。三月十一日在王文甫家聚会，众人这样议论花。

菱芡桃杏说

今日见提举陈贻叔，云："舒州有医人李惟熙者，为人清妙，善论物理。云：'菱芡皆水物，菱寒而芡暖者，菱开花背日，芡开花向日故也。'又云：'桃杏花双仁辄杀人者，其花本五出，六出必双。旧说草木花皆五出，惟栀子与雪花六出，此殆阴阳之理。今桃杏之双仁皆杀人者，失常故也。木实之蠹者必不沙烂，沙烂者必不蠹而能浮，不浮者亦杀人。'"会尝考其理，既沙烂散，则不能蕴蓄而生虫，瓜至甘而不蠹者，以其沙也。此虽末事，亦理有不可欺者。

【译文】今天见到提举陈贻叔，他说："舒州有个叫李惟熙的医生，为人清妙，善于谈论物理。他说：'菱芡都是水中植物，菱寒芡暖是因为菱开花时背着日光，芡开花时对着日光之故。又说：'桃、杏双仁的花能致人命，桃、杏的花本是五瓣，六瓣的一定是双仁。旧时的说法，草木的花都是五瓣，只有栀子与雪花是六瓣，这是阴阳之理。现在桃、杏双仁的花都致死人命，是因为它不符合一般规律。树的果实被蛀蚀的一定不沙烂，沙烂的一定没被蛀蚀而能漂浮，不能漂浮的也能致死人命。’”我曾经考证他所说的，果实沙烂的，就不会生虫，瓜特别甜而不被蛀蚀的，是因为它沙烂。这虽是小事，但也有确切的道理。

菊说

《夏小正》以物为节，如王瓜、苦菜之类，验之略不差。而菊有黄花，尤不失毫厘。近时都下菊品至多，皆智者以他草接成，不复与时节相应。始八月，尽十月，菊不绝于市，亦可怪也。

【译文】《夏小正》以植物划分时节，如王瓜、苦菜等，经过验证，基本准确。而菊花有黄花，更是准确。近来，京都菊花的品种特别多，都是能工巧匠用其它草嫁接成的，不再与时节相应。从八月到十月，菊花在市面上不断，也可称得上奇事。

接果说

蜀中人接花果，皆用芋胶合其罅。予少时颇能之。尝与子由戏用苦楝木接李，既实，不可向口，无复李味。《传》云：“一薰一莸，十年尚犹有臭。”非虚语也。芋自是一种，不甚堪食，名接果。

【译文】蜀地的人嫁接花果，都用芋胶合其缝隙。我小时候也会这样嫁接。我曾经与兄弟子由用楝木与李子嫁接，结的果子不能吃，不再有李子的味道。《左传》说：“香草和臭草在一起，十年还有臭味。”确实如此。芋又是一种，不太好吃，叫作接果。

荔枝似江瑶柱说

仆尝问:“荔枝何所似?”或曰:“似龙眼。”坐客皆笑其陋。荔枝实无所似也。仆曰:“荔枝似江瑶柱。”应者皆怃然。仆亦不辩。昨日见毕仲游。仆问:“杜甫似何人?”仲游云:“似司马迁。”仆喜而不答,盖与曩言会也。

【译文】我曾经问:“荔枝像什么?”有人说:“像龙眼。”在座的人都讥笑他无知。荔枝什么也不像。我说:“荔枝像江瑶柱。”听者都怅然若失。我也不争辩。昨天见到毕仲游。我问他:“杜甫像谁?”他说:“像司马迁。”我高兴地也不回答,因为他所说的与我前边说的意思相合。

荔枝龙眼说

闽越人高荔子而下龙眼,吾为评之:荔子如食蝤蛑大蟹,斫雪流膏,一啖可饱,龙眼如食彭越石蟹,嚼啮久之,了无所得。然酒阑口爽,餍饱之余,则咂啄之味,石蟹有时胜蝤蛑也。戏书此纸,为饮流一笑。

【译文】闽越人高看荔枝而看不上龙眼,我是这样看的,吃荔枝好像是吃梭子蟹,斫雪流膏,可尽情吃饱。吃龙眼好像是吃石蟹,嚼吃好长时间,也没有吃到什么。然而在酒足饭饱之余,咂啄品味,石蟹有时胜过梭子蟹。开玩笑写下这几句话,博饮酒者一笑。

记汝南桧柏

予来汝南,地平无山,清颍之外,无以娱予者。而地近亳社,特宜桧柏，自拱把而上，辄有樛枝纽纹。治事堂前二柏，与荐福两桧，尤为殊绝。孰谓使予安此寂寞而忘归者，非此君欤也？

【译文】我来到汝南，这里地势平坦没有山，除了清澈的颍水之外，没有什么使我高兴的。然而这里离殷社不远，特别适宜桧柏的生长。从一把粗的以上，就有弯枝曲纹。治事堂前的两棵柏树和荐福的两棵桧树，长得更是奇特。是什么使我安心于寂寞之地而忘记返家呢？不是这桧柏吗？

记张元方论麦虫

元祐八年五月十日，雍丘令米芾有书，言县有虫食麦叶而不食实。适会金部郎中张元方见过，云：“麦、豆未尝有虫，有虫盖异事也，既食其叶，则实自病，安有不为害之理？”元方因言：“方虫为害，有小甲虫，见，辄断其腰而去，俗谓之旁不肯。”前此吾未尝闻也，故录之。

【译文】元祐八年五月十日，雍丘令米芾来信，信上说他所在的县上，地里的虫光吃麦叶而不吃麦穗。正好金部郎中张元方来访，说：“麦、豆不曾有虫，有虫是奇事，既然虫子吃了麦叶，麦穗自会受损，哪能无害呢？”张元方说：“当虫为害时，有一种小甲虫，看见，就折断它的腰而去，民间叫作旁不肯。”以前我没听说过，因此把它记了下来。

记惠州土芋

岷山之下，凶年以蹲鸱为粮，不复疫疠，知此物之宜人也。《本草》谓芋，土芝，云：“益气充肌。”惠州富此物，然人食者不免瘴。吴远游曰：“此非芋之罪也。芋当去皮，湿纸包，煨之火，过熟，乃热啖之，则松而腻，乃能益气充肌。今惠人皆和皮水煮冷啖，坚顽少味，其发瘴固宜。”丙子除夜前两日，夜饥甚，远游煨芋两枚见啖，美甚，乃为书此帖。

【译文】岷山之下的人们，灾荒年以大芋为口粮，不再感染瘟疫，可知大芋适宜于人。《本草纲目》说芋是土芝，能“益气充饥”。惠州盛产芋头，然而人吃了有的会染上瘴气。吴远游说：“这不是芋头的过错。芋头应当去皮，用湿纸包裹，在火上煨熟才能吃。热芋头软而腻，能益气充饥。如今惠州人都是连皮用水煮，等凉了才吃，凉吃坚硬无味，容易染发瘴气。”丙子除夕前两天，夜里我饿得厉害，远游煨了两个芋头让我吃，很好吃，于是记了下来。

记岭南竹

岭南人，当有愧于竹。食者竹笋，庇者竹瓦，载者竹筏，爨者竹薪，衣者竹皮，书者竹纸，履者竹鞋，真可谓一日不可无此君也耶？

【译文】岭南人应有愧于竹子，吃的是竹笋，房上盖的是竹瓦，过河乘的是竹筏，烧的是竹子，穿的是竹皮，写字用的是竹纸，穿的是竹鞋，真可以说一天也不能没有竹子。

记竹雌雄

竹有雌雄，雌者多笋，故种竹当种雌。自根而上至梢，一节二发者为雌。物无逃于阴阳，可不信哉！

【译文】竹子分雌雄，雌竹笋多，因此种竹子应种雌竹。从根往上到梢，每节发两叉的是雌竹。万物都分阴阳，能不相信吗！

记海南菊

菊，黄中之色，香味和正，花叶根实，皆长生药也。北方随秋之早晚，大略至菊有黄花乃开。独岭南不然，至冬乃盛发。岭南地暖，百卉造作无时，而菊独后开。考其理，菊性介烈，不与百卉并盛衰，须霜降乃发，而岭南常以冬至微霜故也。其天姿高洁如此，宜其通仙灵也。吾在海南，艺菊九畹，以十一月望，与客泛菊作重九，书此为记。

【译文】中黄颜色的菊花，香味和正，花、叶、根和果实都是长生药。北方随秋天到来的早晚，大致在菊开黄花时才开。只有岭南不同，到冬天才盛开。岭南地暖，百花生长与北方不同，只有菊花比北方开得晚。考究其中的原因，菊花生性刚烈，不与百花同时盛衰，必须等到霜降后才开花，而岭南经常到冬至才降微霜。菊花天姿如此高洁，大概是有灵气吧。我在海南，种了九畹菊花，到十一月望日，与朋友赏菊过重九，于是记载下来。

金谷说

吾尝求田蕲水。田在山谷间者，投种一斗，得稻十斛。问其故。云：“连山皆野草散木，不生五谷，地气不耗，故发如此。”吾是以知五谷耗地气为最甚也。王莽末，天下旱蝗，黄金一斤，易粟一斛。至建武二年，野谷旅生，麻菽尤盛，野蚕成茧，被于山泽，人收其利，岁以为常。至五年，野谷渐少，而农事益修。盖久不生谷，地气无所耗，蕴蓄自发，而为野蚕旅谷，其理明甚。庚辰岁正月六日，读《世祖本纪》，书其事，以为卫生之方。地不生草木者，多产金锡珠贝，亦此理也。

【译文】我曾经到蕲水相田。田在山谷间的，播下一斗的种子，收获十斛的稻谷，询问原因，说是："漫山都是野草杂树，不生五谷，地气没有损耗，因此才这样。"我因此才知五谷损耗地气最厉害。王莽末年，天下发生旱灾蝗灾，一斤黄金，只换一斛粮食。到建武二年，野谷丛生，麻菽尤其茂盛，野蚕结成的茧布满山泽，人们每年坐收其利。到了建武五年，野谷渐渐少了，而人们的农事活动更加完善了。因为长期不长稻谷，地气没有损耗，地力蕴蓄，自然而发，于是长出野蚕野谷，道理是很明白的。庚辰年正月六日，我读《世祖本纪》，上面写有这样的事，作为养生之方。土地不生草木的，多产金、锡、珠、贝，也是这个道理。

金盐说

王莽败时，省中黄金三十万斤，为匮者尚余十许。陈平用四万斤间楚，董卓郿坞，金亦至多。其余赐三五十斤者，不可胜数。近世金以两计，虽人主未尝以百金与人者，何古多而今少也？凿山披沙无虚日，縻坏至少，金为何往哉？疑宝货神变不可知，复归山泽耶？吾闻盐亦然。峡中大宁监日有定数，若大商覆舟，则盐泉顿增。乃知寻常随便液出，不以远近，皆归本原也。

【译文】王莽失败时，宫中有黄金三十万斤，装柜后还有十多万斤。陈平用四万斤离间楚军，董卓的郿坞城堡中，也有很多黄金。其余的赏赐三五十斤黄金的人，多得数不过来。近世黄金以两计算，即使是皇帝也不曾将百金送人，为什么古代黄金多而现在黄金少呢？整日地开山挖沙淘金，损坏极少，金都到哪里去了呢？难道这宝物神变，又归到山泽中了吗？我听说盐也是这样。峡中的大宁监每天有一定的数量，如果大商贾翻船，盐泉就会马上增多。于是知道平常看似随意而出的矿液，不论远近，都要归于本源。

蜀盐说

蜀去海远，取盐于井。陵州井最古，淯井、富顺监亦久矣。惟邛州蒲江县井，乃祥符中民王鸾所开，利入至厚。自庆历、皇祐以来，蜀始创“筒井”，用圆刃凿山如盌大，深者至数十丈，以巨竹去节，牝牡相衔为井，以隔横入淡水，则咸泉自上。又以竹之差小者出入井中为桶，无底而窍其上，悬熟皮数寸，出入水中，气自呼吸而启闭之，一筒致水数斗。凡筒水皆用机械，利之所在，人无不智。《后汉书》有“水鞴”。此法惟蜀中铁冶用之，大略似盐井取水筒。太子贤不识，妄以意解，非也。

【译文】蜀地离海较远，都是在井中采盐。陵州的盐井最早，淯井、富顺的盐监也很久了。只有邛州蒲江县的盐井，为祥符年间的王鸾所开，给人们带来丰厚的利润。从庆历、皇祐年以来，蜀地开始创建“筒井”，用圆凿在山上挖碗口大的井，深几十丈，将巨竹打通连接，放入井中，以阻断旁边溢出的淡水，盐泉自然就会冒出，再用比井筒小些的竹管放入井中为桶，上下贯通，将几寸大的皮垫置在其中，皮垫随着空气的压缩而开合，一筒能打上来数斗水。每一筒水都用到了机械的力量，这是利用有利条件的原因，由此可见，没有无智慧的人。《后汉书》中记载有“水鞴”。这种方法只有蜀地炼铁时用，与盐井取水筒大致相似。章怀太子李贤不知道，妄加解释，解释错了。

记薯米

南海以薯米为粮，几米之十六。今岁米皆不熟，民未至艰食者，以客舶方至而有米也。然儋人无蓄藏，明年去则饥矣。吾旅泊尤可惧，未知经营所从出。故书坐右，以时图之。

【译文】南海以薯米为口粮，占稻谷一半以上。今年薯米都未成熟，百姓们没有太艰难的原因，是因为正好有商船运米而来。然而儋州人没有什么贮藏，明年商船离去就要挨饿了。我旅居此地更可怕，不知到时该怎么办。把这个问题写在座位右边，以便经常考虑这个问题。

黍麦说

晋醉客云："麦熟头昂，黍熟头低，黍麦皆熟，是以低昂。"此虽戏语，然古人造酒，理盖如此。黍稻之出穗也必直而仰，其熟也必曲而俯，麦则反是。此阴阳之物也。北方之稻不足于阴，南方之麦不足于阳，故南方无嘉酒者，以曲麦杂阴气也，又况如南海无麦而用米作曲耶？吾尝在京师，载麦百斛至钱塘以踏曲。是岁官酒比京醖。而北方造酒皆用南米，故当有善酒。吾昔在高密，用土米作酒，皆无味。今在海南，取舶上面作曲，则酒亦绝佳。以此知其验也。

【译文】一位喝醉酒的山西人说："麦子成熟时麦穗是直立的，黍成熟时却低着头，黍麦都成熟，所以低昂。"这虽然是开玩笑的话，但古人造酒，道理就是这样。黍稻抽穗时必定是昂头向上的，等它成熟时必定低头向下，麦子却相反。这是阴阳之物。北方的稻谷不足于阴，南方的麦子不足于阳，因此，南方没有好酒，因为麦曲杂有阴气，又何况像南海，没有麦子而用米做曲呢？我曾经从京城将百斛麦子运到钱塘造酒。这一年，官酒如同京城的酒。北方造酒都用南方的米，因此，应当有好酒。我过去在高密时，用土米造酒，都没有味道，如今在海南，用船上的面做曲，酒也很好。因此知道那山西人说的是对的。

马眼糯说

黎子云言："海南秫稻，率三五岁一变。"顷岁儋人最重铁脚糯，今岁乃变为马眼糯，草木性理有不可知者。如欧阳公言，洛中牡丹时出新枝者，韩缜《花谱》乃有三百余品，若随人意所欲为者，可奇也夫。

【译文】黎子云说：“海南的秫稻，一般三五年一变。”近两年儋州人最看重的铁脚糯，今年却变为马眼糯。草木的性理有很多不被人们了解。如欧阳修所说，洛阳的牡丹不断出新品种，韩缜的《花谱》中记载有三百多个品种，如好像随着人的意愿而变化，可以说很奇特了。

五君子说

齐、鲁、赵、魏桑者，衣被天下。蚕既登簇，缫者如救火避寇，日不暇给，而蛹已眉羽矣。故必以盐杀之，蛹死而丝亦韧。缫既毕绪，蛹亦煮熟，如啖蚳蝝，瓮中之液，味兼盐蛹，投以刺瓜、芦菔，以为荠腊，久而助醢，醢亦几半天下。吾久居南荒，每念此味，今日复见一洺州人，与论蒸饼之美，浆水、粟米饭之快，若复加以关中不拓，则此五君子者，真可与相处至老死也。元符三年四月十五日。

【译文】齐、鲁、赵、魏等地桑蚕，产丝制的衣物遍布天下。蚕茧成熟时，缫丝工人好像救火避寇一样，忙得顾不过来。可蚕蛹又马上化成蛾子了。因此一定要加盐杀死蚕蛹，既杀死了蚕蛹，丝也柔软坚固。缫好蚕丝，蛹也煮熟了，吃着如同幼虫。瓮中缫丝的水，味道含有盐和蛹，再放入刺瓜、萝卜，做成咸菜，再放入肉酱，肉酱也几乎传遍天下。我久居南方，经常想起这种美味，今天又见到一位洺州人。与他说起蒸饼的美和吃浆水、粟米的快乐，如果再加上关中的汤饼，这五君子，真可以与它们相伴到老死。元符三年四月十五日。

饮酒说

予虽饮酒不多，然而日欲把盏为乐，殆不可一日无此君。州酿既少，官酤又恶而贵，遂不免闭户自醞，曲既不佳，手诀亦疏谬，不甜而败，则苦硬不可向口。慨然而叹，知穷人之所为无一成者。然甜酸甘苦，忽然过口，何足追计，取能醉人，则吾酒何以佳为，但客不喜尔，然客之喜怒，亦何与吾事哉！元丰四年十月二十一日书。

【译文】我虽然喝酒不多，但是每天都想喝，不能一天没有酒。地方上的酒少，官酒味道不好而且价格很高，于是免不了在家中自己酿酒。酒曲不好，手艺也不高，酒做得不成功，味道苦硬不能喝。因而慨叹，知道了困窘之人一事无成。但是，甜酸甘苦，从口中很快下去，为什么要去计较呢？喝了只要能醉人，那么我的酒还要再追求什么佳味呢？只是客人不喜欢罢了，然而客人的喜怒，与我有什么关系？元丰四年十有二十一日写。

漱茶说

除烦去腻，世不可阙茶。然暗中损人，殆不少。昔人云：“自茗饮盛后，人多患气，不复病黄，虽损益相半，而消阳助阴，益不偿损也。”吾有一法，常自珍之。每食已，辄以浓茶漱口，烦腻既去，而脾胃不知。凡肉之在齿间者，得茶浸漱之，乃消缩不觉脱去，不烦挑刺也。而齿便漱濯，缘此渐坚密，蠹病自已。然率皆用中下茶，其上者自不常有，间数日一啜，亦不为害也。此大是有理，而人罕知者。故详述云。元祐六年八月十三日。

【译文】除烦去腻，不能没有茶。但茶叶暗中对人有害的情况也不少。过去的人说：“大量喝茶以后，很多人患瘠气，不再病黄，虽然有得有失，但消阳助阴，得不偿失。”我有一种方法，常常自己珍爱。每顿饭后，用浓茶漱口，既能除烦腻，又不伤脾胃。留在牙齿缝中的肉，被茶浸漱后，自然脱去，不必剔牙。而牙齿经过茶水漱洗后，逐渐坚固密实，牙虫也自然消除。而一般用的都是中下茶，上茶不常用，间隔数日用一次，也无害处。这种方法很有道理，但很少有人知道，因此详细记述下来。元祐六年八月十三日。

香说

温成皇后阁中香，用松子膜、荔枝皮、苦练花之类；沉檀、龙麝皆不用。或以此香遗余，虽诚有思致，然终不如婴香之酷烈。贵人口厌刍豢，则嗜笋蕨，鼻厌龙麝，故奇此香，皆非其正。婴香云《真诰》其香见沈立《香谱》。

【译文】温成皇后阁中的香，用的是松子膜、荔枝皮、苦练花之类；沉檀、龙麝香都不用。有人将这种香送给我，虽然确实有意趣，但它到底不如婴香浓烈。贵人吃腻了佳肴就喜欢野菜，闻厌了龙麝，就珍爱此香，都属于不正常。婴香首见于《真诰》，沈立的《香谱》有介绍。

节饮食说

东坡居士自今日以往，早晚饮食，不过一爵一肉。有尊客盛馔，则三之，可损不可增。有召我者，预以此告之，主人不从而过是，乃止。一曰安分以养福。二曰宽胃以养气。三曰省费以养财。元丰六年八月二十七日书。

【译文】我从今以后，早饭晚饭，不超过一杯酒一个肉菜。有贵客盛宴，就三杯酒三个肉菜，可以减少不能增加，谁招待我吃饭，就预先告诉他，主人如果不同意而让我吃过定量，我就退席。这样做，一来可以安分养福，二来可以宽胃养气，三来可以省钱蓄财。元丰六年八月二十七日写。

饮酒说

嗜饮酒人，一日无酒则病，一旦断酒，酒病皆作。谓酒不可断也，则死于酒而已。断酒而病，病有时已，常饮而不病，一病则死矣。吾平生常服热药，饮酒虽不多，然未尝一日不把盏。自去年来，不服热药，今年饮酒至少，日日病，虽不为大害，然不似饮酒服热药时无病也。今日眼痛，静思其理，岂或然耶？

【译文】喜欢饮酒的人，一天没有酒就难过，一旦断了酒，酒病都会发作。认为酒不能断，就只好死于酒了。断酒而生病，病总会痊愈。经常饮酒而不生病，生一次病会死去。我平生常服热药，饮酒虽然不多，但也不曾哪一天不饮酒的。从去年以来，我没有服热药，今年饮酒特别少，天天有病，虽然没有大的妨害，但也不如饮酒服热药而无病的好。今天我的眼睛疼痛，静想一下其中的道理，上述说法可能是对的。

煮鱼法

子瞻在黄州，好自煮鱼。其法，以鲜鲫鱼或鲤治斫冷水下入盐如常法，以菘菜心芼之，仍入浑葱白数茎，不得搅。半熟，入生姜萝卜汁及酒各少许，三物相等，调匀乃下。临熟，入桔皮线，乃食之。其珍食者自知，不尽谈也。

【译文】我在黄州时，喜欢自己煮鱼。方法是，把鲜鲫鱼或者鲤鱼剥洗加盐，用平常的办法处理，用菘菜心拌和，加入几根整段的葱白，不能搅动。半熟后，加入少量的生姜、萝卜汁和酒，三样作料相等，调匀加入。快熟时，加入桔皮线。这样食用，其味道的鲜美只有自己知道，不详说了。

真一酒法 寄建安徐得之

岭南不禁酒，近得一酿法，乃是神授。只用白面、糯米、清水三物，谓之真一法酒。酿之成玉色，有自然香味，绝似王太附马家碧玉香也。奇绝！奇绝！白面乃上等面，如常法起酵，作蒸饼，蒸熟后，以竹篾穿挂风道中，两月后可用。每料不过五斗，只三斗尤佳。每米一斗，炊熟，急水淘过，控干，候令人捣细白曲末三两，拌匀入瓮中，使有力者以手拍实。按中为井子，上广下锐，如绰面尖底碗状，于三两曲末中，预留少许糁盖醅面，以裌幕覆之，候浆水满井中，以刀划破，仍更炊新饭投之。每斗投三升，令入井子中，以醅盖合，每斗入熟水两碗，更三五日，熟，可得好酒六升。其余更取醨者四五升，俗谓之二娘子，犹可饮，日数随天气冷暖，自以意候之。天大热，减曲半两。干汞法传人不妨，此法不可传也。

【译文】岭南不禁酒，近来学得一种酿酒的方法，真是神仙所授。只用白面、糯米、清水三样东西，叫作真一法酒。用此法酿成的酒呈玉色，有自然的香味，与显贵家的碧玉香味很相似。真是奇绝！白面用上等面，按通常的方法发酵，作成蒸饼，蒸熟后，用竹篾穿挂在通风处，两个月以后就能使用。每料不超过五斗，三斗最好。每斗米蒸熟，用急水淘洗，控干，放入三两细白曲末，拌匀后装入瓮中，用力以手拍实。在中间挖一个窝窝，上大下小，碗的形状，以少许曲洒在醅面，用夹布蒙盖，等到窝窝中的浆水满了，用刀划破，把新蒸的米放入窝窝，每斗米放入三升，用醅盖住，每斗米加入开水两碗，三五天后，可得好酒六升。剩下的可取薄酒四五升，民间叫作二娘子，也能喝。天数随天气冷暖而定，天气很热，就少放半两曲。干汞制酒法告诉别人无妨，这个方法不可告诉别人。

食鸡卵说

水族痴暗，人轻杀之。或云不能偿冤。是乃欺善怕恶。杀之，其不仁甚于杀能偿冤者。李公择尝谓余："鸡有无雄而卵者，抱之，虽能破壳而出，然不数日辄死。此卵可食，非杀也。"余曰："不然。凡能动者，皆佛子也。竹虱，初如涂粉竹叶上尔，然久乃能动。百千为曹，无非佛子者。梁武水陆画像，有六道外者，以淡墨作人畜禽兽等形，罔罔然于空中也。乃是佛子流浪，陋劣之极。至于湿生如虱者，犹不可得，但若存亡于冥漠间尔，而谓水族鸡卵可杀乎？但吾起一杀念，则地狱已具，不在其能诉与不能诉也。"吾久戒杀，到惠州，忽破戒数食蛤蟹。自今日忏悔，复修前戒。今日从者买一鲤鱼，长尺有咫，虽困，尚能微动，乃置水瓮中，须其死而食，生即赦之。聊记其事，以为一笑。

【译文】水中的动物痴呆愚昧，人们随便宰杀它们。有人说随便宰杀是因为它们不能报冤。这是欺善怕恶。宰杀它们，比宰杀能报冤的还要不仁。李公择曾经对我说："鸡有不受精而下蛋的，虽能孵出小鸡，但是活不了几天就会死去。这种鸡蛋能吃，不算杀生。"我说："不对。凡是能动的，都属于众生。竹虱刚生出时，像涂在竹叶上的粉，然而经过一段时间就能动了。万物都属于众生，梁武帝的水陆画像，有众生轮回六道以外的，用淡墨画成人、畜、禽、兽等形状，飘飘渺渺如在空中。这是众生流浪陋劣的极至。至于湿生的众生，想成为虱子还不可得，只是在冥冥中若有若无，你认为水中动物和鸡蛋就能宰杀吗？只要一有这念头，地狱就准备好了，不在于它是否能申诉。”我久已戒杀，到了惠州，忽然破戒，吃了几次蛤蟹之类。从今日起，我要忏悔，重立前戒。今天我的随从买了一条鲤鱼，长一尺多，虽然已经快死了，但还能略微动弹，我就把它放在水瓮中，必须等它死了再吃。如果活过来就放掉它。聊记此事，为之一笑。

止水活鱼说

孙思邈《千金方·人参汤》言：“须用流水，用止水即不验。”人多疑流水、止水无别。予尝见丞相荆公喜放生。每日就市买活鱼，纵之江中，莫不浮。然唯鳝鲍入江中辄死。乃知鳝鲍，但可居止水，则流水与止水果不同，不可不信。又鲫鱼生流水中，则背鳞白，生止水中，则背鳞黑而味恶，此亦一验也。

【译文】孙思邈的《千金方·人参汤》中说：“必须用活水，如果用死水就无效。”很多人认为活水与死水没有区别。我曾经看到丞相王安石喜欢放生。他每天到市场上买活鱼，放入江中，没有漂浮的。但是只有泥鳅、黄鳝放入江中就会死去。这才知道泥鳅、黄鳝只能生活在死水中，活水与死水确实是不同的。不能不相信。鲫鱼生在活水中，背上的鳞是白色的，生在死水中，背上鳞是黑色的，而且味道不好，这也是一个证明。

记松

松之有利于世者甚博。松花、脂、茯苓，服之皆长生。其节煮之以酿酒，愈风痹，强腰足。其根、皮食之肤革香，久则香闻下风数十步外。其实食之滋血髓，研为膏，入漓酒中，则醇酽可饮。其明为烛，其烟为墨。其皮上藓为艾纳，聚诸香烟。其材产西北者至良，名黄松，坚韧冠百木。略数其用于世，凡十有一。不是闲居，不能究物理之精如此也。

【译文】松树对人们有很多益处。服用松花、松脂、茯苓能使人长寿。将松节煮酿酒，能治疗风痹，使腰腿强健。吃松根、松皮能使皮肤发出香味，长期服用，在几十步远的下风处都能闻到香味。松果吃了能滋血养髓，将松果研磨成膏，放入酒中，味道醇正。松明照明，烟可以制成墨。松树皮上的莓苔，可以聚合香烟。西北生长的松树最好，名叫黄松，坚韧的程度超过其它树，以上大略地说一下松树对人们的益处，所说的还不及松树益处的十分之一。如果不是赋闲家居，就不可能如此精要地研究这些。

芍药与牡丹

吕稚卿言，芍药不及牡丹者，以重耳戴芍药一枝，比牡丹三四花间犹当着数品，盖有其地而无其花，譬如荔子之与温柑也耶！

【译文】译者按：此佚文不可卒读，疑有讹错，姑存疑不译。

书食蜜

余少嗜甘，日食蜜五合，尝谓以蜜煎糖而食之可也。……吾好食姜蜜汤，甘芳滑辣，使人意快而神清。

【译文】我年轻时喜欢甜食，每天吃五合蜜，曾经认为以蜜煎糖一定好吃。……我喜欢吃姜蜜汤，甜香滑辣，使人心旷神怡。

论食

烂蒸同州羊羔，灌以杏酪，食之以匕不以箸；南都麦心面，作槐芽温淘，渗以襄邑抹猪炊；共城香粳，荐以蒸子鹅、吴兴庖人斫松江鲙。既饱，以庐山康王谷廉泉，烹曾坑斗品茶。少焉，解衣仰卧，使人诵东坡先生《赤壁前、后赋》，亦足以一笑也。东坡在儋耳，独有二赋而已。

【译文】把同州产羊羔蒸得烂熟，浇上杏仁奶酪，吃的时候用勺子不要用筷子；商丘一带出产的精面粉，拌和温淘后的槐芽，再拌上襄城的特产——细切的猪肉馅；共城的香粳米做的饭，用蒸嫩仔鹅、吴兴厨子做的松江胪鱼脍作为下饭菜。以上三种美食吃饱后，用庐山康王谷廉泉水，泡上曾坑斗品茶。饮后稍等一会儿，便解衣仰卧，让人诵读苏东坡先生的前、后《赤壁赋》，这样的生活，也足以让人一乐。东坡谪居海南儋耳，只有这前、后《赤壁赋》。

食蚝

己卯冬至前二日，海蛮献蚝，剖之，得数升肉，与浆入水，与酒并煮，食之甚美。未始有也。又取其大者，炙熟，正尔啖嚼，又益□煮者。海国食□蟹□螺八足鱼，岂有献□。每戒过子慎勿说，恐北方君子闻之，争欲为东坡所为，求谪海南，分我此美也。

【译文】己卯(1099年)冬至前二天，海岛上的蛮夷国进献蚝，剖取后得有数升蚝肉，上浆后入水汆一下，再和酒一起煮熟，吃起来味道非常鲜美，是从未尝过的美味。挑选出其中大个的，炙熟后，正啖嚼着，(缺字不译)我常常告诫儿子苏过千万不要对外人说起这些美味，担心北方的士君子们听说后，都要急着做我苏东坡所做过的得罪朝廷的事，以求贬谪到海南，来此分享我们的美味。

书煮鱼羹

予在东坡，尝亲执铛匕，煮鱼羹以设客，客未尝不称善，意穷约中易为口腹耳！今出守钱塘，厌水陆之品，今日偶与仲天贶、王元直、秦少章会食，复作此味，客皆云：此羹超然有高韵，非世俗庖人所能仿佛。岁暮寡欲，聚散难常，当时作此，以发一笑也。元祐四年十一月二十九日。

【译文】我在东坡时，曾经亲自掌勺，煮鱼羹招待客人，客人都说味道好，我想这是因为在困境中的人容易打发。如今我出任杭州知州，吃腻了各类食品，今天偶然与仲天贶、王元直、秦少章在一起会餐。我又做了煮鱼羹，客人们都说：这鱼羹高超的韵味，不是一般的厨师所能模仿的。暮年少欢，难得经常聚会。在会餐时写下这段文字，以发一笑。元祐四年十一月二十九日。

卷九十四　序

范文正公文集叙

庆历三年，轼始总角入乡校，士有自京师来者，以鲁人石守道所作《庆历圣德诗》示乡先生。轼从旁窃观，则能诵习其词。问先生以所颂十一人者何人也，先生曰："童子何用知之？"轼曰："此天人也耶，则不敢知；若亦人耳，何为其不可？"先生奇轼言，尽以告之，且曰："韩、范、富、欧阳，此四人者，人杰也。"时虽未尽了，则已私识之矣。嘉祐二年，始举进士至京师，则范公殁。既葬，而墓碑出，读之流涕，曰："吾得其为人，盖十有五年而不一见其面，岂非命也欤？"

是岁登第，始见知于欧阳公，因公以识韩、富，皆以国士待轼，曰："恨子不识范文正公。"其后三年，过许，始识公之仲子今丞相尧夫。又六年，始见其叔彝叟京师。又十一年，遂与其季德孺同僚于徐。皆一见如旧。且以公遗稿见属为叙。又十三年，乃克为之。

呜呼！公之功德，盖不待文而显，其文亦不待叙而传。然不敢辞者，自以八岁知敬爱公，今四十七年矣！彼三杰者，皆得从之游，而公独不识，以为平生之恨。若获挂名其文字中，以自托于门下士之末，岂非畴昔之愿也哉！

古之君子，如伊尹、太公、管仲、乐毅之流，其王霸之略，皆素定于畎亩中，非仕而后学者也。淮阴侯见高帝于汉中，论刘、项短长，画取三秦，如指诸掌。及佐帝定天下，汉中之言，无一不酬者。诸葛孔明卧草庐中，与先主策曹操、孙权，规取刘璋，因蜀之资，以争天下，终身不易其言。此岂口传耳受尝试为之而侥幸其或成者哉？

公在天圣中，居太夫人忧，则已有忧天下致太平之意，故为万言书以遗宰相，天下传诵。至用为将，擢为执政，考其平生所为，无出此书者。今其集二十卷，为诗赋二百六十八，为文一百六十五。其于仁义礼乐、忠信孝弟，盖如饥渴之于饮食，欲须臾忘而不可得。如火之热，如水之湿，盖其天性有不得不然者。虽弄翰戏语，率然而作，必归于此。故天下信其诚，争师尊之。孔子曰：“有德者必有言。”非有言也，德之发于口者也。又曰：“我战则克，祭则受福。”非能战也，德之见于怒者也。元祐四年四月十一日。

【译文】庆历三年，那时我还小，刚刚进乡校读书，有个从京城来的读书人，拿出鲁地人石介守道所作的《庆历圣德诗》给乡学老师看。我从旁边偷偷看了几眼，就已能背诵那些诗句。我问老师那些诗所歌颂的十一个人是什么人，老师说：“小孩子知道这些干什么？”我说：“这些人要是天上的神仙，那我也就不敢多问了；如果也是世间凡人的话，有什么不能问呢？”老师对我的话感到很惊奇，就全都告诉了我，并且还说：“韩琦、范仲淹、富弼、欧阳修，这四个人，是最杰出的人。”当时我虽然不完全明白，但已经记住他们的大名了。嘉祐二年，我至京师考进士时，范公去世。安葬完毕，墓碑竖起来了，读了碑文，我感动得直流眼泪，说：“我知道他的人品了。从我听说他的名字到他去世十五年之久，竟然不得见他一面，难道不是天意吗？”

这一年我考中进士，开始被欧阳公赏识，又通过欧阳公结识了韩琦、富弼二位大人，他们都以对待国中名流的礼节对待我，说：“你没能见到范文正公，真遗憾。”三年之后，我路过许州，才认识了范公的次子、当今宰相范纯仁尧夫。又过了六年，在京城见到了范公的三子范纯礼。又过十一年，和范公的小儿子范纯粹在徐州为同事。我和他们都一见如故。而且他们还嘱咐我给范公的遗稿作序言。十三年之后，终于完成了这件事。

呜呼！范公的功德，不用靠他的文章即能显现，他的文章也用不着靠我的序言即能传播。但我之所以不敢推辞的原因，是因为我从八岁起就敬重爱戴范公，到如今已经四十七年了。那三位杰出的人，我都得以与他们交往，可唯独没能够结识范公，这真是我平生的遗憾。要是能够让自己的名字出现在范公的文集中，使我能自称为范公门生中的最末者，难道不是我素来的愿望吗？

古时的君子，如伊尹、姜太公、管仲、乐毅这些人，他们所具有的成就王霸事业的韬略，都是早在耕于田亩时就已具备的，并不是做了官之后才学来的。淮阴侯韩信在汉中见汉高祖刘邦时，谈论刘邦、项羽的强弱短长，筹画夺取三秦之地的策略，如同在掌心之中。等到辅助刘邦安定了天下，他在汉中所说的话，没有一句不应验。诸葛亮身处深山草庐之中，和刘备策订抵抗曹操、联合孙权，规划智取刘璋，利用西蜀的物产和力量夺取天下。他终生一致，不改变这些原则。这难道只是些口里说说、耳朵听听、试着做做然后侥幸成功的人吗？

范公在天圣年间为他母亲守孝时，就已经有了为天下而忧，要使天下太平的大志，所以作万言书呈给宰相，为天下人所传诵。后来范公被用为将军，又被提拔为执政大臣，考察他平生的所作所为，没有任何背离此书宗旨的行为。如今他所存的文集有二十卷，其中诗赋二百六十八首，文章一百六十五篇。他对于仁义礼乐、忠信孝弟的追求，就像饮食对于饥渴之人一样，一刻也不忘记。像火一样热、像水一样润，这都是他的天性使然。甚至连提笔就写的玩笑之语，随意而作，也一定要体现这些追求。所以天下的人都相信他的至诚，纷纷以他为师而尊崇他。孔子说：“有德行的人一定会有言论。”不是非要有什么议论，而是他的德行一定会从言论中流露出来。又说：“我战斗就能得胜，祭祀就能得福。”不是说他特别能战斗，而是他的德行会在愤怒中体现出来。

元祐四年四月十一日。

凫绎先生诗集叙

孔子曰：“吾犹及史之阙文也。有马者借人乘之，今亡矣夫。”史之不阙文，与马之不借人也，岂有损益于世也哉？然且识之，以为世之君子长者，日以远矣，后生不复见其流风遗俗，是以日趋于智巧便佞而莫之止。是二者虽不足以损益，而君子长者之泽在焉，则孔子识之，而况其足以损益于世者乎？

昔吾先君适京师，与卿士大夫游，归以语轼曰：“自今以往，文章其日工，而道将散矣。士慕远而忽近，贵华而贱实，吾已见其兆矣。”以鲁人凫绎先生之诗文十馀篇示轼曰：“小子识之。后数十年，天下无复为斯文者也。”先生之诗文，皆有为而作，精悍确苦，言必中当世之过，凿凿乎如五谷必可以疗饥，断断乎如药石必可以伐病。其游谈以为高，枝词以为观美者，先生无一言焉。

其后二十馀年，先君既没，而其言存。士之为文者，莫不超然出于形器之表，微言高论，既已鄙陋汉、唐，而其反复论难，正言不讳，如先生之文者，世莫之贵矣。轼是以悲于孔子之言，而怀先君之遗训，益求先生之文，而得之于其子复，乃录而藏之。先生讳太初，字醇之，姓颜氏，先师兖公之四十七世孙云。

【译文】孔子说：“我还能够看到史书缺疑的地方。有马的人先借给别人骑，这种精神今天已经不存在了。”史书没有缺文，和马不借给人用，对于世道有什么损害和补益呢？这样看来，以为世上的贤人君子离我们一天比一天远了，后来的人，不能重新见到那美好的遗风，因此人们都去投机钻营，无法制止。见到史书的缺遗和有马借给人骑对社会并不能造成多大的损害或帮助，但它标志着贤人君子的美德存在于世，孔子对这样细微的小事尚且能够察觉，何况是那些确实能够给社会造成损害或补益的大事呢？

当年我父亲去京城，与公卿士大夫交往，回来后对我说：“从今以后，文章会越来越精致，而思想内容却快要消失了。文人仰慕玄远而忽视近世，以文词华丽为高贵而以朴实为低贱，我已经发现这些先兆了。”他拿出鲁地人凫绎先生的十几篇诗文给我看，说：“你见识一下这些文章。今后几十年，世间将没有再作这样文章的人了。”先生的诗文，都是有感而发的，短小精悍，用心良苦。议论必切中时弊，言之凿凿就像粮食能够充饥，结论精当就像药石能够治病。那些以空泛而谈为高论，以词藻华丽为精美的语句，在先生的文集中一个字也见不到。

那以后二十多年，我父亲虽然去世，但他的话我还牢记在心。士大夫中那些善于写文章的人，没有一个不是抛开实在的人事，高谈阔论，已经不把汉、唐人的文风放在眼里，而那些反反复复地互相论辨，敢于直言不加隐讳，像先生这样的文章，世人已经不再看重。我因此为孔子的言论感到悲哀，又想起父亲生前的教诲，更加用心地搜求先生的遗文，有幸从他儿子颜复那里得到了先生的文集，便抄录一过收藏起来。先生名叫太初，字醇之，姓颜，是先师兖国复圣公颜渊的第四十七代孙。

乐全先生文集叙

孔北海志大而论高，功烈不见于世。然英伟豪杰之气，自为一时所宗。其论盛孝章、郗鸿豫书，慨然有烈丈夫之风。诸葛孔明不以文章自名，而开物成务之姿，综练名实之意，自见于言语。至《出师表》简而尽，直而不肆，大哉言乎，与《伊训》《说命》相表里，非秦汉以来以事君为悦者所能至也。常恨二人之文，不见其全。今吾乐全先生张公安道，其庶几乎！

呜呼！士不以天下之重自任久矣。言语非不工也，政事文学非不敏且博也，然至于临大事，鲜不忘其故、失其守者，其器小也。公为布衣，则颀然已有公辅之望。自少出仕，至老而归，未尝以言徇物，以色假人，虽对人主，必同而后言。毁誉不动，得丧若一，真孔子所谓大臣以道事君者。世远道散，虽志士仁人，或少贬以求用，公独以迈往之气，行正大之言，曰："用之则行，舍之则藏。"上不求合于人主，故虽贵而不用，用而不尽；下不求合于士大夫，故悦公者寡，不悦者众。然至言天下伟人，则必以公为首。公尽性知命，体乎自然，而行乎不得已，非蕲以文字名世者也。然自庆历以来讫元丰四十馀年，所与人主论天下事，见于章疏者多矣。或用或不用，而皆本于礼义，合于人情，是非有考于前，而成败有验于后。及其他诗文，皆清远雄丽，读者可以想见其为人。信乎其有似于孔北海、诸葛孔明也。

轼年二十，以诸生见公成都，公一见待以国士。今三十馀年，所以开发成就之者至矣，而轼终无所效尺寸于公者，独求其文集，手校而家藏之。且论其大略，以待后世之君子。昔曾鲁公尝为轼言，公在人主前论大事，他人终日反覆不能尽者，公必数言而决，粲然成文，皆可书而诵也。言虽不尽用，然庆历以来名臣为人主所敬，莫如公者。公今年八十一，杜门却扫，终日危坐，将与造物者游于无何有之乡，言且不可得闻，而况其文乎？凡为文若干卷，若干首。

【译文】孔融志向广大，而且议论高明，当代虽没有见到他有什么功绩，但他英雄伟岸豪爽俊杰的气概，却为当时所崇尚。他有关议论盛孝章、郗鸿豫的书信，慷慨有大丈夫的风范。诸葛亮并不以文章自诩，但他剖露事物真谛，使人事各得其道的才能，精通名义结合实际的精神，自然流露于议论之中。至于他的《出师表》，言简意赅，直率而不肆意。那些议论真是充满正气，英伟磊落，与《伊训》《说命》异曲同工，他们的境界不是自秦汉以来以能侍奉主上为乐事的人所能达到的。我经常感到遗憾的是不能见到他们二人的全部文章。如今我乐全先生，即张公安道，他的文章几乎已经能达到这个境界。

啊！士大夫不以治理天下作为自己应担负的责任，由来已久了。他们的言语不能说不精通，处理政事不能说不练达，文学修养不能说不深厚，但是临到重大事情，却很少有不忘记原来的朋友、丧失原来操守的，这是由于他们的器量狭小。张公还是平民时，就有了宰相般的气宇。从年轻时开始做官，直到告老归来，从没有用言论伤害同类，也没有居高临下喝斥下属。即使是面对君主，也是一定与大道相合后才发表议论。诋毁和赞誉都不能使他动摇，得到提升和遭受罢免他都始终如一，真是孔子所说的“大臣以道义辅佐君王”的那种人。淳朴的时代越来越遥远，大道逐渐消亡，即使是那些仁人志士，也大多明哲保身，希图进用。张公却以高迈的气节，发表正大光明的言论，他说："能为世所用，我就行我之道；不能为世所用，我就退处隐居。"他对上不求逢迎君主，所以虽然官职很高，却未能得到朝廷的重用，天子即使用他，也没能发挥他的全部才智；对下不丧失原则以迎合士大夫，所以喜欢他的人不多，而不喜欢他的人却很多。但是如果评论天下的伟人，那么一定要把他放在第一位。张公修身养性，通达天命，以真率自然为本色，有些应酬出于迫不得已，但绝不是那种想凭借发表一些议论以求知名于世的人。自庆历至元丰四十多年，他和君主探讨天下大事的议论，见于奏章和上疏的很多，无论被天子采纳或不采纳，都是出于礼义，符合人情的。他总是事先考察利弊得失，后来的事情成败都验证了他的论断。至于其他的诗文，都清纯澹远雄厚亮丽，读者可以想象出他的人品。相信他确有像孔融、诸葛亮一样的襟怀。

我二十岁那年，以学生的身份在成都见到张公，张公一见我，就以国士之礼相待。到如今三十多年，他对我的启发诱导、帮助提携真是太多了，而我始终没能对他有丝毫的报答。只能搜求他的文集，亲手校订后收藏于家中，并且论其大概，以传给后世君子。当年曾鲁公曾经对我说，先生在君主面前议论国家大事，别人一整天反反复复不能说明白的事，张公总是几句话就论说透彻，文字简洁精美，都是些朗朗上口的好文章。他的建议虽然不能都被采用，然而自庆历以来的名臣，没有能比张公更能得到天子敬重的。张公今年八十一岁，闭门谢客，一天到晚正襟而坐，准备和造物主同游于虚渺的太空，他的话都不可能听到，何况他的文章呢？他所作的文章有若干卷，诗文若干首。

六一居士集叙

夫言有大而非夸，达者信之，众人疑焉。孔子曰："天之将丧斯文也。后死者不得与于斯文也。"孟子曰："禹抑洪水。孔子作《春秋》。而予距杨、墨。”盖以是配禹也。文章之得丧，何与于天？而禹之功与天地并，孔子、孟子以空言配之，不已夸乎？自《春秋》作而乱臣贼子惧。孟子之言行而杨、墨之道废。天下以为是固然而不知其功。孟子既没，有申、商、韩非之学，违道而趋利，残民以厚主，其说至陋也，而士以是罔其上。上之人侥幸一切之功，靡然从之。而世无大人先生如孔子、孟子者，推其本末，权其祸福之轻重，以救其惑，故其学遂行。秦以是丧天下，陵夷至于胜、广、刘、项之祸，死者十八九，天下萧然。洪水之患，盖不至此也。方秦之未得志也，使复有一孟子，则申、韩为空言。作于其心，害于其事；作于其事，害于其政者，必不至若是烈也。使杨、墨得志于天下，其祸岂减于申、韩哉！由此言之，虽以孟子配禹可也。

太史公曰："盖公言黄、老，贾谊、晁错明申、韩。"错不足道也，而谊亦为之，余以是知邪说之移人，虽豪杰之士有不免者，况众人乎？自汉以来，道术不出于孔氏，而乱天下者多矣。晋以老庄亡，梁以佛亡，莫或正之，五百馀年而后得韩愈，学者以愈配孟子，盖庶几焉。愈之后二百有馀年而后得欧阳子，其学推韩愈、孟子以达于孔氏，著礼乐仁义之实，以合于大道。其言简而明，信而通，引物连类，折之于至理，以服人心，故天下翕然师尊之。自欧阳子之存，世之不说者，哗而攻之，能折困其身，而不能屈其言。士无贤不肖，不谋而同曰："欧阳子，今之韩愈也。"

宋兴七十馀年，民不知兵，富而教之，至天圣、景祐极矣，而斯文终有愧于古。士亦因陋守旧，论卑气弱。自欧阳子出，天下争自濯磨，以通经学古为高，以救时行道为贤，以犯颜纳说为忠。长育成就，至嘉祐末，号称多士，欧阳子之功为多。呜呼！此岂人力也哉？非天其孰能使之？

欧阳子没十有馀年，士始为新学，以佛老之似，乱周孔之真，识者忧之。赖天子明圣，诏修取士法，风厉学者专治孔氏，黜异端，然后风俗一变。考论师友渊源所自，复知诵习欧阳子之书。予得其诗文七百六十六篇于其子棐，乃次而论之曰："欧阳子论大道似韩愈，论事似陆贽，记事似司马迁，诗赋似李白。此非余言也，天下之言也。"欧阳子讳修，字永叔。既老，自谓六一居士云。

【译文】有人说话很满，但并不夸张事实，贤达的人相信他的话，而众人却对他颇有怀疑。孔子说："上天如果要消灭文化，那我也不会掌握这些文化了。"孟子说："大禹治服洪水，孔子撰写《春秋》，而我的功劳表现在抵制杨朱、墨子的学说。"这是孟子用以自比大禹的功绩。文章的得失和优劣怎么能够与天并提呢？大禹的功绩可谓经天纬地，而孔子、孟子用一些议论和大禹相媲美，这不是在夸大自己的功绩吗？自从《春秋》问世之后，那些逆乱的臣子深深感到畏惧。孟子的言论流传开后，杨朱、墨子的学说就衰微了。天下的人认为这是自然而然的事，而并不知道是孔、孟的功劳。孟子死了以后，申不害、商鞅、韩非子的学说出现于世，它们违背道义而热衷于实利，掠夺百姓而满足君主无厌的欲求。这些学说非常有害，但是士大夫却用它来欺蒙君主，君主为了不择手段达到满足私欲的目的，对他们听之任之。而世上却没有像孔子、孟子这样的伟人贤者，追究其源流变化，权衡其利弊得失，来开启君主的迷惑之心，所以他们的学说得以流行。秦朝因此而失去了天下，国家残害生灵，引发了陈胜、吴广、刘邦、项羽争夺天下的大祸，十之八九的人死于战乱，天下一片萧条。洪水所造成的祸患，怕也到不了这等地步。当秦朝还没有得到天下时，假如有一个孟子，那么申不害、韩非子的言论不过是空泛的议论而已。发于他们的内心，失之于某些事情，出现于某些事情，为害于一国之治，肯定不会惨毒酷烈到如此地步。假如杨朱、墨子的学说被天下人所接受，所造成的祸患会比申不害、韩非子轻吗？由此说来，就是把孟子比做大禹，也没有什么不可以。

太史公司马迁说："盖公口谈黄帝、老子之说，贾谊、晁错深明申不害、韩非之意。"晁错不足挂齿，连贾谊也主张用申、韩之说治理国家，我因此而深知异端邪说是何等蛊惑人心，即使是俊杰出众的士大夫还有不辨是非者，更何况芸芸众生呢？自从汉代以来，治国大道不再遵循孔子之说，因此天下乱亡就接踵而至。晋朝是因为崇尚老子、庄子而亡国，南朝梁是因为崇尚佛教而亡国，其间竟没有一个人站出来纠正其失。此后五百多年出现了韩愈，学者把韩愈与孟子相配，也是甚有道理的。韩愈死后二百多年，又出现了欧阳子，他的学术是上推韩愈、孟子而与孔子相接。考究礼乐仁义的实际内容，使之符合治理天下的大道。他的议论简单明了，信实畅达，引事类比，而后归于义理，以此使人心服口服，所以天下士子纷纷然尊他为师。自从欧阳子的学说行于世间，天下所有不喜欢他的人，群起喧闹着攻击他，这些人能够使欧阳子自身受到摧折贬斥，却不能使他的言论受到丝毫损伤。士大夫中不论是贤才还是平庸之辈，不约而同地赞扬说："欧阳子，就是今天的韩愈。"

宋朝创业至今七十多年，百姓不知什么是战争，人民富足从而教导他们，至天圣、景祐年间，可以说达到了极点。然而文章教化总是比不上往古。士子们墨守旧习，言辞议论格调低微。自从欧阳子立于世间，天下士人争相洗心磨砺，把通晓经学典籍看做高尚，把变革时弊推行大道当做贤能，把冒犯天子进谏忠言当做忠诚。其间培养造就的人才，到了嘉祐末年，堪称是人才济济。这其中当属欧阳子功绩最大。啊！这难道是人力所能为吗？若不是天意，谁能使世风得到如此巨大的转变？

欧阳子死后十几年，士子们又崇尚所谓新学，他们以类似佛家、道家的学说，来扰乱周公、孔子的真言正道，有识之士为此深感忧虑。仰仗天子的圣明，皇帝下诏修改选拔人才的条法，鼓励学子们专心研究孔子学说，废止异端邪说。此后，文风为之大大改观。士子们考究推论学术渊源流变，才知道应该认真阅读欧阳子的书。我从他的儿子欧阳棐那里得到了欧阳公的诗文共七百六十六篇，于是编辑成集，加以议论说："欧阳子议论治国大道像韩愈，议论朝政像陆贽，记录史事像司马迁，诗赋像李白。这不是我个人的意见，而是天下士子的公论。"欧阳子名叫修，字永叔。老年以后，自称为六一居士。

田表圣奏议叙

故谏议大夫、赠司徒田公表圣奏议十篇。呜呼田公，古之遗直也。其尽言不讳，盖自敌以下，受之有不能堪者，而况于人主乎！吾是以知二宗之圣也。自太平兴国以来，至于咸平，可谓天下大治，千载一时矣。而田公之言，常若有不测之忧，近在朝夕者，何哉？

古之君子，必忧治世而危明主。明主有绝人之资，而治世无可畏之防。夫有绝人之资，必轻其臣；无可畏之防，必易其民。此君子之所甚惧也。方汉文时，刑措不用，兵革不试，而贾谊之言曰："天下有可长太息者，有可流涕者，有可痛哭者。"后世不以是少汉文，亦不以是甚贾谊。由此观之，君子之遇治世而事明主，法当如是也。

谊虽不遇，而其所言略已施行，不幸早世，功烈不著于时。然谊尝建言，使诸侯王子孙各以次受分地，文帝未及用，历孝景至武帝，而主父偃举行之，汉室以安。今公之言，十未用五六也，安知来世不有若偃者举而行之欤？愿广其书于世，必有与公合者，此亦忠臣孝子之志也。

【译文】已故的谏议大夫、赠司徒田公锡字表圣奏议十篇。呜呼田公，是有古代遗风的直臣啊。他言词的直率，连与他地位相当或以下的人，都会感到不堪忍受，更何况是君主了！我也由此了解到太宗、真宗两位君主的圣明。自太平兴国以来直到咸平年间，可以说是千载难逢的太平盛世，而田公的议论，常常让人感到每时每刻都会有预测不到的灾难随时降临，这是为什么呢？

古代的君子，都对太平盛世感到忧虑，对圣明的君主感到不安。圣明的君主有过人的聪明，而太平盛世也没有可怕的外部威胁。君主有过人的聪明，必然轻视他的臣子；没有可怕的外部威胁，一定会慢待他的人民。这正是君子以为忧虑的事情。汉文帝时，对内不用严厉的刑法，对外不兴兵动武，然而用贾谊的话说：“世间有值得感叹的事，有催人泪下的事，有令人痛哭的事。”但后世并没有因此而指责汉文帝，也没有因此而认为贾谊太过分。以此看来，君子遇到太平盛世而又遇到英明的君主，就应该这样做。

贾谊虽然没有受到重用，但他的建议已经施行。不幸他很早就去世，没能在当世建功立业，但是贾谊曾建议，让诸侯王的子孙们按次序接受分封的土地，汉文帝没来得及施行，到了孝景帝、孝武帝时，主父偃依此全部施行了，汉室因此获得安定。如今田公的建议，十成中得以实施的不足五六成，但怎么知道以后就没有像主父偃那样的人把它们施行于世呢？希望他的书在世上广泛流传，一定会有与田公见解相合的人，这也是忠臣孝子们的愿望。

王定国诗集叙

太史公论《诗》，以为“《国风》好色而不淫，《小雅》怨诽而不乱。”以余观之，是特识变风、变雅耳，乌睹《诗》之正乎？昔先王之泽衰，然后变风发乎情，虽衰而未竭，是以犹止于礼义，以为贤于无所止者而已。若夫发于性止于忠孝者，其诗岂可同日而语哉！古今诗人众矣，而杜子美为首，岂非以其流落饥寒，终身不用，而一饭未尝忘君也欤？

今定国以余故得罪，贬海上五年，一子死贬所，一子死于家，定国亦病几死。余意其怨我甚，不敢以书相闻。而定国归至江西，以其岭外所作诗数百首寄余，皆清平丰融，蔼然有治世之音，其言与志得道行者无异。幽忧愤叹之作，盖亦有之矣，特恐死岭外，而天子之恩不及报，以忝其父祖耳。孔子曰：“不怨天，不尤人。”定国且不我怨，而肯怨天乎！余然后废卷而叹，自恨期人之浅也。

又念昔日定国过余于彭城，留十日，往返作诗几百余篇，余苦其多，畏其敏，而服其工也。一日，定国与颜复长道游泗水，登桓山，吹笛饮酒，乘月而归。余亦置酒黄楼上以待之，曰：“李太白死，世无此乐三百年矣。”

今余老不复作诗，又以病止酒，闭门不出。门外数步即大江，经月不至江上，眊眊焉真一老农夫也。而定国诗益工，饮酒不衰，所至翱翔徜徉，穷山水之胜，不以厄穷衰老改其度。今而后，余之所畏服于定国者，不独其诗也。

【译文】司马迁评论《诗经》，认为“《国风》中的作品缠绵悱恻却不淫荡，《小雅》中的作品凄悱怨谤却不失上下君臣之礼。”在我看来，这只是他看到了国风和小雅中那些衰世怨望之诗，哪里深入考察了纯正的好诗？当年先王的德泽衰退，民风改变，人们把这种感情表达出来，这个时代虽然仁义衰败，但还没有彻底消亡，因此诗人表达的感情还停留在遵守礼义的阶段，认为贤人能做到这一步已经是难能可贵了。如果出于本性而始终遵守忠孝之节，这样的诗又怎能和变风、变雅同日而语呢！古往今来的诗人不计其数，却把杜甫尊为第一，难道不是因为他虽然身世飘零饥寒无助，终身不得任用，可却没有一顿饭忘记君主之恩德吗？

如今王定国因为我的缘故而获罪，贬到海岛上五年，这期间，他的一个儿子死于贬所，一个儿子死在家中，定国自己也生了病差点死去。我认为他会非常怨恨我，所以不敢写信给他。然而定国回到江西后，把他在岭南所作的几百首诗寄给我，诗写得都很平和圆润，意态丰足，颇有歌颂太平盛世的韵味，所写的诗句和那些得到重用、得以行其志向的人没有什么两样。幽愤慨叹的作品，虽然也有一些，但都是担心自己死于岭南，不能报答天子的恩德，有负于父亲和祖父期望的内容。孔子说：“不怨恨上天，也不埋怨别人。”定国连我都不怨恨，他还肯怨恨上天吗？我看完之后，合上诗卷深深感叹，悔恨自己把别人看得太浅薄了。

我又回忆起当年有一次定国到徐州来看望我，逗留了十天，他和我往来唱和作了一百多首诗，我苦于要应付这么多诗，对他的诗思敏捷真有些害怕，也佩服他诗作的工稳。有一天，定国与颜复字长道在泗水之滨游玩，登上桓山，又吹笛又饮酒，乘着月色归来。我也在黄楼上摆好酒宴等着他们，我说："自从李白死后，世上没有如此的欢乐已经三百年了。"

如今我老了，不再写诗，又因为有病也停止了饮酒，在家闭门不出。家门外几步就是长江，即使这样近，我也整月不到江边散心，昏昏然真像一个老农夫了。可定国的诗却写得越来越好了，他的酒量也不减，所到之处仍旧登高，长啸，流连忘返，到处探寻山清水秀之地，不以仕途挫折贫穷衰老而改变原来的风度。从今往后，我对于定国的惧怕和佩服，就不仅仅是他的诗了。

晁君成诗集引

达贤者有后，张汤是也。张汤宜无后者也。无其实而窃其名者无后，扬雄是也。扬雄宜有后者也。达贤者有后，吾是以知蔽贤者之无后也。无其实而窃其名者无后，吾是以知有其实而辞其名者之有后也。贤者，民之所以生也，而蔽之，是绝民也。名者，古今之达尊也，重于富贵，而窃之，是欺天也。绝民欺天，其无后不亦宜乎！故曰：达贤者与有其实而辞其名者皆有后。吾常诵之云尔。

乃者官于杭，杭之新城令晁君君成讳端友者，君子人也。吾与之游三年，知其为君子，而不知其能文与诗，而君亦未尝有一语及此者。其后君既没于京师，其子补之出君之诗三百六十篇。读之而惊曰："嗟夫，诗之指虽微，然其美恶高下，犹有可以言传而指见者。至于人之贤不肖，其深远茫昧难知，盖甚于诗。今吾尚不能知君之能诗，则其所谓知君之为君子者，果能尽知之乎？君以进士得官，所至民安乐之，惟恐其去。然未尝以一言求于人。凡从仕二十有三年，而后改官以没。由此观之，非独吾不知，举世莫知之也。

君之诗清厚静深，如其为人，而每篇辄出新意奇语，宜为人所共爱，其势非君深自覆匿，人必知之。而其子补之，于文无所不能，博辩俊伟，绝人远甚，将必显于世。吾是以益知有其实而辞其名者之必有后也。昔李郃为汉中候吏，和帝遣二使者微服入蜀，馆于郃，郃以星知之。后三年，使者为汉中守，而郃犹为候吏，人莫知之者。其博学隐德之报，在其子固。《诗》曰："岂弟君子，神所劳矣。"

【译文】通达贤德的人一定会有有作为的后代，张汤就是这样的人。张汤本来是应该没有后代的。没有真才实学而窃取虚名的人不会有有作为的后代，扬雄就是这样的人。扬雄本来是应该有杰出后代的。通达贤德的人有杰出的后代，我因此知道壅蔽贤者的人就不应该有杰出的后代。没有真才实学而窃取虚名的人不该有杰出的后代，我因此知道有真才实学而不享其名的人会有杰出的后代。贤德的人，是民众赖以生存的人，而壅蔽扼止贤能的人，就是要堵绝百姓的生路。有名望的人，是古往今来通达世情而受人尊敬的人，名声比一般的富贵还要重要，而如果窃取了这个名声，这是欺骗上天。堵绝百姓的生路，欺蒙上天的神明，因此他不会有贤明的后代，这难道不应该吗！所以说：贤达的人和有真才实学而不享其名的人都会有杰出的后代。我常常这样说。

过去我曾经任职于杭州，杭州新城县令晁君字君成名叫端友，是一个君子。我和他交往了三年，只知道他行事很正派，却不知道他能写文章和诗，而他也从没有提到一句写诗作文的事。后来晁君在京师去世，他的儿子晁补之拿出他的三百六十篇诗给我看。我读后深感惊讶，感慨地说："啊呀，诗歌虽然不是高谈大论，然而它的美好丑恶、高明低劣，还是能够指明说清的。至于一个人究竟是贤能还是平庸，他的器局宏远还是愚昧，恐怕比了解诗的优劣高下更难。至今我还不知道他能作诗，那么我一向以为他是君子，又怎能真正了解他的一切呢？晁君以进士的身份得到官职，所到之处，百姓都能安居乐业，因此生怕他离任而去。但他从来没有求别人做过任何一件事。他做官前后二十三年，刚刚给他加官，就去世了。以此看来，不仅仅是我不了解他，所有的人都不了解他。

他的诗作清淡温厚而又深远，就像他的为人一样，而每篇都能写出新的意境，造出奇美的词句，定会得到大家的喜爱。如果不是他自己深藏不露，人们一定会发现并欣赏它们。他的儿子晁补之，对于各种文体无所不能，学识渊博，文思辩捷，人物英俊，气度宏伟，超过一般人很远，他一定会显名于世。我因此知道那些有真才实学而不享其名的人一定会有杰出的后代。当年李郃做汉中郡迎送宾客的小吏，汉和帝派遣了两个使者改换民服到蜀中去，途中就在李郃的馆舍中住下。李郃通过观察星相知道了他们的身份。过了三年，当时来的使者担任了汉中郡太守，而李郃依旧是迎送宾客的小吏，没有人了解他的真才实学。他学问渊博德行隐蔽的回报，应在他儿子李固身上。《诗经》说："平易的君子，是天神的赐与。"

邵茂诚诗集叙

贵、贱、寿、夭，天也。贤者必贵，仁者必寿，人之所欲也。人之所欲，适与天相值实难。譬如匠庆之山而得成鐻，岂可常也哉？因其适相值，而责之以常然，此人之所以多怨而不通也。至于文人，其穷也固宜。劳心以耗神，盛气以忤物，未老而衰病，无恶而得罪，鲜不以文者。天人之相值既难，而人又自贼如此，虽欲不困，得乎？茂诚讳迎，姓邵氏，与余同年登进士第。十有五年，而见之于吴兴孙莘老之座上，出其诗数百篇，余读之弥月不厌。其文清和妙丽如晋、宋间人。而诗尤可爱，咀嚼有味，杂以江左唐人之风。其为人笃学强记，恭俭孝友，而贯穿法律，敏于吏事。其状若不胜衣，语言气息仅属。余固哀其任众难以瘁其身，且疑其将病也。逾年而茂诚卒。又明年，余过高邮，则其丧在焉。入哭之，败帏瓦灯，尘埃萧然。为之出涕太息。夫原宪之贫，颜回之短命，扬雄之无子，冯衍之不遇，皇甫士安之笃疾，彼遇其一，而人哀至今，而茂诚兼之，岂非命也哉？余是以录其文，哀而不怨，亦茂诚之意也。

【译文】富贵、贫贱、长寿、夭折，这些都是天命所定。贤德的人应该得到富贵，仁爱的人应该长寿，这都是人们的愿望。人们的愿望恰好与天命相合，那就实在难得了。好比匠人梓庆入山就制成了乐器，这种事难道是可以经常遇见的吗？因为确有愿望与天命相合的情况，人们便认为上天应把这种情况普遍施与世人，这正是很多人怨恨上天不能遂人所愿的原因。至于那些文人，他们没有出路也是必然的。他们操劳心思，耗费精神；高傲气盛，得罪别人；还未年老，就身体衰弱，疾病缠身；没做任何坏事，就得罪上司。所以这些，很少不是因为会写文章的缘故。天命与人的愿望互相符合已经很难，而人自己又如此地摧残自己，想要不困顿，做得到吗？茂诚名叫迎，姓邵，和我同年考中进士。十五年后，又在湖州孙莘老的宴会上见到他，他拿出自己的几百篇诗给我看，我把这些诗读了将近一个月都不忍释手。他的文思清纯平和妙丽，有些像晋、宋时期的作品。而他的诗尤其可爱，仔细咀嚼很有味道，其间带有晋、唐诗人的风格。他为人好学，记忆力强，谦恭俭朴孝顺友爱，又通晓法律，处理政事也十分干练。他的身体瘦弱得好像架不住衣服，说话有气无力。我当时担心他政务繁重，这样的身体难以支撑，并怀疑他会病倒。过了一年，茂诚果然病故。又过了一年，我路过高邮，那时他的灵堂还在。我到他灵前去祭奠他，看见那破败的帏幕，陶制的油灯，到处都是尘土，一片萧索景像。我不由为他感叹流泪。原宪贫穷，颜回短命，扬雄没有后代，冯衍不为人知，皇甫谧疾病缠身，他们都只遭逢一种厄运，而人们直到今天还在为他们感到悲哀。这么多的厄运茂诚兼而有之，难道不是天命吗？因此我把他的诗文誊录下来，他的诗歌和文章格调凄哀却没有怨愤，这也正是茂诚的本性。

钱塘勤上人诗集叙

昔翟公罢廷尉，宾客无一人至者。其后复用，宾客欲往，翟公大书其门曰：“一死一生，乃知交情；一贫一富，乃知交态；一贵一贱，交情乃见。”世以为口实。然余尝薄其为人，以为客则陋矣，而公之所以待客者独不为小哉？故太子少师欧阳公，好士为天下第一。士有一言中于道，不远千里而求之，甚于士之求公。以故尽致天下豪俊，自庸众人以显于世者固多矣。然士之负于公者亦时有。盖尝慨然太息，以人之难知，为好士者之戒。意公之于士，自是少倦。而其退老于颍水之上，余往见之，则犹论士之贤者，唯恐其不闻于世也。至于负己者，则曰是罪在我，非其过。翟公之客负之于死生贵贱之间，而公之士叛于瞬息俄顷之际。翟公罪客，而公罪己，与士益厚，贤于古人远矣。公不喜佛老，其徒有治诗书学仁义之说者，必引而进之。佛者惠勤，从公游三十馀年，公常称之为聪明才智有学问者。尤长于诗。公薨于汝阴，余哭之于其室。其后见之，语及于公，未尝不涕泣也。勤固无求于世，而公又非有德于勤者，其所以涕泣不忘，岂为利也哉！余然后益知勤之贤。使其得列于士大夫之间，而从事于功名，其不负公也审矣。熙宁七年，余自钱塘将赴高密，勤出其诗若干篇，求余文以传于世。余以为诗非待文而传者也，若其为人之大略，则非斯文莫之传也。

【译文】汉朝的翟公被罢免廷尉之职，他的宾客没有一个人来看望他。后来他又被重新起用，宾客们想到他那里去，翟公在门上写了几个大字：“在一死一生之间，就看出了友情的有无；在一贫一富之间，就看出了友情的态度；在一贵一贱之间，就看出了友情的深浅。”世人把这些话当成了谚语。可我却并不敬重他的为人，我认为他的宾客固然卑陋，而翟公这样对待宾客的做法难道不是器量太小了吗？已故的太子少师欧阳文忠公，热衷于奖拔士人，堪称天下第一。士子们只要有只言片语合于大道，他就不远千里地寻求他们，比士子们求见欧阳公的愿望还要强烈。所以他招徕了豪杰俊士，从原为普通之人后来显名于世的很多。而得到欧阳公奖拔的士人之中，也常有背叛欧阳公的。所以我也曾感慨叹息，认为人心叵测，把这样的教训作为喜好奖拔士子的戒鉴。我认为欧阳公从此之后对于奖引士子会渐渐倦怠。后来他退休养老于颍水之滨，我去看望他，他还是孜孜不倦地谈论士大夫中的贤者，唯恐他们被埋没。谈到那些背叛自己的人，就说这事的过错在我，不是他们的过失。翟公的宾客背叛翟公是在死生贵贱的重要关头，而欧阳公奖拔的士大夫背叛欧阳公只是在稍有动静之际。翟公怪罪宾客，而欧阳公却怪罪自己，并与士大夫的关系更加亲密，他的贤德远远地超过了古人。欧阳公不喜欢佛家和道家学说，但他们之中只要有研究诗书，学习仁义的，欧阳公也一定鼓励和提拔他们。佛徒惠勤禅师，与欧阳公交游三十多年，欧阳公常称赞他是聪明而有才智有学问的人，尤其长于写诗。欧阳公在汝阴逝世，我曾在惠勤的僧房中哭祭欧阳公。此后每次见到惠勤，只要说起欧阳公，没有一次不失声痛哭。惠勤本来就没有打算闻名于世，而欧阳公也没有什么恩德给惠勤，他所以流泪不忘欧阳公，难道是为私利吗！所以我更加了解惠勤的贤德。如果使他得以进入士大夫的行列，并跟从欧阳公进退于功名利禄之间，他一定不会背叛欧阳公，这是可以肯定的了。熙宁七年，我将要离开杭州到密州赴任，惠勤拿出他作的诗若干首，请我为他写篇序文以流传后世。我认为他的诗并不是那种要靠我的序文才能传世的平庸之作，而惠勤的人品道德，如果没有我的序文，就不可能流传于后世了。

徐州鹿鸣燕赋诗叙

余闻之，德行兴贤，太高而不可考；射御选士，已卑而不足行。

永惟三代以来，莫如吾宋之盛。始于乡举，率用韦平之一经；终于廷策，庶几晁董之三道。眷此房心之野，实惟孝秀之渊。元丰元年，三郡之士皆举于徐。九月辛丑晦，会于黄楼，修旧事也。庭实旅百，贡先前列之龟；工歌拜三，义取食苹之鹿。是日也，天高气清，水落石出。仰观四山之晻暧，俯听二洪之怒号。眷焉顾之，有足乐者。于是讲废礼，放郑声。部刺史劝驾，乡先生在位，群贤毕集，逸民来会。以谓古者于旅也语，而君子会友以文，爰赋笔札，以侑樽俎。载色载笑，有同于泮水；一觞一咏，无愧于山阴。真礼义之遗风，而太平之盛节也。大夫庶士，不鄙谓余，属为斯文，以举是礼。余以嘉祐之初，以进士入官，偶俪之文，畴昔所上。扬雄虽悔于少作，锺仪敢废于南音？贻诸故人，必不我诮也。

【译文】我听到这样的说法：考察德行而选举贤能之士，年代久远而制度失考；采用射策来选拔贤能之士，方法陈旧已不足借鉴。自从三代以来，选拔人才的盛况，没有能比上我皇宋一朝的。士子先参加乡试，都遵用汉人韦贤、平当精通一经；最后要参加制科选拔，与晁错、董仲舒对策三道相类。我爱房、心二宿相交的徐州，实在是孝子秀士的渊薮。元丰元年，附近三州的士子都在徐州参加乡试。九月辛丑日，汇集在黄楼，重温旧时选士的盛典。贡品无数，灵龟居于前列；歌曲三奏，取《诗经·鹿鸣》之义。这一天，天高气爽，水落石出。仰首观望四面群山的幽暗，低头而听两条大河的怒吼。环顾四方，令人无限快乐。于是讲述久废的古礼，议论郑、卫之声。路长官前来劝励，乡先生居于正位，群贤会聚，隐者来观。正是古人所说的路人交谈而成为同道，君子之人以文会友。于是提笔作赋，以助饮酒之欢。众人欢欣言笑，如同在古代泮水之旁；一饮一唱，不愧于晋朝山阴众客。真是仁义礼教的遗风再起，太平盛世独有的盛会。官吏庶民，不以我太守言辞拙劣，嘱我写此序文，使此会合于古礼。我在嘉祐初年考中进士，步入仕途，骈四骊六之文，乃是往日所爱。扬雄虽然后悔少年时轻率之作，而锺仪到了北方，又怎敢忘记南国的乡音？谨将此序献给故人，谅各位不会见笑。

南行前集叙

夫昔之为文者，非能为之为工，乃不能不为之为工也。山川之有云雾，草木之有华实，充满勃郁，而见于外。夫虽欲无有，其可得耶！自少闻家君之论文，以为古之圣人有所不能自已而作者。故轼与弟辙为文至多，而未尝敢有作文之意。己亥之岁，侍行适楚，舟中无事，博弈饮酒，非所以为闺门之欢。而山川之秀美，风俗之朴陋，贤人君子之遗迹，与凡耳目之所接者，杂然有触于中，而发于咏叹。盖家君之作与弟辙之文皆在，凡一百篇，谓之《南行集》。将以识一时之事，为他日之所寻绎，且以为得于谈笑之间，而非勉强所为之文也。时十二月八日，江陵驿书。

【译文】古代那些写文章的人，并不以能写出文章为好文章，而是以不能不写的文章为好文章。山川有云雾缭绕，草木有花朵果实，世间万物充满生机，蓬勃旺盛，都表现在这个世界上。即使是想让它们消失，能做得到吗！我从小听家父评论文章，认为古代的圣人有不能克制自己的感情而写出好文章的人。所以我和弟弟苏辙虽然习作很多，可从来没敢有真正写作文章的想法。嘉祐四年，侍奉父亲回蜀到达楚地时，住在船中没什么事做，于是下棋饮酒，我并不认为这些只是妇女们才玩耍的游戏。而且一路上看到山川秀美的景色，体会到风俗人情的朴素淳厚，凭吊古今贤人君子的遗迹，还有许多耳朵听到、眼睛看见的人和事，会于胸中百感交集，于是将这些感情写成诗文抒发出来。家父的作品和弟弟苏辙的诗文也都收在其中，共计一百篇，取名为《南行集》。用它来记载那一段时间的事，做为日后回忆时赖以追寻的脉络，而且我认为这些灵感都得自于谈笑之间，并不是勉强所作的文章。十二月八日，苏轼书于江陵府客馆。

送章子平诗序

观《进士登科录》，自天圣初讫于嘉祐之末，凡四千五百一十有七人。其贵且贤，以名闻于世者，盖不可胜数。数其上之三人，凡三十有九，而不至于公卿者，五人而已。可谓盛矣。《诗》曰："诞后稷之穑，有相之道。"我仁祖之于士也亦然。较之以声律，取之以糊名，而异人出焉。是何术哉！目之所阅，手之所历，口之所及，其人未有不硕大光明秀杰者也。此岂人力乎？天相之也。天之相人君，莫大于以人遗之。其在位之三十五年，进士盖十举矣，而得吾子平以为首。子平以文章之美，经术之富，政事之敏，守之以正，行之以谦，此功名富贵之所迫逐而不赦者也。虽微举首，其孰能加之？然且困踬而不信，十年于此矣。意在任重道远，必老而后大成欤？不然，我仁祖之明，而天相之，遗之人以任其事，而岂徒然哉？熙宁三年冬，子平自右司谏、直集贤院出牧郑州。士大夫知其将用也，十一月丁未，会于观音之佛舍，相与赋诗以饯之。余于子平为同年友，众以为宜为此文也，故不得辞。

【译文】我观看《进士登科录》，其中记载自天圣初年到嘉祐末年，共有四千五百一十七人登进士第。其中地位尊贵而又贤达，闻名于世的人多得数不胜数。仅记每科的前三名，共有三十九人。这三十九人中，没有做到公卿的，只有五个人。真可以说是隆盛之极了。《诗经》中说："后稷的耕种，是有妙法在其中的。"我大宋仁宗皇帝对于取士也是如此。用声律的和谐来比较优劣，用糊名的方法选取良材，因此奇材异人就显现出来。这是多么好的方法啊！眼中所见到的，手所触及到的，嘴所询问到的，没有一个不是伟岸光明颖秀杰出的人材。这难道是人力所能做到的吗？是上天把他们送到了人间。上天对人君的护佑，没有比把杰出人材送给他更有力的了。仁宗皇帝在位三十五年间，进士考试进行了十次，其中一次是章衡子平名列第一。子平的文章写得很精美，经籍学问很丰富，处理政事很机敏，谨守正道，行事谦虚，这些品德都会使功名富贵随之而来。即使没有被列为第一，又有谁能超越他呢？然而他却困顿于下僚，没有得到天子的器重，已经整整十年了。难道是他志向远大重任在肩，一定要到老年成熟以后才会成就伟大事业吗？如果不是这样，凭着我仁宗皇帝的英明，又得到上天的护佑，降给他优秀的人材来承担治世的大事，不就是徒劳的了吗？熙宁三年冬天，子平以右司谏、直集贤院之职去担任郑州知州。士大夫们知道他将被重用，便在十一月丁未这一天，聚会于观音寺僧院之中，相互赋诗为他饯行。我和子平是同年考中进士的朋友，众人认为应该由我来写篇纪念的文章，因此我不能推辞。

送杭州进士诗叙

右《登彼公堂》四章，章四句，太守陈公之词也。苏子曰：“士之求仕也，志于得也。仕而不志于得者，伪也。苟志于得而不以其道，视时上下而变其学，曰：吾期得而已矣。则凡可以得者，无不为也，而可乎？”昔者齐景公田，招虞人以旌，不至。孔子善之，曰：“招虞人以皮冠。”夫旌与皮冠，于义非大有损益也，然且不可，而况使之弃其所学，而学非其道欤？熙宁五年，钱塘之士贡于礼部者九人，十月乙酉，燕于中和堂，公作是诗以勉之曰：“流而不返者，水也；不以时迁者，松柏也。言水而及松柏，于其动者，欲其难进也。万世不移者，山也；时飞时止者，鸿雁也。言山而及鸿雁，于其静者，欲其及时也。”公之于士也，可谓周矣。《诗》曰：“无言不酬，无德不报。”二三子何以报公乎？

【译文】以上是《登彼公堂》诗四首，每首四句，是杭州太守陈襄公的诗句。苏轼说：“士人求取仕进，其志在有所获得。走仕途而不想有所获得，是虚伪的说法。如果想有所获得却不通过正当的渠道，而是跟随时势潮流改变自己的操守，说：我只是期望有所获得就行了。那么凡是可以有所获得的手段，没有使不出来的，这样做行吗？”往昔齐景公田猎，用羽毛装饰的旌旗召唤管理猎场的官吏，此官不去。孔子赞扬这个官吏的做法，说：“应当用鹿皮做成的冠来召唤管理猎场的官员。”用羽毛装饰的旌旗和用鹿皮制成的冠召唤官吏，从道义上来说，并没有太大的区别，尽管如此，官吏尚且不赴职，更何况让他们放弃自己的所学，所学之术又不合于道呢？熙宁五年，杭州的士子被选拔参加礼部会试的有九个人，十月乙酉那天，在中和堂举行宴会，陈公作了几首诗来勉励他们说：“东流而不返回的，是江河；不因季节的变化而改变志节的，是松柏。说到水又说松柏，主要是针对躁动之士而言，告诫他们不要把仕进想得太容易。千年万载都不迁移的，是高山；一会儿飞一会儿停的，是鸿雁。说到山又说鸿雁，主要是针对怠惰之士而言，告诫他们只争朝夕，尽早地得以仕进。”陈公对于士子们，可以说替他们想得很周到了。《诗经》说：“忠言没有得不到酬答的，仁德没有得不到回报的。”这些后学之辈将以什么来报答陈公呢？

送人序

士之不能自成，其患在于俗学。俗学之患，枉人之材，窒人之耳目。诵其师傅造字之语，从俗之文，才数万言，其为士之业尽此矣。夫学以明礼，文以述志，思以通其学，气以达其文。古之人道其聪明，广其闻见，所以学也；正志完气，所以言也。王氏之学，正如脱椠，案其形模而出之，不待修饰而成器耳，求为桓璧彝器，其可乎？

【译文】士子不能成才，过错全在于时下流行的庸俗之学。这种庸俗之学所造成的恶果，贻误人材，窒息人的耳目。只要是记诵导师望文生义的造字之说，庸俗之文，那么只需几万字，他进身仕途所需要的学业似乎就完结了。人们学习是为了深明礼义，作文是为了抒发志向，思考是为了贯通学术，培养胸中的浩气是为了使它流露于文章之中。古代的人为了使自己的聪明才智合于道，使自己的闻见广博，所以才要学习；为了表达真实的志向和完美的气节，所以才要发表议论。王安石的所谓学问，就像是用刻版印书，按照固定的模子制造出来，似乎用不着修整装饰就可以做成器具，想让这样的器具成为三公的桓圭和宗庙的祭器，能做到吗？

送钱塘僧思聪归孤山序

天以一生水，地以六成之。一六合而水可见。虽有神禹，不能知其孰为一孰为六也。子思子曰："自诚明谓之性，自明诚谓之教。诚则明矣，明则诚矣。"诚明合而道可见。虽有黄帝、孔丘，不能知其孰为诚孰为明也。佛者曰："戒生定，定生慧。"慧独不生定乎？伶玄有言："慧则通，通则流。"是乌知真慧哉？醉而狂，醒而止，慧之生定，通之不流也审矣！故夫有目而自行，则褰裳疾走，常得大道；无目而随人，则车轮曳踵，常仆坑阱。慧之生定，速于定之生慧也。钱塘僧思聪，七岁善弹琴。十二舍琴而学书，书既工。十五舍书而学诗，诗有奇语。云烟葱胧，珠玑的皪，识者以为画师之流。聪又不已，遂读《华严》诸经，入法界海慧。今年二十有九，老师宿儒，皆敬爱之。秦少游取《楞严》文殊语，字之曰闻复。使聪日进不止，自闻思修以至于道，则《华严》法界海慧，尽为蘧庐，而况书、诗与琴乎！虽然，古之学道，无自虚空入者。轮扁斫轮，伛偻承蜩，苟可以发其巧智，物无陋者。聪若得道，琴与书皆与有力，诗其尤也。聪能如水镜以一含万，则书与诗当益奇。吾将观焉，以为聪得道浅深之候。

【译文】天以一德而化生水，地以六德而合成水。上一下六相和，水就显现出来了。即使是大禹那样的神明之君，也不能弄清什么是一什么是六。子思说："自诚而明叫作性，自明而诚叫作教。诚实就明白，明白就诚实。"诚实明白两相凑合，大道就显现出来了。即使是有黄帝、孔子，也不能弄清什么是诚实什么是明白。佛家说："守戒就能产生安定，安定就能产生智慧。"难道智慧就不能产生安定吗？伶玄有句话说："聪慧就能畅达，畅达就能直流。"他哪里知道什么是真正的聪慧？喝醉了就颠狂，酒醒了就不再颠狂，由此可见，智慧能使人安定，畅达就不再肆意，是十分明显的道理了！所以有眼睛自己走，就能拽起衣襟走得很快，常常可以走上大道。没有眼睛跟着别人走，就会被车轮轧住脚，常常会跌入坑阱之中。智慧能产生安定，比安定产生智慧还要迅捷。杭州僧人思聪，七岁时就善于弹琴。十二岁放弃弹琴而学习书法，字写得精美之后，十五岁又放弃书法学习作诗，他的诗中常有新奇的词语，意境如同云烟空蒙葱郁，如同珠玑耀眼夺目，内行人都认为他具有画家的气质。思聪并没有停止学习，他又阅读《楞严》等佛家经典，进入到佛法智慧之海。他今年二十九岁，不论是年老的先生还是饱学的儒士，对他都十分敬重爱戴。秦观秦少游摘取《楞严经》中文殊菩萨的话，为他取字为"闻复"。假如思聪日日进取不倦，勤恳修行而悟得真道，那么《华严经》所说的佛法智慧之海，只不过是他旅途中的客栈，更何况是书法、诗赋和弹琴呢！虽然如此，古代那些学道的人，也没有从虚无之中进入佳境的。轮扁砍车轮，驼背人捕蝉，只要能够运用智慧机巧，那么天下没有卑陋的人。思聪如果得道，弹琴和书法都发挥了作用，诗歌更是如此。思聪能够像水面、镜子一样以一点光明含容万物，他的书法和诗歌会更加超凡。我等着看他的大作，并把它们当做思聪得道深浅的衡量标准。

猎会诗序

雷胜，陇西人。以勇敢应募得官，为京东第二将。膂力绝人，骑射敏妙。按阅于徐，徐人欲观其能，为小猎城西。又有殿直郑亮、借职缪进者，皆骑而从，弓矢刀槊，无不精习；而驻泊黄宗闵，举止如诸生，戎装轻骑，出驰绝众。客皆惊笑乐甚。是日小雨甫晴，土润风和，观者数千人。曹子桓云："建安十年始定冀州，濊貊贡良弓，燕代献名马。时岁之春，勾芒司节，和风扇物，弓燥手柔，草茂兽肥。与兄子丹猎于邺西，手获獐鹿九，狐兔三十。"驰骋之乐，边人武吏，日以为常。如曹氏父子，横槊赋诗以传于世，乃可喜耳。众客既各自写其诗，因书其末，以为异日一笑。

【译文】雷胜，是陇西人。由于勇猛果敢应召入伍而得到官职，现任京东第二将。臂力超人，骑马射箭敏捷精妙。在徐州按视检阅的时候，徐州人想观赏他的技能，特意在徐州城西举行了一次小规模的射猎活动。参加的人还有殿直郑亮、借职缪进，都骑着马跟从而来，二人对于弓箭刀枪，没有不精通的；还有驻泊黄宗闵，举止虽然像书生一样，但穿起戎装骑着快马，飞驰向前超过了众人。客人们都惊奇地欢笑，非常快乐。那天小雨刚晴，土地湿润微风和煦，前来观看的有好几千人。曹丕曾说："建安十年时才平定了冀州，东夷濊貊族进贡上好的弓，燕代之地献来好马。时值春天，勾芒之神主管大地，和煦的春风吹动着万物，良弓干燥手指柔和，牧草茂盛野兽肥壮。我与兄长曹子丹在邺西射猎，亲手射得獐鹿九头，狐狸兔子等三十只。"骑射驰骋的乐趣，住在边疆的居民和武将们每天如此习以为常。像曹氏父子，横槊赋诗的故事流传于后世，也是件可喜的事。众位客人都各自写完了自己的诗，我写一段文字在末尾，作为以后谈笑的凭证。

送水丘秀才叙

水丘仙夫治六经百家说为歌诗，与扬州豪俊交游，头骨硗然，有古丈夫风。其出词吐气，亦往往惊世俗。予知其必有用也，仙夫其自惜哉。今之读书取官者，皆屈折拳曲，以合规绳，曾不得自伸其喙。仙夫耻不得为将，历琅琊，之会稽，浮沅湘，溯瞿塘。登高以望远，摇桨以泳深，以自适其适也。过予而语行。

予谓古之君子，有绝俗而高，有择地而泰者，顾其心常足而已。坐于庙堂，君臣赓歌，与夫据槁梧击朽枝而声犁然，不知其心之乐奚以异也。其在穷也，能知舍；其在通也，能知用。予以是卜仙夫之还也，仙夫勉矣哉！若夫习而不试，往即而独后，则仙夫之屐可以南矣。

【译文】水丘仙夫研究了六经百家学说并以此为本写作诗歌，与扬州的豪杰俊士相结交，头上骨相瘦硬，颇有古代大丈夫的风度。他说出的话发出的感慨，也往往有震惊世俗之语。我知道他必然会为世所用，真希望他能自珍自爱。如今那些通过读书获取官职的人，都委屈求全，力求合于种种规距，不敢发表一点自己的见解。仙夫对这种卑下的做法感到羞惭，于是打算去琅琊登山，到会稽游玩，泛舟于沅湘之水，逆流入三峡瞿塘。登上高山眺望远景，摇动双桨游于深潭，过自己任情适意的生活。他到我这里告诉我这些打算。

我说：古代的君子，有脱离世俗而清高的人，有选择自己位置而安泰的人，都是他们心中认为知足就是。身处于朝堂之上，君臣敬爱互相唱和，这和那些栖身于枯桐之上，虽然敲击的是枯木朽枝，却感到那声音清脆悦耳，不知他们心中的快乐有什么不同。他们处在逆境时，知道应该舍弃什么；处于顺境时，能够知道应该如何去做。我用这些话来预知仙夫肯定会回来，仙夫应当自勉自强啊！如果学了儒道却不求仕进，留恋往昔而独立行于未来，那么仙夫就可以重新回到南方了。

送张道士叙

古者赠人以言。彼虽不吾乞，犹将发药也。盖未有不吾乞，而亦有待发药者。以吾友之贤，兹又奚乞？虽然，我反乞之曰：与吾友心肺之识，几三年矣，非同顷暂也。今乃别去，遂默默而已乎？抑不足教乎？岂无事于教乎？将周旋终始笼络盖遮有所惜乎？嗟仆之才，陋甚也，而吾友每过爱，岂信然乎？止于此可乎？抑容有未至当勉乎？自念明于处己，暗于接物，其不可至死以不喜，故讥骂随之，抑足恤乎？将从从然与之合乎？身且老矣，家且穷矣，与物日忤，而取途且远矣，将明灭如草上之萤乎？浮沉如水中之鱼乎？陶者能圆而不能方，矢者能直而不能曲，将为陶乎？将为矢乎？山有蕨薇可羹也，野有麋鹿可脯也，一丝可衣也，一瓦可居也，诗书可乐也，父子兄弟妻孥可游衍也，将谢世路而适吾所自适乎？抑富贵声名以偷梦幻之快乎？行乎？止乎？迟乎？速乎？吾友其可教也，默默而已，非所望吾友也。

【译文】古人看重临别赠给别人些人生格言。他虽然没有向我提出请求，但就像是病人等待得到药方。我还从来没有见到不向我请求，却像等待为他开具药方的人。以我友为人之贤德，还用请求吗？话虽然是这么说，我反而向他请求说：我和朋友肝胆相照，快三年了，不同于短暂的交往。如今分别离去，就这样默默无言吗？是我不足以指教呢？还是我不值得指教呢？或者是对于我们往日交往的亲密有所惋惜呢？我自叹才智低下，而每每得到朋友的错爱，这是真的吗？使我止步不前好呢，还是指出不足容我自勉好呢？我自认为对待自身的要求还算严格，而待人接物却很不练达，以至我没有被置于死地别人就不高兴，于是讥讽漫骂也随之而来，你认为是应该忍让呢，还是应该改变自我去追随他们呢？如今我将要衰老了，家境也贫穷了，一天比一天不合于世，我也打算取道远行了，是要像草丛中的萤火虫忽明忽暗呢，还是像水中的游鱼忽浮忽沉呢？陶工可以把陶器制成圆形却不能制成方形，箭能直射而不能拐弯。我是做陶器好呢，还是做箭好呢？山中有蕨菜薇草可以做羹，原野有麋鹿可以制成肉脯。有件衣裳就能遮羞，有间瓦房就能避风。诗书可以为乐，父子兄弟妻女可以交往。是离开尘俗回到自己适意之处呢，还是梦想富贵声名的畅快呢？是向前走呢还是停下？是晚些走呢还是早走？我的朋友可以赐教于我，你这样默默无语，可并不是我所期望的。

送通教钱大师还杭诗序

熙宁十年，始有诏以杭州龙山废佛寺为表忠观，《碑》具载其事。元丰二年六月，通教自杭来，见予于吴兴。问观已卒工乎，曰：“未也。杭人比岁不登，莫有助我者。”余曰：“异哉。杭人重施而轻财，好义而徇名，是独为福田也，将自托于不朽，今岁稔矣，子其行乎？”通教还杭，作诗以送之。

【译文】熙宁十年，朝廷下诏将杭州龙山荒废了的佛寺建为表忠观，我的《表忠观碑》已经详细地记载了这件事。元丰二年六月，通教钱大师从杭州来湖州看我。我问他表忠观是否已经完工，大师回答说：“还没有。杭州连年歉收，没有能够资助我的。”我对他说：“奇怪。杭州人看重施舍而轻视钱财，喜好行义而流传名声，这正好是福田，能够借施舍此观的机会流名千载。今年杭州丰收了，你能继续把它修完吗？”通教钱大师要返回杭州，我作一首诗为他送行。

牡丹记叙

熙宁五年三月二十三日，余从太守沈公观花于吉祥寺僧守璘之圃。圃中花千本，其品以百数。酒酣乐作，州人大集，金槃彩篮以献于坐者，五十有三人。饮酒乐甚，素不饮者皆醉。自舆台皂隶皆插花以从，观者数万人。明日，公出所集《牡丹记》十卷以示客，凡牡丹之见于传记与栽植培养剥治之方，古今咏歌诗赋，下至怪奇小说皆在。余既观花之极盛，与州人共游之乐，又得观此书之精究博备，以为三者皆可纪。而公又求余文以冠于篇。

盖此花见重于世三百馀年，穷妖极丽，以擅天下之观美，而近岁尤复变态百出，务为新奇以追逐时好者，不可胜纪。此草木之智巧便佞者也。今公自耆老重德，而余又愚蠢迂阔，举世莫与为比，则其于此书，无乃皆非其人乎？然鹿门子常怪宋广平之为人，意其铁石心肠，而为《梅花赋》，则清便艳发，得南朝徐庾体。今以余观之，凡托于椎陋以眩世者，又岂足信哉！余虽非其人，强为公纪之。公家书三万卷，博览强记，遇事成书，非独牡丹也。

【译文】熙宁五年三月二十三日，我陪同太守沈公到吉祥寺僧守璘的花圃去看花。花圃中有一千多株花，品种有上百。饮到酒酣时音乐声起，州里的居民都汇集于此处，向佛台献上金盘彩篮的，有五十三个人。饮酒观花非常快乐，平素不饮酒的人也都喝醉了。连轿夫跟班侍者等人也都在头上插满花，看花的有几万人。第二天，沈公拿出他所编纂的《牡丹记》十卷给宾客看，凡传记中有关牡丹花的记载和栽培护理的方法，古往今来歌咏牡丹的诗赋，甚至于传奇小说中的描述，全都汇集在书中。我既观赏到了牡丹花的盛开之美，还享受了与州民共同游玩的欢乐，又得以看到此书的精详完备，认为这三个方面都很值得记下。而沈公又请我写篇叙文置于卷首。

牡丹花被世人看重已经三百多年了，它以异乎寻常的妖冶艳丽，占尽风流，成为天下人最为欣赏的花，近年来更是花样翻新，务求新奇以满足那些追逐时尚的爱花者，品种多得数都数不清，这真是草木之中聪明智巧讨人欢心的花。如今沈公是德行高迈的元老之臣，而我却蠢笨呆滞，世上的人没有比沈公更厚重的，也没有比我更木讷的。

那么此书所记录的牡丹，恐怕既不类似于他，也不类似于我吧？鹿门子时常对宋广平的为人感到怪僻，认为他是铁石般的硬心肠，而宋广平所写的《梅花赋》，却秀丽美艳，有南朝徐陵、庾信的风骨。如今在我看来，那些自称愚钝无知而邀名于时的人，又怎能相信他们呢？我虽然不是最合适写这篇叙文的人，还是勉强为沈公写了这篇文章。沈公家有藏书三万卷，为人阅览广博强于记忆，每有所感就编录成书，不仅仅是关于牡丹。

讲田友直字序

韩城田益字迁之，黄庭坚以谓不足以配名，更之曰友直。或曰：益者三友，何独取诸此？某曰：夫直者，刚者之长也。千夫诺诺，不如一士之谔谔。诚得直士与居，彼不资吾子之过，切磋琢磨，成子金玉，使子日知不足。虽然，取直友，犹有四物：有直而修于直者，有直而陷于曲者，有曲而盗名直者，有曲而遂其直者。邦有道无道如矢，此直而修于直者也；其父攘羊而子证之，此直而陷于曲者也；或乞醯焉，乞诸其邻，此曲而盗名直者也；子为父隐，此曲而遂其直者也。其二端可愿，其二端不可愿。为吾子择益友也，尝以是观之。

【译文】韩城人田益字迁之，黄庭坚认为他的字不足以配他的名，给他改字为友直。有人说：《论语》说“益者三友，友直、友谅、友多闻”，为什么只取“友直”呢？我说：直，是刚中最值得赞美的。一千个人唯唯诺诺，不如一个人慷慨直言。真能与刚直之士交往，他不会放过您的过错，互相切磋琢磨，能成就您黄金美玉般的品德，使您每天都能看到自己的不足之处。虽然如此，选择正直的朋友，还有四种情况：有直而始终保持正直的，有直而被人折为弯曲的，有本来不直而欺世盗名为直的，有本来不直却最终成为直的。国中政治清明时正直如箭，政治昏暗时仍旧正直如箭，这就是直而始终保持正直的；父亲盗窃别人的羊而儿子指证父亲的罪过，这是直而被人折为弯曲的；有人向他借醋，他不说自己没有，却到邻居家借来转给别人，这就是本来不直而欺世盗名为直的；儿子替父亲隐瞒罪过，这是本来不直而最终成为直的。其中两种是可取的，另外两种是不可取的。为您选择益友，我总是用这样的标准来考察。

圣散子叙

昔尝览《千金方·三建散》云："风冷痰饮，症癖痎疟，无所不治。"而孙思邈特为著论，以谓此方用药节度不近人情，至于救急，其验特异。乃知神物效灵，不拘常制，至理开惑，智不能知。今仆所蓄《圣散子》殆此类耶？自古论病，惟伤寒最为危急，其表里虚实，日数证候，应汗应下之类，差之毫厘，辄至不救，而用《圣散子》者，一切不问。凡阴阳二毒，男女相易，状至危急者，连饮数剂，即汗出气通，饮食稍进，神守完复，更不用诸药连服取差。其馀轻者，心额微汗，正尔无恙。药性微热。而阳毒发狂之类，服之即觉清凉。此殆不可以常理诘也。若时疫流行，平旦于大釜中煮之，不问老少良贱，各服一大盏，即时气不入其门。平居无疾，能空腹一服，则饮食倍常，百疾不生。真济世之具，卫家之宝也。其方不知所从出，得之于眉山人巢君谷。谷多学，好方秘，惜此方不传其子。余苦求得之。谪居黄州，比年时疫，合此药散之，所活不可胜数。巢初授余，约不传人，指江水为盟。余窃隘之，乃以传蕲水人庞君安时。安时以善医闻于世，又善著书，欲以传后，故以授之，亦使巢君之名与此方同不朽也。

【译文】过去我曾经阅览《千金方》，其中《三建散》一篇说："受风受寒，痰多不能进食，疟疾中邪等病，没有不能治愈的。"而孙思邈专门为此写了注释，他说此方配药加减不合情理，至于救治危急病症，它的效果却特别灵验。由此而知，一些神奇之事，不是按照常理能够解释清楚的，玄妙之理如何开启常人的愚蒙，再聪明的人也不能知晓。如今我收藏的《圣散子》一方，大概也属于这一类吧？自古以来谈论疾病，只有伤寒病最为危险，此病表里虚实的症状，一天之内可能会变化数次，究竟是应该解表，还是应该下泻，处方稍有差错，就会贻误治疗，出现危险。如果用《圣散子》这一配方，任何病情都可以用。凡是阴、阳毒症，男女不同之症，乃至病情危急的人，连饮几剂，就会立即发出汗来，神气通顺，并能渐渐地进些饮食，使精神体力恢复正常，完全不用各种药物接连服食，酌情加减。其馀病情稍轻的人，比如心绪烦闷，额头出汗，服药就可痊愈。该药的药性偏于温热，然而阳厥颠狂之病，服药之后却立即会使人感觉清凉。这恐怕不是用常理能解释的。如果瘟疫流行，天明时在大锅中煎煮此药，不论年老年少良民贱役，每人饮上一大碗，当时就能阻止瘟气不入家门。平时居处没有疾病时，能够空着肚子服饮一剂，饮食就会比平时增加一倍，百病不生。真是救助世人之良方，保卫家人之宝贝。这个药方不知从哪里传来的，我是从眉山人巢谷那儿得到的。巢谷学问很大，喜好收集各种秘方，他很珍惜这个秘方连自己的儿子都不传授。我苦苦哀求才得到它。我被贬谪居住在黄州时，连年瘟疫流行，我配成此药分给众人，救活的人不计其数。巢谷当初传授给我的时候，约定不许传给别人，并且指着大江之水立下盟誓。我暗暗觉得他这样做未免太狭隘，于是把药方传给了蕲水人庞安时君。庞安时以精通医道闻名于世，又善于著书立说，想把自己的医术传给后人，所以我传授给他，这也可以使巢谷君的名字和这个药方一同流传不朽。

圣散子后序

《圣散子》主疾，功效非一。去年春，杭之民病，得此药全活者，不可胜数。所用皆中下品药，略计每千钱即得千服，所济已及千人。由此积之，其利甚溥。凡人欲施惠而力能自办者，犹有所止，若合众力，则人有善利，其行可久。今募信士就楞严院修制，自立春后起施，直至来年春夏之交。有入名者，径以施送本院。昔薄拘罗尊者，以诃梨勒施一病比丘，故获报身，身常无众疾。施无多寡，随力助缘。疾病必相扶持，功德岂有限量？仁者恻隐，当崇善因。吴郡陆广秀才，施此方并药，得之于智藏主禅月大师宝泽，乃乡僧也。其陆广见在京施方并药，在麦麴巷居住。

【译文】《圣散子》一方主治各种疾病，不仅仅具有一种功效。去年春天，杭州民间流行瘟疫，因为得到此药的治疗而保全性命的，不可计数。这个药方所用的都是很平常的药，大约每一千钱就可以配制一千服药，一千服药就可以治愈一千人了。像这样积累起来，从中获得好处的人就非常广泛了。想施舍恩惠而又有能力自己配药的人，毕竟是有限的，如果集合大家的力量，那么人人都可从中得到行善的好处，这个善行也就可以长久维持下去了。如今招募一些善信之士在楞严院中配制此药，从立春后开始向众人施舍，直到第二年春夏之交。有报名做这件善事的人，可以直接把钱物送到本院来。过去薄拘罗大师用诃梨勒这种药治好了一个生了病的僧人，所以获得了回报，身体健康，什么病也没有。施舍不论多少，根据自己的能力来行善事。得了病就要帮助他，这功德难道有什么止境吗？仁爱的人具有恻隐之心，应当信奉善有善报。吴郡人陆广秀才，施舍了这个药方和许多药物，他是从智藏主禅月大师宝泽那儿得到这个药方的，宝泽大师是他家乡的一位高僧。陆广现正在京师施舍此方和药物，他在麦麴巷居住。

江子静字序

友人江君以其名存之求字于予，予字之曰子静。夫人之动，以静为主。神以静舍，心以静充，志以静宁，虑以静明。其静有道，得己则静，逐物则动。以一人之身，昼夜之气，呼吸出入，未尝异也。然而或存或亡者，是其动静殊也。后之学者，始学也既累于仕，其仕也又累于进。得之则乐，失之则忧，是忧乐系于进矣。平旦而起，日与事交，合我则喜，忤我则怒，是喜怒系于事矣。耳悦五声，目悦五色，口悦五味，鼻悦芬臭，是爱欲系于物矣。以眇然之身，而所系如此，行流转徙，日迁月化，则平日之所养，尚能存耶？丧其所存，尚安明在己之是非与夫在物之真伪哉？故君子学以辨道，道以求性，正则静，静则定，定则虚，虚则明。物之来也，吾无所增；物之去也，吾无所亏。岂复为之欣喜爱恶而累其真欤？君齿少才锐，学以待仕，方且出而应物，所谓静以存性，不可不念也。能得吾性不失其在己，则何往而不适哉？

【译文】我的朋友江君以他名存之请求我为他取个字，我给他取的字是子静。人的活动，要以宁静为主。精神凭着宁静而存在，心胸凭着宁静而充实，志向凭着宁静而淡泊，思虑凭着宁静而清明。宁静是有规律的，保持自己的操守就能宁静，追逐外界物欲就会燥动。从人的本身来看，白天黑夜的呼出吸入，并没有什么不同的地方。可是有人生存有人死亡，这是由于他们的动与静失去了规律。后代的学者们，从一开始学习就被仕进所牵累，进入官场后又被升迁所牵累。得到升迁就高兴，失去官职就忧愁，那么他的忧乐都决定于升迁贬斥了。早晨一起身，就要与各种人事打交道，符合我的心意就高兴，违背我的意愿就愤怒，那么他的喜怒都决定于人事顺逆了。耳朵喜欢听五音，眼睛喜欢看五色，嘴里喜欢尝五味，鼻子喜欢闻芳香，那么他的喜爱和欲望都决定于物品优劣了。以渺小的一人之身，而受到如此多的制约，一生不停地辗转变化，岁月不停地消磨，那么平时胸中的蓄养，还能够留存于身吗？丧失了平时的蓄养，哪里还能弄清自己的是非和外界人事的真假呢？因此君子学习是用来分辨什么是正道，得到正道用来求取真性。能够守住正道就能得到宁静，得到了宁静就能得到安定，心中安定就空阔清虚，胸中清虚就能透彻通明。外物送到我身边，我也没有什么增多；外物离我而去，我也没有失去什么。难道还会受到高兴愤怒喜爱厌恶的制约吗？江君年纪轻轻才气敏锐，求学以待入仕，正当要出来应对事物之时，所以以静心来保存本性，不能不牢牢记取。能够守住自己的本性不失去自我，那么在什么处境中不能泰然自若呢？

醉翁琴趣外编序（残）

散落樽酒间，盛为人所爱尚，犹小技，其上有取焉者。

【译文】散落在酒席之间，很受人们的喜爱，虽然不过是些雕虫小技，但其中也颇有可取之处。

别天竺观音诗序（残）

余昔通判钱塘，移莅胶西，以九月二十日，来别南北山道友。

【译文】当年我担任杭州通判，改任密州知州，在九月二十日这一天，来南山北山与道友告别。

卷九十五　题跋（杂文）

书孟德传后

子由书孟德事见寄。余既闻而异之，以为虎畏不惧己者，其理似可信。然世未有见虎而不惧者，则斯言之有无，终无所试之。然曩余闻忠、万、云安多虎。有妇人昼日置二小儿沙上而浣衣于水者。虎自山上驰来，妇人仓皇沉水避之。二小儿戏沙上自若，虎熟视久之，至以首抵触，庶几其一惧，而儿痴，竟不知怪，虎亦卒去。意虎之食人，必先被之以威，而不惧之人，威无所从施欤？有言虎不食醉人，必坐守之，以俟其醒。非俟其醒，俟其惧也。有人夜自外归，见有物蹲其门，以为猪狗类也。以杖击之，即逸去。至山下月明处，则虎也。是人非有以胜虎，而气已盖之矣。使人之不惧，皆如婴儿、醉人与其未及知之时，则虎畏之，无足怪者。故书其末，以信子由之说。

【译文】苏辙把他写的有关孟德的文章寄给我，我看了以后，觉得孟德的事迹很奇异，他认为老虎害怕不畏惧自己的人，这种道理似乎是可信的。然而世上没有看见老虎而不害怕的人，因而这个记载真实与否，终究是没法验证的。但我过去听说忠州、万州、云安一带老虎很多。有一个妇女白天在河边洗衣服，把自己的两个小孩放在沙滩上玩耍。一只老虎从山上跑下来，这个妇女见了惊慌不已，急忙跳到河水里躲避老虎。那两个小孩还像原来那样在沙滩上游戏。老虎把他们仔细地看了很久，甚至用头去撞他们，希望他们中间的一个会害怕它，但那两个小孩却很傻，竟然不知道害怕，老虎无可奈何，最终离他们而去。我推测老虎吃人的时候，一定先对人显示他的威风，而对那些不害怕它的人，它恐怕就没法再耀武扬威了。有人说老虎不吃喝醉酒的人，它必定会坐着守候那人，等那人酒醒了以后再吃。看来老虎不是等醉人酒醒了再吃，而是等醉人酒醒了以后害怕时再去吃。有人晚上从外面回家，看见一个东西蹲在家门口，还以为是猪狗之类的动物。他用棍子打动物，动物逃跑了。跑到山下月光明亮的地方，他才看清那原来是一只老虎。这个人并没有战胜老虎的本领，他是凭借气概压倒老虎的。假如人们都像上面的婴儿、醉人与那个不知道是老虎的人一样不害怕老虎，那么老虎反过来害怕人是不值得奇怪的。我因此在《孟德传》后记下这些，以表明我是相信苏辙的说法的。

书鲍静传

鲍静字太玄，东海人。五岁语父母，云："本曲阳李氏子，九岁堕井死。"父母以其言访之，皆验。静学兼内外，明天文河洛书。为南海太守，行部入海，遇风，饥甚，煮白石食之。静尝见仙人阴君受道诀，百余岁卒。

阴真君名长生。予尝游忠州丰都观，则阴君与王方平上升处也。古松柏数千株，皆百围。松脂如酥乳，不烦煮炼，正尔食之，滑甘不可言。二真君皆画像观中，极古雅。有西晋时殿宇，尚存也。戊寅九月十一日夜坐书。

【译文】鲍静字太玄，是东海人。他五岁时对父母说："我本是曲阳一个姓李人家的儿子，九岁时不慎落井而死。"他的父母根据他的话去查访，结果都得到了验证。鲍静经史杂记无所不学，还懂得天文学以及《河图》与《洛书》。他担任南海太守时，曾入海考察刑政，途中不巧遇到大风，食物吃光，饿得很厉害，他就煮白石子儿吃，鲍静曾见过仙人阴君，并跟随他学习得道的密诀，活了一百多岁才死去。

阴真君的名字叫长生。我曾游览过忠州的丰都观，那里就是阴君与王方平得道成仙的地方。观内有几千株古松柏，周长都达到百围，松树的油脂就像酥乳一样，不需要煮烧和提炼，直接进食，口感柔滑，妙不可言。观中有阴君与王方平的画像，看起来极其古雅。观中还保存有西晋时期的房屋。苏轼于戊寅年九月十一日夜闲坐时记。

书单道开传后

葛稚川与单道开皆西晋人，而没于东晋，又皆隐于罗浮。使稚川见道开，必有述焉。而《抱朴·内篇》皆不及道开，岂稚川化时，道开尚未至罗浮也？稚川乞岣嵝令游南海，遂入罗浮，按本传在升平三年以后，相去盖三十余年，必稚川先化也。绍圣元年九月，始予至罗浮，问山中人，则道开无复遗迹矣，亦不知石室所在。独书此传遗冲虚观道士邓守安，以备山中逸事。

【译文】葛稚川与单道开都是西晋人，他们死于东晋，又都曾在罗浮山隐居。假如葛稚川见过单道开，一定会在书中有所记述。但他的《抱朴子·内篇》却没有一处提到单道开，难道是葛稚川死的时候单道开还没有到罗浮山去吗？葛稚川向皇帝请求任岣嵝县令以游历南海各地，赴任时途经广州，经刺史邓岳挽留，他于是进入罗浮山炼丹。我考查《晋书·单道开传》，得知他是在东晋穆帝升平三年以后才进罗浮山的，这与葛稚川进罗浮山的时间相距大约三十多年，因而可以断定当单道开进罗浮山时葛稚川已经去世了。绍圣元年九月，我才到罗浮山时，曾向山中人询问单道开的情况，他们告诉我山上已不再存有单道开的遗迹，也不知道他隐居之室位于山上什么地方。我把《晋书·单道开传》单独抄下来送给冲虚观的道士邓守安，以备人们了解单道开的山中逸事。

书陶淡传

《晋史·隐逸传》：陶淡，字处静，太尉侃之孙也。父夏，以无行被废。淡幼孤，好导养之术，谓仙道可祈。年十五六，便服食绝谷，不娶。家累千金，僮客百数，淡了不营问。好读《易》，善卜筮。于长沙临湘山中，结庐居之。养一白鹿以自随。人有候之者，辄移渡涧水，莫得近。州举秀才，淡遂逃罗县埤山中，不知所终。

陶士行诸子皆凶暴，不独夏也，而诸孙中乃有淡，曾孙中乃有潜。潜集中乃有仲德、敬通之流，皆隐约有行义，又皆贫困，何也？淡高逸如此，近类得道，与潜近亲，而潜无一言及之，此又未喻也。戊寅年九月七日，阅《晋史》，偶录之以俟知者。儋州城南记。

【译文】《晋史·隐逸传》记载道：陶淡，字处静，是太尉陶侃的孙子。他的父亲叫陶夏，因为行为不正而被黜废。陶淡幼年死去父亲，从小就喜好导引养生之术，认为仙道是能够祈求的。他十五、六岁时便服食丹药，不吃五谷，以求长生不老。他没有娶妻子。家中的资财累计多达千金，有一百多名奴仆，但他对家业却看得非常轻，从不经营管理。他喜欢读《易经》，擅长占卜。他在长沙的临湘山中构建了房屋，还养了一头白鹿跟随自己一起生活，如果有人想去看望他，他总是越过山涧，迁徙住地，所以没有人能够接近他。州里推举陶淡当秀才，他知道后就逃避到罗县的埤山中，最后不知去了哪里。

陶侃的众多儿子全是凶残暴虐的人，并非唯独陶夏。然而在他的众多孙子中竟然出了一个陶淡，曾孙中竟然出了一个陶潜，他们两个均是受人敬仰的隐士。陶潜集子里提到的仲德、敬通一类人，也都是隐居的高士，行为符合正义，然而却过着贫困的生活，造成这种现像的原因何在呢？陶淡的行为如此高尚，超越世俗，近似于得道的仙人，而且与陶潜还是近亲，但陶潜在作品中却没有提到过他，这是又一个让我弄不明白的地方。戊寅年九月七日，我偶然记下这些，等待着知道详情的人来告诉我。苏轼记于儋州城南。

书渊明孟府君传后

陶渊明，孟嘉外孙，作《嘉传》云：“或问：‘听丝不如竹，竹不如肉，何也？’曰：‘渐近自然。’”《晋书》乃云“渐近使之然”，则是闾里少年鄙语。虽至细事，然足以见许敬宗等为人。

【译文】陶渊明是孟嘉的外孙，在自己所写的《孟嘉传》中记道：“有人曾问孟嘉：‘弦乐器不如管乐器的声音好听，而管乐器又不如人唱的声音好听，这是为什么呢？’孟嘉答道：‘这是因为它们一个比一个接近自然。’”但《晋书》却说成“逐渐接近使它们成为那样”，这简直是民间少年的鄙俗之语。虽然这是最小不过的事，但从中却完全可以看出《晋书》的作者许敬宗等人的品德来。

书南史卢度传

余少不喜杀生，然未能断。近来始能不杀猪羊，然性嗜蟹蛤，故不免杀。自去年得罪下狱，始意不免，既而得脱，遂从此不复杀一物。有见饷蟹蛤者，皆放之江中。虽知蛤在江水无活理，然犹庶几万一，便使不活，亦愈於煎烹也。非有所求觊，但以亲经患难，不异鸡鸭之在庖厨，不忍复以口腹之故，使有生之类，受无量怖苦尔，犹恨未能忘味食自死物也。《南史·隐逸传》：“始兴人卢度，字彦章。有道术。少随张永北侵魏，永败，魏人追急，淮水不得过。自誓若得免死，从今不复杀生。须臾见两楣，流来接之，得过。后隐居庐陵西昌三顾山，鸟兽随之。夜有鹿触其壁，度曰：‘汝勿坏我壁。’鹿应声去。屋前有池，养鱼，皆名呼之，次第取食。逆知死年月，竟以寿终。”偶读此书，与余事粗相类，故并录之。

【译文】我小的时候就不喜欢杀害动物，但却一直未能停止干这类事。最近以来开始不杀猪羊，但由于我天生喜欢吃蟹蛤，所以还是免不了要干杀生的事儿。去年我获罪下狱，开始以为免不了一死，后来竟然逃脱厄运，于是下决心从此不再杀害任何动物。我把别人送给我的蟹蛤都放生到江水中。虽然知道蛤在江水中没有活下来的可能，但还是寄希望于万一，而且觉得即使它们存活不了，也总比被人煎烹要强得多。我并不想得到什么，只是因为自己亲身经历了患难，当时的处境与在厨房等待宰割的鸡鸭没有什么差别，所以就再也不忍心因为贪图口腹之欲，使得各类有生命的动物遭受无穷无尽的恐怖与苦难，我还为自己未能忘记味美的食品是用死去的动物做成的而感到遗憾。《南史·隐逸传》记载道："卢度字彦章，是始兴人。他有得道之术。年少时追随张永攻打北魏，张永兵败，魏人急速追赶卢度，他逃到淮河北岸，被河水挡住了去路。当时他对自己发誓：若能免去一死，从此不再杀生。不久，他看见河水中漂有两根横木，横木顺着水流漂到卢度跟前，他接住它们，因此渡过了淮河。后来他隐居在庐陵西昌的三顾山上，鸟兽都愿意跟随着他。有天晚上一头鹿碰撞他的墙壁，卢度说："你不要碰坏我的墙壁。"鹿随着他的声音离开了。他的屋前有一个池子，池中养有鱼，卢度给每条鱼都取了名字，他呼唤每条鱼的名字，让它们按次序取用食物。卢度还能预先知道自己该在哪年哪月死去，最终他以高寿辞世。"我偶然读到这本书，觉得卢度的事迹与我的经历有大致相似之处，所以一并记录了下来。

书六一居士传后

苏子曰："居士可谓有道者也。"或曰："居士非有道者也。有道者，无所挟而安，居士之于五物，捐世俗之所争，而拾其所弃者也。乌得为有道乎？"苏子曰："不然。挟五物而后安者，惑也。释五物而后安者，又惑也。且物未始能累人也，轩裳圭组，且不能为累，而况此五物乎？物之所以能累人者，以吾有之也。吾与物俱不得已而受形于天地之间，其孰能有之？而或者以为己有，得之则喜，丧之则悲。今居士自谓六一，是其身均与五物为一也。不知其有物耶，物有之也？居士与物均为不能有，其孰能置得丧于其间？故曰：居士可谓有道者也。虽然，自一观五，居士犹可见也。与五为六，居士不可见也。居士殆将隐矣。”

【译文】苏轼说：“欧阳修真是一位很有修养的人。”有人却认为：“欧阳修并不算很有修养。因为很有修养的人，不占有外界什么东西就能很安心，但从欧阳修所拥有的藏书、琴、金石遗文、棋、酒等五种东西来看，他可谓丢掉了世俗之人所争夺的，拾取了世俗之人所抛弃的。他怎能算是很有修养的人呢？”苏轼反驳道：“这种看法是不正确的。认为拥有那五种东西以后就能使人心安的观点，是会惑乱人心的。认为丢弃那五种东西以后就能使人心安的观点，同样也会惑乱人心的。况且外物对人并不能有所妨碍，官位爵禄对人尚且不能有所妨碍，更何况那五种东西呢？外物之所以会对人有所妨碍，是因为我们一心想占有它们。我们与外物在天地之间被赋予形体均是出于不得已的，谁又能做到绝对占有外物呢？有人把外物据为己有，得到了就高兴，丧失了就悲哀。现在欧阳修自号六一居士，他是把自身与那五种东西都看成是完全一样，没有差别的。我们不知道是他拥有了外物呢，还是外物拥有了他？欧阳修与外物均不能互相拥有对方，那么谁还能在它们中间设置得到什么或丧失什么的概念呢？所以说欧阳修是一位很有修养的人。虽然这样说，但是如果分别去观察欧阳修与那五种东西，人们还是能够看到他与外物的差别的。如果把他与那五种东西合成一体去观察，人们就看不到他与外物的差别了。欧阳修大概将要归隐了吧。

书东皋子传后

予饮酒终日，不过五合，天下之能饮，无在予下者。然喜人饮酒，见客举杯徐引，则予胸中为之浩浩焉，落落焉，酣适之味，乃过于客。闲居未尝一日无客，客至，未尝不置酒。天下之好饮，亦无在予上者。常以谓人之至乐，莫若身无病而心无忧。我则无是二者矣。然人之有是者，接于予前，则予安得全其乐乎？故所至，常蓄善药，有求者则与之，而尤喜酿酒以饮客。或曰："子无病而多蓄药，不饮而多酿酒，劳己以为人，何也？"予笑曰："病者得药，吾为之体轻，饮者困于酒，吾为之酣适，盖专以自为也。"东皋子待诏门下省，日给酒三升。其弟静问曰："待诏乐乎？"曰："待诏何所乐，但美酝三升，殊可恋耳。"今岭南，法不禁酒，予既得自酿，月用米一斛，得酒六斗。而南雄、广、惠、循、梅五太守，间复以酒遗予。略计其所获，殆过于东皋子矣。然东皋子自谓五斗先生，则日给三升，救口不暇，安能及客乎？若予者，乃日有二升五合，入野人、道士腹中矣。东皋子与仲长子光游，好养性服食，预刻死日，自为墓志。予盖友其人于千载，或庶几焉。

【译文】我整天喝酒，酒量不超过五合，天下没有比我更不能喝酒的人了。但是我喜欢别人饮酒，看见客人举杯慢慢品酒时，我就会感到心胸十分开阔，酣畅舒适的感觉甚至超过了客人。我闲居时不曾一天没有客人，客人来了，也不曾一天不为客人摆酒。天下也没有比我更喜欢喝酒的人了。我常以为人最快乐的，莫过于身体没病与心里无忧。我既没病又无忧，但却接触认识一些得病或有忧的人，又怎能保全自己的快乐呢？所以我每到一处，常常积蓄一些好药，有人跟我要，我就送给他，而且我尤其喜欢酿酒让客人喝。有人问我："你没什么病却积蓄许多药，自己不喝酒却酿许多酒，辛辛苦苦地为别人做这些，到底是为了什么呢？”我笑着回答：“病人得到我的药以后，我就会感到身体轻松，喝酒的人没酒喝，我让他喝了，自己就会感到酣畅舒适。我实际上是专门为自己才那样做的。”东皋子王绩在门下省任待诏一职，官府每天给他三升酒。他的弟弟王静问他：“任待诏一职感到快乐吗？”他答道：“担任待诏能有什么快乐，只有每天可以喝到三升美酒才特别让我感到留恋。”现在岭南没有禁酒的条律，我自己就能够在家里酿酒，每月一般用一斛米作原料，可酿得六斗酒。南雄、广州、惠州、循州、梅州五地的太守还经常赠给我酒。我对获得的酒作了一个大致的统计，从数量上看大概已经超过东皋子王绩的了。但东皋子王绩却自称五斗先生，那么官府只给他三升酒，是根本不够他喝的，他又怎能再去送给客人呢？而像我这样的，每天却能拿出二升五合让农夫与道士喝进肚子里去。东皋子王绩与仲长子光交往，喜欢入静，服食丹药，预先在石碑上刻下自己死亡的日期，还为自己写了墓志铭。我大概是在千年以后和他结成朋友的人了。

书黄鲁直李氏传后

无所厌离，何从出世？无所欣慕，何从入道？欣慕之至，亡子见父。厌离之极，燖鸡出汤。不极不至，心地不静。如饭中沙，与饭皆熟。若不含糊，与饭俱咽。即须吐出，与沙俱弃。善哉佛子，作清静饭。淘米去沙，终不能尽。不如即用，本所自种。元无沙米，此米无沙。亦不受沙，非不受也，无受处故。

【译文】假如什么都不厌弃，为什么还要摆脱尘世？假如什么都不仰慕，为什么还要皈依佛法？对佛法仰慕到了极点，就像流亡在外的儿子见到了父亲一样，对尘世厌倦到了极点，就像把煮的鸡从开水中捞了出来一样。如果不是仰慕或厌倦到了极点，那么心中就会有杂念。这就像米饭中的沙子，与饭一起被煮熟。吃饭时一不小心，就会把它同饭一道咽到肚中。即使要把沙子吐出来，那么饭也会随沙一起吐出。佛门弟子真是好啊，他们做的是清静饭。把沙从米中淘出，是淘不干净的。不如就用自己所种植的米。世上原本就没有沙米，也就无所谓米中有沙。米是不接受沙的，并不是它不愿接受，而是没有接受的地方。

书刘昌事 昌事见杜牧宋州宁陵县记

今日过宁陵，闻县令言，前令晏昙立刘昌庙。昌事迹见杜牧集，甚壮伟。宋子京独不信，以为无有。子京信李蘩记其父泌、崔胤记其父慎由事，皆以伪为真，独不信杜牧记昌事，可笑也。

【译文】今天经过宁陵县，听县令说，前任县令晏昙为刘昌建了庙。刘昌的事迹非常壮烈伟大，被杜牧记在他的文集中。宋子京却偏偏不相信刘昌事迹的真实性，认为那是编造出来的。宋子京相信李蘩对其父李泌事迹的记述，也相信崔胤对其父崔慎由事迹的记述，他把这些虚假的记述全当成真实的，却偏偏不相信杜牧所记刘昌的事迹，真是可笑啊！

书狄武襄公事

狄武襄公者，本农家子。年十六时，其兄素，与里人失其姓名号铁罗汉者，斗于水滨，至溺杀之。保伍方缚素，公适饷田，见之，曰："杀罗汉者，我也。"人皆释素而缚公。公曰："我不逃死。然待我救罗汉，庶几复活。若决死者，缚我未晚也。"众从之。公默祝曰："我若贵，罗汉当苏。"乃举其尸，出水数斗而活。其后人无知者。公薨，其子谘、咏护丧归葬西河，父老为言此。元祐元年十二月五日，与咏同馆北客，夜话及之。眉山苏轼记。

【译文】狄武襄公原本出身于农家。他十六岁时，哥哥狄素与同乡一个不知其名姓、号称铁罗汉的人在水边打架，狄素最后把铁罗汉弄到水里淹死了。保长与伍长正要把狄素绑送官府时，狄武襄公碰巧往田里送饭，看见后，就对保长与伍长说道："是我杀死了铁罗汉。"众人给狄素松绑，把狄武襄公给捆了起来。狄武襄公向众人请求道："我不打算逃脱死亡。但请求大家等我一会儿，让我救救铁罗汉，他差不多是可以复活的。如果他抢救不过来了，你们再绑我也不迟。"众人答应了他的请求。狄武襄公默默祈祷道："我今后如果能够显贵的话，铁罗汉就应该苏醒过来。"祈祷完就把铁罗汉的尸体抬起来，让他吐出了几斗水，结果他真的复活了。从那以后别人一直不知道这件事。狄武襄公去世后，他的儿子狄谘与狄咏为他治理丧事，把他的灵柩送回老家西河，当地的年长者就把这件事讲给他们听。元祐元年十二月五日，我与狄咏作为从北方来的旅人住在同一家旅馆里，夜里谈话时，狄咏把这件事告诉了我。眉山人苏轼记。

书刘庭式事

予昔为密州，殿中丞刘庭式为通判。庭式齐人也。而子由为齐州掌书记，得其乡间之言以告予，曰："庭式通礼学究。未及第时，议娶其乡人之女，既约而未纳币也。庭式及第，其女以疾，两目皆盲，女家躬耕，甚贫，不敢复言。或劝纳其幼女。庭式笑曰：'吾心已许之矣。虽盲，岂负吾初心哉？'卒娶盲女，与之偕老。"盲女死于密，庭式丧之，逾年而哀不衰，不肯复娶。予偶问之："哀生于爱，爱生于色。子娶盲女，与之偕老，义也。爱从何生，哀从何出乎？"庭式曰："吾知丧吾妻而已，有目亦吾妻，无目亦吾妻也。吾若缘色而生爱，缘爱而生哀，色衰而爱驰，吾哀亦忘。则凡扬袂倚市，目挑而心招者，皆可以为妻也耶？”予深感其言，曰：“子功名富贵人也。”或笑予言之过，予曰：“不然，昔羊叔子娶夏侯霸女，霸叛入蜀，亲友皆告绝，而叔子独安其室，恩礼有加焉。君子是以知叔子之贵也，其后卒为晋元臣。今庭式亦庶几焉，若不贵，必且得道。”时坐客皆怃然不信也。昨日有人从庐山来，云：“庭式今在山中，监太平观，面目奕奕有紫光，步上下峻坂，往复六十里如飞，绝粒不食，已数年矣。此岂无得而然哉？”闻之喜甚，自以吾言之不妄也，乃书以寄密人赵杲卿。杲卿与庭式善，且皆尝闻余言者。庭式，字得之，今为朝请郎。杲卿，字明叔，乡贡进士，亦有行义。元丰六年七月十五日，东坡居士书。

【译文】我过去曾任密州知州，殿中丞刘庭式则任密州通判。刘庭式是齐州人。苏辙在齐州任掌书记，把从乡人那里听来的话告诉了我，他说：“刘庭式通晓《礼经》，考取了科举中的学究一科。当他还未中选时，与家人商议迎娶当地一户人家的女儿，婚期已约定好了，只是还没有纳聘。刘庭式中选后，那个女子却得了一种病，两只眼睛全瞎了。女方家以躬耕垄亩为生，家境十分清寒，不敢再向刘庭式提议婚事。有人劝刘庭式娶这家的小女儿，他笑着答道：‘我已经答应那个女子了。她虽然眼睛瞎了，但我难道就能违背我当初的心愿吗？’他最终还是娶了那个瞎女子，与她一起白头偕老。”瞎女子后来在密州去世，刘庭式失去了她，悲哀之情一年后仍未减轻，不肯重新娶妻。我曾偶然问他：“妻子死后感到悲哀是由于爱她的缘故，之所以爱她则是因为她容貌美丽。你娶瞎女子为妻，与她白头偕老，是合乎道义的行为。但是你对她的爱情是从何产生的？你是出于什么原因而感到悲哀的？”刘庭式回答：“我只知道自己失去妻子罢了。眼睛有的见是我的妻子，眼睛看不见也是我的妻子。我如果因为她长相好才爱她，因为爱她而在她死后产生悲哀之情，那么当她一旦容颜衰减时，我就不会再爱她，也不会在她死后产生悲哀之情了。那些在集市上扬起衣袖、卖弄风情，以目挑逗、以心招诱男人的女人，难道可以为人妻吗？”我被他的一番话深深地打动了，对他说道：“你是一个能够获取功名富贵的人。”有人嘲笑我说得不对，我反驳道：“你们的看法并不正确。当初羊叔子娶了夏侯霸的女儿，夏侯霸后来背叛魏国，逃奔到蜀国，亲戚朋友都与他家断绝了关系，唯独夏侯霸没有那样做，他不仅没把妻子遣回娘家，而且对其恩礼有增无减。当时的君子因此知道羊叔子必定会显贵起来，而他最终确实当上了晋朝的大功臣。如今刘庭式差不多也会像羊叔子那样，即使不能显贵，也必将成为得道之人。”当时家里的客人听后都感到茫然，并不相信我的话。昨天有人从庐山回来，对我说道：“现在刘庭式正在庐山上督管太平观的事务。他精神焕发，脸上散发出紫光，往返六十里的山路，需要上下翻越陡坡，他能做到健步如飞，不需要吃任何食物，已经好几年了。没有得道的人难道能做到像他这样吗？”我听了以后感到十分高兴，认为自己所说的并不虚妄，于是就把刘庭式的事迹写下来寄给密州人赵杲卿。赵杲卿与刘庭式的交情很好，他也曾听我说过那一番话。刘庭式，字得之，现任朝请郎。赵杲卿，字明叔，为乡贡进士，他的行为也十分高尚。元丰六年七月十五日，东坡居士苏轼记。

书外曾祖程公逸事

公讳仁霸，眉山人。以仁厚信于乡里。蜀平，中朝士大夫惮远宦，官缺，选士人有行义者摄。公摄录参军。眉山尉有得盗芦菔根者，实窃，而所持刃误中主人。尉幸赏，以劫闻。狱掾受赇，掠成之。太守将虑囚，囚坐庑下泣涕，衣尽湿。公适过之，知其冤，咋谓盗曰：“汝冤，盍自言，吾为汝直之。”盗果称冤，移狱。公既直其事，而尉、掾争不已，复移狱，竟杀盗。公坐逸囚罢归。不及月，尉、掾皆暴卒。后三十余年，公昼日见盗拜庭下，曰：“尉、掾未伏，待公而决。前此地府欲召公暂对，我叩头争之，曰：‘不可以我故惊公。’

是以至今。公寿尽今日，我为公荷担而往。暂对，即生人天，子孙寿禄，朱紫满门矣。”公具以语家人，沐浴衣冠就寝而卒。轼幼时闻此语。已而外祖父寿九十。舅氏始贵显，寿八十五。曾孙皆仕有声，同时为监司者三人。玄孙宦学益盛。而尉、掾之子孙微矣。或谓盗德公之深，不忍烦公，暂对可也，而狱久不决，岂主者亦因以苦尉、掾也欤？绍圣二年三月九日，轼在惠州，读陶潜所作外祖《孟嘉传》，云：“凯风寒泉之思，实钟厥心。”意凄然悲之。乃记公之逸事以遗程氏，庶几渊明之心也。是岁九月二十七日，惠州星华馆思无邪斋书。

【译文】我的外曾祖父名叫程仁霸，是眉山县人，他因为具有仁德宽厚的性格而被乡里人所信任。西蜀平定以后，朝中的官僚都害怕到远方做官，蜀中缺少官员，朝廷于是就选拔有高尚行为的当地人代理政务。外曾祖父被任命为代理参军。眉山县的县尉抓到了一个偷窃芦菔根的人，那人实际上是犯了盗窃罪，但他却因失误而持刀伤到了芦菔根的主人。县尉希望得到奖赏，以抢劫上报。监狱的一位属吏接受了行贿，严刑拷打那位小偷，使他屈打成招。在太守审讯他之前，他坐在厢房里哭泣，把衣服都哭湿了。外曾祖父恰好路过那里，知道他是冤枉的，大声对他说：“如果你是冤枉的，何不自己去申诉呢？我会帮你澄清事实的。”小偷果然声称自己是冤枉的，推翻了原供。外曾祖父替小偷澄清事实后，县尉与那位属吏却不停地向上级争辩，重新恢复了原供，最终把小偷给杀了。外曾祖父被扣上释放囚犯的罪名而被罢官回家。不到一个月，县尉与那位属官都得暴病而亡。此事过后三十年的一个白天，外曾祖父看见那位小偷站在庭院给他行礼，并说道：“县尉与那位属官并没有立即遭到惩罚，因为要等您来才能给他们定罪。在惩罚他们之前，地府想把您请来，对您进行一番短暂的询问。我叩着头争辩道：‘不能因为我的缘故惊动程公。’所以您才能一直活到现在。您将在今天去世，我将替您挑着担子前往地府。回答完地府短暂的询问后，您就可转生到人道或天道。您的子孙在人间将会寿禄双全，产生许多显贵的官员。”外祖父把这些话转述给家里人，接着便洗澡更衣，戴上帽子，躺到床上去世了。我小的时候就听人说过此事。后来外祖父活了九十岁。到了舅舅这一辈开始显贵起来，活了八十五岁。曾孙一辈都做了官，并有好的声望，同时担任监司的就有三个人。玄孙一辈做官的与钻研学问的就更多了。但县尉与那位属官的子孙却都衰落了。有人说小偷深深地感激外曾祖父，不忍心麻烦他，本来让他到地府回答简短的询问就可定案，但案子却很长时间也没有得到判决，难道地府的判官也因此更加怪罪于县尉与那位属吏吗？绍圣二年三月九日，我在惠州读到陶潜为他外祖父孟嘉创作的《孟嘉传》，其中说道："淖念母亲的沉痛心情确实在我的心头凝聚。"读到这里，我的感伤之情油然而生。于是我把外曾祖父的逸事记录下来献给九泉之下的母亲程氏，用心跟陶渊明差不多是一样的。这年九月二十七日，我在惠州星华馆的思无邪斋记下以上文字。

书南华长老重辩师逸事

契嵩禅师常瞋，人未尝见其笑。海月慧辩师常喜，人未尝见其怒。予在钱塘，亲见二人皆趺坐而化。嵩既茶毗，火不能坏，益薪炽火，有终不坏者五。海月比葬，面如生，且微笑。乃知二人以嗔喜作佛事也。世人视身如金玉，不旋踵为粪土，至人反是。予以是知一切法，以爱故坏，以舍故常在，岂不然哉？予迁岭南，始识南华重辩长老，语终日，知其有道也。予自海南还，则辩已寂久矣。过南华，吊其众，问塔墓所在。众曰："我师昔作寿塔南华之东数里，有不悦师者，葬之别墓。既七百余日矣，今长老明公，独奋不顾，发而归之寿塔。改棺易衣，举体如生，衣皆鲜芳，众乃大愧服。"东坡居士曰：辩视身为何物，弃之尸陀林以饲鸟乌，何有？安以寿塔为！明公知辩者，特欲以化服同异而已。乃以茗果奠其塔，而书其事，以遗其上足南华塔主可兴师。时元符三年十二月十九日。

【译文】契嵩禅师常常生气，没有人见他笑过。海月惠辩禅师常常高高兴兴，没有人见他发过怒。我在杭州时，亲眼看见他们两人都是双足交叠坐着去世的。契嵩的尸体被焚烧后，大火不能把他烧化，众人增添火柴，让火烧得更旺，但添了五次柴，却始终烧不化他。等海月下葬的时候，面容跟活人一样，而且脸带微笑。我于是知道他们两人分别是用怒与喜的表情来作佛事。世人把自己的身体看成金玉一般，但他们很快就会化为粪土，而道德修养很高的人却与他们恰好相反。我因此懂得一切诸法讲的是这样一个道理：不管是什么东西，只要你喜爱它，它就会毁坏，反之，只要你丢弃它，它就会永远存在。难道不是这样吗？我是被贬到岭南以后才认识南华县的重辩长老的，经过与他一整天的长谈，我知道他是一个很有修养的人。从海南回来后，得知重辩已去世很长时间了。经过南华县时，我向他的众徒吊丧，并询问其塔墓的位置所在。众徒答道："我们师父过去在距离南华县城以东几里的地方建了一座寿塔。有些不喜欢师父的人却把他葬到别的墓地。七百多天过去了，今天明公长老独自一人，奋不顾身，挖开他的塔墓，把他的尸体运回来葬到寿塔。当人们给师父改换棺材与衣物时，发现他的全身跟活人一样，衣服散发出新鲜的香味。众人自愧不如，对他十分佩服。"东坡居士苏轼认为：重辩并不在意自己的身躯，即使把尸首丢弃到尸陀林让鸟乌啄食，又有什么关系呢？他要寿塔干什么！明公知道重辩那样做，不过是想感化那些不信佛教的人，让他们因此皈依佛门罢了。我于是来到重辩的寿塔前，用茶果祭奠他，并把他的事迹记下来，赠给他的高足南华塔主可兴师。当时是元符三年十二月十九日。

记孙卿韵语

孙卿子有韵语者，其言鄙近，多云"成相"，莫晓其义。《前汉·艺文志·诗赋类》中有《成相杂词》十一篇，盖古讴谣之名乎？

疑所谓“邻有丧，舂不相”者。又《乐记》云：“治乱以相。”亦恐由此得名，当更细考之。

【译文】荀子有一篇押韵的文章，语言鄙俗浅近，多次出现“成相”一词，没有人能理解它的含义。《汉书·艺文志·诗赋类》记有《成相杂词》十一篇，大概“成相”是古代歌谣的名字吧？我怀疑它的含义就是人们所说的“邻有丧，舂不相”。《乐记》曾说：“治理奏乐的时候先击相。”恐怕“成相”就是由此得名的。我以后应把这个问题细致地考证清楚。

记徐陵语

徐陵多忘，每不识人，人以此咎之。陵曰：“公自难记，若曹、刘、沈、谢辈，暗中摸索，亦合认得。”诚哉斯言。

【译文】徐陵爱忘事，常常记不住人，有人因此责怪他。徐陵回答：“您自己难被别人记住，像曹植、刘祯、沈约、谢朓这样的人，我就是在黑暗中摸索，也能辨认出来。”这话说得真对呀。

记欧阳公论文

顷岁，孙莘老识欧阳文忠公，尝乘间以文字问之。云：“无它术，唯勤读书而多为之，自工。世人患作文字少，又懒读书，每一篇出，即求过人。如此，少有至者。疵病不必待人指擿，多作自能见之。”此公以其尝试者告人，故尤有味。

【译文】孙莘老近年与欧阳修相识，曾抽空向他询问文章的技巧方法。欧阳修说：“没有其他的奥妙，只有勤奋读书，多进行创作而已，能做到这些，自然就会写出好作品。世上有些人害怕文章写得少，又懒得读书，每写完一篇，就想超过别人。像这样，很少有写出最佳之作的。作品的毛病不必等待别人指出，写多了自己自然就能发现。”欧阳修把他的亲身体会告诉别人，所以尤其让人感到意味深长。

记欧阳论退之文

韩退之喜大颠，如喜澄观、文畅之意，了非信佛法也。世乃妄撰退之与大颠书，其词凡陋，退之家仆亦无此语。有一士人于其末妄题云：“欧阳永叔谓此文非退之莫能。”此又诬永叔也。永叔作《醉翁亭记》，其辞玩易，盖戏云耳，又不以为奇特也，而妄庸者亦作永叔语，云：“平生为此最得意。”又云：“吾不能为退之《画记》，退之又不能为《醉翁记》。”此又大妄也。仆尝谓退之《画记》近似甲名帐耳，了无可观，世人识真者少，可叹亦可愍也。

【译文】韩愈喜欢大颠和尚，就像喜欢澄观与文畅和尚的意思一样，完全不是相信佛法。世上却有人荒谬地撰写了韩愈给大颠和尚的信，上面的词句平凡浅陋，即使是韩愈家里的仆人也不会说出那样的话来。有一个读书人却在这封信后胡乱地题写道：“欧阳修说除了韩愈，谁也写不出这篇文章来。”这是对欧阳修的诬蔑。欧阳修写有《醉翁亭记》，其文辞是供人赏玩的，写得很平易，他不过是以游戏的态度随便写出来罢了，不认为文章有什么奇特之处，但却有狂妄无知的人也假冒欧阳修说道：“《醉翁亭记》是我一生最得意的作品。”还说：“我写不出韩愈的《画记》，韩愈则写不出我的《醉翁亭记》。”这也是非常荒谬的话。我曾说韩愈的《画记》近似于登记人名的帐本，完全没有让人欣赏的地方，世上很少有人能识别出什么是真正的好作品，这让我感到既可叹又可怜。

跋嵇叔夜养生论后

东坡居士以桑榆之末景，忧患之余生，而后学道，虽为达者所笑，然犹贤乎已也。以嵇叔夜《养生论》颇中余病，故手写数本，其一赠罗浮邓道师。绍圣二年四月八日书。

【译文】东坡居士苏轼在进入充满忧患的晚年以后才开始学道，虽然会被通达的人所嘲笑，但还是觉得比过去好。嵇康的《养生论》写得十分切合我的毛病，所以我特地抄写了几本，其中的一本赠给了罗浮山的邓道师。绍圣二年四月八日苏轼记。

书渊明述史章后

渊明作《述史九章》，《夷齐》《箕子》盖有感而云。去之五百余载，吾犹知其意也。

【译文】陶渊明曾作《述史九章》，其中《夷齐》与《箕子》两篇是有感而发的。与他相距五百多年，我仍然知道他的意图。

书晁无咎所作杜舆子师字说后

《易》曰："君子得舆，民所载也。小人剥庐，终不可用也。"夫君子得舆，下完而上未具也。小人剥庐，上壮而下挠也。下完而上未具,吾安寝其中,民将载之。上壮而下挠,疾走不顾,犹惧压焉。今君学修于身,行修于家,而禄未及,既完其下矣,故予以是名字之,与无咎意初无异者。而其文约,其义近,不足以发夫人之志。若无咎者,可谓富于言而妙于理者也。

【译文】《易经》说:“君子得到大车,说明得到万民拥戴。小人剥蚀房屋,说明小人终究不可任用。”君子得到大车,下半部是坚固耐用的,但上半部还没有完全造好。小人剥蚀房屋,那就说明上半部是牢固结实的,而下半部却被人破坏了。假如处在前一种条件下,我们可以在车子里安然就寝,并且还将得到人民的拥护。假如处在后一种情况下,我们不仅连走快点都办不到,而且还害怕被压到。现在您用学习所得来修养身心,凭借高尚的行为来整治家业,但却还未被授予一官半职,这说明您的车子下半部已经很坚固了,因此我就用这些来阐明您的字所包含的意蕴,这与晁补之的用意起初是没有区别的。但他的这篇文章文字简约,意义浅近,不能够表现人们的志向。晁补之可说是一个言论丰富,精通妙理的人。

跋退之送李愿序

欧阳文忠公尝谓晋无文章,惟陶渊明《归去来》一篇而已。余亦以谓唐无文章,惟韩退之《送李愿归盘谷》一篇而已。平生愿效此作一篇,每执笔辄罢,因自笑曰:“不若且放,教退之独步。”

【译文】欧阳修曾认为晋朝没有好文章,只有陶渊明的一篇《归去来兮辞》是个例外。我也曾认为唐朝没有好文章,只有韩愈的一篇《送李愿归盘谷序》是个例外。我这一辈子一直想仿效《送李愿归盘谷序》的写法创作一篇出来,但每次一拿起笔却总是又放下,于是对自己笑道："不如暂且把这个念头抛开，让韩愈独领风骚吧。"

书鲜于子骏楚词后

鲜于子骏作楚词《九诵》以示轼。轼读之，茫然而思，喟然而叹，曰："嗟乎，此声之不作也久矣，虽欲作之，而听者谁乎？譬之于乐，变乱之极，而至于今，凡世俗之所用，皆夷声夷器也，求所谓郑、卫者，且不可得，而况于雅音乎？学者方欲陈六代之物，弦匏《三百五篇》，犁然如戛釜灶，撞瓮盎，未有不坐睡窃笑者也。好之而欲学者无其师，知之而欲传者无其徒，可不悲哉？今子骏独行吟坐思，寤寐于千载之上，追古屈原、宋玉，友其人于冥寞，续微学之将坠，可谓至矣。而览者不知甚贵，盖亦无足怪者，彼必尝从事于此，而后知其难且工。其不学者，以为苟然而已。元丰元年四月九日，赵郡苏轼书。

【译文】鲜于子骏把他创作的楚辞《九诵》拿给我看。我读了以后，不禁思绪万端，叹息道："唉！这样的声音已经很久没人去制作了，而且即使想去制作它，又有谁来听呢？譬如音乐，已经发生了极大的变化与混乱，发展到现在，凡是世俗之人演唱与弹奏的，都是夷族的歌曲与乐器，寻求所谓的郑、卫之声尚且不可得，更何况那些雅乐呢？有些学者正打算把上古六代的文物陈列出来让人们观赏，还演奏了《诗经》，但效果并不理想，声音杂乱，既像锅与灶的磕砸声，又像瓮与盎的撞击声，听众没有不坐着打瞌睡或偷偷讥笑的。喜欢雅乐而想学习的人却没有老师，懂得雅乐而想传授自己学问的，却没有学生，这种现像难道不让人感到可悲吗？现在鲜于子骏独自一人慢步行吟，静坐沉思，在梦寐中回到了千年以前，追踪古代的屈原与宋玉，跟他们在冥冥中交朋友，继承了他们的即将衰落的精微之学，可说已达到了极高的境界。读者不知道他的作品具有极其珍贵的价值，也是不值得奇怪的。人们必须曾经从事过这种创作，然后才会懂得鲜于子骏经历过的艰难与取得的杰出成就。那些没有学习过的人，还以为他是随便写出来的呢。元丰元年四月九日，苏轼记于赵郡。

书子由君子泉铭后 孟君名震，郓人，及进士第，为承议郎

子由既为此文，余欲刻之泉上。孟君不可，曰："名者，物之累也。"乃书以遗之。元丰六年十一月九日题。

【译文】苏辙写完这篇文章后，我想把它刻在泉边的石头上。孟震却不同意，说："名声是万物的拖累。"我于是把这篇文章写下来赠给他。元丰六年十一月九日，苏轼题记。

书柳子厚牛赋后

岭外俗皆恬杀牛，而海南为甚。客自高化载牛渡海，百尾一舟，遇风不顺，渴饥相倚以死者无数。牛登舟皆哀鸣出涕。既至海南，耕者与屠者常相半。病不饮药，但杀牛以祷，富者至杀十数牛。死者不复云，幸而不死，即归德于巫。以巫为医，以牛为药。间有饮药者，巫辄云："神怒，病不可复治。"亲戚皆为却药，禁医不得入门，人、牛皆死而后已。地产沉水香，香必以牛易之黎。黎人得牛，皆以祭鬼，无脱者。中国人以沉水香供佛，燎帝求福，此皆烧牛肉也，何福之能得，哀哉！予莫能救，故书柳子厚《牛赋》以遗琼州僧道赟，使以晓喻其乡人之有知者，庶几其少衰乎？庚辰三月十五日记。

【译文】岭南各地的风俗都习惯杀牛，这种现像在海南最严重。

客人从高化将牛装到船上，渡过大海，一条船装一百头牛，遇见大风，情况不顺的时候，因饥渴和拥挤而死去的牛不计其数。牛登船时都发出悲哀的叫声，流下了眼泪。到了海南以后，用于耕种的牛和被屠宰的牛常常各占一半。当地人有病了却不吃药，仅仅是把牛杀掉而已，以此向神灵求福，有钱的人竟然会杀掉十几头牛。死去的人就不再说了，侥幸不死的，就把恩德归之于巫师。他们把巫师当成医生，把牛当成药。有人私自吃药，巫师就说："天神发怒了，你的病再也治不好了。"亲戚都替他把药扔掉，禁止医生进其家门，人与牛都死去了才算拉倒。当地出产沉水香，人们必须用牛才能向黎族人那望换来沉水香。黎族人得到牛后便都把它们杀掉以祭祀鬼神，无一幸免。中原地区的人用沉水香供奉佛祖，燃香以求福，这实际上是在烧牛肉，能求到什么福呢？可悲啊！我不能扭转这种风气，所以就把柳宗元的《牛赋》抄下来送给琼州的僧人道赟，让他去开导那些有见识的乡人，这样做差不多能减少一些这种现象吧。

跋赤溪山主颂

达与不达者语，譬如与无舌人说味。问蜜何如，可云蜜甜。问甜何如，甜不可说。我说蜜甜，而无舌人终身不晓。为其不可晓，以为达者语应皆如是，问东说西，指空画地，如心疾，如睡语，听者耻不知，从而和之，更相欺谩。

昔张鲁以五斗米治病，戒病者相语不得云"未差也"，若云尔者，终身不差也。故当时以张鲁为神。其事类此。然亦不得以此等故疑其真。余得赤溪山主颂十一篇于其子昶，问其事于乐全先生张安道，知其为达者无疑，为书其末。熙宁九年正月望日。

【译文】明智达理的人与不明智达理的人说话，就像有舌头的人跟没舌头的人说味。没舌头的人问蜜是什么味的，我可以回答蜜是甜的。他问甜味怎么样，我却说不出来。我说蜜是甜的，但没舌头的人却一辈子也明白不了。因为他明白不了，所以还以为明智达理的人讲话都应该像这样，即问他东他说西，放言无忌，像得了神经病，又像说梦话，听众认为听不懂是很可耻的，于是便盲目跟从，随声附和，互相欺骗。

过去张鲁用五斗米道治病，他告诫患者互相之间说话时不能说“没治好”，如果说了，那么他的病就一辈子也好不了。所以当时人都认为张鲁是神。这件事跟上面所述的情形是很相似的。但是我们也不能因此便怀疑它的真实性。我从赤溪山主赵棠的儿子昶那里得到他所写的十一篇文章，并向乐全先生张安道询问了他的事迹，知道他毫无疑问是一个明智达理的人，所以就在他文章的后面写下了这些。苏轼记于熙宁九年正月十五日。

书子由《超然台赋》后

子由之文，词理精确，有不及吾，而体气高妙，吾所不及。虽各欲以此自勉，而天资所短，终未能脱。至于此文，则精确、高妙，殆两得之，尤为可贵也。

【译文】苏辙的作品在词句与文理的精确方面，有不如我的地方，但在气质的高深上，我却赶不上他。虽然我们都因此努力地去弥补各自作品的缺陷，但因为缺少那种资质，所以始终也未能如愿。至于苏辙的这篇《超然台赋》，在词句与文理的精确以及气质的高深上，大概都有所体现，所以尤其让人感到可贵。

书李邦直《超然台赋》后

世之所乐，吾亦乐之，子由其独能免乎？以为彻弦而听鸣琴，却酒而御芳茶，犹未离乎声、味也，是故即世之所乐，而得超然，此古之达者所难，吾与子由其敢谓能尔矣乎？邦直之言，可谓善自持者矣，故刻于石以自儆云。

【译文】世人感到快乐的，我也同样会感到快乐，难道苏辙却偏偏不是这样吗？拆除琴弦而听无弦琴，撤掉酒杯而品香茶，认为这样便算进入超然之境了，而事实却并非如此，因为那还是没有离开声与味。所以在享受现实世界的快乐的同时，却又还想进入超然之境，这是古代那些明智达理的人也难以做到的，难道我跟苏辙竟敢说自己能做到吗？从李邦直的话中，我可以看得出他是一个能够自我克制、保持一定准则的人，所以将他的话刻于石上以警戒自己。

跋王氏《华严经解》

予过济南龙山镇，监税宋保国出其所集王荆公《华严经解》相示，曰："公之于道，可谓至矣。"予问保国："《华严》有八十卷，今独解其一，何也？"保国曰："公谓我此佛语深妙，其余皆菩萨语尔。"予曰："予于佛经取佛语数句置菩萨语中，复取菩萨语置佛语中，子能识其是非乎？"曰："不能也。""非独子不能，荆公亦不能。予昔在岐下，闻汧阳猪肉至美，遣人置之。使者醉，猪夜逸，置他猪以偿，吾不知也。而与客皆大诧，以为非他产所及。已而事败，客皆大惭。今荆公之猪未败尔。屠者卖肉，娼者唱歌，或因以悟。若一念清静，墙壁瓦砾皆说无上法，而云佛语深妙，菩萨不及，岂非梦中语乎?”保国曰:“唯唯。”

【译文】我经过济南的龙山镇,监税宋保国把他收集的王安石所作的《华严经解》拿给我看,说道:“王安石对于道的认识已经达到极高的境界了。”我问宋保国:“《华严经》一共有八十卷,但如今王安石却仅仅解释了其中的一卷,原因何在呢?”宋保国回答:“王安石告诉我这一卷有高深玄妙的佛语,但其他各卷却都是菩萨语。”我又问他:“如果我从佛经中取出几句佛语混杂到菩萨语之中,再取出几句菩萨语混杂到佛语之中,您能辨别出哪些是佛语?哪些是菩萨语吗?”他回答:“我不能。”我说:“不但您不能,王安石也不能。我过去在凤翔的时候听说汧阳猪肉的味道是最鲜美的,就派人去那里购置。受命办此事的人喝醉了酒,猪夜里逃跑了,他就购买别的猪去顶替汧阳猪,而我对此却一点儿也不知道。赴宴的客人吃完肉后都大加赞赏,认为别地的猪,其味道的确赶不上汧阳猪的味道。不久事情败露,客人们得知后都感到非常惭愧。如今王安石的“猪”只是还没有败露罢了。屠夫买肉,娼妓唱歌,他们或许会从卖肉与唱歌中悟出佛理来。如果让我们的头脑撇开杂念,保持短暂的清净,就会发现连墙壁瓦砾都会说无上法,但王安石却说佛语高深玄妙,是菩萨语所不能比的,难道他这不是在说梦话吗?”宋保国答道:“是的。”

跋荆溪外集

玄学、义学,一也。世有达者,义学皆玄,如其不达,玄学皆义。近世学者以玄相高,习其径庭,了其度数,问答纷然,应诺无穷。至于死生之际一大事因缘,鲜有不败绩者。孔子曰:“有鄙夫问于我,空空如也,我叩其两端而竭焉。”世无孔子,莫或叩之,故使鄙夫得挟其空空以欺世取名,此可笑也。荆溪居士作《传灯传》若干篇,扶奖义学,以救玄之弊。譬如牧羊然,视其后者而鞭之,无常羊也。

颜渊死，弟子无与可微言者。性与天道，自子贡不得闻，惟曾子信道笃学不仕，从孔子最久。师弟子答问，未尝不唯者，而曾子之唯，独记于《论语》，吾是以知孔子之妙传于一唯。枘凿相应，间不容发，一唯之外，口耳皆丧，而门人区区方欲问其所谓，此乃系风捕影之流，不足以实告者，悲夫！

【译文】玄学与义学的道理是一致的，对于世上那些得志的人来说，义学就是玄学，如果他们未能得志的话，就会认为玄学是义学。近代的学者以谈玄来相互抬举，学习玄学的方法论，了解玄学的发展规律，你问我答，讨论得非常热烈。然而一旦让他们解释死与生这一大问题，就很少有不失败的。孔子说："有一个庄稼汉问我，我本是一点儿也不知道的，我从他那个问题的首尾两端去盘问，才得到很多意思，然后尽量地告诉他。"世上没有孔子，没有可以询问的人了，所以那些没有学识的庄稼汉就得以干一些欺世盗名的勾当，这是很可笑的。荆溪居士写了几篇《传灯传》，扶持奖励义学，目的是想补救玄学的弊端。这就好像牧人放羊一样，看哪只羊落在后边就去鞭打它，这样，就不会有羊掉队了。

颜渊死后，孔子的弟子中就没人能与他谈论精微之学了。孔子关于性与天道的言论，自子贡那里便开始没人能听到了，只有曾子相信天道，勤奋学习，没有出去做官，跟从孔子的时间最长。弟子与老师谈话时，没有不说"是"的，但却唯独只有曾子说的"是"在《论语》中得到了记载，我因此知道孔子的精妙之论是被一个"是"传授下来的。孔子与曾子就像榫头和卯眼一样是相合的，中间连一根头发那样窄的缝隙都不存在。除了一个"是"字以外，曾子没有听到什么，也没有再说什么，但那个学生却还要愚蠢地询问："老师说的是什么意思呢？"他属于虚空不实一类人，曾子不值得对他以实相告。那个学生是可悲的啊！

书子由《黄楼赋》后

子城之东门，当水之冲，府库在焉。而地狭不可以为瓮城，乃大筑其门，护以砖石。府有废厅事，俗传项籍所作，而非也。恶其淫名无实，毁之，取其材为黄楼东门之上。元丰元年八月癸丑，楼成。九月庚辰，大合乐以落之。余始欲为之记，而子由之赋已尽其略矣，乃刻诸石。

【译文】附属于彭城的小城，其东门面对着一条河，宫府储存财物兵甲的仓库就坐落在那里。那里地方狭窄不能够成为瓮城，于是人们就把城门加大，并用砖石将其垒得十分坚固。仓库的院里有一座废厅，一般传说是项羽建的，其实并不是。人们厌恶它有名无实，就把它毁掉，利用其材料建造黄楼东门的上半部。元丰元年八月癸丑，黄楼盖成了。九月庚辰，人们演奏了宏大的音乐以庆祝黄楼的落成，我开始还想打算为黄楼写一篇文章，但苏辙的《黄楼赋》已把我想说的话全部给写出来了，于是就让人刻到了石碑上。

书珠子法后

李公择见传如此，云得之于一武官，缘感恩而传，必不妄。公择与轼，亦尝试之。

【译文】李公择就是这样被教会运用珠子法的，他说自己是从一名武官那里学会的，武官之所以教给他是出于感激他的恩德，因而内容必然不会是荒谬的。李公择把珠子法教给我，我也曾尝试着运用。

书拉杂变

司马长卿作《大人赋》，武帝览之，飘飘然有凌云之气。近时学者作拉杂变，便自谓长卿，长卿固不汝嗔，但恐览者渴睡落床难以凌云耳。

【译文】司马相如写了一篇《大人赋》，汉武帝读了以后，飘飘然有凌驾云天的气概。近代一些学者模仿古人写了几篇堆砌杂凑的辞赋以后，便把自己比作司马相如，司马相如固然不会生你们的气，但只恐怕读者读不下去，没读一会儿便打瞌睡，倒在床上，很难有凌驾云天的气概。

书温公志文异圹之语

《诗》云："谷则异室，死则同穴。"古今之葬皆为一室。独蜀人为一坟而异藏，其间为通道，高不及肩，广不容人。生者之室，谓之寿堂，以偶人被甲执戈，谓之寿神以守之，而以石瓮塞其通道。既死而葬则去之。轼先夫人之葬也，先君为寿堂，其后先君之葬，欧阳公志其墓，而司马君实追为先夫人墓志，故其文曰："蜀人之祔也，同垅而异圹。"君实性谦，以为己之文不敢与欧阳公之文同藏也。东汉寿张侯樊宏，遣令棺柩一藏，不宜复见，如有腐败，伤子孙之心，使与夫人同坟异藏。光武善之，以书示百官。盖古亦有是也，然不为通道，又非诗人同穴之义，故蜀人之葬最为得礼也。

【译文】《诗经》曾说："谷则异室，死则同穴。"古往今来的人们都是把夫妇埋葬到一个墓穴里。但唯独蜀人是把一个坟墓分成两个墓穴，墓穴之间有通道相连。通道不及人的肩膀高，面积很小，容不下一个人。当人还活着的时候，为他日后去世而建造的墓穴叫寿堂，里面有被称作寿神的披甲操戈的泥俑守护着。而用石瓮堵塞通道。等人死后埋葬时，再把石瓮搬走。我的母亲不幸去世，在安葬她的时候，先父为自己造了一间寿堂。后来父亲也不幸去世，我请欧阳修为他写了一篇墓志铭，并请司马光也为亡母补写了一篇。司马光因此在文中说道：“蜀人合葬是采用同坟而异穴的方式的。”司马光生性谦虚，不敢把自己的文章同欧阳修的放在一处。东汉人寿张侯樊宏，在遗书中让子孙把自己的棺材单独放到一个墓穴，认为尸体让子孙再次看到是不合适的，因为尸体如果腐烂的话，他们就会很伤心。樊宏命令子孙按同坟而异穴的方式埋葬他与他的夫人。光武帝刘秀认为他说得很对，于是就把他的遗书拿给百官看。看来古代也曾有过这种埋葬方式，但他们却没有建造通道，不符合《诗经》所说的“死则同穴”的道理，所以应该说蜀人的埋葬方式是最符合礼仪的。

跋张希甫墓志后

余为徐州，始识张希甫父子。元年之冬，李夫人病没；徐人多言其贤，至于死生之际无所留难。而天骥出其手书数十纸，记浮屠、道家语，笔迹雅健，不类妇人，而所书皆有条理。是时希甫年七十，辟谷道引，饮水百余日，甚瘠而不衰，目瞳子炯然。余知其无苦，而不忍天骥之忧惧，乃守而告之：“人生如寄，何至自苦如是？愿以时饮酒食粱、肉，慰子孙之意。”希甫强为予食，然无复在世意。后二年，余谪居黄州，闻希甫没，既葬，天骥以其墓铭示余，余知其夫妇皆超然世外矣。

【译文】我任徐州知州的时候才开始认识张希甫父子，元丰元年冬天，李夫人因病去世，徐州有许多人都说她很贤惠，还说她对死生之事毫不在意。张天骥拿出她亲手写的几十张纸条，上面记有佛教与道家的话，笔迹十分有力，不像出自于妇人之手，而且所写的内容都很有条理。这时张希甫已经七十岁了，他修行辟谷、引导等养生术，有一百多天没吃粮食，光喝了一点儿水，身体虽非常消瘦却并不衰弱，两眼炯炯有神。我虽然知道他并没有受苦，但却不忍心看到张天骥为他父亲担心忧惧，于是就守候在他的身旁，对他说道："人活在世上就像匆匆的过客，非常短暂，何必让自己这样受罪呢？我希望您能按时吃饭，饮酒、吃肉，以此来安慰子孙对您的孝敬之意。"张希甫虽然勉强为我吃了饭，但却没有再在人世生活的意愿。两年后，我被贬到黄州，听说张希甫已经去世了，安葬了以后，张天骥把他父亲的墓志铭拿给我看，我因此知道张希甫夫妇都是超世脱俗的人。

书四戒

"出舆入辇，命曰'蹶痿之机'；洞房清宫，命曰'寒热之媒'；皓齿蛾眉，命曰'伐性之斧'；甘脆肥浓，命曰'腐肠之药'。"此三十二字，吾当书之门窗、几席、缙绅、盘盂，使起坐见之，寝食念之。元丰三年十一月，雪堂书。

【译文】"出入都乘车轿，这就叫瘫痪的征兆；起居都在深宫，这就会引发寒热病痛；妖艳的美女，这可说是伤害性命的斧钺；美味的酒肉，这就叫腐烂肚肠的毒药。"我应当把以上文字写在门窗、几案、席子、束带及盘盂上，让自己在起坐寝食时能够随处看到，随时学习。元丰三年十一月，苏轼记于雪堂。

书所获镜铭

元丰四年正月，余自齐安往岐亭，泛舟而还，过古黄州，获一镜，周尺有二寸，其背铭云：“汉有善铜出白阳，取为镜，清而明，左龙右虎辅之。”其字如菽大，杂篆隶，甚精妙。白阳，疑南阳白水之阳也。其铜黑色，如漆。其背如刻玉。其明照人微小。旧闻古镜皆然，此道家聚形之法也。

【译文】元丰四年正月，我从齐安出发到岐亭去，后来又坐船返回，路过古老之地黄州时，获得了一面镜子，镜子的周长是一尺二寸，背面刻有如下文字：“汉朝的白阳出产优质的铜，以之为材料做成镜子，照人时既清楚又明亮，镜子的左边有龙，右边有虎，作为装饰。”每个字均像豆粒一样大，字体既有篆书又有隶书，两种字体混杂在一起，写得非常精妙。我怀疑白阳很可能就位于南阳县白水的北岸。用来做那面镜子的铜是黑颜色的，像漆一样。镜子的背面就像雕刻而成的玉。它照出来的人影非常小。我过去听说古镜都是这样，这是道家使用的聚形之术。

跋司马温公《布衾铭》后

士之得道者，视死生祸福，如寒暑昼夜，不知所择，而况膏粱脱粟文绣布褐之间哉？如是者，天地不能使之寿夭，人主不能使之贵贱，不得道而能若是乎？吾其敢以恭俭名之。仲尼以箪瓢得之颜子，余于温公亦云。

【译文】得道的人把死生祸福视如寒暑昼夜，不认为它们之间有什么区别，更何况富贵与贫贱之间呢？像这样的人，天地不能主宰他的生命，君主不能干涉他的生活。是长寿还是短命，是富贵还是贫贱，均由他自己控制。如果没有得道的话，难道能达到这种境界吗？我冒昧地用恭敬节俭这样的字眼来评价司马温公。孔子说颜回即使过艰苦的生活也能很高兴，我对司马温公也想说与之同样的话。

跋子由《栖贤堂记》后

子由作《栖贤堂记》，读之便如在堂中，见水石阴森，草木胶葛。仆当为书之，刻石堂上，且欲与庐山结缘，他日入山，不为生客也。

【译文】苏辙写了《栖贤堂记》，我读了以后感觉好像已经置身于栖贤堂中，见到了阴暗惨淡的水石与错杂生长的草木。我应当替苏辙把这篇文章抄写出来，在栖贤堂竖石刻碑。我还想跟庐山结下缘分，以后有机会到庐山，就不算是陌生的客人了。

题伯父谢启后

天圣中，伯父中都公始举进士于眉，年二十有三。时进士法宽，未有糊名也。试日，通判殿中丞蒋希鲁下堂，观进士程文，见公所赋，叹其精妙绝伦。曰："第一人无以易子。"公力自言年少学浅，有父兄在，决不敢当此选。希鲁大贤之，曰："君子成人之美。"乃以为第三。明年登乙科。此则其亲书启事谢希鲁者也。公殁后十三年，得之宜兴人单君锡家，盖希鲁宜兴人也。又八年，乃躬自装缥，而归公之第二子子明兄，使宝之以无忘公之盛德云。元丰五年七月十三日，第六侄责授黄州团练副使轼谨志。

【译文】仁宗天圣年间，我的伯父中都公苏涣在眉州考中进士，那一年他二十三岁。当时进士考试的制度比较宽松，还没采用糊名的方法。考试那天，通判殿中丞蒋希鲁来到考场，阅读进士考试的程文。所谓程文，就是科举考试用作示范的文章。范希鲁看了中都公所写的文章后，称赞他写得十分精彩，远在众人之上，并说："第一名非你莫属。"中都公尽力推辞，说自己年纪轻轻，学识浅薄，而且父兄还在，决不敢当第一名。蒋希鲁认为他的品德十分高尚，夸道："你真是一个助人为乐的君子。"于是把他选为第三名。第二年中都公参加吏部乙科考试，得中。前面的这篇文章就是他亲笔写给蒋希鲁以表示谢意的书函。中都公去世后的第十三年，我从宜兴人单君锡家里得到这封书函，大概蒋希鲁也是宜兴人吧。又过了八年，我亲自把这封书函加以装裱，然后归还给中都公的第二子、我的堂兄苏子明，让他好好珍存，不要忘了中都公的大德。因罪被贬黄州任团练副使的第六侄苏轼，于元丰五年七月十三日恭谨地记下这些。

跋柳闳《楞严经》后

众生当以是时度，佛菩萨则现是身，身无实相，然必现是，意其所入者易也。《楞严》者，房融笔受，其文雅丽，于书生学佛者为宜。吾甥柳辟，孝弟夙成，自童子能为文，不幸短命。其兄闳为手写此经。闳既已识佛意，则辟亦当冥受其赐矣。

【译文】众生应当在这个时候得度，佛菩萨就显露这种身为人说法，身是没有实体的，但却必须显露这种身，我估计那样做能很容易地悟得真理。《楞严经》是经房融笔录而传授下来的，它的语言高雅典丽，对那些学佛的书生而言是很适合的。我的外甥柳辟，很早就懂得孝悌之道，还是小孩的时候就能写文章，不幸的是他年龄很小就去世了。他的兄长柳闳为他亲手抄写了此经。柳闳既然懂得佛的旨意，那么柳辟也应当能在冥界接受到他的赐福。

题《僧语录》后

佛法浸远，真伪相半。寓言指物，大率相似。考其行事，观其临死生祸福之际，不容伪矣。而或者得戒神通，非我肉眼所能勘验，然真伪之候，见于言语。吾虽非夔、旷，闻弦赏音，粗知雅曲。子由欲吾书其文，为题其末。

【译文】佛法流传至今已有很长时间了，其中有真有假，各占一半。假借故事说明道理，分析事物，大多都很相似。考查一个人的真实行为，最好是观察他面临死生祸福的表现，因为在那种时候，他是不可能装假的。或者他受戒之后神通广大，不是我这样肉眼凡俗的人所能勘查检验清楚的，但是真与假的征兆还能在言谈中得到表现。我虽然不是夔与师旷那样的音乐家，但欣赏完音乐后，就大致能判断出那是不是高雅的曲调。苏辙想让我把《僧语录》给他书写下来，我书写完后，就在最后为他题下了这些话。

跋张益孺《清静经》后

佛言作、止、任、灭，是谓四病。我言作、止、任、灭，是谓四法门。无尽居士若见法门，应无是语。

【译文】佛把造作、止妄即真、随缘任性、灭寂称作四病。我把作、止、任、灭称作四法门。无尽居士如果能见到法门，就应该没有这些话了。

书济众方后

先朝值夷狄怀服，兵革寝息，而又体质恭俭，在位四十有二年，宫室苑囿无所益，故民无暴赋横徭而生齿岁登，垦田日广。至于法令则去苛惨、尚宽简，守令则进贤良、退贪残，牛酒以礼高年，粟帛以旌孝行，广惠以廪惸独，宽恤以省力役，除身丁之算，驰盐榷之令。用能导迎休祥，年谷登衍，其裕民之德，固以浃肌肤而沦骨髓矣。然犹慊然忧下民之疾疹无良剂以全济，于是诏太医集名方，曰《简要济众》，凡五卷，三册，镂板模印，以赐郡县，俾人得传录，用广拯疗，意欲锡以康宁之福，跻之仁寿之域。已而县与律令同藏，殆逾一纪，穷远之民，莫或闻知。圣泽壅而不宣，吏之罪也。乃书以方板，揭之通会。不独流传民间，痊疴愈疾，亦欲使人知上恩也。后之君子倪不以是为诮，岁一检举之，使无遗毁焉。

右具如前，须至榜示。

【译文】先朝仁宗皇帝在位时辽与西夏都能归顺我们，互相之间和平相处，没有爆发过战争，再加上仁宗皇帝为人宽厚，生活节俭，在位的四十二年期间，从不大兴土木，为自己增建宫殿和御花园，所以老百姓没有承担过突然降临的额外的赋税和徭役，全国的人口一年比一年增多，开垦的田地也一天比一天广阔。仁宗皇帝还废除了繁琐、残酷的法令，崇尚宽厚、简明的政策。在用人上则能做到提拔才德兼备的人材，黜退贪婪残酷的小人。他用牛与酒款待老年人以示尊敬，把粮食布帛奖给孝子以示鼓励，创设广惠仓来养活鳏寡孤独之人。他体恤百姓，减省徭役，废除人口税与盐税。上述措施能引导百姓获得吉祥好运，取得农业丰收。仁宗皇帝造福百姓的恩德，本来早已经渗进百姓的皮肤骨髓之中了，但他仍然为百姓没有治病的好药方而感到遗憾，因此下诏命令太医把一些著名的药方汇集起来，编成一本题为《简要济众方》的医书，一共五卷三册，刻板印刷出来，并颁赐给全国的各个郡县，让百姓能够互相传抄，以达到广泛地拯治病人的目的。他想把健康安宁的幸福赐给百姓，使人们都能跻身于仁义与长寿者之列。但是到了后来官吏们把这本书同各种法律条文一同收藏起来，从那时起到现在差不多已过了十二年，而今边远地区的百姓，几乎没有一个人知道这本书了。阻塞圣上的恩泽，不向百姓加以宣传，这就是官吏所犯的罪过啊。于是把这部书抄写出来，张贴在街市上。我此举的目的不仅是想让这本书能够在民间流传开来，让百姓摆脱疾病的折磨，同时也想让人们知道仁宗皇帝的恩德。以后的仁人君子如果能不讥笑我的做法，就请每年到官府去一趟，揭发那些有意破坏的小人，从而避免丢失或毁坏。

以上所述须抄到布告上，让百姓家喻户晓。

书黄道辅《品茶要录》后

物有畛而理无方，穷天下之辩，不足以尽一物之理。达者寓物以发其辩，则一物之辩，可以尽南山之竹。学者观物之极，而游于物之表，则何求而不得。故轮扁行年七十而老于斫轮，庖丁自技而进乎道，由此其选也。黄君道辅讳儒，建安人。博学能文，淡然精深，有道之士也。作《品茶要录》十篇，委曲精妙，皆陆鸿渐以来论茶者所未及。非至静无求，虚中不留，乌能察物之情如此其详哉？昔张机有精理而韵不能高，故卒为名医，今道辅无所发其辩，而寓之于茶，为世外淡泊之好，此以高韵辅精理者。予悲其不幸早亡，独此书传于世，而发其篇末云。

【译文】世界上的事物是有限的，但道理却是无限的。把天下万物都议论到了，却不一定能说清楚一种事物的道理。通达事理的人通过把道理蕴藏在事物之中的方式来阐发他的观点，而如果要想把一种事物的变化说清楚，南山的竹子都会被用光的，需要下很大的功夫。学者观察事物的最深奥之处，然后再游览事物的外表，这样一来，他什么样的道理会寻求不到呢？轮扁七十岁了还在斫车轮，庖丁因为琢磨杀牛的技术而接近了自然之道，因为他们找到了适合自己的入道之门。黄儒，字道辅，是建安人。他有广博的知识，能写文章，淡于名利，学问精深，是一位很有修养的人。他写了《品茶要录》一书，共十篇，内容清楚详尽，精微深奥，是陆鸿渐以来议论茶道的人所望尘莫及的。如果不是进入了至静之境，排除了各种杂念，他又怎能把茶叶的情况考察得如此详尽呢？过去张机能剖析出精微之理，但却没有高超的神韵，所以最终他只能成为一位名医，如今黄道辅没地方阐发自己的见解，于是就把道理蕴藏在茶叶中，表现了他喜好出世之论以及追求恬静寡欲的思想。他这样做是把高超的神韵与精微的哲理结合起来了。我为他的不幸早逝而悲伤。他唯有此书流传于世，我因此就在他这本书的最后发表了上述议论。

书咒语赠王君

王君善书符，行天心正一法，为里人疗疾驱邪。仆尝传咒法，当以传王君，其辞曰：“汝是已死我，我是未死汝。汝若不吾祟，吾亦不汝苦。”

【译文】王君擅长画符篆，施行天心正一的法术，为乡里人治病去邪。我曾给人传授过咒法，如今应该再把它传授给王君。咒语是这样说的：“你还已经死的我，我是还没死的你。你如果不扰害我，我也不会让你受苦。”

书李志中文后

元丰七年，轼舟行赴汝海，自富川陆走高安，别家弟子由。五月九日，过新吴，见县令李君志中，同谒刘真君祠，酌丹井饮之。明日夏至，游宝云寺此君亭，观李君之文，求其本而去。眉阳苏轼书。

【译文】元丰七年，我乘船来到汝海，又从富川走陆路到达高安，在此地跟弟弟苏辙分别。五月九日，我路过新吴县，见到了县令李志中，同他一起拜谒刘真君的祠堂，从丹井里取水而饮。第二天是夏至，在游览宝云寺刘真君亭时，我读了李志中的这篇文章，并向他索求文章的底本，然后才离开了宝云寺。眉山县人苏轼记。

跋邓慎思石刻

轼在黄州，见邓慎思学士扶护先太夫人丧，归葬长沙。饮食起居哀慕之节，皆应古礼，凡可以显扬前人者，君必尽力求之，期得而后已。呜呼，可谓孝矣！今复观此石刻，益嗟叹之不足。元祐元年十二月日，眉山苏轼书。

【译文】我在黄州的时候，见邓慎思学士护卫着他母亲的遗体，回长沙安葬。他在饮食起居当中表现出的哀悼与思念母亲的礼节，都符合古代礼仪的要求，凡是可以颂扬母亲的举措，他都必定会想办法尽力做到，达到目的才会罢休。唉！邓慎思真是一个孝子啊！而今我重新看到他的石刻，更加对他赞叹不已。元祐元年十二月某日，眉山人苏轼记。

跋送石昌言引

右嘉祐元年九月十九日先君《送石昌言北使》文一首。其字则轼年二十一时所书与昌言本也。今蓄于陈履常氏。昌言名扬休，善为诗，有名当时，终于知制诰。彭任字有道，亦蜀人，从富彦国使虏还，得灵河县主簿以死。石守道尝称之，曰："有道长七尺，而胆过其身。一日坐酒肆，与其徒饮且酣，闻彦国当使不测之虏，愤愤推酒床，拳皮裂，遂自请行，盖欲以死捍彦国者也。"其为人大略如此，然亦任侠好杀云。元祐三年九月初一日题。

【译文】右边就是先父苏洵于嘉祐元年九月十九日所写的《送石昌言北使》一文。上面的字是我二十一岁时写给石昌言的。如今这幅字被陈履常氏所收藏。石昌言名叫扬休，擅长写诗，在当时名气很大，最后在知制诰的任上死去。彭任字有道，也是蜀人，跟随富彦国出使敌国回来后，被任命为灵河县主薄，不久去世。石守道曾称赞他说："彭有道身高七尺，胆量极大。有一天他在酒馆与他的徒弟喝酒，喝得正痛快的时候，听见有人说富彦国要出使敌国，可能会遭遇难以猜测的险情，他闻听此言气愤填膺，一把推翻酒席，拳头上的皮都给弄裂了，于是主动请求与富彦国同行，打算以死来保卫富彦国。"彭有道的为人大致如石守道所述，但是他也有缺点，那就是负气仗义，喜欢杀人。苏轼题于元祐三年九月初一日。

跋鲁直《李氏传》

李如埙之妹，既笄发病，见前世冤对，日夜笞之，遂归诚佛法。梦中见佛与受戒，平遣冤者。李因蔬食不嫁，黄鲁直为记，仆题其后云。

【译文】李如埙的妹妹成年后发病，看见自己前世的一个冤家对头，每天每夜都鞭打她，于是诚心皈依佛法。她梦中见佛给自己受戒，公平地替她送走了那个冤家对头。李氏于是只吃粗食，终身不嫁，黄庭坚把她的事迹记载下来，我则在他的文章后面题下了这些文字。

跋进士题目后

元祐三年十二月二十八日，上御延和殿，奏端明殿学士范镇所进新乐，自太中大夫待制以上皆侍。时西夏方迫使款延州塞，而边臣方持其议，相与往返未决也。故进士作《延和殿奏新乐赋》《款塞来享诗》云。翰林学士苏轼记。

【译文】元祐三年十二月二十八日，皇上来到延和殿，命令演奏端明殿学士范镇进献的新曲，自太中大夫待制以上的官员都在延和殿伺候。当时西夏正派遣使者到延州塞议和，边地的大臣与他们的意见相持不下，相互之间进行了多次谈判也未能把和约定出来。进士们因此创作了《延和殿奏新乐赋》与《款塞来享诗》。翰林学士苏轼记。

自评文

吾文如万斛泉源，不择地皆可出。在平地滔滔汩汩，虽一日千里无难。及其与山石曲折，随物赋形，而不可知也。所可知者，常行于所当行，常止于不可不止，如是而已矣。其他虽吾亦不能知也。

【译文】我的文章就好像那万斛水源，不论任何地形都能流淌出来。在平坦的土地上，它水量大，流速急，即使一日千里也不算难事。当它流经山石之地时，就会变得曲曲折折，随着山石的改观而改观，不断呈现出不同的形状来，对此我就不知所以然了。我所知道的，就是它常在应当行进的时候行进，在不能不停止的地方停止，就像这样，罢了。至于其他的，即使是我也不知道了。

跋刑敦夫《南征赋》

刑敦夫自为童子，所与游皆诸公长者，其志岂独蕲以文称而已哉。一日不见，遂与草木俱尽，故鲁直、无咎诸人哭之，皆过时而哀。今观此文，亦足少慰。旧尝见江南李泰伯自述其文曰："天将寿我欤？所为固未足也，不然，斯亦足以藉手见古人矣。"吾于敦夫亦云。元祐四年四月十六日。

【译文】刑敦夫还是小孩的时候，所交往的就都是一些年长有德的人。他的志向难道仅仅是以文章而著名于当世吗？一天没见到他，他就与草木一起枯萎了，黄庭坚与晁补之等人均为他的去世而悲泣不已，伤心了好长一段时间。我今天读了他的《南征赋》，稍微感到有些安慰。过去我曾见到江南人李泰伯，他向我叙述他自己写的一篇文章，说道："老天将让我长寿吗？我原本做的很不够，不然的话，我就能借助老天的力量见到故去的古人了。"如今我对刑敦夫也想说这样的话。苏轼记于元祐四年四月十六日。

书《破地狱偈》

"若人欲了知，三世一切佛，应观法界性，一切惟心造。"近有人丧妻者，梦其妻求《破地狱偈》，觉而求之，无有也。问荐福长老，云："此偈是也。"遂举家持诵。后见亡者宝衣天冠，缥缈空中，称谢而去。轼闻之佛印禅师，佛印闻之范尧天。

【译文】"若人欲了知，三世一切佛，应观法界性，一切惟心造。"最近有个人死了妻子，做梦梦见妻子跟他要《破地狱偈》，醒来以后，他就去找这首偈子，却没有找到。他问荐福长老要，荐福长老说："这首偈子就是。"他于是就让全家一起诵读这首偈子。后来，他们看见死者穿着缀有珠宝的衣服，戴着仙人所戴的帽子，隐隐约约地出现在天空中，向他们道谢了之后便消失了。这件事我是从佛印禅师那里听来的，佛印禅师是从范尧天那里听来的。

记佛语

佛告阿难："使汝流转，心目之罪。"人能降伏此两物，即去道不远矣。心既降伏，目亦自定，不须双言，但此两物常相表里，故佛云尔也。佛云："三千大千世界，犹如空华乱起乱灭。"而况我在此空华起灭之中，寄此须臾，贵贱、寿夭、贤愚、得丧，所计几何？惟有勤修善果以升辅神明，照遣虚妄，以识知本性，差为着身要事也。

【译文】佛告诉阿难："使你轮回流转于六道之中不得解脱的原因，是意识与眼识的罪过。"人能降服这两种东西，就离成道不远了。心既然被制伏了，目也自然能被平定，这是不需多说的，只是心与目常常互为表里，所以佛才会这样说。佛还说："三千大千世界就像虚幻之花一样杂乱地生起又杂乱地毁灭。"更何况我们生活在这虚妄之花的生起与毁灭之间，寄居在这里，度过短暂的一生，贵贱、寿夭、贤愚、得丧，总计能得到多少呢？只有勤修善果以升辅神明，照遣自己的虚妄，知道自己的本性，差不多才是安身的重要之事。

书梦《祭句芒文》

予在黄州，梦黑肥吏，以一幅纸，请《祭春牛文》。却之不可。云："欲得一佳文。"予笑而从之，云："三阳既至，庶草将兴。爰出土牛，以戒农事。衣被丹青之好，本出泥途；成毁须臾之间，谁为愠喜。"傍有一吏云："此两句，会有愠者。"其一云："不害。"久已忘之。参寥能具道，乃复录之，今岁立春，便可用也。

【译文】我在黄州的时候，曾梦见一个长得又黑又胖的小吏，手里拿着一张纸来找我，请我给他写《祭春牛文》。我推辞不写，他却不同意，并说："我想得到一篇好文章。"我笑着同意了，写道："温暖的春天来了，百草即将兴旺成长。于是人们造出土牛以劝农耕。它原本出自于泥路，如今身上被人们用画笔画得五彩斑斓。在很短的时间内，就能做成或毁坏它，谁会关心它的命运，为它产生怨恨或高兴的情绪呢？"旁边有一个小吏说："最后这两句，有人读了以后会怨恨的。"另一个说："没有什么害处。"此事过去好长时间了，我已经把这篇短文给忘了。道潜和尚还能一一道来，我就根据他的回忆重新加以记录。今年立春的时候，便可以用它了。

跋《刘咸临墓志》

鲁直事佛谨甚，作《刘咸临墓志》。咸临不喜佛，而其父道原尤甚。道原之真，茹茶啮雪、竹折玉裂也，终身守之而不易，可不谓戒且定乎？予观范景仁、欧阳永叔、司马君实皆不喜佛，然其聪明之所照了，德力之所成就，皆佛法也。梁武帝筑浮山堰灌寿春以取中原，一夕杀数万人，乃以面牲供宗庙，得为知佛乎？以是知世之喜佛者未必多，而所不喜者未易少也。

【译文】黄鲁直修持佛法非常恭谨，写了《刘咸临墓志》。刘咸临不喜佛法，他的父亲刘道原尤其不喜欢。刘道原性情真实、品行高洁，就好像吃茶吞雪、竹子折断、玉石碎裂一样，终生坚守而不改变，这能不说是既持戒且禅定吗？我观范镇、欧阳修、司马光三人都不喜佛，然而他们的聪明之所照了的，德力之所成就的，尽合佛法三昧。梁武帝修筑浮山堰，本想水灌寿春的魏军以攻取中原，却不料一朝堰崩，淹杀了沿淮的数万百姓，却为了不杀生而用面粉做的祭品来供祭宗庙，他能说是懂得佛法吗？由此可知，世上喜佛的人未必多，但不喜佛的人却不一定少。

书《松醪赋》后

予在资善堂，与吴传正为世外之游。及将赴中山，传正赠予张遇易水供堂墨一丸而别。绍圣元年闰四月十五日，予赴英州，过韦城，而传正之甥欧阳思仲在焉，相与谈传正高风，叹息久之。始予尝作《洞庭春色赋》，传正独爱重之，求予亲书其本。近又作《中山松醪赋》，不减前作，独恨传正未见。乃取李氏澄心堂纸，杭州程奕鼠须笔，传正所赠易水供堂墨，录本以授思仲，使面授传正，且祝深藏之。传正平生学道既有得矣，予亦窃闻其一二。今将适岭表，恨不及一别，故以此赋为赠，而致思于卒章，可以超然想望而常相从也。

【译文】我在资善堂，和吴传正结成了世外之交。等到将赴中山时，吴传正把一丸张遇制作的易水供堂墨赠给我作为留念。绍圣元年闰四月十五日,我前去英州,路过韦城,传正的外甥欧阳思仲也在那里,我们一起谈论传正的高风亮节,叹息了很久。起初,我曾作了《洞庭春色赋》,传正独独喜爱看重它,求我亲自给他书录了一本。近来我又作了一篇《中山松醪赋》,不比《洞庭春色赋》差,遗憾的只是传正未曾见到。于是,我就取出李氏澄心堂纸,杭州程奕鼠须笔,传正所赠的易水供堂墨,笔录一本交给思仲,让他当面转交传正,并祝他好好收藏。吴传正平生学道已有所得,我私下也曾从他口中听闻一二。现在我要到岭南去,来不及和他告别,深为遗憾,所以就用这首赋作为留念,并在末尾中致以思念之情,使他能够以此和我超然想望且常相神从。

书六赋后

予中子迨,本相从英州。舟行已至姑熟,而予道贬建昌军司马惠州安置,不可复以家行。独与少子过往,而使迨以家归阳羡,从长子迈居。迨好学知为楚词,有世外奇志,故书此六赋以赠其行。绍圣元年六月二十五日,东坡居士书。

【译文】我的二儿子苏迨,本来跟着我一道前往英州。乘船到了姑熟后,我接到了被贬为建昌军司马惠州安置的任命,不能再携家眷前行。于是,我独和小儿子苏过去赴任,而让苏迨护送家眷回阳羡,跟着我的大儿子苏迈居住。苏迨很好学,能写楚辞体文章,有世外奇志,所以我就书写了这六篇赋为他赠行。绍圣元年六月二十五日,东坡居士书。

跋所书《东皋子传》

绍圣二年正月十六日，方读《东皋子传》，而梅州送酒者适至，独尝一杯，径醉，遂书此纸以寄谭使君。

【译文】绍圣二年正月十六日，我正读《东皋子传》时，梅州送酒的人恰好来到，我只尝了一杯，就一下醉了，于是写了这幅字，以寄给谭使君，作为答谢。

跋子由《老子解》后

昨日子由寄《老子新解》，读之不尽卷，废卷而叹。使战国时有此书，则无商鞅、韩非；使汉初有此书，则孔、老为一；晋、宋间有此书，则佛、老不为二。不意老年见此奇特。

【译文】昨天接到子由寄来的《老子新解》一书，我还没有读完一卷，就释书惊叹。假使战国时有此书，那么就不会有商鞅和韩非了；假使汉初有此书，那么孔、老之学就会合二为一了；假使晋宋之间有此书，那么佛、老之学就不会分为两派了。没有料到，我到了老年竟读到这样的奇书。

跋张广州书

张广州与妹仁寿夫人书云："广州真珠、香药极有，亦有闲钱，但忝市舶使，不欲效前人自污尔。有唐三百年，惟宋璟、卢奂、李朝隐治广以廉洁称,吾宋无闻焉。方作钦贤堂,绘古之清刺史,日夕思仰之,吾妹贤而知理,必喜闻也。”洁廉,哲人之细事也,而古今边患常生于贪。守边得廉吏,则夷夏人安,岂细事哉?张说作《宋璟遗爱碑》,其文曰:“昆仑宝兮四海财,几万里兮岁一来。”《书》曰:“不宝远物,则远人格。”盖致远莫若廉。使张公久于帅广,如四海之物,皆可致也。呜呼!元符三年七月十一日。

【译文】张广州在写给妹妹仁寿夫人的书信中说:“广州有很多珍珠、香料,也有闲余的钱,只是我忝职市舶使,不敢仿效前人去贪污而已。有唐三百年间,只有宋璟、卢奂、李朝隐三人在治理广州时,以廉洁被人称道,我们大宋还没有这样的人。现在正建钦贤堂,准备把古代的清廉刺史画到堂上,以便我日夜思慕敬仰。妹妹你贤明知理,听后必定高兴。”对贤哲之人来说,廉洁本是小事,但古往今来的边患却常常滋生于官员的贪婪。假使抚守边疆的都是廉吏,那么边夷也就安定了,这岂是小事呢?张说写有《宋璟遗爱碑》,文中说:“昆仑宝兮四海财,几万里兮岁一来。”《书经》中说:“不珍爱远方之物,那么远方之人就会来朝。”看来,要想使边远之人来服,莫若任用廉吏。设使张公长久治理广州,则四海之物都能招来了。呜呼!元符三年七月十一日。

题所作《书易传》《论语说》

孔壁、汲冢竹简科斗,皆漆书也,终于蠹坏。景钟、石鼓益坚,古人为不朽之计亦至矣。然其妙意所以不坠者,特以人传人耳。大哉人乎!《易》曰:“神而明之,存乎其人。”吾作《易、书传》《论语说》,亦粗备矣。呜呼!又何以多为?

【译文】孔壁、汲冢中出土的竹简古文，都是用漆书写的，最终还是被蠹虫蛀坏了。景钟、石鼓更坚固，古人为使自己永垂不朽，刻名于其上，这种打算也可谓到极点了。然而其妙意之所以流传了下来，那只是因为人们口耳相传的缘故。人真伟大啊！《易传》说："关于阴阳变化而能明了它的，那就在于每个具体人了。"我写《易传》《书传》《论语说》，也大致完成了。呜呼！又何必多写呢？

书《罗汉颂》后

佛弟子苏轼自海南还，道过清远峡宝林寺，敬颂禅月所画十八大阿罗汉。元符三年十一月十四日。

【译文】佛门弟子苏轼从海南回来，路过清远峡宝林寺，恭敬地为禅月和尚所画的十八大阿罗汉写了颂。元符三年十一月十四日。〔按：《东坡纪年录》"十一月"作"十月"〕。

跋《石钟山记》后

钱唐、东阳皆有水乐洞，泉流空岩中，自然宫商。又自灵隐下天竺而上至上天竺，溪行两山间，巨石磊磊如牛羊，其声空磬然，真若钟声，乃知庄生所谓天籁者，盖无所不在也。建中靖国元年正月五日，自海南还，过南安，司法掾吴君示旧所作《石钟山记》，复书其末。

【译文】钱唐、东阳二地都有水乐洞，泉水在空岩中流动，发出的声音自然地合乎音律。又自灵隐寺下天竺而上至上天竺，行走两山之间，但见巨石林立，如同牛羊，其声响就像敲击空磬一样，真切得如同钟声，我这才知道庄子所说的天籁之音，大概是无处不在的。建中靖国元年正月初五日，我从海南回来，路过南安，南安司法掾吴君把我昔日所写的《石钟山记》，拿给我看，我就在篇末写了这些话。

题《刘壮舆文编》后

今日晨起，减衣，得头风病，然亦不甚也。取刘君壮舆《文编》读之，失病所在。曹公所云，信非虚语。然陈琳岂能及君耶？建中靖国元年四月十二日书。

【译文】今天早晨起来，因为减了衣服，就得了头风病，但也不严重。我于是拿出《刘壮舆文编》来读，就感觉不到有病了。曹操所说的陈琳檄文能治他头风病的话，诚非虚言。但陈琳如何能比得上刘君呢？建中靖国元年四月十二日书。

记黄州故吴国

昨日读《隋书·地理志》，黄州乃永安郡。今黄州东十五里许，有永安城，而俗谓之“女王城”，其说鄙野。而《图经》以为春申君故城，亦非是。春申君所都，乃故吴国，今无锡惠山上有春申君庙，庶几是乎？

【译文】昨天读《隋书·地理志》，其中说黄州就是隋朝时候的永安郡。现在黄州东十五里左右有永安城，而世人称之为“女王城”，这种说法是浅鄙村野的。《图经》认为永安城就是春申君的故城，也不对。春申君的都治在昔日的吴国，今天的无锡县惠山上有春申君庙，这大概不错吧？

记铁墓厄台

旧游陈州，留七十余日。近城可游观者无不至。柳湖傍有丘，俗谓之“铁墓”，云“陈胡公墓也”。城濠水注啮，其趾见，有铁锢之。又有寺曰“厄台”，云“孔子厄于陈、蔡所居者”。其说荒唐不可信。或曰：“东汉陈愍王宠教弩台，以控扼黄巾者。”斯说为近之。

【译文】我昔日到陈州游览，停留了七十多天。凡是靠近陈州城可以游观的地方，我无所不至。在柳湖的旁边，有一座土丘，当地人称作“铁墓”，一说是陈胡公的墓。由于护城河水的浸噬，土丘的地基已露了出来，有铁在那里固定。这里又有寺叫厄台，说是孔子困厄在陈、蔡时所居的地方。这种说法荒诞不经，不可相信。有人说：“这是东汉陈愍王刘宠的教弩台，是用来阻挡黄巾贼的所在。”此说近是。

书汴河斗门

数年前，朝廷作汴河斗门以淤田。议者以为不可，竟为之，然卒亦无功。方樊山水盛时，放斗门，则河田坟墓闾舍皆被害。及秋深水退而放，则淤不能厚，谓之煎饼淤。朝廷亦厌之而罢。偶读白居易《甲乙判》，有云：“得转运使以汴河水浅不通运，谓筑塞两河斗门，节度使以当管营田悉在河次，若斗门筑塞，无以供军。”乃知唐时汴河两岸，皆有营田斗门。若运水不乏，即可沃灌。古有之而今不能，何也？当更问知者。

【译文】数年之前，朝廷想在汴河上修建斗门来淤田，参议者认为不可，但朝廷还是建了，最终也没有功效。当樊山水涨的时候，放开斗门，那么沿河的田地、坟墓、房舍都要受到损坏。等到秋深水退的时候，放开斗门，那么淤积的田地土层就不会厚，即所谓的煎饼淤。朝廷见到无功，也就放弃了。我偶而读白居易的《甲乙判》，其中有云："转运使认为汴河水浅，不能通运，请求在两岸修筑斗门，以堵塞汴水；节度使认为他所管辖的营田都在河边，如果修筑斗门，堵塞河道，不利于灌溉就无法供应军中的粮草。"我这才知道李唐时，汴河的两岸营田、斗门都有。如果航运时的河水充足的话，就可以用来灌溉营田。古时能做到二者兼顾，而今却不能，为什么呢？应当再去问问了解情况的人。

书《杜牧集·僧制》

《杜牧集》有《敦煌郡僧正兼州学博士僧慧苑除临坛大德制词》，盖宣宗复河、湟时也。蕃僧最贵中国紫衣师号。种谔知青涧城，无以使此等，辄出牒授。君子予其权，不责其专也。

【译文】《杜牧集》中有《敦煌郡僧正兼州学博士僧慧苑除临坛大德制词》一文，大概是在唐宣宗收复河、湟时写的。蕃僧最看重中国的紫衣师称号。种谔知守青涧城时，无法给僧人这等封号，就拿出书牒授予他们。君子赞成他这种随机应变的作法，并不责备其专断。

记梦中论《左传》

元祐六年十一月十九日，五更，梦数人论《左传》云："《祈招》

之诗固善语，然未见所以感切穆王之心，已其车辙马迹之意者。”有答者曰：“以民力从王事，当如饮酒，适于饥饱之度而已。若过于醉饱，则民不堪命，王不获没矣。”觉而念其言，似有理，故录之。

【译文】元祐六年十一月十九日五更时，我梦见有数人在谈论《左传》说：“《祈招》这首诗固然是良言善语，但是未见到有能感悟穆王之心，阻止其巡行的地方。”有人答道：“用百姓之力来从事王事，当像饮酒一样，适可而止就行了。如果过分强求酒醉饭饱，那么就会民不堪命，国王也就不得善终了。”我醒来后，想想这些话似乎有道理，因而就记录了下来。

书《左传》医和语

男子之生也覆，女子之生也仰，其死于水也亦然。男外阳而内阴，女子反之。故《易》曰：“坤至柔而动也刚。”《书》曰：“沉潜刚克。”古之达者，盖如此也。秦医和曰：“天有六气，淫为六疾。阳淫热疾，阴淫寒疾，风淫末疾，雨淫腹疾，晦淫惑疾，明淫心疾。夫女，阳物也而晦时，故淫则生内热蛊惑之疾。”女为蛊惑，世知之者众矣。其为阳物而内热，虽良医未之言也。五劳七伤，皆热中而蒸，晦淫者不为蛊则中风，皆热之所生。医和之语，吾当表而出之。读《左氏春秋》，书此。

【译文】男子出生时面朝下，女子出生时面朝上，死于水中的人也是这样。男子外刚而内柔，女子外柔而内刚。所以《易传》上说：“坤的特点是至柔，但一有所动就变得坚刚。”《书经》也说：“大地虽然深沉不露而内蕴刚强。”古代明达事理的人，大抵都是这样认为的。秦人医和说：“天有六种气像，凡是过了头就会生出六种疾病。

阳没有节制是热病,阴没有节制是寒病,风没有节制是四肢病,雨没有节制是腹病,夜里没有节制是迷惑病,白天没有节制是心病。女人,属于阳事而时间在夜里,对女人没有节制就会发生内热蛊惑的疾病。”女人是蛊惑病的根源,世上知道的人很多了。但她们是阳事而内热,即使良医也没有说过。五劳七伤之病,都属于内热之中火气上行的;夜里对女人没有节制,不生蛊病便会中风,这都是由内热生出的。医和的话,我应当把它摘录出来加以显扬。读《左氏春秋》,写了这些话。

记王彭论曹刘之泽

王彭曾云:“涂巷小儿薄劣,为其家所厌苦,辄与数钱,令聚听说古话。至说三国事,闻玄德败,则颐蹙有涕者;闻曹操败,则喜唱快。以是知君子小人之泽,百世不斩。”彭,恺之子,为武吏,颇知文章,余尝为作《哀词》,字大年。

【译文】王彭曾说:“乡里的小儿们顽劣,很让家里大人厌烦,于是大人们就给几文钱,叫他们聚到一起去听人说古代故事。到说三国事时,他们听到刘玄德败了,就皱眉苦恼,流下眼泪;听到曹操败了,就高兴得手舞足蹈。由此可知,君子、小人的德泽,百代之下,也不会断绝。”王彭是王恺的儿子,他做过武吏,也很懂文章,我曾为他写过《哀词》,他字大年。

记李邦直言周瑜

李邦直言:“周瑜二十四,经略中原。今吾四十,但多睡善饭,贤愚相远如此。”安上言:“吾子似快活,未知孰贤与否?”

【译文】李邦直说："周瑜二十四岁时，就经略中原了。现在我已四十了，只知好吃多睡，人之贤愚，相差就这么大。"安上说："我和你似乎更快活，还不知道谁贤或不贤呢？"

书陶渊明《归去来序》

俗传书生入官库，见钱不识。或怪而问之，生曰："固知其为钱，但怪其不在纸裹中耳。"予偶读渊明《归去来辞》云："幼稚盈室，瓶无储粟。"乃知俗传信而有征。使瓶有储粟，亦甚微矣。此翁平生，只于瓶中见粟也耶？《马后纪》，宫人见大练，反以为异物。晋惠帝问饥民，何不食肉糜？细思之，皆一理也。聊为好事者一笑。

【译文】世间传说有个书生，进入官库后，看到钱而不认识。有人奇怪地问他，书生说："我本知这是钱，只奇怪它没包在纸中。"我偶而读陶渊明的《归去来辞》，其中说："幼稚满室，瓶无储米。"才知道世间的这一传说信而有征。即使瓶中存有米，也是很少的。陶渊明平生，难道只见过瓶中的米吗？《后汉书·马皇后纪》载，宫中的嫔妃们看到马皇后身上穿的粗布衣服，反以为是奇异的衣料。晋惠帝问饥民，为什么不吃肉粥呢？细细想想这些事，其理都是一样的。我姑且写出来，以博取好事者一笑。

偶书二首

刘聪闻当为须遮国王，则不复惧死。人之爱富贵，有甚于生者。月犯少微，吴中高士求死不得。人之好名，有甚于生者。

【译文】刘聪听说自己死后要做须遮国王，就不再怕死了。可见，人们贪图富贵，甚至超过了对生命的珍爱。月犯了少微，吴中有位高士想求死而不得。可见，人们追求虚名，有的也超过了对生命的珍爱。

又

张睢阳生犹骂贼，嚼齿穿龈；颜平原死不忘君，握拳透掌。

【译文】张睢阳生犹骂贼，咬牙咬破了牙龈；颜平原死不忘君，握拳握透了手掌。

书郭文语

温峤尝问郭文曰："人皆有六亲相娱，先生弃之，何乐？"文曰："本行学道，不谓遭世乱，欲归无路尔。"又问曰："饥思食，壮思室，自然之理。先生独无情乎？"曰："情由忆生，不忆故无情。"又曰："先生独居穷山，死则为乌鸢所食，奈何？"曰："埋藏者食于蝼蚁，复何异？"又问曰："猛兽害人，先生独不畏耶？"曰："人无害兽心，则兽亦不害人。"又曰："世不宁则身不安，先生何不出以济世乎？"曰："此非野人之所知也。"予尝监钱唐郡，游余杭九锁山，访大涤洞天，即郭先生之旧隐也。洞天有巨壑，深不可测，盖尝有敕使投龙简云。戊寅九月七日，东坡居士夜坐，录此。

【译文】温峤曾问郭文说："人都有六亲相欢娱，先生却抛弃了这些，有什么欢乐呢？"郭文说："我本想学道，没料到遭逢世乱，欲归无路了。"温峤又问道："人饿了，就想饭吃；长大了，就想家室，这是自然之理，先生独独没有情欲吗？"郭文说："情欲本由思念滋生，不去想这些事，所以就没有情欲了。”温峤又问道：“先生独居在深山之中，死了就会被乌鸦和老鹰吃掉，怎么办呢？”郭文说：“那些埋在地下的人被蝼蚁所食，又有什么区别呢？”温峤问道：“猛兽伤人，先生独不怕吗？”郭文说：“人无害野兽之心，那么野兽就不会伤人了。”温峤又问道：“世道不宁则人身不安，先生何不出山来济世呢？”郭文说：“这不是我这样的山野之人所知道的。”我在监守钱塘郡时，曾到余杭九锁山游赏，叩访了大涤洞天，即郭先生昔日隐居之处。洞天外有一条大壑，深不可测，大概就是曾有敕使投入龙简的所在。戊寅年九月七日，东坡居士夜间闲坐，记录下了这些话。

书徐则事

东海徐则，隐居天台，绝粒养性。太极真人徐君降之，曰：“汝年出八十，当为王者师，然后得道。”晋王广闻其名，往召之。则谓门人曰：“吾年八十来召我，徐君之言信矣。”遂诣扬州。王请受道法，辞以时日不利。后数日而死，支体如生。道路皆见其徒步归，云：“得放还山。”至旧居，取经书分遗弟子，乃去，既而丧至。予以谓徐生高世之人，义不为炀帝所污，故辞不肯传其道而死。徐君之言，盖聊以避祸，岂所谓危行言逊者耶？不然，炀帝之行，鬼所唾也，而太极真人肯置之齿牙哉？

【译文】东海人徐则隐居于天台山中，绝粒不食，颐养天性。太极真人徐君下到人间，对他说：“你年过八十，当为王者之师，然后就得道升天了。”晋王杨广听到徐则的大名，派人前去召请他。徐则对门人说：“我年纪八十，晋王来召请我，徐君的话真准啊。”于是来到了扬州。晋王杨广请来徐则传授道法，徐则以时日不吉利加以推辞。数日之后，徐则死去，其肢体如活时一样。路上的人都见到徐则徒步而归，并说：“我得到晋王的准许，放我还山。”徐则回到旧居后，拿出经书，分给弟子，就离开了。不久，扬州送来了徐则已死的消息。我认为徐则是高蹈尘世之人，持守义节，不愿为隋炀帝所玷污，所以借故推辞不肯传其道法而死了。至于徐君的话，大概是出于避祸的缘故编造的，难道这就是所谓的行为正直，但言语谦逊谨慎的人吗？不然，以炀帝的行为，连鬼都唾弃，太极真人肯置于舌端吗？

书四适赠张鹗

张君持此纸，求仆书，且欲发药。不知药，君当以何品？吾闻《战国策》中有一方，吾尝服之，有效，故以奉传。其药四味而已，一曰“无事以当贵”，二曰“早寝以当富”，三曰“安步以当车”，四曰“晚食以当肉”。夫已饥而食，蔬食有过八珍。而既饱之余，虽刍豢满前，惟恐其不持去也。若此，可谓善处穷者矣。然而于道则未也。安步自佚，晚食自美，安以当车与肉为哉？车与肉犹存于胸中，是以有此言者也。

【译文】张君拿来这张纸，求我写字，并要我给他开药。我不知张君要把药当作什么品尝呢？我记得《战国策》中有一种药方，曾服过，很有效果，所以就奉传了。这种药方只有四味药：一是“无事以当贵”，二是“早寝以当富”，三是“安步以当车”，四是“晚食以当肉”。大凡人饿了再吃，粗茶淡饭也胜过八珍美味。已经吃饱之后，即使牛羊猪肉堆满眼前，只怕他不拿走。如能做到这一点，就可以说是善于居于贫穷了。然而对于大道而言，这还不够。安步而行，是为了自乐；晚点吃饭，是为了自美，怎能以此来当车当肉呢？车与肉尚且存想于心中，因此有这类话啊。

记导引家语

导引家云:“心不离田,手不离宅。”此语极有理。又云:“真人之心,如珠在渊。众人之心,如瓢在水。”此善喻者。

【译文】导引家说:“心不离田,手不离宅。”这话很有道理。又说:“真人之心,如珠在渊。众人之心,如瓢在水。”这也是很好的比喻。

书梦中靴铭

轼倅武林日,梦神宗召入禁中,宫女围侍,一红衣女童,持红靴一只,命轼铭之。觉而忘之,记其一联云:“寒女之丝,铢积寸累。天步所临,云蒸雾起。”既毕,进御,上极叹其敏,使宫女送出,睇视裙带间,有六言诗一首云:“百叠漪漪水皱,六铢縰縰云轻。直立含风广殿,微闻环佩摇声。”

【译文】我任杭州通判时,梦见神宗召我进入宫中,宫女们在周围侍奉,有一个红衣女童,拿着一只红靴,命我为它作铭。醒后记不起全文了,只记得有一联道:“寒女之丝,铢积寸累。天步所临,云蒸雾起。”写完后,呈给皇上,皇上极力赞叹我才思敏捷,并派宫女把我送了出来。我侧目看到宫女的裙带间,有一首六言诗:“百叠漪漪水皱,六铢縰縰云轻。直立含风广殿,微闻环佩摇声。”

跋李氏《述先记》

东坡居士曰：贼以百倍之众临我，我无甲兵城池，虽慈父孝子，有不能相保者。李君独能锄耰棘矜，相率而拒之，非其才有所足恃，德有所不忍违，恶能然哉？余恨不得其平生行事本末，当有绝人者，非特此耳。士居平世，徼幸以成功名者，何可胜数，而危乱之世，豪杰之士湮没而无传者，亦多矣，悲夫！元祐七年八月二十六日书。

【译文】东坡居士说：敌人以百倍于我的兵力向我压来，我却没兵器城池来抵御，在这种情况下，即使是慈父孝子，也有不能互相保护的。李君独能率领百姓，拿着锄头锄把，杂树木棍去抗拒敌人，如果不是他的才能值得百姓依仗，恩德使百姓不忍心违背，如何能做到这一点呢？我遗憾的是不了解李君的平生行事情况，他一定有超绝之处，非只这些呀。士人活在治平之世，侥幸成就功名的，不可胜数，而到危乱之世，豪杰之士湮没无闻的，也很多，悲夫！元祐七年八月二十六日书。

记朱炎《禅颂》

芝上人言："近有节度判官朱炎者，学禅久之，忽于《楞严经》若有所得者，问讲僧义江云：'此身死后，此心何在？'江云：'此身未死，此心何在？'炎良久以偈答曰：'四大不须先后觉，六根还向用时空。难将语默呈师也，只在寻常语默中。'师可之。其后竟坐化。"真宗时人也。

【译文】芝上人说："近世有个节度判官朱炎，他学禅学了很久，忽于《楞严经》中有所领悟，就问讲僧义江说：‘此身死后，此心何在？’义江说：‘此身未死，此心何在？’朱炎停了良久，以偈答道：‘四大不须先后觉，六根还向用时空。难将语默呈师也，只在寻常语默中。’义江禅师认为不错。这之后，朱炎就坐化了。”朱炎是真宗时人。

改《观音经》

《观音经》云：“咒诅诸毒药，所欲害身者。念彼观音力，还着于本人。”东坡居士曰：“观音，慈悲者也。今人遭咒诅，念观音之力，而还着于本人，岂观音之心哉？”今改之曰：“咒诅诸毒药，所欲害身者。念彼观音力，两家总没事。”

【译文】《观音经》中说：“咒诅诸毒药，所欲害身者。念彼观音力，还着于本人。”东坡居士说：“观音是大慈大悲的菩萨。现在有人遭到诅咒，因为称念观世音菩萨名号的力量，使之还报于本人，这岂是观音的慈悲之心呢？”现在把它改为：“诅咒诸毒药，所欲害身者。念彼观音力，两家总没事。”

论六祖《坛经》

近读六祖《坛经》，指说法、报、化三身，使人心开目明，然尚少一喻。试以喻眼：见是法身，能见是报身，所见是化身。何谓“见是法身”？眼之见性，非有非无，无眼之人，不免见黑，眼枯睛亡，见法不灭，则是见性，不缘眼有无，无来无去，无起无灭，故云“见是法身”。何谓“能见是报身”？见性虽存，眼根不具，则不能见，若能安养其根，不为物障，常使光明洞彻，见性乃全，故云“能见是报身”。何谓“所见是化身”？根性既全，一弹指顷，所见千万，纵横变化，俱是妙用，故云“所见是化身”。此喻既立，三身愈明。如此是否？

【译文】近来读六祖慧能的《坛经》，其中对法、报、化三身的譬讲，使人心目豁然开朗，但是我感到还少了一喻。试以眼睛打比方：见就是法身，能见就是报身，所见就是化身。何谓“见是法身”？眼所见到的物体，非有非无；无眼的人，所见不免一片昏黑；即使眼睛枯亡了，所见的物体也不会消失，那么这种所见，不因眼的有无而存在，它无来无去，无起无灭，所以说“见是法身”。何谓“能见是报身”？见到的物体虽然存在，但眼根若不具备的话，则不能看见；如果能够安养其根，使它不为外物障蔽，经常让它保持光明洞彻，所见的物体才能全面，所以说“能见是报身”。何谓“所见是化身”？根性已经全了，那么弹指之间，所见就能有千千万万，它们纵横变化，都妙用无碍，所以说“所见是化身”。这一比方一经成立，三身就更加明白。这样讲对不对呢？

记袁宏论佛

袁宏《汉记》曰：“浮屠，佛也。西域天竺国有佛道焉。佛者，汉言觉也，将以觉悟群生。其教，以修善慈心为主，不杀生，专务清静。其精者为沙门。沙门，汉言息也。盖息意去欲，归于无为。又以为人死精神不灭，随复受形，生时善恶，皆有报应。故贵行善修道，炼精养神，以至无生而得为佛也。”先生曰：“此殆中国始知有佛时语也。虽若浅近，而大略具是也。野人得鹿，正尔煮食之尔。其后卖与市人，遂入公庖中，馔之百方。鹿之所以美，未有丝毫加于煮食时也。”

【译文】袁宏《后汉记》说："浮屠就是佛。西域天竺国中有佛道。佛，就是汉人所说觉的意思，将用它来使众生觉悟。其教以修行善慈之心为主，不杀生，专求清静。修行精深叫沙门。沙门就是汉人所说息的意思，大致是止息思虑，除去欲念。佛教又认为人死后精神不灭，随即又受形转生，而活时所行的善恶，都有报应。所以它推崇行善修道，炼精养神，以至讲求无生而成佛。"东坡先生说："这大概是中国人始知有佛时说的话。它虽然浅近，但大略都不错。这就像山野之人，捉到了鹿，正要直接用来煮食一样。其后，他们就把鹿肉卖给市井之人，于是就进了家家户户的庖厨，用各种方法制做。其实，鹿肉之所以好吃，并没有一丝一毫是在煮食时增加的。"

书赠邵道士

"耳如芭蕉，心如莲花。百节疏通，万窍玲珑。来时一，去时八万四千。"此义出《楞严》，世未有知之者。元符三年九月二十日，书赠都峤邵道士。

【译文】"耳如芭蕉，心如莲花。百节疏通，万窍玲珑。来时是一，去时八万四千。"此义出于《楞严经》，世上没有知道它的人。元符三年九月二十日，我把它书写下来，赠予都峤邵道士。

书正信和尚《塔铭》后

太安杨氏，世出名僧。正信表公兄弟三人，其一曰仁庆，故眉僧正。其一曰元俊，故极乐院主，今太安治平院也。皆有高行。而表公行解超然，晚以静觉。三人皆与吾先大父职方公、吾先君中大夫游，相善也。熙宁初,轼以服除,将入朝,表公适卧病,入室告别。霜发寸余,目光了然,骨尽出,如画须菩提像,可畏也。轼盘桓不忍去。表曰:“行矣,何处不相见。”轼曰:“公能不远千里相从乎?”表笑曰:“佛言生正信家,千里从公,无不可者,然吾盖未也。”已而果无恙,至六年乃寂。是岁,轼在钱塘,梦表若告别者。又十五年,其徒法用以其所作偈、颂及塔记相示,乃书其末。

【译文】太安杨氏一家,世代都出名僧。正信表公兄弟三人,其一叫仁庆,是昔日眉州的僧正。其一叫元俊,是昔日的极乐院住持;极乐院就是现在的太安治平院。他们二人都有高行。而表公的修行和知解更是超然不群,他晚年以静修觉悟。表公兄弟三人都和我的先祖父职方公、先父中大夫相善交游。熙宁初年,我服丧满后,将要入朝,当时表公正卧病在床,我就进入病室向他告别。表公的白发有一寸多长,目光炯炯,骨骼突出在外,如同画中的须菩提像一样,令人敬畏。我盘桓不忍离去,表公说:“你入朝去吧,我们何处不相见呢。”我说:“您能不远千里和我相伴吗?”表公笑着说:“佛言生到正信之家,千里跟从你,无有不可,但我还没到时候。”不久,表公果然病除了,到熙宁六年才圆寂。这一年,我在钱塘,梦见表公似在向我告别。又过了十五年,他的徒弟法用把他所写的偈、颂及塔记出示给我看,我就在他的文章后面写了这些话。

书柳子厚《大鉴禅师碑》后

释迦以文教,其译于中国,必托于儒之能言者,然后传远。故大乘诸经至《楞严》,则委曲精尽胜妙独出者,以房融笔授故也。柳子厚南迁,始究佛法,作曹溪、南岳诸碑,妙绝古今,而南华今无刻石者。长老重辩师,儒释兼通,道学纯备,以谓自唐至今,颂述祖师者多矣,未有通亮简正如子厚者。盖推其本言,与孟轲氏合。其可不使学者昼见而夜诵之？故具石请予书其文。《唐史》：“元和中，马总自虔州刺史，迁安南都护，徙桂管经略观察使，入为刑部侍郎。”今以碑考之，盖自安南迁南海，非桂管也。韩退之《祭马公文》亦云：“自交州抗节番禺，曹溪谥号，决非桂帅所当请。”以是知《唐史》之误，当以《碑》为正。绍圣二年六月九日。

【译文】释迦牟尼利用经文来传布教义，其经文翻译到中国来，必定要依托于儒家长于文辞之人，然后才能传播广远。所以大乘诸经到了《楞严经》，显得委曲精微，妙境独出，那是因为房融润色的缘故。柳子厚迁官南方，才开始研究佛法，他写的曹溪、南岳诸碑文，都妙绝古今，但南华山现在没有石碑了。其长老重辩大师，佛释兼通，道学纯备，他认为自李唐到现在，赞颂记述祖师的人很多，但没有一人能像柳子厚那样通亮简正的。这大概是他推究子厚的话，与孟轲氏相合的缘故。怎么可以不让学者日夜见闻诵习呢？重辩长老就准备了石碑，请我书写柳子厚的《大鉴禅师碑》。《唐史》载：“元和年间，马总自虔州刺史迁任安南都护，复又迁居桂管经略观察使，回朝后做了刑部侍郎。”今以柳子厚的碑文来考查，马总当是自安南迁任南海，而不是迁任桂管。韩退之《祭马公文》也说：“马公自交州抗节番禺，曹溪的谥号，决不是桂帅应当请封的。”由是可知，《唐史》记载有误，当以《大鉴禅师碑》所记为是。绍圣二年六月九日。

书《楞伽经》后

《楞伽阿跋多罗宝经》，先佛所说，微妙第一，真实了义，故谓之“佛语心品”。祖师达磨以付二祖曰：“吾观震旦所有经教，惟《楞伽》四卷可以印心。”祖祖相受，以为心法。如医之有《难经》，句句皆理，字字皆法，后世达者神而明之，如盘走珠，如珠走盘，无不可者。若出新意而弃旧学，以为无用，非愚无知，则狂而已。近岁学者各宗其师，务从简便，得一句一偈，自谓了证，至使妇人孺子，拊掌嬉笑，争谈禅悦，高者为名，下者为利，余波末流，无所不至，而佛法微矣。譬如俚俗医师，不由经论，直授方药，以之疗病，非不或中，至于遇病辄应，悬断死生，则与知经学古者不可同日语矣。世人徒见其有一至之功，或捷于古人，因谓《难经》不学而可，岂不误哉？《楞伽》义趣幽眇，文字简古，读者或不能句，而况遗文以得义，忘义以了心者乎？此其所以寂寥于是，几废而仅存也。

太子太保乐全先生张公安道，以广大心，得清静觉。庆历中，尝为滁州，至一僧舍，偶见此经，入手恍然，如获旧物，开卷未终，夙障冰解，细视笔画，手迹宛然，悲喜太息，从是悟入。常以经首四偈，发明心要。轼游于公之门三十年矣，今年二月，过南都见公于私第。公时年七十九，幻灭都尽，惠光浑圜。而轼亦老于忧患，百念灰冷。公以为可教者，乃授此经，且以钱三十万使印施于江淮间。而金山长老佛印大师了元曰："印施有尽，若书而刻之则无尽。"轼乃为书之，而元使其侍者晓机走钱塘求善工刻之板，遂以为金山常住。元丰八年九月日，朝奉郎、新差知登州军州兼管内劝农事骑都尉借绯苏轼书。

【译文】《楞伽阿跋多罗宝经》是先佛讲说的，它最为微妙，真实了义，所以称为"佛语心品"。祖师达磨把它交付给二祖慧可禅师时说："我看中国所有的经典教义，只有《楞伽经》四卷可以印证于心而顿悟。代代相传，作为心法。它就像医学中有《难经》一样，句句都是理，字字皆是法，后世通达佛理的人把它视为神明，这样就会如同盘中走珠，珠走盘中，无不得心应手。如果为了化出新意而抛弃旧学，认为它没有用处，那不是愚而无知，便是狂妄自大。近年来，学佛的人各宗其师，务求简便，悟得了一句一偈，就自以为证了正果，以至于使那些妇人孺子，击掌嬉笑，争相以谈禅为乐事，高者为名，下者为利，其余波末流，也无所不至，而佛法也就随之式微了。比如俚俗中的医生，不通过医家经典，就直接开方授药，用这种办法治病，不是一点儿不中，至于说遇到病人就能得心应手、起死回生，那与知经学古的人相比，就不能同日而语了。世人徒见他们有一次除病的功效，或许也比古人治病来得快，就因而说《难经》不学也行，这岂不错误吗？《楞伽经》义趣幽深精妙，文字单纯古朴，读者有时连句子都断不成，何况忘了文句只剩文义，忘了文义只剩印像呢？这就是它不受人重视，几废而仅存的缘故。

太子太保乐全先生张安道，以广大之心，悟得了清静觉。庆历年间，他曾为官滁州，到一所僧院去，偶然见到这部佛经，拿入手中，就恍然醒悟，如获旧物一样。他打开经卷，还未看完，先前的蔽障就涣然冰释了；细看笔墨，宛若自己的手迹。张公悲喜交集，长声叹息，从此悟入佛门。他常以经首的四首偈子，来阐发心要。我出入张公门下三十年了，今年二月，我经过南都时，到张公的私宅拜见他。是时，张公已七十九岁，他幻灭都尽，惠光浑圆。而我也在忧患之中衰老了，百念俱灰。张公认为我是可教之人，就把这部佛经给了我，并拿三十万钱让我去刻印，以布施到江淮一带。金山寺长老佛印大师了元说："刻印布施的功德是有限的，如果能写下来刻于石碑，那就无尽了。"我于是就把它书写了下来，而了元也派他的侍者晓机奔走钱塘一带，寻找能工巧匠，刻于雕板，我遂把此经放到了金山寺中。元丰八年九月某日，朝奉郎、新差知登州军州兼管内劝农事骑都尉借绯苏轼书。

书《金光明经》后

轼之幼子过，其母同安郡君王氏讳闰之，字季章，享年四十有六。以元祐八年八月一日，卒于京师，殡于城西惠济院。过未免丧，而从轼迁于惠州，日以远去其母之殡为恨也。念将祥除，无以申罔极之痛，故亲书《金光明经》四卷，手自装治，送虔州崇庆禅院新经藏中，欲以资其母之往生也。泣而言于轼曰："书经之劳微矣，不足以望丰报，要当口诵而心通，手书而身履之，乃能感通佛祖，升济神明，而小子愚冥，不知此经皆真实语耶，抑寓言也？当云何见云何行？”

轼曰：“善哉问也。吾常闻之张文定公安道曰：‘佛乘无大小，言亦非虚实，顾我所见如何耳。万法一致也，我若有见，寓言即是实语；若无所见，实寓皆非。’故《楞严经》云：‘若一众生未成佛，终不于此取涅槃。’若诸菩萨急于度人，不急于成佛，尽三界众生皆成佛已，我乃涅槃。若诸菩萨觉知此身，无始以来，皆众生相。冤亲拒受，内外障护，即卵生相。坏彼成此，损人利己，即胎生相。爱染留连，附记有无，即湿生相。一切勿变，为己主宰，即化生相。此四众生相者，与我流转，不觉不知，勤苦修行，幻力成就。则此四相，伏我诸根，为涅槃相。以此成佛，无有是处。此二菩萨，皆是正见。乃知佛语，非寓非实。今汝若能为流水长者，以大愿力，像取无碍法水，以救汝流浪渴涸之鱼。又能观诸世间，虽甚可爱，而虚幻无实，终非我有者，汝即舍离，如萨埵王子舍身。虽甚可恶，而业所驱迫，深可怜悯者，汝即布施，如萨埵王子施虎。行此舍施，如饥就食，如渴求饮，则道可得，佛可成，母可拔也。”过再拜稽首，愿书其末。绍圣二年八月一日。

【译文】我的小儿子苏过，他的母亲同安郡君王氏，名闰之，字季章，享年四十六岁。元祐八年八月一日，死于京城，灵柩存放在京城西面的惠济院。苏过服丧期未满，就跟我来到了惠州，他天天为远离母亲的灵柩感到遗憾。他想到服丧期将满，无以申诉思母之痛，因此就亲自书写了《金光明经》四卷，又亲手加以装裱，送到了虔州崇庆禅院新经藏中，想以此资助他母亲能够往生。苏过哭着对我说：“书写经卷的功劳很微小，不足以使佛祖给予厚报，我一定要口诵而心通，手书而身行，这样才能感悟佛祖，上达神明，但我愚笨冥顽，不知道这部经都是真实语呢，还是寓言？我应当何见何行呢？”

我对他说："你问得很好。我常听张文定公安道说：'佛乘无大小之分，只看我所见如何了。万法都是一致的，我若有所见，寓言即是实语；我若无所见，实语寓言皆非。'所以《楞严经》中说：'如果有一个众生未成佛，最终不能由此获取涅槃。'如果诸菩萨急于度人，不急于成佛，三界的众生都成佛后，我才涅槃。这就如同诸菩萨觉知此身自无始以来，都是众生相。冤亲拒受，内外障护，即是卵生相。坏彼成此，损人利己，即是胎生相。爱染留连，附记有无，即是湿生相。一切匆变，为己主宰，即是化生相。这四种众生相，与我流转，不知不觉，勤苦修行，作幻化事之力就成就了。这四种相伏于我的诸根之中，就是涅槃相了。以此成佛，无有是处。此二菩萨，皆是正见。由此可知，所谓佛语，既非寓言，亦非实语。现在你若能为流水长者，来广大自己的心力，像取无碍法水一样，来拯救你这流浪涸涸之鱼。又能观诸世间，这虽然很可爱，但都是虚幻无实的，终非我有，你就舍弃吧，就像萨埵王子舍身那样。虽然很可恶，但那是受孽业所驱迫，很值得怜悯，你就去布施，就像萨埵王子施身虎口那样。如同饥了吃饭，渴了喝水，你如能达到这种地步，那么就能得道成佛，超度你母亲了。"苏过稽首再拜，要我把这些话写到他抄的经卷之末。绍圣二年八月一日。

《金刚经》跋尾

闻昔有人，受持诸经，摄心专妙。常以手指，作捉笔状，于虚空中，写诸经法。是人去后，此写经处，自然严净，雨不能湿。凡见闻者，孰不赞叹，此希有事。有一比丘，独拊掌言，惜此藏经，止有半藏。乃知此法，有一念在，即为尘劳，而况可以，声求色见。今此长者，谭君文初，以念亲故，示入诸相。取黄金屑，书《金刚经》，以四句偈，悟入本心。灌流诸根，六尘清净。方此之时，不见有经，而况其字？字不可见，何者为金？我观谭君，孝慈忠信，内行纯备。以是众善，庄严此经，色相之外，炳然焕发。诸世间眼，不具正见，使此经法,缺陷不全。是故我说,应如是见。东坡居士,说是法已,复还其经。

【译文】听说昔日有一个人,受持诸经,摄心专注,常常以手指作捉笔之状,于虚空之中,写诸经法。此人离开后,他写经之处,就自然严净,雨淋不湿。凡是听闻的人,谁不赞叹说,这是稀有之事。有一个比丘,独独击掌说道:“可惜这部藏经,只有一半。”我才知道,此法只要一念存在,就会化为尘劳,而况且可以去声求色见呢?现今有个年长德高的人,名叫谭文初,他因思念父母双亲的缘故,示现悟入了诸相。他取出黄金屑末,书写《金刚经》,借助四句偈语,悟入本心,并流灌诸根,使六尘清静。当此之时,谭君不见经,何况其字呢?其字既不可见,那又何者为金呢?我观谭君,他孝慈忠信,内行纯备,以此种种善根来庄严这部佛经,它遂于色相之外,炳然焕发。只是诸世间的眼目,不具备正见,使得这一经法,残缺不全。因此,我说应如此见。东坡居士说此法已毕,复还其经。

跋欧阳家书

自南方多事以来,日夕忧汝,得昨日递中书,知与新妇诸孙等各安,守官无事,顿解远想。吾此哀苦如常。欧阳氏自江南归明,累世蒙朝廷官禄,吾今又被荣显,致汝等并列官品,当思报效,偶此多事,如有差使,尽心向前,不能避事。至于临难死节,亦是汝荣事,但存心尽公,神明自祐汝,慎不可思避事也。昨书中言欲买朱砂来,吾不缺此物。汝于官下宜守廉,何得买官下物?吾在官所除饮食外,不曾买一物,汝可观此为戒也。已寒,好将息,不具。吾书送通理十二郎。

凡人勉强于外,何所不至?惟考之其私,乃见真伪。此欧阳文忠公与其弟侄家书也。元丰二年四月十二日，苏轼题。

【译文】自从南方多事以来，日夜担心你，收到昨天送来的信，知道你与新妇及诸孙等都平安，居官无事，顿时缓解了远方的思念。我的哀苦一如往常。欧阳氏自江南归于明主，世代得到朝廷的官禄，我如今又得到荣显，让你们也都做了官，应常想如何报效朝廷，如今国家偶然多事，如有差遣，要尽心向前，不能逃避事情。至于临难死节，也是你荣耀的事，只要存心尽公，神明自然保佑你，要慎重不能逃避责任。昨天的信中说想买朱砂来，我不缺这东西。你在任上要坚守廉洁，怎么能买自己管着的东西？我在任上除饮食外，从来没有买过一件东西，你可以看着这作为鉴戒。天气已冷了，好好将养身体，不具。我的信也送给通理十二郎看。

凡是人要极力在外面表现，什么做不到？只有将他的私事拿来考察，就显出真伪了。这是欧阳文忠公写给自己弟侄的家书。元丰二年四月十二日，苏轼题。

跋陈氏欧帖

承示，近文只如此作便得也。但古诗中复要一联对属，尤见工夫，并门当因书言去。昔选人有陈奇者，举主十六人，仁宗见其未尝历选调，特旨不改官，以戒驰骛者。初官亦少安之。

右陈敏善所藏欧公帖。轼闻公之幼子季默编公之笺牍为一集。此数帖，尤有益于世者，当录以寄季默也。

【译文】多承示下，近文只是这样写即可。只是古诗中有时还要有一联对仗，尤其见功夫，并门当因书言去。从前有一个选官的陈奇，举荐他的有十六人，仁宗见他从未经历过选调，便特下旨不改官，以戒走门路的人。初官也都稍安心了。

以上是陈善所收藏的欧公书柬。我听说欧公的小儿子季默正把欧公的笺牍编为集子。这几封书柬，更是于世有益的，应该抄下来寄给季默。

书赠王文甫

王文甫好典买古书画诸物。今日自言典两端砚及陈归圣篆字，用钱五千。余请攀归圣例，每日持一两纸，只典三百文。文甫言：“甚善。”川僧清悟在旁知状。

【译文】王文甫好买古书画等东西。今日自称买了两方端砚以及陈归圣的篆字，用钱五千文。我让他依照归圣的前例，每天买一两纸，只花三百文，文甫说：“很好。”川僧清悟在旁边为证。

书赠王十六二首

王十六秀才禹锡，好蓄余书，相从三年，得两牛腰。既入太学，重不可致，乃留文甫许分遗。然缄锁牢甚。文甫云：“相与有瓜葛，那得尔耶？”

【译文】王十六秀才禹锡，好收藏我的书法，跟了我三年，共得了四箱。入太学后，因太重不能带去，就留给文甫保管，并同意分送他一部分。但却封锁得很牢固。文甫说：“互相有交情，怎么能这样呢？”

又

十六及第，当以凤味风字大砚与之。请文甫收此为据。十六及第，当以石绿天猊为仆作利市也。

【译文】王十六进士及第，我就把凤咮风字大砚送给他。请文甫收此以为凭据。王十六进士及第，要把石绿天猊送给我作利市。

书赠徐大正四首

此蔡公家赐纸也，建安徐大正得之于公之子谷，来求东坡居士草书。居士既醉，为作此数纸。

【译文】这是朝挺赐给蔡公的纸。建安徐大正从蔡挺之子蔡谷处得到此纸，来求东坡居士的草书。居士醉后，为大正书此数纸。

又

得之，天下奇男子也。世未有用之者。然丈夫穷达固自有时耶?

【译文】得之，是天下的奇男子。世间却没有人重用他。这样看来大丈夫的穷达是命中注定的吧?

又

江湖间，有鸟鸣于四五月，其声若云“麦熟即快活”。今年二麦如云，此鸟不妄言也。

【译文】江南、湖广一带，有鸟于四五月间鸣叫，它的叫声像是

"麦熟即快活"。今年大麦小麦一望如云，此鸟没有妄叫。

又

或问东坡草书。坡云："不会。"进云："学人不会？"坡云："则我也不会。"

【译文】有人向东坡请教草书。东坡说："不会。"又进一步问："博学多识的人也不会？"东坡说："那我也不会。"

跋先君与孙叔静帖并书

承借示新文及累为临访，甚荷勤眷。文字已细观，甚善！甚善！必欲求所未至，如《中正论》引舜为证，此是时文之病。凡论，意立而理明，不必觅事应副。诚未之思，专此，不宣。

嘉祐、治平间，先君编修《太常因革礼》。在京师学者，多从讲问。而孙叔静兄弟，皆笃学能文，先君亟称之。先君既殁十有八年，轼谪居于黄，叔静自京师过蕲，枉道过轼，出先君手书以相示。轼请受而藏之，叔静不可，遂归之。先君平生往还书疏，多口占以授子弟，而此独其真迹，信于叔静兄弟厚善也耶？元丰六年七月十五日，轼记。

【译文】承蒙借阅新文以及多次来访，非常感谢。文章已详细看过，很好！很好！如果一定要我找出不足之处，那么就像《中正论》引舜为例证，这一点是时文的毛病。凡是正论，论点确立之后其理自明，不必再找事例来填充；考虑的实在不周到，专此，不宣。

嘉祐、治平年间，先父编修《太常因革礼》。在京师研习古礼的人，大多来讨论请教。而孙叔静兄弟，都踏实好学会写文章，先父多次称赞他们。先君去世后的第十八年，我被贬到黄州，叔静从京师到蕲州时绕道到黄州来看我，取出先父的手书让我看。我请求取回收藏，叔静不同意，便又还给了他。先父平生写信很少，大多是口授给子弟写，而此信唯独是他的手迹，的确是对叔静兄弟特别看重的吧？元丰六年七月十五日，苏轼记。

跋先君书送吴职方引

先伯父及第吴公榜中，而轼与其子子上再世为同年，契故深矣。始，先君家居，人罕知之者。公携其文至京师，欧阳文忠公始见而知之。公与文忠交盖久，故文忠谪夷陵时，赠公诗有“落笔妙天下”之语。轼自黄迁于汝，舟过慈湖，子上昆仲出此文相示，乃泣而书之。元丰七年四月十四日，轼谨记

【译文】先伯父考中进士是在吴照邻的榜中，而我和他的儿子子上成为又一代的同年，因此交情极深。当初，先父家居未仕时，很少有人知道他。吴公带着他的文章到了京师，欧阳文忠公才见到他的文章而知道了他。吴公与文忠公交往时间很长，所以文忠公贬到夷陵时，赠吴公的诗有“落笔妙天下”之句。我从黄州迁到汝州，船过慈湖，子上兄弟取出此文请我看，我流着眼泪写了以上这些话。元丰七年四月十四日，苏轼谨记。

题陈履常书

此书既以遗荆州李翘叟，继而亡其本，后从翘叟借来誊本，辄为役夫盗去，卖与龙安寺千部院僧。盗事觉，追取得之，后归翘叟。

翘叟屡来索此卷，云：“恐为人盗去。”予谓不然，乃果见盗。夫不疑于物，物亦诚焉。翘叟一动其心，遂果致盗。孔子曰：“苟子之不欲，虽赏之不窃。”诚然哉！

【译文】这幅书法作品赠给荆州李翘叟后，接着就丢了。后来从翘叟处借来誊本，就被役夫偷去，卖给了龙安寺千部院僧。盗窃案发后，作品被追回，后来又还给了翘叟。当初，翘叟屡次来索要此卷，说：“怕被人偷去。”我认为不会，竟真被偷了。只要不疑心别人，别人也会对你以诚相待。翘叟一有害怕被盗的想法，便真招致了盗贼。孔子对季康子说过：“只要您没有贪欲，虽赏民使之为盗，民也知耻而不为。”确实是这样啊！

跋太宗皇帝御书历子

京朝官中选三十人充知州，而赐以御书历子，臣得此可以为荣矣。而审官任其事，盖犹有古者选部激浊扬清之风也。非太宗皇帝知钱若水之深，若水亦自信不疑，则三十人者独获此赐，其能使人心服而无疑乎？元祐四年四月十九日，龙图阁直学士臣轼书。

【译文】京师朝官中选三十人充任知州，并赐给太宗皇帝亲自书写的用以记录每日功过的历纸，臣子得此历子可以此为荣了。而审官院负责这件事，还带有古时吏部激浊扬清的遗风。如果不是太宗皇帝了解钱若水极深，若水也自信不疑，那么仅这三十人得到这种赏赐，怎能使人心服而无疑呢？元祐四年四月十九日，龙图阁直学士臣苏轼书。

题刘景文所收欧阳公书

处处见欧阳文忠书，厌轩冕思归而不可得者，十常八九。乃知士大夫进易而退难，可以为后生汲汲者之戒。元祐五年三月八日，偶与杨次公同过刘景文，景文出此书。仆与次公，皆文忠客也。次公又效其抵掌谈笑，使人感叹不已。

【译文】处处见到欧阳文忠公的书札，厌倦做官想归又而不可能的内容，常占十分之八九。可见士大夫进身容易而退身难，这可以作为后生晚辈极力追求做官者的鉴戒。元祐五年三月八日，偶然与杨次公一同探访刘景文，景文出示此札。我和次公都是文忠公的门下客。次公又模仿文忠公鼓掌谈笑之状，使人感叹不已。

书《篆髓》后

荥阳郑惇方，字希道，作《篆髓》六卷，《字义》一篇。凡古今字说，班、扬、贾、许、二李、二徐之学，其精者皆在。间有未尽，傅以新意，然皆有所考本，不用意断曲说，其疑者盖阙焉。凡学术之邪正，视其为人。郑君，信厚君子也，其言宜可信。余尝论学者之有《说文》，如医之有《本草》，虽草木金石，各有本性，而医者用之，所配不同，则寒温补泻之效，随用各别。而自汉以来，学者多以一字考经，字同义异，皆欲一之，雕刻采绘，必成其说。是以六经不胜异说，而学者疑焉。孔子曰："夫闻也者，色取仁而行违，居之不疑。"则闻为小人。而《诗》曰："允矣君子，展也大成。之子于征，有闻无声。"则闻为君子。又曰："君子周而不比。"则比为恶。而《易》曰："地上有水，比，以建万国亲诸侯。"则比为善。有子曰："知和而和，不以礼节之，亦不可行也。”则所谓和者，同而已矣。而孔子曰：“君子和而不同。”若此者多矣。“丧欲速贫，死欲速朽”，此以八字成文，然犹不可一，曰言各有当也，而况欲以一字一之耶？余爱郑君之学简而通，故私附其后。

【译文】荥阳郑惇方，字希道，著《篆髓》六卷，《字义》一篇。凡是古今的字说，班固、扬雄、贾逵、许慎、李舟、李阳冰、徐铉、徐锴等人的学说，他们的精要都在其中，间有不全，附以新意，但都有所考据，不用臆断曲解之说，有不能确定的，一概存疑。凡是学术上的邪正，要看学者的为人。郑君，是有信用的忠厚君子，他的话应是可信的。我曾说过学者的有《说文解字》，就像医家的有《神农本草经》，尽管草木金石，各有本性，而医者用时，所配的方剂不同，则寒温补泻的功效，也随着配方的不同而不同。而自汉代以来，学者大多根据一个字来考释经典，字同而义异，却都要让它们一样，极力修饰，一定要让自己的说法成立。因此六经不同的解释多得了不得，而学者疑之。孔子说：“闻名之人，外表取仁而做起来却违仁，以不疑自居。”那么这里的闻就指的是小人。然而《诗经》说：“真是君子，会猎成功，周王之征，有闻无声。”那么这里的闻就是君子。孔子又说：“君子周而不比。”那么比就是恶。而《周易》说：“地上有水，比，以建万国亲诸侯。”那么比就是善。有子说：“知和而和，不以礼节制之，也是不可行的。”那么所谓和，也就是同。而孔子说：“君子和而不同。”这样的例子是很多的。“丧欲速贫，死欲速朽”，这八个字已经成了固定的说法，然而也不能一概而论，要在一定的场合才恰当，更何况想要用一个字来统一所有的内容呢？我喜欢郑君的学问简明而通达，所以私附其后。

书孙元忠所书《华严经》后

余闻世间凡富贵人及诸天龙鬼神具大威力者，修无上道难，造种种福业易。所发菩提心，旋发旋忘，如饱满人，厌弃饮食。所作福业，举意便成，如一滴水，流入世间，即为江河。是故佛说此等，真可畏怖，一念差失，万劫堕坏。一切龙服，地行天飞，佛在依佛，佛成依僧，皆以是故。维镇阳平山子龙，灵变莫测，常依觉实二大比丘。有大檀越，孙温靖公，实能致龙，与相宾友。曰雨曰霁，惟公所欲，公之与此二大比丘，及此二龙，必同事佛，皆受佛记。故能于未来世，各以愿力而作佛事。观公奏疏，本欲为龙作庙，又恐血食与龙增业，故上乞度僧，以奉祠宇。公之爱龙，如爱其身，只令作福，不令造业。若推此心，以及世间，待物如我，待我如物。予知此人，与佛无二，觉既圆寂，公亦弃世。其子元忠，为公亲书《华严经》八十卷，累万字，无有一点一画见怠堕相。人能摄心，一念专静，便有无量感应。而元忠此心，尽八十卷，终始若一。予知诸佛悉已见闻，若以此经，置此山中，则公与二士若龙，在在处处，皆当相见，共度众生，无有穷尽。而元忠与予，亦当与焉。

【译文】我听说世间凡是富贵人以及诸天龙鬼神等具备大威力的，修无上道很难，造种种福业却容易。所发的修道愿，现发现忘，就像已经吃饱的人厌弃饮食一样。所作的福业，想作就能作到，就像天上下雨，流到世间，便汇成江河一样。因此，佛说的此等内容，真是可畏可怖，一念之失，就会万劫不复，一切龙服，不论在田在天，佛在依佛，佛成依僧，都是因此之故。维镇阳平山子龙，灵变莫测，常依觉实二大圣僧。有大施主，孙温靖公，实能招龙，与龙为友。要雨要晴，惟公之所欲。公与此二大圣僧，及此二龙，必共同事佛，都受佛记。所以能于未来世，各以愿力以作佛事。观公之奏疏，本想为龙建庙，又恐怕血食为龙增加罪业，所以上乞度为僧人，以侍奉祠宇。公的爱龙，如爱自身，只让龙作福，不让龙造业。若将此心推广到世间，便能待物如己，待己如物。我知道此人与佛没有区别，觉僧圆寂之后，公也去世了。公之子元忠，为公亲手书写《华严经》八十卷，共计万字，没有一笔一画现怠堕相。人能收摄心神，专心致志，便有无量感应。而元忠此心，写完八十卷，始终如一。我知道诸佛都已见闻此经，若将此经置于此山之中，那么公与二士若龙，随处都能相见，共度众生，没有穷尽，而元忠和我，也会参与其间。

书柳文《瓶赋》后

汉黄门郎扬雄作《酒箴》，以讽谏成帝。其文为酒客难法度士，譬之于物，曰：子犹瓶矣。观瓶之居，思井之眉。处高临深，动常近危。酒醪不入口，臧水满怀。不得左右，牵于纆徽。一旦叀碍，为甓所轠。身提黄泉，骨肉为泥。自用如此，不如鸱夷。鸱夷滑稽，腹如大壶。尽日盛酒，人复借酤。常为国器，托于属车。出入两宫，经营公家。由是言之，酒何过乎？

或曰：柳子厚《瓶赋》，拾《酒箴》而作。非也。子云本以讽谏设问以见意耳。当复有答酒客语，而陈孟公不取，故史略之，子厚盖补亡耳。然子云论屈原、伍子胥、晁错之流，皆以不智讥之；而子厚以瓶为智，几于信道知命者，子云不及也。子云临忧患，颠倒失据，而子厚尤不足观，二人当有愧于斯文也耶！

【译文】西汉黄门侍郎扬雄写了一篇《酒箴》，目的是讽谏汉成帝不要贪酒。扬雄虚拟了两个人物，一个是饮酒之人，另一个是讲求法度主张节酒的人。《酒箴》的内容就是这两个人的互相辩难。饮酒之人对讲求法度主张节酒的人说：如果打个比方，我可以把您比作一个汲水的瓦罐。若观察瓦罐的位置，就能知道它位于井边，处在高高的井沿上，下临深深的井水，稍微动一动身躯，就会濒临险境，它不能盛酒，只能装满满一肚子水。它被系罐的绳子所束缚，就像囚犯一样不能自由行动。悬罐打水时，罐旋转摇动，常会碰到井壁。瓦罐一旦破碎，就会被人抛掷井底，好似人死深埋地下，骨肉化为泥土。瓦罐的用处太小了，远不如盛酒的皮口袋鸱夷。鸱夷就像流酒器滑稽一样吐酒不绝，它的腹部则像大壶一样能装很多酒。它一天到晚盛酒，人们去买酒时，也多借助于它。它还能成为皇帝所用的贵重之器，皇帝如有祭祀等事需要出行时，就会把它放到随从的车子上。它出入于天子及皇太后之宫，往来于公侯之家。酒能使鸱夷贵重，而水常使瓦罐撞碎，由此来看，酒有什么过错呢？

有人说：柳宗元的《瓶赋》是模仿扬雄的《酒箴》而作的。这种看法并不正确。扬雄原本是通过设问的方法来达到讽谏汉成帝的目的的。饮酒之人说完话后，下面应当还有讲求法度主张节酒之人的答语，但由于陈孟公没有节取这段答语，所以《汉书》也把它省去了，而柳宗元的《瓶赋》则把答语给补上了。扬雄评论屈原、伍子胥与晁错时，讥讽他们都不够聪明。但柳宗元在《瓶赋》中却认为瓦罐是聪明的，由此可知他差不多是一个相信天道、了解天命的人，在这一点上，扬雄是不如柳宗元的。扬雄遇到痛苦与挫折时，惊慌失措，狼狈不堪，柳宗元的表现尤其糟糕，没有什么值得人们称赞的，他们两个都有愧于自己的作品啊！

引说先友记

昔柳子厚记其先友六十七人于其墓碑之阴。考之于《传》，卓然知名者盖二十人。子厚曰：“先君之所友，天下之善士举集焉。”

袁高：恕己子。《唐·传》第四十五卷。

姜公辅：七十七。

齐映：七十五。

严郢：七十。

穆赞：举子，弟质，八十八。

裴枢：六十五。

杜黄裳：九十四。

杨凭：弟凝，八十五。

李鄘：七十一。

梁肃：一百二十七《文艺传》中。

韩愈：一百一。

许孟容：八十七。

袁滋：七十六。

卢群：七十二。

郑余庆：九十。

奚陟：八十九。

卢景亮：八十九。

杨于陵：八十八。

高郢：九十。

柳登：芳子，弟冕，五十七。

【译文】柳宗元当年曾在他父亲的墓碑背面刻下了六十七个人的名字，这些人全是他父亲的朋友。我考察了《旧唐书》的人物传记，得知在这六十七个人当中，有很高名望的大概就有二十个人。柳宗元说："先父交结的这些朋友，囊括了全国的有德之士。"

袁高：袁恕己的儿子，《旧唐书》列传第四十五有他的传记。

姜公辅：《新唐书》列传第七十七有他的传记。

齐映：《新唐书》列传第七十五有他的传记。

严郢：《新唐书》列传第七十有他的传记。

穆赞：穆举的儿子，其弟叫穆质，《新唐书》列传第八十八有他的传记。

裴枢：《新唐书》列传第六十五有他的传记。

杜黄裳：《新唐书》列传第九十四有他的传记。

杨凭：他的弟弟叫杨凝，《新唐书》列传第八十五有他的传记。

李鄘：《新唐书》列传第七十一有他的传记。

梁肃：《新唐书》列传第一百二十七的《文艺传》中有他的传记。

韩愈：《新唐书》列传第一百零一有他的传记。

许孟容：《新唐书》列传第八十七有他的传记。

袁滋：《新唐书》列传第七十六有他的传记。

卢群：《新唐书》列传第七十二有他的传记。

郑余庆：《新唐书》列传第九十有他的传记。

奚陟：《新唐书》列传第八十九有他的传记。

卢景亮：《新唐书》列传第八十九有他的传记。

杨于陵：《新唐书》列传第八十八有他的传记。

高郢：《新唐书》列传第九十有他的传记。

柳登：柳芳的儿子，其弟叫柳冕，《新唐书》列传第五十七有他的传记。

自跋石恪三笑图赞

近于士人家，见石恪画此图，三人皆大笑，至于冠服衣履手足，皆有笑态。其后三小童，罔测所谓，亦复大笑。

世间侏儒观优。而或问其所见，则曰："长者岂欺我哉！"此画正类此。写呈钦之兄，想亦当捧腹绝倒，抚掌胡卢，冠缨索绝也。

【译文】我最近在一个读书人的家里，见到了石恪画的这幅《三笑图》，图上的三个人都在大笑，至于他们的帽子、衣服、鞋子以及手和脚，都表现出笑意。他们的后面有三个小孩，我猜不出这些小孩说的是什么，也都在大笑。

世上有一个侏儒去看戏。回来后有人间他看到了什么，他却说道："个子高的人难道会欺骗我吗！"这幅画与这则笑话的效果正好相似。如果写给钦之兄看，他想必会捧着肚子，拍手大笑，将帽带给弄断的。

自跋南屏激水偈

熙宁中作此偈，以示用文阇黎。后十六年，再过南屏，复录以示云玩上座。元祐四年九月望日。

【译文】熙宁年间我写了这首偈子，曾把它拿给用文和尚看过。十六年后，我第二次经过南屏县，重新把它抄录下来，送给云玩上座阅览。苏轼记于元祐四年九月十五日。

辩曾参说

孔子曰："参乎！吾道一以贯之。"曾子曰："唯。"子出。门人曰："何谓也？"曰："夫子之道，忠恕而已矣。"师弟子答问，未尝不"唯"，而曾子之"唯"，独记于《论语》。一"唯"之外，口耳俱丧，而门人方欲问其所谓，此系风捕影之流也，何足实告哉？

【译文】孔子说："参啊！我的学说贯穿着一个基本概念。"曾子说："是。"孔子走出去以后，别的学生便问曾子道："这是什么意思？"曾子道："他老人家的学说，只是忠和恕罢了。"

弟子与老师说话时，没有不说"是"的，但《论语》却唯独把曾子说的“是”记载了下来。除了一个“是”，曾子没说什么，也没听到什么，但那个学生却还要问孔子说的是什么意思，他属于虚空不实一类人，曾子怎值得对他以实相告呢？

自书《庄子》二则跋

南窗无事，因偶书《南华》二则。轼。

【译文】我独坐南窗之侧，无事可干，于是就偶然书写了二则《庄子》。苏轼记。

自跋胜相院经藏记

予夜梦宝月索此文，既觉已三鼓，引纸信笔，一挥而成。元丰三年九月十二日四鼓书。

【译文】我晚上做梦，梦见宝月和尚跟我要这篇文章，醒来后已是三鼓时分，于是起床拿出纸来，随手写去，一挥而就。苏轼记于元丰三年九月十二日四鼓之时。

自跋石恪画维摩赞鱼枕冠颂

予在黄冈时，戏作此等语十数篇，渐复忘之。元祐三年八月廿九日，同僚早出，独坐玉堂，忽忆此二首，聊复录之。翰林学士眉山苏轼记。

【译文】我在黄冈县的时候，曾以游戏之笔写了十几篇这样的作品，后来渐渐地把它们给忘了。元祐三年八月廿九日，我的同僚们很早就出去了，我独自坐在玉堂，忽然想起来这二篇，于是姑且重新把它们抄录下来。眉山县人翰林学士苏轼记。

自跋《洞庭春色赋》《中山松醪赋》

始，安定郡王以黄柑酿酒，名之曰“洞庭春色”。其犹子德麟，得之以饷余，戏为作赋。后余为中山守，以松节酿酒，复为赋之。以其事同而文类，故录为一卷。绍圣元年闰四月二十一日，将适岭表，遇大雨，留襄邑，书此。东坡居士记。

【译文】当初，安定郡王用黄柑酿酒，并给酒起了一个名字叫“洞庭春色”。他的侄子赵德麟，得到这种酒后送给我了一些，我于是以游戏之笔写了这篇《洞庭春色赋》。后来我做了中山太守，就用松节酿酒，并写了一篇《中山松醪赋》。因为这两件事性质相同，两篇赋的内容也相近，所以把它们录为一卷。绍圣元年闰四月二十一日，我将要到岭南去，遇上了大雨，于是留在襄邑，写下了这些。东坡居士苏轼记。

梦中作《祭春牛文》

元丰六年十二月二十七日，天欲明，梦数吏人持纸一幅，其上题云：“请《祭春牛文》”。予取笔疾书其上，云：“三阳既至，庶草将兴。爰出土牛，以戒农事。衣被丹青之好，本出泥涂；成毁须臾之间，谁为喜愠？”吏微笑曰：“此两句复当有怒者。”旁一吏云：“不妨，此是唤醒他。”

【译文】元丰六年十二月二十七日，在天快亮的时候，我梦见几个小吏每人手里都拿着一幅纸，纸上题道：“请您给我们写一篇《祭春牛》文”。我取出笔来，很快在纸上写出如下文字：“温暖的春天来了，百草即将兴旺成长。于是人们造出土牛以劝农耕。土牛原本出自于泥路，如今身上被用笔画得五彩斑斓。在很短的时间内，就能做成或毁坏它，谁会关心它的命运，为它产生怨恨或高兴的情绪呢？”有个小吏微笑着说：“最后这两句，有人读了以后会不高兴的。”旁边一个小吏说：“不碍事，这样写能够让他醒悟过来。”

题赠黎子云千文后

登临览观之乐，山川风物之美。将归老于故丘，布衣幅巾；从邦君于其上，酒酣乐作。援笔而赋之，以颂黎侯之遗爱，尚未晚也。轼。

【译文】登临览胜我感到乐意无穷，观赏到了山川风景的壮丽。我打算等老了以后返归故乡。我穿着布衣，以一幅绢束住头发，跟随太守一起饮酒，酒喝得正高兴的时候，音乐声响了起来，我于是拿出笔来，写下了《千文》。我以此颂扬黎子云对我的厚爱，想必还是不算晚的。苏轼记。

论古文

文章至东汉始陵夷，至晋、宋间，句为一段，字作一处，其源出崔、蔡。史载文姬两诗，特为俊伟，非独为妇人之奇，乃伯喈所不逮也。

【译文】文章到东汉才开始衰

写得句为一段，字作一处，这种弊病是从

的。史书所记载的蔡文姬的那两首诗，风格特别壮

在妇女中显得非同寻常，而且甚至连她的父亲蔡邕也赶不上

俚语说

俚俗语有可取者。“处贫贱易，耐富贵难；安劳苦易，安闲散难；忍痛易，忍痒难。”人能安闲散，耐富贵，忍痒，真有道之士也。

【译文】俚语俗话也有值得赞许的，例如这段话：“处贫贱易，耐富贵难；安劳苦易，安闲散难；忍痛易，忍痒难。”能够做到安于闲散，禁得起富贵，忍住骚痒，这样的人真是有修养。

书桂酒颂（残）

仆眼五十后，颇昏，今复了然。天意复令见子由与平生故人耶！

【译文】我的眼睛在五十岁以后开始看不清楚东西，如今又重新变得明亮起来。是老天爷打算让我再次见到苏辙与平时旧友吧！

试笔自书

吾始至海南，环视天水无际，凄然伤之，曰：“何时得出此岛

水，九州在大瀛海中，中国在少海中，有

覆盆水于地，芥浮于水，蚁附于芥，茫然不知所济。

水涸，蚁即径去，见其类，出涕曰："几不复与子相见，岂知俯仰之间，有方轨八达之路乎？"念此可以一笑。戊寅九月十二日，与客饮薄酒小醉，信笔书此纸。

【译文】我刚到海南岛的时候，环视四周，只见水天相连，无边无际，感伤之情油然而生，说道："什么时候才能离开这座岛屿呢？"后来想了想，意识到天与地都处在积聚的水中，九州是在大瀛海中，中国是在少海中，凡是有生命的又有哪一个不是生活在岛里呢？把一盆水倒到地上，小草就会在水面上飘浮，蚂蚁附在小草上，感到十分茫然，不知何时才能渡过积水。过了一会儿水干了，蚂蚁就直接离开了那块地方，见到了它的同类后，流着眼泪说道："我几乎以为再也见不到你了，哪里料到在极短的时间内便会出现四通八达的大路呢？"想到这些就可以让人发笑了。戊寅九月十二日，我与客人喝了一些薄酒，稍微感到有些醉意，就随手在这张纸上写下了这些。

《醉翁亭记》书后跋

庐陵先生以庆历八年三月己未刻石亭上。字画褊浅，恐不能传远，滁人欲改刻大字久矣。元祐六年，轼为颍州，而开封刘君季孙，自高邮来，过滁，滁守河南王君诏请以滁人之意，求书于轼，轼于先生为门下士，不可以辞。十一月乙未。

【译文】庐陵先生欧阳修于庆历八年三月乙未把《醉翁亭记》刻在亭子里的石碑上。但因为每个字的笔划被刻得既小且浅，滁州人担心不能永久流传，所以很早就想改刻成大字。元祐六年，我被派知颍州，开封人刘季孙从高邮来颍州，经过滁州。滁州太守是河南人王诏，他请刘季孙转述滁州人的心意，并请我书写《醉翁亭记》。我作为欧阳修的学生，对这一要求是不可以推辞的。苏轼记于十一月乙未。

跋杨文公与王魏公帖

夜得一士，旦而告人，察其情若喜不寐者。蒋氏不知何从得之，在其孙彝处也。世言文公为魏公客，公经国大谋，人所不知者，独文公得与。观此帖，不特见文公好贤乐士之急，且得一士，必亟告之，其补于公者，固亦多矣。片纸折封，尤见前人至诚相与，简易平实，不为虚文，安得复有隐情不尽不得已而苟从者，皆可为后世法也。

【译文】杨文公夜晚得到了一个人材，天一亮就写张便条去告诉王魏公，看他的情形好像晚上高兴得连觉都没睡着。不知蒋氏是从哪里得到的这幅字帖，大概是在他的孙子杨彝那里得到的吧。世人说杨文公是王魏公的门客，王魏公治理国家的大谋略，别人都不得而知，唯独杨文公参与了谋划，知道一切详情。读了这张便条，不但可以看出杨文公喜爱人材、求贤若渴的心情，发现一个人材，必然会抓紧时间，很快告诉给王魏公，而且也能看出他确实对王魏公有很大的帮助。从这张短小的便条中，尤其是还可看到前人至诚相待，话说得简洁平实，不写空洞无用的文字，不隐瞒自己的任何观点，从不因为迫不得已的原因而盲从对方，这些都值得后人效法。

黄冈冬至帖（残）

乡思浩然，想同此味。

【译文】思乡之情深长，想来它跟这种体味是相同的。

自述

嗟呼，渊明不肯为五斗米一束带见乡里小儿。而子瞻出仕三十余年，为狱吏所折困，终不能悛，以陷大难，乃欲以桑榆之末景，自托于渊明，其谁肯信之！虽然，子瞻之仕，其出处进退，犹可考也，后之君子，其必有以处之矣。孔子曰："述而不作，信而好古，窃比于我老彭。"孟子曰："曾子、子思同道。"区区之迹，盖未足以论士也。

【译文】唉！陶渊明不肯为五斗米而束带拜见一个乡里小儿，于是毅然辞官归隐。我苏轼做官已有三十多年，期间曾被监狱的官吏所折磨，但却终究未能悔改，以致于陷入大难之境，于是才想到把陶渊明作为晚年生活的精神依靠，不过谁会相信我的这种做法呢？即使这样，我苏轼做官以来的所有经历还是可以稽考的，后世的君子一定会有办法对我做出合理的评价。孔子说："阐述而不创作，以相信的态度喜爱古代文化，我私自和我那老彭相比。"孟子说："曾子、子思两人所走的道路是相同的。"我的业迹微不足道，大概是没有资格去评论别人的。

卷九十六　题跋（诗词）

书苏李诗后

此李少卿赠苏子卿之诗也。予本不识陈君式，谪居黄州，倾盖如故。会君式罢去，而余久废作诗，念无以道离别之怀。历观古人之作辞约而意尽者，莫如李少卿赠苏子卿之篇，书以赠之。春秋之时，三百六篇皆可以见志，不必己作也。

【译文】这是李陵赠苏武的诗。我原本不认识陈君式，等到贬官来黄州后，和他倾盖相交，即一见如故。适逢君式被罢除官职，欲往他方，而我已经很长时间没有写过诗了，自料离别的情怀无从诉说。纵观古人的诗作中，言辞简约而情意毕现的没有比李少卿赠苏子卿的篇什再好的了，于是就把它书写下来赠给陈君式。春秋时期，《诗经》中的三百零六篇都可以用来表现情志，不一定是自己作的才行。

书《鸡鸣歌》

余来黄州，闻黄人二三月皆群聚讴歌，其词固不可分，而其音亦不中律吕，但宛转其声，往反高下，如鸡唱尔。与庙堂中所闻鸡人传漏，微有相似，但极鄙野耳。《汉官仪》：“宫中不畜鸡，汝南出长鸣鸡，卫士候朱雀门外，专传鸡鸣。”又应劭曰：“今《鸡鸣歌》也。”《晋太康地道记》曰：“后汉固始、鲖阳、公安、细阳四县，卫士习此曲于阙下歌之，今《鸡鸣歌》是也。”颜师古不考本末，妄破此说。余今所闻岂亦《鸡鸣》之遗声乎？土人谓之山歌云。

【译文】我来到黄州后，听说黄州人每年二三月都要成群结队地聚在一起唱歌，所唱的歌词固然无法分辨，而且音调也不合乎音律，但是歌声宛转，高低回环，就像鸡的啼唱一般。这与我在朝廷中所听到的报晓官报时警夜时的声音略有相似，只是极其鄙陋粗野罢了。《汉官仪》说："皇宫中不养鸡，但汝南郡出产长鸣鸡，有卫士在朱雀门外奉候，专门传送鸡的鸣声来报晓。"又应劭说："这就是今天的《鸡鸣歌》啊。"《晋太康地道记》说："东汉固始、鲖阳、公安、细阳四县有此曲，卫士们学习后在京城歌唱，现今的《鸡鸣歌》即是。"颜师古不去考辨《鸡鸣歌》的本末，妄自破解这种说法。难道我现在听到的也是《鸡鸣歌》的遗声吗？可当地人称之为山歌呀。

记《阳关》第四声

旧传阳关三叠，然今歌者，每句再叠而已，通一首言之，又是四叠。皆非是。或每句三唱，以应三叠之说，则丛然无复节奏。余在密州，有文勋长官，以事至密，自云得古本阳关，其声宛转凄断，不类向之所闻，每句皆再唱，而第一句不叠。乃知唐本三叠盖如此。及在黄州，偶读乐天《对酒》诗云："相逢且莫推辞醉，新唱阳关第四声。"注："第四声：'劝君更尽一杯酒。'"以此验之，若第一句叠，则此句为第五声矣，今为第四声，则第一声不叠审矣。

【译文】旧传《阳关曲》要叠唱三遍，然而现在所唱的，每句只重叠两遍，就通篇而言，又成四叠了。这两种唱法都不对。或者每句唱三遍，来应合三叠的说法，那么就要杂乱无章，没有节奏了。我在密州时，有一个文勋长官，因为有事，来到密州。他自称得到了古本《阳关曲》，声调宛转悠扬，凄迷断肠，不同于先前所听到的，每句都唱两遍，而第一句不叠唱。我这才知道唐本的三叠大概如此。等到来黄州后，我偶而读白乐天《对酒》诗："相逢且莫推辞醉，新唱阳关第四声。"注："第四声：'劝君更尽一杯酒。"拿它和那位文勋长官的说法相验证，如果第一句叠唱，那么这一句就是第五声了，可白乐天说是第四声，看来第一句不叠唱是明确的。

书孟东野诗

元丰四年，与马梦得饮酒黄州东禅。醉后，诵孟东野诗云："我亦不笑原宪贫。"不觉失笑。东野何缘笑得原宪？遂书此以赠梦得。只梦得亦未必笑得东野也。

【译文】宋神宗元丰四年，我和马梦得在黄州东禅寺饮酒。醉后，吟诵孟东野的诗："我亦不笑原宪贫。"不觉失声而笑。孟东野有什么理由能去笑原宪呢？于是就把这句诗写了下来，留赠给马梦得。只怕马梦得也未必能去笑孟东野。

题孟郊诗

孟东野作《闻角》诗云："似开孤月口，能说落星心。"今夜闻崔诚老弹《晓角》，始觉此诗之妙。

【译文】孟东野写有《闻角》诗说："似开孤月口，能说落星心。"今天晚上听了崔诚老弹奏《晓角》，方始领悟到这首诗的妙处。

书渊明《饮酒》诗后

"颜生称为仁，荣公言有道。屡空不获年，长饥至于老。虽留身后名，一生亦枯槁。死去何所知，称心固为好。客养千金躯，临死消其宝。裸葬何必恶，人当解意表。”此渊明《饮酒》诗也。正饮酒中，不知何缘记得此许多事。元丰五年三月三日，子瞻与客饮酒，客令书此诗，因题其后。

【译文】“颜生称为仁，荣公言有道。屡空不获年，长饥至于老。虽留身后名，一生亦枯槁。死去何所知，称心固为好。客养千金躯，临死消其宝。裸葬何必恶，人当解意表。”这是陶渊明的《饮酒》诗。正在喝酒过程中，不知什么缘由，还记得这么多事。元丰五年三月三日，我苏子瞻和客人喝酒，客人请我书写这首诗，因而把这些话题写到了该诗后边。

书渊明《羲皇去我久》诗

余闻江州东林寺，有陶渊明诗集，方欲遣人求之，而李江州忽送一部遗予，字大纸厚，甚可喜也。每体中不佳，辄取读，不过一篇，惟恐读尽，后无以自遣耳。

【译文】我听说江州东林寺中，存有陶渊明的诗集，正要派人去索求，而李江州忽然给我送了一部，字体大，纸张厚，很令人喜爱。我每逢身体不舒服时，就取出来读，每次不超过一篇，唯恐读完，以后就没有可供消遣的东西了。

题渊明诗二首

陶靖节云：“平畴返远风，良苗亦怀新。”非古之偶耕植杖者，不能道此语；非余之世农，亦不能识此语之妙也。

【译文】陶靖节说："平畴返远风，良苗亦怀新。"不是古人亲自参加耕种劳作，就不可能道出这诗句；不是我家世代务农，也不可能领悟到这诗句的妙处。

又

"秋菊有佳色，裛露掇其英。泛此无忧物，远我遗世情。一觞聊独进，杯尽壶自倾。日入群动息，飞鸟趋林鸣。啸傲东窗下，聊复得此生。"靖节以无事自适为得此生，则凡役于物者，非失此生耶?

【译文】"秋菊有佳色，裛露掇其英。泛此无忧物，远我遗世情。一觞聊独进，杯尽壶自倾。日入群动息，飞鸟趋林鸣。啸傲东窗下，聊复得此生。"陶靖节认为无所事事、自适其情就算得到了这一生的真趣，那么大凡为世物驱役的人，不是就失去了这一生的真趣吗?

题渊明《咏二疏》诗后

此渊明《咏二疏》也。渊明未尝出，二疏既出而知返，其志一也。或以谓既出返，如从病得愈，其味胜于初不病，此惑者颠倒见耳。

【译文】这是陶渊明的《咏二疏》。渊明未曾出仕，二疏出仕后而又知道告老还乡，他们的志趣是一样的。有人认为出仕后又回归山林，就像生病得到了痊愈，其滋味比起初不生病好，这是不晓世事的人识见颠倒啊。

题渊明《饮酒》诗后

“采菊东篱下,悠然见南山。”因采菊而见山,境与意会,此句最有妙处。近岁俗本皆作“望南山”,则此一篇神气都索然矣。古人用意深微,而俗士率然妄以意改,此最可疾。近见新开韩、柳集多所刊定,失真者多矣。

【译文】“采菊东篱下,悠然见南山。”因采摘菊花而看见南山,境界与情意交融,这一句最有精妙之处。近年俗本都作“望南山”,那么这一篇诗的神气都索然无味了。古人遣词的用意深邃幽微,而世俗之士轻率地妄加臆改,这一点最可恨。近来见到新刻的韩愈、柳宗元文集多有刊行,失真的地方很多啊。

题《文选》

舟中读《文选》,恨其编次无法,去取失当。齐梁文章衰陋,而萧统尤为卑弱,《文选引》,斯可见矣。如李陵、苏武五言,皆伪而不能去。观渊明集,可喜者甚多,而独取数首,以知其余人忽遗者甚多矣。渊明《闲情赋》,正所谓“《国风》好色而不淫”,正使不及《周南》,与屈宋所陈何异?而统乃讥之,此乃小儿强作解事者。元丰七年六月十一日书。

【译文】我坐在船中读《文选》,不满意它的编次没有章法,取舍也不够恰当。齐梁时代的文章格调衰败鄙陋,而萧统的作品格调尤卑弱无力,这可从《文选序》中略见一斑。比如李陵、苏武的五言诗,都是伪作却不能舍弃。我观览陶渊明的集子,令人喜爱的篇什,

《文选》只选取了几篇。从这一点可知,《文选》也忽略遗漏了其他人的许多好文章。陶渊明的《闲情赋》,正像《国风》一样“好色而不淫”,即使它赶不上《周南》的雅正,但与屈原、宋玉所讲述的有什么区别呢?然而萧统竟讥刺《闲情赋》,这才是小孩子强作解事人。元丰七年六月十一日题写。

题鲍明远诗

舟中,读鲍明远诗,有《字谜》三首。“飞泉仰流”者,旧说是“井”字。一云“乾云一九,双立无藕,坤之二六,宛然双宿”,是“桑”字。一云:“头如刀,尾如钩,中间横广,四角六抽,右畔负两刃,左边属双牛”,当是“龟”字也。

【译文】我坐在船中,翻读鲍明远的诗,其中有《字谜》诗三首。“飞泉仰流”篇,旧说赋的是“井”字。一首说“乾之一九,双立无藕,坤之二六,宛然双宿”,赋的是“桑”字。一首说“头如刀,尾如钩,中间横广,四角六抽,右畔负两刃,左边属双牛”,赋的当是“龟”字。

书谢瞻诗

李善注《文选》,本末详备,极可喜。所谓五臣者,真俚儒之荒陋者也。而世以为胜善,亦谬矣。谢瞻《张子房》诗曰:“苛慝暴三殇。”此《礼》所谓上中下三殇,言暴秦无道,戮及孥稚也。而乃引“苛政猛于虎,吾父吾子吾夫皆死于是。”谓夫与父为殇,此岂非俚儒之荒陋者乎?诸如此甚多,不足言,故不言。

【译文】李善注释《文选》，对典故本末的考证周详完备，非常令人喜爱。所谓吕向等五臣，真是荒谬浅陋的俚儒啊。可是世人认为他们的注比李善注好，这就大错特错了。谢瞻《张子房》诗说："苛慝暴三殇。"这指《仪礼》中所说的上中下三殇，是说秦王朝残暴无道，连幼儿稚子也不放过杀戮。但五臣竟然引《礼记》中"苛政猛于虎，吾父吾子吾夫皆死于是"的事作注。说丈夫与父亲是夭折，这难道不是荒谬浅陋的吗？五臣注中诸如此类的地方还有很多，不值得多说，所以就不说了。

题《蔡琰传》

刘子玄辨《文选》所载李陵《与苏武书》，非西汉文，盖齐梁间文士拟作者也。予因悟陵与武赠答五言，亦后人所拟。今日读《列女传》蔡琰二诗，其词明白感慨，颇类世所传《木兰诗》，东京无此格也。建安七子，犹涵养圭角，不尽发见，况伯喈女乎？又，琰之流离，必在父死之后。董卓既诛，伯喈乃遇祸。今此诗乃云为董卓所驱虏入胡，尤知其非真也。盖拟作者疏略，而范晔荒浅，遂载之本传，可以一笑也。

【译文】刘子玄考辨《文选》所载录的李陵《与苏武书》，认为不是西汉时的文章，而大概是齐梁间的文士拟作的。我因此醒悟到，李陵与苏武相互赠答的五言诗，也是后人的拟作。今天读《后汉书·列女传》所录蔡琰的两首诗，其语言明畅浅白，情调感伤慷慨，很类似世间流传的《木兰诗》，东汉没有这种格调。建安七子尚且能涵养锋芒，不尽显露，何况蔡伯喈的女儿呢？又，蔡琰的颠沛流离，必定是在父亲死去之后。董卓被诛杀后，蔡伯喈才遭到杀身之祸。现在这两首诗竟说蔡琰是被董卓俘虏驱入胡地的，更可知不是蔡琰的作品。大概拟作诗的人疏忽大意，而范晔也荒鄙浅薄，就把两首诗载录到了本传中，这可以令人发笑啊。

书《文选》后

五臣注《文选》，盖荒陋愚儒也。今日读嵇中散《琴赋》云：“间辽故音庳，弦长故徽鸣。”所谓庳者，犹今俗云敓声也，两弦之间，远则有舰，故云“间辽则音庳”。徽鸣者，今之所谓泛声也，弦虚而不按，乃可泛，故云“弦长则徽鸣”也。五臣皆不晓，妄注。又云：“广陵止息，东武太山，飞龙鹿鸣，鹍鸡游弦。”中散作《广陵散》，一名《止息》，特此一曲尔，而注云“八曲”。其他浅妄可笑者极多，以其不足道，故略之。聊举此，使后之学者，勿凭此愚儒也。五臣既陋甚，至于萧统亦其流耳。宋玉《高唐》《神女赋》，自“玉曰唯唯”以前皆赋，而统谓之序，大可笑。相如赋首有子虚、乌有、亡是三人论难，岂亦序耶？其他谬陋不一，聊举其一耳。

【译文】五臣注释《文选》，大概算是荒谬浅陋的愚儒的行径。今天读到嵇中散《琴赋》说：“间辽故音庳，弦长故徽鸣。”这里所说的庳，犹如现在说的敓声，两弦之间，距离远了才会弹出舰声，所以说“间辽故音庳”。所谓徽鸣，就是现在所说的泛声，琴弦虚设而不按弹，才可以奏出泛声，所以说“弦长则徽鸣”。五臣对此都不明白，妄加注释。又《琴赋》说：“广陵止息，东武太山，飞龙鹿鸣，鹍鸡游弦。”嵇中散谱写《广陵曲》，一名《止息》，是同一首曲子，而五臣注说“八曲”。其他浅薄无知引人发笑的地方还很多，因为不值一提，所以就略而不谈了。我姑且举出这两例，目的是为了使后世读者，不要依据这等愚儒的注。五臣已够浅鄙了，至于萧统也是此类人。像宋玉的《高唐赋》《神女赋》，自“玉曰唯唯”以前都是赋的正文，但萧统说是序，可笑之极。司马相如的赋首有子虚、乌有、亡是三人的论难文字，难道也是序吗？其他谬误荒陋之处还很多，我这里只举了其中的一例而已。

题温庭筠《湖阴曲》后

元丰五年,轼谪居黄州。芜湖东承天院僧蕴湘,因通直郎刘君谊,以书请于轼,愿书此词而刻诸石,以为湖阴故事。而鄂州太守陈君瀚为致其书,且助之请。七年六月二十三日,舟过芜湖,乃书以遗湘,使刻之。汝州团练副使员外置苏轼书。

【译文】宋神宗元丰五年,我被贬官居于黄州。这时,芜湖之东的承天院僧人蕴湘,凭借通直郎刘谊的关系,写信向我请求,希望我书写这首诗,好刻于石碑,以此来为湖阴添一条掌故。鄂州大守陈瀚也专为他写信,并且帮助他请求。元丰七年六月二十三日,我乘船经过芜湖时,就书写了这首诗送给蕴湘,让他去刻。汝州团练副使员外置苏轼题书。

书李白《十咏》

过姑孰堂下,读李白《十咏》,疑其语浅陋。见孙邈,云闻之王安国,此乃李赤诗,秘阁下有赤集,此诗在焉,白集中无此。赤见《柳子厚集》,自比李白,故名赤。卒为厕鬼所惑而死。今观此诗,止如此,而以比白,则其人心恙已久,非特厕鬼之罪。

【译文】我从姑孰堂下经过时,读到了上题的李白《十咏》,其语句浅薄鄙陋,令人怀疑。等见了孙邈,他说曾听王安国讲,这是李赤的诗,秘阁中有李赤的诗集,这首诗收在里边,李白的诗集中没有这一篇。据《柳子厚集》所载，李赤自比李白，所以取名赤。他最终被厕所中的鬼魂蛊惑而死。现在观览这首诗，只不过如此而已，而他竟自比李白，看来，这人心理有病已很久了，其死也并不只是厕中鬼魂的罪过。

书《李白集》

今太白集中，有《归来乎》《笑矣乎》及《赠怀素草书》数诗，决非太白作，盖唐末五代间贯休、齐己辈诗也。余旧在富阳，见国清院太白诗，绝凡。近过彭泽唐兴院，又见太白诗，亦非是。良由太白豪俊，语不甚择，集中往往有临时率然之句，故使妄庸辈敢尔。若杜子美，世岂复有伪撰者耶？

【译文】现在的李太白集子中，有《归来乎》《笑矣乎》及《赠怀素草书》数首诗，它们决不是李太白的诗作，而大概是唐末五代年间贯休、齐己之流人的作品。我昔日在富阳县，见到国清院中所题的太白诗，绝非李白的作品。近来过访彭泽县的唐兴院，又见到所题的太白诗，也不是李白的手笔。大概因为李太白为人豪迈俊爽，语言不很讲究，集子中往往有临时率然成章的诗句，因而使那些狂妄平庸之辈敢这样作伪。像杜子美的诗，世间难道有冒名伪撰的吗？

记太白诗二首

“湘中老人读黄老，手援紫藟坐碧草。春至不知湘水深，日暮忘却巴陵道。”唐末有见人作此诗者，词气殆是李谪仙。余在都下，见有人携一纸文书，字则颜鲁公也，墨迹如未干，纸亦新健。其首两句云：“朝披梦泽云，笠钓青茫茫。”此语亦非太白不能道也。

【译文】“湘中老人读黄老，手援紫藟坐碧草。春至不知湘水深，日暮忘却巴陵道。”唐朝未见有人写这首诗，从语气来看大概是李谪仙。我在京都时，见到有人携带一张文书，字是颜鲁公体，墨迹还未干，纸也崭新。其开头两句说：“朝披梦泽云，笠钓青茫茫。”这话也是非李太白不能道的。

又

“人生烛上花，光灭巧妍尽。春风绕树头，日与化工进。惟知雨露贪，不念零落近。昔我飞骨时，惨见当涂坟。青松霭明霞，缥缈上下村。既死明月魄，无彼玻璃魂。念此一脱洒，长啸登昆仑。醉着鸾凤衣，星斗俯可扪。”“朝披云梦泽，笠钓青茫茫。寻丝得双鲤，中有三元章。篆字若丹蛇，逸势如飞翔。归来问天姥，妙义不可量。金刀割青素，灵文烂煌煌。燕服十二鐶，想见仙人房。暮跨紫鳞去，海气侵肌凉。龙子喜变化，化作梅花妆。遗我累累珠，靡靡明月光。劝我穿绛缕，系作裾间珰。揖余以辞去，谈笑闻余香。”余顷在京师，有道人相访，风骨甚异，语论不凡。自云：“常与物外诸公往还。”口诵此二篇，云“东华上清监清逸真人李太白作也”。

【译文】“人生烛上花，光灭巧妍尽。春风绕树头，日与化工进。惟知雨露贪，不念零落近。昔我飞骨时，惨见当涂坟。青松霭明霞，缥缈上下村。既死明月魄，无彼玻璃魂。念此一脱洒，长啸登昆仑。醉着鸾凤衣，星斗俯可扪。”“朝披云梦泽，笠钓青茫茫。寻丝得双鲤，中有三元章。篆字若丹蛇，逸势如飞翔。归来问天姥，妙义不可量。金刀割青素，灵文烂煌煌。燕服十二鐶，想见仙人房。暮跨紫鳞去，海气侵肌凉。龙子喜变化，化作梅花妆。遗我累累珠，靡靡明月光。劝我穿绛缕，系作裾间珰。揖余以辞去，谈笑闻余香。”我不久前在京都，有个道人来访，他风神散朗，谈吐不凡，自称：“常与世外诸公往来。”口中吟诵这两篇诗，说这是“东华山上清宫的监事清逸真人李太白作的”。

书学太白诗

李白诗飘逸绝尘，而伤于易。学之者又不至，玉川子是也，犹有可观者。有狂人李赤，乃敢自比谪仙，准律，不应从重！又有崔颢者曾未及豁达李老，作《黄鹤楼》诗，颇类上士游山水，而世俗云李白，盖当与徐凝一场决杀也。醉中聊为一笑。

【译文】李白的诗飘逸脱俗，但伤于浅易。学习李白的人又没学到李白的长处，像玉川子卢仝就是，但玉川子的诗还有可观之处。有个狂人叫李赤，竟然敢自比李白，假如按照天帝把李白贬谪尘世的律条，李赤不应该受到更重的惩罚吗！又有一个叫崔颢的，在豁达方面赶不上李白，他写的《黄鹤楼》诗，很像上仙在游玩山水，但世俗之人却说是李白写的。看来，崔颢应当与徐凝进行一场撕杀啊！我在酣醉之中写下这些话，聊为一笑而已。

书诸集伪谬

唐末五代，文章衰尽，诗有贯休，书有亚栖，村俗之气，大率相似。如苏子美家收张长史书云：“隔帘歌已俊，对坐貌弥精。”语既凡恶，而字无法，真亚栖之流。近见曾子固编《太白集》，自谓颇获遗亡，而有《赠怀素草书歌》及《笑矣乎》数首，皆贯休以下词格。二人皆号有识知者，故深可怪；如白乐天《赠徐凝》、退之《赠贾岛》之类，皆世俗无知者所托，尤不足多怪。

【译文】唐末五代，文章衰落到了极点。其时，贯休的诗，亚栖的字，气格村野粗俗，大抵相似。比如苏子美家中所收藏的张长史的字：“隔帘歌已俊，对坐貌弥精。”语句既平庸可厌，而字写得也无法度，真是亚栖一流。近来见曾子固编《李太白集》，他自称收集到了很多佚失诗，但其中的《赠怀素草书歌》及《笑矣乎》几首，都是贯休以下人的格调。苏子美、曾子固二人都是号称有见识的人，所以我深为怪叹。至于像白乐天集中的《赠徐凝》、韩退之集中的《赠贾岛》之类诗，都是无知的俗人伪托的，尤其不值得多加奇怪。

书诸集改字

近世人轻以意改书，鄙浅之人好恶多同，故从而和之者众，遂使古书日就讹舛，深可忿疾。孔子曰：“吾犹及史之阙文也。”自余少时，见前辈皆不敢轻改书，故蜀本大字书皆善本。蜀本《庄子》云：“用志不分，乃疑于神。”此于《易》“阴疑于阳”，《礼》“使人疑汝于夫子”同。今四方本皆作“凝”。陶潜诗：“采菊东篱下，悠然见南山。”采菊之次，偶然见山，初不用意，而境与意会，故可喜也。今皆作“望南山”。杜子美云：“白鸥没浩荡，万里谁能训。”盖灭没于烟波间耳。而宋敏求谓余云：“鸥不解‘没’”，改作“波”。二诗改此两字，便觉一篇神气索然也。

【译文】近来世人往往轻率地以己意去篡改古书，而鄙陋浅薄之人的好恶大都一致，所以随声应和的人很多，这就使得古书的讹误日益增加，让人深为愤恨。孔子说：“我还能够看到史书中存疑的地方。”我少小时，见前辈都不敢轻易去改古书，所以蜀本大字书都可称善本。蜀本《庄子》说：“用志不分，乃疑于神。”这与《易》“阴疑于阳”、《礼》“使人疑汝于夫子”之用“疑”字一样。现在四方之本的

《庄子》都将“疑”字改作“凝”了。陶潜诗：“采菊东篱下，悠然见南山。”在采菊之时，偶然见到了南山，起初并不经意，结果却达到了境界与情意交融的效果，所以可喜。然而现在都作“望南山”了。杜子美说：“白鸥没浩荡，万里谁能训。”指的是白鸥消失于烟波之间。可是宋敏求却对我说，“白鸥不会‘潜水’”，就将“没”改成了“波”字。这两首诗中改这两个字，便使人感到整篇诗的神气都荡然无存了。

书退之诗

韩退之《游青龙寺》诗，终篇言赤色，莫晓其故。尝见小说，郑虔寓青龙寺，贫无纸，取柿叶学书。九月柿叶赤而实红，退之诗乃寓此也。

【译文】韩退之的《游青龙寺》一诗，通篇说赤色，没有人知道出于何故。我曾见到一篇小说，说郑虔寄住在青龙寺中，因贫困无纸，就取来柿子叶在上面写字。每到九月，柿叶变赤而柿子已红，韩退之的这首诗所言赤色，当是有见于此吧。

记退之“抛青春”句

韩退之诗曰：“百年未满不得死，且可勤买抛青春。”《国史补》云：“酒有郢之富春，乌程之若下春，荥阳之土窟春，富平之石冻春，剑南之烧春。”杜子美亦云：“闻道云安麴米春，才倾一盏便醺人。”近世裴铏作《传奇》，记裴航事，亦有酒名松醪春。乃知唐人名酒多以春，则“抛青春”亦必酒名也。

【译文】韩退之有诗说："百年未满不得死，且可勤买抛青春。"《国史补》说："酒，有郢州的富春酒，乌程的若下春酒，荥阳的土窟春酒，富平的石冻春酒，剑南的烧春酒。"杜子美也说："闻道云安麹米春，才倾一盏便醺人。"近世裴铏写作《传奇》，记述裴航之事，中间也有酒名叫松醪春。我于是得知唐人命名酒多用春字，看来，"抛青春"也一定是酒名了。

辨杜子美《杜鹃》诗

南都王谊伯《书江滨驿垣》，谓子美诗历五季兵火，舛缺离异，虽经其祖父所理，尚有疑阙者。谊伯谓"西川有杜鹃，东川无杜鹃，涪万无杜鹃，云安有杜鹃"，盖是题下注。断自"我昔游锦城"为首句。谊伯误矣。且子美诗，备诸家体，非必牵合程度侃侃然者也。是篇句落处，凡五杜鹃，岂可以文害辞、辞害意耶？原子美之意，类有所感，托物以发者也。亦六义之比兴、《离骚》之法欤？按《博物志》，杜鹃生子，寄之他巢，百鸟为饲之。今江东所谓"杜宇曾为蜀帝王，化禽飞去旧城荒"是也。且禽鸟至微，犹知有尊，故子美云："重是古帝魂。"又云："礼若奉至尊。"子美盖讥当时之刺史，有不禽鸟若也。唐自明皇以后，天步多棘，刺史能造次不忘于君者，可一二数也。严武在蜀，虽横敛刻薄，而实致职以资中原，是"西川有杜鹃"。其不虔王命负固以自抗，擅军旅，绝贡赋，如杜克逊在梓州，为朝廷西顾忧，是"东川无杜鹃"耳。至于涪、万、云安刺史，微不可考，凡其尊君者为有也，怀贰者为无也，不在夫杜鹃之真有无也。谊伯以为来东川，闻杜鹃声繁而急，乃始疑子美诗跋嚏纸上语，又云子美不应叠用韵，何耶？子美自我作古，叠用韵，无害于为诗，仆所见如此。谊伯博学强辩，殆必有以折衷之。

【译文】南都王谊伯《书江滨驿垣》说，杜子美的诗经历五代兵火后，有的讹误残缺了，有的散乱失真了，虽然经过其祖父的校理，但仍有阙漏存疑之处。如《杜鹃》一篇，谊伯说“西川有杜鹃，东川无杜鹃，涪万无杜鹃，云安有杜鹃”四句，当是题下注文，而将“我昔游锦城”断为首句。这实是谊伯错了。再说杜子美的诗，诸体兼备，不必死守固定的格式，才显得理直气壮。这首诗笔墨所到之处，共五次提到杜鹃，怎么能够以文害辞、以辞害意呢？推想杜子美的用意，似乎是有所感触，托物而发罢了。这是六义之比兴、《离骚》之笔法吧？按《博物志》载，杜鹃生子后，往往把幼子寄居到别的禽巢中，让百鸟为它抚养。现今江东所说的“杜宇曾为蜀帝王，化禽飞去旧城荒”，即指此。况且禽鸟微不足道，还知道有尊长，所以子美说：“重是古帝魂。”又说：“礼若奉至尊。”杜子美的用意大概在讥刺当时的刺史中，有连禽鸟都不如的。唐王朝自明皇以后，国运维艰，刺史们能够轻易不忘君王的，可一一数来。严武在蜀地，虽横征暴敛，刻薄寡恩，但确实还能恪守其职，资助中原，这是“西川有杜鹃”的用意所在。那些不敬王命，负隅顽抗、擅兴军队，断绝贡品赋税的，像杜克逊之在梓州，就成了朝廷西面的忧患，这是“东川无杜鹃”的寓意所在了。至于涪、万、云安刺史，已不可考，但大凡能尊崇君王的就称“有杜鹃”，心怀二志的就称“无杜鹃”，并不在于杜鹃鸟的真正有无。谊伯认为他来东川，听到杜鹃鸟声繁乱而急促后，才开始怀疑杜子美的诗句跋前踬后；又说子美不当重叠用韵，这是为什么呢？我的看法是，杜子美自我作古，重叠用韵对诗也无甚妨碍。谊伯学识广博，恐怕对我的看法一定会有所修正的。

记子美《八阵图》诗

仆尝梦见一人，云是杜子美，谓仆：“世多误解予诗。《八阵图》云：‘江流石不转，遗恨失吞吴。’世人皆以谓先主、武侯欲与关羽复仇，故恨不能灭吴，非也。我意本谓吴、蜀唇齿之国，不当相图，晋之所以能取蜀者，以蜀有吞吴之意，此为恨耳。”此理甚近。然子美死近四百年，犹不忘诗，区区自明其意者，此真书生习气也。

【译文】我曾经梦见一人，他自称是杜子美，对我说：“世人多误解我的诗。《八阵图》说：‘江流石不转，遗恨失吞吴。’世人都认为我是说，先主刘备和武侯诸葛亮欲为关羽报仇，不能吞灭东吴，故而深为遗憾。其实不是这回事。我的意思本来是说，吴蜀两国唇齿相依，不该彼此图谋对方，而晋文王司马昭之所以能攻取蜀国，就是因为蜀国有吞吴之意，这是令人遗憾的所在。”此理于诗很近是。但杜子美作古近四百年了，还不忘记诗，他这样愚蠢地自明其诗意，真是书生的习气啊。

书子美《自平》诗

杜子美诗云：“自平宫中吕太一。”世莫晓其义，而妄者至以为唐时有自平宫。偶读《玄宗实录》，有中官吕太一叛于广南。杜诗盖云自平宫中吕太一，故下有“南海收珠”之句。见书不广而以意改文字，鲜不为人所笑也。

【译文】杜子美有诗说：“自平宫中吕太一。”世间无人通晓其意，而虚妄的人以致于据此认为唐时有自平宫。我偶然读《玄宗实录》，其中记载有中官吕太一在广南叛乱之事。杜诗的意思大概是说，自从平定了吕太一，所以下面有“南海收珠”之句。看来，读书不广而以己意改动诗中文字的，很少有不被人讥笑的。

书子美《云安》诗

“两边山木合，终日子规啼。”此老杜云安县诗也。非亲到其处，不知此诗之工。

【译文】“两边山木合，终日子规啼。”这是老杜在云安县时所做的《子规》诗中的句子。不是亲自到过云安县，是体会不到这首诗的工巧的。

书子美《骢马行》

余在岐下，见秦州进一马，鬃如牛项垂胡，侧立颠倒，毛生肉端。蕃人云：“此肉騣马也。”乃知《邓公骢马行》云“肉骢碨礧连钱动”，当作騣。

【译文】我在岐下时，见到秦州送来的一匹马，鬃毛像牛脖子下垂的肉，向两侧竖立，并且倒生着。蕃人说：“这是一匹肉騣马。”我于是明白了《邓公骢马行》所云“肉骢碨礧连钱动”中，“骢”字当作“騣”。

书子美《黄四娘》诗

子美诗云：“黄四娘家花满蹊，千朵万朵压枝低。留连戏蝶时时舞，自在娇莺恰恰啼。”东坡云：此诗虽不甚佳，可以见子美清狂野逸之态，故仆喜书之。昔齐鲁有大臣，史失其名，黄四娘独何人哉，而托此诗以不朽，可以使览者一笑。

【译文】杜子美有诗道："黄四娘家花满蹊，千朵万朵压枝低。留连戏蝶时时舞，自在娇莺恰恰啼。"东坡云：这首诗虽不太好，但从中可以见出杜子美清狂疏放的情态，所以我喜欢书写它。从前，齐鲁有个大臣，史籍中找不出他的名字，黄四娘独独是什么人呢，竟假借此诗得以千古不朽，这可以使读者会心一笑。

书子美《屏迹》诗

"用拙存吾道，幽居近物情。桑麻深雨露，燕雀半生成。村鼓时时急，渔舟个个轻。杖藜从自首，心迹喜双清。晚起家何事，无营地转幽。竹光团野色，山影漾江流。废学从儿懒，长贫任妇愁。百年浑得醉，一月不梳头。"子瞻云："此东坡居士之诗也。"或者曰："此杜子美《屏迹》诗也，居士安得窃之？"居士曰："夫禾麻谷麦，起于神农、后稷，今家有仓廪。不予而取辄为盗，被盗者为失主。若必从其初，则农、稷之物也。今考其诗，字字皆居士实录，是则居士诗也，子美安得禁吾有哉！"

【译文】"用拙存吾道，幽居近物情。桑麻深雨露，燕雀半生成。村鼓时时急，渔舟个个轻。杖藜从白首，心迹喜双清。晚起家何事，无营地转幽。竹光团野色，山野漾江流。废学从儿懒，长贫任妇愁。百年深得醉，一月不梳头。"苏子瞻说："这是东坡居士的诗。"有人会说："这是杜子美的《屏迹》诗，居士如何能窃为己有呢？"东坡居士说："那禾麻谷麦，出于神农氏、后稷之手，而今家家都有仓库储存。不予而取就是偷盗，被偷盗的人就是失主。如果一定要从原初说起，那么它们都是神农氏、后稷的东西了。现在考论这首诗，字字都是对东坡居士的纪实，这样看来，那么就是东坡的诗了，杜子美怎能禁止我占有呢！”

记子美陋句

“减米散同舟，路难思共济。向来云涛盘，众力亦不细。呀帆忽遇眠，飞橹本无蒂。得失瞬息间，致远疑恐泥。百虑视安危，分明曩贤计。兹理庶可广，拳拳期勿替。”杜甫诗固无敌，然自“致远”以下句，真村陋也。此最其瑕墒，世人雷同，不复讥评，过矣！然亦不能掩其善也。

【译文】“减米散同舟，路难思其济。向来云涛盘，众力亦不细。呀帆忽遇眠，飞橹本无蒂。得失瞬息间，致远疑恐泥。百虑视安危，分明曩贤计。兹理庶可广，拳拳期勿替。”杜甫的诗固然无与伦比，然而这首诗自“致远”以下数句，真是粗陋不堪啊。这是最有毛病之处，可是世人却随声附和，不加讥讽批评，这就大错了。不过，这也掩盖不住杜诗的优点。

记子美逸诗

《闻惠子过东溪》诗云：“惠子白驴瘦，归溪唯病身。皇天无老眼，空谷滞斯人。岩密松花熟，山杯竹叶春。柴门了无事，黄绮未称臣。”此一篇，予与刘斯立得之于管城人家叶子册中，题云《杜员外诗集》，名甫字东美。其余诸篇，语多不同，如“故园杨柳今摇落，安得愁中却尽生”之类也。凤翔魏起兴叔云：“天兴人掘得此诗石刻，与此少异：‘岩密松花古，村醪竹叶春。柴门了生事，园绮未称臣。’”

【译文】《闻惠子过东溪》诗中说:“惠子白驴瘦,归溪唯病身。皇天无老眼,空谷滞斯人。岩密松花熟,山杯竹叶春。柴门了无事,黄绮未称臣。”这一篇诗是我和刘斯立从管城一户人家的叶子册中得到的,册子上题《杜员外诗集》,说杜甫名甫字东美。其余各篇,语句多与通行本不同,如“故园杨柳今摇落,安得愁中却尽生”之类。凤翔人魏起(字兴叔)说:“天兴县有人挖掘到这首诗的石刻,文字与此稍有不同:‘岩密松花古,村醪竹叶春。柴门了生事,园绮未称臣。’”

评子美诗

《咏怀诗》:“杜陵有布衣,老大意转拙。许身一何愚,窃比稷与契。”子美自比稷与契,人未必许也。然其诗云:“舜举十六相,身尊道益高。秦时用商鞅,法令如牛毛。”此自是契、稷辈人口中语也。又云:“知名未足称,局促商山芝。”又云:“王侯与蝼蚁,同尽随丘墟。愿闻第一义,回向心地初。”乃知子美诗外尚有事在也。

【译文】杜甫《咏怀诗》:“杜陵有布衣,老大意转拙。许身一何愚,窃比契与稷。”杜子美自比稷和契,人们未必会认可。然而他有诗说:“舜举十六相,身尊道益高。秦时用商鞅,法令如牛毛。”这本是契、稷一类人口中的话。他又有诗说:“知名未足称,局促商山芝。”还有诗说:“王侯与蝼蚁,同尽随丘墟。愿闻第一义,回向心地初。”从这些诗中就能知道,杜子美于诗外还有事功的追求。

书子美《忆昔》诗

《忆昔》诗云“关中小儿坏纪纲”,谓李辅国也。“张后不乐上为忙”，谓肃宗张皇后也。“为留猛士守未央”，谓郭子仪夺兵柄入宿卫也。

【译文】《忆昔》诗说“关中小儿坏纪纲”，这说的是李辅国。“张后不乐上为忙”，这说的是唐肃宗的张皇后。“为留猛士守未央”，这说的是郭子仪夺取兵权去守卫皇宫。

杂书子美诗

《悲陈陶》云：“四万义军同日死。”此房琯之败也。《唐书》作“陈涛邪”，不知孰是。时琯临败，犹欲持重有所伺，而中人邢延恩促战，遂大败。故次篇《悲青坂》云：“焉得附书与我军，留待明年莫仓卒。”

《北征》诗云：“桓桓陈将军，仗钺奋忠烈。”此谓陈元礼也。元礼佐玄宗平内乱，又从幸蜀，首建诛杨国忠之策。

《洗兵马行》：“张公一生江海客，身长九尺须眉苍。”此张镐也。萧嵩荐之，云：“用之为帝王师，不用则穷谷一叟耳。”

明皇虽诛萧至忠，然常怀之。侯君集云“蹭蹬至此”，至忠亦蹭蹬者耶？故子美亦哀之云：“赫赫萧京兆，今为时所怜。”

《后出塞》云：“我本良家子，出师亦多门。将躯益愁思，身废不足论。跃马二十年，恐辜明主恩。坐见幽州骑，长驱河洛昏。中夜间道归，故里但空村。恶名幸脱免，穷老无儿孙。”详味此诗，盖禄山反时，其将校有脱身归国而禄山杀其妻子者，不知其姓名，可恨也。

【译文】《悲陈陶》说：“四万义军同日死。”这是指房琯兵败之事。《唐书》作“陈涛邪”，不知道哪一个正确。当时房琯面临失败的危险尚且想慎重其事，寻找时机以求挽回败局，但宦官邢延恩摧促应战，于是大败。所以接下来的诗篇《悲青坂》说：“焉得附书与我辈，留待明年莫仓卒。”

《北征》诗中说：“桓桓陈将军，仗钺奋忠烈。”这说的是陈元礼。元礼曾辅佐唐玄宗在马嵬驿平息军队哗变，又随玄宗幸蜀，首先建议诛杀杨国忠的策略。

《洗兵马行》：“张公一生江海客，身长九尺须眉苍。”这指的是张镐。萧嵩向皇上举荐他，说：“用他就是帝王之师，不用的话，他不过是偏僻山谷中的一个老人而已。”

唐明皇杀了萧至忠，但却常常怀念他。侯君集说自己“屡遭挫折到了现在”，萧至忠也是屡遭挫折的人吧？所以杜子美也对他表示哀怜说：“赫赫萧京兆，今为时所怜。”

《后出塞》诗中说：“我本良家子，出师亦多门。将驱益愁思，身废不足论。跃马二十年，恐辜明主恩。坐见幽州骑，长驱河洛昏。中夜间道归，故里但空村。恶名幸脱免，穷老无儿孙。”详细品味这首诗，大概是指安禄山叛乱时，其将校中有逃身回到京都而被安禄山杀了妻室儿女的人，只是不知道他的姓名，令人遗憾啊。

书柳公权《联句》

贵公子雪中饮，醉余，倚槛向风，曰：“爽哉！快哉！”左右有泣者。公子惊问之，曰：“吾父昔以爽亡。”楚襄王登台，有风飒然而至，王曰：“快哉！此风寡人与庶人共之者耶？”宋玉讥之曰：“此独大王之雄风耳，庶人安得而有之？”不知者以为谄也，知之者以为讽也。唐文宗诗曰：“人皆苦炎热，我爱夏日长。”柳公权续之曰：“薰风自南来，殿阁生微凉。”惜乎，时无宋玉在其傍也。

【译文】有个贵公子在下雪天里喝酒，喝醉后，就靠着门槛迎着风说：“凉爽啊！快活啊！”这时，听到有人在身边哭泣。这位公子就惊奇地问哭泣者，他回答说："昔日我父亲就是因凉爽而死的。"先前，楚襄王登上兰台游玩，有一阵清风飒然吹来，襄王说："畅快啊！这风是寡人和百姓共同享受的吗？"宋玉讥讽说："这是大王专门享受的雄风啊，百姓如何能够享受呢？"不了解宋玉的人认为他是谄媚，了解宋玉的人认为他是在讽谕。唐文宗有诗说："人皆苦炎热，我爱夏日长。"柳公权续之说："薰风自南来，殿阁生微凉。"可惜啊！当时没有宋玉在旁边。

书韩定辞马郁诗

韩定辞，不知何许人，为镇州王镕书记，聘燕。帅刘仁恭舍于宾馆，命幕客马郁延接。马有诗赠韩曰："燧林芳草绵绵思，尽日相逢陟丽谯。别后巏嵍山上望，羡君时复见王乔。"郁诗虽清秀，然意在试其学问。韩即席酬之："崇霞台上神仙客，学辨痴龙艺更多。盛德好将银管述，丽辞堪与雪儿歌。"坐中宾客靡不钦讶，称为妙句，然疑其银管之僻也。他日，郁从容问韩以雪儿、银管之事，韩曰："昔梁元帝为湘东王时，好学著书，常记录忠臣义士及文章之美者。笔有三品，或以金、银饰，或用斑竹为管。忠孝全者，用金管书之；德行清粹者，用银管书之；文章赡丽者，用斑竹管书之。故湘东王之誉振于江表。雪儿，李密之爱姬，能歌舞。每见宾僚文章有奇丽中意者，即付雪儿协音律歌之。"又问痴龙出自何处，曰："洛下有洞穴，曾有人误坠其中，因行数里，渐见明旷，见有宫殿、人物，凡九处。又有大羊，羊髯有珠，人取食之。不知何所。后出，以问张华。华曰：此地仙九馆也，大羊名痴龙耳。'"定辞复问郁："巏嵍山今当在何处？"郁曰："此隋郡之故事，何谦逊而下问。"由是两相悦服，结交而去。

【译文】韩定辞，不知是什么地方的人，出掌镇州刺史王镕的书记，奉命前往燕州。燕帅刘仁恭安排他住到宾馆，又命幕僚马郁为他接风。马郁有诗赠韩定辞说：“燧林芳草绵绵思，尽日相逢陟丽谯。别后嶕嶢山上望，羡君时复见王乔。”马郁的诗虽然清秀，但其意是在试探韩定辞的学问。韩定辞即席酬答说：“崇霞台上神仙客，学辨痴龙艺更多。盛德好将银管述，丽辞堪与雪儿歌。”在座的宾客无不钦服惊讶，称这是绝妙之诗，但对诗中所用的生僻典故“银管”感到迷惑。有一天，马郁在一个适宜的时候向韩定辞问起雪儿、银管之事。韩定辞说：“昔日，梁元帝还是湘东王时，勤奋好学，喜欢著书，常常将忠臣义士和优美的文章加以记录。他用的笔有三种品级，有的用金银镶饰，有的用斑竹做管。对忠孝双全的人，就用金管笔书写；德行纯粹的人，用银管笔书写；文章富丽的人，则用斑竹管笔书写。因此湘东王的声誉振动江表。雪儿，是李密的爱姬，能歌善舞。李密每见到宾客幕僚的文章中，有词采绮丽合乎心意的，就付予雪儿，让她去协和音律加以歌唱。”马郁又问痴龙典出何处，韩定辞说：“洛下有个洞穴，曾经有人不小心掉到了洞中，他在里边行了数里后，洞穴逐渐明朗宽大起来，见到有宫殿，有人物，共九处。又有大羊，羊的颊髯下长有珠子，洞中人取而食之。不知这是什么所在。出来后，来问张华。张华说：‘这是地仙九馆，大羊名叫痴龙。’”韩定辞又问马郁：“嶕嶢山现今当在何处呢？”马郁说：“这是隋郡的旧事，你何必谦逊下问。”由此二人互相敬服，结为知交而别。

书李主诗

“心事数茎白发，生涯一片青山。空林有雪相待，古路无人自还。”李主好神仙隐遁之词，岂非遭离世故，欲脱世网而不得者耶？

【译文】“心事数茎白发，生涯一片青山。空林有雪相待，古路无人自还。”李后主好写有关神仙隐逸的诗，这难道不是他遭遇世事变故，想摆脱红尘而不能的体现吗？

书柳子厚诗

仆自东武适文登，并海行数日，道傍诸峰，真若剑鋩。诵柳子厚诗，知海山多尔耶。柳子厚云：“海上尖峰若剑鋩，秋来处处割人肠。若为化作身千亿，遍上峰头望故乡。”

【译文】我从东武前往文登，在海上乘船行了数日，所见到的道傍山峰，真像剑铓一样。读柳子厚的诗，知道海边的山峰多是这样。柳子厚有诗说：“海上尖峰若剑铓，秋来处处割人肠。若为化作身千亿，遍上峰头望故乡。”

题柳子厚诗二首

柳子厚诗云：“鹤鸣楚山静。”又云：“隐忧倦永夜。”东坡曰：“子厚此诗，远出灵运上。”

【译文】柳子厚有诗说：“鹤鸣楚山静。”又说：“隐忧倦永夜。”苏东坡说：“柳子厚的这首诗，远在谢灵运之上。”

又

诗须要有为而作，用事当以故为新，以俗为雅。好奇务新，乃诗之病。柳子厚晚年诗，极似陶渊明，知诗病也。

【译文】诗一定要有所为而作，用典应当推陈出新，化俗为雅。务求新奇，是作诗的病忌。柳子厚晚年写的诗，很像陶渊明，这是他懂得诗的病忌了。

书子厚梦得造语

子厚《记》云：“每风自四山而下，震动大木，掩冉众草，纷红骇绿，蓊勃芗气。”柳子厚、刘梦得皆善造语，若此句，殆入妙矣。梦得云：“水禽嬉戏，引吭伸翮，纷惊鸣而决起，拾彩翠于沙砾。”亦妙语也。

【译文】柳子厚《袁家谒记》中说：“每当风从四面山峰上吹下来的时候，大树摇动，百草伏靡，红花纷乱，绿叶惊恐，浓郁的香气，四散扑人。”柳子厚、刘梦得都工于造语，像这些句子，几乎进入妙境了。刘梦得说：“水禽在水边嬉游，或引吭高歌，或展翅欲飞，当有人到沙滩上捡取彩色翠羽时，它们就纷纷惊叫着一冲而起。”这也是妙语啊。

评韩柳诗

柳子厚诗在陶渊明下，韦苏州上。退之豪放奇险则过之，而温丽靖深不及也。所贵乎枯澹者，谓其外枯而中膏，似澹而实美，渊明、子厚之流是也。若中边皆枯澹，亦何足道？佛云：“如人食蜜，中边皆甜。”人食五味，知其甘者皆是，能分别其中边者，百无一二也。

【译文】柳子厚诗的成就在陶渊明之下，韦苏州之上。韩退之的诗在豪放奇险方面超过柳子厚，而在温丽精深方面则赶不上。所谓诗要贵于枯澹者，是说其外表枯槁而内中丰腴，看似淡澹而实则厚美，渊明、子厚之流的诗就是这样。如果诗的内外都枯槁淡澹，那又有什么值得称道呢？佛说："就像人吃蜜一样，内外皆甜。"人食五味，能知道其是甘是苦的比比皆是，但能分辨出内外滋味情况不同的，百人之中没有一两个呀。

书子厚诗

柳子厚诗云："盛时一失贵反贱，桃笙葵扇安敢当。"不知桃笙为何物。偶阅《方言》："簟，宋、魏之间谓之笙。"乃悟桃笙以桃竹为簟也。梁简文《答湘南王献簟书》云："五离九折，出桃枝之翠笋。"乃谓桃枝竹簟也。桃竹出巴、渝间，杜子美有《桃竹杖歌》。

【译文】柳子厚有诗说："盛时一失贵反贱，桃笙葵扇安敢当。"我起初不知道桃笙是什么东西。后来，偶然翻阅《方言》："簟，宋、魏之间谓笙。"才明白桃笙就是用桃竹做成的竹席。梁简文帝《答湘南王献簟书》中说："五离九折，出桃枝之翠笋。"说的即是桃竹做的竹席。桃竹产于巴、渝之间，杜子美写有《桃竹杖歌》。

书乐天《香山寺》诗

白乐天为王涯所谗，谪江州司马。甘露之祸，乐天在洛，适游香山寺。有诗云："当君白首同归日，是我青山独往时。"不知者，以乐天为幸之，乐天岂幸人之祸者哉，盖悲之也！

【译文】白乐天被王涯抵毁，贬为江州司马。甘露之变时，乐天在洛阳，正游观香山寺。他有诗说："当君白首同归日，是我青山独往时。"不了解情况的人，认为白乐天是为此事庆幸的，白乐天难道是幸灾乐祸的人吗，他当是在为此而悲痛啊！

书常建诗

常建诗云："竹径通幽处，禅房花木深。"欧阳公最爱赏，以为不可及。此语诚可人意，然于公何足道？岂非厌饫刍豢反思螺蛤耶？

【译文】常建有诗说："竹径通幽处，禅房花木深。"欧阳文忠公最欣赏这两句，认为是不可企及的。这两句确实可人心意，但对文忠公来说，又何足称道呢？难道不是吃厌了牛羊猪狗反而想吃螺蛳蛤蜊吗？

书韩李诗

元祐六年八月十五日，与柳展如饮酒，一杯便醉，作字数纸。书李太白诗云："遗我鸟迹书，飘然落岩间。其字乃上古，读之了不闲。"戏谓柳生："李白尚气，乃自招不识字，可一大笑。不如韩愈倔强，云'我宁屈曲自世间，安能随汝巢神仙'也。"

【译文】元祐六年八月十五日，我和柳展如在一起喝酒，一杯下肚便醉了，就写了几张字。其中，写有李太白的诗：“遗我鸟迹书，飘然落岩间。其字乃上古，读之了不闲。”我对柳展如戏言道：“李白尚气，就自己招认不识字，真发人大笑。他比不上韩愈倔强，韩愈说：‘我宁屈曲自世间，安能随汝巢神仙。’”

录陶渊明诗

“清晨闻叩门，倒裳自往开。问子为谁与？田父有好怀。壶浆远见候，疑我与时乖。襤褛茅檐下，未足为高栖。一世皆尚同，愿君汩其泥。深感父老言，禀气寡所谐。纡辔诚可学，违己讵非迷。且共欢此饮，吾驾不可回。”此诗叔弼爱之，予亦爱之。予尝有云：“言发于心而冲于口，吐之则逆人，茹之则逆予，以谓宁逆人也，故卒吐之。”与渊明诗意不谋而合，故并录之。

【译文】“清晨闻叩门，倒裳自往开。问子为谁与？田父有好怀。壶浆远见候，疑我与时乖。襤褛茅檐下，未足为高栖。一世皆尚同，愿君汩其泥。深感父老言，禀气寡所谐。纡辔诚可学，违己讵非迷。且共欢此饮，吾驾不可回。”这首诗欧阳叔弼喜欢，我也喜欢。我曾经说过：“话由心中生发而由口中说出，吐出来就会冒犯他人，咽下去则会迕逆自己，我以为宁可迕逆他人，所以最终还是吐出来好。”这与陶渊明的诗意不谋而合，故而一并书录了下来。

书渊明诗

“种豆南山下，草盛豆苗稀。侵晨理荒秽，带月荷锄归。道狭草不长，夕露沾我衣。衣沾不足惜，但使愿无违。”览渊明此诗，相与太息。噫嘻!以夕露沾衣之故而犯所愧者多矣。元祐九年正月十六日,李端叔、王几仁、孙子发皆在,东坡记。

【译文】“种豆南山下,草盛豆苗稀。侵晨理荒秽,带月荷锄归。道狭草不长,夕露沾我衣。衣沾不足惜,但使愿无违。”流览着陶渊明的这首诗,我们相互叹息。唉!因为夕露沾衣的缘故而触动心有所愧的人多了。元祐九年正月十六日,李端叔、王几仁、孙子发都在座,东坡记。

书渊明《乞食》诗后

渊明得一食,至欲以冥谢主人,此大类丐者口颊也。哀哉!哀哉!非独余哀之,举世莫不哀之。饥寒常在身前,声名常在身后,二者不相待,此士之所以穷也。

【译文】陶渊明讨人一顿饭吃,竟至于死后还要报答主人,这极类似乞丐的口吻。哀哉!哀哉!不单我为此哀伤,举世之人没有不为此哀伤的。人生在世,常常是生前饥寒,死后留名,二者不可得兼,这就是读书人不能通达的缘故啊!

书渊明《饮酒》诗后

《饮酒》诗云:“客养千金躯,临化消其宝。”宝不过躯,躯化则宝已矣。人言靖节不知道,吾不信也。

【译文】《饮酒》诗中说:“客养千金躯,临化消其宝。”人生之

“宝”，没有比身体更重要的，身体死了则“宝”也就消失了。人们说靖节先生不懂大道，我不相信啊。

书渊明诗二首

孔文举云：“坐中客常满，樽中酒不空，吾无事矣。”此语甚得酒中趣。及见渊明云：“偶有佳酒，无夕不倾，顾影独尽，悠然复醉。”便觉文举多事矣。

【译文】孔文举说：“坐中客常满，樽中酒不空，我就无事可忧了。”这话颇得酒中三昧。等见了陶渊明所说：“偶有佳酒，无夕不倾，顾影独尽，悠然复醉。”便觉得孔文举多此一举了。

又

陶诗云：“但恐多谬误，君当恕醉人。”此未醉时说也，若已醉，何暇忧误哉！然世人言醉时是醒时语，此最名言。张安道饮酒初不言盏数，少时与刘潜、石曼卿饮，但言当饮几日而已。欧公盛年时，能饮百盏，然常为安道所困。圣俞亦能饮百许盏，然醉后高叉手而语弥温谨。此亦知其所不足而勉之，非善饮者。善饮者，澹然与平时无少异也。若仆者，又何其不能饮？饮一盏而醉，醉中味与数君无异，亦所羡尔。

【译文】陶渊明有诗说：“但恐多谬误，君当恕醉人。”这是未醉时说的话，如果已经醉了，他还哪有时间担心失言呢！世人都说醉时言即醒时语，这是至理名言。张安道饮酒原不说喝多少盏，他年轻时与刘潜、石曼卿饮酒，只说应当喝几天而已。欧阳文忠公盛壮时，能喝一百盏酒，但还是常常被张安道灌醉。梅圣俞也能喝一百来盏，但他醉后却要高叉双手，而说话更注意温和谨慎。这也是他知道自己的不足之处而加以自勉的表现，并不是真正能喝酒的人。真正能喝酒的人，酒喝得再多也毫不在意，与平时一无两样。就像我，又何其不能喝？有时喝一盏就醉了，醉酒后的感觉与以上数人没有什么差别，这也是我所钦慕的。

书薛能《茶诗》

唐人煎茶用姜，故薛能诗云："盐损添常戒，姜宜着更夸。"据此，则又有用盐者矣。近世有此二物者，辄大笑之。然茶之中等者，用姜煎信佳也，盐则不可。

【译文】唐人用姜煮茶，所以薛能有诗说："盐损添常戒，姜宜着更夸。"据此看来，那么又有用盐煮茶的。近世如有用这两种东西煮茶，就会被人大加讥笑。然而中等茶用姜来煮，味道确实很好，用盐煮则不行。

书乐天诗

"一山门作两山门，两寺元从一寺分。东涧水流西涧水，南山云起北山云。前台花发后台见，上界钟清下界闻。遥想高僧行道处，天香桂子落纷纷。"唐韬光禅师自钱塘天竺来住此山，乐天守苏日，以此诗寄之。庆历中，先君游此山，犹见乐天真迹。后四十七年，轼南迁过虔，复经此寺，徒见石刻而已。绍圣元年八月十七日。

【译文】“一山门作两山门，两寺元从一寺分。东涧水流西涧水，南山云起北山云。前台花发后台见，上界钟清下界闻。遥想高僧行道处，天香桂子落纷纷。”唐韬光禅师是从钱塘天竺寺来住到这座山的，白乐天出守苏州时写了这首诗寄给了他。庆历年间，先父游览这座山，还见到了白乐天此诗的真迹。过了四十七年，我被贬南方，路过虔州，又经过此寺时，看到的只有此诗的石刻而已。绍圣元年八月十七日。

论董秦

玉川子《月蚀》诗云：“岁星主福德，官爵奉董秦。忍使黔娄生，覆尸无衣巾。”详味此句，则董秦当是无功而享厚禄者。董秦，本忠臣也，天宝末骁将，屡立战功，虽粗暴，亦颇知忠义。代宗时，吐蕃犯阙，征兵，秦即日赴难。或劝择日，答曰：“君父在难，乃择日耶？”后卒污朱泚伪命，诛。考其终始，非无功而享厚禄者。不知玉川子何以有此句？绍圣元年十一月二十三日。

【译文】玉川子《月蚀》诗中说：“岁星主福德，官爵奉董秦。忍使黔娄生，覆尸无衣巾。”详细把味这些诗句，那么董秦当是无功而受厚禄的人。董秦本是忠臣，他是天宝末年的一员骁将，当时屡立战功，为人虽然粗鲁暴躁，但是颇知忠义。唐代宗时，吐蕃人侵犯边境，朝廷征调军队，董秦即日奔赴国难。有人劝他择个吉日再出发，他答道：“皇上在危难之中，选择什么吉日呢？”后来，他终因接受了朱泚的伪命，被诛杀了。但是，考论他的一生，并非是一无功绩而享受厚禄的人。不知玉川子因何有这些话？绍圣元年十一月二十三日。

书日月蚀诗

玉川子作《月蚀》诗，以为蚀月者，月中之虾蟆也。梅圣俞作《日蚀》诗云："食日者三足乌。"此固因俚说以寓其意也。《战国策》曰："日月晖于外，其贼在内。"则俚说亦当矣。

【译文】玉川子作《月蚀》诗，认为蚀食月亮的，是月亮中的蛤蟆。梅圣俞作《日蚀》诗说："蚀食太阳的是三足乌鸦。"这本是借助俚俗之说来寓言写意的。《战国策》说："日月光耀于外，其贼蚀食于内。"看来，俚俗之说也有正确的地方。

书卢仝诗

卢仝诗云："何时得去禁酒国。"吾今谪岭南，万户酒家有一婢，昔尝为酒肆，颇能伺候冷暖。自今当不乏酒，可以日饮无何，其去禁酒国矣。

【译文】卢仝有诗说："何时得去禁酒国。"我现在被贬官岭南，当地的万户酒家中有一个婢女，先前曾经开过酒店，颇能体贴人的冷暖。从今我当是不缺酒了，可以天天畅量喝，这算是离开禁酒国了。

书渊明《东方有一士》诗后

"东方有一士，被服常不完。三旬九遇食，十年着一冠。辛苦无此比，常有好容颜。我欲观其人，晨去越河关。青松夹路生，白云宿檐端。知我故来意，取琴为我弹。上弦惊别鹤，下弦操孤鸾。愿留就君住，从今至岁寒。”此东方一士，正渊明也。不知从之游者谁乎？若了得此一段，我即渊明，渊明即我也。绍圣二年二月十一日，东坡居士饮醉食饱，默坐思无邪斋，兀然如睡，既觉，写渊明诗一首，示儿子过。

【译文】“东方有一士，被服常不完。三旬九遇食，十年着一冠。辛苦无此比，常有好容颜。我欲观其人，晨去越河关。青松夹路生，白云宿檐端。知我故来意，取琴为我弹。上弦惊别鹤，下弦操孤鸾。愿留就君住，从今至岁寒。”这个东方一士，正是陶渊明自己。不知随从他游观的人是谁呢？如果懂得了这一层，我就是陶渊明，陶渊明就是我。绍圣二年二月十一日，东坡居士酒足饭饱，静静坐在思无邪斋中，突然就像睡着一样，清醒后，书写了陶渊明的这一首诗，拿给儿子苏过看。

书渊明《酬刘柴桑》诗

自夏历秋，毒热七八十日不解，炮灼理极，意谓不复有清凉时。今日忽凄风微雨，遂御夹衣，顾念兹岁，屈指可尽。陶彭泽云：“今我不为乐，知有来岁不？”此言真可为惕然也。

【译文】从夏天到秋天，酷热了七八十天仍不消退，整天就像火烤一样，心中念道不会再有凉爽的时候了。今天忽然凄风大作，细雨洒落，我于是就穿上了夹衣，想着今年的日子已是屈指可数了。陶彭泽说：“今我不为乐，知有来岁不？”这话真可令人为之警惧啊。

书柳子厚《南涧》诗

“秋气集南涧，独游亭午时。回风一萧索，林影久参差。始至若有得，稍深遂忘疲。羁禽响幽谷，寒藻舞沦漪。去国魂已游，怀人泪空垂。孤生易为感，末路少所宜。寂寞竟何事，迟回只自知。谁欤后来者，当与此心期。”柳子厚南迁后诗，清劲纡余，大率类此。绍圣三年三月六日。

【译文】“秋气集南涧，独游亭午时。回风一萧索，林影久参差。始至若有得，稍深遂忘疲。羁禽响幽谷，寒藻舞沦漪。去国魂已游，怀人空泪垂。孤生易为感，末路少所宜。寂寞竟何事，迟回只自知。谁欤后来者，当与此心期。”柳子厚贬官南方之后的诗，清劲纡徐，大抵如此。苏轼书于绍圣三年三月六日。

对韩柳诗

韩退之诗云：“水作青罗带，山为碧玉簪。”柳子厚诗云：“海上群山若剑鋩，秋来处处割愁肠。”陆道士云：“二公当时不相计会，好做成一属对。”东坡为之对云：“系闷岂无罗带水，割愁还有剑鋩山。”此可编入诗话也。

【译文】韩退之有诗道：“水作青罗带，山为碧玉簪。”柳子厚有诗云：“海上群山若剑鋩，秋来处处割愁肠。”陆道士说：“韩柳二公当没有互相盘算，弄来好好儿做成一幅联对。”东坡为之做联对说：“系闷岂无罗带水，割愁还有剑鋩山。”这可以编入诗话了。

书李峤诗

“昔时青楼对歌舞，今日黄埃聚荆棘。山川满目泪沾衣，富贵荣华能几时。不见只今汾水上，惟有年年秋雁飞。”李峤诗也。盖当时未有太白、子美，故峤辈得称雄耳。其遭离世故，不得不尔。雨中闻铃且犹涕下，峤诗可不如撼铃耶？以此论工拙，殆未可也。

【译文】“昔时青楼对歌舞，今日黄埃聚荆棘。山川满目泪沾衣，富贵荣华能几时。不见只今汾水上，惟有年年秋雁飞。”这是李峤的诗。大概当时还没有李太白、杜子美，所以李峤之辈才得以称雄。李峤遭遇世事变故，不能不感伤。人在雨中，听到铃声尚且落泪，李峤的诗能不如摇动铃声吗？以此来论诗的工拙，恐怕是不行的。

书贺遂亮诗

“意气百年内，平生一寸心。欲交天下士，未面已虚襟。君子重名义，直道冠衣簪。风云何可托，怀抱自然深。落霞净霜景，坠叶下枫林。若上南登岸，希访北山岑。”此贺遂亮《赠韩思彦》诗也。《成都学馆记》，遂亮撰，颜有意书，书词皆奇雄有法。尝患不见遂亮他文，偶因读《国史补》，得此诗，乃为录之。

【译文】“意气百年内，平生一寸心。欲交天下士，未面已虚襟。君子重名义，直道冠衣簪。风云何可托，怀抱自然深。落霞净霜景，坠叶下枫林。若上南登岸，希访北山岑。”这是贺遂亮的《赠韩思彦》诗。《成都学馆记》，是贺遂亮撰文，颜有意书写的，其书法文辞都奇雄有法。我曾经担心见不到贺遂亮其他的文章，因为偶尔读《国史补》，得到了这首诗，就书录了下来。

书董京诗

《晋史》："董京字威辇，作诗答孙子荆，其略云：'玄鸟纡幕，而不被害？鸣隼远巢，咸以欲死。眄彼梁鱼，逡巡倒尾。沉吟不决，忽焉失水。嗟乎！鱼鸟相与，万世而不悟。以我观之，乃明其故。焉知不有达人，深穆其度？亦将窥我，颦蹙而去。'"京之意盖曰："以鱼鸟自观，虽万世而不悟其非也，我所以能知其鸟之非者，以我不与鱼鸟同所恶也。彼达人者不与我同欲恶，则其观我之所为，亦欲如我之观鱼鸟矣。"京，得道人也，哀世俗不晓其语，故粗为说之。戊寅九月八日，读《隐逸传》。

【译文】《晋史》载："董京字威辇，作诗酬答孙子荆，诗略云：'玄鸟纡幕，而不被害？鸣隼远巢，咸以欲死。眄彼梁鱼，逡巡倒尾。沉吟不决，忽焉失水。嗟乎！鱼鸟相与，万世而不悟。以我观之。乃明其故。焉知不有达人，深穆其度？亦将窥我，颦蹙而去。'"董京的意思大概是说："让鱼鸟来观看自己，即使经过万代，也不会明白它们的过错，我所以能知道鱼鸟的过错，是因为我的好恶和鱼鸟不相同。那些达人的好恶和我也不相同，那么他们看我的所为，也要像我看鱼鸟的所为一样了。"董京是得道之人，我对世人不明白他的话感到悲哀，所以粗加衍说。戊寅年九月八日，读《隐逸传》后题写。

书杜子美诗

"崔郎忧病士，书信有柴胡。饮子频通汗，怀君想报珠。亲知天畔少，药味峡中无。归楫生衣卧，春鸥洗翅呼。酒闻上急水，早作耻平途。万里皇华使，为僚记腐儒。”此杜子美诗也。沈俭期《回波》诗云：“姓名虽蒙齿录，袍笏未易牙绯。”子美用“饮子”对“怀君”，亦“齿录”“牙绯”之比也。广州舶信到，得柴胡等药，偶录此诗遣闷。己卯正月十三日，久旱，微雨阴翳，未快。

【译文】“崔郎忧病士，书信有柴胡。饮子频通汗，怀君想报珠。亲知天畔少，药味峡中无。归楫生衣卧，春鸥洗翅呼。酒闻上急水，早作耻平途。万里皇华使，为僚记腐儒。”这是杜子美的诗。沈俭期《回波》诗中说：“姓名虽蒙齿录，袍笏未易牙绯。”杜子美用“饮子”来对“怀君”，也是“齿录”匹比“牙绯”一类。我收到了从广州寄来的书信，得到了柴胡等药，就录下这首诗来遣发郁闷。己卯年正月十三日，久旱之后，终于阴云铺布，微雨洒落，是时心中不快。

书唐太宗诗

唐太宗作诗至多，亦有徐庾风气，而世不传，独于《初学记》时时见之。

【译文】唐太宗写的诗很多，也有徐陵、庾信的风格，但世间不见流传，独在《初学记》中可时时见到。

书韦苏州诗

世传王子敬帖，有“黄柑三百颗”之语。此帖乃在刘景文处。景文死，不知今在谁家矣。韦苏州有诗云：“书后欲题三百颗，洞庭须待满林霜。”盖苏州亦见此帖也。余亦尝有诗与景文云：“君家子敬十六字，气压邺侯三万签。”

【译文】世间流传的王子敬书帖，上有“黄柑三百颗”之语。这幅书帖原在刘景文手中。景文死后，不知现在落在何处了。韦苏州有诗说：“书后欲题三百颗，洞庭须待满林霜。”大概韦苏州也见过这幅书帖。我也曾在写给刘景文的诗中说：“君家子敬十六字，气压邺侯三万签。”

书杜子美诗后

“夔州处女发半华，四十五十无夫家。更遭丧乱嫁不售，一生抱恨长咨嗟。土风坐男使女立，男当门户女出入。十有八九负薪归，卖薪得钱当供给。至老双鬟只垂头，野花山叶银钗并。筋力登危集市门，死生射利兼盐井。面妆手饰杂啼痕，地褊衣寒困石根。若道巫山女粗丑，何得此有昭君村。”海南亦有此风，每诵此诗，以谕父老，然未易变其俗也。元符二年闰九月十七日。

【译文】“夔州处女发半华，四十五十无夫家。更遭丧乱嫁不售，一生抱恨长咨嗟。土风坐男使女立，男当门户女出入。十有八九负薪归，卖薪得钱当供给。至老双鬟只垂头，野花山叶银钗并。筋力登危集市门，死生射利兼盐井。面妆手饰杂啼痕，地褊衣寒困石根。若道巫山女粗丑，何得此有昭君村。”海南也有这种情况，我每每诵读这首诗，来晓谕当地父老，然而想改变其风俗却不容易。元符二年闰九月十七日。

书司空图诗

司空图表圣自论其诗，以为得味于味外。“绿树连村暗，黄花入麦稀。”此句最善。又云：“棋声花院静，幡影石坛高。”吾尝游五老峰，入白鹤院，松阴满庭，不见一人，惟闻棋声，然后知此句之工也，但恨其寒俭有僧态。若杜子美云：“暗飞萤自照，水宿鸟相呼。四更山吐月，残夜水明楼。”则才力富健，去表圣之流远矣。

【译文】司空图（字表圣）自己评论自己的诗，认为有味外之味。“绿树连村暗，黄花入麦稀。”这两句最好。他又说：“棋声花院静，幡影石坛高。”我曾经游览五老峰，进了白鹤院，满院都是松阴，一个人也没有，只听到有落棋的声音，此后我才知道了这两句诗的工巧，只是遗憾其有僧人的寒俭之态。至于杜子美所云：“暗飞萤自照，水宿鸟相呼。四更山吐月，残夜水明楼”，则显得才力富健，其境界超出司空表圣之流的诗远了。

书郑谷诗

郑谷诗云：“江山晚来堪画处，渔人披得一蓑归。”此村学中诗也。柳子厚云：“千山鸟飞绝，万径人踪灭。扁舟蓑笠翁，独钓寒江雪。”人性有隔也哉！殆天所赋，不可及也已。

【译文】郑谷有诗说：“江山晚来堪画处，渔人披得一蓑归。”这是乡村学堂中人的诗。柳子厚说：“千山鸟飞绝，万径人踪灭。扁舟蓑笠翁，独钓寒江雪。”人的才性有差距啊！这恐怕是上天所赋予的，不可企及呀。

书王梵志诗

王梵志诗云：“城外土馒头，馅草在城里。每人吃一个，莫嫌无滋味。已且为馅草，当使谁食之。”为易其后两句云：“预先有烧酒，图教有滋味。”

【译文】王梵志有诗说：“城外土馒头，馅草在城里。每人吃一个，莫嫌无滋味。已且为馅草，当使谁食之。”我给它改了最后两句道：“预先有烧酒，图教有滋味。”

书柳子厚诗

柳柳州《酬娄秀才寓居开元寺早秋病中见寄》：“客有故园思，潇湘生夜愁。病依居士室，梦绕羽人丘。味道怜知止，遗名得自求。壁空残月曙，门掩候虫秋。谬委双金重，难征杂佩酬。碧霄无枉路，徒此助离忧。”元符己卯十一月十九日，忽得龙川信，寄此纸，试书此篇。

【译文】柳柳州《酬娄秀才寓居开元寺早秋病中见寄》：“客有故园思，潇湘生夜愁。病依居士室，梦绕羽人丘。味道怜知止，遗名得自求。壁空残月曙，门掩候虫秋。谬委双金重，难征杂佩酬。碧霄无枉路，徒此助离忧。”元符己卯年十一月十九日，我突然接到龙川的来信，他寄来了这张纸，我就试着书写了这篇诗。

书柳子厚诗后

元符己卯闰九月，琼士姜君来儋耳，日与予相从。至庚辰三月，乃归。无以赠行，书柳子厚《饮酒》《读书》二诗，以见别意。子归，吾无以遣，独此二事，日相与往还耳。二十一日书。

【译文】元符己卯年闰九月，琼州人士姜君来到儋耳，天天和我伴在一起。到了庚辰年三月才回去。我没有什么可为他赠行，就书写了柳子厚的《饮酒》《读书》两首诗，来表达离别的情意。姜子回去后，我也没有什么可以消遣，只有这读书、饮酒两件事，天天和我相伴。二十一日题写。

记永叔评孟郊诗

欧阳永叔尝云："孟东野诗：'鬓边虽有丝，不堪织寒衣。'就使堪织，能得多少？"

【译文】欧阳永叔曾经说："孟东野诗云：'鬓边虽有丝，不堪织寒衣。'就算能织寒衣，又能织得多少呢？"

书太白《广武战场》诗

昔先友史经臣彦辅谓余："阮籍登广武而叹曰：'时无英雄，使竖子成名。'岂谓沛公竖子乎？"余曰："非也，伤时无刘、项也。竖子者，指魏晋间人耳。"其后余游京口甘露寺，有孔明、孙权、梁武、李德裕之遗迹。余感之，因题诗，其略曰：“四雄皆龙虎，遗迹了未刓。方其壮盛时，争夺肯少安。废兴属造物，迁逝谁控抟。况彼庸妄子，而欲事所难。聊兴广武叹，不待雍门弹。”则犹此意也。今日读李白《广武古战场》诗云：“沉湎呼竖子，狂言非至公。”乃知李白亦误认嗣宗语，与先友之意无异也。嗣宗虽放荡，本有意于世，以魏晋间多故，一放于酒耳，何至以沛公为竖子乎？

【译文】先前，亡友史经臣彦辅对我说：“阮籍登临广武而叹息道：‘时无英雄，使竖子成名。’难道说沛公刘邦是竖子吗？”我说：“不是，他是在感伤当时没有刘邦、项羽一类的英雄。竖子是指魏晋间的人。”其后，我游览京口甘露寺，那里有诸葛孔明、孙权、梁武帝、李德裕的遗迹。我心里所感，就题写了一首诗，其大略说：“四雄皆龙虎，遗迹了未刓。方其壮盛时，争夺肯少安。废兴属造物，迁逝谁控抟。况彼庸妄子，而欲事所难。聊兴广武叹，不待雍门弹。”也犹有此意在。今天读李白《广武古战场》诗说：“沉湎呼竖子，狂言非至公。”才知道李白也误解了阮嗣宗的话，与亡友的意见没有差别。阮嗣宗虽然放荡，但他本有用世之志，只是因为魏晋间变故很多，才放纵酒中，哪至于认为沛公是竖子呢？

书退之诗

退之诗云：“我生之辰，月宿南斗。”乃知退之得磨蝎为身宫。而仆乃以磨蝎为命，平生多得谤誉，殆是同病耳。

【译文】韩退之有诗说：“我生之辰，月宿南斗。”我才知道退之的身宫是磨蝎。而我竟以磨蝎为命宫，平生多被人毁谤，我和韩退之恐怕是同病相怜吧。

书黄鲁直诗后二首

读鲁直诗，如见鲁仲连、李太白，不敢复论鄙事。虽若不入用，亦不无补于世也。

【译文】读黄鲁直诗，就像见到了鲁仲连、李太白，不敢再去议论鄙俗之事了。即使不被采用，也不是无补于世的。

又

鲁直诗文，如蝤蛑、江瑶柱，格韵高绝，盘飧尽废，然不可多食，多食则发风动气。

【译文】黄鲁直的诗文，就像梭子蟹、江瑶柱一样，格调韵致高妙绝顶，其他饭菜都要废止，只是不能多吃，多吃就会发风疾，伤血气。

书陆道士诗

陆道士惟忠，字子厚，眉山人。好丹药，通术数，能诗，萧然有出尘之姿。久客江南，无知之者。予昔在齐安，盖相从游，因是谒子由高安，子由大赏其诗。会吴远游过彼，遂与俱来惠州，出此诗。

【译文】陆道士名惟忠，字子厚，眉山人。他好炼丹药，精通术数，擅长写诗，洒脱不群，有仙人风姿。陆道士长久客居江南，没有人知道他。我先前在齐安时，曾和他结伴漫游，他因此到高安去看望子由，子由对他的诗大加赞赏。适逢吴远游路经高安，于是就一起来到惠州,出示了这首诗。

书诸公《送周梓州》诗后

予自元祐之初,备位从官,日与正孺游。三年,予既有江海之意,而正孺亦慨然有归欤之叹,遂请梓州,得之。予时以诗送行,有"扫棠阴""踵画像"之语。旋出领杭州二年,还朝,老病日加,方上章请郡,曰:"正孺已及瓜矣,盍往代之,遂归老眉山乎?"或曰:"不可,梓人之安正孺甚矣,其去正孺,如去父母,子其忍夺之?"乃止,不敢乞。梓人愿复借留正孺数年,诏许之。而大丞相吕公典领《实录》,见熙宁中正孺为御史时所言事,叹曰:"君子哉,斯人也!"因言于上,除正孺直秘阁。士大夫以才能论议,取合一时可也,使人于十年之后,徐观其所为,心服而无异议,我亦无愧,难矣。正孺有书来,欲刻诸公送行诗于石,求予为跋尾,乃记所闻以遗之,且使梓人知予前诗卒章之意,未始一日忘也。

【译文】我从元祐之初开始,担任从官职务,每天都和周正孺往来。元祐三年,我滋生了退隐的想法,而正孺也慨然长叹,意欲还乡。于是他就请命到梓州做官,得到了准许。我当时写诗为他送行,中有"扫棠阴""踵画像"之语。不久,我出守杭州,两年后又回到了朝廷。当时,我老病日加,就上疏请命到梓州任职,说:"周正孺已经任满了,何不前去替代他,最终归老眉山呢?"有人说:"不行,梓州人很乐于周正孺在那里做官,他们离开正孺,就像离开父母一样,你怎能忍心争夺呢?"于是就放弃了这一想法,不敢去请命。梓州人想再留正孺几年,皇上下诏同意了。而大丞相吕公当时主持编纂《神宗实录》,见到了熙宁中周正孺为御史时所上言之事,叹息道:"此人真是君子啊!"于是向皇上进言,任命正孺在朝廷中枢任职。士大夫以其才能论议，取得他人一时的赞同是可以的，而要使他人在十年之后，慢慢观其所为，心中折服而无异议，而自己也无所愧疚，就难了。正孺来信说，想把诸公的送行诗刻于石碑，求我写跋语，我于是就把所听到的记下来送给他，而且也要使梓州人知道，我先前为正孺所作的送行诗的终章之意，是不敢一天或忘的。

书《游汤泉》诗后

余之所闻汤泉七，其五则今三子之所游，与秦君之赋所谓匡庐、汝水、尉氏、骊山，其二则余之所见凤翔之骆谷与渝州之陈氏山居也。皆弃于穷山之中，山僧野人之所浴，麋鹿猿猱之所饮，惟骊山当往来之冲，华堂玉甃，独为胜绝。然坐明皇之累，为杨、李、禄山所污，使口舌之士，援笔唾骂，以为亡国之余，辱莫大焉。今惠济之泉，独为三子者咏叹如此，岂非所寄僻远，不为当涂者所慁，而后得为高人逸士，与世异趣者之所乐乎？或曰：明皇之累，杨、李、禄山之污，泉岂知恶之？然则幽远僻陋之叹，亦非泉之所病也。泉固无知于荣辱，特以人意推之，可以为抱器适用而不择所处者之戒。元丰元年十月五日。

【译文】我所听说的温泉有七个，其中的五个就是今天你们三人所游览的那一个，和秦君少游《汤泉赋》中所说的匡庐、汝水、尉氏、骊山四温泉；其余两个则是我所见到的凤翔骆谷温泉和渝州陈氏山居温泉。这些温泉都处于深山之中，是山僧野人沐浴的所在，麋鹿猿猱饮水的地方。只有骊山温泉正当四方往来的要冲，这里有华堂玉壁，景色独绝。然而因受唐明皇的牵累，被杨国忠、李林甫、安禄山玷污了，致使口舌之士，口诛笔伐，以为这里是亡国的余迹，最大的耻辱。现在惠济温泉，独独被你们三人如此咏叹，难道不是所处偏远不被执掌政事的人搅扰，然后才能被高人隐士与世异趣的人所喜欢的吗？有人说：唐明皇的牵累，杨国忠、李林甫、安禄山的玷污，这温泉哪知道去憎恶呢？这样看来，幽远僻陋的哀叹，也不是温泉所憎恨的了。温泉对于荣辱，固然无知无觉；以此来推断，那也可以为那些怀抱才器，但求适用，而不择所处的人提供警戒。元丰元年十月五日。

书《黄子思诗集》后

予尝论书，以谓钟、王之迹，萧散简远，妙在笔画之外。至唐，颜、柳始集古今笔法而尽发之，极书之变，天下翕然以为宗师，而钟、王之法益微；至于诗亦然。苏、李之天成，曹、刘之自得，陶、谢之超然，盖亦至矣。而李太白、杜子美以英玮绝世之姿，凌跨百代，古今诗人尽废，然魏、晋以来高风绝尘，亦少衰矣。李、杜之后，诗人继作，虽间有远韵，而才不逮意，独韦应物、柳子厚发纤秾于简古，寄至味于澹泊，非余子所及也。唐末司空图，崎岖兵乱之间，而诗文高雅，独有承平之遗风。其论诗曰："梅止于酸，盐止于咸。饮食不可无盐梅，而其美常在咸酸之外。"盖自列其诗之有得于文字之表者二十四韵，恨当时不识其妙。予三复其言而悲之。闽人黄子思，庆历、皇祐间号能文者。予尝闻前辈诵其诗，每有佳句妙语，反复数四，乃识其所谓。信乎表圣之言！美在咸酸之外，可以一唱而三叹也。予既与其子几道，其孙师是游，得窥其家集。而子思笃行高志，为吏有异材，见于墓志详矣，予不复论，独评其诗如此。

【译文】我对书法曾有过评论，认为钟繇、王羲之的墨迹，萧洒闲散，简要幽远，其妙处在笔画之外。到了唐代，颜真卿、柳公权才集古今笔法之大成而尽发其妙，极尽笔意的变化，天下之人一致认为他们是书坛宗师，而钟繇、王羲之的书法就更加衰微了。至于诗，也是这样。苏武、李陵的浑然天成，曹植、刘桢的妙然自得，陶渊明、谢灵运的超然不俗，大概也算是诗的极至了。而李太白、杜子美的诗以英玮绝世的风姿，超越百代，古今诗人为之尽废。但魏晋以来诗的高古风范，绝世品格，也稍加衰落了。李杜之后，诗人继起，虽间或有高远的韵致，而往往才不及意，只有韦应物、柳子厚二人，能发纤秾于简古之中，寄至味于淡泊之内，这不是其余的诗人所可企及的。唐末的司空图，在兵荒马乱之间颠沛流离，但他的诗文却高古娴雅，尚有承平时代诗的遗风。其论诗说："梅止于酸，盐止于咸。饮食不能没有盐和梅，但其美味常在咸、酸之外。"他曾把自己对诗的领悟所得，用文字表现出来，列为二十四品，遗憾的是当时人不懂其高妙之处。我反复揣摩他的话而为之悲伤。闽人黄子思，是庆历、皇祐年间号称擅长诗文的人。我曾经听说，前辈们诵读他的诗，每读到佳句妙语时，就要反复把玩多次，才能领略其中三昧。表圣的话令人信服啊！美味在咸酸之外，这真可令人一唱而三叹。我和黄子思的儿子黄几道，孙子黄师是相游处后，得以看到其家存的诗集。而子思笃诚的言行，高大的志向，做官所显示的才能，这在其墓志中可以详细看到，我就不再说了，只在这里对其诗作如上评说。

跋文忠公《送惠勤》诗后

始予未识欧公，则已见其诗矣。其后屡见公，得勤之为人，然犹未识勤也。熙宁辛亥，余出倅钱塘，过汝阴，见公，屡属余致谢勤。至官不及月，以腊日见勤于孤山下，则余诗所谓"孤山孤绝谁肯庐，道人有道山不孤"者也。其明年闰七月，公薨于汝阴，而勤亦退老于孤山下，不复出游矣。又明年六月六日，偶至勤舍，出此诗，盖公之真迹，读之流涕，而勤请余题其后云。

【译文】起初，我未认识欧阳文忠公时，就已经拜读过他的诗了。其后,我常常拜见欧公,从他的口中得知了惠勤的为人,然而还是未能结识惠勤。熙宁辛亥年,我出任杭州通判,路经汝阴,拜见了欧公,欧公反复嘱咐我要去问候惠勤。我到任不满一月,就在腊日那天到孤山下拜访惠勤,这即是我诗中所说的“孤山孤绝谁肯庐,道人有道山不孤”一事。第二年闰七月,欧阳文忠公死于汝阴,而惠勤也告老归隐于孤山之下,不再四出云游了。第三年六月六日,我偶然来到惠勤的住所,他出示了这首诗,是欧公亲手书写的,我读着读着,不由落泪,惠勤请我在诗后题了这些话。

书《赠法通师》诗

“欲识当年杜伯升,飘然云水一孤僧。若教俯首随缰锁,料得而今似我能。”仆偶云:“通师子不脱屣场屋,今何为乎?”柳子玉云:“不过似我能。”因戏作此诗。熙宁七年二月日。

【译文】“欲识当年杜伯升,飘然云水一孤僧。若教俯首随缰锁,料得而今似我能。”我偶然说:“通师子不轻视科场,现今是作什么呢?”柳子玉说:“不过似我能。”我因而戏作了这首诗。熙宁七年二月某日。

题鲜于子骏《八咏》后

始予过益昌,子骏始漕利路。其后八年,予守胶西,而子骏始移漕京东。自朝廷更法以来,奉法之吏尤难。其人刻急则伤民,宽厚则废法。二者其理难通,而山峡地瘠,民贫役重,其推行为尤难。子骏世家南隆,亲族故人散处所部,以亲则废法,以法则伤恩,二者其势难全。是三难者萃于子骏，而子骏为之九年，其声蔼然，闻之四方。上不害法，下不伤民，中不废亲，自讲议措置至于立法定制，皆成于其手。吏民举欣欣然，而子骏亦自治园囿亭榭，赋诗饮酒，雍容有余，如异时为监司者，君子以是知其贤。子骏以其所作《八咏》寄余，余甚爱其诗，欲作而不可及，乃书其末，以遗益昌之人，使刻于石，以无忘子骏之德。

【译文】我初次路经益昌时，鲜于子骏始为利州路漕司。这之后的第八年，我出守胶西，而子骏也转为京东路漕司。自国家变法以来，奉行新法的官吏尤其难做。他们严酷了就会使百姓受到损害，宽厚了就会使新法形同虚设。这两方面在道理上难以兼顾，而那些山穷水恶，土地贫瘠的地区，百姓贫苦，劳役繁重，推行起来就更加艰难了。再说，鲜于子骏世代居住在南隆，其亲戚故友，都散居于他所管辖的地带，他如果照顾亲情就会损害法令，如果执行法令就会伤害亲情，二者在情势上难以两全。这三方面的难题都积聚到了子骏那里，而子骏推行新法九年，名声仁美，四方传闻。他能够上不妨害新法，下不损伤百姓，中不废弃亲情，从讲解道理，安排布置到建立法规，修定制度，都由他一人完成。官吏百姓为此欣然欢喜，而鲜于子骏也自己修治了园囿亭台，或赋诗，或饮酒，都从容不迫，如同昔日做监司时一样，其贤能由此为天下君子所知。鲜于子骏把他所作的《八咏》寄给了我，我非常喜爱，想作诗酬和而知难以企及，就把这些话题于其后，以赠予益昌人，让他们刻于石碑流传，不要忘了子骏的恩德。

记子由诗

八月四日与子由同来，留小诗三首："葱茜门前路，行穿翠密中。却来堂上看，岩谷意无穷。""天矫庭中柏，枯枝鹊踏消。瘦皮缠鹤骨，高顶转龙腰。""窈窕山头井，泉通伏涧清。欲知深几许，听放辘轳声。”子由和云：“岧峣山上寺，近在古城中。苦恨河流远，长教眼力穷。”“盘曲山前路，流年向此消。兴亡须一吊，范叟卧山腰。”“孤绝山南寺，僧居无限清。不知行道处，空听暮钟声。”子由诗过吾远甚。熙宁十年八月四日，子瞻。

【译文】八月四日，我与子由一同来到此地，写下了三首小诗：“葱茜门前路，行穿翠密中。却来堂上看，岩谷意无穷。”“天矫庭中柏，枯枝鹊踏消。瘦皮缠鹤骨，高顶转龙腰。”“窈窕山头井，泉通伏涧清。欲知深几许，听放辘轳声。”子由唱和道：“岧峣山上寺，近在古城中。苦恨河流远，长教眼力穷。”“盘曲山前路，流年向此消。兴亡须一吊，范叟卧山腰。”“孤绝山南寺，僧居无限清。不知行道处，空听暮钟声。”子由的诗远比我的好。熙宁十年八月四日，子瞻记。

书诸公送凫绎先生诗后

凫绎先生既殁三十余年，轼始从其子复游，虽不识其人，而得其为人。先生为阆中主薄，以诗饯行者，凡二十余人，皆一时豪杰名胜之流。自景祐至今，凡四十余年，而凋丧殆尽，独张君宗益在耳。怀先生之盛德，想诸贤之遗烈，悼岁月之不居，感人事之屡变，故书其末，使后生想见其风流云耳。

【译文】凫绎先生死了三十多年后，我方始和他的儿子颜复交游，虽然没法见到他了，却知道了他的为人。先生去做阆中主薄时，写诗为他饯行的人，共二十多位，这些人都是当时的豪杰名流。从景祐年间到现在，又四十多年了，他们差不多都去世，只有张宗益还健在。我缅怀先生的盛德，追想诸贤的功业，痛悼岁月不常，感叹人事屡变，故而在诗后写下了这些话，以便使后来的人能想见他们的风流气概。

题文潞公诗

《送时郎中》诗云："一从辞画省，洊岁守坤维。久浃于藩任，常分乃睿思。六条遵汉寄，千里奉尧咨。按部壶浆拥，行春茜旆随。握兰班已峻，拔薤化方施。吏服蒲鞭耻，童怀竹马期。不藏金似粟，倾降雨如丝。每见求民瘼，宁闻拾路遗。责躬还掩阁，察吏更褰帷。好续循良传，宜刊德政碑。奸邪随草靡，权黠望风移。渤海绳皆治，葵丘戍及期。佩牛登富庶，负虎变淳熙。云路征贤日，星郎拱极时。将升严助室，暂辍阮咸麾。挽邓舟停水，思何咏载岐。鱼城初解印，凤阙即移墀。曲榭青云路，离筵白纻词。玳簪萦别恨，金酒折芳枝。从此三巴俗，多吟蔽芾诗。"轼尝得闻潞公之语矣，其雄才远度，固非小子所能窥测。至于学问之富，自汉以来，出入驰骋，略无遗者，下迨曲技小数，靡不究悉，虽笃学专门之师，莫能与之较，然世不以此称公，岂勋德所掩覆故耶？今观其幼时诗，精审研密，句句皆有所考，盖其积之也久矣。元丰二年二月二十九日书。

【译文】《送时郎中》诗云："一从辞画省，洊岁守坤维。久浃于藩任，常分乃睿思。六条遵汉寄，千里奉尧咨。按部壶浆拥，行春茜旆随。握兰班已峻，拔薤化方施。吏服蒲鞭耻，童怀竹马期。不藏金似粟，倾降雨如丝。每见求民瘼，宁闻拾路遗。责躬还掩阁，察吏更褰帷。好续循良传，宜刊德政碑。奸邪随草靡，权黠望风移。渤海绳皆治，葵丘戍及期。佩牛登富庶，负虎变淳熙。云路征贤日，星郎拱极时。将升严助室，暂辍阮咸麾。挽邓舟停水，思何咏载岐。鱼城初解印，凤阙即移墀。曲榭青云路，离筵白纻词。玳簪萦别恨，金酒折芳枝。从此三巴俗，多吟蔽芾诗。"我曾经听过文潞公的言谈，他的雄才大略，本不是我所能窥测的。至于他学问的渊博，自汉代以来，在各个领域都出入驰骋，几乎无所不及；下及曲技小数，也无不精研熟悉，即使是专门研究的大师，也没有人能和他相匹比，然而世人并不以此称道他，难道不是被他的功德所掩盖的缘故吗？现在观赏他幼年时代所写的诗，精严缜密，句句都有出处，这大概是得力于长久积累吧。元丰二年二月二十九日题书。

自记吴兴诗

仆游吴兴，有《游飞英寺》诗云：“微雨止还作，小窗幽更妍。盆山不见日，草木自苍然。”非至吴越，不见此景也。

【译文】我到吴兴游览，写有《游飞英寺》一诗：“微雨止还作，小窗幽更妍。盆山不见日，草木自苍然。”如果不是亲自来到吴越之地，是看不到这种景观的。

记所作诗

吾有诗云：“日日出东门，步寻东城游。城门抱关卒，怪我此何求。吾亦无所求，驾言写我忧。”章子厚谓参寥曰：“前‘步’而后‘驾’，何其上下纷纷也！”仆闻之曰：“吾以尻为轮，以神为马，何曾上下乎？”参寥曰：“子瞻文过有理似孙子荆。子荆曰：‘所以枕流，欲洗其耳；所以漱口，欲砺其齿。’”

【译文】我写有一首诗说：“日日出东门，步寻东城游。城门抱关卒，怪我此何求。吾亦无所求，驾言写我忧。”章子厚对参寥说：“此诗前面说‘步’，而后面说‘驾’，这前后是多么紊乱矛盾呢！”我听到后说：“我以屁股为车轮，以神魂为骏马，何曾前后矛盾呢？”参寥说：“苏子瞻在文过饰非、强词夺理方面类似孙子荆。孙子荆说：‘我所以枕流而卧，是要洗涤耳朵；所以用石漱口，是要磨砺牙齿。’”

书曹希蕴诗

近世有妇人曹希蕴者，颇能诗，虽格韵不高，然时有巧语。尝作《墨竹》诗云：“记得小轩岑寂夜，月移疏影上东墙。”此语甚工。

【译文】近世有个女子叫曹希蕴，很会写诗，其诗虽然格调韵致不高，然而不时有巧妙之语。她曾写《墨竹》诗说：“记得小轩岑寂夜，月移疏影上东墙。”这两句就很工巧。

记郭震诗

蜀人任介、郭震、李畋，皆博学能诗，晓音律，相与为莫逆之交，游荡不羁，礼法之士鄙之，然皆才识过人。李顺之将乱，震游成都东郊，忽赋诗曰：“今日出东郊，东郊好春色。青青原上草，莫教征马食。”遂走京师上书，言蜀将乱，不报。期年，其言乃效。震竟不仕。介为陕西一幕官而死。畋稍达，仕至尚书郎。震将死，其友往问之，侧卧欹枕而言。其友曰：“子且正身。”震笑曰：“此行岂可复替名哉！”虽平生诙谐之余习，然亦足以见其临死而不乱也。

【译文】蜀地人任介、郭震、李畋，都学问渊博，善于写诗，通晓音律，他们彼此莫逆相交，游荡不羁，为恪守礼法的人所鄙视，但都才识超群。李顺将要叛乱时，郭震到成都东郊漫游，忽然写下一首诗说：“今日出东郊，东郊好春色。青青原上草，莫教征马食。”于是他就奔赴京城上书，说蜀地将要发生叛乱，朝廷未予重视。一年后，他的话才得以验证。郭震终生不出仕做官。任介在陕西做了个幕僚官就死了。李畋的仕途稍为通达，官至尚书郎。郭震将死时，他的朋友前去问候，他斜枕侧卧而谈。他的朋友说："你暂且把身体挪正一下。"郭震笑着说："这次一去难道还可以冒名顶替吗？"这虽然是郭震平生喜欢诙谐习气的表露，然而从中足以看出，他临死之际心性也不迷乱啊。

评杜默诗

石介作《三豪》诗，略云："曼卿豪于诗，永叔豪于文，杜默字师雄者豪于歌也。"永叔亦赠默云："赠之《三豪篇》，而我滥一名。"默之歌，少见于世，初不知之。后闻其篇，云"学海波中老龙，圣人门前大虫"，皆此等语。甚矣介之无识也！永叔不欲嘲笑之者，此公恶争名，且为介讳也。吾观杜默豪气，正是京东学究饮私酒食瘴死牛肉饱后所发者也。作诗狂怪，至卢仝、马异极矣，若更求奇，便作杜默。

【译文】石介写有《三豪》一首，大略是说："石曼卿豪于写诗，欧阳永叔豪于作文，杜默字师雄者豪于歌词。"欧阳永叔也赠杜默诗说："赠之《三豪篇》，而我滥一名。"杜默的歌诗，世间较少流传，我起初并不知道。后来听到他的诗篇，云"学海波中老龙，圣人门前大虫"，尽是这一类话语。石介真是太无识见了！欧阳永叔不想嘲笑杜默，是因为他讨厌争名，并且为石介避讳啊。我看杜默的豪气，正是京东的学究们，喝足了私酿的酒，吃饱了病死的牛肉后，所发出的声音一类。写诗追求狂怪，到卢仝、马异手中已至极致，如果再求新奇，便成杜默了。

书狄遵度诗

“佳城郁郁颓寒烟，饥雏乳兽号荒阡。夜卧北斗寒挂枕，霜拱木落雁横天。浮云西去不复返，落日东逝随长川。乾坤未死吾尚在，肯与蟪蛄论大年。”狄遵度自儿童，已能属文，落落有声。年十六，一夕，梦子美诵平生所为诗，皆集中所无者，觉而记两句，后遂续之云耳。

【译文】“佳城郁郁颓寒烟，饥雏乳兽号荒阡。夜卧北斗寒挂枕，霜拱木落雁横天。浮云西去不复返，落日东逝随长川。乾坤未死吾尚在，肯与蟪蛄论大年。”狄遵度从儿童时，已经能写文章了，并且渐渐有一些名气。十六岁时，一天晚上，梦见杜子美吟诵平生所写的诗，都是其诗集中没有的，醒后记下了两句，他后来就续写成了这首诗。

题子明诗后

吾兄子明，旧能饮酒，至二十蕉叶，乃稍醉。与之同游者，眉之蟆颐山观侯老道士，歌讴而饮。方是时，其豪气逸韵，岂知天地之大秋毫之小耶？不见十五年，乃以刑名政事著闻于蜀，非复昔日之子明也。侄安节自蜀来，云子明饮酒不过三蕉叶。吾少年望见酒盏而醉，今亦能三蕉叶矣。然旧学消亡，夙心扫地，枵然为世之废物矣。乃知二者有得必有丧，未有两获者也。

【译文】我的兄长苏子明，先前很能喝酒，喝到二十蕉叶杯时，才稍露醉意。那时，和他在一起往来的，是眉州蟆颐山的观侯老道士苏慎言，二人往往一边歌唱，一边畅饮。当是时，子明气概豪纵，仪态闲逸，哪里去管那天地之大、秋毫之小呢？到现在，我们已有十五年没见过面了，他竟以讲求刑名、勤于政事在蜀中赢得了美名，已经不再是昔日的苏子明了。侄子苏安节从蜀中前来，说子明现在喝酒不超过三蕉叶杯。我少年时，看到酒杯就醉，而今也能喝三蕉叶杯了。然而昔日所学的东西都忘得一干二净，先前的雄心也荡然无存，徒然成了世间的废物。我这才知道饮酒和为官二者之间，有得必有失，没有两全其美的人。

题《和王巩六诗》后

仆文章虽不逮冯衍，而慨慷大节乃不愧此翁。衍逢世祖英睿好士，而独不遇，流离摈逐，与仆相似，而衍妻悍妒甚，仆少此一事，故有“胜敬通”之句。

【译文】我的文章虽说不及冯衍，但在大节方面，慷慨激扬，和他相比，一无所愧。冯衍生逢世祖刘秀之时，世祖英明睿智，喜好文士，而冯衍独不受任用，反被放逐，流离颠沛，其情形与我相似，但是冯衍的妻子非常凶悍好妒，我却少此一事，所以在《和王巩》六诗中，有“胜敬通”的句子。

题陈吏部诗后

故三司副使吏部陈公，轼不及见其人。然少时所识一时名卿胜士，多推尊之。迩来前辈凋丧略尽，能称诵公者，渐不复见，得其绪言遗事，皆当记录宝藏，况其文章乎？公之孙师仲，录公之诗二十五篇以示轼。三复太息，以想见之大略云。元丰四年十一月廿二日，眉阳苏轼。

【译文】已故的三司副使吏部陈公亚之，我没有能赶得上见到他。但我年少时所结识的堪称一时的名卿俊士，大都推崇他。近来，前辈们死亡殆尽了，能称诵陈公的人，渐渐不再见到了，能听到他的遗言遗事的，都应当记录下来珍藏，何况他的文章呢？陈公的孙子陈师仲，笔录了陈公的二十五篇诗，拿出来给我看。我反复诵读，叹息不已，从中想见了陈公生平的大致情形。元丰四年十一月二十二日，眉阳苏轼题。

书《赠陈季常》诗

余谪黄州，与陈慥季常往来，每过之，辄作“汁”字韵诗一篇。季常不禁杀，故以此讽之。季常既不复杀，而里中皆化之，至有不食肉者。皆云“未死神已泣”，此语使人凄然也。

【译文】我贬到黄州后，与陈慥陈季常相往来，每次去拜访他，就作一篇“汁”字韵诗。季常不禁忌杀生，故而写这种诗来讽劝他。季常既已不再杀生，而他乡里的人也都受感化，以至于有不吃肉的。他们都说“未死神已泣”，这话使人凄伤啊。

书遵师诗

游汤泉，览留题百余篇，独爱遵师一偈云：“禅庭谁作石龙头，龙口汤泉沸不休。直待众生尘垢尽，我方清冷混常流。”戏作一绝答云：“石龙有口口无根，自在流泉谁吐吞。若信众生本无垢，此泉何处觅寒温。”元丰七年五月十三日。

【译文】我到汤泉游观，流览题留在那里的百余篇诗，独独喜欢可遵法师的一首偈语：“禅庭谁作石龙头，龙口汤泉沸不休。直待众生尘垢尽，我方清冷混常流。”就戏作一绝和道：“石龙有口口无根，自在流泉谁吐吞。若信众生本无垢，此泉何处觅寒温。”元丰七年五月十三日。

书刘道纯诗后

“淙流绝壁散，灵烟翠洞深。岩际松风清，飘飘洒尘襟。观萝玩猿鸟，解组傲园林。茶果邀真侣，觞酌洽同心。旷岁怀兹赏，行春始重寻。聊将横吹笛，一写山水音。”与高安刘格道纯同游庐山简寂观，道纯诵此诗，请书之石。元丰七年五月十九日，汝州团练副使苏轼和仲。

【译文】“淙流绝壁散，灵烟翠洞深。岩际松风清，飘飘洒尘襟。观萝玩猿鸟，解组傲园林。茶果邀真侣，觞酌洽同心。旷岁怀兹赏，行春始重寻。聊将横吹笛，一写山水音。”我与高安人刘格道纯同游庐山简寂观，道纯吟诵了这首诗，并请我书写于石壁。元丰七年五月十九日，汝州团练副使苏轼和仲。

书子由《金陵天庆观》诗

“兴废不可必，冶城今静祠。松声闻道路，竹色净轩墀。江近风云改，庭深草木滋。孤坟吊遗直，铭暗闵元规。”元丰三年四月，家弟子由过此留诗，七年七月十六日，为书之壁。

【译文】“兴废不可必，冶城今静祠。松声闻道路，竹色净轩墀。江近风云改，庭深草木滋。孤坟吊遗直，铭暗闵元规。”元丰三年四月，家弟苏子由经过此处，留下了这首诗，七年七月十六日，我为他书写于天庆观的墙壁上。

书子由《绝胜亭》诗

“夜郎秋涨水连空，上有虚亭缥缈中。山满长天宜落日，江吹旷野作惊风。爨烟惨淡浮前浦，渔艇纵横逐钓筒。未省岳阳何似此，应须子细问南公。”蜀州新建绝胜亭，舍弟十九岁作。

【译文】“夜郎秋涨水连空，上有虚亭缥缈中。山满长天宜落日，江吹旷野作惊风。爨烟惨淡浮前浦，渔艇纵横逐钓筒。未省岳阳何似此，应须子细问南公。”蜀州新建了绝胜亭，舍弟子由十九岁时写的这首诗。

跋翰林钱公诗后

轼龆龀入乡校，即诵公诗。今得观其遗迹，幸矣。元丰八年正月二十日。

【译文】我垂髫换齿之时进入乡学，就诵读钱易先生的诗。现在得以看到他留下来的墨迹，很幸运。元丰八年正月二十日跋。

题《别子由》诗后

“先君昔爱洛城居，我今亦过嵩山麓。水南卜筑吾岂敢，试向伊川买修竹。又闻缑山好泉眼，傍市穿林泻水玉。想见茅檐照水开，两翁相对清如鹄。”元丰七年，余自黄迁汝，往别子由于筠，作数诗留别，此其一也。其后虽不过洛，而此意未忘，因康君郎中归洛，书以赠之，元祐元年三月十六日。

【译文】“先君昔爱洛城居，我今亦过嵩山麓。水南卜筑吾岂敢，试向伊川买修竹。又闻缑山好泉眼，傍市穿林泻水玉。想见茅檐照水开，两翁相对清如鹄。”元丰七年，我从黄州迁官汝州，前往筠州话别子由，作了几首诗留别，这是其中的一首。此后，我虽然没有去洛阳的机会，但想去的心意未曾或忘，现在趁康君郎中回洛阳，就书写了这首诗赠给他。元祐元年三月十六日，苏轼书。

跋欧阳《寄王太尉》诗后

“丰乐坡前一醉翁，余龄有几百忧攻。平生自恃心无愧，直道诚知世不容。换骨莫求丹九转，荣名何待禄千钟。明年今日如寻我，颍水东西问老农。”此欧阳文忠公寄太尉懿敏王公诗。轼与公之子定国、定国侄孙子发、张彦若同游宝梵。定国诵此诗，以遗诗人戴仲达。仲达，尝从文忠公者也。元祐元年四月，门生苏轼书。

【译文】“丰乐坡前一醉翁，余龄有几百忧攻。平生自恃心无愧，直道诚知世不容。换骨莫求丹九转，荣名何待禄千钟。明年今日如寻我，颍水东西问老农。”这是欧阳文忠公寄给太尉懿敏王公的诗。我与王公的儿子定国，定国的侄孙子发、张彦君三人同游宝梵寺。王定国吟诵了此诗，并把它赠予了诗人戴仲达。仲达，是曾随从欧阳文忠公学过诗的人。元祐元年四月，门生苏轼书。

书黄鲁直诗后二首

每见鲁直诗文，未尝不绝倒。然此卷语妙，殆非悠悠者所识能绝倒者也，是可人。元祐元年八月二十二日，与定国、子由同观。

【译文】我每次读到黄鲁直的诗文，未尝不佩服颠倒。然而这一卷诗语句的精妙，恐怕不是庸俗的人所能识透，并佩服颠倒的了，这确实是有才德之人。元祐元年八月二十二日，我与王定国、苏子由一同观读。

记董传论诗

故人董传善论诗。予尝云："杜子美不免有凡语，'已知仙客意相亲，更觉良工心独苦'，岂非凡语耶？"传笑曰："此句殆为君发。"凡人用意深远，人罕能识，此所以为独苦，岂独画哉？

【译文】我的故友董传善于评诗。我曾经说："杜子美的诗中也不免有平常的语句，'已知仙客意相亲，更觉良工心独苦'，这难道不是很平常的诗句吗？"董传笑着说："这两句大概是为你所发的。"大凡人写诗，用意深远了，别人很少能领悟，这就是所以用心独苦的原因，岂只绘画如此呢？

书参寥论杜诗

参寥子言:“老杜诗云:‘楚江巫峡半云雨,清簟疏帘看弈棋。’此句可画,但恐画不就尔。”仆言:“公禅人,亦复爱此绮语耶?”寥云:“譬如不事口腹人,见江瑶柱,岂免一朵颐哉!”

【译文】参寥说:“老杜有诗云:‘楚江巫峡半云雨,清簟疏帘看弈棋。’这两句可以入画,只恐怕画不出来。”我说:“你是参禅的人,也爱上这种绮丽美艳诗句了吗?”参寥说:“这就譬如不讲吃喝的人,看见了江瑶柱,岂能免于动一动腮帮呢!”

记少游论诗文

秦少游言:“人才各有分限。杜子美诗冠古今,而无韵者殆不可读。曾子固以文名天下,而有韵者辄不工。此未易以理推之也。”

【译文】秦少游说:“人的才华各有拘限。杜子美的诗冠于古今,但他的文章几乎不可卒读。曾子固以文章名满天下,但他的诗常不精工。这是不容易用常理来推断的啊。”

题李伯祥诗

眉山矮道士李伯祥好为诗,诗格亦不甚高,往往有奇语,如“夜过修竹寺,醉打老僧门”之句,皆可爱也。余幼时学于道士张易简观中,伯祥与易简往来,尝叹曰:“此郎君贵人也。”不知其何以知之。

【译文】眉山矮道士李伯祥爱好写诗，诗的格调也不算很高，但往往能写出奇语。如“夜过修竹寺，醉打老僧门”之类诗句，都令人喜爱。余幼年时在道士张易简的道观中求学，李伯祥与张易简经常来往，他曾赞叹说：“这位郎君是贵人啊。”我不知道他何以知道。

卷九十七　题跋（诗词）

书《绿筠亭诗》

“爱竹能延客，求诗剩挂墙。风梢千纛乱，日影万夫长。谷鸟惊棋响，山峰识酒香。只应陶靖节，解听北窗凉。”清献先生尝求东坡居士作《绿筠亭诗》，曰：“此吾乡人梁处士之居也。”后二十五年，乃见处士之子琯，请书此本。绍圣二年四月十三日。

【译文】“爱竹能延客，求诗剩挂墙。风梢千纛乱，日影万夫长。谷鸟惊棋响，山峰识酒香。只应陶靖节，解听北窗凉。”清献先生曾经请求我写一首《绿筠亭诗》，说：“这是我乡里人梁处士的居处。”二十五年后，我才见到梁处士的儿子梁琯，他请我书写了这首诗。绍圣二年四月十三日。

题王晋卿诗后

晋卿为仆所累。仆既谪齐安，晋卿亦贬武当。饥寒穷困，本书生常分，仆处不戚戚固宜，独怪晋卿以贵公子罹此忧患，而不失其正，诗词益工，超然有世外之乐，此孔子所谓“可与久处约长处乐”者。元祐元年九月八日。

【译文】王晋卿被我所连累。我被谪贬齐安，晋卿也被贬到了武当。虽说饥寒穷困，原是读书人的常事，只是我处于贫贱的境地固然应该，奇怪的是王晋卿独以贵公子的身分遭逢这种忧患，却不失正道，并且所写的诗词越发精工，有超然尘世的乐趣，这大概就是孔子所说的“可以和他长久地居于贫困或安乐”的仁人吧。元祐元年九月八日。

书《黄泥坂》词后

余在黄州，大醉中作此词，小儿辈藏去稿，醒后不复见也。前夜与黄鲁直、张文潜、晁无咎夜坐，三客翻倒几案，搜索箧笥，偶得之，字半不可读，以意寻究，乃得其全。文潜喜甚，手录一本遗余，持元本去。明日得王晋卿书，云："吾日夕购子书不厌，近又以三缣博两纸。子有近书，当稍以遗我，毋多费我绢也。"乃用澄心堂纸、李承晏墨书此遗之。元祐元年十一月二十日。

【译文】我在黄州，酒后大醉中写了这首词，小孩儿们藏去了草稿，酒醉后再找不到了。前天晚上，我与黄鲁直、张文潜、晁无咎闲坐，三位客人翻倒几案，搜检书箱，偶然之中又找到了，只是字大半不能读，按着词意探究，才得以补全。张文潜非常喜爱，就亲手抄录一份留给我，而把原稿拿去了。第二天，我收到王晋卿的书信，他在信中说："我一天到晚不厌其烦地购求你的字，近来又用三匹绢换两张。你近日写有字的话，定当送给我，不要多费我的绢了。"我于是就用澄心堂纸、李承晏墨书写了这首词赠给了他。元祐元年十一月二十一日。

题《憩寂图》诗

元祐元年正月十二日，苏子瞻、李伯时为柳仲远作《松石图》。仲远取杜子美诗"松根胡僧憩寂寞，庞眉皓首无住着，偏袒右肩露双脚，叶里松子僧前落"之句，复求伯时画此数句，为《憩寂图》。子由题云："东坡自作苍苍石，留取长松待伯时。只有两人嫌未足，兼收前世杜陵诗。"因次其韵云："东坡虽是湖州派，竹石风流各一时。前世画师今姓李，不妨题作辋川诗。”文与可尝云：“老夫墨竹一派，近在徐州。”吾竹虽不及，石似过之。此一卷公案，不可不令鲁直下一句。

【译文】元祐元年正月十二日，苏子瞻、李伯时为柳仲远画《松石图》。柳仲远又摘取杜子美诗中“松根胡僧憩寂寞，庞眉皓首无住着，偏袒右肩露双脚，叶里松子僧前落”的句子，请求李伯时把这几句画出来，成为《憩寂图》。苏子由题诗道：“东坡自作苍苍石，留取长松待伯时。只有两人嫌未足，兼收前世杜陵诗。”我因而依其韵和诗道：“东坡虽是湖州派，竹石风流各一时。前世画师今姓李，不妨题作辋川诗。”文与可曾说：“我墨竹一派，近来数苏徐州了。”我画的竹子虽然有所不及，但画的石头似乎比他好。这一桩公案，不可不让黄鲁直说句话。[按，苏徐州指苏轼。文与可于元丰初卒于赴知湖州途中，世称文湖州。他说“老夫墨竹一派，近在徐州”云云，盖在卒前不久，时轼已知徐州。]

题张安道诗后

“因嗟萍梗才名客，自叹匏瓜老病身。一榻从兹还倚壁，不知重扫待何人。”元丰三年，家弟子由，谪官筠州。张安道口占此诗为别，已而涕下。安道平生未尝出涕向人也。元祐六年十二月薨于南都。将属纩，问后事，但言仲意子瞻兄弟。是月十一日，举哀荐福禅院，录此诗留院中。

【译文】“因嗟萍梗才名客，自叹匏瓜老病身。一榻从兹还倚壁，不知重扫待何人。”元丰三年，家弟苏子由被贬官筠州。张安道口占这首诗作为赠别，随即泪下。安道平生不曾有过对人落泪的情景。元祐六年十二月，他死于南都。安道临咽气时，家人问他后事，他只说告诉苏子瞻兄弟就行了。这一月十一日，我到荐福禅院为他举哀祭奠，就笔录了这首诗留于院中。

书张芸叟诗

张舜民芸叟，邠人也，通练西事，稍能诗。从高遵裕西征回，涂中作诗二绝。一云："灵州城下千株柳，总被官军斫作薪。他日玉关归去路，将何攀折赠行人。"一云："青铜峡里韦州路，十去从军九不回。白骨似沙沙似雪，将军休上望乡台。"为转运判官李察所奏，贬郴州监税。舜民言："官军围灵武不下，粮尽而退。西人从城上大呼官军汉人兀㩟否？或仰而答曰：'兀㩟。'城上皆大笑。西人谓惭为兀㩟也。"

【译文】张舜民芸叟，是邠州人，他通晓熟悉西夏的情况，也稍稍能作点儿诗。在随高遵裕西征回师的途中，他写了两首绝句。其一说："灵州城下千株柳，总被官军斫作薪。他日玉关归去路，将何攀折赠行人。"另一首说："青铜峡里韦州路，十去从军九不回。白骨似沙沙似雪，将军休上望乡台。"因而被转运判官李察所纠告，贬为郴州监税。舜民说："官兵围攻灵武，未能攻克，粮尽而退。西夏人从城上大叫，你们汉人官兵兀㩟不？有人仰头答道：'兀㩟。'城上的西夏人都大笑，西夏称惭愧叫兀㩟。"

书《试院中诗》

元祐三年二月二十一日领贡举事，辟李伯时为考校官。三月初，考校既毕，待诸厅参会，故数往诣伯时。伯时苦水悸，愊愊不欲食，欲作骒马以排闷。黄鲁直诗先成，遂得之。鲁直诗云：“仪鸾供帐饕虱行，翰林湿薪爆竹声，风帘宫烛泪纵横。木穿石盘未渠透，坐窗不遨令人瘦，贫马百啮逢一豆。眼明见此玉花骢，径思着鞭随诗翁，城西野桃寻小红。”子瞻次韵云：“少年鞍马勤远行，夜闻啮草风雨声，见此忽思短策横。千重故纸钻未透，那更陪君作诗瘦，不如芋魁归饭豆。门前欲嘶御史骢，诏恩三日休老翁，羡君怀中双橘红。”蔡天启、晁无咎、舒尧文、廖明略皆继，此不能尽录。予又戏作绝句“竹头抢地风不举，文书堆案睡自语。看马欲骒顿风尘，亦思归家洗袍袴。”伯时笑曰：“有顿尘马欲入笔。”疾取纸来写之后。三月六日所作皆是也。眉山苏轼书。

【译文】元祐三年二月二十一日，我出领贡举事，辟征李伯时为考校官。三月初，考校已经完毕，专等各部门参加会评，所以多次前去拜访李伯时。当时李伯时正为水悸所苦，心中烦闷，不思饮食，想作骒马图来排遣郁闷。黄鲁直的诗先写成，遂让他去画。鲁直的诗说：“仪鸾供帐饕虱行，翰林湿薪爆竹声，风帘宫烛泪纵横。木穿石盘未渠透，坐窗不遨令人瘦，贫马百啮逢一豆。眼明见此玉花骢，径思着鞭随诗翁，城西野桃寻小红。”我依韵和道：“少年鞍马勤远行，夜闻啮草风雨声，见此忽思短策横。千重故纸钻未透，那更陪君作诗瘦，不如芋魁归饭豆。门前欲嘶御史骢，诏恩三日休老翁，羡君怀中双橘红。”蔡天启、晁无咎、舒尧文、廖明略都有赓和之作，这里不能一一笔录了。我又戏作一首七绝：“竹头抢地风不举，文书堆案睡自语。看马欲骒顿风尘，亦思归家洗袍袴。”李伯时笑着说：“有顿尘马欲入笔底。”就赶紧取来纸张写于后面。三月六日众人所作尽是这一类东西。眉山苏轼书。

书鬼仙诗

“忽然湖上片云飞，不觉中流雨湿衣。折得荷花浑忘却，空将荷叶盖头归。”

“江山樯竿一百尺，山中楼台十二重。山僧楼上望江上，遥指樯竿笑杀侬。”

“湘中老人读黄老，手援紫藟坐碧草。春至不知湘水深，日暮忘却巴陵道。”

“爷娘送我青枫根，不记青枫几回落。当时手刺衣上花，今日为灰不堪着。”

“浦口潮来初渺漫，莲舟溶漾采花难。芳心不惬空归去，会待潮平更折看。”

“酒尽君莫沽，壶倾我当发。城市多嚣尘，还山弄明月。”

“卜得上峡日，秋江风浪多。巴陵一夜雨，肠断木兰歌。”

“寒草白露里，乱山明月中，是夕苦吟罢，寒烛与君同。”

元祐三年二月二十一日夜，与鲁直、寿朋、天启会于伯时斋舍。此一卷，皆仙鬼作或梦中所作也。又记《太平广记》中，有人为鬼物所引，入墟墓，皆华屋洞户，忽为劫墓者所惊，出，遂失所见。但云“芫花半落，松风晚清”。吾每爱此两句，故附之书末。

【译文】“忽然湖上片云飞，不觉中流雨湿衣。折得荷花浑忘却，空将荷叶盖头归。”

“江山樯竿一百尺，山中楼台十二重。山僧楼上望江上，遥指樯竿笑杀侬。”

“湘中老人读黄老，手援紫藟坐碧草。春至不知湘水深，日暮忘却巴陵道。”

“爷娘送我青枫根，不记青枫几回落。当时手刺衣上花，今日为灰不堪着。”

“浦口潮来初淼漫，莲舟溶漾采花难。芳心不惬空归去，会待潮平更折看。”

“酒尽君莫沽，壶倾我当发。城市多嚣尘，还山弄明月。”

“卜得上峡日，秋江风浪多。巴陵一夜雨，肠断木兰歌。”

“寒草白露里，乱山明月中。是夕苦吟罢，寒烛与君同。”

元祐三年二月二十一日夜，我与黄鲁直、李寿朋、蔡天启相会于李伯时的斋舍。这一卷诗，都是仙鬼所作或者是在梦中作的。我又记得《太平广记》中载，有一个人被鬼引着，进到坟墓中，所见都是华丽的屋舍，深幽的门户。忽然间，他被盗墓人惊吓，就走了出来，先前见到的就消失了，只说“芫花半落，松风晚清”八字。我很喜爱这两句，故而把它附记在此。

记白鹤观诗

昔游忠州白鹤观，壁上高绝处有小诗，不知何人题也。诗云：“仙人未必皆仙去，还在人间人不知。手把白髦从两鹿，相逢聊问姓名谁。”

【译文】昔日，我到忠州白鹤观游览，看到墙壁的顶端有一首小诗，不知是谁题写的。诗是这样的：“仙人未必皆仙去，还在人间人不知。手把白髦从两鹿，相逢聊问姓名谁。”

记关右壁间诗

“欲挂衣冠神武门，先寻水竹渭南村。却将旧斩楼兰剑，买得黄牛教子孙。”余旧见此诗于关右壁间，爱之，不知何人诗也。

【译文】“欲挂衣冠神武门，先寻水竹渭南村。却将旧斩楼兰剑，买得黄牛教子孙。”我先前在关右石壁间见到了这首诗，很喜欢它，但不知是什么人写的。

记西邸诗

余官凤翔，见村邸壁上，书此数句，爱而录之。云：“人间有漏仙，兀兀三杯醉。世上无眼禅，昏昏一枕睡。虽然没交涉，其奈略相似。相似尚如此，何况真个是。”

【译文】我在凤翔府做官时，见到村邸的墙壁上，写有这几句诗，很喜爱它，就录了下来。这几句诗是：“人间有漏仙，兀兀三杯醉。世上无眼禅，昏昏一枕睡。虽然没交涉，其奈略相似。相似尚如此，何况真个是。”

书《出局》诗

“急景归来早，浓阴晚不开。倾杯不能饮，待得卯君来。”今日局中早出，阴晦欲雪，而子由在户部晚出，作此数句。忽记十年前在彭城时，王定国来相过，留十余日，还南都。时子由为宋幕，定国临去，求家书，仆醉不能作，独以一绝与之。云：“王郎西去路漫漫，野店无人霜月寒。泪湿粉笺书不得，凭君送与卯君看。”卯君，子由小名也。今日情味虽差胜彭城，然不若同归林下，夜雨对床，乃为乐耳。元祐三年十月二十三日。

【译文】“急景归来早，浓阴晚不开。倾杯不能饮，待得卯君来。”今天我从局中回来得早，天又阴暗要下雪，而子由在户部回来得晚，我就作了这几句诗。忽然间，我又记起十年前在彭城时，王定国来访，留他住了十多天，他就回南都去了。当时子由在应天府任判官，定国临走时，请我写封家信，而我又醉了酒不能写，只作了一首绝句给他。那首绝句是：“王郎西去路漫漫，野店无人霜月寒。泪湿粉笺书不得，凭君送与卯君看。”卯君是子由的小名。我今天的情景虽然略微胜于在彭城时，但终不如一同归隐林下，雨夜对床而谈，那才是欢乐呢。元祐三年十月二十三日。

评诗人写物

诗人有写物之功。“桑之未落，其叶沃若。”他木殆不可以当此。林逋《梅花》诗云：“疏影横斜水清浅，暗香浮动月黄昏。”决非桃、李诗。皮日休《白莲》诗云：“无情有恨何人见，月晓风清欲堕时。”决非红莲诗。此乃写物之功。若石曼卿《红梅》诗云：“认桃无绿叶，辨杏有青枝。”此至陋语，盖村学中体也。元祐三年十二月六日，书付过。

【译文】诗人在写物方面很见功力。“桑之未落，其叶沃若。”别的树木几乎是不能担当的。林逋《梅花》诗说：“疏影横斜水清浅，暗香浮动月黄昏。”决不能移于写桃、李的诗中。皮日休《白莲》诗说：“无情有恨何人见，月晓风清欲堕时。”也决非写红莲的诗能用。至于石曼卿《红梅》诗说：“认桃红绿叶，辨杏有青枝。”这等极粗鄙的话，大概算是村学中的风格了。元祐三年十二月六日。题书付予苏过。

评七言丽句

七言之伟丽者。杜子美云：“旌旗日暖龙蛇动，宫殿风微燕雀高”；“五更晓角声悲壮，三峡星河影动摇。”尔后寂寞无闻焉。直至欧阳永叔：“沧波万古流不尽，白鹤双飞意自闲”；“万马不嘶听号令，诸蕃无事乐耕耘。”可以并驱争先矣。轼亦云：“令严钟鼓三更月，野宿貔貅万灶烟。”又云：“露布朝驰玉关塞，捷书夜到甘泉宫。”亦庶几焉尔。

【译文】这里记的是七言诗中的伟丽诗句。杜子美有云：“旌旗日暖龙蛇动，宫殿风微燕雀高”；“五更晓角声悲壮，三峡星河影动摇。”此后这样的句子就沉寂无闻了。直到欧阳永叔写出“沧波万古流不尽，白鹤双飞意自闲”；“万马不嘶听号令，诸蕃无事乐耕耘”的诗句来，才可以同杜子美并驾争先。我也有句云：“令严钟鼓三更月，野宿貔貅万灶烟。”又有云：“露布朝驰玉关塞，捷书夜到甘泉宫。”也差不多可和他们争胜了。

读文宗诗句

“人皆苦炎热，我爱夏日长。薰风自南来，殿阁生微凉。”世未有续之者。予亦有诗云：“卧闻疏响梧桐雨，独咏微凉殿阁风。”

【译文】唐文宗诗：“人皆苦炎热，我爱夏日长。薰风自南来，殿阁生微凉。”世间没有续和此诗的人。我也有诗写道：“卧闻疏响梧桐雨，独咏微凉殿阁风。”

书辩才《次韵参寥诗》

“岩栖木食已皤然，交旧何人慰眼前。素与昼公心印合，每思秦子意珠圆。当年步月来幽谷，柱杖穿云冒夕烟。台阁山林本无异，故应文字未离禅。”辩才作此诗时，年八十一矣。平生不学作诗，如风吹水，自成文理。而参寥与吾辈诗，乃如巧人织绣耳。

【译文】“岩栖木食已皤然，交旧何人慰眼前。素与昼公心印合，每思秦子意珠圆。当年步月来幽谷，柱杖穿云冒夕烟。台阁山杖本无异，故应文字未离禅。”辩才写这首诗时，已八十一岁了。他平生不学如何写诗，但写出的诗就如同风过水面，自成纹理。而参寥与我辈人的诗，就如匠织绣一样。

书参寥诗

仆在黄州，参寥从吴中来访，馆之东坡。一日，梦见参寥所作诗，觉而记其两句云：“寒食清明都过了，石泉槐火一时新。”后七年，仆出守钱塘，而参寥始卜居西湖智果院。院中有泉出石缝间，甘冷宜茶。寒食之明日，仆与客泛湖，自孤山来谒参寥，汲泉钻火，烹黄蘗茶，忽悟所梦诗，兆于七年之前。众客皆惊叹，知传记所载，非虚语也。元祐五年二月二十七日，眉山苏轼书并题。

【译文】我在黄州时，参寥从吴中来拜访，我安排他住在东坡。一天，我梦见了参寥所写的诗，醒后还记得两句是：“寒食清明都过了，石泉槐火一时新。”此后的第七年，我出任杭州太守，而参寥也开始在西湖智果院住了下来。智果院中有一眼从石缝间流出的泉水，甘甜清凉,适宜烹茶。寒食后的第二天,我与客人泛舟西湖,从孤山前来拜访参寥,取来泉水生起火,烹煮黄蘖茶,忽然明白了所梦诗的含义,那是在七年前的预兆。在座的客人都惊叹不已,我这才懂得传记中所记载的,并非虚语。元祐五年二月二十七日,眉山苏轼书写并题记。

记谢中舍诗

寇元弼言:"去岁徐州倅李陶,有子年十七八,素不甚作诗,忽咏《落花》诗云:'流水难穷目,斜阳易断肠。谁同砑光帽,一曲舞山香。'父惊问之,若有物凭附者。自云是谢中舍。问砑光帽事,云:'西王母宴群仙,有舞者戴砑光帽,帽上簪花,舞《山香》一曲,未终,花皆落去。'"

【译文】寇元弼说:"徐州判官李陶有个儿子十七八岁,平素不怎么写诗,去年忽然吟诵《落花》诗说:'流水难穷目,斜阳易断肠。谁同砑光帽,一曲舞山香。'其父惊奇地问他,好像有异物附于身体。他自称是谢中舍。其父问砑光帽典实,他说:'西王母大宴群仙,有个舞女头戴砑光帽,帽上插着花,舞一曲《山香》,尚未跳到曲尽,花就落尽了。'"

书苏子美《金鱼》诗

旧读苏子美《六和寺》诗云:"松桥待金鱼,竟日独迟留。"初不喻此语。及倅钱塘,乃知寺后池中有此鱼如金色也。昨日复游池上,投饼饵,久之,乃略出,不食,复入,不可复见。自子美作诗,至今四十余年。子美已有“迟留”之语，苟非难进易退而不妄食，安能如此寿耶？

【译文】先前读苏子美《六和寺》诗道：“松桥待金鱼，竟日独迟留。”起初，我不明白这诗句的意思。等到出任杭州判官，才知道六和寺后的池塘中有这种金色鱼。昨天又到池上游观，投下饼饵，很久以后，金鱼才露出头来，它并不吃饼饵，迅即又入水中，再看不到了。从苏子美写《六和寺》诗，到现在四十多年了。苏子美已有“迟留”的话在，看来，这种鱼假如不是难进易退而不乱食，如何能这般长寿呢？

题《张子野诗集》后

张子野诗笔老妙，歌词乃其余技耳。《湖州西溪》云：“浮萍破处见山影，小艇归时闻草声。”与余和诗云：“愁似鳏鱼知夜永，懒同胡蝶为春忙。”若此之类，皆可以追配古人。而世俗但称其歌词。昔周昉画人物，皆入神品，而世俗但知有周昉士女，皆所谓未见好德如好色者欤？元祐五年四月二十一日。

【译文】张子野诗笔老练精妙，歌词不过是他的余技罢了。其《湖州西溪》中说：“浮萍破处见山影，小艇归时闻草声。”他又同我和诗道：“愁似鳏鱼知夜永，懒同胡蝶为春忙。”像这一类诗，都可以追配古人，但世俗之人却只称道他的歌词。先前，周昉画的人物，都达到了神品的境界，而世俗之人只知道有周昉的士女图，这都是出于孔子所说的“未见好德如好色”的缘故吧？元祐五年四月二十一日。

书所和回先生诗

回先生诗云：“西邻已富忧不足，东老虽贫乐有余。白酒酿来因好客，黄金散尽为收书。”东坡居士和云：“世俗何知贫是病，神仙可学道之余。但知白酒留佳客，不问黄公觅素书。”熙宁元年八月十九日，有道人过沈东老饮酒，用石榴皮写句壁上，自称回山人。东老送之出门，至石桥上。先渡桥数十步，不知其所往。或曰：“此吕先生洞宾也。”七年，仆过晋陵，见东老之子偕，道其事。时东老既没三年矣，为和此诗。其后十六年，复与偕相遇钱塘，更为书之。偕字君与，有文行，世其家云。元祐五年五月二十五日，东坡先生书。

【译文】回先生有诗说：“西邻已富忧不足，东老虽贫乐有余。白酒酿来因好客，黄金散尽为收书。”我和诗说：“世俗何知贫是病，神仙可学道之余。但知白酒留佳客，不问黄公觅素书。”熙宁元年八月十九日，有一个道人到沈东老家中饮酒，用石榴皮把诗写到了墙壁上，自称是回山人。东老送他出门，至石桥之上。道人先从桥上走过数十步，就不知哪里去了。有人说：“这人是吕洞宾先生。”熙宁七年，我打晋陵经过，见到了东老的儿子沈偕。他向我讲述了这件事。当时沈东老已经去世三年了，我因而和了这首诗。这之后的第十六年，我又与沈偕在钱塘相遇，为他书写了此诗。沈偕字君与，有文才与德行，能够继承家风。元祐五年五月二十五日，东坡先生书。

记里舍联句

幼时里人程建用、杨尧咨、舍弟子由会学舍中，天雨，联句六言。程云：“庭松偃仰如醉。”杨即云：“夏雨凄凉似秋。”余云：“有客高吟拥鼻。”子由云：“无人共吃馒头。”坐皆绝倒，今四十余年矣。

【译文】我幼时与乡里人程建用、杨尧咨及舍弟子由聚在学馆中，正逢天下雨，于是作六言联句。程建用说：“庭松偃仰如醉。”杨尧咨立即接道：“夏雨凄凉似秋。”我接道：“有客高吟拥鼻。”子由收束道：“无人共吃馒头。”一座之人都笑得前仰后合，那时到现在已四十多年了。

题凤山诗后

杨君诗，殊有可观之言，长韵尤可喜，然求免于寒苦而不可得。悲夫，此道之不售于世也久矣！

【译文】杨凤山的诗，很有可观之处，他的长韵诗尤其可爱，但他想以此求得免于饥寒，却没能做到。令人悲伤啊，此道不行于世已很久了！

题欧阳公《送张著作》诗后

诗中虽不著岁月，有“厌京已弄春”之语。是则自洛还馆中未久，去夷陵之行未几矣。元祐六年，东坡居士观于汝南东阁。

【译文】欧阳公的这首诗中虽然没有注明写作的年月，但是有“厌京已弄春”的句子。看来，这是他从西京留守推官回到朝廷任馆阁校勘不久写的，离他出任夷陵县令也没有多长时间了。元祐六年，东坡居士读于汝南东阁。

书颍州祷雨诗

元祐六年十月，颍州久旱，闻颍上有张龙公神祠，极灵异，乃斋戒遣男迨与州学教授陈履常往祷之。迨亦颇信道教，沐浴斋居而往。明日，当以龙骨至，天色少变。二十六日，会景贶、履常、二欧阳，作诗云："后夜龙作云，天明雪填渠。梦回闻剥啄，谁呼赵、陈、予？"景贶拊掌曰："句法甚新，前此未有此法。"季默曰："有之。'长官请客吏请客，目曰主薄、少府、我'，即此语也。"相与笑语。至三更归时，星斗灿然，就枕未几，而雨已鸣檐矣。至朔旦日，作五人者复会于郡斋。既感叹龙公之威德，复嘉诗语之不谬。季默欲书之，以为异日一笑。是日，景贶出迨诗云："吾侪归卧髀骨裂，会友携壶劳行役。"仆笑曰："是男也，好勇过我。"

【译文】元祐六年十月，颍川久旱不雨。我听说颍水之上有个张龙公神祠，极其灵验奇异，于是就斋戒一番，并派儿子苏迨与州学教授陈履常前去祈祷。苏迨也很信仰道教，就沐浴斋戒而往。第二天，当把龙骨请回来时，天色就稍变了。二十六日，我和赵景贶、陈履常、欧阳叔弼、欧阳季默四人相聚，作了一首诗道："后夜龙作云，天明雪填渠。梦回闻剥啄，谁呼赵、陈、予？"赵景贶击掌说："这首诗的句法很新颖。此前没有这种写法。"欧阳季默说："以前有。'长官请客吏请客，目曰主薄、少府、我'，就是这种句法。"我们一起说笑。到三更回居所时，尚是星斗灿烂，我躺下不久，就听到雨从屋檐上落了下来。到十一月初一，我们五人又聚会到郡斋，既感叹龙公的威德，又称道诗句的不谬。季默想把此事写下来，以博得他日一笑。这一天，赵景贶拿出苏迨的诗："吾侪归卧髀骨裂，会友携壶劳行役。"我笑着说："这个儿子比我还好勇。"

书《李简夫诗集》后

孔子不取微生高，孟子不取於陵仲子，恶其不情也。陶渊明欲仕则仕，不以求之为嫌，欲隐则隐，不以去之为高，饥则扣门而乞食，饱则鸡黍以延客，古今贤之，贵其真也。李公简夫以文学政事有闻于天圣以来，而谢事退居于嘉祐之末、熙宁之初。平生不眩于声利，不戚于穷约，安于所遇而乐之终身者，庶几乎渊明之真也。熙宁三年，轼始过陈，欲求见公，而公病矣。后二十年，得其手录诗七十篇于其孙公辅。读之，太息曰："君子哉若人，今亡矣夫！"元祐六年十二月初四日。

【译文】孔子认为微生高不可取，孟子认为於陵仲子不可取，那是厌恶他们没有真情。陶渊明想做官就做官，而不以求官职为避忌；想隐居就隐居，而不以不做官为高尚；饥饿了就去向别人乞讨，吃饱了就杀鸡做黍来请客，古今之人以他为贤，那是推重他真率啊。自天圣年间以来，李简夫即以文学政事方面的业绩被人们所传道，到了嘉祐之末、熙宁之初，他就谢事隐退了。简夫平生不为名利而迷乱，不为穷困而动摇，安于所遇而乐之终身，差不多达到了陶渊明真率的境界了。熙宁三年，我初次经过陈州，想求见李公，而李公正好病了。二十年后，我从他孙子李公辅那里得到了他亲手笔录的七十篇诗，读后，叹息说："这人是君子啊，可惜现在亡故了！"元祐六年十二月初四日。

题梅圣俞诗后

"驿使前时走马回，北人初识越人梅。清香莫把酴醾比，只欠溪头月下杯。"梅二丈长身秀眉，大耳红颊，饮酒过百盏，辄正坐高拱，此其醉也。吾虽后辈，犹及与之周旋，览其亲书诗，如见其抵掌谈笑也。元祐七年七月二十二日。

【译文】“驿使前时走马回，北人初识越人梅。清香莫把酴醾比，只欠溪头月下杯。”梅二丈圣俞身材修长，眉目清秀，耳朵硕大，脸颊红润，饮酒过百盏后，就正襟危坐，双手高拱，这是他的醉态。我虽然是他的晚辈，却和他有过来往，现在读到他亲手书写的这首诗就如同见到他击掌谈笑的情形一样。元祐七年七月二十二日。

跋《再送蒋颖叔》诗后

颖叔未有帅洮之命，作《扈驾诗》，轼和之，有“游魂”之句，遂成吟谶。正月十六日，偶谒钱穆父，作小诗写之扇上，颖叔、穆父、仲至皆和，轼亦再赋。请颖叔收比扇与此轴，旋复迎劳，吾诗之必谶也。

【译文】蒋颖叔担任熙州知州的任命还未下达之前，写了一首《扈驾诗》，我酬和了一首，其中有“游魂”之句，遂成了诗谶。元祐八年正月十六日，我偶然去拜访钱穆父，作了一首诗写于扇子上，蒋颖叔、钱穆父、王仲至都酬和了，我又作了一首。我请蒋颖叔收下这把扇子和这卷诗，不久就得了病，看来，我的诗必成谶语了。

记宝山题诗

予昔在钱塘，一日，昼寝于宝山僧舍，起，题其壁云：“七尺顽躯走世尘，十围便腹贮天真。此中空洞全无物，何止容君数百人。”

其后有数小子亦题名壁上，见者乃谓予诮之也。周伯仁所谓君子者，乃王茂弘之流，岂此等辈哉？世子多讳，盖僭者也。吾尝作《李太白真赞》云："生平不识高将军，手污吾足乃敢嗔。"吾今复书此者，欲使后之小人少知自揆也。

【译文】我先前在钱塘时，有一天，在宝山僧舍中昼寝，起来后，在墙壁上题诗道："七尺顽躯走世尘，十围便腹贮天真。此中空洞全无物，何止容君数百人。"此后，有几个年轻人把名字也题写到了墙壁上，见到题诗的人就说我是讥诮那几个年轻人的。其实，周伯仁所说的君子，是王茂弘一流人物，岂是这等小辈呢？世人多所避讳，大概是出于作伪。我曾写有《李太白真赞》说："生平不识高将军，手污吾足乃敢嗔。"我现在又写这些话的目的，是想使后世的小人们多少能知道估量估量自己。

书《石芝》诗后

中山教授马君，文登人也。盖尝得石芝食之，故作此诗，同赋一篇。目昏不能多书，令小儿执笔，独题此数字。

【译文】中山教授马君是文登县人。他大概是得了一支石芝吃了，故而写了这首诗，我也同赋了一篇。因为眼花不能多写，我就令小儿执笔，只题了这几个字。

书蜀僧诗

王中令既平蜀，捕逐余寇，与部队相远。饥甚，入一村寺中。主僧醉甚，箕踞，公怒，欲斩之。僧应对不惧，公奇而赦之。问求蔬食，僧对曰："有肉无蔬。"公益奇之。馈以蒸猪头，食之甚美。公喜，问僧："止能饮酒食肉耶，抑有他技也？"僧自言："能为诗。"公命赋蒸豚，操笔立成，云："觜长毛短浅含膘，久向山中食药苗。蒸处已将蕉叶裹，熟时兼用杏桨浇。红鲜雅称金盘饤，软熟真堪玉筋挑。若把毡根来比并，毡根自合吃藤条。"公大喜，与紫衣师号。元祐九年二月十三日，偶与公之玄孙讷道此，因记之。

【译文】王中令平定了蜀地的叛乱后，在追捕余寇时，与部队走散了。他饿得慌了，就进入一座村落的寺院中。寺院的主持僧人正好喝得大醉，箕踞在院中。王公大怒，要斩杀他。这位僧人和王公应对，毫无惧意，王公惊奇地赦免了他。王公向僧人求蔬食吃，僧人回答说："有肉无蔬。"王公越发惊奇。僧人把一个蒸熟的猪头送给王公，王公吃了觉得味道很美。王公很高兴，问僧人说："你仅能饮酒吃肉呢？还是别有他能？"僧人自称："能写诗。"王公命僧人以蒸豚为题赋诗，他援笔立成，诗云："觜长毛短浅含膘，久向山中食药苗。蒸处已将蕉叶裹，熟时兼用杏浆浇。红鲜雅称金盘饤，软熟真堪玉筋挑。若把毡根来比并，毡根自合吃藤条。"王公大喜，给他送一个紫衣师的称号。元祐九年二月十三日，我偶然和王公的玄孙王讷说及此事，就记了下来。

书《彭城观月》诗

"暮云收尽溢清寒，银汉无声转玉盘。此生此夜不长好，明月明年何处看。"余十八年前中秋夜，与子由观月彭城，作此诗，以《阳关》歌之。今复此夜，宿于赣上，方迁岭表，独歌此曲，聊复书之，以识一时之事，殊未觉有今夕之悲，悬知有他日之喜也。

【译文】“暮云收尽溢清寒，银汉无声转玉盘。此生此夜不长好，明月明年何处看。”十八年前的仲秋夜，我和子由在彭城观月，写了这首诗，并用《阳关三叠》的曲调歌唱。今天又是仲秋夜，我却宿于赣水之上，将被迁谪到岭南去，独自唱起这首曲子，又姑且把它写了下来，想以此来回味当时的情景，殊未感到有今夕的悲伤，只感受到有往日的喜悦。

记乐天《西掖通东省》诗

元祐元年，予为中书舍人。时执政患本省事多漏泄，欲以舍人厅后作露篱，禁同省往来。予白执政，应须简要清通，何必树篱插棘，诸公笑而止。明年竟作之。暇日，偶读《乐天集》，有云：“西省北院，新构小亭，种竹开窗，东通骑省，与李常侍隔窗小饮，作诗。”乃知唐时得西掖作窗以通东省，而今日本省不得往来，可叹也！

【译文】元祐元年，我出任中书舍人。当时主管中书省的官员担心本省的机密多被泄漏，就想在舍人厅后插上篱笆，禁止同省的人来往。我向主管官员说，凡事应该简要清通，何必去插棘树篱，他们就笑着将此事停了下来。到了第二年，终究还是插了篱笆。在一个空闲的日子里，我偶尔翻阅《乐天集》，其中有云：“中书省的北院中，新建了斗个小亭，这里种有竹子并开了窗户，它向东通向门下省，我在此和李常侍隔窗小饮，写了该诗。”我这才知道，唐时可在西掖开窗以通门下省，而观在我们本省的人却不能往来，可叹啊！

书《润州道上》诗

“行歌野哭两堪悲，远火低星渐向微。病眼不眠非守岁，乡音无伴苦思归。重衾脚冷知霜重，新沐头轻感发稀。只有残灯不嫌客，孤舟一夜许相依。”仆时三十九岁，润州道中，值除夜而作。后二十年，在惠州守岁，录付过。

【译文】“行歌野哭两堪悲，远火低星渐向微。病眼不眠非守岁，乡音无伴苦思归。重衾脚冷知霜重，新沐头轻感发稀。只有残灯不嫌客，孤舟一夜许相依。”这首诗是我三十九岁时，在润州道中，正值除夕之夜写的。二十年后，我在惠州守岁，就把它书录下来付予了苏过。

书李主词

“三十余年家国，数千里地山河。几曾惯干戈！一旦归为臣虏，沈腰潘鬓消磨。最是苍皇辞庙日，教坊独奏别离歌。挥泪对宫娥。”后主既为樊若水所卖，举国与人，故当恸哭于九庙之外，谢其民而后行，顾乃挥泪宫娥，听教坊离曲哉？

【译文】“三十余年家国，数千里地山河。几曾惯干戈！一旦归为臣虏，沈腰潘鬓消磨。最是苍皇辞庙日，教坊独奏别离歌。挥泪对宫娥。”李后主被樊若水出卖后，举国都送到了别人手中，他本当在九庙之外恸哭，向百姓谢罪，然后登程，何乃对宫娥挥泪，听教坊奏离别曲呢？

题《秧马歌》后四首

惠州博罗县令林君抃，勤民恤农，仆出此歌以示之。林君喜甚，躬率田者制作阅试，以谓背虽当如覆瓦，然须起首尾如马鞍状，使前却有力。今惠州民皆已施用，甚便之。念浙中稻米几半天下，独未知为此，而仆又有薄田在阳羡，意欲以教之。适会衢州进士梁君琯过我而西，乃得指示，口授其详，归见张秉道，可备言范式尺寸及乘驭之状，仍制一枚，传之吴人，因以教阳羡儿子，尤幸也。本欲作秉道书，又懒，此间诸事，可问梁君其详也。试更以示西湖智果妙总禅师参寥子，以发万里一笑，尤佳也。绍圣二年四月二十二日，轼书。

【译文】惠州博罗县令林君抃，体恤百姓，忧心农事，我拿出这首歌让他看。林君非常高兴，亲自带领农夫制作秧马验试，认为秧马的背虽然应当像覆瓦一样，但必须让其头尾翘起如马鞍状，以便使其前后挪动时有力。现在惠州的百姓都已经施用了，认为很方便。想到浙中稻米的产量几乎占天下的一半，而浙中的人却独独不知道使用秧马，而我在阳羡又有薄田，就心想把这种方法教给他们。适逢衢州进士梁君琯来拜访我，要到西边去，我这才得以把秧马指给他看，并口授了详情，让他在归途中去见张秉道，向秉道备言秧马的模型、尺寸及驾驭的方法，要秉道制作一枚，传授给吴地人，趁此教教我在阳羡的儿子使用，这就大幸了。我本想给秉道写封信，但又懒惰，这里的各种事情，可问问梁君就都详悉了。我想，若把秧马让西湖智果院妙总禅师参寥子看看，以使他在万里之外笑一笑，那就更好了。绍圣二年四月二十二日，苏轼书。

又

林博罗又云："以榆枣为腹，患其重，当以梔木，则滑而轻矣。"又云："俯伛秧田，非独腰脊之苦，而农夫例于胫上打洗秧根，积久皆至疮烂。今得秧马，则又于两小颊子上打洗，又完其胫矣。"

【译文】博罗县令林君抃又说："用榆木、枣木做秧马腹，恐怕太重，当用栀木做，那就既滑润又轻便了。”他又说：“俯身弯腰在田间插秧，不只腰背受苦，而农夫们向来在胫部打洗秧苗，时间积久了，胫部都生疮腐烂。现在使用了秧马，他们就可以在秧马的两小颊子上打洗秧苗，又可以保完胫部了。”

又

翟东玉将令龙川，从予求秧马式而去。此老农之事，何足云者，然已知其志之在民也。愿君以古人为师，使民不畏吏，则东作西成，不劝而自力，是家赐之牛，而人予之种，岂特一秧马之比哉！

【译文】翟东玉将出任龙川县令，从我这里获得了秧马的制作方法。虽说这是农夫们的事情，不足称道，但从中知他的志向是在为百姓谋利造福。我希望他以古人为师，不使百姓畏惧官吏，那么就会春种秋收，不加规劝，百姓自然努力，这就是所说的家里赐给人牛，而人给予我粮食，岂止是一匹秧马可比呢！

又

吾尝在湖北，见农夫用秧马行泥中，极便。顷来江西作《秧马歌》以教人，罕有从者。近读《唐书·回鹘部族黠戛斯传》，其人以木马行水上，以板荐之，以曲木支腋下，一蹴辄百余步，意殆与秧马类欤？聊复记之，异日详问其状，以告江南人也。

【译文】我曾在湖北，看见农夫骑着秧马在泥水中行走，很方便。不久来到江西，写了《秧马歌》来教当地人，很少有人信从。最近读《唐书·回鹘部族黠戛斯传》，看到回鹘人用木马行走水上，以木板为垫，以曲木支于腋下，踢一下就能行百余步，心想这大概和秧马相似吧？姑且记下来，他日问问情况，来告诉江南人。

书陆道士诗

江南人好作盘游饭，鲊脯脍炙无不有，然皆埋之饭中。故里谚云：“撅得窖子。”罗浮颍老取凡饮食杂烹之，名谷董羹，坐客皆称善。诗人陆道士，遂出一联句云：“投醪谷董羹锅里，撅窖盘游饭碗中。”东坡大喜，乃为录之，以付江秀才收，为异时一笑。吴子野云：“此羹可以浇佛。”翟夫子无言，但咽唾而已。丙子十二月八日。

【译文】江南人喜欢做盘游饭吃，鲊脯脍炙等料无所不用，但都埋在饭里。所以里中有谚语说：“撅得窖子。”罗浮山昙颖和尚取来各种食物放在一起烹饪，名叫谷董羹，座中客人都称好。诗人陆道士就出了一幅对联说：“投醪谷董羹锅里，撅窖盘游饭碗中。”我大喜不已，就把它写了下来，交给江秀才收，以博得异时一笑。吴子野说：“这种羹可以浇佛。”翟夫子没说什么，只是自咽唾液而已。丙子年十二月八日。

记刘景文诗

刘季孙景文，平之子也。慷慨奇士，博学能诗。仆荐之，得隰州以殁。哀哉！哀哉！尝有诗寄仆曰：“四海共知霜鬓满，重阳能插菊花无。”死之日，家无一钱，但有书三万轴、画数百幅耳。

【译文】刘季孙景文，是刘平之的儿子。他是一个有慷慨大节的奇士，博学能诗。我向朝廷推举他，谁知他做了隰州太守就死了。哀哉！哀哉！他曾写诗寄给我说：“四海共知霜鬓满，重阳能插菊花无。”他死时，家中无一文钱，只有书三万轴、画数百幅而已。

书刘景文诗后

景文有英伟气，如三国时士陈元龙之流。读此诗，可以想见。其人以中寿没于隰州，哀哉！哀哉！昙秀，学道离爱人也，然常出其诗，与余相对泣下。丁丑正月六日，谨题。

【译文】刘景文有英俊伟岸的气度，就像三国时的陈元龙之流一样。读他这首诗，即可想象得见。他以中寿死于隰州，哀哉！哀哉！昙秀是修道离欲之人，但却常常拿出景文的诗来读，和我相对落泪。丁丑年正月六日，苏轼谨题。

书昙秀诗

予在广陵，与晁无咎、昙秀道人同舟送客山光寺。客去，予醉卧舟中。昙秀作诗云："扁舟乘兴到山光，古寺临流胜气藏。惭愧南风知我意，吹将草木作天香。"予和云："闲里清游借隙光，醉时真境发天藏。梦回拾得吹来句，十里南风草木香。"予昔对欧阳文忠公诵文与可诗云："美人却扇坐，羞落庭下花。"公云："此非与可诗，世间元有此句，与可拾得耳。"后三年，秀来惠州，见予，偶记此事。

【译文】我在广陵时，曾与晁无咎、昙秀道人同船送客，一直送到山光寺。客人离去，我酒醉躺于舟中。昙秀作诗道："扁舟乘兴到山光，古寺临流胜气藏。惭愧南风知我意，吹将草木作天香。"我唱和道："闲里清游借隙光，醉时真境发天藏。梦回拾得吹来句，十里南风草木香。"我先前向欧阳文忠公吟诵文与可诗说："美人却扇坐，羞落庭下花。"欧阳公说："这不是与可的诗，世间原本有此诗句，与可不过是拾得而已。”三年后，昙秀来到惠州，见了我，我偶然记下了这件事。

记虏使诵诗

昔余与北使刘霄会食。霄诵仆诗云：“‘痛饮从今有几日，西轩月色夜来新。’公岂不饮者耶？”虏亦喜吾诗，可怪也。

【译文】先前，我和北虏使者刘霄在一起吃饭。刘霄吟诵我的诗说：“‘痛饮从今有几日，西轩月色夜来新。’你难道不是喝酒的人吗？”虏人也喜欢我的诗，真可怪了。

书迈诗

儿子迈，幼时尝作《林檎》诗云：“熟颗无风时自脱，半腮迎日斗先红。”于等辈中，亦号有思致者。今已老，无他技，但亦时出新句也。尝作酸枣尉，有诗云：“叶随流水归何处，牛载寒鸦过别村。”亦可喜也。

【译文】我的儿子苏过，幼时曾作《林檎》一诗说：“熟颗无风时自脱，半腮迎日斗先红。”在他一辈人中，也算是有才思和意趣的人。现在他也老了，没有别的能耐，只是也能不时写出新颖的诗句来。他曾做酸枣县尉，写有诗说：“叶随流水归何处，牛载寒鸦过别村。”这也可喜可贺了。

书韩魏公《黄州诗》后

黄州山水清远，土风厚善，其民寡求而不争，其士静而文，朴而不陋。虽闾巷小民，知尊爱贤者，曰："吾州虽远小，然王元之、韩魏公，尝辱居焉。"以夸于四方之人。元之自黄迁蕲州，没于蕲，然世之称元之者，必曰黄州，而黄人亦曰"吾元之"也。魏公去黄四十余年，而思之不忘，至以为诗。夫贤人君子，天之所以遗斯民，天下之所共有，而黄人独私以为宠，岂其尊德乐道，独异于他邦也欤？抑二人与此州之人，有宿昔之契，不可知也？元之为郡守，有德于民，民怀之不忘也固宜。魏公以家艰，从其兄居耳，民何自知之？《诗》云："有匪君子，如金如锡，如圭如璧。"金锡圭璧之所在，瓦石草木被其光泽矣，何必施于用？奉议郎孙贲公素，黄人也，而客于公。公知之深，盖所谓教授书记者也。而轼亦公之门人，谪居于黄五年，治东坡，筑雪堂，盖将老焉，则亦黄人也。于是相与摹公之诗而刻之石，以为黄人无穷之思。而吾二人者，亦庶几托此而不忘乎？元丰七年十月二十六日，汝州团练副使苏轼记。

【译文】黄州的山水清秀脱俗，那里的世风醇厚善良，当地的百姓也少有欲求而不争竞，读书人娴静而文雅，质朴而不粗鄙。即使乡井中的小民，也知道尊重爱戴贤人，他们说："我们黄州虽然偏远狭小，但是王元之、韩魏公曾在这里居住过。"以此向四方之人夸耀。王元之从黄州迁官蕲州，并死在那里，然而世人称元之，必说王黄州，而黄州人也说"我们的元之"。韩魏公离开黄州四十多年了，黄州人仍然对他念念不忘，甚至于写诗记念。那些贤人君子，本是上天派给下民的，为天下人所共有，而黄州人独独私之以为荣宠，这难道是他们在尊德乐道方面，独独和其他地方的人不同呢，抑或是王、韩二公和黄州之人有不得而知的宿世姻缘呢？王元之做过黄州郡守，对黄州百姓有恩德，他们念念不忘他，那是固然应该的。但韩魏公只是因家业艰难，随兄长在黄州居住过，黄州百姓何以知道他呢？《诗经》中说："有匪君子，如金如锡，如圭如璧。"看来，金锡圭璧所在之处，瓦石草木都要被其光泽，何必去使用它们呢？奉议郎孙贲，字公素，是黄州人，曾在韩魏公门下做客，韩魏公对他知之很深，大概就是所谓的教授书记吧。而我也是韩魏公的门生，曾谪居黄州五年，在那里修治东坡，建盖雪堂，现在就要老了，那么我也算是黄州人了。我们于是在一起摹写韩魏公的诗作，把它刻于石碑，以此来为黄州人对韩魏公的不尽之思稍尽心力。而我们二人大概也可以借此不被黄州人忘掉吧？元丰七年十月二十六日，汝州团练副使苏轼记。

记参寥诗

昨夜梦参寥师手携一轴诗见过。觉而记其《饮茶》诗两句云："寒食清明都过了，石泉槐火一时新。"梦中问："火固新矣，泉何故新？"答云："俗以清明淘井。"当续成一诗，以记其事。

【译文】昨夜，我梦见参寥禅师手中携带一轴诗来拜访我。醒来后，记得其《饮茶》诗中有两句说："寒食清明都过了，石泉槐火一时新。"我在梦中问道："火固然可以说新，泉何故能新呢？"他答道："因为按照风俗在清明时淘井。"应当把这两句续成一首诗，以记载此事。

书王太尉《送行诗》后

杜衍 贾黯 宋敏求 司马光

王安石 苏涣 王畴 邵亢

元绛 王纯臣 吕夏卿 张瑰

何涉 谢仲弓 陈洙 胡恢

王举正 赵概 张揆 曾公亮

王珪 王洙 曾公定 胡宿

范缜 李复圭 张刍 吴几复

范百之 晁仲衍 石扬休 李绚

宋敏修

右三十三人

丁度 郭劝 齐廓 马仲甫

令狐挺 施昌言 吕居简 孙沔

刘瑾 冯浩 黄灏 韩铎

李师中 辛若渝 李寿朋 刘参

张师中 李先 楚泰 洪亶

周延隽 钱延年 解宾王 黄从政

孟洵 阎颙 谢徽 张孜

吴可几 范宽之 张中庸 鲍光

闵从周

右三十三人

《送行诗》上下二卷，凡六十有六人。庆历、皇祐间，朝廷号称多士，故光禄卿赠太尉王公挂冠归江陵，作诗纪行者，多一时之杰。呜呼！唐虞之际，于斯为盛，非独以见王公取友之端，亦足以知朝廷得士之美也。昔柳宗元记其先友六十七人于墓碑之阴，考之于史，卓然知名者盖二十人。宗元曰："先君之所友，天下之善士举集焉。"余于王公亦云。元符元年十月初七日。

【译文】杜衍 贾黯 宋敏求

司马光 王安石 苏涣 王畴

邵亢 元绛 王纯臣 吕夏卿
张瑰 何涉 谢仲弓 陈洙
胡恢 王举正 赵概 张揆
曾公亮 王珪 王 洙 曾公定
胡宿 范缜 李复圭 张刍
吴几复 范百之 晁仲衍 石扬休
李绚 宋敏修
以上三十三人
丁度 郭劝 齐廓 马仲甫
令狐挺 施昌言 吕居简 孙沔
刘瑾 冯浩 黄灏 韩铎
李师中 辛若渝 李寿朋 刘参
张师中 李先 楚泰 洪亶
周延隽 钱延年 解宾王 黄从政
孟洵 阎颙 谢徽 张孜
吴可几 范宽之 张中庸 鲍光
闵从周
以上三十三人

《送行诗》上下二卷，写作者共六十六人。庆历、皇祐年间，朝廷号称人才济济，故光禄卿赠太尉王公辞官回归江陵，为他作诗送行的人，大都是当时的俊杰。唉，唐尧虞舜的时代，也是以此为盛美的。从写诗为王公送行的人中不仅可以看出王公择友的方正，而且也足以知道朝廷选用人才的英明。昔日，柳宗元在墓碑的背面记载了其先父的朋友六十七人，考之于史，杰出知名的就有二十人。宗元说："先父所交结的朋友，尽是天下的贤士，现在都记在这里了。"对于王公而言，我看也是这样。元符元年十月初七日。

跋黔安居士《渔父词》

鲁直作此词，清新婉丽。问其得意处，自言以水光山色，替却玉肌花貌，此乃真得渔父家风也。然才出新妇矶，又入儿女浦，此渔父无乃大澜浪乎？

【译文】黄鲁直写的这首词，清新婉丽。我问他词中得意之处在什么地方，他自言是以水光山色替代了玉肌花貌，这是真正得到渔父家风了。不过，词写得才出新妇矶，又入儿女浦，这渔父不是也显得太放浪无拘了吗？

记临江驿诗

“淮西功业冠吾唐，吏部文章日月光。千载断碑人脍炙，不知世有段文昌。”“李白当年流夜郎，中原无复汉文章。纳官赎罪人何在？志士临风泪数行。”绍圣间，临江军驿壁上得此诗，不知谁氏子作也。

【译文】“淮西功业冠吾唐，吏部文章日月光。千载断碑人脍炙，不知世有段文昌。”“李白当年流夜郎，中原无复汉文章。纳官赎罪人何在？志士临风泪数行。”绍圣年间，有人在临江军驿的墙壁上得到了这两首诗，不知是何人写的。

记沿流馆诗

“帘卷窗穿户不扃，隙尘风叶乱纵横。幽人睡足谁呼觉，攲枕床前有月明。”绍圣间，人得此诗于沿流馆中，不知何人诗也。今录之，以益箧笥之藏。

【译文】“帘卷窗穿户不扃，隙尘风叶乱纵横。幽人睡足谁呼觉，欹枕床前有月明。”绍圣年间，有人在沿流馆中得到了这首诗，不知出于何人手笔。现在把它录下来，以丰富我书箱的收藏内容。

书《罗浮五色雀》诗

罗浮有五色雀，以绛羽为长，余皆从之东西。俗云：“有贵人入山则出。”余安道有诗云：“多谢珍禽不随俗，谪官犹作贵人看。”余过南华亦见之。海南人则谓之凤皇。云：“久旱而见则雨，潦则反是。”及谪儋耳，亦尝集于城南所居。余今日游进士黎威家，又集庭下，锵然和鸣，回翔久之。余举酒嘱之：“汝若为余来者，当再集也。”已而果然。

【译文】罗浮山中有五色雀，其中以羽毛绛红的为尊长，其余的都听从它的号令。当地人说：“有贵人进山，五色雀就出现。”余安道有诗说：“多谢珍禽不随俗，谪官犹作贵人看。”我经过南华山时也见到了这种雀。海南人称它叫凤凰，并且说：“这种雀久旱而现则要下雨，久潦而现则要天晴。”等到我谪居儋耳后，它也曾经落到了我在城南的居所。今天到进士黎威家游玩，它又落到院中，锵然和鸣，久久盘旋。我举起酒杯向它致意说：“你如果是为我来的话，就应当再落一次。”不久，就果然落了下来。

书秦少游《挽词》后

庚辰岁六月二十五日，予与少游相别于海康，意色自若，与平日无少异。但自作《挽词》一篇，人或怪之。予以谓少游齐生死，了物我，戏出此语，无足怪者。已而北归，至藤州，以八月十二日，卒于光华亭上。呜呼，岂亦自知当然者耶？乃录其诗云。

【译文】庚辰年六月二十五日，我与秦少游在海康分别，当时他神色自然，和平时没有任何差别。只是他自作了一篇《挽词》，有人感到奇怪。我认为少游对生死等量齐观，对外物、自我的认识透彻达观，不过是戏出此言，无足为怪。不久，他就回北方了，到了藤州，八月十二日那天，死于光华亭上。唉！难道他知道自己要死了吗？我于是就录下了这篇《挽词》。

书圣俞《赠欧阳辟》诗后

“客心如萌芽，忽与春风动。又随落花飞，去作江南梦。我家无梧桐，安可久留凤。凤栖在桂林，乌哺不得共。无忘桂枝荣，举酒一以送。”右宛陵先生梅圣俞诗。先君与圣俞游时，余与子由年甚少，世未有知者，圣俞极称之。家有老人泉，圣俞作诗曰：“泉上有老人，隐见不可常。苏子居其间，饮水乐未央。泉中若有鱼，与子同倘佯。泉中苟无鱼，子特玩沧浪。岁月不知老，家有雏凤凰。百鸟戢羽翼，不敢呈文章。去为仲尼叹，出为盛时翔。方今天子圣，无滞彼泉傍。”圣俞没，今四十年矣。南迁过合浦，见其门人欧阳晦夫，出所为送行诗。晦夫年六十六，予尚少一岁，须鬓皆皓然，固穷亦略相似。于是执手大笑，曰：“圣俞之所谓凤者，例皆如是哉！”天下皆言圣俞以诗穷，吾二人者又穷于圣俞，可不大笑乎？元符三年月日书。

【译文】“客心如萌芽，忽与春风动。又随落花飞，去作江南梦。我家无梧桐，安可久留凤。凤栖在桂林，乌哺不得共。无忘桂枝荣，举酒一以送。”上边是宛陵先生梅圣俞的诗。先父和梅圣俞交游时，我和子由年龄还很小，世间没有人知道，圣俞对我二人极力称许。我家中有一眼老人泉，圣俞写诗说：“泉上有老人，隐见不可常。苏子居其间，饮水乐未央。泉中若有鱼，与子同徜徉。泉中苟无鱼，子特玩沧浪。岁月不知老，家有雏凤凰。百鸟戢羽翼，不敢呈文章。去为仲尼叹，出为盛时翔。方今天子圣，无滞彼泉傍。”圣俞去世到现在四十年了。我被贬南迁经过合浦时，见到了他的门人欧阳晦夫，晦夫拿出了圣俞写给他的送行诗。晦夫今年六十六，我比他小一岁，但须发都白了，仕途不顺也大略相似。于是我们执手大笑说：“梅圣俞所说的凤凰，一例都是这样啊！”天下人都说梅圣俞因为写诗，仕途才不顺的，我们二人的仕途比圣俞更不顺了，这能不令人大笑吗？元符三年月某日书。

书王公《峡中诗》刻后

轼蜀人，往来古信州，山川草木，可以默数，老病流落，无复归日，冥蒙奄霭，时发于梦想而已。庚辰岁，蒙恩移永州，过南海，见部刺史王公进叔，出先太尉峡中石刻诸诗，反复玩味，则赤甲、白盐、滟滪、黄牛之状，凛然在人目中矣。十月十六日轼书。

【译文】我是蜀地人，常常往来于古信州，对那里的山川草木，凭着记忆也可以数得过来。如今，我年老多病，流落他方，再没有归乡的时候。那里幽暗不明的景色，只有时常在梦中想见。庚辰年，我蒙恩迁官永州，过了南海，见到了部刺史王公进叔，他拿出了其亡父先太尉被刻于石的《峡中》诸诗，我反复玩味，那赤甲、白盐、滟滪、黄牛等处的情况，都凛然历历在目了。元符三年十月十六日苏轼书。

书石曼卿诗笔后

范文正公《祭曼卿文》，其略云："曼卿之才，大而无媒。不登公卿，善人是哀。曼卿之诗，气豪而奇。大爱杜甫，酷能似之。曼卿之笔，颜筋柳骨。散落人间，宝为神物。曼卿之心，浩然无机。天地一醉，万物同归。不见曼卿，忆兮如生。希世之人，死为神明。"方此时，世未有言曼卿为神仙事。后十余年，乃有芙蓉之说，不知文正公偶然之言乎，抑亦有以知之也？元符三年十月十六日书。

【译文】范文正公写有《祭曼卿文》，其大略说："曼卿之才，大而无媒。不登公卿，善人是哀。曼卿之诗，气豪而奇。大爱杜甫，酷能似之。曼卿之笔，颜筋柳骨。散落人间，宝为神物。曼卿之心，浩然无机。天地一醉，万物同归。不见曼卿，忆兮如生。希世之人，死为神明。"当是时，世间没有传言曼卿成神仙之事。十余年后，就有他成为芙蓉城主的说法了，不知道范文正公"死为神明"之言是偶然说说呢，还是他有先见之明呢？元符三年十月十六日书。

书冯祖仁父诗后

国家承平百余年，岭海间学者彬彬出焉。时余襄公既没，未有甚显者，岂张九龄、姜公辅独出于唐乎？真阳冯氏，多贤有文者。河源令齐参祖仁出其先君子诗七篇，灿然有唐人风，方知祖仁之贤，盖有自云。元符三年十月十九日。

【译文】天下太平了一百多年，岭南、海南之间也出现了一批文质彬彬的学者。这时，余襄公已死，没有太突出的人了，难道像张九龄、姜公辅那样的人物只出于唐代吗？真阳冯氏一门，多有贤能善文的人。河源县令齐参祖仁向我出示其先父的诗七篇，文采灿然，有唐人的风范，这才清楚祖仁的贤明，原是渊源有自的。元符三年十二月十九日。

书程全父诗后

读其诗，知其为君子，如天侔岂易得哉？予识之于罪谪之中，不独无以发扬其人，适足以污累之。乃书以属过子，善藏之，异时必有知此子者。元符三年十二月日。

【译文】我读程全父的诗，知道他是君子，这种人就像向上天谋取一样，岂是能轻易得到呢？我在获罪被贬期间认识了他，不只无法向朝廷举荐，那样做反而会玷污连累了他。于是就笔录了他的诗，嘱咐儿子苏过，要好好收藏，他日必有了解此人的人。元符三年十二月某日。

书苏养直诗

"属玉双飞水满塘，菰浦深处浴鸳鸯。白苹满棹归来晚，秋着芦花一岸霜。扁舟系岸依林樾，萧萧两鬓吹华发。万事不理醉复醒，长占烟波弄明月。"此篇若置太白集中，谁复疑其非也？乃吾宗养直所作《清江曲》云。建中靖国元年三月二日。

【译文】“属玉双飞水满塘，菰浦深处浴鸳鸯。白苹满棹归来晚，秋着芦花一岸霜。扁舟系岸依林樾，萧萧两鬓吹华发。万事不理醉复醒，长占烟波弄明月。”这首诗如果放到李太白的诗集中，谁又能怀疑它不是太白之作呢？其实，这是我的同宗苏养直所写的《清江曲》。建中靖国元年三月二日。

书秦少游词后

少游昔在虔州，尝梦中作词云：“山路雨添花，花动一山春色。行到小溪深处，有黄鹂千百。飞云当面化龙蛇，夭矫转空碧。醉卧古藤阴下，了不知南北。”供奉官侬君沔居湖南，喜从迁客游，尤为吕元钧所称。又能诵少游事甚详，为余道此词，至流涕，乃录本使藏之。建中靖国元年三月二十一日。

【译文】秦少游先前在虔州时，曾于梦中作词：“山路雨添花，花动一山春色。行到小溪深处，有黄鹂千百。飞云当面化龙蛇，夭矫转空碧。醉卧古藤阴下，了不知南北。”供奉官侬君沔在湖南，喜欢跟谪居在外的人交游，这一点尤为吕元钧所称道。侬君沔又能很详细传诵秦少游的事迹，他向我述说这首词时，竟至于流了泪，我于是就笔录了一本让他收藏。建中靖国元年三月二十一日。

题杨朴妻诗

真宗东封还，访天下隐者，得杞人杨朴。能为诗，召对，自言不能。上问临行有人作诗送否？朴言：“无有。惟臣妻一绝云：‘且休落魄贪酒杯，更莫猖狂爱作诗。今日捉将官里去，这回断送老头皮。’”上大笑，放还山，命其子一官就养。余在湖州，坐作诗追赴诏狱，妻子送仆出门，皆哭。无以语之，顾老妻曰："子独不能如杨处士妻作一诗送我乎？"妻不觉失笑。予乃出。

【译文】真宗到东方封禅泰山回京后，访求天下的隐士，得到了杞县人杨朴。杨朴会写诗，真宗召他对诗，他自称不会。真宗问他临行时有人作诗送别吗？杨仆说："没有别人。只有我的妻子写了一首绝句说：'且休落魄贪酒杯，更莫猖狂爱咏诗。今日捉将官里去，这回断送老头皮。'"真宗大笑，就放他回山，命他叫一子出来做官，好奉养他。我在湖州时，因为写诗被朝廷追捕入御史台狱，妻子儿女送我出门，都哭了。我无话可说，回头看看老妻道："你独独不能像杨处士的妻子一样，作首诗给我送行吗？"妻子不觉失声而笑，我这才出了门。

书章詧诗

章詧，字隐之。本闽人，迁于成都数世矣。善属文，不仕。晚用太守王素荐，赐号冲退处士。一日，梦有人寄书召之，云东岳道士书也。明日，与李士宁游青城，濯足水中，咍谓士宁曰："脚踏西溪流去水。"士宁答曰："手持东岳送来书。"詧大惊，不知其所自来也。未几，詧果死。其子禩亦逸民，举，仕一命乃死。士宁，蓬州人也。语默不常，或以为得道者，百岁乃绝。尝见余于成都，曰："子甚贵，当策举首。"已而果然。

【译文】章詧，字隐之，祖籍福建，到他时，其家已迁居成都数代了。章詧善于写作文章，而不愿做官。晚年因为太守王素的推荐，被赐号冲退处士。有一天，章詧梦见有人寄来书信召请他，说是东岳道士的信。第二天，他与李士宁到青城观游，在水中洗足时，笑着对李士宁说："脚踏西溪流去水。"士宁答道："手持东岳送来书。"章詧大惊，不知李士宁此话的来历。不久，章詧果然死了。其子章禩，也是隐士，被人举荐，做了一任九品官就死了。李士宁是蓬州人。他语默无常，有人认为他是得道之士，活了一百岁才死。他曾在成都见过我，说：“你是贵人，参加策试，当为第一。”不久，果然应验了。

书过《送昙秀》诗后

“三年避地少经过，十日论诗喜琢磨。自欲灰心老南岳，犹能茧足慰东坡。来时野寺无鱼鼓，去后闲门有雀罗。从此期师真似月，断云时复挂星河。”仆在广陵作诗《送昙秀》云：“老芝如云月，炯炯时一出。”今昙秀复来惠州见余，余病，已绝不作诗。儿子过粗能搜句，时有可观，此篇殆咄咄逼老人矣。特为书之，以满行橐。丁丑正月二十一日。

【译文】“三年避地少经过，十日论诗喜琢磨。自欲灰心老南岳，犹能茧足慰东坡。来时野寺无鱼鼓，去后闲门有雀罗。从此期师真似月，断云时复挂星河。”我在广陵写的诗《送昙秀》中说：“老芝如云月，炯炯时一出。”现在昙秀又来惠州看我，我正好生病，已绝不写诗了。儿子苏过也能粗略地搜章摘句，写的诗时有可观之处，这一篇几乎咄咄逼我这位老人了。我特意书写一下，来为昙秀增添行囊。丁丑年正月二十一日。

书欧阳公《黄牛庙》诗后

右欧阳文忠公为峡州夷陵令日所作《黄牛庙》诗也。轼尝闻之于公：“予昔以西京留守推官，为馆阁校勘，时同年丁宝臣元珍适来京师，梦与予同舟溯江，入一庙中，拜谒堂下。予班元珍下，元珍固辞，予不可。方拜时，神像为起，鞠躬堂上，且使人邀予上，耳语久之。元珍私念，神亦如世俗，待馆阁乃尔异礼耶？既出门，见一马只耳，觉而语予，固莫识也。不数日，元珍除峡州判官。已而，余亦贬夷陵令。日与元珍处，不复记前梦云。一日，与元珍溯峡谒黄牛庙，入门惘然，皆梦中所见。予为县令，固班元珍下，而门外镌石为马，缺一耳。相视大惊，乃留诗庙中，有'石马系祠门'之句，盖私识其事也。"元丰五年，轼谪居黄州，宜都令朱君嗣先见过，因语峡中山水，偶及之。朱君请书其事与诗："当刻石于庙，使人知进退出处，皆非人力。如石马一耳，何与公事，而亦前定，况其大者？公既为神所礼，而犹谓之淫祀，以见其直气不阿如此。"感其言有味，故为录之。正月二日，眉山苏轼书。

【译文】右边是欧阳文忠公做峡州夷陵县令时所写的《黄牛庙》一诗。我曾听欧阳公说："先前，我从西京留守推官迁任馆阁校勘，当时，同年进士丁宝臣元珍正好来到京城，梦见和我同船逆江而上，进入一座庙中，在庙堂下朝拜。我的位置在元珍之下，元珍坚决推辞，我不许。正在朝拜时，神像站了起来，在堂上向我鞠躬，并且派人邀请我到堂上，对我耳语了很久。元珍私下想，神也像世俗之人一样，对待馆阁之臣竟用这样不同的礼遇。出门后，看到一匹马只有一耳，他醒来后告诉了我，我们都弄不清是怎么回事。没过几天，元珍出任峡州判官。不久，我也被贬为夷陵县令。我每天和元珍在一起，不再记得前梦了。有一天，我和元珍逆峡而上，去拜谒黄牛庙，一入庙门就惘然了，这里的一切都是元珍先前梦中所见到的。我是夷陵县令，位置本在元珍之下，而庙门外有一匹雕刻的石马，正少一耳。我们彼此相视，大惊失色，于是就在庙中留了一诗，其中有'石马系祠门'之句，这是我想私下识记此事的。"元丰五年，我被贬官黄州，宜都县令朱君嗣先来拜访，因谈起峡中的山光水色，偶然提及了这件事。朱君请我把此事及诗书写下来，说："应当在黄牛庙中刻写一座碑，使人们知道，其一生的进退出处，都不是人力可为的。就像那一耳的石马，关欧阳公何事，但也是前世注定的，何况其大者呢？欧阳公已为神仙礼遇，还说那是不合礼制的祭祀，从中可见他刚直不阿的正气。”我感到朱君的话有深味，故而录了下来。正月二日，眉山苏轼书。

记梦诗文

昨夜欲晓，梦客有携诗文见过者。觉而记其一诗云：“道恶贼其身，忠先爱厥亲。谁知畏九折，亦自是忠臣。”又有数句若铭赞者云：“道之所以成，不害其耕。德之所以不修，以贼其牛。”元丰七年三月十一日。

【译文】昨夜天将亮时，我梦见有人携带着诗文前来拜访我。醒来后，记得其中一诗云：“道恶贼其身，忠先爱厥亲。谁知畏九折，亦自是忠臣。”又有几句像铭赞一样的说：“道之所以成，不害其耕。德之所以不修，以贼其牛。”元丰七年三月十一日。

记梦中句

昨日梦人告我云：“知真飡佛寿，识妄吃天厨。”余甚领其意。或曰：“真即飡佛寿，不妄吃天厨。”余曰：“真即是佛，不妄即是天，何但飡而吃之乎？”其人甚可余言。

【译文】昨天，梦见有人告诉我说：“知真飡佛寿，识妄吃天厨。”我很能领会他的意思。又有人说：“真即飡佛寿，不妄吃天厨。”我说：“真即是佛，不妄即是天，何只飡而吃之呢？”这个人深以我的话为然。

书《清泉寺词》

黄州东南三十里，为沙湖，亦曰螺师居。余将买田其间，因往相田，得疾。闻麻桥人庞安时善医而聋，遂往求疗。安时虽聋，而颖悟过人，以指画字，不尽数字，辄了人深意。余戏之云："余以手为口，君以眼为耳。皆一时异人也。"疾愈，与之同游清泉寺。寺在蕲水郭门外二里许，有王逸少洗笔泉，水极甘，下临兰溪，溪水西流。余作歌曰："山下兰芽短浸溪，松间沙路净无泥，萧萧暮雨子规啼。谁道人生难再少？君看流水尚能西，休将白发唱黄鸡。"是日，极饮而归。

【译文】黄州东南三十里的地方，名叫沙湖，也叫螺师居。我想在那里购置田地，于是前去看地，因此生了病。听说麻桥人庞安时虽然耳聋，但是善于医治。于是就前去求治。安时虽然耳聋，但聪颖过人，别人以指画字，不用几个字，他就能了解别人的心意。我对他戏言说："我以手为口，你以眼为耳，都算是一时的异人了。"病愈后，我与他同到清泉寺游览。清泉寺在蕲水郭门外二里左右，那里有王逸少的洗笔泉，泉水很甘甜，下对着兰溪，溪水向西流去。我写了一首词说："山下兰芽短浸溪，松间沙路净无泥，萧萧暮雨子规啼。谁道人生难再少，君看流水尚能西，休将白发唱黄鸡。"这天，我们尽兴痛饮而归。

自记庐山诗

仆初入庐山，山谷奇秀，平日所未见，殆应接不暇，遂发意不欲作诗。已而见山中僧俗，皆云苏子瞻来矣，不觉作一绝云："芒鞋青竹杖，自挂百钱游。可怪深山里，人人识故侯。"既而哂前言之谬，复作两绝句云："青山若无素，偃蹇不相亲。要识庐山面，他年是故人。”又云：“自昔怀清赏，神游杳霭间。如今不是梦，真个在庐山。”是日有以陈令举《庐山记》见寄者，且行且读，见其中有云徐凝、李白之诗，不觉失笑。开先寺主求诗，为作一绝云：“帝遣银河一派垂，古来唯有谪仙词。飞流溅沫知多少，不与徐凝洗恶诗。”往来山南北十余日，以为胜绝不可胜谈，择其尤者，莫如漱玉亭、三峡桥，故作二诗。最后与总老同游西林，又作一绝云：“横看成岭侧成峰，到处看山了不同。不识庐山真面目，只缘身在此山中。”作庐山之诗，尽于此矣。

【译文】我初次进入庐山，看到那里山奇谷秀，都是平日见所未见，几乎有点儿应接不暇，于是就心想不要作诗了。不久，见到山中的僧人俗士都说苏子瞻来了，不觉作了一首绝句：“芒鞋青竹杖，自挂百钱游。可怪深山里，人人识故侯。”随即又自笑刚刚所作的荒谬，又作了两首绝句：“青山若无素，偃蹇不相亲。要识庐山面，他年是故人。”“自昔怀清赏，神游杳霭间。如今不是梦，真个在庐山。”这一天，有人把陈令举的《庐山记》送给我看，我边走边读，见到其中有说徐凝、李白之诗的部分，不觉失笑。开先寺住持向我求诗，我就为他作了一首绝句说：“帝遣银河一派垂，古来唯有谪仙词。飞流溅沫知多少，不与徐凝洗恶诗。”我在庐山的山南山北游观了十多天，认为这里景色胜绝，难以尽言，要选取其中尤其出色之处，莫如漱玉亭、三峡桥，故而作了两首诗。最后，我和常总禅师同游西林，又作了一首绝句：“横看成岭侧成峰，到处看山了不同。不识庐山真面目，只缘身在此山中。”我写的有关庐山的诗，都在这里了。

书子由梦中诗

元丰八年正月旦日，子由梦李士宁相过，草草为具。梦中赠一绝句云：“先生惠然肯见客，旋买鸡豚旋烹炙。人间饮酒未须嫌，归去蓬莱却无吃。”明年闰二月六日为予道之，书以遗迟云。

【译文】元丰八年正月初一，苏子由梦见李士宁来拜访他，就草草招待了一下。士宁在梦中赠给子由一首绝句说：“先生惠然肯见客，旋买鸡豚旋烹炙。人间饮酒未须嫌，归去蓬莱却无吃。”第二年闰二月六日，子由对我说及此事，我就书写了下来送给苏迟了。

记鬼诗

秦太虚言：宝应民有以嫁娶会客者，酒半，客一人径起出门。主人追之，客若醉甚，将赴水者。主人急持之，客曰：“妇人以诗招我，其词云：‘长桥直下有兰舟，破月冲烟任意游。金玉满堂何所用，争如年少去来休。’苍黄就之，不知其为水也。”然客竟亦无他。夜会说鬼，参寥举此，聊为记之。

【译文】秦太虚说：宝应人中有个在婚礼上招待宾客的，当宴会进行到一半时，一位客人径直起身离去。主人在后面追赶，客人就像大醉一样，要跳入水中。主人急忙拉住，客人说：“有个妇人写诗招请我，其诗说：‘长桥直下有兰舟，破月冲烟任意游。金玉满堂何所用，争如年少去来休。’我苍黄之间去见她，不知道下面是水。”但客人竟然也没有别的异常。夜里在一起谈论鬼怪之事，参寥例举了此事，我姑且记了下来。

题张白云诗后

张俞少愚，西蜀隐居子也。与予先君游，居岷山下白云溪，自号白云居士。本有经世志,特以自重难合,故老死草野,非槁项黄馘盗名者也。偶游西湖静轩,见其遗句,怀仰其人,命寺僧刻之。元祐五年九月五日。

【译文】张俞字少愚,是西蜀一带的隐士。他和我的先父有往来,居住在岷山之下的白云溪,自号白云居士。他本有经邦济世之志,只因太过自重,与世难合,故而死于草野之中,不是面黄肌瘦、盗名欺世的人。我偶而游览西湖静轩寺,见到了他的遗诗,出于对他的仰慕,就命寺中的僧人刻印其诗。元祐五年九月五日。

记黄州对月诗

仆在徐州,王子立、子敏皆馆于官舍,而蜀人张师厚来过。二王方年少,吹洞箫,饮酒杏花下。明年,余谪居黄州,对月独饮,尝有诗云:"去年花落在徐州,对月酣歌美清夜。今年黄州见花发,小院闭门风露下。"盖忆与二王饮时也。张师厚久已死,今年子立复为古人,哀哉!

【译文】我在徐州时,王子立、王子敏都住在官舍,而蜀人张师厚前来拜访。当时,二王正年少,吹着洞箫,和我们一起在杏花下饮酒。第二年,我被贬居黄州,对月独饮时,曾作诗说:"去年花落在徐州,对月酣歌美清夜。今年黄州见花发,小院闭门风露下。"这是追忆和二王饮酒时的情形啊。张师厚早已死了,王子立今年又作了古,真令人哀叹啊!

书黄州诗记刘原父语

昔为凤翔幕官，过长安，见刘原父，留吾剧饮数日。酒酣，谓吾曰："昔陈季弼告陈元龙曰：'闻远近之论谓明府骄而自矜。元龙曰：'夫闺门雍穆，有德有行，吾敬陈元方兄弟。渊清玉洁，有礼有法，吾敬华子鱼。清修疾恶，有识有义，吾敬赵元达。博闻强记，奇逸卓荦，吾敬孔文举。雄姿杰出，有王霸之略，吾敬刘玄德。所敬如此，何骄之有？余子琐琐亦安足录哉！'"因仰天太息。此亦原父之雅趣也。吾后在黄州，作诗云："平生我亦轻余子，晚岁人谁念此翁。"盖记原父语也。原父既没久矣，尚有贡父在。每与语，强人意，今复死矣。何时复见此俊杰人乎？悲夫！

【译文】先前，我为凤翔幕官时，从长安经过，见到刘原父，他留我痛饮了数日。有一次酒酣时，原父对我说："昔日陈季弼对陈元龙说：'听远近人的议论，似乎说你骄傲自矜。'元龙说：'家门和睦，有德有行，我敬仰陈元方兄弟。渊清玉洁，有礼有法，我敬仰华子鱼。清修疾恶，有识有义，我敬仰赵元达。博闻强记，卓荦奇逸，我敬仰孔文举。雄姿杰出，有王霸之略，我敬仰刘玄德。我所敬如此，何骄之有呢！其余之人庸庸碌碌，何足道哉！'"说着，原父就仰天叹息起来。这也是原父的雅趣啊。我后来到了黄州，写有诗说："平生我亦轻余子，晚岁人谁念此翁。"这是追记原父的话。那时，刘原父已死很久了，但贡父还健在。每与贡父相谈，他总算差强人意，现在也死了。我何时能再见到像刘原父那样的俊杰呢？可悲啊！

题陶靖节《归去来辞》后

予久有陶彭泽赋《归去来辞》之愿而未能。兹复有岭南之命，料此生难遂素志。舟中无事，倚原韵用鲁公书法，为此长卷，不过暂舒胸中结滞，敢云与古人并驾寰区也耶！东坡居士轼并识。

【译文】我早就有陶彭泽写《归去来辞》时的心愿，却不能实现。现在又有了到岭南做官的任命，想来我的宿愿是难在这辈子兑现了。坐在船中无事，我就用颜鲁公的书法依照陶彭泽的原韵，写下了这一长卷，不过是暂且舒散胸中的郁结罢了，岂敢与古人在寰宇间并驾争先呢？东坡居士苏轼题并识。

题杜子美《桤木诗》后

蜀中多桤木，读若敧仄之“敧”，散材也，独中薪耳。然易长，三年乃拱，故子美诗云：“饱闻桤木三年大，为致溪边十亩阴。”凡木所芘，其地则瘠。惟桤不然，叶落水泥中，辄腐，能肥田，甚于粪壤，故田家喜种之。得风，叶声发发，如白杨也。“吟风”之句，尤为纪实云。笼竹，亦蜀中竹名也。

【译文】蜀地之中多桤木，桤木之“桤”读如敧仄之“敧”，这是一种不成材的树木，只适合当柴火用。但它长得很快，三年就能长合拱粗，所以杜子美有诗说：“饱闻桤木三年大，为致溪边十亩阴。”凡是被树木遮蔽的地方，其田地往往贫瘠。只有桤树不然，它的叶子落入泥土中，就腐烂了，能肥沃田地，效果比粪壤还好，故而田家喜欢栽种它。遇到刮风，桤树之叶就发出发发的声音，像白杨树一样。看来，杜诗中的“吟风”之句，更是纪实了。笼竹，也是蜀中的名竹。

书柳子厚《觉衰》诗

戊寅十二月十四日，试新端砚，书柳子厚《觉衰》一首。

【译文】戊寅年十二月十四日，我为了试试新买的端砚如何，就书写了柳子厚的《觉衰》一诗。

书柳子厚《渔翁》诗

诗以奇趣为宗，反常合道为趣。熟味此诗有奇趣，然其尾两句，虽不必亦可。

【译文】诗歌以奇趣为宗旨，以反常合道为趣味。仔细品味这首诗，很有奇趣，但其尾两句，即使没有也行。

题子由《萧丞相楼》诗赠王文玉

元丰三年五月，家弟子由过池，元发请作此诗，到黄，为轼诵之也。七年六月，轼从文玉兄登此楼，因为录出赠文玉。时子由在筠州，将复过此。汝州团练副使苏轼书。

【译文】元丰三年五月，家弟子由经过池州，滕元发请他写了这首诗，到了黄州，他诵读给我听。元丰七年六月，我跟文玉兄登览此楼，就写了出来赠与文玉。当时子由在筠州，将要再从这里经过。汝州团练副使苏轼书。

书《次韵王晋卿〈送梅花〉》一首后

仆去黄州五周岁矣，饮食梦寐，未尝忘之。方请江湖一郡，书此一诗寄王文父、子辩兄弟，亦请一示李乐道也。

【译文】我离开黄州整整五年了，茶前饭后，睡里梦中，未尝忘记过。现在，我正请命到江湖一郡为官，就书写这首诗寄给王文父、王子辩兄弟，也请他们让李乐道看看。

跋自书诗

与可寄此黄素一卷，求余自书近日□作，乃为书此七首以遗之。元丰□年□月十七日，彭城守□逍遥堂记。

【译文】文与可给我寄来了这一卷黄素书，请求我亲自书写一下近日的诗作，我于是写了这七首诗送给他。元丰某年某月十七日，彭城太守苏轼于逍遥堂记。

书《上清词》后

嘉祐八年冬，轼佐凤翔幕，以事□上清太平宫，屡谒真君，敬撰此词，仍邀家弟辙同赋。其后廿四年，承事郎薛君绍彭为监宫，请书此二篇，将刻之石。元祐二年二月廿八日记。

【译文】嘉祐八年冬，我出任凤翔签判，因事到上清太平宫，多次拜见上清真君张守真，就恭敬地撰写了这首诗，同时也邀请家弟子由同作了一篇。二十四年后，承事郎薛君绍彭出任太平宫监宫，请我书写这两篇，以便刻于石碑。元祐二年二月二十八日记。

书太白诗卷

元祐八年七月十日。丹元复传此二诗。

【译文】元祐八年七月十日，姚丹元又送给我这两首诗。

花蕊夫人《宫词》跋

熙宁五年，奉诏定秦楚蜀三家所献书可入馆者，令令史李希颜料理之，中有蜀花蕊夫人《宫词》，独斥去不取。予观其词甚奇，与王建无异。嗟乎，夫人当去古之时而能振大雅之余韵，没其传不可也。因录其尤者刻诸石，识者览之。东坡居士识。

【译文】熙宁五年，我奉诏厘定秦楚蜀三家所献图书中可以入藏馆阁的，让令史李希颜去处理。这些图书中有蜀花蕊夫人写的《宫词》，独被斥去不取。我观其词很新奇，与王建的《宫词》没有差别。唉，花蕊夫人生当远离上古的时代，却能重振大雅的余韵，不能埋没其诗，使之不得流传啊。我因而把其中的好篇什抄录下来，刻于石碑，让那些有见识的人去观览。东坡居士识。

书《寄蔡子华》诗后

王十六秀才将归蜀，云：“子华宣德蔡丈，见托求诗。”梦中为作四句，觉而成之，以寄子华，仍请以示杨君素、王庆源二老人。元祐五年二月七日。

【译文】王十六秀才将回蜀中，说：“宣德蔡子华，拜托我向你求诗。”我在梦中作了四句，醒后把它续成，来寄予蔡子华，并请他也出示给杨君素、王庆源两位老人看看。元祐五年二月七日。

书荆公暮年诗

荆公暮年诗，始有合处。五字最胜，二韵小诗次之，七言诗终有晚唐风味。如平甫七字，复为佳耳。

【译文】王荆公晚年的诗，才开始讲究绾合。他的五言诗最好，二韵的小诗次之，七言诗终显得有晚唐诗的风味。至于平甫的七言诗，又算好的了。

书《和王晋卿题李伯时画马》《戏书李伯时画御马好头赤》《次韵黄鲁直观李伯时画马》后

此诗，余以元祐三年戊辰任翰林学士，在贡举试院中作也。谪居惠州，无事，因书于卷末装池。轼，五月二日。

【译文】这些诗是我在元祐三年出任翰林学士，在贡举试院中作的。如今，我被贬官惠州，因为无事，就在卷末书写下来，以供装裱。苏轼，五月二日。

自题《别海南黎子云》诗

新酿佳甚，求一具理。临行写此，以折菜钱。

【译文】新酿制的酒很好，我求黎子云送给一罂缶。临行书写了这首诗，用来折算菜钱。

录所作赠卓契顺并跋

绍圣三年，岁在丙子，清和月，眉山苏轼录于惠州白鹤峰所居思无邪斋，以遗卓契顺。

【译文】绍圣三年，岁在丙子，清和四月，眉山苏轼笔录于惠州白鹤峰所居思无邪斋，用来赠给卓契顺。

书赠徐信

尝见王平甫自负其《甘露寺》诗："平地风烟飞白鸟，半山云水卷苍藤。"余应之曰："神情全在'卷'字上，但恨'飞'字不称耳。"平甫沉吟久之，请余易。余遂易之以"横"字，平甫叹服。大抵作诗当日煅月炼，非欲夸奇斗异，要当淘汰出合用事。建中靖国元年正月三日甲子,玉局老书。

【译文】我曾经见到王安国对他的《甘露寺》一诗中的“平地风烟飞白鸟,半山云水卷苍藤”两句很自负,就应声说:“这两句的精神全在‘卷’字上,只是遗憾‘飞’字不够恰当。”平甫沉吟了很久,请我换个字。我遂用“横”字来替换,平甫叹服不已。大凡写诗应当日煅月炼,不要有意去争奇斗异,而要选择出合适的字眼。建中靖国元年正月三日甲子,玉局老人书。

书付过

秦少游、张文潜才识学问,为当世第一,无能优劣二人者。少游下笔精悍,心所默识而口不能传者,能以笔传之。然而气韵雄拔,疏通秀朗,当推文潜。二人皆辱与余游,同升而并黜。有自雷州来者,递至少游所惠书诗累幅,近居蛮夷得此,如在齐闻《韶》也。汝可记之,忽忘吾言。

【译文】秦少游、张文潜的才识学问,均是当今第一流,我无法评断他们二人谁优谁劣。少游下笔精练犀利,凡别人心中所默识而口中不能言说的,他都能用笔表达出来。然而论气韵雄拔,疏通秀朗,当首推张文潜。他们二人都屈身与我交往,一同升迁,一同贬黜。有个打雷州来的人,带来了少游亲自书写的诗多幅,我在居近蛮夷之地得到这些,兴奋得就像当年孔子在齐国听到《韶》乐一样。你要记住我的话,不要忘了。

跋《追和违字韵》诗示过

戊寅上元在儋耳，过子夜出，余独守舍，作“违”字韵。今庚辰上元，已再期矣。家在惠州白鹤峰下，过子不眷妇子从余此来。其妇亦笃孝，怅然感之，故和前篇，有“石建”“姜庞”之句。又复悼怀同安君，末章故复有“牛衣”之句，悲君亡而喜余存也。书以示过，看余面，勿复感怀。

【译文】戊寅年上元节，我在儋耳，儿子苏过夜间出去，只我一人守在官舍，作了“违”字韵诗一首。今天是庚辰年上元节，距那时已经两年了。我的家眷都在惠州白鹤峰下，苏过这孩子不眷恋妻室儿女，跟我来到了这里。他的媳妇也很孝顺，我怅然感之，故而对前篇和了一首。中有“石建”“姜庞”之句。因又借此悼念先妻同安君王润之，故末章又有“牛衣”之句，用来伤悼同安君已亡而幸喜我尚健在。我把它出示给苏过，要他看在我的面上，不要再感伤了。

书周韶

杭州营籍周韶，多蓄奇茗。尝与君谟斗，胜之。韶又知作诗。子容过杭，述古饮之，韶泣求落籍。子容曰：“可作一绝。”韶援笔立成，曰：“陇上巢空岁月惊，忍看回首自梳翎。开笼若放雪衣女，长念《观音般若经》。”韶时有服，衣白，一座嗟叹。遂落籍，同辈皆有诗送之。二人者最善。胡楚云：“淡妆轻素鹤翎红，移入朱栏便不同。应笑西园桃与李，强匀颜色待秋风。”龙靓云：“桃花流水本无尘，一落人间几度春。解佩暂酬郑交甫，濯缨还作武陵人。”固知杭人多慧也。

【译文】杭州营妓周韶，蓄藏有很多奇异茗茶。她曾以此和蔡君谟比斗，并胜了君谟。周韶又能写诗。方子容经过杭州时，陈述古邀他到周韶处品茶，周韶哭着请求给她削除名籍。方子容说："你可作一首绝句。"周韶援笔立成，诗曰："陇上巢空岁月惊，忍看回首自梳翎。开笼若放雪衣女，长念《观音般若经》。"周韶当时正在服丧，身穿孝衣，座中之人都嗟叹不已。就这样，周韶削了名籍，其同辈之人都有诗相送，其中两人的诗最好。胡楚的诗云："淡妆轻素鹤翎红，移入朱栏便不同。应笑西园桃与李，强匀颜色待秋风。"龙靓的诗云："桃花流水本无尘，一落人间几度春。解佩暂酬郑交甫，濯缨还作武陵人。"由此可知，杭州人本来就多聪慧。

题魏处士诗

昔年过洛，见李公柬之，言："真宗东封还，处士杨朴上殿。问：'卿赴召时，尝有朋友作诗送行否？'朴对曰：'无有，唯臣妻一绝。'上使诵之。朴不可。强之，乃曰：'且休落魄贪酒杯，更莫猖狂爱咏诗。今日捉将官里去，这回断送老头皮。'上大笑，放还山。"因览魏野处士诗，偶复记之。

【译文】往年，我路过洛阳，见到了李公柬之，他对我说："真宗东封泰山回京后，处士杨朴上殿觐见。真宗问：'你应召前来时，曾有朋友写诗送行否？'杨朴回答说：'没有，只有我的妻子作了一首绝句。'真宗让他吟诵一下，杨朴不吟诵，真宗再三勉强，他才吟道：'且休落魄贪杯酒，更莫猖狂爱吟诗。今日捉将官里去，这回断送老头皮。'真宗大笑，就放他还山了。"我因为浏览处士魏野的诗，就偶而记了下来。

陶渊明诗

“丈夫志四海，我愿不知老。亲戚共一处，子孙还相保。觞弦肆朝日，尊中酒不燥。缓带尽欢娱，起晚眠常早。孰若当世士，冰炭满怀抱。百年归丘垅，用此空名道。”元丰七年十月二日，宜兴舟中写。东坡居士记。

【译文】“丈夫志四海，我愿不知老。亲戚共一处，子孙还相保。觞弦肆朝日，尊中酒不燥。缓带尽欢娱，起晚眠常早。熟若当世士，冰炭满怀抱。百年归丘垅，用此空名道。”元丰七年十月二日，我在去宜兴的船中书写了这首诗。东坡居士记。

跋《送表弟程懿叔赴夔州通判》诗后（残）

时德孺在岭外，适有使至杭，当录本示之。德孺书中自言学佛有所悟入，寄偈颂十数篇来，故有新得道之语。

【译文】当时德孺在岭南，正好有使者到杭州去，应把这首诗抄录一本带给他看。德孺的来信中自称，他学佛有所觉悟，并寄来了十多篇偈颂，故而其中有新近得道的话。

跋蔡君谟《天际乌云》诗卷

“天际乌云含雨重，楼前红日照山明。嵩阳居士今何在？青眼看人万里晴。”此蔡君谟《梦中》诗也。仆在钱塘，一日，谒陈述古。邀余饮堂前小阁中。壁上小诗一绝，君谟真迹也。“绰约新娇生眼底，侵寻旧事上眉尖。问君别后愁多少，得似春潮夜夜添。”又有人和云：“长垂玉筋残妆脸，肯为金钗露指尖。万斛闲愁何日尽，一分真态更难添。”二诗皆可观，后诗不知谁作也。

【译文】“天际乌云含雨重，楼前红日照山明。嵩阳居士今何在？青眼看人万里晴。”这是蔡君谟的《梦中》一诗。我在钱塘时，有一天，去拜访陈述古，他邀我到堂前小阁中饮酒。阁壁上有一首七绝小诗，是蔡君谟的真迹：“绰约新娇生眼底，侵寻旧事上眉尖。问君别后愁多少，得似春潮夜夜添。”又有人赓和道：“长垂玉筋残妆脸，肯为金钗露指尖。万斛闲愁何日尽，一分真态更难添。”这两诗都有可观之处，但后一首不知是谁作的。

题《次韵惠循二守相会诗》（残）

轼次韵南圭使君，与循州唱酬一首。……因见二公唱和之盛，忽破戒作此诗与子文，一阅讫，即焚之，慎勿传也。

【译文】我依照南圭使君方子容的诗韵，与循州太守周子文唱和了一首。……因见到方、周二公唱和的盛况，就破戒写了此诗，寄与子文，让他一读过，就烧掉，千万不要传示他人。

题《和张子野见寄》诗后

仆昔为通守此州，初入寿星寺，怅然如旧游也。后为密州，张子野以诗见寄，答之云尔。元祐五年十月二十九日，苏轼记。

【译文】我昔日出任此州通判，初次进入寿星寺，就怅然如游旧地。后来出任密州太守，张子野写诗寄赠给我，我就答和了这首诗。元祐五年十月二十九日，苏轼记。

题《登望谼亭》诗

仆在彭城大水后，登望谼亭，偶留此诗，已而忘之。其后，徐人有诵之者，徐思之，乃知其为仆诗也。

【译文】我在彭城大水之后，登上望谼亭，偶然留下了这首诗，不久就忘掉了。其后，徐州有人吟诵此诗，我慢慢回想，才知道这是我写的。

题《与崔诚老》诗

夜来一笑之欢，岂可多得？今日雪堂得无少寂寞耶？往安州玉泉一酌，果子少许，夜琴一弄，谁与者，莫是木上座否？小诗漫往。

【译文】夜来一笑之欢，岂能多得？今日雪堂里能不稍显寂寞吗？前往安州的玉泉饮酒，有少许果子，一把夜琴，和谁在一起呢，不是木上座吗？小诗漫往。

《奉和程正辅表兄〈一字韵诗〉》跋

此诗幸勿示人，人不知吾侪游戏三昧，或以为诟病也。

【译文】此诗希望不要让人看，别人不懂得我们游戏的真谛，或许会以此指责我们呢。

自题《出颍口初见淮山》诗

余年三十六，赴杭倅，过寿，作此诗。今五十九，南迁至虔，烟雨凄然，颇有当年气像也。

【译文】我三十六岁时，前赴杭州出任通判，经过寿州时，写了这首诗。我今年五十九岁了，迁官南方，到了虔州，但见烟雨凄然，颇似当年所见的景像。

题柳耆卿《八声甘州》

世言柳耆卿曲俗，非也。如《八声甘州》云："霜风凄紧，关河冷落，残照当楼。"此语于诗句，不减唐人高处。

【译文】世人都说柳耆卿的曲词俚俗，其实并不然。比如他的《八声甘州》说："霜风凄紧，关河冷落，残照当楼。"这几句放到诗中，也不比唐人的高妙诗句逊色。

书秦少游《踏莎行》词后

少游已矣，虽万人莫赎。

【译文】秦少游已经死了，即使有一万人，也赎救不活。

卷九十八　题跋（书画）

书摹本《兰亭》后

“外寄所托”改作“因寄”，“于今所欣”改作“向之”，“岂不哀哉”改作“痛哉”，“良可悲”改作“悲夫”，“有感于斯”改作“斯文”。凡涂两字，改六字，注四字。“曾不知老之将至”，误作“僧”，“已为陈迹”，误作“以”，“亦犹今之视昔”，误作“由”。旧说此文字有重者，皆构别体，而“之”字最多，今此“之”字颇有同者。又尝见一本，比此微加楷，疑此起草也。然放旷自得，不及此本远矣。子由自河朔持归，宝月大师惟简请其本，令左绵僧意祖摹刻于石。治平四年九月十五日。

【译文】“外寄所托”改为“因寄”，“于今所欣”改为“向之”，“岂不哀哉”改为“痛哉”，“良可悲”改为“悲夫”，“有感于斯”改为“斯文”。总共涂抹两个字，修改六个字，注释四个字。“曾不知老之将至”，错写为“僧”，“已为陈迹”，错写为“以”，“亦犹今之视昔”，错写为“由”。相传这部帖中的字有重复的，都另写一种形体，然而“之”字最多，现在见到的这部帖中“之”字多有形体相同的。还曾见过一部，比这部略接近楷书一些，可能这一部就是草稿。而旷达自然却远远比不上这一部了。这部帖是子由从河北带来的，宝月大师惟简借去，让左绵僧意祖摹刻在石碑上。治平四年九月十五日。

题《兰亭》记

真本已入昭陵，世徒见此而已，然此本最善。日月愈远，此本当复缺坏，则后生所见，愈微愈疏矣。

【译文】真迹已经埋入昭陵殉葬了,世人只不过能见到这部摹本而已,但这却是最完美的摹本。时间再长,这部摹本就又会缺损,那么后人所见到的,也会越来越模糊残缺了。

题逸少帖

逸少为王述所困,自誓去官,超然于事物之外。尝自言:“吾当卒以乐死。”然欲一游岷岭,勤勤如此,而至死不果。乃知山水游放之乐,自是人生难必之事,况于市朝眷恋之徒,而出山林独往之言,固已疏矣。

【译文】王羲之被王述所困辱,自己发誓要弃去官职,超脱于世俗万物之外。曾说过:“我要终生快乐而死。”然而想一游岷山,企盼如此,而至死不能实现。才知道登临山水放浪形骸之乐,本是人生难以做到的事,更何况对争名逐利留恋不舍之徒,如果说出独往山林之言,必定是粗疏的了。

题《遗教经》

仆尝见欧阳文忠公,云:“《遗教经》非逸少笔。”以其言观之,信若不妄。然自逸少在时,小儿乱真,自不解辨,况数百年后传刻之余,而欲必其真伪,难矣。顾笔画精稳,自可为师法。

【译文】我曾经在见到欧阳文忠公时,听他说:“《遗教经》不是逸少写的。”以他的观点观察此帖,他的话确实不错。然而逸少在世时,有好事者模仿他的字就能乱真,连他自己也分辨不清,更何况数百年后经刊刻流传下来的字，一定要辨别其真伪，也就更难了。但笔画精妙稳妥，还是可以作为范本的。

题《笔阵图》 王晋卿所藏

笔墨之迹，托于有形，有形则有弊。苟不至于无，而自乐于一时，聊寓其心，忘忧晚岁，则犹贤于博弈也。虽然，不假外物而有守于内者，圣贤之高致也。惟颜子得之。

【译文】笔墨的效果，依赖具体的形像，有了形像就会有弊端。如果还未达到虚无的境界，而能够使自己得到一时的快乐，聊以使精神有所寄托，忘忧于晚年，那么还是优于弈棋的。尽管如此，不借外物就能使内心有所守，则是圣贤才能达到的最高境界。只有颜回才能做到。

题二王书

笔成冢，墨成池，不及羲之即献之。笔秃千管，墨磨万铤，不作张芝作索靖。

【译文】残笔成冢，墨水成池，赶不上羲之也能赶上献之。笔用秃千枝，墨研了万锭，比不上张芝也能比得上索靖。

题晋人帖

唐太宗购晋人书，自二王以下，仅千轴。《兰亭》以玉匣葬昭陵，世无复见。其余皆在秘府。至武后时，为张易之兄弟所窃，后遂流落人间，多在王涯、张延赏家。涯败，为军人所劫，剥去金玉轴，而弃其书。余尝于李都尉玮处，见晋人数帖，皆有小印“涯”字，意其为王氏物也。有谢尚、谢鲲、王衍等帖，皆奇。而夷甫独超然如群鹤耸翅，欲飞而未起也。

【译文】唐太宗以重金征集晋人书法，自二王以下，差不多有上千轴。《兰亭序》用玉匣盛放陪葬于昭陵，世上再也见不到了。其余的都收藏在宫中秘府内。至武则天执政时，被张易之兄弟二人盗出，后来就流落于民间，大多数收藏在王涯和张延赏家。王涯倒台，家被军人抢劫，剥去金玉制成的卷轴，却扔掉了书法作品。我曾经在都尉李玮处见过晋人的几张墨迹，上面都盖有小印章“涯”字，想来大约就是王涯家的东西。其中有谢尚、谢鲲、王衍等人的墨迹，都很出色。而王衍的书法更是特别超脱世俗如群鹤展翅，欲飞而未起之状。

题萧子云帖

萧子云尝答敕云：“臣昔不能赏拔，随时所贵，规模子敬，多历年所。年二十六，著《晋史》，至《二王列传》，欲作论学隶法，言不尽意，遂不能成，略指论飞白一事而已。十许年，乃见敕旨《论书》一卷，商略笔法，洞微字体，始变子敬，全范元常。逮迩以来，自觉功进。”文见《梁书》本传。今阁下法帖十卷中，有卫夫人与一僧书，班班取子云此文，其伪妄无疑也。

【译文】萧子云曾经答敕旨，说："臣从前眼界不高，追随时尚，学习王献之，有数年之久。二十六岁时，著《晋史》，写到《二王列传》时，想论述学习隶书的方法，却不能完全准确地表达出来，于是未能完成，只大略写了论飞白书一部分而已。十数年后，才见到敕旨《论书》一卷，研讨笔法，洞察字体，从此不再学习王献之，完全以钟繇为榜样。到目前为止，自己觉得功力已有所增进。"此文见于《梁书》中的《萧子云传》。现在《淳化阁帖》十卷中，有卫夫人与一僧书，全部取自萧子云此文，其为伪作是毫无疑问的。

跋褚薛临帖

王会稽父子书存于世者，盖一二数。唐人褚、薛之流，硬黄临仿，亦足为贵。

【译文】王羲之父子的书法保存在世上的，大概只有一二幅。唐代书法家褚遂良、薛稷等人在"硬黄"纸上临仿的作品，也值得珍藏。

辨法帖

辨书之难，正如听响切脉，知其美恶则可，自谓必能正名之者，皆过也。今官本十卷法帖中，真伪相杂至多。逸少部中有《出宿饯行》一帖，乃张说文。又有"不具释智永白"者，亦在逸少部中，此最疏谬。余尝于秘阁观墨迹，皆唐人硬黄上临本，惟《鹅群》一帖，似是献之真笔。后又于李玮都尉家，见谢尚、王衍等数人书，超然绝俗。考其印记，王涯家本。其他但得唐人临本，皆可蓄。

【译文】辨别书法真伪的难度，正像听回声和把脉一样，知道它的好坏是能做到的，自认为能完全辨别真伪者，都是过分的。现存官本十卷的《淳化阁帖》中，真迹和伪作混杂在一起的情况极多。王逸少部中有《出宿饯行》一帖，乃是张说的文章。还有“不具释智永白”的字样，也混在逸少部中，这是最粗疏荒谬的。我曾经在内府秘阁中观古人墨迹，都是唐人在“硬黄”纸上的临摹本，只有《鹅群》一部字帖，像是王献之的真迹。后来又在都尉李玮家见到谢尚、王衍等几个人的书法，超绝凡俗。考察上面的印记，为王涯家藏本。其他的只要是唐人的临摹本，都值得收藏。

辨官本法帖

此卷有云：“伯赵鸣而戒晨，爽鸠习而扬武。”此张说送贾至文也。乃知法帖中真伪相半。

【译文】此卷中有这样的话：“伯赵鸣而戒晨，爽鸠习而扬武。”这是张说送贾至文中的内容。可见法帖中真迹和伪作互相混杂。

疑二王书

梁武帝使殷铁石临右军书，而此帖有“与铁石共书”语，恐非二王书。字亦不甚工，览者可细辨也。

【译文】梁武帝曾让殷铁石临摹王右军的书法，而此帖中有“与铁石共书”的话，恐怕不是二王的书法。字也不很精，览者可细细分辨之。

题逸少书三首

此卷有永《足下还来》一帖。其后云“不具释智永白”，而云逸少书。余观其语，云“谨此代申”。唐末以来，乃有此等语，而书至不工，乃流俗伪造永禅师书耳。

【译文】此卷中有智永《足下还来》一帖。此帖之后云“不具释智永白”，却说是逸少的书法。我看到其中有这样的话：“谨此代申”。唐末以来，才有这样的说法，而且字极不精，乃是世俗之人伪造智永禅师的书法。

又

逸少谓此郡难治，云：“吾何故舍逸而就劳？”当是为怀祖所检察耳。

【译文】逸少认为此郡难以治理，说：“我为什么要弃安逸而就辛苦？”应是在被王述所检察时说的。

又

《兰亭》《乐毅》《东方先生》三帖皆妙绝，虽摹写屡传，犹有昔人用笔意思，比之《遗教经》，则有间矣。元丰二年上巳日写。

【译文】《兰亭序》《乐毅论》《东方先生》三部帖皆高妙超绝，尽管经过摹写和长期流传，仍保存着古人用笔的意蕴，比起《遗教经》来，就好得多了。元丰二年上巳日写。

题子敬书

子敬虽无过人事业，然谢安欲使书宫殿榜，竟不敢发口。其气节高逸，有足嘉者。此书一卷，尤可爱。

【译文】王献之尽管没有过人的建树，但谢安想让他题宫殿的匾额时，竟然不敢开口。其气节的崇高超逸，很有值得嘉许的。这一卷书法，尤其可爱。

题卫夫人书

卫夫人书既不甚工，语意鄙俗，而云“奉勅”。“勅”字从“力”，“馆”字从“舍”，皆流俗所为耳。

【译文】卫夫人的书法既不很精致，语意又鄙俚粗俗，却说是“奉勅”而书。“敕”字的右边写作“力”，“馆”字的左边写作“舍”，都是世俗的人的写法。

题山公《启事帖》

此卷有山公《启事》，使人爱玩，尤不与他书比。然吾尝怪山公荐阮咸之清正寡欲，咸之所为，可谓不然者矣。意以谓心迹不相关，此最晋人之病也。

【译文】此卷中有山公《启事帖》，使人珍赏，尤其是其他的书法所不能比的。然而我曾经对山公举荐阮咸的清正寡欲感到奇怪，阮咸的所作所为，可以说并非如此。想来大概是因为心迹不相关的缘故，这是晋人最大的毛病。

题卫恒帖

恒，卫瓘子。本传有《论书势》四篇，其词极美。其后与瓘同遇害云。

【译文】卫恒是卫瓘的儿子。《晋书》本传中收有《论书势》四篇，其文辞极精美。据说后来与卫瓘同时遇害。

题唐太宗帖

太宗伉暴如此，至于妻子间，乃有“忌欲均死”之语，固牵于爱者也。

【译文】唐太宗粗暴到如此地步，以至于妻子儿女之间竟有“担心得要死”的话，必定是被爱欲所困扰的人。

题萧子云书

唐太宗评萧子云书云：“行行如纡春蚓，字字若绾秋蛇。”今观其遗迹，信虚得名耳。

【译文】唐太宗评论萧子云的书法说:“行行如同纡曲的春蚓,字字好像夭矫的秋蛇。”现在看他的遗墨,实在是虚有其名而已。

跋庾征西帖

吴道子始见张僧繇画,曰:“浪得名耳。”已而坐卧其下,三日不能去。庾征西初不服逸少,有家鸡野鹜之论,后乃叹其为伯英再生。今观其石,乃不逮子敬远甚,正可比羊欣耳。

【译文】吴道子最初见到张僧繇的画时,说:“徒有虚名而已。”继而坐卧于其画之下,观赏三日不肯离去。征西将军庾翼最初不服逸少,有家鸡野鸭之说,后来才叹服逸少为张芝再生。今观庾翼所书之碑,竟比王献之还差得远,只不过能与羊欣相比而已。

题法帖二

“宰相安和,殷生无恙。”宰相当是简文帝,殷生即浩也耶?

【译文】“宰相安和,殷生无恙。”宰相应为简文帝司马昱,殷生大概就是殷浩吧?

又

杜庭之书,为世所贵重,乃不编入,何也?

【译文】杜庭之的书法,被世人所珍视,却不收入法帖,为什么?

题晋武书

昨日阁下见晋武帝书，甚有英伟气。乃知唐太宗书，时有似之。鲁君之宋，呼于垤泽之门，门者曰："此非吾君也，何其声之似吾君也！"居移气，养移体，信非虚语矣。

【译文】昨天在内府秘阁中见到晋武帝的书法，很有英武雄伟之气。才知道唐太宗的书法，常有像他的地方。鲁君赴宋国，在垤泽门外高呼，守门人说："这人不是我们的国君，他的声音怎么和我们的国君如此相似啊！"安居能改变人的气质，静养能改变人的体魄，的确不是假话啊。

题羊欣帖

此帖在王文惠公家。轼得其摹本于公之子锴，以遗吴兴太守孙莘老，使刻石置墨妙亭中。

【译文】此帖收藏在王文惠公王随家。苏轼从公之子王锴处求得此帖的摹本，并将摹本送给吴兴太守孙莘老，让他刻成石碑立在墨妙亭中。

书逸少《竹叶帖》

王逸少《竹叶帖》，长安水丘氏传宝之，今不知所在。三十年前，见其摹本于雷寿。

【译文】王逸少所书《竹叶帖》，长安水丘氏当作传家之宝保存着，现在不知在哪里。三十年前，曾在雷寿处见过它的摹本。

跋卫夫人书

此书近妄庸，人传作卫夫人书耳。晋人风流，岂尔恶耶？

【译文】这部书法作品近于庸俗的伪作，只是人们传说是卫夫人的书法而已。晋人的风度风流潇洒，怎么会如此粗恶呢？

跋桓元子书

“蜀平，天下大庆，东兵当安，其理当早一报。”此桓子书《蜀平》，盖讨谯纵时也。仆喜临之，人间当有数百本也。

【译文】“蜀平，天下大庆，东兵当安，其理当早一报。”这是桓温先生所书《蜀平》帖，时间大概是在讨伐谯纵时。我很喜欢临写它，世间应有数百本临本。

跋叶致远所藏永禅师千文

永禅师欲存王氏典刑，以为百家法祖，故举用旧法，非不能出新意求变态也，然其意已逸于绳墨之外矣。云下欧、虞，殆非至论；若复疑其临仿者，又在此论下矣。

【译文】智永禅师想保存王羲之的技法，作为各不同流派的共同法则，所以写字全用旧法，并非不能独出心裁以求变化，然而他的意蕴已经显露于旧法之外了。说他成就在欧阳询、虞世南以下，恐怕已经不是正确的议论；如果再怀疑这是模仿的伪作，则又在此论之下了。

跋王巩所收藏真书

僧藏真书七纸，开封王君巩所藏。君侍亲平凉，始得其二，而两纸在张邓公家，其后冯公当世又获其三，虽所从分异者不可考，然笔势奕奕，七纸意相属也。君，邓公外孙，而与当世相善，乃得而合之。余尝爱梁武帝评书，善取物像，而此公尤能自誉，观者不以为过，信乎其书之工也。然其为人傥荡，本不求工，所以能工。此如没人之操舟，无意于济否，是以覆却万变，而举止自若，其近于有道者耶？

【译文】怀素和尚所写的七幅书帖，为开封的王巩先生所收藏。先生到平凉侍奉双亲，最初才得到两幅，还有两幅在张邓公士逊家，后来冯当世先生又得到其中的三幅，虽然它们之间的差别已无法考证，然而笔势神彩奕奕，七张纸上的字笔意是互相连属的。王巩先生是张邓公的外孙，又和冯当世关系亲密，才能完全得到这七纸书法。我曾经非常喜欢梁武帝对书法的评论，善于选取具体的物像作为比喻；而这位怀素和尚尤其善于称誉自己，观赏他字的人却不认为过分，他的书法的确是很精美的。然而他的为人是很倜傥的，本来不求精美，因而才能精美，这就像能潜水的人在玩船，并不在乎能否渡到对岸，因此翻来覆去变化万端，而举止自如，这大概已接近于有道者了吧？

题颜公书《画赞》

颜鲁公平生写碑，惟《东方朔画赞》为清雄，字间栉比，而不失清远。其后见逸少本，乃知鲁公字字临此书，虽小大相悬，而气韵良是。非自得于书，未易为言此也。

【译文】颜鲁公平生所写的碑文，只有《东方朔画赞》最为清雅雄浑，字与字之间挨得很紧，却不失清丽幽远。后来见到逸少的法帖，才知道鲁公字字都是临此帖的，虽然字的大小差别很大，而气韵却非常一致。不是对于书法确有心得的人，是很难和他谈这个的。

题鲁公帖

观其书，有以得其为人，则君子小人必见于书。是殆不然。以貌取人，且犹不可，而况书乎？吾观颜公书，未尝不想见其风采，非徒得其为人而已，凛乎若见其诮卢杞而叱希烈，何也？其理与韩非窃斧之说无异。然人之字画工拙之外，盖皆有趣，亦有以见其为人邪正之粗云。

【译文】观察一个人的书法，也可以了解他的为人，那么君子小人都一定能从书法上显示出来了。这恐怕是不对的。以貌取人，尚且不可，又何况书法呢？我观赏颜公的书法时，没有一次不想像到他的风采，不仅仅是了解他的为人而已，俨然好像能见到他讥诮卢杞和叱责李希烈时的样子，这是为什么呢？这个道理和韩非子关于窃斧的寓言是没有不同的。由此可见人们写字的笔画除了工拙之外，还带有各自不同的审美趣味，也可以从中大致看出其为人的邪正来。

题鲁公《放生池碑》

湖州有颜鲁公《放生池碑》，载其所上肃宗表云："一日三朝，大明天子之孝；问安侍膳，不改家人之礼。"鲁公知肃宗有愧于是也，故以此谏。孰谓公区区于放生哉？

【译文】湖州有颜鲁公所书《放生池碑》，记载有他上给肃宗的奏章，其中写道："一日三朝，大显天子之孝；问安侍膳，不改人子之礼。"鲁公知道肃宗有愧于此，所以以此谏诤。谁说鲁公仅仅是着眼于放生呢？

题鲁公书草

昨日，长安安师文，出所藏颜鲁公与定襄郡王书草数纸，比公他书尤为奇特。信手自然，动有姿态，乃知瓦注贤于黄金，虽公犹未免也。

【译文】昨天，长安的安师文，出示他所收藏的颜鲁公给定襄郡王写的书信草稿数纸，比起鲁公别的书法作品来更为奇特。信手写来，清新自然，灵动而有姿致，可见正如庄子说的用陶瓦作赌注时比用黄金作赌注，赌技发挥得好，即使是鲁公也未免如此。

书张少公判状

张旭为常熟尉，有父老诉事，为判其状，欣然持去。不数日，复有所诉，亦为判之。他日复来。张甚怒，以为好讼。叩头曰："非敢讼也，诚见少公笔势殊妙，欲家藏之尔。"张惊问其详，则其父盖天下工书者也。张由此尽得笔法之妙。古人得笔法有所自，张以剑器，容有是理。雷太简乃云闻江声而笔法进，文与可亦言见蛇斗而草书长，此殆谬矣。

【译文】张旭作常熟县尉时，有一老人来告状，张旭为他判了状子，老人高兴地拿走了。过了几天，又来告状，张旭又为他判了状子。过些日子又来了。张旭很生气，认为他太喜欢诉讼了。老人叩头说："不是我大胆不怕打官司，实在是因见县尉您的笔势特别精妙，想拿回家收藏起来而已。"张旭惊奇地追问他家的详细情况，原来他的父亲是天下有名的工于书法的人物。张旭从他那里尽得笔法之妙。古人得笔法之妙各有来历，张旭得自剑器浑脱舞，是有他的道理的。雷太简却说听到江涛之声而笔法有进步，文与可也说见二蛇相斗而草书长进，这恐怕就有些荒唐了。

书张长史草书

张长史草书，必俟醉，或以为奇，醒即天真不全。此乃长史未妙，犹有醉醒之辨，若逸少，何尝寄于酒乎？仆亦未免此事。

【译文】张长史作草书，必待醉后，有些作品才能出奇，清醒时则自然率真之气不足。这是因为长史的书法尚未臻妙境，仍有醉醒之别，就逸少而言，何曾依赖过酒醉？我有时也难免这样做。

跋怀素帖

怀素书极不佳，用笔意趣，乃似周越之险劣。此近世小人所作也，而尧夫不能辨，亦可怪矣。

【译文】怀素的书法非常差，用笔的意趣，竟似周越的险峻无力。这是近世小人的伪作，而范尧夫竟不能分辨，实在令人感到奇怪。

跋王荆公书

荆公书得无法之法，然不可学，学之则无法。故仆书尽意作之似蔡君谟，稍得意似杨风子，更放似言法华。

【译文】荆公的书法得力于以无法为法，但不能学，学之则无法可循。所以我的书法竭尽全力写出来的像蔡君谟，略得意趣的像杨风子，更狂放的像言法华。

跋胡霈然书匣后

唐文皇好逸少书，故其子孙及当时士人，争学二王笔法。至开元、天宝间尤盛，而胡霈然最为工妙，以宗盟覆有家藏也。

【译文】唐太宗喜好逸少的书法，所以他的子孙以及当时的读书人争学二王的笔法。到开元、天宝年间此风更盛行，而胡霈然学得最为精妙，是因为他的家族中藏有很多二王作品之故。

跋咸通湖州刺史牒

唐人以身言书判取士，故人人能书此牒。近时待诏所不及，况州镇书史乎？元符三年十月十六日。

【译文】唐人以体貌、言辞、书法、判词四个方面来取士，所以人人能写这种文牒。现在的翰林待诏也比不上，何况地方上的吏员呢？元符三年十月十六日。

书太宗皇帝《急就章》

轼近至终南太平宫，得观三圣遗迹，有太宗书《急就章》一卷，为妙绝。自古英主少有不工书。鲁君之宋，呼于垤泽之门，守者曰：“非吾君也，何其声之似我君也？”轼于书亦云。

【译文】苏轼近日到终南太平宫，得以见到三圣遗迹，其中有太宗所书《急就章》一卷，自是精妙绝伦。自古以来的英主很少有不工于书法的。鲁君赴宋国，高呼于垤泽门外，守门人说：“这不是我们的国君，怎么声音那样像我们的国君呢？”苏轼对于书法也作如是说。

书所作字后

献之少时学书，逸少从后取其笔而不可，知其长大必能名世。仆以为不然。知书不在于笔牢，浩然听笔之所之而不失法度，乃为得之。然逸少所以重其不可取者，独以其小儿子用意精至，猝然掩之，而意未始不在笔，不然，则是天下有力者莫不能书也。治平甲辰十月二十七日，自岐下罢，过谒石才翁，君强使书此数幅。仆岂晓书，而君最关中之名书者，幸勿出之，令人笑也。轼书。

【译文】王献之小时候学习书法，逸少从后面抽他的笔却抽不动，便知道他长大后必能以书法闻名于世。我却认为不对。精于书法并不在于握笔牢固，不受拘束地听任笔毫的走向而又不失去法度，才是得到了书法的真谛。然而逸少之所以看重笔管抽不动，只是认为小孩子能专心致志，突然抽他的笔，发现他的注意力始终在笔上，如果不是这样的话，那么天下有力气的人就没有不善书的了。治平甲辰十月二十七日，自岐下归来，拜访石才翁，石君非要我写此数幅字。我哪里懂得书法，而石君则是关中最有名的书法家，幸勿出此书示人，令人嘲笑。苏轼书。

书王、石草书

王正甫、石才翁对韩公草书。公言："二子一似向马行头吹笛。"座客皆不晓。公为解之："若非妙手，不敢向马行头吹也。"熙宁元年十二月晦书。

【译文】王正甫、石才翁当着韩公的面作草书。韩公说："两位先生就像在马行街吹笛。"座中的宾客皆不晓其意。韩公为大家解释说："如果不是妙手，是不敢在繁华的马行街吹笛的。"熙宁元年十二月三十日书。

题蔡君谟帖

慈雅游北方十七年而归，退老于孤山下，盖十八年矣。平生所与往还，略无在者。偶出蔡公书简观之，反覆悲叹。耆老凋丧，举世所惜，慈雅之叹，盖有以也。

【译文】慈雅和尚游历北方十七年后归来，退而养老于孤山之下，又已十八年了。平生所来往的朋友，都不在了。偶然取出蔡公的书简观赏，便不停地发出悲叹。老人纷纷下世，举世痛惜，慈雅的悲叹，是有他的原因的。

跋蔡君谟书《海会寺记》

君谟写此时，年二十八。其后三十二年，当熙宁甲寅，轼自杭来临安借观，而君谟之没已六年矣。明师之齿七十有四，耳益聪，目益明，寺益完壮。竹林桥上，暮山依然，有足感叹者。因师之行，又念竹林桥看暮山，乃人间绝胜之处，自驰想耳。

【译文】蔡君谟写此记时，年方二十八岁。此后又三十二年，当熙宁甲寅时，苏轼从杭州来临安县借观此记，而君谟辞世已经六年了。有明禅师的年龄已七十四岁，耳力更灵，视力更明，寺院也更加完美壮丽。从竹林桥上，望暮色中的远山依然如旧，足以令人感叹。由禅师的高行，又想到从竹林桥上看暮山，真是人间绝妙的胜景，自是想象在驰骋而已。

论君谟书

欧阳文忠公论书云:“蔡君谟独步当世。”此为至论。言君谟行书第一,小楷第二,草书第三。就其所长而求其所短,大字为小疏也。天资既高,辅以笃学,其独步当世,宜哉!近岁论君谟书者,颇有异论,故特明之。

【译文】欧阳文忠公论书法说:“蔡君谟当代无人能及。”这是最公允的论断。并说君谟的行书第一,小楷书第二,草书第三。从他的长处中找他的短处,那就是大字略嫌粗疏。天分既高,再加上坚持不懈的学习,君谟的书法当代无人能及,是理所当然的!近几年来评论君谟书法的,颇有不同的说法,所以在这里特别申明之。

跋君谟飞白

物一理也,通其意,则无适而不可。分科而医,医之衰也;占色而画,画之陋也。和、缓之医,不别老少;曹、吴之画,不择人物。谓彼长于是则可也,曰能是不能是则不可。世之书篆不兼隶,行不及草,殆未能通其意者也。如君谟真、行、草、隶,无不如意,其遗力余意,变为飞白,可爱而不可学。非通其意,能如是乎?

【译文】万物都是一个道理,通晓其中的奥妙,则无往而不适。分科别以行医,是医术的衰落;靠颜色来作画,是画技的浅陋。医和、医缓治病,不分老和少;曹仲达、吴道子作画,不择人与物。说他们擅长于此道是可以的,问他们会不会此道,就不可以了。世上能作篆书而不能兼作隶书,能作行书而不能作草书的,恐怕都是未能参透其间关系的人。像君谟这样真、行、草、隶，写来没有不如意的，兴趣之余，变为飞白书，可爱而不可学。如果不是参透了其中关窍，能这样吗？

跋君谟书赋

余评近岁书，以君谟为第一，而论者或不然，殆未易与不知者言也。书法当自小楷出，岂有正未能而以行、草称也？君谟年二十九而楷法如此，知其本末矣。

【译文】我评价近年来的书法，认为蔡君谟是第一，而其他评论者有人不同意，跟不懂书法的人恐怕是不容易说清楚的。书法应该从小楷练起，哪有正书尚未掌握就以行书、草书著称的？君谟年二十九岁而楷法达到如此地步，可见他是深知书法的本末的。

跋君谟书

仆论书以君谟为当世第一，多以为不然，然仆终守此说也。

【译文】我评论书法以蔡君谟为当代第一，许多人认为不是这样，然而我始终坚持这个意见。

题李十八净因杂书

刘十五论李十八草书，谓之“鹦哥娇”。意谓鹦鹉能言，不过数句，大率杂以鸟语。十八其后稍进，以书问仆：“近日比旧如何？”仆答云："可作秦吉了也。"然仆此书自有"公在乾侯"之态也。子瞻书。

【译文】刘攽评论李常的草书，称之为"鹦哥娇"。意思是鹦鹉虽会说人话，只不过数句，大多数还是鸟语。李常的书法后来逐渐有进步，拿他的书法问我："近来比过去如何？"我答道："可称为说话更灵巧的秦吉了啦。"然而我这样写也大有"鲁昭公借住晋国乾侯邑"的意味。子瞻书。

跋董储书二首

董储郎中，密州安丘人，能诗，有名宝元、庆历间。其书尤工，而人莫知，仆以为胜西台也。

【译文】董储郎中，密州安丘县人，会作诗，诗名著称于宝元、庆历年间。他的书法更精妙，却没人知道，我以为成就超过李建中。

又

密州董储亦能书，近岁未见其比。然人犹以为不然。仆固非善书者，而世称之以是。知是非之难齐也。

【译文】密州董储也善于书法，近年来未见到能与他相比的。然而人们却认为不是这样。我本来不是擅长书法的。而世人却拿书法称誉我。可见是非是难辨的。

跋文与可草书

李公择初学草书，所不能者，辄杂以真、行。刘贡父谓之“鹦哥娇”。其后稍进，问仆：“吾书比来何如？”仆对：“可谓秦吉了矣。”与可闻之大笑。是日，坐人争索，与可草书落笔如风，初不经意。刘意谓鹦鹉之于人言，止能道此数句耳。十月一日。

【译文】李公择初学草书时，有不会写的，就把真书、行书夹杂进去。刘贡父称之为“鹦哥娇”。后来渐有进步，问我：“我的草书比从前如何？”我答道：“可以称为秦吉了了。”与可听了这话大笑。这天，座中宾客争相索要与可的草书，与可作草书落笔如风，最初并未留意我的话。刘贡父的意思是鹦鹉学人说话，只会说这么几句而已。十月一日。

评草书

书初无意于佳，乃佳尔。草书虽是积学乃成，然要是出于欲速。古人云：“匆匆不及草书。”此语非是。若“匆匆不及”，乃是平时亦有意于学。此弊之极，遂至于周越、仲翼，无足怪者。吾书虽不甚佳，然自出新意，不践古人，是一快也。

【译文】作书最初无意求美，才会美。草书虽然是积累了长时间的学习才能有所成就，但关键在于想写得快。古人说：“匆匆来不及作草书。”这话不对。如果“匆匆来不及”，那就是平时也有意识地学习写草书了。此弊达到极点，遂达到周越、仲翼的地步，不足为怪。我的书法虽然不太好，然而能独出新意，不循古人旧迹，这是一件令人愉快的事。

论书

书必有神、气、骨、肉、血，五者阙一，不为成书也。

【译文】书法必须具备精神、气韵、骨骼、肌肉、血脉，五者缺一，不能算是完整的书法。

题醉草

吾醉后能作大草，醒后自以为不及。然醉中亦能作小楷，此乃为奇耳。

【译文】我酒醉后能作狂草，清醒后自认为平时的草书是比不上它的。然醉中也能写小楷，这才是奇特的。

题七月二十日帖

江左僧宝索靖七月二十日帖。仆亦以是日醉书五纸。细观笔迹，与二妙为三，每纸皆记年月。是岁熙宁十年也。

【译文】江南僧以索靖七月二十日所书之帖为宝。我也在这天醉后写了五张。仔细审视笔迹，可以与晋朝并称为二妙的卫瓘、索靖相提并论为三，每张纸上都记有年月。这年是熙宁十年。

跋杨文公书后

杨文公相去未久，而笔迹已难得，其为人贵重如此。岂以斯人之风流不可复见故耶？元丰戊午四月十六日题。

【译文】 杨文公杨亿辞世不久，而他的墨迹已很难觅到，作品被人珍视到这般地步。难道是因为此人的风流不复可以见到的缘故吗？元丰戊午年四月十六日题。

跋杜祁公书

正献公晚乃学草书，遂为一代之绝。公书正使不工，犹当传世宝之，况其清闲妙丽，得昔人风气如此耶？

【译文】 杜正献公晚年才学草书，遂成为当代一绝。杜公写的书法即使不严整，也应当传给后人以珍藏之，更何况他的清新娴雅精妙端丽，得古人遗风到如此地步的作品呢？

跋陈隐居书

陈公密出其祖隐居先生之书相示。轼闻之，蔡君谟先生之书，如三公被衮冕立玉墀之上。轼亦以为学先生之书，如马文渊所谓学龙伯高之为人也。书法备于正书，溢而为行、草，未能正书而能行、草，犹未尝庄语而辄放言，无是道也。

【译文】陈公密拿出他祖父隐居先生的书法请我看。苏轼听说，蔡君谟先生的书法，就像太尉、司徒、司空三公穿朝服立于朝廷玉阶之上。苏轼也认为学先生的书法，就像马文渊所说的学龙伯高的为人一样。书法的基础是正书，再放开而为行书、草书，写不好正书却要写行、草，就像还没有说正经话就放纵其言，是没有这种道理的。

跋欧阳文忠公书

欧阳文忠公用尖笔干墨，作方阔字，神采秀发，膏润无穷。后人观之，如见其清眸丰颊，进趋裕如也。

【译文】欧阳文忠公用尖笔焦墨，写方宽字，神采奕奕，秀润无穷。后人观赏之，就好像见到他清亮的眼睛、丰腴的面颊，和趋进时雍容的步态一样。

跋钱君倚书《遗教经》

人貌有好丑，而君子小人之态不可掩也。言有辩讷，而君子小人之气不可欺也。书有工拙，而君子小人之心不可乱也。钱公虽不学书，然观其书，知其为挺然忠信礼义人也。轼在杭州，与其子世雄为僚，因得观其所书《佛遗教经》刻石，峭峙有不回之势。孔子曰：“仁者，其言也讱。”今君倚之书，盖讱云。

【译文】人们的外貌有美丑之分，而君子小人的姿态是掩盖不了的。人们的口才有辩讷之分，而君子小人的气质是瞒不过人的。人们的书法有工拙之分，而君子小人的心术是不会相混的。钱公辅先生虽然不专门学书法,然而观赏他的字,便可知他是一个正直忠信讲礼义的人。苏轼在杭州时,和他的儿子世雄为同僚,因而得以看到他所书的《佛遗教经》刻石,雄健有一往无前之势。孔子曾说过:“仁者,说话是谨慎的。”今观君倚的书法,也是很审慎的。

书章郇公写《遗教经》

章文简公楷法尤妙,足以见前人笃实谨厚之余风也。

【译文】章文简公章得象的楷法尤为精妙,足以显示前人诚恳谨慎厚道的遗风。

跋所书《清虚堂记》

世多藏予书者,而子由独无有。以求之者众,而子由亦以余书为可以必取,故每以与人不惜。昔人求书法,至拊心呕血而不获,求安心法,裸雪没腰,仅乃得之。今子由既轻以余书予人可也,又以其微妙之法言不待愤悱而发,岂不过哉?然王君之为人,盖可与言此者。他人当以余言为戒。

【译文】世上有很多人收藏我的书法,而子由却独独没有。因为向他求我的书法的人很多,而子由也认为我的书法是肯定可以得到的,所以每每拿我的书法送人而不珍惜。古人为求书法,至于捧心吐血而不获,为求安心法,裸雪没腰,才能得到。现在子由轻易地拿我的书法送人也可以,而又把我微妙的可作法典的心得不待对方急需就告诉人,岂不是太过了吗?然而王君的为人,是可以告诉他这些的。如果是别的人就要以我的话为戒。

跋所书《摩利支经》后

侄安节于元丰庚申六月大水中，舟行下峡，常持此经，得脱险难。明年十二月至黄州，见轼，乞写此本持归蜀。眉阳苏轼书。

【译文】侄子苏安节于元丰庚申六月大水时，乘舟经三峡东行，常持诵此经，得以脱离险难。次年十二月到黄州，见了我，请我写了这部经拿回四川。眉山之阳苏轼书。

评杨氏所藏欧、蔡书

自颜、柳氏没，笔法衰绝，加以唐末丧乱，人物凋落磨灭，五代文采风流，扫地尽矣。独杨公凝式笔迹雄杰，有二王、颜、柳之余，此真可谓书之豪杰，不为时世所汩没者。国初，李建中号为能书，然格韵卑浊，犹有唐末以来衰陋之气，其余未见有卓然追配前人者。独蔡君谟书，天资既高，积学深至，心手相应，变态无穷，遂为本朝第一。然行书最胜，小楷次之，草书又次之，大字又次之，分、隶小劣。又尝出意作飞白，自言有翔龙舞凤之势，识者不以为过。欧阳文忠公书，自是学者所共仪刑，庶几如见其人者。正使不工，犹当传宝，况其精勤敏妙，自成一家乎？杨君畜二公书，过黄州，出以相示，偶为评之。

【译文】自从颜真卿、柳公权辞世，笔法衰竭，再加上唐末的社会动乱，人物凋敝零落销磨了，五代的文采风流也扫地以尽了。只有杨凝式公的书法雄健杰出，有二王、颜、柳的遗风，此人真可以说是书法家中的豪杰，不被时代风气所掩盖的。建国之初，李建中号称善书，然而格调卑下，仍带有唐末以来的衰颓之气，其余未见到有杰出得足以追配前人的。唯独蔡君谟的书法，天资既高，学识的积累又极深，手随心至，变化无穷，从而成为本朝第一人。然而他的行书最好，小楷次于行书，草书又次于小楷，大字次于小字，八分书、隶书稍差。又曾经独出心裁作飞白书，自称有龙飞凤舞之势，懂行的人认为他说的并不过分。欧阳文忠公的书法，自是学者都佩服并当作样板的，见了书法几乎就像见了本人一样。即使写得不工，也值得传世珍藏，何况他因精勤而致书法敏妙，自成一家呢？杨君收藏有二公的书法，到黄州，拿出来请我观赏，便为他写了这篇书评。

杂评

杨凝式书，颇类颜行。李建中书，虽可爱，终可鄙；虽可鄙，终不可弃。李国主本无所得，舍险瘦，一字不成。宋宣献书，清而复寒，正类李留台重而复寒，俱不能济所不足。苏子美兄弟，俱太俊，非有余，乃不足也。蔡君谟为近世第一，但大字不如小字，草不如真，真不如行也。

【译文】杨凝式的书法，很像颜真卿的行书。李建中的书法，虽然可爱，终觉可鄙；虽然可鄙，终不可废。南唐后主李煜在书法上本来就没有心得，除了险峻清瘦，便一字不可取。宋绶的书法，清秀而又冷峻，正像李建中的厚重而又冷峻一样，都不能够补自身的不足。苏舜钦、舜元兄弟的书法，都太秀气，不是有余，而是不足。蔡君谟的书法为近代第一，但大字不如小字，草书不如真书，真书则不如行书。

王文甫达轩评书

唐末五代文章卑陋，字画随之。杨公凝式笔，为雄往往与颜、柳相上下，甚可怪也。今世多称李建中、宋宣献。此二人书，仆所不晓。宋寒而李俗，殆是浪得名。惟近日蔡君谟，天资既高，而学亦至，当为本朝第一。

【译文】唐末五代的文章风格低下，书画也追随其后。杨凝式公的用笔，其雄健处处与颜、柳不相上下，很是可怪。现在许多人称赞李建中、宋绶。这两人的书法，我是不懂的。宋孤寒而李庸俗，恐怕是徒有虚名。只有近来蔡君谟，天资不但高，而且学得也到家，应该是本朝称第一的。

记潘延之评予书

潘延之谓子由曰："寻常于石刻见子瞻书，今见真迹，乃知为颜鲁公不二。"尝评鲁公书与杜子美诗相似，一出之后，前人皆废。若予书者，乃似鲁公而不废前人者也。

【译文】潘延之对子由说："平常只在石刻中见到子瞻的书法，现在见到真迹，才知道像颜鲁公一样是独一无二的。"他曾评价颜鲁公的书法与杜子美的诗相似，一旦面世，前人皆可废弃。至于我的书法，乃是似鲁公而又不废弃前人的。

跋李康年篆《心经》后

江夏李君康年，好古博学，而小篆尤精。以私忌日篆《般若心经》，为其亲追福，而求余为跋尾。余闻此经虽不离言语文字，而欲以文字见、欲以言语求则不可得。篆画之工，盖亦无施于此，况所谓跋尾者乎？然人之欲荐其亲，必归于佛，而作佛事，当各以其所能。虽画地聚沙，莫不具足，而况篆字之工若此者耶？独恐观者以字法之工，便作胜解，故书其末，普告观者，莫作是念。元丰五年十二月十三日。

【译文】江夏李康年君，好古博学，而小篆写得尤其精妙。于父母的忌日用小篆抄写《般若心经》，为自己的父母追荐冥福，而求我在末尾写一篇跋。我听说这部佛经虽然也离不开言语文字，然而想用文字表现它的内容，想通过言语求得它的真谛却是不可能的。篆书笔画的工稳，大概也无助于此，更何况末尾的所谓跋呢？然而人如果想为父母追荐冥福，必须求佛，而作佛事，应该各尽所能。即使像《法华经》中所说的儿童作画于地，聚沙成塔，也没有不可以的，何况如此精妙的篆字呢？只是恐怕看到的人因为字写得太好，便仅当作优美的书法作品看，所以写在后面，遍告观者，不可有此种念头。元丰五年十二月十三日。

跋文与可论草书后

余学草书凡十年，终未得古人用笔相传之法。后因见道上斗蛇，遂得其妙，乃知颠、素之各有所悟，然后至于如此耳。

留意于物，往往成趣。昔人有好草书，夜梦则见蛟蛇纠结。数年，或昼日见之，草书则工矣，而所见亦可患。与可之所见，岂真蛇耶，抑草书之精也？予平生好与与可剧谈大噱，此语恨不令与可闻之，令其捧腹绝倒也。

【译文】我学写草书共十年，始终未能得到古人用笔的传世之法。后来因为见到路上相斗的蛇，于是体会到用笔的奥妙，才知道张旭、怀素各有所参悟，然后才能达到如此境界。

留意于各种事物，处处能发现有趣的现像。前人有喜欢草书的，夜间做梦便看见龙蛇纠缠盘结。数年后，有时白天也能看见它，草书倒是写得好了，而看见这种形像也令人不安。与可所见到的，是真蛇呢，还是草书之精呢？我平生最爱和与可大说大笑，这话恨不得马上让与可听见，让他捧腹大笑不能自已。

跋草书后

仆醉后，乘兴辄作草书十数行，觉酒气拂拂，从十指间出也。

【译文】我醉后，乘着酒兴写草书十多行，只觉酒气勃勃，从十指之间涌出。

跋蔡君谟书

仆尝论君谟书为本朝第一，议者多以为不然。或谓君谟书为弱，此殊非知书者。若江南李主，外托劲险而中实无有，此真可谓弱者。世以李主为劲，则宜以君谟为弱也。元丰八年七月四日。

【译文】我曾经评论蔡君谟的书法为当代第一，论者大多不以为然。有人说君谟的书法弱，说这话的实在是不懂书法的人。如江南李后主，外形追求险劲而内涵却一无所有，这才真可说是弱。世俗以李后主为强劲，当然会以君谟为软弱。元丰八年七月四日。

记与君谟论书

作字要手熟，则神气完实而有余韵，于静中自是一乐事。然常患少暇，岂于其所乐常不足耶？自苏子美死，遂觉笔法中绝。近年蔡君谟独步当世，往往谦让不肯主盟。往年，予尝戏谓君谟言："学书如泝急流，用尽气力，船不离旧处。"君谟颇诺，以谓能取譬。今思此语已四十余年，竟如何哉？

【译文】写字要手熟，才会神完气足而有韵致，在宁静中本是一件乐事。然而常愁少闲暇，岂不是于所乐之事常感不足吗？自从苏子美去世后，便觉得笔法的流传中断了。近年来蔡君谟独出于当代，却处处谦让不肯领袖书坛。从前，我曾开玩笑地对君谟说："学书法如逆急流而上，用尽力量，船还不离旧处。"君谟很同意，认为比喻得好。现在想来这话已四十多年了，究竟怎么样呢？

跋范文正公帖

轼自省事，便欲一见范文正公，而终不可得。览其遗迹，至于泫然。人之云亡，邦国殄瘁，可不哀哉！元丰八年九月一日。

【译文】苏轼自从懂事时起，便希望一见范文正公，而最终也未能实现。观其遗墨，以至于泫然泪下。贤人已死，国家困穷，能不感到可哀吗！元丰八年九月一日。

题颜长道书

故人杨元素、颜长道、孙莘老，皆工文而拙书，或不可识，而孙莘老尤甚。不论他人，莘老徐观之，亦自不识也。三人相见，辄以此为叹。今皆为陈迹，使人哽噎。

【译文】老友杨绘、颜复、孙觉，都善于写文章而不善于书法，有的字写得让人认不出，而孙觉更严重。不说别人，孙觉自己慢慢看，也不认识。三人见面后，总是为此而叹。如今都已成为陈迹了，令人哽噎。

跋秦少游书

少游近日草书，便有东晋风味，作诗增奇丽。乃知此人不可使闲，遂兼百技矣。技进而道不进，则不可，少游乃技道两进也。

【译文】秦少游近来的草书，已有东晋人韵味，作诗也增进了奇丽。可见此人不可使之闲过，就能兼通各种技艺了。技法进步而理论不进步，是不行的，少游乃是技法理论双进步。

跋黄鲁直草书

草书只要有笔，霍去病所谓“不至学古兵法”者为过之。鲁直书。

去病穿域蹋鞠，此正不学古兵法之过也。学即不是，不学亦不可。子瞻书。

【译文】草书只要有笔即可，正如霍去病所说的“不必学古兵法”是不对的。鲁直书。

去病在粮草不继时，还要士兵平场地踢皮球，这正是他不学古兵法的过错。死搬硬套不对，不学也不行。子瞻书。

跋鲁直为王晋卿小书《尔雅》

鲁直以平等观作欹侧字，以真实相出游戏法，以磊落人书细碎事，可谓三反。

【译文】鲁直以平等的观念写体势欹仄的字，以严肃的态度作游戏，以光明磊落的心胸写细碎小事，可以称为三反。

跋王晋卿所藏《莲华经》 经七卷如筋粗

凡世之所贵，必贵其难。真书难于飘扬，草书难于严重，大字难于结密而无间，小字难于宽绰而有余。今君所藏，抑又可珍：卷之盈握，沙界已周；读未终篇，目力可废。乃知蜗牛之角可以战蛮触，棘刺之端可以刻沐猴。嗟叹之余，聊题其末。

【译文】凡世间所珍贵的，必以其难为贵。真书难在灵动，草书难在庄重，大字难在结构紧密而无间隙，小字难在舒展而有余地。现在王君所收藏的，又有它的可贵之处：卷起来只有一把，大千世界已经周遍；读起来不到终篇，两眼视力已经模糊。可见正如《庄子》

说的蜗牛角上可供蛮、触两国交战，棘刺尖端可以雕成猕猴。赞叹之余，聊题于其末。

书杜介求字

杜几先以此纸求余书，云："大小不得过此。"且先于卷首自写数字。其意不问工拙，但恐字大费纸不能多耳。严子陵若见，当复有买菜之语。无以惩其失言，当干没此纸也。

【译文】杜几先拿此纸求我的字，说："大小不可超过这些字。"并事先在卷首自己写了几个字。他的意思是不论好坏，只怕字大费纸不能多写而已。严子陵如果见了，就又会说"又不是买菜，计较什么多少"的话了。没有法子惩罚他的失言，应当扣下他这张纸不还。

书赠宗人镕

宗人镕，贫甚，吾无以济之。昔年尝见李驸马玮以五百千购王夷甫帖，吾书不下夷甫，而其人则吾之所耻也。书此以遗生，不得五百千，勿以予人。然事在五百年外，价直如是，不亦钝乎？然吾佛一坐六十小劫，五百年何足道哉！东坡居士。

【译文】宗人苏镕，穷得利害，我没有钱接济他。从前曾见驸马李玮以五十万钱搜取晋人王夷甫的墨迹，我的书法不次于夷甫，而他的为人却是我所看不起的。写此字以赠镕，得不到五十万钱，不要给人。然而要到五百年后，才值这个价钱，不太迟了吗？然而我佛如来一坐就是六十个小劫，五百年哪里值得一提！东坡居士。

戏书赫蹄纸

此纸可以镵钱祭鬼。东坡试笔，偶书其上。后五百年，当成百金之直。物固有遇不遇也。

【译文】这种纸可以制成冥钱祭鬼。东坡试笔，偶然在上面写字。五百年后，就会价值百金。万物本来就存在着能遇到机会和不能遇到机会的差别。

自评字

昨日见欧阳叔弼，云："子书大似李北海。"予亦自觉其如此。世或以谓似徐书者，非也。

【译文】昨天见到欧阳叔弼，他说："你的书法很像李北海的。"我自己也觉得是这样。世间也有人认为像徐浩，是不对的。

跋焦千之帖后

欧阳文忠公言"焦子皎洁寒泉冰"者，吾友伯强也。泰民徐君，济南之老先生也。钱岊仲盖尝师之，以伯强与泰民往还书相示。伯强之没，盖十年矣，览之怅然。元祐五年二月十五日书。

【译文】欧阳文忠公所说的"焦子皎洁寒泉冰"，就是我的朋友伯强。徐泰民君是济南的老先生。钱岊仲曾以之为师，便取出伯强与泰民之间来往的书信给我看。伯强的去世，已十年了，看了这些书信不觉怅然。元祐五年二月十五日书。

题欧阳帖

欧阳公书，笔势险劲，字体新丽，自成一家。然公墨迹自当为世所宝，不待笔画之工也。文忠公得谢，其喜如此。以是知士非进身之难，乞身之难也。

【译文】欧阳公的书法，笔势险峻有力，字体新颖端丽，自成一家。然而欧阳公的墨迹本来就应该被世人所珍视，无须笔画的精妙。文忠公得以致仕，高兴到如此地步。由此可知士不难于仕进，而是难于安然引退。

跋刘景文欧公帖

此数十纸，皆文忠公冲口而出，纵手而成初不加意者也。其文采字画，皆有自然绝人之姿，信天下之奇迹也。元祐四年九月十九日，苏轼书。

【译文】这十几张纸，都是文忠公脱口而出，信手而成，略不经意的作品。它的文采字画都有自然天成人不能及之妙，真是天下的奇迹。元祐四年九月十九日，苏轼书。

题苏才翁草书

才翁草书真迹，当为历世之宝。然《李白草书歌》，乃唐末五代效禅月而不及者，云“笺麻绢素排数箱”，村气可掬也。

【译文】苏才翁草书的真迹，应该是历代的墨宝。然而《李白草书歌》，乃是唐末五代时仿效禅月大师而不及禅月的人伪造的，如云“笺麻绢素排数箱”，真是世俗之气可掬。

题所书《东海若》后

轼久欲书柳子厚所作《东海若》一篇刻之石，置之净住院无量寿佛堂中。元祐六年二月九日，与海陵曹辅、开封刘季孙、永嘉侯临会堂下，遂书以遗僧从本，使刻之。

【译文】苏轼早就想把柳子厚所作的《东海若》全篇写下来刻在石上，放在净住禅院无量寿佛堂中。元祐六年二月九日，与海陵曹辅、开封刘季孙、永嘉侯临会集于佛堂之下，于是书之以赠寺僧从本，让从本刻之于石。

题所书《归去来词》后

毛国镇从余求书，且曰：“当于林下展玩。”故书陶潜《归去来》以遗之。然国镇岂林下人也哉，譬如今之纨扇，多画寒林雪竹，当世所难得者，正使在庙堂之上，尤可观也矣！

【译文】毛国镇向我要字，并且说："要在林下欣赏。"所以就写了陶潜的《归去来》送给他。然而国镇岂是林下之人，就像如今的纨扇，大多画的是寒林雪竹，当世所难得的，正是要它出现在朝廷之上，才更为可观呢！

题张乖崖书后

以宽得爱，爱止于一时。以严得畏，畏止于力之所及。故宽而见畏，严而见爱，皆圣贤之难事而所及者远矣。张忠定公治蜀，用法之严，似诸葛孔明。诸葛孔明与公遗爱皆至今，盖尸而祝之，社而稷之。元祐六年闰八月十三日，过陈，见公之曾孙祖，以轼蜀人，德公宜深，故出公遗墨，求书其后。

【译文】因执法宽松而得到的爱戴，这种爱戴仅限于一时。因执法严格而使人畏惧，这种畏惧仅限于力所能及的范围。所以，宽厚而使人畏惧，严厉而使人爱戴，都是圣贤也难以做到而能影响深远的。张忠定公治理四川时，执法的严厉就像诸葛孔明。诸葛孔明和张公的遗爱都一直延续到现在，仍得到百姓的祭祀。元祐六年闰八月十三日，到陈州，见到张公的曾孙张祖，他认为苏轼是四川人，应当对张公有很深的感情，所以拿出张公的遗墨，请我题字于其后。

跋勾信道郎中集朝贤书《夹颂金刚经》

乙巳至今二十八年，书经三十二人，逝者几三之二矣。梦幻之喻，非虚言也。惟一念归向之善，历劫不坏，在在处处常为善友。元祐七年正月二十二日。

【译文】从乙巳到现在已经二十八年了，书写此经的三十二人，去世的几乎三分之二了。佛家人生如梦幻的比喻，的确不是虚言。只要有一念向善，就能历劫不坏，处处常为善友。元祐七年正月二十二日。

跋旧与辩才书

轼平生与辩才道眼相照之外，缘契冥符者多矣。始以五年九月三十日入山，相对终日，留此数纸。明年是日在颍州作书与之，有“少留山中，勿便归安养”之语，而师寔以是日化去。又明年，其徒惟楚携此轴来，为一太息。五月十一日书。

【译文】苏轼平生除了与辩才法师以观道的眼光互相观照之外，在缘份上暗中相合的也很多。最初在元祐五年九月三十日入山，终日相对，留下此数张字。第二年的这天在颍州写信给他，信中有“少留山中，勿便归安养”等话，而法师确实是在这天去世的。第三年，他的弟子惟楚带这轴字来，为之一长叹。五月十一日书。

跋陈莹中题朱表臣欧公帖

敬其人，爱其字，文忠公之贤，天下皆知。使嘉祐以前见其书者，皆如今日，则朋党之论何自兴！元祐元年四月，延平陈瓘书。

美哉，莹中之言也！仲尼之存，或削其迹，梦奠之后，履藏千载。文忠公读《石守道文集》，有云：“后世苟不公，至今无圣贤。”公殁之后二十余年，憎爱一衰，议论乃公，亦何待后世乎？绍圣元年五月书。

【译文】尊敬他的为人，喜爱他的书法，文忠公的贤明，天下人都知道。假使嘉祐以前也像今天一样，都能见到他写的字，那么朋党的说法从何说起！元祐元年四月，延平陈瑾书。

说得太好了，莹中的话！仲尼活着时，有人掩盖他的事迹，逝世之后，留芳千载。文忠公读《石守道文集》，说过："后世如果不公正，至今不会有圣贤。"文忠公去世二十多年，对他或憎或爱的情绪也都冷却了，议论也公正了，哪里需要等到后世呢？绍圣元年五月书。

书王奥所藏太宗御书后

日行于天，委照万物之上，光气所及，或流为庆云，结为丹砂，初岂有意哉！太宗皇帝以武功定祸乱，以文德致太平，天纵之能，溢于笔墨，摛藻尺素之上，弄翰团扇之中，散流人间者几何矣。而三槐王氏，得之为多，子孙世守之，遂为希代之宝。文正之孙、懿敏之子奥，出以示，臣轼敬拜手稽首书其后。

【译文】太阳在天上运行，下照万物之上，光芒所到之处，有的化为祥云，有的形成丹砂，最初哪里是有意识的呢！太宗皇帝以武功平定祸乱，以文德导致太平，天生的才能通过笔墨，展现尺素之上和团扇之中，流散到民间的不知究竟有多少。而三槐王氏，得到的最多，子孙世世代代收藏之，遂成为稀世之宝。文正之孙、懿敏之子王奥，拿出来请我观赏。臣苏轼敬拜手稽首书其后。

书张长史书法

世人见古有见桃花悟道者，争颂桃花，便将桃花作饭吃。吃此饭五十年，转没交涉。正如张长史见担夫与公主争路而得草书之法，欲学长史书，日就担夫求之，岂可得哉？

【译文】世俗之人见古时有见桃花而悟道的，便争着颂扬桃花，还有人把桃花放在饭里吃。这种饭吃了五十年，也没一点效果。正像张长史见担夫与公主争路而悟出草书之法一样，想学长史的书法，每天找担夫去探讨，怎能得到呢？

书《归去来词》赠契顺

余谪居惠州，子由在高安，各以一子自随。余分寓许昌、宜兴，岭海隔绝。诸子不闻余耗，忧愁无聊。苏州定慧院学佛者卓契顺谓迈曰："子何忧之甚？惠州不在天上，行即到耳，当为子将书问之。"绍圣三年三月二日，契顺涉江度岭，徒行露宿，僵仆瘴雾，黧面茧足以至惠州。得书径还。余问其所求，答曰："契顺惟无所求，而后来惠州。若有所求，当走都下矣。"苦问不已，乃曰："昔蔡明远，鄱阳一校耳。颜鲁公绝粮江淮之间，明远载米以周之。鲁公怜其意，遗以尺书，天下至今知有明远也。今契顺虽无米与公，然区区万里之勤，傥可以援明远例，得数字乎？"余欣然许之，独愧名节之重，字画之好，不逮鲁公。故为书渊明《归去来词》以遗之，庶几契顺托此文以不朽也。

【译文】我被贬谪到惠州，子由在高安，各带一个儿子在身边。其余的子侄们分别住在许昌、宜兴，为山河所隔绝。孩子们听不到我的消息，忧愁而无聊赖。苏州定慧院学佛者卓契顺对苏迈说："你何必如此忧愁？惠州又不在天上，只要走就能到，我就为你带一封信去问候父亲。"绍圣三年三月二日，契顺渡长江过山岭，步行露宿，冲破瘴雾，带着晒黑的面孔和满脚的老茧来到惠州。拿到回信就回去。我问他有什么要求，回答说："契顺正因为没有什么要求，才来到惠州。如果有什么企求，就会跑到京师去了。"苦苦追问不止，才说："从前蔡明远只不过是鄱阳的一名小校而已。颜鲁公绝粮于江淮之间时，明远载着米去支援他。鲁公被他的好意所感动，赠给他一纸书法，天下至今知道有明远其人。如今契顺虽然没有米送给先生，然而区区万里的跋涉之劳，能不能援引明远的先例，得到几个字呢？"我高兴地答应了，只是因名节之重和书法之妙比不上鲁公，而觉得惭愧。所以就写了陶渊明的《归去来词》送给他，希望契顺的名字也能因此文而不朽。

跋所赠昙秀书

昙秀来惠州见东坡。将去，坡曰："山中人见公还，必求土物，何以与之？"秀曰："鹅城清风，鹤岭明月，人人送与，只恐他无着处。"坡曰："不如将几纸字去，每人与一纸。但向道此是言法华书里头有灾福。"

【译文】昙秀到惠州来看东坡。准备返回时，东坡问："山中之人见先生回去，一定会要这里的土产，拿什么送他们呢？"昙秀说："鹅城清风，鹤岭明月，人人都送到了，只怕他没有地方存放。"东坡说："不如拿几张字去，每人送一张。只须说这是言法华书里有灾福。"

题所书《宝月塔铭》 并鲁直跋

予撰《宝月塔铭》，使澄心堂纸，鼠须笔，李庭珪墨，皆一代之选也。舟师不远万里，来求予铭，予亦不孤其意。绍圣三年正月十二日，东坡老人书。

塔铭小字，如季海得意时书，书字虽工拙在人，要须年高手硬，心意闲淡，乃入微耳。庭坚书。

【译文】我撰写《宝月塔铭》，用的是澄心堂的纸，鼠须笔，李庭珪制的墨，都是当代最好的。舟师不以万里为远，来求我作铭，我也不能让他失望。绍圣三年正月十二日，东坡老人书。

塔铭小字，像徐季海得意时所写的，字的工拙虽各人不同，但最重要的必须是年高手硬，心情闲适恬淡，才能入微。庭坚书。

书《天蓬咒》

绍圣三年端午，惠州道士邹葆光云："今日今月皆甲午，而午时当庚甲合，人之遇此也难。请书《天蓬神咒》。"予嘉其意，乃为斋戒书之。

【译文】绍圣三年的端午节，惠州道士邹葆光说："今日今月都正当甲午，而午时又正当庚甲合，人遇到这种巧合是很难的。请您书写《天蓬神咒》。"我嘉许他的诚意，就为他斋戒而书此咒。

跋山谷草书

昙秀来海上，见东坡，出黔安居士草书一轴，问："此书如何？"坡云："张融有言：'不恨臣无二王法，恨二王无臣法。'吾于黔安亦云。"他日黔安当捧腹轩渠也。丁丑正月四日。

【译文】昙秀到南海来，见到东坡，取出黔安居士的草书一轴，问："此书如何？"东坡回答："张融曾说过：'我不遗憾没有二王的笔法，遗憾的是二王没有我的笔法。'我认为黔安居士也适用这话。"异日黔安居士会捧腹大笑。丁丑正月四日。

跋希白书

希白作字，自有江左风味，故长沙法帖，比淳化待诏所摹为胜。世俗不察，争访阁本，误矣。此逸少一卷为尤妙。庚辰七夕，合浦官舍借观。

【译文】希白和尚写字，自有江东风格韵味，所以长沙法帖比淳化阁帖所勾摹的要好。世俗之人未能仔细考察，争着搜求淳化阁帖，实在是错了。此帖中逸少一卷尤其精妙。庚辰七夕，于合浦官舍借观。

题自作字

东坡平时作字，骨撑肉，肉没骨，未尝作此瘦妙也。宋景文公自名其书"铁线"。若东坡此帖，信可谓云尔已矣。元符三年九月二十四日，游三州岩回，舟中书。

【译文】东坡平时写字，以骨撑开肉，以肉包含骨，没有写过如此瘦妙的。宋景文公为自己的书法取名"铁线"。如东坡这幅字，的确可以这样说了。元符三年九月二十四日，游三州岩归来，于舟中书。

书舟中作字

将至曲江，船上滩欹侧，撑者百指，篙声石声荦然，四顾皆涛濑，士无人色，而吾作字不少衰，何也？吾更变亦多矣，置笔而起，终不能一事，孰与且作字乎？

【译文】将到曲江时，船在滩上搁浅倾斜，撑船的有十多人，篙声石声荦荦，四面望去都是波涛，舟中士子面无人色，而我写字不受一点影响，为什么呢？我经过的变故多了，即使放下笔来，终究不能作任何一件事，何如只管写字呢？

书沈辽《智静大师影堂铭》

邻舍有睿达，寺僧不求其书而独求予，非惟不敬东家，亦有不敬西家耶？

【译文】旁边住的有沈睿达，寺僧不去求他的书法却独来求我，不仅是不敬东道主，也是不敬西宾吧？

论沈辽、米芾书

自君谟死后，笔法衰绝。沈辽少时本学其家传师者，晚乃讳之，自云学子敬。病其似传师也，故出私意新之，遂不如寻常人。近日米芾行书，王巩小草，亦颇有高韵，虽不逮古人，然亦必有传于世也。

【译文】自从蔡君谟死后，笔法衰微不传。沈辽年轻时本来是学本家沈传师的，晚年避讳此事，自称学王子敬。因以似传师为病，所以出于私心重新换了说法，于是连一般人也不如。近日米芾的行书，王巩的小草书，也都很有韵致，虽然不及古人，然而也一定会流传于后世的。

跋所书《圆通偈》

轼迁岭海七年，每遇私忌，斋僧供佛，多不能如旧。今者北归，舟行豫章、彭蠡之间，遇先妣成国太夫人程氏忌日，复以阻风滞留，斋荐尤不严，且敬写《楞严经》中文殊师利法王所说《圆通偈》一篇，少伸追往之怀。行当过庐山，以施山中有道者。建中靖国元年四月八日书。

【译文】苏轼被贬到岭南海边七年，每逢父母的忌日，斋僧供佛，大多比不上往日。现在北归，舟行于豫章、彭蠡之间，遇到先母成国太夫人程氏的忌日，又因为风所阻而滞留，斋供更不隆重，便敬书《楞严经》中文殊师利法王所说的《圆通偈》一篇，稍抒追念之情，此行将会经过庐山，便将此偈送给山中有道者。建中靖国元年四月八日书。

跋欧阳文忠公书

贺下不贺上，此天下通语。士人历官一任，得外无官谤，中无所愧于心，释肩而去，如大热远行，虽未到家，得清凉馆舍，一解衣漱濯，已足乐矣。况于致仕而归，脱冠珮，访林泉，顾平生一无可恨者，其乐岂可胜言哉！余出入文忠门最久，故见其欲释位归田，可谓切矣。他人或苟以借口，公发于至情，如饥者之念食也，顾势有未可者耳。观与仲仪书，论可去之节三，至欲以得罪、病告去。君子之欲退，其难如此，可以为欲进者之戒。

【译文】初仕者不贺，解官而去者才贺，这是天下共同的说法。读书人历过一任官职，能够外不受别人批评，内不受良心谴责，卸下肩上重任而去，就像暑天远行，虽然尚未到家，能走到一个清凉的馆舍，一旦脱衣洗漱，已经足以痛快了。更何况致仕而归，脱去冠服，探访林泉，回顾一生没有任何遗憾，那种快乐哪里是说得尽的！我出入文忠公之门时间最长，所以对于他想卸任归田的心情，可以说是了解得极为清楚的。别的人有的仅是借口，文忠公则是出于真心，就像饥饿的人盼望食物一样，只不过情势不许可而已。看他给王仲仪写的信，谈到可卸任的理由有三个，甚至想以忤逆上司、身体有病来辞职。君子想退归林下，竟如此之难，可以拿来作急欲仕进者的鉴戒了。

书唐氏六家书后

永禅师书，骨气深稳，体兼众妙，精能之至，反造疏淡。如观陶彭泽诗，初若散缓不收，反复不已，乃识其奇趣。今法帖中有云“不具释智永白”者，误收在逸少部中，然亦非禅师书也。云“谨此代申”，此乃唐末五代流俗之语耳，而书亦不工。欧阳率更书，妍紧拔群，尤工于小楷。高丽遣使购其书，高祖叹曰：“彼观其书，以为魁梧奇伟人也。”此非知书者。凡书像其为人。率更貌寒寝，敏悟绝人，今观其书，劲崄刻厉，正称其貌耳。褚河南书，清远萧散，微杂隶体。古之论书者，兼论其平生，苟非其人，虽工不贵也，河南固忠臣，但有谮杀刘洎一事，使人怏怏。然余尝考其实，恐刘洎末年褊忿，实有伊、霍之语，非谮也。若不然，马周明其无此语，太宗独诛洎而不问周，何哉？此殆天后朝许、李所诬，而史官不能辨也。张长史草书，颓然天放，略有点画处，而意态自足，号称神逸。今世称善草书者或不能真、行，此大妄也。真生行，行生草，真如立，行如行，草如走，未有未能行立而能走者也。今长安犹有长史真书《郎官石柱记》，作字简远，如晋、宋间人。颜鲁公书，雄秀独出一变古法，如杜子美诗，格力天纵，奄有汉、魏、晋、宋以来风流，后之作者，殆难复措手。柳少师书，本出于颜，而能自出新意，一字百金，非虚语也。其言"心正则笔正"者，非独讽谏，理固然也。世之小人，书字虽工，而其神情，终有睢盱侧媚之态，不知人情随想而见，如韩子所谓窃斧者乎，抑真尔也？然至使人见其书而犹憎之，则其人可知矣。余谪居黄州，唐林夫自湖口以书遗余，云："吾家有此六人书，子为我略评之而书其后。"林夫之书过我远矣，而反求于余，何哉？此又未可晓也。元丰四年五月十一日，眉山苏轼书。

【译文】智永禅师的书法，骨气深沉稳重，字体兼有众家之妙，精能达到极点，反而趋于疏淡。如同欣赏陶渊明的诗，初看好像涣散不紧凑，反复品味不已，才能识得其中奇趣。现在所能看到的法帖中有署"不具释智永白"的，误收在王逸少部中，然而也不是智永禅师的书法。有"谨此代申"，这是唐末五代时的口语，而且字也写得不够严整。欧阳询的书法，妍丽紧凑而出众，尤其精于小楷。高丽国曾派使者以重金搜求他的书法，高祖叹道："高丽人看了他的书法，还以为他是个身材魁伟的大汉呢。"这是因为高丽人不懂书法。凡是书法都像人的外貌和为人，率更外貌冷峻，聪明过人，现在看他的书法，劲险刻厉，正和他的外貌相称。褚遂良的书法，清幽淡远而萧疏，略微带一些隶体。古代评价书法的，兼论人的生平事迹，如果不是正人君子，即使字写的好也不足为贵。褚遂良固然是忠臣，只是有谮杀刘洎这件事，使人觉得遗憾。然而我曾经考察过史实，恐怕是刘洎末年过于偏激，确实说过伊尹流放天子、霍光废立皇帝之类的话，并非褚遂良背后诬陷。如果不是这样，马周证明刘洎没有说过这些话，太宗特意杀了刘洎却不问马周，又是为什么呢？这大概是则天皇后当政时许敬宗、李义府等人的诬陷，而史官又弄不清事实真相的缘故。张旭的草书，自然天成，略有点画的地方，神态便自足，号称神逸。现在有人说善写草书的人有的不会写真书、行书，这是非常荒谬的说法。真书生出行书，行书生出草书，真书如立，行书如走，草书如跑，没有还不会站立行走就会跑的人。现在长安仍保存有张长史的真书《郎官石柱记》，字体疏朗清远，就像晋、宋时人写的一样。颜真卿的书法，沉雄秀美，独出心裁，完全改变了古人的成法，就像杜子美的诗一样，格调和才力都是天生成的，包容了汉、魏、晋、宋以来历代的优点，后来的作者，恐怕都难以再下笔了。柳公权的书法，本来出于颜体，然而却能自出新意，一字值百金，不是虚语。他所说的"心正则笔正"，不仅仅是讽谏，道理本来就是如此。世上的小人，字即使写得好，而字的神情总带有谄媚之态，不知是因为有这种感情才有这种看法，就像韩非子所说的窃斧呢，还是果真如此？然而如果让人见了字就讨厌，那么书写者的人品也就可想而知了。我被贬在黄州，唐林夫从湖口寄信给我，说："我家有这六人的书法，请您为我大略评论一下写在后面。"林夫的书法远胜于我，却反而求我的书法，这是为什么呢？这又是不可得而知的了。元丰四年五月十一日，眉山苏轼书。

书若逵所书经后

怀楚比丘，示我若逵所书二经。经为几品，品为几偈，偈为几句，句为几字，字为几画，其数无量。而此字画，平等若一，无有高下，轻重大小。云何能一？以忘我故。若不忘我，一画之中，已现二相，而况多画。如海上沙，是谁磋磨，自然匀平，无有粗细。如空中雨，是谁挥洒，自然萧散，无有疏密。咨尔楚、逵，若能一念，了是法门，于刹那顷，转八十藏，无有忘失，一句一偈。东坡居士，说是法已，复还其经。元祐七年四月二十五日。

【译文】怀楚和尚，请我看若逵和尚所写的两部经。经为几品，每品多少偈，每偈多少句，每句多少字，每字多少画，数目数不清。而这些字的笔画，平等如一，没有高低、轻重、大小之别。问怎么能如此一致？是因为忘了自我的缘故。如果不能忘我，一画之中就会有差别，何况多画。如海边的细沙，不知是谁磋磨的，自然均匀，没有粗细。如空中的雨点，不知是谁挥洒的，自然平均，没有疏密。叹怀楚、若逵二僧，若能守定意念，知此法门，于刹那之间，转八十藏经，没有忘失，一句一偈。东坡居士，说此法毕，仍还其经。元祐七年四月二十五日。

题王羲之敬和帖之一

元素将还翰苑，子瞻欲赴高密，与宝臣同来游法惠，至言师舍同观。熙宁七年九月十七日题。

【译文】元素将回翰林苑，子瞻准备去高密，和宝臣一起共游法惠寺，到言师所居之舍同观。熙宁七年九月十七日题。

题王羲之敬和帖之二

元祐四年七月廿五日，复至法惠，言公化去已七年矣。见其小师微，惘然如梦耳。子瞻书。

【译文】元祐四年七月二十五日，又到法惠寺，言公辞世已经七年了。见了他的弟子微，心中怅惘如在梦中。子瞻书。

论沈传师书

传师虽学二王笔法，后欲破之自立，乃伤变主者也。近世人多学传师，又不至，但有小人跳篱蓦圈脚手，令人可憎，世人皆学，何哉？

【译文】传师虽然学过二王的笔法，但后来想打破它自立门户，就毁弃了自己最主要的特点。近年来许多人都学传师，又学不到，只有小人跳篱转圈小技，令人讨厌，世人却都学习，为什么呢？

论书

遇天色明暖，笔砚和畅，便宜作草书数纸，非独以适吾意，亦使百年之后，与我同病者有以发之也。张长史、怀素得草书三昧，圣宋文物之盛，未有以嗣之，惟蔡君谟颇有法度，然而未放，止与东坡相上下耳。

【译文】遇到天色明亮天气温暖，笔砚顺畅，就随意写几张草书，不单是为了使自己适意，也为了使百年之后，与我志趣相同的人有抒发情怀之物。张长史、怀素得草书真谛，大宋文化昌盛，却没有人能继承他们，只有蔡君谟很有法度，然而未能放开，只与东坡不相上下而已。

书米元章藏帖

吾尝疑米元章用笔妙一时，而所藏书真伪相半。元祐四年六月十二日，与章致平同过元章。致平谓吾："公尝见亲发锁，两手捉书，去人丈余，近辄掣去者乎？"元章笑，遂出二王、长史、怀素辈十许帖子。然后知平时所出，皆苟以适众目而已。

【译文】我曾经不明白米元章用笔擅一时之妙，何以所收藏的书法却真伪相杂。元祐四年六月十二日，和章致平一起拜访元章。致平对我说："您曾经见过亲自开锁，双手拿着字，离人一丈多远，人一走近就马上拿走的人吗？"元章也笑了，就取出二王、张旭、怀素等人的十几幅书法。这次之后我才知道元章平时所拿出来的，都只不过是随便让一般人观赏的而已。

题陆柬之临摹帖

观《兰亭五言》，江左风流，萧然在目。笔迹古雅，亦近二王，然少杂奇险，岂陆君所摹耶。博陵用吉得之卢家阿姑，非大姓故家莫能有此也。元丰八年二月十二日，眉阳苏轼书。是年十一月十八日，辙过泗州尝观。

【译文】观赏《五言兰亭诗》，江东风流，宛然在目。笔迹古雅，也近了二王，只是稍微夹杂奇险之笔，恐怕是陆君所临摹的。博陵用吉得之于卢家阿姑，不是大族旧家不会有这种收藏。元丰八年二月十二日，眉山之阳苏轼书。此年十一月十八，苏辙过泗州时曾观。

题《大江东去》后

久不作草书，适口醉走笔，觉酒气勃勃，纷然口出也。东坡醉笔。

【译文】久未作草书，适逢口醉而运笔，觉酒气勃勃，纷纷口出。东坡醉书。

题蔡君谟诗草

此蔡君谟《梦中诗》，真迹在济明家，笔力遒劲。元祐五年十月四日。

【译文】这是蔡君谟《梦中诗》的草稿，真迹收藏在济明家，笔力刚健。元祐五年十月四日。

书《黄庭经》跋

成都道士蹇拱辰翊之葆光法师，将归庐山，东坡居士苏轼子瞻为书《黄庭内景经》一卷，龙眠居士李公麟伯时为画经相赠之。元祐三年九月二十二日。

【译文】成都道士蹇拱辰，字翊之，敕封葆光法师，将要回庐山，东坡居士苏轼子瞻为之书《黄庭内景经》一卷，龙眠居士李公麟伯时为之画经相以赠之。元祐三年九月二十二日。

跋欧阳文忠公小草

文忠小草《秋声赋》《归雁亭诗》，当为稀世珍藏，而思仲乃得之老人家箱箧间，以苴藉线纩者。荆山之人，以玉抵鹊，非虚言也。

【译文】文忠公的小草书《秋声赋》《归雁亭诗》，应当作为稀世之宝珍藏之，而思仲竟得之于老人家的箱笼之间，下面垫着杂草和棉絮。盛产美玉的荆山，人们用玉石弹鸟雀，不是假话。

自书《归去来兮辞》及自作后

久不作小楷，今日忽书此一纸于长兴舟中。元祐四年八月六日，东坡居士。

【译文】长时间不写小楷了，今日忽然写此一张于长兴船中。元祐四年八月六日，东坡居士。

题凤翔东院王画壁

嘉祐癸卯上元夜，来观王维摩诘笔。时夜已阑，残灯耿然，画僧踽踽欲动，恍然久之。

【译文】嘉祐癸卯正月十五之夜，来观赏王维摩诘的壁画。当时夜已深，残灯尚明，画中的僧人好像在慢慢地走动，这种恍惚的感觉持续了很长时间。

书摩诘《蓝田烟雨图》

味摩诘之诗，诗中有画。观摩诘之画，画中有诗。诗曰：“蓝溪白石出，玉川红叶稀。山路元无雨，空翠湿人衣。”此摩诘之诗，或曰非也。好事者以补摩诘之遗。

【译文】品味摩诘的诗，诗中有画意。观赏摩诘的画，画中有诗韵。诗曰：“蓝溪白石出，玉川红叶稀。山路元无雨，空翠湿人衣。”这是摩诘所作的诗，也有人说不是。喜爱摩诘作品的人以此诗补摩诘之遗。

跋文与可墨竹

昔时，与可墨竹，见精缣良纸，辄愤笔挥洒，不能自已。坐客争夺持去，与可亦不甚惜。后来见人设置笔砚，即逡巡避去。人就求索，至终岁不可得。或问其故，与可曰：“吾乃者学道未至，意有所不适，而无所遣之，故一发于墨竹，是病也。今吾病良已，可若何？”然以余观之，与可之病，亦未得为已也，独不容有不发乎？余将伺其发而掩取之。彼方以为病，而吾又利其病，是吾亦病也。熙宁庚戌七月二十一日，子瞻。

【译文】从前，文与可画墨竹，是见到精良的绢和纸，就奋笔挥洒，不能控制自己。座中宾客便争着拿去收藏，与可也不大珍惜。后来见到有人设置笔砚，就徘徊然后离去。有人找他求画，甚至一年也得不到。有人问他原因，与可说：“我从前学道还没有到家，不适意时，无所发泄，所以就都用墨竹来发泄，这是我的病。现在我的病全好了，还能要我怎么样呢？”然而依我看来，与可的病，尚未全好，怎么可能完全不发泄呢？我将窥伺着他的发泄而出其不意以取其画。他把作画看成是病的时候，我却又以其病为利，这样看来我也有毛病了。熙宁庚戌七月二十一日，子瞻。

书通叔篆

李元直，长安人。其先出于唐让帝。学篆书数十年，覃思甚苦，晓字法，得古意。用铦锋笔，纵手疾书，初不省度，见余所藏与可墨竹，求题其后，因戏书此数百言。通叔其字云。

【译文】李元直，长安人。他的祖先出于唐让帝李宪。学篆书几十年，思虑甚苦，通晓字法，得古人意趣。用尖锋笔，信手疾书，初始不省法度，见到我所收藏的与可画的墨竹，请求题字于其后。就戏书此数百字，送给通叔保存。

书李将军《三骔马图》

唐李将军思训作《明皇摘瓜图》。嘉陵山川，帝乘赤骠，起三骔，与诸王及嫔御十数骑，出飞仙岭下，初见平陆，马皆若惊，而帝马见小桥作徘徊不进状。不知“三骔”谓何。后见岑嘉州诗，有《卫节度赤骠歌》云：“赤髯胡雏金剪刀，平明剪出三骔高。”乃知唐御马多剪治，而“三骔”，其饰也。

【译文】唐李思训将军作《明皇摘瓜图》，画的是嘉陵山水，皇帝乘赤骠马，起三骔，和诸王以及嫔妃共十余骑，出飞仙岭下，初见平原，马匹好像都有些惊奇，而皇帝所乘之马见了小桥，作徘徊不前状，只不知“三騣”说的是什么，后来见到岑嘉州诗，有《卫节度赤骠歌》，云：“赤髯胡雏金剪刀，平明剪出三騣高。”才知道唐代的御马大多用剪刀修剪，而“三騣”就是作装饰的鬃毛。

书吴道子画后

智者创物，能者述焉，非一人而成也。君子之于学，百工之于技，自三代历汉至唐而备矣。故诗至于杜子美，文至于韩退之，书至于颜鲁公，画至于吴道子，而古今之变，天下之能事毕矣。道子画人物，如以灯取影，逆来顺往，旁见侧出，横斜平直，各相乘除，得自然之数，不差毫末，出新意于法度之中，寄妙理于豪放之外，所谓游刃余地，运斤成风，盖古今一人而已。余于他画，或不能必其主名，至于道子，望而知其真伪也。然世罕有真者，如史全叔所藏，平生盖一二见而已。元丰八年十一月七日书。

【译文】智者创出新事物，能者继承之，不是一人能完成的。君子在学术方面，百工在技艺方面，从夏、商、周三代以来经历两汉直至唐代而完备。所以诗发展到杜子美，文章发展到韩退之，书法发展到颜鲁公，绘画发展到吴道子，而古今的变化，天下的能事已尽。道子画人和物，就像用灯光取影，用笔勾勒，或顺或逆，旁现侧出，横斜平直，互相搭配，夺造化之工，不差分毫，于法度之中能出新意，于豪放之外能寄妙理，正像《庄子》所说的游刃有余、运斤成风一样，古今惟此一人而已。我对于其他的画，有的不能肯定作者，至于道子的画，一眼就能看出真伪。然而世间极少有真迹，如史全叔所收藏的，平生才见一二件而已。元丰八年十一月七日书。

书李伯时《山庄图》后

或曰："龙眠居士作《山庄图》，使后来入山者信足而行，自得道路，如见所梦，如悟前世。见山中泉石草木，不问而知其名，遇山中渔樵隐逸，不名而识其人，此岂强记不忘者乎？"曰："非也。画日者常疑饼，非忘日也。醉中不以鼻饮，梦中不以趾捉，天机之所合，不强而自记也。居士之在山也，不留于一物，故其神与万物交，其智与百工通。虽然，有道有艺，有道而不艺，则物虽形于心，不形于手。吾尝见居士作《华严相》，皆以意造，而与佛合。佛菩萨言之，居士画之，若出一人，况自画其所见者乎？"

【译文】有人说："龙眠居士所作的《山庄图》，使看过此图后入山的人可以信步而行，自然能找到道路，就像见到梦中的情景，悟出了前世一样。见到山中的泉石草木，不问即知其名，遇到山中的渔樵隐士，不问姓名就知道是谁，这人难道是记忆力极强能过目不忘的人吗？"回答是："不。画太阳者常疑心是饼，并非忘了太阳。醉中不用鼻饮酒，梦中不用脚取物，是天生的本能，不必勉强而自然记得。居士在山中时，并不特别留意于某物，所以他的神智与万物交接，与百工相通。尽管如此，有领悟的能力还要掌握画艺，仅有领悟力而无画艺，则心中虽有物的形像，手却画不出来。我曾经见过居士作《华严相》，画中的形像都是想象出来的，却与佛相合。佛菩萨所说的，和居士所画的，如同出于同一个人的口和手，更何况画自己所见过的对像呢？"

书朱像先画后

松陵人朱君像先，能文而不求举，善画而不求售。曰："文以达吾心，画以适吾意而已。"昔阎立本始以文学进身，卒蒙画师之耻。

或者以是为君病，余以谓不然。谢安石欲使王子敬书太极殿榜，以韦仲将事讽之。子敬曰：“仲将，魏之大臣，理必不尔。若然者，有以知魏德之不长也。”使立本如子敬之高，其谁敢以画师使之？阮千里善弹琴，无贵贱长幼皆为弹，神气冲和，不知向人所在。内兄潘岳使弹，终日达夜无忤色，识者知其不可荣辱也。使立本如千里之达，其谁能以画师辱之？今朱君无求于世，虽王公贵人，其何道使之？遇其解衣盘礴，虽余亦得攫攘其旁也。元祐五年九月十八日，东坡居士书。

【译文】松陵人朱像先君，会写文章而不求举荐，善于作画而不以此求利。说：“写文章不过是用来表达我的思想的，作画不过是为了使自己高兴的而已。”从前阎立本初始以文学之士进身，最终却蒙受了被人称为画师的耻辱。有人把作画看成是朱君的缺点，我却认为并非如此。谢安石想让王子敬题写太极殿的匾额，就用韦仲将为魏明帝宫殿题匾额的事暗示他，子敬说：“仲将是曹魏的大臣，按理必然不会这样做。若真的这样做了，由此可见魏德是不长的。”假使立本的气节和子敬一样高，那还有谁敢把他当作画师来支使呢？阮千里善于弹琴，不分贵贱长幼，都为他们弹奏，表情恬淡谦和，似乎不知听琴的人在哪里。内兄潘岳让他弹琴，从白天直到夜间，没有不耐烦的表情，认识他的人都知道是不能用荣辱打动他的。假使立本像千里一样达观，那谁还能把他当作画师来羞辱他呢？如今朱君于世无所求，即使是王公贵人又能用什么办法役使他呢？遇到他解衣啸傲，即使是我也只有避在旁边。元祐五年九月十八日，东坡居士书。

题赵屺屏风与可竹

与可所至，诗在口，竹在手。来京师不及岁，请郡还乡，而诗与竹皆西矣。一日不见，使人思之。其面目严冷，可使静险躁，厚鄙薄。

今相去数千里，其诗可求，其竹可乞，其所以静、厚者不可致。此予所以见竹而叹也。

【译文】与可所到之处，诗不离口，竹不离手。来到京师不满一年，便请郡还乡，而诗和竹也都随之西去了。一日不见面，便使人想念他。他的表情严肃冷峻，可使急躁之人冷静，鄙薄之人厚道。如今相距数千里，他所作的诗所画的竹虽然还能求到，但他能使人变得冷静、厚道的严肃冷峻的神态却见不到了。这就是我见竹而叹的原因。

跋蒲传正燕公山水

画以人物为神，花、竹、禽、鱼为妙，宫室、器用为巧，山水为胜，而山水以清雄奇富变态无穷为难。燕公之笔，浑然天成，灿然日新，已离画工之度数，而得诗人之清丽也。熙宁六年六月六日。

【译文】绘画以人物表现神态，以花、竹、禽、鱼表现妙趣，以宫室、器用表现工巧，以山水表现名胜，而山水以清雅雄浑构图变化无穷为难。燕公的画，浑然天成，每天都有明显的进步，已经脱离了画工的境界，而得到了诗人的清丽。熙宁六年六月六日。

跋文勋扇画

旧闻吴道子画《西方变相》，观者如堵。道子作佛圆光，风落电转，一挥而成。尝疑其不然，今观安国作方界，略不抒思，乃知传者之不谬。

【译文】过去听说吴道子画《西方变相图》，观者如墙。道子画佛像脑后的圆光，如风落电转，一挥而就。我曾经疑心不能这样，现在看文安国作界画，一点不想，才知道传说的不错。

跋吴道子《地狱变相》

道子，画圣也。出新意于法度之内，寄妙理于豪放之外，盖所谓游刃余地、运斤成风者耶？观《地狱变相》，不见其造业之因，而见其受罪之状，悲哉！悲哉！能于此间一念清净，岂无脱理？但恐如路傍草，“野火烧不尽，春风吹又生”耳。元丰六年七月十日，齐安临皋亭借观。

【译文】吴道子是画圣。能在法度之内画出新意，于豪放之外表现妙理，大概就是《庄子》中所说的游刃有余、运斤成风的一流人物吧？看他画的《地狱变相图》，看不到造业的前因，只看到受罪的现状，可悲呀！可悲呀！能在此间产生一念之间的清净，岂无脱离苦海之理？但只恐怕就像路旁的草一样，“野火烧不尽，春风吹又生”了。元丰六年七月十日，齐安临皋亭借观。

跋与可纡竹

纡竹生于陵阳守居之北崖，盖岐竹也。其一未脱箨，为蝎所伤；其一困于嵌岩；是以为此状也。吾亡友文与可为陵阳守，见而异之，以墨图其形。余得其摹本以遗玉册官祁永，使刻之石，以为好事者动心骇目诡特之观，且以想见亡友之风节，其屈而不挠者，盖如此云。

【译文】纡竹生在陵阳太守所居之处的北山崖上，乃是歧形的竹子。其中之一尚未脱去笋壳，就被毒蝎所伤；另一枝困在岩石缝中；因此才变成这种形状。我已去世的朋友文与可作陵阳太守时，见了觉得奇异，就用墨把它的形状画了下来。我得到了他的摹本送给了玉册官祁永，让他刻在石上，好让喜爱竹子的人看了感到诡异奇特而骇目动心，并且由此联想到亡友的高风亮节，屈而不挠的精神，就像这纡竹一样。

书黄筌画雀

黄筌画飞鸟，颈足皆展。或曰："飞鸟缩颈则展足，缩足则展颈，无两展者。"验之信然。乃知观物不审者，虽画师且不能，况其大者乎？君子是以务学而好问也。

【译文】黄筌画的飞鸟，颈足都伸展开来。有人说："飞鸟缩颈才能展足，缩足才能展颈，没有二者同时伸展的。"拿飞鸟试验果然如此。可见观察事物不详审，即使是画师也不行，何况更大的事物呢？因此君子致力于学习一定要好问。

书戴嵩画牛

蜀中有杜处士，好书画，所宝以百数。有戴嵩《牛》一轴，尤所爱，锦囊玉轴，常以自随。一日曝书画，有一牧童见之，拊掌大笑，曰："此画斗牛也？牛斗，力在角，尾搐入两股间，今乃掉尾而斗，谬矣。"处士笑而然之。古语有云："耕当问奴，织当问婢。"不可改也。

【译文】四川有一位杜处士，喜爱书画，珍藏的有数百件。有一轴戴嵩画的《牛》，尤其喜爱，盛以锦囊，装以玉轴，常常带在身边。有一天晒书画时，有一个牧童见了，拍手大笑，说："这是画的斗牛吗？牛斗的时候，力量集中在角上，尾巴缩入两股之间，现在却伸开尾巴斗，错了。"处士也笑着同意他的说法，古语说过："耕地应当问农奴，织布应当问婢女。"是不可更改的。

跋赵云子画

赵云子画，笔略到而意已足，工者不能。然托于椎陋以戏侮来者，此柳下惠之不恭，东方朔之玩世，滑稽之雄乎？或曰："云子盖度世者。"蜀人谓狂云犹曰风云耳。

【译文】赵云子的画，笔略微点到而意蕴已足，精于画者也作不到。然而寄托于椎陋以戏弄后学，这不就是像柳下惠和东方朔的玩世不恭，堪称滑稽之雄吗？有人说："云子大概是超脱尘世的人。"至今四川人称狂云仍说风云。

跋艾宣画

金陵艾宣画翎毛花竹，为近岁之冠。既老，笔迹尤奇，虽不复精匀，而气格不凡。今尚在，然眼昏不能复运笔矣。尝见此物，各为赋一首云。

【译文】金陵艾宣画翎毛花竹，是近年来的冠军。年老以后，笔墨更奇妙，虽然不再精致匀整，但气魄格调不凡。如今仍健在，然而老眼昏花不再能运笔了。曾经见过这幅画，各为之赋诗一首。

书画壁易石

灵壁出石，然多一面。刘氏园中砌台下，有一株独峻，然反复可观，作麋鹿宛颈状。东坡居士欲得之，乃画临华阁壁，作丑石风竹。主人喜，乃以遗予。居士载归阳羡。元丰八年四月六日。

【译文】灵壁出奇石，但大多只有一面可观。刘氏园中砌台下，有一块很突出，而且正反两面都可观赏，呈麋鹿曲颈状。东坡居士想得到它，就在临华阁的壁上画丑石风竹。主人很高兴，就把它送给了我。居士便将它送回阳羡。元丰八年四月六日。

书陈怀立传神

传神之难在于目。顾虎头云："传神写照，都在阿堵中，其次在颧颊。"吾尝于灯下顾见颊影，使人就壁画之，不作眉目。见者皆失笑，知其为吾也。目与颧颊似，余无不似者，眉与鼻口，盖可增减取似也。传神与相一道，欲得其人之天，法当于众中阴察其举止。今乃使具衣冠坐视一物，彼敛容自持，岂复见其天乎？凡人意思各有所在，或在眉目，或在鼻口。虎头云："颊上加三毛，觉精采殊胜。"则此人意思盖在须颊间也。优孟学孙叔敖，抵掌谈笑，至使人谓死者复生。此岂能举体皆似耶？亦得其意思所在而已。使画者悟此理，则人人可谓顾陆。吾尝见僧惟真画曾鲁公，初不甚似。一日往见公，归而喜甚，曰："吾得之矣。"乃于眉后加三纹，隐约可见，作仰首上视，眉扬而额蹙者，遂大似。南都人陈怀立传吾神，众以为得其全者。怀立举止如诸生，萧然有意于笔墨之外者也。故以所闻者助发之。

【译文】画肖像难在眼睛。顾虎头说过："画人物肖像，关键都在这两只眼睛，其次在面颊。"我曾在灯下扭头看到脸的影子，便让人就着墙壁画下来，不画眉目，看见的人都忍不住笑，知道画的就是我。眼睛和脸像了，其他没有不像的，眉毛和鼻子嘴巴，都可以增减以像本人。画肖像和相术一样，想要了解该人的天性，办法应当是混在众人中暗地观察他的举止。现在的画法却是让他穿戴好衣帽坐着注视某一个东西。他板着脸矜持着，哪里还能显露出自己的天性呢？每个人的特点各表现在不同的地方，有的在眉目，有的在鼻口。虎头为裴楷画像，说："脸上加三根毛，便觉更有神采。"那么这人的特点，大约在须颊之间。优孟学孙叔敖，鼓掌谈笑，以至使人认为死者复生。怎么能所有的地方都像呢？也就是能把握他的特点所在而已。如果画者人人都能明白这个道理，那么人人都能成为顾恺之、陆探微。我曾见过僧惟真画曾鲁公，起初不太像。一天，去见鲁公，回来后非常高兴，说："我找到关键了。"就在眉毛后边加了三条细纹，隐约可见，画成仰面向上看，眉扬额蹙的样子，于是非常像本人。南都人陈怀立为我画像，众人以为所有的地方都画得很像。怀立举止像读书士子，是一个性情恬淡注意于笔墨之外的人。所以用我的所见所闻帮助他提高画艺。

跋《画苑》

君厚《画苑》，处不充箧笥，出不汗牛马。明窗净几，有坐卧之安；高堂素壁，无舒卷之劳。而人物禽鱼之变态，山川草木之奇姿，灿然陈前，亦好事者之一适也。元祐二年二月八日，平叔借观，子瞻书。

【译文】君厚所作《画苑》，放在家装不满箧笥，拿出去不会累得牛马出汗。可以展开在明窗净几之上，有坐卧之安适；不必悬挂于高堂白壁之间，无舒卷之劳顿。而人物禽鸟的姿态，山水草木的体势，便清楚地展现在面前，也是喜爱书画的人的一种乐趣。元祐二年二月八日，平叔借观，子瞻书。

跋宋汉杰画

仆曩与宋复古游，见其画潇湘晚景，为作三诗，其略云："径遥趋后崦，水会赴前溪。"复古云："子亦善画也耶？"今其犹子汉杰，亦复有此学，假之数年，当不减复古。元祐三年四月五日书。

【译文】我从前和宋复古交往，见到他画的潇湘晚景，为之作了三首诗，其中有："径遥趋后崦，水会赴前溪"句。复古问："你也善于作画吗？"如今他的小儿子汉杰，也学画了，给他数年的时间，就会不亚于复古。元祐三年四月五日书。

又跋汉杰画山二首

唐人王摩诘、李思训之流，画山川峰麓，自成变态，虽萧然有出尘之姿，然颇以云物间之。作浮云杳霭，与孤鸿落照，灭没于江天之外，举世宗之，而唐人之典型尽矣。近岁惟范宽稍存古法，然微有俗气。汉杰此山，不古不今，稍出新意，若为之不已，当作着色山也。

【译文】唐人王摩诘、李思训之辈，画山水峰麓，变化自成一家，虽然有萧洒超出尘俗之姿，却常用云气掩之。画浮云烟霭，与孤鸿落日，隐现于江天之外，举世效法之，使唐代的风格表现得淋漓尽致。近年来只有范宽的画还略保存一些古法，但却微有一些世俗气。汉杰这幅山水，不古不今，还略有一些新意，如果还要再画，就应该画设色山水了。

又

观士人画，如阅天下马，取其意气所到。乃若画工，往往只取鞭策皮毛槽枥刍秣，无一点俊发，看数尺许便倦。汉杰真士人画也。

【译文】观赏文人画，如同检阅天下的马匹，看精神气质是不是画出来了。至于画工，常常只注重画鞭策皮毛槽枥草料，没有一点灵气表现出来，看几尺长便厌倦了。汉杰的画才真是文人画。

跋李伯时《卜居图》

定国求余为写杜子美《寄赞上人诗》，且令李伯时图其事，盖有归田意也。余本田家，少有志丘壑，虽为搢绅，奉养犹农夫。然欲归者盖十年，勤请不已，仅乃得郡。士大夫逢时遇合，至卿相如反掌，惟归田古今难事也。定国识之。吾若归田，不乱鸟兽，当如陶渊明。定国若归，豪气不除，当如谢灵运也。

【译文】王定国求我写杜子美的《寄赞上人诗》，并请李伯时把此事画下来，大概已有归田之意了。我本出身于田家，年轻时曾有志于山水，虽然做了官，衣食仍像农夫。然而想归田已有十年之久了，经常恳求不止，才仅得外放。士大夫遇到机会和明主，做到卿相易如反掌，只有归田是自古至今的难事。定国记住这话。我如果归田，不打扰鸟兽，会和陶渊明一样。定国如果归田，豪气不减，会和谢灵运一样。

跋李伯时《孝经图》

观此图者，易直子谅之心，油然生矣。笔迹之妙，不减顾、陆。至第十八章，人子之所不忍者，独寄其仿佛。非有道君子不能为，殆非顾、陆之所及。

【译文】观看此图的人，平易、正直、慈爱、诚信之心便会油然而生。笔墨之妙，不次于顾恺之、陆探微。到第十八章，人子不忍之心，特别能形像地表现出来。不是有道的君子是画不来的，恐怕已不是顾恺之、陆探微所能比得上的了。

跋卢鸿学士《草堂图》

此唐卢丞相、段文昌本，今在内侍都知刘君元方家。元祐三年七月，予馆伴北使于都亭驿，刘以示予，为赋此篇。迨、过远来省，书令同作。

【译文】这是唐代卢迈丞相、段文昌画的，现在收藏在内侍都知刘元方君家。元祐三年七月，我在都亭驿陪伴北使，刘君取出此画请我看，我便为他写了这篇赋。苏迨、苏过远道而来看望我，便让他们也一同作赋。

跋南唐《挑耳图》

王晋卿尝暴得耳聋,意不能堪,求方于仆。仆答之云:“君是将种,断头穴胸,当无所惜,两耳堪作底用,割舍不得?限三日疾去,不去,割取我耳。”晋卿洒然而悟。三日,病良已。以颂示仆云:“老婆心急频相劝,性难只得三日限。我耳已效君不割,且喜两家都平善。”今见定国所藏《挑耳图》,云得之晋卿,聊识此事。元祐六年八月二日,轼书。

【译文】王晋卿曾突然患耳聋,觉得不忍受,向我求问医治方法。我回答他说:“您是将门之后,断头陷胸,也应当无所顾惜,两只耳朵有什么用处,就割舍不得?限三天疾病离去,若不离去,就割了我的耳朵。”晋卿爽然而悟。过了三天,病就好了。作了一篇颂请我看:“老婆心急频相劝,性难只得三日限。我耳已效君不割,且喜两家都平善。”现在看到定国所收藏的《挑耳图》,说是由晋卿处得到的,聊记此事。元祐六年八月二日,苏轼书。

跋《摘瓜图》

元稹《望云骓歌》云:“明皇当时无此马,不免骑驴来幸蜀。”信如稹言,岂有此权奇蹀躞与嫔御摘瓜山谷间如思训之图乎?然禄山之乱,崔圆在蜀,储设甚备,“骑驴”,当时虚语耳。

【译文】元稹《望云骓歌》中说:“明皇当时无此马,不免骑驴来幸蜀。”如果真像元稹说的,哪里会有如此生动逼真的与嫔妃从容地在山谷间摘瓜如李思训所画的图呢?而安禄山作乱时,崔圆在四川,储备很齐全，所谓“骑驴”，不过是当时的传说而已。

书唐名臣像

李卫公言唐俭辈不足惜。观其容貌，殆非所谓名下无虚士。

【译文】李卫公说，唐俭之辈不足惜，看他的容貌，恐怕不是常言说的名不虚传的人。

书许道宁画

秦人有屈鼎笔者，许道宁之师。善分布涧谷，间见屈曲之状，然有笔而无思致，林木皆晻霭而已。道宁气格似过之，学不及也。

【译文】陕西人屈鼎，是许道宁的老师。画山水善于布局，间或也能表现出曲径通幽的意境，然而有笔墨而无韵致，林木都用云气遮掩起来。道宁的气韵格调好像强过他，而技法则比不上。

书黄鲁直画跋后三首

远近景图

此图，燕贵之来昆仍云也。穷山野水，亦是林下人窠窟，然烈风偃草木，客子当藏舟入浦溆中，强人力牵挽，欲何之耶？双井永思堂书。

舟未行而风作，固不当行。若中途遇风，不尽力牵挽以投浦岸，当何之耶？鲁直怪舟师不善预相风色可也，非画师之罪。绍圣二年正月十一日，惠州思无邪斋书。

【译文】这幅画，可以说是燕文贵的子孙后裔。穷山野水，也是隐居的人所住的地方，然而烈风使草木倒伏，旅客应当藏舟于港湾之中，却非要用人力牵挽，要到哪里去呢？书于双井永思堂。

舟未航行时刮起大风，当然不应当航行。如果中途遇到大风，不尽力牵挽以投港湾，能到哪里去呢？鲁直责怪船工不善于预测天气是可以的，但不是画家的责任。绍圣二年正月十一日，书于惠州思无邪斋。

北齐校书图

往在都下，驸马都尉王晋卿时时送书画来作题品，辄贬剥令一钱不值。晋卿以为言，庭坚曰："书画以韵为主，足下囊中物，非不以千钱购取，所病者韵耳。"收书画者，观予此语，三十年后当少识书画矣。元祐九年四月戊辰，永思堂书。

画有六法，赋彩拂淡，其一也，工尤难之。此画本出国手，止用墨笔，盖唐人所谓粉本。而近岁画师乃为赋彩，使此六君子者，皆涓然作何郎傅粉面，故不为鲁直所取，然其实善本也。绍圣二年正月十二日，思无邪斋书。

【译文】过去在京师时，驸马都尉王晋卿常常送书画来请我品题，我总是把它贬得一文不值。晋卿不同意，庭坚说："书画以韵味为主，足下囊中的作品，不是不用千钱买到的，问题在于缺乏韵味。"收藏书画的人，看到我这段话，三十年后就会略懂书画了。元祐九年四月戊辰，书于永思堂。

绘画有六法，着色淡雅，是其中之一，画得精妙就更难了。这幅画本出于国手，只用墨笔，大概就是唐人所说的粉本。而近年来的画师却为它着色，使这六位君子都成了小家气的何郎傅粉面孔，因而不被鲁直看重，但实际上却是善本。绍圣二年正月十二日，思无邪斋书。

右军斫脍图

徐彦和送此本来，云是《王右军斫脍图》。予观此榻上偃蹇者，定不解书《兰亭序》也。右军在会稽时，桓温求侧理纸，库中有五十万，尽付之。计此风神，必有岩壑之姿耳。永思堂书。

谢安石，人物为江左第一，然其为政，殊未可逸少意，作书讥诮，殆欲痛哭。此所谓君子爱人以德者。以纸五十万与桓温，何足道。此乃史官之陋，而鲁直亦云尔，何哉？书生见五十万纸，足了一世，举以与人，真异事耳。本传又云："兰亭之会，或以比金谷，而以逸少比季伦，逸少闻之甚喜。"金谷之会，皆望尘之友也。季伦之于逸少，如鸱鸢之于鸿鹄，尚不堪作奴，而以自比？决是晋、宋间妄语。史官许敬宗，真人奴也，见季伦金多，以为贤于逸少。今鲁直又怪画师不能得逸少高韵，岂不难哉！余在惠州，徐彦和寄此画，求余跋尾，书此以发千里一笑。绍圣二年正月十二日，东坡居士书。

【译文】徐彦和送此画来，说是《王右军斫脍图》。我看此榻上傲慢地仰卧着的人，肯定不懂得写《兰亭序》。右军在会稽时，桓温向他要侧理纸，库中存有五十万，全部给了他。想来此种风范神韵，必定有寄情山水的气质。书于永思堂。

谢安石人物为江东第一，然而他处理政事，却很不能令逸少满意，便写信讥诮他，几乎要痛哭。这就是所谓君子以德爱人。给桓温价值五十万的纸，哪里值得一提。这是史官孤陋寡闻，而鲁直也这样说，却是为何？书生见到五十万纸，足够用一辈子，全部送人，真是怪异之事。本传又说:“兰亭之会,有人拿来比金谷园之会,而拿逸少比石季伦,逸少听说非常高兴。”金谷之会,都是望尘而拜的谄佞之人。石季伦与逸少之比,犹如猫头鹰与天鹅之比,尚且不配作奴,何况自比,肯定是晋、宋间的胡说。史官许敬宗,真是奴才,见季伦金多,便认为比逸少贤明。现在鲁直又责画师不能画出逸少超然的韵致,不是太难了吗!我在惠州,徐彦和寄此画来,请我在后面写一篇跋,写此以发千里外一笑。绍圣二年正月十二日,东坡居士书。

跋《醉道士图》 并章子厚跋

仆素不喜酒,观正父《醉士图》,以甚畏执杯持耳翁也。子瞻书。

仆观《醉道士图》,展卷末诸君题名,至子瞻所题,发噱绝倒。子厚书。

【译文】我平素不喜欢饮酒,看到王颐的《醉士图》,真害怕画中手执酒杯揪人耳朵的老翁。子瞻书。

我观赏《醉道士图》,展开卷末的诸君题名,到子瞻所题之处,令人笑到前仰后合。子厚书。

再跋

熙宁元年十二月二十九日,再过长安,会正父于毋清臣家。再观《醉士图》,见子厚所题,知其为予噱也。持耳翁余固畏之,若子厚,乃求其持而不得者。他日再见,当复一噱。时与清臣、尧夫、子由同观。子瞻书。

酒中固多味，恨知之者寡耳。若持耳翁，已太苛矣。子瞻性好山水，尚不肯渡仙游潭，况于此而知味乎？宜其畏也。正父赴丰国时，子厚令武进，复题此，以继子瞻之后。己酉端午后一日。

【译文】熙宁元年十二月二十九日，第二次到长安，在毋清臣家会见正父。第二次观赏《醉士图》，见到子厚的题跋，知道他被我逗笑了。揪耳老翁我固然怕他，至于子厚则是求他揪耳朵而不得。他日再见此跋，又会发笑了。时与清臣、尧夫、子由共同观画。子瞻书。

酒中本多趣味，遗憾的是知道的人太少了。至于揪耳老翁，确是过于苛刻了。子瞻性喜山水，尚且不肯渡仙游潭，何况对于酒已经知道其中况味了呢？当然会害怕了。正父赴丰国时，子厚正作武进县令，再题此，以继子瞻之后。己酉端午后一日。

跋内教博士水墨《天龙八部》图卷

此吴道子本，深爱之，故为后人所爱也。予钦吴道子画鬼神人物，得面目之新意，穷手足之变态，尤妙于旁见侧出曲折长短之势，精意考之，不差毫毛，其粗可言者如此。至其神妙自然，使人喜愕者，固不可言也。今长安雷氏所藏，乃其真迹。世称道子，至以为画圣，不如此，不称其名，人多假其名氏者。观此，乃知其非是。旧说，狗马难于鬼神，此非至论。鬼神非人所见，然其步趋动作，要以人理考之，岂可欺哉！难易在工拙，不在所画。工拙之中，又有格焉。画虽工而格卑，不害为庸品。熙宁三年正月廿二日，赵郡苏轼子瞻书。

【译文】此画是吴道子曾画过的，道子深爱之，所以也为后人所爱。我钦佩吴道子画的鬼神人物，能画出面目的新意，极尽手足的姿态,尤其精妙的是旁现侧出之处的曲折长短,仔细考察,不差一根毫毛,大略可说的地方已是如此,至于其神妙自然使人可喜可愕之处,根本就不能用语言表达。现在长安雷氏所收藏的,才是他的真迹。世人钦佩吴道子,以至称他为画圣,否则就不能与他的名字相称,许多人都假托他的名字作画。看了这幅画,就知道那些画都是假的。旧的说法,画狗马比画鬼神难,这不是正确的说法。鬼神人们虽没见过,然而它们的姿态动作,都必须用真人来考察,哪里能骗人呢!画的难易在于画的精妙和拙劣,不在于画的对像。精妙与拙劣之中,又有格调的差别。画虽然精妙而格调卑下,仍不免为凡庸的作品。熙宁三年正月二十三日,赵郡苏轼子瞻书。

书自作木石

东坡居士移守文登,五日而去官。眷恋山海之胜,与同僚饮酒宾日楼上。酒酣,作此木石一纸,投笔而叹,自谓此来之绝。河内史全叔取而藏之。

【译文】东坡居士调任文登太守,五天便离任了。因留恋山海的壮观,与同僚饮酒于宾日楼上。饮到畅快时,作此树石一幅,投笔而感叹,自以为是此次来到文登所作的最好的画。河内史全叔拿去收藏了起来。

题洋川公家藏《古今画册》

高堂素壁,无舒卷之劳;明窗净几,有坐卧之安。

【译文】无须悬挂于高堂白壁之间，故无舒卷之劳顿；可以展开在明窗净几之上，而有坐卧之安适。

临《筼筜图》并题

石室先生戏墨，苏轼临。是日试廷珪墨。元祐元年十月廿三日。

【译文】文与可先生游戏之作，苏轼临摹。这天试用的是李廷珪所制的墨。元祐元年十月廿三日。

题崔白《布袋真仪》

熙宁间，画公崔白示余《布袋真仪》，其笔清而尤古，妙乃过吴矣。元祐三年七月一日，眉山苏轼记。

【译文】熙宁年间，画家崔白请我欣赏《布袋和尚画像》，这幅画的用笔不但清雅，而且特别高古，精妙已超过吴道子了。元祐三年七月一日，眉山苏轼记。

跋晁无咎藏画马

晁无咎所藏。野马八出没山谷间，意像惨淡，如柳子厚所云“风鬃雾鬣，千里相角”。然笔法粗疏，当是有远韵人而不甚工者。元祐三年，宋遐叔、张文潜同观。

【译文】此画是晁无咎收藏的。野马共八匹出没于山谷之间，神气形像画家极费心思，正如柳子厚所说的：“鬃鬣飘动，如风如雾，千里相角”。然而笔法粗疏，应是有韵致而画技不大高明的人画的。元祐三年，宋遐叔、张文潜同观画。

题燕文贵山水卷

轼通守钱塘日，与方外师游，借此画逾年。将去郡，乃题其后归之。今十六年矣，师云：“字为人窃去。”复为书此。元祐四年十二月四日。

【译文】苏轼任钱塘通守时，与方外法师交往，借此画超过一年。将离任时，才在后面题了字归还他。如今已十六年了，法师说：“字已被人偷去。”又为他写了这些字。元祐四年十二月四日。

跋阎右相《洪崖仙图》卷

洪崖先生，不知何许人也。姓张名蕴，字藏真。风神秀逸，志趣闲雅。仙书秘典，九经诸史，无所不通。开元中已千岁矣，盖古之高仙。明皇仰其神异，累诏，不赴。多游终南、泰华，或往青城、王屋，与东罗二大师为侣。每述金丹华池之事，易形炼丹之术，人莫究其微妙焉。先生戴乌帽，衣红蕉葛衫，乌犀带，短勒靴。仆五人，名状各怪，曰桔、术、粟、葛、拙。有白驴曰雪精，日行千里。复有随身之用白藤笠、六角扇、木如意、筇竹杖、长盈壶，常满杯自然流酌。每跨驴领仆游于市廛，酒酣笑傲自若。明皇诏图其像，庶朝夕得瞻观之。元祐四年，东坡苏轼书。

【译文】洪崖先生，不知是什么地方的人。姓张，名蕴，字藏真。外貌俊秀，神采飘逸，志趣高雅。佛道秘书，经史典籍，无不精通。开元年间已经上千岁了，因为他是古代的仙人。明皇仰慕他的神异，屡次下诏请他，他也不去。常游终南山、泰山，有时上青城山、王屋山，与东罗二大师为伴侣。常讲述修道炼丹之术，无人能窥其妙。先生头戴黑帽，穿红蕉葛衫，束黑犀角带，穿短统靴。有仆五人，名字取得很怪，叫桔、术、栗、葛、拙。有一头白驴名叫雪精，能日行千里。还有随身用的白藤笠、六角扇、木如意、筇竹杖、长盈壶，常自动倒满杯。常骑驴率仆游于街市，酒酣笑傲自如。明皇命绘其像，以便朝夕都能看到他。元祐四年，东坡苏轼书。

竹枝自题

云阳友旧最善墨竹，与仆别几岁月矣。余在钱唐，邀于长青阁小饮，作此竹枝奉赠，不知云阳以为何如也。

【译文】云阳老友过去最善于画墨竹，与我分别已经好几年了。我在钱唐，请他长青阁小饮，并画此竹枝赠送给他，不知云阳以为画得如何。

题李伯时临刘商《观弈图》

余所藏刘商《观弈图》，由唐迄今二百年，绢素剥烂，粉墨萧瑟。伯时为余临之，茅君篆勒之，皆绝笔也。噫！刘商之画，非伯时则失其真；伯时之笔，非茅生则不能寿；茅生之名，岂以余言而遂传欤！眉阳苏轼谨题。

【译文】我所收藏的刘商画的《观弈图》，从唐代到现在已经二百年了，绢素剥蚀破烂，笔墨模糊不清。伯时为我临摹了此画，茅君将摹本刻在石上，都是绝妙之笔。噫！刘商的画若非伯时则失其真；伯时的笔墨，若非茅生则不能传之久远；茅生之名，岂非因为我的题跋才得以传世的吗！眉山之阳苏轼谨题。

李伯时画像跋

初，李伯时画予真，且自画其像，故赞云"殿以二士"。已而黄鲁直与家弟子由皆署语其后，故伯时复写二人，而以葆光为导，皆山中人也。轼书。

【译文】最初，李伯时画了我的像，又为自己画像，所以题了"殿以二士"。后来黄鲁直与家弟苏子由都在后面题了字，所以伯时又画了二人，而以葆光为前导，都是山中之人。轼书。

题画赞（残）

画赞世多本，惟德州者第一。君所藏又为德州第一。

【译文】画赞世上有好多本，只有德州的数第一。君所收藏的又是德州数第一的。

卷九十九　题跋（笔砚纸墨）

书墨

余蓄墨数百挺，暇日则出品试之，终无黑者，其间不过一二可人意。以此知世间佳物，自是难得。茶欲其白，墨欲其黑。方求黑时嫌漆白，方求白时嫌雪黑，自是人不会事也。

【译文】我收藏的墨有数百挺，闲暇时就取出来品试，总是没有黑的，其间不过一二挺能使人满意。由此可见世间的好东西本是难得的。茶希望其白，墨希望其黑。正在求黑时嫌漆白，正在求白时嫌雪黑，本是人们不懂得这个道理。

试墨

世人言竹纸可试墨，误矣。当于不宜墨纸上。竹纸盖宜墨，若池、歙精白玉板，乃真可试墨，若于此纸上黑，无所不黑矣。褪墨石砚上研，精白玉板上书，凡墨皆败矣。

【译文】世上的人都说竹纸可以试墨，错了。应该在不适宜墨的纸上试。竹纸是适宜墨的，如果用池州、歙州产的精白玉板纸，才真能试墨，如果写在这两种纸上黑，不论写在哪里都没有不黑的了。如果在不发墨的细石砚上研，在精白玉板纸上写，所有的墨就都是坏墨了。

书徂徕煤墨

徂徕珠子煤，自然有龙麝气，以水调匀，以刀圭服，能已鬲气，除痰饮。专用此一味，阿胶和之，捣数万杵，即为妙墨，不俟余法也。陈公弼在汶上作此墨，谓之黑龙髓。后人盗用其名，非也。

【译文】徂徕产的珠子煤，天生有龙涎香和麝香气，用水调匀，服少许，能治疗膈气，化痰。单用此煤，用阿胶调和，捣几万杵，就成了好墨，无须其他方法。陈公弼曾在汶上制此墨，称之为黑龙髓。后人盗用这个名字，并非这种墨。

记李公择惠墨

李公择惠此墨半丸。其印文云“张力刚”，岂墨匠姓名耶?云:“得之高丽使者。其墨鲜光而净，岂减李廷珪父子乎?试复观之。”劝君不好书，而自论墨拳拳如此，乃知此病吾辈同之。可以一笑。

【译文】李公择赠我半丸这种墨。上面的印文是“张力刚”，大概是墨匠的姓名吧?他说:“此墨得之于高丽使者。这种墨鲜亮匀净，怎么会次于李廷珪父子制的墨呢?不信你再试试看。”劝君并不喜欢书法，而自己评论起墨来却如此热心，可见这种毛病我辈是共有的。可于此一笑。

书清悟墨

川僧清悟，遇异人传墨法，新有名。江淮间人未甚贵之。予与王文甫各得十丸，用海东罗文麦光纸，作此大字数纸，坚韧异常，可传五六百年，意使清悟托此以不朽也。

【译文】四川僧人清悟，遇到异人传授制墨法，新近才出名。江浙之间的人还不太看重他。我和王文甫各得到十丸，用海东罗文麦光纸，写这样的大字数张，这种纸坚韧异常，可以传世五六百年，意在使清悟借此字而名垂不朽。

书张遇、潘谷墨 寄王禹锡

麝香张遇墨两丸，或自内廷得之以见遗，藏之久矣，今以奉寄。制作精至，非常墨所能仿佛，请珍之！请珍之！又大小八丸，此潘谷与一贵人造者。谷既死，不可复得，宜宝秘也。

【译文】麝香张遇墨两丸，有人从内宫得到送给我的，我藏了很久了，现在送给你。制作极精，不是一般的墨所能比的，请珍惜它！请珍惜它！又大小共八丸，这是潘谷为一贵人制的。潘谷已死，此墨不可能再得到了，应该珍藏之。

书庞安时见遗廷珪墨

吾蓄墨多矣，其间数丸，云是廷珪造。虽形色异众，然岁久墨之乱真者多，皆疑而未决也。有人蓄此墨再世矣，不幸遇重病，医者庞安时愈之，不敢取一钱，独求此墨。已而，传遗余，求书数幅而已。安时，蕲水人，术学造妙而有贤行，大类蜀人单骧。善疗奇疾。字安常。知古今，删录张仲景已后《伤寒论》，极精审。其疗伤寒，盖万全者也。

【译文】我收藏的墨多了，其中有几丸，据说是李廷珪造的。虽然外形样式与一般的墨不同，但因年代久了墨中乱真的太多，都还疑而未能确定。有人收藏这丸墨已经两代了，不幸患了重病，医生庞安时治好了他，不肯取一文钱，只要此墨，不久又送给我，只请我写几幅字而已。安时是蕲水人，医术达到神妙的境界而且有优良的品德，很像蜀人单骧。善于治怪病。字安常。博古通今，修订了张仲景以后的《伤寒论》，极精确详审，他治伤寒病，万无一失。

书吕行甫墨颠

吕希彦行甫，相门子，行义有过人者，不幸短命死矣。平生藏墨，士大夫戏之为“墨颠”。功甫亦与之善，出其所遗墨，作此数字。

【译文】吕希彦，字行甫，相门之子，品行有过人之处，不幸寿命太短死去了。平生喜爱收藏墨，士大夫戏称之为“墨颠”。郭祥正也和他交情很好，取出他送我的墨，写了以上这些字。

书李公择墨蔽

李公择见墨辄夺，相知间抄取殆遍。近有人从梁、许来，云：“悬墨满室。”此亦通人之一蔽也。余尝有诗云：“非人磨墨墨磨人。”此语殆可凄然云。

【译文】李公择见墨就抢，朋友间几乎都被他抢过。最近有人从梁、许一带来，说他："满屋子悬挂的都是墨。"这也是达人的一种毛病。我曾有诗句说："非人磨墨墨磨人。"这话几乎让人觉得凄凉。

书李宪臣藏墨

余为皂绎颜先生作集引，其子复长道以李廷珪墨见遗，形制绝类此墨，以金涂龙及铭，云"李宪臣所蓄赐墨"也。此墨最久而黑如此，殆是真耶?

【译文】我为皂绎处士颜太初先生作集引，他的儿子颜复长道把李廷珪制的墨送给我，样式极像这墨，用金粉涂龙和铭文，铭文是"李宪臣所蓄赐墨"。这墨年代最久而又如此黑，恐怕是真的吧?

书石昌言爱墨

石昌言蓄廷珪墨，不许人磨。或戏之云："子不磨墨，墨当磨子。"今昌言墓木拱矣，而墨故无恙，可以为好事者之戒。

【译文】石昌言收藏有李廷珪所制的墨，不许人研磨。有人对他开玩笑说："你不磨墨，墨就磨你。"现在昌言墓上的树都一把粗了，而墨仍完好，这事可以作为喜收藏的人的鉴戒。

书沈存中石墨

陆士衡与士龙书云:“登铜雀台,得曹公所藏石墨数瓮,今分寄一螺。”《大业拾遗记》:“宫人以蛾绿画眉。”亦石墨之类也。近世无复此物。沈存中帅鄜延,以石烛烟作墨,坚重而黑,在松烟之上。曹公所藏,岂此物也耶?

【译文】陆士衡寄给士龙的信中说:“登铜雀台时,得到了曹公所收藏的石墨数瓮,现在分寄给你一螺。”《大业拾遗记》记有:“宫人用蛾绿画眉。”也是石墨之类的东西。近来年不再有这种东西了。沈存中在鄜延做经略使时,用石烛的烟做墨,坚实沉重而且很黑,质量在松烟墨之上。曹公所收藏的,难道就是这种东西吗?

书所造油烟墨

凡烟皆黑,何独油烟为墨则白?盖松烟取远,油烟取近,故为焰所灼而白耳。予近取油烟,才积便扫,以为墨皆黑,殆过于松煤,但调不得法,不为佳墨,然则非烟之罪也。

【译文】凡是烟都黑,为什么唯独油烟做墨就发白?因为松烟取烟处离火焰远,油烟取烟处近,所以被火焰烧得发白了。我在离火焰近处取烟,刚积不多便扫下来,用来做墨都很黑,几乎超过松烟,但只要调治不得法,就做不出好墨,这样看来并非因为烟不好。

书别造高丽墨

余得高丽墨，碎之，杂以潘谷墨，以清悟和墨法剂之为握子，殊可用。故知天下无弃物也，在处之如何尔。和墨惟胶当乃佳，胶当而不失清和，乃为难耳。清悟墨胶水寒之，可切作水精脍也。

【译文】我把得到的高丽墨弄碎，加进一些潘谷墨，用清悟的和墨法把它做成墨锭，很好用。由此可见天下没有可弃的废物，在于如何处置之而已。和墨只有胶用的得当才好，胶得当而不失清和，才是困难的。清悟制墨用的胶加水冷却，可以切成透明的小块。

书冯当世墨

冯当世在西府，使潘谷作墨，铭云“枢庭东阁”，此墨是也。阮孚云：“一生当着几緉屐。”仆云：“不知当用几丸墨。”人常惜墨不磨，终当为墨所磨。

【译文】冯当世在西府，命潘谷制墨，铭文为“枢庭东阁”，就是这墨。阮孚曾说过：“不知一生能穿几双木屐。”我也说：“一生不知能用几丸墨。”人们常珍惜墨而不研磨，最终便会被墨所磨。

书怀民所遗墨

世人论墨，多贵其黑，而不取其光。光而不黑，固为弃物；若黑而不光，索然无神采，亦复无用。要使其光清而不浮，湛湛如小儿目睛，乃为佳也。怀民遗仆二枚，其阳云“清烟煤法墨”，其阴云“道卿既黑而光”，殆如前所云者，书以报之。

【译文】世人评论墨，多以其黑为贵，而不取其有光泽。有光泽而不黑，当然是可弃之物；如果只黑而不光，便索然无味没有神采，也没有什么用。要让它的光泽清而不浮，亮晶晶的就像小孩的瞳仁，才是好墨。怀民送我两枚，其正面铭文为“清烟煤法墨”，其背面铭文为“道卿既黑而光”，几乎和上面所说的一样，书此以报之。

书求墨

阮生云：“未知一生当着几緉屐。”吾有佳墨七十丸，而犹求取不已，不近愚耶？

【译文】阮孚说过：“不知一生能穿几双木屐。”我已有好墨七十丸，还搜求不已，不是近于愚蠢了吗？

书雪堂义墨

元祐二年十二月二十一日，驸马都尉王晋卿致墨二十六丸，凡十余品。杂研之，作数十字，以观其色之深浅。若果佳，当捣和为一品，亦当为佳墨。予昔在黄州，邻近四五郡皆送酒，予合置一器中，谓之“雪堂义樽”。今又当为“雪堂义墨”也耶？

【译文】元祐二年十二月二十一日，驸马都尉王晋卿送来墨二十六丸，共十多种。把它们杂在一起研磨，写了几十个字，以观察其颜色的深浅。如果真好，就捣碎做成一种，也应是好墨。我从前在黄州时，附近四五郡都送酒来，我把它们混合在一只酒器中，称之为“雪堂义樽”。如今又要做“雪堂义墨”了吧？

书北虏墨

云庵有墨，铭云“阳岩镇造”，云是北虏墨，陆子履奉使得之者。

【译文】云庵有墨，铭文为“阳岩镇造”，说是北方胡人所制的墨，陆子履奉旨出使时得到的。

书廷珪墨

昨日有人出墨数寸，仆望见，知其为廷珪也。凡物莫不然，不知者如乌之雌雄，其知之者如乌、鹄也。

【译文】昨天有人取出墨才几寸，我远远看见，就知道是李廷珪所制的墨。所有的东西莫不如此，不懂的人看来像乌鸦分不出雌雄，而在懂行的人看来像乌鸦和天鹅。

记夺鲁直墨

黄鲁直学吾书，辄以书名于时，好事者争以精纸妙墨求之。常携古锦囊，满中皆是物也。一日见过，探之，得承晏墨半挺。鲁直甚惜之,曰:“群儿贱家鸡,嗜野鹜。”遂夺之,此墨是也。元祐四年三月四日。

【译文】黄鲁直学我的书法,就以善书称名于当代,喜好书法的人争拿精纸妙墨求他的字。他常带一古锦囊,里面满满的都是这些东西。一天来访我,探囊,找到承晏墨半块。鲁直很珍惜,说:“群儿看不起家鸡,偏爱野鸭。”就夺了过来,就是这块墨。元祐四年三月四日。

书茶墨相反

茶欲其白,常患其黑。墨则反是。然墨磨隔宿则色暗,茶碾过日则香减,颇相似也。茶以新为贵,墨以古为佳,又相反矣。茶可于口,墨可于目。蔡君谟老病不能饮,则烹而玩之。吕行甫好藏墨而不能书,则时磨而小啜之。此又可以发来者之一笑也。

【译文】茶想让它白,常怕它黑。墨则与此相反。然而墨研后隔夜颜色就灰暗,茶碾后隔天香味就减少,是很相似的。茶以新鲜的为贵,墨以古旧的为好,又相反了。茶是用口品尝的,墨是用眼观赏的。蔡君谟年老有病不能饮茶,就烹茶赏玩之。吕行甫喜欢藏墨而不善书法,就常研墨少喝一点儿。这又可以成功使后人发笑的掌故了。

记温公论茶墨

司马温公尝曰:“茶与墨政相反。茶欲白,墨欲黑;茶欲重,墨欲轻;茶欲新,墨欲陈。”予曰:“二物之质诚然,然亦有同者。”公曰:“谓何?”予曰:“奇茶妙墨皆香,是其德同也;皆坚,是其操同也。譬如贤人君子，妍丑黔皙之不同，其德操韫藏，实无以异。”公笑以为是。

元祐五年十月二十六日，醇老、全翁、元之、敦夫、子瞻，同游南屏寺。寺僧谦出奇茗如玉雪。适会三衢蔡熙之子瑫出所造墨，黑如漆。墨欲其黑，茶欲其白，物转颠倒，未知孰是？大众一笑而去。

【译文】司马温公曾说：“茶和墨的性质相反。茶要白，墨要黑；茶要重，墨要轻；茶要新，墨要陈。”我说：“二物的性质确实如此，但也有相同之处。”公问：“你说是什么？”我说：“奇茶妙墨都香，这是它们的品德相同；都坚实，这是它们的节操相同。好比贤人君子，外貌美丑黑白虽不同，他们的品德操行和实质，实际上并无不同。”公笑了，认为我说的对。

元祐五年十月二十六日，叶醇老、张全翁、元之、侯敦夫、苏子瞻，同游南屏寺。寺僧谦捧出奇茶白如雪。正好三衢蔡熙之子瑫拿出所造的墨，黑如漆。墨想要它黑，茶想要它白，二物如果颠倒过来，不知哪个对？大家一笑，离寺而去。

书柳氏试墨

昨天有人点第一纲龙团，香味十倍常茶。如使诸葛鼠须笔，金阑子入手，不似有锋刃。惟有此物似之。元祐八年三月十八日，过柳仲远试墨，书此。此墨云“文公桧鼯臈”，不知其所谓也。

【译文】昨天有人点第一纲龙团茶，香味超过普通茶十倍。如同用诸葛鼠须笔，金阑子入手，不像有锋刃。只有此墨像它。元祐八年三月十八日，拜访柳仲远，试墨，书此。此墨铭文为“文公桧鼯臈”，不知说的是什么意思。

书李承晏墨

近时士大夫多造墨，墨工亦尽其技，然皆不逮张李古剂，独二谷乱真，盖亦窃取其形制而已。吴子野出此墨，云是孙准所遗，李承晏真物也。当以色考之，仍以数品比较，乃定真伪耳。绍圣丙子十二月二十一日书。

【译文】近来士大夫大多自制墨，墨工也各尽其能，但都比不上张遇、李廷珪古法，唯独潘谷、张遇二谷能乱真，不过也只是私自模仿其外形而已。吴子野取出此墨，说这是孙准留下来的，是李承晏造的真品。应当用墨色考察之，多拿几种墨进行比较，才能确定真伪。绍圣丙子十二月二十一日书。

书潘谷墨

卖墨者潘谷，余不识其人，然闻其所为，非市井人也。墨既精妙而价不二。士或不持钱求墨，不计多少与之。此岂徒然者哉！余尝与诗云："一朝入海寻李白，空看人间画墨仙。"一日，忽取欠墨钱券焚之，饮酒三日，发狂浪走，遂赴井死。人下视之，盖趺坐井中，手尚持数珠也。见张元明，言如此。

【译文】卖墨者潘谷，我不认识此人，但听到他的所作所为，不是市井间的俗人。墨不但精妙而且价钱不二。有时读书士人来求墨没有带钱，不计多少都给。这难道会是平白无故的吗？我曾作诗赠他："一朝入海寻李白，空看人间画墨仙。"一天，忽然把所欠墨钱的券契都取出来烧了，连续饮酒三天，发狂乱跑，于是跳入井中死了。有人下井看他，居然盘腿坐在井中，手中还拿着念珠呢。这是见到张元明，听他这样说的。

试东野晖墨

世言蜀中冷金笺最宜为墨，非也。惟此纸难为墨。尝以此纸试墨，惟李廷珪乃黑。此墨，兖人东野晖所制，每枚必十千，信亦非凡墨之比也。

【译文】世人都说蜀中冷金笺最适宜墨，是不对的。只有这种纸不适宜墨。我曾用这种纸试墨，只有李廷珪制的墨才黑。这墨，是兖州人东野晖造的，每枚一定要十千钱，肯定也不是一般墨所能比的。

书裴言墨

潘谷、郭玉、裴言皆墨工，其精粗次第如此。此裴言墨也，比常墨差胜，云是与曹王制者，当由物料精好故耶？

【译文】潘谷、郭玉、裴言都是制墨工匠，墨按精粗次序就是这样排的。这是裴言造的墨，比普通墨略强，据说是为曹王造的，大概是因为物料精美的缘故吧？

书王君佐所蓄墨

君佐所蓄新罗墨，甚黑而不光，当以潘谷墨和之，乃为佳绝。

今时士大夫多贵苏浩然墨,浩然本用高丽煤杂远烟作之,高丽煤若独使,如研土炭耳。

【译文】君佐所收藏的新罗墨,很黑但不亮,要拿潘谷墨与它混在一起,就成了最好的墨。现在士大夫大都看重苏浩然制的墨,浩然本来是用高丽煤加远烟做的,高丽煤如果单独用,就像研土炭一样。

书潘衡墨

金华潘衡初来儋耳,起灶作墨,得烟甚丰而墨不甚精。予教其作远突宽灶,得烟几减半而墨乃尔。其印文曰“海南松煤”、“东坡法墨”,皆精者也。常当防墨工盗用印,使得墨者疑耳。此墨出灰池中,未五日而色已如此,日久胶定,当不减李廷珪、张遇也。元符二年四月十七日。

【译文】金华潘衡初来儋耳,起灶做墨,得烟很多,而墨却不太好。我教他做烟囱建在远处的宽灶,得到的烟几乎减少了一半,而墨才像现在这样好。上面的印文是“海南松煤”、“东坡法墨”,都是精良的好墨。要经常防备墨工盗用印文,使得到此墨的人疑心质量不好。此墨出灰池不到五天颜色已经如此黑,日久胶定后,会不次于李廷珪、张遇所制的墨。元符二年四月十七日。

书海南墨

此墨,吾在海南亲作,其墨与廷珪不相下。海南多松,松多故煤富,煤富故有择也。

【译文】这墨，是我在海南亲自制造的，质量和李廷珪造的不相上下。海南多松树，松树多因此烟煤就丰富，烟煤丰富因此就有选择余地。

记海南作墨

己卯腊月二十三日，墨灶火大发，几焚屋，救灭，遂罢作墨。得佳墨大小五百丸，入漆者几百丸，足以了一世著书用，仍以遗人，所不知者何人也。余松明一车，仍以照夜。二十八日二鼓，作此纸。

【译文】己卯腊月二十三日，墨灶中的火大发，几乎烧了房子，救灭后，便不再做墨了。做了好墨大小共五百丸，入漆烟者几乎上百丸，足够一生写字用了，还可以送人，不知道将会送给谁。剩松明一车，仍可用来夜间照明。二十八日二鼓，书此纸。

书孙叔静常和墨

孙叔静用剑脊墨，极精妙。其文曰“太室常和”。常和，盖少室间道人也。卖墨，收其赢以起三清殿。墨甚坚而黑，近岁善墨，唯朱觐及此耳。觐，九华人。

【译文】孙叔静用的剑脊墨，极精妙。上面的铭文是“太室常和”。常和，是少室山中的道人。用卖墨的钱盖起了三清殿。墨很坚实而且黑，近年来的好墨，只有朱觐造的墨和这种墨而已。朱觐，是九华人。

记王晋卿墨

王晋卿造墨，用黄金丹砂，墨成，价与金等。三衢蔡瑫自烟煤胶外，一物不用，特以和剂有法，甚黑而光，殆不减晋卿。胡人谓“犀黑暗”，“像白暗”，可以名墨，亦可以名茶。

【译文】王晋卿造墨，用黄金和丹砂，墨造成后，价格和黄金一样。三衢蔡瑫除了烟煤和胶之外，一概不用，只因有独特的方法，很黑而且有光泽，几乎不次于晋卿。胡人称犀角为“犀黑暗”，称像牙为“像白暗”，可用来为墨命名，也可用来为茶命名。

书茶与墨

近时，世人好蓄茶与墨，闲暇辄出二物校胜负，云：茶以白为尚，墨以黑为胜。予既不能校，则以茶校墨，以墨校茶，未尝不胜也。

【译文】近来，世人好收藏茶和墨，闲暇时便取出此二物比较胜负，说是：茶以白为上，墨以黑为胜。我既不能较，就用茶较墨，用墨较茶，从无不胜的。

又书茶与墨

真松煤远烟，馥然自有龙麝气，初不假二物也。世之嗜者，如滕达道、苏浩然、吕行甫，暇日晴暖，研墨水数合，弄笔之余，少啜饮之。蔡君谟嗜茶，老病不能复饮，则把玩而已。看茶而啜墨，亦事之可笑者也。

【译文】真松烧出的远烟，香喷喷地本来就有龙涎香和麝香的气味，最初制墨时并不借用这两种香料。世上嗜好墨的人，如滕达道、苏浩然、吕行甫等人，闲暇时于晴暖之日，研墨水数合，写字作画之后，就少喝一点。蔡君谟嗜好饮茶，年老有病不能再饮了，就端在手中把玩而已。看茶而饮墨水，都是可笑之事。

书郑君乘绢纸

仆谪居黄州，郑元舆君乘亦官于黄。一日，以此纸一轴求仆书，云："有故人孟阳，酷好君书，属予多为求之。"仍出孟君书数纸。其人亦善用笔，落笔洒然，虽仆何以加之。郑君言其意勤甚，殆不可不许。后数日，适会中秋，仆与客饮江亭，醉甚，乃作此数纸。时元丰四年也。明日视之，乃绢也。然古者本谓绢纸，近世失之云。

【译文】我被贬到黄州时，郑元舆君乘也在黄州做官。一天，拿一轴这种纸请我写字，说："有一个老朋友孟阳，酷爱您的书法，嘱托我多为他求几幅您的书法。"便取出孟君所写的字数张。那人也善于用笔，落笔萧洒，即使是我又怎能超过他。郑君说他的情意很诚恳，几乎是不能不答应的。后来过了几天，正好是中秋节，我和客人们在江亭饮酒，醉得利害，便写了这几张。当时是元丰四年。第二天看这些纸，原来是绢。然而古时候本来是称为绢纸的，近代才失去这种说法了。

书六合麻纸

成都浣花溪，水清滑胜常，以沤麻楮作笺纸，紧白可爱，数十里外便不堪造，信水之力也。扬州有蜀冈，冈上有大明寺井，知味者以谓与蜀水相似。西至六合，冈尽而水发，合为大溪，溪左右居人亦造纸，与蜀产不甚相远。自十年以来，所产益多，工亦益精，更数十年，当与蜀纸相乱也。

【译文】成都浣花溪，水质清滑超过平常的水，用这水沤麻楮造笺纸，坚白可爱，数十里之外就不堪造纸了，的确是水的作用。扬州有一座蜀冈，冈上有大明寺井，懂水质的人认为和蜀水相似。向西到六合，冈渐消失而水汹涌而出，合成大溪流。溪两岸住的人也造纸，纸质和蜀产的差不多。十年来，纸的产量越来越多，工艺也更精了，再过数十年，就会和蜀纸没有区别了。

书布头笺

川笺取布机余经不受纬者治作之，故名布头笺。此纸冠天下，六合人亦作，终不佳。

【译文】川笺是取织布机上不能和纬线交织的多余的经线造的，所以叫作布头笺。此纸天下第一，六合人也造，终究不如川笺好。

书海苔纸

昔人以海苔为纸，今无复有；今人以竹为纸，亦古所无有也。付子过。

予自谓此字不恶，然后世观之，必疑其为模本也。

【译文】前人用海苔造纸，现在不再有了；今人用竹造纸，也是古时候所没有的。付子苏过。

我自以为这些字写得还不坏，然而后世看来，一定会疑心是临摹的。

题粗纸

此纸甚恶，止可镵钱饷鬼而已。余作字其上，后世当有锦囊玉轴什袭之宠。

【译文】此纸很粗恶，只能做纸钱烧给鬼用而已。我在上面写了字，后世就会有盛以锦囊装以玉轴世代相传之宠。

书天台玉板纸

李献父遗余天台玉板纸，殆过澄心堂，顷所未见。

【译文】李献父送我的天台玉板纸，质量几乎已经超过了澄心堂纸，以前没有见过。

书石晋笔仙

石晋之末，汝州有一士，不知姓名，每夜作笔十管付其家。至晓，阖户而出，面街凿壁，贯以竹筒，如引水者。有人置三十钱，则一笔跃出。以势力取之，莫得也。笔尽，则取钱携一壶买酒，吟啸自若。率尝如此，凡三十载。忽去，不知所在。又数十年，复有见之者，颜貌如故，人谓之“笔仙”。

【译文】后晋末年，汝州有一士人，不知姓名，每夜做十枝笔交给家人。到天亮时，关上门出去，在临街的墙上凿一个洞，插上竹筒，像用来引水一样。有人放进去三十文钱，便有一枝笔跃出。如果凭势力要笔，没有人能得到。笔卖完后，就拿上钱和壶去买酒，吟咏啸傲自如，经常这样。共有三十年。忽然离去，不知到了什么地方。又过了数十年，又有人看见他，容颜面貌如旧，人们称之为“笔仙”。

书诸葛笔

宣州诸葛氏笔，擅天下久矣。纵其间不甚佳者，终有家法。如北苑茶、内库酒、教坊乐，虽弊精疲神，欲强学之，而草野气终不可脱。

【译文】宣州诸葛氏笔，称雄天下已很久了。即使是其中不大好的，也终究有其家的法度。就像北苑茶、内库酒、教坊乐一样，即使弄到精神疲弊，也强要仿效它，而草野之气终究无法摆脱。

书钱塘程奕笔

近年笔工，不经师匠，妄出新意，择毫虽精，形制诡异，不与人手相谋。独钱塘程奕所制，有三十年先辈意味，使人作字，不知有笔，亦是一快。吾不久行，当致数百枝而去，北方无此笔也。

【译文】近年来的笔工，不经过师傅传授，随意想出新花样，选择笔毫虽然很精心，但形制怪异，与人手不相适应。只有钱塘程奕所制的笔，有三十年前先辈的遗风，使人写字时好像感觉不到笔的存在，也是一件愉快的事。我不久就要远行，应当买几百枝带去，因为北方是没有这种笔的。

记南兔毫

余在北方食獐兔，极美。及来两浙江淮，此物稀少，宜其益珍。每得食，率少味，及微腥，有鱼虾气。聚其皮数十，以易笔于都下，皆云此南兔，不经霜雪，毫漫不可用。乃知此物本不产陂泽间也。

【译文】我在北方曾吃过獐兔，味极鲜美。等到来到两浙江淮，这东西就稀少了，自然也就更珍贵了。每次吃的时候，大都没有味道，而且微腥，有鱼虾气味。收集了这种皮毛十几张，到京都换笔，都说这是南方兔子，没有经过霜雪，毫毛涣散不能用。才知道这东西本来是不产于湖泽之间的。

记都下熟毫

近日都下笔皆圆熟少锋，虽软美易使，然百字外力辄衰，盖制毫太熟使然也。鬻笔者既利于易败而多售，买笔者亦利其易使。惟诸葛氏独守旧法，此又可喜也。

【译文】近来京师的笔都圆熟少笔锋，虽然软美好使，但写百字之后力量就衰竭了，因为制笔毫过熟才使它这样疲软的。卖笔的人以容易用坏而多卖为利，买笔的人则喜欢它的好使。只有诸葛氏独守制笔旧法，这也是一件可喜之事。

记古人系笔

系笔当用生毫，笔成，饭甑中蒸之，熟一斗饭乃取出，悬水瓮上数月乃可用，此古法也。

【译文】系笔应当用生毫，笔做成后，放在饭甑中蒸，大约蒸熟一斗饭的时间取出，悬挂在水瓮上，数月后才能用，这是制笔的古法。

记欧公论把笔

把笔无定法，要使虚而宽。欧阳文忠公谓余，当使指运而腕定，不知此语最妙。方其运也，左右前后却不免欹侧；及其定也，上下如引绳。此之谓笔正，柳诚悬之语良是。

【译文】执笔无定法，关键在于虚而宽。欧阳文忠公告诉我，要让手指运笔而手腕稳定，一般人不知道这话说得最妙。当运笔时，左右前后都不免倾斜；待到稳定不动时，上下像用绳子吊着一样。这就叫作笔正，柳诚悬的话的确不错。

书诸葛散卓笔

散卓笔，惟诸葛能之。他人学者，皆得其形似而无其法，反不如常笔。如人学杜甫诗，得其粗俗而已。

【译文】散卓笔，只有诸葛家会做。其他学做的，都只是外形相似实际上并未得其法，反而不如一般的毛笔。就像有人学杜甫的诗，仅学得他的粗俗而已。

书杜君懿藏诸葛笔

杜叔元君懿善书，学李建中法。为宣州通判，善待诸葛氏，如遇士人，以故为尽力，常得其善笔。余应举时，君懿以二笔遗余，终试，笔不败。其后二十五年，余来黄州，君懿死久矣，而见其子沂，犹蓄其父在宣州所得笔也，良健可用。君懿胶笔法：每一百枝，用水银粉一钱，上皆以沸汤调研如稀糊，乃以研墨。胶笔永不蠹，且润软不燥也。非君懿善藏，亦不能如此持久也。

【译文】杜叔元君懿擅长书法，学李建中的笔法。他做宣州通判时，对诸葛氏很好，就像对待读书士子一样，因此诸葛氏愿为他尽力，他常能得到诸葛氏做的好笔。我应考时，君懿送我两枝笔，直到考完笔也未用坏。又过了二十五年，我来到黄州，君懿已去世很久了，见到了他的儿子杜沂，仍保存着他父亲在宣州得到的笔，弹性足而好用。君懿胶笔的方法是：每一百枝笔，用水银粉一钱，滚水调好如稀糊状，用来研墨。用这墨胶笔，永远不会被虫蛀，而且湿润柔软不干燥。如果不是君懿善于藏笔，也不能保存得如此持久。

书唐林夫惠诸葛笔

唐林夫以诸葛笔两束寄仆，每束十色，奇妙之极。非林夫善书，莫能得此笔。林夫又求仆行草，故为作此数纸。元丰六年十月十五日，醉中题。

【译文】唐林夫寄给我两束诸葛氏制的毛笔，每束十种，奇妙之极。若非林夫擅长书法，便不能得这些笔。林夫又求我的行草书，就为他写了这几张。元丰六年十月十五日，醉中题。

书黄鲁直惠郎奇笔

仆应举时，常用郎奇笔，近岁不复有，不知奇之存亡。今日忽于鲁直处得之。鲁直云："奇中风十许年，近忽无恙。此笔不当供答义人，当与作赋人用也。"

【译文】我参加科举考试时，常用郎奇笔，近年来不再见有了，不知郎奇是否还在世。今日忽然在鲁直处得到此笔。鲁直说："郎奇中风十多年，近来忽然好了。此笔不应当给参加新法经义考试的人，应当给作赋的人用。"

书鲁直所藏徐偃笔

鲁直出众工笔，使仆历试之。笔锋如着盐曲蟮，诘曲纸上。鲁直云："此徐偃笔也。有筋无骨，真可谓名不虚得。"

【译文】鲁直取出众工匠所制的笔，让我一一试用。笔锋就像触到食盐的蚯蚓一样，屈曲于纸上。鲁直说："这就是徐偃笔。有筋无骨，真可以说是名不虚得。"

书吴说笔

笔若适士大夫意，则工书人不能用。若便于工书者，则虽士大夫亦罕售矣。屠龙不如履豨，岂独笔哉！君谟所谓"艺益工而人益困"，非虚语也。吴政已亡，其子说颇得家法。

【译文】笔如果合于士大夫的心意，则擅长书法的人便不能用。如果便于擅长书法的人，则即使是士大夫也极少会买了。正如《庄子》说的，屠龙之技还不如测猪的肥瘦，岂止是制笔呢！君谟所说的"手艺越高而人越困顿"，不是假话。吴政已去世了，他的儿子吴说颇得家传之法。

试吴说笔

前史谓徐浩书，锋藏画中，力出字外。杜子美云："书贵瘦硬方通神。"若用今时笔工虚锋涨墨，则人人皆作肥皮馒头矣。用吴说笔作此数字，颇适人意。

【译文】史料称徐浩的书法，是笔锋藏于笔画中，力量透出字之外。杜子美说："书法贵在瘦硬，如此才能通神。"如果用现在的笔工做的虚锋笔，蘸墨就饱胀，那么人人写的字都像厚皮包子了。用吴说做的笔写这几个字，很合我的心意。

书岭南笔

绍圣三年五月二十七日,过水西,见卖笔者,形制粗似笔,以二十钱易两枝。墨水相浮,纷然欲散,信岭南无笔也。

【译文】绍圣三年五月二十七日,经过水西,看到一个卖笔的人,形制大致像笔,用二十文钱买了两枝。用时黑和水不能很好地融合,笔毫纷乱要散开,确实岭南没有好笔。

书孙叔静诸葛笔

久在海外,旧所赍笔皆腐败,至用鸡毛笔。拒手狞劣,如魏元忠所谓骑穷相驴脚摇镫者。今日忽于孙叔静处用诸葛笔,惊叹此笔乃尔蕴藉耶!

【译文】长期处于海外,旧时所带的笔都朽坏了,以至于用鸡毫笔。不伏手且极无力,就像魏元忠说的骑穷相驴双脚摇镫一样。今天忽然在孙叔静处用诸葛氏所制笔,惊叹此笔竟如此奇妙啊!

书赠孙叔静

今日于叔静家饮官法酒,烹团茶,烧衙香,用诸葛笔,皆北归喜事。

【译文】今天在叔静家饮官酿之酒,烹团茶,烧衙香,用诸葛笔，都是北归的喜事。

书王定国赠吴说帖 定国帖附

定国吴砚。李文靖奉使江南得之。巩获于其孙，盖作“风”字样，收水处微损，以漆固之。子瞻作《清虚居士真赞》，取以为润笔。子瞻今去国万里，然与砚俱乎？绍圣乙亥春，至广陵，吴说以笔工得子瞻书《吴砚铭》，览之怅然。平生交游，十年升沉，惟子瞻为耐久。何日复相从，以砚墨纸笔为适也？王巩定国书。此吴汪少微砚也。

去国八年，归见中原士大夫皆用散毫作无骨字。买笔于市，皆散软一律。惟广陵吴说独守旧法。王定国谓往还中无耐久者，吴说笔工而独耐久，吾甚嘉之，建中靖国元年五月二十日，东坡居士书。

【译文】定国吴砚，是李文靖奉命到江南公干时得到的。王巩从他的孙子那里得此砚，大致呈“风”字形，蓄水处微有损伤，用漆固定着。子瞻作《清虚居士真赞》，取去作为润笔之资了。子瞻如今离东京万里，不知带着此砚否？绍圣乙亥春，到广陵，吴说以笔工的身份得到子瞻所书的《吴砚铭》，我看后只觉心中怅怅然。平生的交游，在十年升沉之间，只有子瞻最持久。什么时候才能再相逢，以砚墨纸笔适意呢？王巩定国书。这是吴汪少微砚。

离开京师八年，回来见到中原士大夫，都用散笔写无骨字。到市上买笔，都是一样散软。只有广陵吴说仍保持旧的制笔法。王定国说交往的人没有耐久的，吴说作为笔工而独能耐久，我非常赞赏他。建中靖国元年五月二十日，东坡居士书。

书凤咮砚

建州北菀凤凰山，山如飞凤下舞之状。山下有石，声如铜铁，作砚至美，如有肤筠然，此殆玉德也。疑其太滑，然至益墨。熙宁五年，国子博士王颐始知，以为砚而求名于余。余名之曰“凤咮”，且又戏铭其底云：“坐令龙尾羞牛后。”歙人甚病此言。余尝使人求砚于歙，歙人云：“何不只使凤咮石？”卒不得善砚。乃知名者物之累，争媢之所从出也。或曰：“石不知，恶争媢也？”余曰：“既不知恶争媢，则亦不知好美名矣。

【译文】建州北菀凤凰山，山的形状像飞凤在降落。山下产一种石头，声如铜铁，做砚极美，表面光滑如竹皮，这大约是玉的品质。本疑心它太滑，却很发墨。熙宁五年，国子博士王颐才知道用来制砚，便请我题名。我称之为“凤咮”，又在底部戏题一铭：“坐令龙尾羞牛后。”歙县人很不喜欢这话。我曾让人到歙县求砚，歙人说：“为什么不只用凤咮石砚？”终于未能得到好歙砚。才知道名声是事物的拖累，是嫉妒产生的根源。有人问：“石头又没有知觉，怎么会争妒呢？”我说：“既然不懂得争妒，那也就不懂得喜好美名了。”

书砚

砚之发墨者必费笔，不费笔则退墨。二德难兼，非独砚也。大字难结密，小字常局促；真书患不放，草书苦无法；茶苦患不美，酒美患不辣。万事无不然，可一大笑也。

【译文】砚台如果发墨就一定费笔，不费笔的砚又不发墨。两种品质难以兼有，不光是砚。大字的结构难以紧密，小字则常患局促；真书只怕放不开，草书又苦于无法度；茶苦又怕不香，酒香却怕不辣。万事无不如此，可让人为此而大笑。

书砚 赠段玙

砚之美，止于滑而发墨，其他皆余事也。然此两者常相害，滑者辄褪墨。余作孔毅夫砚铭云："涩不留笔，滑不拒墨。"毅夫甚以为名言。

【译文】砚台的美，只在于光滑而发墨，其他都是无所谓的。然而这两种品质常互相妨碍，光滑的砚往往不发墨。我为孔毅夫所作的砚铭是："涩不留笔，滑不拒墨。"毅夫极称赞这是名言。

书吕道人砚

泽州吕道人沉泥砚，多作投壶样。其首有"吕"字，非刻非画，坚致可以试金。道人已死，砚渐难得。元丰五年三月七日，偶至沙湖黄氏家，见一枚，黄氏初不知贵，乃取而有之。

【译文】泽州吕道人制的沉泥砚，大多做成投壶的样子。最上面有"吕"字，既不是刻的，也不是写的，砚极坚硬致密，可用来试金。道人已死，此砚渐渐难得。元丰五年三月七日，偶然到沙湖黄氏家，见到一方，黄氏尚不知珍贵，我就取去自己要了。

书名僧令休砚

黄冈主簿段君玙，尝于京师佣书人处得一风字砚。下有刻云："祥符己酉，得之于信州铅山观音院，故名僧令休之手琢也。明年夏于鹅湖山刻记。"钱易希白题其侧，又刻"荒灵"二字。砚盖歙石之美者。己酉至今七十四年，令休不知为何僧也。禅月、贯休信州人，令休岂其兄弟欤？尝以问铅山人。而"荒灵"二字，莫晓其意。段君以砚遗余，故书此数纸以报之。元丰六年冬至日书。

富阳令冯君，尝为黄冈，故获此书于段。元祐五年四月十八日复见之，时为钱塘守。

【译文】黄冈主簿段君玙，曾在京师代写书信的人那里得到一方风字砚。下边刻有："祥符己酉，得之于信州铅山观音院，故名僧令休之手琢也。明年夏于鹅湖山刻记。"钱易希白在侧面有题字，还刻有"荒灵"二字。砚是歙石中极美的。己酉至今已七十四年了，令休不知是哪位僧人。禅月、贯休都是信州人，令休难道是他们的兄弟吗？曾向铅山人问过此事。而"荒灵"二字，没有人知道是什么意思。段君把砚送给了我，所以写了这几张字以回报他。元丰六年冬至日书。

富阳县令冯君，曾治理过黄冈，所以从段君手中得到这些字。元祐五年四月十八日又见到了他，当时任钱塘太守。

书许敬宗砚二首

都官郎中杜叔元君懿，有古风字砚，工与石皆出妙美，相传是许敬宗砚。初不甚信，其后杭人有网得一铜匣于浙江中者，有"铸成许敬宗"字，与砚适相宜，有容两足处，无毫发差，乃知真敬宗物也。君懿尝语余:“吾家无一物,死当以此砚作润笔,求君志吾墓也。”君懿死,其子沂归砚请志,而余不作墓志久矣,辞之。沂乃以砚求之于余友人孙莘老,莘老笑曰:“敬宗在,正堪斫以饲狗耳,何以其砚为?”余哀此砚之不幸,一为敬宗所辱,四百余年矣,而垢秽不磨。方敬宗为奸时,砚岂知之也哉?以为非其罪,故乞之于孙莘老,为一洗之。匣今在唐氏,唐氏甚惜之,求之不可得。砚之美既不在匣,而上有敬宗姓名,盖不必蓄也。

【译文】都官郎中杜叔元君懿,有一方古代的风字砚,工艺和石质都极妙。相传是许敬宗的砚,开始不太相信。后来杭州有人在钱塘江中网到一个铜匣,上有“铸成许敬宗”字样,和砚正好相配,有容纳两足的地方,不差毫发,可见真是许敬宗的东西。君懿曾对我说过:“我家没有一件贵重东西,我死后,就以此砚作为润笔之资,请您给我写墓志铭。”君懿死后,他的儿子杜沂要把砚送给我,求我写墓志铭,而我早就不再写墓志铭了,就推辞了。杜沂就拿着砚去求我的朋友孙莘老,莘老笑道:“敬宗如果还活着,正好杀了他喂狗,要他的砚干什么呢?”我对此砚的不幸感到悲哀,一被敬宗所玷污,过了四百多年,还不能把垢秽完全洗刷掉。当敬宗做坏事时,砚台怎么会知道呢?我以为砚台本身并无罪过,所以请求孙莘老,为此砚洗去耻辱,铜匣现在收藏在唐家,唐氏很珍惜之,求之而不可得。砚台的美既然不在匣上,而匣上又有许敬宗的姓名,所以是不必收藏的。

又

杜叔元,字君懿,为人文雅,学李建中书,作诗亦有可观。蓄一砚,云:“家世相传,是许敬宗砚。”始亦不甚信之,其后官于杭州,渔人于浙江中网得一铜匣,其中有“铸成许敬宗”字。砚有两足,正方,而匣亦有容足处,不差毫毛,始知真敬宗物。君懿与吾先君善,先君欲求其砚而不可。君懿既死,其子沂以砚遗余,求作墓铭。余平生不作此文，乃归其砚，不为作。沂乃以遗孙觉莘老，而得志文。余过高邮，莘老出砚示余，曰："敬宗在，正好棒杀，何以其砚为？"余以谓憎而知其善，虽其人且不可废，况其砚。乃问莘老求而得。砚，端溪紫石也，而滑润如玉，杀墨如风，其磨墨处微洼，真四百余年物也。匣今在唐諲处，终当合之。

【译文】杜叔元字君懿，为人文雅，书法学李建中，作诗也有可观的。家藏一砚，说："家中世代相传，这是唐代许敬宗的砚。"最初我也不太相信这种说法。后来到杭州做官，有渔人在钱塘江中网到一个铜匣，上面有"铸成许敬宗"的字样。砚台有两足，正方形，而铜匣也有容足之处，丝毫不差，才知道此砚真是许敬宗的东西。君懿和先父交情很好，先父想向他求这方砚而未能得到。君懿死后，他的儿子杜沂把砚送给我，求我作墓志铭。我平生不作这类文章，就归还了砚台，不为他作铭。沂就把砚送给孙觉莘老，而得到了墓志铭。我到高邮，莘老拿出砚来给我看，说："敬宗如果还活着，正好乱棍打死，要他的砚干什么呢？"我以为即使憎恨某人也应该看到他的长处，即使是一个人也不能全盘否定，何况他的砚台呢。便向莘老求得此砚。这方砚是用端溪紫石制的，其滑润像玉一样而杀墨如风，砚上磨墨之处略凹，真是四百多年的东西。铜匣现在唐諲处，最后总会合在一起的。

书汪少微砚

予家有歙砚，底有款识云："吴顺义元年，处士汪少微铭云：'松操凝烟，楮英铺雪。毫颖如飞，人间五绝。'"所颂者三物尔，盖所谓砚与少微为五耶？

【译文】我家有一方歙砚，底部有题字："吴顺义元年，处士汪少微铭云：'松操凝烟，楮英铺雪。毫颖如飞，人间五绝。'"所颂的只有三件东西，大概加上砚和少微共为五绝吧？

书唐林夫惠砚

行至泗州，见蔡景繁附唐林夫书信，与余端砚一枚，张遇墨半螺。砚极佳，但小而凸，磨墨不甚便。作砚者意待数百年后，砚平乃便墨耳。一砚犹须作数百年计，而作事乃不为明日计，可不谓大惑耶？

【译文】走到泗州，见到蔡景繁附唐林夫书信，送我端砚一方，张遇所制的墨半螺。砚极好，但体积小而且凸起，磨墨不很方便。制砚的人意图是等数百年后，砚磨平了就便于研墨了。一方砚台还要考虑到数百年后，而作事却不为明日打算，能不说是太糊涂了吗？

书凤咮砚

仆好用凤咮石砚，然论者多异同。盖自少得真者，为黯黮滩石所乱耳。

【译文】我喜欢用凤咮石砚，但评论砚的人大多持不同意见。大约很少有人能得到真品，而被劣质普通石头冒充了。

书瓦砚

以瓦为砚，如以铁为镜而已，必求其用，岂如铜与石哉？而世常贵之,岂所谓苟异者耶?

【译文】用陶制砚,就像用铁制镜而已,一定要求它好用,哪里比得上铜镜和石砚呢?然而世人常以陶砚铁镜为贵,这岂不是所谓喜欢特殊的东西吗?

评淄、端砚

淄石号韫玉砚,发墨而损笔。端石非下岩者,宜笔而褪墨。二者当安所去取?用褪墨砚如骑钝马,数步一鞭,数字一磨,不如骑骡用瓦砚也。

【译文】淄石号称韫玉砚,虽发墨却损笔毫。端石如果不是下岩的优质石,宜笔却不发墨。二者应当怎样取舍呢?用不发墨的砚,如骑钝马,走几步打一鞭,写几个字磨一磨墨,还不如骑骡子用陶砚呢。

书青州石末砚

柳公权论砚,甚贵青州石末,云"墨易冷"。世莫晓其语。此砚青州甚易得,凡物耳,无足珍者。盖出陶灶中,无泽润理。唐人以此作羯鼓腔,与定州花瓷作对,岂砚材乎?砚当用石,如镜用铜,此真材本性也。以瓦为砚,如以铁为镜。人之待瓦、铁也微,而责之也轻,粗能磨墨照影,便称奇物,其实岂可与真材本性者同日而论哉?

【译文】柳公权评论砚台,很推崇青州石末砚,说:"墨容易冷。"世人都不懂他说的话。这种砚在青州很容易得到,是普通东西，不值得珍藏。因为出于陶灶之中，所以没有润泽之理。唐人用它作羯鼓腔，与定州花瓷相配，怎么能作砚材呢？制砚应当用石头，就像制镜要用铜一样，这些才是真材，表现出来的也才是本性。用陶制砚，就像用铁制镜一样。人们把陶器、铁器看得很轻微，对它们的要求便很低，略能磨墨照影，便称为奇物，实际上哪里能与真材本性的石、铜同日而语呢？

书昙秀龙尾砚

昙秀蓄龙尾石砚，仆所谓"涩不留笔，滑不拒墨"者也。制以拱璧，而以缺月为池，云是蒋希鲁旧物。予顷在广陵，尝从昙秀识此砚，今复见之岭海间，依然如故人也。

【译文】昙秀收藏的龙尾石砚，就是我所说的"涩不留笔，滑不拒墨"的好砚。用拱璧制成，而以缺月为墨池，据说是蒋希鲁的旧物。我过去在广陵时，曾于昙秀处见过此砚，现在又在岭南海滨见到它，就像见到老朋友一样。

书陆道士镜砚

陆道士蓄一镜一砚，皆可宝。砚圆首斧形，色正青，背有却月金文，甚能克墨而宜笔，盖唐以前物也。镜则古矣，其背文不可识。家有镜，正类是，其铭曰："汉有善铜出白阳，取为镜，清如明，左龙右虎俌之。"以铭文考之，则此镜乃汉物也耶？吾尝以示苏子容，子容以博学名世，曰："此镜以前皆作此，盖禹鼎像物之遗法也。白阳，今无此地名。楚有白公，取南阳白水为邑，白阳岂白水乎？汉人'而'、'如'通用。"皆子容云。镜心微凸，镜面小而直，学道者谓是聚神镜也。丙子十二月初一日书。

【译文】陆道士保存的一镜一砚，都值得珍藏。砚为圆首斧形，纯青色，背后有半月形金纹，很能发墨而且宜笔，是唐以前的古物。镜就更古了，背面的文字不可识。我家也有一镜，正与此镜相似，铭文是：“汉有善铜出白阳，取为镜，清如明，左龙右虎俌之。”用铭文来考证它，那么此镜可能是汉代的古物了吧？我曾拿此镜给苏子容看，子容以博学著称于世，他说：“这类古镜从前都是做成这种样子的，是大禹鼎像物的遗法。白阳，现在已没有这个地名。楚有白公，得南阳白水为采邑，白阳大概就是白水吧？汉代‘而’、‘如’二字通用。”这都是子容说的。镜心微凸，镜面小而直，学道的人说这是聚神镜。丙子十二月初一日书。

书云庵红丝砚

唐彦猷以青州红丝石为甲，或云惟堪作骰盆。盖亦不见佳者。今观云庵所藏，乃知前人不妄许可。

【译文】唐彦猷认为青州红丝石最好，也有人说只可做骰盆。也未见有好的。现在看到云庵所收藏的红丝砚，才知道前人不是随便赞许的。

书结绳砚

客将之端溪，请为予购砚。轼曰：“余惟两手，其一不能书，而有三砚，奚以多为？”今又获此龙尾小品，四美具矣，而惭前言于客。且江山风月之美，坌至我前，一手日不暇给，又惭于砚。其以贻后之君子，将横四海兮焉穷，与日月兮齐光，庶不虚此玉德金声也。东坡居士识。

【译文】有客将赴端溪，提出要为我买一方砚。苏轼说：“我只有两只手，其中之一还不会写字，却已有了三方砚，要那么多砚干什么呢？”现在又得到这方龙尾小砚，已具备四方美砚了，因而对于以前向客人说过的话感到惭愧。况且江山风月之美，纷纷呈现在我的面前，我一只手从早写到晚也不够用，又愧对此砚了。应将此砚留给后来的君子，使其与天地日月同在，才不辜负此砚的玉德金声。东坡居士识。

记苏秀才遗歙砚

苏钧秀才取歙民女为妻，宜得歙石之佳者。寄遗此砚，殆亦非绝品，盖寒士无力致之也。然亦发墨滑润，此外当复何求？物既以拔群为贵，则论者不当较精粗于流品之外。不然，行阳公所谓吏人磨瓮片，最快便也。此墨予所制，盖用高丽煤、契丹胶也。元祐四年十二月二十四日，东坡居士书。

【译文】苏钧秀才娶歙县民女为妻，自然容易得到好歙砚。寄赠我的这方砚，大约也不会是最好的，因为寒士没有经济力量得到它。但此砚也发墨而且光滑温润，此外还要求什么呢？物品既以超出一般为贵，那么评论的人就不应当在流品之外比较精粗。如果不是这样，那就像行阳公说的，吏人在瓮片上磨墨，才是既快又便当的。我现在用的墨是自制的，用的就是高丽煤、契丹胶。元祐四年十二月二十四日，东坡居士书。

卷一百　题跋（杂类）

杂书琴事十首 赠陈季常

家藏雷琴

余家有琴，其面皆作蛇蚹纹，其上池铭云："开元十年造，雅州灵关村。"其下池铭云："雷家记八日合。"不晓其"八日合"为何等语也。其岳不容指，而弦不敉，此最琴之妙，而雷琴独然。求其法不可得，乃破其所藏雷琴求之。琴声出于两池间，其背微隆，若薤叶然，声欲出而隘，徘回不去，乃有余韵，此最不传之妙。

【译文】我家有一张琴，表面上都是像蛇腹横鳞的断纹，上池的铭文是："开元十年造，雅州灵关村。"下池的铭文是："雷家记八日合。"不知道这个"八日合"是什么意思。它的岳虽容不下手指，而琴弦却不散，这是琴最妙的地方，而只有雷琴才是这样。想弄清这种方法而不可得，便破开所藏的雷琴以探求之。原来琴声出于两池之间，其背微微隆起，像薤叶一律，声音欲传出而受到阻碍，盘旋不离去，才有余韵，这种结构最是不传之妙。

欧阳公论琴诗

"昵昵儿女语，恩怨相尔汝。划然变轩昂，勇士赴敌场。"此退之《听颖师琴》诗也。欧阳文忠公尝问仆："琴诗何者最佳？"余以此答之。公言此诗固奇丽，然自是听琵琶诗，非琴诗。余退而作《听杭僧惟贤琴》诗云："大弦春温和且平，小弦廉折亮以清。平生未识宫与角，但闻牛鸣盎中雉登木。门前剥啄谁扣门？山僧未闲君勿嗔。归家且觅千斛水，净洗从前筝笛耳。"诗成欲寄公，而公薨，至今以为恨。

【译文】“昵昵儿女语，恩怨相尔汝。划然变轩昂，勇士赴敌场。”这是韩退之的《听颖师琴》诗。欧阳文忠公曾问过我：“琴诗中哪一首最好？”我就拿这首回答他。欧阳公说，这首诗固然奇丽，但却是听琵琶诗，而不是琴诗。我退下后就作了《听杭僧惟贤琴》诗：“大弦春温和且平，小弦廉折亮以清。平生未识宫与角，但闻牛鸣盎中雉登木。门前剥啄谁扣门？山僧未闲君勿嗔。归家且觅千斛水，净洗从前筝笛耳。”诗写成后想寄给欧阳公，而公已去世了，至今仍以此为遗憾。

张子野戏琴妓

尚书郎张先子野，杭州人。善戏谑，有风味。见杭妓有弹琴者，忽抚掌曰：“异哉！此筝不见许时，乃尔黑瘦耶？”

【译文】尚书郎张先，字子野，杭州人。善诙谐，有风趣。见杭州艺妓有一位弹琴的，忽然拍掌说：“怪呀！此筝多时不见，竟如此黑瘦了吗？”

琴非雅声

世以琴为雅声，过矣。琴正古之郑、卫耳。今世所谓郑、卫者，乃皆胡部，非复中华之声。自天宝中坐、立部与胡部合，自尔莫能辨者。或云，今琵琶中有独弹，往往有中华郑、卫之声，然亦莫能辨也。

【译文】世人以琴为正声，错了。琴正是上古的郑、卫之声。现在所说的郑、卫，都是胡人乐部，不是中华之声。自从天宝年间坐、立二部乐与胡部乐相合，从此无人能分辨。有人说，现在的琵琶曲中有独弹，常常有中华郑、卫之声，然而也无人能分辨。

琴贵桐孙

凡木，本实而末虚，惟桐反之。试取小枝削，皆坚实如蜡，而其本皆虚空。故世所以贵孙枝者，贵其实也。实，故丝中有木声。

【译文】凡是树木，都是根实而梢虚，只有桐树与此相反。试取小枝用刀削，都很坚实像白蜡木一样，而它的根部都很虚空。因此世人珍视小枝，是珍视它的坚实。因为坚实，所以弦丝中有木声。

戴安道不及阮千里

阮千里善弹琴，人闻其能，多往求听。不问贵贱长幼，皆为弹之，神气冲和，不知向人所在。内兄潘岳每命鼓琴，终日达夜无忤色。识者叹其恬淡，不可荣辱。戴安道亦善鼓琴，武陵王晞使人召之，安道对使者破琴，曰："戴安道不为王门伶人！"余以谓安道之介，不如千里之达。

【译文】阮千里长于弹琴，人们听说他的才能，很多人都去求他弹琴听。他也不分贵贱长幼，都为他们弹，神情谦和，好像不知原来听的人还在。内兄潘岳常让他弹琴，从早到夜没有厌烦的表情，认识他的人都叹服他的恬淡，不能以荣辱加之。戴安道也长于弹琴，武陵王司马晞派人召唤他，安道对着使者把琴摔破，说："戴安道不能做王者门下的伶人。"我以为安道的耿介，不如千里的达观。

琴鹤之祸

卫懿公好鹤，以亡其国；房次律好琴，得罪至死。乃知烧煮之士，亦自有理。

【译文】卫懿公好鹤，因此而亡其国；房次律好琴，因此获罪至死。可见烧琴煮鹤之士，也自有他的道理。

天阴弦慢

或对一贵人弹琴者，天阴声不发。贵人怪之，曰：“岂弦慢故？”或对曰：“弦也不慢。”

【译文】有人对着一个贵人弹琴，因为天阴琴声发不出来。贵人觉得奇怪，问：“难道是因为琴弦松的缘故吗？”这人回答说：“琴弦不松。”

桑叶揩弦

琴弦旧则声闇，以桑叶揩之，辄复如新，但无如其青何耳。

【译文】琴弦用旧了声音就发闇，用桑叶擦拭，就又像新的一样，但对擦后显出青色却没有办法。

文与可琴铭

文与可家有古琴，予为之铭曰：“攫之幽然，如水赴谷；醳之萧然，如叶脱木。按之噫然，应指而长言者似君；置之枵然，遗形而不言者似仆。”与可好作楚词，故有“长言似君”之句。“醳”“释”同。邹忌论琴云：“攫之深，醳之愉。”此言为指法之妙尔。

元丰四年六月二十三日，陈季常处士自岐亭来访予，携精笔佳纸妙墨求予书。会客有善琴者，求予所蓄宝琴弹之，故所书皆琴事。轼。

【译文】文与可家藏有古琴，我为它作了一篇铭文：“攫之幽然，如水赴谷；醳之萧然，如叶脱木。按之噫然，应之而长言者似君；置之枵然，遗形而不言者似仆。”与可喜欢作楚辞，所以有“长言似君”之句。“醳”字与“释”字同。邹忌论琴说：“攫之深，醳之愉。”这是说的指法之妙。

元丰四年六月二十三日，陈季常处士从岐亭来探访我，带着精笔佳纸妙墨来求我的书法。正好宾客中有善于弹琴的，请我取出收藏的宝琴来弹奏，所以写的都是琴事。轼。

杂书琴曲十二首 赠陈季常

子夜歌

《子夜歌》者，女子名子夜，造此声。晋孝武帝太元中，琅邪王轲之家有鬼歌子夜，则子夜是此时人也。

【译文】《子夜歌》，是一女子名叫子夜作的曲子。晋孝武帝太元年间，琅邪王轲之家有鬼唱子夜，那么子夜应是这时的人。

凤将雏

《凤将雏》者，旧曲也。应璩《百一》诗，云是《凤将雏》，则其来久矣。

【译文】《凤将雏》，是旧时曲子。应璩的《百一》诗中，说到过《凤将雏》，那么此曲的来历确是很久了。

前溪歌

《前溪歌》者，车骑将军沈充。

【译文】《前汉歌》，是车骑将军沈充。

阿子歌

《阿子歌》及《欢闻歌》者，穆帝升平初，歌毕，辄呼："阿子，汝闻否？"后人衍其声为此曲。

【译文】《阿子歌》及《欢闻歌》，晋穆帝升平初年，唱完，就喊："阿子汝闻否？"后人便根据这喊声制成此曲。

团扇歌

《团扇歌》者，中书令王珉，与嫂婢有情爱，箠挞过苦。婢素善歌，而珉好执白团扇，故作此声。

【译文】《团扇歌》，中书令王珉，因与嫂的婢女有情爱，婢女被打得很苦。婢女平素善于唱歌，而珉喜欢手执白团扇，所以就作了此曲。

懊憹歌

《懊憹歌》者，隆安初，俗间讹谣之曲。

【译文】《懊憹歌》，是晋安帝隆安初年，民间流传的歌曲。

长史变

《长史变》者，司徒左长史王廞临败所作。

凡此诸曲，皆徒歌，既而被之管弦者。有因金石丝竹造歌以被之，如魏世《三调歌》之类是也。

【译文】《长史变》，是司徒左长史王廞临败时所作的。

以上诸曲，都是清唱的，后来才配以管弦乐器。也有根据金石丝竹乐曲作词以配之的，如魏代《三调歌》之类就是这类曲子。

杯盘舞

《杯盘舞》，手接杯盘反覆之。汉世惟有盘舞，而晋加之以杯。

【译文】《杯盘舞》，舞时手持杯盘上下反覆。汉时只有盘舞，晋时又增加了杯。

公莫舞

《公莫舞》，今之巾舞也。相传项庄舞剑，项伯以袖隔之，使不及高祖，且语庄云："公莫舞。"

【译文】《公莫舞》，就是现在的巾舞。相传鸿门宴上项庄舞剑，项伯用衣袖隔开他，使他不能触及高祖，并且告诉项庄："公莫舞。"

公莫渡河

琴操有《公莫渡河》，其声所从来已久。俗云项伯，非也。

【译文】琴曲有《公莫渡河》，此调由来已久，世俗传说是项伯，不对。

白纻歌

白纻本吴地所出，宜是吴舞也。晋《俳歌》云："皎皎白绪，节节为丛。"吴音谓"绪"为"纻"，白纻即白绪也。

【译文】白纻本是吴地所产的，应该是吴舞。晋《俳歌》谓："皎皎白绪，节节为丛。"吴语读"绪"为"纻"，白纻就是白绪。

瑶池燕

琴曲有《瑶池燕》，其词既不甚佳，而声亦怨咽。或改其词作《闺怨》云："飞花成阵春心困。寸寸别肠，多少愁闷。无人问。偷啼自揾残妆粉。抱瑶琴、寻出新韵。玉纤趁。南风未解幽愠。低云鬟。眉峰敛，晕娇和恨。"

此曲奇妙，季常勿妄以与人。

【译文】琴曲有《瑶池燕》，它的文词不但不大好，而且曲调也很幽怨。有人把它的词改成了《闺怨》：“飞花成阵春心困。寸寸别肠，多少愁闷。无人问。偷啼自揾残妆粉。抱瑶琴、寻出新韵。玉纤趁。南风未解幽愠。低云鬟。眉峰敛，晕娇和恨。”

此曲奇妙，季常不可随便告诉别人。

书士琴二首

赠吴主簿

武昌主簿吴亮君采携其故人士琴之说，与高斋先生之铭，空同子之文，太平之颂以示余。余不识沈君，而读其书，反复其意趣，如见其人，如闻士琴之声。余昔从高斋先生游，尝见其宝一琴，无名无识，不知其何代物也。请以告二子，使从先生求观之，此士琴者待其琴而后和。元丰六年闰六月二十四日书。

【译文】武昌主簿吴亮君采携其故人士琴之说，和高斋先生之铭，空同子之文，太平之颂给我看，我不认识沈君，然而读了他的书，探寻其旨趣，如同见到了本人，听到了士琴的声音。我从前和高斋先生交往，曾见他珍藏一琴，既没有铭文也没有款识，不知是什么朝代的古物。请告诉两位先生，让他们请沈先生拿出琴来观赏，这位士琴先生知道客人对琴有兴趣才会高兴。元丰六年闰六月二十四日书。

书醉翁操后

二水同器，有不相入；二琴同手，有不相应。今沈君信手弹琴，而与泉合；居士纵笔作诗，而与琴会。此必有真同者矣。本觉法真禅师,沈君之子也,故书以寄之。愿师宴坐静室,自以为琴,而以学者为琴工,有能不谋而同三合无际者,愿师取之。元祐七年四月二十四日。

【译文】两种溶液放入同一器皿可能会不相融合;两张琴一只手弹,可能会不相应和。现在沈君信手弹琴,却能与泉声相和;居士放笔作诗,却能与琴韵融会。其中必有本质相同的内容。本觉法真禅师,是沈君的儿子,所以写此寄给他。希望禅师安坐静室之中,以己为琴,以学者为琴师,有能不商量就使琴、泉、诗三者相融合无扞格者,希望禅师取之。元祐七年四月二十四日。

书文忠《赠李师琴》诗

与次公听贤师琴,贤求诗,仓卒无以应之。次公曰:“古人赋诗皆歌所学,何必己云。”次公因诵欧阳公赠李师诗,嘱余书之以赠焉。元祐四年九月二十一日。

【译文】与杨次公一起听惟贤法师弹琴,惟贤向我求诗,仓猝之间无诗以应之。次公说:“古人赋诗都是吟唱所学过的,不必一定是自己作的。”次公便诵欧阳文忠公公的赠给李道士的诗,让我写下来赠给他。元祐四年九月二十一日。

书林道人论琴棋

元祐五年十二月一日,游小灵隐,听林道人论琴棋,极通妙理。余虽不通此二技,然以理度之,知其言之信也。杜子美论画云:“更觉良工心独苦。”用意之妙，有举世莫之知者。此其所以为独苦欤？

【译文】元祐五年十二月一日，游小灵隐，听林道人谈论琴棋，极通其妙理。我虽然不懂这两种技艺，然而以常理忖度之，知道他的话不错。杜子美论画诗有“更觉良工心独苦”句，用意之妙，甚至有举世无人能理解的。这大概就是独苦的原因吧？

书仲殊琴梦

元祐六年三月十八日五鼓，船泊吴江，梦长老仲殊弹一琴，十三弦颇坏损而有异声。余问云：“琴何为十三弦？”殊不答，但诵诗曰：“度数形名岂偶然，破琴今有十三弦。此生若遇邢和璞，方信秦筝是响泉。”梦中了然谕其意，觉而识之。今晚到苏州，殊或见过，即以示之。写至此，笔其绝，而殊老叩舷来见，惊叹不已，遂以赠之。时去州五里。

【译文】元祐六年三月十八日五更，船停泊在吴江，梦见长老仲殊在弹一张琴，十三根琴弦多有损坏而琴有异声。我问道：“琴为什么有十三根弦？”仲殊不回答，只诵了一首诗道：“度数形名岂偶然，破琴今有十三弦。此生若遇邢和璞，方信秦筝是响泉。”梦中清楚地了解诗中之意，醒后就记了下来。今晚到苏州，仲殊如果来探访我，就把此诗拿给他看。刚写到这里，笔还未停下，而殊老就叩舷来见，惊叹不已，就把写下来的诗送给了他。当时离苏州还有五里。

书王进叔所蓄琴

知琴者以谓前一指后一纸为妙，以蛇蚹纹为古。进叔所蓄琴，前几不容指，而后劣容纸，然终无杂声，可谓妙矣。蛇蚹纹已渐出，后日当益增，但吾辈及见其斑斑焉，则亦可谓难老者也。元符三年十月二十三日，与孙叔静皆云。

【译文】懂琴的人说前面能容一根手指，后面能容一张纸为好，以有蛇蚹纹的为古老。进叔所收藏的琴，前面几乎容不下手指，而后面勉强能容一张纸，然而终究没有一点杂音，可称为好琴了。蛇蚹纹也已渐渐显出，以后会越来越多，但我们所能看到的只是它上面的斑点，则琴也可以说是难老的了。元符三年十月二十三日，与孙叔静皆云。

杂书琵琶二首

唐僧段和尚善弹琵琶，制道调。梁州国工康昆仑求之不得，后于元载子伯和处得女乐八人，以其半遗段，乃得之。予家旧有婢，亦善作此曲，音节皆妙，但不知道调所谓。今日读《唐史·乐志》，云：高宗以为李氏老子之后，故命乐工制道调。

【译文】唐代僧人段和尚善于弹瑟琶和制道调。梁州弹瑟琶的国手康昆仑求此调不得，后来从元载的儿子伯和那里得到女伎乐八人，将其中一半送给段和尚，才得到此调。我家过去有一婢女，也善作此曲，曲调和节拍都很奇妙，只是不知道道调是怎么回事。今日读《唐史·乐志》，说是：唐高宗认为自己是李氏老子的后裔，所以命令乐工制道调。

又

今琵琶有独弹，不合胡部诸调，曰某宫，多不可晓。《乐志》又云：“《凉州》者，本西凉所献也。其声本宫调，有大遍、小遍。贞元初，乐工康昆仑寓其声于琵琶，奏于玉宸殿，因号玉宸宫调。”予尝闻琵琶中作《轹弦》《薄媚》者，乃云是玉宸宫调也。

【译文】现在琵琶有独奏的，不合胡乐的诸曲调，称之为某宫，大多不可理解。《乐志》又说：“《凉州》，本是西凉所献的乐曲。本属于宫调，有大遍、小遍之分。贞元初年，乐工康昆仑把它谱成琵琶曲，在玉宸殿演奏，便称之为玉宸宫调。”我曾听说琵琶曲中的《轹弦》《薄媚》，也就是玉宸宫调。

书黄州古编钟

黄州西北百余里，有欧阳院。院僧蓄一古编钟，云得之耕者。发其地，获四钟，斸破其二。一为铸铜者取去，独一在此耳。其声空笼，然颇有古意，虽不见《韶濩》之音，犹可想见其仿佛也。

【译文】黄州西北一百多里处，有欧阳禅院。院僧收藏一枚古编钟，说得之于耕地的农夫。耕地时，得到四枚编钟，耕破了两枚。一枚好的被铸铜匠取去，只有一枚好的是在这里。其声空洞，但很有上古意味，虽然听不到商汤的乐曲《韶濩》，还可大致推想出一二。

书古铜鼎

旧说明皇羯鼓棬以油注中不漏。或疑其诞。吾尝蓄古铜鼎，盖之煮汤而气不出，乃知旧说不妄。

【译文】传说唐玄宗的羯鼓棬，以桐油注入其中也不漏。有人疑心这是瞎说。我曾收藏过一古铜鼎，盖上盖子煮汤而蒸气出不来，才知道传说不假。

书金錞形制

《周礼》有金錞，《国语》有錞于丁宁。萧齐始兴王鉴尝得之，高三尺六寸六分，围二尺四寸，圆如筒，铜色黑如漆。上有铜马，以绳悬马，令去地尺余，灌之以水，又以器盛水于下，以芒茎当心跪注錞于，清响如雷，良久乃已。记者既能道其尺寸之详如此，而拙于遣词，使古器形制不可复得其仿佛，甚可恨也。

【译文】《周礼》中记载有金錞，《国语》中也记有“錞于丁宁”的内容。南朝齐始兴王萧鉴曾得到过它，高三尺六寸六分，侧面周长二尺四寸，圆形如筒，铜质色黑如漆。上面有铜马，用绳把马吊起来，让它离地一尺多高，把水灌进去，又把另一容器放在下面接水，用麦芒或细草茎当心跪注錞于，响声如雷，很长时间才停止。记载的人既然能把它的尺寸记得如此详细，却拙于叙述，使上古器物的形制不能了解一个大概，太遗憾了。

书贾祐论真玉

步军指挥使贾逵之子祐为将，官徐州，为予言：今世真玉至少。虽金铁不可近，须沙碾而后成者，世以为真玉矣，然犹未也，特珉之精者。真玉须定州磁芒所不能伤者，乃是云。问后苑老玉工，亦莫知其信否。

【译文】步军指挥使贾逵之子贾祐是一位将军，在徐州作官，他对我说：当今世上的真玉极少。即使用钢铁也刻不动，必须用金刚砂打磨然后才成形的，世人以为是真玉了，然而还不是，只不过是珉石中的精品。真玉必须是用定州磁的棱角也刻划不动的，才能确定是真的。我去问后苑的老玉工，也没有人知道这话对不对。

论漆

漆畏蟹，予尝使工作漆器，工以蒸饼洁手而食之，宛转如中毒状，亟以蟹食之乃苏。墨入漆最善，然以少蟹黄败之乃可。不尔，即坚顽不可用也。

【译文】漆怕螃蟹，我曾让一工匠做漆器，工匠洗干净手后拿蒸饼来吃，身体扭曲像中毒的样子，急忙拿螃蟹给他吃才苏醒过来。墨中加入漆最好，但要加入一点蟹黄化解它才行。要不然，就坚硬如顽石而不能研磨。

书月石屏

月石屏扪之，月微凸，乃伪也。真者必平，然多不圆。圆而平，桂满而不出，此至难得，可宝。

【译文】月石屏用手抚之，月微凸，便是假货。真的一定很平滑，但大多不圆。既圆又平，月中桂满而不出，这是最难得的，值得珍藏。

题云安下岩

子瞻、子由与侃师至此，院僧以路恶见止，不知仆之所历有百倍于此者矣。丁未正月二十日书。

【译文】子瞻、子由与侃师一同到此，寺院的僧人因路不好走而劝止我们，他不知道我所经历过的地方有比这还艰险上百倍的呢。丁未正月二十日书。

书游灵化洞

予始与曾元恕入灵化洞，迫于日暮，而元恕又畏其险，故不果尽而还。及此与吕穆仲游，穆仲勇发过我，遂相与至昔人之所未至，而惊世诡异之观，有不可胜谈者。余欲疏其一二，以告来者，又恐为造物者所愠，后有勇往如吾二人至吾之所至，当自知之。

【译文】我初次和曾元恕入灵化洞，为日暮所迫，而且元恕又害怕洞中的险阻，所以未能走到尽头而返回。等到这次与吕穆仲同游，穆仲表现出的勇气更超过我，于是一起来到前人所不曾到过的地方，而惊世骇俗极为奇异的景观，有无法形容的。我本想叙述一二，以告诉后人，又怕造物主愠怒，如果以后有勇往直前像我二人一样并且走到我们到过的地方，自然就会知道。

记公择天柱分桃

李公择与客游天柱寺还，过司命祠下，道傍见一桃，烂熟可爱。当往来之冲，而不为人之所得，疑其为真灵之瑞。分食之则不足，众以与公择，公择不可。时苏、徐二客皆有老母七十余，公择使二客分之，归遗其母。人人满意，过于食桃。此事不可不识也。

【译文】李公择与宾客游天柱寺回来时，经过司命祠下，在路旁见到一枚桃子，已熟透极可爱。这桃子正当往来要冲，却未被别人摘去，大家便疑心它是吸取了天地灵气的祥瑞。分吃则不够，大家便让给公择，公择不同意。当时苏、徐两位宾客都有七十多岁的老母，公择便让他俩把桃分开，各人拿一半回家给老母。于是人人都比吃到桃子还满意。此事是不可不记的。

书游垂虹亭

吾昔自杭移高密，与杨元素同舟，而陈令举、张子野皆从吾过李公择于湖，遂与刘孝叔俱至松江。夜半，月出，置酒垂虹亭上。子野年八十五，以歌词闻于天下，作《定风波令》，其略云：“见说贤人聚吴分。试问，也应傍有老人星。”坐客欢甚，有醉倒者。此乐未尝忘也。今七年尔，子野、孝叔、令举皆为异物，而松江桥亭，今岁七月九日，海风驾潮，平地丈余，荡尽无复孑遗矣。追思曩时，真一梦也。元丰四年十月二十日，黄州临皋亭夜坐书。

【译文】从前我从杭州调到高密，和杨元素同船，而陈令举、张子野都跟着我到湖上探访李公择，便和刘孝叔一起到松江。夜半，月亮升起，遂置酒于垂虹亭上。子野时年八十五岁，以善于演唱词曲而名闻天下，作《定风波令》，其中有："见说贤人聚吴分。试问，也应傍有老人星。"座中宾客都很高兴，还有醉倒的。此日之乐未曾忘记过。如今已经七年了，子野、孝叔、令举都已去世，而松江的桥亭，于今年七月九日，被海风挟来的潮水冲来，平地一丈多深，毁得一点也不存在了。追想过去的日子，真像一场梦一样。元丰四年十月二十日，黄州临皋亭夜坐书。

记樊山

自余所居临皋亭下，顺流而西，泊于樊山，为樊口。或曰"燔山"。岁旱燔之，起龙致雨。或曰樊氏居之。不知孰是。其上为卢洲，孙仲谋汛江，遇大风，舵师请所之，仲谋欲往卢洲，其仆谷利以刀拟舵师，使泊樊口。遂自樊口凿山通路归武昌，今犹谓之"吴王岘"。有洞穴，土紫色，可以磨镜。循山而南，至寒溪寺。上有曲山，山顶即位坛，九曲亭，皆孙氏遗迹。西山寺，泉水白而甘，名菩萨泉。泉所出石，如人垂手也。山下有陶母庙。陶公治武昌，既病登舟，而死于樊口。寻绎故迹，使人凄然。仲谋猎于樊口，得一豹，见老母，曰："何不逮其尾？"忽然不见。今山中有圣母庙。予十五年前过之，见彼板仿佛有"得一豹"三字，今亡矣。

【译文】从我所住的临皋亭下，顺流而西，停泊在樊山，就是樊口。也有人称之为“燔山”。天气干旱放火烧之，就能起龙致雨。也有人说因为樊氏住在这里，所以叫“樊山”。不知哪种说法对。它的上游是卢洲，孙仲谋巡江，遇到大风，舵师请示停泊处。仲谋想去卢洲，他的仆从谷利用刀逼着舵师，要他停泊在樊口。然后从樊口凿山通路回到武昌，直到现在这里还被称为“吴王岘”。这里有洞穴，土呈紫色，可用来磨镜。顺着山势向南，便到寒溪寺。上面有曲山，山顶就是位坛、九曲亭，都是孙权的遗迹。西山寺，泉水白而甘甜，名叫菩萨泉。流出泉水的石头，就像人垂下的手一样。山下有座陶母庙。陶侃治理武昌时，病后登舟，而死于樊口。寻访故迹，使人心情凄凉。仲谋在樊口狩猎，捉住一只豹子，见一老母，说：“怎么不拉住它的尾巴？”忽然之间，便不见了。现在山中还有圣母庙。我十五年前从这里经过，见有一板隐约有“得一豹”三字，现在已经没有了。

记赤壁

黄州守居之数百步为赤壁，或言即周瑜破曹公处，不知果是否。断崖壁立，江水深碧，二鹘巢其上。上有二蛇，或见之。遇风浪静，辄乘小舟至其下。舍舟登岸，入徐公洞。非有洞穴也，但山崦深邃耳。《图经》云是徐邈，不知何时人，非魏之徐邈也。岸多细石，往往有温莹如玉者，深浅红黄之色，或细纹如人手指螺纹也。既数游，得二百七十枚，大者如枣栗，小者如芡实。又得一古铜盆，盛之，注水灿然。有一枚如虎豹首，有口鼻眼处，以为群石之长。

【译文】黄州知州所居之处数百步外即赤壁，有人说就是周瑜战败曹公处，不知到底是不是。断崖直立，江水深绿，两只鹘鸟筑巢于其上。上面还有两条蛇，有人见过。遇到风平浪静，就乘小舟到下面。弃舟登岸，即入徐公洞。并无洞穴，只是山石深凹而已。《图经》

说是徐邈，不知是什么时代的人，不是魏时的徐邈。岸上多小石，处处有温润晶莹如玉的，有深浅红黄之色，有的上有细纹如人手的指纹。游几次后，搜集到二百七十枚，大的像枣栗，小的像芡实。又得到一只古铜盆，把石头放进去，注入清水，光华夺目。有一枚像虎豹的头，有口鼻眼睛，便以此石为群石之首。

记汉讲堂

汉时讲堂今犹在，画固俨然。丹青之古，无复前此。

【译文】汉代的讲堂现在仍在，画也仍像新的一样。壁画之中，没有比这更古老的了。

书刘梦得诗《记罗浮半夜见日事》

山不甚高，而夜见日，此可异也。山有二楼，今延祥寺在南楼下，朱明洞在冲虚观后，云是蓬莱第七洞天。唐永乐道士侯道华以食邓天师枣，仙去。永乐有无核枣，人不可得，道华得之。余在岐下，亦得食一枚云。唐僧契虚，遇人导游稚川仙府，真人问曰："汝绝三彭之仇乎？"虚不能答。冲虚观后有米真人朝斗坛。近于坛上获铜龙六，铜鱼一。唐有《梦铭》，云紫阳真人山玄卿撰。又有蔡少霞者，梦遣书牌，题云"五云阁吏蔡少霞书"。

【译文】山不很高，而夜间出现太阳，这确是奇异的事情。山上有两座楼，现在的延祥寺在南楼下，朱明洞在冲虚观后，据说是蓬莱第七洞天。唐代永乐道士侯道华因吃了邓天师的枣而仙去。永乐有无核枣，一般人得不到，道华得到了。我在岐下，也曾吃到一枚。唐代僧人契虚，遇到一个人领着他游览稚川仙府。真人问他："你绝了三彭之仇吗？"契虚不能回答。冲虚观后有米真人朝斗坛。近来在坛上找到铜龙六条，铜鱼一条。唐代有《梦铭》，据说是紫阳真人山玄卿撰写的。还有一位叫蔡少霞的，梦中被派去书写牌额，题曰"五云阁吏蔡少霞书"。

记罗浮异境

有官吏自罗浮都虚观游长寿，中路睹见道室数十间，有道士据槛坐，见吏不起。吏大怒，使人诘之，至，则人室皆亡矣。乃知罗浮凡圣杂处，似此等异境，平生修行人有不得见者，吏何人，乃独见之。正使一凡道士，见己不起，何足怒？吏无状如此，得见此者，必前缘也。

【译文】有一个官吏从罗浮都虚观来游长寿，半路上见到道观有房屋数十间，有一位道士坐在门槛上，见官吏来到也不起立。官吏大怒，叫人去质问他，那人刚走到面前，道人和房子都不见了。可见罗浮一带凡人和神仙杂居。像这种奇异的景像，一生修行的人也有见不到的，这个官吏是什么人，竟能见到。即使是一个普通道士，见到自己而没有起立，哪里值得发火呢？这官吏如此无状，却能见到这种景像，一定是前生之缘。

记与安节饮

元丰辛酉冬至，仆在黄州，侄安节不远千里来省，饮酒乐甚。使作黄钟《梁州》，仍令小童快舞一曲。醉后书此，以识一时之事。

【译文】元丰辛酉冬至，我在黄州，侄苏安节不远千里来看望我，一起饮酒非常快乐。让他作黄钟调《梁州》，并令小童舞了一个曲子。醉后书此，以记一时之事。

记游定惠院

黄州定惠院东小山上，有海棠一株，特繁茂。每岁盛开，必携客置酒，已五醉其下矣。今年复与参寥师及二三子访焉，则园已易主。主虽市井人，然以予故，稍加培治。山上多老枳木，性瘦韧，筋脉呈露，如老人项颈。花白而圆，如大珠累累，香色皆不凡。此木不为人所喜，稍稍伐去，以予故，亦得不伐。既饮，往憩于尚氏之第。尚氏亦市井人也，而居处修洁，如吴越间人，竹木花圃皆可喜。醉卧小板阁上，稍醒，闻坐客崔成老弹雷氏琴，作《悲风晓角》，铮铮然，意非人间也。晚乃步出城东，鬻大木盆，意者谓可以注清泉，瀹瓜李，遂赍缘小沟，入何氏、韩氏竹园。时何氏方作堂竹间，既辟地矣，遂置酒竹阴下。有刘唐年主簿者，馈油煎饵，其名为甚酥，味极美。客尚欲饮，而予忽兴尽，乃径归。道过何氏小圃，乞其丛橘，移种雪堂之西。坐客徐君得之将适闽中，以后会未可期，请予记之，为异日拊掌。时参寥独不饮，以枣汤代之。

【译文】黄州定惠院东的小山上，有海棠一棵，非常繁盛。每年花盛开时，必定带着客人在此饮酒，已经五次醉于其下了。今年又和参寥禅师以及两三位朋友来赏此花，而园已换了主人。主人虽然是个市井中的俗人，但由于我的缘故，仍略为整理。山上多老枳树，生得瘦而坚韧，筋脉凸露，像老人的脖颈。花色白形圆，如大珠累累，香味颜色都不凡俗。此树不被人喜爱，枝叶渐被伐去，因为我的缘故，才不被完全伐去。酒后，到尚氏家休息。尚氏也是市井中人，但住处很整洁，如吴越间的人家，竹林花园都很可爱。醉卧小板阁上，渐清醒，听到坐客崔成老在弹雷氏琴，弹的是《悲风晓角》，琴声铮铮，觉得似非人间。晚些步出城东，买一只大木盆，想来可以用它装清水洗瓜果。然后顺小沟进入何氏、韩氏竹园。当时何氏正筑堂于竹间，地已经开出来了，于是便在竹荫下摆上酒宴。有一位刘唐年主簿，送上油煎点心，点心名为甚酥，味道极鲜美。客人们还想饮酒，而我却忽然兴致已尽，就直接回去了。路上经过何氏小园，向他要了一些丛生的橘子，移植于雪堂之西。座中宾客徐君得之将赴闽中，觉得后会未必有期，便请我记载今日之事，以为他日谈资。当时只有参寥不饮酒，而以枣汤代替。

题连公壁

俗语云“强将下无弱兵”，真可信。吾观安国连公之子孙，无一不好事者，此寺当日盛矣。

【译文】俗话说“强将下无弱兵”，确实可信。我看安国寺僧继连公的徒子徒孙，没有一个不能做事的，此寺会一天比一天兴盛了。

书赠何圣可

岁云暮矣，风雨凄然，纸窗竹室，灯火青荧，辄于此间得少佳趣。今分一半，寄与黄冈何圣可。若欲同享，须择佳客；若非其人，当立遣人去追索也。

【译文】将近年终，风雨凄凄，纸窗竹室，灯火荧荧，总能于此间得少许佳趣。如今分一半寄给黄冈何圣可。如果要同享，一定得选择佳客；如果不是可以分享的人，就要立刻派人去追回。

书雪

黄州今年大雪盈尺，吾方种麦东坡，得此，固我所喜。但舍外无薪米者，亦为之耿耿不寐，悲夫。

【译文】黄州今年大雪下有一尺深，我正种麦于东坡，得此雪，自然是我所高兴的。只是屋外无柴米的人，也会因此而耿耿于心，睡不着觉，也是令人可悲的。

书田

吾无求于世矣，所须二顷稻田，以充□粥耳。而所至访问，终不可得。岂吾道方艰难时无适而可耶？抑人生自有定分，虽一饱，亦如功名富贵不可轻得也耶？

【译文】我已于世无求了，所需要的只是两顷稻田，够吃稠粥而已。然而所到之处随时寻访，却终不可得。难道是我正处在艰难之时因而没有合适的呢？还是人生自有定数，即使是一饱，也像功名富贵一样不可轻易得到呢？

书蜀公约邻

范蜀公呼我卜邻许下。许下多公卿，而我蓑衣蒻笠放浪于东坡之上，岂复能事公卿哉！若人久放浪，不觉有病，忽然持养，百病皆作。如州县久不治，因循苟简，亦曰无事。忽遇能吏，百弊纷然，非数月不能清净也。要且坚忍不退，所谓一劳永逸也。

【译文】范蜀公召唤我到许地和他做邻居。许地住的大多是公卿，而我却是一个披蓑衣戴草帽放浪于东坡之上的人，怎么能再去事奉公卿呢！就像一个人长期放浪，不觉得有病，忽然持养，就会百病俱生。又像一个州县长期没有认真治理，一直得过且过，也可以说是无事。忽然遇到能干的官吏，所有的弊端都暴露出来了，不用几个月的时间是不能清净的。重要的是要坚忍不退，才是所谓一劳永逸的办法。

书浮玉买田

浮玉老师元公，欲为吾买田京口，要与浮玉之田相近者，此意殆不可忘。吾昔有诗云："江山如此不归山，江神见怪惊我顽。我谢江神岂得已，有田不归如江水。"今有田矣而不归，无乃食言于神也耶？

【译文】浮玉老师了元公，想为我在京口买田，要买与浮玉的田离得近的，此番心意千万不可忘记。我过去作过一首诗："江山如此不归山，江神见怪惊我顽。我谢江神岂得已，有田不归如江水。"现在已经有田了却不归隐，不是对神自食其言了吗？

记承天夜游

元丰六年十月十二日，夜，解衣欲睡，月色入户，欣然起行。念无与为乐者，遂至承天寺，寻张怀民。怀民亦未寝，相与步于中庭。庭下如积水空明，水中藻荇交横，盖竹柏影也。何夜无月，何处无竹柏，但少闲人如吾两人者耳。黄州团练副使苏某书。

【译文】元丰六年十月十二日，夜，正要解衣就寝，见月色入户，便欣然起行。想到无人一起作乐，便到承天寺，寻张怀民。怀民也没有睡，便一起在中庭散步。庭中月光如清水，水中藻荇交横，都是竹柏的倒影。何夜没有月光，何处没有竹柏，只是少了两个像我们一样的闲人而已。黄州团练副使苏某书。

赠别王文甫

仆以元丰三年二月一日至黄州，时家在南都，独与儿子迈来郡中，无一人旧识者。时时策杖至江上，望云涛渺然，亦不知有文甫兄弟在江南也。居十余日，有长而髯者，惠然见过，乃文甫之弟子辩。留语半日，云：“迫寒食，且归东湖。”仆送之江上，微风细雨，叶舟横江而去。仆登夏隩尾高丘以望之，仿佛见舟及武昌，乃还。尔后，遂相往来。及今四周岁，相过殆百数。遂欲买田而老焉，然竟不遂。忽近量移临汝，念将复去此而后期不可必，感物凄然，有不胜怀者。浮屠不三宿桑下，有以也哉。七年三月九日。

【译文】我于元丰三年二月一日到黄州，当时家在应天府，独自一人与儿子苏迈来到州郡之中，没有一个认识的人。常常拄杖到江边，眺望远处的云涛，也不知道还有文甫兄弟在江南。住了十多天，有一高身材长胡须的，很关心的来看我，原来是文甫的弟弟子辩。留他谈了半天，说：“寒食将近，姑且归东湖。”我送他到江边，微风细雨之中，一叶扁舟横江而去。我登上夏隩余脉的高丘远远望去，隐约见舟至武昌，才返回。此后，便互相往来。到现在已四年了，互相探访几乎超过上百次，于是便想在这里买田养老，然而最终也未能实现。近来忽然又要移居临汝，想到又要离开此地而以后又不一定能再见面，心情凄凉得几乎难以承受。僧人不三宿桑下恐生爱意，的确如此。元丰七年三月九日。

再书赠王文甫

昨日大风，欲去而不可；今日无风，可去而我意欲留。文甫欲我去者，当使风水与我意会。如此，便当作留客过岁准备也。

【译文】昨天大风，想离去而不能；今天无风，可离去而我却想留下来。文甫想让我离去，就要让风水与我的愿望一致。这样，就要作留客过年的准备了。

跋太虚、辩才庐山题名

某与大觉禅师别十九年矣，禅师脱屣当世，云栖海上，谓不复见记，乃尔拳拳耶，抚卷太息。欲一见之，恐不可复得。会与参寥师自庐山之阳并出而东，所至皆禅师旧迹，山中人多能言之者，乃复书太虚与辩才题名之后，以遗参寥。太虚今年三十六，参寥四十二，某四十九，辩才七十四，禅师七十六矣。此吾五人者，当复相从乎？生者可以一笑，死者可以一叹也。元丰七年五月十九日，慧日院大雨中书。

【译文】我和大觉禅师怀琏分别已十九年了，禅师视世事如敝覆，栖身海上，我以为他不再记得我了，岂料竟如此拳拳在心，令我抚卷长叹息。想与他见一次面，恐怕不再可能了。恰巧和参寥禅师从庐山南坡并出而东行，所到之处都是禅师的旧迹，山中人大多能谈论他的事迹，于是又在太虚与辩才题名之后题名以赠参寥。秦太虚今年三十六，参寥四十二，我四十九，辩才七十四，禅师七十六了。我们五人，还会再见面吗？生者可因此而一笑，死者可为之一叹。元丰七年五月十九日于慧日院大雨中书。

泗岸喜题

谪居黄州五年，今日离泗州北行。岸上，闻骡驮铎声空笼，意亦欣然，盖不闻此声久矣。韩退之诗云："照壁喜见蝎。"此语真不虚也。然吾方上书求居常州，岂鱼鸟之性，终安于江湖耶？元丰八年正月四日书。

【译文】贬居黄州五年，今日离开泗州北行。岸上，听到骡马奔走铃铎空笼的声音，感到欣然而乐，因为很久没有听到这种声音了。韩退之的诗有"照壁喜见蝎"之句，这话真说得不假。然而我却正上书要求到常州去，难道是鱼鸟的性情，终将安于江湖之中吗？元丰八年正月四日书。

书遗蔡允元

仆闲居六年，复出从仕。自六月被命，今始至淮上，大风三日不得渡。故人蔡允元来船中相别。允元眷眷不忍归，而仆迟回不发，意甚愿来日复风。坐客皆云："东坡赴官之意，殆似小儿迁延避学。"爱其语切类，故书之，以遗允元，为他日归休一笑。

【译文】我闲居六年，又出来做官。自从六月接到任命，今天才来到淮上，大风三天不能渡河。老朋友蔡允元来到船上与我告别。允元恋恋不忍归去，而我也长时间徘徊不肯出发，很想让第二天再起大风。座中宾客都说："东坡赴任的样子真像小孩子迁延时间逃避上学。"因喜欢这话说得贴切，所以记载下来，以赠允元，作为他日归来时笑谈之资。

蓬莱阁记所见

登州蓬莱阁上，望海如镜面，与天相际。忽有如黑豆数点者，郡人云："海舶至矣。"不一炊久，已至阁下。元丰八年十月晦日，眉山苏轼书。

【译文】从登州蓬莱阁上，远望大海如镜面，与天相接。忽然出现几个像黑豆一样的黑点，郡人说："海船来了。"不到一顿饭的时间，便已来到阁下。元丰八年十月晦日，眉山苏轼书。

书鲁直浴室题名后 并鲁直题

浴室院有蜀僧令宗，画达磨以来六祖师，人物皆绝妙。其山川花木毛羽衣盂诸物，画工能知之，至于人有怀道之容，投机接物，目击而百体从之者，未易为俗人言也。此壁列于冠盖之区，而湮伏不闻者数十年。晚得蜀人苏子瞻，乃发之。物不系于世道，兴衰亦有数如此。此寺井泉甘寒，汶师碾建溪茶，常不落第二。故人陈季常，林下士也，寓棋簟于此。苏子瞻、范子功数来从，故予过门必税驾焉。

元祐三年，鲁直题。

后五百岁浴室丘墟，六祖变灭，苏、范、黄、陈尽为鬼录，而此书独存，当有来者会予此心，拊掌一笑。是月十五日戊子，子瞻书。

【译文】浴室院有一位蜀僧令宗，所画达磨以来的六位祖师，人和物都极绝妙。他画的山水花鸟器物等，一般画工能看出画得好，至于人有怀道的表情，待人接物，目视而百体相从等妙处，是不容易给俗人讲清楚的。此壁之画处于缙绅往来之处，而埋没不为人知达数十年之久。晚年遇到蜀人苏子瞻，才使它得以扬名。物不与世事相联系，而兴衰也有定数如此。此寺的井水既甜又凉，慧汶禅师所碾的建溪茶，常为天下第一。老友陈季常，是一位隐士，寄寓在这里下棋。苏子瞻、范子功常来相聚，所以我从这里经过时也一定入门相聚。元祐三年，黄鲁直题。

五百年后浴室变成丘墟，六祖画像也不复存在，苏、范、黄、陈都已去世，只有此题字独存，会有后人能体会我的心情，当拊掌一笑。此月十五日戊子，子瞻书。

书请郡

今年，吾当请广陵，暂与子由相别，至广陵逾月，遂往南郡，自南郡诣梓州，溯流归乡，尽载家书而行，迤逦致仕，筑室种果于眉，以须子由之归而老焉。不知此愿遂否？言之怅然也。

【译文】今年，我要申请任职广陵，暂时和子由分别，到广陵过一个月，再到南郡，从南郡到梓州，逆江水而上回到家乡，装上全部家书而行，直到退休，在眉山筑室种果，以等待子由的归来而养老于此。不知这一愿望能否实现？说起来让人惆怅。

书赠柳仲矩

柳十九仲矩，自共城来，持太官米作饭食我，且言百泉之奇胜，劝我卜邻。此心飘然，已在太行之麓矣。元祐三年九月十七日，东坡居士书。

【译文】柳十九仲矩，从共城来，拿太官米做饭请我吃，并且谈到百泉的奇观胜景，劝我住在那里和他作邻居。此心不觉已飘然来到太行山之麓了。元祐三年九月十七日，东坡居士书。

杭州题名二首

元祐四年十月十七日，与曹晦之、晁子庄、徐得之、王元直、秦少章同来。时主僧皆出，庭户寂然，徙倚久之。东坡书。

【译文】元祐四年十月十七日，与曹晦之、晁子庄、徐得之、王元直、秦少章一同来此。当时主僧都外出了，庭户寂静，徘徊久之。东坡书。

又

余十五年前，杖藜芒屦，往来南北山，此间鱼鸟皆相识，况诸道人乎？再至，惘然皆晚生相对，但有怆恨。子瞻书。

【译文】十五年前，我常常手拄藜杖脚踏芒鞋，往来于南北山，此间的鱼鸟都认识我，何况诸道人呢？再次到此，怅然都是晚生相对，只有悲哀和遗憾。子瞻书。

题损之故居

元祐四年十月七日，始来损之故居，周览遗迹。陶元亮云："嗟岁月之遂往，悼吾年之不留。"若人犹尔，况吾侪乎？轼书。

【译文】元祐四年十月七日，第一次来到李损之故居，遍览遗迹。陶元亮曾经说过："嗟岁月之遂往，悼吾年之不留。"这样的人还有如此感叹，何况我辈呢？轼书。

书赠王元直三首

王箴，字元直，小名三老翁，小字惇叔。

元祐四年十月十八日夜，与王元直饮酒，掇荠菜食之，甚美。颇忆蜀中巢菜，怅然久之。

【译文】王箴，字元直，小名三老翁，小字惇叔。

元祐四年十月十八日夜，与王元直一起饮酒，摘荠菜吃，味道很美。便非常想念蜀中的巢菜，怅然久之。

又

王十六见惠拍板两联，意谓仆有歌人，不知初无有也。然亦有用，当陪傅大士唱《金刚经颂》耳。元祐四年十一月四日二鼓。

【译文】王十六送我拍板两联，他认为我有歌人，不知我原来并没有。然而拍板也有用处，可以陪傅大士唱《金刚经颂》了。元祐四年十一月四日二鼓。

又

元祐四年十一月二十八日，既雨，微雪。予以寒疾在告，危坐至夜。与王元直饮姜蜜酒一杯，醺然径醉。亲执枪匕作荠青虾羹，食之甚美。他日归乡，勿忘此味也。

【译文】元祐四年十一月二十八日，雨后，小雪。我因寒疾之故而休假，端坐至夜。与王元直饮姜蜜酒一杯，醺醺然便有醉意了。亲自掌勺作荠青虾羹，吃起来味道极美。他日回乡，不可忘记此味。

题万松岭惠明院壁

予去此十七年，复与彭城张圣途、丹阳陈辅之同来。院僧梵英，葺治堂宇，比旧加严絜。茗饮芳烈，问："此新茶耶?"英曰："茶性新旧交，则香味复。"予尝见知琴者言琴不百年，则桐之生意不尽，缓急清浊，常与雨旸寒暑相应。此理与茶相近，故并记之。

【译文】我离开此地十七年后，又与彭城张圣途、丹阳陈辅之同来。院僧梵英，修建堂宇，比过去更加严整精洁。茶味香烈，问："这是新茶吗?"梵英答道："茶性新旧相交，则香味浓郁。"我曾听懂琴的人说琴不到百年，制琴的桐木生意尚未尽，琴音的缓急清浊，常与天气的阴晴寒暑相应。此理与茶相近，所以一并记载下来。

书赠张临溪

吾友张希元有异材，使其登时遇合，当以功名闻。不幸早世，其命矣夫！元祐七年九月二日，行临溪道中，见其子堂来令兹邑，问以民事，家风凛然，希元为不亡矣。勉之！勉之！岂常栖枳棘间乎？东坡居士书。

【译文】我的朋友张希元有出众的才能，如果让他即时遇到赏识，就会以功名著称于世。不幸早年去世，真是命运太不好了！元祐七年九月二日，行于临溪道中，见到他的儿子张堂来此邑作县令，以民事问之，显示出严肃的家风，希元可以不朽了。努力呀！努力呀！你怎么会是常栖息在枳棘之间的小鸟呢？东坡居士书。

书赠杨子微

故人杨济甫之子明字子微，不远数千里来见仆与子由。会子由有汝海之行，仆亦迁岭表，子微追及仆于陈留，留连不忍去。欲作济甫书，行役倦甚，不果。可持是示济甫，此即书也，何必更作。子微笃学有文，自言知数术，云仆必不死岭表。若斯言有征，当为写《道德经》相偿，此纸所以志也。绍圣元年闰四月十八日，新英州守苏轼书。

【译文】老友杨济甫的儿子杨明字子微，不远数千里来看我和子由。正遇上子由要到汝海去，我也要去岭南，子微追随我一直到陈留，留连不忍离去。我想给济甫写一封信，因行路太疲倦，未能写成。可持此字给济甫看，这就是信，何须再写。子微好学有文采，自称懂术数，说我肯定不会死于岭南。如果此言灵验，我会写《道德经》赠之，这幅字便用来记录此事。绍圣元年闰四月十八日，新英州太守苏轼书。

题虔州祥符宫乞签

冲妙先生李君思聪所制观妙法像。轼以忧患之余，稽首洗心，皈命真寂。自惟尘缘深重，恐此志不遂，敢以签卜。得吴真君第二签，云："平生常无患，见善其何乐。执心既坚固，自励勤修学。"敬再拜受教，书《庄子·养生主》一篇，致自励之意，敢有废坠，真圣殛之！绍圣元年八月二十三日，东坡居士南迁至虔，与王岩翁同谒祥符宫，拜九天采访使者堂下，观观妙法像，实闻此言。

【译文】冲妙先生李君思聪所塑观妙法像。苏轼在饱经忧患之后，稽首洗心，皈依真寂。自思尘缘深重，恐此志不能实现，故以此签占卜。得真君第二签，文曰："平生常无患，见善其何乐。执心既坚固，自励勤修学。"恭敬地再拜受教，书写《庄子·养生主》一篇，以表自励之意，敢有松懈，甘受真圣谴责。绍圣元年八月二十三日，东坡居士南迁至虔州，与王岩翁同谒祥符宫，拜九天采访使者堂下，瞻仰观妙法像，实闻此言。

题广州清远峡山寺

轼与幼子过同游峡山寺，徘徊登览，想见长老寿公之高致，但恨溪水太峻，当少留之。若于淙碧轩之北，作一小闸，潴为澄潭，使人过闸上，雷吼雪溅，为往来之奇观。若夏秋水暴，自可为启闭之节。用阴阳家说，寺当少富云。绍圣元年九月十三日。

【译文】苏轼与幼子苏过同游峡山寺，徘徊登览，想象长老寿公的高风，遗憾的只是溪水太急，应当稍微阻留之。如果在淙碧轩之北，建一小闸，将水留住汇成一个澄清的深潭，使人过闸上，能欣赏如雷鸣雪溅一般的溪水，也是一大景观。若遇夏秋水涨，也可以节制水流。依阴阳家说，寺也会稍微富裕一些。绍圣元年九月十三日。

题寿圣寺

蜀人苏轼子瞻，南迁惠州，舣舟岩下。与幼子过同游寿圣寺，遇隐者石君汝砺器之，话罗浮之胜，至暮乃去。绍圣元年九月十二日书。

【译文】蜀人苏轼子瞻，南迁惠州，停舟岩下。与幼子苏过同游寿圣寺，遇到隐居者石汝砺君，字器之，共话罗浮之胜，至晚才离去。绍圣元年九月十二日书。

书卓锡泉

予顷自汴入淮，泛江泝峡归蜀。饮江淮水盖弥年，既至，觉井水腥涩，百余日然后安之。以此知江水之甘于井也审矣。今来岭外，自扬子始饮江水，及至南康，江益清驶，水益甘，则又知南江贤于北江也。近度岭入清远峡，水色如碧玉，味益胜。今游罗浮，酌泰禅师锡杖泉，则清远峡水又在其下矣。岭外唯惠人喜斗茶，此水不虚出也。绍圣元年九月二十六日书。

【译文】我前从汴水入淮河，沿长江逆流而上经三峡而回到四川。饮江淮水差不多有一年，到四川后，觉得井水既腥又涩，一百多天后才渐渐习惯。因此知道江水比井水甘甜是肯定的了。现在来到岭南，从扬子江开始饮江水，到了南康，江水越发清澈，水也更甜，由此又知道南方的江水又比北边的江水更好。近来度过南岭进入清远峡，水色像碧玉，味道也更好。今天游罗浮山，饮景泰禅师锡杖泉，则清远峡的水又在此水之下了。岭外只有惠州人喜爱斗茶，此水不枉自出此地。绍圣元年九月二十六日书。

书天庆观壁

东坡饮酒此室，进士许毅甫自五羊来，邂逅一杯而别。

【译文】东坡饮酒于此室，进士许毅甫从广州到此，邂逅相逢，共饮一杯而别。

题罗浮

绍圣元年九月二十六日，东坡翁迁于惠州，舣舟泊头镇。明晨肩舆十五里，至罗浮山，入延祥宝积寺，礼天竺瑞像，饮梁僧景泰禅师卓锡泉，品其味，出江水上远甚。东三里，至长寿观。又东北三里，至冲虚观。观有葛稚川丹灶。次之，诸仙者朝斗坛。观坛上所获铜龙六、鱼一。坛北有洞，曰朱明，榛莽不可入。水出洞中，锵鸣如琴筑。水中皆菖蒲，生石上。道士邓守安，字道玄，有道者也。访之，适出。坐遗履轩，望麻姑峰。方饮酒，进士许毅来游，呼与饮。既醉，还宿宝积中阁。夜大风，山烧壮甚，有声。晨粥已，还舟，憩花光寺。从游者：幼子过，巡检史珏，宝积长老齐德，延祥长老绍冲，冲虚道士陈熙明。山中可游而未暇者:明福宫、石楼、黄龙洞。期以明年三月复来。

【译文】绍圣元年九月二十六日,东坡翁南迁惠州,停舟泊头镇。第二天早晨乘坐轿子行十五里,至罗浮山,入延祥宝积寺,拜天竺瑞像,饮梁僧景泰禅师卓锡泉,品其味道,觉远比江水更好。东行三里至长寿观,又东北行三里,至冲虚观。观中有东晋葛洪的炼丹灶。其次,还有诸仙者朝斗坛。观赏在坛上找到的铜龙六条,铜鱼一条。坛北有洞,名为朱明洞,洞外荆棘丛生,无法进入。水从洞中流出,叮咚如琴筑之声。水中都是菖蒲,生在石上。道士邓守安字道玄,是有道之人。正要拜访他,不巧外出了。便坐在遗履轩中,远望麻姑峰。正饮酒时,进士许毅来游,呼之共饮。醉后,回到宝积中阁过夜。夜间刮起大风,山烧的景像颇壮观,声音很大。早晨吃过稀饭,回到船上,至花光寺休息。与我一起出游的有:幼子苏过,巡检史珏,宝积寺长老齐德,延祥寺长老绍冲,冲虚观道士陈熙明。山中可游而无暇游玩的景观还有:明福宫、石楼、黄龙洞。约以明年三月再来。

记游白水岩

绍圣元年十二月十二日,与幼子过游白水山佛迹院。浴于汤池,热甚,其源殆可以熟物。循山而东,少北,有悬水百仞。山八九折,折处辄为潭。深者缒石五丈,不得其所止。雪溅雷怒,可喜可畏。水涯有巨人迹数十,所谓佛迹也。暮归,倒行,观山烧壮甚。俯仰度数谷。至江山月出,击汰中流,掬弄珠璧。到家,二鼓矣。复与过饮酒,食余甘,煮菜,顾影颓然,不复能寐。书以付过。东坡翁。

【译文】绍圣元年十二月十二日,与幼子苏过游白水山佛迹院。

在汤池洗浴，水很热，它的源头大概可以煮熟食物。顺山势向东，稍偏北，有百仞高的瀑布。山势有八九个转折处，每处都是水潭。深的地方用绳子垂石五丈，还不到底，流水如雪溅雷鸣，可喜也可畏。水边有巨人足迹数十处，即传说中的佛迹。日暮，顺原路返回，远望山烧非常壮观。时俯时仰，走过数谷，来到江山月出，中流戏水，如珠如璧。到家时，已经二鼓了。又与苏过饮酒，吃剩余的食物，煮菜，顾影已醉，不再能睡。书此以付苏过。东坡翁。

记与舟师夜坐

绍圣二年正月初五日，与成都舟阇黎夜坐，饥甚。家人煮鸡肠菜羹甚美。缘是，与舟谈不二法。舟请记之，其语则不可记，非不可记，盖不暇记也。

【译文】绍圣二年正月初五日，与成都舟禅师夜坐，饿得很。家人煮鸡肠菜羹味很美。由此，与舟师谈不二法。舟师请我记录，他说的话却不可记，不是不可记，而是来不及记。

题白水山

绍圣二年三月四日，詹使君邀予游白水山佛迹寺，浴于汤泉，风于悬瀑之下，登中岭，望瀑所从出。出山，肩舆节行观山，且与客语。晚休于荔浦之上，曳杖竹阴之下。时荔子累累如芡实矣。父老指以告予，曰：“是可食，公能携酒复来？”意欣然许可。同游者：柯常、林抃、王原、赖仙芝。詹使君名范，予盖苏轼也。

【译文】绍圣二年三月四日，詹使君请我游白水山佛迹寺，在汤泉洗浴，在悬瀑之下吹风，登上中岭，遥望瀑布的源头。出山时，乘坐轿子缓行以观山景，并与客人交谈。晚上在荔浦休息，携杖漫步于竹荫之下。当时荔枝已累累如芡实了。父老指着告诉我说："这些荔枝能吃的时候，公能携酒再来吗？"我高兴地答应了。同游者有：柯常、林抃、王原、赖仙芝。詹使君名范，我就是苏轼。

题嘉祐寺壁

绍圣元年十月二日，轼始至惠州，寓居嘉祐寺松风亭。杖屦所及，鸡犬皆相识。明年三月，迁于合江之行馆。得江楼廓彻之观，而失幽深窈窕之趣，未见所欣戚也。峤南岭北，亦何以异此？虔州鹤田处士王原子直，不远千里访予于此，留七十日而去。东坡居士书。

【译文】绍圣元年十月二日，我才到达惠州，寓居于嘉祐寺松风亭。杖屦所到之处，连鸡犬都认识我。次年三月，迁居于合江之行馆。虽得到了江楼廖廓之观，却失去了幽静深邃之趣，没有值得欢欣或悲戚的。峤南或岭北，又与此何异？虔州鹤田处士王原子直，不以千里为远，到此看望我，停留了七十日后离去。东坡居士书。

记游松风亭

余尝寓居惠州嘉祐寺，纵步松风亭下，足力疲乏，思欲就床止息。仰望亭宇，尚在木末，意谓如何得到？良久，忽曰："此间有什么歇不得处？"由是心若挂钩之鱼忽得解脱。若人悟此，虽两阵相接，鼓声如雷霆，进则死敌，退则死法，当恁么时，也不妨熟歇。

【译文】我曾借住在惠州嘉祐寺，纵步于松风亭下，腿脚疲乏，想上床休息。仰望亭宇，还在树梢之上，便想怎么才能走上去呢？好大一会儿，忽然想到："这里为什么就不能休息呢？"这样一想，心就像挂在钩上的鱼忽然得到解脱一样。如果人们能悟出这个道理，即使两阵相接，战鼓之声如雷霆，前进则死于敌手，后退则死于军法，当此之时，也不妨躺下休息。

记朝斗

绍圣二年五月望日，敬造真一法酒成。请罗浮道士邓守安拜奠北斗真君。将奠，雨作。已而清风肃然，云气解驳，月星皆现，魁杓明爽。彻奠，阴雨如初。谨拜手稽首而记其事。东坡居士苏轼书。

【译文】绍圣三年五月十五日，按照真一法敬造的酒已成。请罗浮山道士邓守安拜祭北斗星君。将祭奠时，下起了雨。不久，清风习习，云气散开，月星都显露了出来，北斗七星也都清崭爽朗。祭奠结束，天阴下雨又和当初一样。恭敬地拜手稽首而记录此事。东坡居士书。

题栖禅院

绍圣三年八月六日夜，风雨。旦视院东南，有巨人迹五。是月九日，苏轼与男过来观。

【译文】绍圣二年八月六日夜，刮风下雨。早晨发现院东南有巨人足迹五枚。这月九日，苏轼与儿子苏过来看过。

题合江楼

青天孤月，故是人间一快。而或者乃云不如微云点缀。乃是居心不净者常欲滓秽太清。合江楼下，秋碧浮空，光接几席之上，而有葵苫败屋七八间，横斜砌下。今岁大水再至，居者奔避不暇，岂无寸土可迁，而乃眷眷不去，常为人眼中沙乎？绍圣二年九月五日。

【译文】青天孤月，本是人间一件愉快的事。然而却有人说不如有微云点缀其间。这是居心不净的人想要玷污太清的缘故。合江楼下，碧绿的秋水映着天空，光射几席之上，却有破草房七八间，歪斜于其间。今年大水两次来到，破屋中住的人逃都来不及，难道就没有寸土可以迁居，非要眷恋此地不离去，常作别人眼中的沙子吗？绍圣二年九月五日。

名容安亭

陶靖节云："倚南窗以寄傲，审容膝之易安。"故常欲作小亭以"容安"名之。丙子十二月二十一日。

【译文】陶靖节在他的《归去来兮辞》中说："倚南窗以寄傲，审容膝之易安。"所以常想造一座小亭，以"容安"作为它的名字。丙子十二月二十一日。

书北极灵签

东坡居士迁于海南，忧患不已，戊寅九月晦，游天庆观，谒北极真圣，采灵签，以决余生之祸福吉凶。其词曰："道以信为合，法以智为先。二者不相离，寿命已得延。"览之悚然，若有所得，敬书而藏之，以无忘信道、法智二者不相离之意。古之真人，未有不以信入者。子思曰："自诚而明谓之性。"此之谓也。孟子曰："执中无权，犹执一也。"守法而不智，则天下之死法也。道不患不知，患不凝；法不患不立，患不活。以信合道则道凝，以智先法则法活。道凝而法活，虽度世可也，况乃延寿命乎？

【译文】东坡居士被贬到海南，忧愁不已，戊寅九月二十九日，游天庆观，拜谒北极星君，求得一签，以判断余生的祸福吉凶。签上的内容是："道以信为合，法以智为先。二者不相离，寿命已得延。"看着签词感到敬畏，心中若有所得，便恭敬地写好收藏起来，以不忘信道、法智二者不可相离之意。古时的真人，没有不是从信入道的。子思说："自诚而明叫作性。"说的就是这。孟子说："执中而不知权变，等于执一。"守法而不智，就是天下的死法。道不怕不知，只怕不固；法不怕不立，只怕不活。让信与道相合道才会固，用智来统率法法才会活。道固而法活，就是用来度世也是可以的，何况仅是延长寿命呢？

书筮

戊寅九月十五日，以久不得子由书，忧不去心。以《周易》筮之，遇《涣》之内三爻，《初六》变为《中孚》。其繇曰："用拯马壮吉。"《中孚》之《九二》变为《益》，其繇曰："鸣鹤在阴，其子和之。我有好爵，吾与尔縻之。”《益》之《六三》变为《家人》，其繇曰：“益之，用凶事，有咎。有孚中行，告公用圭。”《家人》之繇曰：“《家人》利女贞。”又曰：“风自火出，《家人》。君子以言有物，而行有恒。”吾考此卦极精详，口以授过，又书而藏之。

【译文】戊寅九月十五日，因很久没有收到子由的信，忧不离心。便用《周易》占卜，遇《涣》卦的内三爻，《初六》变为《中孚》。其繇辞说：“用拯马壮吉。”《中孚》的《九二》变为《益》卦，其繇辞说：“鸣鹤在阴，其子和之。我有好爵，吾与尔縻之。”《益》的《六三》变为《家人》，其繇辞说：“益之，用凶事，有咎。有孚中行，告公用圭。”《家人》的繇辞说：“《家人》利女贞。”又说：“风自火出，《家人》。君子以言有物，而行有恒。”我考查此卦极精详，口授给苏过，然后自己写下来收藏起来。

书谤

吾昔谪居黄州，曾子固居忧临川，死焉。人有妄传吾与子固同日化去，如李贺长吉死时事，以上帝召也。时先帝亦闻其语，以问蜀人蒲宗孟，且有叹息语。今谪海南，又有传吾得道，乘小舟入海，不复返者。京师皆云。儿子书来言之。今日有从广州来者，云：“太守何述言，吾在儋耳，一日忽失去，独道服在耳，盖上宾也。”吾平生遭口语无数，盖生时与韩退之相似，吾命宫在斗、牛间，而退之身宫亦在焉。故其诗曰：“我生之辰，月宿南斗。”且曰：“无善名以闻，无恶声以扬。”今谤吾者，或云死，或云仙。退之之言，良非虚也。

【译文】我从前被贬到黄州时，曾子固忧郁地住在临川，死在那里。有人毫无根据地传说我和子固同一天死去，就像李贺长吉死时一样，是被上帝召去了。当时先帝也听到了这种传闻，便拿这话问蜀人蒲宗孟，而且还说了些叹息的话。现在我被贬到海南，又有人传说我已得道，乘小船入海，不再回来了。京城都这样说。我儿子寄来的家信中说到这事。今天有从广州来的人说："太守何述说，我在儋耳，一天忽然失踪，只有道服还在，大概是升天了。"我一生遭到议论无数，因为我出生的时间和韩退之相似，我的命宫在二十八宿的斗、牛之间，而退之的身宫也在此间。所以他的诗说："我生之辰，月宿南斗。"还说："无善名以闻，无恶声以扬。"现在毁谤我的，有的说我死了，有的说我仙去了。退之的话，确实不假。

书海南风土

岭南天气卑湿，地气蒸溽，而海南为甚。夏秋之交，物无不腐坏者。人非金石，其何能久？然儋耳颇有老人，年百余岁者，往往而是，八九十者不论也。乃知寿夭无定，习而安之，则冰蚕火鼠，皆可以生。吾尝湛然无思，寓此觉于物表，使折胶之寒，无所施其冽；流金之暑，无所措其毒；百余岁岂足道哉！彼愚老人者，初不知此，特如蚕鼠生于其中，兀然受之而已。一呼之温，一吸之凉，相续无有间断，虽长生可也。《庄子》曰："天之穿之，日夜无隙，人则固塞其窦。"岂不然哉。九月二十七日，秋霖雨不止，顾视帏帐，有白蚁升余，皆已腐烂，感叹不已。信手书。时戊寅岁也。

【译文】岭南天气潮湿，地气上蒸，而海南更厉害。夏秋之间，东西没有不腐败的。人不是金石，怎么能长寿？然而儋耳却有不少老人，年龄一百多岁的，处处都有，八九十岁的更不必说了。可见寿夭并无一定之数，只要习惯于环境，就是冰中蚕火中鼠，都能生存。我曾经让心中空明澄彻，没有杂念，能将这种意念用于万物，使能冻折皮胶的寒冷无法施展其寒，能熔化金属的炎热无法施展其热，活到一百多岁哪里值得一提！那些愚昧的老人，并不知道这就像冰蚕火鼠生于冰火之中，自然忍受着罢了。一呼一吸之间的温凉，相续而没有间断，即使是长生也是可以的。《庄子》说："天之穿之，日夜无隙，人则固塞其窦。"难道不正是这样吗？九月二十七日，秋雨连绵不止，看床帐之下，有白蚁一升多，都已腐烂，感叹不已。信手书此。时戊寅年。

书上元夜游

己卯上元，予在儋州，有老书生数人来过，曰："良月嘉夜，先生能一出乎？"予欣然从之。步城西，入僧舍，历小巷，民夷杂揉，屠沽纷然。归舍已三鼓矣。舍中掩关熟睡，已再鼾矣。放杖而笑，孰为得失？过问先生何笑，盖自笑也。然亦笑韩退之钓鱼无得，更欲远去，不知走海者未必得大鱼也。

【译文】己卯正月十五夜，我在儋州，有老书生数人来访，说："良月嘉夜，先生能出来一游吗？"我便高兴地与他们一起出来了。走到城西，进入寺庙，游览小巷，看汉民夷民杂居，肉铺酒店相连。回到家已经是三更天了。家中人闭门熟睡，已经睡醒一觉了。放下手杖而笑，何为得？何为失？苏过问我笑什么，是笑我自己。而且也是笑韩退之钓鱼钓不到，便想到更远的地方去，岂不知到深海处不见得就能捉到大鱼。

书城北放鱼

儋耳鱼者渔于城南之陂，得鲫二十一尾，求售于东坡居士。坐客皆欣然，欲买放之。乃以木盎养鱼，舁至城北沦江之阴，吴氏之居，浣纱石之下放之。时吴氏馆客陈宗道，为举《金光明经》流水长者因缘说法念佛，以度是鱼。曰："无明缘行，行缘识，识缘名色，名色缘六入，六入缘触，触缘受，受缘爱，爱缘取，取缘有，有缘生，生缘老死忧悲苦恼，南无宝胜如来。"尔时宗道说法念佛已，其鱼皆随波赴谷，众会欢喜，作礼而退。会者六人：吴氏之老刘某，南海符某，儋耳何旻，潮阳王介石，温陵王懿、许琦。舁者二人：吉童、奴九。元符二年三月丙寅书。

【译文】儋耳的渔民在城南的池塘中打鱼，捕到二十一条鲫鱼，请求东坡居士买下来。座中宾客都很高兴，想买下来放生。就用木盆盛水放入鲫鱼，抬到城北沧江南岸，吴氏家旁边的浣纱石下放生。当时吴家的馆客陈宗道，为此而举《金光明经》流水长者子因缘说法念佛，以度此鱼。念道："无明缘行，行缘识，识缘名色，名色缘六入，六入缘触，触缘受，受缘爱，爱缘取，取缘有，有缘生，生缘老死忧悲苦恼，南无宝胜如来。"那时宗道说法念佛结束，那些鱼都随波逐流潜入河底，大众高兴，行礼而退。聚会者六人：吴氏之老刘某，南海符某，儋耳何旻，潮阳王介石，温陵王懿、许琦。抬鱼的二人：吉童、奴九。元符二年三月丙寅书。

书赠游浙僧

到杭，一游龙井，谒辩才遗像，仍持密云团为献龙井。孤山下，有石室。室前有六一泉，白而甘，当往一酌。湖上寿星院竹，极伟。其傍智果院，有参寥泉及新泉，皆甘冷异常，当特往一酌，仍寻参寥子妙总师之遗迹，见颖沙弥，亦当致意。灵隐寺后高峰塔，一上五里，上有僧，不下三十余年矣，不知今在否，亦可一往。元符二年五月十六日，东坡居士书。

【译文】到杭州，要游一遍龙井，拜谒辩才的遗像，还要拿密云团茶献给龙井。孤山之下有石室，室前有六一泉，水洁白甘甜，应当去尝尝。湖上寿星院的竹子，极粗大雄伟。旁边是智果院，有参寥泉和新泉，都甘甜寒凉不同寻常，应当特意去尝尝，还要去探访参寥子妙总师的遗迹，见到颖沙弥，也应当向他致意。灵隐寺后的高峰塔，登上有五里，上面有一位僧人，不下此塔已有三十多年了，不知现在还在不在，也可以去看看。元符二年五月十六日，东坡居士书。

书合浦舟行

予自海康适合浦，遭连日大雨，桥梁尽坏，水无津涯。自兴廉村净行院下，乘小舟至官寨。闻自此以西皆涨水，无复桥船。或劝乘蜒舟并海即白石。是日，六月晦，无月。碇宿大海中，天水相接，疏星满天。起坐四顾太息，吾何数乘此险也！已济徐闻，复厄于此乎？过子在旁鼾睡，呼不应。所撰《易》《书》《论语》皆以自随，世未有别本。抚之而叹曰："天未丧斯文，吾辈必济！"已而果然。七月四日合浦记。时元符三年也。

【译文】我从海康到合浦，遇到连日大雨，桥梁都被冲坏，大水无边没有码头。自兴廉村净行院下，乘小舟到官寨。听说自此以西都在发大水，没有桥也没有船。有人劝我乘蜒舟傍海行即到白石。这天，是六月二十九日，没有月亮。放下碇石宿在大海中，天水相连，疏星满天。坐起来四望叹息，我怎么数次遇到这种危险呢！已经过了徐闻，还要在这里遇到困厄吗？苏过之子在旁鼾睡，呼之不应。我所撰写的关于《周易》《尚书》《论语》的文章都随身携带着，世间更无别本。抚着这些文章叹道："如果天不丧此文，我们必能得渡！"不久果然得渡。七月四日合浦记。当时是元符三年。

题廉州清乐轩

浮屠不三宿桑下，东坡盖三宿此矣。去后，仲修使君当复念我耶？庚辰八月二十四日题。

【译文】僧人不三宿于桑下，东坡已三宿于此了。去后，仲修使君还会想念我吧？庚辰八月二十四日题。

书临皋亭

东坡居士酒醉饭饱，倚于几上，白云左绕，清江右洄，重门洞开，林峦坌入。当是时，若有思而无所思，以受万物之备，惭愧！惭愧！

【译文】东坡居士酒醉饭饱，倚在几上，白云在身左缭绕，清江从身右流去，双重的门户洞开，深处的山林纷纷映入眼帘。当此之时，若有所思而又无所思，惬意地享受万物所提供的一切，惭愧！惭愧！

梦南轩

元祐八年八月十一日，将朝，尚早，假寐，梦归縠行宅，遍历蔬园中。已而坐于南轩，见庄客数人，方运土塞小池。土中得两芦菔根，客喜食之。予取笔作一篇文，有数句云："坐于南轩，对修竹数百，野鸟数千。"既觉，惘然怀思久之。南轩，先君名之曰"来风"者也。

【译文】元祐八年八月十一日，将上朝，时间还早，靠在几上打瞌睡，梦中回到纱縠行旧宅，走遍菜园。一会儿又坐在南轩，见几个庄客正在运土填塞小池。土中找到两根芦菔根，庄客高兴地吃了。我取笔写了一篇文章，其中有几句是："坐于南轩，对修竹数百，野鸟数千。"醒后，怅惘地想念家乡许久。南轩，就是先父命名为"来风"的地方。

天华宫

天华宫在罗浮山之西。苏轼曰：南汉主建有甘露、羽盖等亭，云华阁，命中书舍人钟有章作记。初，南汉主梦神人指罗浮山之西，去延祥寺西北，有两峰相叠，一洞对流，可以为宫。访之，得其地。又梦金龙起于宫所，遂改为黄龙洞。此地即葛仙西庵。至宋朝革命，四方僭叛以次诛服，刘氏惧焉。将欲潜遁罗浮，为狡兔之穴，又命于增江水口，凿濠通山，往来山峒，仓卒为航舟之计。开宝四年，乃始归命。则知刘氏为宝宫于山间，无事则为临赏之乐，警急则为逋逃之所，其计窘矣。

【译文】天华宫在罗浮山的西边。苏轼说：南汉的君主建有甘露、羽盖等亭，云华阁，并命中书舍人钟有章作记。当初，南汉的君主曾梦见神人指着罗浮山之西，在延祥寺的西北，有两座山峰相叠，一个山洞对流，可以在此营造宫室。寻访后，找到了这块地方。又梦见金龙从现在的天华宫处飞起，于是改名为黄龙洞。此地也就是葛仙西庵。至本朝变革天命，四方奸狡的篡逆之徒依次诛灭，南汉君主刘氏对此十分恐惧。想逃到罗浮，为狡兔三窟之计，又命人在增江水口，凿濠通山，打通山峒，以便仓卒之间可以行船。开宝四年，才归附本朝。

可见刘氏在山间造宝宫，无事时可作观赏之地，紧急时可作遁逃之处，也是窘迫无计了。

名西阁

元丰七年冬至，过山阳，登西阁，时景繁出巡未归。轼方乞归常州，得请，春中方当复过此。故有阁欲名，思之未有佳者。蔡廓，谟之子也。晋宋间第一流，辄以拟公家，不知可否?

【译文】元丰七年冬至，经过山阳，登上西阁，当时蔡景繁出巡尚未归来。我正请求回常州，得到批准，春天还会再次经过这里。过去有阁想为它取名，想不出好名字。蔡廓是蔡谟的儿子。是晋宋间第一流人物，就用他家的阁名命名，不知可否?

书赠古氏

古氏南坡修竹数千竿，大者皆七寸围，盛夏不见日，蝉鸣鸟呼，有山谷气像。竹林之西，又有隙地数亩，种桃李杂花。今年秋冬，当作三间一灶头，取雪堂规模，东荫修竹，西眺江山。若果成此，遂为一郡之嘉观也。

【译文】古氏南坡有修竹数千竿，大的直径都有七寸，盛夏时见不到太阳，听蝉鸣鸟叫，便觉有山谷气像。竹林的西边，还有空地数亩，种有桃李杂花。今年秋冬之际，要建三间一灶头的房子，仿雪堂的规模，东有修竹之荫，西可远眺江山。如果真能建起来，就会成为一郡的景观。

治易洞磨崖

圣作《易》,晦其数。刘传吴,识《易》祖。

【译文】圣人作《易经》,隐其数理精义。刘氏传于吴氏,得识《易经》之正宗。

书云成老

云成老来雪堂,日日昼寝。会东坡作陂,喧喧不复成寐。吾能于桔槔之上,听打百面腰鼓,一畔齁船。且吃茶罢,当传此法也。

【译文】云成老来到雪堂,每天白昼睡觉。适逢东坡挖水池,声音喧哗睡不着觉。我能在桔槔之上,听着打百面腰鼓,还可以在旁边酣睡。姑且吃过茶,再传授此法。

白鹭亭题柱

东坡居士自黄适汝,舣舟亭下半月矣。江山之乐,倾想平生。时与□德□□□。元丰七年七月十四日,苏子瞻题。

【译文】东坡居士从黄州到汝州,泊舟亭下已半个月了。山水之乐,令人回忆一生。当时与□德□□□。元丰七年七月十四日,苏子瞻题。

楚颂帖

吾来阳羡，船入荆溪，意思豁然，如惬平生之欲。逝将归老，殆是前缘。王逸少云：“我卒当以乐死。”殆非虚言。吾性好种植，能手自接果木，尤好栽橘。阳羡在洞庭上，柑橘栽至易得。暇当买一小园，种柑橘三百本。屈原作《橘颂》，吾园若成，当作一亭，名之曰“楚颂”。元丰七年十月二日书。

【译文】我到阳羡来时，船行入荆溪，心情豁然开朗，好像满足了平生的欲望。遂决定归老于此，大约也是前生之缘。王逸少曾说：“我终将快乐而死。”恐非虚言。我的天性喜好种植，能亲手嫁接果树，尤其喜欢栽培柑橘。阳羡在洞庭之上，柑橘栽培非常容易。得空时我要买一个小园，种柑橘三百株。屈原曾作过《橘颂》，我的橘园如果能建成，我要造一座亭子，取名曰“楚颂”。元丰七年十月二日书。

舣舟迎恩亭题

早发宜兴，饮酒一□醺然竟醉。置拳几上，垂头而寝，不知舟之出。门外究观风味，使人千载想像。

【译文】早晨从宜兴出发，饮酒一□竟醺然而醉。握拳放在几上，垂头而睡，不知舟已出发。观赏户外的风景，使人联想到千年以前的境像。

寿昌院留题(残)

江山石燕之雄观。

【译文】江山石燕的雄伟景观。

大慈极乐院题名

至和丙申季春二十八日,眉阳苏轼与弟辙来观卢楞伽笔迹。

【译文】至和丙申三月二十八日,眉山苏轼与弟苏辙来观赏卢楞伽笔迹。

大池院题柱

自老翁井还,偶憩。治平丁未十二月七日,子瞻。

【译文】从老翁井返回,偶然在此休息。治平丁未十二月七日,子瞻。

石屋洞题名

陈襄、苏颂、孙奕、黄灏、曾孝章、苏轼同游。熙宁六年二月二十一日。

【译文】陈襄、苏颂、孙奕、黄灏、曾孝章、苏轼到此同游。熙宁六年二月二十一日。

佛日净慧寺题名

祖志入山之十三日，述古赴南都，率景山、达原、子中、子瞻会别于此。熙宁七年八月十三日。

【译文】祖志入山的第十三天，述古赴南都，带领景山、达原、子中、子瞻告别于此。熙宁七年八月十三日。

灵鹫题名

杨绘元素、鲁有开元翰、陈舜俞令举、苏轼子瞻同游。熙宁七年九月二十日。

【译文】杨绘元素、鲁有开元翰、陈舜俞令举、苏轼子瞻相会并到此同游。熙宁七年九月二十日。

密州题名

禹功、传道、明叔、子瞻游。

【译文】禹功、传道、明叔、子瞻同游。

登云龙山题名

元丰元年九月十七日，张天骥、苏轼、颜复、王巩，始登此山。

【译文】元丰元年九月十七日，张天骥、苏轼、颜复、王巩，第一次登此山。

武昌西山寺题名二首

江綖，苏轼，杜沂，沂之子传、俣游。元丰三年四月十三日。

【译文】江綖，苏轼，杜沂，沂之子杜传、杜俣同游。元丰三年四月十三日。

二

苏轼、李婴、吴亮、赵安节、王齐愈、潘丙，元丰五年二月二十二日游。□十日，婴□来。

【译文】苏轼、李婴、吴亮、赵安节、王齐愈、潘丙，元丰五年二月二十二日同游。□十日，李婴□来。

师中庵题名

元丰七年二月一日，东坡居士与徐得之、参寥子，步自雪堂，并柯池入乾明寺观竹林，谒乳姥任氏坟，锄治茶圃，遂造赵氏园，探梅堂，至尚氏第，观老枳偃蹇，如龙蛇形。憩定惠僧舍，饮茶任公亭、师中庵。乃归，且约后日携酒寻春于此。

【译文】元丰七年二月一日，东坡居士与徐得之、参寥子，从雪堂步行，沿柯池进入乾明寺观竹林，拜谒乳母任氏坟，锄治茶园，然后来到赵氏园，探访梅堂，至尚氏府第，观老枳树夭矫，如龙蛇之状。在定惠僧舍休息，饮茶于任公亭、师中庵。归去时，又约于后日携酒到此寻春。

题名

元丰七年九月二十三日，眉山苏某同参寥禅师登楼观雨。

【译文】元丰七年九月二十三日，眉山苏某与参寥禅师一同登楼观雨。

相国寺题名

苏子瞻、子由、孙子发、秦少游同来观晋卿墨竹。申先生亦来。元祐三年八月五日。老申一百一岁。

【译文】苏子瞻、子由、孙子发、秦少游一起来观赏王晋卿的墨竹。申先生也来了。元祐三年八月五日。老申年一百零一岁。

龙井题名

元祐庚午，辩才老师年始八十，道俗相庆，施千袈裟，饭千僧，七日而罢。眉山苏轼子瞻、洛阳王瑜中玉、安陆张璹金翁、九江周焘次元，来馈芗茗。二月晦日书。

【译文】元祐庚午，辩才老师年满八十，出家、在家的道士和弟子都来庆贺，施舍千领袈裟，斋千名僧人，七日后结束。眉山苏轼子瞻、洛阳王瑜中玉、安陆张璹金翁、九江周焘次元，一起来送香茶。二月晦日书。

龙华题名

苏轼、王瑜、杨杰、张璹同游龙华。元祐五年，岁次庚午三月二日题。

【译文】苏轼、王瑜、杨杰、张璹同游龙华。元祐五年，岁次庚午，三月二日题。

韬光题名

苏轼、张璹、杨杰、王瑜。元祐五年三月二日，同游韬光。

【译文】苏轼、张璹、杨杰、王瑜。元祐五年三月二日，同游韬光寺。

麦岭题名

苏轼、王瑜、杨杰、张璹同游天竺，过麦岭。

【译文】苏轼、王瑜、杨杰、张璹同游天竺，过麦岭。

南昭庆寺题名

明夫、子方、明弼、康道、嘉甫、子瞻同游南昭庆。庚午八月日题。

【译文】明夫、子方、明弼、康道、嘉甫、子瞻同游南昭庆寺。庚午八月某日题。

龙井题名

苏轼、钱勰、江公著、柳雍同谒龙井辩才。元祐六年正月七日。

【译文】苏轼、钱勰、江公著、柳雍一起拜访龙井辩才。元祐六年正月七日。

定州祷雨岳庙题名

苏轼祷雨岳庙，同李之仪、李士龙、鄗长卿、孙敏行、□□、贾温之。

【译文】苏轼祈雨于岳庙，同来者李之仪、李士龙、鄗长卿、孙敏行、□□、贾温之。

三涧岩题名

东坡居士自海南还来游，武陵弓允明夫、东坡幼子过叔党同至。元符三年九月廿四日。

【译文】东坡居士从海南返回，来此一游，武陵弓允明夫、东坡幼子苏过叔党同至。元符三年九月二十四日。

游广陵寺题名

东坡居士渡海北还，吴子野、何崇道、颖堂通三长老、黄明达、李公弼、林子中，自番禺追饯至清远峡，同游广陵寺。元符三年十一月十五日。

【译文】东坡居士渡海北归，吴子野、何崇道、颖堂通三长老、黄明达、李公弼、林子中，从番禺追至清远峡饯行，同游广陵寺。元符三年十一月十五日。

附录

附录一

以下四种杂著——《艾子杂说》《题西湖诗卷》《渔樵闲话录》《续杂纂》历来署名为东坡所作，自宋明迄今，学人或谓乃假托东坡之作。今收入附录，以存旧文。

艾子杂说

引

公孙龙、魏牟，生于列御寇之后，其事乃见于列子之书。说者谓列子弟子以其义无乖统而有所发明，故类而附之，无嫌也。艾子事齐宣王，而书之所载，亦多后世之事，岂为艾子之学者，务广其道，凡论议不诡于统叙者，皆存而不去耶？览之者以意逆志，则艾子之学可明，姑置其时之后先可也。东坡居士题。

【译文】公孙龙、魏牟，生在列御寇之后。他们的事迹见于列子的书中。解说列子书的人说列子的弟子认为公孙龙、魏牟的道理没有谬误而且有一定创见，因此便把他们的言谈分类附在列子的书中，这没有什么妨碍。

艾子事奉齐宣王，但本书中所记载的，很多都是齐宣王之后的事情。这难道不是研治艾子学术的人，为了尽量推广艾子的学说，只要是议论不违背大道理，便都保存而不抛弃吗？阅读此书的读者可从字句的意思去探究艾子的本意，那么艾子的学说就可昌明，至于所载言行的时代先后可以置之不问。东坡居士题。

小儿得效方

艾子事齐王，一日，朝而有忧色，宣王怪而问之。对曰："臣不幸，稚子属疾，欲谒告，念王无与图事者，今朝，然实系焉。"王曰："嘻，盍早言乎？寡人有良药，稚子顿服，其愈矣。"遂索以赐。艾子拜受而归，饮其子，辰服而巳卒。他日，艾子忧甚戚，王问之故，诚然曰："卿丧子可伤，赐卿黄金以助葬。"艾子曰："殇子不足以受君赐，然臣将有所求。"王曰："何求？"曰："只求前日小儿得效方。"

【译文】艾子事奉齐宣王。有一天上朝时面带忧愁，齐宣王觉得奇怪便问他。艾子回答道："臣子很不幸，小儿子病了很长时间，想向大王报告，又考虑到大王会因此无人可以商议国家大事，便没有报告大王。但今天早晨，病得很沉重了。"齐王说："嘿！你怎么不早说呢？寡人有良药，你小儿子服了之后，一定会好的。"于是就拿来了药赐给了艾子。艾子拜谢后拿了药回去。给他儿子喝了之后，过了一个时辰便死了。第二天，艾子满脸悲哀，齐王问是什么原因他这么悲哀，艾子悲怆地说了原因。齐王听了面带哀悼之情地说："卿死了儿子实在值得同情，赐给卿黄金，资助你安葬儿子。"艾子说："夭折的孩子不值得接受国君的赏赐，但是臣子我有个请求。"齐王说："什么请求？"艾子说："只求前两天大王给我的那个小儿服后病立即见效的药方。"

一蟹不如一蟹

艾子行于海上，见一物圆而褊，且多足，问居人曰："此何物也？"曰："蝤蛑也。"既又见一物，圆褊多足而差小，问居人曰："此何物也？"曰："螃蟹也。"又于后得一物，状貌皆如前所见而剧小，问居人曰："此何物也？"曰："彭越也。"艾子喟然叹曰："何一蟹不如一蟹也。”

【译文】艾子在海边行走，看到一种动物体形又圆又扁，而且长了很多条腿，便问住在海边的人：“这是什么动物？”当地人回答说：“这是梭子蟹。”一会儿又看见一种动物，又圆又扁腿又多，但个儿比先前见到的那种要小，便问当地人：“这是什么动物？”当地人回答说：“是螃蟹。”后来又看到一种动物，形状和前面见的两种一样但个头更小，便问当地人：“这是什么动物？”当地人回答说：“是彭蜞蟹。”艾子听后喟然而叹，说：“为何一蟹不如一蟹呢？”

冯驩索债

艾子使于魏，见安僖王，王问曰：“齐，大国也，比年息兵，何以为乐？”艾子喟然叹曰：“敝邑之君好乐，而君臣亦多效伎。”安僖王曰：“何人有伎？”曰：“淳于髡之宠养，孙膑之踢球，东郭先生之吹竽，皆足以奉王欢也。”安僖王曰：“好乐不无横赐，奈侵国用何？”艾子曰：“近日却告得孟尝君处，借得冯驩来，索得几文冷债，是以饶足也。”

【译文】艾子奉命出使魏国，拜见魏安僖王。魏王问道：“齐国是个大国，但近年却不征战，那么从何处获得乐趣呢？”艾子喟然而叹，说：“敝国的国君爱好乐舞，而且诸位大臣都有乐舞技艺。”魏安僖王问：“什么人有乐舞技艺？”艾子说：“淳于髡会说笑话，孙膑会踢球，东郭先生会吹竽，这都可以让君王高兴。”魏安僖王说：“爱好乐舞不能没有遍赐给下人的赏赐，一天天地消耗国家的钱财该怎么办呢？”艾子说：“近日到孟尝君那儿借来了冯驩，要来了几个钱的旧债，因此钱财很充足。”

苜蓿

齐地多寒，春深未芋甲，方立春，有村老挈苜蓿一筐，以与于艾子，且曰："此物初生，未敢尝，乃先以荐。"艾子喜曰："烦汝致新。然我享之后，次及何人？"曰："献公罢，即刈以喂驴也。"

【译文】齐国寒气比较重，即使春意很浓了，仍然要吃腌菜，吃不上鲜菜。刚刚立春时，有一位老村夫拿着一筐苜蓿送给了艾子，说："这东西刚刚长出来，我不敢尝鲜，先送给你尝尝。"艾子高兴地说："麻烦你送给我新鲜物。不过，送给我吃之后，剩下的送给谁呢？"老村夫回答说："献给你之后，剩下的就切碎喂驴。"

三脏

艾子好饮，少醒日。门人相与谋曰："此不可以谏止，唯以险事怵之，庶可诫。"一日，大饮而哕，门人密抽彘肠致哕中，持以示曰："凡人具五脏方能活，今公因饮而出一脏，止四脏矣，何以生耶？"艾子熟视而笑曰："唐三藏犹可活，况有四耶？"

【译文】艾子好喝酒，很少有不醉的时候。艾子的门人互相商量道："这是无法靠劝告可制止的，只有用严重的后果使他害怕，或许能让他节制。"一天，艾子痛饮后呕吐，门人就偷偷地把猪肠子放在艾子的呕吐物中，拿给他看，说："凡是人具备五脏才能活，如今您由于喝酒而吐出一副内脏，只剩下了四脏，该如何活呢？"艾子凝视了一会儿，大笑说："唐三藏还能活下去，更何况我四脏呢？"

二媪让路

艾子行，出邯郸道上，见二媪相与让路，一曰：“媪几岁？”曰：“七十。”问者曰：“我今六十九，然则明年，当与尔同岁矣。”

【译文】艾子外出，走在去邯郸的路上，看见两位老太婆互相让路。一个问：“您老多大了？”一个答：“七十了。”问的便说：“我今年六十九了，到了明年，我就和你年龄一样大了。”

钻火

艾子一夕疾呼一人钻火，久不至。艾子呼促之，门人曰：“夜暗，索钻具不得。”谓先生曰：“可持烛来，共索之矣。”艾子曰：“非我之门，无是客也。”

【译文】艾子某晚大呼一位门人取火。可是那人很久也不来，艾子喊他催他快来，那位门人说：“天很黑，取火的工具找不到。”接着就对艾子说：“你可拿火烛来，一起找取火工具。”艾子说：“不是我的门下，不会有这种门客。”

百钱独载

艾子见有人徒行，自吕梁托舟人以趋彭门者，持五十钱遗舟师，师曰：“凡无赍而独载者人百钱。汝尚少半，汝当自此为我挽牵至彭门，可折半直也。”

【译文】艾子看到有个人步行，他要从吕梁到彭门去，看到驾船的，便拿五十钱送给驾船的舟师，驾船的舟师说："凡是不另给赏赐只付船钱坐船的人交一百个钱，你还差一半船钱，你应从这儿开始为我拉纤拉到彭门，可抵那一半船钱。"

赶兔失獐

穰侯与纲寿接境，魏冉将以广其封也，乃伐纲寿而取之。兵回，而范雎代其相矣。艾子闻而笑曰："真所谓'外头赶兔，屋里失獐'也。"

【译文】穰侯魏冉的封地与纲寿边界相连，魏冉想扩大自己的封地，就发兵攻打纲寿夺取了该地。班师回朝之后，范雎已经顶替他做了相国。艾子听说后笑道："这真是通常说的'外面追获了兔子，家里丢失了獐子。'"

齐王筑城

齐王一日临朝，顾谓侍臣曰："吾国介于数强国间，岁苦支备，今欲调丁壮，筑大城，自东海起，连即墨，经太行，接轘辕，下武关；逶迤四千里，与诸国隔绝，使秦不得窥吾西，楚不得窃吾南，韩、魏不得持吾之左右，岂不大利耶？今百姓筑城，虽有少劳，而异日不复有征戍侵虞之患，可以永逸矣。闻吾下令，孰不欣跃而来耶？"艾子对曰："今旦大雪，臣趋朝，见路侧有民，裸露僵踣，望天而歌，臣怪之，问其故，答曰：'大雪应候，且喜明年人食贱麦，我即今年冻死矣。'正如今日筑城，百姓不知享永逸者当在何人也。"

【译文】一天，齐王临朝。环视侍臣说："我国夹在几个强国之间，每年都苦于防备。如今我想征调壮丁，修筑长城，从东海起，经过即墨、太行山、轘辕，直到武关。逶迤四千里，与各诸侯国隔开，使秦国不能窥伺我国的西部，楚国不能侵犯我国南部，韩国、魏国不能攻击我国的左边、右边，这难道不是一件大好事吗？百姓修筑城，虽然有些劳累，但以后不再有应征守边遭受侵略的忧患，可以一劳永逸。他们听到我下达这项命令后，谁还会不欢欣鼓舞地来服役呢？”艾子回答说：“今早下了大雪，我赶来上朝，路上见有个百姓裸露僵卧在路边，望着天唱歌。我感到奇怪，就问他为何这般模样还在高高兴兴地唱歌，他回答道：‘这场大雪下得恰是时候，我为明年有好收成，人们将会吃上价格便宜的麦子而高兴。今年我就要冻死了，我为这场大雪而高兴。’这不正如今天筑城，但百姓却不知享受那永远安逸的人是谁。”

镇宅狮子

艾子使于秦，还，语宣王：“秦昭王有吞噬之心，且其状貌又正虎形也。”宣王曰：“何质之？”曰：“眉上有肉角耸起，目光烂然，鼻直口哆，丰颐壮臆，每临朝，以两手按膝，望之宛然镇宅狮子也。”

【译文】艾子从秦国出使归来，向齐宣王报告说：“秦昭王有吞并各诸侯国的野心，而且他的形貌长的像老虎。”齐宣王说：“有什么根据？”艾子说：“他眉骨上耸起有肉棱，目光闪闪发亮，鼻直口阔、宽下巴阔胸脯，每次临朝时，都用双手按着膝盖，远远望去，宛然像一头镇宅狮子。”

白起伐莒

艾子为莒守，一日，闻秦将以白起为将伐莒，莒之民悉欲逃避。艾子呼父老而慰安之，曰：“汝且弗逃，白起易与耳，且其性仁，前日伐赵兵不血刃也。”

【译文】艾子任莒地的长官。一日，传闻秦国打算任白起为将攻打莒地，莒地的百姓纷纷打算逃难。艾子叫住父老百姓安慰他们说："你们暂且不要逃难，白起这人很容易对付，而且他性格仁慈，前些日子他攻打赵国兵不血刃就占领了。"

禽大无事省出入

艾子曰："田巴居于稷下，是三皇而非五帝，一日屈千人，其辨无能穷之者。弟子禽滑厘辰出，逢嬖媪。揖而问曰：'子非田巴之徒乎？宜得巴之辨也。媪有大疑，愿质于子。'滑厘曰：'媪姑言之，可能折其理。'媪曰：'马鬃生向上而短，马尾生向下而长，其故何也？'滑厘笑曰：'此殆易晓事，马鬃上抢，势逆而强，故天使之短；马尾下垂，势顺而逊，故天使之长。'媪曰：'然则人之发上抢，逆也，何以长？须下垂，顺也，何以短？'滑厘茫然自失，乃曰：'吾学未足以臻此，当归咨师，媪幸专留此，以须我还，其有以奉酬。'即入见田巴曰：'适出，嬖媪问以鬃尾长短，弟子以逆顺之理答之，如何？'曰：'甚善。'滑厘曰：'然则媪申之以须顺为短，发逆而长，则弟子无以对，愿先生折之。媪方坐门以俟，期以馀教诏之。'巴俯首久之，乃以行呼滑厘曰：'禽大禽大，幸自无事也，省可出入。'"

【译文】艾子说："田巴居住在稷下，发表他的见解，肯定三皇而否定五帝，一天之内，说服上千人。他的辩才没有人能说得过的。他的弟子禽滑厘早晨外出，遇到嬖媪。嬖媪向他作揖并问道：'你不是田巴的学生吗？你应该学得田巴的辩才。我现在有个大疑难问题，想从你那儿求得答案。'禽滑厘说：'你姑且说说，我大概能判断它的道理。'嬖媪说：'马鬃向上长却很短，马尾向下长却很长，是什么道理呢？'滑厘笑着回答说：'这是很容易明晓的事理，马鬃冲着上面，长势是逆着的，却很强硬，所以老天就让它长的短；马尾巴向下垂，长势是顺着的，很柔顺，所以老天就让它长的长。’夔媪说：‘照这么说的话，那人的头发是冲着上面的，长势也是逆的，为何却很长？人的胡须是下垂的，长势是顺的，为何却很短？’滑厘一下被问住，怔怔地说：‘我的学问还不到能回答你的问题的程度，我回去问问我的老师，请你在此等一等，等我回来，将会回答你。’于是禽滑厘就回去见田巴，说：‘我刚才出去，夔媪问我马鬃马尾长短的问题，我用它们的长势顺逆理论回答她，老师您看这么回答怎么样？’田巴说：‘很好。’滑厘说：‘但是夔媪申述她的理论，说胡须是顺势而长，却很短；头发是逆势而长，却很长。弟子无话回答她，希望老师做出裁断，以便说服她。夔媪正坐在门口等着呢，盼望着您给她教诲。’田巴低头默然不语，过了很长时间，田巴用禽滑厘的兄弟排行叫他：‘禽大禽大，侥幸已经没事了，可以放行出入了。’”

尧禅位许由

艾子曰：“尧治天下久而耄勤，呼许由以禅焉。由入见之，所居土阶三尺，茅茨不剪，采椽不斫，虽逆旅之居无以过其陋；命许由食，则饭土口，啜土器，食粗粝，羹藜藿，虽厮监之养，无以过其约。食毕，顾而言曰：‘吾都天下之富，享天下之贵，久而厌矣，今将举以授汝，汝其享吾之奉也。’许由顾而笑曰：‘似此富贵，我未甚爱也。’”

【译文】艾子说：“尧治理天下时间很长，年老仍很辛苦，就叫来了许由要禅让给他。许由进入尧的宫室拜见尧。尧住的房屋是三尺高的土台阶，茅屋顶不修整、栎木椽不砍削，即使是旅馆也没有这么简陋。尧赐给许由食物，饭是在土灶台上做的，餐具也是土陶的，吃的是粗糙的杂粮和藜藿野菜羹，即使是养马看门的人的食物也没有这么节俭。吃完饭后，尧看着许由说：‘吾集中了天下的财富，享受着天下的尊贵，时间太久已经厌倦了，如今打算把天下交给你，让你来享受我的财富和尊贵。’许由环顾四周笑着对尧说：‘像这样的富贵，我不怎么喜欢。’”

城下窃盗未获

秦破赵于长平，坑众四十万，遂以兵围邯郸。诸侯救兵，列壁而不敢前。邯郸垂亡，平原君无以为策，家居愁坐，顾府吏而问曰：“相府有何未了公事？”吏未对，新垣衍在坐，应声曰：“唯城外一火窃盗未获尔。”

【译文】秦在长平攻破赵军之后，坑杀了四十万赵军降兵，接着就兵围赵国都城邯郸。诸侯救赵的军队，站在各自阵地上不敢前去救援。邯郸眼看将要失守，赵国平原君没有一点办法，坐在家中发愁，环顾府吏问道：“相府还有什么公事没有办完？”府吏没有对答的。这时新垣衍在场，便应声答道：“只有城外的一伙强盗还没有抓获。”

公孙龙辩屈

公孙龙见赵文王，将以夸事眩之，因为王陈大鹏九万里、钓连鳌之说。文王曰：“南海之鳌，吾所未见也，独以吾赵地所有之事报子。寡人之镇阳，有二小儿，曰东里，曰左伯，共戏于渤海之上，须臾有所谓鹏者，群翔于水上，东里遽入海以捕之，一攫而得，渤海之深，才及东里之胫。顾何以贮也，于是挽左伯之巾以囊焉。左伯怒，相与斗，久之不已。东里之母乃拽东里回。左伯举太行山掷之，误中东里之母，一目眯焉。母以爪剔出，向西北弹之。故太行中断，而所弹之石，今为恒山也。子亦见之乎？”公孙龙逡巡丧气，揖而退。弟子曰：“嘻，先生持大说以夸眩人，宜其困也。”

【译文】公孙龙谒见赵文王，打算用说大话来迷惑赵文王，便向赵王陈说大鹏一飞九万里，在南海钓巨大的鳌鱼等事情。文王回答说："你所说的南海大鳌鱼，我没有见过。我只拿我们赵国发生的事来答复你。寡人统治下的镇阳，有二个小孩，一个叫东里，一个叫左伯，二人在渤海边游玩。一会儿来了一群叫作鹏的东西，在海面上飞翔，东里便跳到海里去捕捉它们，一伸手就抓住了一只，渤海的水深，才刚淹没东里的小腿。东里回头看用什么东西装这只鹏，便伸手抓下左伯的头巾来包它。左伯大怒，两人就打起架来，打了半天也不停止，东里的母亲便拉东里回家去，左伯举起太行山向他们扔过去，误中东里的母亲，东里的母亲一只眼便被沙石眯住，他母亲用手把灰沙剔出来，朝西北弹去。因此太行山中间有个断缺，而她所弹的那粒沙石，就是如今的恒山。你见过吧？"公孙龙听后丧气退缩，行礼而退。公孙龙的弟子们说："嘿，咱们老师好说大话来向人夸耀以迷乎人。这次他应当被别人用大话来难为一下。"

营丘诸难

营丘士，性不通慧，每多事，好折难而不中理。一日，造艾子，问曰："凡大车之下，与橐驼之项，多缀铃铎，其故何也？"艾子曰："车、驼之为物甚大，且多夜行，忽狭路相逢，则难于回避，凭藉鸣声相闻，使预得回避尔。"营丘士曰："佛塔之上，亦设铃铎，岂谓塔亦夜行而行使相避耶？"艾子曰："君不通事理，乃至如此！凡鸟鹊多托高以巢，粪秽狼藉，故塔之有铃，所以警鸟鹊也，岂以车、驼比耶？"营丘士曰："鹰鹞之尾，亦设小铃，安有鸟鹊巢于鹰鹞之尾乎？"艾子大笑曰："怪哉，君之不通也！夫鹰隼击物，或入林中，而绊足絛线，偶为木之所绾，则振羽之际，铃声可寻而索也。岂谓防鸟鹊之巢乎？"营丘士曰："吾尝见挽郎秉铎而歌，虽不究其理，今乃知恐为木枝所绾，而便于寻索也。抑不知绾郎之足者，用皮乎？用线乎？"艾子愠而答曰："挽郎乃死者之导也，为死人生前好诘难，故鼓铎以乐其尸耳。”

【译文】营丘有个士子，天性不聪明，还每每惹事，好与人辩论却又说不到理上。一日，去造访艾子，问艾子道：“凡大车的下面，骆驼的脖子下，都爱挂上铃铛，这是什么原因呢？”艾子说：“车、驼都是很大的物体，而且常常夜间行走，一旦狭路相逢，就很难回避，凭借铃声，可使对方早做准备、互相回避。”营丘士便说：“佛塔上面也有铃铛，难道说塔也夜间行走要互相回避吗？”艾子回答说：“你不通事理，竟到如此地步！凡是鸟鹊大都借助高处来建巢，往往在上面搞得处处粪秽，一塌糊涂，所以塔上要安上铃铛，用来警吓鸟鹊，不让它们在那上面做巢。这哪能和车、驼挂铃铛相提并论。”营丘士说：“人们养的鹞鹰的尾巴上也往往装有小铃，难道也有鸟鹊在鹞鹰的尾巴上建巢吗？”艾子听后大笑，说：“真怪呀！你这么不通事理！那些鹰隼攻击猎物，有时会飞入林子里，那拴在它们脚上的线绳，可能偶尔会缠在树上，它们就会振翅扑腾，这样铃声一响，主人就会循声寻到，哪里是为防鸟鹊在它们尾巴上建巢。”营丘士说：“我曾见过拉棺材送葬的挽郎摇着铃唱歌，我虽然不明白其中的道理，但今天知道了那挽郎是担心被树木绊住，以便别人寻找到他们。只是不知道栓挽郎脚的绳子，是用皮绳呢？还是用线绳呢？”艾子很恼火地回答他：“挽郎是死者的向导，因为那死人生前好胡搅蛮缠，所以才摇铃让那尸体高兴。”

鸭搦兔

赵以马服君之威名，擢其子括为将以拒秦，而适当武安君白起。一战军破，掠赵括，坑其众四十万，邯郸几败。艾子闻之曰：“昔人将猎而不识鹘，买一凫而去。原上兔起，扬之使击，凫不能飞。投于地，又扬之，投于地，至三四。凫忽蹒跚而人语曰：‘我鸭也，杀而食之，乃其分，奈何加我以提掷之苦乎？’其人曰：‘我谓尔为鹘，可以猎兔耳，乃鸭耶？’凫举掌而示，笑以言曰：‘看我这脚手，可以搦得他兔否？’”

【译文】赵国由于马服君赵奢的威名，便提拔他儿子赵括做赵军的大将率兵抵抗秦军，恰恰碰上秦国名将武安君白起。一战赵军便被击破。俘虏了赵括，坑杀了投降的四十万赵军士兵，都城邯郸几乎被攻占。艾子听说后说：“过去有个人要去打猎但不认识猎鹰，买了只野鸭子用来打猎。草原上发现了只兔子，此人便把那鸭子抛起来，鸭子不能飞，落到了地上。他又把鸭子抛起来，鸭子又落到了地上。如此三四遍。鸭子突然说起人话：‘我是只鸭子，把我杀吃了，那是我分内该如此，可为什么让我遭受摔打的苦楚呢？’那人说：‘我认为你是只猎鹰，可以猎兔。你竟然是只鸭子？’鸭子举起它的鸭掌给那人看，笑着说：‘看我这脚掌，能不能抓兔子？’”

失题

范雎一见秦昭王，而怵之以近祸。昭王遂幽太后，逐穰侯，废高陵华阳君，于是秦之公族与群臣侧目而惮雎。然以其宠，而未敢害之。一旦，王稽及郑安平叛，而雎当缘坐，秦王念未有以代之者，尚缓其罪，因下令：“敢有言郑安平叛者死。”然雎固已畏摄而不敢宁矣。艾子因使人告之曰：“佛经有云：‘或被恶人逐，堕落金刚山，念彼观音力，如日虚空住。’空中非可久住之地，此一扑终在，但迟速之间耳。”雎闻，荐蔡泽自代。

【译文】范雎一拜见秦昭王，就用秦昭王已临近祸患来使秦昭王害怕。秦昭王于是就听从范雎的话，幽禁太后，放逐穰侯，废黜高陵华阳君，从此秦国的宗族及其大臣都对范雎侧目而视，却又非常怕他。但因为他正得宠，不敢加害他。终于有一天，王稽和郑安平叛乱，而范雎对此事有责任，应受制裁，秦王考虑没有合适人选取代他，就宽恕范睢的罪错，便下令说："敢有进言郑安平叛乱一事的人就杀头。"尽管如此，范睢也已担心自己的位子保不住，心里不踏实。艾子就派人对范睢说："佛经上说：'或被恶人逐，堕落金刚山，念彼观音力，如日虚空住。'空中不是久呆的地方，这一跟头终究存在，只不过时间早晚的问题。"范睢听后，就推荐蔡泽取代了自己。

改观音经语

艾子一日观人诵佛经者，有曰："咒诅诸毒药，所欲害身者，念彼观音力，还着于本人。"艾子喟然叹曰："佛，仁也，岂有免一人之难而害一人之命乎？是亦去彼及此，与夫不爱者何异也？"因谓其人曰："今为汝体佛之意而改正之，可者乎？曰：'咒诅诸毒药，所欲害身者，念彼观音力，两家都没事。'"

【译文】艾子有一天见一个人诵读佛经，念道："咒诅和那种种毒药，让那些想用此害人的人，被观音菩萨的法力驱使，把那咒诅和毒药还回到那人自己身上。"艾子听后感叹道："佛，是仁慈的。哪有免一个人的灾难去害另一人的命？这样去除一人灾祸而把灾祸降到另一人身上，这和不爱人又有什么区别？"于是就对那人说："今天我替你来体会佛的本意把那佛经内容改一改，可以吗？这样读：'咒诅和那种种毒药，让那想以此害人的人，被观音菩萨的法力驱使，两家都没有灾难。'"

木履

有人献木履于齐宣王者，无刻斫之迹。王曰："其美如此，岂非生成？"艾子曰："鞋楦乃其核也。"

【译文】有个人献给齐宣王一双木鞋，这鞋没有任何刻斫的痕迹。齐王说："这么精美，难道是天生成的吗？"艾子说："鞋楦是用这木鞋的内核做成的。"

獬豸

齐宣王问艾子曰："吾闻古有獬豸，何物也？"艾子对曰："尧之时，有神兽曰獬豸，处廷中，辨群臣之邪僻者触而食之。"艾子对已，复进曰："使今有此兽，料不乞食矣。"

【译文】齐宣王向艾子问道："我听说古代有一种叫獬豸的，是什么动物啊？"艾子回答说："尧的时代，有一种神兽名叫獬豸，养在朝廷，专门辨认奸臣，认出来就吃掉他。"艾子回答完后又进言道："假如今天还有这种神兽，我料想它不用要饭的了。"

诛有尾

艾子浮于海，夜泊岛屿中，夜闻水下有人哭声，复若人言，遂听之。其言曰："昨日龙王有令：'应水族有尾者斩。'吾鼍也，故惧诛而哭。汝虾蟆无尾，何哭？"复闻有言曰："吾今幸无尾，但恐更理会科斗时事也。"

【译文】艾子渡海，晚上船停泊在一座岛屿。夜里听到水下有人哭的声音，又好像有人说话，于是就认真听。听到水下这么说："昨天龙王下令：'水族中有尾巴的全部杀掉。'我是鼍龙，所以害怕被杀掉才哭，你是蛤蟆又没有尾巴，为什么也哭？"接着便又听到水下这么说："我今天侥幸已没有尾巴，只是担心追究我做科斗时长有尾巴的事情。"

龙王问蛙

艾子使于燕，燕王曰：“吾小国也，日为强秦所侵，征求无已，吾国贫无以供之，欲革兵一战，又力弱不足以拒敌，如之何则可？先生其为谋之。”艾子曰：“亦有分也。”王曰：“其有说乎？”艾子曰：“昔有龙王，逢一蛙于海滨，相问讯后，蛙问龙王曰：‘王之居处何如？’王曰：‘珠宫贝阙，翚飞璇题。’龙复问：‘汝之居处何若？’蛙曰：‘绿苔碧草，清泉白石。’复问曰：‘王之喜怒如何？’龙曰：‘吾喜则时降膏泽，使五谷丰稔；怒则先之以暴风，次之以震霆，继之以飞电，使千里之内，寸草不留。’龙谓蛙曰：‘汝之喜怒何如？’曰：‘吾之喜则清风明月，一部鼓吹。怒则先之以努眼，次之以腹胀，然后至于胀过而休。’”于是燕王有惭色。

【译文】艾子出使燕国，燕王问他：“我们燕国是小国，天天被秦国侵略，对我国的苛求掠夺没有止境，我国贫困得已没有财力供给他们，想振作军队和秦国决一死战，又觉得力量太弱小不能够抗拒敌人。该怎么办才好呢？请先生您替我们策划一下。”艾子回答说：“这不过是你们命该如此。”燕王说：“你这么说有什么道理吗？”艾子说：“过去龙王在海边遇到一只青蛙，互相问候之后，青蛙问龙王：‘大王您的住处什么样？’龙王说：‘珍珠筑成的宫殿，贝做成的宫门，像锦鸡一样的飞檐，玉璇做的门楣。’龙又问蛙：‘你的住处什么样？’青蛙回答说：‘绿苔碧草，清泉白石。’蛙又问道：‘大王您的喜怒怎么表现？’龙王回答说：‘我高兴时就降下甘霖好雨，使五谷丰登，我发怒时先掀起暴风，接着响起惊雷，再接着击起闪电，使千里之内，寸草不留。’龙王又问青蛙：‘你的喜怒如何表现？’青蛙说：‘我高兴的时候就在清风明月下得意地鸣叫，生气的时候先瞪起眼珠，接着鼓起肚子，鼓胀完肚子就休息拉倒。’”于是燕王有惭愧的神色。

齐王择婿

齐王于女，凡选婿必择美少年，颜长而白皙，虽中无所有，而外状稍优者必取之。齐国之法，民为王婿，则禁与士人往还，唯奉朝请外，享美服珍珠，与优伶为伍，但能奉其王女，则为效矣。一日，诸婿退朝，相叙而行，傲然自得。艾子顾谓人曰："齐国之安危重轻，岂不尽在此数公乎！"

【译文】齐王对于自己女儿的婚事，选择女婿一定挑选年青貌美的。宽宽的额头又很白净的，虽然很难选到，但姿容比较出色的一定要选到。齐国的法律，百姓中做了齐王的女婿，就严禁和士人百姓来往。除了到朝廷请安之外，再无其它公事，整天就是享受锦衣玉食、珠宝玩好，和戏子们整天在一起游乐。只要能让齐王的女儿们快活，就算他们尽职了。一天，诸位女婿退朝，按年齿大小列队而行，个个傲然自得。艾子看后对旁边的人说："齐国的安危兴亡，难道不都在这几位身上吗？"

愚子

齐有富人，家累千金。其二子甚愚，其父又不教之。一日，艾子谓其父曰："君之子虽美，而不通世务，他日曷能克其家？"父怒曰："君之子敏，而且恃多能，岂有不通世务耶？"艾子曰："不须试之他，但问君之子所食者米从何来，若知之，吾当妄言之罪。"父遂呼其子问之：其子嘻然笑曰："吾岂不知此也，每以布囊取来。"其父愀然而改容曰："子之愚甚也，彼米不是田中来？"艾子曰："非其父不生其子。"

【译文】齐国有一家很富裕，家里积攒了千金财富。但他家的二个儿子却很愚笨，他们父亲又不教育他们。一天，艾子对他们的父亲说道："您的儿子长得虽然很美，但不通世事，日后怎能守住家业？"这位父亲便发怒说："如果您的孩子聪明，而且自认为有多种本领，这样能认为他不通世事吗？"艾子说："不用试他别的，只问您的儿子他吃的米从哪来的。如果能说对，我甘愿受胡说诬谤之罪。"这位父亲便叫来自己的儿子问他，他的儿子嘻嘻一笑，说："我会不知道这个吗？每次都是从米袋里取的。"他的父亲忧愁地说："你真笨啊，那米不是从田中来的吗？"艾子说："不是这种父亲就不会生养这样的儿子。"

毛手鬼

邹忌子说齐王，齐王说之，遂命为相。居数月，无善誉。艾子见淳于髡问曰："邹子为相之久，无誉，何也？"髡曰："吾闻齐国有一毛手鬼，凡为相，必以手掴之，其人遂忘平生忠直，默默而已。岂其是欤？"艾子曰："君之过矣，彼毛手只择有血性者掴之。"

【译文】邹忌讽谏齐王，齐王很喜欢他，就任命他做了相。过了几个月，没什么好声誉。艾子见淳于髡问道："邹子做宰相很长一段时间了，没什么好声誉，什么原因呢？"淳于髡说："我听说齐国有一个毛手鬼，只要是做了相，他便一定用手扇那相的耳光，那相便忘记了平生的忠直，默默无闻地尸位素餐。难道不是这原因吗？"艾子说："您错了，那毛手鬼只拣有血性的人才扇耳光。"

虾三德

艾子一夕梦一丈夫，衣冠甚伟，谓艾子曰："吾东海龙王也，凡龙之产儿女，各与江海为婚姻，然龙性甚暴，又以其类同，少相下者。吾有少女，甚爱之，其性尤戾，若吾女更与龙为匹，必无安谐，欲求耐事而易制者，不可得，子多智，故来请问，姑为我谋之。”艾子曰：“王虽龙，亦水族也，求婿，亦须水族。”王曰：“然。”艾子曰：“若取鱼，彼多贪饵，为钓者获之，又无手足；若取鼋鼍，其状丑恶；唯虾可也。”王曰：“无乃太卑乎？”艾子曰：“虾有三德，一无肚肠，二割之无血，三头上带得不洁，是所以为王婿也。”王曰：“善。”

【译文】一天晚上艾子梦见一男子，衣服帽子都很气派，这人对艾子说：“我是东海龙王，凡是龙的子女，都要和别的江海中的龙结为婚姻，但是龙的性子很暴烈，又因为婚姻都是同类，很少能相让的。我有个小女儿，性子尤其怪异暴烈，如果我的女儿也依次和龙族结为配偶，一定没有安静和睦的日子。想求个耐得住事情烦扰，容易制服的和我女儿为伴，却找不到。您智谋很多，所以来向您请教，请您替我策划一下。”艾子说：“大王您虽说是龙，但也还是水族，我想找女婿也要从水族中找。”龙王说：“是的。”艾子说：“如果找鱼，那东西太贪吃鱼饵，容易被钓鱼的猎获，而且没有手足；如果找鼋鼍，它们的形貌太丑；我看只有虾最合适。”龙王说：“恐怕太下贱了吧？”艾子说：“虾有三种好品德，其一是没有肚肠，不会生气。其二是割它也不会流血，没有血性。其三是头上可以带任何不干净的东西，包括名声。这三条便是它最适合做大王您的女婿的理由。”龙王说：“对。”

鬼怕恶人

艾子行于途，见一庙，矮小而装饰甚严。前有一小沟，有人行至，水不可涉，顾庙中，而辄取大王像，横于沟上，履之而去。复有一人至，见之，再三叹之，曰：“神像直有如此亵慢。”乃自扶起，以衣拂饰，捧至坐上，再拜而去。须臾，艾子闻庙中小鬼曰：“大王居此为神，享里人祭祀，反为愚民之辱，何不施祸患以谴之？”王曰：“然则祸当行于后来者。”小鬼又曰：“前人以履大王，辱莫甚焉，而不行祸，后来之人，敬大王者，反祸之，何也？”王曰：“前人已不信矣，又安祸之？”艾子曰：“真是鬼怕恶人也。”

【译文】艾子在路途上行走，见有一座庙，很矮小但装饰得很庄严。庙前有一条小沟，这时有一人走到庙前，沟里水不能趟过去，他环顾庙中，就取下大王像，横架在沟上，踏着大王的像过了沟。一会儿又有一人来到，看见大王像横架在沟上，再三感叹，说：“对神像竟有如此亵慢的的行为。”自己就把神像扶起来，用衣襟擦拭干净，捧回到神座上，再三磕头才离去。一会儿，艾子听见庙中小鬼议论说：“大王住在此地为神灵，本应享受乡里的人祭祀，反而遭愚民污辱，为什么不施加灾祸来责备这些愚民？”大王说：“那么灾祸应当降到后来的那人身上。”小鬼又说：“前面那人用脚踩大王，污辱的那么厉害，却不把灾祸降到他头上，后来那位，是尊崇大王的，反而把灾祸降到他头上，什么道理？”大王说：“前面那人已不信神鬼了，还怎么给他降灾祸？”艾子听后说：“真是神鬼怕恶人。”

狗道我是

艾子有从禽之僻，畜一猎犬，甚能搏兔。艾子每出，必牵犬以自随。凡猎兔，必出其心肝以与之食，莫不饫足。故凡获一兔，犬必摇尾以视艾子，自喜而待其饲也。一日出猎，偶兔少，而犬饥已甚，望草中二兔跃出，鹰翔而击之，兔狡，翻覆之际，而犬已至，乃误中其鹰，毙焉，而兔已走矣。艾子匆遽将死鹰在手，叹恨之次，犬亦如前摇尾而自喜，顾艾子以待食。艾子乃顾犬而骂曰：“这神狗犹自道我是里。”

【译文】艾子有纵养鹰犬的爱好。养了条猎犬，很能捕获兔子。

艾子每次外出，都一定牵着那猎犬跟着自己。凡是猎获了兔子，一定把兔子心肝挖出来给狗吃，没有不让那猎犬不满足的。因而每当捉住兔子，那狗一定摇着尾巴看着艾子，很高兴地等着喂它。一天出去打猎，偶而兔子很少，而那猎犬已经饥不可耐，看见草中有二只兔子跳出来，猎鹰飞翔着冲下来抓兔子，但那兔子很狡猾，和鹰周旋反复。这时猎犬也已赶到，却误中猎鹰，把鹰扑死了，兔子却逃跑了，艾子急忙把死鹰拿在手里，遗憾痛惜。那猎犬却仍像以前那样摇着尾巴沾沾自喜，看着艾子等待喂它。艾子便看着那狗骂道：“这神狗还自认为自己做的好呢。”

哭彭祖

艾子出游，见一妪白发而存衰粗之服，哭甚哀。艾子谓曰：“妪何哭而若此之哀也？”妪曰：“哭吾夫也。”艾子曰：“妪自高年，而始哭夫，不识夫谁也。”曰：“彭祖也。”艾子曰：“彭祖寿八百而死，固不为短，可以无恨。”妪曰：“吾夫寿八百诚无恨，然又有寿九百而不死者，岂不恨耶！”

【译文】艾子外出游览，看见一位老太太满头白发却穿着丧服，哭声很悲哀。艾子问她：“老太太你为何哭的这么悲哀呢？”老太太说：“我哭我丈夫。”艾子说：“老太太你已年寿很高，现在哭你丈夫，不知道你丈夫是谁？”老太太回答说：“是彭祖。”艾子说：“彭祖活了八百岁才死，已经不算短了，应该不遗憾了。”老太太说：“我丈夫活了八百岁的确没什么遗憾，但是还有活九百岁却不死的，这难道还不遗憾吗？”

食肉之智

艾子之邻，皆齐之鄙人也。闻一人相谓曰：“吾与齐之公卿，皆人而禀三才之灵者，何彼有智，而我无智？”一曰：“彼日食肉，所以有智；我平日食粗粝，故少智也。”其问者曰：“吾适有粜粟钱数千，姑与汝日食肉试之。”数日，复又闻彼二人相谓曰：“吾自食肉后，心识明达，触事有智，不徒有智，又能穷理。”其一曰：“吾观人脚面，前出甚便，若后出岂不为继来者所践？”其一曰：“吾亦见人鼻窍，向下甚利，若向上，岂不为天雨注之乎？”二人相称其智。艾子叹曰：“肉食者其智若此。”

【译文】艾子的邻居，都是齐国中见识浅陋的人。一天艾子听见一位对人说：“我和齐国的公卿大臣，同样是人，同样禀受天地造化的灵气，为何他们有智慧，而我没有智慧呢？”另一位回答说：“他们天天吃肉，所以有智慧；我们平时尽吃粗粮，因此智慧就少。”那位提问题的就说：“我恰好有卖粮得来的钱好几千，姑且和你把它用来每天买肉吃，试试看效果如何。”过了些日子，又听见那二位互相议论，一位说：“我自从天天吃肉后，心里变得十分明亮透彻，很有见识，遇事很有智谋，不仅仅有智慧，还能把事理分析得十分透彻。”另一位说：“我看人的脚面，向前迈出很方便，如向后迈，难道不就被后面跟着的人踩着了吗？”先前那位接着说：“我也观察到人的鼻孔朝下长很便利，如果向上长，难道不是要遭雨水往里灌了吗？”这两人互相称赞自己有智慧。艾子听后长叹道：“吃肉的人的智慧原来如此啊！”

黠鬼赚牛头

艾子病热，稍昏，梦中神游阴府，见阎罗王升殿治事，有数鬼抬一人至。一吏前白之，曰：“此人在世，唯务持人阴事，恐取财物，虽无过者，一巧造端以诱陷之，然后摘使。准法，合以五百亿万斤柴于镬汤中煮讫放。”王可之，令付狱。有一牛头捽执之而去。其人私谓牛头曰：“君何人也？”曰：“吾镬汤狱主也，狱之事皆可主之。”其人又曰:“既为狱主,固首主也,而豹皮裩若此之弊!”其鬼曰:“冥中无此皮,若阳人焚化方得,而吾名不显于人间,故无焚贶者。”其人又曰:“某之外氏猎徒也,家常有此皮,若蒙狱主见悯,少减柴数,得还,则焚化十皮,为狱主作裩。”其鬼喜曰:“为汝去亿万二字,以欺其徒,则汝得速还,兼免沸煮之苦三之二也。”于是叉入镬煮之。其牛头者,时来相问。小鬼见如此,必欲庇之,亦不敢令火炽,遂报柴足。既出镬,束带将行,牛头曰:“勿忘皮也。”其人乃回顾曰:“有诗一首奉赠云:‘牛头狱主要知闻,权在阎王不在君。减刻官柴犹自可,更求枉法豹皮裩。’”牛头大怒,叉入镬汤,益薪煮之。艾子既寤,语于徒曰:“须信口是祸之门也。”

【译文】艾子生病发烧,头脑烧得昏昏沉沉,梦中神游阴间地府,见阎罗王升殿办理事务。这时有几个小鬼抬着一人来到阎王殿前。一个鬼吏走到阎王面前报告说:“这个人活在世上时,专门干抓别人的隐私,以此吓唬讹诈别人的钱财。即使没有错误的,他也要设法制造事端,设圈套诱人钻入,然后再以此为把柄,讹诈人。用阴间法律判定,应该这样处置,用五百亿万斤柴草在汤锅中煮后再放了他。”阎王同意,让交给狱卒办理。有一个牛头鬼便把他抓走了。这个人偷偷地对牛头鬼说:“您是什么人?”牛头鬼说:“我是负责下汤锅这一刑罚的头头,凡是下汤锅的事我都可作主。”这个人又说:“既然是主持下汤锅刑罚的头头,就应是这里的第一长官。可你穿的豹皮裤竟如此破旧!”那牛头鬼说:“阴间没有这豹皮,要靠阳间的人焚化才能得到。但是我的名字阳间的人们不知道,因此没有人为我祷告烧化。”这人便说:“我的外祖父是个猎人,家里经常有豹皮,如蒙狱主可怜我,稍微减点烧我的柴草数目,使我能回阳间,那么我一定回去为您烧化十张豹皮,给狱主做裤子用。”那牛头鬼便高兴地说:“好。我替你减去烧你的柴草数字中‘亿万’二字,欺骗一下那些办事的,那么你就可以很快回去,而且可以免去一大半被熬煮的痛苦。”于是便把这人用铁叉投入汤锅中熬煮。那牛头鬼一会儿过来关照一下,那些小鬼见这种情况，知道他一定是想保护这个人，也就不敢把火烧得很旺，一会儿就说法定的柴草数已经烧够了。这人出锅之后，系好衣服准备回去，牛头鬼说："不要忘了给我烧化豹皮。"这人便回头对牛头鬼说："我有一首诗奉送给你：'牛头狱主要知闻，权在阎王不在君。减刻官柴犹自可，更求枉法豹皮裩。'"牛头鬼听后大怒，把他又入汤锅，重新增加薪柴烧煮他。艾子醒后，告诉他的学生说："一定要记住：随意乱说就是祸患的开始。"

耀州知白

秦既并灭六国，专有天下，罢侯置守。艾子当是时，与秦之相有旧，喜以趣之，欲求一佳郡守。秦相见艾子，甚笃故情，日延饮食，皆玉醴珍馔。数日，以情白之。相欣然谓曰："细事可必副所欲。"又数日，乃曰："欲以一寸原。"艾子曰："吾见丞相望之，然又日享甘旨，必谓甚有筹画，元来只有生得耀州知白。"

【译文】秦国兼并六国，统治天下之后，废除诸侯封建，建立郡守制度。艾子当时与秦国丞相有老交情，就高高兴兴地去投奔他，想谋求一个好郡守职位。秦丞相见艾子后，非常看重老交情，每天请艾子吃酒席，都是美酒佳肴。过了几天，艾子把自己的想法告诉了丞相，丞相乐呵呵地说："小事一桩，一定满足你的要求。"又过几天，才对艾子说道："给你一个一寸原的郡守吧。"艾子说："我远远地来拜见丞相，对丞相寄予希望，而且又天天在此享受好酒饭。心想丞相一定为我作出了安排，原来我得到得只是耀州知白的空头称号，空欢喜一场。"

骚雅大儒

艾子好为诗。一日，行齐、魏间，宿逆旅。夜闻邻房人言曰："一首也。”少问曰：“又一首也。”比晓六七首。艾子意其必诗人，清夜吟咏，兼爱其敏思。凌晨，冠带候谒。少顷，一人出，乃商贾也，危羸若有疾者。艾子深感之，岂有是人而能诗乎？抑又不可臆度。遂问曰：“闻足下篇什甚多，敢乞一览。”其人曰：“某负贩也，安知诗为何物？”再三拒之。艾子曰：“昨夜闻君房中自鸣曰‘一首也’，须臾，又曰‘一首也’，岂非诗乎？”其人笑言：“君误矣。昨日，偶腹疾暴下，夜黑寻纸不及，因污其手，疾势不止，殆六七污手，其言一首非诗也。”艾子有惭色。门人因戏之曰：“先生求骚雅，乃是大儒。”

【译文】艾子好写诗。有一天，在齐、魏一带游历，晚上住在旅店里。夜里听见隔壁房间中有人说：“一首。”一会儿又说：“又一首。”直到第二天天亮，一共数了六七首。艾子认为隔壁房间那位一定是位诗人，在清静的夜晚吟写诗作，艾子倾慕此人才思敏捷。于是第二天一早，就衣帽整齐地去拜访对方。等了一会儿，房间出来了一位，竟然是个商人。一脸瘦弱疲惫相，像个病人。艾子不觉纳闷，这样的人怎么会作诗呢？但又无法随便猜测。于是就问道：“听说您写了很多诗篇，冒昧地请求您让我欣赏一下。”那人说：“我是个做生意的，哪里知道诗是什么东西。”艾子一再请求，那人再三拒绝。艾子只好说：“昨夜听您在房间里自言自语说‘一首’，一会儿又说‘又一首’，难道不是在写诗吗？”那人笑着说：“您搞错了。昨天，我因为肠胃病拉肚子拉得厉害，夜里又黑，找不着手纸因而弄脏了手。又拉个不停，一夜把手弄脏了六七次。我自言自语说‘一首（手）’并不是说写诗。”艾子听后很不好意思。艾子的门人于是就给艾子开玩笑说：“先生寻求骚雅之士，竟然找了个这样的大儒。”

印雨龙与指日蛮

艾子一日晨出，见齐之相府门前，有数十人皆贫窭之甚，人相聚而立。因问之，曰：“汝何者而集于此？”其人曰：“吾皆齐之贫民，以少业自营，亦终岁不乏。今有至冤，欲诉于丞相辨之。”艾子曰：“相府非辨讼之所，当诣士师也。”其人曰：“事由丞相，非士师可辨。”艾子曰：“然则何事也？”其人曰：“吾所业乃印雨龙与指日蛮也。今丞相为政数年，率春及夏旱，仆印卖求雨龙，才秋至冬多雨潦，即卖指日蛮，吾获利以足衣食，皆前半年取逋债印造，及期无不售者；却去年冬系大雪，接春又阴晦，或雨泥泞牛马皮，下令人家求晴。吾数家但习常年先印下求雨龙，唯一人有秋时剩下指日蛮，遂专其利，岂不为至冤乎？”艾子曰：“汝所印龙，当秋却售也。此乃丞相恐人道燮理手段，年年一般，且要倒过耳。”

【译文】一天早晨艾子外出，看到齐国的相府门前聚集了几十个极其贫困的人。艾子向前问道：“你们为什么在这里？”那些人回答说：“我们都是齐国的贫民，从事微不足道的职业来谋生。也能够一年到头不缺衣食。现今有大冤屈，想找丞相申诉，请丞相作主。”艾子说：“相府不是喊冤告状的地方，你们应当去找法官。”那些人说：“我们要申诉的事情，是丞相经办的，不是法官能处理的。”艾子说：“那么你们要申诉的是什么事呢？”那些人说：“我们从事的职业是印制求雨的龙和盼日出的蛮兽。现任丞相执政的这许多年，大都是春夏天旱，我们就印制出售求雨的龙，秋初到冬初雨水多，我们就印制出售盼天晴的蛮兽。我们以此来获取利润保证衣食。通常我们都是前半年贷款印制，到时候没有卖不出去的。但是从去年冬天，先是下大雪，春天又阴雨连绵，道路泥泞，牛马溅得都是泥水。因此丞相下令家家求晴。我们这几家常年都是先印制求雨龙，只有一家剩有秋天印制的盼天晴的蛮兽。于是这一家就包揽了这项利润。我们今年遇上这种情况，难道不是非常冤屈吗？”艾子说：“你们印制的求雨龙，到了秋天就会出售的。这是丞相担心人为因素，有意协调措施，年年都一样，今年有意要倒过来。”

虚粘奇帽

齐之士子，相尚裹乌纱帽，长其顶，短其檐，直其势，以其纱相粘，为之虚粘奇帽，设肆相接。其一家自榜其门曰当铺，每顶只卖八百文。以其廉，人日拥门，以是多愆期。一日，艾子方坐其肆，见一士子与其肆主语："吾先数日约要帽，反失期五七日，尚未得，必是为他人皆卖九百文，尔独卑于价以欺吾也。"呶呶久之。艾子因曰："秀才但勿喧，只管将八百文钱与他，须要九百底帽子。"

【译文】齐地的士子，时兴戴一种新兴的乌纱帽。帽顶很高，帽檐很短，帽子直筒筒的，把帽纱互相粘接，叫作虚粘奇帽。当时卖这种帽子的铺子一个接一个。有一家铺子自挂招牌叫作当铺，每顶帽子只卖八百文。因为它价格低廉，来买这家帽子的人天天挤满了铺子。也因此它总要拖延日期才能交货。一天，艾子坐在这家铺子里，见一士子和店老板论理，说："我提前好几天订货要帽子，现在反而比预订日期延迟了好几天，仍然拿不到帽子。一定是因为别人都卖九百文一顶帽，偏偏你压低价格，一定是来骗我们钱的。"争吵不休。艾子说："秀才不要吵，只管给他八百文钱，却要九百文一顶的帽子。"

扛钟

齐有二老臣，皆累朝宿儒大老，社稷倚重。一曰冢相，一曰亚相，凡国之重事乃关预焉。一日，齐王下令迁都，有一宝钟，重五千斤，计人力须五百人可扛。时齐无人，有司计无所出，乃白亚相。久亦无语，徐曰："嘻，此事亚相何不能了也？"于是令有司曰："一钟之重，五百人可扛。今总均凿作五百段，用一人五百日扛之。"有司欣然承命。艾子适见之，乃曰："冢宰奇画，人固不及。只是般到彼，莫却费锢鏴也无。"

【译文】齐国有二个老臣，都是好几朝号称学识渊博的大臣。为国家社稷所倚重。一个称为冢相，一个称为亚相。凡是国家大事，都要预先参与谋划。一天，齐王下令迁都，有一座宝钟，重五千斤，计算下来，需要五百人才能搬运走。当时齐国缺人力，有关办事官署想不出办法，就向亚相报告请教。亚相听后半天没有言语。一会儿，忽然说："嘿，这事我这当亚相的还办不成吗？"于是就向有关办事官署下令说："这个钟的重量，要五百人才能搬运。现在把它平均凿成五百段，用一个人五百天就可搬运完。"有关办事的欣然听命，准备去办。艾子恰好见到他们，便说："冢宰的高明办法，一般人确实想不出，只是这样把钟搬到地方，连修补也没法。"

季氏入狱

齐宣王时，人有死而生，能言阴府间言。乃云："方在阴府之时，见阎罗王诘责一贵人，曰：'汝何得罪之多也？'因问曰：'何人也？''鲁正卿季氏也。'其贵人再三不服，曰：'无罪。'阎王曰：'某年齐入侵境，汝只遣万人往应之，皆曰多寡不敌，必无功，岂徒无功，必枉害人之命。汝愎而不从，是以齐兵众，万人皆死。又某年某日饥，汝蔽君之聪明而不言，遂不发廪，因此死数万人。又汝为人相，职在燮理阴阳，汝为政乖戾，多致水旱，岁之民被其害，此皆汝之罪也。'其贵人叩头乃服。王曰：'可付阿鼻狱。'乃有牛头人数辈执之而去。"艾子闻之，太息不已。门人问曰："先生与季氏有旧耶？何叹也？"艾子曰："我非叹季氏也，盖叹阎罗王也。"门人曰："何谓也？"曰："自此安得狱空耶？"

【译文】齐宣王时代，有个人死而复生，能说阴间的所见所闻。这人讲了件事，说："我在阴间时，看见阎罗王拷问一位贵人，问：'你怎么有这么多罪呀？'于是就问那人：'你是什么人？'那人回答：'是鲁国正卿季氏。'这位贵人对阎王判他的罪怎么也不服，再三说：'我没有罪。阎王便一一数说他的罪状：'某年齐国军队侵犯鲁国，你只派遣万人去抵抗。很多人都提议说，派的人太少，众寡悬殊，一定不会成功。不仅不会成功，而且会白白害死许多人命。可你刚愎自用，不听从众人建议，结果面对众多的齐军，派去的万人全部战死。又某年某日闹灾荒，你蒙蔽国君，不让知道灾情，拒不开仓救灾，致使上万人饿死。另外，你身为相国，本职就应协理阴阳，可你施政违背天意人心，常常招致水旱，每年百姓都要遭受灾害，这都是你的罪状。'这样，那位贵人才服罪。阎王判他的罪，说：'应送交阿鼻地狱。'便有几个牛头鬼捉拿他走了。"艾子听说后，叹息不止。艾子的门人问艾子："先生和季氏有交情吗？为何感叹呢？"艾子说："我不是为季氏感叹，而是为阎王感叹。"门人说："你说的是什么意思？"艾子说："阎王如此判罪，从此他的地狱怎么会有空隙啊。"

秦士好古

秦士有好古者，一日，有携败席造门者，曰："鲁哀公命席以问孔子，此孔子席也。"秦士大喜，易以负郭之田。又有携枯竹杖者，曰："太王避狄去邠所操之箠也，先孔子数百年矣。"秦士罄家之财，悉与之。又有持漆盌至者，曰："席、杖皆周物，未为古也，此盌乃纣作漆器时所为。"秦士愈以为古，遂虚所居宅而与之。三器得而田宅资用尽去矣。好古之笃，终不舍三物。于是披哀公之席，托纣之盌，持去邻之杖，丐于市，曰："衣食父母，有太公九府钱，乞一文。"

【译文】秦国有个好古的士人。有一天，一个人拿了领破席登门拜访，说："鲁哀公曾命令给孔子设座席，向孔子请教。这就是孔子当时坐的那张席。"这位好古的秦士非常高兴，就拿他紧靠城边的良田换了这张破席。又有一人拿了根枯竹杖登门拜访，说："这是周太王古公亶父避狄人迁离邠地时所用的竹杖，这件古物要比孔子时代早好几百年。”这位好古的秦士把所有的家产都给了他，换了他的那枯竹杖。又有二人拿了个漆碗来拜访他，说：“你前两次得到的席子、竹杖都是周代的物品，还算不上古物，我现在拿来的这碗是殷纣王作漆器时制作的。”这位好古的秦士更认为这是件古物，于是就从自己家中搬出来用住宅换了这只漆碗。三件古器物得到了，但他的田产，房屋、钱财却全都失去了。可他仍然对古物怀着深厚的感情，始终舍不得扔掉那三件“宝贝”。于是就披着鲁哀公赐给孔子的席子，端着殷纣王制作的漆碗，拄着周太王迁离邠地时用过的竹杖，在市集上乞讨，说：“各位衣食父母，谁有太公时的九府钱，赏给我一文。”

题西湖诗卷

昔余守杭州，时与客出游西湖之上，探奇揽胜，寄兴舒情，极登临之乐，盖十年于兹矣。追忆往事，宛然如昨，而客有慕想西湖之胜者，每从余问询，不能悉为酬应，乃录其心目中之最稔者，凡十有八首。漫缀数语，并附诗歌，间有问者，辄举以示之，使观者了然，亦可以当卧游也。东坡居士识。

【译文】昔日，我做杭州太守时，常与宾客到西湖之上泛游，探奇揽胜，寄兴抒情，极尽登临的快乐，到现在已经十年了。追忆往日之事，仿佛就在昨天。这里的宾客中有思慕西湖胜景的，每每向我问询情况，我因不能一一应酬，就把心目中最熟悉的诗录了下来，共十八首。每首我都聊缀数语，并附上诗歌，间或有人问起的话，就拿出来让他看，使他能一目了然，我也可以当作卧游观赏。东坡居士识。

其一

西湖三面环山，中涵绿水，松排青嶂，草满平堤。泛舟湖中，回环瞻视，水光山色，竞秀争奇，柳岸花汀，参差掩映。已而峰衔翠霭，月印波心，画舫徐牵，菱歌晚度，游人俨然在画图中也。

水光潋滟晴方好，山色空濛雨亦奇。欲把西湖比西子，浓妆淡抹总相宜。

【译文】西湖三面被山环绕，中间是一汪绿水，青嶂岭上苍松罗列，湖堤旁芳草满布。泛舟湖中，环顾四周，但见水光山色，争奇斗秀，柳岸花汀，参差掩映。到了傍晚时分，翠霭笼罩了青山，碧波荡着明月，画船徐徐移动，菱歌缓缓传来。这时，游人就宛若置身在画图之中。

水光潋滟晴方好，山色空濛雨亦奇。欲把西湖比西子，浓妆淡抹总相宜。

其二

西湖春景，霁晓最宜，柳带朝烟，桃含宿雨，芳草沿堤，与湖流映碧，更见渔舟来往，令人疑入武陵桃源。

孤山寺北贾亭西，水面初平云脚低。几处早莺啼暖树，谁家新燕啄春泥。乱花渐欲迷人眼，浅草才能没马蹄。最爱湖东行不足，绿杨影里白沙堤。乐天。

【译文】西湖的春景，雨过天晴的清晓去看最好。这时，柳丝抹带着朝烟，桃花浸润着宿雨，沿着堤岸生长的芳草与湖中的水流相映成碧，更可看到渔舟往来游动，真令人怀疑进入了武陵桃源。

孤山寺北贾亭西，水面初平云脚低。几处早莺啼暖树，谁家新燕啄春泥。乱花渐欲迷人眼，浅草才能没马蹄。最爱湖东行不足，绿杨影里白沙堤。白乐天。

其三

西湖夏月，观荷最宜，风露舒凉，清香徐细，傍花浅酌，如对美人倩笑款话也。

毕竟西湖六月中，风光不与四时同。接天莲叶无穷碧，映日荷花别样红。

【译文】西湖的夏天，观赏荷花最为适宜。这时，风露送爽，清香浮动，倚花浅饮，就如同面对倩倩巧笑、款款而语的美人。

毕竟西湖六月中，风光不与四时同。接天莲叶无穷碧，映日荷花别样红。

其四

西湖观月，秋爽最宜。烟波镜静，上云色淡，渔灯依岸，山树霏微，万籁阒寂，景色清奇。

一望晴烟破暝幽，湖天滟滟月初浮。旋携斗酒呼邻父，小有盘飧上钓舟。笛咽水龙中夜冷，杯摇河影万山秋。人间回首悲何事，欲览青山最上头。

【译文】西湖观月，秋爽时节最为适宜。每到傍晚，烟雾笼罩的湖面像镜子般明净，空中飘浮的云朵色彩清淡，靠近岸边的渔灯闪闪烁烁，雾气弥漫中的山树依稀可辨，四周万籁阒寂，景色清奇。

一望晴烟破暝幽，湖天滟滟月初浮。旋携斗酒呼邻父，小有盘飧上钓舟。笛咽水龙中夜冷，杯摇河影万山秋。人间回首悲何事，欲览青山最上头。

其五

西湖赏雪，初霁最宜。或登天竺高顶及南北两峰，俯瞰城闉，远眺海岛，则大地山河，银溶汞结，而予以藐然稊米，凌厉刚风，恍欲羽化。次则放舟湖中，周览四山，若秋涛耸涌，璀璨乘飙，而玉树琪花，丽然夺目。

山迳晴光玉气浮，我来乘兴似王猷。桥迷蝃蝀高高耸，船压玻璃细细流。雪后未回花外棹，雨中曾唤柳阴舟。遥思寂寞春寒夜，一舸归来起白鸥。微之。

【译文】西湖赏雪，雪过初晴时最为适宜。或者登上天竺山顶及南北两峰，俯视城门，远望海岛，那么就会看到大地河山，都银装素裹，此时此景，就会像对稊米一样，对万事万物也藐然视之，那凌厉刚猛的气度，仿佛要羽化成仙一般。其次可以放舟湖中，环顾四周群山，风到之处，明艳的积雪如同秋涛汹涌，被雪覆盖的花树，更是光耀夺目。

山迳晴光玉气浮，我来乘兴似王猷。桥迷蝃蝀高高耸，船压玻璃细细流。雪后未回花外棹，雨中曾唤柳阴舟。遥思寂寞春寒夜，一舸归来起白鸥。元微之。

其六

孤山。峃界湖中，碧波环绕，胜绝诸山，楼阁参差，布满椒麓。

楼台耸碧岑，一径入湖心。不雨山常润，无云水自阴。断桥荒藓合，空院落花深。犹忆西窗月，钟声出北林。张祐

【译文】孤山。在峃界湖中，被碧波环绕，其景色远胜其他各

山，这里楼阁参差，椒树满布。

楼台耸碧岑，一径入湖心。不雨山常润，无云水自阴。断桥荒藓合，空院落花深。犹忆西窗月，钟声出北林。张裕

其七

断桥。去孤山最近，桥堤烟柳，露草芊绵，望如裙布。

望海楼明照曙霞，护江堤白踏晴沙。涛声夜入伍员庙，柳色春藏苏小家。红袖织绫夸柿带，青旗沽酒趁梨花。谁开湖寺西南路，草绿裙腰一带斜。

【译文】断桥。离孤山最近，岸堤长满了烟柳，花草茂密繁盛，望去如同裙布一样。

望海楼明照曙霞，护江堤白踏青沙。涛声夜入伍员庙，柳色春藏苏小家。红袖织绫夸柿带，青旗沽酒趁梨花。谁开湖寺西南路，草绿裙腰一带斜。

其八

南高峰。秋晓之际，气爽景清，登高眺望，见远树平芜，烟消日出，湖山之景，悉在目前。

城南钟鼓斗清新，端为投荒洗瘴尘。总是鉴空堂上客，谁为寂照镜中人。红芳归去风惊晓，绿叶成阴雨洗春。记取明年作寒食，杏花曾与此翁邻。

【译文】南高峰。秋日的早晨，这里天气凉爽景色清幽，登高远望，但见树木历历，原野草茂，烟霞隐去，红日东升，湖山之景，尽在目前。

城南钟鼓斗清新，端为投荒洗瘴尘。总是鉴空堂上客，谁为寂照

镜中人。红芳归去风惊晓，绿叶成阴雨洗春。记取明年作寒食，杏花曾与此翁邻。

其九

北高峰。石磴数百级，曲折三十六湾，群山屏列，湖水镜净，云光倒垂，万像在下，渔舟歌舫，若鸥凫出没烟波间。

扪萝百折上嶙峋，世界凡仙到此分。山朵岳莲来异域，孤撑天柱入层云。江湖俯瞰杯中泻，钟磬回从地底闻。借问须弥在何处，老僧留客且论文。太虚。

【译文】北高峰。这里有数百级石磴，三十六个转弯，从山顶望去，但见群山屏列，湖水镜净，云影倒垂，万像在下，至于渔舟歌舫，就像在烟波间出没的鸥凫一样。

扪萝百折上嶙峋，世界凡仙到此分。山朵岳莲来异域，孤撑天柱入层云。江湖俯瞰杯中泻，钟磬回从地底闻。借问须弥在何处，老僧留客且论文。太虚。

其十

飞来峰。高不逾数十丈，而怪石森立，青苍玉削，若骇豹蹲狮，笔立剑植，纵横偃仰，愈玩愈奇。上多异木，不假土壤，根生石外，矫若龙蛇，丹葩翠蕤，蒙罩丝络，烟雨雪月，四景尤佳。

何年移竺国，秀色发棱层。清极不知夏，虚中欲悟僧。树幽岚气重，泉落乳花凝。犹忆烹茶处，闲来托葛藤。

【译文】飞来峰。不过数十丈高，却怪石森立，青苍玉削，如同惊骇的野豹，蹲伏的雄狮，如直立的笔，如竖起的剑，或纵或横，或伏或仰，越是把玩，越感奇异。峰上奇异的树木很多，它们不借助土壤而生长，树根裸露在石外，像龙蛇般矫劲，那红花绿叶，宛若丝络一样覆盖着山峰；烟、雨、雪、月，四种景色尤其佳美。

何年移竺国，秀色发棱层。清极不知夏，虚中欲悟僧。树幽岚气重，泉落乳花凝。犹忆烹茶处，闲来托葛藤。

其十一

雷峰。居众山环抱处。每至夕照，掩映紫绿，变幻不可端倪。

中峰一径分，盘折上幽云。夕照前村见，秋涛隔岸闻。长松标古岸，疏竹动微曛。自爱苏门啸，怀贞事不群。

【译文】雷峰。处于群山环抱之中。每到夕阳西照时分，紫绿掩映，千变万化，不可端倪。

中峰一径分，盘折上幽云。夕照前村见，秋涛隔岸闻。长松标古岸，疏竹动微曛。自爱苏门啸，怀贞事不群。

其十二

南屏山。峰峦耸秀，怪石玲珑，峻壁横坡，宛若屏障。

南屏高瞰府城西，画舸千艘共醉迷。四柱台边烟是幕，五花桥畔葑连堤。龙檀咽路迎舆隼，绮练登山汗粉题。暮色沉沉郛郭闭，宝灯辉映见天低。

【译文】南屏山。这里峰峦呈秀，怪石玲珑，崖壁峻峭，山坡横斜，宛若屏障一样。

南屏高瞰府城西，画舸千艘共醉迷。四柱台边烟是幕，五花桥畔葑连堤。龙檀咽路迎舆隼，绮练登山汗粉题。暮色沉沉郛郭闭，宝灯辉映见天低。

其十三

三竺之胜，周回数十里，而岩壑尤美，空洞玲珑，莹拔清朗，如伏虬飞凤，层花柔萼，妍态怪状，种种胜绝。

挂席凌蓬丘，观涛憩樟楼。三山动逸兴，五岳同遨游。天竺森在眼，松风飒惊秋。览云测变化，弄水穷清幽。叠嶂隔遥阁，当轩写归流。转成傲云月，佳气满兰洲。

右上天竺。

【译文】三竺山的胜景，周围有数十里，其中尤以山岩幽壑为美。这里，空洞玲珑，清拔晶莹，如潜伏的虬龙，似飞舞的鸾凤，而密布的鲜花，柔嫩的花萼，更是形状怪异，姿态娇妍，种种胜景，优美卓绝。

挂席凌蓬丘，观涛憩樟楼。三山动逸兴，五岳同遨游。天竺森在眼，松风飒惊秋。览云测变化，弄水穷清幽。叠嶂隔遥阁，当轩写归流。转成傲云月，佳气满兰洲。

以上写上天竺山

其十四

右中天竺。

篱芳涧草合，繁绿岩树新。山深景候晚，四月有余春。竹寺过微雨，石径无纤尘。白衣一居士，方袍四道人。地是佛国土，人非俗交亲。城中山下别，相从亦殷勤。

【译文】篱芳涧草合，繁绿岩树新。山深景候晚，四月有余春。竹寺过微雨，石径无纤尘。白衣一居士，方袍四道人。地是佛国土，人非俗交亲。城中山下别，相从亦殷勤。

以上写中天竺山。

其十五

右下天竺。

西南山最胜，一界是西天。上路依岩行，分流入寺泉。蹑云丹井畔，望月石桥边。洞壑江声远，楼台海气连。塔明春岭雪，钟散暮桥烟。何处去犹恨，更看峰顶莲。

【译文】西南山最胜，一界是西天。上路依岩行，分流入寺泉。蹑云丹井畔，望月石桥边。洞壑江声远，楼台海气连。塔明春岭雪，钟散暮桥烟。何处去犹恨，更看峰顶莲。

以上写下天竺山。

其十六

龙井林树幽古，泉源莹洁，峰峦围绕，花木朦胧，鸟韵樵歌，闇檐虚谷，相传有龙居焉。

眼底闲云乱不开，偶随麋鹿入云来。平生于物原无取，消受山中水一杯。辩才。

【译文】龙井一带林木幽深古老，泉水晶莹清澈，峰峦环绕，花木朦胧，鸟语樵歌，檐暗谷空，相传这里有龙潜居。

眼底闲云乱不开，偶随麋鹿入云来。平生于物原无取，消受山中水一杯。辩才。

其十七

风篁岭。多篬筤筱簜，风韵凄清，林壑深幽，迥出尘壤。

日月转双毂，古今同一丘。惟此鹤骨老，凛然不知秋。去住两无碍，人天争挽留。去如龙出山，雷雨卷潭湫。来如珠还浦，鱼鳖争骈头。此生暂寄寓，常恐名实浮。我比陶令愧，师为远公优。送我还过溪，溪水当逆流。聊使此山人，永记二老游。大千在掌握，宁有别离忧。

【译文】风篁岭。这里多生竹子，风声凄清，林壑幽深，远出尘表。

日月转双毂，古今同一丘。惟此鹤骨老，凛然不知秋。去住两无碍，人天争挽留。去如龙出山，雷雨卷潭湫。来如珠还浦，鱼鳖争骈头。此生暂寄寓，常恐名实浮。我比陶令愧，师为远公优。送我还过溪，溪水当逆流。聊使此山人，永记二老游。大千在掌握，宁有别离忧。

其十八

耸翠楼。瑰丽峥嵘，掩映图画，俯瞰平湖，一碧万顷。柳汀花坞，历历栏槛间，亭榭晕飞，远近映带，游桡冶骑，菱歌渔唱，往往会于楼前。

峥嵘飞构压名邦，西望平湖东望江。气合重玄蒙沆瀣，标存九域奠洪庞。朝来散雾萦朱拱，夜后流星透碧窗。倚遍阑干愁目眩，飞鸢旋转故双双。少游。

【译文】耸翠楼。此楼瑰丽高耸，和湖山辉映，如在图画之中。

从这里俯瞰平湖，但见一碧万顷。柳汀花坞，历历于栏槛之间；亭榭飞翘，与远近相互映带。游船游人，菱歌渔歌，往往会聚在楼前。

峥嵘飞构压名邦，西望平湖东望江。气合重玄蒙沆瀣，标存九域奠洪庞。朝来散雾萦朱拱，夜后流星透碧窗。倚遍阑干愁目眩，飞鸢旋转故双双。秦少游。

渔樵闲话录

上篇

有客谓渔樵曰：“二老之谈，于治世之鄙事、民间之俗务可也。不然，则议论几席之间，有清风明月，可以啸咏，有素琴尊酒，可以娱乐，高谈而遣累忘怀，陶然以适物外之情可也，奈何其间往往辄语及朝政故事，非所谓渔樵之闲话者，吾所以不取焉。独不闻庄叟曰：‘庖人虽不治庖，尸祝不越尊俎之间而代之。’所以各存其分也，子得无失其分者乎？”

二老相顾而笑曰：“是客也，乌知吾闲话之端哉？伊尹耕于有莘之野，吕望钓于渭水之滨，世俗徒见其迹于耕钓之间，而不知之人也，心存乎先王之道。大率古者有道之士，虽不见用于时，而退处深山穷谷，亦未尝暂忘圣人之道，今之所谈，果有毫铢可补于见闻，亦足以发也，又且何间于野人之论哉！”客深然之而退。

渔曰：“人之有祸福成败，盛衰得失，穷达荣辱，兴亡治乱，莫非命也。知之由命，则事虽毫铢之微，皆素定也。一遇之，而理不可以苟免，势不可以力回，岂非命欤？岂非素定欤？景云初，有僧万回者，善言人吉凶祸福，寓迹尘间，而出处言语不循常而持异于人。自恐因此见疑于时，或佯狂以自晦也，然而人见之，莫非恭敬，亦不敢以狂而见忽。是时明皇为临淄郡王，因却左右而见之。万回辄拊其背曰：‘五十年太平天子，已后不可知之，愿自重。’言讫佯狂而去。

及明皇即位，开元、天宝中，可谓太平矣，至禄山之乱，果五十年也，万回之言，验如符契。然至于翠华西幸，蒙尘万里，登桥望远，纳曲充饥，而困亦甚矣。挥涕马嵬，驰雨栈道，贻羞宗社，受耻宫闱，辱亦至矣。华清萧索，南内荒凉，节物可悲，嫔妃零落，气亦惫矣。此皆人生至困、至苦、至危、至厄之事也，何为万回无一言以及之，抑知之而不言耶？如何？”

樵曰：“非万回之不知也，命之所有，分之所定，不可逃也。使当时言之，亦不足为戒也，虽戒亦不能免也。天命之出，其可易乎！呜呼，揽天下之权，拥天下之势，赏罚号令，速于雷霆，一喜则轩冕塞路，一怒则伏尸千里，天下岂有贵势之可敌哉！不幸一旦时违事变，艰戚万端。大都兴废成败，虽出乎天，系乎命，然亦必先有其兆以成其事也。开元中，用姚崇、宋璟，则天下四方熙熙然丰富娱乐，无羡于华胥。天宝末，委国政于李林甫，此其所以召乱也；归事权于杨国忠，此其所以召祸也。盛衰得失，岂不有由而然也？”

渔曰：“天宝末，明皇倦于万机，思欲以天下之务决于大臣，而且将优游于宫掖之间以自适也，无何得李林甫，一以国政委之。自此奸谋诡论，交结以炽，而忠言谠议，不复进矣，日以放恣行乐为事。一夕，因乘月登勤政楼，命梨园弟子进《水调歌》，其间偶有歌曰：‘富贵荣华能几时，山川满目泪沾衣。不见只今汾水上，惟有年年秋雁飞。’是时明皇春秋已高，遇事多感，闻此歌，凄然出涕，不终曲而起。因问：‘谁人作此歌？’对曰：‘李峤诗。’明皇叹曰：‘李峤真才子也。’及范阳兵起，銮舆幸蜀，过剑门关，登白卫岭，周览山川之胜，迟久而不怿，乃思水调所歌之词而再举之，又叹曰：‘李峤真才子也。’感慨不已，扶高力士而下，不胜呜咽。”

樵曰：“天下之物，不能感人之心，而人心自感于物也。天下之事，不能移人之情，而人情自移于事也。李峤之诗，本不为明皇而作也，亦不知其诗他日可以感人之情如此也。盖明皇为情所溺而自感于诗也。庄叟所谓山林欤？皋壤欤？使我忻忻然而乐欤？夫山林之茂，皋壤之盛，彼自茂盛尔，又何尝自知其茂盛而能邀人之乐乎？盖人感于情，见其茂盛而乐之也。此谓之无故之乐也。有无故之乐，必有无故之忧，故曰乐未毕也而哀又继之，信哉是言也。”

渔曰：“旧事有传之于世，而人或喜得之可以为谈笑之资者，时多尚之，以助燕闲之乐。然而岁月浸远，语及同异，有若明皇尝燕诸王于木兰殿，贵妃醉起舞《霓裳羽衣曲》，明皇大悦。《霓裳羽衣曲》说者数端。《逸史》云：罗公远引明皇游月宫，掷一竹枝于空中为大桥，色如金，行十数里，至一大城阙。罗曰：‘此乃月宫也。’仙女数百，素衣飘然，舞于广庭中。明皇问：‘此何曲？’曰：‘《霓裳羽衣曲》也。’明皇素晓音律，乃密记其声。及归，使伶人继其声作《霓裳羽衣曲》。及郑愚作《津阳门》诗云：‘蓬莱池上望秋月，万里无云悬清辉。上皇半夜月中去，三十六宫愁不归。月中秘乐天半闻，玎珰玉石和埙篪。宸聪听览未终曲，却到人间迷是非。’释云：‘叶静能尝引上入月宫，时秋已深，上苦凄寒不堪久。回至半天，尚闻天乐。及归，但记其半，遂于笛中写之。西凉都督杨敬述进婆罗门曲，与其音相符，遂以月中所闻为散序，用敬述所敬腔名《霓裳羽衣曲》。’又，刘禹锡诗云：‘开元天子万事足，惟惜当时光景促。三乡陌上望仙山，归作《霓裳羽衣曲》。仙心从此在瑶池，三清八景相追随。天上忽乘白云去，此间空有秋雁辞。’”（此下当有脱误。）

樵曰：“不然，非欲天下之人皆愚也。当战国之时，诸子纷然，各持诡异之说，惑于当世，且欲游闻于诸侯，以张虚名而求其用矣。故诞妄邪怪之说充塞于道路，天下之人不识其是非可否，于是各安于习尚，以为耳目之新，既非圣人道德之言，又非先王仁义之术，宜乎焚之。又恐其徒呼噪不已以乱天下，于是坑之，有何不可？”

【译文】一位来客对渔、樵二位老人说：“二位老人的言谈，可以涉及太平盛世的民间琐事、社会习俗。否则，当你们坐谈时，可以啸咏清风明月，可以用琴瑟醇酒助兴。这样，高谈阔论，抛弃忧患，陶然而乐，不受外物拖累多么好。为何你们谈论时，往往涉及朝廷旧事，这就不像是超然世外的渔、樵闲话，因而我便不采纳。你们没有听说过庄子老先生这样说吗：‘厨子即使不下厨房，祭祀祷告的也用不着去代替厨子的职能。’这就是说人们要各尽自己的职分，你们这样谈论国家大事，恐怕超出了自己的分内之责吧！”

渔、樵二老互相对视而笑，答道：“这位客人，你哪里了解我俩闲谈的本意呢？伊尹在有莘之野耕作的时候，吕望在渭水之滨垂钓的时候，世俗之人只看到他们的耕钓的行迹，却不了解他们的为人，不知道他们心中存有先王之道。大凡古代有道之士，即使不被世人看重，没有重用他们，他们隐居在深山幽谷中，也不曾一刻忘记圣贤之道。我们俩今天的言谈，如果确有一点点可以对世人的见识有所补益，也就值得去阐发它，哪能把它和无知的山野之人的言论相提并论！”来客听了这番话，认为二老的话非常对，就不再说什么而离开了。

渔父老人说：“人的祸福成败，盛衰得失，穷达荣辱，兴亡治乱，没有不是由命决定的。即使一点点的小事，也都是命中早已确定了。命中早已注定的事，一旦遇上，遵循道理也不能让它避免，用尽人力也不能使它挽回，这难道不是命吗？难道不是注定的吗？唐景云初年，有个叫万回的和尚，善于预言人的吉凶祸福。他生活在凡俗人中，但他的言谈举止不合常规，和凡人完全不同。他是担心才能独特而遭时人怀疑，因此有时候装疯来遮掩自己，但是人们见到他，没有不恭恭敬敬的，更不敢以为他是疯子而忽视他。当时唐明皇还是临淄郡王，便借机屏退左右人召见他。万回就抚摸着他的背说：‘可以做五十年太平天子。以后的事无法知道，希望保重自己。’说完便装疯走了。到了唐明皇即位，开元、天宝年间，称得上是太平盛世。到安禄山叛乱时，果然距那时整整五十年。万回和尚的预言，灵验得如同符契相合。但是唐明皇后来车驾往西蜀避难，蒙尘遭难，奔波万里之外，登桥悲望江山，吃麦曲充饥，也算得上极为困厄了。马嵬坡挥泪杀杨妃，冒雨奔驰在艰险的栈道，使宗庙皇宫遭到羞辱，也算得上受到了莫大的耻辱了。华清宫池变得一派萧条，兴庆宫荒凉凄清，嫔妃零落，睹物悲伤，也算得上十分丧气了。这都是人生最困苦、最危险、最不幸的事，为什么万回不作一点预言呢？还是他知道却不愿说呢？这是为什么呢？”

樵夫老人说：“不是万回和尚不知道。是命中注定的事无法逃避。即使当时说了，也不能使唐明皇戒惧，即使他戒惧了，也照样不能逃脱。天命已定，哪能改变！可叹啊！掌握着天下的大权，拥有天下的权势，下达或赏或罚的命令，传达下去如同急速的惊雷，一高兴可以车驾冠冕塞满了道路，一发怒可以遍地死尸。天下什么样的权贵势力可与此相比！不幸有一天时势突然改变，艰难悲愁，纷纷涌来。大凡兴废成败，虽说是天命注定，但也一定先有征兆助成其事。开元年间，唐明皇任用姚崇、宋璟执政，天下四方全都物产丰饶，生活安乐，连仙上古的华胥国都不羡慕。天宝末年，把国家大权交给李林甫、杨国忠，这就是来招惹祸乱。盛衰得失，难道不是有轨迹的吗？”

渔父老人说：“天宝末年，唐明皇对繁多的国家政事感到厌倦，想把治理天下的大权交给可靠的大臣，而自己就可以在宫内过优闲自适的日子，不久便发现了李林甫，认为他是人才，就把一切政事交他处理。从此各种奸诈之人勾结在李林甫周围，制造阴谋，散播谬论，猖狂霸道。而一切忠言直谏，再也传不到皇上耳朵里，皇上天天肆意游乐，以为得意。有一个晚上，皇上乘月色登上勤政楼，命唱戏的梨园子弟们演奏《水调歌》，偶然演奏了这么一首歌：‘富贵荣华能几时，山川满目泪沾衣。不见只今汾水上，惟有年年秋雁飞。’此时唐明皇年令已老，遇事易感动，听到这首歌后，心中凄恻，不觉流下了眼泪，不等曲子奏完，便起身离去。于是他问：‘是谁作的这首歌？’下面的人回答说：‘是李峤的诗。’唐明皇叹道：‘李峤真是个才子。’到了安禄山在范阳起兵叛乱，唐明皇车驾往蜀地避难，经过剑门关，登上白卫岭，环顾江山美景，很长时间心中不快活，就想起了水调歌的歌词，命乐工再演奏一次，听罢又感叹说：‘李峤真是才子。’感慨不已。由高力士扶着从山上下来，一路上呜咽悲泣。”

樵夫老人说：“天下的事物，本身并不能感动人心，是人心自己被事物感动。天下的事物，本身并不能改换人的情绪，是人的情绪自身被事物改换。李峤的诗，并不是专为唐明皇作的，也不知道他的诗作日后可以引发人们那么多的感慨。是唐明皇自己陷入感情中受到诗的激发。也就是庄子老先生所说的山林、皋壤，会使我忻忻然而乐吗？它们并不会使人欢乐。茂盛的山林皋壤，它们自己茂盛而已，哪里知道自己很茂盛并能引起人们快乐呢？是人受感情支配，看见山林、皋壤茂盛于是便十分快活。这就是无故之乐，有这样的无故之乐，也就有无故之忧，因此说人们常常会快乐尚未结束悲哀便会接踵而至，庄子的这套理论确实很正确。”

渔父老人说：“过去的事情流传到后代，人们听到后如果认为这些事可以有助于人们谈笑，这些事便会时兴起来。但是往往由于年代久远，这些事会有不同的说法。比如唐明皇曾在木兰殿宴请诸王，杨贵妃醉酒跳舞——《霓裳羽衣曲》，使唐明皇极其兴奋这件事，后代便有多种说法。《逸史》中说：罗公远引导唐明皇神游月宫，往空中扔了一根竹枝，就变作一座大桥，是金色的大桥，走了十几里，便来到一座大城。罗公远便对唐明皇说：‘这就是月宫。’那里有好几百名仙女，穿着白色的衣裙，飘飘然地在一个广场上翩翩起舞。明皇问：‘这是什么舞曲？’回答说：‘这是《霓裳羽衣曲》。’明皇精通乐理，就暗暗记下了曲谱。回宫之后，就命令乐工按照记下的曲谱创作了《霓裳羽衣曲》。而郑愚的《津门诗》却这样写道：‘蓬莱池上望秋月，万里无云悬清辉。上皇半夜月中去，三十六宫愁不归。月中秘乐天半闻，玎珰玉石和埙篪。宸聪听览未终曲，却到人间迷是非。’对此诗的解释是这样的：‘叶静能曾经引导皇上到月宫，当时已是深秋季节，皇上受不了月宫的清寒，不敢久留。回来走到半空中时，还听得到月宫的音乐。回来后，却只记得一半乐曲，于是就用笛子把那乐曲吹出来。后来西凉都督杨敬述进献婆罗门曲，和皇上听到的月宫曲子相近，于是就用月宫中听到的曲子作为序曲，用杨敬述所献的乐腔组成舞曲《霓裳羽衣曲》。’另外，刘禹锡也有一首诗记载此事：‘开元天子万事足，惟惜当时光景促。三乡陌上望仙山，归作《霓裳羽衣曲》。仙心从此在瑶池，三清八景相追随。天上忽乘白云去，此间空有秋雁辞。’”

（译者按：原文从此处与下文不相贯，学者疑有脱文。以下言秦皇焚书坑儒。）

樵夫老人说："不是这样。并不是想让天下人变的愚笨。战国时代，诸子百家，纷纷立说，各种奇谈怪论，迷惑世人。而且百家学士都想在诸侯那里游说，扩大自己的名声，以求施展自己的才干。因此各种荒诞不经的奇谈怪论充斥天下。天下之人又不知道这些理论的是非正误，结果都追逐时尚，把这些怪论当作新鲜学说去接受，这些怪论既不是圣人的道德之言，又不是先王的仁义思想，应该把它们烧掉。又担心这些百家学说的门徒们宣传鼓噪，使得天下不安宁，于是欺骗坑杀他们，又有什么不可以的？"

下篇

渔曰："世常传云：'欲人不知，莫若不为。'此谓既为之也，安得人之不知。夫至隐而密者，莫若中冓之事，岂欲人之知耶，然而不能使人不知，以此知凡事而不循理者，虽毛发之细不可为也。明皇旧置五王帐，长枕大被，与兄弟同处于其间。无何，妃子辄窃宁王玉笛吹之。始亦不彰。因张祐诗云：'梨花静院无人处，闲把宁王玉笛吹。'妃因此忤，明皇不怿，乃遣中使张韬光送归杨铦宅。妃子涕泣谓韬光曰：'托以下情敷奏，妾罪固当万死，衣服之外，皆圣恩所赐，惟发与肤生从父母耳。今当即死，无以谢上。'乃引刀剪发一结，付韬光以献。自妃之一逐，皇情怃然，至是韬光取发搭之肩上以奏。明皇见之大惊惋，遽令高力士就召以归。嗟乎，道路之言，亦可畏也。使张祐不为此诗，事亦何由彰显之如此。然张亦何从得此，以此可验其'欲人不知，莫若不为'，亦名言也。"

樵曰："床箦之事，至隐密也，尚且暴扬于外，而况明目张口，公然为不道之事，宜何如哉！隐衷潜虑，倾人害物，而谓人不知，诚自欺也。人其可欺乎？世有为是者，不可不戒。"

渔曰："明皇以八月诞降，酺会于勤政楼下，命之曰千秋节，大合乐，设连榻，使马舞于其上。马皆衣纨绮，被铃镊，骧首奋鬣，举趹翘尾，变态动容，皆中节奏，故养之颇甚优厚。末年，禄山宠数优异，遂将数匹以归而习之。后为田承嗣所得，而承嗣殊不知其为马舞也。一日，大享士伍作乐，其马于枥上辄奋首举足以舞。圉人恶之，举足以击，其马尚谓不尽技之妙，愈更周旋宛转，以极其态度。厮役以状告承嗣，承嗣以为妖而戮之。天下有舞马，由此绝矣。”

樵曰：“祸之与福，命也。遇与不遇，时也。命之与时，祸福会违者，幸不幸在其间也。是马也，当明皇之时，衣纨绮，被铃镊，论其身之所享，可不谓之福乎？谓其见贵于时，可不谓之遇乎？不幸一旦失之于厮役之手，而棰楚遽苦其体，可谓不遇也。既而欲求免于棰楚，愈竭其能，而反为不知己者戮之，可谓祸矣。庄叟又尝称祸福相倚伏，诚哉至言也！呜呼，马之遇时则受其福，及夫不为人之所知，则身被其祸。士之处世，岂不然哉？伸于知己，屈于不知己，遇与不遇，乃时命也。”

渔曰：“张君房好志怪异，尝记一人：‘剑州男子李忠者，因病而化为虎也。忠既病久，而其子市药归，乃省其父。忠视其子，朵颐而涎出。子讶而视父，乃虎也。急走而出，与母弟返闭其室。旋闻哮吼之声，穴壁而窥之，乃真虎也。’悲哉！忠受气为人，俄然化之为兽，事有所不可。审其来也，观其涎流于舌，欲啖其子，岂人之所为乎？得非忠也久畜惨毒狠暴之心而然耶？内积贪婪吞噬之志而然耶？素有伤生害物之蕴而然耶？居常恃凶悖，恣残忍，发于所触而然耶？周旋宛转，思之不得。”

樵曰：“有旨哉！释氏有阴骘报应之说，常戒人动念以招因果，若已向所述之事，遂失人身而托质子虎，是释氏之论胜矣。子知之乎？昂昂然擅威福，恣暴乱，毒流于人之骨髓，而祸延于人之宗族者，此形虽未化而心已虎矣。倾人于沟壑，以徇一己之私意，非虎哉？剥人之膏血，以充无名之淫费，非虎哉？使人父子兄弟，夫妻男女，不能相保，而骸骨狼藉于郊野，非虎哉？吾故曰：‘形虽未化而心已虎矣。’于戏!以仁恩育物,岂欲为是哉?然而不能使为之者自绝于世,又何足怪也!”

渔曰:“唐末,有宜春人王毂者,以歌诗擅名于时,尝作《玉树曲》,略云:‘碧月夜,琼楼春,连舌泠泠词调新。当时狎客尽丰禄,直谏犯颜无一人。歌未阕,晋王剑上粘腥血。君臣犹在醉乡中,一面已无陈日月。’此词大播于人口。毂未第时,尝于市尘中,忽见有同人被无赖辈殴击,毂前救之,扬声曰:‘莫无礼,识吾否,吾便解道“君臣犹在醉乡中,一面已无陈日月”者。’无赖辈闻之,敛耻惭谢而退。噫,无赖者乃小人也,能为此等事,亦可重也。方其倚力恃势,勃然以发凶暴之气,将行殴击,视其死且无悔矣。及一闻名人,则惭谢之色形于外,斯亦难矣。有改悔之耻,向善之心,安得不谓之君子哉!”

樵曰:“此亦一端也,古今富于词笔者,不为不多矣。然或终身憔悴而不遇,士大夫虽闻之,亦未尝出一言以称之,况有服膺乐善之心哉!以此知其无赖者,迹虽小人,而其心有愈于君子之所存也,又岂知迹虽君子,而其心不有愈于小人之所存哉!”

渔曰:“裴硎《传奇》,尝记一事甚怪者,云:‘有唐魏博大将聂锋,有女方十岁,名隐娘。忽一日,为乞丐尼窃去。父母不知其所向,但日夜悲泣叹思而已。后五年,尼辄送隐娘还,告锋曰:“教已成矣,却领取。”尼亦遂亡矣。父母且惊且喜。乃询其所学之事。隐娘云:“携我至一岩洞中,与我药一粒服之,便令持一宝剑,教之以习击刺之法。一年后,刺猿猱如飞,刺虎豹如无物。三年,渐能飞腾以刺鹰隼。四年,挈我于都市中,每指其人,则必数其过恶,曰:为我取其首来。某应声而首已至矣。自此日往都市中刺人之首,置于大囊中而归,即时以药消之为水。后五年,忽曰:大僚某人者,罪已贯盈,欺君罔民,残贼忠良,为国之害,故已甚矣,今夜为我取其首来。隐娘承命而往,伏于大僚居室之梁上,移时方持其首至。尼大怒曰:何太晚如是?隐娘再拜云:为见前人戏弄一儿可爱,未欲下手。尼叱之曰：已后遇此事，先断其所爱，然后决之。隐娘拜谢。尼曰：汝术已成，可归。遂还家。”父母闻其语甚怪，但畏惧而终不敢诘，亦不敢禁其所为。’后至陈许节帅之事，尤更怪异。噫，吾闻剑侠世有之矣。然以女子柔弱之质，而能持刃以决凶人之首，非以有神术所资，恶能是哉？”

樵曰：“隐娘之所学，非常人之能教也。学之既精，而又善用其术，世有险被邪怪者，辄决去其首，亦一家之正也。嗟乎，据重位厚禄，造恶不悛，以结人怨者，不可不畏隐娘之事也。及尼之戒曰：须先断其所爱，然后决之，是欲奸凶之人绝嗣于世，尚恐馀毒流及于后，深可惧也。”

渔曰：“长寿中，有处士马拯，与山人马绍，相会于衡山祝融峰之精舍。见一老僧，古貌庞眉，体甚魁梧，举止言语，殊亦朴野。得拯来甚喜。及倩拯之仆持钱往山下市少盐酪，俄已不知老僧之所向。因马绍继至，乃云在路逢见一虎食一仆，食讫，即脱斑衣而衣禅衲，熟视乃一老僧也。拯诘其服色，乃知己之仆也。拯大惧。及老僧归，绍谓拯曰：‘食仆之虎，乃此僧也。’拯视僧之口吻，尚有馀血殷然。二人相顾而骇惧，乃默为之计，因绐其僧云：‘寺井有怪物，可同往观之。’僧方窥井，二人并力推入井中，僧坠乃变虎形也，于是投之以巨石，而虎毙于井。二人者急趋以图归计。值日已薄暮，遇一猎者，张机于道旁，而居棚之上，谓二人曰：‘山下尚远，群虎方暴，何不且止于棚上。’二人悸栗，相与攀援而上，寄宿于棚。及昏暝，忽见数十人过，或僧或道，或丈夫，或妇女，有歌吟者，有戏舞者。俄至张机所。众皆大怒曰：‘早来已被二贼杀我禅师，今方追捕次，又敢有人张机杀我将军。’遂发机而去。二人闻其语，遂诘猎者：‘彼众何人也？’猎者曰：‘此伥鬼也。乃畴昔尝为虎食之人，既已鬼矣，遂为虎之役使，以属前道。’二人遽请猎者再张机，方毕，有一虎哮吼而至，足方触机，箭发贯心而踣，逡巡。向之诸伥鬼奔走却回，俯伏虎之前，号哭甚哀，曰：‘谁人又杀我将军也。’二人者，乃厉声叱之曰：‘汝辈真所谓无知下鬼也，生既为虎之食，死又为虎之役使，今幸而虎已毙，又从而哀号之，何其不自疚之如此耶？’忽有一鬼答之曰：‘某等性命，既为虎之所食啖，固当拊心刻志以报冤，今又左右前后以助其残暴，诚可愧耻而甘受责矣，然终不知所谓禅师、将军者乃虎也。’悲哉，人之愚惑，已至于此乎，近死而心不知其非，宜乎沉没于下鬼也。”

樵曰：“举世有不为伥鬼者，几希矣。苟干进取以速利禄，吮疽舐痔无所不为者，非伥鬼欤？巧诈百端，求为人之鹰犬以备指呼，驰奸走伪，惟恐后于他人。始未得之，俯首卑辞，态有同于妾妇。及既得之，尚未离于咫尺，张皇诞傲，阴纵毒螫，遽然起残人害物之心。一旦失势，既败乃事，则仓皇窜逐，不知死所。然终不悟其所使，往往尚怀悲感之意，失内疚之责。呜呼哀哉，非伥鬼欤？”

渔曰：“李义山赋三怪物，述其情状，真所谓得体物之精要也。其一物曰：臣姓猾狐氏。帝名臣曰巧彰，字臣曰九尾，而官臣为佞魖焉。”佞魖之状，领佩丰，手贯风轮，其能以乌为鹤，以鼠为虎，以蚩尤为诚臣，以共工为贤王，以夏姬为廉，以祝鮀为鲁，诵节义于寒浞，赞韶曼于嫫姆。其一物曰：臣姓潜弩氏。帝名臣曰携人，字臣曰衔骨，而官臣为谗魒。谗魒之状，能使亲为疏，同为殊，使父脍其子，妻羹其夫。又持一物，状若丰石，得人一恶，乃镵乃刻。又持一物，大如长彗，得人一善，扫掠盖蔽。谄啼伪泣，以就其事。其一物曰：臣姓狼贪氏。帝名臣曰欲得，字臣曰善覆，而官臣为贪魃。贪魃之状，顶有千眼，亦有千口，鼠牙蚕喙，通臂众手，常居于仓，亦居于囊，颊钩骨箕，环联琅珰，或时败累，囚于牢狴，拳梏屦校，丛棘死灰，侥幸得释，他日复为。呜戏，义山状物之怪，可谓中时病矣。”

樵曰：“然。夫怪物之为害，充塞于道路矣，何所遇而非怪也。传声接响，更相出没，捃摭人之阴私，窥伺人之间隙，罗织描画，惟恐刺骨之不深，非怪物之为害乎！殊不知此亦豸虱之义也，何足以怪而自恃哉！”

【译文】渔父老人说："世人常常流传这样的谚语：'要想人不知，不如己不为。这就是说既然做了出来，怎么能不使别人知道。世上最隐密的事，要数男女交欢之事。'这种事哪能让别人知道呢？但如果不正当，却不能不让人知道，由此可知凡是不按常理办的事，即使细小如毛发也不能去做。唐明皇曾设置五王帐，特制长枕大被，和兄弟几个混在一起，与妃子取乐。不久，贵妃用私下得到的宁王玉笛吹奏。最初此事也没有声张，后来泄露出去，于是张祜作诗讽刺说：'梨花静院无人处，闲把宁王玉笛吹。'贵妃因此犯了皇上的忌讳，唐明皇很不高兴，就派中使张韬光把贵妃送回杨铦家。贵妃哭泣着对张韬光说：'拜托您向皇上奏报我的心意：罪妾罪该万死。如今就要与皇上死别，身上的衣服首饰，一切都是皇上赐给的，现在想向皇上谢罪，也没有什么可表达的，只有头发肌肤生之于父母，以此献给皇上。'便拿剪刀剪下一绺头发，交给了张韬光，请他献给唐明皇。自从贵妃被放逐，唐明皇便怿怿不乐，到了张韬光肩搭贵妃的头发向明皇禀奏，唐明皇一见便大惊，马上命令高力士到杨宅召贵妃回宫。嗟乎！道路上流传的流言蜚语，很令人害怕啊。如果张祜不写那首诗，那明皇和贵妃的这段事怎么能让人如此了解。但是张祜从哪儿得的这情况呢？这也可验证那'要想人不知，不如己不为'是句名言。"

樵夫老人说："男女交欢的床席之事，是非常隐密的，但还会在社会上曝光，更何况明目张胆，毫不避人地做不公道的事，又怎么能不让人知道、并遭谴责呢？那些处心积虑，陷害别人的人，自以为所作所为人们不知道，不过是自欺欺人罢了。世人难道是最终可欺瞒得了的吗？世上做这种自欺欺人之事的人，不能不引以为戒。"

渔父老人说："唐明皇八月间庆贺生日，在勤政楼下大摆宴席，称这一天为千秋节，举行盛大的歌舞，设置连榻，让马在那上面跳舞。那些马都穿着锦绣衣服，装饰着铃铛，昂首摆鬣，踢腿翘尾，动作恣态，都合音乐节拍。因此这些马平时都受到优厚的照护。天宝末年，安禄山极受恩宠，常得到非同一般的赏赐，于是也得到几匹舞马送回范阳演习。后来这几匹马落到田承嗣手中，但田承嗣却不知道这些马会跳舞。一天，田承嗣犒劳士卒举行歌舞。那些马便在马槽边昂头踢腿地跳起舞来。养马的人讨厌那些马乱跳，就抬腿踢那些马，那些马以为是没有尽力跳才挨踢，便跳得更起劲，周旋宛转，极尽舞姿。养马的人把这情景报告给田承嗣，田承嗣以为这是不祥的征兆，便把那些马给杀了。从此，天下的舞马便绝了。”

樵夫老人说：“祸与福，是命中注定的。遇与不遇，是天时决定的。命运和天时，祸福和走运背时，也就是幸运和不幸。那些舞马，在唐明皇时候，穿着锦绣衣，挂着铃铛，说起它们所享受的待遇，难道不是福吗？说起它们的尊贵，难道不是走运吗？不幸在那一天被养马的人鞭打，可称得上是不遇了。接着它们想免遭鞭打，竭尽自己的技能，却反被不了解自己的人杀害，可称得上是祸了。庄子老先生曾说过祸福是互相倚伏的，的确是至理名言啊！呜呼！那舞马遇时就享福，等到它们不被人了解，就遭受祸难。士人处世，难道不也是这个道理吗？遇到知己，就可一展才干抱负，遇到不了解的人，就会才志无法发挥，遇还是不遇，是天时和命运啊。”

渔父老人说：“张君房好记载怪异之事。曾记载有这么一个人：‘剑州男子李忠，由于生病变成了老虎。李忠病了很长时间，他儿子去买药回来，去看望父亲。李忠看见自己的儿子，馋得口水流了出来。他儿子十分惊讶，仔细看自己的父亲，变成了老虎。急忙逃跑出来，和同胞弟弟把父亲反关在屋子里。一会儿便听到里面传出吼叫的声音。在墙上的洞上窥看，真是一只老虎。’可悲呀！李忠禀受天地之气成为一个人，忽然间变成了野兽，事情似乎不可能。仔细观察一下事情的由来，从李忠流口水想吃儿子来看，难道是人的行为吗？莫非李忠长期以来便蕴藏有惨毒狠暴之心，贪婪吃人之志，致使他终于变成了老虎吗？是他平时便恣意残忍、凶狠变态，终于有所触发而变成了老虎吗？再三思考，无法解释。”

樵夫老人说：“这个故事多么意味深长啊！佛教有阴骘报应的说法，常常以此来劝戒人不要随便产生什么欲念，任何欲念都会招致报应。像刚才所讲的那个故事，结果失去了人身变成了虎，这证明佛教所谓的阴骘报应的说法是可信的。您知道吗？世上那种气昂昂擅作威福的人，他们任意胡作非为，祸毒深入到别人的骨髓里，延及到别人的宗族，这种人虽然形体还没有变化，但心态已变成虎了。那些把别人推入陷井来达到自己目的的人，难道不是虎吗？那些掠夺民脂民膏来供自己奢靡挥霍的人，难道不是虎吗？那些使百姓父子离散、夫妻分别以充军役，使他们骸骨暴露在荒野的人，难道不是虎吗？所以我说：'这类人形体虽然还没有变化，但心态已变成虎了。'啊！仁慈的的造物主化育万物，哪里想造出这种人呢？但是无法使这类人在世上绝迹，对此又有何奇怪？"

渔父老人说："唐朝末年，有个名叫王毂的宜春人以擅长写诗歌在当时很有名气，他曾经写过一首《玉树曲》，歌词大意是：'碧月夜，琼楼春，连舌泠泠词调新。当时狎客尽丰禄，直谏犯颜无一人。歌未阕，晋王剑上粘腥血。君臣犹在醉乡中，一面已无陈日月。'这首歌的歌词被人们广泛传唱。王毂科举尚未及第时，有一次在市场上看到一位同是应试的士子被一群无赖殴打，王毂前去救援，对那伙人厉声喝道：'不要无礼！你们知道吗？我就是写"君臣犹在醉乡中，一面已陈无日月"歌词的作者。'那群无赖一听，立即道歉，羞惭地退去了。噫！无赖们是小人啊，能尊敬歌词作者，也算是知道自尊自重。当他们倚仗势力横行霸道，将要为非作歹，行凶打人时，即使面对死亡也不会悔恨，但他们一听到是名人，立刻表现出羞惭之色，能做到这一点对他们来说也是不容易了。有了悔改之意、向善之心，怎么能不算是君子呢？"

樵夫老人说："这也是一件值得议论的事。自古至今擅长写作的人不能说不多，但多数终身穷困，遇不到知己。士大夫们虽然听说他们文笔优美，但却不曾有一句赞扬他们的话，更何况佩服他们并因此生出向善之心呢。由此可以推知，那些无赖的行为虽然是小人，但他们内心却有强似君子之处；那些行为虽然号称是君子的人，但他们内心却有不如小人之处！"

渔父老人说："裴硎的《传奇》一书，曾记有一件怪事，文中这样记述：'唐朝魏博大将聂锋有一个十岁的女儿，名叫隐娘。有一天忽然被一个乞丐尼姑偷走。父母不知被偷领到了哪里，只是日夜思念悲泣。五年以后，那老尼姑把隐娘送了回来，对聂锋说："我已教会了她，请你认领吧。"说完就不见了。父母又惊又喜，便询问隐娘学了些什么本领。隐娘说："当年老尼姑把我带到了一个岩洞里，给了我一粒药让我服下，便让我拿一把宝剑，教我练习剑法。一年以后，我刺猿猴时就像飞一样，刺虎豹时就像没什么东西一样。三年以后，渐渐能飞起来击刺鹰隼。四年以后，她便把我带到都市里，每见到一个坏人，就指给我，历数那人的罪状。说完就命令我：'替我把那人的头割下来。'我刚一答应，那人的头便已落到手中。从此，常常去都市中行刺割取坏人的首级，割下后放入一个大口袋拿回来，当时就用药把头颅化成血水。五年之后，一天突然对我说：'有一个大官，罪恶已属恶贯满盈，他欺君罔民，残害忠良，给国家造成了极深的祸难，今夜去替我把那人的头颅取来。'隐娘领命前往，伏在那大官家的梁上，过了好一会儿才得手，拿着那大官的首级来见尼姑。那尼姑大怒，说：'为何这么晚才取来？'隐娘一再叩拜，说：'因为见那人正在逗弄一个可爱的小儿，就不忍下手。'尼姑训斥道：'以后再碰到这种情况，就先杀了那人的心爱之人，然后再把那坏人杀掉。'隐娘向尼姑拜谢。尼姑说：'你的技艺已学成了，可以回去了。'于是就回到了家。隐娘父母听女儿讲述的事情非常奇怪，只因心中害怕，终究不敢仔细盘问她。也不敢禁止她的所作所为。"后边章节中叙述的许节帅的事，更是怪诞。噫，我听说剑侠每个时代都会有，但凭着女子那柔弱的身躯，却能手持利刃割下坏人的首级，如果不是有神明在帮助她，怎么能做得到呢？"

樵夫老人说："隐娘所学的本领，不是一般人能教给的。她学习剑术既已很精湛，又能恰当地使用这剑术，见到世上有险恶邪淫之人，就斩取他们的头颅，这也是正大光明的一家流派。啊！世上那些占据高官厚禄，却依势作恶、不思改过，激起民愤的人，不能不畏惧隐娘的剑术。至于老尼姑告戒隐娘说：必须先把那些恶人心爱的人杀掉，然后再杀那恶人。这样做是要对那些恶人斩草除根，不留后患，以免他们的后代危害社会。那是非常令人担心的。"

渔父老人说："唐武后长寿年间，有一位叫马拯的处士，和一位叫马绍的山人，约定在衡山祝融峰的僧舍相会。马拯在那里见到一老僧，相貌古朴，眉毛浓长，体格魁梧。举止言谈，也很质朴。那老僧见马拯来此非常高兴，等到请马拯的仆人拿着钱去山下买油盐时，那老僧一会儿便不知去向。一会儿马绍来到，告诉马拯，在路上看到一只虎在吃一个仆人，吃完后就脱下斑斓虎皮穿上了僧衣，定眼一看竟然变成了一名老僧。马拯问被吃的仆人是什么样装束，于是知道原来是自己的仆人。马拯非常恐惧。等到那老僧回来，马绍就告诉马拯：'吃你仆人的老虎，就是这个僧人。'马拯看到那僧人的嘴边，还留有血迹。马拯、马绍二人相视惊惧，就心照不宣地商量好，骗那僧人：'寺中的，井里有怪物，咱们一起去看看。'趁那僧人往井中探看，二人合力把他推入井中，那僧人落入井中就变出虎形，于是二人往井中投入巨石，把老虎砸死在井中。二人急忙逃走想回家去。此时天已快黑了，他们碰上了一个猎人，猎人在路旁设下机关陷阱，自己埋伏在设在树木的高架上，那猎人对他们二人说：'到山下还有很远的路，现在群虎正猖狂，不如在这高架棚子上先住一晚。'二人心惊胆战，便爬上了高架棚子。天黑下来之后，忽然来了几十个人，有僧人，有道士，有男子，有妇女，有唱歌的，有跳舞的，一会儿到了设有机关的地方，这些人一见这机关便大怒，说：'刚才已有二个贼人杀了我们的禅师，我们正在追捕他们，现在又有人埋设机关要杀我们的将军。'于是便破坏了那机关方离去。马拯、马绍二人听那些人这样说，便问猎人：'这一群是什么人？'猎人说：'这是伥鬼。是过去被老虎吃掉的人，他们变成鬼之后，就被老虎驱使，为老虎开道。'马拯、马绍二人请猎人立即再把机关设好，刚设好，一只老虎便咆哮着跑来，脚一下踏中机关，箭射穿心脏，老虎栽倒，挣扎一会儿便死去。刚才那群伥鬼又跑回来，俯伏在虎前，哭得非常悲哀，说道：'是谁又杀了我们的将军。'马拯、马绍二人便厉声痛斥他们说：'你们这些人真是人们所说的无知贱鬼。你们活着时被老虎吃了，死了又被老虎驱使，如今老虎已被杀，你们却还围着老虎哀哭，你们怎么如此不知惭愧？'忽然，一鬼答道：'我们的性命，既然被老虎吃了，本应当立志决心报冤仇，却为老虎左右奔走帮助它行凶，确实应受谴责，只是我们始终不知道那禅师、将军就是老虎。’可悲呀，竟有人愚蠢糊涂到如此地步，至死也不知自己做的是错误的，他们变为贱鬼也就不奇怪了。”

樵夫老人说：“世上不做伥鬼的人是极少的，那些一心往上爬急于获取利禄的人，不惜替人吮疽舐痔，什么下贱事都做得出来，他们难道不是伥鬼吗？他们为了获取利禄，甘心情愿做权贵的鹰犬，虚伪奸诈，争相邀宠。当他们所要的利禄没有到手时，便卑躬屈膝，低声下气，如同贱妾；利禄一旦到手，转身便骄横跋扈，恣意妄为，顿生残害他人之心，阴毒无比；一旦失势，事情败露，又仓皇逃窜，致使死无葬身之地。即使如此，他们也不知悔悟，还往往自悲自戚，不去自责，不知内疚，呜呼哀哉，他们的确如同伥鬼啊！”

渔父老人说：“唐朝李义山曾赋写过三种怪物，描述了他们的情态形状，写得生动逼真，文笔之精妙令人赞叹。赋中描写道：一个怪物说：‘我姓搰狐氏，天帝给我起名叫作巧彰，取字叫九尾，让我做了佞魑之官。’佞魑的形状是脖子上佩带着装饰物，手上套着风轮，它把乌鸦当作仙鹤，把老鼠当作老虎，把蚩尤当作忠臣，把共工当作贤君，认为淫荡的夏姬有节操，认为谄佞的祝鮀很质朴，歌颂昏庸的寒浞有节义，赞美丑陋的嫫姆很漂亮。另一个怪物说：‘我姓潜弩氏，天帝给我起名叫携人，取字叫衔骨，让我做谗魈之官。’谗魈的形状，是能使亲友变的疏远，能使一致变得分歧，使父亲把亲生儿子剁成碎肉吃掉，使妻子把丈夫做成肉酱。它手中拿着一种东西，形状如同丰石，知道别人有一点错误，便镂刻在那石头上，到处传扬。还拿着一种东西，形状如同大扫帚，知道别人的一点长处，就扫除干净，遮蔽的一点痕迹也没有，整天装哭装笑，让人上它的当。还有一种怪物，自称‘我姓狼贪氏，天帝给我起名叫作欲得，取字叫作善覆，让我做了贪魃之官。’贪魃的形状，头顶上长有千只眼，还长有千口，具有老鼠般的牙齿，蚕一样的贪嘴，臂长手多。经常居住在仓库中或口袋中，贪取豪夺，有时候因贪婪被囚，戴上枷锁，列于牢狱，变成死灰、变成荆棘，如侥幸被释放，又会继续贪得无厌。呜呼！李义山所描写的这几种怪物，称得上针砭时弊。”

樵夫老人说：“是的，这几种怪物在人间为害，处处可见、充塞道路，但是为什么人们遇到它却不把它当作怪物呢？这几种怪物互相呼应，交替出没，寻找人们的隐私，窥伺人们的错误，然后再把它夸大传播，只怕对人的危害不深，这难道不是怪物在危害人们吗？殊不知这正是虫豸之类本性要做的事，这三种怪物哪里值得以怪自恃呢？”

续杂纂

叵耐

监司闻部下赃滥事发。猾胥曲法取受。奴婢不伏使唤。见非理论讼平人。知人去上官处损陷。

【译文】监察州县的官员得知下级有贪污受贿的事情发生。狡猾的小官吏违犯法律收取贿赂。奴婢不听从使唤。看到有人用歪曲的道理冤枉百姓。知道有人到上级那里陷害自己。

自羞耻

和尚道士有家累。师姑养孩儿。应举遭风水牓。在官赃污事发。说脱空漏绽。

【译文】和尚、道士有家属。道姑生养孩子。参加科举考试但所卜之风水牌不吉利。做官时贪污受贿的事情被人发现。撒谎时漏出了破绽。

强陪奉

庄客随有钱子弟。不饮酒见醉汉。做债对财主说闲话。入国与蕃使接谈。对上官说葛藤话。无钱被人要赌赛。

【译文】田庄的仆人跟随在庄主的孩子们身后。不喝酒的人遇到醉汉。欠债的人听债主说闲话。到京城与外国的使者交谈。面对上级说些模棱两可、拐弯抹角的话。没有钱的人被人邀请参加赌赛。

旁不忿

村里汉有钱。木大汉好妻。知无事业及第。庸常辈作好官。见善人被恶小凌辱。

【译文】村野百姓特别有钱。又傻又笨的人有娇好的妻子。听到没有事业功绩的人却科举高中。庸碌平常的人却做上高官。看到好人被邪恶的人欺负侮辱。

佯不会

对尊官饶棋。假耳聋。初到官问旧来事体。问新到仆妾手艺。新佥民兵问力气。

【译文】对地位高的官员故意让棋。假装耳聋。新到任的官员问以往的事情。询问新来的仆妾的手艺。询问新招募来的民兵们的力气。

得人惜

初学行孩儿。善歌舞小妓。快马稳善。俊猫不偷食。做活计子弟。良仆妾。好书画。有行止公人。会读书儿子。

【译文】刚刚学会走路的孩子。擅长唱歌跳舞的小妓。性情温驯又跑得很快的马。伶俐可爱又不偷吃东西的小猫。干活认真负责的孩子。品性优良的仆妾。好的书法和绘画。有品行的差役。善于读书的孩子。

不快活

步行着窄鞋。赴尊官筵席。入试裹窄幞头。重囚被锁缚。暑月对生客。妒妻头白相守。村里女婿裹幞头。小儿初入学堂。吏胥遇严重长官。

【译文】穿着很窄小的鞋子走路。到地位高的官员那里赴宴。裹着又窄又紧的头巾去参加考试。判了重刑的囚犯被锁链捆缚。在炎热的夏季面对陌生的客人。善妒的妻子与自己一直白头到老。没有文化的女婿裹缠着读书人戴的头巾。刚刚入学的儿童。小官吏遇到严谨持重的长官。

未得便信

卖鞭人索价。驴牙儿作咒。和尚不吃酒肉。醉汉隔宿请客。媒人夸好女儿。吏胥小心畏慎。妓别恸哭如不欲生。敌国讲和。

【译文】卖鞭子的人索要价钱。骡马市场的经纪人发誓赌咒。和尚不吃酒肉。喝醉的人声称第二天请客。说媒的人夸赞女孩好。小官僚那恭敬谨慎的样子。妓女与人离别时悲哀痛哭，好像不能再活下去的样子。敌对的国家互相议和。

陡顿欢喜

穷措大及第。未有嗣生男。远地得家书。有罪遇赦。富家儿乍入舍女婿。

【译文】穷读书人科举高中。没有继承人的家庭喜得贵子。远在他乡的人收到家信。犯罪的人遇到大赦。突然有富贵人家的儿子来入赘。

这回得自在

僧尼还俗。重孝服阕。不肖子弟乍无尊长。宫人放出。囚徒释脱。宠妾独得随任。

【译文】和尚和尼姑还俗。有重孝在身的人守丧期满。不孝顺的孩子突然没有了长辈管束。宫女从深宫里释放。犯罪的人被释放。宠爱的小老婆单独跟随自己赴任。

将不了就不了

逃军酒醉叫反。赌钱输首滩。虔婆索钱大家领了。

【译文】逃跑的军士喝醉酒以后叫喊着反叛。赌钱时开盘即输。拉皮条的老婆子向大家要钱，大家只好给她。

不藉赖

癞子吃猪肉。乞儿突好人。已欠债吏转。合死囚妄引徒伴。户目赊物。去任官放泼要钱。

【译文】头上生癣的人吃起了猪肉。要饭的人冲撞施舍他的人。已欠债的官吏调转他地。应该处以死刑的囚徒胡说八道，牵扯同伴。用户赊欠东西。将离任的官员放肆地向人要钱。

怕人知

配所人逃走归。经贩私商物。孝服内生孩儿。同居私房畜财物。卖马有毛病。去亲戚家避罪。藏匿奸细人。

【译文】充军的人逃跑回来。经营贩卖违禁货物。守孝期间生了孩子。住在一起的人私自贮藏东西。卖出去了有毛病的马。去亲戚家躲避刑罚。窝藏为敌国刺探情报的人。

学不得

神仙。天性敏速。能饮啖。才识过人。有胆气。临官行事迟疾。临事果断。

【译文】神仙。天性敏捷聪慧。能吃能喝。才识过人。有胆量。到官府办事很有分寸。遇到事情很果断。

忘不得

父母教育。好交友。曾受厚恩。得意文字。少年记诵经史。

【译文】父母的教育。好朋友。曾经受到的大恩。自认为很妙的文章。小时候背诵的经史。

会不得

福州举人商量故事。诸行市语。番人说话。争论讼无道理。上山无路。为客少裹缠。

【译文】福州的举人谈论家乡旧事。各行各业的行话。外国人说话。用没道理的话来争论是非。上山时找不到道路。出外旅行缺少盘缠。

说不得

有举业程试偶疏脱。哑子做梦。教骏兵士落马。作官处被家人带累。被人冤枉。医人自患。奸良人陪却钱物。私藏物遭盗。贼赃被人转取去。招箭人中箭。善相扑偶输。阁门舍人误通谒。行奸被窘辱。处子怀孕。

【译文】作为应试范本的诗文偶然被发现有疏漏之处。哑巴做梦。教士兵骑马的教官落下马来。在自己管辖的地方因家人而遭到连累。被人冤枉。医生自己生了病。坑害别人自己却损失了钱财。自己私藏的东西被人盗去。窝藏的赃物被人转手取走。准备射别人的人却被别人射中。擅长于相扑的人偶然被人打败。官府的门人通报失误。男女私通遭人侮辱，窘迫不堪。少女怀胎。

留不得

春雪。暑月盛馔。下水船趁顺风。潮水。猴狲看果子。穷人家春绵衣。城门发更后。大官得替后。爱逃席客。

【译文】春天的雪。夏日丰盛的菜肴。顺水而下的船正赶上顺风。涨潮的水。猴子看上的果子。穷人家春天的棉衣。打更后的城门。大官被人代替之后。经常逃席的客人。

谩不得

曹司对晓事官员。熟谙行市买卖。妒妻不会饮酒。灵利孩儿换物。

【译文】上级长官对知道内情的官员。非常熟悉各行各业买卖的人。嫉妒的妻子不会饮酒。聪明伶俐的孩子交换物品。

劝不得

服硫黄。病酒汉。爱赌钱人。醉后相骂。夫妻因婢争闹。两竞人须要厮打。

【译文】服硫黄。喝酒成瘾的人。喜爱赌钱的人。醉酒后互相谩骂。夫妻因为婢女而争吵打闹。两个急于一争高低的人将要相互打斗。

悔不得

赌钱输。恶中酒。失口许人物。作过后事发。出语容易。少年不修学。遇好景不曾游赏。遇好物不曾买。

【译文】赌输了钱。喝酒喝伤了身体。失口许诺给别人财物。做过的事被人发现。说话随便。年少时没好好学习。遇到好景致却没去观赏。碰到很好的东西却没有去买。

爱不得

见他人好书画奇玩物。路上见名山水。隔壁窥美妇人。

【译文】看到别人的很好的书法、绘画，珍奇玩物。路上看到的有名的山水。隔壁偷看美艳的妇人。

怕不得

阵上相杀。夏月饼师。有罪吃棒。相扑汉拳踢。射虎招箭。弄潮。竿上打失落。台谏官言事。

【译文】两军阵上互相厮杀。在大热天做饼子的师傅。犯罪后被官府棒打。相扑的人拳打脚踢。举箭射虎。候潮戏水。在竹竿上玩杂耍。负责纠弹、谏言的官员议论事情。

讳不得

健儿面上逃走字。屎桶。捉贼见真赃。小官祖父名。有罪对知证人。

【译文】壮士脸上刻着逃跑的字样。屎桶。捉贼时见到真正的赃物。小官员的祖父的名字。犯罪的人面对知晓内情的人。

改不得

生来下劣相。性好偷窃。谬汉好作文章。村里人体段。好说脱空。好笑话人。还俗僧道举止。爱说是非。贪财人爱便宜。婢作正室有旧态。淫欲无度。口吃人多说话。不肖子好赌博。偷食猫儿。

【译文】生下来就丑陋的脸。天生就爱偷盗。荒谬的人喜爱写文章。又笨又丑的人的体型。好说谎话。好笑话别人。还俗后的僧人和道士的举动。爱说人是非。贪财的人爱小便宜。丫环被扶正为夫人后依然有旧时的姿态。荒淫无节制。口吃的人偏好多说话。不争气的孩子喜好赌钱。偷吃嘴的猫。

附录二 铭传

墓志铭 苏辙撰

予兄子瞻谪居海南四年春正月，今天子即位，推恩海内，泽及鸟兽。夏六月，公被命渡海北归。明年，舟至淮浙。秋七月，被病卒于毗陵。吴越之民相与哭于市，其君子相吊于家，讣闻四方，无贤愚皆咨嗟出涕，太学之士数百人，相率饭僧慧林佛舍。呜呼，斯文坠矣，后生安所复仰！公始病，以书属辙曰："即死，葬我嵩山下，子为我铭。"辙执书，哭曰："小子忍铭吾兄！"公讳轼，姓苏氏，字子瞻，一字和仲，世家眉山。曾大父讳杲，赠太子太保，妣宋氏，追封昌国太夫人。大父讳序，赠太子太傅，妣史氏，追封嘉国太夫人。考讳洵，赠太子太师，妣程氏，追封成国太夫人。公生十年，而先君宦学四方，太夫人亲授以书。闻古今成败，辄能语其要。太夫人尝读《东汉史》，至《范滂传》，慨然太息。公侍侧曰："轼若为滂，夫人亦许之否乎？"太夫人曰："汝能为滂，吾顾不能为滂母耶？"公亦奋厉有当世志。太夫人喜曰："吾有子矣。"比冠，学通经史，属文日数千言。嘉祐二年，欧阳文忠公考试礼部进士，疾时文之诡异，思有以救之。梅圣俞时与其事，得公《论刑赏》以示文忠。文忠惊喜，以为异人，欲以冠多士，疑曾子固所为，子固，文忠门下士也，乃置公第二。复以《春秋》对义居第一，殿试中乙科，以书谢诸公。文忠见之，以书语圣俞曰："老夫当避此人，放出一头地。"士闻者始哗不厌，久乃信服。丁太夫人忧，终丧。五年，授河南福昌主簿，文忠以直言荐之。秘阁试六论，旧不起草，以故文多不工，公始具草，文义粲然，时以为难。比答制策，复入三等。除大理评事，签书凤翔府判官。长吏意公文人，不以吏事责之，公尽心其职，老吏畏服。关中自元昊叛命，人贫役重，岐下岁以南山木筏，自渭入河，经砥柱之险，衙前以破产者相继也。公遍问老校，曰："木筏之害，本不至此，若河渭未涨，操筏者以时进止，可无重费也，患其乘河渭之暴，多方害之耳。"公即修衙规，使衙前得自择水工，筏行无虞。乃言于府，使得系籍，自是衙前之害减半。治平二年，罢还，判登闻鼓院。英宗在藩闻公名，欲以唐故事召入翰林，宰相限以近例，欲召试秘阁，上曰："未知其能否故试，如苏轼有不能耶？"宰相犹不可，及试二论，皆入三等，得直史馆。丁先君忧，服除，时熙宁二年也。王介甫用事，多所建立，公与介甫议论素异，既还朝，置之官告院。四年，介甫欲变更科举，上疑焉，使两制三馆议之。公议上。上悟曰："吾固疑此，得苏轼议，意释然矣。"即日召见，问："何以助朕？"公辞避久之，乃曰："臣窃意陛下求治太急，听言太广，进入太锐，愿陛下安静以待物之来，然后应之。"上竦然听受，曰："卿三言，朕当详思之。"介甫之党皆不悦，命摄开封推官，意以多事困之。公决断精敏，声闻益远。会上元，有旨市浙灯，公密疏，旧例无有，不宜以玩好示人，即有旨罢。殿前初策进士，举子希合，争言祖宗法制非是。公为考官，退拟答以进，深中其病。自是论事愈力，介甫愈恨，御史知杂事者为诬奏公过失，穷治无所得。公未尝以一言自辩，乞外任避之。通判杭州。是时，四方行青苗、免役、市易，浙西兼行水利、盐法。公于其间，常因法以便民，民赖以少安。高丽入贡使者，凌蔑州郡。押伴使臣皆本路管库，乘势骄横，至与钤辖亢礼。公使人谓之曰："远夷慕化而来，理必恭顺，今乃尔暴恣，非汝导之，不至是也，不悛当奏之。"押伴者惧，为之小戢。使者发币于官吏，书称甲子。公却之曰："高丽于本朝称臣，而不禀正朔，吾安敢受！"使者亟易书称熙宁，然后受之。时以为得体。吏民畏爱，及罢去，犹谓之学士而不言姓。自杭徙知密州。时方行手实法，使民自疏财产以定户等，又使人得告其不实，司农寺又下诸路，不时施行者以违制论。公谓提举常平官曰："违制之坐，若自朝廷，谁敢不从，今出于司农，是擅造律也，若何？"使者惊曰："公姑徐之。"未几，朝廷亦知手实之害，罢之。密人私以为幸。郡尝有盗窃发而未获，安抚转运司忧之，遣一三班使臣领悍卒数千人，入境捕之。卒凶暴恣行，以禁物诬民，入其家争斗，至杀人，畏罪惊散，欲为乱。民诉之，公投其书，不视，曰："必不至此。"溃卒闻之少安。徐使人招出，戮之。自密徙徐。是岁，河决曹村，泛于梁山泊，溢于南清河，城南两山环绕，吕梁、百步扼之，汇于城下。涨不时泄，城将败，富民争出避水。公曰："富民若出，民心动摇，吾谁于守？吾在是，水决不能败城。"驱使复入。公履屦杖策，亲入武卫营，呼其卒长，谓之曰："河将害城，事急矣，虽禁军，宜为我尽力。"卒长呼曰："太守犹不避涂潦，吾侪小人效命之秋也。"执梃入火伍中，率其徒短衣徒跣，持畚锸以出，筑东南长堤，首起戏马台，尾属于城。堤成，水至堤下，害不及城，民心乃安。然雨日夜不止，河势益暴，城不沉者三板。公庐于城上，过家不入，使官吏分堵而守，卒完城以闻。复请调来岁夫，增筑故城，为木岸，以虞水之再至，朝廷从之。讫事，诏褒之，徐人至今思焉。徙知湖州，以表谢上。言事者摘其语以为谤，遣官逮赴御史狱。初，公既补外，见事有不便于民者，不敢言，亦不敢默视也，缘诗人之义，托事以讽，庶几有补于国。言者从而媒蘖之，上初薄其过，而浸润不止，至是不得已从其请。既付狱吏，必欲置之死，锻炼久之，不决，上终怜之，促具狱，以黄州团练副使安置。公幅巾芒屩，与田父野老，相从溪谷之间，筑室于东坡，自号东坡居士。五年，上有意复用，而言者沮之。上手札徙汝州，略曰："苏轼黜居思咎，阅岁滋深，人材实难，不忍终弃。"未至，上书自言有饥寒之忧，有田在常，愿得居之。书朝入，夕报可，士大夫知上之卒喜公也。会晏驾，不果复用。至常，以哲宗即位，复朝奉郎、知登州。至登，召为礼部郎中。公旧善门下侍郎司马君实及知枢密院章子厚，二人冰炭不相入。子厚每以谴侮困君实，君实苦之，求助于公。公见子厚曰：“司马君实时望甚重。昔许靖以虚名无实见鄙于蜀先主，法正曰：‘靖之浮誉，播流四海，若不加礼，必以贱贤为累。’先主纳之，乃以靖为司徒。许靖且不可慢，况君实乎？”子厚以为然，君实赖以少安。既而朝廷缘先帝意，欲用公，除起居舍人。公起于忧患，不欲骤履要地，力辞之，见宰相蔡持正自言，持正曰：“公徊翔久矣，朝中无出公右者。”公固辞。持正曰：“今日谁当在公前者？”公曰：“昔林希同在馆中，年且长。”持正曰：“希固当先公耶？”卒不许。然希亦由此继补记注。元祐元年，公以七品服入侍延和，即改赐银绯。二月，迁中书舍人。时君实方议改免役为差役。差役行于祖宗之世，法久多弊，编户充役不习，府官吏虐使之，多以破产，而狭乡之民，或有不得休息者。先帝知其然，故为免役，使民以户高下出钱，而无执役之苦。行法者不循上意，于雇役实费之外，取钱过多，民遂以病。若量出为入，毋多取于民，则足矣。君实为人，忠信有馀而才智不足，知免役之害而不知其利，欲一切以差役代之。方差官置局，公亦与其选，独以实告，而君实始不悦矣。尝见之政事堂，条陈不可。君实忿然，公曰：“昔韩魏公刺陕西义勇，公为谏官，争之甚力，魏公不乐，公亦不顾，轼昔闻公道其详，岂今日作相，不许轼尽言耶？”君实笑而止。公知言不用，乞补外，不许。君实始怒，有逐公意矣，会其病卒乃已。时台谏官多君实之人，皆希合以求进，恶公以直形己，争求公瑕疵。既不可得，则因缘熙宁谤讪之说以病公，公自是不安于朝矣。寻除翰林学士。二年，复除侍读。每进读至治乱盛衰、邪正得失之际，未尝不反覆开导，觊上有所觉悟。上虽恭默不言，闻公所论说，辄首肯，喜之。三年，权知礼部贡举。会大雪苦寒，士坐庭中，噤不能言，公宽其禁约，使得尽其技。而巡铺内臣伺其坐起，过为凌辱，公以其伤动士心，亏损国体，奏之。有旨送内侍省挞而逐之，士皆悦服。尝侍上读《祖宗宝训》，因及时事，公历言今赏罚不明，善恶无所劝沮；又黄河势方西流，而强之使东；夏人寇镇戎，杀掠几万人，帅臣掩蔽不以闻，朝廷亦不问。事每如此，恐寖成衰乱之渐。当轴者恨之。公知不见容，乞外任。四年，以龙图阁学士知杭州。时谏官言前宰相蔡持正知安州，作诗借郝处俊事以讥刺时事，大臣议逐之岭南。公密疏言：朝廷若薄确之罪，则于皇帝孝治为不足，若深罪确，则于太皇太后仁政为小累，谓宜皇帝降敕置狱逮治，而太皇太后内出手诏赦之，则仁孝两得矣。宣仁后心善公言而不能用。公出郊未发，遣内侍赐龙茶、银合，用前执政恩例，所以慰劳甚厚。及至杭，吏民习公旧政，不劳而治。岁适大旱，饥疫并作，公请于朝，免本路上供米三之一，故米不翔贵，复得赐度僧牒百易米以救饥者。明年方春，即减价粜常平米，民遂免大旱之苦。公又多作馆粥药剂，遣吏挟医，分坊治病，活者甚众。公曰："杭，水陆之会，因疫病死比他处常多。"乃裒羡缗得二千，复发私橐得黄金五十两，以作病坊，稍畜钱粮以待之。至于今不废。是秋，复大雨，太湖泛溢害稼。公度来岁必饥，复请于朝，乞免上供米半，又多乞度牒以籴常平米，并义仓所有，皆以备来岁出粜，朝廷多从之。由是吴越之民，复免流散。杭本江海之地，水泉咸苦，居民稀少。唐刺史李泌，始引西湖水作六井，民足于水，故井邑日富。及白居易复浚西湖，放水入运河，自河入田，所溉至千顷。然湖水多葑，自唐及钱氏，岁辄开治，故湖水足用，近岁废而不理，至是，湖中葑田积二十五万余丈，而水无几矣。运河失湖水之利，则取给于江潮，潮浑浊多淤，河行阛阓中，三年一淘，为市井大患，而六井亦几废。公始至，浚茅山、盐桥二河。以茅山一河专受江潮，以盐桥一河专受湖水，复造堰闸，以为湖水畜泄之限，然后潮不入市，且以余力复完六井，民稍获其利矣。公间至湖上，周视良久，曰："今欲去葑田，葑田如云，将安所置之？湖南北三十里，环湖往来，终日不达，若取葑田积之湖中，为长堤以通南北，则葑田去而行者便矣。吴人种菱，春辄芟除，不遗寸草，葑田若去，募人种菱，收其利以备修湖，则湖当不复堙塞。"乃取救荒之余，得钱粮以贯、石数者万。复请于朝，得百僧度牒以募役者。堤成，植芙蓉、杨柳其上，望之如图画，杭人名之苏公堤。杭僧有净源者，旧居海滨，与舶客交通牟利，舶至高丽，交誉之。元丰末，其王子义天来朝，因往拜焉。至是源死，其徒窃持其画像附舶往告，义天亦使其徒附舶来祭。祭讫，乃言国母使以金塔二祝皇帝、太皇太后寿。公不纳而奏之曰："高丽久不入贡，失赐予厚利，意欲来朝，以未测朝廷所以待之薄厚，故因祭亡僧而行祝寿之礼，礼意鲜薄，盖可见矣。若受而不答，则远夷或以怨怒；因而厚赐之，正堕其计。臣谓朝廷宜勿与知，而使州郡以理却之。然庸僧猾商，敢擅招诱外夷，邀求厚利，为国生事，其渐不可长，宜痛加惩创。"朝廷皆从之。未几，高丽贡使果至。公按旧例，使之所至吴越七州，实费二万四千余缗，而民间之费不在，乃令诸郡量事裁损。比至，民获交易之利，而无侵挠之害。浙江潮自海门东来，势如雷霆，而浮山峙于江中，与渔浦诸山，犬牙相错，洄洑激射，岁败公私船不可胜计。公议自浙江上流地名石门，并山而东，凿为运河，引浙江及溪谷诸水二十余里，以达于江，又并山为岸，不能十里以达于龙山之大慈浦，自浦北折抵小岭，凿岭六十五丈，以达于岭东古河，浚古河数里，以达于龙山运河，以避浮山之险，人皆以为便。奏闻，有恶公成功者。会公罢归，使代者尽力排之，功以不成。公复言："三吴之水，潴为太湖；太湖之水，溢为松江以入海，海日两潮，潮浊而江清，潮水尝欲淤塞江路，而江水清驶，随辄涤去，海口常通，则吴中少水患。昔苏州以东，公私船皆以篙行，无陆挽者，自庆历以来，松江大筑挽路，建长桥以扼塞江路，故今三吴多水，欲凿挽路为千桥以迅江势。"亦不果用，人皆恨之。公二十年间，再莅此州，有德于其人，家有画像，饮食必祝，又作生祠以报。六年，召入为翰林承旨，复侍迩英，当轴者不乐，风御史攻公。公之自汝移常也，受命于宋，会神考晏驾，哭于宋，而南至扬州。常人为公买田，书至，公喜作诗，有"闻好语"之句。言者妄谓公闻讳而喜，乞加深谴。然诗刻石有时日，朝廷知言者之妄，皆逐之。公惧，请外补，乃以龙图阁学士守颍。先是开封诸县多水患，吏不究本末，决其陂泽，注之惠民河，河不能胜，则陈亦多水，至是又将凿邓艾沟，与颍河并，且凿黄堆，注之于淮，议者多欲从之。公适至，遣吏以水平准之，淮之涨水，高于新沟几一丈，若凿黄堆，淮水顾流浸州境，决不可为，朝廷从之。郡有宿贼尹遇等数人，群党惊劫，杀变主及捕盗吏兵者非一，朝廷以名捕不获，被杀者噤不敢言。公召汝阴尉李直方，谓之曰："君能擒此，当力言于朝，乞行优赏；不获，亦以不职奏免君矣。"直方退，缉知群盗所在，分命弓手往捕其党，而躬往捕遇。直方有母年九十，母子泣别而行。手戟刺而获之，然小不应格，推赏不及。公为言于朝，请以年劳，改朝散郎阶，为直方赏。朝廷不从。其后吏部以公当迁，以符会公考，公自谓已许直方，卒不报。七年，徙扬州。发运司旧主东南漕法，听操舟者私载物货征商，不得留难。故操舟者富厚，以官舟为家，补其弊漏，而周船夫之乏困，故其所载，率无虞而速达。近岁不忍征商之小失，一切不许，故舟弊人困，多盗所载以济饥寒，公私皆病。公奏乞复故，朝廷从之。未阅岁，以兵部尚书召还；兼侍读。是岁，亲祀南郊，为卤簿使，导驾入太庙。有贵戚以其车从争道，不避仗卫，公于车中劾奏之。明日，中使传命中敕，有司严整仗卫。寻迁礼部，复兼端明殿、翰林侍读二学士。高丽遣使请书于朝，朝廷以故事尽许之。公曰："汉东平王请诸子及《太史公书》，犹不肯予，今高丽所请，有甚于此，其可予之乎？"不听。公临事必以正，不能俯仰随俗，乞守郡自效。八年，以二学士知定州。定久不治，军政尤弛，武卫卒骄惰不教，军校蚕食其廪赐，故不敢呵问。公取其贪污甚者，配隶远恶，然后缮修营房，禁止饮博。军中衣食稍足，乃部勒以战法，众皆畏服。然诸校多不自安者，有卒史复以赃诉其长，公曰："此事吾自治则可，汝若得告，军中乱矣。"亦决配之，众乃定。会春大阅，军礼久废，将吏不识上下之分，公命举旧典，元帅常服坐帐中，将吏戎服奔走执事。副总管王光祖自谓老将，耻之，称疾不出。公召书吏作奏，将上，光祖震恐而出，讫事，无敢慢者。定人言，自韩魏公去，不见此礼至今矣。北戎久和，边兵不试，临事有不可用之忧，惟沿边弓箭社兵与寇为邻，以战射自卫，犹号精锐。故相庞公守边，因其故俗，立队伍将校，出入赏罚，缓急可使。岁久，法弛，复为保甲所挠，渐不为用。公奏为免保甲及两税折变科配，长吏以时训劳，不报，议者惜之。时方例废旧人，公坐为中书舍人日草责降官制，直书其罪，诬以谤讪，绍圣元年，遂以本官知英州。寻复降一官，未至，复以宁远军节度副使安置惠州。公以侍从齿岭南编户，独以少子过自随，瘴疠所侵，蛮蜑所侮，胸中泊然无所蒂芥。人无贤愚，皆得其欢心，疾苦者畀之药，殒毙者纳之竁。又率众为二桥以济病涉者，惠人爱敬之。居三年，大臣以流窜者为未足也，四年，复以琼州别驾安置昌化。昌化非人所居，食饮不具，药石无有，初僦官屋以庇风雨，有司犹谓不可，则买地筑室，昌化士人畚土运甓以助之，为屋三间。人不堪其忧，公食芋饮水著书以为乐。时从其父老游，亦无间也。元符三年，大赦，北还。初徙廉，再徙永，已乃复朝奉郎提举成都玉局观，居从其便。公自元祐以来，未尝以岁课乞迁，故官止于此，勋上轻车都尉封武功县开国伯食邑九百户。将居许，病暑，暴下，中止于常。建中靖国元年六月，请老，以本官致仕，遂以不起。未终旬日，独以诸子侍侧，曰："吾生无恶，死必不坠。慎无哭泣以怛化。"问以后事，不答，湛然而逝，实七月丁亥也。公娶王氏，追封通义郡君，继室以其女弟，封同安郡君，亦先公而卒。子三人，长曰迈，雄州防御推官，知河间县事。次曰迨，次曰过，皆承务郎。孙男六人，箪、符、箕、籥、筌、筹。明年闰六月癸酉，葬于汝州郏城县钓台乡上瑞里。公之于文，得之于天。少与辙皆师先君，初好贾谊、陆贽书，论古今治乱，不为空言。既而读《庄子》，喟然叹息曰："吾昔有见于中，口未能言，今见《庄子》，得吾心矣。"乃出《中庸论》，其言微妙，皆古人所未喻。尝谓辙曰："吾视今世学者，独子可与我上下耳。"既而谪居于黄，杜门深居，驰骋翰墨，其文一变，如川之方至，而辙瞠然不能及矣。后读释氏书，深悟实相，参之孔、老，博辩无碍，茫然不见其涯也。先君晚岁读《易》，玩其爻像，得其刚柔远近喜怒逆顺之情，以观其词，皆迎刃而解，作《易传》未完，疾革，命公述其志。公泣受命，卒以成书，然后千载之微言，焕然可知也。复作《论语说》，时发孔氏之秘。最后居海南，作《书传》，推明上古之绝学，多先儒所未达。既成三书，抚之叹曰："今世要未能信，后有君子，当知我矣。"至其遇事所为诗骚铭记书檄论撰，率皆过人。有《东坡集》四十卷、《后集》二十卷、《奏议》十五卷、《内制》十卷、《外制》三卷。公诗本似李、杜，晚喜陶渊明，追和之者几遍，凡四卷。幼而好书，老而不倦，自言不及晋人，至唐褚、薛、颜、柳，仿佛近之。平生笃于孝友，轻财好施。伯父太白早亡，子孙未立，杜氏姑卒未葬，先君没，有遗言，公既除丧，即以礼葬姑，及官可荫补，复以奏伯父之曾孙彭。其于人，见善称之，如恐不及，见不善斥之，如恐不尽，见义勇于敢为，而不顾其害。用此，数困于世，然终不以为恨。孔子谓伯夷、叔齐古之贤人，曰："求仁而得仁，又何怨？"公实有焉。铭曰：

苏自栾城，西宅于眉。世有潜德，而人莫如。猗欤先君，名施四方。公幼师焉，其学以光。出而从君，道直言忠。行险如夷，不谋其躬。英祖擢之，神考试之。亦既知矣，而未克施。晚侍哲皇，进以诗书。谁实间之，一斥而疏。公心如玉，焚而不灰。不变生死，孰为去来。古有微言，众说所蒙。手发其枢，恃此以终。心之所涵，遇物则见。声融金石，光溢云汉。耳目同是，举世毕知。欲造其渊，或眩以疑。绝学不继，如已断弦。百世之后，岂无其贤？我初从公，赖以有知。抚我则兄，诲我则师。皆迁于南，而不同归。天实为之，莫知我哀。

《宋史》本传

苏轼字子瞻，眉州眉山人。生十年，父洵游学四方，母程氏亲授以书，闻古今成败，辄能语其要。程氏读东汉《范滂传》，慨然太息，轼请曰："轼若为滂，母许之否乎？"程氏曰："汝能为滂，吾顾不能为滂母邪！"比冠，博通经史，属文日数千言，好贾谊、陆贽书。既而读《庄子》，叹曰："吾昔有见，口未能言，今见是书，得吾心矣。"嘉祐二年，试礼部。方时文磔裂诡异之弊胜，主司欧阳修思有以救之，得轼《刑赏忠厚论》，惊喜，欲擢冠多士，犹疑其客曾巩所为，但置第二，复以《春秋》对义居第一，殿试中乙科。后以书见修，修语梅圣俞曰："吾当避此人出一头地。"闻者始哗不厌，久乃信服。丁母忧。五年，调福昌主簿。欧阳修以才识兼茂荐之秘阁。试六论，旧不起草，以故文多不工。轼始具草，文义粲然。复对制策，入三等。自宋初以来，制策入三等，惟吴育与轼而已。除大理评事，签书凤翔府判官。关中自元昊叛，民贫役重，岐下岁输南山木筏，自渭入河，经砥柱之险，衙吏踵破家。轼访其利害，为修衙规，使自择水工以时进止，自是害减半。治平二年，入判登闻鼓院。英宗自藩邸闻其名，欲以唐故事召入翰林，知制诰。宰相韩琦曰："轼之才，远大器也，他日自当为天下用，要在朝廷培养之。使天下之士，莫不畏慕降伏，皆欲朝廷进用，然后取而用之，则人人无复异词矣。今骤用之，则天下之士未必以为然，适足以累之也。"英宗曰："且与修注如何？"琦曰："记注与制诰为邻，未可遽授。不若于馆阁中近上贴职与之，且请召试。"英宗曰："试之未知其能否，如轼有不能邪？"琦犹不可，及试二论，复入三等，得直史馆。轼闻琦语，曰："公可谓爱人以德矣。"会洵卒，赙以金帛，辞之，求赠一官，于是赠光禄丞。洵将终，以兄太白早亡，子孙未立，妹嫁杜氏，卒未葬，属轼。轼既除丧，即葬姑。后官可荫，推与太白曾孙彭。熙宁二年，还朝。王安石执政，素恶其议论异己，以判官告院。四年，安石欲变科举，兴学校，诏两制、三馆议。轼上议曰："得人之道，在于知人；知人之法，在于责实。使君相有知人之明，朝廷有责实之政，则胥史皂隶未尝无人，而况于学校贡举乎？虽因今之法，臣以为有余。使君相不知人，朝廷不责实，则公卿侍从常患无人，而况学校贡举乎？虽复古之制，臣以为不足。夫时有可否，物有兴废，方其所安，虽暴君不能废，及其既厌，虽圣人不能复。故风俗之变，法制随之，譬如江河之徙移，强而复之，则难为力。庆历固尝立学矣，至于今日，惟有空名仅存。今将变今之礼，易今之俗，又当发民力以治宫室，敛民财以食游士。百里之内，置官立师，狱讼听于是，军旅谋于是，又简不率教者屏之远方，则无乃徒为纷乱，以患苦天下邪？若乃无大更革，而望有益于时，则与庆历之际何异？故臣谓今之学校，特可因仍旧制，使先王之旧物，不废于吾世足矣。至于贡举之法，行之百年，治乱盛衰，初不由此。陛下视祖宗之世，贡举之法，与今为孰精？言语文章，与今为孰优？所得人才，与今为孰多？天下之事，与今为孰办？较此四者之长短，其议决矣。今所欲变改不过数端：或曰乡举德行而略文词，或曰专取策论而罢诗赋，或欲兼采誉望而罢封弥，或欲经生不贴墨而考大义，此皆知其一，不知其二者也。愿陛下留意于远者大者，区区之法何预焉？臣又切有私忧过计者。夫性命之说，自子贡不得闻，而今之学者，耻不言性命，读其文，浩然无当而不可穷，观其貌，超然无著而不可挹，此岂真能然哉？盖中人之性，安于放而乐于诞耳。陛下亦安用之？”议上，神宗悟曰：“吾固疑此，得轼议，意释然矣。”即日召见，问：“方今政令得失安在，虽朕过失，指陈可也。”对曰：“陛下生知之性，天纵文武，不患不明，不患不勤，不患不断，但患求治太急，听言太广，进人太锐。愿镇以安静，待物之来，然后应之。”神宗悚然曰：“卿三言，朕当熟思之。凡在馆阁，皆当为朕深思治乱，无有所隐。”轼退，言于同列。安石不悦，命权开封府推官，将困之以事。轼决断精敏，声闻益远。会上元敕府市浙灯，且令损价。轼疏言：“陛下岂以灯为悦？此不过以奉二宫之欢耳。然百姓不可户晓，皆谓以耳目不急之玩，夺其口体必用之资。此事至小，体则甚大，愿追还前命。”即诏罢之。时安石创行新法，轼上书论其不便，曰：“臣之所欲言者，三言而已。愿陛下结人心，厚风俗，存纪纲。人主之所恃者，人心而已，如木之有根，灯之有膏，鱼之有水，农夫之有田，商贾之有财。失之则亡，此理之必然也。自古及今，未有和易同众而不安，刚果自用而不危者。陛下亦知人心之不悦矣。祖宗以来，治财用者不过三司。今陛下不以财用付三司，无故又创制置三司条例一司，使六七少年，日夜讲求于内，使者四十余辈，分行营干于外。夫制置三司条例司，求利之名也；六七少年与使者四十余辈，求利之器也。造端宏大，民实惊疑；创法新奇，吏皆惶惑。以万乘之主而言利，以天子之宰而治财，论说百端，喧传万口，然而莫之顾者，徒曰：'我无其事，何恤于人言。'操罔罟而入江湖，语人曰'我非渔也'，不如捐罔罟而人自信；驱鹰犬而赴林薮，语人曰'我非猎也'，不如放鹰犬而兽自驯。故臣以为欲消谗慝而召和气，则莫若罢条例司。今君臣宵旰，几一年矣，而富国之功，茫如捕风，徒闻内帑出数百万缗，祠部度五千余人耳。以此为术，其谁不能？而所行之事，道路皆知其难。汴水浊流，自生民以来，不以种稻。今欲陂而清之，万顷之稻，必用千顷之陂，一岁一淤，三岁而满矣。陛下遂信其说，即使相视地形，所在凿空，访寻水利，妄庸轻剽，率意争言。官司虽知其疏，不敢便行抑退，追集老少，相视可否。若非灼然难行，必须且为兴役。官吏苟且顺从，真谓陛下有意兴作，上靡帑廪，下夺农时。堤防一开，水失故道，虽食议者之肉，何补于民！臣不知朝廷何苦而为此哉？自古役人，必用乡户。今者徒闻江、浙之间，数郡雇役，而欲措之天下。单丁、女户，盖天民之穷者也，而陛下首欲役之。富有四海，忍不加恤！自杨炎为两税，租调与庸既兼之矣，奈何复欲取庸？万一后世不幸有聚敛之臣，庸钱不除，差役仍旧，推所从来，则必有任其咎者矣。青苗放钱，自昔有禁。今陛下始立成法，每岁常行。虽云不许抑配，而数世之后，暴君污吏，陛下能保之与？计愿请之户，必皆孤贫不济之人，鞭挞已急，则继之逃亡，不还，则均及邻保，势有必至，异日天下恨之，国史记之，曰'青苗钱自陛下始'，岂不惜哉？且常平之法，可谓至矣。今欲变为青苗，坏彼成此，所丧逾多，亏官害民，虽悔何及？昔汉武帝以财力匮竭，用贾人桑宏羊之说，买贱卖贵，谓之均输。于时商贾不行，盗贼滋炽，几至于乱。孝昭既立，霍光顺民所欲而予之，天下归心，遂以无事。不意今日此论复兴。立法之初，其费已厚，纵使薄有所获，而征商之额，所损必多。譬之有人为其主畜牧，以一牛易五羊，一牛之失，则隐而不言；五羊之获，则指为劳绩。今坏常平而言青苗之功，亏商税而取均输之利，何以异此？臣窃以为过矣。议者必谓：‘民可与乐成，难与虑始。’故陛下坚执不顾，期于必行。此乃战国贪功之人行险侥幸之说，未及乐成而怨已起矣。臣之所愿陛下结人心者，此也。国家之所以存亡者，在道德之浅深，不在乎强与弱；历数之所以长短者，在风俗之薄厚，不在乎富与贫。人主知此，则知所轻重矣。故臣愿陛下务崇道德而厚风俗，不愿陛下急于有功而贪富强。爱惜风俗，如护元气。圣人非不知深刻之法可以齐众，勇悍之夫可以集事，忠厚近于迂阔，老成初若迟钝。然终不肯以彼易此者，知其所得小而所丧大也。仁祖持法至宽，用人有叙，专务掩覆过失，未尝轻改旧章。考其成功，则曰未至。以言乎用兵，则十出而九败，以言乎府库，则仅足而无余。徒以德泽在人，风俗知义，故升遐之日，天下归仁焉。议者见其末年吏多因循，事不振举，乃欲矫之以苛察，齐之以智能，招来新进勇锐之人，以图一切速成之效。未享其利，浇风已成。多开骤进之门，使有意外之得。公卿侍从跬步可图，俾常调之人，举生非望，欲望风俗之厚，岂可得哉？近岁朴拙之人愈少，巧进之士益多。惟陛下哀之救之，以简易为法，以清净为心，而民德归厚。臣之所愿陛下厚风俗者，此也。祖宗委任台谏，未尝罪一言者。纵有薄责，旋即超升，许以风闻，而无官长。言及乘舆，则天子改容；事关廊庙，则宰相待罪。台谏固未必皆贤，所言亦未必皆是。然须养其锐气，而借之重权者，岂徒然哉？将以折奸臣之萌也。今法令严密，朝廷清明，所谓奸臣，万无此理。然养猫以去鼠，不可以无鼠而养不捕之猫；畜狗以防盗，不可以无盗而畜不吠之狗。陛下得不上念祖宗设此官之意，下为子孙万世之防？臣闻长老之谈，皆谓台谏所言，常随天下公议。公议所与，台谏亦与之；公议所击，台谏亦击之。今者物论沸腾，怨讟交至，公议所在，亦知之矣。臣恐自兹以往，习惯成风，尽为执政私人，以致人主孤立，纪纲一废，何事不生！臣之所愿陛下存纪纲者，此也。”轼见安石赞神宗以独断专任，因试进士发策，以“晋武平吴以独断而克，苻坚伐晋以独断而亡，齐桓专任管仲而霸，燕哙专任子之而败，事同而功异”为问。安石滋怒，使御史谢景温论奏其过，穷治无所得，轼遂请外，通判杭州。高丽入贡，使者发币于官吏，书称甲子。轼却之曰：“高丽于本朝称臣，而不禀正朔，吾安敢受！”使者易书称熙宁，然后受之。时新政日下，轼于其间，每因法以便民，民赖以安。徙知密州。司农行手实法，不时施行者以违制论。轼谓提举官曰：“违制之坐，若自朝廷，谁敢不从？今出于司农，是擅造律也。”提举官惊曰：“公姑徐之。”未几，朝廷知法害民，罢之。有盗窃发，安抚司遣三班使臣领悍卒来捕，卒凶暴恣行，至以禁物诬民，入其家争斗杀人，且畏罪惊溃，将为乱。民奔诉轼，轼投其书不视，曰：“必不至此。”散卒闻之，少安，徐使人招出戮之。徙知徐州。河决曹村，泛于梁山泊，溢于南清河，汇于城下，涨不时泄，城将败，富民争出避水。轼曰：“富民出，民皆动摇，吾谁与守？吾在是，水决不能败城。”驱使复入。轼诣武卫营，呼卒长，曰：“河将害城，事急矣，虽禁军且为我尽力。”卒长曰：“太守犹不避涂潦，吾侪小人，当效命。”率其徒持畚锸以出，筑东南长堤，首起戏马台，尾属于城。雨日夜不止，城不沉者三版。轼庐于其上，过家不入，使官吏分堵以守，卒全其城。复请调来岁夫，增筑故城，为木岸，以虞水之再至。朝廷从之。徙知湖州，上表以谢。又以事不便民者不敢言，以诗托讽，庶有补于国。御史李定、舒直、何正臣摭其表语，并媒蘖所为诗以为讪谤，逮赴台狱，欲置之死。锻炼久之，不决。神宗独怜之，以黄州团练副使安置。轼与田父野老，相从溪山间，筑室于东坡，自号“东坡居士”。三年，神宗数有意复用，辄为当路者沮之。神宗尝语宰相王珪、蔡确曰："国史至重，可命苏轼成之。"珪有难色。神宗曰："轼不可，姑用曾巩。"巩进《太祖总论》，神宗意不允，遂手札移轼汝州，有曰："苏轼黜居思咎，阅岁滋深，人材实难，不忍终弃。"轼未至汝，上书自言饥寒，有田在常，愿得居之。朝奏，夕报可。道过金陵，见王安石，曰："大兵大狱，汉、唐灭亡之兆。祖宗以仁厚治天下，正欲革此。今西方用兵，连年不解，东南数起大狱，公独无一言以救之乎？"安石曰："二事皆惠卿启之，安石在外，安敢言？"轼曰："在朝则言，在外则不言，事君之常礼耳。上所以待公者非常礼，公所以待上者，岂可以常礼乎？"安石厉声曰："安石须说。"又曰："出在安石口，入在子瞻耳。"又曰："人须是知行一不义，杀一不辜，得天下弗为，乃可。"轼戏曰："今之君子，争减半年磨勘，虽杀人亦为之。"安石笑而不言。至常，神宗崩。哲宗立，复朝奉郎、知登州，召为礼部郎中。轼旧善司马光、章惇。时光为门下侍郎，惇知枢密院，二人不相合，惇每以谑侮困光，光苦之。轼谓惇曰："司马君实时望甚重，昔许靖以虚名无实，见鄙于蜀先主，法正曰：'靖之浮誉，播流四海，若不加礼，必以贱贤为累。'先主纳之，乃以靖为司徒。许靖且不可慢，况君实乎？"惇以为然，光赖以少安。迁起居舍人。轼起于忧患，不欲骤履要地，辞于宰相蔡确。确曰："公徊翔久矣，朝中无出公右者。"轼曰："昔林希同在馆中，年且长。"确曰："希固当先公邪？"卒不许。元祐元年，轼以七品服入侍延和，即赐银绯，迁中书舍人。初，祖宗时，差役行久生弊，编户充役者不习其役，又虐使之，多致破产，狭乡民至有终岁不得息者。王安石相神宗，改为免役，使户差高下出钱雇役，行法者过取，以为民病。司马光为相，知免役之害，不知其利，欲复差役，差官置局，轼与其选。轼曰："差役、免役，各有利害。免役之害，掊敛民财，十室九空，敛聚于上，而下有钱荒之患。差役之害，民常在官，不得专力于农，而贪吏猾胥，得缘为奸。此二害轻重，盖略等矣。"光曰："于君何如？"轼曰："法相因则事易成，事有渐则民不惊。三代之法，兵农为一，至秦始分为二，及唐中叶，尽变府兵为长征之卒。自尔以来，民不知兵，兵不知农，农出谷帛以养兵，兵出性命以卫农，天下便之。虽圣人复起，不能易也。今免役之法，实大类此。公欲骤罢免役而行差役，正如罢长征而复民兵，盖未易也。”光不以为然。轼又陈于政事堂，光忿然。轼曰：“昔韩魏公刺陕西义勇，公为谏官，争之甚力，韩公不乐，公亦不顾。轼昔闻公道其详，岂今日作相，不许轼尽言耶？”光笑之。寻除翰林学士。二年，兼侍读。每进读至治乱兴衰、邪正得失之际，未尝不反覆开导，觊有所启悟。哲宗虽恭默不言，辄首肯之。尝读祖宗《宝训》，因及时事。轼历言：“今赏罚不明，善恶无所劝沮；又黄河势方北流，而强使之东；夏人入镇戎，杀掠数万人，帅臣不以闻。每事如此，恐寖成衰乱之渐。”轼尝锁宿禁中，召入对便殿。宣仁后问曰：“卿前年为何官？”曰：“臣为常州团练副使。”曰：“今为何官？”曰：“臣今待罪翰林学士。”曰：“何以遽至此？”曰：“遭遇太皇太后、皇帝陛下。”曰：“非也。”曰：“岂大臣论荐乎？”曰：“亦非也。”轼惊曰：“臣虽无状，不敢自他途以进。”曰：“此先帝意也。先帝每诵卿文章，必叹曰‘奇才！奇才！’但未及进用卿耳。”轼不觉哭失声。宣仁后与哲宗亦泣，左右皆感涕。已而命坐赐茶，撤御前金莲烛送归院。三年，权知礼部贡举。会大雪苦寒，士坐庭中，噤不能言。轼宽其禁约，使得尽技。巡铺内侍每摧辱举子，且持暧昧单词，诬以为罪，轼尽奏逐之。四年，积以论事，为当轴者所恨。轼恐不见容，请外，拜龙图阁学士、知杭州。未行，谏官言：“前相蔡确知安州，作诗借郝处俊事，以讥太皇太后。”大臣议迁之岭南。轼密疏：“朝廷若薄确之罪，则于皇帝孝治为不足；若深罪确，则于太皇太后仁政为小累。谓宜皇帝敕置狱逮治，太皇太后出手诏赦之，则于仁孝两得矣。”宣仁后心善轼言，而不能用。轼出郊，用前执政恩例，遣内侍赐龙茶、银合，慰劳甚厚。既至杭，大旱，饥疫并作。轼请于朝，免本路上供米三之一，复得赐度僧牒易米以救饥者。明年春，又减价粜常平米，多作饘粥药剂，遣使挟医，分坊治病，活者甚众。轼曰：“杭，水陆之会，疫死比他处常多。”乃裒羡缗得二千，复发橐中黄金五十两，以作病坊，稍畜钱粮待之。杭本近海，地泉咸苦，居民稀少。唐刺史李泌，始引西湖水作六井，民足于水。白居易又浚西湖水入漕河，自河入田，所溉至千顷，民以殷富。湖水多葑，自唐及钱氏，岁辄浚治。宋兴，废之，葑积为田。水无几矣。漕河失利，取给江潮，舟行市中，潮又多淤，三年一淘，为民大患，六井亦几于废。轼见茅山一河，专受江潮，盐桥一河，专受湖水，遂浚二河以通漕。复造堰闸，以为湖水蓄泄之限，江潮不复入市。以余力复完六井。又取葑田积湖中，南北径三十里为长堤，以通行者。吴人种菱，春辄芟除，不遗寸草。且募人种菱湖中，葑不复生。收其利以备修湖，取救荒余钱万缗、粮万石，及请得百僧度牒以募役者。堤成，植芙蓉、杨柳其上，望之如画图。杭人名为苏公堤。杭僧净源，旧居海滨，与舶客交通。舶至高丽，交誉之。元丰末，其王子义天来朝，因往拜焉。至是，净源死，其徒窃持其像，附舶往告。义天亦使其徒来祭，因持其国母二金塔，云祝两宫寿。轼不纳，奏之曰：“高丽久不入贡，失赐予厚利，意欲求朝，未测吾所以待之厚薄，故因祭亡僧而行祝寿之礼。若受而不答，将生怨心；受而厚赐之，正堕其计。今宜勿与知，从州郡自以理却之。彼庸僧猾商，为国生事，渐不可长，宜痛加惩创。”朝廷皆从之。未几，贡使果至。旧例，使所至吴越七州，费二万四千余缗。轼乃令诸州量事裁损，民获交易之利，无复侵挠之害矣。浙江潮自海门东来，势如雷霆，而浮山峙于江中，与渔浦诸山，犬牙相错，洄洑激射，岁败公私船不可胜计。轼议自浙江上流地名石门，并山而东，凿为漕河，引浙江及溪谷诸水二十余里以达于江。又并山为岸，不能十里以达龙山大慈浦，自浦北折抵小岭，凿岭六十五丈以达岭东古河，浚古河数里，达于龙山漕河，以避浮山之险。人以为便。奏闻，有恶轼者力沮之，功以故不成。轼复言：“三吴之水，潴为太湖，太湖之水，溢为松江以入海。海日两潮，潮浊而江清，潮水常欲淤塞江路，而江水清驶，随辄涤去，海口常通，则吴中少水患。昔苏州以东，公私船皆以篙行，无陆挽者。自庆历以来，松江大筑挽路，建长桥以扼塞江路，故今三吴多水，欲凿挽路、为千桥，以迅江势。”亦不果用，人皆以为恨。轼二十年间，再莅杭，有德于民，家有画像，饮食必祝。又作生祠以报。六年，召为吏部尚书，未至。以弟辙除右丞，改翰林承旨。辙辞右丞，欲与兄同备从官，不听。轼在翰林数月，复以谗请外。乃以龙图阁学士出知颍州。先是开封诸县多水患，吏不究本末，决其陂泽，注之惠民河，河不能胜，致陈亦多水。又将凿邓艾沟与颍河并，且凿黄堆欲注之于淮。轼始至颍，遣吏以水平准之，淮之涨水高于新沟几一丈，若凿黄堆，淮水顾流颍地为患。轼言于朝，从之。郡有宿贼尹遇等，数劫杀人，又杀捕盗吏兵。朝廷以名捕不获，被杀家复惧其害，匿不敢言。轼召汝阴尉李直方，曰：“君能擒此，当力言于朝，乞行优赏；不获，亦以不职奏免君矣。”直方有母且老，与母诀而后行。乃缉知盗所，分捕其党与。手戟刺遇，获之。朝廷以小不应格，推赏不及。轼请以己之年劳，当改朝散郎阶，为直方赏，不从。其后吏部为轼当迁，以符会其考。轼谓已许直方，又不报。七年，徙扬州。旧发运司主东南漕法，听操舟者私载物货征商，不得留难。故操舟者辄富厚，以官舟为家，补其弊漏，且周船夫之乏，故所载率皆速达无虞。近岁，一切禁而不许，故舟弊人困，多盗所载以济饥寒，公私皆病，轼请复旧，从之。未阅岁，以兵部尚书召兼侍读。是岁，哲宗亲祀南郊，轼为卤簿使，导驾入太庙。有赭伞犊车并青盖犊车十余争道，不避仪仗。轼使御营巡检使问之，乃皇后及大长公主。时御史中丞李之纯为仪仗使，轼曰：“中丞职当肃政，不可不以闻。”之纯不敢言，轼于车中奏之。哲宗遣使赍疏驰白太皇太后。明日，诏整肃仪卫，自皇后而下，皆毋得迎谒。寻迁礼部兼端明殿、翰林侍读两学士，为礼部尚书。高丽遣使请书，朝廷以故事尽许之。轼曰：“汉东平王请诸子及《太史公书》，犹不肯予。高丽所请，有甚于此，其可予乎？”不听。八年，宣仁后崩，哲宗亲政。轼乞补外，以两学士出知定州。时国是将变，轼不得入辞。既行，上书言：“天下治乱，出于下情之通塞。至治之极，小民皆能自通；迨于大乱，虽近臣不能自达。陛下临御九年，除执政、台谏外，未尝与群臣接。今听政之初，当以通下情、除壅蔽为急务。臣日侍帷幄，方当戍边，顾不得一见而行，况疏远小臣，欲求自通，难矣。然臣不敢以不得对之故，不效愚忠。古之圣人将有为也，必先处晦而观明，处静而观动，则万物之情，毕陈于前。陛下圣智绝人，春秋鼎盛。臣愿虚心循理，一切未有所为，默观庶事之利害，与群臣之邪正。以三年为期，俟得其实，然后应物而作。使既作之后，天下无恨，陛下亦无悔。由此观之，陛下之有为，惟忧太早，不患稍迟，亦已明矣。臣恐急进好利之臣，辄劝陛下轻有改变，故进此说，敢望陛下留神，社稷宗庙之福，天下幸甚。”定州军政坏弛，诸卫卒骄惰不教，军校蚕食其廪赐，前守不敢谁何。轼取贪污者配隶远恶，缮修营房，禁止饮博。军中衣食稍足，乃部勒战法，众皆畏伏。然诸校业业不安，有卒史以赃诉其长，轼曰：“此事吾自治则可，听汝告，军中乱矣。”立决配之，众乃定。会春大阅，将吏久废上下之分，轼命举旧典，帅常服出帐中，将吏戎服执事。副总管王光祖，自谓老将，耻之，称疾不至。轼召书吏使为奏，光祖惧而出，讫事，无一慢者。定人言：“自韩琦去后，不见此礼至今矣。契丹久和，边兵不可用，惟沿边弓箭社与寇为邻，以战射自卫，犹号精锐。故相庞籍守边，因俗立法。岁久法弛，又为保甲所挠。轼奏免保甲及两税折变科配，不报。绍圣初，御史论轼掌内外制日所作词命，以为讥斥先朝。遂以本官知英州。寻降一官。未至，贬宁远军节度副使，惠州安置。居三年，泊然无所蒂芥，人无贤愚，皆得其欢心。又贬琼州别驾，居昌化。昌化，故儋耳地，非人所居，药饵皆无有。初僦官屋以居，有司犹谓不可。轼遂买地筑室，儋人运甓畚土以助之。独与幼子过处，著书以为乐，时时从其父老游，若将终身。徽宗立，移廉州，改舒州团练副使，徙永州。更三大赦，遂提举玉局观，复朝奉郎。轼自元祐以来，未尝以岁课乞迁，故官止于此。建中靖国元年，卒于常州，年六十六。轼与弟辙师父洵为文，既而得之于天。尝自谓："作文如行云流水，初无定质，但常行于所当行，止于所不可不止。"虽嬉笑怒骂之词，皆可书而诵之。其体浑涵光芒，雄视百代，有文章以来，盖亦鲜矣。洵晚读《易》，作《易传》，未究，命轼述其志。轼成《易传》，复作《论语说》；后居海南，作《书传》；又有《东坡集》四十卷、《后集》二十卷、《奏议》十五卷、《内制》十卷、《外制》三卷、《和陶诗》四卷。一时文人如黄庭坚、晁补之、秦观、张耒、陈师道，举世未之识，轼待之如朋俦，未尝以师资自予也。自为举子至出入侍从，必以爱君为本，忠规谠论，挺挺大节，群臣无出其右。但为小人忌恶挤排，不使安于朝廷之上。高宗即位，赠资政殿学士，以其孙符为礼部尚书。孝宗置其文左右，读之终日忘倦，谓为文章之宗，亲制集赞，赐其曾孙峤。遂崇赠太师，谥文忠。轼三子迈、迨、过，俱善为文。迈，驾部员外郎。迨，承务郎。

论曰：苏轼自为童子时，士有传石介《庆历圣德诗》至蜀中者，轼历举诗中所言韩、富、杜、范诸贤以问其师。师怪而语之，则曰"正欲识是诸人耳"。盖已有颉颃当世贤哲之意。弱冠，父子兄弟至京师，一日而声名赫然，动于四方。既而登上第，擢词科，入掌书命，出典方州。器识之闳伟，议论之卓荦，文章之雄隽，政事之精明，四者皆能以特立之志为之主，而以迈往之气辅之。故意之所向，言足以达其有猷，行足以遂其有为。至于祸患之来，节义足以固其有守，皆志与气所为也。仁宗初读轼、辙制策，退而喜曰："朕今日为子孙得两宰相矣。"神宗尤爱其文，宫中读之，膳进忘食，称为天下奇才。二君皆有以知轼，而轼卒不得大用。一欧阳修先识之，其名遂与之齐，岂非轼之所长不可掩抑者，天下之至公也，相不相有命焉。呜呼！轼不得相，又岂非幸欤？或谓："轼稍自韬戢，虽不获柄用，亦当免祸。"虽然，假令轼以是而易其所为，尚得为轼哉！

次苏子瞻先后事 袁中道撰

子瞻本传所载者，皆其立朝大节。然观人者，其神情正在颦笑无心之际。如画裴叔，则面部体格已定，而非颊上三毛，则不似。班马传神，犹得此意。唐宋而下，颇有酸气。都中无事，乃取其散见者，都为一本，使其老少行踪，一览便尽之耳。片甲一毛，或犹见于他书者，今未必尽收。然其潇洒之趣，大约亦可见矣。

苏子瞻，亦字和仲。仁宗景祐丙子，母梦一僧入堂而生，智慧夙成。少年慕玄释，不乐世染，欲辞婚宦，有志未遂。喜读书，手抄经史，皆一通。每一书成，辄变一体，书法遂工。髫年，便有论著。父明允，大以为佳。

年二十，侍明允，偕弟子由至成都，谒张安道。安道倾注甚，致书欧阳永叔。永叔见明允及子瞻、子由文，甚喜，极力推挽，声名大起。

子瞻疏眉秀目，美须髯，戴高桶帽。背有黑子，宛如星斗。少为人雄快俊爽，内无隐情。闻人一善，赞叹不遑；而刚肠疾恶，又善谑笑，锋刃甚利。子由恂恂然，寡言慎重，狷介自守，不妄交游。其志于无生之学，世缘浅，道根深，则两公皆再来人也。而其为文，大略如其为人。子瞻豪肆汪洋，子由冲和平衍。子瞻固谓子由之文，体气高妙，吾所不及，而其实子瞻之才远甚。自其少时，明允令子由师子瞻，兄弟友爱，未尝一日相舍。长且游宦四方，读韦苏州诗："那知风雨夜，复此对床眠。"恻然感之，乃相约早退为闲居之乐。第后，为福唐主簿一年。与子由同中制科，出佐岐下。时明允奉命修礼书，子由辞商州檄，留京奉养。岐下密通京中，凡观风征俗，感时即事，八观之故区，五丈之遗迹，慷慨征歌，兄弟唱酬，诗筒往来不绝。明允卒后，子由出官济南，而子瞻判官告院。与王介甫议论不合，出为杭倅。于时兄弟散于宦途，离合之感，从此始矣。

初，文与可同在馆阁，与可能诗骚，妙墨竹，于子瞻为中表兄弟，最相爱怜。见子瞻数上书言天下事，退而与宾客讥切时政，每加箴戒；于其行也，曰："世途险恶，惟守口可以免祸，弟其慎之。"子瞻笑而不答。取道广陵，与刘贡甫、孙巨源、孙莘老聚，自谓逐人也，遂以逐人字为韵作诗。

既至杭，湖山胜绝，宝刹云兴，岩谷之间，颇多异人，既通名理，晓了文字。官冗多暇，耽情水石，招来老宿，载携声伎，登山泛水，殆无虚日。孤山惠勤，见知永叔，到官三日，即往访之。时有仲殊嗜蜜，思聪嗜琴，俱能诗歌，呼为蜜殊琴聪，数与唱和。有参寥道人者，与子瞻尤相知赏，尝与同登寿圣方丈，顾谓之曰："我生平都未至此，而眼界了了，若素所历；自此上至忏堂，当有九十二级。"遣人数之，悉如其言。乃知前身，皆此山中僧也。济州晁无咎，随父官杭，年始十七，著《七述》，谒子瞻。子瞻奇之，与定交。

初官京师时，妻王生大儿迈，遂夭。后娶王女弟季章。官钱塘，纳侍儿朝云。云亦氏王，甚慧，子瞻尝呼为"老云"。后又有侍儿榴花，及善胡琴琵琶婢。

仕杭三年不调。念弟子由在济南，思与相近，求为陈州守，得密。访李公择于湖，至松江，夜半月出，与张子野痛饮垂虹亭上。子野年八十五，以歌辞闻天下，作《定风波》令。至密，筑超然台。改知彭城，约子由会于澶濮之间，相携至彭城，宿逍遥堂。时兄弟一别，遂已七年。子由念风雨联床之约，不胜离合之感。子瞻则谓子由天资近道，今已有得，而我亦窃闻其一二。是今者宦游相别之日浅，而异时退休相从之日长，无容凄怆也。然而乡思益深矣。子由留百余日而去。城东建黄楼，子由为赋。

时张安道女婿王定国巩，并蜀人王子立、子敏，皆馆客舍，共游泗上，登石室，鼓雷氏琴；会王郎吹洞箫，饮酒杏花下。一日，定国辈偕数人，棹小舟，游泗水，北上圣母山，南下百步洪，吹笛饮酒，乘月而来。子瞻夜着羽衣，伫立黄楼上，相视而笑曰：“李太白死，世间无此乐三百余年矣。”未几，高邮秦少游至。初，子瞻未与少游相识；少游学子瞻笔语，题广陵寺中壁。子瞻继至，不能辩，大惊。及会孙莘老，出少游诗词数百篇，读之，乃叹曰：“向书壁人，必此郎也！”莘老大笑，至是始相见，深相契合。

移知湖州，携客登岘山亭，晚入飞英寺，用月日星稀字分韵作诗。时文与可已死，偶曝书，见其书字，执字痛哭，遂至失声。

是年，言事者以到任谢表为谤，并摭生平诗辞，以为怨望。遣中使追摄，赴诏狱。妻子送之，出门皆痛哭，子瞻笑谓妻曰：“子独不能如杨朴处士妻，作一诗送我乎？”夷然就道。亲戚故人皆惊散；独王子立兄弟，旧在邸舍，乃取家属致之南都。行次宿州，御史符下就家取书，州郡望风，遣吏发卒，围船搜取。长子迈，稍长，已随行。其余幼稚妇女，几怖死。去后悉取书焚之。有司移各州取所留诗，杭州供数百首，名曰“诗帐”。

既就逮台狱，与长子迈约，狱中不知外事，送食惟菜肉，如我死以鱼。迈谨守。逾月，忽粮尽，出谋，委一亲戚代送，而忘语其约，乃送以鲊。子瞻知不免，因自叹曰：“命途舛薄，遭此荼苦，我死易耳，乃竟不得一见吾子由乎？！”因赋二诗寄之。一曰：“圣主如天万物春，小臣愚暗自亡身。百年未了须还债，十口无家更累人。是处青山堪付骨，他时夜雨独伤神。与君今世为兄弟，更结来生未了因。”二曰：“柏台霜气冷凄凄，风动琅珰月向低。梦绕云山心似鹿，魂飞汤火命如鸡。额中犀角真吾子，身后牛衣愧老妻。他日神游定何所，桐江知在浙江西。”书罢，托狱卒遗子由，狱吏不敢隐，遂以上。上见而怜之，自此一意宽释。会以曹太后泣问故，上意益解。于是黄州之命下矣。

子由闻下狱，上书乞以见任官职赎罪，责筠州酒官。张安道亦遣其子上书力救。会出狱，未果上。子瞻甫出狱，即有“却拈诗笔已如神”之句。诣黄，道出陈州，子由自南郡来陈相见。是会也，不啻再生，悲喜交集。岐亭逢故人陈季常。季常喜宾客，畜声伎，弃家隐于此地，自号龙丘居士，为留五日。先是有神降于黄，曰："二月望日，苏公至矣，恨吾不及见也。"子瞻果以是日至黄。寓居定惠寺。定惠颙长老开啸轩。眷属自南都来，迁临皋亭，立南堂。

廪入既绝，人口复多，意甚忧之；痛自节俭，日用不得过百五十。每月朔，便取四千五百钱，断为三十块，挂屋梁上。平旦用画叉挑取一块，即自藏去。又年余后，窘甚。有故人马正卿者哀之，于郡请故营地，使躬耕，始营东坡；盖取乐天在忠州时有东坡种花诗，又有步东坡诗，遂名之曰东坡，自号东坡居士焉。

东坡旁有废圃，筑堂曰雪堂，因绘雪四壁无容隙，自书"东坡雪堂"四字榜之。前有细柳，后有微泉。堂下种大冶长老桃花茶，巢元修菜，何氏丛菊；门外种枣、栗、苍松、黄桑，郁然茂盛。作陂塘，陂下种稻，为田五十亩。自养一牛。牛偶病，医不能治；妻季章多智，曰："此牛发斑，法宜啖以青蒿粥。"试之立愈。子瞻大喜曰："汝乃能作牛医耶，吾真堪为老农矣！"

性不喜杀生。自下狱后，念己亲经患难，不异鸡鸭之在庖厨，不欲使有生之类，受无量怖苦，遂断杀。尝往访陈季常，恐季常为己杀也，作汁字诗戒之。季常从此不复食肉；而岐亭之人化之，亦多有不食肉者，然未能忘味，或食自死物。饮酒仅能三蕉叶，而意甚嗜之；尤喜人饮，同其醉醒。邻近四五郡，常有馈酒者，合置一器中，谓之"雪堂义樽"。

每旦起，无客与语，则必出寻客。布衣芒履，出入阡陌。所与游者，亦不尽择，各随其人高下，诙谐放浪，不复为町畦。有不能谭者，则强之使说鬼；或辞无有，则曰："姑妄言之。"人皆绝倒。一日无客，愀然若有疾。所居去江上不百步，无事，挟弹击江水，铮铮有声，大以为娱。数游赤壁，生日置酒矶上，倚危峰，俯鹘巢，令进士李委吹笛，作穿云裂石之声，风起水涌，大鱼皆出。游览之暇，醉墨淋漓，出于营伎供侍；如马娉娉、李琪之属，画带书扇，随乞即与。

生平喜读书，常以三鼓为率。自出狱后，不复观一字。偶值寒夜，改衣欲睡，见月色入户，欣然起行。念无与乐者，遂步至承天寺，寻张怀民；怀民亦未睡，步于中庭，中如积水明空，荇藻交横，盖竹柏影也。谓怀民曰：“何处无月，何处无竹柏影，但少闲人如吾两人耳。”郡人有潘邻老者，从子瞻学诗。参寥亦自杭来访，欢甚。

性喜泛舟，随其所之，入旁郡县，经旬不返。尝与邠老辈饮江上，夜归，见江面际天，风露浩然，乃作歌词，有“夜阑风静縠纹平，小舟从此逝，江海寄余生”，之句。与客大歌数过而散。明日，喧传子瞻挂冠服，拿舟长啸去矣。郡守闻之惊且惧，以为州失罪人，急命驾往谒，则鼻鼾如雷，彻干堂外，守惊始定。

偶病赤眼，逾月不出。或疑有他疾，过客传为已死。有语范景仁于许昌者，景仁即举袂大恸，召子弟具金帛、遣人周其家；子弟徐言，未必可信，且先书问之。乃遣仆以讯，子瞻得书大笑。此信传之都下，上以问蒲宗孟。对曰：“风闻有之，恐未实也。”上将进食，因叹息再三，曰：“才难才难！”投箸而起，意甚不怿。上与近臣论人才，因曰：“轼方古人，孰比？”近臣曰：“唐李太白。”上曰：“不然。白有轼才，无轼学。”上屡有意复用，而近臣王禹玉辈以“世间惟有蛰龙知”之句，激怒上意。会章子厚力解，始释。俄出御札，量移临汝。

子瞻自遭患难之后，覃思《易》《论语》，大有所得，发为文字，洋洋乎如川之方至，随其意之所到，委转曲折，无不如意；词之能达，似开辟以来所仅有。而旁溢而为书，少时正尔婉媚，自黄以后，笔愈有力，乃与颜平原伯仲。至尺牍醉笔，姿态横生，不矜而严，不轶而豪，萧散容与，霏霏如甘雨之霖；森疏掩映，熠熠如从月之星；舒徐宛转，灑灑如萦玺之丝。盖由其胸中无一点俗气，溢于毫楮，未常师人，亦非学所能及。所作枯木枝干，虬屈无端倪，石皴亦奇怪，如其胸中蟠郁。墨竹画得文与可法，作寒林，入神品。

子瞻去黄。乃以雪堂付邠老。时长子迈，赴饶之德兴尉，送之湖口，乘小舟，夜至绝壁下，听郦道元所云石钟处。游庐山。子由在筠州，云庵居洞山，聪禅师，亦蜀人，一日三人偶聚，云庵曰：“我昨梦迎五祖戒。”语未了，聪惊曰：“我夜亦梦迎五祖戒。”相与骇叹，谓世间乃有两人同梦事。顷之，子瞻书到，曰已到奉新，旦夕相见。三人大惊，出郭迎之。子瞻至，语以故。子瞻曰：“吾七八岁时，常梦身是僧，往来陕右。”云庵惊曰：“戒，陕右人也。暮年弃五祖游高安，终于大愚。”逆数盖五十年，而子瞻时年四十九矣。去筠，子由送之郭外，都无言，惟以手指口。深山间有小溪，车马从此渡，于是里人呼此渡为“来苏”矣。至泗上表，乞于阳羡居住。

过金陵，王介甫野服乘驴，谒于舟次，子瞻迎揖，曰：“轼今日敢以野服见耶？”介甫笑曰：“礼非为吾辈设也。”因招游蒋山，坐方丈饮茶。介甫指案上大研曰：“可集古诗联句赋此。”子瞻应声曰：“巧匠斫山骨。”介甫沉思良久，起曰：“且趁晴色，穷览蒋山之胜，此非所急。”有二客背语曰：“荆公困人伎俩，今日顿尽。”会张安道，安道授以《楞伽》。初，安道守滁，入琅琊山，藏院呼梯，梯梁得木匣，发视之，《楞伽经》也。见经中字迹，忽然汗下，了知前生，是知藏僧写经，未终而化。安道续书其后，笔迹宛然，无异前生。乃付子瞻，令书镂行四方。子瞻与金山了元善，遂往金山书写。子瞻嗜烧猪，了元常设以待，比之远公设酒待陶潜矣。

李宪仲子荐谒云：“家有四丧未举。”子瞻时已绝禄屡年，适梁吉老闻其归耕阳羡，乃遗十绢百两丝，即以与之襄大事。又有章默，三丧未葬，亦有所助。放归阳羡之命下，遂往常州，自云当于此老矣。罄囊买一庄，岁可百石。

哲宗立，元丰党人散去。五月，复官，知登。到郡五日，以礼部郎召还，除中舍。自谓乐天从江州司马除忠州，旋以主客为中舍。已从黄州除登州，亦以仪曹为中舍。出处老少，大约相似，盖庶几此翁晚年闲适之乐焉。是时子由相继为侍从。子瞻乃荐黄鲁直、秦少游，而张文潜旧与子由相知，以故得交子瞻，与晁无咎同在史馆。此四人，皆负高才，修行谊，风流儒雅。照映当时；事子瞻不啻如所畏，子瞻虽未常以师道自予，而道德文章，实为诸俊人领袖，天下以此称为“苏门四学士”。茶有密云龙者，最甘馨。四人每来，必令侍儿朝云取密云龙，家人以此知之。又荐彭城陈履常为博士。时王晋卿、王定国辈，皆起自幽滞，而刘贡父、张天觉，俱在朝廷；又有李伯时之属。弟兄聚首，友朋凑集，文酒赏适，雅道大振。常在学士院闲坐，忽命左右取纸笔，写“平畴交远风，良苗亦怀新”两句，大书、小楷、行、草，凡写七八纸，掷笔太息曰：“好！好！”散其纸于左右。

数论事，为赵挺之、王觌所论，论其习于纵横捭阖之术，不宜久居朝廷。遂累章请郡，以学士帅杭。至金山，复访了元，留恋浃月。

既至杭，于是子瞻去此地十六年，山中道友，稍已凋落。辩才老退居龙井之风篁岭。地多篬筤筱簜，风韵凄清，流泉活活。子瞻杖履数至，留连竟日。辩才送至岭上，左右惊曰：“远公过虎溪矣！”辩才笑曰：“与子成二老，来往亦风流。”遂作亭岭上，名曰“过亭”，亦曰“二老”。初，子瞻在黄，参寥往访之，梦与赋诗云：“寒食清明都过了，石泉槐火一时新。”凡七年，而子瞻守杭，参寥卜居智泉院，有泉出石缝间，甘冷宜茶。寒食之明日，子瞻与客泛舟，自孤山来访，参寥瀹泉钻火，烹黄柏茶，一如所梦。妓琴操，颇通佛书，解言辞，子瞻甚喜之；与语次，琴操大悟，立削发为尼。

西湖将塞，乃以葑泥筑堤，种芙蓉、杨柳其上，望若图画。常于湖上石佛院，治郡事。休暇必约客湖上，早食于山水佳处。饭毕，每数客一舟，令队长一人，各领数妓，任其所适。晡后，鸣锣集之；复会于望湖楼，或竹阁，极欢而罢。至一二鼓，夜市犹未散，城中士女，夹道云集观之。

杭民有陈诉负绢钱二万不偿者。子瞻呼负人询之，其人曰：“家业制扇，适天雨，所制不酬，因循未得还，非敢负也。”子瞻熟视之，曰：“取所制扇来。”取至，遂于夹绢白团扇上，就判笔作草书，及枯木竹石，凡二十，付之。其人方持出府门，千钱一扇，立尽，顿酬所逋。

毛泽民为法曹，初以众人遇之。泽民与妓琼芳者善，作分飞词别之，妓于席上歌此词，问谁所作，以泽民对。子瞻曰："郡僚有词人，而我不及知，罪也。"即日折简追还，流连竟日；每预文酒之会，声名顿起。

自杭召还，为承旨。寓居子由东府。以兄弟同在禁林，请郡，得颍。

时陈履常为州教授，赵德麟亦官颍。堂前梅花大开，月色鲜霁，妻季章曰："春月色胜秋月色。秋月令人惨凄，春月令人和悦。何如招陈、赵诸公来饮此花下。"子瞻大喜曰："吾不知子亦能诗耶？此真诗家诗耳！"遂召诸客痛饮，以语意为歌辞，极欢而散。

移守维扬，获二石，其一绿色，冈峦层叠，有穴达于颠；其一玉白可鉴，渍以盆水，以旧梦游仇池，遂号为"仇池石"，自谓希代之宝。后王晋卿欲因观夺之终弗得。寻召还，至封丘张友正，友正时为令，具饭邀之。既至，对设长案，各以精笔佳纸墨列其上。每酒一行，即伸纸作字；以二小史磨墨，几不能供。酒行既终，纸亦尽，乃相易携去。

既至，拜兵部尚书，出知定州。

自起废滞至于今，兄弟荣显八年耳。而元丰诸臣章惇辈，皆会于朝。章惇初与子瞻善，自子瞻陷台狱，惇颇加救援。及迁临汝，惇与有力。子瞻亦自谓子厚爱我。而子由至是疏其奸恶。惇大怒，遂修郄。于是子瞻贬岭外，子由贬筠，鲁直贬涪，秦少游贬郴，张文潜贬黄。向所谓四学士者，相随斥去。子瞻笑曰："戒和尚又错脱也！"妻王季章已死，歌舞妓皆散，惟朝云依依不肯去。乃遣长子迈、次子迨归阳羡。而独与朝云、幼子过至岭，独携一轴弥陀，曰："此轼西方公据也。"行至临城，道中天气肃然，西山草木皆可数，叹曰："吾南迁其必返乎？此退之衡山之祥也。"

既至惠，居合江楼。游白水佛迹，浴于阳池，憩大云寺，野饮设松黄汤。后得隙地数亩，父老曰："此古白鹤观基也。"乃营白鹤新居，葺"思无邪斋"。每月明之夜，常起登合江楼，或与客游丰湖西禅寺，憩罗浮道院，逮晓乃归。市肆寥落，日杀一羊，不敢与在官者争买，买其脊骨。骨间亦有微肉，煮之，摘剔牙綮间，自云如蟹螯逸味，但众狗不悦耳。

邻有温都监女，甚清慧，闻子瞻至，曰："此才子也，非是吾不夫矣。"每夜闻子瞻吟咏，徘徊墙外，依依不忍去。后物色之，温具道女意，子瞻笑曰："吾当为觅一快婿。"女后竟殂，子瞻悼焉。

逾年，朝云亦卒。朝云粗通楷法，从泗上比丘尼学佛，通大义，甚慧。初，子瞻为学士时，常饭后捧腹行，问一妓曰："此中何物？"曰："满腹书诗。"又问一妓，曰："满腹智巧。"次及朝云，朝云曰："相公一肚不合时宜。"子瞻大笑。子瞻自窜岭表，自谓去死地已近，心颇忧之，愿学寿禅师放生，以证善果。日以钱买物放生。偶朝云见过，衣上有虱，遽杀之。子瞻训之曰："此亦生也。"朝云曰："奈啮我何？"一曰："是汝气体感召而生，不得罪彼也。"朝云大悟，遂断荤腥。生子干儿，早夭。云病且死，颂《金刚经》四句而绝。子瞻好友朋，耽赏适。自遭窜逐，块然独处，赏心乐事，凄然行尽，仅有朝云相依。又死颠沛流离之中，遭此毒苦，虽死生之理，久已照破，而情惨意伤，不胜凄恻。乃葬之于栖禅寺，作六如亭以覆之。于是子瞻飘飘然一苦行头陀矣。未几，长子迈挈家至。

时当事者犹谓罪大罚轻，复谪儋耳。惠州太守自携告身来吊曰："此固前定。吾妻沈，事僧伽甚诚；一夕梦和尚来辞云：行矣，当同苏子瞻，期在七十二日。今适七十二日矣。"子瞻乃留家惠州，独与幼子过渡海。时子由又从筠谪雷，了不相闻。至藤，途中见有逐客来，讯之，子由也。同至雷，逾月而别。而秦少游亦自郴阳移海康。海上偶遇，藉草而坐，相语，少游曰："恐下石者更启后命，当奈何？吾已自作挽词矣。"乃袖中出示子瞻，其词凄楚；子瞻读竟，拊其背曰：“我常忧逝，未尽此理，今复何言。此去海外，首作棺，次作墓，死即葬于此地耳。”相与啸咏而别。

之琼，于肩舆中坐睡，遇清风急雨，洒然成句。初僦官屋，仅蔽风雨，有司犹谓不可。常偃息于桄榔树下，摘叶书铭，以记其处。买地筑室，为屋三间，昌化七八士人畚土运甓成之。

箧中止有陶柳二诗，绝喜读之，呼为南迁二友，而其爱陶也尤甚。自言渊明性刚才拙，与物相忤；自量为己，必贻俗患，黾勉辞世，此语盖实录也。吾真有此病，而不早自知；半世出仕，以犯大患，此所以深愧渊明，欲以晚节师范其万一。故于渊明之诗，无首不和。

常负大瓢，行歌田野间。所歌者，皆哨遍也。馌妇年七十，云：“内翰昔日富贵，一场春梦！”子瞻然之，里人呼为“春梦婆”矣。上巳日，海南人俱往上冢；携一瓢酒寻人，人皆闭门出，独老符秀才在，因与饮，大醉。每行，负一药囊，遇有疾者，辄为发药，便疏方示之。好事者欲得子瞻墨妙，每伺其行游之际，设佳纸笔砚，书姓氏，填集案间，拱立以俟。子瞻见，即笑谓之曰：“日暮矣。”小书不竟纸；或欲参名佛偈，幸见语也。及归，人人厌满，忻跃而散。

常谓儿子迈曰：“我常自料，决不为海外人。近日颇觉有还中州气像。”乃涤砚索纸笔，焚香曰：“果如所言，写吾平生所作八赋，当不脱误一字。”写毕读之，大喜曰：“吾归必矣！”

元符三年，有诏徙廉州，渡海至廉，得秦少游凶问，哀之甚，曰：“哀哉，世岂复有斯人乎？”时迨亦至惠矣，乃令迈、迨移家至梧相会。俄拜玉局，北还中原。子由亦由雷还许，

初，子瞻已定居阳羡。子由有书来促归许下，甚急。念老境庶几，不欲作两处，遂决计从江溯汴，于陈留陆行至许。乃遣子迈至阳羡，变卖田亩。会程德孺及钱济明过金山，往会之；共云北方近京，是非易起，耳中不清净。会舟中儿女辈皆伏暑。念一年在道路矣，不堪复入汴出陆；又念子由近亦穷用，不忍以百指累之。遂决意渡江，归老毗陵。

子瞻时病暑，至毗陵，居顾塘孙氏宅。疾少间，至阳羡，以五百缗买一宅，倾囊仅能偿之。将卜吉移家居矣。夜与人步月，偶至村落，闻哭声甚哀。子瞻徙倚听之，曰："何悲也？岂有大难，割之爱触于心欤？吾将问之。"遂与客推扉而入。一老妪泣自若；问何以哀伤至此？妪曰："吾有一居，相传百年，吾子不肖，举以售人。今日别旧居迁来，所以泣也。"子瞻怆然，问其居处，即所买宅，立招其子，取券焚之，不责一钱，复还旧寓。时宾客往来，坐必移时，慨然说岭海外事，及所作诗文示人，觉眉宇间秀爽之气，照映坐人。未几，疾甚，叹曰："吾年逾耳顺，此事久相待，何所怖？独念吾与子由少时读书山中，如形与影。自奔驰宦海，不能频会。念故山风雨联床，何可复得？犹欲早谢世缘，欢怡晚节。不意命与祸会，垂老投窜。幸今日北归中原，而踪迹相左，至于老死，不及一见；濒海相逢，遂成长别，此实割肠也。"径山老惟琳来候，子瞻曰："岭海不死，而归宿田野，有不起之忧，非命也耶？然生死亦细故耳。"数日，闻根先离，琳叩耳大呼曰："端明莫忘西方！"子瞻曰："此处着力不得。"语毕而终。子由闻之，伤悼不欲生。

子瞻既死，有莫养正者，夜梦行湖上，见一人野服髽髻，颀然而长，参从甚都，轩轩然常在人前；路人或指之而言曰："此苏翰林也。"养正稍识之，亟趋前拜，且至恭曰："蒙为儿时，诵先生文，愿执巾侍，不可复得，不知先生厌世仙去。今何所领，而参从若是？"子瞻熟视曰："是大学生莫蒙否？"对曰："是。"子瞻颔之曰："我今为紫府押衙。"语讫而觉。元祐初，刘贡父梦至一官府，案间文轴甚多，偶揭一帙，上曰："于宋为苏轼。逆数而上，十三层，为邹阳。"政和间，徽宗皇帝实录，宫醮尝亲临之。道士拜章，忽如睡梦，久之乃起。上诘其故，答曰："甫伏地，即恍惚于上帝所，见奎宿长奏事，讯之，乃本朝苏轼也。"上大惊骇，始弛苏文之禁。至高宗，绝爱其文，访求遗迹，归之秘府，亲为序赞云。（《珂雪斋集》）